विभिन्न प्रतियोगिता परीक्षाओं के लिए भी उपयोगी

उच्चतर सामान्य मनोविज्ञान

[ADVANCED GENERAL PSYCHOLOGY]

(एम. ए., UGC के NET, JRF राज्य लोक सेवा आयोग की परीक्षाओं एवं संघ लोक सेवा आयोग के IAS आदि परीक्षाओं के पाठ्यक्रमों पर पूर्णतः आधृत)

अरुण कुमार सिंह

मोतीलाल बनारसीदास

दिल्ली, मुम्बई, चेन्नई, कोलकाता,
बंगलूरू, वाराणसी, पटना

दसवाँ संशोधित एवं परिवर्द्धित संस्करण: दिल्ली, 2017
पुनर्मुद्रण : 2003, 2011
प्रथम संस्करण : 1997

ISBN: 978-81-208-2081-4 (सजिल्द)
ISBN: 978-81-208-2082-1 (अजिल्द)

मोतीलाल बनारसीदास

41 यू.ए. बंग्लो रोड, जवाहर नगर, दिल्ली 110 007
236, नाइंथ मेन, III ब्लॉक, जयनगर, बंगलूरू 560 011
8 महालक्ष्मी चैम्बर, 22, भुलाभाई देसाई रोड, मुम्बई 400 026
203 रायपेट्टा हाई रोड, मैलापुर, चेन्नई 600 004
8 कैमेक स्ट्रीट, कोलकाता 700 017
अशोक राजपथ, पटना 800 004
चौक, वाराणसी 221 001

आर.पी. जैन के द्वारा एन ए बी प्रिंटिंग यूनिट,
ए-44, नारायणा, फेज-1, नई दिल्ली 110 028 में मुद्रित
एवं जे.पी. जैन द्वारा मोतीलाल बनारसीदास
41 यू.ए., बंगलो रोड, जवाहर नगर, दिल्ली-110 007 के लिए प्रकाशित

समर्पण

पत्नी कुमुद रानी को
जिनका प्रोत्साहन एवं
स्नेह
इस रचना की
आधारशिला है।

प्रस्तावना

'उच्चतर सामान्य मनोविज्ञान' का छठा संशोधित एवं परिवर्द्धित संस्करण आपके हाथ में है जो छात्रों एवं सहकर्मियों के सुझाव एवं अपने पठन-पाठन की अनुभूतियों पर आधृत है। सामान्य मनोविज्ञान की यह एक ऐसी पुस्तक जो नवीनतम शोधों एवं प्रयोगों के परिणाम के विश्लेषण पर आधारित होने के अलावा एक मुश्त बी॰ ए॰ ऑनर्स, एम॰ ए॰ के छात्रों की आवश्यकताओं को पूरा करने के साथ-ही-साथ विभिन्न प्रतियोगिता परीक्षाओं जैसे UGC के NET (राष्ट्रीय पात्रता परीक्षा), JRF तथा विभिन्न राज्य के राज्यस्तरीय पात्रता परीक्षण (State Level Eligibility Test) के परीक्षाओं के लिए भी उपयोगी है।

इस पुस्तक को चौदह अध्यायों में बाँटकर लिखा गया है। प्रत्येक अध्याय में जिन बिन्दुओं पर विचार किया गया है, उनका विश्लेषण काफी सूक्ष्म रूप से एवं गहनतापूर्वक किया गया है। इस सिलसिले में कुछ वरिष्ठ शिक्षकों एवं शोध छात्रों का सुझाव एवं समालोचना उत्तम मार्गदर्शन का काम किया है।

इस पुस्तक के लेखन में मुझे जिन लेखकों की कृतियों एवं उनके अनुमतियों का सहारा लेना पड़ा है, उनके प्रति मैं काफी आभारी हूँ। इस कार्य में मुझे अपने परिवार के सदस्यों से भी जो सहायता प्राप्त हुई है, उसके लिए मैं उन सबों के प्रति आभार व्यक्त करता हूँ।

कहना न होगा कि श्री अरविन्द कुमार चतुर्वेदी, मैनेजर, मोतीलाल बनारसीदास, पटना ने इस संस्करण को सँवारने में महत्त्वपूर्ण भूमिका निभायी है।

आशा है पुस्तक का यह वर्तमान संस्करण छात्रों की आवश्यकताओं को हर तरह से पूरा करने में सक्षम होगा।

अरुण कुमार सिंह

जनवरी, 2017

विषय-सूची

(CONTENTS)

अध्याय **पृ० सं०**

अध्याय **पृ० सं०**

पृ० सं०

अध्याय

अध्याय **पृ० सं०**

अध्याय | पृ० सं०

❑

अध्याय 1

विषय-प्रवेश
(INTRODUCTION)

मनोविज्ञान का स्वरूप एवं कार्यक्षेत्र
(Nature and Scope of Psychology)

प्राक्-वैज्ञानिक काल (pre-scientific period) में मनोविज्ञान दर्शनशास्त्र (philosophy) का एक शाखा था। जब विलहेल्म वुण्ट (Wilhelm Wundt) ने 1879 में मनोविज्ञान का पहला प्रयोगशाला खोला, मनोविज्ञान दर्शनशास्त्र के चंगुल से निकलकर एक स्वतन्त्र विज्ञान का दर्जा पा सकने में समर्थ हो सका। मनोविज्ञान एक ऐसा विज्ञान है जो प्राणी के व्यवहार तथा मानसिक प्रक्रियाओं (mental processes) का अध्ययन करता है। दूसरे शब्दों में, यह कहा जा सकता है कि मनोविज्ञान एक ऐसा विज्ञान है जो क्रमबद्ध रूप से (systematically) प्रेक्षणीय व्यवहार (observable behaviour) का अध्ययन करता है तथा प्राणी के भीतर के मानसिक एवं दैहिक प्रक्रियाओं जैसे—चिन्तन, भाव आदि तथा वातावरण की घटनाओं के साथ उनका सम्बन्ध जोड़कर अध्ययन करता है। इस परिप्रेक्ष्य में मनोविज्ञान को व्यवहार एवं मानसिक प्रक्रियाओं (mental process) के अध्ययन का विज्ञान कहा गया है। व्यवहार में मानव व्यवहार तथा पशु व्यवहार दोनों ही सम्मिलित होते हैं। मानसिक प्रक्रियाओं में चिन्तन, भाव संवेग एवं अन्य तरह की अनुभूतियों का अध्ययन सम्मिलित होता है।

लिण्डजे, हॉल थॉम्पसन(Lindzey, Hall & Thompson, 1989) ने मनोविज्ञान के कार्यक्षेत्र(scope) की समीक्षा करके बतलाया है कि मनोवैज्ञानिकों को तो कई दृष्टिकोणों से श्रेणीकृत किया जाता है। उदाहरणस्वरूप, उन्हें प्राप्त प्रशिक्षण (training) (जैसे, डाक्टरीय उपाधि या एम॰ए॰ की उपाधि आदि) के अनुसार, जहाँ वे कार्य करते हैं, अर्थात् विश्वविद्यालय, अस्पताल, स्कूल, निजी सेवा के अनुसार तथा अपनी पेशा से प्राप्त आय(income) के अनुसार उन्हें कई भागों में बाँटा जाता है। परन्तु मनोविज्ञान के कार्यक्षेत्र (scope) को सही ढंग से समझने के लिए सबसे महत्त्वपूर्ण श्रेणी वह श्रेणी है जिससे यह पता चलता है कि मनोविज्ञानी क्या करते हैं? किये गये कार्य के आधार पर मनोविज्ञानियों को तीन श्रेणियों में विभक्त किया जा सकता है—पहली श्रेणी में उन मनोविज्ञानियों को रखा जाता है जो शिक्षण कार्य में व्यस्त हैं, दूसरी श्रेणी में उन मनोवैज्ञानियों को रखा जाता है जो मनोवैज्ञानिक समस्याओं पर शोध करते हैं तथा तीसरी श्रेणी में उन मनोविज्ञानियों को रखा जाता है जो मनोविज्ञानिक अध्ययनों से प्राप्त तथ्यों के आधार पर कौशलों एवं तकनीक का उपयोग वास्तविक परिस्थिति में करते हैं। इस तरह से मनोविज्ञानियों का तीन प्रमुख कार्यक्षेत्र है—*शिक्षण* (teaching), *शोध* (research) तथा *उपयोग* (application)। इन तीनों कार्य क्षेत्रों से सम्बन्धित मुख्य शाखाओं का वर्णन निम्नांकित है:—

1. शैक्षिक क्षेत्र (*Academic areas*)—शिक्षण तथा शोध, मनोविज्ञान का एक प्रमुख कार्य क्षेत्र है। इस दृष्टिकोण से इस क्षेत्र के तहत निम्नांकित शाखाओं से मनोविज्ञानी अपनी अभिरुचि दिखाते हैं:—

(i) जीवन-अवधि विकासात्मक मनोविज्ञान (Life-span developmental Psychology)

(ii) मानव प्रयोगात्मक मनोविज्ञान (Human experimental Psychology)

(iii) पशु प्रयोगात्मक मनोविज्ञान (Animal experimental Psychology)

(iv) दैहिक मनोविज्ञान (Physiological Psychology)

(v) परिणात्मक मनोविज्ञान (Quantitative Psychology)

(vi) व्यक्तित्व मनोविज्ञान (Personality Psychology)
(vii) समाज मनोविज्ञान (Social Psychology)
(viii) शिक्षा मनोविज्ञान (Educational Psychology)
(ix) संज्ञात्मक मनोविज्ञान (Cognitive Psychology)
(x) असामान्य मनोविज्ञान (Abnormal Psychology)

(i) जीवन-अवधि विकासात्मक मनोविज्ञान *(Life-span developmental psychology)*—बाल मनोविज्ञान का प्रारम्भिक सम्बन्ध मात्र बाल विकास (child development) के अध्ययन से था परन्तु हाल के वर्षों में विकासात्मक मनोविज्ञान में किशोरावस्था, वयस्कावस्था तथा वृद्धावस्था के अध्ययन पर भी बल डाला गया है। यही कारण है कि इसे *जीवन-अवधि विकासात्मक मनोविज्ञान* कहा जाता है। विकासात्मक मनोविज्ञान में मनोविज्ञानी मानव के लगभग प्रत्येक क्षेत्र जैसे—बुद्धि, पेशीय विकास, सांवेगिक विकास, सामाजिक विकास, खेल, भाषा विकास का अध्ययन विकासात्मक दृष्टिकोण से करते हैं। इसमें कुछ विशेष कारक जैसे—आनुवंशिकता, परिपक्वता, पारिवारिक पर्यावरण, सामाजिक-आर्थिक अन्तर (socio-economic differences) का व्यवहार के विकास पर पड़ले वाले प्रभावों का भी अध्ययन किया जाता है। कुल मनोविज्ञानियों के 5% मनोवैज्ञानिक विकासात्मक मनोविज्ञान के क्षेत्र में कार्यरत हैं।

(ii) मानव प्रयोगात्मक मनोविज्ञान *(Human experimental Psychology)*—मानव प्रयोगात्मक मनोविज्ञान मनोविज्ञान का एक ऐसा क्षेत्र है जहाँ मानव के उन सभी व्यवहारों का अध्ययन किया जाता है जिस पर प्रयोग करना सम्भव है। सैद्धान्तिक रूप से ऐसे तो मानव व्यवहार के किसी भी पहलू पर प्रयोग किया जा सकता है परन्तु मनोविज्ञानी उसी पहलू पर प्रयोग करने की कोशिश करते हैं जिसे पृथक किया जा सके तथा जिसके अध्ययन की प्रक्रिया सरल हो। इस तरह से दृष्टि, श्रवण, चिन्तन, सीखना आदि जैसे व्यवहारों का प्रयोगात्मक अध्ययन काफी अधिक किया गया है। मानव प्रयोगात्मक मनोविज्ञान में उन मनोवैज्ञानिकों ने भी काफी अभिरुचि दिखलाया है जिन्हें प्रयोगात्मक मनोविज्ञान का संस्थापक कहा जाता है। इनमें विलियम वुण्ट, टिचेनर तथा वाटसन आदि के नाम अधिक मशहूर हैं।

(iii) पशु प्रयोगात्मक मनोविज्ञान *(Animal experimental Psychology)*—मनोविज्ञान का यह क्षेत्र मानव प्रयोगात्मक मनोविज्ञान (Human experimental psychology) के समान है। सिर्फ अन्तर इतना ही है कि यहाँ प्रयोग पशुओं जैसे—चूहों, बिल्लियों, कुत्तों, बन्दरों, वनमानुषों आदि पर किया जाता है। पशु प्रयोगात्मक मनोविज्ञान में अधिकतर शोध सीखने की प्रक्रिया तथा व्यवहार के जैविक पहलुओं के अध्ययन में किया गया है। पशु प्रयोगात्मक मनोविज्ञान के क्षेत्र में स्कीन्नर, गथरी, पैवलव, टॉलमैन आदि का नाम प्रमुख रूप से लिया जाता है। सच्चाई यह है कि सीखने के आधुनिक सिद्धान्त तथा मानव व्यवहार के जैविक पहलू के बारे में हम आज जो कुछ भी जानते हैं, उसका आधार पशु प्रयोगात्मक मनोविज्ञान ही है। इस मनोविज्ञान में पशुओं के व्यवहारों जैसे—सीखना, चिन्तन, स्मरण आदि का अध्ययन करके मनुष्यों के ऐसे ही व्यवहारों को समझने की कोशिश की जाती है। कुछ लोगों का मत है कि यदि मनोविज्ञान का मुख्य सम्बन्ध मानव व्यवहार के अध्ययन से है तो पशुओं के व्यवहारों का अध्ययन करना कोई अधिक तर्कसंगत बात नहीं दिखता। परन्तु मनोविज्ञानियों के पास कुछ ऐसी बाध्यताएँ हैं जिनके कारण वे पशुओं के व्यवहार में अभिरुचि दिखलाते हैं। जैसे पशु व्यवहार का अध्ययन कम खर्चीला होता है। फिर कुछ ऐसे प्रयोग हैं जो मनुष्यों पर नैतिक दृष्टिकोण से करना सम्भव नहीं है तथा पशुओं का जीवन-अवधि (life span) का लघु होना भी एक प्रमुख ऐसे कारण हैं। मानव एवं पशु प्रयोगात्मक मनोविज्ञान के क्षेत्र में कुल मनोविज्ञानियों की संख्या का करीब 14% मनोविज्ञानी कार्यरत हैं।

(iv) दैहिक मनोविज्ञान *(Physiological psychology)*—दैहिक मनोविज्ञान में मनोविज्ञानियों का कार्यक्षेत्र प्राणी के व्यवहारों के दैहिक निर्धारकों (physiological determinants) तथा उनके प्रभावों का अध्ययन करना है। इस तरह के दैहिक मनोविज्ञान मनोविज्ञान की एक ऐसी शाखा है जो जैविक विज्ञान (biological science) से काफी जुड़ा हुआ है। इसे *मनोजीवविज्ञान* (psychobiology) भी कहा जाता है। आजकल मस्तिष्कीय कार्य (brain functioning) तथा व्यवहार के सम्बन्धों के अध्ययन में मनोवैज्ञानिकों की रुचि अधिक हो गयी है। इससे एक नयी अन्तरविषयक विशिष्टता (interdisplinary speciality) का जन्म हुआ है जिसे *'न्यूरोविज्ञान'* (neuroscience) कहा जाता है। इसी तरह के दैहिक मनोविज्ञानी हारमोन्स (hormones) का व्यवहार पर पड़ने वाले प्रभावों के अध्ययन में भी अभिरुचि रखते हैं। आजकल विभिन्न तरह के औषध (drug) तथा उनका व्यवहार पर पड़ने वाले प्रभावों का भी अध्ययन दैहिक

मनोविज्ञान में किया जा रहा है। इससे भी एक नयी विशिष्टता (new speciality) का जन्म हुआ है जिसे *मनोफर्माकोलॉजी* (Psychopharmacology) कहा जाता है तथा जिसमें विभिन्न औषधों के व्यवहारात्मक प्रभाव (behavioural effects) से लेकर तन्त्रीय तथा चयापचय (metabolic) प्रक्रियाओं में होने वाले आणविक शोध (molecular research) तक का अध्ययन किया जाता है।

(v) परिमाणात्मक मनोविज्ञान (*Quantitative Psychology*)—इस मनोविज्ञान का मुख्य उद्देश्य मानव व्यवहार को समझने तथा उसका अध्ययन करने के लिए गणितीय (mathemetical), सांख्यकीय (statistical) तथा परिमाणात्मक विधियों को विकसित करना है। कई मनोविज्ञानी इस क्षेत्र में व्यवहारिक सांख्यिकी (applied statistics) जैसे विषय में अधिक अभिरुचि लेने लगे हैं। व्यवहारिक सांख्यिकी में अन्य बातों के अलावा प्रयोगों के डिजाइन तथा आँकड़ों के विश्लेषण का विशेष रूप से अध्ययन किया जाता है ताकि एक तर्कपूर्ण एवं विश्वसनीय निष्कर्ष पर पहुँचा जा सके। कुछ मनोविज्ञानी परीक्षण (tests) या मापनी (scales) विकसित करने में भी प्रयत्नशील है ताकि मानव व्यवहार के विभिन्न पहुओं का अध्ययन करने के बाद एक आंकिक प्राप्तांक (numerical score) पर पहुँचा जा सके। ऐसे प्राप्तांकों के आधार पर मानव व्यवहार के बारे में वस्तुनिष्ठ व्याख्या (objective explanation) सम्भव है। सभी मनोवैज्ञानिक परीक्षणों का विकास कार्य परिणामात्मक विधि (quantitative methods) से पूर्णतः साहचर्यित है। अभी हाल के कुछ वर्षों में मनोविज्ञानियों ने अपना प्रयास सांख्यिकीय विश्लेषण (statistical analysis) से आगे बढ़कर कुछ ऐसे गणितीय मॉडल (mathemetical model) के निर्माण की ओर किया है जो व्यवहार के महत्त्वपूर्ण श्रेणियों के बारे में पूर्वकथन (prediction) करते हैं। मनोविज्ञान के इस उपकरण को *गणितीय मनोविज्ञान* (Mathematical psychology) कहा जाता है जिसका सबसे अधिक गहरा सम्बन्ध संवेदी मनोविज्ञान (Sensory psychology), सीखना तथा निर्णय करने की प्रक्रिया (decision making) आदि से है।

(vi) व्यक्तित्व मनोविज्ञान (*Psychology of Personality*)—व्यक्तित्व मनोविज्ञान का सम्बन्ध व्यक्ति तथा व्यक्तियों के बीच विभिन्नता के अध्ययन से है। व्यक्तित्व मनोविज्ञानी व्यवहार के अभिप्रेरणात्मक पहलू (motivational aspects) के बारे में अध्ययन करने में अधिक रुचि दिखलाते हैं। इस तरह के मनोविज्ञान में सामान्य तथा विचलित (deviant) दोनों तरह के व्यक्तित्व का अध्ययन किया जाता है। इस क्षेत्र में मनोविज्ञानियों का अधिकतर समय व्यक्तियों को उनके शीलगुणों के आधार पर वर्गीकृत करने में तथा उन आयामों या विमाओं का पता लगाने में भी किया जाता है जिसके आधार पर एक व्यक्ति की समानता या विभिन्नता दूसरे व्यक्ति से स्थापित की जा सकती है। इस क्षेत्र के मनोविज्ञानियों ने कुछ ऐसे व्यक्तिव मापों (personality measure) का भी विकास किया है जिसके आधार पर सामान्य तथा रोगात्मक (pathological) व्यवहार का वर्णन सम्भव है। इस तरह से व्यक्तित्व मनोविज्ञानियों की मुख्य अभिरुचि एक व्यक्ति से दूसरे व्यक्ति की विभिन्नता का अध्ययन में है। इस क्षेत्र में कुछ मनोविज्ञानी तो ऐसे हैं जो व्यक्ति के अपूर्व गुणों (unique qualities) के अध्ययन को ही अपना मुख्य कार्य समझते हैं।

(vii) समाज मनोविज्ञान (*Social Psychology*)—समाज मनोविज्ञान मनुष्यों को एक सामाजिक पशु (social animals) के रूप में अध्ययन करता है। सामाजिक पशु आपस में अन्तःक्रिया करते हैं और एक परिवार या समाज बनाकर रहते हैं। समाज मनोविज्ञान का क्षेत्र समाजशास्त्र के क्षेत्र से काफी सम्बन्धित है। यही कारण है कि बहुत सारे समाजशास्त्री भी अपने आप को समाज मनोविज्ञानी कहने में फक्र का अनुभव करते हैं। समाज मनोविज्ञानियों का अध्ययन क्षेत्र में समूह का व्यक्ति पर पड़ने वाले प्रभाव तथा व्यक्ति का समूह पर पड़ने वाले प्रभावों का अध्ययन किया जाता है। इसके अलावा वे और भी कई तरह के व्यक्तिगत अन्तःक्रियाओं (personal interactions) का भी अध्ययन करते हैं। जैसे—एक समाज मनोविज्ञानी के अध्ययन क्षेत्र में अन्तर्वैयक्तिक पसंद (interpersonal preference) को निर्धारित करने वाले कारक, पूर्वाग्रह तथा विभेद को सम्पोषित एवं विकसित करने वाले कारक, मनोवृत्ति परिवर्तन तथा विकास को प्रमाणित करने वाले कारक, समस्या समाधान पर समूह के पड़ने वाले प्रभाव का अध्ययन, सामाजिक रूप से विचलित व्यवहार आदि का अध्ययन सम्मिलित होता है। मनोविज्ञानियों के कुल संख्या के करीब 6% मनोविज्ञानी इस क्षेत्र में कार्यरत हैं।

(viii) संज्ञानात्मक मनोविज्ञान (*Cognitive Psychology*)—संज्ञानात्मक मनोविज्ञान में मानसिक प्रक्रियओं जैसे—प्रत्यक्षण, चिन्तन, सीखना, बुद्धि, स्मृति आदि के अध्ययन के महत्त्व पर बल डाला जाता है। इन मनोविज्ञानियों का मत है कि मानव व्यवहार की सम्पूर्ण एवं वैज्ञानिक व्याख्या उद्दीपक-अनुक्रिया सम्बन्ध (stimulus-response connection) के रूप में संतोषजनक ढंग से नहीं की जा सकती है। इन मनोविज्ञानियों का मत है कि प्रत्येक उद्दीपक (stimulus) के प्रति व्यक्ति कुछ निर्णय करने के बाद ही अनुक्रिया करता है। प्रत्येक निर्णय की प्रक्रिया में अन्य उद्दीपकों के साथ व्यक्ति उन उद्दीपकों की तुलना करता है जिसके प्रति उसे अनुक्रिया करना होता है, उसके अर्थ को समझता है तथा अपने पुराने ज्ञान के आधार पर कुछ ऐसे नियमों की खोज करता है जो चिन्तन एवं समस्या समाधान में मदद भी करता है।

(ix) असामान्य मनोविज्ञान *(Abnormal Psychology)*—असामान्य मनोविज्ञान मनोविज्ञानियों का ऐसा कार्यक्षेत्र है जिसमें वे कुसमायोजित व्यवहार (maladaptive behaviour) या असामान्य व्यवहार के कारणों, लक्षणों, प्रकारों आदि का अध्ययन करते हैं। व्यक्ति के कुछ व्यवहार ऐसे होते हैं जिन्हें असामान्य कहा जाता है। इन व्यवहारों के समझने के लिए मनोविज्ञानी उसके लक्षणों का क्रमबद्ध अध्ययन करते हैं तथा उत्पत्ति के कारणों को समझने के लिए व्यक्ति के जैविक पृष्ठभूमि (biological background), मनोवैज्ञानिक पृष्ठभूमि (psychological background) तथा सामाजिक-सांस्कृतिक पृष्ठभूमि (socio-cultural background) का विस्तृत रूप से अध्ययन करते हैं। अतः मनोविज्ञान के इस शाखा में अभिरुचि रखने वाले मनोविज्ञानियों के सामने एक कठिन एवं जटिल कार्य होता है क्योंकि उक्त कारकों का विश्लेषण निश्चित रूप से अपने आप में एक असाधारण कार्य है।

(x) शिक्षा मनोविज्ञान *(Educational Psychology)*—शिक्षा मनोविज्ञान का क्षेत्र एक महत्त्वपूर्ण क्षेत्र है जिसमें मनोविज्ञानियों की सक्रियता अधिक पायी गयी है। शिक्षा मनोविज्ञानी शैक्षिक प्रक्रिया के मनोवैज्ञानिक पहलुओं का विशेष अध्ययन करते हैं। सीखने के नियमों के अध्ययन के अलावा शिक्षा मनोविज्ञानी और भी कई पहलुओं पर अपना ध्यान देते हैं। जैसे—छात्रों का शैक्षिक निष्पादन किस तरह से वैयक्तिक विभिन्नता, व्यक्तित्व कारक तथा सामाजिक अन्तःक्रिया आदि से प्रभावित होता है। अपने शोध कार्य में कुछ विशेष चरों जैसे—शिक्षक-छात्र अन्तःक्रिया (teacher-student interaction) एवं सीखने तथा छात्रों के मनोबल पर पड़ने वाले प्रभावों का भी अध्ययन किया जा सकता है। कुछ बड़े पैमाने पर स्कूल के सामाजिक संगठन को तथा शिक्षकों के चयन एवं प्रशिक्षण का भी अध्ययन करते हैं। संक्षेप में, यह कहा जा सकता है कि शिक्षा मनोविज्ञानी का सम्बन्ध मुख्यतः सीखने तथा अभिप्रेरण के बारे में मनोवैज्ञानिक ज्ञान का उपयोग करके छात्रों में सीखने की क्षमता को बढ़ाना है। कुल मनोविज्ञानियों का करीब 6% मनोविज्ञानी इस क्षेत्र में कार्यरत हैं।

2. प्रयुक्त मनोविज्ञान के क्षेत्र *(Areas of applied Psychology)*—मनोविज्ञान का कुछ क्षेत्र ऐसा है जिसमें मनोवैज्ञानिक व्यक्तियों तथा समूह के मनोवैज्ञानिक समस्याओं के समाधान में अपने कौशल एवं शोध का उपयोग करते हैं ताकि उन समस्याओं का समाधान किया जा सके तथा व्यक्तियों का सही मार्गदर्शन किया जा सके। इस तरह के क्षेत्र को प्रयुक्त मनोविज्ञान (applied psychology) कहा जाता है। इसके तहत निम्नांकित शाखाओं में मनोविज्ञानी कार्यरत हैं:—

(i) नैदानिक मनोविज्ञान (Clinical Psychology)
(ii) सामुदायिक मनोविज्ञान (Community Psychology)
(iii) परामर्श मनोविज्ञान (Counselling Psychology)
(iv) स्कूल मनोविज्ञान (School Psychology)
(v) औद्योगिक एवं संज्ञानात्मक मनोविज्ञान (Industrial and Organisational Psychology)
(vi) सैन्य मनोविज्ञान (Military Psychology)

इन सबों का वर्णन निम्नांकित है:—

(i) नैदानिक मनोविज्ञान *(Clinical Psychology)*—नैदानिक मनोविज्ञान मनोविज्ञान का सबसे प्रचलित एवं बड़ा प्रयुक्त शाखा है। मनोवैज्ञानिकों की कुल संख्या का 45% मनोवैज्ञानिक केवल नैदानिक मनोवैज्ञानिक हैं। नैदानिक मनोविज्ञानी कई तरह के कार्य करते हैं जिनमें सबसे प्रमुख कार्य मनोवैज्ञानिक समस्या से ग्रसित लोगों को चंगा करना है ताकि वे अपने दिन-प्रतिदिन की दुनिया में ठीक ढंग से समायोजन कर सके। नैदानिक मनोविज्ञानी तो ऐसे कई क्षेत्र में सक्रिय हैं परन्तु उनके द्वारा मुख्य रूप से तीन कार्य अधिक किये जाते हैं—शोध (research), निदान (diagnosis) तथा उपचार (treatment) मनश्चिकित्सा (psychotherapy) के विभिन्न विधियों के माध्यम से ये लोग मानसिक रोग का उपचार करते हैं। नैदानिक मनोविज्ञानियों द्वारा बहुत तरह के निदानसूचक प्रविधियों (diagnostic tool) जैसे—साक्षात्कार, मनोवैज्ञानिक परीक्षण आदि का उपयोग नैदानिक मूल्यांकन में किया जाता है। इनका शोध का क्षेत्र

विस्तृत होता है परन्तु मूलतः मनोवैज्ञानिक समस्याओं के उपचार में यह अधिक केन्द्रित होता है। नैदानिक मनोविज्ञानी विश्वविद्यालय, उपचारगृह (clinic), मानसिक अस्पताल आदि के क्षेत्र में अधिक सक्रिय है।

प्रायः नैदानिक मनोविज्ञान तथा मनोरोगविज्ञान (Psychiatry) के क्षेत्र में संभ्राति (confusion) उत्पन्न हो जाता है, क्योंकि दोनों ही द्वारा रोगियों को चिकित्सा प्रदान की जाती है। इन दोनों द्वारा मानसिक रोगों के विकृतियों की विभिन्न लक्षणों को दूर करने के ख्याल से चिकित्सा दी जाती है। फिर भी इन दोनों क्षेत्र में अन्तर है। नैदानिक मनोविज्ञानी मानसिक रोगों की चिकित्सा करते समय चिकित्सा के जैविक विधि (biological methods) का उपयोग नहीं करते हैं जबकि मनोरोगविज्ञानी (psychiatrists) इन विधियों का उपयोग खुलकर करते हैं।

(ii) सामुदायिक मनोविज्ञान *(Community Psychology)*—सामुदायिक मनोविज्ञान का एक ऐसा क्षेत्र है जो मनोवैज्ञानिक नियमों, विचारों एवं तथ्यों का उपयोग सामाजिक समस्याओं के समाधान में करते हैं तथा व्यक्ति को अपने कार्य एवं समूह में समायोजन करने में मदद करते हैं। दूसरे शब्दों में, सामुदायिक मनोविज्ञान का सम्बन्ध मनश्चिकित्सा (psychotherapy) तथा मनोनिदान (psychodiagnosis) से नहीं होता है बल्कि उस पर्यावरण परिस्थिति से होता है जिसमें व्यवहारात्मक क्षुब्धता (behavioural disturbance) उत्पन्न होती है या उत्पन्न हो सकती है। सामुदायिक मनोविज्ञानी पर्यावरण में परिवर्तन लाकर समस्या को दूर करने में अधिक विश्वास रखते हैं। ऐसे मनोवैज्ञानिक किसी भी व्यक्ति विशेष के व्यवहार में परिवर्तन लाने की अपेक्षा सामान्य पर्यावरण में परिवर्तन जैसे—स्कूल के संगठन तथा प्रशासन में परिवर्तन, पूरे समाज के किशारों एवं बच्चों के अन्तःक्रिया शैली में परिवर्तन आदि करके समस्या की गम्भीरता को कम करने की कोशिश करते हैं। सचमुच में सामुदायिक मनोविज्ञानी, *सामुदायिक मानसिक स्वास्थ्य आन्दोलन* (Community Mental Health Movement) का विशेष भाग माने जाते हैं। कुछ सामुदायिक मनोविज्ञानी लोगों के मानसिक स्वास्थ्य के बारे में अध्ययन न करके सामुदायिक समस्याओं (community problems) के अध्ययन के बारे में अधिक रुचि दिखलाते हैं। इन्हें *सामाजिक समस्या सामुदायिक मनोविज्ञानी* (Social problem community psychologist) कहा जाता है। समुदाय के समूहों में विद्वेष, पुलिस तथा समुदाय के बीच खराब सम्बन्ध एवं रोजगार के अवसर में कमी के कारण उत्पन्न पीड़ा आदि के अध्ययन में सामाजिक समस्या सामुदायिक मनोविज्ञानी की अभिरुचि अधिक होती है।

(iii) परामर्श मनोविज्ञान *(Counselling Psychology)*—परामर्श मनोविज्ञानी का कार्यक्षेत्र नैदानिक मनोविज्ञानी के कार्यक्षेत्र से काफी मिलता-जुलता है। मात्र अन्तर इतना ही है कि परामर्श मनोविज्ञान व्यक्ति के साधारण सांवेगिक एवं व्यक्तिगत समस्याओं को दूर करने का प्रयास करते हैं जबकि नैदानिक मनोविज्ञान में इससे थोड़ा जटिल एवं कठिन समस्याओं को दूर करने का भी प्रयास किया जाता है। दूसरे शब्दों में, यह कहा जा सकता है कि परामर्श मनोविज्ञान सामान्य व्यक्तियों को ही अपनी समायोजन क्षमता को मजबूत करने में मदद करता है। परामर्श मनोविज्ञानी व्यक्ति के सापेक्ष कमजोरियों एवं गुणों का पर्दाफाश करता है। इस कार्य में वे मनोवैज्ञानिक परीक्षणों (psychological tests) का भी उपयोग करते हैं। अधिकतर परामर्श मनोविज्ञानी छात्रों को अपनी उपलब्धियों में समायोजन करने में भी मदद करते हैं तथा छात्रों को अपने भविष्य के जीवन-वृत्ति (career) के बारे में योजना तैयार कराने में भी सक्रिय भूमिका निभाते हैं। मनोविज्ञानियों की कुल संख्या का करीब 10% मनोविज्ञानी परामर्श मनोविज्ञान के क्षेत्र में कार्यरत हैं।

(iv) स्कूल मनोविज्ञान *(School Psychology)*—स्कूल मनोवैज्ञानिक का कार्य सामुदायिक मानसिक स्वास्थ्य कार्यकर्त्ताओं एवं परामर्श मनोविज्ञानी से अंशतः मिलता-जुलता है। स्कूल मनोविज्ञानी मुख्यतः प्राथमिक तथा माध्यमिक स्कूलों में कार्य करते हैं तथा वे छात्रों को अन्य विशेषज्ञों के पास विशेष उपचार के लिए भी भेजते हैं। स्कूल में वे मुख्यतः व्यावसायिक एवं शैक्षिक परीक्षण कार्य करते हैं तथा परामर्श एवं प्रशिक्षण कार्यक्रम (training programme) को संगठित करके जो शिक्षक को छात्रों एवं अन्य शिक्षकों के साथ संगठित करने में तथा स्कूल के प्रशासन की समस्याओं से सम्बन्धित प्रश्नों का हल ढूँढ़ने में लाभदायक होता है, महत्त्वपूर्ण सेवा प्रदान करते हैं। इसके अलावा स्कूल मनोविज्ञानी नये प्रशिक्षण कार्यक्रम की प्रभावशीलता का भी अध्ययन करते हैं। शिक्षकों या छात्रों के मनोबल का अध्ययन करते हैं, गैरकानूनी औषध उपयोग के कारणों का पता लगाकर उसका निदान ढूँढ़ते हैं तथा औषध उपयोग करने के पैटर्न को परिवर्तित करने के शैक्षिक कार्यक्रम की उपयोगिता पर भी अधिक बल डालते हैं। मनोविज्ञानियों की कुल संख्या का करीब 5% मनोविज्ञानी स्कूल मनोविज्ञान के क्षेत्र में कार्यरत हैं।

(v) औद्योगिक एवं संगठनात्मक मनोविज्ञान *(Industrial Psychology and Organisational Psychology)* —उद्योग एक अन्य ऐसा क्षेत्र है जिसमें मनोवैज्ञानिक नियमों एवं सिद्धान्तों का उपयोग किया जाता है। औद्योगिक मनोविज्ञान

में उद्योग में कार्यरत कर्मचारियों के मनोवैज्ञानिक समस्याओं का अध्ययन किया जाता है तथा उनका पर्याप्त समाधान ढूँढ़ने का प्रयास किया जाता है। औद्योगिक मनोविज्ञान का सम्बन्ध कर्मचारियों एवं कार्यों (jobs) के विभाजन, कार्मिक चयन (personnel selection), कार्य मूल्यांकन (job appraisal), कार्य मनोवृत्ति (job attitude), कार्य के भौतिक वातावरण (physical environment of work) आदि के अध्ययन से होता है। कार्मिक चयन में औद्योगिक मनोविज्ञानी मनोवैज्ञानिक परीक्षणों एवं साक्षात्कार का उपयोग कर्मचारियों के चयन एवं स्थान निर्धारण (placement) में भी करते हैं। औद्योगिक मनोविज्ञानी अपने कर्मचारियों एवं वरिष्ठ प्रबंधकों (senior managers) के लिए विभिन्न तरह के प्रशिक्षण कार्यक्रम (training programme) का भी आयोजन करते हैं। ऐसे प्रशिक्षणों से कर्मचारियों का तकनीकी कौशल (technical skills) को उन्नत किया जाता है, उनके मनोबल को बढ़ाया जाता है तथा समूह के तनाव को कम किया जाता है। ये लोग कम्पनी (company) को एक मानव संगठन (human organization) के रूप में समझते हैं और उनमें कुछ वैसे परिवर्तनों की सिफारिश करते हैं जिनसे कम्पनी की उत्पादकता में वृद्धि हो सकती है। औद्योगिक मनोविज्ञान का एक ऐसा भी विशेष क्षेत्र है जिसमें कर्मचारियों एवं मशीनों के डिजाइन के बीच खास तरह के सामंजस्य पर बल डाला जाता है। इन नये क्षेत्र को *अभियांत्रिकी मनोविज्ञान* (engineering psychology) या *मानव अभियांत्रिकी* (human engineering) भी कहा जाता है। मनोविज्ञानियों की कुल संख्या का करीब 5% मनोविज्ञानी औद्योगिक मनोविज्ञान के क्षेत्र में कार्यरत हैं।

संगठनात्मक मनोविज्ञान, औद्योगिक मनोविज्ञान का ही नवीनतम एवं विकसित रूप है। संगठनात्मक मनोविज्ञान में मनोविज्ञानियों की अभिरुचि न केवल उद्योग में बल्कि अन्य संगठनों जैसे—स्कूल, अस्पताल, सरकारी दफ्तरों, बैंक आदि में कार्यरत कर्मचारियों की मानवीय समस्याओं का अध्ययन करने में होता है।

(vi) सैन्य मनोविज्ञान *(Military Psychology)*—इस मनोविज्ञान में मनोवैज्ञानिक नियमों एवं सिद्धान्तों का उपयोग सैन्य क्षेत्रों में किया जाता है। अमेरिकन सैन्य बलों (American Military Force) में मनोविज्ञान के सिद्धान्तों एवं तथ्यों का पहली बार उपयोग किया गया था। भारत में द्वितीय विश्व युद्ध के बाद से भारतीय सैन्य बलों में मनोविज्ञान का उपयोग किया जा रहा है तथा इसके लिए भारत सरकार ने रक्षा मंत्रालय के तहत एक विशेष संस्था भी खोल रखा है जिसे *साइकोलॉजिकल इन्स्टीच्यूट ऑफ डिफेंस रिसर्चेज* (Psychological Institute of Defence Researches) की संज्ञा दी गयी है। इस क्षेत्र के मनोवैज्ञानिकों का मुख्य कार्यक्षेत्र निम्नांकित पाँच तरह की गतिविधियों तक फैला हुआ है।

(a) विभिन्न स्तरों पर रक्षा कर्मियों का चयन

(b) विशेष कार्यक्रम का आयोजन करके ऐसे कर्मियों में नेतृत्व गुणों (leadership qualities) को विकसित करना।

(c) विशेष ऐसे प्रशिक्षण कार्यक्रमों को विकसित करना जिनसे कर्मियों में सुरक्षा कौशलों (defence skills) का विकास हो सके।

(d) सैन्य बलों में मनोबल को विकसित करने के लिए विशेष कार्यक्रम तैयार करना।

(e) कुछ विशेष सैन्य समस्याओं जैसे अधिक ऊँचे स्थानों में उचित व्यवहार करने सम्बन्धी सैनिकों की समस्याएँ, चिन्ता तथा तनाव आदि से उत्पन्न समस्याओं का अध्ययन करना।

चित्र 1.1 से यह स्पष्ट है कि कुल मनोवैज्ञानियों का 45% नैदानिक मनोविज्ञान में, 5% औद्योगिक मनोविज्ञान में, 5% विकासात्मक मनोविज्ञान में, 5% स्कूल मनोविज्ञान में, 6% समाज एवं व्यक्तित्व मनोविज्ञान में, 6% शिक्षा मनोविज्ञान में, 10% परामर्श मनोविज्ञान में, 14% प्रयोगात्मक मनोविज्ञान में तथा 7% अन्य मनोविज्ञान में कार्यरत है।

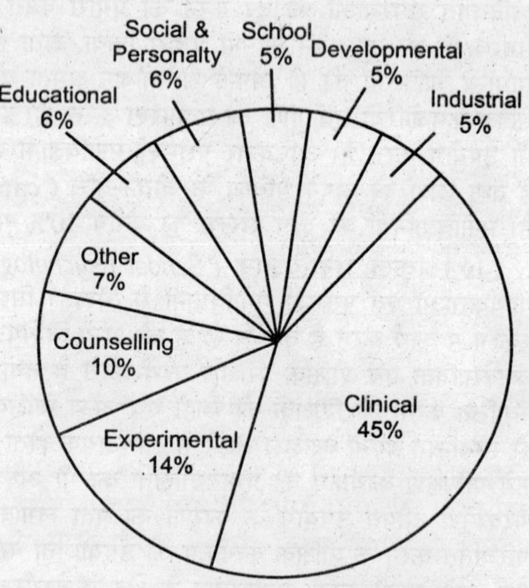

चित्र 1.1 मनोविज्ञान के विभिन्न शाखाओं में कार्यरत मनोविज्ञानियों का प्रतिशत

3. मनोविज्ञान के नये उभरते क्षेत्र (*New emerging fields of Psychology*)—मनोविज्ञान लगातार विकसित हो रहा है तथा मनोवैज्ञानिक के कार्यक्षेत्र में नयी-नयी विशिष्टताओं प्रवेश करते जा रहीं हैं। फलतः मनोविज्ञान के कुछ नयी शाखाओं का प्रादुर्भाव हो रहा है जिनमें निम्नांकित प्रमुख हैं—

(i) पर्यावरणी मनोविज्ञान (Environmental Psychology)
(ii) स्वास्थ्य मनोविज्ञान (Health Psychology)
(iii) सुधारात्मक मनोविज्ञान (Correctional Psychology)
(iv) वायुदिक् मनोविज्ञान (Aerospace Psychology)
(v) न्यायिक मनोविज्ञान (Forensic Psychology)
(vi) क्रीड़ा का मनोविज्ञान (Sports Psychology)
(vii) राजनीतिक मनोविज्ञान (Political Psychology)
(viii) गिरोमनोविज्ञान (Geropsychology)
(ix) क्रॉस-सांस्कृतिक मनोविज्ञान (Cross-cultural Psychology)
(x) महिलाओं का मनोविज्ञान (Psychology for Women)
(xi) आर्थिक मनोविज्ञान (Economic Psychology)
(xii) यातायात एवं परिवहन मनोविज्ञान (Traffic and Transport Psychology)

इन शाखाओं का वर्णन निम्नांकित है:—

(i) पर्यावरणी मनोविज्ञान (*Environmental Psychology*)—मनोविज्ञान के इस शाखा में पर्यावरण (environment) तथा उसके व्यवहार पर पड़ने वाले प्रभावों का अध्ययन किया जाता है। पर्यावरण के विभिन्न पहलुओं जैसे—स्कूल, घर, आवाज, प्रदूषण, मौसम, भीड़-भाड़ आदि का व्यवहार पर स्पष्ट प्रभाव पड़ता है। इन प्रभावों का अध्ययन *पर्यावरणी मनोविज्ञान* (environmental psychology) में किया जाता है। पर्यावरण मनोविज्ञानी अपने विशेष अध्ययन तथा शोध में यह जानने की कोशिश करते हैं कि पर्यावरण के कीमती खजानों को कैसे बचाया जा सकता है तथा पर्यावरण के दोषपूर्ण पहलू से मानव को किस तरह बचाकर उनके जीवन के गुणों या विशेषताओं को उन्नत बनाया जा सकता है।

(ii) स्वास्थ्य मनोविज्ञान (*Health Psychology*)—मनोविज्ञान के इस क्षेत्र में स्वास्थ्य विशेषकर शारीरिक स्वास्थ्य को प्रभावित करने वाले कारकों का अध्ययन किया जाता है। दूसरे शब्दों में, स्वास्थ्य मनोविज्ञान में स्वास्थ्य तथा उन्हें प्रभावित करने वाले चरों (variables) के बीच के सम्बन्धों पर प्रकाश डाला जाता है। इस क्षेत्र में विशेषकर तनाव, चिन्ता आदि का हृदय रोग, कैंसर आदि की उत्पत्ति में क्या भूमिका होती है या हों सकती है, का अध्ययन किया जाता है। इसमें डॉक्टर-रोगी सम्बन्ध, अस्पताल के पर्यावरण में उपलब्ध सुविधाओं तथा उनके प्रति रोगियों की प्रतिक्रियाओं का अध्ययन किया जाता है।

(iii) सुधारात्मक मनोविज्ञान (*Correctional Psychology*)—मनोविज्ञान की इस शाखा में मनोविज्ञानी उन मानव व्यवहारों का अध्ययन करते हैं जो सामाजिक नियम तथा कानून का उल्लंघन से संबद्ध होता है। मनुष्यों के ऐसे व्यवहारों को सुधारने का पर्याप्त प्रयास मनोवैज्ञानिक तथ्यों एवं विधियों द्वारा किया जाता है। इसमें अपराधी एवं किशोर अपराधियों के व्यवहारों को सुधारने का पर्याप्त प्रयास किया जाता है। अतः इस मनोविज्ञान का सम्बन्ध जेल के पर्यावरण तथा न्यायिक कोर्ट आदि के वातावरण से भी काफी होता है।

(iv) वायुदिक् मनोविज्ञान (*Aerospace Psychology*)—मनोविज्ञान की इस शाखा में व्यक्ति के व्यवहार में होने वाले उन परिवर्तनों का अध्ययन किया जाता है जब वे दिक् (space) में काफी ऊँचाई पर वायुयान में कार्यरत होते हैं। जब व्यक्ति जमीन से अधिक ऊँचाई पर चला जाता है तो वहाँ उसे पूर्णतः भिन्न तरह के मौसम तथा पर्यावरण का सामना करना पड़ता है। ऐसी परिस्थिति में उनके व्यवहार में पूर्णतः परिवर्तन आ जाता है। व्यक्ति को पर्यावरण के साथ समायोजन की समस्या खड़ी होती है। इन समस्यात्मक पहलुओं पर तथा उनके यथोचित समाधान पर इस मनोविज्ञान में अध्ययन किया जाता है।

(v) न्यायिक मनोविज्ञान (*Forensic Psychology*)—मनोविज्ञान तथा कानून का सम्बन्ध पुराना है। न्यायिक मनोविज्ञान में इन दोनों के सम्बन्धों का मनोवैज्ञानिक अध्ययन किया जाता है। किसी व्यक्ति पर मुकदमा चलाया जा सकता

है कि नहीं, इसका निर्धारण करने में मनोवैज्ञानिक निदान (psychological diognosis) की भूमिका अहम होती है। जेल के भीतर मनोवैज्ञानिक एक चिकित्सक, पुनर्वास विशेषज्ञ (rehabilitation expert) आदि के रूप में कार्य करते हैं। पुलिस विभाग द्वारा अक्सर मनोवैज्ञानिकों की सेवा इस उम्मीद से ली जाती है कि वे उन्हें जटिल मानव इच्छाओं एवं अभिप्रेरणों को ठीक ढंग से समझने में मदद करेंगे। कानूनी तन्त्र (legal system) के दूसरे छोर पर यह भी देखा गया है कि मनोवैज्ञानिक शोधों का उपयोग कभी-कभी जटिल न्यायिक निर्णय लेने से सफलतापूर्वक किया जाता है।

(vi) क्रीड़ा मनोविज्ञान *(Sports Psychology)*—आधुनिक समय में क्रीड़ा या खेल-कूद में भी मनोवैज्ञानिक तथ्यों एवं सिद्धान्तों का उपयोग किया जाता है। मनोविज्ञानी इस क्षेत्र में कुछ विशेष समस्याओं का जैसे—खेल-कूद में अधिक अभिरुचि रखने वाले व्यक्ति खेल-कूद सम्बन्धी जोखिम व्यवहार को क्यों करना चाहते हैं, खेल-खेलने वाले तथा खेल देखने वाले व्यक्ति के अभिप्रेरकों में क्या अन्तर होता है, आदि-आदि का अध्ययन किया जाता है। मनोविज्ञानी द्वारा इस क्षेत्र में किये गये अध्ययनों के आलोक में यह पाया गया है कि खेल-कूद व्यवहार से व्यक्ति की संज्ञानात्मक क्षमता (cognitive ability) मजबूत होती है।

(vii) राजनीति का मनोविज्ञान *(Political Psychology)*—इस मनोविज्ञान में राजनीतिक नेताओं एवं अधिकारियों तथा सामान्य व्यक्तियों के व्यवहारों के बीच सम्बन्धों का अध्ययन किया जाता है। इसमें मनोविज्ञानी राजनीतिक सम्बन्धों से जुड़े मानवीय समस्याओं का अध्ययन करते हैं। इसमें राजनैतिक नेतृत्व, प्रभावशाली राजनैतिक रणनीतियाँ, राजनैतिक विद्रोह, दलबदली आदि के पीछे छिपे मानव अभिप्रेरणाओं एवं इच्छाओं का क्रमबद्ध अध्ययन किया जाता है।

(viii) गिरोमनोविज्ञान *(Geropsychology)*—मनोविज्ञान के इस क्षेत्र का प्रादुर्भाव आज से लगभग 30 वर्ष पहले हुआ है जिसमें वृद्ध लोगों के मानसिक स्वास्थ्य का अध्ययन किया जाता है। इसमें विशेष रूप से यह अध्ययन किया जाता है कि वृद्ध लोगों के मानसिक स्वास्थ्य के मूल्यांकन एवं उपचार की विधियाँ क्या वयस्क लोगों के मानसिक स्वास्थ्य के मूल्यांकन एवं उपचार की विधियों से भिन्न होतीं हैं या एक समान होती हैं। साथ-ही-साथ इसमें इस बात का भी अध्ययन किया जाता है कि जैसे-जैसे व्यक्ति की आयु बढ़ती है, वैसे-वैसे उसके मनोवैज्ञानिक कार्यों पर सामाजिक-आर्थिक स्तर, समूह-सम्बन्धन, व्यक्तिगत एवं प्रजननी (generational) इतिहास का क्या प्रभाव पड़ता है। अध्ययनों में सुविधा के ख्याल से इस क्षेत्र के मनोवैज्ञानिक वृद्धावस्था को तीन भाग में बाँटते हैं—*कमसीन-वृद्ध* (Young-old) जिसमें 65 से 74 वर्ष के आयु के लोगों रखा जाता है, *वृद्ध-वृद्ध* (old-old) जिसमें 75 से 85 वर्ष से ऊपर की आयु के व्यक्तियों को रखा जाता है तथा *पुरा वृद्ध* (oldest-old) जिसमें 85 वर्ष की आयु से ऊपर के व्यक्तियों को रखा जाता है। गिरोमनोविज्ञान में व्यक्ति के तैथिक आयु (chronological age) तथा कार्यात्मक आयु (functional age) में स्पष्ट अन्तर किया जाता है। तैथिक आयु से तात्पर्य व्यक्ति के जन्म से लेकर आज तक के समय से होता है तथा गिरोमनोवैज्ञानिक इस तैथिक आयु को उसके कार्यात्मक क्षमताओं का सही सूचक नहीं मानते हैं क्योंकि कुछ व्यक्ति की तैथिक आयु कम होने पर भी उनकी कार्यात्मक क्षमता अच्छी नहीं होती है तथा कुछ लोगों को ठीक इसके विपरीत तैथिक आयु अधिक होने पर भी उत्तम कार्यक्षमता बनी रहती है। विर्रेन तथा कन्निघम (Birren & Cunningham, 1985) के अध्ययन के आधार पर कार्यात्मक आयु (functional age) द्वारा उम्रप्रभाव (aging) के तीन पहलुओं अर्थात् जैविक, सामाजिक एवं मनोवैज्ञानिक पहलु प्रतिबिम्बित होती है। जैविक आयु

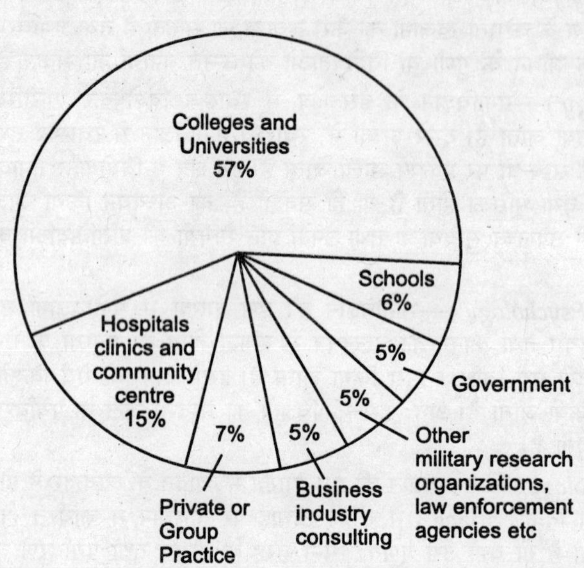

चित्र 1.2 विभिन्न स्थानों में कार्यरत मनोवैज्ञानिकों का प्रतिशत

biological age) द्वारा व्यक्ति के सामान्य जीवन अवधि (potential life span) के संदर्भ में उसके वर्तमान स्थिति का पता चलता है। चिकित्सक व्यक्ति के विभिन्न महत्त्वपूर्ण अंग तंत्रों को जाँच कर उसके जैविक आयु का पता लगाते हैं। सामान्यतः आयु बढ़ने से व्यक्ति के इन अंगों का आत्म नियन्त्रण क्षमता घटती जाती है और वह मृत्यु के करीब पहुँच जाता है। सामाजिक आयु (social age) से तात्पर्य समाज के अन्य व्यक्तियों की तुलना में व्यक्ति की आदत, भूमिकाओं एवं अन्य सम्बन्धित व्यवहार से होता है। व्यक्ति के पोशाक, भाषा एवं अन्तर्वैयक्तिक शैली से उसके सामाजिक आयु का पता चलता है। मनोवैज्ञानिक आयु (psychological age) से तात्पर्य परिवर्तित वातावरण में व्यक्ति को समायोजन करने की क्षमता से होता है। इस पर व्यक्ति के साकारात्मक कार्य, अभिप्रेरण तथा आत्म-सम्मान का काफी प्रभाव पड़ता है। गिरोमनोविज्ञान में वृद्ध लोगों के मानसिक स्वास्थ्य के अध्ययन के इन तीनों तरह के आयु पर संयुक्त रूप से विचार किया जाता है। भारत के कई विश्वविद्यालयों के मनोविज्ञान, समाजशास्त्र, मानवशास्त्र तथा मानव विकास (human development) के विभागों द्वारा उम्रप्रभाव (aging) की पढ़ाई एक विषय के रूप में की जाने लगी है। मास्टर स्तर पर उम्रप्रभाव के मनोविज्ञान (psychology of ageing) की पढ़ाई श्री वेनकेटश्वर विश्वविद्यालय (Shri Venkateshwara University) में 1973 में प्रारम्भ की गयी थी। बाद में भारत सरकार ने 1999 में *नेशनल पालिसी ऑन ओल्डर परसन्स* (National Policy on Older Persons or NPOP) की घोषणा किया और इस क्षेत्र में किये जाने वाले अध्ययनों को सुचारू रूप से चलाने एवं उनकी गुणवत्ता को बढ़ाने के लिए *नेशनल काऊंसिल फॉर ओल्डर परसन्स* (National Council for Older Persons or NCOP) की भी स्थापना किया।

(ix) क्रॉस-सांस्कृतिक मनोविज्ञान(*Cross-cultural Psychology*)—यह मनोविज्ञान व्यक्ति के चिन्तन, व्यवहार एवं संवेग आदि को समझने में संस्कृति की भूमिका की व्याख्या करता है। क्रॉस-सांस्कृतिक मनोविज्ञान विभिन्न संस्कृतियों के मनोवैज्ञानिक प्रक्रियाओं की तुलना करते हैं जिसका मूल उद्देश्य यह जानना होता है कि अमुक मनोवैज्ञानिक प्रक्रिया क्या किसी संस्कृति विशेष में ही होती है या सभी संस्कृतियों में होती है। *दी इन्टनेशनल एशोसियेशन फॉर क्रॉस कलचरल साइकॉलोजी* (The International Association for Cross-cultural Psychology) द्वारा क्रॉस-सांस्कृतिक तुलनाओं पर शोध को बढ़ावा दिया जाता है तथा मनोविज्ञान में संस्कृति की भूमिका से अवगत कराया जाता है।

(x) महिलाओं का मनोविज्ञान (*Psychology for Women*)—इस मनोविज्ञान में महिलाओं के अध्ययन तथा उन पर शोध को उन्नत बनाने के महत्त्व पर बल डाला जाता है। मनोविज्ञान की इस शाखा में महिलाओं के बारे में सूचनाओं को एक विश्वास के साथ समन्वित करके उनका उपयोग समाज एवं संस्थान में किया जाता है। अमेरीकन मनोवैज्ञानिक संघ (American Psychological Assoication) में महिलाओं का मनोविज्ञान के लिए एक अलग डिवीजन (Division) सन् 1973 में बनाया गया था।

(xi) आर्थिक मनोविज्ञान (*Economic Psychology*)—भान्न राज (Vann Raaj, 1999) के अनुसार, आर्थिक मनोविज्ञान में मूलतः आर्थिक व्यवहार, उसके पूर्ववर्ती कारकों (antecedent factors) तथा उनके परिणामों के बारे में पूर्वकथन (forecast) करने का प्रयास किया जाता है। इसमें अन्य बातों के अलावा इस मनोविज्ञान में इस बात का भी अध्ययन किया जाता है कि व्यक्ति अर्थव्यवस्था (economy) से किस तरह से प्रभावित होता है और जीवन के गुणवत्ता एवं कल्याण सम्बन्ध चीजों के बारे में निर्णय करते समय व्यक्ति के आर्थिक व्यवहार में कौन-कौन से मनोवैज्ञानिक प्रक्रियाएँ सम्मिलित होती हैं। इस क्षेत्र के मनोवैज्ञानिक मूलतः निम्नांकित तीन तरह की प्रक्रियाओं के अध्ययन पर बल डालते हैं:—

(a) उपभोक्ताओं (coustomer), उत्पादनकर्त्ताओं (producers) तथा अन्य नागरिकों के आर्थिक व्यवहार के पीछे छिपे विश्वास, मूल्य, पसंद, मनोवृत्ति, उद्देश्य तथा अन्य कारकों की पहचान करना।

(b) उपभोक्ताओं उत्पादनकर्त्ताओं एवं नागरिकों के आर्थिक व्यवहार पर दूरदर्शिता (foresight), निर्णयों (decisions) तथा सरकारी नियमों के पड़ने वाले प्रभावों का अध्ययन करना।

(c) उपभोक्ताओं, नागरिकों एवं उत्पादनकर्त्ताओं के लक्ष्यों एवं आर्थिक आवश्यकताओं की सन्तुष्टि का अध्ययन करना।

उपर्युक्त अध्ययनों के लिए इस क्षेत्र के मनोविज्ञानी परिमाणात्मक आँकड़े (quantitative data) तथा गुणात्मक आँकड़ें (qualitative data) दोनों का ही संग्रहण करते हैं। प्रश्नावली, सर्वे, व्यवहार रेटिंग्स, शब्दार्थ विभेदक (semantic differential) आदि का उपयोग करके परिमाणात्मक आँकड़े तथा साक्षात्कार, सामूहिक चर्चा (group discussion), प्रक्षेपी प्रविधि (projective technique), शब्द साहचर्य परीक्षणों के माध्यम से गुणात्मक आँकड़ें इकट्ठा करते हैं और उनका विश्लेषण कर किसी अंतिम निष्कर्ष पर पहुँचते हैं।

(xii) यातायात एवं परिवहन मनोविज्ञान (*Traffic and Transport Psychology*)—मनोविज्ञान की इस शाखा में यातायात तथा परिवहन में लगे व्यक्तियों की मनोवैज्ञानिक प्रक्रियाओं का अध्ययन किया जाता है। इसमें अन्य

बातों के अलावा दुर्घटनाओं के रोकथाम (prevention) या चालन निष्पादन के प्रभावशीलता (effectiveness of driving performance) को उन्नत बनाने पर अधिक बल डाला जाता है। पेशेवर चालकों (professional drivers) का मनोवैज्ञानिक परीक्षण करके इस तरह के लक्ष्य को पूरा किया जाता है। स्पेन (Spain) दुनिया का मात्र एकलौता देश है जहाँ पेशेवर चालकों को तथा चलान लाइसेंस देने या पुराने चलान लाइसेंस का पुर्नचलन (renewal) करने में मनोवैज्ञानिक परीक्षण से गुजरना अनिवार्य होता है। उसी तरह से इस शाखा में थकान, सांवेगिक अवस्था, उनींदायन (drowsiness) अल्कोहल एवं तम्बाकू उपयोग, औषध व्यसन (durg addiction) आदि का यातायात सुरक्षा (traffic safety) पर पड़ने वाले प्रभावों का अध्ययन किया जाता है।

स्पष्ट हुआ कि मनोविज्ञान का कार्यक्षेत्र काफी विकसित तथा विस्तरित है। चूँकि मनोविज्ञान की उपयोगिता जीवन के विभिन्न क्षेत्रों में बढ़ती जा रही है, अतः हम इस बिन्दु पर आशा व्यक्त कर सकते हैं कि मनोविज्ञान के कार्यक्षेत्र में आगे वाले दिनों में और भी नयी-नयी शाखाओं का प्रवेश होगा।

स्पष्ट हुआ कि मनोविज्ञान का कार्यक्षेत्र (scope) काफी विस्तृत है। इससे भी यह संकेत मिलता है कि मनेविज्ञानी भिन्न-भिन्न क्षेत्रों में ही नहीं बल्कि भिन्न-भिन्न संस्थानों या जगहों में कार्य करते हैं। वोनईयू एवं कुका (Boneau & Cuca, 1990) के अनुसार करीब 57% मनोवैज्ञानिक कॉलेज एवं विश्वविद्यालयों में कार्यरत हैं तथा बाकी 43% मनोवैज्ञानिक अन्य क्षेत्रों जैसे—अस्पताल, उद्योग, स्कूल, सरकारी दफ्तर, सैन्य संगठनों आदि में कार्यरत हैं। इसे चित्र 1.2 में विस्तृत रूप में दिखलाया गया है।

चित्र से यह स्पष्ट है कि 57% कॉलेज एवं विश्वविद्यालय में, 15% अस्पताल, उपचार गृह (clinics) तथा सामुदायिक केन्द्रों में, 7% निजी या सामूहिक पेशा (private or group practices) में, 5% उद्योग तथा व्यवसाय में, 5% सैन्य संगठनों तथा नियम पालक संस्थानों (law enforcement organisations) में, 5% दफ्तरों में तथा 6% स्कूल में कार्यरत हैं।

मनोविज्ञान के लक्ष्य
(Goals of Psychology)

जैसा कि हम जानते हैं, मनोविज्ञान मानव एवं पशु के व्यवहार एवं संज्ञानात्मक प्रक्रियाओं का वैज्ञानिक अध्ययन करता है। ऐसे अध्ययन के पीछे उसके कुछ छिपे लक्ष्य (goals) होते हैं। मनोविज्ञान के मुख्य लक्ष्य निम्नांकित तीन हैं:—

(i) मापन एवं वर्णन (Measurement and Description)

(ii) पूर्वानुमान एवं नियन्त्रण (Prediction and Control)

(iii) व्याख्या (Explanation)

इन तीनों का वर्णन निम्नांकित हैः—

(i) मापन एवं वर्णन *(Measurement and Description)*—मनोविज्ञान का सबसे प्रथम लक्ष्य प्राणी के व्यवहार एवं संज्ञानात्मक प्रक्रियाओं का वर्णन करना तथा फिर उसे मापन करना होता है। प्रमुख मनोवैज्ञानिक प्रक्रियाओं जैसे—चिंता, सीखना, मनोवृत्ति, क्षमता, बुद्धि आदि का वर्णन करने के लिए पहले उसे मापना आवश्यक होता है। इसे मापने के लिए कई तरह के परीक्षण (test) की आवश्यकता होती है। इसलिए मनोविज्ञान का एक मुख्य लक्ष्य मनोवैज्ञानिक प्रक्रियाओं को मापने के लिए परीक्षण या विशेष प्रविधि का विकास करना है। किसी भी मनोवैज्ञानिक परीक्षण या प्रविधि में कम-से-कम दो गुणों का होना अनिवार्य है—विश्वसनीयता (reliability) तथा वैधता (validity)। विश्वसनीयता से तात्पर्य इस बात से होता है कि बार-बार मापने से व्यक्ति का प्राप्तांक में कोई परिवर्तन नहीं आता है। जैसे—यदि कोई बुद्धि परीक्षण एक ही व्यक्ति पर क्रियान्वयन करने पर एक समय में उच्च प्राप्तांक तथा दूसरे समय में निम्न प्राप्तांक देता है, तो इसे विश्सनीय नहीं माना जायेगा। हाँ, यदि दोनों समयों में एक समान प्राप्तांक परीक्षण पर आता है, तो इसे विश्वसनीयता कहा जायेगा। परन्तु विश्वसनीयता ही काफी नहीं है। परीक्षण में वैधता (validity) का भी गुण होना चाहिए। वैधता से तात्पर्य इस बात से होता है कि परीक्षण वही मापन कर रहा है जिसे मापने के लिए उसे बनाया गया है। जैसे—यदि कोई व्यक्ति एक लम्बाई मापने वाला फीता लगाकर व्यक्ति के सिर की परिधि को मापकर उसकी बुद्धि-लब्धि को मापता है, और प्रत्येक बार ऐसा करने पर उसे एक ही प्राप्तांक आता है (अर्थात विश्वसनीयता है) परन्तु उसमें वैधता (validity) नहीं होगी क्योंकि मापने की प्रविधि अर्थात फीता का बुद्धि मापन से कोई सम्बन्ध नहीं है। हाँ, यदि इसका मापन कोई उत्तम बुद्धि परीक्षण से किया जाता, तो इसमें वैधता होती।

मापने के बाद मनोवैज्ञानिक उस व्यवहार का वर्णन भी करते हैं। जैसे—बुद्धि परीक्षण द्वारा मापने पर यदि किसी व्यक्ति

का बुद्धि-लब्धि (intelligence quotient) 130 आता है तो मनोवैज्ञानिक यह समझते हैं कि वह तीव्र बुद्धि का है और वह विभिन्न परिस्थितियों में बुद्धिमत्तापूर्ण व्यवहार (intelligent behaviour) कर सकता है।

(ii) पूर्वकथन एवं नियन्त्रण *(Prediction and Control)*—मनोविज्ञान का दूसरा लक्ष्य व्यवहार के बारे में पूर्वकथन करने से होता है ताकि उसे ठीक ढंग से नियन्त्रित किया जा सके। जहाँ तक पूर्वकथन का सवाल है, इसमें सफलता मापन (measurement) की सफलता पर निर्भर करता है। सामान्यतः मनोवैज्ञानिक गत व्यवहार के मापन के आधार पर ही यह पूर्वकथन करते हैं कि व्यक्ति अमुक परिस्थिति में क्या कर सकता है तथा कैसे कर सकता है? जैसे—अगर हम किसी छात्र के सामान्य बौद्धिक स्तर का मापन करके उसके बारे में सही-सही जान लें तो हम स्कूल में उसके निष्पादन (performance) के बारे में पूर्वकथन आसानी से कर सकते हैं। उसी तरह के किसी व्यक्ति की अभिक्षमता (aptitude) को मापकर मनोवैज्ञानिक यह पूर्वकथन करते हैं कि व्यक्ति को किस काम में लगाया जा सकता है ताकि उसे अधिक-से-अधिक सफलता मिल सके। कुछ मनोवैज्ञानिक मानव व्यवहार के बारे में पूर्व कथन करने के लिए क्षमता (ability), अभिक्षमता (aptitude) के अलावा अभिरुचि (interest) का भी मापन किये हैं। व्यक्ति की अभिरुचि को मापकर मनोवैज्ञानिक यह पूर्वानुमान लगाते हैं कि व्यक्ति को किस तरह के कार्य (job) में लगाना उत्तम होगा ताकि उसे अधिक-से-अधिक सफलता प्राप्त हो सके।

सचमुच में पूर्वकथन तथा नियन्त्रण साथ-साथ चलता है और मनोवैज्ञानिक जब भी किसी व्यवहार के बारे में पूर्वकथन करता है तो उसका उद्देश्य उस व्यवहार को नियंत्रण भी करना होता है। जैसे—मनश्चिकित्सक (psychotherapist) रोगी के व्यवहार को नियन्त्रित तथा परिवर्तित इसलिए करते हैं कि उसके बारे में एक पूर्वानुमान लगाया जा सके; एक औद्योगिक मनोवैज्ञानिक अपने कर्मचारियों के व्यवहार को इसलिए नियंत्रित करते हैं कि उसके बारे में वे सही-सही पूर्वानुमान लगा सके। स्पष्ट हुआ कि पूर्वकथन एवं नियन्त्रण का कार्य मनोवैज्ञानिक साथ-साथ करते हैं।

(iii) व्याख्या *(Explanation)*—मनोविज्ञान का अन्तिम लक्ष्य मानव व्यवहार की व्याख्या करना होता है। व्यवहार की व्याख्या करने के लिए मनोवैज्ञानिक कुछ सिद्धान्त (theories) का निर्माण करते हैं ताकि उनकी व्याख्या वैज्ञानिक ढंग से की जा सके। ऐसे सिद्धान्त ज्ञात स्रोतों से तथ्यों को संगठित करते हैं और मनोवैज्ञानिक को उस परिस्थिति में तर्कसंगत अनुमान लगाने में मदद करते हैं जहाँ वे सही उत्तर नहीं जान पाते हैं। कुछ लोगों का मत है कि मानव व्यवहार की व्याख्या करना मनोविज्ञान का सबसे अव्वल लक्ष्य है क्योंकि जबतक मनोवैज्ञानिक यह नहीं बतला पाते हैं कि व्यक्ति अमुक व्यवहार क्यों कर रहा है, अमुक मापन प्रविधि क्यों काम कर रहा है तो वे सही-सही न तो उस व्यवहार के बारे में पूर्वकथन ही कर सकते हैं और न ही उसका ठीक ढंग से नियन्त्रण ही सम्भव है।

स्पष्ट हुआ कि मनोविज्ञान के तीन लक्ष्य हैं और ये तीनों लक्ष्य एक-दूसरे से सम्बन्धित हैं। जबतक किसी व्यवहार का ठीक ढंग से मापन तथा वर्णन नहीं होता है, हम उसके बारे में कोई उत्तम पूर्वकथन (prediction) नहीं कर सकते हैं और न ही उसका नियन्त्रण ही सम्भव है। अगर हम किसी तरह से ऐसे व्यवहार के बारे में पूर्वकथन कर भी दें, तो उसकी वैज्ञानिक व्याख्या अर्थात किसी सिद्धान्त के तहत उसकी व्याख्या हम नहीं कर पायेंगे।

मनोविज्ञान की विधियाँ
(Methods of Psychology)

मनोविज्ञान में व्यक्ति के व्यवहार एवं मानसिक प्रक्रियाओं को अध्ययन करने के लिए कई तरह की विधियों को अपनाया जाता है जिसमें निम्नांकित प्रमुख हैं:—

1. अन्तर्निरीक्षण विधि (Introspection method)
2. प्रेक्षण विधि (Observation method)
3. प्रयोगात्मक विधि (Experimental method)
4. सर्वे विधि (Survey method)
5. कालानुक्रमिक विधि (Longitudinal method)
6. अनुप्रस्थ काट विधि (Cross-sectional method)।
7. क्रॉस-सांस्कृतिक विधि (Cross-Cultural method)
8. नैदानिक या केस अध्ययन विधि (Clinical or Case study method)
9. क्षेत्र अध्ययन विधि (Field study method)

10. सहसम्बन्धात्मक विधि (Correlational method)
11. मेटा विश्लेषण (Meta analysis)

इन सभी प्रमुख विधियों का वर्णन निम्नांकित है—

अन्तर्निरीक्षण विधि या आत्मगत प्रेक्षण विधि
(Introspection method or Method of Subjective observation)

अन्तर्निरीक्षण का अर्थ होता है अन्तस् या अन्दर का निरीक्षण। दूसरे शब्दों में, जब कोई व्यक्ति अपने भीतर की अनुभूतियों का स्वयं निरीक्षण करता है तो इसे अन्तर्निरीक्षण कहा जाता है। इस विधि का प्रतिपादन विलहेल्म वुण्ट (Wilhelm Wundt) तथा उनके शिष्य टिचेनर (Titchener) ने जिन्होंने संरचनावाद (Structuralism) नामक स्कूल की स्थापना की, द्वारा किया गया। इन लोगों ने मनोविज्ञान को चेतन अनुभूति (conscious experience) का विज्ञान कहकर परिभाषित किया था और बतलाया था कि चेतन अनुभूतियों (conscious experiences) को अध्ययन करने का विधि सिर्फ अन्तर्निरीक्षण ही है। इन लोगों ने चेतन अनुभूति के तीन तत्त्व (element) बतलाएँ हैं जो इस प्रकार हैं—*संवेदन* (sensation), *भाव* (feeling) तथा *प्रतिमा* (image)। यदि कोई व्यक्ति अपने चेतन अनुभूति का वर्णन इन तत्त्वों (elements) के रूप में करता है तो इस तरह का वर्णन निश्चित रूप से अन्तर्निरीक्षण कहलायेगा। एक उदाहरण लीजिए—मान लिजिए कि कोई व्यक्ति एक मृत युवक को सड़क पर पड़ा देखता है। इसे देखकर उसके चेतन अनुभूति (conscious experience) में कुछ खास-खास बातें आती हैं जिसका वर्णन वह स्वयं ही इस प्रकार करता है:—

''मृत युवक के शरीर को देखकर उसे बहुत ही दुःख हुआ और ठीक इस तरह की एक घटना कल मेरे घर के सामने घटी थी जिसमें इसी उम्र के एक व्यक्ति को किसी ने जान से मार कर फेंक दिया था।''

ऊपर दिया गया वर्णन अन्तर्निरीक्षण का एक अच्छा उदाहरण है क्योंकि इसमें हम पाते हैं कि व्यक्ति ने अपने चेतन अनुभूति (conscious experiences) में तीनों तत्त्वों का समावेश किया है। मृत युवक के शरीर को देखना एक दृष्टि (visual) संवेदन का उदाहरण है। मृत शरीर को देखने से व्यक्ति में दुःख का भाव (feeling) उत्पन्न हुआ। मृत शरीर को देखकर व्यक्ति के मन में एक खास प्रतिमा (image) अर्थात् पिछले दिन की घटना जिसमें समान उम्र के युवक का मृत शरीर की याद आना शामिल है, उत्पन्न होती है। इस तरह से स्पष्ट है कि जब व्यक्ति अपने चेतन अनुभूतियों (conscious experience) का वर्णन इस प्रकार करता है कि उसमें एक खास संवेदन, भाव एवं प्रतिमा सम्मिलित होता है, तो उसे हम अन्तर्निरीक्षण (introspection) की संज्ञा देते हैं।

कभी-कभी देखा गया है कि व्यक्ति अपने चेतन अनुभूतियों का निरीक्षण न करके कुछ बाहरी तथ्यों (facts) का निरीक्षण कर उसके बारे में बतलाता है। इस तरह की प्रक्रिया को *आत्मनिरीक्षण* (self-observation) कहा जाता है न कि अन्तर्निरीक्षण (introspection) क्योंकि इसमें व्यक्ति अपने चेतन अनुभूति के संवेदन, भाव एवं प्रतिमा आदि का वर्णन नहीं करता है। एक उदाहरण लीजिए—जब कोई व्यक्ति अपने सिर के बाल को देखकर कहता है कि उसके अधिकतर बाल उजले हो गये हैं तो यह मात्र आत्मनिरीक्षण (self-observation) का उदाहरण होगा अन्तर्निरीक्षण (introspection) का नहीं। हाँ, यदि वह यह कहता है कि इस तरह के उजले बाल देखकर उसे काफी दुःख होता है तथा साथ-ही-साथ उसे अपने दादाजी के सिर का बाल याद आने लगता है, तो यह निश्चित रूप से अन्तर्निरीक्षण (introspection) का उदाहरण होगा। इसका मतलब यह हुआ कि किसी आत्मनिरीक्षण को अन्तर्निरीक्षण कहलाने के लिए उसमें चेतन अनुभूतियों का वर्णन निश्चित रूप से शामिल होना चाहिए।

टिचेनर (Titchener, 1890) के अनुसार अन्तर्निरीक्षण विधि (introspection method) की सफलता निम्नांकित बातों पर निर्भर करती है:—

(i) अन्तर्निरीक्षण करने वाले व्यक्ति में किसी प्रकार का पूर्वाग्रह (prejudice) तथा पक्षपात (bias) की भावना न हो।

(ii) अन्तर्निरीक्षण करने वाला व्यक्ति को अपने ध्यान या अवधान (attention) की प्रक्रिया पर पूर्ण नियंत्रण हो।

(iii) अन्तर्निरीक्षण करने वाला व्यक्ति शारीरिक एवं मानसिक रूप से तरोताजा (fresh) हों। उसमें थकान (fatigue) तथा मानिसक उब (monotony) आदि की भाव न हो।

(iv) अन्तर्निरीक्षण करने वाले व्यक्ति को अन्तर्निरीक्षण की प्रक्रिया में अभिरुचि (interest) हो तथा उसकी चित्त-प्रकृति (temperament) शांत हो।

गुण (*Merits*)—अन्तर्निरीक्षण विधि के प्रमुख गुण (merits) निम्नांकित हैं:—

(i) अन्तर्निरीक्षण विधि द्वारा व्यक्ति की मानसिक प्रक्रियाओं जैसे—उसकी इच्छाओं, भावों का अध्ययन एवं विश्लेषण ठीक ढंग से हो पाता है। कुछ मानसिक समस्याएँ ऐसी होतीं हैं जिन्हें सिर्फ अन्तर्निरीक्षण विधि द्वारा ही अध्ययन किया जा सकता है। जैसे—यदि कोई अध्ययनकर्त्ता यह देखना चाहता है कि चिन्तन की प्रक्रियाओं में मानसिक प्रतिमाओं (mental images) का हाथ है या नहीं तो इसका अध्ययन अन्तर्निरीक्षण विधि द्वारा ही ठीक ढंग से हो सकता है।

(ii) अन्तर्निरीक्षण विधि एक तरह का आत्म-निरीक्षण (self-observation) है। यदि हम आत्मर्निरीक्षण निष्पक्ष एवं बिना किसी दबाव के करते हैं तो मानसिक प्रक्रियाओं के बारे में वैज्ञानिक निष्कर्ष पर पहुँचने के लिए इससे बढ़कर और कोई दूसरी विधि नहीं हो सकती है।

(iii) अन्तर्निरीक्षण विधि मनोविज्ञान की सबसे पहली तथा पुरानी विधि है। इस विधि के सहारे ही मनोवैज्ञानिक चेतन अनुभूतियों (conscious experience) का अध्ययन कर मनोविज्ञान को दर्शनशास्त्र से अलग कर एक प्रयोगात्मक (experimental) रूप दे पाये। अतः यह कहा जा सकता है कि अन्तर्निरीक्षण विधि एक ऐसी विधि है जिसके सहारे मनोविज्ञान को एक प्रयोगात्मक स्तर (experimental status) मिल पाया है।

दोष (*Demerits*)—अन्तर्निरीक्षण विधि के कुछ दोष (demerits) भी हैं। इसके प्रमुख दोष निम्नांकित हैं:—

(i) मनोवैज्ञानिकों ने अन्तर्निरीक्षण विधि का सबसे बड़ा दोष यह बतलाया है कि यह विधि व्यक्तिगत (personal) तथा आत्मनिष्ठ (subjective) होता है। व्यक्ति अन्तर्निरीक्षण करके जो भी कह रहा है, उसे मानना ही है। ऐसा भी सम्भव है कि उसे अनुभूति कुछ हो रहा है और वह कह कुछ और ही रहा है। उदाहरणार्थ, किसी कुत्ता को देखकर मान लीजिए कि व्यक्ति में दुःखद अनुभूतियाँ उत्पन्न हो रहीं हैं परन्तु वह इसे न बताकर यह कह सकता है कि इस कुत्ता को देखकर मुझे काफी सुखद अनुभव एवं यादें आ रही हैं। इस तरह से स्पष्ट है कि अन्तर्निरीक्षण विधि में आत्मनिष्ठता (subjectivity) की गुंजाइश काफी है। इससे इस विधि की सार्थकता तथा वैधता (validity) कम हो जाती है।

(ii) व्यक्ति जब अपने चेतन अनुभूतियों का अन्तर्निरीक्षण करना शुरू करता है तो ऐसा देखा गया है कि धीरे-धीरे अनुभूतियाँ अपने आप ही परिवर्तित होना शुरू हो जातीं हैं। फलतः उनका अन्तर्निरीक्षण ठीक ढंग से नहीं हो पाता है। उदाहरणस्वरूप, मान लीजिए कि आप बहुत क्रोधित हो गये हैं। इस क्रोध की अवस्था में उत्पन्न मानसिक अनुभूतियों का यदि आप अन्तर्निरीक्षण करना प्रारम्भ कर देते हैं तो सम्भव है कि क्रोध ही समाप्त हो जाये और फिर आप कुछ भी अन्तर्निरीक्षण नहीं कर पाएँगे। कुछ मनोवैज्ञानिकों ने इस तरह के दोष को हटाने के लिए यह कहा है कि मानसिक अनुभूतियों का अन्तर्निरीक्षण किसी विशेष मानसिक स्थिति के दौरान न करके उसके समाप्ति के तुरन्त बाद करना चाहिए। जैसे—क्रोध की अवस्था में होने वाले अनुभूतियों का आत्मनिरीक्षण क्रोध की अवस्था के समाप्त होने के तुरंत बाद कर लेनी चाहिए। इस तरह की प्रक्रिया को मनोवैज्ञानिक ने *अनुदर्शन* (retrospection) की संज्ञा दी है। यद्यपि अनुदर्शन (retrospection) द्वारा अन्तर्निरीक्षण विधि का यह दोष कुछ हद तक कम हो जाता है, परन्तु यदि अनुदर्शन कुछ समय बाद यदि किसी कारण से किया जाता है तो इससे भी कोई सार्थक परिणाम नहीं निकल पाता है।

(iii) कुछ अनुभूतियाँ स्वभाव से ऐसी होतीं हैं जिनका अध्ययन अन्तर्निरीक्षण विधि द्वारा करना सम्भव नहीं होता है क्योंकि व्यक्ति इन अनुभूतियों से अवगत तो रहता है, परन्तु उसकी अभिव्यक्ति भाषा के रूप में नहीं कर सकता है जैसे—यदि किसी व्यक्ति से मूली खाते समय उसके स्वाद की अनुभूतियों को बतलाने के लिए कहा जाय, तो उन अनुभूतियों का वर्णन वह किन शब्दों में करेगा, यह कहना मुकिश्ल है। सम्भव है कि वह उसकी अभिव्यक्ति उचित ढंग से कर ही न पाये। कुछ मनोवैज्ञानिकों ने इस तरह के दोष को अन्तर्निरीक्षण विधि का दोष न मानकर भाषा का दोष माना है। सच्चाई यह है कि इसमें भाषा का दोष तो है ही परन्तु इस विधि का भी दोष है। कोई भी विधि उस समय वैज्ञानिक न रहकर अवैज्ञानिक हो जाती है जब वह भाषा-सम्बन्धी दोष से ग्रसित हो जाती है। इसका मतलब तब यह हुआ कि अन्तर्निरीक्षण विधि वैज्ञानिक नहीं है।

(iv) अन्तर्निरीक्षण विधि का प्रयोग पशु, पक्षियों, छोटे-छोटे बालकों एवं पागलों पर नहीं किया जा सकता है क्योंकि वे किसी भी परिस्थिति में अपनी चेतन अनुभूतियों का अध्ययन कर उसकी अभिव्यक्ति भाषा द्वारा ठीक से नहीं कर सकते हैं।

(v) अन्तर्निरीक्षण विधि में अनुभव करने वाला तथा अनुभूतियों का निरीक्षण करनेवाला व्यक्ति एक ही होता है। अतः एक ही व्यक्ति को दोहरा कार्य करना पड़ता है। इस तरह का दोहरा कार्य सभी व्यक्ति ठीक ढंग से सभी तरह की मानसिक प्रक्रियाओं के अध्ययन में नहीं कर सकते हैं। कुछ लोग यदि ऐसा कर भी लेते हैं तो वह वैज्ञानिक दृष्टिकोण से उचित नहीं हो पाता है क्योंकि कुछ ऐसी मानसिक प्रक्रियाएँ हैं जिन्हें व्यक्ति चाहकर भी ठीक ढंग से अनुभव एवं निरीक्षण साथ-साथ नहीं कर सकता है।

(vi) कुछ मनोवैज्ञानिकों का कहना है कि अन्तर्निरीक्षण विधि का प्रयोग हर परिस्थिति में सम्भव नहीं है। जैसे—जब व्यक्ति लापरवाह, मस्तमौला तथा मानसिक रूप से अधिक चंचल होता है, तो वह अपनी मानसिक प्रक्रियाओं यानी अनुभूतियों का अध्ययन ठीक ढंग से नहीं कर पायेगा। फलतः अन्तर्निरीक्षण विधि का प्रयोग यहाँ उचित नहीं होगा।

इस तरह से हम देखते हैं कि अन्तर्निरीक्षण विधि के दोष तथा गुण दोनों ही हैं। इन गुणों एवं दोषों को ध्यान में रखते हुए यह कहा जा सकता है कि अन्तर्निरीक्षण विधि को मनोविज्ञान की विधि के रूप में पूर्णरूपेण अस्वीकृत नहीं किया जा सकता है। यही कारण है कि आज भी इस विधि का उपयोग प्रयोगात्मक विधि (experimental method) के पूरक (supplement) के रूप में किया जाता है।

प्रेक्षण विधि (Observation method)

प्रेक्षण विधि मनोविज्ञान की दूसरी प्रमुख विधि है। सन् 1913 में जब वाटसन (Watson) ने व्यवहारवाद (Behaviourism) की स्थापना की तो मनोविज्ञान को नये ढंग से परिभाषित करते हुए यह कहा गया कि मनोविज्ञान व्यवहार का विज्ञान है जिसका अध्ययन विधि अन्तर्निरीक्षण (introspection) न होकर प्रेक्षण विधि (observation method) है। तभी से प्रेक्षण विधि का जन्म हुआ और आज भी यह विधि मनोवैज्ञानिक अध्ययनों का एक प्रमुख विधि बना हुआ है।

इस विधि में अध्ययनकर्त्ता प्राणी या जीव के व्यवहारों को निष्पक्ष भाव से प्रेक्षण या अवलोकन करता है। अपने अवलोकन के आधार पर वह एक विशेष रिपोर्ट तैयार करता है जिसका विश्लेषण कर वह उस प्राणी के व्यवहार के बारे में एक निश्चित निष्कर्ष पर पहुँचता है। प्रेक्षण (observation) को वस्तुनिष्ठ (objective) बनाने के लिए प्राणी के व्यवहारों का अवलोकन वह भिन्न-भिन्न परिस्थितियों में करता है। कई प्रेक्षक मिलकर प्राणी या जीव के व्यवहारों का अवलोकन एक साथ करते हैं। शायद यही कारण है कि इस विधि को *वस्तुनिष्ठ प्रेक्षण विधि* (objective observation method) कहा गया है। अध्ययनकर्त्ता प्राणी के दोनों तरह के व्यवहारों यानी बाह्य व्यवहार (external behaviour) जैसे—दौड़ना, रोना, खेलना तथा आंतरिक व्यवहार (internal behaviour) जैसे—रक्त चाप में परिवर्तन, हृदय की धड़कन में परिवर्तन आदि का प्रेक्षण करते हैं।

वस्तुनिष्ठ प्रेक्षण (objective observation) की मुख्य दो विशेषताएँ होती हैं:—

(i) प्रेक्षण हमेशा उद्देश्यपूर्ण तथा सूक्ष्म होता है। दूसरे शब्दों में यह कहा जा सकता है कि प्रेक्षक किसी उद्देश्य से प्राणी के व्यवहार के किसी खास पहलू पर अधिक ध्यान देते हुए प्रेक्षण करता है।

(ii) प्रेक्षण का उद्देश्य अध्ययन नियमों से सम्बन्धित चरों (variables) के बीच पारस्परिक सम्बन्धों का पता लगाना होता है।

प्रेक्षण निम्नांकित तीन प्रकार के होते हैं—

(क) सहभागी प्रेक्षण (Participant observation)

(ख) असहभागी प्रेक्षण (Non-participant observation)

(ग) स्वाभाविक प्रेक्षण (Naturalistic observation)

इन तीनों तरह के प्रेक्षण का वर्णन निम्नांकित हैः—

(क) सहभागी प्रेक्षण (*Participant observation*)—प्रेक्षण की इस विधि में प्रेक्षक उन व्यवहारों में हाथ बँटाते हुए प्रेक्षण करते हैं जिनका उन्हें अध्ययन करना होता है। यहाँ प्रेक्षक भी लोगों के काम को उनके साथ मिलकर करते हैं तथा उनके व्यवहार का प्रेक्षण भी करते जाते हैं। जैसे—उद्योग या किसी व्यवसाय में कार्यरत श्रमिकों की समस्याओं का अध्ययन करने के लिए सम्भव है कि मनोवैज्ञानिक इस उद्योग या व्यवसाय में एक श्रमिक के रूप में अपने आप को नामांकन कराकर उनके साथ मिलकर कार्य करे तथा साथ-ही-साथ उनके व्यवहारों का प्रेक्षण भी करता जाए।

(ख) असहभागी प्रेक्षण (*Non-participant observation*)—प्रेक्षण की इस विधि में प्रेक्षक व्यक्तियों के उन व्यवहारों में हाथ नहीं बँटाता है जिनका उसे प्रेक्षण करना होता है। प्रेक्षक दूर से ही व्यक्ति के व्यवहारों का अध्ययन करता है। नैदानिक, शैक्षिक, सामाजिक तथ औद्योगिक परिस्थितियों में व्यक्तियों के व्यवहारों का प्रेक्षण प्रायः इस विधि से किया जाता है।

(ग) स्वाभाविक प्रेक्षण (*Naturalistic observation*)—जब प्रेक्षण का उपयोग एक स्वाभाविक परिस्थिति में विशेषकर पशुओं के व्यवहारों का अध्ययन करने के लिए किया जाता है, तो इस तरह के प्रेक्षण को स्वाभाविक प्रेक्षण कहा जाता है। जैसे—मनोवैज्ञानिक प्रायः बन्दरों, मधुमक्खियों, चीटियों आदि के व्यवहारों को उनके स्वाभाविक रूप से रहने के स्थानों में जाकर अध्ययन करते हैं। प्रायः ऐसे पशुओं में वे आक्रामकता, प्यार, सामाजिक संगठन (social organization) जैसे व्यवहारों का अध्ययन करते हैं। इस तरह के प्रेक्षण का उपयोग कभी-कभी मानव शिशुओं के कुछ व्यवहारों के अध्ययन में भी किया जाता है। इस तरह के प्रेक्षण की मुख्य विशेषता यह है कि प्राणी के व्यवहारों का अध्ययन उसमें बिना किसी तरह के फेर-बदलाव या जोड़-तोड़ (manipulation) के ही अर्थात जैसे वे अपने वास्तविक रूप से घटित होते हैं, अध्ययन किया जाता है। इसे *क्षेत्र अध्ययन विधि* (Field study method) या *क्रमबद्ध प्रेक्षण* (systematic observation) भी कहा जाता है। क्षेत्र अध्ययन विधि का विस्तृत वर्णन हम आगे एक स्वतन्त्र विधि के रूप में करेंगे क्योंकि इसकी महत्ता मनोविज्ञान में अन्य प्रेक्षणों की तुलना में अधिक है।

ऊपर के विवरण से तब यह स्पष्ट हो जाता है कि वस्तुनिष्ठ प्रेक्षण विधि वैसी विधि है जिसमें अध्ययनकर्त्ता निष्पक्ष रूप से प्राणी के व्यवहारों का निरीक्षण एक विशेष स्वाभाविक परिस्थिति (natural situation) में करता है।

प्रेक्षण का एक उदाहरण—मान लीजिए कि एक अध्ययनकर्त्ता यह निश्चित करता है कि 6-7 साल का बच्चा खेल के समय किन-किन तरह के व्यवहारों को करता है। इसका अध्ययन यह वस्तुनिष्ठ प्रेक्षण विधि से करना चाहता है। इसके लिए वह 6-7 साल के बच्चों का एक छोटा समूह लेगा और उनलोगों के सामने कुछ खिलौना भी दे देगा। अध्ययनकर्त्ता चाहे तो बच्चों के साथ स्वयं भी खेल सकता है और साथ-ही-साथ उसके व्यवहारों का प्रेक्षण भी कर सकता है। परन्तु ऐसा करने में इस बात की अधिक उम्मीद बढ़ जायेगी कि बच्चे अपना स्वाभाविक व्यवहार में थोड़ा परिवर्तन कर दे। अतः छिपकर ही प्रेक्षण करना अच्छा होगा। स्वयं कहीं ऐसी जगह छिप जायेगा जहाँ से वह सभी बच्चों के व्यवहार को देख सके लेकिन कोई भी बच्चा उसे नही देख पाये। खिलौना से खेलते समय बच्चे भिन्न-भिन्न प्रकार का व्यवहार दिखला सकते हैं। कुछ बच्चा हँसेगा, कुछ रोयेगा, कुछ चुपचाप बैठा रह सकता है, कुछ अपने खिलौनों को दूसरों को देगा और फिर दूसरों से अपना खिलौना लेने की कोशिश करेगा। आदि-आदि। अध्ययनकर्त्ता बच्चों के इन सभी व्यवहारों को क्रमबद्ध रूप से प्रेक्षण करता जायेगा और उसके विश्लेषण के आधार पर वह एक खास निष्कर्ष पर पहुँचेगा। सम्भव है कि वह इस निष्कर्ष पर पहुँचे कि अमुक बच्चा अधिक दब्बू (submissive) है तथा अमुक बच्चा काफी प्रबल (dominant) है, आदि-आदि। ध्यान रहे कि अध्ययनकर्त्ता किसी निष्कर्ष पर पहुँचने के पहले बच्चों के समूह को कई दिनों तक उसी परिस्थिति में रखकर प्रेक्षण करेगा। यदि कोई अध्ययनकर्त्ता बार-बार एक ही तरह के कार्य को दोहाराना नहीं चाहता है तो वैसी परिस्थिति में कई अध्ययनकर्त्ता एक साथ मिलकर बच्चों के समूह के व्यवहार का प्रेक्षण करेंगे और जो तथ्य सभी अध्ययनकर्त्ता के निरीक्षण में सामान्य (common) होगा, उसे वास्तविक निष्कर्ष (actual conclusion) समझा जायेगा। जैसे—ऊपर के ही उदाहरण में यदि मान लिया जाय कि पाँच निरीक्षक हैं और पाँचों निरीक्षक अपने निरीक्षण के रिपोर्ट में यह बतलाते हैं कि अमुक लड़का खेल में दब्बूपन दिखलाया है तब इस निष्कर्ष पर पहुँचा जायेगा कि वह बच्चा दब्बू (submissive) है।

प्रेक्षण (objective observation) विधि द्वारा ही एक प्रेक्षण (observation) कर जोन्स तथ जोन्स (Jones & Jones, 1928) ने यह दिखला दिया है कि भय (fear) एक जन्मजात संवेग नहीं बल्कि अर्जित संवेग (acquired emotion) होता है। इस अध्ययन में 15 बच्चों जिनका औसत उम्र 15 से 21 महीना का था, का एक समूह लिया गया तथा 90 कॉलेज के छात्रों का दूसरा समूह लिया गया। इन दोनों समूहों के बीच बारी-बारी से एक 6 फुट का लम्बा विषरहित साँप रखा गया। परिणाम में यह देखा गया कि 15 बच्चों में से सिर्फ दो बच्चे ही साँप देखकर डरे जबकि 90 से 60 कॉलेज़ के छात्र विषरहित साँप को देखकर डर गये। इस अध्ययन के आधार पर जोन्स तथा जोन्स ने यह बतलाया कि कॉलेज के छात्र पहले से ही साँप को देखकर डरना सीख चुके थे। परन्तु छोटे बच्चों में ऐसी बात नहीं थी। यह अध्ययन निश्िचत रूप से वस्तुनिष्ठ प्रेक्षण का उदाहरण है क्योंकि प्रेक्षण स्वाभाविक परिस्थिति में किया गया और अध्ययनकर्त्ता ने निष्पक्ष भाव से बच्चों एवं कॉलेज के छात्रों के डर में होने वाले संवेगात्मक व्यवहार का प्रेक्षण कर विश्लेषण किया।

गुण (*Merits*)—प्रेक्षण विधि के प्रमुख गुण निम्नांकित हैं:—

(i) इस विधि में प्रेक्षण वस्तुनिष्ठ (objective) तथा अवैयक्तिक (impersonal) होता है। फलस्वरूप, इससे प्राप्त निष्कर्ष काफी विश्वसनीय तथा वैध (valid) होते हैं। एक उदाहरण लीजिए—अगर कोई व्यक्ति किसी परिस्थिति में जोर-जोर से बोल रहा है एवं उसकी आँखें तथा चेहरा लाल है तो इसका प्रेक्षण करके कोई व्यक्ति इस निष्कर्ष पर पहुँचेगा कि व्यक्ति क्रोधित है। इस तरह से स्पष्ट है कि इस विधि में जो प्रेक्षण होता है, वह वस्तुनिष्ठ एवं अवैयक्तिक होता है जिससे व्यक्ति को सही निष्कर्ष पर पहुँचने में मदद मिलती है।

(ii) इस विधि ने मनोविज्ञान का अध्ययन क्षेत्र काफी विस्तृत कर दिया है। अन्तर्निरीक्षण विधि का प्रयोग सिर्फ वयस्क व्यक्तियों पर ही किया जाता था। फलस्वरूप मनोविज्ञान में सिर्फ इन्हीं व्यक्तियों की मानसिक प्रक्रियाओं का अध्ययन किया जाता था। परन्तु प्रेक्षण विधि का प्रयोग छोटे-छोटे बच्चों, वयस्कों, पागलों, अपाहिजों, पशुओं आदि पर भी आसानी से किया जाता है। फलस्वरूप, इस विधि के उपयोग से मनोविज्ञान का कार्यक्षेत्र काफी विस्तृत हो गया है।

(iii) इस विधि द्वारा एक समय में एक से अधिक प्राणियों के व्यवहारों का निरीक्षण आसानी से किया जा सकता है। जैसे—यदि अध्ययनकर्त्ता भीड़ व्यवहार (crowd behaviour) का अध्ययन करना चाहता है तो इस विधि का प्रयोग काफी आसानी से करके उस तरह के व्यवहार के बारे में जाना जा सकता है।

(iv) इस विधि से प्राप्त आँकड़ों का सांख्यिकीय विश्लेषण (statistical analysis) काफी आसानी से किया जा सकता है क्योंकि प्रायः आँकड़े आवृत्ति (frequency) प्रतिशत (percentage) आदि में प्राप्त होते हैं। इसका परिणाम यह होता है कि प्रेक्षण विधि से प्राप्त निष्कर्ष की वैधता (validity) काफी बढ़ जाती है।

(v) चूँकि प्रेक्षण विधि में सांख्यिकीय विश्लेषण सम्भव है तथा साथ-ही-साथ इसके द्वारा कई व्यक्तियों का एक साथ अध्ययन किया जा सकता है, अतः इसे प्राप्त परिणाम का सामान्यीकरण (generaliztion) अन्य दूसरे व्यक्तियों के लिए भी काफी दृढ़ता से की जा सकती है।

दोष (*Demerits*)—इस विधि के प्रमुख दोष निम्नांकित हैं:—

(i) प्रायः यह देखा गया है कि प्रेक्षण करते समय प्रेक्षक की अपनी पूर्वाग्रह (prejudice), (needs), मनोवृत्तियाँ आदि का भी प्रभाव उनके प्रेक्षण पर पड़ता है। दूसरे शब्दों में यह कहा जा सकता है कि प्रेक्षक द्वारा किया गया प्रेक्षण वस्तुनिष्ठ (objective) न होकर आत्मनिष्ठ (subjective) हो जाता है। ऐसी परिस्थिति में प्राप्त निष्कर्ष बहुत अधिक विश्वसनीय तथा वैध (valid) नहीं रह जाता।

(ii) इस विधि में प्राणी के व्यवहारों का प्रेक्षण कर उसके मानसिक क्रियाओं के बारे में जानने की कोशिश की जाती है। परन्तु इस दिशा में हमेशा सफलता प्रेक्षक को नहीं भी मिल सकती है। एक उदाहरण लीजिए—गाँव में अभी भी जब दो स्त्रियाँ एक-दूसरे से काफी दिन पर मिलती है तो अपनी खुशी प्रकट करने के लिए रोती है। कोई भी प्रेक्षक रोने के इस व्यवहार का प्रेक्षण करने पर इसी निष्कर्ष पर पहुँचेगा कि दोनों स्त्रियाँ किसी कारण से दुःखी हैं जबकि सच्चाई यह है कि ये दोनों स्त्रियाँ रोकर अपनी खुशी प्रकट कर रही हैं। इस उदाहरण से स्पष्ट हो जाता है कि वस्तुनिष्ठ प्रेक्षण के आधार पर हमेशा मानसिक प्रक्रियाओं का सही-सही अर्थ निकालना सम्भव नहीं है।

(iii) इस विधि में प्रेक्षण स्वाभाविक एवं अनियन्त्रित परिस्थिति में किया जाता है। इसका परिणाम यह होता है कि

प्राप्त निष्कर्ष की व्याख्या उचित कारण-परिणाम सम्बन्ध (cause-effect relationship) के रूप में नहीं की जा सकती है। जैसे—ऊपर में जोन्स तथ जोन्स (Jones & Jones 1928) के ही अध्ययन को लें। कॉलेज के छात्र साँप देखकर डर जाते हैं। यहाँ डरने की सांवेगिक प्रक्रिया किस कारण हुई, कहना मुश्किल है। साँप के आकार से भी छात्रों में डर हो सकता है, उसके भयावह रूप से भी डर हो सकता है, उसके चाल से भी डर उत्पन्न हो सकता है, आदि-आदि। अतः परिणाम (डर) किस कारण (cause) से उत्पन्न हुआ, नहीं कहा जा सकता। दूसरे शब्दों में, इस विधि में कारण-परिणाम सम्बन्ध का पता लगाना कठिन है क्योंकि प्रेक्षण अनियन्त्रित एवं स्वाभाविक परिस्थिति में की गयी थी।

(iv) प्राणियों के कुछ व्यवहार ऐसे भी होते हैं जिनका अध्यन वस्तुनिष्ठ निरीक्षण विधि से करना सम्भव नहीं है। उदाहरणार्थ, स्त्री-पुरुष के लैंगिक व्यवहार (sexual behaviour) का अध्ययन प्रेक्षण विधि द्वारा करना सम्भव नहीं है क्योंकि कोई भी स्त्री-पुरुष ऐसा नहीं चाहेंगे कि उसके लैंगिक व्यवहार का प्रेक्षण कोई दूसरा व्यक्ति करे।

इस तरह से हम देखते हैं कि वस्तुनिष्ठ प्रेक्षण विधि के गुण तथा दोष दोनों ही हैं। इन गुण-दोष को ध्यान में रखते हुए यही कहा जा सकता है कि इस विधि को मनोविज्ञान का एक अभिन्न विधि माना जा सकता है क्योंकि समूह व्यवहारों (group behaviour) के अध्ययन में यह विधि अन्य विधि से विशेष रूप से उत्तम समझा जाता है।

प्रयोगात्मक विधि
(Experimental Method)

मनोविज्ञान का सबसे प्रमुख एवं वैज्ञानिक विधि प्रयोगात्मक विधि है। मनोविज्ञान का विज्ञान होने का दावा अन्य बातों के अलावा उसके इस प्रयोगात्मक विधि के कारण भी है। आज का मनोविज्ञान इतना अधिक प्रयोगात्मक हो गया है कि सचमुच में सिर्फ उन्हीं तथ्यों एवं सिद्धान्तों को मान्यता प्राप्त रह गयी है जिनका प्रयोगात्मक समर्थन (experimental support) है।

प्रश्न उठता है कि प्रयोगात्मक विधि क्या है? प्रयोगात्मक विधि उस विधि को कहा जाता है जिसका आधार प्रयोग होता है। अब प्रश्न यह उठता है कि प्रयोग (experiment) किसे कहते हैं। साधारणतः किसी व्यवहार एवं मानसिक प्रक्रिया (mental process) को किसी नियन्त्रित अवस्था में क्रमबद्ध अध्ययन या प्रेक्षण करना ही प्रयोग[1] (experiment) कहलाता है। इस परिभाषा से स्पष्ट है कि प्रयोग में व्यवहारों का अध्ययन किसी नियन्त्रित अवस्था में की जाती है। व्यवहारों का अध्ययन चरों (variables) के माध्यम से किया जाता है। अब प्रश्न उठता है कि चर किसे कहते हैं? शाब्दिक अर्थ में चर (variable) किसी भी ऐसी घटना (event), परिस्थिति (situation) या व्यक्ति का गुण होता है जिनका मान परिवर्तन्शील होता है। वैज्ञानिक (scientific) अर्थ में चर वैसी घटना (event) परिस्थिति या व्यक्ति का गुण होता है जिसे मापा जा सकता है तथा जो परिमाणात्मक रूप से (quantatively) परिवर्तित होता है। जैसे—उम्र, वृद्धि, थकान आदि कुछ चर के उदाहरण हैं जिन्हें मापा भी जा सकता है तथा जो परिमाणात्मक रूप से परिवर्तित भी होते हैं।

किसी भी मनोवैज्ञानिक प्रयोग (psychological experiment) में मुख्यतः तीन तरह के चर होते हैं—स्वतन्त्र चर (independent variable), आश्रित चर (dependent variable) तथा संगत चर (relevant variable) या नियन्त्रण चर (control variable)। *स्वतन्त्र* चर (independent variable) वैसे चर के कहा जाता है जिसमें प्रयोगकर्त्ता जोड़-तोड़ (manipulation) करता है तथा जिसके प्रभाव को दूसरे चर पर अध्ययन भी किया जाता है। इसे नियन्त्रित चर (controlled variable) भी कहा जाता है परन्तु आधुनिक प्रयोगात्मक मनोविज्ञानियों द्वारा स्वतन्त्र चर के लिए **नियन्त्रित चर** (controlled variable) का उपयोग किया नहीं किया जाता है। आश्रित चर[2] (depenent variable) वैसे चर को कहा जाता है जिसके बारे में प्रयोगकर्त्ता प्रयोग करके पूर्वकथन (prediction) करना चाहता है। इसे आश्रित चर इसलिए कहा जाता है क्योंकि इसमें होने वाला परिवर्तन स्वतन्त्र चर (independent variable)

---

1. Experiment is the systematic study or observation of behaviours and mental processes under controlled situation. —Author
2. "A dependent variable is one about which we make a prediction." —Hill : *Learning* 1980, p. 16

में किये गये जोड़-तोड़ (manipulation) पर निर्भर करता है। प्रायः मनोविज्ञान के प्रयोग में कुछ ऐसे भी चर होते हैं जिनके प्रभाव को प्रयोगकर्त्ता नियंत्रित करके रखता है क्योंकि वह आश्रित चर पर उन चरों के प्रभाव को अध्ययन नहीं करना चाहता है। इस तरह के चर को संगत चर (relevant variable) या बहिरंग चर (extraneous variable) या नियंत्रण चर (control variable) कहा जाता है। *छात्र यहाँ ध्यान देंगे कि नियंत्रण चर (control variable) तथा नियंत्रित चर (controlled variable) में अंतर है।*

आश्रित चर (dependent variable), स्वतन्त्र चर (independent variable) तथा नियन्त्रण चर (control variable) के आपसी सम्बन्ध को एक उदाहरण द्वारा हम इस प्रकार समझा सकते हैं। मान लीजिए कि एक प्रयोगकर्त्ता प्रयोग कर यह देखना चाहता है कि सीखने की प्रक्रिया पर पुरस्कार का प्रभाव क्या पड़ता है। इस प्रयोग में वह स्पष्टतः सीखने की प्रक्रिया के बारे में पूर्वकथन (prediction) करना चाहता है। अतः सीखना यहाँ एक आश्रित चर (dependent variable) का उदाहरण है। पुरस्कार (reward) यहाँ एक स्वतंत्र चर (independent variable) का उदाहरण है क्योंकि वह पुरस्कार में जोड़-तोड़ (manipulation) करेगा और इस जोड़-तोड़ के प्रभाव को आश्रित चर यानी सीखने की प्रक्रिया पर देखेगा। यही कारण है कि प्रयोग (experiment) को लेफ्रानकोइस[1] (Lefrancois, 1983) ने परिभाषित करते हुए कहा है कि प्रयोग एक ऐसा शोध प्रविधि (research procedure) है जहाँ प्रयोगकर्त्ता एक या एक से अधिक चर में जोड़-तोड़ करता है तथा उसका प्रभाव दूसरे चर पर देखता है। किसी भी स्वतन्त्र चर में जोड़-तोड़ (manipulation) सामान्यतः दो तरह से किया जाता है—पहली विधि तो वह है जिसमें स्वतन्त्र चर की मात्रा को घटा-बढ़ा कर जोड़-तोड़ किया जाता है तथा दूसरी दूसरी विधि वह है जिसमें स्वतन्त्र चर को एक परिस्थिति में उपस्थित रखा जाता है तथा दूसरी परिस्थिति में उसे अनुपस्थित रखा जाता है। उदाहरणार्थ, इस उदाहरण में पुरस्कार एक स्वतन्त्र चर (independent variable) है। इसमें जोड़-तोड़ करने के लिए प्रयोगकर्त्ता बच्चों को दो तुल्य समूह (equivalent group) ले सकता है। दोनों समूह को सीखने के लिए समरूप पाठ (identical task) दिया जायेगा। परन्तु एक समूह में प्रयोगकर्त्ता जल्द सीखने पर बड़ा पुरस्कार (जैसे प्रत्येक को 100-100 रुपया) देने की घोषणा कर सकता है तथा दूसरे समूह में जल्द सीखने वालों को छोटा इनाम (जैसे प्रत्येक को 10-10 रुपया) देने की घोषणा कर सकता है ध्यान रहे कि यहाँ स्वतन्त्र चर (पुरस्कार) दोनों समूह में उपस्थित है परन्तु उसकी मात्रा में घट-बढ़ हुई है। अतः यहाँ स्वतन्त्र चर में जोड़-तोड़ उसकी मात्रा में कमी-वेशी करके की गयी है। ऐसा भी हो सकता है कि वह एक समूह में जल्दी सीखने वालों के लिए तो पुरस्कार की घोषणा करें लेकिन दूसरे समूह में कोई ऐसी घोषणा नहीं करे और प्रयोज्य को यथासम्भव जल्द-से-जल्द पाठ को याद करने के लिए सिर्फ कहे। यहाँ स्वतंत्र चर (पुरस्कार) में जोड़-तोड़ उसे एक समूह में उपस्थित कर तथा दूसरे समूह में अनुपस्थित कर किया जा रहा है। जिस समूह में स्वतन्त्र चर (independent variable) उपस्थित रहता है उसे *प्रयोगात्मक समूह* (experimental group) तथा जिस समूह में स्वतन्त्र चर अनुपस्थित रहता है, उसे *नियन्त्रित समूह* (control group) कहा जाता है। यहाँ ध्यान देने वाली बात यह है कि इस उदाहरण में दोनों समूह को तुल्य (equivalent) रखा गया है। क्यों? इस प्रश्न का जबाव देने के पहले यह बताना उचित होगा कि तुल्य से मतलब क्या होता है। दो समूह को उस समय तुल्य (equivalent) कहा जाता है। जब दोनों समूह उम्र, बुद्धि यौन (sex) आदि के ख्याल से समरूप हो। इन दोनों समूह को तुल्य इसलिए रखा गया क्योंकि ऐसा नहीं होने पर आश्रित चर यानी सीखने की प्रक्रिया (learning process) उम्र में अन्तर, बुद्धि में अन्तर, यौन में अन्तर आदि से प्रभावित हो जाता। चूँकि इन चरों के प्रभाव को प्रयोगकर्त्ता अध्ययन नहीं कर रहा है फलतः दोनों समूहों को इन चरों पर तुल्य बनाकर उनके पड़ने वाले प्रभाव को नियन्त्रित कर दिया गया है। अतः इन सबको नियन्त्रण चर (control variable) या बहिरंग चर (extraneous variable) या संगत चर (relevant variable) कहा जायेगा। उपयुक्त उदाहरण में यदि पुरस्कार पाने वाला समूह पुरस्कार नहीं पाने वाला समूह की अपेक्षा तेजी से पाठ को सीखता है, तो प्रयोगकर्त्ता इस निष्कर्ष पर पहुँच सकता है कि पुरस्कार देने से सीखने की प्रक्रिया तीव्र गति से होती है।

प्रयोग स्पष्ट रूप से कारण-परिणाम सम्बन्ध (cause-effect relationship) की व्याख्या कर सके, इसके लिए दो बातों का होना अनिवार्य है। *पहला*, प्रयोज्यों को प्रयोग के विभिन्न अवस्थाओं में यादृच्छिक आवंटन (random

1. "In brief, an experiment is a research procedure where experimenters control one or more variables of a situation and observe the effects of this control on other variables in the situation."

—Lefrancois : *Psychology*, 1993 p.12

assignment) किया जाय, अर्थात् सभी प्रयोज्यों का प्रत्येक अवस्था या समूह में चुने जाने की संभावना बराबर-बराबर हो। *दूसरा*, स्वतंत्र चर को छोड़कर अन्य सभी कारक जिनसे प्रयोज्य का व्यवहार प्रभावित हो सकता है, उसे नियंत्रित रखा जाय। अगर ऐसा नहीं होता है, तो व्यक्ति का व्यवहार तथा आश्रित चर में परिवर्तन इन कारकों से भी हो जाता है और तब एक संभ्रांति (confusion) की स्थिति उत्पन्न हो जाता है और प्रयोगकर्त्ता यह नहीं समझ पाता कि आश्रित चर में परिवर्तन का कारण स्वतंत्र चर में परिवर्तन है या अन्य कारक हैं। इस संभ्रांति की अवस्था को *अस्तव्यस्तता* (confounding) कहा जाता है।

प्रयोग विधि के मुख्य तीन उद्देश्य (purpose) होते हैं जो निम्नांकित हैं:—

(i) प्रयोगात्मक विधि में स्वतन्त्र चर (independent variable) तथा आश्रित चर (dependent variable) के बीच का सम्बन्ध पता लगाया जाता है। इन दोनों के सम्बन्ध को पता लगाने के लिए प्रयोगकर्त्ता पहले से एक खाका तैयार कर लेता है जिसमें इस बात का साफ-साफ उल्लेख होता है कि स्वतन्त्र चर में कैसे जोड़-तोड़ किया जायेगा, प्रयोगात्मक समूह तथा नियन्त्रित समूह कितने होंगे एवं इनका संगठन कैसे किया जायेगा आदि-आदि। इस खाका को मनोवैज्ञानिकों ने *प्रयोगात्मक डिजाइन* (experimental design) की संज्ञा दी है।

(ii) प्रयोगात्मक विधि द्वारा किसी सिद्धान्त (theory) या शोध (research) द्वारा किये गये पूर्वकथन (prediction) की जाँच होती है।

(iii) प्रयोगात्मक विधि किसी नये सिद्धान्त का प्रतिपादन के लिए महत्त्वपूर्ण आँकड़े (data) प्रदान करती है।

गुण (*Merits*)—प्रयोगात्मक विधि के प्रमुख गुण निम्नांकित हैं:—

(i) प्रयोगात्मक विधि में प्राणी या जीव (organism) के व्यवहारों एवं मानसिक प्रक्रियाओं से सम्बद्ध चरों का अध्ययन एक नियंत्रित अवस्था (controlled condition) में (यानी सामान्यतः प्रयोगशाला में) की जाती है। परिणामस्वरूप इससे प्राप्त निष्कर्ष की आन्तरिक वैधता (internal validity) काफी अधिक होती है। अपने इसी गुण के कारण प्रयोगात्मक विधि अन्य विधियों से भिन्न है क्योंकि इतना अधिक नियंत्रित परिस्थिति दूसरी विधि में नहीं मिल पाती है। एटकिन्सन, एटकिन्सन तथा हिलगार्ड[1] (Atkinson, Atkinson & Hilgard 1983) ने ठीक ही कहा है, ''चरों पर सख्त (precise) नियंत्रण करने की क्षमता ही प्रयोगात्मक विधि को प्रेक्षण के अन्य विधियों से अलग करता है।''

(ii) प्रयोगात्मक विधि में पुनरावृत्ति (replication) का गुण होता है। प्रयोगकर्त्ता स्पष्ट रूप से अपने रिपोर्ट में यह लिखता है कि उसका प्रयोगात्मक डिजाइन (experimental design) क्या था, उसमें प्रयोज्य (object) की संख्या क्या थी, उसने स्वतन्त्र चर में जोड़-तोड़ कैसे किया, आदि-आदि। यदि किसी दूसरे अध्ययनकर्त्ता को पहले अध्ययनकर्त्ता द्वारा प्राप्त निष्कर्ष पर किसी प्रकार की शंका है तो उसे दोहराकर निष्कर्ष की जाँच आसानी से कर ले सकता है। इस ढंग की सुविधा दूसरी विधि में नहीं है।

(iii) प्रयोगात्मक विधि काफी वस्तुनिष्ठ (objective) होती है क्योंकि इसमें प्रयोगकर्त्ता को एक खास ढंग से एव खास विधि से प्रयोग करना होता है। चाहकर भी वह किसी प्रकार का पक्षपात या पूर्वाग्रह (prejudice) आदि नहीं कर पाता है। चूँकि विधि वस्तुनिष्ठ होती है, अतः इससे प्राप्त आँकड़ों (data) का गुणात्मक (qualitative) तथा परिमाणात्मक (quantitative) विश्लेषण आसानी से किया जा सकता है।

(iv) प्रयोगात्मक विधि में स्वतन्त्र चरों (intependent variable) को जोड़-तोड़ (manipulation) काफी ठीक ढंग से हो पाता है। फलस्वरूप प्रयोगकर्त्ता किसी मनोवैज्ञानिक समस्या (psychological problem) का अध्ययन कई तरह से कर सकने में समर्थ होते हैं।

दोष (*Demerits*)—प्रयोगात्मक विधि के प्रमुख दोष निम्नांकित हैं:—

(i) प्रयोगात्मक विधि का सबसे महत्त्वपूर्ण दोष यह बतलाया गया है कि प्रयोग की नियंत्रित अवस्था वास्तविक (real) न होकर कृत्रिम (artificial) होती है। फलस्वरूप, इसका सम्बन्ध जीवन के वास्तविक परिस्थिति (real

1. "The ability to exercise precise control over variables distinguishes the experimental method from other methods of observation." —Atkinson, Atkinson & Hilgard : *Introduction to Psychology*, 1983, p.19

situation) से कम होता है। इसलिए प्रयोगात्मक विधि से प्राप्त निष्कर्ष का सामान्यीकरण (generalization) वास्तविक परिस्थिति के लिए सम्भव नहीं है। मॉर्गन, किंग तथा रॉबिन्सन[1] (Morgan, King & Robinson, 1981) ने भी ऐसा ही विचार व्यक्त किया है, ''प्रयोग से प्राप्त निष्कर्ष कृत्रिम प्रयोगात्मक परिस्थिति (artificial experimental situation) तक सीमित है तथा इसका सामान्यीकरण (generalization) वास्तविक या स्वाभाविक परिस्थिति (real or natural situation) के व्यवहारों के बारे में नहीं की जा सकती है।''

(ii) प्रयोगात्मक विधि में कुछ विशेष प्रकार का दोष स्वाभाविक रूप से सम्मिलित होता है। प्रयोक्ता पूर्वाग्रह (experimenter bias) तथा प्रतिदर्श पूर्वाग्रह (sampling bias) दो ऐसे महत्त्वपूर्ण दोष हैं। प्रयोक्ता पूर्वाग्रह (experimenter bias) में प्रयोगकर्त्ता या प्रयोक्ता की अपनी उम्मीद या प्रत्याशाएँ (expectations), पक्षपात (bias) आदि प्रयोग के परिणाम तथा प्रेक्षण प्रक्रिया को प्रभावित करता है। प्रतिदर्श पूर्वग्रह (sampling bias) से तात्पर्य प्रयोज्यों (subjects) को प्रतिनिधिक (representative) न होने से होता है। कभी-कभी ऐसा देखा गया है कि प्रयोगकर्त्ता को जो भी व्यक्ति सुविधानुसार मिल रहा है, सभी को वह प्रयोज्य (subject) बना लेता है। इसका परिणाम यह होता है कि ऐसे प्रयोज्य उन समूह का प्रतिनिधित्व नहीं करते जिनके बारे में प्रयोग करके पूर्वकथन (prediction) करना होता है। इतना ही नहीं, कभी-कभी यह भी देखा गया है कि प्रयोग में प्रयोगात्मक समूह (experimental group) तथा नियन्त्रित समूह (control group) तुल्य (equivalent) नहीं होते हैं। फलतः उसका परिणाम वैध (valid) तथा विश्वसनीय (reliable) नहीं हो पाता है।

(iii) कुछ प्रयोग ऐसे होते हैं जिन्हें पशु पर तो किया जा सकता है परन्तु मनुष्यों पर नहीं किया जा सकता है। इसका परिणाम यह होता है कि प्रयोगात्मक विधि का कार्य-क्षेत्र सीमित हो जाता है। उदाहरणार्थ, यदि प्रयोग ऐसा है कि उसमें शरीर का कोई अंग जैसे मस्तिष्क का ही एक विशेष अंग को काटकर निकाल देना है और उसका प्रभाव व्यवहार पर क्या पड़ता है, यह देखना है तो मनुष्य के साथ इस ढंग का प्रयोग करना अनैतिक माना जायेगा और शायद कोई मनुष्य ऐसा करवाने के लिए तैयार भी नहीं होगा। परन्तु पशुओं के साथ आसानी से इस तरह का प्रयोग किया जा सकता है और किया जा भी रहा है। पशुओं के अध्ययन से प्राप्त निष्कर्ष को मनुष्यों के लिए भी सही मान लिया जाता है, हालाँकि इसमें कई तरह की त्रुटि (error) की सम्भावना बनी रहती है।

इन दोषों (demerits) के बावजूद भी प्रयोगात्मक विधि मनोविज्ञान की सबसे वैज्ञानिक विधि मानी गयी है। आज मनोविज्ञान में उन सिद्धान्तों एवं तथ्यों की कोई मान्यता नहीं है जिनका प्रयोगात्मक समर्थन (experimental support) नहीं है या बहुत ही कम है।

सर्वे विधि (Survey Method)

मनोविज्ञान में कुछ ऐसी समस्याएँ हैं जिनका ठीक ढंग से अध्ययन यदि कोई अध्ययनकर्त्ता एक छोटा प्रतिदर्श (sample) (व्यक्तियों की संख्या जिन्हें अध्ययन में शामिल किया जाता है, प्रतिदर्श कहा जाता है) लेकर करना चाहे, तो ठीक एवं वैज्ञानिक ढंग से वह नहीं कर पाता है। इस तरह की समस्याओं के अध्ययन के लिए प्रतिदर्श (sample) का बड़ा होना तथा समाज के भिन्न-भिन्न वर्गों से व्यक्ति को लेना अनिवार्य हो जाता है। समाज में बच्चों के पालन-पोषण के अभ्यास (child-rearing practices) के प्रति मनोवृत्ति (attitude) का अध्ययन, शादी से पहले होने वाले लैंगिक सम्बन्धों का अध्ययन करना, किशोरों में विशेष औषध (drug) का प्रयोग से सम्बन्धित समस्या आदि कुछ ऐसी ही समस्याएँ हैं जिनका अध्ययन के लिए प्रतिदर्श (sample) को बड़ा तथा सभी वर्गों से प्रतिनिधित्व (representation) का होना अनिवार्य है और इसी तरह की समस्याओं के अध्ययन के लिए मनोवैज्ञानिकों द्वारा सर्वे विधि को अपनाया जाता है।

सर्वे विधि में आँकड़े चार विधियों द्वारा संग्रहित किये जाते हैं। वे चार विधियाँ निम्नांकित हैं:—

(i) साक्षात्कार सर्वे (Interview survey)

---

1. "The conclusions from an experiment may be limited to the artificial experimental situation—they may not apply to natural situations or even to other experimental situation."

—Morgan, King & Robinson : *Introduction to Psychology, 1981,* p.23

(ii) डाक सर्वे (Mail survey)

(iii) पेनल सर्वे (Panel survey)

(iv) टेलिफोन सर्वे (Telephone survey)

(i) साक्षात्कार सर्वे *(Interview survey)*—इस विधि से किसी समस्या के बारे में आँकडे संग्रह करने के लिए प्रतिदर्श (sample) में सम्मिलित किये गये सभी व्यक्तियों का एक-एक करके अध्ययनकर्त्ता साक्षात्कार (interview) लेता है। साक्षात्कार करते समय अध्ययनकर्त्ता समस्या से सम्बन्धित कुछ प्रश्नों को पूछता है, जिसका जवाब व्यक्ति को देना होता है। सभी व्यक्तियों द्वारा दिये गये उत्तर के आधार पर अध्ययनकर्त्ता एक निश्चित निष्कर्ष पर पहुँचता है।

(ii) डाक सर्वे *(Mail survey)*—इस विधि में अध्ययनकर्त्ता व्यक्तियों द्वारा उत्तर दिये जाने वाले प्रश्नों को एक जगह छपवाकर एक पुस्तिका तैयार कर लेता है और उन्हें डाक द्वारा अध्ययन में शामिल किये गये प्रत्येक व्यक्ति के घर पर भेज दिया जाता है। इन व्यक्तियों को सभी प्रश्नों का सही-सही उत्तर देकर उस पुस्तिका को पुनः डाक द्वारा ही अध्ययनकर्त्ता को लौटा देना होता है। इस तरह से डाक प्रश्नावली द्वारा देश के दूर-दूर के कोनों में फैले व्यक्तियों से भी आसानी से समस्या से सम्बन्धित प्रश्नों के प्रति उत्तर प्राप्त हो जाते हैं।

(iii) पैनल सर्वे *(Panel survey)*—इस विधि में व्यक्तियों के एक ही समूह या प्रतिदर्श (sample) का कई बार साक्षात्कार (interview) लिया जाता है। दूसरे शब्दों में, एक ही प्रतिदर्श से समस्या से सम्बन्धित प्रश्नों को कम-से-कम दो-तीन बार भिन्न-भिन्न समय अन्तराल पर पूछा जाता है और उनका विश्लेषण कर अध्ययनकर्त्ता एक निश्चित निष्कर्ष पर पहुँचता है। इस विधि द्वारा आँकड़े संग्रह करने में फायदा यह होता है कि अध्ययनकर्त्ता को यह साफ-साफ पता चल जाता है कि वे कौन-कौन से कारक (factors) हैं जो समस्या के प्रति व्यक्तियों की मनोवृत्ति (attitude) में अन्तर लाते हैं।

(iv) टेलिफोन सर्वे *(Telephone survery)* में अध्ययनकर्त्ता अध्ययन में सम्मिलित किये गये व्यक्तियों द्वारा ही प्रश्नों का उत्तर पूछ लेता है। इस तरह से टेलिफोन सर्वे में आँकड़े तो जल्द संग्रह कर लिए जाते हैं परन्तु देखा गया है कि टेलिफोन पर व्यक्ति प्रश्नों का सही-सही जवाब विशेषकर वैसे प्रश्नों का जवाब जिसका सम्बन्ध नैतिकता से होता है, नहीं दे पाता है। भारत जैसे देश में टेलिफोन सर्वे का एक और दोष यह हो जाता है कि यहाँ कम ही व्यक्तियों के पास टेलिफोन की सुविधा है। अतः टेलिफोन सर्वे का महत्त्व अपने आप में काफी सीमित हो जाता है।

सर्वे विधि के कुछ गुण (merits) तथा दोष (demerits) हैं।

गुण *(Merits)*—इस विधि के प्रमुख *गुण* निम्नांकित हैं:—

(i) इस विधि का सबसे बड़ा गुण यह है कि इसके द्वारा कम समय में अधिक-से-अधिक व्यक्तियों से आँकड़े संग्रह किये जा सकते हैं।

(ii) चूँकि इस विधि में समाज में भिन्न-भिन्न वर्गों से व्यक्तियों का चयन करके उन्हें अध्ययन में शामिल किया जाता है, अतः इससे प्राप्त निष्कर्ष में सामान्यीकरण (generalization) का गुण अधिक होता है। दूसरे शब्दों में यह कहा जा सकता है कि इस विधि से प्राप्त निष्कर्ष को अधिक-से-अधिक व्यक्तियों के लिए सही माना जा सकता है, यानी सर्वे विधि में बाध्य वैधता (external validity) का गुण काफी अधिक होता है।

अवगुण *(Demerits)*—सर्वे विधि के प्रमुख *अवगुण* (demerits) निम्नांकित हैं:—

(i) इसका प्रयोग शिशुओं (infants) पर नहीं किया जा सकता है।

(ii) इस विधि में समस्या से सम्बन्धित जो आँकड़े संग्रह किये जाते हैं, उसकी वैधता (validity) पर लोगों को शक बना होता है। उदाहणार्थ, डाक प्रश्नावली द्वारा प्राप्त सूचनाएँ या आँकड़ें सही ही हैं, इसे निश्चितापूर्वक कैसे कहा जा सकता है। हो सकता कि इस प्रश्नावली के प्रश्नों को उचित व्यक्ति जवाब न देकर कोई दूसरा ही दिया हो। ऐसा भी सम्भव है कि व्यक्ति कुछ ही प्रश्नों का जवाब देकर प्रश्नावली को लौटा दें। अतः यह कहा जाता है कि सर्वे विधि द्वारा प्राप्त आँकड़ों की वैधता बहुत अधिक नहीं होती है। इस विधि में कुछ दोष होने के बावजूद भी इसका प्रयोग मनोवैज्ञानिक द्वारा काफी किया जाता है।

कालानुक्रमिक विधि
(Longitudinal Method)

आजकल मनोविज्ञान में कालानुक्रमिक या अनुदैर्ध्य विधि (Longitudinal method) का भी प्रयोग काफी हो रहा है। जैण्डन[1] (Zanden, 1978) ने कालानुक्रमिक विधि को परिभाषित करते हुए कहा है, ''यह एक ऐसी शोध विधि है जिसमें वैज्ञानिक कुछ व्यक्तियों का अध्ययन भिन्न-भिन्न समयों पर उनके व्यवहार एवं अन्य गुणों में होने वाले परिवर्तनों के आधार पर करता है।'' इस परिभाषा से स्पष्ट है कि कालानुक्रमिक विधि की मुख्य दो विशेषताएँ होती हैं:—

(i) इसमें व्यक्तियों के एक ही समूह का अध्ययन किया जाता है।

(ii) अध्ययन बार-बार भिन्न-भिन्न समय अन्तराल (time interval) के बाद दोहराया जाता है। अध्ययन कितना बार दोहराया जायेगा यह अध्ययनकर्त्ता के उद्देश्य के ऊपर निर्भर कता है। इसका कोई निश्चित नियम नहीं है। इसी तरह से एक अध्ययन से दूसरे अध्ययन के बीच का समय कितना होगा, इसके बारे में भी कोई निश्चित नियम नहीं है। इसका निर्णय अध्ययनकर्त्ता अध्ययन की जाने वाली समस्या के स्वरूप तथा अध्ययन के उद्देश्य को ध्यान में रखते हुए करता है।

इस विधि का प्रयोग विशेषकर वैसी परिस्थिति में किया जाता है जब अध्ययनकर्त्ता व्यक्तियों में होने वाले परिवर्तनों के आधार पर एक तुलनात्मक अध्ययन करना चाहता है। उदाहरणार्थ, जब अध्ययनकर्त्ता बच्चों के भाषा विकास (language development), पेशीय विकास (motor development) तथा संज्ञानात्मक विकास (cognitive development) आदि का अध्ययन करना चाहता है तो यह विधि काफी उपयुक्त (appropriate) साबित होती है। इस विधि के सहारे कागन तथा मॉस्स (Kagan & Moss, 1962) द्वारा किया गया एक अध्ययन काफी मशहूर है। इस अध्ययन में 71 बच्चों के व्यक्तित्व विकास का अध्ययन भिन्न-भिन्न समय अंतरालों (time interval) पर किया गया। इस अध्ययन का नाम *'दी वर्थ टू मैयूरीटी'* (The Birth to Maturity) नाम दिया गया था। इस अध्ययन का सबसे महत्त्वपूर्ण निष्कर्ष यह था कि वयस्क के रूप व्यक्तित्व में पाये जाने वाले बहुत से शीलगुणों (traits) का विकास बचपन से ही होना प्रारम्भ हो जाता है।

कालानुक्रमिक विधि के भी कुछ गुण तथा दोष हैं।

इसके प्रमुख *गुण* निम्नांकित हैं:—

(i) इस विधि द्वारा व्यवहारों एवं मानसिक प्रक्रियाओं में होने वाले क्रमिक परिवर्तनों का अध्ययन क्रमबद्ध रूप से किया जाना सम्भव होता है।

(ii) इस विधि में प्रतिदर्श (sample) को समान एवं तुल्य (equivalent) रखने से सम्बन्धित समस्या अपने आप ही समाप्त हो जाती है क्योंकि व्यक्तियों का एक ही समूह होता है जिसे भिन्न-भिन्न समय अंतरालों पर अध्ययन किया जाता है।

(iii) इस विधि में कारण-परिणाम सम्बन्ध (cause-effect relationship) को यथार्थ रूप से व्याख्या करने में काफी सहायता मिलती है क्योंकि अध्ययन भिन्न-भिन्न प्राणी के भिन्न-भिन्न विकासात्मक अवस्थाओं में किया जाता है।

इस विधि के प्रमुख *अवगुण* (demerits) निम्नांकित हैं:—

(i) इस विधि में समय अधिक लगता है तथा धन भी काफी खर्च होता है। अतः यह विधि समय तथा धन के ख्याल से काफी महँगी हैं।

(ii) प्रायः ऐसा देखा गया है कि जब अध्ययन कई वर्षों तक चलता रहता है तो प्रयोज्य (subject) की संख्या धीरे-धीरे कमती चली जाती है। इसका परिणाम यह होता है कि इस विधि द्वारा प्राप्त परिणाम की वैधता भी धीरे-धीरे कमती जाती है।

(iii) अध्ययनकर्त्ता दो विभिन्न समय अन्तरालों पर किये जाने वाले अध्ययनों के बीच वातावरण (environment)

1. "The longitudinal method involves a research approach in which the scientist studies some individuals at different points in their lives, noting the changes that occur in their behaviour and characteristics overtime."
—Zanden : *Human Development*, 1989, p. 16

को नियंत्रित नहीं रख पाता है। दूसरे शब्दों में यह कहा जा सकता है कि अध्ययनकर्त्ता के लिए दो विभिन्न समय अन्तराल पर किये जाने वाले अध्ययनों के बीच सभी प्रयोज्य (object) के लिए वातावतरण (environment) को समान एवं समरूप बनाये रखना कठिन होता है। इसका परिणाम यह होता है कि इस विधि द्वारा प्राप्त निष्कर्ष काफी विश्वसनीय नहीं रह जाते।

(iv) इस तरह के अध्ययन में अध्ययनकर्त्ता उम्र अन्तर (age difference) से उत्पन्न अन्तर को तथा उन्नत मापन (improved assessment) से उत्पन्न अंतर से भिन्न नहीं कर पाता है। आश्रित चर में होने वाला अंतर का कारण उम्र में वृद्धि या फिर मापन प्रविधियों का पहले से अधिक उन्नत होना कुछ भी हो सकता है। अध्ययनकर्त्ता इसमें अंतर नहीं कर पाते हैं।

इस विधि में कुछ अवगुण (demerits) होने के बावजूद भी मनोवैज्ञानिकों द्वारा इसका प्रयोग प्राणी के विकासात्मक समस्याओं (development problems) के अध्ययन में काफी किया जाता है।

अनुप्रस्थ-काट विधि
(Cross-sectional Method)

यह विधि कालानुक्रमिक विधि (longitudinal method) का ठीक विपरीत है। इस विधि में अध्ययनकर्त्ता भिन्न-भिन्न उम्रों एवं सामाजिक-आर्थिक स्तरों से व्यक्तियों के चयन कर कई समूह बनाता है जिनका अध्ययन एक ही समय में एक साथ किया जाता है। उसके बाद इन सभी समूहों में अध्ययन किये जाने वाले व्यवहार का मापन कर आपस में तुलना करता है। इस तरह से इस विधि में कई *दस्ता समूह* (cohort group) तैयार कर उनका एक ही समय में अध्ययन किया जाता है। दस्ता समूह वैसे समूह को कहा जाता है जिनके सभी सदस्यों का जन्म एक साल या विशेष अवधि में होता है। जैसे, 1950 में जन्में सभी भारतीय एक दस्ता समूह के उदाहरण होंगे परन्तु 1900 में जन्में सभी भारतीय दूसरे दस्ता समूह के उदाहरण होंगे। इस विधि की सफलता इस बात पर निर्भर करती है कि भिन्न-भिन्न उम्रों एवं सामाजिक-आर्थिक स्तरों से चयन किया गया व्यक्तियों का समूह एक प्रतिनिधिक (representative) समूह है या नहीं। इस विधि की सफलता के लिए यह भी आवश्यक है कि चयन यादृच्छिक ढंग से (randomly) हो अर्थात् भिन्न-भिन्न उम्र के व्यक्यिों के चयन में अध्ययनकर्त्ता द्वारा किसी प्रकार का पूर्वाग्रह (prejudice) तथा पक्षपात (bias) आदि नहीं किया गया हो। टेम्पलिन (Templin, 1957) द्वारा किया गया एक अध्ययन जिसमें उन्होंने 60 बच्चों को भिन्न-भिन्न उम्र स्तर (age level) जैसे—3, 3½, 4½, 5, 6, 7 तथा 8 साल से चयन कर उनमें होने वाले भाषा विकास (language development) का अध्ययन किया था, इस विधि का एक अच्छा उदाहरण है।

अनुप्रस्थ-काट विधि के भी गुण (merits) तथा दोष (demertis) है।

इसके प्रमुख *गुण* (merits) निम्नांकित है:—

(i) इस विधि से अध्ययन करने में समय की काफी बचत होती है क्योंकि भिन्न-भिन्न समूहों का चयन कर उनपर एक ही बार में आँकड़े संग्रह कर लिए जाते हैं। इसकी तुलना कालानुक्रमिक विधि (longitudinal method) से करने पर हम पाते हैं कि कालानुक्रमिक विधि में ऐसी बात नहीं है। उसमें समय की काफी बर्बादी होती है क्योंकि एक ही समूह पर भिन्न-भिन्न समय अन्तरालों में अध्ययन किया जाता है।

(ii) इस विधि में धन भी कम खर्च होता है क्योंकि अध्ययन एक ही बार पूरा हो जाता है।

(iii) इस विधि से अध्ययन करने में काफी लम्बे समय तक प्रयोज्य (subject) के सहयोग की जरूरत नहीं पड़ती है।

(iv) इस विधि से अध्ययन करने पर प्राप्त आँकड़े (data) को काफी लम्बे समय तक संग्रह कर रखने की भी जरूरत नहीं पड़ती है।

अनुप्रस्थ विधि के कुछ *अवगुण* (demerits) भी हैं जो निम्नांकित हैं—

(i) इस विधि से अध्ययन करने में व्यक्तियों के समूह में होने वाले परिवर्तन की दिशा (direction) का पता नहीं चलता है। ऐसा इसलिए होता है क्योंकि अध्ययन भिन्न-भिन्न समय अंतरालों पर न करके एक ही समय में कर लिया जाता है।

(ii) भिन्न-भिन्न समूहों जिनका अध्ययन किया जा रहा है, का आपस में तुलना करना सम्भव नहीं है क्योंकि समूह भिन्न-भिन्न स्तर के होते हैं।

(iii) इस विधि द्वारा किसी एक व्यक्ति में होने वाले विकास (development) तथा व्यवहारों में होने वाले परिवर्तन को भी ठीक ढंग से अध्ययन नहीं कियां जा सकता है।

यद्यपि अनुप्रस्थ-काट विधि के कुछ अवगुण (demerits) हैं फिर भी इसका प्रयोग मनोवैज्ञानिकों द्वारा कुछ विशेष समस्याओं के अध्ययन में किया गया है। इससे तब हम स्पष्टतः इस निष्कर्ष पर पहुँचते हैं कि अनुप्रस्थ-काट विधि में वैधता (validity) तथा सार्थकता है।

क्रॉस-सांस्कृतिक विधि (Cross-Cultural Method)

आजकल समाज वैज्ञानिकों (social scientists) की अभिरुचि इस बात में अधिक रही है कि किस तरह के सिद्धान्त एवं नियम संसार के सभी समाजों में पाया जाता है, किस तरह के नियम एवं सिद्धान्त संसार के कुछ ही समाजों में पाया जाता है तथा किस तरह के नियम एवं सिद्धान्त किसी विशेष समाज में ही पाया जाता है। इस उद्देश्य की पूर्ति करने के लिए क्रॉस-सांस्कृतिक विधि (corss-cultural method) का उपयोग किया जाता है। इस विधि का उपयोग मानवशास्त्रियों, समाजशास्त्रियों तथा समाज मनोवैज्ञानिकों द्वारा काफी अधिक किया गया है। इस विधि में दो या दो से अधिक समाजों से लिए गए आँकड़ों (data) का तुलनात्मक अध्ययन किया जाता है। अतः यहाँ विश्लेषण की इकाई व्यक्ति न होकर समाज की संस्कृति (cultures) होता है। इस क्षेत्र में किये गये अध्ययनों की समीक्षा से यह पता चलता है कि अबतक एक ही अध्ययन में लगभग एक हजार संस्कृतियों का तुलनात्मक अध्ययन किया गया है।

इस विधि से शोध करने में अधिकतर शोधकर्त्ता विभिन्न समाज या संस्कृतियों से एक उपयुक्त प्रतिदर्श (sample) तैयार करते है और फिर उसका अध्ययन करते हैं। मार्श (Marsh, 1967) तथा ड्राइवर (Driver, 1973) के अनुसार इस विधि द्वारा अध्ययन किये जाने वाले सांस्कृतिक अन्तर्वस्तु (cultural content) में किसी एक पहलू जैसे शौच प्रशिक्षण (toilet training) या तरुणावस्था का कृत्य (puberty rites) से लेकर जटिल व्यवहारों तथा सामाजिक प्रथाओं के विभिन्न प्रकारों को सम्मिलित किया जाता है।

क्रॉस-सांस्कृतिक विधि के कई उदाहरण उपलब्ध हैं जिनमें से यहाँ उदाहरण के रूप में रैडक्लिफ-ब्राउन (Radcliffe-Brown, 1970) जो एक मानवशास्त्री थे, द्वारा किया गया अध्ययन का उल्लेख किया जा रहा है। इस अध्ययन का प्राक्कल्पना यह था कि विशेष प्रशिक्षण एवं अनुशासन जैसे बिन्दुओं पर माता-पिता तथा बच्चों में तनाव उत्पन्न होने पर माता-पितामह (grand mother-father) तथा पोते-पोतियों के बीच का सम्बन्ध मधुर हो जाता है अर्थात ये दोनों में एक-दूसरे के प्रति स्नेह एवं प्रेम बढ़ जाता है। इस प्राक्कल्पना की जाँच के लिए विभिन्न संस्कृतियों से आँकड़े इकट्ठा किये गए और उनका विश्लेषण के बाद यह पाया गया कि माता-पिता एवं बच्चों में मतभेद होने पर सिर्फ उन संस्कृतियों में माता-पितामह (grand parents) तथा उनके पोते-पोतियों में स्नेह बढ़ जाता है जिनमें पारिवारिक सत्ता (family authority) माता-पितामह से सम्बन्धित नहीं होते हैं और वे अनुशासन के रूप में कार्य नहीं करते हैं। जिन संस्कृतियों में माता-पितामह की अनुशासकीय भूमिका (disciplinary role) होती है, वहाँ उन दोनों के बीच उस ढंग का स्नेहपूर्ण एवं दोस्ताना सम्बन्ध नहीं देख गया।

क्रास-सांस्कृतिक विधि के कुछ गुण एवं दोष हैं। इसके प्रमुख दो गुण हैं जिसपर ह्विटिंग (Whiting, 1973) ने सर्वाधिक बल डाला है। वे दो गुण निम्नांकित हैं:—

(i) क्रॉस-सांस्कृतिक विधि द्वारा किये गये अध्ययनों के परिणाम का सामान्यीकरण विभिन्न संस्कृतियों के लोगों के लिए आसानी से किया जाता है। फलतः ऐसे अध्ययनों की उपयोगिता अधिक होती है।

(ii) क्रॉस-सांस्कृतिक विधि अध्ययन किये जाने वाले कई चरों में होने वाले परिमार्जनों (variations) के प्रसार को निश्चित रूप से बढ़ा देता है।

इन गुणों के बावजूद इस विधि के कुछ *परिसीमाएँ* (limitations) या अवगुण हैं जो निम्नांकित हैं:—

(i) इस विधि में प्राप्त आँकड़ों की गुणवत्ता (quality) एक समान न होकर भिन्न होता है। यदि इस विधि का उपयोग कोई प्रशिक्षित शोधकर्त्ता द्वारा किया जाय तब तो आँकड़े की गुणवत्ता अधिक होती है परन्तु जब इसका उपयोग साधारण लोगों द्वारा किया जाता है, तो इसकी गुणवत्ता विश्वसनीय नहीं होती है।

(ii) कुछ समस्याएँ ऐसी होतीं हैं कि उनके अध्ययन के लिए एक संस्कृति में तो आँकड़े उपलब्ध हो जाते हैं परन्तु दूसरी संस्कृति में आँकड़े उपलब्ध होना काफी मुश्किल हो जाता है। ऐसी परिस्थिति में क्रॉस-सांस्कृतिक विधि का उपयोग सम्भव नहीं हो पाता है।

(iii) इस विधि से प्राप्त आँकड़ों के आधार पर विभिन्न संस्कृतियों में पाये जाने वाले विशेष व्यवहारों एवं अभ्यासों (practices) का तो पता चलता है परन्तु इनसे वैयक्तिक विभिन्नता (individual differences) के बारे में कुछ नहीं पता चलता है।

इन परिसीमाओं के बावजूद क्रॉस-सांस्कृतिक विधि की उपयोगिता आज भी काफी बनी हुई है। विशेषकर मानवशास्त्रियों एवं समाजशास्त्रियों के बीच यह विधि आज भी काफी लोकप्रिय है।

नैदानिक या केस अध्ययन विधि (Clinical or Case Study Method)

मनोविज्ञान की यह एक प्रमुख विधि है। इसे मनोवैज्ञानिकों ने चिकित्साशास्त्र (medicine) से ग्रहण किया है। इस विधि का उपयोग नैदानिक मनोवैज्ञानिकों (clinical psychologist) द्वारा व्यक्तियों के रोगात्मक लक्षणों (pathological symptoms) को पहचान करने तथा उसके कारणों को पता लगाने में काफी किया जाता है। यही कारण है कि इसे *नैदानिक विधि* (clinical method) भी कहा जाता है।

इस विधि में मनोवैज्ञानिक किसी एक व्यक्ति के व्यवहार को समझने के लिए उसके जीवन के सभी तरह की घटनाओं जो उसके साथ माँ के गर्भ में आने के समय से ही घटित हो रहा है, का एक विस्तृत इतिहास तैयार करते हैं। इसलिए इस विधि को *केस विवरण विधि* (Case history method) भी कहा जाता है। इस तरह से इस विधि में मनोवैज्ञानिक विशिष्ट तरह के व्यक्ति का अध्ययन कर उनके बारे में सूचनाएँ एकत्रित करते हैं और उनके आधार पर वे कुछ ऐसे निष्कर्ष पर पहुँचने की कोशिश करते हैं जो अधिक-से-अधिक व्यक्तियों के लिए सही एवं यथार्थ हो। कई मशहुर मनोवैज्ञानिकों द्वारा इस विधि का उपयोग किया गया। अब तक के विज्ञानियों में सबसे बड़े विज्ञानी जिन्होंने इस विधि का सर्वाधिक उपयोग किया है, वे हैं—सिगमंड फ्रायड (Sigmund Freud) जिन्होंने कई केसेज का अध्ययन करके व्यक्तित्व तथा मानसिक बिमारी के लिए मशहुर सिद्धान्त का प्रतिपादन किया है। केस विवरण तैयार करते समय मनोवैज्ञानिक निम्नांकित तथ्यों पर अधिक ध्यान देते हैंः—

(i) प्रारम्भिक सूचनाएँ (*Preliminary information*)—इसके अन्तर्गत व्यक्ति के नाम, उम्र, यौन, माता-पिता का उम्र, शिक्षा, पेशा, सामाजिक स्तर (social status), परिवार में सदस्यों की संख्या आदि जैसे तथ्यों को सम्मिलित किया जाता है।

(ii) गत इतिहास (*Past history*)—इसके अन्तर्गत गर्भधारण से वर्तमान समय तक का इतिहास तैयार किया जाता है। जब व्यक्ति माँ के गर्भ में होता है, तो उस समय माँ की स्थिति कैसी थी, माँ में उस समय कोई भयंकर शारीरिक या मानसिक बीमारी हुई थी या नहीं, जन्म लेते समय की अवस्था कैसी थी, क्या जन्म सामान्य ढंग से हुआ था या नहीं, किसी प्रकार की शारीरिक आघात आदि की घटना हुई थी या नहीं, से सम्बन्धित तथ्य इकट्ठा किये जाते हैं। इसके अलावा बालक का जन्मक्रम (birth order), बचपनावस्था में किसी भयंकर शारीरिक बीमारी या प्रभाव आदि से सम्बन्धित तथ्यों को इकट्ठा किया जाता है।

(iii) वर्तमान अवस्था (*Present condition*)—केस विवरण (case history) तैयार करने में व्यक्ति के वर्तमान अवस्था के बारे में भी एक लेखा-जोखा तैयार कर लिया जाता है। जैसे—बालक की बुद्धि स्तर, उसकी रुचि, शौक (hobby), अभिक्षमता, सांवेगिक स्तर, शैक्षिक उपलब्धि (achievement) के बारे में तथ्य इकट्ठा किया जाता है।

केस विवरण तैयार करने में मनोवैज्ञानिक विभिन्न प्रविधियों जैसे—साक्षात्कार, प्रश्नावली, व्यक्तित्व परीक्षण, मापनी (scale) आदि का उपयोग करते हैं। केस विवरण तैयार करने में प्रायः मनोवैज्ञानिक व्यक्ति के अलावा उनके माता-पिता, दोस्त, पड़ोसियों आदि का भी साक्षात्कार लेते हैं। केस विवरण तैयार करने के बाद उसका विश्लेषण किया जाता है और उस विश्लेषण के आधार पर व्यक्ति के व्यवहार के बारे में एक सामान्य निष्कर्ष पर पहुँचा जाता है।

इस विधि के कुछ गुण (merits) तथा अवगुण (demerits) हैं।

इसके प्रमुख *गुण* निम्नांकित हैः—

(i) नैदानिक विधि में मनोवैज्ञानिक चूँकि प्रत्येक अध्ययन किये जाने वाले व्यक्ति का एक अलग विस्तृत इतिहास तैयार करके उसके कारणों का पता लगाते हैं, इसलिए इस विधि द्वारा व्यक्ति का गहन अध्ययन सम्भव है।

(ii) नैदानिक विधि द्वारा व्यक्ति के मानसिक तथा शारीरिक विकासक्रम को अच्छी तरह जाँचा जा सकता है। इस विधि द्वारा अध्ययन करने में मनोवैज्ञानिकों को इस बात की भरपूर जानकारी हो जाती है कि व्यक्ति किन-किन वैयक्तिक अवस्थाओं से गुजर चुका है तथा उनका प्रभाव उनके शारीरिक एवं मानसिक विकास पर क्या पड़ता है।

(iii) नैदानिक विधि में चूँकि अध्ययन का आधार केस विवरण (case history) होता है, अतः इस विधि में व्यक्ति की समस्याओं एवं उनके संभावित कारणों पर सीधा प्रकाश डालने का सुनहरा अवसर मनोवैज्ञानिक को प्राप्त होता है।

इन गुणों के बावजूद इस विधि के कुछ प्रमुख *अवगुण* (demerits) हैं जिनमें निम्नांकित प्रमुख हैं—

(i) नैदानिक विधि में व्यवहार के अध्ययन का आधार व्यक्ति का गत इतिहास (past history) होता है जो व्यक्ति के माता-पिता, दोस्त तथा पड़ोसियों द्वारा दिये गये सूचनाओं पर आधारित होता है। अक्सर देखा गया है कि माता-पिता, दोस्त या पड़ोसी व्यक्ति की सच्ची घटनाओं या तथ्यों को विशेषकर वैसी घटनाओं या तथ्यों को जिनका सम्बन्ध नैतिकता से होता है, छिपा लेते हैं। फलस्वरूप, उनके द्वारा प्रदत्त सूचनाएँ दोषपूर्ण हो जातीं हैं और उनके आधार पर जो अध्ययन किया जाता है, वह अधिक निर्भर योग्य नहीं रह जाता है।

(ii) व्यक्ति के बारे में पूर्ण विवरण तैयार करने में जो सूचनाएँ प्राप्त होतीं हैं या जो इतिहास तैयार होता है, उसकी सत्यता की जाँच करने का कोई उपयुक्त तरीका नैदानिक विधि में नहीं है।

(iii) नैदानिक विधि द्वारा व्यक्ति की समस्या का अध्ययन करने के लिए यह आवश्यक है कि मनोवैज्ञानिक काफी प्रशिक्षित हो तथा उन्हें साक्षात्कार तथा मनोवैज्ञानिक परीक्षणों का उत्तम ज्ञान हो। प्रायः देखा गया है कि इस विधि का उपयोग एक साधारण मनोवैज्ञानिक भी करने लगते हैं। ऐसी परिस्थिति में इनसे प्राप्त तथ्यों पर अधिक भरोसा नहीं किया जा सकता है।

(iv) नैदानिक विधि में वस्तुनिष्ठता (objectivity) कम तथा आत्मनिष्ठता (subjectivity) एवं अन्तर्दर्शिता (intuitiveness) अधिक होती है। व्यक्ति के एक ही केस विवरण (case history) का विश्लेषण यदि अलग-अलग मनोवैज्ञानिकों द्वारा की जाती है तो उसमें एकरूपता की कमी पायी जाती है। इससे नैदानिक विधि का विश्वसनीयता (reliability) में कमी आ जाती है।

(v) केस अध्ययन विधि में यदि अध्ययन में सम्मिलित किया गया व्यक्ति का स्वरूप कुछ अनोखा है, तो इससे प्राप्त निष्कर्ष का सामान्यीकरण (generalization) नहीं किया जा सकता है।

उपयुक्त अवगुणों के बावजूद नैदानिक विधि का उपयोग मनोविज्ञान में विशेषकर नैदानिक मनोवैज्ञानिक में काफी अधिक होती है। मात्र यही एक ऐसी विधि है जिसके माध्यम से व्यक्ति के व्यवहारात्मक समस्याओं का वैज्ञानिक ढंग से अध्ययन की जा सकती है।

क्षेत्र अध्ययन विधि
(Field Study Method)

यह एक तरह का प्रेक्षण विधि (observation method) है। इस विधि को *स्वाभाविक प्रेक्षण विधि* (naturalistic observation method) भी कहा जात है। जैसा कि हम जानते हैं कि इस विधि में प्रेक्षक प्राणी के व्यवहारों का अध्ययन क्षेत्र (field) में अर्थात् कार्य करने या रहने के स्वभाविक स्थान (natural place) में जाकर करते हैं। इस विधि में मानव व्यवहारों का स्कूल, कॉलेज, फैक्टरी, दफ्तर आदि में तथा पशु-पक्षियों के उनके स्वाभाविक रूप से रहने के स्थान में जाकर उनके व्यवहारों का अध्ययन प्रेक्षक द्वारा किया जाता है। क्षेत्र अध्ययन (field study) को

करलिंगर[1] (Kerlinger, 1986) ने इस प्रकार परिभाषित किया है, ''क्षेत्र अध्ययन एक ऐसा अप्रयोगात्मक शोध है जो वास्तविक सामाजिक परिस्थिति में समाजशास्त्रीय, मनोवैज्ञानिक एवं शैक्षिक चरों में अन्तःक्रियाओं एवं उसके सम्बन्धों की खोज करता है।''

यदि क्षेत्र अध्ययन की उक्त परिभाषा का विश्लेषण किय जाए तो इस विधि के बारे में कुछ महत्त्वपूर्ण तथ्य प्राप्त होते हैं:—

(i) क्षेत्र अध्ययन विधि मनोविज्ञान का एक अप्रयोगात्मक विधि (non-experiental method) है। इसका मतलब यह हुआ कि मनोविज्ञान की इस विधि में व्यवहार के जिन पहलुओं के बारे में मनोवैज्ञानिक, अध्ययन करते हैं, उनमें अपनी ओर से किसी तरह का जोड़-तोड़ (manipulation) नहीं करते हैं बल्कि उसका हू-ब-हू ठीक वैसे ही रूप में अध्ययन करते हैं जिस रूप में वे घटित होते हैं।

(ii) क्षेत्र अध्ययन विधि में एक वास्तविक परिस्थिति होता है। स्कूल, कॉलेज, फैक्टरी आदि वास्तविक परिस्थिति के कुछ उदाहरण हैं जहाँ मानव व्यवहार का प्रेक्षण किया जाता है। उसी तरह से बन्दरों के व्यवहारों का अध्ययन उनके रहने के झाड़ीनुमा स्थान, पक्षियों के व्यवहार का अध्ययन घोंसले में, चींटियों के व्यवहार का अध्ययन उनके बिलों के पास करना, वास्तविक परिस्थिति में पशुओं के व्यवहारों के अध्ययन का कुछ नमूना है।

(iii) क्षेत्र अध्ययन में विभिन्न तरह के चरों (variable) की आपसी अन्तःक्रियाओं तथा उनके सम्बन्धों के अध्ययन पर प्रकाश डाला जाता है। यही कारण है कि मनोविज्ञान में क्षेत्र अध्ययन को एक वैज्ञानिक शोध माना जाता है।

क्षेत्र अध्ययन विधि के कुछ *गुण* (merits) तथा अवगुण (demerits) है।

इसके प्रमुख *गुण* निम्नांकित हैं:—

(i) क्षेत्र अध्ययन विधि के परिणाम में सत्यता अधिक होती है क्योंकि इसमें अध्ययन हमेशा वास्तविक परिस्थति (realistic situation) में की जाती है जिसमें व्यवहारों का अध्ययन बिना किसी तरह के जोड़-तोड़ (manipulation) के भी किया जाता है।

(ii) क्षेत्र अध्ययन विधि में विभिन्न तरह की सामाजिक अन्तःक्रियाओं (social interaction) तथा सम्बन्धों का प्रत्यक्ष प्रेक्षण करने का मौका मनोवैज्ञानिक को मिलता है। दूसरे शब्दों में, मनोवैज्ञानिकों को यहाँ व्यक्तियों की अन्तःक्रियाओं का प्रत्यक्ष रूप से अध्ययन करने का मौका मिलता है। शायद यही कारण है कि यह कहा जाता है कि क्षेत्र अध्ययन विधि में यथार्थवाद अधिक होता है।

(iii) क्षेत्र अध्ययन विधि में मनोवैज्ञानिक प्राणी के व्यवहारों का अध्ययन लम्बे समय तक करते रहते हैं। इसका फायदा यह होता है कि वैसे चर (variable) जिन्हें अध्ययन में शामिल किया गया था, उसका स्वरूप तथा उसे प्रेक्षण करने में लगा समय दोनों का ही पता आसानी से लग जाता है।

इस गुणों के बावजूद क्षेत्र अध्ययन विधि की कुछ *परिसीमाएँ* (limitations) या अवगुण हैं जो निम्नांकित हैं:—

(i) क्षेत्र अध्ययन विधि का स्वरूप चूँकि अप्रयोगात्मक (non-experimental) होता है अतः इससे प्राप्त निष्कर्ष पर उतना अधिक भरोसा नहीं किया जा सकता है। यह इसलिए भी कहा जाता है क्योंकि चरों में जोड़-तोड़ मनोवैज्ञानिक नहीं कर पाते हैं।

(ii) क्षेत्र अध्ययन विधि में जो भी चर सम्मिलित होते हैं, उनका मापन सही-सही नहीं हो पाता है। जब चरों का ही मापन सही ढंग से नहीं हो पाता है तो उसके अध्ययन की वैधता काफी प्रभावित होती है।

(iii) क्षेत्र अध्ययन विधि से व्यवहारों का अध्ययन करने में मनोवैज्ञानिकों को अधिक समय एवं श्रम लगता है। फलस्वरूप, व्यवहारिक ढंग से यह विधि अधिक मान्य नहीं है।

(iv) क्षेत्र अध्ययन विधि से अध्ययन करने में मनोवैज्ञानिकों को लगातार कई दिनों तक प्रेक्षण करना पड़ता है। फलतः उन्हें प्रयोज्यों से सतत मदद (continuous help) की जरूरत पड़ती है जो हमेशा नहीं मिल पाती है।

उपर्युक्त परिसीमाओं के बावजूद क्षेत्र अध्ययन विधि अधिक लोकप्रिय है तथा इसकी उपयोगिता अन्य विधियों से किसी अर्थ में कम नहीं है।

---

1. "Field studies are non-experimental scientific inquires aimed at discovering the relations and interactions among sociological, psychological and educational variables in real social structure."
—Kerlinger : *Foundations of Behavioural Researches,* 1986, p. 372

सहसम्बन्धात्मक विधि
(Correlational Method)

बहुत सारी ऐसी परिस्थितियाँ होतीं हैं जिनमें प्रयोगात्मक शोध (experimental research) करना सम्भव नहीं हो पाता है। जैसे, क्या तनाव से बीमारी होती है? क्या धुम्रपान से कैंसर होता है? क्या मैरीजुआना (mariguana) के सेवन से शैक्षिक निष्पादन (educationaol performance) कम हो जाता है? आदि, आदि कुछ ऐसे प्रश्न हैं जिनका अध्ययन प्रयोगात्मक शोध से न कर अन्य विधि जैसे सहसम्बन्धात्मक विधि से करना सम्भव हो पाता है। अब प्रश्न यह उठता है कि ऐसी समस्याओं का अध्ययन प्रयोगात्मक विधि से करना क्यों सम्भव नहीं है? इसका उत्तर यह है कि प्रयोगात्मक शोध में प्रयोज्यों का विभिन्न प्रयोगात्मक अवस्थाओं में यादृच्छिक आवंटन (random assignment) किया जाता है। यह न केवल गैर-कानूनी बल्कि अनैतिक (unethical) भी होगा कि प्रयोगकर्त्ता प्रयोज्यों को ऐसे विभिन्न प्रयोगात्मक अवस्थाओं में यादृच्छिक रूप से आवंटित करे जो हानिकारक हो। जैसे, यह जानने के लिए कि मैरीजुआना के सेवन से शैक्षिक उपलब्धि में कमी आती है, कोई भी शोधकर्त्ता या प्रयोगकर्त्ता के लिए छात्रों को ऐसे प्रयोगात्मक अवस्था में यादृच्छिक रूप से आवंटित करना अनैतिक एवं गैर कानूनी होगा जिसमें उसे अधिक मैरीजुआना का सेवन करना होगा। किसी भी स्कूल या कॉलेज के प्रधानाध्यापक के लिए माता-पिता को यह कहना कि आपके बेटे या बेटियों का चयन वैज्ञानिक ज्ञान को मजबूत करने के लिए एक ऐसे समूह के लिए किया गया है जो अब से तीन वर्षों तक मैरीजुआना का लगातार सेवन करेगा, एक अनुचित, गैर-कानूनी एवं अनैतिक कदम होगा। अतः ऐसी परिस्थिति में शोधकर्त्ता इन दोनों चरों के बीच सहसम्बन्ध ज्ञात करके ही अपने वैज्ञानिक ज्ञान के स्तर को बढ़ा सकता है।

स्पष्ट हुआ कि जब नैतिक कारणों से चरों के बीच कारण-परिणाम सम्बन्ध (cause-effect relationship) कायम नहीं किया जा सकता है, तो सहसम्बन्धात्मक विधि से इसका अध्ययन किया जाता है। इस विधि में शोधकर्त्ता दो घटनाओं, चरों या व्यवहारों के बीच सहसम्बन्ध ज्ञात करता है। अध्ययन करने के लिए प्रयोज्यों का एक समूह का चयन किया जाता है और प्रत्येक प्रयोज्य का मापन अभिरूचि (interest) वाले चरों पर किया जाता है तथा फिर मिले प्राप्तांकों (scores) के बीच सहसम्बन्ध विशेष तरह के सांख्यिकीय सूत्र द्वारा ज्ञात किया जाता है। प्राप्त सांख्यिकीय मूल्य (statistical value) को *सहसम्बन्ध गुणांक* (correlation coefficient) कहा जाता है। सहसम्बन्ध गुणांक एक आंकिक मूल्य (numerical value) होता है जो दो चरों के बीच सहसम्बन्ध की *मात्रा* (degree) तथा *दिशा* (direction) को बतलाता है। सहसम्बन्ध गुणांक +1.00 (जिससे एक पूर्ण धनात्मक सहसम्बन्ध) से 0.00 (कोई सहसम्बन्ध नहीं) से –1.00 (जिससे एक पूर्ण ऋणात्मक सहसम्बन्ध) तक का होता है। सहसम्बन्ध के चिह्न से यह पता चलता है कि दो चर एक ही दिशा में या उससे विपरीत दिशा में परिवर्तित हो रहे हैं। धनात्मक सहसम्बन्ध यह बतलाता है कि दो चर एक ही दिशा में परिवर्तित होते हैं। जैसे, अध्ययनों के आधार पर यह पाया गया है कि तनाव (stress) तथा बीमारी (illness) के बीच एक साधारण परंतु धनात्मक सहसम्बन्ध होता है। जब तनाव बढ़ता है, तो बीमारी (illness) भी बढ़ता है तथा जब तनाव कम होता है तो बीमारी भी कम हो जाती है। उसी तरह से नकारात्मक सहसम्बन्ध यह बतलाता है कि एक चर में वृद्धि होने से दूसरे चर में कमी होती है। जैसे, सिगरेट पीने तथा जीवन अवधि (life span) में नकारात्मक सहसम्बन्ध पाया गया है अर्थात् जितना ही अधिक संख्या में व्यक्ति सिगरेट पीता है, उसकी जीवन अवधि उतनी ही कम होती है।

सहसम्बन्ध विधि का सबसे उत्तम उपयोग पूर्वकथन (prediction) में होता है। जब दो चरों के बीच मजबूत सहसम्बन्ध होता है, तो पूर्वकथन (prediction) उत्तम होता है। जब यह सहसम्बन्ध पूर्ण (perfect) होता है तो पूर्णतः सही-सही पूर्वकथन करना सम्भव हो पाता है। जैसे, सिगरेट पीने तथा फेफड़े का कैंसर के बीच सहसम्बन्ध होता है, अतः यह पूर्वकथन किया जा सकता है कि धुम्रपान न करने वालों के समूह में फेफड़े के कैंसर की संभावना उस समूह की तुलना में कम होगी जिसमें धुम्रपान करने वाले लोग होंगे।

सहसम्बन्ध विधि का सबसे प्रमुख लाभ यह है कि इसके द्वारा उन समस्याओं का अध्ययन आसानी से हो जाता है जिनका अध्ययन प्रयोगात्मक शोध तथा नैतिक कारणों से नहीं किया जा सकता है। फिर भी इस विधि के कुछ दोष या अवगुण हैं जिनपर भी विचार करना आवश्यक है। ऐसे दोष या अवगुणों में निम्नांकित प्रमुख हैं:—

(i) सहसम्बन्ध विधि में चरों के बीच के सम्बन्ध का अध्ययन किया जाता है। उसके बीच कारण-परिणाम (cause effect) की व्याख्या नहीं की जाती है। जब दो चरों के बीच सहसम्बन्ध होता है तो इसका मतलब यह नहीं कि उनमें से कोई एक दूसरे का कारण है। अतः *सहसम्बन्ध कारण के तुल्य नहीं होता है* (Correlation does not equal causation)। चरों के बीच कारण-परिणाम की व्याख्या मात्र प्रयोगात्मक शोध के ही आधार पर किया जाता है। जब तनाव (stress) तथा बीमारी (illness) आपस से सहसम्बन्धित है, तो इसके आधार पर यह नहीं कहा जा सकता है कि तनाव से बीमारी उत्पन्न होती है या तनाव, बीमारी का कारण है।

(ii) सहसम्बन्ध विधि एक अप्रयोगात्मक विधि होती है जिसमें स्वतंत्र चर में जोड़-तोड़ करना सम्भव नहीं हो पाता है। इतना ही नहीं, इनमें सभी अवांछित चरों का नियंत्रण भी सम्भव नहीं हो पाता है। फलतः सहसम्बन्ध विधि में आंतरिक वैधता (internal validity) की कमी होती है।

(iii) सहसम्बन्ध में बाह्य वैधता (external validity) भी नहीं होती है क्योंकि इससे प्राप्त परिणाम का सामान्यीकरण (generalization) बहुत विश्वास के साथ नहीं किया जा सकता है।

इन अलाभों के बावजूद सहसम्बन्ध विधि को मनोवैज्ञानिकों द्वारा अध्ययन की एक प्रमुख विधि मानी गयी है और अधिकतर शोधों में इसका उपयोग प्रत्यक्ष या परोक्ष रूप से किया जा रहा है।

मेटा विश्लेषण
(Meta Analysis)

मनोवैज्ञानिक अध्ययनों में मेटा विश्लेषण की विधि भी एक आजकल काफी लोकप्रिय विधि के रूप में उपयोग किया जा रहा है। मेटा विश्लेषण एक ऐसी जटिल सांख्यिकीय विधि है जिसमें शोधकर्त्ता एक विषय (topic) पर कई अलग-अलग किये गए अध्ययनों को संयोजित (combine) करके किसी प्राक्कल्पना (hypothesis) के लिए समर्थन स्थापित करने की कोशिश करता है। जैसे, हाइड एवं लिन्न (Hyde & Lynn, 1988) ने करीब 1.5 मिलियन (million) पुरुष तथा महिलाओं के शाब्दिक क्षमता (verbal ability) पर किये गए 165 विभिन्न अध्ययनों का उपयोग करके एक मेटा विश्लेषण (meta analysis) किया और पाया कि शाब्दिक क्षमता (verbal ability) में कोई सार्थक लिंग विभेद (gender differences) नहीं होता है। उसी तरह से स्मीथ, ग्लास तथा मिल्लर (Smith, Glass & Miller, 1980) ने मेटा विश्लेषण की विधि से 475 मनश्चिकित्सीय परिणाम अध्ययनों (psychotherapeutic outcomes) का विश्लेषण किया जिसके आधार पर उन्होंने यह बतलाया कि एक औसत व्यक्ति जिसे मनश्चिकित्सा दिया जाता है, उनमें अपने असामान्य लक्षणों से छुटकारा पाने की संभावना 80% वैसे व्यक्तियों से उत्तम होती है जिन्हें ऐसी मनश्चिकित्सा नहीं दी जाती है। कई अन्य लोगों जिनमें शापिरो एवं शापिरो (Shapiro & Shapiro, 1982) का नाम अत्यधिक मशहुर है, ने भी मनश्चिकित्सा जैसे विषय पर विभिन्न मनोवैज्ञानिकों, मनश्चिकित्सकों द्वारा किये गए अध्ययनों का मेटा विश्लेषण किया गया और बतलाया गया कि मनश्चिकित्सा मानसिक विकृतियों (mental disorders) के उपचार की एक प्रमुख विधि है।

मेटा विश्लेषण की कुछ परिसीमाएँ (limitations) या दोष (demerits) भी हैं जिन्हें इस प्रकार बतलाया गया है:—

(i) प्रायः देखा गया है कि मेटा विश्लेषण करने में शोधकर्त्ता अपना मनमानी करता है जिसमें कुछ अध्ययनों को वह जानबूझकर छोड़ देता है तथा कुछ ऐसे अध्ययनों को अपने विश्लेषण में शामिल कर लेता है जो कम विश्वसनीय होते हैं।

(ii) मेटा विश्लेषण में विभिन्न अध्ययनों के वैयक्तिक गुणों (individual qualities) पर कम ध्यान दिया जाता है।

(iii) मेटा विश्लेषण कई महत्त्वपूर्ण सांख्यिकीय विश्लेषणों (statistical analysis) पर आधारित होते हैं जिनका थोड़ा सा भी अतिक्रमण होने पर विश्लेषण का परिणाम अवैध हो जाता है।

इन परिसीमाओं के बावजूद मेटा विश्लेषण का उपयोग आजकल मनोवैज्ञानिक मनश्चिकित्सकों द्वारा काफी किया जा रहा है तथा उनसे प्राप्त परिणामों की बाह्य वैधता (external validity) भी काफी अधिक देखी जा रही है।

मनोवैज्ञानिक शोधों में नैतिक समस्याएँ
(Ethical Issues in Psychological Researches)

मनोवैज्ञानिक शोधों में मनोवैज्ञानिक इस बात का पूरा-पूरा खयाल रखने की कोशिश करते हैं कि जिन व्यक्तियों या सहभागियों (participants) को शोध में सम्मिलित किया जा रहा है, उन्हें कोई हानि या किसी प्रकार की क्षति नहीं हो। किसी शोध को आरम्भ करने के पहले उसे एक ऐसे कमेटी या बोर्ड से गुजरना होता है जो शोध के नैतिक पहलू (ethical aspect) पर विचार करता है। इस कार्य में वस्तुनिष्ठता लाने के खयाल से अमेरीकन मनोवैज्ञानिक संघ (American Psychological Association or APA, 1992) ने नैतिक दिशा निर्देश (ethical guidelines) बना रखा है जिनका पालन शोध करने वाले मनोवैज्ञानिकों को अनिवार्य रूप से करना होता है। इन दिशा निर्देशों को कुछ नियमों (principles) के रूप में व्यक्त किया गया है जिनमें कुछ प्रमुख नियम निम्नांकित हैं:—

1. सूचित सहमति का नियम *(Principle of informed consent)*—यह नियम इस बात पर जोर डालता है कि शोधकर्त्ता (researcher) शोध करने के पहले अपने प्रयोज्यों (subjects) या सहभागियों (participants) को कम-से-कम तीन बातों की सूचना अवश्य दे दें—

(i) शोध का स्वरूप (nature) कैसा है।

(ii) अन्य कारकों जैसे शोध में सहभागियों के रूप में जोखिम, सांवेगिक अनुभूति, दुःखद अनुभूतियाँ आदि जो शोध में भाग लेने की उसकी इच्छा को प्रभावित कर सकता है, के बारे में उसे बतला देना चाहिए।

(iii) शोध जारी रहने पर भी किसी भी समय सहभागियों द्वारा शोध से अपने आप को अलग कर लेने की स्वतंत्रता उन्हें हैं, की जानकारी दे देनी चाहिए।

(2) गोपनीयता का नियम *(Principle of confidentiality)*—यह नियम इस बात पर जोर डालता है कि शोधकर्ता, सहभागियों से जो भी आँकड़े (data) उन्हें प्राप्त होंगे, उन्हें वह गोपनीय रखेगा और जहाँ तक सम्भव हो वह उसे बेनामी (anonymous) रखेगा। कुछ विशेष परिस्थिति में खाशकर जहाँ गोपनीयता भंग करने से सहभागी या प्रयोज्य को कुछ लाभ हो सकता है शोधकर्त्ता को गोपनीयता भंग करने का विशेषाधिकार प्राप्त होता है। सहभागियों के बारे में गोपनीयता को बनाये रखने के ख्याल से ही आजकल मनोवैज्ञानिक या शोधकर्त्ता सहभागियों के समूह का परिणाम (result) न कि किसी विशेष सहभागी के परिणाम की विवेचना करते हैं।

(3) कपट का नियम *(Principles of deception)*—कुछ मनोवैज्ञानिकों का मत है कि यदि शोधकर्त्ता शोध के प्राक्कल्पना (hypothesis) एवं अन्य पहलूओं के बारे में सही-सही जानकारी सहभागियों को शोध प्रारम्भ करने के पहले या शोध करने के दौरान दे देता है, तो इससे सहभागियों द्वारा अपने मौलिक व्यवहार में परिवर्तन कर लिया जाता है और शोध के प्राक्कल्पना के अनुरूप ही वे व्यवहार करने लग जाते हैं। इससे शोध की वैधता काफी कम हो जाती है। इस परिस्थिति से निबटने के लिए मनोवैज्ञानिकों द्वारा कपट (deception) का उपयोग किया जाता है जिसमें शोधकर्त्ता जान-बूझकर शोध सहभागियों को शोध प्राक्कल्पना के बारे में नहीं बतलाता है या फिर उसे कुछ गुमराह भी कर देता है ताकि वह शोध के वास्तविक उद्देश्य के बारे में नहीं जान पाये।

कपट का नियम एक ऐसा नियम है जिसके बारे में मनोवैज्ञानिकों में काफी वाद-विवाद है। कुछ लोगों द्वारा मनोवैज्ञानिक शोध में कपट के प्रावधान का समर्थन किया गया है जबकि कुछ लोगों द्वारा ऐसा प्रावधान का जमकर विरोध किया गया है। जैसे वामरिण्ड (Baumrind, 1985) द्वारा ऐसे प्रावधान का जमकर विरोध किया गया है। आजकल AAP द्वारा प्रस्ताविक नैतिक मानक (ethical standards) द्वारा मनोवैज्ञानिक शोधों में कपट के प्रावधान का समर्थन निम्नांकित तीन शर्तों के साथ दी गयी है—

(i) यदि शोध के सम्भावित परिणाम से यह पता चलता है कि कोई भी अन्य विधि जिसमें कपट का प्रावधान नहीं हो, वर्तमान विधि से अधिक प्रभावी एवं उत्तम नहीं हो सकता है।

(ii) अगर कपट का सम्बन्ध सहभागियों के सम्भावित जोखिम, दुखद सांवेगिक अनुभूति जो शोध में सहभागी के रूप में बने रहने की उनकी इच्छा को प्रभावित करता है, से न हो।

(iii) अगर सहभागियों को शोध के बाद अतिशीघ्र ही उसे डिब्रिफ (debrief) कर दिया गया।

डिब्रिफिंग (debriefing) का नियम इस बात पर बल डालता है कि शोध समाप्त होने के बाद सहभागियों (participants) को शोध के सभी पहलुओं यहाँ तक कि कपट (deception) यदि अपनाया गया हो, तो उसके बारे में विस्तृत रूप से जानकारी दे दिया जाय। डिब्रिफिंग के दो उद्देश्य होते हैं—*डीहोक्सिंग* (dehoaxing) तथा *डीसेन्सिटाईजिंग* (desensitizing)। डीहोक्सिंग का मतलब सहभागियों से प्रयोग के वास्तविक उद्देश्य को बतलाना तथा डिसेन्सिटाईजिंग का अर्थ होता है प्रयोग के दौरान होने वाले तनाव या नकारात्मक भाव को कम करना।

(4) सहभागियों (participants) अर्थात् जो प्रयोग में हाथ बँटा रहे हैं, को प्रयोग में सम्भावित खतरा या जोखिम (risk) के बारे में बतला देना चाहिए या उनसे बचाने का पर्याप्त उपाय होना चाहिए। जैसे, यदि प्रयोग में वैद्युत उपकरण का उपयोग किया जाता है, तो इस बात का पुख्ता इंतजाम होना चाहिए कि किसी भी सहभागी को बिजली का आघात (electric shock) न लगे।

(5) सहभागी को प्रयोग या अध्ययन से किसी भी समय अपने को अलग करने की स्वतंत्रता होनी चाहिए। जब भी किसी कारण से सहभागी प्रयोग को छोड़कर जाना चाहते हें या किसी कारणवश वे अब अध्ययन में आगे बना नहीं रहना चाहते हैं, तो प्रयोगकर्त्ता या शोधकर्त्ता को उन्हें सहधन्यवाद जाने देना चाहिए।

(6) सहभागियों का अधिकार (rights) तथा कल्याण (well-being) प्रयोग/अध्ययन के मूल्यों से ज्यादा महत्त्वपूर्ण समझा जाना चाहिए। दूसरे शब्दों में, सहभागी की प्राथमिकता प्रयोग की प्राथमिकता से ऊपर होनी चाहिए।

मनोविज्ञान में कई कारणों से कुछ शोध मनुष्यों पर न करके पशुओं पर किये जाते हैं। इन कारणों में पशुओं को आसानी से नियंत्रित किया जाना तथा उन्हें जरूरत के अनुरूप उपयोग किया जाना प्रधान है। *कमेटी ऑन एनिमल रिसर्च एण्ड इथिक्स* (Committee on Animal Research and Ethics, 2004) के अनुसार सभी तरह के मनोवैज्ञानिक अध्ययनों के करीब 7 प्रतिशत में पशुओं का उपयोग किया जाता है। पशुओं के साथ शोध के लिए मनुष्यों पर किये जाने वाले शोधों के अनुकूल कुछ नैतिक नियम (ethical principles) मनोवैज्ञानिकों द्वारा बनाये गए हैं जिनमें निम्नांकित प्रमुख हैं:—

(i) पशुओं पर शोध तभी किया जाना चाहिए जब उनपर शोध करना आवश्यक हो।

(ii) पशुओं पर किया गया शोध तब नैतिक माना जायेगा जब उनका स्वास्थ्य पर कोई बुरा असर नहीं पड़ता हो।

(iii) शोध के दौरान पशुओं को दर्द या तकलीफ कम-से-कम हो। दूसरे शब्दों में उनके साथ मानवीय निरूपण (humane treatment) हो। यदि सर्जरी करना हो तो यह कार्य संवेदनहर (anesthesia) देकर किया जाए। यदि उन्हें जान से मार देना किसी औषध या अन्य चीज के प्रभाव को देखने के लिए आवश्यक हो, तो यह कार्य भी दर्दरहित ढंग से किया जाना चाहिए।

स्पष्ट हुआ कि मनोवैज्ञानिक शोधों में कई पहलुओं से सम्बद्ध नैतिक समस्याएँ उठतीं हैं जिनपर विचार करते हुए मनोवैज्ञानिक को शोध करना होता है क्योंकि इन पहलुओं का अतिक्रमण (violation) दंडनीय माना जाता है।

मनोवैज्ञानिक शोधों में पशुओं का उपयोग
(Use of Animals in Psychological Research)

मनोविज्ञान में अधिकतर शोधों में मनुष्यों को सहभागी (participants) या प्रयोज्य (subjects) के रूप में उपयोग किया जाता है। परन्तु फिर भी इन शोधों में पशुओं (animals) का उपयोग किया जाता है। बेकस्डीड (Beckstead, 1991) के अनुसार करीब 8% अध्ययन ऐसे हैं जिनमें मनोवैज्ञानिक शोधों में पशुओं का उपयोग किया जाता है तथा गाल्लअप एवं सुआरेज (Gallup & Suarez, 1985) के अनुसार इनमें से 95% पशु जिन्हें शोध में प्रयोज्य के रूप में उपयोग किया जाता है, वे कृन्तक (rodents) होते हैं।

अब प्रश्न यह उठता है कि पशुओं का उपयोग मनोवैज्ञानिक शोधों में क्यों किया जाता है? इसके कई कारण बतलाये गए हैं जिनमें निम्नांकित पाँच प्रमुख हैं:—

(1) पशुगण एक ऐसा मॉडल उपस्थित करते हैं जिनके माध्यम से उन सारे प्रक्रियाओं का अध्ययन उत्तम एवं सरल ढंग से किया जा सकता है जो मनुष्यों में होते हैं।

(2) शोधकर्त्ताओं के दौरान पशुओं को मनुष्यों की तुलना में नियंत्रित करना आसान होता है जिसका विशेष फायदा यह होता है कि मनोवैज्ञानिक अपने निष्कर्ष पर अधिक भरोसा दिखा पाते हैं।

(3) पशुओं के साथ मेडिकल तथा अन्य जोड़-तोड़ (manipulations) मनुष्यों की तुलना में आसानी से किया जा सकता है।

(4) पशुओं को उनके पूरे जीवन-अवधि (life span) तथा उसके कुछ पीढ़ियों तक अध्ययन करना सम्भव है जो मनुष्यों के साथ सामान्यतः सम्भव नहीं है।

(5) पशुओं का उपयोग किफायती (economical) भी होता है तथा शोधकर्त्ताओं के सुविधानुसार उपलब्ध भी हो जाता है।

उपरोक्त कारणों से पशुओं का उपयोग मनोवैज्ञानिक शोध में होता है। अमेरीकन मनोवैज्ञानिक संघ ने भी इन्हीं कारणों से मनोवैज्ञानिक शोधों में पशुओं के उपयोग की सहमति प्रदान किया है। परंतु साथ-ही-साथ ऐसे उपयोग के बारे में भी कुछ नैतिक मान्यताएँ (ethical standards) बना रखा है जिसमें सबसे प्रधान है पशुओं के प्रति मानवीय व्यवहार (human treatment to animal beings)। संघ ने अपने नैतिक दिशा निर्देश में स्पष्टतः कहा हे कि शोधकर्त्ता को उन सारे प्रयासों को करना चाहिए जिनसे शोध के दौरान या बाद में पशुओं में तकलीफ (discomfort) कम हो या उसमें किसी प्रकार रोग आदि न हो।

इस तरह के नैतिक दिशा निर्देश के बावजूद मनोवैज्ञानिक शोधों में पशुओं के उपयोग के बारे में गरमागरम वाद-विवाद छिड़ा हुआ है। कई पशु अधिकार (animal rights) प्रत्यर्थियों द्वारा मनोवैज्ञानिक शोधों में पशुओं के उपयोग पर पूर्णतः रोक लगाने की वकालत किया है। अभी हाल में प्लोअस (Plous, 1996) नें अपने एक सर्वे के आधार पर बतलाया है कि अमेरीकन मनोवैज्ञानिक संघ से यादृच्छिक रूप से चुने गए करीब 4,000 सदस्यों में से 80% ने मनोवैज्ञानिक शोधों में पशुओं के उपयोग को सही ठहराया है।

मनोविज्ञान की विधि-प्रणाली समस्याएँ
(Methodological Problems of Psychology)

मनोविज्ञान एक विज्ञान है जो अपने विषय-वस्तु का अध्ययन करने के लिए कई तरह की विधियों का उपयोग करता है। इन विधियों में प्रयोगात्मक विधि (experimental method), प्रेक्षण विधि (observation method), कालानुक्रमिक विधि (longitudinal method), अनुप्रस्थ-काट विधि (corss-sectional method), क्रॉस-सांस्कृतिक विधि (cross-cultural method) प्रधान है। विधि चाहे जो भी हो, उससे सम्बन्धित कुछ समस्याएँ (problems) हैं जिनसे मनोवैज्ञानिक विधियों की उपयोगिता में ह्रास होती है। इन समस्याओं में निम्नांकित प्रमुख हैः—

(i) प्रयोक्ता या प्रयोगकर्त्ता से सम्बन्धित समस्याएँ (Problems relating to experimenter)

(ii) प्रयोज्य से सम्बन्धित समस्याएँ (Problems relating to subject)

(iii) प्रतिदर्श के चयन से सम्बद्ध समस्याएँ (Problems relating to selection of samples)

(iv) परिणाम के विश्लेषण से सम्बद्ध समस्याएँ (Problems relating to analysis of results)

(v) नैतिक मान्यताएँ बनाए रखने से सम्बन्धित समस्याएँ (Problems relating to maintining ethical standards)

इन सभी तरह की समस्याओं तथा उनसे निबटने के उपायों का वर्णन निम्नांकित हैं—

(i) प्रयोक्ता या प्रयोगकर्त्ता से सम्बन्धित समस्याएँ *(Problems relating to experimenter)*—मनोवैज्ञानिक विधि-प्रणाली में प्रयोगकर्त्ता या शोधकर्त्ता से सम्बन्धित कई तरह की समस्याएँ उत्पन्न होती हैं। प्रयोगकर्त्ता या शोधकर्त्ता में कभी-कभी कुछ ऐसी प्रत्याशाएँ (expectation) होतीं हैं जिनसे शोध या प्रयोग के परिणाम प्रभावित हो जाते हैं। जैसे—जब प्रयोगकर्त्ता को यह पता हो जाता है कि प्रयोगात्मक समूह को एक खास ढंग का लाभ (treatment) प्राप्त हो रहा है तथा नियंत्रित समूह को इस तरह का लाभ प्राप्त नहीं हो रहा है तो स्वभावतः वह प्रयोगात्मक समूह से एक खास प्रकार के व्यवहार का उम्मीद करके उसके साथ विशेष ढंग से व्यवहार करता है जबकि वह इस ढंग के व्यवहार की उम्मीद नियंत्रित समूह से नहीं करता है। प्रयोगकर्त्ता या शोधकर्त्ता के इस तरह की प्रत्याशा (expectation), प्रयोग के परिणाम को प्रभावित करता है। इसे *प्रयोक्ता पूर्वाग्रह* (exprimenter bias) या *रोजेनथल प्रभाव* (Rosenthal effect) भी कहा जाता है।

इस समूह की समस्या को कम करने का तरीका यह है कि जिस व्यक्ति को प्रयोगात्मक समूह तथा नियंत्रित समूह के आँकड़े संग्रह करने के लिए कहा जाता है उसे इस बात का पता नहीं होना चाहिए कि इसमें से प्रयोगात्मक समूह कौन है तथा कौन नियंत्रित समूह है। इस तरह के प्रावधान को *इकहरा अंध विधि* (single blind procedure) कहा जाता है। परंतु जब आँकड़े संग्रह करने वाले व्यक्ति तथा प्रयोज्य में से दोनों को ही यह पता नहीं होता है कि कौन प्रयोगात्मक समूह है तथा कौन नियंत्रित समूह है तो इस तरह के प्रावधान को *द्विअन्ध विधि* (double blind procedure) कहा जाता है।

(ii) प्रयोज्य से सम्बन्धित समस्याएँ *(Problems relating to subject)*—मनोवैज्ञानिक विधि प्रणाली में प्रयोज्य से सम्बन्धित समस्या भी उत्पन्न होती है। किसी भी मनोवैज्ञानिक शोध या प्रयोग में जब व्यक्ति को यह पता चल जाता है कि वह किसी प्रयोगात्मक समूह का सदस्य है तथा उसके व्यवहारों का अध्ययन किया जा रहा है तो वह कुछ सतर्क हो जाता है और अपने को हू-ब-हू न दिखाकर उसमें कुछ परिवर्तन कर देता है। सचमुच में यहाँ प्रयोज्यों के व्यवहार में परिवर्तन दिये गये विवेचन या निरूपण (treatment) से नहीं होकर उस निरूपण के प्रति उनकी विशेष तरह की प्रत्याशाओं (expectations) से होती है। जैसे, मान लिया जाय कि रोगी को एक औषध (drug) खाने की सलाह दी जाती है और खाने से उसके व्यवहार में सुधार हो जाता है। यह सुधार औषध से भी हो सकता है या उसकी इस प्रत्याशा से कि औषध से उसके व्यवहार में सुधार हो जायेगा। इसे वुड एवं वुड (Wood & Wood, 1999) ने *प्लेसवो प्रभाव* (Placebo effect) कहा है। व्यवहार में किए गए इस तरह के परिवर्तन को प्रयोज्य पूर्वाग्रह (subject bias) भी कहा जाता है। इस तरह के पूर्वाग्रह को नियंत्रित करने के लिए इकहरा अन्ध-विधि (single blind method) का उपयोग किया जाता है जिसमें प्रयोज्य को यह पता नहीं होता है कि वह प्रयोगात्मक समूह का सदस्य है।

(iii) प्रतिदर्श से सम्बन्धित समस्याएँ *(Problems relating to samples)*—मनोवैज्ञानिक शोध में प्रयोज्यों का चयन (selection) एक महत्त्वपूर्ण पहलू होता है। प्रयोज्यों के चयनित समूह को *प्रतिदर्श* (samples) कहा जाता है। कभी-कभी देखा जाता है कि मनोवैज्ञानिक शोधों में सम्मिलित किये गये प्रतिदर्श उपयुक्त नहीं होते हैं तथा उनके द्वारा जनसंख्या (population) का प्रतिनिधित्व भी ठीक ढंग से नहीं होता है। प्रायः ऐसे प्रतिदर्श जल्दबाजी में चुने गये होते हैं तथा उनका स्वरूप अनादृच्छिक (non-random) होता है। इस तरह के प्रतिदर्श के आधार पर प्राप्त निष्कर्ष का सामान्यीकरण (generalization) किया जाना सम्भव नहीं है।

(iv) परिणाम के विश्लेषण से सम्बन्धित समस्याएँ *(Problems relating to analysis of results)*—मनोवैज्ञानिक विधि-प्रणाली में एक समस्या परिणाम के विश्लेषण से सम्बन्धित होता है। मनोवैज्ञानिक प्रायः प्रयोगों के परिणाम की व्याख्या करने के लिए सांख्यिकीय विधियों (statistical methods) का सहारा लेते हैं। प्रायः देखा गया है कि उनके द्वारा चयनित सांख्यिकीय विधि आँकड़े के माँग के अनुरूप नहीं होते हैं। फलस्वरूप उनसे प्राप्त परिणाम दोषपूर्ण हो जाते हैं। इतना ही नहीं, सांख्यिकीय विधि का समुचित उपयोग के लिए यह आवश्यक है कि उन्हें सांख्यिकी का उत्तम ज्ञान हो। अधिकतर मनोवैज्ञानिकों में इस तरह की कमी पायी जाती है। परिणामतः वे अपने शोध या प्रयोग से कुछ सही निष्कर्ष निकाल सकने में असमर्थ रहते हैं।

(v) नैतिक मान्यताएँ बनाए रखने से सम्बन्धित समस्याएँ *(Problems relating to maintaining ethical standards)*—मनोवैज्ञानिक शोधों में मानव तथा पशु दोनों पर ही प्रयोग तथा शोध किये जाते हैं। मनुष्यों तथा पशुओं को प्रयोज्य के रूप में उपयोग करने में नैतिकता से सम्बन्धित तरह-तरह की समस्याएँ उत्पन्न होती हैं। जैसे—मनुष्य को यदि प्रयोज्य के रूप में उपयोग किया जा रहा है तो इस बात का विशेष ध्यान रखना पड़ता है कि प्रयोग में भाग लेने से उसे किसी प्रकार का शारीरिक या मानसिक दुःख न हो, प्रयोग के दौरान हुए अन्तःक्रिया के बारे में गोपनीयता बनाकर रखा जाए आदि-आदि। उसी तरह से यदि पशु पर प्रयोग किया जा रहा है तो इस बात का ध्यान रखना पड़ता है कि प्रयोग में भाग लेने से पशु में किसी प्रकार का कोई आंगिक क्षति (organic damage) न हो जाए तथा उसे किसी तरह का कोई शारीरिक दर्द आदि न हो। इन सभी बातों को मद्देनजर रखकर सही-सही विधि प्रणाली के अनुसार प्रयोग या शोध करना अपने आप में एक बहुत बड़ी समस्या साबित होती है।

स्पष्ट हुआ कि मनोवैज्ञानिक विधि-प्रणाली से सम्बन्धित कई तरह की समस्याएँ हैं। इन समस्याओं के कारण मनोवैज्ञानिक शोधों एवं प्रयोगों की विश्वसनीयता तथा वैधता पर आँच आती है।

मनोवैज्ञानिक अध्ययनों की विशेषताएँ
(Characteristics of Psychological Studies)

मनोवैज्ञानिक अध्ययनों की कुछ निश्चित विशेषताएँ बतलायी गयीं हैं जिसके आधार पर उनकी पहचान आसानी से कर ली जाती है। ऐसी विशेषताओं में निम्नांकित प्रधान हैं:—

(i) मनोवैज्ञानिक अध्ययन वस्तुनिष्ठ होते हैं *(Psychological studies are objective)*—मनोवैज्ञानिक अध्ययनों में वस्तुनिष्ठता उनका एक प्रमुख गुण माना गया है। वस्तुनिष्ठता से तात्पर्य किसी घटना या वस्तु का प्रत्यक्ष प्रेक्षण (direct observation) से होता है। ऐसे प्रेक्षण की विशेषता यह होती है कि इसे एक साथ कई व्यक्तियों द्वारा किया जाता है और इसके बारे में सामान्यतः इन व्यक्तियों के बीच एक अन्तरवैयक्तिक सहमति (interpersonal agreement) होती है। जैसे—यदि बच्चों के खेल व्यवहार का प्रेक्षण पाँच मनोवैज्ञानिक कर इस निष्कर्ष पर पहुँचते हैं कि अमुक बच्चा का खेल अन्य बच्चों के खेल से अधिक श्रेष्ठ है तो यह एक वस्तुनिष्ठ मनोवैज्ञानिक अध्ययन का उदाहरण होगा।

(ii) मनोवैज्ञानिक अध्ययनों में परिशुद्ध मापन के लिए कुछ वैज्ञानिक उपकरणों का उपयोग किया जाता है *(Psychological studies use some scientific instrument for accurate measurement)*—मनोवैज्ञानिक अध्ययन की एक विशेषता यह भी है कि इसमें अध्ययनकर्त्ता परिशुद्ध मापन (accurate measurement) के लिए कुछ विशेष उपाय एवं परीक्षणों का उपयोग करता है। परिशुद्ध मापन के लिए यह आवश्यक है कि ऐसे उपकरण एवं परीक्षण में विश्वसनीयता तथा वैधता आदि का गुण हो। किसी मनोवैज्ञानिक परीक्षण को एक उत्तम परीक्षण कहलाने के लिए यह आवश्यक है कि उसमें अन्य बातों के अलावा वस्तुनिष्ठता, विश्वसनीयता, वैधता, मानक (norms) तथा व्यवहारिकता (practicality) का गुण हो।

(iii) मनोवैज्ञानिक अध्ययनों में मनोवैज्ञानिक मापनों का उपयोग किया जाता है *(Psychological studies use psychological measurements)*—मनोवैज्ञानिक अध्ययन में मनोवैज्ञानिक मापन न कि भौतिक मापन (physical measurement) का उपयोग होता है। मनोवैज्ञानिक मापन वैसे मापन को कहा जाता है जिसमें मापने की इकाई निश्चित नहीं होती है, एक मनचाहा या इच्छाधीन (arbitrary) शून्य बिन्दु (zero point) होता है तथा जो अप्रत्यक्ष होता है। किसी व्यक्ति की बुद्धि का बुद्धि परीक्षण द्वारा मापन एक मनोवैज्ञानिक मापन (psychological measurement) का उदाहरण है।

(iv) मनोवैज्ञानिक अध्ययन प्रायः पुनरावर्त होते हैं *(Psychological studies are replicable)*—मनोवैज्ञानिक अध्ययन की प्रकृति पुनरावर्त (replicable) होती है क्योंकि यह एक निश्चित विधि-प्रणाली एवं डिजाइन पर आधारित होता है। यदि कोई व्यक्ति चाहे तो इस विधि-प्रणाली एवं डिजाइन का दोबारा उपयोग करके पहले मनोवैज्ञानिक द्वारा प्राप्त निष्कर्षों की वैधता की जाँच कर सकता है।

(v) मनोवैज्ञानिक अध्ययन प्रयोगात्मक या अप्रयोगात्मक कुछ भी हो सकता है *(Psychologcal studies may be exprimental or non-experimental)*—मनोवैज्ञानिक अध्ययन चाहे प्रयोगात्मक हो सकता है या फिर यह अप्रयोगात्मक हो सकता है। प्रयोगात्मक अध्ययनों में अध्ययनकर्त्ता एक नियन्त्रित परिस्थिति में चरों में जोड़-तोड़ करके दूसरे चर पर उसके पड़ने वाले प्रभाव का अध्ययन करता है। परन्तु अप्रयोगात्मक अध्ययन में चरों में ऐसा जोड़-तोड़ करके अध्ययन नहीं होकर चरों की यथास्थिति बनाये रखते हुए उनका अध्ययन किया जाता है।

(vi) मनोवैज्ञानिक अध्ययनों में एक निश्चित शोध परियोजना या शोध डिजाइन का उपयोग किया जाता है *(Psychological studies often use a definite research plan or research design)*—मनोवैज्ञानिक अध्ययन की एक विशेषता यह है कि इसमें अध्ययनकर्त्ता एक निश्चित शोध डिजाइन या शोध परियोजना का प्रयोग करता है ताकि वह अपने अध्ययन में अधिक-से-अधिक परिशुद्धता बनाये रखे। चाहे वह प्रयोगात्मक शोध डिजाइन हो या अप्रयोगात्मक शोध डिजाइन हो, उसमें वस्तुनिष्ठता का गुण पाया जाता है।

(vii) मनोवैज्ञानिक अध्ययनों का उद्देश्य कुछ पूर्वकथन करना तथा प्राप्त तथ्यों का सामान्यीकरण करना होता है *(Psychological studies aim at predicting and generalizing the obtained facts)*—मनोवैज्ञानिक अध्ययन का उद्देश्य कुछ ऐसे तथ्यों का पूर्वकथन करना होता है जिसके आधार पर मानव व्यवहार को ठीक से समझा जाए तथा

जाना जाए। इतना ही नहीं, ऐसे अध्ययन से प्राप्त तथ्यों को बड़ी जीव संख्या (population) के लिए सामान्यीकृत भी किया जा सकता है।

(viii) मनोवैज्ञानिक अध्ययन जीव संख्या से चुने गए प्रतिदर्श पर अध्ययन किया जाता है *(Psychological studies are conducted on a sample selected from population)*—मनोवैज्ञानिक अध्ययन जीवसंख्या से चुने गए प्रतिदर्श पर आधारित होता है। प्रतिदर्श दो प्रकार का होता है—सम्भाविता प्रतिदर्श (probability sample) तथा असम्भाविता प्रतिदर्श (nonprobability sample)। जब प्रतिदर्श का चयन इस प्रकार से किया जाता है कि जीवसंख्या से प्रत्येक व्यक्ति के चुने जाने की संभावना ज्ञात होती है तो इसे सम्भाविता प्रतिदर्शन (probability sampling) कहा जाता है और जब ऐसी सम्भावना ज्ञात नहीं होती तो इसे असम्भाविता प्रतिदर्श (non-probability sampling) कहा जाता है।

(ix) मनोवैज्ञानिक अध्ययनों में परिणाम के विश्लेषण करने में सांख्यिकीय परीक्षणों का उपयोग किया जाता है *(Statistical tests are used in analysis of results obtained by psychological studies)*—मनोवैज्ञानिक अध्ययन में परिणामों की व्याख्या करने के लिए सांख्यिकीय परीक्षण का उपयोग किया जाता है। सांख्यिकीय परीक्षण दो तरह का होता है—*प्राचल सांख्यिकी* (parametric statistics) तथा *अप्रचालिक सांख्यिकी* (non-parametric statistics) प्राचल सांख्यिकी जीवसंख्या के बारे में कुछ किये गये पूर्वकल्पनाओं पर आधारित होते हैं। t परीक्षण तथा F परीक्षण इसके उदाहरण हैं। *अप्रचालिक सांख्यिकी* वितरण के बारे में ऐसी पूर्वकल्पनाओं से मुक्त होते हैं। यही कारण है कि इन्हें *वितरण-मुक्त सांख्यिकी* (distribution free statistics) भी कहा जाता है। मान विटनी यू परीक्षण, W परीक्षण, टाऊ (tau) परीक्षण आदि अप्रचालिक सांख्यिकी के कुछ प्रमुख उदाहरण हैं।

स्पष्ट हुआ कि मनोवैज्ञानिक अध्ययन की कई विशेषताएँ हैं जो उन्हें अन्य अध्ययनों से भिन्न करता है।

मनोवैज्ञानिक मापन के अर्थ एवं विशेषताएँ
(Meaning and Characteristics of Psychological Measurement)

मापन (measurement) मनोविज्ञान को विज्ञान कहलाने का एक प्रमुख आधार है। 'मापन' से तात्पर्य किसी वस्तु घटना आदि को किसी नियम के अनुसार कुछ आंकिक तत्त्वों के रूप में अभिव्यक्त करने से होता है। दूसरे शब्दों में, यह कहा जा सकता है कि मापन किसी नियम के अनुसार अंक आवंटन करने की प्रक्रिया है।

मापन दो प्रकार के होते हैं—*मनोवैज्ञानिक मापन* (psychological measurement) तथा *भौतिक मापन* (physical measurement)। मनोवैज्ञानिक मापन से तात्पर्य व्यक्ति के मानसिक गुणों, आदतों, मनोवृत्तियाँ आदि के मापन से होता है। भौतिक मापन (physical measurement) से तात्पर्य वैसे मापन से होता है जिसमें ऐसी वस्तुओं या चीजों का मापन किया जाता है जो वातावरण में भौतिक रूप से या ठोस ढंग से उपस्थित रहते हैं। जैसे—टेबुल की लम्बाई मापना एक भौतिक मापन का उदाहरण है। परन्तु व्यक्ति की बुद्धि मापन एक मनोवैज्ञानिक मापन (psychological measurement) का उदाहरण है। मनोवैज्ञानिक मापन की कुछ खास-खास विशेषताएँ हैं जो उसे भौतिक मापन से भिन्न करता है। ऐसी ही कुछ विशेषताओं का वर्णन निम्नांकित है:—

1. मनोवैज्ञानिक मापन में मापन की इकाई (unit of measurement) निश्चित नहीं होती है और मापन के दौरान उसमें स्पष्ट परिवर्तन होते हैं। परन्तु भौतिक मापन में मापन की इकाई निश्चत होती है और पूरे मापन के दौरान एक समान स्थिरता बनी होती है। जैसे—मान लिया जाए कि कोई व्यक्ति किसी वस्तु के वजन (weight) को किलोग्राम या उसकी लम्बाई को फीट एवं इंच में मापन कर रहा है तो मापन की इकाई का प्रयोग चाहे किसी भी समय या जगह पर क्यों न किया जा रहा हो, इसका अर्थ बिलकुल ही एक समान रहेगा। उसमें किसी भी तरह के परिवर्तन की गुंजाइश नहीं है। परन्तु मान लिया जाए कि कोई शोधकर्त्ता या मनोवैज्ञानिक किसी व्यक्ति की बुद्धि का माप कर रहा है। यहाँ मापन की कोई निश्चित इकाई नहीं है। कोई शोधकर्त्ता समायोजनशीलता (adaptability) की इकाई के रूप में बुद्धि मापना चाहेगा तो कोई अमूर्त चिन्तन करने की क्षमता के रूप में मापना चाहेगा तो कोई किसी पाठ को जल्द याद करने की क्षमता के रूप में बुद्धि की मापन करना चाहेगा। इतना ही नहीं, ये सारी इकाइयाँ कुछ ऐसीं हैं जो स्वयं ही मापन के दौरान परिवर्तित हो जाती है।

2. मनोवैज्ञानिक मापन में कोई वास्तविक शून्य बिन्दु (true zero point) नहीं होता है परन्तु भौतिक मापन (physical measurement) में एक वास्तविक शून्य बिंदु (real or true zero point) होता है। इसका मतलब यह हुआ कि मनोवैज्ञानिक मापन में एक मनमाना शून्य बिन्दु (arbitrary zero point) होता है जबकि भौतिक मापन में एक वास्तविक शून्य बिन्दु (true zero point) होता है। वास्तविक शून्य बिन्दु से तात्पर्य एक ऐसी बिन्दु से होता है जिनसे मापी गयी विशेषता या गुण की पूर्ण अनुपस्थिति (complete absence) का पता चलता है। मानलिया जाए कि दशवीं कक्षा के किसी छात्र को गणित में शून्य (zero) अंक परीक्षा में आता है। क्या इसका यह मतलब हुआ कि उस छात्र को गणित का ज्ञान शून्य है? शायद नहीं। ऐसा इसलिए होता है क्योंकि यह एक मनोवैज्ञानिक मापन (psychological measurement) है जिसमें प्राप्त शून्य वास्तविक शून्य नहीं है। परन्तु यदि किसी वस्तु की लम्बाई मापकर यह कहा जाता है कि इसकी लम्बाई कुछ भी नहीं है, अर्थात् शून्य है तो यहाँ शून्य चूँकि एक वास्तविक शून्य (true zero) है, अतः इसका मतलब शून्य लम्बाई से होगा।

3. मनोवैज्ञानिक मापन में परिशुद्धता (accuracy) कम होती है तथा उसमें पूर्वानुमान (prediction) बहुत ही विश्वास के साथ नहीं किया जा सकता है। परन्तु भौतिक मापन में ऐसी बात नहीं होती है। इसमें मापन की परिशुद्धता अधिक होती है तथा इसमें जो भी पूर्वानुमान किया जाता है, वह अधिक विश्वास के साथ किया जाता है। जैसे, मानलिया जाए कि मोहन तथा सोहन दोनों पर एक बुद्धि परीक्षण क्रियान्वयन किया गया। मोहन को इस परीक्षण पर 30 अंक आए एवं सोहन को 60 अंक आए। क्या ऐसा कहा जा सकता है कि सोहन की बुद्धि मोहन की बुद्धि से दुगुनी अधिक है? शायद नहीं क्योंकि यह मापन परिशुद्ध (accurate) नहीं है तथा साथ-ही-साथ ऐसे मापन में कोई वास्तविक शून्य बिन्दु (true zero point) नहीं है। परन्तु मानलिया जाए कि एक टेबुल की लम्बाई 3 फीट है तथा दूसरी टेबुल की लम्बाई 6 फीट है। ऐसी परिस्थिति में विश्वास के साथ यह कहा जा सकता है कि दूसरी टेबुल की लम्बाई पहली टेबुल की लम्बाई से दुगुनी है। इसके दो कारण हैं। पहला तो यह कि यहाँ मापन परिशुद्ध है तथा दूसरा यह कि ऐसे मापन में एक वास्तविक शून्य बिन्दु (true zero point) होता है। 3 फीट मापन स्पष्टतः शून्य बिन्दु से तीन फीट होता है।

4. मनोवैज्ञानिक मापन परोक्ष (indirect) होता है जबकि भौतिक मापन प्रत्यक्ष (direct) होता है। जैसे—यदि कोई व्यक्ति साड़ी की लम्बाई मापना चाहता है तो वह उस साड़ी को सामने रखकर फीता से सीधे मापन लेता है और कहता है कि साड़ी की लम्बाई 6 मीटर की है। परन्तु थोड़े देर के लिए मान लिया जाए कि कोई शोधकर्त्ता किसी व्यक्ति की बुद्धि की माप कर रहा है तो वह बुद्धि की माप सीधे न करके परोक्ष ढंग से ही करेगा। वह उस व्यक्ति की अनुक्रिया प्राप्त करेगा और उसके आधार पर व्यक्ति की बुद्धि के बारे में एक निश्चित निष्कर्ष पर पहुँचेगा।

5. मनोवैज्ञानिक मापन (psychological measurement) में पूरे व्यक्तियों या वस्तुओं का मापन सम्भव नहीं है बल्कि उसके कुछ अंश का ही मापन सम्भव है। परन्तु भौतिक मापन के साथ ऐसी बात नहीं है। इसमें किसी भी वस्तु का मापन पूर्णतः सम्भव है। उदाहरणस्वरूप, हम किसी टेबुल की ऊँचाई, बल, लम्बाई आदि की माप यदि चाहे तो पूर्णरूपेण कर सकते हैं। परन्तु यदि कोई शोधकर्त्ता किसी राज्य (state) के 16 वर्षीय सभी व्यक्तियों की बुद्धि की माप करना चाहता है तो यह उसके लिए सामान्यतः सम्भव नहीं है कि वह उक्त राज्य के 16 वर्षीय सभी व्यक्तियों की बुद्धि की माप कर सके। अतः वह ऐसे व्यक्तियों से एक प्रतिदर्श (sample) का चयन कर लेता है और उन सबों की बुद्धि मापकर अपने आप को संतुष्ट करता है।

इस तरह से स्पष्ट हुआ कि मनोवैज्ञानिक मापन की कुछ ऐसी विशेषताएँ हैं जिनके आधार पर इसे भौतिक मापन से भिन्न समझा जाता है।

मापन के स्तर या, मापन मापनी के प्रकार
(Levels of Measurement) Or, (Types of Measurement Scale)

मनोवैज्ञानिक शोधों में मापने के चार स्तर की चर्चा की गई है। इस स्तरों को *मापन मापनी* (measurements scale) भी कहा जाता है, जो निम्नांकित है:—

1. नामिक या वर्गीकृत मापन (Nominal or classificatory measurement)
2. क्रमिक मापन (Oridinal measurement)

3. अंतराल मापन (Interval measurement)
4. अनुपात मापन (Ratio measurement)

1. नामिक या वर्गीकृत मापन *(Nominal or classificatory measurement)*—यह मापन, मापनी मापन (scale measurement) का सबसे पहला एवं निम्न स्तर का होता है। इस तरह के मापन में शोधकर्त्ता संख्या या अंक का प्रयोग व्यक्तियों, वस्तुओं या समूहों की पहचान या उनका नामकरण करने के लिए करता है। स्पष्ट है कि यह मापन एक अत्यन्त ही सरल मापन है जिसके द्वारा वस्तुओं या व्यक्तियों को एक तरह के विभिन्न भागों में वर्गीकृत किया जाता है। जैसे, व्यक्तियों को पुरुष तथा महिला दो वर्णों में वर्गीकृत करना, मानसिक बीमारियों को विभिन्न समूह जैसे—हिस्टीरिया, मनोविदालिता, स्थिर-व्यामोह (paranoia) आदि में वर्गीकृत करना नामिक या वर्गीकृत मापन का उदाहरण है।

नामिक मापन (nominal measurement) की विशेषता यह होती है कि इसमें विभिन्न समूहों के सदस्य आपस में तो कभी भी तुल्य (equivalent) नहीं होते हैं परन्तु किसी एक समूह के सभी सदस्य आपस में तुल्य होते हैं। तुल्यता (equivalence) का यह सम्बन्ध *प्रतिवर्ती* (reflexive), *परिवर्त्य* (transitive) तथा *प्रतिसम* (symmetrical) होता है। नामिक मापन में खास-खास सांख्यिकीय प्रक्रियाओं (statistical operations) जैसे--बारम्बारता (frequency), प्रतिशत (percentage), अनुपात (proportion), बहुलक (mode) एवं असंगत गुणांक (coefficient of contingency) का प्रयोग सुविधापूर्वक किया जाता है।

नामिक मापन की परिसीमा (limitation) यह है कि यह अत्यधिक सरल एवं प्राथमिक होता है। यही कारण है कि कुछ लोग इस तरह के मापन मापनी (measurement scale) को सही अर्थ में मापनी मानने के लिए तैयार नहीं होते हैं।

2. क्रमिक मापन *(Ordinal measurement)*—यह मापन का दूसरा स्तर (level) है। इसमें नामिक मापन के सारे गुण सम्मिलित होते हैं। क्रमिक मापन में संख्याओं द्वारा व्यक्तियों या वस्तुओं के कोटि-क्रम (rank order) का पता चलता है। इस तरह के मापन में कोटियों (ranks) को उच्चतम (highest) से न्यूनतम (lowest) या न्यूनतम से उच्चतम की दिशा में दिखलाया जाता है। इस तरह के मापन से यह भी प्रता चलता है कि कौन वस्तु या व्यक्ति दूसरे व्यक्ति या वस्तु से बड़ा है, छोटा है, भारी है, हल्का है, ऊँचा है, नीचे है आदि-आदि। स्पष्टतः इस तरह के मापन में वस्तुओं के गुणों (traits) के बारे में 'कम होने' (less than) या 'अधिक होने' (greater than) का पता चलता है। सामाजिक-आर्थिक स्तर (socio-economic status) का मापन क्रमिक मापन (ordinal measurement) का एक अच्छा उदाहरण है। इसमें व्यक्तियों का मापन मूल रूप से सामाजिक-आर्थिक स्तर के तीन कोटियों (ranks) में किया जाता है—उच्चतर वर्ग, मध्यम वर्ग तथा निम्न वर्ग। इस तरह के श्रेणी में उच्च वर्ग का प्रत्येक सदस्य प्रतिष्ठा में मध्यम वर्ग से ऊपर है तथा मध्यम वर्ग का प्रत्येक सदस्य निम्न वर्ग से प्रतिष्ठा में ऊँचा है। इस तरह के मापन में किसी समूह या कोटि (rank) के सभी सदस्य आपस में एक-दूसरे से तुल्य (equivalent) तो होते ही हैं साथ-ही-साथ उनमें अन्य समूह या कोटि से ऊँचा या नीचा होने का भी सम्बन्ध होता है। जैसे मध्यम सामाजिक-आर्थिक वर्ग के सभी सदस्य एक-दूसरे से सामाजिक प्रतिष्ठा में समान होते हैं और साथ-ही-साथ उनकी सामाजिक प्रतिष्ठा उच्च सामाजिक-आर्थिक वर्ग के सदस्यों की तुलना में कम परन्तु निम्न सामाजिक-आर्थिक वर्ग के सदस्यों की तुलना में अधिक होता है।

क्रमिक मापन (ordinal measurement) से प्राप्त आँकड़ों (data) का विश्लेषण करने के लिए माध्यिका (median), शततमक (percentile), कोटि-अन्तर सहसम्बन्ध (rank diference correlation) आदि मुख्य रूप से प्रयोग किये जाते हैं।

क्रमिक मापन का एक महत्त्वपूर्ण दोष यह बतलाया गया है कि क्रमिक आँकड़े निरपेक्ष (absolute) नहीं होते हैं न ही वे यह ही बतलाते हैं कि क्या विभिन्न कोटियों (ranks) से सम्बन्धित गुणों में अन्तर भी समान होंगे? जैसे—मान लिया जाए कि अनीता, सुनीता एवं संगीता को बुद्धि परीक्षण पर प्राप्तांक (score) क्रमशः 70, 65 तथा 14 आये। अब इसे कोटि के रूप में व्यक्त करने पर क्रमशः 1st, 2nd तथा 3rd कहा जायेगा। यहाँ अनीता तथा सुनीता के बुद्धि प्राप्तांक में मात्र 70 – 65 = 5 का अन्तर है जबकि सुनीता तथा संगीता के बुद्धि प्राप्तांक में 65–14 = 51 का अन्तर है। परन्तु इन अंतरों का बिना ख्याल किये हुए ही जब उन्हें कोटि (ranks) में बदला जाता है तो उसे

1st, 2nd तथा 3rd कहा जाता है। कोटि देखने से तो यही पता चलता है कि अनीता, सुनीता एवं संगीता की बुद्धि में अन्तर अधिक नहीं है जबकि सच्चाई यह है कि अनीता एवं सुनीता की बुद्धि प्राप्तांक में तो मात्र 5 प्राप्तांकों का अन्तर है परन्तु इन दोनों लड़कियों के बुद्धि प्राप्तांक तथा संगीता के बुद्धि प्राप्तांक में काफी अन्तर (51 प्राप्तांक का) है।

3. अंतराल मापन (*Interval measurement*)—यह मापन का तीसरा स्तर है और इसमें वे सारे गुण सम्मिलित रहते हैं जो नामिक मापन (nominal measurement) तथा क्रमिक मापन (ordinal measurement) में होते हैं। इस मापन की सबसे प्रमुख विशेषता यह है कि इसमें मापन की इकाई (unit of measurement) समान एवं स्थिर होती है। यही कारण कि इसे समान *अन्तराल मापन* (equal interval measurement) भी कहा जाता है। इस तरह के मापन में चूँकि संरचानाओं द्वारा समान अंतराल का पता चलता है, इसलिए उन्हें आसानी से आपस में जोड़ा या घटाया जा सकता है। जैसे—मान लिया जाय कि A, B, C तथा D चार वस्तुएँ हैं जिन्हें मापने के बाद क्रमशः 20, 16, 8 एवं 4 अंक दिये गए। यहाँ AC का अन्तर A – C = 20 – 8 = 12 है जो B एवं D के अन्तर यानी 16 – 4 = 12 के बराबर है। इसकी व्याख्या दूसरे ढंग से करते हुए यह भी कहा जा सकता है कि A तथा B के बीच का अन्तराल 20 – 16 = 4 है तथा C एवं D के बीच का अन्तराल 8 – 4 = 4 है। इन अंतरालों (intervals) को एक साथ जोड़ा जा सकता है अर्थात् (20 – 16) + (8 – 4) = 4 + 4 = 8। स्पष्ट हुआ है कि अंतराल मापन पर अन्तरालों या दूरियों (distances) को जोड़ा जा सकता है। बुद्धि प्राप्तांक (intelligence score), अभिक्षमता प्राप्तांक (aptitude score), कैलेण्डर में दिखलाया गया दिन, फॉरेनहाइट एवं सेलसियस थर्मामीटर (Fahrenhiet and Celsius thermometer) का मापन अन्तराल मापन के अच्छे उदहाहरण हैं। अन्तराल मापन की एक विशेषता यह है कि वास्तविक शून्य बिन्दु (true zero point) न होकर यथेच्छ या मनचाहा शून्य बिन्दु (arbitary zero point) होते हैं।

अन्तराल मापन (interval measurement) से प्राप्त आँकड़ों का विश्लेषण में अंकगणितीय माध्य (airthmetic mean), मानक विचलन (standard deviation), पियरसन आर (Pearson r), टी परीक्षण (t test) तथा एफ परीक्षण (F test) आदि का प्रयोग होता है परन्तु परिवर्तनशीलता के गुणांक (Coefficient of Variation) का प्रयोग वर्जित माना जाता है।

4. अनुपात मापन (*Ratio measurement*)—अनुपात मापन, मापन का सबसे उच्च स्तर का होता है। इसमें नामिक, क्रमिक तथा अन्तराल मापन के सभी गुण मौजूद हैं तथा साथ-ही-साथ उसमें एक वास्तविक शून्य बिन्दु (true zero point) भी होता है। अनुपात मापन की मुख्य विशेषता यह है कि किन्हीं दो संख्याओं (number) का अनुपात मापन की इकाई (unit of measurement) से स्वतन्त्र होता है और इसलिए इसे सही-सही ढंग से बराबर कर तुलना की जा सकती है। जैसे 15 एवं 105 का अनुपात (15 : 105) जो 1 और 7 के अनुपात (1 : 7) के बराबर है।

अनुपात मापन (ratio measurement) का सामान्य उदाहरण भार (weight), ऊँचाई (height), लम्बाई (length) आदि का मापन है। इससे स्पष्ट है कि इस तरह का मापन अधिकतर प्राकृतिक विज्ञानों (natural science) में न कि सामाजिक विज्ञानों (social sciences) में होता है। अनुपात मापनी में चूँकि एक वास्तविक शून्य बिन्दु (true zero point) होता है इसलिए यह अन्तराल मापन से भिन्न होता है जहाँ एक वास्तविक शून्य बिन्दु न होकर यथेच्छ शून्य बिन्दु (arbitrary zero point) होता है। शायद यही कारण है कि जब हम किसी वस्तु की लम्बाई मापकर यह कहते हैं कि यह 6 फीट है तो इसका स्पष्ट मतलब 0 से 6 फीट है। यह अनुपात मापन (ratio measurement) का उदाहरण है। परन्तु यदि हम यह कहते हैं कि दिन का तापक्रम 20 डिग्री सेल्सियस है तो क्या इसका मतलब यह होगा कि यह सचमुच में 0 डिग्री सेल्सियस से 20 डिग्री अधिक है? शायद नहीं क्योंकि 0 डिग्री वास्तविक (true) न होकर यथेच्छ (arbitrary) है। 0 डिग्री वास्तविक होता है तो यह हिमांक बिन्दु (freezing point) होता है और तब इस पर वातावरण की सभी वस्तुएँ जम जाती हैं। सच्चाई यह है कि दिन का तापक्रम—2° सेल्सियस,—5° सेल्सियस आदि में भी व्यक्त किया जाता है।

स्पष्ट हुआ कि मापन के कई स्तर हैं। इन स्तरों में से मनोविज्ञान तथा शिक्षा के शोधों (researches) में अंतराल मापन तथा क्रमिक मापन का प्रयोग सर्वाधिक होता है। अनुपात मापन का प्रयोग भौतिक विज्ञानों (physical sciences) में तुलनात्मक रूप से अधिक किया जाता है।

उद्दीपन-प्राणी-अनुक्रिया मनोविज्ञान
(Stimulus-Organism-Response Psychology)

मनोविज्ञान में वाटसन (Watson) के व्यवहारवाद का काफी अधिक प्रभाव पड़ा। सचमुच में वाटसन तथा उसके सहयोगियों जैसे—थॉर्नडाइक (Throndike) तथा स्कीन्नर (Skinner) ने मिलकर यह स्पष्ट किया था कि किसी उद्दीपक (stimulus) के प्रति की गयी अनुक्रिया का परिणाम यदि संतोषप्रद होता है तो उस उद्दीपक तथा अनुक्रिया के बीच एक साहचर्य स्थापित हो जाता है। इसे *उद्दीपक-अनुक्रिया मनोविज्ञान* (Stimulus-Response psychology) कहा गया। उद्दीपक से तात्पर्य किसी भी भौतिक घटना से होता है जिसमें व्यवहार को प्रभावित करने की क्षमता होती है। अनुक्रिया से तात्पर्य उद्दीपक के प्रभाव के कारण उसके प्रति की गयी प्रतिक्रिया से होती है।

परन्तु आधुनिक मनोवैज्ञानिक वाटसन के इस उद्दीपन-अनुक्रिया से भिन्न मत जाहिर किये हैं। इन लोगों का कहना है कि मानसिक घटनाओं की भी भूमिका अहं है और इसकी उपेक्षा नहीं की जा सकती है। ये लोग इस मत से सहमत हैं कि स्पष्ट व्यवहार (overt behaviour) को प्रत्यक्ष रूप से तो निश्चित रूप से प्रेक्षण किया जा सकता है परन्तु वे यह भी कहते हैं कि ऐसे व्यवहार के आधार पर उन मानसिक घटनाओं (mental phenomena) के बारे में भी अंदाज लगाया जा सकता है जिनका प्रत्यक्ष रूप से प्रेक्षण नहीं किया जा सकता है। फलतः वाटसन के S–R (उद्दीपक-अनुक्रिया) मॉडल का एक विकल्प मॉडल जिसे S–O–R (उद्दीपक-प्राणी-अनुक्रिया) कहा जाता है, को लोग ज्यादा महत्त्वपूर्ण बतलाते हैं। इस मॉडल के अनुसार प्राणी (ogranism) की विशेषताओं जैसे—चिन्तन प्रक्रिया, व्यक्तित्व चर तथा सांवेगिक प्रतिक्रियाएँ (emotional reactions) आदि को सम्मिलित किया गया है और उद्दीपक के प्रति की गयी अनुक्रिया पर इनका भी प्रभाव पड़ते बतलाया गया है।

S–O–R मॉडल की उत्पत्ति का श्रेय आर॰ एस॰ वुडवर्थ (R.S. Woodworth) को जाता है जो एक प्रकार्यवादी मनोवैज्ञानिक (functionalist psychologist) थे तथा थॉर्नडाइक के दोस्त एवं सहकर्मी भी थे। इन्होंने 1921 में एक पाठ्य-पुस्तक (text book) लिखा जिसमें छात्रों को व्यवहार की व्याख्या *उद्दीपक-अनुक्रिया सम्बन्ध* (S–R connection) के रूप में करने का सलाह दिया है। परन्तु वुडवर्थ व्यक्ति के अभिप्रेरण (motivation) के अध्ययन में भी पर्याप्त अभिरुचि लेते थे और वे इस बात पर बाद में काफी बल डाले कि उद्दीपक-अनुक्रिया सम्बन्ध (S-R connection) से व्यक्ति के अभिप्रेरणात्मक प्रक्रियाओं (motivational process) की व्याख्या ठीक ढंग से नहीं होती है। जैसे—भूखा होने पर भोजन की टेबुल जिस पर भोजन लगा होता है, काफी आकर्षक दिखता है और उसके प्रति हम खास ढंग से व्यवहार करते हैं। परन्तु भूख मिट जाने के बाद वही टेबुल उतना आकर्षक नहीं लगता है और उसके प्रति व्यक्ति दूसरे ढंग से व्यवहार करता है। यहाँ टेबुल (उद्दीपक) वही है परन्तु अनुक्रिया में परिवर्तन हो रहा है जिसका कारण व्यक्ति की भीतरी अवस्था (internal stage) अर्थात अभिप्रेरण (motivation) होता है। इसलिए वुडवर्थ ने उद्दीपक-अनुक्रिया सूत्र को परिवर्तित करके उसे उद्दीपक-प्राणी-अनुक्रिया (stimulus-organism response) सूत्र का रूप दिया है। यहाँ प्राणी या 'O' द्वारा व्यक्ति की भीतरी अवस्था अर्थात अभिप्रेरण की व्याख्या हो पाती है।

आजकल मनोविज्ञान के सभी शाखाओं में S–O–R सूत्र के महत्त्व को पूर्णरूपेण स्वीकार किया गया है। मनोविज्ञान अपने शोधों में उद्दीपक अवस्थाओं (Stimulus conditions or S) की पहचान कर लेते हैं, फिर उसके प्रति की गयी अनुक्रियाओं (Response or R) का वस्तुनिष्ठ मापन करते हैं और प्राणी (Organism or O) के मनोवैज्ञानिक गुणों जैसे—व्यक्तित्व कारक या अभिप्रेरण आदि का अनुमान लगाते हैं ताकि S एवं R के बीच के सम्बन्ध की व्याख्या की जा सके। इस अर्थ में करीब सभी मनोवैज्ञानिक आज व्यवहारवादी दृष्टिकोण को अपना रहे हैं क्योंकि उनका अनुमान हमेशा व्यवहार के कुछ प्रकार पर ही आधारित होता है।

अध्याय सारांश — CHAPTER SUMMARY

1. मनोविज्ञान व्यवहार तथा मानसिक प्रक्रियाओं का विज्ञान है। मनोविज्ञान का कार्यक्षेत्र (scope) काफी विस्तृत हैं जिसे तीन मुख्य भागों में बाँटकर उपस्थित किया गया है—शैक्षिक क्षेत्र (academic area), प्रयुक्त मनोविज्ञान का क्षेत्र (area for applied psychology) तथा मनोविज्ञान के कुछ नये उभरते क्षेत्र (new emerging fields of psychology)।

2. मनोविज्ञान की कई विधियाँ हैं जिनके सहारे मनोविज्ञानी प्राणी के व्यवहार तथा मानसिक प्रक्रियाओं का अध्ययन करते हैं। इन विधियों में प्रमुख हैं—अन्तर्निरीक्षण विधि, प्रेक्षण विधि, प्रयोगात्मक विधि, सर्वे विधि, कालानुक्रमिक विधि, अनुप्रस्थ काट विधि, क्रॉस-सांस्कृतिक विधि नैदानिक या केस अध्ययन विधि तथा क्षेत्र अध्ययन विधि, सहसम्बन्ध विधि तथा मेटा विश्लेषण।
3. मनोवैज्ञानिक शोधों में शोध करते समय मनोवैज्ञानिक को कुछ नैतिक समस्याओं का सामना करना पड़ता है जिसमें सूचित सहमति (informed consent), गोपनीयता, कपट (deception) आदि से सम्बन्ध समस्याएँ प्रमुख हैं।
4. मनोवैज्ञानिक शोधों में लगभग छह कारणों से पशुओं का उपयोग किया जाता है।
5. मनोविज्ञान की विधि-प्रणाली समस्याएँ (methodological problems) कई हैं, जिनमें प्रयोगकर्त्ता, प्रयोज्य, प्रतिदर्श, परिणाम विश्लेषण तथा नैतिक सामान्यताएँ बनाये रखने से सम्बन्धित समस्याएँ प्रधान हैं।
6. मनोवैज्ञानिक अध्ययन की कुछ विशेषताएँ होतीं हैं जो उन्हें अन्य दूसरे तरह के अध्ययनों से भिन्न करता है। ऐसी नौ विशेषताओं पर प्रकाश डाला गया है।
7. मनोवैज्ञानिक मापन (psychological measurement) भौतिक मापन से भिन्न होता है। मनोवैज्ञानिक मापन की कुछ ऐसी विशेषताएँ है जो उसे भौतिक मापन से भिन्न करता है। ऐसी पाँच विशेषताओं का उल्लेख किया गया है।
8. मापन मापनी (Measurement scale) के चार प्रकार हैं—नामित मापनी, क्रमिक मापनी, अंतराल मापनी तथा अनुपात मापनी। इन चारों की विशेषताओं पर भी गम्भीरतापूर्वक प्रकाश डाला गया है।
9. मनोविज्ञान में उद्दीपन-प्राणी-अनुक्रिया का विशेष महत्त्व है जिस पर वुडवर्थ (Woodworth) ने सर्वाधिक बल डाला है।

❑

अध्याय 2

न्यूरोमनोविज्ञान : व्यवहार का दैहिक आधार
(NEUROPSYCHOLOGY : PHYSIOLOGICAL BASES OF BEHAVIOUR)

ग्राहक, प्रभावक तथा समायोजक प्रक्रम (Receptor, Effector and Adjustor Mechanism)

प्राणी किसी उद्दीपक (stimulus) के प्रति ठीक ढंग से अनुक्रिया कर सके इसके लिए यह आवश्यक है कि उसके अनुक्रिया प्रक्रम (response mechanism) का विस्तृत रूप से विश्लेषण किया जाए। शरीरक्रिया मनोवैज्ञानिकों ने प्राणी के शरीर की कोशिकाओं (cells) को मूलतः तीन भागों में बाँटा है—ग्राहक कोशिका (receptor cell), प्रभावक कोशिका (effector cell) तथा समायोजक कोशिका (adjustor cell)। इन तीनों का वर्णन निम्नांकित है:—

(क) ग्राहक कोशिका *(Receptor cell)*—ग्राहक कोशिका से तात्पर्य वैसे कोशिका से होता है जो विशेष तरह के उद्दीपकों से उत्तेजित होती है या उनके उत्तेजन को ग्रहण करते हैं। सामान्य प्राणी में जो ग्राहक पाये जाते हैं, वे चार तरह के उद्दीपकों से प्रभावित होते हैं—तापीय (thermal), यांत्रिक (mechanical), रासायनिक (chemical) तथा रोशनी (light)। तापीय ग्राहक में त्वचा के ठंडे एवं गर्म ग्राहक कोशिकाएँ होतीं हैं। इससे व्यक्ति को ठंड एवं गर्म उत्तेजनों का ज्ञान होता है। यांत्रिक ग्राहक में श्रवण (hearing), संतुलन (balance) तथा स्पर्श (touch) संवेदन की कोशिकाएँ होतीं हैं। रासायनिक ग्राहक में स्वाद, घ्राण (smell) तथा रासायनिक संवेदनशीलता की कोशिकाएँ होतीं हैं। रोशनी ग्राहक (light receptor) की कोशिकाएँ आँख में होती हैं।

स्पष्ट हुआ कि ग्राहक (receptor) एक तरह से विशिष्टता प्राप्त तंत्रिका कोश (specialized nerve cells) होते हैं जो वातावरण (environment) तथा शरीर के भीतर होने वाले परिवर्तनों का ज्ञान कराते हैं। इसे साधारण बोल-चाल की भाषा में *ज्ञानेन्द्रियाँ* (sense organs) भी कहा जाता है। सदियों से लोग यह समझते आ रहे थे कि ज्ञानेन्द्रियाँ पाँच हैं। परंतु इस क्षेत्र में किये गए अध्ययनों से यह स्पष्ट हो गया है कि ज्ञानेन्द्रियों की कुल संख्या पाँच से कहीं अधिक है। वेनगर, जोन्स तथा जोन्स (Wenger, Jones & Jones, 1956) के अनुसार ग्राहक के चार सामान्य प्रकार (general types) हैं—**बाह्यग्राहक** (exteroceptor), **मध्यग्राहक** (propriopceptor), **अन्तर्ग्राहक** (interoceptor) तथा **नोसीग्राहक** (nociceptor)। इन चार सामान्य ग्राहकों में से प्रत्येक के भीतर कई तरह के विशिष्ट ग्राहक होते हैं जिनका विस्तृत वर्णन तालिका 2-1 किया गया है।

तालिका 2-1 : ग्राहक का सामान्य वर्गीकरण (General Classification of Receptor)

वर्ग (Class)	संवेदीज्ञान (Senses)	वर्गीकरण का आधार (Basis of classification)
बाह्यग्राहक (Exteroceptor)	त्वक् दर्द (Cutaneous pain) त्वक् दवाब (Cutaneous pressure) त्वक् गर्मी (Cutaneous warmth) दृष्टि (Vision)	शरीर के सतह पर आधारित ग्राहक जो मुख्यतः उद्दीपकों के प्रति अनुक्रिया करते हैं। प्रायः शारीरिक गति (bodily movements) के रूप में अनुक्रिया की जाती है।
अन्तर्ग्राहक (Interoceptor)	आंगिक दर्द (Organic pain) आंगिक दबाव (Organic pressure) आंगिक गर्मी (Organic warmth) आंगिक ठंड (Organic cold) घ्राण (Olfaction) स्वाद (Gustation)	ऐसे ग्राहक शरीर के भीतर विशेषकर पाचन एवं मूत्र तंत्रीय क्षेत्रों में होते हैं तथा शरीर के भीतर के उत्तेजनों (stimulation) के प्रति अनुक्रियाशील होते हैं। प्रायः आन्तरिक परिवर्तन के रूप में यहाँ अनुक्रियाएँ की जाती हैं।

वर्ग (Class)	संवेदीज्ञान (Senses)	वर्गीकरण का आधार (Basis of classification)
मध्यग्राहक (Proprioceptor)	मांसपेशीय गति बोध (Muscle kinesthesis) कंडरा गतिबोध (Tendor kinesthesis) संधि गतिबोध (Joint kinesthesis)	ऐसे ग्राहक मांसपेशियाँ, कंडरा (tendor), संधि(joints) तथा अश्रवण अन्तःकर्ण (non-auditory inner ear) में होते हैं तथा वे मूलतः शारीरिक गतियों (bodily movement) के प्रति अनुक्रिया करते हैं। शारीरिक गति (bodily movement) के रूप में ही इनके द्वारा अनुक्रियाएँ की जातीं हैं।
नोसी ग्राहक (Nociceptor)	त्वक् दर्द (Cutaneous pain) आंगिक दर्द (Organic pain) गतिसंवेदी दर्द (Kinesthetic pain)	प्राणी के पूरे शरीर में ऐसे ग्राहक फैले होते हैं तथा मूलतः घातक उद्दीपकों के (injurious stimuli) के प्रति अनुक्रिया करते हैं। नमन या मोड़ (flexion) के रूप में इनके द्वारा मुख्य रूप से अनुक्रिया की जाती है।

तालिका 2-1 के विवरण एवं वर्गीकरण से यह स्पष्ट है कि ग्राहकों में जो विशिष्टीकरण (specialization) पाया जाता है, वह निरपेक्ष (absolute) न होकर सापेक्ष (relative) होता है। शायद यही कारण है कि आँख में जो रोशनी ग्राहक (light receptor) पाये जाते हैं, वे तापीय (thermal) या रासायनिक उद्दीपक के प्रति भी अनुक्रिया करते हैं यदि ऐसे उद्दीपक तीव्र होते हैं। उसी तरह से एक यांत्रिक ग्राहक (mechanical receptor) तीव्र रासायनिक उद्दीपक के प्रति अनुक्रिया करते हैं। उसी तरह से घ्राण (olfaction) तथा स्वाद उद्दीपक के प्रति बाह्यग्राहक (exteroceptor) तो क्रियाशील होते ही हैं साथ-ही-साथ अन्तर्ग्राहक भी विशेष परिस्थिति में क्रियाशील हो उठते हैं।

(ख) प्रभावक कोशिका *(Effector cell)*—प्रभावक कोशिका से तात्पर्य उन कोशिकाओं से होता है जिनकी मदद से प्राणी उद्दीपक के प्रति अनुक्रिया कर पाता है। ऐसी कोशिकाओं में भी कार्य एवं संरचना की विशिष्टता पायी जाती है। निम्नांकित दो तरह के प्रभावक (effector) प्राणी में पाये जाते हैं—

1. माँसपेशियाँ (Muscles) 2. ग्रंथि (glands)

इन दोनों का वर्णन निम्नांकित है—

1. माँसपेशियाँ *(Muscles)*—माँसपेशी का निर्माण कई तरह के वैयक्तिक कोशिकाओं (individuals cells) जिन्हें माँसपेशी रेशा या तन्तु (muscle fibers) कहा जाता है, से होता है। मानव शरीर में तीन तरह की माँसपेशियाँ (muscles) पायी जातीं हैं—चिकनी माँसपेशियाँ (smoothed muscles), रेखित माँसपेशियाँ (striped muscles) तथा हृदय की माँशपेशियाँ (cardiac muscles)। इन तीनों का वर्णन निम्नांकित है:—

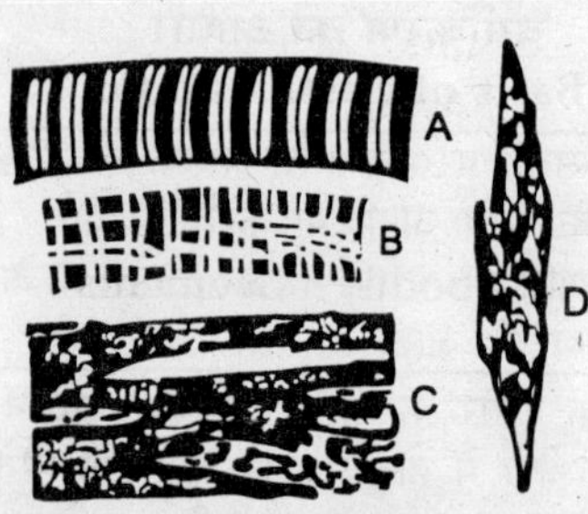

A तथा B-रेखित मांसपेशी; C-हृदय मांसपेशी; D-चिकनी मांसपेशी

चित्र : 2.1 माँसपेशियों के तीन प्रकार

(i) चिकनी मांसपेशियाँ *(Smoothed muscles)*—इन्हें अधारीदार या अरेखित माँसपेशियाँ (unstriped muscles) भी कहा जाता है। इस तरह की माँसपेशियाँ अन्तरावयवी अंगों (visceral organs) जैसे—आँत, पेट, रक्तवाहिनी (blood vessels) आदि में पाया जाता है। इन माँसपेशियों में फाइव्रिले (fibrillae) नाम के एक विशेष तत्त्व पाया जाता है जिसपर इनकी संकुचन क्रिया निर्भर करती है इसे चित्र 2.1 के D में देखा जा सकता है।

(ii) रेखित माँसपेशियाँ *(Striped muscles)*—इस तरह के माँसपेशी को *कंकाली माँसपेशी* (skeletal muscles) भी कहा जाता है। ऐसी माँसपेशियाँ

देखने में धारीदार या रेखांकित होती है। इस तरह की मांसपेशियाँ बाँह, हाथ,पैर आदि अंगों में पायी जाती है। ऐसी माँसपेशियाँ चिकनी माँसपेशी से अधिक लम्बी होती है तथा एक विशेष लचीलेदार झिल्ली में बन्द होती है जिन्हें **सारकोलेम्मा** (sarcolemma) कहा जाता है। ऐसी माँसपेशियों के संकुचनशील तन्तु दो विशेष तत्त्वों में बँटे होते हैं जिसमें वे एक-दूसरे की तुलना में अधिक सघन (darker) होता है। इस तरह के बँटवारा के कारण ही ऐसी मांसपेशियाँ देखने में धारीदार दिखती हैं। इसे चित्र 2.1 के A तथा B में देखा जा सकता है।

(iii) हृदय की माँसपेशी *(Cardiac muscles)*—जैसा कि नाम से ही स्पष्ट है, ऐसी माँसपेशियाँ हृदय में होती हैं और उनके संकुचन तथा फैलाव से हृदय अपना कार्य करता है। सच पूछा जाए तो हृदय माँसपेशी रेखित माँसपेशी (striped muscles) का ही एक भाग होता है। हृदय माँसपेशी की मुख्य विशेषता यह है कि ऐसी माँसपेशी के तन्तु (fibers) न तो सामान्तर होती है और ना ही किसी प्रकार के झिल्ली में घिरी हाती है परंतु इनमें कुछ शाखाएँ होती हैं जो आपस में एक-दूसरे से मिलकर जालीनुमा दीख पड़ती है।

माँसपेशियों का चाहे जो भी प्रकार क्यों न हो, उनके द्वारा संकुचन (contraction) का कार्य संपन्न किया जाता है। समायोजक (adjustor) या केन्द्रीय तंत्र (central nervous system) से जैसे ही मांसपेशी को उत्तेजन मिलता है, उनमें दैहिक एवं रासायनिक घटनाएँ घटने लगती हैं जिनके संकुचन के रूप में मांसपेशी में संचित ऊर्जा बाहर निकलने लगती है।

2. ग्रन्थि *(Glands)*—ग्रन्थि दूसरा प्रमुख प्रभावक (effector) है जिसका प्रधान कार्य कुछ ऐसे रासायनिक तत्त्वों (chemical substances) का स्राव करना हाता है जिनसे व्यक्ति अपने शरीर के भीतर संतुलन बनाये रख पाता है। इस तरह के ग्रन्थि द्वारा व्यक्ति अपने आन्तरिक वातावरण (internal environment) में संतुलन ठीक उसी ढंग से बनाये रखता है जिस तरह से मांसपेशियों (muscles) द्वारा व्यक्ति बाह्य वातावरण (external environment) के साथ समायोजन या संतुलन स्थापित कर पाता है।

मानव शरीर में ग्रन्थि दो प्रकार के होते हैं:—

(i) बहिस्रावी ग्रन्थि (exocrine gland) एवं (ii) अन्तःस्रावी ग्रन्थि (endocrine gland)

इन दोनों का वर्णन निम्नांकित है:—

(i) बहिःस्रावी ग्रन्थि *(Exocrine gland)*—इसे नलिका ग्रन्थि (duct gland) भी कहा जाता है। वहिस्रावी ग्रन्थि से तात्पर्य वैसे ग्रन्थि से होता है जिनका स्राव खून में नहीं मिल पाता है क्योंकि इनका स्राव विशेष नलिका द्वारा बाहर निकल जाती है। लार ग्रन्थि (slivary gland), स्वेद ग्रन्थि (sweat gland) तथा अश्रुग्रन्थि (tear gland) इसके कुछ प्रमुख उदाहरण हैं। इन ग्रन्थियों के स्राव क्रमशः लार, पसीना तथा आँसू के रूप में शरीर से बाहर निकल जाते हैं।

(ii) अन्तःस्रावी ग्रन्थि *(Endocrine gland)*—इस ग्रन्थि को *नलिकाविहीन ग्रन्थि* (ductless gland) भी कहा जाता है। अन्तःस्रावी ग्रन्थि वैसे ग्रन्थि को कहा जाता है जिनका स्राव निकलने के लिए कोई नलिका (duct) नहीं होता है। फलस्वरूप, इनका स्राव सीधे रक्त में मिल जाता है तथा वे शारीरिक एवं मानसिक प्रक्रियाओं के विकास को प्रभावित करते हैं। इन ग्रन्थियों के स्राव को **हारमोन्स** (hormones) कहा जाता है। अधिकतर अन्तःस्रावी ग्रन्थियों की संरचना **इपिथेयिम** (epithelium) से बनी होती है जिनमें नलिकाओं का एक जाल-सा होता है। उसे चित्र 2.2 के 'b' में देखा जा सकता है। अधिकतर अन्तःस्रावी ग्रन्थियों जैसे—एड्रीनल ग्रन्थि, पैंक्रियाज (pancreas), उपकंठ ग्रंथि (parathyroid gland) तथा हाइपोफिसिस (hypophysis) की संरचना ऐसी ही होती है। परंतु कुछ अन्तःस्रावी ग्रन्थियाँ ऐसी होतीं हैं जिनकी संरचना इससे भिन्न हातीं हैं। ऐसी अन्तःस्रावी ग्रन्थियों में कंठ ग्रन्थि (thyroid gland) तथा अंडग्रन्थि (ovary) प्रधान हैं। इनमें कुछ अनियमित थैलीनुमा संरचना होती है जो उत्तक (tissue) तथा रक्त नलिकाओं (blood vessels) से घिरी होती है। इसे 2.2 के a में देखा जा सकता है।

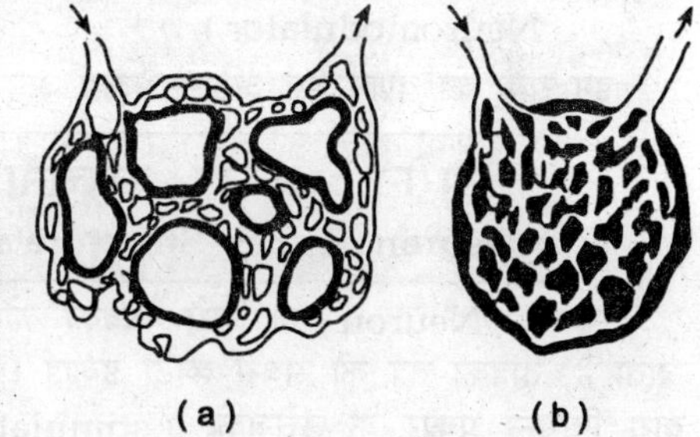

चित्र 2.2 : अन्तःस्रावी ग्रन्थि की संरचना

अन्तःस्रावी ग्रन्थियों का मनोवैज्ञानिक दृष्टि से काफी महत्त्व है। अतः इन ग्रन्थियों के विभिन्न प्रकारों एवं उनके कार्यों का विस्तृत वर्णन हम अलग से इस अध्याय में 'अन्तःस्रावी तंत्र' (Endocrine system) के तहत करेंगे।

(ग) समायोजक कोशिकाएँ (*Adjustor cells*)—समायोजक कोशिकाएँ ग्राहक (receptor) तथा प्रभावक (effector) में संबंध जोड़ती है। फलतः ग्राहक से आने वाले आवेग प्रभावक तक पहुँच पाते हैं। ऐसी कोशिकाएँ केन्द्रीय तंत्रिका तंत्र (central nervous system) में ही होती है। केन्द्रीय तंत्रिका तंत्र की संरचना तथा कार्य पर आगे प्रकाश डाला जाएगा।

स्पष्ट हुआ कि ग्राहक-प्रभावक-समायोजक प्रक्रम (receptor-effector-adjustor mechanism) द्वारा व्यक्ति किसी उद्दीपक के प्रति उसके अर्थ को समझकर ठीक ढंग से अनुक्रिया कर पाता है। इस प्रक्रम के तीन पहलू में से किसी भी एक पहलू का यदि कार्य दोषपूर्ण हो जाता है तो व्यक्ति अर्थपूर्ण ढंग से उद्दीपक के प्रति अनुक्रिया करने में समर्थ नहीं हो पाता।

न्यूरोन
(Neuron)

तंत्रिका तंत्र (nervous system) की सबसे छोटी इकाई न्यूरोन[1] (neuron) है। इसकी खोज सबसे पहले-पहल मशहुर वैज्ञानिक सैनटिगो रामोनी काजल (Santiago Ramony Cajal) द्वारा 1890 के आरंभिक सालों में किया गया। हालांकि *न्यूरोन* (neuron) पद का प्रतिपादन 1891 में विलहेलम वालडेयर (Wilhelm Waldeyer) द्वारा किया गया था जिन्होंने *न्यूरोन प्राक्कल्पना* (neuron hypothesis) को काफी लोकप्रिय बनाया था। यह प्राक्कल्पना संक्षेप में यह बतलाता है कि तंत्रिका तंत्र में अनेकों अलग-अलग स्वतंत्र न्यूरोन पाये जाते हैं जो एक-दूसरे के साथ अंतक्रिया तो करते हैं परंतु दैहिक रूप से सम्बन्धित नहीं होते हैं। अतः तंत्रिका तंत्र का वर्णन करने के पहले यह आवश्यक है कि न्यूरोन तथा उससे सम्बन्धित तथ्यों पर प्रकाश डाला जाए। इस उद्देश्य से इस खंड को निम्नांकित चार भागों में बाँटा जा रहा है:—

(1) न्यूरोन : प्रकार, संरचना तथा कार्य (Neuron : types, structure & function)
(2) तंत्रिका आवेग (Nervous impulse)
(3) सूत्रयुग्मन तथा उसका कार्य (Synapse and its function)
(4) न्यूरो ट्रांसमीटर तथा न्यूरोमोडुलेटर (Neurotransmitter and Neuromodulator)

इन सबों का वर्णन हम अलग-अलग अनुच्छेद में करेंगे।

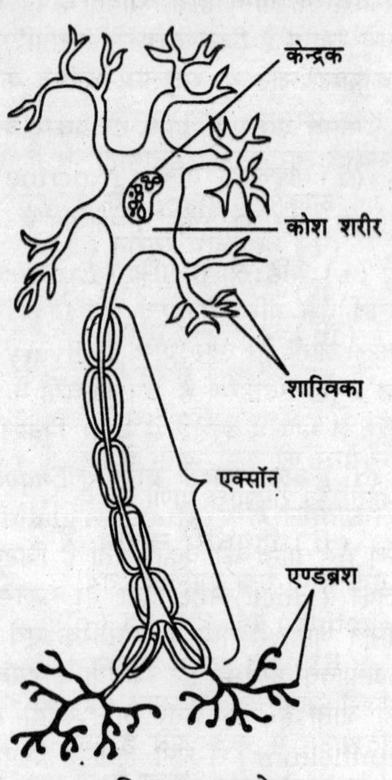

चित्र 2.3 : न्यूरोन

न्यूरोन : प्रकार, संरचना तथा कार्य
(Neuron : Types, Structure and Function)

न्यूरोन (Neuron) या जिसे *तंत्रिका कोश* (nerve cell) भी कहा जाता है, तंत्रिका तंत्र की सबसे छोटी इकाई (smallest unit) है जिसके द्वारा विभिन्न प्रकार के उत्तेजकों (stimulations) को वैद्युतीय आवेग (electrical impulse) में बदला जाता है। यही कारण है न्यूरोन को *जैविक पारस्रावक* (biological transducer) भी कहा जाता है। लेफरैन्कोइस (Lefrancois, 1983) के अनुसार पूरे मानव शरीर में करीब 12.5 अरब न्यूरोन पाए जाते हैं जिनमें से करीब 10 अरब सिर्फ मस्तिष्क में हैं। मानव शरीर में न्यूरोन के अलावा भी कुछ कोश

1. छात्र ध्यान देंगे कि न्यूरोन (neuron) तथा स्नायु (nerve) दोनों एक चीज न होकर भिन्न है। सचमुच में स्नायु बहुत सारे ऐसे लम्बे न्यूरोन से मिलकर बने होते हैं जो मस्तिष्क तथा सुषुम्ना से बाहर पाये जाते हैं।

(cell) पाये जाते हैं जिनका प्रधान कार्य तंत्रिका कोश को जीवित एवं स्वस्थ रखना होता है। इस तरह के कोश को *न्यूरोलिया* (neurolia) या *ग्लिया कोश* (glia cell) कहा जाता है। इसे न्यूरोन का *गृहरक्षक कोश* (house-keeping cell) भी कहा जाता है। एक औसत न्यूरोन इतना ही जटिल होता है जितना कि एक लघु कम्प्यूटर तथा अन्य कोशिकाओं (cells) के साथ लगभग 15,000 दैहिक संबंध (physical connection) रखते हैं।

कार्य (function) के आधार पर न्यूरोन के निम्नांकित तीन प्रकार हैं—संवेदी न्यूरोन (sensory or afferent neuron), गतिवाही न्यूरोन (motor or efferent neuron) तथा साहचर्य न्यूरोन (association neuron)।

इन तीनों का वर्णन निम्नांकित है:—

1. ज्ञानवाही या संवेदी न्यूरोन *(Sensory neuron)*—संवेदी न्यूरोन से तात्पर्य वैसे न्यूरोन से होता है जो तंत्रिका आवेग को ग्राहक (receptor) या ज्ञानेन्द्रियों (sense organs) से मस्तिष्क तथा सुषुम्ना तक पहुँचाता है। जैसे—यदि कोई व्यक्ति एक फूल को देखता है तो फूल देखने से उत्पन्न तंत्रिका आवेग (nerve impulse) आँख से विशेष न्यूरोन द्वारा मस्तिष्क के एक खास भाग में पहुँचता है जिससे व्यक्ति को फूल का प्रत्यक्षण होता है। इस विशेष न्यूरोन को संवेदी न्यूरोन कहा जाता है।

2. गतिवाही न्यूरोन *(Motor or efferent neuron)*—गतिवाही न्यूरोन से तात्पर्य वैसे न्यूरोन से होता है जो तंत्रिका आवेग को मस्तिष्क तथा सुषुम्ना से प्रभावक (effector) अर्थात् माँसपेशियाँ या ग्रन्थि तक पहुँचाता है जिनके फलस्वरूप व्यक्ति उद्दीपक के प्रति कोई अनुक्रिया कर पाता है। जैसे—फूल देखकर उसे तोड़ने की अनुक्रिया इसलिए हो पाती है कि फूल तोड़ने की आज्ञा मस्तिष्क से विशेष तंत्रिका आवेग के सहारे हाथ तक एक विशेष न्यूरोन द्वारा पहुँचाया जाता है। इस विशेष न्यूरोन को गतिवाही न्यूरोन (motor neuron) कहा जाता है।

3. साहचर्य न्यूरोन *(Association neuron)*—साहचर्य न्यूरोन केवल मस्तिष्क एवं सुषुम्ना में ही पाये जाते हैं। साहचर्य न्यूरोन से तात्पर्य वैसे न्यूरोन से होता है जिसके द्वारा संवेदी न्यूरोन द्वारा लाये गए तंत्रिका आवेग को ग्रहण करके उसे गतिवाही न्यूरोन (motor neuron) में छोड़ दिया जाता है। इस तरह से साहचर्य न्यूरोन का मुख्य कार्य संवेदी न्यूरोन तथा गतिवाही न्यूरोन के बीच सम्बन्ध या साहचर्य स्थापित करना होता है।

आकृति (shape) के आधार पर न्यूरोन (neuron) के तीन प्रकार बतलाये गए हैं:—

(i) बहुध्रुवीय न्यूरोन (Multipolar neuron)
(ii) द्विध्रुवीय न्यूरोन (Bipolar neuron)
(iii) एकध्रुवीय न्यूरोन (Monopolar neuron)

इन सबों का वर्णन निम्नांकित हैं:—

(i) बहुध्रुवीय न्यूरोन *(Multipolar neuron)*—बहुध्रुवीय न्यूरोन्स वैसे तंत्रिका कोश (nerve cells) या न्यूरोन्स को कहा जाता है जिसमें शाखिका (dendrites) की संख्या अधिक होती है और एक ही एक्सान (axon) होता है। रीढ़धारी प्राणी के मस्तिष्क के अधिकतर न्यूरोन बहुध्रुवीय ही होती है।

(ii) द्विध्रुवीय न्यूरोन *(Bipolar neuron)*—द्विध्रुवीय न्यूरोन्स वैसा न्यूरोन्स को कहा जाता है जिसमें न्यूरोन के एक तरफ एक शाखिका तथा दूसरे तरफ एक ही एक्सान (axon) होता है। इस तरह का न्यूरोन अधिकतर अक्षिपटल (retina) तथा घ्राण तंत्र (olfactory system) में पाया जाता है।

(iii) एकध्रुवीय न्यूरोन *(Monopolar neuron)*—यह एक ऐसा न्यूरोन होता है जिसमें एक ही शाखा (branch) जिसे सामान्यतः एक्सान (axon) समझा जाता है, होता है, जो कोश शरीर (cell body) से निकलने के बाद दो दिशाओं में चले जाते हैं जिसका एक छोर ग्राहक ध्रुव (receptive pole) होता है तथा दूसरा छोर उत्पादन ध्रुव (output pole) होता है।

कुछ लोगों ने न्यूरोन को उसका विस्तार या आकार (size) के आधार पर दो भागों में बाँटा है—**लघु तंत्रिका कोश** (small nerve cell) तथा **दीर्घ तंत्रिका कोश** (large nerve cell)। जैसा कि नाम से ही स्पष्ट है, लघु तंत्रिका कोश का परिधि (diameter) काफी छोटा यहाँ तक कि 10μm तक का होता है जबकि दीर्घतंत्रिका कोश का परिधि बड़ा (100 μm) होता है। मस्तिष्क का प्रत्येक क्षेत्र में इन दोनों तरह के न्यूरोन अर्थात् छोटे या बड़े दोनों तरह का न्यूरोन्स पाये जाते हैं।

ये सभी प्रकार न्यूरोन आपस में समन्वित होकर कार्य करते हैं। इसी समन्वय का परिणाम है कि व्यक्ति किसी उद्दीपक के प्रति अनुक्रिया कर पाता है। जहाँ तक न्यूरोन की संरचना तथा उसके कार्य का प्रश्न है उसमें भी स्पष्ट विशिष्टता (specialization) पायी जाती है। *संरचना* (structure) के ख्याल से न्यूरोन के निम्नांकित तीन भाग बतलाये गए हैं:—

1. शाखिका *(Dendrite)*—शाखिका का आकार पेड़ की टहनियों तथा शाखाओं के समान होता है जिसमें कई छोटी-छोटी उपशाखाएँ होतीं हैं (इसे चित्र 2.3 में देखा जा सकता है)। शाखिका न्यूरोन का एक प्रधान हिस्सा या भाग होता है तथा इसका प्रधान कार्य दूसरे न्यूरोन से आने वाले तंत्रिका आवेग (nerve impulse) को ग्रहण करके उसे कोश शरीर (cell body) के भीतर भेजना होता है।

2. कोश शरीर *(Cell body)*—कोश शरीर न्यूरोन का दूसरा प्रमुख भाग है। इसे *सोमा* (soma) की भी संज्ञा दी गई है। यह न्यूरोन का जीव होता है। यदि किसी कारण से कोश शरीर नष्ट हो जाता है तब तंत्रिका कोश या न्यूरोन कार्य करना बंद कर देता है यानी, उसकी मृत्यु हो जाती है। कोश शरीर में एक विशेष तरल पदार्थ होता है जिसे *साइटोप्लाज्म* (cytoplasm) कहा जाता है जो एक विशेष झिल्ली से ढँका होता है। कोश शरीर के बीच में केन्द्रक (nucelus) होता है जो उसका सबसे मुख्य भाग होता है।

कोश शरीर के मुख्य दो कार्य हैं—पहला कार्य शाखिका द्वारा लाये गए तंत्रिका आवेग (nerve impulse) को ग्रहण करना तथा उसे आगे बढ़ाना एवं दूसरा कार्य तंत्रिका कोश (nerve cell) को स्वस्थ तथा जीवित करना।

3. एक्सॉन *(Axon)*—न्यूरोन के उस भाग को एक्सॉन कहा जाता है जो कोश शरीर (cell body) से निकल कर आगे की ओर लम्बतः बढ़ा हुआ दिखाई देता है। (इसे चित्र 2.3 में देखा जा सकता है) यह छोटा भी होता है तथा काफी लम्बा भी होता है। अधिकतर न्यूरोन का एक्सॉन एक पतला परंतु मोटा आवरण (sheath) से ढँका होता है जिसे माइलिन शीथ (myelin sheath) कहा जाता है। यह शीथ या आवरण सतत् (continuous) न होकर प्रत्येक दो-दो मिलीमीटर पर काफी पतला होकर दबा-दबा-सा होता है। अगर आवरण सतत् होता तो तंत्रिका आवेग का प्रवाह ठीक ढंग से नहीं हो पाता। प्रत्येक एक्सॉन के अन्तिम छोर पर अनेक छोटे-छोटे तन्तु होते हैं जिन्हें *एण्डव्रश* (endbrush) या *एण्डप्लेट* (endplate) कहा जाता है। अनेक एक्सॉन एक साथ मिलकर एक तत्रिका (nerve) का निर्माण करते हैं।

न्यूरोन हमेशा सूचनाओं को एक दिशा में ही प्रवाहित करते हैं—सूचनाएँ शाखिका से प्रारंभ होकर सोमा होते हुए एक्सॉन और फिर एक्सॉन से एण्डव्रश (endbrush) तक जाते हैं। इसे *अग्रगामी संवहन का नियम* (Law of forward conduction) की संज्ञा दी जाती है।

एक्सॉन के मुख्य दो कार्य होते हैं—पहला कार्य कोश शरीर (cell body) होते आ रहे तंत्रिका आवेग को ग्रहण करना तथा दूसरा, उस तंत्रिका आवेश को एक्सॉन के अंतिम छोर अर्थात् एण्डव्रश तक पहुँचाना।

जैसा कि ऊपर कहा गया है अधिकतर न्यूरोन में एक्सॉन (axon) माइलिन शीथ (myelin sheath) से ढँका होता है। इस शीथ में क्षति पहुँचने से न्यूरोन में सूचनाओं का संचरण बाधित होता है। **मल्टीपुल स्केलोसिस** (Multiple Scleosis or MS) नामक रोग में माइलिन शीथ का उत्तरोत्तर क्षति होते पायी जाती है जिससे व्यक्ति असमान्वित एवं झटकेदार गति (uncoordinated and jerky movement) करता है। अध्ययनों से यह स्पष्ट हुआ है कि माइलिन शीथ का उत्पादन तंत्रिका तंत्र (nervous system) के भीतर पाये जाने वाले अन्य कोशिका (cell) जिसे *गिलियल कोशिका* (glial cell) कहा जाता है, द्वारा होता है। गिलियल कोशिका को गिलिया (glia) या न्यूरोगिलिया (neuroglia) भी कहा जाता है। स्पेन के न्यूरोशरीरशास्त्री (neuroanatomist) सैनटियागो रामोन काजल (Santiago Ramon Cajal) ने सबसे पहले-पहल यह खोज किया था कि मस्तिष्क में दो तरह की कोशिकाएँ (cells) पायी जाती है—न्यूरोन (neuron) या तत्रिका कोश (nerve cell) तथा गिलियल कोशिका (glial cell)। इन्होंने यह भी बतलाया कि गिलियल कोशिका की संख्या तंत्रिका तंत्र में न्यूरोन की संख्या से अधिक होती है, परंतु आकार में यह न्यूरोन से छोटा होता है। मवीनतम् अध्ययनों से यह भी पता चला है कि गिलियल कोशिका में शाखिका (dendrite) तथा एक्सॉन (axon) नहीं होते हैं। फलतः वे सूचनाओं को भेजने या ग्रहण करने

का कार्य नहीं करते हैं। इसलिए इन्हें **नन-न्यूरोन कोशिका** (non-neuron cell) भी कहा जाता है। इन अध्ययनों के आधार पर यह पता चला है कि गिलियन कोशिका के चार प्रकार होते हैं: एस्ट्रोसाइट (astrocyte), *माइक्रोग्लिया* (microglia), *औलिगोडेन्ड्रोसाइट* (oligodendrocyte) तथा *स्वान्न कोशिका* (Schwann cell)।

गिलिया कोश द्वारा मूलतः निम्नांकित कार्य किये जाते हैं:—

(i) गिलिया कोश माइलिन शीथ (myelin sheath) का उत्पादन करता है। केन्द्रीय तंत्रिका तंत्र में यह कार्य औलिगोडेन्ड्रोसाइट द्वारा तथा परिधीय तंत्रिका में यही कार्य स्वान्न कोशिका द्वारा किया जाता है।

(ii) यह न्यूरोन को दैहिक समर्थन (physical support) देता है तथा उसका रख-रखाव करता है। इतना ही नहीं, यह कोशकीय कचरा (cellular debris) को भी साफ करने का कार्य करता है। इसमें माइक्रोगिलिया की भूमिका सबसे अधिक होती है।

(iii) यह मस्तिष्क के आंतरिक वातावरण का नियमन (regulate) भी करता है। दूसरे शब्दों में, न्यूरोन के इर्द-गिर्द पाये जाने वाले तरल पदार्थ का नियमन करते हुए न्यूरोन्स के लिए पोषण प्रदान करता है।

(iv) गिलिया कोश *रक्त-मस्तिष्क अवरोध* (blood-brain barrier) के रूप में कार्य करता है। यह एक अवरोध होता है जो रक्त प्रवाह के कुछ तत्त्वों को मस्तिष्क में पहुँचने से रोकता है।

वुड एवं वुड (Wood & Wood, 1998) के अनुसार मानव मस्तिष्क के परिमाण या मात्रा (volume) का आधा भाग गिलिया कोश (glial cell) से बना होता है।

स्पष्ट हुआ कि न्यूरोन के कई प्रकार होते हैं तथा संरचना के ख्याल से वे कई भागों में बँटे होते हैं। मानव तंत्रिका तंत्र का कार्यवाही न्यूरोन के समुचित कार्यवाही पर ही आधारित होता है।

तंत्रिका आवेग
(Nerve Impulse)

न्यूरोन के कार्य के संबंध में मनोवैज्ञानिकों ने दो प्रश्नों के उत्तर ढूँढ़ने में अधिक अभिरुचि दिखलायी है—

(i) एक ही न्यूरोन में सूचना किस तरह से प्रवाहित है, तथा

(ii) एक न्यूरोन से दूसरे न्यूरोन में सूचनाएँ किस तरह से प्रभावित होती है।

जहाँ तक पहले प्रश्न का सम्बन्ध है, उसका उत्तर सीधा यह है कि एक ही न्यूरोन में सूचनाएँ तंत्रिका आवेग (nerve impulse) द्वारा प्रवाहित होती है। तंत्रिका आवेग को *क्रिया विभव* (action potential) भी कहा जाता है। एक न्यूरोन से दूसरे न्यूरोन में भी सूचनाएँ तंत्रिका आवेग द्वारा ही प्रवाहित होती हैं। परंतु इसमें संधिस्थलीय प्रवाह (synaptic transmission) की भूमिका भी होती है जिसपर अगले अनुच्छेद में प्रकाश डाला जाएगा।

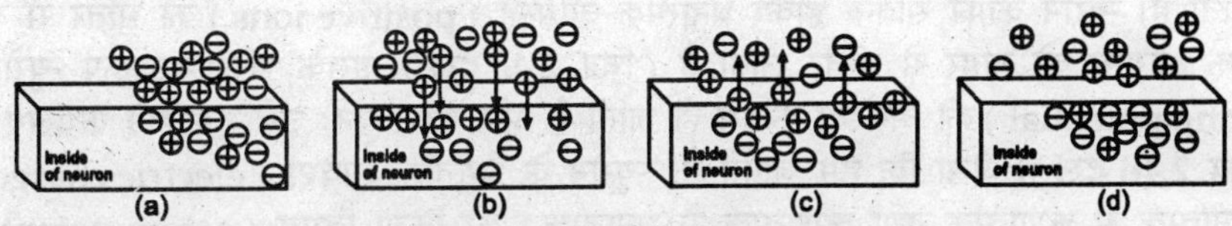

चित्र 2.4 तंत्रिका आवेग की उत्पत्ति

अभी तत्काल हम लोग तंत्रिका आवेग (nerve impulse) के स्वरूप पर विचार करेंगे। तंत्रिका आवेग से तात्पर्य एक अतिलघु अवधि के लिए एक्सॉन (axon) में प्रवाहित होने वाली वैद्युतीय घटना (electrical event) से होता है। चूँकि यह लघु एवं तीव्र होता है, अतः इसे *स्पाईक* (spike) भी कहा जाता है। अब प्रश्न यह उठता है कि न्यूरोन में तंत्रिका की उत्पत्ति (origin) कैसे होती है। जब न्यूरोन आराम की अवस्था में होता है अर्थात् वह किसी उद्दीपक द्वारा उत्तेजित नहीं होता है, तो न्यूरोन के कोश झिल्ली (cell membrane) के भीतर के तरल पदार्थ में अधिकतर ऋणात्मक वैद्युतीय आवेश (negative electrical charge) होता है तथा उसके बाहर के तरल पदार्थ में अधिकतर धनात्मक वैद्युतीय आवेश (positive electrical charge) होते हैं। (चित्र 2.4a देखें) दूसरे शब्दों में यह कहा जा सकता है कि जब न्यूरोन आराम की अवस्था में होता है तो कोश झिल्ली (cell membrane) में हल्का ऋणात्मक

वैद्युतीय आवेश (–70 मिली वोल्ट) होता है। इस वैद्युतीय आवेश का कारण यह होता है कि कई तरह के आयन्स[1] (ions) अर्थात् ऋणात्मक एवं धनात्मक आवेशित कण (charged particle) जैसे—सोडियम (Na^+), पोटाशियम (K^+), क्लोराइड (Cl^-) आदि कोश झिल्ली (cell membrane) के बाहर एवं भीतर होते हैं। व्यक्ति के सभी तरह के कार्य इसी आयन्स के कारण हो पाता है तथा झिल्ली के बाहर से भीतर तथा भीतर से बाहर आयन्स के विनिमय से तंत्रिका आवेग की उत्पति होती है। चूँकि झिल्ली के भीतर ऋणात्मक आवेशित कण तुलनात्मक रूप से अधिक होते हैं, इसलिए कोश झिल्ली के भीतरी भाग में बाहरी भाग की तुलना में ऋणात्मक आवेश (negative charge) अधिक होता है। न्यूरोन की इस तरह की अवस्था को *विश्राम-विभव* (resting potential) कहा जाता है तथा धनात्मक एवं ऋणात्मक आवेशों के उक्त वितरण को *ध्रुवीकरण* (polarisation) कहा जाता है। न्यूरोन में विश्राम विभव की अवस्था स्वतः नहीं बनी रहती है बल्कि इसके लिए भी न्यूरोन को कार्य करना पड़ता है। दूसरे शब्दों में, न्यूरोन को कुछ विशेष प्रकार के आयन को कोश झिल्ली के भीतरी भाग से बाहर (विशेषकर धनात्मक आयन को) तथा कुछ दूसरे तरह के आयन को कोश झिल्ली के बाहरी भाग से भीतर (विशेषकर ऋणात्मक आयन को) करना पड़ता है।

जब झिल्ली के बाहर वाले सोडियम आयन्स अर्थात् आवेशित कण (charge particle) जो धनात्मक (positive) होते हैं झिल्ली के भीतर आने लगते हैं जिसके कारण बहुत लघु अवधि के लिए अर्थात् एक मिलीसेकंड (millisecond) के लिए न्यूरोन के कोश झिल्ली का भीतरी भाग धनात्मक रूप से आवेशित (positively charge) हो जाता है (चित्र 2.4b देखें)। धनात्मक आयन्स (positive ions) के भीतर आने से झिल्ली विभव (membrane potential) अचानक धनात्मक अर्थात् +50 मिलीवोल्ट (millivolt or mv) तक सहसा परिवर्तन हो जाता है। कोश झिल्ली के धनात्मकता में यह लघु परंतु तीव्र परिवर्तन को ही *क्रियाविभव* (action potential) या *तंत्रिका आवेग* (nerve impulse) कहा जाता है। इसके परिणामस्वरूप न्यूरोन का विश्राम विभव (resting potential) समाप्त हो जाता है और नयूरोन उत्तेजित हो जाते हैं। न्यूरोन के आवेशित कणों (charged particles) में इस तरह के परिवर्तन को *विध्रुवीकरण* (depolarisation) कहा जाता है। यहाँ ध्यान देने वाली बात यह है कि जब कोई न्यूरोन उत्तेजित होता है तो वह अपनी पूर्ण शक्ति के साथ उत्तेजित होता है और उसके इस शक्ति का संबंध उद्दीपक की तीव्रता से नहीं होता है। दूसरे शब्दों में यह कहा जा सकता है कि न्यूरोन में उत्पन्न उत्तेजन की शक्ति या तो पूर्ण होती है या फिर बिलकुल ही नहीं हाती है। ऐसा नहीं होता है कि उद्दीपक की अधिक तीव्रता होने पर न्यूरोन अधिक शक्ति के साथ उत्तेजित होता है तथा उसकी तीव्रता कम होने पर न्यूरोन कम शक्ति के साथ उत्तेजित होता है। कहने का तात्पर्य यह है कि अगर किसी उद्दीपक द्वारा न्यूरोन उत्तेजित हो गया तो उस उत्तेजित अवस्था की शक्ति हमेशा पूर्ण होगी। इसे *पूर्ण-या-बिलकुल-नहीं का नियम* (all-or-none law) कहा जाता है। विभिन्न न्यूरोन में तंत्रिका आवेग की आवृत्ति (frequency) अलग-अलग होती है। मनुष्यों में प्रति सेकंड 500 तंत्रिका आवेग तक की उत्पत्ति होती पायी जाती है।

करीब एक या दो मिलीसेकंड के बाद न्यूरोन की कोश झिल्ली (cell membrane) अपनी मौलिक अवस्था में पुनः लौट जाती है। न्यूरोन काफी सक्रिय होकर धनात्मक आयन्स (positive ions) को भीतर से बाहर निकालता है तथा ऋणात्मक आयन्स को बाहर से भीतर लाता है (चित्र 2.4c देखें)। इसके परिणामस्वरूप न्यूरोन में पुनः विश्राम विभव (resting potential) की अवस्था कायम हो जाती है और कोश पुनः उत्तेजित होने के लिए लगभग तैयार हो जाता है (चित्र 2.4d देखें)। जैसा कि हम जानते हैं, न्यूरोन के वैद्युतीय आवेश (electric charge) में परिवर्तन के इस क्रम (धनात्मक से ऋणात्मक तथा ऋणात्मक से धनात्मक) को क्रिया विभव (action potential) की संज्ञा दी जाती है। क्रिया विभव इस अर्थ में क्रमिक विभव से भिन्न है कि क्रिया विभव एक पूर्ण या नहीं अनुक्रिया है जबकि क्रमिक विभव उद्दीपक की तीव्रता की मात्रा के अनुरूप परिवर्तित होता है।

किसी न्यूरोन में तंत्रिका आवेग (nerve impulse) उत्पन्न होने के तुरंत बाद एक विशेष अवधि होती है जिसमें पुनः न्यूरोन को उत्तेजित नहीं किया जा सकता है चाहे उद्दीपक की तीव्रता की मात्रा कितनी भी अधिक क्यों न हों ? उस लघु अवधि को *निरपेक्ष दुर्दम्य अवधि* (absolute refractory period) कहा जाता है। यह अवधि 5 से 2 मिलीसेकंड तक का होता है। इस अवधि के बाद एक सतत प्रतिप्राप्ति (continuous recovery) की अवस्था होती है जिसमें

1. आयन (ion) से तात्पर्य एक ऐसे कण (particle) से होता है जिसमें धनात्मक या ऋणात्मक वैद्युतीय आवेश (electrical charge) होते हैं।

न्यूरोन केवल वैसे उद्दीपक द्वारा उत्तेजित हो सकता है जिसकी तीव्रता सामान्य से अधिक होती है। इस तरह की अवधि को *सापेक्ष दुर्दम्य अवधि* (relative refractory period) कहा जाता है। यह अवधि कुछ मिलीसेकंड का होता है। सापेक्ष दुर्दम्य अवधि की समाप्ति के बाद न्यूरोन की उत्तेजनशीलता शक्ति पूर्णतः कायम हो जाती है और वह सामान्य तीव्रता के उद्दीपक से उत्तेजित होने के लायक हो जाता है। शरीरक्रिया मनोवैज्ञानिकों (physiological psychologists) द्वारा किये गए अध्ययनों के आधार पर यह स्पष्ट हुआ कि *मनुष्यों की तंत्रिका आवेग की गति एक मीटर प्रति सेकंड से लेकर प्रति सेकंड 100 मीटर या 224 मील प्रति घंटा तक होता है।* बड़े एवं लम्बे एक्सॉन वाले न्यूरोन में तंत्रिका आवेग की गति तीव्र होती है जबकि लघु एवं छोटे एक्सॉन वाले न्यूरोन में तंत्रिका आवेग की गति धीमी होती है।

सूत्रयुग्मन तथा उसका कार्य
(Synapse and its Function)

जैसा कि पिछले अनुच्छेद में कहा गया था कि एक न्यूरोन से दूसरे न्यूरोन में सूचनाएँ *संधिस्थल प्रवाह* (synaptic transmission) होकर आगे बढ़ती है, अतः इस अनुच्छेद में संधिस्थल तथा उसके कार्य को भली-भाँति समझा जाएगा।

सूत्रयुग्मन क्या है? इस प्रश्न का उत्तर देते हुए यह कहा जा सकता है कि दो न्यूरोन जहाँ पर आपस में मिलते हैं, वहाँ पर इन दोनों के बीच में कुछ रिक्त स्थान होते हैं जिसके कारण वे दोनों एक-दूसरे से सीधे सटे हुए नहीं होते हैं। दोनों न्यूरोन के इस मिलन स्थान को ही *सूत्रयुग्मन* (synapse) की संज्ञा दी जाती है। इसे और भी विशिष्ट रूप से समझाते हुए यह कहा जा सकता है कि संधिस्थल वह स्थान होता है जहाँ एक न्यूरोन का एक्सॉन (axon) दूसरे न्यूरोन की शाखिका (dendrites) या कोश शरीर (cell bodies) के साथ प्रकार्यात्मक संबंध (functional relationship) कायम करता है हालाँकि ये दोनों एक-दूसरे से सटे हुए नहीं होते हैं। इन दोनों के बीच के लघुतम रिक्ति (gap) को *सूत्रयुग्मनीय दरार* (synaptic cleft) कहा जाता है। यह दूरी लगभग 20 से 40nm (nanometer) का होता है।

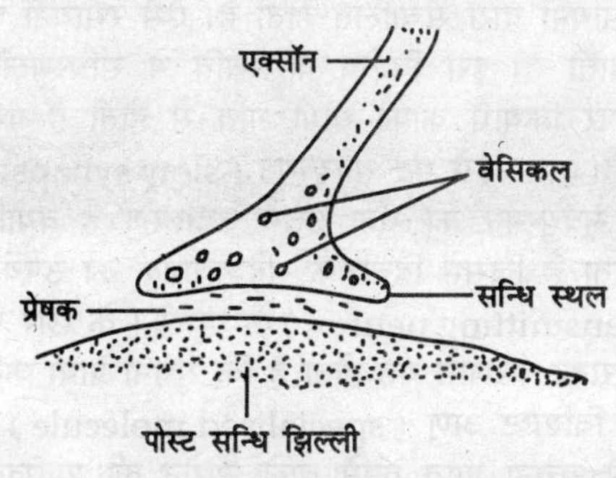

चित्र 2.5 संधिस्थलीय संचरण

अब प्रश्न यह उठता है कि जब दोनों न्यूरोन के बीच रिक्त स्थान होते हैं तो तंत्रिका आवेग (nerve impulse) का संचार किस तरह होता है? इलेक्ट्रॉन माइक्रोस्कोप (electron microscope) से लिए गए तस्वीरों के विश्लेषण से यह पता चलता है कि एक्सॉन के छोर पर कई छोटे-छोटे बल्ब (bulbs) होते हैं जिन्हें *बुटोन्स* (buttons) कहा जाता है। इस बुटोन्स में छोटी-छोटी पुटिकाएँ (vesicles) होतीं हैं जिसमें कुछ तरल पदार्थ भरे होते हैं। तरल पदार्थ को न्यूरोट्रांसमीट्टर (neurotransmitter) कहा जाता है। सूचना ले जाने वाले न्यूरोन के एक्सॉन के सीमावर्ती बुटोन्स (terminal buttons) के झिल्ली (membrane) को **प्राक्युग्मनीय झिल्ली** (presynaptic membrane) कहा जाता है तथा ऐसे न्यूरोन को **प्राक्सूत्रयुग्मनीय न्यूरोन** (presynaptic neuron) कहा जाता है तथा सूचना प्राप्त करने वाले न्यूरोन के एक्सान के सीमावर्ती बुटोन्स के झिल्ली को **उत्तरसंधिस्थलीय झिल्ली** (postsynaptic membrane) कहा जाता है तथा इस तरह के न्यूरोन को **उत्तर संधिस्थलीय न्यूरोन** (postsynaptic neuron) कहा जाता है। इस उत्तरसंधिस्थलीय झिल्ली में वे ग्राहक (receptors) होते हैं जो न्यूरोट्रांसमीटर के तत्वों को ग्रहण करते है। बहुत से ऐसे न्यूरोन्स भी होते हैं जो स्वयं अपने से ही निकलने वाले न्यूरोट्रांसमीटर को ग्रहण करते हैं। इसे **स्वग्राहक** (autoreceptor) कहा जाता है। प्राक्संधिस्थलीय टर्मिनल्स (presynaptic terminals) से उत्तरसंधिस्थलीय कोशिकाओं के सूचनाओं को अंतरण (transfer) में लगभग 0.5 मिलीसेकंड का समय लगता है। सम्भवतः इसका कारण यह होता है कि यह न्यूनतम समय है जो ट्रांसमीट्टर तत्त्वों (transmitter substances) को वहाँ निकलने तथा फिर पूरे संधिस्थलीय दरार में फैलने में लगता है। अध्ययनों से यह भी अभिव्यक्त हुआ है कि संधिस्थल एक-तरफा बल्ब (valve) के रूप में कार्य करता है अर्थात् संचरण (transmission) सिर्फ प्राक्संधिस्थलीय टर्मिनल से उत्तरसंधिस्थलीय कोशिकाओं की ओर जाता है। *यह कभी भी उत्तरसंधिस्थलीय कोशिकाओं से प्राक्संधिस्थलीय टर्मिनल की ओर नहीं*

जाता है। इसका सबूत हमें इस बात से मिलता है कि जब हम उत्तरसंसधिस्थलीय कोशिकाओं के एक्सॉन (axon) को उत्तेजित करते हैं तो प्राक्संधिस्थलीय टर्मिनल में कोई परिवर्तन नहीं पाते हैं। इसका कारण यह है कि प्राक्संधिस्थलीय टरमिनल से रसायनिक ट्रांसमीट्टर निकलता है जबकि उत्तरसंधिस्थलीय कोशिकाओं से ऐसा ट्रांसमीट्टर नहीं निकलता है।

संधिस्थलीय संचरण (synaptic transmission) इस ख्याल से भिन्न होते हैं कि उत्तरसंधिस्थलीय झिल्ली (postsynaptic membrane) के ग्राहक अणु (receptor molecule) निम्नांकित में से दोनों या इन दोनों में से कोई एक कार्य करते हैं—

(i) **ग्राहक कार्य** *(Receptor function)*—उत्तर संधिस्थलीय कोशिकाओं को विशिष्ट पूरा ट्रांसमीटर अणु जो प्राक्संधिस्थलीय कोशिकाओं से आते हैं, की पहचान करना होता है।

(ii) **प्रभाव कार्य** *(Effector function)*—उत्तर संधिस्थलीय कोशिका के जैवरसायन अवस्था (biochemical state) को यह सूचना मिलते ही कि संधिस्थलीय ट्रांसमीटर अणु इस सतह पर पहुँच चुका है, में परिवर्तन होता है।

संधिस्थालीय संचरण (synaptic transmission) का एक प्रकार ऐसा होता है जिसका एक ही अणु (molecule) ग्राहक तथा प्रभावक दोनों ही कार्य करते हैं। इस तरह के संधिस्थल (synapse) को कभी-कभी *लिगान्ड-उत्तेजित संधिस्थल* (Ligand-activated synapse) भी कहा जाता है। चूँकि ऐसे संधिस्थल पर क्रियाएँ थोड़े ही देर के लिए सही परंतु तीव्र गति से होता है, इसलिए इसे *तीव्र संधिस्थल* (fast synapse) भी कहा जाता है। संधिस्थलीय संचरण का दूसरा प्रकार वह होता है जहाँ ग्राहक तथा प्रभावक कार्य दो भिन्न अणुओं द्वारा सम्पन्न किये जाते हैं। इस तरह के संधिस्थल में ग्राहक अणु के पास न्यूरो ट्रांसमीटर के आने का आयोनिक चैनेल (ionic channel) पर अप्रत्यक्ष प्रभाव पड़ता है। यह कई तरह की क्रियाओं को उत्पन्न करता है जो अन्य रसायनों द्वारा संचालित होता है। ऐसे रसायनों को *द्वितीयक संदेशवाहक* (secondary messenger) की सज्ञा दी जाती है। इस विशेष परिस्थिति में संधिस्थलीय न्यूरोट्रांसमीटर को प्रथम संदेशवाहक माना जाता है। ऐसे संधिस्थल पर क्रियाएँ काफी धीमी गति से होती है परंतु लिगान्ड-उत्तेजित संधिस्थल की तुलना में लम्बे समय तक चलते रहता है। अतः इसे *मंद सूत्रयुग्मन* (slow synapse) भी कहा जाता है। पेपटाइड सूत्रयुग्मन (peptide synapse) मंद सूत्रयुग्मन का एक उत्तम उदाहरण है क्योंकि पेपटाइड सूत्रयुग्मनीय न्यूरोट्रांसमीटर वैसे सूत्रयुग्मन के सहारे कार्य करता है जिसमें द्वितीयक संदेशवाहक का उपयोग किया जाता है। जब तंत्रिका आवेग सूचना प्रदत्त करने वाले न्यूरोन (transmitting neuron) के एक्सॉन के छोर पर पहुँचता है तो पुटिकाओं से न्यूरोट्रांसमीटर निकलना प्रारंभ हो जाते हैं। इसका परिणाम यह होता है कि सूचना प्राप्त करने वाले न्यूरोन (receiving neuron) के ग्राहक क्षेत्र (receptor) के विशिष्ट अणु (specialised molecule) के साथ न्यूरोट्रांसमीटर मिल जाते हैं और तब तंत्रिका आवेग को झट से सूचना प्राप्त करने वाले न्यूरोन की शाखिका (dendrites) द्वारा ग्रहण कर लिया जाता है। इस तरह से तंत्रिका आवेग का संरचण आगे की ओर हो जाता है।

सूचना प्राप्त करने वाले न्यूरोन (receiving neuron) के कोश (cell) पर न्यूरोट्रांसमीटर दो तरह का प्रभाव डालता है—उत्तेजनापूर्ण प्रभाव (excitatory effect) तथा निरोधक प्रभाव (inhibitory effect)। अगर उत्तेजनापूर्ण प्रभाव उत्पन्न होता है तो इससे सूचना प्राप्त करने वाले न्यूरोन के कोश में विध्रुवीकरण (depolarization) की प्रक्रिया उत्पन्न होती है अर्थात इसके विश्राम विभव (resting potential) में कमी आने लगती है। अगर अध्रुवीकरण की मात्रा पर्याप्त होती है तो इससे *क्रिया विभव* (action potential) की उत्पत्ति हो जाती है। दूसरे तरफ अगर न्यूरोट्रांसमीटर से निरोधात्मक प्रभाव (inhibitory effect) उत्पन्न होते हैं, तो उसे सूचना प्राप्त करने वाले न्यूरोन के कोश में ध्रुवीकरण (polarization) की प्रक्रिया उत्पन्न हो जाती है जिसका असर यह होता है कि इस न्यूरोन के लिए क्रिया विभव (action potential) को सम्पन्न कराना कठिन हो जाता है।

अब एक प्रश्न यहाँ यह उठता है कि संधिस्थल पर तंत्रिका आवेग को आगे बढ़ जाने के बाद बचे हुए न्यूरोट्रांसमीट्टर (neurotransmitter) का क्या होता है ? मनोवैज्ञानिकों द्वारा किये गये अध्ययनों से यह स्पष्ट हुआ है कि ऐसे न्यूरोट्रांसमीट्टर को पुनः एक्सॉन की पुटिकाओं द्वारा सोख लिया जाता है या संधिस्थल पर उपस्थित विभिन्न तरह के एन्जाइम (enzyme) द्वारा उसे निष्क्रिय कर दिया जाता है। न्यूरोट्रांसमीट्टर को एक्सॉन की पुटिकाओं द्वारा सोखने की प्रक्रिया के *पुनर्वापसी* (reuptake) कहा जाता है।

स्पष्ट हुआ कि संधिस्थल का मुख्य कार्य तंत्रिका आवेग के संचरण में मदद करना है। यह कार्य न्यूरोट्रांसमीटर की मदद से हो पाता है।

न्यूरोट्रांसमीट्टर एवं न्यूरोमोडुलेटर
(Neurotransmitter and Neuromodulator)

न्यूरोट्रांसमीट्टर का महत्त्व सूत्रयुग्मन संचरण (synaptic transmission) में काफी अधिक है। न्यूरोट्रांसमीट्टर एक तरह का रासायनिक तत्त्व (chemical substance) होता है जो तंत्रिका तंत्र (nervous system) में सूत्रयुग्मन (synapse) पर तथा तंत्रिका (nerves) एवं मांसपेशियों (muscles) के बीच जंक्शन (junction) पर तंत्रिका आवेग के संचरण (transmission) में मदद करता है। इस जंक्शन को *न्यूरोपेशीय जंक्शन* (neuromusculor junction) कहा जाता है। जब सूचना प्रदत्त करने वाले न्यूरोन (transmitting neuron) जिसे *प्राक्संधि स्थलीय न्यूरोन* (presynaptic neuron) भी कहा जाता है, के एक्सॉन के छोर की पुटिकाओं से न्यूराट्रांसमीटर (neurotransmitter) निकल कर सूचना ग्रहण करने वाले न्यूरोन (receiving neuron) या जिसे उत्तर संधि स्थलीय न्यूरोन (postsynaptic neuron) भी कहा जाता है, के ग्राहक क्षेत्र के विशिष्ट ग्राहक अणु (specialized receptor molecule) से संयोजित होता है, तो दो तरह के प्रभाव उत्पन्न होते हैं—*उत्तेजनपूर्ण प्रभाव* (exctitatiory effects) तथा *निरोधक प्रभाव* (inhibitory effect)। इन दोनों तरह के प्रभावों का प्रभाव यह होता है कि तंत्रिका आवेग का संचरण हो पाता है। न्यूरोट्रांसमीट्टर के कई प्रकार होते हैं जिनमें निम्नांकित प्रमुख हैं:—

1. ऐसीटीलकोलाइन *(Acetylcholine)*—यह लघु आणविक (small molecule) न्यूरो-ट्रांसमीटर है जो पूरे केन्द्रीय तन्त्रिका तन्त्र (central nervous system), स्वायत्त तन्त्रिका तन्त्र (autonomic nervous system) तथा न्यूरोपेशीय जंक्शनों (neuro-muscular junction) में पाया जाता है। सबसे पहले खोज किया जाने वाला न्यूरोट्रांसमीटर यही है। यह न्यूरोन की क्रियाशीलता को उत्तेजित करता है और स्मृति, अधिगम तथा मांशपेशियों के क्रियाओं से सम्मिलित होता है। अतः यह एक उत्तेजन प्रदान करने वाला न्यूरोट्रांसमीटर (excitatory neurotransmitter) है।

2. नोरइपानफ्राइन *(Norepinephrine)*—यह एक तरह का केटकोलामाइन है जिसमें एमीनो एसीड टाइरोसीन (amino acid tyrosine) मिला होता है। यह केन्द्रीय तन्त्रिका तन्त्र (central nervous system) तथा अनुकम्पी तन्त्रिका तन्त्र (sympathetic nervous system) में पाया जाता है। यह केन्द्रीय तन्त्रिका तन्त्र में न्यूरोन्स की क्रियाशीलता को प्रायः अवरूद्ध करता है परन्तु हृदय की मांशपेशियों, आंत एवं मूत्रीय क्षेत्रों को उत्तेजित करता है। इसकी मात्रा कमने से व्यक्ति में विषाद तथा अधिक होने से उन्माद (mania) होता है।

3. इपानफ्राइन *(Epinephrine)*—यह भी एक तरह का केटकोलामाइन (catecolamine) है जो केन्द्रीय तन्त्रिका तन्त्र (central nervous system) में विशेषतः वैसे न्यूरोन में पाये जाते हैं जिनका कोश शरीर (cell body) मस्तिष्कीय स्तम्भ (brain stem) में होता है।

4. डोपामाइन *(Dopamine)*—यह भी एक तरह का केटकोलामाइन है जो केन्द्रीय तन्त्रिका तन्त्र (central nervous system) में पाया जाता है। यह अवरोधक प्रभाव (inhibitory effect) उत्पन्न करता है और इसके द्वारा ऐच्छिक गतियों का नियन्त्रण होता है। *इसकी कम मात्रा का सम्बन्ध पारकिन्सन रोग से तथा अधिक मात्रा का सम्बन्ध मनोविदालिता (schizophrenia) से होता है।*

5. सेरोटोनिन *(Serotonin)*—यह भी एक तरह का इन्डोलामाइन (indolamine) है जो केन्द्रीय तन्त्रिका तन्त्र (central nervous system) में पाया जाता है। यह भी मूलतः अवरोधक प्रभाव उत्पन्न करता है। यह नींद, भूख एवं विषाद के नियमन (regulation) में महत्वपूर्ण भूमिका निभाता है। सेरोटोनिन का निम्न स्तर का संबंध विषाद या अवसाद (depression) से पाया गया है।

6. गाबा या एमीनो बूटरिक अम्ल *(Gamma aminobutyric acid or GABA)*—यह एक तरह का एमीनो एम्ल (amino acid) है तथा यह मस्तिष्क एवं सुषम्ना के सभी हिस्से में खासकर अवरोधी साहचर्य न्यूरोन (inhibitory association neuron) में पाये जाते हैं। यह न्यूरोन की क्रियाशीलता (firing) को रोकता है। इसकी मात्रा कमने से व्यक्ति में चिन्ता (anxiety) उत्पन्न होता है। वेलियम (valium) एवं अन्य चिंताविरोधी औषध गाबा के निरोधक प्रभाव को बढ़ा देते हैं।

7. ग्लूटैमिक अम्ल (*Glutamic acid*)—यह भी एक तरह का एमीनो अम्ल (amino acid) है जो तन्त्रिका तन्त्र (nervous system) में पाया जाता है।

8. एसपार्टेट (*Aspartate*)—यह भी एक तरह का एमीनो अम्ल (amino acid) है।

9. इन्डौर्फिन (*Endorphins*)—यह एक ऐसा न्यूरोट्रांसमीटर है जो न्यूरोन्स की क्रियाशीलता को मुख्य रूप से उत्तेजित करता है। यह दर्द को कम करता है तथा आनन्द को बढ़ाता है।

10. न्यूरोपेपटाइड्स (*Neuropeptides*)—इसमें कई तरह के एमीनो अम्ल (amino acid) है। इसे हाल ही में एक न्यूरोट्रांसमीटर के रूप में स्वीकार किया गया है। इन्डोरफिन्स (endorphins) इस समूह का एक प्रमुख न्यूरोट्रांसमीटर है।

11. हिस्टामाइन (*Histamine*)—यह न्यूरोट्रांसमीटर मस्तिष्क के उन क्षेत्रों में होता है जो संवेग से सम्बन्धित होते हैं। इसकी भूमिका एलर्जी की प्रतिक्रिया में भी पाया जाता है।

ग्रिडेन (Greden, 1994) द्वारा किये गए शोधों से यह स्पष्ट हुआ है कि मानव शरीर द्वारा करीब 60 ऐसे रसायनिक तत्त्व है जो न्यूरोट्रांसमीटर के रूप में कार्य कर सकते हैं। कुछ न्यूरोट्रांसमीटर का स्वरूप हमेशा उत्तेजक (excitatory) होता है तथा कुछ का स्वरूप हमेशा अवरोधक (inhibitory) होता है तथा कुछ का स्वरूप उत्तेजक या अवरोधक कुछ भी हो सकता है जो इस बात पर आधारित होता है कि वह किस तरह के ग्राहक से सम्पर्क में आता है। पहले शोधकर्त्ताओं को ऐसा विश्वास था कि एक वैयक्तिक न्यूरोन (individual neuron) एक ही न्यूरोट्रांसमीटर का स्राव कर सकता है परन्तु हाल में किये गए शोधों से यह स्पष्ट हुआ है कि कुछ ऐसे न्यूरोन्स हैं जो कई तरह के न्यूरोट्रांसमीट्टर का स्राव कर सकते हैं। कुछ ऐसे भी न्यूरोन्स हैं जो एक विशेष तरह का रसायनिक तत्त्व (chemical substance) उत्पन्न करते हैं जिसे *न्यूरोमोडुलेटर* (neuromodulator) कहा जाता है, उत्पन्न करते हैं। यह एक ऐसा रसायनिक तत्त्व होता है जो बहुत सारे ऐसे न्यूरोन्स में न्यूरोट्रांसमीट्टर के प्रति अनुक्रियाशीलता (responsiveness) को बढ़ा या घटा देता है जो सामान्यतः उन्हें उत्तेजित या अवरुद्ध कर सकते हैं।

एक न्यूरोन से दूसरे न्यूरोन तथा संधिस्थल (synapse) पार करते हुए सूचनाओं का जो रसायनिक संचरण (chemical transmission) होता है, उसमें कई चरण (steps) सम्मिलित होते हैं जिनमें निम्नांकित मुख्य हैं:—

(i) व्यक्ति के भोजन तथा ऐसे ही अन्य स्रोतों के अणुओं (molecules) से सूचना प्रदत्त करने वाला न्यूरोन (transmitting neuron) या प्राक्-संधि स्थलीय न्यूरोन (presynaptic neuron) कुछ विशेष न्यूरोट्रांसमीट्टर अणु (neurotransmitter molecules) पैदा करते हैं।

(ii) उत्पादित न्यूरोट्रांसमीट्टर को प्राक्संधिस्थलीय न्यूरोन के एक्सॉन के छोरों पर पाये जाने वाले पुटिकाओं में संचित किया जाता है।

(iii) एक्सॉन के छोर पर पहुँचने वाले तन्त्रिका आवेग एक ऐसी प्रक्रिया प्रारम्भ कर देते हैं जिससे कुछ पुटिकाएँ (vesicles) सूत्रयुग्मनीय दरार (synaptic cleft) में पहुँच जाते हैं जहाँ पर वे अपने में संचित न्यूरोट्रांसमीट्टर का त्याग करते हैं।

(iv) न्यूरोट्रांसमीट्टर तुरन्त ही उस पूरे संधिस्थलीय न्यूरोन (postsynaptic neuron) के झिल्ली (membrane) पर विशिष्ट ग्राहक अणुओं से मिल जाते हैं।

(v) ग्राहक तथा न्यूरोट्रांसमीट्टर (neurotransmitter) के संयोग (combination) से सूचना प्राप्त करने वाले न्यूरोन में कुछ परिवर्तन होते हैं जिनसे उत्तेजन (excitation) या अवरोध (inhibition) की प्रक्रिया उत्पन्न होती है। इन दोनों में से किस तरह का प्रभाव उत्पन्न होगा, यह न्यूरोट्रांसमीटर के प्रकार तथा ग्राहक के प्रकार जिसके साथ संयोजन (combination) होता है, पर निर्भर करता है।

(vi) संयोजित न्यूरोट्रांसमीट्टर तेजी से निष्क्रिय होने लगता है ताकि सूचना प्राप्त करने वाला न्यूरोन या उत्तर संधिस्थलीय न्यूरोन पुनः दूसरे प्रकार की सूचना को ग्रहण करने के लिए तत्पर हो जाए।

अब प्रश्न यह उठता है कि सूत्रयुग्मनीय संचरण (synaptic transmission) की प्रक्रिया को समझने का कोई व्यवहारिक महत्त्व (practical importance) है या नहीं? आधुनिक मनोवैज्ञानिकों का यह निष्कर्ष रहा है कि संधिस्थलीय संचरण के ज्ञान का व्यवहारिक उपयोग काफी है जिसका पता हमें तब चलता है जब मानव व्यवहार,

अनुभूतियों आदि पर मनोसक्रिय औषधों (psychoactive drugs) के पड़ने वाले प्रभावों का हम अध्ययन करते हैं। ऐसे औषध सूत्रयुग्मनीय संचरण (synaptic transmission) की प्रक्रिया में परिवर्तन लाकर व्यक्ति के भाव तथा व्यवहार में परिवर्तन लाते हैं। ऐसे प्रभाव दो तरह के होते हैं—कुछ औषध (drugs) ऐसे हैं जो संधिस्थलीय संचरण में न्यूरोट्रांसमीट्टर के प्रभाव को और अधिक तीव्र कर देते हैं। ऐसे औषध को उन न्यूरोट्रांसमीट्टर का *सहयोगी* (agonist) कहा जाता है। दूसरे तरफ कुछ औषध ऐसे हैं जो संधिस्थल में न्यूरोट्रांसमीटर के प्रभाव को अवरुद्ध करता है। ऐसे औषध को उस न्यूरोट्रांसमीट्टर का *विरोधी* (antagonist) औषध कहा जाता है। सहयोगी औषध (agonist drug) न्यूरोट्रांसमीट्टर के प्रभाव को और अधिक तीव्र निम्नांकित तरीकों से करते हैंः—

(i) ऐसे औषध न्यूरोन द्वारा संचित न्यूरोट्रांसमीटर की मात्रा में वृद्धि देते हैं।

(ii) ऐसे औषध विशिष्ट न्यूरोन (specific neuron) को न्यूरोट्रांसमीट्टर उत्पन्न करने में अधिक मदद करते हैं।

(iii) ऐसे औषध सूचना प्राप्त करने वाले न्यूरोन (receiving neuron) के ग्राहक (receptor) को उत्तेजित कर देते हैं जो न्यूरोट्रांसमीटर के प्रति अनुक्रिया करते हैं और इस तरह से न्यूरोट्रांसमीटर का प्रभाव पहले से अधिक बढ़ जाता है।

(iv) ऐसे औषध संधिस्थल में न्यूरोट्रांसमीट्टर को निष्क्रिय नहीं होने में मदद करते हैं ताकि इसका प्रभाव अधिक लम्बे समय तक बना रहे।

विरोधी औषध (antagonist drug) न्यूरोट्रांसमीटर के प्रभाव को कम कर देते हैं और वे इस कार्य को निम्नांकित तरीकों से करते हैंः—

(i) ऐसे औषध न्यूरोट्रांसमीटर के संश्लेषण (synthesis) को अवरुद्ध करते हैं।

(ii) ऐसे औषध उस प्रक्रम (mechanism) को नष्ट कर देते हैं ज़िसके द्वारा संधिस्थल में न्यूरोट्रांसमीटर उत्पन्न होते हैं।

(iii) ऐसे औषध झूठा न्यूरोट्रांसमीटर (false neurotransmitter) का कार्य करते हैं जो सूचना प्राप्त करने वाले न्यूरोन के ग्राहक को निष्क्रिय कर देते हैं।

(iv) ऐसे औषध सूत्रयुग्मनीय पुटिकाओं (synaptic vesicles) से न्यूरोट्रांसमीट्टर को रिसने में मदद करते हैं जिसका परिणाम यह होता है कि संधिस्थल में पहुँचने के पहले ही न्यूरोट्रांसमीटर को एन्जाइम द्वारा समाप्त कर दिया जाता है।

स्पष्ट हुआ कि नयूरोट्रांसमीटर का महत्त्व सूत्रयुग्मनीय संचरण (synaptic transmission) में काफी अधिक होता है। इनमें से चार न्यूरोट्रांसमीटर की भूमिका (जैसा कि ऊपर कहा जा चुका है) असामान्य व्यवहार की उत्पत्ति में काफी अधिक पायी जाती है। वे चार न्यूरोट्रांसमीटर हैं—ऐसीटिलकोलाइन, डोपामाइन, नारइपानफ्राइन तथा सेरोटोनिन। ऐसीटिलकोलाइन का संबंध नींद रोग, अलजाइमर रोग (Alzheimer's disease) तथा आंगिक मस्तिष्कीय रोगों से पाया गया है। अत्यधिक डोपामाइन की क्रियाओं का सम्बन्ध मनोविदालिता (schizophrenia) से पाया गया है। नारइपानफ्राइन से स्वायत्त तंत्रिका तंत्र में तंत्रिका आवेगों की क्रियाओं में वृद्धि हो जाती है जिससे व्यक्ति में रक्तचाप तथा हृदयगति तीव्र हो जाती है। सेरोटोनिन में असंतुलन होने से व्यक्ति में तीव्र विषाद (severe depression) उत्पन्न होता है।

जैसा कि ऊपर कहा जा चुका है, न्यूरोट्रांसमीट्टर के ही समान एक दूसरा रसायनिक तत्त्व (chemical substance) भी एक्सॉन के सीमावर्ती बुट्टोन (terminal buttons) से निकलता है जिसे *न्यूरोमोडुलेटर* (neuromodulator) कहा जाता है और यह भी सूचनाओं से संचरण में महत्त्वपूर्ण भूमिका निभाता है। यह तत्त्व न्यूरोट्रांसमीटर से निम्नांकित अर्थ में भिन्न होता हैः—

(i) न्यूरोट्रांसमीटर एक ऐसा रसायनिक तत्त्व है जो सीमावर्ती बुटोन से निकलने के बाद सूत्रयुग्मनीय दरार (synaptic cleft) तक सीमित रह जाता है जबकि न्यूरोमोडुलेटर एक ऐसा रसायनिक तत्त्व है जो बुटोन से निकलने के बाद संधिस्थलीय दरार से काफी आगे दूर तक फैल जाता है और संचरण प्रक्रिया को प्रभावित करता है। सचमुच में यह मस्तिष्क के विशेष भाग के बहुत सारे न्यूरोन्स को ठीक से कार्य करने में सहायता प्रदान करता है।

(ii) न्यूरोमोडुलेटर सामान्यतः न्यूरोट्रांसमीटर से अधिक मात्रा में निकलती है।

(iii) कुछ न्यूरोमोडुलेटर ऐसे होते हैं जिन्हें रक्त नलिकाओं द्वारा भी ग्रहण करके उन्हें मस्तिष्क के अन्य हिस्सों में पहुँचा दिया जाता है जबकि न्यूरोट्रांसमीट्टर के साथ ऐसी बात नहीं होती है।

(iv) न्यूरोमोडूलेटर संभवतः वैसे ग्राहकों (receptors) को प्रभावित करता है जो संधिस्थल से हटकर अवस्थित होते हैं जबकि न्यूरोट्रांसमीट्टर का कार्य-क्षेत्र सिर्फ संधिस्थल तक ही सीमित होता है।

तंत्रिका तंत्र : संरचना तथा कार्य
(Nervous System : Structure and Function)

तंत्रिका तंत्र (nervous system) एक ऐसी जटिल संरचना (complex structure) है जो शारीरिक प्रक्रिया को नियमित रूप से नियंत्रित करता है तथा व्यक्ति के चेतन अनुभूतियों के सभी पहलुओं के लिए जिम्मेवार होता है। तंत्रिका तंत्र (nervous system) एक संगठित सम्पूर्णता (integrated whole) के रूप में कार्य करता है। फिर भी इसकी संरचना तथा कार्य पर समुचित ढंग से प्रकाश डालने के लिए इसे कुछ खंडों में बाँटा गया है। तंत्रिका तंत्र (nervous system) को मुख्य दो भागों में बाँटा गया है—केन्द्रीय तंत्रिका तंत्र (central nervous system) तथा परिधीय तंत्रिका तंत्र (peripheral nervous system)। इन दोनों भागों के भी उपभाग हैं। जैसे—केन्द्रीय तंत्रिका तंत्र (central nervous system) के दो भाग हैं—मस्तिष्क (brain) तथा सुषुम्ना (spinal cord)। परिधीय तंत्रिका तंत्र (peripheral nervous system) के दो भाग हैं—कायिक तंत्रिका तंत्र (somatic nervous system) तथा स्वायत्त तंत्रिका तंत्र (autonomic nervous system)। फिर स्वायत्त तंत्रिका तंत्र के भी दो भाग हैं—अनुकंपी तंत्रिका तंत्र (Sympathetic nervous system) तथा उपअनुकंपी तंत्रिका तंत्र (Parasympathetic nervous system)। तंत्रिका तंत्र के इस विभाजन को तालिका 2-2 में दिखलाया गया है।

तालिका 2-2: तंत्रिका तंत्र का विभाजन (Division of Nervous System)

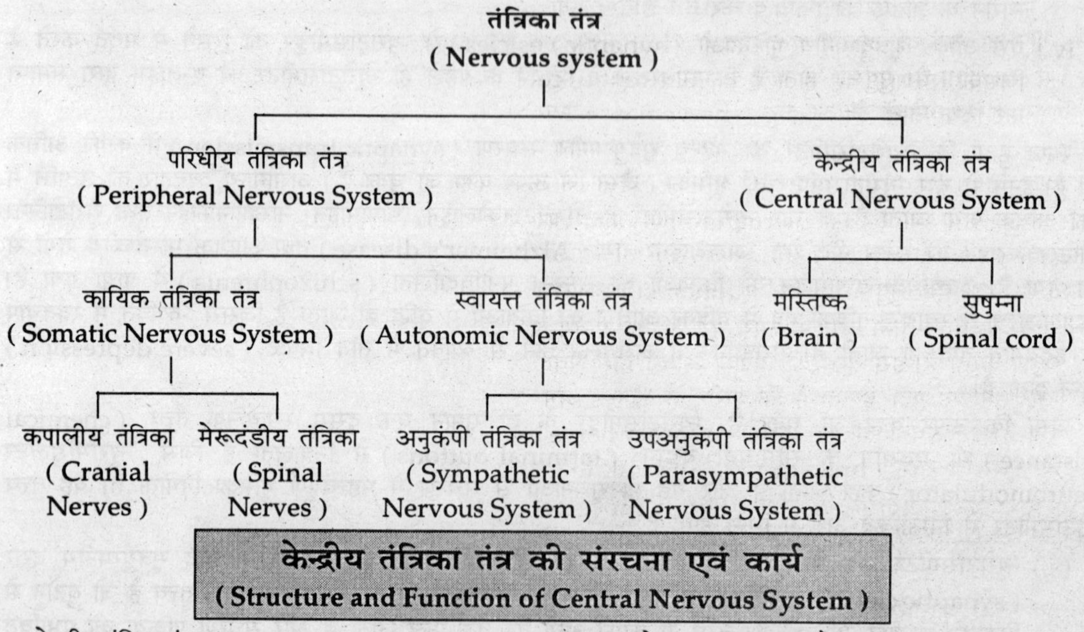

केन्द्रीय तंत्रिका तंत्र की संरचना एवं कार्य
(Structure and Function of Central Nervous System)

केन्द्रीय तंत्रिका तंत्र (Central Nervous System or CNS) सबसे प्रमुख तंत्रिका तंत्र हैं जिसकी मुख्य संरचना सुषुम्ना (spinal cord) तथा मस्तिष्क (brain) है। इन दोनों के संरचनाओं एवं कार्यों का वर्णन हम अलग-अलग अनुच्छेद में करेंगे—

सुषुम्ना की संरचना तथा कार्य *(Structure and Function of Spinal cord)*—रीढ़ की हड्डी (spinal column), जो कमर से गर्दन तक फैली है, में एक तरल पदार्थ भरा होता है जिसे सुषुम्ना कहा जाता है। यह तरल

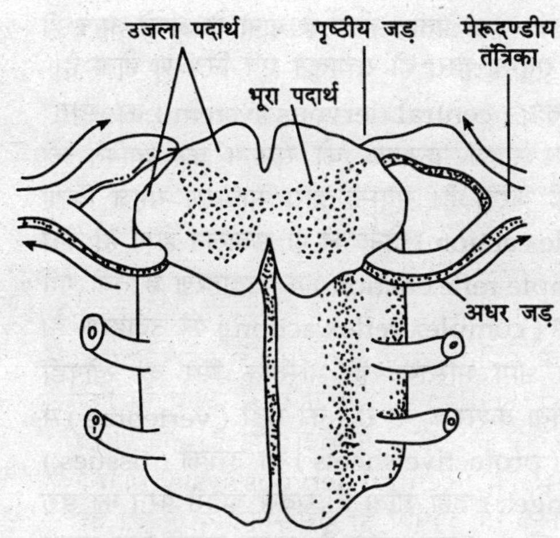

चित्र 2.6 : सुषुम्ना का कटा हुआ एक भाग

पदार्थ एक विशेष आवरण से ढँका होता है जिस मेनिंग्स (meninges) कहा जाता है। ऊपर से नीचे तक सुषुम्ना में कुल 31 भाग (division) हैं। प्रत्येक भाग से मेरुदण्डीय तंत्रिका (spinal nerve) का एक जोड़ा निकलता है। इस जोड़े में से एक तंत्रिका द्वारा शरीर के बाएँ भाग से स्नायुप्रवाह (nerve inpulse) आता है तथा दूसरे तंत्रिका द्वारा शरीर के दाएँ भाग से स्नायुप्रवाह आता है। मेरूदण्डीय तंत्रिका एक तरह की परिधीय तंत्रिका (peripheral nerve) होती है जिसके द्वारा संवेदी सूचनाएँ (sensory information) सुषुम्ना में आतीं हैं तथा फिर सुषुम्ना से गति सूचनाओं (motor information) के रूप में वे बाहर निकलती हैं। सुषुम्ना में प्रवेश करने के थोड़ा पहले मेरुदण्डीय तंत्रिका (spinal nerve) दो भाग में बँट जाती है। एक पीछे से होकर तथा एक आगे से होकर सुषुम्ना में प्रवेश करती है। (चित्र 2.6 देखें) पीछे से प्रवेश करने वाले मेरुदण्डीय तंत्रिका के भाग को *डॉर्सल रूट* (dorsal root) तथा आगे से प्रवेश करने वाले मेरूदण्डीय तंत्रिका के भाग को *भेन्ट्रल रुट* (ventral root) कहा जाता है। डॉर्सल रूट की पहचान यह होती है कि मेरुदण्ड या सुषुम्ना के पास थोड़ा वह फूला हुआ-सा दिखाई पड़ता है। (चित्र 2.6 देखें) डाँर्सल रूट द्वारा शरीर के भिन्न-भिन्न अंगों से संवेदी तंत्रिका आवेग (sensory nerve impulse) सुषुम्ना में प्रवेश करता है तथा भेन्ट्रल रूट द्वारा सुषुम्ना से गति तंत्रिका आवेग (motor nerve impluse) के रूप में सूचनाएँ बाहर निकलतीं हैं।

सुषुम्ना को यदि कहीं से भी काटा जाए तो इसकी भीतरी संरचना (structure) एक ही समान दीख पड़ती है। चित्र 2.6 में सुषुम्ना के एक ऐसे ही कटे हुए भाग को दिखलाया गया है। इस चित्र को देखने से स्पष्ट हो जाता है कि सुषुम्ना के बीच के भाग का आकार एक तितली (butterfly) के समान होता है और वह भाग धूसर पदार्थ (grey matter) से भरा होता है। सुषुम्ना के बीच के भाग (central core) के चारों तरफ उजला पदार्थ (white matter) होता है जिससे होकर अनेकों तंत्रिका तन्तु (nerve fiber) ऊपर से नीचे की ओर तथा नीचे से ऊपर की ओर आते-जाते दिखाई देते हैं। ऊपर से नीचे की ओर आने वाले तंत्रिका तन्तु द्वारा मस्तिष्क से सूचनाएँ आती हैं तथा नीचे से ऊपर की ओर जाने वाले तंत्रिका तन्तु द्वारा सूचनाएँ सुषुम्ना से मस्तिष्क में ले जायी जाती है।

ऊपर वर्णन किये गये संरचना (structure) के आधार पर यह बिलकुल ही स्पष्ट हो जाता है कि सुषुम्ना की संरचना उतनी जटिल (complex) नहीं है तथा सभी तंत्रिका आवेग (nerve impluse) सुषुम्ना होते ही मस्तिष्क में प्रवेश करते हैं। जहाँ तक सुषुम्ना के कार्य (function) का प्रश्न है, उसे संक्षेप में हम इस प्रकार बतला सकते हैं:—

(i) शरीर के भिन्न-भिन्न अंगों से लाये गये तंत्रिका आवेग को डॉर्सल रूट (dorsal root) के सहारे सुषुम्ना उसे ग्रहण करता है। इस तरह की तंत्रिका आवेग द्वारा संवेदी सूचनाएँ (sensory information) प्राप्त होतीं हैं और हमें यह पता चलता है कि शरीर के कौन-से अंग को स्पर्श किया जा रहा है या किस अंग से क्या हो रहा है। इन संवेदी तंत्रिका आवेगों (sensory nerve impulse) को सुषुम्ना अग्र मस्तिष्क (forebrain) या मस्तिष्क स्तंभ (brain stem) में भेज देता है।

(ii) सुषुम्ना द्वारा शारीरिक क्रियाओं (bodily movements) का संचालन भी होता है। चेहरे (face) और गर्दन (neck) से सम्बन्धित शारीरिक क्रियाओं को छोड़कर अन्य भागों की क्रियाओं का नियंत्रण बहुत हद तक सुषुम्ना के द्वारा ही होता है। किसी दुर्घटना या बीमारी के कारण यदि सुषुम्ना घायल हो जाता है तो व्यक्ति में शारीरिक क्रियाओं का संचालन ठीक ढंग से नहीं हो पाता है।

(iii) सुषुम्ना द्वारा सहज या प्रतिवर्त्त क्रियाओं (reflex actions) का भी नियंत्रण एवं संचालन होता है। सहज क्रिया या प्रतिवर्त क्रिया किसी उद्दीपक (stimulus) के प्रति एक ऐसी अनुक्रिया है जो अनैच्छिक (involuntary) तथा संगत (consistent) होती है। जैसे, आँख पर तीव्र रोशनी पड़ते ही पलक का बन्द हो जाना, गर्म वस्तुओं से ऊँगली स्पर्श हो जाने पर तेजी से ऊँगली को खींच लेना आदि सहज क्रिया के

कुछ उदाहरण हैं। ऐसी क्रियाएँ इतनी शीघ्रता से होतीं हैं कि ऐसा प्रतीत होता है मानो वे अपने आप ही सम्पन्न हो गयीं। परन्तु सच्चाई यह है कि इन क्रियाओं का सुषुम्ना द्वारा ही संचालन एवं नियंत्रण होता है।

इन कार्यों को ध्यान में रखते हुए सुषुम्ना को केन्द्रीय तंत्रिका तंत्र (central nervous system) का स्वतः चालित मशीन (automatic machine) कहा गया है। सुषुम्ना इन सहज क्रियाओं को सम्पन्न कर व्यक्ति को वातावरण के साथ समायोजन (adjustment) करने में काफी मदद करता है। सुषुम्ना द्वारा साधारण सहज क्रिया (simple reflex action) तथा जटिल सहज क्रिया (complex reflex action) दोनों का ही संचालन होता है। तीव्र रोशनी पड़ने पर पलक का बन्द हो जाना साधारण सहज क्रिया (simple reflex action) का उदाहरण है तथा गर्म वस्तु के सम्पर्क में आने पर उँगली को खींच लेना जटिल सहज क्रिया (complex reflex action) का उदाहरण हैं।

2. मस्तिष्क *(Brain)*—केन्द्रीय तंत्रिका तंत्र का दूसरा प्रमुख भाग मस्तिष्क है। मस्तिष्क सिर की खोपड़ी (skull) में अवस्थित होता है। खोपड़ी (skull) के भीतर मस्तिष्क तथा केशरुक या रीढ़ की हड्डी (vertebrae) में सुषुम्ना अवस्थित होता है। मस्तिष्क तथा सुषुम्ना तीन सुरक्षात्मक परतें (protective sheets) जो उत्तकों (tissues) से बने होते हैं, घिरे होते हैं। ऐसे सुरक्षात्मक परतों को मेनिंग्स (meninges) कहा जाता है। सबसे बाहरी परत को *डुरा मेटर* (Dura mater) तथा सबसे भीतरी सतह को *पिया मेटर* (pia mater) कहा जाता है। सबसे वाहरी परत काफी कड़ा, मजबूत एवं सख्त होता है जबकि सबसे भीतरी परत मस्तिष्क के सतह से सटा होता है और तुलनात्मक रूप से मुलायम होता है। डुरा मेटर तथा पिया मेटर के बीच कोमल, जालीनुमा झिल्ली (membrane) होता है जिसे *एरैकनोआयड* (arechnoid) कहा जाता है। एरैकनोआयड के भीतर का क्षेत्र एक विशेष प्रकार के तरल पदार्थ से भरा होता है जिसे *सेरिवोस्पाइनल तरल* (Cerebrospinal Fluid or CSF) कहा जाता है जो एक साफ एवं रंगहीन तरल होता है। सी एस एफ के मुख्य दो कार्य होते हैं—पहला, यह यांत्रिक रूप से (mechanically) मस्तिष्क के लिए आघात अवशोषक (shock absorber) के रूप में कार्य करता है। जैसे-जैसे व्यक्ति सिर इधर-उधर घुमाता है, मस्तिष्क सी एस एफ में तैरता रहता है जिसके वजह से मस्तिष्क पर प्रत्यक्ष रूप से किसी प्रकार का धक्का या आघात नहीं पहुँचता है। दूसरा, रक्त नलिकाओं (blood vesels) तथा मस्तिष्कीय उत्तकों (brain tissues) के बीच कई पदार्थों जिसमें पोषक पदार्थ भी सम्मिलित हैं, के बदले में CSF मध्यस्थता की भूमिका भी निभाता है। मस्तिष्क को चाहे जिस तरह से नग्न आँखों से देखा जाय, दो भिन्न रंग के पदार्थ स्पष्ट रूप से दीखते हैं—एक उजले रंग के पदार्थ वाला क्षेत्र तथा दूसरा गहरा भूरे रंग (dark grey) के पदार्थ वाला क्षेत्र। उजले पदार्थ वाले क्षेत्र उजला इसलिए दिखते हैं क्योंकि उस क्षेत्र के जो एक्सॉन (axons) होते है, वे माइलिन (myeline) के लिपिड (lipid) या वसा (fat) तत्त्व से ढँके होते हैं। गहरे भूरे रंग के जो क्षेत्र होते हैं, वे कोश शरीर (cell bodies) से भरे होते हैं जिनमें माइलिन (myelin) नहीं होता है। एण्ड्रीयासेन तथा उनके सहयोगियों (Andreasen et al, 1993) ने एक प्रयोग करके यह दिखाया दिया है कि भूरे पदार्थ की मात्रा एवं बुद्धि में धनात्मक सहसंबंध होता है जबकि उजले पदार्थ की मात्रा एवं बुद्धि में ऐसा सहसंबंध नहीं होता है। विभिन्न शरीरक्रिया विषेषज्ञों (physiological experts) ने इसे भिन्न-भिन्न भागों में भिन्न दृष्टिकोणों से बाँटा है। स्थिति (position) के दृष्टिकोण से मस्तिष्क को विशेषज्ञों ने निम्नांकित तीन भागों में बाँटा है—

(i) **अग्रमस्तिष्क** *(Forebrian)*—यह सिर के अगले हिस्से में अवस्थित होता है तथा इसमें थैलमस, हाइपोथैलमस (hypothalamus) तथा वृहत मस्तिष्क (cerebrum) सम्मिलित होता है (चित्र 2.7 देखें)।

(ii) **मध्यमस्तिष्क** *(Midbrain)*—यह सिर के अगले और पिछले हिस्से के बीच में होता है।

(iii) **पश्चमस्तिष्क** *(Hindbrain)*—यह सिर के पिछले हिस्से में अवस्थित होता है तथा इसमें मेडुल्ला (medulla), सेतु (pons), लघुमस्तिष्क (cerebellum) तथा रेटिकुलर फॉरमेशन (reticular formation) सम्मिलित होता है (चित्र 2.7 में देखे)।

कुछ विशेषज्ञों ने अन्तिम दो प्रकारों के मस्तिष्क को एक साथ मिलाकर मस्तिष्क स्तंभ (brain stem) की संज्ञा दी है। इस तरह से इन विशेषज्ञों के अनुसार मस्तिष्क के दो भाग हो जाते हैं।

मानव मस्तिष्क के क्रमविकास (evolution) जो भिन्न-भिन्न समय से हुए, की कसौटी (criterion) के आधार पर विशेषज्ञों ने इसे निम्नांकित तीन भागों में बाँटा है—

(i) केन्द्रीय क्षेत्र *(Central core)*—इसमें मध्यमस्तिष्क तथा पश्चमस्तिष्क में आनेवाले भागों को रखा जाता है। अतः लघु मस्तिष्क (cerebellum), सेतु (pons), मेडुला (medulla), मध्यमस्तिष्क, रेटिकुलर फॉरमेशन (reticular formation) आदि इसमें आते हैं। अतः केन्द्रीय क्षेत्र में मूलतः मस्तिष्क स्तंभ (brain stem) के हिस्सों को रखा गया है। इसके अलावा इसमें अग्रमस्तिष्क (forebrain) का कुछ भाग जैसे—थैलमस (thalamus), हाईपोथैलमस (hypothalamus) को भी सम्मिलित किया गया है।

(ii) लिम्बिक तंत्र *(Limbic system)*—इस तंत्र को विशेषज्ञों ने मानव मस्तिष्क के क्रमविकास (evolution) में सबसे बाद में पहचान किया है। केन्द्रीय तंत्र (central core) के चारों तरफ छोटी-छोटी कई विशेष संरचनाएँ (structures) होतीं हैं जिससे लिम्बिक तंत्र (limbic system) कहा जाता है।

(iii) प्रमस्तिष्क गोलार्द्ध *(Cerebral hemispheres)*—इसे प्रमस्तिष्क या वृहत् मस्तिष्क (cerebrum) भी कहा जाता है। प्रमस्तिष्कीय गोलार्द्ध दो भाग यानी बायें और दायें गोलार्द्ध में बँटा होता है। इन दोनों गोलार्द्ध को एक साथ मिलाकर प्रमस्तिष्क (cerebrum) कहा जाता है। इसकी ऊपरी सतह को प्रमस्तिष्कीय वल्कुट (cerebral cortex) कहा जाता है। विभाजन की पहली श्रेणी के आधार पर (जो स्थिति की कसौटी पर की गयी है) प्रमस्तिष्क गोलार्द्ध (cerebral hemisphere) अग्रमस्तिष्क (forebrain) का एक भाग ही होता है।

न्यूरोवैज्ञानिक (neuroscientists) द्वारा मस्तिष्क को निम्नांकित पाँच मुख्य भागों में बाँटा गया है:—

(i) माइएलेनेसिफेलोन *(Myelencephalon)*—यह मस्तिष्क का प्रथम विभाजन है जो सुषुम्ना का एक विस्तृत रूप होता है। इसमें मेडुला औबलोंगाटा (Medulla oblongata) होता है जो श्वसन, हृदय की क्रियाओं आदि का संचालन करता है।

(ii) मेटेनसिफेलोन *(Metencephalon)*—यह मस्तिष्क का अगला स्तर है जिसमें सेतु (pons) तथा लघुमस्तिष्क (cerebellum) होता है। इस भाग का सम्बन्ध शारीरिक गतियों में संतुलन बनाये रखने से होता है। इसमें क्षति पहुँचने से व्यक्ति अपने शारीरिक गतियों में पर्याप्त एवं उचित नियंत्रण नहीं रख पाता है।

(iii) मेसेनलिफेलोन *(Mesencephalon)*—इसके दो उपविभाग (subdivision) होते हैं—टेक्टम (tectum) तथा टेगमेन्टम (tegmentum)। टेक्टम में श्रेष्ठ कौल्लिकुली (superior colliculi) जो ऊपर में होता है तथा निम्न कौल्लिकुली (inferior colliculi) जो नीचे में होता है, पाये जाते हैं। श्रेष्ठ कौलिकुली का सम्बन्ध दृष्टि सूचनाओं से तथा निम्न कौलिकुली का सम्बन्ध श्रवण सूचनाओं से होता है। टेगमेन्टम मेसेनसिफेलोन का आंतरिक भाग होता है।

(iv) डायनसिफेलोन *(Diencephalon)*—मस्तिष्क का यह भाग देखने में छोटी परन्तु अत्यन्त ही महत्त्वपूर्ण होता है क्योंकि थैलेमस (thalamus) तथा हाइपोथैलमस (hypothalamus) इसी भाग में अवस्थित होता है। थैलेमस मस्तिष्क का रिले स्टेशन होता है जबकि हाइपोथैलमस व्यक्ति के सांवेगिक एवं अभिप्रेरणात्मक व्यवहार को नियंत्रित करने में अहम् भूमिका निभाता है।

(v) टेलेनसिफेलोन *(Telencephalon)*—यह मस्तिष्क का उच्चतम भाग (highest division) होता है। इसे अग्रमस्तिष्क (forebrain) ही कहा जाता है। लिम्बिक तंत्र तथा प्रमस्तिष्कीय कॉर्टेक्स (cerebral cortex) इसका प्रमुख भाग होता है।

ऊपर में वर्णन किये गये मस्तिष्क का विभाजन को यदि गौर से देखा जाय, तो हम निश्चित रूप से इस निष्कर्ष पर पहुँचते है कि इन दोनों कसौटियों (criteria) पर किये गये विभाजन में काफी समानता है। इन दोनों में पहली कसौटी के आधार पर किये गये वर्गीकरण के अनुसार ही मस्तिष्क के भिन्न-भिन्न हिस्सों का वर्णन हम आगे करेंगे। इसका कारण यह है कि यह वर्गीकरण दूसरे वर्गीकरण की अपेक्षा अधिक लोकप्रिय (popular) एवं स्पष्ट है।

मस्तिष्क स्तंभ : पश्चमस्तिष्क तथा मध्यमस्तिष्क
(Brain Stem : Hindbrain and Midbrain)

जैसा कि हम जानते हैं, मस्तिष्क स्तंभ में पश्चमस्तिष्क (hindbrain) एवं मध्यमस्तिष्क (midbrain) दोनों ही शामिल होते हैं। मस्तिष्क स्तंभ (brain stem) के प्रमुख अंगों की संरचना (structure) तथा कार्य (function)

इस प्रकार हैं:—

1. मेडुला *(Medulla)*—मेडुला पश्चमस्तिष्क (hindbrain) का सबसे नीचे का भाग होता है जो सुषुम्ना तथा मस्तिष्क के महत्त्वपूर्ण भागों (higher parts) को जोड़ता है (चित्र 2.7 को देखें)। इसमें रेटिकुलर फारमेशन का भी कुछ भाग सम्मिलित होता है। मेडुला द्वारा शरीर के कुछ महत्त्वपूर्ण कार्यों जैसे—श्वसन क्रिया (respiration), हृदय गति (heart rate), श्वसन (breathing), निगलना (swallowing), रक्त चाप (blood pressure) आदि के संचालन एवं नियंत्रण में मदद मिलती है। जीभ की गतिविधियों का संचालन एवं नियंत्रण में भी मेडुला महत्त्वपूर्ण भूमिका निभाता है। मेडुला में बहुत से तंत्रिका तन्तु (nerve fibers) भी होते हैं जिसमें से कुछ ऊपरी दिशा में अर्थात मस्तिष्क के अन्य महत्त्वपूर्ण भागों में तथा कुछ नीचे की दिशा में अर्थात सुषुम्ना की ओर जाते हैं। इस तरह से मेडुला द्वारा सुषुम्ना (spinal cord) तथा मस्तिष्क के उच्च भागों (higher parts) के बीच तंत्रिका आवेग (nerve impulse) का आवागमन होता है।

2. सेतु *(pons)*—मेडुला के ऊपर पश्चमस्तिष्क का दूसरा महत्त्वपूर्ण भाग है जिसे सेतु (Pons) कहा जाता है। इसमें भिन्न-भिन्न प्रकार के संवेदी न्यूरोन (sensory neuron) तथा गति न्यूरोन (motor neuron) पाये जाते हैं। सिर एवं चेहरे (face) से प्राप्त कुछ संवेदी तंत्रिका आवेग जो स्पर्श (touch), दर्द (pain) तथा ताप (temperature) से सम्बन्धित होता है, सेतु द्वारा ही ग्रहण किये जाते हैं। कुछ गति क्रियाएँ (motor responses) जैसे—आनन्न अभिव्यक्ति (facial expression) में होनेवाली पेशीय क्रियाएँ (muscular activities), नेत्र गोलक (eye ball) की गति (movement) तथा जबड़े की गति (jaw movement) का संचालन भी सेतु द्वारा ही होता है। इसके अलावा सेतु में ऊपरी दिशा तथा निचली दिशा में जाने वाली अनेकों तंत्रिका तन्तु (nerve fibers) पाये जाते हैं। इन तन्तुओं के सहारे सेतु मस्तिष्क के उच्च भागों (higher parts) तथा निचली भागों (lower parts) के बीच संबंध स्थापित कर पाता है।

3. लघु मस्तिष्क *(Cerebellum)*—पश्चमस्तिष्क (hind brain) में पीछे की ओर एक बड़ी जटिल (complex) संरचना (structure) है जिसे लघु मस्तिष्क (cerebellum) कहा जाता है (चित्र 2.7 देखें)। यह सचमुच में वृहत मस्तिष्क का एक लघुरूप होता है। यह सेरिवेलर कॉर्टेक्स (cerebellar cortex) से ढँका रहता है और इसमें गहरे सेरिवेलर केन्द्रक (deep cerebellar nuclei) होते हैं। इसके ऊपरी सतह पर धूसर पदार्थ (gray matter) होता है तथा उजला पदार्थ (white matter) इसके भीतरी सतह पर होता है। अतः यह ऊपर से देखने में धूसर नजर आता है। धूसर पदार्थ (gray matter) तथा उजला पदार्थ (white matter) ठीक इसी ढंग से वृहत् मस्तिष्क (cerebrum) में भी पाया जाता है। इस तरह से हम देखते हैं कि लघु मस्तिष्क तथा वृहत् मस्तिष्क दोनों में ही धूसर पदार्थ ऊपरी सतह में तथा उजला पदार्थ निचली सतह पर होता है जबकि सुषुम्ना में ठीक इसके विपरीत परिस्थिति होता है अर्थात् उजला पदार्थ ऊपरी सतह पर तथा धूसर पदार्थ निचली सतह पर होता है। सुषुम्ना (spinal cord), अग्रमस्तिष्क (forebrain) तथा मस्तिष्क स्तंभ (brain stem) के अन्य भागों से संवेदी स्नायु आवेग (sensory nerve impulse) ग्रहण कर लघु मस्तिष्क (cerebellum) उसे मस्तिष्क के अन्य भागों में भेजता है जिसके फलस्वरूप व्यक्ति समन्वित क्रियाएँ (co-ordinated movements) कर पाता है। ऐसा देखा गया है कि लघु मस्तिष्क के घायल होने पर व्यक्ति किसी क्रिया को कर तो पाता है परन्तु समन्वित ढंग से (co-ordinated) नहीं। जैसे, ऐसा व्यक्ति चल तो सकता है परन्तु चलने में उसके पैर लड़खड़ाते एवं डगमगाते नजर आयेंगे। लघुमस्तिष्क द्वारा अनैच्छिक (involuntary), तीव्र एवं सूक्ष्म पेशीय गतियों का भी नियंत्रण होता है।

4. मध्यमस्तिष्क *(Midbrain)*—सेतु के ऊपर की एक विशेष छोटी-सी संरचना को मध्यमस्तिष्क कहा जाता है। यह अग्रमस्तिष्क (forebrain) तथा पश्चमस्तिष्क (hindbrain) के बीच एक पुल (bridge) का कार्य करता है। मध्यमस्तिष्क को मेसेनसीफेलोन (mesencephalon) भी कहा जाता है तथा इसके दो भाग होते हैं—टेक्टम (tectum) तथा टेगमेनटम (tegmentum) मध्यमस्तिष्क का पहला महत्त्वपूर्ण भाग ऊपरी सतह (roof) है जिसे टेक्टम (tectum) कहा जाता है। इसके द्वारा सिर्फ संवेदी क्रियाएँ (sensory functions) सम्पन्न की जाती है। इसमें दो तरह के संवेदन केन्द्र (sensory centre) होते हैं। एक केन्द्र को श्रेष्ठ कालिकुली (superior colliculi) कहा जाता है तथा दूसरे केन्द्र को निम्न कॉलिकुली (inferior colliculi) कहा जाता है। श्रेष्ठ कॉलिकुली एक प्रकार का दृष्टि केन्द्र (visual centre) हैं जिसकी मदद से हमें किसी वस्तु का दृष्टि ज्ञान होता है। निम्न कॉलिकुली (inferior colliculi) एक प्रकार का श्रवण केन्द्र (auditory centre) है जिसकी मदद से हमें श्रवण ज्ञान होता है।

टेगमेनटम (tegmentum) मध्यमस्तिष्क का दूसरा महत्त्वपूर्ण भाग होता है जो टेक्टम (tectum) के नीचे का क्षेत्र होता है। इसमें कई महत्त्वपूर्ण संरचनाएँ जैसे रेटिकुलर फॉरमेशन का रोस्ट्रल छोर (rostral end), एवं आँख की गतियों को नियंत्रित करने वाला केन्द्रक (nuclei) आदि सम्मिलित होतीं हैं। इसके अतिरिक्त यह मस्तिष्क के ऊपरी भाग तथा निचली भाग के बीच तंत्रिका आवेग (nerve impluse) के आने-जाने का रास्ता का काम करता है। इसमें संवेदी तंत्रिका कोश (sensory nerve cell) ऊपर की ओर जाता है तथा गति तंत्रिका कोश नीचे की ओर जाता है। मध्यमस्तिष्क के इस भाग द्वारा इस तरह से संवेदी तथा गति दोनों तरह की क्रियाओं का संचालन होता है।

5. रेटिकुल फॉरमेशन *(Reticular formation)*—पश्चमस्तिष्क में मेडुला से प्रारंभ होकर मध्यमस्तिष्क (midbrain) तथा अग्रमस्तिष्क (forebrain) के हाइपोथैलमस (hypothalamus) तक तन्तुओं (fibers) के जाल (net) के आकार की एक विशेष संरचना (structure) है जिसे रेटिकुलर फॉरमेशन (reticular formation) की संज्ञा दी जाती है (चित्र 2.7 देखें)। रेटिकुलर फॉरमेशन का सम्बन्ध चूँकि नींद (sleep), उत्तजेन या जागरण (arousal) तथा अवधान (attention) आदि की प्रक्रियाओं के संचालन एवं नियंत्रण से होता है इसलिए इसे रेटिकुलर एक्टीभेटिंग तंत्र (Reticular Activating System या RAS) भी कहा जाता है। इस तंत्र के दो उपतंत्र (subsystem) हैं—आरोही रेटिकुलर तंत्र (ascending reticular system) तथा अवरोही रेटिकुलर तंत्र (descending reticular system) हैं—आरोही तंत्र द्वारा RAS मस्तिष्क बल्कुट (cerebral cortex) में संवेदी आवेगों (sensory impulses) का प्रसारण (relay) करता है तथा फिर वहाँ से कुछ आवेगों (impulses) को ग्रहण भी करता है। अवरोही रेटिकुलर तंत्र द्वारा आवेग (impulses) को RAS नीचे की ओर यानी सुषुम्ना में भेजता है। कुत्ते तथा बिल्ली पर कुछ प्रयोग करके यह दिखलाया है कि यदि बिजली के हल्के झटके (mild shock) द्वारा कुत्ते तथा बिल्ली के रेटिकुलर फॉरमेशन (reticular formation) को उत्तेजित किया जाता है, तो इससे उसे नींद आने लगती है। दूसरी तरफ यदि बिजली के ऊँचे वोल्ट (high volt) द्वारा रेटिकुलर फॉरमेशन को उत्तेजित किया जाता है, तो इससे सोये हुए कुत्ते या बिल्ली की नींद खत्म हो जाती है। अगर इन पशुओं के रेटिकुलर फॉरमेशन में किसी तरह का घाव (lesion) पैदा कर दिया जाता है, तो ऐसे पशु प्रायः स्थायी रूप से बेहोशी (coma) में चले जाते हैं। एकाग्रचित होकर ध्यान देने की प्रक्रिया में हम पाते हैं कि अगल-बगल की आवाज या आहट का हमें कुछ भी ज्ञान नहीं रहता है। ऐसा इसलिए होता है क्योंकि रेटिकुलर फाँरमेशन (reticular formation) भिन्न-भिन्न संवदी आवेगों (sensory impulses) में से सिर्फ ध्यान से सम्बन्धित संवेदी आवेग को ही प्रमस्तिष्क बल्कुट (cerebral cortex) में जाने देता है। इस तरह से रेटिकुलर फॉरमेशन एक छन्ने (filter) का भी कार्य करता है जिसके द्वारा एक तरह से संवेदी आवेगों (sensory impulses) में से विशेष आवेग का चयन (selection) किया जाता है।

अग्रमस्तिष्क
(Forebrain)

मानव मस्तिष्क का सबसे प्रमुख भाग *अग्रमस्तिष्क* (forebrain) हैं। इसे तंत्रिका शरीरशास्त्रियों (neuroanatomists) ने मूलतः दो भागों में बाँटा है—टेलेनसिफेलोन (telencephalon) तथा डायनसिफेलोन (diencephalon)। टेलेनसिफेलोन के कई अंग (parts) हैं जिनमें प्रमस्तिष्क गोलार्द्ध (cerebral hemisphere) लिम्बिक तंत्र (limbic system) तथा वेसल गैंगलिया (basal ganglia) प्रधान हैं। उसी तरह से डायनसिफेलोन के कई अंग (parts) हैं जिसमें थैलमस (thalamus) तथा हाइपोथैलमस (hypothalamus) सबसे अधिक प्रधान है। मनोवैज्ञानिकों ने अग्रमसितष्क के इन्हीं मुख्य तीन अंगों (parts) अर्थात् थैलमस (thalamus), हाइपोथैलमस (hypothalamus) तथा प्रमस्तिष्क गोलार्द्ध (cerebral hemis-phere) की संरचना एवं कार्य के अध्ययन पर अधिक बल डाला है क्योंकि करीब-करीब सभी प्रमुख क्रियाओं को नियंत्रण इन्हीं के द्वारा होता है। इसके अलावा लिम्बिक तंत्र (limbic system) की क्रियाओं पर भी मनोवैज्ञानिकों ने कुछ बल डाला है। इन सभी प्रमुख अंगों की संरचना एवं कार्यों का वर्णन इस प्रकार है।

1. थैलमस *(Thalamus)*— मध्यमस्तिष्क के ठीक ऊपर और दोनों प्रमस्तिष्क गोलार्द्ध (cerebral hemispheres) के बीच में एक अंडाकार संरचना होती है जिसे थैलमस (thalamus) कहा जाता है (चित्र 2.7 देखें)। चूँकि थैलमस दोनों प्रमस्तिष्क गोलार्द्ध के बीच में होता है, अतः इसे ऊपर से देखा नहीं जा सकता है। इसे देखने के लिए दोनों गोलार्द्ध को एक-दूसरे से अलग करना होगा। थैलमस डायनसिफेलोन (diencephalon) का डॉर्सल हिस्से (dorsal part) से बना होता है। यह एक ऐसी संरचना होती है जिसमें दो पालि (lobes) होते हैं जो भूरा पदार्थ (gray matter) के एक पुल जिसे मास इन्टरमीडीया (mass intermedia) कहा जाता है, से सम्बन्धित होता है। थैलमस में मूलतः तीन तरह के केन्द्रक (nuclei) होते हैं। एक तरह के केन्द्रक (nuclei) को संवेदी केन्द्रक (sensory nuclei) कहा जाता है जिसका प्रधान कार्य शरीर की भिन्न-भिन्न संवेदी प्रक्रियाओं (sensory processes) जैसे दृष्टि (visual), श्रवण (hearing), दर्द (pain), ताप (temperature), स्पर्श (touch), स्वाद (taste), गन्ध (smell) आदि से सम्बन्धित आवेग (impluse) को ग्रहण करके प्रमस्तिष्क (cerebrum) के उपयुक्त (appropriate) क्षेत्रों में प्रसारण (relay) करना होता है। दूसरे तरह के केन्द्रक (nuclei) वैसे होते हैं जो लघु मस्तिष्क (cerebellum), मस्तिष्क स्तंभ (brain stem) तथा रेटिकुलर फॉरमेशन reticular formation) से आवेग (impluse) को ग्रहण करके उसे प्रमस्तिष्क (cerebrum) के उचित क्षेत्रों में भेजता है। तीसरे तरह के केन्द्रक वैसे होते हैं जो थैलेमस के भीतर के ही आवेगों (impulses) को इकट्ठा करके उसे प्रमस्तिष्क में भेजते हैं। इन अन्तिम केन्द्रकों (nuclei) को *साहचर्य केन्द्रक* (association nuclei) भी कहा जाता है।

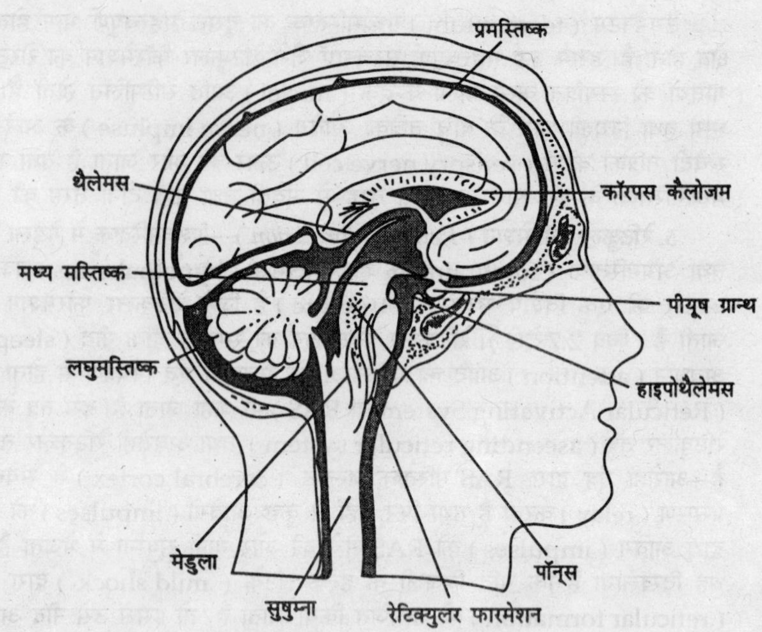

चित्र 2.7 : मानव मस्तिष्क के प्रमुख भागों की संरचना

2. हाइपोथैलमस (*Hypothalamus*)—थैलमस के नीचे एक छोटी परन्तु अत्यन्त ही महत्त्वपूर्ण संरचना है जिसे हाइपोथैलेमस (hypothalamus) की संज्ञा दी जाती है (चित्र 2.7 देखें) हाइपोथैलमस को मनोवैज्ञानिकों ने काफी महत्त्वपूर्ण इसलिए बतलाया है क्योंकि इसका संबंध प्राणी के संवेग (emotion) तथा अभिप्रेरण (motivation) से अधिक है। हाइपोथैलमस के प्रमुख कार्य (functions) निम्नांकित हैं:—

(i) हाइपोथैलमस व्यक्ति के प्रमुख जैविक अभिप्रेरक (biological motives) जैसे भूख (hunger), प्यास (thirst), यौन (sex) आदि को नियंत्रित करता है।

(ii) शरीर के भीतर में एक सामान्य संतुलन (normal balance) बनाये रखने में हाइपोथैलमस प्रमुख भूमिका निभाता है। सामान्य रूप से कार्य करने के लिए यह आवश्यक है कि शरीर का एक खास तापक्रम (temperature) हो तथा हृदय गति एवं रक्त चाप सामान्य हो। शरीर के भीतर की इस सामान्य संतुलन की स्थिति को मनोवैज्ञानिकों ने *समस्थिति* (homeostasis) की संज्ञा दी है। हाइपोथैलमस इस समस्थिति को कायम रखने की कोशिश करता है। अगर किसी कारण से समस्थिति में गड़बड़ी हो जाती है, तो हाइपोथैलमस फिर से शरीर के भीतर समस्थिति को बनाये रखने के लिए क्रियाशील हो जाता है। उदाहरणार्थ, जब हमारे शरीर में अधिक गर्मी हो जाती है तो हाइपोथैलमस जरूरत से अधिक गर्मी को पसीना के रूप में बाहर निकाल देता है। उसी तरह से यदि हमारे शरीर में गर्मी सामान्य स्तर से कम हो जाती है जैसा कि जाड़े के मौसम में प्रायः होता है, तो हाइपोथैलमस सक्रिय हो जाता है और हमारे शरीर में कम्पन शुरू हो जाता है जिसके फलस्वरूप शरीर का तापक्रम कुछ बढ़ जाता है।

(iii) हाइपोथैलमस द्वारा स्वायत्त तंत्रिका (autonomic nervous system) तथा अन्तःस्रावी क्रियाओं (endocrine activities) का भी नियंत्रण होता है। पीयूष ग्रन्थि (pituitary gland) जो एक अन्तःस्रावी ग्रन्थि (endocrine gland) है, मस्तिष्क में हाइपोथैलमस के बगल में ही होती है। हाइपोथैलमस पीयूष ग्रन्थि के कार्यों का नियंत्रण या तो सीधे तंत्रिका आवेग (nerve impulse) वहाँ भेजकर या विशेष रासायनिक तत्त्व (chemical factor) जिसे मुक्त कारक (releasing factor) कहा जाता है, द्वारा करता है। पीयूष ग्रन्थि एक प्रकार की ऐसी ग्रन्थि है जिसका नियंत्रण अन्य अन्तःस्रावी ग्रन्थियों (endocrine glands) पर भी होता है। अतः हाइपोथैलमस पीयूष ग्रन्थि को नियंत्रित करके शरीर के पूरे अन्तःस्रावी ग्रथियों (endocrine glands) पर भी नियंत्रण रखता है। अतः हाइपोथैलमस पीयूष ग्रन्थि को को नियंत्रित करके शरीर के पूरे अन्तःस्रावी क्रियाओं का काफी हद तक संचालन एवं नियंत्रण करता है।

(iv) हाइपोथैलमस प्राणी से संवेग में महत्त्वपूर्ण भूमिका निभाता है। कुछ लोग जैसे मोलिना (Molina, 1959) तथा ब्रेडी (Brady, 1960) ने कुत्ते तथा बिल्ली पर प्रयोग कर यह दिखला दिया है कि यदि हाइपोथैलमस को उत्तेजित (stimulate) किया जाता है तो पशु में क्रोध, भय, आक्रामकता (aggeressiveness) आदि संवेग देखने को मिलते हैं। कैन्नन (Cannon, 1927) तथा बार्ड (Bard, 1928) ने भी अपना मत प्रकट करते हुए यही कहा है कि संवेग की उत्पत्ति में हाइपोथैलमस का महत्त्वपूर्ण हाथ होता है। शायद यही कारण है कि इन दोनों विशेषज्ञों द्वारा प्रतिपादित संवेग के सिद्धान्त को *हाइपोथैलमिक सिद्धान्त* (hypothalamic theory) भी कहा जाता है।

(v) हाइपोथैलेमस प्राणियों के उत्तरजीविता (survival) से सम्बन्धित व्यवहारों को संगठित करता है। ऐसे व्यवहारों को सामान्यतः चार एफ (four F's) के रूप में जाना जाता है—*लड़ना* (fighting), *भोजन करना* (feeding), *भाग जाना* (fleeing) तथा *जोड़ा खाना* (mating)।

3. बेसल गैंगलिया *(Basal ganglia)*—इसमें मुख्य रूप से काऊडेट न्यूक्लियस (caudet nucleus) पुटामेन (putamen) तथा ग्लोबस पालिडस (globus pallidus) तथा एमिंगडाला (amygdala) का कुछ भाग सम्मिलित होता है। ये सभी भाग आपस में एक्सॉन (axon) के माध्यम से जुड़े रहते हैं तथा व्यक्ति के पेशीय नियंत्रण (motor control) में महत्त्वपूर्ण भूमिका निभाते हैं। इस क्षेत्र में क्षति होने से व्यक्ति अवांछित गति (unwanted moevement) या बहुत कम गति जैसा कि पारकिन्सन रोग में होता है, करता है।

4. लिम्बिक तंत्र *(Limbic system)*—लिम्बिक तंत्र पद का प्रतिपादन मैकलीन (Macleen, 1949) द्वारा किया गया। अग्रमस्तिष्क (forebrain) के निचले भाग के चारों तरफ किनारे-किनारे थैलमस (thalamus), हाइपोथैलमस (hypothalamus) तथा वृहत् मस्तिष्क (cerebrum) के कुछ केन्द्रक (nuclei) आपस में मिलकर कुछ विशेष संरचनाओं (structures) का निर्माण करते हैं। इन संरचनाओं को लिम्बिक तंत्र (limbic system) की संज्ञा दी गयी है। ऐसे तो इस तंत्र के बहुत से भाग हैं परन्तु मनोवैज्ञानिकों ने उन हिस्सों या मार्गों पर अधिक बल डाला है जिसका सम्बन्ध व्यवहार एवं अनुभूतियों के संचालन से सीधा है। ऐसे प्रमुख भाग पाँच हैं—घ्राण बल्ब (olfactory bulb), सेप्टल क्षेत्र (septal area), हिपोकैम्पस (hippo-campus), ऐमिगडाला (amygdala) तथा साइनगुलेट गाइरस (cingulate gyrus) आदि। घ्राण बल्ब (olfactory bulb) नाक में पाये जाने वाले घ्राण ग्राहक (olfactory receptor) द्वारा भेजे गये तंत्रिका आवेग को ग्रहण करता है। यही कारण है कि पहले लिम्बिक तंत्र को घ्राण मस्तिष्क (smell brain) भी कहा जाता था। सेप्टल क्षेत्र (septal area, ऐमिगडाला (amygdala) तथा साइनगुलेट गाइरस (cingulate gyrus) सांवेगिक व्यवहार (emotional behaviour) के संचालन एवं

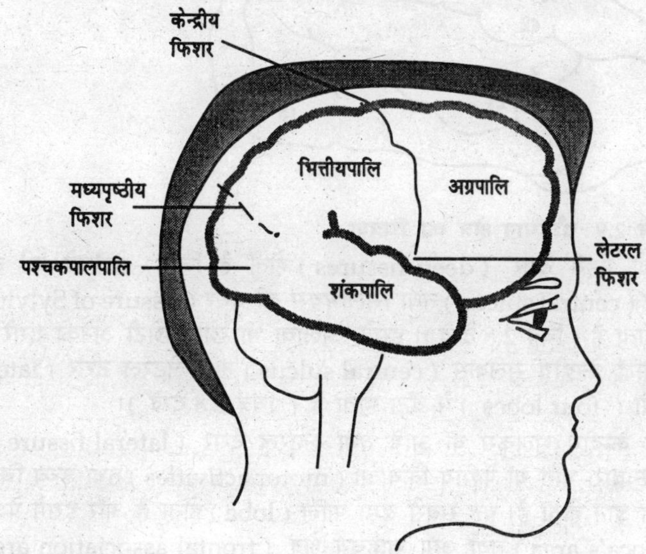

चित्र 2.8 : प्रमस्तिष्क गोलार्द्ध में चार पालियों का स्थान

नियंत्रण में काफी महत्त्वपूर्ण भूमिका निभाते हैं। हिपोकैम्पस (hippocampus) का महत्त्व स्मृति (memory) में काफी है। कुछ ऐसे प्रयोग किये गये हैं जिनसे यह साबित हो गया है कि किसी व्यक्ति का हिपोकैम्पस किसी कारण क्षतिग्रस्त हो जाने पर वह नयी घटना या सूचना को अपनी स्मृति में संचित करके अधिक समय तक नहीं रख पाता है।

5. वृहत मस्तिष्क *(Cerebrum)*—यह मस्तिष्क का सबसे बड़ा भाग है। इसे एक विशेष दरार (fissure) जिसे दैर्घ्य दरार (longitudinal fissure) कहा जाता है, द्वारा दो प्रमस्तिष्क गोलार्द्ध (cerebral hemispheres) में बाँटा गया है—बायाँ गोलार्द्ध (left hemisphere) तथा दायाँ गोलार्द्ध (right hemisphere)। दोनों गोलार्द्ध के ऊपर तंत्रिका कोशिका (neuron or nerve cell) का एक पतला आवरण होता है जिसे प्रमस्तिष्क वल्कुट (cerebral cortex) कहा जाता है। आवरण का रंग धूसर (gray) होता है जो वृहत् मस्तिष्क का धूसर पदार्थ (gray matter) कहलाता है। बोलचाल की भाषा में ऐसा कहा जाता है कि जिस व्यक्ति में धूसर पदार्थ (gray matter) जितनी ही अधिक होगा, वह व्यक्ति तीव्र बुद्धि का होगा हालाँकि धूसर पदार्थ का संबंध वास्तव में बुद्धि से कुछ भी नहीं है। बायाँ गोलार्द्ध (left hemisphere) तथा दायाँ गोलार्द्ध (right hemisphere) एक-दूसरे से तंत्रिका तन्तु (nerve fibers) के एक विशेष गुच्छे या बण्डल (bundle) से जुड़े होते हैं। इस गुच्छे या बण्डल को *कोरपस कैलोजम* (corpus callosum) कहा जाता है।

व्रौडमान्न (Broadmann) ने कार्टेक्स को कोशकीय संरचना (cellular architechture) में विभिन्नता के आधार पर 44 विभिन्न क्षेत्रों (areas) में बाँटा है (देखें चित्र 2.9) । प्रत्येकं क्षेत्र के लिए एक अलग संख्या दिया गया है। जैसे, व्रौडमान का क्षेत्र संख्या 17, 18 तथा 19 दृष्टि क्षेत्र (visual area) का प्रतिनिधित्व करता है। ब्रौडमैन क्षेत्र से विशेषज्ञों को फायदा यह हुआ है कि इसके क्षेत्र संख्या के आधार पर विभिन्न क्षेत्रों की कार्यात्मक पहचान (functional identification) किया जाना सम्भव हो पाया है।

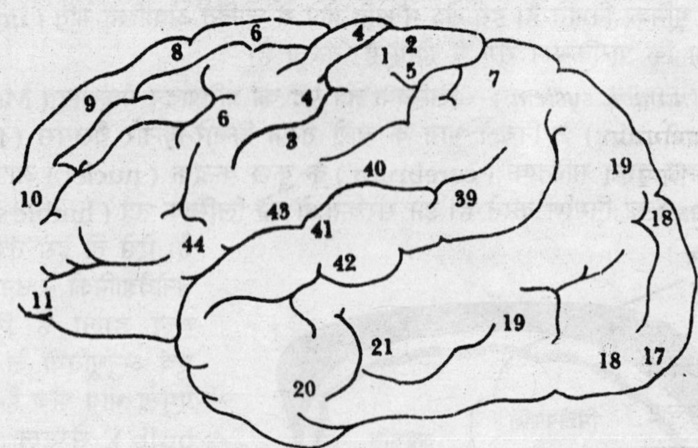

चित्र 2.9 : व्रौडमान क्षेत्र का चित्रण

प्रत्येक गोलार्द्ध (hemisphere) में दो गहरी दरार (deep fissures) होती है जिन्हें *रोलैन्डो की दरार* (fissure of Rolando) या *केन्द्रीय सुलकस* (central sulcus) तथा *सिलभियस की दरार* (fissure of Sylvius) या *लेटरल दरार* (lateral fissure) कहा जाता है (चित्र 2.8 देखें)। इसके अलावा भी छोटी-छोटी अनेकों दरारें इन दोनों गोलार्द्धों में पायी जाती है। प्रत्येक गोलार्द्ध केन्द्रीय सुलकस (central sulcus) तथा लेटरल दरार (lateral fissure) की मदद से निम्नांकित चार पालियों (four lobes) में बँटा होता है (चित्र 2.8 देखें)।

(i) अग्रपालि *(Frontal lobe)*—यह केन्द्रीय सुलकस के आगे तथा लेटरल दरार (lateral fissure) के ऊपर का भाग होता है (चित्र 2.8 देखें)। इसके द्वारा गति या पेशीय क्रियाओं (motor activities) तथा उच्च चिन्तन क्रियाओं (higher thought proceses) का ज्ञान होता है। यह सबसे बड़ा पालि (lobe) होता है और इसमें पेशीय कार्टेक्स (motor cortex) ब्रोका क्षेत्र (Broca's area) तथा अग्र साहचर्य क्षेत्र (frontal association area) सम्मिलित होते हैं।

(ii) भित्तीयपालि *(Parietal lobe)*—यह हिस्सा केन्द्रीय सुलकस के पीछे तथा सिलभियस के दरार (fissure of sylvius) के ऊपर होता है। इसके द्वारा मूलतः शारीरिक संवेदनाओं (bodily sensations) एवं दिशा का ज्ञान होता है।

(iii) शंखपालि *(Temporal lobe)*—यह हिस्सा सिलभियस के दरार के नीचे ज़िसे हम कनपट्टी (temple) कहते हैं, में होता है। इसके द्वारा श्रवण संवेदनाओं का ज्ञान होता है। इसमें वर्निक क्षेत्र (Wernicke's area) तथा शंख साहचर्य क्षेत्र (temporal association area) सम्मिलित होते हैं।

(iv) पश्चकपाल पालि *(Occipital lobe)*—यह गोलार्द्ध का सबसे पिछला हिस्सा होता है (चित्र 2.8 देखें) इसके द्वारा दृष्टि संवेदन (visual sensation) का ज्ञान हमें होता है।

इन चारों पालियों का विशिष्ट वर्णन हम अलग से करेंगे क्योंकि इनका महत्त्व विभिन्न तरह के मानव व्यवहारों के लिए काफी अधिक है।

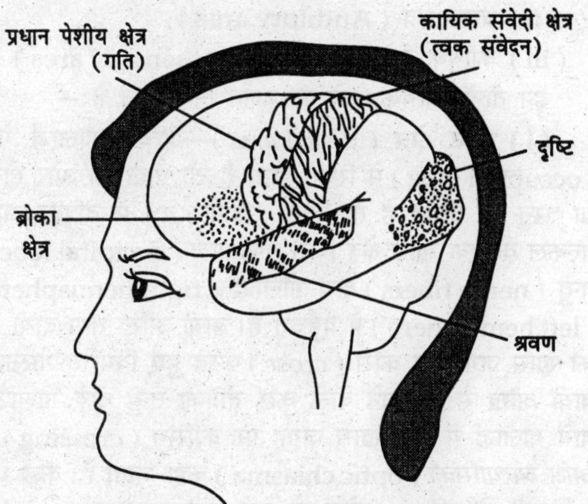

चित्र 2.10 : प्रमस्तिष्क वल्कल में संवेदी क्षेत्र, गति या पेशीय क्षेत्र का स्थानीयकरण

प्रमस्तिष्क या जिसे वृहत् मस्तिष्क (cerebrum) भी कहा जाता है, संरचना (structure) तथा कार्य के ख्याल से मस्तिष्क के अन्य भागों की अपेक्षा सबसे अधिक महत्त्वपूर्ण है। विशेषज्ञों ने अपने विशेष अध्ययन के द्वारा यह दिखलाने की चेष्टा की है कि इसके भिन्न-भिन्न भाग या क्षेत्र द्वारा मानव शरीर के लिए कुछ विशिष्ट कार्य किये जाते हैं। दूसरे शब्दों में यह कहा जा सकता है कि भिन्न-भिन्न कार्यों का स्थानीयकरण (locali-sation) प्रमस्तिष्क (cerebrum) या प्रमस्तिष्क वल्कुट या बल्कल (cerebral cortex) के भिन्न-भिन्न क्षेत्रों में होता है। जैसे, शरीर की संवेदी प्रक्रियाओं (sensory processes) का स्थानीयकरण प्रमस्तिष्क के एक विशेष क्षेत्र जिसे संवेदी क्षेत्र (sensory area) कहा जाता है, में होता है। उसी तरह शरीर की पेशीय प्रक्रियाओं (motor processes) का स्थानीयकरण प्रमस्तिष्क के गति क्षेत्र (motor area) में होता है।

विशेषज्ञों ने प्रमस्तिष्क या प्रमस्तिष्क वल्कुट (cerebral cortex) को शरीर के भिन्न-भिन्न कार्यों के स्थानीयकरण (localisation) के विचार से निम्नांकित तीन भागों में बाँटा हैः—

1. संवेदी क्षेत्र या वल्कुट (Sensory or cortex)
2. पेशीय क्षेत्र या वल्कुट (Motor area or cortex)
3. साहचर्य क्षेत्र या वल्कुट (Association area or cortex)

इन तीनों क्षेत्रों के कार्यों का वर्णन संक्षेप में नीचे किया जा रहा है।

1. संवेदी क्षेत्र या वल्कुट *(Sensory area or cortex)*—वृहत् मस्तिष्क (cerebrum) में एक विशेष क्षेत्र होता है जहाँ पर हमारे शरीर के भिन्न-भिन्न अंगों से आनेवाली संवेदी तंत्रिका आवेगों (sensory nerve impulses) को ग्रहण किया जाता है। इस क्षेत्र को संवेदी क्षेत्र या वल्कुट कहा जाता है। इस क्षेत्र में खास-खास स्थान (place) होते हैं जो शरीर के भिन्न-भिन्न भागों से आनेवाली संवेदी तंत्रिका आवेग को ग्रहण करते हैं। दूसरे शब्दों में यह कहा जा सकता है कि संवेदी क्षेत्र में शरीर के ग्राहक क्षेत्र (receptor region) का स्थानीकरण ठीक उसी ढंग से होता है जैसे किसी नक्शे (map) में शहर, पहाड़ आदि का। संवेदी क्षेत्र में ग्राहक क्षेत्रों (receptor regions) के इस प्रकार के स्थानीयकरण को स्थलाकृतिक संगठन (topographical organization) की संज्ञा दी गयी है। स्थलाकृतिक संगठन के सिद्धान्त (principles) के अनुसार पैर से आने वाली संवेदनाएँ संवेदी क्षेत्र के एक खास भाग में पहुँचती है, आँख से आनेवाली संवेदनाएँ दूसरी भाग में पहुँचती है उसी तरह से शरीर के प्रत्येक भाग से आनेवाली

संवेदनाओं का अपना एक विशेष क्षेत्र होता है। मनोवैज्ञानिकों ने संवेदी क्षेत्र को निम्नांकित तीन भागों में बाँटकर अध्ययन किया है—

(i) दृष्टि क्षेत्र (Visual area)

(ii) श्रवण क्षेत्र (Auditory area)

(iii) कायिक संवेदी क्षेत्र (Somatosensory area)

इन तीनों कायिक क्षेत्रों का वर्णन निम्नांकित है:—

(i) दृष्टि क्षेत्र *(Visual area)*—प्रत्येक गोलार्द्ध में दृष्टि संवेदी क्षेत्र (visual sensory area) पृष्ठपालि (occipital lobe) में स्थित होता है जो पीछे की ओर होता है (चित्र 2.8 देखें)। आँख द्वारा जब हम किसी व्यक्ति या वस्तु को देखते हैं तो आँख (ज्ञानेन्द्रिय) में तंत्रिका आवेग (nerves impulse) उत्पन्न होता है जो प्रमस्तिष्क वल्कल के एक खास क्षेत्र जिसे पृष्ठपालि (occipital lobe) कहा जाता है, में पहुँचता है। दायी आँख से कुछ तंत्रिका तन्तु (nerve fibers) दायें गोलार्द्ध (right hemisphere) में तथा बायीं आँख से कुछ तंत्रिका तन्तु बायें गोलार्द्ध (left hemisphere) में पहुँचते हैं। बायीं आँख तथा दायीं आँख से निकलने वाली कुछ ऐसे भी तन्तु है जो एक-दूसरे को खास जगह पर क्रॉस (cross) करते हुए विपरीत गोलार्द्ध में पहुँचते हैं। दूसरे शब्दों में यह कहा जा सकता है कि बायीं आँख से निकलने वाले कुछ तंत्रिका तन्तु दायें गोलार्द्ध में तथा दायीं आँख से निकलने वाले कुछ तंत्रिका तन्तु बायें गोलार्द्ध में एक खास जगह पर क्रॉसिंग (crossing) करते हुए पहुँचते हैं। जिस जगह पर क्रॉसिग होती है उसे *अक्षि व्यत्यासिका* (optic chiasma) कहा जाता है। कुछ ऐसे भी तंत्रिका तन्तु (nerve fiber) हैं जो दोनों आँखों के बायें भाग से तंत्रिका आवेग को बायें पश्चकपालपालि (left occipital lobe) जो बायें गोलार्द्ध में होता है, पहुँचाता है। उसी तरह से दोनों आँखों के दायें भाग से निकलने वाले कुछ तंत्रिका तन्तु (nerve fibers) तंत्रिका आवेग के दायें पश्चकपालपालि (right occipital lobe) जो दायें गोलार्द्ध (right hemisphere) में हैं, पहुँचाता है। शायद यही कारण है कि यदि बायाँ या दायाँ पृष्ठपालि किसी कारण से क्षतिग्रस्त हो जाता है तो दोनों आँखों की रोशनी थोड़ी कम हो जाती है। कुछ ऐसे अध्ययन डोवेल्ली तथा उसके सहयोगियों (Dobelle et al; 1976) द्वारा किये गये हैं जिनसे यह तथ्य स्पष्ट हो जाता है। मस्तिष्क के ऑपरेशन के दौरान यदि व्यक्ति के दृष्टि क्षेत्र को बिजली के हल्के झटके (shock) द्वारा उत्तेजित किया जाता है तो वह व्यक्ति जो स्थानीय एनेस्थीसिया (local anesthesia) के अन्तर्गत होता है, कुछ देखने जैसी संवेदना को बतलाता है। कागन तथा हेभमैन (Kagan & Haveman, 1976) ने एक ऐसा ही अध्ययन किया है जिसमें एक बन्दर के दृष्टि क्षेत्र (visual area) को ऑपरेशन करके पूर्णतः काटकर निकाल दिया गया जिसके परिणामस्वरूप वह एक त्रिभुज तथा वृत्त के बीच देखकर अन्तर करने में असमर्थ रहा।

(ii) श्रवण क्षेत्र *(Auditory area)*—संवेदी क्षेत्र का दूसरा महत्त्वपूर्ण भाग श्रवण क्षेत्र या श्रवण वेल्कुट (auditory cortex) होता है जो दोनों गोलार्द्धों के शंखपालि (temporal area) में अवस्थित होता है (चित्र 2.10 देखें)। श्रवण क्षेत्र में भी कुछ स्थानिक चित्रण (spatial mapping) पाया जाता है। दूसरे शब्दों में यह कहा जाता है कि इस क्षेत्र में कुछ ऐसे भाग हैं जो ऊँची आवाज के प्रति संवेदनशील होते हैं। श्रवण क्षेत्र का सबसे महत्त्वपूर्ण गुण यह है कि प्रत्येक कान से तंत्रिका आवेग दोनों गोलार्द्धों के शंखपालि में पहुँचते हैं। अतः किसी कारण से दायाँ शंखपालि (right temporal lobe) या बायाँ शंखपालि (left temporal lobe) क्षतिग्रस्त हो जाता है, तो व्यक्ति पूर्णतः बहरा नहीं होता है क्योंकि इन दोनों शंखपालि में से जो ठीक रहता है, वह दूसरे शंखपालि का भी कार्य कर लेता है। हाँ, यदि दोनों शंखपालि किसी कारण से क्षतिग्रस्त हो जाते हैं तो व्यक्ति पूर्णतः बहरा हो जाता है।

(iii) कायिक संवेदी क्षेत्र *(Somatosensory area)*—कायिक संवेदी क्षेत्र जिसे कायिक संवेदी वल्कल (somatosensory cortex) भी कहा जाता है, एक ऐसा क्षेत्र है जो त्वचा संवेदनाओं (skin sensations) जैसे स्पर्श (touch) दर्द (pain), ताप (temperature), दबाव आदि को ग्रहण करता है। यह क्षेत्र भित्तीयपालि (parietal lobe) में अवस्थित होता है जो केन्द्रीय सुल्कस (central sulcus) के ठीक पीछे होता है।

शरीर के बायें भाग से उत्पन्न त्वचा संवेदनाएँ (skin sensations) दायें कायिक संवेदी वल्कल (right somatosensory cortex) में जाती हैं तथा शरीर के दायें भाग से उत्पन्न त्वचा संवेदनाएँ बायें कायिक संवेदी वल्कल (left somatosensory cortex) में जाती है। कायिक संवेदी वल्कल की एक विशेषता यह भी है कि इसमें

शरीर के नीचे अंगों से यानी पैर की उंगलियों से आनेवाली संवदेनाओं को विपरीत कायिक संवेदी वल्कुट के ऊपरी भाग द्वारा ग्रहण किया जाता है। जैसे बायें पैर से आनेवाली संवदेनाओं को दायें कायिक संवेदी वल्कुट के ऊपरी भाग द्वारा ग्रहण किया जाता है। उसी तरह से शरीर के ऊपरी अंगों जैसे चेहरा, गर्दन आदि से आनेवाली त्वचा संवदेनाओं (skin sensations) को विपरीत कायिक संवेदी वल्कुट के निचले भाग द्वारा ग्रहण किया जाता है। शरीर के सबसे संवदेनशील अंगों से आनेवाली त्वचा संवदेनाओं को ग्रहण करने के लिए कायिक संवेदी वल्कल (somatosensory cortex) का एक बड़ा क्षेत्र सक्रिय होता है जिसका कार्य सिर्फ उन्हीं संवेदनाओं को ही ग्रहण करना होता है।

2. पेशीय या गति वल्कुट या क्षेत्र *(Motor Cortex or area)*—पेशीय या गति वल्कुट केन्द्रीय सुल्कस (central sulcus) के ठीक आगे होता है एवं यह अग्रपालि में अवस्थित होता है। (चित्र 2.10 देखें)। इसके द्वारा शरीर की ऐच्छिक क्रियाओं (voluntary involvements) का संचालन एवं नियन्त्रण होता है। शरीर के बायें भाग के अंगों का संचालन दायें गोलार्द्ध (right hemisphere) के गति वल्कल (motor cortex) द्वारा तथा शरीर के दायें भाग के अंगों का संचालन बायें गोलार्द्ध के गति वल्कल (motor cortex) द्वारा होता है। इस गति वल्कल (motor cortex) की एक विशेषता यह भी है कि इसमें शरीर के निचले भाग के अंगों जैसे पैर तथा उसके उंगलियों की गति क्रियाओं (motor activities) का संचालन गति वल्कल के ऊपरी भाग द्वारा तथा शरीर के ऊपरी हिस्से के अंगों जैसे जीभ, होंठ, गर्दन आदि के गति का संचालन गति वल्कल (motor cortex) के निचले भाग द्वारा होता है। कुछ शरीरक्रिया मनोवैज्ञानिकों (physiological psychologists) ने इस निष्कर्ष का प्रयोगात्मक समर्थन (experimental support) भी प्रदान किया है। मिलनर (Milner, 1974) ने अपने अध्ययन में पाया है कि जब पेशीय या गति वल्कल के ऊपरी भाग को बिजली के हल्के शॉक से उत्तेजित किया जाता है तो व्यक्ति अपना पैर धीरे-धीरे उठाने लगता है। इसी तरह गति वल्कल के अन्य भागों को उत्तेजित करने पर व्यक्ति किसी खास अंग में गति संचालन का अनुभव करता है। इससे साबित हो जाता है गति वल्कल में शरीर के प्रत्येक अंग का प्रतिनिधित्व अलग-अलग क्षेत्रों द्वारा होता है। यदि किसी कारण से गति वल्कल या क्षेत्र का कोई हिस्सा क्षतिग्रस्त हो जाता है तो उससे सम्बन्धित अंगों में गति संचालन रूक जाता है।

ऊपर में संवेदी वल्कल (sensory cortex) तथा गति वल्कल (motor cortex) का वर्णन अलग-अलग किया गया। इससे यही पता चलता है कि संवेदी वल्कल (sensory cortex) से सिर्फ संवेदी क्रियाएँ (sensory functions) तथा गति वल्कल (motor cortex) से सिर्फ पेशीय क्रियाएँ (motor functions) होती है। परन्तु अभी हाल में किये गये अनेकों प्रयोगों (experiments) से जो तथ्य मिले हैं उनसे यह स्पष्ट हो जाता है कि संवेदी वल्कल द्वारा कुछ गति क्रियाएँ तथा गति वल्कल द्वारा कुछ संवेदी क्रियाएँ भी होतीं हैं। वेरोन, वर्न तथा कैन्टोविज[1] (Baron, Byrne & Kantowitz, 1980) ने इन दोनों क्षेत्रों के कार्यों पर टिप्पणी करते हुए कहा है, ''नूतन सबूत (recent evidence) यह बतलाते हैं कि इन दोनों क्षेत्रों के बीच वैसा अन्तर नहीं है जैसा कि पहले विश्वास किया जाता था। सच्चाई यह है कि गति वल्कल द्वारा सीधे संवेदी सूचनाएँ (input) ग्रहण होते प्रतीत होती है और संवेदी वल्कल कुछ उन तन्त्रिका कोशों (neruons) द्वारा जुड़े हैं जो मस्तिष्क से निकलने वाले गति (motor) तन्त्रिका तन्तु से सम्बन्धित हैं। इन तथ्यों को ध्यान में रखते हुए गति वल्कल तथा संवेदी वल्कल के बीच के अन्तर को मात्र आनुपातिक (relative) ही मानना सर्वोचित होगा।''

3. साहचर्य क्षेत्र या वल्कल *(Association area or cortex)*—प्रमस्तिष्क वल्कल (cerebral cortex) में एक बहुत बड़ा क्षेत्र ऐसा है जिसका सम्बन्ध न तो संवेदी प्रक्रियाओं (sensory processes) से है और न ही गति प्रक्रियाओं (motor processes) से। इस क्षेत्र को साहचर्य क्षेत्र या वल्कल (association area or cortex) कहा गया है। दूसरे शब्दों में यह कहा जा सकता है कि अग्रपालि (frontal lobe), शंखपालि (temporal lobe),

---

1. "Recent evidence suggests that the distinction between these areas is not as clear-cut as once believed. In fact, the motor cortex seems to receive direct sensory input and the sensory cortex seems to contain neurons that are directly linked to motor pathways leaving the brain. In view of these findings, it seems best to view the distinction between motor and sensory cortex as a relative one."
—Baron, Byrne & Kantowitz : *Psychology*, 1980 p. 61

मध्यपालि (parietal lobe) तथा पश्चकपालपालि (occipital lobe) के वैसे क्षेत्रों को साहचर्य वल्कल (association cortex) कहा जाता है जिसका सम्बन्ध न तो संवेदी प्रक्रियाओं से होता है और न ही गति प्रक्रियाओं से।

साहचर्य वल्कल का मुख्य कार्य संवेदी क्षेत्रों (sensory areas) से प्राप्त तन्त्रिका आवेग की छान-बीन करके उसे संगठित करना तथा फिर उसे गति क्षेत्रों (motor areas) में भेज देना होता है ताकि उसके अनुसार कार्य किया जाय। साहचर्य वल्कल को निम्नांकित तीन भागों में बाँटा गया है:—

(i) अग्र साहचर्य क्षेत्र (Frontal association area)
(ii) पश्च साहचर्य क्षेत्र (Posterior association area)
(iii) शंख-पश्चकपाल साहचर्य क्षेत्र (Temopral-occipital association area)

इन तीनों का संक्षिप्त विवरण निम्नांकित हैं—

(i) अग्र साहचर्य क्षेत्र *(Frontal association area)*—अग्रपालि के उस बड़े भाग को अग्र साहचर्य क्षेत्र कहा जाता है जो गति क्षेत्र (motor area) के आगे होता है। इसमें उस तरह की चिन्तन प्रक्रियाओं का स्थानीयकरण (localization) होता है जिनके सहारे व्यक्ति किसी समस्या का समाधान करता है। फ्रेंच तथा हारलो (French & Harlow, 1962) ने एक प्रयोग बन्दर पर करके यह दिखला दिया है कि जब बन्दर के अग्र साहचर्य क्षेत्र को क्षतिग्रस्त कर दिया जाता था तो इसे कुछ सेकेण्ड पहले की घटना या बात नहीं याद रहती थीं। इस अध्ययन में ऐसे बन्दर जिसका अग्र साहचर्य क्षेत्र क्षतिग्रस्त था, के सामने दो कप रखा गया जिसमें एक कप में भोजन रख दिया गया। दोनों कप को समान रंग के कपड़ों में ढँक दिया गया। इसके बाद कप और बन्दर के बीच में एक पर्दा रख दिया गया। इस पर्दे को 50 से 60 सेकेण्ड के बाद हटा दिया गय। परिणाम में यह देखा गया कि बन्दर सही कप (जिसमें भोजन रखा था) को चुनने में असमर्थ रहा। इससे साबित होता है कि अग्र साहचर्य क्षेत्र के क्षतिग्रस्त होने पर बन्दर कुछ सेकण्ड पहले की घटना को भी याद नहीं रख पाता था। जब किसी व्यक्ति का अग्र साहचर्य क्षेत्र किसी दुर्घटना में घायल या क्षतिग्रस्त हो जाता है, तो ऐसा देखा गया है कि इस तरह का व्यक्ति बौद्धिक रूप (intellectually) से सामान्य कार्य तो कर पाता है परन्तु उसे, जैसा कि मिलनर (Milner, 1966) ने बतलाया है, उस समय कठिनाई हो जाती है जब उसे किसी ऐसी समस्या का समाधान करना होता है जिसमें क्रम (order) महत्त्वपूर्ण होता है। अग्र साहचर्य क्षेत्र के क्षतिग्रस्त होने पर यह भी देखा गया है कि ऐसे व्यक्ति में कुछ खास-खास संवेग (emotion) जैसे डर, दुश्चिंता (anxiety) विद्वेष (hostility) आदि परिस्थिति अनुकूल होने के बावजूद भी कम होते हैं।

(ii) पश्च साहचर्य क्षेत्र *(Posterior association area)*—पश्च साहचर्य क्षेत्र भित्तीयपालि (parietal lobe) में अवस्थित होता है तथा इससे मूलतः स्पर्श प्रत्यक्षण (touch perception), शरीर के भिन्न-भिन्न अंगों द्वारा किये गये क्रियाओं का प्रत्यक्षण, भाषा (language) आदि का ज्ञान होता है। ऐसा देखा गया है जब किसी दुर्घटना या अन्य कुछ आकस्मिक कारकों से पश्च साहचर्य क्षेत्र क्षतिग्रस्त हो जाता है, तो इससे अनेक प्रकार की समस्याएँ जो मूलतः स्पर्श प्रत्यक्षण, शारीरिक क्रियाओं की गतिविधियों के प्रत्यक्षण एवं भाषा सम्बन्धी ज्ञान से सम्बन्धित होता है, उत्पन्न हो जाते हैं। ऐसे व्यक्ति किसी वस्तु को यदि सिर्फ छूकर उसके बारे में बतलाना चाहे, तो यह उसके लिए कठिन होगा। प्रत्यक्षण से सम्बन्धित अन्य प्रकार की विकृतियाँ (disorders) भी ऐसे व्यक्तियों में पायी जातीं हैं। कुछ ऐसे व्यक्ति में अपने ही शरीर के आधे भाग से उसे स्पर्श प्रत्यक्षण होता है और बाकी आधे भाग से उसे इस तरह का प्रत्यक्षण नहीं होता है। इस तरह की विकृति को *एपरैक्सिया* (apraxia) कहा जाता है। इस तरह के व्यक्तियों में भाषा (language) से सम्बन्धित अनेक दोष उत्पन्न हो जाते हैं। इनमें वाचाघात (aphasia), ऐकैलकुलिया (acalculia), पंठन-अक्षमता (alexia), लेखन अक्षमता (agraphia) आदि प्रमुख हैं। वाचाघात में व्यक्ति किसी चीज को बोलकर व्यक्त करने में तथा किसी दूसरे द्वारा बोले गये शब्दों को समझने में असमर्थ रहता है। ऐकैलकुलिया (acalculia) में व्यक्ति साधारण अंकगणितीय परिकलन (arithmetical calculation) भी करने में असमर्थ रहता है। पठन-अक्षमता (alexia) में व्यक्ति किसी छपे हुए या लिखे हुए चीजों को पढ़ नहीं पाता है तथा लेखन अक्षमता (agraphia) में व्यक्ति अपने विचारों को लिखकर अभिव्यक्त करने में असमर्थ रहता है।

(iii) शंख-पृष्ठ साहचर्य क्षेत्र *(Temporal-occipital association area)*—शंख-पृष्ठ साहचर्य क्षेत्र द्वारा व्यक्ति को दृष्टि प्रत्यक्षण (visual perception) तथा श्रवण प्रत्यक्षण (auditory perception) में अधिक स्पष्टता आती है। ऐसा देखा गया है कि दायें गोलार्द्ध का यह क्षेत्र अर्थात् पृष्ठ साहचर्य क्षेत्र यदि किसी कारण से क्षतिग्रस्त हो जाता

है तो इससे किसी जटिल वस्तुओं के आकार को पहचानने तथा उसे अन्य सदृश आकारों से विभेदित करने में कठिनाई होती है। इसी तरह से विशेषकर बायें गोलार्द्ध (left hemisphere) के शंख साहचर्य क्षेत्र (temporal association area) में किसी प्रकार की क्षति (damage) होने से ऐसा होते देखा गया है कि इस तरह के व्यक्तियों को प्रतीकात्मक भाषा (symbolic language) समझने और फिर उसकी अभिव्यक्ति करने में कठिनाई होती हैं।

ऊपर वर्णन किये गये तथ्यों के आधार पर हम इस निष्कर्ष पर पहुँचते हैं कि प्रमस्तिष्क वल्कल (cerebral cortex) में भिन्न-भिन्न क्षेत्र हैं जिनमें भिन्न-भिन्न प्रकार के कार्य अवस्थित (localized) हैं। सच्चाई यह है कि प्रमस्तिष्क वल्कल के तीनों क्षेत्रों अर्थात् संवेदी वल्कल, गति वल्कल एवं साहचर्य वल्कल आपस में मिल-जुलकर अर्थात् संगठित होकर कार्य करते हैं।

मस्तिष्क की पालियाँ एवं विभिन्न पालिरूप संलक्षण (Lobes of the Brain and Various Lobular Syndromes)

जैसा कि पहले बतलाया जा चुका है, मानव मस्तिष्क के दो गोलार्द्ध (hemisphere) होते हैं और प्रत्येक गोलार्द्ध की चार पालियाँ (lobes) होती हैं—**अग्रपालि** (frontal lobe), **भित्तीयपालि** (parietal lobe), **शंखपालि** (temporal lobe) तथा **पश्चकपाल पालि** (occipital lobe)। इन चारों पालियों का कार्यात्मक वर्णन (functional description) तथा उनसे संबंध संलक्षणों (syndromes) का वर्णन निम्नांकित है:—

1. अग्रपालि *(Frontal lobe)*—चार पालियों में सबसे विकसित पालि अग्रपालि है जो प्रमस्तिष्कीय गोलार्द्ध के वजन का लगभग एक-तिहाई (one-third) है। अग्रपालि केन्द्रीय सुलकस (central sulcus) के आगे अवस्थित है (देखें चित्र 2.8) और इसके चार प्रमुख भाग होते हैं:—

(i) *पेशीय क्षेत्र* (motor area) जो प्राककेन्द्रीय गाइरस (precentral gyrus) में होता है।

(ii) *प्राक्पेशीय क्षेत्र* (premotor area) यह क्षेत्र पेशीय क्षेत्र के आगे होता है तथा जिसमें ब्रौडमान क्षेत्र संख्या 6 तथा ब्रौडमान का क्षेत्र संख्या 8 का कुछ भाग सम्मिलित होता है।

(iii) *प्राक्अग्र क्षेत्र* (prefrontal area) यह ब्रौडमान क्षेत्र संख्या 9, 10, 45 एवं 46 में अवस्थित होता है।

(iv) *बेसोमेडियल क्षेत्र* (basomedial area) यह ब्रौडमान का क्षेत्र संख्या 9 से 13 एवं 24 तथा 32 में अवस्थित होता है।

अंतिम दोनों क्षेत्रों को एक साथ मिलाकर *प्राक्अग्र क्षेत्र* (prefrontal region) कहा जाता है। प्राक्अग्र क्षेत्र में एक विशेष क्षेत्र भी है, जिसे *अग्र नेत्र क्षेत्र* (frontal eye field) कहा जाता है। इसे ऐसा इसलिए कहा जाता है कि इस क्षेत्र को उत्तेजित करने पर व्यक्ति में नेत्र गति (eye movement) होता है। यह क्षेत्र ब्रौडमान का क्षेत्र संख्या 8 है।

कार्यात्मक दृष्टिकोण से अग्रपालि (frontal lobe) में तीन प्रमुख भाग होते हैं—

(i) पेशीय कार्टेक्स (Motor cortex)

(ii) ब्रोका क्षेत्र (Broca's areas)

(iii) अग्र साहचर्य क्षेत्र (Frontal association area)

इन तीनों भागों का वर्णन निम्नांकित है:—

(i) पेशीय कार्टेक्स *(Motor cortex)*—1870 में दो वैज्ञानिकों अर्थात् फ्रिटस्कि एवं हिटजिग (Fritsch & Hitzig) ने अग्रपालि के पिछले हिस्से में पेशीय कोर्टेक्स के होने का पता लगाया था। इस क्षेत्र से शरीर के ऐच्छिक शारीरिक गति (volutary body movement) का नियंत्रण होता है। दायाँ पेशीय कार्टेक्स से शरीर के बायें तरफ की गति का नियंत्रण होता है तथा बायाँ पेशीय कार्टेक्स से शरीर के दाँये भाग के गति का नियंत्रण होता है। 1937 में कनाडा के न्यूरोसर्जन जिनका नाम पेनफिल्ड (Penfield) था, ने कुछ मनुष्यों के पेशीय कार्टेक्स के विभिन्न भागों को उत्तेजित किया और पाया कि शरीर के निचले भागों में गति का नियंत्रण पेशीय कार्टेक्स के ऊपरी भाग के न्यूरोन्स द्वारा तथा शरीर के ऊपरी भाग जैसे चेहरा, होठ, जीभ आदि का नियंत्रण पेशीय कार्टेक्स के निचले भाग के न्यूरोन्स द्वारा होता है।

अध्ययनों से यह स्पष्ट हुआ कि जब पेशीय कार्टेक्स का कोई भाग किसी कारण से क्षतिग्रस्त हो जाता है तो क्षतिग्रस्त भाग की गंभीरता के आधार पर पेशीय अंगों के बीच समन्वय (coordination) का दोष पाया जाता है। कभी-कभी यह भी देखा गया हे कि पेशीय कार्टेक्स में क्षति होने से मिरगी का रोग भी उत्पन्न हो जाता है। मर्रे (Murray, 1995) ने अपने अध्ययन के आधार पर यह दिखलाया है कि जब बाँह या पैर काट दिया जाता है, तो पेशीय कार्टेक्स में ऐसे अंगों को नियंत्रित करने वाले भाग दूसरे तरह के कार्य में अपने आप को तल्लीन कर लेते हैं।

(ii) ब्रोका क्षेत्र *(Broca's area)*—1861 में पॉल ब्रोका ने दो रोगियों का शव परीक्षण (autopsy) किया। इसमें से एक रोगी बिल्कुल ही नहीं बोलता था तथा दूसरा मात्र चार शब्दों को ही बोल पाता था। ब्रोका ने अपने इस शव परीक्षण में पाया कि इन दोनों रोगियों के बायाँ गोलार्द्ध (left hemisphere) काफी क्षतिग्रस्त था। यह क्षति पेशीय कार्टेक्स के हिस्से के सामने वाले भाग में जहाँ से होठ, जबड़ा (jaw) तथा जीभ (tongue) आदि की गति का नियंत्रण होता है, अवस्थित था। ब्रोका पहले ऐसे वैज्ञानिक थे, जिन्होंने प्रमस्तिष्कीय कार्टेक्स में इन कार्यों का स्थानीकरण (localization) दिखलाया था। इसे आजकल *ब्रोका क्षेत्र* (Broca's area) कहा जाता है जो बोलने का संभाषण (speech) की क्रिया को सम्पन्न करता है। इस तरह से यह स्पष्ट होता है कि ब्रोका क्षेत्र बायें गोलार्द्ध के अग्रपालि (frontal lobe) में अवस्थित होता है। ब्रोका क्षेत्र, ब्रौडमान का क्षेत्र संख्या 44 तथा 45 का कुछ अंश में लगभग अवस्थित होता है।

ब्रोका क्षेत्र यदि क्षतिग्रस्त हो जाता है, तो इससे जो अवस्था उत्पन्न होती है, उसे *ब्रोका एफासिया* (Broca's aphasia) कहा जाता है जिसमें व्यक्ति में भाषा को समझने या उसका उपयोग करने की क्षमता की कमी हो जाती है या समाप्त हो जाती है। ब्रोका एफासिया के रोगी यह जानते हैं कि उन्हें क्या बोलना है परंतु वे या तो बिलकुल ही नहीं बोल पाते हैं या फिर बहुत ही थोड़ा बोल पाते हैं। अगर वे बोल भी पाते हैं, तो बहुत ही धीरे-धीरे या बहुत कोशिश करके थोड़ा कुछ बोल पाते हैं। अतः जैसा कि माराटसोस तथा मैथेनी (Maratsos & Matheny, 1994) ने कहा है, ब्रोका एफासिया में भाषा बोलने न कि उसे समझने की क्षमता समाप्त हो जाती है।

(iii) अग्र साहचर्य क्षेत्र *(Frontal association area)*—इस क्षेत्र की हल्के-फुल्के ढंग से चर्चा पीछे की जा चुकी है। इस चर्चा को जारी रखते हुए यह कहा जा सकता है कि अग्रपालि का अधिकतर भाग में साहचर्य क्षेत्र (association area) होते हैं जो चिंतन, अभिप्रेरण (motivation) भविष्य के लिए योजना बनाना, आवेग नियंत्रण (impulse control) तथा सांवेगिक अनुक्रियाओं (emotional responses) में भाग लेना आदि क्रियाओं को नियंत्रित करते हैं। अग्र साहचर्य क्षेत्र में क्षति होने से व्यक्ति किसी कार्य का नियोजन (planning) नहीं कर पाता है तथा किसी कार्य के परिणाम का भी अनुमान नहीं लगा पाता है। कभी-कभी गंभीर रूप से इस क्षेत्र के क्षतिग्रस्त हो जाने पर व्यक्ति की सांवेगिक अनुक्रियाओं में बहुत सारे परिवर्तन आ जाते हैं।

स्पष्ट हुआ कि अग्रपालि के कई महत्त्वपूर्ण भाग होते हैं जिनसे विभिन्न तरह के कार्यों या व्यवहारों का निष्पादन होता है।

अग्रपालिक संलक्षण *(Frontal Lobe Syndrome)*—अग्रपालिक संलक्षण से तात्पर्य अग्रपालि के क्षतिग्रस्त हो जाने पर व्यक्ति के सामान्य व्यवहार, चिन्तन, बुद्धि, व्यक्तित्व आदि में हुए विचलन या परिवर्तनों से होता है। वेन्टन (Benton, 1968) ने एक अध्ययन किया जिसमें उन्होंने अग्रपालि संलक्षण में निम्नांकित तीन तरह के प्रमुख परिवर्तनों को सम्मिलित किया है:—

(i) द्विपक्षी या पार्श्व अग्रपालि क्षति (bilateral frontal lobe damage) होने से व्यक्ति के व्यक्तित्व में गंभीर परिवर्तन आते हैं जिनमें भविष्य के बारे में चिंता की कमी, आवेगशीलता, पहल (initiatve) एवं स्वाभाविकता (spontaneity) की कमी, विनोदशील एवं हल्का सुखाभास (mild euphoria) दिखलाना आदि प्रमुख रूप से सम्मिलित होते हैं। इन व्यक्तित्व परिवर्तनों का संबंध अग्रपालि के बेसोमेडियल क्षेत्र (basomedial area) के क्षतिग्रस्त होने से अधिक होता है।

(ii) अग्रपालि संलक्षण में होने वाला दूसरा परिवर्तन बौद्धिक (intellectual) होता है जिनमें प्रमुख हैं—व्यवहारों में दोषपूर्ण समन्वय (impaired integration), स्मृति में दोष, अमूर्त ढंग से सोचने की क्षमता की कमी, किसी योजना को बनाने तथा उसे कार्यरूप देने की अक्षमता, किसी कार्य के भविष्य के परिणामों को सही-सही

आकलन करने की असमर्थता आदि। इन बौद्धिक परिवर्तनों का संबंध अग्रपालि के ड्रारसोलेट्रल (dorsolateral) क्षेत्र में हुई क्षति से अधिक होता पाया गया है।

(iii) अग्रपालि संलक्षण में तीसरे तरह के परिवर्तन का संबंध अग्रवर्ती धमनियों (anterior cerebral arteries) जो इस क्षेत्र में फैला होता है, के कार्यों में बाधा या रक्तस्राव (haemorrhage) से होता है। इससे एक ऐसी स्थिति उत्पन्न होती है जिसे *एडिनेमिया* (adynamia) कहा जाता है जिसमें पूर्णरूप से या सापेक्ष रूप से व्यक्ति शाब्दिक या स्पष्ट व्यवहार (overt behaviour) नहीं कर पाता है।

स्पष्ट हुआ कि अग्रपालि संलक्षण में कई तरह के परिवर्तन जो व्यक्ति द्वारा अग्रपालि के क्षतिग्रस्त हो जाने पर दिखलाया जाता है, सम्मिलित होते हैं। अग्रपालि संलक्षण का समर्थन मशहुर केस जिसे किम्बल (Kimble, 1963) ने उद्धत किया है, से भी होता है। यह केस *पी गेग* (P. Gage) नामक फोरमैन (Foreman) का है जिसका संक्षित विवरण इस प्रकार है—

''पी॰ गेग एक बहुत ही योग्य एवं कुशल फोरमैन था जो 13 दिसम्बर, 1948 को काम करते समय इस तरह से घायल हो गया जिसमें मस्तिष्क का अग्रवर्ती भाग क्षतिग्रस्त हो गया। क्षतिग्रस्त होने के बाद उसके व्यक्तित्व में कई तरह के परिवर्तन आ गए। वह मनमौजी (fitful), अनादरकारी तथा गाली-गलौज करने वाला व्यक्ति के रूप में व्यवहार करने लगा। वह अपने साथ-संगी को तनिक भी नहीं सम्मानित करता है। जब उसे कोई राय जो उसकी इच्छा के विरुद्ध होता था, दिया जाता है तो वह अधैर्य हो उठता था। उसमें जिद्दीपना का भी गुण था। वह भविष्य के बारे में कोई योजना बना तो लेता था परंतु उसको वह पूरा होने के पहले ही त्याग देता थां। उसका मन सचमुच में अब इतना अधिक परिवर्तित हो गया था कि उसके दोस्त तथा परिचितों द्वारा उसे पहले का गेग समझा ही नहीं जाता था।''

गेग में होने वाले उक्त परिवर्तन अग्रपालि के क्षतिग्रस्त होने के फलस्वरूप होते पाये गए। अतः ये सभी परिवर्तनों को संयुक्त रूप से अग्रपालिक संलक्षण (frontal lobe syndrome) का उदाहरण माना जायेगा।

(2) भित्तीय पालि *(Parietal lobe)*—जैसा कि नाम से ही स्पष्ट है, भित्तीय पालि जिसे कभी-कभी *मध्यपालि* भी कहा जाता है, पालि अग्रपालि के ठीक पीछे तथा यह सचमुच में अग्रपालि, शंखपालि (temporal lobe) तथा पश्चकपालपालि (occipital lobe) के बीच में अवस्थित होता है। अपने इस विशेष स्थान के कारण यदि इस पालि में किसी कारण से क्षुब्धता या क्षति उत्पन्न होती है, तो यह नैदानिक रूप से कई प्रकार की गंभीर समस्याएँ उत्पन्न कर देतीं हैं।

मध्यपालि का मुख्य कार्य स्पर्श उद्दीपकों (touch stimuli) से संवेदनों को प्राप्त करना तथा उन्हें संसाधित करना होता है। मध्यपालि का अगला भाग जो सबसे महत्त्वपूर्ण है, उसे कायिक संवेदी कार्टेक्स (somatosensory cortex) कहा जाता है जहाँ से स्पर्श (touch), दबाव (pressure), तापक्रम (temperature), दर्द, शरीर अवस्था का ज्ञान (body position sense), कम्पन (vibration) तथा गतिसंवेदन (kinesthesis) आदि का ज्ञान होता है। कायिक संवेदी कार्टेक्स के दो अर्धभाग जो बायें तथा दायें मध्यपालि में अवस्थित होते हैं, शरीर के विपरीत भागों से संवेदनों का पंजीकृत (register) करते हैं। इतना ही नहीं कायिक संवेदी कार्टेक्स के ऊपरी भाग की कोशिकाओं (cells) द्वारा शरीर के निचली भागों से प्राप्त कायिक संवेदनों का पंजीकरण होता है। किसी एक गोलार्द्ध के कायिक संवेदी कार्टेक्स में क्षति होने से व्यक्ति उस गोलार्द्ध के विपरीत भाग में स्पर्श संवेदन की कमी महशुश करता है। अगर क्षति गंभीर होता है तो व्यक्ति का संबंद्ध अंग में सुन्नापन (numbness) विकसित हो जाता है।

अध्ययनों से यह पता चला है कि भित्तीयपालि में क्षति होने से कई तरह के संलक्षण (syndrome) उत्पन्न होते हैं। जैसे, दायाँ भित्तीयपालिक साहचर्य कार्टेक्स (right parietal assotiation cortex) में क्षति होने से एक विशेष लक्षण जिसे *कन्ट्रालेट्रल उपेक्षा* (contralateral neglect) कहा जाता है, उत्पन्न होता है तथा इसमें जैसा कि हिलमैन तथा वाटसन (Heilman & Watson, 1977) ने कहा है, व्यक्ति या रोगी किसी जगह के बायाँ भाग या अपने शरीर के बायाँ भाग की उपेक्षा करता है। जैसे, जब रोगी को एक साथ शरीर के बायाँ भाग तथा दायाँ भाग दोनों को ही स्पर्श किया जाता है तो वह यह बतलायेंगा कि सिर्फ उनके शरीर का दायाँ भाग को ही स्पर्श किया जा रहा है। कुछ अध्ययनों में यह देखा गया है कि दायाँ मध्य पालि के क्षतिग्रस्त होने से व्यक्ति में किसी बीमारी या दोष के रहने पर भी उसे प्रत्यक्षण न करने की क्षमता से होता है। इसे वैविन्सकी (Babinski) ने *एगोसोगनोसिया* (agosognosia) कहा है। कौल्ब एवं भीशॉ (Kolb & Whishaw, 1980) के अनुसार जब बायाँ मध्यपालि साहचर्य कार्टेक्स क्षतिग्रस्त हो जाता

है, तो व्यक्ति में पठन (reading), लेखन (writing) तथा साधारण अंकगणितीय समस्याओं के समाधान में कठिनाई महशुश होती है। वेन्टन (Benton, 1959) ने यह बतलाया है कि ऐसी परिस्थिति में व्यक्ति दायें-बायें के बीच अंतर करने की क्षमता भी खो देता है। बायाँ मध्यपालि साहचर्य कार्टेक्स में क्षतिग्रस्त होने से कुछ व्यक्तियों में लघुकालीन शाब्दिक स्मृति (short-term verbal memory) में भी कठिनाई होने लगती है। कुछ अध्ययनों में यह पाया गया है कि बायाँ या दायाँ मध्यपालि साहचर्य कार्टेक्स क्षतिग्रस्त होने से व्यक्ति सामान्य वस्तुओं (common objects) जैसे चम्मच (spoon) आदि को मात्र र्स्पश करके पहचान नहीं कर पाता है। ऐसा व्यक्ति को र्स्पश संवेदन तो होता है परंतु मात्र र्स्पश के आधार पर वे वस्तु की पहचान नहीं कर पाते हैं। इस तरह की विकृति को **एगनोसिया** (agnosia) कहा जाता है। गर्स्टमान्न (Gerstmann) ने 1924 में अंगुली एगनोसिया (finger agnosia) का अध्ययन किया। इस तरह के एगनोसिया में व्यक्ति अपने दायें या बायें हाथ की अंगुलियों या दूसरे के दायें एवं बायें हाथ की अंगुलियों की पहचान करने में असमर्थता दिखलाता है। गर्स्टमान्न ने मध्यपालि के क्षतिग्रस्त होने पर कुछ व्यक्तियों में अंगुली एगनोसिया के साथ ही साथ तीन और दूसरे तरह की विकृतियों (disorders) को प्रायः एक ही व्यक्ति में होते पाया है। वे तीन विकृतियाँ हैं—दायें-बायें की *उन्मुखता की कमी* (right-left disorentation), *एग्राफिया* (agraphia) तथा *एकैलकुलिया* (acalculia)। इन चारों लक्षणों को एक साथ मिलकर *गर्स्टमान्न संलक्षण* (Gerstmann Syndrome) कहा जाता है। दायें-बायें उन्मुखता की कमी से व्यक्ति शरीर के सभी दायें तथा बायें भागों में संभ्रांति (confusion) दिखलाता है, एग्राफिया में व्यक्ति लिखित भाषा की अभिव्यक्ति में कठिनाई महशुश करता है तथा एकैलकुलिया में व्यक्ति साधारण अंकगणितीय समस्याओं के समाधान में असमर्थता दिखलाता है।

(3) शंखपालि *(Temporal lobe)*—शंखपालि दोनों कानों (ears) के ठीक ऊपर अवर्स्थित होता है और इसके द्वारा मूलतः श्रवण उद्दीपकों (auditory stimuli) को ग्रहण किया जाता है तथा उसकी व्याख्या की जाती है। इस पालि के महत्त्वपूर्ण अंग या भाग हैं—*मुख्य श्रवण कार्टेक्स* (primary auditory cortex), *वर्निक क्षेत्र* (Wernicke's area) तथा *शंख साहचर्य क्षेत्र* (temporal association area)। इन तीनों का वर्णन इस प्रकार है—

(i) मुख्य श्रवण कार्टेक्स *(Primary auditory cortex)*—प्रत्येक शंखपालि के मुख्य श्रवण कार्टेक्स द्वारा दोनों कानों से आवाज निवेश (sound input) को ग्रहण किया जाता है। इनमें से किसी भी एक क्षेत्र में चोट पहुँचने से दोनों ही कानों से व्यक्ति कम सुनने लगता है तथा दोनों ही क्षेत्र में क्षति होने से पूर्णरूपेण बहरापन (total deafness) व्यक्ति में उत्पन्न हो जाता है।

(ii) वर्निक क्षेत्र *(Wernicke's area)*—बायें शंख पालि में मुख्य श्रवण कार्टेक्स (primary auditory cortex) के निकट के क्षेत्र को वर्निक क्षेत्र (Wernicke's area) कहा जाता है जो भाषा क्षेत्र (language area) है जिसका मुख्य कार्य बोले जा रहे शब्दों को समझना तथा बोलने एवं लिखने में संगत भाषा (coherent language) के उपयोग करने की क्षमता से होता है। करीब 95% व्यक्तियों में वर्निक क्षेत्र बायाँ गोलार्द्ध (left hemisphere) में होता है। जब व्यक्ति संभाषण (speech) में तथा लिखित अभिव्यक्ति करने में भाषा का उपयोग करता है तो इसमें भी वर्निक क्षेत्र (Wernicke area) का कार्य सम्मिलित होता है। जब व्यक्ति किसी के द्वारा बोले गए भाषा को सुनता है तो सबसे पहले आवाज उत्तेजना (sound stimulation) मुख्य श्रवण कार्टेक्स में पहुँचता है जहाँ से वे फिर वर्निक क्षेत्र में भेज दिये जाते हैं जो शब्दों का एक अर्थपूर्ण पैटर्न प्रदान करता है। वर्निक क्षेत्र यदि क्षतिग्रस्त हो जाता है, तो इससे एक विशेष तरह की एफासिया (aphasia) उत्पन्न होता है जिसे *वर्निक एफासिया* (Wernicke's aphasia) कहा जाता है जिसमें व्यक्ति शब्दों या वाक्यों को ठीक ढंग से बोल पाता है परन्तु सुनने वालों को उसका स्पष्ट अर्थ नहीं समझ में आता है क्योंकि बोले गए शब्द अधूरा एवं आंशिक होते हैं। वर्निक एफासिया वाले व्यक्ति को यह पता नहीं होता है कि उसके संभाषण (speech) के साथ कुछ कमी रह गयी है। इस एफासिया से मिलता-जुलता एक दूसरा एफासिया भी है जिसे *श्रवण एफासिया* (auditory aphasia) कहा जाता है। जब मुख्य श्रवण कार्टेक्स तथा वर्निक क्षेत्र को सम्बन्धित करने वाले तंत्रिका (nerve) क्षतिग्रस्त हो जाते हैं, इससे श्रवण एफासिया का लक्षण उत्पन्न होता है। इस तरह के एफासिया में व्यक्ति शब्दों को बिलकुल ही ठीक ढंग से एवं साफ-साफ सुन लेता है परन्तु उसका अर्थ नहीं समझ पाता है ठीक वैसे ही जैसे हमलोग विदेशी व्यक्तियों को आपस में बातचीत करते तो सुनते हैं परन्तु उसका अर्थ नहीं समझ पाते हैं। स्पष्ट हुआ कि वर्निक क्षेत्र में क्षति होने से कई तरह के संलक्षण (syndrome) उत्पन्न होते हैं जिन्हें *वर्निक संलक्षण* (Wernicke syndrome) कहा जाता है।

(iii) शंख साहचर्य क्षेत्र *(Temporal association area)*—मुख्य श्रवण क्षेत्र तथा वर्निक क्षेत्र को छोड़ कर जो हिस्सा शंखपालि का बचता है, उसे **शंख साहचर्य क्षेत्र** (temporal association area) कहा जाता है। इसमें श्रवण उद्दीपकों की स्मृतियाँ (memories) संचित होतीं हैं तथा श्रवण उद्दीपकों की व्याख्या इसी क्षेत्र द्वारा की जाती है। अध्ययनों से यह स्पष्ट हुआ है कि बायें भाग के श्रवण साहचर्य कार्टेक्स (auditory association cortex) में घाव/क्षति (lesion) उत्पन्न होने से व्यक्ति में संवेदी या ग्राही एफासिया (sensory or receptive aphasia) उत्पन्न होता है जिसमें व्यक्ति द्वारा बोले गए शब्दों के बीच अंतर करने की असमर्थता होती है। बायें भाग के परवर्ती शंख क्षेत्र में क्षति (posterior temporal lesior) से व्यक्ति में *नोमिनल एफासिया* (nominal aphasia) उत्पन्न होती है जिसमें व्यक्ति वस्तुओं को नामकरण करने में उचित शब्दों का उपयोग करने में अपने आप को असमर्थ पाता है।

शंख पालि का मुख्य कार्य श्रवण प्रत्यक्षण से सम्बन्धित होता है। परंतु इसके द्वारा कुछ हद तक दृष्टि प्रत्यक्षण तथा घ्राण प्रत्यक्षण (olfactory perception) में भी भूमिका निभायी जाती है। वाल्श (Walsch, 1994) के अनुसार प्रत्यक्षण अनुभूतियाँ अन्य दूसरे तरह के संवेदी अनुभूतियों के साथ उचित ढंग से समन्वित करने में महत्त्वपूर्ण भूमिका निभाता है। राऊस्क एवं सेराफेटिनाइड्स (Rausch & Serafetinides, 1975) ने अपने अध्ययन में पाया है कि शंखपालि के क्षतिग्रस्त हो जाने से किसी गंध की गुणवत्ता की पहचान की दहेली में उत्थापन (elevation) हो जाता है। इस पर वाल्श[1] (Walsh, 1994) ने इस प्रकार बहुत सटीक टिप्पणी किया है, ''शंखपालि का संगठन बहुत ही जटिल है। यह श्रवण एवं घ्राण के संवेदी तंत्र से संबद्ध है... यह दृष्टि तंत्र से भी संबद्ध होता है और दृष्टि प्रत्यक्षण को अन्य संवेदी तंत्रों के साथ समन्वित करके अपने ईद-गिर्द के वातावरण को एकीकृत करता है।''

(4) पश्चकपालपालि *(Occipital lobe)*—प्रमस्तिष्क गोलार्द्धों के बिलकुल पिछले भाग में पश्चकपालपालि (occipital lobe) अवस्थित होता है। इसके द्वारा मूलतः दृष्टि प्रत्यक्षण (visual perception) का कार्य संपन्न होता है। दृष्टिपालि के भीतरी भाग में एक दरार (fissure) होता है जिसे *पैरिटल-आसिपिटल फिशर* (Parietal-occipital Fissure) कहा जाता है। परंतु इसके पार्श्वीय सतह (lateral surface) पर कोई ऐसा दरार नहीं होता है और दृष्टिपालि ऊपर में जाकर भित्तीयपालि (parietal lobe) से तथा नीचे में शंखपालि (temporal lobe) से जाकर मिल जाता है। (देखें चित्र 2.11)

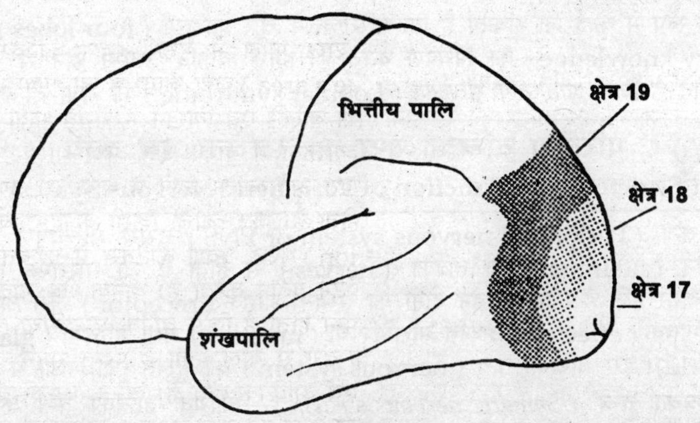

चित्र 2.11 : दृष्टि पालि का एक पार्श्वीय झलक (Lateral views of occipital lobe)

1. "The organization of the temporal lobes is very complex. It is related to the sense systems of olfaction and audition... . It is also related to the visual systems and serves to integrate visual perception with the information from the other sensory systems into the united experience of the world around us."

—Walsh : *Neuropsychology,* 1994, p. 197

ब्राडमैन्न (Broadmann) ने प्रत्येक दृष्टिपालि को तीन क्षेत्रों में अर्थात् क्षेत्र संख्या 17, 18 एवं 19 में बाँटा है। प्रत्येक ब्राडमैन क्षेत्र का कोशकीय संगठन (cellular composition) अलग-अलग होता है। क्षेत्र संख्या 17 को रेखित क्षेत्र (straite area) कहा जाता है क्योंकि काटे जाने पर इसकी आकृति धारीदार (striped) दीखता है। अक्षिपटल (retina) के दृष्टि ग्राहकों (visual receptors) द्वारा रिले की गयी सूचनाएँ सबसे पहले इसी क्षेत्र में पहुँचतीं हैं। क्षेत्र संख्या 17 सचमुच में मुख्य दृष्टि कार्टेक्स (primary visual cortex) है जो ब्रौडमान का क्षेत्र संख्या 18 से घिरा हुआ है। इस क्षेत्र संख्या को *पारारेखित क्षेत्र* (parastriate region) कहा जाता है जो ब्रौडमान क्षेत्र संख्या 19 से घिरा हुआ होता है जिसे *पेरीरेखित क्षेत्र* (peristraite area) कहा जाता है जो भित्तीयपालि (parietal lobe) तथा शंखपालि (temporal lobe) से मिला होता है। (देखें चित्र 2.11)।

क्षेत्र संख्या 18 को गौण संवेदी क्षेत्र (secondary sensory area) कहा जाता है जो दृष्टि सूचनाओं का विस्तरण (elaboration) एवं संलेषण (synthesis) का कार्य करता है। ब्रौडमान क्षेत्र संख्या 19 का गोलार्द्ध (hemisphere) के अन्य क्षेत्रों से प्रचुर संख्या में सम्बन्ध होते हैं जिसके कारण यह दृष्टि सूचनाओं को श्रवण तंत्रों एवं अन्य ज्ञान तंत्रों (sense systems) से प्राप्त सूचनाओं के साथ समन्वित करता है। इतना ही नहीं, यह दृष्टि सूचनाओं को मस्तिष्क के उन तंत्रों (systems) के साथ भी जोड़ता है जो मूलतः संभाषण (speech) तथा कार्यकारी कार्यों को करते हैं। इस क्षेत्र द्वारा दृष्टि स्मृति (visual memory) का भी नियंत्रण होता है।

जैसा कि हम जानते हैं, प्रत्येक आँख बायाँ तथा दायाँ दोनों ही गोलार्द्धों में मुख्य दृष्टि कार्टेक्स (primary visual cortex) से सम्बन्धित होता है। किसी एक मुख्य दृष्टि कार्टेक्स में क्षति होती है, तो इससे दोनों आँखों की दृष्टि प्रभावित हो जाती है। दृष्टिपालि का गौण दृष्टि क्षेत्र या साहचर्य क्षेत्र द्वारा उद्दीपकों की व्याख्या होती है। इस क्षेत्र में गत दृष्टि अनुभूतियों की स्मृतियाँ संचित होतीं हैं और व्यक्ति को देखे जाने वाले वस्तुओं में से परिचित वस्तुओं की पहचान में मदद करती हैं। जब इस क्षेत्र में क्षति पहुँचती है, तो व्यक्ति में किसी वस्तु को देखकर पहचानने की क्षमता समाप्त हो जाती है परंतु वह उसी वस्तु को स्पर्श करके या अन्य ज्ञानेन्द्रियों के माध्यम से पहचान लेता है। इसे *दृष्टि वस्तु एगनोसिया* (visual object agnosia) कहा जाता है।

अन्य पालियों के समान दृष्टि पालि में घाव/क्षति (lesion) होने से तरह-तरह के संलक्षण (syndrome) विकसित हो जाते हैं। इसमें *एक्रोमैटोपिया* (achromatopia) जिसमें व्यक्ति को रंग का प्रत्यक्षण करने की असमर्थता होती है तथा एगनोसिक एलेक्सिया (agnosic alexia) प्रधान है। एगनोसिक एलेक्सिया में व्यक्ति स्वतः किसी तथ्य को लिख लेता है या श्रुतिलेखन (dictation) कर सकता है परंतु इसी तथ्य को लिखा होने पर वह पढ़ नहीं पाता है।

अंतिम निष्कर्ष के रूप में कहा जा सकता है कि मस्तिष्क में चार पालियाँ (four lobes) हैं जो विभिन्न तरह के संवेदी ज्ञान (sensory knowledge) का नियंत्रण करते हैं। इनमें विकृति उत्पन्न होने से कई तरह के असामान्य लक्षण विकसित हो जाते हैं जिन्हें *पालिरूप संलक्षण* (Lobular syndrome) की संज्ञा दी जाती है।

परिधीय तन्त्रिका तन्त्र की संरचना एवं कार्य
(Structure and Function of Peripheral Nervous System)

परिधीय तन्त्रिका तन्त्र (Peripheral nervous system or PNS) दूसरा महत्त्वपूर्ण तन्त्रिका तन्त्र है। इससे तात्पर्य उन सभी न्यूरोन (neurons) एवं तंत्रिका (nerves) से होता है जो मस्तिष्क (brain) तथा सुषुम्ना (spinal cord) के बाहर होते हैं और जो इन दोनों का सम्बन्ध ग्राहक (receptor) जैसे आँख, कान, नाक, जीभ, त्वचा आदि से तथा प्रभावक (effector) अर्थात माँसपेशियों (muscles) तथा ग्रन्थियों (glands) के साथ स्थापित करते हैं। देखें (चित्र 2.12)। इस तन्त्रिका तन्त्र (nervous system) को मूलतः दो भागों में बाँटा गया है—

1. कायिक तन्त्रिका तन्त्र (*Somatic nervous system*)—कायिक तन्त्रिका तन्त्र का सम्बन्ध मूलतः वैसी क्रियाओं से होता है जिन्हें हम अपनी इच्छानुसार करते हैं। इस तन्त्रिका तन्त्र द्वारा केन्द्रीय तन्त्रिका तन्त्र (central nervous system) को बाह्य उत्तेजनाओं से उत्पन्न ताप (temperature), ठंड (cold), दबाव (pressure) आदि का ज्ञान होता है तथा साथ-ही-साथ कायिक तन्त्रिका तन्त्र के सहारे केन्द्रीय तन्त्रिका तन्त्र ऐच्छिक मांसपेशियों (voluntary muscles) को कुछ कार्य करने के लिए तन्त्रिका आवेग उनके पास भेजता है।

कायिक तन्त्रिका तन्त्र को दो भागों में बाँटा गया है—

(क) कपालीय तन्त्रिका (Cranial nerve)

(ख) मेरुदण्डीय तन्त्रिका (Spinal nerves)

इन दोनों का वर्णन इस प्रकार है:—

(क) कपालीय तन्त्रिका *(Cranial nerves)*—कपालीय तंत्रिका व्यक्ति के मस्तिष्क में सीधे (न कि सुषुम्ना के माध्यम से) प्रवेश करते हैं तथा फिर सीधे वहाँ से निकलते हैं। मानव मस्तिष्क में कपालीय तन्त्रिका के कुल 12 जोड़ें होते हैं जो संवेदी (sensory) तथा पेशीय (motor) तन्त्रों से सहचर्यित (associated) होते हैं। ये सभी कपालीय तन्त्रिकाओं के विशिष्ट नाम (specific name) है तथा रोमन संख्या (Roman numeral) से उन्हें चिह्नित किया जाता है। कुछ कपालीय तन्त्रिका पूर्णतः संवेदी कार्य करते हैं, कुछ कपालीय तन्त्रिका पूर्णतः पेशीय (motor) कार्य करते हैं तथा कुछ कपालीय तन्त्रिका ऐसे होते हैं जो अंशतः संवेदी तथा अंशतः पेशीय दोनों कार्य करते हैं। इन सभी अर्थात 12 कपालीय तन्त्रिकाओं का वर्णन इस प्रकार हैं:—

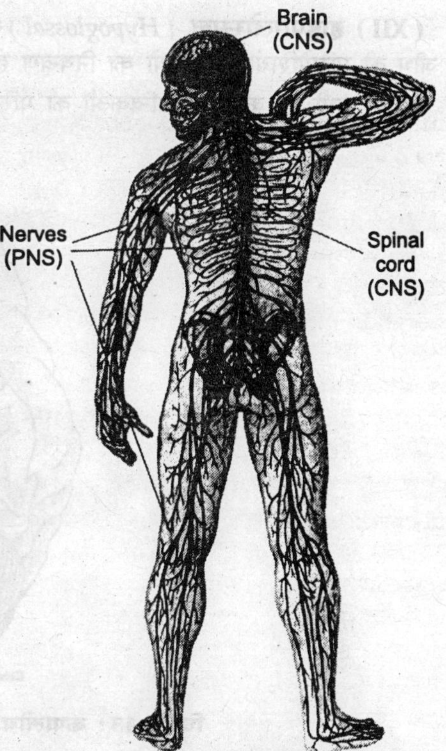

चित्र 2.12 परिधीय तंत्रिका तंत्र (Peripheral nervous system)

(I) घ्राणीय *(Olfactory)*—यह पूर्णतः संवेदी कार्य करता है क्योंकि इसके द्वारा सिर्फ गंध का संवेदन होता है। यह प्रमस्तिष्कीय गोलार्द्ध (cerebral hemisphere) के भेन्ट्रल हिस्से (ventral part) से निकलता है।

(II) दृष्टि *(Optic)*—यह भी पूर्णतः संवेदी कार्य करता है क्योंकि इसके द्वारा सिर्फ दृष्टि संवेदन होता है। यह मस्तिष्क के थैलेमस (thalamus) क्षेत्र से निकलता है।

(III) औकुलोमोटर *(Oculomotor)*—यह तन्त्रिका पूर्णतः पेशीय कार्य करता है। इसके द्वारा आँख की गति (eye movement) का नियन्त्रण होता है। यह मध्य मस्तिष्क से निकलता है।

(IV) ट्रोकलियर *(Trochlear)*—यह कपालीय तन्त्रिका भी पूर्णतः पेशीय कार्य करता है क्योंकि इसके द्वारा भी आँख की गति का नियन्त्रण होता है। यह तन्त्रिका भी मध्य मस्तिष्क से निकलता है।

(V) ट्रीजेमेनिल *(Trigeminal)*—यह कपालीय तन्त्रिका अंशतः संवेदी (sensory) तथा अंशतः पेशीय कार्य करता है। इसके द्वारा आनन संवेदन (facial sensation) तथा चबाने की क्रिया (chewing movement) का नियन्त्रण होता है। इस तन्त्रिका का सम्बन्ध मध्यमस्तिष्क, सेतु (pons) तथा मेडुला (medulla) से होता है।

(VI) एबडुसेन्स *(Abducens)*—यह तन्त्रिका पूर्णतः पेशीय (motor) कार्य करता है और इसके द्वारा आँख की गति का नियन्त्रण होता है। यह मेडुल्ला (medulla) से सम्बन्धित होता है।

(VII) आनन *(Facial)*—यह कपालीय तन्त्रिका भी पूर्णतः पेशीय कार्य करता है और इसके द्वारा आनन गति (facial movement) का नियन्त्रण होता है। इसका सम्बन्ध मेडुल्ला (medulla) से होता है।

(VIII) श्रवण वेस्टिवुलर *(Auditory vestibular)*—यह तन्त्रिका पूर्णतः संवेदी कार्य करता है और इसके द्वारा श्रवण संवेदन का नियन्त्रण होता है। यह भी मेडुल्ला से निकलता है।

(IX) ग्लासोफैरिनगियल *(Glassopharyngeal)*—यह कपालीय तन्त्रिका अंशतः संवेदी तथा अंशतः पेशीय कार्य करता है। यह जीभ से मिलने वाले संवेदनों को नियन्त्रित करता है तथा ग्रसनी (Pharynx) के गतियों को नियन्त्रण भी करता है। इसका सम्बन्ध भी मेडुला से होता है।

(X) भेगस *(Vagus)*—यह कपालीय तन्त्रिका भी अंशतः संवेदी तथा अंशतः पेशीय कार्य करता है। इसके द्वारा हृदय, यकृत (liver) तथा आँत (intestine) से प्राप्त संवेदनों को नियन्त्रित किया जाता है तथा उनके क्रियाओं का संचालन एवं नियन्त्रण भी होता है। इसका भी सम्बन्ध मेडुला से होता है।

(XI) मेरुदण्डीय सहायक *(Spinal accessory)*—यह कपालीय तन्त्रिका भी पूर्णतः पेशीय कार्य करता है। इसके द्वारा गर्दन की मांसपेशियों एवं आन्तराग (viscera) के गतियों का नियन्त्रण होता है। यह भी मेडुला से सांहचर्यित होता है।

(XII) हाइपोग्लोस्सल *(Hypoglossal)*—यह कपालीय तन्त्रिका भी पूर्णतः पेशीय कार्य करता है। इसके द्वारा जीभ की मांसपेशियों के गतियों का नियन्त्रण होता है। यह भी मेडुला से साहचर्यित होता है।

इन सभी 12 कपालीय तन्त्रिकओं का मस्तिष्क के विभिन्न भागों से सम्बन्धों को चित्र 2.13 में दिखलाया गया है।

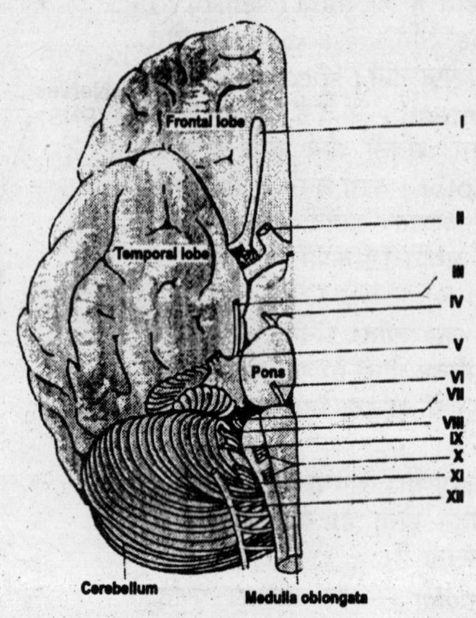

चित्र 2.13 : कपालीय तन्त्रिकाओं का मस्तिष्क में उद्भव का चित्रण

(ख) मेरुदण्डीय तन्त्रिका *(Spinal nerves)*—मेरुदण्ड (spinal cord) से मेरुदण्डीय तन्त्रिका (spinal nerves) के 31 जोड़े थोड़े-थोड़े दूरी पर हटकर निकलते हैं। इन्हें चित्र 2.14 में दिखलाया गया है। इन 31 जोड़ों को सुषुम्ना के हिस्से जिनसे वे सम्बन्धित होते हैं, के अनुसार पाँच भागों में बाँटा गया है जिसे तालिका 2.3 में दिखलाया गया है।

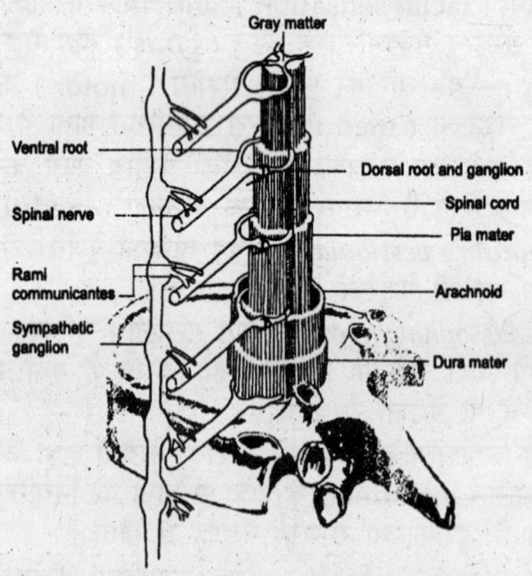

चित्र 2.14 : मेरुदण्डीय तन्त्रिकाओं का चित्रण

तालिका 2.3 मेरुदण्डीय तन्त्रिकाओं के नाम, संख्या एवं स्थान

नाम (Name)	संख्या (Number)	स्थान Position)
सरवाइकल (Cervical)	8	गर्दन (Neck)
थोरैकिक (Thoracic)	12	छाती (Chest)
लुम्बर (Lumbar)	5	कमर (Loin)
सैकरल (Sacral)	5	मेरुदण्डीय कालम का अंत (End of spinal column)
कोसिजीयल (Coccygeal)	1	मेरुदण्डीय कालम का अंत (End of spinal column)

जैसा कि चित्र 2.14 से स्पष्ट है, मेरुदण्डीय तन्त्रिका सुषुम्ना में प्रवेश करने के पहले दो भागों (roots) में बँट जाता है—*डार्सल भाग* (dorsal root) तथा *भेन्ट्रल भाग* (ventral root)। डार्सल भाग का कार्य संवेदी (sensory) होता है जबकि भेन्ट्रल भाग का पेशीय (motor) होता है। हालांकि इसके कुछ अपवाद भी हैं। इस सिद्धान्त को *बेल-मेगेनडाइ नियम* (Bell-Magendie Law) कहा जाता है। डार्सल भाग की पहचान इस बात से होती है कि सुषुम्ना में प्रवेश करने के पहले उसमें एक फूली हुई संरचना (swelling structure) होती है जिसे *डार्सल मेरुदण्डीय गैंगलियन* (dorsal spinal ganglion) कहा जाता है। इसमें संवेदी तन्तुओं का कोश शरीर (cell body) होता है जिससे ज्ञानेन्द्रियों से आनेवाली सूचनाएँ होकर गुजरती है और सुषुम्ना में जाती है। मेरुदण्डीय तन्त्रिकाओं का संवेदी

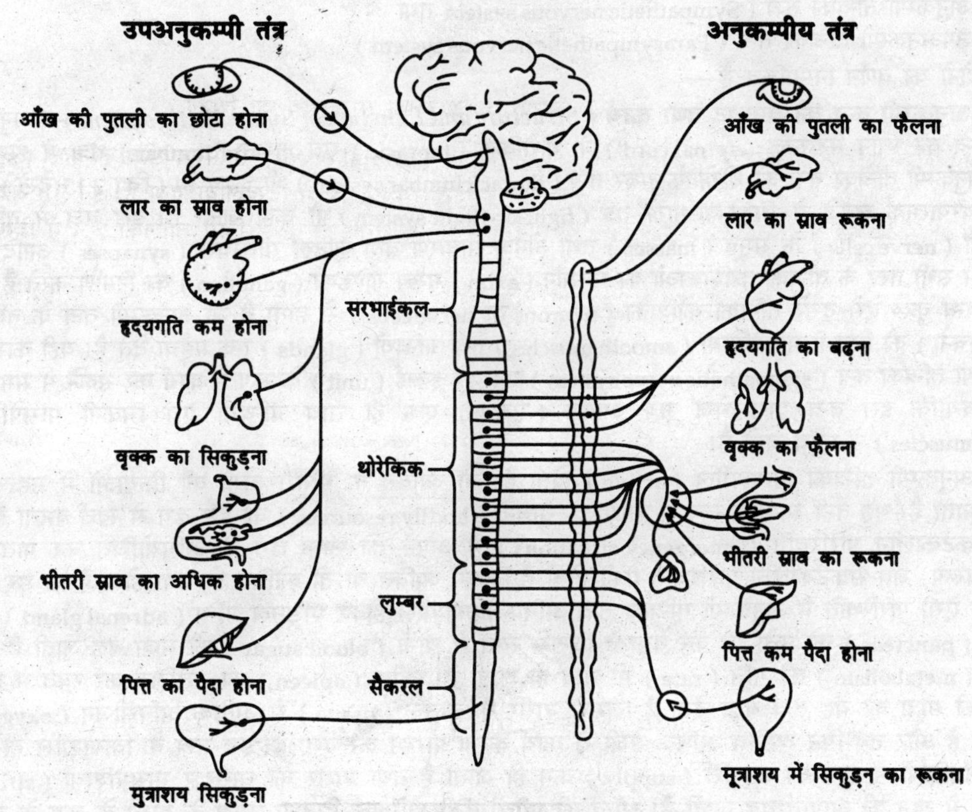

चित्र 2.15 : स्वायत्त तंत्रिका तंत्र

भागों में जिनसे संवेदी सूचनाएँ प्राप्त होतीं हैं, प्रमुख है—त्वचा के स्पर्श, तापीय (thermal) तथा दर्द ग्राहक, रक्तवाहिनों के ग्राहक (receptor), मांसपेशियाँ, जोड़ों (joints) तथा कंडरा (tendon) के दर्द एवं दबाव (pressure), ग्राहक, तथा पाचन संस्थानों के आंतरिक ग्राहकों (internal receptors) आदि। उसी तरह से मेरुदण्डीय तन्त्रिका का पेशीय भाग द्वारा बाँह, पैर, शरीर के अन्य हिस्से (सिर एवं गर्दन को छोड़कर) के सभी धारीदार रेखित मांसपेशियों (striated muscles) का नियंत्रण होता है।

2. स्वायत्त तन्त्रिका तन्त्र (*Autonomic nervous system*)—परिधीय तन्त्रिका तन्त्र का यह एक अधिक महत्त्वपूर्ण भाग है तथा इससे तात्पर्य उन तन्त्रिका कोशिकाओं (neurons or nerve cells) से होता है जिनका सम्बन्ध वैसी मांसपेशियों एवं ग्रन्थियों (glands) के संचालन एवं नियन्त्रण से होता है जो हमारी इच्छा के अनुसार नहीं बल्कि अपनी इच्छानुसार कार्य करते हैं। जैसे, वृक्क (kidney) तथा हृदय की मांसपेशियों का कार्य, भिन्न-भिन्न अन्तःस्रावी ग्रन्थियाँ (endocrine glands) जैसे यौन ग्रन्थि (sex gland), पीयूष ग्रन्थि (pituitary gland) आदि के कार्य का संचालन एवं नियन्त्रण स्वायत्त तन्त्रिका तन्त्र द्वारा ही होता है। अतः यह कहा जा सकता है स्वायत्त तन्त्रिका तन्त्र अपने कार्यों के मामले में स्वतन्त्र होता है। यद्यपि स्वायत्त तन्त्रिका तन्त्र का सम्बन्ध मस्तिष्क (brain) तथा सुषुम्ना (spinal cord) से होता है, फिर भी इसके द्वारा संचालित क्रियाएँ वैसी होतीं हैं जिस पर व्यक्ति की इच्छा का कोई नियन्त्रण नहीं होता है। जैसे, हम अपनी इच्छा से पेट की मांसपेशियों को भोजन पचाने या न पचाने की आज्ञा नहीं दे सकते हैं। उसी तरह से हृदय की मांसपेशियों को हम अपनी इच्छा से कार्य करने या न करने की अनुमति नहीं दे पाते हैं। ऐसी सारी क्रियाओं का नियन्त्रण स्वायत्त तन्त्रिका तन्त्र से होता है।

कार्यवाही (function) के आधार पर स्वायत्त तन्त्रिका तन्त्र को निम्नांकित दो भागों में बाँटा गया है—

(i) अनुकम्पी तन्त्रिका तन्त्र (Sympathetic nervous system तथा

(ii) उपअनुकम्पी तन्त्रिका तन्त्र (Parasympathetic nervous system)

इन दोनों का वर्णन निम्नांकित हैं—

(i) अनुकम्पी तन्त्र की बनावट तथा कार्य (*Structure and Function of Sympathetic system*)—अनुकम्पी तन्त्रिका तन्त्र का स्थान मेरूरज्जु (spinal cord) के थोरोकिक (thoracic) एवं लुम्बर (lumbar) क्षेत्रों में होता है। इसलिए अनुकम्पी तन्त्रिका तन्त्र को *थोरोक्किलुम्बर तन्त्र* (thoraciclumbar system) भी कहते हैं। (चित्र 2.15 देखें)। इस तंत्र को व्यंग्यात्मक लहजे में *भिड़ो-या-भागो तंत्र* (fight-or-flight system) भी कहा जाता है। इस तन्त्र में तन्त्रिका कोशिकाओं (nerve cells) के समूह (masses) तथा अनेक साधारण तथा जटिल संधिस्थल (synapses) आदि पाये जाते हैं। इन सभी तरह के तन्त्रिका कोशिकाओं का एक्सॉन (axon) मुख्य गण्डिका (ganglion) का निर्माण करते हैं जहाँ इनका सम्बन्ध कुछ ऐसे दूसरे तन्त्रिका कोशिका (neurons या nerve cells) से होता है जो अनुकम्पी तन्त्र के तन्त्रिका आवेग (सूचना) को चिकनी मांसपेशियों (smooth muscles) तथा ग्रन्थियों (glands) तक पहुँचा देते हैं। यही कारण है कि अनुकम्पी तन्त्रिका तन्त्र (sympathetic nerve system) एक पूरे इकाई (unit) के रूप में कार्य कर सकने में समर्थ हो पाता है क्योंकि इस तन्त्र द्वारा भेजे गये आवेग (सूचना) एक ही साथ ग्रन्थियों एवं चिकनी मांसपेशियों (smooth muscles) में पहुँच जाते हैं।

जब अनुकम्पी तन्त्रिका क्रियाशील (active) होता है, तो व्यक्ति के भीतरी अंगों की क्रियाओं में महत्त्वपूर्ण परिवर्तन आता है। यह तन्त्र सामान्य रूप से शारीरिक साधनों (bodily resources) को इस ढंग से खर्च करता है कि व्यक्ति संकटकालीन परिस्थिति (emergency situations) में अपने को ठीक ढंग से अभियोजित कर पाता है। उदाहरणस्वरूप, जब संकटकालीन परिस्थिति ऐसी होती है जिसमें व्यक्ति या तो क्रोधित हो गया होता है या डर गया होता है तो ऐसी परिस्थिति में अनुकम्पी तन्त्रिका तन्त्र अधिक क्रियाशील होकर एड्रिनल ग्रन्थि (adrenal gland) तथा अग्नाशय (pancreas) को उत्तेजित कर देता है जिससे रक्त में चीनी (blood sugar) की मात्रा बढ़ जाती है और चयापचय (metabolism) की गति (rate) भी तीव्र हो जाती है। प्लीहा (spleen) को उत्तेजित कर रक्त में लाल रक्तकण की मात्रा को यह तन्त्र बढ़ा देता है जिससे शरीर के ऊत्तक (tissue) में अधिक ऑक्सीजन (oxygen) पहुँच पाता है और तब फिर व्यक्ति अधिक तेजी से कार्य करना प्रारम्भ कर देता है। इस तन्त्र के क्रियाशील होने से पेट एवं अँतड़ियों में खून की आपूर्त्ति (supply) कम हो जाती है तथा शरीर की धारीदार मांसपेशियों (striped muscles) में खून की आपूर्ति बढ़ जाती है। आँख की पुतली बड़ी हो जाती है तथा शरीर के बालों के जड़ के त्वचा में सिकुड़न आ जाती है (विशेषकर कुछ खास-खास पशुओं जैसे बिल्ली, कुत्ते आदि में) जिसके उसके शरीर के रोयें तथा बाल खड़े हो जाते हैं। इस तरह से अनुकम्पी तन्त्रिका तन्त्र जब क्रियाशील (active) होता है तो व्यक्ति अपने

आप को इस ढंग से तैयार कर लेता है कि वह बाहर के संकटकालीन परिस्थिति (emergency situation) के साथ ठीक ढंग से समायोजन (adjustment) कर सके। संक्षेप में कहा जा सकता है कि अनुकम्पी तंत्रिका तंत्र संवेगों के साथ सहानुभूति (sympathy) दिखलाता है।

(ii) उपअनुकम्पी तन्त्रिका की बनावट एवं कार्य *(Structure and function of parasymathetic sytmem)*—इस तन्त्र द्वारा तन्त्रिका आवेग सुषुम्ना (spinal cord) के क्रैनियल (cranial) तथा सैक्रल (sacral) क्षेत्र से होते हुए बाहर निकलता है। अतः इस तन्त्र को *क्रेनियोसैक्रल तन्त्र* (craniosacral system) भी कहा जाता है। उपअनुकंपी तंत्र (parasympathetic system) की गण्डिका (ganglia) अनुकम्पी तन्त्र (sympathetic system) के समान एक जगह एकत्रित नहीं होते है बल्कि उन माँसपेशियों (muscles) तथा ग्रन्थियों (glands) के नजदीक फैले होते हैं जिनमें वे अपनी सूचनाएँ या तन्त्रिका आवेग छोड़ते हैं। यही कारण है कि उपअनुकम्पी तन्त्र एक इकाई (unit) के रूप में अनुकम्पी तन्त्रिका तन्त्र (sympathic nervous system) के समान कार्य न करके थोड़ा-थोड़ा करके (piecemeal) कार्य करता है अर्थात् किसी खास समय में कुछ मांसपेशियों एवं ग्रन्थियों में तो यह तन्त्रिका आवेग पहुँचाता है परन्तु कुछ में नहीं।

उपअनुकम्पी तन्त्र (parasympathetic system) के क्रियाशील होने से शारीरिक ऊर्जा (bodily energy) का संचय होता है। जब शरीर विश्रामावस्था में होता है तो उपअनुकम्पी तन्त्र अधिक क्रियाशील रहता है और शरीर में ऊर्जा संचित होना प्रारम्भ हो जाता है। आँख की पुतली छोटी हो जाती है, लार ग्रन्थि से लार अधिक निकलता है, शरीर का रक्तचाप (blood pressure) कम हो जाता है, पेट तथा अँतड़ियों की सामान्य प्रक्रिया चालू हो जाती है तथा भोजन पचने की प्रक्रिया भी सामान्य हो जाती है। व्यंग्यात्मक लहजे में उपअनुकम्पी तंत्र को *खाओ-पीयो-एवं-आराम करो तंत्र* (eat-drink-and-rest system) भी कहा जाता है।

उपअनुकम्पी तन्त्र (parasympathetic system) के उपर्युक्त कार्यों को ध्यान में रखने पर यह कहा जा सकता है कि इसका सामान्य कार्य अनुकम्पी तन्त्र (sympathetic system) के सामान्य कार्य के ठीक विपरीत तथा विरोधी (antagonistic) होता है। परन्तु हमेशा इन दोनों तन्त्रों का काम विरोधी ही होता है, ऐसा कहना सही नहीं है। कभी-कभी कुछ ऐसी परिस्थितियाँ भी होतीं हैं जिनमें अनुकम्पी तन्त्र तथा उपअनुकम्पी तन्त्र एक साथ मिलकर कार्य करते हैं। जैसे, कभी-कभी अत्यधिक डर (extreme fear) की परिस्थिति में व्यक्ति पेशाब या पैखाना अनैच्छिक रूप से (involuntary) कर देता है जो स्पष्टतः उपअनुकम्पी तन्त्र (parasympathetic system) के क्रियाशील होने के कारण होता है। जाहिर है कि भय की अवस्था में अनुकम्पी तन्त्र (sympathetic system) तो क्रियाशील रहता है। अतः ये दोनों तन्त्र जबकि अधिकतर परिस्थितियों में विरोधी कार्य करते हैं फिर भी कुछ खास-खास ऐसी जटिल परिस्थितियाँ होतीं हैं जिनमें दोनों तन्त्र मिलकर भी कार्य करते हैं।

निष्कर्ष के तौर पर यह कहा जा सकता है कि स्वायत्त तन्त्रिका तन्त्र (autonomic nervous system) की संरचना जटिल है तथा इसके द्वारा महत्त्वपूर्ण कार्य किये जाते हैं।

प्रमस्तिष्क गोलार्द्धों का विशिष्टीकरण
(Specialization of Cerebral Hemispheres)

प्रमस्तिष्क वल्कल (cerebral cortex) दो गोलार्द्ध (hemisphere) में बँटा हुआ है—बायाँ गोलार्द्ध (left hemisphere) तथा दायाँ गोलार्द्ध (right hemisphere)। बायाँ गोलार्द्ध को *बड़ा गोलार्द्ध* (major hemisphere) तथा दायाँ गोलार्द्ध को *छोटा गोलार्द्ध* (minor hemisphere) भी कहा जाता है। दोनों गोलार्द्ध तन्त्रिका तन्तु (nerve fibers) का एक विशेष समूह (bundle) द्वारा जुड़ा होता है जिसे *कॉरपस कालोजम* (corpus callosum) कहा जाता है। प्रत्येक गोलार्द्ध द्वारा कुछ खास-खास ढंग से कार्य किये जाते हैं। दूसरे शब्दों में यह कहा जा सकता है कि प्रत्येक गोलार्द्ध द्वारा कुछ विशिष्ट कार्य (specialized functions) किये जाते हैं जिनका वर्णन निम्नांकित है:—

(A) बायाँ गोलार्द्ध में कार्यों का विशिष्टीकरण *(Specialization of functions in left hemisphere)*—सभी दक्षिणहस्तिक व्यक्तियों (right-handed people) में प्रमस्तिष्क का बायाँ गोलार्द्ध (left hemisphere) निश्चित कार्य जैसे भाषा (language) तथा संभाषण (speech) आदि का नियन्त्रण करता है। इस बात का सबूत हमें अनेकों प्रेक्षणों (observations) तथा प्रयोगात्मक अध्ययनों (experimental evidences) से प्राप्त होता है। ऐसा देखा गया है कि जब किसी व्यक्ति के प्रमस्तिष्क का बायाँ गोलार्द्ध (left hemisphere) किसी कारण से क्षतिग्रस्त हो

जाता है, तो व्यक्ति को भाषा का प्रयोग एवं संभाषण (speech) से सम्बन्धित कठिनाइयाँ होने लगती हैं। परन्तु यदि दायाँ गोलार्द्ध क्षतिग्रस्त होता है तो इस तरह की कठिनाइयाँ सामने नहीं आती है। ऑर्नस्टीन (Ornstein 1977) ने एक अध्ययन कर यह दिखलाया है कि जब शब्दों (words) को बायाँ गोलार्द्ध (left hemisphere) में दिया जाता है, यानी दाँयी आँख की तरफ से दिखलाया जाता है तो व्यक्ति को उसका पहचान करने में अधिक सुविधा तथा कम त्रुटियाँ (errors) होती हैं। परन्तु जब शब्दों को बायाँ आँख की तरफ से दिखलाया जाता है ताकि उससे उत्पन्न तन्त्रिका आवेग प्रमस्तिष्क के बायाँ गोलार्द्ध में न जाकर दायाँ (right hemisphere) में जाय, तो इससे शब्दों को पहचान करने में व्यक्ति को अधिक असुविधा तथा त्रुटियाँ होती थी। ऑर्नस्टीन ने अपने अध्ययन में यह भी बतलाया है कि जब व्यक्ति को शाब्दिक पाठ (verbal task) सीखने को दिया जाता है तो बायाँ गोलार्द्ध (left hemisphere) में वैद्युत क्रियाएँ (electrical activities) जैसा कि EEG (Electroencephalogram) से स्पष्ट हो जाता है, बढ़ जातीं हैं परन्तु जब प्रयोज्य को स्थानिक कार्य (spatial work) करने को कहा जाता है, तब वैद्युत क्रियाएँ (electrical activities) बायाँ गोलार्द्ध की अपेक्षा दायाँ गोलार्द्ध में अधिक तीव्र हो जातीं हैं। इससे साबित होता है कि बायाँ गोलार्द्ध द्वारा ही भाषा तथा भाषण की क्रियाएँ होतीं हैं। सोडियम ऐमिटल परीक्षण (sodium amytal test) के सहारे भी यह आसानी से पता लगा लिया गया है कि बायाँ गोलार्द्ध द्वारा भाषा (language) तथा भाषण (speech) का नियन्त्रण होता है या दायाँ गोलार्द्ध द्वारा इस तरह का नियन्त्रण नहीं होता है। इस परीक्षण में सोडियम ऐमिटल (sodium amytal) जो एक प्रकार का शामक दवा (sedative drug) है (अर्थात शान्त करने वाली दवा है) को उस धमनी (artery) में सूई के सहारे दे दिया जाता है जो एक खास गोलार्द्ध में ही खून ले जाता है। व्यक्ति से कुछ बातचीत जारी रखा जाता है। यदि कुछ समय के बाद व्यक्ति की बातचीत लड़खड़ाने लगती है या वह आगे बोलने में असमर्थ रहता है तो इससे साफ-साफ यह पता चल जाता है कि उस गोलार्द्ध द्वारा ही संभाषण (speech) की क्रिया सम्पन्न होती है। अनेकों प्रयोग सोडियम ऐमिटल परीक्षण के सहारे किये गये हैं जिनसे प्राप्त निष्कर्ष इस बात का सबूत है कि सभी दक्षिण-हस्तिक व्यक्ति (right-handed people) में बायाँ गोलार्द्ध द्वारा ही संभाषण (speech) एवं भाषा (language) का संचालन होता है। वामहस्तिक व्यक्तियों (left-handed people) जिनकी संख्या कुल जनसंख्या का 7% से अधिक नहीं है, में दायाँ गोलार्द्ध (right hemisphere) द्वारा न कि बायाँ गोलार्द्ध (left hemisphere) द्वारा भाषा (language) तथा संभाषण (speech) की क्रिया का संचालन होता है।

नवीनतम अध्ययनों से यह पता चला है कि 95% दक्षिण हस्तिक व्यक्तियों (right-handed persons) तथा 62% वाम-हस्तिक व्यक्तियों (left-handed) में बायाँ गोलार्द्ध (left hemisphere) द्वारा भाषा सम्बन्ध कार्य अर्थात् बोलना, लिखना, पढ़ना तथा बोले हुए शब्दों को समझना आदि कार्य सम्पन्न किये जाते हैं। लेकिन नेविली तथा उनके सहयोगियों (Neville et al., 1998) द्वारा किये गए अध्ययनों से यह स्पष्ट हुआ है कि अमेरिकन चिह्न भाषा (American Signs Language, ASL) जिसका उपयोग बहरे लोग करते हैं, को दोनों गोलार्द्धों द्वारा संसाधित किया जाता है। कोरवालिस (Corballis, 1989) द्वारा किये गए अध्ययनों से यह स्पष्ट हुआ है कि बायाँ गोलार्द्ध गणितीय क्षमताओं के लिए भी विशिष्टता दिखलाता है। इसमें विशेषकर परिकलन (calculation) तथा सिलसिलेवार ढंग से अंकगणितीय समस्याओं को विश्लेषित करना आदि सम्मिलित होता है तर्क (logic) भी बायाँ गोलार्द्ध की ही विशिष्टता मानी गयी है। अध्ययनों से यह भी पता चला है कि बायाँ गोलार्द्ध (left hemisphere) प्रत्यक्ष रूप से शरीर के दायें भाग को नियन्त्रित करके तथा अप्रत्यक्ष रूप से शरीर के बायें भाग की गति को नियन्त्रित करके जटिल गतियों (complex movements) को समन्वित करता है। बायाँ गोलार्द्ध ऐसा करने के लिए कारपस कालेजम (Corpus callosum) के माध्यम से दायाँ गोलार्द्ध को विशेष निर्देश देता है।

यदि हम बायाँ गोलार्द्ध (left hemisphere) पर ध्यानपूर्वक देखें तो हम पायेंगे कि इसमें भाषा तथा संभाषण (speech) को नियन्त्रित करने का जो क्षेत्र है वह मूलतः तीन भागों में बाँटा होता है—*वर्निक क्षेत्र* (Wernicke's area), *ब्रोका क्षेत्र* (Broca area) तथा *आर्कुएट फैसिकुलस* (arcuate fasciculus)। वर्निक क्षेत्र का पता कार्ल वर्निक (Carl Wernicke) ने 1874 में सबसे पहले लगाया था तथा ब्रोका क्षेत्र का पता पाल ब्रोका (Paul Broca) ने सबसे पहले 1860 में लगाया था। आर्कुएट फैसिकुलस ब्रोका क्षेत्र तथा वर्निक क्षेत्र को मिलने वाली तन्त्रिका तन्तु का समूह (bundle) होता है। ब्रोका क्षेत्र तथा वर्निक क्षेत्र आपस में मिलकर भाषा (language) तथा संभाषण (speech) का संचालन एवं नियन्त्रण करता है। इधर हाल में एक मनोवैज्ञानिक जिनका नाम नॉरमैन गेस्कविन्ड

(Normal Geschwind) है, इन दोनों क्षेत्रों के आपसी सम्बन्धों का विशेष अध्ययन कर एक मॉडल (Model) बनाया है जिसे *वर्निक-गेस्कविन्ड मॉडल* (Wernicke-Geschwind model) कहा जाता है। इस मॉडल द्वारा निम्नांकित तथ्यों की व्याख्या होती है:—

(i) ब्रोका क्षेत्र (Broca area) में उच्चारणात्मक संकेत (articulatory code) होते हैं जो किसी शब्द को बोलने में या उच्चारण करने में होंठ, जीभ आदि की मांशपेशियों के क्रम को निर्धारित करता है। जब ब्रोका क्षेत्र से इन संकेतों का हस्तांतरण (transfer) गति क्षेत्र (motor area) में होता है, तो व्यक्ति के होंठ, जीभ तथा स्वरयन्त्र (larynx) में उसी क्रम में क्रिया होती है और तब व्यक्ति उस शब्द को बोलता है। इस क्षेत्र में क्षति होने से व्यक्ति बोलने की की क्षमता में बाधा पहुँचती है इस अवस्था को *ब्रोका एफासिया* (Broca's aphasia) कहा जाता है।

(ii) वर्निक क्षेत्र (Wernicke area) में श्रवण संकेत (auditory codes) होते हैं और शब्दों का अर्थ संचित (stored) होता है। अगर व्यक्ति कोई शब्द बोलना चाहता है, तो शब्द का संकेत (code) जो वर्निक क्षेत्र में संचित है, को पहले उत्तेजित होना आवश्यक है। यह उत्तेजना (stimulation) विशेष तन्त्रिका समूह (nerve bundle) द्वारा जिसे आर्कुएट फैसिकुलस (arcuate fasiculus) कहा जाता है, ब्रोका क्षेत्र में पहुँचता है जहाँ वह सम्बन्धित उच्चारणात्मक संकेत (articulatory code) को उत्तेजित करता है। वह संकेत (code) फिर गति क्षेत्र (motor area) में जाता है जिसके परिणामस्वरूप व्यक्ति उस शब्द को बोल पाता है। इस क्षेत्र में क्षति होने से व्यक्ति शब्दों या वाक्यों को बोल तो लेता है परन्तु उसका अर्थ सुनने वाले कुछ नहीं समझ पाते हैं। इसे *वर्निक एफासिया* (Wernicke's aphasia) की संज्ञा दी जाती है। 95% व्यक्तियों का यह क्षेत्र बायाँ गोलार्द्ध में होता है। वर्निक एफासिया के रोगी को यह पता नहीं होता है कि उन्हें यह रोग हो गया है।

वर्निक-गेस्कविन्ड मॉडल (Wernicke-Geschwind model) के अनुसार व्यक्ति किसी सुने हुए शब्द (heard word) को समझकर कैसे उसे बोलता है तथा किसी लिखे हुए शब्द को समझकर कैसे बोलता है, की व्याख्या काफी अच्छा ढंग से होता है। जब व्यक्ति को किसी शब्द को सुनकर उसे बोलना पड़ता है तो ऐसे शब्द का तन्त्रिका आवेग (nerve impulse) श्रवण वल्कल (auditory cortex) होते हुए पहले वर्निक क्षेत्र (Wernicke area) में पहुँचता है। यहाँ उस शब्द का सम्बन्धित श्रवण संकेत (auditory code) दिया जाता है जिसके परिणामस्वरूप उस शब्द का अर्थ व्यक्ति को पता चलता है। यहाँ तक की प्रक्रिया से व्यक्ति को उस शब्द का अर्थ तो समझ में आ जाता है। उसी शब्द को जब बोलना भी आवश्यक होता है तो वर्निक क्षेत्र (Wernicke area) से श्रवण संकेत (auditory code) विशेष तन्त्रिका तन्तु (nerve fibers) द्वारा ब्रोका क्षेत्र (Broca area) में पहुँचता है जहाँ उस श्रवण संकेत से सम्बन्धित उच्चारणात्मक संकेत (articulatory code) व्यक्ति को प्राप्त होता है और फिर वहाँ से उच्चारणात्मक संकेत गति क्षेत्र (motor area) में जाता है जिसके परिणामस्वरूप व्यक्ति को होंठ, जीभ, स्वरयन्त्र आदि इस ढंग से क्रियाशल हो जाता है कि वह उस शब्द को बोलता है।

इसी तरह से यदि व्यक्ति को लिखा हुआ शब्द (written word) को बोलना होता है, तो उस शब्द का तन्त्रिका आवेग (nerve impulse) दृष्टि क्षेत्र (visual area) में सबसे पहले पहुँचता है। इसके बाद वह *ऐंगुलर गाइरस* (angular gyrus) जो दृष्टि क्षेत्र (visual area) से थोड़ा आगे होता है, में पहुँचता है। ऐंगुलर गाइरस (angular gyrus) उस शब्द रूप (word form) को वर्निक क्षेत्र (Wernicke area) में पहुँचा देता है जहाँ उस शब्द रूप को उपर्युक्त श्रवण संकेत (auditory code) मिलता है तथा साथ-ही-साथ उस शब्द रूप का अर्थ भी व्यक्ति को समझ में आता है। वर्निक क्षेत्र से विशेष तन्त्रिका तन्तु (nerve fiber) द्वारा श्रवण संकेत (यदि उस शब्द को बोलना आवश्यक है) ब्रोका क्षेत्र (Broca area) में पहुँचता है जहाँ उस शब्द रूप का उचित उच्चारणात्मक संकेत (articulatory code) उसे मिलता है जो फिर गति क्षेत्र (motor area) को उत्तेजित करता है जिसके परिणामस्वरूप व्यक्ति के होंठ, जीभ एवं स्वरयन्त्र एक खास ढंग से क्रिया करते हैं और व्यक्ति उस शब्द को बोल पाता है।

इस मॉडल (model) द्वारा कई तरह के भाषा दोषों जैसे व्याघात (aphasia) आदि की व्याख्या होती है। जब सिर्फ ब्रोका क्षेत्र (Broca area) की ही क्षति होती है तो ऐसे लोग बोलने में लड़खड़ाते हें या उनकी आवाज दोषपूर्ण हो जाती है। परन्तु लिखित या दूसरे द्वारा बोले गए भाषा को समझने की उनकी क्षमता प्रभावित नहीं होती है परन्तु जब वर्निक क्षेत्र (Wernicke's area) में क्षति होती है तो व्यक्ति लिखित या बोले गए भाषा को समझ नहीं पाता है परन्तु वह वाक्यों या शब्दों को शुद्ध-शुद्ध उच्चारण करते हुए आसानी से बोल लेता है। हालाँकि उनके इस उच्चारण में

अर्थहीनता निश्चित रूप से किसी-न-किसी रूप में अवश्य ही छिपी होती है। मॉडल का यह भी दावा है कि वैसे व्यक्ति जिनके ऐंगुलर गाइरस (angular gyrus) में क्षति हो जाती है, वे किसी लिखित विषय या चीज को पढ़ नहीं पाते हैं लेकिन उन्हें दूसरों द्वारा बोले गए भाषा को समझने में या बोलने में कोई कठिनाई नहीं होती है। अन्त में, मॉडल का यह भी दावा है कि अगर क्षति सिर्फ व्यक्ति के श्रवण वल्कल (auditory cortex) में होता है तो व्यक्ति सामान्य ढंग से पढ़ पाता है तथा बोल भी पाता है परन्तु वह दूसरों द्वारा बोले गए भाषा को समझ नहीं पाता है।

इस मॉडल द्वारा कुछ विशिष्ट पूर्वकथन (prediction) किये गए हैं जो इस प्रकार है:—

(i) ब्रोका क्षेत्र में क्षति होने से व्यक्ति का संभाषण (speech) की अभिव्यक्ति प्रभावित होती है परन्तु इससे लिखित या बोले जाने वाले भाषा को समझने में कोई कठिनाई नहीं होती है।

(ii) वर्निक क्षेत्र में क्षति होने से भाषा बोध (language comprehension) की सभी क्षमताएँ समाप्त हो जाती हैं परन्तु फिर भी व्यक्ति शब्दों का उच्चारण ठीक ढंग से कर लेता है (क्योंकि ब्रोका क्षेत्र ठीक रहता है) हालाँकि ऐसी प्रक्रिया से भी कोई खास अर्थ नहीं निकलता है।

(iii) यह सिद्धान्त का पूर्वकथन यह भी है कि ऐंगुलर गाइरस (angular gyrus) में क्षति होने से व्यक्ति किसी लिखित भाषा को पढ़ नहीं सकता है लेकिन संभाषण (speech) को समझने में या बोलने में उसे कोई दिक्कत नहीं होती है।

(iv) अगर श्रवण कार्टेक्स (auditory cortex) तक ही क्षति सीमित है तो व्यक्ति पढ़ सकता है तथा सामान्य ढंग से बोल भी पाता है परन्तु वह बोले गये संभाषण (spoken speech) को समझ नहीं पाता है।

आधुनिक शोधों एवं प्रयोगों से कुछ ऐसे तथ्य सामने आये हैं जिनसे वर्निक-गेस्कविन्ड मॉडल का समर्थन नहीं होता है। ऐसे तथ्यों में निम्नांकित प्रमुख हैं:—

(i) रासमुस्सेन तथा मिलनर (Rasmussen & Milner, 1975) ने कुछ ऐसे मानव केसेज (human cases) का संग्रह किया जिनके कॉर्टेक्स के उन क्षेत्रों (areas) को मेडिकल कारणों (medical reasons) से काटकर हटा दिये गए थे जो वर्निक-गेस्कविन्ड मॉडल के अनुसार महत्त्वपूर्ण थे। परिणाम में देखा कि इस तरह की स्थिति के बावजूद बहुत सारे ऐसे रोगियों में भाषाई कौशलों (language skills) में कोई खास कमी नहीं आयी थी। शुरू-शुरू में ऐसे रोगियों द्वारा भाषाई कौशलों में हीनता होते पायी गयी, बाद में वह अपने आप दूर हो गयी। इससे यह स्पष्ट निष्कर्ष निकलता है कि मॉडल की मूलभूत व्याख्या संदेह के घेरे में है।

(ii) नेसर एवं उनके सहयोगियों (Naeser et al., 1981) द्वारा किये गए अध्ययनों तथा उनके द्वारा इकट्ठा किये गए तथ्यों से यह स्पष्ट हुआ है कि भाषाई दोष से ग्रस्त व्यक्तियों के ब्रोका क्षेत्र (Broca area) तथा वर्निक क्षेत्र (Wernicke's area) में किसी प्रकार का कोई दोष नहीं पाया जाता है। इन लोगों ने भाषाई दोष से ग्रस्त व्यक्तियों के मस्तिष्क के कैट परीक्षा (CAT scan) के आधार पर यह बतलाया है कि यद्यपि व्यक्ति में स्पष्ट भाषाई दोष (language defect) थे, फिर भी उनके ब्रोका या वर्निक क्षेत्र में किसी प्रकार की कोई क्षति नहीं पायी गयी।

ऊपर वर्णन किये गए तथ्यों के आधार पर यह स्पष्ट हो गया है कि बायाँ गोलार्द्ध में ही भाषाई कौशलों (language skills) का विकास होता है। यह निष्कर्ष सभी दक्षिणहस्तिक व्यक्तियों (right-handed people) के लिए सही है।

(B) दायाँ गोलार्द्ध में कार्यों का विशिष्टीकरण (*Specialization of functions in right hemisphere*)—सभी दक्षिणहस्तिक व्यक्तियों (right-handed people) में प्रमस्तिष्क (cerebrum) का दायाँ गोलार्द्ध द्वारा उद्दीपकों (stimuli) का प्रत्यभिज्ञान (recognition) एवं स्मृति (memory), कलात्मक क्षमताएँ (artistic abilities), संगीत (music), नृत्य (dance), कल्पना (fantasy) आदि से सम्बन्धित क्षमताओं का नियन्त्रण एवं संचालन होता है। दूसरे शब्दों में, यह गोलार्द्ध *दृष्टि-देशीय कौशलों* (visual spatial skills) में दक्ष होता है। गाज्जैनिगा (Gazzaniga, 1967) ने एक अध्ययन करके यह दिखला दिया है कि स्थानिक कार्य (spatial functions) दायाँ गोलार्द्ध द्वारा काफी अच्छे ढंग से किया जाता है। दूसरे शब्दों में, यह कहा जा सकता है कि इस गोलार्द्ध द्वारा किसी उद्दीपक का स्थान अन्य उद्दीपक की अपेक्षा कहाँ है, का ज्ञान से होता है। इस गोलार्द्ध द्वारा उद्दीपक का दृष्टि पैटर्न (visual pattern) तथा किसी आवाज का निश्चित श्रवण पैटर्न (auditory pattern) का भी ज्ञान होता है। जैसे,

किसी वस्तु को देखकर उसके आकार-प्रकार, रूप-रंग (दृष्टि पैटर्न) का ज्ञान तथा आवाज किधर से आ रही है (श्रवण पैटर्न) का ज्ञान दायाँ गोलार्द्ध द्वारा ही सम्पन्न होता है। मिलनर (Milner, 1974) ने अपने अध्ययन के आधार पर यह बतलाया है कि संगीत तथा कलात्मक क्षमताओं का विकास दायाँ गोलार्द्ध पर ही निर्भर करता है। वामहस्तिक लोग (left-handed people) में दायाँ गोलार्द्ध द्वारा भाषा (language) एवं भाषण (speech) से सम्बन्धित क्रियाएँ होती है और उद्दीपकों के पैटर्न का प्रत्यभिज्ञान, स्मृति, कलात्मक क्षमताएँ, संगीत, नृत्य आदि क्रियाओं का संचालन बायाँ गोलार्द्ध (left hemisphere) द्वारा होता है। सर्जनात्मकता (creativity), अन्तर्ज्ञान (intuition) तथा सांवेगिक अभिव्यक्ति (emotional expression) आदि का संचालन एवं नियन्त्रण दायाँ गोलार्द्ध द्वारा ही बहुत हद तक सम्पन्न होता है।

ऊपर के वर्णन से स्पष्ट है कि दायाँ गोलार्द्ध द्वारा उद्दीपकों के पैटर्न का प्रत्यभिज्ञान (recognition), कलात्मक क्षमताएँ, संगीत, नृत्य, कल्पना आदि का ज्ञान होता है। परन्तु सच्चाई यह है कि इन कार्यों को कुछ हद तक बायाँ गोलार्द्ध द्वारा भी किया जाता हे। ऐसे कुछ सबूत मिले हैं जहाँ दायाँ गोलार्द्ध के क्षतिग्रस्त होने के बावजूद भी व्यक्ति इन क्रियाओं को करता पाया जाता है जो स्पष्टतः बायाँ गोलार्द्ध द्वारा ही किया जाता है।

अतः निष्कर्ष यह है कि भाषा (language) तथा संभाषण (speech) से सम्बन्धित कार्य के ख्याल से बायाँ तथा दायाँ गोलार्द्ध में महत्त्वपूर्ण अन्तर है क्योंकि इस तरह का अधिकतर कार्य सिर्फ बायाँ गोलार्द्ध द्वारा ही किया जाता है। परन्तु अन्य कार्य जैसे उद्दीपन के पैटर्न का प्रत्यभिज्ञान (recognition) एवं स्मृति (memory), कलात्मक क्षमताएँ (artistic abilities), संगीत (music), नृत्य, कल्पना (fantasy) आदि के ख्याल से दायाँ गोलार्द्ध तथा बायाँ गोलार्द्ध में अन्तर तो है परन्तु महत्त्वपूर्ण नहीं क्योंकि इस तरह का कार्य दायाँ गोलार्द्ध द्वारा तो होता ही है परन्तु कुछ हद तक बायाँ गोलार्द्ध द्वारा भी किया जाता है।

विभक्त मस्तिष्क
(Split Brain)

प्रमस्तिष्क (cerebrum) या प्रमस्तिष्क वल्कुट (cerebral hemisphere) के दो भाग हैं—दायाँ गोलार्द्ध (right hemisphere) तथा बायाँ गोलार्द्ध (left hemisphere)। दोनों गोलार्द्ध एक-दूसरे से तन्त्रिका तन्तु (nerve fibers) के एक विशेष समूह (bundle) द्वारा जुड़े होते हैं। इस समूह को *कॉरपस कैलोजम* (corpus callosum) कहा जाता है कुछ विशेषज्ञों (experts) ने कॉरपस कैलोजम को काटकर दोनों गोलार्द्ध के कार्यों का तथा व्यक्ति के व्यवहार पर पड़ने वाले प्रभाव का अध्ययन किया है। जब कॉरपस कैलोजम को काट दिया जाता है, तो दोनों गोलार्द्ध का आपस में सम्बन्ध खत्म हो जाता है और दोनों एक तरह से स्वतन्त्र हो जाते हैं। इस तरह की स्थिति को *विभक्त मस्तिष्क* (split brain or divided brain) कहा जाता है। मस्तिष्क के इस सम्प्रत्यय (concept) के अनुसार एक ही व्यक्ति में दो मस्तिष्क के होने के समान की स्थिति होती है।

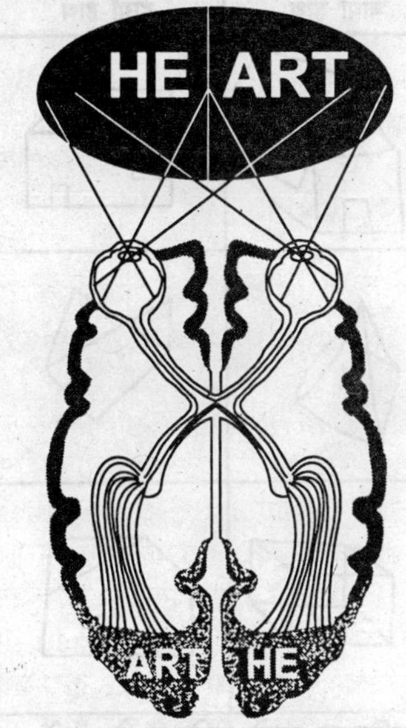

चित्र 2.16 : विभक्त मस्तिष्क के व्यक्ति पर किया गया एक प्रयोग

सामान्य व्यक्ति (normal individual) में दोनों गोलार्द्ध एक साथ समन्वित होकर कार्य करता है क्योंकि एक गोलार्द्ध से सूचनाएँ तन्त्रिका आवेग (nerve impulse) के रूप में दूसरे गोलार्द्ध में कॉरपस कैलोजम (corpus collasum) के सहारे आसानी से चल जाता है। लेकिन जब कॉरपस कैलोजम को काट दिया जाता है तो दोनों गोलार्द्ध एक तरह से पूर्णरूपेण स्वतन्त्र हो जाता है। इस तरह का सबसे पहला विभक्त मस्तिष्क (split brain) का ऑपरेशन (operation) 1961 में किया गया। उसके बाद फिर बहुत से विशेषज्ञों ने जिसमें स्पेरी (Sperry, 1964, 1968) तथा गैज्जानिगा (Gazzaniga, 1967, 1970, 1972) का नाम

अधिक मशहूर है, द्वारा अनेकों ऑपरेशन किये गये। सबसे पहला ऑपरेशन (जिसे स्पेरी ने किया था) एक 40 साल के सिपाही पर किया गया जिसे मिर्गी का दौरा आता है। ऐसा दौरा आने पर एक गोलार्द्ध से दूसरे गोलार्द्ध में तन्त्रिका आवेग काफी अधिक मात्रा में जाकर उसे दूसरे गोलार्द्ध को काफी उत्तेजित कर देता था। अतः इन्होंने कॉरपस कैलोजम को काटकर एक गोलार्द्ध को दूसरे गोलार्द्ध के तन्त्रिका आवेग के बाढ़ (flood) से बचा लेना उचित समझा और ऐसा देखा गया कि इस ऑपरेशन के बाद मिर्गी का दौरा कम हो गया और व्यक्ति की अन्य क्रियाओं पर भी इसका प्रभाव न के बराबर था। इस क्षेत्र में स्पेरी द्वारा किये गये शोध कार्यों को ध्यान में रखते हुए उन्हें 1981 में नोबुल पुरस्कार (Nobel prize) भी दिया गया। उनके इस कार्य से सम्बन्धित अनेकों अध्ययन किये गये जिनके परिणम को ध्यान में रखते हुए मनोवैज्ञानिकों एवं अन्य विशेषज्ञों द्वारा निम्नांकित निष्कर्ष पर पहुँचा गया:—

(i) विभक्त मस्तिष्क (split brain) का प्रभाव व्यक्ति की चितप्रकृति (temperament), सामान्य बुद्धि (general intelligence) तथा व्यक्तित्व (personality) पर कुछ भी नहीं होता है। दूसरे शब्दों में यह कहा जा सकता है कि व्यक्ति इस तरह के ऑपरेशन के बावजूद भी सामान्य ढंग से अपना कार्य करता रहता है।

(ii) इस तरह के ऑपरेशन के बाद कुछ व्यक्तियों में शरीर के बायाँ भाग से स्पर्श संवेदन में कमी देखी गयी परन्तु दायें भाग में इस तरह की कमी नहीं होती देखी गयीं।

(iii) इस तरह के ऑपरेशन के बाद कुछ व्यक्तियों पर जब स्पेरी (Sperry, 1974) ने प्रयोग किया तो उनसे कुछ महत्त्वपूर्ण निष्कर्ष प्राप्त हुए। इस प्रयोग में व्यक्ति को एक पर्दा के केन्द्र पर ध्यान केन्द्रित करने को कहा गया। इसके बाद उन्होंने एक शब्द जैसे HEART को दो भाग में बाँटकर उस पर्दा पर उपस्थित किया। HE पर्दा के केन्द्र से बायीं तरफ तथा ART उस केन्द्र से दायीं तरफ उपस्थित किया गया (चित्र 2.16 देखें)। इस पूरे शब्द को 1/10 सेकेण्ड के लिए व्यक्ति को दिखाकर उसे फिर बताने को कहा गया। परिणाम में देखा गया कि अधिकतर व्यक्तियों ने कहा है कि उनलोगों ने सिर्फ ART शब्द को देखा है, HE को नहीं। ART चूँकि पर्दा पर दायीं तरफ दिखलाया गया था अतः इसकी सूचना बायाँ गोलार्द्ध (left hemisphere) में गयी। किसी भी तरह के शब्द का ज्ञान हमें बायाँ गोलार्द्ध से होता है। अतः व्यक्ति ART शब्द को बतला पाया। परन्तु HE शब्द चूँकि पर्दा पर बायीं ओर दिखलाया गया था, अतः इसकी सूचना दायाँ गोलार्द्ध में गयी और फिर दायाँ गोलार्द्ध उस शब्द से सम्बन्धित तन्त्रिका आवेग को बायाँ गोलार्द्ध में नहीं भेजा सका (क्योंकि कॉरपस कैलोजम कटा हुआ था। अतः व्यक्ति HE शब्द को बतलाने से असमर्थ रहा। स्पेरी (Sperry) के इस प्रयोग से यह भी पता चल जाता है कि बायाँ गोलार्द्ध ही भाषा-प्रधान होता है।

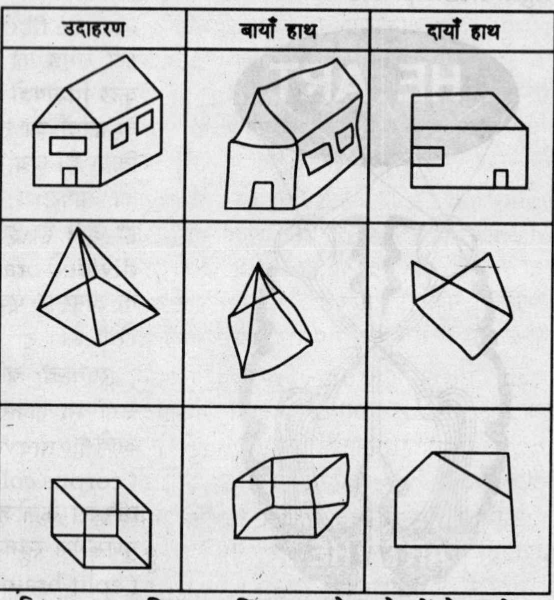

चित्र 2.17 : विभक्त मस्तिष्क वाले प्रयोज्यों के बायें तथा दायें हाथ से बनाया गया रेखांकन (drawing)

विभक्त मस्तिष्क (split brain) के क्षेत्र में किये गए कई अध्ययनों से कई तरह के तथ्यों की वैधता (validity) मजबूत हुई है। इसमें निम्नांकित अधिक प्रमुख है:—

(i) मानव मस्तिष्क के दोनों गोलार्द्ध (hemisphere) में विशिष्टता (speciali-zation) होती है। बायाँ गोलार्द्ध (left hemisphere) की विशिष्टता जटिल भाषाई कौशलों (complex languages skills) में होती है। इसके द्वारा मुख्यतः शाब्दिक क्रियाएँ (verbal activities), तार्किक चिन्तन (logical thinking) तथा सूचनाओं का विश्लेषण आदि का कार्य किया जाता है। दूसरे तरफ दायाँ गोलार्द्ध (right hemisphere) की विशिष्टता पेशीय गतियों (motor movements) के नियन्त्रण क्रियाओं के संश्लेषण (synthesis) तथा संवेगों के संचार एवं समझ (comprehension) आदि में होती है। उक्त निष्कर्ष केवल दक्षिणहस्तिक व्यक्तियों (right-handed people)

के लिए सही है। यह निष्कर्ष वामहस्तिक व्यक्तियों (left-handed people) के लिए सही नहीं भी हो सकता है क्योंकि बहुत सारे वामहस्तिक व्यक्तियों का बायाँ गोलार्द्ध में भाषाई कौशलों (language skills) की विशिष्टता नहीं पायी जाती है। वास्सर (Basser, 1962) के अनुसार भाषाई कौशलों की विशिष्टता व्यक्ति के गोलार्द्ध में 10 साल के उम्र के बाद ही ठीक ढंग से विकसित होता है। इसका मतलब यह हुआ कि 10 साल के उम्र के पहले भाषा विकास के दृष्टिकोण से दोनों गोलार्द्ध की क्षमता तथा विशिष्टता लगभग एक समान होती है।

उक्त तथ्यों से यह स्पष्ट होता है कि अधिकतर व्यक्तियों में बायाँ गोलार्द्ध (left hemisphere) दायाँ गोलार्द्ध से अधिक प्रबल होता है क्योंकि बायाँ गोलार्द्ध में भाषाई विशिष्टता (language specialization) का गुण होता है। इस आधार पर लोगों ने एक मौलिक प्रश्न उठाया है—*क्या बायाँ गोलार्द्ध को दायाँ गोलार्द्ध से अधिक बुद्धिमान माना जा सकता है?* (Is left hemisphere more intelligent than right hemisphere?) इस प्रश्न के उत्तर देने में विशेषज्ञों में मतभेद है। कुछ विशेषज्ञों, जिनमें गैज्जानिगा (Gazzaniga, 1983) मुख्य है, का मत है कि दायाँ गोलार्द्ध द्वारा चूँकि महत्त्वपूर्ण संज्ञानात्मक कौशलों (cognitive skills) का निबटारा नहीं हो पाता है जबकि बायाँ गोलार्द्ध द्वारा हो पाता है, अतः दायाँ गोलार्द्ध को निश्चित रूप से बायाँ गोलार्द्ध की तुलना में तुच्छ माना जा सकता है। दूसरे लोगों, जिनमें लेभी (Levy, 1983) का नाम अधिक मशहूर है, का मत है कि व्यक्ति में दायाँ गोलार्द्ध का आकार एवं संरचना तथा बायाँ गोलार्द्ध के आकार एवं संरचना में कोई अन्तर नहीं होता है। अतः कोई ऐसा स्पष्ट कारण नहीं बनता है जिसके आधार पर यह कहा जाए कि दायाँ गोलार्द्ध बायाँ गोलार्द्ध से अधिक तुच्छ है या बायाँ गोलार्द्ध दायाँ गोलार्द्ध से अधिक बुद्धिमान है। लेभी (Levy, 1987) ने अपने अध्ययन के आधार पर यह दिखलाने की कोशिश किया है कि सचमुच में व्यक्ति का दायाँ गोलार्द्ध (right hemisphere) बायाँ गोलार्द्ध से अधिक बुद्धिमान होता है क्योंकि इसमें महत्त्वपूर्ण कौशलों (skills) की विशिष्टता पायी जाती है।

उपर्युक्त वाद-विवाद को मद्देनजर रखते हुए निष्कर्ष के रूप में यह कहा जा सकता है कि बायाँ तथा दायाँ गोलार्द्ध के बीच मात्रा (degree) का अन्तर है न कि विशिष्ट गुण का। जैडल (Zaidel, 1985) द्वारा किये गए अध्ययनों के आलोक में यह कहा जा सकता है कि व्यक्ति का दायाँ गोलार्द्ध पूर्णतः अशाब्दिक (non-verbal) नहीं होता है क्योंकि यह गोलार्द्ध द्वारा भी साधारण लिखित निर्देशों को आसानी से समझा जाता है।

(ii) कुछ अध्ययनों से, जैसा कि बिन्दु एक में ऊपर किया जा चुका है, दायाँ गोलार्द्ध (right hemisphere) बायाँ गोलार्द्ध (left hemisphere) से स्थानिक या त्रिविम कार्यों (spatial tasks) में अधिक निपुण होता है हालाँकि स्थानिक चित्रों (spatial configurations) का प्रत्यक्षण दोनों ही गोलार्द्धों द्वारा होता है। इसे साबित करने करने लिए गैज्जानिगा (Gazzaniga, 1970) ने एक प्रयोग किया जिसमें कुछ दक्षिणहस्तिक व्यक्तियों (right-handed people) के मस्तिष्क के कॉरपस कैलोजम (corpus callosum) को काट दिया गया अर्थात् इनमें विभक्त मस्तिष्क (split-brain) का ऑपरेशन किया गया। इसके बाद इन्हें दायाँ तथा बायाँ हाथों से कुछ त्रिविमीय डिजाइन (three dimensional design) को देखते हुए उसे रेखांकित करने को कहा गया। परिणाम में देखा गया कि बायाँ हाथ द्वारा किया गया रेखांकन दायाँ हाथ द्वारा किया गया रेखांकन से कहीं अधिक श्रेष्ठ था (चित्र 2.17 देखें)। इस प्रयोग के परिणाम से यह पता चलात है कि स्थानिक कार्यों में दायाँ गोलार्द्ध (right hemisphere) (जिससे बायें हाथ की गति नियन्त्रित होती है) की निपुणता बायाँ गोलार्द्ध (जिससे दायें हाथ की गति नियन्त्रित होती है) में अधिक होती है।

(iii) मिलनर (Milner, 1974) ने अपने अध्ययनों के आधार पर यह बतलाया है कि दायाँ गोलार्द्ध में संगीतीय क्षमता (musical ability) बायाँ गोलार्द्ध की तुलना में अधिक होता है तथा सांकेतिक प्रकार्य (symbolic function) अर्थात भाषाई (language) तथा गणितीय कौशल (mathematical skill) मूलतः बायाँ गोलार्द्ध (left hemisphere) द्वारा नियन्त्रित होते हैं।

अन्तिम निष्कर्ष यह है कि विभक्त मस्तिष्क शोधों एवं अध्ययनों से मानव मस्तिष्क के दोनों गोलार्द्धों की विशिष्टता पर प्रकाश डाला गया है। इन अध्ययनों से यह स्पष्ट हुआ है कि सभी दक्षिणहस्तिक (right-handed) व्यक्तियों में बायाँ गोलार्द्ध (left hemisphere) दायाँ गोलार्द्ध से भाषा की दृष्टिकोण से तथा दायाँ गोलार्द्ध बायाँ गोलार्द्ध से स्थानिक प्रकार्यों (spatial functions) की दृष्टिकोण से अधिक प्रबल होता है हालाँकि विशिष्टता का यह अन्तर आधुनिक शोधों एवं प्रयोगों के अनुसार, मात्रात्मक (quantitative) होता है न कि गुणात्मक (qualitative)। अभी इसी बिन्दु तक विभक्त मस्तिष्क शोधों से जानकारी हो पायी है।

गोलार्द्धीय विषमता
(Hemispheric Asymmetry)

नग्न आँखों से यदि मानव मस्तिष्क के दोनों गोलार्द्धों (hemisphere) को देखा जाए तो दोनों एक-दूसरे के आइने की प्रतिमा के समान दिखलाई पड़ेंगे जो पूर्णतः एक-दूसरे से सममित (symmetrical) एवं संतुलित दीख पड़ेंगे। परंतु सच्चाई यह है कि इन दोनों में काफी विषमताएँ (asymmetries) हैं। ऐसी विषमताएँ गोलार्द्ध की संरचनाएँ (structures) तथा उनके कार्य (functions) दोनों से ही सम्बद्ध हैं। इन विषमताओं को *गोलार्द्धीय विषमता* (hemispheric asymmetry) कहा जाता है। संरचना से संबद्ध विषमता को *संरचनात्मक विषमता* (structural asymmetry) तथा कार्य से संबद्ध विषमता को *कार्यात्मक विषमता* (functional asymmetry) कहा जाता है।

प्रमुख संरचनात्मक विषमताओं (structural asymmetry) का वर्णन इस प्रकार है:—

(i) शव परीक्षाओं (autopsies) के दौरान किये गए अध्ययनों से यह स्पष्ट हुआ है कि बायाँ गोलार्द्ध (left hemisphere) दायाँ गोलार्द्ध (right hemishpere) से हमेशा बड़ा (large) होता है।

(ii) दायाँ गोलार्द्ध में बहुत सारे लम्बे तंत्रकीय जन्तु (neural fibers) होते हैं जो मस्तिष्क के भिन्न अलग-अलग क्षेत्रों को सम्बन्धित करते हैं जबकि बायाँ गोलार्द्ध में छोटे-छोटे तन्तु (shorter fibers) होते हैं जो मस्तिष्क के एक सीमित क्षेत्र में भीतर ही पर्याप्त अतरसंबंधों (interconnections) को मजबूत करते हैं।

प्रमुख कार्यात्मक विषमताएँ (functional asymmetries) जो एकपार्श्वी क्षति अध्ययनों (unilateral lesion studies) पर आधारित है, निम्नांकित हैं:—

(i) सभी दक्षिणहस्तिक व्यक्तियों (right handed people) में ब्रोका क्षेत्र का संबंध संभाषण आवाजों (speech sounds) के नियंत्रण एवं प्रवाह से होता है। ऐसे व्यक्तियों में दायाँ गोलार्द्ध में ब्रोका क्षेत्र के तुल्य क्षेत्र (equivalent area) में क्षति (lesion) उत्पन्न करने से व्यक्ति में किसी भी तरह का सम्भाषण दोष (speech impairment) नहीं होता देखा गया है। इसका मतलब यह हुआ कि संभाषण क्षमता में दक्षिणहस्तिक व्यक्तियों में बायाँ गोलार्द्ध दायें गोलार्द्ध के तुलना में अधिक प्रबल (dominant) होता है।

(ii) दोनों गोलार्द्धों में विषमता (asymmetry) दृष्टि प्रत्यक्षण (visual perception) के क्षेत्र में भी पायी गयी है। टयूबर एवं विनस्टीन (Teuber & Weinstein, 1956) तथा रूसो एवं विगनोलो (Russo & Vignolo, 1967) ने अपने-अपने अध्ययनों में पाया है कि जब एकपार्श्वीय बायें (unilateral right) तथा दायें गोलार्द्ध में क्षति (lesion) उत्पन्न व्यक्तियों की तुलना गुप्त चित्र परीक्षण (hidden figure test) पर किया गया तो देखा गया कि दायें गोलार्द्ध में उत्पन्न क्षति वाले व्यक्तियों का निष्पादन बायें गोलार्द्ध में उत्पन्न क्षति वाले व्यक्तियों के निष्पादन की तुलना में अत्यधिक खराब या घटिया था। ऐसे गुप्त चित्र परीक्षण में व्यक्ति को एक जटिल चित्र में छिपे विशेष सरल आकृति या चित्र की पहचान करनी होती है। इस परीक्षण में दायें गोलार्द्ध में उत्पन्न क्षति वाले व्यक्तियों द्वारा घटिया निष्पादन इस बात की ओर इशारा करता है कि प्रत्यक्षज्ञानात्मक कारक (perceptual factor) में बायाँ गोलार्द्ध की तुलना में दायाँ गोलार्द्ध की प्रबलता होती है।

आनन पहचान (facial recognition) के परीक्षण पर भी यह देखा गया है कि जिन व्यक्तियों में दायें उत्तरवर्ती क्षति (right posterior lesion) होता है, उनका निष्पादन ऐसे परीक्षण पर उन व्यक्तियों की तुलना में घटिया होता है जिनमें बायें गोलार्द्ध में उत्तरवर्ती क्षति (posteior lesion) होता है। इस परिणाम से भी यह पता चलता है कि दायाँ गोलार्द्ध तथा बायाँ गोलार्द्ध में कार्यात्मक विषमता है क्योंकि उक्त कार्य में दायाँ गोलार्द्ध की प्रबलता बायें गोलार्द्ध की तुलना में अधिक दीखती है। कई अध्ययनों में जिनमें वेन्टन (Benton, 1982) तथा डी रेन्जी (De Renzi, 1982) द्वारा किया गया अध्ययन अधिक मशहुर है, स्थानिक संबंधों (spatial relationship) के प्रत्यक्षण में भी बायें गोलार्द्ध की तुलना में दायाँ गोलार्द्ध की प्रबलता पायी गयी है।

(iii) स्पर्श प्रत्यक्षण (tactile perception) के क्षेत्र में भी बायें एवं दायें गोलार्द्ध की कार्यात्मक विषमता (functional asymmetry) पायी गयी है। सेम्मस एवं उनके सहयोगियों (Semmes et. al., 1960) ने अपने

अध्ययन में यह पाया कि जब रोगियों या दुर्घटनाग्रस्त व्यक्तियों के बायाँ गोलार्द्ध (left hemisphere) में क्षति हुई तो ऐसे व्यक्तियों में शरीर के दोनों भागों के अंगों का द्विबिन्दु दहेली (two-point threshold), बिन्दु स्थानीकरण (point localization) तथा दबाव संवेदनशीलता (pressure sensitivity) आदि काफी प्रभावित हुये जबकि दायाँ गोलार्द्ध में क्षति होने से सिर्फ शरीर के विपरीत भाग के अंगों के ऐसे स्पर्श प्रत्यक्षण प्रभावित हुए। हालांकि इस परिणाम की सांख्यिकीय सार्थकता प्राप्त नहीं हो पायी है फिर भी यह गोलार्द्धीय विषमता का संकेत तो अवश्य ही देते हैं। टयूबर एवं रूडेल (Tuber & Rudel, 1962) ने अपने अध्ययन में पाया है कि स्पर्श आकार विभेदन (touch size discrimination) की क्षमता बायाँ तथा दायाँ गोलार्द्ध दोनों में से किसी एक के क्षतिग्रस्त हो जाने से प्रभावित हो जाती है परंतु दायें गोलार्द्ध में क्षति होने से इस ढंग की क्षमता पर तुलनात्मक रूप से अधिक घटिया असर पड़ता है।

कुछ व्यक्तियों में त्रिविमीय वस्तुओं को छूकर या र्स्पश कर उसे पहचानने की अक्षमता विकसित हो जाती है। इस तरह की अक्षमता को *एस्टेरियोगनोसिस* (astereognosis) कहा जाता है। जबकि इस तरह की अक्षमता का कारण सरल न होकर जटिल (complex) होता है, अध्ययनों से यह स्पष्ट हुआ है कि दायें गोलार्द्ध में क्षति होने से इस ढंग की अक्षमता तुलनात्मक रूप से अधिक उत्पन्न होती है।

(iv) श्रवण प्रत्यक्षण में भी दोनों गोलार्द्धों की विषमता (asymmetry) देखी गयी है। इस क्षेत्र में किये गए अध्ययनों से यह स्पष्ट हुआ है कि बायाँ गोलार्द्ध द्वारा संभाषण आवाजों (speech sounds) का दायाँ गोलार्द्ध की तुलना में उत्तम संसाधन (superior processing) होता है तथा अभाषाई उद्दीपकों (nonlinguistic stimuli) का संसाधन दायाँ गोलार्द्ध द्वारा तुलनात्मक रूप से अधिक उत्तम होता है।

(v) उद्दीपकों के कालिक क्रम (temporal order) की पहचान में भी गोलार्द्धीय विषमता (hemispheric asymmetry) पायी जाती है। कारमोन तथा नैकसन (Carmon & Nachson, 1971) ने अपने अध्ययन में पाया है कि जिन व्यक्तियों का बायाँ गोलार्द्ध क्षतिग्रस्त हो जाता है या उसे क्षतिग्रस्त कर दिया जाता है तो उनमें दृष्टि तथा श्रवण उद्दीपकों दोनों के कालिक क्रम की पहचान करने में उन व्यक्तियों की तुलना में अधिक कठिनाई होती है जिनका दायाँ गोलार्द्ध क्षतिग्रस्त होता है। इस अध्ययन से यह पता चलता है कि दृष्टि तथा श्रवण उद्दीपकों के कालिक विश्लेषण में बायाँ गोलार्द्ध दायाँ गोलार्द्ध से अधिक प्रबल होता है जो स्पष्टतः एक विषमता (asymmetry) का उदाहरण है।

(vi) अधिगम (learning) एवं स्मृति (memory) के क्षेत्र में भी गोलार्द्धीय विषमता (hemispheric asymmetry) के उदाहरण मिलते हैं। अध्ययनों से यह स्पष्ट हुआ कि बायाँ गोलार्द्ध के शंखपालि (temporal lobe) में क्षति, चोट या घाव उत्पन्न होने से शाब्दिक सामग्रियों के अधिगम एवं धारण (retention) में कठिनाई उत्पन्न होती है चाहे सीखी गयी सामग्रियों (materials) की जाँच प्रत्याह्वान (recall) से की जाय या प्रत्यभिज्ञान (recognition) से की जाय। साथ ही साथ यह भी पाया गया कि दायाँ गोलार्द्ध के शंखपालि में जब घाव या क्षति उत्पन्न किया जाता है तो दृष्टि (visual) तथा श्रवण (auditory) दोनों तरह के अशाब्दिक सामग्रियों (nonverbal materials) का अधिगम कमजोर पड़ जाता है। स्पीन्नलर (Spinnler, 1966) ने एक प्रयोग किया जिसमें परिचित आकृतियों की पहचान की जाँच तात्कालिक (immediate) तथा विलम्ब (delayed) से किया गया। परिणाम में देखा गया कि परिचित दृष्टि आकृतियों का पंजीकरण (registration) की भूमिका में बायाँ गोलार्द्ध की प्रबलता दायाँ गोलार्द्ध की तुलना में अधिक होती है। वालर तथा डी रेन्जी (Boller & De Renzi, 1967) ने एक अध्ययन किया जिसमें 60 ऐसे रोगियों को लिया गया जिनके बायें गोलार्द्ध (left hemisphere) में क्षति उत्पन्न हुई थी तथा 40 ऐसे रोगियों को लिया गया जिनके दायाँ गोलार्द्ध में क्षति (damage) उत्पन्न हुई थी। इन दोनों तरह के रोगियों की तुलना दो दृष्टि कार्य (visual task) की स्मृति पर किया गया जिसमें एक अर्थपूर्ण कार्य था तथा दूसरा अर्थहीन (meaningless) कार्य था। परिणाम में पाया गया कि बायें गोलार्द्ध में क्षति वाले रोगी का निष्पादन इन दोनों तरह के कार्यों पर दायें गोलार्द्ध में चोट या क्षति वाले रोगियों की तुलना में अधिक घटिया (inferior) था। इस अध्ययन से बायें गोलार्द्ध की प्रबलता दायें गोलार्द्ध की तुलना में अधिक दीखती है जो स्पष्टतः विषमता (asymmetry) का एक उदाहरण बनता है।

(vii) गोलार्द्धीय विषमता का सबूत सांवेगिक कार्यों (emotional functions) पर किये गए अध्ययनों के आधार पर भी होता है। सामान्यतः दो तरह के सांवेगिक कार्यों का संबंध बायाँ तथा दायाँ गोलार्द्ध के क्षति से होता पाया गया

है। गोल्डस्टीन (Goldstein, 1939) ने अपने अध्ययन में पाया है कि जब बायाँ गोलार्द्ध में घाव, क्षति या चोट पहुँचता है तो इससे एक विशेष तरह की संवेगात्मक प्रतिक्रिया (emotional reaction) होती है जिसे आपाती प्रतिक्रिया (catastrophic reaction) कहा जाता है। ऐसी सांवेगिक प्रतिक्रियाएँ अपर्याप्त होने के साथ-ही-साथ असंगत (inconsistent) एवं मानसिक एवं दैहिक रूप से आघातीय (shocking) होती है। रोगी न केवल सांवेगिक रूप से विषादित (depressed) होते हैं बल्कि उनमें दैहिक रूप से विफल होने के संकेत जैसे पसीना से तर-बतर होना तथा पीला पड़ जाना आदि लक्षण भी देखे जाते हैं। दूसरे तरह की सांवेगिक प्रतिक्रिया जिसपर प्रथम बार ध्यान वैविनस्की (Babinski) का गया था, वैसी प्रतिक्रिया थी जिसमें रोगी में तटस्थता (indifference), बोध या अभिज्ञा (awareness) की कमी तथा शरीर के बायें भाग के संवेदनों से कम अवगत होना आदि प्रमुख था। ऐसी सांवेगिक प्रतिक्रियाएँ उन रोगियों में अधिक देखी गयी जिनका दायाँ गोलार्द्ध क्षतिग्रस्त था। डेनी-ब्राउन तथा उनके सहयोगियों (Denny-Brown et al., 1952) तथा गायनोट्टी (Gainotti, 1972) ने कई ऐसे व्यक्तियों में सांवेगिक प्रतिक्रियाओं का अध्ययन किये जिनमें से कुछ में बायाँ गोलार्द्ध तथा कुछ में दायाँ गोलार्द्ध में क्षति उत्पन्न हुई थी। बायें गोलार्द्ध में क्षति उत्पन्न होने पर जो सांवेगिक प्रतिंकियाएँ देखी गयी उनमें दुश्चिंता प्रतिक्रिया (anxiety reaction), आँसुओं का तेजी से निकलना, उत्तेजक स्वीकारोक्ति (utterances), विषादी परित्याग (depressed renouncement) आदि प्रमुख थी जबकि दायें गोलार्द्ध में क्षति उत्पन्न होने पर जो सांवेगिक प्रतिक्रियाएँ थीं उनमें तटस्थ्ता का भाव, मजाक करने की प्रवृत्ति, गतिहीन या अंगघाती अंगों के प्रति तीव्र घृणा तथा एनोसोगनोसिया[1] (anosognosia) आदि प्रधान थे। गैसपारिनि तथा उनके सहयोगियों ने (Gaspairini et. al, 1978) ने एक अध्ययन किया जिसमें 24 रोगियों पर MMPI क्रियान्वयन किया गया। इस 24 रोगियों में से 16 रोगी का बायाँ गोलार्द्ध क्षतिग्रस्त थे जबकि 8 रोगी का दायाँ गोलार्द्ध (right hemisphere) क्षतिग्रस्त था। परिणाम में पाया गया कि 16 में से 7 रोगियों का MMPI का विषाद मापनी (depression scale) प्राप्तांक अधिक ऊँचा था जबकि दायाँ गोलार्द्ध क्षतिग्रस्त वाले 8 में से एक भी रोगी की प्राप्तांक इस मापनी पर अधिक ऊँचा नहीं था। कुछ अध्ययनों में यह भी देखा गया है कि बायाँ गोलार्द्ध की तुलना में दायाँ गोलार्द्ध क्षतिग्रस्त होने पर व्यक्ति की सांवेगिक अभिव्यक्ति धीमी पड़ जाती है।

इन सारे अध्ययनों से यह स्पष्ट होता है कि सांवेगिक कार्यों में भी गोलार्द्धीय विषमता के पक्के सबूत मिलते हैं।

(viii) **अवधान** *(Attention)*—अवधान जैसी संज्ञानात्मक प्रक्रिया (cognitive process) में भी गोलार्द्धीय विषमता देखने को मिलती है। सामान्यतः यह देखा गया है कि दायाँ गोलार्द्ध में क्षति या चोट पहुँचने से व्यक्ति प्रायः वातावरण की वस्तुओं पर पर्याप्त ध्यान न देकर अक्सर उसकी उपेक्षा करता पाया जाता है। ऐसी उपेक्षाएँ प्रायः बायाँ गोलार्द्ध में क्षति होने पर नहीं देखने को मिलती है। हावेस तथा वौल्लर (Hoves & Boller, 1975) ने अपने अध्ययन में पाया है कि मस्तिष्कीय क्षति होने से सामान्यतः प्रतिक्रिया समय (reaction time) में कमी हो जाती है परंतु दायें गोलार्द्ध में क्षति होने पर बायें गोलार्द्ध को क्षतिग्रस्त होने की तुलना में प्रतिक्रिया समय में तुलनात्मक रूप से अधिक तेजी से कमी होती है। हेलमैन तथा उनके सहयोगियों (Heilman et al., 1978) ने अपने अध्ययन में पाया है कि दायाँ गोलार्द्ध के भित्तीयशंख क्षति (parietotemporal lesions) होने से उन रोगियों की तुलना में जिसे ऐसा ही क्षति बायाँ गोलार्द्ध में होता है, में उपेक्षा (neglect) तथा ध्यानहीनता अधिक पाया जाता है।

(ix) **संचार कौशल** *(Communication skill)*—एक पार्श्वी क्षति अध्ययनों (unilateral lesion studies) से यह भी पता चला है कि संचार कौशल के क्षेत्र में भी गोलार्द्धीय विषमता (hemispheric asymmetry) पाया जाता है। इन अध्ययनों से यह स्पष्ट हुआ है कि दायाँ गोलार्द्ध में क्षति या चोट पहुँचने से व्यक्ति भाषा के मौलिकता (basic) को तो बनाये रखता है परंतु उसकी अभिव्यक्ति वह ठीक से नहीं कर पाता है। ऐसे रोगी या व्यक्ति की बोली को समझना कठिन होता है, इनकी बोली की शैली विचित्र होती है, तथा इनकी भाषा बेसिर-पैर की होती है। इनकी अभिव्यक्ति भाषा में स्वर-शैली (intronation) की सामान्य परास (range) की कमी होती है। बायाँ गोलार्द्ध में क्षति होने से भाषा की मौलिकता ही काफी प्रभावित हो जाती है परंतु उसकी अभिव्यक्ति कौशल (expressive skills) उतना अधिक प्रभावित नहीं होता है।

---

1. एनोसोगनोसिया एक ऐसी विकृति है जिसमें व्यक्ति को अपने शरीर के किसी अंग में उत्पन्न रोग या बीमारी को पहंचानने की अक्षमता होती है। जैसे, व्यक्ति अपने पैर या हाथ के पक्षाघात को प्रत्यक्षण करने से इनकार कर सकता है।

स्पष्ट हुआ कि एकपार्श्वी क्षति अध्ययनों से यह स्पष्ट हुआ कि मस्तिष्क के दायाँ गोलार्द्ध तथा बायाँ गोलार्द्ध में संरचनात्मक तथा कार्यात्मक विषमता (aysmmetry) हैं जो इस बात को प्रमाणित करता है कि कुछ क्षेत्रों मे बायाँ गोलार्द्ध दायाँ गोलार्द्ध से अधिक प्रबल है तो कुछ अन्य क्षेत्रों में दायाँ गोलार्द्ध बायाँ गोलार्द्ध से अधिक प्रबल है।

पुरुष एवं महिलाओं के मस्तिष्क में अन्तर
(Difference between Male and Female Brains)

कई ऐसे अध्ययन हुए हैं जिनसे यह पता चला है कि पुरुष एवं महिला के मस्तिष्क में अन्तर होता है जिसके कारण महिला एक ढंग से सोचती है जबकि पुरुष फिर दूसरे ढंग से। पहले हम इन दोनों के मस्तिष्क की संरचनाओं (structures) के अन्तर पर विचार करेंगे।

किमुरा (Kimura, 2002) द्वारा किये गए शोध के अनुसार पुरुषों में महिलाओं की तुलना में हाइपोथैलेमस का एक भाग बड़ा होता है। उसी तरह कारपस कैलोजम (Carpus callosum) जो दायाँ गोलार्द्ध (right hemisphere) तथा बायाँ गोलार्द्ध (left hemisphere) को जोड़ता है, महिलाओं के मस्तिष्क में पुरुषों की मस्तिष्क की तुलना में बड़ा होता है।

बहुत समय पहले से ही लोगों को यह विश्वास रहा है कि पुरुष एवं महिलाओं के चिन्तन में अन्तर होता है। आधुनिक समय में मस्तिष्कीय कार्यों का अध्ययन करने के लिये जो नयी-नयी प्रविधियाँ जैसे एम आर आई (MRI), सीटी स्कैन (CT Scan), पी. ई. टी. स्कैन (PET Scan) आदि विकसित कर ली गयी और इसके उपयोग से जो तथ्य सामने आये हैं, उनसे भी यह पुष्टि हुई है कि महिला एवं पुरुष मस्तिष्क अलग-अलग ढंग से कार्य करते हैं। कुछ नवीनतम अध्ययनों से यह तथ्य सामने आया है कि जब महिला और पुरुष दोनों ही भाषाई कार्य (language task) कर रहे होते हैं, तो ऐसी परिस्थिति में बायाँ गोलार्द्ध का ब्रोका क्षेत्र निश्चित रूप से अधिक सक्रिय होता है। परंतु ऐसे कार्य करते समय जेगर तथा उनके साथियों (Joeger et al., 1998) द्वारा किये गये शोधों से यह पता चला है कि आधा से अधिक महिलाओं द्वारा मस्तिष्क के दायें तरफ पड़ने वाले क्षेत्रों का भी उपयोग किया जा रहा था। इस तरह से महिलाएँ बायें तरफ के कार्यों की क्षति को दायें तरफ के कार्यों से पूर्ति करने में सक्षम होतीं हैं।

महिला एवं पुरुष द्वारा विभिन्न तरह की मानसिक प्रक्रियाओं (neutral process) को करते समय मस्तिष्कीय गोलार्द्धों के विभिन्न हिस्सों का उपयोग किया जाता है। स्क्रैन्डिस रीक एवं कुन्जे (Skrandies, Reik & Kunje, 1999) द्वारा किये गए अध्ययनों से विभिन्न मानसिक प्रक्रिया करते समय बायाँ एवं दायाँ गोलार्द्ध से संबंधित जो तथ्य सामने आये हैं, वे इस प्रकार हैं—

मानसिक प्रक्रियाएँ (Mental processes)	**पुरुष (Male)**	**महिला (Female)**
1. हाथ की गति	बायाँ गोलार्द्ध	बायाँ गोलार्द्ध का अगला भाग
2. सांवेगिक अभिव्यक्ति	दायाँ गोलार्द्ध	दोनों गोलार्द्ध
3. दृष्टि/स्थानिक प्रत्यक्षण (Visual/spatial perception)	बायाँ गोलार्द्ध	दोनों गोलार्द्ध
4. शब्दावली/परिभाषा (Vocabulary/Definitions)	बायाँ गोलार्द्ध	दोनों गोलार्द्ध
5. व्याकरण/भाषा कार्य (Grammar/ Language functions)	बायाँ गोलार्द्ध	बायाँ गोलार्द्ध का अगला भाग (Left front)

उपर्युक्त तथ्यों से यह स्पष्ट है कि अधिकतर कार्यों के लिए महिलाएँ मस्तिष्क के दोनों गोलार्द्धों का उपयोग करती है तथा सूचनाओं को न सिर्फ विश्लेषणात्मक ढंग से वल्कि सार्वभौम ढंग से (globally) भी संसाधित करती हैं। शायद यही कारण है कि महिलाओं में पुरुषों की तुलना में अन्तर्ज्ञान (intution) अधिक होता है। समस्या समाधान करते समय पुरुष मस्तिष्क का बायाँ गोलार्द्ध का उपयोग तुलनात्मक रूप से अधिक करते हैं जो अपने आप में इस बात

का सबूत हो जाता है कि पुरुष महिलाओं की तुलना में अधिक तार्किक होते हैं। परंतु कई ऐसे अध्ययन भी हुए हैं जिनसे यह पता चलता है कि विशेष प्रशिक्षण एवं अनुभूति के कारण भी पुरुष तथा महिला मस्तिष्क के किसी विशेष गोलार्द्ध का उपयोग अधिक करने लगते हैं। जैसे, पश्चिमी संस्कृति में लड़कियों को अपने संवेगों का अधिक से अधिक उपयोग करने तथा दूसरों के साथ संबंध बनाने के लिये प्रोत्साहित किया जाता है जिससे उनमें भी किसी समस्या का समाधान करते समय दायाँ गोलार्द्ध का उपयोग करने की प्रवृत्ति तीव्र हो जाती है। उसी ढंग से इस संस्कृति के लड़कों को अपना संवेग दबाकर या छिपाकर रखने, ठंडे दिमाग से सोचने आदि के लिये अधिक प्रोत्साहित किया जाता है। इसका परिणाम यह होता है कि इनमें दायाँ गोलार्द्ध की अपेक्षा बायाँ गोलार्द्ध पर निर्भर होने की प्रवृत्ति अधिक विकसित हो जाती है। पिट्टम तथा उनके सहयोगियों (Pittam et. al., 1995) ने अपने अध्ययन से इस तथ्य की संपुष्टि किया है।

न्यूरोमनोवैज्ञानिक मूल्यांकन
(Neuropsychological Assessment)

न्यूरोमनोवैज्ञानिक मूल्यांकन वैसे मूल्यांकन को कहा जाता है जिसमें इस बात का विशेष रूप से मूल्यांकन किया जाता है कि मस्तिष्कीय दुष्क्रिया (brain dysfunction) से किस तरह से मानव व्यवहार एवं चिंतन प्रभावित होकर असामान्य हो जाते हैं। न्यूरोमनोवैज्ञानिक (neuropsychologist) वैसा मनोवैज्ञानिक होता है जो यह भी अन्य बातों के अलावा अध्ययन करता है कि मस्तिष्क में दुष्क्रिया (dysfunction) होने से क्लायंट का व्यवहार एवं चिंतन में किस प्रकार की असामान्यता (abnormality) उत्पन्न होता है। इसके लिए ऐसे मनोवैज्ञानिकों द्वारा कई तरह के परीक्षण जिन्हें न्यूरोमनोवैज्ञानिक परीक्षण (neuropsychological test) कहा जाता है, विकसित किया गया है। इन परीक्षणों के माध्यम से यह जाना जाता है कि क्लायंट के व्यवहार में जो असामान्यताएँ हैं, उनका कारण मस्तिष्कीय दुष्क्रिया है या नहीं। ऐसे परीक्षणों में निम्नांकित प्रमुख हैं:—

(i) वेन्डर दृष्टि-पेशीय गेस्टाल्ट परीक्षण (Bender Visual-Motor Gestalt Test)

(ii) लूरिया-नेबरास्का न्यूरोमनोवैज्ञानिक बैटरी (Luria-Nebraska Neuropsychological battery)

(iii) हालस्टीड-रिटान न्यूरोमनोवैज्ञानिक बैटरी (Helsteid-Reitan Neuropsycholgical battery)

इन सबों का वर्णन निम्नांकित है—

(i) वेन्डर दृष्टि-पेशीय गेस्टाल्ट परीक्षण *(Bender Visual-Motor Gestalt test)*—इस परीक्षण का निर्माण वेन्डर (Bender, 1938) द्वारा किया गया। इस परीक्षण में 9 कार्ड होते हैं जैसा कि चित्र 2.18 में दिखलाया गया है।

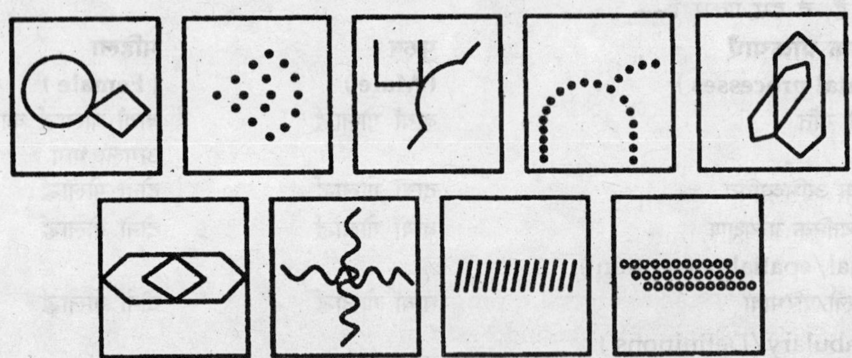

चित्र 2.18 : वेन्डर दृष्टि-पेशीय गेस्टाल्ट परीक्षण के एकांश (items)

प्रत्येक कार्ड में एक विशेष तरह का डिजाइन बना होता है। व्यक्ति को एक-एक करके प्रत्येक डिजाइन दिया जाता है। व्यक्ति पहले डिजाइन का नकल (copy) उतारता है, उसके बाद उसके सामने से डिजाइन हटा दिया जाता है और उसे अपनी स्मृति से उस डिजाइन को बनाना होता है। क्लायंट द्वारा नकल करने या स्मृति से डिजाइन बनाने में हुई त्रुटियाँ (errors) के आधार पर उसके तंत्रिकीय या मस्तिष्कीय क्षति (brain damage) का अंदाज लगाया जाता है।

परंतु कई नैदानिक विशेषज्ञों (clinicians) का मत है कि यह परीक्षण बहुत वैध (valid) नहीं है और इसको मात्र एक स्थूल परख साधन के रूप में ही स्वीकार किया जा सकता है। इनका मत है कि डिजाइन में त्रुटि (errors) सिर्फ तंत्रिकीय क्षति (neurological impairment) से ही नहीं बल्कि अन्य कारणों से जैसे हाथ में कम्पन या घबड़ाहट (nervousness) से भी उत्पन्न हो सकता है। इस परीक्षण के बारे में इस तरह की आलोचना को ही ध्यान में रखते हुए मालोनी एवं वार्ड[1] (Maloney & Ward, 1976) ने कहा है, ''मस्तिष्कीय दुष्क्रिया के परख में व्यापक उपयोग के बावजूद भी वेन्डर परीक्षण को प्रमस्तिष्कीय दुष्क्रिया के सामान्य प्रभावों का एक संवेदनशील माप नहीं समझा जाता है।''

(ii) लूरिया-नेबरास्का न्यूरोमनोवैज्ञानिक बैटरी *(Luria-Nebraska Neuropsychological Battery)*—इस बैटरी का निर्माण रूसी मनोवैज्ञानिक एलेक्सेण्डर-लूरिया द्वारा किया गया। इस बैटरी में 269 एकांश हैं जिनके माध्यम से व्यक्ति के विस्तृत मनोवैज्ञानिक कार्यों (psychological functions) के बारे में अनुमान लगाया जाता है। इसमें व्यक्ति के स्पर्श एवं गति कौशलों, शाब्दिक एवं स्थानिक (spatial) कौशलों, तीक्ष्ण एवं जटिल पेशीय समन्वय, लेखन, पठन संभाषण (speech) एवं अंकगणितीय कौशलों तथा बौद्धिक एवं स्मृति प्रक्रियाओं के बारे में सूचना प्राप्त किया जाता है। इसके क्रियान्वयन में करीब 2½ घंटा समय लगता है। गोल्डेन एवं उनके सहयोगियों (Golden et. al., 1980) के अनुसार सम्पूर्ण परीक्षण में क्लायंट द्वारा प्राप्त अंकों के पैटर्न (pattern) के आधार पर मस्तिष्क के विभिन्न भागों में हुए क्षति (impairments) का पता चलता है। गोल्डेन (Golden, 1980) के ही अनुसार इस परीक्षण का एक रूपांतर (version) 8 साल से 12 साल के बच्चों के लिए भी तैयार किया गया है जिसके आधार पर बच्चों के मस्तिष्कीय दुष्क्रिया (brain dysfunction) का पता चलता है। इस परीक्षण का महत्त्वपूर्ण गुण यह है कि इसके क्रियान्वयन (administration) में कम समय लगता है तथा ब्रिकमैन एवं उनके सहयोगियों (Brickman et. al., 1984) के अनुसार इस परीक्षण द्वारा वैसे मस्तिष्कीय क्षति का भी पता चलता है जो सामान्यतः तंत्रकीय परीक्षा (neurological examination) में स्पष्ट नहीं हो पाते हैं और साथ-ही-साथ इस परीक्षण में क्लायंट के शैक्षिक स्तर (educational level) को भी नियंत्रित करके रखा गया। इसका मतलब यह हुआ कि कम पढ़े-लिखे क्लायंट को सिर्फ कम पढ़े-लिखे होने के कारण कम प्राप्तांक नहीं मिलता है।

(iii) हालस्टीड-रिटान न्यूरोमनोवैज्ञानिक बैटरी *(Halsteed-Reitan Neuropsychological battery)*—नैदानिक मूल्यांकन विशेषज्ञ सामान्यतः सिर्फ यही नहीं जानना चाहते हैं कि व्यक्ति तंत्रकीय रूप से क्षतिग्रस्त है कि नहीं बल्कि वे यह भी जानना चाहते हैं कि ऐसे क्षति का स्वरूप क्या है और वह कहाँ अवस्थित है। हालस्टीड-रिटान बैटरी इन उद्देश्यों को भरसक पूरा करता है। इस परीक्षण का उपयोग 15 साल एवं उससे ऊपर के व्यक्ति पर किया जाता है परंतु इसके दो अन्य रूपांतर (version) भी विकसित किये गये हैं जिनमें से एक का उपयोग 9 साल से 14 साल के बच्चों के लिए तथा दूसरे का उपयोग 5 साल से 8 साल के बच्चों के लिए किया जाता है। बौल्ल (Boll, 1981) के अनुसार इस परीक्षण का वयस्क प्रारूप (adult form) में करीब 12 परीक्षण सम्मिलित होते हैं जो इस प्रकार हैं—

(a) सम्पूर्ण MMPI
(b) WAIS-R
(c) श्रेणी परीक्षण (Categories test)
(d) स्पर्श क्रियात्मक परीक्षण (Tactual Performance Test)
(e) लय परीक्षण (Rhythm test)
(f) संभाषण-आवाज प्रत्यक्षण परीक्षण (Speech-Sound Perception Test)
(g) अंगुली-निष्कास परीक्षण (Finger Tapping Test)
(h) खोज-निर्माण परीक्षण (Trail Making Test)
(i) पकड़-की-शक्ति परीक्षण (Strength of Grip Test)
(j) संवदी-प्रत्यक्षज्ञानात्मक परीक्षण (Sensory Perceptual Examination)
(k) स्पर्श प्रत्यक्षण परीक्षा (Tactile Perception test)
(l) बायाघात परख परीक्षण (Aphasia Screening Test)

1. "Despite its widespread use in screening for brain dysfunction, the Bender-Gestalt test is not considered a sensitive measure of the general effects of cerebral dysfunction."

—Maloney & Ward : *Psychological Assessment*, 1976, p. 269

हालस्टीड-रिटान परीक्षण को क्रियान्यवन करने में लगभग छह घंटे का समय लगता है। उक्त सभी परीक्षणों के प्राप्तांकों का तुलनात्मक अध्ययन करके क्लायंट के मस्तिष्कीय क्षति का अनुमान लगाया जाता है और साथ-ही-साथ इस बात का भी पता लगाया जाता है कि मस्तिष्क के किस क्षेत्र में क्षति सर्वाधिक हुई है। इस दूसरे कार्य में पकड़-की-शक्ति परीक्षण की अहं भूमिका होता है। पहले कार्य के लिए कई तरह के क्षति सूचकांक (deterioration index) ज्ञात किया जाता है। यद्यपि यह परीक्षण काफी लोकप्रिय है परंतु इसके क्रियान्वयन में समय अधिक लगने से इसकी उपयोगिता थोड़ी सीमित हो गयी है।

तन्त्रिका तन्त्र या मस्तिष्क के अध्ययन की विधियाँ (Methods of Investigating Brain or Nervous System)

वैज्ञानिकों ने मस्तिष्क तथा तन्त्रिका तन्त्र (nervous system) के कार्यों के अध्ययन के लिए कई विधियों का प्रतिपादन किया है। इन विधियों में से निम्नांकित पाँच विधियाँ अधिक प्रचलित हैं:—

1. वैद्युत उत्तेजन विधि *(Method of electrical stimulation)*—इन विधि में व्यक्ति के मस्तिष्क के किसी हिस्से को हल्के विद्युत-प्रवाह (electric current) द्वारा उत्तेजित किया जाता है। मानव मस्तिष्क में इस तरह का विद्युत-प्रवाह प्रायः सर्जिकल ऑपरेशन के दौरान किया जाता है। इस तरह की स्थिति में व्यक्ति चूँकि चेतनावस्था में होता है, अतः वह मस्तिष्क के किसी भाग को उत्तेजित किये जाने के बाद अपना अनुभव बतलाता है। सिलभरमैन (Silverman, 1978) ने अपने अध्ययन के आधार पर यह बतलाया है कि मानव मस्तिष्क के संवेदी क्षेत्र (sensory area) को उत्तेजित करने पर व्यक्ति भिन्न-भिन्न प्रकार की आवाज सुनने तथा रोशनी देखने की संवदेना का अनुभव करता है। उसी तरह से जब मस्तिष्क के पेशीय क्षेत्र (motor area) को उत्तेजित किया जाता है तो व्यक्ति या पशु भिन्न-भिन्न तरह की पेशीय क्रियाएँ जैसे पैर उठाना, हाथ उठाना, ऊँगली फैलाना-सिकोड़ना आदि करते पाया जाता है।

इस विधि को इसलिए महत्त्वपूर्ण कहा गया है कि क्योंकि इसके आधार पर वैज्ञानिकों को मस्तिष्क के भिन्न-भिन्न क्षेत्रों के कार्यों के बारे में ठीक ढंग से जानने में काफी सुविधा हुई है।

2. उच्छेदन विधि *(Method of ablation)*—इस विधि का उपयोग अधिकतर पशु मस्तिष्क के कार्यों के अध्ययन में किया जाता है। इस विधि में मस्तिष्क के किसी एक भाग को जिसके बारे में अध्ययन किया जाना है, सर्जिकल ऑपरेशन के सहारे काट कर निकाल दिया जाता है तथा इसके बाद उसके व्यवहार पर पड़ने वाले प्रभाव का अध्ययन किया जाता है। पशु मस्तिष्क के कार्यों का अध्ययन इस विधि द्वारा दो प्रकार से किया जाता है। पहला तो यह कि पशु को विशेष प्रशिक्षण देकर एक खास व्यवहार जैसे भूलभूलैया में दौड़ना सीखला दिया जाता है। उसके बाद मस्तिष्क में उच्छेदन (ablation) की प्रक्रिया सम्पन्न की जाती है। इसके बाद इस बात का निर्धारण किया जाता है कि उच्छेदन के फलस्वरूप सीखा हुआ व्यवहार में कितनी कमी आयी। दूसरा यह कि पशु के मस्तिष्क में पहले ही सर्जिकल ऑपरेशन द्वारा उच्छेदन (ablation) कर दिया जाता है और इस बात का निर्धारण किया जाता है कि इस तरह के पशु किसी नये व्यवहार को सीखने में कितना समय लेते हैं, कितनी त्रुटियाँ आदि करते हैं। इस विधि का उपयोग मानव मस्तिष्क के कार्यों को भी अध्ययन करने में किया गया है। खासकर जब किसी व्यक्ति के मस्तिष्क का ऑपरेशन किसी बीमारी, दुर्घटना या ट्यूमर (tumor) आदि के कारण करना होता है तो उस समय वैज्ञानिक इस विधि के सहारे मस्तिष्क के कुछ भागों का अध्ययन किया करते हैं।

3. संरचनात्मक विधि *(Anatomical method)*—इस विधि का प्रयोग शरीररचना वैज्ञानिक (anatomist) द्वारा अधिक किया गया है। इस विधि द्वारा कोशिकाओं (cells) के आकार एवं तन्त्रिकाओं (neurons) के भिन्न-भिन्न पथ (pathways) के बारे में आसानी से ज्ञान प्राप्त होता है। जीव (organism) के शरीर से कोशिकाओं (cells) को पूर्णतः हटाकर उसे विशेष रसायन घोल (chemical solution) में रखा जाता है ताकि उसमें किसी प्रकार की खराबी विकसित नहीं हो जाए। भिन्न-भिन्न कोशिकाओं की संरचनाओं एवं पथ को माइक्रोस्कोप (microscope) के सहारे *स्टैन्डर्ड स्टेनिंग प्रविधि* (standard staining technique) द्वारा देखा जाता है। इस प्रविधि में स्टेन (stain) जो एक प्रकार का ऐसा रंग (dye) होता है जिसे कुछ कोशिकाएँ अपने में सोख लेती है, द्वारा तन्त्रिकाओं के पथ का अध्ययन किया जाता है। जैसे-जैसे कोशिकाओं द्वारा इस रंग को सोखा जाता है, वैसे-वैसे कोशिका की संरचना तथा उसका पथ (pathway) स्पष्ट रूप से वैज्ञानिक को दिखाई देने लगता है। इस विधि का प्रयोग कर

वैज्ञानिकों ने सबसे पहले यह दिखलाया था कि ज्ञानेन्द्रियों (sense organs) से स्नायु प्रवाह (nerve impulse) मस्तिष्क में किन-किन पथों द्वारा होते हुए मस्तिष्क के किसी विशेष भाग में पहुँचता है तथा किन-किन पथों द्वारा मस्तिष्क से स्नायु प्रवाह पुनः सुषुम्ना (spinal cord) में पहुँचता है।

4. रासायनिक विधि (*Chemical method*)—इस विधि में कुछ विशेष रासायनिक घोल (chemical solution) जैसे—प्रोकेन (procaine), ऐसीटिलकोलिन (acetylcholine) आदि को पतले ट्यूब (tiny tube) जिसे केनुला (canula) कहा जाता है, द्वारा मस्तिष्क के भीतर डाल दिया जाता है। इस रासायनिक घोल की प्रक्रिया मस्तिष्क के उस भाग में होती है जहाँ उसे डाला गया है। इस प्रतिक्रिया के फलस्वरूप व्यक्ति के व्यवहार में परिवर्तन आता है। ग्रास्समैन (Grassman, 1960) ने इस विधि का प्रयोग संधिस्थल (synapse) में तन्त्रिका आवेग के अंतरण (transmission) के अध्ययन में किया है। जैसा कि हम जानते हैं, संधिस्थल पर एक विशेष प्रकार का तरल पदार्थ जिसे ऐसीटिलकोलाइन कहा जाता है, के निकलने से तन्त्रिका आवेग प्रायः एक तन्त्रिका कोश के एक्सॉन (axon) से दूसरे तन्त्रिका कोश की शाखिकाओं में आसानी से चली जाती है। इन्होंने कुत्तों के तन्त्रिका तंत्र (nervous system) में ऐसीटिलकोलाइन की सूई दी जिसके फलस्वरूप यह देखा गया है कि कुत्ते में संधिस्थल पर स्नायु प्रवाह (nerve impulse) पहले से अधिक तीव्र गति से पारित होता था।

आजकल रासायनिक विधि द्वारा मस्तिष्क के किसी भी एक कोशिका (cell) के कार्य का अध्ययन किया जाना सम्भव हो गया है। इसका परिणाम यह हुआ कि वैज्ञानिकों को किसी खास तन्त्रिका (nerve) तथा पूरे तन्त्रिका तन्त्र (nervous system) के बारे में ज्ञान प्राप्त करने में काफी सुविधा हो गयी है।

5. वैद्युत रेकार्डिंग विधि (*Electrical recording method*)—मस्तिष्क के कार्यों के बारे में अध्ययन करने का सबसे नवीनतम विधि वैद्युत रेकार्डिंग विधि है। इस विधि में तन्त्रिका तन्त्र (nervous system) विशेषकर मस्तिष्क (brain) के वैद्युत क्रियाओं (electrical activities) को रेकार्ड (record) करके मस्तिष्क के अंगों के कार्यों के बारे में जाना जाता है। इस तरह के रेकार्डिंग की मुख्य दो प्रविधियाँ हैं, जो निम्नांकित हैं:—

(i) इलेक्ट्रॉनसिफैलोग्राम (Electroencephalogram or EEG)

(ii) मैगनेटोसिफैलोग्राम (Magnetoencephalogram or MEG) तथा मैगनेटिक शोर्स इमेजिंग (Magnetic Source imaging or MSI)

EEG की प्रविधि जिसकी खोज अस्ट्रीया के मनश्चिकित्सक हंस बर्गर (Hans Berger) द्वारा 1924 में किया गया था, में व्यक्ति के खोपड़ी (scalp) के ऊपर एल्क्ट्रोड (electrode) लगा दिये जाते हैं। इस एल्क्ट्रोड के सहारे मस्तिष्क में हुए वैद्युत किया (electrical activities) में परिवर्तन को जिसे मस्तिष्क का तरंग (brain waves) कहा जाता है, एक ग्राफ के सहारे रेकार्ड किया जाता है। व्यक्ति की शारीरिक अंवस्था के आधार पर भिन्न-भिन्न प्रकार के तरंग बनते हैं। जब व्यक्ति उत्तेजित अवस्था में होता है तो एक विशेष प्रकार का तरंग बनता है। उसी तरह से जब वह निष्क्रिय एवं शांत होता है, तो कुछ दूसरे ही प्रकार का तरंग बनता है। इन विभिन्न प्रकारों के तरंगों में अल्फा तरंग (alpha wave) काफी महत्त्वपूर्ण है जो उस समय बनता है जब व्यक्ति आराम (rest) कर रहा होता है। व्यकित के उत्तेजित होते ही अल्फा तरंग का बनना समाप्त होकर इसकी जगह पर दूसरी तरह का तरंग जो अनियमित (irregular) तथा कम ऊँचाई (amplitude) वाला होता है, बनना शुरू हो जाता है। इस तरह के तरंग को बीटा तरंग (beta wave) कहा जाता है। मण्डी-काशल (Mundy-Castle, 1958) ने कुछ प्रयोग

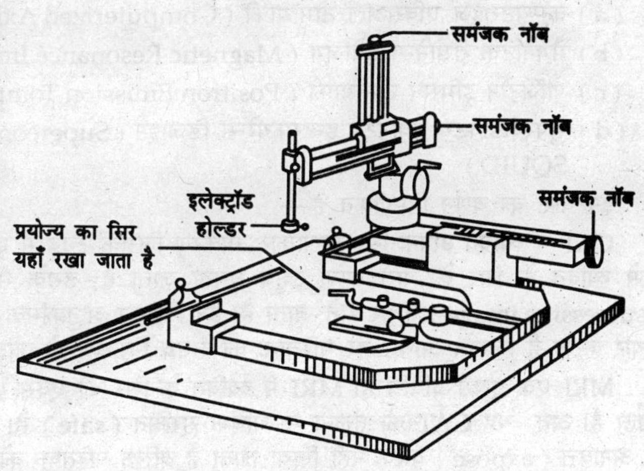

चित्र : 2.19 : स्टीरियोटैक्सीक उपकरण (Stereotaxic apparatus)

कर यह दिखलाया है कि EEG तरंग तथा व्यक्ति के बुद्धि एवं शीलगुणों (traits) में एक सम्बन्ध होता है। परन्तु बाद के मनोवैज्ञानिकों ने इस तरह के सम्बन्ध की अनुपस्थिति बतलाया है। EEG एक मैक्रोएल्कट्रोड प्रविधि (Macro electrode technique) का उदाहरण है।

मैगनोटाएनसिफैलोग्राम (MEG) का प्रयोग कोहेन (Cohen, 1972) द्वारा किया गया। MEG तथा MSI जो लगभग एक समान है, की विधियों में मस्तिष्क में वैद्युत क्रियाओं द्वारा उत्पन्न चुम्बकीय क्षेत्र (magnetic field) को मापा जाता है और इससे जो सूचनाएँ प्राप्त होतीं हैं वे EEG द्वारा प्राप्त सूचनाओं से कहीं अधिक श्रेष्ठ होती है। MEG का प्रयोग करने से मस्तिष्क में उत्पन्न होने वाले प्रवाह (current) को सीधे मापा जा सकता है जो EEG द्वारा सम्भव नहीं होता है क्योंकि इस तरह के मापन में (यानी EEG द्वारा मापन में) एलेक्ट्रोड (electrode) बाधा पहुँचाता है। कोहेन (Cohen, 1972) ने यह भी बतलाया है कि MEG द्वारा मस्तिष्क में वैसे प्रवाहों (current) का भी अध्ययन कर लिया जाता है जिसके प्रति EEG संवेदनशील नहीं होता है।

वैद्युत रेकार्डिंग विधि में अभी हाल में ही एक विशेष उपकरण जिसे माइक्रोएलेक्ट्रोड (Microelectrode) कहा जाता है, का भी उपयोग होने लगा है। माइक्रोएलेक्ट्रोड द्वारा मस्तिष्क के तरंग का किया गया मापन EEG तथा MEG दोनों की तुलना में अधिक विश्वसनीय एवं यथार्थ (precise) माना गया है। इस विधि में एक बहुत ही पतला एलेक्ट्रोड जिसे माइक्रोएलेक्ट्रोड कहा जाता है, मस्तिष्क के उस भाग में सर्जिकल ऑपरेशन के सहारे घुसा दिया जाता है, जहाँ से स्नायु प्रवाह (nerve impulse) को ग्रहण करना होता है। इस विधि में व्यक्ति (EEG रेकार्डिंग के समान) एक जगह लेटा रहे, यह आवश्यक नहीं है। वह अपनी सभी क्रियाएँ सामान्य रूप से करता है तथा इसी बीच माइक्रोएलेक्ट्रोड द्वारा मस्तिष्क के तरंगों का रेकार्डिंग अपने आप ही होते जाता है। मस्तिष्क के संवेदी (sensory) एवं पेशीय (motor) स्नायु प्रवाह (nerve impulse) के अध्ययन में माइक्रोएलेक्ट्रोड का प्रयोग अधिक किया जाता है।

न्यूरोवैज्ञानिकों द्वारा मस्तिष्क के भीतर के न्यूरोन के वैद्युतीय क्रियाओं का अध्ययन करने के लिए एक विशेष तरह का छोटा एवं पतला एलेक्ट्रोड घुसा दिया जाता है और न्यूरोन की क्रियाओं का अध्ययन किया जाता है। इसके लिए इन लोगों द्वारा एक विशेष उपकरण जिसे स्टीरियोटैक्सिक उपकरण (Stereotaxic apparatus) कहा जाता है, का उपयोग किया जाता है (देखें चित्र 2.19)।

6. स्कैनिंग विधि (*Scanning method*)—मस्तिष्क के कार्य के अध्ययन की यह एक नवीनतम विधि है जिसे गत कुछ वर्षों में अधिक लोकप्रियता मिली है। इसमें जीवित व्यक्ति के मस्तिष्क के कार्यों का विशेष उपकरण के सहारे निरीक्षण किया जाता है। इसमें निम्नांकित चार तरह की प्रविधि अधिक लोकप्रिय है—

(a) कम्प्यूटराइज एक्सिअल टोमोग्राफी (Computerized Axial Tomography or CAT)

(b) मैगनेटिक रीसोनेन्स इमेजिंग (Magnetic Resonance Imaging or MRI)

(c) पोजिट्रोन इमिसन टोमोग्राफी (Positron Emission Tompgraphy or PET)

(d) सुपरकंडक्टिंग क्वानटम इन्टरफेयरेन्स डिजाइन (Superconducting Quantum Interference Device SQUID)

इन चारों का वर्णन निम्नांकित हैं—

CAT में व्यक्ति अपना सिर गोलाकार उपकरण जिसके ट्यूब में एक्स-रे (X-ray) प्लेट होता है, रखता है। जैसे-जैसे व्यक्ति के सिर के चारों तरफ ट्यूब घूमता जाता है, उसके मस्तिष्क के भीतरी भागों का आनुक्रमिक तस्वीर (successive image) तैयार होते जाता है। इन विभिन्न आनुक्रमिक तस्वीरों को मिलाकर कम्प्यूटर एक बड़ा तस्वीर तैयार करता है जिसके आधार पर मस्तिष्क का समग्र निरीक्षण हो जाता है।

MRI एक दूसरी प्रविधि है। MRI में व्यक्ति के सिर को एक्स-रे (X-ray) से अनावृत्त (expose) नहीं किया जाता है। अतः यह CAT की तुलना में अधिक सुरक्षित (safe) है। इस विधि में मस्तिष्क का तस्वीर किसी एक्स-रे से अनावृत्त (expose) करके नहीं लिया जाता है बल्कि मस्तिष्क को एक तीव्र चुम्बकीय क्षेत्र (strong magnetic field) से अनावृत्त करके उसका तस्वीर प्राप्त किया जाता है। जब तीव्र चुम्बकीय क्षेत्र से मस्तिष्क का सामना कराया जाता है तो मस्तिष्कीय उत्तकों (brain tissues) में पाये जाने वाले हाइड्रोजन परमाणु (hydrogen atom) द्वारा

ऊर्जा की तरंगें प्रस्फुटित होने लगती है जिन्हें माप कर उन्हें कम्प्यूटर की मदद से संयोजित (combine) किया जाता है जिसके परिणामस्वरूप मस्तिष्क का एक समग्र तस्वीर उपलब्ध हो पाता है। चूँकि इस तरह से प्राप्त तस्वीर काफी स्पष्ट होते हैं अतः उनका उपयोग मस्तिष्कीय विकृति (brain disorder) की पहचान करने में भी काफी किया जाता है।

PET में मस्तिष्क के चयापचयी क्रियाओं (metabolic activity) के बारे में प्राप्त सूचनाओं के आधार पर उनके कार्यों का निरूपण किया जाता है। दूसरे शब्दों में, इसमें अमुक समय में मस्तिष्क के विभिन्न भाग कितना अधिक सक्रिय रहता है, के आधार पर उसके कार्यों का निर्धारण किया जाता है। जिस व्यक्ति को PET स्कैनिंग होना है, उसे रेडियोएक्टिव प्रकृति के ग्लूकोज (glucose) का सूई दे दिया जाता है। इस तरह के ग्लूकोज को मस्तिष्कीय कोशिका (brain cell) अपनी-अपनी सक्रियता के स्तर के अनुरूप सोखता है। जो मस्तिष्कीय कोश जितना ही अधिक सक्रिय होता है वह उतना ही ग्लूकोज अधिक मात्रा में अपने में सोखता है। इसके परिणामस्वरूप यह आसानी से निर्धारित किया जाता है कि मस्तिष्क का कौन-सा भाग कितना अधिक सक्रिय है।

SQUID में मस्तिष्क के चुम्बकीय क्षेत्रों में होने वाले सूक्ष्मतम परिवर्तनों की पहचाने की क्षमता के आधार पर मस्तिष्क की तस्वीर खींचता है। जब न्यूरोन उत्तेजित होते हैं, तो उनसे एक वैद्युतीय धारा उत्पन्न होती है। ऐसी वैद्युतीय धारा फिर एक चुम्बकीय क्षेत्र (magnetic field) उत्पन्न करती है जिसे SQUID एक तस्वीर क्रियाओं (neural activity) के रूप में लेता है।

स्पष्ट हुआ कि तन्त्रिका तन्त्र (nevous system) खासकर मस्तिष्क के कार्यों का अध्ययन करने की कई विधियाँ है। इन विधियों में से स्कैनिंग विधि (scanning method) की विश्वसनीयता तथा निर्भरता आजकल सबसे अधिक बढ़ गयी है।

अन्तःस्रावी तन्त्र
(Endocrine System)

हमारे शरीर में प्रभावक (effector) एक महत्त्वपूर्ण अंग है जिसके सहारे व्यक्ति किसी कार्य को करता है। प्रभावक के मुख्य भाग हैं—मांसपेशियाँ (muscles) एवं ग्रन्थियाँ (glands)। मांसपेशियों द्वारा व्यक्ति अपने बाहरी वातावरण (external environment) में समायोजन (adjustment) स्थापित कर पाता है तथा ग्रन्थियाँ (glands) द्वारा वह अपने शरीर के भीतरी वातावरण (internal environement) में एक संतुलित समायोजन (balanced adjustment) कर पाता है। इस तरह के आंतरिक संतुलन को मनोवैज्ञानिकों ने *समावस्थान या समस्थिति* (homeostasis) की संज्ञा दी है।

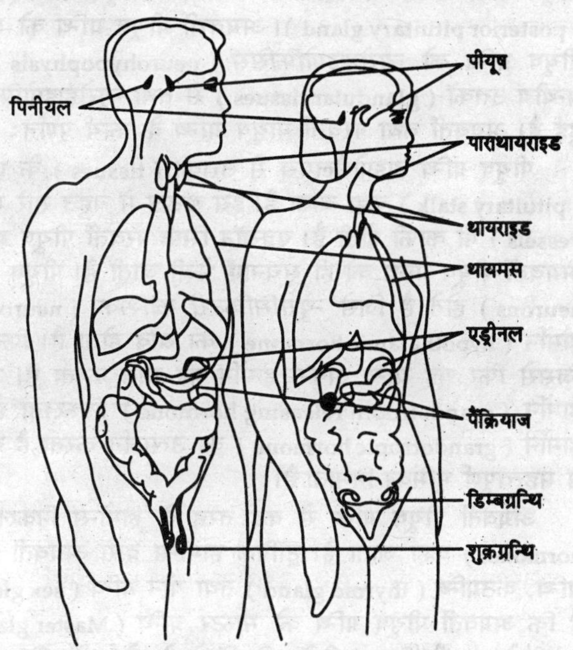

चित्र 2.20 : मानव शरीर में अन्तःस्रावी ग्रन्थियों का स्थान

हमारे शरीर में दो तरह के ग्रन्थियाँ है—वहिःस्रावी ग्रन्थि (exocrine gland) तथा अन्तःस्रावी ग्रन्थि (endocrine gland)। वहिःस्रावी ग्रन्थि उन ग्रन्थियों को कहा जाता है जिसका स्राव विशेष पथ (path or duct) द्वारा शरीर के बाहर निकल जाता है। अतः इन ग्रन्थियों का स्राव (secretion) खून में नहीं मिल पाता है। जैसे—अश्रु ग्रन्थियाँ (tear glands) पसीना ग्रन्थि तथा लार ग्रन्थियाँ (saliva glands) वहिःस्रावी ग्रन्थि के उदाहरण हैं। इन ग्रन्थियों को *पथ ग्रन्थि* (duct gland) भी कहा जाता है। व्यक्तित्व के विकास में इन ग्रन्थियों का कोई महत्त्वपूर्ण योगदान नहीं हो पाता है।

अन्तःस्रावी ग्रन्थि वैसे ग्रन्थियों को कहा जाता है जिसका स्राव (secretion) खून में मिल जाता है क्योंकि इनके स्राव निकलने के लिए कोई विशेष पथ (duct) नहीं होता है। यही कारण है कि इन्हें *पथहीन ग्रन्थि* (ductless gland) भी कहा जाता है। अन्तः-स्रावी ग्रन्थि के स्राव को हार्मोन्स (hormones) कहा जाता है जिसका शरीर के विकास तथा व्यक्ति के सांवेगिक विकास (emotional development) पर काफी प्रभाव पड़ता है। हारमोन एक ऐसा रासायनिक तत्त्व होता है जो शरीर के एक भाग में बनता है तथा शरीर के दूसरे भाग को प्रभावित करता है। सचमुच में 'इन्डोक्राइन' शब्द ग्रीक शब्द 'endn' जिसका अर्थ होता है भीतर एवं 'krinein' जिसका अर्थ होता है स्राव करना, (secrete) से बना है। हार्मोन्स तन्त्रिका आवेग की तुलना में धीमी गति से संचारित होता है। हारमोन जब रक्त से मिलता है, तो वह सभी अंगों को प्रभावित नहीं करता है बल्कि उन्हीं अंगों को प्रभावित करता है जिनमें उस हारमोन को ग्रहण करने का ग्राहक कोश (receptor cell) मौजूद होते हैं। इसे लक्ष्य अंग कोश (target organ cell) कहा जाता है। जैसे, एलडोस्ट्रोन (aldos-terone) जो एड्रीनल ग्रन्थि से निकलता है, द्वारा सिर्फ गुर्दा (kidney) का कार्य प्रभावित होता है क्योंकि इस हारमोन को ग्रहण करनेवाली कोशिकाएँ सिर्फ गुर्दा में ही होती है। मनोवैज्ञानिकों की अभिरुचि न्यूरोहारमोन्स (neurohormones) में अधिक रही है। न्यूरो हारमोन्स से तात्पर्य वैसे हारमोन्स से होता है जो तन्त्रिका तन्त्र (nervous sytem) को प्रभावित करते हैं तथा उसके साथ अन्तःक्रिया करते हैं। न्यूरोहारमोन्स तन्त्रिका की क्रियाओं को प्रभावित करते हैं। परन्तु चूँकि वे ग्रन्थि से निकलकर व्यक्ति के रक्त में सीधे मिल जाते हैं न कि संधिस्थल पर निकलते हैं, इसलिए इनका प्रभाव तन्त्रिकाओं पर देर से परन्तु अधिक समय तक होता है। हमारे शरीर में कई अन्तःस्रावही ग्रन्थियाँ (endorcine gland) हैं जो शरीर के भिन्न-भिन्न भागों में अवस्थित (localized) होते हैं। अंतःस्रावी ग्रन्थि की सूची में हाइपोथैलमस भी सम्मिलित है। (चित्र 2.20 देखें) व्यक्तित्व विकास में प्रमुख अन्तःस्रावी ग्रन्थियों के महत्त्व का वर्णन निम्नांकित हैः—

1. पीयूष ग्रन्थि (*Pituitary gland*)—पीयूष ग्रन्थि मस्तिष्क में अवस्थित होता है। इसे *हाइपोफिसिस* (hypophysis) भी कहा जाता है। इस ग्रन्थि का वजन लगभग एक ग्राम तथा मात्रा (volume) 1cm^3 होता है। पीयूष ग्रन्थि के दो भाग होते हैं—*अग्रवर्ती पीयूष ग्रन्थि* (anterior pituitary gland) तथा *परवर्त्ती पीयूष ग्रन्थि* (posterior pituitary gland)। अग्रवर्त्ती पीयूष ग्रन्थि को *एडेनोहाइपोफिसस* (adenohypophysis) तथा परवर्ती पीयूष ग्रन्थि को *न्यूरोहाइपोफिसिस* (neurohypophysis) भी कहा जाता है। एडेनोहाइपोफिसिस की उत्पत्ति ग्रन्थीय उत्तकों (glandular tissues) से तथा न्यूरोहाइपोफिसिस की उत्पत्ति तन्त्रीय उत्तकों (neural tissues) से हुई है। अग्रवर्ती तथा परवर्ती पीयूष ग्रन्थि के कार्य पूर्णतः एक दूसरे से भिन्न होते हैं।

पीयूष ग्रन्थि हाइपोथैलमस से उत्तकों (tissues) के एक पतले भाग द्वारा जुड़ा होता है जिसे पीयूष डंठल (pituitary stalk) कहा जाता है। इस डंठल में बहुत सारे एक्सॉन (axons) होते हैं तथा रक्त नलिकाएँ (blood vessels) भी काफी होतीं हैं। एक्सॉन सिर्फ परवर्ती पीयूष ग्रन्थि तक ही फैला होता है। रक्त नलिकाओं द्वारा सिर्फ अग्रवर्ती पीयूष ग्रन्थि को ही सूचनाएँ भेजी जातीं हैं। पीयूष डंठल के जड़ में कुछ विशिष्ट न्यूरोन्स (specialized neurons) होते हैं जिसे *न्यूरोसिक्रिटरी कोशिका* (neurosecretory cells) कहा जाता है, द्वारा हाइपोथैलमिक हार्मोन (hypothalamic hormone) का स्राव होता है। फिर ये हार्मोन से अग्रवर्त्ती पीयूष ग्रन्थि उत्तेजित होता है जिससे फिर यह ग्रन्थि अपना हार्मोन का स्राव करता है। उदाहरणस्वरूप, हाइपोथैलमस से ग्रैंडोट्रोपिन निमुर्क्ति हार्मोन (grandotropin releasing hormone) निकलता है जिससे अग्रवर्ती पीयूष प्रभावित होकर ग्रैंडोट्रोपिक हार्मोन (grandotropic hormone) का उत्सर्जन करता है जो पुनरुत्पादक व्यवहार (reproductive behaviour) में महत्त्वपूर्ण भूमिका निभाता है।

अग्रवर्ती पीयूष ग्रन्थि से कई तरह के हार्मोन्स निकलते हैं जिन्हें संयुक्त रूप से ट्रोपिक हार्मोन्स (tropic hormones) कहा जाता है। ट्रॉपिक हार्मोन्स द्वारा अग्रवर्ती पीयूष अन्य कई अंतःस्रावी ग्रन्थियों पर यथा एड्रीनल ग्रन्थि, कंठग्रन्थि (thyroid gland) तथा यौन ग्रन्थि (sex gland) पर अपना नियन्त्रण बनाकर रखता है। यही कारण है कि अग्रवर्ती पीयूष ग्रन्थि को *मास्टर ग्रन्थि* (Master gland) भी कहा जाता है। प्रयोगात्मक अध्ययनों से यह स्पष्ट हो गया है कि इन तीनों ग्रन्थियों में से कोई भी ग्रन्थि यदि अपना कार्य ठीक ढंग से नहीं कर पाता है तो वैसी

हालत में पीयूष ग्रन्थि का यह अग्रवर्ती भाग उससे उत्पन्न कमी को बहुत हद तक दूर कर देता है। ऐसे ट्रोपिक हार्मोन्स में निम्नांकित छह प्रमुख हैंः—

(i) **एड्रीनोकार्टिकोट्रौपिक हार्मोन्स** (*Adrenocorticotropic hormone or ACTH*)—इस हार्मोन के माध्यम से अग्रवर्ती पीयूष ग्रन्थि, एड्रीनल कार्टेक्स (जो एड्रीनल ग्रन्थि का एक भाग है) से निकलने वाले हार्मोन के उत्सर्जन (release) पर अपना नियन्त्रण रखता है। फलतः एड्रीनल कार्टेक्स से स्टेरोआयड हार्मोन्स (steroid hormones) निकलना प्रारम्भ हो जाता है।

(ii) **थायराड-उत्तेजक हार्मोन** (*Thyroid-stimulating hormone or TSH*)—इस हार्मोन के माध्यम से अग्रवर्ती पीयूष ग्रन्थि थायरायड या कंठ ग्रन्थि पर नियत्रण रखता है। इस हार्मोन से उत्तेजित होकर कंठ ग्रन्थि से थायराड हार्मोन अधिक मात्रा में निकलने लगता है और फिर उस हार्मोन से कंठ ग्रन्थि का आकार भी प्रभावित हो जाता है।

उपर्युक्त दो हार्मोन के अतिरिक्त निम्नांकित चार ऐसे हार्मोन हैं जिनमें से प्रथम दो से यौन ग्रन्थि (sex gland) प्रभावित होता है और अन्तिम दो हार्मोन से व्यक्ति का शारीरिक विकास एवं वर्द्धक प्रभावित होता है।

(iii) **लूटिनाइजिंग हार्मोन** (*Luteinizing hormone or LH*)—इस हार्मोन का प्रभाव महिला तथा पुरुष के यौन ग्रन्थियों पर पड़ता है। इससे महिलाओं के डिम्बग्रन्थि (ovary) से अंडा (egg) के निषेचन में मदद करता है तथा गर्भित अण्डाणु (fertized egg) को गर्भाशय के दिवाल से चिपकने में मदद करता है। पुरुषों में यह हार्मोन अंड ग्रन्थि (testicle) के इंटरस्टीसियल कोशिका (interstitial cell) को उत्तेजित करके टेस्टोस्ट्रोन (testosterone) के उत्सर्जन में मदद करता है।

(iv) **फौलिस्ल उत्तेजक हार्मोन** (*Follicle-stimulating hormone or FSH*)—पुरषों में टेस्टोस्टेरोन का उत्सर्जन करता है। इससे अंडे एवं शुक्राणु का उत्पादन भी प्रभावित होता है।

(v) **प्रोलैकटिन** (*Prolactin*)—यह हार्मोन महिलाओं के स्तनीय विकास (mamillary development) को उन्नत बनाता है ताकि वे ठीक ढंग से दुग्धस्रवण (lactation) कार्य कर सके।

(vi) **वर्द्धन हार्मोन** (*Growth Hormone or GH*)—इस हार्मोन को *सोमैटोट्रोपिन* (somatotropin) या *सोमैटोट्रोपिक हार्मोन* (somatotropic hormone) भी कहा जाता है। यह हार्मोन प्रोटीन चयापचय (protein metabolism) को प्रभावित करके पूरे शरीर की कोशिकाओं (cells) एवं उत्तकों (tissues) के वर्द्धन को प्रभावित करता है। वर्द्धन हार्मोन ठीक ढंग से प्रतिदिन उत्सर्जित हो, इसके लिए उत्तम नींद, रक्त में चीनी का स्तर का कम होना, भूख लगना, कसरत आदि को आवश्यक माना गया है।

नवीनतम अध्ययनों से यह स्पष्ट हुआ है कि ट्रौपिक हार्मोन का स्राव मूलतः हाइपोथैलमस से निकलने वाला निमुर्क्ति हार्मोन (releasing hormone) द्वारा निर्धारित होता है जो हाइपोथैलेमिक-पीयूष पोर्टल तन्त्र (hypothalamic pituitary portal system) के रक्तनलिकाओं द्वारा पूर्ववर्ती पीयूष ग्रन्थि (anterior pituitary gland) तक पहुँचता है।

परवर्ती पीयूष ग्रन्थि (posterior pituitary gland) से दो भिन्न प्रकार का हार्मोन का स्राव होता है—*ऑक्सीटोसिन* (oxytocin) तथा अर्गिनाइन भैसोप्रेसीन (Arginine vasopressin or AVP) जिसे संक्षेप में सिर्फ भैसोप्रेसीन (vaso pressin) भी कहा जाता है। भैसोप्रेसीन का मुख्य कार्य गुर्दा (kidney) से पेशाब उत्सर्जन की क्रिया को नियमित करना होता है। आक्सीटोसिन मुख्य रूप से दो कार्य करता है। यह महिलाओं के गर्भाशय में सिकुड़न पैदा करता है जिससे गर्भवती महिलाएँ जल्दी से बच्चे को जन्म दे पाती हैं और साथ-ही-साथ यह महिलाओं में दूध उतरने (milk letdown) की प्रक्रिया को भी सरल करता है क्योंकि स्तनीय ग्रन्थि (mamillary gland) की कोशिकाओं (cells) में संकुचन (constriction) पैदा करता है। दुध उतरने में सम्मिलित प्रक्रम (mechanism) व्यवहार एवं हार्मोन उत्सर्जन (hormone release) के बीच हुए अंतःक्रिया का एक उत्तम उदाहरण है। जब बच्चा माँ के स्तन के स्तनाग्र (nipple) को चूसता है, तो करीब उसके 1 मिनट के बाद दुग्ध उसके मुँह में आना प्रारम्भ हो जाता है। इस देर का कारण दूध उतरने के पहले के कुछ चरणों का एक क्रम होता है। स्तनाग्र के चूसने से त्वचा के ग्राहक उत्तेजित हो जाते हैं जो न्यूरोन्स तथा संधि स्थलों के श्रृंखला से सूचनाओं को हाइपोथैलेमिक कोशिकाओं जिसमें आक्सीटोसीन (oxytocin) होता है, उत्तेजित करता है। जब ये कोशिकाएँ पर्याप्त मात्रा में उत्तेजित हो जातीं हैं, तो परवर्ती पीयूष

ग्रन्थि से हार्मोन से निकलता है जो संवहनी तन्त्र (vascular system) से होते हुए स्तनीय ग्रन्थि पहुँचता है जहाँ दुग्ध से घिरे स्थान पर की कोशिकाओं में सिकुड़न पैदा करता है और तब दूध स्तनाग्र से बाहर निकलने लगता है। इस पूरे प्रक्रम को चित्र 2.21 में दिखलाया गया है।

आक्सीटोसिन तथा भैसोप्रेसीन हाइपोथैलमस के उन न्यूरोन द्वारा उत्पन्न होते हैं जिनका एक्सॉन (axon) पीयूष डंठल के नीचले भाग तक आते हैं और परवर्ती पीयूष ग्रन्थि में समाप्त हो जाते हैं। ये हार्मोन्स उन न्यूरोन्स के एक्सोप्लाज्म (axoplasm) के द्वारा पुटिकाओं (vesicles) में ही ले जाये जाते हैं और परवर्ती पीयूष ग्रन्थि के सीमावर्ती वूटोन्स (terminal buttons) में जमा होते हैं। जब ये एक्सॉन उत्तेजित होते हैं, तो सीमावर्ती वूटोन्स में संचित हार्मोन्स का उत्सर्जन होने लगता है।

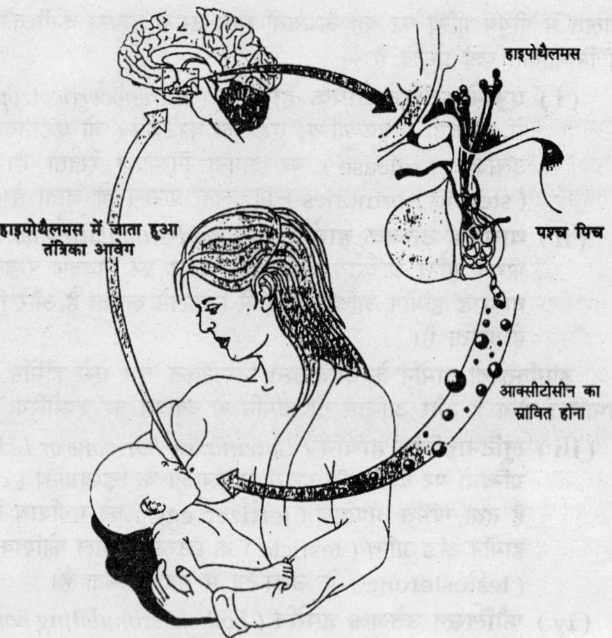

चित्र 2.20 महिलाओं में दूध स्राव की प्रक्रिया

अभी हाल में कार्टर (Carter, 1992) द्वारा किये शोधों से आक्सीटोसीन (oxytocin) की एक नयी भूमिका का पता चला है जिसके अनुसार यह हार्मोन पुरुष एवं महिला दोनों में पाया जाता है और लैंगिक उत्तेजन एवं स्नेहपूर्ण अनुक्रिया को मजबूत करता है। चूँकि पुरुष तथा महिलाओं दोनों में लैंगिक कार्य करते समय यह हार्मोन अधिक मात्रा में निकलता पाया गया है, अतः शोधकर्त्ताओं का विश्वास है कि यह लैंगिक चरमोत्कर्ष (sexual climax) में मिलने वाले सुखाभास का निर्धारण करता है।

2. एड्रीनल ग्रन्थि *(Adrenal gland)*— एड्रीनल ग्रन्थि का स्थान हमारे शरीर के दोनों वृक्क (kidney) के ऊपर होता है। एड्रीनल ग्रन्थि के भी दो भाग हैं—बाहरी भाग (outer part) तथा भीतरी भाग (inner part)। बाहरी भाग को *एड्रीनल कॉर्टेक्स* (adrenal cortex) तथा भीतरी भाग को *एड्रीनल मेडुला* (adrenal medulla) भी कहते हैं। एड्रीनल कार्टेक्स के कोशिकाओं के कई सतह होते हैं और प्रत्येक सतह विभिन्न तरह के स्टेरोआड हार्मोन्स (steriod hormones) उत्पन्न करते हैं। एड्रीनल कार्टेक्स एड्रीनल ग्रन्थि का करीब 80% हिस्सा होता है। एड्रीनल कार्टेक्स से निकलने वाला हारमोन्स द्वारा शरीर के कार्बोहाइड्रेट (carbohydrate) तथा नमक (salt) चयापचय (metabolism) का निर्धारण होता है और ऐसा देखा गया है कि यदि एड्रीनल ग्रन्थि का यह भाग अपना कार्य ठीक ढंग से नहीं करता है या किसी कारणवश कार्य करना बन्द कर देता है तो इससे सम्बन्धित चयापचय (metabolism) में गड़बड़ी आ जाती है तथा धीरे-धीरे प्राणी (organism) की मृत्यु भी हो जाती है। एड्रीनल कार्टेक्स (adrenal cortex) से विभिन्न प्रकार के स्टीरोआड हारमोन्स (steroid hormones) निकलता है जिसे एक साथ मिलाकर *एड्रीनोकार्टिकोआयड्स* (adrenocorticoids) या *एड्रीनल स्टीरोआड* (adrenal steroid) की संज्ञा दी जाती है। इस हार्मोन के एक उपसमूह (subgroup) को *ग्लूकोकार्टिकोआयड्* (glucocorticoid) कहा जाता है जिसका कार्बोहाइड्रेट (carbohydrate) तथा ग्लूकोज (glucose) के चयापचय (metabolism) पर अपना प्रभाव होता है। इस समूह के हार्मोन जैसे कॉर्टिजोल (cortisol) से रक्त ग्लूकोज की मात्रा में बृद्धि हो जाती है तथा इससे प्रोटीन को तोड़ने या विश्लेषित करने की प्रक्रिया तीव्र होती है। इसकी सांद्रता (concentration) अधिक होने से घायल होने या संक्रामण (infection) होने से उत्पन्न फूलन (swelling) में कमी होती है। कार्टिकोस्टीरोआयड की मात्रा अधिक होने पर यह न्यूरोन को बर्बाद भी कर देता है।

एड्रीनल-स्टीरोआयड हार्मोन का दूसरा उपसमूह *मिनर्लोकार्टिकोआयड्* (mineralocorticoid) है जो मूलतः गुर्दा में आयन सांद्रता (ion cocentration) पर अपना प्रभाव डालता है। इस समूह का सबसे प्रमुख हर्मोन का नाम

है—*एल्डोस्टेरोन* (aldostrerone) जो गुर्दा को इस ढंग से प्रभावित करता है कि वह सोडियम (sodium) को धारण कर सके और इस तरह से पेशाब बनने की मात्रा को रोककर शरीर में पानी के स्तर को बनाये रखता है।

एड्रीनल कार्टेक्स से यौन हार्मोन (sex hormone) भी निकलता है। एड्रीनल कार्टेक्स से उत्पन्न होने वाला प्रमुख यौन हार्मोन *एण्ड्रोस्टेनेयोइन* (androstenedione) है जो पुरुष तथा महिलाओं में वयस्कावस्था में शरीर पर उगने वाले बालों के पैर्टन का निर्धारण करता है। कुछ महिलाएँ ऐसी होती है जिनमें एड्रनीलकार्टेक्स सामान्य से अधिक मात्रा में इस हार्मोन का उत्सर्जन करता है जिसके परिणामस्वरूप इन महिलाओं का रूप-रंग पुरुषों के समान हो जाता है।

एड्रीनल मेडुला (adrenal medulla) द्वारा दो तरह का हार्मोन्स (hormones) निकलता है—एक को *इपाइनफ्राइन* (epinephrine) या *एड्रीनल* (adrenaline) तथा दूसरे को *नारइपाइनफ्राइन* (norepinephrine) या *नारएड्रीनालीन* (noradrenaline) कहा जाता है। ये दोनों एमाइन हार्मोन (amine hormone) के उदाहरण हैं जो अनुकम्पी तन्त्रिका तन्त्र (sympathetic nervous system) के तन्त्रिका आवेग के अनुक्रिया के प्रति क्रियाशील होता है। इन दोनों तरह के हार्मोन्स को एक संयुक्त नाम अर्थात् *केटकोल हार्मोन्स* (catechol hormones) भी दिया जाता है। इन दोनों तरह के हार्मोन्स में इपाइनफ्राइन (epinephrine) या एड्रीनालीन का महत्व अधिक है, क्योंकि इसका सम्बन्ध व्यक्ति के सांवेगिक स्थिति (emotionál state) पर सीधा पड़ता है। जब रक्त में एड्रीनालीन मिलता है तो इससे व्यक्ति में तीव्र संवेग (emotion) उत्पन्न हो जाता है और व्यक्ति में निम्नांकित परिवर्तन होने लगते हैं ताकि वह बाहर के आपतकालीन स्थिति (emergency situation) के साथ ठीक ढंग से समायोजन कर सके।

(i) एड्रीनालीन के स्क्त में मिलने से ऐच्छिक मांसपेशियाँ (volunatry muscles) या धारीदार माँसपेशियों (striped muscles) में कम्पन (tremor) उत्पन्न हो जाता है।

(ii) एड्रीनालीन के रक्त में मिलने से अनैच्छिक माँसपेशियाँ (involuntary muscles) या चिकनी माँसपेशियाँ विश्राम (relaxation) की स्थिति में आ जाती है।

(iii) एड्रीनालीन के रक्त में मिलने से धारीदार माँसपेशियों का थकान समाप्त हो जाता है क्योंकि एड्रीनालीन समायोजक (adjustor) तथा प्रभावक (effector) के बीच संचरण को बढ़ावा देता है।

(iv) एड्रीनालीन के रक्त में मिलने से शरीर में खून के वितरण में परिवर्तन आ जाता है। ऐच्छिक माँसपेशियों (voluntary muscles) में खून की आपूर्ति (supply) बढ़ जाती है तथा पाचन तन्त्रों (digestive tract) में खून की आपूर्ति कम हो जाती है।

(v) एड्रीनालीन के रक्त में मिलने से रक्तचाप (blood pressure) बढ़ जाता है।

(vi) एड्रीनालीन जब रक्त में मिलता है, तो रक्त में जमने (clotting) की प्रवृत्ति तेज हो जाती है, यही कारण है कि क्रोध, भय आदि की अभिव्यक्ति (expression) में हमारे शरीर की त्वचा (skin) यदि कहीं कट-फट भी जाती है, तो उस अवस्था में उससे खून बहुत नहीं निकलता है क्योंकि बाहर निकलने पर खून तुरन्त ही जमने लगता है ताकि और अधिक खून नहीं निकल जाये।

(vii) एड्रीनालीन के खून में मिलने से फेफड़ा (lungs) में जाने वाली श्वासनालिकाओं (bronchioles) में फैलाव उत्पन्न हो जाती है।

(viii) एड्रीनालीन के खून में मिलने से यकृत (liver) अधिक क्रियाशील हो जाता है जिसके परिणामस्वरूप खून में चीनी (sugar) की मात्रा बढ़ जाती है।

(ix) एड्रीनालीन के रक्त में मिलने से प्लीहा (spleen) अधिक उत्तेजित हो जाता है जिसके फलस्वरूप रक्त में लाल कणों (red corpuscles) की संख्या बढ़ जाती है।

नॉरएड्रीनालीन (noradrenaline) के रक्त में मिलने से एड्रीनालीन के रक्त में मिलने के ठीक विपरीत प्रतिक्रिया होती है। लेकिन हमेशा ऐसा होता नहीं पाया गया है। कभी-कभी इन दोनों तरह के हार्मोन्स का प्रभाव एक समान होते देखा गया है। अभी इससे सम्बन्धित कुछ और शोध (research) की जरूरत है ताकि नॉरएड्रीनालीन के प्रभाव को अधिक स्पष्ट रूप से जाना जा सके।

3. पिनीयल ग्रन्थि *(Pineal gland)*—यह ग्रन्थि मस्तिष्क में अवस्थित होता है तथा यह एक मटर के आकार

का होता है। इससे निकलने वाले हार्मोन को *मेलाटोनिन* (melatonin) कहा जाता है जो एक इमाइन हार्मोन (amine hormone) है। यह ग्रन्थि अनुकम्पी तन्त्रिका तन्त्र (symphathetic nervous system) विशेषकर श्रेष्ठ सर्भिकल गैंगालियन (superior cervical ganglion) से अनुप्राणित (numervate) होता है। सुबह में जब रोशनी की स्तर में वृद्धि होती है, तो इससे पिनीयल ग्रन्थि उत्तेजित हो जाता है जिससे मैलाटोनिन की मात्रा में कमी आ जाती है। इसका परिणाम यह होता है कि शरीर का तापक्रम बढ़ जाता है तथा प्राणी अधिक सक्रिय (active) हो जाता है और वह अपने आप को दैनिक कार्य के लिए तैयार करता है। संध्या होने पर जब रोशनी के स्तर में कमी आ जाती है तो पिनीयल ग्रन्थि से अत्यधिक मात्रा में मेलाटोनिन निकलता है और शरीर का तापक्रम कम हो जाता है और व्यक्ति का समग्र क्रिया स्तर में कमी आ जाती है और व्यक्ति सोने की तैयारी करने लगता है। लेविनथाल (Levinthal, 1990) ने अपने अध्ययन में पाया है कि इस तरह का प्रभाव छोटे-छोटे पशुओं में विशेषकर चिड़ियों एवं चूहों में स्पष्ट रूप से देखने को मिलता है। आधुनिक मनोवैज्ञानिकों का मत है कि जिन व्यक्तियों में मौसमी भावात्मक विकृति (Seasonal affective disorder) उत्पन्न हो जाता है जिसमें शरद ऋतु के दिनों में रोशनी का स्तर काफी कम होने से उनमें ऐसी विकृति होती है, का कारण धीमी रोशनी के चलते पिनीयल ग्रन्थि से मेलाटोनिन का अत्यधिक स्राव का होना माना गया है। हालांकि अभी इस तरह के अनुमान की प्रयोगात्मक पुष्टि होना आवश्यक है। कुछ अध्ययनों से यह भी स्पष्ट हुआ है कि बाल्यावस्था में इस ग्रन्थि से जो मेलाटोनिन निकलता है, उससे लैंगिक परिपक्वता में अवरूद्धता आती है। परन्तु किशोरावस्था में जब इसकी स्राव में, कमी आती है तो लैंगिक परिपक्वता तेजी से आगे बढ़ती है।

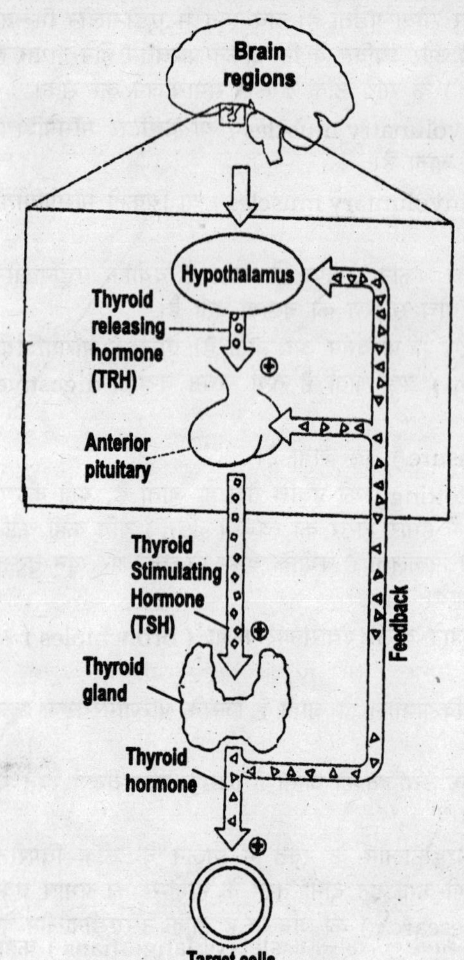

चित्र 2.22 : थायरायड हार्मोन का नियन्त्रण प्रक्रम

4. कंठ ग्रन्थि *(Thyroid gland)*—इसका स्थान कंठ के पास होता है। कंठ ग्रन्थि के दो भाग होते हैं जो श्वसनलिका (windpipe) के दोनों ओर कंठ के पास होते हैं। इस ग्रन्थि द्वारा भी कई तरह के हार्मोन उत्पन्न होते हैं जिनमें दो प्रमुख हैं—*थायरौक्सीन* (thyroxine) तथा *ट्रिआइओडोथाइरोनाईन* (triodothyronine)। इन दोनों को थायरायड हार्मोन (thyroid hormone) भी कहा जाता है। इसके अतिरिक्त कैलकिटोनिन (calcitonin) नामक हार्मोन का भी उत्पादन थायराइड ग्रन्थि द्वारा होता है जो हड्डियों में कैलसियम जमा होने में मदद करता है।

कंठ ग्रन्थि अन्य अंतःस्रावी ग्रन्थियों से इस विशेष अर्थ में अनोखा होता है कि यह अपने आप में अत्यधिक मात्रा में हार्मोन संचित करके रखता है और इसे धीरे-धीरे मुक्त करता है। सामान्यतः यह ग्रन्थि करीब 100 दिनों तक आपूर्ति करने के बराबर हार्मोन को अपने आप में संचित करके रखता है। यद्यपि थायरायड हार्मोन एमाइन हार्मोन (amine hormone) होते हैं (क्योंकि वे एमिनो अम्ल से बने होते हैं), उनका व्यवहार स्टीरोआयड हार्मोन के तरह होता है। वे कोशिकाओं के भीतर पाये जाने वाले विशिष्ट ग्राहकों(specialized receptors) से जुड़कर प्रभाव डालते हैं। इस तरह से थायरायड हारर्मोन ग्राहक प्रक्रम डीएनए(DNA) से जुड़कर जीन अभिव्यक्ति (gene expression) को भी प्रभावित करते हैं।

अब प्रश्न यह उठता है कि रक्त में थायरक्सीन की उचित मात्रा या स्तर बनाये रखने के लिए जो नियन्त्रण नेटवर्क (control network) होता है, यह किस ढंग से कार्य करता है? सचमुच में इस नियन्त्रक नेटवर्क में अग्रवर्ती पीयूष ग्रन्थि से निकने वाला

हार्मोन जिसे थायरायड-उत्तेजक हार्मोन (Thyroid-Stimulating Hormone or TSH) कहा जाता है, की भूमिका अहम् होती है। वास्तव में TSH का अग्रवर्ती पीयूष ग्रन्थि द्वारा निकलना दो मुख्य कारकों द्वारा प्रभावित होता है : पहला कारक है रक्त में थायरायड हार्मोन के स्तर से प्राप्त ऋणात्मक पुनर्निर्वेशन (negative feedback)। इसका स्तर रक्त में अधिक हो जाने से अग्रवर्ती पीयूष ग्रन्थि को TSH का उत्सर्जन रोकने की आज्ञा दिया जाता है। दूसरा कारक हाइपोथैलमस से उत्पन्न होने वाला थायरोट्रोपिन-निमुर्क्ति हार्मोन (Thyrotropin Releasing Hormone or TRH) होता है जो अग्रवर्ती पीयूष ग्रन्थि से निकलने वाले TSH को उत्तेजित करता है। जब रक्त में थायरायड हार्मोन का स्तर कम हो जाता है, तो TRH तथा TSH दोनों ही का स्राव होने लगता है। जब TSH थायरायड ग्रन्थि के सम्पर्क में आकर प्रभाव डालता है, तो इससे थायरायड हार्मोन का उत्पादन तथा उत्सर्जन (release) होने लगता है। इस पूरे नियन्त्रण प्रक्रम को चित्र 2.22 में दिखलाया गया है।

थायरायड हार्मोन का रक्त में सामान्य से ज्यादा स्तर को *हायपरथायराडिज्म* (hyperthyroidism) तथा कम स्तर को *हाइपोथायराडिज्म* (hypothyroidism) कहा जाता है। ये दोनों ही बहुत ही सामान्य विकृतियाँ (disorders) हैं। थायरौक्सीन (thyroxin) की कमी से व्यक्ति में निक्सीडीमा (myxcdema) रोग उत्पन्न होता है जिसमें तंत्रिका तंत्र (nervous system) से सम्बन्धित क्रियाएँ मंदित हो जातीं हैं तथा व्यक्ति में आलस तथा सुस्ती (lethargy) तथा सामान्य कमजोरी महशुश होने लगता है। जब कंठ ग्रन्थि TSH के प्रति अनुक्रिया नहीं करता है, तो उसके फलस्वरूप हाइपोथायरायडिज्म की स्थिति उत्पन्न होती है। अध्ययनों से यह भी स्पष्ट हुआ है कि थायरायड हार्मोन शरीर का मात्र एक ऐसा तत्त्व (substance) है जिसमें आयोडिन (iodine) होता है और उसका उत्पादन होना निश्चित रूप से आयोडिन की आपूर्ति पर निर्भर करता है। जिन लोगों के भोजन में आयोडिन की कमी होंती है, उनमें हाइपोथायराडिज्म की स्थिति उत्पन्न हो जाती है। ऐसी अवस्था में थायरायड ग्रन्थि बड़ा हो जाता है क्योंकि TSH की मात्रा उच्च से उच्चतर होते चली जाती है। TSH का सम्मान करते हुए कंठ ग्रन्थि अधिक-से-अधिक थायरायड हार्मोन उत्पन्न करने की कोशिश करता है जिसके परिणामस्वरूप ग्रन्थि में फूलन हो जाता है और घेघा (goiter) रोग हो जाता है।

थायरायड हार्मोन चयापचयी प्रक्रियाओं (metabolic processes) खासकर कार्बोहाइड्रेट के उपयोग (carbohydrate use) में भी महत्त्वपूर्ण भूमिका निभाता है। इस हार्मोन से शारीरिक वर्द्धन (bodily growth) भी प्रभावित होता है। अगर बाल्यावस्था में ही थायरायड हार्मोन की कमी हो जाती है, तो शारीरिक वर्द्धन अवरुद्ध हो जाता है तथा व्यक्ति का चेहरा असामान्य दीखने लगता है। इतना ही नहीं, मस्तिष्कीय आकार (brain size) तथा कोशिकीय संरचना (cellular structure) में भी कमी हो जाती है। इस अवस्था को *क्रेटीनिज्म* (Cretinism) कहा जाता है और इसमें मानसिक मंदता (mental retardation) पायी जाती है।

5. उपकण्ठ ग्रन्थि *(Parathyroid gland)*—उपकण्ठ ग्रन्थि का स्थान कण्ठ ग्रन्थि के बगल में होता है तथा आकार में यह बहुत ही छोटा ग्रन्थि होता है जिसका वजन .1 ग्राम के करीब होता है। इस ग्रन्थि से निकलने वाले हार्मोन्स (hormones) को पाराथोरमोन (parathormone) कहा जाता है जिसके द्वारा खून में कैलसियम तथा फास्फेट की मात्रा का निर्धारण होता है। जब खून में पाराथोरमोन की मात्रा अधिक होती है तो उसमें कैलसियम का स्तर (level) भी ऊँचा होता है परन्तु फास्फेट का स्तर कम होता है। दूसरे तरफ, यदि पाराथोरमोन की मात्रा कमी होती है तो खून में कैलसियम का स्तर कम हो जाता है तथा फॉस्फेट का स्तर बढ़ जाता है। खून में कैलसियम का स्तर द्वारा तन्त्रिका ऊत्तक (nerve tissue) में उत्तेजनशीलता नियन्त्रित होती है। कैल्शियम अधिक होने से तन्त्रिकाओं में उत्तेजनशीलता बनी रहती है। दूसरी तरफ यदि खून में पाराथोरमोन की कमी हो जाती है तो इससे तन्त्रिकाओं का सामान्य कार्य नहीं होता है और व्यक्ति शिथिल दीख पड़ता है। विट्टेकर (Whittaker, 1970) के अनुसार कुछ ऐसे प्रयोग पशुओं पर किये गये हैं जिनके शरीर से उपकंठ ग्रन्थि को ऑपरेशन करके निकाल दिया गया था। परिणाम में यह देखा कि धीरे-धीरे इन पशुओं में शिथिलता बढ़ती गयी और एक दिन उसकी मृत्यु भी हो गयी।

6. पैंक्रियाज *(Pancreas)*—इस ग्रन्थि का स्थान आमाशय (stomach) के नीचे होता है। पैंक्रियास, कोशिकाओं (cells) के एक गुच्छ (clusters) से बना होता है जिसे *इसलेट ऑफ लैंगरहान्स* (islets of langerhans) कहा जाता है। यह ग्रन्थि वहिस्रावी ग्रन्थि (exocrine gland) तथा अन्तःस्रावी ग्रन्थि (endorcine gland) दोनों के रूप में कार्य करता है। वहिस्रावी ग्रन्थि के रूप में इसका स्राव (secretion) छोटी आँत (small intestine) में जाता है जिससे भोजन से प्रोटीन (protein) तथा वसा (fat) अलग हो जाते हैं। अन्तःस्रावी ग्रन्थि (endocrine gland) के रूप में इससे दो तरह के हार्मोन्स निकलते हैं जो इस ग्रन्थि में स्थित दो विभिन्न कोशिकाओं (cells) से आते हैं—बीटा कोशिका (beta) से निकलने वाला हार्मोन्स को *इन्सुलिन* (insulin) तथा अल्फा कोशिका से निकलने वाले हार्मोन्स को *ग्लुकागोन* (glucagon) कहा जाता है। इन्सुलिन तथा ग्लकोगोन दोनों ही प्रोटीन हार्मोन के श्रेणी के हैं।

इन दोनों तरह के हार्मोन्स में से इन्सुलिन का महत्त्व अधिक है। रक्त में चीनी (blood sugar) की मात्रा इन्सुलिन द्वारा ही नियन्त्रित होती है। रक्त में चीनी की मात्रा के ऑक्सीकरण (oxidation) से शरीर को ऊर्जा (energy) प्राप्त होता है। पैंक्रियाज से उचित मात्रा में इन्सुलिन निकलने पर रक्त में चीनी की मात्रा का ऑक्सीकरण (oxidisation) होता है जिससे शरीर को पर्याप्त ऊर्जा मिलती है। इन्सुलिन की मात्रा कम निकलने पर रक्त में चीनी की मात्रा का स्तर अधिक हो जाता हैं। (क्योंकि चीनी का ऑक्सीकरण नहीं हो पाता है और पेशाब के सहारे चीनी की मात्रा बाहर आने लगती है जिसे हम मधुमेह (diabetes) रोग कहते हैं।) दूसरी तरफ जब इन्सुलिन अधिक मात्रा में उत्पन्न होता है तो इससे रक्त में चीनी की मात्रा का ऑक्सीकरण अधिक होता है। फलस्वरूप रक्त में चीनी की मात्रा जरूरत से कम हो जाता है। इस अवस्था को *हाइपोग्लिसेमिया* (hypoglycemia) कहा जाता है। ऐसी अवस्था में व्यक्ति में सुस्ती, चिड़चिड़ापन तथा थकान आदि बढ़ जाता है।

ग्लूकागोन (glucagon) पैंक्रियाज से निकलने वाला दूसरा हार्मोन्स है जिसका प्रभाव इन्सुलिन (insulin) के प्रभाव के विपरीत होता है। इससे रक्त में चीनी की मात्रा बढ़ती है। परन्तु इसका प्रभाव बहुत ही कम समय के लिए होता है। यद्यपि ग्लोकागोन तथा इन्सुलिन का कार्य एक दूसरे से परस्पर विरोधी होता है (क्योंकि ग्लूकागोन से रक्त में चीनी की मात्रा बढ़ती है जबकि इन्सुलिन से यह मात्रा घटती है) फिर भी रक्त में चीनी की मात्रा को संतुलित स्तर पर बनाये रखने में दोनों मिलकर कार्य करते हैं।

7. यौन ग्रन्थि *(Sex glands)*—महिलाओं के यौन ग्रन्थि (sex gland) को डिम्ब ग्रन्थि (ovary) तथा पुरुष के यौन ग्रन्थि को *अंडग्रन्थि* (testicle) कहा जाता है। यौन ग्रन्थि को गोनाड्स (gonads) भी कहा जाता है। डिम्ब ग्रन्थि तथा अंडग्रन्थि दोनों में ही दो-दो भिन्न उपभाग (subcompartment) होते हैं—एक भाग से हार्मोन पैदा होता है तथा दूसरे भाग से युग्मक (gamete) अर्थात् शुक्राणु (sperm) तथा अंडा (egg) पैदा लेता है। इनमें हार्मोन उत्पादन (hormone production) गोनाड्स में युग्मक उत्पन्न करने तथा मस्तिष्क में प्रजनन व्यवहार (reproductive behaviour) करने दोनों के लिए ही काफी महत्त्वपूर्ण माना गया है।

जहाँ तक पुरुष यौन ग्रन्थि (male sex gland) अर्थात् अंडग्रन्थि (testicle) का सवाल है, इस ग्रन्थि के भीतर कई तरह की कोशिकाएँ (cells) पायी जाती हैं। इनमें सरटोली कोशिका (sertoli cell) तथा लेडिग कोशिका (Leydig cell) महत्त्वपूर्ण है। सरटोली कोशिका शुक्राणु-उत्पन्न करने वाला कोशिका होता है तथा लेडिग कोशिका द्वारा टेस्टोस्टेरोन (testosterone) हार्मोन उत्पन्न होता है। टेस्टोस्टेरोन तथा अन्य पुरुष हार्मोन जैसे एण्ड्रोस्टेरोन (androsterone) को *एण्ड्रोजेन* (androgen) कहा जाता है। टेस्टोस्टेरोन का उत्पादन (production) एवं उत्सर्जन (release) का नियमन अग्रवर्ती पीयूष ग्रन्थि से निकलने वाला लूटिनाइजिंग हार्मोन (Luteinizing hormone or LH) से होता है। दूसरे तरफ, इस पीयूष हार्मोन का नियन्त्रण हाइपोथैलमस से निकलने वाला हार्मोन जिसे *गोनाडोट्रोपिन-निमुर्क्ति हार्मोन* (Gonadotropin-releasing hormone or GNRH) या लूटिनाइजिंग हार्मोन-निमुर्क्ति हार्मोन (luteinizing hormone-releasing hormone) भी कहा जाता है, द्वारा होता है। टेस्टोस्टेरोन द्वारा कई तरह के शारीरिक परिवर्तनों जो यौवनावस्था में पाये जाते हैं, स्पष्ट रूप से देखे जाते हैं। इन परिवर्तनों में मूँछ उगना, शरीर के खास-खास अंगों पर घने बाल उगना, आवाज भारी होना, जनेन्द्रियों का आकार बड़ा हो जाना आदि सम्मिलित होता है। इन्हें *गौण यौन गुण* (seconday sex characteristics) कहा जाता है। गोनाड्स (Gonads), आन्तरिक यौन अंग (internal sex organ) एवं बाह्य जनेन्द्रिय (external genitalia) को *प्राथमिक यौन गुण* (primary sex characteristics) की संज्ञा दी जाती है।

स्त्री के यौन ग्रन्थि जिसे डिम्बग्रन्थि (ovary) कहा जाता है, एक युग्म (pair) में होता है और इससे भी परिपक्व युग्मक (gamete) अर्थात् अंडे (egg) एवं हार्मोन (hormone) निकलते हैं। परन्तु डिम्बग्रन्थि से निकलने वाला हार्मोनल स्राव पुरुष के अंडग्रंथि (testicle) से निकलने वाला स्राव से अधिक जटिल होता है। डिम्बग्रन्थि से निकलने वाला हार्मोन एक चक्र (cycle) में निकलता है जिसकी अवधि भिन्न-भिन्न प्रजातियों में भिन्न-

भिन्न होता है। मानव में यह चक्र चार सप्ताह का होता है परन्तु चूहों में मात्र चार दिन का होता है। डिम्बग्रन्थि से मात्र दो तरह का स्टीरियोयाड हार्मोन उत्पन्न होता हैः *एस्ट्रोजेन्स* (estrogens) तथा *प्रोजेस्टीन* (progestin)। सबसे महत्त्वपूर्ण एस्ट्रोजेन को *एस्ट्राडिओल* (estradiol) एवं एस्ट्रोन (estrone) तथा सबसे महत्त्वपूर्ण प्रोजेस्टीन को *प्रोजेस्टेरोन* (progesterone) कहा जाता है। ये सारे स्त्री हार्मोन का नियन्त्रण अग्रवर्ती पीयूष ग्रन्थि (anterior pituitary gland) के दो ट्रोपिक हार्मोन अर्थात् फौलिक्लि-उत्तेजक हार्मोन (Follicle-stimulating hormone or FSH) तथा लूटिनाईजिंग हार्मोन (Luteinizing Hormone or LH) द्वारा होता है। इन ट्रौपिक हार्मोन्स का उत्सर्जन (release) हाइपोथैलमस के गोनाडोट्रोपिन-निमुर्क्ति हार्मोन (Gonadotropin-Releasing Hormone or GNRH) द्वारा होता है। एस्ट्रोजेन्स द्वारा महिलाओं में सभी गौण यौन गुण जैसे आवाज महीन होना, शरीर के खास अंगों पर बाल उग आना, स्तन बढ़ जाना आदि का विकास होता है। प्रोजेस्ट्रोन द्वारा गर्भाशय को ठीक ढंग से कार्य करने में मदद मिलता है जिसके फलस्वरूप भ्रूण (fetus) का विकास ठीक ढंग से होता है।

गोनाडल हार्मोन्स (चाहे स्त्री का हो या पुरुष का) मूलतः चार विभिन्न जगहों से विभिन्न मात्राओं में स्रावित होता है। ये चार जगह : *डिम्बग्रन्थि* (ovary), *अंडग्रन्थि* (testicle), *एड्रीनल कॉर्टेक्स* (adernal cortex) तथा *प्लेसेन्टा* परन्तु एण्ड्रोजेन मुख्यतः अंडग्रन्थि से, एस्ट्रोजेन मुख्यतः डिम्बग्रन्थि तथा प्लेसेन्टा से तथा प्रोजेस्टीन (progestin) मुख्यतः अंडग्रन्थि तथा गर्भवती महिलाओं के प्लेसेन्टा से उत्पन्न होता है। एण्ड्रोजेन्स, एस्ट्रोजेन्स, एवं प्रोजेस्टीन रसायनिक रूप से इस ढंग से सम्बन्धित होता है कि एस्ट्रोजेन्स एण्ड्रोजेन्स से तथा एण्ड्रोजेन्स प्रोज़ेस्टीन से उत्पन्न किया जा सकता है। इतना ही नहीं, एण्ड्रोजेन्स, एस्ट्रोजेन्स तथा प्रोजेस्टीन्स तथा एड्रीनल स्टीरोओयड्स (steroids) हार्मोन्स सभी कोलेस्ट्रोल (cholestrol) से बनते हैं और सभी की संरचनाएँ चार अंतरसंद्ध कार्बन घेरा (carbon ring) से होता है। स्त्री और पुरुष दोनों में ही गोनाडल हार्मोन्स के यही प्रकार पाये जाते हैं। अन्तर सिर्फ सापेक्ष रूप से उनकी मात्राओं में होता है। जैसे, अंडग्रन्थि (testicle) टेस्टोस्टेरोन के कम मात्रा को ही एस्ट्राडियोल (estradiol) में बदलता है। फलतः पुरुषों में यह कम मात्रा में होता है। दूसरे तरफ डिम्बग्रन्थि अधिकतर टेस्टोस्टेरोन को एस्ट्राडियोल में बदल देता है जिससे स्त्रियों में इसकी अधिकता होती है।

व्यक्तियों एवं पशुओं में यौन इच्छा यौन ग्रन्थि के सुचारु रूप से कार्य करने पर निर्भर करता है। हालाँकि व्यक्तियों में ऐसी इच्छा यौन ग्रन्थि के अलावा सामाजिक परिस्थितियों पर भी निर्भर करता है। पशुओं में विशेषकर चूहों पर अनेकों अध्ययन कर यह स्पष्ट रूप से दिखला दियां गया है कि जब मादा चूहों का यौन ग्रन्थि ऑपरेशन द्वारा निकाल दिया जाता है तो उसमें यौन क्रियाओं (sex activities) में कमी आ जाती है। परन्तु फिर यदि उसके खून में एस्ट्रोजेन्स (estrogens) को सूई दे दिया जाता है तो यौन क्रियाएँ पूर्ववत देखने को मिलता है। यही बात पुरुष चूहों (male rats) के साथ भी देखा गया है। क्लार्क (Clark, 1945) ने कुछ प्रयोग बन्दर पर किये हैं जिसमें यौवनावस्था प्रारम्भ होने से पहले ही कुछ मादा बन्दर (female monkey) की यौन ग्रन्थि को ऑपरेशन द्वारा निकला दिया गया। परिणाम में यह देखा गया कि इन बन्दरों में समान मादा बन्दरों (जिनका ऑपरेशन नहीं किया गया था) की अपेक्षा यौन क्रियाओं में काफी कमी आ गयी थी।

8. म्यूकोसा ऑफ डूओडेनम तथा पाइलोरिक म्यूकोसा ऑफ स्टॉमक (*Mucosa of duodenum and Pyloric mucosa of stomach*)—म्यूकोसा ऑफ डूओडेनम तथा पाइलोरिक म्यूकोसा ऑफ स्टॉमक ऐसा अंतःस्रावी ग्रन्थि है जो व्यक्ति के उदर में होता है और इसका कार्य क्षेत्र काफी सीमित है। इसलिए इसका महत्त्व भी तुलनात्मक रूप से कम है। म्यूकोसा ऑफ डूओडेनम से तीन तरह के हार्मोन निकलते हैं—*सिक्रेटीन* (secretin) *कोलिसीस्टाकिनिन* (Choleycystokinin or CCK) तथा *इन्ट्रोगैसट्रोन* (enterogestrone)। सिक्रेटीन से पैंक्रियोटिक रस (pancreatic juice) का निकलना प्रभावित होता है। CCK से गालब्लाडर (gall blader) से पित्त (bile) का निकलना प्रभावित होता है तथा इन्ट्रोगैसट्रोन से गैसट्रीक रस (gastric juice) का स्राव अवरुद्ध होता है। जहाँ तक पाइलोरक म्यूकोसा ऑफ स्टॉमक के प्रश्न है, इससे निकलने वाले हार्मोन को गैस्ट्रीन (gastrin) कहा जाता है और इससे गैसट्रीक रस (gastric juice) का स्राव का निकलना उत्तेजित होता है।

अन्तःस्रावी ग्रन्थि द्वारा निकले हार्मोन्स का महत्त्व कुछ विशेष प्रकार के संलक्षणों (syndromes) के अध्ययनों से और भी अधिक स्पष्ट ढंग से दिखलाया जा सकता है। ऐसे संलक्षणों (syndromes) में दो अधिक सामान्य है—*एडरेनोजेनाइटल संलक्षण* (adrenogenital syndrome) तथा *एडरेनोजेनिक असंवेदनशीलता संलक्षण*

(adrenogenic insensitivity syndrome)। एडरेनोजेनाइटल संलक्षण में एड्रीनल एण्ड्रोजेन्स (adrenal androgens) जो एक ऐसा हार्मोन्स हैं जिसकी मात्रा पुरुषों में महिलाओं की अपेक्षा अधिक होती है, की अधिकता पायी जाती है। जब यह स्थिति पुरुषों में होता है, तो उनमें गौण यौन गुण (secondary sex charcteristics) तीव्रता से विकसित होती है तथा उनमें तरुणावस्था (puberty) के लक्षण जल्दी से विकसित होते पाये जाते हैं। परन्तु यदि महिलाओं में एड्रीनल एण्ड्रोजेन्स अधिक मात्रा में उत्पन्न होती है, तो इसके कुप्रभाव स्पष्ट रूप से देखने को मिलते हैं। ऐसी स्थिति में महिलाओं में पुरुषों के गुण तथा पुरुषों की अभिरुचि की प्रधानता होती है। उसके यौन अंगों का आकार प्रकार तथा विकास पुरुषों के यौन अंगों के समान होने लगता है। ऐसी परिस्थिति में उसकी स्थिति को सुधारने के लिए मेडिकल हस्तक्षेप (medical intervention) करना आवश्यक हो जाता है।

एड्रेनोजेनिक इनसेनसिटीभिटी संलक्षण (adrenogenic insensitivity syndrome) में जननात्मक पुरुषों (genetic males) की कोशिकाओं में एण्ड्रोजेन (androgen) के ग्राहक (receptor) की कमी पायी जाती है। परिणामस्वरूप, ऐसे पुरुषों की ज्ञानेन्द्रियाँ (genitals) जन्म से ही महिलाओं के जनेन्द्रिय के समान होती हैं। मनी तथा एरहार्ड (Money & Ehrhardt, 1972) के अनुसार, ऐसे बालकों में बचपन में खेलने की रुचि, यौन व्यवहार तथा मातृत्व अभिरुचियाँ सभी बहुत कुछ एक परम्परागत महिला की भूमिका से मिलती-जुलती है। इन सबके बावजूद ऐसे पुरुष एक साधारण महिला के सामन बच्चा को जन्म नहीं दे पाते हैं क्योंकि उनमें गर्भाशय (ovary) तथा अन्य आन्तरिक महिला यौन अंगों (internal female sex organs) की कमी होती है।

उपर्युक्त दोनों तरह के हारमोन्स का मानव व्यवहार पर पड़ने वाले प्रभावों से यह स्पष्ट है कि अन्तस्स्रावी ग्रन्थि विशेषकर यौन ग्रन्थि स्रावित हारमोन्स का व्यक्ति के शारीरिक विकास, सामाजिक तथा संज्ञानात्मक विकास (cognitive develpment) पर स्पष्ट प्रभाव पड़ता है।

ऊपर वर्णन किये गये तथ्यों से यह स्पष्ट हो जाता है कि भिन्न-भिन्न अन्तःस्रावी ग्रन्थियों (endocrine glands) का कार्य अलग-अलग है तथा उससे अलग-अलग ढंग के व्यवहारों का नियन्त्रण होता है। परन्तु सच्चाई यह है कि इन ग्रन्थियों द्वारा आपस में अन्तःक्रिया (interaction) होता है। यही कारण है कि यदि कोई एक ग्रन्थि का कार्य कुछ ढीला पड़ जाता है, तो उसकी क्षतिपूर्ति दूसरी ग्रन्थि द्वारा बहुत हद तक कर लिया जाता है। हाँ, यह भले ही सम्भव है कि कभी-कभी दूसरा ग्रन्थि भी क्षतिपूर्ति करने में पूर्णतः समर्थ नहीं हो पाता है। लूरी (Luri, 1935) ने एक प्रयोग कर यह दिखला दिया है कि अन्तःस्रावी ग्रन्थियों द्वारा सामान्य रूप से कार्य नहीं किये जाने पर व्यवहार में बहुत ढंग की असामान्यताएँ (abnormalities) देखने को मिलता है। इनके अध्ययन के अनुसार पीयूष ग्रन्थि (pituitary gland) कंठ ग्रन्थि तथा यौन ग्रन्थि में गड़बड़ी का प्रभाव व्यवहारों पर अधिक स्पष्ट रूप से दिखलाई देता है।

स्पष्ट हुआ कि अन्तःस्रावी तन्त्र (endocrine system) एक महत्त्वपूर्ण तन्त्र है जो तन्त्रिका तन्त्र (nervous system) को प्रभावित करता है। इनका प्रभाव व्यक्ति के शारीरिक विकास, सांवेगिक विकास तथा संज्ञानात्मक विकास पर सबसे अधिक पड़ता पाया गया है।

हार्मोन की ऐतिहासिक खोज
(Historical Development of Hormone)

जैसा कि हम जानते हैं, हार्मोन (hormone) ग्रीक पद 'Hormon' से बना है जिसका अर्थ क्रियाओं (actions) या व्यवहारों को उत्तेजित करना। सचमुच में हारमोन्स अन्तःस्रावी ग्रन्थि (endocrine gland) या विशिष्ट कोशिका (specialized cell) द्वारा स्रावित एक ऐसा रसायनिक मिश्रण (chemical compound) है जो रक्त में सीधे मिलते हैं और शरीर के अन्य भागों में जाकर तरह-तरह के दैहिक प्रभाव (physiological effect) पैदा करते हैं। हारमोंन्स केवल मनुष्यों में ही नहीं बल्कि पशुओं (animals) तथा पौधों (plants) में भी पाये जाते हैं। सिर्फ रीढ़धारी प्राणी में ही ऐसे विशिष्ट अन्तःस्रावी ग्रन्थि (endocrine gland) होते हैं जो हार्मोन को उत्पन्न करते हैं तथा संचित करते हैं। परन्तु सच्चाई यह है कि इस तरह के हार्मोनल कार्य के बारे में जानकारी अन्तःस्रावी ग्रन्थियों के बारे में पता चलने से काफी पहले से ही हो गयी थी। अभी नवीनतम शोधों से यह भी पता चला है कि कुछ मानव हार्मोन्स (human hormones) ऐसे हैं जो अन्तःस्रावी ग्रन्थियों से न उत्पन्न होकर हाइपोथैलेमस (hypothalamus) के न्यूरोन्स (neurones) या पाचन क्षेत्र (digestive tract) के सीमाओं (lining) पर पाये जाने वाले कोशिकाओं

(cells) से भी निकलता है। रोजेनविग, लिमैन एवं ब्रीडलव (Rosenzweig, Leiman & Breedlove, 1996) के अनुसार हृदय (heart) से भी एक हार्मोन (hormone) निकलता पाया गया है जो व्यक्ति के रक्त चाप (blood pressure) तथा शरीर के सोडियम संतुलन (sodium balance) को संतलित करके रखने में महत्त्वपूर्ण भूमिका निभाता है।

सबसे पहला बड़ा अन्तःस्रावी प्रयोग (endocrine experiment) 1849 में ए॰ए॰ बर्थोल्ड (A.A. Berthold) जो जर्मनी के गोट्टिनजेन विश्वविद्यालय (Gottingen university) में प्रोफेसर थे, द्वारा किया गया। इन्होंने अपना प्रयोग पालतू मुरगा (roosters) पर किया था। इन्होंने अपने अध्ययन में पाया कि जब इन्होंने ऐसे पालतू मुरगा को जन्म के कुछ ही दिन बाद बधिया (castrate) कर दिया तो सयाना होने पर उनमें पुनरूत्पादक व्यवहार (reproductive behaviour) तथा गौण यौन विशेषता दोनों में ही कमी होते देखी गयी। परन्तु जब एक अंड ग्रन्थि (testicle) को फिर उसके शरीर में रख दिया गया, तो उसके सभी यौन व्यवहार (sexual behaviour) सामान्य हो गए। ऐसा इसलिए हुआ क्योंकि अंडग्रन्थि से निकलने वाला रसायनिक मिश्रण जिसे आज हम हार्मोन कहते हैं, पुनः उसके शरीर में स्रावित होने लगा था। बर्थोल्ड का यह प्रयोग इसलिए महत्त्वपूर्ण बतलाया गया है क्योंकि व्यवहारपरक अन्तःस्रावीशास्त्र (behavioural endocirnology) में यह पहला प्रयोग था। बाद में फ्रेंच शरीरक्रिया विज्ञानी (physiologist) क्लाऊड वर्नाड (Cloude Bernard) ने 19वीं शताब्दी में अन्तःस्रावीशास्त्र को एक विज्ञान का दर्जा देने में मदद किया क्योंकि उन्होंने आंतरिक वातवरण (internal environment) जिसमें अंतस्रावी ग्रन्थियों की भूमिका अधिक होती है, के महत्व पर काफी बल डाला है। इन्होंने कहा कि बाह्य वातावरण में स्वच्छ एवं स्वतन्त्र रूप से कार्य करने के लिए एक सतत एवं स्थिर आंतरिक वातावरण की आवश्यकता होती है। इस तथ्य को बाद में वाल्टर वी कैन्नन (Walter B. Cannon) जो एक अमेरिकन शरीरक्रिया विज्ञानी थे, ने *समस्थिति* (homeostasis) की संज्ञा दिया है।

'हार्मोन' (hormone) पद का सबसे पहले-पहल उपयोग 1905 में दो अंग्रेजी शरीरक्रिया विज्ञानी विलियम एम॰ वेलिस (William M. Bayliss) तथा अर्नेस्ट एच॰ स्टाररलिंग (Ernest H. Starling) द्वारा किया गया जिन्होंने यह खोज की कि पेट (stomach) से जब भोजन गुजरता है, तो आँत से एक तत्त्व (substance) निकलता है जिससे फिर पैक्रियाटिक तरल पदार्थ (pancreatic fluid) का स्राव होता है। आँत से निकलने वाले इस तथ्य को *सिक्रेटीन* (secretin) कहा जाता है, जो एक हार्मोन (hormone) है।

बीसवीं शताब्दी में कुछ नयी-नयी प्रविधियों (techninques) की खोज की गयी जो वैज्ञानिकों को बहुत सारे भिन्न तरह के हार्मोन (hormone) की पहचान में मदद किया। हार्मोन की संरचना के निर्धारण के लिए कई वैज्ञानिकों को नोबुल पुरस्कार (Nobel prize) भी दिया गया। जैसे, 1955 में भाइनसेट डु भिगनिउड (Vincent du Vigneaud) ने दो हार्मोन अर्थात *आक्सीटोसिन* (oxytocin) तथा *भैसोप्रोसिन* (vasopressin) को संगठित किया और उसके लिए उसे नोबुल पुरस्कार (Nobel prize) दिया गया। फ्रेडरिक सैंगर (Frederick Sanger) ने 1958 में इंसुलिन नामक हार्मोन के रसायनिक संरचना (chemical sturcture) का पता लगाया और इसके लिए उसे नोबुल पुरस्कार दिया गया। 1971 में अर्ल सुदरलैंड (Earl Sutherland) को हार्मोन क्रिया के प्रक्रम में द्वितीय वाहक (second messanger) की भूमिका निभाने की पहचान करने के लिए नोबुल पुरस्कार दिया गया। हार्मोन के लघु मात्राओं (quantities) को मापने के लिए विकसित संवदेनशील प्रविधि जिसे *रेडियोइमूनोआसे* (radio immunoassay) कहा जाता है, की खोज के लिए रोजालिन यालो (Rosalin Yalow) को 1978 में नोबुल पुरस्कार दिया गया।

हार्मोन्स का वर्गीकरण
(Classification of Hormones)

हार्मोन्स को मौटे तौर पर तीन भागों में बाँटा गया है:—

(a) प्रोटीन हार्मोन (Protein hormone)

(b) स्टेरोआड हार्मोन (Steroid hormone)

(c) ऐमाइन हार्मोन (Amine hormone)

इन तीनों का संक्षिप्त वर्णन इस प्रकार है—

(a) प्रोटीन हार्मोन *(Protein hormone)*—इस वर्ग के हार्मोन की विशेषता यह होती है कि वे एमिनो अम्ल (amino acid) के रेशे (strings) से बने होते हैं। विभिन्न तरह के प्रोटीन हार्मोन्स एमिनो अम्ल के विभिन्न संयोगों (combinations) से बने होते हैं। पेपटाइड (peptide) जो एक तरह का लघु प्रोटीन (small protein) है अर्थात् एमिनो अम्ल का एक छोटा रेशा है, को भी प्रोटीन हारर्मोन में रखा जाता है। प्रोटीन हार्मोन के कुछ प्रमुख उदाहरण है—एड्रीनोकार्टिकाट्रोपिक हार्मोन (Adrenocorticotropic hormone or ACTH), थायरायड-स्टीमुलेटिंग हार्मोन (Thyroid-stimulating hormone or TSH) वर्द्धन हार्मोन (growth hormone), प्रोलैक्टीन (prolactin), इन्सुलिन (insulin), ग्लूकागोन (glucagon), आक्सीटोसिन (oxytocin), भैसोप्रेसीन (vassopressin) तथा अन्य निमुर्क्ति हार्मोन (Releasing hormone) अर्थात् कार्टिकोट्रोपिन-मुक्ति हार्मोन (Corticotropin-releasing hormone or CRH), गोनाडोट्रोपिन-मुक्ति हार्मोन (Gonadotropin-Releasing hormone or GNRH) आदि इसके प्रमुख उदाहरण हैं।

(b) स्टेरोआड हार्मोन *(Steroid hormone)*—स्टेरोआयड हार्मोन वैसे हार्मोन को कहा जाता है जो एमिनो अम्ल (amino acid) से बना हुआ नहीं होता है बल्कि कार्बन परमाणु के अंतरसम्बन्ध चक्र (interconnected ring) से बना होता है। विभिन्न तरह के स्टेरोआड हार्मोन इस चक्र से जुड़े परमाणु के प्रकार (kind) एवं संख्या (number) के ख्याल से एक दूसरे से भिन्न होते हैं। स्टेरोआड हार्मोन इस तरह से प्रोटीन हार्मोन से भिन्न होता है और यह अंतर इसलिए भी महत्त्वपूर्ण होता है क्योंकि ये दोनों तरह के हार्मोन विभिन्न तरह के ग्राहकों (receptors) के साथ विभिन्न प्रक्रमों (mechanisms) को अपनाते हुए अंतक्रिया करते हैं। स्टेरोआड हार्मोन के कुछ उदाहरण हैं—गोनाडल हार्मोन (Gonadal hormone) यथा एस्ट्रोजेन्स (estrogens), प्रोजेस्टीन (progestin) तथा एण्ड्रोजेन्स (androgens) एवं एड्रीनल हार्मोन (Adrenal hormone) यथा ग्लूकोकार्टिकोआयड (Gluco-corticoids) अर्थात कार्टिसोल (Cortisol) तथा मिनरलोकार्टिकोआयड्स (Mineralocarticoids) अर्थात् एलडोस्टेरोन (aldosterone) आदि प्रमुख है।

(c) एमाइन हार्मोन *(Amine hormone)*—एमाइन हार्मोन वैसे हार्मोन को कहा जाता है जिसके मिश्रण (compound) में एक ही एमिनो अम्ल (amino acid) होता है जो सम्बन्धित अणु (molecule) में परिमाजित (modified) हो जाते हैं। इमाइन हार्मोन दे: उदाहरण हैं—इपानफ्राईन (epinephrine) या एड्रीनालिन (adrenaline), नोरइपानफ्राईन (norepinephrine), थायरायड हार्मोन (thyroid hormone) तथा मेलाटोनिन (melatonin)।

स्पष्ट हुआ कि हार्मोन के कई प्रकार के होते हैं। इन सबों का प्रभाव व्यक्ति के व्यवहार पर पर्याप्त पड़ता है। इन तीनों प्रमुख वर्ग तथा प्रत्येक में आने वाले हार्मोन्स को तालिका 2–3 में दिखलाया गया है।

तालिका 2–3 : हार्मोन्स के मुख्य प्रकार

हार्मोन का वर्ग (Class of Hormone)	हार्मोन का नाम (Names of Hormone)
एमाइन का हार्मोन्स (Amine Hormones)	1. इपाइनफ्राईन (Epinephrine) 2. नोरइपाइन फ्राईन (Norepinphrine) 3. थायरायड हार्मोन (Thyroid hormone) 4. मेलाटोनिन (Melatonin)
प्रोटीन हार्मोन्स (Protein Hormones)	1. एड्रेनोकार्टिकोट्रोपिक (Adrenocorticotropic hormone or ACTH) 2. लूटिनाइजिंग हार्मोन (Luteinizing hormone or LH) 3. फौलिविल-उत्तेजन हार्मोन (Follicle-stimulating hormone or FSH) 4. थायरायड-उत्तेजन हार्मोन (Thyroid stimulating hormone or TSH) 5. वर्द्धन हार्मोन (Growth hormone) 6. इन्सुलिन (Insulin)

	7. प्रोलैक्टिन (Prolactin)
	8. ग्लूकोगोन (Glucagon)
	9. आक्सीटोसिन (Oxytocin)
	10. भैसोप्रेसीन (Vasopressin) (AVP, ADH)
	निमुर्क्ति हार्मोन *(Releasing hormones)*
	1. कार्टिकोट्रोपिन-निमुर्क्ति हार्मोन (Corticotropin Releasing hormne (CRH)
	2. थायरोट्रोपिन निमुर्क्ति हार्मोन (Thyrotropin Releasing hormone or TRH)
	3. गोनाडोट्रोपिन-निमुर्क्ति हार्मोन (Gonadotropin Releasing hormone or GNRH)
	4. सोमैटोक्रिनिन (Somatocrinin) जो वर्द्धन हार्मोन का निमुर्क्ति करता है।
	5. सोमैटोस्टैनिन (Somatostanin) जो वर्द्धन हार्मोन को अवरुद्ध करता है।
स्टीरोआड हार्मोन्स (Steroid Hormones)	**गोनाडल हार्मोन** (Gonadal Hormones)
	1. एस्ट्रोजेन्स (Estrogens) जैसे एस्ट्रोडिल (estrodil)
	2. प्रोजेस्टीन (Progestins) जैसे प्रोजेस्ट्रोन (progesterone)
	3. एण्ड्रोजेन्स (Androgens) जैसे टेस्टोस्ट्रोन (testosterone)
	एड्रीनल हार्मोन्स (Adrenal hormones)
	1. ग्लूकोकार्टिकोआयड्स (glucocorticoids) जैसे कॉर्टिजोल (cortisol)
	2. मिनरलोकॉर्टिकोआयड्स (Mineralocorticoids) जैसे एलडोस्टेरोन (aldosterone)

हार्मोन क्रिया के दस नियम
(Ten Principles of Hormone Action)

जीव के शरीर में विभिन्न तरह के हार्मोन पाये जाते हैं और वे कई विमाओं (dimensions) के आधार पर एक दूसरे से भिन्न भी होते हैं। फिर भी उनकी क्रियाएँ दस सामान्य नियमों द्वारा निदेशित होतीं हैं। वे दस नियम निम्नांकित हैं:—

(1) हार्मोन प्रायः क्रमिक (gradual) ढंग से प्रभाव उत्पन्न करता है तथा रक्त में मिलने के बहुत बाद व्यक्ति में व्यवहारात्मक तथा दैहिक परिवर्तन उत्पन्न करता है। इसका परिणाम यह होता है कि कभी-कभी अध्ययनकर्त्ता या शोधकर्त्ता को यह निर्धारण करना मुश्किल हो जाता है कि व्यक्ति में अमुक दैहिक या व्यवहारात्मक परिवर्तन का कारण हार्मोन है या कोई अन्य कारक।

(2) जब हार्मोन व्यक्ति के व्यवहार में परिवर्तन करता है, तो वे उत्पन्न व्यवहार (evoked behaviour) की तीव्रता से परिवर्तन करके अपना प्रभाव उत्पन्न करते हैं न कि वे उस व्यवहार को पूर्णतः उत्पन्न कर या उसे बंद करके अपना प्रभाव उत्पन्न करते हैं।

(3) प्रत्येक हार्मोन का विभिन्न अंगों, उत्तकों (tissues) तथा व्यवहार (behaviour) पर बहुप्रभाव (multiple effect) पड़ता है तथा इसके विपरीत एक ही तरह का व्यवहार या दैहिक परिवर्तन (physiological change) बहुत सारे विभिन्न

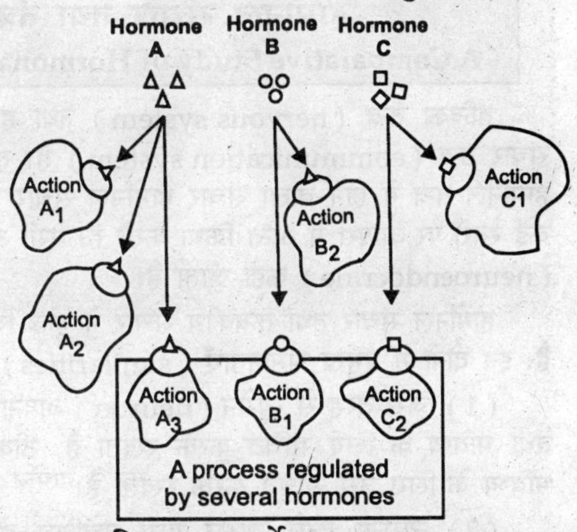

चित्र 2.23 हार्मोन का बहुप्रभाव

हार्मोन से उत्पन्न हो सकते हैं। इस तथ्य को चित्र 2.23 में दिखलाया गया है। इस चित्र में हार्मोन A, B तथा C के क्रमशः बहुप्रभाव अर्थात् A_1, A_2 तथा A_3, B_1, B_2 एवं C_1 तथा C_2 दिखलाये गए हैं। उसी तरह से एक ही क्रिया या शारीरिक अंग (bodily organ) जो बक्स (box) के भीतर हैं, पर हर्मोन A, B तथा C तीनों का प्रभाव पड़ता देखा जा रहा है।

(4) हार्मोन के प्रकार (types) तथा मात्रा (quantities) दोनों ही पर्यावरणी (environmental) तथा अंतर्जात (endogenous) कारकों द्वारा प्रभावित होता है। व्यवहार तथा हार्मोन के बीच का सम्बन्ध एक-तरफा न होकर दो-तरफा होता है। हार्मोन से व्यवहार प्रभावित होता है तथा व्यवहार हार्मोन स्तर को परिवतर्तित करता है। जैसे, टेस्टोस्टरोन (testosterone) का उच्च स्तर का सम्बन्ध आक्रमकता से होता है तथा किसी भी आक्रमकपूर्ण व्यवहार में हारने वाले व्यक्ति में टेस्टोस्टरोन का स्तर में कमी आ जाती है जबकि जीतने वाले व्यक्ति में इसके स्तर में थोड़ा-सा ही परिवर्तन होता है।

(5) हार्मोन का उत्पादन थोड़े मात्रा में होता है तथा प्रायः इसका स्राव एक प्रष्कोठ (brust) के रूप में होता है। स्राव का यही तरीका कभी-कभी इसलिए महत्त्वपूर्ण माना जाता है क्योंकि थोड़े मात्रा में उत्पन्न हुए हार्मोन इस तरह से प्रभावी बन जाता है।

(6) बहुत हार्मोन का स्तर दिन भर लयबद्ध ढंग से (rhythmically) परिवर्तित होता रहता है और कई हार्मोनल तन्त्र मस्तिष्क के "सरकाडियन घड़ी" (Circadian clock) द्वारा भी नियन्त्रित होते पाये गये हैं।

(7) हार्मोन अधिकतर कोशिकाओं के चयापचय प्रक्रियाओं (metabolic processes) को प्रभावित करता है जिसमें कार्बोहाइड्रेट, लिपिड (lipid) तथा प्रोटीन (protein) का टूटना (breakdown) तथा बनना (build up) भी सम्मिलित होता है। इस अर्थ में तब यह कहा जाता है कि हार्मोन का दीर्घकालीन चयापचय परिवर्तन पर भी सार्थक प्रभाव पड़ता है।

(8) हार्मोन आपस में भी अंतःक्रिया करते हैं। एक हार्मोन का प्रभाव दूसरे हार्मोन के प्रभाव से स्पष्ट रूप से परिवर्तित होता है।

(9) सभी रीढ़धारी प्राणी में हार्मोन की रसायनिक सरंचना लगभग समान ही होती है परन्तु किसी एक हार्मोन द्वारा किया गया कार्य विभिन्न प्रजाति के प्राणी में अलग-अलग हो सकते हैं।

(10) हार्मोन का प्रभाव सिर्फ उन्हीं कोशिकाओं (cells) पर पड़ता है जिसमें उसका ग्राहक प्रोटीन (receptor protein) होता है जो उसकी पहचान करके उसे स्वीकार करता है तथा कोशिका के कार्य में परिवर्तन करता है। रीढ़धारी प्राणियों में, एक ही मस्तिष्कीय क्षेत्र में प्रायः समान ढंग के ग्राहक पाये जाते हैं।

उपर्युक्त दस नियमों का पालन करते हुए हार्मोन प्राणी के व्यवहार को प्रभावित करता है।

हार्मोनल संचार तथा तंत्रकीय संचार का तुलनात्मक अध्ययन
(A Comparative Study of Hormonal Communication and Neural Communication)

तन्त्रिका तन्त्र (nervous system) तथा हार्मोनल तन्त्र (hormonal system) मानव शरीर के दो प्रधान संचार तन्त्र (communication system) हैं। तन्त्रिका तन्त्र में होने वाला संचार तन्त्रकीय संचार कहलाता है तथा हार्मोनल तन्त्र में होने वाला संचार हार्मोनल संचार कहलाता है। इन दोनों तन्त्र अर्थात् तन्त्रिका तन्त्र तथा हार्मोनल तन्त्र कई स्तरों पर आपस में अन्तःक्रिया करते हैं। ऐसी अंतःक्रियाएँ मस्तिष्क में सर्वाधिक होता है और इसे *'न्यूरोइन्डोक्राइन'* (neuroendocrine) कहा जाता है।

हार्मोनल संचार तथा तन्त्रकीय संचार में कुछ विभिन्नताएँ (differences) तथा कुछ समानताएँ (similarities) हैं। इन दोनों में प्रमुख समानताएँ (similarities) निम्नांकित हैं:—

(1) जिस तरह से न्यूरोन (neuron) अपना संचार रसायन तत्त्व (transmitter chemical) उत्पन्न करता है तथा भविष्य के लिए संचित करके रखता है, ठीक उसी तरह से अंतःस्रावी ग्रन्थि भी हार्मोन उत्पन्न करता है तथा भविष्य के लिए उसे संचित करके रखता है।

(2) न्यूरोन्स दूसरे न्यूरोन द्वारा उत्तेजित होकर क्रिया विभव (action potential) उत्पन्न करता है जो

प्राक्संधिस्थलीय टरमिनल (presynaptic terminals) को संचार रसायन उत्पन्न करने के लिए बाध्य करता है। उसी तरह से अंतःस्रावी ग्रन्थि भी उत्तेजित होने के बाद रक्त प्रवाह में हार्मोन का स्राव करता है। कुछ अंतःस्रावी ग्रन्थि तन्त्रकीय सूचनाओं तथा कुछ रसायनिक सूचनाओं से उत्तेजित होती हैं।

(3) संधिस्थलीय संचार तत्त्व (transmitter) उत्तरसंधिस्थलीय झिल्ली (post synaptic membrane) के सतह पर पाये जाने वाले विशिष्ट ग्राहक अणु (Receptor molecule) के साथ प्रतिक्रिया करता है। ठीक उसी तरह से हार्मोन लक्ष्य कोशिका (target cell) के भीतर या सतह पर पाये जाने वाले विशिष्ट ग्राहक अणु के साथ प्रतिक्रिया करते हैं। अधिकतर अंगों में एक विशेष दिये हुए हार्मोन के लिए ग्राहक नहीं होते हैं। अतः वे उसके साथ अंतःक्रिया नहीं करते हैं।

(4) जिस तरह से भिन्न तरह के संधिस्थलीय संचार तत्त्व होते हैं, ठीक उसी तरह से विभिन्न तरह के हार्मोन (hormones) होते हैं। सच्चाई यह है कि दिनोंदिन बहुत सारे ऐसे रसायनों (chemicals) का पता लगाया जा रहा है जो इन दोनों तरह के तत्त्वों को समान रूप से संपोषित करता हो। जैसे, इपाइनफ्राईन तथा नोरइपानफ्राईन दो ऐसे तत्त्व हैं जो कई मस्तिष्कीय सूत्रयुग्मन (brain synapse) पर संचार साधन के रूप में कार्य करते हैं और साथ-ही-साथ एक हार्मोन के रूप में एड्रीनल ग्रन्थि से भी स्रावित होते हैं।

(5) जब हार्मोन लक्ष्य कोशिका के सतह पर ग्राहक अणु (receptor molecule) के साथ क्रिया करते हैं तो उस लक्ष्य कोशिका के भीतर एक द्वितीय संदेशवाहक[1] (second messanger) की उत्पत्ति होती है जिसका उद्देश्य उस कोशिका के भीतर परिवर्तन करना होता है। यह प्रक्रिया अंतःस्रावी तन्त्र (endocirne system) में काफी अध्ययन किया गया है। कुछ तन्त्रकीय प्रभाव (neural effect) में उत्तर संधिस्थलीय न्यूरोन (post-synaptic neuron) में भी इसी तरह का द्वितीय संदेशवाहक की उत्पत्ति होती है। इसके अतिरिक्त एक ही यौगिक (compound) यथा साइक्लिक एएमपी (Cyclic AMP) तथा जी प्रोटीन (G protein) दोनों ही तन्त्रों अर्थात् तन्त्रिका तन्त्र तथा अंतःस्रावी तन्त्र में द्वितीय संदेशवाहक के रूप में कार्य करते हैं।

(6) जिस तरह से तन्त्रिका तन्त्र विशिष्ट जैवरसायनिक तत्त्व (biochemical substance) जिसे न्यूरोट्रांसमीटर कहा जाता है, का उपयोग संधिस्थलीय जोड़ों पर करके सूचनाओं को संचारित करता है, ठीक उसी तरह से अंतःस्रावी ग्रन्थि भी हार्मोन का उपयोग करके संदेश का संचार करता है। हालाँकि इन दोनों तरह के संचार में रसायनिक संवेदवाहकों (chemical messangers) द्वारा तय की गयी दूरी में काफी भिन्नता होती है—संधिस्थलीय जोड़ों पर न्यूरोट्रांसमीटर का प्रभाव उसी दूरी तक अर्थात् संधिस्थलीय दरार (synaptic cleft) की दूरी जो लगभग 30 नैनोमीटर (30×10^{-9} मीटर) चौड़ा होता है, तक ही सीमित होता है जबकि हारमोन का प्रभाव स्राव के जगह से लक्ष्य अंग की दूरी एक मीटर दूर होने तक भी होता है।

इन समानताओं के बावजूद तन्त्रकीय संचार (neural communication) तथा अंतस्रावी संचार (endocrine communication) में कुछ अंतर है। ऐसे प्रमुख अंतरों की व्याख्या हम इस प्रकार कर सकते हैं:—

(1) तन्त्रकीय सूचनाएँ (neural message) तीव्र होता है तथा इसे मिलीसेकेंड (millisecond) में मापना सम्भव होता है जबकि हारर्मोनल सूचनाएँ मंद होती हैं तथा उन्हें सेकेण्ड तथा मिनट में ही मापे जाते हैं।

(2) अधिकतर तन्त्रकीय सूचनाएँ आंगुलिक (digitized) और पूर्ण-या-कुछ-भी नहीं (all-or-none) आवेग होते हैं जबकि हारमोनल सूचनाएँ एनालौग (analog) अर्थात् तीव्रता या शक्ति में क्रमित (graded) होते हैं।

(3) ऐच्छिक नियन्त्रण (voluntary control) के ख्याल से भी तन्त्रकीय संचार तथा हारमोनल संचार (hormonal communication) एक दूसरे से भिन्न होते हैं। व्यक्ति अपनी इच्छा से हारमोन के उत्पादन को घटा या बढ़ा नहीं सकता है या अपनी इच्छा से अंतःस्रावी तंत्र द्वारा ऐच्छिक क्रिया को नहीं कर सकता है। परन्तु तन्त्रकीय संचार द्वारा ऐच्छिक क्रियाएँ जैसे हाथ उठाना, लिखना, दौड़ना आदि क्रियाएँ कर सकता है। ऐसी सारी क्रियाएँ न्यूरोपेशीय नियन्त्रण (neuromuscular control) के अधीन होती हैं। परन्तु इस अन्तर को निरपेक्ष (absolute)

---

1. द्वितीय संदेशवाहक (second messanger) से तात्पर्य उत्तरसंधिस्थलीय कोशिका (postsynaptic cell) में उत्पन्न एक ऐसी मंद क्रिया करने वाले तत्त्व (substance) से होता है जो तन्त्रिका आवेग के प्रभाव को बढ़ा देता है तथा कुछ ऐसी प्रक्रियाएँ उत्पन्न कर देता है जो उस कोशिका के झिल्ली के वैद्युतीय विभव (electrical potential) में परिवर्तन कर देता है।

नहीं माना जा सकता है क्योंकि बहुत सारे ऐसे न्यूरोपेशीय क्रियाएँ हैं जिसपर व्यक्ति का कोई नियन्त्रण नहीं होता है जैसे, हृदय का धड़कना तथा गुर्दा का कार्य ऐसे ही क्रिया के उदाहरण हैं।

(4) तन्त्रकीय संचार (neural communication) एक दूरभाष तन्त्र (telephone system) जैसा कार्य करता है जबकि हार्मोनल तन्त्र एक दूरदर्शन प्रसारण तन्त्र (television broadcasting system) के समान कार्य करता है। तन्त्रकीय संचार में अपनी मंजिल तक सूचनाएँ एक निश्चित चैनेल (fixed channel) पर संचारित होती है। न्यूरोन्स के बीच संरचनात्मक सम्बन्ध (anatomical connection) द्वारा एक कोशिका से दूसरी कोशिका तक सूचनाओं का संचरण का निर्धारण होता है। इसके विपरीत हारमोलन संचार जो एक दूरदर्शन प्रसारण तन्त्र के रूप में कार्य करता है, में बहुत तरह के अंतःस्रावी सूचनाएँ पूरे शरीर में फैल जाता है और तब उसे पूरे शरीर में विखरित या फैले हुए उन कोशिकाओं (cells) द्वारा ग्रहण किया जाता है जिसमें उनके ग्राहक (receptor) होते हैं। कुछ हारमोन ऐसे भी होते हैं जो मात्र स्थानीय रूप से ही प्रसारित होते हैं। जैसे, हाइपोथैलमस से निकलने वाला हारमोन रक्त नलिकाओं द्वारा कुछ ही मिलीमीटर अर्थात् अग्रवर्ती पीयूष ग्रन्थि (anterior pituitary gland) तक ही प्रसारित होता है।

स्पष्ट हुआ कि तन्त्रकीय संचार तथा हार्मोनल संचार में समानता होने के बावजूद कुछ विभिन्नताएँ हैं।

रसायनिक संचार के विभिन्न प्रकार (Different Types of Chemical Communication)

आधुनिक शोधों से प्राप्त तथ्यों के आधार पर प्राणी के शरीर के भीतर तथा एक प्राणी से दूसरे प्राणी के बीच होने वाले रसायनिक संचार (chemical communication) के कुछ महत्त्वपूर्ण तथ्यों पर प्रकाश डाला गया है। आजकल कई ऐसे तत्त्वों की पहचान की गयी है जिन्हें संयुक्त रूप से हारमोन्स (hormones) कहा जाता है या वे हारमोन की समान गुण वाले होते हैं। निम्नांकित कुछ ऐसे ही रसायनिक संकेतों (chemical signals) का वर्णन किया गया जिनके माध्यम से प्राणी के भीतर या एक प्राणी से दूसरे प्राणी में रसायनिक सचांर होते हैं:—

(1) संधिस्थलीय संचार (synaptic communication) से संधिस्थलीय संचार तत्त्व (synaptic transmitter) के कार्य में कुछ ऐसे रसायनिक संकेत (chemical signal) संधस्थिलीय दरार में उत्पन्न होते हैं जिससे उत्तरसंधिस्थलीय झिल्ली (postsynaptic membrane) के ध्रुवीकरण (polarization) में परिवर्तन हो जाता है। इस तरह का संधिस्थलीय संचार कार्य काफी सीमित (localized) होता है।

(2) औटोक्राइन संचार (autocrine communication) एक अन्य दूसरा प्रमुख रसायनिक संचार है जिसमें जिस कोशिका से हारमोन निकलता है, वह (अर्थात् हारमोन) का प्रभाव उसी कोशिका पर पड़ता है और उसकी क्रिया को प्रभावित करता है। औटोक्राइन कार्य का एक उत्तम उदाहरण उन तन्त्रिका कोशिकाओं में देखा जाता है जिनमें औटोग्राहक (autoreceptors) होते है जो उत्सर्जित संधिस्थलीय संचार अणुओं (molecules) से प्रभावित होते हैं और स्वयं अपने ही क्रियाओं का मानीटर करते हैं। इस तरह की परिस्थिति में संकेत अणु औटोक्राइन (autocrine) तथा संधिस्थलीय संचार तत्त्व दोनों का ही कार्य करता है।

(3) पाराक्राइन संचार (paracrine communication) एक अन्य रसायनिक संचार होता है जिसमें उत्सर्जित रसायनिक संकेत नजदीक के लक्ष्य कोशिकाओं के बीच के बहिकोशिकीय स्थान (extracellular space) के माध्यम से फैल जाता है। अतः इस तरह के संचार में सबमें तीव्र प्रभाव नजदीकी कोशिका (nearest cell) पर ही पड़ता है।

(4) अंतःस्रावी संचार (endocrine communication) में रसायनिक संकेत हार्मोन (hormone) होता है जो रक्त प्रवाह में अंतःस्रावी ग्रन्थियों द्वारा उत्सर्जित होता है तथा जिसे लक्ष्य अंगों (target organs) द्वारा चयनात्मक रूप से ग्रहण किया जाता है। प्रायः ऐसे अंग ग्रन्थियों से दूरी पर अवस्थित होते हैं।

(5) हारर्मोन का उपयोग सिर्फ प्राणी के शरीर के भीतर के संचार के लिए ही नहीं किया जाता है बल्कि इसके माध्यम से एक प्राणी से दूसरी प्राणी तक भी सूचनाओं का संचार किया जाता है। *फेरोमोन्स* (pheromones) एक ऐसा ही हारमोन्स हैं जो प्राणी के शरीर के भीतर तो उत्पन्न होता है परंतु उसे शरीर से बाहर निकालकर दूसरे समान प्रजाति के प्राणी को एक विशेष क्रिया करने के लिए प्रोत्साहित करता है। कुत्तिया फेरेमोन्स के माध्यम से कुत्ता को अपने

ओर आकर्षित करके यौन व्यवहार करने के लिए उसे प्रोत्साहित करता है। उसी तरह से कुत्ते या भेड़िया विभिन्न जगहों पर पेशाब करके अपने क्षेत्र को चिह्नित करते हैं। दूसरे कुत्ते या भेड़िया उस फेरोमोन्स को सूँघ कर या तो उसे चुनौती देते हैं या फिर उसकी क्षेत्रीयता को स्वीकार कर लेते हैं।

(6) ब्राऊन (Brown, 1968) द्वारा किये गए अध्ययनों से यह स्पष्ट हुआ है कि कुछ रासायनिक संकेत एक प्रजाति के सदस्यों द्वारा उत्सर्जित किये जाते हैं और वे दूसरी प्रजाति के प्राणियों के व्यवहार को प्रभावित करते हैं। ऐसे हारमोन्स को *एलोमोन्स* (allomones) कहा जाता है। एलोमोन्स द्वारा पशुओं के विभिन्न प्रजातियों या पौधों से पशुओं तक सूचनाओं को संचारित कराया जाता है। जैसे, फूल से सुगंध निकलते हैं ताकि कीड़े (insects) तथा चिड़िया उनके पास आये और उसके पराग (pollen) वितरित हो सके।

स्पष्ट हुआ कि रसायनिक संचार के कई प्रकार हैं जिनमें विभिन्न संकेत (chemical signal) सम्मिलित होते हैं।

कोश-प्रक्रमों पर हारमोन्स का प्रभाव
(Impact of Hormones on Cell Mechanisms)

हारमोन्स का प्रभाव कोशिकाओं (cells) पर पड़ता है और यह प्रभाव कुछ प्रक्रमों द्वारा सम्पन्न होता है। यहाँ हम ऐसे ही कुछ प्रभावों का वर्णन करेंगे जो इस प्रकार हैं:—

(1) *हारमोन्स कोशिकाओं को उसके वर्द्धन तथा क्रियाओं को प्रभावित करके अपना प्रभाव दिखलाता है* (Hormones affect cells by influencing their growth and activity)—हार्मोन का प्रभाव विभिन्न उत्तकों (tissues) एवं अंगों (organs) की कोशिकाओं (cells) पर पर्याप्त पड़ता है। यह प्रभाव हार्मोन्स द्वारा दो तरह की प्रक्रियाओं द्वारा सम्पन्न किया जाता है:—

पहली प्रक्रिया वह है जिसमें हार्मोन्स कोशिकाओं के वर्द्धन (growth), प्रचुरोद्भवन (proliferous) तथा विभेदन या विशिष्टीकरण (differentiation) को उन्नत बनाता है तथा दूसरी प्रक्रिया वह है जिसमें वह कोशिका के क्रियाओं को अनुकूलित (modulate) करता है। जैसे, व्यक्ति का आरम्भिक विकासात्मक प्रक्रियाएँ मूलतः विभिन्न तरह के हार्मोन्स विशेषकर थायरायड हार्मोन्स (thyroid hormones) से प्रभावित होता है। इस हार्मोन्स के अभाव में मस्तिष्क में बहुत कम कोशिका बन पाता है तथा व्यक्ति का मानसिक विकास (mental development) मंद हो जाता है कुछ हारमोन्स जैसे पुरुष या स्त्री हार्मोन्स ऐसे होते हैं जो व्यक्ति के बाद के विकास में कोशिकाओं को विभाजित होने तथा उसे वर्द्धन होने में मदद करता है जिसे पुरुष या महिलाओं में गौण यौन गुण (secondary sex characteristics) विकसित हो जाते हैं। जिन कोशिकाओं में विशिष्टीकरण या विभेदीकरण पहले ही हो चुका होता है, हारमोन्स से उन कोशिकाओं के कार्य को ठीक ढंग अनुकूलित किया जाना संभव हो पाता है। उदाहरणस्वरूप, थायरायड हार्मोन्स तथा इन्सुलिन हारमोन्स हमारे शरीर के अधिकतर कोशिकाओं के चयापचयी दर (metabolic rate) को उन्नत बनाने में मदद करते हैं।

(2) *ग्राहक अणुओं से सम्पर्क कर हार्मोन्स क्रियाओं का आरम्भ करते हैं।* (Hormones initate actions by binding to receptor molecules)—हार्मोन्स के तीनों प्रकार लक्ष्य अंगों (target organs) पर प्रभाव निम्नांकित दो तरीकों से डालते हैं:—

(i) प्रोटीन हारमोन्स कुछ विशिष्ट ग्राहक (specific receptor) पर ही अपना प्रभाव डालते हैं। ऐसे ग्राहक लक्ष्य कोशिकाओं के झिल्ली के सतह (surface) पर पाये जाते हैं। जब ऐसे कोशिकाओं के झिल्ली के सतह उत्तेजित हो जाते है, तो उसके कोशिका में फिर द्वितीय संदेशवाहक (second messanger) की उत्पत्ति होती है। प्रोटीन हारमोन्स इस प्रक्रम का उपयोग करके उस प्रोटीन के स्तर में परिवर्तन ला देता है जो पहले से कोशिकाओं में मौजूद होते हैं। अधिकतर ऐमिनो हारमोन्स (amino hormones) भी सतही ग्राहक (surface receptor) तथा द्वितीय संदेशवाहक के ही माध्यम से अपना प्रभाव डालते हैं। परन्तु थायरायड हारमोन्स इस प्रक्रम का एक अपवाद होता है। प्रोटीन एवं एमिनो हारमोन्स उपर्युक्त प्रक्रिया को अपनाकर अपना प्रभाव तेजी से कोशिकाओं पर डालते हैं जिससे व्यक्ति का व्यवहार तेजी से प्रभावित होता है।

(ii) स्टेरोआयड हारमोन्स लक्ष्य कोशिका के झिल्ली द्वारा गुजरते हैं तथा कोशिका के भीतर के विशिष्ट ग्राहक प्रोटीन (specific receptor protein) से जुड़ जाते हैं। इसके बाद यह स्टेरोआयड-ग्राहक जोड़ (steriodreceptor complex) कोशिका के केन्द्रक के डीएनए (DNA) से जुड़ (bind) जाते हैं और इस तरह का बन्धकी विशिष्ट जीनों के प्रतिलेखन (transcription) को कुछ प्रोटीन के उत्पादकता को बढ़ाकर तथा कुछ प्रोटीन की उत्पादकता को कम करके प्रभावित करता है। अतः स्टेरोआड हारमोन्स जीन अभिव्यक्ति (gene expression) को प्रभावित करके अपनी क्रिया करता है और इस तरह से प्रोटीन की उत्पादकता में भी परिवर्तन लाता है। प्रोटीन उत्पादकता में परिवर्तन लाकर स्टेरोआयड का कोशिकाओं के कार्य एवं विकास पर धीमा (slow) परन्तु दीर्घकालीन प्रभाव (long-lasting effect) पड़ता है।

(3) *पुनर्निवेशन नियन्त्रण प्रक्रम से हारमोन्स के स्राव का नियमन होता है* (**Feedback control mechanisms regulate the secretion of hormones**)—सभी हार्मोनल तन्त्र की एक मुख्य विशेषता यह है कि वह न केवल हार्मोन का उत्पादन करता है बल्कि वह हारमोन्स के प्रभाव को जानने की कोशिश भी करता है तथा साथ-ही-साथ उसका मूल्यांकन (evaluation) भी करता है। इसके परिणामस्वरूप इस तन्त्र से निकालने वाला स्राव का नियमन एवं नियन्त्रण भी करता है ताकि उसका स्राव का दर शारीरिक क्रियाओं एवं आवश्यकताओं के अनुकूल बना रहता है। इसके लिए जो मौलिक नियन्त्रण तन्त्र का उपयोग किया जाता है, उसे *ऋणात्मक पुनर्निवेशन तन्त्र* (negative feedback system) कहा जाता है। पुनर्निवेशन नियन्त्रण प्रक्रम तीन तरह का होता है जिसे चित्र 2.23 के अ, ब तथा स में दिखलाया गया है।

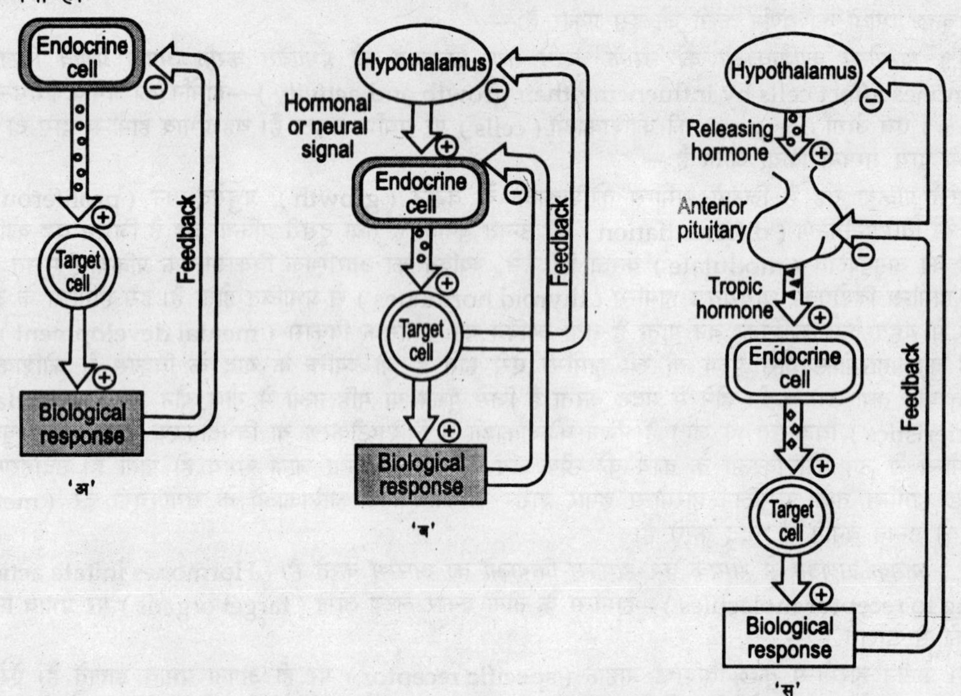

चित्र 2.24 : अंतःस्रावी पुनर्निवेशन लूप (Endcrine feedback loop)

सबसे सरलतम नियन्त्रण तन्त्र को चित्र 2.24 अ में दिखलाया गया है। इसमें अंतःस्रावी कोशिका एक हारमोन्स का उत्सर्जन करते दिखलाया गया है जो लक्ष्य कोशिका को क्रियाशील कर या उत्तेजित करके एक खास तरह का जैविक प्रभाव उत्पन्न करता है। इस तरह प्रभाव की पहचान फिर अंतःस्रावी कोशिका द्वारा पुनर्निवेशन (feedback) के माध्यम से किया जाता है जिसके परिणामस्वरूप कोशिका फिर आगे हारर्मोन्स का उत्सर्जन बंद कर देता है। इसे एक उदाहरण द्वारा इस प्रकार समझाया जा सकता है— भोजन करने के बाद भोजन से प्राप्त ग्लूकोज रक्त प्रवाह तथा वहिकोशकीय तरल (extracellular fluid) में प्रवेश करता है जिससे पैंक्रियाज (pancreas) से इन्सुलिन निकलने लगता है। इन्सुलिन वहिकोशकीय ग्लूकोज को मांसपेशीय एवं वसा कोशिकाओं में प्रवेश करने के लिए बाध्य करता है तथा उन्हें ग्लूकोज का उपयोग करने के लिए उत्तेजित करता है। रक्त में ग्लूकोज का स्तर जैसे ही कमता है, पैंक्रियाज

से इनसुलिन का निकलना कम हो जाता है ताकि एक संतुलन बना रहे। हारमोन का यह ऋणात्मक पुनर्निवेशन तन्त्र (negative feedback system) एक थर्मोस्टैट (thermostat) के समान ही कार्य करता है। चित्र 2.23 'ब' में पुनर्निवेशन तन्त्र के एक जटिल स्तर को दिखलाया गया है। इस तन्त्र में हाइपोथैलमस भी उस सर्किट का एक भाग होता है जो अंतःस्रावी ग्रन्थि (endocrine gland) को नियन्त्रित करता है। इस तरह से इस नियन्त्रण तन्त्र में मस्तिष्क भी सम्मिलित होता है। हाइपोथैलमस अंतःस्रावी ग्रन्थि को तन्त्रकीय (neural) या हार्मोनल संकेत (hormonal signal) के माध्यम से अंतःस्रावी ग्रन्थि को उत्तेजित करता है जिससे हार्मोन उत्सर्जित होकर लक्ष्य कोशिका को प्रभावित करके जैविक अनुक्रियाएँ (biological responses) उत्पन्न करता है। जैसे, हाइपोथैलमस तन्त्रकीय सम्बन्ध (neural link) स्थापित कर एड्रीनल मेडुला (adrenal medulla) को प्रभावित करता है। एड्रीनल मेडुला से इपानफ्राईन (epinephrine) का स्राव होता है और इससे फिर लक्ष्य कोशिका (target cell) प्रभावित होता है। इसके बाद ऋणात्मक पुनर्निवेशन अंतःस्रावी ग्रन्थि अर्थात् एड्रीनल मेडुला को छोड़ते हुए सीधे हाइपोथैलमस में पहुँचता है जो हार्मोन उत्पादन के आगे की प्रक्रिया को कम करने की आज्ञा देता है।

चित्र 2.23 'स' में और भी अधिक जटिल पुनर्निर्वेशन तन्त्र को दिखलाया गया है जिसमें हाइपोथैलमस के अलावा अग्रवर्त्ती पीयूष ग्रन्थि (anterior pituitary gland) को सहभागी बनाया गया है। इस नियन्त्रण प्रक्रम (control mechanism) में अग्रवर्ती पीयूष ग्रन्थि से कई तरह के हारमोन्स जिसे ट्रौपिक हार्मोन (tropic hormone) कहा जाता है, निकलता है जो अन्य अंतःस्रावी ग्रन्थियों को प्रभावित करता है। हाइपोथैलमस से अन्य दूसरे तरह का हामोन्स जिसे निमुर्क्ति हारमोन्स (releasing hormones) कहा जाता है, का भी स्राव होता है जो ट्रौपिक हारर्मोन्स को नियन्त्रित करता है। इस तरह से हाइपोथैलमस के निमुर्क्ति हार्मोन द्वारा पीयूष ग्रन्थि का ट्रौपिक हार्मोन प्रभावित होता है जो दूसरे अंतःस्रावी ग्रन्थि से निकलने वाले हार्मोन को प्रभावित करता है। इस तरह के नियन्त्रण तन्त्र में पुनर्निवेशन अंतःस्रावी ग्रन्थि के हार्मोन से हाइपोथैलमस तथा अग्रवर्ती पीयूष (anterior pituitary) दोनों में पहुँचता है।

स्पष्ट हुआ है कि अंतःस्रावी ग्रन्थियों का कोशाकीय प्रक्रमों (cellular mechanisms) के विभिन्न प्रकारों पर सार्थक प्रभाव पड़ता है।

हार्मोन का व्यवहार पर प्रभाव
(Impact of Hormones upon Behaviour)

नवीनतम अध्ययनों से यह स्पष्ट हुआ है कि हार्मोन का विभिन्न तरह के मानक व्यवहार पर काफी ठोस प्रभाव पड़ता है। हम यहाँ कुछ ऐसी ही प्रभाव का वर्णन निम्नांकित तीन प्रमुख शीर्षकों के तहत करेंगे।

(1) हार्मोन से समस्थिति बनाये रखने में मदद मिलती है *(Hormones help in maintaining homeostasis)*— हार्मोन से व्यक्ति अपने आंतरिक वातवरण (internal environment) में एक तरह का संतुलन (balance) बना कर रखता है। इस अवस्था को समस्थिति (homeostasis) की संज्ञा दी जाती है। जैसे रक्त में ग्लूकोज या शर्करा (glucose) के सांद्रता (concentration) एवं नियमन को समस्थिति में हार्मोनल भूमिका के उदाहरण के रूप में लिया जा सकता है। रक्त में ग्लूकोज के सांद्रता का सामान्य स्तर 80 एवं 130 मिलीग्राम प्रति 100 मिलीलिटर के परास (range) में होता है। कुछ हार्मोन्स जैसे ग्लूकागोन (glucagon), वर्द्धन हार्मोन (growth hormone) तथा कार्टिजोल (cartisol) ऐसे होते हैं, जिनमें रक्त में ग्लूकोज की सांद्रता बढ़ती है। इनसुलिन से रक्त में ग्लूकोज की सांद्रता में कमी आती है। अतः इन हारमोन्स के बीच संतुलन से रक्त में चीनी या ग्लूकोज का स्तर सामान्य परास में बना रहता है जिससे व्यक्ति को विभिन्न परिस्थितियों में सर्वाधिक शक्ति मिलती रहती है और उसका आंतरिक वातावरण में संतुलन भी बना रहता हे। अगर इस ढंग की समस्थिति में किसी ढंग की गड़बड़ी आ जाती है जैसे इन्सुलिन का निकलना कम हो जाता है, तो व्यक्ति में मधुमेह (diabétes) रोग हो जाता है।

(2) हार्मोन्स का प्रभाव अधिगम एवं स्मृति पर भी पड़ता है *(Hormones affect learning and memory)*—हार्मोन का प्रभाव सीखने एवं स्मृति की क्षमता पर काफी पड़ता है। अध्ययनों से यह स्पष्ट हुआ है कि थायरायड हार्मोन (thyroid hormone) से तन्त्रिका तन्त्र के विकास पर उत्तम प्रभाव पड़ता है। अगर इस तरह का हार्मोन कम मात्रा में विकास की आरम्भिक अवस्था में निकलता है, तो इससे मानसिक मंदता (mental defciencey) की अवस्था उत्पन्न होती है जिसे *हाइपोथारायडिज्म* (hypothyroidism) की संज्ञा दी जाती है। डैवेनपोर्ट (Davenport,

1996) ने एक अध्ययन चूहों पर करके यह दिखला दिया है कि यदि चूहों में ऐसे औषध दिये जाते हैं जिनसे थायरायड ग्रन्थि से थायरायड का निकलना कम हो जाता है, तो उनके व्यवहारों में कई तरह की कमी या अधूरापन दीखता है। गाँघ (Gaugh, 1992), सुल्टी एवं मार्टिनेज (Schulteis & Martinez, 1992) द्वारा किये गए अध्ययनों से यह स्पष्ट हुआ है कि वयस्क पशुओं में सीखने एवं याद रखने की क्षमता हाइपोथैलमिक हार्मोन्स अर्थात् एसीटीएच (ACTH), एभीपी (AVP) तथा आक्सीटोसीन (Oxytocin) से काफी प्रभावित होता है। इसके साथ ही उसपर नोरइपाईनफ्राइन (norepinephrine), एपाइनफ्राइन (epinephrine) तथा एड्रीनल मेडुला के केटकोलामिनर्जिक हारमीन्स (catecholaminergic hormone) से काफी अधिक प्रभावित होता है।

(3) अंत:स्रावी विकृति से मानव व्यवहार पर अन्त्य प्रभाव पड़ सकता है *(Endocrine pathology may produce extreme impact upon human behaviour)*—नवीनतम अध्ययनों से यह स्पष्ट हुआ है कि हार्मोन स्राव अत्यधिक होने या काफी कम होने से व्यक्ति के व्यवहार पर काफी सार्थक प्रभाव पड़ता है और जैसा कि अरहार्ड एवं गोल्डमैन (Erhardt & Goldman, 1992) ने बतलाया है कि इस ढंग का अन्त्य स्राव (extreme secretion) का सम्बन्ध मनुष्य के दैहिक एवं व्यवहारपरक विकृतियों (behavioural disorders) से अधिक होता है। जैसे, पाराथारायड हार्मोन कम मात्रा में निकलने से वेसल गैंगलियन (basal ganglion) में अत्यधिक कैलसियम जमा हो जाता है और तब व्यक्ति कुछ ऐसा लक्षण दिखलाने लगता है जो गम्भीर मानसिक रोग अर्थात् मनोविदालिता (schizophrenia) से मिलता-जुलता होता है। उसी तरह से जिन व्यक्तियों में अत्यधिक थायरायड हार्मोन निकलता है, उसमें चिंता (anxiety) का स्तर काफी अधिक बड़ा हुआ होता है तथा जिनमें इसका स्राव कम मात्रा में होता है, उनमें संज्ञानात्मक दोष (cognitive impairment) तथा विषाद (depression) अधिक मात्रा में होते हैं। उसी तरह से एड्रीनल कार्टेक्स से अत्यधिक मात्रा में ग्लूकोकार्टिकोआयड (glucocorticoid) से व्यक्ति में थकान, विषाद (depression) अत्यधिक बाल उगना तथा अन्य ऐसे परिवर्तन जो स्वायत्त तन्त्रिका तन्त्र से जुड़े होते हैं, उत्पन्न होते हैं। इस स्थिति को *कुशिंग संलक्षण* (Cushing syndrome) कहा जाता है। कई अध्ययनों से यह भी पता चला है कि भावात्मक परिवर्तन (affective changes) विशेषकर विषाद उस परिस्थिति में भी व्यक्ति में उत्पन्न होता है जब कार्टिसोल (cortisol) का स्राव अत्यधिक मात्रा में होता है। कुछ लोग जैसे व्यायामी (athlete) जो ग्लूकोकोर्टिकाआयड अत्यधिक मात्रा में लेते हैं, उनमें मनश्चिकित्सीय लक्षण (psychiatric symptoms) विशेषकर तीव्र मनोविक्षिप्त व्यवहार (psychotic behaviour) उत्पन्न हो जाते हैं।

स्पष्ट हुआ कि अंतःस्रावी ग्रन्थियों के स्राव से व्यक्ति का भावात्मक, संवेगात्मक एवं संज्ञानात्मक व्यवहार काफी अधिक प्रभावित होता है।

हार्मोनल तन्त्र एवं तन्त्रकीय तन्त्र की अंत:क्रिया
(Interaction between Hormonal System and Neural System)

हार्मोनल तन्त्र तथा तन्त्रकीय तन्त्र (neural system) दोनों आपस में इस ढंग से अंतःक्रिया करते हैं कि व्यक्ति वातावरण के उद्दीपकों के प्रति एक समन्वित ढंग से व्यवहार कर पाता है। उद्दीपक पहले व्यक्ति में तन्त्रिका आवेग (nerve impulse) पैदा करते हैं जो मस्तिष्क के विभिन्न क्षेत्र यथा प्रमस्तिष्कीय कार्टेक्स (cerebral cortex), लघुमस्तिष्क (cerebellum) तथा हाइपोथैलमस (hypothalamus) आदि में पहुँचते हैं। फिर वहाँ से तन्त्रिका आवेग पेशीय अंगों में पहुँचते हैं जिनके फलस्वरूप व्यक्ति व्यवहार करता है। इसी बीच अंतःस्रावी तन्त्र (endorcine system) भी क्रियाशील हो जाता है और व्यक्ति के अनुक्रिया को अधिक यथोचित एवं परिस्थिति के अनुकूल बना देता है। अगर व्यक्ति यह समझता है कि उद्दीपक का स्वरूप कुछ ऐसा है कि उसके प्रति तीव्र क्रिया की जाय, तो व्यक्ति में अतिरिक्त ऊर्जा (energy) हार्मोनल पथ (hormonal route) से निकलना प्रारम्भ हो जाता है। इस हार्मोन के कारण व्यक्ति का संवेदी अंगों में कुछ परिमार्जन हो सकता है जिसके कारण वह उद्दीपकों का मूल्यांकन कुछ और भिन्न तरीके से कर सकता है।

बहुत ऐसे व्यवहार होते हैं जिनमें तन्त्रकीय एवं हार्मोनल समन्वय (coordination) की जरूरत होती है। जैसे, जब व्यक्ति का तन्त्रकीय संवेदी तन्त्र किसी परिस्थिति को तनावपूर्ण (stressful) समझता है तो हार्मोनल स्राव व्यक्ति को अधिक उर्जस्वी (energetic) बना देता है। 'भिड़ो या भागो' अनुक्रिया (fight or flight response) में पेशीय

गति (muscular movements) का नियन्त्रण तन्त्रकीय (neurally) होता है परन्तु वांछित ऊर्जा का संचारित होना हार्मोनल स्राव पर निर्भर करता है। महिलाओं में दूध उतरने की अनुक्रिया भी तन्त्रकीय (neural) एवं हार्मोनल समन्वय का एक उत्तम उदाहरण हैं।

अध्ययनों से यह स्पष्ट हुआ है कि एक ऐसे तन्त्र (system) में जहाँ तन्त्रिका कोशिका (nerve cell) तथा अंतःस्रावी कोशिका (endocrine cell) दोनों ही सम्मिलित होते हैं, एक कोशिका से दूसरे कोशिका तक चार तरह के संकेत (signals) उपस्थित हो सकते हैं—*तन्त्रकीय-से-तन्त्रकीय* (neural-to-neural), *तन्त्रकीय-से-अंतःस्रावी* (neural-to-endocrine) *अंतःस्रावी-से-अंतःस्रावी* (endocrine-to-endocrine) तथा *अंतःस्रावी-से-तन्त्रकीय* (endocrine-to-neural)। इन चार संकेतों के माध्यम से सूचनाओं का संचरण (transmission) शरीर में होता है और इसका सबसे उत्तम उदाहरण हमें फ्रिडमैन (Friedman, 1977) के उस मशहूर प्रयोग से मिलता है जिसमें उन्होंने ध्वर (पंडुक) (ring dove) के प्रणय-याचन व्यवहार (courtship behaviour) का अध्ययन किया। नर-पंडुक जब मादा-पंडुक को देखता है, तो उसमें तन्त्रकीय-से-तन्त्रकीय संचरण (neural-to-neural transmission) सम्मिलित होता है। इसके बाद उसमें तन्त्रकीय-से-अंतःस्रावी संचरण उत्पन्न होता हे जो नर-पंडुक के हाइपोथैलमस के न्यूरोस्रावीय कोशिकाओं (neuro secretary cells) को उत्तेजित करके एलएच अर्थात् ल्यूटिनाइजिंग हार्मोन (luteinizing hormone) पैदा करता है। इसके बाद अंतःस्रावी-से-अंतःस्रावी संकेत उत्पन्न होते हैं जिससे टेस्टोस्टरोन (testosterone) हार्मोन का उत्सर्जन होने लगता है। टेस्टोस्टरोन हार्मोन कुछ न्यूरोन के उत्तेजनशीलता को अंतःस्रावी-से-तन्त्रकीय पथ को परिवर्तित कर देता है और इसके परिणामस्वरूप नर-पंडुक प्रणय-चयन व्यवहार करना प्रारम्भ कर देता है। मादा-पंडुक नर-पंडुक के उस व्यवहार के प्रति अनुक्रियाशील हो जाती है जिससे नर-पंडुक को पुनः नया दृष्टि उत्तेजन (visual stimulation) मिलता है और फिर मस्तिष्क में तन्त्रकीय से तन्त्रकीय संकेत उत्पन्न हो जाता है।

अनुभावात्मक हस्तक्षेप (experiential intervention) से भी बहुत सारे अंतःस्रावी ग्रन्थियों से निकलने वाले हार्मोन में परिवर्तन होते पाये गये हैं जिनसे प्राणी का व्यवहार प्रभावित होता है। जैसे, थायरायड हार्मोन का उत्सर्जन बहुत सारे पर्यावरणी कारकों से प्रभावित होता पाया जाता है। कसरत करने से रक्त में थायरोक्सीन (thyroxine) का स्तर बढ़ जाता है। पशुओं को ठंडे तापक्रम (cold temperature) में रखने से थायरायड क्रियाओं में वृद्धि हो जाती है और इतना ही नहीं, यह भी पाया गया है कि ऐसे वातावरण में रहने से थायरायड ग्रन्थि (thyroid gland) के आकार में भी वृद्धि हो जाती है। दूसरे तरफ दैहिक तनाव, दर्द एवं दुःखद संवेगात्मक परिस्थिति से थायरायड उत्पादकता में काफी कमी आ जाती है जिसका संभवतः कारण यह होता है कि हाइपोथैलमस से थायरोट्रोपिन-निमुर्क्ति हार्मोन (Thyrotropin-Releasing hormone or TRH) का स्राव कम हो जाता है।

अध्याय सारांश — CHAPTER SUMMARY

1. ग्राहक (receptor) प्रभावक (effector) तथा समायोजक (adjustor) तीन प्रमुक प्रक्रम (mechanism) है जिनकी मदद से व्यक्ति किसी उद्दीपक के प्रति अनक्रिया कर पाता है। ग्राहक उद्दीपक के उत्तेजन को प्राप्त करते हैं तथा प्रभावक बाह्य क्रियाओं के संचालन में मदद करते हैं। समायोजक (adjustor) ग्राहक तथा प्रभावक में सम्पर्क स्थापित कर उन दोनों के कार्य को सरल बनाते हैं। ग्राहक के कई प्रकार हैं जिनमें बाह्य ग्राहक (exteroceptor), अन्तर्ग्राहक (interoceptor) तथा मध्यग्राहक (proprioceptor) प्रमुख हैं। प्रभावक के दो मुख्य प्रकार हैं—माँसपेशियाँ (muscles) तथा ग्रन्थियाँ (glands)।
2. न्यूरोन (neuron) तन्त्रिका तन्त्र की सबसे सूक्षतम इकाई है। इसकी संरचना में शाखिका, कोश शरीर तथा एक्सॉन प्रमुख हैं। इनके तीन प्रकार होते हैं—संवेदी न्यूरोन, गतिवाही न्यूरोन तथा साहचर्य न्यूरोन।
3. तन्त्रिका आवेग (nerve impulse) से तात्पर्य एक अतिलघु अवधि के लिए एक्सॉन में प्रभावित होने वाली वैद्युतीय घटना से होती है। चूँकि आवेग लघु एवं तीव्र होता है, अतः इसे *स्पाइक* (spike) भी कहा जाता है। तन्त्रिका आवेग की आवृत्ति (frequency) मनुष्यों में प्रति सेकण्ड 500 तन्त्रिका आवेग तक होते हैं तथा तन्त्रिका आवेग की गति प्रति सेकंड 100 मीटर तक होता है।

4. दो न्यूरोन के मिलन स्थान को संधिस्थल (synapse) कहा जाता है। दो न्यूरोन जहाँ आपस में मिलते हैं, वे एक-दूसरे से सटे हुए नहीं होते हैं बल्कि इन दोनों के बीच एक हल्का रिक्ति (gap) होता है जिसे संधिस्थलीय दरार (synaptic cleft) कहा जाता है। संधि स्थल को तन्त्रिका आवेग न्यूरोट्रांसमीटर (neurotransmitter) की मदद से पार करते हैं। न्यूरोट्रांसमीटर के कई प्रकार होते हैं।
5. तन्त्रिका तन्त्र के मुख्य दो प्रकार हैं—केन्द्रीय तन्त्रिका तन्त्र (central nervous system) तथा परिधीय तन्त्रिका तन्त्र (peripheral nervous system)।
6. केन्द्रीय तन्त्रिका तन्त्र में सुषुम्ना तथा मस्तिष्क की संरचना तथा कार्य पर अधिक बल डाला गया है।
7. मस्तिष्क के चार पालियों के कार्यों तथा उनसे सम्बन्ध संलक्षणों (syndromes) की व्याख्या अलग से की गयी है।
8. यद्यपि मस्तिष्क का बायाँ एवं दायाँ गोलार्द्ध एक-दूसरे से सममित (symmetrical) दीखते हैं, परंतु उनके कार्यों में काफी अधिक विषमताएँ (asymmetry) होतीं हैं। इसे गोलार्द्धीय विषमताएँ (hemispheric asymmetry) की संज्ञा दी जाती है।
9. परिधीय तन्त्रिका तन्त्र के दो मुख्य भाग हैं—कायिक तन्त्रिका तन्त्र (somatic nervous system) तथा स्वायत्त तन्त्रिका तन्त्र। इन दोनों संरचना तथा कार्य पर अधिक बल डाला गया है।
10. मस्तिष्क के दोनों गोलार्द्ध की विशिष्टता (specialization) का सविस्तार वर्णन किया गया है तथा विभक्त मस्तिष्क अध्ययनों (split-brain studies) से गोलार्द्ध की विशिष्टता की बिन्दु पर प्रकाश डाला गया है।
11. तन्त्रिका तन्त्र (nervous system) के अध्ययन की पुरानी एवं नवीनतम दोनों विधियों पर सविस्तार प्रकाश डाला गया है।
12. विभक्त मस्तिष्क शोधों से दोनों गोलार्द्धों के विशिष्टीकरण पर प्रकाश पड़ता है।
13. मानव व्यवहार पर विभिन्न तरह की अंतःस्रावी ग्रन्थियों के स्रोतों का महत्त्वपूर्ण प्रभाव पड़ते पाया गया है।
14. हार्मोन्स के मुख्य तीन प्रकार हैं—प्रोटीन हार्मोन, स्टेरोआड हारर्मोन तथा ऐमाइन हारर्मोन।
15. हार्मोन क्रिया के मुख्य दस नियम हैं जिनकी भी चर्चा की गयी है।
16. हार्मोनल संचार तथा तंत्रीकीय संचार का तुलनात्मक अध्ययन करने से इन दोनों के बीच कुछ विभिन्नताएँ एवं समानताओं का पता चला है।
17. रसायनिक संचार के पाँच प्रकार बतलाये गये हैं।
18. हॉर्मोन्स का प्रभाव कोशकीय प्रकमों तथा मानव व्यवहार दोनों पर ही पड़ता देखा गया है।

❑

अध्याय 3

मानव व्यवहार का विकास : आनुवंशिकता तथा वातावरण

(DEVELOPMENT OF HUMAN BEHAVIOUR : HEREDITY AND ENVIRONMENT)

आनुवंशिकता तथा वातावरण का अर्थ
(Meaning of Heredity and Environment)

मनोविज्ञान में आनुवंशिकता (heredity) तथा वातावरण (environment) के संप्रत्यय (concept) का अपना एक विशेष महत्त्व है। इनके महत्त्व पर प्रकाश डालने के पहले हम यह बता देना उचित समझते हैं कि आनुवंशिकता तथा वातावरण जैसे पदों (term) का प्रयोग मनोविज्ञान में किस अर्थ में होता है।

आनुवंशिकी (Genetics) एक ऐसा विज्ञान (Science) है जिसमें आनुवंशिकता (heredity) के महत्त्व को विस्तारपूर्वक अध्ययन किया जाता है। 1900 के लगभग में इस विज्ञान की प्रगति काफी जोर-शोर से प्रारम्भ हुई थी। माता-पिता से उनके बच्चों में शारीरिक गुणों (physical characteristics) तथा संगठनों (structure) का जीन्स (genes) द्वारा होने वाले संचरण (transmission) का अध्ययन करने वाला विज्ञान को आनुवंशिकता (Genetics) की संज्ञा दी जाती है। इसी जीन्स (genes) द्वारा व्यक्ति अपने माता-पिता से उनके गुणों एवं शारीरिक संगठनों (bodily structures) को प्राप्त करता है। इसे ही हम आनुवंशिकता (heredity) की संज्ञा देते हैं।

जब पिता के शुक्राणु (sperm) माँ के अण्डाणु (ovum) से मिलता है, तो इससे गर्भधारण (conception) होता है। गर्भधारण के समय शुक्राणु के 23 गुणसूत्र (chromosomes) अण्डाणु के 23 गुणसूत्र से मिलते हैं और इस तरह से गुणसूत्र की कुल संख्या 46 अर्थात 23 जोड़ा हो जाता है। गुणसूत्र का आकार धागे के समान लम्बा होता है और प्रत्येक गुणसूत्र में लगभग 1000 जीन्स (genes) पाये जाते हैं, जिसमें आनुवंशिक गुण (hereditary traits) संचित होते हैं। माता-पिता जो अपने माता-पिता से आनुवंशिक गुण प्राप्त करते हैं, अपने बच्चों को इन्हीं जीन्स के माध्यम से इन गुणों को तथा कुछ अपने व्यक्तित्व के गुणों को देते हैं। इस तरह से स्पष्ट है आनुवंशिकता (heredity) से तात्पर्य शारीरिक एवं मानसिक गुणों के संचरण (transmission) से होता है जो बच्चों में जीन्स के माध्यम से प्रवेश करता है।

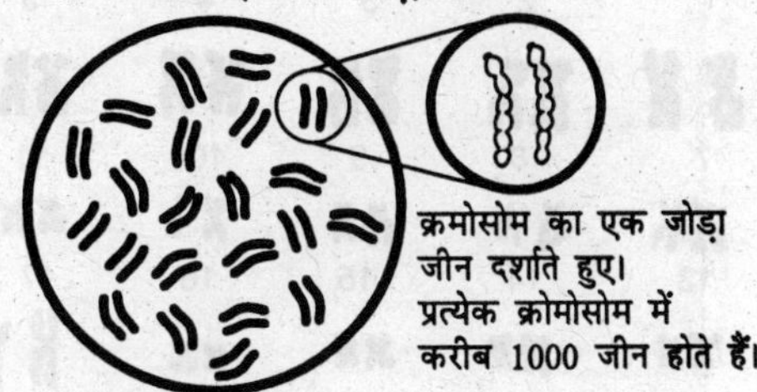

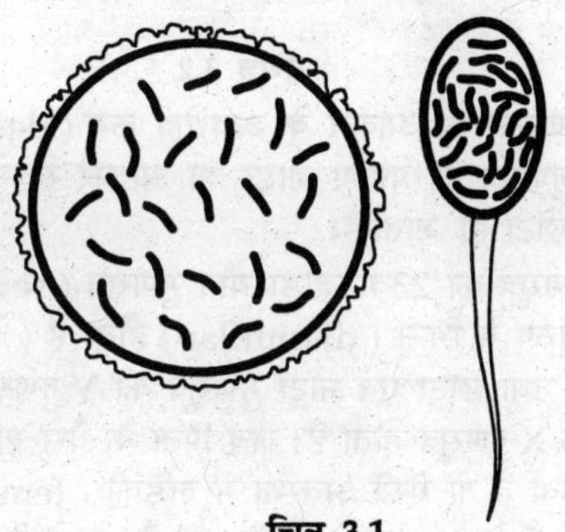

चित्र 3.1

चित्र 3.1 से स्पष्ट है कि मानव शरीर के प्रत्येक कोश में 46 गुणसूत्र (अर्थात 23 जोड़ा गुणसूत्र) होते हैं परंतु महिला के अंडाणुकोश (egg cell) तथा पुरुष के शुक्राणुकोश (sperm cell) में सिर्फ 23-23 गुणसूत्र ही होते हैं।

वातावरण (envionment) से तात्पर्य उन सभी चीजों से (जीन्स छोड़कर) होता है जो व्यक्ति को उत्तेजित और प्रभावित करता है। दूसरे शब्दों में यह कहा जा सकता है कि व्यक्ति का वातावरण में उन सभी तरह की उत्तेजनाएँ

(stimulation) सम्मिलित होतीं हैं जो गर्भधारण (conception) से मृत्यु (death) तक उसे प्रभावित करती हैं। भौगोलिक वातावरण (geographical environment) में अनेकों चीजों (objects) या उद्दीपक (stimuli) हो सकते हैं परंतु वे सभी व्यक्ति के मनोवैज्ञानिक वातावरण (psychological environment) में तभी सम्मिलित माना जाता है जब वह उद्दीपक या घटना व्यक्ति को प्रभावित करता है। मनोविज्ञान में वातावरण से मतलब मनोवैज्ञानिक वातावरण (psychological enirvonment) से होता है।

व्यक्ति का व्यवहार आनुवंशिकता (heredity) तथा वातावरण (environment) दोनों द्वारा ही निर्धारित होता है। आनुवंशिकता (heredity) द्वारा व्यवहार के रचनातंत्र (mechanism) के चहारदिवारी (boundary wall) का निर्माण होता है जिसके अन्तर्गत व्यवहार एक निश्चित दिशा में वातावरण द्वारा विकसित होता है। अतः व्यक्ति का प्रत्येक व्यवहार आनुवंशिकता (heredity) तथा वातावरण (environment) दोनों के अंतःक्रिया (interaction) का परिणाम होता है।

मूल आनुवंशिक सिद्धान्त
(Basic Genetic Principles)

मानव शरीर के प्रत्येक कोशिका (cell) के केन्द्रक में छड़ी के आकार (rod-shaped) की एक संरचना (structure) होती है जिसे गुणसूत्र (chromosomes) की संज्ञा दी जाती है। इसकी संख्या प्रत्येक कोशिका के केन्द्रक में 46 यानी 23 जोड़ा होता है। परन्तु जनन कोशिका (germ cell) के केन्द्रक में मात्र 23 गुणसूत्र ही पाये जाते हैं। हाँ, जब पुरुष के अंडग्रंथि (testicle) से निकलने वाले शुक्राणु (sperm) की कोशिका स्त्री के डिम्बग्रन्थि (ovary) से निकलने वाली अण्डाणु (ovum) की कोशिका से मिलता है (जिसके फलस्वरूप गर्भधारण (conception) होता है) तो शुक्राणु के 23 गुणसूत्र तथा अण्डाणु के 23 गुणसूत्र दोनों मिलकर नया जीव (organism) में गुणसूत्र की उचित संख्या अर्थात् 46 यानी 23 जोड़ा बना देता है। इसमें से गुणसूत्र के 22 जोड़े का आकार स्त्री और पुरुष दोनों में ही समान होते हैं और इन्हें *ओटोसोम्स* (autosomes) कहा जाता है। चित्र 3.2 में मानव गुणसूत्र के सभी 23 जोड़ों को दिखलाया गया है। विशेषज्ञों ने सुविधा के लिए इन सभी गुणसूत्रों को आकार के *अवरोही क्रम* (descending order) में सजाया है और संख्याबद्ध किया है। यही कारण है कि गुणसूत्र का पहला जोड़ा का आकार सबसे बड़ा तथा फिर धीरे-धीरे उनका आकार छोटा होते हुए 23वाँ युग्म में सबसे छोटा हो जाता है।

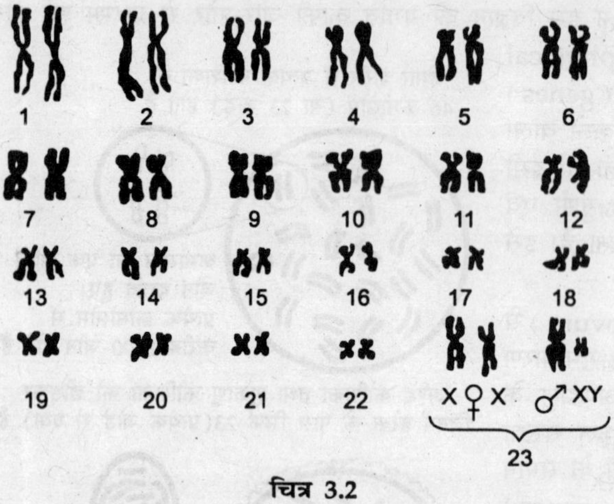

1 2 3 4 5 6
7 8 9 10 11 12
13 14 15 16 17 18
19 20 21 22 X♀X ♂XY
23

चित्र 3.2

गुणसूत्र का 23वाँ जोड़ा यौन गुणसूत्र (sex chromosomes) होता है जो स्त्री में तो समान (similar) होता है परन्तु पुरुष में भिन्न (dissimilar) होता है (देखें चित्र 3.2) यौन गुणसूत्र दो तरह के होते हैं—लम्बा गुणसूत्र को X गुणसूत्र तथा छोटा एवं नाटा गुणसूत्र को Y गुणसूत्र कहा जाता है। पिता में X तथा Y गुणसूत्र दोनों ही होते हैं जबकि माँ में सिर्फ X गुणसूत्र होता है। जब पिता के वैसे शुक्राणु जिसमें X गुणसूत्र होते हैं माँ के अण्डाणु (ovum) के X गुणसूत्र से मिलता है तो ऐसी अवस्था में लड़की (female) उत्पन्न होती है परन्तु जब पिता के वैसे शुक्राणु जिसमें Y गुणसूत्र होते हैं माँ के X गुणसूत्र से मिलता है तो ऐसी अवस्था में लड़का (male) उत्पन्न होता है।

गुणसूत्र में ही एक विशेष संरचना (structure) होती है जिसे जीन्स (genes) कहा जाता है। इसी जीन्स द्वारा माता-पिता के गुण अपने पुत्र या पुत्रियों में आता है। एक ही गुणसूत्र में लगभग 1000 जीन्स हो सकते हैं और प्रत्येक जीन्स का संबंध एक खास गुण के निर्धारण से होता है। 1950 में विशेषज्ञों (experts) द्वारा यह पता लगाया गया कि जीन्स (genes) में मुख्य रूप से दो जैविक अणु (organic molecule) होते हैं जिन्हें डी॰एन॰ए॰ (DNA या

Deoxyribonucleic acid) तथा आर०एन०ए० (RNA or ribonucleic acid) कहा जाता है। DNA में विशेष गुण जो मूलतः माता-पिता से मिले होते हैं, संचित रहता है तथा इस बात का निर्धारण होता है जीव वातावरण में किस प्रकार का शीलगुण विकसित करेगा। RNA द्वारा DNA में संचित गुणों को एक कोशिका से दूसरे कोशिका तक ले जाया जाता है। इस तरह से स्पष्ट है कि जीन्स द्वारा ही मूलतः आनुवंशिक गुणों (hereditary traits) का संचरण (transmission) होता है।

गुणसूत्र के जोड़े (pair) के दोनों सदस्यों में एक ही गुण (characteristics) वाले जीन्स (genes) होते हैं इसलिए जीन्स के भी जोड़े (pairs) होते हैं। ये दोनों जीन्स अपने-अपने गुणसूत्र में एक खास जगह पर होते हैं। ऐसे गुणसूत्र को *होमोलोग्स क्रोमोजोम्स* (homologous chromosomes) तथा ऐसे जीन्स की *होमोलोग्स जीन* (homologous genes) कहा जाता है। ये दोनों होमोलोग्स जीन्स समरूप (identical) भी हो सकते हैं या असमान भी हो सकते हैं। जब वे समान होते हैं तो जीव सम्बन्धित गुण निश्चित रूप से दिखलाता है। जैसे, मान लिया जाए कि ये दोनों जीन्स हकलाने (stuttering) का ही है तो शिशु अवश्य ही हकलायेगा। ऐसा भी सम्भव है कि ये दोनों जीन्स समरूप न होकर असमान हो। ऐसे जीन्स को *ऐलेल्स* (alleles) कहा जाता है। जैसे, सम्भव है कि जोड़ा का एक जीन्स हकलाने का हो और दूसरा जीन्स सामान्य ढंग से बातचीत करने का हो। ऐसी अवस्था में जीवन में कौन-सा गुण विकसित होगा यह निर्भर इस बात पर करता है कि इन दोनों जीन्स में कौन जीन्स प्रबल (dominant) है तथा कौन अप्रबल (recessive) है। प्रबल जीन्स वैसे जीन्स को कहा जाता है जो अप्रबल जीन्स (recessive genes) के साथ होने पर अपना गुण संतान (offspring) में अधिक दिखलाते हैं परंतु अप्रबल जीन्स के गुण को पूर्णतः समाप्त नहीं कर देते हैं। कभी भी जब अगले पीढ़ी में या उससे अगले पीढ़ी में इस तरह के अप्रबल जीन्स (recessive genes) एक साथ मिलते हैं तो वे अपना गुण संतान में दिखला देते हैं। जब होमोलोग्स जीन्स के जोड़ा का एक जीन्स हकलाने का है और दूसरा जीन्स सामान्य ढंग से बात-चीत करने का है तो बालक सामान्य ढंग से ही बातचीत करेगा क्योंकि यह जीन्स हकलाने वाला जीन्स से अधिक प्रबल होता है। सामान्यतः अप्रबल जीन्स (recessive genes) से सम्बन्धित गुण बालक में तभी देखे जाते हैं जब एक ही गुण के दोनों ऐसे जीन्स समरूप (identical) हों। जब किसी गुण से सम्बन्धित दोनों जीन्स बालक में समरूप होते हैं तो वैसे बालक *होमोजाइगोअस* (homozygous) बालक कहा जाता है परन्तु जब वे भिन्न-भिन्न होते हैं तो उसे *हेट्रोजाइगोअस* (heterozygous) बालक कहा जाता है।

कुछ अज्ञात कारणों से कभी-कभी कुछ व्यक्तियों के यौन गुणसूत्र में सामान्य से एक अधिक X या Y गुणसूत्र पाये जाते हैं। जन्म के दिन बच्चा के शरीर से खून लेकर एक विशेष प्रविधि (technique) जिसे कैरियोटाइपिंग (Karyotyping) कहा जाता है, द्वारा यदि जाँच की जाय तो यह स्पष्ट रूप से पता चल जायेगा कि उस बच्चा या बच्ची में यौन गुणसूत्र का सामान्य जोड़ा अर्थात् XY या XX है या इस सामान्य संख्या से X या Y ज्यादा संख्या में है। गुणसूत्र के जोड़ा में ऐसे तो कई तरह की असामान्यताएँ (abnormalities) पायी जातीं हैं परन्तु उनमें प्रमुख असामान्यताएँ—XXY की असामान्यता, XYY की असामान्यता तथा XO की असामान्यता हैं। XXY की असामान्यता में व्यक्ति देखने में पुरुष जैसा लगता है परन्तु सचमुच में वह अप्रजायी (sterile) होता है। इसे *क्लाइनफेलटर्स संलक्षण* (Klinefelter's syndrome) भी कहा जाता है। XO की असामान्यता में महिला होते हुए भी उसमें महिला का गुण नहीं पाया जाता है तथा वह बाँझ (sterile) होती है। इसे *टर्नर्स संलक्षण* (Turner's syndrome) भी कहा जाता है। XYY की असामान्यता होने पर पुरुष अपराधी (criminal) हो जाता है।

आनुवंशिक निर्धारकों के अध्ययन की विधि
(Methods of Studying Genetic or Hereditary Determinants)

यह सर्वविदित है कि प्राणी के व्यवहार पर आनुवंशिकता (heredity) का प्रभाव पड़ता है। व्यवहार आनुवंशिकी (Behaviour Genetics) विज्ञान का एक ऐसी शाखा है जिसमें प्राणी के व्यवहार पर आनुवंशिक कारकों के पड़ने वाले प्रभाव का अध्ययन किया जाता है। आनुवंशिकता के प्रभावों का अध्ययन करने के लिए वैज्ञानिकों द्वारा कुछ विशेष विधि का प्रतिपादन किया है जिसमें से कुछ पशु के लिए उपयुक्त माने गये हैं तो कुछ मनुष्य के लिए। अतः ऐसे

अध्ययन विधियों को दो प्रमुख भागों में बाँटा गया है—

(क) पशु अध्ययन विधि (Animal study method)

(ख) मानव अध्ययन विधि (Human study method)

इन दोनों का वर्णन निम्नांकित हैः—

(क) पशु अध्ययन विधि *(Animal Study Method)*—इस विधि में जैसा कि नाम से ही स्पष्ट है, वैसे अध्ययन विधियों को सम्मिलित किया गया है जिसके माध्यम से पशुओं के व्यवहार पर आनुवंशिक कारकों के पड़ने वाले प्रभाव का अध्ययन सम्भव है। इन विधियों में निम्नांकित दो मुख्य हैं—

(i) अन्तःप्रजनन विधि (inbreeding method)

(ii) चयनात्मक प्रजनन विधि (selective breeding method)

इन दोनों का वर्णन निम्नांकित हैं—

(i) अन्तःप्रजनन विधि *(Inbreeding method)*—इस विधि में आनुवंशिक रूप से सम्बन्धित पशुओं जैसे भाई एवं बहन से प्रजनन कई पीढ़ियों तक समान वातावरण में रखकर करवाया जाता है। जैसे, पहली पीढ़ी के चूहे भाई एवं बहन से उत्पन्न संतान के भाई-बहन और फिर उससे उत्पन्न संतान के भाई-बहन के बीच प्रजनन करवाया जाता है। कुछ पीढ़ी अर्थात् करीब 20 पीढ़ी तक ऐसा करवाने के बाद यह देखा जाता है कि पशुओं का एक 'परिशुद्ध नस्ल' (pure strain) उत्पन्न होती है जिसमें वे एक-दूसरे से लगभग पूर्णतः आनुवंशिक रूप से समान हो जाते हैं। इस तरह से कई आनुवंशिक नस्ल उत्पन्न हो जाते हैं जो एक-दूसरे से आनुवंशिक रूप से भिन्न नहीं होते हैं। चूँकि ऐसा प्रजनन प्रयोगशाला की नियंत्रित अवस्था में होती है, अतः सभी पशुओं को सभी पीढ़ियों में लगभग एक समान अनुभव होता है। अतः नस्लों के बीच होने वाला व्यवहार सम्बन्धी अंतर का कारण मात्र आनुवंशिक ही माना जा सकता है। डी फ्राईस एवं प्लोमिन (De Fries & Plomin, 1978) तथा मैक क्लियर्न (Mc Clearn, 1970) ने इस विधि का उपयोग कर यह बतलाया है कि पशुओं के कुछ विशेष व्यवहारों जैसे—सीखना, यौन व्यवहार, आक्रमकता, स्वाद प्रत्यक्षण, मद्यपान प्रवृत्ति, कार्य स्तर (activity level) आदि में आनुवंशिक कारकों (genetic factors) की भूमिका अहं होती है।

(ii) चयनात्मक प्रजनन विधि *(Selective breeding method)*—इस विधि में वैसे पशुओं का जो कुछ विशेषताओं में अत्यंत (extreme) बिंदु पर (जैसे—बहुत तेज दौड़ने वाले या बहुत धीरे-धीरे दौड़ने वाले) होते हैं, उनका प्रजनन कराया जाता है और यह प्रक्रिया कई पीढ़ियों तक दोहराया जाता है। जैसे—पहली पीढ़ी के अधिक तेजी से दौड़ने वाले नर चूहा तथा अधिक तेजी से दौड़ने वाले मादा चूहा का प्रजनन करवा कर फिर उनके संतानों में से दो ऐसे ही जोड़े को लेकर प्रजनन करवाया जा सकता है। फिर तीसरी पीढ़ी में उनके दो ऐसे ही जोड़े को लेकर प्रजनन करवाया जा सकता है और उनके बच्चों के व्यवहार का अध्ययन किया जा सकता है। ध्यान रहे कि यहाँ अधिक तेज दौड़ने वाले पशु तथा कम तेज दौड़ने वाले पशु का प्रजनन भी करवाया जा सकता है और तब यही प्रक्रिया अन्य पीढ़ी में भी अपनाना होगा। यहाँ आनुवंशिक सिद्धान्त (genetic theory) यह पूर्वकथन करता है कि समान वातावरण के होने के बावजूद भी जैसे-जैसे प्रत्येक पीढ़ी के पशुओं में आनुवंशिक विभिन्नता बढ़ेगी, वैसे-वैसे उनके व्यवहारों में भी विभिन्नता आयेगी। इस विधि का उपयोग करते हुए कई मनोवैज्ञानिकों ने शोध किया है। थाम्पसन (Thompson, 1954) ने एक अध्ययन चूहों पर किया जिसमें उन्होंने प्रेक्षण किया कि कुछ चूहों में भूल-भुलैया में सही रास्ते द्वारा भोजन बक्स तक पहुँचने की क्षमता अधिक जबकि कुछ चूहों में ऐसी क्षमता काफी कम थी। वे दोनों तरह के चूहों से नर एवं मादा चूहों का चयन करके उनका प्रजनन करवाया और यह प्रक्रिया चूहों के छह पीढ़ी तक करवायी गयी अर्थात प्रत्येक पीढ़ी में उत्पन्न अधिक तीव्र एवं सक्षम चूहों तथा कम तीव्र एवं मंद चूहों का प्रजनन करवाया गया। छठे पीढ़ी में यह देखा गया कि मंद नस्ल वाले चूहों द्वारा तीव्र नस्ल वाले चूहों की अपेक्षा 100 प्रतिशत अधिक त्रुटि की गयी और इस छठी पीढ़ी में इन दोनों तरह के चूहों का व्यवहार एक-दूसरे से पूर्णतः भिन्न हो गये। ब्राडहर्स्ट (Broadhurst, 1980) ने इस विधि का उपयोग कर चूहों में सांवेगिकता (emotionality) के आनुवंशिक आधार का सबूत पाया। इसी तरह का सबूत लागरसपेज (Lagerspetz, 1961) ने चूहों में आक्रमकता व्यवहार के लिए तथा वुड-गुश (Wood-Gush, 1960) ने चूहों में यौन प्रणोद के लिए किये।

(ख) मानव अध्ययन विधि *(Human Study Method)*—इसके तहत कुछ वैसी विधियों की चर्चा की जायेगी

जिसके सहारे मनुष्यों के व्यवहारों में आनुवंशिक कारकों की आधारशिला रखी गयी है। ऐसे विधियाँ निम्नांकित तीन हैं:—

(i) पारिवारिक अध्ययन विधि (Family study method)
(ii) जुड़वा अध्ययन विधि (Twin study method)
(iii) दत्तक-ग्रहण विधि या पोष्य पारिवारिक विधि (Adoption method or Foster family method)

(i) पारिवारिक अध्ययन विधि *(Family study method)*—इस विधि में पहले एक प्रतिनिधिक शीलगुण या व्यवहार का चयन कर लिया जाता है और इसी शीलगुण या व्यवहार पर परिवार के विभिन्न पीढ़ियों में पड़ने वाले आनुवंशिक प्रभावों का अध्ययन किया जाता है। इस चयनित प्रतिनिधिक व्यवहार या शीलगुण को 'सूची केस' (index case) कहा जाता है। पारिवारिक अध्ययन विधि में निम्नांकित दो तरह के अध्ययन विधि से प्रयोग काफी किये गए हैं—

(a) पिडिग्री विश्लेषण अध्ययन *(Pedigree analysis method)*—इस विधि में आनुवंशिक आधारों का अध्ययन पिडिग्री चार्ट के विश्लेषण से होता है। पिडिग्री चार्ट एक ऐसा चार्ट होता है जिसमें एक ही परिवार के विभिन्न पीढ़ियों की शादी, बच्चे, कई महत्त्वपूर्ण योग्यता (talent) या कुछ कमी आदि का वर्णन होता है। इसके बाद उनका विश्लेषण करके यह पता लगाया जाता है कि वह विशेष गुण या क्षमता परिवार के सदस्यों में एक पीढ़ी से दूसरी पीढ़ी तक पायी जाती है या नहीं। यदि इसे पाये जाने का सबूत मिलता है, तो इससे आनुवंशिक पैटर्न (genetic pattern) का सबूत प्राप्त होता है। इस विधि का प्रतिपादन फ्रांसिस गाल्टन (Francis Galton) द्वारा 1869 में अपनी प्रसिद्ध पुस्तक *'हेरेडीटरी जिनियस'* (Hereditary Genius) में किया गया जहाँ इन्होंने 997 मशहूर व्यक्तियों जिसे वे 300 विभिन्न ब्रिटिश परिवार से लिए थे, से प्राप्त आँकड़ों को सारणीबद्ध किया। परिणाम में देखा गया कि प्रवीणता (eminence) का एक स्पष्ट आनुवंशिक आधार देखा गया अर्थात प्रवीण व्यक्ति उन परिवारों में अधिक पैदा लिए जिनके पहले की पीढ़ियों में ऐसे लोग पैदा हो चुके थे। आनुवंशिकी विशेषज्ञों का मत है कि इस विधि द्वारा उन गुणों या विशेषताओं के आनुवंशिक आधार का अध्ययन करना अधिक सुविधाजनक होता है जो स्पष्ट रूप से पहचान में आ जाते हैं अर्थात जो एकांकी जीन (single gene) से प्रभावित होता है तथा एक पीढ़ी से दूसरी पीढ़ी में *मेण्डेलियन नियम* (Mendelian principle) द्वारा हस्तान्तरित होता है।

(b) सगोत्रता अध्ययन विधि *(Consanguinity study method)*—सगोत्रता का अर्थ होता है समरक्तता (same blood)। इस अध्ययन की मुख्य मान्यता यह है कि जैसे-जैसे व्यक्तियों के बीच रक्त संबंध में वृद्धि होती है, विशेषताओं की बारम्बारता में भी वृद्धि होती है। एक-दूसरे से रक्त के आधार पर सम्बन्धित व्यक्तियों के अधिकतर जीन्स सामान्य (common) होते हैं जबकि इस तरह की सामान्यता की उनमें कमी होती है जो आपस में ऐसे सम्बन्धित नहीं होते हैं। जैसे—पिता-पुत्र के कुल जीन्स का करीब आधा एक समान होता है, उसी तरह सगे भाई-बहनों के जीन्स में से आधे जीन्स समान होते हैं। इस विधि में विशेष गुण पर ऐसे सम्बन्धित व्यक्तियों की तुलना असम्बन्धित व्यक्तियों से की जाती है और प्रायः देखा गया है कि सम्बन्धित व्यक्तियों में सूचक गुण (index characteristics) की बारंबारता असम्बन्धित व्यक्तियों की तुलना में अधिक होता है। लेन्नोक्स, गिब्बस तथा गिब्बस (Lennox, Gibbs & Gibbs, 1940) ने एक अध्ययन किया जिसमें मिरगी के रोगियों के संबंधियों में मस्तिष्कीय तरंग की असामान्यता 60% पायी गयी जबकि असम्बन्धित व्यक्तियों के एक यादृच्छिक समूह में ऐसी असामान्यता मात्र 10% पायी गयी।

हेनरी गोड्डार्ड (Henry Goddard) ने 1912 में अति महत्त्वपूर्ण सगोत्र अध्ययन का प्रकाशन किया जिसमें मार्टीन कालीकाक (Martin Kalikak) के दो विभिन्न पारिवारिक सूत्रों से प्राप्त तथ्यों को उजागर किया गया है। कालीकाक एक क्रान्तिकारी सैनिक था जो युद्ध के दौरान एक मानसिक रूप से मंद लड़की के प्रेमजाल में फँस गया और उनसे जो संतान हुए और फिर उससे जो परिवार आगे बढ़ा उसमें कुल 480 वंशज हुए। युद्ध से वापस आने पर उसने एक सामान्य एवं पढ़ी-लिखी महिला से विधिवत शादी किया और उससे जो परिवार आगे बढ़ा उसमें 456 वंशज हुए। दोनों तरह के परिवार के सभी सदस्यों का साक्षात्कार लेने के बाद यह पाया गया कि पहले परिवार के वंशजों में मानसिक मंदता, अनैतिकता, मद्यपानता तथा अपराधिता (criminality) आदि गुण दूसरे परिवार के वंशजों में अधिक थी। इससे स्पष्टतः इस बात का सबूत मिलता है कि सिर्फ क्षमता ही नहीं बल्कि मानसिक मंदता, अनैतिकता, मद्यपानता तथा अपराधिता जैसे गुणों का भी आनुवंशिक आधार होता है।

सगोत्रता अध्ययन की एक परिसीमा यह बतलायी गयी है कि ऐसे अध्ययनों में पर्यावरणी प्रभाव (environmental effect) को आनुवंशिक प्रभावों से पूर्णतः स्वतंत्र या अलग करना सम्भव नहीं हो पाता है। जैसे—जिन लोगों में रक्त संबंध होता है, उनके जीन्स में ही सिर्फ समानता नहीं होती है बल्कि उनके वातावरण (environment) में भी समानता होती है जिससे उस परिणाम को कहाँ तक सिर्फ आनुवंशिक कारकों का ही प्रभाव कहा जा सकता है, कहना मुश्किल है।

(ii) जुड़वाँ अध्ययन विधि *(Twin-study method)*—जैसा कि नाम से ही स्पष्ट है, इस विधि में जुड़वाँ बच्चों का तुलनात्मक अध्ययन करके व्यवहार के आनुवंशिक आधार का पता लगाया जाता है। जुड़वाँ बच्चे दो प्रकार के होते हैं—*एकांकी जुड़वाँ बच्चे* (monozygotic or identical twin) तथा *भ्रात्रीय जुड़वाँ बच्चे* (dizygotic or fraternal twin)। एकांकी जुड़वाँ बच्चे एक ही अण्डाणु (ovum) के गर्भित होने के फलस्वरूप होता है। ये दोनों बच्चे हमेशा एक ही यौन (sex) के होते हैं। इन बच्चों की आनुवंशिकता 100% समरूप (identical) होता है। भ्रात्रीय जुड़वाँ बच्चे में माँ के दो अण्डाणु एक ही साथ पिता के दो अलग-अलग शुक्राणु (sperm) द्वारा गर्भित हो जाते हैं। ऐसे जुड़वा बच्चों की आनुवंशिकता 50% समान हो पाती है। स्ट्रीकवर्गर (Strickberger, 1968) ने एकांकी जुड़वाँ बच्चों तथा भ्रात्रीय जुड़वाँ बच्चों का तुलनात्मक अध्ययन विभिन्न शीलगुणों एवं रोगों के होने के आधार पर किया। एकांडी जुड़वाँ बच्चों में बाल का रंग, आँख का रंग, रक्तचाप, धूम्रपान की आदत, मद्यपान का सेवन, मानसिक मंदता, अपराधिता (criminality) तथा मनोविदालिता पर समानता का प्रतिशत क्रमशः 89%, 99.6%, 63%, 91%, 100%, 94%, 68% तथा 80% पाया गया जबकि यही प्रतिशत भ्रात्रीय जुड़वाँ बच्चों के लिए क्रमशः 22%, 28%, 36%, 65%, 86%, 47%, 28% तथा 13% पाया गया। एकांडी जुड़वाँ बच्चों में समानता या संगतता का तुलनात्मक प्रतिशत अधिक होने का आनुवंशिकता का 100% समानता का होना है। इस अध्ययन से कई मानव शीलगुणों एवं रोगों के आनुवंशिक आधार का स्पष्ट पता चलता है।

जुड़वाँ अध्ययनों की आलोचना निम्नांकित बिंदुओं पर मुख्य रूप से की गयी है—

(a) सबसे पहली आलोचना यह है कि एकांकी जुड़वाँ बच्चों तथा भ्रात्रीय जुड़वाँ बच्चों की पहचान जन्म के समय करने का जो आधार है, वह काफी स्थूल एवं अविश्वसनीय है। सामान्यतः जब दोनों बच्चों में एक ही जरायु (chorion) तथा खेड़ी या पुरइन (placenta) होता है, तो उसे एकांकी जुड़वाँ बच्चा समझा जाता है। परंतु इसे कोई अधिक वैज्ञानिक सबूत नहीं माना गया है क्योंकि करीब 20 से 30% एकांकी जुड़वाँ बच्चों में दो जरायु तथा दो खेडी या पुरइन होता पाया गया है। जहाँ तक रूप-रंग (appearance) का सवाल है, एकांडी जुड़वाँ बच्चे निश्चित रूप से एक समान लगते हैं परंतु भ्रात्रीय जुड़वाँ बच्चों में भी ऐसी समानता कम नहीं होती है। इन तथ्यों के आलोक में जुड़वाँ बच्चों के अध्ययन पर आधारित निष्कर्ष की कोई वैधता नहीं रह जाती है।

(b) एकांकी जुड़वाँ बच्चों तथा भ्रात्रीय जुड़वाँ बच्चों दोनों ही एक ही माता-पिता के संतान होने के नाते उनका पालन-पोषण भी एक ही तरह के वातावरण में किया जाता है। वातावरण में समानता होने के कारण इनके व्यवहार में भी समानता हो सकती है और उसी तरह से उनके शीलगुणों एवं रोगों में समानता होने का कारण वातावरण की भी समानता बहुत हद तक हो सकती है। अतः उससे आनुवंशिकता के आधार को कितना समर्थन मिलता है, यह कहना एक टेड़ी खीर है।

(iii) दत्तक ग्रहण विधि या पोष्य पारिवारिक विधि *(Adoption method or Foster family method)*—इस विधि में माता-पिता और उनके दत्तक बच्चों (adopted children) की तुलना वैसे माता-पिता एवं उनके बच्चों से की जाती है जो जैविक रूप से (biologically) उनके संतान होते हैं। दत्तक बच्चे एवं उनके पालन-पोषण करने वाले माता-पिता में सिर्फ वातावरण की समानता होती है, आनुवंशिकता (heredity) की नहीं क्योंकि वास्तव में ऐसे दत्तक बच्चे के माता-पिता कोई और होते हैं। जब इनकी तुलना वैसे बच्चों के साथ किया जाता है जिनका पालन-पोषण अपने जैविक माता-पिता के साथ किया जाता है, तो हमें आनुवंशिकता का एक स्पष्ट आधार मिलता है। कई अध्ययनों में यह पाया गया है कि विभिन्न शीलगुणों, रोगों एवं अन्य व्यवहार में जैविक माता-पिता तथा उनके बच्चों में समानता दत्तक बच्चों एवं उनके पालन-पोषण करने वाले माता-पिता के बीच की समानता से काफी अधिक होता जो स्पष्ट रूप से इस बात का सबूत प्रदान करता है कि इन शीलगुणों, व्यवहारों एवं रोगों का आधार आनुवंशिक (genetic) है।

स्पष्ट हुआ कि प्राणी के व्यवहार के आनुवंशिक आधार के अध्ययन करने की कई विधियाँ हैं। इन विधियों में से उपर्युक्त विधि को अपनाकर मनोवैज्ञानिक अपना शोध करते हैं।

आनुवंशिकता तथा वातावरण की अन्तःक्रिया (Interaction of Heredity and Environment)

प्राणी, चाहे मनुष्य हो या पशु, के व्यवहार का निर्धारण अंशतः आनुवंशिकता (hereditary) द्वारा तथा अंशतः वातावरण (environment) द्वारा होता है। सच पूछा जाय, तो यह कहा जा सकता है कि व्यक्ति के लिए आनुवंशिकता (heredity) एक तरह से जैविक चहारदिवारी (biological boundary) का निर्माण करता है तथा वातावरण के कारकों (factors) द्वारा उस चहारदिवारी के भीतर व्यक्ति में भिन्न-भिन्न शीलगुणों (traits) का निर्माण होता है जिसके फलस्वरूप वह अनेकों प्रकार का व्यवहार करने में समर्थ होता है। अतः यह कहा जा सकता है कि व्यक्ति का व्यवहार आनुवंशिकता (heredity) तथा वातावरण (environment) दोनों के अन्तःक्रिया (interaction) द्वारा निर्धारित होता है।

प्राणी के व्यवहार के निर्धारण में आनुवंशिकता (heredity) तथा वातावरण (environment) के तुलनात्मक महत्त्व को दिखलाने के लिए मनोवैज्ञानिकों ने दो तरह के अध्ययन किये हैं:—

(क) पशुओं पर किये गए प्रयोग (Experiments done on animals)

(ख) मनुष्यों पर किये गए प्रयोग (Experiments done on human beings)

इन दोनों का वर्णन निम्नांकित है:—

(क) पशुओं पर किये गए प्रयोग *(Experiments done on animals)*—पशु मनोवैज्ञानिकों ने आनुवंशिकता तथा वातावरण के अन्तःक्रिया (interaction) को दिखलाने के लिए एक विशेष तरह फल-मक्खी (fruit fly), जिसे *ड्रोसोफिला* (Drosophila) कहा जाता है, पर अधिक प्रयोग किये हैं। इन लोगों द्वारा अन्य पशु-पक्षियों की अपेक्षा ड्रोसोफिला को इसलिए पसंद किया गया है क्योंकि ड्रोसोफिला के लारग्रन्थि (salivary gland) में ही गुणसूत्र (chromosomes) पाये जाते हैं जिनका अध्ययन आसान होता है तथा जिन्हें प्रयोगशाला की अवस्थाओं में आसानी से प्रजनित भी किया जा सकता है। सारटेन तथा उनके सहयोगियों (Sartain et al., 1973) ने एक प्रयोग किया जिसमें वातावरण में विशेष परिवर्तन करके वैसे ड्रोसोफिला जिनकी आनुवंशिकता (heredity) में शरीर के पीले रंग के होने का जीन्स (genes) नहीं था, उनके शरीर के रंग को पीला कर दिया। ऐसा करने के लिए ड्रोसोफिला के लार्वा को प्रारम्भ से ही एक विशेष तरह का भोजन जिसमें एक खास रासायनिक पदार्थ अर्थात *सिलभर नाइट्रेट* (Silver nitrate) मिला था, खिलाया जाता था। जब ऐसे ड्रोसोफिला बड़े हुए तो उनके शरीर का रंग पीला हो गया। परंतु इनके होने वाले संतान के शरीर का रंग पीला न होकर अपने पितामह के शरीर के रंग अर्थात गहरा भूरा रंग का हुआ। इसका कारण यह था कि इन्हें (अर्थात् इनके संतान को) सिलभर नाइट्रेट मिला भोजन खाने के लिए नहीं दिया गया था। इसी तरह के कुछ अन्य अध्ययनों में भी यह पाया गया कि ड्रोसोफिला के अण्डों (eggs) के उद्भवन अवधि (incubation period) के दौरान तापक्रम की अवधि में परिवर्तन होने से वयस्क ड्रोसोफिला के आँख के रंग में परिवर्तन हो सकता है। एक प्रयोग में यह भी देखा गया कि ड्रोसोफिला के आँख के विकास (eye development) की अवधि के दौरान यदि उसे एक विशेष रासायनिक पदार्थ अर्थात *काइनुरेनाइन* (Kynurenine) युक्त भोजन खिलाया जाता था तो वैसे ड्रोसोफिला के आँख का रंग जिनके जीन्स के अनुसार हल्का लाल पीला मिश्रित होना चाहिए था, मात्र लाल रंग का हो गया।

उपर्युक्त अध्ययनों से यह स्पष्ट होता है कि ड्रोसोफिला के जीन्स के साथ पर्यावरणी या वातावरणी परिवर्तनों (उसके भोजन में परिवर्तन) द्वारा अन्तःक्रिया (interaction) करने पर उनके गुणों में परिवर्तन आ जाता है।

(ख) मनुष्यों पर किये गए प्रयोग *(Experiments done on human beings)*—व्यक्ति के व्यवहार के निर्धारण में आनुवंशिकता (heredity) तथा वातावरण (environment) के तुलनात्मक महत्त्व (relative importance) को दिखलाने के लिए मनोवैज्ञानिकों ने निम्नांकित दो तरह के अध्ययन (studies) किए हैं:—

1. जुड़वाँ बच्चों का अध्ययन (studies of twin children)
2. पोष्य बच्चों का अध्ययन (studies of foster children)

इन दोनों तरह के अध्ययनों का संक्षिप्त विवरण निम्नांकित हैः—

1. जुड़वाँ बच्चों का अध्ययन *(Studies of twin children)*—जुड़वाँ बच्चे (twin children) दो तरह के होते हैं—एकांकी जुड़वाँ बच्चे (identical twin children) तथा भ्रात्रीय जुड़वाँ बच्चे (fraternal twin children)। एकांकी जुड़वाँ बच्चों की आनुवंशिकता (heredity) 100% समरूप (identical) होता है क्योंकि ऐसे बच्चों का जन्म माँ के एक ही अण्डाणु (ovum) के गर्भित होने के फलस्वरूप होता है। कोशिका विभाजन (cell division) के दौरान एक ही गर्भित अण्डाणु किसी कारण से दो स्वतंत्र भाग में बँटकर दो बच्चों को जन्म देते हैं। ऐसे बच्चे या तो दोनों ही लड़की या दोनों ही लड़का होता है। भ्रात्रीय जुड़वाँ बच्चे (fraternal twin children) का जन्म इसलिए हो पाता है कि माँ के दो अण्डाणु (ovum) एक ही साथ पिता के दो अलग-अलग शुक्राणु (sperm) द्वारा गर्भित हो जाते हैं। स्वभावतः ऐसे जुड़वाँ बच्चों की आनुवंशिकता (heredity) औसत रूप से 50% से अधिक समरूप नहीं होता है क्योंकि इसमें दो अलग-अलग गर्भित अण्डाणु होते हैं। ऐसे बच्चों का यौन (sex) कुछ भी हो सकता है अर्थात एक लड़का तथा एक लड़की या दोनों लड़की।

मनोवैज्ञानिकों ने इन दो तरह के जुड़वाँ बच्चों में एकांकी जुड़वाँ बच्चों (identical twin children) को ही अपने इस विशेष अध्ययन के लिए इसीलिए चुना है क्योंकि इसमें उन्हें कुछ सुविधा होती है। ऐसे बच्चों की आनुवंशिकता (heredity) चूँकि बिलकुल ही नियंत्रित अर्थात समरूप (identical) होती है अतः इन्हें दो अलग-अलग वातावरण में रखकर इस बात का आसानी से निर्धारण किया जा सकता है कि इनके व्यवहारों में होने वाले विभिन्नताएँ (dissimilarities) का कारण आनुवंशिकता (heredity) नहीं है बल्कि वातावरण (environment) है। साथ-ही-साथ कुछ ऐसे भी एकांडी जुड़वाँ बच्चों का अध्ययन किया गया है जिनका पालन-पोषण करीब-करीब एक ही तरह के वातावरण में किया गया है और उनके व्यवहारों में होने वाले विभिन्नता की तुलना नियंत्रित बच्चों अर्थात भ्रात्रीय जुड़वाँ बच्चों (fraternal twins) जिन्हें भी वैसे ही वातावरण में रखा गया था, के साथ किया गया है। अतः मनोवैज्ञानिकों द्वारा आनुवंशिकता (heredity) तथा वातावरण (environment) के तुलनात्मक महत्त्व (relative importance) को दिखलाने के लिए जुड़वाँ बच्चों पर जो अध्ययन किया गया है उसे निम्नांकित दो भागों में बाँटा जा सकता हैः—

(i) एकांडी जुड़वाँ बच्चे जिनका पालन-पोषण एक समान वातावरण में हुआ है (Identical twins reared together in similar environment)

(ii) एकांडी जुड़वा बच्चे जिनका पालन-पोषण अलग-अलग वातावरण में हुआ है (Indentical twins reared in separate environement)

इन दोनों तरह के अध्ययनों की संक्षिप्त समीक्षा निम्नांकित हैः—

(i) एकांडी जुड़वाँ बच्चे जिनका पालन-पोषण एक समान वातावरण में हुआ है *(Identical twins reared together in similar environment)*—गेसेल्ल तथा थॉम्पसन (Gesell & Thompson, 1929) ने एक अध्ययन किया जिसमें दो एकांडी जुड़वाँ बहनों (identical twin sisters) को करीब-करीब एक ही वातावरण में 14 साल तक रखकर उसके व्यवहारों का अध्ययन किया है। एक बहन का नाम प्रयोगकर्त्ताओं ने 'T' (twin T) तथा दूसरी बहन का नाम 'C' (twin C) रखा। जब 14 साल के बाद इन दोनों बहनों के व्यवहारों की तुलना की गयी तो प्रयोगकर्त्ताओं को बहुत ही रोचक तथ्य प्राप्त हुए। शारीरिक विकास (physical growth), रूप-रंग (appearance) तथा बुद्धि (intelligence) में इन दोनों बहनों में काफी समानता (similarities) पायी गयी। परन्तु बहुत सूक्ष्म रूप से देखने पर इन दोनों बहनों में कुछ असमानताएँ भी देखी गयीं। जैसे—'T' अधिक चालाक, ध्यानमग्न तथा किसी कार्य को अधिक तेजी से करती थी जबकि 'C' थोड़ी सतर्क होकर तथा सोच-समझकर किसी काम को करती थी। किसी प्रकार के चित्र-लेखन (drawing) में 'T' अधिकतर सीधी लकीर का प्रयोग करती थी जबकि 'C' इस तरह के कार्य में टेढ़ी-मेढ़ी लकीर (curved line) का प्रयोग अधिक करती थी। प्रयोगकर्त्ताओं के अनुसार व्यवहार में ये सारी विभिन्नताएँ इतनी महत्त्वपूर्ण नहीं थीं कि उसके आधार पर यह कहा जा सकता है कि इन दोनों का व्यक्तित्व एक-दूसरे से पूर्णतः भिन्न था। इस अध्ययन के आधार पर प्रयोगकर्त्ताओं ने तब यह बतलाया कि एकांड़ी जुड़वाँ बच्चों का पालन-पोषण एक साथ होने पर उनके व्यक्तित्व में काफी समानता (similarities) होती है हालाँकि कुछ सूक्ष्म असमानताएँ (subtle dissimilarities) भी पायी जातीं हैं। व्यक्तित्व में समानताओं का कारण समान आनुवंशिकता (similar heredity)

तथा कुछ असमानताओं का कारण वातावरण के समान होते हुए भी उसमें होने वाली कुछ विभिन्नताएँ हैं। अतः निष्कर्ष यह हुआ कि व्यक्तित्व का निर्धारण आनुवंशिकता (heredity) तथा वातावरण (environment) के अन्तःक्रिया (interaction) से होता है।

कुछ मनोवैज्ञानिकों जैसे—न्यूमैन, फ्रीमैन तथा हॉलजिंगर (Newman, Freeman & Holzinger, 1937) ने गैस्सेल्ल तथा थॉम्पसन (Gessell & Thompson) के अध्ययन की आलोचना की है। इनका कहना है कि इस अध्ययन में एकांडी जुड़वाँ बहनों (identical twin sisters) के व्यवहारों की तुलना करने के लिए कोई नियंत्रित समूह (control group) नहीं लिया गया था। अतः निष्कर्ष संदेहपूर्ण है। दूसरी बात इन लोगों ने यह बताया कि इन दोनों बहनों का व्यक्तित्व काफी समान इसलिए था कि इन दोनों का पालन-पोषण भी समान ही वातावरण में किया गया था। आनुवंशिकता (heredity) तो पहले से ही समरूप था, अतः जब आनुवंशिकता तथा वातावरण दोनों ही समान हो, तो वैसी परिस्थिति में प्राप्त उक्त निष्कर्ष की व्याख्या तथा वैधता (validity) स्वभावतः संहेदपूर्ण हो जाती है। अतः इन लोगों ने एक ऐसा अध्ययन किया जो ऐसी आलोचनाओं से दूर हो सके। इनके अध्ययन में एकांडी जुड़वाँ बच्चों (identical twin children) का 50 जोड़ा लिया गया तथा तुलना करने के ख्याल से भ्रात्रीय जुड़वाँ बच्चे (fraternal twin children) जो सभी एक ही यौन (sex) के थे, का 52 जोड़ा लिया गया। इन सभी बच्चों को एक ही वातावरण में रखकर 14 साल तक पाला-पोषा गया। इसके बाद इन सभी बच्चों की तुलना शारीरिक कद की ऊँचाई (height) तथा बुद्धि के आधार पर की गयी। ऐसा देखा गया कि एकांड़ी जुड़वाँ के कद की ऊँचाई में काफी समानता थी जबकि ऐसी ही समानता भ्रात्रीय जुड़वाँ बच्चों के कद की ऊँचाई में नहीं थी। एकांड़ी जुड़वाँ बच्चों के शारीरिक कद की ऊँचाई का सहसंबंध गुणांक (correlation coefficient) .93 था जबकि भ्रात्रीय जुड़वाँ बच्चों के शारीरिक कद की ऊँचाई का सहसंबंध गुणांक .64 था। उसी तरह एकांडी जुड़वाँ बच्चों में बुद्धि (intelligence) प्राप्तांकों (scores) का सहसंबंध (correlation) .88 था जबकि भ्रात्रीय जुड़वाँ बच्चों में बुद्धि प्राप्तांकों का सहसम्बन्ध मात्र .63 था। इस अध्ययन के आधार पर यह स्पष्ट रूप से पता चलता है कि व्यक्ति के शारीरिक कद की ऊँचाई के निर्धारण में वातावरण की अपेक्षा आनुवंशिकता (heredity) का अधिक योगदान होता है क्योंकि एकांडी जुड़वाँ बच्चों के शारीरिक कद की ऊँचाई का सहसम्बन्ध .93 था जबकि भ्रात्रीय बच्चों के शारीरिक कद की ऊँचाई का सहसंबंध मात्र .64 था। परन्तु बुद्धि प्राप्तांकों का सहसंबंध एकांडी जुड़वाँ बच्चों के लिए शारीरिक कद की ऊँचाई के सहसम्बन्ध से कम यानी मात्र .88 आता है जिससे पता चलता है कि शारीरिक कद की ऊँचाई की अपेक्षा बुद्धि के निर्धारण में आनुवंशिकता (heredity) का महत्त्व कम होता है तथा वातावरण (environment) का महत्त्व ज्यादा होता है। भ्रात्रीय जुड़वाँ बच्चों के बुद्धि प्राप्तांकों का सहसम्बन्ध मात्र .63 था।

शारीरिक कद की ऊँचाई तथा बुद्धि के निर्धारण में एकांडी जुड़वाँ बच्चों में भ्रात्रीय जुड़वाँ बच्चों (fraternal twin children) की अपेक्षा अधिक समानता (यानी अधिक सहसंबंध गुणांक) का कारण इन बच्चों की आनुवंशिकता (heredity) में समरूपता तो थी ही, साथ-ही-साथ वातावरण में भी समानता थी। हालाँकि भ्रात्रीय जुड़वाँ बच्चों के लिए भी वातावरण समान ही था लेकिन फिर भी जैसा कि प्रयोगकर्ताओं का विचार था, एकांडी जुड़वाँ बच्चों के साथ भ्रात्रीय जुड़वाँ बच्चों की अपेक्षा शिक्षक, माता-पिता तथा घर के अन्य सदस्य अधिक समान ढंग से पेश आते हैं। अतः भ्रात्रीय जुड़वाँ बच्चों के लिए समान वातावरण होते हुए भी उतनी समानता वास्तविक अर्थ में नहीं थी जितनी कि एकांडी जुड़वाँ बच्चों के लिए थी। अतः इस अध्ययन के अधार पर निष्कर्ष यह हुआ है कि व्यक्तित्व का निर्धारण वातावरण की समानता तथा आनुवंशिकता की समानता दोनों के आधार पर होता है।

(ii) एकांडी जुड़वाँ बच्चे जिनका पालन-पोषण अलग-अलग वातावरण में हुआ है *(Identical tiwns reared in separate environment)*—कुछ मनोवैज्ञानिकों ने यह जानने की कोशिश की है कि जब एकांडी जुड़वाँ बच्चों को एक-दूसरे से अलग करके भिन्न वातावरण में पाला-पोषा जाता है तो क्या वे उन भ्रात्रीय जुड़वाँ बच्चों (fraternal twin children) जिनका पालन-पोषण समान वातावरण (similar environment) में होता है, से सचमुच में भिन्न होते हैं? न्यूमैन, फ्रीमैन तथा हॉलजिंगर (Newman, Freeman & Holzinger, 1937) ने ऐसा ही एक अध्ययन किया जिसमें एकांडी जुड़वाँ बच्चों जिनका पालन-पोषण अलग-अलग वातावरण में रखकर किया गया की तुलना उन भ्रात्रीय जुड़वाँ बच्चों (fraternal twin children) के साथ किया गया जिनका पालन-पोषण समान वातावरण में रखकर किया गया। परिणाम में इन लोगों ने यह पाया कि अलग-अलग वातावरण में पाले-पोषे जाने के

बाद भी एकांडी जुड़वाँ बच्चों में भ्रात्रीय जुड़वाँ बच्चों की अपेक्षा शारीरिक गुणों (physical characteristics) में अधिक समानता देखी गयी। इसका मतलब यह हुआ कि शारीरिक गुण (physical characteristics) जैसे शरीर की ऊँचाई तथा भार (weight) में वातावरण की अपेक्षा आनुवंशिकता (heredity) अधिक महत्त्वपूर्ण होता है। बुद्धि के क्षेत्र में अलग-अलग वातावरण में पाले-पोषे गये एकांडी जुड़वाँ बच्चों में भ्रात्रीय जुड़वाँ बच्चे जिनका पालन-पोषण एक ही वातावरण में किया गया था, की अपेक्षा अधिक समानता थी। परन्तु जब उनकी तुलना वैसे एकांडी जुड़वाँ बच्चों से की गयी जिन्हें एक ही वातावरण में रखकर पाला-पोषा गया था तो उनमें समानता कुछ कम हो गयी। इसका मतलब यह हुआ कि बुद्धि के निर्धारण में आनुवंशिकता (heredity) की अपेक्षा वातावरण (environment) अधिक महत्त्वपूर्ण होता है। एकांडी जुड़वाँ बच्चों को अलग-अलग वातावरण में रखकर पालन-पोषण करने का मुख्य उद्देश्य यह देखना था कि बुद्धि में ऐसे बच्चों में कितना अन्तर आता है। न्यूमैन, फ्रीमैन तथा हॉलजिंगर (Newman, Freeman & Holzinger, 1937) ने अपने इस अध्ययन में पाया कि आनुवंशिकता (heredity) समान रहने पर भी (जैसा कि एकांडी जुड़वाँ बच्चों में होता है) वातावरण में अन्तर होने पर बुद्धि में अन्तर हो जाता है। उनलोगों ने ऐसे बच्चों की बुद्धिलब्धि (intelligence quotient) में 24 बिन्दु (point) तक का अन्तर होते पाया है। इससे स्पष्ट रूप से यह साबित हो जाता है कि बुद्धि में आनुवंशिकता (heredity) की अपेक्षा वातावरण (environemnt) का अधिक महत्त्व होता है।

न्यूमैन (Newman, 1940) ने एक ऐसे एकांडी जुड़वाँ बहन (identical twin sister) का केस (case) स्वतंत्र रूप से भी उपस्थित किया है जिससे हमें यह पता चलता है कि व्यक्तित्व के कुछ गुणों में तो आनुवंशिकता (heredity) का अधिक योगदान होता है तथा कुछ गुणों में वातावरण (environment) का अधिक योगदान होता है। यह विशेष केस (typical case) उन दो एकांडी जुड़वाँ बहनों का है जिसमें एक का नाम *मेरी* (Mary) तथा दूसरे का नाम *मावेल* (Mabel) है। इन दोनों बहनों को एक-दूसरे से तीन महीना की उम्र में अलग करके दो अलग-अलग वातवरण में 29 वर्ष तक रखा गया और उसके बाद उनके व्यक्तित्व के गुणों की तुलना की गयी। मावेल को एक देहाती वातावरण में रखा गया था जहाँ उसे खेतों में भिन्न-भिन्न प्रकार के काम भी करना होता था। उसे गाँव के ही एक स्कूल में आठवीं कक्षा तक पढ़ाया गया। मेरी (Mary) का पालन-पोषण एक शहरी वातावरण में हुआ तथा उसे संगीत-विद्या भी सिखायी गयी थी। उसे तीन साल तक एक छोटे स्कूल में पढ़ाया गया। इसके बाद उसे एक अच्छे और बड़े स्कूल में पढ़ाया गया। स्नातक (graduation) तक शिक्षा प्राप्त करने के बाद वह संगीत-शिक्षिका के पद का काम भी करने लगी। 29 साल के उम्र में न्यूमैन ने इन दोनों बहनों की बुद्धि तथा अन्य शीलगुणों का मापन कर एक तुलनात्मक विवरण तैयार किया। इस विवरण में यह पाया गया कि मेरी की बुद्धि औसत (average) से काफी ऊपर थी जबकि मावेल की बुद्धि औसत बुद्धि की स्तर से नीचे की थी। बुद्धि का मापन स्टैनफोर्ड-विने परीक्षण (Stanford-Binet test) द्वारा किया गया था। व्यक्तित्व के कुछ शीलगुणों में भी अन्तर पाया गया। मावेल किसी कार्य को मन्द गति से करती थी तथा बहुत ही दुःखी (depressed) रहती थी। उसमें आक्रमणशीलता (aggressiveness) भी अधिक था। मावेल के व्यवहार में मर्दों का गुण (masculine traits) अधिक था। मेरी एक शांत एवं स्त्रैण गुणों (feminine traits) से परिपूर्ण महिला थी। शारीरिक गुणों में भी इन दोनों बहनों में काफी अन्तर देखने को मिला। मावेल की मांसपेशियाँ कड़ी-कड़ी थी तथा उसके शरीर का वजन (29 साल की अवस्था होने पर) 138 पौण्ड्स था जबकि मेरी के शरीर की मांसपेशियाँ मुलायम थी तथा शरीर का वजन मात्र 110 पौण्ड्स था। न्यूमैन (Newman) के इस अध्ययन से यह स्पष्ट हो जाता है कि आनुवंशिकता (heredity) समान होने पर भी यदि व्यक्ति को दो अलग-अलग वातावरण में रखकर पाला-पोसा जाता है तो उसके व्यक्तित्व में काफी अन्तर आ जाता है जिसके आधार पर ऐसा लगता है कि वे दोनों समरूप आनुवंशिकता (identical heredity) वाले व्यक्ति ही नहीं हैं। अतः इस बात का सबूत हमें मिलता है कि व्यक्तित्व कुछ तो आनुवंशिकता (heredity) द्वारा तथा कुछ वातावरण (environment) द्वारा निर्धारित होता है। इसका मतलब यह हुआ कि व्यक्तित्व आनुवंशिकता (heredity) तथा वातावरण (environment) दोनों की अन्तःक्रिया (interaction) द्वारा निर्धारित होता है।

2. पोष्य बच्चों का अध्ययन *(Studies of foster children)*—मनोवैज्ञानिकों ने पोष्य बच्चों का अध्ययन करके वातावरण तथा आनुवंशिकता (heredity) के तुलनात्मक महत्त्व (relative impotance) का भी अध्ययन किया है। ऐसे बच्चों का अध्ययन करके मनोवैज्ञानिकों ने दो तरह के प्रश्नों का उत्तर देने की कोशिश किया है। पहला प्रश्न यह

है कि क्या पोष्य बच्चों के व्यवहारों में अपने माता-पिता के व्यवहार से अधिक समानता होती है या अपने पोष्य माता-पिता (foster parents) के व्यवहार से अधिक समानता होती है? दूसरा प्रश्न यह है कि अनुकूल वातावरण (favourable environment) में ऐसे बच्चों को रखकर यदि पाला-पोषा जाय तो क्या उनके कुछ खास-खास गुणों जैसे—बुद्धि (intelligence) आदि में परिवर्तन आता है?

जहाँ तक पहले प्रश्न का संबंध है, मनोवैज्ञानिकों ने अपने अध्ययन के आधार पर मात्र आंशिक उत्तर देने में समर्थ हुए हैं। वर्कस (Burks, 1928) ने एक अध्ययन किया जिसमें पोष्य बच्चों (foster children) की बुद्धि की तुलना उसके पोष्य माता-पिता (foster parents) की बुद्धि तथा उसके वास्तविक माता-पिता की बुद्धि से की गयी और और उन्होंने बताया कि ऐसे बच्चों की बुद्धि अपने वास्तविक माता-पिता की बुद्धि से अधिक समान थी परन्तु पोष्य माता-पिता की बुद्धि से समानता कम थी। इस अध्ययन से यह पता चलता है कि वातावरण की अपेक्षा आनुवंशिकता (heredity) अधिक महत्त्वपूर्ण होता है। परन्तु स्कीलस (Skeels, 1938), स्कोडक (Skodak, 1939) तथा स्कोडक एवं स्कीलस (Skodak & Skeels, 1945) ने अपने अध्ययनों में बर्कस (Burks) के विपरीत परिणाम प्राप्त किये क्योंकि इन लोगों ने अपने परिणाम में यह स्पष्ट रूप से पाया है कि पोष्य बच्चों (foster children) की बुद्धि उसके वास्तविक माता-पिता की बुद्धि से कम तथा पोष्य माता-पिता (foster parents) की बुद्धि से अधिक मिलती थी। इन अध्ययनों से यह पता चलता है कि बुद्धि के निर्धारण में वातावरण का प्रभाव आनुवंशिकता (heredity) से अधिक होता है। अन्तिम निष्कर्ष के रूप में हम यह कह सकते हैं कि बुद्धि के निर्धारण में वातावरण तथा आनुवंशिकता दोनों का महत्त्व है न कि किसी एक कारक (factor) का।

जहाँ तक दूसरे प्रश्न का सम्बन्ध है, मनोवैज्ञानिकों ने कुछ अध्ययन करके यह दिखला दिया है कि पोष्य बच्चों (foster children) को कुछ अनुकूल वातावरण (favourable environment) मिलने पर उनकी बुद्धि के स्तर में थोड़ी वृद्धि होती है। स्कोडक तथा स्कीलस (Skodak & Skeeles, 1949) ने एक अध्ययन किया जिसमें यह दिखलाया है कि वैसे पोष्य बच्चे (foster children) जिनकी माताएँ मानसिक रूप से मंदित (mentally retarded) थी, को जब अनुकूल वातावरण में रखा गया तो उनकी बुद्धि में 10 बिन्दु (points) की वृद्धि हो गयी। कुछ ऐसे भी अध्ययन किये गये हैं जिनमें ऐसी परिस्थिति में बुद्धि के स्तर में नाम मात्र की वृद्धि हुई।

पोष्य बच्चों (foster children) पर तथा जुड़वाँ बच्चों (twin children) पर किये गये भिन्न-भिन्न अध्ययनों के आधार पर हम अन्तिम रूप से इस निष्कर्ष पर पहुँचते हैं कि व्यक्ति के व्यवहार के निर्धारण में वातावरण (environment) तथा आनुवंशिकता (heredity) दोनों का महत्त्व होता है तथा किसी शीलगुण (traits) के निर्धारण में इन दोनों में से किसका महत्त्व अधिक है यह कहना कठिन है क्योंकि मनोवैज्ञानिकों द्वारा किये गये अध्ययनों में से किसी एक का महत्त्व अधिक स्पष्ट नहीं हो पाता है।

जाति-विशिष्ट व्यवहार
(Species-Specific Behaviour)

मनोवैज्ञानिकों की अभिरुचि जाति-विशिष्ट व्यवहार (species-specific behaviour) के अध्ययन में प्राणीशास्त्र (Zoology) की एक विशेष शाखा (branch) जिसे आचार-शास्त्र (Ethology) कहा जाता है, में किये गये अध्ययनों के फलस्वरूप उत्पन्न हुई है। कुछ खास-खास विशेषज्ञों जैसे—कौनरैड लोरेन्ज (Konrad Lorenz), निको टिनर्बगेन (Niko Tinbergen) तथा वॉन फ्रिसक (Von Frisch) ने जिन्हें इस क्षेत्र में किये गये कार्य के लिए संयुक्त रूप से (jointly) नोबेल पुरस्कार भी 1973 में दिया गया, द्वारा जाति-विशिष्ट व्यवहार का काफी अध्ययन किया है। मनोवैज्ञानिकों के लिए इस तरह के व्यवहार की सार्थकता तथा महत्त्व इसलिए है क्योंकि इसके सहारे भिन्न-भिन्न जातियों के जीवों द्वारा किये गये अन्तःक्रियाओं (interaction) को समझने में मदद मिलती है।

जाति-विशिष्ट व्यवहार (species-specific behaviour) से तात्पर्य वैसे व्यवहार से होता है जो किसी विशेष जाति के सभी प्राणी द्वारा इसलिए किया जाता है क्योंकि उस व्यवहार का कारण आंशिक रूप से (partially) उस प्राणी या जीव की आनुवंशिकता (heredity) होती है तथा आंशिक रूप से उस प्राणी को एक खास ढंग का वातावरण का मिलना होता है। इस जाति-विशिष्ट व्यवहार के निम्नांकित दो गुण (characteristics) होते हैं:—

(i) प्राणी के व्यवहार को जाति-विशिष्ट व्यवहार कहलाने के लिए यह आवश्यक है कि किसी जाति के सभी

सामान्य प्राणी (organism) द्वारा उचित परिस्थिति के होने पर उस तरह का व्यवहार किया जाय। अगर एक ही तरह की परिस्थिति में एक ही जाति के कुछ प्राणी एक ढंग का व्यवहार करते है और कुछ प्राणी दूसरे ढंग का व्यवहार करते हैं तो ऐसे व्यवहारों को जाति-विशिष्ट व्यवहार (species-specific behaviour) नहीं कहा जायेगा। जैसे—चूहा को देखकर बिल्ली द्वारा झपटने एवं दौड़कर पकड़ने का व्यवहार एक जाति-विशिष्ट व्यवहार का उदाहरण होगा क्योंकि ऐसा व्यवहार सभी सामान्य बिल्ली (normal cats) द्वारा किया जाता है। हाँ, इतना अवश्य हो सकता है कि बिल्ली द्वारा चूहे पर झपटने का ढंग, उसे पकड़ने का ढंग आदि में कुछ विभिन्नता हो। इस तरह की विभिन्नता का कारण वातावरण (environment) होता है।

(ii) जाति-विशिष्ट व्यवहार मूल रूप से जननिक वंशागत (genetic heritage) कारकों द्वारा निर्धारित होता है परन्तु इसका मतलब यह नहीं कि वातावरण का ऐसे व्यवहार पर कोई असर नहीं पड़ता है। सच्चाई यह है कि ऐसे व्यवहार वातावरण के कारकों द्वारा भी प्रभावित होते हैं। लेकिन चूँकि किसी जाति के सभी जीव एक ही तरह के वातावरण में रहते हैं, अतः वातावरण द्वारा जो भी परिवर्तन उनके व्यवहार में आते हैं, वे समान ढंग के होते हैं। यही कारण है कि मनोवैज्ञानिकों ने जाति-विशिष्ट व्यवहार (species-specific behaviour) को मूलप्रवृत्ति (instinct) से भिन्न (different) माना है। मूलप्रवृत्ति से तात्पर्य सिर्फ उन व्यवहारों से होता है जो सिर्फ जननिक वंशागत (genetic heritage) कारकों के फलस्वरूप होता है। मूलप्रवृत्ति में वाताषरण के कारकों (factors) का कोई महत्त्व नहीं होता है।

जाति-विशिष्ट व्यवहार पर किये गये अध्ययनों से यह स्पष्ट हो जाता है कि अधिकतर ऐसे व्यवहार किसी जाति के प्राणियों के द्वारा एक निश्चित (fixed) एवं रूढ़िबद्ध (stereotyped) ढंग से किया जाता है। प्रायः ऐसे व्यवहार वातावरण में उपस्थित किसी उद्दीपक (stimulus) द्वारा उत्पन्न होता है। इस तरह के उद्दीपक को *मुक्तक* (releaser) कहा जाता है। विभिन्न अध्ययनों से यह भी स्पष्ट है कि जननिक वंशागत (genetic heritage) तथा वातावरण में थोड़ी-सी विभिन्नता के कारण जाति-विशिष्ट व्यवहार में भी थोड़ा-सा नाममात्र की विभिन्नता कभी-कभी आ जाती है। इसलिए जाति-विशिष्ट व्यवहार को *मॉडल क्रिया पैटर्न्स* (Model action patterns) भी आजकल कहा जाता है।

मनोवैज्ञानिकों ने भिन्न-भिन्न प्रकार के जाति-विशिष्ट व्यवहार (species-specific behaviour) का अध्ययन किया है जिसमें निम्नांकित दो काफी प्रमुख हैं—

(i) मछलियों का प्रवसन (Migration of fish)

(ii) शीतनिष्क्रियता (Hibernation)

(i) मछलियों का प्रवसन *(Migration of fish)*—मनोवैज्ञानिकों ने सालमोन (Salmon) जाति के मछली में प्रवासी व्यवहार (migratory behaviour) का अध्ययन किया है। इस जाति के मछली का नदी के जिस धारा (stream) में जन्म होता है, वहाँ से इनका प्रवसन (migration) की प्रक्रिया प्रकाश (light) द्वारा नियंत्रित होती है। इस मछली के बच्चों के शरीर पर प्रकाश-संवेदनशील ग्राहक (light-sensitive receptors) होते हैं जो खास रंगद्रव्य (pigment) से ढँके होते हैं। जैसे ही ऐसे बच्चे कुछ बड़े हो जाते हैं उनके रंगद्रव्य (pigment) समाप्त हो जाते हैं। फलतः नदी के धारा की ऊपरी सतह पर उन्हें रोशनी अधिक मिलती है जिससे प्रकाश ग्राहक (light receptor) उत्तेजित हो जाते हैं और ऐसी मछलियाँ प्रकाश से बचने के लिए नदी से समुद्र की सघन जल में चली जाती है। समुद्र में पहुँचने पर वे नदी के मुहाना के ही इर्द-गिर्द रहती है क्योंकि नदी का पानी समुद्र के पानी से कम नमकीन होता है और साथ-ही-साथ उसमें ऑक्सीजन (oxygen) भी अधिक होता है। ऐसी अवस्था में वे दो-तीन साल तक समय व्यतीत कर युवावस्था में आ जाती है। युवावस्था में आने पर ऐसी मछलियाँ लैंगिक रूप से (sexually) परिपक्व हो जाती हैं तथा साथ-ही-साथ उसमें चयापचय (metabolism) तथा क्रियाशीलता अधिक बढ़ जाती है। इसके फलस्वरूप ऐसी मछलियों में वैसी पानी की ओर बढ़ने की प्रवृत्ति अधिक देखी जाती है जो ठंढा हो तथा जिसमें ऑक्सीजन अधिक हो। फलतः वे फिर समुद्र से नदी की ओर आने लगती हैं। नदी में आने पर ऐसे मछलियाँ ठंढे धारा के विरुद्ध तैरना प्रारम्भ कर देती है और नदी के शांत पानी में आकर वे अंडा देती हैं और मर जाती हैं। हासलर तथा लार्सेन (Hasler & Larsen, 1955) के अध्ययन के अनुसार ऐसी मछलियाँ पानी के गन्ध (odor) के आधार पर फिर वहीं आकर अंडा देती हैं जहाँ उनका जन्म हुआ था और इस तरह से प्रवसन (migration) की प्रक्रिया पूरी हो जाती है। रेयान (Ryan, 1968) के अध्ययन के अनुसार अंडा देने के बाद ऐसी मछलियों की मृत्यु इसलिए हो जाती

है क्योंकि नदी के स्वच्छ पानी में आने पर चयापचय (metabolism) की क्रिया काफी तेज हो जाने से मस्तिष्क का पीयुष ग्रन्थि (pituitary gland) इतना बड़ा हो जाता है कि उसका मस्तिष्क फट जाता है। सालमोन (Salmon) जाति की सभी मछिलयों में ठीक इसी तरह का प्रवासी व्यवहार (migratory behaviour) हो, कोई आवश्यक नहीं है। वातावरण में कुछ विभिन्नता तथा जननिक वंशागत (genetic heritage) कारणों में कुछ साधारण-सी विभिन्नता के कारण इस जाति के सभी मछलियों का प्रवासी व्यवहार (migratory behaviour) के सभी पहलुएँ बिलकुल ही समान नहीं होती परन्तु इस तरह का प्रवासी व्यवहार होता है जिसे हम *जाति-विशिष्ट व्यवहार* (species-specific behaviour) की संज्ञा देते हैं।

(ii) शीतनिष्क्रियता *(Hibernation)*—ठंढे मौसम में कुछ पशु या जीव ऐसे जगह में चले जाते हैं जहाँ वे ठंढ से अपने आप को बचा सके तथा शरीर की ऊर्जा (energy) को संचित रख सके। ठंढे मौसम में ऐसे प्राणी को भोजन की कमी हो जाती है जिससे शरीर में अधिक ऊर्जा नहीं बन पाती है तथा वातावरण के शीत को बर्दास्त नहीं करने लायक रह जाते हैं। फलतः वे अपने आप को विशेष जगह में छिपा लेते हैं। जैसे ही मौसम में गर्मी आने लगती है, वे फिर बाहर आ जाते हैं और इस तरह से उनमें शीतनिष्क्रियता (hibernation) की प्रक्रिया समाप्त हो जाती है। शीतनिष्क्रियता की प्रक्रिया वातावरण में परिवर्तन के अलावा जीव के अन्तःस्रावी ग्रन्थियों (endocrine gland) के स्राव (secretion) में परिवर्तन के फलस्वरूप भी होती है। एक ही जाति के कुछ पशु ऐसे होते हैं जिनमें अन्तःस्रावी ग्रन्थियाँ किसी कारण से अधिक सक्रिय नहीं हो पाती है। अतः उनमें शीतनिष्क्रियता की प्रक्रिया होती तो है परन्तु उसकी मात्रा (degree) में थोड़ी कमी देखी जाती है। अतः शीतनिष्क्रियता (hibernation) जाति-विशिष्ट व्यवहार (species-specific behaviour) का एक उदाहरण है।

ऊपर के विवरण से यह स्पष्ट हो जाता है कि जाति-विशिष्ट व्यवहार एक महत्त्वपूर्ण व्यवहार है जिसके सहारे मनोवैज्ञानिकों को भिन्न-भिन्न जातियों के जीवों का आपसी अन्तःक्रिया (interaction) को समझने में काफी मदद मिलती है।

कुछ विशिष्ट व्यवहार के विकास में परिपक्वता तथा सीख का महत्त्व (Role of Maturation and Learning in Development of Some Specific Behaviour)

परिपक्वता (maturation) से तात्पर्य उन शारीरिक विकास की प्रक्रियाओं (physical growth processes) से होता है जो प्राणी के व्यवहार के विकास को एक खास क्रम (order) में प्रभावित करते हैं। जब हमलोग किसी जाति (species) के सभी प्राणियों में एक खास समय या उम्र में एक खास व्यवहार को बिना किसी प्रकार के प्रशिक्षण (training) के होते पाते हैं, तो ऐसे व्यवहार का कारण हम परिपक्वता (maturation) मानते हैं।

गैस्सेल तथा एमैटुर्डा (Gesell & Amatruda, 1947) द्वारा किये गये अनेकों अध्ययनों के आधार पर हम इस निष्कर्ष पर पहुँचते हैं कि मानव शिशुओं में अधिकतर व्यवहार का कारण परिपक्वता ही होता है। परन्तु बाद में किये गये अनेकों अध्ययनों से यह स्पष्ट हो गया कि मानव शिशु के कुछ व्यवहार ऐसे भी होते हैं जो मूलतः परिपक्वता (maturation) तथा प्रशिक्षण (training) या सीखना (learning) दोनों पर निर्भर करते हैं। भाषा विकास बच्चों का ऐसा ही प्रमुख व्यवहार है। मनोवैज्ञानिकों ने यह स्पष्ट रूप से दिखला दिया है कि भाषा के विकास के लिए प्रशिक्षण या सीखना बच्चों को किस उम्र में दिया जाना चाहिए। इन लोगों ने जुड़वाँ नियंत्रण विधि (method of co-twin control) द्वारा कई अध्ययन किये हैं। इस विधि में एकांडी जुड़वाँ बच्चा (identical twin child) का एक जोड़ा ले लिया जाता है। ऐसे बच्चों की आनुवंशिकता (heredity) बिलकुल ही समरूप (identical) होता है। इसमें से एक बच्चा को कुछ खास व्यवहार करने की प्रशिक्षण (training) दी जाती है तथा जोड़ा (pair) के दूसरे बच्चों को इस ढंग से कोई प्रशिक्षण (training) नहीं दिया जाता है। बाद में इन दोनों बच्चों को उस विशिष्ट-व्यवहार (specific behaviour) के आधार पर तुलना किया जाता है। जैसे—स्ट्रेअर (Strayer, 1930) ने एक प्रयोग किया जिसमें भाषा विकास (language development) में प्रशिक्षण या सीखना (learning) तथा परिपक्वता (maturation) के महत्त्व को सह-जुड़वाँ नियंत्रण विधि (method of co-twin control) द्वारा अध्ययन किया गया है। इसमें से एक बच्चा को प्रशिक्षित जुड़वाँ (trained twin or T twin) की संज्ञा दी गयी तथा दूसरा बच्चा को नियंत्रित जुड़वाँ (control twin or T twin) की संज्ञा दी गयी। जुड़वाँ T बच्चा को शब्दों को बोलने का प्रशिक्षण दिया गया तथा

नये-नये शब्दों को बोलना भी सिखलाया गया। इस तरह का प्रशिक्षण सिर्फ जुड़वाँ T को उस समय दिया गया जब उसका उम्र 84 सप्ताह का था। इस तरह का प्रशिक्षण 5 सप्ताह तक दिया गया। इस 5 सप्ताह की अवधि में जुड़वाँ 'C' को नई भाषा से सम्बन्धित किसी तरह का कोई प्रशिक्षण नहीं दिया गया। यहाँ तक कि उसे इतनी नियंत्रित परिस्थिति में रखा गया कि वह किसी तरह का दूसरे का भाषण (speech) आदि भी नहीं सुन पाता था। परन्तु इस 5 सप्ताह के बीतने के बाद जुड़वाँ 'C' को 4 सप्ताह का भाषा-विकास से सम्बन्धित प्रशिक्षण दिया गया। इस प्रयोग के परिणाम बड़े रोचक थे। परिणाम में यह देखा गया कि 4 सप्ताह के प्रशिक्षण के बाद जुड़वाँ 'T' (जिसे 5 सप्ताह का प्रशिक्षण दिया गया था) की शब्दावली 23 शब्दों की थी तथा जुड़वाँ 'C' की शब्दावली 30 शब्दों की थी। इस परिणाम से स्पष्ट है कि छोटे बच्चों में मात्र 5 सप्ताह की परिपक्वता में अन्तर होने से भाषा विकास में प्रशिक्षण एक खास परिपक्वता (maturation) के आने के बाद यदि दिया जाता है, (जैसा कि जुड़वाँ 'C' बच्चा को दिया गया था) तो इससे उसे तुलनात्मक रूप से अधिक लाभ होता है।

इस तरह का एक दूसरा अध्ययन गेसेल्ल तथा थॉम्पसन (Gesell & Thompson, 1941) ने किया जिसमें बच्चों के भिन्न-भिन्न अवस्थाओं (ages) में पेशीय कौशल (motor skills) के विकास पर पड़नेवाले प्रशिक्षण के प्रभाव पर विचार किया गया। 46 सप्ताह के उम्र में दोनों एकांडी जुड़वाँ (identical twin) बच्चों में सीढ़ी चढ़ने की समान क्षमता देखी गयी। इस उम्र में जुड़वाँ 'T' को 6 सप्ताह तक प्रतिदिन 20 मिनट का प्रशिक्षण दिया गया। जुड़वाँ 'C' को कोई ऐसा प्रशिक्षण इस उम्र में नहीं दिया गया। परिणामस्वरूप, जुड़वाँ 'T' में पेशीय कौशल (motor skills) का स्तर जुड़वाँ 'C' से कहीं अधिक हो गया। जुड़वाँ 'C' को 53 सप्ताह के उम्र में मात्र 2 सप्ताह तक ही प्रतिदिन 20 मिनट का प्रशिक्षण दिया गया। परिणाम में देखा गया कि सिर्फ 2 सप्ताह के प्रशिक्षण में ही जुड़वाँ 'C' का पेशीय कौशल का स्तर जुड़वाँ 'T' के पेशीय कौशल के स्तर (प्रशिक्षण के बाद का स्तर) के बराबर हो गया। इस प्रयोग से भी यह स्पष्ट हो जाता है कि एक खास परिपक्वता के स्तर आ जाने से प्रशिक्षण दिये जाने पर पेशीय कौशल (motor skills) भाषा विकास के समान ही तीव्रता से बढ़ता है।

ऊपर किये गये प्रयोगों के परिणाम के आधार पर हम इस निष्कर्ष पर पहुँचते हैं कि कुछ खास-खास व्यवहारों जैसे भाषा विकास एवं पेशीय कौशल का विकास में परिपक्वता (maturation) तथा प्रशिक्षण दोनों का काफी महत्त्व है। सचमुच में, एक खास स्तर की परिपक्वता के रहने के बाद ही दिया गया प्रशिक्षण अधिक प्रभावकारी एवं गुणकारी सिद्ध होता है।

प्रारंभिक पर्यावरणी वंचन
(Early Environmental Deprivation)

कुछ मनोवैज्ञानिकों ने प्राणी (organism) के प्रारंभिक काल जैसे शैशवावस्था तथा बाल्यवस्था में उत्पन्न पर्यावरणी वंचन (environmental deprivation) का विशेष रूप से अध्ययन किया है। इन लोगों का विचार था कि बचपनावस्था व्यक्तित्व का सबसे महत्त्वपूर्ण अवस्था होती है और सचमुच में इसी अवस्था में व्यक्ति के महत्त्वपूर्ण शीलगुणों (traits) का बीजारोपण होता है। अतः इस अवस्था में यदि वातावरण अनुकूल न होकर प्रतिकूल हो जाता है जिसके फलस्वरूप व्यक्ति सामान्य वातावरण में न पलकर एक वंचित वातावरण (deprived environment) में पलता है, तो इसका प्रभाव उसके व्यक्ति के शीलगुणों के विकास पर निश्चित रूप से पड़ता है। मनोवैज्ञानिकों ने पर्यावरणी वंचन (environmental deprivation) के प्रभाव का अध्ययन मनुष्य तथा पशु दोनों पर किया है, जिसका वर्णन निम्नांकित हैः—

(i) मनुष्यों में प्रारम्भिक पर्यावरणी वंचन *(Early environmental deprivation in human beings)*— मनोवैज्ञानिकों ने कुछ ऐसे प्रयोग मानव शिशुओं पर किये हैं जिन्हें जीवन के कुछ प्रथम महीनों जैसे 18-20 महीना तक किसी कारणवश माता-पिता द्वारा घर में पालन-पोषण न करके बच्चों की देख-रेख करने वाले संस्थानों (institutions) में रखकर पाला-पोषा गया था और फिर इन्हीं बच्चों को बाद में माता-पिता द्वारा घर में रखकर पाला-पोषा गया। इस तरह के बच्चों की तुलना जन्म से घर में माता-पिता द्वारा पाले-पोषे गये बच्चों के साथ भी किया गया और परिणाम में बहुत ही रोचक एवं मनोरंजक बातें पायी गयी। जैसे—प्रोभेन्स तथा लिपटन (Provence & Lipton, 1963) ने अपने अध्ययन में पाया कि संस्थागत बच्चों (institutionalized children) का भाषा विकास घर पर पाले-पोषे गये बच्चों

की अपेक्षा देरी से तथा मंदित (retarded) होता है। ऐरो (Yarrow, 1961, 1964), कैशलर (Casler, 1961, 1967), गोलडफार्व (Goldfarb, 1949) ने अपने अध्ययन में संस्थागत बच्चों में सामान्य बच्चों (अर्थात घर पर पाले-पोषे गए बच्चों) की अपेक्षा दो तरह की प्रतिक्रियाएँ (reactions) स्पष्ट रूप से होते पाया है। पहली प्रमुख प्रतिक्रिया यह थी कि ऐसे बच्चों में सामाजिक तटस्थता (social indifference) पायी जाती है। दूसरे शब्दों में, ऐसे बच्चों में सामाजिक अभिप्रेरकों (social motivation) की कमी पायी जाती है तथा ऐसे बच्चे अपने साथियों एवं देख-रेख करने वाले व्यक्तियों के साथ सामाजिक अनुराग (social affection) स्थापित करने में भी असमर्थ होते हैं। ऐसे बच्चों में परिचित व्यक्तियों एवं अपरिचित व्यक्तियों के बीच सामाजिक भेद (social discrimination) करने की असमर्थता पायी जाती है। अतः ऐसे बच्चे अपरिचित व्यक्ति तथा परिचित व्यक्ति को देखने पर एक ही तरह की प्रतिक्रिया व्यक्त करते हैं जो स्पष्टतः सामान्य प्रतिक्रिया के विपरीत है क्योंकि परिचित व्यक्ति से मुलाकात होने पर हमलोग पहले मुस्कुराते हैं और फिर बातचीत करने की कोशिश करते हैं परन्तु अपरिचित व्यक्ति के साथ हमलोग इस तरह की प्रतिक्रिया नहीं व्यक्त करते हैं। दूसरी प्रमुख प्रतिक्रिया जो अधिकतर मनोवैज्ञानिकों ने पाया है, वह यह है कि ऐसे बच्चों में, जैसा कि स्पिज (Spitz) ने कहा है, *अनुराग की भूख* (affect hunger) की स्थिति पायी जाती है। दूसरे शब्दों में यह कहा जा सकता है कि ऐसे बच्चों में एक तीव्र इच्छा इस बात की पायी जाती है कि दूसरे लोग उस पर ध्यान देते तथा उसके प्रति अनुराग व्यक्त करते। इतना ही नहीं, संस्थागत बच्चों की बुद्धि भी सामान्य बच्चों की बुद्धि की अपेक्षा मंदित हो जाती है। मनोवैज्ञानिकों ने अपने अध्ययन में यह स्पष्ट रूप से पाया है कि जीवन के प्रारम्भ काल में ऐसे बच्चे जितना ही अधिक समय तक संस्थान (institution) में रखकर पाले-पोषे जाते हैं उनकी बुद्धि की स्तर में उतनी ही कमी आती है। सामान्य बच्चों की तुलना में ऐसे संस्थागत बच्चों की पेशीय क्रियाएँ (motor activities) ही सिर्फ ऐसी क्रिया होती हैं जो न के बराबर मंदित (retarded) होती हैं।

मनोवैज्ञानिकों ने प्रारंभिक पर्यावरणी वंचन के प्रभाव को मनुष्यों पर दिखलाने के लिए कुछ ऐसे केसेज भी एकत्रित किये हैं जिसमें व्यक्ति जन्म से ही मोतियाबिन्द (cataract) होने के कारण आँख से देख नहीं सकता था। परन्तु बड़ा होने पर इनके आँख का ऑपरेशन कर दिया गया जिसके परिणामस्वरूप पहली बार इन्होंने दुनिया की चीजों को देखा। सेण्डन (Senden, 1960) ने कुछ ऐसे ही व्यक्तियों पर प्रयोग करके यह दिखला दिया कि जब इस तरह के व्यक्ति को प्रथम बार दुनिया की चीजों को देखने का मौका मिला, तो इनके प्रत्यक्षण विभेदन (perceptual discrimination) की क्षमता सामान्य बच्चों की ऐसी ही क्षमता (अर्थात् जिनकी आँखें जन्म से ठीक थी) की अपेक्षा काफी निम्न (inferior) था। ऐसे व्यक्ति किसी त्रिभुजाकार या आयताकार चीजें जैसे किताब आदि को देखकर उसकी पहचान नहीं कर पाते थे। परन्तु इसे छूकर तथा इसके कोना (corner) को गिनकर आसानी से पहचान कर लेते थे। इसी तरह से जब ऐसे व्यक्ति को एक वर्ग (square) तथा त्रिभुज (triangle) में विभेद करने को कहा गया तो वे उसे देखकर नहीं परन्तु उसके कोना (corner) को गिनकर यह बतला पाये कि कौन वर्ग है तथा कौन त्रिभुज है। सामान्य बच्चों में अर्थात जो जन्म से देख सकते थे, इस तरह का प्रत्यक्षज्ञानात्मक दोष (perceptual defect) नहीं पाया गया और वे तुरंत ही वर्ग तथा त्रिभुज में अन्तर आसानी से कर लिए। सेण्डन (Senden) ने इस तरह के प्रेक्षणों के आधार पर यह बतलाया कि जन्मांध व्यक्तियों में बाद में आँख की रोशनी मिलने पर भी आकृति एकत्व (figural unity) का गुण तो विकसित हो जाता है परन्तु आकृति पहचान (figural identity) नहीं होती है।

ऊपर किये गये अध्ययनों के आधार पर हम इस निष्कर्ष पर पहुँचते हैं कि यदि व्यक्ति के जीवन के प्रारंभिक कुछ महीनों का वातावरण इस प्रकार का होता है जिसे एक वंचित वातावरण (deprived environment) कहा जा सकता है, तो इसका प्रभाव उस व्यक्ति के व्यक्तित्व के विकास पर बुरा पड़ता है और वयस्क (adult) होने पर भी उसके व्यक्तित्व में कुछ कमी रह जाती है।

(ii) जानवरों में प्रारम्भिक पर्यावरणी वंचन *(Early environmental deprivation in animals)*—मनोवैज्ञानिकों ने अनेकों ऐसे अध्ययन भी किये हैं जिनसे यह स्पष्ट हो जाता है कि यदि पशुओं को जन्म के बाद कुछ दिन या महीना तक एक वंचित पर्यावरण या वातावरण (deprived environment) (जैसे अंधेरे कमरे में रखकर पाला-पोषा जाना या आवाजरहित तथा अंधेरा कमरा में कुछ महीनों तक रखना आदि) में रखकर पाला-पोषा जाता है तो इस तरह के वंचन (deprivation) का उसके प्रत्यक्षण क्षमताओं (perceptual abilities) पर बुरा असर पड़ता है। रिसेन तथा एरोन्स (Riesen & Aarons, 1959) द्वारा कई प्रयोग किये गए जिसमें चूहों, बिल्लियों एवं वनमानुष के बच्चों को

चित्र 3.3 : रौब्ब नामक वनमानुष जिसका हाथ और पैर लकड़ी के बक्स में बन्द करके प्रयोग किया गया था।

जन्म के कुछ महीनों तक अंधरे में रखकर पाले-पोषे गए। ऐसा देखा गया कि अंधेरे में कई महीनों तक रखे जाने पर इन पशुओं के रेटिना (retina) की कुछ कोशिकाएँ (cells) विकृत (degenerate) भी हो गयी जिसके परिणामस्वरूप इन पशुओं के प्रत्यक्षण क्षमताओं में उनके ही जाति के सामान्य पशुओं (जिसे प्रकाश में रखकर पाला-पोषा गया था) के प्रत्यक्षण क्षमताओं की अपेक्षा स्थायी विकृति (permanent disability) आ गयी। इतना ही नहीं, ऐसे पशुओं की प्रत्यक्षण भेद-बोध (perceptual discrimination) की क्षमता उनके जाति के सामान्य पशुओं की अपेक्षा मंदित थी। निस्सेन, चो तथा सेम्मस (Nissen, Chow & Semmes, 1951) ने एक काफी महत्त्वपूर्ण अध्ययन किया जिसमें एक 'रौब्ब' (Robb) नामक वनमानुष को दोनों हाथ की केहुनी से हाथ की अँगुलियों तक को लकड़ी के बने विशेष डिब्बा (case) में बन्द कर दिया गया और दोनों पैर के ठेहुना (knee) से लेकर पैर की अँगुलियों तक को भी लकड़ी के बने विशेष डिब्बा. में बन्द कर दिया गया। (चित्र 3.3 देखें) रौब को इस तरह के बन्धन में चार सप्ताह की आयु में रखा गया और फिर उसे 31 महीने की आयु तक उसी अवस्था में छोड़ दिया गया। इस तरह के बन्धन का उद्देश्य उसे हाथ तथा पैर में होने वाले संवेदी उत्तेजनाओं (sensory stimulation) से वंचित करना था। इस तरह के संवेदी उत्तेजनाओं से वंचन (deprivation) का प्रभाव बड़ा ही रोचक था। परिणाम में यह देखा गया कि जब किसी हाथ को प्रयोगकर्त्ता द्वारा उत्तेजित किया जाता था, तो 'रौब्ब' उस तरफ अपना सिर नहीं मोड़ पाता था। यहाँ तक 2,000 प्रयास (trials) के बावजूद भी रौब्ब ने उत्तेजित किये जाने वाले हाथ की ओर सिर घुमाना नहीं सीख पाया जबकि सामान्य वनमानुष (जिसे इस प्रकार के बन्धन में नहीं रखा गया था) मात्र 200 प्रयास (trials) में इसे सीख लिया। इस अध्ययन से यह स्पष्ट हो जाता है कि पशुओं को जीवन के प्रारंभिक कुछ महीनों में यदि त्वक् उत्तेजनाओं (tactual stimulation) से वंचित कर दिया जाता है, तो उसका त्वक् प्रत्यक्षण (tactual perception) की क्षमता बाद में भी अधूरी ही रह जाती है। थॉम्पसन तथा हेरोन (Thompson & Heron, 1954) ने एक अध्ययन कुछ कुत्ते के बच्चों पर किया। इन बच्चों को एक प्रतिबन्धित वातावरण (restricted environment) जैसे पिंजड़ा (cage) में जन्म के तुरंत बाद से 7 महीनों तक रखकर पाला-पोषा गया। यद्यपि पिंजड़ा में पर्याप्त रोशनी थी फिर भी कुत्ते के बच्चे पिंजड़ा से बाहर नहीं देख सकते थे तथा किसी मनुष्य से भी उसका सम्पर्क (खाना देने के समय को छोड़कर) नहीं होता था। ऐसे बच्चों की तुलना कुत्ता के सामान्य बच्चों (जिसे सामान्य वातावरण में रखकर पाला-पोषा गया था जहाँ किसी प्रकार का कोई बन्धन नहीं था) से करने पर यह देखा गया कि ऐसे बच्चे किसी परिस्थिति के महत्त्वपूर्ण पहलुओं तथा वस्तुओं के बीच विभेद नहीं कर पाते थे। इतना ही नहीं, भिन्न-भिन्न वस्तुओं के प्रति भी ध्यान देने में ऐसे बच्चे असमर्थ रहते थे।

ऊपर किये गये अध्ययनों जिसमें मनुष्य तथा पशु दोनों शामिल हैं, से यह स्पष्ट हो जाता हे कि प्रारम्भिक पर्यावरणी वंचन (early environmental deprivation) से व्यक्तित्व विकास पर बुरा असर पड़ता है तथा व्यक्तित्व के कुछ खास-खास शीलगुण उनके वयस्क होने पर भी पूर्ण रूप से विकसित नहीं हो पाते हैं।

प्रारम्भिक पर्यावरणी सम्पन्नीकरण (Early Environmental Enrichment)

मनोवैज्ञानिकों ने अनेकों ऐसे प्रयोग किये हैं जिसमें प्राणी के जीवन के प्रारंभिक कुछ महीनों का वातावरण उसके व्यक्तित्व के विकास के लिए काफी अनुकूल (favourable) बना दिया गया और फिर इस तरह के अनुकूल एवं उत्तेजनापूर्ण (stimulating) वातावरण का व्यक्तित्व पर पड़ने वाले प्रभावों का अध्ययन किया गया। मनोवैज्ञानिकों का मुख्य उद्देश्य यहाँ इस बात की जानकारी प्राप्त करनी थी कि क्या इस तरह के अनुकूल एवं उत्तेजनापूर्ण वातावरण का प्रभाव से व्यक्तित्व के विकास में तेजी आता है या इसका कोई भी प्रभाव नहीं पड़ता है? पशुओं एवं मनुष्यों पर किये

गये अध्ययनों से यह स्पष्ट हो गया है कि यदि जीव के प्रारंभिक काल का वातावरण काफी अनुकूल एवं अच्छा होता है तो इससे व्यक्तित्व का विकास तेजी से होता है तथा ऐसे प्राणियों में सामान्य प्राणियों की अपेक्षा किसी समस्या का समाधान करने की अभिक्षमता अधिक होती है। इन दोनों तरह के अध्ययनों से प्राप्त मुख्य तथ्यों का वर्णन निम्नांकित है:—

(i) मनुष्यों में प्रारंभिक पर्यावरणी सम्पन्नीकरण (*Early environmental enrichment in human beings*)— गेवर (Geber, 1958) ने मानव शिशुओं पर एक अध्ययन किया। इस अध्ययन में यूगांडा (Uganda) देश के मध्यम वर्ग के 308 बच्चों की तुलना पश्चिमी देशों के समान उम्र के बच्चों के साथ किया गया। अध्ययन में शामिल किए गए सभी बच्चों का उम्र 2 साल से कम था। यूगांडा के इन बच्चों का पालन-पोषण स्वयं माँ द्वारा हुआ था। माताएँ अपने बच्चों को समय पर दूध पिलाती थी, उनके दुलार-प्यार का हमेशा ख्याल रखती थी तथा समय पर पेशाब-पैखाना कराया करती थी। गर्भावस्था के दौरान भी ऐसी माताएँ अपने खान-पान अच्छे ढंग से करती थीं तथा संवेगात्मक अवस्था को भी सामान्य बना कर रखती थीं ताकि उनके बच्चों पर किसी प्रकार का कोई हानिकारक प्रभाव नहीं पड़े। पश्चिमी देशों की माताओं को अपने बच्चों के साथ इतना समय बिताने का मौका नहीं मिल पाता था। इतना ही नहीं, इनके बच्चों का देखभाल माता-पिता द्वारा न होकर दूसरे व्यक्तियों द्वारा होता था। तीन साल के उम्र पर इन दोनों तरह के बच्चों की शब्दावली (vocabulary), भाषा-विकास, पेशीय क्रियाएँ (motor activities) आदि का मापन किया गया और तुलना करने पर गेवर (Geber) इस निष्कर्ष पर पहुँचे कि यूगांडा के बच्चे पश्चिमी देशों के बच्चों की अपेक्षा इन तीनों तरह के परीक्षणों (tests) पर काफी श्रेष्ठ (superior) थे। इस तरह की श्रेष्ठता का कारण यूगांडा के बच्चों को माता-पिता द्वारा जीवन के प्रथम 24 महीनों में दिया जाने वाला एक अनुकूल (favourable) तथा प्रोत्साहक (encouraging) वातावरण था।

कुछ ऐसे भी अध्ययन किये गये हैं जिसमें मानव शिशुओं को जीवन के प्रथम 36 महीनों में भिन्न-भिन्न प्रकार की पेशीय क्रियाओं को करने का नियमित रूप से प्रशिक्षण दिया गया और बाद में व्यक्तित्व के विकास में इसके प्रभाव का अध्ययन किया गया। नोबल (Noble, 1959) ने एक ऐसा ही प्रयोग किया और अपने निष्कर्ष में यह पाया कि जिन बच्चों को प्रथम 36 महीनों में भिन्न-भिन्न तरह के पेशीय कार्य करने की प्रशिक्षण दी गयी थी, उनकी पेशीय क्षमताएँ (motor activities) अन्य बच्चों की अपेक्षा जिन्हें इस तरह का प्रशिक्षण नहीं दी गयी थी, अधिक श्रेष्ठ (superior) थीं।

मानव शिशुओं पर किये गये इन अध्ययनों से यह स्पष्ट है कि यदि बच्चों को अपने जीवन के प्रारंभिक महीनों में एक प्रोत्साहक (encouraging) वातावरण में रखा जाता है जिसमें माता-पिता द्वारा भिन्न-भिन्न तरह के आवश्यक उत्तेजनाओं (stimulation) को दिया जाता है, तो इससे उनके व्यक्तित्व के विकास पर काफी अच्छा प्रभाव पड़ता है तथा बच्चों में मानसिक एवं शारीरिक गुणों का विकास तेजी से होता है।

(ii) पशुओं में प्रारम्भिक पर्यावरणी सम्पन्नीकरण (*Early environmental enrichment in animals*)— मनोवैज्ञानिकों ने अनेक ऐसे प्रयोग किये हैं जिनसे यह साबित हो गया है जब चूहा के बच्चों को जन्म से ही एक ऐसा वातावरण में रखा जाता है जिसमें उसका देख-रेख एवं उसके पेशीय क्रियाओं (motor activities) के होने की पूर्ण स्वतंत्रता रहता है, तो ऐसे चूहों का बाद में शारीरिक विकास तथा संवेगात्मक विकास (emotional development) काफी तीव्रता से होता है। विनिंगर, मैकक्लीलैंड तथा अरीमा (Weininger, McClelland & Arima, 1954) ने एक ऐसा ही अध्ययन किया जिसमें चूहा के कुछ बच्चों को जन्म से ही 4 सप्ताह तक एक ऐसा वातावरण में रखा गया जिसमें उनका देख-रेख नियमित ढंग से होता था तथा उसे भिन्न-भिन्न पेशीय क्रियाओं (motor activities) को करने की पूर्ण स्वतंत्रता थी। 3 महीना के उम्र में जब इन चूहों के व्यवहारों की तुलना चूहा के बच्चों के एक नियंत्रित समूह से किया गया तो काफी भिन्नता पायी गयी। प्रयोगात्मक चूहों (experimental rats) में नियंत्रित चूहों (control rats) की अपेक्षा किसी नये परिस्थिति में अभियोजन करने की क्षमता अधिक थी। इतना ही नहीं, ऐसे चूहों में नयी परिस्थिति में सांवेगिक स्थिरता (emotional stability) भी काफी बनी रहती थी।

हाईमोविच (Hymovitch, 1952) ने एक दूसरा अध्ययन किया है जिसके आधार पर उन्होंने यह बतलाया है कि यदि चूहों के जन्म के तुरंत बाद कुछ हफ्तों तक सम्पन्न वातावरण (enriched environment) में पाला-पोषा जाता है तो इससे उसमें भूल-भूलैया जैसी समस्या के समाधान करने की क्षमता में वृद्धि हो जाती है। हाईमोविच के इस अध्ययन में चूहों का चार समूह लिया गया। पहला समूह को जन्म के 6 सप्ताह तक एक ऐसा भूलभूलैया बक्स (maze box) में रखा गया जिसमें कुछ अन्ध पथ (blind alleys) थे, कुछ सही पथ थे तथा कुछ ऐसी चीजें रखी थीं जिसे वह देख सकता था तथा उसे उलट-फेर (manipulate) भी कर सकता था। चूहा का दूसरा समूह ऐसा था जिसे जन्म से ही एक छोटा पिंजड़ा (cage) में रखा गया था और प्रतिदिन उसे प्रयोगशाला में ही पिंजड़ा सहित भिन्न-भिन्न जगहों में ले जाया जाता था। अतः चूहों को इस दूसरा समूह के भिन्न-भिन्न जगहों में जाने से दृष्टि अनुभव (visual experience) तो अधिक था परन्तु पहला समूह के समान भूलभूलैया में इधर-उधर जाने का तथा भूलभूलैया में रखे वस्तुओं (objects) को उलट-फेर (manipulate) करने का अनुभव नहीं था। चूहों का तीसरा समूह ऐसा था जिसे एक छोटा-सा पिंजड़ा में बन्द करके रखा गया था। इस समूह को दृष्टि अनुभव (visual experience) भी कम था तथा साथ-ही-साथ वस्तुओं को उलट फेर करने का अनुभव भी नहीं था। चूहों का चौथा समूह को एक बन्द क्रिया ह्वील (activity wheel) में रखा गया था ताकि वे अपनी पेशीय क्रियाएँ (motor activities) तो कर पाते थे परन्तु उसका दृष्टि अनुभव (visual experience) तीसरे समूह के ही समान काफी सीमित था। बाद में चूहों के इन चार समूहों की बुद्धि (intelligence) की जाँच एक विशेष रूप से बने भूलभूलैया में कुछ खास-खास समस्याओं को देकर किया गया। परिणाम में यह देखा गया कि पहला समूह तथा दूसरा समूह का निष्पादन (performance) करीब-करीब बराबर था तथा उसी तरह से तीसरा समूह तथा चौथा समूह का निष्पादन भी आपस में बराबर था। परन्तु चूहों का पहला तथा दूसरा समूह का निष्पादन तीसरा तथा चौथा समूह के निष्पादन से कहीं अधिक श्रेष्ठ (superior) था। इससे इस बात का साफ पता चल जाता है कि भूलभूलैया सीखने की क्षमता (maze learning ability) चूहों के जीवन के प्रथम कुछ महीनों में हुए विशेष दृष्टि अनुभवों (visual experiences) पर अधिक निर्भर करता है न कि उसके द्वारा किये गये भिन्न-भिन्न प्रकार की पेशीय क्रियाओं (motor activities) पर।

इस तरह से गिब्सन तथा वाक (Gibson & Walk, 1956) ने अपने अध्ययन में यह दिखलाया है कि यदि चूहों को जन्म के तुरंत बाद से कुछ सप्ताह तक लगातार खास-खास उद्दीपकों (stimuli) से जैसे त्रिकोण (triangles) तथा वर्ग (square) से अवगत कराया जाता है और बाद में उन्हें भूलभूलैया में ऐसे उद्दीपकों के बीच विभेद (discrimination) करना सिखलाया जाता है तो वे इस तरह के विभेद को उन चूहों की अपेक्षा जल्दी सीख लेते हैं जिन्हें प्रारंभिक काल में इस तरह के सम्पन्न वातावरण (enriched environment) में नहीं रखा गया था।

मनुष्यों तथा पशुओं पर किये गये भिन्न-भिन्न अध्ययनों के परिणामों को ध्यान में रखते हुए हम इस निष्कर्ष पर पहुँचते हैं कि यदि प्राणी (मनुष्य या पशु) को आंतरिक सम्पन्नीकरण के वातावरण में रखा जाता है तो उससे सम्बन्धित कौशलों का विकास काफी होता है।

विकास के क्रान्तिक या संवेदनशील अवधि
(Critical or Sensitive Period of development)

प्राणी के विकास में क्रान्तिक अवधि (critical period) का विशेष महत्त्व होता है। सचमुच में यह विकास की अवस्थाओं से प्रत्यक्ष रूप से जुंड़ा होता है। प्राणी के दैहिक विकास, भाषा विकास तथा अन्य विकास की जड़ें आरंभिक जीवन के एक खास सीमित अवधि में हुई अनुभूतियों पर प्रत्यक्ष रूप से आधारित होती है। यदि यह अनुभूति अनुकूल होती हैं तो उससे बाद की अवस्थाओं का विकास उत्तम होता है परंतु यदि अनुभूतियाँ प्रतिकूल होतीं हैं, तो उससे बाद की अवस्थाओं का विकास भी प्रतिकूल ढंग से प्रभावित होता है। सामान्यतः इस सीमित अवधि को *क्रान्तिक अवधि* (critical period) या *संवेदी अवधि* (sensitive period) कहा जाता है। जिम्वार्डो एवं वेबर[1] (Zimbardo & Weber, 1994) ने क्रान्तिक अवधि को इस प्रकार परिभाषित किया है, ''प्राणी के विकास में क्रान्तिक अवधि एक संवेदनशील समय होता है जिसमें यदि कुछ निश्चित उद्दीपक एवं अनुभूतियाँ अगर होती है, तो वह प्राणी विशेष व्यवहार को अर्जित कर लेता है।''

1. "A critical period is a sensitive time in a organism's development when the organism will acquire a particular behaviour if certain stimuli and experience occur."

—Zimbardo & Weber : *Psychology*, 1994, p. 106

जैण्डन[1] (Zanden, 1978) ने भी कुछ इसी तरह क्रान्तिक अवधि को परिभाषित करते हुए कहा है कि इससे तात्पर्य, ''जिंदगी के कुछ ऐसे निश्चित समय से होता है जिसके दौरान अनुकूल तथा प्रतिकूल परिस्थितियों का स्थायी एवं अपलटावी परिणाम होता है।''

इन परिभाषाओं का विश्लेषण से हमें क्रान्तिक अवधि की कुछ निश्चित विशेषताओं की ओर ध्यान जाता है जो इस प्रकार है:—

(i) क्रान्तिक अवधि जीवन के आरंभिक काल की एक निश्चित अवधि होती है।

(ii) क्रान्तिक अवधि का स्वरूप काफी संवेदनशील होता है क्योंकि इस अवधि के उद्दीपकों या परिस्थितियों का स्पष्ट प्रभाव पड़ता है।

(iii) इस अवधि में प्राणी में अनुकूल (favourable) तथा प्रतिकूल (unfavourable) दोनों ही तरह की अनुभूतियाँ होती हैं।

(iv) क्रान्तिक अवधि में चाहे जिस तरह की अनुभूतियाँ क्यों न हो इसका प्रभाव व्यक्ति के विकास पर स्थायी एवं अपलटावी (irreversible) होता है।

क्रान्तिक अवधि का प्रभाव मनोवैज्ञानिकों ने निम्नांकित तीन क्षेत्रों में स्पष्ट रूप से पड़ते पाया है और परिणामस्वरूप उनका अध्ययन भी वैज्ञानिक ढंग से किया गया है:—

(क) क्रान्तिक अवधि एवं दैहिक विकास, सामाजिक विकास एवं प्रत्यक्षज्ञानात्मक विकास (Critical period and physical development, social development and perceptual development)

(ख) क्रान्तिक अवधि एवं भाषा विकास (Critical period and language development)

(ग) क्रान्तिक अवधि एवं अध्यंकन (Critical period and imprinting)

(क) क्रान्तिक अवधि एवं दैहिक विकास, सामाजिक विकास तथा प्रत्यक्षज्ञानात्मक विकास *(Critical period and physical development, social development and perceptual development)*—पूर्वप्रसूति काल (prenatal period) में कुछ ऐसे क्रान्तिक अवधि होते हैं जिनके दौरान शरीर का विशेष संरचना विकसित होता है। अगर औषध या संक्रामण (infection) से उस क्रान्तिक अवधि के दौरान विकास बाधित होता है, शरीर के अंग की सम्बन्धित संरचना कभी भी ठीक ढंग से विकसित नहीं होती है और न ही उसका विकास बाद में ही ठीक ढंग से होती है। कोप्प एवं कालेर (Kopp & Kaler, 1989) ने इस तथ्य की संपुष्टि अपने प्रयोग के आधार पर किया है। गर्भावस्था के चौथे से छठे माह में विभिन्न तरह के टिरैटोजेन्स (teratogens) से अनावृत्त होने पर बच्चों के दैहिक विकास के साथ-ही-साथ बौद्धिक एवं सामाजिक विकास भी प्रभावित होता है। गर्भावस्था में अंतिम तीन महीने में यदि माताएँ अपोषक भोजन करती हैं तो इससे गर्भस्थ शिशु का मस्तिष्कीय विकास (brain development) भी काफी मंदित हो जाता है। स्कॉट्ट (Scott, 1995) ने कुछ ऐसे अध्ययनों की समीक्षा किया जिसमें कुत्तों एवं बंदरों को जन्म के बाद कुछ समय के लिए अकेले में रखकर पाला-पोषा गया। इसके बाद इन्हें अन्य सामान्य कुत्तों एवं बंदरों के साथ रखा गया और पाया गया कि इनका व्यवहार अन्य कुत्तों एवं बंदरों की तुलना में पूरी जिंदगी असामान्य ही रह गया।

सिगमंड फ्रायड (Sigmund Freud) ने मानव जीवन के प्रथम पाँच साल को क्रान्तिक अवधि माना है। इस अवधि के अनुभवों से भविष्य का व्यक्तित्व निर्धारित होता है। ह्वाईट (White, 1975) ने भी फ्रायड के समान ही विचार व्यक्त करते हुए कहा है कि जीवन का प्रथम दो तीन साल क्रान्तिक अवधि होता है क्योंकि इस अवधि की अनुभूतियाँ बाद में व्यक्तित्व विकास की जड़ें (roots) होती हैं। वाउर (Bower, 1974) ने भी प्रत्यक्षज्ञानात्मक विकास (perceptual development) के लिए प्रथम दो तीन साल की अनुभूतियों को महत्त्वपूर्ण बतलाया।

परंतु कुछ ऐसे मनोवैज्ञानिक हैं जिन्होंने इस विचारधारा को चुनौती दिया है कि जीवन का प्रथम पाँच साल क्रान्तिक

1. Critical period refers to, "certain times in life during which both favourable and unfavourable circumstances can have lasting and irreversible consequences."

—Zanden : *Human development*, 1978, p. 58

अवधि होता है और यह भविष्य के विकास की जड़ें इसी में सन्निहित होती हैं। उपलब्ध सबूतों की समीक्षा के आधार पर क्लार्क एवं क्लार्क[1] (Clark & Clarke, 1976) के अनुसार बहुत ही कम ऐसे सबूत प्राप्त हैं जिनके आधार पर आरंभिक वाल्यावस्था को क्रान्तिक अवधि (critical period) माना जा सकता है। जैसा कि उनलोगों ने कहा है, ''सम्पूर्ण विकास महत्त्वपूर्ण होता है न कि सिर्फ आरंभिक साल। अब तक कोई ऐसा निर्देशन नहीं मिला है कि अमुक अवस्था अन्य की अपेक्षा अधिक रर्चनात्मक है। दीर्घकालीन समय में सभी महत्त्वपूर्ण हो सकता है।''

(ख) क्रान्तिक अवधि एवं भाषा विकास *(Critical period and language development)*—कुछ मनोवैज्ञानिकों जिनमें लेन्नेवर्ग (Lenneberg, 1967) का नाम मशहूर है, का दावा है कि भाषा विकास के लिए व्यक्तियों में क्रान्तिक अवधि (critical period) होता है। इन्होंने भाषा विकास का एक जैविक सिद्धान्त (biological theory) का प्रतिपादन किया है। इन्होंने कहा कि 18 महीने एवं तरुणावस्था (puberty) के बीच एक क्रान्तिक अवधि (critical period) होती है जिसमें बच्चा प्रथम भाषा को सीखता है। यदि इस अवधि में उपयुक्त अवसर किसी व्यक्ति को नहीं मिलता है, तो उसका भाषा विकास हमेशा के लिए मंदित हो जाता है। इस अवस्था में परिपक्वता में तेजी से वृद्धि होने पर भाषा का विकास उत्तम ढंग से होता है। लेनेवर्ग ने क्रान्तिक अवधि प्राक्कल्पना का समर्थन कई तरह के ऐसे व्यक्तियों के अध्ययन से किया है जिनके मस्तिष्क का बायाँ गोलार्द्ध क्षतिग्रस्त हो गये थे, मानसिक रूप से मंदित बच्चे थे या फिर बहरे बच्चे थे। रेनोल्डस तथा फ्लैग्गस् (Reynolds & Flaggs, 1977) ने अपने अध्ययन में पाया कि ऐसे अधिकतर बच्चों के तंत्रकीय समस्याओं (neurological problems) के उपचार की कोशिश की गयी और उनका पुनर्स्थापन (recovery) स्पष्टतः उनकी आयु पर आधारित थी। छोटे बच्चे तो ऐसी समस्याओं से भाषा में उत्पन्न कमी का बहुत हद तक क्षतिपूर्ति कर लिए परंतु वयस्क लोग इस तरह की क्षतिपूर्ति नहीं कर पाये। ऐसा इसलिए हुआ क्योंकि वयस्क लोग क्रान्तिक अवधि से पहले ही गुजर चुके थे जबकि बच्चे अभी उस अवधि से गुजर रहे थे। अतः बच्चों की समस्याओं में सुधार लाने से उनकी भाषाई क्षमता (language skills) को आसानी से उन्नत बनाना सम्भव हो पाया। इस तरह के परिणाम से निश्चित रूप से यह तथ्य सामने आता है कि क्रान्तिक अवधि नाम की चीज होती है जो भाषा अधिग्रहण को प्रभावित होती है।

भाषा विकास के लिए क्रान्तिक अवधि के महत्त्व का समर्थन कुछ ऐसे अध्ययनों से भी हुआ है जिसमें मानव शिशुओं का पालन-पोषण कुछ परिस्थितिवश सामान्य परिस्थिति में न होकर एकाकी परिस्थिति (isolation situation) में हो पाया था। इस सिलसिले में कर्टिस्स (Curtiss, 1977) ने जेनी (Genie) नामक एक लड़की का केस का अध्ययन किया जो 20 महीने की आयु से 13 साल 9 महीने की आयु तक अपने माता-पिता द्वारा अपने ही घर में एक असामान्य एकाकी परिस्थिति में रखकर पाली-पोषी गयी थी। 12 साल तक उसका मात्र एकलौता मानव सम्पर्क सिर्फ उसकी नेत्रहीन माँ से होती रही है जो उसे भोजन देती थी। उसे किसी भी अन्य व्यक्तियों से मिलने नहीं दिया जाता था तथा पिता का व्यवहार उसके प्रति क्रूरतापूर्ण था। पूरा दिन वह अकेले चटाई पर नंगे बैठे रहती थी और इस तरह से उसकी बाल्यावस्था बिलकुल ही अलगाव (isolation) में बीता। जब उसे इस ढंग की परिस्थिति से बाहर लाया गया तो देखा गया कि 13 साल की आयु होने पर भी एक दो साल के बच्चे में भाषा विकास की जो विशेषताएँ होनी चाहिए वे भी उसमें नहीं थी। बहुत कोशिश एवं प्रशिक्षण के बाद भी जेनी का भाषा विकास एक सामान्य परिस्थिति में पले-बढ़े लड़की के समान नहीं हो पाया। स्पष्टतः इसका कारण यह था कि जेनी की क्रान्तिक अवधि समाप्त हो चुकी थी और उस अवधि में उसे भाषा विकास के सामान्य अवसर (normal opportunity) नहीं मिल पाते थे जिससे भाषा विकास में हुई क्षति की पूर्ति सम्भव नहीं हो पाया। परंतु जेनी के केस के विपरीत सबूत भी उपलब्ध है। रेनोल्डस एवं फ्लैग (Reynolds & Flagg, 1977) ने दो ऐसे बच्चों का केस उपस्थित किया है जिनका बचपन से पालन-पोषण एक अलगावी परिस्थिति (isolated situation) में हुआ परंतु बाद में वे एक सामान्य वयस्क के समान भाषा अधिग्रहण की क्षमता विकसित कर लिए। इन सभी तरह के साक्ष्यों के आलोक में हम इस अंतिम निष्कर्ष पर पहुँचते हैं कि भाषा का कुछ तत्त्व निश्चित रूप से क्रान्तिक अवधि (critical period) से नियमित होता है।

---

1. "The whole of development is important, not merely the early years. There is as yet no indication that a given stage is clearly more formative than others; in the long-term all may be important."

—Clarke & Clarke (Eds) *Early Experience : Myth and Evidence*. 1976, p. 272

(ग) क्रान्तिक अवधि एवं अध्यंकन *(Critical period and imprinting)*—क्रान्तिक अवधि के महत्त्व का सबूत हमें अध्यंकन (imprinting) के अध्ययन से भी होता है। अध्यंकन (imprinting) से तात्पर्य एक ऐसे निश्चित क्रिया पैटर्न (fixed-action pattern) से होता है जो चिड़िया के कुछ प्रजातियों के बच्चों को एक अपने माता-पिता के पैटर्न को ग्रहण करने की प्रेरणा देते हैं। ऐसा व्यवहार शिशु पक्षी को अपने माता-पिता से अनुरक्त या आसक्त (attatch) करता है और उन्हें अपने आप के लिए एक सुरक्षात्मक कवच बनाने में मदद करता है। अध्यंकन का व्यवहार उन पक्षियों में अधिक देखने को मिलता है जिनके बच्चे या चिंगना जन्म के समय काफी विकसित होते हैं और जैसे ही चिंगना अण्डे से निकलते हैं, वे घोंसला छोड़ देते हैं। कौनरेड लोरेन्ज (Konrad Lorenz, 1965) ने एक अध्ययन किया जिसमें बत्तख के बच्चों में अध्यंकन के लिए एक क्रान्तिक अवधि (critical period) होता पाया गया है जिसके बीत जाने के बाद अध्यंकन व्यवहार नहीं होता है। बत्तख के बच्चों में जन्म के बाद प्रथम 36 घंटों की अवधि को अध्यंकन के लिए इन्होंने क्रान्तिक अवधि (critical period) माना है। इस अवधि में बत्तख के बच्चों में अध्यंकन व्यवहार तब स्थापित होती है जब माँ-बत्तख (mother-duck) अपने बच्चों को थोड़े समय तक देख-भाल करने के बाद बार-बार आवाज देने लगती है और तब वह धीरे से वहाँ से चल पड़ती है और उसके सभी बच्चे माँ-बत्तख के पीछे-पीछे चल पड़ते हैं। इस तरह के अध्यंकन व्यवहार के लिए उद्दीपक माँ-बत्तख नहीं होती है बल्कि उसका गति (movement) होता है। बाद के अध्ययनों से यह भी स्पष्ट हुआ है कि क्रान्तिक अवधि में बत्तख के बच्चे या मुर्गी के बच्चे किसी भी गतिशील वस्तु के पीछे-पीछे चलने लगते हैं। परंतु ऐसा निश्चित पैटर्न व्यवहार क्रान्तिक अवधि बीत जाने के बाद नहीं होता है। ऐसे अध्ययनों से भी यह स्पष्ट हो जाता है कि मानव के जीवन में भी क्रान्तिक अवधि होती है जिनकी अनुभूतियाँ किसी व्यवहार को उत्पन्न होने में मदद करता है।

स्पष्ट हुआ कि क्रान्तिक अवधि की भूमिका व्यवहारों को नियमित करने में काफी अधिक होती है। ऐसी अवधि की अनुभूतियाँ प्राणी के लिए काफी महत्त्वपूर्ण होती हैं।

विकास की अवस्थाएँ
(Stages of Development)

मनोवैज्ञानिकों ने विकास (development) के दृष्टिकोण से गर्भधारण से लेकर पूरे जीवनकाल को निम्नांकित 10 भागों में बाँटा है:—

1. पूर्वप्रसूतिकाल *(Prenatal period)*—यह अवस्था गर्भधारण से प्रारम्भ होकर जन्म (birth) तक की होती है।

2. शैशवावस्था *(Infancy)*—यह अवस्था जन्म से प्रथम 10-14 दिनों तक की है।

3. बचपनावस्था *(Babyhood)*—यह अवस्था जन्म के 2 सप्ताह से प्रारम्भ होकर 2 साल तक की होती है।

4. बाल्यावस्था *(Childhood)*—यह अवस्था 2 साल से प्रारम्भ होकर 10 या 12 साल तक की होती है। बालिकाओं में 10 वर्ष तक तथा बालकों में यह 12 वर्ष तक की होती है। इसे मनोवैज्ञानिकों ने निम्नांकित दो भागों में बाँटा है:—

(i) प्रारम्भिक बाल्यावस्था *(Early childhood)*—यह अवस्था 2 साल से प्रारम्भ होकर 6 साल तक की होती है।

(ii) उत्तर बाल्यावस्था *(Later childhood)*—यह अवस्था 6 वर्ष से प्रारम्भ होकर बालिकाओं में 10 वर्ष की उम्र तक तथा बालकों में 6 वर्ष से प्रारम्भ होकर 12 वर्ष की उम्र तक होती है। इस अवस्था से बालक-बालिकाओं में यौन परिपक्वता आ जाती है।

5. तरुणावस्था या प्राक्किशोरावस्था *(Puberty or Pre-adolescence)*—लड़कियों में यह अवस्था 11 वर्ष से 13 वर्ष तक की तथा लड़कों में यह अवस्था 12 साल से 14 साल की होती है। इस अवस्था में बालिका का शरीर एक वयस्क के शरीर का रूप ले लेता है।

6. प्रारम्भिक किशोरावस्था *(Early adolescence)*—यह अवस्था 13-14 साल से प्रारम्भ होकर 17 साल तक की होती है। इस अवस्था में शारीरिक विकास तथा मानसिक विकास बालकों में अधिकतम होता है और उनमें विवेक (reasoning) तथा उचित-अनुचित का खयाल अधिक नहीं रहता है।

7. परवर्त्ती किशोरावस्था *(Later adolescence)*—यह अवस्था 17 साल से 19-20 साल तक की होती है। इस अवस्था में बालक पूर्णरूपेण शारीरिक तथा मानसिक रूप सें स्वतंत्र हो जाता है और अपने भविष्य के बारे में तरह-तरह की योजनाएँ बनाना शुरू कर देता है। बालक तथा बालिकाओं में विपरीत लिंग (opposite sex) के व्यक्तियों के प्रति अभिरुचि अधिक हो जाती है।

8. प्रारम्भिक वयस्कता *(Early adulthood)*—यह अवस्था 21 साल से 40 साल की होती है। इस अवस्था में व्यक्ति शादी कर अपना घर-परिवार बसाता है और किसी व्यवसाय (occupation) में लग जाता है तथा अपने आत्म-विकास (self-development) को मजबूत कर आगे बढ़ता है।

9. मध्यावस्था *(Middle age)*—यह अवस्था 40 से 60 साल की होती है। इसमें व्यक्ति द्वारा अपनी पूर्वप्राप्त उपलब्धि (achievement) तथा आकांक्षाओं (aspirations) को काफी सुदृढ़ (consolidate) किया जाता है।

10. बुढ़ापा या सठियावस्था *(Old Age or senescence)*—यह अवस्था 60 साल से मृत्यु तक की होती है। इस अवस्था में शारीरिक तथा मानसिक शक्ति धीरे-धीरे क्षीण होती जाती है और सामाजिक कार्यों में व्यक्ति का लगाव कम होता चला जाता है।

मानव विकास में बाल्यावस्था से परवर्ती किशोरावस्था (later adolescence) तक का महत्त्व अधिक बताया गया है। अतः हम यहाँ इन्हीं अवस्थाओं में बालकों में होनेवाले विभिन्न तरह के विकास (development), खासकर शारीरिक विकास (physical development), मानसिक विकास (mental development), सामाजिक विकास (social development), सांवेगिक विकास (emotional development) की विस्तृत व्याख्या अलग-अलग करेंगे।

प्रारम्भिक बाल्यावस्था में विकास
(Development in Early Childhood)

प्रारम्भिक अवस्था 2 वर्ष से प्रारम्भ होकर 6 वर्ष तक की होती है। इसे मनोवैज्ञानिकों द्वारा प्राक्स्कूल अवस्था (preschool age) या प्राक्टोली अवस्था (pregang stage) भी कहा गया है। मनोवैज्ञानिकों ने इस अवस्था में बालकों में महत्त्वपूर्ण शारीरिक विकास (physical development), भाषा विकास (language development), प्रत्यक्षणात्मक एवं संज्ञानात्मक विकास (perceptual and cognitive development), बौद्धिक विकास (intellectual develpment), सामाजिक विकास (social development) तथा सांवेगिक विकास (emotional development) होते पाया है। इन सभी तरह के विकासों की एक झलक प्रस्तुत करने के पहले प्रारम्भिक बाल्यावस्था की प्रमुख विशेषताओं पर विचार करना आवश्यक है। ऐसी विशेषताएँ निम्नांकित हैं—

1. प्रारम्भिक बाल्यावस्था एक समस्या अवस्था होती है *(Early childhood is a stage of problem)*—इस अवस्था की एक प्रमुख विशेषता यह है कि इस अवस्था में बालक एक विशिष्ट व्यक्तित्व विकसित करते हैं और स्वतंत्र रूप से कोई कार्य करने पर अधिक बल डालते हैं। इसके अलावा इस उम्र के बालक अधिक जिद्दी, झक्की, विरोधात्मक (antagonistic), निषेधवादक (negativistic) तथा बेकहा (disobedient) होते हैं। इन व्यवहारात्मक समस्याओं (behavioural problems) के कारण अधिकतर माता-पिता इस अवस्था को *'समस्या अवस्था'* (problem stage) कहते हैं।

2. प्रारम्भिक बाल्यावस्था में बालकों की अभिरुचि खिलौनों में अधिक होती है *(Children in early childhood show more interest in toys)*—इस अवस्था में बालक खिलौनों से खेलना अधिक पसंद करते हैं। ब्रुनर (Bruner, 1975) हेरोन (Heron, 1971) एवं काज (Katz, 1991) ने अपने-अपने अध्ययनों के आधार पर यह बताया है कि इस अवस्था में बालकों में खिलौनों से खेलने की अभिरुचि (interest) अधिकतम होती है और जब बालक स्कूल अवस्था में प्रवेश करने लगते हैं अर्थात् वे 6 साल का होने को होते हैं तो उनकी यह अभिरुचि समाप्त हो जाती है।

3. प्रारम्भिक बाल्यावस्था को मनोवैज्ञानिकों द्वारा तैयारी का समय बताया गया है *(Early childhood has been considered as the time for preparation by psychologists)*—इस अवस्था को शिक्षकों ने प्राक्स्कूली

अवस्था (preschool age) कहा है क्योंकि इस अवस्था में बालकों को किसी स्कूल में औपचारिक शिक्षा के लिए दाखिला नहीं कराया जाता है। लेकिन, कुछ ऐसी संस्थाएँ हैं जिन्हें प्राक्स्कूल (preshool) कहा जाता है जिनमें बालकों को रखकर कुछ अनौपचारिक ढंग से या खेल के माध्यम से शिक्षा दी जाती है। नर्सरी स्कूल ऐसे स्कूलों के अच्छे उदाहरण हैं। लेकिन, कुछ बालक ऐसे नर्सरी स्कूल में न जाकर माता-पिता से घर पर ही कुछ शिक्षा पाते हैं। मनोवैज्ञानिकों का कहना है कि चाहे बालक किसी नर्सरी स्कूल में अनौपचारिक शिक्षा पा रहे हों, या घर में माता-पिता द्वारा शिक्षा प्राप्त कर रहे हों वे अपने-आपको इस ढंग से तैयार करते हैं कि स्कूल अवस्था प्रारम्भ होने पर उन्हें किसी प्रकार की कोई कठिनाई नहीं हो।

4. प्रारम्भिक बाल्यावस्था में बालकों में उत्सुकता अधिक होती है *(In early childhood the children possess a higher degree of curiosity)*—इस अवस्था में बालकों में अपने इर्द-गिर्द की वस्तुओं, चाहे वे जीवित हों या अजीवित, के बारे में जानने की उत्सुकता काफी अधिक रहती है। वे हमेशा यह जानने की कोशिश करते हैं कि उनके वातावरण में उपस्थित ये सब वस्तुएँ किस प्रकार की हैं, वे कैसे कार्य करती हैं, वे कैसे एक-दूसरे से किस तरह से सम्बन्धित हैं आदि-आदि। शायद यही कारण है कि कुछ मनोवैज्ञानिकों ने प्रारंभिक बाल्यावस्था को *अन्वेषणात्मक अवस्था* (exploratory age) कहा है।

5. प्रारम्भिक बाल्यावस्था में बालकों में अनुकरण करने की प्रवृत्ति अधिक तीव्र होती है *(There is stronger tendency to imitate among children of early childhood)*—इस अवस्था के बालकों में अपने माता-पिता एवं परिवार के अन्य वयस्कों के व्यवहारों तथा उनके बोलने-चालने के तौर-तरीकों का नकल उतारने की प्रवृत्ति देखी जाती है। चेरी तथा लेविस (Cherry & Lewis, 1991) का मत है कि इस अवस्था के जिन बालकों में ऐसी प्रवृत्ति अधिक होती है उन बालकों में किशोरावस्था (adolescence) तथा वयस्कावस्था (adulthood) में आने पर सुझावग्रहणशीलता (suggestibility) का शीलगुण तेजी से विकसित होता है।

प्रारम्भिक बाल्यावस्था में होनेवाले प्रमुख विकासों का वर्णन निम्नांकित है:—

(i) शारीरिक विकास *(Physical development)*—इस अवस्था में बालक एवं बालिकाओं के शरीर के अंगों में स्पष्ट रूप से परिवर्तन आना प्रारम्भ हो जाता है। बालकों के पैर (legs) में काफी वृद्धि होती है तथा शरीर की पूरी ऊँचाई का आधा सिर्फ पैर की लम्बाई होती है। परन्तु, सिर में वृद्धि मन्द गति से होती है। सामान्यतः 4 साल के बालक का वजन 38 पौण्ड होता है तथा इसकी लम्बाई 40 इंच होती है। बालिकाएँ इनसे वजन तथा लम्बाई दोनों में ही थोड़ा कम होती हैं। 6 वर्ष की उम्र तक बालकों के शरीर का औसत वजन 50 पौण्ड तथा ऊँचाई 45 इंच के लगभग हो जाती है। शरीर के आकार (size) तथा वजन में परिवर्तन के अलावा बालकों में कुछ और परिवर्तन दिखाई पड़ते हैं। जैसे उसके शरीर की मांसपेशियाँ अधिक गठीली और मजबूत हो जातीं हैं, जिसके परिणामस्वरूप 'बचपना आकृति'

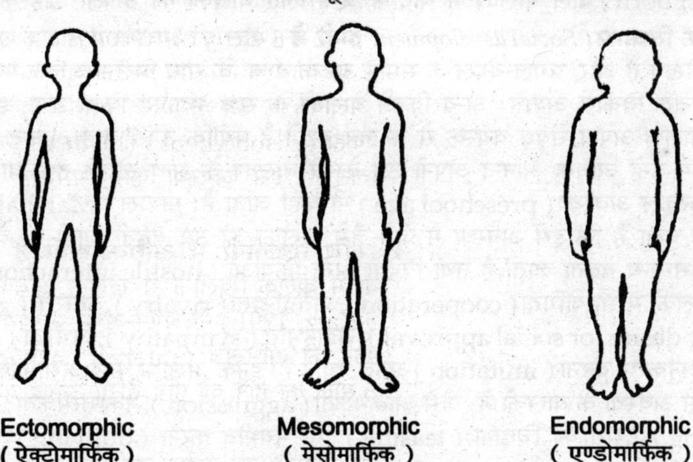

चित्र 3.4 : बच्चों में एक्टोमार्फिक, मेसोमार्फिक एवं एण्डोमार्फिक का चित्रण

(baby look) समाप्त होने लगता है। बालकों के शारीरिक गठन (body build) में स्पष्ट अन्तर दीख पड़ने लगता है। कुछ बालकों का शारीरिक गठन मोटा होता है यानी वे एण्डोमौरिफिक गठन (endomorphic build) के होते हैं, कुछ का शारीरिक गठन हट्टा-कट्टा (muscular) होता है, अर्थात मेसोमॉरफिक गठन (mesomorphic build) के होते हैं तथा कुछ का शारीरिक गठन दुबला-पतला (thin) होता है, अर्थात् वे एक्टोमॉरफिक गठन (ectomorphic build) के होते हैं (देखें चित्र 3.4) । प्रारंभिक बाल्यावस्था के समाप्त होते-होते बालकों में कुछ स्थायी दाँत भी उग आते हैं।

(ii) भाषा विकास *(Language development)*—प्रारम्भिक बाल्यावस्था में बालक बोलना सीखने के लिए काफी प्रेरित रहते हैं। इस अवस्था के प्रारम्भ में इनकी बोली (speech) इस अर्थ में आत्मकेन्द्रित (egocentric) होती है कि वे मूलतः अपनी जरूरतों (needs) और स्वयं के बारे में ही बोलते हैं। परन्तु, इस अवस्था के अन्त तक पहुँचते-पहुँचते वे परिवार के अन्य लोगों के बारे में भी कुछ बोलना प्रारम्भ कर देते हैं। इस अवस्था में वे गुस्साने पर दूसरों को गाली भी बकना प्रारम्भ कर देते हैं। इस अवस्था में बालक अभ्यास द्वारा शब्दों का उच्चारण करना (pronunciation of words), शब्दावली बनाना (vocabulary building) तथा वाक्य बनाकर बोलना (forming sentences) मुख्य रूप से सीखते हैं। मैकार्थी (McCarthy, 1965) के अध्ययन के अनुसार आजकल के बालक कई कारणों से गत पीढ़ियों के बालकों की तुलना में अच्छे ढंग से बोलते हैं। कुछ मनोवैज्ञानिकों ने इस अवस्था को *'बक्की अवस्था'* (chatterbox stage) कहा है क्योंकि जैसे ही वे आसानी से बोलना सीख लेते हैं, वे अक्सर कुछ-न-कुछ बोलते ही रहते हैं। इस अवस्था में बालकों में भाषा विकास अन्य बातों के अलावा बालकों की बुद्धि, अच्छा घरेलू वातावरण तथा नियमित प्रशिक्षण आदि बातों पर निर्भर करता है।

(iii) सांवेगिक विकास *(Emotional development)*—इस अवस्था में बालकों द्वारा तीव्र संवेग (intense) दिखाया जाता है। इस अवस्था के बालकों में सामान्यतः वही संवेग देखने को मिलता है जो एक सामान्य वयस्क में होता है। अन्तर इतना ही होता है कि इन संवेगों की अभिव्यक्ति (expression) बालक दूसरे ढंग से करते हैं तथा वयस्क कुछ और ही ढंग से करते हैं। इन संवेगों में क्रोध (anger), डर (fear), डाह (jealousy), उत्सुकता (curiosity), खुशी (joy), दुःख (grief) तथा अनुराग (affection) आदि प्रधान हैं। क्रोध का संवेग 2 से 4 साल की अवस्था में अधिक होता है और उसके बाद थोड़ा कम हो जाता है। डर के साथ भी ऐसी ही बात पाई जाती है। डाह का संवेग 2 साल की उम्र से प्रारम्भ होता देखा गया है तथा जैसे-जैसे बालक की उम्र बढ़ती है, वैसे-वैसे इस संवेग की मात्रा में भी वृद्धि होती है। अधिक बुद्धि के बालक में उत्सुकता (curiosity) का संवेग कम बुद्धि के बालक के इसी संवेग की तुलना में अधिक होता है। इस अवस्था में संवेग की अभिव्यक्ति में कुछ यौन अन्तर (sex difference) भी पाया जाता है। जैसे बालकों में बालिकाओं की तुलना में क्रोध का संवेग अधिक होता है जबकि बालिकाओं में डर, डाह तथा अनुराग के संवेग की अधिकता होती है। डाह का संवेग उन परिवारों के बालकों में अधिक होता है जिनका आकार (size) छोटा होता है। प्रथम जन्मक्रम (first born) वाले बालकों में बाद में जन्म लिए बालकों की अपेक्षा डाह का संवेग अधिक होता है।

(iv) सामाजिक विकास *(Social development)*—2 से 6 साल की अवस्था में बालक सामाजिक सम्पर्क (social contacts) करना सीखते हैं और अगल-बगल के समान उम्र के बच्चों के साथ मिलना-जुलना पसंद करते हैं। इस अवस्था में बालकों का सामाजिक विकास अंशतः अन्य कितने बालकों के साथ स्थापित किया गया, इसपर काफी निर्भर करता है। इस अवस्था में बालक अपना संबंध वयस्क से बनाकर रखते हैं क्योंकि उनसे उन्हें आनन्द मिलता है परन्तु फिर 4-5 साल की अवस्था में उन्हें अधिक आनन्द अपनी उम्र के ही बालकों के साथ खेलने तथा बातचीत करने में आता है। इस अवस्था को *प्राक्स्कूल अवस्था* (preschool age) भी कहा जाता है। मार्शल (Marshall, 1961) द्वारा किए गए अध्ययन से यह पता चला है कि इस अवस्था में जैसे-जैसे बालकों की उम्र बढ़ती जाती है, वैसे-वैसे अन्य बालकों के प्रति उनका दोस्ताना सम्बन्ध बढ़ता जाता है तथा विद्वेषी अन्तःक्रियाओं (hostile interactions) में कमी आती जाती है। इस अवस्था में बालकों में सहयोगिता (cooperation), प्रतिद्वन्द्विता (rivalry), उदारता (generosity), सामाजिक अनुमोदन की इच्छा (desire for social approval), सहानुभूति (sympathy), निर्भरता (dependency), दोस्ती (friendliness), अनुकरण करना (imitation) आदि प्रधान हैं। इनके अलावा कुछ असामाजिक व्यवहार (unsocial behaviour) भी इस अवस्था के बालकों में, जैसे आक्रमकता (aggression), नकारात्मकता (negativism), लड़ाई-झगड़ा (quarrelling), दूसरों को चिढ़ाना (teasing) तथा भयभीत करना (bullying) आदि प्रधान हैं।

(v) मानसिक विकास तथा संज्ञानात्मक विकास *(Mental development and cognitive development)*—प्रारंभिक बाल्यावस्था (early childhood) में बालकों में मानसिक विकास काफी तेजी से होता है और परवर्ती

किशोरावस्था (later adolescence) आते-आते अर्थात् 19-20 साल की उम्र आते-आते यह काफी धीमा हो जाता है। इसका मतलब यह हुआ कि बालकों के मानसिक विकास का वक्र (curve) नकारात्मक रूप से त्वरित (negatively accelerated) होता है (चित्र 3.5 देखें)। इस चित्र से स्पष्ट है कि करीब-करीब 4 साल की उम्र होते-होते बालकों की कुल बुद्धि विकास का आधा विकास हो जाता है। इस वक्र का समर्थन थॉर्नडाइक तथा गुडएनफ (Thorndike & Goodenough) ने अपने-अपने अध्ययनों से किया है। इस वक्र से स्कूल के शिक्षकों को यह पूर्वकथन (prediction) करने में काफी आसानी होती है कि अमुक बालक वर्तमान समय में क्या कर सकता है तथा भविष्य में वह क्या कर पाएगा। इस अवस्था में बालकों में चूँकि बौद्धिक क्षमता बढ़ जाती है फलस्वरूप उनमें वातावरण के इर्द-गिर्द की चीजों एवं घटनाओं को समझने की शक्ति भी बढ़ जाती है। बालकों में इस अवस्था में सामान्यतः जीवन (life), मृत्यु (death), शारीरिक कार्य (bodily function), भार (weight), संख्या (number), दूरी (distance), समय, यौन भूमिका (sex role) आदि के बारे में एक संप्रत्यय (concept) विकसित करने की क्षमता विकसित हो जाती है। प्रसिद्ध मनोवैज्ञानिक पियाजे (Piaget, 1971) ने संप्रत्यय विकास (concept development) की इस अवस्था को चिन्तन की *प्राक्परिचालन अवस्था* (preoperational stage) कहा है।

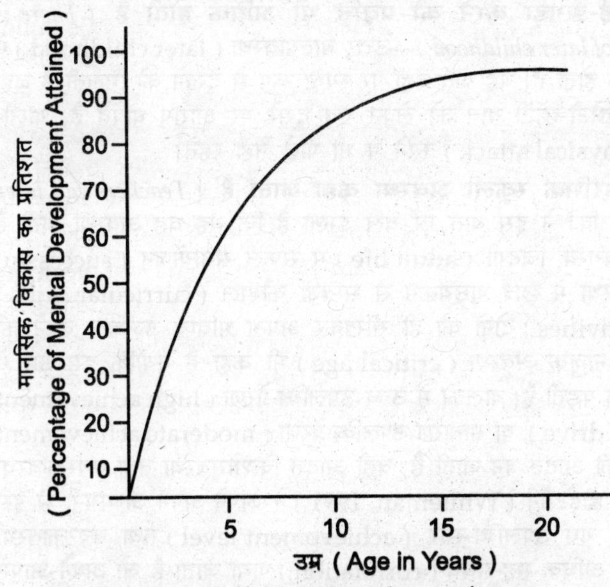

चित्र 3.5 : बच्चों में मानसिक विकास का वक्र

उत्तर बाल्यावस्था में विकास
(Development in Later Childhood)

उत्तर बाल्यावस्था 6 वर्ष से प्रारम्भ होकर बालिकाओं (girls) में 10 वर्ष की उम्र तक की होती है तथा बालकों में 6 वर्ष से प्रारम्भ होकर 12 वर्ष की उम्र तक की होती है। यह वह अवस्था होती है जहाँ बालक (तथा बालिकाएँ) स्कूल जाना प्रारम्भ कर देते हैं। इस अवस्था को माता-पिता, शिक्षकों तथा मनोवैज्ञानिकों द्वारा दिखाई गई विशेषताओं के आधार पर कई नाम भी दिए गए हैं। जैसे, माता-पिता द्वारा इस अवस्था को *उत्पाती अवस्था* (troublesome stage) कहा गया है (क्योंकि अक्सर बालक माता-पिता की बात न मानकर अपने साथियों की बात अधिक मानते हैं), शिक्षकों ने इस अवस्था को *प्रारंभिक स्कूल अवस्था* (elementary school stage) कहा है (क्योंकि इस अवस्था में बालक स्कूल में औपचारिक शिक्षा के लिए जाना प्रारम्भ कर देते हैं)। मनोवैज्ञानिकों ने इस अवस्था को *टोली अवस्था* (gang age) कहा है (क्योंकि इस अवस्था में बालकों में अपने टोली या समूह के अन्य सदस्यों द्वारा स्वीकृत किया जाना सर्वाधिक महत्त्वपूर्ण होता है)। इस अवस्था में भी बालकों में महत्त्वपूर्ण शारीरिक विकास, भाषा विकास, सांवेगिक विकास, सामाजिक विकास, मानसिक विकास तथा संज्ञानात्मक विकास (mental development & cognitive development) होते हैं जिनका ज्ञान होने से शिक्षक आसानी से बालकों का मार्गनिर्देशन (guidance) कर पाते हैं। इन सभी तरह के विकासों की एक झलक प्रस्तुत करने के पहले इस अवस्था की प्रमुख विशेषताओं पर विचार करना आवश्यक है। ऐसी विशेषताएँ निम्नांकित हैं:—

1. उत्तर बाल्यावस्था को माता-पिता द्वारा एक उत्पाती या उद्यमी अवस्था कहा गया है *(Parents call later childhood as troublesome age)*—इस अवस्था में बालक स्कूल जाना प्रारम्भ कर देते हैं और उनपर अपने

संगी-साथियों (peers) का गहरा प्रभाव पड़ना भी प्रारम्भ हो जाता है। वे माता-पिता की बात को कम महत्त्व देते हैं जिसके कारण उन्हें डाँट-फटकार भी मिलती है। इस अवस्था में बालक अपने व्यक्तिगत आदतों के प्रति लापरवाह होते हैं जिनसे माता-पिता तथा शिक्षक दोनों काफी परेशान रहते हैं।

2. उत्तर बाल्यावस्था में बालकों में लड़ाई-झगड़ा करने की प्रवृत्ति भी अधिक होती है *(There is stronger tendency to quarrel among children of later childhood)*—उत्तर बाल्यावस्था (later childhood) में बालकों में आपस में लड़ने-झगड़ने की प्रवृत्ति अधिक होती है। यह बात वहाँ पर स्पष्ट रूप से देखने को मिलती है जहाँ परिवार में भाई-बहनों की संख्या अधिक होती है। छोटी-छोटी बात को लेकर एक-दूसरे पर आरोप थोपते हैं, गाली-गलौज करते हैं और शारीरिक रूप से आघात (physical attack) करने में भी पीछे नहीं रहते।

3. शिक्षकों द्वारा उत्तर बाल्यावस्था को प्रारंभिक स्कूली अवस्था कहा जाता है *(Teachers call later childhood as the elementary school age)*—शिक्षकों ने इस बात पर बल डाला है कि यह वह अवस्था होती है जिसमें छात्र उन चीजों को सीखते हैं जिनसे उन्हें वयस्क जिंदगी (adult life) में सफल समायोजन (successful adjustment) करने में मदद मिलती है। इस अवस्था में छात्र पाठ्यक्रम से सम्बद्ध कौशल (curricular skills) तथा पाठ्यक्रमेतर कौशल (extracurricular activities) दोनों को ही सीखकर अपना भविष्य उज्ज्वल करने की नींव डालते हैं। कुछ शिक्षकों ने इस अवस्था को *नाजुक अवस्था* (critical age) भी कहा है क्योंकि इस उम्र में उपलब्धि-प्रेरक (achievement drive) की भी नींव पड़ती है। बालकों में उच्च उपलब्धि-प्रेरणा (high achievement drive), निम्न उपलब्धि-प्रेरणा (low achievement drive), या साधारण उपलब्धि-प्रेरणा (moderate achievement drive) की आदत बनती है। एक बार जिस प्रकार की आदत बन जाती है, वही आदत किशोरावस्था तथा वयस्कावस्था में भी बनी रहती है। कागन (Kagan, 1977) तथा ह्वाईटमैन (Whiteman, 1991) ने अपने-अपने अध्ययनों से इस बात की पुष्टि की है कि उत्तर अवस्था में दिखाए गए उपलब्धि-स्तर (achievement level) तथा वयस्कावस्था (adulthood) में प्राप्त किए गए उपलब्धि-स्तर में अधिक सह-संबंध (correlation) पाया जाता है जो अपने-आपमें इस बात का द्योतक है कि उत्तर बाल्यावस्था (later childhood) का उपलब्धि-स्तर बहुत हद तक वयस्क के उपलब्धि-स्तर का एक तरह का निर्धारक (determiner) होता है।

4. उत्तर बाल्यावस्था में बालक अपनी ही उम्र के साथियों के समूह द्वारा स्वीकृति पाने के लिए काफी लालायित रहता है *(In later childhood the child shows great concern for getting acceptance from the group of his agements)*—इस अवस्था की एक विशेषता यह भी बताई गई है कि इस उम्र के बालक अपने साथियों के समूह में इतना अधिक खो जाते हैं कि उनके बोलने-चालने का ढंग, कपड़ा पहनने का ढंग, खाने-पीने की चीजों की पसंद आदि सभी उस समूह के अनुकूल हो जाता है। बालक ऐसे तौर-तरीकों (mannerism) पर इतना अधिक ध्यान देते हैं कि वे इस बात की भी परवाह नहीं करते कि इस ढंग का तौर-तरीका उनके परिवार तथा स्कूल के तौर-तरीकों से परस्परविरोधी है।

5. उत्तर बाल्यावस्था में बालकों में सर्जनात्मक क्रियाओं की ओर अधिक झुकाव होता है *(In later childhood there is a strong tendency towards doing creative activities in children)*—इस उम्र के बालकों में अपनी शक्ति तथा बुद्धि को नई चीजों में लगाने की प्रवृत्ति अधिक होती है। वे अक्सर नए ढंग की चित्रकारी (drawing) तथा शिल्पकारी (crafts) करते पाए जाते हैं और उससे उनसे एक तरह से सर्जनात्मक अंतःशक्तियों (creative potentials) का विकास होता है। कुछ मनोवैज्ञानिकों जैसे सुस्समैन (Sussman, 1988) का मत है कि हालाँकि इस ढंग की सर्जनात्मक अंतःशक्तियों (creative potentialities) का बीज प्रारंभिक बाल्यावस्था (early childhood) में ही बो दिया जाता है, इसका पूर्ण विकास तब तक नहीं होता है तब तक कि बालक की उम्र 10-12 साल की नहीं हो जाती है।

उत्तर बाल्यावस्था में होनेवाले प्रमुख विकासों का वर्णन निम्नांकित है:—

(i) शारीरिक विकास *(Physical development)*—उत्तर बाल्यावस्था में शारीरिक विकास में और भी अधिक स्पष्टता आ जाती है। इस अवस्था में बालकों की ऊँचाई में औसतन 2 से 3 इंच की वार्षिक वृद्धि होती है। 11 साल की लड़की की औसत ऊँचाई 58 इंच तथा उसी उम्र के लड़का की औसत ऊँचाई 57.5 इंच होती है। इस अवस्था में शरीर का वजन 3 से 5 पौण्ड तक औसतन प्रतिवर्ष बढ़ता है। बालकों की इस अवस्था में पेशीय ऊतक (muscle tissue)

की अपेक्षा चर्बी ऊत्तक (fat tissue) का अधिक विकास होता है। यह अवस्था समाप्त होते-होते बालकों में 32 स्थायी दाँत में 28 स्थायी दाँत निकल आते हैं और बाकी 4 स्थायी दाँत किशोरावस्था (adolescence) में निकलते हैं।

(ii) भाषा विकास *(Speech development)*—इस अवस्था में बालकों में भाषा विकास अधिक तीव्र गति से होता है और अब वे मात्र रोना और चिल्लाना जैसी क्रियाओं को कम महत्त्व देते हैं। इस अवस्था में बालकों में शब्दावली निर्माण (vocabulary building) में वृद्धि, उच्चारण (pronunciation) में स्पष्टता तथा जटिल वाक्यों का प्रयोग आदि अधिक पाया जाता है। बालक स्कूल के शिक्षक से, अन्य लोगों के साथ बातचीत (conversation) करके, पुस्तक पढ़कर, टेलीविजन आदि देखकर अपनी शब्दावली पर्याप्त संख्या में बढ़ा लेते हैं। मनोवैज्ञानिक अध्ययनों से पता चला है कि बालकों में रंग शब्दावली (colour vocabulary), संख्या शब्दावली (number vocabulary), समय शब्दावली (time vocabulary), गंदे शब्दों की शब्दावली (slang vocabulary), रुपया-पैसा सम्बन्धी शब्दावली (money vocabulary) की प्रधानता होती है। उत्तर बाल्यावस्था में बालकों का संभाषण (speech) आत्मकेन्द्रित (egocentric) न रहकर सामाजिक (social) हो जाता है और अब वे अपनी रुचि के किसी भी विषय पर खुलकर दूसरों से बातचीत करने के लिए तैयार हो जाते हैं। उनके संभाषण (speech) अब अधिक नियंत्रित तथा तथ्यपूर्ण दिखाई पड़ने लगते हैं। मनोवैज्ञानिकों द्वारा किए गए अध्ययनों से यह स्पष्ट हो गया है कि उत्तर बाल्यावस्था के प्रत्येक साल में लड़कियाँ लड़कों की अपेक्षा अधिक बातचीत (talk) करनेवाली होती है। उसी तरह उच्च सामाजिक-आर्थिक स्तर के परिवार के बच्चे निम्न सामाजिक-आर्थिक स्तर के परिवार के बच्चों की अपेक्षा अधिक बातचीत करते हैं।

(iii) सांवेगिक विकास *(Emotional development)*—उत्तर बाल्यावस्था के बालकों का संवेगात्मक पैटर्न अधिक परिपक्व (mature) हो जाता है और वे अब यह समझने लगते हैं कि बात-बात में गुस्सा करना, तुरंत रो देना, डरकर भाग जाना आदि एक तरह का बचकाना सांवेगिक अनुक्रिया (babyish emotional response) है। इस अवस्था के बालकों में करीब-करीब सब सही संवेग पाए जाते हैं जो प्रारंभिक बाल्यावस्था (early childhood) में पाए जाते हैं। परन्तु उनकी अभिव्यक्ति (expression) का ढंग (model) कुछ भिन्न हो जाता है। अपने अनुभवों के आधार पर वे सामाजिक रूप से बहिष्कृत संवेगों की अभिव्यक्ति नहीं करते हैं क्योंकि वे जानते हैं कि ऐसा करने से उन्हें दूसरों का सामाजिक अनुमोदन (social approval) नहीं प्राप्त हो सकेगा। इतना ही नहीं, उत्तर बाल्यावस्था में संवेग उत्पन्न करने वाली परिस्थितियाँ (situations) भी प्रारम्भिक बाल्यावस्था (early childhood) से भिन्न हो जातीं हैं। जैसे इस अवस्था में बालकों में क्रोध तभी उत्पन्न होता है जब कोई व्यक्ति उनके ऊपर अवांछित टीका-टिप्पणी करता है। प्रारंभिक बाल्यावस्था में तो बालक इसका अर्थ भी नहीं समझ पाते। उसी तरह प्रारंभिक बाल्यावस्था में बालकों में उत्सुकता (curiosity) किसी भी नई चीज से उत्पन्न हो जाती है, परन्तु उत्तर बाल्यावस्था में जब तक वह नई चीज उनके लिए महत्त्वपूर्ण नहीं होता है, उत्सुकता नहीं उत्पन्न करता। इस अवस्था में कुछ समय ऐसा होता है जहाँ बालकों में संवेग का स्तर काफी अधिक एवं तीव्र होता है। इस अवस्था के समाप्त होने तक जब बालकों में यौन ग्रन्थि (sex gland) अपना कार्य शुरू करता है, तो उस अवधि में बालकों में संवेग का स्तर सबसे अधिक होता है।

(iv) सामाजिक विकास *(Social development)*—उत्तर बाल्यावस्था को *'टोली अवस्था'* (gang age) भी कहा जाता है क्योंकि इस अवस्था में बालकों को अपने साथियों की टोली में अधिक आनन्द आता है। इसी टोली में रहकर बालक सामाजिक नियमों को सीखता भी है और इस तरह से उसका समाजीकरण (socialization) होता है। टोली के अन्य सदस्यों के साथ अन्तःक्रिया करके बालक उचित सामाजिक मनोवृत्ति (social attitude) सीखता है तथा अन्य लोगों के प्रति सामाजिक रूप से स्वीकार्य (socially acceptable) ढंग से व्यवहार करना भी सीख लेता है। इस अवस्था में प्रमुख सामाजिक व्यवहार जिन्हें बालक सीखता है, इस प्रकार हैं—सामजिक अनुमोदन (social approval) की प्राप्ति के लिए प्रयास करना, प्रतियोगिता करना (to do competition), उत्तरदायित्व लेना, सामाजिक सूझ (social insight), सामाजिक विभेद (social discrimination), पूर्वाग्रह (prejudice) तथा यौन प्रतिरोध[1] (sex antagonism)। कभी-कभी बालकों में टोली की सदस्यता का प्रभाव समाजीकरण पर प्रतिकूल भी

1. विपरीत लिंग के व्यक्तियों के प्रति सक्रिय विद्वेष (active hostility) दिखाना यौन प्रतिरोध (sex antagonism) कहलाता है।

पड़ता है। जैसे यह अक्सर देखा जाता है कि टोली की सदस्यता को लेकर बालक अपने माता-पिता के साथ बगावत कर बैठते हैं और उनके द्वारा निर्धारित मूल्यों एवं मानकों (standards) को अस्वीकृत कर देते हैं।

(v) मानसिक विकास तथा संज्ञानात्मक विकास *(Mental development and Cognitive development)*—उत्तर बाल्यावस्था में बालकों की सूझ-बूझ (understanding), अभिरुचि (interest) आदि काफी विस्तृत हो जाते हैं, अतः वे मानसिक रूप से प्रारंभिक बाल्यावस्था की तुलना में अधिक विकसित हो जाते हैं। 10-11 साल की उम्र तक बालकों में 90% मानसिक विकास पूरा हो जाता है (चित्र 3.5 देखें)। इस अवस्था में बालक जो भी स्कूल में सीखते हैं उनके आधार पर वे पुराना संप्रत्यय (old concept) में नया अर्थ जोड़ना प्रारम्भ कर देते हैं। उन्हें अब जो भी अनुभव रेडियो, टेलीविजन, चलचित्र देखने से होता है, उससे वे नये ढंग से अर्थ निकालना प्रारम्भ कर देते हैं। इस अवस्था में वे जीवन, मृत्यु, मृत्यु के बाद की जिंदगी (life after death), समय, यौन भूमिका (sex roles), सामाजिक भूमिका (social roles), सुंदरता (beauty) आदि के प्रति एक संप्रत्यय विकसित कर लेते हैं। पियाजे (Piaget) के अनुसार इस अवस्था में बालक चिंतन के *मूर्त परिचालन की अवस्था* (stage of concrete operation) में होता है जहाँ इससे पहले सीखे गए संप्रत्यय जो प्रायः अस्पष्ट होते हैं, को अधिक मजबूत, स्पष्ट एवं मूर्त (concrete) बनाया जाता है।

किशोरावस्था में विकास
(Development in Adolescence)

विकासात्मक मनोवैज्ञानिकों ने किशोरावस्था को अधिक महत्त्वपूर्ण अवस्था बताया है और अधिकतर मनोवैज्ञानिक इस बात से सहमत हैं कि किशोरावस्था 13 साल की उम्र से प्रारम्भ होकर 19-20 साल तक की होती है और इस तरह से इस अवधि में तरुणावस्था या प्राक्किशोरावस्था (puberty or preadolescence), प्रारंभिक किशोरावस्था (early adolescence) तथा उत्तर किशोरावस्था (later adolescence) तीनों ही सम्मिलित हो जाते हैं। इस किशोरावस्था में भी किशोरों में महत्त्वपूर्ण शारीरिक विकास, सामाजिक विकास, संवेगात्मक विकास, मानसिक विकास तथा संज्ञानात्मक विकास (cognitive development) होते हैं। इन सबका वर्णन करने के पहले इस अवस्था की प्रमुख विशेषताओं पर प्रकाश डालना आवश्यक है, जो निम्नांकित हैः—

1. किशोरावस्था एक महत्त्वपूर्ण अवस्था होती है *(Adolescence is an important period)*—किशोरावस्था को हर तरह से एक महत्त्वपूर्ण अवस्था माना गया है। यह वह अवस्था है जिसका छात्रों में तात्कालिक प्रभाव (immediate effect) तथा दीर्घकालीन प्रभाव (long-term effect) दोनों ही देखने को मिलता है। इस अवस्था में शारीरिक एवं मनोवैज्ञानिक दोनों तरह के प्रभाव (psycho-physical effects) बहुत स्पष्ट रूप से उभरकर सामने आते हैं। अपने तीव्र शारीरिक विकास के कारण ही इस अवस्था में किशोर अपने-आपको वयस्क से किसी तरह से कम नहीं समझता तथा जैसा कि पियाजे (Piaget, 1969) ने कहा है, तीव्र मानसिक विकास होने के कारण बालक वयस्क के समाज (society) में अपने-आपको संगठित (integrated) मानता है और वह एक नई मनोवृत्ति (attitude), मूल्य (value) तथा अभिरुचि (interest) विकसित करने में सक्षम हो पाता है।

2. किशोरावस्था एक परिवर्ती अवस्था होती है *(Adolescence is a transitional period)*—किशोरावस्था सचमुच में बाल्यावस्था (childhood) तथा वयस्कावस्था (adulthood) के बीच की अवस्था है। इस अवस्था में किशोरों को बाल्यावस्था की आदतों (habits) का परित्याग करके उसकी जगह नई आदतों, जो अधिक परिपक्व (matured) तथा सामाजिक (social) होती हैं, को सीखना होता है। इस दिशा में शिक्षकों की अहम् भूमिका होता है। शिक्षक वर्ग में उचित दिशानिर्देश प्रदान कर उन्हें एक परिपक्व तथा सामाजिक मनोवृत्ति कायम करने में मदद करते हैं जो किशोरों को एक स्वस्थ समायोजन (healthy adjustment) में काफी सहायक सिद्ध होती है।

3. किशोरावस्था में एक अस्पष्ट वैयक्तिक स्थिति होती है *(In adolescence there is a vague individual status)*—इस अवस्था में किशोरों की वैयक्तिक स्थिति (individual status) अस्पष्ट (vague) होती है और उसे स्वयं ही अपने द्वारा की जानेवाली सामाजिक भूमिका (social role) के बारे में संभ्रांति (confusion) होती है। सचमुच एक किशोर अपने-आपको न तो बच्चा समझता है और न ही पूर्ण वयस्क। जब वह एक बच्चा के समान व्यवहार करता है तो उसे तुरंत कहा जाता है कि उसे ठीक ढंग से व्यवहार करना चाहिए क्योंकि वह अब बच्चा नहीं रह गया है। जब वह वयस्क के रूप में व्यवहार करता है तो उससे कहा जाता है कि वह अपनी उम्र से आगे बढ़कर

नहीं व्यवहार करे क्योंकि यह अच्छा नहीं लगता है। इसका नतीजा यह होता है कि किशोरों में अपने द्वारा की जानेवाली वैयक्तिक भूमिका (individual role) के बारे में संभ्रांति ही संभ्रांति मौजूद रहती है। इरिक्सन[1] (Erikson, 1964) ने इसपर टिप्पणी करते हुए कहा है, ''ज़िस विशिष्टता (identity) का किशोर स्पष्टीकरण चाहते हैं, वे हैं—वह कौन है, उसकी समाज में क्या भूमिका होगी? वह बच्चा है या वयस्क है?''

4. किशोरावस्था एक समस्या अवस्था होती है *(Adolescence is a problem age)*—ऐसे तो हर अवस्था की अपनी समस्याएँ होतीं हैं, किशोरावस्था की समस्या लड़कों तथा लड़कियों दोनों के लिए अधिक गंभीर होती है। इसके मुख्य दो कारण बताए गए हैं। पहला, उससे पिछली अवस्था यानी बाल्यावस्था (childhood) में बालकों की समस्याओं का समाधान अंशतः शिक्षकों तथा माता-पिता (parents) द्वारा कर दिया जाता था। अतः, वे समस्याओं के समाधान के तरीकों से अनभिज्ञ होते हैं। फलतः वे किशोरावस्था की अधिकतर समस्याओं का समाधान ठीक ढंग से नहीं कर पाते। दूसरा कारण यह बतलाया गया है कि किशोर प्रायः अपनी समाधान करने का भरपूर प्रयास करते हैं जिसमें प्रायः उन्हें असफलता ही हाथ लगती है क्योंकि सचमुच में इन समस्याओं का सही ढंग से समाधान करने की क्षमता तो उनमें होती नहीं है। इसका परिणाम यह होता है कि किशोरावस्था में व्यक्ति समस्या से घिरा रहता है।

5. किशोरावस्था विशिष्टता की खोज का समय होता है *(Adolescence is a time of search for identity)*—किशोरावस्था में किशारों में अपने साथियों के समूह से थोड़ी विशिष्ट एवं अलग पदवी (position) बनाए रखने की प्रवृत्ति देखी गई है। इस प्रवृत्ति के कारण वे अपने साथियों से भिन्न ढंग का ड्रेस (dress) पहनने तथा नए ढंग के साइकिल या स्कूटर आदि का प्रयोग करने पर अधिक बल डालते हैं। इसे इरिक्सन (Erikson, 1964) ने 'अहम्-विशिष्टता की समस्या' (problem of ego-identity) कहा है।

6. किशोरावस्था अवास्तविकताओं का समय होता है *(Adolescence is a time of unrealism)*—किशोरावस्था में अक्सर व्यक्ति ऊँची-ऊँची आकांक्षाएँ (aspirations) एवं कल्पनाएँ (imaginations) करता है जिनका वास्तविकता से कम मतलब होता है। वे अपने बारे में तथा दूसरों के बारे में वैसा ही सोचते हैं जैसा कि वे सोचना पसंद करते हैं न कि जैसी वास्तविकता होती है। इस तरह की अबास्तविक आकांक्षाओं (unrealistic aspirations) से किशारों में संवेगात्मक अस्थिरता (emotional unstability) भी उत्पन्न हो जाती है। रस्सियन (Russian, 1975) ने अपने अध्ययन के आधार पर बताया है कि किशोरों में जितना ही अधिक अवास्तविक आकाक्षांएँ होतीं हैं, उतना ही उनमें अधिक कुंठा (frustration) तथा क्रोध, विशेषकर उस परिस्थिति में अधिक होती है जब वे यह समझते हैं कि वे उस लक्ष्य पर नहीं पहुँच पाए जिसपर वे पहुँचना चाहते थे।

7. किशोरावस्था वयस्कावस्था की दहलीज होती है *(Adolescence is the threshold of adulthood)*—किशोरावस्था एक तरह से वयस्कावस्था की दहलीज होती है क्योंकि इस अवस्था के समाप्त होने-होने पर अर्थात् 18-19 साल की अवस्था में किशारों के मन में यह बात बैठ जाती है कि अब वे वयस्क हो गए हैं और उन्हें अब वयस्कता से सम्बन्धित व्यवहार करने चाहिए। शायद यही कारण है कि वे इस उम्र में धूम्रपान (smoking), मदिरापान (drinking), औषधि-सेवन (using drug), यौन क्रियाओं (sex activities) आदि में स्वतंत्र रूप से भाग लेने लगते हैं।

किशोरावस्था में होनेवाले प्रमुख विकासों (developments) का वर्णन निम्नांकित हैः—

(i) शारीरिक विकास *(Physical development)*—किशोरावस्था की शुरुआत यौन अंगों (sexual organs) की परिपक्वन (maturation) से होती है। इस अवस्था में होनेवाले शारीरिक विकास का अध्ययन ग्रिउलिक (Greulich, 1990) ने करके यह बताया है कि इस अवस्था के लड़के एवं लड़कियाँ दोनों के शारीरिक वजन एवं ऊँचाई में महत्त्वपूर्ण परिवर्तन आते हैं। इनके अध्ययन के अनुसार लड़कियाँ 11 से 14 साल की उम्र में इसी उम्र के लड़कों की अपेक्षा औसतन अधिक लम्बी होती है। लड़कियों का शारीरिक वजन 12 से 15 साल की उम्र के औसतन इसी उम्र के लड़कों की अपेक्षा अधिक होता है। परन्तु, 16 साल के बाद लड़कों का वजन समान उम्र की लड़कियों से अधिक होता है और यह अन्तर जिंदगी के बाकी सालों में भी ऐसा ही बना रहता है। लड़कियों में मूल यौन गुण

1. "The identity the adolescent seeks to clarify is who he is, what his role in society is to be. Is he a child or is he an adult ?"
—Erikson : *Childhood & Society*, 1964, p. 120

(primary sex characteristics) तथा गौण यौन गुण (secondary sex characteristics) लड़कों से एक-दो साल पहले ही प्रारम्भ हो जाता है। मूल यौन गुण (primary sex characteristics) से तात्पर्य यौन अंगों की पूर्ण परिपक्वता (maturity) से होता है तथा गौण यौन गुण (secondary sex characteristics) लड़कियों में स्तनवृद्धि, आवाज में मधुरता आदि के रूप में दिखाई देते हैं तथा लड़कों में मूँछ-दाढ़ी निकल आना, आवाज भारी हो जाना आदि के रूप में दिखाई देता है।

(ii) सांवेगिक विकास *(Emotional development)*—किशोरावस्था में सांवेगिक तनाव (emotional tension) अपनी चरम सीमा पर होता है क्योंकि इस अवस्था में बालकों में जबर्दस्त शारीरिक (physical) तथा ग्रन्थीय परिवर्तन (glandular changes), खासकर यौन ग्रन्थि (sex gland) तथा पीयूष ग्रन्थि (pituitary gland) के कार्यों में परिवर्तन होते हैं। शायद यही कारण है कि मनोवैज्ञानिकों ने किशोरावस्था को *आँधी और तनाव की अवस्था* (age of storm and stress) कहा है। इस अवस्था के प्रारम्भ में सांवेगिक तीव्रता अधिक होती है। जैसे, गेस्सेल्ल तथा उनके सहयोगियों (Gessell et al., 1956) ने अपने अध्ययन में पाया कि 13-14 साल के बालक और बालिकाओं दोनों में ही क्रोध के संवेग की तीव्रता अधिक होती है, परन्तु 18-19 साल होते-होते क्रोध की तीव्रता में कमी आ जाती है क्योंकि अब वे सांवेगिक रूप से परिपक्व (emotionally matured) हो जाते हैं और अपने संवेग को नियंत्रित कर सामाजिक रूप से अनुमोदित ढंग से उसकी अभिव्यक्ति करना सीख लेते हैं।

(iii) सामाजिक विकास *(Social development)*—किशोरावस्था में लड़कों एवं लड़कियों दोनों को सामाजिक समायोजन (social adjustment) के कई पहलुओं को सीखना पड़ता है ताकि वे एक पूर्ण सामाजिक प्राणी के रूप में स्वीकृत किए जा सकें। इस अवस्था में चूँकि बालक अपना अधिक समय अपने साथियों के समूह में व्यतीत करते हैं, अतः उनकी मनोवृत्ति, अभिरुचि तथा व्यवहार पर साथियों का प्रभाव अधिक पड़ता है। इस अवस्था में लड़के तथा लड़कियाँ विपरीत लिंग (opposite sex) के व्यक्तियों के साथ स्वतंत्र रूप से मिलना-जुलना पसंद करते हैं। अब वे विपरीत लिंग के व्यक्तियों तथा समलिंगी व्यक्तियों को सही संदर्भ में परखते हैं जिससे उनमें सामाजिक सूझ विकसित होती है और सामाजिक समायोजन में मदद मिलती है। इस अवस्था में लड़के तथा लड़कियाँ माता-पिता के प्रतिरोधों (restrictions) से स्वतंत्र होकर काम करना चाहते हैं जिसके चलते इन्हें माता-पिता से संघर्ष एवं विरोध का भी सामना करना पड़ता है। इस अवस्था में किशारों में विशेष प्रकार की शैक्षिक अभिरुचि (educational interest) तथा व्यावसायिक अभिरुचि (vocational interest) विकसित होती है। अगर वे एक ऐसा व्यवसाय (occupation) में रुचि रखते हैं जिसमें स्कूल की शिक्षा का महत्त्व अधिक है, तो उनकी अभिरुचि स्कूल में दिए जानेवाले शिक्षा में अधिक होती है। कुछ मनोवैज्ञानिकों के अध्ययन से स्पष्ट हो गया है कि किशोरों (adolescents) के तीन ऐसे भी प्रकार हैं जो शिक्षा में कम रुचि दिखाते हैं और जो प्रायः स्कूल को नापसंद करते हैं—

(a) केर्चखोफ तथा हफ्फ (Kerchkhoff & Huff, 1974) ने अपने अध्ययन के आधार पर यह बतलाया है कि वैसे किशोरों जिनके माता-पिता उनसे अयथार्थ ढंग से (unrealistically) उच्च आकांक्षा (high aspiration) रखते हैं और हमेशा उस लक्ष्य पर पहुँचने के लिए उन्हें याद दिलाते रहते हैं, की मनोवृति शिक्षा तथा स्कूल के प्रति नकारात्मक हो जाती है।

(b) बीलिक (Beelick, 1973) ने अपने अध्ययन के आधार पर यह बताया है कि वैसे किशोरों की भी अभिरुचि शिक्षा तथा स्कूल में नहीं रह जाती है जिन्हें अपने वर्ग के साथियों द्वारा उचित सामाजिक स्वीकृति (social acceptance) नहीं मिलती है।

(c) डेविज (Davies, 1977) ने अपने अध्ययन के आधार पर यह बताया कि किशोरों में शारीरिक परिपक्वता (maturation) अधिक होती है, वे अपने वर्ग साथियों में सबसे बड़े और अधिक उम्र के दीखते हैं। अतः, लोगों की उम्मीद उनसे अधिक रहती है जिसे वे प्रायः पूरा नहीं कर पाते। ऐसे किशोरों की अभिरुचि, शिक्षा (education) तथा स्कूल (school) के प्रति अधिक नहीं रह जाती।

शैक्षिक अभिरुचि (educational interest) में कमी के कारण ऐसे लड़के तथा लड़कियाँ या तो स्कूल छोड़ देते हैं, या स्कूल नागा करनेवाले छात्र (truants) बन जाते हैं या निम्न अंक प्राप्त करनेवाले छात्र (underachiever) बन जाते हैं।

(iv) **मानसिक विकास एवं संज्ञानात्मक विकास** (*Mental development and Cognitive development*)—पहले किए गए अध्ययनों के आधार पर मनोवैज्ञानिकों को ऐसा विश्वास था कि 15-16 साल की उम्र तक बालकों का मानसिक विकास (mental development) पूरा हो जाता है। टरमैन (Terman, 1937) का ऐसा ही विचार था। परन्तु, बेले (Bayley, 1955) द्वारा किए गए अध्ययनों से यह स्पष्ट हो गया है कि मानसिक विकास जैसा कि बुद्धि परीक्षणों द्वारा मापने से पता चलता है, 19 वर्ष तक होते रहता है। लिभसे (Livesay, 1965) द्वारा किए गए अध्ययनों से यह पता चलता है कि 22 वर्ष की उम्र तक बुद्धि परीक्षणों के प्राप्तांकों में वृद्धि होने का संकेत मिलता है। इसका अर्थ यह हुआ कि 22 वर्ष की उम्र तक बालकों का मानसिक विकास होता है। हेरोल्ड, जोन्स तथा कोनरेड (Harold, Jones & Conrad, 1964) ने अपने अध्ययन के आधार पर रहस्योद्‌घाटन किया कि बालकों का मानसिक विकास 19 से 22 साल तक पूर्ण हो जाता है।

पियाजे (Piaget) के अनुसार किशोरावस्था से बालकों का संज्ञानात्मक विकास (cognitive development) एक नया रुख अपनाता है। पियाजे (Piaget) ने यह बताया कि किशोरावस्था से ही संज्ञानात्मक विकास की एक विशेष अवस्था (stage) प्रारम्भ होती है जिसे *औपचारिक परिचालन की अवस्था* (stage of formal operation) कहा जाता है। बालक इस अवस्था में किसी समस्या का समाधान करने में उस समस्या के सभी पहलुओं की परख करता है, सभी सम्भावित समाधानों को मन में एकत्र करता है तथा किसी वस्तु के सभी तरह के गुणों के बीच सम्बन्धों की जाँच भी करता है। किसी समस्या के समाधान में बालक क्रमबद्ध निगमनात्मक चिन्तन (systematic deductive reasoning) करता है जो स्पष्टतः एक प्रकार का वैज्ञानिक चिन्तन है क्योंकि इसमें समस्या के सभी सम्भावित समाधान होते हैं और बालक तार्किक रूप से (logically) सभी अनुपयुक्त समाधानों को छाँटते हुए एक अन्तिम वैज्ञानिक निष्कर्ष पर पहुँचता है। किशोरों में औपचारिक परिचालन (formal operations) का गुण बहुत हद तक उनके शैक्षिक स्तर द्वारा प्रभावित होता है।

इस तरह स्पष्ट है कि बालकों के विकास की विभिन्न अवस्थाओं में जो शारीरिक विकास, मानसिक एवं संज्ञानात्मक विकास, संवेगात्मक विकास, सामाजिक विकास आदि होते हैं, उनके पैटर्न में काफी विभिन्नता होती है। मनोवैज्ञानिकों के लिए इन सभी तरह के विकास के पैटर्न में जो भिन्नता होती है, उसका काफी महत्त्व होता है। इन विभिन्नताओं का ज्ञान हो जान से मनोवैज्ञानिक को यह अनुमान लगाने में सुविधा होती है कि उन्हें किस अवस्था में क्या उम्मीद करनी चाहिए। इतना ही नहीं, उनके समायोजन (adjustment) के स्वरूप तथा समस्या को भी शिक्षक आसानी से समझ लेते हैं और तब उनके लिए शिक्षार्थियों (learners) का मार्गदर्शन करना काफी आसान हो जाता है। स्किन्नर (Skinner, 1990) के अनुसार विकास की विभिन्न अवस्थाओं में होनेवाले परिवर्तनों का ज्ञान शिक्षकों की वह मूल पूँजी होती है जिसके आधार पर वे शिक्षार्थियों का सिर्फ मार्गदर्शन (guidance) ही नहीं कर पाते हैं बल्कि उनके समायोजन-सम्बन्धी समस्याओं (adjustment problems) का निदान भी करने में सफल हो पाते हैं।

विकासात्मक पाठ की निपुणता
(Mastery of Developmental Task)

प्रत्येक समाज में बालक एक विशेष उम्र में एक खास तरह के व्यवहार तथा कौशल को तेजी से सीखता है। यही कारण है कि शिक्षक, माता-पिता तथा समाज के अन्य लोग बालकों से उनकी उम्र के अनुसार एक विशेष तरह की सामाजिक उम्मीदें (social expectations) बनाकर रहते हैं। वे लोग यह उम्मीद करते हैं कि बालक चूँकि अमुक साल या वर्ष का हो गया है, अतः उसे अनुक्रियाएँ करनी चाहिए। इस तरह की सामाजिक प्रत्याशा (social expectation) को हेभिगहर्स्ट (Havighurst, 1972) ने *विकासात्मक पाठ* (developmental task) कहा है। हेभिगहर्स्ट[1] (Havighurst, 1972) के ही शब्दों में विकासात्मक पाठ को इस प्रकार परिभाषित किया जा सकता है, "विकासात्मक पाठ वह पाठ है जो व्यक्ति की जिन्दगी की किसी खास अवधि में या अवधि के बारे से सम्बन्धित होता

1. Havighurst has defined a development task as a "task which arises at or about a certain period in the life of an individual, successful achievement of which leads to his happiness and success with later tasks, while failure leads to unhappiness in the individual, disapproval by society and difficulty with later tasks."
—Havighurst : *Development Task and Education*, 1972, p. 110

है तथा जिसकी सफल उपलब्धि से व्यक्ति में खुशी होती है और परवर्ती कार्यों (later tasks) को करने में उसे आनन्द आता है परन्तु असफल होने से व्यक्ति में दुःख होता है, समाज से तिरस्कार मिलता है और परवर्ती कार्यों को करने में उसे कठिनाई भी होती है।'' मनोवैज्ञानिकों के अनुसार विकासात्मक पाठ (developmental task) से निम्नांकित तीन तरह के उद्देश्यों की पूर्ति होती है:—

1. विकासात्मक पाठ से शिक्षकों तथा अभिभावकों (guardians) को यह जानने में सुविधा होती है कि एक खास उम्र पर बालक क्या सीख सकते हैं और क्या नहीं।
2. विकासात्मक पाठ बालकों को उन व्यवहारों को सीखने में एक प्रेरणा का काम करता है जिसे सामाजिक समूह (social group) उसे सीखने के लिए उम्मीद करता है।
3. विकासात्मक पाठ शिक्षकों तथा माता-पिता को यह बताता है कि उन्हें अपने बच्चों से निकट भविष्य तथा सुदूर (remote) भविष्य में क्या उम्मीद करनी चाहिए। अतः, विकासात्मक पाठ शिक्षकों तथा अभिभावकों को अपने बच्चों को इस ढंग से तैयार करने की प्रेरणा देते हैं ताकि वे भविष्य की नई चुनौतियों (challenges) का सामना कर सकें।

हेभिगहर्स्ट (Havighurst, 1972) ने बाल्यावस्था (childhood), किशोरावस्था (adolescence) तथा प्रारंभिक वयस्कावस्था (early adhulthood) के लिए विकासात्मक पाठ (developmental task) तैयार कर रखा है जिससे मनोवैज्ञानिकों, शिक्षकों (teachers) तथा अभिभावकों को बालकों के मार्गदर्शन में काफी सहायता मिली है तथा इसके परिणाम काफी अच्छे देखने को मिले हैं। इस विकासात्मक पाठ का वर्णन निम्नांकित है—

(क) प्रारम्भिक बाल्यावस्था के लिए विकासात्मक पाठ *(Developmental task for early childhood)*— (जन्म से प्रथम 6 साल तक की अवधि):—

(i) चलना सीखना (Learning to walk)
(ii) ठोस आहार लेना सीखना
(iii) बोलना सीखना (Learning to talk)
(iv) मल-मूत्र त्याग करना सीखना
(v) यौन अन्तरों (sex differences) तथा यौन शालीनता (sex modesty) को सीखना
(vi) शारीरिक संतुलन बनाए रखना सीखना
(vii) सामाजिक एवं भौतिक वास्तविकता के सरलतम संप्रत्यय (concept) को सीखना
(viii) अपने-आपको माता-पिता, भाई-बहनों तथा अन्य लोगों के साथ सांवेगिक रूप से सम्बन्धित करना सीखना
(ix) सही तथा गलत के बीच विभेद करना सीखना तथा अपने में एक विवेक (conscience) विकसित करना

(ख) उत्तर बाल्यावस्था के लिए विकासात्मक पाठ *(Developmental task for later childhood)*—(6 से 12 की अवधि)—

(i) साधारण खेलों के लिए आवश्यक शारीरिक कौशल (physical skill) को सीखना
(ii) अपने-आपके प्रति एक हितकर मनोवृत्ति (wholesome attitude) विकसित करना
(iii) अपनी ही उम्र के साथियों के साथ मिलना-जुलना सीखना
(iv) उपयुक्त पुरुषोचित (masculine) तथा स्त्रियोचित (feminine) यौन भूमिकाओं को सीखना
(v) पढ़ना, लिखना तथा गिनती करना से सम्बन्धित मौलिक कौशल (fundamental skill) विकसित करना
(vi) दिन-प्रतिदिन की सुचारु जिंदगी के लिए आवश्यक सम्प्रत्ययों को सीखना
(vii) नैतिकता, मूल्य (values) तथा विवेक (conscience) को सीखना
(viii) व्यक्तिगत स्वतंत्रता (personal independence) प्राप्त करने की कोशिंश करना
(ix) सामाजिक समूहों एवं संस्थानों के प्रति मनोवृत्ति विकसित करना।

(ग) किशोरावस्था के लिए विकासात्मक पाठ *(Developmental task for adolescence)*—(13 से 19-20 साल की अवधि)—

(i) दोनों यौन (sex) की समान उम्र के साथियों (agemates) के साथ नया एवं एक परिपक्व (mature) सम्बन्ध कायम करना

(ii) उचित पुरुषोचित (masculine) या स्त्रियोचित सामाजिक भूमिकाएँ सीखना
(iii) माता-पिता तथा अन्य वयस्कों (adults) से हटकर एक सांवेगिक स्वतंत्रता (emotional independence) कायम करना
(iv) किसी व्यवसाय (occupation) का चयन करना तथा उसके लिए अपने-आपको तैयार करना
(v) जीवन की प्रतियोगिताओं के लिए आवश्यक संप्रत्यय (concepts) तथा बौद्धिक कौशलताओं (intellectual skills) को सीखना
(vi) पारिवारिक जीवन तथा शादी के लिए अपने-आपको तैयार करना
(vii) सामाजिक रूप से उत्तरदायी व्यवहार का निर्धारण करना तथा उसे प्राप्त करने की भरपूर कोशिश करना।
(viii) आर्थिक स्वतंत्रता की प्राप्ति की ओर अग्रसर होना।

(घ) प्रारंभिक वयस्कता के लिए विकासात्मक पाठ *(Developmental task for early adulthood)*—(21 से 40 साल की अवधि)—
(i) अपना जीवन साथी चुनना (selecting a mate)
(ii) शादी करके अपने जीवन साथी के साथ रहना सीखना
(iii) एक पारिवारिक जिंदगी प्रारम्भ करना
(iv) बाल-बच्चों का लालन-पालन करना सीखना
(v) घर-परिवार को ठीक ढंग से चलाना सीखना
(vi) किसी व्यवसाय में लग जाना
(vii) नागरिक उत्तरदायित्व (civic responsibility) ग्रहण करना
(viii) एक अनुकूल सामाजिक समूह (congenial social group) तैयार करना

स्पष्ट हुआ कि हेभिगहर्स्ट (Havighurst) ने प्रमुख विकासात्मक अवस्थाओं (developmental stages) के लिए कुछ निश्चित विकासात्मक पाठ (developmental task) तैयार किया है जिससे मनोवैज्ञानिकों को बालकों तथा किशोरों के व्यवहारों को समझने तथा उससे किस तरह के व्यवहार की उम्मीद की जा सकती है, का निर्धारण करने में काफी मदद मिलती है।

विकासात्मक मनोवैज्ञानिकों द्वारा किए गए शोधों से कुछ ऐसे कारकों (factors) की पहचान की गयी है जिनसे विकासात्मक कार्य की निपुणता हासिल करने में मदद मिलती है तथा कुछ ऐसे भी कारकों का पता चला है जिससे विकासात्मक पाठ की निपुणता में बाधा पहुँचती है। प्रमुख ऐसे कारक जिनसे बच्चों या किशोरों में विकासात्मक पाठ में मदद मिलती है, इस प्रकार है—
(i) पर्याप्त दैहिक विकास (adequate physical development)
(ii) औसत से अधिक बुद्धि (above average intelligence)
(iii) उम्र के लिए निर्धारित ऊर्जा (energy) से अधिक ऊर्जा एवं शक्ति का होना।
(iv) एक ऐसा वातावरण का होना जो अधिगम के लिए पर्याप्त अवसर देता हो।
(v) अधिगम में शिक्षकों एवं माता-पिता से पर्याप्त निर्देशन (guidance) प्राप्त करना।
(vi) अधिगम (learning) या सीखने की तीव्र इच्छा
(vii) सर्जनात्मकता की क्षमता इस विशेषता के साथ होना कि वह अन्य लोगों से भिन्न दीख सके।

दूसरे तरफ मनोवैज्ञानिकों ने कुछ ऐसे कारकों की भी पहचान किया है जिनसे विकासात्मक पाठ के लक्ष्यों की प्राप्ति में बाधा पहुँचती है। ऐसे प्रमुख कारक निम्नांकित हैं—
(i) विकासात्मक स्तर चाहे दैहिक (physical) हो या मानसिक मंदता (retardation)
(ii) खराब स्वास्थ्य जिससे बच्चों या किशारों में निम्न ऊर्जा एवं शक्ति का स्तर उत्पन्न होता हो
(iii) एक ऐसा शारीरिक दोष जिससे बच्चा या किशोर में अक्षमता उत्पन्न हो गयी हो।
(iv) सीखने की इच्छा की कमी

(v) सीखने में निदेशन (guidance) की कमी
(vi) अन्य लोगों से भिन्न होने का डर
(vii) सामाजिक समूह द्वारा प्रत्याशित चीजों को सीखने के अवसर की कमी।

स्पष्ट हुआ कि विकासात्मक पाठ की निपुणता हासिल करने में कुछ कारकों के कारण बाधा भी पहुँचती है। यद्यपि यह सही है कि बच्चे की आयु के अनुसार उसके विकासात्मक पाठ को सीखने की अपनी अहमियत है, सभी बच्चे ऐसा नहीं कर पाते हैं। इस तरह की असफलता के तीन कुपरिणाम निकलते हैं जो इस प्रकार हैं:—

(i) इससे बच्चों में हीनता का भाव पनपता है और वह दुःखी रहने लगता है।
(ii) इससे बच्चों या किशोरों में सामाजिक निरनुमोदन (social disapproval) होता है और तब इससे सामाजिक अस्वीकृति (social rejection) उत्पन्न होती है।
(iii) इससे बच्चों के लिए नये विकासात्मक कार्यों को सीखना काफी कठिन हो जाता है। प्रत्येक साल बच्चा पिछड़ते चला जाता है क्योंकि उसमें आवश्यक मूल चीजों की कमी होती है।

स्पष्ट हुआ कि विकासात्मक पाठ की निपुणता हासिल न करने से बच्चों या किशोरों में इसके कुछ निश्चित कुपरिणाम होते हैं जिनपर ध्यान देना आवश्यक है।

बच्चों के पालन-पोषण अभ्यासों का व्यक्ति के विकास पर पड़ने वाले प्रभाव
(Impact of Child Rearing Practices on the Development of the Individual)

सामाजिक एवं विकासात्मक मनोवैज्ञानिकों की अभिरुचि बहुत पहले से ही इस बात के अध्ययन में रही है कि बच्चों के पालन-पोषण (child rearing) के विभिन्न तरीकों का उनके भविष्य के विकास एवं वर्द्धन (growth) पर क्या प्रभाव पड़ता है? ऐसे अध्ययनों के पीछे छिपे एक विशेष पूर्वकल्पना यह होता है कि माता-पिता के सभी तरह के व्यवहार चाहे वे साभिप्राय (intention) ढंग से किये गए हों या नहीं, बच्चों के अन्तःशक्ति (potentialities) को सार्थक ढंग से प्रभावित करते हैं। शोधकर्त्ताओं की कोशिश यहाँ माता-पिता के व्यवहारों के उन विमाओं को पहचानने की होती है जो बच्चों के व्यवहार एवं व्यक्तित्व को प्रभावित करते हैं। ऐसी विमाएँ निम्मांकित तीन बतलायी गयी है:—

1. हार्दिकता-विद्वेष विमा (Warmth-Hostility dimension)
2. नियंत्रण-स्वायत्तता विमा (Control-Autonomy dimension)
3. अनुशासन में संगतता की विमा (Dimension of consistency in discipline)

इन तीनों विमाओं तथा उनका विकास एवं वर्द्धन पर पड़ने वाले प्रभावों का वर्णन इस प्रकार है:—

1. हार्दिकता-विद्वेष विमा *(Warmth-Hostility dimension)*—सिमोण्ड्स (Symonds, 1939) सेयर्स, मैकोबी तथा लेभीन (Sears, Maccoby & Levin, 1997) तथा बेकर (Becker, 1964) द्वारा किये गए अध्ययनों से यह स्पष्ट हुआ है कि घरेलू वातावरण का एक सबसे महत्त्वपूर्ण पहलू माता-पिता एवं बच्चों के बीच का हार्दिकतापूर्ण संबंध (warm relationship) का होता है। माता-पिता अपने बच्चों के प्रति स्नेहयुक्त, समझदारी, बाल-केन्द्रित व्यवहार (child-centered behaviour) आदि करके अपनी हार्दिकता दिखलाते हैं। ऐसे माता-पिता जब अपने बच्चों को अनुशासित करते हैं, तो वे प्रायः प्रशंसा एवं उत्साहवर्द्धक शब्दों का उपयोग करते हैं तथा दैहिक दंड (physical punishment) का उपयोग शायद ही करते हैं। दूसरे तरफ, जब माता-पिता आत्मकेन्द्रित, अस्वीकृतपूर्ण तथा दंडात्मक व्यवहार (punitive behaviour) बच्चों को अनुशासन सीखलाने में करते हैं, तो इससे विद्वेष (hostility) झलकता है जो बच्चों के वर्द्धन एवं विकास को भिन्न ढंग से प्रभावित करता है। वेकर (Becker, 1984) द्वारा किये गए अध्ययनों से यह स्पष्ट हुआ है कि हार्दिकतापूर्ण व्यवहार से बच्चों में आत्म-उत्तरदायित्व (self-responsibility), आत्म-विश्वास (self-confidence) तथा आत्म-नियंत्रण (self-control) का भाव विकसित होता है। दूसरे तरफ माता-पिता द्वारा विद्वेषपूर्ण व्यवहार किये जाने पर बच्चों में आक्रमकता, प्राधिकार (authority) के प्रति प्रतिरोध (resistence) तथा विवेक विकास (conscience development) में अवरुद्धता उत्पन्न हो जाती है जिससे उनका व्यक्तित्व विकास काफी दोषपूर्ण हो जाता है।

2. नियंत्रण-स्वायत्तता विमा *(Control-autonomy dimension)*—घरेलू वातावरण का दूसरा महत्त्वपूर्ण विमा

जो बच्चों के भविष्य के विकास एवं वर्द्धन को प्रभावित करता है, वह है माता-पिता द्वारा बच्चों के कुछ खास-खास व्यवहार यथा यौन खेल (sex play), शौच प्रशिक्षण (toilet training), स्वच्छता (neatness), क्रमबद्धता (orderliness), घरेलू फर्नीचरों की देखभाल, आक्रमकता, आज्ञापालन (obedience) आदि पर रखा गया नियंत्रण की सीमा। कुछ माता-पिता ऐसे व्यवहारों पर सख्त नियंत्रण रखते हैं जबकि कुछ माता-पिता ऐसे व्यवहारों पर बहुत हद तक बच्चों को स्वायत्तता (autonomy) प्रदान करते हैं। वॉमरिन्ड (Baumrind, 1982) ने माता-पिता के इस व्यवहार का अध्ययन एक-दूसरे दृष्टिकोण से किया है। इन्होंने माता-पिता द्वारा किये जाने वाले नियंत्रण को तीन भागों में बाँटा है—*अधिकारवादी* (authoritarian), *आधिकारिक* (authoritative) तथा *अनुज्ञात्मक* (permissive) मातृत्व-पितृत्व व्यवहार। अधिकारवादी मातृत्व-पितृत्व व्यवहार वैसे व्यवहार को कहा जाता है जिसमें माता-पिता बच्चों को पौराणिक एवं निरपेक्ष मूल्यों (absolute values) तथा आचरण के मानक (standard) के अनुसार अनुशासित करते हैं। आज्ञापालन पर बल डाला जाता है, शाब्दिक आदान-प्रदान (verbal give-and-take) को निरूत्साहित किया जाता है तथा दंडात्मक एवं बलपूर्वक अनुशासन (forceful discipline) को लागू किया जाता है। *आधिकारिक मातृत्व-पितृत्व व्यवहार* (authoritative parenting) वैसे व्यवहार को कहा जाता है जिसमें माता-पिता बच्चों के समग्र व्यवहार (overall behaviour) के लिए निर्देश देते हैं तथा एक आदर्श सीमा के भीतर बच्चों को अपने ढंग से कार्य करने के लिए स्वायत्तता प्रदान करते हैं। यहाँ माता-पिता का नियंत्रण सख्त नहीं होता है और न तो यह दंडात्मक (punitive) तथा अनावश्यक रूप से प्रतिबंधक (restrictive) होता है। माता-पिता तथा बच्चों के बीच उत्तम शाब्दिक आदान-प्रदान होते हैं तथा वे बच्चों की इच्छाओं एवं आवश्यकताओं के प्रति उत्तम ढंग से अनुक्रियाशील होते हैं। *अनुज्ञात्मक मातृत्व-पितृत्व व्यवहार* वैसे व्यवहार को कहा जाता है जिसमें माता-पिता बच्चों के सामने एक दंडरहित, स्वीकार्य (accepting) एवं सकारात्मक (affirmative) वातावरण प्रदान करते हैं जिसमें बच्चे अपने व्यवहार को स्वयं अपने ही नियमित करते हैं। परिवार में लिए जाने वाले कुछ निर्णयों में बच्चों की सहभागिता को महत्त्वपूर्ण माना जाता है। माता-पिता बच्चों से घरेलू जिम्मेदारी में हाथ बँटाने की माँग भी करते हैं। वॉमरिन्ड (Baumrind, 1982) ने इन तीनों तरह के मातृत्व-पितृत्व व्यवहार का बच्चों के वर्द्धन एवं विकास पर पड़ने वाले प्रभावों का अध्ययन किया और बतलाया कि आधिकारिक मातृत्व-पितृत्व व्यवहार (authoritative parenting) से बच्चों में आगे चलकर आत्म-निर्भरता, आत्म-नियंत्रण, अन्वेषणात्मक प्रवृत्ति (explorative tendency) एवं आत्म-संतुष्टि आदि उत्पन्न होता है। ऐसा व्यवहार बच्चों को उस समय सुखद एवं समर्थक भाव उत्पन्न करने में मदद करता है जब वे वातावरण को अन्वेषित करते हैं तथा अन्तर्वैयक्तिक सामर्थ्यता विकसित करते हैं। ऐसे बच्चों में चिंता एवं डर नहीं होता है तथा साथ-ही-साथ किसी प्रकार का अनिर्णयकता (indecision) की स्थिति भी नहीं होती है। दूसरे तरफ, अधिकारवादी मातृत्व-पितृत्व व्यवहार के होने पर बच्चों में आगे चलकर असंतुष्टि, अविश्वास एवं लोगों से दूर रहने की प्रवृत्ति आदि विकसित होती है। अनुज्ञात्मक माता-पिता (permissive parents) के होने पर बच्चों में आत्म-निर्भरता (self-reliance), आत्म-नियंत्रण एवं आत्म-विश्वास जैसे शीलगुणों का विकास होता है।

वामरिण्ड (Baumrind, 1982) ने कई शोध किये हैं जिनसे यह स्पष्ट हो गया है कि बच्चों के पालन-पोषण के दौरान माता-पिता द्वारा किये गए कुछ व्यवहार एवं मनोवृत्ति निश्चित रूप से ऐसे होते हैं जिनसे बच्चों में सामाजिक रूप से उत्तरदायी एंव स्वतंत्र व्यवहार विकसित होते हैं। इन्होंने ऐसे पाँच तरह के पालन-पोषण व्यवहारों को महत्त्वपूर्ण बतलाया है जो इस प्रकार है:—

(i) जब माता-पिता स्वयं ही सामाजिक रूप से उत्तरदायी एवं आत्म-निश्चयात्मक (sef-assertive) ढंग से व्यवहार करके एक मॉडल के रूप में बच्चों के सामने पेश आते हैं, तो इससे बच्चों में भी वैसा व्यवहार भविष्य में उत्पन्न होने की संभावना काफी बढ़ जाती है।

(ii) जब माता-पिता सामाजिक रूप से उत्तरदायित्वपूर्ण एवं स्वतंत्र व्यवहार करने पर बच्चों को पुरस्कृत करने तथा विचलित व्यवहार (deviant behaviour) करने पर दंडित करने की सख्त नीति अपनां कर उनका पालन-पोषण करते हैं, तो इससे बच्चों में सामाजिक उत्तरदायित्व एवं आत्म-सम्मान (self-esteem) की भावना मजबूत होती है। यह प्रविधि क्रियाप्रसूत अनुबंधन के नियमों पर आधारित होता है।

(iii) जो माता-पिता अपने बच्चों को सम्मान करते हुए उनके व्यवहारों को स्वीकृत करते हैं, वे उन माता-पिता की तुलना में जो अपने बच्चों को असम्मानित करते हुए अस्वीकृत कर देते हैं, एक आकर्षक मॉडल (attractive model) के रूप में जाने जाते हैं। परंतु इसका मतलब यही नहीं हुआ कि माता-पिता को अपने बच्चों को अतिरक्षण (overprotect) प्रदान करना चाहिए क्योंकि अतिरक्षण से बच्चों में स्वतंत्रता (independence) का विकास नहीं हो पाता है।

(iv) जब माता-पिता वैयक्तिकता (individuality), आत्म-अभिव्यक्ति (self-expression), पहल-शक्ति (initiative), अपसारी चिन्तन (divergent thinking) तथा सामाजिक रूप से उचित आक्रमकता व्यवहार आदि बच्चों के पालन-पोषण के दौरान दिखलाते हैं तो इन मूल्यों (values) से प्रभावित होकर बच्चे अपने दिन प्रतिदिन की वास्तविकता में उसे बदलने की भरपूर कोशिश करते हैं। इस तरह की प्रवृत्ति उस समय काफी सफल सिद्ध होती देखी जाती है जब बच्चे यह देखते हैं कि उनके माता-पिता बिलकुल ही न्यायोचित है और अपने निर्देश के लिए उचित कारण भी देते हैं।

(v) माता-पिता को अपने बच्चों को एक जटिल एवं उत्तेजकपूर्ण वातावरण प्रदान करना चाहिए जो उन्हें विकास के लिए चुनौती एवं उत्तेजन (excitement) प्रदत्त कर सके। इतना ही नहीं, बच्चों को भी यह अनुभव हो कि इस वातावरण में उसे सुरक्षा तथा आराम के अवसर प्राप्त होते हों।

स्पष्ट हुआ कि उक्त पाँच तरह के मातृत्व-पितृत्व मनोवृत्ति एवं व्यवहार अभ्यासों से बच्चों में सामाजिक रूप से उत्तरदायी एवं स्वतंत्र व्यवहार उत्पन्न एवं संपोषित होते हैं।

कुछ ऐसे शोधकर्त्ता एवं मनोवैज्ञानिक भी है जो उक्त दोनों विमाओं अर्थात् हार्दिकता-विद्वैष (warmth-hostility) तथा नियंत्रण-स्वायत्तता (autonomy-control) विमा का व्यक्ति के विकास एवं वर्द्धन पर पड़ने वाले प्रभावों का अलग-अलग अध्ययन न करके चार तरह के सम्भावित संयोगों (combinations) के पड़ने वाले प्रभावों का अध्ययन करने की कोशिश किया है। ऐसे शोध मनोवैज्ञानिकों में स्केफर (Schaefer, 1995) तथा बेकर (Becker, 1984) का नाम प्रमुख है। वे चार सम्भावित संयोग है—हार्दिकता नियंत्रण (warmth control), हार्दिकता स्वायत्तता (warmth autonomy), विद्वैष नियंत्रण (hostility control) तथा विद्वेष स्वायत्तता (hostility autonomy)। इन चारों विमाओं को चित्र 3.6 में दिखलाया गया है। इस चित्र के अनुसार चार विमाओं के तहत माता-पिता का व्यवहार तथा उनके परिणामस्वरूप बच्चों में होने वाले शीलगुणों के विकास को दिखलाया गया है तथा इसका वर्णन निम्नांकित है:—

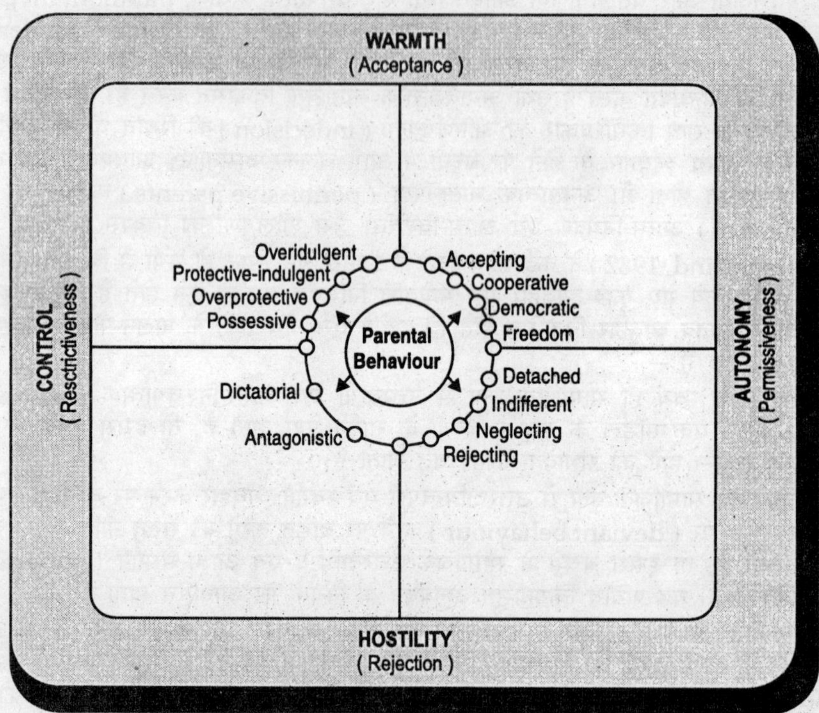

चित्र 3.6 : माता-पिता के व्यवहार तथा बच्चों के व्यवहार में सम्बन्ध (स्केफर तथा वेकर पर आधृत)

(i) हार्दिकता-नियंत्रण विमा *(Warmth-control dimension)*—इस विमा के तहत माता-पिता अतिरक्षण (over protective), अतिआशाक्त (over indulgent), रक्षात्मक-आसक्त (protective indulgent) तथा स्वत्वात्मक (possessive) व्यवहार बच्चों के प्रति दिखलाते हैं जिसका परिणाम यह होता है कि बच्चे विनम्र (submissive), आश्रित (dependent), स्वच्छ, आज्ञाकारी, असर्जनात्मक (noncreative) तथा कम-से-कम आक्रामक दिखलाने वाले होते हैं। मैक्कोबी (Maccoby, 1961) ने अपने अध्ययन में पाये कि बारह साल के कुछ बच्चे जिन्हें इस तरह के वातावरण में रखकर पाला-पोषा गया था, अपने साथियों के बीच इन नियमों को सख्ती से लागू करते थे।

(ii) हार्दिकता-स्वायत्तता विमा *(Warmth-autonomy dimension)*—इस विमा के तहत माता-पिता बच्चो के प्रति सहयोगात्मक (cooperative), प्रजातंत्रात्मक (democratic), स्वीकार्य (accepting) एवं स्वायत्तता (freedom) दिखलाता है जिसका परिणाम यह होता है कि बच्चे अधिक सक्रिय (active) स्वतंत्र (independent) सर्जनात्मक (creative) तथा कम-से-कम आक्रमकता दिखलाने वाले होते हैं।

(iii) विद्वेष-नियंत्रण विमा *(Hostility-control dimension)*—इस विमा में आने-वाले माता-पिता अधिनायकीय (dictatorial) तथा विरोधात्मक (antagonistic) प्रकृति के होते हैं तथा इस तरह के पालन-पोषण से प्रभावित बच्चों में आगे चलकर तंत्रिकातापी समस्याएँ (neurotic problem), सामाजिक रूप से गैरमिलनसार (socially withdrawn), होने की प्रवृत्ति, शर्मीला परंतु झगड़ालू, अधिकाधिक आत्म आक्रामकता (self-aggression) दिखलाने की प्रवृत्ति होती है। ऐसे बच्चे वयस्क होकर वयस्क की भूमिका पर्याप्त ढंग से नहीं निभा सकते हैं।

(iv) विद्वेष-स्वायत्तता विमा *(Hostility-automony dimension)*—इस विमा के तहत आने वाले माता-पिता अनासक्त (detached), तटस्थ (indifferent), अवहेलनापूर्ण (neglecting) तथा निराकृत (rejecting) प्रवृति के होते हैं तथा इस तरह के वातावरण में पाले-पोषे गये बच्चों में अन्य चीजों के अलावा आवेगशीलता (impulsivity), अधिकतम आक्रमकता (maximal aggression), लक्ष्यहीनता (goallessness), अपराध-प्रवृत्ति (delinquent tendency) तथा आज्ञापालनहीनता (disobedience) आदि अधिक-से-अधिक होती है।

3. अनुशासन में संगतता की विमा *(Consistency in discipline)*—कुछ माता-पिता बच्चों को अनुशासन सीखलाने में संगतता (consistency) दिखलाते हैं तो कुछ माता-पिता ऐसे भी होते हैं जो अनुशासन सीखलाने में ऐसी संगतता नहीं दिखलाते है। संगत अनुशासन स्पष्ट होने के साथ-ही-साथ अधिक प्रभावी (effective) भी होता है। इससे बच्चों में पूर्वकथनीयता (predictability) का भाव विकसित होता है। सीयर्स, मैक्कोवी तथा लेविन (Sears, Maccoby & Levin, 1987) द्वारा किये गए अध्ययनों से यह स्पष्ट हुआ है कि जो माता-पिता कुछ परिस्थितियों में अपने बच्चों द्वारा दिखलाये गये आक्रमकता के प्रति उदार होते हैं परंतु दूसरी परिस्थिति में वे ऐसे ही व्यवहार करने पर अपने-अपने बच्चों के प्रति काफी सख्तता से पेश आते हैं, तो वे ऐसे बच्चों में आक्रमकता अधिक उत्पन्न करने में सहायक हैं। डियुर एवं पार्क (Deur & Parke, 1970) तथा पार्क (Parke, 1984) के अनुसार जो माता-पिता असंगत ढंग से (inconsistently) दंड का उपयोग बच्चों को अनुशासन सीखलाने में करते है, वे सचमुच में बच्चों में भविष्य में होनेवाले अवांछित व्यवहार को दूर करने की शक्ति को कम करते हैं।

स्पष्ट हुआ कि बच्चों के पालन-पोषण पद्धति (child rearing practices) का बच्चों के व्यक्तित्व विकास एवं वर्द्धन पर सार्थक प्रभाव पड़ता है। इस सिलसिले में भारतीय मनोवैज्ञानिकों द्वारा भी कुछ सीमित सबूत उपलब्ध कराये गये हैं। पी॰शर्मा, टी॰ एस सारास्वथी तथा एस गिर (P. Sharma, T.S. Saraswathi & S. Gir, 1980, 1981) ने अपने अध्ययन में पाया कि घर तथा स्कूल में दृढ़ एवं संगत अनुशासन होने से बच्चों में परिपक्व व्यवहार पैटर्न मे वृद्धि होती है तथा इनमें संज्ञानात्मक एवं सामाजिक सामर्थ्यता (social competency) मजबूत होती है। टी॰ के॰ चटर्जी तथा भी साह (T.K. Chaterjee & V. Sah, 1981) ने लड़कियों के सांवेगिक एवं सामाजिक समायोजन तथा उनके द्वारा माता-पिता को स्नेहशील (affectionate) तथा परिपोषक (nurturant) समझने में धनात्मक सहसम्बन्ध पाया है। एम॰ के॰ हसन (M.K. Hasan, 1977), मो॰ के॰ हसन, इनायतुल्लाह एवं ए॰खालिक (M. K. Hasan, Enayatullah & A. Kalique, 1977) तथा एच ओझा (H. Ojha, 1977) ने अपने-अपने अध्ययनों के आधार पर यह बतलाया है कि बच्चों में कुछ खास-खास शीलगुण जैसे पूर्वाग्रह (prejudice), चिंता (anxiety) तथा सत्तावाद (authoritarinism) का विकसित होना उनके माता-पिता द्वारा दिखलाये गये समान मनोवृत्ति एवं अभ्यासों पर बहुत कुछ निर्भर करता है। जी॰ अग्रवाल, एन॰ के॰ सक्सेना तथा एस॰ बी सिंह (G. Agarwal, M. K. Saxsena & S. B.

Singh, 1978) ने अपने अध्ययन में पाया कि सांवेगिक रूप से क्षुब्ध बच्चे की माँ सांवेगिक रूप से समायोजित बच्चों की माँ की तुलना में अपने बच्चों में तुलनात्मक रूप से अधिक निर्भरता, चिड़चिड़ापन, लैंगिकता दमन, शब्दीकरण (verbalization) को दमित रखने का व्यवहार करते हैं।

इन तमाम प्रयोगात्मक सबूतों के आधार पर हम इस अंतिम निष्कर्ष पर पहुँचते हैं कि किसी व्यक्ति का व्यक्तित्व बाल्यावस्था में अपनाये गये पालन-पोषण पद्धति का प्रतिरूप होता है।

अध्याय सारांश CHAPTER SUMMARY

1. आनुवंशिकता (heredity) से तात्पर्य जीन्स (genes) के माध्यम से बच्चों को अपने माता-पिता से मिलने वाले सभी गुणों से होता है।
2. वातावरण (environment) से तात्पर्य उन सभी चीजों (जीन्स छोड़कर) से होता है जो व्यक्ति को उत्तेजित एवं प्रभावित करते हैं। मनुष्यों के सभी कोशिका के केन्द्रक (nucleus) में 23 जोड़ा यानी 46 गुणसूत्र होता है परन्तु जनन कोशिका (reproductive cell) के केन्द्रक में सिर्फ 23 गुणसूत्र ही होते हैं।
3. गुणसूत्र दो तरह का होता है—X गुणसूत्र तथा Y गुणसूत्र। X गुणसूत्र लम्बा तथा बड़ा होता है जबकि Y गुणसूत्र नाटा एवं छोटा होता है। माँ में सिर्फ X गुणसूत्र पाया जाता हैं तथा पिता में X तथा Y दोनों गुणसूत्र होते हैं। पिता के Y तथा माता के X गुणसूत्र मिलने पर होने होने वाला संतान लड़का होता है तथा जब पिता के X गुणसूत्र तथा माता का X गुणसूत्र से मिलता है तो संतान लड़की होती है। अतः लड़का या लड़की का होना पिता के गुणसूत्र पर निर्भर करता है न कि माता के गुणसूत्र पर।
4. क्रोमोजोम्स में एक विशेष संरचना (structure) होती है जिसे जीन्स (genes) कहा जाता है। इसी जीन्स द्वारा अपने माता-पिता के गुण उनके बच्चों में आता है।
5. विशेषज्ञों ने जीन्स को दो प्रकारों में बाँटा है—प्रबल जीन्स (dominant genes) तथा अप्रबल जीन्स (recessive genes)।
6. गुणसूत्र का सामान्य जोड़ा XX (लड़की) तथा X, Y (लड़का) होता है। परन्तु कभी गुणसूत्र के जोड़ा में कुछ असामान्यताएँ भी देखने को मिलती है जो मूलतः तीन प्रकार की होती है। XXY की असामान्यता, XYY की असामान्यता तथा XO की असामान्यता। इन तीनों तरह की असामान्यताओं से भिन्न-भिन्न तरह के व्यक्तित्व गुणों का विकास होता है।
7. व्यक्ति के व्यवहार के निर्धारण में आनुवंशिकता (heredity) तथा वातावरण (environment) के तुलनात्मक महत्त्व (relative importance) को दिखलाने के लिए मनोवैज्ञानिकों ने जुड़वाँ बच्चों (twin children) तथा पोष्य बच्चों (foster children) पर अध्ययन किया है। दोनों तरह के जुड़वाँ बच्चों अर्थात् एकाड़ी बच्चों एवं भ्रात्रीय बच्चों (fraternal twin children) के अध्ययनों से स्पष्ट हो गया है कि व्यक्तित्व के कुछ शीलगुणों के विकास में आनुवंशिकता तथा कुछ शीलगुणों के विकास में वातावरण तुलनात्मक रूप से अधिक योगदान देता है। पोष्य बच्चों के अध्ययन के सभी मनोवैज्ञानिकों का ऐसा ही निष्कर्ष था। अतः अन्तिम रूप से इन लोगों का निष्कर्ष यह था कि व्यक्तित्व के निर्धारण में आनुवंशिकता (heredity) तथा वातावरण (environment) की अन्तःक्रिया (interaction) का महत्त्व होता है।
8. मनोवैज्ञानिकों ने जाति-विशिष्ट व्यवहार (species-specific behaviour) का भी अध्ययन किया है। जाति विशिष्ट व्यवहार से तात्पर्य वैसे व्यवहार से होता है जो किसी विशेष जाति के सभी प्राणियों द्वारा इसलिए किये जाता है कि ऐसे सभी प्राणियों की आनुवंशिकता (heredity) यथासम्भव समान (similar) तथा उनका रहने का वातावरण भी यथासम्भव समान ही होता है। मनोवैज्ञानिकों द्वारा दो तरह के जाति-विशिष्ट व्यवहार जैसे मछलियों का प्रवसन (migration of fish) तथा शीतनिष्क्रियता (hibernation) का अध्ययन विशेष रूप से किया गया है।
9. सह-जुड़वाँ नियंत्रण विधि (method of co-twin control) द्वारा किये गये अध्ययनों से यह स्पष्ट हो गया है

कि मानव शिशुओं में कुछ व्यवहार परिपक्वता (maturation) तथा सीखना या प्रशिक्षण (training) दोनों पर निर्भर करता है।

10. मनोवैज्ञानिकों ने प्रारंभिक पर्यावरणीय वंचन (early environmental deprivation) का प्रभाव मानव शिशुओं तथा पशुओं दोनों पर करके इस निष्कर्ष पर पहुँचे हैं कि यदि प्राणियों को जन्म से कुछ महीनों तक एक वंचित वातावरण (deprived environment) में रखा जाता है तो इससे उसका सामाजिक (social), बौद्धिक (intellectual) तथा शारीरिक (physical) विकास अवरुद्ध हो जाता है।
11. मनोवैज्ञानिकों ने सिर्फ प्रारंभिक पर्यावरणी वंचन का ही नहीं बल्कि प्रारंभिक पर्यावरणी सम्पन्नीकरण (early environmental enrichment) के प्रभाव का भी अध्ययन किया है और यह स्पष्ट रूप से दिखला दिया है कि यदि मनुष्यों या पशुओं को जन्म से कुछ महीनों तक एक पर्याप्त एवं सम्पन्न (enriched) वातावरण में रखकर पाला-पोषा जाता है तो इनका सामाजिक तथा बौद्धिक एवं यहाँ तक कि इनका शारीरिक विकास अन्य प्राणियों से जिन्हें उस तरह का वातावरण में नहीं रखा जाता है, के अपेक्षा अधिक तेजी से होता है।
12. विकास के क्रान्तिक या संवेदनशील अवधि (critical period) का प्रभाव व्यक्ति के उत्तरविकास पर काफी पड़ता देखा गया है। इस अवधि का प्रभाव विशेषकर दैहिक विकास, सामाजिक विकास, प्रत्यक्षज्ञानात्मक विकास तथा भाषा विकास पर काफी पड़ता देखा गया है।
13. मनोवैज्ञानिकों ने जीवन अवधि की विकासात्मक अवस्थाओं को 10 भागों में बाँटा है—पूर्वप्रसूतिकाल, शैशवावस्था, बचपनावस्था, बाल्यावस्था, तरुणावस्था, प्रारंभिक किशोरावस्था, परवर्ती किशोरावस्था, प्रारंभिक व्यापकता, मध्यावस्था तथा बुढ़ापा या सक्रियावस्था। इन आठों अवस्थाओं में प्रारम्भिक बाल्यावस्था, उत्तरबाल्यावस्था तथा किशोरावस्था को उत्तम बतलाया गया है।
14. प्रारम्भिक बाल्यावस्था की कुछ विशेषताएँ होतीं हैं तथा इसमें मुख्य रूप से शारीरिक विकास, भाषा विकास, सांवेगिक विकास, सामाजिक विकास, मानसिक विकास तथा संज्ञानात्मक विकास प्रमुख है।
15. उत्तरबाल्यावस्था (later childhood) की भी कुछ अपनी विशेषताएँ हैं। इसमें भी अन्य विकासों के अलावा शारीरिक विकास, भाषा विकास, सांवेगिक विकास, सामाजिक विकास, मानसिक विकास तथा संज्ञानात्मक विकास काफी महत्त्वपूर्ण है।
16. 13 साल से 19-20 साल की अवस्था को किशोरावस्था कहा जाता है जिसकी भी अपनी विशेषताएँ हैं। इस अवस्था में भी अन्य विकासों के अलावा शारीरिक विकास, सांवेगिक विकास, सामाजिक विकास, मानसिक विकास तथा संज्ञानात्मक विकास अधिक महत्त्वपूर्ण है।
17. विकासात्मक पाठ की निपुणता का भी प्रभाव व्यक्ति के विकास पर पड़ता है। मनोवैज्ञानिकों ने प्रारंभिक बाल्यावस्था, उत्तरबाल्यावस्था तथा किशोरावस्था के लिए विकासात्मक पाठ अलग-अलग निर्धारित किया है।
18. बच्चों के पालन-पोषण अभ्यासों (child-rearing practices) का व्यक्ति के विकास पर काफी प्रभाव पड़ता है। मनोवैज्ञानिकों ने पालन-पोषण के दौरान माता-पिता के व्यवहारों के कुछ आयामों जैसे, हार्दिकता-विद्वेष विमा, नियंत्रण-स्वायत्तता विमा तथा अनुशासन में संगतता की विमा को अधिक महत्त्वपूर्ण बतलाया गया है क्योंकि इनका सीधा प्रभाव व्यक्तित्व के विकास पर पड़ता है।

❑

अध्याय 4

मूल मनोभौतिकी एवं मनोभौतिक विधियाँ
(BASIC PSYCHOPHYSICS AND PSYCHOPHYSICAL METHODS)

मनोभौतिकी का अर्थ
(Meaning of Psychophysics)

मनोभौतिकी का अंग्रेजी रूपान्तर 'Psychophysics' है जो स्पष्टतः दो पदों (terms) के मिलने से बना है— Psycho + Physics। 'Psycho' पद का अर्थ अनुभव (experience) से है तथा 'physics' पद का अर्थ उद्दीपक (stimulus) से है जिससे व्यक्ति में अनुभव उत्पन्न होते हैं। 1860 में जर्मन भौतिकशास्त्री (Physicist) जी॰टी॰ फेकनर (G. T. Fechner) ने मनोभौतिकी (psychophysics) शब्द का प्रयोग अपनी पुस्तक *एलिमेन्टस ऑफ साइकोफिजिक्स* (Element of Psychophysics) में किया था। उस समय मनोविज्ञान को मूलतः चेतन अनुभूति का विज्ञान (science of conscious experience) माना जाता है और मनोविज्ञानकों को ऐसी विधियों की काफी जरूरत थी जिनके द्वारा वे उद्दीपकों (stimuli) एवं उससे उत्पन्न अनुभूतियों के बीच के परिमाणात्मक सम्बन्धों (quantitative relationship) को अध्ययन कर सके। फेकनर ने ऐसी तीन विधियों का प्रतिपादन किया जिनका प्रयोग आज भी प्रयोगात्मक मनोविज्ञान (Experimental psychology) में काफी हो रहा है।

आजकल मनोभौतिकी (psychophysics) को प्रयोगात्मक मनोविज्ञान (experimental psychology) की एक शाखा (branch) के रूप में जाना जाता है। मनोदैहिकी को परिभाषित करते हुए यह कहा जाता है कि इस शाखा में उद्दीपक(stimulus) तथा उससे उत्पन्न होने वाले अनुभूतियों(experiences) के परिमाणात्मक सम्बन्धों(quantitative relationship) का अध्ययन किया जाता है। क्या उद्दीपक की तीव्रता (intensity) में वृद्धि होने से अनुभूति (exeperience) में भी तीक्ष्णता आती है? यदि आती है तो क्या उसी अनुपात में या उससे अधिक या कम अनुपात में? इन प्रश्नों का अध्ययन मनोभौतिकी में किया जाता है। उदाहरणस्वरूप, यदि किसी ध्वनि की तीव्रता 100Hz से बढ़कर 200 Hz कर दिया जाता है तो क्या इससे उत्पन्न सुनने की अनुभूति पहले से बढ़कर दुगुनी हो जाएगी या कम हो जाएगी, आदि। ऐसे प्रश्नों का अध्ययन मनोभौतिकी में करके एक निश्चित निष्कर्ष पर पहुँचा जाता है।

मनोभौतिकी की मूल समस्याएँ
(Basic Problems of Psychophysics)

मनोभौतिकी में उद्दीपकों (stimuli) के गुण (characteristics) तथा उससे उत्पन्न अनुभूतियों (experiences) के सम्बन्धों का अध्ययन किया जाता है। इस तरह के अध्ययन में कुछ समस्याएँ (problems) उत्पन्न हो जातीं हैं। ऐसी समस्याएँ निम्नांकित हैं—

(i) अल्पतम उद्दीपकों की पहचान से सम्बन्धित समस्या *(Problems relating to detection of minimal stimuli)*—प्रत्येक ज्ञानेन्द्रिय (sense organ) को उत्तेजित करने के लिए एक न्यूनतम या अल्पतम तीव्रता के उद्दीपक (stimulus) की जरूरत होती है। यदि उद्दीपक इस न्यूनतम तीव्रता का होता है तब तो व्यक्ति इसकी पहचान (detection) कर लेता है। उद्दीपक के इस न्यूनतम स्तर को *सीमान्त उद्दीपक* (threshold stimulus) कहा जाता है। कुछ उद्दीपक की तीव्रता इस सीमान्त उद्दीपक के नीचे या कम होती है तथा कुछ उद्दीपक की तीव्रता इस सीमान्त उद्दीपक से ऊपर या ज्यादा होती है। पहले प्रकार के उद्दीपक को *अवचेतन उद्दीपन* (subliminal stimulus) तथा

दूसरे प्रकार के उद्दीपक को *अधिसीमा उद्दीपक* (supraliminal stimulus) कहा जाता है। अल्पतम उद्दीपकों की पहचान से सम्बन्धित अध्ययन करते समय कुछ खास-खास समस्याएँ उत्पन्न होतीं हैं। जैसे—किसी उद्दीपक की पहचान करने के लिए न्यूनतम स्तर कितना हो कि उससे ऊपर के स्तर के उद्दीपक को वह आसानी से पहचान सके तथा नीचे के स्तर के उद्दीपक को वह आसानी से न होने की पहचान कर सके, आदि आदि। इन समस्याओं की जटिलता इस कारण से और भी बढ़ जाती है कि अनुक्रिया (response) उत्पन्न करने के लिए उद्दीपक का जो अल्पतम स्तर (minimal level) होता है वह परिस्थिति के अनुसार बदलता रहता है। उदाहरणस्वरूप, किसी ध्वनिरोधी कमरा (soundproof room) में साधारण तीव्र ध्वनि को आसानी से सुना जा सकता है परन्तु ऐसा कमरा में जहाँ शोर-गुल काफी हो रहा है उसी ध्वनि को सुनने लायक होने के लिए उसे काफी तीव्र (intense) होना आवश्यक है। उसी तरह से अंधेरे कमरे में हल्का रोशनी को भी हम तुरंत देख लेते हैं परन्तु यदि कमरा में पहले से ही काफी रोशनी है तो उस हल्की रोशनी को सम्भवतः हम देख भी नहीं पाते हैं। ऐसे परिस्थिति में प्रत्येक व्यक्ति के लिए अल्पमत उद्दीपक का स्तर अलग-अलग होता है जिसका निर्धारण करना मनोवैज्ञानिकों के लिए एक काफी कठिन कार्य है।

(ii) अल्पतम उद्दीपक अन्तर की पहचान से सम्बन्धित समस्या *(Problems relating to detection of minimal stimulus differences)*—मनोदैहिकी की दूसरी समस्या दो उद्दीपकों के बीच के उस न्यूनतम अन्तर (minimal difference) की पहचान से सम्बन्धित है जिसपर व्यक्ति पूरे विश्वास के साथ अनुक्रिया (response) करता है। इस तरह के अन्तर (difference or discrimination) का अध्ययन करने में मनोवैज्ञानिकों के सामने बहुधा यही प्रश्न उठता है—एक ही संवेदी क्षेत्र (sensory channel) जैसे दृष्टि क्षेत्र (visual channel) के दो उद्दीपकों जैसे दो भिन्न वाट्ट (watt) के बल्ब की रोशनी (light) के बीच का वह न्यूनतम अन्तर (mimimal difference) कौन-सा है जिसकी पहचान व्यक्ति कर सकता है? वह न्यूनतम अन्तर जिसे पहचाना जा सकता है, को विभेदक सीमान्त (Differential Limen) या संक्षेप में DL कहा जाता है। विभेदक सीमान्त को *न्यूनतम ज्ञेय भेद* (Just Noticeable Difference or JND) भी कहा जाता है। DL ज्ञात करने में कुछ प्रमुख समस्याएँ इस प्रकार की होती हैं—एक ही संवेदी क्षेत्र (sensory channel) के दो उद्दीपकों के बीच वह कौन-सा न्यूनतम गुणात्मक (qualitative) या परिमाणात्मक (quantitative) अन्तर है जिसे व्यक्ति प्रत्यक्षण (perceive) कर सकता है? क्या उद्दीपक की तीव्रता (intensities) के प्रसार (range) में अन्तर होने से विभेदक सीमान्त में कमी या वृद्धि होती है? आदि। मनोवैज्ञानिकों ने अपने प्रयोग में यह स्पष्ट रूप से पाया है कि दो उद्दीपकों का न्यूनतम अन्तर (minimum difference) एक परिस्थिति में दूसरी परिस्थिति में भिन्न-भिन्न होता है और इतना ही नहीं कभी तो एक व्यक्ति से दूसरे व्यक्ति में भी अन्तर होता पाया जाता है। इन कारकों (factors) के चलते न्यूनतम अन्तर (minimal difference) की पहचान से सम्बन्धित समस्या और भी जटिल (complex) हो जाती है।

(iii) उद्दीपकों के बीच सम्बन्धों के निर्णय से सम्बन्धित समस्या *(Problems relating to the judgement of relations among stimuli)*—एक ही संवेदी क्षेत्र के दो उद्दीपकों (stimuli) के न्यूनतम अन्तर (minimal difference) जिसे व्यक्ति पहचान कर लेता है, के ऊपर के दोनों उद्दीपकों के बीच के सम्बन्ध (relationship) से जुड़े हुए कई समस्याएँ होतीं हैं। जैसे—किस परिस्थिति में व्यक्ति इन दो उद्दीपकों को एक-दूसरे के बराबर होने का प्रत्यक्षण करता है या इन दोनों में किसी एक की तीव्रता (intensity) अधिक या कम होने का प्रत्यक्षण करता है? जब व्यक्ति इन दो उद्दीपकों को गुण (quality) या परिणाम (quantity) के आधार पर तुल्य (equate) करने की कोशिश करता है तो इसमें कितनी त्रुटियाँ (error) होतीं हैं तथा किस प्रकार की त्रुटियाँ होती हैं? आदि आदि।

ऊपर के विवरण से स्पष्ट है कि मनोभौतिकी की अनेक समस्याएँ (problems) हैं। इन समस्याओं के कारण व्यक्ति में उद्दीपक से उत्पन्न होने वाले अनुभूतियों (experiences) का अध्ययन ठीक ढंग से नहीं हो पाता है। यद्यपि वैज्ञानिकों ने इन समस्याओं को सुलझाने की कोशिश की है, फिर भी अभी इन्हें पूर्ण सफलता नहीं मिल पाया है।

मनोभौतिकी के कुछ महत्त्वपूर्ण सम्प्रत्यय (Some Important Concepts of Psychophysics)

मनोभौतिकी के क्षेत्र में कुछ खास-खास ऐसे महत्त्वपूर्ण सम्प्रत्यय (concepts) हैं जिनके बारे में विस्तृत रूप से ज्ञान आवश्यक है। ऐसे कुछ संप्रत्यय निम्नांकित हैं:—

1. संवेदनशीलता (Sensitivity)

2. देहली या सीमान्त (Threshold)
3. आत्मपरक समता-बिन्दु (Point of subjective equality or PSE)
4. परिवर्त्य त्रुटि तथा सतत त्रुटि (Variable error and Constant error)

इनकी विवेचना निम्नांकित हैः—

1. संवेदनशीलता *(Sensitivity)*—भिन्न-भिन्न तरह के उद्दीपकों (stimulus) के प्रति अनुक्रिया (response) करने के लिए भिन्न-भिन्न तरह के ग्राहक (receptor) या ज्ञानेन्द्रिय (sense organ) हमारे शरीर में है। जैसे—रोशनी के प्रति आँख, ध्वनि के प्रति कान, स्पर्श के प्रति त्वचा, स्वाद के प्रति जीभ तथा गन्ध के प्रति नाक अनुक्रियाशील (responsive) होते हैं। परन्तु हमारे ज्ञानेन्द्रिय की एक सीमित क्षमता (limited capacity) होती है जिसके कारण उद्दीपकों (stimuli) के प्रति एक खास ढंग से तथा चयनात्मक रूप से (selectively) उनके द्वारा अनुक्रिया की जाती है। जैसे—20Hz से 20,000 Hz के ध्वनि तरंग (sound wave) को ही हम सुन सकते हैं। 20Hz से कम तथा 20,000Hz से अधिक की ध्वनि तरंगों के प्रति मानव कान (human ear) अनुक्रियाशील नहीं होता है। ज्ञानेन्द्रियों (sense organs) का उद्दीपकों के प्रति सीमत रूप से तथा चयनात्मक रूप से (selectively) अनुक्रिया (response) करने की क्षमता (capacity) को हम संवेदनशीलता (sensitivity) की संज्ञा देते हैं। संवेदनशीलता दो प्रकार के होते हैं—*निरपेक्ष संवेदनशीलता* (absolute sensitivity) तथा *विभेदक संवेदनशीलता* (differential sensitivity)। निरपेक्ष संवेदनशीलता से तात्पर्य उद्दीपक के प्रति जीव (organism) द्वारा अनुक्रिया करने की सीमित क्षमता (limited capacity) से होता है। विभेदक संवेदनशीलता (differential sensitivity) से तात्पर्य उद्दीपकों (stimuli) के बीच गुणात्मक (qualitative) तथा परिमाणत्मक (quantitative) अन्तर (difference) के प्रति अनुक्रिया (response) करने की क्षमता से होता है।

2. देहली या सीमान्त *(Threshold)*—कुछ उद्दीपक इतने कमजोर (weak) होते हैं कि व्यक्ति उसका प्रत्यक्षण (perception) नहीं कर पाता है और फलतः वैसे उद्दीपक व्यक्ति में अनुक्रिया (response) नहीं उत्पन्न कर पाते हैं। कुछ उद्दीपक इतने तीव्र होते हैं कि वे हमेशा अनुक्रिया उत्पन्न करते हैं। इन दोनों तरह के उद्दीपकों (stimuli) के बीच एक सीमा रेखा (boundary line) खींचना सामान्यतः कठिन होता है। फिर भी मनोवैज्ञानिकों को इस कार्य में काफी सफलता मिली है और वे भिन्न-भिन्न संवेदी उद्दीपकों (sensory stimuli) के लिए देहली या सीमान्त (threshold) स्थापित करने में समर्थ हुए हैं। ब्राऊन तथा कुक[1] (Brown & Cook, 1986) ने देहली को परिभाषित करते हुए कहा है, ''देहली या सीमान्त उद्दीपक तीव्रता के उस स्तर को कहा जाता है जो शारीरिक या मानसिक अनुक्रिया उत्पन्न करता है।'' जब किसी उद्दीपक की तीव्रता का स्तर देहली या सीमान्त (threshold) से ऊपर होता है तो वह स्पष्टतः अनुक्रिया उत्पन्न करता है और जब उद्दीपक की तीव्रता उससे नीचे होती है तो वह अनुक्रिया नहीं उत्पन्न करता है।

सीमान्त या देहली दो तरह के होते हैं—*उद्दीपक सीमान्त* या *निरपेक्ष सीमान्त* (stimulus threshold or absolute threshold) तथा *विभेदक सीमान्त* (differential limen)। निरपेक्ष सीमान्त (absolute threshold) के लिए RL शब्द का प्रयोग अधिक किया जाता है जो जर्मन (German) शब्द 'रिज लाईमैन' (Reiz limen) का संक्षिप्त रूप हैं। RL से तात्पर्य उस न्यूनतम उद्दीपक मान (minimal stimulus value) से होता है जो व्यक्ति में अनुक्रिया करने में समर्थ होता है। हमारे ज्ञानेन्द्रिय (sense organ) की संवेदनशीलता (sensitivity) में घट-बढ़ (fluctuation) होते रहता है। अतः एक ही व्यक्ति के लिए RL हमेशा एक समान नहीं होता है। यही कारण है कि RL को मनोवैज्ञानिकों ने सांख्यिकीय रूप से (statistically) परिभाषित किया है और कहा है कि RL वह उद्दीपक मान (Stimulus value) है जो 50% प्रयास (trials) में अनुक्रिया उत्पन्न करता है और 50% प्रयास में अनुक्रिया उत्पन्न नहीं करता है। दूसरे शब्दों में यह कहा जा सकता है कि RL कई प्रयासों (trials) में व्यक्ति द्वारा उद्दीपक (stimulus) के बारे में किए निर्णयों (judgements) का माध्य (mean) होता है। उदाहरणस्वरूप, मान लें कि कोई प्रयोगकर्त्ता (experimenter) प्रयोज्य के लिए गए भिन्न-भिन्न ध्वनियों (sound) की तीव्रता का RL ज्ञात करना चाहता है। ऐसी परिस्थिति में वह प्रयोज्य के सामने ध्वनि के भिन्न-भिन्न तीव्रता स्तर (intensity level) को उपस्थित कर उसे यह बतलाने के लिए कहेगा कि उसने उस ध्वनि को सुना या नहीं। जब ध्वनि की तीव्रता काफी कम होगी तो प्रयोज्य को ध्वनि सुनाई नहीं देगा। जब ध्वनि की तीव्रता का स्तर थोड़ा और अधिक होगा तो प्रयोज्य को कभी

1. "Threshold can be defined as the level of stimulus intensity at which a physiological or psychological response is produced." —Brown & Cook : *Inductory psychology*, 1986, p. 283.

ध्वनि सुनाई देगा और कभी नहीं। यदि ध्वनि की तीव्रता का स्तर और अधिक बढ़ा दी जाती है तो उसे ध्वनि स्पष्टतः सुनाई देगा। इस तरह से प्रयोज्य का निर्णय कई प्रयासों (trials) में प्रयोगकर्त्ता प्राप्त करता है और फिर उसका माध्य (mean) ज्ञात कर लिया जाता है और वही RL कहलाता है।

विभेदक सीमान्त (differential threshold) दूसरा प्रमुख सीमान्त है। एक ही संवेदी क्षेत्र (sensory region) के दो उद्दीपकों का वह न्यूनतम अन्तर (minimal difference) जो 50% प्रयासों (trials) में पहचाना जाता है और 50% प्रयासों में नहीं पहचाना जाता है, विभेदक सीमान्त (differential threshold) कहलाता है। विभेदक सीमान्त को DL जो (differential limen) का संक्षिप्त रूप है, भी कहा जाता है। विभेदक सीमान्त को न्यूनतम ज्ञेय भेद (just noticeable difference) भी कहा जाता है। पोस्टमैन तथा इगन[1] (Postman & Egan, 1949) ने DL को परिभाषित करते हुए कहा है, ''वह उद्दीपक अंतर जो 50% प्रयास (trial) में भिन्नता निर्णय उत्पन्न करता है, को विभेदक सीमान्त कहा जाता है।'' उदाहरणस्वरूप, अगर प्रयोज्य को दो ध्वनि (sounds) जिसकी आपस की तीव्रता का अन्तर बहुत ही कम है, दिया जाता तो सम्भवतः वह इस अन्तर को पहचान कभी कर पाएगा और कभी नहीं। परन्तु यदि इन दोनों ध्वनियों के तीव्रता के अन्तर को अधिक कर दिया जाता है तो वैसी परिस्थिति में वह इस अन्तर को स्पष्टतः पहचान लेगा। इस तरह से प्रयोज्य (subject) या व्यक्ति द्वारा किए गए कई निर्णयों (judgements) का एक माध्य (mean) ज्ञात कर लिया जाता है जो DL कहलाता है।

मनोभौतिकी में RL तथा DL ज्ञात करने के लिए बहुत-सी विधियाँ हैं जिनकी चर्चा अगले अनुच्छेद (section) में की जाएगी।

3. आत्मपरक समता बिन्दु *(Point of subjective equality)*—आत्मपरक समता बिन्दु (point of subjective equality) या जिसे संक्षेप में PSE भी कहा जाता है, मनोभौतिकी का एक प्रमुख संप्रत्यय (concept) है। जब व्यक्ति किसी बाह्य उद्दीपक (external stimulus) का आकलन (estimation) करता है तो उसके प्रेक्षण (observation) में कुछ-न-कुछ त्रुटियाँ (errors) आ जाती हैं। प्रायः व्यक्ति उद्दीपक का अधिप्राक्कलन (overestimation) या न्यूनाप्राक्कलन (underestimation) करता पाया जाता है। इसका स्पष्ट मतलब तब यह हुआ कि प्रत्येक बाह्य उद्दीपक के लिए व्यक्ति के मन में यानी आत्मगत रूप से (subjectively) उसके बराबर का दूसरा उद्दीपक मान होता है। उदाहरणस्वरूप, मूलर-लायर भ्रम (Muller-Lyer illusion) में जब व्यक्ति पंख-रेखा (feather-headed line) को (जो एक परिवर्त्य उद्दीपक (variable stimulus) होता है) तीर-रेखा (arrow-headed line) (जो एम मानक उद्दीपक (standard stimulus) होता है) की लम्बाई के बराबर करने की कोशिश करता है तो वह अपने मन से पंख रेखा की लम्बाई को इस तरह घटाता-बढ़ाता है जो ठीक तीर रेखा की लम्बाई के बराबर उसे लगता है। सच्चाई यह है कि व्यक्ति द्वारा बनायी गयी पंख-रेखा की वास्तविक लम्बाई कभी तो तीर रेखा की लम्बाई से बड़ी और कभी छोटी होती है। इस तरह से व्यक्ति पंख रेखा के एक खास लम्बाई को आत्मगत रूप से (subjectively) तीर रेखा की लम्बाई के बराबर समझता है। इसे ही *आत्मपरक समता बिन्दु*[2] (Point of subjective equality or PSE) कहा जाता है। अतः PSE परिवर्त्य उद्दीपक (variable stimulus) का वह मान (value) होता है जिसे वह आत्मगत रूप से मानक उद्दीपक (standard stimulus) के बराबर समझता है। मानक उद्दीपक को *बाह्यपरक समता बिन्दु* (Point of objective equality) या POE भी कहा जाता है।

4. परिवर्त्य त्रुटि तथा सतत् त्रुटि *(Variable error and Constant error)*—मनोदैहिकी प्रयोगों में ऐसा देखा गया है कि जब एक ही उद्दीपक को समान प्रयोगात्मक परिस्थिति में अक्सर उपस्थित किया जाता है तो व्यक्ति द्वारा उस उद्दीपक की तीव्रता के बारे में दिया गया उत्तर (निर्णय) कई कारणों से समान न होकर परिवर्त्य (variable) अर्थात् भिन्न-भिन्न होते हैं। सच्चाई यह है कि जब उद्दीपक की तीव्रता एक ही है, प्रयोगात्मक परिस्थिति एक है तथा व्यक्ति भी वही है तो उसके द्वारा किया गया निर्णय भी भिन्न-भिन्न प्रयासों (trials) में एक ही होना चाहिए। परंतु ऐसा होता नहीं है। निर्णय में इस तरह की विभिन्नता (variability) को परिवर्त्य त्रुटि (variable error) की संज्ञा दी जाती है। एक उदाहरण लीजिए—मान लीजिए की दो उद्दीपक (stimulus) अर्थात् A और B जो एक-दूसरे से भौतिक रूप से

1. "The differential threshod is defined as that stimulus difference which gives rise to the judgement of difference in 50% of the time." —Postman & Egan : *Experimental psychology,* 1949,p.12.
2. "Point of subjective equality (or PSE) is that value of the variable stimulus which is subjectively perceived to be equal to the standard stimulus." —Author

(physically) समरूप (identical) हैं, व्यक्ति के सामने रखा जाता है। ऐसे परिस्थिति में वह कभी तो A को B के समान होता बताएगा और कभी नहीं। इस तरह की त्रुटि को परिवर्त्य त्रुटि (variable error) कहा जाता है। यदि निर्णय (judgement) में अन्तर होने के कारण मात्र परिवर्त्य त्रुटि होता है तो वैसी परिस्थिति में व्यक्ति कभी तो A का न्यूनप्राक्कलन (underestimate) करेगा और कभी अधिप्राक्कलन (overestimate) करता पाया जाता है। परिवर्त्य त्रुटि (variable error) के स्रोत (source) बहुत से हो सकते हैं जिसमें निम्नांकित प्रमुख हैं:—

(i) व्यक्ति की संवेदनशीलता (sensitivity) एक समय से दूसरे समय समान नहीं होती है।

(ii) प्रयोगात्मक परिस्थिति कितना भी नियंत्रित क्यों न हो, उद्दीपक के भौतिक गुणों में कुछ-न-कुछ अन्तर आ ही जाता है जिसके कारण व्यक्ति का निर्णय एक प्रयास (trial) से दूसरे प्रयास में परिवर्तित हो जाता है।

(iii) व्यक्ति की मनोवृत्ति (attitude) तथा अभिरुचि (interest) हर समय एक समान नहीं होती है। इसमें परिवर्तन होने से सम्भव है कि उनके निर्णय में भी परिवर्तन आ जाय।

परिवर्त्य त्रुटि (variable error) के अलावा मनोभौतिकी प्रयोग में एक दूसरा त्रुटि जिसे सतत त्रुटि (constant error) कहा जाता है, भी होता पाया जाता है। सतत त्रुटि में व्यक्ति के निर्णय में त्रुटि एक निश्चित दिशा (constant direction) में होता है। व्यक्ति उद्दीपक को अगर अधिप्राक्कलन (overestimate) करता है तो हर प्रयास (trial) में अधिप्राक्कलन करेगा और यदि न्यूनप्राक्कलन (underestimate) करता है तो हम प्रयास में न्यूनप्राक्कलन (underestimate) ही करेगा। इस तरह से सतत त्रुटि परिवर्त्य त्रुटि (variable error) से भिन्न है क्योंकि परिवर्त्य त्रुटि में त्रुटि एक दिशा में नहीं होता है अर्थात् कभी अधिप्राक्कलन (overestimation) होता है तो कभी नयूनप्राक्कलन (underestimation)। परन्तु सतत त्रुटि में त्रुटि हमेशा एक निश्चित दिशा में ही होता है। मनोदैहिक प्रयोगों में कई प्रकार की सतत त्रुटि होता पाया जाता है जिसमें समय त्रुटि (time error), स्थान त्रुटि (space error) तथा गति त्रुटि (movement error) प्रधान है। यदि दो उद्दीपकों में से किसी एक को एक खास समय अन्तराल के बाद उपस्थित किया जाता है तो व्यक्ति इस दूसरे उद्दीपक को प्रत्येक प्रयास में या तो अधिप्राक्कलन (overestimate) करता है या न्यूनप्राक्कलन (underestimate) करता है। इसे समय त्रुटि की संज्ञा दी जाती है। जैसे--दो समान तीव्र ध्वनि को ½ सेकेण्ड के अन्तराल (interval) द्वारा अलग कर व्यक्ति के सामने उपस्थित किया जाता है तो वैसी परिस्थिति में सम्भव है व्यक्ति हमेशा दूसरी ध्वनि को पहली ध्वनि की अपेक्षा कम तीव्र (less lound) होने का निर्णय करे। उसी तरह यदि समय अंतराल बढ़ाकर 6 सेकेण्ड कर दिया जाता है तो वैसी परिस्थिति में दूसरी ध्वनि को व्यक्ति पहले ध्वनि की अपेक्षा सम्भव है, अधिक तीव्र समझे। इसे ही समय त्रुटि (time error) की संज्ञा दी जाती है। स्थान त्रुटि (space error) में व्यक्ति के निर्णय में त्रुटि उद्दीपक के स्थान के कारण होता है। उद्दीपक व्यक्ति के दाएँ या बायें हो सकता है जिसके कारण व्यक्ति उसे अधिप्राक्कलन (overestimate) या न्यूनप्राक्कलन (underestimate) कर सकता है। उसी तरह से गति त्रुटि (movement error) में व्यक्ति के निर्णय में त्रुटि का कारण बाहरी गति (outward movement) हो सकता है (यानि उद्दीपक को भीतर से बाहर ले जाने के कारण हो सकता है) या भीतरी गति (inward movement) हो सकता है (यानी उद्दीपक को बाहर से भीतर की ओर ले जाने के कारण हो सकता है)।

ऊपर वर्णन किए गए तथ्यों से यह स्पष्ट है कि मनोदैहिक प्रयोगों में कुछ त्रुटियाँ भी होतीं हैं। कुछ उपर्युक्त विधियाँ अपनाकर इन त्रुटियों को कम करने का प्रयास मनोवैज्ञानिकों के बीच जारी है।

क्लासिकी मनोभौतिकी की विधियाँ
(Methods of Classical Psychophysics)

जी॰टी॰फेकनर (G. T. Fechner) द्वारा स्थापित मनोभौतिकी तथा उसके मूल तत्त्वों को क्लासिकी मनोभौतिकी (classical psychophysics) कहा जाता है। फेकनर तथा उनके सहयोगियों ने मनोभौतिकी के भिन्न-भिन्न समस्याओं का अध्ययन करने के लिए निम्नांकित तीन विधियों का वर्णन किया है:—

1. सीमा विधि (Method of limits)
2. सतत उद्दीपक विधि (Method of constant stimuli)
3. औसत त्रुटि विधि (Method of average error)

इन तीनों विधियों का वर्णन एक-एक करके निम्नांकित हैं:—

1. सीमा विधि (*Method of limits*)—मनोदैहिक प्रयोग में सीमा विधि का उपभोग सीमान्त या देहली (threshold)

ज्ञात करने के लिए प्रायः किया जाता है। सीमा विधि का ऐसा नामकरण क्रेपलिन (Kraeplin) द्वारा 1891 में इसलिए किया गया था क्योंकि इस विधि में व्यक्ति के सामने उद्दीपक (stimulus) का उपस्थित किया जाना वहाँ पर समाप्त हो जाता है जहाँ व्यक्ति उद्दीपक की तीव्रता (या उसके अन्तर) के उस सीमा (limits) पर पहुँच जाता है जहाँ वह अपना निर्णय में परिवर्तन स्पष्ट रूप से कर लेता है। इस विधि द्वारा RL और DL ज्ञात करने में उद्दीपकों को दो शृंखलाओं (series) में व्यक्ति के सामने उपस्थित किया जाता है—*आरोही शृंखला* (ascending series) तथा *अवरोही शृंखला* (descending series)। आरोही शृंखला (ascending series) के उद्दीपक की तीव्रता (intensity) की शुरुआत एक ऐसे बिन्दुओं से की जाती है जहाँ प्रयोज्य उद्दीपक का प्रत्यक्षण (perception) नहीं कर पाता है। धीरे-धीरे उसकी तीव्रता को बढ़ाया जाता है और जहाँ पर व्यक्ति उसका स्पष्ट प्रत्यक्षण कर लेता है, उसी शृंखला में फिर आगे प्रयास (trial) नहीं दिया जाता है। उसके बाद फिर अवरोही श्रृंखला (descending series) प्रारंभ होता है जिसमें पहला प्रयास (trial) में उद्दीपक इतना तीव्र होता है कि उसका स्पष्ट ज्ञान व्यक्ति को होता है। फिर धीरे-धीरे उद्दीपक की तीव्रता कम की जाती है और जहाँ पर व्यक्ति को उद्दीपक की उपस्थिति का ज्ञान नहीं होता है, उससे आगे फिर प्रयास (trial) उसी शृंखला में नहीं दिए जाते हैं। इसके बाद फिर आरोही शृंखला प्रारंभ होती है जिनके बाद फिर अवरोही शृंखला आती है। इस तरह से बारी-बारी से कई आरोही (ascending) तथा अवरोही शृंखलाओं में व्यक्ति का निर्णय (judgements) प्राप्त किया जाता है। इस विधि द्वारा RL और DL ज्ञात करने के लिए प्रत्येक प्रयास (trial) में उद्दीपक में न्यूनतम मात्रा (minimum magnitude) में परिवर्तन करके व्यक्ति के सामने उसे उपस्थित किया जाता है। यही कारण है कि गिलफोर्ड (Guilford, 1954) ने इसे *न्यूनतम परिवर्तन* की विधि (method of minimal changes) कहा है। इस विधि को न्यूनतम ज्ञेय भेद विधि (method of just noticeable difference) या *क्रमिक खोज विधि* (method of serial exploration) भी कहा गया है।

इस विधि द्वारा RL ज्ञात करने का एक उदाहरण तालिका 4-1 में दिया गया है। इस तालिका में सीमा विधि द्वारा ध्वनि तीव्रता (sound intensity) के लिए RL ज्ञात करने से सम्बन्धित आँकड़ों (data) को एवं फिर उसके आधार पर RL का परिकलन (calculation) को दिखलाया गया है।

तालिका 4-1 : सीमा विधि द्वारा ध्वनि तीव्रता के लिए RL का निर्धारण करना
(Determination of RL of Sound intensity by Method of limits)

A = Ascending series (आरोही शृंखला) D = Descending series (अवरोही शृंखला)

ध्वनि तीव्रता काल्पनिक ईकाई में (In arbitarary units)	A	D	A	D	A	D	A	D	A	D
14		+		+		+		+		+
13		+		+		+		+		+
12		+		+		+		+		+
11		+		+		+		+		+
10		+		+		+		+		+
9		+		+	+	–		+		+
8		+	+	–	–			+	+	+
7	+	+	–		–		+	–	–	–
6	–	–	–		–		–		–	
5	–	–	–		–		–		–	
4	–	–	–		–		–		–	
3	–	–	–		–		–		–	
2	–	–	–		–		–		–	
1	–	–	–		–		–		–	
भिन्न-भिन्न प्रयासों में सीमान्त :	6.5	6.5	7.5	8.5	8.5	9.5	6.5	7.5	7.5	7.5

आरोही शृंखला का माध्य (Mean of Ascending series) = $\frac{6.5+7.5+8.5+6.5+7.5}{5} = \frac{36.5}{5} = 7.3$

अवरोही शृंखला का माध्य (Mean of Descending series) = $\frac{6.5+8.5+9.5+7.5+7.5}{5} = \frac{39.5}{5} = 7.9$

RL (निरपेक्ष सीमान्त = (absolute threshold) $= \frac{7.3+7.9}{2} = \frac{15.2}{2} = 7.6$

भिन्न-भिन्न प्रयासों में प्राप्त सीमान्त मान (threshold value) का मानक विचलन (Standard deviation) = .943

तालिका 4-1 में ध्वनि तीव्रता (sound intensity) की इकाई (unit) काल्पनिक (arbitrary) है जो 1 से 14 तक है। इकाई 1 न्यूनतम तीव्रता का संकेत करता है तथा इकाई 14 अधिकतम तीव्रता की ओर संकेत करता है। तालिका में '–' चिह्न द्वारा ध्वनि न सुनने की अनुक्रिया (response) को दिखलाया गया है तथा '+' चिह्न ध्वनि स्पष्ट सुनने की अनुक्रिया को दिखलाया गया है। तालिका 4-1 में पाँच आरोही शृंखला (ascending series) हैं तथा पाँच अवरोही शृंखला (descending series) हैं। प्रत्येक शृंखला के ठीक नीचे उस शृंखला के सीमान्त मान (threshold value) का मूल्य ज्ञात कर लिखा गया है। जैसे—पहली शृंखला आरोही शृंखला की है जिसमें व्यक्ति 6 इकाई तक ध्वनि न सुनने की अनुक्रिया करता है और सातवें इकाई में ध्वनि सुनने की अनुक्रिया करता है। अतः इन दोनों की इकाई इस शृंखला का सीमान्त हुआ जो $\frac{6+7}{2}$ 6.5 के बराबर हुआ। इसी तरह से अन्य 9 शृंखलाओं का माध्य या सीमान्त ज्ञात किया गया है। सभी आरोही शृंखलाओं का माध्य (mean) तथा सभी अवरोही शृंखलाओं का माध्य अलग-अलग ज्ञात किया गया है जो क्रमशः 7.3 तथा 7.9 हैं। इन दोनों का माध्य RL है जो 7.6 है। सभी 10 शृंखलाओं में प्राप्त सीमान्तों (threshold) का मानक विचलन (standard deviation) .943 है, को देखने से ऐसा लगता है कि प्रयोज्य (subject) के निर्णय में कुछ ऐसी त्रुटियाँ हुई हैं जिनका कारण सम्भवतः उसकी अभिरुचि (interest) तथा अभिप्रेरण (motivation) में क्षणिक परिवर्तन है।

सीमा विधि (method of limits) में दो सतत् त्रुटि (constant error) भी होते हैं। वे हैं—अभ्यसन त्रुटि (error of habituation) तथा प्रत्याशा त्रुटि (error of expectation)। अभ्यसन त्रुटि में प्रयोज्य (subject) को एक निश्चित अनुक्रिया करने की आदत-सी बन जाती है हालाँकि उद्दीपक की तीव्रता में इतना स्पष्ट परिवर्तन हो जाता है कि उसे वह अनुक्रिया न कर दूसरी अनुक्रिया करना चाहिए था। जैसे—अवरोही शृंखला (descending series) में प्रयोज्य को बार-बार 'हाँ' कहने का तथा आरोही शृंखला (ascending series) में बार-बार नहीं कहने की आदत हो जाती है। इसके कारण उसके निर्णय में अभ्यसन त्रुटि (error of habituation) होता है जिसका परिणाम यह होता है कि आरोही शृंखला (ascending series) का माध्य (mean) आरोही शृंखला (descending series) के माध्य (mean) से ज्यादा होता है। प्रत्याशा त्रुटि (error of expection) अभ्यसन त्रुटि के ठीक विपरीत होता है। इसमें व्यक्ति अपनी अनुक्रिया में परिवर्तन थोड़ा जल्द इस उम्मीद (expectation) में कर देता है कि उद्दीपक की तीव्रता में परिवर्तन हो ही गया होगा। इस त्रुटि का स्पष्ट प्रभाव यह होता है कि अवरोही शृंखला (descending series) का माध्य (mean) आरोही शृंखला (ascending series) के माध्य से अधिक होता है। तालिका 4-1 में हम देखते हैं कि अवरोही शृंखला का मध्य (mean) 7.9 है तथा आरोही शृंखला का माध्य 7.3 है। अतः प्रयोज्य का निर्णय स्पष्टतः प्रत्याशा त्रुटि (error of expectation) से ग्रसित है। हालाँकि इस त्रुटि की मात्रा .6 है जो बहुत ही कम है।

सीमा विधि (method of limits) द्वारा DL ज्ञात करने का एक उदाहरण तालिका 4-2 में दिया गया है। इस तालिका में वजन उठाने (weight lifting) के प्रयोग से सम्बन्धित आँकड़े दिए गए हैं और उन आँकड़ों (data) के आधार पर DL ज्ञात किया गया है। DL ज्ञात करने के लिए दो तरह के उद्दीपक (stimulus) लिए जाते हैं।

तालिका 4-2 : सीमा विधि द्वारा वजन उठाने की अनुक्रिया के DL का निर्धारण
(Determination of DL for weight lifting responses by Method of limits)

A = आरोही शृंखला (Ascending series) D = अवरोही शृंखला (Descending series)

तुलनात्मक उद्दीपक (Comparative stimulus) in grams	A	D	A	D	A	D	A	D	A	D
125		+		+		+				
120		+		+		+		+		+
115		+		+		+		+		+
110	+	+	+	=	+	+		+		+
105	=	+	=	=	=	+	+	=	+	=
मानक उद्दीपक→ 100	=	=	=	–	=	=	=	=	=	=
95	–	=	–	–	–	=	=	–	=	–
90	–	–	–		–	–	–		–	
85	–		–		–		–		–	
80	–		–		–		–		–	
75	–		–		–					
ऊपरी सीमान्त: (Upper threshold)	107.5	102.5	107.5	112.5	107.5	102.5	102.5	107.5	102.5	107.5
निचली सीमान्त : (Lower threshold)	97.5	92.5	97.5	102.5	97.5	92.5	92.5	97.5	92.5	97.5
दोनों सामान्तों का मध्य (mean) :	102.5	97.5	102.5	107.5	102.5	97.5	97.5	102.5	97.5	102.5

ऊपरी सीमान्तों का माध्य (Mean of upper threshold) = $\frac{1060}{10}$ = 106 ग्राम

निचली सीमान्तों का माध्य (Mean of lower threshold) = $\frac{960}{10}$ = 96 ग्राम

अनिश्चितता का अन्तराल (Interval of uncertainty) = 106-96 = 10

विभेदक सीमान्त (Difference limen) = $\frac{\text{Interval of uncertainty}}{2} = \frac{10}{2} = 5$

आत्मपरक समता बिन्दु (Point of subjective equality) = $\frac{106+96}{2} = \frac{202}{2} = 101$

सतत् त्रुटि (Contant error) = PSE –Standard = 101 - 100 = 1 ग्राम

आरोही शृंखला का माध्य (Mean of ascending series) = 100.5 ग्राम

अवरोही शृंखला का माध्य (Mean of descending series) = 101.5 ग्राम

पहले तरह का उद्दीपक तो वह होता है जिसे प्रत्येक प्रयास (trial) में प्रयोज्य के सामने बदल-बदल कर रखा जाता है। ऐसे उद्दीपकों को तुलनात्मक उद्दीपक (Comparative stimulus) या संक्षेप में C_0 कहा जाता है। तालिका

4.2 में C_0 की संख्या 11 है जो 75 से लेकर 125 ग्राम के प्रसार (range) में है। दूसरे तरह का उद्दीपक वह होता है जिसका मान (value) हमेशा एक समान बना होता है। इस तरह के उद्दीपक को *मानक उद्दीपक* (standard stimulus) की संज्ञा दी जाती है। इसे संक्षेप में St कहा जाता है। तालिका 4.2 में मानक उद्दीपक 100 ग्राम का है। प्रत्येक प्रयास में S_t तथा C_O दोनों को व्यक्ति के सामने रखा जाता है जिसे बारी-बारी से उठाकर उसे बताना होता है कि C_O मानक उद्दीपक अर्थात S_t की तुलना में बराबर (equal), हल्का (light) या भारी (heavier) है। उत्तर 'बराबर' मिलने पर तालिका में '=' का चिह्न, हल्का मिलने पर '–' का चिह्न तथा भारी मिलने पर '+' का चिह्न दिया जाता है। उदाहरणस्वरूप, पहली शृंखला जो आरोही शृंखला (ascending series) है, को लिया जाय। पहला प्रयास में C_O 75 ग्राम का है जिसे 100 ग्राम (S_t) के साथ उपस्थित करने पर व्यक्ति C_O को S_t की तुलना में हल्का बतलाया है। अतः उसके उत्तर को '–' चिह्न द्वारा संकेतिक किया गया है। दूसरा प्रयास में C_O 80 ग्राम का है जिसे भी वह S_t की तुलना में हल्का समझता है। फलतः उसके उत्तर को '–' चिह्न द्वारा दिखलाया गया है। उसी तरह जब 100 ग्राम के C_O को 100 ग्राम के St के साथ व्यक्ति के सामने दिया जाता है तो व्यक्ति C_O को S_t के बराबर समझता है जिसे बराबर के चिह्न (=) द्वारा तालिका में दिखलाया गया। व्यक्ति अपना उत्तर में पहली बार परिवर्तन 100 ग्राम के C_O पर करता है। जब 105 ग्राम के C_O को मानक उद्दीपक (standard stimulus) के साथ उपस्थित किया जाता है तो भी व्यक्ति उसे बराबर ही समझता है परन्तु जब C_O को 110 ग्राम के St के साथ दिया जाता है तो वैसी अवस्था में C_O को वह भारी समझता है जिसे '+' के चिह्न द्वारा तालिका में दिखलाया गया है। व्यक्ति ने इस तरह से अपने उत्तर में दूसरी बार परिवर्तन किया। आरोही शृंखला (ascending series) में पहली बार व्यक्ति जब उत्तर 'हल्का' से 'बराबर' में परिवर्तन करता है तो इसे निचली सीमान्त (lower threshold) कहा जाता है। पहली आरोही शृंखला में निचली सीमान्त 97.5 ग्राम है क्योंकि व्यक्ति अपना उत्तर 95 ग्राम और 100 ग्राम के बीच में ही परिवर्तन किया है जिसका माध्य $\frac{95+100}{2} = 97.5$ है। इसी शृंखला में जब वह अपना उत्तर दूसरी बार 'बराबर' से भारी में परिवर्तन करता है तो उसे ऊपरी सीमान्त (upper threshold) कहा जाता है। इस शृंखला में ऊपरी सीमान्त 107.5 है क्योंकि व्यक्ति अपना उत्तर 105 ग्राम तथा 110 ग्राम के बीच में ही परिवर्तन किया है जिसका माध्य $\frac{105+110}{2} = 107.5$ है। अवरोही क्रम (descending series) में ठीक इसके विपरीत होता है। जब पहली बार व्यक्ति अपना उत्तर 'भारी' से 'बराबर' में परिवर्तन करता है तो यह ऊपरी सीमान्त (upper threshold) होता है जो पहला अवरोही शृंखला में 102.5 है तथा उसी तरह से जब दूसरी बार वह अपना उत्तर 'बराबर' से हल्का में परिवर्तन करता है तो यह निचली सीमान्त (lower threshold) होता है जो पहला अवरोही शृंखला में 92.5 है।

तालिका 4.2 को गौर पूर्वक देखने से यह स्पष्ट हो जाता है कि व्यक्ति द्वारा दिए गए उत्तरों को तीन भागों में बाँटा जा सकता है—ऊपरी भाग (upper part), निचली भाग (lower part) तथा बीच का भाग (middle part)। ऊपरी भाग में भारी होने का निर्णय अर्थात '+' का निर्णय है, निचली भाग में हल्का होने का निर्णय अर्थात '–' का निर्णय है तथा बीच का भाग में '=' का निर्णय है। बीच का भाग को अनिश्चितता का अन्तराल (interval of uncertainty) कहा जाता है जिसे संक्षेप में IU भी कहा जाता है। ज्ञात किया जाने वाले DL इसी IU का आधा (half) होता है। ऊपरी सीमान्तों का माध्य (106 ग्राम) तथा निचली सीमान्तों का माध्य (96ग्राम) है। इन दोनों माध्यों का अन्तर IU कहलाता है जिसे दो से भाग देने पर DL प्राप्त हो जाता है जो तालिका 4.2 में 5 है। 5 ग्राम का DL से इस बात का पता चलता है कि व्यक्ति C_o तथा St के अंतर का ठीक-ठाक प्रत्यक्षण कर सकता है यदि C_o को 5 ग्राम के अन्तर से बढ़ाया या घटाया जाता है। IU की मध्यबिन्दु (middle point) अर्थात $\frac{106+96}{2} = 101$ को PSE कहा जाता है। PSE तथा S_t का अन्तर को सतत् त्रुटि (constant error) कहा जाता है जो धनात्मक (positive) भी हो सकता है या ऋणात्मक (negative) भी हो सकता है। सतत त्रुटि = PSE-S_t होता है। धनात्मक सतत् त्रुटि द्वारा अधिप्राक्कलन (overestimation) तथा ऋणात्मक सतत् त्रुटि द्वारा न्यूनप्राक्कलन (underestimation) ज्ञात होता है। तालिका 4.2 में CE = 1 जो धनात्मक है जिसका मतलब हुआ कि प्रयोज्य ने औसत रूप से 100 ग्राम के मानक उद्दीपक (standard stimulus) का अधिप्राक्कलन (overestimation) किया है। इस तालिका में आरोही शृंखला (ascending series) का माध्य

(mean) 100.5 ग्राम है तथा अवरोही शृंखला (descending series) का माध्य 101.5 है। अवरोही शृंखला के माध्य का अधिक होना स्पष्टतः इस बात का संकेत मिलता है कि व्यक्ति का निर्णय औसत रूप से प्रत्याशा त्रुटि (error of expectation) द्वारा प्रभावित हुआ है।

2. सतत् उद्दीपक विधि (*Method of Constant Stimuli*)—मनोदैहिकी का दूसरा प्रमुख विधि सतत् उद्दीपक है जिसे *सही तथा गलत केसेज की विधि* (method of right and wrong cases) या *बारंबारता की विधि* (method of frequency) भी कहा जाता है। इस विधि द्वारा भी RL तथा DL ज्ञात किया जाता है। इस विधि द्वारा RL ज्ञात करने के लिए उद्दीपक यादृच्छिक क्रम (random order) में उपस्थित किया जाता है और प्रत्येक बार व्यक्ति को यह बताना होता है कि उसने उद्दीपक का प्रत्यक्षण (perception) किया या नहीं। सतत् उद्दीपक विधि (method of constant stimuli) इस तरह से सीमा विधि से भिन्न है क्योंकि सीमा विधि में उद्दीपकों को व्यक्ति के सामने यादृच्छिक क्रम (random order) में नहीं बल्कि एक निश्चित क्रम (fixed order) यानी आरोही क्रम (ascending series) या अवरोही क्रम (descending series) में उपस्थित किया जाता है। सतत् उद्दीपक विधि में यद्यपि उद्दीपक के भिन्न-भिन्न मानों (values) को व्यक्ति के सामने यादृच्छिक रूप से उपस्थित किया जाता है फिर भी उद्दीपक के प्रत्येक मान (value) को पूरे प्रयोग (experiment) के दौरान कई बार एक ऐसा पुर्वनिश्चित क्रम (predetermined order) में उपस्थित किया जाता है जिसका पता प्रयोज्य (subject) को नहीं होता है। चूँकि इस पूर्वनिश्चित क्रम का पता प्रयोज्य को नहीं होता है और न तो वह इसका अंदाज ही लगा पाता है, इसलिए उसके मन में किसी प्रकार की पूर्वाग्रह नहीं बन पाता है। फलतः उसका निर्णय अधिक विश्वसनीय (reliable) हो पाता है। तालिका 4-3 में सतत् उद्दीपक विधि द्वारा RL ज्ञात करने का एक उदाहरण दिया गया है। इस तालिका में सबसे बाई ओर ध्वनि की तीव्रता हर्जटोन (Hertztone) में दिया गया है। प्रत्येक उद्दीपक मान (stimulus value) के आपस का अन्तर 2Hz है। प्रत्येक उद्दीपक को यानी सभी 10 उद्दीपक को प्रयोज्य के सामने सौ-सौ बार उपस्थित दिया गया है। प्रयोज्य को प्रत्येक बार यह बतलाना होता है कि उसने ध्वनि सुना या नहीं। प्रत्येक उद्दीपक मान को 100 बार उपस्थित करने पर वह कितने बार ध्वनि को सुना और कितने बार ध्वनि को नहीं सुना, को अनुपात (proportion) में बदलकर तालिका में लिखा गया है। p द्वारा ध्वनि सुनने का अनुपात तथा d द्वारा ध्वनि नहीं सुनने के अनुपात को दिखलाया गया है।

सतत् उद्दीपक विधि में RL कई तरीकों या विधियों से ज्ञात किया जाता है जिसमें वुडवर्थ (Woodworth, 1938) द्वारा प्रतिपादित संकलन विधि (Summation method) अधिक प्रचलित है।

Table 4-3 : ध्वनि के लिए संकलन विधि द्वारा RL ज्ञात करना

(Determination of RL of Sound intensities by Summation method)

आँकड़े काल्पनिक हैं (Data are hypothetical)

ध्वनि तीव्रता Hz में (Sound intensity in Hz)	P (proportion of time heard)	d (proportion of time not heard)	C_p	C_d
50	.98	.02	4.36	.02
48	.80	.20	3.38	.22
46	.70	.30	2.58	.52
44	.65	.35	1.88	.87
42	.43	.57	1.23	1.44
40	.30	.70	.80	2.14
38	.20	.80	.50	2.84
36	.15	.85	.30	3.72
34	.12	.88	.15	4.67
32	.3	.97	.3	5.64
योग	**4.36**	**5.64**	**15.21**	**22.25**

SI = 52 (assumed)	S_0 = 30 (assumed)
M $= Sl - .5i - i\, Sum\, p$	M $= S_o + .5i + Sum\, d$
= 5.2 – (.5) (2) – (2) (4.36)	= 30 + (.5) (2) + (2) (5.64)
= 52 – 1 – 8.72 = 42. 28	= 30 + 1 + 11.28 = 42.28

उसी तरह दूसरा सूत्र (formula) से—

M = *Apical value - i/2 –i sum p*	M = *Basal value + i/2 sum d*
= 52 – 2/2 – 2 (4.36)	= 32 + 2/2 + (5.64)
= 52 –1 – 8.72 = 42.28	= 30 + 1 + 11.28 = 42.28
$\sigma = i\sqrt{2\, sum\, cp - (sum\, p)^2 - sum\, P}$	$\sigma = i\sqrt{2\, sum\, cd - (sum\, d)^2 - sum\, d}$
$= 2\sqrt{2(15.21) - (4.36)^2 - 4.36} = 5.31$	$= 2\sqrt{2(22.25) - (5.64)^2 - 5.64} = 5.31$

इस विधि का प्रयोग वहाँ होता है जहाँ अन्तस्थ अनुपात (terminal proportion) को 0 या 1.00 के रूप में व्यक्त करना सम्भव होता है या जहाँ यह कल्पना (assumed) किया जा सकता है कि आगे आने वाला (next) अन्तस्थ अनुपात (terminal proportion) 0 या 1.00 ही होगा। संकलन विधि (summation method) में माध्य जिसे RL कहा जाता है ज्ञात करने का सूत्र इस प्रकार है:–

$$M = Sl - .5i - i\, sum\, p \qquad \text{सूत्र ... (4.1)}$$

$$M = S_o + .5i + i\, sum\, d \qquad \text{सूत्र ... (4.2)}$$

जहाँ;

Sl = उद्दीपक का वह मान जहाँ $p = 1.00$ होता है (या अगर जहाँ $p = 1.00$ नहीं होता है तो अगला उद्दीपक मान पर $P = 1.00$ माना जा सकता है)

i = उद्दीपक मान का आपसी अन्तर (step interval of stimulus value)

p = उच्चतर या धनात्मक निर्णय श्रेणी में निर्णय का अनुपात (Proportion of judgement in higher or positive judgement category)

So = उद्दीपक मान जहाँ $d = o$ होता है या अगर जहाँ ($d = o$) नहीं होता है तो अगला उद्दीपक मान पर ($d = o$) माना जा सकता है।

ऊपर के सूत्रों को ध्यान से देखने पर यह स्पष्ट हो जाता है कि सूत्र 4.1 द्वारा माध्य या RL को P के आधार पर तथा सूत्र 4.2 द्वारा माध्य या RL को *d* के आधार पर ज्ञात किया जाता है। चूँकि P तथा *d* एक ही अनुपात को व्यक्त करने के दो तरीके हैं अतः इन दोनों विधियों द्वारा परिकलित (calculated) RL का मान एक ही होगा (तालिका 4.3 देखें) जब RL सूत्र 4.1 द्वारा ज्ञात किया जाता है तो σ (standard deviation) सूत्र 4.3 द्वारा तथा जब RL सूत्र 4.2 द्वारा ज्ञात किया जाता है तो σ सूत्र 4.4 द्वारा ज्ञात किया जाता है। सूत्र 4.3 तथा सूत्र 4.4 इस प्रकार है—

$$\sigma = i\sqrt{2\, sum\, cp - (sum\, p)^2 - sum\, p} \qquad \text{सूत्र ... (4.3)}$$

$$\sigma = i\sqrt{2\, sum\, cd - (sum\, d)^2 - sum\, d} \qquad \text{सूत्र ... (4.4)}$$

जहाँ,

σ = मानक विचलन (standard deviation)

cp = कम से अधिक मान (value) के *p*. का संचयी योग (cumulated sum of proportions P from low to high values)

cd = कम से अधिक मान (value) के *d* का संचयी योग (cumulated sum of proportions d from low to high values)

सूत्र 4.3 तथा सूत्र 4.4 के अन्य चिह्नों (symbols) का अर्थ सूत्र 4.1 तथा सूत्र 4.2 के ही समान है;

कुछ लोगों ने सूत्र 4.1 को सूत्र 4.5 तथा सूत्र 4.2 को सूत्र 4.6 के रूप में भी व्यक्त किए हैं। सूत्र 4.5 तथा सूत्र 4.6 इस प्रकार हैं—

M = *Apical value – i/2 – i sum p* सूत्र ... (4.5)

M = *Basal value + i/2 + sum d* सूत्र ... (4.6)

जहाँ,

Apical value = वह उद्दीपक मान (stimulus value) होता है जहाँ पर प्रयोज्य द्वारा दिए गए सभी उत्तर एक ही श्रेणी के होते हैं परन्तु उसके नीचे के उद्दीपक मानों (values) पर प्रयोज्य के उत्तर 'हल्का' या 'भारी' तथा 'हाँ' या 'नहीं' या अन्य श्रेणियों में विभाजित हो जाता है। (That stimulus value where all responses given by the subject belong to the same category and below which the responses are divided into categories like 'heavier' or 'lighter' and 'Yes' or 'No', etc.

Basal value = वह उद्दीपक मान होता है जहाँ पर प्रयोज्य द्वारा दिए गए सभी उत्तर एक ही श्रेणी के होते हैं परन्तु उसके ऊपर के उद्दीपक मानों (values) पर प्रयोज्य का उत्तर 'हल्का' या 'भारी' तथा 'हाँ' या 'नहीं' या अन्य श्रेणियों में विभाजित हो जाता है। (That stimulus value where all responses given by the subject belong to the same category and above which the responses are divided into categories like 'heavy' or 'light' and 'Yes' or 'No', etc.)

सूत्र 4.5 तथा 4.6 के चिह्नों का अर्थ सूत्र 4.1 तथा सूत्र 4.2 के समान है। तालिका 4.3 में RL सूत्र 4.1 तथा सूत्र 4.5 से ज्ञात किया गया है और दोनों अवस्थाओं में RL का मान (value) 42.28 ही है। इससे पता चलता है कि सूत्र 4.1 तथा 4.5 एक ही है। फिर सूत्र 4.2 तथा 4.6 से भी RL ज्ञात किया गया है और इन दोनों का भी उत्तर यानी RL एक ही है। इससे पता चलता है कि सूत्र 4.2 तथा सूत्र 4.6 एक ही है। सूत्र 4.1 और 4.2 तथा सूत्र 4.5 और 4.6 के उत्तर यानी प्राप्त माध्य (mean) या RL एक ही है क्योंकि जैसा कि पहले भी कहा जा चुका है कि सूत्र 4.1 तथा सूत्र 4.2 एक ही अनुपात को व्यक्त करने की दो विधियाँ हैं। अतः दोनों द्वारा परिकलित माध्य (mean) को हमेशा एक ही होना चाहिए। ऐसा न होने पर समझना चाहिए कि कहीं कोई त्रुटि हो गयी है। ठीक उसी तरह σ ज्ञात करने के दो सूत्र अर्थात् सूत्र 4.3 तथा सूत्र 4.4 हैं। तालिका 4.3 में देखने से यह स्पष्ट हो जाता है कि दोनों सूत्रों द्वारा σ ज्ञात करने पर मान एक ही आया है। अगर ऐसा नहीं आए तो समझना चाहिए कि कहीं त्रुटि हो गयी है। σ द्वारा यह पता चलता है कि प्रयोज्य का निर्णय (judgements) कहाँ तक परिवर्त्य त्रुटि (variable error) से प्रभावित हुआ है।

सतत् उद्दीपक विधि (method of constant stimuli) से DL भी ज्ञात किया जाता है। इसका एक उदाहरण

तालिका 4.4 : वजन उठाने से सम्बन्धित प्रयोग में प्रयोज्य द्वारा तीन श्रेणियों में दिए गए निर्णय की बारंबारता तथा अनुपात

(Frequencies and Proportios of three category judgement made by subject in a weight lifting experiment)

	उद्दीपक मान (Stimulus value)	बारंबारता (Frequnecies)			अनुपात (Proportion)		
	(ग्राम)	Heavier	Equal	Lighter	p Heavier	m Equal	D Lighter
	130	90	8	2	.90	.08	.02
	120	84	12	4	.84	.12	.04
	110	78	18	4	.78	.18	.04
S	**100**	40	50	10	.40	.50	.10
	90	35	20	45	.35	.20	.45
	80	10	10	80	.10	.10	.80
	70	0	1	99	.0	.01	.99
SI = 140 काल्पनिक		**S_0 = 60 (काल्पनिक)**			**Sum: 3.37**	**1.19**	**2.44**

ऊपरी सीमान्त (Upper limen) = $SI - .5\,i - Sum\,p$ (सूत्र 4.1 द्वारा)

$= 140 - (.5)(10) - (10)(3.37) = 101.3$

निचली सीमान्त (Lower limen) : $S_0 + .5\,i\,sum\,d$ (सूत्र 4.2 द्वारा)

$= 60 + (.5)(10) + (10)(2.44) = 89.4$

$$DL = \frac{\text{Upper limen} - \text{Lower limen}}{2} = \frac{101.3 - 89.4}{2} = 5.9 = 6$$

$$PSE = \frac{\text{Upper limen} - \text{Lower limen}}{2} = \frac{101.3 - 89.4}{2} = 95.35$$

DL को सिर्फ *Sum m* के आधार पर:

$$IU = i\,sum\,m$$
$$= 10 \times 1.19 = 11.9$$
$$DL = \frac{IU}{2} = \frac{11.9}{2} = 5.95 = 6$$

तालिका 4-4 में दिया गया है। इस तालिका में वजन उठाने (weight lifting) से सम्बन्धित एक प्रयोग करके आँकड़ों (data) को तथा फिर उससे DL ज्ञात कर दिखलाया गया है। मानक उद्दीपक (standard stimulus) 100 ग्राम का है तथा तुलनात्मक उद्दीपक (comparable stimuli) 7 हैं जिनका मान इस प्रकार है—70 ग्राम, 80 ग्राम, 90 ग्राम, 100 ग्राम, 110 ग्राम, 120 ग्राम तथा 130 ग्राम। प्रत्येक C_O को St के साथ सौ-सौ बार प्रयोज्य (subject) के समाने यादृच्छिक रूप से (randomly) उपस्थित किया गया है और प्रयोज्य ने अपना निर्णय तीन श्रेणियों (categories) अर्थात् 'भारी' (heavier) 'हल्का' (lighter) तथा 'बराबर' (equal) में दिया है। तालिका में बाईं ओर इन तीनों श्रेणियों की आवृत्ति (frequencies) को दिखलाया गया है और दाईं ओर इन आवृत्तियों (frequencies) को अनुपात (proportions) में बदल कर व्यक्त किया गया है। संकलन विधि (Summation method) द्वारा DL ज्ञात किया गया है। सूत्र 4.1 के अनुसार ऊपरी सीमान्त (upper limen) 101.3 है तथा निचली सीमान्त (lower limen) 89.4 है। DL = 5.9 = 6 है तथा PSE = 95.35 है (तालिका 4.4 देखें)। तालिका में DL बराबर (equal) के अनुपात के योग अर्थात *Sum m* के आधार पर भी ज्ञात किया गया है। ऐसी अवस्था में IU = *i sum m* और DL =IU/2 होता है। अतः IU = 10 × 1.19 =11.9 है तथा DL = IU/2 11.9/2 = 5.95 = 6 हुआ। तालिका 4.4 में जो तीव्र श्रेणियों (categories) में निर्णय judgements) का अनुपात (proportions) है, उसे संवेदनशीलता (sensitivity) के क्षेत्र में एक विशिष्ट वितरण (typical distribution) माना जा सकता है। सतत उद्दीपक विधि (method of constant stimuli) में RL तथा DL संकलन विधि के आलावा आलेखीय विधि (graphical method) तथा क्षेपक विधि (interpolation method) द्वारा भी ज्ञात किया जाता है जिसकी चर्चा[1] यहाँ अपेक्षित नहीं हैं।

3. औसत त्रुटि विधि *(Method of Average Error)*—औसत त्रुटि विधि मनोदैहिकी (psychophysics) का एक महत्त्वपूर्ण विधि है। इसे अन्य नामों जैसे *समायोजन की विधि* (method of adjustment), *पुनरुत्पादन की विधि* (method of reporduction) तथा *तुल्य उद्दीपक की विधि* (method of equivalent stimuli) से भी जाता है। इस विधि में व्यक्ति यानी प्रयोज्य(subject) को एक मानक उद्दीपक(standard stimulus) या S_t तथा एक तुलनात्मक उद्दीपक(comparable stimulus) या C_o दे दिया जाता है। प्रयोज्य को तुलनात्मक उद्दीपक को घटा-बढ़ा(manipulate) कर मानक उद्दीपक के बराबर करना होता है। C_o तथा S_t के मान (value) का अन्तर (difference) से प्रयोज्य के निर्णय की त्रुटि (error) का पता चलता है। उदाहरणस्वरूप, मान लिया जाय कि S_t की लम्बाई 50 मिलिमीटर है और प्रयोज्य ने C_o को 48 मिलिमीटर की लम्बाई पर घटा-बढ़ा कर रखा तो यहाँ 50 – 48 = 2 मिलिमीटर की त्रुटि (error) हुई। इसी

1. इन दोनों विधियों की विस्तृत चर्चा के लिए 'टेस्टस, मेजर्मेन्टस तथा रिसर्च मेथड्स इन विहेवियरल साइंसेंज' जो लेखक की एक दूसरी पुस्तक है, में देखें।

तरह से कई प्रयासों (trial) में प्रयोज्य का निर्णय (judgement) प्राप्त किया जाता है और सभी निर्णय में होने वाले त्रुटियों (error) का मान (value) ज्ञात किया जाता है। फिर इन त्रुटियों का एक औसत (average) ज्ञात किया जाता है। यही कारण है कि इस विधि को औसत त्रुटि विधि (method of average error) कहा जाता है। इस तरह से प्राप्त औसत या माध्य (mean) को PSE कहा जाता है। S_t तथा PSE का अन्तर से हमें सतत त्रुटि (constant error) का पता चलता है। अगर PSE का मान S_t के मान से बढ़ा होता है, तो ऐसी अवस्था में CE (constant error) धनात्मक होता है जो मानक उद्दीपक का अधिप्राक्कलन (overestimation) दिखलाता है। इसी तरह से अगर PSE का मान S_t के मान से छोटा होता है, तो ऐसी अवस्था में CE ऋणात्मक (negative) होता है जो मानक उद्दीपक का न्यूनप्राक्कलन (underestimation) दिखलाता है। CE ज्ञात करने का सूत्र इस प्रकार है—

$CE = PSE - S_t$

जहाँ,

CE = सतत त्रुटि (Constant error)

PSE = आत्मपरकसमता बिन्दु (Point of Subjective equality)

S_t = मानक उद्दीपक (Standard stimulus)

औसत त्रुटि विधि (method of average error) अन्य दोनों मनोदैहिक विधियों (psychophysical method) से भिन्न है। अन्य दो विधियों में उद्दीपक (stimulus) का नियंत्रण (control), प्रयोगकर्त्ता (experiments) के हाथ में होता है। प्रयोगकर्त्ता इच्छानुसार उसमें जोड़-तोड़ (manipulation) करता है परन्तु औसत त्रुटि विधि (method of average error) में उद्दीपकों (stimuli) में जोड़-तोड़ (manipulation) प्रयोगकर्त्ता के हाथ में नहीं बल्कि प्रयोज्य (subject) के हाथ में होता है। उदाहरणस्वरूप, मूलर लायर भ्रम (Muller-Lyer illusion) में जिसमें दो रेखाएँ अर्थात तीर रेखा (arrow-headed line) तथा पंख रेखा (feather-headed line) होती है, व्यक्ति तीर रेखा को पंख रेखा से छोटा समझता है हालाँकि इन दोनों रेखाओं की लम्बाई बराबर-बराबर होती है। इस भ्रम के अध्ययन में प्रयोज्य को इस बात की पूरी स्वतंत्रता होती है कि वह जैसे चाहे वैसे पंख रेखा की लम्बाई को घटा-बढ़ा कर तीर रेखा के बराबर कर दे। इस तरह से उद्दीपक में जोड़-तोड़ (manipulate) करने की स्वतंत्रता प्रयोज्य (subject) को काफी होता है।

औसत त्रुटि विधि में परिवर्त्य त्रुटि (variable error) तथा सतत त्रुटि (constant error) होने के संभावना अधिक रहती है। अतः मनोवैज्ञानिकों ने नीचे कुछ महत्त्वपूर्ण सुझावों (suggestions) का वर्णन किया है जिनसे इस विधि में होने वाले इन त्रुटियों को दूर किया जा सकता है—

(i) दिए जाने वाले प्रयासों (trials) में से आधे में तुलनात्मक उद्दीपक (comparable stimulus) यानी C_o को मानक उद्दीपक (Standard stimulus) यानी S_t से अधिक बड़ा (large) तथा बाकी आधे प्रयासों में उसे S_t से छोटा (small) रखना चाहिए। जब C_o की लम्बाई उदाहरणस्वरूप, बड़ी होगी तो वह उसे छोटा करके उसकी लम्बाई को कम करेगा। दूसरी तरफ जब C_o की लम्बाई छोटी होगी, तो वह उसे बड़ा करके S_t के बराबर करेगा। अतः आधे प्रयासों में प्रयोज्य को एक तरह की गति (movement) तथा बाकी आधे प्रयासों में प्रयोज्य को दूसरे तरह की गति (movement) करना होगा। इसमें उसमें गति त्रुटि (movement error) अपने आप ही नियंत्रित हो जायेगा।

(ii) दिये जाने वाले प्रयासों से आधे में C_o को S_t के बायीं ओर रखकर तथा बाकी आधे प्रयासों में C_o को S_t की दायीं ओर रखकर दिया जाना चाहिए। इससे प्रयोज्य में होने वाले स्थान त्रुटि (space error) अपने आप ही नियंत्रित हो जाते हैं।

(iii) जैसा कि सीमा विधि (method of limits) में भी किया जाता है, औसत त्रुटि विधि में प्रत्येक प्रयास (trial) में C_o को एक निश्चित मान (fixed value) पर रखकर प्रयोज्य के सामने नहीं देना चाहिए। ऐसा करने से प्रयोज्य के मन कोई विशेष संकेत (cue) उत्पन्न हो जायेगा जो उसे C_O को S_t के बराबर करने में मदद करेगा। अतः इस त्रुटि से बचने का उपाय यही है कि प्रत्येक प्रयास में C_o के मान (value) निश्चित न रखकर परिवर्तित करते हुए प्रयोज्य के सामने उपस्थित किया जाना चाहिए।

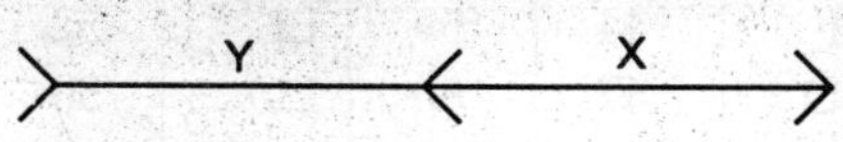

Y X

चित्र 4.1

औसत त्रुटि विधि (method of average error) के उपयोग का एक उदाहरण मूलर-लायर भ्रम (Muller-Lyer illusion) की सीमा (extent) ज्ञात करने में तालिका 4.5 में दिया गया है। मूलर-लायर भ्रम को दो रेखाओं से दिखलाया जाता है जिसे चित्र 4.1 में उपस्थित किया गया है। इस चित्र में

X जो तीर रेखा है तथा Y जो पंख रेखा (feather-headed line) है, की लम्बाई यद्यपि बराबर है फिर भी व्यक्ति X को Y से छोटा समझता है।

मूलर-लायर भ्रम
(Muller-Lyer illusion)

मूलर-लायर भ्रम की सीमा निर्धारित करने से सम्बन्धित प्रयोग में प्रयोगकर्त्ता पंख रेखा को तीर रेखा से कभी बड़ा तो कभी छोटा करके प्रस्तुत करता है। जब पंख रेखा को तीर रेखा से बड़ा रखा जाता है तो प्रयोज्य उसे भीतर की ओर (inward movement) छोटा करके तीर रेखा के बराबर करता है। दूसरी तरफ जब पंख रेखा को तीर रेखा से छोटा रखा जाता है तो प्रयोज्य उसे बाहर की ओर (outward movement) करके तीर रेखा के बराबर करता है। इस तरह की प्रक्रिया गति त्रुटि (movement error) को नियंत्रित करने के लिए किया जाता है, उसी तरह से स्थान त्रुटि (space eroor) को नियंत्रित करने के लिए पंख रेखा को आधे प्रयासों में तीर रेखा की बायीं (left) ओर तथा आधे प्रयासों में दायीं (right) ओर रखा जाता है। तालिका 4.5 में कुल 64 प्रयासों (trials) के आँकड़ें दिखलाये गये हैं, जिसमें 32 प्रयास में पंख रेखा को तीर रेखा के बायीं ओर (L) तथा बाकी 32 प्रयास में पंख रेखा को तीर रेखा से दायीं ओर (L) रखा गया है। इसी तरह से 64 प्रयास में से 32 प्रयास में प्रयोज्य को पंख रेखा को भीतर से बाहर (outward movement या O) करके तीर रेखा के बराबर करना होता है तथा 32 प्रयास में पंख रेखा को बाहर से भीतर करके (inward movement or I) तीर रेखा के बराबर होता है। प्रतिसंतुलितकारी डिजाइन (countrerbalancing design), द्वारा O, I, R तथा L में दिये गये प्रयासों (trial) को बराबर-बराबर कर दिया गया है ताकि प्रयोज्य के निर्णय में गति (movement), स्थान (space), थकान (fatigue), अभ्यास (practice) आदि से संबंद्ध होने वाले त्रुटियाँ संतुलित होकर समाप्त हो जायँ।

तालिका 4.5 : औसत त्रुटि विधि द्वारा मूलर लायर भ्रम की सीमा का निर्धारण

(Determination of the extent of Muller-Lyer illusion by Method of averge error)

(प्रयोग द्वारा बताये गयें पंख रेखा की लम्बाई को मिलिलीटर में लिखा गया है)

प्रयास (trial)	दिशा (Dire-ction)	पंख रेखा की लंबाई	प्रयास (trial)	दिशा (Direc-tion)	पंख रेखा की लंबाई	प्रयास (trial)	दिशा (Direc-tion	पंख रेखा की लंबाई	प्रयास (trial)	दिशा (Drie-ction)	पंख रेखा की लंबाई
1	LO	48	17	RO	45	33	RO	51	49	LO	48
2	LI	47	18	RI	43	34	RI	50	50	LI	49
3	LI	45	19	RI	46	35	RI	50	51	LI	47
4	LO	47	20	RO	45	36	RO	48	52	LO	46
5	LO	46	21	RO	46	37	RO	49	53	LO	46
6	LI	45	22	RI	48	38	RI	47	54	LI	47
7	LI	44	23	RI	43	39	RI	46	55	LI	48
8	LO	51	24	RO	44	40	RO	46	56	LO	49
9	LO	53	25	RO	45	41	RO	45	57	LO	50
10	LI	49	26	RI	48	42	RI	43	58	LI	51
11	LI	48	27	RI	47	43	RI	44	59	LI	52
12	LO	47	28	RO	47	44	RO	47	60	LO	50
13	LO	46	29	RO	46	45	RO	46	61	LO	49
14	LI	47	30	RI	48	46	RI	43	62	LI	48
15	LI	45	31	RI	49	47	RI	45	63	LI	45
16	LO	44	32	RO	50	48	RO	46	64	LO	44

LO = Left outward　　LI = Left inward
RO = Right outward　　RI = Right inward
LO शृंखला का माध्य (Mean of LO series) = 47.75
LI शृंखला का माध्य (Mean of LI series) = 47.31
RO शृंखला का माध्य (Mean of RO series) = 46.62
RI शृंखला का माध्य (Mean of RI series) = 46.25

$$\text{Space error} = \frac{(\text{Mean of LO} + \text{Mean of LI})}{2} - \frac{(\text{Mean of RO} + \text{Mean of RI})}{2}$$

$$= \frac{(47.75 + 47.31)}{2} - \frac{(46.62 + 46.25)}{2} = 47.530 - 46.435 = 1.095$$

$$\text{Movement error} = \frac{(\text{Mean of LO} + \text{Mean of Ro})}{2} - \frac{(\text{Mean of LI} + \text{Mean of RI})}{2}$$

$$= \frac{(47.75 + 47.31)}{2} - \frac{(46.62 + 46.25)}{2} = 47.185 - 46.780 = .405$$

Mean of 64 judgements or PSE = 46.98; σ of 64 judgements = 2.315; Constant error (or extent of illusion) = PSE – Standard = 46.98 – 50 = – 3.02

अतः मूलर-लायर भ्रम की सीमा या मात्रा = – 3.02

तालिका 4.5 के आँकड़ें में तीर रेखा जो एक मानक उद्दीपक (standard stimulus) है, की लम्बाई 50 मिलिमीटर है। प्रयोज्य को कुल 64 प्रयास (trials) दिये गये हैं। प्रत्येक प्रयास में किये गये निर्णय (judgment) का मान (value) 46.98 है। अतः PSE = 46.98 हुआ। सभी 64 निर्णय का मानक विचलन (standard deviation) 2.315 है जिससे यह पता चलता है कि प्रयोज्य का निर्णय कुछ हद तक परिवर्त्य त्रुटि (variable error) से प्रभावित हुआ है। प्रयोज्य में मूलर-लायर भ्रम की सीमा या मात्रा (extent) – 3.02 है। जब सीमा की दिशा (direction) ऋणात्मक (negative) होती है तो इसका मतलब यह हुआ कि प्रयोज्य ने औसत रूप से मानक उद्दीपक को यानी तीर रेखा को उसकी वास्तविक लम्बाई (यानी 50 किलोमीटर) से 3.2 मिलिमीटर छोटा समझा है। तालिका 4.5 से यह भी स्पष्ट है कि प्रयोज्य को निर्णय करते समय स्थान त्रुटि (space error) तथा गति त्रुटि (movement error) भी हुआ है। स्थान त्रुटि = 1.095 है, तथा गति त्रुटि = .405 है। चूँकि इन त्रुटियों का मान (value) बहुत ही कम है अतः प्रयोज्य द्वारा किये गये निर्णयों (judgments) को हम विश्वसनीय (reliable) मान सकते हैं।

यद्यपि औसत त्रुटि विधि (method of averge error) सीमा विधि (method of limits) तथा सतत उद्दीपक विधि (method of constant stimuli) का प्रतिपादन फेकनर ने 1860 के लगभग किया था, फिर भी इन विधियों का प्रयोग आधुनिक मनोदैहिकी (modern psychophsics) में आज भी काफी हो रहा है।

वेबर का नियम
(Weber's Law)

19 वीं शताब्दी में वेबर (Weber) ने मनोदैहिकी के क्षेत्र में महत्त्वपूर्ण कार्य किये और इन शोधों (researches) के आधार पर विभेदक सीमान्त (Difference limen) या संक्षेप में DL तथा उद्दीपक की तीव्रता (stimulus intensity) के बीच में एक विशेष प्रकार का सम्बन्ध बतलाया गया है। इन दोनों के सम्बन्धों पर बहुत से प्रयोगों में कई लोगों ने काफी गंभीरतापूर्वक विचार किया। पहला महत्त्वपूर्ण प्रश्न जिस पर वेबर (Weber) तथा अन्य लोगों ने काफी गंभीरता से विचार किया, वह था—क्या DL या JND (Just notice difference) किसी संवेदी क्षेत्र (sense modality) के लिए एक निश्चित (fixed) मान होता है? वेबर ने यह बतलाया कि DL या JND किसी भी संवेदी क्षेत्र के लिए एक निश्चित मान नहीं होता है बल्कि रेखीय ढंग (linear fashion) से मानक उद्दीपक (standard stimulus) के मान (value) में परिवर्तन होने के साथ-साथ परिवर्तित होते जाता है। दूसरे शब्दों में, जब मानक

उद्दीपक (standard stimulus) का मान बढ़ता है तो उसे तुलनात्मक उद्दीपक (comparable stimulus) से भिन्न (different) महसूस करने के लिए उद्दीपक में जो निम्नतम परिवर्तन होता है, (अर्थात् DL या JND) वह भी बढ़ता है। अतः मानक उद्दीपक का मान (value) जब बढ़ा होगा तो DL भी बढ़ा होगा और यदि मानक उद्दीपक का मान छोटा होगा तो DL भी कम होगा। वेबर नियम (Weber's law) इसी तथ्य का एक गणितीय कथन (mathematical statement) है। वेबर नियम को तब परिभाषित करते हुए कहा जा सकता है कि मानक उद्दीपक (standard stimulus) के मान (value) तथा DL या JND को उत्पन्न करने के लिए निम्नतम मान के बीच एक निश्चित एवं सतत अनुपात (constant ratio) होता है जिसके अनुसार दोनों में परिवर्तन होता है। उदाहरणस्वरूप, मान लिया जाय कि किसी कमरा में 10 मोमबत्ती पहले से जल रहा है और यदि उसी कमरा में उसी आकार (size) का एक और मोमबत्ती जला दिया जाता है और इससे रोशनी में हुए अन्तर को व्यक्ति साफ-साफ प्रत्यक्षण (perceive) कर लेता है, तो उसका मतलब यह हुआ कि उसी कमरा में 100 मोमबत्ती के जलते रहने पर रोशनी में अन्तर होने के लिए 10 मोमबत्ती को जलाना आवश्यक है। इसी तरह से 1000 मोमबत्ती के जलते रहने पर रोशनी में अन्तर का प्रत्यक्षण करने के लिए 100 मोमबत्ती का जलाना आवश्यक है। इस उदाहरण से निम्नांकित दो बातें स्पष्ट होती हैं—

(i) JND या DL मानक उद्दीपक (standard stimulus) में वृद्धि होने से बढ़ता है तथा कमी होने से घटता है। जब 100 मोमबत्ती कमरा में जलता है तो JND or DL के लिए मात्र 10 मोमबत्ती की जरूरत होती है। परन्तु जब 1000 मोमबत्ती जलता है, तो DL 10 मोमबत्ती से नहीं बल्कि 100 मोमबत्ती से उत्पन्न होता है।

वेबर नियम को सूत्र के रूप में इस प्रकार से व्यक्त किया जाता है:—

$$\frac{\Delta R}{R} = K \qquad \text{(सूत्र 4.8)}$$

जहाँ,

$\Delta R = DL$ या JND

$R =$ मानक उद्दीपक (standard stimulus)

$K =$ सतत (constant) है जिसका ज्ञान $\frac{\Delta R}{R}$ से होता है।

सूत्र 4.8 को शब्दों के सूत्र (verbal equation) में इस प्रकार कहा जा सकता है—

$$\frac{\text{DL}}{\text{Standard stimulus}} = \text{Constant}$$

(ii) वेबर नियम में जो सतत् (constant) होता है, की अभिव्यक्ति (expression) हमेशा भिन्न (fraction) में होती है जिसे वेबर भिन्न या वेबर अनुपात (Weber's fraction or Weber's proportion) कहा जाता है। वेबर अनुपात या भिन्न से यह पता चलता है कि मानक उद्दीपक में किस अनुपात में वृद्धि (या कमी) की जाय कि व्यक्ति (उद्दीपक से) संवेदनशीलता में होने वाले परिवर्तन का सही-सही प्रत्यक्षण कर सके। अर्थात व्यक्ति में न्यूनतम ज्ञेय भेद (Just Noticeable Difference या JND) उत्पन्न हो सके। उदाहरणस्वरूप, यदि 10 ग्राम के मानक उद्दीपक के साथ 8 ग्राम का दूसरा उद्दीपक देने से व्यक्ति इन दोनों उद्दीपकों से उत्पन्न भार संवेदनशीलता (weight sensitivity) में अन्तर का प्रत्यक्षण कर लेता है तो वेबर अनुपात $8/10 = .8$ हुआ जिसका मतलब यह हुआ कि न्यूनतम ज्ञेय भेद उत्पन्न करने के लिए मानक उद्दीपक में .8 गुणा (times) की वृद्धि आवश्यक है। उसी तरह 100 ग्राम के भार को $.8 \times 100 = 80$ ग्राम अधिक यानी 180 ग्राम का होना चाहिए और तब व्यक्ति इसे 100 ग्राम के मानक वजन से अलग कर पायेगा। उसी तरह से यदि मानक उद्दीपक 1000 ग्राम का है तो न्यूनतम ज्ञेय भेद (just noticeable difference) उत्पन्न करने के लिए दूसरा उद्दीपक 800 ग्राम का होना चाहिए। इस उदाहरणों से स्पष्ट है कि अनुपात हमेशा सतत (constant) रहता है हालांकि मानक उद्दीपक (standard stimulus) के मान (value) में परिवर्तन होता रहता है।

भिन्न-भिन्न संवेदी क्षेत्रों में मनोवैज्ञानिकों ने वेबर नियम की संवेदनशीलता (sensitivity) के अध्ययन करने का एक प्रमुख नियम बतलाया है। इस नियम की एक बड़ी विशेषता यह है कि भिन्न-भिन्न संवेदी क्षेत्रों के वेबर अनुपात की तुलना आपस में सीधे की जा सकती है क्योंकि अनुपात उस भौतिक इकाई (physical unit) पर आधारित नहीं होता

है जिसमें मानक उद्दीपक (standard stimulus) तथा DL की अभिव्यक्ति (expression) की जाती है। वजन (heaviness) के लिए वेबर अनुपात (Weber's fraction) .020, रेखा की लम्बाई (line length) के लिए .030, चमक (brightness) के लिए .019, बिजली शॉक (electric shock) के लिए .014 तथा नमकीन स्वाद (salty taste) के लिए .084 होता पाया गया है।

वेबर नियम के साथ एक प्रमुख परिसीमा (limitation) यह है कि उसकी परिशुद्धता (accuracy) तथा यथार्थता (precision) उस समय न के बराबर रह जाती है जब मानक उद्दीपक (standard stimulus) का मान किसी एक छोर (extreme) पर पहुँच जाता है। दूसरे शब्दों में, जब मानक उद्दीपक का मान (value) बीच (middle) में होता है तब तो वेबर अनुपात की परिशुद्धता बनी रहती है। परन्तु जब मानक उद्दीपक का मान (value) बहुत ही कम या बहुत ही ज्यादा हो जाता है तो वेबर अनुपात (Weber's fraction) की परिशुद्धता लगभग समाप्त हो जाती है। इतना ही नहीं, ओनो (Ono, 1979) ने तो यह भी दिखला दिया है कि जब उद्दीपक को व्यक्ति के सामने उपस्थित (present) करने का तरीका (mode) में परिवर्तन कर दिया जाता है तो इससे भी वेबर अनुपात परिवर्तित हो जाता है। जब तरीका ऐसा होता है कि मानक उद्दीपक (standard stimulus)के बाद तुलनात्मक उद्दीपक (comparable stimulus) दिया जाता है तो वेबर अनुपात की परिशुद्धता (accuracy) अधिक होती है परन्तु यदि मानक उद्दीपक तुलनात्मक उद्दीपक के बाद दिया जाता है तो वेबर अनुपात की परिशुद्धता काफी कम हो जाती है। इन कारणों से मनोदैहिकी के विशेषज्ञों ने वेबर नियम से असंतुष्ट होकर अन्य नियमों का प्रतिपादन किया है जिसे फेकनर का नियम (Fechner's law) तथा स्टीभेन्स का नियम (Steven's law) की संज्ञा दी गयी है। इन दोनों नियमों की व्याख्या अगले अनुच्छेदों में की गयी है।

फेकनर का नियम
(Fechner's Law)

फेकनर (Fechner) दूसरे प्रमुख विशेषज्ञ थे जिन्होंने मनोदैहिकी (Psychophysics) के क्षेत्रों में महत्त्वपूर्ण कार्य किये हैं। इन्होंने भी संवेदनशीलता (sensitivity) के क्षेत्र में अनेकों अध्ययन कर एक विशेष नियम बनाया है जिसे फेकनर का नियम (Fechner's law) कहा जाता है। सच्चाई यह है कि फेकनर ने इस नियम का प्रतिपादन वेबर नियम (Weber's law) में सुधार लाने के प्रयास किया था। वेबर नियम प्रयोज्य या व्यक्ति द्वारा किये गये निर्णयों (judgements) को मापने (scale) का एक अप्रत्यक्ष विधि (indirect method) है जहाँ DL को समान अंतराल मापनी (equal interval scale) की एक इकाई के रूप में व्यक्त किया जाता है। उदाहरणस्वरूप, मान लिया जाए कि किसी संवेदन (sensation) का वेबर अनुपात .25 है (यानी 1/4)। इसका मतलब यह हुआ कि यदि एक उद्दीपक (stimulus) का मान (value) 20 इकाई है तो न्यूनतम ज्ञेय भेद (just noticeable difference) उत्पन्न करने के लिए दूसरा उद्दीपक को 20 का 1/4 (या 20 का .25) यानी 5 इकाई (unit) उससे अधिक होना चाहिए। दूसरे शब्दों में, दूसरा उद्दीपक को 20+5 = 25 इकाई का होना चाहिए। अगला सोपान (step) पर न्यूनतम ज्ञेय भेद उत्पन्न करने के लिए दूसरा उद्दीपक को $.25 \times 25 = 6.25$ इकाई मूल उद्दीपक अर्थात् 25 इकाई के उद्दीपक से अधिक होना चाहिए। इसका मतलब यह हुआ कि दूसरा उद्दीपक को $25 + 6.25 = 31.25$ इकाई का होना चाहिए। उसी तरह तीसरा सोपान पर न्यूनतम ज्ञेय भेद उत्पन्न करने के लिए एक उद्दीपक तो 31.25 इकाई का ही होगा। परन्तु दूसरा उद्दीपक को $31.25 + 7.72 = 38.97$ इकाई का होना चाहिए। इसी तरह से प्रत्येक उत्तरोतर कदम (step) पर उद्दीपक को न्यूनतम ज्ञेय भेद उत्पन्न करने के लिए उसके ठीक पहले कदम पर के उद्दीपक के मान का 1.25 गुणा अधिक होना चाहिए। अतः प्रत्येक उत्तरोत्तर कदम (successive step) पर व्यक्ति की संवेदनशीलता में समान वृद्धि (equal increment) के लिए उद्दीपक (stimulus) के मान में अधिक वृद्धि (large increments) की जरूरत होती है। फेकनर के अनुसार उद्दीपक के मान में वृद्धि होने के फलस्वरूप व्यक्ति की संवदेनशीलता में हुए वृद्धि को लघुगणकीय सम्बन्ध (logarithmic relationship) के आधार पर भी व्याख्या किया जा सकता है। उदाहरणस्वरूप, ऊपर के उदाहरण में प्रत्येक उत्तरोत्तर कदम पर DL को एक सतत् गुणज (constant multiple) द्वारा आसानी से पता लगाया जा सकता है। जैसे, पहला कदम पर जहाँ उद्दीपक का मान 20 इकाई है, वहाँ वह अर्थात् DL के लिए दूसरा

उद्दीपक होगा; दूसरा कदम पर वह $\frac{5}{4} \times 25 = 31.25$ होगा; तथा इसी तरह तीसरा कदम पर वह $\frac{5}{4} \times 31.25 = 38.97$ होगा। इन उदाहरणों से यह स्पष्ट है कि उद्दीपक के मान में गुणा (multiplication) की प्रक्रिया के रूप में वृद्धि होती है परन्तु इसके उद्दीपक संवेदन में जोड़ (addition) की प्रक्रिया के रूप में वृद्धि होती है। गुणा की प्रक्रिया के रूप में वृद्धि को ज्यामितीय क्रम में वृद्धि[1] (geometrical progression) तथा जोड़ की प्रक्रिया के रूप में वृद्धि को अंगणितीय क्रम में वृद्धि (arithmetical progression) की संज्ञा दी जाती है। जब दो चरों (variables) में से किसी एक में ज्यामितीय क्रम से वृद्धि होती है और दूसरे में अंकगतिणतीय ढंग से वृद्धि होती है तो इस प्रकार के सम्बन्ध को लघुगणकीय सम्बन्ध (logarithmic relationship) कहा जाता है। फेकनर के नियम के अनुसार उद्दीपकों के मान (value) तथा उससे उत्पन्न होने वाली संवेदन में इसी प्रकार का लघुगणकीय सम्बन्ध (logarithmic relationship) होता है। इस नियम के अनुसार यदि उद्दीपक के मान (value) में ज्यामितीय वृद्धि (geometrical increment) की जाती है तो उससे उत्पन्न संवेदन (sensation) में वृद्धि होती है परन्तु अंकगणितीय क्रम (arithmetical progression) में न कि ज्यामितीय क्रम (geometrical progression) में। फेकनर (Fechner) ने इसे दिखलाने के लिए कई सूत्र विकसित किये हैं जिसमें से सूत्र 4.9 अधिक लोकप्रिय (popular) हो पाया है—

$$R = K \log S \qquad \text{(सूत्र 4.9)}$$

जहाँ,

R = संवेदन की मात्रा (magnitude of sensation)
K = वेबर की सतत (Weber's constant)
S = उद्दीपक मान की मात्रा (magnitude of stimulus value)

फेकनर ने अपने नियम के दो प्रमुख पूर्वकल्पनाओं (assumptions) का वर्णन किया है, जो निम्नांकित है—

(i) चाहे उद्दीपक के किसी भी स्तर (level) पर क्यों न उत्पन्न हुआ हो, DL या न्यूनतम ज्ञेय भेद (Just noticeable difference) द्वारा संवेदन (sensation) में हमेशा समान वृद्धि (equal increment) होती है।

(ii) संवेदन उन सभी DL या JND का योग होता है जो संवेदन उत्पन्न करने के पहले आते हैं।

यद्यपि कुछ मनोवैज्ञानिकों ने ऊपर बताये गये पूर्वकल्पनाओं की परिशुद्धता (accuracy) पर असंतोष व्यक्त किया है। फिर भी फेकनर का नियम एक महत्त्वपूर्ण नियम माना गया है जिसमें वेबर के नियम (Weber's law) को संशोधित कर उसे अधिक वैज्ञानिक भी बनाया गया है। इसलिए इसे *वेबर-फेकनर नियम* (Weber-Fechner law) भी कहा जाता है।

स्टीभेन्स घात नियम
(Steven's Power Law)

फेकनर के नियम में कई लोगों ने भिन्न-भिन्न ढंगों से परिवर्तित (modify) किया है। स्टीभेन्स (Stevens, 1956) द्वारा किया गया परिवर्तन काफी महत्त्वपूर्ण है जिसे आज हम *स्टीभेन्स घात नियम* (Steven's Power law) के रूप में जानते हैं। वेबर तथा फेकनर के नियम की व्याख्या का आधार श्रेणी निर्णय विधि (method of category judgement) है जिसमें व्यक्ति को उद्दीपक (stimulus) दिये जाने के बाद उत्पन्न संवेदन (sensation) को पहले से बने श्रेणियों (categories) जैसे श्रेणी 1 यानी सबसे हल्का वजन (lightest weight) संवेदन के लिए बनी श्रेणी तथा श्रेणी 5 यानी सबसे भारी वजन (heaviest weight) के लिए बनी श्रेणी और बीच का श्रेणियाँ जैसे 2, 3 तथा 4

1. 2, 4, 8, 16, 32, 64 आदि ज्यामितीय क्रम (geometrical progression) में वृद्धि के उदाहरण हैं। परन्तु 2, 4, 6, 8, 10 आदि अंकगणितीय क्रम (arithmetical progression) में वृद्धि के उदाहरण हैं।

(इन दोनों सीमाओं के बीच की संवेदनाओं के लिए) में छाँटना होता था। स्टीभेन्स (Stevens) ने इस विधि को अस्वीकार कर इसके जगह पर अन्य विधि का प्रतिपादन किया। स्टीभेन्स का विचार था कि श्रेणी निर्णय विधि (method of category judgement) द्वारा संवेदन की व्याख्या करने में कुछ अप्रत्यक्ष (indirectness) तथा व्यक्तिनिष्ठता (subjectivity) का तत्त्व आ जाता है। सच्चाई यह है कि स्टीभेन्स (Stevens, 1957) का विचार यह था कि संवेदन की मापन प्रत्यक्ष रूप से की जानी चाहिये न कि अप्रत्यक्ष रूप से जैसा कि फेकनर ने किया था। जब संवेदनों का प्रत्यक्ष मापन किया जाता है, तो मन एवं शरीर के बीच एक भिन्न सम्बन्ध कायम होता है। स्टीभेन्स ने चार प्रत्यक्ष संवेदी मापनी प्रविधियों (direct sensory scaling techniques) का प्रतिपादन किये जो इस प्रकार है—*अनुपात उत्पादन* (ratio production), *अनुपात आकलन* (ratio estimation), *मात्रा आकलन* (magnitude estimation) तथा *मात्रा उत्पादक* (maguitude production)। अनुपात उत्पादन प्रविधि में प्रयोज्य को एक उद्दीपक (stimulus) दिया जाता है और इसका समायोजन दूसरे उद्दीपक से करना होता है ताकि दूसरे उद्दीपक की तीव्रता का पहले उद्दीपक की तीव्रता के आलोक में बतलाया जा सके। जैसे, प्रयोज्य को दूसरे उद्दीपक को इस ढंग से समायोजित करने के लिए कहा जा सकता ताकि वह पहले उद्दीपक का 1/2 या 1/3 अधिक या कम तीव्र दीखें। अनुपात आकलन (ratio estimation) बहुत कुछ इसके ही समान होता है। इसमें दूसरे उद्दीपक में जोड़-तोड़ करने के बजाय प्रयोज्य को दो उद्दीपक एक साथ दे दिया जाता है और उनसे उन दोनों क बीच का अनुपात का आकलन करने के लिए कहा जाता है। जैसे प्रयोज्य को दो आवाज सुनकर उनसे यह पूछा जा सकता है कि क्या पहला आवाज दूसरे आवाज से दुगुना या तीनगुणा कम या अधिक है। मात्रा आकलन प्रविधि (magnitude estimation technique) में प्रयोज्य उद्दीपक की तीव्रता को एक *संख्यात्मक* आकलन (numerical estimation) प्रदान करता है। जैसे, स्टीभेन्स (Stevens, 1958) ने एक प्रयोग में प्रयोज्यों को स्वाद घोल जो चीनी, नमक तथा कुनैन के थे, दिये और उनसे एक संख्या देने को कहा गया जिससे उसके सुस्वाद (flavor) का वर्णन हो सके। मात्रा उत्पादन (magnitude production) में प्रयोज्य को एक संख्यात्मक मान (numerical value) दिया जाता है और उसके बाद उनसे एक ऐसे उद्दीपक उत्पन्न करने के लिए कहा जाता है जो उसके मान (value) के बराबर हो, उदाहरणस्वरूप प्रयोगकर्त्ता प्रयोज्य से यह पूछ सकता है कि आप एक ऐसी आवाज उत्पन्न करें जिसकी तीव्रता संख्या 50 के बराबर हो। इन चारों विधियों की एक उभयनिष्ठ विशेषता यह है कि इसमें प्रयोज्य संवेदन की मापन प्रत्यक्ष रूप से करता है। चूँकि मापन प्रत्यक्ष होता है, अतः विभिन्न ज्ञानेन्द्रियों से प्राप्त संवेदनों की तीव्रता की तुलना सम्भव है।

मान लिया जाय कि प्रयोगकर्त्ता विभिन्न वजनों (weights) से उत्पन्न संवेदन का अध्ययन मात्रा आकलन विधि द्वारा करना चाहता है। ऐसा करने के लिए वह पहले एक मानक उद्दीपक (standard stimulus) प्रयोग को उठाने के लिए देगा। मान लिजिए कि मानक उद्दीपक का भार (weight) 100 ग्राम है तथा उसका मान (value) 10 है। अब उसके बाद उससे कहा जायेगा कि उन्हें कोई भार उद्दीपक (weight stimuli) एक-एक करके दिया जायेगा। यदि किसी भार उद्दीपक को वह मानक भार (standard weight) से दुगुना भारी महसूस करता है तो वह 20 कहेगा और यदि तीनगुना भारी महसूस करेगा तो 30 कहेगा और यदि किसी भार उद्दीपक (weight stimulus) को मानक भार (जिनका मान 10 है) का $\frac{1}{5}$ भाग ही भार समझता है तो वह 2 कहेगा। परन्तु वह किसी भी उद्दीपक भार का निर्णय शून्य (zero) में नहीं करेगा। मात्रा आकलन विधि में मानक उद्दीपक (standard stimulus) को दी गयी संख्यात्मक मान (numerical value) को *मोडुलस* (Modulus) कहा जाता है जो ऊपर के उदाहरण में 10 है।

मात्रा आकलन विधि द्वारा स्टीभेन्स ने भिन्न-भिन्न संवेदी क्षेत्रों (sense modalities) में प्रयोग किया और जब प्राप्त आँकड़ों (data) को उन्होंने आलेख (graph) पर दिखलाया तो स्पष्ट रूप से यह पाया कि उद्दीपक की तीव्रता (intensity of stimulus) तथा उससे उत्पन्न संवेदन की मात्रा (magnitude of sensation) में लघुगुणक सम्बन्ध (logarithmic relationship) नहीं पाया जाता है। उनका कहना था कि संवेदन की मात्रा (magnitude of sensation) उद्दीपक की तीव्रता को एक खास घातांक (exponent) या पावर (power) तक वृद्धि करने का सीधा प्रतिफल होता है। इसे सूत्र के रूप में इस प्रकार व्यक्त किया जा सकता है—

$$S = KR^N \quad \text{... सूत्र (4.10)}$$

जहाँ,

S =संवेदन की मात्रा (magnitude of sensation)
R =उद्दीपक की तीव्रता (intensity of stimulus)
K = सतत (constant)
N = घातांक (exponent)

स्टीभेन्स पावर नियम के अनुसार उद्दीपक की तीव्रता *(R)* में परिवर्तन के साथ संवेदन की मात्रा *(S)* में हुआ परिवर्तन घातांक (exponent) के आकार (size) पर निर्भर करता है। यदि घातांक (exponent) 1 है तब तो जितना उद्दीपक की तीव्रता में परिवर्तन होगा, ठीक उतना ही परिवर्तन संवेदन की तीव्रता में होगा। जैसे, स्टीभेन्स ने ताप (temperature) अर्थात् बाँह पर ठंड की संवेदन (sensation for coldness on arm) के लिए घातांक 1 होते पाया है। इसका मतलब यह हुआ कि यदि बाँह पर ठंडे वस्तु से स्पर्श किया जाय तो ठंडे वस्तु की तीव्रता जितनी बढ़ेगी उससे उत्पन्न संवेदन की मात्रा भी ठीक उसी अनुपात में बढ़ेगी। स्टीभेन्स ने भिन्न-भिन्न संवेदी क्षेत्रों के लिए घातांक (exponent) ज्ञात किया है जो करीब-करीब निश्चित (fixed) तथा स्थिर (stable) पाये गये हैं। जैसे—ध्वनि की प्रबलता (loudness) के लिए घातांक (exponent) 6, भिन्न-भिन्न लकीरों की लम्बाई सम्बन्धित संवेदन के लिए 1, नमकीन स्वाद (salty taste) के लिए 1.3, वजन उठाने (weight lifting) से सम्बन्धित संवेदन के लिए 1.45 तथा बिजली के शॉक (electric shock) के लिए 3.5 बतलाया गया है। घातांक में परिवर्तन होने पर उद्दीपक की तीव्रता *(R)* तथा संवेदन की मात्रा *(S)* का आपसी सम्बन्ध बदल जाते हैं जिसे चित्र 4.2 में दिखलाया गया है।

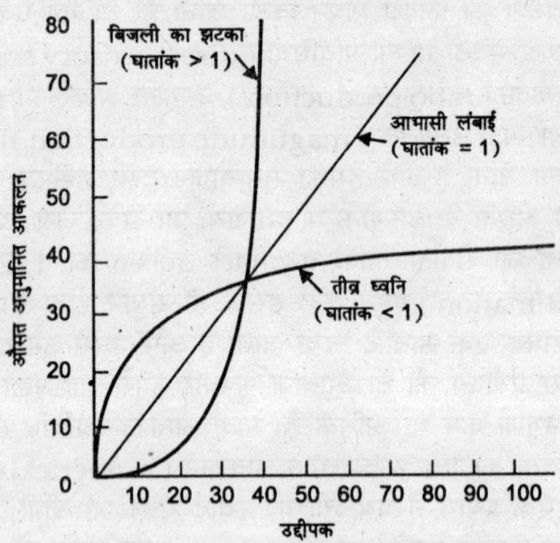

चित्र 4.2 : बिजली के शॉक, लकीर की लम्बाई तथा ध्वनि की प्रबलता के लिए खींचा गया पावर वक्र (Power curves for electric shock, line length and loudness of sound)

चित्र 4.2 में तीन संवेदी क्षेत्रों के उद्दीपकों से उत्पन्न संवेदन की मात्रा को दिखलाया गया है। लकीर की लम्बाई के लिए घातांक 1 हैं, बिजली के शॉक का घातांक एक से ज्यादा यानी 3.5 है तथा ध्वनि की प्रबलता (loudness) का घातांक एक से कम है यानी .6 है। जब घातांक 1 है तो घात फलन (power function) रेखीय (linear) होता है। इसका मतलब हुआ कि जितनी इकाई उद्दीपक की तीव्रता बढ़ती है या घटती है, ठीक उतनी ही इकाई संवेदन की मात्रा भी बढ़ती है या घटती है। परन्तु जब घातांक एक से कम हो जाता है, जैसा कि ध्वनि की प्रबलता (loudness) में होता है तो घात फलन (power function) का वक्र (curve) नीचे की ओर अवतल (concave downward) हो जाता है (चित्र 4.2 देखें)। इसका मतलब यह हुआ कि उद्दीपक की तीव्रता जैसे-जैसे बढ़ेगी, वैसे-वैसे समान संवेदन उत्पन्न करने के लिए उद्दीपक में बड़ा परिवर्तन (या वृद्धि) की जरूरत होगी। उसी तरह से जब घातांक 1 से अधिक होगा (जैसा कि बिजली के शॉक की स्थिति में होता है), तो घात फलन ('power function) से सम्बन्धित वक्र (curve) ऊपरी दिशा में अवतल (concave upward) हो जाता है। इसका मतलब यह हुआ कि उद्दीपक यदि तीव्र अवस्था में है, और उसमें यदि 10 इकाई की वृद्धि होती है, तो उससे उत्पन्न संवेदन उससे काफी अधिक मात्रा में बढ़ जाती है। परन्तु यदि उद्दीपक की तीव्र अवस्था में न होकर कमजोर (dim) अवस्था में होती है तो वही 10 इकाई की वृद्धि से उत्पन्न संवेदन में उतनी वृद्धि (जितनी की तीव्र अवस्था में हुई थी) नहीं होती है।

ऊपर के विवरण से स्पष्ट है कि स्टीभेन्स का पावर नियम में फेकनर के नियम की अपेक्षा अधिक वस्तुनिष्ठता (objectivity) तथा प्रत्यक्षता (directedness) है। इससे उद्दीपक की तीव्रता तथा उससे उत्पन्न संवेदन की मात्रा (magnitude) के सम्बन्ध में (relationship) को समझने में कोई दिक्कत नहीं रह जाती है।

मनोदैहिक नियमों की वर्तमान स्थिति
(Present Status of Psychophysical Law)

पिछले अनुच्छेदों में तीन महत्त्वपूर्ण मनोदैहिक नियमों अर्थात वेबर नियम, वेबर-फेकनर नियम या फेकनर नियम तथा स्टीभेन्स नियम (Steven's law) की चर्चा की गयी है। इन मनोदैहिक नियमों की वर्तमान स्थिति (present status) क्या है, इस पर हम यहाँ विचार करेंगे।

यदि मनोविज्ञान के इतिहास पर एक नजर डालें तो यह स्पष्ट होगा कि करीब 150 साल पूर्व से ही मनोदैहिकी के क्षेत्र में शोध प्रारम्भ हो गए हैं। फिर भी दुःख इस बात की है आज तक मनोदैहिकी नियमों के वास्तविक स्वरूप के बारे में ठीक ढंग से पता नहीं चल पाया है। तो क्या हम यह कहेंगे कि अब तक का किया गया शोध अर्थहीन हैं? नहीं। सच्चाई यह है कि इन शोधों एवं अध्ययनों से प्रत्यक्षण के अध्ययनों को काफी लाभ पहुँचा है। इन अध्ययनों से आत्मनिष्ठ मात्रा (subjective magnitude) के मापन के लिए कुछ नये-नये तकनीक विकसित हो पाये हैं और साथ-ही-साथ एक महत्त्वपूर्ण तथ्य सामने उभकर आया है जो यह है कि एक स्पष्ट एवं साधारण समस्या जैसे उद्दीपक मात्रा (stimulus magnitude) के प्रत्यक्षण में भी एक काफी जटिल सूचना संसाधन (information processing) की प्रक्रिया सम्मिलित होती है। रॉस्स तथा डिलोल्लो (Ross & DiLollo, 1971) ने तो अपने अध्ययन के आधार पर यहाँ तक कहा है कि व्यक्ति उद्दीपकों को तत्त्वों (elements) का एक ढेर या समूह के रूप में न कि उनके एकांकी (unitary) गुणों के रूप में प्रत्यक्षण करता है।

स्टीभेन्स (Stevens, 1971) ने मनोदैहिक नियमों की वर्तमान स्थिति पर अपना विचार प्रकट करते हुए कहा है कि इसके बारे में मनोवेज्ञानिकों में थोड़ा मतभेद हैं। कुछ मनोवैज्ञानिकों जिनमें स्टीभेन्स (Stevens) का भी नाम लिया जाता है, मत है कि व्यक्ति द्वारा अनुभव किया गया संवेदन की मात्रा (magnitude of sensation) उद्दीपक की तीव्रता के घातक वृद्धि (power function) के अनुरूप होता है। मनोवैज्ञानिकों का दूसरा समूह ऐसा है जिनके अनुसार उद्दीपक की मात्रा से उत्पन्न संवेदन में जटिलता काफी होती है और जब तक उन कारकों का पता नहीं लगाया जाता है जिनसे जटिलता उत्पन्न होती है, मनोदैहिक नियमों (psychophysical laws) के बारे में कुछ भी कहना एक अपरिपक्व कदम होगा। वर्तमान समय में विभिन्न दिशाओं में विभिन्न तरह के प्रयास किये जा रहे हैं। जैसे—कुछ मनोवैज्ञानिकों जिसमें क्रान्ज (Krantz,1972) का नाम प्रधान है, ने उद्दीपक के बारे में प्रयोज्य द्वारा किये गये निर्णय में उद्दीपकों के आपसी सम्बन्ध को न कि संवेदन की मात्रा (sensation magnitude) को महत्त्वपूर्ण बतलाया है। दूसरे तरफ कुछ अन्य मनोवैज्ञानिकों जैसे—वेरड (Baird, 1970), वैंकस एवं हिल्ल (Banks & Hill, 1974), लुस एवं ग्रीन (Luce & Green, 1972) आदि द्वारा विभिन्न प्रयोगात्मक प्रविधियों से प्राप्त परिणाम को संश्लेषित करने तथा उसे समन्वित करने के उपायों की खोज की गयी है। इन प्रयासों से मनोवैज्ञानिकों द्वारा मनोदैहिक नियमों के बारे में किये गए चिन्तनों एवं शोधों पर प्रकाश पड़ा है।

संकेत अभिज्ञान सिद्धान्त
(Signal Detection Theory or TSD)

ग्रीन तथा स्वेट्स (Green & Swets, 1969) के अनुसार TSD (Theory of Signal Detection) निरपेक्ष दहेली (absolute threshold) का अध्ययन करने के लिए क्लासिकी मनोभौतिकी (classical psychophysics) का एक विकल्प (alternative) है। परंतु ध्यान रहे कि TSD क्लासिकी मनोभौतिकी में निरपेक्ष दहेली के निर्धारण का विकल्प नहीं है, क्योंकि इससे निरपेक्ष दहेली का निर्धारण नहीं होता है। TSD के स्वरूप पर टिप्पणी करते हुए सैन्ट्रोक[1] (Santrock, 2000) ने कहा है, ''संकेत पहचान सिद्धान्त एक ऐसा सिद्धान्त है जो यह बतलाता है कि संवेदी

1. "Signal detection theory is the theory that sensitivity to sensory stimuli depends on a variety of factors besides the physical intensity of the stimulus and the sensory abilities of the observer. These factors include individual and contextual variations such as fatigue, expectancy and the urgency or the moment."
—Santrock : *Psychology*, 2000, p. 105

उद्दीपकों के प्रति संवेदनशीलता प्रेक्षक के संवेदी क्षमताओं तथा उद्दीपक की भौतिक तीव्रता के अलावा विभिन्न कारकों पर निर्भर करता है। इन कारकों में वैयक्तिक तथा संदर्भात्मक परिवर्तन जैसे थकान, प्रत्याशा तथा परिस्थिति की अत्यावश्यकता (urgency) आदि सम्मिलित होते हैं।'' TSD के इस सारतत्व की व्याख्या इस प्रकार की जा सकती है। जब कोई भी उद्दीपक (stimulus) या संकेत (signal) हमारे सामने उपस्थित किया जाता है तो इससे उत्पन्न संवेदनशीलता (sensitivity) मूल रूप से दो बातों पर निर्भर करती है। पहली बात तो यह होती है कि उस संकेत (singal) से सम्बन्धित ज्ञानेन्द्रिय (sense organ) जैसे आवाज (sound) है तो कान, कोई देखने योग्य वस्तु है तो आँख आदि की संवेदीं क्षमता (sensory capacity) कितनी है। यदि इनकी संवेदी क्षमता अधिक होगी तो व्यक्ति उस उद्दीपक या संकेत का प्रत्यक्षण (perception) स्पष्टतः रूप से कर लेगा। इसे *संवेदी कारक* (sensory factor) कहा गया है। दूसरी बात वह है जिसपर किसी संकेत के प्रति हमारी पहचान (detection) निर्भर करती है और उसमें कई कारक (factors) एक साथ मिले हुए होते हैं। जैसे, व्यक्ति की अभिप्रेरणा (motivation), ध्यान (attraction), उम्मीद (expectation) तथा शोरगुल (noise) कुछ ऐसे कारक (factors) हैं जिनपर किसी उद्दीपक या संकेत के प्रति हमारी संवेदनशीलता निर्भर करती है। इन कारकों को *असंवेदी कारक* (nonsensory factors) या *असंवेदी पूर्वाग्रह* (nonsensory bias) कहा जाता है। संकेत अभिज्ञान सिद्धान्त (signal detection theory) वह सिद्धान्त है जो हमें यह बतलाया है किसी संकेत की पहचान (detection) से सम्बन्धित निर्णय कहाँ तक संवेदी कारकों (sensory factors) द्वारा प्रभावित होता है तथा कहाँ तक असंवेदी कारकों द्वारा प्रभावित होता है। दूसरे शब्दों में यह कहा जा सकता है कि संकेत अभिज्ञान सिद्धान्त संवेदी कारकों (sensory factors) तथा असंवेदी कारकों (nonsensory factors) को अलग करने का एक महत्त्वपूर्ण विधि (method) के समान है। इस तरह से यह कहा जा सकता है। TSD, किसी उद्दीपक घटना की उपस्थिति (presence) या अनुपस्थिति (absence) के बारे में निर्णय करने की प्रक्रिया पर बल डालता है जबकि क्लासिकल मनोभौतिकी में एकाकी निरपेक्ष दहेली (single absolute threshold) पर बल डाला जाता है। TSD संवेदी पहचान (sensory detection) में मूलतः दो भिन्न प्रक्रियाओं को महत्त्वपूर्ण मानता है। संवेदी कारकों (sensory factors) तथा निर्णय प्रक्रिया उपाय (decision making strategy) या कसौटी (criterion)। संवेदी कारक में दो बातें सम्मिलित होती है—उद्दीपक की तीव्रता (intensity to stimulus) तथा प्रेक्षक (observer) या प्रयोज्य (subject) की संवेदनशीलता। निर्णय प्रक्रिया उपाय (decision-making strategy) जिसे कसौटी (criterion) भी कहा जाता है और ग्रीक अक्षर β (वेटूह) द्वारा दिखलाया जाता है, प्रयोज्य के पूर्वाग्रह (biases) को दिखलाता है। दूसरे शब्दों में यह कहा जाता है कि कसौटी से तात्पर्य निर्णय प्रक्रिया से सम्बद्ध उन कारकों से होता है जिसका उपयोग प्रयोज्य तब करता है जब वह उद्दीपक की उपस्थिति के बारे में निश्चित नहीं रहता है और उसे उसकी उपस्थिति या अनुपस्थिति के बारे में कुछ निर्णय करना आवश्यक हो जाता है। इससे उद्दीपक के बारे में प्रयोज्य की प्रत्याशा (expectation), उसका अपना अभिप्रेरण (motivation), उद्दीपक के उपस्थिति होने की संभावना, उद्धीपक के प्रति विशेष तरह की अनुक्रिया (उपस्थित या अनुपस्थित) करने पर मिलने वाला पुरस्कार या दंड जिसे *पेय ऑफ* (Pay off) कहा जाता है, आदि सम्मिलित होते हैं। इन सबों को असंवेदी कारकों (non-sensory factors) में रखा जाता है।

किसी भी संकेत अभिज्ञान प्रयोग (signal detection experiment) में प्रयोगकर्त्ता प्रयोज्य (subject) द्वारा भिन्न-भिन्न प्रयासों (trials) में किये गये निर्णय (judgement) को सावधानीपूर्वक लिखता है और बाद में उसका विश्लेषण करता है। इन भिन्न-भिन्न प्रयासों में से कभी तो संकेत (signal) या उद्दीपक (stimulus) उपस्थित (present) रहता है और कभी तो अनुपस्थित (absent) रहता है। जिस प्रयास में संकेत नहीं दिया जाता है अर्थात् वह अनुपस्थित रहता है, उसे *पकड़ प्रयास* (catch trial) कहा जाता है। इस तरह की परिस्थिति में जहाँ कभी तो संकेत दिया जाता है तथा कभी नहीं, मूलतः चार तरह की अनुक्रियाएँ (responses) प्रयोज्य द्वारा की जाती है जो निम्नांकित है—

(i) **ठीक अनुमान करने की अनुक्रिया** (*Hit responses*)—वैसे अनुक्रिया को कहा जाता है जब उद्दीपक या संकेत उपस्थित होता है और प्रयोज्य उसकी उपस्थिति की पहचान करने में सफल हो जाता है।

(ii) **चूक जाने की अनुक्रिया** (*Miss responses*)—वैसे अनुक्रिया को कहा जाता है जब उद्दीपक या संकेत उपस्थित होता है परन्तु प्रयोज्य उसकी उपस्थिति की पहचान करने में चूक जाता है।

(iii) गलत अलारम की अनुक्रिया *(False alarm)*—वैसे अनुक्रिया को कहा जाता है जब किसी प्रयास (trial) में संकेत अनुपस्थित (absent) होता है परन्तु प्रयोज्य को ऐसा महसूस होता है कि संकेत उपस्थित था।

(iv) सही अस्वीकार की अनुक्रिया *(Correct rejection)*—वैसे अनुक्रिया को कहा जाता है जब किसी प्रयास में संकेत अनुपस्थित होता है और साथ-ही-साथ प्रयोज्य भी यही कहता है कि संकेत अनुपस्थित था।

किसी प्रयोज्य (subject) द्वारा किये गये इन चार तरह के निर्णय को एक तालिका के रूप में तालिका 4.6 में दिखलाया गया है।

तालिका 4.6 संकेत अभिज्ञान प्रयोग में चार तरह की अनुक्रियाएँ
(Four types of response in Singal detection experiment)

		अनुक्रियाएँ (Responses)	
		हाँ (Yes)	नहीं (No)
संकेत (Signal)	उपस्थित (Present)	Hit .30	Miss .70
	अनुपस्थित (Absent)	False Alarm .15	Correct Rejection .85

तालिका 4.6 को यदि हम ध्यानपूर्वक देखें तो यह स्पष्ट हो जाता है कि Hit एवं Miss की अनुक्रियाएँ एक-दूसरे के पूरक हैं क्योंकि दोनों के अनुपात का योग 1 हैं। यदि किसी संकेत अभिज्ञान प्रयोग में 100 प्रयास (trials) ऐसे हैं जिसमें उद्दीपक या संकेत उपस्थित है परन्तु प्रयोज्य ने इसमें से 30 प्रयास में ही ठीक अनुमान करने की अनुक्रिया किया है तो स्वभावतः 70 प्रयास में चूक जाने की अनुक्रिया करेगा। उसी तरह से गलत अलाराम (false alarm) की अनुक्रिया तथा सही अस्वीकार (correct rejection) की अनुक्रिया भी एक-दूसरे के पूरक है क्योंकि इन दोनों अनुक्रियाओं का अनुपात भी 1 है। अतः प्रयोगकर्त्ताओं ने इन सभी चार (responses) में से सिर्फ दो ही अनुक्रियाएँ यानी सही अनुमान की अनुक्रिया एवं गलत अलारम (false alarm) की अनुक्रिया का ही विश्लेषण किया है क्योंकि उनका ऐसा विचार है कि मात्र इन दोनों अनुक्रियाओं के विश्लेषण करने से ही मुख्य उद्देश्य की प्राप्ति हो जायेगी अर्थात प्रयोज्य के निर्णय में संवेदी कारकों (sensory factors) तथा असंवेदी कारकों (nonsenory factors) को अलग करना सम्भव हो जायेगा।

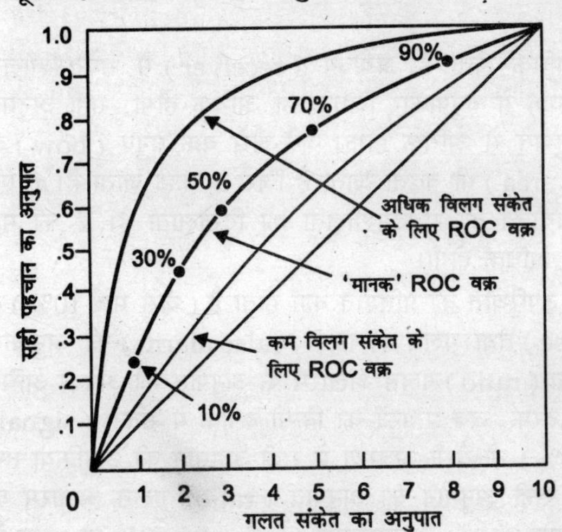

चित्र : 4.3 : ROC वक्र का एक चित्र

जब प्रयोगकर्त्ता इस बात का निर्णय कर लेता है कि सिर्फ उसे अनुमान (hit) की अनुक्रिया तथा गलत अलारम (false alarms) की ही अनुक्रिया का विश्लेषण करना है, तो वह प्रयोज्य के निर्णय को भिन्न-भिन्न प्रयासों (trials) का एक समूह (group) या ब्लाक (block) बनाकर प्राप्त करने की कोशिश करता है। यह समूह 100 प्रयासों

(trials) का हो सकता है, 150 प्रयासों का भी हो सकता या मात्र 50 प्रयासों का भी हो सकता है। किसी एक ब्लाक या समूह में ऐसा हो सकता है कि संकेत (signal) मात्र 10% प्रयास में ही उपस्थित (present) हो जबकि अन्य ब्लाक या समूह में संकेत 50%, 70%, 90% प्रयासों में उपस्थित हो। मनोदैहिकी (psychophysics) के क्षेत्र के विशेषज्ञों (experts) ने इन भिन्न ब्लाक में सही अनुमान (hit) की अनुक्रिया के अनुपात तथा गलत अलारम (false alarm) की अनुक्रिया के अनुपात को आलेख (graph) पर एक विशेष वक्र रेखा (curve) द्वारा दिखलाया है। इस तरह का वक्र जो इन दोनों तरह के अनुपात के सम्बन्धों को दिखलाता है, उसे *रिसीवर-ऑपरेटिंग-कैरेक्टरिसटीक वक्र* (Receiver-Operating-Characteristic या ROC curve) कहा जाता है। ROC वक्र के विशेष (typical) आकार (shape) को चित्र संख्या 4.3 में दिखलाया गया है।

सामान्यतः उद्दीपक या संकेत के किसी खास स्तर (level) पर जब कुछ प्रयासों (trials) में उद्दीपक दिया जाता है तथा कुछ प्रयासों में नहीं, तो ROC वक्र द्वारा प्रयोज्य (receiver) में होने वाले क्रियात्मक गुणों (operating characteristics) का वर्णन होता है। ऐसे ROC वक्र की कुछ खास विशेषताएँ (characteristics) होतीं हैं जिनपर ध्यान देने से इस वक्र का महत्त्व और भी स्पष्ट हो जाता है। इन विशेषताओं का वर्णन निम्नांकित हैः—

1. आलेख (graph) की सीधी तीरछी (diagonal) रेखा द्वारा शून्य संवेदनशीलता (zero sensitivity) का संकेत मिलता है। इस रेखा द्वारा यह पता चलता है कि प्रयोज्य उद्दीपक या संकेत (signal) को नहीं पहचान पाता है। इस प्रकार की सीधी रेखा उस समय भी प्राप्त हो सकता है जब संकेत (signal) देहली (threshold) के नीचे होता है या यदि अंधा आदमी रोशनी की तीव्रता का निर्णय कर रहा है या बहरा आदमी ध्वनि की तीव्रता का निर्णय कर रहा है। अतः आलेख की सीधी तीरछी रेखा द्वारा यह पता चलता है कि उद्दीपक या संकेत (signal) को व्यक्ति नहीं पहचान (detect) कर रहा है। अपना निर्णय सिर्फ एक अंदाज (guess) पर आधारित करके दे रहा है। फलस्वरूप सही अनुमान (hit) का अनुपात तथा गलत अलारम (false alarm) का अनुपात बराबर हो जाता है।

2. सीधी-तीरछी रेखा से ऊपर अर्थात् बायीं ओर की वक्र रेखाओं (curve lines) द्वारा संकेत (signal) की तीव्रता में वृद्धि और उसके फलस्वरूप उसे पहचान (detection) करने की अनुक्रिया के अनुपात में भी वृद्धि का पता चलता है।

3. वक्र जितना ही धनुषाकार (bowed-shaped) अधिक होता है, प्रयोज्य (receiver) में संवेदनशीलता (sensitivity) उतनी ही अधिक होती है। दूसरे शब्दों में वक्र में धनुषाकार जितना ही अधिक होगा, सही अनुमान (hit) का अनुपात गलत अलारम (false alarm) की अनुपात से अधिक होगा। जैसे-जैसे वक्र धनुष (bow) की आकृति का होता जाता है, उसके अन्दर का कुल क्षेत्र (total area) भी बढ़ता जाता है जिसे d' कहा जाता है। d' एक सांख्यिकीय मान (statistical value) है जो व्यक्ति या प्रयोज्य की संवेदनशीलता को दिखलाता है। d' का मान जितना ही अधिक होगा, व्यक्ति की संवेदनशीलता उतनी ही अधिक होगी।

4. जब प्रयासों का किसी ब्लाक में संकेत (signal) की उपस्थिति का प्रतिशत कम होता है (जैसे मात्र 10%) तो वैसी अवस्था में सही अनुमान की अनुक्रिया (hit response) तथा गलत अलारम (false alarm) की अनुक्रिया दोनों ही कम होते हैं परन्तु सही अनुमान अनुक्रिया का अनुपात (ratio) गलत अलारम के अनुपात की अपेक्षा अधिक होता है (चित्र 4.3 में मानक ROC वक्र पर ध्यान दें)। दूसरे तरफ, जब प्रयासों का किसी ब्लाक में संकेत (signal) की उपस्थिति का प्रतिशत अधिक होता है (जैसे 70% या 90%) तो वैसी अवस्था में सही अनुमान की अनुक्रिया तथा गलत अलारम की अनुक्रिया दोनों ही अधिक होते हैं परन्तु सही अनुमान का अनुपात (ratio) गलत अलारम का अनुपात की अपेक्षा कम होता है। शायद यही कारण है कि वक्र (curve) धनुषाकार (bow-shaped) हो जाता है।

5. ROC वक्र द्वारा संकेत (signal) के किसी एक ही तीव्रता स्तर (intensity level) पर प्रयोज्य द्वारा दिये गये अनुक्रिया के पैटर्न (pattern) का पता चलता है। जब तीव्र उद्दीपक या संकेत दिया जायेगा, तो प्रयासों के भिन्न-भिन्न ब्लाक को मिलाती हुई बनी ROC वक्र काफी धनुषाकार होता है और जब धीमा उद्दीपक या संकेत दिया जायेगा तो ROC वक्र सीधा तीरछा रेखा (straight diagonal line) के नजदीक से गुजरता है।

कुछ मनोवैज्ञानिकों जैसे—टैन्नर, स्वेटस तथा ग्रीन (Tanner, Swets & Green, 1956) एवं स्वेटस, टैनर तथा

वर्डसाल (Swets, Tanner & Birdsall, 1961) ने असंवेदी कारकों (nonsensory) जैसे प्रयोज्य की उम्मीद (expectation) तथा अभिप्रेरण (motivation) में परिवर्तन कर प्रयोज्य के अनुक्रिया के पैटर्न (response pattern) में होनेवाले परिवर्तनों को यानी प्रयोज्य द्वारा दिये गये 'हाँ' अनुक्रिया की संख्या में परिवर्तनों का अध्ययन किया है। टैन्नर, स्वेट्स तथा ग्रीन (Tanner, Swets & Green, 1956) ने एक प्रयोग किया जिसमें प्रयोज्य की प्रत्याशा या उम्मीद (expectation) में परिवर्तन कर उसके 'हाँ' अनुक्रिया (Yes response) का अध्ययन किया। इस अध्ययन में उनलोगों ने एक ध्वन्रि को .1 सेकेण्ड के लिए एक नियंत्रित ध्वनि कक्ष (controlled sound room) में कुछ प्रयासों में दिया और कुछ प्रयासों में नहीं। प्रयोज्य को ध्वनि सुनाई देने पर एक बटन दबाकर अनुक्रिया (response) करना होता था और जब ध्वनि नहीं सुनाई देती थी तो दूसरा बटन दबाकर अनुक्रिया करनी होती थी। (ध्यान रहे कि ध्वनि की तीव्रता हमेशा समान रहती थी)। प्रयोज्य का निर्णय कई ब्लाक (block) में प्राप्त किये गये। कुछ ब्लाक में 50% में ध्वनि यानी संकेत (signal) उपस्थित किया जाता था, कुछ में 10% प्रयास में ही तथा कुछ में 90% प्रयासों में ध्वनि उपस्थित किया जाता है। स्वभावतः जब 10% प्रयास में ही संकेत दिया जाता था, तब प्रयोज्य की प्रत्याशा (expectation) अर्थात् संकेत की उपस्थिति की प्रत्याशा कम होती थी परन्तु जब 90% प्रयास में संकेत दिया जाता था तब उसमें संकेत की उपस्थिति से सम्बन्धित प्रत्याशा अधिक होती थी। परिणाम में देखा गया कि जब प्रत्याशा अधिक होती थी (जैसे 90%) तो गलत अलाराम (fales alarn) की संख्या उस अवस्था की तुलना में अधिक होती थी जब प्रयोज्य में संकेत की उपस्थिति से सम्बन्धित प्रत्याशा (expectation) कम होती थी (जैसे 10%)। टैन्नर, स्वेटस तथा ग्रीन (Tanner, Swets & Green, 1956) ने अपने अध्ययन में 90% उद्दीपक या ध्वनि उपस्थित होने की अवस्था में गलत अलारम का अनुपात .80 पाया। (तालिका 4.7 देखें)। ध्वनि कम उपस्थित होने की अवस्था में यानी 10% उद्दीपक उपस्थित होने की अवस्था में प्रयोज्य अधिकतर चूक जाने की अनुक्रिया (miss response) करता था जिसका अनुपात .61 था, यानी ऐसी परिस्थिति में सही अनुमान की अनुक्रिया का अनुपात मात्र .39 था (तालिका 4-G देखें)। अतः 90% उद्दीपक उपस्थित होने की अवस्था में गलत अलारम का अनुपात अधिक हो जाता है (सामान्य प्रत्याशा की अवस्था की तुलना में) तथा 10% उद्दीपक उपस्थित होने की अवस्था में चूक जाने की अनुक्रिया (miss responses) का अनुपात अधिक होने से स्वभावतः सही अनुमान की अनुक्रिया का अनुपात कम हो जाता है। अनुपात में इस तरह का परिवर्तन होने से ROC वक्र के आकार में उस समय की तुलना में परिवर्तन आ जाता है जब प्रयोज्य की प्रत्याशा (expectation) सामान्य होती है। तालिका 4.7 में टैन्नर, स्वेटस तथा ग्रीन (Tanner, Swets & Green, 1956) द्वारा 90% तथा 10% उद्दीपक उपस्थित अवस्थाओं में प्राप्त आँकड़ों को दिखलाया गया है जिस पर ध्यान देने से ऊपर की बात और भी स्पष्ट हो जाती है।

तालिका 4.7 : 90% तथा 10% उद्दीपक उपस्थिति की अवस्थाओं में चार तरह की अनुक्रियाओं का अनुपात

(Proportion of four types of responses in 90% and 10% stimulus present conditions)

90% उद्दीपक उपस्थिति की अवस्था में

उद्दीपक (Stimulus)	अनुक्रिया (response)	
	हाँ (Yes)	नहीं (No)
उपस्थित (Present)	.96	.04
अनुपस्थित (Absent)	.80	.20

10% उद्दीपक उपस्थिति की अवस्था में

उद्दीपक (Stimulus)	अनुक्रिया (response)	
	हाँ (Yes)	नहीं (No)
उपस्थित (Present)	.39	.61
अनुपस्थित (Absent)	.05	.95

स्वेटस, टैन्नर तथा वर्डसाल (Swets, Tanner & Birdsall, 1961) ने एक प्रयोग किया हैं जिसमें व्यक्ति के अभिप्रेरण (motivation) में परिवर्तन करके उसके अनुक्रिया के पैटर्न (pattern) में होने वाले परिवर्तनों का अध्ययन किया गया है। इन लोगों ने प्रयोगशाला में किसी खास अनुक्रिया के महत्त्व को कुछ विशेष प्रेरणा (incentive) जैसे उस अनुक्रिया के करने के बाद मुद्रा (money) देकर अधिक कर दिया। इन लोगों ने अपने प्रयोग में प्रत्येक सही अनुमान की अनुक्रिया (Hit response) के बाद प्रयोज्य को 10 सेन्ट (cents) दे दिया करते थे तथा प्रत्येक गलत अलारम (false alarm) की अनुक्रिया के बाद उससे 5 सेन्ट (cents) वापस लेते थे। इस तरह के पहचान मैट्रीक्स (detection matrix) को *पेय ऑफ मैट्रीक्स* (Pay off matrix) कहा जाता है। ऐसी परिस्थिति में

प्रयोज्य के लिए सही अनुमान की अनुक्रिया का महत्त्व दूसरी अनुक्रिया यानी गलत अलारम की अनुक्रिया के महत्त्व की अपेक्षा अधिक थी। इन लोगों ने अपने अध्ययन के परिणाम में यह पाया कि जिस तरह से प्रयोज्य की प्रत्याशा (expectation) में परिवर्तन होने से ROC वक्र में परिवर्तन आ जाता है, ठीक उसी प्रकार यदि प्रयोज्य के लिए किसी खास अनुक्रिया को जब काफी महत्त्वपूर्ण बना दिया जाता है तो वैसी परिस्थिति में ROC वक्र में परिवर्तन आ जाता है क्योंकि प्रयोज्य महत्त्वपूर्ण अनुक्रिया को अधिक करता है। इन लोगों के प्रयोग में सही अनुमान करने की अनुक्रिया (hit responses) का अनुपात गलत अलारम की अनुक्रिया (false alarm responses) का अनुपात कहीं अधिक था। इन लोगों ने पाया कि इस तरह की परिस्थिति में प्रयोज्य का अधिकतर निर्णय (judgements) ROC वक्र के बायीं ओर अर्थात् नीचे की ओर सांद्रित (concentrated) होता है। दूसरी तरफ जब कोई विशेष अनुक्रिया को व्यक्ति के लिए महत्त्वपूर्ण नहीं बनाया जाता है और प्रत्येक प्रयास (trial) में व्यक्ति को उद्दीपक या संकेत (signal) की पहचान आवश्यक होता है तो वैसी परिस्थिति में व्यक्ति का अधिकतर निर्णय (judgement) ROC वक्र में ऊपर के बायीं ओर से आने वाली तिरछी रेखा जो शून्य संवेदनशीलता (zero sensitivity) दिखलानेवाली रेखा के बीच (centre) तक आती है, से दायीं ओर यानी ऊपर की ओर सांद्रित (concentrated) होता है। (चित्र 4.3 देखें)।

मनोभौतिकी (psychophysics) के क्षेत्र में काम कर रहे अनेकों विशेषज्ञों (experts) का मत है कि किसी भी प्रयास में उद्दीपक (stimulus) या संकेत (signal) व्यक्ति के सामने उपस्थित नहीं किये जाने पर भी उस समय उसके संवेदी (sensory) तथा प्रत्यक्षज्ञानात्मक (perceptual) तंत्र (system) क्रियाशील होते हैं जिसके फलस्वरूप कुछ आवाज (noise) उत्पन्न होता है जिसे सिर्फ वह व्यक्ति ही महसूस करता है। इस तरह की आवाज को संवेदी आवाज (sensory noise) कहा जाता है। जब कोई बाहर से उद्दीपक जैसे आवाज दिया जाता है तो ऐसी परिस्थिति में वह संवेदी तंत्रों (sensory system) को अधिक क्रियाशील कर संवेदी आवाज के स्तर को काफी बढ़ा देता है जिसके परिणामस्वरूप व्यक्ति संकेत या उद्दीपक की पहचान (detection) आसानी से कर लेता है। विशेषज्ञों (experts) का मत है कि कभी-कभी जब उद्दीपक या संकेत की तीव्रता का स्तर धीमा (dim) होता है, तो ऐसी परिस्थिति में इससे उत्पन्न संवेदन तथा संवेंदी आवाज से उत्पन्न संवेदन एक दूसरे के काफी समान (similar) होते हैं। फलस्वरूप व्यक्ति को उद्दीपक की उपस्थिति (presence) तथा अनुपस्थिति (absence) की अवस्थाओं में अन्तर (difference) करना काफी कठिन हो जाता है। इस समस्या (problem) का समाधान करने के लिए व्यक्ति अपने अनुभव, प्रत्याशा (expectation), प्रेरणा (motivation) आदि के आधार पर एक खास संवेदन स्तर (sensation level) के लिए एक कसौटी (criterion) या विच्छेद बिन्दु (cut-off point) निर्धारित करता है जिसे बीटा (beta) या *B* कहा जाता है। अगर किसी संकेत (signal) से उत्पन्न संवेदन का स्तर (sensation level) उस विच्छेद बिन्दु (cut-off point) से नीचे है, तो व्यक्ति उत्तर 'नहीं' (No) में देता है अर्थात वह उद्दीपक या संकेत का प्रत्यक्षण (perception) नहीं कर पाता है। परन्तु यदि किसी संकेत से उत्पन्न संवेदन का स्तर उस विच्छेद बिन्दु (cut-off point) से ऊपर होता है तो व्यक्ति का उत्तर 'हाँ' (Yes) में होता है अर्थात् उसे उद्दीपक या संकेत का प्रत्यक्षण हो पाता है। यदि कोई प्रयोज्य (subject) सचमुच में समस्या की उपर्युक्त परिस्थिति में एक विच्छेद बिन्दु (cut-off point) का निर्धारण कर 'हाँ' या 'नहीं' में उत्तर देता है, तो उसे *आदर्श प्रेक्षक* (ideal observer) या *आदर्श प्रयोज्य* (ideal subject) की संज्ञा दी जाती है।

इस तरह से हम देखते हैं कि संकेत अभिज्ञान सिद्धान्त (signal detection theory) में किसी संकेत या उद्दीपक के प्रति व्यक्ति की संवेदनशीलता (sensitivity) की माप की जाती है। व्यक्ति की संवेदनशीलता उसके प्रत्याशा (expectation) अभिप्रेरणा (motivation) आदि से भी प्रभावित होती है। परन्तु संकेत अभिज्ञान सिद्धान्त में विशुद्ध संवेदनशीलता (pure sensitivity) का अध्ययन (d' का मान ज्ञात कर) किया जाता है। विशुद्ध संवेदनशीलता से तात्पर्य वैसी संवेदनशीलता से है जो सिर्फ उद्दीपक या संकेत (single) द्वारा ही व्यक्ति में उत्पन्न हो रहा हो। इसमें व्यक्ति के प्रत्याशा (expectation) तथा अभिप्रेरणा (motivation) का कोई हाथ नहीं होता है। संकेत अभिज्ञान सिद्धान्त (signal detection theory) का अनुप्रयोग (application) भिन्न-भिन्न क्षेत्रों में हुआ है। जैसे—वकहौट (Buckhout, 1974) ने इस सिद्धान्त का उपयोग प्रत्यक्षदर्शी (eyewitness) द्वारा अपराधी (culprit) को (यानी संकेत को) व्यक्तियों की कतार (line) से पता लगाने में किया है।

कुछ आलोचकों (critics) ने कहा है कि संकेत अभिज्ञान सिद्धान्त में एक साधारण समस्या (problem) के

लिए अर्थात किसी उद्दीपक की पहचान (detection) करने के लिए या न्यूनतम संवेदी स्तर (minimum sensory level) का पता लगाने के लिए काफी लम्बा-चौड़ा (elaborate) तरीका अपनाया जाता है जो स्पष्टतः जटिल (complex) है तथा इससे समय की बर्बादी होती है। परन्तु ध्यान से देखा जाय तो हम इस निष्कर्ष पर पहुँचते हैं कि आलोचना सही नहीं है। सचमुच में, इस तरह का लम्बा-चौड़ा विश्लेषण (elaborate analysis) की जरूरत है क्योंकि प्रेक्षक (observer) या प्रयोज्य (subject) एक सजीव प्राणी है जिसमें प्रत्याशा (expectation) एवं अभिप्रेरणा (motivation) जैसे असंवेदी कारक (nonsensory factors) मौजूद होते हैं जो उसके निर्णय (judgement) को एक विशुद्ध निर्णय (pure judgement) नहीं रहने देते हैं। इस सिद्धान्त के विस्तृत विश्लेषण द्वारा व्यक्ति के निर्णय को असंवेदी कारकों से दूर रखकर अध्ययन करना सम्भव होता है। और यही कारण है कि TSD को क्लाकिसी मनोभौतिकी का एक उन्नत प्रारूप माना गया है।

हेलसन का संवेदी अनुकूलन स्तर सिद्धान्त (Helson's Sensory Adaptation Level Theory)

हेलसन का संवेदी अनुकूलन स्तर सिद्धान्त (Helson's Sensory adaptation level theory) प्रत्यक्षण तथा मनोदैहिकी (psychophysics) में किये गये भिन्न-भिन्न प्रकार के शोधों (researches) पर आधृत है। इससे यह स्पष्ट हो गया है कि व्यक्ति किसी भी उद्दीपक को अन्य दूसरे तरह के समान उद्दीपकों से अलग कर उसका प्रत्यक्षण नहीं करता है। सच्चाई यह है कि जब व्यक्ति किसी उद्दीपक का प्रत्यक्षण करता है तो उस पर सन्दर्भ (context) का प्रभाव अवश्य ही पड़ता है जिसमें उस व्यक्ति को अन्य उद्दीपकों का अनुभव पहले से ही प्राप्त होता है। अतः सन्दर्भ का प्रभाव (contextual effect) संवेदी निर्णय (sensory judgement) पर बहुत ही स्पष्ट रूप से पड़ता है। इनगेन तथा टुलुनरी (Engen & Tulunary, 1956) ने एक प्रयोग कर यह स्पष्ट रूप से दिखाया गया है कि संवेदी निर्णय पर एक वैसे सन्दर्भ (context) का प्रभाव पड़ता है जिसमें कई तरह के उद्दीपक पहले से आ चुके होते हैं। इन लोगों ने अपने प्रयोग में आंरोही शृंखला (ascending series) में भिन्न-भिन्न वजन के कई उद्दीपक (stimulus) व्यक्ति के सामने एक-एक करके उपस्थित किया। प्रयोज्य को यह बतलाना होता था कि इन विभिन्न वजनों में से कौन-सा वजन मानक उद्दीपक यानी मानक भार (standard weight) का आधा है। यही प्रक्रिया अवरोही शृंखला (descending series) में दोहरायी गयी और यहाँ भी प्रयोज्य को यही बतलाना था कि इसमें से कौन-सा वजन मानक भार का आधा है। परिणाम में यह देखा गया कि आरोही शृंखला ascending series) में जहाँ हल्का वजन (light weight) से प्रारम्भ कर धीरे-धीरे अधिक भारी वजन का उद्दीपक दिया जाता था, जिस वजन को प्रयोज्य ने मानक भार का आधा के बराबर बताया, वह सचमुच में उस वजन से हल्का (lighter) था जिसे प्रयोज्य ने अवरोही शृंखला (descending series) में मानक वजन का आधा बतलाया था। ऐसा होने का मात्र वह सन्दर्भ (context) है जिसमें व्यक्ति को हल्का ही वजन कई बार (आरोही शृंखला में) दिया गया था। अवरोही शृंखला में जब कई बार अधिक भारी वजन प्रयोज्य को दिया गया तो उसके मन में एक-दूसरे प्रकार का सन्दर्भ (context) उत्पन्न हो गया जिसके कारण वह जिस वजन को मानक वजन का आधा समझा वह आरोही शृंखला में आधा समझने वाले वजन से कहीं अधिक था। बाद में पेडले तथा हारपर (Pedley & Harper, 1959) तथा विनस्टीन, गोल्डस्टोन एवं बोर्डमैन (Weinstein, Goldstone & Boardman, 1958) ने अपने प्रयोग में स्वर (pitch) के निर्णय में भी इसी तरह का परिणाम पाया है।

किसी भी उद्दीपक के प्रत्यक्षण (perception) पर सन्दर्भ (context) के पड़ने वाले प्रभाव का क्रमबद्ध (systematic) तथा वैज्ञानिक (scientific) व्याख्या सबसे पहले हेलसन (Helson, 1964) ने अपने सिद्धान्त (theory) में किया जिसे हेलसन का *संवेदी अनुकूलन स्तर सिद्धान्त* (sensory adaptation level theory) कहा जाता है। इस सिद्धान्त के गुणात्मक (qualitative) तथा परिमाणात्मक (quantitative) दोनों पहलू (aspects) हैं। इस सिद्धान्त के अनुसार व्यक्ति अपने आपको इर्द-गिर्द के बदलते हुए वातावरण के साथ अनुकूलन (adaptation) करके अनुक्रिया (response) करने की कोशिश करता है। जब व्यक्ति के सामने किसी एक ही संवेदी क्षेत्र के कई उद्दीपक दिये जाते हैं, तो वह इन उद्दीपकों से प्राप्त अनुभव के आधार पर पहले एक निर्देशन स्तर (reference level) अपने मन में तैयार कर लेता है। निर्देशन स्तर को *अनुकूलन स्तर* (adaptation level) भी कहा जाता है।

वह सभी उद्दीपकों से उत्पन्न संवेदनों का मूल्यांकन (evaluation) इसी स्तर के आधार पर करता है। यदि कोई उद्दीपक अनुकूलन स्तर से ऊपर होता है तो उसे वह तीव्र (intense) समझता है क्योंकि उससे तीव्र संवेदन उत्पन्न होता है। उसी तरह यदि कोई उद्दीपक अनुकूलन स्तर से नीचे होता है तो उसे वह कमजोर या धीमा उद्दीपक समझता है और यदि कोई उद्दीपक ठीक अनुकूलन स्तर पर ही होता है, तो उसे तटस्थ (neutral) या मध्यम (medium) का समझा जाता है। ऐसे उद्दीपक को व्यक्ति न तीव्र ही और न धीमा ही समझता है। इस सिद्धान्त के अनुसार तब यह बिलकुल ही स्पष्ट हो जाता है कि व्यक्ति द्वारा उद्दीपकों के बारे में किया गया सभी निर्णय (judgement) सापेक्ष (relative) होते हैं। कोई भी उद्दीपक कमजोर (यानी धीमा) या तीव्र (intense) अपने आप में नहीं होता है। उसे कमजोर या तीव्र तभी कहा जाता है, जब उसकी तुलना अनुकूलन स्तर (adaptation level) से की जाती है जो प्रत्येक व्यक्ति के लिए अलग-अलग हो सकता है। अतः अनुकूलन स्तर का निर्धारण एक आत्मगत घटना (subjective phenomenon) है।

हेलसन के इस सिद्धान्त का सबसे मूल (basis) सम्प्रत्यय (concept) है—अनुकूलन स्तर (adaptation level) का निर्धारण करना। हेलसन तथा अन्य मनोवैज्ञानिकों ने भी कई प्रयोग किये हैं जिससे स्पष्ट हो गया है कि अनुकूलन स्तर (adaptation level) का निर्धारण मूलतः तीन तरह के उद्दीपकों (stimuli) द्वारा होता है जो निम्नांकित है:—

(i) केन्द्रीय उद्दीपक (focal stimuli)
(ii) पृष्ठिका उद्दीपक (background stimuli)
(iii) अवशिष्ट उद्दीपक (residual stimuli)

हेलसन का विचार था कि इन तीनों तरह के उद्दीपकों के सम्मिलित प्रभाव (point effect) द्वारा व्यक्ति अपने मन में अनुकूलन स्तर (adaptation level) का निर्धारण करता है। इन दोनों तरह के उद्दीपकों तथा अनुकूलन स्तर के निर्धारण में उसके द्वारा किये गये योगदान का वर्णन निम्नांकित है—

(i) केन्द्रीय उद्दीपक (*Focal stimuli*)—केन्द्रीय उद्दीपक सबसे महत्त्वपूर्ण होता है। सचमुच में इस तरह का उद्दीपक व्यक्ति के ध्यान का केन्द्र (centre) होता है और प्रायः वैसा उद्दीपक (stimulus) होता है जिसके बारे में व्यक्ति को अपना निर्णय (judgement) करना होता है। अनुकूलन स्तर (adaptation level) के निर्धारण में इस उद्दीपक का सबसे प्रमुख हाथ होता है। अनुकूलन स्तर के निर्धारण में केन्द्रीय उद्दीपक (focal stimulus) के महत्त्व को दिखलाने के लिए हेलसन तथा नैश (Helson & Nash, 1960) ने एक प्रयोग (experiment) किया। इस प्रयोग में भार उद्दीपकों (weight stimuli) की सात शृंखलाएँ (series) ली गयीं। प्रत्येक शृंखला में 5 भार उद्दीपक थे और प्रत्येक शृंखला को एक के बाद एक कर के प्रयोज्य के सामने रखा गया था। इस 9 बिन्दु मापन का सबसे अधिकतम इकाई, 'बहुत-बहुत भारी' (very very heavy) था तथा सबसे न्यूनतम इकाई 'बहुत बहुत हल्का' (very very light) था। बाकी सात श्रेणियाँ (categories) इसके बीच की थी। बीचों बीच का श्रेणी 5th श्रेणी था जिसे, मध्यम (medium) कहा जाता था। उन्होंने इस प्रयोग में पाया कि जब किसी शृंखला में उद्दीपकों (जो पाँच थे) के भार (weight) में वृद्धि होती थी तो अनुकूलन स्तर (adaptation level) भी बढ़ जाता था अर्थात् वह भार (weight) जिसे प्रयोज्य (subject) मध्यम (medium) का समझता था, वह भी ज्यादा हो जाता था। उदाहरणस्वरूप, जब किसी शृंखला में 100 ग्राम से 300 ग्राम तक का ही उद्दीपक के भार के बारे में बतलाना होता था, तो वैसी परिस्थिति में प्रयोज्य 165 ग्राम को मध्यम भार (medium weight) बतलाया परन्तु जब दूसरी शृंखला में 200 ग्राम से 400 ग्राम तक का उद्दीपक के भार के बारे में प्रयोज्य को निर्णय करना होता था, तो वैसी परिस्थिति में मध्यम भार (medium weight) 165 ग्राम के बढ़कर 227 ग्राम हो गया। जब फिर तीसरी शृंखला में भार उद्दीपकों (weight stimuli) का प्रसार (range) 300 ग्राम से 500 ग्राम तक कर दिया गया तो मध्य भार 227 ग्राम से बढ़कर 301 ग्राम हो गया। सबसे आश्चर्य की बात यह देखी गयी कि जब फिर अगली शृंखला में भार उद्दीपक (weight stimuli) का स्तर 400 ग्राम से 600 का कर दिया गया तो मध्यम भार में वृद्धि तो अवश्य हुई परन्तु वह भार 400 से 600 ग्राम की सीमा में नहीं था। सच्चाई यह थी कि इस शृंखला मध्यम भार 400 से नीचे था और 400 ग्राम से 600 ग्राम तक के सभी भार उद्दीपकों (weight stimuli) को प्रयोज्य 'भारी' (heavier) की श्रेणी में रखा। इस प्रयोग के परिणाम से यह स्पष्ट हो जाता है कि केन्द्रीय उद्दीपकों (focal stimuli) अर्थात वे भार उद्दीपक (weight stimuli) जिन्हें प्रयोज्य (subject) को दिया गया था, उनका निरपेक्ष मान (absolute value) तभी ही मध्यम भार (medium weight)

के निर्धारण में अपना योगदान करता है जब अन्य कारक (factors) जैसे प्रयोज्य का पूर्व अनुभव आदि को नियंत्रित कर दिया जाता है। आखिर क्या कारण है कि प्रयोज्य ने 400 ग्राम से 600 ग्राम तक के सभी उद्दीपकों को भारी (heavier) की श्रेणी में रखा और जिसे मध्यम भार (medium weight) कहा वह सचमुच में 400 ग्राम के नीचे था। स्पष्टतः इसका कारण प्रयोज्य का वह पूर्व अनुभूति (past experience) जो कम भार के उद्दीपकों के उठाने के फलस्वरूप उसके मन में बन गया था।

(ii) पृष्ठिका उद्दीपक *(Background stimuli)*—पृष्ठिका उद्दीपक वैसे उद्दीपक को कहा जाता है जो एक ऐसा पृष्ठभूमि (background) के रूप में कार्य करता है जिसके संदर्भ में केन्द्रीय उद्दीपक (focal stimulus) के बारे में प्रयोज्य अपना निर्णय देता है। उदाहरणस्वरूप, यदि 100 ग्राम का भार उद्दीपक व्यक्ति को उठाने के लिए दे और उसके तुरंत बाद 20 ग्राम का एक केन्द्रीय उद्दीपक (focal stimulus) उठाकर उसके वजन के बारे में बताने के लिए कहें, तो यहाँ 100 ग्राम का भार उद्दीपक पृष्ठिका उद्दीपक (background stimulus) का उदाहरण हुआ। इस उदाहरण से यह स्पष्ट है कि पृष्ठिका उद्दीपक वह उद्दीपक होता है जिसके बारे में प्रयोज्य को कोई निर्णय (judgement) नही करना होता है तथा निर्णय हमेशा केन्द्रीय उद्दीपक का ही होता है। प्रष्ठिका उद्दीपक (background stimulus) को स्थिरक उद्दीपक (anchor stimulus) भी कहा जाता है। हेलसन (Helson, 1947) ने एक प्रयोग किया जिसमें प्रयोज्य को 200 ग्राम से 400 ग्राम तक के 5 भार उद्दीपकों को 9 बिन्दु मापनी (9 point scale) पर निर्णय (judge) करने के लिए कहा गया है। यहाँ कोई पृष्ठिका उद्दीपक नहीं दिया गया था। परिणाम में पाया गया कि इस श्रृंखला में प्रयोज्य ने 250 ग्राम को मध्यम भार (medium weight) बतलाया। इसके बाद हेलसन 900 ग्राम का पृष्ठिका उद्दीपक देकर उन्हीं भार उद्दीपकों को अर्थात् 200 ग्राम से 400 ग्राम तक उद्दीपकों को 9 बिन्दु मापने पर निर्णय करवाया। इस बार प्रत्येक केन्द्रीय उद्दीपक को यानी 200 ग्राम से 400 ग्राम तक के उद्दीपक को उठाने के पहले 900 का पृष्ठिका उद्दीपक प्रयोज्य पहले उठा लेता था।, उसी तरह से फिर उन्होंने 90 ग्राम का पृष्ठिका उद्दीपक (background stimulus) का उपयोग किया। परिणाम में देखा गया कि जब 900 ग्राम का पृष्ठिका उद्दीपक दिया गया तो मध्य भार (medium weight) 250 ग्राम से बढ़कर 338 ग्राम हो गया और जब मात्र 90 ग्राम का पृष्ठिका उद्दीपक का उपयोग किया गया तो मध्य भार (medium weight) 250 ग्राम से घटकर 185 ग्राम पर आ गया। इस प्रयोग से स्पष्ट हो जाता है कि प्रयोज्य किसी उद्दीपक (stimulus) के बारे में अन्य उद्दीपकों के संदर्भ में (context) से अलग कर अपना निर्णय नहीं देता है बल्कि उसका निर्णय विभिन्न उद्दीपकों द्वारा उत्पन्न पूरे संदर्भ (context) को ध्यान में रखते हुए होता है।

(iii) अवशिष्ठ उद्दीपक *(Residual stimulus)*—अवशिष्ठ उद्दीपक वैसे उद्दीपक को कहा जाता है जो व्यक्ति के लिए वर्तमान (current) नहीं होते हैं बल्कि उन सभी उद्दीपकों का अवशिष्ट (residue) होता है जिसे पहले सामना कर चुका होता है। इस तरह अवशिष्ट उद्दीपक, थोड़े ढीले-ढाले अर्थों (loose sense) में, पूर्व अनुभूति (past experience) के तुल्य होता है। अनेकों ऐसे प्रयोग किये जा चुके हैं जिनसे यह स्पष्ट हो गया है कि अवशिष्ट उद्दीपक (residual stimuli) का अनुकूलन स्तर (adaptation) level) के निर्धारण में महत्त्वपूर्ण योगदान है। उदाहरण के रूप में डिलोल्लो (Dilollo, 1964) के प्रयोग का उल्लेख किया जा रहा है। इस प्रयोग में प्रयोज्यों के दो समूह (group) थे। इन दोनों समूह को एक ही तरह के कार्य यानी भार उठाने का कार्य (weight lifting work) दिया गया। एक समूह को भारी उद्दीपक (heavy weight) यानी 400 ग्राम से 600 ग्राम तक के कई भार उद्दीपक (weight stimuli) दिये गये। दूसरा समूह को हल्का उद्दीपक (light weight) यानी 100 ग्राम से 300 ग्राम तक के उद्दीपकों को उठाकर उसका वजन बतालाने के लिए कहा गया। दोनों समूहों को 12 प्रयास (trial) देने के बाद पहले समूह के आधे प्रयोज्य को दूसरे समूह का कार्य अर्थात् हल्का वजन उठाने के लिए कहा तथा दूसरा समूह के आधे प्रयोज्य को पहला समूह का कार्य यानी भारी वजन (heavy weight) उठाने के लिए कहा गया। परिणाम बड़े रोचक थे। जिन प्रयोज्यों (subjects) ने प्रारंभ में हल्का वजन (100 ग्राम से 300 ग्राम) उठाया था और फिर जिन्हें भारी वजन (400 ग्राम से 600 वजन) उठाने के लिए कहा गया, वास्तव में भारी वजन को उन प्रयोज्यों (subjects) तुलना में और भी अधिक भारी बतलाया जो लगातार भारी वजन को ही उठाये थे। उसी तरह जिन प्रयोज्यों ने प्रारंभ में भारी वजन (heavy weight) उठाया था और फिर जिन्हें हल्का वजन (100 ग्राम से 300 ग्राम)

उठाने के लिए कहा गया, वास्तव में हल्का वजन को उन प्रयोज्यों की अपेक्षा और भी अधिक हल्का (lights) बतलाया गया जो लगातार हल्का वजन को उठाये थे। इस परिणाम से स्पष्ट है कि वैसे उद्दीपक जिसका अनुभव प्रयोज्य या व्यक्ति को पहले हो चुका होता है, केन्द्रीय उद्दीपक (focal stimulus) के बारे में निर्णय करते समय उपस्थित नहीं भी हो सकता है।

ऊपर में अनुकूलन स्तर सिद्धान्त (adaptation level theory) की विवेचना गुणात्मक ढंग से (qualitatively) से किया गया है। हेलसन ने अपने सिद्धान्त की व्याख्या परिमाणात्मक ढंग से (quantitatively) भी किया है। परिमाणात्मक रूप से (quantitatively) अनुकूल स्तर (adaptation level) तीनों तरह के उद्दीपकों अर्थात् केन्द्रीय उद्दीपक (focal stimulus), पृष्ठिका उद्दीपक (background stimulus) तथा अवशिष्ट उद्दीपक (residual stimulus) का भारित गुणनफल (weighted product) होता है। सूत्र (formula) के रूप में अनुकूलन स्तर (adaptation level) को इस प्रकार व्यक्त किया जा सकता है:—

$$\text{Adaptation level} = F^{W1} B^{W2} R^{W3} \quad \text{(सूत्र 4.10)}$$

यहाँ,

Adaptation level = अनुकूलन स्तर

F = केन्द्रीय उद्दीपक (Focal stimulus)

B = पृष्ठिका उद्दीपक (Background stimulus)

R = अवशिष्ट उद्दीपक (Residual stimulus)

$W^1 W^2 W^3$ = भारित गुणांक (Weighted coefficient)

भारित गुणांक (weighted coefficient) तीनों उद्दीपकों के अलग-अलग होते हैं तथा इसके द्वारा अनुकूलन स्तर के निर्धारण में उसका सापेक्ष महत्त्व (relative importance) का पता चलता है। जिस उद्दीपक का गुणांक ज्यादा होता है, अनुकूलन स्तर के निर्धारण में उसका महत्त्व अधिक होता है।

हेलसन के सिद्धान्त को निम्नांकित कारकों के आधार पर आलोचना की गयी है:—

1. हेलसन ने अनुकूलन स्तर के निर्धारण में सिर्फ बाह्य उद्दीपकों (external stimuli) पर बल डाला है परन्तु प्रयोज्य के भीतर के कारणों का उल्लेख तक नहीं किया है। आलोचकों का मत है कि प्रत्यक्षण (perception) एक सक्रिय प्रक्रिया (active process) है जिसमें व्यक्ति या प्रयोज्य के भीतर पाये जाने वाले प्रक्रियाओं (processes) का महत्त्व काफी है। इन प्रक्रियाओं पर बिना विचार किये अनुकूलन स्तर का निर्धारण बहुत सही ढंग से नहीं हो सकता है।
2. हेलसन द्वारा बताये गये तीनों उद्दीपकों का भारित गुणांक (weighted coefficient) ज्ञात करना एक जटिल कार्य है परिणामतः अनुकूलन स्तर (adaptation level) का निर्धारण करना कम-से-कम परिमाणात्मक रूप से (quantitatively) एक जटिल प्रक्रिया है फलतः इसका निर्धारण सिर्फ गुणात्मक रूप से (qualitatively) ही सही ढंग से हो सकता है।

इन आलोचानाओं के बावजूद हेलसन का अनुकूलन स्तर सिद्धान्त एक महत्त्वपूर्ण सिद्धान्त है। इस सिद्धान्त से यह स्पष्ट हो जाता है कि संवेदी प्रक्रियाओं (sensory processes) के निर्णय में उस संदर्भ (context) का काफी महत्त्व होता है जिसमें अन्य भिन्न-भिन्न प्रकार के उद्दीपकों का अनुभव व्यक्ति को होता है।

अध्याय सारांश — CHAPTER SUMMARY

1. मनोदैहिकी को प्रयोगात्मक मनोविज्ञान (experimental psychology) का प्रमुख शाखा माना गया है। इस शाखा में उद्दीपक तथा उससे उत्पन्न होने वाले अनुभूतियों (experiences) के परिमाणात्मक सम्बन्धों (quantitative relationship) का अध्ययन किया जाता है।
2. मनोदैहिकी की मूल समस्याएँ (problems) तीन हैं। इसकी पहली समस्या अल्पतम उद्दीपकों की पहचान (detection) से सम्बन्धित है। दूसरी समस्या अल्पतम उद्दीपक अन्तर (minimal stimulus difference) की पहचान से सम्बन्धित है। तीसरी समस्या उद्दीपकों के बीच सम्बन्धों के निर्णय से सम्बन्धित है।

3. मनोदैहिकी के क्षेत्र में कुछ महत्त्वपूर्ण सम्प्रत्यय (concepts) इस प्रकार हैं—देहली या सीमान्त (threshold), आत्मपरक समता बिन्दु (Point of Subjective Equality or PSE), परिवर्त्य त्रुटि (variable error) तथा सतत् त्रुटि (constant error)। इसमें सीमान्त (threshold) का सम्प्रत्यय (concept) काफी महत्त्वपूर्ण है। देहली या सीमान्त उद्दीपक तीव्रता के उस स्तर को कहा जाता है जो शारीरिक या मानसिक अनुक्रिया किसी व्यक्ति में उत्पन्न करता है। जब उद्दीपक की तीव्रता इस सीमान्त या देहली से नीचे होता है तो वह किसी भी प्रकार की अनुक्रिया उत्पन्न नहीं करता है।

4. सीमान्त या देहली दो प्रकार का होता है—उद्दीपक सीमान्त या निरपेक्ष सीमान्त (stimulus threshold or absolute threshold) तथा विभेदक सीमान्त (differential limen)। पहले को संक्षेप में *RL* तथा दूसरे को *DL* कहा जाता है। *RL* से तात्पर्य उस न्यूनतम उद्दीपक मान (minimal stimulus value) से होता है जो व्यक्ति में अनुक्रिया 50% प्रयास (trial) में उत्पन्न करता है। DL से तात्पर्य एक ही संवेदी क्षेत्र के दो उद्दीपकों के बीच का वह अन्तर हेाता है तो 50% प्रयास में अनुक्रिया उत्पन्न करता है।

5. मनोदैहिकी में RL तथा DL ज्ञात करने की अनेक विधियाँ (method) हैं जिनमें तीन प्रमुख हैं—सीमा विधि (method of limits), सतत उद्दीपक विधि (method of constant stimuli) तथा औसत त्रुटि विधि (method of average error)। सीमा विधि में उद्दीपक (stimulus) को आरोही शृंखला (ascending series) तथा अवरोही शृंखला (descending series) में प्रयोज्य के सामने उपस्थित कर RL तथा DL ज्ञात किया जाता है। सतत् उद्दीपक विधि में उद्दीपकों को यादृच्छिक ढंग से (randomly) प्रयोज्य के सामने उपस्थित किया जाता है। औसत त्रुटि विधि में उद्दीपक को स्वयं प्रयोज्य ही घटा-बढ़ा (manipulate) कर एक निश्चित रूप देता है।

6. मनोदैहिकी के क्षेत्र में तीन प्रमुख नियम (Laws) हैं—वेबर का नियम (Weber's law), फेकनर का नियम (Fechner's law) तथा स्टीभेन्स का घात नियम (Steven's power law)। वेबर के नियम के अनुसार मानक उद्दीपक (standard stimulus) के मान (value) तथा DL या JND उत्पन्न करने के लिए निम्नतम मान के बीच निश्चित एवं सतत अनुपात (constant ratio) होता है जिसके अनुसार दोनों में परिवर्तन होता है। फेकनर के नियम के अनुसार उद्दीपक के मान तथा उससे उत्पन्न होने वाले संवेदन में लघुगणकीय सम्बन्ध (logarithmic relationship) होता है। दूसरे शब्दों में जब उद्दीपक के मान में ज्यामितीय क्रम में वृद्धि होती है, तो उससे संवेदन में वृद्धि अंकगणितीय क्रम में होता है। स्टीभेन्स का घात नियम (power law) के अनुसार संवेदन की मात्रा (magnitude of sensation) उद्दीपक की तीव्रता को एक खास घातांक (exponent) या पावर (power) तक वृद्धि करने का प्रतिफल होता है।

7. संकेत अभिज्ञान सिद्धान्त (signal detection theory) मनोदैहिकी के क्षेत्र में एक प्रमुख सिद्धान्त है। इस सिद्धान्त से हमें यह पता चलता है कि किसी संकेत (signal) की पहचान से सम्बन्धित निर्णय कहाँ तक संवेदी कारकों (sensory factors) से तथा कहाँ तक असंवेदी कारकों (nonsensory factors) से प्रभावित होता है। दूसरे शब्दों में, यह कहा जा सकता है कि संकेत अभिज्ञान सिद्धान्त संवेदी कारकों तथा असंवेदी कारकों को अलग करने का एक महत्त्वपूर्ण सिद्धान्त है।

8. हेलसन का संवेदी अनुकूलन स्तर (sensory adaption level) सिद्धान्त जो यह बतलाता है कि व्यक्ति किसी भी उद्दीपक का सभी वस्तुओं या अन्य दूसरे तरह के समान उद्दीपकों से अलग कर प्रत्यक्षण नहीं करता है, एक अन्य महत्त्वपूर्ण सिद्धान्त है। सच्चाई यह है कि जब व्यक्ति किसी उद्दीपक का प्रत्यक्षण करता है तो उस पर उस संदर्भ (context) का प्रभाव अवश्य ही पड़ता है जिसमें अन्य दूसरे उद्दीपक व्यक्ति के सामने उस उद्दीपक के कुछ समय पहले दिये गये हैं। अतः इस सिद्धान्त के अनुसार व्यक्ति अपने आप को इर्द-गिर्द के बदलते हुए वातावरण के साथ अनुकूलन करके अनुक्रिया करने की कोशिश करता है।

❑

अध्याय 5

प्रत्यक्षण
(PERCEPTION)

प्रत्यक्षण का स्वरूप
(Nature of Perception)

प्रत्यक्षण एक महत्त्वपूर्ण मानसिक प्रक्रिया है। मनोविज्ञान व्यवहार एवं मानसिक प्रक्रियाओं (mental porcesses) के अध्ययन का विज्ञान है। व्यवहार एवं मानसिक प्रक्रियाओं का सही अध्ययन प्रत्यक्षण पर ही निर्भर करता है। प्रत्यक्षण की क्रिया संवेदन (sensation) की प्रक्रिया से प्रारम्भ होती है और किसी व्यवहार करने की क्रिया के पहले तक होती रहती है। अतः प्रत्यक्षण की प्रक्रिया संवेदन तथा व्यवहार करने की क्रिया के बीच की प्रक्रिया होती है।

प्रत्यक्षण को भिन्न-भिन्न लोगों ने अलग-अलग ढंग से परिभाषित किया है। जैसे, एटकिन्सन, एटकिन्सन तथा हिलगार्ड[1] (Atkinson, Atkinson & Hilgard, 1983) के अनुसार, ''प्रत्यक्षण एक ऐसी प्रक्रिया है जिसके द्वारा हमलोग वातावरण में उपस्थित उद्दीपकों की व्याख्या करते हैं तथा उसे संगठित करते हैं।'' कोलमैन[2] (Coleman, 1977) के अनुसार, ''प्रत्यक्षण एक ऐसी प्रक्रिया है जिसके द्वारा जीव को अपने आंतरिक अंगों तथा अपने वातावरण के बारे में सूचना मिलती है।'' सैन्ट्रोक[3] (Santrock, 2005) के अनुसार, ''संवेदी सूचनाओं को अर्थ प्रदान करने के लिए मस्तिष्क द्वारा उसे संगठित एवं व्याख्या करने की प्रक्रिया, को ही प्रत्यक्षण कहा जाता है।'' इसी तरह की अनेक अन्य परिभाषाओं का समालोकन (review) करने के बाद हम इस निष्कर्ष पर पहुँचते हैं कि प्रत्यक्षण की एक विस्तृत (comprehensive) एवं तुलनात्मक रूप से अधिक वस्तुनिष्ठ (objective) परिभाषा इस प्रकार दी जा सकती है। [4] ''प्रत्यक्षण एक सक्रिय, चयनात्मक एवं संज्ञानात्मक मानसिक प्रक्रिया है जिसके द्वारा व्यक्ति को अपने आंतरिक अंगों (आंतरिक वातावरण) तथा बाह्य वातावरण में उपस्थित वस्तुओं का तात्कालिक अनुभव होता है।''

यदि इस परिभाषा का विश्लेषण किया जाय तो प्रत्यक्षण की प्रक्रिया का स्वरूप (nature) बिलकुल ही स्पष्ट हो जायेगा। इस परिभाषा का विश्लेषण करने पर हम इसके निम्नांकित मुख्य विशेषताओं पर पहुँचते हैं:—

1. प्रत्यक्षण के लिए उद्दीपक का होना अनिवार्य है (*Stimulus is essential for perception*)—प्रत्यक्षण हमेशा किसी वस्तु, घटना या व्यक्ति का होता है। जिन व्यक्तियों, घटनाओं या वस्तुओं का प्रत्यक्षण होता है, उसे उद्दीपक (stimulus) की संज्ञां दी जाती है। जब कोई उद्दीपक व्यक्ति के सामने उपस्थित नहीं होगा, तो उससे उसमें कोई संवेदन (sensation) नहीं होगा और फिर तब उनका प्रत्यक्षण (perception) भी नहीं होगा।

---

1. "Perception is the process by which we organize and interpret...patterns of stimuli in the environment." —Atkinson, Atkinson & Hilgard : *Introduction to Psychology*, 1983,p.133
2. "Perception is the process by which an organism obtains information about the state of its own internal organs and states of the world about it." —Coleman : *Introductory Psychology*, 1977, p.32
3. "Perception is the brain's process of organizing and interpreting sensory information to give it meaning." —Santrock : *Psychology*, 2005, p. 123
4. "Perception is active, selective and cognitive mental process through which a person gains immediate experience of his own internal organs (internal environment) as well as objects present in external environment." —Author

2. प्रत्यक्षण में उद्दीपक का तात्कालिक अनुभव होता है (*In perception immediate experience of objects take place*)—प्रत्यक्षण में उद्दीपकों का तात्कालिक अनुभव होता है। दूसरे शब्दों में, जब व्यक्ति के सामने कोई उद्दीपक उपस्थित होता है, तो उसका ज्ञान हमें तुरंत होता है न कि उस उद्दीपक के बारे में कुछ देर तक सोचने के बाद। जैसे, यदि कोई व्यक्ति कमरे में बैठकर पढ़ रहा है। इतने में यदि उसका भाई उस कमरे में प्रवेश करता है तो भाई के भीतर प्रवेश करते ही उसका प्रत्यक्षण हो जाता है न कि व्यक्ति कुछ देर सोचता है और तब भाई का उसे प्रत्यक्षण (perception) होता है। जो उद्दीपक व्यक्ति के सामने उपस्थित नहीं रहता है उसका हम प्रत्यक्षण नहीं कर सकते हैं। हाँ, उसके बारे में सोच अवश्य सकते हैं। यही कारण है कि मार्गन, किंग तथा रॉबिन्सन[1] (Morgan, King & Robinson, 1981) ने प्रत्यक्षण को परिभाषित करते हुए कहा है, ''व्यक्तियों द्वारा किया गया तात्कालिक अनुभव (immediate experience) ही प्रत्यक्षण है।''

3. प्रत्यक्षण एक सक्रिय मानसिक प्रक्रिया (*Perception is an active mental process*)—मनोवैज्ञानिकों ने प्रत्यक्षण को एक सक्रिय मानसिक प्रक्रिया (active mental process) कहा है। सक्रिय मानसिक प्रक्रिया से तात्पर्य यह होता है कि किसी उद्दीपक का प्रत्यक्षण करते समय व्यक्ति का मस्तिष्क काफी सक्रिय होकर वस्तु या घटना की व्याख्या (interpretation) पूर्व अनुभूतियों (past experience) के संदर्भ में करता है। उदाहरणार्थ, 'आम' को देखकर मात्र आम का ही प्रत्यक्षण नहीं होता है बल्कि इसका विशेष गुण खट्टा या मीठा होने का भी हम प्रत्यक्षण करते हैं। हम आम देखते ही यह भी कहते है कि यह आम खट्टा या मीठा होगा। ऐसा इसलिए होता है क्योंकि प्रत्यक्षण एक सक्रिय मानसिक प्रक्रिया है जिसमें उद्दीपक (stimulus) का मात्र प्रतिनिधित्व (representation) ही नहीं होता है बल्कि मस्तिष्क सक्रिय रूप से (actively पूर्व अनुभूतियों के संदर्भ में उसकी व्याख्या भी करता है। यही कारण है कि एकटकिन्सन, एटकिन्सन तथा हिलगार्ड (Atkinson, Atkinson & Hilgard, 1983) ने अपनी परिभाषा में कहा है कि प्रत्यक्षण में हम उद्दीपकों की व्याख्या (interpretation) भी करते हैं। इन्हीं कारणों से रुच[2] (Ruch, 1967) ने स्पष्टतः कहा है, ''प्रत्यक्षण एक सक्रिय प्रक्रिया है।''

4. प्रत्यक्षण एक संज्ञानात्मक प्रक्रिया है (*Perception is a cognitive process*)—मनोवैज्ञानिकों ने प्रत्यक्षण को एक संज्ञानात्मक प्रक्रिया (cognitive process) माना है। संज्ञानात्मक प्रक्रिया से तात्पर्य वैसी प्रक्रिया से होता है जिसके द्वारा हमें उद्दीपकों के बारे में ज्ञान प्राप्त होता है। कोलमैन (Coleman, 1977) ने प्रत्यक्षण के इस पहलू पर अधिक बल डाला है और स्पष्टतः कहा भी है कि प्रत्यक्षण द्वारा हमें आन्तरिक एवं बाह्य दोनों तरह के उद्दीपकों के बारे में ज्ञान प्राप्त होता है। बाह्य उद्दीपक वातावरण में होते हैं तथा आन्तरिक उद्दीपक शरीर के भीतर होते हैं। किताब, टेबुल, पेंसिल आदि बाह्य उद्दीपक के उदाहरण है तथा पेट ऐंठना, दिल की धड़कन आदि आन्तरिक उद्दीपक के उदाहरण हैं जिसका भी हमें प्रत्यक्षण होता है।

5. प्रत्यक्षण में उद्दीपकों को संगठित किया जाता है (*In perception stimuli are organized*)—प्रत्यक्षण में सिर्फ उद्दीपकों की व्याख्या ही नहीं की जाती है बल्कि उन उद्दीपकों का विशेष नियमों के आधार पर एक खास ढंग से संगठन (organisation) भी होता है। उदाहरणस्वरूप, यदि किसी व्यक्ति का एक हाथ दुर्घटना या किसी बीमारी के कारण काट दिया गया है और यदि वह व्यक्ति हमारे सामने उपस्थित होता है तो इसे हम पूर्ण व्यक्ति के रूप में संगठित (organised) कर ही उसका प्रत्यक्षण करते हैं। उसी तरह यदि हम किसी व्यक्ति के चेहरे (face) पर देखते हैं तो ऐसा नहीं होता है कि उसका होठ, आँख, भौं, ललाट, गाल सभी का हम अलग-अलग प्रत्यक्षण करते हैं। सच्चाई यह है कि इन सब का प्रत्यक्षण एक संगठित इकाई (organised unit) के रूप में हम करते हैं। मनोविज्ञान का एक विशेष स्कूल द्वारा जिसे *गेस्टाल्ट स्कूल* (Gestalt school) कहा जाता है, द्वारा प्रत्यक्षण के इस पहलू (aspect) पर अधिक बल डाला गया है और प्रत्यक्षण में संगठन (organisation) के विशेष नियमों (principles) पर भी डाला गया है जिसकी चर्चा आगे इसी अध्याय में की जायेगी।

6. प्रत्यक्षण एक चयनात्मक प्रक्रिया है (*Perception is a selective process*)—प्रत्यक्षण एक चयनात्मक

---

1. "Perception is what is immediately experienced by a person."
—Morgan, King & Robinson : *Introduction to Psychology*, 1981, p. 312
2. "Perception is an active process." —Ruch : *Psychology and Life*, 1967. p. 300

मानसिक प्रक्रिया (selective mental process) है। कैसे? किसी भी समय अनेकों उद्दीपक (stimuli) हमारे ज्ञानेन्द्रिय (sense organ) को उत्तेजित करते हैं। परन्तु उनमें से सभी का हम प्रत्यक्षण नहीं कर पाते हैं। सच्चाई यह है कि हम उन्हीं उद्दीपकों का प्रत्यक्षण करते हैं जिनपर हम अवधान या ध्यान (attention) देते हैं। इसका मतलब यह हुआ कि प्रत्यक्षण में अवधान (attention) का काफी महत्त्व होता है। हम किसी वस्तु पर अपनी अभिरूचि (interest), आदत, प्रेरणा, आदि के अनुसार ध्यान देते हैं जिसके फलस्वरूप उस उद्दीपक या वस्तु का प्रत्यक्षण हमें होता है। ऐसा भी होता है कि वस्तु या उद्दीपक में ही कुछ खास-खास गुण (characteristics) होते हैं जिसके कारण हम' उसकी ओर ध्यान दे देते हैं और फिर उसका प्रत्यक्षण हमें हो जाता है। जैसे, सड़क पर चलते समय दुकान के अनेकों साइनबोर्ड नजर से गुजरते हैं। परन्तु वह साइनबोर्ड जिस पर बड़े अक्षरों में कुछ लिखा होता है, उसपर हमारा ध्यान जल्द चला जाता है और हम उस साइनबोर्ड का प्रत्यक्षण जल्द कर लेते हैं। ऐसा इसलिए होता है क्योंकि प्रत्यक्षण का स्वरूप चयनात्मक (selective) होता है।

निष्कर्ष तौर पर हम कह सकते है कि प्रत्यक्षण एक ऐसी सक्रिय चयनात्मक मानसिक प्रक्रिया है जिसमें उद्दीपकों (stimuli) द्वारा उत्पन्न संवेदन का हम अर्थ ही नहीं जोड़ते हैं बल्कि अपने पूर्व अनुभूति (past experience) के संदर्भ (context) में उनकी व्याख्या (interpretation) भी करते हैं एवं उसे कुछ खास-खास नियमों (principles) के आधार पर एक संगठित रूप (organised whole) भी देते हैं। अतः प्रत्यक्षण को मात्र संवेदन + अर्थ नहीं कहा जा सकता है, हालांकि शुरू में कुछ लोगों का ऐसा ही विचार था।

संवेदन एवं प्रत्यक्षण में सम्बन्ध : हॉफ्फडिंग अवस्था
(Relation between Sensation and Peception : Hoffding Step)

संवेदन (sensation) एवं प्रत्यक्षण (perception) की प्रक्रिया एक दूसरे से काफी सम्बन्धित है। सैन्ट्रीक[1] (Santrock, 2005) के अनुसार संवेदन एक प्रारम्भिक प्रक्रिया है जिसके माध्यम से वातावरण के उद्दीपक ऊर्जा (stimulus energy) को कूटसंकेतिक (encode) किया जाता है एवं उसे संसूचित (detect) किया जाता है। उद्दीपक से भौतिक ऊर्जा (physical energy) उत्पन्न होती है जिसे ज्ञानेन्द्रिय संसूचित करता है, और तब वह उसे एक कूटसंकेत (code) में बदल देता है जिसे फिर मस्तिष्क में भेज दिया जाता है। उदाहरणस्वरूप, रोशनी जो एक भौतिक ऊर्जा है, आँख का अक्षिपटल (retina) उसे ग्रहण करता है। इसके बाद भौतिक ऊर्जा वैद्युतीय आवेग (electrical impulses) में बदल जाता है। तंत्रिका तन्तु इस वैद्युतीय आवेग को जिनके माध्यम से सूचनाएँ ढोये जाते है, ज्ञानेन्द्रिय से मस्तिष्क तक पहुँचाते हैं। जैसे ही मस्तिष्क में ऐसी सूचनाएँ पहुँचतीं हैं, बाह्य उद्दीपक के बारे में ऐसी सूचनाएँ प्रमस्तिष्कीय कॉर्टेक्स के उचित क्षेत्रों में चली जातीं हैं। संवेदन की प्रक्रिया में इतने ही चरण सम्मिलित होते हैं।

प्रत्यक्षण (peception), जैसा कि सैनट्रॉक[2] (Santrock, 2005) ने कहा है, ''संवेदी सूचनाओं को अर्थ देने के ख्याल से उसकी व्याख्या करने एवं संगठित करने की मस्तिष्कीय प्रक्रिया है।'' अतः प्रत्यक्षण में संवेदी सूचनाएँ जो मस्तिष्क में पहुँचती है, को संगठित कर उसकी व्याख्या की जाती है और इस तरह से व्यक्ति वातावरण में उपस्थित उद्दीपक का अर्थ सही-सही समझ पाता है। जैसे, व्यक्ति का अक्षिपटल (retina) आकाश में उड़ते चमकीले वस्तु की सूचना कूटसंकेतिक करता है परन्तु व्यक्ति उसे तभी एक हवाई जहाज के रूप में प्रत्यक्षण करता है जब उस सूचना को संगठित कर उसकी व्याख्या मस्तिष्क ठीक ढंग से करता है।

ऊपर किये गये वर्णन से यह स्पष्ट है कि किसी उद्दीपक की पहचान का आधार तंत्रकीय कूटसंकेत (neural code) हो सकता है परन्तु उसकी वास्तविक पहचान के लिए बाद के तंत्रकीय प्रक्रियाओं का होना अनिवार्य है। अब प्रश्न यह उठता है कि यह कैसे होता है? मनोविज्ञान के साहचर्यवाद (associationism) के एक सिद्धान्त (doctrine) जो 1870 के दशक में काफी लोकप्रिय था, के अनुसार किसी भौतिक वस्तु (physical object) तथा उस भौतिक वस्तु के नामकरण के बीच प्रत्यक्ष सम्बन्ध (linkage) होता है जिसका मतलब यह हुआ कि किसी भौतिक

1. "Sensation is the process of detecting and encoding stimulus energy in the world."
—Santrock : *Psychology*, 2005, p.123

2. "Perception is the brain's process of organizing and interpreting sensory impression to give it meaning" Santrock :
—Santrock : *Psychology* 2005, p.123

वस्तु के प्रतिनिधित्व करने वाले तंत्रकीय घटनाएँ (neural events) तथा उस वस्तु के नामकरण का प्रतिनिधित्व करने वाले तंत्रकीय घटनाएँ एक दूसरे के समान होती हैं। परन्तु हारेल्ड हॉफ्फडिंग (Harald Hoffding, 1891) ने यह दावा किया कि यह सिद्धान्त गलत है। इनका कहना था कि संवेदन एवं प्रत्यक्षण के बीच कुछ विशेष चरण (step) होता है जिसे उन्होंने हॉफ्फडिंग अवस्था (Hoffding step) कहा है। हॉफडिंग अवस्था को पैटर्न प्रत्यक्षण (pattern perception) तथा पैटर्न प्रत्यभिज्ञान (pattern recognition) के सिद्धान्त के लिए उपयोगी बतलाया गया है। इसे चित्र 5.1 से इस प्रकार समझाया जा सकता है।

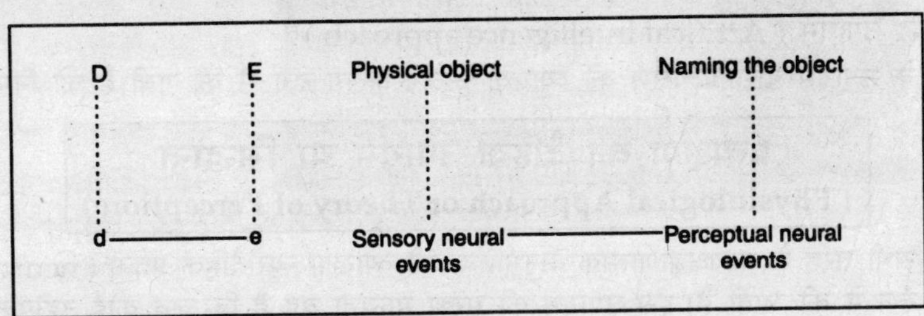

चित्र 5.1 हॉफडिंग अवस्था (Hoffding step)

इस चित्र में बायें तरफ का हिस्सा दायें तरफ दिखलाये गये क्रियाओं का एक आरेखीय निरूपण (schemetic representation) है। इस तरह से चित्र में D द्वारा वातावरण का कोई भौतिक वस्तु का निरूपण होता है। इसकी पहचान होने के लिए, यह आवश्यक है कि व्यक्ति को उस वस्तु का संवेदन हो अर्थात् तंत्रकीय रूप से उसका निरूपण हो जिसे D में दिखलाया गया है। परन्तु उस वस्तु का नामकरण करने के पहले यह आवश्यक है कि उसकी पहचान की जाय जिसमें फिर संवेदन से भिन्न दूसरे तरह के अतिरिक्त तंत्रकीय क्रियाओं (neural activities) की जरूरत पड़ती है। संवेदी कूटसंकेत (sensory code) किसी वस्तु का मात्र एक तंत्रकीय निरूपण (neural representation) होता है और उसमें वस्तु के श्रेणी सम्बन्ध ज्ञान की कोई सूचना नहीं होती है। दूसरे तरह के तंत्रकीय प्रक्रियाओं को चित्र में E द्वारा दिखलाया गया है। यह एक ऐसा प्रत्यक्षज्ञानात्मक तंत्रकीय घटना (peceptual neural event) है जिसमें वस्तु को श्रेणीवद्ध किया जाता है और फिर उसके सहारे व्यक्ति उसका नामकरण भी कर पाता है। साहचर्यवादियों के अनुसार D से E का पथ प्रत्यक्ष (direct) होता है अर्थात् किसी भौतिक वस्तु के संवेदन (D) तथा उसके प्रत्यक्षण (E) के बीच कोई चरण नहीं होता है। परन्तु हॉफडिंग ने इसे गलत बतलाया और कहा कि इन दोनों के बीच का पक्ष इतना सरल नहीं होता है और इसके बीच भी कुछ प्रक्रियाएँ होतीं हैं जिसे हॉफडिंग अवस्था कहा जाता है। हॉफडिंग अवस्था की दो विशेषताएँ बतलायी जाती हैः—

(i) हॉफडिंग अवस्था एक बिल्कुल ही सामान्य (general) अवस्था होती है। प्रत्येक ज्ञानेन्द्रिय द्वारा अपना संवेदी कूटसंकेत (sensory code) उत्पन्न किया जाता है। परिणामतः वे अपना-अपना हॉफडिंग अवस्था अलग-अलग उत्पन्न करते हैं।

(ii) अभी तक कोई भी मनोवैज्ञानिक द्वारा हॉफडिंग समस्या का एक ऐसा समाधान खोजा नहीं गया है जो सबको संतोषजनक लगे। इस समस्या का समाधान के लिए प्रत्यक्षण के कुछ सिद्धान्तवादियों द्वारा कुछ ऐसे नियम बनाने की कोशिश की गयी है जिनके सहारे अक्षिपटलीय प्रतिमाओं को प्रत्यक्षज्ञानात्मक अनुभवों में बदलने की प्रक्रिया की व्याख्या होती है। प्रत्यक्षण के प्रत्यक्ष सिद्धान्त (direct theory) में इससे हटकर ही कुछ नयी व्याख्या की गयी है।

प्रत्यक्षण के प्रमुख उपागम या सिद्धान्त
(Major Approaches or Theories of Perception)

प्रत्यक्षण की प्रक्रिया को पूर्णरूपेण समझने के लिए मनोवैज्ञानिकों ने मुख्यतः सात तरह के उपागम या सिद्धान्त का प्रतिपादन किया है जो निम्नांकित हैः—

1. प्रत्यक्षण का दैहिक उपागम या सिद्धान्त (Physiological approach or theory of preception)

2. गिब्सन द्वारा प्रतिपादित प्रत्यक्षण का प्रत्यक्ष सिद्धान्तः पारिस्थितिक संदर्भ (Gibson's Direct theory of perception : An Ecological perspective)
3. सूचना-संसाधन उपागम (Information Processing approach)
4. गेस्टाल्ट उपागम या सिद्धान्त (Gestalt approach or theory)
5. व्यवहारवादी उपागम या सिद्धान्त (Behaviouristic approach or theory)
6. निर्देश-अवस्था सिद्धान्त (Directive-state theory)
7. कृत्रिम बुद्धि उपागम (Artifical Intelligence approach)

इन सभी तरह के उपागम द्वारा प्रत्यक्षण की व्याख्या अलग-अलग ढंग से की गयी है जो निम्नांकित है:—

प्रत्यक्षण का दैहिक उपागम या सिद्धान्त
(Physiological Approach or Theory of Perception)

इस उपागम में सभी तरह के प्रत्यक्षज्ञाणात्मक अनुभूतियों की व्याख्या न्यूरोदैहिक प्रक्रम (neuro-physiological mechanism) के रूप में की जाती है। इस उपागम की मुख्य मान्यता यह है कि जब कोई उद्दीपक (stimulus) से व्यक्ति का ज्ञानेन्द्रिय (sense organ) प्रभावित होता है तो उसमें तंत्रिका आवेग उत्पन्न हो जाता है जो मस्तिष्क के विशिष्ट क्षेत्र में पहुँचता है। इसके परिणामस्वरूप व्यक्ति को उसका प्रत्यक्षण होता है। ज्ञानेन्द्रियों से लेकर मस्तिष्क तक होने वाले प्रक्रिया को *न्यूरोदैहिक प्रक्रम* (neuro-physiological mechanism) कहा जाता है।

दैहिक उपागम की अभिरुचि सिर्फ इस तथ्य में नहीं है कि प्रत्यक्षण किस प्रकार से होता है एवं उसकी व्याख्या किस तरह से की जाए बल्कि इस तथ्य में भी है कि भिन्न-भिन्न क्षेत्रों के प्रत्यक्षण में जो अंतःक्रियाएँ (interaction) होतीं हैं, उनके क्या आधार हैं? प्रत्यक्षज्ञाणात्मक स्थिरता (perceptual constancy) किस प्रकार होता है? आदि की व्यांख्या की जाती है। इन सबों की व्याख्या करने में हेब्ब (Hebb, 1949) ने एक विशेष दिशा निर्देश प्रस्तुत किया है। हेब का मत है कि प्रत्यक्षण का अधिकतर अंश जन्मजात (innate) न होकर अर्जित (acquired) होता है। इसकी व्याख्या करने के लिए उन्होंने अनुबंधन (conditioning) के समान एक नियम का प्रतिपादन किया है।

हेब का मत है कि केन्द्रीय तंत्रिका तंत्र के विशेष क्षेत्र की कोशिका के उत्तेजित होने की प्रक्रिया पर प्रत्यक्षण निर्भर करता है। जब तक उस विशेष कोशिका में उत्तेजन नहीं होगा, प्रत्यक्षण नहीं होगा। हेब का यह विचार लैशले (Lashley) के समअन्तःशक्ति नियम (Principle of equipotentiality) के विरुद्ध है क्योंकि यह नियम यह बतलाता है कि एक क्षेत्र के कोई विशेष कोशिका नहीं बल्कि सभी कोशिकाएँ एक साथ उत्तजित हो जाती हैं क्योंकि उनमें अनुक्रिया उत्पन्न करने की अन्तःशक्ति लगभग एक समान होती है। गेस्टाल्टवादियों (Gestaltists) का मत है कि प्रत्यक्षज्ञाणात्मक अनुभूति जन्मजात होती है तथा इसके पक्ष में उन्होंने यह दावा किया है कि किसी आकृति (figure) की मूल एकता (primitive unity) का प्रत्यक्षण उन व्यक्तियों या प्राणियों द्वारा भी आसानी से कर लिया जाता है जो जन्म से किसी कारण से अन्धे रहे होते हैं। इस सिलसिले में गेस्टल्टवादियों ने भॉन सेन्डन (Von Senden, 1932) तथा रिसेन (Riesen 1947) द्वारा प्रदत्त प्रयोगात्मक सबूतों का उदाहरण दिया है। भॉन सेन्डन के अध्ययन में पाया गया कि व्यक्ति जो जन्म से मोतियाबिन्द (cataract) के कारण नहीं देख पाये थे; ऑपरेशन के बाद जब वे प्रथम बार देखना प्रारम्भ किये तो वे लोग दो आकृतियों के बीच में (उन्हें एक साथ देने पर) विशेष प्रयास करने पर भी विभेदित नहीं कर पाते थे परन्तु, उन आकृतियों को स्पर्श कर विभेदित कर लेते थे। इसी तरह रिसेन ने अपने अध्ययन में पाया कि वनमानुष को अंधेरे में रखकर पालने-पोषने के बावजूद भी वे आकृतियों का प्रत्यक्षण लगभग कर लेते थे। हेब ने इन दोनों के प्रयोगों के परिणामों को ठीक ढंग से विश्लेषित किया, और पाया कि यद्यपि ऐसे प्राणियों द्वारा आकृतियों की पहचान कर उन्हें विभेदित कर लिया जाता है, फिर भी उनका प्रत्यक्षण उतना सपष्ट नहीं था जितना कि एक सामान्य प्राणी का जिन्हें जन्म से ही पर्याप्त रोशनी में रखकर पाला-पोषा गया था। हेब का यह भी मत था कि ऐसे मनुष्य या पशु को प्रशिक्षण (training) की जितनी आवश्यकता होती है, उतनी आवश्यकता सामान्य पशु या मनुष्य को नहीं होता है। इन्होंने यह बतलाया कि ऐसे प्राणी को सही दिशा में आँख गति (eye movement) करने का प्रशिक्षण दिया जाना चाहिए और तब ही इनसे वस्तुओं या आकृतियों के प्रत्यक्षण में पूर्ण स्पष्टता की उम्मीद की जा

सकती है। इसे स्पष्ट होता है कि हेब के दृष्टिकोण में सही एवं स्पष्ट प्रत्यक्षण के लिए प्राणी को पर्याप्त प्रशिक्षण देना भी अनिवार्य है।

चूँकि हेब्ब के उपागम (approach) में प्रत्यक्षज्ञाणात्मक प्रक्रिया में गत अनुभूति या सीखना या प्रशिक्षण अनिवार्य है इसलिए एक 'द्वैध चिह्न प्रक्रम' (dual trace mechanism) के संप्रत्यय के अस्तित्व को स्वीकार किया गया है। द्वैध चिह्न प्रक्रम से तात्पर्य एक ऐसा प्रक्रम से होता है जिसके प्रभाव से मस्तिष्क में लघु अवधि के लिए उत्पन्न गुंजायमान कम्पन या दौरा (reverberating circuits) तंत्रिका कोशिकाओं (nerve cell or neurons) के बीच उतने समय तक आपस में सम्बन्ध बनाये रखते हैं जितने समय तक उनमें एक स्थायी साहचर्य (permanent association) स्थापित हो सके। इस स्थायी साहचर्य की व्याख्या इस प्रकार की गयी है। जब कोशिका 'A' का एक्सॉन (axon) कोशिका 'B' को बार-बार उत्तेजित कर पाता है, तो इससे किसी एक कोशिका या दोनों कोशिकाओं में चयापचयी परिवर्तन (metabolic changes) इस तरह का होता है कि कोशिका 'A' में कोशिका 'B' को उत्तेजित करने की क्षमता में अपने आप वृद्धि हो जाती है। चूँकि प्रत्यक्षण को एक साहचर्यवादी तंत्रिकीय प्रक्रिया (associative neural process) माना गया है, जिनमें प्रशिक्षण या सीखना भी सम्मिलित होता है, हेब्ब का मत है कि इस तरह का कॉर्टिकल संगठन (cortical organisation) या कोश संग्रहण सिर्फ दृष्टि क्षेत्र (अर्थात् ब्रोका क्षेत्र संख्या 17) में ही नहीं होता है बल्कि इसके इर्द गिर्द के क्षेत्र अर्थात् क्षेत्र संख्या 18, 19, 20 आदि में भी होते पाया जाता है। हेब्ब ने यह स्पष्टतः दिखलाया है कि ब्रोका क्षेत्र संख्या 17 में उत्पन्न उत्तेजना अगल-बगल के क्षेत्रों में तंत्रकीय सम्बन्धों (neural connection) के साथ संयोजित हो जाते हैं। इस तरह से न्यूरोन या तंत्रिका कोशों का एक समूह आपस में कार्यात्मक रूप से (functionally) संगठित हो जाता है, और इस तरह के संगठन को कोशिका संग्रहण (cell assembly) कहा जाता है। दूसरे शब्दों में, कोशिका संग्रहण एक ऐसा अन्तर सम्बन्ध तंत्रकीय पैकेज (interrelated neurological package) है जो बाह्य उद्दीपक, आंतरिक उद्दीपक या इन दोनों के संयोग से उत्तेजित होता है। हेब के अनुसार कोशिका संग्रहण के अभाव में किसी प्रकार का प्रत्यक्षण सम्भव नहीं है। इस तरह से कोशिका संग्रहण प्रत्यक्षण का एक मौलिक इकाई (basic unit) है तथा साधारण प्रत्यक्षण का एक दैहिक आधार (physiological basis) भी है।

कोशिका संग्रहण (cell assembly) का बड़ा या छोटा होना इस बात पर निर्भर करता है कि उसके द्वारा किस तरह के पर्यावरणी उद्दीपक का प्रतिनिधित्व हो रहा है। जैसे, एक 'दरवाजा' के प्रत्यक्षण से सम्बन्धित कोशिका संग्रहण (cell assembly) छोटा होगा परन्तु पूरे 'मकान' के प्रत्यक्षण से सम्बन्धित कोशिका संग्रहण का आकार बड़ा होगा क्योंकि दरवाजा के प्रत्यक्षण से बनने वाले कोशिका संग्रहण में उत्तेजित न्यूरोन की संख्या कम होगी परन्तु पूरे मकान के प्रत्यक्षण से बनने वाले कोशिका संग्रहण में उत्तेजित न्यूरोन की संख्या अधिक होगी।

हेब्ब के उपागम (approach) में प्रत्यक्षण की जो व्याख्या की गयी है, उसका दूसरा महत्त्वपूर्ण पहलू अवस्था क्रम (phase sequence) है। जिस तरह से एक ही वस्तु के विभिन्न पहलू आपस में तंत्रकीय रूप से (neurologically) सम्बन्धित होकर कोशिका संग्रहण (cell assembly) का निर्माण करते हैं, उसी तरह कई कोशिका संग्रहण तंत्रकीय रूप से आपस में मिलकर अवस्था क्रम (phase sequence) निर्माण करते हैं। हेब्ब[1] (Hebb, 1959) के शब्दों में अवस्था क्रम को इस प्रकार परिभाषित किया गया है, ''अवस्था क्रम संग्रहण क्रियाओं का एक अस्थायी रूप से संगठित क्रम होता है। यह चिन्तन सरिता में प्रवाह के समान होता है।'' एक बार जब अवस्था क्रम (phase sequence) का निर्माण हो जाता है, तो वह बाह्य उद्दीपक, आन्तरिक उद्दीपक या दोनों ही तरह के उद्दीपकों के संयोग से उत्तेजित हो सकता है। जब किसी अवस्था क्रम का एक कोशिका संग्रहण (cell assembly) या कई कोशिका संग्रहण उत्तेजित होते हैं, तो पूरे अवस्था क्रम के सभी कोशिका संग्रहण उत्तेजित हो जाते हैं। जब अवस्था क्रम उत्तेजित होता है तो इससे व्यक्ति में चिन्तन सरिता का अनुभव होता है अर्थात् उसके मन में कई विचार एक तार्किक क्रम (logical order) में आना प्रारम्भ हो जाते हैं।

अवस्था क्रम (phase sequence) व्यक्ति के प्रत्यक्षण में किस तरह की भूमिका निभाता है, उसे इस प्रकार समझाया जा सकता है। मान लिया जाय कोई प्रयोज्य एक त्रिभुज (triangle) पर देखता है और अपनी आँख 'A'

1. "A phase sequence is a temporarily integrated series of assembly activities, it amounts to one current in the stream of thought."—Hebb (1959) A Neorphysiological theory. In S. Koch (Ed.) *Psychology : A study of a science* (Vol. 1) —New York: Mc Graw Hill.

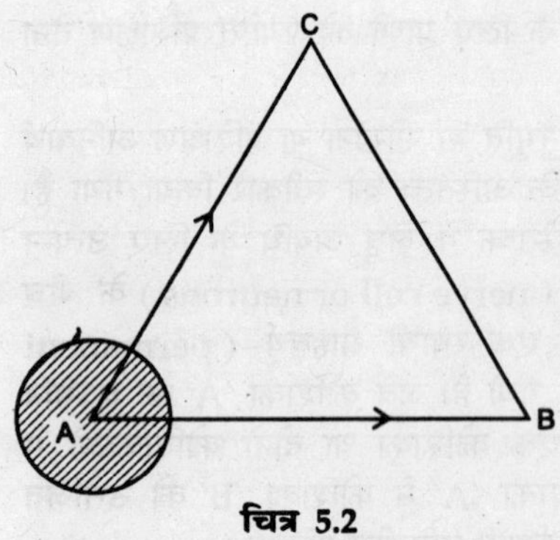

चित्र 5.2

बिन्दु पर केन्द्रित करता है (चित्र 5.2 देखें)। इस तरह के केन्द्रीकरण से प्रयोज्य के कॉर्टेक्स में कोशिका संग्रहण (cell assembly) की प्रक्रिया प्रारम्भ होगी। यहाँ व्यक्ति में 'A' बिन्दु का प्रत्यक्षण होगा तथा साथ-ही-साथ उसमें दो अन्य कोण अर्थात् 'B' या 'C' के प्रति नेत्र गोलक (eye ball) में गति उत्पन्न होगा। इसी तरह की अवथा उस समय भी उत्पन्न होगी जब व्यक्ति कोण 'C' या 'B' में से किसी एक बिन्दु पर अपना ध्यान केन्द्रित करेगा। तीनों कोणों पर बारी-बारी से ध्यान केन्द्रित करने पर एक अनियमित तंत्रकीय संग्रहण (irregular neuronic assembly) उत्पन्न होगा। ये तीनों तरह की कोशिका संग्रहण अर्थात् a, b तथा c विशेष तरह के पेशीय क्रियाएँ (motor activities) अर्थात् नेत्र गोलक (eye ball) की गति से सम्बन्धित होते हैं। सच्चाई यह है कि व्यक्ति में त्रिभुज के एक कोण से दूसरे कोण की ओर देखने की प्रवृत्ति सतत (continuous) होती है। इसका परिणाम यह होता है कि इन तीनों तरह के स्वतंत्र कोश संग्रहणों (cell assemblies) जो एक क्रम में एक-दूसरे के बाद होते हैं, की मदद से एक तरह का अन्तर सहायता (interfacilitation) की प्रक्रिया अर्थात् इन तीनों कोशिका संग्रहणों के बीच संधिस्थलीय सम्बन्ध (synaptic connection) की प्रक्रिया होने लगती है। इस तरह की अन्तर सहायता की प्रक्रिया से एक नया श्रेष्ठ तंत्र (superordinate super system) का विकास होता है जिसे हेब ने अंग्रेजी के छोटा 'टी' (t) अक्षर से संकेतिक किया है। t सम्पूर्ण प्रत्यक्षण (whole perception) का द्योतक है। इस तरह से उपर्युक्त उदाहरण में t कोशिकाओं का एक संग्रहण है जिससे पूरे त्रिभुज का प्रत्यक्षण होता है। इस पूरे त्रिभुज के प्रत्यक्षण को त्रिभुज के तीनों कोणों के प्रत्यक्षण से भिन्न माना जाता है।

इस उपागम का सबसे महत्त्वपूर्ण तथ्य यह है कि इसके माध्यम से जटिल प्रत्यक्षण (complex perception) की व्याख्या हाती है। उपर्युक्त त्रिभुज (triangle) के 'A' बिन्दु पर देखने से व्यक्ति में कोशिका संग्रहण 'a' की उत्पत्ति होती है। इसके साथ-ही-साथ दो विरोधी या असंगत नेत्र गति (incompatible eye movements) की प्रवृतियाँ भी उत्पन्न हो जातीं हैं। इन दो प्रवृत्ति में से एक प्रवृत्ति हमेशा देहली (threshold) के नीचे होता है तथा दूसरी प्रवृत्ति देहली से ऊपर होता है। बाद की प्रवृत्ति अर्थात् दूसरी प्रवृत्ति से आँख के स्थायीकरण बिन्दु (fixation point) में अर्थात् "A" बिन्दु में परिवर्तन होता है। अर्थात् नेत्र गोलक त्रिभुज के कोण 'B' तथा 'C' की ओर देखने के लिए मुड़ने लगता है जिससे क्रमशः कोशिका संग्रहण 'b' तथा 'c' की उत्पत्ति होती है। इसी तरह से यदि व्यक्ति की आँख 'C' कोण पर केन्द्रित होता है तो उसमें 'A' तथा 'B' कोण की ओर देखने की असंगत प्रवृत्ति तथा 'B' कोण पर केन्द्रित होने पर 'A' तथा 'C' कोण की ओर देखने की असंगत प्रवृत्ति उत्पन्न होती है। इस प्रक्रिया में कोई नियमितता नहीं होती है। ऐसे व्यक्ति में स्थायीकरण का क्रम इस प्रकार हो जाता है a-b-c-b-c-a-b-a, जब व्यक्ति में t (अर्थात् सम्पूर्ण प्रत्यक्षण) संगठित हो जाता है तो दूसरी क्रिया (activity) से a, b, c जैसे तत्त्व (component) प्रतिस्थापित नहीं होते हैं बल्कि सच्चाई यह है कि t का प्रत्यक्षण बीच-बीच में आते रहता है। इसका परिणाम यह होता है कि इस तरह का अवस्था क्रम (phase sequence) बन जाता है—a-b-t-a-c-t-c-t-b. इस अवस्था क्रम से यह पता चलता है कि किसी वस्तु का सम्पूर्ण प्रत्यक्षण (t) क्षणिक होता है तथा यह उस वस्तु के अन्य भागों के प्रत्यक्षण से एकान्तरित (alternate) होते रहता है।

यदि हम हेब्ब द्वारा प्रतिपादित उपागम (approach) की तुलना गेस्टाल्ट उपागम (Gestalt approach) से करें तो यह स्पष्ट होगा कि निम्नांकित दो बिन्दुएँ ऐसी हैं जिनपर हेब उपागम की श्रेष्ठता बनी हुई है:—

(i) हेब्ब उपागम में इस बात पर अधिक बल डाला जाता है कि व्यक्ति क्या प्रत्यक्षण कर रहा है?

(ii) हेब्ब उपागम में प्रत्यक्षण में गत अनुभूतियों (past experience) तथा सीखने के महत्त्व पर पर्याप्त बल दिया गया है।

इनके बावजूद इस उपागम में कुछ दोष हैं जो निम्नांकित हैं:—

(i) हेब्ब उपागम की मान्यताएँ इतनी अस्पष्ट तथा दैहिक है कि उनके लिए प्रयोगात्मक सबूत इकट्ठा करके उसकी स्थिति को मजबूत करना मनोवैज्ञानिकों के लिए अब तक सम्भव नहीं हो पाया है।

(ii) हेब्ब उपागम में वही अवगुण है जो कुछ हद तक गेस्टाल्ट उपागम में है। दूसरे शब्दों में, हेब्ब द्वारा प्रतिपादित उपागम में सम्पूर्ण-अंश संभ्रान्ति (whole-part confusion) व्याप्त है। हेब ने अपने सिद्धान्त में यह कहा है कि t का प्रत्यक्षण(सम्पूर्ण प्रत्यक्षण) एक तरह का नया श्रेष्ठ तंत्र (superordinate system) है न कि वस्तुओं के विभिन्न अंशों (parts) के प्रत्यक्षण का योग है। परन्तु उनकी व्याख्या से पता चलता है कि t वास्तव में वस्तुओं कें अंशों के प्रत्यक्षण का योग ही है।

(iii) कुछ आलोचकों का मत है कि हेब्ब के उपागम में कोशिका संग्रहण (cell assembly) तथा अवस्था क्रम (phase sequence) के जो संप्रत्यय है, वे अस्पष्ट हैं तथा इनका स्पष्ट दैहिक आधार मानव वल्कल (human cortex) में नहीं मिलता है।

इन आलोचनाओं क बावजूद हेब्ब का दैहिक उपागम बाद के मनोवैज्ञानिकों के लिए जो प्रत्यक्षण के कार्य करना चाहते थे, एक मुख्य प्रेरणा स्रोत साबित हुआ है।

गिब्सन द्वारा प्रतिपादित प्रत्यक्षण का प्रत्यक्ष सिद्धान्त : पारिस्थितिक संदर्भ
(Gibson's Direct theory of Perception : An Ecological Perspective)

गिब्सन (Gibson, 1966, 1979) ने प्रत्यक्षण की व्याख्या करने के लिए एक प्रत्यक्ष सिद्धान्त (direct theory) का प्रतिपादन किया। द्वितीय विश्व युद्ध के दौरान गिब्सन आर्मी एयर कौर्पस (Army Air corps) में एक आफिसर के रूप में कार्य करते थे जहाँ उनकी मुख्य भूमिका हवाई जहाज के उड़ने-उतरने समय हुई समस्याओं का गहन रूप से अध्ययन करना था। इसी अध्ययन के दौरान उनके मन में एक विचार आया जिसमें प्रत्यक्षण के प्रत्यक्ष सिद्धान्त की नींव पड़ी। वह विचार था कि व्यक्ति के आँख के अक्षिपटल (retina) पर पड़ने वाले रोशनी अपने आप में काफी संगठित तथा ज्ञानप्रद (informative) होता है और उसे अर्थपूर्ण होने के लिए केन्द्रिय तंत्रिका तंत्र द्वारा उसकी विस्तृत व्याख्या एवं विस्तार की आवश्यकता नहीं होती है। व्यक्ति के संवेदी तंत्र पर्यावरण से मिलने वाले सूचनाओं से अच्छी तरह सुमेलित होते हैं। अतः इसे अतिरिक्त मदद की जरूरत नहीं होती है।

1950 वाले दशक में गिब्सन ने गठन प्रवणता (texture gradient) तथा दृष्टि प्रवाह पैटर्न (optical flow pattern) के सम्प्रत्यय को इसलिए विकसित किया ताकि उस पौराणिक विचार का खण्डन किया जाय कि अक्षपटलीय प्रक्रियाओं (retinal processing) का उत्पाद (product) जिसे अक्षिपटलीय प्रतिमा (retinal image) कहा जाता है, अपने आप में प्रत्यक्ष रूप उत्पन्न करने के लिए सक्षम नहीं है। गिब्सन का तर्क यह था कि चूँकि हमलोग अक्षिपटलीय प्रतिमा को देखते नहीं है, अतः उसके कार्य का वर्णन करने से हमें कोई फायदा नहीं पहुँचता है। गिब्सन का मत था कि दृष्टि प्रत्यक्षण का आधार अक्षिपटलीय प्रतिमा नहीं होकर कुछ निश्चरों[1] (invariant) का सेट होता है। अतः गिब्सन का सिद्धान्त इस तथ्य की व्याख्या नहीं करता है कि किस तरह से अक्षिपटलीय प्रतिमाओं को मस्तिष्क द्वारा विश्लेषण किया जाता है ताकि वे प्रत्यक्षण का आधार बन सके। बल्कि इनका सिद्धान्त प्रत्यक्ष रूप से वातावरण में उपस्थित सूचनाओं के पैटर्न जो व्यक्ति को उपलब्ध हो पाते हैं, की व्याख्या करता है।

गिब्सन का मानना है कि रोशनी (light) जो हमारे आँख में प्रवेश करती है, काफी संगठित (organiged) एवं संरचित (structured) होती है। अब प्रश्न यह उठता है कि रोशनी में इस तरह का संगठन क्षमता किस तरह से उत्पन्न हो जाती हैं। इस प्रश्न का उत्तर गिब्सन ने बहुत ही सीधे ढंग से दिया है और कहा है कि रोशनी जो हमारे आँख में प्रवेश करती है, वातावरण के वस्तुओं (objects) से परावर्तित (reflect) होतीं हैं और इस रोशनी में इन वस्तुओं की सारे संगत सूचनाएँ सम्मिलित होतीं हैं। चूँकि वातावरण की ऐसी वस्तुएँ अपने आप में संगठित एवं संरक्षित होतीं हैं, और चूँकि रोशनी का परावर्तन (reflection) भी क्रमवद्ध (orderly) ढंग से होता है, अतः रोशनी में उन वस्तुओं के गुणों का संगठन (organization) अपने आप आ जाता है। इस तरह से गिब्सन ने इस बात पर विशेष

1. जब भी व्यक्ति किसी स्थान (space) में आगे बढ़ता है, तो वह यह पाता है कि दृष्टि क्षेत्र का पहलू परिवर्तित हो जाता है जबकि कुछ परिवर्तित नहीं होता है। जो परिवर्तित नहीं होता है, उसे निश्चर (invariant) कहा जाता है। दृष्टि क्षेत्र का यह परिवर्तित पहलू तथा निश्चर पहलुओं के पैटर्न को दृष्टि प्रवाह पैटर्न (visual flow pattern) कहा जाता है। दृष्टि प्रवाह पैटर्न से हवाई चालकों को हवाई जहाज की दिशा, गति एवं ऊँचाई आदि के बारे में सूचनाएँ मिलतीं हैं।

रूप से बल डाला है कि प्रत्यक्षण को उस वातावरण को विश्लेषित करके ठीक ढंग से समझा जा सकता है जिसमें वह अनुकूलित हो चुका है। गिब्सन के लिए प्रत्यक्षण वातावरण को सक्रिय ढंग से खोजबीन करने तथा अपनी क्रियाओं को उसके साथ समायोजित करने से होता है न कि वातावरण से मिलने वाले उद्दीपकों को निष्क्रिय रूप से सिर्फ ग्रहण करने से होता है।

गिब्सन द्वारा प्रत्यक्षण की इस तरह की व्याख्या से तब यह भी स्पष्ट है कि इन्होंने प्रत्यक्षण में अधिगम (learning) के महत्त्व को कम कर दिया है। इनके अनुसार वातावरण से मिलने वाले अस्पष्ट सूचनाओं की व्याख्या करना हमें सीखना नहीं होता है क्योंकि सूचनाएँ अस्पष्ट होती ही नहीं है। हाँ, उन्होंने यह अवश्य बतलाया है कि पूर्व अनुभूतियाँ प्रत्यक्षण के लिए लाभदायक अवश्य होतीं हैं। इस तरह प्रत्यक्षण का यह प्रत्यक्ष सिद्धान्त उन सिद्धान्तों से निश्चित रूप से भिन्न है जिसमें यह दावा किया जाता है कि प्रत्यक्षणकर्त्ता को अक्षिपटलीय प्रक्रियाओं की व्याख्या करना निश्चित रूप से सीखना आवश्यक होता है। गिब्सन ने दूसरे तरफ इस बात पर बल डाला है कि प्रत्यक्षणकर्त्ता को वातावरण में गति (motion) के माध्यम से किस तरह से उच्च क्रम निश्चर (higher order invariants) का ज्ञान होना चाहिए। इस तरह के गति से प्रत्यक्षणकर्त्ता को ज्यामितीय सतह के गठन (texture) जैसे किनारा (edges), कोना (corner), उत्तलता (convexities) तथा अवतलता (concavity) आदि का ज्ञान होता है। वस्तुओं के इन ज्यामितीय आकारों के ज्ञान को गिब्सन ने *प्रत्यक्षणीय स्थान का प्रदर्शन* (layout of perceivable space) कहा है। सभी प्रत्यक्षणीय स्थान या वस्तु का एक निश्चित प्रदर्शन (layout) होता है जिससे होकर गुजरने से उनका ज्ञान मजबूत हो जाता है। इस तरह से दृष्टि प्रत्यक्षण के इस पारिस्थितिक संदर्भ (ecological prespective) में प्रत्यक्षणीय स्थान या वस्तु (perceivable space) के प्रदर्शन (layout) को विशिष्ट रूप से समझने पर बल डाला जाता है। इसमें प्रदर्शन की विशिष्टता पर सर्वाधिक बल डाला गया है।

गिब्सन ने अपने सिद्धान्त में एर्फोडेन्स (affordance) के सम्प्रत्यय का प्रतिपादन किया है जिसके माध्यम से वे परावर्तित रोशनी में वातावरण की विशेषताओं को अधिक विशिष्ट करने के कार्य को सरल बनाने का प्रयास किया है। एर्फोडेन्स से तात्पर्य विशिष्ट वस्तु के बारे में विभिन्न विशेषताओं या गुणों के एक बण्डल (bundle) से होता है जो व्यक्ति को कुछ विशिष्ट प्रत्यक्षण करने में वातावरण में एक खास ढंग से आगे बढ़ने में मदद करता है। इसका मतलब तब यह हुआ कि एर्फोडेन्स किसी चीज या वस्तु की विशिष्टता को या खास ढंग से वातावरण में आगे बढ़ने में मदद करता है। सच्चाई यह है कि परावर्तित रोशनी (reflective light) से जो निश्चर (invariant) व्यक्ति को प्राप्त होते हैं, उनमें से कुछ निश्चरों को व्यक्ति धीरे-धीरे स्वीकार कर लेता है परन्तु, कुछ को स्वीकार नहीं कर पाता है। स्वीकृत निश्चर ही एर्फोडेन्स कहलाता है। कुछ एर्फोडेनस ऐसे होते हैं जो मनुष्यों में ही अधिकतर पाये जाते हैं और जिसके कारण इनके प्रत्यक्षण में अपनी एक विशिष्टता उत्पन्न हो जाती है। जिस सीमा तक हम लोग इस तरह के एर्फोडेन्स से अवगत होते हैं, हमलोग अपने मानसिक जिंदगी (mental lives) को उचित ढंग से प्रवाहित कर पाते हैं। मानसिक जिंदगी को उचित ढंग से प्रवाहित करने का अर्थ यह हुआ कि कुछ हद तक मन का अंतर्वस्तु (content) हमारे प्रत्यक्षज्ञानात्मक तंत्र (perceptual system) के स्वरूप से बाधित होता है तथा प्रभावित होता है। कुछ सबूत ऐसे हैं जिनसे अनोखे मानवीय एर्फोडेन्स (unique human affordence) के विचार को समर्थन मिलता है और इस तरह से मानसिकता (mentality) की सारणीबद्धता (canalization) का भी। इजार्ड (Izard, 1971) द्वारा किये गए अध्ययनों से यह स्पष्ट हुआ है कि मानव आनन अभिव्यक्ति (human facial expression) में सार्वजनिकता (universality) पाया जाता है। विभिन्नताओं के बावजूद आनन अभिव्यक्ति समान ढंग से की जाती है और विभिन्न संस्कृतियों के लोगों के द्वारा आनन अभिव्यक्ति के फोटोग्राफ की पहचान सही-सही ढंग से की जाती है। वास्सिली (Bassili, 1978) ने इस तथ्य की जाँच कुछ असाधारण प्रविधि (unusual method) द्वारा किया। इस प्रविधि में पेशेवर अभिनेताओं के चेहरे पर एक काफी धीमा रोशनी लटका दिया गया और इनसे कुछ विशेष संवेग (emotions) को दशनि वाले आनन अभिव्यक्ति करने के लिए कहा गया। इस तरह की अभिव्यक्ति उन्हें एक अंधेरे कमरे में करना था ताकि सिर्फ रोशनी ही स्पष्ट रूप से नजर आये। इस दृश्य के फिल्म को प्रयोज्य को दिखलाया गया जिन्होंने आनन अभिव्यक्ति की सही-सही पहचान करने में कोई कठिनाई नहीं महसूस किया हालाँकि अभिनेताओं के चेहरे दृश्य (visible) नहीं थे।

ऐसी ही असाधारण प्रविधि का उपयोग करते हुए कटिंग्सं एवं उसके सहकर्मियों (Cuttings et al, 1977, 1978)

ने कुछ प्रयोग किये जिसमें प्रयोज्यों के शरीर के विभिन्न हिस्सों एवं संधि (joints) में धीमी रोशनी लगा दी गयी और तब उन्हें एक अंधेरे कमरे में चलने के लिए कहा गया। इस परिस्थिति का फिल्म तैयार कर कुछ लोगों को दिखलाया गया। परिणाम में पाया गया कि परिस्थिति अस्पष्ट होने के बावजूद भी लोग चलते प्रयोज्यों के गति पैटर्न की पहचान करने में सफल हो पाये। यहाँ तक कि दर्शक यह भी पहचान करने में सफल हो पाये कि चलने वाला व्यक्ति पुरुष था कि महिला। ये लोग अपने दोस्तों के विभिन्न चाल (gait) की भी पहचान करने में सफल हो पाये।

इन अध्ययनों से गिब्सन के कार्य को समर्थन प्राप्त होता है। मात्र प्रत्यक्षज्ञानात्मक तंत्र वातावरण के घूमते वस्तुओं से सूचनाओं को खींच निकालने में सक्षम होते हैं। दूसरे शब्दों में यह कहा जा सकता है कि मानव प्रत्यक्षाज्ञानात्मक तंत्र कुछ विशेष तरह के गतियों (motives) से समस्वरित (tuned) होती है क्योंकि इन गतियों की पहचान अनुकूली (adaptive) होता है।

मूल्यांकन (*Evaluation*)

गिब्सन के प्रत्यक्षण सिद्धान्त पर यदि हम गौर से ध्यान दे, तो यह स्पष्ट होगा कि गिब्सन का यह सिद्धान्त से सचमुच में अब तक दृष्टि प्रत्यक्षण के बारे में चली आ रही धारणा ध्वस्त हो गयी है। अब तक दृष्टि प्रत्यक्षण की व्याख्या के लिए मनोवैज्ञानिकों द्वारा अक्षिपटलीय प्रतिमाओं (retinal images) के स्वरूप से ही संतुष्ट होना पड़ता था परन्तु अब गिब्सन के सिद्धान्त से यह उजागर हो गया है कि दृष्टि प्रत्यक्षण के लिए वस्तुओं एवं धरातल से परावर्तित रोशनी को खास ढंग से संगठित होना अनिवार्य है। गिब्सन के इस सिद्धान्त की एक अन्य खासियत यह है कि इन्होंने प्रत्यक्षण में सूचना संसाधन (information processing) की भूमिका को नजरअंदाज किया है और उसी तरह से इन्होंने प्रत्यक्षण में मस्तिष्क की भूमिका का दैहिक लेखा-जोखा के महत्त्व को भी सीमित किया है। गिब्सन के संदर्भ (perspective) के ख्याल से संवेदन एवं प्रत्यक्षण के बीच पाये जाने वाले हॉफ्फडिंग अवस्था (Hoffding step) भी तब महत्त्वपूर्ण नहीं होता है क्योंकि इन सिद्धान्त के अनुसार संवेदी तंत्रिकीय घटना (sensory neural events) को प्रत्यक्षज्ञानात्मक तंत्रकीय घटना में बदलने की जरूरत नहीं होती है। एक ही तंत्रकीय प्रक्रम (neural mechanism) द्वारा संवेदन एवं प्रत्यक्षण दोनों की प्रक्रिया की व्याख्या हो जाती है।

इन सभी नये-नये समाधानों के बावजूद गिब्सन के सिद्धान्त में कुछ समस्याएँ (problems) हैं जो इस प्रकार है:—

(i) गिब्सन ने प्रत्यक्षण की व्याख्या करने के लिए स्थापित एवं सत्यापित शब्दों तथा सम्प्रत्ययों का उपयोग नहीं करके कुछ विशेष शब्दों तथा सम्प्रत्ययों को विकसित किया है जिसे आम लोगों के लिए समझना थोड़ा कठिन है।

(ii) गिब्सन सिद्धान्त के लिए प्रस्तावित आनुभाविक समर्थन का स्वरूप मिश्रित (mixed) है। कुछ अध्ययनों के परिणाम से गिब्सन के निष्कर्ष को समर्थन मिलता है जबकि कुछ अध्ययनों के परिणाम से इनके निष्कर्ष को समर्थन नहीं मिलता है। जैसे लारिस एवं फ्लैक (Larish & Flach, 1970) द्वारा किये गये प्रयोग के परिणाम से गिब्सन के सिद्धान्त को समर्थन मिलता है जबकि टॉय (Toye, 1986) द्वारा किये गये प्रयोग के परिणाम से इस सिद्धान्त को समर्थन नहीं मिलता है।

(iii) गोल्डस्टीन (Goldstein, 1984) ने यह बतलाया है कि यद्यपि गिब्सन ने यह दावा किया है कि गठन प्रवणता (texture gradients) सभी समय उपस्थित रहता है, कुछ ऐसी परिस्थितियाँ होतीं हैं जिसमें गठन प्रवणता का पता लगाना काफी कठिन होता है।

(iv) कुछ मनोवैज्ञानिकों का कहना है कि गिब्सन का कार्य को एक पर्याप्तता विश्लेषण (suffciency analysis) माना जा सकता है जिसमें यह तो पता चलता है कि किस तरह से किसी चीज को किया जा सकता है परन्तु यह नहीं पता चलता है कि वह किस तरह से पूरा किया जाता है। जैसे गिब्सन का सिद्धान्त यह तो कहता है कि व्यक्ति को गहराई प्रत्यक्षण गति (motion) के माध्यम से प्रत्यक्ष रूप से होता है परन्तु इससे यह व्याख्या नहीं होती है कि गतिरहित होने पर गहराई का प्रत्यक्षण समाप्त क्यों नहीं हो जाता है।

(v) मार्र (Marr, 1982) ने अपने सिद्धान्त में जिन निश्चरों (invariants) को प्रस्तावित किया था, उनके उपयोग एवं पहचान में होने वाले कठिनाइयों को जान-बूझकर कम महत्त्व दिया है।

(vi) हेफ्ट (Heft, 1982) तथा हिल (Heil, 1979) ने अपने-अपने अध्ययनों के आधार पर यह बतलाया है कि

गिब्सन ने अपने सिद्धान्त में मूल्य संसाधन प्रक्रिया को जिसे महत्त्वहीन बतलाया है, सचमुच में ऐसा नहीं है। प्रत्यक्षणीय स्थान के प्रदर्शन (layout of perceviable space) के बारे में जब भी व्यक्ति जानने की कोशिश करता है तो उसमें मूल्य संसाधन की प्रक्रिया कुछ हद तक ही होती है।

इन परिसीमाओं या समस्याओं के बावजूद गिब्सन का यह प्रत्यक्ष सिद्धान्त जो पारिस्थिति संदर्भ (ecological perspective) पर अधिक बल डालता है, आज संज्ञानात्मक मनोवैज्ञानिकों के बीच एक लोकप्रिय सिद्धान्त हैं।

सूचना-संसाधन उपागम
(Information Processing Approach)

प्रत्यक्षण के इस उपागम का प्रतिपादन उन मनोवैज्ञानिकों द्वारा किया गया है जिनकी अभिरुचि कम्प्यूटर तथा संचार विज्ञान (communication science) में ज्यादा रहा है। इस उपागम में प्रत्यक्षण की व्याख्या बाह्य वातावरण या उद्दीपक से प्राप्त सूचनाओं को विभिन्न स्तर पर संसाधित (process) करके किया जाता है। 'सूचना' से तात्पर्य एक ऐसी चीज से होती है जिसके प्राप्त होने से व्यक्ति के मन में उद्दीपक के बारे में बनी अनिश्चितता (uncertainty) दूर हो जाती है। उदाहरण के लिए मान लिया जाए कि आप अपने कॉलेज के पुस्तकालय में एक विशेष किताब खोज रहे हैं। आपको मालूम है कि किताब वहाँ है परन्तु किताब कहाँ पर रखा हुआ है, यह आपको पता नहीं है। अगर कोई आदमी यह बतलाता है कि वह किताब पुस्तकालय में हैं तो यह तथ्य आपके लिए कोई 'सूचना' नहीं कहला सकती है क्योंकि इससे आपको यह पता नहीं चलता है कि किताब कहाँ है। दूसरे शब्दों में, आपके मन में अनिश्चितता बनी की बनी ही रह जाती है। अनिश्चितता से ज्ञान की कमी की ओर संकेत मिलता है तथा सही सूचना की मात्रा का निर्धारण इस बात से होता है कि अनिश्चितता की मात्रा में कितनी कमी आती है।

सूचना संसाधन उपागम की यह मान्यता है कि व्यक्ति का प्रत्यक्षण क्षमता सीमित होती है। अतः कोई व्यक्ति बहुत सारे उद्दीपकों में से कुछ का ही प्रत्यक्षण कर पाता है। अगर व्यक्ति किसी एक सूचना पर ध्यान देता है तो उसे दूसरे तरह की सूचना को छोड़ना ही पड़ता है। प्रत्यक्षणकर्ता में किसी भी सूचना की प्रवाह (flow) कई चरणों में सम्पन्न होती है जिसका वर्णन निम्नांकित हैं:—

(i) **उद्दीपक** (*stimulus*)—व्यक्ति के सामने कोई उद्दीपक (stimulus) उपस्थित होता है जो उसके संवेदी ग्राहक को प्रभावित करता है।

(ii) **संवेदी ग्राहक** (*sensory receptor*)—उद्दीपक व्यक्ति के संवेदी ग्राहक अर्थात् आँख, कान, नाक, आदि को प्रभावित करता है जिससे सूचनाएँ केन्द्रीय तंत्रिका तंत्र (Central Nervous System or CNS) में पहुँचती हैं।

(iii) **केन्द्रीय तंत्रिका तंत्र** (*central nervous system*)—केन्द्रीय तंत्रिका तंत्र उन सूचनाओं को ग्रहण करता है। ऐसी सूचनाएँ वहाँ पहले से उपस्थित सूचनाओं से प्रभावित होतीं हैं। पहले से उपस्थित सूचनाओं को मनोवैज्ञानिक शोर (psychological voice) कहा जाता है।

(iv) **कॉर्टिकल मस्तिष्कीय केन्द्र** (*cortical brain centres*)—केन्द्रीय तंत्रिका तंत्र द्वारा ग्रहण की गई सूचनाओं को मस्तिष्क के विभिन्न केन्द्रों द्वारा संसाधित किया जाता है।

(v) **अनुक्रिया** (*response*)—अन्त में कॉटिकल मस्तिष्कीय केन्द्रों से प्राप्त सूचना के आधार पर व्यक्ति प्रत्यक्षण की अनुक्रिया ठीक ढंग से कर पाता है।

उपर्युक्त चरणों को चित्र 5.3 में दिखलाया गया है।

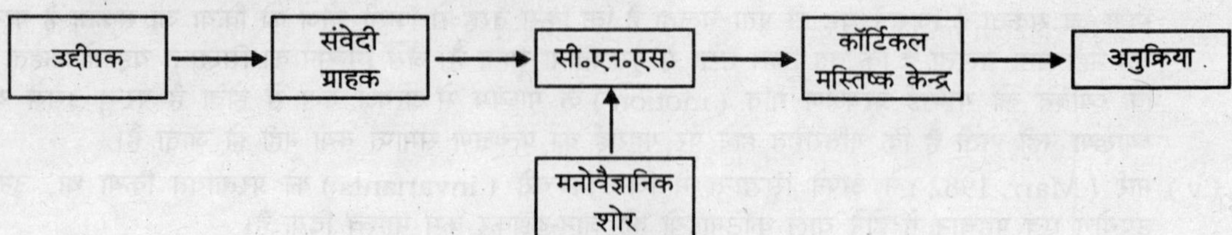

चित्र 5.3 : प्रत्यक्षणकर्त्ता के भीतर सूचना का प्रवाह

जिन मनोवैज्ञानिकों द्वारा सूचना संसाधन उपागम का समर्थन प्रदान किया गया है, उनका मत है कि सूचनाओं का संसाधन कई अवस्थाओं में होता है। जैसे, इन मनोवैज्ञानिकों का मत है कि व्यक्ति की संवेदी ग्राहकों (sensory receptors) से सूचनाएँ लघु संवेदी संचयन (brief sensory storage) में प्रवेश करता है, उससे फिर वे लघु कालीन स्मृति (short-term memory) में प्रवेश करती हैं और अन्त में दीर्घकालीन स्मृति (long term memory) में प्रवेश करती हैं। सूचना संसाधन के इस मॉडल का प्रतिपादन एटकिन्सन तथा शीफ्रिन (Atkinson & Shiffrin, 1968) द्वारा किया गया। इस मॉडल के अनुसार व्यक्ति तीन अवस्थाओं में संसाधित करते हुए सूचनाओं का प्रत्यक्षण करता है।

सूचना संसाधन उपागम के अनुसार प्रत्यक्षण, संवेदन तथा अन्य उच्चतर मानसिक प्रक्रियाएँ (higher mental processes) एक-दूसरे भिन्न नहीं होतीं हैं बल्कि एक-दूसरे से अंतरसम्बन्धित (interconnected) हैं। इन सबों का अध्ययन एक ही तंत्र (system) के भीतर किया जा सकता है। ये सभी एक-दूसरे पर निर्भर होते हैं। अतः उन्हें एक-दूसरे से अलग करके अध्ययन करना उचित नहीं है। जब व्यक्ति का ज्ञानेन्द्रिय (sense organ) किसी उद्दीपक से प्रभावित होता है तो उससे संवेदन होता है फिर उसका संसाधन करने से व्यक्ति को प्रत्यक्षण होता है। प्रत्याक्षित उद्दीपकों या घटनाओं को संसाधित कर व्यक्ति उसे स्मृति (memory) में लाता है।

आलोचकों का मत है कि सूचना संसाधन उपागम प्रत्यक्षण का एक प्रमाणीकृत सिद्धान्त (substantive theory) नहीं है। एलुईसी (Alluisi, 1970) तथा गारनर (Garner, 1962) ने अपने-अपने अध्ययनों के आधार पर यह बतलाया है कि यह उपागम या सिद्धान्त मात्र एक वर्णनात्मक दृष्टिकोण है जिसके माध्यम से बहुत सारे असम्बन्ध तथ्यों को संगठित या एकत्रित कर उन्हें अध्ययन करने में मदद मिलती है।

इन आलोचनाओं को बावजूद सूचना संसाधन सिद्धान्त द्वारा उन प्रक्रियाओं को समझने में निश्चित रूप से मदद मिलती है जो प्रत्यक्षण के प्रयोगों में उद्दीपक (stimulus) तथा अनुक्रिया (response) के बीच में आते हैं।

गेस्टाल्ट उपागम या सिद्धान्त
(Gestalt Approach or Theory)

गेस्टाल्ट उपागम या सिद्धान्त का प्रतिपादन मनोविज्ञान का एक प्रमुख स्कूल अर्थात् गेस्टाल्ट मनोविज्ञान (Gestalt psychology) जिसमें वर्दाइमर (Wertheimer), कोहलर (Kohler), कौफ्का (Koffka) का नाम मशहूर है, द्वारा किया गया। गेस्टाल्ट उपागम की व्याख्या निम्नांकित चार भागों में बाँटकर की जा सकती है:—

1. आकृति-पृष्ठभूमि प्रत्यक्षण (Figure-ground perception)
2. प्रत्यक्षज्ञानात्मक संगठन का नियम (Principles of Perceptual organisation)
3. समाकृतिकता का सिद्धान्त (Principles of isomorphism)
4. क्षेत्र बल (Field forces)

इनकी व्याख्याएँ निम्नांकित हैं—

1. आकृति-पृष्ठभूमि प्रत्यक्षण (*Figure-ground perception*)—गेस्टाल्ट सिद्धान्त के अनुसार व्यक्ति किसी वस्तु का प्रत्यक्षण अलग-अलग रूप में न कर सम्पूर्ण रूप से (as a whole) करता है। इस सम्पूर्ण प्रत्यक्षण (whole perception) का अपना एक विशेष गुण होता है जो वस्तु के भिन्न-भिन्न हिस्सों (parts) के प्रत्यक्षण के विशेष गुण से भिन्न होता है। उदाहरणार्थ, व्यक्ति जब किसी दूसरे व्यक्ति के चेहरे को देखता है, तो उसके आँख, नाक, कान, होठ, भौं आदि (जो चेहरे के हिस्से हैं) को अलग-अलग नहीं देखता है। इतना ही नहीं, चेहरा का यानी सम्पूर्ण प्रत्यक्षण (whole perception) का अपना एक विशेष गुण होता है जो चेहरे के किसी भी हिस्से के गुणों से भिन्न होता है।

(a)

(b)

चित्र 5.4 : पलटावी आकृति (Reversible Figure)

जब व्यक्ति किसी वस्तु विशेष का प्रत्यक्षण करता है, तो उसे वस्तु-विशेष का कुछ भाग अत्यन्त स्पष्ट दिखलाई देता है तथा कुछ तुलनात्मक रूप से कम स्पष्ट दिखाई देता है। जो भाग अत्यन्त स्पष्ट दिखाई देता है उसे आकृति (figure) तथा जो भाग कम स्पष्ट दिखलाई देता है उसे पृष्ठभूमि (background) कहा जाता है। इस तरह के प्रत्यक्षण को *आकृति-पृष्ठभूमि प्रत्यक्षण* (figure-background perception) कहा जाता है। चित्र (5.4) में देखने से आकृति-पृष्ठभूमि प्रत्यक्षण का स्पष्ट उदाहरण मिलता है। चित्र 5.4 में दो आकृति (figure) तथा दो पृष्ठभूमि दिखलाई देती है। चित्र 5.4a का यदि उजला भाग आकृति (figure) के रूप में उभरता है तो व्यक्ति को फूलदान (flower vase) दिखाई पड़ता है तथा काला वाला भाग पृष्ठभूमि (background) के रूप में दिखलाई देता है, परन्तु जब काला वाला भाग स्पष्ट रूप से यानी आकृति (figure) के रूप में दिखलाई देता है, तो व्यक्ति को आमने-सामने हुए दो व्यक्तियों का चेहरा दिखलाई पड़ता है तथा उजला भाग पृष्ठभूमि (background) के रूप में दिखलाई पड़ता है। इस तरह से चित्र 5.4a पर यदि हम कुछ समय के लिए देखते रहते हैं तो कुछ सेकेण्ड के लिए 'फूलदान' तथा कुछ सेकेण्ड के लिए आमने-सामने हुए दो व्यक्तियों का चेहरा दिखलाई देता है। चित्र 5.4b पर यदि हम गौर से कुछ देर तक देखते हैं तो उजला भाग को आकृति के रूप में उभरने पर मानव चेहरा तथा काला भाग को आकृति के रूप में उभरने पर नर्तकी एवं एक नर्तक दिखाई देते हैं। ऐसे आकृतियों को 'पलटावी आकृति' (reversible figure) कहा जाता है। गेस्टाल्टवादियों ने आकृति (figure) तथा पृष्ठभूमि (background) में एक-दूसरे से स्पष्ठ विभेद (distinction) इस ढंग से किया है:—

(i) आकृति का एक निश्चित आकार (form) होता है जबकि पृष्ठभूमि आकारहीन (formless) होता है या यदि आकार होता भी है तो उससे किसी प्रकार की आकृति नहीं बनती है।

(ii) पृष्ठभूमि हमेशा आकृति (figure) के पीछे होता है और आकृति निश्चित आकार के लिए हुए उसी पृष्ठभूमि पर उभरी हुई दिखलाई पड़ती है।

(iii) आकृति का निश्चित आकार होने के कारण वह अधिक प्रभावपूर्ण (impressive) तथा स्मरणीय होता है परन्तु पृष्ठभूमि चूँकि अस्पष्ट एवं अनिश्चित आकार का होता है, अतः वह प्रभावहीन होता है तथा उसका विस्मरण (forgetting) भी जल्दी होता है।

(iv) आकृति का स्थान करीब-करीब निश्चित तथा सीमित होता है परन्तु पृष्ठभूमि पीछे की ओर अनन्त फैला होता है।

(v) गत्यात्मक (dynamically) रूप से भी आकृति (figure) तथा पृष्ठभूमि में अन्तर (difference) होता है। इसका मतलब यह हुआ कि एक परिस्थिति में जो वस्तु आकृति के रूप में दिखलाई देती है, थोड़े समय के बाद वही वस्तु फिर पृष्ठभूमि के रूप में दिखलाई देती है और पहले जो पृष्ठभूमि के रूप में दिखलाई दी थी वह अब आकृति (figure) के रूप में दिखलाई देती है।

कोहलर तथा वाल्लेक (Kohler & Wallach, 1944) ने मस्तिष्क में एक विशेष प्रकार की घटना (phenomenon)

जिसे *परितृप्ति घटना* (satiation phenomenon) कहा जाता है, द्वारा पलटावी प्रत्यक्षण (reversible perception) की व्याख्या की है। जब पलटावी प्रत्यक्षण के अध्ययन में व्यक्ति काले चित्र पर (यानी आमने-सामने दो व्यक्तियों की आकृतियों पर) कम-से-कम 35 सेकेण्ड तक देखता रहता है, तो इससे सम्बन्धित मस्तिष्क क्षेत्र पूर्णतः संतृप्त (satiated) हो जाता है।। फलस्वरूप, परितृप्ति (satiation), पूर्ण होते ही अपने आप उजला चित्र (अर्थात् फूलदान की आकृति) व्यक्ति के सामने आ जाता है और फिर इससे सम्बन्धित मस्तिष्क क्षेत्र (field) उत्तेजित होता है तथा फिर धीरे-धीरे परितृप्ति (satiation) की ओर बढ़ने लगता है। परितृप्ति (satiation) पूरा होते ही फिर अपने आप काली आकृति व्यक्ति के सामने आती है। इस तरह के परितृप्ति घटना (satiation phenomenon) द्वारा गेस्टाल्टवादियों ने प्रत्यक्षण के एक विशेष पहलू की व्याख्या किया है जिसे *आकृति अनुप्रभाव* (figural effect) की संज्ञा दी गयी है। इस तरह के प्रत्यक्षण का स्वरूप मौलिक एवं जन्मजात होता है।

गेस्टाल्ट स्कूल के अनुसार पलटावी आकृति (reversible figure) का प्रत्यक्षण (perception) से प्रत्यक्षण के एक विशेष पहलू (aspect) जिसे *बहुस्थिरता* (multistability) कहा जाता है, का पता चलता है। बहुस्थिरता से तात्पर्य इस बात से होता है कि एक ही उद्दीपक (stimulus) को यदि भिन्न-भिन्न ढंग से संगठित (organize) किया जाय तो इससे भिन्न-भिन्न तरह की आकृति (figure) का प्रत्यक्षण (perception) होता है। इस तरह का प्रत्यक्षण सिर्फ दृष्टि क्षेत्र (visual area) में ही नहीं बल्कि अन्य क्षेत्रों जैसे श्रवण (auditory area) आदि में भी होता है।

2. प्रत्यक्षणात्मक संगठन का नियम (*Principles of perceptual organisation*)—गेस्टाल्टवादियों का मत है कि प्रत्यक्षण में एक तरह का संगठन (organisation) पाया जाता है। जब भी व्यक्ति किसी वस्तु का प्रत्यक्षण करता है, उसे एक खास पैटर्न के रूप में संगठित पाता है। जब व्यक्ति उद्दीपकों को एक पैटर्न में संगठित देखता है, तो इसका गुण उन गुणों से भिन्न होता है जो उसके अंगों या हिस्सों (parts) के विश्लेषण के बाद प्राप्त होता है। प्रत्यक्षणात्मक संगठन दो तरह के नियमों (principles) द्वारा निर्धारित होता है—*परिधीय नियम* (peripheral principles) तथा *केन्द्रीय नियम* (central principles)। *परिधीय नियम* में उन नियमों को रखा जाता है जो उद्दीपक (stimulus) से सम्बन्धित होते हैं। जैसे उद्दीपकों में सन्निकटता (proximity) समानता (similarity), निरंतरता (continuity), अच्छी आकृति (good form), रिक्ति (gap) आदि कुछ ऐसे गुण होते हैं जिनसे प्रत्यक्षण में संगठन उत्पन्न होता है। उद्दीपकों के इन गुणों से सम्बन्धित सभी नियम जन्मजात (inborn) होते हैं न कि व्यक्ति उसे अर्जित कर सीखता है। इसके अलावा कुछ *केन्द्रीय नियम* (central principles) भी हैं जिनसे प्रत्यक्षण में संगठन उत्पन्न होता है। इसमें अर्थ (meaning) अभिप्रेरण, मनोवृत्ति (attitude) आदि को रखा जाता है। इन नियमों को व्यक्ति अपने जीवन काल में अर्जित करता है। ये जन्मजात नहीं होते हैं। गेस्टाल्टवादियों द्वारा मूलतः परिधीय नियमों पर ही बल डाला गया है। इन लोगों का मत है कि प्रत्यक्षण में संगठन मूलतः परिधीय नियमों से ही होता है। ये सभी नियम मूल (primitive) तथा स्वाभाविक (natural) होते हैं जिसे व्यक्ति सीखता नहीं है। यही कारण है कि संगठन के इन नियमों को *मूल संगठन के नियम* (principles of primitive organisation) भी कहा जाता है संगठन के प्रमुख नियम जिस पर गेस्टाल्टवादियों ने अधिक-से-अधिक बल डाला है, निम्नांकित हैं:—

(i) सन्निकटता का नियम (*Principle of proximity or nearness*)—प्रत्यक्षज्ञानात्मक संगठन के इस नियम के अनुसार जो उद्दीपक दूसरे उद्दीपक से समय या स्थान में नजदीक होते हैं, उन्हें व्यक्ति आपस में संगठित प्रत्यक्षण करता है और उन्हें एक स्पष्ट आकृति के रूप में देखता है। जैसे चित्र 5.5a में वर्गों के स्थानिक सन्निकटता (space nearness) से सभी वर्ग चार कॉलम में संगठित दिखते हैं जबकि चित्र 5.5b में वर्गों के स्थानिक सन्निकटता से सभी वर्ग दो पंक्ति या कतार (row) में संगठित दिखते हैं।

(ii) समानता या एकरूपता का नियम (*Principle of similarity*)—इस नियम के अनुसार जो उद्दीपक एक-दूसरे के समान होते हैं, उन्हें व्यक्ति के साथ संगठित प्रत्यक्षण करता है। जैसे चित्र 5.5c में सभी काले वर्ग एक समूह में तथा सभी उजले वर्ग एक-दूसरे समूह में संगठित होकर कॉलम (column) का प्रत्यक्षण कराते हैं। उसी तरह से चित्र 5.5d में सभी क्रॉस तथा सभी वृत्त एक साथ संगठित दिखते हैं क्योंकि सभी वृत्त आपस में समान है तथा उसी तरह से सभी क्रॉस भी आपस में समान हैं।

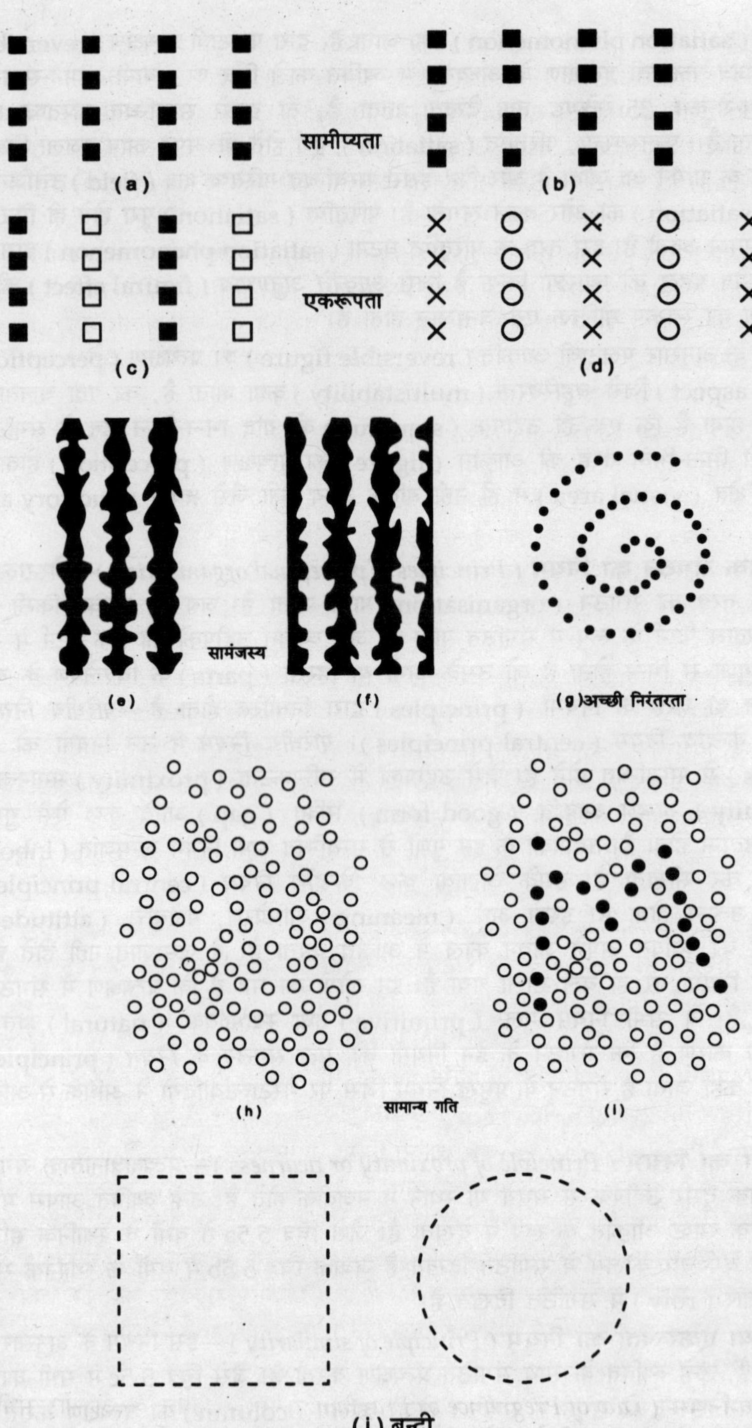

चित्र 5.5 : प्रत्यक्षणात्मक संगठन को दिखलाने के लिए कुछ विशेष आकृतियाँ

(iii) सममिति का नियम *(Principle of symmetry)*—इसे उत्तम आकृति (good figure) का नियम भी कहा जाता है। इस नियम के अनुसार जो उद्दीपक अधिक सुडौल या सममित होता है उसे व्यक्ति एक स्पष्ट आकृति के रूप में संगठित देखता है। दूसरे तरफ जिन उद्दीपकों में सममिति नहीं होता है, उसे व्यक्ति एक स्पष्ट आकृति में संगठित नहीं देखता है। जैसे चित्र 5.5e में काला आकृति अधिक संगठित एवं सममित है जबकि उजला आकृति असममित (asymmetrical) है परन्तु चित्र 5.5f में उजला आकृति अधिक सममित symmetrical) एवं संगठित दीख पड़ता है जबकि काला आकृति अधिक असममित दीख पड़ता है।

(iv) उत्तम सातत्य का नियम *(Principle of good continuation)*—इस नियम के अनुसार जिन उद्दीपकों में या उद्दीपकों के अंशों में एक ही दिशा में जाने या आने की निरंतरता (continuity) पायी जाती है, उन्हें व्यक्ति एक समूह में संगठित प्रत्यक्षण करता है। जैसे, चित्र 5.5g में व्यक्ति सभी बिन्दुओं को एक कुंडलित (spiral) आकृति के रूप में प्रत्यक्षण इसलिए करता है क्योंकि सभी बिन्दुओं को एक निश्चित दिशा में प्रवाहित होते दिखलाया गया है। इन बिन्दुओं में एक निश्चित दिशा में सातत्य (continuity) का गुण मौजूद है।

(v) सामान्य गति का नियम *(Principle of common fate)*—इस नियम के अनुसार दृष्टि क्षेत्र में उपस्थित उद्दीपक में जब सामान्य गति या परिवर्तन होते पाया जाता है, तो उसे व्यक्ति एक खास पैटर्न में संगठित हुए प्रत्यक्षण करता है। चित्र 5.5h तथा 5.5i से इस नियम को दिखाने की कोशिश की गया है। चित्र 5.5h में बिन्दुओं का एक यादृच्छिक बिखराव दिखलाया गया है तथा 5.5i में उन सभी बिन्दुओं में से कुछ बिन्दुओं को काला कर दिया गया जिसमें हमें अंग्रेजी का अक्षर 'M' का ही प्रत्यक्षण होगा जो इसलिए हो पायेगा क्योंकि इनमें एक सामान्य गति उत्पन्न हो जाती है या गेस्टाल्टवादियों के शब्दावली में उनमें सामान्य परिवर्तन या गति (common fate) उत्पन्न हो जाता है।

(vi) बन्दी का नियम *(Principle of closure)*—इस नियम के अनुसार व्यक्ति उद्दीपक में रिक्त स्थानों को अपनी ओर से भर कर उसे एक संगठित पैटर्न के रूप में देखता है। इस नियम की सक्रियता के कारण व्यक्ति उद्दीपक का एक सम्पूर्ण रूप को न कि उसके विभक्त रूप का प्रत्यक्षण करता है। चित्र 5.5j में हम एक वृत्त तथा एक वर्गाकार आयत का प्रत्यक्षण करते है हालांकि इनके प्रारूप में बहुत सारे रिक्तियाँ हैं। ऐसा इसलिए कर पाते हैं क्योंकि हम उन रिक्तियों को अपनी ओर से भरकर उसे एक सम्पूर्ण पैटर्न के रूप में देखते हैं।

इन नियमों के अलावा कुछ केन्द्रीय नियम (central principles) भी हैं जिनसे प्रत्यक्षण में संगठन उत्पन्न होता है। इनमें निम्नांकित प्रमुख हैः—

(i) अर्थ का नियम *(Principle of learning)*—व्यक्ति जिन उद्दीपकों का अर्थ समझता है उसे वह एक निश्चित पैटर्न में संगठित देखता है। जैसे, नीचे की पंक्ति को व्यक्ति शब्दों के अर्थ के अनुसार तुरंत अलग-अलग करके एक निश्चित पैटर्न के रूप संगठित कर प्रत्यक्षण कर लेता है—

THEKINGWENTTOPALACE

उक्त तरह का अर्थपूर्णता केवल शाब्दिक सामग्रियों तक ही सीमित नहीं होता है बल्कि आकृतियों में भी व्यक्ति इस तरह का संगठन उपस्थित कर उसे एक पैटर्न के रूप में देखता है।

(ii) वृत्ति का नियम *(Principle of set)*—जब व्यक्ति किसी उद्दीपक पर देखता है तो उससे उसके मन में एक विशेष तरह की मानसिक वृत्ति (mental set) उत्पन्न हो जाता है, जिसके कारण वह उद्दीपकों को संगठित करके उसे एक निश्चित पैटर्न के रूप में देखता है। वृत्ति उत्पन्न हो जाने पर उद्दीपक में कुछ परिवर्तन भी यदि हो जाता है तो व्यक्ति उसे पहले के रूप में ही देखता है। जैसे, लीपन (Leapen, 1935) ने प्रयोज्यों को एक विशेष चित्र दिखलाया और फिर उसमें कुछ परिवर्तन करके उसी चित्र को दोबारा दिखलाया। परिणाम में देखा गया कि चित्र में परिवर्तन हो जाने के बावजूद भी प्रयोज्य को अधिकतर समय में पहला चित्र ही दिखाई देता रहा है जिसका स्पष्ट कारण पहला चित्र देखने से उत्पन्न विशेष वृत्ति (set) थी।

(iii) अर्थगर्भता का नियम *(Law of Pregnance or Pragnanz)*—इस नियम के अनुसार सभी व्यक्तियों में एक जन्मजात प्रवृत्ति होती है जो प्रत्यक्षण किये जाने वाले उद्दीपकों से अधिकाधिक अर्थ का अनुभव करने की प्रेरणा प्रदान करती है। सममिति (symmetry), उत्तम आकृति (good figure), बन्दी (closure), निरंतरता (continuity)

आदि का इस नियम से सीधा सम्बन्ध है। उद्दीपकों के इन सभी गुणों के सहारे व्यक्ति एक तरह का अर्थ 'ढूँढने का प्रयास' (effort after meaning) करता है जिसमें सफलता मिलते ही वह उद्दीपकों को एक निश्चित पैटर्न के रूप में संगठित कर उसका प्रत्यक्षण करता है। जैसे, नीचे की दो पंक्तियों को देखें—

राम, आकाश, पिता, पेड़

राम, आम, बाजार, लाना

उसमें ऊपर की पंक्ति में अर्थगर्भता नहीं है जबकि नीचे की पंक्ति में अर्थगर्भता अधिक है। फलस्वरूप दूसरी पंक्ति के शब्दों में आपसी सम्बन्ध स्थापित करना आसान है जिसके चलते उसे हम तुरन्त ही पूर्ण वाक्य के रूप में संगठित कर उसका प्रत्यक्षण कर स्मरण कर लेते हैं।

(iv) प्रेरणात्मक नियम *(Motivational principles)*—अनेक ऐसे प्रयोग किये गये हैं जिनसे यह स्पष्ट हुआ है कि प्रत्यक्षणात्मक संगठन पर व्यक्ति के अभिप्रेरण जैसे, भूख, प्यास तथा व्यक्ति के मूल्य (values) आदि का तीव्र प्रभाव पड़ता है। इन कारकों को प्रत्यक्षण का *केन्द्रीय निर्धारक* (central determinants) कहा जाता है। इन कारकों से व्यक्ति का प्रत्यक्षण संगठित हो जाता है और उससे उद्दीपक में एक निश्चित पैटर्न दीख पड़ता है। इन कारकों का वर्णन आगे निर्देश-अवस्था सिद्धान्त (directive state theory) में विस्तृत रूप से किया गया है।

गेस्टाल्टवादियों द्वारा प्रतिपादित प्रत्यक्षणात्मक संगठन की व्याख्या में केन्द्रीय नियमों की अवहेलना की गयी है। ये सभी नियम इस बात की संकेत करते हैं कि प्रत्यक्षणात्मक संगठन की प्रक्रिया कुछ अर्जित कारकों से प्रभावित होता है। गेस्टाल्टवादियों ने इन अर्जित कारकों के महत्त्व को अस्वीकृत कर दिया है।

3. समाकृतिकता का सिद्धान्त *(Principal of isomorphism)*—गेस्टाल्टवादियों द्वारा प्रतिपादित समाकृतिकता का नियम एक महत्त्वपूर्ण नियम है। समाकृतिकता का नियम यह बतलाता है कि व्यक्ति जिस घटना या वस्तु का प्रत्यक्षण करता है, उससे मस्तिष्क के सम्बन्धित क्षेत्र में भी कुछ परिवर्तन होता है और इन दोनों के बीच अर्थात् घटना या वस्तु जिसका प्रत्यक्षण किया जा रहा है तथा मस्तिष्क में हुए परिवर्तन के बीच एक सीधा (direct) एवं स्पष्ट (clear) सम्बन्ध (relationship) पाया जाता है। इस व्याख्या से यह स्पष्ट है कि प्रत्यक्षण के दो पहलू (aspects) होते हैं—एक प्रत्यक्षज्ञानात्मक क्षेत्र (perceptual field) तथा दूसरा मस्तिष्क क्षेत्र (brain field)। समाकृतिकता का नियम यह बतलाता है कि इन दोनों के बीच एक सीधा सम्बन्ध (direct relationship) होता है। वुडवर्थ (Woodworth, 1948) ने इन दोनों क्षेत्रों (fields) के बीच के सम्बन्ध को देश (country) तथा उसके नक्शे (map) के सम्बन्ध के साथ तुलना किया है और जिस तरह किसी देश का क्षेत्र तथा उसी देश के नक्शे का क्षेत्र (यद्यपि दोनों एक ही चीज नहीं है क्योंकि वास्तविक क्षेत्र बहुत बड़ा होता है और नक्शे का क्षेत्र बिलकुल ही छोटा होता है) में सीधा सम्बन्ध होता है, ठीक उसी प्रकार प्रत्यक्षज्ञानात्मक क्षेत्र (perceptual field) तथा मस्तिष्क क्षेत्र (brain field) में एक सीधा सम्बन्ध होता है। अब एक उदाहरण लीजिए—अंधेरे में यदि दो बल्ब को (जो एक-दूसरे से नजदीक में रखे गये हैं) एक खास समय अंतराल (time interval) पर बारी-बारी से जलाया जाता है, तो देखने वाले व्यक्ति को ऐसा महसूस होता है कि एक निश्चित दिशा में बल्ब घूम (move) रहा है। इसका स्पष्ट ज्ञान हमें उस समय होता है जब किसी उत्सव के मौके पर घर या सिनेमा घरों को विशेष रूप से भिन्न-भिन्न प्रकार के बल्बों में सजाया जाता है और ऐसा लगता है कि बल्ब एक दिशा से दूसरी दिशा में घूम रहा है। वर्दाईमर (Wertheimer, 1948) ने इसे *फाई-घटना* (phi-phenomenon) की संज्ञा दी है। वर्दाईमर (Wertheimer) जिन्हें गेस्टाल्ट स्कूल का जनक (Father of Gestalt school) भी कहा जाता है, का विचार था कि जब हमारे प्रत्यक्षज्ञानात्मक क्षेत्र (perceptual field) में दो बल्ब एक निश्चित दिशा में घूमते नजर आते हैं, तो ठीक इसी ढंग से इन दोनों उद्दीपकों से सम्बन्धित मस्तिष्क में भी दो क्षेत्र (fields) होते हैं जो एक-दूसरे को ठीक उसी प्रकार से प्रभावित करते हैं जैसे एक बल्ब की रोशनी दूसरे बल्ब की रोशनी को। अतः समाकृतिकता के सिद्धान्त के अनुसार मस्तिष्क एक तरह का गतिशील क्षेत्र (dynamic field) होता है।

गेस्टाल्टवादियों ने समाकृतिकता (isomorphism) के समर्थन में कुछ प्रयोगात्मक सबूत (experimental evidences) भी प्रदान किये हैं। कोहलर तथा हेल्ड (Kohler & Held, 1949) ने एक प्रयोग किया जिसमें उन्होंने प्रयोज्य (subject) के मस्तिष्क के दृष्टि क्षेत्र (visual area) से EEG (Electroencephalogram) यानी मस्तिष्क तरंग (brain waves) को रिकार्ड (record) किया। जब प्रयोज्य के सामने रखे गये वस्तु (object)

जिसका वह दृष्टि प्रत्यक्षण (visual perception) कर रहा था, में गति उत्पन्न किया गया तो इससे मस्तिष्क तरंग (brain waves) में भी कुछ परिवर्तन (changes) आ गये। इससे साबित होता है कि प्रत्यक्षज्ञानात्मक क्षेत्र (perceptual field) तथा मस्तिष्क क्षेत्र (visual field) में सीधा सम्बन्ध (direct relationship) होता है।

उपर्युक्त तथ्यों से स्पष्ट हो जाता है कि गेस्टाल्टवादियों ने प्रत्यक्षण (perception) की व्याख्या दैहिक (physiological) एवं तन्त्रिका-सम्बन्धी कारकों (neurological factors) के रूप में किया है तथा इसके लिए उपर्युक्त (appropriate) प्रयोगात्मक सबूत भी प्रदान किये हैं।

4. क्षेत्र बल *(Field forces)*—गेस्टाल्टवादियों ने दृष्टि क्षेत्र (visual field) में दो प्रकार के बलों (forces) की कल्पना की है जिनकी कार्यवाहियों से दृष्टि क्षेत्र का कुछ भाग आकृति (figure) के रूप में तथा बाकी भाग पृष्ठभूमि (background) के रूप में दिखलाई देती है। ये दोनों बल हैं—*संसजक बल* (cohesive force) तथा *अवरोधक बल* (restraining forces)। दृष्टि क्षेत्र में उपस्थित उद्दीपकों (stimuli) के स्वरूप (nature) के फलस्वरूप इन दोनों तरह के बलों (forces) की उत्पत्ति होती है। ऐसे अनेक उद्दीपकों में से कुछ उद्दीपक एक-दूसरे के समान होते हैं तथा कुछ उद्दीपक एक-दूसरे से बिलकुल भिन्न होते हैं। सभी समान (similar) उद्दीपक एक-दूसरे के प्रति आकर्षित होते हैं और उसमें मिल जाने की प्रवृत्ति (tendencey) होती है। इस तरह की प्रवृत्ति को संसंजक बल (cohesive force) कहा जाता है। इस तरह से संसंजक बल का काम समान उद्दीपकों को आपस में मिलाना होता है ताकि उद्दीपक अधिक-से-अधिक स्पष्ट रूप से देखा जा सके। जब हम किसी वस्तु का प्रत्यक्षण करते हैं तो वस्तु का कुछ भाग आकृति (figure) के रूप में इसी संसंजक बल के कारण दिखलाई पड़ता है।

दृष्टि क्षेत्र में उपस्थित अनेको उद्दीपकों में से कुछ उद्दीपक ऐसे भी होते हैं जो एक-दूसरे से भिन्न होते हैं। इस प्रकार की भिन्नता से अवरोधक बल (restraining force) उत्पन्न होता है जिसका मुख्य काम उद्दीपकों को अलग-अलग रखना होता है। सच पूछा जाय तो जब हम किसी वस्तु का प्रत्यक्षण करते हैं, तो संसंजक बल (cohesive force) तथा अवरोधक बल (restraining force) दोनों ही क्रियाशील (active) होते हैं। उदाहणस्वरूप, आकृति-पृष्ठभूमि (figure-background) के प्रत्यक्षण को लें। जब हम उद्दीपक क्षेत्र के कुछ भाग या हिस्सों को आकृति के रूप में देखते हैं, तो इसका मतलब यह हुआ कि उद्दीपक के इस भाग या हिस्से में संसंजक बल (cohesive force) कार्य कर रहा है तथा कुछ भाग या हिस्से को पृष्ठभूमि के रूप में देखते हैं जिसका स्पष्ट मतलब यह हुआ कि उद्दीपक के इस भाग या हिस्सा में अवरोधक बल (restraining force) कार्य कर रहा है। इस अवरोधक बल के कारण उद्दीपक का कुछ भाग अस्पष्ट तथा अलग-अलग दिखलाई देता है जिससे पृष्ठभूमि (background force) का निर्माण होता है।

कोहलर (Kohler, 1930) के अनुसार प्रत्यक्षण में दोनों बलों अर्थात् संसंजक बल तथा अवरोधक बल का रहना आवश्यक है। थोड़ी देर के लिए मान लिया जाए, उद्दीपक क्षेत्र या दृष्टि क्षेत्र में सिर्फ संसंजक बल (cohesive force) ही काम कर रहा है, तो ऐसी परिस्थिति में सभी उद्दीपक अपना-अपना स्वतन्त्र अस्तित्व (independent existence) खोकर इस तरह मिल जायेंगे कि उनका स्पष्ट प्रत्यक्षण सम्भव नहीं है। उसी तरह से यदि उद्दीपक क्षेत्र में सिर्फ अवरोधक बल (restraining force) ही काम कर रहा है, तो ऐसी परिस्थति में उद्दीपक के सभी भाग एक-दूसरे से इतना अलग-अलग हो जायेंगे कि वे वास्तव में निरर्थक हो जायेंगे और उनका सही प्रत्यक्षण करना कठिन हो जायेगा।

उद्दीपक क्षेत्र (stimulus field) के संसंजक तथा अवरोधक बलों की अपनी-अपनी सबलता (strength) होती है जो निम्नांकित चार नियमों (laws) द्वारा निर्धारित होती है।

(i) यदि उद्दीपकों के बीच गुणात्मक समानता (qualitative similarity) अधिक होती है, तो उससे संसंजक बल की सबलता भी अधिक (और इसके विपरीत अवरोधक बलों की सबलता कम) होती है। जैसे, किताब के किसी पेज पर मात्र एक शब्द लाल स्याही से यदि छपा है और वही शब्द दूसरी जगह अन्य सभी शब्दों के समान काली स्याही से छपा है, तो हम लाल स्याही वले 'शब्द' को पहले देखते हैं क्योंकि इस शब्द के सभी अक्षर लाल हैं (अर्थात् उनमें गुणात्मक समानता है)।

(ii) यदि उद्दीपकों के बीच तीव्रता (intensity) की समानता होती है, तो इससे संसंजक बल (cohesive force) की सबलता काफी अधिक होती है। अगर लाल कागज पर एक ऐसे लाल स्याही से ही कुछ लिखा

जाये कि स्याही सूखने के बाद अक्षरों की चमक (brightness) का स्तर तथा कागज का स्तर (level) समान हो जाता है, तो ऐसी परिस्थिति में लिखे गये वाक्य या शब्द को ठीक ढंग से नहीं पढ़ा जा सकता है क्योंकि संसंजक बल की सबलता दोनों उद्दीपकों की तीव्रता में समानता के कारण काफी अधिक है।

(iii) यदि दो उद्दीपकों के बीच में स्थान की समानता (nearness) होती है, तो इससे भी संसंजक बल अधिक होता है।

(iv) यदि दो उद्दीपकों के बीच में समय की समीपता होती है, अर्थात् एक उद्दीपक के तुरन्त बाद दूसरा उद्दीपक आता है, तो इससे भी संसंजक बल अधिक होता है।

नियम तीन तथा चार का एक संयुक्त उदाहरण हम फाई-घटना (phi-phenomenon) में पाते हैं। जब कई बल्बों को एक-दूसरे के समीप रखकर एक खास समय अन्तराल (time interval) पर जलाया तथा बुझाया जाता है, तो हमें लगता है कि एक बल्ब एक जगह से दूसरी जगह एक खास दिशा में घूम रहा है। इस उदाहरण में संसंजक बल उद्दीपकों में स्थान की समीपता तथा समय की समीपता दोनों के कारण उत्पन्न हो रहा है।

ब्राउन तथा भोथ (Brown & Voth, 1973) ने संसंजक बल (cohesive force) तथा अवरोधक बल (restraining force) द्वारा प्रत्यक्षण में किये गये कार्यों की गणितीय विश्लेषण (mathematical analysis) किया है। इनलोगों ने उद्दीपक क्षेत्र में किसी भाग या हिस्से द्वारा उत्पन्न सभी संसंजक बल के योग (sum) को Σc तथा उसी उद्दीपक क्षेत्र के अन्य भागों या हिस्सों द्वारा उत्पन्न सभी अवरोधक बल के योग (sum) को Σr का संकेत देकर निम्नांकित तीन तरह की परिस्थितियों का वर्णन किया है जिसमें प्रत्यक्षण का स्वरूप भी अलग-अलग होता दीख पड़ता है:—

(i) पहली परिस्थिति में Σc तथा Σr बराबर हो सकते हैं ($\Sigma c = \Sigma r$)। इस तरह की परिस्थिति में प्रत्यक्षण की प्रक्रिया नहीं के बराबर होगी क्योंकि दोनों तरह के बल समान रूप से सबल होने पर प्रत्यक्षज्ञानात्मक शक्ति(perceptual energy) नहीं होती है। प्रत्यक्षज्ञानात्मक शक्ति से यहाँ तात्पर्य प्रत्यक्षण करने की क्षमता से होती है।

(ii) दूसरी परिस्थिति में Σc की मात्रा Σr की मात्रा से अधिक हो सकती है ($\Sigma c > \Sigma r$)। इस परिस्थिति में प्रत्यक्षण में उद्दीपकों का एक स्पष्ट एवं स्थायी (stable) आकृति एक निश्चित पृष्ठभूमि पर दिखलाई देती है। दूसरे शब्दों में, इस तरह की परिस्थिति में आकृति-पृष्ठभूमि (figure-ground) का प्रत्यक्षण स्पष्ट होता है।

(iii) तीसरी परिस्थितियों में Σc की मात्रा Σr की मात्रा से कम हो सकती है ($\Sigma c < \Sigma r$)। ऐसी परिस्थिति में उद्दीपकों का प्रत्यक्षण अस्पष्ट एवं अस्थायी (unstable) होता है।

ऊपर में जिन दो क्षेत्र बलों (field forces) की व्याख्या की गयी है, उन पर ध्यान देने से यह स्पष्ट हो जाता है कि गेस्टाल्टवादियों के महत्त्वपूर्ण सम्प्रत्ययों (concepts) में यह एक है।

गेस्टाल्ट सिद्धान्त (Gestalt theory) को ध्यान में रखते हुए हम इस निष्कर्ष पर पहुँचते हैं कि गेस्टाल्टवादियों ने अपने अध्ययन (studies) एवं विभिन्न नियमों (principles) के आधार पर प्रत्यक्षण (perception) की व्याख्या अधिक सरल एवं सामान्य बना दिया है। लुनडीन (Lundin, 1985) के अनुसार गेस्टाल्ट सिद्धान्त ने प्रत्यक्षण के क्षेत्र में किये गये विश्लेषण को एक 'नयी भेंट' (new look) दिया है। इसके बावजूद भी गेस्टाल्ट सिद्धान्त की कुछ आलोचनाएँ की गयी हैं जो निम्नांकित हैं:—

(i) यद्यपि गेस्टाल्टवादियों ने अपने तथ्य (facts) के समर्थन में प्रयोग किया है फिर भी उनके अधिकतर प्रयोग (experiments) ऐसे हैं जिनमें मनोवैज्ञानिकों ने विधि (methodology) से सम्बन्धित अनेक त्रुटियाँ (errors) पायीं हैं जिसके परिणामस्वरूप उनके प्रयोगों से प्राप्त निष्कर्ष काफी विश्वसनीय (reliable) तथा निर्भर योग्य (dependable) नहीं है।

(ii) गेस्टाल्टवादियों ने प्रत्यक्षण में सीखना (learning) के महत्त्व को स्वीकार नहीं किया है। इस तथ्य की भी आलोचना अनेकों मनोवैज्ञानिकों ने की है। इन आलोचकों का मत है कि प्रत्यक्षण की प्रक्रिया सीखने(learning) या पूर्व अनुभूति (past experience) के अभाव में भी सही नहीं होगी एवं हमेशा अधूरी ही रहेगी।

(iii) आलोचकों का मत है कि गेस्टाल्टवादियों के समाकृतिकता का सिद्धान्त (theory of isomorphism) मात्र

एक दैहिक पूर्वकल्पना (physiological assumption) है। इन लोगों ने कहा है कि निश्चित ही यह एक महत्त्वपूर्ण व्याख्या है परन्तु इसके सबूत परोक्ष (indirect) हैं। इस सिद्धान्त पर पूर्णरूपेण निर्भर करना सम्भव नहीं है।

(iv) गेस्टाल्ट मनोवैज्ञानिकों द्वारा प्रतिपादित संगठनात्मक नियम द्वारा प्रत्यक्षण का वर्णन होता है परन्तु उसकी व्याख्या नहीं होती है। हम यह तो समझ पाते हैं कि किस तरह का संगठन (organisation) उत्पन्न हो रहा है परन्तु यह नहीं समझ पाते हैं कि ऐसा संगठन क्यों उत्पन्न हो रहा है।

(v) गेस्टाल्ट सिद्धान्त का तर्क है कि उद्दीपक के गुण या विशेषताओं के कारण प्रत्यक्षज्ञाणात्मक संगठन उत्पन्न होते हैं। आधुनिक मनोविज्ञानियों द्वारा किये गए अध्ययनों से यह स्पष्ट हुआ कि प्रत्यक्षज्ञाणात्मक संगठन सिर्फ उद्दीपक के गुणों या विशेषताओं पर आधारित नहीं होता है बल्कि व्यक्ति द्वारा उन गुणों की प्रदत्त व्याख्या पर भी आधारित होता है। उदाहरणस्वरूप, रॉक एवं ब्रोसगोल (Rock & Brosgole, 1964) ने अपने अध्ययन में पाया कि समानता का निर्णय (similarity judgement) पर स्पष्टतः आकार स्थिरता सूचना (size constancy information) का प्रभाव पड़ता है।

(vi) केन्नेडी (Kennedy, 1974) ने अपने अध्ययन के आधार पर यह बतलाया है कि संकेत (hints) का प्रभाव आकृति-पृष्ठभूमि प्रत्यक्षण (figure-background perception) पर काफी गहरा पड़ता है। कैन्नेडी के अनुसार जब संकेत का प्रभाव आकृति-पृष्ठभूमि प्रत्यक्षण पर इतना जोरदार पड़ता है तो स्पष्टतः इस तरह के प्रत्यक्षण को मौलिक तथा जन्मजात नहीं माना जा सकता है।

इन आलोचनाओं के बावजूद प्रत्यक्षण में गेस्टाल्ट सिद्धान्त (Gestalt theory) का योगदान काफी महत्त्वपूर्ण रहा है। आज भी जब हम प्रत्यक्षण के किसी पहलू पर चर्चा प्रारम्भ करते हैं, तो गेस्टाल्ट स्कूल का नाम हम सबसे पहले लेते हैं।

व्यवहारवादी उपागम या व्यवहारवादी सिद्धान्त
(Behaviouristic approach or Behaviouristic theory)

व्यवहारवादी सिद्धान्त के अनुसार अन्य व्यवहारों (behaviours) के समान प्रत्यक्षण (perception) भी एक प्रकार का सीखा गया व्यवहार (learned behaviour) है। इन लोगों का मत है कि प्रत्यक्षण पूर्णरूपेण एक सीखा गया व्यवहार होता है और जिन नियमों और सिद्धान्तों द्वारा अन्य व्यवहार निर्धारित होते हैं ठीक उन्हीं नियमों एवं सिद्धान्तों द्वारा प्रत्यक्षण भी निर्धारित होता है। जिस तरह से कोई सीखा गया व्यवहार आदत रचना (habit formation), सामान्यीकरण (generalization) तथा अवरोध (inhibition) आदि के नियमों द्वारा निर्धारित होता है; उसी तरह से प्रत्यक्षण भी इन्हीं नियमों से निर्धारित होता है।

व्यवहारवादी नेटवर्क में प्रत्यक्षण की व्याख्या करने का सबसे अधिक सफल प्रयास हल (Hull, 1943) द्वारा किया गया। हल का विचार था कि किसी खास समय में सभी संवेदी तन्त्रिका आवेग (sensory neural impulses) जो तन्त्रिका तन्त्र (nervous system) में सक्रिय होते हैं, एक-दूसरे के साथ अंतःक्रिया (interaction) करते हैं और एक-दूसरे को इस ढंग से परिवर्तित कर देते हैं कि उनका रूप सभी वर्तमान संवेदी आवेग (afferent impulse) से भिन्न हो जाता है। उदाहरणस्वरूप, समकालिक विरोध (simultaneous contrast) की घटना (phenomenon) को लें। यदि धूसर (gray) रंग के कागज के टुकड़े को बैगनी रंग के बड़े कागज के टुकड़े के बीच में रखा जाता है तो दृष्टि तन्त्र (visual system) धूसर कागज से उत्पन्न संवेदी तन्त्रिका आवेग बैगनी रंग के कागज से उत्पन्न संवेदी तन्त्रिका आवेग के साथ अंतःक्रिया कर दोनों तरह के संवेदी आवेगों को परिवर्तित कर एक नया रूप देता है जिसके परिणामस्वरूप धूसर रंग के कागज का टुकड़ा कुछ पीलापन (yellowish) लिए दीख पड़ता है।

व्यवहारवादियों का यह भी विचार है कि जब कोई उद्दीपक व्यक्ति के सामने कुछ देर तक रखने के बाद हटा लिया जाता है तो कुछ देर बाद तक उसका प्रभाव तन्त्रिका तन्त्र (nervous system) में होता है। इस प्रभाव को उद्दीपक चिह्न (stimulus trace) कहा जाता है। ऐसे उद्दीपक चिह्न वर्तमान तन्त्रिका आवेग के साथ अन्तःक्रिया (interaction) करते हैं जिसे कालिक अंतःक्रिया (temporal interaction) कहा जाता है। जैसे, किसी शब्द का सही अर्थ पहले कहे गये वाक्यों या शब्दों के संदर्भ में हम समझते हैं। यहाँ पहले कहे वाक्य या शब्द उद्दीपक चिह्न (stimulus trace) के उदाहरण हैं तथा वर्तमान शब्दों द्वारा वर्तमान तन्त्रिका आवेग उत्पन्न होते हैं। इन दोनों के अन्तःक्रिया होने पर शब्दों का सही अर्थ हम समझते हैं। इसके अलावा स्थानिक अन्तःक्रिया (spatial interaction) भी होता है जिसमें उद्दीपक (stimulus) व्यक्ति के सामने उपस्थित होते हैं। इन उपस्थित उद्दीपकों से उत्पन्न तन्त्रिका आवेगों (nerve impules) के बीच हुए अन्तःक्रिया (interaction) को स्थानिक अन्तःक्रिया कहा जाता है। ऊपर के उदाहरण में धूसर कागज के टुकड़े से उत्पन्न तन्त्रिका आवेग तथा बैगनी कागज से उत्पन्न तन्त्रिका आवेग का अन्तःक्रिया (interaction) स्थानिक अन्तःक्रिया का द्योतक है क्योंकि दोनों उद्दीपक (धूसर कागज तथा बैगनी कागज) व्यक्ति के सामने उपस्थित रहते हैं।

हल (Hull) ने तन्त्रिका आवेग के बीच इन अन्तःक्रियाओं (interactions) के आधार पर एक विशेष सम्प्रत्यय (concept) का प्रतिपादन किया जिसे उद्दीपक पैटर्न्स (stimulus patterns) कहा जाता है। हल का विचार था कि जब एक ही संवेदी क्षेत्र के कई उद्दीपक बार-बार व्यक्ति के सामने उपस्थित किये जाते हैं तो इससे उद्दीपकों का एक पैटर्न (pattern) विकसित होता है जिससे ऐसी अनुक्रियाएँ (responses) उत्पन्न होतीं हैं जो उस उद्दीपक पैटर्न के किसी भी पृथक उद्दीपक द्वारा उत्पन्न अनुक्रिया से अलग होती है। हल का यह भी कहना था कि कोई उद्दीपक किसी एक पैटर्न में रहकर एक ढंग की अनुक्रिया उत्पन्न करता है तथा वही उद्दीपक दूसरे पैटर्न में रहकर दूसरी अनुक्रिया उत्पन्न करता है। इसका कारण यह है कि एक ही उद्दीपक जब भिन्न-भिन्न उद्दीपक पैटर्न में सम्मिलित होता है तो प्रत्येक पैटर्न में उसका प्रकार एवं गुण बदल जाता है। उद्दपकों के इस पैटर्निंग (patterning) के आधार पर हल (Hull) ने यह बतलाया है कि भिन्न-भिन्न परिस्थितियों में एक ही उद्दीपक के अर्थ बदल जाते हैं। इसका एक उदाहरण चित्र 5.6 में दिया गया है। इस चित्र में बायीं ओर का शब्द 'सॉर्ड' है जिसका मतलब हिन्दी में तलवार होता है तथा दायीं ओर 'एट थाऊजेण्ड फिक्टी थ्री' (आठ हजार तिरपन) लिखा हुआ हम देखते हैं। अब 'सॉर्ड' के 'S' तथा 'O' और 'एट थाऊजेण्ड फिक्टी थ्री का 'जीरो' (0) तथा फाइव (5) के प्रत्यक्षण पर ध्यान दें। ये दोनों उद्दीपक दोनों ही परिस्थितियों में समरूप (identical) हैं यानी समान ढंग से लिखा गया है, फिर भी शब्द के संदर्भ में इसे 'एस' तथा 'ओ' के रूप में पढ़ा जाता है तथा अंक के संदर्भ में इसे 'फाइव' (पाँच) तथा 'जीरो' (शून्य) पढ़ा जाता है। अतः एक ही उद्दीपक का अर्थ भिन्न-भिन्न उद्दीपक पैटर्न्स (patterns) में अलग-अलग होता है।

Sword 8053

चित्र 5.6

कुछ व्यवहारवादियों ने उद्दीपक में पैटर्निग के तथ्य (fact) को साबित करने के लिए कुछ प्रयोग भी किये हैं जिसमें वुडबरी (Woodburry, 1943) द्वारा कुत्तों पर किया गया प्रयोग अधिक महत्त्वपूर्ण है। उन्होंने 'डिक' (Dick) नामक कुत्ता पर प्रयोग किया। इस प्रयोग में उच्चस्वर (high-pitched sound) तथा मन्द स्वर (low-pitched sound) एक साथ दिये जाने पर कुत्ता जब अनुक्रिया करता था अर्थात् लकड़ी के बने पिंजड़े के छड़ (bar) में अपना मुँह रगड़ने की अनुक्रिया करता था, तो उसे भोजन (food) दिया जाता था। परन्तु इन दोनों उद्दीपकों अर्थात् उच्च स्वर तथा मंद स्वर में से कोई एक ही स्वर उपस्थित होने पर भी यदि कुत्ता मुँह रगड़ने की अनुक्रिया करता था तो उसे भोजन नहीं दिया जाता था। परिणाम में देखा गया कि कुत्ता उच्च स्वर तथा मन्द स्वर के अलग-अलग उपस्थिति किये जाने पर अनुक्रिया न करना सीख लिया परन्तु इन दोनों उद्दीपकों को एक साथ उपस्थित किये जाने पर अनुक्रिया करना सीख लिया। इस अध्ययन से यह स्पष्ट है कि कुत्ता में एक उद्दीपक पैटर्न (stimulus patterns) विकसित हो गया था। इस उद्दीपक पैटर्न (अर्थात् दोनों स्वरों को एक साथ देने पर) द्वारा अनुक्रिया उत्पन्न होता था परन्तु उसी पैटर्न का उद्दीपक पृथक रूप से देने से कोई भी अनुक्रिया उत्पन्न नहीं होता था। इसी विधि (method) तथा उपकरण (apparatus) का उपयोग करते हुए वुडबरी (Woodburry, 1943) ने एक दूसरा प्रयोग दो अन्य कुत्तों पर किया। एक कुत्ता का नाम 'टेड' (Ted) तथा दूसरे कुत्ते का नाम 'बेंगट' (Benget) था। इस प्रयोग में सामयिक पैटर्निंग (temporal patterning) का अध्ययन किया गया। इस अध्ययन में उच्च स्वर (high-pitched sound) उपस्थित करने के एक सेकेण्ड बाद मन्द स्वर उपस्थित किया जाता था । इस तरह उच्च स्वर तथा मंद स्वर को एक खास क्रम (उच्च स्वर-मंद स्वर क्रम) में उपस्थित करने पर यदि 'टेड' अनुक्रिया करता था तो उसे भोजन दिया जाता था परन्तु इस क्रम में उपस्थित होने पर यदि 'बेगट' (Bengt) अनुक्रिया करता था तो उसे भोजन नहीं दिया जाता था।

परन्तु दोनों उद्दीपकों को दूसरे क्रम यानी मंद स्वर-उच्च स्वर क्रम में देने पर यदि 'बेंग्ट' अनुक्रिया करता था, तो उसे भोजन दिया जाता था परन्तु यदि 'टेड' अनुक्रिया करता था, तो उसे भोजन नहीं दिया जाता था। इन प्रक्रियाओं को कई बार दोहराने पर देखा गया कि कुत्ता में उद्दीपक पैटर्निंग (stimulus patterning) विकसित हो गया हालाँकि इसमें काफी समय लगा। कुछ मनोवैज्ञानिकों का विचार है कि वुडबरी के प्रयोग से प्रत्यक्षण (perception) की प्रक्रिया को समझने में कोई खास मदद नहीं मिलती है क्योंकि उनके प्रयोग का सीधा सम्बन्ध विभेद सीखना (discrimination learning) से है न कि प्रत्यक्षण से। इस विचार के बावजूद भी औसगुड (Osgood, 1953) का मत है कि बुडबरी के प्रयोग से प्राप्त तथ्य (fact) कई प्रत्यक्षज्ञाणात्मक प्रक्रियाओं (processes) को समझने का आधार है। कुछ लोगों ने प्रत्यक्षण के इस व्यवहारवादी सिद्धान्त की आलोचना निम्नांकित कारकों (factors) के आधार पर किया है:—

(i) कुछ व्यवहारवादियों का ही कहना है कि हल द्वारा प्रत्यक्षण की व्याख्या जो अन्तःक्रिया पूर्वकल्पना (interaction hypothesis) द्वारा की गयी है, उसमें बहुत से रहस्यपूर्ण (mysterious) संप्रत्यय (concept) है जिनका वस्तुनिष्ठ रूप से अध्ययन करना सम्भव नहीं है।

(ii) गेस्टाल्टवादियों (Gestaltists) का कहना है कि प्रत्यक्षण की व्याख्या अन्तःक्रिया पूर्वकल्पना (interaction hypothesis) द्वारा करके जिसमें विभिन्न प्रकार के उद्दीपक चिह्न की अन्तःक्रिया (interaction) तथा उद्दीपक पैटर्निंग (stimulus patterning) की बातें की गयी हैं, हल ने उनलोगों की व्याख्या के क्षेत्र में अनाधिकार प्रवेश किया है।

(iii) ऑसगुड[1] (Osgood, 1953) के अनुसार हल (Hull) द्वारा प्रत्यक्षण की जो व्याख्या की गई हैं, वह घटिया (gross) है। सच्चाई यह है कि मात्र इतना कह देने से की प्रत्यक्षण में सभी संवेदी तंत्रिका आवेग (sensory nerve impulses) आपस में अन्तःक्रिया करते हैं, से कोई विशेष अर्थ नहीं निकलता है। ऑसगुड[1] (Osgood, 1953) के ही शब्दों में ''हल के सूत्रीकरण (formulation) में कठिनाई यह है कि यह अत्यधिक घटिया (gross) है। मात्र इतना कह देने से कि संवेदी आवेग आपस में अन्तःक्रिया करते हैं, कुछ भी व्याख्या नहीं होती है।''

इन आलोचनाओं के बावजूद भी व्यवहारवादियों के प्रत्यक्षण का सिद्धान्त काफी महत्त्वपूर्ण है। शोधकर्त्ताओं एवं प्रयोगकर्त्ताओं ने अनेक तंत्रिका सम्बन्धी (neurological) एवं व्यवहारपरक (behavioural) सबूतें प्रस्तुत कर यह दिखला दिया है कि हल की अन्तःक्रिया प्राक्कल्पना (interaction hypothesis) से प्रत्यक्षण के कई पहलुओं की व्याख्या संतोषजनक ढंग से करता है।

निदेश-अवस्था सिद्धान्त
(Directive-State Theory)

निदेश-अवस्था सिद्धान्त का प्रतिपादन प्रत्यक्षण के गेस्टाल्ट सिद्धान्त विरोध में हुआ। इस सिद्धान्त के प्रतिपादकों जिसमें ब्रुनर (Bruner, 1951), आलपोर्ट (Allport, 1955) शेफर तथा मर्फी (Schafer & Murphy, 1943), ब्रुनर तथा पोस्टमैन (Bruner & Postman, 1947) आदि का नाम प्रमुख है, का कहना है कि गेस्टाल्टवादियों की विचारधारा से प्रत्यक्षण की व्याख्या ठीक ढंग से नहीं हो पाती है। इन लोगों का यह भी मत है कि एक तरफ तो गेस्टाल्टवादियों द्वारा प्रत्यक्षण में पूर्ण क्षेत्र (whole field) के संप्रत्यय पर अधिक बल डाला गया है, तो दूसरी तरफ इन लोगों द्वारा उद्दीपक कारकों को छोड़कर व्यक्तिगत कारकों जिसमें व्यवहारपरक (behavioural) या प्रेरणात्मक कारक मूल रूप से आते हैं, के बारे में कुछ नहीं कहा गया है। निदेश-अवस्था सिद्धान्तवादियों (directive-state theorists) का कहना है कि प्रत्यक्षण में व्यक्तिगत कारकों की उपेक्षा करके गेस्टाल्टवादियों ने एक महत्त्वपूर्ण भूल की है।

गेस्टाल्टवादियों के इस भूल को सुधारने के खयाल से निदेश-अवस्था सिद्धान्त का प्रतिपादन किया गया। ब्रुनर तथा पोस्टमैन (Bruner & Postman, 1947) इस सिद्धान्त के प्रमुख प्रवर्त्तकों में से है जिन्होंने बताया कि प्रत्यक्षण दो तरह के कारकों (factors) द्वारा निर्धारित होता है—(i) स्थानिक कारक (autochthonous factors) तथा

1. "The trouble with Hull's formulation is that it is too gross. To state merely that all afferent impulses. .. interact explains nothing," —Osgood : *Method and theory in Experimental Psychology*, 1953, p.211.

(ii) व्यवहारपरक कारक (behavioural factors)। स्थानिक कारक में उद्दीपक से सम्बन्धित कारक (factors) आते हैं तथा व्यवहारपरक कारक (behavioural factor) में व्यक्तिगत कारक जैसे आवश्यकता (needs), अभिप्रेरक (motive), मान (value) आदि आते हैं। ब्रुनर तथा पोस्टमैन (Bruner & Postman, 1947) ने बताया है कि निदेश-अवस्था सिद्धान्त (directive-state theory) का सम्बन्ध प्रत्यक्षण में व्यवहारपरक कारकों या अभिप्रेरणात्मक कारकों (motivational factors) का महत्त्व दिखलाने से है। इन कारकों को प्रत्यक्षण का *केन्द्रीय निर्धारक* (central determinants) भी कहा जाता है। कुछ मनोवैज्ञानिकों ने निदेश-अवस्था सिद्धान्त को *क्रियात्मक सिद्धान्त* (functional theory) भी कहा है।

प्रत्यक्षण में व्यवहारपरक (behavi-oural) कारकों या अभिप्रेरणात्मक कारकों (motivational factors) के महत्त्व को दिखलाने के लिए निदेश-अवस्था सिद्धान्तवादियों (directive-state theorists) ने निम्नांकित 6 प्राक्कल्पनाओं का वर्णन किया है:—

1. प्रत्यक्षण व्यक्ति की शारीरिक आवश्यकताओं द्वारा निर्धारित होता है *(Perception is determined by bodily needs of person)*—वस्तुओं के प्रत्यक्षण पर व्यक्ति की शारीरिक आवश्यकताओं (bodily needs) का काफी प्रभाव पड़ता है। सचमुच में, व्यक्ति अपनी शारीरिक आवश्यकताओं के अनुसार ही उद्दीपक का प्रत्यक्षण करता है। जैसे, ऑसगुड (Osgood, 1953) अपनी पुस्तक में लिखे हैं कि जब वे भोजन करने के लिए जाते थे तो रास्ते में एक दफ्तर मिलता था जिसका नाम '400D' था जिसे वे प्रायः 'FOOD' पढ़ा करते थे। इस उदाहरण से स्पष्ट है कि ऑसगुड की शारीरिक आवश्यकता यानी भूख के कारण ही प्रत्यक्षण में इस तरह की त्रुटि (error) होती थी।

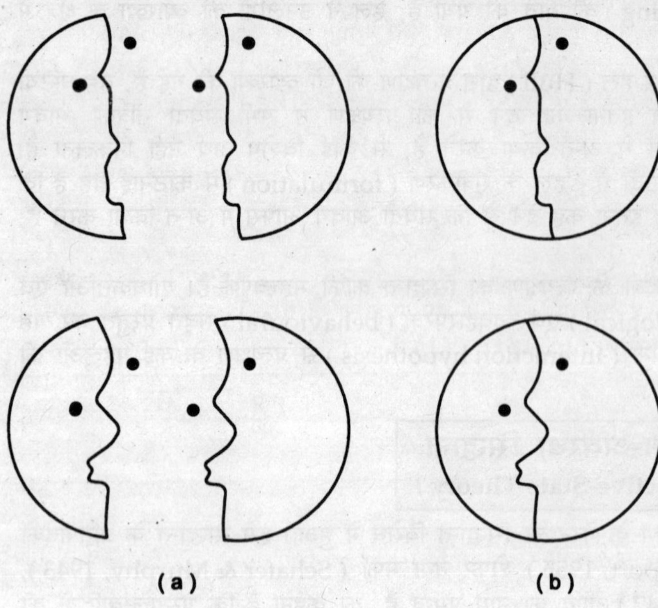

चित्र : 5.7

दैहिक उदाहरण के अलावा लेभाईन, चीन तथा मर्फी (Levine, Chein & Murphy), 1942) ने एक प्रयोग करके भी यह स्पष्ट रूप से दिखलाया है कि शारीरिक आवश्यकताओं (bodily needs) द्वारा व्यक्ति का प्रत्यक्षण निर्धारित होता है। इस अध्ययन में प्रयोज्यों का दो समूह लिया गया—एक प्रयोगात्मक समूह (experimental group) तथा दूसरा नियंत्रित समूह (control group)। दोनों समूह में कॉलेज के छात्र थे। प्रयोगात्मक समूह के छात्र गत कई घंटों से भूखे थे जबकि नियंत्रित समूह के छात्र भरपेट भोजन किये हुए थे। इन दोनों तरह के समूहों को बारी-बारी से कुछ रंगीन तथा कुछ रंगहीन अस्पष्ट चित्रकारियों (drawings) को एक शीशे के भीतर रखकर दिखलाया गया। इस चित्रकारी (drawings) में घरेलू वस्तुओं तथा कुछ खाने-पीने की वस्तुओं के अस्पष्ट चित्र थे। दोनों समूह के छात्रों से यह बतलाने का अनुरोध किया गया कि देखे जा रहे प्रत्येक चित्रकारी (drawings) से सम्बन्धित वस्तुओं के बारे में बताएँ (To verbalize an association for every picture)। परिणाम में देखा गया कि दोनों ही तरह के चित्रकारी अर्थात् रंगीन तथा रंगहीन चित्रकारियों में प्रयोगात्मक समूह के छात्रों द्वारा तीन घंटों तक भूखा रहने के कारण नियंत्रित समूह के छात्रों की अपेक्षा खाने-पीने की वस्तुओं के बारे में अधिक बतलाया गया। परन्तु नौ घंटे के बाद प्रयोगात्मक समूह द्वारा भी खाने-पीने से सम्बन्धित बताये गये वस्तुओं की संख्या में कुछ कमी आ गयी परन्तु फिर भी यह कमी नियंत्रित समूह द्वारा खाने-पीने के वस्तुओं के बारे में बतलाये गए संख्या से कहीं अधिक था। ऐसे परिणाम का कारण यह था कि प्रयोगात्मक

समूह के छात्र भूखे थे जबकि नियंत्रित समूह के छात्र भोजन किये हुए थे। इस प्रयोग के परिणाम से यह स्पष्ट हो जाता है कि प्रत्यक्षण हमारी शारीरिक आवश्यकताओं द्वारा काफी हद तक निर्धारित होता है।

कुछ लोगों ने लेभाईन, चीन तथा मर्फी (Levine, Chein & Murphy, 1942) के प्रयोग की आलोचना की है। आलोचकों का मत है कि इस प्रयोग में प्रयोज्यों को चित्रकारी (drawings) का प्रत्यक्षण (perceive) करने के लिए नहीं कहा गया था बल्कि उसे देखकर उससे सम्बन्धित मन में आने वाली वस्तुओं के बारे में बतलाने के लिए कहा गया था। अतः यह कहा जा सकता है कि शारीरिक आवश्यकता (bodily needs) द्वारा प्रत्यक्षण नहीं बल्कि कल्पना (imagination) करने की प्रक्रिया प्रभावित होती है। प्रयोज्य नौ घंटे तक जब भूखा रहता था, तो खाने-पीने से सम्बन्धित वस्तुओं यानी भूख आवश्यकता (hunger need) से सम्बन्धित बताये गये वस्तुओं की संख्या कम हो गयी जो नहीं होना चाहिए था। इन आलोचनाओं को ध्यान में रखते हुए तब यह कहा जा सकता है कि लेभाईन, चीन तथा मर्फी के प्रयोग द्वारा उपर्युक्त प्राक्कल्पना को पूर्णतः समर्थन नहीं मिलता है।

2. प्रत्यक्षण किये जाने वाले वस्तु से सम्बन्धित पुरस्कार एवं दण्ड द्वारा प्रत्यक्षण की प्रक्रिया प्रभावित होती है *(Reward and punishment associated with perceiving objects tend to determine the process of perception)*—प्रत्यक्षण की प्रक्रिया पुरस्कार (reward) एवं दण्ड (punishment) द्वारा भी प्रभावित होती है। इस तथ्य (fact) को सबसे पहले शेफर तथा मर्फी (Schafer & Murphy, 1943) ने एक प्रयोग में दिखलाया। इस प्रयोग में इन लोगों ने कागज के चार अलग-अलग टुकड़ों पर एक वृत्त बनाते हुए मानव चेहरे की रूपरेखा (outline) बनायी (देखें चित्र 5.7a) जिसे टेचिस्टोस्कोप (tachistoscope) की सहायता से 1/3 सेकेण्ड के लिए 100 प्रयास (trial) तक दिखलाया। इस तरह से प्रत्येक रूपरेखा (outline) को 25-25 बार दिखलाया गया। इसमें से दो रूपरेखा को दिखाने के बाद प्रयोज्य को पुरस्कार (reward) अर्थात् 2 से 4 सेन्ट (cent) (अमेरिकन सिक्का) दिया जाता था तथा बाकी दो रूपरेखा (outline) को दिखलाने के बाद प्रयोज्य को दण्ड (punishment) दिया जाता था अर्थात् उससे 2 से 4 सेन्ट (cents) वापस ले लिया जाता था। इस 100 प्रयास (trials) के प्रशिक्षण (training) के बाद जाँच प्रयास (test trial) दिया गया जिसमें पुरस्कृत रूपरेखा को दण्डित रूपरेखा के साथ मिलाकर दो अलग-अलग वृत्तों में दो नयी रूपरेखा (outline) तैयार कर दिखलाया गया। (जैसा कि चित्र 5.7b में दर्शाया गया है)। परिणाम में देखा गया कि जाँच प्रयासों (trials) में प्रयोज्य ने पुरस्कृत रूपरेखा को आकृति (figure) के रूप में तथा दण्डित रूपरेखा को पृष्ठभूमि (background) के रूप में देखा। दूसरे शब्दों में, यह कहा जा सकता है कि पुरस्कृत रूपरेखा को प्रयोज्य अधिक स्पष्ट देख सके तथा प्रत्येक प्रयास में वह प्रत्यक्षण कर सका परन्तु दण्डित रूपरेखा को प्रत्येक बार अस्पष्ट रूप से (vaguely) ही वह प्रत्यक्षण कर पाया। इस प्रयोग से यह स्पष्ट हो जाता है कि पुरस्कृत वस्तुओं का प्रत्यक्षण दण्डित वस्तुओं की अपेक्षा अधिक स्पष्ट तथा तीक्ष्ण (sharp) होता है। रिगवाई तथा रिगवाई (Rigby & Rigby, 1952) ने एक प्रयोग कर शेफर तथा मर्फी (Shafer & Murphy) के इस निष्कर्ष का समर्थन किया है।

परन्तु कुछ ऐसे भी अध्ययन हुए हैं जिनमें शेफर तथा मर्फी (Shafer & Murphy) के निष्कर्ष को समर्थन नहीं मिला है। उदाहरणस्वरूप, रॉक तथा फ्लैक (Rock & Fleck, 1950) ने शेफर तथा मर्फी के ही प्रयोगात्मक डिजाइन (experimental design) की पुनरावृत्ति (replication) करते हुए एक-दूसरा प्रयोग किया, परन्तु इनका परिणाम कुछ भिन्न था। इन लोगों ने पाया कि प्रशिक्षण (training) के दौरान पुरस्कृत रूपरेखा (rewarded outline) तथा दण्डित रूपरेखा (punished outline) को एक साथ मिलाकर जब प्रयोज्य के सामने उपस्थित किया जाता था, तो प्रयोज्य में एक तरह की घबड़ाहट (nervousness) तथा क्षुब्धता (disturbance) उत्पन्न हो जाती थी जिनसे प्रत्यक्षण में बाधा पहुँचती थी। इस तरह की घबड़ाहट तथा क्षुब्धता को भी शेफर तथा मर्फी के प्रयोग की आलोचना (criticisms) का एक हिस्सा माना जा सकता है क्योंकि उनके प्रयोग में इस तरह की सांवेगिक प्रक्रियाएँ नहीं हुई थी (जिसे सचमुच में नहीं होनी चाहिए थी) और पुरस्कृत रूपरेखा को प्रयोज्यों ने स्पष्ट रूप से प्रत्यक्षण किया था।

3. व्यक्ति अपने मान या मूल्य गुणों (value characteristics) **से सम्बन्धित वस्तुओं का प्रत्यक्षण तेजी से करता** *(Persons tend to perceive those objects readily which are associated with their value characteristics)*—प्रत्येक व्यक्ति के व्यक्तित्व का कुछ मान गुण (value characteristics) होता है। मान या

मूल्य से सामान्य अर्थ प्रबल अभिरुचि (dominant interest) से होता है। मनोवैज्ञानिकों ने यह प्रयोग कर दिखला दिया है कि यदि कोई उद्दीपक (stimulus) या वस्तु (object) व्यक्ति के इस मान गुण से सम्बन्धित होता है तो वह उस वस्तु या उद्दीपक का प्रत्यक्षण अन्य वस्तुओं या उद्दीपकों (जो उसके मान गुण से सम्बन्धित नहीं होता है) की अपेक्षा जल्दी कर लेता है। पोस्टमैन, ब्रुनर तथा मैकगिनिज (Postman, Bruner & McGinnines, 1948) ने अपने प्रयोग में इस तथ्य को दिखला दिया है। इस प्रयोग में 25 कॉलेज छात्रों पर पहले आलपोर्ट-वर्नन मान या मूल्य मापनी (Allport-Vernon value scale) क्रियान्यवन (administer) करके 6 प्रमुख मान (value) क्षेत्रों में प्राप्तांक (score) तैयार किया गया। ये 6 प्रमुख मान थे—सामाजिक मान (social value), आर्थिक मान (economic value), सैद्धान्तिक मान (theoretical value), राजनैतिक मान (political value), धार्मिक मान (religious value) तथा सौंदर्यरोधी मान (aesthetic value)। जिस मान श्रेणी (value category) में उच्च प्राप्तांक थे उससे यह पता चलता था कि प्रयोज्य के लिए वह मान (value) अधिक महत्त्वपूर्ण है। प्रत्येक मान श्रेणी (value category) से सम्बन्धित 6-6 शब्द तैयार किये गये। इन सभी 36 शब्दों को टेचिस्टोस्कोप द्वारा प्रयोज्य को .01 सेकेण्ड से लेकर उत्तरोतर बढ़ते समय के लिए तबतक दिखाया गया जब तक वह उन शब्दों का सही-सही प्रत्यक्षण न कर लिया हो। परिणाम में देखा गया कि जो शब्द व्यक्ति के उच्च मान (high value) श्रेणी के थे, उनका प्रत्यक्षण करने में प्रयोज्य ने काफी कम समय लिया परन्तु जो शब्द उनके निम्न मान से सम्बन्धित थे, उनका प्रत्यक्षण करने में उन्हें अधिक समय लगा। दूसरे शब्दों में, उच्च श्रेणी वाले शब्दों की पहचान सीमान्त (recognition threshold) कम (lower) था परन्तु निम्न मान श्रेणी वाले शब्दों की पहचान सीमान्त अधिक (higher) था।

होवेस तथा सोलोमोन (Howes & Solomon, 1951) द्वारा पोस्टमैन ब्रुनर तथा मैकगिनिज के अध्ययन की आलोचना की गयी है और इन लोगों ने बताया है कि यह अध्ययन विश्वसनीय नहीं हैं। होवेस तथा सोलोमोन (Howes & Solomon, 1951) का कहना था कि प्रत्यक्षज्ञानात्मक पहचान सीमा (perceptual recognition threshold) का सम्बन्ध दिन-प्रतिदिन के शब्दों के प्रयोग की बारम्बारता (frequency) से धनात्मक (positive) होता है। उच्च मान श्रेणी (high value category) के शब्दों को व्यक्ति अपने दिन-प्रतिदिन की भाषा में अधिक प्रयोग करता है अर्थात् ऐसे शब्दों के प्रयोग की बारंबारता (frequency) अधिक होती है। इस अधिक बारंबारता के कारण जब ऐसे शब्दों को टेचिस्टोस्कोप से दिखलाया जाता है, तो प्रयोज्य स्वभावतः कम समय में ही इसका सही प्रत्यक्षण कर लेता है। अतः ऐसे शब्दों के प्रत्यक्षज्ञानात्मक पहचान सीमा के कम होने के कारण उच्च मान श्रेणी से सम्बन्धित होना नहीं है। यदि थोड़े देर के लिए यह स्वीकार भी कर लिया जाय कि पहचान सीमा के कम होने का कारण उच्च मान श्रेणी है तो पोस्टमैन, ब्रुनर तथा मैकगिनिज के प्रयोग में उच्च मान श्रेणी के शब्दों को दिन-प्रतिदिन की भाषा में प्रयोग किये जाने की उच्चतर बारम्बारता (higher frequency) से उसे कैसे बचाया गया, स्पष्ट नहीं है।

4. यदि किसी वस्तु का मान या मूल्य (value) **व्यक्ति के लिए अधिक होता है तो व्यक्ति उसका प्रत्यक्षण अधिक बढ़ा-चढ़ा कर करता है** *(If the value of object for person is high, he tends to perceive that object in accentuated form)*—यदि वस्तु का मान (value) व्यक्ति के लिए अधिक है, तो व्यक्ति उस वस्तु का प्रत्यक्षण अधिक बढ़ा-चढ़ा कर करता है। इसे साबित करने के लिए ब्रुनर तथा गुडमैन (Bruner & Goodman, 1947) ने कई प्रयोग किये हैं जिनमें से एक प्रयोग अधिक उल्लेखनीय है। इस अध्ययन में उन्होंने 10 बच्चों का दो समूह तैयार किया। एक समूह में सभी धनी परिवार के बच्चे थे तथा दूसरे समूह में सभी गरीब परिवार के बच्चे थे। इन दोनों समूह के बच्चों को 1, 5, 10, 20, 25 तथा 50 सेन्टस के सिक्के (coin) के आकार (size) का आकलन (estimation) एक रोशनीं प्रोजेक्टर (light porjector) द्वारा करने को कहा गया। रोशनी प्रोजेक्टर द्वारा परदे पर सिक्के के आकार (size) की गोल रोशनी पड़ती थी जिसे प्रोजेक्टर के नॉव (knob) को घुमा कर छोटा या बड़ा किया जा सकता था। परिणाम में देखा गया कि गरीब परिवार के सभी बच्चों ने सभी प्रकार के सिक्कों के आकार का अधिप्राक्कलन (overstimation) किया जबकि धनी परिवार के बच्चों द्वारा इन सिक्कों के आकार का न्यून प्राक्कलन (understimation) किया गया। ब्रुनर तथा गुडमैन के अनुसार ऐसा इसलिए हुआ क्योंकि धनी परिवार के बच्चों के लिए इन सिक्कों का मान (value) या महत्त्व कम था जबकि गरीब परिवार के बच्चों के लिए इन सिक्कों का मान (value) या महत्त्व अधिक था। इसी तरह का एक दूसरा प्रयोग भी ब्रुनर तथा गुडमैन (Bruner & Goodman, 1947) ने किया जिसमें धनी परिवार तथा गरीब परिवार के बच्चों को भिन्न-भिन्न सिक्कों को देकर नहीं बल्कि इसके बारे

में अपने मन में कल्पना (imagination) कर उसके आकार को रोशनी प्रोजेक्टर द्वारा आकलन करने के लिए कहा गया। इस प्रयोग के परिणाम भी पहले ही जैसे थे। धनी परिवार के बच्चों द्वारा सिक्कों का न्यून प्राक्कलन (underestimation) तथा गरीब परिवार के बच्चों द्वारा अधिप्राक्कलन (overestimation) किया गया।

कुछ मनोवैज्ञानिकों ने ब्रुनर तथा गुडमैन (Bruner & Goodman, 1947) के प्रयोग को इस आधार पर आलोचना की है कि इस प्रयोग के दो समूह (यानी धनी परिवार तथा गरीब परिवार के बच्चों का समूह) आपस में समेलित (matched) नहीं थे। ऐसा भी सम्भव है कि गरीब परिवार में पलने के बावजूद भी उनके लिए सिक्कों (धन दौलत) का मान (value) अधिक नहीं हो या किसी बच्चे का अपना मानसिक झुकाव सिक्कों या पैसों की ओर नहीं हो। इन सब कारकों (factors) को ब्रुनर तथा गुडमैन को नियंत्रित करना चाहिए था जिसे उन्होंने नहीं किया। परन्तु इन्हीं कारकों को नियंत्रित करके अशले, हारपर तथा रनयौन (Ashely, Harper & Runyon, 1951) ने जब ब्रुनर तथा गुडमैन के प्रयोग को दुहराया तो उनका परिणाम ठीक वैसा ही था जैसा कि ब्रुनर तथा गुडमैन का। इससे इस बात का संकेत मिलता है कि ब्रुनर तथा गुडमैन के परिणाम बहुत हद तक निर्भर योग्य (dependable) है।

5. व्यक्ति अपने शीलगुणों के अनुकूल वस्तु या उद्दीपक का प्रत्यक्षण करता है *(Persons tend to perceive the object or stimulus consistent with their personality traits)*—प्रत्येक व्यक्ति में भिन्न-भिन्न तरह के शीलगुण (traits) होते हैं और जब वह किसी वस्तु या उद्दीपक का प्रत्यक्षण करता है तो इन शीलगुणों (traits) का उस पर काफी प्रभाव पड़ता है। आलपोर्ट (Allport, 1955) के अनुसार बहिर्मुखता (extroversion) तथा अंतर्मुखता (introversion) का शीलगुण अधिक होने पर व्यक्ति को यदि स्याही-धब्बा परीक्षण (ink-blot test) के कार्ड दिखलाए जाते हैं, तो उसमें वह गति (movement) का प्रत्यक्षण अधिक करता है। क्लिन तथा स्केलेसिंगर (Klein & Schlesinger, 1950) ने एक प्रयोग किया जिसमें यह दिखलाया गया है कि जब प्रयोज्य (subject) में दृढ़ता (rigidty) या लचीलापन (flexibility) का शीलगुण होता है और जब ऐसे प्रयोज्य को उद्दीपक का आकार (size) या भार (weight) के बारे में सही-सही प्रत्यक्षण कर बतलाने के लिए कहा जाता है, तो ऐसी अवस्था में वे प्रायः सही प्रत्यक्षण नहीं कर पाते हैं। प्रायः यह देखा गया है कि दृढ़ता का शीलगुण होने पर करीब-करीब वे एक ही तरह के निर्णय पर अडिग रहते हैं तथा यदि उनमें लचीलापन (flexibility) का शीलगुण होता है और जब ऐसे प्रयोज्य को उद्दीपक का आकार (size) या भार (weight) के बारे में सही-सही प्रत्यक्षण कर बतलाने के लिए कहा जाता है, तो ऐसी अवस्था में वे प्रायः सही प्रत्यक्षण नहीं कर पाते हैं। प्रायः यह भी देखा गया है कि दृढ़ता का शीलगुण होने पर वे करीब-करीब एक ही तरह के निर्णय पर अडिग रहते हैं तथा यदि उनमें लचीलापन (flexibility) का शीलगुण अधिक हुआ तो उनका निर्णय इतना जल्द परिवर्तित होता है कि उसमें किसी प्रकार की संगति (consistency) नहीं रह जाती है। कैट्टेल्ल तथा वेन्निंग (Cattell & Wenning, 1952) ने एक प्रयोग किया जिसमें उन्होंने पाया कि दुश्चिता (anxiety) तथा प्रभुत्व (dominance) का शीलगुण अधिक होने से व्यक्ति में स्वप्नचित्र (fantasy) जो एक प्रकार का अनुपयुक्त प्रत्यक्षण (misperception) है, अधिक होता है। उसी तरह जिस व्यक्ति में पराहं शक्ति (superego strength) अधिक होता है, उसमें तर्कबुद्धिपरकता (rationalization) की प्रक्रिया अधिक होती है।

कुछ मनोवैज्ञानिकों का कहना है कि निदेश-अवस्था सिद्धान्त (directive-state theory) के संदर्भ में व्यक्तित्व के शीलगुणों (traits) से सम्बन्धित किये गये प्रयोग तथा शोध (research) उतना यथार्थ (relevant) नहीं है जितना कि अन्य क्षेत्रों (जिसका वर्णन ऊपर किया जा चुका है), में किये गये प्रयोग तथा शोध हैं। इसके बावजूद भी आलपोर्ट[1] (Allport, 1955) ने कहा है, ''सभी सामान्य व्यक्ति (normal person) अपने व्यक्तिगत गुणों, चित्रप्रकृति (temperament) तथा शरीरगठन (bodily constitution) के अनुसार ही प्रत्यक्षण करता है।''

6. शाब्दिक उद्दीपक (verbal stimuli) **जिनका स्वरूप सांवेगिक** (emotional) **एवं धमकाने वाला** (threatening) **होता है, का प्रत्यक्षण तटस्थ उद्दीपकों की अपेक्षा व्यक्ति देरी से करता है तथा साथ ही ऐसे**

1. "All normal individuals tend to perceive in a manner consistent with their personal characteristics and their differences of temperament and constitution."

—Allport : *Theories of perception and The Concept of structure*, 1955, p. 330-31.

शब्द व्यक्ति द्वारा सही-सही पहचाने जाने के पहले ही उनमें सांवेगिक प्रतिक्रिया उत्पन्न कर देता है। *(Verbal stimuli which are emotional and threatening in nature, tend to be perceived in longer time as compared to to neutral words. Not only that, such stimuli tend to produce emotional reactions before they are correctly recognized)*—निदेश-अवस्था सिद्धान्त का यह एक प्रमुख प्राक्कल्पना (hypothesis) है जिसे मैकगिन्निज (Mc Ginnies, 1949), मैकक्लियरली तथा लैजारस (MC Clearly & Lazarus, 1950) ने प्रयोग करके सही बतलाया है। मैकगिन्निज (Mc Ginnies, 1949) के प्रयोग में 18 शब्दों की सूची तैयार की गयी जिसमें से 11 तटस्थ शब्द (neutral words) जैसे किताब, आकाश, शिक्षक आदि थे तथा 7 सांवेगिक शब्द जैसे 'रण्डी' (whore), बलात्कार (rape) आदि थे। इन सभी शब्दों को एक-एक करके टैचिस्टोस्कोप (tachistoscope) द्वारा .01 सेकेण्ड की अवधि से प्रारम्भ करके तब तक दिखाया जाता रहा जबतक कि उनका सही प्रत्यक्षण प्रयोज्य द्वारा नहीं कर लिया जाता था। प्रत्येक शब्द दिखलाने के बाद प्रयोज्य की हथेली (palm) पर लगे एल्केट्रोड (electrode) के सहारे GSR (Galvanic skin response) भी रिकार्ड (record) किया गया। परिणाम ऊपर की प्राक्कल्पना (hypothesis) के अनुकूल था। सांवेगिक शब्दों का सही-सही प्रत्यक्षण करने में प्रयोज्य ने तटस्थ शब्दों की गयी अपेक्षा अधिक समय लिया तथा सांवेगिक शब्दों के GSR तटस्थ शब्दों के GSR की अपेक्षा अधिक था। मैकक्लियली तथा लैजारस (Mc Clearly & Lazarus, 1950) ने इसी तरह का प्रयोग करके जिसमें उन्होंने सार्थक शब्दों की जगहं पर पाँच अक्षरों के निरर्थक पदों का उपयोग किया, मैकगिन्निज (Mc Ginnies) के परिणाम का समर्थन किया है।

होवेस तथा सोलोमोन (Howes & Solomon, 1950) ने मैकगिन्निज के प्रयोग को दो कारकों के आधार पर आलोचना किया है। पहली आलोचना यह है कि मैकगिन्निज ने जिन शब्दों को प्रयोज्य को दिखलाया था, वे सभी समान रूप से दिन-प्रतिदिन के प्रयोग में नहीं आते हैं। सच्चाई यह है कि सांवेगिक शब्दों का उपयोग दिन-प्रतिदिन की भाषा में तटस्थ शब्दों की अपेक्षा कम होता है। ओवेस तथा सोलोमोन के अनुसार प्रयोज्य सांवेगिक शब्दों का सही-सही प्रत्यक्षण करने में इसलिए अधिक समय लेता था क्योंकि इन शब्दों का उपयोग दिन-प्रतिदिन की भाषा में काफी कम होता था। इन लोगों की दूसरी आलोचना यह थी कि सचमुच में तटस्थ शब्दों एवं सांवेगिक शब्दों के प्रत्यक्षण में प्रयोज्य (subject) को बराबर-बराबर ही समय लगता था परन्तु चूँकि सांवेगिक शब्दों का स्वरूप ही कुछ परेशान कर देने वाला (embarrassing) होता है, अतः प्रयोज्य जान-बूझकर इन शब्दों के बारे में देर से बोलता था। इसलिए सांवेगिक शब्दों का प्रत्यक्षण करने में नहीं बल्कि उसके बारे में बोलने में या बतलाने में देरी होने के कारण समय अधिक लगता था। कुछ मनोवैज्ञानिकों का यह भी कहना है कि सांवेगिक शब्दों के प्रत्यक्षण के बारे में बतलाने की प्रक्रिया पर प्रयोगकर्ता के यौन का भी प्रभाव खासकर उस समय पड़ता है जब प्रयोगकर्त्ता (experimenter) तथा प्रयोज्य विपरीत यौन (opposite sex) के होते हैं।

ऊपर वर्णन किये गये तथ्यों (facts) की विवेचना को ध्यान में रखते हुए हम इस निष्कर्ष पर पहुँचते हैं कि यद्यपि निदेश-अवस्था सिद्धान्त के सभी प्राक्कल्पनाओं (hypothesis) की आलोचना की गयी है तथा इन आलोचनाओं के समर्थन में कुछ प्रयोगात्मक सबूत (experimental evidences) भी दिये गये हैं, फिर भी इस सिद्धान्त की मान्यता मनोवैज्ञानिकों के बीच काफी हैं। इस सिद्धान्त द्वारा प्रत्यक्षण में व्यवहारपरक (behavioural) कारक या प्रेरणात्मक कारक (motivational factors) के महत्त्व को काफी समर्थन मिला है।

कृत्रिम बुद्धि उपागम
(Artifical Intelligence Approach)

कृत्रिम बुद्धि उपागम (Artifical Intelligence Approach) के समर्थकों के अनुसार प्रत्यक्षण के एक सम्पूर्ण सिद्धान्त में मूलतः तीन स्तर (levels) होते हैं : प्रत्यक्षज्ञानात्मक प्रक्रियाओं के दैहिक प्रक्रम (physiological mechanism of perceptual processes), नियम (rules) जो ऐसी प्रक्रियाओं को विशिष्ट (specify) करते हैं तथा प्रत्यक्षण का कार्य (task) या उन दैहिक गुणों का विश्लेषण जो उद्दीपकों तक पहुँचने में मदद करता है। प्रत्यक्षण के ये तीनों स्तर अभी तक प्रत्यक्षण के एक समन्वित सिद्धान्त के रूप में नहीं रखे जा सके हैं। दैहिक मनोवैज्ञानिक तथा न्यूरोवैज्ञानिक (neuroscientists) पहले स्तर अर्थात् प्रत्यक्षण के दैहिक प्रक्रम (physiological mechanism) पर जिसे प्रत्यक्ष का *हार्डवेयर* (hardware) भी कहा जाता है, पर बल डालते हैं। गिब्सन तथा उनके समर्थकों द्वारा

प्रत्यक्षण के तीसरे स्तर पर बल डाला गया है तथा कृत्रिम बुद्धि उपागम के समर्थकों द्वारा प्रत्यक्षण के संक्रियात्मक नियमों (operational rules) पर अधिक बल डाला गया है। ऐसे शोधकर्त्ता द्वारा अमानव पशुओं (nonhuman animals) के प्रत्यक्षज्ञानात्मक प्रक्रियाओं के अध्ययन पर या चिंतन मशीन जैसे कम्प्यूटर (computer) आदि के अध्ययनों पर अधिक बल डाला जाता है। विनेट्ट (Binnett, 1989) तथा बैंकस एवं क्राजिसेक (Banks & Krazicek, 1991) द्वारा किये गये अध्ययनों से यह पता चलता है कि कृत्रिम बुद्धि मॉडल दो तरह के विषयों पर मूल रूप से बल डालता है: पहला उन प्रक्रमों पर जिसके सहारे उद्दीपक से सम्बद्ध सूचनाओं को प्राप्त किया जाता है तथा दूसरा वे अनुमान एवं निर्णय जिनका उपयोग करके व्यक्ति किसी प्रत्यक्षज्ञानात्मक व्याख्या या निष्कर्ष पर पहुँच जाता है।

कृत्रिम बुद्धि उपागम का विशेष महत्त्व यह है कि इस उपागम द्वारा कुछ ऐसे जाँचनीय मॉडल (testable models) विकसित किया जा रहे हैं जो प्रत्यक्षण के कार्यात्मक गुणों (functional properties) की व्याख्या कर सके तथा प्रत्यक्षण के सिद्धान्त को एक जाँचनीय प्रारूप प्रदान कर सके।

प्रत्यक्षण के मूलतत्त्व
(Principles of Perception)

मनोवैज्ञानिकों ने प्रत्यक्षण के मूलतत्व या सारतत्व (principles) में कई घटनाओं को सम्मिलित किया है जिनमें आकार प्रत्यक्षण (form perception) तथा प्रत्यक्षज्ञानात्मक स्थिरता (perceptual constancy) आदि को मुख्य रूप से रखा गया है। इन सभी प्रत्यक्षज्ञानात्मक घटनाओं का वर्णन हम अलग-अलग स्वतंत्र अनुच्छेद में करेंगे।

आकार प्रत्यक्षण
(Form Perception)

आकार प्रत्यक्षण (form perception) किसे कहते हैं? यह प्रश्न प्रायः लोगों के मन में उठता है। हम अपने वातावरण के उद्दीपकों को एक अस्पष्ट (vague) तथा पिंड (mass) या वस्तुओं के ढेर के रूप में प्रत्यक्षण नहीं करते हैं। हम स्पष्टतः देखते हैं कि यह किताब है, यह टेबुल है, वह पेड़ है, वह घड़ी है, वह गाय है आदि आदि। दूसरे शब्दों में, यह कहा जा सकता है कि जब भी हम कोई उद्दीपक देखते हैं तो उसके एक खास आकार (form) या पैटर्न (pattern) के रुप में उसे बंधे देखते हैं। इसे ही मनोविज्ञान में आकार प्रत्यक्षण (form perception) कहते हैं। मनोवैज्ञानिकों ने आकार प्रत्यक्षण को निम्नांकित तीन भागों में बाँटकर अध्ययन किया है:—

1. आकार प्रत्यक्षण में परिरेखा (Contour in form perception)
2. आकार प्रत्यक्षण में आकृति तथा पृष्ठभूमि (Figure and background in form perception)
3. आकार प्रत्यक्षण में संगठन (Organisation in form perception)

इन तीनों का वर्णन निम्नांकित हैं:—

1. आकार प्रत्यक्षण में परिरेखा *(Contour in form perception)*—दृष्टि आकार प्रत्यक्षण (visual form perception) में परिरेखा (contour) का अधिक महत्त्व है। परिरेखा को कोरेन, पोरेक तथा वार्ड[1] (Coren, Porac & Ward, 1979) के शब्दों में इस प्रकार परिभाषित किया जा सकता है, "किसी दृष्टि क्षेत्र के भीतर का वह क्षेत्र जहाँ चमकीलापन (luminance or brightness) में अचानक (abrupt) परिवर्तन आता है, परिरेखा कहलाता है।" अब एक उदाहरण लीजिए, उजले कागज के टुकड़ों पर काली स्याही से लकीर खींच दीजिए। आप देखेंगे कि उजले कागज के चमकीलापन में जितनी दूरी में काली लकीर खींची गयी है, पहले की अपेक्षा कमी आ गयी है और एक कंटूर बन गया है। कंटूर की महत्ता इसलिए है कि इससे वस्तु (object) के आकार (shape) का निर्धारण होता है। हम किसी वस्तु को उस विशेष वस्तु के रूप में इसलिए देखते हैं क्योंकि उसमें एक निश्चित परिरेखा होती है। अगर एक ही चित्र में किसी आदमी को कुर्सी पर बैठकर टेबुल पर कुछ लिखते हुए दिखलाया जाता है तो यहाँ हम आदमी, कुर्सी तथा टेबुल को अलग-अलग तीन चीज के रूप में प्रत्यक्षण इसलिए करते हैं क्योंकि तीनों को अपनी-अपनी परिरेखा

1. "A contour can be defined as an area within the visual array where there is an abrupt change in luminance."
—Coren, Porac & Ward : *Sensation & Perception.* 1979, p. 297.

(contour) होती है जो एक-दूसरे को अलग करती है। जिस दृष्टि क्षेत्र में देखे जा रहे वस्तुओं की परिरेखा अस्पष्ट होती है, उसमें वस्तुओं को पृष्ठभूमि (background) से अलग करना मुश्किल हो जाता है। फलस्वरूप, वस्तुओं का आकार प्रत्यक्षण (form perception) स्पष्ट नहीं हो पाता है।

दृष्टि परिरेखा (visual contour) की एक सबसे बड़ी विशेषता यह है कि इसमें व्यक्ति को वस्तु सामने उपस्थित होते ही नहीं दिखाई पड़ता है। मनोवैज्ञानिकों ने प्रयोग कर यह दिखला दिया है कि जब कोई वस्तु व्यक्ति के सामने उपस्थित किया जाता है तो उसके 200 मिली सेकेण्ड के बाद ही परिरेखा का अनुभव व्यक्ति को होता है। यदि उस समय अंतराल के बीतने के पहले ही कोई दूसरी वस्तु व्यक्ति के सामने दे दिया जाता है तो व्यक्ति पहले की वस्तु के कंटूर का प्रत्यक्षण नहीं कर पाता है। इस तथ्य (fact) को सबसे पहले वर्नर (Werner, 1935) ने अपने प्रयोग में दिखलाया है। इस प्रयोग में उन्होंने प्रयोज्य को एक लक्ष्य आकृति (target figure) कुछ सेकेण्ड के लिए दिखलाया। लक्ष्य आकृति एक काला डिस्क (disk) था जिसे उजले पृष्ठभूमि पर दिखलाया गया था। इसके तुरंत बाद एक काला छल्ला (black ring) आवरण आकृति (mask figure) के रूप में बहुत ही कम समय के लिए दिखलाया गया। इस प्रयोग के परिणाम में देखा गया कि जब काला डिस्क (black disk) तथा काला छल्ला (black ring) के बीच की अवधि 100 से 200 मिलीसेकेण्ड (miliseconds) तक होती थी, तो प्रयोज्य (subject) काला डिस्क नहीं देख पाता था परन्तु, जब काला डिस्क को दिखलाने के 200 मिलीसेकेण्ड से अधिक समय बीतने के बाद काला छल्ला (black ring) दिखलाया जाता था तो प्रयोज्य को काला डिस्क का परिरेखा स्पष्ट रूप से दिखलाई देता था। इस प्रयोग के परिणाम पर टिप्पणी करते हुए वर्नर (Werner) ने कहा कि जब लक्ष्य आकृति उपस्थित करने के 200 मिलीसेकेण्ड के भीतर-ही-दूसरी आकृति जिसे आवरण आकृति कहा जाता है, भी प्रयोज्य के सामने रख दी जाती है, तो ऐसी परिस्थिति में लक्ष्य आकृति को व्यक्ति इसलिए नहीं देख पाता है क्योंकि इस समय तक इसके परिरेखा का चित्र व्यक्ति के चेतन में प्रवेश ही नहीं कर पाता है। परन्तु यदि 200 मिली सेकेण्ड के बाद आवरण आकृति को उपस्थित किया जाता है, तो इतना समय मिलने पर लक्ष्य आकृति के कंटूर का चित्र व्यक्ति के चेतन में स्पष्ट रूप से बन जाता है। फलतः प्रयोज्य लक्ष्य आकृति को आसानी से देख लेता है।

2. आकार प्रत्यक्षण में आकृति तथा पृष्ठभूमि *(Figure and background in form perception)*—आकार प्रत्यक्षण में आकृति तथा पृष्ठभूमि (figure and background) का काफी महत्त्वपूर्ण योगदान है। हमलोग किसी वस्तु को तथा उसके स्पष्ट आकार (form) को एक निश्चित पृष्ठभूमि पर देखते हैं। जैसे हम शब्दों को एक पेज (page) पर छपा देखते हैं। बादल के टुकड़ों (चट्टानों) को आकाश में हम घूमते देखते हैं। इन उदाहरणों में 'शब्द' तथा 'बादल का टुकड़ा' आकृति (figure) का उदाहरण है तथा 'पेज' और 'आकाश' पृष्ठभूमि (background) का उदहारण हैं। चूँकि आकार प्रत्यक्षण पर अधिक बल डाला जाता है, अतः इसमें आकृति तथा पृष्ठभूमि का विशेष महत्त्व होता है।

कुछ मनोवैज्ञानिकों, जैसे रुबिन (Rubin, 1915, 1921), थॉमसन (Thomson, 1968), लुंडिन (Lundin, 1985) ने आकृति तथा पृष्ठभूमि के प्रत्यक्षण से सम्बन्धित कई प्रयोग किये हैं और इनलोगों ने आकृति तथा पृष्ठभूमि में विशेष रूप से निम्नांकित भेद बतलाये हैंः—

(i) आकृति की एक विशेष रूप-रेखा (form) होती है जबकि पृष्ठभूमि में इस तरह की स्पष्ट रूप रेखा नहीं होती है।

(ii) आकृति (figure) का स्थान करीब-करीब निश्चित तथा सीमित होता है परन्तु पृष्ठभूमि पीछे की ओर अनन्त तक फैला हुआ रहता है।

(iii) आकृति हमेशा आगे की ओर उभरी हुई मालूम पड़ती है जबकि पृष्ठभूमि पीछे की ओर दबी हुई मालूम पड़ती है।

(iv) आकृति अधिक प्रभावकारी (impressive) तथा सार्थक (meaningful) मालूम पड़ती है। फलस्वरूप आकृति का स्मरण भी अधिक रहता है। पृष्ठभूमि को जल्द भूल जाता है।

(v) गत्यात्मक रूप से (dynamically) भी आकृति (figure) तथा पृष्ठभूमि एक-दूसरे से भिन्न है। अक्सर यह देखा जाता है कि किसी आकार प्रत्यक्षण (form perception) में जो वस्तु आकृति (figure) के रूप

में दिखलाई पड़ती है, कुछ समय के बाद वह पृष्ठभूमि के रूप में दिखलाई देने लगती है और जो पृष्ठभूमि के रूप में पहले दिखलायी दी थी वह अब आकृति के रूप में दिखलाई देने लगती है। इस तरह के प्रत्यक्षण को *पलटावी आकृति का प्रत्यक्षण* (perception of reversible figure) कहा जाता है। यदि चित्र संख्या 5.8 पर कुछ समय तक गौरपूर्वक हम देखते हैं तो पाते हैं कि कभी आकृति के रूप में 'फूलदान' दिखलाई देता है तो 'कभी' आमने-सामने हुए दो मानव चेहरे।

चित्र 5.8 : पलटावी आकृति
(Reversible Figure)

गेस्टाल्टवादियों के अनुसार आकृति-पृष्ठभूमि (figure-background) का प्रत्यक्षण मस्तिष्क (brain) में दो प्रकार के क्षेत्र बल (field forces) के परिणामस्वरूप होता है। एक बल को संसंजक बल (cohesive force) तथा दूसरे बल को अवरोधक बल (restraining force) कहा जाता है। संसंजक बल में स्नायु आवेगों (nerve impulses) को आकर्षित तथा मिलाने की तीव्र प्रवृत्ति होती है तथा अवरोधक बल में स्नायु आवेगों को विकर्षित करने तथा अलग रखने की प्रवृत्ति होती है। संसंजक बल के कारण व्यक्ति किसी वस्तु को एक आकृति (figure) के रूप में देखता है तथा अवरेधक बल (restraining force) के कारंण व्यक्ति द्वारा किसी आकृति (figure) के प्रत्यक्षण (perception) के लिए पृष्ठभूमि (background) का निर्माण होता है। ये दोनों तरह के बल प्रत्यक्षण में हमेशा सक्रिय होते हैं जिसके फलस्वरूप प्रत्यक्षण करते समय कुछ चीजें हम आकृति के रूप में तथा कुछ अन्य चीजों को पृष्ठभूमि (background) के रूपं में देखते हैं।

आकृति-पृष्ठभूमि का सम्बन्ध सिर्फ दृष्टि प्रत्यक्षण (visual perception) में ही नहीं होता बल्कि अन्य प्रत्यक्षण जैसे श्रवण प्रत्यक्षण (auditory perception) में भी होता है। जैसे, यदि कोई व्यक्ति कमरा में बैठकर रेडियो सुन रहा है और इतने में यदि माँ उसे नाम लेकर पुकारती है (जिसे वह सुन लेता है) तो यहाँ 'माँ की आवाज' आकृति (figure) हुआ तथा रेडियो की आवाज (constant sound) एक पृष्टभूमि का उदाहरण हुआ।

3. आकार प्रत्यक्षण में संगठन (*Organisation in form perception*)—आकार प्रत्यक्षण की एक प्रमुख विशेषता इसका संगठन (organisation) हैं। संगठन (organisation) से तात्पर्य उद्दीपक क्षेत्र (stimulus field) में उपस्थित अनेकों उद्दीपकों का आपस में इस ढंग से संगठित होने से होता है कि उसे व्यक्ति एक निश्चित आकृति (figure) या पैटर्न (pattern) के रूप में स्पष्ट रूप से प्रक्षण कर लेता है। इस तरह का संगठन जितना ही मजबूत होगा, आकृति का अर्थ उतना ही स्पष्ट होगा। गेस्टाल्टवादियों के अनुसार संगठन के कारण प्रत्यक्षण में किसी उद्दीपक का अर्थपूर्ण ज्ञान होता है न कि व्यक्ति के पूर्व अनुभूति (past experience) या सीखना (learning) के कारण। जब उद्दीपकों को एक पैटर्न या आकृति के रूप में हम संगठित देखते हैं तो इसका गुण उन गुणों से भिन्न होता है जो इसके अंगों या हिस्सों के विश्लेषण (analysis) से प्राप्त होता है।

अब प्रश्न यह उठता है कि आकार प्रत्यक्षण (form perception) में इस तरह का संगठन (organisation) कैसे होता है? इस प्रश्न पर मनोवैज्ञानिकों ने विशेषकर गेस्टाल्ट मनोवैज्ञानिकों (Gestalt psychologists) ने काफी अध्ययन किया है और कई नियम (principles) भी बतलाएँ हैं। इन नियमों में से कुछ नियम काफी लोकप्रिय (popular) हैं। वे हैं—सन्निकटता का नियम (principle of continuity), पूर्त्ति का नियम (principle of closure), अच्छी प्रकृति का नियम (principle of good form) तथा वस्तुनिष्ठ प्रवृत्ति का नियम (principle of objective set)। इन नियमों की चर्चा पहले ही प्रत्यक्षण के गेस्टाल्ट सिद्धान्त (Gestalt theory) का वर्णन करते समय किया जा चुका है।

इस तरह से हम देखते हैं कि मनोवैज्ञानिकों ने आकार प्रत्यक्षण (form perception) की व्याख्या में मूलतः तीन तरह की उपर्युक्त व्याख्याओं का समावेश किया है जिनके आधार पर हम इस निष्कर्ष पर पहुँचते हैं कि आकार प्रत्यक्षण में कंटूर (contour), संगठन (organisation) आदि काफी महत्त्वपूर्ण होते हैं।

पैटर्न प्रत्यभिज्ञान
(Pattern Recognition)

पैटर्न प्रत्यभिज्ञान दिन-प्रतिदिन की एक बहुत ही सार्थक घटना है जिसके सहारे हम अपने इर्द-गिर्द की घटनाओं का अर्थ समझते हैं। व्यक्ति को सार्थक ढंग से अपने वातावरण के साथ अन्तःक्रिया करने के लिए यह आवश्यक है कि वह उस वातावरण के विभिन्न उद्दीपक पैटर्न की पहचान करे। मैटलिन[1] (Matlin, 1983) के शब्दों में, ''पैटर्न प्रत्यभिज्ञान से तात्पर्य संवेदी उद्दीपकों के जटिल व्यवस्थाओं की पहचान से होता है।'' इसे एक उदाहरण द्वारा इस प्रकार समझा जा सकता है। व्यक्ति 'कलम' शब्द के प्रत्येक अक्षर को देख रहा है और उसकी पहचान कर लेता है। व्यक्ति सड़क पर एक 'कुत्ता' को देखता है और समझ जाता है कि यह मेरे पड़ोसी का कुत्ता है। इन सभी उदाहरणों में व्यक्ति उद्दीपक को एक सही पहचान करता है जिससे उसके प्रति अर्थपूर्ण अन्तःक्रिया (interaction) करना सम्भव हो पाता है।

पैटर्न प्रत्यभिज्ञान की व्याख्या करने के लिए दो तरह की प्रक्रियाओं (processes) का वर्णन किया गया है—*आधारिक-ऊपरी संसाधन* (bottom-up processing) तथा *ऊपरी-निचली संसाधन* (top-down processing)। आधारिक-ऊपरी संसाधनों में उद्दीपकों (stimuli) के महत्त्वपूर्ण तथ्यों या विशेषताओं से प्रक्रिया आरम्भ करके ऊँचे स्तर पर लाया जाता है जहाँ उसका एक अर्थ एवं संदर्भ की प्राप्ति होती है। दूसरे शब्दों में, आधारिक-ऊपरी संसाधन में उद्दीपक से उत्पन्न किये गए सूचनाओं का बहाव (flow) उस उद्दीपक तथा व्युत्पन्न (driven) तंत्रकीय क्रियाओं (neural activities) जिससे अन्ततोगत्वा उसकी पहचान होती है, तक की प्रक्रिया से होती है। आधारित-ऊपरी संसाधन को *आँकड़े-व्युत्पन्न संसाधन* (data driven processing) भी कहा जाता है क्योंकि इससे तात्पर्य वैसी प्रक्रियाओं (process) से होता है जिसके सहारे स्वयं उद्दीपक अर्थात् आँकड़ा (data) से ही वस्तुओं का ज्ञान होता है। *ऊपरी-निचली संसाधन* (Top-down processing) में पैटर्न पहचान में व्यक्ति में पूर्व अनुभूति एवं संदर्भ से विशेष प्रत्याशा (expectation) उत्पन्न होती है और उसी के आलोक में उद्दीपकों की व्याख्या होती है। चूँकि इस तरह के संसाधन में सीखे गये संप्रत्ययों (concepts) का उपयोग प्रत्यक्षण (perception) में होता है, इस ऊपरी-निचली संसाधन को कभी-कभी *संप्रत्यात्मक रूप से व्युत्पन्न संसाधन* (conceptually driven processing) भी कहा जाता है। आधारित-ऊपरी संसाधन मॉडल के तहत दो तरह के सिद्धान्तों का वर्णन किया गया है जो इस प्रकार हैः—

(क) विशिष्ट विशेष सिद्धान्त (Distinctive features theory)

(ख) प्रोटोटाईप-सुमेल सिद्धान्त (Prototype-matching theory)

इन दोनों सिद्धान्तों का वर्णन निम्नांकित हैंः—

(क) विशिष्ट विशेष सिद्धान्त *(Distinctive features theory)*—इस सिद्धान्त का प्रतिपादन कार्नेल विश्वविद्यालय (Cornell University) में गिब्सन (Gibson, 1975) द्वारा इस बात की व्याख्या करने के लिए की गयी थी कि हमलोग अक्षरों की पहचान किस तरह से करते हैं। इनका कहना था कि व्यक्ति अक्षरों की पहचान उनकी विशिष्ट विशेषताओं के आधार पर करता है। प्रत्येक अक्षर की कुछ अपनी विशिष्ट विशेषताएँ होतीं हैं जिनके आधार पर उनकी पहचान सम्भव हैं। जैसे अक्षर 'H' एवं अक्षर 'O' को ही लें। अक्षर 'H' में तीन सीधी रेखाएँ हैं जो उसकी अपनी विशिष्ट विशेषता है जबकि अक्षर 'O' में एक भी सीधी रेखा नहीं है जो भी इस अक्षर की अपनी विशिष्ट विशेषता है। इस विशिष्ट विशेषता के कारण अक्षर 'O' अक्षर 'H' से भिन्न लगता है। गिब्सन का यह सिद्धान्त इस बात पर बल डालता है कि प्रत्येक अक्षर का एक विशिष्ट विशेषता होता है जिसके आधार पर उसकी पहचान होती है। अक्षरों का कुछ समूह इस बात पर बल डालाता है कि प्रत्येक अक्षर का एक विशिष्ट विशेषता होता है जिसके आधार पर उसकी पहचान होती है। अक्षरों का कुछ समूह तो ऐसा होता है जिनकी विशिष्ट विशेषता एक-दूसरे से पूर्णतः भिन्न होती है। जैसे, 'G' एवं 'W' दो ऐसे अक्षर हैं जिनकी विशिष्ट विशेषता आपस में समान नहीं है। कुछ अक्षर ऐसे हैं जिनकी विशिष्ट विशेषता आपस में काफी समान (similar) है। जैसे 'P' एवं 'R' दो ऐसे ही अक्षर हैं। इन दोनों में अन्तर

---

1. "Pattern recognition refers to the identification of a complex management of sensory stimuli."
—Matlin : *Perception*, 1983.

सिर्फ इतना ही है कि 'R' में एक तिरछी रेखा होती है। अक्षरों की 'विशिष्ट विशेषता' की एक प्रमुख विशेषता यह है कि यह हमेशा स्थिर होती है—चाहे उसे हाथ से लिखा जाय या फिर छापा जाय। गिब्सन ने अंग्रेजी के सभी 26 अक्षरों की विशिष्ट विशेषताओं का एक चार्ट बनाया है। इन्होंने ने कई तरह की विशेषताओं का वर्णन किया है जिसमें तीन विशेषताएँ सर्वाधिक महत्त्वपूर्ण है *सीधा* (straight), *मुड़ा हुआ* (curved) तथा *कटान या प्रतिच्छेदन* (intersection)।

अब प्रश्न उठता यह है कि गिब्सन ने अपने सिद्धान्त में किस तरह की विशेषता को सबसे अधिक महत्त्वपूर्ण बतलाया है? दूसरे शब्दों में, जब व्यक्ति किसी अक्षर की पहचान कर रहा होता है तो वह किन विशेषताओं पर सर्वाधिक निर्भर करता है? इस प्रश्न का उत्तर देने के लिए गिब्सन, सापिरो एवं योनास (Gibson, Schapiro & Yonas, 1968) ने प्रयोग किया। इस प्रयोग में प्रयोज्यों के अक्षरों को एक-एक जोड़ा बारी-बारी से दिखलाया गया। उनसे प्रार्थना की गयी कि जब उन्हे दोनों अक्षर एक समान लगे, तो वे विशेष बटन को दबाकर अपनी अनुक्रिया करेंगे और जब उन्हें लगे कि जोड़ा का दोनों अक्षर एक-दूसरे से भिन्न हैं, तो वे दूसरी बटन दबाकर अनुक्रिया करेंगे। इस तरह से प्रयोगकर्त्ताओं द्वारा प्रत्येक प्रयास में अन्तर्निहित (latency) अर्थात् अनुक्रिया करने में लगा समय के आधार पर समानता की माप की गयी। अगर अन्तर्निहित कम होता था जैसा कि 'G' तथा 'W' के जोड़ा में होता था तो यह समझा जाता था कि दोनों अक्षर एक-दूसरे से काफी भिन्न हैं। अगर अन्तर्निहित लम्बा होता था जैसा कि 'P' तथा 'R' के जोड़ा में होता था, तो यह समझा जाता था कि अक्षर एक-दूसरे से समान है। इस प्रयोग के परिणाम में यह भी पता चला कि प्रयोज्य सबसे पहले उन अक्षरों के बीच अंतर करते हैं जिनके तत्व (component) सीधा (straight) होते हैं। जैसे M, N, W आदि और उसके बांद उन अक्षरों के बीच अंतर करते हैं जिनके तत्त्व मुड़े हुए (curve) होते हैं जैसे C, G, P तथा R। तीसरे स्तर में प्रयोज्य उन अक्षरों में विभेद करते हैं जिनके तत्त्व गोल (round) जैसे C एवं G होते हैं तथा जिन अक्षरों के बीच में कटान (जैसे P एवं R) होते हैं।

विशिष्ट विशेषता सिद्धान्त का एक पहलू यह है कि इस सिद्धान्त का दावा कुछ दैहिक सबूतों (physiological evidence) के अनुरूप है। जैसा कि अध्ययन से पता चला है कि दृष्टि कॉर्टेक्स (visual cortex) में विभिन्न तरह के न्यूरोन (neurons) होते हैं जिनमें से कुछ ऐसे होते हैं जो विशेष तरह की उन्मुखता वाले रेखाओं के प्रति अधिक तेजी से अनुक्रिया करते हैं। शायद यही कारण है कि सीधी रेखा वाले अक्षर तथा वक्राकार अक्षरों के प्रति अन्तर्निहित में अंतर होता है।

इस सिद्धान्त के साथ कुछ संप्रत्ययात्मक कठिनाइयाँ (conceptual difficulties) है। नॉस तथा शिल्लमैन (Naus & Shillman, 1976) ने एक ऐसी ही प्रमुख समस्या की ओर ध्यान आकृष्ट कराया है। इन्होंने यह बतलाया है कि प्रायः अक्षरों की विशिष्ट विशेषताओं के बीच अंतर करना सम्भव नहीं हो पाता है। उदाहरणस्वरूप, यदि व्यक्ति को इन दो त्रिभूज अर्थात् $\therefore$ तथा Δ के बीच अंतर करने के लिए कहा जाय तो उसे कुछ कठिनाई होगी। तीन बिन्दुओं के घेरे को भी व्यक्ति एक त्रिभुज ही समझता है हालांकि एक त्रिभुज की दो विशिष्ट विशेषता की इसमें कमी है—तीन सीधी रेखा एवं तीन कोण। स्पष्ट हुआ कि कभी-कभी उद्दीपकों के विशिष्ट विशेषताओं में अंतर होने के बावजूद भी व्यक्ति उन्हें एक समान होने का प्रत्यक्षण करता है और इस तथ्य की व्याख्या इस सिद्धान्त से नहीं हो पाती है। ऐसे तथ्य की व्याख्या करने के लिए एक अन्य सिद्धान्त जिसे प्रोटोटाइप सुमेल सिद्धान्त (prototype matching theory) कहा गया है, का प्रतिपादन किया गया है।

(ख) प्रोटोटाईप सुमेल सिद्धान्त *(Prototype Matching theory)*— इस सिद्धान्त के अनुसार व्यक्ति अपने स्मृति में उद्दीपकों (stimuli) का एक अमूर्त (abstract) एवं आदर्श पैटर्न संचित करके रखता है। जब व्यक्ति कोई विशेष वस्तु को देखता है तो वह उसकी तुलना मन में संचित प्रोटोटाईप या आदर्श आकृति से करता है। अगर वह उससे सुमेलित (match) होता है, तो व्यक्ति उस पैटर्न की पहचान कर लेता है। अगर वह सुमेलित नहीं होता है तो व्यक्ति उसे अन्य प्रोटोटाईप से एक-एक करके तब तक मिलाते जाता है जब तक कि सही सुमेल न प्राप्त हो जाय। इस सिद्धान्त की मान्यता यह है कि मन में संचित प्रोटोटाईप की निम्नांकित तीन विशेषताएँ होती है:—

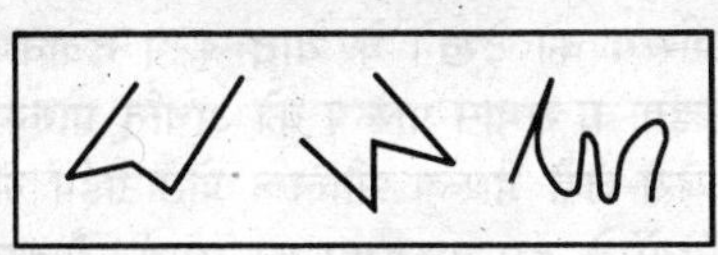

(i) प्रोटोटाईप अमूर्त्त (abstract) होता है।

(ii) प्रोटोटाईप आदर्शस्वरूप (idealized) होते हैं। .

(iii) प्रोटोटाईप का आकार दृढ़ रूप से (rigidly) विशिष्ट (specific) नहीं होता है।

प्रोटोटाईप-सुमेल सिद्धान्त विशिष्ट विशेषता सिद्धान्त से किस तरह भिन्न हैं? इन दोनों सिद्धान्तों में सबसे प्रमुख अंतर यह है कि प्रोटोटाईप सिद्धान्त में उद्दीपक के सम्पूर्ण आकारों के महत्त्व पर बल डाला जाता है जबकि विशिष्ट विशेषता सिद्धान्त यह बतलाता है कि उद्दीपक के विशिष्ट महत्त्वपूर्ण हिस्सा की पहचान करने के बाद ही पैटर्न प्रत्यभिज्ञान होता है। इस तरह से विशिष्ट विशेषता सिद्धान्त के अनुसार स्मृति में संचित पैटर्न दृढ़ रूप से (rigidly) आकार में विशिष्ट होता है जबकि प्रोटोटाईप सिद्धान्त के अनुसार ऐसे संचित पैटर्न में लचीलापन का गुण होता है। इस लचीलेपन के विचार को एक उदाहरण द्वारा इस प्रकार समझाया जा सकता है। व्यक्ति वैसे अक्षर को भी अपने वास्तविक स्वरूप में पहचान लेता है जिसकी आकृति विकृत होती है। जैसे, चित्र 5.9 में अक्षरों को हम 'W' (डब्ल्यू) के रूप में आसानी से पहचान कर लेते हैं हालाँकि उनकी वास्तविक आकृति विकृत है। ऐसा इसलिए सम्भव हो पाता है कि अक्षर 'W' का एक प्रोटोटाईप व्यक्ति के मन में होता है।

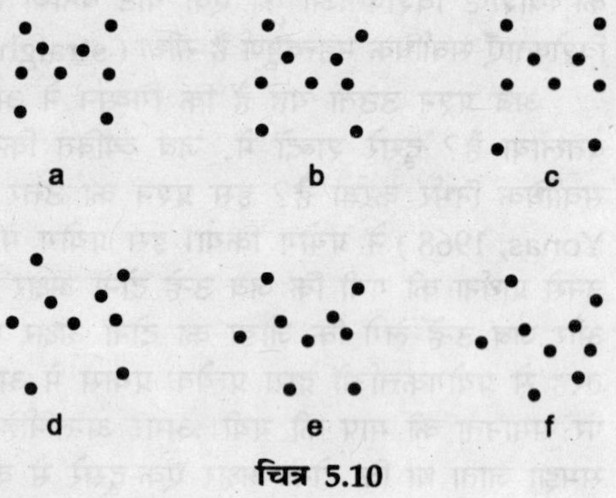

चित्र 5.10

प्रोटोटाईप-सुमेल सिद्धान्त के समान ही एक अन्य सिद्धान्त भी है जिसमें तुलनात्मक रूप से लचीलापन कम है और इस पर भी यहाँ थोड़ा प्रकाश डालना आवश्यक है। इसे *सांचा-सुमेल सिद्धान्त* (template-matching theory) कहा जाता है। इस सिद्धान्त के अनुसार प्रत्येक अक्षर के विभिन्न रूपों का अलग-अलग विशिष्ट पैटर्न (specific procession) स्मृति में संचित होता है। जब हम किसी अक्षर को देखते हैं, तो हमलोग पहले यह जाँचते हैं कि यह अक्षर मन में संचित अक्षरों के किसी साँचे से मिलता-जुलता है या नहीं। अगर यह मिलता-जुलता है तो हम उसकी पहचान कर लेते हैं। अगर वह किसी विशेष सांचा से नहीं मिलता है, तो हमलोग फिर किसी दूसरे साँचे की तलाश करते हैं। यह सिद्धान्त ऊपर से देखने में बिलकुल ही सरल दिखता है परन्तु इसमें दोष है जिसके चलते इनकी लोकप्रियता नहीं के बराबर है। इस सिद्धान्त को यदि सही मान लिया जाय तो यह स्पष्ट होगा कि सभी अक्षरों एवं उनके आकारों के सभी परिवर्तनों को सही-सही पहचानने के लिए मस्तिष्क में करोड़ों सांचा की जरूरत होगी और इसके लिए स्मृति तंत्र को काफी व्यापक एवं विस्तृत होने की आवश्यकता है। यह निश्चित रूप से एक असम्भव प्राक्कल्पना दिखता है। इतना ही नहीं, इस सिद्धान्त की यह प्रक्रिया को पूरा होने में समय भी काफी लगेगा। इन दोषों या कठिनाइयों के कारण सांचा-सुमेल सिद्धान्त को अस्वीकृत करके प्रोटोटाइप-सुमेल सिद्धान्त (prototype-matching theory) को ही अधिक महत्त्व दिया गया है जो इस बात पर स्पष्ट रूप से बल देता है कि स्मृति में संचित प्रोटोटाईप अमूर्त (abstract), आकार में दृढ़ (rigid) एवं विशिष्ट न होकर लचीले होते हैं।

पोजनर, गोल्डस्मीथ एवं वेल्टन (Posner, Goldsmith & Welton, 1967) ने पैटर्न पहचान पर एक महत्त्वपूर्ण प्रयोग किया। इन्होंने आकृतियों (figures) एवं अक्षरों के प्रोटोटाइप पहचान (prototype recognition) का अध्ययन किया। इन्होंने आलेखपत्र (graph paper) पर 9 बिंदुओं के सहारे एक विशेष अक्षर अंग्रेजी के अक्षर एम (M) का प्रोटोटाईप बनाया। इसके बाद इस मौलिक प्रोटोटाइप में बिंदुओं को आलेख के अगल-बगल के खानों में रखकर क्रमबद्ध रूप से विकृति (distortion) उत्पन्न की गयी। (देखें चित्र 5.10)। इस चित्र में a से f की ओर बढ़ने पर आकृति में विकृति बढ़ते जाती है। प्रयोज्य को प्रोटोटाईप के प्रत्येक विकृत प्रारूप को देखने के बाद बटन दबाकर उसे पहचानने की प्रतिक्रिया करनी थी। परिणाम में देखा गया है कि मौलिक प्रोटोटाईप के समान प्रारूप को अर्थात् प्रारूप में कम विकृति होने पर प्रयोज्यों ने उसको पहचानने में कम त्रुटि किया परन्तु जैसे-जैसे प्रारूप मौलिक प्रोटोटाईप से अधिक विकृत होता गया, पहचानने में त्रुटि बढ़ते गयी। पोजनर तथा उनके सहयोगियों के इस अध्ययन का समर्थन फ्रैंक्स एवं ब्रैनस्फोर्ड (Franks & Bransford, 1971) ने अपने अध्ययन के परिणाम से किया है। इन्होंने अपने अध्ययन में बिंदु पैटर्न (dot pattern) को प्रोटोटाईप के रूप में व्यवहृत न करके ज्यामितीय आकार (geometric forms) का उपयोग किये। इन्होंने एक कार्ड में चार आकृति बनाये जैसा कि चित्र 5.11 में दिखलाया गया है। प्रयोज्यों से प्रत्येक चित्र

पर ध्यान से देखने के लिए कहा गया है और उनका रेखांकन करने के लिए न कि उन्हें याद करने के लिए कहा गया है कुछ देर के बाद प्रयोज्यों को कई चित्र दिखाये गये जिसमें से कुछ मौलिक प्रोटोटाईप अर्थात् मौलिक डिजाइन थे तथा कुछ उन्हीं डिजाइनों के परिवर्तित प्रारूप थे। प्रयोज्यों को यह बतलाना था कि वे पहले डिजाइन को देखें हैं या नहीं। परिणाम में पाया गया कि प्रयोज्य द्वारा उन डिजाइनों की पहचान सही-सही की गयी जो मौलिक डिजाइन के समान थे। परन्तु जो डिजाइन मौलिक प्रोटोटाईप या डिजाइन से काफी भिन्न या परिवर्तित थे, उनको पहचानने में त्रुटि की गयी। इस अध्ययन से पोजनर, गोल्डस्मीथ एवं वेल्टन के अध्ययन की पुष्टि होती है।

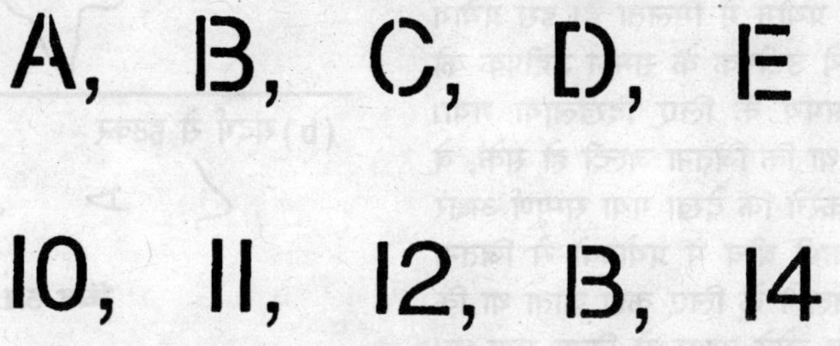

A, B, C, D, E

10, 11, 12, B, 14

चित्र 5.11: पहचान पर संदर्भ का प्रभाव

कुछ अध्ययनों से यह स्पष्ट हुआ है कि पैटर्न पहचान पर संदर्भ (context) का भी प्रभाव पड़ता है। दूसरे शब्दों में, पैटर्न पहचान में ऊपरी-निचली संसाधन मॉडल (top-down processing model) महत्त्व होता है। जैसा कि कहा जा चुका है, इस संसाधन में उद्दीपकों (stimuli) की व्याख्या व्यक्ति के पूर्व ज्ञान एवं उद्दीपक के संदर्भ में किया जाता है। इस पर रुमेलहार्ट (Rumelhart, 1977) ने सर्वाधिक बल डाला है और कहा है कि ऊपरी-निचली संसाधन प्रक्रिया का स्वरूप चयनित (selective) होता है। पैटर्न पहचान पर संदर्भ के पड़ने वाले प्रभाव को चित्र 5.11 में दिखलाया गया है। इस चित्र में अक्षर 'बी' तथा अंक तेरह एक ही समान लिखे गये हैं परन्तु जब उसे अक्षरों के समूह के संदर्भ में उपस्थित किया गया तो उसे अक्षर बी के रूप में पढ़ा जाता है परन्तु जब उसे अंकों के समूह के संदर्भ में उपस्थित किया जाता है, तो उसे अंक तेरह के रूप में पड़ा जाता है।

ऊपरी निचली संसाधन का समर्थन हमें दो तरह के मनोवैज्ञानिक घटना में भी स्पष्ट रूप से मिलती है—*शब्द-श्रेष्ठता प्रभाव* (word-superiority effect) तथा *सम्पूर्ण संसाधन* (global processing)। शब्द श्रेष्ठता प्रभाव द्वारा ऊपरी-निचली संसाधन की घटना को दिखलाया जाता है जिसमें व्यक्ति उन अक्षरों की पहचान उस समय तेजी से करता है जब वे एक सार्थक शब्द का निर्माण करते पाये जाते हैं। जानस्टोन (Johnston, 1978) तथा रीकर (Reicher, 1969) ने शब्द श्रेष्ठता प्रभाव को अपने-अपने प्रयोगों में दिखलाया है। इस प्रभाव को दिखाने वाले प्रयोगों में अक्षरों का एक समूह इतना जल्दी से दिखा दिया जाता है कि उसे ठीक से पढ़ने का समय भी नहीं मिल पाता है।

A   A   H   H
A   A   H   H
A   A   H   H
A   A   H   H
A A A A   H HHH H
A   A   H   H
A   A   H   H
A   A   H   H
A   A   H   H
A   A   H   H

चित्र 5.12

इसके बाद उनसे यह बतलाने के लिए कहा जाता है कि दिये गये दो अक्षरों में से कौन-सा अक्षर दिखाये गये समूह के विशेष स्थान पर आया होगा। जैसे, प्रयोज्य को 'WORD' या 'ORWD' दिखलाया गया और उनसे यह पूछा जा सकता है कि सबसे दाहिनी छोर पर अक्षर 'D' था या 'K'। अध्ययन के परिणाम में देखा गया कि 'D' को 'WORD' में उपस्थित करने पर उसे उसी अक्षर को 'ORWD' में उपस्थित करने की तुलना में प्रयोज्यों द्वारा पहचान आसानी से कर लिया जाता था। इस परिणाम से स्वभावतः ऊपरी-निचली संसाधन (top-down processing) को व्याख्या की पुष्टि होती है क्योंकि ऐसा होने का प्रमुख कारण विशेष संदर्भ (context) तथा पूर्व ज्ञान का होना है अर्थात् प्रयोज्य द्वारा D को WORD में देखने का पूर्व अनुभूति थी।

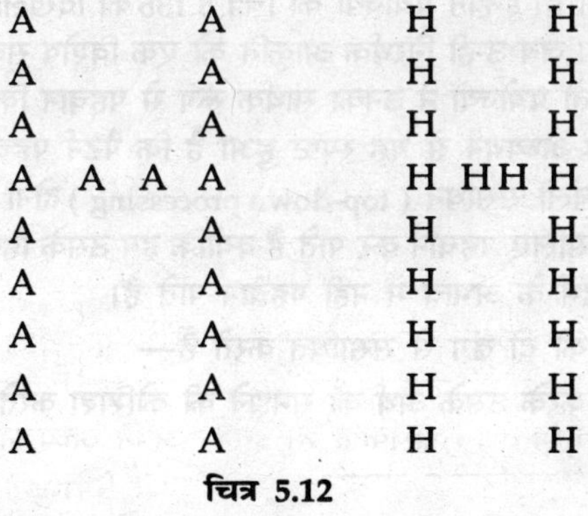

सम्पूर्ण संसाधन (global processing) की प्रक्रिया से भी ऊपरी-निचली संसाधन (top-bottom processing) मॉडल को समर्थन मिलता है। सम्पूर्ण संसाधन घटना (global processing phenomenon) इस बात की ओर इशारा करता है कि व्यक्ति प्रायः किसी उद्दीपक के विशिष्ट विशेषताओं को पहचानने के पहले उसके समग्र (overall) विशेषताओं की पहचान कर लेता है। इस तथ्य का प्रयोगात्मक समर्थन हमें नेवन (Navon, 1977) के प्रयोग में मिलता है। इस प्रयोग में चित्र 5.12 में दिखाये गये उद्दीपक के समान उद्दीपक को प्रयोज्यों को बहुत कम समय के लिए दिखलाया गया। प्रयोज्यों से यह कहा गया था कि जितना जल्दी हो सके, वे यह बतलाने की कोशिश करेंगे कि देखा गया सम्पूर्ण अक्षर 'H' था या 'A' था। कभी-कभी बीच में प्रयोज्यों से जितना जल्दी से हो सके, यह बतलाने के लिए कहा जाता था कि बड़े अक्षर का निर्माण किस छोटे अक्षर से किया गया था। परिणाम में यह देखा गया कि समग्र लक्ष्य (global target) की पहचान व्यक्ति तुलनात्मक रूप से अधिक तेजी से कर लेता था। परिणाम में यह भी देखा गया कि समग्र प्रत्यभिज्ञान कार्य (global recognition task) की प्रतिक्रिया समय (reaction time) इस बात पर आधारित नहीं होता है कि उसका निर्णय किस अक्षर विशेष से किया गया है। जैसे-उक्त उदाहरण में समग्र अक्षर (global letter) अर्थात् 'H' को दोनों ही परिस्थितियों में अर्थात् जब 'A' अक्षर से उसका निर्माण हुआ था और जब 'A' अक्षर से निर्माण नहीं हुआ था, प्रतिक्रिया समय बराबर-बराबर ही था। इस परिणाम से यह स्पष्ट हो जाता है कि व्यक्ति किसी उद्दीपक (stimulus) को पहले समग्र रूप से अर्थात् ऊपरी-निचली (top-down) प्रक्रिया अपनाकर न कि उद्दीपक के विशेष तत्त्व या विशेषता प्रारम्भ करते हुए (आधारिक-ऊपरी) संसोधित करता है।

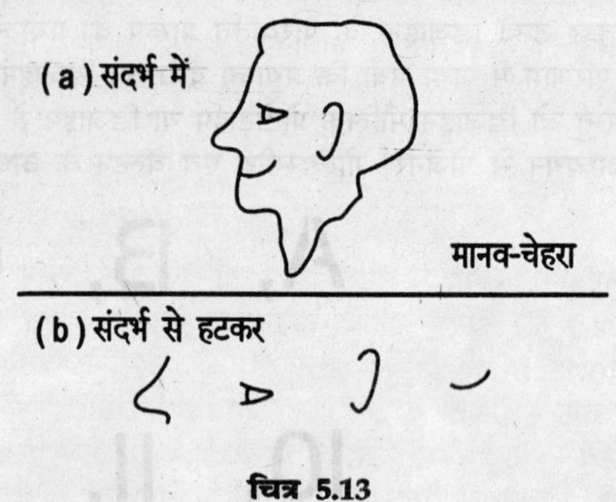

चित्र 5.13

ऊपरी-निचली संसाधन तथा आधारिक-ऊपरी संसाधन की अंतक्रिया (*Interaction of top-down and bottom-up processing*)—कई मनोवैज्ञानिकों जिनमें लिंडस्ले एंव नॉरमैन (Lindsley & Norman, 1972) तथा रूमेलहार्ट (Rumelhart, 1977) का नाम प्रमुख हैं, ने बतलाया है कि पैटर्न प्रत्यभिज्ञान ऊपरी-निचली संसाधन (top-down processing) तथा आधारिक-ऊपरी संसाधन (bottom-up processing) की अंतक्रिया पर आधारित होता है। पैटर्न पहचान में व्यक्ति उद्दीपक (stimulus) की विशेषताओं का विश्लेषण करता है (आधारिक-ऊपरी विश्लेषण) लेकिन इसके अतिरिक्त उसकी प्रत्याशा से भी पहचान की प्रक्रिया प्रभावित होती है (ऊपरी-निचली विश्लेषण)। दूसरे शब्दों में यह कहा जा सकता है कि किसी उद्दीपक की पहचान में कई तरह की प्रक्रियाएँ सम्मिलित होतीं हैं। कुछ प्रक्रियाएँ ऐसी होतीं हैं जिनमें उद्दीपक की विशिष्ट विशेषताओं (specific features) का विश्लेषण होता है तथा कुछ प्रक्रियाएँ ऐसी होतीं हैं जिनमें प्रयोज्य की गत अनुभूति (past experience), प्रत्याशा (expectation) या संदर्भ (context) जिसमें उद्दीपक प्रस्तुत किया जाता है, महत्त्वपूर्ण होता है। पालमर (Palmer, 1975) ने इसके समर्थन में एक अति महत्त्वपूर्ण योगदान किया है। इन्होंने प्रयोज्यों को चित्र 5.13b को दिखलाया जिसमें वे लोग उसे एक निरर्थक आकृति के रूप में उसका पहचान किये। जब उन्हीं निरर्थक आकृति को एक विशेष संदर्भ अर्थात् मानव चेहरा (देखें चित्र 5.13a) के रूप में उपस्थित किया गया तो प्रयोज्यों ने उनका सार्थक रूप से पहचान किया अर्थात् नाक, आँख, कान एवं मुँह के रूप में उसकी पहचान हुआ। इस अध्ययन से यह स्पष्ट हुआ है कि पैटर्न पहचान में आधारिक-ऊपरी संसाधन (bottom-up processing) तथा ऊपरी निचली संसाधन (top-down processing) दोनों ही सम्मिलित होते हैं। हमलोग मानव चेहरा का एक समग्र चेहरा के रूप में इसलिए पहचान कर पाते हैं क्योंकि हम उसके हिस्से (parts) को पहचानते हैं परन्तु हमलोग उन हिस्सों को समग्रता के संदर्भ के अभाव में नहीं पहचान पाते हैं।

निष्कर्षतः तब हम इस बिन्दु पर पहुँचते हैं कि हमलोग सूचनाओं को दो ढंग से संसाधित करते हैं—

(i) हमलोग उद्दीपक की उसकी विशेषताओं के रूप में विश्लेषित करके उसके अर्थ को समझने की कोशिश करते हैं (आधारिक-ऊपरी संसाधन)।

(ii) हमलोग किसी उद्दीपक के अर्थ को अपने प्रत्याशा (expectation) के रूप में समझने की कोशिश करते हैं जिसमें उद्दीपक का संदर्भ (context) महत्त्वपूर्ण होता है (ऊपरी-निचली संसाधन)

अतः पैटर्न पहचान में आधारिक-ऊपरी संसाधन (bottom-up processing) तथा ऊपरी-निचली संसाधन (top-down processing) दोनों ही सम्मिलित होते हैं।

चित्रीय प्रत्यक्षण
(Pictorial Perception)

आधुनिक समय में महत्वपूर्ण तथ्यों एवं ज्ञान-विज्ञान की बातों को आम जनता तक पहुँचाने में जन माध्यमों (mass media) की भूमिका काफी सराहनीय रही है। परन्तु जन माध्यमों से भी एक सरल तरीका है चित्रिय सामग्रियों (pictorial materials) का उपयोग किया जाना जिसके द्वारा सामान्य जनता विशेषकर ग्रामीण क्षेत्र के कम पढ़े-लिखे जनता तक सूचनाओं को पहुँचाना आसान होता है। इन चित्रीय सामग्रियों को देखकर ऐसी जनता विशेष लक्षित निष्कर्ष पर पहुँच पाती है। इस तरह के प्रत्यक्षण को चित्रीय प्रत्यक्षण (pictorial perception) कहा जाता है। अतः चित्रीय प्रत्यक्षण से तात्पर्य एक ऐसा प्रत्यक्षण से होता है जिसके माध्यम से व्यक्ति चित्र में दिखलाये गए सामग्रियों के अन्तसम्बन्धता का प्रत्यक्षण कर विशेष अर्थ लगाता है।

चित्रीय प्रत्यक्षण का एक महत्त्वपूर्ण पूर्वकल्पना यह होता है कि सभी व्यक्ति चित्रीय माध्यम को समान मात्रा में समझते हैं। इस पूर्वकल्पना की जाँच मनोवैज्ञानिकों ने दो प्रमुख प्रश्नों के माध्यम से करना चाहा है—

(i) चित्रीय सामग्रियों की व्याख्या करने में क्या सभी लोग एक समान सक्षम हैं?

(ii) क्या चित्रीय सामग्रियों या स्वयं प्रत्यक्षणकर्त्ता से सम्बन्धित कुछ ऐसे कारक है जो इन चित्रों या तस्वीरों के प्रत्यक्षण तथा व्याख्या में होने वाले कुछ संभावित अंतरों की व्याख्या करते हैं?

पहली पूर्वकल्पना की प्रयोगात्मक जाँच मनोवैज्ञानिकों द्वारा की गयी है। आर॰सी॰ मिश्रा तथा भी॰ गुप्ता (R. C. Mishra & V.Gupta, 1983) ने एक महत्त्वपूर्ण प्रयोग इस सिलसिले में किये। इस अध्ययन में 9 से 11 साल के लड़के एवं लड़कियों जिन्हें नर्सरी स्कूल तथा नगरपालिका के स्कूलों से लिया गया था, ने प्रयोज्य के रूप में कार्य किया। इन बच्चों को अपने घर पर होने वाले चित्रीय सामग्रियों के प्रति अनावरण (exposure) के आधार पर दो समूहों (group) में बाँटा गया—अनावृत्त (exposed) समूह तथा अनावृत्तहीन (unexposed) समूह। इन दोनों समूहों को एक तस्वीर बोध कार्य (picture comprehension task) दिया गया जिसमें बच्चों को एक तस्वीर के दो दृश्यों को आपस में जोड़ना था। परिणाम में देखा गया कि नर्सरी स्कूल के बच्चे तथा वैसे बच्चे जिन्हें अपने घर पर चित्रों से रू-ब-रू होने का मौका मिला था, वे नगरपालिका स्कूल के बच्चों तथा वैसे बच्चों जिन्हें अपने घर पर चित्रों से रू-ब-रू होने का मौका नहीं मिला था, की तुलना में चित्रों को अधिक मात्रा में एक दूसरे से सही-सही जोड़ते हुए अर्थ निकालने में सफल हुए। आर॰ सी॰ मिश्रा (R. C. Mishra, 1988) ने इन्हीं तस्वीरों के सहारे व्यस्कों पर एक दूसरा अध्ययन किया जिसमें उन्होंने चित्रों के समझ एवं उसके प्रत्यक्षण की परिशुद्धता पर कुछ चरों जैसे उच्च जाति (high caste), शिक्षा (education) तथा शहरी सम्पर्क (urban contact) के पड़ने वाले प्रभावों का अध्ययन किया और परिणाम में पाया कि इन चरों का महत्त्वपूर्ण एवं सार्थक प्रभाव चित्र के प्रत्यक्षण एवं समझ पर पड़ता है। इन्होंने अपने अध्ययन में यह स्पष्ट रूप से पाया है कि चित्रों में वस्तुओं की पहचान करने की क्षमता व्यक्तियों के विभिन्न समूहों में लगभग एक समान होती है परन्तु चित्रों में दर्शाए गए वस्तुओं के सम्बन्धों से प्रत्यक्षण करने तथा उनके सार को समझने की क्षमता अर्जित होती है अर्थात् उसे व्यक्ति सीखता है या यह कहा जाय कि उसकी उत्कृष्टता व्यक्ति के पूर्व अनुभूति के साथ बढ़ती है। ए॰ शुक्ला (A. Shukla, 1993) ने अपने अध्ययन के आधार पर यह दिखलाया है कि चित्रीय प्रत्यक्षण पर विकासात्मक कारकों (developmental factors) का भी प्रभाव पड़ता है। इन्होंने तीन आयु समूह अर्थात् 4-6, 7-9 तथा 10-12 साल के बच्चों की अनुक्रियाओं को पाँच चित्रीय कार्यों या परीक्षणों पर विश्लेषण किया। वे पाँच चित्रीय परीक्षण थे—पिक्टोरियल इन्टरप्रेटेसन परीक्षण (Pictorial Interpretation Test or PIT), सिक्वेन्स परसेपसन परीक्षण (Sequence Perception Test), पिक्चर इन्टीग्रेशन परीक्षण (Picture Integration Test or PINT), पिक्चर रिकोगनिसन परीक्षण (Picture Recognition Test or PRT) तथा पिक्चर इनफरेंस परीक्षण (Picture Inference Test or PIT)। परीक्षण में यह स्पष्ट रूप से देखा गया कि इन सभी पाँचों परीक्षणों पर बच्चों का निष्पादन

उम्र बीतने के साथ-ही-साथ उत्तम होता पाया गया। यह भी पाया कि उत्तम सुविधा वाले स्कूलों के बच्चों का निष्पादन इन परीक्षणों पर बिना सुविधा वाले स्कूलों के बच्चों की अपेक्षा काफी श्रेष्ठ पाया गया। इन परीक्षणों से यह स्पष्ट है कि बच्चों में चित्रीय सामग्रियों को समझने की क्षमता कई तरह के कारकों से प्रभावित होता है, भले ही चित्रों से वस्तुओं को पहचानने की क्षमता एक समान रूप से वितरित हों।

दूसरी पूर्वकल्पना के जाँच के लिए कुछ अध्ययन किये गये हैं और पाया गया है कि चित्र में दर्शाए गए वस्तुओं की अतिपरिचय या वेतकल्लुफी (familiarity) से भी चित्रीय प्रत्यक्षण प्रभावित होता है। डी० सिन्हा तथा आर० सी० मिश्रा, (D. Sinha & R. C. Mishra, 1982) ने इस सिलसिले में एक महत्वपूर्ण अध्ययन किया। इस अध्ययन में कुछ संकेतों (symbols) को उद्दीपक के रूप में उपयोग किया गया। यदि गौर से देखा जाय तो संकेतों के तीन ऐसे गुण होते हैं जिनके कारण वे साधारण चित्र से भिन्न होते हैं। वे तीन गुण हैं—स्वतंत्र उत्पत्ति (free creation), प्रतिनिधित्व (representation) तथा सांस्कृतिक अंतरण (cultural transmission)। इन्हीं गुणों के कारण उन्हें सही-सही समझना थोड़ा कठिन भी होता है। प्रयोगकर्त्ता ने अपने इस अध्ययन के परिणाम में यह स्पष्ट रूप से पाया है कि परिचित या अपरिचित संकेतों की पहचान बहुत हद तक उद्दीपकों के स्वरूप अर्थात् उनका मूर्त या अमूर्त (abstract) होने पर निर्भर करता है तथा यह कुछ हद तक इस बात पर भी निर्भर करता है कि किस स्तर पर अनुक्रियाओं का विश्लेषण किया जा रहा है। जब मतलब सिर्फ इतना ही होता है कि चित्र में संकेतों की पहचान होती है या नहीं, तो इस खयाल से प्रयोज्यों की अनुक्रियाओं में बहुत ही कम परिवर्तनशीलता (variability) होता है। परन्तु जब उद्देश्य चित्र के सांकेतिक अर्थ (symbolic meaning) की व्याख्या करना होता है, (अर्थात् चित्र से क्या पता चलता है) तो प्रयोज्यों में काफी भिन्नता दीख पड़ती है क्योंकि इसके लिए यह आवश्यक है कि व्यक्ति न सिर्फ संकेतों में उपलब्ध सूचनाओं से परे सोचे बल्कि यह भी आवश्यक है कि सांस्कृतिक रूप से अंतरित ज्ञानों से व्यक्ति भलिभांति परिचित हो।

स्पष्ट हुआ कि चित्रीय प्रत्यक्षण, प्रत्यक्षण का एक ऐसा व्यावहारिक पहलू है जो यह बतलाने की कोशिश करता है कि किसी तस्वीर या चित्र में दर्शाए गये वस्तुओं की पहचान भले की व्यक्तियों द्वारा एक समान ढंग से किया गया हो परन्तु उन वस्तुओं के आपसी अंतरसम्बन्धता तथा अर्थ समझना बहुत से कारकों द्वारा प्रभावित होता है। फलतः इस खयाल से व्यक्तियों में एकरूपता नहीं होती है।

गहराई तथा दूरी का प्रत्यक्षण : तीसरी विमा
(Perception of Distance and Depth: Third Dimension)

वातावरण की वस्तुएँ (objects) जिनका हम प्रत्यक्षण करते हैं मूलतः तीन विमाओं (dimensions) में सज्जित (arranged) हो सकते हैं। जिस वस्तु का व्यक्ति प्रत्यक्षण कर रहा है, वह वस्तु व्यक्ति से ऊपर या नीचे (up or down) हो सकता है, बायीं ओर या दायीं ओर (left or right) हो सकता है या दूर या नजदीक (far or near) हो सकता है। चाहे वस्तु व्यक्ति से ऊपर हो या नीचे, बायीं ओर हो या दायीं ओर, नजदीक या दूर हो, जब उसका प्रतिविम्ब अक्षिपटल या दृष्टिपटल (retina) पर पड़ता है, तो उसमें केवल लंबाई तथा चौड़ाई होती है। दूसरे शब्दों में, हमारे अक्षिपटल पर जो प्रतिबिम्ब बनता है उसमें मात्र दो ही विमा (dimension) होते हैं। एक विमा लंबाई है और दूसरी विमा चौड़ाई है। तीसरी विमा (third dimension) यानी मोटाई नहीं होती है। अतः दृष्टिपटल (retina) पर बने प्रतिविम्ब किसी कागज के टुकड़े पर बने चित्र के बिलकुल समरूप होते हैं जिसमें केवल लंबाई तथा चौड़ाई होती है। जब दृष्टिपटल पर बनने वाले प्रतिविम्ब में मात्र लम्बाई तथा चौड़ाई होती है, तो ऐसी अवस्था में हमें वस्तुओं का सिर्फ लम्बाई और चौड़ाई का ही ज्ञान होना चाहिए था। परन्तु ऐसा नहीं होता है। हमें वस्तुओं की मोटाई, सघनता (solidity), दूरी आदि का भी ज्ञान होता है। इसे *तीसरी विमा का प्रत्यक्षण* (perception of third dimension) या *दिक् प्रत्यक्षण* (space perception) भी कहते हैं। यहाँ दिक् से तात्पर्य उस विमा (dimension) के अनुभव से होता है जिसके सहारे हमें यह पता चलता है कि वस्तु व्यक्ति से कितनी दूरी पर है, किस दिशा में है आदि।

अब प्रश्न यह उठता है कि अक्षिपटल पर बनने वाले द्विविमीय प्रतिबिम्बों (bidimensional images) से हमें त्रिविमीय प्रत्यक्षण (tridimensional perception) कैसे होता है? इस प्रश्न पर अनेक मनोवैज्ञानिकों द्वारा शोध (research) तथा प्रयोग (experiment) किये गये हैं जिसके परिणामस्वरूप यह स्पष्ट हो गया है कि हमें वस्तुओं

में मोटाई, सघनता तथा दूरी का प्रत्यक्षण कुछ खास-खास संकेतों (cues) के आधार पर होता है। इन संकेतों (cues) को निम्नांकित दो भागों में बाँट कर अध्ययन किया गया है:—

1. एकनेत्री संकेत (Monocular cues) तथा
2. द्विनेत्रीय संकेत (Binocular cues)

इन दोनों का वर्णन निम्नांकित है:—

1. एकनेत्री संकेत *(Monocular cues)*—एकनेत्री संकेत (cues) उन संकेतों (cues) को कहा गया है जिन्हें एक ही आँख द्वारा ग्रहण (register) किया जा सकता है। इसका मतलब यह हुआ कि अगर कोई व्यवि किसी बीमारी या दुर्घटना आदि के कारण अपना एक आँख खो दिया है, तो वह भी अपने बचे एक आँख द्वारा इन संकेतों को ग्रहण कर सकता है और उसे वस्तुओं की दूरी, गहराई तथा सघनता (solidarity) आदि का ज्ञान हो सकता है। एकनेत्री संकेतों (monocular cues) को *चित्रीय संकेत* (pictorial cues) भी कहा जाता है। एकनेत्री संकेत को व्यक्ति अपने अनुभव (experience) से सीखता है। अतः एकनेत्री संकेत सीखा गया संकेत (learnt cues) होता है न कि जन्मजात संकेत (innate cues) होता है। एकनेत्री संकेत दो तरह के होते हैं—वैसे एकनेत्री संकेत जिसमें गति (movement) सम्मिलित नहीं होता है तथा वैसे एकनेत्री संकेत जिसमें गति सम्मिलित होता है। प्रमुख एकनेत्री संकेत (monocular cues) जिसमें गति सम्मिलित नहीं होता है, का वर्णन निम्नांकित हैं:—

(i) हस्तक्षेप या आच्छादन *(Interposition or overlay)*—जब वस्तुएँ (objects) एक सीध में होतीं हैं तथा साथ-ही-साथ जब वे अपारदर्शीय होती हैं, तो आगे की वस्तु (object) पीछे की वस्तु के कुछ हिस्से या भाग को प्रायः छिपा लेती है। इसे ही हस्तक्षेप (interposition) का संकेत (cue) कहा जाता है। जब आगे की वस्तु पीछे की वस्तु को अंशतः छिपा लेती है, तो व्यक्ति को पीछे की वस्तु अधिक दूर (distance) पर दीख पड़ता है तथा आगे की वस्तु जिसका पूरा भाग वह देख रहा है, काफी नजदीक मालूम पड़ता है। इसका उदाहरण हमें चित्र 5.14 में मिलता है। चित्र 5.14 में एक वृत (circle) है जो अंशतः एक त्रिभुज (triangle) को ढँके हुए हैं। इस चित्र में वर्ग (square) अधिक दूरी पर दिखलाई दे रहा है तथा वृत्त (circle) तुलनात्मक रूप से नजदीक दिखलाई दे रहा है। त्रिभुज की दूरी वृत्त से अधिक परन्तु वर्ग से कम दिखाई दे रहा है। इन सब का प्रधान कारण हस्तक्षेत्र संकेत (interposition cues) है।

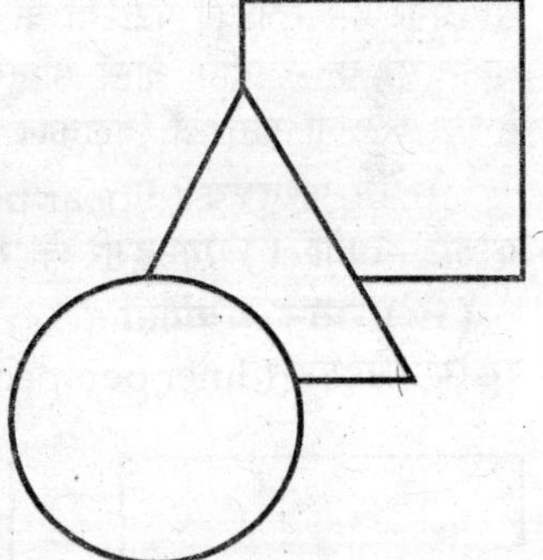

चित्र 5.14

ध्यान रहे कि हस्तक्षेप संकेत द्वारा वस्तुओं की दूरी तथा गहराई का ज्ञान तभी हो सकता है जब वस्तुएँ करीब-करीब एक सीध में हो तथा उन सभी वस्तुओं में एक-दूसरे को ढँकने की क्षमता हो, अर्थात् वे सभी अपारदर्शी हों। इन शर्तों के अभाव में हस्तक्षेप संकेत द्वारा वस्तुओं की दूरी का प्रत्यक्षण नहीं होगा।

(ii) दृष्टिपटलीय प्रतिबिम्ब का आकार *(Size of retinal images)*—जब कोई वस्तु व्यक्ति से नजदीक होता है, तो दृष्टिपटल या अक्षिपटल (retina) पर बनने वाले इसके प्रतिबिम्ब का आकार (size) बड़ा होता है। फलस्वरूप वस्तु का आकार भी बड़ा दिखलाई देता है। एक उदाहरण लीजिए। उड़ रहे हवाई ज़हाज पर ध्यान दें तो हम पाते हैं कि जैसे-जैसे हवाई जहाज नजदीक आता है, वैसे-वैसे उसका दृष्टिपटलीय प्रतिबिम्ब (retinal image) बड़ा होते जाता है। फलस्वरूप, हवाई जहाज आकार में पहले की अपेक्षा बड़ा दिखलाई पड़ने लगता है। ठीक, उसके विपरीत जैसे-जैसे हवाई जहाज हमसे दूर होता जाता है, उसका दृष्टिपटलीय प्रतिबिम्ब (retinal image) छोटा होता जाता है। फलस्वरूप, उस हवाई जहाज का आकार भी छोटा दिखलाई पड़ने लगता है और अत्यधिक दूर चले जाने पर मात्र धब्बा के समान दिखलाई देता है और अन्त में वह हमारे नजरों से ओझल हो जाता है। इट्टेल्सन एवं किल्पैट्रीक (Ittelson & Kilpatrick, 1950) ने एक प्रयोग किया जिसमें अंधेरे कमरे में समान दूरी पर हवा से भरे दो बैलून को लटका दिया गया। प्रयोज्य को यह बताना था कि कौन-सा बैलून नजदीक है तथा कौन अधिक दूरी पर। एक बैलून का आकार दूसरे बैलून के आकार से बड़ा कर दिया गया था। परिणाम में देखा गया कि बड़े बैलून को प्रयोज्यों ने नजदीक तथा छोटे बैलून को प्रयोज्यों ने अधिक दूरी पर होने का प्रत्यक्षण किया।

आकार संकेत (size cue) की परिसीमा (limitation) या दोष यह है कि इस संकेत द्वारा हमें वस्तुओं की दूरी का प्रत्यक्षण तभी होता है जब हम वस्तु के वास्तविक आकार (real size) से परिचित (familiar) हों। इट्टेलसन (Ittelson, 1951) ने एक प्रयोग कर इसे साबित कर दिया है। इस प्रयोग में तीन तरह के ताश की पत्तियाँ (playing cards) थीं। एक तो सामान्य आकार (normal size) की पत्तियाँ थीं जिससे प्रयोज्य परिचित (familiar) थे। दो अन्य प्रकार की ताश की पत्तियाँ थीं जिससे प्रयोज्य अपरिचित था। इन दो तरह की अपरिचित पत्तियों के आकार में से कुछ का आकार सामान्य पत्तियों के आकार से दुगुना बड़ा तथा कुछ पत्तियों का आकार (size) सामान्य पत्तियों के आकार का आधा था। परिणाम में देखा गया कि परिचित ताश की पत्तियों (playing cards) के साथ प्रयोज्य को दूरी (या नजदीकी) का ज्ञान तो स्पष्ट रूप से होता था परन्तु अपरिचित ताश की पत्तियों के साथ दूरी या नजदीकी का प्रत्यक्षण काफी अस्पष्ट था।

(iii) रेखीय परिदृश्य *(linear perspective)*—जैन्डा और क्लेनका-हैमेल (Janda & Klenhka-Hamel, 1982) रेखीय परिदृश्य[1] (Linear perspective) को परिभाषित करते हुए कहा है, 'रेखीय परिदृश्य से तात्पर्य उस घटना (phenomenon) से होता है जहाँ समानांतर रेखाएँ जैसे-जैसे (व्यक्ति से) दूर होते जातीं हैं, वैसे-वैसे आपस में अभिमुख (converge) होते जातीं हैं (अर्थात् एक दूसरे से सटती नजर आती है)।'' जब दो समानान्तर रेखाएँ (parallel lines) आगे की ओर अर्थात् क्षितिज (horizontal) की ओर बढ़ने पर एक-दूसरे से सटी हुई (converge) नजर आती है, तो इससे हमें दूरी एवं गहराई (depth and distance) का प्रत्यक्षण होता है तथा इस संकेत को रेखीय परिदृश्य कहा जाता है। इसका सबसे अच्छा उदाहरण रेल की दोनों पटरियों (tracks) पर देखने से प्राप्त होता है। अगर हम रेल की पटरियों के बीच खड़ा होकर देखें तो पाएँगे कि जैसे-जैसे पटरियाँ आगे बढ़ती जातीं हैं, वैसे-वैसे एक-दूसरे के नजदीक आते मालूम पड़तीं हैं। अधिकतम दूरी पर यानी कि क्षतिज (horizon) पर ऐसा महसूस होता है कि ये दोनों पटरियाँ बिलकुल ही एक-दूसरे से सट गयीं।

रेखीय परिदृश्य (linear perspective) संकेत (cues) के साथ महत्त्वपूर्ण दोष (demerit) यह है कि यदि वस्तुएँ (object) एक-दूसरे के सामान्तर नहीं है, तो संकेत द्वारा हमें दूरी का प्रत्यक्षण नहीं होगा।

(iv) गठन प्रवणता *(Texture gradient)*—गठन प्रवणता का संकेत (cues) एक ऐसा संकेत है जिसमें रेखीय परिदृश्य (liner perspective) तथा आकार (size) दोनों तरह के संकेत सम्मिलित होते हैं। गठन (texture) से तात्पर्य वस्तु एवं उसके आकार (size) में क्रमिक परिवर्तन (gradual change) से होता है। गिब्सन (Gibson, 1950) ने गठन प्रवणता (texture gradient) के संकेत पर प्रयोग करके यह दिखला दिया है कि जब किसी वस्तु के गठन (texture) के तत्त्वों (elements) का आकार (size) छोटा-छोटा होता है तथा वे काफी सघन (dense) होते हैं, तो इससे व्यक्ति को दूरी (distance) का प्रत्यक्षण होता है। परन्तु जब गठन के सभी तत्त्वों (elements) का आकार एक समान होता है तथा वे सघन (compact) नहीं होकर फैले (scattered) होते हैं, तो इससे वस्तु के तत्त्वों (elements) में आपस दूरी का प्रत्यक्षण व्यक्ति को नहीं होता है। चित्र 5.15 में देखने से यह बात बिलकुल ही स्पष्ट हो जाता है। इस चित्र के 'A' में देखने से यह बिलकुल ही स्पष्ट रूप से पता चलता है कि सघन (compact) तथा अत्यन्त छोटे-छोटे कण अधिक दूरी पर स्थित दिखलाई देते हैं। परन्तु 'B' में सभी कण या तत्त्व सघन न होकर फैले हुए है तथा आकार (size) में भी करीब-करीब समान है। अतः इनके तत्त्वों पर गौरपूर्वक देखने से किसी प्रकार की दूरी या नजदीकी का प्रत्यक्षण नहीं होता है। कुछ मनोवैज्ञानिकों ने इस संकेत को *विस्तृत परिदृश्य* (detail perspective) भी कहा है। वाक तथा गिब्सन (Walk & Gibson, 1961)

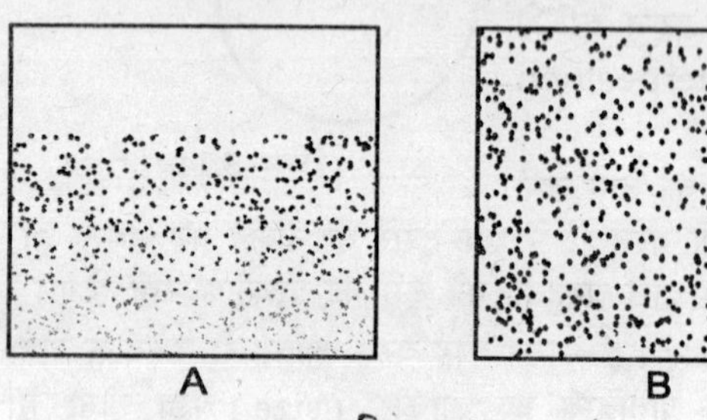

चित्र 5.15

1. "Linear perspective refers to the phenomenon that parallel lines seem to be converging as they recede into distance."
—Janda & Klenhka-Hamel : *Psychology*, 1982, p. 102

ने एक प्रयोग किया जिसमें यह दिखलाया गया है कि गहराई एवं दूरी के प्रत्यक्षण में गठन (texture) संकेत को प्राणी सीखता है न कि जन्म से उसमें उपस्थित होता है। इस अध्ययन में कुछ चूहें (rats) को जीवन के प्रथम 90 दिन में पूर्ण अंधेरे (darkness) में रखकर पाला पोषा-गया और बाद में उसे एक ऐसा दृष्टि परीक्षण (visual test) दिया गया जिसमें गठन संकेत (texture cues) मौजूद थे। परिणाम में देखा गया कि इन चूहों द्वारा गठन संकेत का उपयोग दूरी तथा गहराई के प्रत्यक्षण में नहीं किया जा सका। हाँ, जब उन्हें कुछ दिनों का दृष्टि अनुभव (visual experience) प्राप्त हो गया तब उन्होंने गठन संकेत का थोड़ा-थोड़ा उपयोग इस तरह के प्रत्यक्षण में करना प्रारम्भ कर दिया। इससे साबित होता है कि गठन का उपयोग प्राणी अपने अनुभव (experience) द्वारा सीखता है।

(v) छाया *(shadowing)*—छाया को एक प्रमुख एकनेत्रीय संकेत (monocular cues) माना गया है जिसके आधार पर हमें गहराई तथा दूरी का प्रत्यक्षण होता है। छाया संकेत की प्रमुख पूर्वकल्पना (assumption) यह होती है कि रोशनी वस्तु (object) के ऊपर (above) से आ रही है। इस पूर्वकल्पना को ध्यान में रखते हुए यह कहा जा सकता है कि जब एक वस्तु की छाया दूसरे वस्तु पर पड़ती है, तो देखने वाला व्यक्ति को दूसरे वस्तु की दूरी पहली वस्तु की अपेक्षा अधिक मालूम पड़ती है। सच्चाई यह है कि छाया संकेत द्वारा वस्तुओं की चमक में थोड़ा विभेद या अन्तर हो जाता है जिससे दूरी एवं गहराई का प्रत्यक्षण होता है।

(vi) वायवीय परिदृश्य *(Aerial perspective)*—वायवीय परिदृश्य का सम्बन्ध भी रोशनी (light) से ही है। वायु (air) में जैसे-जैसे रोशनी आगे की ओर बढ़ती है वैसे-वैसे उसमें (वायु में) उपस्थित धूलकण तथा नमी (moisture) के कारण रोशनी में अधिक धुंधलापन तथा फैलाव (scatteredness) बढ़ जाता है। इसका परिणाम यह होता है कि वातावरण में उपस्थित दूर की पहाड़ियाँ, घर, पेड़ आदि काफी धुंधले (dim), अस्पष्ट तथा साथ-ही-साथ बैगनी रंग पर दिखलाई देते हैं। इसे ही वायवीय परिदृश्य (aerial perspective) का संकेत कहा जाता है। वातावरण में जो वस्तुएँ, यानी पहाड़ियाँ, घर, पेड़-पौधे, व्यक्ति से नजदीक होते हैं, वे न तो धुंधले, अस्पष्ट और न ही बैंगनी रंग पर ही दिखलाई देते हैं। अतः वस्तु की अस्पष्टता, धुंधलापन, आदि जो वायवीय परिदृश्य (aerial perspective) के संकेत में सम्मिलित होता है, द्वारा भी हमें वस्तुओं की दूरी का प्रत्याक्षण होता है।

(vii) सापेक्ष चमकीलापन *(Relative brightness)*—अंधेरे में यदि कई वस्तुओं (objects) को जिनके चमकीलापन का स्तर (brightness level) असमान (dissimilar) होता है, हम देखते हैं तो अधिक चमकीली वस्तु हमें नजदीक तथा कम चमकीली वस्तु अधिक दूरी पर दिखलाई देती है। इट्टेल्सन (Ittleson, 1960) ने इसे एक प्रयोग कर साबित कर दिया है। इन्होंने प्रयोज्य (subject) को एक पूर्णरूपेण अंधेरे कमरे में दो समान दूरी पर रोशनी दिखलाई। एक रोशनी में दूसरी रोशनी की अपेक्षा चमकीलापन (brightness) अधिक था। परिणाम में देखा गया कि प्रयोज्य ने अधिक चमकीले रोशनी को नजदीक तथा कम चमकीले रोशनी को अपेक्षाकृत अधिक दूरी पर होने का प्रत्यक्षण दिया। सापेक्ष चमकीलापन (relative brightness) के संकेत द्वारा हम किस तरह से दूरी का प्रत्यक्षण करते हैं, इसका स्पष्ट उदाहरण अंधेरी रात में जब साफ आकाश (clean sky) की ओर हम देखते हैं, तब मिलता है। आकाश में अनेकों तारे (stars) दिखलाई देते हैं जिनमें से कुछ में चमक अधिक होती है तथा कुछ धुंधले दिखाई देते हैं। अधिक चमकीले तारे हमसे काफी नजदीक प्रतीत होते हैं (उतना नजदीक जितना वे नहीं है) तथा धुंधले तारे अधिक दूरी पर उपस्थित दिखाई देते हैं।

कुछ एकनेत्री संकेत (monocular cues) ऐसे हैं जिनमें गति (movement) सम्मिलित होता है ऐसे प्रमुख एकनेत्री संकेत निम्नांकित दो हैं—

(viii) गतिबोधक गहराई संकेत *(Kinetic depth cue)*—इस संकेत का सम्बन्ध वस्तुओं या उद्दीपकों के गति से है न कि प्रत्यक्षणकर्त्ता के गति से हैं। कोई वस्तु स्थिरावस्था में होने पर चपटा (flat) दिखता है परन्तु जब उसमें गति उत्पन्न हो जाती है या वह घुमने लगता है तो उसमें गहराई एवं दूरी प्रत्यक्षण होने लगता है। इस तथ्य की पुष्टि कई अध्ययनों में की गयी है जिसमें एक महत्त्वपूर्ण अध्ययन वाल्लेक एवं ओकोन्नेल (Wallach & O'Connell, 1953) द्वारा किया गया। इस अध्ययन में प्रयोज्यों को कुछ ठोस ब्लाक, तार से बने कुछ आकृतियाँ एवं सीधी छड़ी आदि दिखलाया गया। स्थिरावस्था में ये सारी वस्तुएँ चिपटी प्रतीत हुई परन्तु जब उन्हें तेजी से घूमते हुए स्थिति में दिखलाया गया तो वे त्रिविमीय (three dimensional) प्रतीत हुई। बाद में ब्राऊनस्टीन (Braunstein, 1976) ने भी अपने अध्ययन से इनके परिणाम की संपुष्टि किया।

(ix) **गति** *(Motion)*—वस्तुओं में गति (Movement) का प्रत्यक्षण होने के कारण भी हमें दूरी तथा गहराई का ज्ञान होता है। इस संकेत को *गति लम्बन* (movement parallax) भी कहा जाता हैं। इसका सबसे अच्छा उदाहरण चलती रेलगाड़ी में खिड़की या दरवाजे से बाहर की ओर देखने पर मिलता है। चलती रेलगाड़ी से बाहर देखने पर लगता है कि नजदीक के पेड़-पौधे, मकान, व्यक्ति आदि विपरीत दिशा में भागते जा रहे प्रतीत होते हैं तथा दूर के पेड़-पौधे, मकान, पहाड़, आदि उसी दिशा में (यानी जिस दिशा में रेलगाड़ी चल रही है) भागते प्रतीत होते हैं हालांकि सच्चाई यह होती है कि न तो नजदीक के पेड़-पौधे, मकान पहाड़ आदि भाग रहे हैं या चल रहें हैं और न तो दूर का ही। प्ररन्तु जब व्यक्ति को ऐसा प्रतीत होता है तो इससे उसे वस्तुओं की दूरी तथा नजदीकी का स्पष्ट प्रत्यक्षण होता है।

ऊपर वर्णन किये गये तथ्यों (facts) के आधार पर यह कहा जा सकता है कि इन एकनेत्री संकेतों (monocular cues) द्वारा हमें दूरी एवं गहराई के प्रत्यक्षण में काफी मदद मिलती है। सभी एकनेत्रीय संकेतों की एक सामान्य विशेषता या गुण यह है कि व्यक्ति इसे अपने अनुभव (experience) द्वारा सीखता है न कि जन्म से ही इन संकेतों का उपयोग करने की क्षमता उसमें मौजूद रहती है।

2. द्विनेत्रीय संकेत *(Binocular cues)*—द्विनेत्रीय संकेत उन संकेतों (cues) को कहा जाता है जिनके उपयोग के लिए दोनों आँखों का होना आवश्यक है। अगर कोई व्यक्ति अपनी एक आँख किसी दुर्घटना या बीमारी के कारण खो दिया है, तो वह इन संकेतों का उपयोग दूरी एवं गहराई के प्रत्यक्षण में नहीं कर सकता है। इन संकेतों को *शारीरिक संकेत* (physiological cues) भी कहा जाता है क्योंकि इसका सम्बन्ध आँख की संरचना (structure) से होता है। स्वभावतः तब इस तरह का संकेत जन्मजात (inborn) होता है न कि व्यक्ति इसे अपने अनुभव (experience) द्वारा जीवन काल में सीखता है। कोरेन, पोरेक तथा वार्ड (Coren, Porac & Ward, 1979) के अनुसार प्रमुख द्विनेत्री संकेत (binocular cues) निम्नांकित तीन हैं:—

(i) **समायोजन** *(Accommodation)*—इस संकेत को कुछ मनोवैज्ञानिकों ने एकनेत्री संकेत जिसमें गति सम्मिलित नहीं होता है, की भी श्रेणी में भी रखा है। हमारे आँख के लेन्स में छोटा होने तथा बड़ा होने का गुण मौजूद होता है। दूसरे शब्दों में, हम कह सकते हैं, कि लेन्स की वक्रता (curvature) घटती-बढ़ती है। जब व्यक्ति नजदीक की चीज या वस्तु को देखता है, तो लेन्स छोटा हो जाता है अर्थात् लेन्स की वक्रता या मोटाई बढ़ जाती है ताकि देखे जा रहे वस्तु का प्रतिबिम्ब अक्षिपटल (retina) पर ठीक से पड़ सके। दूसरी तरफ जब व्यक्ति दूर की चीज या वस्तु को देखता है तो लेन्स बड़ा हो जाता है, अर्थात् लेन्स की वक्रता कम हो जाती है जिससे लेन्स पतला हो जाता है और तब जाकर दूर की वस्तुओं का प्रतिबिम्ब अक्षिपटल (retina) पर ठीक ढंग से पड़ता है। लेन्स के आकार में वृद्धि तथा कमी की यह प्रक्रिया विशेष माँसपेशियों (muscles) द्वारा नियंत्रित होता है जिसे सिलियरी मांसपेशी (ciliary muscles) कहा जाता है तथा इस पूरी प्रक्रिया को समायोजन (accommodation) की संज्ञा दी गयी है। इस व्याख्या से स्पष्ट है कि लेन्स में अधिक वक्रता (curvature) होने से कोई भी वस्तु व्यक्ति को नजदीक दिखलाई देता है तथा लेन्स में फैलाव (relaxation) होने से व्यक्ति को वस्तु दूर पर दिखलाई देता है। कुछ मनोवैज्ञानिकों ने समायोजन को एकनेत्रीय संकेत (monocular cue) माना है क्योंकि इसका उपयोग मात्र एक आँख द्वारा भी हो सकता है। लेकिन इसे द्विनेत्रीय संकेत कहने में ही अधिक यथार्थता है क्योंकि जब समायोजन दोनों आँखों द्वारा होता है तो वह ज्यादा परिशुद्ध (accurate) होता है और हमें दूरी का प्रत्यक्षण भी स्पष्ट रूप से होता है।

ग्राहम (Graham, 1965) ने एक प्रयोग कर यह दिखलाया है कि समायोजन संकेत दूरी एवं गहराई के प्रत्यक्षण के लिए कोई बहुत अधिक महत्त्वपूर्ण संकेत नहीं है। इन्होंने यह स्पष्ट रूप से दिखला दिया है कि अगर कोई वस्तु (object) व्यक्ति के चेहरे से 20 सेन्टीमीटर की दूरी पर होती है तो लेन्स अपनी अधिकतम वक्रता (maximum curvature) पर पहुँच जाता है। अगर वस्तु और नजदीक आ जाता है, जैसे 15 सेन्टीमीटर या 10 सेन्टीमीटर पर, तो इससे लेन्स की वक्रता बढ़ती नहीं है। ठीक उसी प्रकार यदि कोई वस्तु व्यक्ति के चेहरे से 3 मीटर की दूरी पर होती है, तो लेन्स अपने अधिकतम फैलाव (maximum relaxation) की बिन्दु पर पहुँच जाता है। अगर वस्तु उससे भी अधिक दूरी पर होती है, तो लेन्स का फैलाव बढ़ता नहीं है। इस तथ्य से यह बिलकुल ही स्पष्ट हो जाता है कि लेन्स में समायोजन एक सीमित प्रसार (limited range) यानी 20-300 सेन्टीमीटर के भीतर ही होता है। फलतः इस संकेत द्वारा हमें दूरी एवं गहराई का प्रत्यक्षण 20-300 सेंटीमीटर की सीमा के भीतर ही हो सकता है। हौचबर्ग (Hochberg, 1971) ने गत 70 साल में किये गये उन प्रयोगों (experiments) का सर्वेक्षण (review)

किया जिसमें समायोजन संकेत का उपयोग दूरी एवं गहराई के प्रत्यक्षण के लिए किया गया था और वे इस परिणाम पर पहुँचे कि समायोजन संकेत निर्धारित सीमा यानी 20-300 सेन्टीमीटर के भीतर भी दूरी एवं गहराई का सही-सही प्रत्यक्षण में बहुत कम ही मदद करता है।

(ii) अभिबिन्दुता तथा अपसारिता *(Convergence and Divergence)*—अभिबिन्दुता (convergence) तथा अपसारिता (divergence) नेत्र-गोलक (eye-ball) के गति (movement) से सम्बन्धित दो संकेत (cues) हैं जिनसे हमें वस्तु की दूरी एवं गहराई का ज्ञान होता है। जब हम नजदीक की वस्तुओं (objects) को देखते हैं, तो दोनों आँख का नेत्र-गोलक भीतर की ओर यानी नाक की ओर घुमता है, उसे *अभिबिन्दुता* (convergence) कहा जाता है। उसी तरह से जब हम दूर की वस्तुओं पर देखते हैं, तो दोनों आँख का नेत्र-गोलक बाहर की दिशा में यानी बायीं आँख, बाँयें कान की ओर तथा दायीं आँख दायें कान की ओर घुमता है। इसे अभिसारिता (divergence) कहा जाता है। इस तरह से यह स्पष्ट है कि अभिबिन्दुता (convergence) द्वारा हमें वस्तुओं की समीपता (nearness) का प्रत्यक्षण होता है तथा अपसारिता (divergence) द्वारा हमें वस्तुओं की दूरी (distance) का प्रत्यक्षण होता है।

परन्तु कई मनोवैज्ञानिकों ने अपने-अपने अध्ययन में यह स्पष्ट रूप से दिखलाया है कि अभिबिन्दुता तथा अभिसारिता द्वारा व्यक्ति को दूरी तथा गहराई का प्रत्यक्षण सही-सही नहीं होता है। इन मनोवैज्ञानिकों में गोगेल, ग्रेग्ग तथा वेनराईट (Gogel, Gragg & Wainwright, 1961) और हौचबर्ग (Hochberg, 1971) का नाम अधिक लिया जाता है।

(iii) द्विनेत्री विभिन्नता या अक्षिपटलीय विभिन्नता *(Binocular disparity or Retinal disparity)*—जब व्यक्ति किसी वस्तु को देखता है तो इसकी प्रतिमा आँखों के अक्षिपटल (retina) पर अलग-अलग बनता है। इन दोनों प्रतिमाओं में थोड़ी भिन्नता पायी जाती है जिसे *अक्षिपटलीय विभिन्नता* या *द्विनेत्री विभिन्नता* कहा जाता है। ऐसा देखा गया है कि जैसे-जैसे वस्तु व्यक्ति से नजदीक आता जाता है, वैसे-वैसे अक्षिपटलीय विभिन्नता बढ़ती जाती है। दूसरे तरफ यदि वस्तु व्यक्ति से दूर होता जाता है, तो उससे उत्पन्न द्विनेत्री विभिन्नता कम होते जाती है। स्पष्ट हुआ कि अक्षिपटलीय विभिन्नता द्वारा भी व्यक्ति को वस्तुओं की दूरी का प्रत्यक्षण होता है।

उपर्युक्त विवेचना के आलोक में हम इस निष्कर्ष पर पहुँचते हें कि दूरी तथा गहराई का प्रत्यक्षण एकनेत्री संकेत (monoculer cues) तथा द्विनेत्री संकेत दोनों के आधार पर होता है। वास्तविकता यह है कि हम इन दोनों तरह के संकेतों का जब उपयोग करते हैं तो दूरी तथा गहराई का परिशुद्ध प्रत्यक्षण होता है। अगर हम सिर्फ एक ही प्रकार के संकेत का उपयोग करें तो दूरी एवं गहराई का प्रत्यक्षण उतना सही नहीं हो पायेगा। यही कारण है कि एक आँख के व्यक्ति में दूरी तथा गहराई का प्रत्यक्षण दो आँख वाले व्यक्ति की दूरी तथा गहराई के प्रत्यक्षण से थोड़ा अस्पष्ट एवं घटिया होता है।

आवाज या ध्वनि का त्रिविमीय स्थान निर्धारण
(Tridimensional Location of Sound)

अब तक हमलोग केवल दृष्टि गहराई (visual depth) तथा दूरी के प्रत्यक्षण पर विचार किये हैं। परन्तु सच्चाई यह है कि आवाज या ध्वनि का भी हमें त्रिविमीय प्रत्यक्षण अर्थात् दूरी तथा साथ-ही-दिशा (direction) का प्रत्यक्षण होता है। ध्वनि स्थान निर्धारण (sound location) में ध्वनि की दूरी तथा दिशा दोनों का निर्धारण किया जाता है। इसके लिए भी हमें निम्नांकित दो तरह के संकेत (cues) उपलब्ध हैं—

(1) एककर्णज संकेत (Monaural cues)

(2) द्विकर्णज संकेत (Binaural cues)

एककर्णज संकेत जैसा कि नाम से ही स्पष्ट है, के लिए मात्र एक कान की आवश्यकता पड़ती है अर्थात् इन संकेतों का उपयोग एक कान का उपयोग करके ध्वनि की दूरी तथा दिशा का पता लगा लिया जाता है। ध्वनि की प्रबलता (loudness) एक ऐसा ही संकेत है। प्रबल ध्वनि से नजदीकी तथा ध्वनि की धीमी प्रबलता से दूरी होने का पता चलता है। जैसे, आपका दोस्त यदि आपका नाम जोर-जोर से पुकारते हुए नजदीक आते जाता है, तो उनकी ध्वनि की प्रबलता बढ़ते जाती है और आप यह आसानी से उसे बिना देखे ही यह समझ लेते हैं कि वह धीरे-धीरे हमारे पास आ रहा है। अतः ध्वनि की प्रबलता में अंतर द्वारा दूरी में अंतर का प्रत्यक्षण किया जाता है।

कुछ *संकेत द्विकर्णज* (binaural) होते हैं। यद्यपि कुछ ध्वनि को तो दोनों कानों द्वारा प्रत्यक्षण किया जाता है, परन्तु जिस दिशा से ध्वनि आ रही है, उसके तरफ पड़ने वाला कान द्वारा उस ध्वनि को तुलनात्मक रूप से दूसरे कान द्वारा कुछ पहले ग्रहण किया जाता है और इस तरह से दोनों कानों द्वारा एक ही ध्वनि को ग्रहण करने में कुछ समय का अंतर जो एक सेकंड का लगभग हजारवाँ भाग के करीब होता है, हो जाता है। मस्तिष्क इस अंतर को संसाधित (process) करके ध्वनि के स्थान निर्धारण के बारे में सही निर्णय कर पाता है। अतः पहला द्विकर्णज संकेत दोनों कानों तक पहुँचने में ध्वनि का समयांतर हुआ। दूसरा द्विकर्णज संकेत दोनों कानों तक किसी ध्वनि के पहुँचने पर उसकी प्रबलता (soundness) में हुआ अंतर होता है। सामान्यतः ध्वनि जिस दिशा से आती है, उस दिशा की ओर पड़ने वाले कान में उसकी प्रबलता दूसरे कान में उसी ध्वनि की प्रबलता की अपेक्षा अधिक होती है। हालांकि प्रबलता का अंतर काफी कम होता है परन्तु फिर भी मस्तिष्क इस प्रबलता को ग्रहण करके ध्वनि की दूरी तथा दिशा का ज्ञान कर लेता है। एक ही ध्वनि की प्रबलता दूसरे कान में इसलिए कम लगती है क्योंकि व्यक्ति के सिर द्वारा ध्वनि की तीव्रता में थोड़ी रुकावट आ जाती है। मिडल ब्रुक्स (Middle Brooks, 1994) द्वारा किये गए अध्ययनों से यह स्पष्ट हुआ है कि मस्तिष्क में कुछ ऐसे न्यूरोन्स (neurons) हैं जो दोनों कान में ध्वनि के पहुँचने में हुए समयांतर तथा उसकी प्रबलता में हुए अतंर के प्रति काफी संवेदनशील (sensitive) होते हैं जिसके फलस्वरूप मस्तिष्क को ध्वनि की दिशा तथा दूरी का निर्धारण करने में कोई कठिनाई नहीं होती है।

स्पष्ट हुआ कि दृष्टि प्रत्यक्षण में गहराई एवं दूरी के समान ही श्रव्य प्रत्यक्षण में भी त्रिविमीय प्रत्यक्षण अर्थात् दूरी का प्रत्यक्षण कुछ विशेष तरह के संकेतों (cues) के आधार पर होता है।

गहराई प्रत्यक्षण की उत्पत्ति
(Origin of Depth Perception)

गहराई प्रत्यक्षण से सम्बन्ध एक प्रश्न पर मनोवैज्ञानिकों के बीच वाद-विवाद प्रारम्भ से ही काफी तीक्ष्ण रहा है। वह प्रश्न है—क्या गहराई प्रत्यक्षण जन्मजात (inborn) होता है या व्यक्ति इसे अपने अनुभूति से सीखता है? हालांकि इस प्रश्न का उत्तर देना आसान नहीं है, फिर भी इसका उत्तर देने के खयाल से मनोवैज्ञानिकों द्वारा काफी शोध किये हैं। फलतः गहराई प्रत्यक्षण का जन्मजात होने तथा अर्जित होने दोनों के ही पक्ष में सबूत उपलब्ध हैं। हम यहाँ पहले इन दोनों तरह के सबूतों पर विचार करेंगे और तब अंतिम निष्कर्ष की चर्चा करेंगे।

(क) गहराई प्रत्यक्षण का जन्मजात होने के पक्ष में सबूत *(Evidence in favour of innateness of depth peception)*—कुछ प्रयोग ऐसे किये गये हैं जिनके परिणाम के आधार पर यह दावा प्रस्तुत किया जाता है कि गहराई प्रत्यक्षण जन्मजात होता है। एक ऐसा प्रयोग हर्षवर्गर (Hershberger, 1970) द्वारा किया गया जिसमें मुर्गी के बच्चों अर्थात् चूजों को एक ऐसे वातावरण में रखकर पाला-पोषा गया जिसमें रोशनी हमेशा नीचे से ऊपर की ओर आती है। स्पष्टतः इस तरह का वातावरण को सामान्य नहीं कहा जा सकता है क्योंकि किसी भी जीव का सामान्य वातावरण में रोशनी सिर्फ नीचे से ऊपर की ओर ही नहीं आती है। इन चूजों को उच्छलन (bumps) तथा पिचक (dents) जो एक एल्मुनियम प्लेट पर बने थे, के बीच अंतर करना सीखलाया गया। कुछ चूजें जब उच्छलन पर चोंच मारते थे, तो उन्हें भोजन दिया जाता था परन्तु कुछ चूजें पिचक पर जब चोंच मारते थे, तो उन्हें भोजन दिया जाता था। इस बात की पूरी-पूरी सावधानी बरती गयी कि रोशनी का स्तर इस ढंग से वितरित रहे कि उच्छलन या पिचक से किसी तरह का विशेष छाया (shadow) न बन पाये और इस तरह से उसे कुछ विशिष्ट संकेत भी नहीं मिल पाये। इसके बाद चूजों को उच्छलन एवं पिचक का फोटोग्राफ दिखलाकर इस बात की जाँच की गयी कि वे किस पर चोंच मारते हैं। इस जाँच की प्रक्रिया में रोशनी कभी ऊपर से तो कभी नीचे से दी जाती थी। परिणाम में पाया गया कि चूजें फोटोग्राफ देखकर सामान्य वातावरण में चोंच मारने की प्रक्रिया जैसे हो सकती है, ठीक उसी ढंग से चोंच मारते पाये गए। दूसरे शब्दों में, जिस तस्वीर में ऊपर में छाया दिखलाया गया था, उसे चूजों ने पिचक (dents) समझकर चोंच मारने की अनुक्रिया किया तथा जिन तस्वीरों के सतह (bottom) पर छाया दिखते थे, उसे वे उच्छलन (bumbs) समझकर उसके प्रति चोंच मारने की अनुक्रिया करते थे। प्रयोग के इन परिणाम से यह स्पष्ट है कि चूजों में गहराई प्रत्यक्षण जन्मजात होता है।

कुछ अध्ययन जिसे गिब्सन (Gibson, 1969), गिब्सन एवं वाक (Gibson & Walk, 1960) तथा वाक एवं

गिब्सन (Walk & Gibson, 1961) द्वारा किया गया, ऐसे हैं जिन्में दृष्टि भृगु उपकरण (Gibson cliff apparatus) के सहारे गहराई प्रत्यक्षण में जन्मजात कारकों के महत्त्व को दिखलाने की कोशिश की गयी है। दृष्टि भृगु उपकरण का निर्माण गिब्सन तथा वाक (Gibson & Walk, 1961) द्वारा किया गया। इस उपकरण में शीशे के सतह के नीचे दो चेकरवोर्ड पैटर्न (Checker board pattern) लगा दिये गए। एक पैटर्न शीशे के सतह से नजदीक तथा दूसरा पैटर्न शीशे के सतह से थोड़ा नीचे लगाया गया ताकि प्रयोज्यों को पैटर्न का एक भाग छिछला तथा दूसरे पैटर्न का भाग गहरा दिखे। प्रयोज्यों को पहले छिछले भाग की ओर रखा जाता है और उसे गहरे भाग की ओर आने के लिए प्रोत्साहित किया जाता है। यह प्रयोग चूहों, चूजों, भेंड़, बकरी, बंदरों एवं मानव शिशुओं पर किये गये और परिणाम में पाया गया कि सभी ऐसे प्रयोज्यों ने गहरे भाग से बचना चाहा जो स्पष्टतः इस बात का सूचक था कि उन्हें गहराई का प्रत्यक्षण हो रहा था। कैम्पोस, लैंगर एवं क्रोविज (Campos, Langer & Krowitz, 1970) ये अपने अध्ययन में यह पाया कि मानव शिशुओं में इस तरह के प्रयोग में गहराई से बचने की प्रवृत्ति जीवन के आरम्भिक दिनों में भी होती है जब उसे कुछ भी सीखने की परिपक्वता नहीं होती है। इस प्रयोग में दो महीने के बच्चा को दृष्टि भृगु के छिछले भाग की ओर रखकर गहरे भाग की ओर आने के लिए प्रोत्साहित किया गया जैसा कि चित्र 5.16 में दिखलाया गया है।

चित्र 5.16 : दृष्टि भृगु उपकरण (Visual Cliff Experiment)

परिणाम में यह पाया गया कि जब बच्चा गहराई तरफ आया, तो उनके हृदय गति सामान्य से परिवर्तित हो गया जो स्पष्टतः इस बात का द्योतक था कि उसे उस उम्र में भी गहराई का प्रत्यक्षण हो रहा था। पेटरिंग एवं उनके सहयोगियों (Petring et al., 1981) ने कुछ ऐसे प्रयोग किये हैं जिसमें स्टिरियोस्कोपिक गहराई प्रत्यक्षण (Stereoscopic depth perception) जिससे प्रत्येक आँख एक ही पैटर्न का थोड़ा भिन्न ढंग से तस्वीर बनाता है, के सहारे भी इस तथ्य को साबित किया है कि गहराई प्रत्यक्षण जन्मजात होता है या जन्म के तुरंत बाद भी ऐसी क्षमता प्राणी में मौजूद होती है।

(ख) गहराई प्रत्यक्षण को अर्जित होने के पक्ष में सबूत *(Evidence in favour of depth perception being learnt)*—गहराई प्रत्यक्षण में अनुभव (exprience) या अधिगम (learning) के महत्त्व का भी कुछ सबूत उपलब्ध है। मिटचेल्ल (Mitchell, 1981), टीस एवं मिडग्ले (Tees & Midgley, 1978) तथा वाक् एवं गिब्सन (Walk & Gibson, 1961) ने कई प्रयोग पशुओं पर किये जिसमें यह पाया गया कि आरंभिक जीवन में रोशनी से वंचित पशु दृष्टि भृगु (visual cliff) के गहराई वाले भाग की ओर जाने से अपने को नहीं रोक पाते थे। इन पशुओं में सामान्य बचाव प्रतिक्रिया (normal avoidance reaction) की शुरुआत तब होती थी जब उन्हें ऐसे गहराई का अनुभव हो जाता था। वाल्लेक, ओकोनेल एवं नाईस्सर (Wallach, O' Connell & Neisser, 1953) ने गहराई

प्रत्यक्षण में अनुभूति की भूमिका दिखलाने के लिए एक प्रयोग किया जिसमें इनलोगों ने एक ऐसी आकृति का उपयोग किया जो तार (wire) का बना हुआ था। (देखें चित्र 5-17 का 'b')। आरंभ में प्रयोज्यों ने बतलाया कि आकृति द्विविमीय (two dimensional) है। इसके बाद इस आकृति को एक परभासी पर्दे (translucent screen) के पीछे रखकर घुमाया गया ताकि पर्दे पर पड़ने वाला छाया (shadow) का आकार (shape) बदल जाय और उसे गहराई (depth) का आभास (impression) हो। इसके बाद प्रयोज्यों को पर्दे के सामने (न कि पीछे) फिर उस तार की स्थिर आकृति को दिखलाया गया। वे अब उस आकृति को त्रिविमीय (three dimensional) के रूप में प्रत्यक्षण किये। किसी वस्तु को घुमाये जाने पर जब प्रयोज्यों को त्रिविमीय प्रत्यक्षण (three dimensional peception) होता था, तो उसके इस अनुभव से स्थिर वस्तुओं को भी वे त्रिविमीय ढंग से प्रत्यक्षण करने लगते थे। इसे *गतिक गहराई प्रभाव* (Kinetic depth effect) कहा जाता है। इस प्रयोग में यह भी देखा गया कि घ्रुमन अवस्था (rotation phase) में अन्य तार जिनका उपयोग नहीं किया गया था, उसका द्विविमीय प्रत्यक्षण (two dimensional perception) ही प्रयोज्यों द्वारा किया गया। इस अध्ययन से स्पष्ट हो जाता है कि गहराई युक्त प्रत्यक्षण का अनुभव होने से व्यक्ति किसी वस्तु का त्रिविमीय प्रत्यक्षण करता है।

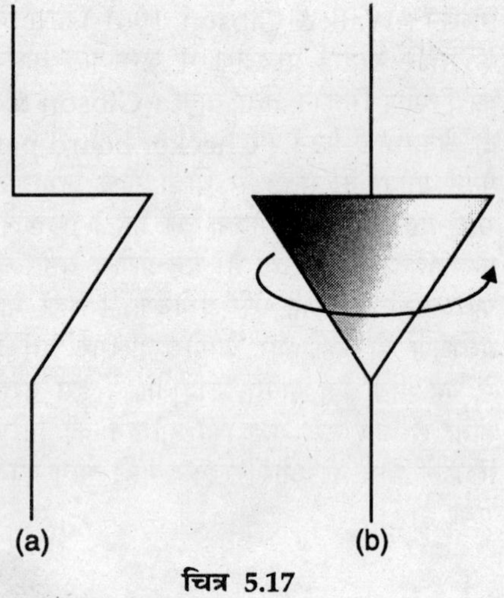

चित्र 5.17

निष्कर्षतः यह कहा जा सकता है कि गहराई प्रत्यक्षण की क्षमता जन्मजात होती है या जन्म के तुरन्त बाद निश्चित रूप से उपस्थित होती है परन्तु अनुभव की भी भूमिका इसमें सार्थक होती है।

गहराई एवं दूरी प्रत्यक्षण के सिद्धान्त
(Theories of Perception of Distance and Depth)

यह देखा जा चुका है कि गहराई एवं दूरी के प्रत्यक्षण की व्याख्या कई तरह के एकनेत्री (monocular) तथा द्विनेत्रीय (binocular) संकेतों के रूप में किया गया है। कुछ मनोवैज्ञानिकों द्वारा उनमें से कुछ संकेतों पर तथा कुछ अन्य मनोवैज्ञानिकों द्वारा इनमें से कुछ अन्य संकेतों पर अधिक बल डाला गया है। इन संकेतों में से मनोवैज्ञानिकों द्वारा कुछ संकेतों का चयन किया जाना उनका सैद्धान्तिक उन्मुखता (theoretical orientation) पर निर्भर करता है। गहराई एवं दूरी प्रत्यक्षण की वैज्ञानिक व्याख्या करने के लिए निम्नांकित दो तरह के सिद्धान्तों का प्रतिपादन किया गया है—

1. अनुभववादी सिद्धान्त (Empiricist's theory)
2. गिब्सोनियन सिद्धान्त (Gibsonian theory)

इन दोनों का वर्णन निम्नांकित हैः—

1. अनुभववादी सिद्धान्त *(Empiricist's theory)*—अनुभववादी सिद्धान्त की मुख्य मान्यता यह है कि व्यक्ति को सभी तरह की सूचनाएँ संवेदी प्रत्यक्षण (sensory perception) तथा अनुभूतियों (experiences) से प्राप्त होता है। व्यक्ति को जन्म से ही यह पता नहीं होता है कि उसे दूरी एवं गहराई का प्रत्यक्षण कैसे होगा बल्कि वह उसे अपने अनुभव एवं प्रशिक्षण के आधार पर ग्रहण करता है। इस सिद्धान्त का प्रतिपादन पहले जार्ज वर्केली (George Berkeley) द्वारा 1709 में किया गया था। बर्केली का दृष्टिकोण दार्शनिक अधिक तथा मनोवैज्ञानिक कम था। बर्केली का मत था कि व्यक्ति दूरी एवं गहराई का प्रत्यक्षण अपने अनुभूति एवं पूर्व प्रशिक्षण के आधार पर करता है। विशेष रूप से व्यक्ति गहराई तथा दूरी के विभिन्न संकेतों को दूरी के बारे में उपलब्ध गतिबोधक सूचनाओं (kinesthetic) के साथ सम्बन्धित करना सीखता है जिसके परिणामस्वरूप व्यक्ति को दूरी का प्रत्यक्षण होता है। गतिबोधक सूचना (kinesthetic information) से तात्पर्य उन सभी अदृष्टि सूचनाओं (nonvisual information) से होता है जिसमें वे सारे पेशीय संकेत सम्मिलित होते हैं जिन्हें व्यक्ति वस्तुओं के साथ अन्तःक्रिया करने के फलस्वरूप प्राप्त

करता है। जैसे, जब व्यक्ति किसी वस्तु को 10 मीटर की दूरी पर देखता है तो वह अपने आँख में एक विशेष तरह के मांसपेशीय तनाव (muscular strain) का अनुभव करता है। जब व्यक्ति उस वस्तु की ओर बढ़ता है या उससे दूर हटता है, तो उसे कुछ माँसपेशीय संकेत (muscular cues) मिलते हैं। इस तरह से व्यक्ति दूरी के बारे में परोक्ष रूप से ज्ञान प्राप्त कर लेता है क्योंकि वह गतिबोधक सूचनाओं को विभिन्न तरह के दृष्टि दूरी संकेत (visual distance cues) से सम्बन्धित कर लेता है। इससे स्पष्ट होता है कि वर्केली के सिद्धान्त में गतिबोधक सूचनाएँ (Kinesthetic information) प्रमुख हैं तथा दृष्टि संकेत (visual cues) गौण (secondary) हैं।

बर्केली के सिद्धान्त को 19 वीं शताब्दी में होचवर्ग (Hochberg) द्वारा तथा हाल के वर्षों में वर्नस्विक (Brunswik) द्वारा समर्थन प्रदान किया गया है। वर्नस्विक के अनुसार प्रत्यक्षणकर्त्ता दूरी के प्रत्यक्षण करने के लिए एक विशेष मानसिक संरचना (mental structure) उत्पन्न करता है। उदाहरणस्वरूप, रेखीय संदर्भ (linear perspective) में व्यक्ति दूरी का प्रत्यक्षण इसलिए करता है क्योंकि दो रेखाएँ आपस में अभिमुख होती नजर आतीं हैं (विशेष मानसिक संरचना)। गहराई संकेत एक तरह से प्रतीक के रूप में कार्य करते हैं और प्रत्येक गहराई संकेत इसलिए प्रभावशाली हो पाता है क्योंकि यह पहले अन्य गहराई संकेतों एवं गतिबोधक सूचनाओं (kinesthetic information) से साहचर्चित होता है। कभी-कभी एक गलत मानसिक संरचना (mental structure) उत्पन्न हो जाती है और ऐसी परिस्थिति में दूरी एवं गहराई के प्रत्यक्षण में त्रुटियाँ हो जातीं हैं।

होचवर्ग (Hochberg, 1978) ने बर्केली तथा वर्नस्विक के सिद्धान्त को और भी अधिक वैज्ञानिक स्वरूप प्रदान किया है। होचवर्ग ने दृष्टि उद्दीपकों (visual stimuli) की व्याख्या में प्रत्यक्षणकर्त्ता के सक्रिय भूमिका (active role) के महत्त्व पर बल डाला है। होचवर्ग का मत है कि व्यक्ति दृष्टि उद्दीपकों के साथ लगातार अन्तःक्रिया (interaction) करता है। परिणामस्वरूप, व्यक्ति वस्तुओं के बारे में कुछ विशेष प्रत्याशा या उम्मीद (expectation) भी विकसित कर लेता है। जब व्यक्ति किसी भी परिस्थिति में होता है तो वह वही प्रत्यक्षण करता है जिसका उसे उम्मीद होता है। दूसरे शब्दों में, व्यक्ति अपने सामने सबूत का एक तर्कसंगत व्याख्या करता है और यही व्याख्या ही उसके प्रत्यक्षण का आधार होता है।

निष्कर्षतः यह कहा जा सकता है कि अनुभववादी सिद्धान्त के अनुसार दृष्टि उद्दीपक जो अक्षिपटल (retina) तक पहुँचता है, वे अपने आप में अपर्याप्त होते हैं। फलतः स्पष्ट एवं यथार्थ प्रत्यक्षण के लिए अन्य दूसरे संकेत जिसे व्यक्ति अपने अनुभव एवं पूर्व प्रशिक्षण से सीखता है या ग्रहण करता है, की उपस्थिति अनिवार्य हैं।

2. गिब्सोनियन सिद्धान्त *(Gibsonian theory)*—इस सिद्धान्त का प्रतिपादन गिब्सन (Gibson, 1979) द्वारा किया गया। इनका मत है कि अक्षिपटल तक पहुँचने वाले दृष्टि उद्दीपक (visual stimulus) अपने आप में पर्याप्त होते हैं तथा उनमें सारी सूचनाएँ मौजूद रहतीं हैं। फलतः उनका विश्वास है कि सही प्रत्यक्षण के लिए ऐसे उद्दीपक में पर्याप्त सूचनाएँ होतीं हैं। इस तरह से दृष्टि सूचना (visual information) को किसी अदृष्टि सूचना (non-visual information) द्वारा संपूरित करने की जरूरत नहीं पड़ती है और उसी के आधार पर व्यक्ति को दूरी एवं गहराई का प्रत्यक्षण होता है।

गिब्सन (Gibson, 1979) ने कुछ छात्र पायलट (student pilots) पर शोध किये। इन पायलट को दूरी एवं गहराई प्रत्यक्षण के परम्परागत संकेतों (traditional cues) जैसे रेखीय परिदृश्य (linear perspective), अक्षिपटलीय आकार (retinal size), हस्तक्षेप (interposition) तथा वायुमंडलीय परिदृश्य (atmospheric perspective) के आधार पर दूरी एवं गहराई के प्रत्यक्षण करने में प्राप्त सफलता या असफलता का पूर्वानुमान (predict) करने की कोशिश करवाया गया। परिणाम में यह पाया गया कि इन परम्परागत संकेतों के आधार पर दूरी तथा गहराई के प्रत्यक्षणों के बारे में सही-सही पूर्वानुमान लगाने में कोई खास सफलता नहीं मिली। अतः वे इस निष्कर्ष पर पहुँचे कि वास्तविक परिस्थिति में इन परम्परागत संकेतों के आधार पर दूरी एवं गहराई का सही-सही प्रत्यक्षण नहीं किया जा सकता है।

आरम्भिक शोधों के आधार पर गिब्सन (Gibson, 1950) ने दूरी एवं गहराई के प्रत्यक्षण में गठन प्रवणता (texture gradient) को काफी महत्त्वपूर्ण बतलाया है। इनका मत है कि गठन प्रवणता द्वारा एक ऐसा मापनी (scale) प्रदान की जाती है जिसके द्वारा हमलोग यह आसानी से माप कर लेते हैं कि कोई वस्तु हमसे कितनी दूरी पर अवस्थित है। सचमुच में गिब्सन द्वारा गठन प्रवणता के संकेत पर इतना अधिक बल दिया जाना उनके एक सामान्य सिद्धान्त, जिसे *धरातल सिद्धान्त* (Ground theory) कहा जाता है, का अंश दिखता है। इस सिद्धान्त के अनुसार वातावरण के सतह (surfaces) जिसका निर्माण जमीन, मकान, पेड़-पौधे आदि सभी मिलकर करते हैं, द्वारा प्रदत्त सूचनाओं पर दूरी एवं गहराई का प्रत्यक्षण निर्भर करता है। वास्तविक परिस्थिति में इन सतहों के आधार पर हम वस्तुओं

की दूरी के बारे में ज्ञान प्राप्त करते हैं। जब हम अपने कमरे के खिड़की से बाहर झाकते हैं, तो वस्तुएँ विशेष सतह पर दिखाई देते हैं अर्थात् सतह एक पृष्ठभूमि (background) के रूप में कार्य करता है। फलतः व्यक्ति इस विशेष सतह पर वस्तुओं की दूरी का प्रत्यक्षण सीधे कर पाता है।

बाद में किये शोधों के आधार पर गिब्सन (Gibson) ने दूरी एवं गहराई के प्रत्यक्षण में गति परिदृश्य (motion perspective) को तुलनात्मक रूप से अधिक महत्त्व दिया। जब व्यक्ति वातावरण में इधर से उधर गुजरता है तो उसे वस्तुएँ भी परिवर्तित होते नजर आती है। इस तरह के परिवर्तन के आधार पर उसे दूरी एवं गहराई का प्रत्यक्षण स्पष्टतः होता है।

स्पष्ट हुआ कि उक्त दोनों तरह के सिद्धान्तों द्वारा गहराई एवं दूरी के प्रत्यक्षण की व्याख्या अपने-अपने ढंग से की गई है। अनुभववादी सिद्धान्त में दूरी एवं गहराई प्रत्यक्षण का आधार दृष्टि उद्दीपक का तरह-तरह के अदृष्टि सूचनाओं (nonvisual information) के साथ साहचर्यित होना होता है तथा गिब्सोनियन सिद्धान्त में दूरी एवं गहराई प्रत्यक्षण का आधार दृष्टि उद्दीपकों का अपने आप में हर तरह की सूचनाओं से परिपूर्ण होना है। सच्चाई यह है कि इन दोनों सिद्धान्तों की व्याख्याओं को आपस में जोड़कर या मिलाकर दूरी एवं गहराई प्रत्यक्षण की व्याख्या अधिक वैज्ञानिक ढंग से की जा सकती है। यह सत्य है कि व्यक्ति जिन उद्दीपकों को देखता है उनमें बहुत तरह की सूचनाएँ मौजूद होतीं हैं जिनके आधार पर दूरी एवं गहराई का प्रत्यक्षण होता है परन्तु साथ-ही-साथ यह भी सच है कि मनुष्य एक सक्रिय प्रत्यक्षणकर्त्ता होता है जो अपने गत साहचर्यों, अनुभूतियों एवं प्रत्याशाओं (expectation) का उपयोग करके दृष्टि उद्दीपक (visual stimulus) के प्रत्यक्षण को और भी मजबूत कर देता है। परिणामस्वरूप, दूरी एवं गहराई के प्रत्यक्षण में एक संवृद्ध दृष्टि वातावरण (rich visual environment) तथा एक सक्रिय प्रत्यक्षणकर्त्ता दोनों की भूमिका प्रधान हैं।

प्रत्यक्षज्ञाणात्मक संगठन जन्मजात होता है या अर्जित ?
(Is Perceptual Organisation Innate or Acquired ?)

प्रत्यक्षज्ञाणनात्मक संगठन एक ऐसी प्रक्रिया है जिसके माध्यम से किसी वस्तु का प्रत्यक्षण स्पष्टतः एक निश्चित पृष्ठभूमि पर उसे एक निश्चित एवं स्पष्ट आकार के साथ करता है। क्या प्रत्यक्षज्ञाणात्मक संगठन की प्रक्रिया जन्मजात होती है या अर्जित होती है? इस प्रश्न को लेकर मनोवैज्ञानिकों में विशेषकर गेस्टाल्टवादियों (Gestaltists) तथा व्यवहारवादियों (Behaviourists) के बीच काफी मतभेद रहा है। गेस्टाल्टवादियों एवं उनके समर्थकों का मत है कि प्रत्यक्षज्ञाणात्मक संगठन जन्मजात होता है। इनका मत है कि केन्द्रीय तंत्रिका तंत्र में कुछ जन्मजात ऐसे दैहिक गुण (physiological properties) होते हैं जिनके कारण प्रत्यक्षज्ञाणात्मक संगठन की प्रक्रिया जन्मजात होती है। व्यवहारवादियों (behaviourists) एवं उनके समर्थकों का मत हैं कि अन्य व्यवहारों के समान प्रत्यक्षज्ञाणात्मक संगठन अर्जित होता है। दोनों पक्षों ने अपने-अपने तर्क के पक्ष में प्रयोगात्मक सबूत उपलब्ध किये हैं, जिनका वर्णन निम्नांकित है:—

(i) प्रत्यक्षज्ञाणात्मक संगठन की प्रक्रिया जनमजात होने के पक्ष में प्रयोगात्मक सबूत—प्रत्यक्षज्ञाणात्मक संगठन एक जन्मजात प्रक्रिया है, इसे दिखाने के लिए फैंज (Fantz, 1957) ने एक प्रयोग नवजात चूजों (chickens) पर किया। इस प्रयोग में अंडा से निकलने के तुरंत बाद चूजों को कई छोटे-छोटे वस्तुएँ जो उनके भोजन के छोटे-छोटे गोल-गोल दाने से मिलते-जुलते थे, दिखाई गयीं। परिणाम में देखा गया कि चूजे उन वस्तुओं पर चोंच मारते देखे गये। इस प्रयोग के आधार पर वे इस परिणाम पर पहुँचे कि नवजात चूजों में पहले से किसी तरह की सीखी गयी अनुभूति की पूर्ण कमी होने के बावजूद अपने भोजन से मिलते-जुलते चीजों का प्रत्यक्षण करने की क्षमता थी जिससे यह निष्कर्ष निकलता है कि इन चूजों में प्रत्यक्षज्ञाणात्मक संगठन की क्षमता जन्मजात थी। हास्स (Hass, 1959) ने एक दूसरा प्रयोग किया जिसमें उन्होंने चूजों के प्रत्यक्षज्ञाणात्मक अनुभूति को चूजों की आँख पर प्रिज्म धूप-चश्मा (prism goggles) लगाकर बदलने की कोशिश की। इस प्रिज्म धूप चश्मा को लगा लेने के बाद चूजों को कोई भी वस्तु अपने वास्तविक जगह से कुछ अंश (degree) विस्थापित नजर आती थी। इन चूजों को भोजन प्राप्त करने के लिए भोजन रखे गये जगह से कुछ अंश (degree) अलग जो उसे प्रिज्म धूप चश्मा से दिखाई देता था, पर चोंच मारना सीखना था। परिणाम में देखा गया कि चूजों द्वारा ऐसा करना कभी नहीं सीखा गया बल्कि वे ठीक उसी जगह पर चोंच मारते पाये गये जहाँ भोजन का वास्तविक जगह था। इससे साबित होता है कि इन चूजों में वस्तुओं के आकार, स्थान आदि के प्रत्यक्षण की एक जन्मजात क्षमता थी जो प्रयोगकर्त्ता के कोशिश के बावजूद भी परिवर्तित नहीं हो सका। फैंज

(Fantz, 1961) ने एक अध्ययन शिशुओं पर किया। इस अध्ययन में उन्होंने पाया कि जन्म के करीब 4 दिन बाद इन शिशुओं को मानव चेहरा के समान चेहरा तथा मानव चेहरा का विकृत प्रारूप दिखलाया गया। परिणाम में देखा गया कि इन मानव शिशुओं में स्पष्ट मानव चेहरा पर न कि विकृत मानव चेहरा पर गौर से देखने की एक जन्मजात प्रवृत्ति थी। इसके आधार पर पुनः यह सबूत मिलता है कि प्रत्यक्षज्ञाणात्मक संगठन की प्रक्रिया जन्मजात होती है।

गेस्टाल्टवादियों ने अपने मशहूर समकृतिकता के नियम (principle of isomorphism) के सहारे यह दिखलाने की कोशिश किया है कि प्रत्यक्षज्ञाणात्मक संगठन की प्रवृत्ति व्यक्ति में जन्मजात होती है। इस नियम के अनुसार जो कुछ भी व्यक्ति देखता है उसका एक स्पष्ट आधार केन्द्रीय तंत्रिका तंत्र (central nervous system) में होता है। इसके समर्थन में कोहलर तथा हेल्ड (Kohler & Held 1949) ने एक प्रयोग किया जिसमें जब प्रयोज्य के आँख के सामने से दृष्टि उद्दीपक (visual stimuli) को ले जाया जाता था तो मस्तिष्क के दृष्टि क्षेत्र से प्राप्त होने वाले उसके EEG (electroencephalogram) को रिकार्ड किया गया। परिणाम में पाया गया कि ऐसी परिस्थिति में EEG द्वारा अभिलेखित मस्तिष्कीय तरंग (brain waves) में कुछ परिवर्तन होते पाए गए जिसमें इस बात का स्पष्ट सबूत मिलता है कि प्रत्यक्षज्ञाणात्मक क्षेत्र (perceptual field) तथा दैहिक मस्तिष्कीय क्षेत्र (physiological brain field) में स्पष्ट सम्बन्ध है और यह सम्बन्ध का स्वरूप अर्जित न होकर जन्मजात होता है।

उपर्युक्त तथ्यों के आलोक में हम इस निष्कर्ष पर पहुँचते हैं कि प्रत्यक्षज्ञाणात्मक संगठन की प्रक्रिया का आधार बहुत हद तक जन्मजात होता है।

(ii) प्रत्यक्षज्ञाणात्मक संगठन की प्रक्रिया अर्जित होने के पक्ष में सबूत—कई मनोवैज्ञानिकों ने जिनमें व्यवहारवादियों तथा उनके समर्थकों की भूमिका प्रधान रही है, का मत है कि प्रत्यक्षज्ञाणात्मक संगठन की प्रक्रिया जन्मजात न होकर अर्जित होती है। रिसेन तथा ऐरोन्स (Riesen & Aarons, 1969) ने एक प्रयोग बिल्ली के बच्चों पर किया। इन्होंने बिल्ली के इन बच्चों को सामान्य दृष्टि वातावरण (normal visual environment) में रखकर पाला-पोषा परन्तु उन्हें घूमने-फिरने या चलने पर रोक लगा दी गयी थी। परिणाम में देखा गया कि इन बच्चों का दृष्टि विभेदन (visual discrimination) क्षमता अविकसित हो गई तथा प्रत्यक्षज्ञाणात्मक आकार (form), दूरी (distance) आदि का भी प्रत्यक्षण काफी असंतोषजनक पाया गया। प्रयोगकर्त्ताओं ने इस परिणाम की व्याख्या करते हुए यह कहा कि ऐसा परिणाम इसलिए आया क्योंकि बिल्ली के इन बच्चों को चूँकि घूमने-फिरने नहीं दिया जाता था, अतः उन्हें बाहरी पर्यावरण के साथ होने वाले अन्तःक्रिया की अनुभूतियों की कमी थी। इस अनुभूतियों के कमी के कारण उनका प्रत्यक्षज्ञाणात्मक संगठन काफी असंतोषजनक था अर्थात् उनमें आकार, दूरी आदि का स्पष्ट प्रत्यक्षण नहीं हो रहा था।

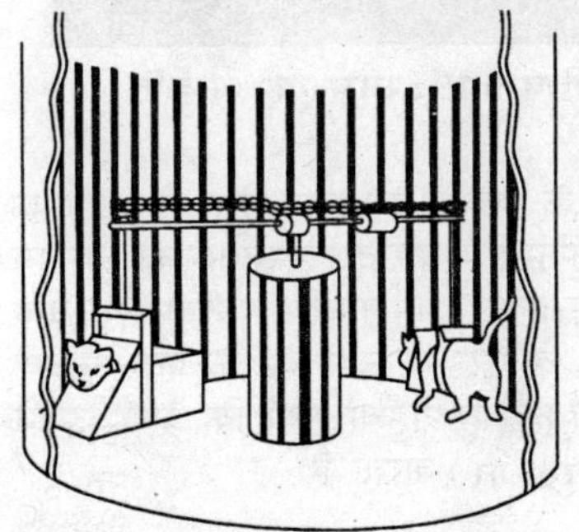

चित्र 5.18 : सक्रिय तथा निष्क्रिय दृष्टि अनुभूति पर किया गया प्रयोग

हेल्ड एवं हीन (Held & Hein, 1963) ने भी एक प्रयोग किये हैं जिससे यह स्पष्ट होता है कि प्रत्यक्षज्ञाणात्मक संगठन अर्जित होता है। यह प्रयोग भी बिल्ली के दो बच्चों पर किया गया जिन्हें समरूप वातावरण (identical surroundings) में रखा गया। इसमें से बिल्ली के एक बच्चें को अधिक सक्रिय (active) रखा गया तथा दूसरे बच्चे को अधिक निष्क्रिय (positive) बनाकर रखा गया। दूसरे शब्दों में बिल्ली एक बच्चे को स्वतंत्र होकर प्रयोगात्मक परिस्थिति में घूमने की इजाजत थी परन्तु दूसरा बच्चा उपकरण के गॉन्डोला बक्स (gondola box) में बंद होने के कारण स्वयं अपने तो घूम-फिर भी नहीं सकता था परन्तु पहली बिल्ली के चलने पर अपने आप बक्स घूमने लगता था तथा उससे भी कुछ नयी प्रत्यक्षज्ञाणात्मक अनुभूति उसे होती थी। (देखें चित्र 5.18) दूसरे शब्दों में गॉन्डोला बक्स में रखे गये बिल्ली के बच्चे को निष्क्रिय अनुभूति हो रही थी तथा दूसरी बिल्ली को जो अपने शरीर की गति स्वयं करती थी, एक तरह का सक्रिय अनुभूति हो रही थी। पहले तरह की अनुभूति को *एक्सएफरेंस* (exafference) तथा दूसरे तरह की अनुभूति को *रिएफरेंस* (reafference) कहा जाता है। जब इन बिल्ली के बच्चों को प्रयोगात्मक परिस्थिति से अलग रखा जाता था, तो उन्हें सम्पूर्ण अंधेरे में रखा जाता था। इस तरह से 10 दिनों तक उन दोनों बिल्लियों को प्रयोगात्मक परिस्थिति में रखकर प्रशिक्षित किया गया। उसके बाद उनके प्रत्यक्षज्ञाणात्मक संगठन की क्षमता की जाँच के लिए कई परीक्षण दिये गये। परिणाम में देखा गया कि सक्रिय अनुभूति प्राप्त करनेवाली बिल्ली में सामान्य दृष्टि व्यवहार (normal visual behaviour) होते पाया गया जबकि निष्क्रिय अनुभूति प्राप्त करने वाली बिल्ली लगभग एक अंधी बिल्ली के समान व्यवहार करती पायी गयी। दूसरे शब्दों में, सक्रिय अनुभूति प्राप्त करने वाली बिल्ली

का प्रत्यक्षज्ञाणात्मक संगठन की क्षमता निष्क्रिय अनुभूति प्राप्त करने वाली बिल्ली की तुलना में अधिक मजबूत थी। प्रयोगकर्त्ताओं ने इस प्रयोग के परिणाम की व्याख्या करते हुए कहा है कि ऐसा इसलिए हुआ क्योंकि सक्रिय बिल्ली को अपनी शारीरिक गति (bodily movement) के फलस्वरूप उसे तरह तंरह की नयी अनुभूतियाँ (experiences) होतीं थीं। निष्क्रिय बिल्ली को गॉन्डोला बक्स में बन्द होने के कारण उसे इस तरह की गत अनुभूतियों का प्रशिक्षण से वंचित रहना पड़ता था।

चित्र 5.19 : सास-बहू आकृति

हिर्स्क तथा स्पीनेल्सी (Hirsch & Spinelsi, 1970) ने भी एक प्रयोग किया है जिसमें प्रत्यक्षज्ञाणात्मक संगठन के स्वरूप का अर्जित होने का सबूत मिलता है। इस प्रयोग में बिल्ली के बच्चों के दृष्टि वल्कल (visual cortex) के तंत्रिका कोशिकाओं (nerve cells) के दृष्टि अनुक्रिया विशेषताओं (visual response characteristics) में परिवर्तन करके यह दिखला दिया गया है कि विशेष प्रयोगात्मक प्रावधान करके उनके प्रत्यक्षज्ञाणात्मक संगठन की क्षमता को परिमार्जित किया जा सकता है। इन बिल्ली के कुछ बच्चों को आँख पर अनुलम्बीय धारीदार धूप चश्मा (vertically striped goggles) तथा कुछ बच्चों के आँख पर समस्तरीय धारीधार धूप चश्मा (horizontally stripped goggles) करीब सात दिनों तक लगाकर रखा गया। पहले तरह की चश्मा से बिल्ली के बच्चों को सभी चीजें अनुलंबी धारीदार (vertically striped) दीखता था तथा दूसरे तरह की चश्मा से बिल्ली के बच्चों को सभी चीजें समस्तरीय धारीदार दीखता था। सात दिनों के बाद इन दोनों तरह के बिल्ली के बच्चों को तरह-तरह के उद्दीपक (stimuli) दिखाये गये। परिणाम में पाया गया कि जिन बिल्ली के बच्चों को अनुलम्बीय धारीदार वस्तुओं का अनुभव था, वे उन्हीं उद्दीपकों के प्रति अनुक्रिया अधिकतर करते पाये गये जिनका आकार-प्रकार अनुलम्बीय धारीदार था तथा जिन बिल्ली के बच्चों को समस्तरीय धारीदार वस्तुओं को देखने की अनुभूति थी, वे ऐसे ही उद्दीपकों के प्रति अधिक अनुक्रिया करते पाये गए। इस अध्ययन के आधार पर प्रयोगकर्त्ताओं द्वारा इस निष्कर्ष पर पहुँचा गया कि प्राणी अपने गत अनुभूतियों के आलोक में ही वस्तुओं के आकार-प्रकार का प्रत्यक्षण (perception) करता है।

एक युवती का चित्र

चित्र 5.20 : युवती का चित्र

वृद्ध महिला का चित्र

चित्र 5.21 : वृद्धा का चित्र

प्रत्यक्षज्ञाणात्मक संगठन के अर्जित होने के पक्ष में कुछ सबूत हमें लीपर (Leeper, 1935) के प्रयोग से भी मिलता है। इन्होंने एक युवती तथा एक वृद्धा का चित्र बनाया और फिर दोनों से एक मिश्रित चित्र बनाया। इस मिश्रित चित्र को बोरिंग (Boring) ने *सास-बहू आकृति* (Boring's Wife and Mother in-law picture) कहा है। (चित्र 5.19 देखें)। कुछ प्रयोज्यों को केवल युवती का चित्र (चित्र संख्या 5.20) दिखलाकर मिश्रित चित्र दिखलाया गया तथा कुछ प्रयोज्यों को केवल वृद्ध का चित्र (चित्र संख्या 5.21) दिखलाकर मिश्रित चित्र दिखलाया गया। परिणाम में देखा गया कि जिन प्रयोज्यों को पहले युवती की आकृति दिखलाया गया; उन्होंने मिश्रित चित्र में युवती के ही चित्र का अधिक प्रत्यक्षण किया तथा जिन प्रयोज्यों को पहले वृद्धा की आकृति दिखलाया गया, उन्होंने मिश्रित चित्र में वृद्ध का ही प्रत्यक्षण अधिक किया। परन्तु जिन प्रयोज्य को केवल मिश्रित चित्र दिखलाया गया था उन्हें युवती तथा वृद्धा दोनों का प्रत्यक्षण होता देखा गया। कुछ प्रयोज्यों को मिश्रित चित्र के बारे में जब यह निर्देश दिया गया कि इस चित्र में केवल युवती का चित्र है तो उन्हें केवल युवती का प्रत्यक्षण हुआ। और जब उन्हें यह कहा गया कि इसमें वृद्धा का चित्र है, तो प्रयोज्यों ने केवल वृद्धा का ही प्रत्यक्षण किया।

इस अध्ययन से भी यह स्पष्ट हो जाता है कि प्रत्यक्षज्ञाणात्मक संगठन में प्रशिक्षण तथा पूर्व अनुभूति की भूमिका प्रधान है।

प्रत्यक्षाणात्मक संगठन के अर्जित होने के पक्ष में कुछ सबूत हमें भान स्नेडन (Von Senden, 1932) द्वारा किये गए अध्ययनों से भी मिलता है। इन्होंने कुछ ऐसे मानव प्रयोज्यों का अध्ययन किया जो जन्म से ही आँख में मोतियाबिन्द (cataract) होने के कारण नहीं देख पाये थे। बाद में इन्हें विशेष ऑपरेशन करके आँखों की रोशनी को ठीक कर दी गई। इसके बाद इन्हें कई सामान्य चीजों का प्रत्यक्षण करके उसमें विभेद करने के लिए कहा गया। जैसे, इन्हें त्रिभुजाकार वस्तु तथा चतुर्भुजाकार वस्तु देखकर अन्तर बतलाने के लिए कहा गया तथा इसी तरह के अन्य कई सामान्य वस्तुओं का प्रत्यक्षण करके उन्हें बतलाने के लिए कहा गया। परिणाम में देखा गया कि ऐसे मानव प्रयोज्य में पूर्व अनुभूति या प्रशिक्षण की कमी थी। स्पष्ट हुआ कि पूर्व अनुभूति के अभाव में स्पष्ट प्रत्यक्षज्ञाणात्मक संगठन सम्भव नहीं है। कुछ मनोवैज्ञानिक ने भान सेन्डन के प्रयोज्यों द्वारा अपने कार्य में मिली हल्की-फुल्की सफलता के आधार पर इस तरह का भी तर्क देते हैं कि इससे प्रत्यक्षज्ञाणात्मक संगठन का स्वरूप जन्मजात होने का सबूत मिलता है।

निष्कर्षतः यह कहा जा सकता है कि प्रत्यक्षज्ञाणात्मक संगठन का स्वरूप अंशतः जन्मजात तथा अंशतः अर्जित है। मनुष्य तथा पशुओं दोनों के लिए प्रत्यक्षज्ञाणात्मक संगठन के सरल पहलू जैसे आकार का प्रत्यक्षण, कंटूर निर्माण (contour formation) आदि जन्मजात होते हैं तथा जटिल पहलू जैसे प्रत्यक्षज्ञाणात्मक विभेदन (perceptual discrimination) आदि अर्जित होते हैं।

प्रत्यक्षण को प्रभावित करने वाले कारक
(Factors Influencing Perception)

प्रत्यक्षण पर कई कारकों का प्रभाव पड़ता है। इस क्षेत्र में किए गए अध्ययनों से यह स्पष्ट हुआ कि प्रत्यक्षण पर व्यक्ति के मानसिक वृत्ति (mental set), मनोवृत्ति, अभिप्रेरण (motivation) तथा सामाजिक एवं सांस्कृतिक कारकों का काफी प्रभाव पड़ता है। इन सभी तरह के कारकों को निम्नांकित तीन मुख्य भागों में बाँटकर अध्ययन किया जा सकता है:—

(i) प्रत्यक्षण में व्यक्तिगत कारकों की भूमिका (Role of personal factors in perception)
(ii) प्रत्यक्षण में सामाजिक कारकों की भूमिका (Role of social factors in perception)
(iii) प्रत्यक्षण में सांस्कृतिक कारकों की भूमिका (Role of cultural factors in perception)

इन तीनों का वर्णन हम अलग-अलग अनुच्छेद में करेंगे।

प्रत्यक्षण में व्यक्तिगत कारकों की भूमिका
(Role of Personal Factors in Perception)

मनोवैज्ञानिकों द्वारा किये गये अध्ययनों से यह स्पष्ट हुआ कि प्रत्यक्षण में प्रत्यक्षणकर्त्ता (perceive) से सम्बन्धित कारकों की भूमिका महत्त्वपूर्ण होती है। इन कारकों की तीक्षणता से व्यक्ति का प्रत्यक्षण स्पष्टतः प्रभावित होता है।

व्यक्तिगत कारकों में ऐसे तो कई कारकों को सम्मिलित किया जाता है परन्तु उनमें प्रत्यक्षणकर्त्ता की आवश्यकता, प्रत्यक्षणकर्त्ता के लिए वस्तु का मूल्य, प्रत्यक्षणकर्त्ता का मूल्य तंत्र (value system), व्यक्तित्व शीलगुण (personality traits) मानसिक वृत्ति (mental set), वस्तु का प्रत्यक्षणकर्त्ता के लिए प्रतीकात्मक अर्थ (symbolic meaning) आदि को प्रधान बतलाया गया है। इन सबों का वर्णन निम्नांकित हैं—

1. शारीरिक आवश्यकता तथा मनोवैज्ञानिक आवश्यकता का प्रत्यक्षण पर प्रभाव (*Effect of physiological need and psychological need upon perception*)—प्राणी के अभिप्रेरण में भूख, प्यास आदि शारीरिक आवश्यकताओं तथा उपलब्धि अभिप्रेरक एवं अन्य मनोवैज्ञानिक आवश्यकताओं (psychological needs) का महत्त्व काफी अधिक है। इन कारकों का प्रत्यक्षण पर सीधा प्रभाव पड़ता देखा गया है। सचमुच में, व्यक्ति अपनी शारीरिक आवश्यकताओं के अनुरूप ही उद्दीपक का प्रत्यक्षण करता है। जैसे, प्रसिद्ध प्रयोगात्मक मनोविज्ञानी ऑसगुड (Osgood, 1953) लिखते हैं कि जब वे भोजन करने के लिए जाते थे तो रास्ते में एक दफ्तर मिलता था जिसका नाम '400D' था और वे प्रायः उसे 'FOOD' पढ़ा करते थे। इस उदाहरण से यह संकेत मिलता है कि ऑसगुड अपने विशेष शारीरिक अवस्था अर्थात् भूख के कारण ही '400D' को 'FOOD' पढ़ा करते थे।

कई प्रयोगात्मक सबूत भी ऐसे उपलब्ध हैं जिनसे इस बात की संपुष्टि होती है कि व्यक्ति की शारीरिक आवश्यकता का प्रभाव उसके प्रत्यक्षण पर पड़ता है। इस क्रम में सबसे प्रमुख एवं चर्चित अध्ययन लेभाईन, चीन एवं मर्फी (Levine, Chein & Murphy, 1942) द्वारा किया गया। इस अध्ययन में प्रयोगात्मक समूह तथा नियंत्रित समूह के छात्रों को कुछ अस्पष्ट चित्रकारी (vague drawings) एक शीशे के भीतर में दिखलाया गया। प्रयोगात्मक समूह के छात्र भूखे थे जबकि नियंत्रित समूह के छात्र भरपेट भोजन किये हुए थे। दोनों समूह के छात्रों से यह बतलाने का अनुरोध किया गया कि देखे जा रहे प्रत्येक चित्रकारी से सम्बन्धित वस्तुओं के बारे में बतलावें। परिणाम में देखा गया कि प्रयोगात्मक समूह के छात्रों द्वारा नियंत्रित समूह के छात्रों की तुलना में खाने-पीने की वस्तुओं के बारे में अधिक बतलाया गया। इस प्रयोग के परिणाम से यह स्पष्ट हो जाता है कि प्रत्यक्षण पर व्यक्ति के शारीरिक आवश्यकताओं का स्पष्ट प्रभाव पड़ता है।

प्रत्यक्षण पर शारीरिक आवश्यकताओं के पड़नेवाले प्रभावों को कुछ अन्य अध्ययनों में भी दिखलाया गया है। जैसे, विस्प तथा ड्रैमवेरिन (Wispe & Drambarean, 1953) ने एक अध्ययन किया जिसमें प्रयोज्यों के तीन समूह लिए गये। एक नियंत्रित समूह (control group) था तथा दो प्रयोगात्मक समूह (experimental group) थे। नियंत्रित समूह के प्रयोज्य प्रयोग प्रारम्भ होने के तुरंत पहले भोजन कर चुके थे। पहले प्रयोगात्मक समूह को प्रयोज्यों को प्रयोग प्रारम्भ होने के 10 घंटा पहले भोजन एंव पानी दिया गया था तथा दूसरे प्रयोगात्मक समूह के प्रयोज्यों को प्रयोग प्रारम्भ होने 24 घंटा पहले भोजन एवं पानी दिया गया था। इसका मतलब यह हुआ कि पहले प्रयोगात्मक समूह को पिछले 10 घंटे तथा दूसरे प्रयोगात्मक समूह को पिछले 24 घंटे से भोजन एवं जल से वंचित रखा गया। इन तीनों तरह के प्रयोज्यों को दो तरह के शब्द दिखलाये गए—तटस्थ शब्द (neutral word) जैसे 'पुस्तक' 'टेबुल' आदि तथा आवश्यकतां-सम्बन्धित शब्द (need-related words) जैसे 'दाल' 'संतरा' 'चम्मच' आदि। प्रयोग के परिणाम में देखा गया कि दोनों प्रयोगात्मक समूह के प्रयोज्यों में आवश्यकता-सम्बन्धित शब्दों के प्रत्यक्षज्ञाणात्मक देहली (perceptual threshold) नियंत्रित समूह के प्रयोज्यों के आवश्यकता सम्बन्धी शब्दों के प्रत्यक्षज्ञाणात्मक देहली से कम था। दूसरे शब्दों में, दोनों प्रयोगात्मक समूह के सदस्यों द्वारा आवश्यकता-सम्बन्धी शब्दों का प्रत्यक्षण का अनावरण समय (exposure time) कम रहने पर भी उन्हें आसानी से प्रत्यक्षण कर लिया गया। तटस्थ शब्दों का प्रत्यक्षज्ञाणात्मक देहली तीनों समूहों के लिए लगभग एक समान था। इस अध्ययन से यह भी स्पष्ट हो जाता है कि प्रत्यक्षण पर व्यक्ति की शारीरिक आवश्यकताओं का प्रभाव पड़ता है। गिलक्राइस्ट तथा नेसवर्ग (Gilchrist & Nesberg, 1952) ने भी एक ऐसा ही अध्ययन किया है तथा विस्प एवं ड्रेमवेरिन के परिणाम की पुष्टि किया है।

शारीरिक आवश्यकताओं के अतिरिक्त मनोवैज्ञानिक आवश्यकताओं (psychological needs) का भी व्यक्ति के प्रत्यक्षण पर प्रभाव पड़ता है। मैकक्लिलैण्ड तथा लिबरमैन (Mc Clelland & Liberman, 1949) ने एक प्रयोग किया जिसमें यह दिखलाया गया है कि व्यक्ति का प्रत्यक्षण उसके उपलब्धि अभिप्रेरक (achievement motivation) से किस तरह से प्रभावित होता है। इन्होंने एक प्रक्षेपण परीक्षण (projective test) के आधार पर प्रयोज्यों को दो समूहों में बाँटा—अधिक उपलब्धि अभिप्रेरक वाले समूह तथा कम उपलब्धि अभिप्रेरक वाले समूह। इन दोनों समूहों को

30 शब्द टैचिस्टोस्कोप (Tachistoscope) से दिखलाया गया। इनमें से 10 शब्द उपलब्धि से सम्बन्धित थे तथा 20 शब्द तटस्थ थे या फिर वे अन्य अभिप्रेरकों से सम्बन्धित थे। परिणाम में देखा गया कि अधिक उपलब्धि अभिप्रेरक वाले प्रयोज्यों में उपलब्धि अभिप्रेरक से सम्बन्धित शब्दों का प्रत्यक्षण तटस्थ शब्दों की अपेक्षा निम्नस्तर प्रत्यक्षज्ञाणात्मक देहली (lower perceptual threshold) पर कर लिए तथा कम उपलब्धि अभिप्रेरक वाले प्रयोज्यों द्वारा उपलब्धि अभिप्रेरक से सम्बन्धित शब्दों का प्रत्यक्षण तटस्थ शब्दों की अपेक्षा उच्चतर प्रत्यक्षज्ञाणात्मक देहली पर किये। प्रयोग के इस परिणाम से यह स्पष्ट हो जाता है कि व्यक्ति का प्रत्यक्षण पर उसके उपलब्धि अभिप्रेरक का प्रभाव पड़ता है।

पोस्टमैन, ब्रुनर तथा मैकगिन्नीज (Postman, Bruner & Mc Ginnies, 1948) ने भी एक प्रयोग किया जिससे यह स्पष्ट हो जाता है कि व्यक्ति उन शब्दों का प्रत्यक्षण जल्द करता है जो उनकी आवश्यकता या मूल्य (value) से सम्बन्धित होते हैं। इन्होंने आलपोर्ट-वर्नन मूल्य मापनी (Allport-Vernon value scale) जिसके द्वारा 6 मूल्यों अर्थात् सैद्धान्तिक, आर्थिक, सामाजिक, राजनैतिक, धार्मिक तथा सौंदर्यरोधी (aesthetic) का मापन होता है, के आधार पर प्रयोज्यों के मूल्यों का मापन कर लिए। इसके बाद प्रत्येक श्रेणी से सम्बन्धित 6-6 शब्दों का अर्थात् कुल 36 शब्दों की एक सूची प्रयोगकर्त्ताओं द्वारा तैयार किया गया जिन्हें टैचिस्टोस्कोप (Tachistoscope) के माध्यम से प्रयोज्यों को .01 सेकंड से लेकर उत्तरोत्तर बढ़ते समय तक के लिए तब तक दिखाया गया जब तक उन शब्दों का सही-सही प्रत्यक्षण प्रयोज्यों द्वारा नहीं कर लिया गया। परिणाम में देखा गया कि प्रयोज्यों ने उन शब्दों का प्रत्यक्षण जल्दी कर लिया (निम्नतर प्रत्यक्षज्ञाणात्मक देहली) जो उनके उच्च मूल्य तंत्र (high value system) से सम्बन्धित थे। जैसे, जिन प्रयोज्यों में आर्थिक मूल्य तंत्र अधिक प्रबल था, वे इस तंत्र से सम्बन्धित शब्द यथा 'आय' (income) का प्रत्यक्षण अन्य शब्दों की तुलना में कम समय अनावरण (exposure) में ही कर लिए।इस प्रयोग को वैण्डरप्लास एवं ब्लैक (Vanderplas & Blake, 1949) द्वारा दोहराया गया और परिणाम की पुष्टि की गयी।

उपर्युक्त सभी प्रयोगों के परिणाम का निष्कर्ष यही है कि आवश्यकता चाहे वह शारीरिक हो या मनोवैज्ञानिक, व्यक्ति के प्रत्यक्षण को प्रभावित करता है।

2. प्रत्यक्षण किये जाने वाले वस्तुओं के मूल्यों का प्रभाव *(Effect of value of objects on perceiver)*—प्रत्यक्षण पर इस बात का भी प्रभाव पड़ता है कि व्यक्ति के लिए वस्तुओं या उद्दीपकों का मूल्य (value) कितना है। मनोवैज्ञानिकों द्वारा किये गए अध्ययनों से यह स्पष्ट हुआ है कि जिस वस्तु का मूल्य (value) प्रत्यक्षणकर्त्ता के लिए अधिक होता है उसका आकार उसे बड़ा मालूम होता है। ब्रुनर तथा गुडमैन (Bruner & Goodman, 1947) ने इस सिलसिले में एक अध्ययन किया। इन्होंने समान बुद्धि के 10 बच्चों के दो समूह लिए। एक समूह में सभी धनी परिवार के बच्चे थे तथा दूसरे समूह में सभी गरीब परिवार के बच्चे थे। इन दोनों समूह के बच्चों को 1, 5, 10, 20, 25 तथा 50 सेन्ट (cent) के सिक्के के आकार का आकलन एक रोशनी प्रोजेक्टर (light projector) द्वारा करने को कहा गया। रोशनी प्रोजेक्टर द्वारा परदे पर सिक्के के आकार (size) की गोल रोशनी पड़ती थी जिसे प्रयोज्य जरूरत पड़ने पर प्रोजेक्टर के नौव (knob) को घुमाकर छोटा या बड़ा कर लेता था। परिणाम में देखा गया कि गरीब परिवार के सभी बच्चों ने सभी प्रकार के सिक्कों के आकार का अतिप्राक्कलन (overestimation) किया जबकि धनी परिवार के बच्चों द्वारा इन सिक्कों के आकार का न्यूनप्राक्कलन (underestimation) किया गया। प्रयोगकर्त्ताओं के अनुसार ऐसा इसलिए हुआ क्योंकि धनी परिवार के बच्चों के लिए सिक्कों का मान (value) या महत्त्व कम था जबकि गरीब परिवार के लिए इन सिक्कों का मान या महत्त्व अधिक था। स्पष्ट हुआ कि प्रत्यक्षण पर उद्दीपक के मूल्य (value) का भी प्रभाव पड़ता है।

3. प्रत्यक्षण पर मानसिक वृत्ति का प्रभाव *(Effect of mental set on perception)*—प्रत्यक्षण पर प्रत्यक्षणकर्त्ता के मानसिक वृत्ति का भी प्रभाव पड़ता है। मानसिक वृत्ति से तात्पर्य एक विशेष तरह की मानसिक तत्परता (mental readiness) से होती है। प्रयोज्यों में विशेष शाब्दिक निर्देश (verbal instruction) देकर मानसिक तत्परता उत्पन्न की जाती है या फिर गत अनुभूतियों से उत्पन्न प्रत्याशाओं (expectations) से प्रयोज्यों में वृत्ति उत्पन्न हो सकता है। कई ऐसे अध्ययन किये गये हैं जिनमें शाब्दिक निर्देश देकर प्रयोज्यों में एक तरह की मानसिक वृत्ति उत्पन्न की गयी है और उससे प्रत्यक्षण सीधे प्रभावित होता पाया गया है। स्ट्रीट (Street, 1931) ने एक अध्ययन किया जिसमें उन्होंने प्रयोज्यों को कुछ अस्पष्ट तस्वीर दिखलाया। एक ऐसे ही अस्पष्ट तस्वीर को चित्र 5.22 में दिखलाया गया है। प्रयोज्यों को जब यह निर्देश दिया गया कि चित्र में कुछ ऐसा दृश्य हैं जिसे वे घुड़दौड़ में देखे होंगे तो उसमें एक विशेष

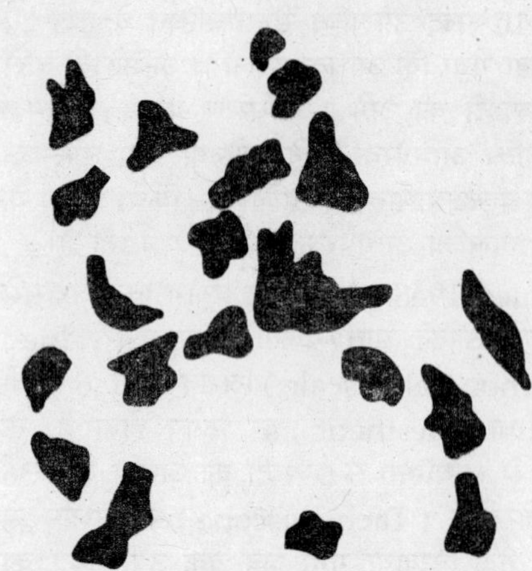

चित्र 5.22 : स्ट्रीट द्वारा प्रयुक्त एक अस्पष्ट चित्र

मानसिक-वृत्ति उत्पन्न हो गयी जिसके परिणामस्वरूप वे अस्पष्ट चित्र में एक स्पष्ट तस्वीर अर्थात् घोड़े पर सवार एक व्यक्ति के रूप में प्रत्यक्षण कर सकने में सफल हुए। लीपर (Leeper, 1935) ने बोरिंग सास-बहू आकृति के सहारे एक प्रयोग करके मानसिक वृत्ति का प्रत्यक्षण पर पड़ने वाले प्रभावों का अध्ययन किया है। इस अध्ययन में प्रयोज्यों के तीन समूह थे। पहला समूह नियंत्रित समूह (control group) था तथा दूसरा एवं तीसरा प्रयोगात्मक समूह था। पहले समूह (जो नियंत्रित था) को सास-बहू आकृति को दिखलाया गया तथा उसे उसका वर्णन करने के लिए कहा गया। दूसरे अर्थात् पहले प्रयोगात्मक समूह को सास-बहू आकृति दिखलाने से पहले शाब्दिक रूप से सास-बहू आकृति के बारे में बतला दिया जाता था। इस समूह के आधे प्रयोज्यों से यह कहा गया कि इसमें एक वृद्धा की तस्वीर दिखाई देगी तथा बाकी आधे प्रयोज्यों से वह यह कहा गया कि इसमें एक युवती का तस्वीर दिखाई देगी। दूसरे प्रयोगात्मक समूह को सास-बहु आकृति दिखाने के पहले एक वृद्धा का तथा एक युवती का अलग-अलग चित्र दिखलाकर निर्देश दिया गया। प्रयोग के परिणाम में यह पाया गया कि नियंत्रित समूह के करीब 65% प्रयोज्यों ने मिश्रित सास-बहु आकृति में युवती के चित्र को देखा। जिस प्रयोगात्मक समूह में शाब्दिक रूप से निर्देश देकर मानसिक वृत्ति (mental set) उत्पन्न की गयी थी, उनमें से जिन्हें युवती की तस्वीर होने का निर्देश दिया गया था, उन्होंने अधिकतर समय में युवती का तस्वीर देखा तथा जिन्हें वृद्धा के तस्वीर होने का निर्देश दिया गया था, उन्होंने अधिकतर समय में वृद्धा का तस्वीर देखा। तीसरे प्रयोगात्मक समूह जिसे प्रत्यक्षज्ञाणात्मक रूप से (perceptually) निर्देश दिया गया था, में से कुछ ने युवती के तस्वीर का प्रत्यक्षण किया तथा कुछ ने वृद्धा के तस्वीर को अधिक प्रबल बतलाया।

उपर्युक्त प्रयोगों से स्पष्ट है कि प्रत्यक्षण पर व्यक्ति के मानसिक वृत्ति (mental set) का भी प्रभाव पड़ता है। इसके अलावा भी कुछ महत्त्वपूर्ण प्रयोग किये गये हैं जिनसे प्रत्यक्षण पर वृत्ति (set) के पड़नें वाले प्रभाव का ज्ञान होता है। एक प्रयोग कारमाइकेल, होगन तथा वाल्टर (Carmichael, Hogan & Walter, 1932) द्वारा तथा दूसरा प्रयोग सुपोला (Supola, 1935) द्वारा किया गया। कारमाइकेल, होगन तथा वाल्टर के प्रयोग में प्रयोज्यों को छः अर्थहीन शब्द (nonsense words) 100 मिली सेकेण्ड के लिए दिखलाया गया। शब्द कुछ ऐसे थे जो अर्थपूर्ण शब्द से मिलते-जुलते थे परन्तु वे अर्थहीन थे। जैसे, एक अर्थहीन शब्द 'DACK' था जो 'DUCK' या 'DECK' से काफी समान था। इसी तरह के छः अर्थहीन शब्द तैयार कर लिए गये। प्रयोज्यों को इन शब्दों को देखकर उनकी पहचान करना था तथा उसे बोलकर बतलाना था। कुछ प्रयोज्यों से यह कहा गया कि पक्षियों या पशुओं से सम्बन्धित उन्हें कुछ शब्द देखने को मिलेंगे तथा कुछ प्रयोज्यों से यह कहा गया कि उन्हें यातायात तथा यात्रा (travel) से सम्बन्धित कुछ शब्द देखने को मिलेंगे। परिणाम में देखा गया कि जिन प्रयोज्यों को यह कहा गया था कि उन्हें पशु तथा पक्षी से सम्बन्धित शब्द देखने को मिलेंगे उन्होंने 63% प्रयासों में ऐसे ही शब्दों का प्रत्यक्षण किया तथा जिन्हें यह कहा गया था कि उन्हें यातयात तथा यात्रा से सम्बन्धित शब्द देखने को मिलेंगे उन्होंने 74% प्रयासों में ऐसे ही शब्दों का प्रत्यक्षण किया। इस परिणाम का कारण यह था कि शाब्दिक निर्देश से प्रयोज्यों में एक खास तरह की मानसिक वृत्ति उत्पन्न हो गयी थी जिसके कारण वे उससे सम्बन्धित शब्दों का प्रत्यक्षण कर सके।

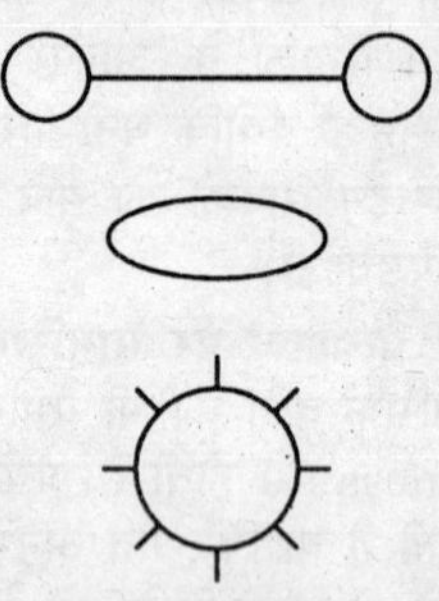

चित्र 5.23 : प्रत्यक्षण पर वृत्ति के प्रभाव के अध्ययन करने के लिए बनाए गए कुछ अस्पष्ट आकृतियाँ

सुपोला (Supola, 1935) के प्रयोग में प्रयोज्यों को कुछ असपष्ट चित्र दिखलाये गए जैसा कि चित्र 5.23 में दिखलाया गया है। ये चित्र काफी लघु अंतराल के लिए दिखलाये गए और दिखाने के पहले उन्हें एक विशेष आकृति के होने का निर्देश दिया गया। प्रयोज्य को देखे गये आकृतिं को अपनी याद से

चित्रांकन करना होता था। जैसे, जब प्रयोज्य को सबसे ऊपर वाला चित्र दिखाकर यह कहा गया है कि वह चश्मा है, तो उसके द्वारा बनायी गयी आकृति चश्में के समान हो गयी। उसी तरह से जब दूसरी आकृति के बारे में प्रयोज्य से यह कहा गया कि वह एक डोंगा (cane) है तो उन्होंने उसी के समान आकृति बनाकर प्रस्तुत किया। तीसरा चित्र को दिखाने के पहले जब यह कहा गया कि वह सूर्य का तस्वीर था, तो उसने सूर्य के समान आकृति का निर्माण किया। इस प्रयोग के भी परिणाम से यह स्पष्ट हो जाता है कि प्रत्यक्षण पर वृत्ति का स्पष्ट प्रभाव पड़ता है।

उपर्युक्त तथ्यों के आलोक में आलपोर्ट[1] (Allport, 1955) ने कुछ इन शब्दों में अन्तिम निष्कर्ष दिया है, ''अन्य बातें समान होने पर वृत्ति दैहिक रूप से यह निर्धारित करता है कि किन वस्तुओं का प्रत्यक्षण होता है, उनके प्रत्यक्षण की तत्परता या गति क्या होगी तथा प्रत्यक्षित वस्तुओं का एक सीमा के भीतर, अन्तर्वस्तु तथा स्पष्टता क्या होगी।''

मनोवैज्ञानिकों ने प्रत्यक्षण पर सामान्य वृत्ति (set) के अलावा दो अन्य विशेष तरह के वृत्ति (set) के पड़ने वाले प्रभाव का भी अध्ययन किया है। वे दो वृत्ति हैं—*बहुवृत्ति* (multiple set) तथा *भ्रामक वृत्ति* (misleading set)। इन दोनों तरह के वृत्तियों का प्रत्यक्षण पर पड़ने वाले प्रभावों का हम अलग-अलग वर्णन करेंगे।

बहुवृत्ति (multiple set) में निर्देश देकर एक ही साथ कई मानसिक वृत्ति प्रयोज्य में उत्पन्न कर दी जाती है तथा उनका तुलनात्मक अध्ययन फिर एकाकी वृत्ति (single set) से की जाती है। पोस्टमैन तथा ब्रुनर (Postman & Bruner, 1949) ने एक प्रयोग किया जिसमें एकाकी वृत्ति तथा बहुवृत्ति का प्रत्यक्षण पर पड़ने वाले प्रभावों का सीधा तुलना किया गया है। शब्दों को युग्म (pairs) के रूप में टैचिस्टोस्कोप (tachistoscope) के माध्यम से प्रयोज्यों को दिखलाया गया। प्रयोज्यों को दिखलाये गये शब्दों का सही-सही पहचान करना था। एकाकी मानसिक वृत्ति की अवस्था में प्रयोज्यों को यह निर्देश दिया गया कि प्रत्येक युग्म का एक शब्द कोई रंग का नाम होगा और उन्हें ऐसे शब्द की पहचान करके बोलना होगा। बहुवृत्ति अवस्था में प्रयोज्यों को यह निर्देश दिया गया कि युग्म का एक शब्द कोई रंग या भोजन का नाम होगा तथा दूसरा शब्द पहले से भिन्न होगा। परिणाम में देखा गया कि एकाकी वृत्ति अवस्था (single set condition) में बहु वृत्ति अवस्था (multiple set condition) की तुलना में पहचान देहली (recognition threshold) कम थी अर्थात् पहले अवस्था में प्रयोज्यों ने सही शब्द की पहचान दूसरी अवस्था की तुलना में जल्द कर लिया। परिणाम का आगे किया गया विश्लेषण में यह भी देखा गया कि बहुवृत्ति अवस्था में एकाकी वृत्ति अवस्था की तुलना में बहुत सारे ऐसे प्रयास (trials) थे जहाँ प्रयोज्यों ने कुछ भी अनुक्रिया नहीं कर पाये। अतः बहुवृत्ति अवस्था में पहचान की प्रक्रिया पर अधिक विध्वंसकारी प्रभाव (disruptive effect) पड़ते पाये गए।

कुछ मनोवैज्ञानिकों का मत है कि एकाकी वृत्ति (single set) से भी प्रत्यक्षज्ञाणात्मक विध्वंसता उत्पन्न हो सकती है, अगर ऐसी वृत्ति भ्रामक (misleading) हो। प्रत्यक्षण पर भ्रामक वृत्ति (misleading set) के पड़ने वाले प्रभाव का अध्ययन करने के लिए ब्रुनर तथा पौट्टर (Bruner & Potter, 1964) ने एक अध्ययन किया है। इस प्रयोग में प्रयोज्यों को एक पर्दा पर कुछ उद्दीपक दिखलाया गया जिनकी उन्हें पहचान करनी थी। इस कार्य को प्रयोगकर्त्ता द्वारा जान-बूझकर थोड़ा कठिन बना दिया गया था क्योंकि पहचान किये जाने वाले उद्दीपक को पर्दे पर पड़ने वाले केन्द्रित रोशनी (focus light) से थोड़ा अलग रखा गया था। प्रयोज्य सही उद्दीपक की पहचान करने में असमर्थ होता था। परन्तु बाद के प्रयासों में केन्द्रित रोशनी के परिधि को थोड़ा बड़ा करके प्रत्यक्षण किये जाने वाले उद्दीपकों को केन्द्रित रोशनी के भीतर कर दिया जाता था ताकि उद्दीपक का वह सही-सही पहचान कर ले। परिणाम में देखा गया कि अंतिम प्रयासों में प्रयोज्यों ने उद्दीपक की पहचान करने में अधिक समय लिए। इसका कारण यह था कि प्रारम्भिक प्रयास जिसे कठिन बना दिया गया था तथा जिसमें प्रयोज्यों को असफलता हाथ लगी थी, में प्रयोज्यों के मन में कुछ गलत प्राक्कल्पनाएँ (incorrect hypotheses) उत्पन्न हो गयीं थीं जिसके कारण बाद के आसान प्रयासों में भी उद्दीपक का सही-सही पहचान करना सम्भव नहीं हो पा रहा था। स्पष्ट हुआ कि भ्रामक या गलत मानसिक वृत्ति से उद्दीपकों का सही-सही प्रत्यक्षण में बाधा पहुँचती है।

4. प्रत्यक्षण पर प्रतीकात्मक अर्थ का प्रभाव (*Effect of symbolic meaning upon perception*)—कुछ वस्तुओं का व्यक्ति के लिए अप्रकट अर्थ (implicit meaning) होता है, जिनका स्वरूप व्यक्तिगत तथा प्रतीकात्मक

1. "Sets tend, other things being equal, to determine physiologically what objects are to be perceived, speed or readiness of their perception and within limits, the content and evidnecs of the percept."
—Allport : *Theories of perception and the concept of structure*, 1955. p.241

(symbolic) होता है। वस्तुओं के प्रतीकात्मक अर्थ व्यक्ति के लिए सामान्य अर्थ से हटकर कुछ दूसरी अर्थ की ओर इशारा करते हैं। वस्तुओं का यह प्रतीकात्मक अर्थ व्यक्ति के लिए धनात्मक महत्त्व (positive value) या निषेधात्मक महत्त्व (negative value) भी रख सकता है और इससे व्यक्ति का प्रत्यक्षण काफी अधिक प्रभावित होता है। इसकी संपुष्टि पोस्टमैन तथा ब्रुनर (Postman & Bruner, 1948) ने एक प्रयोग करके किया। इस प्रयोग में तीन तरह के चिह्नों (signs) का उपयोग किया गया जिनका प्रतीकात्मक अर्थ (symbolic meaning) प्रयोज्यों के लिए अलग-अलग था। इनलोगों ने प्रयोज्यों के हाथ में देकर बराबर-बराबर आकार के प्लास्टिक तख्तियों (plastic discs) पर बने डॉलर, स्वास्तिक तथा ज्यामितिक आकृतियाँ दिखलाया और उसे फिर रोशनी प्रोजेक्टर के माध्यम से उनके आकार को पर्दे पर प्रेक्षपित (project) करने के लिए कहा गया। डॉलर अमेरिकन के लिए धनात्मक महत्त्व की चीज है क्योंकि यह वहाँ का सबसे बड़ा सिक्का है। स्वास्तिक (Swastik) हिटलर (Hitler) का राष्ट्रीय चिह्न है जिससे सभी अमेरिकन घृणा करते हैं। इस चिह्न से उन्हें अशुभ घटनाओं की आशंका होती है। अतः इस प्रतीक या चिह्न का उनके लिए निषेधात्मक मूल्य (negative value) है। ज्यामितिक आकृतियों का मूल्य न तो धनात्मक है और न ही निषेधात्मक। अतः इनका तटस्थ मूल्य है। परिणाम में देखा गया कि प्रयोज्यों ने तटस्थ ज्यामितिक आकृतियों की तुलना में डॉलर तथा स्वास्तिक दोनों के वास्तविक आकार से बड़ा आकार पर्दा पर बनाये अर्थात् इन दोनों आकृतियों का ज्यामितिक आकृति की तुलना में अतिआकलन (overestimation) किया गया। डॉलर का स्वरूप चूँकि धनात्मक होता है, अतः इसका प्रत्यक्षण बड़े आकार का किया गया। स्वास्तिक निषेधात्मक स्वरूप का उद्दीपक होता है जिससे अमेरिकन अधिक आशंकित रहते हैं या घबड़ाते हैं। विशेष आशंका एवं घबड़ाहट के कारण वे इसका भी प्रत्यक्षण बड़े आकार के रूप में किये। इस अध्ययन में यह स्पष्ट हो जाता है कि उद्दीपक के सांकेतिक मूल्य या अर्थ (sign value or meaning) का प्रभाव उसके प्रत्यक्षण पर पड़ता है।

निष्कर्षतः यह कहा जा सकता है कि प्रत्यक्षण पर व्यक्तिगत कारकों का बहुत ही सार्थक प्रभाव पड़ता है। इन्हीं कारकों के महत्त्व के कारण इन्हें *केन्द्रीय निर्धारक* (central determinants) भी कहा जाता है। इन्हीं कारकों के महत्त्व के आलोक में यह भी कहा गया है कि हम वस्तुओं का प्रत्यक्षण उनके अनुसार नहीं बल्कि अपने अनुसार करते हैं। *(We perceive the objects not as they are but as we are.)*

प्रत्यक्षण में सामाजिक कारकों की भूमिका (Role of Social Factors in Perception)

प्रत्यक्षण पर सामाजिक कारकों (social factors) का भी प्रभाव पड़ता है। मनोवैज्ञानिकों द्वारा किये गए अध्ययनों से यह स्पष्ट हुआ है कि कुछ ऐसे सामाजिक कारक हैं जिनसे प्रत्यक्षण स्पष्ट रूप से प्रभावित होता है। इन कारकों में निम्नांकित प्रमुख हैं—

1. सामाजिक मनोवृत्ति (social attitude)
2. सामाजिक मानक (social norms)
3. सामाजिक सुझाव (social suggestion)
4. प्रचार (propaganda)

इन कारकों का वर्णन निम्नांकित हैं:—

1. सामाजिक मनोवृत्ति *(Social attitude)*—समाजिक मनोवृत्ति का प्रत्यक्षण पर बिलकुल ही स्पष्ट प्रभाव पड़ता है। इस संदर्भ में कई प्रयोग किये गए हैं जिनमें दो प्रमुख प्रयोगों का वर्णन यहाँ अपेक्षित है। एक प्रयोग जेल्लिंग (Zellig, 1952) द्वारा किया गया। इस प्रयोग में छात्रों के दो समूह लिए गए जिन्हें अपने सहपाठियों के सामने व्यायाम (exercise) करने के लिए कहा गया। इनमें से एक समूह के प्रति सहपाठियों की मनोवृत्ति अनुकूल (favourable) थी तथा दूसरे समूह के प्रति सहपाठियों की मनोवृत्ति प्रतिकूल थी। जिस समूह के प्रति मनोवृत्ति प्रतिकूल थी, उन्हें प्रयोगकर्त्ता ने व्यायाम करने का इस तरह का प्रशिक्षण दे रखा था कि उनसे गलतियाँ न हों तथा जिस समूह के प्रति मनोवृत्ति अनुकूल थी, उन्हें प्रयोगकर्त्ता ने ज्ञान बूझकर इस तरह से व्यायाम करने का प्रशिक्षण दे रखा था कि उनसे गलतियाँ अधिक हो। सहपाठियों से यह अनुरोध किया गया कि दोनों समूह के छात्रों द्वारा व्यायाम करते समय होने वाली त्रुटियों को लिखते जाए। परिणाम में देखा गया कि जिस समूह के प्रति उनकी मनोवृत्ति अनुकूल थी, उनके

व्यायामों में उन्होंने कोई त्रुटि का प्रत्यक्षण नहीं किया तथा जिस समूह की मनोवृत्ति प्रतिकूल थी, उनके व्यायामों में उन्हें काफी त्रुटि नजर आयी। हालाँकि सच्चाई यह थी कि अनुकूल मनोवृत्ति वाले समूह द्वारा प्रतिकूल मनोवृत्ति वाले समूह की अपेक्षा अधिक त्रुटि की जा रही थी। इस प्रयोग के परिणाम से यह स्पष्ट हो जाता है कि व्यक्ति की मनोवृत्ति का प्रभाव उसके प्रत्यक्षण पर पड़ता है। प्रत्यक्षण पर मनोवृत्ति के प्रभाव को दिखलाने के लिए एक दूसरा प्रयोग ल्यूबा तथा लुकास (Leuba & Lucas, 1945) द्वारा किया गया। इन्होंने सम्मोहन के जरिये प्रयोज्यों में तीन तरह की मनोवृत्ति उत्पन्न किया—खुशी की मनोवृत्ति, आलोचना करने की मनोवृत्ति तथा चिन्ता की मनोवृत्ति। प्रयोज्यों को विभिन्न तरह के तस्वीर दिखलाये गये। इन तस्वीरों में कुछ लोगों को सेमिनार में बैठे हुए, तो कुछ लोगों को मैदान में धूप में लेटे हुए तो कुछ लोगों को नाचते गाते हुए मुद्रा में दिखलाया गया था। परिणाम में देखा गया कि जब प्रयोज्यों में खुशी की मनोवृत्ति होती थी तो वे तस्वीर की काफी प्रशंसा करते थे। चिन्ता की स्थिति में तस्वीर के क्रिया-कलापों में उन्हें उदासी दिखती थी तथा आलोचना की मनोवृत्ति उत्पन्न होने पर वे तस्वीर के कुछ अंशों को जैसे नाचने-गाने के दृश्य को अनैतिक बतलाते थे। इस अध्ययन से भी स्पष्ट हो जाता है कि मनोवृत्ति का प्रभाव प्रत्यक्षण पर पड़ता है।

2. सामाजिक मानक *(Social norms)*—प्रत्यक्षण सामाजिक मानक (social norms) द्वारा भी प्रभावित होता है। प्रत्येक समाज के कुछ मानक या नियम होते हैं जिनसे व्यक्ति का प्रत्यक्षण प्रभावित होता है। जैसे, हिन्दू समाज में गाय को माता का दर्जा दिया गया है जबकि मुस्लिम समाज में ऐसी मान्यता नहीं है। परिणामस्वरूप गाय का प्रत्यक्षण हिन्दुओं द्वारा एक खास ढंग से जबकि मुसलमानों द्वारा कुछ भिन्न ढंग से की जाती है। उसी तरह कुछ देशवासियों द्वारा संख्या 13 को अशुभ संख्या माना जाता है। अतः उस देश के वासियों द्वारा संख्या 13 को अशुभ घटना के संकेत के रूप में प्रत्यक्षण किया जाता है। भारतीय समाज में वृद्ध लोगों के प्रति विशेष सम्मान एवं दया आदि का एक सामाजिक मानक है। यही कारण है कि इस समाज में वृद्ध लोगों का प्रत्यक्षण ऐसे ढंग से किया जाता है मानो वे सभी तरह के अनुकूल मनोवृत्ति के केन्द्र रहे हों।

3. सामाजिक सुझाव *(Social suggestion)*—प्रत्यक्षण पर सामाजिक सुझाव का भी प्रभाव पड़ता है। इसका सबसे उत्तम उदाहरण शेरीफ (Sherif, 1953) द्वारा *स्वतः चालित गति* (autokinetic movement) पर किये गये प्रयोगों से मिलता है। इस प्रयोग में दो अवस्थाएँ थीं। दोनों अवस्थाओं में प्रयोज्यों को अंधेरे कमरे में पर्दे पर प्रक्षेपित रोशनी का एक छोटा-सा वृत्त दिखलाया गया। वृत्त स्थिर था लेकिन वह घूमता हुआ या चलता हुआ मालूम पड़ता था तथा प्रयोज्यों को उसके चलने की या गति की दर का अनुमान लगाना था। पहली अवस्था में प्रयोज्य एक-एक करके कमरे में प्रवेश किये और प्रक्षेपित रोशनी के वृत्त के गति के दर का अनुमान उनके द्वारा लगाया गया। दूसरी अवस्था में सभी प्रयोज्य एक साथ कमरे में प्रवेश किये और जोर से बोल-बोलकर वृत्त के गति के दर का अनुमान लगाया। परिणाम में देखा गया कि दोनों अवस्थाओं में प्रयोज्य को भ्रम हुआ अर्थात् अपना अनुमान प्रकट करने में गलतियाँ हुई। परन्तु दूसरी अवस्था की तुलना में पहली अवस्था में गलतियाँ अधिक हुई तथा प्रयोज्यों द्वारा दिखलाये गए त्रुटियों की मात्रा में विभिन्नता भी काफी अधिक थी। इसका मुख्य कारण यह था कि दूसरी अवस्था में प्रयोज्यों द्वारा किया गया प्रत्यक्षण एक-दूसरे के अनुमान द्वारा जिसे वे बोलकर स्पष्ट करते थे, प्रभावित हो रहा था। इस प्रयोग के परिणाम से यह स्पष्ट होता है कि पारस्परिक सुझाव द्वारा किसी वस्तु का विशेषकर अस्पष्ट वस्तुओं का प्रत्यक्षण प्रभावित होता है।

4. प्रचार *(Propaganda)*—प्रत्यक्षण पर प्रचार का भी प्रभाव पड़ता है। मनोवैज्ञानिकों का मत है कि जिन वस्तुओं के लिए अधिक प्रचार किया जाता है उन पर व्यक्ति का ध्यान तेजी से जाता है और इस तरह से उनका प्रत्यक्षण भी व्यक्ति जल्द कर लेता है। लौंगफेल्ड (Longfeld, 1980) का मत है कि सचमुच में प्रचार व्यक्ति में एक विशेष तरह की मानसिक तत्परता उत्पन्न करता है जिसके कारण व्यक्ति खास तरह के उद्दीपक या वस्तु का जल्द प्रत्यक्षण करता है तथा साथ-ही-साथ उसे उस ढंग से प्रत्यक्षण करता है जैसा कि प्रचार में कहा जाता है।

स्पष्ट हुआ कि प्रत्यक्षण पर कुछ सामाजिक कारकों का भी प्रभाव पड़ता है।

प्रत्यक्षण में सांस्कृतिक कारकों की भूमिका
(Role of Cultural Factors in Perception)

हेमहोल्ज (Helmholtz) तथा गिब्सन (Gibson) ने इस बात पर बल डाला है कि प्रत्यक्षण में व्यक्ति की अपनी अनुभूतियों का विशेष महत्त्व होता है। विभिन्न संस्कृति में पले व्यक्तियों की अनुभूतियाँ अलग-अलग होतीं हैं। अतः उनके प्रत्यक्षण में भी कुछ भिन्नता होती है। इस तथ्य को कुछ अध्ययनों द्वारा दिखलाया गया है।

प्रत्यक्षण पर सांस्कृतिक कारकों (cultural factors) का भी प्रभाव पड़ता है। इस सिलसिले में बीसवीं शताब्दी के प्रारम्भ में रिभर्स (Riverse, 1905) द्वारा तथा बाद में आल्लपोर्ट तथा पेटीग्रिउ (Allport & Pettigrew, 1957) एवं सीगेल्ल, कैम्पवेल एवं हर्षकोभिट्स (Segall, Campbell & Herskovits, 1966) द्वारा महत्त्वपूर्ण अध्ययन किये गये हैं। रिभर्स द्वारा किये गए अध्ययनों से यह पता चला है कि पश्चिमी संस्कृति (western cultures) तथा अपश्चिमी संस्कृति (non-western cultures) के लोगों में भ्रम (illusion) की मात्रा (extent) तथा दिशा (direction) में अन्तर होता है। दूसरे शब्दों में, इन्होंने अपने अध्ययन में पाया कि अपश्चिमी संस्कृति के लोगों में कुछ खास-खास तरह का भ्रम पश्चिमी संस्कृति की लोगों की तुलना में अधिक होती है। इसका कारण यह बतलाया गया कि अपश्चिमी संस्कृति के लोग पश्चिमी संस्कृत की लोगों के अपेक्षा बौद्धिक रूप से औसतन निम्न या तुच्छ होते हैं। प्रत्यक्षण में सांस्कृतिक कारकों के महत्त्व को दिखलाने के लिए सीगाल्ल तथा उनके सहयोगियों (Segall et al., 1966) द्वारा भी प्रयोग किया गया। इस अध्ययन में उन्होंने चौदह अयूरोपीयन संस्कृति (non-European cultures) तथा अमेरिकन संस्कृति से कुल 1878 प्रयोज्यों का चयन किया तथा विभिन्न प्रकार के भ्रमों (illusions) के प्रत्यक्षण में होने वाले अन्तरों का अध्ययन किया। इन प्रयोज्यों को तीन तरह के भ्रम उत्पन्न करने वाले आकृतियों से दिखलाया गया अर्थात् इन्हें सैण्डर समान्तर चतुर्भुज भ्रम, खड़ी-पड़ी रेखा भ्रम (vertical-horizontal illusion) तथा मूलर-लायर भ्रम (Muller-Lyer illusion) के आकृति दिखलाये गए। परिणाम में अमेरिकन संस्कृति तथा अयूरोपियन संस्कृति के प्रयोज्यों में अन्तर पाया गया। अमेरीकन संस्कृति के प्रयोज्यों ने सैण्डर भ्रम में समानान्तर चतुर्भुज के बायें कर्ण (left diagonal) को दायें कर्ण से बड़ा प्रत्यक्षण किया गया जबकि अन्य अयूरोपिन संस्कृति जो अमेरिकन संस्कृति की तुलना में काफी अविकसित तथा पुरातन (primitive) था, में इस तरह के भ्रम का प्रत्यक्षण नहीं होते पाया गया। कुछ इसी तरह का अंतर मूलर-लायर भ्रम में भी होते देखा गया। अमेरिकन संस्कृति (पश्चिमी संस्कृति) के प्रयोज्यों ने मूलर-लायर भ्रम के पंखरेखा को तीर रेखा से बड़ा होने का प्रत्यक्षण किया जबकि अपश्चिमी संस्कृति के प्रयोज्यों में इस तरह के भ्रम की मात्रा नहीं के बराबर पायी गयी। खड़ी-पड़ी रेखा भ्रम के कुछ दूसरा ही परिणाम पाया गया। अपश्चिमी संस्कृति के प्रयोज्यों ने पड़ी रेखा (horizontal line) को खड़ी रेखा (vertical line) से छोटी होने का प्रत्यक्षण किया परन्तु अमेरिकन तथा यूरोपियन प्रयोज्यों में ऐसा होते बहुत कम पाया गया। दूसरे शब्दों में, अयूरोपियन या अपश्चिमी संस्कृति के लोगों में खड़ी-पड़ी रेखा का भ्रम की मात्रा अमेरिकन तथा यूरोपियन प्रयोज्यों की तुलना में अधिक था। उपर्युक्त परिणामों जिनमें इन दोनों तरह की संस्कृति के लोगों में विभिन्न तरह के भ्रम की मात्रा में विभिन्नता पायी गयी, का कारण यह था कि पश्चिमी या अमेरिकन संस्कृति में कुछ विशेष तरह की अनुभूतियाँ लोगों में अधिक होतीं हैं जबकि वैसी अनुभूति की कमी पुरातन तथा अपश्चिमी संस्कृति में पायी जाती है या इस तरह की संस्कृति में कुछ दूसरे तरह की अनुभूतियाँ अधिक होतीं हैं। जैसे, अमेरिकन संस्कृति के लोग एक ऐसे वातावरण में रहते हैं जहाँ मकान, दुकान तथा अन्य स्थान की दिवालें एक नपे-तुले आकार-प्रकार के होते हैं जबकि पुरातन संस्कृति के लोग एक ऐसे वातावरण में रहते हैं जहाँ रहने के लिए बनी झोपड़ियों का आकार गोल होता है तथा उसमें कोई कोण त्रिकोण नहीं होता है। शायद यही कारण है कि अमेरिकन संस्कृति के लोगों में मूलर-लायर भ्रम की मात्रा पुरातन संस्कृति के लोगों में मूलर-लायर भ्रम की मात्रा की अपेक्षा अधिक होती है। सीगाल्ल तथा उनके सहयोगियों (Segall et. al, 1990) ने इस तरह की व्याख्या को *काष्ठकारी संसार प्राक्कल्पना* (Carpentered-world hypothesis) कहा है। इस प्राक्कल्पना के अनुसार जो व्यक्ति ऐसे संस्कृति में रहते हैं जिसमें सीधी रेखा, समकोण (right angle), आयत आदि की आकृति की प्रवलता होती है (जैसे, अधिकतर कमरा या मकान आयातकार होते हैं) उनमें सीधी रेखाएँ, समकोण एवं आयत से सम्बन्ध भ्रम उस संस्कृति के व्यक्तियों की तुलना में अधिक होगा जो ऐसे काष्ठकारी संस्कृति (carpentered culture) में नहीं रहते हैं। यही कारण है कि काष्ठकारी संस्कृति के लोगों में (जैसे अमेरिकन संस्कृति, भारतीय संस्कृति) के लोगों में मूलर-लायर भ्रम (Muller-Lyer illusion) अधिक होता है जबकि अकाष्ठकारी संस्कृति (non-carpented culture) जैसे दक्षिणी-पूर्वी अफ्रीका की संस्कृति अर्थात् जूलू जनजाति के लोगों में इस तरह का भ्रम नहीं होता है।

व्रिशलिन (Brislin, 1974-1993) ने भी एक प्रयोग किया जिसमें संस्कृति तथा प्रत्यक्षण के सम्बन्ध पर प्रकाश डाला गया है। इन्होंने यह अध्ययन गुआम (Guam) के प्रशांत द्वीपसमूह (Pacific island) पर किया जहाँ रेल-सड़क रास्ता (rail road track) नहीं होता है। सड़क का स्वरूप घुमाऊ होता है। अतः यहाँ के लोगों में उसे कुछ दूर

पर समानान्तर सड़क को एक बिन्दु पर देखने का अनुभव नहीं होता है। जो लोग अपनी पूरी जिंदगी गुआम में बिता चुके हैं, उन्हें यह अनुभूति नहीं होती है कि अभिसारित रेखाएँ (converging lines) दूरी के प्रत्यक्षण का संकेत होती है। व्रिशलिन ने गुआम (Guam) तथा पेनसिलवानिया (Pennsylvania) से वयस्क प्रयोज्यों का चयन किया और उन्हें फोन्जों भ्रम (Ponzo illusion) की आकृति जिसे चित्र संख्या 5.22 में दिखलाया गया है, को इस अनुरोध के साथ दिया गया कि वे यह बतलावें कि आकृति के 'a' तथा 'b' में कौन बड़ा है। परिणाम में देखा गया कि गुआमी वयस्कों में 'a' को 'b' से बड़ा बतलाने की प्रकृति नहीं पायी गयी जबकि पेनसिलवानिया के अधिकतर वयस्कों ने ऐसा ही किया। कहने का तात्पर्य यह है कि गुआम के लोगों में पोन्जो भ्रम नहीं हो रहा था जबकि पेनसिलवानिया के लोगों में यह भ्रम हो रहा था। इसके अतिरिक्त अन्य समान अध्ययनों में यह भी पाया गया कि गुआम तथा पेनसिलवानिया दोनों ही जगहों के 12 एवं उससे कम उम्र के बच्चों को भ्रम (illusion) नहीं होता देखा गया जिससे इस बात का समर्थन मिलता है कि व्यक्तियों की अनुभूतियों का प्रत्यक्षण पर प्रभाव पड़ता है। बच्चों को अभिसारित रेखाओं (converging lines) को दूरी प्रत्यक्षण संकेत के रूप में सीखने का अनुभव नहीं होता है, फलस्वरूप वे इस संकेत का उपयोग पोन्जो भ्रम के विश्लेषण में नहीं करते हैं।

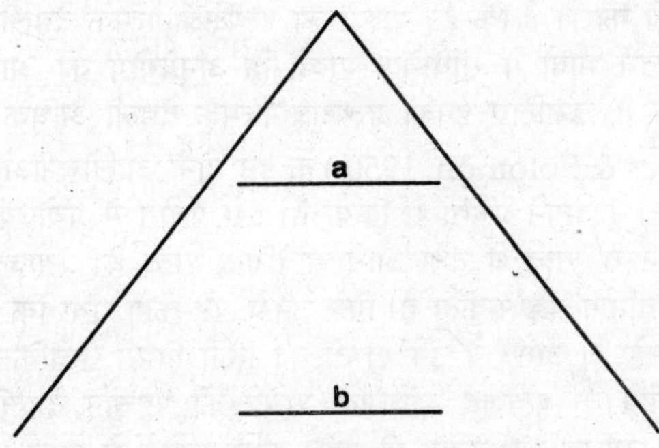

चित्र 5.22 : पोन्जों भ्रम का चित्र

निष्कर्षतः यह कहा जा सकता है कि प्रत्यक्षण पर सांस्कृतिक अनुभूतियों के कारण व्यक्ति को कुछ खास तरह के भ्रम का प्रत्यक्षण अधिक होता है।

प्रत्यक्षज्ञानात्मक रक्षा (Perceptual Defence)

प्रत्यक्षज्ञानात्मक रक्षा के पद का प्रतिपादन पोस्टमैन, ब्रुनर तथा मैकगिन्निज (Postman, Bruner & McGinnies, 1948) द्वारा किया गया था। प्रत्यक्षज्ञानात्मक रक्षा से इनका तात्पर्य यह था कि व्यक्ति निम्न मूल्य (low value) से सम्बन्धित शब्दों को तथा सांवेगिक रूप से अस्थिरता उत्पन्न करने वाले एवं सांवेगिक धमकी देने वाले शब्दों का प्रत्यक्षण देरी से करता है अर्थात् ऐसे शब्दों का प्रत्यक्षज्ञानात्मक देहली (perceptual threshold) अधिक ऊँचा होता है। दूसरे शब्दों में यह कहा जा सकता है कि चूँकि ऐसे शब्दों से व्यक्ति में एक तरह की चिन्ता उत्पन्न होती है जिससे वह अपने अहं (ego) की रक्षा करना चाहता है, इसलिए इस क्रम में उनके प्रत्यक्षज्ञानात्मक देहली (perceptual threshold) में वृद्धि हो जाती है।

प्रत्यक्षज्ञानात्मक रक्षा के अस्तित्व को दिखाने के लिए मैकगिन्नज (Mc Ginnies, 1949) ने एक बहुचर्चित प्रयोग किया। इस प्रयोग में प्रयोज्यों को टैचिस्टोस्कोप (Tachistoscope) द्वारा कुछ तटस्थ शब्द (neutral words) तथा सांवेगिक रूप से चिन्ता एवं धमकी देने वाले शब्दों को लघु अंतराल के लिए दिखलाया गया। धीरे-धीरे प्रत्येक बारी में अनावरण अंतराल (exposure interval) को तब तक बढ़ाया जाता था जब तक कि प्रयोज्य शब्द का सही-सही प्रत्यक्षण कर उन्हें बता नहीं दें। जब प्रयोज्य इन सभी शब्दों का प्रत्यक्षण कर रहे थे, तो उनके गैलवेनिक त्वक् अनुक्रिया (Galvanic skin response या GSR) का भी मापन किया गया। इस प्रयोग के परिणाम के रूप में मुख्य रूप से दो बातें पायी गयीं। पहली बात तो यह थी कि संवेगात्मक शब्दों (emotional words) का प्रत्यक्षज्ञानात्मक देहली

(perceptual threshold) तटस्थ शब्दों के प्रत्यक्षज्ञानात्मक देहली से अधिक ऊँचा था। इसका मतलब यह हुआ कि संवेगात्मक शब्दों का प्रत्यक्षण करने में प्रयोज्यों ने तटस्थ शब्दों की तुलना में अधिक समय लिया। दूसरी बात यह थी कि सांवेगिक शब्दों की पहचान करने में तटस्थ शब्दों की पहचान करने की तुलना में प्रयोज्यों में GSR अधिक मात्रा में पाया गया। सचमुच में सांवेगिक शब्दों के पहचान करने के पहले ही अर्थात् प्राक् पहचान अवधि (pre-identification period) में ही GSR की मात्रा बढ़ने लगती थी। इसे मैकगिन्निज ने *'बिना चेतना के ही स्वायत्त विभेदन'* (autonomic discrimination without awareness) की प्रक्रिया की संज्ञा दी है। मैकगिन्निज के प्रयोग के परिणाम से प्रत्यक्षज्ञानात्मक रक्षा के संप्रत्यय का समर्थन मिलता है।

मैकगिन्निज के प्रयोग की आलोचना हावेस तथा सोलोमोन (Howes & Solomon, 1950) द्वारा की गई है। इन दोनों मनोवैज्ञानिकों का मत है कि मैकगिन्निज के प्रयोग में संवेगात्मक शब्दों का प्रत्यक्षज्ञानात्मक देहली (perceptual threshold) अधिक इसलिए था क्योंकि प्रयोज्य इन शब्दों का प्रत्यक्षण देरी से नहीं करता था बल्कि प्रत्यक्षण करने के बावजूद उन्हें बोलकर बताने में लज्जा महसूस करते थे। शायद यही कारण है कि इन शब्दों के प्राक् पहचान अवधि (pre-identification period) में GSR भी अधिक था। अतः सांवेगिक शब्दों का प्रत्यक्षण तो प्रयोज्य कर ही लेते थे परन्तु उसे बता नहीं पाते थे। यही कारण है कि इन शब्दों का प्रत्यक्षज्ञानात्मक देहली अधिक था। इन मनोवैज्ञानिकों की दूसरी आलोचना यह थी कि लिखित भाषा में सांवेगिक शब्दों के अनुप्रयोग की आवृत्ति (frequency of usage) तटस्थ शब्दों की अपेक्षा कम होती है, इसलिए इनका प्रत्यक्षज्ञानात्मक देहली अधिक था।

हावेस तथा सोलेमोन (Howes & Solomon, 1950) के इन दोनों आलोचनाओं की सत्यता की जाँच कोवेन तथा वियर (Cowen & Beier, 1954) ने अपने प्रयोग में किया है। इस प्रयोग में प्रयोज्यों को शब्दों की एक सूची पढ़कर सुनायी गयी। इस सूची में आधे तटस्थ शब्द थे तथा आधे सांवेगिक शब्द थे। प्रयोज्यों से यह भी कहा गया कि इनमें से कुछ शब्दों को उन्हें बाद में पहचानना पड़ सकता है। फिर उनसे यह कहा गया कि वे इन शब्दों की प्रत्यभिज्ञान जाँच (recognition) की तैयारी कर रहे हैं। अतः वे इन शब्दों को बिना किसी हिचकिचाहट के बोलते जाएँ। परिणाम में देख गया कि इस तरह के प्रोत्साहन के बावजूद सांवेगिक शब्दों की पहचान देहली (recognition threshold) तटस्थ शब्दों की पहचान देहली में अधिक था। इतना ही नहीं, इनके प्रयोग से प्राप्त आँकड़ों का सांख्यिकीय विश्लेषण करने के बाद यह पाया गया कि पहचान देहली (recognition threshold) तथा शब्दों के अनुप्रयोग की आवृत्ति (frequency of word usage) के बीच कोई खास सहसहसम्बन्ध (correlation) नहीं है।

उपर्युक्त तथ्यों के आलोक में इस निष्कर्ष पर पहुँचा जा सकता है कि कोवेन तथा वियर के प्रयोग में सांवेगिक शब्दों की पहचान देहली (recognition threshold) जो अधिक है, उसकी व्याख्या होवेस तथा सोलेमोन (Howes & Solomon) द्वारा बतलाये गये दो कारकों अर्थात् अनुक्रिया रोक (response withdrawing) तथा अनुप्रयोग का विभेदी आवृत्ति (differential frequency of usage) द्वारा नहीं की जा सकती है। इसका आशय तब यह होता है कि होवेस तथा सोलोमोन द्वारा मैकगिन्निज के प्रयोग की जो दो आलोचनाएँ की गई थीं, वे उचित नहीं है। स्पष्टतः तब इससे मैकगिन्निज के प्रयोग के परिणाम को परोक्ष रूप से ही समर्थन मिलता है।

कोवेन तथा वियर (Cowen & Beier) के प्रयोग के परिणाम से प्रत्यक्षज्ञानात्मक रक्षा प्राक्कल्पना (perceptual defense hypothesis) को एक प्रकार का समर्थन किया है। लेजारस तथा मैकक्लियरी (Lazarus & Mc Cleary, 1951) ने भी एक प्रयोग करके प्रत्यक्षज्ञानात्मक रक्षा प्राक्कल्पना का समर्थन किया है। इन लोगों ने मैकगिन्निज के प्रयोग के दोनों आलोचनाओं को ध्यान में रखते हुए इस तरह से प्रयोग किया है कि ये दोनों आलोचनाएँ उनके अध्ययन में न रहे। इन लोगों ने अपने प्रयोग में प्रयोगात्मक रूप से 10 निरर्थक पदों (nonsense syllables) में से पाँच को अभिघातज (traumatic) तथा बाकी पाँच को तटस्थ (neutral) रखा। प्रशिक्षण के दौरान पाँच निरर्थक पदों में से प्रत्येक को दिखलाने के तुरंत बाद प्रयोज्य को बिजली का हल्का आघात कई प्रयासों तक दिया जाता था जबकि अन्य पाँच निरर्थक पदों में से प्रत्येक को दिखाने के बाद बिजली का कोई आघात प्रयोज्य को नहीं दिया गया। इस तरह से पाँच अभिघातज उद्दीपक (traumatic stimuli) हो गये तथा पाँच तटस्थ उद्दीपक (neutral stimuli) बन गये। प्रयोज्य को ये सभी 10 पदों को टेचिस्टोस्कोप (tachistoscope) की मदद से दिखाया गया और उन्हें पहचान कर बतलाने के लिए कहा गया। साथ-ही-साथ GSR भी मापा गया। प्रयोग के परिणाम में देखा गया कि उन प्रयासों में जिनमें प्रयोज्य का अनुमान गलत था, अभिघातज पदों (traumatic syllables) के प्रति तटस्थ पदों की तुलना में

प्रयोज्यों में GSR अधिक पाया गया तथा ऐसे पदों की पहचान देहली भी तटस्थ पदों की पहचान देहली की तुलना में अधिक थी।

लेजारस तथा मैकक्लियरी के प्रयोग में निरर्थक पदों का प्रयोग किया गया। अतः विभेदी अनुप्रयोग (differential usage) की आवृत्ति का प्रश्न ही नहीं उठता है। उद्दीपक या पद सामाजिक रूप से वर्जित (tabooed) नहीं था, अतः इसमें अनुक्रिया रोक (response withholding) का भी प्रश्न नहीं उठता है। इन दोनों कारकों को नियंत्रित हो जाने के बाद लेजारस तथा मैकक्लियरी के प्रयोग से प्रत्यक्षज्ञानात्मक रक्षा प्राक्कल्पना (perceptual defence hypothesis) को स्पष्ट समर्थन मिलता है। इनके प्रयोग से विशेषकर बिना चेतन के ही स्वायत्त विभेदन (autonomic discrimination without awareness) की घटना को भी विशेष रूप से समर्थन मिलता है।

अर्डेली (Ederly, 1974) ने प्रत्यक्षज्ञानात्मक रक्षा के क्षेत्र में किये गए अध्ययनों की समीक्षा की और पाया कि यहाँ हजारों अध्ययन किये गए हैं जिनमें से कुछ अध्ययनों में प्रत्यक्षज्ञानात्मक रक्षा के विरोध में भी तथ्य पाये गए हैं जबकि बहुत सारे अध्ययनों में इस सम्प्रत्यय को समर्थन मिला है। ब्लम तथा बारबोर (Blum & Barbour, 1979) ने इस क्षेत्र में तीन काफी नियंत्रित प्रयोग किये हैं और इन तीनों प्रयोगों में उन्होंने पाया है कि चिन्ता उत्पन्न करने वाले उद्दीपकों का प्रत्यक्षण व्यक्ति देर से करता है। दूसरे शब्दों में, इन तीनों प्रयोगों में प्रत्यक्षज्ञानात्मक रक्षा के सम्प्रत्यय को समर्थन मिला।

अब प्रश्न उठता है कि प्रत्यक्षज्ञानात्मक रक्षा की व्याख्या किस तरह की जा सकती है? अर्डेली (Erdely, 1974) ने प्रत्यक्षज्ञानात्मक रक्षा की व्याख्या करने के लिए एक विशेष उपागम (approach) जिसे *सूचना संसाधन उपागम* (information processing approach) कहा जाता है, का प्रतिपादन किया है। इस उपागम के अनुसार जब व्यक्ति संवेगात्मक रूप से धमकी या चिन्ता उत्पन्न करने वाले शब्दों को देखता है तो उससे उत्पन्न सूचना कई अवस्थाओं से होकर गुजरती हैं और प्रत्येक अवस्था (stage) पर नियंत्रण की प्रक्रियाएँ (control processes) क्रियाशील होतीं हैं जो उन उद्दीपकों को संसाधित (processing) करती है। इन नियंत्रित प्रक्रियाओं से प्रत्यक्षण में चयनात्मकता (selectivity) उत्पन्न होता है। जैसे, व्यक्ति जब चिन्ता उत्पन्न करने वाले शब्दों को देखता है तो उसके आँख की पुतली थोड़ी सिकुड़ जाती है। यह पहली अवस्था है जहाँ पर हल्का नियंत्रण प्रक्रिया प्रारम्भ होती है। फिर इसकी सूचना संवेदी स्मृति (sensory memory) में पहुँचती है जहाँ सामान्यतः व्यक्ति सूचना का विश्लेषण करता है। परन्तु ऐसी सूचनाओं का वह यहाँ विश्लेषण नहीं करता है जिससे प्रक्रिया पूरी होने में विलम्ब होती है। संवेदी स्मृति से सूचना लघुकालीन स्मृति और लघु-कालीन स्मृति (short-term memory) से सूचना दीर्घ कालीन स्मृति (long-term memory) में पहुँचती है। इन दोनों अवस्थाओं में चिन्ता उत्पन्न करने वाले उद्दीपकों से मिली सूचनाओं का विश्लेषण ठीक ढंग से नहीं किया जाता है या विलम्ब से पूरा किया जाता है। यही कारण है कि व्यक्ति ऐसे उद्दीपकों को अधिक समय में प्रत्यक्षण करता है। अर्डेली के इस सैद्धान्तिक व्याख्या से स्पष्ट है कि चिन्ता उत्पन्न करने वाले उद्दीपकों सें प्राप्त सूचनाओं से व्यक्ति अपने आप को प्रत्येक अवस्था पर कुछ नियंत्रण प्रक्रिया (control process) अपनाकर बचाता है। यही कारण है कि ऐसे उद्दीपकों की पहचान देहली (recognition threshold) तटस्थ उद्दीपकों की अपेक्षा अधिक बड़ी होती है।

जायंस (Zajonc, 1980) ने भी एक सैद्धान्तिक व्याख्या प्रस्तुत की है जिससे प्रत्यक्षज्ञानात्मक रक्षा की घटना की व्याख्या होती है। इनका मत है कि व्यक्ति में प्रत्यक्षज्ञानात्मक कार्य (perceptual task) पूरा होने के पहले ही एक भावनात्मक प्रतिक्रिया (affective reaction) उत्पन्न हो जाती है। इसके परिणामस्वरूप व्यक्ति यह स्पष्टतः जान लेता है कि उद्दीपक अच्छा है या बुरा है। जब वह यह जान लेता है कि उद्दीपक बुरा है तथा संवेगात्मक रूप से चिन्ता उत्पन्न करने वाला है तो वह उसे पहचानने से इनकार कर देता है और तब वैसे उद्दीपक से प्राप्त सूचनाएँ संसाधित नहीं हो पातीं हैं और उनका प्रत्यक्षण व्यक्ति तब विलम्ब से करता है।

प्रत्यक्षज्ञानात्मक निगरानी
(Perceptual Vigilance)

प्रत्यक्षज्ञानात्मक निगरानी तथा प्रत्यक्षज्ञानात्मक रक्षा (perceptual defense) दो ऐसे संप्रत्यय हैं जिनमें मनोवैज्ञानिकों की अभिरुचि 1940 वाले दशक (decade) में उत्पन्न हुई। इन दोनों संप्रत्ययों में उन मनोवैज्ञानिकों ने अधिक

अभिरूचि दिखलाया है जिन्होंने मनोविज्ञान में *नया दृष्टिकोण उपागम* (New outlook) का प्रतिपादन किये। मनोविज्ञान का यह नया दृष्टिकोण इस बात पर बल डालता है कि बाह्य उद्दीपकों का प्रत्यक्षण व्यक्ति के आन्तरिक अवस्थाओं जैसे आवश्यकता, 'मूल्य' मनोवृत्ति (attitude), प्रत्याशा (expectancies) आदि से प्रभावित होते हैं। सचमुच में नया दृष्टिकोण वाले मनोवैज्ञानिकों द्वारा मनोदैहिकी (psychophysics) तथा मनोगतिकी (psychodynamics) जैसे भिन्न क्षेत्रों को समन्वित करने का भी भरसक प्रयास किये हैं।

प्रत्यक्षज्ञानात्मक निगरानी सचमुच में प्रत्यक्षज्ञानात्मक रक्षा का एक *विपरीत संप्रत्यय* (opposite concept) है। प्रत्यक्षज्ञानात्मक निगरानी से तात्पर्य एक ऐसी प्रक्रिया से हैं जिसमें व्यक्ति चिन्ता एवं धमकी उत्पन्न करने वाले उद्दीपकों का भी प्रत्यक्षण तुरन्त कर लेता है। दूसरे शब्दों में, ऐसे उद्दीपकों की पहचान देहली (recognition threshold) भी कम होती हैं। प्रत्यक्षज्ञानात्मक निगरानी की घटना इसलिए हो पाती है क्योंकि प्रयोज्य चिन्ता एवं धमकी उत्पन्न करनेवाले उद्दीपकों के प्रति काफी सतर्क एवं चौकस (vigilant) रहता है। प्रत्यक्षज्ञानात्मक निगरानी की घटना को ब्लम (Blum, 1954) ने एक प्रयोग करके दिखलाया है। यह प्रयोग दो भागों[1] में किया गया। इस प्रयोग के लिए ब्लम ने बलैकी तस्वीर (Blacky pictures) का उपयोग किया जिसमें कुत्ता के एक परिवार के कार्टून का एक सेट है। प्रयोग के प्रथम भाग में प्रयोज्यों को .03 सेकंड के अनावरण अंतराल (exposure interval) पर एक ही साथ चार तस्वीर दिखलाये गए। प्रयोज्यों को यह बतलाना था कि इन चार तस्वीरों में से कौन तस्वीर सबसे अधिक स्पष्ट उन्हें दीख पड़ा। दूसरे शब्दों में, उन्हें यह बतलाना था कि ऊपर, नीचे, बायें तथा दायें में से कौन-सा तस्वीर उन्हें सबसे अधिक स्पष्ट दीख पड़ा। प्रयोज्यों को कुल 54 प्रयास दिये गए। प्रयोग के इस भाग का उद्देश्य एक आधार रेखा (base line) या नियंत्रित शृंखला (control series) प्रदत्त करना था ताकि उसके साथ प्रयोग के दूसरे भाग में प्राप्त अनुक्रिया की तुलना की जा सके। प्रयोग के दूसरे भाग में पहले चार तस्वीर में से दो तस्वीर को प्रयोज्य के सामने रखा गया। एक का वर्णन इस ढंग से किया गया कि उससे प्रयोज्य में चिन्ता उत्पन्न हो सके तथा दूसरे का वर्णन इस ढंग से किया गया कि उसमें तटस्थ भाव उत्पन्न कर सके। पुरुष प्रयोज्यों के लिए जो अभिघातज तस्वीर था, उसे महिला प्रयोज्यों के लिए एक तटस्थ तस्वीर तथा जो महिला प्रयोज्यों के लिए अभिघातज तस्वीर (traumatic picture) था, उसे पुरूष प्रयोज्यों के लिए एक तटस्थ तस्वीर के रूप में प्रस्तुत किया गया। इसके बाद सभी चार तस्वीरों को एक साथ लघु अवधि के लिए टैचिस्टोस्कोप से दिखलाया गया और उनसे यह कहा गया कि तस्वीरों में जो उन्हें अधिक स्पष्ट लगे उनकी पहचान करें। इस तरह से उन्हें 54 प्रयास दिये गए। परिणाम में देखा गया कि 14 प्रयोज्यों में से 11 प्रयोज्यों ने नियंत्रित अवस्था (पहले भाग) की तुलना में अभिघातज उद्दीपकों (traumatic stimulus) के प्रति अधिक संवेदनशीलता दिखलाया और उनका चयन प्रयोज्य ने नियंत्रित अवस्था की तुलना में अधिक बार किया।

प्रयोग के इस परिणाम से प्रत्यक्षज्ञानात्मक निगरानी की घटना को समर्थन मिलता है। ब्लम के इस प्रयोग की आलोचना की गई है। डेम्बर तथा वार्म (Dember & Warm, 1979) के अनुसार, इनके प्रयोग में निगरानी कार्य (vigilance) की व्याख्या के बारे में कुछ अस्पष्टता है। मान लिया जाए कि चार तस्वीर उपस्थित किया गया जिसमें से तीन एक-दूसरे के समान है तथा चौथा इन तीनों से भिन्न अर्थात् अस्पष्ट है। ऐसी परिस्थिति में बहुत उम्मीद इस बात की है कि व्यक्ति इस चौथे तस्वीर को ही विशिष्टता या अस्पष्टता के कारण चयन कर पायेगा। यहाँ चौथा तस्वीर के चयन का कारण उसकी अस्पष्टता है न कि स्पष्टता। अतः ऐसी परिस्थिति में जिसे ब्लम (Blum) निगरानी (vigilance) कहेंगे, वह वास्तव में रक्षा (defence) का उदाहरण होगा।

उक्त आलोचना के बावजूद ब्लम के प्रयोग से प्रत्यक्षज्ञानात्मक निगरानी की घटना की पुष्टि होती है। मैट्टसन तथा नैटसोलाज (Mattson & Natsoulaz, 1962) ने भी एक प्रयोग करके ब्लम के प्रयोग का सत्यापन किया है तथा प्रत्यक्षज्ञाणात्मक निगरानी की घटना की सम्पुष्टि किया है।

व्यक्तित्व एवं संज्ञानात्मक शैली
(Personality and Cognitive Style)

मनोविज्ञानिकों द्वारा यह व्याख्या किया जा चुका है कि विभिन्न तरह के व्यक्तित्व वाले व्यक्ति अलग-अलग

1. सचमुच में यह प्रयोग तीन भागों में बाँटकर किया गया है। तीसरे भाग का संबंध प्रत्यक्षज्ञानात्मक रक्षा (perceptual defense) से हैं। अतः इसकी चर्चा यहाँ नहीं की जा रही है।

परिस्थितियों में अलग-अलग ढंग से व्यवहार करते हैं। प्रयोगात्मक मनोविज्ञानियों की रुचि इधर एक मौलिक प्रश्न में उत्पन्न हुई है जो यह है—क्या विभिन्न व्यक्तित्व वाले व्यक्ति बाह्य वातावरण का प्रत्यक्षण भी भिन्न ढंग से करते हैं?

मनोवैज्ञानिकों द्वारा कई ऐसे प्रयास हुए हैं जिनमें व्यक्तित्व में पाये जाने वाले वैयक्तिक विभिन्नता (individual differences) को प्रत्यक्षण में होनेवाले वैयक्तिक विभिन्ता से जोड़ने का सफल प्रयास किया गया है। सबसे महत्त्वपूर्ण ऐसे प्रयास में *अंतस्थिति या सन्निहित आकृति कार्य* (embedded figure task) का उपयोग किया गया है। इस तरह के कार्य में एक लक्ष्य आकृति (target) होता है जिसे एक जटिल आकृति (complex figure) में छिपा दिया जाता है। प्रयोज्य का कार्य जटिल आकृति में से लक्ष्य आकृति की पहचान करनी होती है। जैसे चित्र 5.25 में बायीं ओर एक लक्ष्य आकृति है जिसे दायीं ओर की जटिल आकृति में छिपा दिया गया है। प्रयोज्य को जितना जल्द-से-जल्द हो सके उस लक्ष्य आकृति की पहचान करनी होती है। इस तरह के कार्य के सहारे विटकिन (Witkin, 1975) ने एक महत्त्वपूर्ण प्रयोग किया। विटकिन ने अपने प्रयोग के परिणाम में यह पाया कि कुछ प्रयोज्य तो ऐसे होते हैं जिन्हें जटिल आकृति में छिपे लक्ष्य आकृति की पहचान करने में कोई कठिनाई नहीं होती है तथा वे तुरंत ही इस कार्य को संपन्न कर लेते हैं। दूसरे तरफ कुछ प्रयोज्य ऐसे होते हैं जिन्हें जटिल आकृति में छिपे लक्ष्य आकृति की पहचान करने में काफी कठिनाई होती है और वे प्रायः इस कार्य में असफल ही होते हैं। विटकिन ने पहले तरह के प्रत्यक्षज्ञानात्मक शैली (perceptual style) वाले व्यक्ति को *क्षेत्र-स्वतंत्र* (field independent) तथा दूसरे तरह के व्यक्ति को *क्षेत्र-आश्रित* (field dependent) ही है। क्षेत्र आश्रित व्यक्ति (field dependent person) वातावरण को एक सम्पूर्ण रूप से (as a whole) प्रत्यक्षण करता है और वातावरण के विभिन्न इकाईयों के आकार, रंग, आदि गुणों के बीच अंतर ठीक से नहीं कर पाता है। अगर ऐसे व्यक्ति को मानव का एक चित्र बनाने के लिए कहा जाय, तो वे एक ऐसा साफ-सुथरा चित्र नहीं बना पायेंगे जिसे पृष्ठभूमि से पूर्णतः भिन्न किया जा सके। इसके विपरीत जो व्यक्ति *क्षेत्र स्वतंत्र* (field independent) होते हैं, वे वातावरण के विभिन्न तत्त्वों एवं इकाइयों को एक-दूसरे से अलग एवं भिन्न ढंग से प्रत्यक्षण कर पाते हैं और प्रत्येक तत्त्व को वातावरण की निश्चित पृष्ठभूमि से भिन्न करके उसका प्रत्यक्षण कर पाते हैं। इन दोनों तरह के व्यक्तियों के व्यक्तित्व शीलगुणों में विभिन्नता पायी जाती है। क्षेत्र-आश्रित व्यक्ति सामाजिक रूप से दूसरों पर आश्रित होते हैं। ऐसे लोग दूसरे के सामने अपनी उत्तम छवि बनाने का भरसक प्रयास करते है, तथा अपने सामाजिक वातावरण के प्रति काफी संवेदनशील होते हैं एवं उनके प्रति अनुरूपता दिखलाते हैं। दूसरे तरफ, क्षेत्र स्वतंत्र व्यक्ति आत्म निर्भर होते हैं। वे अपने आवेग एवं इच्छाओं का कद्र करते हैं एवं वे वैयक्तिक (individualistic) प्रकृति के होते हैं। क्रचफिल्ड (Crutchfield, 1958) एवं क्लिन (Klein, 1970) ने भी अपने-अपने अध्ययनों से उक्त तथ्य का समर्थन प्रदान किया है।

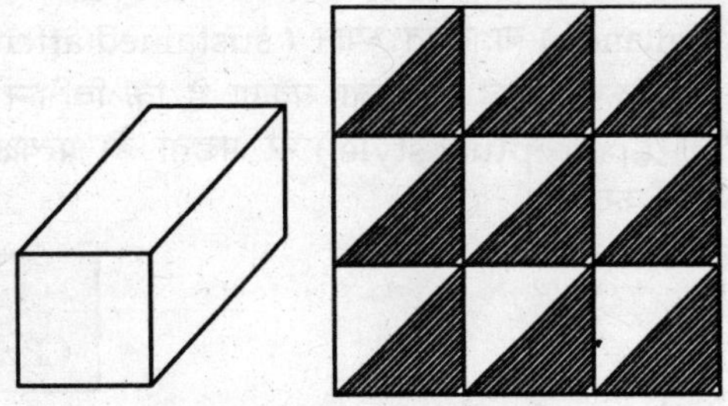

चित्र 5.25 : लक्ष्य आकृति तथा जटिल आकृति जिसमें लक्ष्य आकृति छिपा है।

संज्ञानात्मक शैली (cognitive style) का एक अन्य प्रकार वह है जिसमें *तलेक्षक या समतावादी* (levellers) तथा तीक्ष्णर (sharpeners) के बीच अंतर किया गया है। तलेक्षक शैली वाले व्यक्ति वातावरण के वस्तुओं के बीच के अंतर को नरजअंदाज करके उनका प्रत्यक्षण करते हैं जबकि तीक्ष्णर लोग वातावरण के वस्तुओं के बीच अंतर को तीक्ष्ण करके उनका प्रत्यक्षण करते हैं। इन दोनों के बीच के अंतर को अध्ययन करने के लिए क्लिन (Klein, 1951) ने कुछ प्रयोज्यों को विभिन्न आकारों (sizes) के वर्गों का एक सेट को दिखलाया और प्रत्येक वर्ग के आकार को आकलन करने के लिए कहा। तलेक्षक समूह के व्यक्तियों द्वारा इन वर्गों के आकारों में कोई अंतर का प्रत्यक्षण नहीं किया गया परन्तु तीक्ष्णर द्वारा इन वर्गों के आकारों का सही-सही आकलन किया गया और इस तरह से उनके अंतरों को ठीक ढंग से प्रत्यक्षण भी किया गया।

आइजेक (Eysenck, 1967) ने अपने एक विशेष सिद्धान्त में यह प्रतिपादन किया कि बहिर्मुखी (extroverts) में एक ऐसा तंत्रिकीय तंत्र (neural system) होता है जिसके कारण वे बाह्य उद्दीपकों के प्रति मन्द गति से अनुक्रिया

करते हैं तथा बाह्य उद्दीपकों से कम प्रभावित होते हैं अन्तर्मुखी (introvert) में जो तंत्रिकीय तंत्र होता है वह इसके ठीक विपरीत होता है। अगर आइजेन्क का यह दैहिक सिद्धान्त सही है तो वैसी अवस्था में अन्तर्मुखी को बर्हिमुखी की तुलना में प्रत्यक्षज्ञानात्मक रूप से अधिक संवेदनशील होना चाहिए। इस सिद्धान्त की जाँच करने के लिए कई प्रयोग किये गये हैं और सिद्धान्त के पूर्वकथन (prediction) को वैध (valid) ठहराया गया है। जैसे, सिड्डल एवं उनके सहयोगियों (Siddle et al; 1969) ने अन्तर्मुखी व्यक्ति को दृष्टि (vision) पर, स्टैलमैक एवं कैम्पबेल (Stelmalck & Campbell, 1974) ने श्रवण पर, कोल्स एवं उनके सहयोगियों (Coles et. al., 1971) ने स्पर्श पर तथा हालसम (Halsam, 1967) ने दर्द पर बहिर्मुखी व्यक्तित्व की तुलना में अधिक संवेदनशील पाया है अर्थात् उनका औसत देहली (average threshold) कम था। हारकिन्स एवं ग्रीन (Harkins & Green, 1975) ने अपने अध्ययन के आधार पर यह भी दिखलाया है कि अन्तर्मुखी व्यक्त्वि का निष्पादन उन कार्यों पर भी श्रेष्ठ होता है जिसमें निगरानी (vigilance) या सतत ध्यान (sustained attention) की जरूरत होती है।

निष्कर्षतः यह कहा जा सकता है कि विभिन्न तरह के व्यक्तित्व शीलगुणों का प्रभाव व्यक्ति के प्रत्यक्षणात्मक शैली (perceptual style) पर पड़ता है। प्रत्यक्षज्ञानात्मक शैली का अन्तर विशेष व्यक्तित्व शीलगुणों की ओर इशारा करता है।

फाई घटना
(Phi Phenmenon)

मैक्स वर्दाइमर (Max Wetheimer) जिन्हें गेस्टाल्ट स्कूल (Gestalt school) का जनक कहा जाता है, ने 1912 में वर्लिन विश्वविद्यालय (Berlin University) में गति प्रत्यक्षण (peception of movement) के क्षेत्र में महत्त्वपूर्ण प्रयोग किये। इनमें से एक महत्त्वपूर्ण प्रयोग में दो बल्बों को जो एक-दूसरे से कुछ दूरी पर थे, को बारी-बारी से जला कर प्रयोज्य को दिखलाया गया। प्रयोज्य को उन बल्बों का प्रत्यक्षण करके उसकी स्थिति के बारे में बतलाना था। परिणाम में यह देखा गया कि अगर इन दोनों बल्बों के जलने का समय अंतराल 30 मिली सेकंड से कम होता था, तो प्रयोज्य यह बतलाते थे कि दोनों बल्ब एक साथ जलाये गए हैं। जब यह समय अंतराल को बढ़ाकर 60 मिलीसेकंड कर दिया जाता था, तो प्रयोज्य यह बतलाते थे कि एक बल्ब जलकर वह फिर आगे की ओर बढ़कर दूसरे बल्ब के स्थान पर चला जाता है। इसका मतलब यह हुआ कि वे गति का प्रत्यक्षण कर रहे थे। इसे वर्दाइमर ने *फाई-घटना* (Phi-Phenomenon) कहा है जिससे तात्पर्य स्पष्टतः एक ऐसी घटना से होती है जिसमें व्यक्ति को दो उद्दीपकों के बीच गति होने का भ्रम (illusion) होता है। फाई घटना को आजकल *स्ट्रोवोस्कोपिक गति* (Stroboscopic movement) भी कहा जाता है। वर्दाइमर ने अपने प्रयोग में यह भी पाया कि जब इन दोनों बल्बों के जलने के बीच का समय अंतराल और भी अधिक कर दिया जाता है, जैसे 200 मिलीसेकंड कर दिया जाता है, तो प्रयोज्य में गति का भ्रम समाप्त हो जाता है और वह यह देखता है कि एक बल्ब जलकर बुझ गया और उसके बाद फिर दूसरा बल्ब जला और फिर उसे भी बुझा दिया गया।

फाई घटना के मौलिक नियमों का उपयोग विज्ञापनों (advertisements) में काफी अधिक होता देखा गया है। विज्ञानकर्त्ता इसका उपयोग करने के लिए विज्ञापन कार्टूनों के चारों तरफ इस तरह से बल्ब लगा देते हैं कि उन्हें एक खास समय अंतराल पर जलाया या बुझाया जाता है जिसका परिणाम यह होता है कि दर्शक को उसमें गति होने का आभास होता है और वे उस विज्ञापित वस्तु पर अधिक ध्यान देते हैं। जीवित कार्टून (animated cartoon) में भी फाई घटना के सिद्धान्त का उपयोग किया जाता है ताकि दर्शक उसमें गति का अनुभव करे और उसके ओर आकर्षित हो।

स्पष्ट हुआ कि फाई घटना जिसमें व्यक्ति को गति का भ्रम (illusion) होता है, एक ऐसा नियम है जिसका उपयोग विज्ञानकर्त्ता करके विज्ञापन को काफी लुभावना बना देते हैं।

अतीन्द्रिय प्रत्यक्षण
(Extrasensory Perception or ESP)

परामनोविज्ञान (Parapsychology) एक ऐसा पद है जिसके बारे में काफी वाद-विवाद तथा शक-शुभाहें आज भी मौजूद हैं। कुछ मनोवैज्ञानिक इसके अस्तित्व को स्वीकार करते हैं तो कुछ उसे अवैज्ञानिक घोषित कर अस्वीकृत कर

देते हैं। प्रश्न है कि परामनोविज्ञान एक ऐसा आधुनिक पद है जिसमें परामानसिक घटनाओं (parapsychical events) का संगठित वैज्ञानिक अध्ययन किया जाता है। परामानसिक घटनाओं जिनका परामनोविज्ञान में काफी अध्ययन किया गया है, में अतीन्द्रिय प्रत्यक्षण (Extrasensory perception or ESP) तथा साइकोकाइनेसिस (psychokinesis or PK) प्रधान हैं। अतीन्द्रिय प्रत्यक्षण (ESP) सें तात्पर्य ऐसे प्रत्यक्षण या संज्ञान से होता है जो ज्ञानेन्द्रियों (sense organs) में होने वाले ज्ञात दैहिक प्रक्रियाओं से स्वतंत्र होता है। दूसरे शब्दों में, यह कहा जा सकता है कि किसी भी तरह के प्रत्यक्षण के होने के लिए ज्ञानेन्द्रियों में कुछ दैहिक परिवर्तन का होना अनिवार्य है परन्तु अतीन्द्रिय प्रत्यक्षण इन ज्ञात दैहिक परिवर्तन से परे होता है अर्थात् ऐसे परिवर्तनों की अनुपस्थिति में ही व्यक्ति को प्रत्यक्षण होता है। शायद यही कारण है कि कुछ मनोवैज्ञानिक ऐसे प्रत्यक्षण के अस्तित्व को मानने से इनकार कर देते हैं। ESP के निम्नांकित तीन प्रमुख प्रकार होते हैंः—

1. **दूरबोध** *(Telepathy)*—दूरबोध से तात्पर्य बिना किसी उपर्युक्त संचार (communication) के ही दूसरे के मन से उत्पन्न विचार, इच्छा आदि को बतला देने की क्षमता से होता है।
2. **अतीन्द्रिय दृष्टि** *(Clairvyonace)*—ऐसे वस्तुओं एवं घटनाओं का प्रत्यक्षण जो ज्ञानेन्द्रिय को किसी प्रकार का उद्दीपक (stimulus) नहीं प्रदान करता है, अतीन्द्रिय दृष्टि कहलाता है। जैसे, किसी बक्स में रखे गए वस्तुओं की वास्तविक संख्या को सही-सही बतलाना अतीन्द्रिय दृष्टि का उदाहरण होगा।
3. **प्राक्संज्ञान** *(Precognition)*—प्राक्संज्ञान से तात्पर्य भविष्य के ज्ञान से होता है। इसमें व्यक्ति को भविष्य में दूसरे व्यक्ति द्वारा किये गए चिन्तन या भविष्य में होने वाली घटनाओं का ज्ञान हो जाता है।

अतीन्द्रिय प्रत्यक्षण के अलावा एक अन्य परामानसिक घटना (parapsychological event) है जिसे साइकोकाइनेसिस (psychokinesis or PK) कहा जाता है, पर भी मनोवैज्ञानिकों का ध्यान गया है। PK में व्यक्ति अपनी मानसिक शक्ति या इच्छा से बाह्य वस्तुओं में बिना किसी तरह के शारीरिक बल का उपयोग किये परिवर्तन लाने में सफल होता है। PK को 'आकाशगमिता' (levitation) भी कहा जाता है।

परामनोविज्ञान में सबसे महत्त्वपूर्ण कार्य जे॰बी॰राईन (J.B. Rhine) द्वारा किया गया है। इन्होंने हारवार्ड विश्वविद्यालय में जाकर ESP पर विशेष रूप से अध्ययन किये और ESP के क्षेत्र को वैज्ञानिक स्वरूप प्रदत्त किये। राईन (Rhine, 1942) ने कार्ड अनुमान प्रविधि (card-guessing procedure) द्वारा ESP का अध्ययन किया है। ESP के अध्ययन करने के लिए 25 कार्ड का एक सेट तैयार किया गया है। कार्ड में पाँच तरह के चिह्न (symbol) अर्थात् क्रॉस (cross), तरंग (wave), वृत्त (circle), तारा (star) एवं आयत (rectangle) बने हुए थे। (चित्र 5.26 देखें) प्रत्येक चिह्न के पाँच-पाँच कार्ड थे। इन 25 कार्डों को मिलाकर प्रयोज्य के सामने पॉच के सेट में से एक-एक करके रखा जाता है तथा प्रयोज्य को यह बतलाना होता है कि अमुक कार्ड पर कौन-सा चिह्न अंकित है। अगर प्रयोगकर्त्ता प्रयोज्य के अनुक्रिया करने के पहले प्रत्येक ऐसे रखे जाने वाले कार्ड पर देखता है, तो दूरबोध (telepathy) की जाँच होती है। परन्तु जब प्रयोगकर्त्ता ऐसा नहीं करता है और प्रयोज्य सही कार्ड का अनुमान लगाता है, तो इससे अतीन्द्रिय दृष्टि (clairvoyance) की जाँच होती है। परन्तु जब कार्ड को मिलाने और उसे प्रयोज्य के सामने रखने के पहले ही प्रयोज्य कार्ड की सही स्थिति का अनुमान कर लेता है, तो उससे प्राक्संज्ञान (prerecognition) की जाँच होती है।

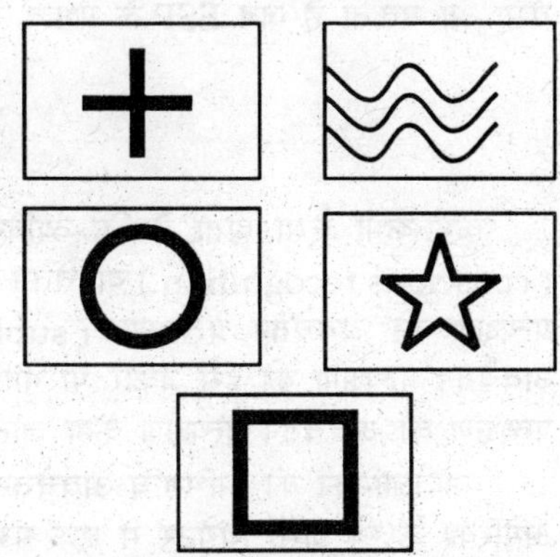

चित्र 5.26 : ESP के अध्ययन में सम्मिलित कार्ड

बहुत से ऐसे प्रयोगों के परिणाम में यह पता चला है कि कुछ प्रयोज्य संयोग प्रत्याशा (chance expectation) के आधार पर सार्थक रूप से ऊपर प्राप्तांक ला पाने में समर्थ हुए। उक्त प्रयोग में पाँच-पाँच कार्ड के सेट में संयोग से (by chance) प्रयोज्य को 1 कार्ड में सफलता मिल सकती

थी अर्थात् 25 कार्ड में मात्र पाँच कार्ड में मात्र अनुमान (guess) के आधार पर सही अनुक्रिया प्रयोज्य कर सकता है। प्रयोग के परिणाम में देखा गया कि कई प्रयोज्यों ने 25 कार्ड में से पाँच से अधिक कार्डो का सही-सही पहचान कर सकने में समर्थ हो पाये। इस परिणाम के आलोक में ESP की वैधता को स्वीकार करने के लिए अधिकतर मनोवैज्ञानिक बाध्य हो जाते हैं।

यद्यपि कार्ड अनुमान विधि (card guessing method) द्वारा ESP का अध्ययन किया जाना एक कृत्रिम प्रक्रिया है जो उत्तम मानसिक निष्पादन के लिए उपर्युक्त नहीं मालूम पड़ती है, फिर भी इसके निम्नांकित तीन लाभ बतलाये गये हैं:—

(i) इस तरह के प्रयोग को पूर्ण नियंत्रित करके उसे प्रयोज्यों द्वारा किये जाने वाले संभावित धोखा-घड़ी (cheating) से बचाया जा सकता है।

(ii) प्रयोग को एक ही प्रयोज्य पर या अलग-अलग प्रयोज्यों पर जरूरत पड़ने पर दोहराया भी जा सकता है।

(iii) प्रयोगात्मक परिणाम का मूल्यांकन मानक सांख्यिकीय प्रविधियों द्वारा किया जा सकता है।

इन लाभों के बाबजूद ESP के प्रयोगों एवं उनके परिणामों की वैधता को स्वीकार करने में लोगों द्वारा हिचकिचाहट एवं शंका निम्नांकित कारणों से व्यक्त की जाती है:—

(i) ESP की विश्वसनीयता (reliability) नहीं हैं। मनोवैज्ञानिकों द्वारा ESP के अस्तित्व पर शक करने का एक प्रमुख कारण यह है कि ESP को दिखलाने के लिए किये गए विशेष विधि द्वारा किये गए प्रयोग में एक समय में ESP के होने का सबूत पाया गया तो फिर दूसरे समय में उसी विधि द्वारा प्रयोग करने पर ESP के लिए कोई सबूत नहीं पाया गया। ब्लैकमोर (Blackmore, 1986) के अध्ययन के अनुसार जब ESP को दिखलाने के लिए काफी अधिक नियंत्रित ढंग से प्रयोग किया जाता है, तो उसमें ESP के होने का बहुत ही कम सबूत मिलता है।

(ii) वर्तमान वैज्ञानिक धारणा इस बात पर स्पष्ट बल डालता है कि व्यक्ति के व्यवहार के सभी पहलुओं के पीछे जैवरसायनिक घटनाएँ (biochemical events) निश्चित रूप से होती है। कहने का तात्पर्य यह है कि प्रत्येक व्यवहार का एक शारीरिक आधार (physiological base) होता है। ESP का क्या शारीरिक आधार है अभी तक स्पष्ट नहीं हो पाया है। ESP के पीछे कौन सा जैवरासायनिक घटनाएँ हैं, स्पष्ट नहीं हैं।

(iii) ESP के अस्तित्व को समर्थन देने वाले अध्ययनों में से अधिकतर उन व्यक्तियों पर किये गए हैं जिनका पहले से ही इस परामानसिक घटना में विश्वास काफी अधिक था। अतः ESP के अस्तित्व को दिखाने के लिए जो अध्ययन किये गए हैं, वे एक सीमित प्रतिदर्श (limited sample) पर आधारित है जिनके परिणाम को सामान्यीकृत (generalize) करना सम्भव नहीं है।

उपर्युक्त आलोचनाओं के आलोक में हम इस निष्कर्ष पर पहुँचते हैं कि ESP के अस्तित्व पर यद्यपि कुछ मनोवैज्ञानिकों में शक-शुभाएँ एवं आशंकाएँ हैं फिर भी इस संभावना से इनकार नहीं किया जा सकता है कि एक दिन ऐसा आ सकता है जब ESP के प्रभाव के लिए पर्याप्त सबूत उपलब्ध हो जाएँगे।

अवचेतन प्रत्यक्षण
(Subliminal Perception)

कभी-कभी ऐसा होता है कि व्यक्ति उन उद्दीपकों का भी प्रत्यक्षण कर लेता है जिनकी तीव्रता चेतन पहचान (conscious recognition) या चेतन अवगतता (conscious awareness) से काफी कम होता है। इस तरह के प्रत्यक्षण को अवचेतन प्रत्यक्षण (subliminal perception) कहा जाता है। विट्टेकर[1] (Whittaker, 1970) ने अवचेतन प्रत्यक्षण को इस प्रकार परिभाषित किया जा सकता है, ''चेतन पहचान या अवगतता के देहली के नीचे के प्रत्यक्षण को अवचेतन प्रत्यक्षण कहा जाता है।''

मनोवैज्ञानिकों की अभिरुचि अवचेतन प्रत्यक्षण में एक विशेष घटना से उत्पन्न हुई। कई वर्ष पहले की बात है कि अमेरिका के न्यू जर्सी थियेटर में एक प्रयोग किया गया था जिसके परिणाम का प्रकाशन एक अखबार में किया गया।

1. "The phenomenon of perception below the threshold of conscious recognition or awareness has been referred to as subliminal perception." —Whittaker : *Introduction to Psychology*, 1970, p.365.

जब थियेटर में सिनेमा दिखलाया जा रहा था, पर्दे पर 1/3000 सेकंड के लिए इन शब्दों को प्रसारित किया जा रहा था—"Eat Popcorn" तथा "Drink coca cola"। इतने अल्पतम अवधि के लिए इन शब्दों को दिखाने का उद्देश्य यही था कि इसे ठीक से पहचाना नहीं जा सके। थियेटर के प्रबंधक ने बाद में बतलाया कि इस तरह के प्रसारण से पोपकॉर्न की बिक्री करीब 50% प्रतिशत बढ़ गयी तथा कुछ इसी अनुपात में कोका कोला की भी बिक्री बढ़ गई। प्रबन्धक इस निष्कर्ष पर पहुँचे कि इस अल्पतम अवधि के लिए अनावरण (exposure) के बावजूद व्यक्तियों द्वारा इन शब्दों की पहचान की गयी और उनका प्रत्यक्षण किया गया। इस तरह के प्रत्यक्षण के कारण ही पोपकॉर्न तथा कोका कोला की बिक्री में वृद्धि हुई। इस तरह का प्रत्यक्षण अवचेतन प्रत्यक्षण (subliminal perception) का उदाहरण है।

अवचेतन प्रत्यक्षण की घटना को दिखलाने के लिए कुछ प्रयोग भी किये गये हैं हालांकि कुछ मनोवैज्ञानिकों द्वारा इस तरह की प्रयोगात्मक परिस्थिति के तीव्र आलोचना इस आधार पर की गयी है कि उनमें अन्य वैज्ञानिकों प्रयोगों के समान पर्याप्त नियंत्रण की कमी होती है। गुडमुंड, स्मीथ तथा क्लीन (Gudmund, Smith & Klein, 1957) ने एक प्रयोग करके अवचेतन प्रत्यक्षण का अध्ययन किया है। इस प्रयोग का उद्देश्य यह दिखलाना था कि उद्दीपकों का अवचेतन प्रस्तुतीकरण (subliminal representation) का प्रभाव व्यक्ति के प्रत्यक्षण पर पड़ता है। इस प्रयोग में प्रयोज्यों में एक मानव चेहरे की आकृति अनावरण उपकरण (exposure apparatus) से दिखलाया गया। इसी अनावरण अवधि में प्रयोज्यों को दो शब्द 'Happy' या 'Angry' में से यादृच्छिक रूप से (randomly) कोई एक शब्द इतना अल्पावधि के लिए भी दिखलाया जाता था कि प्रयोज्य इन शब्दों को चेतन रूप से न पढ़ सकते थे तथा न पहचान कर सकते थे। परिणाम में देखा गया कि यद्यपि इन शब्दों का चेतन रूप से प्रयोज्य नहीं पढ़ सकते थे, फिर भी उनसे चेहरे का प्रत्यक्षण प्रभावित हुआ। प्रयोज्यों उन प्रयासों में चेहरे को सुखदायक (pleasant) बतलाते थे जिनमें 'Happy' शब्द का प्रसारण किया गया था। प्रयोग के इस परिणाम से यह स्पष्ट है कि 'Happy' तथा 'Angry' दो शब्दों को जिन्हें अवचेतन स्तर (subliminal level) पर प्रयोज्यों को दिखलाया गया था, प्रयोज्यों द्वारा प्रत्यक्षण किया गया। मैकक्लियरी एवं लेजारस (McCleary & Lazarus, 1949) ने भी कुछ प्रयोग किये हैं जिनमें अवचेतन प्रत्यक्षण की घटना की संपुष्टि होती है। इन्होंने अपने एक अध्ययन में पाया कि उन शब्दों के प्रति प्रयोज्यों के GSR (Galvanic Skin Response) अर्थात् गैलवेनिक त्वक् अनुक्रिया में परिवर्तन आ जाते थे जिन्हें इतने अल्पावधि के लिए उपस्थित किया जाता था जिसमें प्रयोज्यों को उन शब्दों को पहचानना कठिन था। इससे साबित होता है कि ऐसे उद्दीपक जिनका व्यक्ति चेतन रूप से प्रत्यक्षण नहीं भी कर पाता है, से भी प्रत्यक्षण की प्रक्रिया प्रभावित होती है।

डेम्बर (Dember, 1985) ने अवचेतन प्रत्यक्षण के क्षेत्र में किये गए अध्ययनों की समीक्षा करके निम्नांकित महत्त्वपूर्ण कारकों पर बल डाला है—

(i) व्यक्ति प्रत्यक्षज्ञानात्मक कार्यों (perceptual tasks) को उससे उत्पन्न होने वाले सूचनाओं की मात्रा के क्रम में उन्हें सजाता है।

(ii) प्रत्यक्षज्ञानात्मक देहली (perceptual thershold) एक ही व्यक्ति में विभिन्न समयों में अलग-अलग होता है।

(iii) किसी दिये हुए प्रत्यक्षज्ञानात्मक कार्य के लिए निर्धारित देहली में वैयक्तिक विभिन्नता (individual difference) होता है।

प्रत्यक्षज्ञानात्मक स्थिरता (Perceptual Constancy)

प्रत्यक्षण (perception) का एक विशेष गुण यह है कि इसके द्वारा हमें वस्तुओं (objects) का ज्ञान उसके भौतिक परिस्थितियों (physical circumstances) में परिवर्तन के बावजूद भी समान रूप से होता है। दूसरे शब्दों में कहा जा सकता है कि वस्तुओं या उद्दीपकों की भौतिक परिस्थितियों में यद्यपि परिवर्तन हो जाता है, फिर भी उसके प्रत्यक्षण में कोई परिवर्तन न होकर स्थिरता (constancy) बनी रहती है। इसे ही प्रत्यक्षज्ञानात्मक स्थिरता (perceptual constancy) कहा जाता है। सर्टेन, नॉर्थ, स्ट्रेन्ज तथा चेपमैन[1] (Sartain, North, Strange & Chapman, 1973) ने इसे परिभाषित करते हुए कहा है, "भिन्न-भिन्न परिस्थितियों में उद्दीपकों को करीब-करीब समरूप (same) ढंग से

प्रत्यक्षण करने की प्रवृत्ति (tendency) को प्रत्यक्षज्ञानात्मक स्थिरता (perceptual constancy) की संज्ञा दी जाती हैं।''

प्रत्यक्षज्ञानात्मक स्थिरता का कुछ उदाहरण देखिए—कोयला के एक टुकड़ा को कमरा में रखने पर तथा सूर्य की रोशनी में रखने पर व्यक्ति उसे कोयला के रूप में ही प्रत्यक्षण करेगा हालाँकि सूर्य की रोशनी में कोयला की चमकीलापन स्तर (brightness level) कमरे में उत्पन्न चमकीलापन स्तर की अपेक्षा अधिक होती है। उसी तरह से किसी, व्यक्ति को हम चार फीट की दूरी से देखें या 10 फीट की दूरी से देखें, उसे वही व्यक्ति के रूप में हम देखते हैं हालाँकि चार फीट की दूरी से देखने पर जो अक्षिपटलीय प्रतिबिम्ब (retinal image) बनता है, 10 फीट की दूरी से देखने पर बने अक्षिपटलीय प्रतिबम्ब की अपेक्षा बड़ा होता है। इस तरह से हम देखते हैं कि उद्दीपक परिस्थितियों (stimulus situations) में कुछ परिवर्तन आ जाने के बाद भी हम वस्तु या उद्दीपक का प्रत्यक्षण पहले की ही तरह करते हैं।

मनोवैज्ञानिकों ने प्रत्यक्षज्ञानात्मक स्थिरता (perceptual constancy) के मुख्य दो ज्ञात कारणों का उल्लेख किया है। हमें प्रत्यक्षज्ञानात्मक स्थिरता का अनुभव इसलिए होता है चूँकि प्रत्यक्षण किया जाने वाला उद्दीपक (stimulus) का अपनी पृष्ठभूमि (background) के साथ एक निश्चित (fixed) तथा अटल (constant) सम्बन्ध होता है। इस सम्बन्ध के कारण परिस्थिति में परिवर्तन होने के बावजूद भी व्यक्ति किसी उद्दीपक को पहले के समान ही देखते हैं। एक उदाहरण लीजिए—अगर एक लाल कलम को हरा कागज के टुकड़ा पर रखकर दिखलाया जाय और फिर पीला कागज के टुकड़ा पर उसी कलम को रखकर दिखलाया जाय तो हम दोनों परिस्थितियों में लाल कलम को लाल ही देखते हैं क्योंकि कलम (उद्दीपक) तथा इसका अपना पृष्ठभूमि (यानी लाल रंग) के बीच एक अटल सम्बन्ध (constant relationship) है। मनोवैज्ञानिकों ने प्रत्यक्षज्ञानात्मक स्थिरता (perceptual constancy) का दूसरा सामान्य कारण यह बतलाया है कि हमलोगों में किसी उद्दीपक के मुख्य गुणों (important characteristics) को चुन लेने (select) की एक तीव्र प्रवृत्ति (strong tendency) होती है ताकि वह उद्दीपक यदि हमारे सामने कुछ विकृत रूप में (distorted form) में भी आये तो हम उसका प्रत्यक्षण पहले की ही तरह कर सके। उदाहरणार्थ, फिल्मों में हम एक ही नायक या नायिका को कितने भिन्न-भिन्न रूपों में देखते हैं फिर भी हम उनके कुछ मुख्य गुणों जैसे बोलने का ढंग, चलने का ढंग, ऊँचाई, चेहरे की बनावट आदि को अपने मन में इस तरह से इकट्ठा करके रखे रहते हैं कि उन्हें पहचानने में अर्थात् उनका सही प्रत्यक्षण में कोई विशेष कठिनाई नहीं होती है। कभी-कभी हम सही प्रत्यक्षण नहीं भी कर पाते हैं। यही कारण है कि मनोवैज्ञानिकों ने यह स्पष्ट कर दिया है कि प्रत्यक्षणानात्मक स्थिरता (perceptual constancy) उद्दीपक की अवस्थाओं (conditions) पर सीधे निर्भर करता है। अगर उद्दीपक की अवस्थाओं में काफी अधिक परिवर्तन कर दिया जाय तो प्रत्यक्षण में इस तरह की स्थिरता (constancy) नहीं होगा।

प्रत्यक्षज्ञानात्मक स्थिरता (perceptual constancy) को मूलतः दो भागों में बाँटकर अध्ययन किया गया है जो निम्नांकित है:—

1. वस्तुओं से सम्बन्धित स्थिरता (*Constancy related to objects*)—इसमें वैसी स्थिरता को रखा जाता है जो वस्तु (object) के आकार (size) तथा रूप (shape) से सम्बन्धित होते हैं। अतः आकार स्थिरता (size constancy) तथा रूप स्थिरता (shape constancy) को इस श्रेणी में रखा गया है।

2. वस्तुओं के गुण से सम्बन्धित स्थिरता (*Constancies related to the qualities of objects*)—इस श्रेणी में मूलतः वैसे स्थिरता को रखा जाता है जो वस्तु के विशेष गुण यानी रंग (colour) तथा चमक (brightness) आदि से सम्बन्धित होते हैं। रंग स्थिरता (colour constancy) तथा चमक स्थिरता (brightness constancy) को इस श्रेणी में रखा गया है।

इन दोनों तरह के प्रत्यक्षज्ञानात्मक स्थिरता (perceptual constancy) का वर्णन निम्नांकित हैः—

---

1. "Perceptual constancy. . .is the tendency of a stimulus situation to be perceived in approximately the same way under varying circumstances."

—Sartain, North, Strange & Chapman : *Psychology*, 1973, p.222

1. वस्तुओं से सम्बन्धित स्थिरता *(Constancy related to objects)*—जैसा कि ऊपर कहा गया है, इस श्रेणी में उन प्रत्यक्षज्ञानात्मक स्थिरता (perceptual constancy) को रखा जाता है जो मूलतः वस्तु के आकार (size) तथा रूप से सम्बन्धित होते हैं। दोनों तरह की स्थिरता का वर्णन निम्नांकित हैः—

(i) आकार स्थिरता *(Size constancy)*—जब हम किसी वस्तु को देखते हैं तो उस वस्तु का प्रतिबिम्ब (image) हमारे अक्षिपटल (retina) पर बनता है। इस प्रतिबिम्ब को अक्षिपटलीय प्रतिबिम्ब (retinal image) कहा जाता है जिसका आकार (size) व्यक्ति तथा देखे जाने वाले वस्तु की दूरी (distance) पर निर्भर करता है। यदि यह दूरी अधिक है, तो अक्षिपटलीय प्रतिबिम्ब (retinal image) का आकार छोटा होता है परन्तु यदि दूरी कम है, तो अक्षिपटलीय प्रतिबिम्ब का आकार बड़ा होता है। अक्षिपटलीय प्रतिबिम्ब के आकार में परिवर्तन होने से हमें वस्तु के आकार (size) में भी परिवर्तन उसी ढंग से होना चाहिए था। परन्तु ऐसा नहीं होता है। हम अपने मित्र को 15 फीट की दूरी से देखें या 2 फीट की दूरी से देखें, उसकी ऊँचाई, चौड़ाई और कद को हम समान रूप से देखते हैं हालाँकि इन दोनों दूरियों (distances) के कारण अक्षिपटलीय प्रतिबिम्ब (retinal image) के आकार में (size) में काफी परिवर्तन हो जाता है। अक्षिपटलीय प्रतिबिम्ब (retinal image) के आकार (size) में तथा देखे जाने वाले वस्तु की दूरी के परिणामस्वरूप हुए परिवर्तन के बावजूद भी वस्तु के आकार (size) के प्रत्यक्षण में जो स्थिरता होती है, उसे आकार स्थिरता (size constancy) कहा जाता है।

सामान्यतः यह समझा जाता है कि आकार स्थिरता उत्पन्न होने के लिए यह आवश्यक है कि देखे जाने वाले वस्तु से प्रत्यक्षणकर्त्ता (perceiver) परिचित हो। लिवोविज (Leibowiz, 1971) ने अपने प्रयोगों के आधार पर यह स्पष्ट किया है कि यद्यपि वस्तुओं या उद्दीपकों से परिचय रहने से आकार स्थिरता (size constancy) की मात्रा में वृद्धि होती है, फिर भी अपरिचित वस्तुओं को देखने में भी आकार स्थिरता उत्पन्न होती है। जैसे, यदि एक उजले बड़े कागज से एक अर्थहीन आकार का टुकड़ा काटकर व्यक्ति को विभिन्न दूरी से दिखलावें तो व्यक्ति उस अपरिचित एवं अर्थहीन टुकड़ा को विभिन्न परिस्थिति में एक ही आकार का देखता पाया जाता है।

आकार स्थिरता को दिखाने के लिए कई प्रयोग किये हैं। जैसे, लिवोविज (Leibowitz, 1975) द्वारा किया गया प्रयोग विशेष रूप से उल्लेखनीय है। इस प्रयोग में प्रयोज्यों को एक बड़ा गोल डिस्क 10 फीट की दूरी से दिखलाई गयी। इसके बाद डिस्क की दूरी को धीरे-धीरे बढ़ाकर उन्हें दिखलाया गया। दूरी बढ़ाकर दिखाने से डिस्क का प्रयोज्य के आँख के अक्षिपटल (retina) पर बनने वाली प्रतिमा (image) का आकार छोटा होता गया परन्तु फिर भी प्रयोज्यों ने डिस्क का प्रत्यक्षण उसके वास्तविक आकार (real size) के रूप से सही-सही किया। ऐसा इसलिए हुआ कि इस प्रयोग में दूरी एवं गहराई संकेत (distance and depth cues) का उपयोग प्रयोज्य कर रहे थे। लिवोविज ने ही आगे एक दूसरा प्रयोग किया जिसमें प्रयोज्यों को वस्तु विभिन्न दूरी पर एक ऐसी परिस्थिति में दिखाई गयी जिसमें सभी तरह की दूरी एवं गहराई संकेतों को नियंत्रित कर दिया गया था। जैसे, प्रयोज्यों को वस्तु एक इतनी छोटी-सी दिखाई गयी जो उसके आँख की पुतली से छोटी थी। इसका परिणाम यह हुआ कि समायोजन (accomodation) संकेत (दूरी एवं गहराई का एक प्रमुख

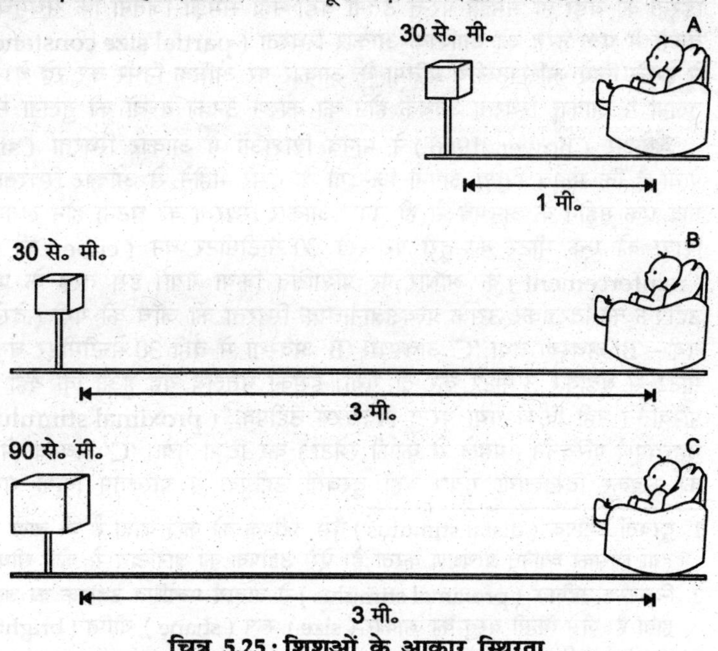

चित्र 5.25 : शिशुओं के आकार स्थिरता

संकेत) का उपयोग प्रयोज्य नहीं कर पा सकते थे। उसी तरह से प्रयोज्यों को छेद से एक आँख से ही वस्तु को एक पूर्णतः काले पृष्ठभूमि पर दिखलाया गया। ऐसी परिस्थिति में अभिबिन्दुता (convergence) (दूरी एवं गहराई का एक प्रमुख संकेत) का भी उपयोग प्रयोज्य नहीं कर पाते थे। पृष्ठभूमि एक समान काला होने के कारण प्रयोज्य अपने गत अनुभूति (past experience) का भी फायदा उठाने में असमर्थ थे। प्रयोग के परिणाम में देखा गया कि ऐसी परिस्थिति में प्रयोज्यों को देखे गये वस्तु के आकार के बारे में निर्णय लेने में काफी कठिनाई हुई अर्थात् ऐसी परिस्थिति में आकार स्थिरता (size constancy) की मात्रा काफी कम हो गयी। ऐसी परिस्थिति में प्रयोज्यों ने वस्तु की दूरी में परिवर्तन होते नहीं पाया तथा उसे बहुत धीरे-धीरे छोटा होते देखा यद्यपि सच्चाई यह थी कि वस्तु की दूरी में तेजी से परिवर्तन किया जा रहा था अर्थात् दूरी को बढ़ाया जा रहा था तथा उसके आकार (size) में कोई परिवर्तन नहीं किया जा रहा था।

कई प्रयोगात्मक अध्ययन ऐसे हुए हैं जिनसे यह पता चला है कि आकार स्थिरता में सीखना (learning) तथा गत अनुभूति (past experience) की अहं भूमिका होती है। सबसे पहले-पहल हेल्महोल्ज (Helmholtz, 1909) ने यह बतलाया था कि आकार-दूरी सम्बन्ध (size-distance relationship) को प्राणी अपने अनुभव (experience) से सीखता है। उनके इस कथन की जाँच कई प्रयोगों द्वारा की गयी हैं। जैसे, हेल्लर (Heller,1968) ने एक प्रयोग चूहों पर करके उनके कथन की जाँच किया है। इस प्रयोग में जन्म से लेकर लगातार एक महीने तक सम्पूर्ण अंधेरे में रखकर चूहों को पाला-पोषा गया। उसके तुरंत बाद उन्हें 1.5 फीट की दूरी से एक इंच परिधि के वृत्त तथा 3 फीट की दूरी से दो इंच परिधि के वृत्त को दिखलाया गया। पर्याप्त गहराई एवं दूरी के संकेत के बावजूद इन दोनों तरह के वृत्तों के प्रति समुचित अनुक्रिया करने में चूहे असमर्थ रहे। परन्तु एक सप्ताह तक जब उन्हें पर्याप्त रोशनी में रखकर पाला-पोषा गया, तो चूहों में आकार स्थिरता (size constancy) की मात्रा में वृद्धि हो गयी। जिगलर एवं लियोविज (Zeigler & Leiobowitz, 1957) ने एक प्रयोग किया जिसमें प्रयोज्यों को बढ़ते दूरी पर क्रमशः बड़े आकार के डिस्क को दिखलाया गया ताकि उससे उनके अक्षिपटल (retina) पर पड़ने वाली प्रतिमा का आकार स्थिर रह सके। इस परिस्थिति में कुछ वयस्कों को तथा कुछ बच्चों को डिस्क दिखलाया गया। परिणाम में देखा गया कि वयस्क प्रयोज्य द्वारा बच्चों की अपेक्षा अधिक यथार्थ प्रत्यक्षण किया गया। वयस्क ने अधिक दूरी पर दिखाये जाने वाले बड़े डिस्क को बड़ा तथा कम दूरी पर छोटे डिस्क को दिखाये जाने पर उसे छोटा समझा। बच्चों ने भी अधिक दूरी पर दिखाये गए बड़े डिस्क को बड़ा ही समझा परन्तु उतना बड़ा नहीं समझा जितना कि सचमुच में दिखाये जाने वाला डिस्क था। स्पष्टतः बच्चों में एक तरह का आंशिक आकार स्थिरता (partial size constancy) हो रही थी और वे वयस्कों की तुलना में इसके लिए अक्षिपटलीय प्रतिमा के आकार पर अधिक निर्भर कर रहे थे। प्रयोग से स्पष्ट है कि वयस्कों में बच्चों की तुलना में आकार स्थिरता अधिक होने का कारण उनका बच्चों की तुलना में अधिक अनुभवी होना है।

बोअर (Bower, 1966) ने मानव शिशुओं में आकार स्थिरता (size constancy) का अध्ययन किया और पाया है कि मानव शिशु अपनी जिन्दगी के दूसरे महीने से आकार स्थिरता का सबूत उपलब्ध करने लगते हैं। अर्थात् मात्र एक महीने के अनुभव से ही उनमें आकार स्थिरता की घटना होने लगती है। इस प्रयोग में छः से आठ सप्ताह के शिशु को एक मीटर की दूरी पर रखे 30 सेन्टीमीटर घन (cube) की ओर सिर घुमाने के लिए विशेष पुनर्बलन (reinforcement) के आधार पर प्रशिक्षित किया गया। इस तरह के प्रशिक्षण के बाद उन्हें 3 मीटर की दूरी पर उद्दीपक को दिखाकर उसके प्रत्यक्षज्ञानात्मक स्थिरता की जाँच की गयी (देखें चित्र 5.27)। यह जाँच दो अवस्था में की गयी—'B' अवस्था तथा 'C' अवस्था। 'B' अवस्था में वही 30 सेन्टीमीटर घन को दिखलाया गया परन्तु इसकी दूरी एक मीटर से बढ़ाकर 3 मीटर कर दी गयी। इसका मतलब यह हुआ कि यहाँ दूरवर्ती उद्दीपक[1] (distal stimulus) को परिवर्तित नहीं किया गया परन्तु निकटस्थ उद्दीपक[2] (proximal stimulus) अर्थात् वस्तु के अक्षिपटलीय प्रतिमा में महत्त्वपूर्ण परिवर्तन (पहले से काफी छोटा) कर दिया गया। 'C' अवस्था में उन्हें 3 मीटर की दूरी पर 90 सेंटीमीटर घन को रखकर दिखलाया गया। यहाँ दूरवर्ती उद्दीपक में परिवर्तन किया गया परन्तु निकटस्थ उद्दीपक (proximal

1. दूरवर्ती उद्दीपक (distal stimulus) वैसे उद्दीपक को कहा जाता है जो बाह्य वातावरण में व्यक्ति के सामने उपस्थित होता है तथा जिसका व्यक्ति प्रत्यक्षण करता है। ऐसे उद्दीपक का ज्ञानेन्द्रिय से कोई सीधा सम्बन्ध नहीं होता है।
2. निकटस्थ उद्दीपक (proximal stimulus) से तात्पर्य प्रत्यक्षित उद्दीपक का ज्ञानेन्द्रिय में प्रस्तुतीकरण (representation) से होता है। जैसे किसी वस्तु का आकार (size), रूप (shape), दीप्ति (brightness), जो अक्षिपटल (retina) पर बनता है, निकटस्थ उद्दीपक के उदाहरण हैं।

stimulus) अर्थात् अक्षिपटलीय प्रतिमा को स्थिर (constant) रखा गया। तीन मीटर की दूरी से 90 सेन्टीमीटर के उद्दीपक होने के कारण इसे अक्षिपटल पर बनने वाला प्रतिमा का आकार लगभग वही था जो एक मीटर की दूरी से 30 सेंटीमीटर के घन का था। परिणाम में देखा गया कि शिशुओं में उस घन के प्रति अधिक सिर घुमाने की अनुक्रिया किया जिसका वास्तविक आकार में कोई परिवर्तन नहीं किया था (B अवस्था) तथा उस घन के प्रति सिर घुमाने की अनुक्रिया कम किया जिसके आकार में वृद्धि इसलिए की गयी थी कि उससे बनने वाला अक्षिपटलीय प्रतिमा में कोई परिवर्तन नहीं आ सके। प्रयोग के इस परिणाम से स्पष्ट हो जाता है कि शिशुओं में भी अनुभव या प्रशिक्षण से आकार स्थिरता (size constancy) उत्पन्न होता है।

आकार स्थिरता का सैद्धान्तिक प्रक्रम (*Theoretical mechanism of size constancy*)—मनोवैज्ञानिकों ने आकार स्थिरता (size constancy) की व्याख्या (explanation) तीन ढंग से किया है। पहली व्याख्या के अनुसार आकार स्थिरता का कारण यह है कि व्यक्ति को देखे जाने वाले वस्तु का वास्तविक आकार (real size), उसकी दूरी (distance) आदि पहले से उसे ज्ञात होता है। फलतः वह वस्तु चाहे 2 फीट की दूरी पर हो या 15 फीट की दूरी पर हो, हम उसके आकार का प्रत्यक्षण ठीक पहले के समान करते हैं। हॉलवे तथा बोरिंग (Holway & Boring) ने 1940 में एक प्रयोग कर यह दिखलाया है कि पहले से ज्ञात दूरी तथा वस्तु के वास्तविक आकार तथा अन्य सम्बन्धित बातों का ज्ञान में कमी होने से आकार स्थिरता (size constancy) प्रभावित हो जाता है अर्थात् इसमें कमी आ जाती है। इस प्रयोग में इन लोगों ने कुछ अस्पष्ट उद्दीपकों को प्रयोज्य को दिखलाया जिसका न तो कोई निश्चित आकार था न प्रकार। यहाँ प्रयोगकर्त्ताओं ने इन उद्दीपकों को भिन्न-भिन्न दूरियों (distances) से प्रयोज्य को दिखलाया। उद्दीपक से सम्बन्धित कुछ अन्य पृष्ठभूमि सूचनाओं (background information) को प्रयोगकर्त्ताओं ने छिपा लिया था। परिणाम में यह देखा गया कि देखे जानेवाले उद्दीपक की दूरी, आकार (size) तथा अन्य पृष्ठभूमि सूचनाओं (background information) के अभाव में आकार स्थिरता (size constancy) में कमी आ गयी। अधिकतर प्रयासों (trials) में प्रयोज्यों ने उद्दीपक को अक्षिपटलीय प्रतिबिम्ब (retinal image) के रूप में ही प्रत्यक्षण किया। इस प्रयोग से स्पष्ट है कि आकार स्थिरता (size constancy) में देखें जाने वाले वस्तुओं से सम्बन्धित अनुभव (experience) काफी महत्त्वपूर्ण कारक (factor) हैं।

आकार स्थिरता (size constancy) की दूसरी व्याख्या गिब्सन (Gibson, 1950) द्वारा दिया गया है। इनका कहना है कि आकार स्थिरता (size constancy) का कारण देखा जाने वाला वस्तु का गठन (texture) तथा उस वस्तु की पृष्ठभूमि (background) के गठन (texture) दोनों में एक साथ (simultaneously) होने वाला परिवर्तन है। इसके परिणामस्वरूप उनके बीच अर्थात् वस्तु तथा उसकी पृष्ठभूमि (background) के बीच का सम्बन्ध ज्यों-का-त्यों बना रह जाता है। जब वस्तु व्यक्ति से दूरी पर होती है तो उस वस्तु तथा उसकी पृष्ठभूमि में एक साथ ही परिवर्तन होता है। फलतः इन दोनों के बीच का अनुपात वही रह जाता है। उसी तरह जब वस्तु व्यक्ति के नजदीक होता है, तो उस वस्तु एवं उसकी पृष्ठभूमि में एक ही साथ परिवर्तन होता है और यहाँ भी अनुपात वही (same) रह जाता है। अतः हमें वस्तु की आकार स्थिरता (size constancy) का प्रत्यक्षण होता है।

गिब्सन (Gibson) की व्याख्या से ही मिलती-जुलती एक तीसरी व्याख्या भी है जिसे रॉक तथा इविनेहोल्ज (Rock & Ebenholtz, 1959) द्वारा दी गयी है। इस व्याख्या का आधार देखे जाने वाले वस्तुओं का सापेक्ष आकार (relative size) होता है। इस व्याख्या के अनुसार व्यक्ति किसी वस्तु के आकार को अन्य इर्द-गिर्द के वस्तुओं के आकार के संदर्भ में इस ढंग से देखता है कि उनका आपसी अनुपात स्थिर (constant) रहता है। इसके परिणामस्वरूप आकार स्थिरता का अनुभव व्यक्ति को होता है। जैसे, मान लिया जाए कि आप अपने डेस्क पर कलम रखे देख रहे हैं। अब आप डेस्क से थोड़ा दूर हट जाएँ। ऐसी परिस्थिति में कलम का अक्षिपटलीय प्रतिमा (retinal image) छोटी हो जाती है तथा साथ-ही-साथ डेस्क की भी अक्षिपटलीय प्रतिमा छोटी हो जाती है। फलतः दोनों के आकार (size) का अनुपात लगभग एक समान ही रह जाता है। शायद यही कारण है कि डेस्क पर रखे कलम को चाहे हम एक मीटर की दूरी पर से देखें या 10 मीटर पर की दूरी से देखें, वह एक ही आकार का दीख पड़ेगा।

(ii) रूप स्थिरता (*Shape constancy*)—रूप स्थिरता द्वारा हमें यह पता चलता है कि वस्तु के रूप (shape) के प्रत्यक्षण में भी स्थिरता (constancy) होता है। भिन्न-भिन्न परिस्थितियों में यदि एक ही वस्तु को भिन्न-भिन्न कोणों (angle) से हम देखते हैं तो इससे उत्पन्न अक्षिपटलीय प्रतिबिम्ब (retinal image) में परिवर्तन

चित्र 5.28 : रूप स्थिरता (Shape Constancy)

(change) आ जाता है। इसके बावजूद भी व्यक्ति उस वस्तु को ठीक पहले के रूप (shape) में ही देखता है। इसे ही *रूप स्थिरता* (shape constancy) कहा जाता है। इपस्टीन तथा पार्क (Epstein & Park, 1964)[1] ने रूप स्थिरता को इस प्रकार परिभाषित किया है, ''परिस्थिति (orientation) में भिन्नता के बावजूद भी किसी वस्तु का प्रत्यक्षित किया गया रूप (perceived shape) में सापेक्ष स्थिरता होती है जिसे रूप स्थिरता कहा जाता है।'' मैटलिन[2] (Matlin, 1983) के अनुसार, रूप स्थिरता का अर्थ होता है कि वस्तुओं की उन्मुखता में परिवर्तन के बावजूद उसके रूप में स्थायित्व बना रहता है। एक दो उदाहरण की ओर ध्यान दें। हम खिड़की या दरवाजा के पल्ला को खोलकर देखें या बन्द करके देखें, इन दोनों अवस्थाओं में वे हमें आयताकार (rectangular) ही दिखाई देता है हालाँकि पल्ला खुला रहने पर जो अक्षिपटलीय प्रतिबिम्ब (retinal image) बनाता है, वह पल्ला बन्द रहने पर बने अक्षिपटलीय प्रतिबिम्ब से काफी भिन्न होता है। उसी तरह से टेबुल पर यदि एक ग्लास को पड़ा की स्थिति में रख देते हैं और फिर उसी गिलास को टेबुल पर खड़ा की स्थिति में नहीं बल्कि लेटा कर (horizontally) रखते हैं, तो दोनों परिस्थितियों में गिलास का रूप (shape) एक ही समान अर्थात् लम्बा नजर आता है हालांकि इन दोनों परिस्थितियों में बनने वाले अक्षिपटलीय प्रतिबिम्ब (retinal image) में काफी अन्तर होता है। लिण्डसे तथा नॉरमैन (Lindsay & Norman, 1977) ने एक प्रयोग किया जिसमें उनलोगों ने एक ही दूरी से प्रयोज्य को एक वर्गाकार चित्र दिखलाया जिसका एक तरफ का भुजा (side) भिन्न-भिन्न प्रयासों में भिन्न-भिन्न डिग्री में झुकी (tilt) हुई थी। परिणाम में देखा गया कि वर्ग की एक भुजा भिन्न-भिन्न डिग्री में झुके होने के बावजूद भी प्रयोज्य उसे एक वर्ग के रूप (shape) में ही प्रत्यक्षण किया हालाँकि प्रत्येक डिग्री के झुकाव से जो अक्षिपटलीय प्रतिबिम्ब बनता था, वह अलग-अलग बनता था। एक इसी तरह का प्रयोग एक गिब्सन (Gibson, 1950) द्वारा किया गया। इन्होंने अपने प्रयोज्यों को एक निश्चित दूरी पर आयताकार दरवाजा (rectangular door) को विभिन्न डिग्री में तिरछा करके दिखलाया (देखे चित्र 5.28)। इस तिरछेपन के कारण उनका अक्षिपटलीय प्रतिमा (retinal image) प्रायः एक विषम चतुर्भुज (trapezoid) का होता था परन्तु फिर भी प्रयोज्यों ने उसे एक आयताकार दरवाजा (rectangular door) के रूप में ही प्रत्यक्षण किया।

रूप स्थिरता का सैद्धान्तिक प्रक्रम *(Theoretical mechanism of shape constancy)*—रूप स्थिरता की व्याख्या करने के लिए मनोवैज्ञानिकों ने रूप तिरछेपन *अपरिवर्त्य प्राकल्पना* (shape-slant invariance hypothesis) का निर्माण किया है। इस प्राक्कल्पना के अनुसार प्रत्यक्षणकर्त्ता किसी वस्तु के अक्षिपटलीय रूप (retinal shape) तथा उसके तिरछेपन (slant) से प्राप्त सुचनाओं को संयोजित करके उसका एक वस्तुनिष्ठ रूप (objective shape) का परिकलन करता है। यही कारण है कि विभिन्न तिरछेपन की परिस्थिति में वस्तु के होने के बावजूद भी व्यक्ति वस्तु के उसके वास्तविक रूप का प्रत्यक्षण कर लेता है। लाप्पीन एवं प्रेवल (Lappin & Preble, 1965) ने इस व्याख्या की आलोचना किया है और कहा है कि कुछ परिस्थितियाँ ऐसी होतीं हैं जिनमें प्रयोज्य वस्तुओं के अक्षिपटलीय रूप (retinal shape) का सही-सही परिकलन नहीं कर पाता है और तब ऐसी परिस्थिति में उसके वस्तुनिष्ठ रूप का परिकलन करना भी मुश्किल या कठिन हो जाता है। कहने का मतलब यह है कि रूप स्थिरता की व्याख्या उक्त प्राक्कल्पना द्वारा हर परिस्थिति में सम्भव नहीं है।

1. "Shape constancy is the relative constancy of the perceived shape of an object despite variations in orientations." —Epstein & Park : *Psychological Bulletin*, 1964.
2. "Shape constancy means that an object seems to stay the same shape despite changes in its orientation." —Matlin : *Perception*, 1983 p.10

रूप स्थिरता की व्याख्या गिब्सन (Gibson, 1950) द्वारा भी की गयी है। इनका मत है कि वस्तुओं के गठन (texture) के आधार पर व्यक्ति रूप स्थिरता का प्रत्यक्षण करता है। जब एक स्पष्ट गठन (clear texture) वाले वस्तु को तिरछे स्थिति में रखा हुआ व्यक्ति देखता है, तो गठन इकाइयाँ जो प्रत्यक्षणकर्त्ता से कुछ दूर हो जाता है, उसे वह एक साथ सम्पीड़ित (compressed) अनुभव करता है जिसके परिणामस्वरूप वह वस्तु को उसके वास्तविक रूप (shape) में देखता है।

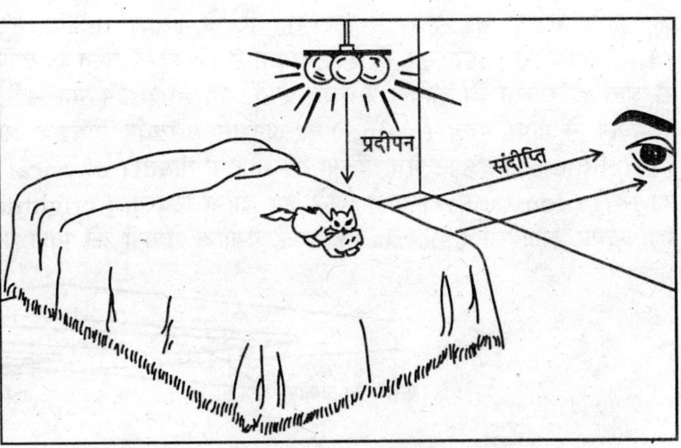

चित्र 5.29 : प्रदीपन (illuminance) तथा संदीप्ति (luminance) का संप्रत्यय

2. वस्तुओं के गुण से सम्बन्धित स्थिरता (*Constancy related to quality of objects*)—जब हम किसी दृष्टि उद्दीपकों (visual stimuli) को देखते हैं, तो इसके दो गुणों का प्रभाव हम पर विशेष रूप से पड़ता है। ये दो गुण हैं—उद्दीपक का चमक (brightness) तथा उद्दीपक का रंग (colour)। ऐसा देखा गया है कि वस्तु के इन गुणों के प्रत्यक्षण में भौतिक अवस्थाओं (physical conditions) में परिवर्तन हो जाने के बाद भी काफी स्थिरता पायी जाती है। पहले प्रकार की स्थिरता को चमक स्थिरता (brightness constancy) तथा दूसरे प्रकार की स्थिरता को रंग स्थिरता (colour constancy) की संज्ञा दी जाती है। इन दोनों का वर्णन निम्नांकित हैंः—

(i) दीप्ति या चमक स्थिरता (*Bright-ness or ligthness constancy*)—जिन वस्तुओं को हम देखते हैं, उनके चमक की स्तर यानी उनका उजलापन या भूरापन या कालापन के स्तर में एक तरह की स्थिरता का प्रत्यक्षण हम उन परिस्थितियों में भी करते हैं जब उन वस्तुओं द्वारा परावर्तित रोशनी (reflected light) की मात्रा (amount) भिन्न-भिन्न होती है। इसे ही चमक स्थिरता की संज्ञा दी गयी है। एक उदाहरण लीजिए—कोयला को अगर सूर्य की रोशनी में रखा जाय या छाया (shadow) में रखा जाय, हम उसे कोयला के रूप में ही देखते हैं हालाँकि सूर्य की रोशनी में उसके चमक का स्तर यानी उसके द्वारा परावर्तित रोशनी (reflected light) की मात्रा छाया में रहने पर परावर्तित रोशनी की मात्रा से कहीं अधिक होता है। उसी तरह से बर्फ (snow) के टुकड़ा को चाहे रात में देखे या दिन में देखें वह समान ढंग से उजला नजर आता है हालाँकि दिन में बर्फ द्वारा परावर्तित रोशनी की मात्रा रात की अपेक्षा कहीं अधिक होता है।

उपर्युक्त उदाहरणों से यह स्पष्ट है कि अक्षिपटलीय प्रतिमा (retinal image) की दीप्ति (brightness) दो बातों पर निर्भर करता है। पहला यह है कि किसी स्रोत से उद्दीपक या वस्तु पर कितनी मात्रा में रोशनी पड़ रही है। इसे *प्रदीपक* (Illuminance) कहा जाता है तथा इसे अंग्रेजी के अक्षर 'I' से संकेत किया जाता है। दूसरा वस्तु या उद्दीपक की सतह (surface) कितनी मात्रा में रोशनी को परावर्तित करती है। अगर उद्दीपक की सतह उजली है तो वह अपने ऊपर पड़ने वाली रोशनी का करीब 80-90% परावर्तित कर देगी। परन्तु यदि उसकी सतह काली है तो उस पर पड़ने वाली रोशनी को वह अपने सोख लेगी और वह मात्रा 4-5% रोशनी को ही परावर्तित कर पायेगी। किसी उद्दीपक के सतह से परावर्तित रोशनी की मात्रा को *परावर्तकता* (reflectance) कहा जाता है तथा इसे अंग्रेजी के अक्षर 'R' से संकेत किया जाता है। किसी वस्तु या उद्दीपक द्वारा परावर्तित की गई रोशनी की सतत मात्रा (constant amount) को *अलबेडा* (albeda) कहा जाता है। अब किसी वस्तु के अक्षिपटलीय प्रतिमा (Retinal image) की तीव्रता (intensity) जिसे संदीप्ति (luminance) कहा जाता है तथा जिसे अंग्रेजी के अक्षर 'L' से संकेत किया जाता है, को निम्नांकित सूत्र से ज्ञात किया जा सकता हैः—

$$L = I \times R$$

प्रदीपन (illuminance) तथा संदीप्ति (luminance) को चित्र 5.29 में दिखलाया गया है। उसे एक उदाहरण द्वारा इस प्रकार समझाया जा सकता है। मान लिया जाए कि वस्तु के सतह पर 100 इकाई रोशनी पड़ रही है तथा

वह 90% रोशनी का परिवर्तन कर रहा है तो इसका संदीप्ति मूल्य (luminance value) 90 इकाई का होगा (L = 100 ×.90)। इस सूत्र से ऐसा लगतां है कि किसी वस्तु के दीप्ति का प्रत्यक्षण इस सूत्र के समाधान से ही आसानी से ज्ञात हो सकता है। लेकिन सच्चाई ऐसी नहीं हैं। यद्यपि यह सही है कि अक्षिपटलीय प्रतिमा की तीव्रता में सूत्र के समाधान से प्राप्त मूल्य (value) के अनुसार परिवर्तन अवश्य आता है, परन्तु फिर भी अनुभव किया गया दीप्ति (brightness) अक्षिपटलीय प्रतिमा की भौतिक तीव्रता (physical intensity) में परिवर्तन होने के बावजूद भी सतत या स्थिर (constant) रहता है जिसे हम दीप्ति स्थिरता (brightness constancy) की संज्ञा देते हैं। दीप्ति स्थिरता का आधार अलवेडा (albeda) होता है क्योंकि रोशनी की मात्रा कम या अधिक होने पर भी वस्तु या उद्दीपक द्वारा

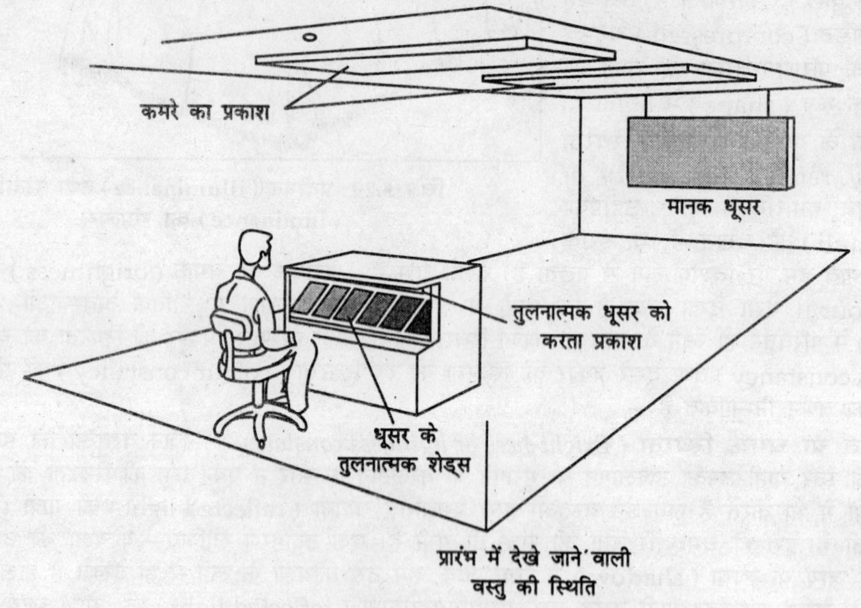

चित्र 5.30 : दीप्ति स्थिरता मापने का एक ढाँचा

परावर्तित रोशनी की मात्रा निश्चित या सतत (constant) होती है। अब प्रश्न उठता है कि प्रयोगशाला में दीप्ति स्थिरता को किस तरह मापा जाता है? इसके मापने के कई तरीके हैं जिनमें से सबसे उत्तम एवं सरल तरीका कॉर्नस्वीट (Cornsweet, 1970) द्वारा प्रतिपादित किया गया है। इनके द्वारा किए गए प्रयोग विधि में प्रत्यक्षणकर्त्ता को एक विशेष ज्योतिमंय कमरे (lighted room) में बैठा दिया जाता है। कमरे में कुछ फीट की दूरी पर आगे एक मानक धूसर कार्ड बोर्ड (standard gray cardboard) टँगा होता है (चित्र 5.30 देखें)। प्रत्यक्षणकर्त्ता के ठीक सामने एक बक्स (box) होता है जिसकी खिड़की से कागज के कई बड़े-बड़े टुकड़े दिखाई देते हैं। कागज के ऐसे टुकड़े काले से धूसर (gray) होते हुए विभिन्न उजले छायों (shades) में श्रेणीकृत (graded) होते हैं। इन श्रेणीकृत या तुलनात्मक श्रृंखलाओं (comparison series) को अलग से प्रदीप्त (illuminate) किया जाता है। दूसरे शब्दों में, कमरे के सामान्य प्रकाश को इस पर नहीं पड़ने दिया जाता है तथा इस पर अलग से रोशनी डाली जाती है। प्रत्यक्षणकर्त्ता का कार्य मानक धूसर कार्ड बोर्ड से तुलना करते हुए तुलनात्मक श्रृंखला (comparison series) में से समरूप धूसर कागज (gray paper) को चुनना होता है। प्रायः यह देखा जाता है कि प्रत्यक्षणकर्त्ता तुलनात्मक श्रृंखला में से उसी धूसर कागज को चुनता है जो मानक धूसर कार्ड बोर्ड से भौतिक रूप से समरूप (physically identical) होता है। यह संदीप्ति सूत्र (luminance formula) के अनुकूल होता है। अब प्रयोगकर्त्ता कमरे की रोशनी की तीव्रता को आधा कम कर देता है परन्तु तुलनात्मक श्रृंखला (comparison series) में दिये गये रोशनी की तीव्रता को पूर्वतः छोड़ देता है। संदीप्ति सूत्र के अनुसार यहाँ प्रयोज्य या प्रत्यक्षणकर्त्ता को तुलनात्मक श्रृंखला में से वही धूसर कागज सुमेल (matching) के रूप में चुनना चाहिए जिसका परावर्तकता (surface reflectance) मानक धूसर कार्ड बोर्ड

के स्तर परावर्तकता के आधा के तुल्य हो। परन्तु यह देखा गया है कि प्रयोज्य वही तुलनात्मक धूसर को चुनता है जो भौतिक रूप से मानक धूसर कार्ड बोर्ड के समरूप (identical) होता है और यह प्रवृत्ति उन सभी परिस्थितियों में बनी रहती है जिसमें प्रयोगकर्त्ता मानक धूसर कार्ड बोर्ड पर डाले जाने वाले रोशनी की तीव्रता में परिवर्तन करता जाता है। इस स्थिरता को *'वास्तविक वस्तु के प्रति प्रतिभासिक प्रतिगमन'* (phenomenal regression to real object) कहा गया है।

वर्नस्विक (Brunswik, 1929) ने एक सरल तरीका बतलाया है जिसके माध्यम से प्रत्यक्षित दीप्ति (perceived brightness) में स्थिरता की मात्रा या प्रत्यक्षज्ञानात्मक स्थिरता (perceptual constancy) के अन्य प्रयोगों में स्थिरता की मात्रा का पता लगाया जा सकता है। इन्होंने एक सूत्र का प्रतिपादन किया है जिसके माध्यम से स्थिरता की मात्रा को आसानी से मापा जा सकता है। इस सूत्र को वर्नस्विक अनुपात (Brunswik Ratio) भी कहा जाता है, जो इस प्रकार है—

$$\text{Brunswik ratio} = \frac{(P-R)}{(C-R)}$$

यहाँ

P = वस्तु का प्रत्यक्षित गुण (perceived or judged property of an object)

C = वस्तु का वस्तुनिष्ठ या भौतिक गुण (objective or physical property of an object)

R = वस्तु का संवेदी या निकटस्थ प्रस्तुतीकरण (sensory or proximal representation of an object)

वर्नस्विक अनुपात उद्दीपक के वस्तुनिष्ठ स्वरूप (objective nature) तथा उसका निकटस्थ प्रस्तुतीकरण (proximal representation) तथा उद्दीपक के बारे में व्यक्ति द्वारा किया गया निर्णय एवं उसका निकटस्थ प्रस्तुतीकरण का एक तुलनात्मक अन्तर को बतलाता है। यदि वर्नस्विक अनुपात एक (one) होता है तो इससे प्रत्यक्षज्ञानात्मक स्थिरता को पूर्ण (perfect) होने का संकेत मिलता है। परन्तु यदि यह शून्य होता है तो इससे यह पता चलता है कि स्थिरता बिलकुल नहीं हो रही है। परन्तु जब वर्नस्विक अनुपात एक से अधिक या कम होता है। तो इससे क्रमशः अतिस्थिरता (over constancy) तथा न्यूनस्थिरता की स्थिति होने का अंदाज मिलता है।

वर्नस्विक अनुपात को एक उदाहरण द्वारा इस प्रकार समझाया जा सकता है। मान लिया जाए कि मानक उद्दीपक (standard stimulus) के परावर्तकता (reflectance) को 50% पर निर्धारित (set) किया जाता है तथा उसे 20 फूटकैंडल (footcandles) की रोशनी में रखा जाता है। तुलनात्मक उद्दीपक (camparison stimulus) जिसे मानक उद्दीपक के साथ व्यक्ति को सुमेलित करना होता है, को 100 फूटकैंडल की रोशनी में (अर्थात् पाँच गुणा अधिक) रखा जाता है। प्रत्यक्षणकर्त्ता जो मानक उद्दीपक के आभासी रोशनी (apparent illumination) को तुलनात्मक उद्दीपक द्वारा परावर्तित रोशनी के आधार पर सुमेलित करता है, को तुलनात्मक उद्दीपक के परावर्त्तकता (reflectance) को मानक उद्दीपक के पाँचवें (one-fifth) या 10 प्रतिशत (50 प्रतिशत का पाँचवाँ भाग) पर निर्धारित (set) करना होगा। ऐसी परिस्थिति में अनुपात एक (one) होगा जो पूर्ण स्थिरता (perfect constancy) की ओर संकेत करेगा। ऐसी परिस्थिति में वर्नस्विक अनुपात $\left(\frac{50-10}{50-10}\right) = 1$ होगा। थोड़े देर के लिए मान लिया जाए कि प्रत्यक्षणकर्त्ता मानक उद्दीपक तथा तुलनात्मक उद्दीपक को दीप्ति (brightness) में उस परिस्थिति में भी तुल्य (equal) समझता है जब तुलनात्मक उद्दीपक का परावर्त्तकता (reflectance) मात्र 40 प्रतिशत है। ऐसी परिस्थिति में वर्नस्विक अनुपात $\left(\frac{40-10}{50-10}\right) = \frac{30}{40} = .75$ होगा।

दीप्ति स्थिरता का सैद्धान्तिक प्रक्रम *(Theoretical mechanism of brightness or lightness constancy)*—दीप्ति स्थिरता की व्याख्या करने के लिए दो तरह के सिद्धान्तों का प्रतिपादन किया गया है—*हेल्महोल्ज सिद्धान्त* (Helmholtz theory) तथा *विरोध सिद्धान्त* (Contrast theory)।

हेल्महोल्ज सिद्धान्त का प्रतिपादन हेल्महोल्ज (Helmholtz, 1866) द्वारा किया गया। हेल्महोल्ज एक जर्मन वैज्ञानिक थे। हेमहोल्ज ने प्रत्यक्षण का एक सिद्धान्त विकसित किया था जिसे *अचेतन अनुमान का सिद्धान्त* (theory of unconscious inference) कहा जाता है। हेमहोल्ज इस बात से काफी प्रभावित थे कि प्रत्यक्षण पर गत अनुभूति (past experience) का काफी प्रभाव पड़ता है। हेमहोल्ज का मत है कि जब व्यक्ति किसी उद्दीपक का प्रत्यक्षण करता है, तो वह अपने गत अनुभूति के आलोक में उसके बारे में तुरंत अचेतन रूप से इस प्रकार का अनुमान लगा लेता है कि उसका निकटस्थ उत्तेजन (proximal stimulation) अर्थात् ज्ञानेन्द्रिय पर बनने वाला तस्वीर किस तरह का होगा। दीप्ति स्थिरता की स्थिति में व्यक्ति कम-से-कम निम्नांकित तीन तरह का अचेतन अनुमान अवश्य ही लगाता है:—

(i) रोशनी के स्तर पर परिवर्तन होने पर भी किसी वस्तु का परावर्तकता (reflectance) लगभग स्थिर रहता है।

(ii) किसी निश्चित समय में किसी वस्तु या उद्दीपक पर रोशनी की पड़ने वाली मात्रा का व्यक्ति निर्धारण कर लेता है।

(iii) किसी वस्तु या उद्दीपक द्वारा कितनी मात्रा में रोशनी परावर्तित होगी, इसका निर्णय करने के लिए उस वस्तु या उद्दीपक पर स्रोत से पड़ने वाले रोशनी की मात्रा को ध्यान में रखा जाता है।

हेमहोल्ज का कहना है कि यदि L का मूल्य I तथा R का गुणनफल के बराबर होता है तो प्रत्यक्षणकर्त्ता आसानी से R का मूल्य मन-ही-मन सूत्र में परिवर्तन करके (अर्थात् $R = L/I$) ज्ञात कर ले सकता है। इस तरह से धीमी रोशनी में भी रखे जाने पर भी उजले कागज का टुकड़ा उजला दिखता है तथा तीव्र रोशनी में काला कागज का टुकड़ा काला ही दीखता है क्योकि प्रत्यक्षणकर्त्ता उजला कागज अपने ऊपर पड़ने वाले रोशनी को अधिक मात्रा में परावर्तित करते पाता है जबकि काला कागज के टुकड़ा कम मात्रा में अपने ऊपर पड़ने वाले रोशनी को परावर्तित करते पाता है।

यदि हम गौर से देखें तो हेमहोल्ज सिद्धान्त जो एक क्लासिकी सिद्धान्त है, दीप्ति स्थिरता की व्याख्या करने में निम्नांकित कारणों से असंतोषजनक एवं अतार्किक प्रतीत होता है—

(i) जब व्यक्ति किसी उद्दीपक को देखता है तो उसके आँख के अक्षिपटल पर सिर्फ उतना ही रोशनी पड़ता है जितना कि उस उद्दीपक के सतह द्वारा परावर्तित होता है। उस वस्तु या उद्दीपक पर पड़ने वाले रोशनी की मात्रा को आँख प्रत्यक्ष रूप से अभिलेख (record) नहीं कर पाता है। ऐसी परिस्थिति में प्रत्यक्षणकर्त्ता के लिए यह किस तरह से सम्भव है कि वह उद्दीपक के प्रदीपन (illuminance) से सही-सही अवगत हो पायेगा और उसके आधार पर वह दीप्ति स्थिरता का अंदाज लगा पायेगा?

(ii) हेमहोल्ज के सिद्धान्त के अनुसार दीप्ति स्थिरता में रोशनी के स्तरों में अंशतः परिवर्तन होने के बावजूद वस्तु परावर्तकता (object reflectance) में स्थिरता बनी रहती है, ज्ञान या पूर्व अनुभूति पर निर्भर करता है। सिद्धान्त का यह दावा यदि सही है तो दीप्ति स्थिरता बच्चों में वयस्कों की तुलना में कम होनी चाहिए (क्योंकि बच्चों में ऐसी अनुभूति कम होती है) तथा छोटे-छोटे पशुओं में जिनमें संज्ञानात्मक निर्णय करने की क्षमता और भी कम है, दीप्ति स्थिरता की मात्रा और भी कम होना चाहिए। हाँचवर्ग (Hochberg, 1971) ने इस क्षेत्र में किये गए अध्ययनों की समीक्षा किया है और पाया है कि बहुत प्रयोगों में बच्चों द्वारा दिखलाया गया दीप्ति स्थिरता की मात्रा वयस्कों द्वारा दिखलाया गया दीप्ति स्थिरता की मात्रा के लगभग बराबर था। मछलियों, चूजों एवं बन्दरों पर किये गये प्रयोगों में पाया गया कि इन सबों के द्वारा दिखलाया गया दीप्ति स्थिरता मानव प्रयोज्यों द्वारा दिखलाये गए दीप्ति स्थिरता के लगभग बराबर था। इन अध्ययनों से यह स्पष्ट हो जाता है कि हेमहोल्ज सिद्धान्त का दावा गलत है।

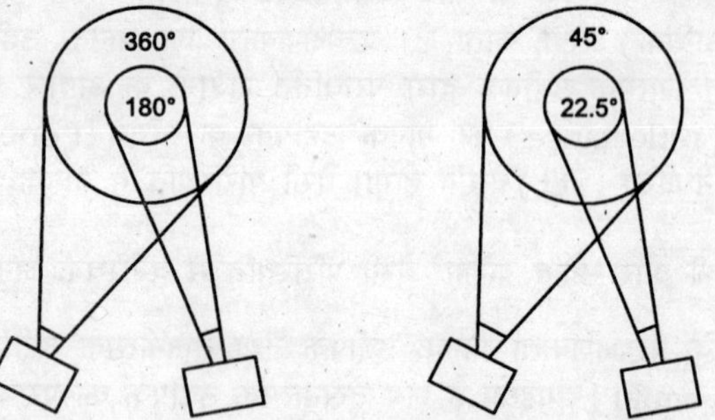

चित्र 5.31 : दीप्ति स्थिरता दिखलाने के लिए बालैक द्वारा किया गया प्रयोग

दीप्ति स्थिरता की व्याख्या करने के लिए दूसरा प्रमुख सिद्धान्त *विरोध सिद्धान्त* (contrast theory) है। जैसा कि नाम से ही स्पष्ट है, इस सिद्धान्त के अनुसार किसी उद्दीपक या वस्तु की दीप्ति (brightness) इस बात पर निर्भर करता

है कि वह अपने इर्द-गिर्द की वस्तुओं की तुलना में कितना अधिक या कम चमकीला या दीप्त (bright) है। जब कोई वस्तु अधिक दीप्त (bright) नजर आता है, तो इसका मतलब यह हुआ कि उसके इर्द-गिर्द की चीजों या उद्दीपक में दीप्ति (brightness) कम है। परन्तु यदि वही वस्तु के इर्द-गिर्द की चीजों या वस्तुओं को अधिक दीप्त कर दिया जाता है तो वह दूसरी परिस्थिति में कम दीप्त नजर आयेगा। कहने का मतलब यह है कि विरोध सिद्धान्त के अनुसार प्रत्यक्षणकर्त्ता उद्दीपकों के सापेक्ष तीव्रता (relative intensity) पर न कि निरपेक्ष तीव्रता (absolute intensity) पर ध्यान देता है। कोई वस्तु या उद्दीपक धूमिल हो सकता है परन्तु यदि वह अपने इर्द-गिर्द के उद्दीपकों से कम धूमिल है, तो वह व्यक्ति को दीप्ति (bright) नजर आयेगा। इस सिद्धान्त के अनुसार दीप्ति स्थिरता का अनुभव इसलिए होता है क्योंकि किसी वस्तु की सापेक्ष तीव्रता रोशनी के स्तर में परिवर्तन होने के बावजूद भी स्थिर रहता है। विरोध सिद्धान्त की व्याख्या का सत्यापन कई प्रयोग में हुआ है जिसमें वालैक (Wallach, 1948) द्वारा किया गया प्रयोग अधिक मशहूर है। इस प्रयोग में उन्होंने एक पूर्ण अंधेरे कमरे में एक पर्दे पर रोशनी का एक गोलाकार वृत्त प्रयोज्य को दिखलाया। यह वृत्त एक अन्य रोशनी के बड़े घेरा (ring) से घिरा हुआ था। घेरा के संदीप्ति (luminance) को कम या तीव्र किया जा सकता था। परिणाम में देखा गया कि जब प्रयोज्य को घेरा की संदीप्ति स्तर को तीव्र कर दिखलाया जाता था, तो उसे वृत्त धूमिल नजर आता था परन्तु जब संदीप्ति स्तर को धीमा करके दिखलाया जाता था, तो उसे वही वृत्त अधिक दीप्त (bright) नजर आता था। वालैक ने इसी तरह का एक दूसरा प्रयोग भी किया है। इस प्रयोग में प्रयोज्यों को रोशनी का दो डिस्क (disc) दिखलाया गया जो घेरा (ring) से घिरा हुआ था। (चित्र 5.31 देखें)। एक परिस्थिति में डिस्क तथा घेरा का संदीप्ति मूल्य (luminance value) क्रमशः 180 तथा 360 फूटलैम्वर्ट (foot lambert) था तथा दूसरी परिस्थिति में डिस्क तथा घेरा का संदीप्ति मूल्य क्रमशः 22.5 तथा 45 फूटलैम्वर्ट था। स्पष्ट है कि पहली और दूसरी परिस्थिति में डिस्क तथा घेरा के विरोध संदीप्ति मूल्यों (absolute luminance value) में काफी अन्तर था परन्तु इन दोनों परिस्थितियों में डिस्क घेरा संदीप्ति अनुपात (disk-ring luminance ratio) एक ही था अर्थात् 1:2 ही था। डिस्क एवं घेरा के निरपेक्ष तीव्रता (absolute intensity) में परिवर्तन के बावजूद भी दोनों डिस्क को प्रयोज्यों ने समान रूप से दीप्ति (bright) समझा अर्थात् उनमें दीप्ति स्थिरता पायी गयी। कारण दोनों परिस्थितियों में डिस्क तथा घेरा की संदीप्ति में वैषम्य (contrast) का अनुपात एक ही रखा गया था।

यद्यपि दीप्ति स्थिरता का यह विरोध सिद्धान्त अधिक लोकप्रिय है, फिर भी गिल्करिस्ट (Gilchrist, 1977) ने इसकी आलोचना करते हुए कहा है कि सिद्धान्त द्वारा प्रदत्त व्याख्या जरूरत से ज्यादा सरल है। इसकी अधिक सरलता से ऐसा आभास मिलता है कि इस सिद्धान्त को एक मनोवैज्ञानिक सिद्धान्त नहीं माना जा सकता है।

आधुनिक मनोवैज्ञानिकों का मत है कि दीप्ति स्थिरता के दोनों सिद्धान्तों में यद्यपि कुछ परिसीमाएँ हैं, फिर भी इसकी व्याख्या करने में इन दोनों सिद्धान्तों का समन्वित प्रयास एक सराहनीय कदम है।

(ii) रंग स्थिरता *(Colour constancy)*—एक ज्ञात रंग की वस्तु को यदि हम भिन्न रंगों के संदर्भ (context) में रखकर देखें, तो वस्तु का रंग वही दीख पड़ता है, जो पहले से था। एक उदाहरण लीजिए—एक लाल सेव को आप पीला कागज के टुकड़ा पर रखकर देखें या हरा कागज के टुकड़ा पर रखकर देखें वह लाल ही नजर आयेगा हालाँकि दोनों परिस्थितियों में पृष्ठभूमि का रंग अलग-अलग है। उसी तरह सेव को हम कमरा में देखें या सूर्य की रोशनी में रखकर देखें, दोनों अवस्थाओं में सेव लाल ही नजर आयेगा हालाँकि सूर्य में रहने पर सेव के कणों (pigments) की परावर्त्तन क्षमता (reflectance capacity) अधिक तीव्र होती है।

चमक स्थिरता (brightness constancy) तथा रंग स्थिरता (colour constancy) में प्रधान समानता (similarity) यह है कि इन दोनों तरह की प्रत्यक्षज्ञानात्मक स्थिरता (perceptual constancy) का सम्बन्ध दृष्टि उद्दीपक (visual stimulus) के सतह के स्वरूप (nature) से होता है। इस समानता के बावजूद भी दोनों में असमानता (difference) है। प्रधान असमानता (dissimilarity) यह है कि चमक स्थिरता (brightness constancy) का सम्बन्ध वस्तु (object) के रंगहीन पहलू (noncoloured aspect) अर्थात् उसके उजलापन (whiteness), कालापन (blackness) तथा धूसरापन (grayness) से होता है जबकि रंग स्थिरता (colour constancy) का सम्बन्ध वस्तु (object) के रंगीन पहलू (coloured aspect) यानी लाल, हरा, पीला आदि से सम्बन्धित है।

इस तरह से हम देखते हैं कि प्रत्यक्षज्ञानात्मक स्थिरता (perceptual constancy) को मूलतः चार भागों में अर्थात् आकार स्थिरता (size constancy), रूप स्थिरता (shape constancy), चमक स्थिरता (brightness constancy) तथा रंग स्थिरता (colour constancy) में बाँटकर अध्ययन किया है। इसके अलावा भी दो और प्रत्यक्षज्ञानात्मक स्थिरता है जिनका सम्बन्ध वस्तु की स्थिति (position) तथा दिशा (direction) से सम्बन्धित है। इसे क्रमशः स्थिति स्थिरता (position constancy) तथा दिशा स्थिरता (direction constancy) कहा जाता है। परन्तु मनोवैज्ञानिकों का ध्यान इन अंतिम दोनों तरह के प्रत्यक्षज्ञानात्मक स्थिरता की ओर कम गया है क्योंकि दृष्टि क्षेत्र (visual field) में इसका महत्त्व तुलनात्मक रूप से कम है।

प्रत्यक्षज्ञानात्मक स्थिरता (perceptual constancy) का दूसरा महत्त्वपूर्ण पहलू (aspect) जिसपर मनोवैज्ञानिकों ने काफी अधिक बल डाला है, वह है—क्या इस तरह की स्थिरता जन्मजात (inborn) होती है या इसे व्यक्ति सीखता है? इस प्रश्न का उत्तर 1965 तक मनोवैज्ञानिक सही-सही नहीं दे पा रहे थे। परन्तु बॉअर (Bower, 1966) ने एक अध्ययन करके जिसमें 6 सप्ताह से 8 सप्ताह के उम्र के कुछ बच्चों में आकार स्थिरता (size constancy) का अध्ययन किया गया, इस प्रश्न का उत्तर देने में समर्थ हुए। इस अध्ययन के परिणाम में यह स्पष्ट रूप से देखा गया कि इस उम्र के बच्चों में भी आकार स्थिरता (size constancy) तथा रूप स्थिरता (shape constancy) होता है। वस्तु को यानी 30 सेन्टीमीटर उजला घन (white cube) को जब एक मीटर की दूरी पर रखा जाता था और जब उसे 3 मीटर की दूरी पर रखा जाता था, शिशु (infant) समान रूप से अनुक्रिया (response) करते पाये गए। इससे साबित होता है कि शिशु में आकार स्थिरता (size constancy) हो रही थी। इसका मतलब तब यह हुआ कि प्रत्यक्षज्ञानात्मक स्थिरता जन्म के तुरंत बाद भी मौजुद होता है। अतः प्रत्यक्षज्ञानात्मक स्थिरता जन्मजात (inborn) होता है। इतना ही नहीं, बॉअर (Bower) ने बाद में और भी अनेक प्रयोग कर यह दिखला दिया है कि प्रत्यक्षज्ञानात्मक स्थिरता (perceptual constancy) प्रत्यक्षज्ञानात्मक विभेद (perceptual discrimination), गहराई विभेद (depth discrimination) आदि जैसे गुण शिशुओं तथा वयस्कों (adults) में समान रूप से पायी जाती है। अन्तर सिर्फ इतना होता है कि शिशु वयस्क की तुलना में इन सभी तरह के प्रत्यक्षज्ञानात्मक क्षमताओं (perceptual capabilities) को कम मात्रा में व्यक्त कर पाते हैं। अतः प्रयोगात्मक सबूतों के आधार पर हम इस निष्कर्ष पर पहुँचते हैं कि प्रत्यक्षज्ञानात्मक स्थिरता (perceptual constancy) जन्मजात (inborn) होता है न कि अर्जित (acquired)।

स्थिरता-अस्थिरता विरोधाभास
(Stability-Instability Paradox)

प्रत्यक्षज्ञानात्मक स्थिरता (perceptual constancy) के क्षेत्र में किये गए प्रयोगों से यह स्पष्ट हो गया है कि उद्दीपकों के आकार-प्रकार, रंग, आदि में परिवर्तन होने के बावजूद भी व्यक्ति उन्हें एक निश्चित एवं स्थिर (stable) प्रारूप में ही प्रत्यक्षण करता है। जैसे, कोयला के टुकड़ा को धूप में रखकर प्रत्यक्षण करें या उसे छाया में रखकर प्रत्यक्षण करें, उसे हम एक ही रूप में प्रत्यक्षण करेंगे हालाँकि धूप में रखने से रोशनी का परावर्तन स्तर (reflection level) छाया के परावर्तन स्तर से अधिक होता है। उसी तरह से यदि हम भोजन करने वाले प्लेट को चार फीट की दूरी से देखें या 10 फीट की दूरी से देखें, उसे हम भोजन के प्लेट के रूप में ही देखेंगे हालाँकि दूसरी परिस्थिति में पहली परिस्थिति की तुलना में बनने वाला अक्षिपटलीय प्रतिमा (retinal image) छोटी होगी। कहने का तात्पर्य यह है कि उद्दीपक में अस्थिरता के बावजूद हम उसे स्थिर एवं निश्चित प्रारूप में प्रत्यक्षण करते हैं। इससे प्रोत्साहित होकर मनोवैज्ञानिकों ने एक इसके ठीक विपरीत परिस्थिति में प्रत्यक्षज्ञानात्मक अनुभूति का अध्ययन करने की कोशिश किये हैं। उन्होंने यह मुद्दा उठाया कि जब परिस्थिति के सभी उद्दीपक में समजातीयता (homogeneity) उत्पन्न कर दिया जाए अर्थात् उसके अन्तर को समाप्त करके उसे एक समान बना दिया जाए ताकि उनमें पूर्ण स्थिरता तथा समरूपता आ जाए तो इसका प्रभाव प्रत्यक्षज्ञानात्मक अनुभूति पर क्या पड़ेगा? इस प्रश्न का उत्तर देने के लिए जितने भी प्रयोगात्मक अध्ययन किये गए हैं उनसे यह स्पष्ट हुआ कि यदि उद्दीपक के स्वरूप में समरूपता तथा स्थिरता उत्पन्न कर दिया जाता है तो इससे

चित्र 5.32 : मानव चेहरा तथा H एवं B से बने गुम्फाक्षर के प्रत्यक्षण में होनेवाला क्रमिक विखंडन

व्यक्ति के प्रत्यक्षज्ञानात्मक अनुभूति (perceptual experience) में स्थिरता तथा श्रेष्ठता बनाये रखने के लिए यह आवश्यक है कि उद्दीपक को अस्थिर (instable) बनाकर रखा जाए। उपर्युक्त तथ्यों से जिस सम्प्रत्यय का जन्म हुआ उसे मनोवैज्ञानिकों ने *स्थिरता-अस्थिरता विरोधाभास* (stability-instability paradox) की संज्ञा दिया है। इस सम्प्रत्यय[1] की एक परिभाषा इस प्रकार दी जा सकती है।

''स्थिरता-अस्थिरता विरोधाभास एक ऐसी प्रत्यक्षज्ञानात्मक अवस्था है जिसमें प्रत्यक्षण में स्थिरता तथा स्पष्टता लाने के लिए उद्दीपक परिस्थिति में अस्थिरता तथा परिवर्तन लाना आवश्यक हो जाता है।''

स्थिरता-अस्थिरता विरोधाभास के सत्यापन के लिए कई तरह के अध्ययनन किये गए हैं। इन प्रयोगों में कुछ ऐसा प्रबंध किया गया था कि परिस्थिति में रखे गए उद्दीपकों की प्रतिमा (image) हमेशा एक समान बन सके। इसे *स्थगित* या *स्थिर प्रतिमा* (stopped or stabilized image) कहा जाता है। ऐसे प्रयोग कई मनोवैज्ञानिकों द्वारा किये गये हैं जिनमें अलपर्न (Alpern, 1971), क्रॉनस्वीट (Cronsweet, 1970), डिचवर्न (Ditchburn, 1973), हेकेनम्यूलर (Heckenmueller, 1965), प्रिटचार्ड (Pritchard, 1961) के नाम मुख्य हैं। इन सभी प्रयोगों में एक ही तरह की प्रविधि का उपयोग किया गया था। अतः इनका एक सामान्य वर्णन ही हम यहाँ करेंगे।

इन प्रयोगों में विशेष प्रबंध करके प्रयोज्य के अक्षिपटल (retina) पर कुछ उद्दीपकों के बनने वाले प्रतिबिम्ब या प्रतिमा (images) को स्थिर (stabilized) किया गया। ऐसे उद्दीपक को देखने के मात्र चन्द सेकंड के बाद प्रयोज्यों ने बतलाया कि देखी गयी आकृति (या उद्दीपक) धीरे-धीरे उनके आँखों के सामने से ओझल होने लगा जिसके परिणाम स्वरूप उद्दीपक परिस्थिति में एकरूपता या समरूपता (homogeneity) कायम हो गयी और धीरे-धीरे उद्दीपक परिस्थिति अधिक अंधेरा-युक्त दीखने लगा और प्रयोज्यों को कोई स्पष्ट प्रत्यक्षण होना लगभग बंद हो गया। उसी तरह से यदि प्रयोज्यों को रंग का प्रत्यक्षण करवाया जाता था तो कुछ देर के बाद उसे परिस्थिति रंगहीन दिखाई देने लगता था और कुछ समय के बाद वह लुप्त हो जाता था। इन प्रयोगों के परिणाम का सबसे महत्त्वपूर्ण बिन्दु यह था कि जब दिखायी गयी आकृति (या उद्दीपक) जटिल होती थी जिसमें व्यक्ति के लिए सार्थकता अधिक होती थी, तो वह व्यक्ति के सामने सरल आकृति की तुलना में अधिक समय के लिए बना होता था तथा उसके प्रत्यक्षण में लुप्तता (disappearance) धीरे-धीरे होती थी। यही कारण है कि मानव चेहरा की आकृति का प्रत्यक्षण ऐसी परिसिथति में एक वक्र रेखा की आकृति के प्रत्यक्षण की तुलना में अधिक समय तक बनी रहती थी। उसी तरह से यदि प्रयोज्य को अक्षर 'H' तथा अक्षर 'B' का एक गुम्फाक्षर (monogram) दिखलाया जाता था तो इन दोनों में से कोई एक अक्षर या उसका अंश को ही देखने की अनुभूति प्रयोज्यों को होती थी। चित्र 5.32 में प्रिटचार्ड (Pritchard, 1961) के प्रयोग में मानव चेहरा की आकृति तथा H एवं B से बने गुम्फाक्षर के प्रत्यक्षण में होनेवाले क्रमिक विखंडन (fragmentation) को दिखलाया गया है। स्थगित या स्थिर आकृतियों का धीरे-धीरे लुप्त होना इस बात का संकेत देता है कि नेत्र गति (eye movement) द्वारा व्यक्ति उद्दीपक के प्रत्यक्षण को बनाये रखने की कोशिश करता है।

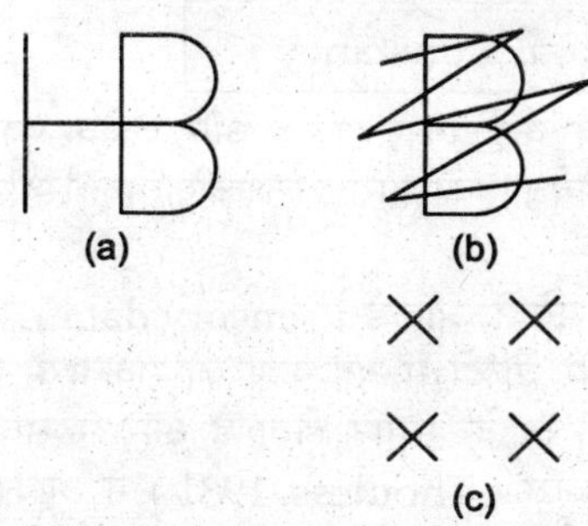

चित्र 5.33 : चमकीले आकृतियों के प्रत्यक्षणात्मक विखंडन के अध्ययन में व्यवहत आकृति

मैककिन्नी (McKinney, 1963, 1964) ने भी स्थिरता-अस्थिरता विरोधाभास दिखाने के लिए प्रयोग किया है। परन्तु वे स्थगित या स्थिरता प्रतिबिम्बों या प्रतिमाओं के जगह पर चमकीले आकृतियों (luminous designs) का उपयोग कर संवेदी परिस्थिति को स्थिर रखने का प्रयास किये। इन्होंने अपने एक प्रयोग में प्रयोज्य को चित्र 5.33 के आकृति को दिखलाया। आकृति को एक बैंगनी क़ागज पर चमकीले रंगलेप (luminous paint) चढ़ाकर एक पूर्णतः अंधेरे कमरे में बारी-बारी से दिखलाया गया। थोड़े समय अर्थात् चन्द सेकंड के बाद से ही प्रयोज्यों में आकृतियों के कुछ अंशों को लुप्त तथा पुनः उपस्थित होने का प्रत्यक्षण होने लगा। स्थगित या स्थिर आकृतियों के अध्ययनों के परिणामों के अनुकूल ही यह भी देखा गया कि जटिल आकृतियों में लुप्त होने की प्रक्रिया धीरे-धीरे हुई अर्थात् जटिल

1. "Stability-instability paradox refers to a perceptual state in which it becomes essential to bring a chang and instability in stimulus conditions in order to produce clarity and stability in perception."—Autho

आकृति तुलनात्मक रूप से अधिक समय तक प्रयोज्य का प्रत्यक्षण में ठीक-ठीक बनी रही और फिर उनके अंशों का लुप्त होना शनैः-शनैः होने लगा। जैसे, आकृति 5.31 के 'a' में पहले प्रयोज्य ने अक्षर 'H' के प्रत्यक्षण का अनुभव किया उसके बाद अक्षर 'B' के प्रत्यक्षण का तथा उसके बाद संख्या 3 या 13 का। आकृति 'b' में अक्षर 'B' को टेढ़ी-मेढ़ी रेखाओं के सामने कम्पन की अवस्था में पाया तथा आकृति 'c' में प्रयोज्यों ने चार तिरछी रेखाओं को एक ही दिशा में झुका हुआ प्रत्यक्षण किया। इन उदाहरणों से यह स्पष्ट है कि जटिल आकृतियों के प्रत्यक्षण में विखंडन देरी से तथा धीरे-धीरे होता है।

कुछ मनोवैज्ञानिकों ने उद्दीपक परिवर्तन में समानता तथा एकरूपता की उत्पत्ति का अध्ययन पूरे प्रत्यक्षज्ञानात्मक क्षेत्र में दीप्ति या चमक (uniform brightness) के स्तर को समान बनाकर किया है। इस तरह के प्रत्यक्षज्ञानात्मक क्षेत्र (perceptual field) को *समरूप क्षेत्र* (homogeneous field) या *गैंजफेल्ड* (Gangfeld) कहा जाता है। गैंजफेल्ड का अनुभव कभी-कभी उस समय हवाई चालकों को होता है जब वे काफी ऊँचाई पर उड़ रहे होते हैं। अधिक ऊँचाई पर उड़ने से चालक को बाहर का दृष्टि क्षेत्र एक समान दीख पड़ता है तथा उन्हें बाहरी परिदृश्य का व्योरा (detail) अस्पष्ट एवं एक समान दीखता है। ऐसी परिस्थिति में हवाई जहाज को बाहरी वातावरण के चीजों से टकरा जाने की सम्भावना बढ़ जाती है। मनोवैज्ञानिकों प्रयोगशाला में सम्पूर्ण गैंजफेल्ड की स्थिति उत्पन्न करना तो सम्भव नहीं है परन्तु लगभग उसी के समान परिस्थिति उत्पन्न कर व्यक्ति के प्रत्यक्षण पर पड़नेवाले प्रभावों का अध्ययन किया है। कोहेन (Cohen, 1958), सीमैन (Seaman, 1958) आदि मनोवैज्ञानिकों ने गैंजफेल्ड के सहारे उद्दीपक परिस्थिति में समरूपता तथा स्थिरता लाकर उनका प्रयोज्यों के प्रत्यक्षज्ञानात्मक अनुभूति पर पड़नेवाले प्रभावों का अध्ययन किया। इन प्रयोगों में देखा गया कि गैंजफेल्ड में देखने पर प्रयोज्यों ने एक ऐसा विशाल विखरित कुहासा के समान दृश्य होने का प्रत्यक्षण किया जिसमें कुछ आर-पार दिखाई नहीं दे रहा था। थोड़े देर तक गैंजफेल्ड में देखने के बाद प्रयोज्य अपनी दृष्टि को किसी बिन्दु पर केन्द्रित कर पाने में अपने आप को असफल पा रहे थे तथा जब उन्हें कुछ गतिशील वस्तु दिखलाया गया तो वे उसका मात्र अस्पष्ट प्रत्यक्षण ही कर सकने में सफल हुए। गैंजफेल्ड में देखने का एक प्रभाव यह भी पाया गया कि प्रयोज्यों को उसके बाद रंगीन वस्तु भी रंगहीन नजर आती थी। कुछ अध्ययनों में देखा गया अधिक देर तक गैंजफेल्ड में देखने से एक ऐसी स्थिति उत्पन्न हो जाती है जिसमें थोड़े देर के लिए व्यक्ति काफी परिचित वस्तुओं जैसे एक वृत्त तथा त्रिभुज के बीच भी अन्तर करने में असमर्थ रहता है।

उपर्युक्त प्रयोगात्मक अध्ययनों के आलोक में हम इस निष्कर्ष यह पहुँचते हैं कि स्थिरता-अस्थिरता विरोधाभास जो प्रत्यक्षज्ञानात्मक स्थिरता (perceptual constancy) से काफी जुड़ा हुआ है, स्पष्टतः इस तथ्य की ओर संकेत करता है कि वस्तुओं का सही निश्चित स्थिरता प्रत्यक्षण करने के लिए यह आवश्यक है कि उद्दीपक परिस्थिति में स्थिरता या समरूपता न होकर अस्थिरता या विभिन्नता हों। स्थिर उद्दीपक परिस्थिति से अस्थिर प्रत्यक्षज्ञानात्मक अनुभूति होती है।

प्रत्यक्षज्ञानात्मक स्थिरता के बारे में कुछ महत्त्वपूर्ण सामान्यीकरण
(Some Important Generalization about Perceptual Constancy)

ऊपर में किये गये वर्णन से यह स्पष्ट हुआ है कि प्रत्यक्षज्ञानात्मक स्थिरता के कई प्रकार होते हैं और प्रत्येक प्रकार से सम्बन्धित कई तरह के प्रयोग किये गए हैं। उन सभी प्रयोगों के आधार पर मनोवैज्ञानिकों द्वारा प्रत्यक्षज्ञानात्मक स्थिरता के बारे में कुछ सामान्य निष्कर्ष पर पहुँचा गया है जिसका वर्णन निम्नांकित हैः—

1. प्रत्यक्षज्ञानात्मक स्थिरता में व्यक्ति जो भी प्रत्यक्षण करता है वह मूलतः संवेदी आँकड़े (sensory data) तथा वस्तु संदर्भ (object reference) के बीच एक तरह का समझौता होता है। दूसरे शब्दों में यह कहा जा सकता है कि प्रत्यक्षज्ञानात्मक स्थिरता में जो अनुभव होता है वह न तो पूर्णतः वस्तु या उद्दीपक के समान होता है और न संवेदी आँकड़ों के ही समान होता है बल्कि यह दोनों के बीचों बीच का होता है। थाऊलेस (Thouless, 1931) ने आकार, रंग, दीप्ति आदि स्थिरताओं का अध्ययन क़िया और इन सभी परिस्थितियों में संवेदी तथा प्रत्यक्षज्ञानात्मक निर्धारकों के बीच एक तरह से समझौता की ही अवस्था पायी गयी क्योंकि स्थिरता अनुपात (constancy ratio) कभी भी न तो शून्य था और न 1.00 ही। इन प्रयोगों से भी यह पता चला कि विभिन्न व्यक्तियों एवं विभिन्न परिस्थितियों में प्रत्यक्षज्ञानात्मक स्थिरता की मात्रा भिन्न-भिन्न होती हैं।

2. जैसे-जैसे मानक वस्तु (standard object) तथा तुलनात्मक वस्तु (comparison object) के बीच निरपेक्ष अन्तर बढ़ता जाता है, वैसे-वैसे प्रत्यक्षज्ञानात्मक स्थिरता की मात्रा बढ़ती जाती है। हसिया (Hasia, 1943) ने इसके

लिए महत्त्वपूर्ण सबूत प्रदान किये हैं। इन्होंने दीप्ति स्थिरता पर प्रयोग किया था जिसमें मानक या जाँच डिस्क (standard or test disk) तथा तुलनात्मक डिस्क (comparison disk) को एक निश्चित दूरी पर अंधेरे की पृष्ठभूमि (dark background) में अलग-अलग धूसर कागज (gray paper) पर रखकर दिखाया गया। परिणाम में देखा गया कि जैसे-जैसे धूसर कागज के दीप्ति में अन्तर उत्पन्न होता गया, प्रत्यक्षज्ञानात्मक स्थिरता की मात्रा में वृद्धि होती गयी। वर्नस्विक (Brunswik, 1940) ने भी आकार स्थिरता (size constancy) के क्षेत्र में प्रयोग करके इसी तरह का सम्बन्ध पाया। इस तरह से इन्होंने अपने अध्ययन में यह पाया कि मानक वस्तु तथा तुलनात्मक वस्तु में जितना ही अधिक अन्तर होता था, प्रयोज्यों द्वारा प्रत्यक्षज्ञानात्मक स्थिरता (perceptual constancy) अधिक मात्रा में अनुभव किया गया। जैसे, इन्होंने अपने अध्ययन में पाया कि 50 मिलीमीटर के मानक ब्लॉक को तुलनात्मक ब्लॉक से 2 मीटर की दूरी पर रखकर दिखलाया गया तो वर्नस्विक अनुपात .50 था परन्तु जब वही मानक ब्लॉक तथा तुलनात्मक ब्लॉक में 10 मीटर की दूरी उत्पन्न कर दी गई तो वर्नस्विक अनुपात बढ़कर .96 हो गया।

3. जब मानक वस्तु (standard object) तथा तुलनात्मक वस्तु (comparison stimulus) को पहचानने के लिए एक समान संकेत (cues) अधिक मात्रा में उपलब्ध होते हैं, तो प्रत्यक्षाानात्मक स्थिरता की मात्रा अधिक होती है। मनोवैज्ञानिकों द्वारा किये गए अध्ययनों से यह स्पष्ट हुआ है कि ऐसी परिस्थिति में व्यक्ति को यह महसूस होता है कि वह एक ही वस्तु पर देख रहा है। फलतः प्रत्यक्षज्ञानात्मक स्थिरता अधिक मात्रा में पायी जाती है। वर्जलाफ (Burzlaff, 1931) ने वयस्कों तथा बच्चों पर एक प्रयोग किया जिसमें उद्दीपकों को एक स्वाभाविक अवस्था में रखकर उन्हें दिखलाया गया। इस अवस्था में रखकर दिखाने से मानक वस्तु तथा तुलनात्मक वस्तु लगभग एक समान दिखते थे। इन्होंने अपने इस प्रयोग में पाया कि वयस्क तथा सभी उम्र के बच्चों में लगभग पूर्ण प्रत्यक्षज्ञानात्मक स्थिरता की स्थिति पायी गयी।

4. जब व्यक्ति में सीधा या सहज वस्तु-उन्मुखी मनोवृत्ति (naive object-oriented attitude) होती है तो इससे प्रत्यक्षज्ञानात्मक स्थिरता बढ़ती है परन्तु जब वह आलोचनात्मक उद्दीपक-उन्मुखी मनोवृत्ति (critical stimulus-oriented attitude) दिखलाता है, तो इससे प्रत्यक्षज्ञानात्मक स्थिरता कमती है। मनोवैज्ञानिकों द्वारा किये गए अध्ययनों से यह स्पष्ट हुआ है कि समान निर्देश एवं परिस्थितियों के बावजूद भी प्रत्यक्षज्ञानात्मक स्थिरता में जो अन्तर होता है, उसका मुख्य कारण यह है कि प्रयोज्यों की मनोवृत्ति में भिन्नता पायी जाती है। कुछ प्रयोज्य देखे जाने वाले वस्तु या उद्दीपक के प्रति उदार एवं सहज (naive) मनोवृत्ति रखते हैं। इससे प्रत्यक्षज्ञानात्मक स्थिरता में वृद्धि हो जाती है। दूसरे तरफ, कुछ लोग देखे जाने वाले वस्तु या उद्दीपक के प्रति आलोचनात्मक मनोवृत्ति (critical attitude) रखते हैं। इसका परिणाम यह होता है कि प्रत्यक्षज्ञानात्मक स्थिरता में कमी आ जाती है।

5. उम्र में वृद्धि होने से प्रत्यक्षज्ञानात्मक स्थिरता में भी वृद्धि होती है। वेर्ल (Beyrl,1926) ने आकार स्थिरता पर दो साल के बच्चों पर प्रयोग किये तथा थाऊलेस (Thouless, 1932) ने आकार (size) स्थिरता, दीप्ति (brightness) स्थिरता तथा रूप स्थिरता (shape constancy) पर 20 से 50 साल के प्रयोज्यों को लेकर अध्ययन किये और परिणाम में पाये कि जैसे-जैसे प्रयोज्यों की आयु में वृद्धि होती है, उनके द्वारा अनुभव किया गया प्रत्यक्षज्ञानात्मक स्थिरता में वृद्धि होती है हालाँकि वर्जलाफ (Burzlaff, 1931) ने दीप्ति स्थिरता पर किये गए प्रयोग में यह पाया गया कि बच्चों एवं वयस्कों के प्रत्यक्षज्ञानात्मक स्थिरता में उस परिस्थिति में कोई खास अन्तर नहीं था जब उन्हें एक स्वाभाविक परिस्थिति में विभिन्न दीप्ति स्तर में रखे गए धूसर कागज के समरूप टुकड़े चुनने के लिए कहा गया।

6. निम्न कोटियों के प्राणियों में भी प्रत्यक्षज्ञानात्मक स्थिरता मनुष्यों जैसा होते पाया जाता है जिससे यह संकेत मिलता है कि इस तरह के व्यवहार का आधार जन्मजात तंत्रकीय संगठन (innate neural organisation) है। इस सिलसिले में कुछ प्रारम्भिक प्रयोग कोहलर (Kohler, 1918) तथा गोट्ज (Gotz, 1926) द्वारा किया गया। इन लोगों ने चूजों पर प्रयोग किये और पाये कि इनमें दीप्ति स्थिरता तथा आकार स्थिरता अत्यधिक मात्रा में होती है। काज एवं रेवेस्ज (Katz & Revesz, 1921) ने चूजों पर ही अध्ययन करके उनमें रंग स्थिरता के स्पष्ट सबूत पाये। लॉके (Locke, 1935) ने भी बन्दरों तथा पाँच मानव वयस्कों को समान परिस्थितियों में रखकर दीप्ति स्थिरता (brightness constancy) का अध्ययन किया और आश्चर्य की बात यह देखी गयी कि बन्दरों में मानव वयस्कों की तुलना में दीप्ति स्थिरता अधिक मात्रा में पायी गयी। लॉके (Locke, 1937) ने ही बन्दरों, मानव बच्चों एवं मानव वयस्कों में आकार स्थिरता (size constancy) का अध्ययन किया और पाया कि यद्यपि बन्दरों में आकार स्थिरता स्थिरता अधिक

नहीं पायी गयी परन्तु फिर भी इन तीनों तरह के प्रयोज्यों के आकार स्थिरता की मात्रा में कोई सार्थक अन्तर नहीं था। वर्कम्प (Burkamp, 1923) ने मछलियों पर अध्ययन कियां और पाया कि मछलियों में दीप्ति तथा रंग स्थिरता अधिक मात्रा में पायी जाती है।

उपर्युक्त महत्त्वपूर्ण सामान्यीकरण के आलोक में यह कहा जा सकता है कि प्रत्यक्षज्ञानात्मक स्थिरता की घटना से कई तरह की महत्त्वपूर्ण सूचनाएँ मिलतीं हैं, जिनसे प्रत्यक्षण में सम्मिलित जटिलता को समझने में काफी मदद मिलती है।

समय का प्रत्यक्षण : चौथी विमा
(Perception of Time : Fourth Dimension)

समय का प्रत्यक्षण किसी भी व्यक्ति के लिए एक महत्त्वपूर्ण प्रत्यक्षण है। अगर समय का सही प्रत्यक्षण हम किसी कारण से नहीं कर पाते हैं, तो ऐसा कहा जाता है कि व्यक्ति में मानसिक रोग (mental illness) के कुछ लक्षण अ रहें हैं। जब हम अपने कामों में काफी व्यस्त होते हैं तो समय बीतने का प्रत्यक्षण स्पष्ट रूप से नहीं हो पाता है। परन्तु यदि हम किसी की इंतजारी करते हैं तो वैसी परिस्थिति में समय का प्रत्यक्षण हमें स्पष्ट रूप से ज्ञात होता है।

मनोवैज्ञानिकों ने समय के प्रत्यक्षण की व्याख्या करने के लिए निम्नांकित दो तरह का सैद्धान्तिक उपागम (theoretical approaches) का वर्णन किया है—

1. आन्तरिक कालमापी प्राक्कल्पना (Internal timer hypothesis) तथा
2. घटना-संसाधन प्राक्कल्पन (Event-processing hypothesis)

इन दोनों का वर्णन निम्नांकित हैं:—

1. आन्तरिक कालमापी प्राकल्पना *(Internal timer hypothesis)*—आन्तरिक कालमापी प्राक्कल्पना ऑर्नस्टीन (Ornstein, 1969) तथा ट्रीसमैन (Treisman, 1963) आदि मनोवैज्ञानिकों के प्रयोगात्मक अध्ययन से प्राप्त तथ्यों (facts) पर आधारित है। इस प्राक्कल्पना के अनुसार हमें समय बीतने का प्रत्यक्षण का आधार जैविक (biological) या शारीरिक (physiological) होता है, जिस तरह से हमारे शरीर में रोशनी का प्रत्यक्षण का एक विशेष ज्ञानेन्द्रिय (sense organ) यानी आँख द्वारा होता है। ठीक उसी तरह हमारे शरीर में एक ज्ञानेन्द्रिय के समान तंत्र (system) होता है जिसके सहारे हमें समय बीतने का ज्ञान होता है। शरीर के भीतर का यह तंत्र एक घड़ी (clock) के समान कार्य करता है। पशु तथा मनुष्य दोनों के शरीर में कुछ इस प्रकार के जैविक परिवर्तन (biological changes) होते हैं जिसके सहारे समय का प्रत्यक्षण होता है। जैसे, पशुओं में एक खास समय बीतने पर अपने आप नींद आना तथा फिर एक खास समय बीतने पर नींद से उठ जाने की प्रक्रिया अक्सर देखी जाती है। रात में एक निश्चित समय बीतने के बाद अपने आप व्यक्ति सामान्यतः जँभाई भरना (yawn) शुरू कर देता है जिससे उसे एहसास होने लगता है कि रात काफी बीत चुकी है। स्त्रियों में सामान्यतः 28 दिनों के बाद अपने आप मासिक स्राव (menstruation) प्रारम्भ हो जाता है, जिससे उस महिला को करीब एक महीना के समय के बीतने का प्रत्यक्षण हो जाता है। फूलों के कुछ अध्ययन से भी हमें आन्तरिक कालमापी पूर्वकल्पना (internal timer hypothesis) का समर्थन मिलता है। कुछ ऐसे फूल होते हैं जो एक खास समय पर खिल जाते हैं और फिर एक खास समय बीतने पर अपने आप सिकुड़ जाते हैं। ऐसे फूलों का सिकुड़ना तथा खिलना एक खास समय के बाद ही होता है। ऐसा लगता है कि इन्हें खिलने तथा सिकुड़ने का समय (एक मनुष्य के समान) मालूम हो। ट्रीसमैन (Treisman, 1963) ने इस तरह के जैविक प्रक्रियाओं (biological processes) को पशु, मनुष्य तथा फूल-पत्तियों के भीतर होते पाया है (जिससे समय का प्रत्यक्षण होता है)। इसे उसने आन्तरिक जैविक सामयिक तन्त्र (internal biological timing mechanism) कहा है।

2. घटना-संसाधन पूर्वकल्पना *(Events processing hypothesis)*—इस पूर्वकल्पना के अनुसार समय बीतने का प्रत्यक्षण का आधार कोई जैविक या शारीरिक क्रियाएँ (biological or physiological activities) नहीं होती है बल्कि इसमें हमें समय का प्रत्यक्षण इस बात से होता है कि एक निश्चित समय अन्तराल में व्यक्ति ने कितने घटनाओं (events) या सूचनाओं (information) का संसाधन (processing) कर लिया है। अगर व्यक्ति ने उस निश्चित समय में अधिक घटनाओं का संसाधन किया है, तो उसे ऐसा महसूस होगा कि लम्बा समय बीत गया है। परन्तु यदि वह बहुत कम ही सूचनाओं या घटनाओं का संसाधन उस निश्चित अवधि में किया है तो उसे ऐसा महसूस होगा कि अभी

बहुत कम समय बीता है हालाँकि वास्तविक समय की अवधि उससे अधिक होती है। कम समय बीतने का प्रत्यक्षण का आधार व्यक्ति का यह सोचना होता है कि उसने मात्र थोड़ी-सी घटनाओं का ही संसाधन किया है, अतः समय भी कम ही होगा। एक उदाहरण लीजिए—मान लिया जाय कि 10 मिनट का समय अन्तराल में आप 3 चिट्ठीयाँ लिख लेते हैं तथा दो छोटी-छोटी कविताएँ भी लिख लेते हैं तो आपको ऐसा महसूस हो सकता है कि वास्तव में 10 मिनट नहीं बल्कि 15 मिनट बीत गया है क्योंकि आप इस समय अन्तराल में अधिक कार्य (घटना या सूचना) का संसाधन कर चुके हैं। इस तरह के समय अंतराल को पूरित समय (filled time) कहा जाता है। लेकिन मान लीजिए कि 10 मिनट समय मात्र एक ही चिट्ठी लिखने में लगा देते हैं तो आपको ऐसा महसूस हो सकता है कि 10 मिनट नहीं बल्कि 7-8 मिनट ही बीता होगा क्योंकि आपने मात्र एक ही कार्य (घटना या सूचना) का संसाधन किया है। इस तरह से हम देखते हैं कि काफी पूरित समय (filled time) को व्यक्ति कम पूरित समय या अपूरित समय (unfilled time) की अपेक्षा लम्बा (longer) समझता है (Filled time is perceived longer than unfilled time or less filled time of the same objective length)। अतः घटना संसाधन प्राक्कल्पना (events processing hypothesis) के अनुसार समय बीतने का प्रत्यक्षण का आधार किसी दिये हुए अवधि में किये कार्यों या घटनाओं की संख्या होती है। संख्या जितनी ही अधिक होगी, समय का प्रत्यक्षण उतना ही लम्बा (longer) यानी बड़ा होगा।

लघु तथा दीर्घ समय की अवधि के आकलन में उपर्युक्त दोनों उपागमों का उपयोग *(Application of both approaches in estimation of short and long time interval)*—लघु समय की अवधि (short interval timer apporach) तथा दीर्घ समय की अवधि (larger interval) के आकलन से सम्बन्धित अध्ययनों द्वारा आन्तरिक कालमापी उपागम तथा घटना संसाधन उपागम (event processing approach) दोनों को समर्थन मिलता है। प्रयोगात्मक परिस्थिति के संदर्भ (context) में 5 सेकेण्ड को लम्बा समय अन्तराल तथा 1 सेकेण्ड को लघु समय अन्तराल माना गया है। वार्ड (Ward, 1975), वुडरो (Woodrow, 1951) ने कुछ प्रयोग किये हैं जिसमें यह दिखलाया गया है कि प्रयोज्य लघु समय अन्तराल का अधिप्राक्कलन (overestimate) करते हैं तथा बड़ा समय अन्तराल का न्यूनाप्राक्कलन (underestimate) करते हैं। इन मनोवैज्ञानिकों ने बतलाया है कि कुछ ऐसे भी समय अन्तराल हैं जिनका प्रयोज्य न तो अधिप्राक्कलन (overestimate) करता हैं और न तो न्यूनप्राक्कलन (overestimate) करता है। यह अवधि करीब-करीब 7 सेकेण्ड या 700 मिलिसेकेण्ड के बराबर होता है और इसे मनोवैज्ञानिकों ने *तटस्थ अन्तराल* (indifference interval) की संज्ञा दी है। स्ट्रोड (Stroud, 1955) ने लघु अंतराल (short interval) के आकलन पर प्रयोग कर यह बतलाया है कि समय का प्रत्यक्षण एक सतत् विमा (continuous dimension) के रूप में नहीं होता है बल्कि उसे छोटी-छोटी इकाई के रूप में बाँटकर व्यक्ति करता है। इस इकाई (unit) को उन्होंने *पल* (moment) कहा है जिसकी अविधि 100 मिलिसेकेण्ड का होता है। यह पल आन्तरिक घड़ी (internal clock)। के समान कार्य करता है और उसके द्वारा हमें बीता हुआ समय का प्रत्यक्षण अपने आप होता है। कुछ मनोवैज्ञानिकों ने जिसमें आर्नस्टीन (Ornstein, 1969) तथा थॉमस एवं ब्रॉउन (Thomas & Brown, 1974) का नाम अधिक मशहूर है, का कहना है कि हमें लघु समय अन्तराल का बीतने का प्रत्यक्षण बहुत हद तक इस बात पर निर्भर करता है कि उस समय अन्तराल में व्यक्ति ने कितने उद्दीपकों (stimuli) या घटनाओं का संसाधन (processing) किया है। जितना ही अधिक उद्दीपकों या घटनाओं का संसाधन व्यक्ति करता है, उतना ही समय अन्तराल को वह लम्बा समझता है। इसे ऑर्नस्टीन (Ornstein) ने *पूरित अवधि भ्रम* (filled duration illusion) की संज्ञा दी है।

दीर्घ समय अन्तराल (longer time interval) के प्रत्यक्षण की व्याख्या भी आन्तरिक कालमापी उपागम (interval timer approach) तथा घटना संसाधन उपागम (events processing approach) द्वारा किया गया है। हौगलैण्ड (Hoagland, 1973) ने एक प्रयोग अपनी पत्नी पर किया। जब पत्नी उच्च ज्वर (high fever) यानी 103° F में थी, तो उन्होंने पत्नी को 1 मिनट के समान अन्तराल का आकलन 1 से 60 तक गिनती गिनकर करने को कहा। स्पष्ट है कि प्रति सेकेण्ड एक संख्या की दर से उसे गिनती गिनना था। परिणाम में देखा गया कि उनकी पत्नी ने इस उच्च ज्वर (high fever) की अवस्था में समय का अधिप्राक्कलन (overestimate) किया अर्थात् उन्होंने 37.5 सेकेण्ड की वास्तविक समय (real time) में 60 की गिनती पूरी कर दी। दूसरे शब्दों में, 37.5 सेकेण्ड को उसने 60 सेकेण्ड के बराबर समझा। इसकी व्याख्या हौगलैण्ड (Hoagland) ने आन्तरिक कालमापी उपागम (internal timer approach) के रूप में किया है। उनका कहना है कि उच्च ज्वर में शरीर के भीतर की क्रियाओं (activities) की

गति (speed) तीव्र हो जाती है। फलस्वरूप आन्तरिक कालमापी (internal timer) भी जल्दी-जल्दी कार्य करना प्रारम्भ कर देती है जिससे वास्तविक समय कम बीतने पर भी व्यक्ति को अधिक समय बीत जाने का प्रत्यक्षण होता है। हौगलैण्ड (Hoagland) के परिणाम को आधार मानकर वैड्डेले (Baddeley, 1966) ने तब यह पूर्वकल्पना (hypothesis) की कि यदि व्यक्ति के शरीर का तापक्रम (temperature) कम हो जाय तो वैसी अवस्थाओं में शरीर के भीतर की क्रियाओं की गति धीमी हो जायेगी। फलस्वरूप, आन्तरिक कालमापी (internal timer) की गति भी धीमी हो जायेगी और तब व्यक्ति बीते हुए समय का न्यूनप्राक्कलन (understimate) करेगा अर्थात् 80 सेकेण्ड का समय बीतने पर मात्र 60 सेकेण्ड का समय ही बीता होगा, का प्रत्यक्षण वह करेगा। वैड्डेले (Baddleley, 1966) ने इस पूर्वकल्पना की जाँच एक प्रयोग करके किया जिसमें कुछ गोताखोरों (divers) द्वारा ठंडा पानी में गोता लगाकर निकलने के तुरंत बाद 1 मिनट के समय का आकलन प्रति सेकेण्ड एक संख्या की दर से 1 से 60 तक गिनती गिनवा कर करवाया। परिणाम में देखा गया कि इन लोगों से 60 तक गिनती गिनने में करीब 70 सेकेण्ड का समय लिया। दूसरे शब्दों में यह कहा जा सकता है कि गोताखोरों ने 70 सकेण्ड के वास्तविक समय का प्रत्यक्षण मात्र 60 सेकेण्ड के रूप में किया। ऊपर वर्णन किये गये अध्ययनों से यह स्पष्ट है कि आन्तरिक कालमापी सिद्धान्त (internal timer theory) द्वारा हमें दीर्घ समय का प्रत्यक्षण की व्याख्या करने में मदद मिलती है।

दीर्घ समय के प्रत्यक्षण की व्याख्या घटना संसाधन सिद्धान्त (events porcessing theory) द्वारा भी किया गया है। आर्नस्टीन (Ornstein, 1969) ने इस सिलसिले में एक प्रयोग किया जिसमें इन्होंने यह दिखलाया है कि जब समय अन्तराल ऐसा होता है कि इसमें व्यक्ति बहुत घटनाओं (events) या उद्दीपकों का संसाधन (processing) करता है, तो वैसे समय की अवधि को वह सामान्यतः उस तुल्य (equivalent) समय की अवधि की अपेक्षा बड़ा (longer) समझता है जिसमें व्यक्ति कम उद्दीपकों या घटनाओं (events) का संसाधन किया होता है। इस प्रयोग में उन्होंने प्रयोज्य को दो ढंग का टेप किया हुआ ध्वनि (tones) को सुनवाया। प्रत्येक टेप की अवधि 10 मिनट की थी। एक टेप में प्रति मिनट 40 ध्वनि (tones) की दर (rate) से आवाज उत्पन्न होता था तथा दूसरे टेप में प्रति मिनट 120 ध्वनि की दर से आवाज उत्पन्न होता था। परिणाम में देखा गया कि प्रति मिनट 120 ध्वनि (tones) की अवस्था जिसकी भी अवधि 10 मिनट की थी) को अधिक लम्बा यानी 10 मिनट से बड़ा तथा प्रति मिनट 40 ध्वनि (tones) की अवस्था जिसकी भी अवधि 10 मिनट की ही थी) को छोटा (shorter) समझा। करीब-करीब इसी तरह के परिणाम अन्य मनोवैज्ञानिकों जैसे बुफ्फारडी (Buffardi, 1971) ने दृष्टि (visual) तथा स्पर्श (tactual) क्षेत्रों में पाया है। इन अध्ययनों के आधार पर हम इस निष्कर्ष पर पहुँचते हैं कि जिस समय अंतराल में हम अधिक-से-अधिक उद्दीपकों या घटनाओं का संसाधन (processing) करते हैं, दूसरे शब्दों में, जो समय अंतराल अधिक उद्दीपकों या घटनाओं से पूरित (filled) होता है, उसे हम उस समय अंतराल की अपेक्षा जिसमें अधिक उद्दीपक या घटना का संसाधन नहीं करते हैं, बड़ा (longer) समझते हैं।

हाल ही में मनोवैज्ञानिकों ने अपने प्रयोगात्मक अध्ययन के आधार पर यह दिखला दिया है कि किसी भी समय अंतराल (time interval) के प्रत्यक्षण में व्यक्ति आन्तरिक कालमापी प्राक्कल्पना (internal timer hypothesis) तथा घटना संसाधन प्राक्कल्पना (events processing hypothesis) दोनों का सहारा लेता है। पोलजेल्ला तथा उनके सहयोगियों (Polezella et al, 1977) ने अपने अध्ययन में यह स्पष्ट रूप से दिखला दिया है कि व्यक्ति के मस्तिष्क (brain) में बायाँ गोलार्द्ध (left hemiphere) द्वारा समय के आकलन (estimation) में आन्तरिक कालमापक (internal timer) का उपयोग किया जाता है तथा मस्तिष्क का दायाँ गोलार्द्ध (right hemisphere) द्वारा समय के आकलन में घटना संसाधन (event processing) का उपयोग किया जाता है। चूँकि अधिकतर समय में दोनों गोलार्द्धों द्वारा मिलकर कार्य किया जाता है, अतः समय के आकलन में इन दोनों तरह के प्राक्कल्पनाओं (hypothesis) का उपयोग किया जाता है।

समय प्रत्यक्षण का अन्य महत्त्वपूर्ण पहलू यह है कि यह अन्य संवेदी अनुभूतियों (sensory experiences) विशेषकर स्थान (space) की अनुभूतियों से अन्तःक्रिया करता है। जैसे, मान लिया जाय कि किसी अंधेरे कमरे में दो बल्बों को जो अलग-अलग स्थान (space) पर रखे हुए हैं, बारी-बारी से जलाते हैं तथा प्रयोज्य से इन दोनों बल्बों के बीच की भौतिक दूरी (physical distance) का आकलन करने के लिए कहते हैं, तो प्रायः यही देखा जाता है कि जैसे-जैसे दोनों बल्बों को जलाने के बीच का समय बढ़ाया जाता है, वैसे-वैसे प्रयोज्य इन दोनों बल्बों के बीच की

भौतिक दूरी अधिक होने का आकलन करता है हालांकि भौतिक दूरी स्थिर (constant) होती है। इस तरह के सुझाव को *टाऊ प्रभाव* (tau effect) कहा जाता है। *कप्पा प्रभाव* (kappa effect) एक दूसरा प्रभाव है जो टाऊ प्रभाव के विपरीत है तथा जो समय एवं स्थान के प्रत्यक्षण की अंतक्रिया से ही संबंद्ध है। यदि हमलोग दो बल्बों के बीच की भौतिक दूरी को कम कर देते हैं तथा उन्हें बारी-बारी से जलाने के बीच के समय को स्थिर रखते हैं, तो प्रायः प्रयोज्य यही आकलन करता है कि पहले बल्ब के जलने तथा फिर दूसरे बल्ब के जलने के बीच का समय भी घट गया है। इसे *कप्पा प्रभाव* कहा जाता है। स्पष्ट हुआ कि टाऊ प्रभाव एवं कप्पा प्रभाव दोनों ही यह बतलाता है कि समय तथा स्थान की अनुभूति व्यक्ति के चेतन में भी होती है और वे सिर्फ भौतिक घटनाओं (physical events) से ही नहीं प्रभावित होते हैं।

समय का प्रत्यक्षण को प्रभावित करने वाले कारक *(Factors influencing perception of time)*—समय का प्रत्यक्षण कई कारकों (factors) द्वारा प्रभावित होता है जिसमें प्रमुख कारक निम्नांकित हैं:—

1. उम्र *(Age)*—व्यक्ति के उम्र का प्रभाव समय के प्रत्यक्षण (perception) पर सीधा पड़ता है। जैसे-जैसे व्यक्ति शैशवावस्था से किशोरावस्था की ओर बढ़ता जाता है, वैसे-वैसे समय का प्रत्यक्षण अधिक परिशुद्ध (accurate) होता जाता है तथा बीते हुए समय का सही-सही आकलन (estimation) करने में व्यक्ति को कोई दिक्कत (difficulty) नहीं होती है। जैसे, स्प्रींगर (Springer, 1952) ने एक अध्ययन किया जिसमें 89 बच्चे थे जिनका उम्र 4 से 6 साल का था। इन उम्र के बच्चों को एक निश्चित समय अंतराल (time interval) का आकलन (estimate) करने के लिए दिया गया। परिणाम में देखा गया कि 6 साल के बच्चे 4 साल के बच्चों की अपेक्षा उस बीते हुए निश्चित अवधि का आकलन (estimation) काफी सही-सही किये और साथ-ही-साथ आकलन में त्रुटियाँ (errors) भी काफी कम किये। इतना ही नहीं, जब इन दोनों उम्र के बच्चों को घड़ी की सूई को 12:30 पर सेट कर दिया गया और पूछा गया कि घड़ी में कितना समय हो रहा है तो 4 साल के बच्चों द्वारा 6 साल के बच्चों की अपेक्षा अधिक गलतियाँ की गयी। प्रायः 4 साल के बच्चे कहा करते थे कि घड़ी में 6:00 बजा है हालाँकि इस ढंग की गलती 6 साल के एक-दो बच्चों द्वारा भी की गयी। इस अध्ययन से यह स्पष्ट हो जाता है कि उम्र का प्रभाव समय के आकलन (estimation) पर पड़ता है।

2. समय अन्तराल की लम्बाई *(Length of time interval)*—समय के आकलन (estimation) या प्रत्यक्षण पर समय अन्तराल (time interval) का भी प्रभाव पड़ता है। कुछ मनोवैज्ञानिकों जैसे वार्ड (Ward, 1975) तथा वुडरो (Woodrow, 1951) ने इस सिलसिले में प्रयोग किये हैं जिसमें उन्होंने प्रयोज्य को लघु समय अंतराल (short time interval) का जैसे कुछ मिलीसेकेण्ड का प्रत्यक्षण करने के लिए कहा तथा फिर दीर्घ समय अंतराल (long time interval) का जैसे कुछ सेकेण्ड या मिनट के समय का प्रत्यक्षण करने को कहा। परिणाम में देखा गया कि प्रयोज्य (subject) लघु समय अंतराल का अधिप्राक्कलन (overestimation) किया अर्थात् 5 मिलीसेकेण्ड को 7 या 8 मिलीसेकेण्ड के बराबर समझा तथा दीर्घ समय अन्तराल (long time interval) को न्यूनप्राक्कलन (underestimate) करता पाया गया। मनोवैज्ञानिक ने अपने प्रयोगों के आधार पर एक ऐसा भी समय अंतराल (time interval) बताया है जिसका सहभागी या प्रयोज्य न तो अधिप्राक्कलन (overestimulation) और न ही न्यूनप्राक्कलन (understimation) करता है। इस समय अन्तराल को *तटस्थ समय अन्तराल* (indifference time interval) की संज्ञा दी गयी है।

3. अभिप्रेरक *(Motivation)*—समय अन्तराल के आकलन (estimation) पर व्यक्ति के अभिप्रेरण (motivation) का भी प्रभाव पड़ता है। हारटन (Harton, 1939) ने एक प्रयोग किया जिसमें यह दिखलाया है कि प्रयोज्य जब किसी कार्य को करने में सफलता प्राप्त करने के लिए अधिक प्रेरित होता है, तो वैसी अवस्था में वह बीते हुए समय का न्यूनप्राक्कलन (underestimation) करता है परन्तु यदि उसमें इस तरह का अभिप्रेरक (motivation) कम रहता है या नहीं रहता है तो वह बीते हुए समय का अधिप्राक्कलन करता है। फाईलर तथा मील्स (Filer & Meals, 1949) ने भी अपने प्रयोग में इसी तरह का परिणाम पाए।

4. कार्य का स्वरूप *(Nature of task)*—जब व्यक्ति अपने बीते समय में कुछ मनोरंजक कार्य (interesting work) करता है, तो वह इस बीते हुए समय का न्यूनप्राक्कलन (underestimate) करता है अर्थात् इस तरह का बीता हुआ समय यदि एक घंटे का है तो व्यक्ति उसे 45-50 मिनट का समझता है। दूसरे तरफ बीता हुआ समय में यदि कोई व्यक्ति कोई अरुचिकर कार्य करता है, तो वह इस तरह के बीते हुए समय का अधिप्राक्कलन (overestimate)

कोई व्यक्ति कोई अरुचिकर कार्य करता है, तो वह इस तरह के बीते हुए समय का अधिप्राक्कलन (overestimate) करता है और मात्र 30 मिनट बीतने पर उसे अनुभव होता है कि 50 या 60 मिनट का समय बीत गया होगा। बाट्ट, फ्रेजर तथा स्टॉक (Wyatt, Fraser & Stock, 1929) ने एक प्रयोग कर इस तथ्य की पुष्टि की है।

5. दवा *(Drugs)*—कुछ ऐसे दवा (drugs) हैं जिनके प्रभाव से व्यक्ति बीते हुए समय का आकलन (estimation) सही-सही नहीं कर पाता है। गोल्डस्टोन, बोर्डमैन, हामोन, (Goldstone, Boardman & Homon, 1959) ने एक प्रयोग किया जिसमें इन लोगों ने यह दिखलाया है कि यदि व्यक्ति एम्फीटामाइन (amphetamine) के प्रभाव से ग्रसित होता है, तो वैसी परिस्थिति में एक सेकेण्ड से कम समय का प्रत्यक्षण एक सेकेण्ड के रूप में करता है यानी, वह बीते हुए समय का अधिप्राक्कलन (overestimation) करता है। उसी तरह का जब व्यक्ति सिकोवरविटल (secobarbital) के प्रभाव से ग्रसित होता है, तो वह बीते हुए समय का न्यूनप्राक्कलन (underestimate) करता है।

ऊपर वर्णन किये गये तथ्यों से यह स्पष्ट हो जाता है कि समय का प्रत्यक्षण कई कारकों द्वारा प्रभावित होता है। अतः समय का सही-सही प्रत्यक्षण के कई निर्धारक हैं, ऐसा कहा जा सकता है।

गति प्रत्यक्षण
(Perception of Movement)

मानव प्राणी एवं उच्चतर पशु (higher animal) दो तरह के गति का प्रत्यक्षण करते हैं—वास्तविक गति (real movement) तथा आभासी गति (apparent movement)। मनावैज्ञानिकों ने इन दोनों तरह के प्रत्यक्षण के सम्बन्ध में अलग-अलग प्रयोग किये है तथा अलग-अलग विचार व्यक्ति किये हैं जिसका संक्षिप्त वर्णन इस प्रकार हैं:—

1. वास्तविक गति *(Real movement)*—जब्र वातावरण के वस्तु में वास्तविक गति (movement) होता है जिसके परिणामस्वरूप अक्षिपटल (retina) पर बनने वाले उस वस्तुओं का प्रतिबिम्ब (images) में भी वास्तविक गति उत्पन्न हो जाता है, तो इस तरह की परिस्थिति में हमें जिस गति का प्रत्यक्षण होता है, उसे वास्तविक गति (real movement) कहते हैं। उदाहरणार्थ, मान लीजिए कि कोई व्यक्ति अपने कमरा में बैठकर बाहर के पेड़ (tree) पर देख रहा है। इतने में एक पक्षी उड़ते हुए उसकी दृष्टि (sight) से गुजरता है। स्वभावतः उड़ते हुए पक्षी का जो प्रतिबिम्ब अक्षिपटल पर पड़ा, उसमें वास्तविक गति उत्पन्न हुई जिसमें हमें उड़ते हुए पक्षी का ज्ञान हुआ। ऐसा भी हो सकता है कि जिधर-जिधर पक्षी उड़ रहा है उधर-उधर व्यक्ति अपना सिर घुमा रहा है यानी अपना आँख घुमा रहा है। ऐसी परिस्थिति में भी उसके अक्षिपटल (retina) पर बनने वाले प्रतिबिम्ब (images) में गति उत्पन्न हो रहा है। इतना ही नहीं, पृष्ठभूमि (background) का प्रतिबिम्ब जो अक्षिपटल पर पड़ रहा है, उसमें भी गति उत्पन्न हो रहा है। ऊपर के दोनों उदाहरणों में व्यक्ति को गति का प्रत्यक्षण इसलिए हो रहा है क्योंकि वस्तु (पक्षी) से बनने वाले अक्षिपटलीय प्रतिबिम्ब (retinal images) में भी परिवर्तन हो रहा है। इस तरह के गति के प्रत्यक्षण को वास्तविक गति कहा गया है।

वास्तविक गति (real movement) के प्रत्यक्षण की व्याख्या निम्नांकित दो तंत्रों (system) द्वारा ग्रिगोरी (Gregory, 1966) ने किया है:—

(i) प्रतिबिम्ब-अक्षिपटल गति तंत्र (image-retina movement system)

(ii) आँख-सिर गति तंत्र (eye-head movement system)

इन तंत्रों की व्याख्या निम्नांकित हैं:—

(i) प्रतिबिम्ब-अक्षिपटल गति तंत्र *(Image-retina movement system)*—इस तंत्र के अनुसार व्यक्ति के उद्दीपकों या वस्तुओं में गति का प्रत्यक्षण (perception) उस समय होता है जब वस्तु में वास्तविक गति होने से उसके अक्षिपटल में उत्पन्न प्रतिबिम्ब में भी वास्तविक गति होती है परन्तु आँख स्थिर (stationary) होता है। जैसे, ऊपर के उदाहरण में जब व्यक्ति पेड़ पर देख रहा था तो उसका आँख स्थिर (stationary) था परन्तु एक उड़ते हुए पक्षी का उसके दृश्य (sight) से गुजरने के कारण उसके अक्षिपटल पर बनने वाले प्रतिबिम्ब में गति (movement) उत्पन्न हुई। फलतः व्यक्ति उड़ते हुए पक्षी का यानी वस्तु में गति का प्रत्यक्षण किया। ग्रीगोरी (Gregory, 1966) के

अनुसार, प्रतिबिम्ब अक्षिपटल गति तंत्र के अनुसार मस्तिष्क में कुछ गति संसूचक कोशिकाएँ (movement detector cells) होतीं हैं जिनके उत्तेजित होने से व्यक्ति उद्दीपक गति का अनुभव करता है। चित्र 5.34 के 'अ' में देखने से यह स्पष्ट हो जाता है कि प्रतिबिम्ब अक्षिपटल गति तंत्र द्वारा गति का प्रत्यक्षण कैसे होता है। इस चित्र से स्पष्ट है कि जब लक्ष्य वस्तु (target objects) यानी 'वृत्त' बायीं ओर से दायीं ओर हो जाता है और आँख स्थिर रहता है तो इसका अक्षिपटल पर बनने वाला प्रतिबिम्ब दायीं ओर से बायीं ओर घुमता है। इस तरह के अक्षिपटलीय गति को मस्तिष्क का गति संसूचक कोशिकाओं द्वारा ग्रहण कर लिया जाता है। अतः इस तंत्र के अनुसार गति का प्रत्यक्षण अक्षिपटलीय प्रतिबिम्ब (retinal image) में गति होने (जो वस्तु में वास्तविक गति के कारण होता है) के फलस्वरूप मस्तिष्क के दृष्टि क्षेत्र (visual field) के गति संसूचक कोशिकाओं (movement detector cells) के उत्तेजित होने के कारण होता है।

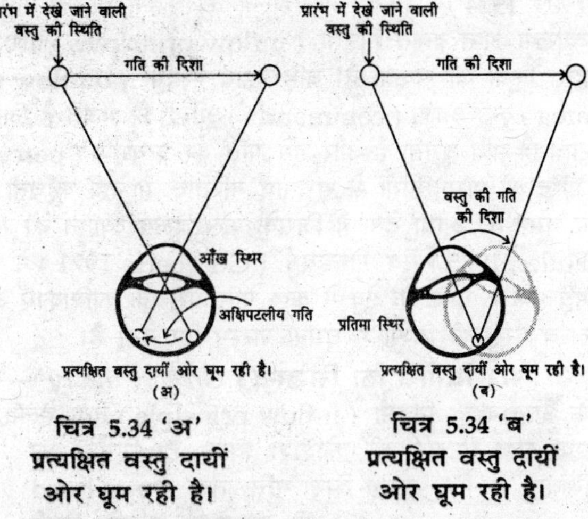

चित्र 5.34 'अ'
प्रत्यक्षित वस्तु दायीं ओर घूम रही है।

चित्र 5.34 'ब'
प्रत्यक्षित वस्तु दायीं ओर घूम रही है।

(ii) आँख-सिर गति तंत्र *(Eye-head movement system)*—यह तंत्र ऊपर वर्णन किये गये तंत्र (system) के विपरीत है। इस तंत्र के अनुसार जब कोई लक्ष्य वस्तु (target object) एक दिशा से दूसरी दिशा में घुमती है (जिसके फलस्वरूप गति होता है) और उसके साथ-ही-साथ व्यक्ति भी अपना आँख और सिर घुमाते जाता है तो उसके परिणामस्वरूप उस गतिशील लक्ष्य वस्तु से अक्षिपटल (retina) पर बना प्रतिबिम्ब स्थिर (fixed) रहता है। परन्तु फिर भी हमें गति का प्रत्यक्षण होता है। चित्र 5.34 के 'ब' से इस तथ्य को अधिक स्पष्ट किया गया है। इस चित्र में स्पष्ट रूप से यह दिखलाया गया है कि जब लक्ष्य वस्तु दायीं ओर चला जाता है, तो व्यक्ति भी अपना आँख तथा सिर बायीं ओर से दायीं ओर कर लेता है जिसके परिणामस्वरूप उस गतिशील लक्ष्यवस्तु का प्रतिबिम्ब (image) अक्षिपटल पर एक जगह स्थिर (stationary) रह जाता है। इस तरह के आँख की गति को मनोवैज्ञानिकों ने *मृदु अनुसरण गति* (smooth pursuit movement) कहा है।

आँख-सिर गति तंत्र (eye-head movement system) के अनुसार सबसे प्रमुख बात यह है कि अक्षिपटलीय प्रतिबिम्ब (retinal image) में बिना गति हुए ही हमें वस्तु में वास्तविक गति (real movement) का प्रत्यक्षण होता है। मनोवैज्ञानिकों के सामने अब प्रश्न यह उठता है कि ऐसा कैसे होता है? इस प्रश्न का जबाव देने के लिए यानी आँख-सिर गति तंत्र (eye-head movement system) की व्याख्या करने के लिए तीन तरह के सिद्धान्तों (theories) का प्रतिपादन किया गया है:—

(अ) शेरिंगटन का सिद्धान्त (Sherington theory)
(ब) हेल्महोल्ज का सिद्धान्त (Helmholtz theory)
(स) ग्रिगोरी का सिद्धान्त (Gregory theory)

(अ) शेरिंगटन का सिद्धान्त *(Sherington theory)*—इस सिद्धान्त का प्रतिपादन शेरिंगटन (Sherington) द्वारा 1906 में किया गया। इस सिद्धान्त के अनुसार आँख की माँसपेशियाँ जिससे आँख की गति (movement) का नियंत्रण होता है जब मस्तिष्क को इस बात की सूचना देती है कि आँख किसी वस्तु को देखने के लिए एक दिशा में घुमाया जा रहा है तो इससे हमें गति का प्रत्यक्षण होता है। इस तरह की सूचना को *पुनर्निवेशन सूचना* (feedback information) या *गति सूचना* (proprioceptive information) कहा जाता है। इस तरह की सूचना मस्तिष्क को मिलते ही व्यक्ति अपने आँख की स्थिति (position) को इस ढंग से नियंत्रित कर लेता है कि वस्तु की दिशा में आँख अपने आप ही घूमने लगता है और व्यक्ति को गति का प्रत्यक्षण होता है। इस सिद्धान्त के अनुसार जब गति सूचना मस्तिष्क में पहुँचती है तो वहाँ कुछ गति संसूचक कोशिकाएँ (movement detector cells) होती हैं जो उत्तेजित होकर व्यक्ति को इस बात का एहसास दिलाती है कि जो गति का प्रत्यक्षण हो रहा है वह आँख तथा सिर के

घूमने के कारण हो रहा है न कि वस्तु के घूमने के कारण हो रहा है। कासामातसू (Kasamatsu, 1979) ने बिल्ली पर एक प्रयोग कर दिखलाया है कि बिल्ली के कॉर्टेक्स (cortex) तथा श्रेष्ठ कालिकूलस (superior calliculus) में इस ढंग की कोशिकाएँ होतीं हैं जिनसे उसे गति का प्रत्यक्षण होता है। शेरिंगटन के सिद्धान्त को *अन्तःबहाव सिद्धान्त* (inflow theory) भी कहा जाता है क्योंकि इसके अनुसार आँख की माँसपेशियों से मस्तिष्क में पहुँचने वाली सूचनाओं (जो एक प्रकार का अन्तःबहाव सूचना है) के आधार पर ही हमें गति का प्रत्यक्षण होता है।

(ब) हेल्महोल्ज का सिद्धान्त *(Helmholtz theory)*—इस सिद्धान्त का प्रतिपादन हेल्महोल्ज (Helmholtz 1909, 1924) ने किया। हेल्महोल्ज का कहना था कि आँख-सिर गति तंत्र (eye-head movement system) की व्याख्या अन्तःबहाव नियमों (inflow principles) द्वारा नहीं बल्कि वहिःबहाव नियमों (outflow principles) द्वारा किया जा सकता है। वहिःबहाव नियमों (outflow principles) के अनुसार मस्तिष्क के दृष्टि क्षेत्र (visual area) कुछ आज्ञा (commands) आँख को भेजते हैं जिसके परिणामस्वरूप आँख लक्ष्य वस्तु (target object) के साथ-ही-साथ घूमता है और हमें गति का प्रत्यक्षण (perception) होता है। अतः हेल्महोल्ज के सिद्धान्त के अनुसार आँख की माँसपेशियों से सूचनाएँ मस्तिष्क में नहीं पहुँचती बल्कि मस्तिष्क अपनी ही ओर आँख को एक खास दिशा में घूमने की आज्ञा देता है जिसके फलस्वरूप व्यक्ति को गति का प्रत्यक्षण होता है। माइलस तथा फूल्लर (Miles & Fuller, 1975) एवं गोल्डवर्ग (Goldberg, 1971) ने अपने-अपने अध्ययनों के आधार पर यह बतलाया है कि मस्तिष्क के दृष्टि के क्षेत्र में कुछ गति संसूचक कोशिकाएँ आँख को अपना विशेष आज्ञा देती है जिसे मिलते ही आँख लक्ष्य वस्तु की दिशा में घुमना प्रारम्भ कर देता है।

(स) ग्रिगोरी का सिद्धान्त *(Gregory theory)*—ग्रिगोरी (Gregory, 1977) ने अपने सिद्धान्त में शेरिंगटन के अन्तःबहाव नियमों (inflow principle) तथा हेल्महोल्ज के बहिःबहाव नियमों (outflow principles) को एक साथ मिलाने की कोशिश किया है। ग्रिगोरी का विचार है कि आँख-सिर गति तंत्र (eye-head movement system) की व्याख्या न तो सिर्फ अन्तःबहाव नियम द्वारा और न ही सिर्फ बहिःबहाव नियमों द्वारा किया जा सकता है। इन्होंने गति के प्रत्यक्षण की व्याख्या आँख-सिर तंत्र (eye-head system) द्वारा करने के लिए एक नया संप्रत्यय (concept) जिसे *मस्तिष्क तुलनाकारी* (brain comparator) कहा जाता है, का प्रतिपादन किया है। मस्तिष्क तुलनाकारी के संप्रत्यय द्वारा व्यक्ति इस बात का स्पष्ट अन्तर कर लेता है कि गति का प्रत्यक्षण वस्तु के वास्तविक गति के कारण हो रहा है या हमारे सिर-आँख या अन्य शारीरिक अंगों में गति के परिणामस्वरूप हो रहा है। मस्तिष्क तुलनाकारी द्वारा आँख की मांसपेशियों की गति की तुलना अक्षिपटलीय प्रतिबिम्ब की गति से की जाती है। मस्तिष्क के दृष्टि क्षेत्र (visual area) से गति-सम्बन्धी आज्ञा (Movement commands) एक ही साथ आँख की माँसपेशियों (muscles) तथा मस्तिष्क तुलनाकारी (brain comparator) (जो एक काल्पनिक संप्रत्यय (hypothetical concept है) दोनों को भेजा जाता है। इस तरह से मस्तिष्क तुलनाकारी को यह पहले से पता हो जाता है कि अक्षिपटलीय प्रतिबिम्ब में गति होने वाला है। गति-सम्बन्धी आज्ञा आँख की माँसपेशियों में पहुँचते ही उनमें गति उत्पन्न हो जाता है जिसकी सूचना पुनः मस्तिष्क तुलनाकारी को पहुँचता है जहाँ पहले से भी सूचना होती है कि आँख की माँसपेशियों में गति उत्पन्न होगा (चित्र 5.35 देखें) आँख की माँसपेशियों से प्राप्त सूचना तथा पहले से प्राप्त सूचनाओं का मस्तिष्क तुलनाकारी मिलान करता है तथा साथ-ही-साथ उनका मूल्यांकन (evaluation) भी करता है। इस मूल्यांकन तथा मिलान के बाद यदि मस्तिष्क तुलनाकारी यह पाता है कि अक्षिपटलीय प्रतिबिम्ब में गति का कारण आँख की मांसपेशियों में उत्पन्न गति ही है, तो व्यक्ति अन्य कारकों को अस्वीकृत कर इस निष्कर्ष पर पहुँचता है कि आँख-सिर गति तंत्र (eye-head movement system) के कारण ही हमें गति का प्रत्यक्षण हो रहा है।

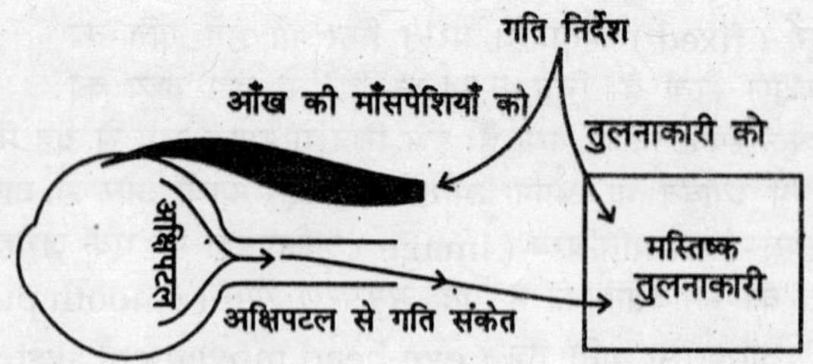

चित्र 5.35 : मस्तिष्क तुलनाकारी के कार्य का एक चित्र

इस तरह से हम देखते हैं कि मनोवैज्ञानिकों के बीच वास्तवकि गति (real movement) के प्रत्यक्षण की व्याख्या करने के लिए दो तरह की विचारधाराएँ हैं:—

प्रतिबिम्ब-अक्षिपटल गति तंत्र (image-retina movement system) तथा आँख-सिर गति तंत्र (eye-head movement system)। सच्चाई यह है कि वास्तविक गति के प्रत्यक्षण में ये दोनों तरह के विचारधाराओं या तंत्रों (systems) का समन्वय (coordination) होता है। ये दोनों तंत्र अलग-अलग स्वतन्त्र रूप से कार्य नहीं करते हैं।

2. आभासी गति *(Apparent movement)*—आभासी गति वैसी गति को कहा जाता है, जहाँ व्यक्ति को गति का प्रत्यक्षण उद्दीपक या लक्ष्य वस्तु (target object) के स्थिर (fixed) होने पर अर्थात् गति (motion) में नहीं होने पर भी होता है। इस तरह से यह कहा जा सकता है कि आभासी गति का एक तरह का भ्रम (illusion) की अवस्था है जिसमें व्यक्ति को वस्तु या उद्दीपक के स्थिर होने पर भी गति का प्रत्यक्षण होता है। आभासी गति को निम्नांकित सात भागों में मनोवैज्ञानिकों ने बाँटा है:—

(i) फाई घटना *(Phi-phenomenon)*—फाई घटना को सबसे पहले गेस्टाल्ट मनोवैज्ञानिकों (Gestalt psychologists) ने अध्ययन किया। वर्दाइमर (Wertheimer) जिन्हें गेस्टाल्ट स्कूल का जनक (Father) कहा जाता है, ने 1912 में एक प्रयोग किये जिसमें यह दिखलाया गया है कि दो बल्बों को यदि एक खास समय अन्तराल पर जलाया और बुझाया जाय तो देखने वाले व्यक्ति को आभासी गति (apparent movement) का ज्ञान होगा अर्थात् व्यक्ति को ऐसा प्रतीत या आभास होगा कि बल्ब ही एक जगह से दूसरे जगह एक निश्चित दिशा में घूम रहा है। इसे वर्दाइमर ने *फाई घटना* (phi-phenomenon) की संज्ञा दी है। इन्होंने बतलाया कि फाई घटना होने के लिए यह आवश्यक है कि एक बल्ब को बुझने और दूसरे बल्ब को जलने के बीच का समय अन्तराल 60 मिलिसेकेण्ड का हो। अगर समय अन्तराल इससे काफी कम है, तो व्यक्ति को गति का प्रत्यक्षण न होकर ऐसा प्रतीत होगा कि दोनों बल्ब एक ही साथ जलाया गया है। उसी तरह यदि दोनों बल्बों के बीच का समय अन्तराल 60 मिलिसेकेण्ड से काफी अधिक है, तो भी व्यक्ति को गति का प्रत्यक्षण न होकर ऐसा प्रतीत होगा कि दोनों बल्ब बारी-बारी से जलाया जा रहा है। आजकल मनोवैज्ञानिकों ने फाई घटना (Phi-phenomenon) को एक नया नाम अर्थात् *स्ट्रोवोस्कोपिक गति* (stroboscopic movement) दिया है। इसे *बीटा गति* (beta movement) भी कहा जाता है। अन्सटीस (Anstis, 1979) के अनुसार चलचित्रों (motion pictures.) में दर्शकों में गति का आभास उत्पन्न करने के लिए स्ट्रोवोस्कोपिक गति का ही उपयोग किया जाता है।

किये गए शोधों से यह स्पष्ट हुआ कि एक आदर्श स्ट्रोवोस्कोपिक गति (stroboscopic movement) कई तरह के कारकों पर निर्भर करता है जिनमें उद्दीपकों का चमकीलापन या संदीप्ति (luminance), उद्दीपकों के बीच आपस की दूरी (distance) तथा उनके बीच का समय अंतराल आदि महत्वपूर्ण है। इन तत्त्वों के बीच के सम्बन्ध को कोर्टे (Korte, 1915) द्वारा गहन रूप से अध्ययन किया गया है जिन्होंने कई ऐसे नियमों का प्रतिपादन किया जिनके द्वारा एक आदर्श आभासी गति (optimum appparent movement) का निर्धारण होता है। इन नियमों को *कोर्टे नियम* (Korte's Law) कहा जाता है। बोरिंग (Boring, 1942) तथा ग्राहम (Graham, 1966) के अनुसार कोर्टे नियम द्वारा निम्नलिखित तथ्यों का पता चलता है:—

(i) अगर उद्दीपकों (stimuli) के बीच समय अन्तराल (time interval) स्थिर (constant) है तो आभासी गति उत्पन्न होने के लिए आदर्श दूरी (optimal distance) उद्दीपक की तीव्रता के साथ प्रत्यक्ष रूप से परिवर्तित होता है।

(ii) अगर उद्दीपकों के बीच दूरी (distance) स्थिर होती है, तो उद्दीपक तीव्रता का आदर्श मान (optimum value) जिससे आभासी गति उत्पन्न हो सकता है, उद्दीपकों के बीच समय अंतराल के रूप में विलोमत (inversely) परिवर्तित होता है।

(iii) अगर उद्दीपक की तीव्रता को स्थिर कर दिया जाता है, तो उद्दीपकों के बीच की दूरी का आदर्श मान (optimal value) उनके बीच के समय अंतराल के साथ प्रत्यक्ष रूप से परिवर्तित होती है।

बाद में कोर्टे नियम को कई प्रयोगों के परिणाम के आधार पर विस्तृत किया गया तथा आदर्शगति के अन्य कई उद्दीपक निर्धारकों का भी वर्णन किया गया है।

स्ट्रोवोस्कोपिक गति न केवल मनुष्यों बल्कि पशुओं द्वारा भी प्रत्यक्षण किया जाता है और अध्ययनों से यह स्पष्ट हुआ है कि यह प्राणी की एक जन्मजात विशेषता होती है। इसके जन्मजात होने का सबूत रॉक, टाऊवर तथा हेल्लर

(Rock, Tauber & Heller, 1965) के एक प्रयोग से मिलता है जिसमें उन्होंने ऑपटोकाइनेटिक प्रतिवर्त (optikinetic reflex) का अध्ययन किया। ऑपटोकाइनेटिक प्रतिवर्त से तात्पर्य पशु की एक ऐसी प्रवृत्ति से होती है जिसमें वह आँख, सिर तथा पूरे शरीर को घुमाते हुए एक चक्रीय धारीदार पैटर्न (rotation striped pattern) की ओर ध्यान देता है। इन्होंने ऑपटोकाइनेटिक प्रतिवर्त का अध्ययन करने के लिए एक विशेष चक्रीय सिलेण्डर (cyclical cylinder) का निर्माण किया और पाया कि पशुओं के नवजात बच्चों में भी ऑपटोकाइनेटिक प्रतिवर्त होता है। टाऊवर तथा कॉफ्फलर (Tauber & Koffler, 1966) ने नवजात मानव शिशुओं में ऑरटोकाइनेटिक प्रतिवर्त होने का सबूत पाया है।

(ii) स्वगतिक प्रभाव *(Autokinetic effect)*—स्वगतिक प्रभाव द्वारा भी हमें आभासी गति (apparent movement) का प्रत्यक्षण होता है। मनोवैज्ञानिकों ने यह दिखलाया है कि यदि अंधेरे कमरे में एक छोटा-सा प्रकाश की स्थिर बिन्दु (stationary point) पर ध्यानपूर्वक देखे तो ऐसा आभास होता है कि रोशनी की बिन्दु इधर-से-उधर धूम रहा है। इस तरह का आभासी गति (apparent movement) को *स्वगतिक गति* (autokinetic movement) की संज्ञा दी जाती है। होचवर्ग (Houchbeg, 1971) ने इस क्षेत्र के अध्ययन की समीक्षा के बाद यह बतलाया है कि इस तरह के गति पर सबसे पहले खगोलज्ञ (astronomers) का ध्यान गया तथा जिन्होंने तारों को दूरबीन से देखने पर उसे गतिशील होने का प्रत्यक्षण किया। मार्टिन तथा मैकिनौन (Martin & Mc Kinnon, 1964) ने एक प्रयोग कर दिखलाया है कि स्वगतिक प्रभाव पर आँख की गति (eye-movement) का प्रभाव पड़ता है। उन्होंने अपने प्रयोग में एक विशेष प्रविधि (technique) द्वारा जब प्रयोज्य ने नेत्र गोलक के गति (eye ball movement) को बहुत हद तक नियंत्रित कर दिया तो ऐसा देखा गया कि स्वगतिक प्रभाव (autokinetic effect) में कुछ कमी हो गयी। इस प्रयोग से यह स्पष्ट हो जाता है कि स्वगतिक प्रभाव पर नेत्र गोलक की गति (eye ball movement) का असर पड़ता है। शेरीफ (Sherif, 1936) ने अपने प्रयोग में यह दिखलाया है कि स्वगतिक प्रभाव पर सुझाव (suggestion) का भी प्रभाव पड़ता है। जब उन्होंने अपने प्रयोज्य (subject) को अंधेरे कमरे में रोशनी की बिन्दु को एक खास दिशा में घूमते हुए होने का सुझाव दिया तो प्रयोज्य ने भी उस बिन्दु को उसी दिशा में घूमते हुए पाया। अतः स्वगतिक प्रभाव पर सुझाव (suggestion) का प्रभाव पड़ता है। शर्मा तथा मोसकोविज (Sharma & Mostowitz, 1972) ने अपने अध्ययन में पाया कि मैरीजुआना धूम्रपान कर लेने पर स्वगतिक प्रभाव अधिक स्पष्ट रूप से प्रयोज्य में होता था।

(iii) उत्पन्न गति *(Induced movement)*—उत्पन्न गति तब उत्पन्न होती है जब दृष्टि उद्दीपकों की ढाँचा एक दिशा में घुमती है, जिससे यह भ्रम होता है कि स्थिर उद्दीपक उसके विपरीत दिशा में घूम रहा है। डंकर (Duncker, 1929) ने अपने प्रयोग के आधार पर बतलाया है कि जब किसी स्थिर वस्तु (stationary object) को एक गतिशील पृष्ठभूमि (moving background) या संदर्भ (context) में रखकर व्यक्ति को दिखलाया जाता है, तो व्यक्ति को गति का प्रत्यक्षण (perception of movement) होता है। दूसरे शब्दों में व्यक्ति को ऐसा प्रतीत होता है कि स्थिर वस्तु ही घूम रही है और पृष्ठभूमि स्थिर है। इसका सबसे अच्छा उदाहरण चाँदनी रात में जब बादल के कुछ टुकड़े इधर-से-उधर घूमते नजर आते हैं, से मिलता है। इस परिस्थिति में ऐसा लगता है कि चन्द्रमा तेजी से एक दिशा में बादल को चीरते हुए आगे बढ़ रहा है जबकि सच्चाई इसके ठीक विपरीत होती है अर्थात् चन्द्रमा स्थिर होता है तथा बादल के टुकड़े गतिशील होते हैं।

उत्पन्न गति का प्रयोगात्मक अध्ययन गोगेल (Gogel, 1978) द्वारा काफी अधिक किया गया है। इन्होंने अपने प्रयोगात्मक अध्ययन में यह पाया है कि अगर प्रयोज्य को एक घूमते हुए वर्गाकार फ्रेम (squared frame) के बीच में एक स्थिर बिन्दु रखकर दिखलाया जाता है तो बिन्दु, फ्रेम के गति के विपरीत गति में चलते हुए प्रयोज्य को नजर आता है। गोगेल एवं टिइज (Gogel & Tietz, 1976) ने अपने अध्ययन में कुछ वैसे चरों की पहचान किया है जिनसे उत्पन्न गति का प्रत्यक्षण प्रभावित होता है। इनके अध्ययन के अनुसार जब इर्द-गिर्द का फ्रेम तथा लक्ष्य वस्तु प्रत्यक्षणकर्त्ता को अलग-अलग दूरी पर प्रतीत होता है तो वैसी अवस्था में उत्पन्न गति की मात्रा का प्रत्यक्षण कम हो जाता है। कुछ अध्ययनों के आधार पर यह दावा किया गया है कि इर्द-गिर्द का फ्रेम (surrounding frame) जो लक्ष्य वस्तु (target object) में गति उत्पन्न कर देता है, को विस्तृत (elaborate) होना आवश्यक नहीं है। उदाहारणस्वरूप, डे (Day, 1978) अपने अध्ययन में पाया कि लक्ष्य प्रकाश बिन्दु (target spot of light) के

अलावा यदि मात्र एक प्रकाश बिन्दु (spot of light) और उपस्थित किया जाता है, तो इससे भी लक्ष्य प्रकाश बिन्दु में गति उत्पन्न होने का प्रत्यक्षण होने लगता है। किसी अंधेरे पृष्ठभूमि में जब दो प्रकाश बिन्दु में से एक को स्थिर रखा जाता है तथा एक में गति उत्पन्न की जाती है तो प्रत्यक्षणकर्त्ता को स्थिर प्रकाश बिन्दु भी गतिशील नजर आता है। इसका मतलब यह हुआ कि उत्पन्न गति का प्रत्यक्षण उस परिस्थिति में भी होता है जब एक उद्दीपक दूसरे स्थिर उद्दीपक की तुलना में गतिमान होता है और पृष्ठभूमि ऐसी होती है जो उसे यह संकेत नहीं प्रदान करता है कि कौन उद्दीपक स्थिर है। परिणामस्वरूप जो वस्तु या उद्दीपक वास्तव में स्थिर है, वह गतिशील प्रतीत होता है।

(iv) गति अनुप्रभाव *(Movement after-effects)*—गति अनुप्रभाव तब उत्पन्न होता है जब व्यक्ति किसी ऐसे उद्दीपक पर ध्यान देकर देखता है जिसमें एक सतत गति (continuous movement) हो रहा हो और फिर वह अपना ध्यान एक-दूसरे उद्दीपक पर देता है जिससे वह दूसरा उद्दीपक पहले उद्दीपक से विपरीत दिशा में गतिशील प्रतीत होने लगता है। जैसे, यदि हम किसी पानी के स्वभाविक झरने (natural waterfall) पर पानी को ऊपर से नीचे गिरते हुए स्थिति पर कुछ मिनट गौर से देखें और फिर वहाँ से ध्यान हटाकर अगल-बगल के पौधों एवं पत्थरों पर ध्यान दें तो पायेंगे कि पौधे, पत्थर आदि ऊपरी दिशा में जा रहे हैं यद्यपि सच्चाई यह है कि वे स्थिर है। यह गति उत्तर प्रभाव को चित्र 5.36 से भी दिखलाया जा सकता है। इस चित्र को किसी घूर्मी डिस्क (rotating disc) पर रखकर एक दिशा में तेजी से घुमाते हुए प्रयोज्य को दिखाने के बाद डिस्क को स्थिर करके इस चित्र या आकृति को प्रयोज्य को दिखाने पर प्रयोज्य आकृति को पहले देखी गयी दिशा के विपरीत दिशा में घुमते हुए देखता है हालाँकि इस बार आकृति स्थिर है।

चित्र 5.36 : गति उत्तर प्रभाव दिखाने की आकृति

(v) आकृतियों में गति *(Movement in pictures)*—कुछ आकृतियाँ ही ऐसी होतीं हैं जिनको देखकर गति होने का आभास व्यक्ति में होता है। विभिन्न प्रकार के कला एवं फोटोग्राफी में अक्सर ऐसी आकृतियाँ होतीं हैं। जैसे चित्र 5.37 में गौर से देखने से ऐसा लगता है कि महिला तेजी से आगे की ओर दौड़ रही है। कुछ गतिशील तस्वीरों पर देखने से कभी-कभी एक अनियमित प्रभाव (anomalous effect) उत्पन्न होता है जो व्यक्तियों के लिए काफी उलझन (puzzling) पैदा करता है। जैसे, किसी चलते गाड़ी के पहिये पर ध्यान से देखें तो यह पता चलेगा कि पहिया आगे की ओर गतिशील न होकर पीछे की ओर गतिशील है। चूँकि यहाँ गतिशील तस्वीर अपने आप में भ्रमात्मक (illusory) है, अतः इस तरह के प्रभाव को *वैगन ह्वील प्रभाव* (Wagon wheel effect) कहा जाता है जो विस्तृत अर्थ में *भ्रम-के-भीतर भ्रम* (illusion-within-illusion) है।

चित्र 5.37 : स्थिर आकृति में आभासी गति

(vi) संवेदी उछल-कूद *(Sensory saltation)*—संवेदी उछल-कूद (sensory saltation) एक नवीन प्रकार का आभासी गति (apparent movement) है जिसके अध्ययन में मनोवैज्ञानिकों ने रुचि दिखलायी है। गेल्डार्ड तथा शेरिक (Geldard & Sherrick, 1972) ने आभासी गति के इस प्रकार के अध्ययन में विशेष अभिरुचि दिखलाया है। यह एक ऐसा आभासी गति है जिसमें व्यक्ति को यह अनुभव होता है कि कुछ उसके शरीर पर मंद गति से रेंग रहा है या वह यह देखता है कि उद्दीपकों में उछाल उत्पन्न हो रहा है (जबकि उसके शरीर पर न तो कुछ रेंग रहा होता है और न ही उद्दीपक में कुछ उछाल ही हो रहा होता है) गेल्डार्ड तथा शेरिक ने इसे दिखलाने के लिए एक वहुचर्चित प्रयोग किया

जिसमें प्रयोज्यों के अग्रवॉह (forearm) पर चार-चार इंच की दूरी पर तीन कम्पित्र (vibrators) रखकर स्पर्श उत्तेजन (cutaneons stimulation) उत्पन्न किया गया। इन तीनों कम्पित्र को बारी-बारी से उत्तेजित कराया गया तो प्रयोज्यों द्वारा तीन अलग-अलग कम्पन नहीं महसूस करके एक ऐसा उत्तेजन का अनुभव महसूस किया गया जिसमें उसे एक मंद दर से प्रवाहित गति (sweeping movement) का अनुभव हो रहा था। गेल्डार्ड तथा शेरिक ने प्रयोज्यों के इस अनुभव की तुलना करते हुए कहा है कि वे ऐसा महसूस कर रहे थे मानों उसके अग्रबाँह पर खरगोश का बिलकुल ही छोटा बच्चा उछल-कूद रहा हो। इस तरह की अनुभूति को *उछल-कूद प्रभाव* (saltation effect) कहा गया। बाद में गेल्डार्ड (Geldard, 1975) ने कुछ प्रयोग करके यह भी बतलाया कि इस तरह का उछल-कूद प्रभाव न केवल स्पर्श प्रत्यक्षण में बल्कि दृष्टि प्रत्यक्षण में भी होता है।

ऐसे देखने में लगता है कि संवेदी उछल-कूद (sensory saltation) में कुछ भी नया नहीं है और यह स्पर्श तथा दृष्टि प्रत्यक्षण में अध्ययन किया गया एक तरह को स्ट्रोवोस्कोपिक गति (stroboscopic movement) ही है। परन्तु सच्चाई कुछ और ही है। सचमुच में स्ट्रोवोस्कोपिक गति (stroboscopic movement) एक सतत प्रक्रिया (continuous affair) होती है जबकि संवेदी उछल-कूद में असात्यता (discontinuity) तथा अलगाव (discretness) स्पष्ट रूप से झलकता है। दूसरा अंतर यह है कि मनोवैज्ञानिकों को अभी स्पष्ट रूप से यह पता नहीं चल पाया है कि संवेदी उछल-कूद के निर्धारक के रूप में कौन-कौन कारक है जबकि स्ट्रोवोस्कोपिक गति के निर्धारकों के बारे में मनोवैज्ञानिकों को पूरा-पूरा पता है।

(vii) छायाभास गति *(Phantom movement)*—छायाभास गति एक नया आभासी गति है जिसपर टाइनैन तथा सेकुलर (Tynan & Sekuler, 1975) ने विशेष रूप से अध्ययन किया है। इसका अध्ययन करने के लिए उन्होंने एक प्रयोग किया जिसमें औसीलोस्कोप (Oscilloscope) के सामने एक काला कागज लगाकर एक समजातीय क्षेत्र (homogeneous region) विकसित किया गया और उसके ऊपर और नीचे लम्बीय धारी (vertical striper) दिखलाया गया। जैसे ही औसीलोस्कोप के सामने से लम्बीय धारी गुजरता था, प्रयोज्यों को यह देखने का अनुभव होता था कि एक धुधंला छायाभास झंझरीदार गति उस काले रिक्त स्थान (जो काला कागज लगने के फलस्वरूप उत्पन्न हुआ था) से भी होकर गुजर रहा हो। इस तरह के छायाभासी गति में जो व्यक्ति को गति का आभास होता है, वह उद्दीपक के भौतिक रूप से अनुपस्थित होने के बावजूद भी होता है (जैसे, उक्त उदाहरण में काले रिक्त स्थान से कोई उद्दीपक नहीं गुजर रहा होता है फिर भी उसे ऐसा अनुभव होता है।)

टाइनैन तथा सेकुलर (Tynan & Seqculer) के इस प्रयोग से यह स्पष्ट होता है कि प्रत्यक्षज्ञानात्मक तंत्र, प्रत्यक्षण में किसी तरह के रिक्ति (gap) का विरोध करता है। छायाभासी गति के प्रेक्षण को विस्सटीन, मैगुरी तथा वेरवॉम (Weisstein, Moguire & Berbaum, 1977) ने भी अध्ययन से सम्पुष्ट किया है और इन्होंने यह भी दिखलाया है कि छायाभासी गति का सम्बन्ध छायाभासी गति उत्तर प्रभाव (phantom movement after-effect) से भी होता है। इन्होंने अपने प्रयोग में छायाभासी गति को देखने के तुरन्त बाद पहले के रिक्त क्षेत्र जिसमें छायाभासी लम्बीय धारी दिखलाया जाता था, प्रयोज्यों को स्थिर धारी (stationary stripes) दिखलाया गया। प्रयोज्यों को ऐसा प्रतीत हुआ कि स्थिरधारी विपरीत दिशा में घूम रहे हों। इसे छायाभासी गति उत्तरप्रभाव कहा गया जिससे यह भी पता चलता है कि गति उत्तर प्रभाव सिर्फ उस दृष्टि क्षेत्र तक ही सीमित (restricted) नहीं होता है जहाँ वास्तविक गति हुए होते हैं।

स्पष्ट हुआ कि गति प्रत्यक्षण में दो तरह के प्रत्यक्षण सम्मिलित होते हैं—वास्तविक गति (real movement) का प्रत्यक्षण तथा आभासी गति (apparent movement) का प्रत्यक्षण। आभासी गति के मुख्य सात प्रकारों का वर्णन किया गया है। इन सभी सात प्रकारों में उद्दीपक या वस्तु तथा प्रत्यक्षणकर्त्ता दोनों ही स्थिर (static) होते हैं। इसके बावजूद भी व्यक्ति को गति का आभास होता है। आभासी गति प्रभाव में व्यक्ति का प्रत्यक्षण वस्तु के वास्तविक गुणों से सुमेलित (match) नहीं हो पाता है।

आकृति अनुप्रभाव
(Figural After-effect)

आकृति अनुप्रभाव (figural after-effect) एक ऐसी घटना (phenomenon) है जिसक बारे में गिब्सन (Gibson, 1933) को संयोग से (incidentally) पता उस समय चला था जब वे प्रत्यक्षण के क्षेत्र में कुछ प्रयोग

(experiment) कर रहे थे। गिब्सन (Gibson) का एक महत्त्वपूर्ण प्रेक्षण (observation) यह था कि यदि 5 से 10 मिनट तक किसी हल्का वक्र रेखा (slight curve line) को खड़ा स्थिति (vertical position) में रखकर दिखलाया जाता है तो 10 मिनट समाप्त होते-होते वक्र रेखा की वक्रता (curvature) पहले की अपेक्षा कमती दीख पड़ती है और 10 मिनट के तुरंत बाद उसी स्थानं पर रखकर यदि कोई सीधी रेखा (straight line) को दिखलाया जाता है, तो प्रयोज्य को सीधी रेखा भी वक्र रेखा के विपरीत दिशा (opposite direction) में झुकी हुई दिखलाई होती है। दूसरे शब्दों में, वक्र रेखा की आकृति का अनुप्रभाव (after-effect) सीधी रेखा के प्रत्यक्षण पर पड़ती है जिसके कारण सीधी रेखा भी विपरीत दिशा में झुकी हुई दिखलाई देती है। इस तरह की घटना को *आकृति अनुप्रभाव* (figural after-effect) की संज्ञा दी गयी है।

प्रयोगात्मक स्थिति (experimental situation) में आकृति अनुप्रभाव (figural after-effect) को दिखलाने के लिए मनोवैज्ञानिकों ने भिन्न-भिन्न आकृतियों (figures) का प्रयोग किया है। ऑसगुड तथा हेअर (Osgood & Heyer, 1952) ने अपने अध्ययन में वर्गाकार आकृति (squared figure) का प्रयोग किया है। इस प्रयोग में दो तरह की आकृति (figure) का उपयोग किया गया है। एक तरह की आकृति (figure) को परीक्षण आकृति (Inspection figure या I) तथा दूसरी आकृति को जाँच आकृति (Test figure या T) कहा गया है। प्रयोज्य को पहले निरीक्षण आकृति (Inspection figure) दिया जाता है और 'X' पर गौरपूर्वक कुछ समय तक देखने को कहा जाता है। इसके बाद फिर दोनों जाँच आकृतियों (T_1 तथा T_2) के बीच लिखा 'X' पर प्रयोज्य देखता है और T_1 तथा T_2 के बारे में बतलाता है। (चित्र 5.38 देखें) इस प्रयोग में ऑसगुड तथा हेअर (Osgood & Heyer) ने पाया कि T_1 तथा T_2 यद्यपि 'X' से समान दूरी पर थे तथा समान आकार के थे, प्रयोज्य को दोनों में अन्तर दीख पड़ता था। बायें तरफ की आकृति यानी T_1 प्रयोज्य को T_2 की अपेक्षा छोटा दिखलाई दिया और प्रयोज्य को ऐसा लगता था कि T_1 निरीक्षण आकृति (Inspection figure) के सीमाओं (boundaries) की भीतर है और निरीक्षण आकृति का दायाँ किनारा T_1 के दायाँ किनारा से काफी नजदीक है (देखे चित्र-5.38)। भिन्न-भिन्न प्रयोज्यों (subjects) द्वारा और भी दूसरे तरह की विकृतियाँ (distortions) जाँच आकृति (Test figure) में होती देखी गयी। इस तरह से हम देखते हैं कि आकृति अनुप्रभाव (figural after effect) द्वारा जाँच आकृति (Test figure) में प्रयोज्य को कुछ विकृति (distortion) दिखलाई देता है। कोहलर तथा बाल्लोक (Kohler & Wallach, 1944) द्वारा भी एक इसी प्रकार का प्रयोग किया गया और इनलोगों ने अपने परिणाम में पाया कि आकृति अनुप्रभाव (figural after-effect) के कारण जाँच आकृति (test figure) में बहुत तरह का विस्थापन (displacement) तथा विकृतियाँ (distortions) उत्पन्न हो जातीं हैं।

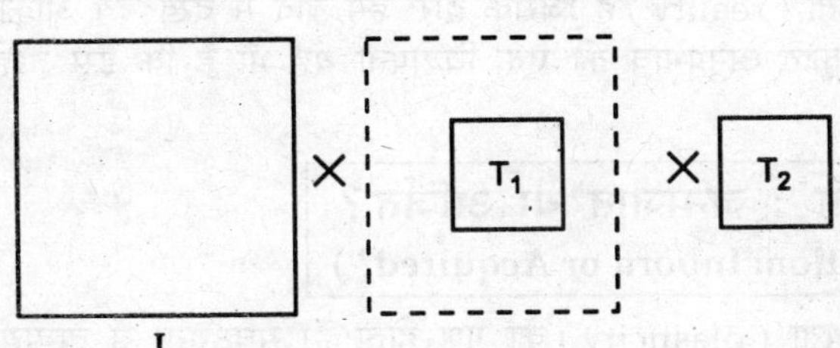

चित्र 5.38 : आकृति अनुप्रभाव दिखलाने की विधि का एक चित्र

आकृति अनुप्रभाव (figural after-effect) की व्याख्या कोहलर ने वैद्युत क्षेत्र सिद्धान्त (electrical field theory) द्वारा किया है। इस सिद्धान्त के अनुसार जब प्रयोज्य निरीक्षण आकृति (Inspection figure) पर कुछ सेकेण्ड तक लगातार देखता है, तो दृष्टि बल्कल (visual cortex) के अनिर्दिष्ट क्षेत्र (unspecified area) के संतुलन (equilibrium) में बाधा (disturbance) उत्पन्न होती है जिसके परिणामस्वरूप निरीक्षण आकृति (inspection figure) के द्वारा मस्तिष्क में बने आकार (contour) के चारों और वैद्युत धारा (electric current) उत्पन्न हो जातीं है। जिस तंत्रिका उत्तक (nerve tissue) द्वारा होकर यह वैद्युत धारा (electric current) गुजरती है, उस उत्तक में प्रतिरोध (resistance) या परितृप्ति (satiation) बढ़ जाती है। जब निरीक्षण आकृति (inspection figure) व्यक्ति के सामने से हटा भी लिया जाता है तो प्रतिरोध प्रभाव (resistance effect) या परितृप्ति प्रभाव (satiation effect) बना रहता है। इस बीच यदि प्रयोज्य को जाँच आकृति (test figure) पर देखने के लिए कहा जाता है तो उसे बढ़े हुए परितृप्ति या प्रतिरोध (resistance) के कारण जाँच आकृति में कुछ विकृति (distortion) दिखलाई पड़ती है। ऐसी परिस्थिति में जाँच आकृति किसी ओर झुका हुआ या आकार में छोटा या अपने जगह से हटा हुआ (displaced) नजर आता है।

कुछ मनोवैज्ञानिकों ने कोहलर के वैद्युत क्षेत्र सिद्धान्त (electrical field theory) की आलोचना की है। लैशले, चो तथा सेम्मर्स (Lashley, Chow & Semmers, 1951) ने कोहलर के इस सिद्धान्त की आलोचना करते हुए कहा है कि सचमुच में मस्तिष्क का दृष्टि क्षेत्र (visual area) की शारीरिक संरचना (anatomical structure) उस ढंग का नहीं है जैसा कि इस सिद्धान्त में पूर्व कल्पना की गयी है। हम जानते हैं कि दृष्टि क्षेत्र मस्तिष्क के दायाँ गोलार्द्ध (right hemisphere) तथा बायाँ गोलार्द्ध (left hemisphere) जिसमें अनेकों दरार (fissures) हैं, में बँटा हुआ है। जब निरीक्षण आकृति (inspection figure) द्वारा वैद्युत धारा दृष्टि क्षेत्र के किसी तंत्रिका उत्तक (nerve tissue) में उत्पन्न होती है तो बायाँ और दायाँ गोलार्द्ध में बटे होने के कारण दृष्टि क्षेत्र के किसी भी दिशा में वैद्युत धारा जा सकती है न कि निरीक्षण आकृति (inspection figure) द्वारा उत्तेजित किसी विशेष तंत्रिका उत्तक में ही सीमित रहेगी।

इस आलोचना के बावजूद भी अधिकतर मनोवैज्ञानिकों का यही विचार है कि आकृति अनुप्रभाव (figural after-effect) की घटना (phenomenon) एक वास्तविकता (reality) है जिसके द्वारा हमें बाद में देखे गये आकृति में थोड़ा विकृति (distortion) दिखलाई पड़ती है। आकृति अनुप्रभाव की एक विशेषता यह भी है कि इस तरह का प्रभाव बहुत तेजी से समाप्त होता देखा जाता है।

प्रत्यक्षण में सुघट्यता : जन्मजात या अर्जित?
(Plasticity in Perception: Inborn or Acquired?)

मनोवैज्ञानिकों का विचार है कि प्रत्यक्षण में सुघट्यता (plasticity) का गुण होता है। सुघटयता से तात्पर्य इस बात से होती है कि प्रत्यक्षण में परिवर्तन (change) या परिमार्जन (modification) लाया जा सकता है। मनोवैज्ञानिकों ने अनेक ऐसे प्रयोग किये हैं जिनसे स्पष्ट हो जाता है कि प्राणी (organism) अर्थात् पशु या मनुष्य को यदि एक खास तरह के वातावरण (environment) में कुछ समय तक रखा जाता है, तो उससे उसका प्रत्यक्षण परिवर्तित हो जाता है। जैसे, रिसेन (Reisen, 1966) ने एक प्रयोग चूहों पर किया है जिससे इस तथ्य को समर्थन मिलता है। इस प्रयोग में चूहों को जन्म से कुछ महीनों तक लगातार अंधेरा (darkness) में रखकर पाला-पोषा गया। इन चूहों के प्रत्यक्षण की तुलना अन्य सामान्य चूहों के प्रत्यक्षण से जिन्हें रोशनी में रखकर पाला-पोषा गया था, से की गयी। परिणाम में यह देखा गया कि अंधेरे में रखकर पाले-पोषे गये चूहों का प्रत्यक्षण अन्य चूहों के प्रत्यक्षण से काफी अस्पष्ट (vague) एवं दोषपूर्ण थे। रिसेन ने इस परिणाम के आधार पर यह बतलाया कि जन्म के बाद चूहों में एक संवेदी अवधि (sensitivity period) होता है जिसमें वातावरण का सामान्य (normal) होना पर्याप्त प्रत्यक्षण के लिए आवश्यक है। यदि इस अवधि में वातावरण प्रतिकूल हुआ, (जैसा कि रिसेन के चूहों के साथ हुआ था क्योंकि उसे अंधेरा में रखा गया था) तो इससे सामान्य प्रत्यक्षण (normal perception) करने की क्षमता कम हो जाती है और ऐसे प्राणियों का प्रत्यक्षण अस्पष्ट हो जाता है। रिसेन (Riesen) के प्रयोग से स्पष्ट हो जाता है कि प्रत्यक्षण, वातावरण के प्रतिकूल होने पर परिवर्तित हो जाता है। अतः प्रत्यक्षण में सुघटयता (plasticity) का गुण होता है। फैन्ज (Fantz, 1965) ने एक इसी प्रकार का अध्ययन बन्दर (Monkey) पर किया। इस अध्ययन में बन्दर के बच्चों को जन्म के तुरन्त बाद से भिन्न-भिन्न अवधियों (periods) के लिए अंधेरा में रखकर पाला-पोषा गया। कुछ बन्दर के बच्चों को जन्म से सिर्फ तीन दिनों तक अंधेरा में रखा गया। कुछ को तीन सप्ताह तक तथा कुछ को 20 सप्ताह तक अंधेरा में लगातार (जन्म से) रखकर पाला-पोषा गया। इसके बाद इन सभी बन्दरों को सामान्य ढंग से (normally) रखकर यानी रोशनी में रखकर पाला-पोषा गया। परिणाम में देखा गया कि जिन बन्दरों को एक महीना यानी चार सप्ताह से कम समय के लिए अंधेरे में रखा गया था, सामान्य वातावरण (यानी रोशनी में) आने के 3-4 दिन के भीतर ही उनका प्रत्यक्षण सामान्य (normal) हो गया अर्थात् न तो अब उनका प्रत्यक्षण अस्पष्ट (vague) था और न ही उसमें किसी तरह की कमी (deficiency) ही थी। परन्तु जिन बन्दरों को जन्म से लगातार दो महीनों तक या उससे भी अधिक अवधि के लिए अंधेरे में रखकर पाला-पोषा गया था उनके प्रत्यक्षण में अधिक विषमताएँ एवं अस्पष्टता थी। ऐसे बन्दरों का प्रत्यक्षज्ञानात्मक क्षमता (perceptual ability) बहुत दिनों तक सामान्य वातावरण यानी रोशनी में रहने के बावजूद भी सामान्य नहीं हो सका। जिन बन्दरों को एक से दो महीना के बीच की अवधि के लिए अंधेरा में रखकर पाला-पोषा गया, उनका प्रत्यक्षण न तो अधिक दोषपूर्ण एवं अस्पष्ट था और ना ही कम। ऐसा देखा गया कि इन बन्दरों

को सामान्य वातावरण में अर्थात् रोशनी में बहुत दिनों तक रहने के बाद कहीं जाकर उनका प्रत्यक्षण दोषरहित अर्थात् सामान्य हुआ। इस अध्ययन से दो बातें स्पष्ट हो जाती है। पहला तो यह कि प्राणी को प्रतिकूल वातावरण (unfavourable environment) मिलने पर उसका प्रत्यक्षण परिवर्तित हो जाता है। दूसरा यह कि प्राणी के जीवन के प्रारंभिक काल (early period) में एक संवेदी अवधि (sensory period) होता है जिसके दौरान उसे एक सामान्य वातावरण (normal environment) का होना सामान्य प्रत्यक्षण के विकास के लिए आवश्यक है।

इन प्रयोगों के अलावा हाल में कुछ मनोवैज्ञानिकों जैसे ब्लैकमोर तथा कूपर (Blackmore & Cooper, 1970) ब्रुस, इसली तथा शिंकमैन (Bruce, Isley & Shinkman, 1981) ने भी पशुओं पर विशेष कर बिल्लियों (cats) पर प्रयोग करके इस बात की पुष्टि की है कि प्रत्यक्षण में सुघटयता (plasticity) होता है। इन प्रयोगों में संवेदी अवधि में बिल्ली के बच्चों को पूर्णतः अंधेरा में तो नहीं बल्कि एक खास तरह के वातावरण में यानी लकीरों (lines) से बने हुए एक विशेष पैटर्न (pattern) से घिरे वातावरण में रखा गया। परिणाम में देखा गया कि बिल्ली के मस्तिष्क के दृष्टि क्षेत्र कोशिकाओं (cells) में एक खास ढंग का परिवर्तन आ गया जो प्रत्यक्षण में हुए परिवर्तन के समान होता पाया गया। इस तरह से प्रत्यक्षण में होनेवाले सघुट्य परिवर्तन (plastic changes) (जैसा कि प्राणी के व्यवहार से पता चलता है) मस्तिष्क की कोशिकाओं में सुघट्य परिवर्तन के अनुरूप (matched) होता है।

पशु प्रयोग (animal experiments) के अलावा कुछ सबूत (evidences) मनुष्यों से भी प्राप्त हूए हैं जिनसे इस बात की पुष्टि होती है कि प्रत्यक्षण में सुघटयता (plasticity) का गुण (trait) होता है। भौन सेण्डन (Von Senden, 1960) ने कुछ ऐसे व्यक्तियों का जीवन वृत्तान्त तैयार किया जो मोतियाबिन्द (cataract) के कारण जन्म से ही अंधे थे। विशेष सर्जिकल ऑपरेशन (surgical operation) द्वारा बाद में व्यक्तियों के आँख में रोशनी आ गयी। ऐसा देखा गया कि ऐसे वयस्क लोग (adult people) रोजमर्रे के सामान्य वस्तुओं को देखकर नहीं बल्कि सिर्फ छूकर पहचान पाते थे। इससे स्पष्ट हो जाता है कि उनके प्रत्यक्षण में सुघटयता (plasticity) थी। कुछ दिनों के बाद ऐसे व्यक्तियों का प्रत्यक्षण फिर से सामान्य (normal) हो गया, जो अपने आप में प्रत्यक्षण में सुघटयता (plasticity) का दूसरा उदाहरण हो जाता है।

ऊपर वर्णन किये गये संवेदी अवधि प्रयोगों (sensory period experiments) के परिणाम तथा मनुष्यों के जीवन वृतान्तों से प्राप्त कुछ सबूतों को ध्यान में रखते हुए हम इस निष्कर्ष पर पहुँचते हैं कि प्रत्यक्षण में सुघटयता (plasticity) का गुण होता है। दूसरे शब्दों में, वातावरण अनुकूल या प्रतिकूल होने पर प्राणी (organism) के प्रत्यक्षण में सामान्तर परिवर्तन होता है।

अब प्रश्न यह उठता है कि प्रत्यक्षण में जो सुघट्यता (plasticity) पायी जाती है, क्या वह जन्मजात (inborn) होती है या प्राणी अपने जीवन काल में उसे अर्जित (acquire) करता है? इसे मनोवैज्ञानिकों ने प्रत्यक्षण में प्रकृति-परिपोषण विवाद (nature-nurture constroversy) कहा है। यहाँ प्रकृति (nature) से तात्पर्य जन्मजात कारकों (inborn factor) से है तथा परिपोषण (nurture) से तात्पर्य वातावरण के अर्जित कारकों (acquired factors) से हैं। जो मनोवैज्ञानिक जन्मजात कारकों का समर्थन करते हैं, उन्हें *सहजवादी* (nativits) तथा जो मनोवैज्ञानिक अर्जित कारकों (acquired factors) का समर्थन करते हैं उन्हें *अनुभववादी* (empiricists) कहा जाता है।

सहजवादियों (Nativists) का कहना है कि मस्तिष्क की प्रक्रियाओं में जो संगठन (organisation) होता है, उसका निर्धारण आनुवंशिक नियमों (genetic codes) द्वारा होता है। फलस्वरूप, ऐसी प्रक्रियाएँ जन्मजात (inborn) होतीं हैं। प्रत्यक्षण (perception) इन्हीं तरह की प्रक्रियाओं में से एक है। अतः प्रत्यक्षण भी एक जन्मजात प्रक्रिया (inborn process) है। प्राणी के संवेदी अवधि (sensitivity period) में मस्तिष्क में जो कुछ खास-खास जन्मजात तंत्रिका सम्बन्ध (neural connection) पाये जाते हैं, उनमें प्रतिकूल वातावरण से परिवर्तन हो जाता है या वे खत्म हो जाते हैं। दूसरे शब्दों में, संवेदी अवधि (sensitivity period) में संवेदी वंचन (sensory deprivation) होने से मस्तिष्क की तंत्रिका सम्बन्ध (nerve connection) में परिवर्तन हो जाता है या वे समाप्त हो जाते हैं। (क्योंकि इनका सही विकास के लिए एक उचित वातावरण कम-से-कम उस संवेदी अवधि में नहीं मिल पाता है।) अतः प्रत्यक्षण में जो सुघटयता (plasticity) होती है, वह एक जन्मजात प्रक्रिया (inborn process) हैं।

सहजवादियों (nativists) के विचार के ठीक विपरीत अनुभववादियों (empiricists) का विचार है कि जिनका कहना है कि प्रत्यक्षण में जो सुघटयता होती है, वह एक जन्मजात प्रक्रिया (inborn process) नहीं है बल्कि एक

अर्जित प्रक्रिया है अर्थात् प्रत्यक्षण वातावरण में उपस्थित कारकों द्वारा प्रभावित होता है। अनुभववादियों के अनुसार आनुवंशिक नियमों (genetic codes) द्वारा तो प्रत्यक्षण के लिए मात्र एक सामान्य अन्तिम रूपरेखा (blue print) प्रदान किया जाता है परन्तु वातावरण में उपस्थित कारकों द्वारा ही उसका उचित विकास होता है। जब संवेदी अवधि (sensory periods) में एक खास वातावरण जिसका होना मस्तिष्क के तंत्रिका के सम्बन्धों (connections) के विकास के लिए आवश्यक है, प्राणी को नहीं मिल पाता है, तो ऐसी परिस्थिति में उनके प्रत्यक्षण में परिवर्तन या सुघटयता (plasticity) आ जाता है। अतः अनुभववादियों का ऐसा विचार है कि आनुवंशिक नियमों (genetic codes) से तो *प्रत्यक्षण* के लिए मात्र अंतिम रूपरेखा (blue print) मिलती है। जब हम संवेदी अवधि में वातावरण में परिवर्तन लाते हैं तो इससे मस्तिष्क के तंत्रिका सम्बन्धों (nerve connection) में परिवर्तन आ जाता है और प्रत्यक्षण में सुघटयता (plasticity) उत्पन्न हो जाती है।

इस तरह से हम देखते हैं कि संवेदी अवधि प्रयोगों (sensory period experiments) के परिणाम को दोनों परस्पर विरोधी पक्षों ने अपने-अपने विचारों का समर्थन करने के लिए व्याख्या प्रदान किया है। अब प्रश्न यह उठता है कि इन दोनों पक्षों में से किस पक्ष का विचार अधिक वैज्ञानिक एवं अधिक उचित है? इस प्रश्न का उत्तर देने के लिए मनोवैज्ञानिकों ने कुछ प्रयोग किया है। जैसे, वाक तथा गिब्सन (Walk & Gibson, 1961) ने अपने प्रयोग में जिसमें मुर्गियों के बच्चों एवं बकरियों के बच्चों के गहराई प्रत्यक्षण (depth perception) का अध्ययन किया गया, पाया कि इन पशुओं के बच्चों में वयस्क पशु के समान गहराई प्रत्यक्षण करने के लिए कोशिकाएँ (cells) पायी जातीं हैं। विसेल तथा हुवेल (Wiesel & Hubel, 1974) ने अपने अध्ययन में पाया कि बन्दरों के नवजात शिशुआं के मस्तिष्क के दृष्टि क्षेत्र (visual area) की कोशिकाओं की अनुक्रियाएँ (responses) ठीक वैसी थी जैसे एक वयस्क बन्दर के मस्तिष्क की कोशिकाओं की अनुक्रियाएँ थी। इन अध्ययनों से सहजवादियों (nativitists) के विचारधाराओं का समर्थन मिलता है। इन अध्ययनों से सिर्फ यह पता चलता है कि मस्तिष्क के दृष्टि क्षेत्र (visual area) में तो जन्मजात संगठन (innate organisation) होता है परन्तु इन अध्ययनों से यह पता नहीं चलता है कि क्या ऐसा ही जन्मजात संगठन मस्तिष्क के अन्य क्षेत्रों (areas) में भी होता है। अतः हम यह कह सकते हैं कि सहजवादियों का विचारधारा शत-प्रतिशत सही नहीं है और अनुभवावादियों का यह विचार कि मस्तिष्क की कोशिकाएँ (cells) वातावरण के अनुसार परिवर्तित होती है, तुलनात्मक रूप से अधिक ठीक जान पड़ता है।

अतः प्रत्यक्षण में प्रकृति (nature) यानी जन्मजात कारकों (inborn factors) तथा परिपोषण (nurture) यानी वातावरण के कारकों (environmental factors) दोनों का ही महत्त्व है। अब इन दोनों में से किन कारकों का महत्त्व अधिक है, यह इस बात पर निर्भर करता है कि प्रत्यक्षण का कौन-सा पहलू (aspect) का अध्ययन किया जा रहा है, मस्तिष्क का कौन-सा हिस्सा का अध्ययन किया जा रहा है तथा किस पशु जाति का अध्ययन किया जा रहा है, आदि।

प्रत्यक्षज्ञानात्मक अधिगम
(Perceptual Learning)

प्रत्यक्षण में वैयक्तिक विभिन्नता (individual difference) होती है। एक ही वस्तु या घटना का प्रत्यक्षण दो व्यक्ति अपने-अपने ढंग से करते हैं अर्थात् यदि दो व्यक्ति एक ही घटना या वस्तु का प्रत्यक्षण कर रहे होते हैं तो इन दोनों का प्रत्यक्षण (perception) एक समान न होकर प्रायः एक-दूसरे से भिन्न होता है।

व्यक्ति का प्रत्यक्षण भिन्न-भिन्न कारकों द्वारा प्रभावित होकर एक-दूसरे से अलग हो जाता है। इसमें से एक प्रमुख कारक सीखना (learning) है। व्यक्ति को अपने बीते दिनों में भिन्न-भिन्न प्रकार की गत अनुभूतियाँ (past experiences) हुआ करतीं हैं। इन अनुभूतियों में विभिन्नता होती है जिसके कारण एक ही वस्तु या घटना का प्रत्यक्षण व्यक्ति भिन्न-भिन्न ढंगों से करता है। जैसे, मान लीजिए कि राम एक व्यक्ति है जो मोहन के साथ उदडंता के साथ व्यवहार करता है परन्तु सोहन के साथ विनम्रता के साथ व्यवहार करता है। अतः एक ही व्यक्ति यानी राम के प्रति मोहन का गत अनुभव कटुता का है परन्तु सोहन का गत अनुभव मधुरता का है। अतः मोहन राम को एक अभद्र व्यक्ति होने का प्रत्यक्षण करेगा परन्तु सोहन उसी राम को एक भद्र व्यक्ति होने का प्रत्यक्षण करेगा। इस उदाहरण से स्पष्ट है कि व्यक्ति की अनुभूति (experience) या मोटे तौर पर उसके अधिगम या सीखना (learning) का प्रत्यक्षण काफी प्रभाव पड़ता है।

प्रत्यक्षणात्मक सीखना (perceptual learning) अपने गत अनुभूति (past experience) के फलस्वरूप सीखी गयी एक विशेष क्षमता (ability) है। इसे गिब्सन[1] (Gibson, 1069) के शब्दों में इस प्रकार परिभाषित किया जा सकता है, ''वातावरण के उत्तेजनाओं (stimulation) से हुए अनुभूति या अभ्यास के फलस्वरूप व्यक्ति की उस क्षमता में हुई वृद्धि को प्रत्यक्षणात्मक सीखना कहा जाता है जिसके द्वारा वह वातावरण से अधिक-से-अधिक सूचनाओं को ग्रहण कर पाता है।'' इस परिभाषा से यह स्पष्ट है कि प्रत्यक्षणात्मक सीखना (perceptual learning) एक तरह का संज्ञानात्मक सीखना (cognitive learning) है और इससे यह पता चलता है कि प्रत्यक्षण की प्रक्रिया सीखना द्वारा काफी प्रभावित होती है।

गिब्सन (Gibson) बहुत तरह के उदाहरण देकर प्रत्यक्षज्ञानात्मक सीखना (perceptual learning) के स्वरूप को स्पष्ट करने की कोशिश किये हैं। उन्होंने बताया है कि जब कोई व्यक्ति किसी कार्य विशेषकर तकनीकी कार्य (technical work) करने का विशेष रूप से प्रशिक्षण (training) लिए होता है, तो उसे उस कार्य से सम्बन्धित वस्तुओं का प्रत्यक्षण अन्य दूसरे व्यक्ति जिन्हें इस तरह का प्रशिक्षण प्राप्त नहीं है, से भिन्न होता है। प्रत्यक्षण में इस तरह के अन्तर का कारण प्रत्यक्षज्ञानात्मक सीखना (perceptual learning) है। गिब्सन के अनुसार एक प्रशिक्षित पक्षिविज्ञानी (orinthologist) भिन्न-भिन्न प्रकार के पक्षियों की भाषाओं तथा आपस में किये गये संचार (communication) को आसानी से समझ लेता है परन्तु सामान्य व्यक्ति के लिए ऐसा करना कठिन होता है। हाँ, जब कोई सामान्य व्यक्ति भी उस तरह का प्रत्यक्षज्ञाणात्मक सीखना (perceptual learning) पूरा कर लेता है, तो उसे पक्षियों की भाषाओं को समझने में कोई कठिनाई नहीं रह जाती है। प्रायः देखा गया है कि नेत्रहीन व्यक्ति अपने छड़ी को जमीन पर पटककर जिससे विशेष आवाज उत्पन्न होता है, के आधार पर उस जमीन के आकार तथा संरचना (texture) का प्रत्यक्षण करता है, और उसी ढंग से कदम (foot fall) बढ़ाता है। सामान्य व्यक्ति के लिए (यानी जिसका नेत्र ठीक है) इस ढंग के आवाज से इस तरह का अर्थ निकालना कठिन है।

इस तरह से हम देखते हैं कि प्रत्यक्षज्ञाणात्मक सीखना (perceptual learning) व्यक्ति के उस क्षमता (ability) से सम्बन्धित होता है जिसके सहारे वह वातावरण के वस्तुओं के बारे में विशेष रूप से अर्थ निकालने में समर्थ होता है।

ऐम्स का संव्यवहार उपागम (Ames' Transactional Approach)

मूलतः सभी प्रत्यक्षण अस्पष्ट (vague) होते हैं। परन्तु प्रत्यक्षण करते समय जब हम अपनी ओर से विशेष अर्थ उन उत्तेजनाओं (stimuli) में जोड़ते हैं तो प्रत्यक्षण स्पष्ट होता है तथा साथ-ही-साथ हमें यह भी समझ में आ जाता है कि हम किस वस्तु का प्रत्यक्षण कर रहे हैं। ऐम्स (Ames, 1951) का संव्यवहार उपागम (transactional approach) प्रत्यक्षण के इस विशेष पहलू (aspect) पर बल डालता है। ऐम्स के अनुसार जब हम किसी वस्तु का प्रत्यक्षण करते हैं तो हमारी गत अनुभूति (past experience) तथा प्रत्याशा (expectation) उस प्रत्यक्षण को प्रभावित करता है। यदि किसी कारणवश उस अनुभूति तथा प्रत्याशा में परिवर्तन आता है तो इससे हमारा प्रत्यक्षण भी बदल जाता है। जैसा कि कोरेन, पोरक तथा वार्ड[2] (Coren, Porac & Ward, 1979) ने कहा भी है, ''संव्यवहार उपागम (transactional approach) से यह पता भी चलता है कि यदि हमलोगों के प्रत्याशा (expectation) में परिवर्तन होता है या परिस्थिति के विश्लेषण (analysis) में परिवर्तन होता है, तो हमलोगों का प्रत्यक्षज्ञानात्मक अनुभव (perceptual experience) में भी

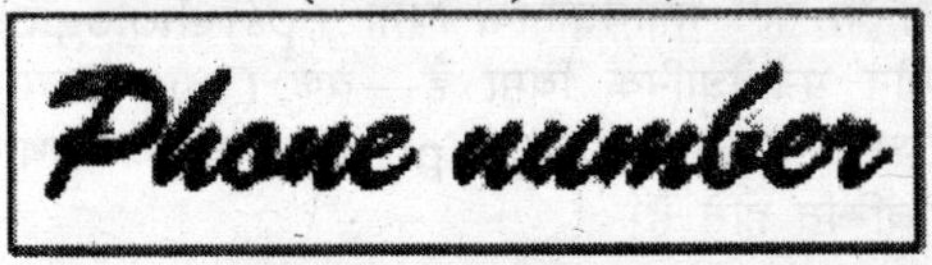

Phone number

चित्र 5.39 : प्रत्यक्षण पर संदर्भ के प्रभाव को दिखलाने का एक चित्र

1. Perceptual learning refers to "an increase in the ability to extract information from the environment as a result of experience or practice with the stimulation coming to it."
—Gibson : *Principles of perceptual learning and development*, 1969, p. 3.
2. "The transactional approach implies that if our expectation changes or our analysis of the situation changes then perceptual experience will also change."
—Coren, Porac & Ward : *Sensation and Perception*, 1979, p. 398

परिवर्तन हो जाता है।'' अतः ऐम्स का संव्यवहार उपागम इस बात पर बल डालता है कि जब व्यक्ति के प्रत्याशा (expecation) या उद्दीपकों के संदर्भ में (context) में परिवर्तन आता है, तो इससे व्यक्ति के प्रत्यक्षण में परिवर्तन आ जाता है। ऐम्स (Ames, 1951) तथा वर्नस्विक (Brunswik, 1955) ने कुछ इस प्रकार के उदाहरण तथा प्रयोगात्मक सबूत (experimental evidence) दिये हैं जिनसे यह स्पष्ट हो जाता है कि हमलोगों की प्रत्याशा (expectation) तथा उद्दीपक के संदर्भ (context) में परिवर्तन होने से प्रत्यक्षण भी परिवर्तित हो जाता है। इसका एक उदाहरण चित्र 5.39 में दिया गया है। इस चित्र में बायीं ओर के शब्द को हम 'फोन' शब्द के रूप में पढ़ते हैं तथा दायीं ओर के शब्द को 'नम्बर' के रूप में पढ़ते हैं। यदि हम 'फोन' शब्द का अक्षर 'एच' पर तथा नम्बर शब्द का अक्षर 'बी' पर ध्यान दे तो हम पाते हैं कि ये दोनों अक्षर बिलकुल ही एक दूसरे के समान हैं फिर भी एक परिस्थिति में इसे हम में 'एच' के रूप में और दूसरी परिस्थिति में 'बी' के रूप में प्रत्यक्षण करते हैं। ऐसा दो करणों से होता है—*पहला कारण* है उद्दीपक का संदर्भ (context) अर्थात् एक संदर्भ है 'फोन' शब्द का तथा दूसरा संदर्भ है 'नम्बर' शब्द का। *दूसरा कारण* है व्यक्ति की अपनी प्रत्याशा (expectation)। पहली परिस्थिति में व्यक्ति के मन 'एच' होने की उम्मीद या प्रत्याशा बनती है तथा दूसरी परिस्थिति में 'बी' होने की उम्मीद या प्रत्याशा बनती है। स्टेनफिल्ड (Steinfield, 1967) ने एक प्रयोग कर यह दिखलाया है कि व्यक्ति में प्रत्यांशा या उम्मीद जिससे प्रत्यक्षण प्रभावित होता है, का बनना उसके गत अनुभूति (past experience) पर निर्भर करता है। इन्होंने अपने प्रयोग में प्रयोज्य को कुछ अधूरे चित्र को सही-सही पहचानने के लिए दिया। कुछ प्रयोज्यों (subject) को ऐसा करने के पहले उन चित्रों से सम्बन्धित एक कहानी सुनाई गयी तथा कुछ प्रयोज्यों को ऐसा करने के पहले कोई कहानी नहीं सुनाई गयी। परिणाम में देखा गया कि जिन प्रयोज्यों को कहानी सुनाई गयी थी, वे उन चित्रों की पहचान आसानी से कर लिए तथा जिन्हें ऐसी कहानी नहीं सुनाई गयी थी, वे छह गुणा (six times) अधिक समय में भी उन चित्रों का सही-सही पहचान नहीं कर पाये। ऐसा इसलिए हुआ क्योंकि चित्र से सम्बन्धित कहानी सुनने से प्रयोज्य में एक खास प्रकार की प्रत्याशा (expectation) उत्पन्न हो गयी थी जिससे सही पहचान (यानी प्रत्यक्षण) करने में प्रयोज्य को मदद मिलती थी।

इस तरह से हम कह सकते हैं कि ऐम्स का संव्यवहार उपागम (transactional approach) मूलतः इस बात पर बल डालता है कि प्रत्यक्षण व्यक्ति के प्रत्याशा (expectation) तथा उद्दीपक के संदर्भ (context) द्वारा काफी हद तक प्रभावित होता है।

रंग दृष्टि
(Colour Vision)

रंग दृष्टि का अध्ययन से हमें यह पता चलता है कि रंग का प्रत्यक्षण हमें किस प्रकार होता है तथा रंग के कौन-कौन गुण है जिसका हम प्रत्यक्षण करते हैं आदि। विशेषज्ञों ने रंग के तीन मनोवैज्ञानिक विमा (psychological dimensions) बतलाये हैं जिनका हम प्रत्यक्षण करते हैं। ये तीन मनोवैज्ञानिक विमा हैं—*वर्ण* (hue), *चमक* (brightness) तथा *संतृप्ति* (saturation)। ये तीनों विमाएँ रोशनी के तीन भौतिक (physical) गुणों अर्थात् तरंगदैर्ध्य (wavelength), तीव्रता तथा शुद्धता (purity) से सम्बन्धित होते हैं।

वे तीन मनोवैज्ञानिक गुण निम्नांकित हैं:—

(i) वर्ण *(Hue)*—वर्ण का प्रत्यक्षण हमें रोशनी (light) का तंरगदैर्ध्य (wavelength) पर निर्भर करता है। तरंगदैर्ध्य से तात्पर्य रोशनी के एक तरंग की चोटी (peak) से दूसरे तंरग की चोटी के बीच की दूरी से होता है। तरंग दैर्ध्य की माप नैनीमीटर (nanometer) में किया जाता है जो एक मीटर का एक अरब भाग (one billionth) होता है। सबसे छोटा तरंग दैर्ध्य (wave length) जिसे व्यक्ति देख पाता है करीब 400 नैनोमीटर का होता है और इससे बैंगनी (violet) वर्ण का प्रत्यक्षण होता है। सबसे बड़ा तरंगदैर्ध्य जिसका प्रत्यक्षण व्यक्ति कर पाता है, वह 700 से 800 नैनोमीटर का होता है और इससे व्यक्ति को लाल वर्ण (red hue) का प्रत्यक्षण होता है। इन दोनों सीमाओं के बीच तरंग दैर्ध्य द्वारा अन्य रंगों का प्रत्यक्षण होता है।

(ii) चमक *(Brightness)*—चमक से तात्पर्य इस बात से होता है कि रंग या वर्ण कितना हल्का (light) या गहरा (dark) है। दूसरे शब्दों में कहा जा सकता है कि चमक (brightness) द्वारा रंग की तीव्रता (intensity) का पता चलता है। व्यक्ति को चमक का प्रत्यक्षण तरंग दैर्ध्य (light wave) के विस्तार (amplitude) पर निर्भर करता है। अगर किसी खास तरंग दैर्ध्य का विस्तार कम होगा, तो रंग कम तीव्र दीख पड़ेगा तथा जब तरंग दैर्ध्य का विस्तार

अधिक होगा, तो रंग अधिक तीव्र दीख पड़ेगा। ध्यान रहे कि तरंग दैर्ध्य के विस्तार (amplitude) में परिवर्तन होने से रोशनी के वर्ण (hue) या रंग में कोई परिवर्तन नहीं होता है।

(iii) संतृप्ति *(Saturation)*—संतृप्ति से तात्पर्य वर्ण की शुद्धता (purity) से होता है। प्रायः यही देखा जाता है कि हमें किसी खास तरंग दैर्ध्य (wave length) का शुद्ध रूप में प्रत्यक्षण नहीं होता है। प्रायः कई तरंगदैर्ध्य आपस में मिल जाते हैं और हम उनका प्रत्यक्षण करते हैं। तरंगदैर्ध्य के इस मिश्रण (mixtures) के प्रत्यक्षण को हम संतृप्ति (saturation) या शुद्धता (purity) की संज्ञा देते हैं। जितना ही इस तरह का मिश्रण (mixture) जटिल (complex) होगा, संतृप्ति (saturation) उतना ही कम होगा।

इस तरह से वर्ण, चमक तथा संतृप्ति व्यक्ति के रंग अनुभूति के तीन अलग-अलग पहलू हैं। कोरन, पोरेक एवं वार्ड (Coren, Porac & Ward, 1984) के अनुसार यद्यपि व्यक्ति 150 वर्णों के बीच तक ही अंतर कर पाता है, संतृप्ति तथा चमक के विभिन्न स्तर आपस में मिलकर करीब 300,000 विभिन्न रंगों की उत्पत्ति करते हैं।

रंग दृष्टि से सम्बन्धित निम्नांकित तीन महत्त्वपूर्ण घटनाएँ (phenomenon) हैं जिनपर मनोवैज्ञानिकों ने अधिक बल डाला है:—

(i) रंग मिश्रण (Colour mixture)
(ii) रंग अनुकूल (Colour adaptation)
(iii) वर्णान्धता (Colour blindness)

इन तीनों का वर्णन निम्नांकित हैं:—

(i) रंग मिश्रण *(Colour mixture)*—जैसा कि हम जानते हैं, एक सामान्य व्यक्ति करीब 300,000 विभिन्न ढंग के रंगों के बीच अंतर कर सकता है परन्तु फोविया (fovea) में लगभग 150,000 ही सूचियाँ (cones) होती हैं। स्पष्टतः प्रत्येक रंग के लिए एक-एक सूची (cones) भी नहीं होता है। इसका तब स्पष्ट मतलब हुआ कि कुछ सूचियाँ रंगीन उद्दीपकों से मिलने वाले सूचनाओं के साथ अपनी-अपनी सूचियों को इस ढंग से संयोजित करते हैं कि उन्हें किसी भी रंग का स्पष्ट प्रत्यक्षण होता है। प्रश्न यह उठता है कि यह किस तरह से होता है? यह जिस प्रक्रिया द्वारा होता है, उसे *रंग मिश्रण*[1] (colour mixture) कहा जाता है।

रंग मिश्रण की घटना को दो तरह से अध्ययन किया गया है—रोशनी के तरंगदैर्ध्य (wave length) को मिश्रित करके विभिन्न रंगों को उत्पन्न करना तथा पेन्ट (paints) या पिगमेंट (pigments) के विभिन्न रंगों को मिश्रित करके विशेष रंग उत्पन्न करना। विभिन्न रंग के रोशनी के मिश्रण की प्रक्रिया को *योगात्मक रंग मिश्रण* (additive colour mixture) कहा जाता है। रोशनी मिश्रण के खयाल से लाल, हरा एवं नीला (blue) रंग की रोशनी को मूल रंग (primary colour) कहा जाता है। ये तीनों रंग की रोशनियों को मिश्रित करके कोई भी रंग को उत्पन्न किया जा सकता है। जैसे लाल रंग की रोशनी तथा हरा रंग की रोशनी को मिश्रित करके पीला रंग की रोशनी की उत्पत्ति की जाती है। लाल एवं नीला रोशनी को मिश्रित करके जामुनी (purple) रंग की रोशनी उत्पन्न की जाती है। अगर समान तीव्रता के लाल हरा तथा नीला रोशनी को आपस में मिला दिया जाता है, तो इसे उजला रोशनी की उत्पत्ति होती है। दूरदर्शन (television) के पर्दे पर जो विभिन्न रंग की उत्पत्ति की जाती है, उसमें योगात्मक रंग मिश्रण के सिद्धान्त का ही उपयोग किया जाता है। अगर पर्दे पर ध्यान से गौरपूर्वक देखें तो यह स्पष्ट हो जाएगा कि देखे जानेवाला तस्वीर में पतला लाल, हरा एवं नीला बिन्दु दिखाई देगा जो आपस में मिलकर विभिन्न रंग उत्पन्न करता है। विभिन्न तरंगदैर्ध्य (wave length) के रोशनियों को आपस में मिश्रित करने की इस प्रक्रिया को योगात्मक रंग मिश्रण इसलिए कहा जाता है क्योंकि प्रत्येक रोशनी द्वारा मिश्रण में अतिरिक्त तरंगदैर्ध्य को जोड़ दिया जाता है।

रंग मिश्रण के दूसरे नियम या सिद्धान्त को *व्यवकलक रंग मिश्रण* (subtractive colour mixture) कहा जाता है जो योगात्मक रंग मिश्रण से भिन्न है। व्यवकलक रंग मिश्रण की प्रक्रिया विभिन्न रंग के पेन्ट (paint) (न कि रोशनी) उत्पन्न करने के लिए अपनायी जाती है। ध्यान रहे कि पेन्ट पिगमेन्ट (paint pigment) के लिए मूल रंग

---

1. लाल, हरा तथा नीला रंग के रोशनी को मूल रंग (primary colour) कहा गया है। कुछ रंगों को सम्पूरक रंग (complimentary colour) कहा गया है क्योंकि जब वे एक दूसरे से मिलते हैं तो वे एक-दूसरे को काटते हैं और दूसरा रंग उत्पन्न करते हैं। जैसे पीला तथा नीला रंग (पेन्ट में) एवं हरा एवं लाल रंग (पेन्ट में) एक दूसरे के सम्पूरक रंग हैं और मिलकर धूसर रंग उत्पन्न करते हैं।

(primary colour) लाल, पीला तथा नीला (blue) होता है न कि लाल, हरा एवं नीला। इस रंग मिश्रण की प्रक्रिया में जब दो या उससे अधिक रंग के पेन्ट को आपस में मिश्रित किया जाता है तो प्रत्येक रंग का पेन्ट रोशनी के कुछ तरंगदैर्ध्य (wave length) को आपस में सोख (absorb) लेता है और दूसरा तरंगदैर्ध्य परावर्तित (reflect) करता है। जैसे, जब हरा एवं लाल पेन्ट को आपस में समान मात्रा में मिश्रित कर दिया जाता है, तो इससे पीला नहीं बल्कि धूसर (gray) रंग का पेन्ट तैयार हो जाता है। ऐसा इसलिए होता है कि लाल रंग द्वारा वर्णक्रम (spectrum) के नीला (blue) छोर तरफ की रोशनी को सोख लिया जाता है जबकि हरा पेन्ट द्वारा वर्णक्रम के लाल छोर तरफ की रोशनी को सोख लिया जाता है। एक साथ मिलकर वे सभी रोशनी को अपने आप में सोख लेते हैं और सिर्फ मंद धूसर रंग छोड़ दिया जाता है जो परावर्तित होकर हमारे आँख तक पहुँचता है। उसी तरह से यदि नीला (blue) तथा पीला (yellow) पेन्ट को समान मात्रा में मिला दिया जाता है तो वह हरा रंग का पेन्ट हो जाता है क्योंकि नीला पेन्ट द्वारा उन सभी तरंगदैर्ध्यों को सोख लिया जाता है जो हरा-नीला-बैगनी (green-blue-violet) परास (range) में होते हैं तथा पीला पेन्ट द्वारा हरा-पीला तरंगदैर्ध्य को छोड़कर सभी तरंगदैर्ध्य को सोख लिया जाता है। ऐसी अवस्था में मात्र हरा रंग तरंगदैर्ध्य ही परावर्तित होकर व्यक्ति के आँख तक पहुँचती है। अतः यह मिश्रण हरा दीखता है। कहने का तात्पर्य यह है कि जब हमलोग पेन्ट को मिश्रित कर देते हैं, तो परिणामस्वरूप बनने वाला रंग उन तरंगदैर्ध्यों (wavelengths) के संयोग (combination) का मिश्रण होता है जिसे पेन्ट का रंग अपने में न सोख करके उसे हमारे आँख की ओर परावर्तित कर देता है।

स्पष्ट हुआ कि योगात्मक रंग मिश्रण तथा व्यवकलक रंग मिश्रण के सिद्धान्तों द्वारा रंग मिश्रण की व्याख्या की गयी है।

(ii) रंग अनुकूलन *(Colour adaptation)*—यदि हम किसी रंगीन उद्दीपक (coloured stimulus) पर कुछ समय तक लगातार देखते हैं तो उस रंगीन उद्दीपक के हटने के बाद भी उसका प्रत्यक्षण कुछ समय तक होता रहता है। इस तरह के प्रभाव को *उत्तर प्रभाव* (after effect) कहा जाता है। ऐसा भी देखा गया है कि रंगीन उद्दीपक पर अधिक देर तक देखने के बाद विशेष रंग का प्रत्यक्षण धीरे-धीरे धूसर रंग (gray colour) के समान होने लगता है। इसे रंग अनुकूलन की संज्ञा दी गयी है।

रंग प्रत्यक्षण (colour perception) में मनोवैज्ञानिकों ने दो तरह के उत्तर प्रभाव (after effect) का वर्णन किया है—धनात्मक उत्तरप्रभाव (positive after effect) तथा ऋणात्मक उत्तर प्रभाव (negative after effect)। *ऋणात्मक उत्तर प्रभाव* में व्यक्ति जब किसी रंग पर कुछ मिनट तक देखता है और उसके बाद धूसर रंग पर देखता है तो प्रायः व्यक्ति पहले देखे गये रंग के सम्पूरक रंग (complimentary colour) को ही देखता है। जैसे, यदि कोई व्यक्ति लाल वृत्त (red circle) पर कुछ मिनट तक देखता है और उसके बाद फिर धूसर रंग के वृत्त पर यदि वह देखता है तो उसे हरा रंग का वृत्त (लाल रंग का सम्पूरक) कुछ समय के लिए दिखलाई देता है। इसे ऋणात्मक उत्तर प्रभाव (negative after image) की संज्ञा दी जाती है। ऐसा भी होता है कि जब व्यक्ति किसी तीव्र रंगीन उद्दीपक (bright stimulus) पर कुछ समय के देखने के बाद किसी कम तीव्र रंगीन उद्दीपक पर देखता है तो उसे कुछ समय तक तीव्र रंगीन का उद्दीपक दिखलाई पड़ता है। यहाँ व्यक्ति सम्पूरक रंग (complimentary) का प्रत्यक्षण दूसरी बारी में नहीं करता है। इस तरह का प्रत्यक्षण जो प्रायः कम होता है, को धनात्मक उत्तर प्रभाव (positive after effect) कहा जाता है।

(iii) वर्णान्धता *(Colour blindness)*—वर्णन्धता से सामान्य तात्पर्य रंगों के बीच विभेद (discrimination) करने की अक्षमता से होती है। वर्णान्धता के अध्ययन पर मनोवैज्ञानिकों का ध्यान सर्वप्रथम 1798 में गया था जब जॉन डाल्टन (John Dalton) ने कुछ रंगों की बीच विभेद करने की अपनी अक्षमता को लोगों के सामने रखा। फिर बाद में, यानी 1881 में लार्ड रेले (Lord Rayleigh) ने वर्णान्धता का अध्ययन विशेष रूप से किया और उसे मापने के लिए एक विशेष परीक्षण (test) बनाया जिसे रेले परीक्षण (Rayleigh test) की संज्ञा दी गयी।

वर्णान्धता (Colour blindness) को समझने के लिए मनोवैज्ञानिकों ने सामान्य दृष्टि तंत्र (normal visual) को तीन भागों में बाँटा है—हल्का-गहरा (light-dark), पीला-नीला (yellow-blue) तथा लाल-हरा (red-green)। जिस व्यक्ति में रंग से सम्बन्धित इन तीनों तरह का प्रत्यक्षण होता है उसकी दृष्टि को सामान्य दृष्टि (normal vision) कहा जाता है। ऐसे व्यक्ति को *त्रिवर्णी* (trichromat) कहा जाता है। परन्तु 10% पुरुष तथा 1% महिला में वर्णान्धता होती है। यदि किसी व्यक्ति में इन तीनों पहलुओं में से किसी एक पहलू का ही प्रत्यक्षण होता है

तो इस तरह की अवस्था को आंशिक वर्णान्धता (partial colour blindness) कहा जाता है। ऐसे व्यक्ति में या तो लाल और हरा रंग के बीच या पीला और नीला रंग के बीच विभेद करने में असमर्थता भी पायी जाती है। ऐसे व्यक्ति को *द्विवर्णी* (dichromat) कहा जाता है। कुछ ऐसे भी व्यक्ति होते हैं जिन्हें रंग के इन तीन पहलुओं का प्रत्यक्षण नहीं होता है। इस तरह की स्थिति में पूर्णवर्णान्धता (total colour blindness) की संज्ञा दी जाती है और ऐसे व्यक्ति को *एकवर्णी* (monochromat) की संज्ञा दी जाती है। वर्णान्धता अन्य दूसरे प्रकार का भी हो सकता है।

वर्णान्धता में आनुवंशिकता (heredity) की भी भूमिका बतलायी गयी है। नाथान्स (Nathans, 1989) द्वारा किये गए अध्ययन से यह स्पष्ट हुआ है कि सामान्य रंग दृष्टि के लिए यह आवश्यक है कि गुणसूत्र संख्या 7 के एक जीन में नीला रंजक (blue pigment) तथा 23वें गुणसूत्र युग्म के एक्स गुणसूत्र में लाल एवं हरा रंजक बच्चा को अपने माता-पिता से मिला हो। लाल-हरा रंग की वर्णान्धता करीब 8% पुरुषों में जबकि मात्र 1% महिलाओं में पाया गया है जिसका स्पष्ट कारण है कि महिलाओं में 23वाँ युग्म के दोनों गुणसूत्र एक्स ही होता है।

स्पष्ट हुआ कि मनोवैज्ञानिकों ने रंग से सम्बन्धित विभिन्न तरह की घटनाओं का अध्ययन किया है। इनमें से वर्णान्धता एवं रंग मिश्रण की घटना के अध्ययन में लोगों ने अधिक अभिरुचि दिखलाया है।

मनोवैज्ञानिकों ने वर्णान्धता (colour blindness) को निम्नांकित तीन विधियों द्वारा अध्ययन किया हः—

(i) रेले विधि (Rayleigh method)

(ii) मिलान विधि (Matching method)

(iii) जे॰एन॰डी॰ विधि (J. N. D. Method)

इन तीनों विधियों का वर्णन निम्नांकित हैः—

(i) रेले विधि (*Rayleigh method*)—इस विधि का प्रतिपादन लार्ड रेले (Lord Rayleigh) द्वारा 1881 में किया गया। इस विधि में किन्हीं दो उपयुक्त (appropriate) रंगों की मदद से एक मानक रंग (standard colour) बनाना होता है। अगर व्यक्ति ऐसा करने में समर्थ हो गया, तो ऐसा समझा जाता है कि उसमें उन दोनों रंगों में विभेद (colour discrimination) करने की क्षमता थी। दूसरे तरफ, यदि व्यक्ति दिये गये उन दोनों रंगों की मदद से मानक रंग के समेल रंग (matching colour) बनाने में असमर्थ रहा तो ऐसा समझा जाता है कि व्यक्ति उन दोनों रंगों के बीच विभेद नहीं कर पाता है। अतः उन दोनों से सम्बन्धित वर्णान्धता (colour blindness) उसमें है। उदाहरणार्थ, रेले ने लाल और हरा रंग के मिश्रण के सहारे प्रयोज्य (subject) को एक दिया हुआ मानक पीला रंग (standard yellow colour) के समेल रंग (matching colour) बनाने को कहा। इस तरह का कार्य प्रयोज्य को लगातार कई प्रयासों (trials) में करना होता है। रेले ने इस तरह के प्रयोग के परिणाम (results) की व्याख्या करने में दो कारकों (factors) पर अधिक बल डाला है। पहला तो यह है कि इस मिलाने वाले (matching) कार्य में प्रयोज्य लाल और हरा रंग के कितनी औसत मात्रा (average amount) का प्रयोग करता था तथा दूसरा यह कि एक प्रयास (trial) से दूसरे प्रयास (trial) में लाल रंग और हरा रंग की मात्रा में कितना परिवर्तन होता था। कुछ व्यक्तियों द्वारा समेलित रंग (matched colour) प्रत्येक प्रयास में करीब-करीब समान होता था और उनके द्वारा बनाया गया रंग मानक पीला रंग (standard yellow colour) के बिलकुल समरूप होता था। इसका मतलब यह हुआ कि ऐसे व्यक्तियों में लाल रंग तथा हरा रंग के बीच वर्णान्धता (colour-blindness) नहीं थी। दूसरे तरफ, कुछ व्यक्तियों द्वारा समेलित रंग (matched colour) भिन्न-भिन्न प्रयासों में अलग-अलग हुआ करता था। इतना ही नहीं, इनके द्वारा समेलित रंग (matched colour) मानक रंग (standard colour) से भी काफी भिन्न होता था। रेले के अनुसार इस तरह की अवस्था से तात्पर्य यह था कि प्रयोज्य लाल रंग और हरा रंग के बीच विभेद (discrimination) नहीं कर रहा है। फलस्वरूप, व्यक्ति में लाल रंग और हरा रंग से सम्बन्धित किसी प्रकार की वर्णान्धता (colour blindness) हैं।

(ii) मिलान विधि (*Matching method*)—जैसा कि हम जानते हैं कि रंग का प्रत्यक्षण रोशनी (light) का तरंग दैर्ध्य (wavelength) पर निर्भर करता है। इस विधि में रोशनी के एक खास तरंगदैर्ध्य (wavelength) को चमक (brightness) के एक खास स्तर (level) से मिलान करना होता है। यदि उस तरंगदैर्ध्य से सम्बन्धित संवेदनशीलता (sensitivity) व्यक्ति में कम है (अर्थात् व्यक्ति में उस विशेष तरंगदैर्ध्य से उत्पन्न होने वाला रंग की

संवेदनशीलता कम है) तो वैसी परिस्थिति में उस तरंगदैर्ध्य को दिये हुए चमक (brightness) के स्तर से तुल्य करने के लिए उस तरंगदैर्ध्य से सम्बन्धित अधिक ऊर्जा (energy) की जरूरत होगी। स्पेक्ट्रम (spectrum) के प्रत्येक तरंगदैर्ध्य (wavelength) की संवेदनशीलता की माप इस तरह से कर ली जाती है और उसके आधार पर फिर विशेष वक्र (curve) तैयार कर लिया जाता है जिस *दीप्ति वक्र* (luminosity curve) कहा जाता है। सामान्य व्यक्ति अर्थात् वैसे व्यक्ति जिसमें किसी प्रकार की वर्णान्धता (colour blindness) नहीं होती है, स्पेक्ट्रम के प्रत्येक तरंगदैर्ध्य से सम्बन्धित दीप्ति वक्र करीब-करीब एक समान होता है। परन्तु वर्णान्धता रहने पर वक्र एक समान नहीं होता है। जैसे लाल तथा हरा रंग से वर्णान्धता होने पर लाल रंग तथा हरा रंग से सम्बन्धित वक्र अन्य वक्रों की तुलना में कुछ दबा (depressed) हुआ दीख पड़ता है। इसी तरह नीला रंग तथा हरा रंग के बीच विभेद करने की अक्षमता (inability) का अंदाज इन दोनों रंगों के सम्बन्धित वक्रों में उत्पन्न दबाव (depression) से हो जाता है। ऐसे व्यक्ति जिनको वक्र का लाल वाला भाग में दबाव पाया जाता है, उसें *प्रोटेनोप्स* (protanopes) कहा जाता है। जिन व्यक्तियों में नीला-पीला रंग से सम्बन्धित वर्णन्धता होता है, उनका वक्र नीला (blue) वाला भाग में कुछ दबा (depressed) होता है। इस तरह के व्यक्ति को *ट्रीटोनोप्स* (tritanopes) कहा जाता है।

(iii) जे॰एन॰डी॰ विधि *(J. N. D. method)*—वर्णान्धता (colour blindness) मापने की यह विधि उतनी अधिक लोकप्रिय नहीं है। इन विधि में दो रंगों के बीच प्रयोज्य द्वारा प्रत्यक्षण किये गये न्यूनतम ज्ञेय भेद के आधार पर एक वक्र (curve) खींचा जाता है। ऐसा पाया जाता है कि सामान्य व्यक्ति अर्थात् जिनमें किसी प्रकार की वर्णान्धता (colour blindness) नहीं होती है, का वक्र करीब-करीब समान ही होता है। परन्तु यदि किसी विशेष रंग से सम्बन्धित वर्णान्धता व्यक्ति में नहीं होता है, तो उनका वक्र कुछ भिन्न हो जाता है।

वर्णान्धता अध्ययन करने की इन तीन विधियों में प्रथम दो विधि अधिक लोकप्रिय है तथा इन प्रथम दो विधियों को मनोवैज्ञानिकों ने अधिक वैज्ञानिक भी बतलाया है।

रंग दृष्टि के प्रमुख सिद्धान्त
(Principal theories of Colour Vision)

शरीरक्रिया मनोवैज्ञानिकों (physiological psychologists) ने रंग दृष्टि (colour vision) की व्याख्या करने के लिए कुछ प्रमुख सिद्धान्तों का प्रतिपादन किया है। ऐसे सिद्धान्त निम्नांकित तीन हैं—

1. द्वैधदृष्टि सिद्धान्त (Duplicity theory)
2. यंग-हेल्महेल्ज सिद्धान्त (Young-Helmholtz theory)
3. हेरिंग का सिद्धान्त (Hering's theory)

इस तीनों सिद्धान्तों की आलोचनात्मक व्याख्या निम्नांकित हैं:—

1. द्वैधदृष्टि सिद्धान्त *(Duplicity theory)*—इस सिद्धान्त का प्रतिपादन भॉन क्राइज (Von Kries) द्वारा 19 वीं शताब्दी के अंत में किया गया। इस सिद्धान्त को *डुप्लेक्ससिटी सिद्धान्त* (duplexcity theory) भी कहा जाता है। इस सिद्धान्त के अनुसार, व्यक्ति के अक्षिपटल (retina) में दो तरह के ग्राहक (receptors) होते हैं जिनके द्वारा हमें दो तरह का रंग दृष्टि (colour vision) होता है। ये दो ग्राहक हैं—शालाकाएँ (rods) तथा सूचियाँ (cones)। इन दोनों तरह के ग्राहकों (receptors) की अपनी-अपनी विशेषताएँ (characteristics) होतीं हैं जिनके द्वारा हमें रंगीन वस्तुओं का प्रत्यक्षण होता है। रंगहीन प्रत्यक्षण से तात्पर्य काला (black) और उजला (white) तथा इसके बीच-बीच का धूसर रंग (intermediate grey) के प्रत्यक्षण से होता है। काला, उजला तथा इन दोनों के बीच-बीच का भूरा रंगों को वर्णहीन रंग (achromatic colour) कहा जाता है। लाल, हरा, नीला तथा पीला रंग को मूल रंग माना गया है तथा इन रंगों को *वर्णिक रंग* (chromatic colour) भी कहा जाता है। इन रंगों को मूल रंग इसलिए कहा जाता है क्योंकि अन्य रंगों की उत्पत्ति इन्हीं रंगों के मिलने से होती है। द्वैधदृष्टि सिद्धान्त (duplicity theory) के अनुसार शलाकाएँ (rods) द्वारा हमें वर्णहीन रंगों (achromatic colour) यानी काला, उजला, तथा हल्का धूसर रंग की संवेदन होती है तथा सूचियों (cones) द्वारा हमें वर्णिक रंगों (chromatic colour) यानी लाल, हरा, नीला तथा पीला रंगों की संवेदन होती है। इस सिद्धान्त में भॉन क्राइज (Von Kries) ने शलाकाएँ (rods) तथा सूचियों

(cones) के विभेद (discrimination) पर अधिक बल डाला है और बतलाया है कि इस दोनों कार्यों में प्रमुख अन्तर निम्नांकित हैं:—

(i) शलाकाएँ (rods) कम रोशनी या अंधेरे में क्रियाशील होते हैं जबकि सूचियाँ अधिक रोशनी या दिन में अधिक क्रियाशील होती है।

(ii) शलकाएँ (rods) द्वारा सिर्फ काला, उजला तथा धूसर दिखलाई देता है जबकि सूचियाँ द्वारा हमें भिन्न-भिन्न प्रकार के रंगों का ज्ञान होता है।

(iii) मार्गेन (Margen, 1965) के अनुसार, स्पेक्ट्रम के हरा भाग में शलाकाएँ (rods) सबसे अधिक संवेदनशील होते है जबकि सूचियाँ स्पेक्ट्रम के पीला भाग में सबसे अधिक संवेदनशील होती है।

(iv) आँख के केन्द्रीय क्षेत्र (central part) में सूचियाँ (cones) की संख्या सबसे अधिक पायी जाती है। फलस्वरूप, दृष्टि तंत्र (visual system) के तंत्रिकाकोश के साथ सूचियों का सम्बन्ध बहुत अधिक होता है। शलाकाएँ (rods) आँख के किनारे-किनारे (periphery) में अधिक पाया जाता है। फलस्वरूप, शलाकाएँ द्वारा सिर्फ कम तीव्र उद्दीपकों का ही प्रत्यक्षण होता है।

उपर्युक्त विवरण से यह स्पष्ट होता है कि द्वैधदृष्टि सिद्धान्त (duplicity theory) रंग के प्रत्यक्षण की व्याख्या दो तरह के ग्राहकों (receptors) अर्थात् शलाकाओं (rods) तथा सूचियों (cones) में विभेद करके करता है। शलाकाएँ (rods) द्वारा काला, उजला तथा इस दोनों के बीच-बीच का धूसर (intermediate gray) का प्रत्यक्षण होता है तथा सूचियों (cones) द्वारा हमें प्रधान रंगों जैसे, लाल, हरा, पीला और नीला रंगों का प्रत्यक्षण होता है। अन्य रंगों का प्रत्यक्षण इन्हीं मूल रंगों के मिश्रण (mixture) द्वारा सूचियों के उत्तेजित होने से होता है।

यद्यपि द्वैध दृष्टि सिद्धान्त (duplicity theory) काफी सरल एवं स्पष्ट लगता है फिर भी मनोवैज्ञानिकों ने इसे एक वैज्ञानिक सिद्धान्त नहीं माना है क्योंकि इन लोगों ने ऊपर बताए गए तथ्यों (facts) के बहुत सारे अपवाद पाये हैं।

2. यंग-हेल्महोज सिद्धान्त *(Young-Helmholtz theory)*—रंग मिश्रण (colour mixture) की घटना (phenomenon) की व्याख्या करने के लिए इस सिद्धान्त का प्रतिपादन थॉमस यंग (Thomas Young) ने 1802 में किया जिसे 50 साल बाद हरमान भान हेल्महोल्ज (Hermann Von Helmholtz) ने एक विस्तृत रूप दिया। यही कारण है कि इस सिद्धान्त को यंग-हेल्महोल्ज सिद्धान्त कहा जाता है। इस सिंद्धान्त के अनुसार हमारे अक्षिपटल में मुख्यतः तीन प्रकार की सूचियाँ (cones) होतीं हैं जिनसे हमें रंगों की संवेदन होती है। ये तीन सूचियाँ (cones) हैं—लाल ग्राहक (red receptor), हरा ग्राहक (green receptor), नीला ग्राहक (blue receptor)। लाल ग्राहक उत्तेजित होने से लाल रंग का प्रत्यक्षण, हरा ग्राहक के उत्तेजित होने पर हरा रंग का प्रत्यक्षण तथा नीला ग्राहक के उत्तेजित होने पर नीला रंग का प्रत्यक्षण होता है। अतः इस सिद्धान्त के अनुसार तीन रंग प्रधान हैं और अन्य रंग इन्हीं तीन रंगों के मिश्रण से उत्पन्न होता है। यही कारण है कि इस सिद्धान्त को *त्रिवर्ण सिद्धान्त* (Trichromatic theory) भी कहा जाता है।

इस सिद्धान्त की मुख्य बातें निम्नांकित हैं:—

(i) व्यक्ति के अक्षिपटल (retina) में BGR ग्राहक (receptors) होते हैं। 'B' से तात्पर्य नीला ग्राहक (Blue receptor) से है 'G' से तात्पर्य हरा ग्राहक (Green receptor) से है तथा 'R' से तात्पर्य लाल ग्राहक (Red receptor) से है।

(ii) प्रत्येक ग्राहक (receptor) रोशनी के एक खास तरंगदैर्ध्य (wave length) के प्रति अधिक संवेदनशील (sensitive) होता है परन्तु वे अन्य तरंगदैर्ध्य के प्रति भी अनुक्रियाशील (responsive) होते हैं। सबसे छोटा तरंगदैर्ध्य (shortest wavelength) जिसे सामान्य व्यक्ति प्रत्यक्षण करता है, 400 नैनोमीटर[1] (nanometers) का होता है और इससे बैगनी रंग का संवेदन होता है अधिकतर तरंगदैर्ध्य जिसे सामान्य व्यक्ति प्रत्यक्षण करता है, का परास (range) 400 से 800 नैनोमीटर का होता है तथा 700 से 800 नैनोमीटर जो वर्णक्रम (spectrum) का ऊपरी छोर

1. नैनोमीटर रोशनी के तरंगदैर्ध्य (wavelength) का मापन इकाई है जो एक मीटर का एक अरबवाँ (one-billionth) भाग होता है।

होता है, द्वारा लाल रंग की संवेदन होता है। इस न्यूनतम तथा अधिकतम सीमाओं के भीतर अन्य तरंगदैर्ध्य भी होते हैं जिनके सहारे अन्य रंगों की संवेदन होती है।

(iii) लाल, हरा तथा नीला रंग को छोड़कर अन्य सभी रंगों का प्रत्यक्षण इन तीन तरह के ग्राहकों (receptors) के संयुक्त उत्तेजन (combined stimulation) से उत्पन्न होता है। उदाहरणस्वरूप, जब R ग्राहक तथा G ग्राहक एक साथ उत्तेजित होते हैं तो हमें पीले (yellow) रंग की संवेदन होती है। जब तीनों ग्राहक एक ही साथ समान रूप से उत्तेजित हो जाते हैं, तो इसमें हमें उजला (white) की संवेदन होती है।

(iv) किसी खास रंग जैसे लाल रंग की संवेदन इसलिए होता है क्योंकि रोशनी के उस तरंगदैर्ध्य (wavelength) जिसके द्वारा R ग्राहक उत्तेजित हो रहा है, अन्य दोनों ग्राहकों (B तथा G) की तुलना में अधिक उत्तेजित हो पाता है। दूसरे शब्दों में यह कहा जा सकता है कि एक खास तरंगदैर्ध्य के प्रति तीनों उत्तजित होते हैं परन्तु उनमें से एक अन्य दो ग्राहकों की तुलना में अधिक उत्तजित हो जाता है। जैसे, ऊपर के उदाहरण में R ग्राहक B तथा G की अपेक्षा अधिक उत्तेजित हो गया था। इसलिए व्यक्ति को लाल रंग दिखलाई पड़ता है।

(v) इस सिद्धान्त के अनुसार वर्ण (hue) का प्रत्यक्षण तीनों ग्राहकों में उत्पन्न स्नायु प्रवाह (nerve impules) की सापेक्ष बारम्बारता (relative frequency) पर निर्भर करता है। रंग की चमक (brightness) इन तीनों ग्राहकों में उत्पन्न स्नायुप्रवाह (nerve impulses) की कुल योग (total sum) पर निर्भर करता है तथा संतृप्ति (saturation) रंग मिश्रण (colour mixture) द्वारा उत्पन्न उजलापन (whiteness) की मात्रा (amount) पर निर्भर करता है। जैसे, अगर कोई उद्दीपक (रोशनी) R ग्राहक का 4 इकाई, G ग्राहक का 6 इकाई तथा B ग्राहक का 10 इकाई उत्तेजित करता है तो प्रत्येक ग्राहक का 4-4 इकाई द्वारा उजलापन (whiteness) की संवेदन होगा। G ग्राहक का बाकी दो इकाई तथा B ग्राहक का बाकी 6 इकाई असंतृप्त (desaturated) हरा लिए नीला रंग (greenish blue) बनायेगा। इस सिद्धान्त के अनुसार जैसे-जैसे रंग की चमक (brightness) मे परिवर्तन होगा, वैसे-वैसे वर्ण तथा संतृप्ति में भी परिवर्तन होगा।

यंग-हेल्महोल्ज सिद्धान्त का समर्थन कई लोगों ने अपने-अपने अध्ययनों से किया है। जैसे, हेश्ट (Hecht, 1934) ने यंग-हेल्महोल्ज सिद्धान्त द्वारा प्राप्त आँकड़ों का विश्लेषण कर सिद्धान्त की विश्वसनीयता को बढ़ा दिया है। हाल ही में मैकनिकोल (MacNichol, 1964) ने इस सिद्धान्त के तथ्यों की पुष्टि उन अध्ययनों से किया है जिसमें सूचियों (cones) के कार्य का एक विशेष यंत्र जिसे *माइक्रोस्पेक्ट्रोफोटोमीटर* (microspectrophotometer) की संज्ञा दी गयी है, द्वारा अध्ययन किया गया है। उन्होंने इस यंत्र द्वारा वैयक्तिक सूची (individual cone) के कार्य का अध्ययन किया और दिखलाया कि सूची में कुछ ऐसे तथ्य (substance) पाये जाते हैं जिनके सहारे वे खास-खास रंगों द्वारा उत्तेजित होते हैं। कुछ सूची के तत्त्व लाल रंग के प्रति संवेदनशील होते हैं, कुछ सूची के तत्त्व हरा रंग के प्रति संवेदनशील होते हैं तथा कुछ सूची नीले रंग के प्रति संवेदनशील होते हैं। लाल रंग वाले सूची पीला रंग के प्रति भी संवेदनशील होते हैं। मैकनिकोल (MacNichol, 1964) द्वारा किये गये प्रयोग से यंग-हेम्लहोल्ज सिद्धान्त की पुष्टि काफी हद तक हो जाता है। नोबुल पुरस्कार विजेता जार्ज वाल्ड (George Wald, 1964) द्वारा किये गए शोधों से भी त्रिवर्णी सिद्धान्त को समर्थन मिला है। इनके शोध का प्रमुख निष्कर्ष यह था कि यद्यपि सभी सूचियों का मौलिक रूप समान संरचना होता है, अक्षिपटल में वास्तव में केवल तीन तरह ही सूचियाँ (cones) होतीं हैं जिनकी मदद एवं सहयोग से न केवल तीन रंग बल्कि अन्य सभी रंगों को व्यक्ति देख पाता है।

यद्यपि यंग-हेल्महोल्ज सिद्धान्त द्वारा रंग मिश्रण (colour mixture) की घटना की व्याख्या काफी संतोषजनक ढंग से होती है, फिर भी कुछ विशेषज्ञों (experts) ने इस सिद्धान्त की आलोचना निम्नांकित ढंग से की है—

(i) इस सिद्धान्त द्वारा वर्णान्धता (colour blindness) के कुछ तथ्यों (fact) की व्याख्या नहीं हो पाती है। इस सिद्धान्त के अनुसार पीला रंग, हरा तथा लाल रंग के मिश्रण से उत्पन्न होता है। प्रश्न यह उठता है कि जिन लोगों में हरा रंग तथा लाल रंग में विभेद करने की अक्षमता पायी जाती है, अर्थात् जिन लोगों में हरा-लाल वर्णान्धता पायी जाती है, उनके द्वारा पीला रंग की पहचान कैसे कर ली जाती है? यंग-हेल्महोल्ज के अनुसार ऐसा नहीं होना चाहिए क्योंकि ऐसे व्यक्ति में R ग्राहक तथा G ग्राहक कार्य नहीं करते हैं।

(ii) इस सिद्धान्त में पीला रंग को मूल रंग (primary colour) नहीं बल्कि एक द्वितीयक रंग (secondary colour) माना गया है जो लाल रंग तथा हरा रंग के मिश्रण के फलस्वरूप उत्पन्न होता है। परन्तु यह सही नहीं दीख

पड़ता है क्योंकि वास्तव में पीला रंग यदि लाल और हरा रंगों का मिश्रण होता है, तो उसमें (यानी पीला रंग में) लाल तथा हरा रंग की झलक मिलनी चाहिए थी क्योंकि द्वितीयक रंग की विशेषता यह है कि उसमें उत्पन्न करने वाले रंगों की झलक उसी मात्रा में दिखलाई पड़ता है जिस मात्रा में उन रंगों को मिलाया गया था। अतः सिद्धान्त का यह विचार कि पीला एक द्वितीयक रंग (secondary colour) है, उचित नहीं है।

(iii) विट्टेकर (Whittaker, 1970) के अनुसार यह सिद्धान्त इस बात की व्याख्या नहीं करता है कि विभिन्न तरंगदैर्घ्यों (wavelength) में से कौन-कौन तीन तरंगदैर्ध्य (wavelength) प्रमुख हैं जिनसे तीन प्रकार के मूल रंगों (लाल, हरा तथा नीला) का ज्ञान होता है।

(iv) इस सिद्धान्त के अनुसार इस प्रश्न का उत्तर भी नहीं मिलता है कि चमक (brightness) में परिवर्तन होने से वर्ण (hue) तथा संतृप्ति (saturation) में क्यों परिवर्तन होता है। जैसे, जब पीला रंग की तीव्रता को बढ़ाया जाता है तो और वह भी शुद्ध पीला दिखने लगता है तथा बैंगनी (videt) तथा नीला-हरा रंग की तीव्रता बढ़ने पर वह और भी नीला दीख पड़ता है। इस घटना को मनोविज्ञान में *वेजोल्ड-ब्रुकी प्रभाव* (Bezhold-Brucke effect) कहा जाता है जो त्रिवर्णी सिद्धान्त के लिए एक समस्या बन जाती है क्योंकि जैसा कि क्रानस्पीट (Cronsweet, 1962) ने कहा है, सिर्फ चमक (brightness) के स्तर में परिवर्तन होने से तीनों मुख्य ग्राहकों के सापेक्ष योगदानों (relative contributions) में परिवर्तन नहीं होना चाहिए और तब उससे वर्ण (hue) को प्रभावित नहीं होना चाहिए था।

(v) पूर्ण वर्णान्धता (colour blindness) रहने पर व्यक्ति लाल, हरा तथा नीला रंगों में विभेद नहीं कर पाता है। परन्तु फिर भी ऐसे व्यक्ति को उजलापन (whiteness) की संवेदना होती है। यंग-हेल्महोल्ज सिद्धान्त के अनुसार इस ढंग की संवेदना नहीं होना चाहिए था क्योंकि ऐसे व्यक्ति में तीनों ग्राहकों (receptor) कार्य नहीं करते हैं।

(vi) इस सिद्धान्त द्वारा इस बात की भी व्याख्या नहीं होती है कि क्यों कुछ रंगों को जब अन्य रंगों के बगल में रखकर देखा जाता है तो वह पहले से अधिक गहरा (deeper) दिखता है। इस घटना को *रंग विरोध* (colour contrast) की संज्ञा दी गयी है।

(vii) त्रिवर्णी सिद्धान्त द्वारा ऋणात्मक रंग उत्तर प्रतिमा (negative colour after image) की व्याख्या नहीं हो पाती है। जैसे, यदि व्यक्ति हरा रंग के चित्र पर 30 सेकेण्ड तक देख करके यदि उजला कागज के टुकड़ा पर फिर वह देखता है तो कुछ समय के लिए उसे लाल रंग की उत्तर प्रतिमा दिखलाई पड़ेगी। उसी तरह से पीला तस्वीर पर कुछ देर तक देखने के बाद उजला कागज पर देखने से उसे चमकीला नीला उत्तर प्रतिमा दिखाई देता है तथा काला तस्वीर रहने पर उसे उजला उत्तर प्रतिमा दिखाई देता है। त्रिवर्णी सिद्धान्त ऐसे रंग उत्तर प्रतिमा की संतोषजनक व्याख्या नहीं कर पाता है।

यद्यपि इस सिद्धान्त की आलोचना की गयी है फिर भी रंग दृष्टि (colour vision) के क्षेत्र में कुछ कारणों से यह एक महत्त्वपूर्ण सिद्धान्त माना गया है। ऑसगुड (Osgood, 1956) के अनुसार, ऐसे तीन प्रमुख कारण हैं। *पहला कारण* तो यह है कि इस सिद्धान्त में हेल्महोल्ज का नाम जुड़ा हुआ है और हेल्महोल्ज स्वयं एक बहुत बड़े वैज्ञानिक थे जिनके द्वारा प्रतिपादित सिद्धान्त त्रुटिपूर्ण हो, ऐसा सोचा ही नहीं जा सकता है। *दूसरा कारण* यह है कि कुछ मनोवैज्ञानिकों जैसी हेश्ट (Hecht, 1934) ने इस सिद्धान्त से प्राप्त आँकड़ों का विश्लेषण कर इसकी विश्वसनीयता तथा क्षेत्र दोनों का विस्तार कर दिया है। *तीसरा कारण* यह है कि यंग-हेल्महोल्ज सिद्धान्त जो रंग दृष्टि (colour vision) का एक तीन सूची प्राक्कल्पना (three cone hypothesis) प्रदान करता है, द्वारा उतनी ही तथ्यों एवं बातों की व्याख्या होती है जितना चार सूची प्राक्कल्पना वाले सिद्धान्तों से होती है। चार सूची प्राक्कल्पना (four cone hypothesis) वाला सिद्धान्त लाल, हरा, नीला ग्राहक के अलावा एक चौथा ग्राहक की भी प्राक्कल्पना करता हे।

3. हेरिंग का सिद्धान्त *(Hering's theory)*—हेरिंग (Hering) ने 1878 में एक नया सिद्धान्त का प्रतिपादन किया जिसे *हेरिंग का सिद्धान्त* (Hering's theory) या *विरोधी-प्रक्रिया सिद्धान्त* (opponent-process theory) की संज्ञा दी गयी है। इस सिद्धान्त को हरभिक्स (Hurviches) तथा जैमिसन (Jamison) ने 1957 में और भी अधिक विकसित किया। इस कारण से इस सिद्धान्त को *हेरिंग-हरभिक्स सिद्धान्त* (Hering-Hurviches theory) भी कहा जाता है। हेरिंग अपने इस सिद्धान्त के प्रतिपादन में उत्तर प्रतिमा (afterimage) द्वारा अधिक प्रभावित हुए। उत्तरप्रतिमा से तात्पर्य वैसे दृष्टि संवेदनों से होता है जो व्यक्ति के सामने से उद्दीपक के हटने के बावजूद भी व्यक्ति में

कुछ सेकंड के लिए बना होता है। अगर यह प्रतिमा मौलिक उद्दीपक के रंग के विपरीत रंग जैसे मौलिक लाल रंग का होने पर प्रतिमा हरा रंग का बनता है, तो इसे ऋणात्मक उत्तरप्रतिमा (negative atterimage) की संज्ञा दी जाती है। इन्होंने अपने अध्ययनों में पाया कि बहुत सारे परिस्थितियों में लाल-हरा रंग तथा नीला-पीला रंग युग्म (pair) के रूप में व्यक्ति द्वारा (उत्तर प्रतिमाओं के रूप में) देखे जाते हैं। हेरिंग ने अपना सिद्धान्त रंग मिश्रण (colour mixture) की घटना (phenomenon) पर नहीं बल्कि रंग संवेदन (colour experience) की घटना पर आधारित किया है।

हेरिंग के सिद्धान्त के अनुसार ग्राहकों (receptors) के तीन सेट (set) होते हैं—काला-उजला ग्राहक (black-white receptor), लाल-हरा ग्राहक (red-green receptor) तथा नीला-पीला ग्राहक (blue-yellow receptor)। *लाल-हरा ग्राहक* तथा *नीला-पीला ग्राहक* द्वारा वर्ण (hue) का प्रत्यक्षण होता है तथा *काला-उजला ग्राहक* मूलतः वर्ण के चमक (brightness) के स्तर का प्रत्यक्षण करने में मदद करता है। प्रत्येक सेट के दोनों ग्राहक (receptor) एक-दूसरे कार्य का विरोध (oppose) करते हैं। यही कारण है कि इस सिद्धान्त को *विरोधी-प्रक्रिया सिद्धान्त* (opponent-process theory) कहा गया है। अतः इस सिद्धान्त के अनुसार प्रत्येक सेट का दोनों ग्राहक (receptor) दो तरह से कार्य करते हैं। जब ग्राहक (receptor) गठनात्मक अवस्था (building-in phase) में होता है, तो उससे उस युग्म (pair) का रंग का प्रत्यक्षण होता है और जब ग्राहक विखरती अवस्था (tearing-down phase) में होता है तब उस युग्म से भिन्न रंग का प्रत्यक्षण होता है। गठनात्मक अवस्था को *निर्माणात्मक अवस्था* (anabolic phase) तथा विखरती अवस्था को *विनाशात्मक अवस्था* (catabolic phase) भी कहा जाता है। ये दोनों अवस्थाएँ ग्राहक के एक ही सेट में एक ही समय में नहीं हो सकते हैं। कारण है कि युग्म (pair) एक समय में किसी एक ही रंग के प्रति अनुक्रियाशील होता है। उदाहरणस्वरूप, जब लाल-हरा ग्राहक का युग्म (pair) उत्तेजित होता है, तो इससे या तो लाल रंग का प्रत्यक्षण होगा या हरा रंग का प्रत्यक्षण होगा न कि इन दोनों रंगों का प्रत्यक्षण एक ही साथ होगा। अगर लाल रंग का प्रत्यक्षण होगा तो हरा रंग का नहीं होगा (क्योंकि लाल रंग उत्पन्न करने वाला ग्राहक हरा रंग उत्पन्न करने वाला ग्राहक के कार्य का विरोध करता है)। युग्म के सदस्य (यानी ग्राहक) की एक विशेषता यह भी होती है कि कोई भी सदस्य दूसरे युग्म के सदस्य के साथ अन्तःक्रिया (interaction) करता है। इस तरह के अन्तःक्रिया के कारण ऋणात्मक उत्तरप्रतिमा (negative after-image) की घटना की व्याख्या स्वतः हो जाती है। ऋणात्मक उत्तरप्रतिमा, जैसा कि छात्र जानते हैं, एक ऐसी घटना है जिसमें व्यक्ति जब किसी खास रंग पर कुछ समय तक देखकर दूसरे रंग पर देखता है, तो कुछ सेकेण्ड के लिए वह पहला रंग के सम्पूरक रंग (complementary colour) को देखता है और तब वह दूसरा रंग को देख पाता है। उदाहरणार्थ, जब हम लाल रंग के वृत्त (circle) पर गौरपूर्वक देखकर एक धूसर (gray) रंग की पृष्ठभूमि पर बने आयत पर देखते हैं तो कुछ सेकेण्ड (प्रायः 30 सेकेण्ड के लिए) के लिए हमें एक हरा रंग का वृत्त धूसर पृष्ठभूमि पर दिखलाई देगा क्योंकि हरा रंग लाल रंग का सम्पूरक रंग (complementary colour) है। इस तरह की घटना को ऋणात्मक उत्तरप्रतिमा (negative after-image) कहा जाता है जो धनात्मक उत्तरप्रतिमा (positive after-image) से भिन्न है क्योंकि इसमें व्यक्ति दूसरी बारी में सम्पूरक रंग को नहीं बल्कि पहली बारी में देखा गया रंग को ही देख पाता है। धनात्मक उत्तरप्रतिमा उस परिसिथति में उत्पन्न होता है जब उद्दीपक व्यक्ति के सामने बहुत कम समय के लिए दिया जाता है परन्तु उसकी तीव्रता बहुत कम होती है।

हेरिंग ने जब अपने सिद्धान्त का संशोधन (revision) किया तो यह स्पष्ट रूप से बतलाया कि विरोधी प्रक्रियाएँ (opponent processes) सूचियों (cones) में अर्थात् ग्राहक (receptors) में नहीं होती है बल्कि मस्तिष्क के दृष्टि तंत्र (visual system) के नजदीक की तंत्रिका कोशिकाओं (nerve cells) में होता है जिसकी सूचना बाद में उच्चतर दृष्टि तंत्र (higher visual system) में भेजी जाती है जिसके फलस्वरूप, रंग का प्रत्यक्षण होता है। हेरिंग के इस संशोधित तथ्य की पुष्टि बाद में किये गये प्रयोगों (experiments) से भी हो जाता है। डी वालोडिस तथा जैकोब (De Valodis & Jacob, 1963) ने एक प्रयोग किया जिसमें माइक्रोस्पेक्ट्रोफोटोमीटर (microspectro-photomenter) की सहायता से थैलमस में अवस्थित (located) कुछ कोशिकाओं के कार्य का अध्ययन किया गया। परिणाम में इन्होंने स्पष्ट रूप से पाया कि ऐसी कोशिकाएँ ऑफ-ऑन पैटर्न (off-on pattern) पर कार्य करती हैं। कुछ कोशिकाएँ पीले रंग से उत्तेजित हो जाती है (ऑन) तो नीले रंग से शांत (ऑफ) हो जाती है। ठीक इसी तरह से कुछ कोशिकाएँ लाल और हरा रंग के प्रति विरोधी ढंग से अनुक्रिया करती है। हवेल तथा वाईसेल (Hubel & Wiesel, 1968) ने अपने एक कोशिका रिकॉर्डिंग अध्ययन (single cell recording study) के आधार पर इसी

तरह के परिणाम पाये हैं। अपने इस कार्य के लिए इन दोनों वैज्ञानिकों को 1981 में नॉबुल पुरस्कार (Nobel prize) भी प्राप्त हुआ है।

विरोधी प्रक्रिया सिद्धान्त का प्रयोगात्मक समर्थन निम्नांकित चार श्रोतों से प्राप्त है:—

(i) पूरक रंग *(Complimentary Colours)*—जैसा कि हम जानते हैं कि पीला (Yellow) तथा नीला (Blues) एवं लाल (Red) एवं हरा (Green) पूरक रंग (Complimentary Colour) हैं। इसका मतलब यह हुआ कि पीलापन-नीला (Yellowish-Blue) तथा लाली-हरा (Reddish-Green) जैसे रंग को उत्पन्न करने के लिये इन रंगों की रोशनियों को मिश्रित नहीं कर सकते हैं। विरोधी प्रक्रिया सिद्धान्त भी इसी तथ्य की व्याख्या करता है क्योंकि विरोधी तंत्र एक ही समय में अपने विरोधी रंगों के दोनों रोशनियों को संकेतिक नहीं कर सकता है।

(ii) रंग उत्तर प्रतिमा *(Colour after-image)*—विरोधी प्रक्रिया सिद्धान्त को रंग उत्तर प्रतिमा से भी समर्थन मिलता है। अगर कुछ देर तक व्यक्ति किसी रंग पर गौर से देखता है और उसके बाद वह फिर किसी तटस्थ सतह (उजला या भूरा) पर देखता है, तो इस बार उसे उस मौलिक रंग का पूरक रंग दीख पड़ता है। जैसे, यदि किसी लाल कागज या वस्तु पर 30 सेकेंड तक देखने के बाद किसी उजले कागज या वस्तु पर यदि हम देखते हैं, तो लाल वस्तु का आकार सामान्यतः इस बार हरा दिखेगा। विरोधी प्रक्रिया सिद्धान्त के अनुसार यह एक मौलिक तथ्य है। यह सिद्धान्त भी यही कहता है कि लाल रंग पर ध्यान देकर देखने से R-G (Red-Green) विरोधी तंत्र का लाल रंग के प्रति अनुक्रिया करने की क्षमता इतनी कम हो जाती है कि उजला रोशनी (जिसमें स्पेक्ट्रम के सभी तरंगदैर्ध्य सम्मिलित होती हैं) R-G-तंत्र के मात्र हरा संकेत (Green Signal) को ही उत्तेजित कर पाता है। इस ढंग की घटना चारों विरोधी रंगों के किसी के साथ दिखलाया जा सकता है।

(iii) वर्णांधता *(Colour Blindness)*—आंशिक वर्णांधता पूरे संसार में पाया जाता है। इससे करीब 8% पुरुष तथा मात्र 0.7% महिलाएँ निश्चित रूप से ग्रस्त हैं। परन्तु कुछ ऐसे अन्त्य (extreme) केस भी है जिनमें व्यक्ति लाल को हरा से या पीला को नीला से विभेदित नहीं कर पाता है। इस अवस्था को **द्विवर्णिकता** (Dichromacy) की संज्ञा दी जाती है। यहाँ उल्लेखनीय बात यह है कि जिस रंग को व्यक्ति विभेदित नहीं कर पाता है, वह विरोधी प्रक्रिया का कोई एक ही रंग होता है। ऐसा लगता हो मानो विरोधी प्रक्रिया प्रक्रम को एक प्रक्रिया के साथ कुछ गड़बड़ है। इस व्याख्या से भी विरोधी प्रक्रिया सिद्धान्त को समर्थन मिलता है।

(iv) न्यूरोन अनुक्रियाएँ *(Neuron responses)*—न्यूरोन की क्रियाओं द्वारा विरोधी प्रक्रिया सिद्धान्त को अच्छा समर्थन मिलता है। जैसा कि हम जानते हैं पूरे दृष्टि तंत्र में न्यूरोन्स, विरोधी प्रक्रिया सिद्धान्त के नियमों के अनुरूप अनुक्रिया करते हैं। उदाहरणस्वरूप, अगर अक्षिपटल का विशिष्ट न्यूरोन को लाल रंग द्वारा उत्तेजित किया जाता है, तो वह उसी समय हरे रंग से उत्तेजित नहीं हो पाता है। यही बात मस्तिष्क के दृष्टि क्षेत्रों के अधिकतर न्यूरोन के लिये सही दीखता है। यह तथ्य अक्षिपटल के उन न्यूरोन के लिए भी सही है जो शंकु ग्राहक (cone receptors) अनुकम्पी सूचनाओं को ग्रहण करते हैं।

स्पष्ट हुआ कि विरोधी प्रक्रिया सिद्धान्त के कई तरह के सबूत उपलब्ध हैं।

यद्यपि हेरिंग का सिद्धान्त यंग-हेल्महोल्ज सिद्धान्त की तुलना में अधिक मनोवैज्ञानिक तथा विश्वसनीय है, फिर भी विशेषज्ञों ने इस सिद्धान्त की भी आलोचना की है, जो इस प्रकार है:—

1. हेरिंग के सिद्धान्त से स्पष्ट हो जाता है कि लाल, हरा, नीला तथा पीला प्राथमिक या मूल रंग (primary colours) है। आलोचकों ने पीला रंग को एक प्राथमिक रंग के रूप में मानने से इनकार कर दिया है। इन लोगों का मत है कि रंग मिश्रण (colour mixture) की घटना से यह स्पष्ट हो जाता है कि पीला रंग, लाल तथा हरा रंग के मिश्रण से उत्पन्न हो जाता है। अतः ऐसी परिस्थिति में पीला रंग को एक प्राथमिक रंग मानना उचित नहीं है।

2. इस सिद्धान्त के द्वारा रंग मिश्रण (colour mixture) के एक और तथ्य की व्याख्या नहीं होती है। हेरिंग का कहना है कि लाल-हरा तथा नीला-पीला सम्पूरक रंग[1] (complementary colour) है जो एक-दूसरे से मिलने पर एक-दूसरे को काटकर तीसरा रंग यानी धूसर रंग उत्पन्न करता है। यही बात काला-उजला (black-white) के साथ

1. सम्पूरक रंग वैसे रंगों के जोड़ा (pairs) को कहा जाता है जो एक-दूसरे से मिलकर एक-दूसरे का काटते हैं और धूसर रंग (gray colour) उत्पन्न करते हैं। जैसे नीला-पीला तथा लाल-हरा सम्पूरक रंग के उदाहरण हैं।

हम नहीं पाते हैं। इन दोनों रंगों को यदि हम एक-दूसरे से मिला देते हैं तो वे एक-दूसरे को काटकर धूसर रंग (gray colour) पैदा नहीं करते हैं। ऐसा क्यों होता है, इसकी व्याख्या हेरिंग सिद्धान्त नहीं करता है।

3. हेरिंग सिद्धान्त वर्णान्धता (colour-blindness) से सम्बन्धित सभी तथ्यों की व्याख्या नहीं हो पाती है। जैसे, लाल-हरा रंग से सम्बन्धित वर्णान्धता वाले व्यक्ति को नीला-पीला रंग की संवेदना होती है परन्तु नीला-पीला रंग से सम्बन्धित वर्णान्धता वाले व्यक्ति को लाल-हरा रंग की संवेदना नहीं होती है। ऐसा क्यों होता है? इसकी व्याख्या भी यह सिद्धान्त सही ढंग से नहीं कर पाती।

इन प्रमुख आलोचनाओं के बावजूद भी हेरिंग का सिद्धान्त अधिक महत्त्वपूर्ण है और इस सिद्धान्त की मान्यता लोगों के बीच अधिक है।

रंग दृष्टि के सिद्धान्तों के बारे में सामान्य निष्कर्ष (*General conclusion regarding theories of colour vision*)—ऊपर में रंग दृष्टि (colour vision) के प्रमुख तीन सिद्धान्तों यानी द्वैध दृष्टि सिद्धान्त (Duplicity theory), यंग-हेल्महोल्ज सिद्धान्त (Young-Helmholtz theory) तथा हेरिंग-हरभिक्स (Hering-Hurviches theory) की व्याख्या की गयी है। इसके अलावा भी रंग दृष्टि के कुछ सिद्धान्त हैं जो न तो उतना महत्त्वपूर्ण है और न ही उनसे रंग दृष्टि के प्रमुख तथ्यों (facts) की व्याख्या ही हो पाती है। लैड्डु-फ्रैंकलिक सिद्धान्त (Ladd-Frankling theory) तथा एडरिज-ग्रीन सिद्धान्त (Edridge-Green theory) कुछ ऐसे ही सिद्धान्त है। वास्तव में, ये दोनों सिद्धान्त में कुछ मूल बातें (fundamental matters) नहीं कही गयी है बल्कि यंग-हेल्महोल्ज सिद्धान्त तथा हेरिंग सिद्धान्त को मिलाकर एक समन्वित रूप (coordinated form) देने की कोशिश की गयी है।

जहाँ तक द्वैधदृष्टि सिद्धान्त (Duplicity theory) का प्रश्न है, यह अत्यन्त सरल है और इसकी व्याख्या से किसी तथ्य की वैज्ञानिक व्याख्या नहीं हो पाती है। अतः द्वैधदृष्टि की मान्यता मनोवैज्ञानिकों के बीच न के बराबर है। आधुनिक मनोवैज्ञानिकों (modern psychologists) द्वारा रंग की व्याख्या यंग-हेल्महोल्ज सिद्धान्त तथा हेरिंग सिद्धान्त दोनों के तथ्यों के अनुसार की गयी है। दूसरे शब्दों में, यह कहा जा सकता है आधुनिक मनोवैज्ञानिकों ने रंग दृष्टि की व्याख्या दो चरणों (stages) में किया है। *पहले चरण* (stage) की व्याख्या में यंग-हेल्महोल्ज सिद्धान्त की व्याख्या का समर्थन मिलता है तथा *दूसरे चरण* की व्याख्या में हेरिंग सिद्धान्त की व्याख्या का समर्थन मिलता है। इसे आधुनिक मनोवैज्ञानिकों ने *द्विचरण सिद्धान्त* (two-stage theory) की संज्ञा दी है। अक्षिपटल में जो ग्राहक कोशिकाएँ (receptor cells) होती हैं यानी जो सूचियाँ (cones) होती हैं, वे यंग-हेल्महोल्ज सिद्धान्त के अनुसार कार्य करती है। जब किसी रंगीन वस्तु का प्रतिविम्ब (image) अक्षिपटल पर पड़ता है तो उसे तीन विभिन्न प्रकार की सूचियों में पाया जाने वाले रोशनी संवेदनशील रंजक (light sensitive pigments) उत्तेजित हो जाते हैं। ये रंजक विशेष रूप से लाल, हरा तथा नीले रंग के प्रति काफी संवेदनशील होते हैं। परन्तु अक्षिपटल (retina) इन तीन रंगों का संचरण (transmission) मस्तिष्क में नहीं करता है। दृष्टि तंत्र (visual system) की तंत्रिका कोशों (nerve cells) में अक्षिपटल द्वारा भेजे गये उत्तेजनाओं (stimulation) का द्विरंगों (two colours) में विरोधी क्रियाओं (opponent-process) द्वारा संकेतीकरण (coding) होता है (जैसा कि हेरिंग का सिद्धान्त हमें बतलाता है)। इस तरह के संकेतीकरण के बाद ही उत्तेजनाएँ (stimulation) उच्चतर दृष्टि क्षेत्र (high visual system) में पहुँचतीं है और हमें रंग की संवेदना होती है। अतः निष्कर्ष तौर पर सरलतम शब्दों में यही कहा जा सकता है कि रंगदृष्टि (colour vision) में ग्राहक कोशिकाएँ (receptor cells) यानी अक्षिपटल (retina) की सूचियाँ (cones) यंग कोशिकाएँ (Young cells) हैं तथा दृष्टि तंत्र (visual system) की तंत्रिका कोश (nerve cells) हेरिंग कोशिकाएँ (Hering cells) हैं और इन दोनों तरह की कोशिकाओं की मदद से हमें रंग की संवेदना होती है।

रंग दृष्टि में प्रजातीय विभिन्नताएँ
(Species Differences in Colour Vision)

जैकोब (Jacob, 1993) द्वारा किये गए नवीनतम शोधों से यह स्पष्ट हो गया कि स्तनपायी (mammal) के सभी प्रजातियों में रंग दृष्टि (colour vision) होता है। फलतः सबसे सामान्य विश्वास (myth) कि कुत्ता द्वारा रंग की पहचान नहीं होती है और वह प्रत्येक चीज को रंगहीन रूप में अर्थात् उजला-काला में ही देखता है, गलत साबित हो गया है।

मनुष्यों में त्रिवर्णी रंग दृष्टि होने से सबसे उत्तम रंग प्रत्यक्षण होता है। कुछ नर वानर (primate) जैसे बन्दर तथा लंगूर में रंग दृष्टि अच्छा होता है। लेकिन कुछ स्तनपायी ऐसे होते हैं जो संसार के सभी वस्तुओं को लाल तथा हरा या पीला तथा नीला रंग के रूप से ही देखते हैं। अतः वे द्ववर्णी (dichromat) कहलाते हैं। कुछ प्राणी एकवर्णी (monochract) होते हैं। फलस्वरूप, उन्हें रंग का प्रत्यक्षण नहीं होता है और वे वर्णान्ध (colour blind) होते हैं। चुहा तथा गिलहरी वर्णान्ध होता है और उन्हें प्रत्येक चीज उजला-काला में ही दिखलाई देता है। निज, गिस्ट एवं जैकोवस (Neitz, Geist & Jacobs, 1989) द्वारा किये गए अध्ययन से यह स्पष्ट हुआ है कि कुछ रेंगनेवाले जीव (reptiles), मछली, कीड़ा (insect) व्हेल मछली में भी रंग दृष्टि होती है और वे विभिन्न रंगों के बीच अंतर कर लेते हैं। परन्तु कुछ प्राणी जो रंग का प्रत्यक्षण करते हैं, वे वस्तुओं को अलग-अलग रंग में भी देख पाते हैं। जैसे, मधुमक्खियाँ लाल रंग नहीं देख पाती है परन्तु अल्ट्राबैगनी रंग (ultraviolet colour) देख लेती हैं। कबूतर बैगनी (violet) तथा नील (indigo) रंग नहीं देख पाता है। मानव शिशु बैगनी रंग के प्रति असंवेदनशील होता है। कुत्तों में हरा-संवेदनशील सूचियाँ (green-sensitive cones) मनुष्यों के समान नहीं होते हैं। परिणामस्वरूप, वे बैंगनी-नीला वस्तुओं में रंग विभेद कर लेते हैं परन्तु हरा-पीला, नारंगी या लाल रंगों के बीच अंतर नहीं कर पाता है। हिरण प्रतिदीप्त नारंगी (fluroscent orange) की पहचान आसानी से कर लेते हैं।

स्पष्ट हुआ कि रंग दृष्टि तथा रंग विभेद की क्षमता सिर्फ मनुष्यों में ही नहीं बल्कि अन्य प्रजातियों में भी होता है।

श्रवण प्रत्यक्षण
(Auditory Perception)

दृष्टि प्रत्यक्षण (visual perception) के बाद जिस प्रत्यक्षण के अध्ययन में मनोवैज्ञानिकों ने अधिक रुचि दिखलाई है, वह है श्रवण प्रत्यक्षण (auditory perception)। श्रवण प्रत्यक्षण के लिए उद्दीपक ध्वनि तरंगें (sound waves) होतीं हैं। श्रवण प्रत्यक्षण की व्याख्या करने के पहले इसके निम्नांकित तीन प्रमुख पहलुओं (aspects) की जानकारी देना आवश्यक हैं—

1. तारत्व या पिच (*Pitch*)—श्रवण प्रत्यक्षण का तारत्व या पिच एक विशेष गुण है। किसी ध्वनि (sound) का तारत्व उस ध्वनि तरंग (sound waves) की बारम्बारता (frequency) से सम्बन्धित होता है। ध्वनि तरंग की बारम्बारता (frequency) से मतलब प्रति सेकेण्ड ध्वनि की चक्र (cycle) से होता है। ध्वनि की बारम्बारता की अभिव्यक्ति (expression) एक विशेष इकाई (unit) में होती है जिसे हर्ज (Hertz) या संक्षेप में H_z कहा जाता है। यदि ध्वनि तरंग प्रति सेकेण्ड चार चक्र (cycles) पैदा कर रही है तो इसकी बारम्बारता $4H_z$ का माना जायेगा। प्रति सेकेण्ड यदि किसी ध्वनि तरंग की चक्र (cycles) काफी अधिक होगी, तो उस ध्वनि का तारत्व (pitch) भी अधिक होगा और यदि ध्वनि तरंग की चक्र (cycles) प्रति सेकेण्ड कम होगा, तो उसका तारत्व भी कम होगा। सामान्यतः मानव कान (human ear) $20H_z$ से $20,000\ H_z$ की ध्वनि को ही सुन पाता है। कुछ ऐसे पशु (animals) जैसे कुत्ता तथा चमगादड़ (bats) हैं जिनको सुनने की अधिकतम सीमा $20,000\ H_z$ से भी अधिक है। कुछ ऐसे भी प्रयोग हुए हैं जिसमें यह दिखला दिया गया है कि तारत्व ध्वनि तरंग की बारंबारता (frequency) पर ही सिर्फ निर्भर नही करता है बल्कि यह कुछ हद तक ध्वनि की तीव्रता (intensity) द्वारा भी प्रभावित होता है। अतः तारत्व का सम्बन्ध ध्वनि तरंग की बारम्बारता (frequency) तथा तीव्रता (intensity) दोनों से होता है। ध्वनि तरंग का एक चक्र (one cycle) से तात्पर्य हवा के कणों में फैलाव (expansion) तथा सिकुड़न (compression) से बने एक वक्र से होता है जिसे चित्र 5.40 में दिखलाया गया है।

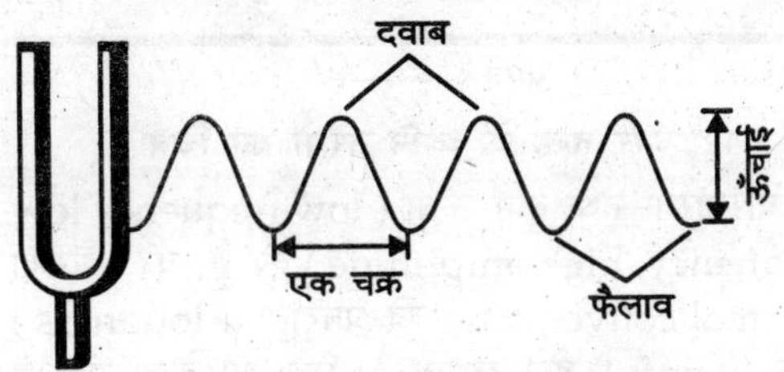

चित्र 5.40 : ध्वनि तरंग का एक वक्र

छात्र यहाँ ध्यान देगें कि ध्वनि का स्वरूप शुद्ध (pure) या मिश्रित (complex) कुछ भी हो सकता है। शुद्ध ध्वनि वैसे ध्वनि को कहा जाता है जिसे एक सरल साइन तरंग (sine wave) से बतलाया जा सकता है। जैसे, यदि हम खाली कटोरा में एक चम्मच से पीटे, तो उससे उत्पन्न होने वाला ध्वनि शुद्ध ध्वनि का उदाहरण होगा। परन्तु हम

अपनी जिंदगी में जो अधिकतर ध्वनि सुनते हैं, वे शुद्ध न होकर मिश्रित होता है। संगीत के उपकरणों (instruments) से निकलने वाला ध्वनि मिश्रित ध्वनि का उदाहरण है। अतः मिश्रित ध्वनि वह ध्वनि होता है जिसे एक साइन तरंग से नहीं बल्कि कई साइन तरंगों के माध्यम से ही बतलाया जा सकता है। मिश्रित ध्वनि को कई तत्त्वों (components) में बाँटा जा सकता है, जैसे मौलिक बारंबारता (fundamental frequency) तथा हारमोनिक्स (harmonics)। किसी मिश्रित आवाज में ध्वनि की सबसे कम बारंबारता को मौलिक बारंबारता कहा जाता है तथा अन्य बारंबारताओं को हारमोनिक्स कहा जाता है। जैसे मान लिया जाय कि किसी मिश्रित ध्वनि जिसमें $100H_z$,$200H_z$, $300H_z$, तथा $400H_z$ बारंबारता वाले ध्वनि सम्मिलित हैं। इससे $100H_z$ को मौलिक ध्वनि तथा अन्य तीन बारम्बारताओं अर्थात् $200H_z$, $300H_z$ तथा $400H_z$ को हारमोनिक्स कहा जाता है।

2. प्रबलता *(Loudness)*—प्रबलता ध्वनि तरंग (sound waves) की तीव्रता (intensity) या उसकी ऊँचाई (amplitude) पर निर्भर करता है। यदि कोई ध्वनि तीव्र (intense) है, तो उसकी ऊँचाई (amplitude) भी अधिक होगी और फलस्वरूप उसकी श्रवण प्रत्यक्षण अधिक प्रबल होगा। ध्वनि तरंग की तीव्रता या उसकी ऊँचाई का मापन हम डेसिबल (Decibel) में करते हैं जिसे संक्षेप में db कहा जाता है। इस इकाई का नामकरण 'डेसिबेल' इसके अनुसंधानकर्त्ता (inventor) एलेक्जेण्डर ग्राहम बेल (Alexander Graham Bell) के नाम पर है। चित्र 5.42 में चार तरह की ध्वनि तरंगों (sound waves) को दिखलाया गया है। सबसे ऊपर अधिक बारम्बारता परन्तु निम्न ऊँचाई (high frequency, low anplitude) वाले ध्वनि तरंग को दिखलाया गया है। उससे नीचे अधिक बारम्बारता तथा अधिक ऊँचाई वाले ध्वनि तरंग को दिखलाया गया है। छात्र ध्यान देंगे कि इस तरंग में अधिक बारंबारता इसलिए है क्योंकि प्रति सेकेण्ड चक्र (cycle) जल्दी-जल्दी बन रहा है तथा अधिक ऊँचाई (amplitude) इसलिए है क्योंकि वक्र की ऊँचाई अधिक है। इसी तरह अन्य दो ध्वनि तरंगों की जिसमें से एक कम बारंबारता तथा कम ऊँचा (low frequency low amplitude) तथा कम बारम्बारता एवं अधिक ऊँचाई (low frequency, high amplitude) का है, की व्याख्या की जा सकती है। ऐसा देखा गया है कि सामान्य बातचीत (normal conversion) की प्रबलता (loudness) करीब-करीब 60db होता है। 120dB पर ध्वनि की प्रबलता दर्दनांक (painful) होने लगता है। ऐसा भी देखा गया है कि यदि 90db के ध्वनि को लगातार कोई व्यक्ति कुछ दिनों तक सुनता है, तो इससे उसमें स्थायी बहरापन (permanent hearing loss) उत्पन्न होता है।

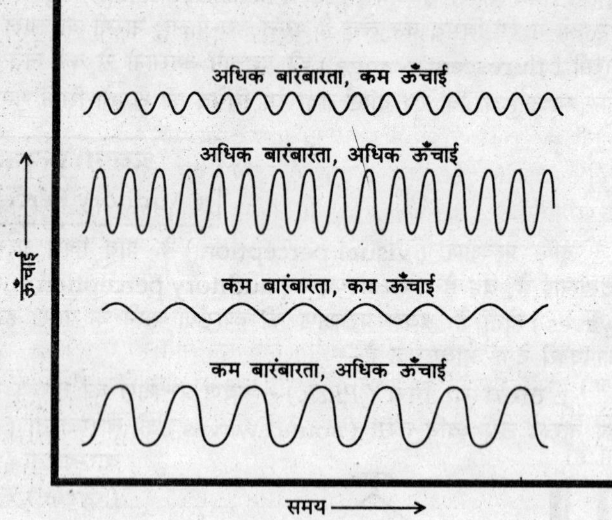

चित्र 5.42 : चार तरह के ध्वनि तरंगों का चित्र

3. ध्वनिरूप *(Timbre)*—ध्वनि कभी भी शुद्ध रूप में नहीं होता। दूसरे शब्दों में यह कहा जा सकता है कि ध्वनि (sound) में सभी तरंगें (waves) समरूप बारम्बारता (identical frequency) की नहीं होती है बल्कि वह भिन्न-भिन्न बारम्बारता वाले ध्वनि तरंगों का एक मिश्रण (mixture) होता है। जब व्यक्ति को इस तरह के मिश्रण का संवेदन होता है तो इस अनुभूति को ध्वनिरूप (timbre) की संज्ञा दी जाती है। सचमुच में ध्वनिरूप (timbre) की संवेदन के ही आधार पर हम यह पहचान पाते है कि ध्वनि कहाँ से उत्पन्न हो रहा है और किस चीज की ध्वनि हम सुन रहे हैं। इसी ध्वनिरूप के आधार पर हम यह पहचान पाते हैं कि यह वायलिन की आवाज है, यह हारमोनियम की आवाज है आदि आदि?

इन तीन प्रमुख पहलुओं (aspects) के अलावा भी कुछ ऐसे पहलू (aspects) हैं जिनपर कुछ मनोवैज्ञानिकों का ध्यान गया है। ऊपर के तीन पहलू को प्रमुख इसलिए माना गया है क्योंकि विशेषतः इन्हीं तीन पहलुओं की व्याख्या

मनोवैज्ञानिकों ने भिन्न-भिन्न श्रवण सिद्धान्तों (auditory hearing) में किये हैं। बाकी अन्य पहलुओं की संक्षिप्त व्याख्या निम्नांकित हैं—

4. बिटस तथा योगध्वनि *(Beats and Combinations tones)*—जब दो ध्वनि तरंग (sound waves) जिनकी आवृत्तियों या बारंबारता (frequencies) में अन्तर कम होता है, एक साथ उत्पन्न किये जाते हैं, तो इससे व्यक्ति को एक विशेष प्रकार की श्रवण संवेदन होती है जिसे विट्स (beats) की संज्ञा दी जाती है। उदाहरणार्थ, जब 256 आवृत्ति की एक ध्वनि तथा 260 आवृत्ति की एक ध्वनि को हम साथ उत्पन्न करते हैं, तो ऐसी अवस्था में प्रति सेकेण्ड चार विटस सुनाई देगा। इस उदाहरण से स्पष्ट हो जाता है कि दो ध्वनियों की बारम्बारता (frequencies) में अन्तर के बराबर हमें प्रति सेकेण्ड विटस सुनाई देता है। विटस के अलावा हमें योग ध्वनि (summation tone) का भी प्रत्यक्षण (perception) होता है। यदि दो ध्वनियों को जिसकी बारम्बारता (frequency) 100 से अधिक है, एक साथ उत्पन्न की जाय, तो व्यक्ति एक ऐसी ध्वनि सुनता है जिसकी आवृत्ति उन दोनों ध्वनियों की आवृत्ति के योग (sum) के बराबर होता है। इस योग ध्वनि की एक विशेषता यह भी होती है कि इसकी तीव्रता (intensity) कम होती है जिसे सामान्य परिस्थितियों में सुनना कठिन हो जाता है। उदाहरणार्थ, यदि एक ध्वनि 500 बारम्बारता का तथा दूसरा ध्वनि 700 बारम्बारता का उत्पन्न किया जाता है तो इससे व्यक्ति को 1200 बारम्बारता की ध्वनि सुनाई देगी जिसे हम योग ध्वनि (summation tone) की संज्ञा देते हैं। योग ध्वनि से उत्पन्न ध्वनि की तीव्रता (intensity) हमेशा कम होती है। दूसरे शब्दों में, 1200 बारम्बारता की इस योग ध्वनि की तीव्रता 1200 बारम्बारता की स्वतंत्र ध्वनि (independent tone) की तीव्रता से हमेशा कम होगी।

5. मासकिंग *(Masking)*—मासकिंग एक विशेष प्रकार के श्रवण प्रत्यक्षण (auditory perception) को कहा जाता है जिसमें व्यक्ति धीमी आवाज तथा तीव्र आवाज को एक साथ उत्पन्न होने पर सिर्फ तीव्र आवाज को ही सुन पाता है क्योंकि तीव्र आवाज धीमी आवाज को एक तरह से ढँक लेता है। उदाहरणार्थ, कमरे में बैठकर जब हम किसी से बातचीत करते होते हैं और इसी बीच ऊपर से कोई हवाई जहाज गुजरता है तो हवाई जहाज के गड़गड़ाहट के कारण हम दूसरे व्यक्ति की बातचीत नहीं सुन पाते हैं। ऐसा इसलिए होता है क्योंकि तीव्र आवाज (हवाई जहाज की आवाज) धीमी आवाज (व्यक्ति की आवाज) को ढँक लेता है। इस प्रक्रिया को *मासकिंग* कहा जाता है। जब ऐसे दोनों ध्वनियों की बारम्बारता (frequency) में अन्तर कम होता है, तो मासकिंग का प्रभाव अधिक स्पष्ट रूप से देखने को मिलता है।

प्रमुख श्रवण सिद्धान्त
(Major Theories of Audition or Hearing)

मनोवैज्ञानिकों ने विशेष सिद्धान्तों द्वारा यह व्याख्या करने की कोशिश की है कि हमलोग किस प्रकार सुनते हैं। उनलोगों के इस प्रयास के फलस्वरूप श्रवण (audition) के निम्नांकित दो प्रमुख सिद्धान्त हमारे सामने उभर कर आये हैं:—

1. स्थान सिद्धान्त (Place theory)
2. बारम्बारता सिद्धान्त (Frequency theory)

इन दोनों सिद्धान्तों की व्याख्या निम्नांकित ढंग से की जा सकती है:—

1. स्थान सिद्धान्त *(Place theory)*—इस सिद्धान्त का प्रतिपादन हेल्महोल्ज (Helmholtz) ने किया और बाद में वॉन वेकेसी (Von Bekesy, 1960) ने कई प्रयोग करके इस सिद्धान्त की पुष्टि आंशिक रूप से की है। वॉन वेकेसी के प्रयोग काफी महत्त्वपूर्ण थे जिनके कुछ परिणाम तो स्थान सिद्धान्त के पक्ष में थे तथा कुछ विपक्ष में। वॉन वेकेसी को अपने इस कार्य के लिए मेडसिन के क्षेत्र में नोबुल पुरस्कार (Nobel prize) भी 1961 में दिया गया है।

हेल्महोल्ज के स्थान सिद्धान्त के अनुसार वेसिलर झिल्ली (basilar membrane) के भिन्न-भिन्न स्थान (place) भिन्न-भिन्न आवृत्तियों (frequency) वाले ध्वनि तरंग से भिन्न-भिन्न ढंग से उत्तेजित होकर अलग-अलग तारत्व (pitch) व्यक्ति में पैदा करते हैं। हेल्महोल्ज का कहना था कि वेसिलर झिल्ली में वीणा (harp) के तार क समान लम्बे-लम्बे तथा छोटे-छोटे तंत्रिका तन्तु (**nerve fiber**) पाये जाते हैं जिनके उत्तेजित होने से हमें श्रवण प्रत्यक्षण होता

है। इसी समानता के आधार पर इस सिद्धान्त को *वीणा सिद्धान्त* (harp theory) भी कहा जाता है। वेसिलर झिल्ली के लम्बे-लम्बे तंत्रिका तन्तु (nerve fibers) निम्न आवृत्ति वाले ध्वनि (low frequency tone) के प्रति अनुक्रियाशील होते हैं, अर्थात् प्रतिध्वनित (resonate) होते हैं तथा छोटे-छोटे तंत्रिका तन्तु उच्च आवृत्ति वाले ध्वनि (higher-frequency tone) प्रतिध्वनित होते हैं। यही कारण है कि इस सिद्धान्त को *प्रतिध्वनि* या *अनुनाद सिद्धान्त* (resonance theory) भी कहा जाता है। वेसिलर झिल्ली पर जटिल ध्वनि टकराते ही अपने आप वह उच्च या निम्न आवृत्ति वाले ध्वनि में विघटित (decompose) हो जाता है और फिर वेसिलर झिल्ली के उच्चित स्थानों (places) द्वारा उसे ग्रहण कर लिया जाता है। स्पष्ट है कि इस सिद्धान्त के द्वारा हम भिन्न-भिन्न तारत्व (pitch) के बीच इसलिए अन्तर कर पाते हैं क्योंकि भिन्न-भिन्न आवृत्ति वाले ध्वनि (जिससे भिन्न-भिन्न तारत्व उत्पन्न होते हैं) वेसिलर झिल्ली के खास-खास स्थानों (places) द्वारा उसे ग्रहण कर लिया जाता है। इस सिद्धान्त के अनुसार वेसिलर झिल्ली (basilar membrance) के ऊपरी भाग द्वारा निम्न आवृत्ति की ध्वनि तरंगों को ग्रहण किया जाता है तथा वेसिलर झिल्ली के नीचे तथा बीच वाले भाग द्वारा उच्च आवृत्ति (high frequency) की ध्वनि तरंगों को ग्रहण किया जाता है। दूसरे शब्दों में यह कहा जा सकता है कि वेसिलर झिल्ली के ऊपरी भाग में प्रकम्पन निम्न आवृत्ति की ध्वनि तरंगों द्वारा तथा निचला एवं बीच वाला भाग में प्रकम्पन उच्च आवृत्ति की ध्वनि द्वारा होता है। सिद्धान्त की इस मुख्य तथ्य का समर्थन वेभर तथा लारेन्स (Waver & Lawrence, 1954) द्वारा किये गये एक प्रयोग से होता है। इस प्रयोग में ग्यूनिया पिग (Guinea pig) तथा अन्य जानवरों के वेसिलर झिल्ली को लगातार तीव्र ध्वनि तरंगों (जिसमें उच्च तथा निम्न दोनों की आवृत्ति वाले तरंग थे) द्वारा उत्तेजित कर घायल करने की कोशिश की गयी। परिणाम में देखा गया कि निम्न आवृत्ति वाले ध्वनि (low frequency tone) द्वारा वेसिलर झिल्ली का ऊपरी भाग अधिक घायल हुआ तथा उच्च आवृत्ति वाले ध्वनि द्वारा बेसिलर झिल्ली का निचला भाग तथा बीच वाला अधिक घायल हुआ। इस परिणाम से स्पष्ट हो जाता है कि वेसिलर का निचला भाग (साथ-ही-साथ बीच वाला भाग) उच्च आवृत्ति वाले ध्वनि तरंग से उत्तेजित हो जाता है तथा उसी झिल्ली का ऊपरी भाग निम्न आवृत्ति वाला ध्वनि से अधिक उत्तेजित होता है। ध्वनि की प्रबलता (loudness) की व्याख्या इस बात से होती है कि किसी ध्वनि तरंग द्वारा पूरे बेसिलर झिल्ली (basilar membrane) में कितना कम्पन (vibration) उत्पन्न हुआ है। यह कम्पन जितना ही अधिक होगा, ध्वनि की प्रबलता (loudness) उतनी ही अधिक होती है। अतः एक ही आवृत्ति (frequency) की दो ध्वनि जिसकी ऊँचाई (amplitude) भिन्न-भिन्न है, के उत्पन्न होने से बेसिलर झिल्ली का एक ही स्थान (place) उत्तेजित होगा परन्तु अधिक ऊँचाई वाला ध्वनि पूरे वेसिलर झिल्ली में तुलनात्मक रूप से अधिक स्नायु-प्रवाह (nerve impluse) उत्पन्न करेगा और उसकी प्रबलता (loudness) व्यक्ति को अधिक अनुभव होगा। इस सिद्धान्त के अनुसार ध्वनिरूप (timbre) का प्रत्यक्षण कम्पन के विशिष्ट पैटर्न (specific pattern) पर निर्भर करता है।

रूग्गेरो (Ruggero, 1992) ने नवीनतम प्रविधि एवं यंत्र के माध्यम से वेसिलर झिल्ली का प्रेक्षण कर यह बतलाया है कि इसके विभिन्न भाग ध्वनितरंग के अलग-अलग आवृत्तियों द्वारा उत्तेजित होते हैं। इससे हेल्महोल्ज के स्थान सिद्धान्त को समर्थन मिलता है। वॉन वेकेसी (Von Bekesy, 1960) ने हेल्महोल्ज के इस सिद्धान्त की एक महत्त्वपूर्ण प्रयोगात्मक जाँच (experimental test) की है। ऐसा करने के लिए उन्होंने कई प्रयोग किये। उनके विभिन्न प्रयोगों की सामान्य विधि (procedure) इस प्रकार थी। कुछ गिनिया पिग (guinea pig) के कोक्लिया (cochlea) में एक छेद (hole) किया गया ताकि वेसिलर झिल्ली को माइक्रोस्कोप के सहारे देखा जा सके। उन्होंने अपने अध्ययन में पाया कि उच्च आवृत्ति वाले ध्वनि (high frequency tone) द्वारा वेसिलर झिल्ली (basilar membrane) का नीचे वाला भाग (जो ओभल खिड़की के नजदीक होता है) में अधिक विस्थापन (displacement) होता है। बीच की आवृत्ति वाले ध्वनि (intermediate frequency tone) जैसे 150 Hz से कम आवृत्ति वाले ध्वनितरंग यानी 9,000-10,000 आवृत्ति वाले ध्वनि द्वारा वेसिलर झिल्ली की ऊपरी भाग में अधिक विस्थापन (displacement) होता है। इन दोनों तरह के परिणाम से तो स्थान सिद्धान्त की पुष्टि होती है। परन्तु वेकेसी (Bekesy) ने अपने परिणाम में यह भी पाया कि निम्न आवृत्ति वाले ध्वनि (low frequency tone) जैसे 150Hz से कम आवृत्ति वाले ध्वनि तरंग द्वारा पूरे वेसिलर झिल्ली (basilar membrane) में विस्थपन यानी प्रकम्पन होता है। स्पष्टतः वेकेसी द्वारा प्राप्त यह अन्तिम परिणाम द्वारा स्थान सिद्धान्त की पुष्टि नहीं होती है बल्कि यह सिद्धान्त इस तरह के परिणाम द्वारा कुछ कमजोर पड़ जाता है क्योंकि अब यह स्पष्ट हो जाता है निम्न आवृत्ति वाले ध्वनि (low frequency tone) से तो पूरे वेसिलर

झिल्ली में विस्थापन या प्रकम्पन (vibration) करीब-करीब समान मात्रा (equal amount) में होती है। अतः उच्च तथा बीच की आवृत्ति वाले ध्वनि से भिन्न-भिन्न मात्रा में उत्पन्न विस्थापन या कम्पन तारत्व विभेद (pitch discrimination) का आधार है, सही नहीं दीख पड़ता। इस कठिनाई के अलावा कुछ और ऐसे भी तथ्य (fact) हैं जिनकी व्याख्या स्थान सिद्धान्त द्वारा नहीं होती है। जैसे—

(i) पहली आलोचना तो यह है कि भिन्न-भिन्न आवृत्तियों (frequencies) द्वारा वेसिलर झिल्ली (basilar membrane) का भिन्न-भिन्न स्थान (place) उत्तेजित होने से उत्पन्न विस्थापन (displacement) या प्रकम्पन (vibration) में इतनी अधिक समानता होती है कि उसके आधार पर कोई भी व्यक्ति तारत्व विभेद (pitch discrimination) कर पायेगा या नहीं, यह कहना कठिन है।

(ii) दूसरी आलोचना यह है कि स्थान सिद्धान्त पूर्ण-या-बिलकुल-नहीं-नियम (all-or-none low) के प्रतिकूल है। इस नियम के अनुसार कोई भी तंत्रिका कोश (nerve cell) किसी भी उद्दीपक (stimulus) से या तो पूर्णतः उत्तेजित होता है या बिल्कुल ही नहीं उत्तेजित होता है। परन्तु स्थान सिद्धान्त तो यह कहता है कि उच्च आवृत्ति वाले ध्वनि (high frequency) से वेसिलर झिल्ली के सिर्फ निचली भाग में कम्पन करता है और बाकी भाग इससे उत्तेजित नहीं होते हैं। सपष्टतः तब स्थान सिद्धान्त की व्याख्या एक महत्त्वपूर्ण नियम यानी पूर्ण या बिल्कुल नहीं नियम के प्रतिकूल हैं।

(iii) तीसरी आलोचना यह है कि दो उच्च आवृत्ति की ध्वनि को जैसे 2000Hz तथा 2400Hz को एक साथ उत्पन्न किया जाय तो 400Hz का लुप्त मूल ध्वनि (missing fundamental tone) उत्पन्न होती है जिसे हम सुनते हैं। इस लुप्त ध्वनि की व्याख्या स्थान सिद्धान्त नहीं कर पाता है।

(iv) चौथी आलोचना यह है कि इस सिद्धान्त द्वारा इस बात की व्याँख्या नहीं हो पाती है कि 150Hz से नीचे के ध्वनि तरंगों को व्यक्ति किस तरह से सुन पाता है।

2. बारम्बारता सिद्धान्त *(Frequency theory)*—ग्रीन (Green, 1976) के अनुसार इस सिद्धान्त का प्रतिपादन सबसे पहले अगस्त सीबैक (August Seeback) ने 1840 में किया था और बाद में इस सिद्धान्त की विस्तृत व्याख्या वेभर (Wever, 1970) ने किया। इस सिद्धान्त के अनुसार वेसिलर झिल्ली (basilar membrane) में प्रकम्पन (vibration) पूर्णरूपेण (as a whole) होता है और इस पूर्णरूपेण प्रकम्पन से उत्पन्न पैटर्न (pattern) द्वारा ध्वनि की आवृत्ति (frequency) का ज्ञान होता है। सच पूछा जाय तो इस सिद्धान्त के अनुसार कोक्लिया (cochlea) एक माइक्रोफोन (microphone) के रूप में तथा श्रवण तंत्रिका (auditory nerve) टेलिफोन का तार (telephone wire) के रूप में कार्य करता है। यही कारण है कि इस सिद्धान्त को *टेलिफोन सिद्धान्त* (telephone theory) भी कहा जाता है। इस सिद्धान्त के अनुसार श्रवण तंत्रिका (auditory nerve) में प्रवाहित तंत्रिका आवेग (nerve inpulses) की आवृत्ति (frequency) पर तारत्व (picth) का प्रत्यक्षण निर्भर करता है। अगर तंत्रिका आवेग की आवृत्ति अधिक होगी, तो तारत्व भी अधिक होगा तथा अगर तंत्रिका आवेग की आवृत्ति कम होगी तो तारत्व भी कम होगा। प्रयोगात्मक अध्ययन (experimental studies) से यह बात स्पष्ट हो गया है कि 4,000 Hz की ध्वनि आवृत्ति तक श्रवण तंत्रिका (auditory nerve) में उत्पन्न होने वाले आवृत्ति या बारम्बारता हू-ब-हू समान होती है। दूसरे शब्दों में यह कहा जा सकता है कि 500 Hz की ध्वनि से श्रवण तंत्रिका (auditory nerve) में 500 आवृत्ति का तंत्रिका आवेग (nerve impulse) उत्पन्न होगा तथा 1000 Hz की ध्वनि से 1000 आवृत्ति का तंत्रिका आवेग (nerve impluse) उत्पन्न होगा और इसी तरह से 4,000 Hz से 4,000 आवृत्ति का तंत्रिका आवेग उत्पन्न होगा। इस तरह से तब यह स्पष्ट है कि इस सिद्धान्त के अनुसार ध्वनि तरंगों की व्याख्या तथा विश्लेषण वेसिलर झिल्ली (basilar membrane) नहीं करता है बल्कि मस्तिष्क का श्रवण बल्कल (auditory cortex) करता है। अगर हम स्थान सिद्धान्त (place theory) तथा आवृत्ति सिद्धान्त (frequency theory) का तुलनात्मक अध्ययन करें तो हम निम्नांकित दो प्रमुख अन्तरों (differences) पर पहुँचते हैंः—

(i) स्थान सिद्धान्त के अनुसार वेसिलर झिल्ली में विशिष्ट (specific) रूप से प्रकम्पन होता है यानी इसके खास-खास स्थान (place) में खास-खास ढंग की तंत्रिका आवेग उत्पन्न होता है। परन्तु आवृत्ति सिद्धान्त के अनुसार वेसिलर झिल्ली में प्रकम्पन समग्र रूप से या संपूर्ण रूप से होता है। खास ध्वनि की आवृत्ति से वेसिलर झिल्ली का खास स्थान में ही प्रकम्पन होगा, ऐसा आवृत्ति सिद्धान्त के अनुसार नहीं होता है।

(ii) स्थान सिद्धान्त के अनुसार ध्वनि तरंगों के विश्लेषण का कार्य वेसिलर झिल्ली का भिन्न-भिन्न भाग स्वयं कर लेता है परन्तु आवृत्ति सिद्धान्त के अनुसार यह क्रिया वेसिलर झिल्ली द्वारा न होकर मस्तिष्क का श्रवण वल्कल (auditory cortex) द्वारा होता है।

इस सिद्धान्त के साथ सबसे प्रमुख कठिनाई यह है कि एक वैयक्तिक तंत्रिका कोश (individiual nerve cell or neuron) प्रति सेकेण्ड 1,000 तंत्रिका आवेग (nerve impulse) को ही ढो (carry) सकता है। ऐसी परिस्थिति में हमलोगों को 1000 Hz तक की ध्वनि को ही सुनना चाहिए था। परन्तु ऐसा नहीं होता है। हम इससे काफी अधिक तथा 20,000 Hz तक की ध्वनि को सुनते हैं। ऐसा कैसे सम्भव हो पाता है? इसकी व्याख्या करने के लिए वेभर (Wever, 1970) ने एक विशेष नियम (principle) जिस *भौली नियम* (Volley principle) कहा जाता है, का प्रतिपादन किया है। इस सिद्धान्त की मूल विशेषता यह है कि तंत्रिका तन्तुओं (nerve fibers) के बीच सहयोग (cooperation) की भावना होती है जिसके कारण जब ध्वनि तरंग की आवृत्ति 1000 Hz से अधिक होती है तो कई तंत्रिका तन्तु एक साथ मिलकर उत्तेजना (stimulation) पैदा करने लगते हैं। फलस्वरूप, हमें 1000Hz से अधिक ध्वनि तरंगों द्वारा उत्पन्न प्रकम्पन (vibration) का ज्ञान आसानी से हो जाता है। परन्तु जैसा कि वुड एवं वुड (Wood & Wood, 1996) ने कहा है कि भौली सिद्धान्त के सहायता से भी बारंबारता सिद्धान्त इस बात की व्याख्या नहीं कर पाता है कि व्यक्ति 4000Hz से उच्च ध्वनि तरंगों को किस प्रकार सुन पाता है क्योंकि यहाँ भौली नियम का आधार क्षीण होता दीखता है। आजकल शोधकर्त्ताओं का सामान्य विश्वास यह है कि—

(i) बारंबारता सिद्धान्त उत्तम ढंग से यह व्याख्या करने में सक्षम है कि व्यक्ति निम्न आवृत्ति के ध्वनि जैसे 150Hz या उससे कम को किस प्रकार सुन लेता है।

(ii) बारंबारता सिद्धान्त 150Hz से 4,000Hz तक की ध्वनि आवृत्ति को सुनने की व्याख्या करने में स्थान सिद्धान्त का एक सम्पूरक (supplementary) का कार्य करता है। [मैटलिन एवं फोले (Matlin & Foley, 1992)]

श्रवण सिद्धान्तों के बारे में निष्कर्ष (*Conclusion about auditory theories*)—मनोवैज्ञानिकों का मत है कि चूँकि स्थान सिद्धान्त तथा बारम्बारता सिद्धान्त दोनों के समर्थन में कुछ-कुछ प्रयोगात्मक सबूतें (experimental evidences) उपलब्ध हैं, अतः तारत्व (pitch) की व्याख्या में इन दोनों सिद्धान्तों का संयुक्त योगदान है। सच्चाई यह है कि तारत्व की व्याख्या किसी एक सिद्धान्त से मात्र अधूरा ही रह जाता है। कोरेन, पोरेक तथा वार्ड[1] (Coren, Porac & Ward, 1979) ने ठीक ही कहा है, "चूँकि कुछ आँकड़े (data) द्वारा स्थान सिद्धान्त तथा बारंबारता सिद्धान्त दोनों को समर्थन मिलता है, अतः जैसा कि वेभर (Wever, 1970) ने सुझाव दिया है, तारत्व प्रत्यक्षण की अंतिम व्याख्या में दोनों सिद्धान्तों के कुछ पहलुएँ सम्मिलित हैं।" वेभर (Wever, 1970) के अध्ययन के अनुसार जब ध्वनि की आवृत्ति या बारम्बारता 500Hz से, 20,000 Hz के बीच होती है तो स्थान सिद्धान्त (place theory) द्वारा तारत्व (pitch) की व्याख्या अच्छे ढंग से हो पाता है क्योंकि इन आवृतियों की ध्वनि तरंगों से वेसिलर झिल्ली (basilar membrane) में जो प्रकम्पन (vibration) होता है, वह वेसिलर झिल्ली के अलग-अलग स्थानों (places) में अलग-अलग ढंग से होता है। परन्तु जब ध्वनि तरंग की आवृत्ति 500 Hz से नीचे होती है तो वैसी परिस्थिति में बारंबारता सिद्धान्त द्वारा तारत्व की व्याख्या अपेक्षाकृत अधिक अच्छे ढंग से होती है। परन्तु जब ध्वनि तरंग की आवृत्ति 500Hz से 4000Hz के बीच होती है तो वेभर (Wever, 1970) ने यह पाया कि ऐसी परिस्थिति में स्थान सिद्धान्त तथा बारंबारता सिद्धान्त दोनों ही तारत्व (pitch) की व्याख्या करने में समर्थ होता है। दूसरे शब्दों में, इन दोनों सिद्धान्तों द्वारा बताये गये तथ्यों का समावेश 500Hz से 4000Hz से उत्पन्न तारत्व (pitch) काफी उच्च बारम्बारता की ध्वनि तथा काफी निम्न बारम्बारता की ध्वनि की अपेक्षा अधिक स्पष्ट होता है और हमारे कान का निष्पादन (performance) सर्वोत्तम होता है। अतः वेभर (Wever, 1970) का इन सिद्धान्तों के बारे में पूर्णरूपेण

1. "Since both the place principle and the frequency principle seem to be supported by some data, it seems likely as Wever (1970) has suggested that the ultimate explanation of pitch perception will include some aspects of both theories."—Coren, Porac & Ward: *Sensation and Perception*, 1979 p. 217-18

निष्कर्ष (overall conclusion) इस प्रकार हैं:—

(i) 500Hz से 20,000Hz तक के परास (range) में जब ध्वनि तरंगें होती हैं तो स्थान सिद्धान्त द्वारा तारत्व की व्याख्या अधिक स्पष्ट ढंग से होती है। अतः उच्च आवृत्ति या बारम्बारता की ध्वनि होने पर स्थान सिद्धान्त की व्याख्या अधिक उचित है।

(ii) जब ध्वनि तरंग की आवृत्ति 500Hz से कम होता है, तो बारम्बारता सिद्धान्त की व्याख्या स्थान सिद्धान्त की व्याख्या के अपेक्षा अधिक उचित (appropriate) होती है।

(iii) जब ध्वनि तरंगों 500Hz से 4000Hz के बीच होती है तो इसका प्रत्यक्षण (perception) व्यक्ति इससे कम बारम्बारता वाले ध्वनि तरंगों या इससे अधिक बारम्बारता वाले ध्वनि तरंगों की अपेक्षा बहुत अधिक स्पष्ट ढंग से करता है क्योंकि इस परास (range) के ध्वनि तरंगों के प्रत्यक्षण में दोनों सिद्धान्तों द्वारा दिये गये तथ्यों (facts) का समावेश होता है।

अतः निष्कर्ष यह है कि श्रवण प्रत्यक्षण विशेषतः तारत्व प्रत्यक्षण (pitch perception) की व्याख्या में दोनों सिद्धान्त एक-दूसरे का समर्थन देते हैं तथा पूरक के रूप में कार्य करते हैं। अगर हम किसी एक सिद्धान्त के द्वारा तारत्व की व्याख्या करने की कोशिश करें तो यह अधूरा होगा। इस निष्कर्ष का समर्थन हमें सिमोन्स तथा उनके सहयोगियों (Simmons et al; 1965) द्वारा किया गया एक प्रयोग (experiment) में भी मिलता है। इस अध्ययन में प्रयोज्य के वेसिलर झिल्ली (basilar membrane) के भिन्न-भिन्न स्थानों को ध्वनि तरंगों के भिन्न-भिन्न आवृत्तियों (frequences) द्वारा उत्तेजित किया गया और परिणाम में पाया गया कि वेसिलर झिल्ली के सभी स्थान (place) एक ही तरह की आवृत्ति वाले ध्वनि तरंगों से प्रकम्पित नहीं होते हैं। कुछ स्थान उच्च आवृत्ति वाले ध्वनि तरंगों से प्रकम्पित होते हैं तो कुछ बीच की आवृत्ति वाले ध्वनि तरंगों से प्रकम्पित होते हैं। परन्तु जब 20Hz से 300Hz की ध्वनि तरंगों द्वारा वेसिलर झिल्ली के भिन्न-भिन्न भाग को उत्तेजित किया गया तो इससे उत्पन्न प्रकम्पन (vibration) अस्पष्ट (vague) था क्योंकि उसकी मात्रा करीब-करीब समान थी और उसमें किसी प्रकार का अन्तर करना सम्भव नहीं था। इससे स्पष्ट हो जाता है कि स्थान सिद्धान्त द्वारा निम्न आवृत्ति वाले ध्वनि तरंगों से उत्पन्न तारत्व (pitch) की व्याख्या नहीं हो पाती है। इसकी व्याख्या के लिए फिर हमें आवृत्ति सिद्धान्त के तथ्यों का समावेश आवश्यक हो जाता है।

वेकेसी (Bekesy, 1960) ने इन दोनों सिद्धान्तों को संयोजित (combine) करने का भरसक प्रयास किया है। उन्होंने इस सिलसिले में कई तथ्यों पर प्रकाश डाला है। जैसे, उन्होंने यह स्पष्ट किया कि वेसिलर झिल्ली (basilar membrane) का कड़ापन (stiffness) सभी स्थानों पर एक समान न होकर भिन्न होता है। यह आधारीय छोर (basal end) पर अधिक कड़ा होता है तथा शीर्षस्थ छोर (apical end) पर अधिक लचीला (flexible) होता है। जब ध्वनि तरंग की आवृत्ति (frequency) कम होती है अर्थात् 400Hz या उससे भी कम होती हैं, तो वेसिलर झिल्ली का सभी हिस्सा एक साथ प्रकम्पित हो जाता है तथा प्रकम्पन के इस समग्र आवृत्ति (overall frequency) द्वारा तारतत्व (pitch) का निर्धारण होता है। इस तरह की अनुक्रिया से बारंबारता सिद्धान्त (frequency theory) का समर्थन मिलता है। परन्तु जब ध्वनि तरंग उच्च आवृत्ति (higher frequency) का होता है तो प्रकम्पित वेसिलर झिल्ली के आधारीय छोर (basal end) से एक प्रकम्पन तरंग निकलता है और जैसे-जैसे झिल्ली में आगे की ओर वह बढ़ता है उसकी मात्रा (amplitude) बढ़ते जाती है और फिर झिल्ली के शीर्षस्थ बिन्दु पर पहुँचकर उस प्रकम्पन तरंग की बढ़ी हुई मात्रा लगभग समाप्त होकर फिर आधारीय छोर पर की मात्रा के बराबर हो जाती है। यहाँ महत्त्वपूर्ण बात यह है कि वेसिलर झिल्ली का वह भाग (position) जिस पर ध्वनि तरंग (sound wave) की मात्रा (magnitude) अधिकतम हो जाती है, वह तरंग की आवृत्ति पर निर्भर करती है। निम्न आवृत्तियों के लिए वेसिलर झिल्ली के शीर्षस्थ बिन्दु (apical end) पर ध्वनि तरंग की उच्चतम मात्रा (highest amplitude) उत्पन्न होता है तथा उच्चतर आवृत्ति वाले तरंग के लिए वेसिलर झिल्ली के आधारीय छोर (basal end) पर उच्चतम मात्रा (highest amplitude) उत्पन्न होती है। मध्यम आवृत्ति वाले ध्वनि अर्थात् करीब 1600 Hz वाले आवृत्ति के लिए वेसिलर झिल्ली के मध्य पर ध्वनि तरंग की उच्चतम मात्रा में उत्पन्न होती है।

अंतिम निष्कर्ष यह है कि स्थान तथा आवृत्ति सिद्धान्त दोनों की व्याख्या विशेषकर 500Hz से 4000Hz की आवृत्तियों की व्याख्या के लिए सही है। वेसिलर झिल्ली का वह भाग जिसपर ध्वनि तरंग की मात्रा (amplitude) सचमुच में अधिकतम हो जाती है, वह ध्वनि की आवृत्ति (frequency) के अनुसार परिवर्तित होता है और तंत्रिका की उत्तेजनशीलता (nerve firing) का समग्र दर (overall rate) भी ध्वनि की आवृत्ति से सम्बन्धित होता है। इन तथ्यों

से अपने आप यह स्पष्ट हो जाता है कि श्रवण प्रत्यक्षण की व्याख्या में ये दोनों सिद्धान्त के मूलभूत तत्त्व एक-दूसरे के पूरक हैं।

भ्रम (Illusion)

गलत प्रत्यक्षण (false perception) को भ्रम की संज्ञा देते हैं (false perception is illusion)। उदाहरणार्थ, यदि अंधेरे में रस्सी को आप साँप के रूप में प्रत्यक्षण करते हैं तो यह भ्रम का उदाहरण होगा। इस उदाहरण से भ्रम (illusion) की निम्नांकित दो विशेषताओं पर प्रकाश पड़ता है:—

1. भ्रम एक तरह का प्रत्यक्षण (perception) है न कि अप्रत्यक्षण (misperception) या धोखा (trick) है। प्रत्यक्षण की श्रेणी में आते हुए भी इसे भ्रम (illusion) इसलिए कहा जाता है कि इसमें जो प्रत्यक्षण होता है, वह पहले हुए प्रत्यक्षण से भिन्न होता है। जैसे—रस्सी को जब अंधेरा में हम साँप के रूप में प्रत्यक्षण करते हैं तो यह प्रत्यक्षण पहले के प्रत्यक्षण यानी रस्सी को रस्सी के रूप में ही किया गया प्रत्यक्षण से भिन्न होता है।
2. चूँकि भ्रम एक तरह का प्रत्यक्षण ही है अतः भ्रम की उत्पत्ति के लिए यह आवश्यक है कि उद्दीपक (stimulus) मौजूद हो। उपर्युक्त उदाहरण में रस्सी एक उद्दीपक है जिसका प्रत्यक्षण हम साँप के रूप में करते हैं। यदि किसी व्यक्ति को बिना उद्दीपक का ही कुछ प्रत्यक्षण होता है तो वह भ्रम नहीं बल्कि विभ्रम (halluciuation) कहलाता है।

मनोवैज्ञानिकों ने भ्रम के अध्ययन में अभिरुचि (interest) दो कारणों से दिखलाया है। पहला कारण तो उनकी अपनी उत्सुकता (curiosity) है। सचमुच में भ्रम एक तरह का चुनौती (challenge) मनोवैज्ञानिकों को देता है जिसका सामना वे लोग इसे विस्तृत रूप में अध्ययन करके कर रहे हैं। गिगरस तथा कोरेन (Gigrus & Coren, 1976) के अनुसार दूसरा प्रमुख कारण यह है कि प्रत्यक्षण की परिशुद्धता (acuracy) के बारे में हम सही-सही तभी जान सकते हैं जब प्रत्यक्षण में होने वाले भ्रम का सही-सही अध्ययन कर सके।

प्रत्यक्षण तथा भ्रम में अन्तर (Difference between Perception and Illusion)

प्रत्यक्षण एक संज्ञानात्मक मानसिक प्रक्रिया (cognitive mental process) है जिसके द्वारा हमें उपस्थित व्यक्तियों, वस्तुओं एवं घटनाओं का अर्थपूर्ण ज्ञान होता है। भ्रम एक प्रकार का प्रत्यक्षण ही है जिसके सहारे हमें वस्तुओं, व्यक्तियों एवं घटनाओं का ज्ञान प्राप्त होता है। इससे स्पष्ट है कि प्रत्यक्षण तथा भ्रम में काफी समानता है। ये दोनों ही मानसिक प्रक्रियाएँ (mental process) हैं जिनके सहारे वातावरण में उपस्थित वस्तुओं एवं व्यक्तियों के बारे में ज्ञान प्राप्त होता है। इन दोनों के लिए उद्दीपक (stimulus) का भी होना अनिवार्य है। ये दोनों एक तरह की चयनात्मक (selective) प्रकियाएँ हैं। इन समानताओं के बावजूद भी इन दोनों में निम्नांकित अन्तर है:—

1. प्रत्यक्षण में हमें उद्दीपक का यथार्थ एवं सही ज्ञान होता है परन्तु भ्रम में उद्दीपक का अयथार्थ एवं गलत ज्ञान होता है। अंधेरे में रस्सी को रस्सी के रूप में देखना प्रत्यक्षण कहलायेगा परन्तु रस्सी को साँप के रूप में देखना भ्रम का उदाहरण होगा।
2. प्रत्यक्षण का स्वरूप (nature) स्थायी होता है परन्तु भ्रम का स्वरूप अस्थायी एवं क्षणिक होता है। जैसे—एक पेंसिल को हम हमेशा पेंसिल के रूप में प्रत्यक्षण करते हैं परन्तु थोड़ी-सी रोशनी होते ही रस्सी को साँप के रूप में देखने का भ्रम समाप्त हो जाता है।
3. अभ्यास (practice) से प्रत्यक्षण में थोड़ी स्पष्टता बढ़ जाती है तथा भ्रम की मात्रा में कमी आती है। जैसे—यदि हम किसी आम के वृक्ष पर बार-बार देखते है तो उस वृक्ष की टहनियाँ, लगे फल, पत्तों के बीच बना मकड़ा का जाली आदि का भी प्रत्यक्षण होने लगता है। दूसरे तरफ मनोवैज्ञानिकों ने यह दिखलाया है कि अभ्यास (practice) के प्रभाव से भ्रम की मात्रा घटती है (क्योंकि अभ्यास से प्रत्यक्षण में स्पष्टता बढ़ जाती है)।

4. सभी सामान्य व्यक्तियों में किसी उद्दीपक का प्रत्यक्षण करीब-करीब एक समान होता है। परन्तु एक ही उद्दीपक सभी व्यक्तियों में समान भ्रम पैदा करें ऐसा जरूरी नहीं है। उदाहरणार्थ, एक भैंस को सभी सामान्य भैंस के रूप में ही प्रत्यक्षण करेगा परन्तु अंधेरे में बैठी हुई गाय को देखकर कोई भैंस, कोई बैल, कोई कूड़ा का ढेर आदि के रूप में उसे प्रत्यक्षण कर सकता है।

ऊपर किये गये वर्णन से स्पष्ट है कि प्रत्यक्षण तथा भ्रम एक-दूसरे से समान होते हुए भी काफी भिन्न (different) हैं।

भ्रम के प्रकार
(Types of Illusion)

भ्रम कई प्रकार के होते हैं। मनोवैज्ञानिकों ने सामान्य रूप से दो तरह के भ्रमों का उल्लेख किया है—भौतिक भ्रम (physical illusion) तथा प्रत्यक्षज्ञानात्मक भ्रम (perceptual illusion)। भौतिक भ्रम की उत्पत्ति ग्राहक कोशिकाओं तक पहुँचने वाली सूचनाओं में विकृति (distortion) से उत्पन्न होता है। प्रत्यक्षज्ञानात्मक भ्रम की उत्पत्ति उद्दीपकों में सन्निहित कुछ भ्रामक संकेतों (misleading cues) से होता है। भौतिक भ्रम ऐसे होते हैं जो अधिकांशतः व्यक्तियों में समान रूप से होते हैं। मनोवैज्ञानिकों ने इस तरह के भ्रम को *सर्वव्यापी या सामान्य भ्रम* (universal illusion) भी कहा है। कुछ दूरी पर आकाश का पृथ्वी से सटा हुआ दिखाई देना, दो रेल की पटरियों का कुछ दूर आगे चलकर आपस में सटी हुई नजर आना तथा पानी में रखे छड़ी का झुका (bent) हुआ प्रत्यक्षण करना आदि सर्वव्यापी भ्रम के कुछ उदाहरण हैं। इस तरह के भ्रम की एक विशेषता यह भी है कि यह स्थायी (permanent) होता है। अतः इसे *स्थायी भ्रम* (permanent illusion) भी कहा जाता है। प्रत्यक्षज्ञानात्मक भ्रम ऐसे होते हैं जो व्यक्तिगत होते हैं अर्थात् एक व्यक्ति को वह भ्रम होगा तो दूसरे व्यक्ति को वही भ्रम न होकर कुछ दूसरा होगा। उदाहरणार्थ, अंधेरे में किसी खम्भा को सीधा गड़ा देखकर एक व्यक्ति को किसी आदमी का भ्रम, तो दूसरे को कोई भूत-प्रेत का, तीसरे को चोर-लफंगा का भ्रम हो सकता है। थोड़ी रोशनी मिलने पर ये सभी भ्रम दूर हो जाते हैं। यही कारण है कि व्यक्तिगत भ्रम (personal illusion) क्षणिक (temporary) होता है।

मनोवैज्ञानिकों ने भ्रम का अध्ययन कुछ विशेष प्रकार के रेखाओं (lines) तथा कोणों (angles) आदि के आधार पर किया है। इस तरह के भ्रम को ज्यामितिक भ्रम (geometrical illusion) की संज्ञा दी गयी है। कोरेन तथा उनके सहयोगियों (Coren et. al., 1976) ने ज्यामितिक भ्रम को 10 भागों में बाँटा है जो निम्नांकित हैं:—

1. **मूलर-लायर भ्रम** (*Muller-Lyer illusion*)—इस भ्रम का नामकरण जर्मनी के समाजशास्त्री (sociologist) तथा मनोचिकित्सक (psychiatrist) फ्रैंज कार्ल मूलर-लायर (Franz Carl Muller-Lyer, 1857-1916) के नाम पर किया गया है जिन्होंने ने इसका प्रतिपादन किया था। इस भ्रम में दो समान लम्बाई की रेखाएँ होती है—एक तीर रेखा (arrow-headed line) तथा दूसरा पंख रेखा (feather-headed line)। इन दोनों रेखाओं में व्यक्ति तीर रेखा को पंख रेखा से छोटा समझता है हालाँकि दोनों रेखाओं की लम्बाई बराबर होती है। चित्र संख्या 5.42(a) में देखें। विट्टेकर (Whittaker, 1970) के अनुसार मूलर-लायर भ्रम सभी सभ्य समाज के सदस्यों में होता है परन्तु कुछ ऐसे आदिम (primitive) समाज भी हैं जिनके सदस्यों को इस तरह का भ्रम नहीं होता है।

2. **पोन्जो भ्रम** (*Ponzo illusion*)—इस भ्रम में ऊपर की पड़ी रेखा (horizonal line) नीचे की पड़ी रेखा से बड़ी मालूम होती है हालाँकि इन दोनों रेखाओं की लम्बाई बराबर होती है। रेबर एवं रेबर (Reber & Reber, 2001) के अनुसार इसे *रेलवे भ्रम* (Railway illusion) भी कहा जाता है। चित्र 5.42(b) का देखें।

3. **पड़ा-खड़ा भ्रम** (*Horizontal-Vertical illusion*)—चित्र 5.42(c) में गौर से यदि कोई व्यक्ति देखता है तो अक्सर वह यही कहता है कि खड़ी रेखा (vertical line) पड़ी रेखा (horizontal line) से बड़ी है हालाँकि इन दोनों रेखाओं की लम्बाई बराबर-बराबर है। इस तरह के भ्रम को पड़ा-खड़ा भ्रम (horizontal-vertical illusion) कहा जाता है।

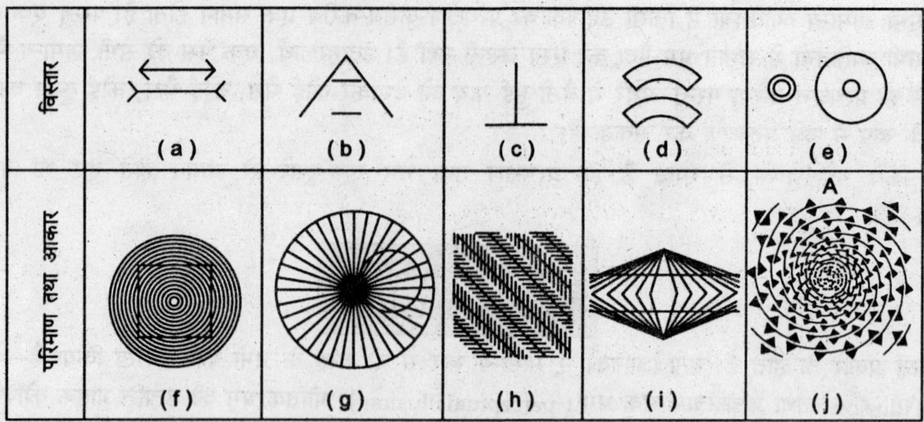

चित्र 5.42 : भ्रम के प्रमुख प्रकार

4. जास्ट्रो भ्रम (*Jastrow illusion*)—जास्ट्रों भ्रम को चित्र 5.42 का (d) में दिखलाया गया है। इस चित्र में दो पैटर्न को दिखलाया गया है। दोनों पैटर्न बिलकुल ही एक-दूसरे के समान है परन्तु ऊपर का पैटर्न नीचे के पैटर्न से छोटा (smaller) दिखलाई देता है।

5. डेलवोफ भ्रम (*Delboef illusion*)—इस तरह के भ्रम को चित्र 5.42 का (e) में दिखलाया गया है। इस चित्र में दो समान वृत्तों (circle) को दो परिस्थितियों में रखा गया है। एक वृत्त बड़ा गोला के भीतर है तथा दूसरा वृत्त छोटा गोला (ring) के भीतर है। बड़ा गोला के भीतर का वृत्त छोटा गोला के भीतर के वृत्त से छोटा दिखलाई पड़ता है, हालाँकि दोनों वृत्त समान है।

6. अर्नस्टीन भ्रम (*Ehrnstein illusion*)—इस तरह के भ्रम को चित्र 5.42 का (f) में दिखलाया गया है। इस भ्रम में बीच का वर्ग (square) कुछ विकृत (distorted) दिखलाई पड़ता है हालाँकि वर्ग की चारों भुजा की लम्बाई समान है और सभी रेखाएँ सीधी हैं।

7. ऑर्बिसन भ्रम (*Orbison illusion*)—इस भ्रम को चित्र 5.42 का (g) में दिखलाया गया है। बड़ा चक्र के भीतर का वृत्त (circle) कुछ विकृत (distorted) दिखलाई पड़ता है हालाँकि वृत्त में कोई विकृति (distortion) ज्यामितिक नियमों के अनुसार नहीं है।

8. जालनर भ्रम (*Zollner illusion*)—इस भ्रम को चित्र 5.42 का (h) में दिखलाया गया है। इस चित्र में छोटी-बड़ी सात समानान्तर रेखाएँ (parallel lines) हैं जो सभी एक ही दिशा (direction) में हैं। परन्तु देखने में ऐसा लगता है कि इन सात सामानन्तर रेखाओं की दिशा (direction) में विकृति (dstortion) हैं अर्थात् वे अलग-अलग दशाओं में हैं।

9. वुंट भ्रम (*Wundt illusion*)—इस भ्रम को चित्र 5.42 का (i) में दिखलाया गया है। इस चित्र में दोनों पड़ी समानान्तर रेखाएँ यद्यपि बिलकुल सीधी दिशा (straight direction) में है फिर भी बीच में कुछ विकृत (distorted) दीख पड़ती है। दूसरे शब्दों में बीच में ये दोनों रेखाएँ कुछ एक-दूसरे की ओर सटती हुई दीख पड़ता है।

10. घुमाव रस्सी भ्रम (*Twisted-cord illusion*) —इस भ्रम को चित्र 5.42 का (j) में दिखलाया गया है। इस भ्रम में एक घुमावदार रस्सी (twisted cord) है। अगर कोई व्यक्ति इस चित्र में 'A' (जो ऊपर में हैं) से घुमना प्रारम्भ करता है तो भीतर जाने के बजाय घुमते-घुमते वह पुनः उसी स्थान यानी 'A' पर पहुँच जाता है।

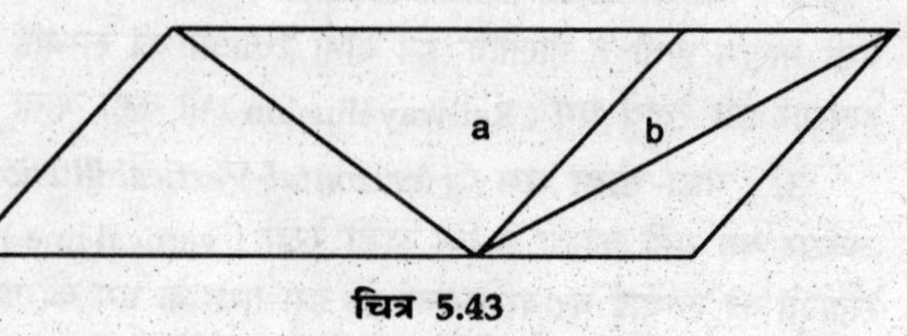

चित्र 5.43

इन प्रमुख ज्यामितिक भ्रम (geometrical illusion) के अलावा कुछ और भ्रम भी हैं जिनपर कुछ मनोवैज्ञानिकों जैसे ओभर (Over, 1968) तथा रॉक (Rock, 1975) ने अधिक बल दिया है। ऐसे निम्नांकित दो भ्रम काफी महत्त्वपूर्ण हैं।

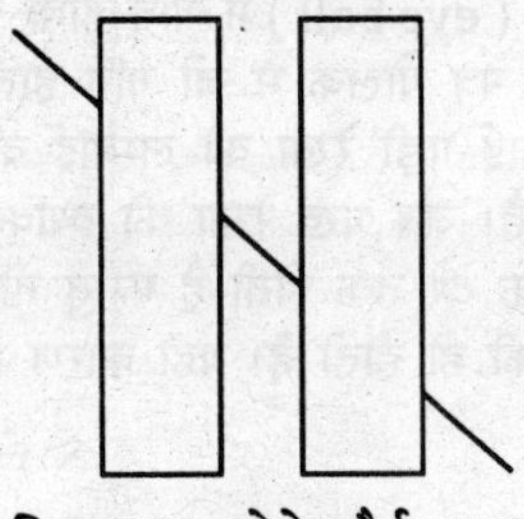

चित्र 5.44 : पोगेनडौर्फ भ्रम

11. सैण्डर समान्तर चतुर्भुज भ्रम *(Sander parallelogram illusion)*—इस भ्रम को चित्र 5.43 में दिखलाया गया है। इस सामान्तर चतुर्भुज में दो विकर्ण (diagonal) हैं—वे a तथा b हैं। ये दोनों विकर्ण में a विकर्ण अधिकांशतः व्यक्ति को b से बड़ा दिखलाई पड़ता है हालाँकि सच्चाई यह है कि दोनों विकर्ण लम्बाई में एक-दूसरे के बराबर है।

12. पोगेनडौर्फ भ्रम *(Poggendorff illusion)*—इस भ्रम को चित्र 5.44 में दिखलाया गया है। इस चित्र में एक ही तीरछी रेखा या विकर्ण दो समान आयात को काटती है। परन्तु ऐसा लगता है कि एक तीरछी रेखा नहीं बल्कि तीन अलग-अलग तीरछी रेखाएँ हैं जो इन दोनों आयतों को काट रही हैं।

इस तरह से हम देखते हैं कि ज्यामितिक भ्रम (geometrical illusion) के कई प्रकार हैं। इस विभिन्न प्रकारों में मूलर-लायर भ्रम (Muller-Lyer illusion), पड़ा-खड़ा भ्रम (Horizonal-Vertical illusion) तथा सैण्डर समान्तर चतुर्भुज भ्रम (Sander illusion) काफी महत्त्वपूर्ण हैं और इसके सहारे मनोवैज्ञानिकों ने अनेकों प्रयोग किये हैं। भ्रम के वर्गीकरण में अन्य भ्रमों जैसे चाँद भ्रम (Moon illusion) तथा गलियारा भ्रम (Corrider illusion) का नाम भी उल्लेखनीय है। चाँद भ्रम में जब चाँद क्षैतिज पर होता है तो उसका आकार जब वह सिर के ऊपर अर्थात् शिरोबिन्दु पर दीखता है, के आकार की तुलना में बड़ा प्रत्यक्षण किया जाता है। हालांकि चाँद का आकार दोनों परिस्थितियों में एक समान होता है। गलियारा भ्रम को चित्र 5.45 में दिखलाया गया है। चित्र में दिखलाये गए दोनों ही सिलिंडर (cylinder) का भौतिक आकार में समरूपता है, परन्तु व्यक्ति पीछे वाले सिलिंडर को आगे वाले सिलिंडर की तुलना में बड़ा समझता है। इतना ही नहीं, इन दोनों सिलिंडरों की आपसी दूरी काफी अधिक दिखलाई देती है जबकि सच्चाई यह है कि इन दोनों को एक-दूसरे से उतने दूर पर नहीं रखे हुए हैं।

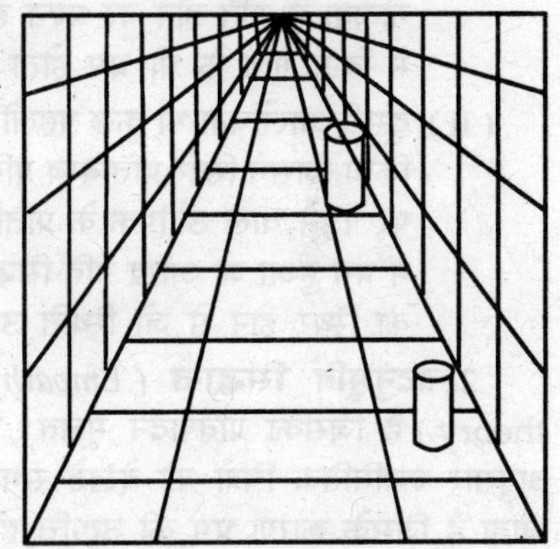

चित्र 5.45 : गलियारा भ्रम
(Corridor illusion)

भ्रम के सिद्धान्त
(Theories of Illusion)

भ्रम का सबसे पहला वैज्ञानिक विश्लेषण जे० जे० ओप्पेल (J. J. Oppel) द्वारा 1854 में किया गया और उसके बाद फिर उनके गहन अध्ययन में कई मनोवैज्ञानिकों ने रुचि दिखलायी। मनोवैज्ञानिकों ने भ्रम (illusion) से सम्बन्धित अनेकों अध्ययन किये हैं जिनके आधार पर इन लोगों द्वारा भ्रम के कई सिद्धान्तों का प्रतिपादन किया गया है। ओभर 1968), रॉक (Rock, 1975), जुसनी (Zusne, 1970) तथा हॉचवर्ग (Hochberg, 1971) आदि प्रमुख ऐसे मनोवैज्ञानिक हैं जिन्होंने भ्रम के कुछ महत्त्वपूर्ण सिद्धान्तों का प्रतिपादन किया है। इन लोगों ने भ्रम के सिद्धान्तों को तीन भागों में बाँटा है। एक श्रेणी वह है जिसमें भ्रम का कारण उद्दीपक (stimulus) से आने वाले सूचनाओं (information) में कुछ त्रुटियाँ (errors) हैं। दूसरी श्रेणी में वह है जिसमें भ्रम की व्याख्या कुछ तंत्रिकीय स्तर (neural level) के रूप में की गयी है तथा तीसरा श्रेणी वह है जिसमें भ्रम की व्याख्या संज्ञानात्मक तत्त्वों (cognitive elements) के रूप में की गयी है। इन तीनों श्रेणियों में आने वाले सभी सिद्धान्तों की व्याख्या करना यहाँ सम्भव तो नहीं है फिर भी कुछ सिद्धान्तों का वर्णन निम्नांकित हैः—

1. आँख-गति सिद्धान्त *(Eye-movement theory)*—यह सिद्धान्त ओभर (Over, 1968) के अनुसार प्रथम श्रेणी यानी उद्दीपक से मिलने वाले सूचनाओं में सन्निहित त्रुटियों द्वारा भ्रम की व्याख्या करने वाला सिद्धान्त है। इस

सिद्धान्त की मुख्य बात यह है कि व्यक्ति जब किसी ज्यामितिक चित्र (geometrical figure) पर देखता है, तो उसका आकार (shape) तथा परिरेखा (contour) द्वारा व्यक्ति की आँख की गति (movement) में कुछ परिवर्तन (modification) हो जाता है। इस परिवर्तन के कारण व्यक्ति को भ्रम (illusion) होता है। उदाहरणार्थ, पड़ा-खड़ा भ्रम (horizontal-vertical illusion) को लें। खड़ी रेखा पर देखने में जो नेत्र गोलक (eye ball) में गति होती है उसमें व्यक्ति को अधिक प्रयास (effort) करना पड़ता है परन्तु पड़ी रेखा को देखने में नेत्र गोलक में जो गति होती है उसमें व्यक्ति को कम प्रयास करना पड़ता है। यही कारण है कि खड़ी रेखा की लम्बाई पड़ी रेखा की लम्बाई की अपेक्षा अधिक मालूम पड़ती है। उसी तरह मूलर-लायर भ्रम की व्याख्या की जा सकती है। जब पंख रेखा को व्यक्ति देखता है तो इसके दोनों किनारों को देखने में जो नेत्र गोलक में गति होती है, वह अधिक देर तक होती है परन्तु तीर रेखा को देखते समय जो नेत्र गोलक (eye ball) में गति होती है, वह थोड़ी देर तक की ही होती है। यही कारण है कि व्यक्ति पंख रेखा को तीर रेखा से बड़ा प्रत्यक्षण करता है।

इस सिद्धान्त की प्रमुख दो आलोचनाएँ हैं—

(i) स्कीफ्फमैन तथा थॉमसन (Schiffman & Thomson, 1974) ने अपने प्रयोग में जब टैचिस्टोस्कोप (Tachistocope) के सहारे इतना कम समय के लिए कुछ ज्यामितिक चित्रों को दिखलाया जिसमें नेत्र गोलक में गति होने का प्रश्न ही नहीं उठता है, तो पाया कि ऐसी परिस्थिति में भी भ्रम होता है। दूसरे शब्दों में बिना गति के भी भ्रम होता है जो स्पष्टतः इस सिद्धान्त के विरुद्ध है।

(ii) दूसरी आलोचना भी कुछ पहली ही जैसी है। इभान्स तथा मार्सडन (Evans & Marsden, 1966) ने एक प्रयोग किया जिसमें स्थिर प्रतिबिम्ब प्रविधि (stabilized image technique) द्वारा व्यक्ति के अक्षिपटल (retina) पर पड़ने वाले उद्दीपक के प्रतिबिम्ब (image) को स्थिर (fixed) किया। इस स्थिरता के बावजूद भी व्यक्ति में भ्रम हुआ जो आँख गति सिद्धान्त के अनुसार नहीं होना चाहिए था क्योंकि अक्षिपटल पर बनने वाले प्रतिबिम्ब का स्थिर होने से जो स्थिति उत्पन्न होती है वह नेत्र गोलक में गति न होने से उत्पन्न स्थिति के समान है।

2. तदनुभूति सिद्धान्त (*Empathy theory*)—यह सिद्धान्त भ्रम का एक क्लासिकी सिद्धान्त (classical theory) है जिसका प्रतिपादन मूलतः लिप्पस (Lipps, 1897) के प्रयासों के फलस्वरूप हुआ। इस सिद्धान्त के अनुसार ज्यामितिक चित्रों को देखते समय व्यक्ति में कुछ विशेष सांवेगिक स्थिति (emotional state) उत्पन्न हो जाता है जिसके कारण भ्रम की उत्पत्ति होती है। उदाहरणस्वरूप, मूलर-लायर भ्रम में पंख रेखा को देखने से व्यक्ति में फैलाव (expansion) की सांवेगिक अनुभूति (emotional experience) होती है जबकि तीर रेखा को देखते समय सिकुड़न (limitation or narrowness) की सांवेगिक अनुभूति होती है। यही कारण है कि पंख रेखा तीर रेखा से बड़ी दीख पड़ती है। परन्तु यह सिद्धान्त बहुत वैज्ञानिक नहीं है और सचमुच में इस सिद्धान्त द्वारा भ्रम के बारे में हमें उचित ज्ञान भी नहीं मिलता है। रिग्स तथा क्लिंग (Riggs & Kling, 1975) ने ठीक ही कहा है, ''यह सिद्धान्त सचमुच में भ्रम के बारे में विस्तृत परिचय नहीं देता है।''

3. क्षेत्र सिद्धान्त (*Field theory*)—इस सिद्धान्त का प्रतिपादन गेस्टाल्टवादियों द्वारा किया गया था। इन लोगों का कहना था कि भ्रम की परिस्थिति में उद्दीपक का पूर्ण क्षेत्र (entire field) उद्दीपक के किसी एक भाग के प्रत्यक्षण को प्रभावित करता है। जब भी व्यक्ति किसी उद्दीपक चित्र (stimulus figure) को देखता है तो उस चित्र में संतुलन का एक बिन्दु (locus of equilibrium) उत्पन्न होता है जहाँ आकर्षण बल (forces of attraction) तथा विकर्ण बल (forces of constraint) समान होता है। ऐसी परिस्थिति में यदि कोई दूसरा चित्र या रेखा (line) को उसमें जोड़ा जाता है, तो उससे संतुलन में गड़बड़ी (disturbance) उत्पन्न हो जाती है जिनके कारण दूसरा चित्र या रेखा अपने मूल रूप से विकृत (distorted) नजर आता है और हमें भ्रम (illusion) होता है। उदाहरणस्वरूप, अर्नस्टीन भ्रम (Ehrnstein illusion) (चित्र 5.42 का f) वर्ग (square) अपने मूल रूप से कुछ विकृत (distorted) इसलिए दीख पड़ता है क्योंकि वर्ग (square) से धारीदार वृत्त (striped circle) के संतुलन केन्द्र में गड़बड़ी (disturbance) होने लगता है। ठीक यही बात ऑर्विसन भ्रम (Orbison illusion) के साथ भी होता है।

कुछ मनोवैज्ञानिकों ने क्षेत्र सिद्धान्त की आलोचना किया है और कहा है कि इस सिद्धान्त द्वारा सभी तरह के भ्रम की व्याख्या नहीं होती है। इसके द्वारा अर्नस्टीन भ्रम, आर्विसन भ्रम, वुंट भ्रम (Wundt illusion) (चित्र 5.42 का i)

आदि जिनका आधार आकार (shape) तथा दिशा (direction) में विकृति (distortion) है, की व्याख्या तो होती है परन्तु मूलर-लायर भ्रम, खड़ा-पड़ा भ्रम आदि की व्याख्या नहीं हो पाती है।

4. परिदृश्य सिद्धान्त *(Perspective theory)*—परिदृश्य सिद्धान्त (Perspective theory) को *समरूपता सिद्धान्त* (constancy theory) भी कहा जाता है। इस सिद्धान्त के अनुसार भ्रम (illusion) होने का प्रधान कारण व्यक्ति द्वारा रेखाओं (lines) या चित्रों (figures) के बीच एक खास परिदृश्य (perspective) या पृष्ठभूमि (background) को देखना होता है। उदाहरणस्वरूप, मूलर-लायर भ्रम में तीरछी रेखाओं (obliques) द्वारा एक विशेष प्रकार का परिदृश्य (perspective) बनता है जिसके कारण तीर रेखा पंख रेखा से कुछ छोटा मालूम पड़ता है। भिन्न-भिन्न व्यक्ति भिन्न-भिन्न संस्कृति (culture) में पाला-पोषा जाता है तथा अपने समाज एवं संस्कृति के नियमों को सीखे हुए होता है। इन नियमों के अनुसार ही वह किसी वस्तु या घटना को देखना सीखता है और इस तरह से व्यक्ति में किसी वस्तु या घटना को देखने या समझने का एक खास परिदृश्य (perspective) विकसित होता है। इस परिदृश्य के कारण व्यक्ति में भ्रम होता है। अगर परिदृश्य सिद्धान्त की यह व्याख्या ठीक है तो एक संस्कृति से दूसरे संस्कृति के व्यक्तियों द्वारा अनुभव किये गये भ्रम की मात्रा (magnitude) में अन्तर होना चाहिए। इस तथ्य के समर्थन में सीगाल्ल, कैम्पबेल तथा गर्सकोविटस (Segall, Campbell & Gerskovits, 1963, 1966) द्वारा किया गया प्रयोगात्मक सबूत (experimental evidence) पर्याप्त है। इनलोगों ने यूरोपियन (European), अफ्रिकन (Africans) तथा अन्य समुदाय के कुछ प्रयोज्यों (subjects) को मूलर-लायर भ्रम, सैण्डर भ्रम तथा पड़ा-खड़ा भ्रम (horizontal-vertical illusion) के चित्रों के प्रति अनुक्रिया (response) करने को कहा। परिणाम में देखा गया कि यूरोपियन प्रयोज्यों (European subjects) में मूलर-लायर भ्रम तथा सैण्डर समान्तर चतुर्भुज (Sander parallelogram) भ्रम की मात्रा सबसे अधिक थी जबकि अन्य दूसरे संस्कृति तथा समुदाय के प्रयोज्यों में खड़ा-पड़ा भ्रम (horizontal-vertical illusion) की मात्रा सबसे अधिक थी। प्रयोगकर्त्ताओं के अनुसार भ्रम की मात्रा में इस तरह के अन्तर का कारण भिन्न-भिन्न समुदाय एवं संस्कृति में वस्तुओं को भिन्न-भिन्न परिदृश्य (perspective) में देखने की आदत है।

मनोवैज्ञानिकों ने परिदृश्य सिद्धान्त की आलोचना करते हुए कहा है कि इस सिद्धान्त द्वारा जिन भ्रमों की व्याख्या होती है, उसकी व्याख्या दूसरे ढंग से आसानी से हो सकती है। जैसे—कुन्नापास्स (Kunnapass, 1957) के अनुसार पड़ा-खड़ा भ्रम (horizontal-vertical illusion) इसलिए होता है क्योंकि दृष्टि क्षेत्र (visual fixed) वास्तव में अण्डाकार (oval) होता है जिसका परिणाम यह होता है कि खड़ी रेखा (vertical line) का व्यक्ति अधिप्राक्कलन (overestimation) करता है क्योंकि यह दृष्टि क्षेत्र की सीमा (boundry) के नजदीक होता है।

5. विभ्रान्ति सिद्धान्त *(Confusion theory)*—इस सिद्धान्त के अनुसार व्यक्ति भिन्न-भिन्न रेखाओं (lines) तथा चित्रों को जब देखता है तो वह उसका विस्तृत विश्लेषण (detailed analysis) करना प्रारम्भ कर देता है। इस विश्लेषण के दौरान उसमें विभ्रांन्ति (confusion) होता है और इसके परिणामस्वरूप भ्रम ही उत्पत्ति होती है। उदाहरणस्वरूप, मूलर-लायर भ्रम को ही लिया जाय। जब व्यक्ति तीर-रेखा तथा पंख रेखा पर गौरपूर्वक देखता है तो वह सिर्फ देखता ही नहीं बल्कि उसका विश्लेषण भी करता है। वह पंख रेखा तथा तीर रेखा के किनारे की तिरछी रेखाओं को देखता है तथा उसकी मोटाई तथा लम्बाई को एक-दूसरे से भिन्न-भिन्न दृष्टिकोणों से तुलना करता है। इसके परिणामस्वरूप व्यक्ति के मन में संभ्रांन्ति उत्पन्न होता है तथा इससे उसमें भ्रम उत्पन्न होता है।

6. दुष्प्रयुक्त स्थिरता का सिद्धान्त *(Theory of misapplied constancy)*—इस सिद्धान्त के अनुसार भ्रम में उपलब्ध कुछ संकेतों को आकार स्थिरता (size constancy) को बरकरार रखने वाला संकेत के रूप में व्यक्ति प्रत्यक्षण करने लगता है और उसी आकार स्थिरता (size constancy) के आधार पर लकीरों या रेखाओं की लम्बाई का निर्णय करते हैं। जो रेखा उन्हें दूर नजर आती है, उसे वह उस रेखा से बड़ा होने का प्रत्यक्षण करता है जो उन्हें अपेक्षाकृत नजदीक नजर आती है। जैसे—पोन्जो भ्रम (Ponzo illusion) में ऊपरी रेखा निचली रेखा के समान होते हुए भी बड़ी नजर आती है क्योंकि वह निचली रेखा से दूर नजर आती है।

7. गलत तुलना सिद्धान्त *(Incorrect Comparison theory)*—इस सिद्धान्त की मान्यता यह है कि व्यक्ति को भ्रम इसलिए होता है क्योंकि आकृति (figure) के गलत हिस्सा के तुलना पर वह अपना निर्णय आधारित करता है। जैसे—मूलर-लायर भ्रम की व्याख्या करने में यह सिद्धान्त काफी सटीक बैठता है। इस भ्रम में व्यक्ति आकृति में रेखाओं को डैनों (wings) से अलग करने में असफल रहता है और इसलिए वह डैनों के अंतिम छोरों के बीच की दूरी की

तुलना करता है। चूँकि यह तुलना अनुपयुक्त एवं गलत होता है, इसलिए यह भ्रम व्यक्ति को होता है। इस सिद्धान्त के समर्थन में कुछ प्रयोगात्मक सबूत भी हैं। उदाहरणस्वरूप, कोरेन एवं गिरगस (Coren & Girgus, 1972) ने प्रयोज्यो को मूलर-लायर भ्रम का प्रत्यक्षण करवाया जिसमें दोनों रेखाओं के डैनों को रेखा के रंग से अलग रंग में दिखलाया गया था ताकि प्रयोज्य द्वारा दोनों रेखाओं का किये जाने वाले आपसी तुलना में डैनों की दूरी की तुलना न हो। परिणाम में देखा गया कि इस तरह के प्रबंध होने से भ्रम की मात्रा में कमी आ गयी जिससे यह सिद्धान्त की वैधता को परोक्ष रूप से समर्थन मिलता है।

8. आभासी-दूरी सिद्धान्त *(Apparent-distance theory)*—इस सिद्धान्त का प्रतिपादन कॉफमैन तथा रॉक (Kuffman & Rocks, 1962) द्वारा किया गया है। सचमुच में यह सिद्धान्त *आकार-दूरी अपरिवर्तनशील प्राक्कल्पना* (Size-distance invariance hypothesis) से सम्बन्धित है। इस प्राक्कल्पना के अनुसार यदि दो वस्तुओं के अक्षिपटलीय प्रतिमा (retinal image) का आकार एक ही होता है, तो वह वस्तु जो अधिक दूरी पर प्रतीत होती है, वह उस वस्तु की अपेक्षा बड़ा नजर आता है जो कम दूरी पर प्रतीत होता है। इस सिद्धान्त द्वारा चाँद भ्रम (moon illusion) की व्याख्या काफी सटीक ढंग से होती है। चाँद भ्रम में चाँद जब क्षैतिज पर होता है तो वह बड़ा नजर आता है परन्तु जब वही चाँद प्रत्यक्षणकर्ता के सिर के ठीक ऊपर अर्थात् शिरोबिन्दु (zenith) पर होता है, तो छोटा नजर आता है। इस सिद्धान्त के अनुसार चाँद जब क्षैतिज पर होता है तो वह प्रत्यक्षणकर्त्ता को अधिक दूर पर तथा जब वह शिरोबिन्दु पर होता है, तो वह कम दूरी पर अवस्थित प्रतीत होता है। इस आभासी दूरी में अन्तर होने के कारण व्यक्ति को चाँद भ्रम (moon illusion) होता है।

स्पष्ट हुआ कि भ्रम की व्याख्या कई अलग-अलग सिद्धान्तों द्वारा की गयी है।

भ्रम तथा विभ्रम में अन्तर
(Difference between Illusion and Hallucination)

भ्रम एक प्रकार का गलत प्रत्यक्षण (false perception) है। चूँकि भ्रम एक तरह का प्रत्यक्षण ही हैं, अतः इसके लिए उद्दीपक (stimulus) का होना अनिवार्य हैं। परन्तु कभी-कभी हमें प्रत्यक्षण (perception) बिना किसी उद्दीपक का ही होता है। इस तरह के प्रत्यक्षण को विभ्रम (hallucination) की संज्ञा दी जाती है। उदाहरणस्वरूप, अंधेरे कमरे में यदि आपको ऐसा दिखाइए पड़ता है कि कोई व्यक्ति खड़ा है, तो विभ्रम (hallucination) का उदाहरण होगा न कि भ्रम का। हाँ, यदि अंधेरे कमरा में रखा गया छाता को देखकर व्यक्ति उसे कोई दूसरा व्यक्ति समझ बैठता है तो इसे हम भ्रम (illusion) की संज्ञा देंगे। इस तरह से हम देखते हैं कि भ्रम तथा विभ्रम दोनों में ही व्यक्तियों को गलत ज्ञान होता है। इस समानता के बावजूद भी इन तीनों में निम्नांकित अन्तर हैं:—

1. भ्रम में उद्दीपक (stimulus) होता है परन्तु विभ्रम में उद्दीपक नहीं होता है। जैसे—अंधेरे में रस्सी को साँप के रूप में देखना एक भ्रम (illusion) का उदाहरण है परन्तु अंधेरे कमरे में कुछ नहीं होने पर भी यदि कोई किसी व्यक्ति या वस्तु को कोई देखता है तो यह विभ्रम का उदाहरण है।
2. भ्रम अधिकतर बाह्य कारणों से होता है परन्तु विभ्रम अधिकतम आत्मगत कारकों (subjective factors) जैसे—चिन्ता, भय, मानसिक रोग, आदि कारकों से होता है।
3. चूँकि भ्रम में उद्दीपक मौजूद रहता है, अतः इसका स्वरूप (nature) करीब-करीब स्पष्ट होता है। परन्तु विभ्रम में उद्दीपक नहीं होता है, अतः इसका स्वरूप अस्पष्ट होता है। उदाहरणस्वरूप अंधेरे में रस्सी को देखकर कोई व्यक्ति साँप या लम्बे आकार की ही कोई वस्तु समझ सकता है, कोई स्त्री या पुरूष को नहीं। परन्तु अंधेरे कमरे में यदि विभ्रम हो रहा है तो व्यक्ति उस विभ्रम में कुछ भी देख सकता है। स्त्री, पुरूष आलमीरा आदि कुछ भी दीख सकता है। स्पष्टतः विभ्रम का स्वरूप कुछ अनिश्चित होता है।
4. विभ्रम अधिकतर असामान्य व्यक्तियों (abnormal person) को होता है लेकिन इसका मतलब यह नहीं है कि विभ्रम सामान्य व्यक्तियों को नहीं होता है। भ्रम सामान्य व्यक्त्तियों तथा असामान्य व्यक्त्तियों दोनों में ही होता है परन्तु, असामान्य व्यक्तियों में ज्यादा होता है।
5. सामान्य व्यक्ति के भ्रम का स्वरूप स्थायी तथा अस्थायी दोनों ही होता है। परन्तु सामान्य व्यक्तियों में विभ्रम

का स्वरूप हमेशा अस्थायी होता है। परन्तु असामान्य व्यक्तियों में विभ्रम का स्वरूप स्थायी होता है। अनेकों ऐसे मानसिक रोग हैं जिनमें व्यक्तियों को जो विभ्रम होता है। वह स्थायी रूप में उसमें दिन-रात मौजूद रहता है और वह उसी में डूबा रहता है।

अध्याय सारांश CHAPTER SUMMARY

1. प्रत्यक्षण एक प्रक्रिया है। यह एक सक्रिय चयनात्मक तथा संज्ञानात्ममक मानसिक प्रक्रिया है जिसके द्वारा अपने आंतरिक अंगों (आंतरिक वातावरण) तथा बाह्य वातावरण में उपस्थित वस्तुओं का तात्कालिक अनुभव होता है।
2. प्रत्यक्षण की सैद्धान्तिक व्याख्या सात प्रमुख सिद्धान्तों या उपागमों से की गयी है—दैहिक उपागम, गिब्सन का उपागम, सूचना संसाधन उपागम, गिब्सन का उपागम, निदेश-अवस्था उपागम तथा कृत्रिम बुद्धि उपागम।
3. दैहिक उपागम में हेब्ब (Hebb) का योगदान श्रेष्ठ रहा है। इन्होंने कोशिका संग्रहण (cell assembly) तथा अवस्था क्रम (phase sequence) के आधार पर प्रत्यक्षण की व्याख्या प्रस्तुत किया है। प्रत्यक्षण की व्याख्या गिब्सन (Gibson) द्वारा भी की गई है। इस उपागम में प्रत्यक्षण का निर्धारण प्रत्यक्षणकर्त्ता के गुणों के आधार पर न होकर वस्तु जिसका प्रत्यक्षण व्यक्ति करता है, के गुणों या विशेषताओं के आधार पर होता है।
4. सूचना-संसाधन उपागम के अनुसार व्यक्ति एक समय में कुछ निश्चित उद्दीपकों का प्रत्यक्षण कर पाता है क्योंकि वह एक समय में सीमित सूचनाओं को ही, संसाधित कर पाता है। प्रत्यक्षणकर्त्ता में किसी भी सूचना का संसाधन कई चरणों में सम्पन्न होता है।
5. गेस्टाल्ट-सिद्धान्त (Gestalt theory) प्रत्यक्षण का एक प्रमुख सिद्धान्त है। इस सिद्धान्त के अनुसार व्यक्ति किसी वस्तु का प्रत्यक्षण अलग-अलग रूप से न कर पूर्णरूपेण करता है। इस सिद्धान्त के मुख्य चार पहलू (aspects) हैं—आकृति-पृष्ठभूमि प्रत्यक्षण (figure-ground perception), प्रत्यक्षणात्मक संगठन (perceptual organisation), समाकृतिकता का नियम (principle of isomorphism) तथा क्षेत्र बल (field force)।
6. व्यवहारवादी सिद्धान्त के अनुसार अन्य व्यवहारों के समान प्रत्यक्षण (perception) भी एक प्रकार का सीखा गया व्यवहार (learned behaviour) है। इन लोगों का मत है कि प्रत्यक्षण पूर्णरूपेण एक सीखा गया व्यवहार है और जिन नियमों और सिद्धान्तों द्वारा अन्य व्यवहार निर्धारित होते हैं, ठीक उन्ही नियमों और सिद्धान्तों द्वारा प्रत्यक्षण भी निर्धारित होता है।
7. निवेश-अवस्था सिद्धान्त के अनुसार प्रत्यक्षण मूलतः अभिप्रेरणात्मक कारकों (motivational factors) से प्रभावित है। व्यक्ति अपनी आवश्यकता, मूल्य आदि के अनुसार किसी वस्तु का प्रत्यक्षण करता है।
8. प्रत्यक्षण पर तीन तरह के कारकों का प्रभाव पड़ता है—व्यक्तिगत कारक, सामाजिक कारक तथा सांस्कृतिक कारक। इन तीनों कारकों का प्रत्यक्षण पर पड़ने वाले प्रभावों को दिखाने के लिए कई तरह के प्रयोगात्मक सबूत उपलब्ध हैं।
9. आकार प्रत्यक्षण (form perception) एक महत्त्वपूर्ण प्रत्यक्षण है। जब हम किसी वस्तु का प्रत्यक्षण करते हैं तो उसका एक निश्चित आकार (form) देखते हैं क्योंकि हमें वस्तु का कंटूर स्पष्ट रूप से नजर आता है। आकार प्रत्यक्षण में आकृति तथा पृष्ठभूमि का सम्बन्ध स्पष्ट होता है तथा उसमें संगठन (organization) का भी विशेष महत्त्व होता है।
10. मानव अक्षिपटल (human retina) द्विविमीय (bidimensional) है। फिर भी हमें इससे तीसरी विमा (third dimension) अर्थात् वस्तु की दूरी तथा गहराई (distance and depth) का प्रत्यक्षण होता है। इस तरह के प्रत्यक्षण हमें दो तरह के संकेतों (cues) द्वारा होता है—एकनेत्री संकेत (monocular cue) तथा द्विनेत्री सकेत (binocular cue)।
11. प्रत्यक्षण का एक विशेष गुण यह है कि इसके द्वारा हमें वस्तुओं का ज्ञान उसके भौतिक परिस्थितियों में परिवर्तन के बावजूद भी समान रूप से होता है। भिन्न-भिन्न परिस्थितियों में उद्दीपक को करीब-करीब समरूप ढंग से प्रत्यक्षण करने की इस प्रवृत्ति को प्रत्यक्षणात्मक स्थिरता की संज्ञा दी जाती है। किसी व्यक्ति को हम चार फीट की दूरी से

देखें या 10 फीट की दूरी से देखें उसे हम समान देखते हैं। इस तरह की स्थिरता को प्रत्यक्षणात्मक स्थिरता (perceptual constancy) की संज्ञा दी जाती है। प्रत्यक्षणात्मक स्थिरता कई प्रकार के होते हैं—आकार स्थिरता (size constancy), रूप स्थिरता (shape constancy), चमक स्थिरता (brightness constancy) तथा रंग स्थिरता (colour constancy)। इस सम्बन्ध में स्थिरता-अस्थिरता विरोधाभास (stability-instability paradox) का अध्ययन विशेषरूप से उल्लेखनीय है।

12. मनोवैज्ञानिकों द्वारा प्रत्यक्षणात्मक रक्षा, प्रत्यक्षणात्मक निगरानी, अतीन्द्रिय प्रत्यक्षण (extrasensory perception), अवचेतन प्रत्यक्षण आदि जैसी घटनाओं का भी अध्ययन किया गया है।

13. समय के प्रत्यक्षण की व्याख्या करने के लिए मनोवैज्ञानिकों ने दो तरह का सैद्धान्तिक उपागम (theoretical approaches) यानी आन्तरिक कालमापी प्राक्कल्पना (internal timer hypothesis) तथा घटना संसाधन उपागम का वर्णन किया है। समय का प्रत्यक्षण कई कारकों द्वारा प्रभावित होता हैं जिसमें व्यक्ति का उम्र, समय अन्तराल की लम्बाई, अभिप्रेरक, कार्य का स्वरूप, दवा (drug) आदि प्रमुख हैं।

14. मनोवैज्ञानिकों ने गति प्रत्यक्षण (perception of movement) की व्याख्या की है। इन लोगों ने गति प्रत्यक्षण को मूलतः दो भागों में बाँटा है—वास्तविक गति (real movement) तथा आभासी गति (apparent movement)। वास्तविक गति के प्रत्यक्षण की व्याख्या दो तंत्रों (system) के आधार पर की जाती है—प्रतिबिम्ब-अक्षिपटल गति तंत्र (image-retina movement system) तथा आँख-सिर गति तंत्र (eye-head movement system)। आँख-सिर गति तंत्र की व्याख्या करने के लिए मनोवैज्ञानिकों ने तीन तरह के सिद्धान्तों अर्थात् शेरिंगटन का सिद्धान्त, हेल्महोल्ज का सिद्धान्त तथा ग्रिगोरी का सिद्धान्त का प्रतिपादन किया है। आभासी गति कई तरह के होते हैं—फाई घटना, स्वगतिक प्रभाव (automatic effect), गति उत्तर प्रभाव, आकृतियों में गति तथा उत्पन्न गति (induced movement), संवेदी उछल-कूद, छायाभास गति आदि।

15. ऐम्स (Ames) द्वारा प्रतिपादित संव्यवहार उपागम इस बात पर जोर डालता है कि प्रत्यक्षण में संदर्भ की भूमिका महत्त्वपूर्ण होती है।

16. आकृति अनुप्रभाव (figural after-effect) एक ऐसी घटना है जिसमें व्यक्ति को बाद में देखी गयी वस्तु पहले देखी गयी वस्तु की अपेक्षा थोड़ा विकृत (distorted) नजर आता है। इस घटना की व्याख्या सबसे पहले गिब्सन (Gibson) ने किया।

17. प्रत्यक्षण में सुघटयता (plasticity) होती है। दूसरे शब्दों में यह कहा जा सकता है कि प्रत्यक्षण में विशेष परिस्थिति के कारण कुछ परिवर्तन या परिमार्जन (modification) होता है। पशु तथा मनुष्यों पर किये गये प्रयोगों (experiment) से यह स्पष्ट हो गया है कि प्रत्यक्षण में सुघटयता होती है। प्रत्यक्षण में सुघट्यता जन्मजात कारकों से होते हैं, या वातावरण में उपस्थित कारकों से होता है, कहना कठिन है। सच्चाई यह है कि यह इस बात पर निर्भर करता है कि प्रत्यक्षण का कौन-सा पहलू का अध्ययन किया जा रहा है, मस्तिष्क का कौन-सा हिस्सा का अध्ययन किया जा रहा है, आदि-आदि।

18. प्रत्यक्षणात्मक सीखना (perceptual learning) भी प्रत्यक्षण का एक मुख्य पहलू है। प्रत्यक्षज्ञाणात्मक सीखना अपने पूर्व अनुभूति (past experience) के फलस्वरूप सीखी गयी एक विशेष क्षमता है। गिब्सन (Gibson, 1969) के अनुसार वातावरण के उत्तेजनाओं (stimulation) से हुए अनुभूति या अभ्यास के फलस्वरूप व्यक्ति की उस क्षमता में हुई वृत्ति को प्रत्यक्षणात्मक सीखना कहा जाता है जिसके द्वारा वह वातावरण से अधिक-से-अधिक सूचनाओं को ग्रहण कर लेता है।

19. प्रत्यक्षण के क्षेत्र में रंग दृष्टि (colour vision) एक प्रमुख घटना है। रंग दृष्टि से सम्बन्धित निम्नांकित तीन महत्त्वपूर्ण घटनाएँ (phenomenon) हैं जिनपर मनोवैज्ञानिकों ने अधिक बल डाला है। रंग मिश्रण (colour mixture), रंग अनुकूलन (colour adaptation) तथा वर्णान्धिता (colour blindness)। वर्णान्धिता को मनोवैज्ञानिकों ने तीन विधियों द्वारा अध्ययन किया है—रेले विधि, मिलान विधि, जे॰ एन॰ डी॰ विधि।

20. रंग दृष्टि के प्रमुख तीन सिद्धान्त हैं—द्वैध दृष्टि सिद्धान्त (duplicity theory), यंग हेल्महोल्ज सिद्धान्त (Young-Helmholtz theory) तथा हेरिंग सिद्धान्त (Hering's theory)। इन तीनों सिद्धान्तों में द्वैध दृष्टि

सिद्धान्त (duplicity theory) तो उतना महत्त्वपूर्ण नहीं रह गया है। आजकल मनोवैज्ञानिकों द्वारा रंग दृष्टि की व्याख्या यंग हेल्महोल्ज सिद्धान्त तथा हेरिंग सिद्धान्त दोनों के तथ्यों (facts) को मिलाकर किया जाता है।

21. प्रत्यक्षण का एक महत्त्वपूर्ण पहलू तो दृष्टि प्रत्यक्षण (visual perception) है तथा दूसरा महत्त्वपूर्ण पहलू श्रवण प्रत्यक्षण (auditory perception) हैं। श्रवण प्रत्यक्षण के तीन पहलू महत्त्वपूर्ण हैं—तारत्त्व (pitch), प्रबलता (loudness) तथा ध्वनिरूप (timbre)। श्रवण प्रत्यक्षण की व्याख्या मूलतः दो सिद्धान्तों द्वारा की गयी है—स्थान सिद्धान्त (Place theory) तथा बारम्बारता सिद्धान्त (Frequency theory)। स्थान सिद्धान्त के अनुसार वेसिलर झिल्ली का भिन्न-भिन्न स्थान (place) भिन्न-भिन्न बारंबारता की ध्वनि से भिन्न-भिन्न ढंग से प्रकम्पित होती है। अतः इस सिद्धान्त के अनुसार वेसिलर झिल्ली का भिन्न-भिन्न स्थान श्रवण संवेदन के लिए अधिक महत्त्वपूर्ण होता है और इस पूर्णरूपेण प्रकम्पन से उत्पन्न पैटर्न द्वारा ध्वनि की आकृति (frequency) का ज्ञान होता है। भ्रम (illusion) गलत प्रत्यक्षण (false perception) को कहा जाता है। अंधेरे में रस्सी को साँप के रूप में प्रत्यक्षण करना भ्रम का उदाहरण है। भ्रम कई प्रकार के होते हैं जिसमें मूलर-लायर भ्रम (Muller-Lyer illusion) तथा पड़ा-खड़ा भ्रम (horizontal-vertical illusion) तुलनात्मक रूप से काफी लोकप्रिय है।

22. मनोवैज्ञानिकों ने भ्रम की व्याख्या करने के लिए अनेकों सिद्धान्तों का प्रतिपादन किया है जिसमें आँख-गति सिद्धान्त (eye-movement theory), तदनुभूति सिद्धान्त (empathy theory), क्षेत्र सिद्धान्त (field theory), परिदृश्य सिद्धान्त (perspective theory), विभ्रान्ति सिद्धान्त (confusion theory) तुलनात्मक रूप से प्रमुख है।

23. भ्रम (illusion), विभ्रम (hallucination) से भिन्न होता है। भ्रम में उद्दीपक का होना अनिवार्य है परन्तु विभ्रम में उद्दीपक नहीं होता है फिर भी व्यक्ति को उसका प्रत्यक्षण होता है।

❑

अध्याय 6

अवधान
(ATTENTION)

अवधान का अर्थ एवं उसकी विशेषताएँ
(Meaning and Characteristics of Atteniton)

हमारी ज्ञानेन्द्रियाँ (sense organ) जैसे–आँख, कान, नाक, त्वचा आदि अनेकों प्रकार के उद्दीपकों (stimuli) द्वारा प्रभावित रहती है। परन्तु उन सभी उद्दीपकों कें प्रति व्यक्ति अनुक्रिया (response) नहीं करता है। सच्चाई यह है कि वह अपनी इच्छा तथा आवश्यकता के अनुसार कुछ खास-खास उद्दीपकों (stimuli) को चुन लेता है और उसके प्रति अनुक्रिया करता है। मनोविज्ञान में इस तरह की चयनात्मक प्रक्रिया (selective process) को अवधान या ध्यान (attention) की संज्ञा दी जाती है। मॉर्गन, किंग, विसज तथा स्कोपलर[1] (Morgan, King, Weisz & Schopler, 1986) ने अवधान को इसी अर्थ में परिभाषित करते हुए कहा कि, ''अवधान उस प्रत्यक्षज्ञानात्मक प्रक्रिया को कहा जाता है जिसके द्वारा कुछ निश्चित उद्दीपकों (inputs) को दिये हुए समय में अपने चेतन अनुभूति (conscious experience) या चेतना (awareness) में लाने के लिए चुना जाता है।''

मैटलिन[2] (Matlin, 1983) के अनुसार, ''मानसिक क्रिया का एकाग्रता ही ध्यान है।''

इन परिभाषाओं से यह स्पष्ट हो जाता है कि अवधान में हम अनेकों उद्दीपकों में से कुछ खास-खास उद्दीपकों को चुनकर उसे अपनी चेतना में लाते हैं। एक उदाहरण लीजिए–अभी आप जिस कमरा में बैठकर पढ़ रहे हैं, वहाँ अनेकों उद्दीपकों मौजूद होंगे। जैसे–बिजली का बल्ब, पंखा, किताब, कुर्सी आदि-आदि। परन्तु इस सभी उद्दीपकों पर आपका ध्यान नहीं है। आपका ध्यान इस पुस्तक के इस पेज पर है जिसे आप पढ़ रहे हैं। अतः स्पष्ट है कि अवधान या ध्यान एक ऐसी प्रक्रिया है जिसके सहारे हम कुछ खास-खास उद्दीपकों को ही अपने चेतना केन्द्र (focus of consciousness) में ला पाते हैं, सभी वर्तमान उद्दीपकों को नहीं। अतः विस्तृत अर्थ में अवधान की एक समुचित व्याख्या इस प्रकार से कर सकते हैं:–

''अवधान[3] एक चयनात्मक मानसिक प्रक्रिया है जिसमें व्यक्ति एक विशेष शारीरिक मुद्रा बनाकर किसी वस्तु को चेतना केन्द्र में लाने के लिए तत्पर रहता है।''

उपर्युक्त परिभाषा एक विस्तृत परिभाषा है और यदि हम इसका समुचित विश्लेषण करें तो इसकी प्रमुख विशेषताएँ इस प्रकार झलकती हैं:–

1. अवधान एक चयनात्मक मानसिक प्रक्रिया है *(Attention is a selective mental process)*—अवधान की सबसे प्रमुख विशेषता यह है कि यह एक चयनात्मक प्रक्रिया है। इसका मतलब यह हुआ कि हम अपने समक्ष उपस्थित सभी उद्दीपकों पर अवधान नहीं देते हैं बल्कि उसमें से अपनी इच्छा, आवश्यकता या उद्दीपकों की कुछ खास

---

1. "Attention is the term given to perceptual processes that select certain inputs for inclusion in our conscious experience or awareness at any given time."
—Morgan, King Weisz & Schopler : *Introduction to psychology, 1986*, p. 109
2. "Attention is concentration of mental acitvity."—Matlin : *Congnition*, 1983, p.30
3. "Attention is a selective mental process in which the person by adopting certain bodily posture is set to bring certain stimuli into focus of consciousness."
—Author

विशेषताओं के आधार पर कुछ उद्दीपकों को चुन लेते हैं और उस पर ध्यान देते हैं। एक उदाहरण लीजिए। वर्ग में शिक्षक का भाषण सुनते समय आपके अवधान में शिक्षक की आवाज, उनका चेहरा, भाव भंगिमा के अलावा कुछ नहीं होता है हालाँकि वर्ग में अन्य उद्दीपक (stimuli) जैसे–ब्लैक बोर्ड, टेबुल, कुर्सी, पंखा अन्य दोस्त भी मौजूद होते हैं। ये सारे उद्दीपक उस समय हमारे चेतना केन्द्र में नहीं होते हैं। फलस्वरूप, उन पर हम ध्यान नहीं दे पाते हैं। इस उदाहरण से स्पष्ट हो जाता है कि अवधान एक चयनात्मक प्रक्रिया (selective process) है। इस प्रक्रिया द्वारा अनेकों उद्दीपकों (stimuli) में से कुछ खास-खास उद्दीपकों को ही व्यक्ति अपनी चेतना केन्द्र में लाता है यानी उस पर ध्यान दे पाता है।

मनोवैज्ञानिकों ने अवधान के इस चयनात्मक स्वरूप (selective nature) की व्याख्या कुछ सिद्धान्तों (theories) द्वारा की है। इन विभिन्न सिद्धान्तों में से दो सिद्धान्त काफी महत्त्वपूर्ण है—ब्राडवेन्ट का फिल्टर सिद्धान्त (Broadbent's Filter theory) तथा संसाधन-क्षमता सिद्धान्त (Processing capacity theory)। व्राडवेन्ट का फिल्टर सिद्धान्त (Broadbent's filter theory) जिसे व्राडवेन्ट ने अपनी पुस्तक (*Preception and Communication, 1958*) में विकसित किया, के अनुसार अवधान का स्वरूप चयनात्मक (selective) इसलिए होता है क्योंकि मस्तिष्क में एक तरह का चयनात्मक फिल्टर (selective filter) होता है जो उद्दीपक के भौतिक गुणों (physical characteristics) के आधार पर किसी विशेष उद्दीपक का चयन (selection) करता है। प्रायः चयनात्मक फिल्टर उद्दीपक के कुछ विशेष भौतिक गुणों जैसे, नवीनता (novelty), तीव्रता (intensity), गति (movement) आदि के आधार पर किसी उद्दीपक का चयन करता है और उसके फलस्वरूप व्यक्ति का अवधान या ध्यान उसी विशेष उद्दीपक की ओर जाता है। अतः व्राडवेन्ट (Broadbent) का फिल्टर सिद्धान्त के अनुसार अनेकों उद्दीपकों में से किसी विशेष उद्दीपक पर हम इसलिए ध्यान देते हैं क्योंकि मस्तिष्क में मौजूद चयनात्मक फिल्टर (selective filter) इस उद्दीपक विशेष को उसकी कुछ खास-खास भौतिक गुणों के आधार पर चयन कर लेता है। किसी शोर-गुल में जब कोई व्यक्ति जोर से बोल उठता है हमारा ध्यान उसकी ओर इसलिए चला जाता है क्योंकि उस ध्वनि की तीव्रता (intensity) अधिक होती है।

अवधान के चयनात्मक स्वरूप की व्याख्या कुछ लोगों ने संसाधन क्षमता सिद्धान्त (Processing capacity theory) के आधार पर किया है। जैसे–काहनेमैन (Kahneman, 1973) का कहना है कि हमलोगों में विभिन्न उद्दीपकों से मिलने वाले सूचनाओं (information) को संसाधन (processing) करने यानी उसके बारे में खोजबीन करने की एक सीमित मानसिक क्षमता (mental capacity) होता है। परिणामस्वरूप, हमलोग सभी तरह के उद्दीपकों पर ध्यान एक साथ नहीं देकर संसाधित उद्दीपक (processed stimulus) पर ही ध्यान देते हैं।

2. अवधान में शारीरिक अभियोजन होता है (*Attention involves bodily adjustment*)—अवधान की दूसरी विशेषता यह है कि इस प्रक्रिया में व्यक्ति में विशेष शारीरिक अभियोजन (bodily adjustment) होता पाया जाता है। इस तरह की शारीरिक अभियोजन तीन तरह की होती है–ज्ञानेन्द्रियों में अभियोजन (adjustment in sense organs), शारीरिक मुंद्रा में अभियोजन (adjustment in bodily posture) तथा माँसपेशियों की तनाव में परिवर्तन (changes in muscle tension)। जब भी व्यक्ति किसी उद्दीपक (stimulus) पर ध्यान देता है, उससे इन तीनों तरह का अभियोजन होता पाया जाता है। एक उदाहरण लीजिए–मान लीजिए कि कोई छात्र वर्ग में शिक्षक का भाषण को ध्यानपूर्वक सुन रहा है। इस स्थिति में इन तीनों तरह का अभियोजन उसमें पाया जाता है। भाषण देते समय शिक्षक के आगे पीछे होने से छात्र अपने आँख, कान आदि को भी उसी ढंग से घुमाता है ताकि शिक्षक की बातों को वह ठीक ढंग से सुन सके तथा उन्हें ठीक ढंग से देख सके। इस तरह का अभियोजन ज्ञानेन्द्रियों का अभियोजन कहलायेगा। इतना ही नहीं, छात्र भाषण सुनते समय थोड़ी-थोड़ी देर के बाद अपनी शारीरिक मुद्रा (bodily posture) में भी परिवर्तन लाता है। कभी हाथ डेस्क पर करके भाषण सुनता है, कभी दोनों हाथ को पीछे की ओर कुर्सी पर रखकर भाषण सुनता है, कभी अपने शरीर को बायीं या दायीं ओर पूर्णतः झुका कर भाषण सुनता है आदि-आदि। ये सभी परिवर्तन शारीरिक अभियोजन में हुए परिवर्तन के उदाहरण हैं। अवधान में मांसपेशियों के तनाव में भी परिवर्तन आता है। जैसें–मॉर्गन (Morgan, 1961) ने एक अध्ययन किया जिसमें टाइपिस्ट (typist) को टाईप करते समय विशेष आवाज उत्पन्न करके उसके ध्यान को दूसरी ओर आकर्षित करने की कोशिश की गयी। ऐसी अवस्था में टाईपराइटर के फन्नी (keys) पर पड़ने वाले अंगुलियों की मांसपेशियों में उत्पन्न तनाव (tension) में परिवर्तन को भी मापा गया।

परिणाम में देखा गया कि टाईपराइटर के फन्नी (keys) पर (आवाज उत्पन्न होने के ठीक पहले) 305 ग्राम के तुल्य दबाव (equivalent pressure) अंगुलियों द्वारा पड़ रहा था; आवाज उत्पन्न होने पर यह दबाव 438 ग्राम के तुल्य (equivalent) हो गया तथा फिर शान्त अवस्था में आ जाने पर दबाव घटकर 293 ग्राम के बराबर हो गया। अंगुलियों के दबाव में परिवर्तन अंगुलियों की मांशपेशियों की तनाव में उत्पन्न परिवर्तन का संकेत करता है। इस तरह से यह स्पष्ट हो जाता है कि ध्यान देने की प्रक्रिया में माँशपेशियों के तनाव में भी परिवर्तन होता है।

3. अवधान में तत्परता या अनुक्रियाशीलता की स्थिति होती है *(Attention involves the state of readiness or responsiveness)*—अवधान की एक विशेषंता यह भी है कि इसमें एक विशेष प्रकार की मानसिक तत्परता (mental readiness) पायी जाती है। इसका परिणाम यह होता है कि व्यक्ति किसी उद्दीपक के प्रति अनुक्रिया करने के लिए तैयार रहता है। इसी अर्थ में लेफ्रानकोईस (Lefrancois, 1983) ने अवधान को ''उच्च अनुक्रियाशीलता की अवस्था कहा है।'' जब किसी वस्तु पर हम ध्यान देते हैं तो उसके प्रत्येक पहलू के बारे में ज्ञान प्राप्त हो जाता है। फलस्वरूप, हमें उस उद्दीपक या वस्तु का स्पष्ट प्रत्यक्षण (perception) हो जाता है और बाद में हम उचित अनुक्रिया (response) उस उद्दीपक के प्रति कर पाते हैं।

4. अवधान का विस्तार सीमित होता है *(Attention has limited span or range)*—व्यक्ति एक समय में बहुत सारे उद्दीपकों (stimuli) पर ध्यान नहीं दे सकता है। किसी दिये हुए समय में एक साथ जितने उद्दीपक पर व्यक्ति अवधान दे सकता है, वही उसका अवधान विस्तार (span or range or attention) कहलाता है। उदाहरणस्वरूप, अगर एक ही साथ किसी सामान्य व्यक्ति (normal perception) के सामने 20-25 भिन्न-भिन्न प्रकार की रंगीन बिन्दुएँ कुछ समय के लिए उपस्थित कर हटा लिया जाय तो, व्यक्ति उसमें से सामान्यतः 7-9 बिन्दुओं के बारे में ही बतला पायेगा। अतः इन बिन्दुओं के लिए व्यक्ति का अवधान विस्तार 7-9 कहलायेगा।

ध्यान विस्तार (span of attention) का सबसे पहला प्रयोगात्मक अध्ययन सर विलियम हैमिल्टन (Sir William Hamilton) ने किया। इन्होंने यह बतलाया कि यदि एक मुट्ठी संगरमरमर के टुकड़ों को जमीन पर एक साथ फैला दिया जाता है तो कोई भी व्यक्ति एक समय में 6 से 7 टुकड़ों से अधिक पर अवधान या ध्यान नहीं दे पाता है। बाद में जीवोन्स (Jevons) ने 1871 में ध्यान विस्तार का प्रयोगात्मक अध्ययन किया जिसमें हैमिल्टन के निष्कर्ष को सही बतलाया गया है। प्रयोगशाला में ध्यान विस्तार (span of attention) का अध्ययन करने के लिए जिस उपकरण का प्रयोग प्रायः किया जाता है उसे *टैचिस्टोस्कोप* (Tachistoscope) की संज्ञा दी जाती है। इस उपकरण के सहारे बिन्दुओं (dots) या अक्षरों (letters) या उन वस्तुओं को जिनसे सम्बन्धित ध्यान विस्तार का अध्ययन करना है, काफी थोड़े समय (प्रायः 200 मिलीसेकेण्ड से भी कम समय) के लिए दिखलाया जा सकता है। बाद में व्यक्ति को यह बतलाना होता है कि कितने बिन्दु या अक्षर को वह देख पाया है।

मनोवैज्ञानिकों ने कुछ ऐसे कारकों (factors) का वर्णन किया है जिनसे ध्यान विस्तार प्रभावित होता है। इन कारकों को मूलतः दो भागों में बाँटा गया है। उद्दीपक कारक (stimulus factors) तथा जैविक कारक (organismic factors)। दो महत्त्वपूर्ण उद्दीपक कारक जो अवधान विस्तार को सबसे अधिक प्रभावित करते हैं, इस प्रकार हैं—उद्दीपक की तीव्रता (intensity of stimulus) तथा उद्दीपक दिखलाने की अवधि (duration of exposure of stimulus)। हन्टर तथा सिगलर (Hunter & Sigler, 1940) ने एक प्रयोग किया जिसमें उन्होंने रोशनी (illumination) की तीव्रता को कम से अधिक तीव्र की दिशा में बढ़ाया तथा उद्दीपक दिखलाने की अवधि को 4 मिलिसकेण्ड से 4 सेकेण्ड तक बढ़ाया। परिणाम में देखा गया इन दोनों उद्दीपक कारकों (stimulus factors) को बढ़ाने से ध्यान विस्तार भी अधिक बढ़ जाता है। दूसरे शब्दों में, अधिक समय तक तीव्र रोशनी मिलने पर व्यक्ति अनेकों उद्दीपकों के बारे में बतला देता था। मनोवैज्ञानिक प्रयोगों से यह भी स्पष्ट हो गया है कि उद्दीपक या विषय की सार्थकता भी अवधान या ध्यान विस्तार को प्रभावित करता है। यदि विषय या उद्दीपक सार्थक होता है तो उसका अवधान विस्तार असार्थक विषय या उद्दीपक के ध्यान विस्तार की अपेक्षा अधिक बड़ा होता है। उसी तरह से मनोवैज्ञानिकों ने यह भी दिखलाया है कि सम्बद्ध अक्षरों (related letters) का ध्यान-विस्तार असम्बद्ध अक्षरों के ध्यान विस्तार की अपेक्षा अधिक होता है।

ध्यान विस्तार पर जैविक कारकों (organisimic factors) का भी प्रभाव पड़ता है। जैविक कारक वैसे कारक को कहा जाता है जिसका संबंध ध्यान देने वाले व्यक्ति से होता है। जैसे—ध्यान देने वाले व्यक्ति की मानसिक वृत्ति

(mental set), बुद्धि, अभ्यास (practice), थकान (fatigue) तथा प्रेरणा (motivation) का प्रभाव ध्यान विस्तार पर पड़ता है। यदि व्यक्ति अधिक बुद्धि का है तो उसका किसी उद्दीपक या वस्तु के लिए ध्यान विस्तार उसी उम्र के मन्द या सामान्य बुद्धि के व्यक्तियों से भिन्न होता है। अभ्यास से ध्यान विस्तार भी बढ़ता है परन्तु थकान से ध्यान विस्तार कम होता पाया जाता है। प्रेरणा से ध्यान विस्तार में वृद्धि होती है। यदि व्यक्ति उद्दीपक के प्रति किसी कारण से ध्यान देने के लिए अधिक प्रेरित होता है, तो ऐसी अवस्था में उसका ध्यान विस्तार अधिक होता है।

अतः यह कहा जाता है कि बाह्य वातावरण (external environment) समान होने पर भी ध्यान विस्तार में वैयक्तिक विभिन्नता (individual difference) होती है क्योंकि ध्यान विस्तार जैविक कारकों (organismic factors) द्वारा प्रभावित होती है।

5. अवधान में अस्थिरता तथा उच्चलन का गुण पाया जाता है *(Attention has the property of fluctation and shifting)*—अवधान में अस्थिरता (fluctuation) तथा उच्चलन (shifting) का गुण पाया जाता है। जब व्यक्ति का ध्यान एक ही उद्दीपक के एक पहलू (aspect) से दूसरे पहलू पर परिवर्तितत होता है तो इसे अवधान अस्थिरता (fluctuation of attention) की संज्ञा दी जाती है। परन्तु जब अवधान या ध्यान एक उद्दीपक से दूसरे उद्दीपक पर परिवर्तित होता है, तो इसे अवधान उच्चलन (shifting of attention) की संज्ञा दी जाती है। उदाहरणस्वरूप, किसी अजनबी (stranger) को देखने पर यदि ध्यान कभी उसके चेहरे पर, कभी सिर के बाल पर, कभी उसके पहनावा पर तो कभी उसके हाव-भाव पर जाता है। यहाँ हम देखते हैं एक ही उद्दीपक (यानी व्यक्ति) के भिन्न-भिन्न पहलुओं पर हमारा ध्यान इधर-से-इधर हो रहा है। ध्यान में इस तरह के परिवर्तन को अवधान अस्थिरता (fluctuation of attention) कहा जाता है। ऐसा भी होता है कि जब हम किसी कपड़ा के दुकान में बैठे होते हैं तो हमारा ध्यान कभी कमीज के कपड़ा पर तो कभी पैंट के कपड़ा तो कभी साड़ी पर तो कभी सुन्दर-सुन्दर चादरों पर आता-जाता रहता है। ध्यान में इस तरह के परिवर्तन को अवधान उच्चलन (shifting of atttention) कहा जाता है। स्पष्ट है कि अवधान अस्थिरता तथा अवधान उच्चलन में बहुत ही सूक्ष्म अन्तर है। कुछ लोगों ने इस तरह का अन्तर न करके इन दोनों को एक ही माना है क्योंकि इन दोनों ही अवस्थाओं में ही ध्यान में परिवर्तन होता है।

मनोवैज्ञानिकों ने अवधान या ध्यान में इन दोनों तरह के परिवर्तनों की व्याख्या भिन्न-भिन्न ढंगों से की है। वुडवर्थ तथा स्कौलसवर्ग (Woodworth & Scholsberg, 1954) के अनुसार अवधान अस्थिरता में एक ही उद्दीपक के भिन्न-भिन्न पहलुओं में से किसी एक पहलू पर औसत रूप से 230 मिली सेकेण्ड से अधिक समय के लिए आँख स्थिर (fixate) नहीं रह पाता है। लैक (Lack, 1974) तथा वुडवर्थ एवं स्कौलसवर्ग के अनुसार अक्षिपटलीय प्रतिद्वन्द्व या द्विनेत्री प्रतिद्वन्द्व (retinal rivalry or binocular rivalry) अवधान का प्रमुख कारण है। जब व्यक्ति के सामने भिन्न-भिन्न रंग या आकार (shapes) के दो या दो से अधिक उद्दीपकों (stimuli) को उपस्थित किया जाता है तो ऐसी अवस्था में उसमें एक उद्दीपक को व्यक्ति कुछ समय के लिए अधिक स्पष्ट रूप से देखता है तथा दूसरे उद्दीपक या अन्य उद्दीपकों को वह अस्पष्ट रूप से देखता है। स्पष्ट रूप से देखने की अवस्था को *प्रधानता* (dominance) की अवस्था कहा जाता है तथा अस्पष्ट रूप से देखने की अवस्था को *प्रतिबन्ध* (suppression) की अवस्था कहा जाता है। इन दोनों अवस्थाओं को एक साथ मिलकर *द्विनेत्री प्रतिद्वन्द्व* (binocular rivalry) की संज्ञा दी जाती है। मनोवैज्ञानिकों ने अनेकों अध्ययन कर यह दिखलाने की कोशिश की है कि कुछ ऐसे कारक (factors) हैं जिनके द्वारा इस बात का निर्धारण होता है कि विभिन्न उद्दीपकों में से कौन-सा उद्दीपक प्रधानता की अवस्था में अधिक समय तक रहेगा। जैसे–वुडवर्थ तथा स्कौलसवर्ग के अनुसार जिस उद्दीपक में गति (movement) होता है तथा जो उद्दीपक व्यक्ति के लिए मनोरंजक (interesting) होता है, वह प्रधानता (dominance) की अवस्था में अधिक समय के लिए बना होता है। क्रोभिज एवं लॉकहेड (Crovitz & Lockhead, 1967) तथा लिभेल्ट (Levelt, 1968) के अनुसार यदि उद्दीपक का आकार स्पष्ट होता है तो इससे भी वह उद्दीपक प्रधानता (dominance) की अवस्था में बना होता है।

ध्यान में अस्थिरता (fluctuation) तथा उच्चलन (shifting of attention) को कुछ मनोवैज्ञानिकों ने जैविक कारकों (organismic factors) के आधार पर भी व्याख्या किया है। कुछ मनोवैज्ञानिकों का विचार है कि इन दोनों तरह की घटनाएँ (phenomenon) व्यक्ति की श्वसन प्रक्रिया, आँख में उत्पन्न थकान, मस्तिष्क तरंग (brain waves) आदि से भी प्रभावित होता है।

6. अवधान में विभाजन का गुण पाया जाता है *(There occurs division in attention)*—जब व्यक्ति एक ही परिस्थिति में अलग-अलग दो या दो से अधिक क्रियाएँ (activities) करना प्रारम्भ कर देता है तो वैसी परिस्थिति में व्यक्ति का ध्यान या अवधान उन सभी क्रियाओं पर होता है। अवधान की इस स्थिति को *अवधान विभाजन* (division of attention) की संज्ञा दी जाती है। वुडवर्थ तथा सकौलसवर्ग[1] (Woodworth & Scholsberg, 1954) ने अवधान विभाजन को परिभाषित करते हुए कहा है—"दो अलग-अलग क्रियाओं पर एक ही साथ ध्यान केन्द्रित की प्रक्रिया को अवधान विभाजन कहा जाता है।" उदाहरणार्थ, जब आप किताब पढ़ रहे हैं तथा साथ-ही-साथ रेडियो भी सुनने की कोशिश कर रहे हैं, तो इससे आपका ध्यान दोनों पर यानी किताब तथा रेडियो पर विभाजित हो जाता है और इस प्रक्रिया को ध्यान या अवधान विभाजन की संज्ञा दी जाती है। इस तरह से ध्यान विभाजन में व्यक्ति विभिन्न कार्यों पर समान ध्यान देने की कोशिश करता है। *कॉकटेल पार्टी प्रभाव* (Cocktail Party effect) भी ध्यान विभाजन का एक उत्तम उदाहरण है जिसमें व्यक्ति अन्य कई लोगों द्वारा की जा रही बातचीत में से कुछ पर तो विशेष ध्यान दे पाता है परन्तु अन्य महत्त्वहीन बातों पर भी कुछ हद तक ध्यान दे पाता है।

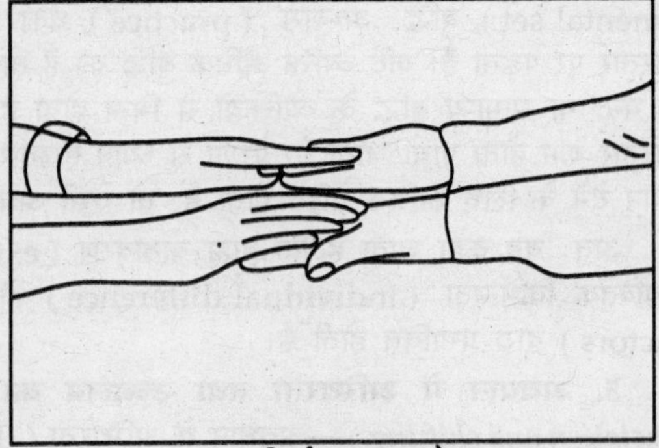

A — सिर्फ हाथ का खेल

B — सिर्फ गेंद का खेल

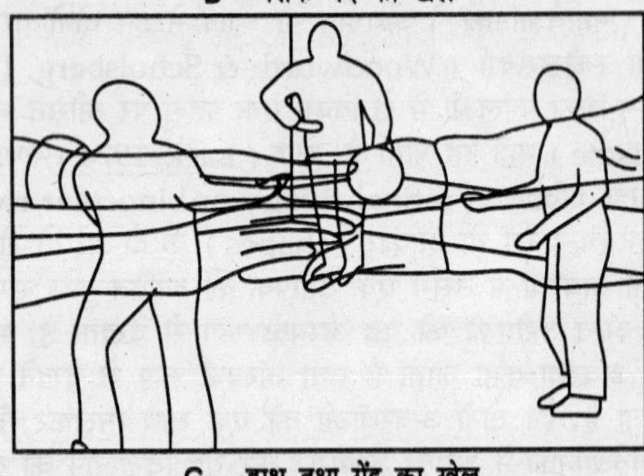

C — हाथ तथा गेंद का खेल

चित्र 6.1

ध्यान विभाजन (division of attention) पर सबसे पहला अध्ययन पॉलहान (Paulhan) द्वारा 1887 में किया गया। इन्होंने इस प्रयोग में मौखिक रूप से पहले से सीखी गयी कविता का पुनः स्मरण करते हुए दूसरी कविता लिखने की कोशिश की। परिणाम में देखा गया कि उन्होंने इन दोनों अलग-अलग कार्यों को सफलतापूर्वक निभाया। इससे साबित होता है कि ध्यान विभाजन की प्रक्रिया होती है और इससे कार्यों को करने में कोई बाधा नहीं होता है। बाद में विने (Binet, 1890) और जैस्ट्रो तथा कैरनेस (Jastro & Cairnes, 1891) ने इसी ढंग का परिणाम पाये। कुछ ऐसे व्यवसाय (vocation) हैं जिनमें व्यक्ति का ध्यान विभाजन होता है, फिर भी व्यक्ति उस कार्य को ठीक ढंग से निभाता है। जैसे—दूरभाष ऑपरेटर (telephone operator) हवाई जहाज का चालक (airplane pilot) आदि कुछ ऐसे व्यक्ति हैं जिसमें अवधान या ध्यान विभाजन काफी होता है क्योंकि एक ही साथ इन्हें कई कामों को करना पड़ता है। मनोवैज्ञानिकों द्वारा इन व्यक्तियों पर किये गये प्रयोगों से प्राप्त निष्कर्ष से स्पष्ट हो जाता है कि ध्यान विभाजन से व्यक्ति के सामान्य कार्य में बाधा नहीं होती है हालाँकि किये गये अनुक्रियाओं (responses) की परिशुद्धता (accuracy) में कुछ कमी अवश्य हो जाती है।

---

1. "Division of attention would mean a simultaneous focussing upon two separate activities."
—Woodworth & Scholsberg : *Experimental Psychology*, 1954, p. 88

अवधान या ध्यान का विभाजन इसलिए सम्भव हो पाता है कि भिन्न-भिन्न कार्यों को करते हुए समय कुछ संवेदी उत्तर प्रतिमा (sensory images) तथा स्मृति उत्तरप्रतिमा (memory after-image) एक तरह की क्रियाओं की देख-रेख करते हैं तथा कुछ संवेदी तथा स्मृति उत्तरप्रतिमा दूसरे तरह की क्रियाओं की देख-रेख करते हैं। अगर उद्दीपक (stimulus) जिसके प्रति अनुक्रिया या क्रिया की जा रही है, कमजोर (weak) तथा लघु अवधि (short duration) की है, तो वैसी परिस्थिति में इस तरह उत्तर-प्रतिमाएँ (after-image) नहीं बन पाती और फलतः अवधान या ध्यान विभाजन भी नहीं हो पाता है। इस सम्बन्ध में एक प्रयोग मागर (Mager, 1954) तथा पाऊली (Pauli, 1954) द्वारा अलग-अलग किया गया है। इस प्रयोग में प्रयोज्य (subject) के दोनों हाथ के एक-एक अंगुली पर हल्का दबाव (weak pressure) डाला गया। प्रयोज्य को यह बतलाना था कि इन दोनों दबावों (pressures) में से कौन-सा दबाव (pressure) अधिक तीव्र (stronger) है। इसका निर्णय करते समय प्रयोज्य को बहुत कम समय के लिए 3-6 लघु रेखाएँ (short lines) दिखलाया गया। प्रयोज्य को यह बतलाना था कि लघु रेखाएँ की संख्या कितनी है। ये दोनों कार्य तो इतना आसान था कि अलग-अलग करने पर प्रयोज्य ने 100% सही उत्तर दिया। परन्तु जब इन दोनों कार्यों को एक ही साथ करने के लिए प्रयोज्य को दिया गया तो वैसी परिस्थिति में परिणाम कुछ भिन्न पाये गये। 12% प्रयासों में तो प्रयोज्य इन दोनों कार्यों को सही-सही किया परन्तु 60% प्रयासों में इन दो कार्यों में से मात्र एक ही कार्य को सही-सही कर पाया तथा बाकी 28% प्रयास में दोनों में से किसी भी कार्य को प्रयोज्य सही-सही नहीं कर पाये। इस प्रयोग के परिणाम से यह स्पष्ट हो जाता है कि व्यक्ति दो तरह के कार्यों पर अवधान हमेशा तो नहीं परन्तु कभी-कभी अवश्य दे पाता है। साथ-ही-साथ यह भी स्पष्ट है कि अवधान विभाजन से कार्यों की परिशुद्धता (accuracy) घटती है।

नाइसर एवं बेकलेन (Neisser & Becklen, 1975) ने भी एक अति बहुचर्चित अध्ययन किया जिसमें उन्होंने पाया कि विभक्त अवधान कार्य (divided attention task) में व्यक्ति का निष्पादन (performance) काफी अधिक प्रभावित होता है। प्रयोज्य को दूरदर्शन के पर्दा पर दो तरह का खेल एक साथ दिखलाया गया। एक खेल में एक खेलाड़ी दूसरे खिलाड़ी के हाथ पर अपना हाथ रखता था। इसे *हाथ का खेल* (hand game) कहा गया। (चित्र 6.1 का 'A' देखें) प्रयोज्यों को कहा गया कि जब भी वे एक खेलाड़ी को दूसरे खेलाड़ी के हाथ-पर-हाथ रखते देखे अपने दायें हाथ से स्वीच (switch) दवा दें। दूसरा खेल *गेंद का खेल* (ball game) था जिसमें तीन खिलाड़ी एक गेंद को एक-दूसरे के पास फेंकते थे (चित्र 6.1 का 'B' देखें)। प्रयोज्यों में कहा गया कि जब वे यह देखें कि गेंद को उछाला गया या एक खेलाड़ी से दूसरे खेलाड़ी के पास फेंका गया, तो वे अपने बायें हाथ से दूसरे स्विच (switch) को दबा दें। नाइसर तथा वेकलेन ने इस प्रयोग के परिणाम में पाया कि जब प्रयोज्य को किसी एक खेल पर ध्यान देकर स्वीच दबाने को कहा जाता था, तो उनसे न के बराबर गलती होती थी, परन्तु जब उन्होंने दोनों तरह के खेलों पर जैसा हाथ तथा गेंद के संयुक्त खेल में दिखाया गया है, (चित्र 6.1 का 'C' देखें)। ध्यान देते हुए स्वीच दबाने के लिए कहा जाता था तो उनसे काफी गलतियाँ होतीं थीं अर्थात् उनका निष्पादन बुरी तरह तरह प्रभावित हो जाता था। सचमुच में, ऐसी परिस्थिति में प्रयोज्यों द्वारा पहली परिस्थिति की तुलना में आठ गुणा त्रुटि (error) अधिक होती थी।

इस तरह से हम देखते हैं कि अवधान या ध्यान जो मूलतः एक चयनात्मक मानसिक प्रक्रिया है, की कई विशेषताएँ हैं जिसके आधार पर उसे अन्य मानसिक प्रतिक्रियाओं से भिन्न समझा जाता है।

ध्यान भंग
(Distractation of Attention)

ध्यान भंग (distractiom attention) एक महत्त्वपूर्ण घटना है जिसका मनोवैज्ञानिकों द्वारा विशेष रूप से अध्ययन किया गया है। जब व्यक्ति अपना ध्यान किसी विशेष उद्दीपक (stimulus) की ओर किये होता है और इसी बीच में उसके सामने कोई दूसरा उद्दीपक (stimulus) आ जाता है तो वैसी अवस्था में व्यक्ति का ध्यान पहला उद्दीपक से हटकर दूसरे उद्दीपक की ओर अपने आप चला जाता है। इस प्रक्रिया को ध्यानभंग (distraction of attention) की संज्ञा दी जाती है। एक उदाहरण लीजिए—अभी आप इस पुस्तक को पढ़ रहे हैं। अतः आपका ध्यान इस पुस्तक के विशेष पेज पर जिसे आप पढ़ रहे हैं, पर है। यदि अचानक आप के बगल में बन्दूक से गोली का धमाका होता है तो आपका ध्यान पुस्तक से हटकर 'धमाका' की ओर चला जाता है यानी आपका ध्यान भंग हो जाता है।

मनोवैज्ञानिकों ने ध्यान भंग से सम्बन्धित कई प्रयोग किये हैं और यदि इन सभी प्रयोगों के परिणाम को देखा जाय तो हम किसी निश्चित निष्कर्ष पर नहीं पहुँचते हैं क्योंकि कुछ प्रयोग में ध्यान भंग से निष्पादन (performance) में कमी होती पायी गयी तो कुछ प्रयोगों में ऐसी बात नहीं देखी गयी। अब कुछ इस तरह के प्रयोगों की ओर ध्यान दें। होभी (Hovey 1928) ने एक प्रयोग किया जिसमें कॉलेज के छात्रों को आर्मी अल्फा परीक्षण (Army Alpha Test) के एक फार्म के प्राप्तांकों (scores) के आधार पर दो भागों में बाँट दिया गया। इसमें से एक प्रयोगात्मक समूह (exprimental group) तथा दूसरा नियंत्रित समूह (control group) था। 6 सप्ताह के बाद नियंत्रित समूह को आर्मी अल्फा परीक्षण का दूसरा फार्म देकर उनके उत्तर प्राप्त किये गये। नियंत्रित समूह को यह कार्य सामान्य अवस्था (normal condition) में करवाया गया जिसमें किसी प्रकार का कोई बाधक वस्तुएँ विकर्षक (distractor) के रूप में नहीं था। प्रयोगात्मक समूह (experimental group) को भी उसी परीक्षण का दूसरा फार्म के एकांशों का उत्तर देना था परन्तु ऐसी अवस्था में जहाँ अनेकों श्रवण (auditory) तथा दृष्टि (visual) विकर्ष (distractor) मौजूद थे। ये दोनों तरह के विकर्षक (distractor) काफी तीव्र (intense) थे। परिणाम में देखा गया कि प्रयोगात्मक समूह के सही प्राप्तांक (correct score) का माध्य (mean) नियन्त्रित समूह के सही प्राप्तांक के माध्य (mean) के करीब-करीब बराबर था। दूसरे शब्दों में, यद्यपि प्रयोगात्मक समूह के सदस्यों का ध्यान भंग हो रहा था, फिर भी इनका निष्पादन (performance) पर कोई विशेष असर नहीं पड़ा। अतः स्पष्ट है कि ध्यान भंग से निष्पादन (performance) में कमी नहीं आती है। इसी तरह का परिणाम स्मिथ (Smith, 1951) द्वारा भी पाया गया।

दूसरे तरफ कुछ ऐसे भी मनोवैज्ञानिक हैं जिन्होंने यह दिखलाया है किं ध्यान भंग (distraction of attention) से निष्पादन में स्पष्ट गिरावट आती है। फेन्ड्रीक (Fendrick, 1937) ने एक प्रयोग किया जिसमें छात्रों को एक कहानी पढ़ना तथा समझना था। जब वे कहानी पढ़ रहे थे, उनके नजदीक में ही एक फोनोग्राफ (phonograph) बजाया जा रहा था ताकि उन छात्रों के ध्यान में कुछ विकर्षण (distraction) हो सके। परिणाम में देखा गया कि ऐसी अवस्था में छात्रों को कहानी पढ़ने में काफी त्रुटियाँ हुई तथा उसके तथ्य को समझने में काफी कठिनाई हुई। दूसरे तरफ हेण्डरसन, क्रियूस तथा वारलो (Henderson, Crews & Barlow, 1945) ने अपने प्रयोग में पाया कि जब प्रयोज्य (subject) को कहानी एक ऐसी परिस्थिति में पढ़ने के लिए कहा गया जिसमें संगीत बज रहा था तो उस तथ्य से सम्बन्धित प्रयोज्य के शब्दावली (vocabulary) में तो कोई कमी नहीं आयी परन्तु उस तथ्य को समझने (comprehend) में स्पष्ट रूप से कमी आयी।

मनोवैज्ञानिकों द्वारा कुछ ऐसे भी प्रयोग किये गये हैं जिनमें यह दिखलाया है कि ध्यान भंग (distraction of attention) में सिर्फ बाह्य उद्दीपकों (external stimuli) जिसे विकर्षक (distraction) के रूप में प्रयोग किया जाता है, का ही महत्त्व नहीं होता है बल्कि व्यक्ति की पूर्व अनुभूति (past experience), प्रत्याशा (expectation) तथा मनोवृत्ति (attitude) का भी महत्त्वपूर्ण होता है। वेकर (Baker, 1937) ने एक प्रयोग किया जिसमें यह दिखलाया गया है कि ध्यान भंग में व्यक्ति की मनोवृत्ति तथा प्रत्याशा (expectation) का महत्त्व काफी होता है। इस प्रयोग में छात्रों को मौखिक रूप से (orally) कुछ अंकों को जोड़ना था। जैसे 12 में 5 जोड़ना था, फिर उस योग में 6 जोड़ना था, फिर उस योग में 7 जोड़ना था, फिर उस योग में 8 जोड़ना था और फिर उस योग में 5, 6, 7 तथा 8 एक साथ जोड़ना था। इस तरह से अंकों को जोड़ने की प्रक्रिया तबतक चलती थी जबतक कि प्रयोगकर्त्ता रुकने के लिए नहीं कह देता था। प्रत्येक दिन 20-20 ऐसे अंकगणित समस्याओं को सुलझाना होता था। इस 20 में से 10 समस्या का समाधान प्रयोज्य शांत अवस्था में बाकी 10 समस्या का समाधान एक ऐसी परिस्थिति में करता था जिसमें कुछ विकर्षक (distractor) मौजूद रहते थे जैसे संगीत बजता रहता था या कई व्यक्ति आपस में ऊँची आवाज में बातचीत करते होते थे, आदि। इस प्रयोग में कुल 40 प्रयोज्य (subject) थे, जिन्हें भिन्न-भिन्न तरह का सुझाव (suggestion) देकर उनमें विभिन्न मनोवृत्ति तथा प्रत्याशा (expectation) उत्पन्न किया गया। 40 में से 10 प्रयोज्य (subjects) को तो यह कहा गया कि संगीत या बातचीत के दौरान अंकगणितीय समस्याओं का समाधान करने में उनकी कार्य-क्षमता में कमी आयेगी। अन्य 10 को यह कहा गया कि संगीत या दूसरे लोगों द्वारा बातचीत करने की परिस्थिति में अंकगणितीय समस्याओं को सुलझाने में मदद मिलेगी। अन्य 10 को यह कहा गया कि संगीत या दूसरे लोगों द्वारा बातचीत करने की परिस्थिति में अंकगणितीय समस्याओं के समाधान में पहले तो उन्हें कठिनाई होगी परन्तु कुछ समय के बाद उन्हें लाभ होगा या ऐसी परिस्थिति से उन्हें मदद मिलेगा। बाकी 10 प्रयोजयों (subjects) को नियन्त्रित समूह

(control group) में रखा गया जिन्हें किसी प्रकार का कोई सुझाव (suggestion) नहीं दिया गया। इस प्रयोग के परिणाम बड़े रोचक थे। परिणाम में ऐसा देखा गया कि प्रथम तीनों समूह का निष्पादन (performance) ठीक वैसा ही था जैसा कि सुझाव (suggestion) देने से उनमें प्रत्याशा (expectation) तथा मनोवृत्ति (attitude) उत्पन्न हुई थी। नियन्त्रित समूह (control group) को चूँकि किसी प्रकार का कोई सुझाव नहीं दिया गया था, अतः उसके निष्पादन (performance) में कोई इस तरह की स्पष्टता (clarity) नहीं थी। इस प्रयोग से यह साबित हो जाता है कि ध्यान भंग (distraction of attention) होने की प्रक्रिया पर सिर्फ बाह्य उद्दीपकों (external stimuli) का ही प्रभाव नहीं पड़ता है बल्कि व्यक्ति की मनोवृत्ति (attitude) तथा उसके प्रत्याशा (expectation) का भी प्रभाव पड़ता है।

अब प्रश्न यह उठता है कि क्या ध्यान में हुए विकर्षण (distraction) को कम किया जा सकता है? मनोवैज्ञानिकों ने इस तरह के विकर्षण को कम करने के दो उपाय बतलाये हैं—*पेशीय प्रयास* (muscular effort) तथा *समंजन* (adaptation)। ध्यान में विकर्षण (distraction) को कम करने के लिए व्यक्ति को कुछ अतिरिक्त पेशीय ऊर्जा (additional muscular energy) खर्च करना पड़ता है। मॉर्गन (Morgan, 1916) ने एक प्रयोग करके यह दिखला दिया है। इस प्रयोग में प्रयोज्य को टाईपराईटर पर कुछ शाब्दिक सामग्री (verbal matters) टाईप करने के लिए कहा गया। कुछ विशेष प्रबन्ध द्वारा टाईपराइटर के बटन या फन्नी (key) पर प्रयोज्य की अंगुलियों द्वारा पड़ने वाले दबाव (pressure) तथा फन्नी पर अंगुली रखने के समय प्रयोज्यों के श्वसन (respiration) को अपने आप माप (measure) लिया जाता था। इस दोनों मापों द्वारा टाईप करते समय प्रयोज्य (subject) द्वारा किये गये पेशीय प्रयास (muscular effect) का पता चलता था। प्रयोज्य पहले कुछ समय के लिए शान्त अवस्था में टाईप करता था। फिर अचानक कमरा में संगीत, बिजली की घंटियाँ, आदि बजने लगते थे और प्रयोज्य को इस शोरगुल की परिस्थिति में भी टाईप करना जारी रखना होता था तथा फिर अन्त में कुछ समय के लिए उसे शान्त अवस्था में टाईप करना होता था। परिणाम में देखा गया कि पहली शान्त अवस्था में धीरे-धीरे टाईपराईटर के फन्नी (key) पर अंगुलियों का दबाव कमता गया तथा साथ-ही-साथ प्रति स्ट्रोक (per stroke) समय भी कमता गया। प्रयोज्य की श्वसन प्रक्रिया भी इस अवस्था में सामान्य थी। शोरगुल की अवस्था प्रारम्भ होते ही फन्नी पर अंगुलियों का दबाव बढ़ गया तथा प्रति स्ट्रोक समय भी बढ़ गया। इतना ही नहीं, प्रयोज्य की श्वसन प्रक्रिया तीव्र हो गयी और टाईप किये जाने वाले अक्षरों एवं अंकों को टाईप करते समय वह जोर-जोर से बोल भी रहा था। अन्तिम अवस्था जो शान्त की थी, में ऐसी पेशीय तनाव (muscular tension) नहीं पाया गया। इस परिणाम से स्पष्ट है कि प्रयोज्य शोरगुल अवस्था में ध्यान को अपने कार्य (यानी टाइपिंग) में लगाये रखने के लिए अधिक पेशीय ऊर्जा (muscular energy) खर्च कर रहा था। टाईपराईटर के फन्नी (key) को जोर से तथा अधिक समय के लिए दबाये रखना तथा उसकी श्वसन प्रक्रिया में अनियमितता एवं जोर से अक्षरों (letters) एवं अंकों (digits) को बोलना आदि से यह पता चलता है कि प्रयोज्य अतिरिक्त पेशीय ऊर्जा (additional muscular entry) खर्च कर रहा था ताकि उसका ध्यान भंग नहीं हो सके अर्थात उसका ध्यान टाइपिंग कार्य से विचलित न हो जाय। फोर्ड (Ford, 1929) और डेम्बर तथा वार्म (Dember & Warm, 1979) द्वारा भी इसी प्रकार के निष्कर्ष अपने-अपने प्रयोग में पाये गये।

समंजन (adaptation) दूसरी प्रविधि है जिसके सहारे व्यक्ति का ध्यान भंग होने से बचता है। यदि आपके घर के ठीक बगल में आटा चक्की का मशीन हो तो कुछ दिनों तक तो उसकी आवाज से आप परेशान रहते हैं और आपका ध्यान किसी कार्य में ठीक प्रकार से नहीं लग पाता है। परन्तु कुछ दिनों या एक-दो महीनों के बाद आप अपना प्रत्येक काम बिना किसी परेशानी का कर लेते हैं, यहाँ तक कि गहरी नींद सो भी लेते हैं हालाँकि मशीन पूर्ववतः चलती रहती है। कहने का तात्पर्य यह है कि आप अपने प्रत्येक कार्य में अच्छी तरह ध्यान लगा पाते हैं यद्यपि मशीन से शोरगुल का आवाज उत्पन्न होते रहता है। इसका कारण यह है कि आप अपने आपको उस विशेष परिस्थिति के साथ समंजित (adapt) कर लेते हैं। इस प्रक्रिया को मनोविज्ञान में समंजन (adaptation) कहा जाता है। हारमोन (Harmon, 1933), फ्रीमैन (Freeman, 1939) तथा पोफ्फेनबर्गर (Poffenberger, 1942) ने अनेकों ऐसे प्रयोग किये हैं जिनमें यह दिखलाया गया है कि समंजन (adaptation) की प्रक्रिया द्वारा व्यक्ति ध्यान को भंग होने से बचाता है। इन प्रयोगों की सामान्य विशेषता यह थी कि प्रयोज्यों (subjects) को प्रतिदिन 20 मिनट तक शोरगुल की अवस्था में काम करना होता था तथा उसके बाद 20 मिनट तक उसी तरह के कार्य को शांत अवस्था में करना होता है।

इन दोनों अवस्थाओं में प्रयोज्य द्वारा श्वसन प्रक्रिया में ऑक्सीजन (oxygen) की खपत (consumption) को एक विशेष उपकरण (apparatus) द्वारा मापा गया। परिणाम में यह देखा कि शांत अवस्था में ऑक्सीजन की मात्रा की खपत कम तथा शोरगुल अवस्था में ऑक्सीजन की मात्रा की खपत अधिक थी। परन्तु सातवें दिन तक शोरगुल अवस्था में ऑक्सीजन की मात्रा की खपत में काफी कमी आ गयी और शांत अवस्था में ऑक्सीजन की मात्रा की खपत के बराबर हो गयी। प्रयोगकर्त्ताओं (experimenters) के अनुसार शोरगुल अवस्था के पहले छः दिनों में ऑक्सीजन की खपत की अधिक मात्रा इस बात की ओर संकेत देती है कि प्रयोज्य शोरगुल से उत्पन्न ध्यान में विकर्षण (distraction) को दूर करने की कोशिश उसके साथ समंजन (adaptation) करके कर रहा था। जब वह शोरगुल के साथ पूर्णतः इस तरह का समंजन (adaptation) करने में सफल हो गया तो उसके द्वारा साँस में लिए गये ऑक्सीजन की खपत की मात्रा भी पूर्णतः सामान्य हो गयी।

इस तरह से हम देखते हैं कि व्यक्ति में ध्यान भंग (distraction of attention) एक महत्त्वपूर्ण घटना है। इस पर सिर्फ बाह्य उद्दीपक (external stimulus) जो विकर्षक (distractor) के रूप में कार्य करते हैं, का ही प्रभाव नहीं पड़ता है बल्कि व्यक्ति की मनोवृति (attitude) तथा प्रत्याशा (expectation) का भी प्रभाव पड़ता है। पेशीय प्रयास (muscular effect) तथा समंजन (adaptation) द्वारा ध्यान के विकर्षण (distraction) को कम भी किया जा सकता है।

ध्यान के प्रकार
(Types of Attention)

मनोवैज्ञानिकों ने ध्यान को निम्नांकित तीन भागों में बाँटा है—

1. ऐच्छिक ध्यान (Voluntary attention)
2. अनैच्छिक ध्यान (Involuntary attention)
3. स्वभाविक ध्यान (Habitual attention)

इन तीनों तरह के ध्यान की व्याख्या निम्नांकित हैः–

1. ऐच्छिक ध्यान (*Voluntary attention*)—जैसा कि नाम से ही स्पष्ट है, इस तरह के ध्यान में व्यक्ति की इच्छा या आवश्यकता की प्रधानता होती है। जब व्यक्ति अपनी इच्छा या आवश्यकतानुसार किसी वस्तु या उद्दीपक पर अन्य वस्तुओं या उद्दीपकों में से चुनकर ध्यान देता है, तो इसे ऐच्छिक ध्यान की संज्ञा दी जाती है। उदाहणार्थ, मान लीजिए कि आपके पिताजी बीमार हैं और आप दवा लेने के लिए बाजार निकले हैं। ऐसी अवस्था में दवा की दुकान के नाम की ओर आप अधिक जल्दी ध्यान देंगे हालाँकि इधर-उधर नजर दौड़ाने पर आपके सामने अनेकों प्रकार के दुकान का नाम आयेगा। ऐसा इसलिए होता है कि उस समय आपको सिर्फ दवा की आवश्यकता है, यानी, आपकी इच्छा सिर्फ दवा खरीदने की है। ऐच्छिक ध्यान में स्पष्टतः तीन मूलतत्त्व (elements) सम्मिलित होते हैं—

(i) इस प्रकार के ध्यान में व्यक्ति की एक स्पष्ट इच्छा आवश्यकता होती है। जैसे ऊपर के उदाहरण में व्यक्ति की स्पष्ट इच्छा दवा खरीदने की थी।

(ii) ऐच्छिक ध्यान में एक स्पष्ट लक्ष्य (goal) होता है। जैसे, ऊपर के उदाहरण में व्यक्ति के सामने एक स्पष्ट लक्ष्य था–दवा की दुकान का नाम पढ़ना।

(iii) ऐच्छिक ध्यान में चूँकि व्यक्ति की इच्छा या आवश्यकता की प्रधानता होती है, अतः बाधक वस्तुएँ या विकर्षक (distractor) के होने के बावजूद भी व्यक्ति प्रयास करके उस वस्तु विशेष की ओर ध्यान देता है। जैसे, उपर्युक्त उदाहरण में व्यक्ति अपने बीमार पिता के लिए दवा लाने चला है। रास्ते में यदि उसे रोचक नाच, गाने एवं रोशनी से सजी हुई बारात पार्टी भी आ जाती है तो उस व्यक्ति का ध्यान दवा की दुकान खोजने की ओर ही होता है (क्योंकि दवा की तीव्र आवश्यकता है।)

2. अनैच्छिक ध्यान (*Involuntary attention*)—जैसा कि नाम से ही स्पष्ट है, इस तरह के ध्यान में व्यक्ति की इच्छा या आवश्यकता की प्रधानता नहीं होती है बल्कि उत्तेजना या वस्तु के गुण की प्रधानता होती है। सचमुच में व्यक्ति इस तरह के ध्यान में किसी इच्छा या आवश्यकता से प्रेरित होकर किसी वस्तु या घटना की ओर ध्यान नहीं देता

बल्कि उस वस्तु या घटना में ही कुछ ऐसे गुण होते हैं जो व्यक्ति के ध्यान को अपनी ओर खींच लेता है, उदाहरणार्थ मान लीजिए कि आप कमरे में एकाग्रचित होकर किताब पढ़ रहे हैं। बगल में, अचानक बन्दूक छूटने की धमाका की आवाज होती है। आपका ध्यान इस 'धमाका' की ओर तुरन्त चला जाता है क्योंकि उससे उत्पन्न आवाज में तीव्रता (intensity) (जो उद्दीपक का एक प्रमुख गुण है) अधिक है। यहाँ व्यक्ति का ध्यान धमाका की ओर उसकी इच्छा के अनुसार नही बल्कि उद्दीपक की तीव्रता के गुण के कारण गया। सिनेमा घर अनेकों प्रकार के रोशनी बल्बों से सजे होते हैं। हमारा ध्यान उन बल्बों की ओर जल्द चला जाता है जिससे तीव्र रोशनी (light) निकलती है। उसी तरह से जिन बल्बों को देखने से हमें गति (movement) का प्रत्यक्षण होता है उस पर भी हमारा ध्यान अन्य बल्बों की अपेक्षा जल्द चला जाता है।

अनैच्छिक ध्यान में इस तरह से हम देखते हैं कि व्यक्ति की न इच्छा होती है और न ही उसके सामने कोई स्पष्ट लक्ष्य (goal) ही होता है। इस तरह के ध्यान में व्यक्ति द्वारा किये गये प्रयास (effort) की भी कमी पायी जाती है। स्पष्टतः तब अनैच्छिक ध्यान में उद्दीपक का गुण (characteristics) ही सब कुछ होता है। अतः यह कहा जाता है कि अनैच्छिक ध्यान उद्दीपक-प्रधान (stimulus based) होता है जबकि ऐच्छिक ध्यान (voluntary attention) में व्यक्ति की इच्छा या आवश्यकता महत्त्वपूर्ण होती है तथा जीव-प्रधान (organism-based) होता है।

3. स्वाभाविक ध्यान (*Habitual attention*)—स्वाभाविक ध्यान में व्यक्ति का ध्यान किसी वस्तु या उत्तेजना (stimulus) की ओर उसकी आदत (habit), प्रशिक्षण (training) तथा अभ्यास (practice) आदि के कारण (बिना किसी तरह के प्रयास के ही) चला जाता है। उदाहरणार्थ पान खाने वाले व्यक्ति का ध्यान पान की दुकान की ओर, शराब पीने वालों का ध्यान शराब की ओर, मोची का ध्यान लोगों के जूते की ओर जाना स्वाभाविक ध्यान (habitual attention) के कुछ उदाहरण हैं। स्पष्ट है कि इस तरह के ध्यान में व्यक्ति की इच्छा या आवश्यकता की कोई प्रधानता नहीं होती है और न तो उद्दीपक (stimulus) के गुण की ही कोई प्रधानता होती है। एक पान खाने वाला व्यक्ति पान की दुकान की ओर अपनी इच्छा से ध्यान नहीं देता है और पान की दुकान चाहे जैसा भी हो अर्थात सजा-धजा हो या साधारण, उस ओर व्यक्ति का ध्यान चला ही जाता है क्योंकि उस व्यक्ति को पान खाने की आदत (habit) है।

अवधान के कार्य
(Functions of Attention)

मनोवैज्ञानिकों द्वारा किये गये शोधों से यह स्पष्ट हुआ है कि अवधान के तीन प्रमुख कार्य हैं जो इस प्रकार हैः-

(i) अवधान एक संवेदी फिल्टर के रूप में कार्य करता है (*Attention acts as a sensory filter*)—अवधान एक संवेदी फिल्टर का कार्य करता है क्योंकि इस प्रक्रिया में व्यक्ति संवेदी निवेश (sensory input) के कुछ अंश को आगे के संसाधन (processing) के लिए चयनित कर लेता है। ब्रौडवेन्ट (Broadbent, 1958) इस विचारधारा के प्रमुख समर्थक रहे हैं। इन्होंने अवधान को एक चयनात्मक फिल्टर (selective filter) कहा है जिसमें बहुत से संवेदी सूचनाओं में से अवांछित संवेदी सूचनाओं को अवरुद्ध करके व्यक्ति विशिष्ट रूप से वांछित संवेदी सूचना पर ध्यान देता है। चूँकि सूचनाओं को पूर्णरूपेण संसाधित करने की सीमित क्षमता मस्तिष्क को होती है, अतः ध्यान कुछ सूचनाओं को फिल्टर करता है तथा अन्य सूचनाओं को ध्यान में आगे प्रवेश करने से रोक देता है। ध्यान के फिल्टर सिद्धान्त की मुख्य दावा यह है कि फिल्टर द्वारा इस ढंग का चयन आरम्भ में ही हो जाता है अर्थात् संवेदी सूचनाओं के अर्थ को संसाधित होने के पहले ही हो जाता है। बाद में ट्रीसमैन (Triesman, 1964) तथा नोरमैन (Norman, 1968) द्वारा फिल्टर सिद्धान्त को चुनौती दिया गया और कहा गया कि व्यक्ति उन सूचनाओं में से भी कुछ पर ध्यान दे पाता है जिसे वह अवांछित समझकर फिल्टर करके बाहर निकाल दिया था। ऐसा करने में व्यक्ति का व्यक्तिगत अभिरुचि या विशेष अर्थ की भूमिका महत्त्वपूर्ण होती है। फलतः शोधकर्त्ताओं द्वारा इस निष्कर्ष पर पहुँच गया कि अवधान फिल्टर सिद्धान्त द्वारा बतलाये गये मान्यताओं से अधिक लचीला (flexible) है।

(ii) अवधान द्वारा अनुक्रियाओं का चयन होता है (*Attention helps in response selection*)—ट्रिप्पर एवं ड्राइवर (Tripper & Driver, 1988) द्वारा किये गये शोधों से यह स्पष्ट हुआ है कि अवधान में व्यक्ति कई

उपस्थित उद्दीपकों में से कुछ का चयन करके उसके प्रति अनुक्रिया करता है। पोजनर (Posner, 1986) द्वारा किये गये शोधों से यह स्पष्ट हुआ है कि इस ढंग का चयन (selection) तब अधिक होता है जब उद्दीपक परिचित होते हैं और पहले कई बार संसाधित हो चुके होते हैं।

(iii) अवधान चेतन का एक प्रवेश द्वार के रूप में कार्य करता है *(Attention acts as a gateway to consciousness)*—अवधान चेतन का एक प्रवेश द्वार के रूप में कार्य करता है। यह उन उद्दीपकों पर नियन्त्रण रखता है जो चेतन में प्रवेश करने वाले होते हैं। उद्दीपक की विशेषताओं के कारण या लक्ष्य से उसकी संबद्धता (relevance) के कारण जब व्यक्ति ध्यान के लिए उसका चयन (selection) करता है, तो व्यक्ति अन्य सम्भावनाओं को निश्चित रूप से उपेक्षा कर देता है। सचमुच में अवधान वह पुल (bridge) के समान कार्य करता है जो बाह्य वातावरण से चयनित उद्दीपकों को व्यक्ति के चेतन के आत्मनिष्ठ संसार (subjective world) में पहुँचाता है। जैकोबी तथा उनके सहयोगियों (Jacoby et al. 1959) द्वारा किये गये शोधों से यह भी स्पष्ट हुआ है कि जो सूचनाएँ किसी कारण से चेतन में संचित नहीं हो पाती है या चेतन में नहीं पहुँच पाती है उसका भी प्रभाव व्यक्ति के व्यवहार पर पड़ता है भले ही व्यक्ति को इस ढंग के सामग्रियों का प्रत्याह्वान करने में कठिनाई का अनुभव हो।

स्पष्ट हुआ कि अवधान के तीन मुख्य कार्य हैं जिसपर मनोवैज्ञानिकों द्वारा अधिक बल डाला गया है।

अवधानात्मक प्रक्रम
(Attentional Mechanisms)

मनोवैज्ञानिकों का मत है कि सिद्धान्तः अवधान अपना कार्य दो सम्भावित तरीकों से करता है। पहला तो यह है कि अवधान उद्दीपकों को संसाधित करने में मदद करता है। दूसरे शब्दों में, अवधान व्यक्ति को उद्दीपकों के प्रति अनुक्रिया का चयन करने में या चेतन रूप से संगत सूचनाओं तक पहुँचने में मदद करता है। दूसरा, अवधान अवांछित संसाधन को रोकता भी है। यह असंगत सूचनाओं तक पहुँचने या चेतन रूप से उसके प्रति अनुक्रिया करने से व्यक्ति को रोकता भी है। इस तरह से अवधान असंगत (irrelevant) या असूचनात्मक उद्दीपकों को समाप्त भी कर देता है। अधिकतर शोधकर्त्ताओं जिनमें पोजनर (Posner, 1990) तथा निस्सेन तथा बुल्लेमर (Nissen & Bullemer, 1987) का नाम प्रधान है, ने बतलाया है कि अवधान में इन दोनों प्रक्रमों (mechanisms) का उपयोग भिन्न-भिन्न समय या भिन्न-भिन्न कार्य के लिए होता है। ये दोनों प्रक्रम निम्नांकित दो तरह की प्रक्रियाओं द्वारा कार्य करते हैं—

(1) युक्ति वितरण (resource allocation)

(2) स्वचलन (automaticity)

इन दोनों का वर्णन निम्नांकित हैः–

(1) युक्ति वितरण *(resource allocation)*—अध्ययनों से यह स्पष्ट हुआ है कि व्यक्ति अधिक महत्त्वपूर्ण उद्दीपकों (demanding stimuli) के प्रति अन्य उद्दीपकों की तुलना में अवधानात्मक युक्तियों को अधिक लगा पाता है या वितरित कर पाता है। इसका उपयोग दूरदर्शन पर आ रहे विज्ञापनों में काफी होता है। सामान्यतः विज्ञापन की आवाज अन्य नियमित कार्यक्रम (regular programme) की तुलना में अधिक तेज होती है। फलतः व्यक्ति का ध्यान जल्द चला जाता है। ऐसा इसलिए हो पाता है कि व्यक्ति अपने अवधानात्मक युक्तियों में से अधिक को विज्ञापन के इन उद्दीपकों पर लगा देता है। जब व्यक्ति दो या दो से अधिक कार्यों को एक साथ करने लगता है, तो एक पर ध्यान देने से दूसरे कार्य पर का निष्पादन खराब हो जाता है। ऐसा इसलिए हो पाता है कि जब व्यक्ति अपने सीमित युक्तियों में से अधिक को किसी एक कार्य पर लगा देता है, तो स्वभावतः दूसरे कार्य पर पर्याप्त मात्रा में युक्ति नहीं लग पाते हैं और तब व्यक्ति का ध्यान उस पर नहीं जा पाता है और निष्पादन खराब हो जाता है। यही कारण है कि काहनेमैन (Kahneman, 1973) तथा नेभव एवं गोफर (Navon & Gopher, 1979) ने अवधान को एक *सीमित संसाधन युक्ति* (limited processing resource) कहा है।

(2) स्वचालन *(Automaticity)*—स्वचालन एक दूसरी प्रक्रिया है जिसके माध्यम से व्यक्ति ध्यान किसी वस्तु पर दे पाता है। कुछ संज्ञानात्मक तथा पेशीय कार्य ऐसे हैं जिसके सीखने में एकाग्रचित प्रयास (concentrated effort) काफी लगते हैं परन्तु कुछ अभ्यास (practice) से ऐसे कार्य का निष्पादन स्वचालित (automatic) हो

जाता है। जैसे, टाइपिंग, साइकिल चलाना आदि ऐसे ही कार्य के उदाहरण हैं। इस पूरे प्रक्रिया को *स्वचालन* (automaticity) कहा जाता है। स्वचालन तब उत्पन्न होता है जब कार्य निष्पादन (task performacne) निम्नांकित में से एक या एक से अधिक शर्त्त को पूरा करता हो:–

(i) जब निष्पादन (performacne) प्रयासहीन (effortless) मालूम पड़ने लगता है

(ii) जब निष्पादन बिना किसी चेतन अवधान (conscious attention) के ही संचालित होता है, तथा

(iii) बिना बाधा के ही एक ही समय में अन्य कार्य किया जाना सम्भव हो पाता है।

स्पष्ट हुआ कि अवधान के प्रमुख कार्य की सम्पन्नता में युक्ति वितरण (resource allocation) तथा स्वलन (automaticity) जैसी प्रक्रियाओं की महत्त्वपूर्ण भूमिका होती है।

ध्यान के निर्धारक (Determinants of Attention)

किसी उद्दीपक (stimulus) पर व्यक्ति का ध्यान जाने के प्रमुख दो कारण होते हैं। दूसरे शब्दों में, ध्यान के प्रमुख दो निर्धारक (determinants) हैं—कुछ निर्धारक का सम्बन्ध उद्दीपक से होता है तथा कुछ निर्धारक का सम्बन्ध स्वयं व्यक्ति से होता है। उद्दीपक से सम्बन्धित निर्धारक को *वस्तुनिष्ठ निर्धारक* (objective conditions or determinants) कहा जाता है तथा व्यक्ति से सम्बन्धित निर्धारक को *आत्मनिष्ठ निर्धारक* (subjective conditions or determinants) की संज्ञा दी जाती है।

ध्यान के प्रमुख वस्तुनिष्ठ निर्धारक (objective conditions or determinants) निम्नांकित हैं:–

1. उद्दीपक का स्वरूप (*Nature of stimulus*)—उद्दीपक का स्वरूप (nature) से यहाँ तात्पर्य यह है कि उद्दीपक श्रवण (auditory) है या चाक्षुष (visual)। सामान्यतः दृष्टि उद्दीपक (visual stimulus) व्यक्ति का ध्यान श्रवण उद्दीपक की अपेक्षा अपनी ओर जल्द खींच लेता है। मन्त, फर्नेल्ड तथा फर्नेल्ड (Munn, Fernald & Fernald, 1972) के अनुसार उद्दीपक का दृष्टि स्वरूप (visual nature) श्रवण स्वरूप से अधिक महत्त्वपूर्ण इसलिए होता है क्योंकि दृष्टि उद्दीपक (visual stimuli) का प्रभाव मस्तिष्क पर श्रवण उद्दीपक की अपेक्षा अधिक होता है। सिनेमा घर के बगल से गुजरते समय उसके दिवाल पर लगे पोस्टरों पर ध्यान उसी सिनेमा घर के आवाज बक्स (sound box) से आ रहे आवाज की अपेक्षा अधिक जल्द चला जाता है। इसका कारण है कि पोस्टर का स्वरूप चाक्षुष (visual) है जबकि आवाज का स्वरूप श्रवण (auditory) है।

2. उद्दीपक में परिवर्तन (*Change in stimulus*)—व्यक्ति के सामने उपस्थित उद्दीपक में यदि अचानक कोई परिवर्तन आ जाता है, तो उसपर उसका ध्यान स्वतः चला जाता है। यदि आपका टेबुल पंखा चलते-चलते अचानक बन्द हो जाता है, तो आपका ध्यान उस ओर चला जाता है चाहे उस समय आप काफी ध्यानमग्न होकर कोई सरस उपन्यास ही क्यों न पढ़ रहे हों। उद्दीपक में अचानक परिवर्तन होने से सिर्फ व्यक्ति का ही ध्यान नहीं बल्कि छोटे-छोटे जानवरों का भी ध्यान उस ओर चला जाता है। डेम्बर (Dember, 1956) तथा फाऊलर (Fowler, 1958) ने अनेकों ऐसे प्रयोग किये हैं जिनमें यह दिखलाया गया है कि चूहा (rat) का ध्यान उद्दीपक में परिवर्तन होने पर बहुत आसानी से उस ओर चला जाता है। इन लोगों के प्रयोग में चूहा को एक Y आकार के भुलभूलैया (maze) में रखा गया। स्पष्ट है कि इस तरह के भुलभूलैया में दो बाँह (arms) होते हैं। चूहा को दोनों बाँह के सामान्य प्रवेश (common entry) पर ही रोक दिया जाता है क्योंकि इन दोनों बाँहों में घुसने के लिए जो दरवाजा था, उसमें शीशा लगा हुआ था। एक बाँह का रंग उजला था तथा दूसरे बाँह का रंग काला था। चूँकि बाँह का दरवाजा शीशा का था अतः चूहा बाँह के रंग को आसानी से देख सकता था। इस तरह से कई प्रयासों तक चूहा को दोनों बाँहों के रंगों से अवगत कराया गया। अचानक एक प्रयास में उजले बाँह के रंग को भी बदल कर काला कर दिया गया और दोनों बाँह के दरवाजा के शीशा को भी हटा दिया गया। परिणाम में यह देखा गया कि चूहा उस बाँह में जाकर अधिक समय व्यतीत किया जिसका रंग उजला से बदलकर अचानक काला कर दिया गया। प्रयोगकर्त्ताओं (experimenters) के अनुसार चूहा द्वारा उस बाँह में जिसका रंग उजला से काला किया गया था, अधिक समय व्यतीत करना इस बात का द्योतक है कि चूहा का ध्यान इस बाँह की ओर दूसरा बाँह की अपेक्षा अधिक था।

3. उद्दीपक की नवीनता (*Novelty stimulus*)—जब उद्दीपक नया होता है तो उसपर हमलोगों का ध्यान पुराने उद्दीपक या वस्तु की अपेक्षा जल्द चला जाता है। यही कारण है कि जब कोई छात्र जो प्रतिदिन पैन्ट तथा कमीज पहनकर वर्ग में आता था; अगर किसी दिन धोती कुर्ता पहनकर वर्ग में आता है तो उसपर वर्ग के सभी छात्रों का ध्यान अपने आप चला जाता है। जिस शहर की लड़कियाँ साइकिल नहीं चलाती है, उस शहर में यदि लड़की साइकिल चलाती हुई सड़क पर से गुजरती है, तो उस लड़की पर अगल-बगल के लोगों का ध्यान अपने आप इस नवीनता (novelty) के कारण चला जाता है। अतः उद्दीपक की नवीनता भी एक कारक (factor) है जिससे व्यक्ति का ध्यान उस उद्दीपक की ओर जाता है।

4. उद्दीपक की गति (*Movement of stimulus*)—गतिशील वस्तुओं या उद्दीपकों पर हमारा ध्यान वैसी वस्तुओं या उद्दीपकों की अपेक्षा जल्द चला जाता है जो स्थिर होते हैं। शायद यही कारण है कि सिनेमा घरों को उसके मैनेजर या मालिक द्वारा इस तरह के रंगीन बल्बों से सजाया जाता है जिनसे देखने वाले व्यक्ति को उन बल्बों वाला आकृति घूमता हुआ नजर आये। एक चलती हुई मोटरगाड़ी पर हमारा ध्यान एक स्थिर मोटरगाड़ी की अपेक्षा जल्दी से इसलिए चला जाता है क्योंकि चलती हुई मोटरगाड़ी में गति होती है।

5. उद्दीपक की अवधि (*Duration of stimulus*)—जो उद्दीपक हमारे सामने अधिक समय तक मौजूद होता है उस पर हमारा ध्यान कम समय तक मौजूद रहने वाले उद्दीपक की अपेक्षा जल्दी से चला जाता है। अतः स्पष्ट है कि उद्दीपक की अवधि भी हमारे ध्यान को आकर्षित करते हैं। यदि किसी वस्तु या व्यक्ति का फोटो हमारे सामने क्षणभर उपस्थित कर हटा लिया जाय तो शायद उस पर हमारा ध्यान नहीं जायेगा। परन्तु यदि उसी फोटो को अधिक समय तक हमारे सामने रखा जाता है, तो उस पर हमारा ध्यान तुरन्त चला जाता है। अगर कोई व्यक्ति हमारे बदन को क्षणभर के लिए धीरे से स्पर्श करता है तो उस पर हमारा ध्यान नहीं जाता है। परन्तु यदि वह अपने हाथों से उसे पकड़ लेता है, तो उस पर हमारा ध्यान अपेक्षाकृत तेजी से चला जाता है क्योंकि पकड़ने से अवधि बढ़ जाती है।

6. उद्दीपक की स्थिति (*Position of stimulus*)—उद्दीपक की स्थिति में अन्तर के कारण भी हमारा ध्यान किसी वस्तु या उद्दीपक पर चला जाता है। अन्य बातों के समान रहने पर एक ही उद्दीपक अपनी स्थिति के कारण तो कभी व्यक्ति का ध्यान आकर्षित करने में समर्थ होता है और कभी नहीं। इसका सबसे अच्छा उदाहरण समाचार पत्रों में किसी खबर (news) का शीर्षक होता है। अगर वह शीर्षक प्रथम पेज पर छपा है तो उसपर हमारा ध्यान आसानी से चला जाता है। परन्तु वही शीर्षक यदि बीच या अन्तिम पेज पर छपा होता है तो उसपर हमारा ध्यान आसानी से नहीं जाता। स्पष्ट है कि उद्दीपक की स्थिति से हमारा ध्यान प्रभावित होता है।

7. उद्दीपक का विलगन य अलगाव (*Isolation of stimulus*)—उद्दीपन का विलगन या अलगाव भी एक प्रमुख कारण है जिसके कारण हमारा ध्यान उस ओर आसानी से चला जाता है। एक उदहारण लीजिए कि किसी पार्टी में कोई व्यक्ति सबसे अलग होकर चुपचाप खड़ा हो जाता है तो वैसी परिस्थिति में उस व्यक्ति पर अन्य व्यक्तियों का ध्यान आसानी से चला जाता है। इसका स्पष्ट कारण यह है कि वह व्यक्ति अपने आप को अन्य व्यक्तियों से अलग कर लेता है। अतः उद्दीपक में अलगाव या विलगन होने से भी हमारा ध्यान उस पर अन्य उद्दीपकों की अपेक्षा जल्द चला जाता है।

8. उद्दीपक का विरोध (*Contrast of stimulus*)—जब कोई उद्दीपक अपने विरोधी उद्दीपक के साथ उपस्थित होता है, तो उसपर हमारा ध्यान उसी उद्दीपक को सामान्य अवस्था में उत्पन्न होने की अपेक्षा जल्द चला जाता है। उदाहणार्थ यदि पति-पत्नी का ऐसा जोड़ा हो कि पत्नी काफी गोरी और सुंदर है परन्तु पति इसके ठीक विपरीत है तो इस तरह के जोड़ा पर अन्य पति-पत्नी के जोड़ों की अपेक्षा हमारा ध्यान जल्द चला जाता है। उसी तरह से यदि किसी लाल कागज के टुकड़ा पर थोड़ा अधिक गहरा लाल रंग से कुछ लिखा हो तो उस पर हमारा ध्यान तेजी से नहीं जाता है। परन्तु उतना ही गहरा लाल से यदि हरा कागज पर कुछ लिखा हो तो उस पर हमारा ध्यान तेजी से चला जाता है क्योंकि लाल रंग के अक्षर यहाँ अपने विरोधी पृष्ठभूमि (background) यानी हरे रंग पर लिखा गया है। अतः उद्दीपक जब अपने विरोधी उद्दीपक के साथ आता है तो इस पर हमारा ध्यान जल्द चला जाता है।

9. उद्दीपक की तीव्रता (*Intensity of stimulus*)—उद्दीपक की तीव्रता (intenstiy) भी हमारे ध्यान को जल्दी अपनी ओर खींच लेता है। जिस उद्दीपक में तीव्रता अधिक होती है, उस पर ध्यान अन्य उद्दीपकों जो अपेक्षाकृत

कम तीव्र या धीमा होते हैं, जल्द चला जाता है। अंधेरी रात में यदि हम आसमान की ओर नजर करते हैं तो सबसे पहले हमारा ध्यान उन तारों पर जाता है जो अधिक चमकीले (bright) होते हैं अर्थात् जिनमें तीव्रता अधिक होती है। धुमिल तारों पर हमारा ध्यान नहीं जाता है। उसी तरह से यदि कोई आवाज काफी जोर से होती है तो उस पर हमारा ध्यान जल्द चला जाता है। अपने कलाई घड़ी की टिक-टिक की आवाज पर हमारा ध्यान नहीं जाता है परन्तु, सड़क पर कार के हॉर्न की आवाज पर हमारा ध्यान तुरन्त इसलिए चला जाता है क्योंकि हॉर्न की आवाज घड़ी की टिक-टिक की आवाज से काफी तीव्र होती है।

10. उद्दीपक का आकार *(Size of stimulus)*—उद्दीपक के आकार के कारण भी हमारा ध्यान उसकी ओर जाता है। जिस उत्तेजना का आकार बड़ा (bigger) होता है उसपर हमारा ध्यान उन उद्दीपकों की अपेक्षा जो छोटे आकार के होते हैं, जल्द चला जाता है। अखबार पड़ते समय पहले हमलोगों का ध्यान खबर के उन शीर्षकों पर जाता है जो बड़े-बड़े अक्षरों में छपे होते हैं। छोटे अक्षरों में छपे खबर पर हमारा ध्यान काफी बाद में जाता है। अतः आकार भी एक प्रमुख कारक जिसके कारण हमारा ध्यान किसी वस्तु या उद्दीपक की ओर जाता है।

11. उद्दीपक की पुनरावृत्ति *(Repetition of stimulus)*—जब कोई उद्दीपक व्यक्ति के सामने बार-बार उपस्थित किया जाता है, तो स्वभावतः उस पर ध्यान एकाध बार आने वाले उद्दीपक की अपेक्षा जल्द चला जाता है। अतः उद्दीपक की पुनरावृत्ति एक महत्त्वपूर्ण कारक है जिसके कारण व्यक्ति का ध्यान किसी वस्तु विशेष की ओर जाता है। शायद यही कारण है कि सिनेमा मालिकों की विज्ञापन गाड़ियाँ बार-बार किसी एक ही मधुर संगीत को दौहराते हुए सड़क पर आतीं जातीं है। यहाँ स्पष्ट उद्देश्य यही रहता है कि ऐसा करने से अधिकतर लोगों का ध्यान उस संगीत की ओर होगा और सिनेमा घर में भीड़ बढ़ेगी। नेता तथा समाज सुधारक बार-बार अपनी बातों को लोगों के बीच दोहराते हैं ताकि इनकी बातों पर अधिक-से-अधिक लोगों का ध्यान जा सके।

12. उद्दीपक का रंग *(Colour of stimulus)*—रंगीन उद्दीपक या उत्तेजनाओं को देखने की अभिरुचि व्यक्ति में रंगहीन उद्दीपकों की अपेक्षा अधिक होती है। फलस्वरूप, रंगीन उद्दीपकों पर व्यक्ति का ध्यान रंगहीन उद्दीपकों की अपेक्षा जल्द चला जाता है। किसी दुकान का नाम उजले पृष्ठभूमि पर यदि काले अक्षरों से लिखा हो और उसी के बगल में दूसरा दुकान का नाम उजली ही पृष्ठभूमि पर लाल रंग से लिखा हो तो हमारा ध्यान सबसे पहले लाल रंग से लिखे दुकान की नाम की ओर पहले जाता है। स्पष्ट है कि रंगीन उद्दीपकों पर रंगहीन उद्दीपकों की अपेक्षा ध्यान जल्दी से चला जाता है।

ध्यान के प्रमुख आत्मनिष्ठ निर्धारक (subjective conditions or determiners) निम्नांकित हैं:–

1. आदत *(Habit)*—प्रत्येक व्यक्ति की कुछ-न-कुछ विशेष आदत होती है। किसी को पान खाने की आदत होती है, किसी को शराब पीने की आदत होती है तो किसी को सिगरेट पीने की आदत होती है, आदि-आदि। इन आदतों के अनुसार व्यक्ति किसी वस्तु विशेष पर ध्यान देता हुआ पाया जाता है। पान खाने वालों का ध्यान पान की दुकान पर, शराब पीने वालों का ध्यान शराब की दुकान पर तथा सिगरेट पीने वाला का ध्यान सिगरेट पर इस आदत के कारण चला जाता है।

2. आवश्यकता *(Need)*—व्यक्ति किसी उत्तेजना या उद्दीपक पर अपनी आवश्यकता के अनुसार ध्यान देता है। उदाहरणार्थ, यदि आप किताब खरीदने के लिए बाहर निकलते हैं, तो आपका ध्यान किताब की दुकान की ओर अन्य दुकानों की अपेक्षा जल्द जाता है। ऐसा इसलिए होता क्योंकि आपकी आवश्यकता किताब खरीदने की है। इसी तरह मान लीजिए कि कोई व्यक्ति गत 10 घंटों में भूखा है तो वैसी परिस्थिति में उसका ध्यान होटल की ओर या खाने की वस्तु की ओर तजी से चला जायेगा। इन सभी उदाहरणों में व्यक्ति का ध्यान किसी वस्तु विशेष की ओर इसलिए जा रहा है क्योंकि व्यक्ति में उस वस्तु से सम्बन्धित आवश्यकता (need) होती है।

3. अभिरुचि *(Interest)*—अभिरुचि व्यक्ति के ध्यान का एक प्रमुख आत्मनिष्ठ निर्धारक (subjective determinant) है। व्यक्ति की अभिरुचि भिन्न-भिन्न होती है और प्रायः व्यक्ति अपनी इसी अभिरुचि के अनुसार किसी वस्तु या उद्दीपक पर ध्यान देता है। क्रिकेट के खेल में अभिरुचि रखने वाले व्यक्ति का ध्यान रेडियो से हो रहे आँखों देखा झलकी की रिपोर्ट की ओर तुरन्त चला जाता है। मनोविज्ञान में अभिरुचि रखने वाले छात्रों तथा शिक्षकों का ध्यान मनोविज्ञान की किताब पर अन्य किताबों की अपेक्षा जल्द चला जाता है।

4. प्रत्याशा या उम्मीद (*Expectation*)—व्यक्ति का ध्यान किसी वस्तु या उद्दीपक पर उसके प्रत्याशा (expectation) या खास उम्मीद के कारण भी चला जाता है। एक उदाहरण लीजिए। अपनी पत्नी को उसके पति 8 बजे तक घर वापस आने को कहकर चले जाते हैं। परन्तु 9 बजे रात तक किसी कारणवश वे नहीं आ पाते हैं। उसी समय उस धर्मपत्नी का नौकर गेट खोलकर मकान के कम्पाउण्ड (compound) में प्रवेश करता है। गेट खोलने की आवाज पर पत्नी का ध्यान तुरन्त चला जायेगा हालाँकि सम्भव है कि उससे ज्यादा तीव्र आवाज में घर में रेडियो बज रहा है। यहाँ धर्मपत्नी का ध्यान गेट खोलने की आवाज पर तुरन्त इसलिए चला जाता है क्योंकि उसे उस समय अपने पति के आने की प्रत्याशा या उम्मीद थी।

5. जिज्ञासा (*Curiostiy*)—जिज्ञासा भी अवधान का एक महत्त्वपूर्ण निर्धारक है। जिस व्यक्ति या उद्दीपक के बारे में उसे जानने की जिज्ञासा अधिक होती है, उस पर व्यक्ति जल्द ध्यान देता पाया जाता है। देहात से पहली बार शहर आये व्यक्तियों का ध्यान जिज्ञासा के कारण ऊँचे-ऊँचे मकानों टेलीविजन की दुकानों तथा सिनेमाघरों की ओर अन्य चीजों की अपेक्षा जल्द चला जाता है। बच्चों का ध्यान नये-नये खिलौना की ओर जिज्ञासा के कारण ही अधिक जल्दी से चला जाता है।

6. मनोवृत्ति (*Attitude*)—व्यक्ति की मनोवृत्ति भी ध्यान का एक प्रमुख निर्धारक है। मनोवृत्ति दो प्रकार के होते हैं—प्रतिकूल (unfavourable) या ऋणात्मक (negative) तथा अनुकूल (favourable) या धनात्मक (positive)। अगर व्यक्ति की मनोवृत्ति किसी वस्तु या अन्य व्यक्ति के प्रति धनात्मक है तो उस पर ध्यान अन्य वस्तुओं या व्यक्तियों की तुलना में जिसके प्रति धनात्मक मनोवृत्ति नहीं है, जल्द चला जाता है। एक उदाहरण लीजिए—फिल्म जगत के नायक एवं नायिकाओं के प्रबि किसी व्यक्ति की मनोवृत्ति धनात्मक या ऋणात्मक कुछ भी हो सकता है। यदि व्यक्ति किसी नायक या नायिका का प्रशंसक (fan) है तो वैसी परिस्थिति में उसकी मनोवृत्ति उस नायक या नायिका के प्रति धनात्मक होगी। ऐसी अवस्था में उस नायक या नायिका के फिल्म के पोस्टर पर उस व्यक्ति का ध्यान अन्य पोस्टरों की अपेक्षा चला जायेगा। अतः स्पष्ट है कि मनोवृत्ति के कारण भी व्यक्ति का ध्यान किसी वस्तु या अन्य व्यक्ति की ओर जाता है।

7. अर्थ (*Meaning*)—कुछ उद्दीपक ऐसे होते हैं जिसका अर्थ व्यक्ति समझता है तथा कुछ उद्दीपक ऐसे होते हैं जिनका अर्थ व्यक्ति नहीं समझता है। जिस उद्दीपक का अर्थ व्यक्ति समझता है उस पर उसका ध्यान तेजी से चला जाता है। प्रायः रेलगाड़ी के डिब्बों पर हिन्दी में, अंग्रेजी में, बंगला तथा गुरुमुखी में लिखा होता है जो व्यक्ति हिन्दी समझता है उसका ध्यान हिन्दी में लिखे तथ्यों पर अन्य भाषाओं में लिखे तथ्यों की अपेक्षा अधिक तेजी से जाता है। उसी तरह जो व्यक्ति गुरुमुखी समझता है उसका ध्यान गुरुमुखी भाषा में लिखे तथ्यों पर अधिक तेजी से जाता है। स्पष्ट है कि व्यक्ति उद्दीपक का अर्थ समझने पर ही उस पर ध्यान देता है। जो उद्दीपक व्यक्ति के लिए अर्थहीन होता है उसपर व्यक्ति का ध्यान नहीं जाता है या बहुत देरी से जाता है।

8. प्रशिक्षण (*Training*)—प्रशिक्षण अपने आप में तो ध्यान का एक आत्मनिष्ठ निर्धारक नहीं है परन्तु इससे व्यक्ति में कुछ खास मानसिक तत्परता (mental readiness) उत्पन्न होती है जिसके कारण व्यक्ति का ध्यान किसी वस्तु या उद्दीपक की ओर चला जाता है। उदाहरणार्थ, डाक्टर का ध्यान सामान्य व्यक्तियों की अपेक्षा रोगियों की ओर बहुत ही आसानी से चला जाता है क्योंकि उन्हें रोग के लक्षण, उपचार आदि में विशेष प्रशिक्षण मिली होती है। मोची का ध्यान जूतों के डिजाइन की ओर तथा नाई का ध्यान बाल स्टाईल (hair style) की ओर बहुत कुछ इसी प्रशिक्षण (training) के कारण ही जाता है।

इस तरह हम देखते हैं कि व्यक्ति का ध्यान किसी वस्तु या उद्दीपक की ओर दो कारणों से जाता है। उद्दीपक के कुछ खास-खास ऐसी विशेषताएँ होतीं हैं जिनसे व्यक्ति का ध्यान उस ओर चला जाता है। साथ-ही-साथ व्यक्ति में कुछ खास गुण होते हैं जिनके कारण उनका ध्यान किसी वस्तु या उद्दीपक की ओर चला जाता है।

चयनात्मक अवधान का स्वरूप
(Nature of Selective Attention)

चयनात्मक अवधान एक ऐसा विषय है जिसमें गत 40 वर्षों से मनोवैज्ञानिकों ने काफी अभिरुचि दिखलायी है। चयनात्मक अवधान एक ऐसी प्रक्रिया है जिसमें व्यक्ति कुछ खास क्रिया या उद्दीपक पर अपनी मानसिक एकाग्रता

(mental concerntration) दिखलाता है तथा अन्य क्रियाओं या उद्दीपकों पर न के बराबर ध्यान देता है। मैटलिन[1] (Matlin, 1983) के शब्दों में चयनात्मक अवधान को इस प्रकार परिभाषित किया जा सकता है, ''चयनात्मक अवधान एक ऐसी घटना है जिसमें हमलोग एक क्रिया पर अपनी मानसिक क्रियाशीलता को एकाग्रचित करते हैं तथा अन्य क्रियाओं के बारे में बहुत ही कम ध्यान दे पाते हैं।'' जैसे यदि एक साथ कई व्यक्ति मिलकर बगल के कमरे में बातचीत कर रहे हों और आप उनमें से किसी एक व्यक्ति की बात पर ध्यान दे रहे हों तो इसमें आप उस व्यक्ति के बात को ठीक ढंग से सुन पायेंगे तथा अन्य व्यक्तियों के बातों को यदा-कदा। यह चयनात्मक अवधान का उदाहरण होगा।

चयनात्मक अवधान का विशेष गुण या लाभ यह है कि इसमें व्यक्ति एक तरह के कार्य पर दूसरों कार्यों से बिना किसी तरह के अवरोध अनुभव किये एकाग्रचित (concentrate) कर सकता है। इसका परिणाम यह होता है कि इससे मानसिक निष्पादन (mental performance) की उत्कृष्टता बढ़ जाती है। परन्तु चयनात्मक अवधान में कुछ हानि (disadvantages) भी होता है। चयनात्मक अवधान व्यक्ति में कुछ विशेष परिस्थिति में खासकर उस परिस्थिति में कुंठा (frustration) उत्पन्न करने लगता है जब उसे एक ही साथ कई क्रियाओं पर ध्यान देना आवश्यक हो जाता है। ऐसी परिस्थिति में लाचारी में व्यक्ति को अन्य क्रियाओं की अवहेलना करना पड़ता है।

चयनात्मक अवधान के क्षेत्र में सबसे महत्त्वपूर्ण अध्ययन चेरीं (Cherry, 1953) द्वारा किया गया। इस प्रयोग में उन्होंने *छायाभासी प्रविधि* (shadowing technique) का प्रतिपादन किया जिसमें प्रयोज्यों को सुने हुए शब्दों को ठीक उसी रूप में बोलने के लिए कहा जाता है। चेरी ने एक प्रवक्ता (speaker) के आवाज में दो अलग-अलग सूचनाओं (message) को अभिलेखित (recording) किया। प्रयोज्यों को आकर्णक (earphone) लगा लेने के लिए कहा गया। प्रत्येक कान में अलग-अलग सूचनाओं को दिया गया तथा उन्हें उनमें से किसी एक सूचना को ठीक ढंग से बोलकर दोहराने के लिए कहा गया। इस तरह के कार्य को द्विभाषित सुनना (diachotic listening) कहा जाता है। परिणाम में देखा गया कि प्रयोज्यों द्वारा दोनों में से एक ही सूचना जिसपर वे ध्यान दे सके थे, का प्रत्याह्वान (recall) किया गया। दूसरी सूचना जिस पर ध्यान नहीं दे सके (unattended message), से वे बहुत कम प्रत्याह्वान कर सकने में समर्थ हुए। हाँ, जब इस दूसरे तरह की सूचना में कुछ परिवर्तन कर दिया जाता या जैसे इसे पुरुष की आवाज में न कहकर महिला की आवाज में कहा जाता था, तो वैसी परिस्थिति में प्रयोज्यों का ध्यान उस ओर चला जाता था। इस प्रयोग से स्पष्ट होता है कि व्यक्ति को जब कई तरह की सूचनाओं पर एक साथ ध्यान देने के लिए कहा जाता है तो उसमें कुछ सूचना पर वह ध्यान दे पाता है तथा कुछ पर ध्यान नहीं दे पाता है। हाँ, जिन सूचनाओं पर वह ध्यान नहीं दे पाता है अगर उसके स्वरूप में कुछ परिवर्तन कर दिया जाता है (जैसे पुरुष से महिला या महिला से पुरुष की आवाज में परिवर्तन होने से) तो उस पर व्यक्ति का ध्यान चला जाता है। मोरे (Moray, 1959) ने अपने एक प्रयोग में पाया कि जिन सूचनाओं पर प्रयोज्य ध्यान नहीं दे पाता है उनमें यदि प्रयोज्य का नाम कहीं-कहीं पर जोड़ दिया जाता है, तो उस पर ध्यान देने में समर्थ हो पाता है।

अध्ययनों से यह स्पष्ट हुआ है कि बहुत ही परिचित उद्दीपकों जैसे अपना नाम या अपने शहर के नाम को व्यक्ति इतना अपने आप या यन्त्रवत् (automatically) ढंग से प्रत्यक्षण करता है कि उसकी उपेक्षा करना संभव नहीं हो पाता है। प्रत्यक्षण में इस तरह के यन्त्रवत्ता (automaticity) को मनोवैज्ञानिकों ने **स्ट्रूप प्रभाव** (Stroop effect) कहा है क्योंकि इसे सबसे पहले स्ट्रूप ने 1935 में अपने अध्ययन के आधार पर बतलाया था। वेसनर तथा स्टोल्ज (Besner & Stolz, 1999) ने एक अध्ययन किया जिसमें यह पाया कि किसी शब्द के अर्थ का यन्त्रवत् प्रत्यक्षण (automatic perception) से उस शब्द को पढ़ना आसान हो जाता है (क्योंकि उसपर व्यक्ति का ध्यान तुरंत चला जाता है)। परंतु वही यन्त्रवत्ता (automaticity) से किसी रंग (जैसे नीला) के अर्थ की उपेक्षा करना मुश्किल हो जाता है जब वह दूसरा रंग (जैसे लाल) के अक्षर में लिखा होता है। इस तरह स्ट्रूप प्रभाव से चयनात्मक अवधान (selective attention) की कमी का पता चलता है।

---

1. "Selective attention is a phenomenon in which we concentrate over only one activity and notice very little about other activities."
—Matlin : *Perception* 1983, p. 266

चयनात्मक अवधान के सिद्धान्त या मॉडल
(Theories or Models of Selective Attention)

चयनात्मक अवधान की व्याख्या करने के लिए मनोवैज्ञानिकों ने कई तरह के सिद्धान्त का प्रतिपादन किया है जिनमें निम्नांकित प्रमुख हैं—

1. मार्गविरोधी सिद्धान्त (Bottleneck theories)
2. नॉरमैन एवं बोवरो मॉडल (Norman & Bobrow's model)
3. नाईसर मॉडल (Neisser model)
4. समर्थता मॉडल (Capacity model)

इन चारों का अलग-अलग वर्णन निम्नांकित है:–

1. मार्गविरोधी सिद्धान्त *(Bottle-neck theories)*—मार्गविरोधी सिद्धान्त के तहत कई मनोवैज्ञानिकों द्वारा चयनात्मक अवधान की प्रदत्त व्याख्या को रखा गया है। इनमें ब्रौडवेन्ट (Broadbent, 1958), ट्रीसमैन Treisman, 1964) तथा डियूश एवं डियूश (Deutsh & Deutsh, 1963) के विचार प्रमुख हैं। इन मनोवैज्ञानिकों का मत है कि जिस तरह से यदि हम एक ऐसे बोतल में पानी डालने की कोशिश करते हैं जिसका मुँह छोटा है तो पानी को भीतर जाने में एक तरह का अवरोध उत्पन्न होता है और कुछ मात्रा में पानी बोतल के भीतर जाता है और कुछ मात्रा में वह बोतल से बाहर गिर जाता है, ठीक उसी तरह यदि व्यक्ति को एक ही साथ कई तरह की सूचनाओं को संसाधित करना पड़ता है या उसपर ध्यान देना पड़ता है, तो वह सभी ऐसी सूचनाओं पर एक साथ ध्यान नहीं दे पाता है क्योंकि उसमें जैविक रूप (biologically) से आधारित एक तरह का मार्गविरोध होता है। कुछ सूचनाएँ इस मार्ग विरोध को पार करते हुए व्यक्ति के ध्यान में प्रवेश पाती है परन्तु कुछ सूचनाएँ पीछे ही रह जाती हैं क्योंकि वे मार्गविरोध को पार नहीं कर पाती हैं। जो सूचनाएँ पीछे रह जाती है वह व्यक्ति के ध्यान केन्द्र के बाहर हो जाती है और धीरे-धीरे व्यक्ति उन्हें भूल जाता है।

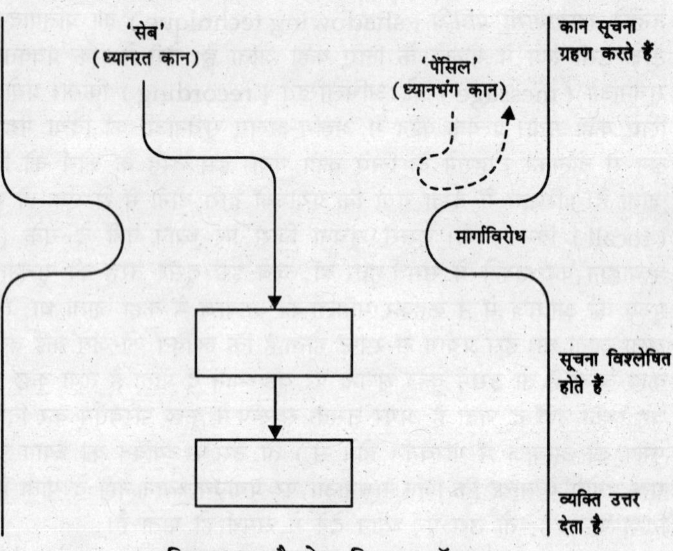

चित्र 6.2 : ब्रैडबेन्ट-फिल्टर मॉडल

चयनात्मक अवधान का सबसे पहला मार्गविरोधी सिद्धान्त ब्रौडवेन्ट (Broadbent, 1958) द्वारा प्रतिपादित किया गया। इस सिद्धान्त जिसे *फिल्टर सिद्धान्त* (filter theory) भी कहा जाता है, के अनुसार जब व्यक्ति को एक ही साथ कई तरह की सूचनाओं को संसाधित करना पड़ता है अर्थात् कई तरह की सूचनाओं पर एक ही साथ ध्यान देना होता है, तो इस आरम्भिक अवस्था में मार्गविरोध (bottleneck) उत्पन्न हो जाता है। दूसरे शब्दों में, जैसे ही ज्ञानेन्द्रिय कई तरह की सूचनाओं द्वारा उत्तेजित होता है, मार्गविरोध उत्पन्न हो जाता है। ब्राडवेन्ट मॉडल को आरंभिक चयन मॉडल (early selective model) भी कहा जाता है क्योंकि इसमें सूचनाओं के संवेदी पंजीकरण (sensory registration) के तुरंत बाद ही चयन प्रक्रिया या फिल्टरिंग (filtering) प्रक्रिया प्रारंभ हो जाती है। डियूश एवं डियूश के मॉडल को *विलम्बित चयन मॉडल* (late selection model) भी कहा जाता है क्योंकि इसमें चयन या फिल्टर स्मृति (memory) में होता है न कि संवेदी पंजीकरण (sensory registration) के तुरन्त बाद और इस तरह से इसमें सूचना संसाधन विलम्ब से होता है।

चयनात्मक अवधान के आरम्भिक चयन मॉडल (early selection model) तथा विलम्बित चयन मॉडल (late selection model) के स्वरूप के बारे में तब यह कहा जा सकता है कि इन दोनों मॉडल प्राप्त सूचनाओं को संसाधित करने की क्षमता पर व्यक्ति में एक जैविक सीमा (biological limitation) होने की पूर्व कल्पना करता है। परन्तु आरम्भिक चयन मॉडल यह मानता है कि संवेदी तन्त्रों (sensory system) की सीमाओं द्वारा ध्यान का निर्धारण होता है तथा दैहिक संयम या नियन्त्रण (physiological restraints) से ही अवधानात्मक नियन्त्रण (attention restraints) का निर्धारण होता है। दूसरे तरफ, विलम्बित चयन मॉडल यह पूर्वकल्पना करता है कि व्यक्ति की स्मृति एवं प्रत्याशाओं (expectations) से इस बात का निर्धारण होता है कि व्यक्ति किसी चीज पर ध्यान देता है तथा हमलोग आगे क्या संसाधित (process) करने जा रहे हैं। ब्रैडवेन्ट मॉडल में इस तरह का मार्गविरोध, पैटर्न पहचान (pattern recognition) की प्रक्रिया से पहले ही उत्पन्न हो जाता है। इस तरह के मार्गविरोध का उद्देश्य अधिक संख्या में सूचनाओं को ध्यान केन्द्र में प्रवेश करने से रोकना होता है तथा साथ-ही-साथ व्यक्ति को कई तरह की सूचनाओं से एक ही साथ प्रभावित हो जाने से अपने आप को बचाना होता है। मार्गविरोध में फिल्टर प्रक्रम (filter mechanism) जिसके द्वारा व्यक्ति विभिन्न सूचनाओं में से किसी एक का चयन कर लेता है, द्वारा कुछ कमी होती है। चित्र 6.2 में ब्रैडवेन्ट मॉडल द्वारा चयनात्मक अवधान (selective attention) की प्रक्रिया की व्याख्या की गयी है। इस चित्र से स्पष्ट है कि जब व्यक्ति को 'सेव' शब्द एक कान में बोला जाता है जिसपर उसे ध्यान देना है तो वह मार्ग विरोध को पार करते हुए आगे बढ़ जाता है तथा व्यक्ति इस सूचना को संसाधित करके उसके प्रति अनुक्रिया कर पाता है। परन्तु जब उसे पेंसिल शब्द दूसरे कान में उसी समय बोला जाता है जिसे सुनकर उसे बतलाना नहीं है तो सूचना को कान ग्रहण करके आगे बढ़ाता है परन्तु यह सूचना मार्गविरोध (bottleneck) में फँस जाता है और आगे नहीं बढ़ पाता है।

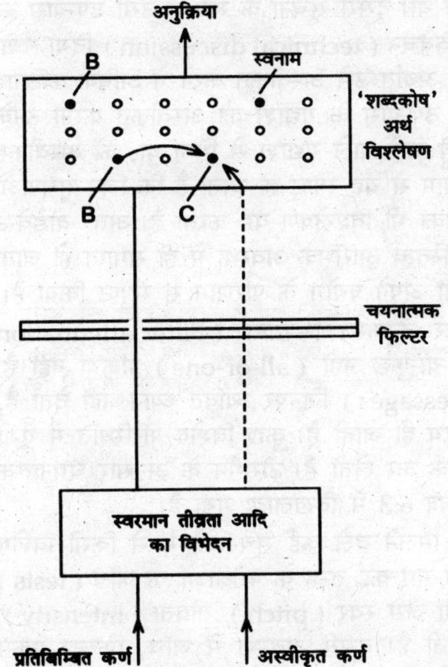

चित्र 6.3 : ट्रीसमैन-फिल्टर तुनकरण मॉडल

ब्रौडवेन्ट मॉडल के अनुसार सूचना के भौतिक गुणों के आधार पर हम उसका चयन करते हैं या उसे एक तरह से छानते (filter) हैं तथा उस पर ध्यान दे पाते हैं। जैसे–व्यक्ति उच्च-स्वर आवाज़ (high-pitched voice) पर ध्यान दे पाता है तथा निम्न-स्वर आवाज (low-pitched voice) पर नहीं। ऐसा इसलिए होता है कि निम्न-स्तरी आवाज मार्गविरोध को पार करने में असमर्थ रहते हैं।

इस तरह से हम देखते है कि ब्रौडवेन्ट मॉडल द्वारा इस बात की व्याख्या तो आसानी से हो जाती है कि व्यक्ति सूचना की कुछ विशेषताओं (characteristics) पर ध्यान नहीं दे पाता है। (क्योंकि वे मार्गाविरोध पार नहीं कर पाते हैं)। परन्तु बौडवेन्ट मॉडल द्वारा इस बात की व्याख्या नहीं होती है कि व्यक्ति सूचना की कुछ विशेषताओं (जैसे–ऐसे सूचना में यदि उसका अपना नाम कभी आया हो) पर ध्यान दे पाने में क्यों समर्थ हो जाता है।

ट्रीसमैन (Treisman, 1964) जो एक महिला मनोवैज्ञानिक थी और ब्रौडवेन्ट की शिष्या थीं, ब्रौडवेन्ट मॉडल में थोड़ा परिवर्तन कर उसे अधिक उपयोगी बनाने की कोशिश की। इनके मॉडल को *फिल्टर-तनुकरण मॉडल* (filter attentuation model) कहा जाता है। इस मॉडल के अनुसार व्यक्ति जिस कान से प्राप्त सूचना पर ध्यान नहीं दे पाता है, वह संसाधित (processing) होने से पूर्णतः अवरुद्ध नहीं हो जाता है बल्कि उसका रूप थोड़ा सूक्ष्म हो जाता है और मात्र इसका आंशिक विश्लेषण ही व्यक्ति कर पाता है। यही कारण है कि ध्यान नहीं दी गयी सूचना की कुछ विशेषताओं से भी व्यक्ति अवगत हो जाता है। ट्रीसमैन ने ब्रौडवेन्ट सिद्धान्त के इस दावे का खंडन किया है कि सूचनाओं के संसाधन की प्रारंभिक अवस्था में ही मार्गाविरोध के कारण बहुत सारे सूचनाओं पर व्यक्ति ध्यान नहीं दे पाता है। अतः उनका अस्तित्व इस आरंभिक अवस्था में हीं समाप्त हो जाता है। ट्रीसमैन द्वारा किया गया यह खंडन

उनके द्वारा किये गए एक प्रयोग के परिणाम पर आधारित है। इस प्रयोग में प्रयोज्य को एक साथ दो तरह की सूचनाएँ दी गयीं। एक तरह की सूचना अंग्रेजी के उपन्यास का एक छोटा गद्यांश था जिसे सुनकर प्रयोज्य को बतलाना था। इसके साथ एक दूसरी सूचना भी उन्हें दी गयी जिसे उन्हें बतलाना नहीं था। दूसरी सूचना के रूप में उसी उपन्यास का दूसरा गद्यांश तथा जैवरसायन (biochemistry) का एक तकनीकी विवेचन (technical discussion) दिया गया। परिणाम में देखा गया कि प्रयोज्य को उन सूचनाओं पर ध्यान न देने में अर्थात उसे अस्वीकृत करने में अधिक कठिनाई हुई जो उस सूचना के समान थे जिसे उनको दोहराना था अर्थात उसी उपन्यास के गद्यांश को अस्वीकृत करना उनके लिए कठिन था। परन्तु जैवरसायन की तकनीकी विवेचन को जो दोहराये जाने वाले गद्यांश से भिन्न था, को अस्वीकृत करने में कोई खास कठिनाई का अनुभव नहीं हआ। इस प्रयोग के परिणाम से यह स्पष्ट हो जाता है कि जिन सूचनाओं पर व्यक्ति ध्यान नहीं दे पाता है या उन्हें ध्यान नहीं देना रहता है, उनका भी विश्लेषण वह करता है। अतः ब्रोडवेन्ट (Broadbent) का यह कहना है कि ध्यान नहीं दी गई सूचना का अस्तित्व आरंभिक अवस्था में ही समाप्त हो जाता है, सही नहीं है। ट्रीसमैन के निष्कर्ष को लेविस (Levis, 1970) ने भी अपने प्रयोग के परिणाम से संपुष्ट किया है।

उपर्युक्त प्रयोगों के आलोक में ट्रीसमैन द्वारा प्रतिपादित फिल्टर तनुकरण सिद्धान्त (Filter attenuation theory) की मुख्य बात यह है कि फिल्टर की प्रक्रिया एक सम्पूर्ण-या-कुछ नहीं (all-or-one) प्रक्रिया नहीं है। ट्रीसमैन का मत था कि फिल्टर से अस्वीकृत सूचनाएँ (rejected messages) जिनपर व्यक्ति ध्यान नहीं देता है, पूर्णतः समाप्त नहीं हो जाती है बल्कि उनकी शक्ति थोड़ी क्षीण अवश्य हो जाती है। कुछ विशेष परिस्थिति में ऐसी क्षीण सूचना भी प्रत्यक्षणात्मक तन्त्र के उच्च स्तरीय विश्लेषण से सम्पर्क कर लेती है। ट्रीसमैन के अनुसार चयनात्मक अवधान की प्रक्रिया में सूचना का प्रवाह किस तरह से होता है, उसे चित्र 6.3 में दिखलाया गया है।

जैसा कि चित्र 6.3 से सपष्ट है कि इस मॉडल में ज्ञानेन्द्रिय को मिलने वले कई सूचनाओं में से किसी विशेष सूचना का चयन पदानुक्रमिक शृंखला (hierarchical order) में किये गए कई तरह के परीक्षाओं या जाँच (tests) पर आधारित होता है। प्राप्त सूचनाओं का पहले उनके मूल भौतिक गुणों जैसे स्वर (pitch), तीव्रता (intensity), दैशिक स्थिति (spatial location) आदि के रूप में जाँच की जाती है। दूसरी अवस्था में जाँच, फिल्टर प्रक्रम (filter mechanism) द्वारा की जाती है। इस प्रक्रम के क्रियाशील होने से उन सूचनाओं की शक्ति क्षीण हो जाती है जिसपर व्यक्ति को ध्यान नहीं देना है या जिसे व्यक्ति को अस्वीकृत कर देना है। ध्यान रहे कि फिल्टर प्रक्रम में ध्यान नहीं दी जाने वाली सूचनाओं का अस्तित्व समाप्त नहीं होता है उनकी शक्ति थोड़ी क्षीण हो जाती है। फिल्टर प्रक्रम से जाँच होने के बाद क्षीण सूचनाएँ (attenuated information) तथा अक्षीण सूचनाएँ (non-attenuated information) दोनों ही तन्त्रिका तन्त्र (nervous system) के गहरे स्तर (deeper level) पर पहुँचते हैं जहाँ उच्च स्तरीय प्रत्यक्षज्ञानात्मक विश्लेषण (high level perceptual analysis) या शब्दकोशिक विश्लेषक (dictionary analyzer) मौजूद होते हैं। ऐसे विश्लेषक इकाइयों (analysing unit) का अपना देहली (threshold) होता है। अगर यहाँ पहुँचने वाली सूचना की शक्ति या मात्रा देहली से ऊपर होती है तो विश्लेषक इकाई क्रियाशील हो जाते हैं और व्यक्ति उस सूचना के प्रति अनुक्रियाशील (responsive) होकर पूर्ण ध्यान देने लगता है। अवांछनीय सूचनाएँ या वैसी सूचना जिस पर व्यक्ति को ध्यान नहीं देना है, को चूँकि फिल्टर प्रक्रम द्वारा कमजोर कर दिया जाता है, देहली से नीचे होता है, अतः इसके प्रति अनुक्रियाशील नहीं हो पाता है और फलस्वरूप वह इस पर ध्यान नहीं दे पाता है।

अब प्रश्न यह उठता है कि ध्यान नहीं दी जाने वाली सूचनाओं में से कुछ सूचना द्वारा चेतन मन में प्रवेश कर जाने की घटना की व्याख्या ट्रीसमैन ने अपने मॉडल में किस तरह किया है? इस प्रश्न का उत्तर देने के लिए ट्रीसमैन ने प्रत्यक्षज्ञानात्मक विश्लेषक इकाइयों (perceptual analysing units) में कुछ अतिरिक्त गुणों के होने की पूर्वकल्पना किया है। इनका कहना था कि इन इकाइयों में से जो इकाई महत्त्वपूर्ण सूचनाओं के प्रति अनुक्रियाशील (responsive) होते हैं, उनका देहली (threshold) अन्य इकाइयों के देहली की तुलना में कम होती है। अतः इन इकाइयों द्वारा उन उद्दीपकों का भी जिनकी शक्ति फिल्टर प्रक्रम द्वारा क्षीण कर दी गयी है, प्रत्यक्षण ठीक ढंग से हो जाता है। फलतः व्यक्ति ऐसे क्षीण उद्दीपक या सूचना पर भी ध्यान देने में समर्थ हो जाता है। इसके अलावा ट्रीसमैन ने यह भी मत जाहिर किया कि प्रत्यक्षणात्मक विश्लेषक इकाइयों के देहली में समय-समय पर परिस्थितिजन्य कारकों (contextual factors) से परिवर्तन होते रहते हैं, जिसका परिणाम यह होता है कि ध्यान नहीं दी जाने वाली सूचनाओं या उद्दीपकों में से महत्त्वपूर्ण उद्दीपक या सूचना जिनकी शक्ति को फिल्टर प्रक्रम (filter mechanism) द्वारा कम कर दिया जाता है, की भी पहचान कर व्यक्ति उन पर ध्यान देने में सफल हो पाता है।

इस तरह से हम देखते हैं कि ट्रीसमैन द्वारा ब्रौडवेन्ट (Broadbent) के फिल्टर मॉडल (Filter model) में महत्त्वपूर्ण परिवर्तन लाया गया है और इन परिवर्तनों या सुधार को ब्रौडवेन्ट द्वारा स्वीकार भी कर लिया गया है। अतः इस मॉडल को आधुनिक मनोवैज्ञानिकों द्वारा *ब्रौडवेन्ट-ट्रीसमैन फिल्टर तनुकरण मॉडल* (Boradbent-Treisman Filter Attenuation model) कहा गया है।

मार्गाविरोध मॉडल का एक परिवर्तित प्रारूप (modified form) डियूश एवं डियूश (Deutsh & Duetsh, 1963) द्वारा भी प्रदान किया गया है। डियूश एवं डियूश का मत है कि ज्ञानेन्द्रिय को मिलने वाली सारी उत्तेजनों या सूचनाओं का व्यक्ति प्रत्यक्षणात्मक रूप से विश्लेषण करता है तथा उनमें किसी विशेष सूचना का चयन तब होता है जब व्यक्ति को उद्दीपकों के प्रति अनुक्रिया करनी होती है। कहने का तात्पर्य यह है कि व्यक्ति विभिन्न उद्दीपकों से मिलने वाली प्रत्येक सूचना को संसाधित करता है तथा अनुक्रिया करने के ठीक पहले व्यक्ति में मार्गाविरोध (bottleneck) उत्पन्न होता है। इसका मतलब यह हुआ कि डियुश एवं डियूश के अनुसार सभी तरह के उद्दीपक का पैटर्न पहचान (pattern recognition) उत्पन्न होता है और इसके बाद मार्गाविरोध होता है। मार्गाविरोध (bottleneck) से यह पता चलता है कि व्यक्ति की स्मृति (memory) सीमित है। व्यक्ति कुछ चीजों को भूल जाने के लिए तथा कुछ को याद रखने के लिए उन उद्दीपकों में से चयन करता है। परिणामस्वरूप, व्यक्ति याद रखने जाने वाली सूचना पर ध्यान देता है तथा भूल जाने वाली सूचना पर ध्यान नहीं दे पाता है। डियूश एवं डियूश मॉडल को *विलम्बित चयन मॉडल* (late selection model) भी कहा जाता है क्योंकि इसमें चयन या फिल्टर स्मृति (memory) में होता है न कि संवेदी पंजीकरण के तुरन्त बाद और इस तरह से सूचना संसाधन की अवस्था में यह विलम्ब से होता है।

ट्रीसमैन के समान ही डियूश एवं डियूश ने केन्द्रीय विश्लेषण इकाइयों (central analysing units) के अस्तित्व को स्वीकार किया है। इन इकाइयों द्वारा उद्दीपकों से आने वाली सभी तरह के सूचनाओं की पहचान की जाती है तथा उनका विश्लेषण किया जाता है। इन इकाइयों द्वारा निर्गत सूचनाओं का व्यक्ति के लिए महत्त्व अलग-अलग होता है। किसी भी समय इन इकाइयों द्वारा निर्गत सूचनाओं में से सिर्फ वही सूचना को व्यक्ति याद रखता है या उसके प्रति ध्यान देकर अनुक्रिया करता है जो सबसे अधिक महत्त्व का होता है। अगर किसी समय में और भी अधिक महत्त्वपूर्ण सूचना इन इकाइयों द्वारा निर्गत किये जाते हैं तो व्यक्ति पहली सूचना को छोड़कर इस दूसरी सूचना पर ध्यान देने लगता है या उसी के अनुरूप अनुक्रिया करने लगता है। इस तरह से सबसे महत्त्वपूर्ण सूचना व्यक्ति का ध्यान अपनी ओर आकृष्ट कर पाता है तथा साथ-ही-साथ एक ऐसी कसौटी भी निर्माण करने में समर्थ हो पाता है जिसके अनुसार अन्य सूचना को अपनी ओर ध्यान आकृष्ट करवाने के लिए उससे भी अधिक महत्त्व का होना अनिवार्य होता है। मोरे (Moray, 1969) ने अपने अध्ययन के आधार पर यह बतलाया है कि संदर्भात्मक (contextual) एवं निर्देशात्मक (instrumental) कारकों द्वारा सूचना की महत्ता (saliency) में परिवर्तन लाया जा सकता है।

इस तरह से स्पष्ट है कि डियूश एवं डियूश द्वारा प्रतिपादित मॉडल में चयनात्मक अवधान (selection attention) द्वारा प्रत्यक्षणात्मक फिल्टरिंग (perceptual filtering) की प्रक्रिया का पता न चलकर स्मृति में संचित सूचनाओं में किसी विशेष सूचना के चयन का पता चलता है। नॉरमैन (Norman, 1968) तथा कीली (Keele, 1973) ने भी अपने-अपने अध्ययनों से डियूश एवं डियूश के मॉडल को समर्थन प्रदान किया है। इन दोनों मनोवैज्ञानिकों ने यह स्पष्ट मत जाहिर किया है कि उद्दीपकों से प्राप्त होने वाली सभी तरह के सूचनाओं का सम्पूर्ण विश्लेषण व्यक्ति करता है तथा अनुक्रिया संगठन (response organisation) तथा स्मृति के स्तर पर अवधान की प्रक्रिया निश्चित हो पाती है।

काहेनेमैन (Kahneman, 1973) ने फिल्टर सिद्धान्त (filter theory) तथा डियूश एवं डियूश के मॉडल का तुलनात्मक अध्ययन किया और बतलाया है कि सचमुच दोनों ही तरह के सिद्धान्तों में उद्दीपक से प्राप्त होने वाली सूचनाओं के संसाधान की प्रक्रिया में मार्गाविरोध (bottleneck) उत्पन्न होता है। परन्तु मार्गाविरोध उत्पन्न होने की बिन्दु पर इन दोनों सिद्धान्तों में अन्तर है। फिल्टर सिद्धान्त के अनुसार मार्गाविरोध प्रत्यक्षणात्मक विश्लेषण होने के समय या ठीक उससे पहले होता है। फलस्वरूप, इस सिद्धान्त के अनुसार अवधान प्रत्यक्षण को नियन्त्रित करता है (attention controls perception)। ठीक इसके विपरीत डियूश एवं डियूश द्वारा प्रतिपादित मॉडल में इस तरह का मार्गाविरोध पूर्णतः विश्लेषित उद्दीपकों (fully analyzed stimuli) के प्रति किये जाने वाले आनुक्रियाओं के चयन (selection) के ठीक पहले होता है और इस तरह के मार्गाविरोध के कारण व्यक्ति एक समय में एक से

अधिक अनुक्रिया नहीं कर पाता है। परिणामतः यह कहा जाता है कि चयनात्मक अवधान डियूश एवं डियूश के सिद्धान्त में एक पश्चप्रत्यक्षणात्मक प्रक्रिया (postperceptual process) है तथा एक दी हुई परिस्थिति में व्यक्ति द्वारा की जाने वाली सबसे उपयुक्त अनुक्रिया की ओर संकेत करता है। संक्षेप में यह कहा जा सकता है कि डियूश एवं डियूश द्वारा प्रतिपादित मॉडल में मार्गाविरोध सूचनाओं के प्रत्यक्षणात्मक विश्लेषण के बाद परन्तु व्यक्ति द्वारा की जाने वाली अनुक्रिया के ठीक पहले होता है।

2. नॉरमैन एवं बॉवरो मॉडल *(Norman & Bobrow's model)*—नॉरमैन तथा बॉबरो (Norman & Bobrow, 1957) ने अवधान की व्याख्या एक-दूसरे दृष्टिकोण से किया है। इनलोगों ने मार्गाविरोध (bottlenceck) के सम्प्रत्यय (concept) को अस्वीकृत किया है और कहा है कि सचमुच में सूचना संसाधन (information processing) में मार्गाविरोध नाम की कोई चीज नहीं होती है जिससे सूचना की प्रवाह में कोई रुकावट होती है। इन लोगों के सिद्धान्त या मॉडल के अनुसार अवधान का स्वरूप सीमित (limits) होता है क्योंकि व्यक्ति के पास किसी कार्य (work) पर ध्यान देने के लिए मानसिक प्रयास (mental effort) करने की क्षमता सीमित होती है। ऐसे मानसिक प्रयास को नॉरमैन एवं बॉबरो ने *साधन या युक्ति* (resources) की संज्ञा दिया है। इन लोगों ने साधन में मानसिक प्रयास के अलावा स्मृति के विभिन्न प्रयासों एवं संचार माध्यमों को भी सम्मिलित किया है। इन लोगों का मत है कि चूँकि व्यक्ति के पास जो साधन होता है वह सीमित होता है, फलतः वह कुछ सीमित वस्तुओं या उद्दीपकों या कार्यों पर ही ध्यान दे पाता है। इन लोगों ने यह भी स्पष्ट किया है कि व्यक्ति का ध्यान कई कार्यों में विभाजित होने से निष्पादन (performance) में जो कमी होती है उसका कारण यह होता है कि उस सीमित साधन का उपयोग व्यक्ति को उन सभी कार्यों में बाँटकर करना होता है।

नॉरमैन तथा वॉबरो ने अपने सिद्धान्त में दो तरह के कार्यों (task) के बीच अन्तर किया है—*साधन-सीमित कार्य* (resource-limited task) तथा *आँकड़े-सीमित कार्य* (data-limited task)। साधन-सीमित कार्य से तात्पर्य वैसे कार्य से होता है जिसमें निष्पादन (performance) साधन के उपलब्ध होने पर निर्भर करता है। यदि ऐसे कार्य के लिए अधिक साधन उपलब्ध होते हैं तो उसका निष्पादन बढ़ जाता है तथा जब कम साधन उपलब्ध हो पाते हैं तो निष्पादन में कमी आ जाती है। जैसे–मान लिया जाए कि कोई व्यक्ति गणित की समस्या का समाधान कर रहा है तथा साथ-ही-साथ जोर से गीत भी गा रहा है। ऐसी परिस्थिति में गणित की समस्या का समाधान मंद गति से तो होगा ही साथ-ही-साथ कई तरह की त्रुटियाँ भी होगी। परन्तु गीत गाना बन्द करके जब व्यक्ति अपना सारा मानसिक प्रयास गणित की समस्याओं के समाधान में ही लगाता है तो इससे उसका निष्पादन निश्चित रूप से बढ़ जायेगा। यह एक साधन-सीमित कार्य (resource-limited task) का उदाहरण होगा। आँकड़े-सीमित कार्य (data-limited task) से तात्पर्य वैसे कार्य से होता है जिसमें निष्पादन व्यक्ति के सीमित-स्मृति क्षमता (limited-memory ability) या उद्दीपक के विशेष गुण के कारण सीमित होता है। ऐसे कार्य के निष्पादन पर साधन (resources) की उपलब्धता या अनुपलब्धता का कोई असर नहीं पड़ता है। ऐसे कार्य में पर्याप्त साधन होने के बावजूद भी व्यक्ति का निष्पादन खराब हो सकता है। जैसे यदि कोई व्यक्ति पूर्ण प्रबलता (full volume) में रेडियो खोलकर तथा उसके नजदीक कान करके उसे सुनता है और उसी समय कलम टेबुल पर से नीचे जमीन पर गिर जाता है। ऐसी परिस्थिति में कलम गिरने से उत्पन्न आवाज पर वह ध्यान नहीं दे पायेगा। कलम गिरने से उत्पन्न आवाज की ओर ध्यान देने का कार्य पर अधिक ध्यान देने से भी उसके निष्पादन में कोई सुधार नहीं होगा क्योंकि यहाँ निष्पादन, कार्य के विकृष्ट गुण (poor quality) द्वारा सीमित है। यह आँकड़े-सीमित कार्य (data-limited task) का उदाहरण होगा।

नॉरमैन एवं बॉवरो (Norman & Bobrow) के अनुसार सूचनाओं को संसाधित करने के लिए जो साधन उपलब्ध होते हैं उनकी एक ऊपरी सीमा (upper limit) निश्चित होती है। जब व्यक्ति को कई ऐसा कार्य करना पड़ता है जिसे संसाधित करने में लगा कुल साधन की मात्रा की सीमा उस ऊपरी सीमा से कम है तो व्यक्ति उन पर आसानी से ध्यान देने में समर्थ हो पाता है। परन्तु यदि कुल साधन की मात्रा की सीमा उस ऊपरी से अधिक है तो ऐसी हालत में व्यक्ति को किये जा रहे कार्य पर चयनित ध्यान (selective attention) देने में बाधा पहुँचता है। फलस्वरूप, ऐसी परिस्थिति में एक या कई अन्य कार्य पर का निष्पादन खराब होगा।

नॉरमैन एवं बॉवरो ने अपने इस सिद्धान्त में चयनात्मक अवधान के कारण किसी कार्य के निष्पादन (performance) पर अभ्यास के संभावित प्रभाव का भी अध्ययन किया है। इन लोगों का मत है कि आँकड़े-सीमित कार्य (data-limited task) पर अभ्यास का कोई असर या प्रभाव नहीं पड़ता है। परन्तु साधन-सीमित कार्य (resource-limited task) पर अभ्यास का प्रभाव पड़ता है। इन दोनों कार्यों पर अभ्यास के इन विभेदी प्रभाव को एक उदाहरण द्वारा इस प्रकार समझाया जा सकता है। जैसे—कोई व्यक्ति चाहे कितना भी अभ्यास तीव्र आवाज के बीच जमीन पर कलम गिरने की आवाज पर ध्यान देने के लिए क्यों न कर ले उसके निष्पादन में कोई उन्नति नहीं होगी क्योंकि यह आँकड़े-सीमित कार्य का उदहारण होगा। परन्तु यदि मान लिया जाए कि कोई छात्र किसी लेख को पढ़ने का कार्य तथा कुछ शब्द को लिखने का कार्य को साथ-साथ करने का अभ्यास करता है तो इस अभ्यास से उसके निष्पादन में वृद्धि होगी। अभ्यास से सम्भव है कि ये दोनों कार्य व्यक्ति को स्वतः होते हुए दीख पड़े। परिणामतः दोनों कार्य सही-सही एवं निष्पक्ष रूप से व्यक्ति कर पाने में समर्थ हो पायेगा।

3. नाईसर मॉडल *(Neisser model)*—नाईस्सर (Neisser, 1976) ने एक तीसरा मॉडल प्रतिपादन किया है जिसके द्वारा चयनात्मक अवधान की व्याख्या की गयी है। मार्गविरोध सिद्धान्तों एवं नॉरमैन तथा बॉबरो द्वारा प्रतिपादित सिद्धान्त के इस विचार से नाईसर बिलकुल ही असहमत हैं कि व्यक्ति में सूचनाओं को संसाधित करने की एक सीमित क्षमता (limited capacity) होती है। नाईस्सर[1] स्वयं ही कहा हैं, ''कोई दैहिक या गणितीय ढंग से स्थापित सीमा नहीं होती है कि हमलोग एक समय में कितनी सूचना पर ध्यान दे सकते हैं।'' नाईसर ने अपने इस सिद्धान्त में इस बात पर बल डाला है कि सूचनाओं की सीमित मात्रा पर ही व्यक्ति एक समय में ध्यान दे पाता है। यदि बहुत सारी सूचनाएँ व्यक्ति को एक साथ दी जाती है तो उसमें कुछ ही सूचना पर व्यक्ति ध्यान दे पाता है। इस तरह के सिद्धान्त से प्रोत्साहित होकर कुछ न्यूरोशास्त्री (neurophysiologists) ने तन्त्रिका तन्त्र में व्याप्त फिल्टरिंग प्रक्रम (filtering mechanism) की खोज के लिए शोध प्रारम्भ कर दिया है। इन शोधों से स्पष्ट हुआ है कि मस्तिष्क में अरबों न्यूरोन्स होते हैं जो एक-दूसरे से सम्बन्धित होते हैं तथा इनकी क्षमता भी असीमित होती है। यही कारण है कि दीर्घकालीन स्मृति का आकार तथा चंद सेकेंड पहले की घटनाओं एवं सूचनाओं को याद रखने की क्षमता आदि असीमित होती है। उसी तरह से किसी एक समय में व्यक्ति सूचना की कितनी मात्रा पर ध्यान दे पायेगा, यह भी सीमित नहीं होती है।

नाईसर ने इस तथ्य को स्वीकार किया है कि दिन प्रतिदिन की जिन्दगी में यदि एक ही साथ व्यक्ति कई चीजों या कामों को करना प्रारम्भ करता है तो उसका निष्पादन थोड़ा जरूर प्रभावित हो जाता है। परन्तु अभ्यास से धीरे-धीरे उसके निष्पादन में सुधार हो जाता है और व्यक्ति एक साथ कई उद्दीपकों पर ध्यान देने में समर्थ हो जाता है। इस तथ्य का समर्थन हमें कई प्रयोगात्मक अध्ययनों से हुआ है। स्पेलकी, हिर्स्ट तथा नाईस्सर (Spelke, Hirst & Neisser, 1976) ने इस सिलसिले में एक महत्त्वपूर्ण अध्ययन किया जिसमें कॉलेज के छात्रों को मन-ही-मन कहानी पढ़ते समय प्रयोगकर्त्ता द्वारा बोले जाने वाले असंगत शब्दों (irrelevent words) के लिखते जाने का भी प्रशिक्षण दिया गया। इस तरह से इन छात्रों को एक ही समय में दो जटिल कार्यों को करने का प्रशिक्षण दिया गया। कुछ दिनों तक इस तरह के अभ्यास के बाद देखा गया कि ऐसे छात्र इन दोनों तरह के कार्यों को ठीक ढंग से करने में सफल रहे हालाँकि प्रारम्भ में इनका निष्पादन उत्तम नहीं था। शेफ्फर (Shaffer, 1975) ने भी अपने प्रयोग के आधार पर उक्त तथ्य की सम्पुष्टि किया है। इन्होंने अपने अध्ययन में स्पष्ट रूप से पाया है कि अभ्यास से एक महिला टंकन (lady typist) उच्च गति से टाईप करने के साथ-ही-साथ बोले जा रहे गद्यांश के अंशों को भी सही-सही बोल भी लेती थी।

4. समर्थता मॉडल *(Capacity Model)*—चयनात्मक अवधान (selective attention) की सैद्धान्तिक व्याख्या करने की दूसरी अवस्था (second phase) की शुरूआत काहनेमैन (Kahneman, 1973) द्वारा प्रकाशित पुस्तक *'एटेनशन एवं एफोर्ट' (Attention and Effort)* से हुआ। काहनेमैन का तर्क यह था कि चयनात्मक अवधान कार्य में मार्गाविरोधी व्याख्या (bottleneck explanation) बहुत महत्त्वपूर्ण नहीं है बल्कि महत्त्वपूर्ण तथ्य यह है कि व्यक्ति से वह कार्य क्या उम्मीद करता है या किस तरह की माँग करता है। काहनेमैन के इस सिद्धान्त को *संज्ञानात्मक समर्थता मॉडल* (cognitive capactiy model) भी कहा जाता है। इस मॉडल में इस बात की पूर्वकल्पना नहीं की जाती है कि व्यक्ति में सूचनाओं को संसाधित करने की एक जैविक सीमा (biological limitation) होता है बल्कि इसमें इस बात की पूर्वकल्पना की जाती है कि व्यक्ति को एक साथ कई तरह के कार्यों को करने में वांछित मानसिक प्रयास (mental effort) करने की एक सीमित क्षमता होती है। काहनेमैन का मत है कि किसी वस्तु पर ध्यान देने में मानसिक प्रयास (mental

1. "There is no physiologically or mathematically established limitation on how much information we can pick up at once." —Neisser, 1976.

effort) एवं उत्तेजन की एक निश्चित मात्रा की जरूरत होती है। इसे इन्होंने *संज्ञानात्मक युक्ति* (cognitive resources) या *संज्ञानात्मक समर्थता* (cognitive capacity) की संज्ञा दिया है। ऐसी युक्ति या क्षमता सीमित होती है। अगर व्यक्ति को किसी उद्दीपक पर ध्यान देना होता है, तो इन क्षमताओं की जरूरत पड़ती है। अगर उद्दीपक का स्वरूप जटिल(complex) होता है, ऐसी युक्तियों या क्षमताओं की जरूरत अधिक पड़ती है। अगर कई जटिल उद्दीपक एक साथ उपस्थित होते हैं तो व्यक्ति को अपने सीमित युक्तियों या क्षमताओं का वितरण (allocation) करना पड़ता है। इस तरह का वितरण का स्वरूप लचीला (flexible) होता है और व्यक्ति के नियन्त्रण में होता है। परिणामतः व्यक्ति आवश्यकतानुसार अपने सीमित युक्तियों या क्षमताओं को महत्त्वपूर्ण उद्दीपकों पर स्थानांतरित कर पाता है। इन कारणों से समर्थता मॉडल को अवधान का *युक्ति वितरण मॉडल* (resource allocation model) भी कहा जाता है।

इस मॉडल में युक्तियों की संख्या निश्चित नहीं होती है बल्कि युक्ति के सम्पूर्ण संख्या जो किसी भी समय व्यक्ति को उपलब्ध होते हैं, वह अंशतः व्यक्ति के उत्तेजन स्तर (arousal level) से निर्धारित होता है। एक सीमा तक उत्तेजन का स्तर जितना ही अधिक होता है, युक्तियों का जमावड़ा (pool) उतना ही अधिक होता है। अगर उत्तेजन का स्तर उस सीमा को भी पार कर जाता है, प्राप्य युक्तियों की संख्या में कमी आ जाती है। किस उद्दीपक पर अधिक संख्या में युक्ति या अधिक मात्रा में मानसिक समर्थता व्यक्ति लगायेगा, यह व्यक्ति के *वितरण नीति* (allocation policy) पर निर्भर करता है। वितरण नीति का निर्धारण *स्थायी पूर्ववृत्ति* (enduring disposition) तथा *क्षणिक उद्देश्यों (momentary intentions)* से होता है। स्थायी पूर्ववृत्ति से तात्पर्य इस बात से होता है कि प्राणी को बहुत तरह के उद्दीपकों या घटनाओं (events) को संसाधित करना पड़ता है। क्षणिक उद्देश्यों (momentary intention) से तात्पर्य वैसी परिस्थिति पूर्ववृत्ति (stiuational disposition) से होता है जिसके माध्यम से व्यक्ति विशेष तरह के उद्दीपकों के विशेष स्रोत (source) के प्रति संज्ञानात्मक क्षमताओं का वितरण कर देता है। जिस उद्दीपक कार्य पर सबसे ज्यादा संज्ञानात्मक क्षमताएँ वितरित होतीं हैं उसपर व्यक्ति का ध्यान सबसे पहले जाता है।

संज्ञानात्मक क्षमता मॉडल (cognitive capacity model) कई तरह का पूर्वकथन (predictions) करता है जिसमें निम्नांकित तीन प्रमुख हैंः–

(i) इस मॉडल की पहली पूर्वकल्पना या पूर्वकथन यह है कि उत्तेजन (stimulation) के प्रतियोगी युक्तियों से उत्पन्न होने वाली बाधाएँ (interference) अविशिष्ट (nonspecific) होते हैं। दूसरे शब्दों में यह कहा जा सकता है कि जब व्यक्ति दो कार्य एक साथ करता है, तो उससे उत्पन्न होने वाली समस्या की शुरूआत इस कारण नहीं होता है कि कार्य एक-दूसरे के साथ बाधा पहुँचता है, बल्कि वह इसलिए होता है कि ऐसे कार्य द्वारा उतने युक्तियों (resources) की माँग होने लगती है जितना कि व्यक्ति के पास नहीं होता है। परिणामतः यह मॉडल इस बात का पूर्वकथन करता है कि एक समय में व्यक्ति दो तरह के कार्यों को तबतक ही कर पाता है जबतक कि उन कार्यों द्वारा मांगी गयी संज्ञानात्मक क्षमता प्राप्य संज्ञानात्मक क्षमता (available cognitive capacity) के भीतर होते हैं।

(ii) इस मॉडल का दूसरा पूर्वकथन (prediction) पहले पूर्व कथन पर आधृत है। जब व्यक्ति दो कार्य एक ही साथ करने की कोशिश करता है तो उसमें से किसी एक कार्य पर उसका निष्पादन उस समय गिर जायेगा जब संसाधित करने का (processing) माँग का पूर्ण योग व्यक्ति के संज्ञानात्मक क्षमता से अधिक होगा।

(iii) इस मॉडल का तीसरी पूर्वकल्पना यह है कि वितरण नीति (allocation policy) लचीला (flexible) होता है और उद्दीपकों के नये-नये माँग के आलोक में उसमें परिवर्तन किये जा सकते हैं।

जानस्टोन तथा हिन्ज (Johnstone & Heinz, 1978) ने अपने प्रयोगात्मक अध्ययन के आधार पर तीसरी पूर्वकल्पना का तथा पोजनर तथा वोइस (Posner & Boies, 1971) ने अपने प्रयोगात्मक अध्ययन के आधार पर प्रथम दोनों पूर्वकल्पनाओं का समर्थन प्रदान किया है।

संज्ञानात्मक क्षमता मॉडल के साथ सबसे बड़ी समस्या यह है कि युक्ति (resourse) का स्वरूप क्या होता है, वस्तुतः युक्ति से क्या तात्पर्य होता है, इसकी व्याख्या ठीक ढंग से इस मॉडल में कही नहीं की गयी है। इस प्रश्न का उत्तर देने का प्रयास कुछ मनावैज्ञानिकों द्वारा किया गया है और यह कहा गया है कि सचमुच में युक्ति, तन्त्रिका तन्त्र (nervous system) का मौलिक एवं तात्विक (elemental) संक्रियाएँ (operations) होतीं हैं। डावसन एवं स्केल (Dawson & Schell, 1983) ने अपने अध्ययन के आधार पर यह बतलाया है कि मस्तिष्क के दोनों गोलार्द्धों में सूचनाओं को संसाधित करने की स्वतन्त्र क्षमताएँ (capabilities) अलग-अलग होतीं हैं।

निष्कर्षतः यह कहा जा सकता है कि काहनेमैन का यह संज्ञानात्मक समर्थता मॉडल मूलतः मार्गविरोधी मॉडल (bottlneck model) के पूरक (supplementary) के रूप में न कि उसे दबाने के खयाल से प्रतिपादित किया गया है। जहाँ मार्गविरोधी यह बतलाता है कि व्यक्ति के सामने आने वाले उद्दीपक हमेशा एक दूसरे के साथ शाटिंग चैनेल (shunting channel) में एक-दूसरे के साथ प्रतियोगिता करते हैं और परिणामतः हमेशा एक-दूसरे के साथ बाधा उत्पन्न करते हैं, सामर्थता मार्डॉल (capacity model) में यह पूर्वकल्पना होती है कि उद्दीपकों के संदर्भ में जो माँगें demands) होती हैं वे एक-दूसरे के साथ बाधा नहीं पहुँचातीं हैं। दूसरे शब्दों में, जबतक पर्याप्त युक्ति (sufficient resources) उपलब्ध होते हैं, सामने आने वाले सभी उद्दीपकों के मार्गों पर व्यक्ति अपना नियन्त्रण रख पाता है।

स्पष्ट हुआ कि चयनात्मक अवधान (selective attention) की व्याख्या करने के लिए कई तरह के मॉडल का विकास किया गया है। इन मॉडल या सिद्धान्तों में कौन सबसे अच्छा है, इसका उत्तर सही-सही ढंग से नहीं दिया जा सकता है। परिणामतः अभी इस क्षेत्र में किये जाने वाले शोधों के परिणाम की प्रतीक्षा करनी होगी जिससे इस प्रश्न का सही-सही उत्तर ढूँढा जा सके।

दीर्घीकृत ध्यान का स्वरूप
(Nature of Sustained Attention)

दीर्घीकृत अवधान या ध्यान या जिसे निगरानी (vigilance) भी कहा जाता है, एक ऐसी प्रत्यक्षज्ञानात्मक प्रक्रिया (perceptual process) है जिसमें व्यक्ति अधिक समय तक अपना ध्यान किसी उद्दीपक पर केन्द्रित किये रहता है तथा उस उद्दीपक के प्रति अधिक सतर्कता बनाये रखता है। दीर्घीकृत अवधान (sustained attention) के अध्ययन में मनोवैज्ञानिकों की अभिरुचि तब उत्पन्न हुई जब उन्होंने द्वितीय विश्व युद्ध के दौरान रडार संचालकों (radar operators) में अवधान से सम्बन्ध समस्याएँ उत्पन्न होते पाये। इन संचालकों को गौर से ध्यान देते हुए दुश्मन के आते हुए हवाई जहाज से रडार में उत्पन्न संकेतों की पहचान करनी होती थी। कुछ समय तक इस तरह के कार्य करने के बाद रडार संचालकों के निष्पादन (performance) में गिरावट आने लगती थी और वे दुश्मन के आते हुए हवाई जहाज से रडार में उत्पन्न संकेतों की पहचान करने में वे असफल होने लगते थे। इस तरह के प्रेक्षण (observation) से प्रेरित होकर दीर्घीकृत अवधान के प्रयोगात्मक अध्ययन का प्रयास प्रारम्भ किया गया और इस सिलसिले में पहला प्रयोगशाला प्रयोग मैकवर्थ (Mackworth, 1950) द्वारा किया गया। इस प्रयोग में इन्होंने रडार के अनुरूप प्रदर्शन (stimulated display) जिसे घड़ी परीक्षण (clock test) कहा गया, का उपयोग किया। इस परीक्षण में प्रयोग की घड़ीनुमा परिधीय उपकरण में काला संकेतक या सूई (black pointer) के गति पर गौर से ध्यान देने के लिए कहा गया। घड़ीनुमा परिधीय उपकरण में कुछ लिखा नहीं था तथा उसमें किसी प्रकार का कोई संकेत नहीं था। सूई प्रति सेकंड 0.3 इंच की गति से आगे बढ़ता था तथा कभी-कभी बीच में उसकी गति दुगुना अर्थात प्रति सेकेंड 0.6 इंच हो जाती थी। प्रयोज्यों को उस समय बटन दबाकर अनुक्रिया करना था जब उसे यह प्रतीत हो कि सूई दुगुने गति से अर्थात् 0.6 इंच प्रति सेकेंड की गति से आगे बढ़ा हो। प्रयोज्य को इस कार्य में दो घंटे तक लगाया गया। परिणाम में यह देखा गया कि करीब आधे घंटे तक दीर्घीकृत अवधान उक्त कार्य पर देने के बाद उनके निष्पादन में कमी आने लगी। प्रयोज्य प्रत्येक चार पहचानने वाले संकेत (दुगुना गति) में से एक की पहचान करने में असफल होने लगा। मैकवर्थ के बाद में भी कई मनोवैज्ञानिकों द्वारा इस तरह के प्रयोग किये गए जिसमें मैकवर्थ के निष्कर्ष के ही समान निष्कर्ष पाये गये। इसमें टीकनर (Teicher, 1974) द्वारा किया गया कार्य काफी महत्त्वपूर्ण है। इन प्रयोगों से यह स्पष्ट हुआ कि संकेत पहचान के कार्य निष्पादन में उत्पन्न कमी का कारण शारीरिक थकान नहीं था क्योंकि इन प्रयोगों में कार्य भार बहुत ही हल्का था। ब्रौडवेन्ट (Broadbent, 1971) के अनुसार इन निगरानी कार्यों (vigilance test) का सैद्धान्तिक महत्त्व यह है कि यह मनोवैज्ञानिको को उन सभी कारकों का अध्ययन करने की प्रेरणा देता है जो दीर्घीकृत अवधान (sustained attention) को प्रभावित करते हैं।

दीर्घीकृत अवधान के प्रयोगों से अवधान के बारे में कुछ रुचिकर तथ्य सामने आये हैं। दीर्घीकृत अवधान या निगरानी (vigilance) कार्य के स्वरूप से यह स्पष्ट हुआ है कि किसी बाह्य उद्दीपक (external stimulus) पर ध्यान देना एक तीव्र क्रिया (intense activity) है जिसमें काफी मानसिक प्रयास (mental effect) व्यक्ति को

करना पड़ता है। इस मानसिक प्रयास का पूर्ण उपयोग तब तक नहीं होता है जब तक कि व्यक्ति एक खास ढंग से उत्तेजित नहीं हो पाता है। उद्दीपक पर अवधान देने के लिए आवश्यकता है कि व्यक्ति में दैहिक उत्तेजन का स्तर जैसे विशेष शारीरिक मुद्रा, विशेष माँसपेशियों में तनाव तथा सतत सक्रिय एकाग्रता (continuous active concentration) आदि का विशेष स्तर बना हुआ हो। परन्तु निगरानी कार्य (vigilance task) के दौरान जो घटना घटित होती है, उससे यह स्पष्ट है कि उत्तेजन (arousal) के बढ़ते हुए स्तर से उत्तम निष्पादन नहीं हो पाता है। जैसे-जैसे उत्तेजन स्तर में वृद्धि होती है, अवधान किसी केन्द्रीय लक्ष्य (central target) पर केन्द्रित हो जाता है परन्तु अन्य दूसरी तरह की सूचनाओं की उपेक्षा हो जाती है। जब ऐसी बात होती है, तो स्वभावतः निष्पादन में ह्रास हो जाती है। 1908 में यर्क्स तथा डोडसन (Yerkes & Dodson) ने उत्तेजन के स्तर तथा निष्पादन के सम्बन्ध को एक विशेष नियम जिसे *यर्क्स-डोडसन नियम* (Yerkes-Dodson law) कहा है, द्वारा दिखलाया गया है। इस दोनों के सम्बन्ध को चित्र 6.4 में दिखलाया गया है। चित्र से स्पष्ट है कि उत्तेजन स्तर तथा निष्पादन के स्तंर के सम्बन्ध विलोमित यू (inverted U) के समान होता है जो यह बतलाता है कि दीर्घीकृत अवधान या निगरानी कार्यों में निष्पादन उस समय सबसे उत्तम होता है जब व्यक्ति में उत्तेजन का स्तर मध्यम (middle) होता है। बहुत अधिक तथा बहुत कम उत्तेजन स्तर होने पर निष्पादन में ह्रास होती है।

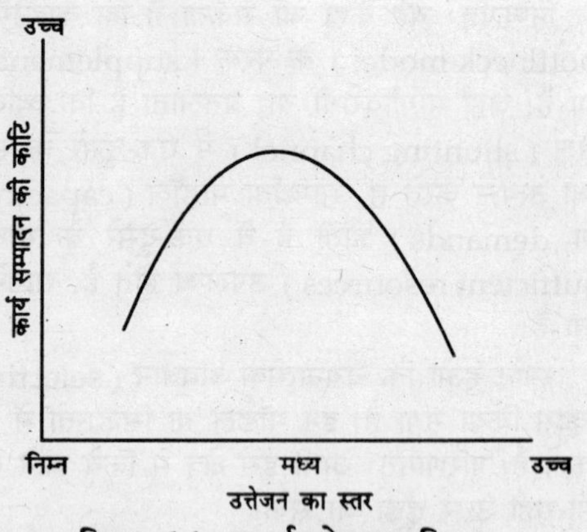

चित्र 6.4 : यर्क्स-डोडसन नियम

दीर्घीकृत अवधान के निर्धारक
(Determinants of Sustained Attention)

दीर्घीकृत अवधान के क्षेत्र में किये गए प्रयोगों से यह स्पष्ट हुआ है कि दीर्घीकृत अवधान पर कई तरह के कारकों का प्रभाव पड़ता है। इन कारकों में निम्नांकित पाँच महत्त्वपूर्ण हैं:–

1. संवेदी कारक (sensory factors)
2. संकेत या उद्दीपक उत्कृष्टता (signal conspicuity)
3. पृष्ठभूमि घटना दर (background event rate)
4. सामायिक एवं स्थानिक अनिश्चितता (temporal and spatial uncertainty)
5. परिणाम ज्ञान (knowledge of results)

1. संवेदी कारक *(Sensory factors)*—व्यक्ति का दीर्घीकृत अवधान इस बात से प्रभावित होता है कि उद्दीपक का स्वरूप क्या है? मनोवैज्ञानिकों द्वारा किये गए अध्ययनों से यह स्पष्ट हुआ है कि जब दीर्घीकृत अवधान कार्य में श्रवण संकेत की पहचान करनी होती है तो ऐसे कार्य का निष्पादन उस परिस्थिति से उत्तम होता है जब दीर्घीकृत अवधान कार्य में दृष्टि संकेत (visual signal) की पहचान करनी पड़ती है। दूसरे शब्दों में, जब व्यक्ति को श्रवण संकेतों पर ध्यान देकर उसमें से उपयुक्त संकेत की पहचान करनी पड़ती है तो उसका निष्पादन उस परिस्थिति से अधिक उत्तम होता है जब व्यक्ति को दृष्टि संकेतों पर ध्यान देकर उसमें से उपयुक्त संकेत की पहचान करनी पड़ती है। कुछ मनोवैज्ञानिकों जैसे परसुरामन तथा डेबिज (Parasuraman & Davies, 1977), टाइलर, वाग्ग एवं हालकौम्ब (Tyler, Wagg & Halcomb, 1972) ने तो यहाँ तक बतलाया है कि जब प्रयोज्यों को एक संवेदी क्षेत्र (sensory modality) में अनुभव प्राप्त हो जाता है तो उससे दूसरे संवेदी क्षेत्र में दीर्घीकृत अवधान के कार्यों में तेजी से सफलता प्राप्त होता है।

2. संकेत या उद्दीपक उत्कृष्टता *(Signal conspicuity)*—मनोवैज्ञानिकों द्वारा किये गये प्रयोगों से यह भी स्पष्ट हुआ है कि दीर्घीकृत अवधान पर उद्दीपक या संकेत (stimulus or signal) की उत्कृष्टता का भी प्रभाव पड़ता है। संकेत की उत्कृष्टता के दो पहलुओं का अध्ययन किया गया है—संकेत की तीव्रता या विस्तार (amplitude)

तथा संकेत की अवधि (duration of signal) किसी संकेत या उद्दीपक पर अधिक देर तक ध्यान देने से उसमें व्यक्ति विवेचित संकेत (critical signal) या उचित संकेत का ठीक-ठीक पहचान कर पायेगा कि नहीं, यह संकेत के विस्तार या तीव्रता (amplitude) तथा उसकी अवधि पर निर्भर करता है। दीर्घीकृत अवधान संकेत के विस्तार से किस तरह प्रभावित होता है, इसे दिखलाने के लिए लोयब तथा विनफोर्ड (Loeb & Binford, 1963) ने एक महत्त्वपूर्ण प्रयोग किया है। इस प्रयोग में प्रयोज्यों को कुछ विशेष तरह की ध्वनि सुनकर उसकी पहचान करनी थी। इस तरह का विशेष ध्वनि एक सामान्य एवं सतत ध्वनि के बीच-बीच में उत्पन्न किया जाता था। सामान्य ध्वनि की तीव्रता 60dB (decibel) थी जो प्रयोज्य के निरपेक्ष दहेली (absolute threshold) से ऊपर था तथा विवेचित ध्वनि संकेत (critical sound signal) जिनकी पहचान करनी थी, वह 2.1, 3.6 या 5.1 dB सामान्य ध्वनि की तीव्रता से अधिक होती थी। परिणाम में देखा गया कि इस तरह के दीर्घीकृत अवधान कार्य में विवेचित ध्वनि संकेत की तीव्रता जैसे-जैसे बढ़ती गयी, गलत पहचान की औसत संख्या कमती गयी। दूसरे शब्दों में यह संख्या 2.1DB के विवेचित ध्वनि संकेत में अधिक थी तथा 5.1 dB के विवेचित ध्वनि संकेत में सबसे कम थी। इस प्रकार के परिणाम अन्य मनोवैज्ञानिकों जैसे टीकनर एवं उनके सहयोगियों (Tickner et al., 1972) तथा वाईनर (Wiener, 1964) आदि द्वारा भी अपने-अपने अध्यनों में पाया गया है।

विवेचित उद्दीपक (crititcal stimuli) की अवधि द्वारा भी दीर्घीकृत अवधान कार्य प्रभावित होता है। बेकर (Bekar, 1963) एवं वार्म तथा उनके सहयोगियों (Warm et al., 1970) द्वारा किये गये अध्ययनों से यह स्पष्ट हुआ है कि विवेचित उद्दीपक जब कम अवधि के लिए व्यक्ति के सामने उपस्थित किया जाता है तो उसकी पहचान होने की सम्भावना उस परिस्थिति की तुलना में कम होती है जब विवेचित उद्दीपक अधिक अवधि के लिए व्यक्ति के सामने उपस्थित होता है।

3. पृष्ठभूमि घटना दर *(Background event rate)*—कई मनोवैज्ञानिकों के अध्ययनों से यह स्पष्ट हुआ है कि दीर्घीकृत अवधान पर उद्दीपक की पृष्ठभूमि घटना दर (background event rate) का भी प्रभाव पड़ता है। पृष्ठभूमि घटना (background event) से तात्पर्य वैसे घटना चक्र से होता है जिसमें विवेचित उद्दीपक या संकेत (critical stimulus or signal) जिसकी पहचान व्यक्ति को करना होता है, एक तरह से छिपा होता है। जेटीसन तथा पिकेट (Jetison & Pickett, 1964) ने इसे एक प्रयोग करके दिखाने की कोशिश की है। इस प्रयोग में प्रयोज्य को एक दण्डाकार रोशनी (a bar of light) के आवृत्तीय गति (repetitive movement) पर लगातार 80 मिनट तक ध्यान देने के लिए कहा गया। यह दण्डकार रोशनी एक प्रारम्भ बिन्दु से दायीं ओर खास दूरी तक आगे बढ़ती थी फिर वहाँ से वापस उस प्रारम्भ बिन्दु पर आ जाती थी और फिर वही दूरी तक आगे बढ़कर पुनः अपने प्रारम्भ बिन्दु पर लौट आती थी। इस तरह से दण्डकार रोशनी अपने प्रारम्भ बिन्दु से आगे एवं पीछे दो बार हुआ करती थी। इन दोनों गतियों को मिलाकर एक घटना (event) कहा गया। विवेचित संकेत (critical signal) जिसे प्रयोज्यों की पहचान करना होता है, वह था दूसरी बारी की गति में दण्डाकार रोशनी की लम्बाई में हुई 4 मिलीमीटर की वृद्धि। इस प्रयोग में दो तरह की घटना गति (event rate) का उपयोग किया गया। मंद घटना गति (slow event rate) जिसमें प्रति मिनट 5 घटनाएँ घटी तथा तीव्र घटना गति जिसमें प्रति मिनट 30 घटनाएँ घटी। इन दोनों तरह की घटना गति दरों में विवेचित उद्दीपक या संकेत जिसकी पहचान प्रयोज्यों को करना था, की आवृत्ति (frequency) बराबर-बराबर रखी गयी। परिणाम में देखा गया कि विवेचित उद्दीपक या संकेत की पहचान की प्रतिशत मंद घटना गति में तीव्र घटना की गति की तुलना में काफी अधिक था। इस प्रयोग से यह स्पष्ट हो जाता है कि दीर्घीकृत अवधान का गुण पृष्ठभूमि या तटस्थ घटनाओं की उपस्थिति की दर से प्रतिलोमित रूप से (inversely) सम्बन्धित होता है। बाद के कई प्रयोगों में जिसे जानस्टोन तथा उनके सहयोगियों (Johnstone et al., 1966), क्रुलेविज तथा उनके सहयोगियों (Krulewitz et al., 1975) तथा लोयब एवं बिनफोर्ड (Loab & Binford, 1968) द्वारा किया गया, उक्त तथ्य की पुष्टि की गयी है।

4. सामयिक एवं स्थानिक अनिश्चितता *(Temporal and spatial uncertainty)*—ऊपर में जिन तीन मनोदैहिक कारक (psychophysical) जिनसे दीर्घीकृत अवधान प्रभावित होता है, को प्रथम-क्रम का कारक (first-order factor) कहा जाता है क्योंकि इनमें उद्दीपक के कुछ तात्कालिक भौतिक गुणों में जोड़-तोड़ किया जाता है। इस प्रथम-क्रम कारक के अलावा कुछ द्वितीय-क्रम के कारक (seocnd order factor) भी हैं जिनसे दीर्घीकृत अवधान

(sustained attention) प्रभावित होता है। इसमें एक प्रधान कारक है—प्रत्यक्षणकर्त्ता या प्रयोज्य के मन में इस बात की अनिश्चितता (uncertainty) की संकेत या उद्दीपक जिसकी पहचान की जानी है, कब (when) और कहाँ-कहाँ (where) उपस्थित होगा। पहले कारक को *सामयिक अनिश्चितता* (temporal unceretainty) तथा दूसरे तरह के कारकों को *स्थानिक अनिश्चितता* (spatial uncertainty) कहा जाता है।

मनोवैज्ञानिकों ने विवेचित संकेत (critical signal) जिसकी पहचान प्रयोज्य को करना होता है, के बारे में प्रयोज्य के मन में सामयिक अनिश्चितता (temporal uncertainty) को विवेचित संकेत की संख्या या सघनता (density) में परिवर्तन करके एवं जोड़-तोड़ करके उसका दीर्घीकृत अवधान पर पड़ने वाले प्रभाव का अध्ययन किया है। जेरिसन एवं पिकेट्ट (Jerison & Pickett, 1963) ने सामयिक अनिश्चितता का दीर्घीकृत अवधान पर पड़ने वाले प्रभाव का अध्ययन करने के लिए किये गये प्रयोगों के परिणाम की समीक्षा किया है और बतलाया है कि एक निश्चित समय के भीतर विवेचित संकेत (critical signal) की आवृत्ति अधिक होने से प्रयोज्यों में सामयिक अनिश्चितता औसतन कम होती है। दूसरे शब्दों में यह कहा जा सकता है कि जैसे-जैसे विवेचित संकेत की आवृत्ति (frequency) या सघनता (density) बढ़ती है संकेत के सही-सही पहचान करने की प्रतिशत में वृद्धि होती है। कुछ मनोवैज्ञानिकों ने यह भी दिखलाया है कि विवेचित संकेत सघनता (critical signal density) में परिवर्तन होने से विवेचित संकेत के पहचानने की गति (speed) में भी अन्तर हो जाता है। जैसे—स्मिथ, वार्म एवं एलुईसी (Smith, Warm & Alluisi, 1966) ने अपने प्रयोग में प्रति घंटा 6 से 96 संकेत (signal) के सघनता प्रसार (density range) में विवेचित संकेत पहचानने की गति का अध्ययन किया। परिणाम में पाया गया कि जैसे-जैसे सामयिक अनिश्चितता में कमी संकेत सघनता (signal density) में परिवर्तन (वृद्धि) के कारण होते जाती है, संकेत के पहचानने की गति में तीव्रता आते जाती है। कुछ अन्य अध्ययनों में प्रयोज्य के सामयिक अनिश्चितता में जोड़-तोड़ विवेचित संकेतों (critical signals) के बीच के समय अंतराल में परिवर्तन करके किया गया है और दीर्घीकृत अवधान पर उसके पड़ने वाले प्रभावों का भी अध्ययन किया गया है। विवेचित संकेत को नियमित अंतराल (regular interval) जैसे प्रत्येक एक मिनट में एक बार या अनियमित अंतराल में औसतन एक बार प्रति मिनट दिया जा सकता है। इसमें विवेचित संकेत कभी 30 सेकंड तो कभी 4 मिनट बाद या और भी कोई अन्य समय अंतराल बाद भी उपस्थित किया जा सकता है। वार्म, एप्स एवं फर्गुसन (Warm, Epps & Ferguson, 1974) ने अपने अध्ययन में पाया है कि जब विवेचित संकेतों का अन्तर अन्तराल (inter interval) निश्चित होता है तो प्रयोज्यों द्वारा संकेतों की सही पहचान की आवृत्ति में वृद्धि हो जाती है तथा अधिक तीव्र गति से प्रयोज्य विवेचित संकेत की पहचान करने में भी समर्थ हो जाता है।

मनोवैज्ञानिकों ने स्थानिक अनिश्चितता (spatial uncertainty) का दीर्घीकृत अवधान पर पड़ने वाले प्रभावों का भी अध्ययन किया है। नाईसली एवं मिल्लर (Nicele & Miller, 1957) ने एक अध्ययन किया जिसमें उन्होंने प्रयोज्यों को अनुरूपी रडार प्रदर्शन (simulated radar display) की परिस्थिति में उद्दीपक को दिखलाया गया। यह कार्य कई भागों में बाँटकर किया गया। विवेचित संकेत या उद्दीपक (critical signal) जिसकी पहचान व्यक्ति को करना था, एक विशेष भाग में ही अधिकांशतः उपस्थित किया जाता था। परिणाम में यह देखा गया कि संकेत पहचान की सम्भावना उस भाग में सबसे अधिक पायी गयी जिसमें संकेतों की उपस्थिति की सम्भावना अधिक होती थी। इसी तरह का परिणाम कुल्प एवं एलुईसी (Kulp & Alluisi, 1967) के प्रयोग में भी पाया गया।

5. परिणाम ज्ञान (*Knowledge of results*)—परिणाम ज्ञान का भी प्रभाव दीर्घीकृत अवधान (sustained attention) पर पड़ता है। मैकवर्थ (Mackworth, 1940) द्वारा इस क्षेत्र में किये गये आरम्भिक प्रयोगों में यह देखा गया कि परिणाम ज्ञान देने से अर्थात् निगरानी या दीर्घीकृत अवधान कार्य के निष्पादन (performance) के बारे में प्रयोज्यों को परिणाम ज्ञान देने से संकेतों की सही पहचान की आवृत्ति में वृद्धि हो जाती है। कुछ अन्य मनोवैज्ञानिकों जैसे–वार्म तथा उनके सहयोगियों (Warm et al., 1973), वाइनोर (Wienor, 1974), वार्म, हैगनर, एवं मेयर (Warm, Hagnor & Mayor, 1971) ने भी अपने-अपने प्रयोगों आधार पर इस तथ्य की संपुष्टि किया है कि परिणाम ज्ञान देने से निगरानी कार्य में उद्दीपक या संकेत के सही-सही पहचान की आवृत्ति (frequency) तथा गति (speed) दोनों में वृद्धि हो जाती है। परिणाम ज्ञान देने से संकेत के सही-सही पहचान की आवृत्ति तथा गति में वृद्धि का कारण बतलाते हुए मनोवैज्ञानिकों ने यह कहा है कि इससे प्रयोज्यों को एक अभिप्रेरणा मिलती है और वह अगले

प्रयासों में अपने आपको आवश्यकतानुसार अधिक सतर्क कर लेता है जिससे संकेत की सही पहचान में कुछ विशेष सहायता मिल जाती है।

स्पष्ट हुआ कि दीर्घीकृत अवधान के कई निर्धारक हैं। ये सभी निर्धारकों का स्वरूप मनोदैहिक (psychophysical) है। इसलिए इन्हें मनोदैहिक निर्धारक (psychophysical determinant) भी कहा जाता है।

दीर्घीकृत अवधान के सिद्धान्त (Theories of Sustained Attention)

दीर्घीकृत अवधान की व्याख्या करने के लिए कई तरह के सिद्धान्तों का प्रतिपादन मनोवैज्ञानिकों द्वारा किया गया है। इन विभिन्न सिद्धान्तों का मुख्य उद्देश्य इस तथ्य की व्याख्या करनी होती है कि दीर्घीकृत अवधि (prolonged period) में व्यक्ति उपयुक्त या सही संकेत का सही-सही पहचान क्यों नहीं कर पाता है। जेरिसन एवं पिकेट (Jerison & Pickett, 1963) ने इस तथ्य पर बल डाला है कि निगरानी कार्य (vigilance task) के दौरान प्रयोज्यों (subject) के व्यवहार को कई कार्य-संगत अवस्थाओं (task-relevant phases) में विश्लेषित किया जाता है जिनमें तीन प्रमुख हैं:–

(i) पृष्ठभूमि से सम्बद्ध सूचनाओं को एकत्रित करना।

(ii) सूचनाओं को ठीक ढंग से प्रेक्षण करना तथा कोई निर्णय लेना।

(iii) तन्त्रकीय अवधान इकाइयों (neural attention units) द्वारा कार्य किया जाना।

दीर्घीकृत अवधान के विभिन्न सिद्धान्तों में उपर्युक्त तीन अवस्थाओं में से एक या एक से अधिक अवस्थाओं को आधार बनाकर उसकी (दीर्घीकृत अवधान) व्याख्या करने की कोशिश की गयी है। इन सिद्धान्तों में निम्नांकित प्रमुख हैं:–

1. प्रत्याशा सिद्धान्त (Expectancy thoery)
2. जेरीसन का सिद्धान्त (Jerison's theory)
3. संकेत पहचान सिद्धान्त (Signal detection theory)
4. उत्तेजन सिद्धान्त (Arousal theory)
5. अभ्यसन सिद्धान्त (Habituation theory)

इनमें से प्रथम तीन संज्ञानात्मक सिद्धान्त (cognitive theory) हैं तथा अन्तिम दो न्यूरोदैहिक सिद्धान्त (neurophysiological theory) हैं। इन सभी सिद्धान्तों का वर्णन हम अलग अनुच्छेद में करेंगे:–

1. प्रत्याशा सिद्धान्त (*Expectancy theory*)—प्रत्याशा सिद्धान्त में जेरीसन तथा पिकेट्ट (Jerison & Pickett, 1963) द्वारा बतलाये गए उक्त तीन बिन्दुओं में से प्रथम बिन्दु अर्थात् पृष्ठभूमि सूचनाओं के संचयन (storing the background information) पर अधिक बल डालते हुए दीर्घीकृत अवधान की व्याख्या करने की कोशिश की गयी है। संकेतों (signals) जिनकी पहचान दीर्घीकृत अवधान के दौरान करनी होती है, के बारे में संचित सूचनाओं (stored information) तथा उन अवस्थाओं जिनमें संकेत उपस्थित हो सकता है, की सूचनाओं की अहम् भूमिका होती है। प्रत्याशा सिद्धान्त जिसपर बेकर (Becker, 1963) तथा डीज (Deese, 1955) ने भी अधिक बल डाला है, के अनुसार निगरानी प्रयोगों में विभिन्न प्रयासों में विवेचित संकेत (critical signal) के विभिन्न समयों में उपस्थिति के आधार पर प्रयोज्य एक विशेष तरह का प्रत्याशा (expectancy) विकसित करता है जिनके कारण वह यह कह पाता है कि आने वाले प्रयासों में विवेचित संकेत (critical signal) किस समय उपस्थित हो सकता है। इस सिद्धान्त के अनुसार संकेत की सही पहचान करने की तत्परता इस प्रत्याशा स्तर (expectancy level) से धनात्मक रूप से सम्बन्धित होता है। इस सिद्धान्त की यह भी मान्यता है कि निगरानी प्रयोगों में प्रयोज्यों द्वारा संकेत पहचान के निष्पादन में जो धीरे-धीरे कमी आती है, उसका कारण विवेचित संकेत की उपस्थिति के सही समय के बारे में पूर्वानुमान लगाने की क्षमता में उत्तरोत्तर कमी होना है। जब प्रयोज्यों को संकेत के पहचान से सम्बन्धित परिणाम-ज्ञान प्रत्येक प्रयास में दे दिया जाता है, तो इससे उनके प्रत्याशा की परिशुद्धता में वृद्धि आ जाती है तथा उनके निष्पादन ह्रास (performacne decrement) रुक जाती है।

प्रत्याशा सिद्धान्त का एक महत्त्वपूर्ण भविष्य कथन (prediction) यह है कि निगरानी कार्य या दीर्घीकृत कार्य में निपुणता को प्रयोज्य के सामयिक अनिश्चितता (temporal uncertainty) में कमी लाकर उन्नत बनाया जा सकता है। दूसरे शब्दों में, जब प्रयोज्यों को यह मालूम हो कि सही संकेत किस समय अर्थात प्रयोग के प्रारम्भ, मध्य या अन्त में दिया जायेगा तो इससे संकेत के सही पहचान करने की उसकी क्षमता में वृद्धि हो जाती है। इस तथ्य की सम्पुष्टि वेलकर (Belker, 1978) द्वारा एक अध्ययन में की गई है। प्रत्याशा सिद्धान्त का प्रयोगात्मक समर्थन उन मनोवैज्ञानिकों द्वारा भी की गयी है जिन्होंने अपने अध्ययन में यह पाया है कि निगरानी के प्रशिक्षण अवस्था के दौरान जिन प्रयोज्यों ने संकेत उपस्थित का अधिक अनुभव किया, वे बाद की जाँच अवस्थाओं में उन प्रयोज्यों की तुलना में अधिक उत्तम निष्पादन दिखलाये जिन्हें प्रारम्भ के प्रशिक्षण अवस्था में संकेत उपस्थिति का अनुभव अधिक नहीं कराया गया था। उन मनोवैज्ञानिकों में मैकफारलैंड एवं हालकॉब (McFarland & Halcomb, 1970) तथा कोलकूहोन एवं वैड्डेले (Colquhoun & Baddeley, 1964) के नाम अधिक मशहूर हैं।

व्यापक प्रयोगात्मक समर्थन के बावजूद प्रत्याशा सिद्धान्त की कुछ आलोचनाएँ की गई हैं जिनमें निम्नांकित प्रमुख हैं:–

(i) प्रत्याशा सिद्धान्त द्वारा सभी तरह के निगरानी कार्यों या दीर्घीकृत अवधान कार्यों की संतोषजनक व्याख्या नहीं हो पाती है। जैसे—मुर्रे एवं ग्रास्स (Moore & Gross, 1973) ने अपने अध्ययन में पाया है कि ऐसे कार्यों में प्रयोज्य सिर्फ सामयिक औसतन (temporal averaging) का ही उपयोग कर विशेष प्रत्याशा का निर्माण नहीं करते हैं बल्कि इसके अलावा कई तरह के और भी व्यवहार करते हैं जिनका वर्णन इस सिद्धान्त में नहीं है।

(ii) इस सिद्धान्त के अनुसार परिणाम-ज्ञान या पुनर्निवेशन (feedback) का प्रयोज्य के ऊपर अभिप्रेरणात्मक प्रभाव पड़ता है जिसके कारण उसकी प्रत्याशा क्षमता (expectancy ability) में इतनी अधिक वृद्धि हो जाती है कि वह सही उद्दीपक या संकेत की पहचान कर सकने में समर्थ हो जाता है। आलोचकों ने सिद्धान्त के इस दावे का अतिरंजित (exaggerated) कहकर ठुकरा दिया है।

(iii) यदि यह सिद्धान्त सही है तो संकेत या उद्दीपक की उपस्थिति के समय का आकलन निगरानी कार्यकुशलता (vigilance efficiency) से सम्बद्ध होना चाहिए अर्थात् यदि प्रयोज्य संकेत के उपस्थिति होने के समय का आकलन सही-सही कर पाता है तो इससे निगरानी कार्य का निष्पादन (performance) उत्तम होना चाहिए। परन्तु मैकग्राथ एवं ओहेनलोन (McGrath & O'Hanlon, 1967) ने अपने प्रयोगात्मक अध्ययन के आधार पर यह बतलाया है कि सच्चाई ऐसी नहीं है।

उपर्युक्त आलोचनाओं के आलोक में हम इस निष्कर्ष पर पहुँचते हैं कि यद्यपि प्रत्याशा विकास (expectancy formation) की घटना दीर्घीकृत अवधान में योगदान करता है परन्तु इसकी भूमिका उतनी महत्त्वपूर्ण नहीं है। कुछ मनोवैज्ञानिकों जैसे–डेविज एवं टुन (Davis & Tune, 1969) का मत है कि अगर प्रयोज्यों को दिया गया कार्य कठिन लगता है या उसके सही समाधान के लिए उसके पास कोई अन्य उपाय नहीं होता है तभी वे विवेचित संकेतों (critical signals) के सामयिक क्रम (temporal sequence) के बारे में संचित सूचनाओं के आधार पर कोई प्रत्याशा (expectancy) विकसित करते हैं। इसका मतलब यह हुआ कि दीर्घीकृत अवधान में जब कार्य प्रयोज्यों के लिए आसान होता है तो वहाँ वे ऐसी सूचनाओं का उपयोग विवेचित संकेत की सही पहचान करने के लिए किसी प्रकार का प्रत्याशा विकसित करने में नहीं करते हैं। स्पष्टतः तब इस सिद्धान्त की उपयोगिता सीमित है। क्रुलेविज तथा वार्म (Krulewitz & Warm,.1977) ने भी इस तर्क की सराहना की है।

2. जेरीसन का सिद्धान्त (*Jerison's theory*)—दीर्घीकृत अवधान के इस सिद्धान्त का प्रतिपादन जेरीसन (Jerison, 1970) द्वारा किया गया। इस सिद्धान्त में दीर्घीकृत अवधान तथा प्रयोज्यों द्वारा संकेत की पहचान करने के दौरान किया गया व्यवहार जिसे प्रेक्षण व्यवहार (observing behaviour) कहा जाता है, के बीच एक जटिल सम्बन्ध (complex relation) होने की कल्पना की जाती है। प्रेक्षण व्यवहार, प्रयोज्यों की निर्णय प्रक्रिया तथा निगरानी की प्रक्रिया के आपस के जटिल सम्बन्ध पर इस सिद्धान्त में प्रकाश डाला गया है। इस सिद्धान्त को *उत्पन्न प्रेक्षण दर प्राक्कल्पना* (elicited observing rate hypothesis) भी कहा गया है।

इस सिद्धान्त के अनुसार जब प्रयोज्य किसी निगरानी कार्य या दीर्घीकृत अवधान कार्य में व्यस्त होता है (जहाँ उसे एक विशेष तरह के संकेत की पहचान करनी होती है) तो वह सामने उपस्थित उद्दीपक के बारे में प्रेक्षण अनुक्रियाएँ

(observing responses) करेगा या नहीं इसके बारे में एक-एक करके कई निर्णय लेता है। इस तरह की अनुक्रियाओं को इस सिद्धान्त में एकिक एकाग्र कार्य (unitary attentive act) कहा जाता है। इस तरह के कार्य में केन्द्रीय तन्त्रिका तन्त्र (central nervous system) द्वारा किये गए कुछ वैसी क्रियाएँ भी सम्मिलित होतीं हैं जिनसे संकेत या उद्दीपक के बारे में प्राप्त सूचनाओं को संसाधित किया जाता है। इस सिद्धान्त के अनुसार दीर्घीकृत अवधान के दौरान विवेचित संकेत (critical signal) का सही-सही पहचान करना प्रयोज्यों द्वारा किये गए इन प्रेक्षण अनुक्रियाओं (observing responses) पर निर्भर करती है। यदि किसी कारण से प्रयोज्य (subject) इन प्रेक्षण अनुक्रियाओं को ठीक ढंग से नहीं कर पाता है या उसे अधूरा ढंग से कर पाता है तो वह विवेचित संकेत (critical signal) की पहचान करने में सफल नहीं हो पाता है तथा दीर्घीकृत अवधान कार्य के निष्पादन में ह्रास (decrement) होने लगता है। सिद्धान्त इस बात पर भी बल डालता है कि जब प्रयोज्य लक्ष्य वस्तु (target object) जिसकी पहचान करना है, पर ध्यान देता है तो इसकी कीमत या लागत भी इसे चुकाना पड़ता है और वह थकान, अवरोध (inhibition) तथा ध्यान देने के अभिप्रेरण में कमी आदि के रूप में कीमत चुकाता है। परन्तु जब वह दीर्घीकृत अवधान के दौरान विवेचित संकेत (critical signal) की पहचान करने में सफल हो जाता है तो वह प्रसन्न एवं उत्साहित होता है जो एक तरह का उसके लिए इनाम होता है। प्रयोज्य दीर्घीकृत अवधान के दौरान प्रेक्षण व्यवहार (observing behaviour) करेगा या नहीं करेगा, यह बहुत कुछ उसके इस *इनाम-लागत विश्लेषण* (reward-cost analysis) पर निर्भर करता है। यदि वह यह समझता है कि इस तरह का व्यवहार करने में लागत अधिक परन्तु इनाम कम मिलेगा तो वह ऐसा व्यवहार नहीं करेगा। परन्तु यदि वह यह समझता है कि लागत कम तथा इनाम अधिक मिलेगा तो वह ऐसा व्यवहार करने के लिए तत्पर रहेगा। इस सिद्धान्त के अनुसार जब प्रयोज्य लगातार कुछ समय तक निगरानी कार्य में लीन रहता है तो धीरे-धीरे उसका निगरानी निष्पादन (vigilance performance) में ह्रास इसलिए होता जाता है क्योंकि लगातार ऐसे कार्य में व्यस्त होने से प्रयोज्यों में थकान बढ़ जाता है तथा अभिप्रेरण में ह्रास होने लगता है (अर्थात लागत की मात्रा में तुलनात्मक रूप से वृद्धि होने लगती है)।

यद्यपि जेरीसन का यह मॉडल साधारण एवं सरल है फिर भी आलोचकों का मत है कि इस मॉडल के महत्त्वपूर्ण आशय (implication) का प्रयोगात्मक जाँच करना कठिन है क्योंकि सिद्धान्त में प्रेक्षण व्यवहार (observing behaviour) के आन्तरिक स्वभाव (internal nature) के स्वरूप की सही-सही व्याख्या नहीं की गयी है। दीर्घीकृत अवधान के दौरान प्रयोज्यों द्वारा विवेचित संकेत (critical signal) की पहचान के दौरान किये एक प्रेक्षण व्यवहार का आन्तरिक स्वरूप (internal nature) कैसा होता है, स्पष्ट नहीं हो पाया है। आलोचकों का मत है कि एकाकी एकाग्र क्रिया (unitary attentive act) के स्वरूप की व्याख्या भी संतोषजनक नहीं है। इन आलोचनाओं को जेरीसन द्वारा लगभग स्वीकार कर लिया गया है और वें इन सभी आलोचनाओं के आलोक में अपने मॉडल में पर्याप्त परिमार्जन करने में लगे हुए हैं।

3. संकेत पहचान सिद्धान्त (*Signal detection theory*)—इस सिद्धान्त की सम्पूर्ण व्याख्या अध्याय में 4 में की जा चुकी है। अतः यहाँ उसकी पुनरावृत्ति नहीं की जायेगी। यहाँ इस सिद्धान्त का दीर्घीकृत अवधान कार्य (sustained attention task) या निगरानी कार्य (vigilance task) के लिए क्या आशय (implication) है, मात्र इसी बिन्दु पर जहाँ प्रकाश डाला जाएगा।

निगरानी प्रयोगों (vigilance experiments) से यह स्पष्ट हुआ है कि निगरानी कार्य में जहाँ व्यक्ति या प्रयोज्य दीर्घीकृत अवधान देता है, जैसे-जैसे प्रयासों (trials) की संख्या बढ़ते जाती है, गलत अनुक्रियाओं की आवृत्ति में कमी आते जाती है तथा सही पहचान (correction detection) या सही अनुक्रिया की आवृत्ति में वृद्धि होते जाती है। इस तरह के परिणाम से प्रोत्साहित होकर इंगेन, ग्रीनवर्ग तथा शुलभैन (Egan, Greenberg & Schulman, 1961) ने यह दावा प्रस्तुत किया है कि संकेत पहचान सिद्धान्त के आधार पर निगरानी या दीर्घीकृत अवधान की व्याख्या सम्भव है। इसे केन्द्र बिन्दु मानकर इन मनोवैज्ञानिकों का यह मत है कि लम्बे समय तक निगरानी कार्य में व्यस्त रहने पर प्रयोज्यों के निगरानी निष्पादन (vigilance performance) में जो ह्रास उत्पन्न होती है, उससे संकेतों के प्रति प्रयोज्यों में सतर्कता में कमी तथा प्रत्यक्षज्ञानात्मक संवेदनशीलता (perceptual sensitivity) में ह्रास का पता नहीं चलता है बल्कि यह पता चलता है कि प्रयोज्य पहले की तुलना में एक अधिक अनुदार अनुक्रिया कसौटी (conservative response criteria) को अपना रहा है। इस तथ्य की सम्पुष्टि ब्रौडवेन्ट तथा

ग्रिगोरी (Broadbent & Gregory, 1967) द्वारा किये गये एक उस प्रयोग में हुआ जिसमें इन लोगों ने यह पाया कि निगरानी कार्य (vigilance task) के निष्पादन में समय बीतने के साथ-साथ संवदेनशीलता सूचकांक (sensitivity index या *d*) लगभग एक समान या स्थिर बना होता है जबकि अनुक्रिया कसौटी (response criterion या *B*) में वृद्धि होती है। कुछ अन्य मनोवैज्ञानिकों जैसे–स्वैटस (Swets, 1973), ब्रौडवेन्ट (Broadbent, 1971) द्वारा भी इसी तरह का तथ्य पाया गया है। ऐसे प्रयोगात्मक परिणामों का सीधा आशय यह है कि निगरानी कार्य में समय बीतने के साथ-साथ निष्पादन में जो ह्रास (decrement) होता है, उसे प्रयोगात्मक रूष से ठीक-ठीक पता लगाया जा सकता है तथा इस तरह का ह्रास से प्रयोज्यों में प्रत्यक्षज्ञानात्मक सवंदेनशीलता (perceptual sensitivity) में किसी तरह की कमी का पता नहीं चलता है। परन्तु दुर्भाग्यवश स्थिति उतनी सरल एवं स्पष्ट नहीं है। कुछ मनोवैज्ञानिकों जैसे–परसुरामन एवं डैनिज (Parasuraman & Danies, 1977) तथा लेभाईन एवं उनके सहयोगियों (Levine et. al. 1978) ने अपने-अपने अध्ययनों में यह स्पष्टतः पाया है कि निगरानी कार्य में होने वाला ह्रास का मात्र कारण प्रयोज्यों के निर्णय प्रक्रियाओं (decision processes) में होने वाला परिवर्तन नहीं है बल्कि संकेतों (signals) के प्रति प्रत्यक्षज्ञानात्मक संवेदनशीलता (perceptual sensitivity) में होने वाला परिवर्तन भी होता है। इसका मतलब यह हुआ कि दीर्घीकृत अवधान कार्य या निगरानी कार्य के निष्पादन में ह्रास का कारण संकेतों के प्रति प्रयोज्यों के मन में उत्पन्न प्रत्यक्षज्ञानात्मक संवेदनशीलता में कमी होना भी होता है। प्रत्यक्षज्ञानात्मक संदेनशीलता में कमी प्रायः उर्न कार्यों में होता है जहाँ एक-दूसरे के बाद उपस्थित किये गये उद्दीपकों में प्रयोज्यों द्वारा पहचान करने या न करने के लिए तेजी के साथ उनमें आपस में तुलना करने की जरूरत पड़ती है। यह अबतक स्पष्ट नहीं हो पाया है कि ऐसे कार्यों में जो निष्पादन ह्रास (performance decrement) होता है, उसके द्वारा प्रयोज्यों की संवेदनशीलता में हुए परिवर्तन को प्रतिबिम्बित होते क्यों मान लिया ज़ाता है। कुछ अन्य अवस्थाओं में ऐसे ही ह्रास द्वारा प्रयोज्यों की संवदेनशीलता से कोई सम्बन्ध न होने की बात की जाती है।

4. उत्तेजन सिद्धान्त (*Arousal theory*)—उत्तेजन सिद्धान्त जिसे *सक्रियण सिद्धान्त* (activation theory) भी कहा जाता है, में दीर्घीकृत अवधान की व्याख्या न्यूरोदैहिक सबूतों (neurophysiological evidence) के रूप में की गयी है। इन सबूतों का आधार हेब्ब (Hebb) का योगदान है जिन्होंने यह स्पष्टतः कहा था कि संवेदी निवेश (sensory input) के मुख्य दो कार्य होते हैं–पहला तो यह कि इस तरह के संवेदी निवेश से मस्तिष्क को वातावरण के बारे में कुछ सूचना मिलती है तथा दूसरा यह कि इससे मस्तिष्क में कुछ अस्पष्ट एवं विसरित क्रियाएँ (diffused activities) होती है जिनसे सतर्कता के स्तर में वृद्धि होकर प्रमस्तिष्कीय संचरण (cortical transmission) होतीं हैं।

उत्तेजन सिद्धान्त के अनुसार दीर्घीकृत अवधान या निगरानी कार्य में रेटिकुलर फॉरमेसन (reticular formation or reticular activating formation या RAS) की विशेष भूमिका होती है। RAS मस्तिष्क में एक जालीनुमा संरचना होती है जो सुषुम्ना की ऊपरी भाग से प्रारम्भ होकर थैलेमस (thalamus) तक फैला होता है। जब संवदी निवेश सुषुम्ना होते हुए RAS में पहुँचता है तो इससे प्रमस्तिष्कीय बल्कल (cerebral cortex) के पूरे क्षेत्र में आवेगों का एक विस्तृत पैमाने पर सृजन होता है जिससे व्यक्ति में उत्तेजन (excitation) या सतर्कता का एक सामान्य स्तर का निर्माण होता है। RAS के इस सम्पूर्ण कार्य को

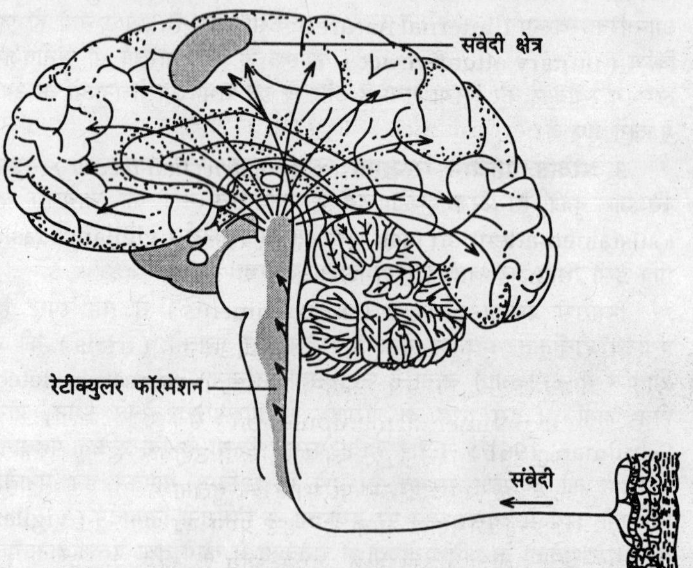

चित्र 6.6 : उत्तेजन के एक सामान्य स्तर का निर्माण पथ

चित्र 6.5 में दिखलाया गया है। RAS के इस कार्य का प्रयोगात्मक समर्थन कई अध्ययनों में हुआ है। जैसे—फ्रेंच (French, 1959) तथा मालमो (Malmo, 1957) ने अपने-अपने अध्ययन में पाया कि यदि पशुओं के मस्तिष्क में RAS को काट कर हटा दिया जाता है तो ऐसे पशु अचेतन एवं निष्क्रियता की अवस्था में चले जाते हैं।

अब प्रश्न यह उठता है कि RAS के उत्तेजन प्रक्रम (activating mechanism) द्वारा दीर्घीकृत अवधान (sustained attention) की व्याख्या कैसे होती है? उत्तेजन सिद्धान्त (arousal theory) के अनुसार RAS को आदर्श स्तरीय कार्य करने के लिए यह आवश्यक है कि व्यक्ति के प्रत्यक्षज्ञानात्मक वातावरण (perceptual environment) में पर्याप्त परिवर्तनशीलता हो अर्थात उद्दीपक (stimulus) में पर्याप्त परिवर्तनशीलता हो। यदि उद्दीपक परिवर्तनशीलता एक क्रान्तिक स्तर (critical level) से नीचे होता है तो व्यक्ति में उत्तेजनशीलता का स्तर कम होता है तथा दीर्घीकृत अवधान में ह्रास उत्पन्न होगा। दीर्घीकृत अवधान कार्य के नीरस पहलू (monotonous aspect) द्वारा RAS उतना अधिक प्रभावित नहीं हो पाता है। फलस्वरूप व्यक्ति में सतर्कता (alertness) तथा उत्तेजन का पर्याप्त स्तर नहीं रह पाता है और दीर्घीकृत अवधान कार्य या निगरानी कार्य के दौरान उसका निष्पादन में ह्रास (decrement) होता है अर्थात संकेत (signal) की पहचान कार्य में त्रुटियाँ बढ़ने लगतीं हैं।

आधुनिक मनोवैज्ञानिकों द्वारा कई ऐसे सबूत उपलब्ध किये गये हैं जिनसे उत्तेजना के न्यूरादैहिक सूचकांकों एव निगरानी कार्यों के निष्पादन के बीच के सम्बन्ध को दिखलाया गया है। इन न्यूरोदैहिक सूचकांकों में EEG के अल्फा क्रियाओं (alpha activities) तथा GSR (galvanic skin response) की क्रियाओं में कमी होना महत्त्वपूर्ण है। जब व्यक्ति उत्तेजन की अवस्था में होता है तो अल्फा क्रियाओं तथा GSR की क्रियाएँ कमने लगती हैं। डेविज एवं कर्कोविक (Davies & Krkovic, 1965) ने अपने अध्ययन में पाया कि निगरानी कार्य (vigilance task) में पहचान प्राप्तांकों में कमी उक्त दोनों तरह के सूचकांकों में हुए कमी के साथ सम्बन्धित पाया है। मिलोसेविक (Milosevic, 1975) ने अपने अध्ययन में पाया है कि GSR में कमी होना तथा संकेत पहचान (signal detection) में कमी होना एक समानान्तर प्रक्रिया (parallel process) है। उसी तरह विट्टी तथा उनके सहयोगियों (Beatty et. al., 1974) ने अपने अध्ययन में पाया कि जब मस्तिष्कीय क्रियाओं में कमी होती है अर्थात् व्यक्ति में सतर्कता का स्तर निम्न होता है, तो निगरानी निष्पादन (vigilance performance) में कमी आ जाती है। जैसा कि हम जानते हैं, RAS की क्रियाओं में जैविक उत्तेजक (biogenic stimulants) जैसे–इपाइनफ्राइन या एड्रीनालीन (adrenaline) के स्तर तथा निगरानी कार्य में संकेत के पहचानने की अनुक्रिया में धनात्मक सम्बन्ध होता है।

उपर्युक्त प्रयोगात्मक अध्ययनों के आलोक में हम इस निष्कर्ष पर पहुँचते हैं कि निगरानी कार्य या दीर्घीकृत अवधान कार्य में निष्पादन का सीधा सम्बन्ध व्यक्ति के प्रमस्तिष्कीय सक्रिय स्तर (cortical activation level) से होता है। जब ऐसे कार्य में व्यक्ति एक निश्चित सक्रियता स्तर बनाये रखता है तो ऐसी परिस्थिति में निगरानी निष्पादन (vigilance performance) या संकेत की पहचान की अनुक्रिया में पर्याप्त वृद्धि होती है।

उत्तेजन सिद्धान्त के साथ कुछ कठिनाइयाँ भी हैं जिनसे इस सिद्धान्त की उपयोगिता काफी सीमित हो गयी है। इस सिद्धान्त की कुछ प्रमुख कठिनाइयाँ निम्नांकित हैं:–

(i) किस प्रकार का बाह्य उत्तेजन (external stimulation) तथा कितनी मात्रा में ऐसी उत्तेजन दिया जाना चाहिए जिससे कि निगरानी कार्य या दीर्घकृत अवधान के दौरान व्यक्ति का निष्पादन श्रेष्ठ बना रहे, यह कहीं भी स्पष्ट नहीं किया गया है।

(ii) जेरीसन (Jerison, 1967) तथा ब्रौडवेन्ट (Broadbent, 1963) ने अपने-अपने अध्ययनों के आधार पर यह बतलाया है कि इस सिद्धान्त में यह भी स्पष्ट नहीं किया गया है कि अमुक तरह के प्रयोगात्मक जोड़-जोड़ (experimental manipulation) से निगरानी कार्य के निष्पादन (performance) में परिवर्तन की दिशा क्या होगी? जैसे RAS को यदि किसी उद्दीपक की 80% तीव्रता से उत्तेजित किया जाए तो क्या इससे निगरानी कार्य का निष्पादन उस परिस्थिति की तुलना में दुगुना हो जाएगा जब RAS को उसी उद्दीपक के 40% तीव्रता से उत्तेजित किया जाता है? इस प्रश्न का स्पष्ट उत्तर हमें उत्तेजन सिद्धान्त में नहीं मिलता है।

(iii) कई प्रयोगों से जो तथ्य सामने आये हैं उनसे सिद्धान्त में व्यस्त असंगतता (inconsistencies) का पता चला है। जैसे–डेवेनपोर्ट (Davenport, 1974) एवं टोलिन तथा फिशर (Tolin & Fisher, 1974) ने

अपने-अपने अध्ययनों में यह पाया है कि हल्के ढंग से उत्तेजित होने पर (जैसे कोई साधारण व्यायाम करने पर) निगरानी निष्पादन (vigilance performance) में वृद्धि हो जाती है परन्तु जोन्स (Jones, 1971) ने अपने अध्ययन में पाया है कि इसी तरह के हल्का उत्तेजन से निगरानी निष्पादन में कमी आ जाती है। एलुईसी एवं हॉल्ल (Allusi & Hall, 1963) ने अपने अध्ययन में और भी चौंकाने वाला तथ्य पाया है और वह यह है कि अत्यधिक उत्तेजन की अवस्था उत्पन्न कर देने से निगरानी निष्पादन में तीव्र ह्रास होता है। इन सभी प्रयोगात्मक असंगतताओं की व्याख्या उत्तेजन सिद्धान्त करने में निश्चित रूप से असमर्थ है।

इन कठिनाइयों या आलोचनाओं के बावजूद इस सिद्धान्त को लोगों ने इसलिए स्वीकार किया है क्योंकि इसमें RAS तथा उत्तेजन स्तर का संबंध निगरानी कार्य या दीर्घीकृत कार्य के निष्पादन से जोड़ा गया है।

5. अभ्यसन सिद्धान्त (*Habituation theory*)—इस सिद्धान्त का आधार न्यूरोदैहिक क्रियाएँ (nerophysiological activitites) है तथा इसका प्रतिपादन एक महिला मनोवैज्ञानिक जेन मैकवर्थ (Jane Mackworth, 1968) द्वारा किया गया। इन्होंने निगरानी कार्य या दीर्घीकृत कार्य की व्याख्या अभ्यसन (habituation) के माध्यम से किया है। प्रश्न उठता है अभ्यसन क्या है? अभ्यसन से तात्पर्य एक ऐसी प्रक्रिया से होती है जिसके कारण किसी एक ही उद्दीपक के बार-बार व्यक्ति के सामने आने से तन्त्रकीय अनुक्रियाशीलता (neural resposiveness) में उत्तरोत्तर कमी आती जाती है। सामान्यतः जब उद्दीपक पैटर्न की आवृत्ति अधिक होती है, तो तन्त्रकीय अभ्यसन (neural habituation) की मात्रा भी अधिक होती है। अभ्यसन (habituation), थकान (fatigue) से इस अर्थ में भिन्न होता है कि जब उद्दीपक पैटर्न में गुणात्मक (qualitative), परिमाणात्मक (quantitative) या सामयिक (temporal) परिवर्तन होता है तो इसमें अनाभ्यसन (dishabituation) की प्रक्रिया होने लगती है अर्थात् अनुक्रियाशीलता की अचानक पुनः उपस्थिति (reappearance) हो जाती है। मैकवर्थ (Mackworth, 1968) के अनुसार अभ्यसन (habituation) अवरोध (inhibition) की एक सक्रिय प्रक्रिया है और अनियमित संकेतों (irregular signals) की तुलना में नियमित संकेतों के साथ अभ्यसन का विकास तेजी से होता है। दूसरे शब्दों में यह कहा जा सकता है कि जब उद्दीपक पैटर्न नियमित होती है तो अभ्यसन का विकास उस परिस्थिति की तुलना में तेजी से होती है जब उद्दीपक पैटर्न अनियमित होता है।

मैकवर्थ के अनुसार निगरानी या दीर्घीकृत अवधान कार्य में यदि एक ही तरह का उद्दीपक पैटर्न से बार-बार प्रयोज्य (subject) प्रभावित होता है तो ऐसे उद्दीपक पैटर्न से मस्तिष्कीय अनुक्रियाओं (brain responses) में एक तरह का अभ्यसन (या अवरोध) उत्पन्न होने लगता है। जब इस तरह के अभ्यसन अधिक मात्रा में उत्पन्न हो जाती हे तो प्रयोज्यों में विवेचित संकेत (critical singal) को अन्य संकेतों से विभेदित करने की क्षमता कम हो जाती है। प्रयोज्य अपने कार्य पर अवधान या ध्यान लगाने में अपने आप को असमर्थ पाता है तथा उसका निष्पादन (performance) में धीरे-धीरे कमी होने लगती है। मैकवर्थ ने अपने इस मॉडल के आधार एक महत्त्वपूर्ण पूर्वकथन (prediction) किया, जो यह है कि तीव्र घटना दर (fast event rate) की स्थिति में अभ्यसन का निर्माण मंद घटना दर (slow event rate) की तुलना में अधिक तेजी से होता है जिसका परिणाम यह होता है कि तीव्र घटना दर में प्रयोज्यों का निगरानी निष्पादन (vigilance performance) में ह्रास (decrement) होता है।

अभ्यसन सिद्धान्त की सत्यता की जाँच के लिए कुछ प्रयोग किये गए हैं तथा इनके पूर्वकथन (prediction) की प्रयोगात्मक जाँच की गयी है। सिड्डले (Siddle, 1972) ने इस सिद्धान्त के समर्थन में कुछ तथ्य पाये हैं। इन्होंने अपने अध्ययन में GSR के अभ्यसन का निगरानी कार्य पर पड़ने वाले प्रभावों का अध्ययन किया। इन्होंने अपने प्रयोग में पाया कि जिन प्रयोज्यों ने GSR के प्रति तीव्र अभ्यसन दिखलाया गया उनके निगरानी कार्य (vigilance task) में उन प्रयोज्यों के निगरानी कार्य की तुलना में अधिक ह्रास आया जिन्होंने GSR के प्रति मंद अभ्यसन दिखलाया। फिर भी कुछ ऐसे प्रयोगात्मक तथ्य सामने आये हैं जिनसे अभ्यसन सिद्धान्त की आलोचना होती है क्योंकि सिद्धान्त के पूर्वकथन को इनसे प्रयोगात्मक समर्थन नहीं मिल पाता है। निम्नांकित दो ऐसे प्रयोगात्मक तथ्य हैं जो अभ्यसन सिद्धान्त के विरुद्ध में जाते हैंः–

(i) लिसपर एवं टार्नरोस (Lispar & Tornros, 1974) ने अपने अध्ययन में पाया कि जब विवेचित संकेत (critical signal) अनियमित होता है या उसे अनियमित बना दिया जाता है तो दीर्घीकृत अवधान कार्य में

ह्रास उस परिस्थिति की तुलना में अधिक होती है जिसमें विवेचित संकेतों की उपस्थिति नियमित होती है। लिसपर एवं टार्नरोस का यह प्रयोगात्मक तथ्य मैकवर्थ द्वारा किया गया दावा के विपरीत है।

(ii) क्रुलेविज, वार्म तथा वोल (Krulewitz, Worn & Wohl, 1975) ने एक प्रयोग कर अभ्यसन सिद्धान्त के दूसरे पूर्वकथन की सत्यता की जाँच किया है। इन्होंने निगरानी के दौरान पृष्ठभूमि घटना दर (background event rate) को दो दिशा में परिवर्तित किया—मंद से तीव्र (slow to fast) तथा तीव्र से मंद (fast to slow)। अभ्यसन सिद्धान्त के अनुसार उद्दीपक पैटर्न में किसी प्रकार का परिवर्तन होने से अभ्यसन की मात्रा कमती है। फलस्वरूप, निष्पादन में श्रेष्ठता आती है। इस पूर्वकथन के अनुकूल प्रयोज्यों के निगरानी कार्य में उत्कृष्टता आनी चाहिए चाहे परिवर्तन की दिशा किसी भी ओर क्यों न हो। इस प्रयोग के परिणाम में मॉडल के पूर्वकथन के विपरीत तथ्य पाया गया क्योंकि मंद से तीव्र दिशा में परिवर्तन होने पर प्रयोज्यों के निगरानी निष्पादन में ह्रास आया तथा तीव्र से मंद दिशा में परिवर्तन होने पर प्रयोज्यों के निष्पादन कार्य में थोड़ी उत्कृष्टता अवश्य आयी परन्तु 20 मिनट तक इस परिवर्तित दिशा में कार्यानुभव प्राप्त करने के बाद। स्पष्ट हुआ कि क्रुलेविज, वार्म तथा वोल के प्रयोगों से भी अभ्यसन सिद्धान्त के पूर्वकथन को प्रयोगात्मक समर्थन नहीं मिलता है।

निष्कर्षतः यह कहा जा सकता है कि अभ्यसन सिद्धान्त के विरोध में यद्यपि कुछ प्रयोगात्मक सबूत हैं, फिर भी मैकवर्थ का यह सिद्धान्त आधुनिक मनोवैज्ञानिकों को काफी पसंद आया है क्योंकि इसमें दीर्घीकृत अवधान की व्याख्या तन्त्रकीय अवरोध (cortical inhibition) के रूप में वैज्ञानिक ढंग से हुआ है।

दीर्घीकृत अवधान के सिद्धान्तों की वर्तमान स्थिति
(Current Status of Theories of Sustained attention)

दीर्घीकृत अवधान की व्याख्या करने के लिए कई तरह के सिद्धान्तों का प्रतिपादन किया है। प्रत्येक सिद्धान्त में दीर्घीकृत अवधान की व्याख्या में भिन्न-भिन्न दृष्टिकोणों को अपनाया गया है। प्रत्येक सिद्धान्तों की कुछ-न-कुछ परिसीमाएँ (limitations) हैं। फलतः एक सिद्धान्त को दूसरे की तुलना में कोई अधिक महत्त्व नहीं दिया जा सकता है। अगर प्रिवाम (Pribram, 1969) के चार बिन्दु कसौटी के रूप में दीर्घीकृत अवधान के सिद्धान्तों की परख करें तो हम निश्चयपूर्वक यह कह सकते हैं कि ये सारे सिद्धान्त तीसरी बिन्दु या अवस्था में आ चुके हैं तथा चौथी अवस्था का कार्य अर्थात सैद्धान्तिक विश्लेषण (theoretical analysis) का कार्य अभी बाकी है। प्रिवाम की कसौटी के प्रथम तीन अवस्थाएँ हैं—उत्साहपूर्ण खोज की अवस्था (stage of enthusiastic discovery), विस्तृत सूचना संग्रहण की अवस्था (stage of accumulation of detailed information) तथा गहरी समझ एवं व्याख्या की अवस्था (stage of deeper understanding and explanation)।

अध्याय सारांश CHAPTER SUMMARY

1. अवधान या ध्यान एक ऐसी चयनात्मक प्रक्रिया (selective mental process) है जिसमें व्यक्ति एक विशेष शारीरिक मुद्रा बनाकर किसी वस्तु या उद्दीपक को चेतना केन्द्र से लाने के लिए तत्पर रहता है।
2. अवधान की कई विशेषताएँ हैं जिनमें प्रमुख हैं—ध्यान एक चयनात्मक मानसिक प्रक्रिया होती है; ध्यान में शारीरिक अभियोजन (span of attention) सीमित होता है; ध्यान में अस्थिरता तथा उच्चलन का गुण पाया जाता है, अवधान में विभाजन का गुण पाया जाता है, आदि-आदि।
3. ध्यान भंग (distraction of attention) एक प्रमुख प्रक्रिया है जिसका अध्ययन कई मनोवैज्ञानिकों ने किया है। ध्यान भंग से निष्पादन (performance) में गिरावट या कमी आती है तथा कुछ ऐसे प्रयोगात्मक परिणाम भी हैं जिनमें यह पता चलता है कि ध्यान भंग से निष्पादन में कोई कमी नहीं आती है। ध्यान भंग को दो प्रविधियों द्वारा रोका जा सकता है। वे हैं—मांपेशीय प्रयास (muscular effort) तथा समंजन (adaptation)।
4. ध्यान के मुख्य तीन प्रकार होते हैं–ऐच्छिक ध्यान, अनैच्छिक ध्यान तथा स्वाभाविक ध्यान। ऐच्छिक ध्यान में व्यक्ति की इच्छा तथा आवश्यकता की प्रधानता होती है; अनैच्छिक ध्यान में उद्दीपक के कुछ खास-खास गुण होते हैं

जिनकी प्रधानता होती है। स्वाभाविक ध्यान में व्यक्ति का ध्यान किसी वस्तु, उत्तेजना या घटना की ओर उसकी विशेष प्रशिक्षण एवं आदत के कारण जाता है।

5. अवधान के मुख्य तीन कार्य बतलाये गए हैं–अवधान एक संवेदी फिल्टर के रूप में कार्य करता है, अवधान द्वारा अनुक्रियाओं का चयन होता है तथा अवधान चेतन का एक प्रवेश द्वार के रूप में कार्य करता है।

6. ध्यान के प्रमुख दो निर्धारक (determinants) होते हैं–वस्तुनिष्ठ निर्धारक (objective determinants) तथा आत्मनिष्ठ निर्धारक (subjective determinants)। वस्तुनिष्ठ निर्धारक का सम्बन्ध उद्दीपक की उन विशेषताओं से होता है जिसके कारण व्यक्ति का अवधान उस उद्दीपक की ओर चला जाता है। आत्मनिष्ठ निर्धारक (subjective determinants) से तात्पर्य ध्यान देने वाले व्यक्तियों में निहित उन गुणों से होता है जिसके कारण उसका ध्यान किसी उद्दीपक या वस्तु की ओर चला जाता है।

7. चयनात्मक अवधान (selective attention) एक ऐसी प्रक्रिया है जिसमें व्यक्ति कुछ खास क्रिया या उद्दीपक पर अपनी मानसिक एकाग्रता दिखलाता है तथा अन्य क्रियाओं या उद्दीपक पर न के बराबर ध्यान देता है।

8. चयनात्मक अवधान की व्याख्या के लिए कई तरह के सिद्धान्तों का प्रतिपादन किया गया है जिसमें चार प्रमुख हैं–मार्गाविरोध सिद्धान्त, नॉरमैन एवं बॉबरो मॉडल (Norman & Bobrow's model), नाईस्सर मॉडल (Neisser model) तथा समर्थता मॉडल (capacity model)।

9. दीर्घीकृत अवधान (sustained attention) या जिसे निगरानी (vigilance) भी कहा जाता है, एक ऐसी प्रत्यक्षज्ञानात्मक प्रक्रिया (perceptual process) है जिसमें व्यक्ति अधिक समय तक अपना ध्यान किसी उद्दीपक पर केन्द्रित किये रहता है तथा उस उद्दीपक के प्रति सतर्कता बनाये रखता है।

10. दीर्घीकृत अवधान के कई मनोदैहिक निर्धारक (psychophysical determinants) हैं जिनमें पाँच प्रमुख हैं–संवेदी कारक (sensory factor), संकेत या उद्दीपक उत्कृष्टता (signal conspicuity), पृष्ठभूमि घटना दर (background event rate), सामयिक एवं स्थानिक अनिश्चितता (temporal and spatial uncertainity) एवं परिणाम ज्ञान (knowledge of results)।

11. दीर्घीकृत अवधान की सैद्धान्तिक व्याख्या करने के लिए कई तरह के सिद्धान्तों का प्रतिपादन किया गया है जिनमें पाँच प्रमुख हैं–प्रत्याशा सिद्धान्त, जेरीसन (Jerison) का सिद्धान्त, संकेत-पहचान सिद्धान्त (signal detection theory), उत्तेजन सिद्धान्त तथा अभ्यसन सिद्धान्त (habituation theory)। इनमें से प्रथम तीन संज्ञानात्मक सिद्धान्त हैं तथा अन्तिम दो न्यूरोदैहिक सिद्धान्त (neurophysiological theory) है।

❑

अध्याय 7

सीखना या अधिगम
(LEARNING)

अधिगम का अर्थ एवं स्वरूप
(Meaning and Nature of Learning)

अधिगम या सीखना एक बहुत ही व्यापक तथा महत्त्वपूर्ण शब्द है। अतः मनोवैज्ञानिकों ने सीखने की परिभाषा वैज्ञानिक ढंग से देने की कोशिश की है। सामान्य अर्थ में 'सीखना' व्यवहार में परिवर्तन को कहा जाता है *(Learning refers to change in behaviour)*। परन्तु सभी तरह के व्यवहार में हुए परिवर्तन को सीखना नहीं कहा जाता है। व्यवहार में परिवर्तन थकान, दवा खाने से, बीमारी, परिपक्वता (maturation) आदि से भी होता है। परन्तु ऐसे परिवर्तनों को सीखना नहीं कहा जाता है। मनोविज्ञान में सीखने से तात्पर्य सिर्फ उन्हीं परिवर्तनों से होता है जो अभ्यास (practice) या अनुभूति (experience) के फलस्वरूप होते हैं। प्रायः इसी तरह के परिवर्तन का उद्देश्य व्यक्ति को किसी दिये हुए वातावरण में समायोजन (adjustment) करने में मदद करने से होता है। अतः यह कहा जाता है कि सीखना व्यवहार में वैसे परिवर्तन को कहा जाता है जो अभ्यास या अनुभूति (experience) के फलस्वरूप होता है तथा जिसका उद्देश्य व्यक्ति को समायोजन (adjustment) करने में मदद करना होता है (**Learning refers to change in behaviour as a function of practice or experience with a view to make adjustment in the environment.**)।

मनोवैज्ञानिकों ने सीखने की परिभाषा यद्यपि अलग-अलग ढंग से दिया है फिर भी उनके विचारों में इस पद (term) के मूल अर्थ के बारे में काफी सहमति है। उदाहरण के रूप में कुछ मनोवैज्ञानिकों की परिभाषाओं को नीचे दिया जा रहा है:—

सारटेन, नॉर्थ, स्ट्रेंज तथा चैपमैन[1] (Sartain, North, Strange & Chapman, 1973), के अनुसार "सीखना एक ऐसी प्रक्रिया है जिसके द्वारा अनुभूति या अभ्यास के फलस्वरूप व्यवहार में अपेक्षाकृत स्थायी परिवर्तन होता है।"

मॉर्गन, किंग, विस्ज तथा स्कॉपलर[2] (Morgan, King, Weisz & Schopler, 1986) के अनुसार, "अभ्यास या अनभूति के परिणामस्वरूप व्यवहार में होने वाले अपेक्षाकृत स्थायी परिवर्तन को सीखना कहा जाता है।"

हरगेनहान[3] (Hergenhahn, 1988) ने जो किम्बल (Kimble) द्वारा दी गयी परिभाषा में संशोधन करके सीखने की परिभाषा दिया है, इस प्रकार है, "सीखना व्यवहार या व्यवहारात्मक अन्तःशक्ति में अपेक्षाकृत स्थायी परिवर्तन है जो अनुभूति के कारण होता है और जिसे अस्थायी शारीरिक अवस्थाओं जैसे वे अवस्थाएँ जो बीमारी, थकान या औषधि लेने आदि से उत्पन्न होते हैं, के रूप में आरोपित नहीं किया जा सकता है।"

ऊपर की परिभाषाओं एवं अनेक अन्य मनोवैज्ञानिकों द्वारा दी गयी लगभग समान परिभाषाओं का यदि एक संयुक्त विश्लेषण (joint analysis) किया जाय, तो सीखने का स्वरूप बहुत कुछ स्पष्ट हो जाता है। इस तरह के विश्लेषण

---

1. "Learning may be defined as the process by which a relatively enduring change in behaviour occurs as a result of experience or practice." —Sartain, North, Strange & Chapman : *Psychology*, 1973, p. 240
2. "Learning can be defined as any relatively permanent change in behaviour that occurs as a result of practice or experience." —Morgan, King, Weisz & Scholper : *Introduction to Psychology*, 1986, p. 10
3. "Learning is a relatively permanent change in behaviour or in behavioural potentiality that results from experience and cannot be attributed to temporary body states such as those induced by illness, fatigue or drugs." —Hergenhahn : *An Introduction to Theory of Learning*, 1988, p. 7

करने पर हम निम्नांकित निष्कर्ष पर पहुँचते हैं:—

(i) सीखना व्यवहार में परिवर्तन को कहा जाता है *(Learning is the change in behaviour)*—प्रत्येक सीखने की प्रक्रिया में व्यक्ति के व्यवहार में परिवर्तन होता है। अगर परिस्थिति ऐसी है जिसमें व्यक्ति के व्यवहार में परिवर्तन नहीं होता है, तो उसे हम सीखना नहीं कहेंगे। व्यवहार में परिवर्तन एक अच्छा एवं अनुकूली (adaptive) परिवर्तन भी हो सकता है या खराब एवं कुसमंजित (maladaptive) परिवर्तन भी हो सकता है। साइकिल चलाना सीखना, स्वेटर बुनना सीखना आदि व्यवहार में एक अच्छा एवं अनुकूल परिवर्तन का उदाहरण है। परन्तु कभी-कभी व्यक्ति कोई बुरी आदतों जैसे—चोरी करना, झूठ बोलना आदि को भी सीख लेता है। व्यवहार में ऐसे परिवर्तन खराब एवं कुसमंजित परिवर्तन के उदाहरण हैं। सीखने से तात्पर्य व्यवहार में इन दोनों तरह के परिवर्तन से होता है। (Learning is the change in behaviour for better or worse)

(ii) व्यवहार में परिवर्तन अभ्यास या अनुभूति के फलस्वरूप होता है *(The change in behaviour occurs as a function of practice or expreience)*—सीखने की प्रक्रिया में व्यवहार में जो परिवर्तन होता है, वह अभ्यास या अनुभूति के फलस्वरूप होता है। यहाँ अभ्यास (practice) से तात्पर्य एक ऐसे प्रशिक्षण से होता है जिसमें व्यक्ति किसी प्रक्रिया को बार-बार दोहराते हुए तथा अपनी गलतियों को सुधारते हुए सीखता है। अनुभूति (experience) से यहाँ तात्पर्य व्यक्ति की आकस्मिक अनुभूतियों (chance experiences) से होता है जो व्यक्ति के व्यवहार में परिवर्तन लाता है। एक उदाहरण द्वारा इस प्रकार समझाया जा सकता है। मान लीजिये कि कोई व्यक्ति टाइप करना सीख रहा है। स्वभावतः टाइप करने की प्रक्रिया को वह एक प्रशिक्षण के आधार पर सीख रहा है—क्योंकि वह बार-बार टाइप करता है तथा प्रत्येक बार में अपनी हुई गलतियों को सुधारते भी जाता है। अन्त में, वह बिना किसी प्रकार की गलती के ही टाइप करना सीख लेता है। यहाँ व्यवहार में परिवर्तन (टाइप करना) एक प्रशिक्षण के फलस्वरूप हुआ। प्रत्येक प्रक्रिया को सीखने के लिए व्यक्ति को अभ्यास की ही जरूरत नहीं पड़ती है। ऐसा भी होता है कि वह मात्र एक बार के अनुभव (experience) में ही उसे सीख लेता है। जैसे, यदि किसी व्यक्ति का हाथ एक गर्म स्टोव या बर्त्तन पर अचानक पड़ जाता है, तो वह मात्र एक ही बार के अनुभव में सीख लेता है कि उसे गर्म स्टोव या बर्त्तन पर हाथ नहीं रखना चाहिए।

(iii) व्यवहार में अपेक्षाकृत स्थायी परिवर्तन होता है *(There is relatively permanent change in behaviour)*—ऊपर दी गयी परिभाषाओं में इस बात पर विशेष रूप से बल डाला गया है कि सीखने में व्यवहार में अपेक्षाकृत स्थायी परिवर्तन होता है। अपेक्षाकृत स्थायी परिवर्तन व्यवहार में वैसे परिवर्तन को कहा जाता है जो एक खास समय तक एक तरह से स्थायी होता है। उस खास समय की कोई निश्चित अवधि नहीं होती है। वह कुछ दिन का भी हो सकता है तथा कुछ महीनों का भी हो सकता है। इसलिए हरगेनहान (Hergenhahn, 1988) ने कहा है कि व्यवहार में अपेक्षाकृत स्थायी परिवर्तन (relatively permanent change) न तो क्षणिक होता है और न ही स्थिर होता है। उदाहरणार्थ, यदि कोई व्यक्ति टाइप करना सीखता है, तो उसके व्यवहार में हुआ इस तरह का परिवर्तन कुछ समयों तक स्थायी होता है। अभ्यास न करने से सम्भव है कि तीन महीने या पाँच महीने में व्यक्ति फिर से टाइप करना भूल जाय। तब यह कहा जायेगा कि व्यक्ति के व्यवहार में हुआ परिवर्तन तीन या पाँच महीने के लिए ही स्थायी था। अगर व्यवहार में हुआ परिवर्तन क्षणिक होता है अर्थात् कुछ मिनट के लिए ही होता है, जैसा कि प्रेरणात्मक अवस्था (motivational state) जैसे—भूख, प्यास, काम, नींद आदि में होता है, तो उसे हम सीखना नहीं कहते हैं। हाउस्टन[1] (Houston, 1976) ने इसलिए कहा है, ''व्यवहार में प्रेरणात्मक स्थिति में उतार-चढ़ाव (fluctuation) होने से उत्पन्न अस्थायी परिवर्तन सीखने की श्रेणी में नहीं आते हैं।''

ऊपर किये गये विश्लेषण के आधार पर हम इस निष्कर्ष पर पहुँचते हैं कि किसी व्यवहार में हुए परिवर्तन को सीखना कहलाने के लिए निम्नांकित शर्तों का होना अनिवार्य है:—

(i) व्यवहार में परिवर्तन अभ्यास या अनभूति के परिणामस्वरूप ही हुआ हो। थकान, परिपक्वता, दवा खाने, अभिप्रेरणात्मक स्थिति में उतार-चढ़ाव आदि के कारण हुए परिवर्तन को सीखना नहीं कहा जाता है।

(ii) व्यवहार में अभ्यास या अनुभूति से उत्पन्न परिवर्तन को क्षणिक न होकर अपेक्षाकृत स्थायी होना चाहिए।

---

1. **"Temporary changes in behaviour, due to fluctuation in motivational states, tend to be excluded from the category of learning."** —**Houston : *Fundamentals of Learning*. 1976, p. 6**

सीखने की प्रक्रिया में अभिप्रेरणा का महत्त्व
(Role of Motivation in Learning)

चाहे पशु सीखना (animal learning) हो या मानव सीखना (human learning) उसमें अभिप्रेरण (motivation) का विशेष महत्त्व होता है। अभिप्रेरण से सीखने की प्रक्रिया तीव्र गति से होते देखी गयी हैं, क्योंकि अभिप्रेरण की अवस्था मानव या पशु को सही अनुक्रिया करने के लिए एक तरह का आन्तरिक बल (internal force) प्रदान करता है।

मनोवैज्ञानिकों ने पशु सीखना में मूलतः जैविक अभिप्रेरकों (biological motives) जैसे—भूख, प्यास, काम, नींद आदि के प्रभाव को अधिक महत्त्वपूर्ण बतलाया है, क्योंकि ऐसे ही अभिप्रेरक के कारण वे किसी अनुक्रिया को सीखते हैं। जहाँ तक मानव सीखना (human learning) में अभिप्रेरक (motive) के स्थान का महत्त्व है, इसमें यह बात सही है कि पशु के समान मनुष्य भी जैविक अभिप्रेरकों के कारण सीखते हैं परन्तु ऐसा बहुत कम होते देखा गया है। मानव सीखना में जैविक अभिप्रेरक का महत्त्व कम परन्तु अर्जित अभिप्रेरक (acquired motive) का महत्त्व अधिक होता है। पैसा कमाना, समाज में इज्जत पाने की इच्छा, प्रशंसा किये जाने की इच्छा, द्वेष (rivalry), प्रतिस्पर्द्धा (competition) करना, ऊँचा-से ऊँचा पद पाना आदि कुछ महत्त्वपूर्ण अर्जित अभिप्रेरक के उदाहरण हैं। सीखने पर इनमें से सभी का तो नहीं परन्तु कुछ के प्रभाव का अध्ययन मनोवैज्ञानिकों ने किया है और बतलाया है कि मानव सीखने की प्रक्रिया में इन अभिप्रेरकों का महत्त्व काफी हैं।

अब हम पशु तथा मानव सीखना में अभिप्रेरकों के महत्त्व का वर्णन अलग-अलग इस प्रकार कर सकते हैं:—

पशु सीखना में अभिप्रेरकों का महत्त्व (*Role of motives in animal learning*)—सीखने के क्षेत्र में अनेकों ऐसे प्रयोग पशु पर किये गये जिनसे यह स्पष्ट हो गया है कि जब पशु में तीव्र अभिप्रेरक (intense motive) होता है तो वह किसी अनुक्रिया को जल्द सीख लेता है। यहाँ पर उदाहरण के रूप में कुछ प्रयोगों का वर्णन किया जा रहा है।

टालमैन तथा हान्जिक (Tolman & Honzik, 1930) ने एक प्रयोग किये जिसमें चूहों का तीन समूह था और तीनों समूह को एक ही तरह की भूलभुलैया में प्रशिक्षित किया गया। चूहों का पहला समूह ऐसा था जो भूखा (hungry) नहीं था और लक्ष्य बकस (goal box) में पहुँचने के बाद उसे भोजन भी नहीं दिया जाता था। चूहों का दूसरा समूह जो भूखा था परन्तु प्रयास (trial) समाप्त होने के बाद जब वे लक्ष्य बकस में पहुँचते थे तो उन्हें भोजन नहीं दिया जाता था। तीसरा समूह भी भूखा था तथा बकस में पहुँचने के बाद उसे भोजन (food) भी दिया जाता था। परिणाम में देखा गया कि तीसरा समूह जो भूखा था (अर्थात् जिसमें भूख अभिप्रेरक मौजूद था) तथा जिसे भोजन भी मिलता था, द्वारा अन्य दो समूहों की अपेक्षा भूलभुलैया जल्द सीख लिया गया तथा इस समूह द्वारा सीखने में त्रुटियाँ (errors) भी बहुत कम की गयी। प्रयोग के इस परिणाम से स्पष्ट हो जाता है कि भूख अभिप्रेरक (hunger motive) के मौजूद होने से चूहों द्वारा भूलभुलैया को जल्दी सीख लिया जाता है।

दूसरा प्रयोगात्मक अध्ययन जिसे मैककिनटोश (Mackintosh, 1974) ने किया, द्वारा यह दिखलाया गया है कि जब पशु में दो प्रकार के अभिप्रेरक (motives) एक ही साथ वर्तमान होते हैं तो उनके द्वारा सीखने की प्रक्रिया अधिक तेजी से सम्पन्न होती है। इस अध्ययन में चूहों का तीन समूह लिया गया। पहला समूह बहुत भूखा तथा बहुत प्यासा था। दूसरा समूह बहुत भूखा था, परन्तु बहुत ही कम प्यासा था तथा तीसरा समूह बहुत प्यास था परन्तु बहुत ही कम भूखा था। इन तीनों समूह को एक ही तरह की भूलभुलैया सीखने को दिया गया। तीनों समूह को 18 दिनों तक प्रशिक्षण दिया गया। प्रथम 9 दिनों तक तीनों समूह के चूहों को लक्ष्य बकस में पहुँचने पर ठोस आहार (soild food) दिया गया तथा अन्तिम 9 दिनों में तीनों समूह के चूहों को लक्ष्य बकस में पहुँचने पर ठोस आहार न देकर सिर्फ पानी दिया गया। प्रयोग के परिणाम बहुत ही रोचक थे। प्रथम 9 दिनों में पहले समूह ने जिसमें दो अभिप्रेरक एक साथ तीव्र मात्रा में मौजूद थे (क्योंकि समूह भूखा तथा प्यासा दोनों ही था) अन्य दो समूहों की अपेक्षा तेजी से भूलभुलैया के प्रारम्भ बकस (start box) से लक्ष्य बकस तक दौड़ लगाना सीख लिया। अन्तिम 9 दिनों में जब ठोस भोजन के जगह पर पानी दिया गया, तो इस तरह के परिवर्तन से पहले समूह के निष्पादन में अन्य दो समूहों के निष्पादन की अपेक्षा थोड़े समय के लिए कमी आयी परन्तु फिर दो-तीन दिन के बाद इसका निष्पादन (performance) अन्य दो समूहों से काफी आगे हो गया। इससे स्पष्ट हो जाता है कि पशु में जब दो अभिप्रेरक एक साथ मौजूद रहते हैं तो उनके द्वारा सीखने की प्रक्रिया तेजी से होती है।

मानव सीखना में अभिप्रेरकों का महत्त्व (*Role of motives in human learning*)—मानव सीखना (human learning) में जैविक अभिप्रेरकों (biological motives) की अपेक्षा अर्जित अभिप्रेरकों (acquired motives) के महत्त्व को मनोवैज्ञानिकों ने अधिक अध्ययन किया है, क्योंकि मनुष्य अर्जित अभिप्रेरक के कारण ही अपने जीवनकाल में भिन्न-भिन्न चीजों को अधिक तेजी से सीखता है। कुछ ऐसे मनोवैज्ञानिकों के अध्ययनों को नीचे प्रस्तुत किया जा सकता है।

हारलॉक (Hurlock, 1955) ने एक अध्ययन किया जिसमें प्रशंसा (praise) तथा फटकार या निन्दा (reproof) का प्रभाव सीखने की प्रक्रिया पर देखा गया। इस अध्ययन में छात्रों के तीन समूह थे जिन्हें कुछ अंकों (digits) को जो कई कॉलम (column) में लिखे गये थे, जोड़ना था। जोड़ने का कार्य पाँच दिन तक थोड़े-थोड़े समय के लिए किया गया। छात्रों के एक समूह को जोड़ने का कार्य करते समय काफी प्रशंसा की गयी। छात्रों के दूसरे समूह को जोड़ने का कार्य करते समय काफी निन्दा की गयी तथा फटकार भी दिया गया तथा तीसरे समूह को जोड़ने का कार्य करते समय न तो प्रशंसा की गयी और न ही किसी प्रकार का फटकार दिया गया। परिणाम में देखा गया कि प्रथम दिन से पाँचवें दिन तक तीसरे समूह, जिसे न तो प्रशंसा मिली थी और न ही फटकार, के निष्पादन (performance) में कुछ भी वृद्धि नहीं हुई। जिस समूह के कार्य की प्रशंसा की गयी थी, उसके सीखने का औसत प्राप्तांक (average learning) लगातार बढ़ता गया। जिस समूह के कार्य की निन्दा की गयी थी, उसका औसत सीखने का प्राप्तांक प्रारम्भ में बढ़ा परन्तु बाद में उसमें तेजी से गिरावट आ गयी। इस प्रयोग के परिणाम से स्पष्ट हो जाता है कि निन्दा से सीखने के प्रक्रिया में प्रारम्भ में तो तेजी आती है परन्तु बाद में गिरावट आ जाती है। परिणाम में यह भी देखा गया कि प्रशंसित समूह (praised group) में लड़कियों का निष्पादन (performance) लड़कों की अपेक्षा अधिक था जबकि निंदित समूह (reproved group) में लड़कों का निष्पादन लड़कियों की अपेक्षा अधिक था।

कैन्नेडी तथा विल्लकट (Kennedy & Willcut, 1964) ने भी अपने अध्ययन में यह पाया कि तेज बुद्धि के विद्यार्थियों को ऐसी फटकार या निन्दा से उसके निष्पादन में वृद्धि नहीं होती है परन्तु प्रशंसा (praise) का प्रभाव हमेशा गुणकारी होते देखा गया है। इससे सभी तरह के बच्चों के निष्पादन में वृद्धि होती है। ऐण्डरसन, ह्वाइट तथा हेण्डरसन (Anderson, White & Henderson, 1966) ने भी अपने अध्ययन में पाया है कि प्रशंसा (praise) से फटकार या निन्दा की अपेक्षा सीखने की प्रक्रिया तेजी से होती है।

लेकिन कुछ ऐसे भी मनोवैज्ञानिक हैं जिन्होंने इस बात का खंडन किया है कि सीखने की प्रक्रिया में प्रशंसा हमेशा फटकार या निन्दा से श्रेष्ठ (superior) होता है। उदाहरणस्वरूप, स्कमिडट (Schmidt, 1941) ने ऊपर वर्णन किये गये परिणामों की आलोचना करते हुए कहा है कि प्रशंसा का सीखने की प्रक्रिया पर हमेशा गुणकारी प्रभाव ही होगा तथा फटकार का सीखने की सम्बन्ध पर हमेशा हानिकारक प्रभाव ही होगा, यह जरूरी नहीं है। प्रशंसा तथा फटकार का प्रभाव कैसा होगा, यह व्यक्तियों के आपसी सम्बन्ध पर निर्भर करता है। उन्होंने अपने अध्ययन में पाया है कि एक अरुचिकर शिक्षक (disliked teacher) द्वारा छात्रों की प्रशंसा किये जाने पर सीखने की प्रक्रिया तीव्र नहीं हुई परन्तु एक रुचिकर शिक्षक (liked teacher) से फटकार मिलने पर छात्रों में सीखने की प्रक्रिया तेजी से हुई। इस अध्ययन से यह स्पष्ट है कि प्रशंसा तथा फटकार का प्रभाव दोनों तरह के व्यक्तियों (अर्थात् जो प्रशंसा कर रहा है या फटकार दे रहा है तथा जिसे प्रशंसा मिल रहा है या जिसे फटकार मिल रहा है) के आपसी सम्बन्ध पर निर्भर करता है।

मानव सीखना (human learning) में प्रशंसा तथा फटकार के अलावा एक अन्य तरह के अभिप्रेरण के प्रभाव को भी मनोवैज्ञानिकों ने काफी गहन रूप से अध्ययन किया है। वह अभिप्रेरण है—प्रतिस्पर्द्धा (competition) तथा सहयोग (cooperation) की प्रवृत्ति। डियूट्स् (Duetsch, 1951) ने एक अध्ययन किया जिसमें छात्रों का 10 समूह था। पाँच समूहों को ऐसी परिस्थिति में रखा गया जहाँ उनसे कहा गया कि यदि वे आपस में मिलजुल कर दिये हुए कार्य को कर लेते हैं तो उनमें से प्रत्येक को बराबर-बराबर इनाम दिया जायेगा। बाकी पाँच समूहों को एक भिन्न परिस्थिति में रखा गया जहाँ यह कहा गया कि दिये हुए कार्य को जो व्यक्ति जितनी ही जल्दी एवं ठीक ढंग से कर लेगा उसे उतना ही बड़ा इनाम दिया जायेगा। स्पष्ट है कि पहली परिस्थिति में प्रयोज्यों के बीच सहयोग (cooperation) की प्रवृत्ति तीव्र थी तथा दूसरी परिस्थिति में प्रतिस्पर्द्धा की प्रवृत्ति तीव्र थी। परिणाम में देखा गया कि सहयोग की प्रवृत्ति वाले समूह में निष्पादन प्रतिस्पर्द्धा की प्रवृत्ति रखने वाले समूह के निष्पादन की अपेक्षा अधिक था। सिम्स (Sims, 1938) ने एक अध्ययन में वैयक्तिक प्रतिस्र्द्धा (individual competition) तथा सामूहिक प्रतिस्पर्द्धा (group competition) का सीखने पर पड़ने वाले प्रभाव का विश्लेषण किया। उन्होंने अपने परिणाम में पाया कि वैयक्तिक प्रतिस्पर्द्धा से सीखने की प्रक्रिया का निष्पादन 34.7% बढ़ जाता है जबकि सामूहिक प्रतिस्पर्द्धा से निष्पादन मात्र 14.5% ही बढ़ता है।

ऊपर किये गये वर्णन के आधार पर हम इस निष्कर्ष पर पहुँचते हैं कि चाहे पशु सीखना हो या मानव सीखना, इस प्रक्रिया में अभिप्रेरण का काफी महत्त्व है। पशु सीखना में जैविक अभिप्रेरकों का स्थान प्रधान है, जबकि मानव सीखना में सामाजिक अभिप्रेरकों का स्थान प्रधान होता है। मानव सीखना में जैविक अभिप्रेरकों का स्थान गौण (secondary) होता है। भिन्न-भिन्न प्रयोगों के परिणाम से यह स्पष्ट हो गया है कि सीखने की प्रक्रिया फटकार (reproof) की अपेक्षा प्रशंसा से तेजी होती है। उसी तरह सहयोग की प्रवृत्ति से सीखने की प्रक्रिया प्रतिस्पर्द्धा की प्रवृत्ति की अपेक्षा तेजी से होती है। वैसे ही, वैयक्तिक प्रतिस्पर्द्धा (individual competition) सीखन के लिए सामूहिक प्रतिस्पर्द्धा से श्रेष्ठ (superior) होता है।

सीखने की विधियाँ
(Methods of Learning)

किसी भी विषय या पाठ को सीखने के लिए जिस प्रविधि (technique) का सहारा लिया जाता है, उसे सीखने की विधि (methods of learning) कहा जाता है। सीखने की कई विधियाँ हैं जिनमें से निम्नांकित तीन विधि अधिक महत्त्वपूर्ण है क्योंकि मनोवैज्ञानिकों ने इन तीनों विधि को काफी गुणकारी बतलाया है। इन विधियों का विवरण निम्नांकित है—

1. अविराम विधि तथा विराम विधि (Massed method and Spaced method)
2. पूर्ण विधि तथा अंश विधि (Whole method and Part method)
3. साभिप्राय सीखना तथा प्रासंगिक सीखना (Intentional learning and Incidental learning)

इन सबकी व्याख्या निम्नांकित हैं:—

1. अविराम विधि तथा विराम विधि (*Massed method and spaced method*)—विराम विधि (sapced method or distributed method) जैसा कि नाम से ही स्पष्ट है, सीखने की ऐसी विधि है जिसमें व्यक्ति किसी पाठ या विषय को थोड़ा आराम दे देकर सीखता है। अविराम विधि में व्यक्ति को इस तरह का कोई विश्राम (rest) नहीं होता है और वह लगातार अभ्यास करते हुए पाठ या विषय को सीखता है। उदाहरणणार्थ, यदि कोई छात्र किसी कविता को एक घंटा तक लगातार पढ़कर याद करता है तो यह अविराम विधि (massed method) का उदाहरण होगा। लेकिन यदि वह प्रत्येक 20 मिनट के बाद पाँच मिनट का विश्राम (rest) करके उस कविता को याद करता है, तो यह विराम विधि (spaced method) का उदाहरण होगा।

कुछ मनोवैज्ञानिकों जैसे होभलैण्ड (Hovland, 1951) तथा गिल्फोर्ड (Guilford, 1952) ने इन दोनों विधियों का तुलनात्मक अध्ययन कर यह बतलाया है कि जब सीखा जानेवाला पाठ या विषय काफी लम्बा तथा कठिन होता है जिसमें सामान्यतः सूझ तथा समझ की जरूरत अधिक पड़ती है, तो वैसी परिस्थिति में विराम विधि (spaced or distributed method) अविराम विधि (massed method) से काफी श्रेष्ठ (superior) होता है। परन्तु जब सीखा जाने वाला विषय या पाठ छोटा तथा यांत्रिक रूप से (machanically) रटने वाला है, तो वैसी परिस्थिति में अविराम विधि, विराम विधि (spaced method) से श्रेष्ठ होता है।

गिल्फोर्ड (Guilford, 1952) ने यह भी बतलाया है कि विराम विधि से सीखने में दो बातें महत्त्वपूर्ण हैं—विश्राम (rest) की अवधि कितनी होनी चाहिए तथा कितनी बार प्रयास देने या अभ्यास करने के बाद विश्राम देना चाहिए। मनोवैज्ञानिकों का सामान्य मत यह है कि विश्राम की अवधि कम-से-कम इतनी अवश्य होनी चाहिए जिससे व्यक्ति में उत्पन्न थकान (fatigue) समाप्त हो जाय तथा जब शिक्षण वक्र या सीखना वक्र (learning curve) में गिरने की प्रवृत्ति मालूम हो, तो वहाँ अभ्यास रोक देना चाहिए और प्रयोज्य को विश्राम देना चाहिए।

मनोवैज्ञानिकों का सामान्य मत है कि कुछ विशेष परिस्थितियों को छोड़कर, विराम विधि (spaced method)

अविराम विधि (massed method) से अधिक गुणकारी होता है क्योंकि अविराम विधि की तुलना में इसके निम्नांकित लाभ हैः—

(i) विराम विधि से सीखने में व्यक्ति की अभिरुचि (interest) बनी रहती है क्योंकि इसमें थकान (fatigue) का महसूस उसे नहीं होता है। अविराम विधि के साथ ऐसी बात नहीं है।

(ii) विराम विधि से सीखा गया पाठ सामान्यतः अधिक दिनों तक याद रहता है क्योंकि सीखे गये पाठ से मस्तिष्क में उत्पन्न स्मृति चिह्नों (memory traces) को सुदृढ़ (consolidate) होने का मौका विश्राम (rest) की अवधि में मिल जाता है। अविराम विधि में ऐसी बात नहीं है।

(iii) विराम विधि में सीखते समय व्यक्ति में मानसिक ऊबता (mental boredom) उत्पन्न नहीं होता क्योंकि बीच-बीच में उसे विश्राम (rest) मिल जाता है। अविराम विधि के साथ ऐसी बात नहीं है।

2. पूर्ण विधि तथा अंश विधि *(Whole method and Part method)*—जब व्यक्ति किसी दिये हुए पाठ या विषय को शुरू से अन्त एक साथ से पढ़कर सीखता है तो इसे पूर्ण विधि (whole method) की संज्ञा दी जाती है। परन्तु जब वह उस पाठ या विषय को अपनी सुविधानुसार कई भागों में बाँट कर प्रत्येक अंश को एक दूसरे के बाद सीखता है, तो इसे अंश विधि (part method) की संज्ञा दी जाती है। उदाहरणार्थ, 6 स्टैनजा (stanza) की कविता को कोई व्यक्ति पहली पंक्ति से लेकर अन्तिम पंक्ति तक बार-बार पढ़कर सीखता हैं तो इसे हम पूर्ण विधि (whole method) की संज्ञा देते हैं। परन्तु यदि वह 6 स्टैन्जा की कविता को 3 भाग (प्रत्येक भाग दो-दो स्टैनजा का) में बाँटकर एक भाग के बाद दूसरे भाग को सीखता है तो यह अंश विधि का उदाहरण होगा।

अंश विधि (part method) तथा पूर्ण विधि (whole method) दोनों ही अपने आप में अधिक गुणकारी एवं लाभदायक है। परन्तु कुछ विशेष परिस्थिति में एक विधि दूसरी विधि से अधिक श्रेष्ठ (superior) हो जाती है। उदाहरणार्थ, जब कोई पाठ या विषय अधिक लम्बा नहीं है तथा उसमें तार्किक क्रम (logical sequence) आवश्यक है तो ऐसी परिस्थिति में पूर्ण विधि (whole method) अंश विधि से अधिक लाभदायक होता है। परन्तु जब कोई पाठ या विषय बहुत लम्बा है और साथ-ही-साथ उसमें कोई तार्किक क्रम (logical sequence) नहीं है तो अंश विधि (part method) पूर्ण विधि (whole method) से अधिक लाभदायक होगा। अंश विधि द्वारा सीखने में एक और फायदा यह है कि इसमें व्यक्ति की अभिरुचि तथा उत्साह बनी रहती है क्योंकि जब वह पाठ के किसी एक अंश या भाग को सीख लेता है तो इससे उसमें खुशी होती है जो उसे अगले भाग को सीखने में उत्साह प्रदान करता है। होभलैण्ड (Hovland,1951) ने विशेष समीक्षा (review) कर यह बतलाया है कि इन दोनों विधियों में से कौन-सा विधि अधिक प्रबल (efficient) होगा। उनके अनुसार ऐसी प्रबलता निम्नांकित कारकों (factors) पर निर्भर करता हैः—

(i) यदि व्यक्ति में विषय या पाठ को सीखने की अभिप्रेरक (motivation) अधिक है, तो पूर्ण विधि अंश विधि से श्रेष्ठ होगी।

(ii) किंग्स्ले (Kingsley, 1946) के अनुसार, बच्चों में अंश विधि अधिक प्रबल (efficient) होता है जबकि वयस्क में पूर्ण विधि प्रबल होता है।

(iii) यदि विषय सरल, अधिक लम्बा नहीं तथा उसमें तार्किक क्रम (logical sequence) है तो पूर्ण विधि अधिक अच्छी होगी। परन्तु यदि विषय कठिन, अधिक लम्बा तथा उसमें तार्किक क्रम नहीं है तो अंश विधि अधिक सबल होगी।

(iv) वॉअर (Bower, 1981) के अनुसार, अधिक बुद्धि वाले व्यक्ति में पूर्ण विधि अधिक सबल होता है जबकि कम बुद्धि वाले व्यक्ति तथा सामान्य बुद्धि वाले व्यक्ति अंश विधि (whole method) से अधिक सीखते हैं।

(v) सामान्यतः जब व्यक्ति किसी पाठ या विषय को सीखने की प्रारंभिक अवस्था में होता है तो वह अंश विधि से अधिक सीखता है परन्तु जब वह बहुत कुछ सीख चुका होता है और जब वह अन्तिम अवस्था में होता है तो वैसी परिस्थिति में सीखने की पूर्ण विधि अधिक सबल होती है।

ऊपर के विवरण से यह स्पष्ट हो जाता है कि कुछ परिस्थिति में पूर्ण विधि अधिक सबल होती है तो कुछ परिस्थिति में अंश विधि अधिक सबल होता है।

3. साभिप्राय सीखना तथा प्रासंगिक सीखना (*Intentional learning and Incidental learning*)—जब व्यक्ति अपनी इच्छा तथा एक निश्चित उद्देश्य के साथ किसी कार्य या पाठ को सीखता है तो उसे साभिप्राय सीखना (intentional learning) कहा जाता है। दूसरे तरफ जब व्यक्ति किसी कार्य के पाठ को अपने आप (जहाँ व्यक्ति में सीखने की कोई इच्छा या उद्देश्य नहीं होता है) ही सीख लेता है तो इस प्रासंगिक सीखना (incidental learning) कहा जाता है। जब छात्र किसी पाठ या कविता को इसलिए सीखता रहा है कि परीक्षा में पूछे जाने की उसकी सम्भावना काफी अधिक है, तो यह साभिप्राय सीखना का उदाहरण होगा। सम्भव है कि प्रिन्सिपल (Principal) साहब की गाड़ी हमेशा उनके ऑफिस के सामने लगा देखकर छात्र उस गाड़ी का नम्बर सीख लिया हो। यह प्रासंगिक सीखना का उदाहरण है क्योंकि इस तरह के सीखना में छात्र की कोई अभिरुचि तथा उद्देश्य नहीं होता है।

बॉअर (Bower, 1981) तथा डेमैटो (D'Amato, 1970) ने अपने प्रयोगात्मक अध्ययनों के आधार पर इन दोनों विधियों का तुलनात्मक अध्ययन करते हुए कहा है कि साभिप्राय सीखना (intentional learning) प्रासंगिक सीखना (incidental learning) से श्रेष्ठ (superior) होता है। दिन-प्रतिदिन के अनुभवों के आधार पर भी हमें इस तथ्य का पूर्ण समर्थन मिलता है कि कोई यदि किसी कार्य को हम अपनी इच्छा एवं एक निश्चित उद्देश्य के साथ करते हैं, तो उसे जल्द सीख लेते हैं परन्तु यदि ऐसी इच्छा या उद्देश्य नहीं होता है तो हम उसे ठीक ढंग से नहीं सीख पाते हैं।

स्पष्ट हुआ कि सीखने की कई विधियाँ हैं और प्रत्येक विधि के कुछ गुण एवं दोष भी हैं जिसे ध्यान में रखकर उनका उपयोग किया जाता है।

क्लासिकी अनुबन्धन: प्रतिमान एवं तथ्य या घटना
(Classical Conditioning : Paradigm and Phenomenon)

आई॰ पी॰ पैवलव (I. P. Pavlov) एक रूसी शरीर-वैज्ञानिक (physiologist) थे जिन्होंने अपनी जीवन-वृत्ति (career) हृदय के कार्यों के अध्ययन से शुरू की परन्तु बाद में उन्होंने पाचन क्रिया (digestion) के दैहिकी (physiology) का विशेष रूप से अध्ययन करना प्रारम्भ किया और उनका यह अध्ययन इतना महत्त्वपूर्ण एवं लोकप्रिय हुआ कि 1904 में इसके लिए उन्हें नोबुल पुरस्कार (Nobel prize) भी दिया गया। बिलकुल ही संयोग से (incidentally) पैवलव ने इन अध्ययनों के दौरान लारमय अनुबन्धन (salivary conditioning) की घटना (phenomenon) का अध्ययन किया और इससे सम्बन्धित सीखने के एक सिद्धान्त का भी प्रतिपादन किया जिसे *अनुबन्धित अनुक्रिया सिद्धान्त* (conditioned response theory) कहा जाता है। सचमुच में लारमय अनुबन्ध (salivary conditioning) का अध्ययन 1899 में प्रारम्भ हुआ था जब ओलपसन (Wolpson) का पी-एच॰डी॰ शोध (Ph. D. thesis) जिसका शीर्षक *''लारमय स्राव का प्रेक्षण''* (Observation upon salivary secretions) था, पैवलव के निर्देश में ही पूरा किया गया था।

पैवलव ने अपने सीखने के सिद्धान्त का आधार अनुबन्धन (conditioning) को माना है। लेफ्राइनकोइस (Lefrancois, 1983) के अनुसार अनुबन्धन एक ऐसी प्रक्रिया है जिसके द्वारा उद्दीपक (stimulus) तथा अनुक्रिया (response) के बीच एक साहचर्य (association) स्थापित होता है। पैवलव के सीखने के इस अनुबन्धन सिद्धान्त को *क्लासिकी अनुबन्धन सिद्धान्त* (Classical conditioning theory) या *प्रतिवादी अनुबन्धन सिद्धान्त* (Respondent conditioining theory) या *टाइप-एस* (Type-S) अनुबन्धन भी कहा जाता है। इसे क्लासिकी अनुबंधन इसलिए कहा जाता है क्योंकि पैवलव ने ही अधिगम का क्लासिक प्रयोगशाला अध्ययन किया था।

प्रतिमान (paradigm) से तात्पर्य एक सांकेतिक मॉडल या चित्र से होता है जो किसी प्रक्रिया के विशेष गुणों को समझने में मदद करती है। क्लासिकी अनुबन्धन में प्रतिमान की शुरूआत एक उद्दीपक (stimulus) तथा इससे उत्पन्न अनुक्रिया के बीच के सम्बन्ध से होता है। पैवलव के अनुसार जब कोई स्वाभाविक एवं उपर्युक्त उद्दीपक को जीव के सामने उपस्थित किया जाता है तो वह उसके प्रति एक स्वाभाविक अनुक्रिया (natural response) करता है। जैसे गर्म बर्तन को छूते ही हाथ खींच लेना तथा भूखा होने पर भोजन देखकर मुँह में लार आना, कुछ ऐसी अनुक्रियाओं (responses) के उदाहरण है। जब इस स्वाभाविक एवं उपयुक्त उद्दीपक के ठीक कुछ सेकेण्ड पहले एक दूसरा तटस्थ उद्दीपक (neutral stimulus) बार-बार उपस्थित किया जाता है तो कुछ प्रयास (trials) के बाद उस तटस्थ

उद्दीपक द्वारा ही स्वाभाविक अनुक्रिया (लार आना या हाथ खींच लेना जो सिर्फ स्वाभाविक उद्दीपक के प्रति होती थी), उत्पन्न होने लगती है। जैसे, एक भूखे व्यक्ति के सामने घंटी बजाकर बार-बार भोजन दें तो कुछ प्रयासों के बाद मात्र घंटी बजते ही उस व्यक्ति के मुँह में लार आना प्रारम्भ हो जायेगा। पैवलव ने तटस्थ उद्दीपक (घंटी) तथा स्वाभाविक अनुक्रिया (लार आना) के बीच स्थापित इस नये साहचर्य को सीखने की संज्ञा दिया है।

पैवलव का यह निष्कर्ष था कि यदि तटस्थ उद्दीपक (neutral stimulus) को किसी उपयुक्त एवं स्वाभाविक उद्दीपक (natural stimulus) के साथ बार-बार दिया जाता है तो तटस्थ उद्दीपक के प्रति व्यक्ति वैसी ही अनुक्रिया (response) करना सीख लेता है जैसा कि वह उपयुक्त एवं स्वाभाविक उद्दीपक के प्रति करता है। यह निष्कर्ष एक प्रयोग पर आधारित है। संक्षेप में प्रयोग इस प्रकार था—एक भूखे कुत्ते को एक ध्वनि-नियंत्रित प्रयोगशाला में एक विशेष उपकरण के सहारे खड़ा कर दिया गया। कुत्ते के सामने भोजन लाया जाता था और चूँकि कुत्ता भूखा था इसलिए भोजन देखकर उसके मुँह में लार आ जाता था। कुछ प्रयासों (trials) के बाद भोजन देने के .4 या .5 सेकेण्ड अर्थात् 400 या 500 मिलीसेकेण्ड पहले एक घंटी बजायी जाती थी। यह प्रक्रिया कुछ दिनों तक दोहरायी गयी तो यह देखा गया कि बिना भोजन आये ही मात्र घंटी की आवाज पर कुत्ते के मुँह से लार निकलना शुरू हो गया। पैवलव के अनुसार कुत्ता घंटी की आवाज पर लार के स्राव करने की क्रिया को सीख लिया है। उनके अनुसार घंटी की आवाज (उद्दीपक) तथा लार के स्राव (अनुक्रिया) के बीच एक साहचर्य (association) कायम हो गया जिसे अनुबन्धन (conditioning) की संज्ञा दी गयी। इस अनुबन्धन का आधार यह था कि कुत्ता एक उद्दीपक (घंटी की आवाज) को दूसरा उद्दीपक (भोजन) के आने का संकेत (signal) मानता था। इस दृष्टि से यह उद्दीपक-उद्दीपक अधिगम (stimulus-stimulus learning) का उदाहरण बनता है।

पैवलव के इस प्रयोग पर ध्यान देने से स्पष्ट हो जाता है कि पैवलोवियन अनुबन्धन (Pavlovian conditioning) के मुख्य चार अंग (components) हैं जो इस प्रकार है—

(i) स्वाभाविक उद्दीपक *(Unconditional or Unconditioned stimulus : UCS)*—स्वाभाविक उद्दीपक वैसे उद्दीपक को कहा जाता है जो बिना किसी पूर्व प्रशिक्षण (training) के ही प्राणी में अनुक्रिया उत्पन्न करता है। जैसे, पैवलव के प्रयोग में भोजन एक स्वाभाविक उद्दीपक (UCS) है जो लार स्राव करने की अनुक्रिया बिना किसी प्रशिक्षण का ही करता है।

(ii) स्वाभाविक अनुक्रिया *(Unconditioned response : UCR)*—स्वाभाविक अनुक्रिया वैसी अनुक्रिया को कहा जाता है जो स्वाभाविक उद्दीपक द्वारा उत्पन्न किया जाता है। जैसे, पैवलव के प्रयोग में भोजन देखकर कुत्ते के मुँह में लार का स्राव का होना एक स्वाभाविक अनुक्रिया है।

(iii) अनुबन्धित उद्दीपक *(Conditional stimulus or Conditioned stimulus : CS)*—अनुबन्धित उद्दीपक वैसे उद्दीपक को कहा जाता है जिसे यदि स्वाभाविक उद्दीपक के साथ या उससे कुछ सेकेण्ड पहले लगातार कुछ प्रयासों (trials) तक दिया जाता है, तो वह उद्दीपक स्वाभाविक उद्दीपक के समान ही अनुक्रिया उत्पन्न करना प्रारम्भ कर देता है। किसी भी उद्दीपक को अनुबन्धित उद्दीपक कहलाने के लिए यह आवश्यक है कि वह प्राणी की ज्ञानेन्द्रिय के पहुँच के भीतर हो, यानी जिसे देखा जा सके, सुना जा सके, स्पर्श किया जा सके। पैवलव के प्रयोग में घंटी की आवाज एक अनुबन्धित उद्दीपक (conditioned stimulus) का उदाहरण है।

(iv) अनुबन्धित अनुक्रिया *(Conditioned response : CR)*—जब अनुबन्धित उद्दीपक (CS) स्वाभाविक उद्दीपक (unconditioned stimulus) के साथ संयोजित (paired) किया जाता है तो कुछ प्रयासों के बाद अनुबंधित उद्दीपक (CS) के प्रति प्राणी ठीक वैसी ही अनुक्रिया करता है जैसा कि वह स्वाभाविक उद्दीपक (UCS) के प्रति करता था। इस तरह की अनुक्रिया को अनुबन्धित अनुक्रिया (conditioned response) कहा जाता है। पैवलव के प्रयोग में (बिना भोजन देखे ही) घंटी की आवाज सुनने पर जो लार के स्राव की अनुक्रिया होती थी, वह अनुबन्धित अनुक्रिया (conditioned response) की उदाहरण हैं।

बाद में पैवलव के सहयोगियों एवं उनके शिष्यों द्वारा कुछ और भी प्रयोग बकरी, भेंड़ आदि पर भी किये गये। इन प्रयोगों के आधार पर पैवलव के निष्कर्ष को वैध (valid) ठहराया गया।

क्लासिकी अनुबंधन की पूर्ण व्याख्या के लिए यह आवश्यक है कि उसमें सम्मिलित किये गये मुख्य तथ्यों (phenomena) का वर्णन किया जाए। ऐसे प्रमुख तथ्य निम्नांकित हैः—

1. उत्तेजन का नियम *(Law of excitation)*—इस नियम द्वारा यह पता चलता है कि यदि तटस्थ उद्दीपक (CS) को स्वाभाविक उद्दीपक (UCS) के साथ बार-बार उपस्थित किया जाता है तो ऐसी अवस्था में तटस्थ उद्दीपक प्राणी में एक सामान्य उत्तेजन (general excitation) पैदा करना प्रारम्भ कर देता है। दूसरे शब्दों में, यह कहा जा सकता है कि तटस्थ उद्दीपक प्राणी को इस हद तक उत्तेजित (excite) कर देता है कि वह अनुबन्धित अनुक्रिया (CR) करने के लिए तत्पर हो जाता है।

2. आन्तरिक अवरोध का नियम *(Law of internal inhibition)*—पैवलव ने यह देखने के लिए कि जब तटस्थ उद्दीपक (घंटी) के बाद स्वाभाविक उद्दीपक (भोजन) नहीं दिया जाता है, तो क्या होता है, इस विशेष नियम (Law) का प्रतिपादन किया। उनका प्रेक्षण (observation) यह था कि ऐसी परिस्थिति में प्राणी धीरे-धीरे तटस्थ उद्दीपक के प्रति अनुक्रिया करना बन्द करने लगता है। दूसरे शब्दों में सीखी गयी अनुक्रिया (यानी, लार का स्राव निकलने की अनुक्रिया) का विलोपन (extinction) होने लगता है। पैवलव के अनुसार ऐसा होने का कारण यह है कि इस तरह की परिस्थिति में यानी घंटी बजने के बाद भोजन के नहीं दिये जाने की परिस्थिति में प्राणी में एक विशेष प्रवृत्ति (tendency) उत्पन्न होती है जो प्राणी को सीखी गयी अनुक्रिया को करने से रोकता है। अतः प्राणी सीखी गयी अनुक्रिया को भूल (forget) तो नहीं जाता है बल्कि जान-बूझकर उसे नहीं करता है (क्योंकि ऐसा करने की एक विशेष तत्परता उसमें उत्पन्न हो जाती है)। इसे ही पैवलव ने आन्तरिक अवरोध का नियम कहा है।

3. बाह्य अवरोध का नियम *(Law of external inhibition)*—हाउस्टन[1] (Houston, 1976) ने बाह्य अवरोध (external inhibition) को परिभाषित करते हुए कहा है, ''जब सीखने के दौरान कोई नया उद्दीपक अनुबंधित उद्दीपक (conditioned stimulus) के साथ दिया जाता है तो इससे सीखने की प्रक्रिया धीमी हो जाती है और इस तरह के अवरोध को बाह्य अवरोध कहा जाता है।'' पैवलव ने यह बतलाया कि जब प्राणी तटस्थ उद्दीपक (घंटी) तथा स्वाभाविक उद्दीपक (भोजन) को एक दूसरे से सम्बन्धित करना सीखता है तो उस समय अगर कोई बाह्य उद्दीपक जैसे रोशनी (light) उपस्थित करके तटस्थ उद्दीपक दिया जाता है तो वैसी परिस्थिति में सीखने की गति थोड़े समय के लिए अवरुद्ध (inhibited) हो जाती है। चूँकि इस तरह का अवरोध (inhibition) व्यक्ति में किसी बाह्य उद्दीपक के कारण होता है, अतः इसे पैवलव ने बाह्य अवरोध की संज्ञा दी।

4. स्वाभाविक उद्दीपक तथा अनुबंधित उद्दीपक का कालिक क्रम *(Temporal sequence of conditional stimulus and unconditioned stimulus)*—पैवलव के सिद्धान्त में सबसे महत्त्वपूर्ण कारक जो अनुबन्धित अनुक्रिया (conditioned response) की शक्ति (strength) को निर्धारित करता है, वह है—अनुबंधित उद्दीपक (घंटी) तथा स्वाभाविक उद्दीपक (भोजन) के बीच का समय अंतराल (time interval) । पैवलव ने अपने प्रयोग में यह स्पष्ट रूप से दिखलाया है कि इन दोनों उद्दीपकों के बीच समय अन्तराल जैसे-जैसे बढ़ते जाता है, सीखने की प्रक्रिया कमजोर होती जाती है। दूसरो शब्दों में कहा जा सकता है कि इन दोनों उद्दीपकों के बीच समय अंतराल बढ़ने से अनुबन्धित अनुक्रिया की शक्ति कमजोर होती जाती है। कई मनोवैज्ञानिकों ने यह दिखला दिया है कि CS तथा UCS का समय अंतरल .5 सेकेण्ड (500 मिली सेकेण्ड) होना चाहिए। इससे कम या अधिक समय अंतराल रहने से जैसा कि हर्गेनहान (Hergrenhahn, 1988) ने बतलाया है, अनुबन्धन का होना कठिन हो जाता है। गौर्डन (Gordon, 1989) के अनुसार पशु शोध में CS तथा UCS का आदर्श समय अंतराल 0.2 सेकेंड से 2 सेकेंड तक की अवधि होती है। अगर इससे लम्बा अंतराल होता है, तो पशु CS को UCS का एक संकेत उद्दीपक के रूप में नहीं ग्रहण कर पाता है और तब अनुबंधन की प्रक्रिया कमजोर पड़ जाती है।

पैवलव तथा उनके शिष्यों ने निम्नांकित चार तरह के कालिक क्रम (temporal sequence) पर अधिक बल डाला हैः—

(i) समक्षणिक कालिक क्रम *(Stimultaneous temporal sequence)*—इस तरह के क्रम में अनुबंधित उद्दीपक (घंटी) तथा स्वाभाविक उद्दीपक (भोजन) को साथ-साथ प्राणी के सामने उपस्थित किया जाता है और फिर

1. "External inhibition refers to the fact that a new stimulus introduced during acquisition along with the CS will slow the acquisition process." —Houston : *Theories of Learning*, 1976, p. 61

एक ही साथ दोनों को हटा लिया जाता है। इस तरह के कालिक क्रम (temporal sequence) पर आधारित अनुबन्धन (conditioning) को *समकालिक अनुबन्धन* (stimultaneous conditioning) कहा जाता है।

(ii) विलम्बित कालिक क्रम (*Delayed temporal sequence*)—इस क्रम में अनुबन्धित उद्दीपक जैसे घंटी को पहले ही बजा दिया जाता है और यह तब तक लगातार बजता रहता है जब तक कि स्वाभाविक उद्दीपक (भोजन) प्राणी के सामने नहीं दिया जाता है। कभी-कभी तो तटस्थ उद्दीपक को भोजन देने के बाद भी उपस्थित रखा जाता है। इस तरह के क्रम पर आधारित अनुबन्धन को *विलम्बित अनुबन्धन* (delayed conditioning) कहा जाता है।

(iii) संकेत कालिक क्रम (*Trace temporal sequence*)—इस तरह के अनुबंधित उद्दीपक जैसे (घंटी) को पहले प्राणी के सामने बजाया जाता है। फिर कुछ सेकेण्ड तक बजने के बाद उसे हटा लिया जाता है और उसके बाद स्वाभाविक उद्दीपक (भोजन) दिया जाता है। चूँकि इस तरह के क्रम में अनुबन्धित उद्दीपक पहले ही देकर हटा लिया जाता है, अतः प्राणी उस उद्दीपक द्वारा मन में छोड़े गये संकेत (trace) के प्रति ही अनुक्रिया करता है। फलतः इसे संकेत कालिक क्रम (trace temporal sequence) कहा जाता है तथा इस तरह के क्रम पर आधारित अनुबन्धन को *संकेत अनुबन्धन* (trace conditioning) कहा जाता है।

(iv) पश्चगामी कालिक क्रम (*Backward temporal sequence*)—यह क्रम ऊपर वर्णन किये गये तीनों क्रम से भिन्न होता है। ऊपर के तीनों क्रमों में अनुबंधित उद्दीपक (CS, यानी घंटी) पहले दिया जाता है तथा भोजन (UCS) बाद में आता है। परन्तु इस क्रम में भोजन (UCS) पहले आता है तथा अनुबन्धित उद्दीपक (CS) बाद में आता है। इस तरह के क्रम पर आधारित अनुबंधन को *पश्चगामी अनुबंधन* (backward conditioning) कहा जाता है। विलम्बित अनुबंधन तथा संकेत अनुबंधन अग्रगामी अनुबंधन (forward conditioning) के प्रकार हैं।

नवीनतम अध्ययनों से यह स्पष्ट हुआ है कि विलम्बित अनुबंधन (delayed conditioning) में अनुबंधित अनुक्रिया होने का दर सबसे तीव्र होता है जबकि समक्षणिक अनुबंधन तथा पश्चगामी अनुबंधन को अनुबंधित अनुक्रिया स्थापित करने का कम प्रभावी विधि माना गया है। लाईवरमैन (Liberman, 1990) ने इसका कारण बतलाते हुए कहा है कि विलम्बित अनुबंधन में CS भविष्य में आने वाले UCS के बारे में पूर्वकथन करने या अनुमान लगाने में पर्याप्त मदद कर पाता है। वास्सरमैन तथा मिल्लर (Wasserman & Miller, 1997) ने यह भी बतलाया है कि CS-UCS का आदर्श समय अंतराल, अनुबंधित की जाने वाली अनुक्रिया का प्रकार तथा CS एवं UCS के स्वरूप एवं तीव्रता पर भी निर्भर करता है। सोलोमोन तथा उनके सहयोगियों (Soloman et al., 1991) ने यह बतलाया है कि प्रयोज्य की आयु से भी CS-UCS का आदर्श समय अंतराल प्रभावित होता है। इसके अतिरिक्त भी कुछ ऐसे कारक पाये गए हैं जिनसे अनुबंधन (conditioning) प्रभावित होता है। कामिन (Kamin, 1965) के अध्ययन के अनुसार जब CS या UCS में किसी की भी तीव्रता अधिक होती है, तो अनुबंधन की प्रक्रिया तीव्र हो जाती है। अध्ययनों से यह स्पष्ट हुआ है कि CS तथा UCS का युग्मित (paired) पुनरावृत्ति जितनी अधिक होती है, क्लासिकी अनुबंधन उतना ही मजबूत होती है। परन्तु क्लासिकी अनुबंधन के इस नियम का अपवाद हमें स्वाद विमुखता (taste aversion) में या किसी तीव्र आघातजन्य घटना (traumatic event) जैसे भूकम्प या बलात्कार आदि उद्दीपक घटनाओं से साहचर्यित सांवेगिक अनुक्रिया को सीखने में मिलता है। इन अनुक्रियाओं को सीखने में CS तथा UCS का मात्र एक बार ही युग्मित होना काफी माना जाता है। गारसिया तथा कोयल्लिग (Garcia & Koelling, 1966) ने चूहों में स्वाद विमुखता का अध्ययन कर यह दिखला दिया है कि स्वाद विमुखता की अनुक्रिया को सीखना क्लासिकी अनुबंधन के नियमों का विपरीत है।

5. उद्दीपक सामान्यीकरण (*Stimulus generalization*)—सीखने के प्रारम्भ के प्रयासों (trials) में ऐसा देखा गया है कि सिर्फ मूल अनुबंधित उद्दीपक (original conditioned stimulus) के प्रति ही प्राणी अनुक्रिया नहीं करता है बल्कि उससे मिलते-जुलते अन्य उद्दीपकों के प्रति भी उसी ढंग से अनुक्रिया करता है। इसे ही उद्दीपक सामान्यीकरण की संज्ञा दी जाती है। हाउस्टन[1] (Houston, 1976) ने इसे परिभाषित करते हुए कहा है, ''उद्दीपक सामान्यीकरण की घटना में किसी एक उद्दीपक के प्रति अनुबंधित अनुक्रिया उसी तरह के दूसरे उद्दीपकों से भी उत्पन्न होने लगती है।'' एक उदाहरण लिया जाये—मान लिया जाय कि किसी प्रयोग में कुत्ते में 1000 Hertz tone or Hz

1. "Stimulus generalization refers to the fact that a response conditioned to one stimulus will tend to be elicited by other similar stimuli."
—Houston : *Theories of Learning*, 1976, p. 61

(हर्जटोन) की आवाज पर भोजन देकर लार स्राव की अनुक्रिया को अनुबंधित (conditioned) किया जाता है। यह 1000 Hz की आवाज मूल अनुबंधित उद्दीपक (original conditioned stimulus) का उदाहरण होगा। इस तरह के अनुबन्धन (conditioning) के दौरान यदि कुत्ते के सामने 1200 Hz, 1100 Hz, 900 Hz, तथा 800Hz की आवाज दिया जाय तो कुत्ता में पहले के समान ही लार स्राव की अनुक्रिया होगी। इसे ही *उद्दीपक सामान्यीकरण* (stimulus generalization) की संज्ञा दी जाती है। पैवलव (Pavlov, 1927) तथा मुर्रे (Moore, 1972) ने अपने प्रयोगों के आधार पर यह बतलाया है कि मूल अनुबंधित उद्दीपक (original conditioned stimulus) तथा अन्य जाँच उद्दीपकों (test stimuli) के बीच जितनी अधिक समानता (stimulus) होती है, प्राणी द्वारा जाँच उद्दीपक के प्रति की गयी अनुक्रिया की शक्ति उतनी ही अधिक होती है। उपर्युक्त उदाहरण में कुत्ता 800 Hz पर कम परन्तु 900 Hz पर अधिक लार स्राव करेगा क्योंकि 900 Hz की आवाज मूल ध्वनि (1000 Hz) से अधिक समान है।

6. विभेदन *(Discrimination)*—विभेदन की घटना (phenomenon) उद्दीपक सामान्यीकरण (stimulus generalization) के ठीक विपरीत घटना है। जैसे-जैसे सीखने के लिए दिये जाने वाले प्रयासों (trial) की संख्या बढ़ती जाती है, वैसे-वैसे प्राणी मूल अनुबंधित उद्दीपक (original conditioned stimulus) तथा अन्य समान उद्दीपकों (similar stimuli) के बीच स्पष्ट अन्तर या विभेद कर लेता है। इसके परिणाम स्वरूप प्राणी सिर्फ मूल अनुबंधित उद्दीपक के प्रति ही अनुक्रिया करता है, अन्य समान उद्दीपकों के प्रति अनुक्रिया नहीं करता है। इसे ही विभेदन (discrimination) की संज्ञा दी जाती है। विभेदन की घटना स्थापित होने के बाद कुत्ता सिर्फ 1000Hz पर ही अनुक्रिया (response) करेगा अन्य समान उद्दीपकों जैसे 900 Hz, 1100Hz, आदि पर नहीं करेगा। कभी-कभी देखा गया है कि जब अन्य उद्दीपक (जिसे जाँच उद्दीपक कहा जाता है) तथा मूल अनुबंधित उद्दीपक के बीच इतनी अधिक सामानता होती है कि प्राणी इन दोनों के बीच विभेद करने में असमर्थ हो जाता है, तो ऐसी परिस्थिति में प्राणी का व्यवहार थोड़ी देर के लिए असामान्य (abnormal) हो जाता है। जैसे पैवलव के सहयोगियों ने पाया कि ऐसी परिस्थिति में कुत्ता जोर-जोर से भौंकना प्रारम्भ करता है, पंजों से नोच-खसोट आदि भी प्रारम्भ कर देता है। इसे मनोवैज्ञानिकों ने *प्रयोगात्मक मनःस्नायुविकृति* (experimental neurosis) की संज्ञा दी है।

7. उच्चतर-कोटि अनुबन्धन *(Higher-order conditioning)*—पैवलोवियन अनुबन्धन में यह स्पष्ट रूप से दिखलाया गया है कि किसी भी अनुबंधित उद्दीपक (conditioned stimulus) को अनुबंधन (conditioning) के आगे की प्रक्रिया में स्वाभाविक उद्दीपक (unconditioned stimulus) के रूप में प्रयोग किया जा सकता है। इसे ही उच्चतर-कोटि अनुबंधन कहा जाता है। जैसे, यदि घंटी की आवाज एक CS हैं, भोजन UCS है तथा लार-स्त्राव (salivation) CR के रूप स्थापित हो चुका है, तो अब घंटी को UCS के रूप में आगे प्रयोग किया जा सकता है। इस तरह जब रोशनी तथा घंटी को बार-बार संयोजित (paired) कर प्राणी के सामने रखा जाता है, तो लार-स्त्राव (salivation) की अनुक्रिया जो पहले घंटी की आवाज पर होती थी, मात्र रोशनी जलते ही होने लगेगी। इसे ही उच्च-कोटि अनुबंधन कहा जाता है। इसे *द्वितीय-कोटि अनुबंधन* (second-order conditioning) भी कहा जायेगा। सिलभरमैन (Silverman, 1978) ने बतलाया है कि उच्चतर कोटि अनुबंधन की सफलता के लिए यह आवश्यक है कि मूल CS तथा UCS (यानी घंटी तथा भोजन) को एक साथ या कुछ सेकण्ड का समय अंतराल देकर बीच-बीच में दिया जाना आवश्यक है ताकि अनुबंधित अनुक्रिया (conditioned response) की शक्ति बनी रहे।

8. विलोपन, स्वतः पुनर्लाभ, बाह्य अवरोध-निवारण तथा पुनर्अनुबन्धन *(Extinction, Spontaneous recovery, External disinhibition and Reconditioning)*—पैवलव ने अपने प्रयोग में पाया कि प्राणी (organism) में अनुबन्धन (conditioning) उत्पन्न होने के बाद जब सिर्फ CS (घंटी) दिया जाता है और UCS (भोजन) नहीं दिया जाता है और इस प्रक्रिया को लगातार कई प्रयासों (trials) तक दोहराया जाता है, तो धीरे-धीरे सीखी गयी अनुक्रिया की शक्ति कमने लगती है। दूसरे शब्दों में, कुत्ता धीरे-धीरे घंटी की आवाज पर लार का स्राव कम करते जाता है। अन्त में, एक ऐसा भी प्रयास (trial) आता है जहाँ घंटी बजती है परन्तु लार का स्राव बिलकुल ही नहीं होता है। पैवलव ने इस तरह की घटना (phenomenon) को *विलोपन* (extinction) की संज्ञा दी है। सार्टेन[1] तथा उनके सहयोगियों (Sartain et al; 1973) ने भी कहा है कि जब पुनर्बलन (reinforcement) की अनुपस्थिति में अनुबंधित

1. "Spontaneous recovery is a partial recovery in the strength of an extinguished (really partially extinguished) conditioned response after a rest interval." —Sartain et al., : *Psychology*, 1978, p. 367

अनुक्रिया (conditioned response) बार-बार की जाती है तो इससे इसकी शक्ति कमती जाती है जिसे हम विलोपन (extinction) की संज्ञा देते हैं।

विलोपन से ही सम्बन्धित एक दूसरी घटना (phenomenon) है जिसपर भी मनोवैज्ञानिकों ने अधिक बल डाला है और वह है स्वतः पुनर्लभ (spontaneous recovery) की घटना। पैवलव तथा उनके शिष्यों ने अपने प्रयोगात्मक अध्ययनों में पाया है कि जब किसी सीखी गयी अनुक्रिया का आंशिक रूप से विलोपन (partial exinction) हो जाता है और उसके कुछ समय बीतने के बाद यदि पुनः CS (घंटी) दिया जाता है, तो प्राणी (कुत्ता) फिर से CR (लार का स्राव) करते पाया जाता है हालाँकि ऐसी परिस्थिति में किया गया लार स्राव की मात्रा पहले के समान अधिक नहीं होती है। इस तरह से स्वतः पुनर्लभ में हम पाते हैं कि विलोपन के कुछ समय के बाद CS देने पर विलोपित CR अपने आप पुनः प्राणी द्वारा किया जाता है। सार्टेन तथा उनके सहयोगियों ने स्वतः पुनर्लाभ (spontaneous recovery) को इस प्रकार परिभाषित करते हुए कहा है, ''जब एक विलोपित अनुबंधित अनुक्रिया की शक्ति में कुछ समय के बाद, आंशिक रूप से (partially) पुनर्लभ (recovery) होता है, तो इसे स्वतः पुनर्लभ की संज्ञा दी जाती है।'' मनोवैज्ञानिकों ने अपने प्रयोगों के आधार पर यह दिखला दिया है कि विलोपन (extinction) के बाद का समय जितना ही बड़ा होगा, स्वतः पुनर्लभ, एक सीमा तक उतना ही अधिक होता है। बाह्य अवरोध-निवारण (external disinhibition) में विलोपित अनुक्रिया की शक्ति थोड़ी वापस हो जाती है और इस अर्थ में वह स्वतःपुनर्लभ के समान दीखता है, परन्तु इसमें विलोपित अनुक्रिया की शक्ति स्वतः पुनर्लभ से भिन्न कारणों से वापस लौटती है। जैसे, कुछ प्रयोगों में यह देखा गया है कि जब प्राणी के सामने कोई तीव्र एवं CS से असम्बन्धित उद्दीपक (जैसे CS आवाज को हटाकर तीव्र रोशनी का दिया जाना) दिया जाता है, तो इससे थोड़े देर के लिए विलोपित अनुक्रिया की शक्ति पुनः लौट जाती,है। इसे प्रयोगकर्त्ताओं ने *बाह्य अवरोध-निवारण* (external disinhibition) कहा है।

पुनर्अनुवन्धन (reconditioning) स्वतः पुनर्लभ (spontaneous recovery) से ही मिलता-जुलता एक प्रक्रिया है। उसमें विलोपन (extinction) के बाद CS-UCS युग्मन (pairings) के प्रति अनुबंधित अनुक्रिया (conditioned response) की प्रतिप्राप्ति (recovery) तेजी से होती है। इस तरह पुनर्अनुबन्धन में प्राणी CS-UCS के युग्म के प्रति विलोपन के बाद उसके पुनःउपस्थिति पर उसके प्रति तेजी से अनुक्रिया करता है। अतः यह स्वतः पुनर्लभ से भिन्न है क्योंकि इसमें अर्थात् स्वतः पुर्नलाभ में विलोपन के बाद कुछ समय बीतने से CS के प्रति जो अनुबंधित अनुक्रिया की जाती है, वह काफी कमजोर होती है।

9. पुनर्बलन *(Reinforcement)*—पैवलोवियन अनुबन्धन में पुनर्बलन का एक महत्त्वपूर्ण स्थान है। पैवलव के प्रयोग में भोजन एक प्रकार का पुनर्बलन है जो कुत्ते को लार स्राव (salivation) की अनुक्रिया करने के लिए प्रेरित करता है। सचमुच में भोजन यहाँ एक मुख्य पुनर्बलन (primary reinforcement) का उदाहरण है। जब कोई दूसरा तटस्थ उद्दीपक (neutral stimulus) जैसे घंटी को बार-बार भोजन के साथ संयोजित कर (paired) प्राणी के सामने उपस्थित किया जाता है तो वैसी परिस्थिति में उस तटस्थ उद्दीपक में भी मुख्य पुनर्बलन (primary reinforcement) का गुण आ जाता है। यही कारण है कि पैवलव के प्रयोग में कुछ प्रयासों (trials) के बाद कुत्ता मात्र घंटी की आवाज पर ही लार स्राव की अनुक्रिया करता था। जब एक तटस्थ उद्दीपक में मुख्य पुनर्बलन का गुण आ जाता है तो इसे गौण पुनर्बलन (secondary reinforcement) की संज्ञा दी जाती है। एक तटस्थ उद्दीपक में मुख्य पुनर्बलन का गुण बनाये रखने के लिए यह आवश्यक है कि बीच-बीच में तटस्थ उद्दीपक के साथ-साथ मुख्य उद्दीपक (primary reinforcement) (जैसे भोजन) भी दिया जाता रहे।

10. आभासी अनुबन्धन *(Pseudoconditioning)*—कभी-कभी ऐसा देखा गया है कि प्राणी (organism) प्रयोगात्मक परिस्थिति में कुछ वैसा ही व्यवहार दिखलाता है जो उस समय होता है जब सचमुच में अनुबन्धन (conditioning) हो जाता है। जैसे, प्रयोगात्मक परिस्थिति में लाने के कुछ समय के बाद अपने पूर्व अनुभव के कारण कुत्ते में अपने आप लार स्राव की अनुक्रिया यदि शुरू हो जाती है तो यह है एक आभासी अनुबन्धन (pseudoconditioning) का उदाहरण होगा। प्रायः आभासी अनुबन्धन तब होता है जब प्राणी में सामान्य उत्तेजनशीलता (general excitability) अधिक होता है।

ऊपर वर्णन किये गये तथ्यों के आधार पर हम इस निष्कर्ष पर पहुँचते हैं कि पैवलोवियन अनुबन्धन में बहुत

तरह की घटनाएँ होतीं हैं जिनसे सीधे या परोक्ष रूप से अनुबंधित अनुक्रिया (conditioned response) की शक्ति प्रभावित होती है।

आधुनिक शोधों से यह पता चलता है कि क्लासिकी अनुवन्धन का *दैहिक आधार* मस्तिष्क की एक विशेष संरचना (structure) जिसे लघुमस्तिष्क (cerebellum) कहा जाता है, होता है। लघुमस्तिष्क सामान्यतः शारीरिक गतियों में समन्वय बनाकर रखने के लिए उत्तरदायी होता है। मनुष्यों पर भी किये गए नवीनतम अध्ययनों से यह स्पष्ट हुआ है कि जिन व्यक्तियों का लघुमस्तिष्क किसी कारण से क्षतिग्रस्त हो जाता है, उनमें क्लासिकी अनुबंध के नियमों के आधार पर अनुक्रियाओं को नहीं सीखलाया जा सकता है। पशुओं पर भी किये गए अध्ययनों से क्लासिकी अनुबंधन के इस तरह के तंत्रकीय आधार (neural basis) का समर्थन मिला है। स्टीनमेज (Steinmetz, 1996) एवं थाम्पसन तथा उनके सहयोगियों (Thompson et. al., 1997) ने आँख मलमलाने की क्लासिकी अनुबंधन (eye-blink classical conditioning) के तंत्रकीय आधार का अध्ययन किया है और यह बतलाया है कि ऐसा अनुबंधन का होना लघुमस्तिष्क (cerebellum) पर ही निर्भर करता है। जब पशु के लघुमस्तिष्क को नष्ट कर दिया जाता है, तो पहले से सीखी गयी अनुक्रियाएँ पूर्णतः समाप्त हो जातीं हैं और नयी अनुक्रिया सीखने की क्षमता समाप्त हो जाती है। स्टीनमेज (Steinmetz, 1999) ने भी अपने अध्ययन के आधार पर यह दिखलाया है कि आँख मलमलाने की अनुबंधन स्थापित होने में लघुमस्तिष्क के अतिरिक्त हिप्पोकैम्पस, एमिगडाला तथा मस्तिष्कीय स्तम्भ (brain stem) के अन्य क्षेत्र जो लघु मस्तिष्क में या तो सूचनाएँ भेजते हें या उनसे प्राप्त करते हैं, से भी नियंत्रित होता है।

कुछ मनोवैज्ञानिकों द्वारा क्लासिकी अनुबंधन की आलोचना निम्नांकित कारकों (factors) के आधार पर की गयी है। प्रमुख आलोचनाएँ निम्नांकित हैंः—

1. पैवलव एक उद्दीपक-अनुक्रिया पुनर्बलन सिद्धान्तवादी (stimulus-response reinforcement theorist) हैं। अतः इनके अनुसार सीखने के लिए अर्थात् उद्दीपक एवं अनुक्रिया में सम्बन्ध स्थापित करने के लिए पुनर्बलन (reinforcement) का होना अनिवार्य है। कुछ मनोवैज्ञानिकों जैसे, टालमैन तथा हॉनजिक (Tolman & Honzik, 1930) एवं ब्लौजेट्ट (Blodgett, 1929) ने चूहों पर प्रयोग कर दिखला दिया है कि उन चूहों द्वारा भूलभुलैया सीखना (maze learning) जिन्हें प्रथम कुछ दिनों तक भोजन नहीं दिया गया था, ठीक उसी प्रकार किया गया जिन्हें प्रत्येक दिन भूलभुलैया सीखने के लिए भोजन दिया जाता था। हाँ, इतना अवश्य था कि जब तक भोजन नहीं दिया गया था, सीखी गयी प्रक्रिया भीतर दबी हुई थी। जैसे ही भोजन दिया गया, सीखने की प्रक्रिया स्पष्ट निष्पादन (performance) के रूप में अभिव्यक्त हुई। अतः टालमैन, हॉनजिक एवं ब्लौजेंट आदि मनोवैज्ञानिकों का विचार है कि सीखने के लिए पुनर्बलन (reinforcement) की आवश्यकता नहीं होती है।

2. पैवलव के सिद्धान्त पर ध्यान देने से यह स्पष्ट हो जाता है कि सीखने की प्रक्रिया में पुनरावृत्ति (repetition) का महत्त्व अधिक है। पैवलव के प्रयोग में एक तटस्थ उद्दीपक (घंटी) तथा स्वाभाविक उद्दीपक (भोजन) को साथ-साथ कई बार दुहराने के बाद ही कुत्ता घंटी की आवाज पर लार स्राव करने की अनुक्रिया को सीखा था। परन्तु अक्सर यह देखा गया है कि व्यक्ति के कुछ पल ऐसे भी होते हैं जहाँ वह मात्र एक ही बार की अनुभूति में सीख लेता है। जैसे यदि किसी व्यक्ति का हाथ एक गर्म बर्त्तन से स्पर्श हो जाता है तो एक ही बार में वह सीख लेता है कि उसे गर्म बर्त्तन नहीं छूना चाहिये (न कि इसे सीखने के लिए इस कार्य की पुनरावृत्ति करनी होती है)। साथ-ही-साथ स्वाद विमुखता (taste aversion) की अनुबंधता के लिए भी इस तरह की बारम्बारता अर्थात् US-UCS की पुनरावृत्ति की जरूरत नहीं पड़ती है।

3. कुछ मनोवैज्ञानिकों का कहना है कि पैवलव के सिद्धान्त में प्राणी को एक ऐसी प्रयोगात्मक परिस्थिति में रखा जाता है जहाँ वह पूर्णरूपेण निष्क्रिय (passive) होता है। पैवलव का कुत्ता एक ऐसे उपकरण के सहारे बँधा होता है जिसमें उसे एक निष्क्रिय भूमिका करनी होती है। अगर प्रयोगात्मक परिस्थिति ऐसी होती जिसमें प्राणी सक्रिय होकर घूम-फिर सकता है (जैसा कि स्कीनर-बक्स में होता है), तो वैसी परिस्थिति में सीखने की व्याख्या इतनी यांत्रिक (mechanical) नहीं होती जितनी की पैवलव ने अपने सिद्धान्त में किया है।

4. कुछ आलोचकों का मत है कि पैवलव द्वारा प्रतिपादित सीखना एक अस्थायी तथा आंशिक रूप से प्राणी के व्यवहार में परिवर्तन करता है। कुत्ता घंटी की आवाज पर तभी तक लार स्राव करता था जब तक घंटी की आवाज के बाद उसे भोजन दिया जाता है। जब भोजन दिया जाना बन्द कर दिया गया तो कुत्ते में भी लार स्राव की अनुक्रिया धीरे-

धीरे लुप्त हो गयी। इतना ही नहीं, पैवलव के सिद्धान्त के अनुसार किसी अनुक्रिया को सीखलाने के लिए एक विशेष प्रकार की प्रयोगात्मक परिस्थिति का होना अनिवार्य है जो हमेशा सम्भव नहीं भी हो सकता है।

इन आलोचनाओं के बावजूद भी पैवलव का सिद्धान्त एक महत्त्वपूर्ण सिद्धान्त है और अन्य दूसरे मनोवैज्ञानिकों ने अपने-अपने सिद्धान्त का प्रतिपादन करते समय इनके तथ्यों एवं सम्प्रत्ययों (concepts) से प्रेरणा ली है।

क्लासिकी अनुबंधन का महत्त्व (Importance of Classical Conditioning)

जैसा कि हम जानते हैं, क्लासिकी अनुबंधन एक ऐसा अनुबंधन प्रविधि है जिसमें एक तटस्थ उद्दीपक (neutral stimulus) को किसी स्वाभाविक उद्दीपक (unconditioned stimulus) के साथ बार-बार उपस्थित किया जाता है और इस तरह के युग्मन (pairing) के कारण वह तटस्थ उद्दीपक द्वारा भी ठीक वैसी ही अनुक्रिया होने लगती है जैसा कि स्वाभाविक उद्दीपक द्वारा होता है। इस तरह के अधिगम का सबसे पहले-पहल अध्ययन पैवलव द्वारा किया गया जिन्होंने सचमुच में अधिगम का एक क्लासिक प्रयोगशाला अध्ययन किया। शायद यही कारण है कि इसे पैवलोवियन अनुबंधन भी कहा जाता है। पैवलव ने अपना प्रयोग एक भूखे कुत्ता पर किया था जिसमें घंटी की आवाज़ (तटस्थ उद्दीपक) के प्रति कुत्ता लार स्राव करना (स्वाभाविक अनुक्रिया) सीखा था।

सचमुच में यदि क्लासिकी अनुबंधन का सम्बन्ध कुत्ता में लार स्राव की अनुक्रिया से होता तो यह अधिक महत्त्वपूर्ण नहीं होता है परन्तु वास्तव में इसके द्वारा व्यवहार के कई महत्त्वपूर्ण जटिल समस्याओं को समझने में मदद मिलता है। कुछ ऐसे ही बिन्दुओं की चर्चा निम्नांकित हैं:—

1. 1920 में वाटसन तथा रेनर (Watson & Raynor) ने एक विशेष प्रयोग करके यह दिखला दिया कि व्यक्ति में डर के संवेग को क्लासिकी अनुबंधन द्वारा सीखा जा सकता है। इस तथ्य का प्रयोगात्मक जाँच अलबर्ट (Albert) नामक बच्चा पर अध्ययन करके किया गया। इस अध्ययन में अलबर्ट को उजले चूहे के साथ खेलने के लिये छोड़ दिया गया। अलबर्ट इस चूहे से नहीं डरता था। जब वह इसके साथ खेल रहा था तो एक तीव्र आवाज कर दिया गया जिससे वह काफी डर गया। इस तरह से सात बार ऐसा करने पर यह देखा गया कि अलबर्ट बिना आवाज के ही उस उजले चूहे से डरना सीख गया। इस प्रयोग से यह स्पष्ट हो जाता है कि डर को क्लासिकी अनुबंधन द्वारा सीखा जा सकता है।

2. एडर तथा कोहेन (Ader & Cohen, 1993) का मत है कि क्लासिकी अनुबंधन स्वास्थ्य (health) के सम्बन्ध में भी बहुत सारे प्रश्नों या समस्याओं की व्याख्या करने में सक्षम है। डेक्कर, पेलसर तथा ग्रोयेन (Dekker, Pelser & Groen, 1957) ने अपने अध्ययन के आधार पर यह बतलाया है कि कुछ एलर्जिक अनुक्रियाओं (alergic reactions) को ऐसे उद्दीपकों के साथ क्लासिकी अनुबंधन के नियम के अनुसार अनुबंधित किया जा सकता है जो अपने आप में ऐसी अनुक्रियाएँ उत्पन्न नहीं करती हैं। इस अध्ययन में दमा के दो रोगी जिनमें धुल (dust) तथा पराग (pollen) के प्रति एलर्जिक संवेदनशीलता थी, प्रयोज्य के रूप में कार्य किये थे। इनलोगों को पहले शीशे के मुखिका (mouthpiece) (जो एक CS के रूप में कार्य कर रहा था) द्वारा उस तत्त्व (substances) को सूँघने के लिये दिया गया जिसके प्रति वे एलर्जिक थे। यह तत्त्व यहाँ UCS के रूप में कार्य करता था। CS तथा UCS के मात्र एक युग्मन से अगले बार उनमें उस समय दमा की प्रतिक्रिया (CR) होते देखी गयी जब सिर्फ मुखिका को ही उनके मुँह में रखा गया हालाँकि इस बार इस उपकरण में मात्र आक्सीजन ही था। इस अध्ययन से यह स्पष्ट हो जाता है कि क्लासिकी अनुबंधन द्वारा स्वास्थ्य से भी सम्बन्धित कुछ बिन्दुओं को समझने में मदद मिलती है।

3. क्लासिकी अनुबंधन की भूमिका शरीर के प्रतिरक्षक तंत्र (immune system) के कार्यों को भी समझने में पर्याप्त होता है। एडर तथा कोहेन (Ader & Cohen, 1981) द्वारा किये गए शोधों से यह स्पष्ट हुआ है कि प्रतिरक्षक तंत्र की अनुक्रियाएँ को क्लासिकी अनुबंधन के नियमों द्वारा सीखा जा सकता है। इस अध्ययन में चूहों को एक औषध (drug) जो स्वाभाविक उद्दीपक (Unconditioned Stimulus or UCS) के रूप में कार्य करता था, दिया गया। इससे चूहों में एक स्वाभाविक अनुक्रिया (Unconditioned Response or UCR) होता था अर्थात्, यहाँ के प्रतिरक्षक तंत्र की अनुक्रियाएँ दब जातीं थीं। यह औषध चूहों को ठीक उस समय दिया जाता था जब वे मीठा पानी (sweetened water) पी रहे होते थे। यहाँ मीठा पानी एक CS के रूप में कार्य कर रहा था। औषध तथा मीठा पानी

को साथ-साथ कई बार युग्मन करने के बाद यह परिणाम में देखा गया कि चूहों में मीठा पानी पीने मात्र से ही उनका प्रतिरक्षक तंत्र की क्रियाएँ मंदित हो गयीं। इस अध्ययन से यह स्पष्ट हो जाता है कि क्लासिकी अनुबंधन के नियम द्वारा प्रतिरक्षक तंत्र की अनुक्रियाओं को भी अनुबंधित किया जा सकता है।

4. तनाव-उत्पन्न पीड़ाशून्यता (stress-induced analgesia) को भी क्लासिकी अनुबंधन द्वारा समझने की कोशिश की गयी है। मायर एवं किथ (Maier & Keith, 1987) के शोधों से यह पता चला है कि तीव्र तनाव से अनावृत्त (expose) होने से व्यक्ति में दर्दकर उद्दीपकों (painful stimuli) के प्रति संवेदनशीलता में कमी आ जाती है क्योंकि तनाव से व्यक्ति के मस्तिष्क में इनड्रोरफिन्स (endorphins) उत्पन्न होता है जो अंशतः दर्द को कम कर देता है। कुछ विशेष परिस्थिति में इस पीड़ाशून्यता को क्लासिकी अनुबंधन के नियमों द्वारा सीखा जा सकता है। इस तथ्य का प्रयोगात्मक समर्थन रॉस्स (Ross, 1986) द्वारा किया गया। इस अध्ययन में एक अनुबंधित उद्दीपक (conditioned stimulus) को बिजली का आघात (electric shock) के साथ कई बार व्यक्ति के सामने उपस्थित किया गया। इस ढंग का आघात से व्यक्ति में दर्द सहने की शक्ति में थोड़ी वृद्धि होते पायी गयी। परन्तु चूँकि CS बिजली के आघात से युग्मित था, अतः मात्र CS को उपस्थित करने से ही व्यक्ति में दर्द सहनशीलता में वृद्धि होते पायी गयी। इस बात का प्रमुख आशय यह है कि इस विशेष ज्ञान से कि दर्द सहनशीलता को क्लासिकी रूप से अनुबंधित किया जा सकता है, कैंसर तथा अन्य ऐसे ही बीमारियों में रोगियों के चिरकालिक दर्द (chronic pain) मे कमी की जा सकती है।

6. लैंगिक उत्तेजन (sexual arousal) की भी व्याख्या क्लासिकी अनुबंधन से मनोवैज्ञानिकों ने किया है। रैकमैन (Rachman, 1966) द्वारा किये गए अध्ययनों से यह स्पष्ट हुआ है कि व्यक्ति को अलैगिक वस्तुएँ (nonsexual objects) जैसे जूता, रूमाल, विशेष गंध आदि के प्रति क्लासिकी अनुबंधन के नियम द्वारा अनुबंधित किया जा सकता है। फलतः वे मात्र इन वस्तुओं को देखकर लैंगिक उत्तेजन का अनुभव कर सकते हैं।

स्पष्ट हुआ कि क्लासिकी अनुबंधन यद्यपि एक सरल सम्प्रत्यय है फिर भी इसके द्वारा जिंदगी की जटिल समस्याओं या व्यवहारों की व्याख्या करना सम्भव है।

साधनात्मक या क्रियाप्रसूत अनुबंधन के तत्व एवं मौलिक सिद्धान्त (Elements and Basic Principles of Instrumental or Operant conditioning)

जैसा कि हम जानते हैं, क्लासिकी अनुबंधन (classical conditioning) में प्राणी उद्दीपकों के बीच साहचर्य को सीखता है और इसमें जो अनुक्रियाएँ प्राणी द्वारा की जातीं हैं, वे *अनैच्छिक* (involuntary) होती हैं। क्रियाप्रसूत अनुबंधन जिसकी शुरूआत थार्नडाइक (Throndike) द्वारा प्रतिपादित प्रभाव नियम (law of effect) में हुई तथा जिसका विकास स्कीन्नर (Skinner) के पशु शोधों के आधार पर हुआ, में प्राणी किसी खास व्यवहार या अनुक्रिया तथा उसके होने वाले परिणाम के बीच साहचर्य को सीखता है। इसके अतिरिक्त क्रियाप्रसूत अनुबंधन में जो अनुक्रियाएँ प्राणी करता है, उसका स्वरूप ऐच्छिक (voluntary) होता है और उसे प्राणी एक दिये हुए समय में उत्सर्जित (emit) करता है।

आगे चर्चा करने के पहले यहाँ हम इस बिन्दु पर भी प्रकाश डालना चाहेंगे कि कुछ मनोवैज्ञानिक ऐसे हैं जो साधनात्मक अनुबंधन (instrumental conditioning) तथा क्रियाप्रसूत अनुबन्धन (operant conditioning) में हल्का अंतर करते हैं। इनलोगों के अनुसार साधनात्मक अनुबन्धन में परम्परागत ढंग से पृथक-प्रयास परिस्थिति (discrete-trial situation) होता है जिसमें प्रयोज्य को एक संरचित परिस्थिति (structured situation) में कुछ व्यवहार करना होता है। क्रियाप्रसूत अनुबन्धन में स्वतंत्र व्यवहार (free behaviour) तथा पृथक-प्रयास व्यवहार (discrete trial behaviour) दोनों ही होते हैं तथा इसमें वैसा व्यवहार सम्मिलित होता है जिसमें प्रयोज्य कुछ इस ढंग से अनुक्रिया करता है जिससे वहाँ के वातावरण में परिवर्तन आता है। इस तरह से साधनात्मक अनुबन्धन, क्रियाप्रसूत अनुबन्धन का ही एक विशिष्ट प्रकार (type) है।

क्रियाप्रसूत अनुबंधन (operant conditioning) में यह संभावना कि प्राणी एक खास व्यवहार या अनुक्रिया करेगा, इस बात पर निर्भर करता है कि उसके बाद का परिणाम (consequences) कैसा है। मनोवैज्ञानिकों में आम सहमति इस विचार पर है कि ऐसी सम्भावनाओं का निर्धारण चार मौलिक *विधियों* (procedures) द्वारा होता है जिसमें से दो क्रियाप्रसूत व्यवहार को मजबूत करता है तथा दो क्रियाप्रसूत व्यवहार को कमजोर करता है। वैसी विधियाँ

जिनसे ऐसा व्यवहार मजबूत होता है को *पुनर्बलन* (reinforcement) तथा वैसे विधियाँ जिनसे ऐसा व्यवहार दबता है या कमजोर पड़ता है, को दंड (punishment) कहा जाता है।

पुनर्बलन (reinforcement) के दो प्रकार होते हैं—धनात्मक पुनर्बलन (positive reinforcement) तथा ऋणात्मक पुनर्बलन (negative reinforcement)। धनात्मक पुनर्बलन में धनात्मक पुनर्बलक (positive reinforcers) सम्मिलित होता है अर्थात् इसमें ऐसा उद्दीपक घटना सम्मिलित होता है जिसे अनुक्रिया के बाद देने से प्राणी उस अनुक्रिया को भविष्य में दोहराना चाहता है क्योंकि इससे वह अनुक्रिया मजबूत हो जाती है। भूखे प्राणी के लिए भोजन तथा प्यासे प्राणी के लिए पानी धनात्मक पुनर्बलन के उदाहरण हैं। इन्हें *प्राथमिक पुनर्बलक* (primary reinforcer) भी कहा जाता है। कुछ ऐसे भी उद्दीपक होते हैं जो प्राथमिक पुनर्बलकों से साहचर्यित होकर धनात्मक पुनर्बलक के रूप में कार्य करने की क्षमता विकसित कर लते हैं। इसे *अनुबंधित पुनर्बलक* (conditioned reinforcer) कहा जाता है। अध्ययनों से यह भी स्पष्ट हुआ है कि जब व्यक्ति के किसी व्यवहार को किसी पसंदीदा क्रिया या व्यवहार (performed behaviour or activities) के आधार पर पुनर्बलित किया जाता है, तो इसे *प्रीमैक नियम* (Premack principle) कहा जाता है।

ऋणात्मक पुनर्बलन (negative reinforcement) में ऋणात्मक पुनर्बलकों (negative reinforce) का प्रभाव सम्मिलित होता है। ऋणात्मक पुनर्बलक ऐसा उद्दीपक जो उन अनुक्रियाओं को मजबूत करता है जिनके करने से प्राणी उससे दूर हटने में समर्थ हो पाता है। इस तरह से जब व्यक्ति कोई ऐसा कार्य करता है जिससे वह पहले से मौजूद ऋणात्मक पुनर्बलक से अपने आपको दूर कर पाता है, तो उसमें भविष्य में उस क्रिया या व्यवहार को करने की प्रवृत्ति बढ़ जाती है। दिन प्रतिदिन की जिंदगी में सभी दुःखद (unpleasant) या विमुखता (aversion) उत्पन्न करने वाले उद्दीपक ऋणात्मक पुनर्बलक (negative reinforcer) के उदाहरण हैं।

इस तरह से धनात्मक पुनर्बलक ऐसे उद्दीपक घटना (stimulus events) होते हैं जो अपने पहले आने वाले अनुक्रिया को मजबूत करते हैं तथा ऋणात्मक पुनर्बलक वैसे विमुखता उत्पन्न करने वाले उद्दीपक होते हैं जो उन अनुक्रियाओं को मजबूत करते हैं जिनसे ऐसे उद्दीपक प्राणी के सामने से हट जाते हैं।

पुनर्बलन (reinforcement) के ठीक विपरीत, दंड (punishment) से व्यवहार या अनुक्रिया की दर कमजोर पड़ती है। पुनर्बलन के समान ही दंड (punishment) के भी दो प्रकार होते हैं—धनात्मक दंड (positive punishment) तथा ऋणात्मक दंड (negative punishment) धनात्मक दंड में प्राणी द्वारा व्यवहार किये जाने के बाद विमुखता उत्पन्न करने वाले उद्दीपक दिये जाते हैं और चूँकि उसका प्रभाव अरुचिकर (aversive) होता है, अतः प्राणी उन क्रियाओं या व्यवहारों को न करना सीखता है। ऋणात्मक दंड (negative punishment) में व्यवहार या अनुक्रिया के होने के दर में कमी या वह अनुक्रिया कमजोर इसलिए पड़ जाती है क्योंकि इस व्यवहार का सम्बन्ध मिलने वाले पुनर्बलन को खो देने से होता है। जैसे, यदि कोई कर्मचारी 10 मिनट विलम्ब से कारखाना पहुँचता है और तब पर्यवेक्षक उसे उस दिन का 2 घंटे का वेतन काट देता है, तो यह ऋणात्मक दंड का उदाहरण होगा। स्पष्ट हुआ कि धनात्मक दंड तथा ऋणात्मक दंड दोनों ही ऐसी विधियाँ हैं जिनसे अनुक्रिया या व्यवहार कमजोर पड़ता है।

अब प्रश्न यह उठता है कि प्राणी द्वारा क्यों कुछ खास तरह का ही व्यवहार पहले उत्सर्जित (emits) किया जाता है? ऐसा व्यवहार किस तरह से प्रारम्भ में प्राणी करना सीखता है? इसका उत्तर है शेपिंग (shaping) द्वारा। इसमें व्यक्ति अन्तिम लक्ष्य पर पहुँचने या अन्तिम सफल अनुक्रिया करने की दिशा में पहले छोटी-छोटी कुछ अनुक्रियाएँ करता है। प्रत्येक ऐसी छोटी अनुक्रिया को करने के बाद उसे पुरस्कार (reward) मिलता है और इस तरह से वह धीर-धीरे लक्ष्य पर पहुँच जाता है और अन्तिम अनुक्रिया (final response) करता है और उसे पुनर्बलन मिलता है। इस तरह से शेपिंग में प्राणी सरल व्यवहार से अधिक जटिल व्यवहार को करना सीख लेता है। इसके अतिरिक्त प्राणी व्यवहार के जटिल क्रम (complex sequence) को भी करना सीख लेता है। जैसे, हम प्रायः देखते हैं कि सरकस में पशु काफी जटिल व्यवहार करते हैं और यह प्रक्रिया *चेनिंग* (chaining) के माध्यम से होता है। चेनिंग में शृंखला (chain) के अंतिम अनुक्रिया (final response) को करने का प्रशिक्षण पहले दिया जाता है। इसके बाद पीछे की ओर कार्य करते हुए शृंखला के आरंभिक अनुक्रियाओं को करने पर जिससे शृंखला के अंतिम अनुक्रिया होने में मदद मिलती है, को पुनर्बलित किया जाता है। फिर शृंखला के अंतिम अनुक्रिया के बाद पुरस्कार दिया जाता है। इस तरह से शेपिंग तथा चेनिंग दोनों ही द्वारा व्यवहार को क्रियाप्रसुत अनुबंधन में सीखा जाता है।

क्रियाप्रसूत अनुबंधन का एक सबसे महत्त्वपूर्ण मूलतत्त्व पुनर्बलन अनुसूची[1] (schedule of reinforcement) है। पुनर्बलन अनुसूची से तात्पर्य एक ऐसी अनुसूची से होता है जिसमें प्राणी को प्रयोग के दौरान कब-कब और कितने प्रयासों के बाद पुनर्बलन दिया जायेगा, इसका व्यौरा रहता है। सामान्यतः पुनर्बलन अनुसूची दो प्रकार के होते हैं—सतत अनुसूची (continuous schedule) तथा आंशिक अनुसूची (partial schedule) या आन्तरायिक अनुसूची (intermittent schedule)। सतत अनुसूची में प्राणी द्वारा किये गए प्रत्येक सही अनुक्रिया के बाद पुनर्बलन दिया जाता है जबकि आन्तरायिक अनुसूची में प्राणी द्वारा किये गए कुछ ही सही अनुक्रिया के बाद पुनर्बलन दिया जाता है। आन्तरायिक अनुसूची के चार मुख्य प्रकार होते हैं—निश्चित अनुपात अनुसूचि (fixed ratio schedule), परिवर्त्य अनुपात अनुसूचि (variable ratio schedule), निश्चित अंतराल अनुसूचि (fixed internal schedule) तथा परिवर्त्य अंतराल अनुसूचि (variable interval schedule)। अध्ययनों से यह स्पष्ट हुआ है कि क्रियाप्रसूत अनुक्रिया (operant response) की दर परिवर्त्य अनुपात अनुसूचि में सबसे अधिक तथा निश्चित अंतराल अनुसूचि में सबसे कम या धीमा होता है।

आज बहुत सारे मनोवैज्ञानिकों का मत है कि पुनर्बलन अनुसूचि से दिन-प्रतिदिन की जिंदगी में किये गये जटिल मानव व्यवहार की व्याख्या ठीक ढंग से नहीं हो पाती है। ऐसे मनोवैज्ञानिकों में हानिस्क (Hanisch, 1995) तथा पायर्स तथा एपलिंग (Pierce & Epling, 1994) का नाम विशेष रूप से उल्लेखनीय है। इन लोगों का मत है कि प्रत्येक दिन व्यक्ति को विभिन्न तरह के वैकल्पिक व्यवहार (alternative behaviour) का सामना करना पड़ता है और उनमें से उसे किसी एक को चुनना पड़ता है। जैसे, एक छात्र को गृहकार्य (home work) करने तथा उसके बदले में अपने दोस्तों के साथ घूमने, दूरभाष पर बातचीत करने, दूरदर्शन देखने आदि करना हो सकता है। इस तरह की परिस्थिति को *समवर्ती पुनर्बलन अनुसूचि* (concurrent schedule of reinforcement) कहा जाता है जिसमें व्यक्ति का व्यवहार दो या दो से अधिक अनुक्रियाओं के बीच लगातार एकान्तरित (alternate) होने के लिए स्वतंत्र होता है तथा जिसमें प्रत्येक व्यवहार का अपना पुनर्बलन अनुसूचित होता है। एल्समोर तथा मैकब्राइड (Elsmore & McBride, 1994) एवं पायर्स तथा एपलिंग (Pierce & Epling, 1994) के अनुसार समवर्ती पुनर्बलन अनुसूचि का उपयोग पशुओं एवं मनुष्यों के चयन व्यवहार (choice behaviour) के अध्ययन में प्रायः किया जाता है। हेरर्नस्टीन (Herenstein, 1961) ने यह भी बतलाया है कि व्यक्ति विभिन्न वैकल्पिक व्यवहार में से न केवल चयन करता है बल्कि वह अपनी अनुक्रिया उन विकल्पों के प्रति अधिक करता है जिनसे उसे अधिक बार पुनर्बलन मिलता है। हेर्रस्टीन ने इसे *सुमेल नियम* (matching law) कहा है।

स्पष्ट हुआ कि क्रियाप्रसूत अनुबंधन के कुछ ऐसे मौलिक तत्त्व हैं जिनसे उनका जटिल स्वरूप का स्पष्टीकरण होता है।

साधनात्मक अनुबन्धन के स्वरूप एवं प्रकार
(Nature and Type of Instrumental Conditioning)

साधनात्मक अनुबंधन का एक ऐसी प्रक्रिया है जिसमें प्राणी मुक्त अनुक्रिया परिस्थिति (free-responding situation) में रहकर किसी व्यवहार को सीखता है। साधनात्मक अनुबन्धन में प्राणी को प्रयोगात्मक परिस्थिति (experimental situation) जैसे स्कीनर बकस (Skinner box) या पहेली बकस (puzzle box) में इधर-उधर घूमने की पूरी स्वतंत्रता होती है। इस तरह के अनुबन्धन की एक खास विशेषता यह होती है कि प्राणी इसमें अनुक्रिया स्वयं करता है न कि कोई विशेष उद्दीपक (stimulus) द्वारा उत्तेजित होने पर करता है। जैसे, स्कीन्नर बकस में चूहा लीभर दबाने की अनुक्रिया स्वयं करता है। ऐसा नहीं कहा जा सकता है कि यह अनुक्रिया किसी उंद्दीपक के प्रति किया जा रहा है। सच पूछा जाय तो प्राणी यहाँ पूरे वातावरण पर ही परिचालन करते हुए (operate) अनुक्रिया करता है। यही कारण है कि इसे *क्रियाप्रसूत अनुबन्धन* (operant conditioning) भी कहा जाता है। इस तरह के अनुबन्धन का उदाहरण हमें थॉर्नडाइक (Thorndike) एवं स्कीन्नर (Skinner) द्वारा सीखने के क्षेत्र में किये गये प्रयोगों में मिलता है।

---

1. पुनर्बलन अनुसूची की विस्तृत व्याख्या इसी अध्याय में स्कीन्नर द्वारा प्रस्तावित अधिगम के सिद्धान्त की व्याख्या के दौरान की गयी है।

2. *LTM से पुनः प्राप्ति* : (Retrieval from LTM)
3. *अर्थगत स्मृति के सिद्धान्त* (Theories of Semantic memory)
4. *अभिप्रेरण, संवेग एवं LTM* (Motivation, Emotion and LTM)
5. *LTM एवं STM का तुलनात्मक अध्ययन : अन्तर* (A Comparative study of LTM and STM : Distinction)
6. *LTM में विस्मरण* (Forgetting in LTM)

इन सभी बिन्दुओं पर प्रकाश हम अलग-अलग अनुच्छेद में डालेंगे।

दीर्घकालीन स्मृति के प्रकार : प्रासंगिक स्मृति एवं अर्थगत स्मृति
(Types of Long-term Memory : Episodic Memory and Semantic Memory)

दीर्घकालीन स्मृति (long-term memory or LTM) को टुलभिंग (Tulving, 1972) ने दो भागों में बाँटा है—प्रासंगिक स्मृति (Episodic memory) तथा अर्थगत स्मृति (Semantic memory)। इन्हें एक साथ मिलाकर *घोषणात्मक स्मृति* (Declarative memory) भी कहा जाता है। प्रासंगिक स्मृति से तात्पर्य वैसी स्मृति से होता है जो सामायिक रूप से (temporally) व्यवस्थित या दिनांकित (dated) घटनाओं एवं प्रसंग से सम्बन्धित सूचनाओं को संचित करता है। दूसरे शब्दों में, प्रासंगिक स्मृति में वैसी सूचनाएँ संचित होतीं हैं जो यह बतलाती है कि घटनाएँ कब (when) घटीं। प्रासंगिक स्मृति में संचित होने वाले सूचनाओं का कुछ नमूना इस प्रकार है—

(i) मुझे याद है कि मेरे जीवन का आरंभिक वर्ष बहुत कष्ट से बीता है।

(ii) कल 10 बजे सुबह तक हमें ऑफिस में पहुँच जाना चाहिए।

(iii) मुझे कल ट्रेन में एक विचित्र आदमी से मुलाकात हुई।

स्पष्ट हुआ कि प्रासंगिक स्मृति में संचित होने वाली सूचनाओं का सम्बन्ध घटनाओं के सामयिक पहलू (temporal aspect) से होता है। व्यक्ति की व्यक्तिगत या आत्मचरित अनुभूतियाँ प्रासंगिक समृति में ही संचित होता है। प्रासंगिक स्मृति का एक मुख्य प्रारूप *आत्मचरित स्मृति* (autobiographical memory) है जिसकी चर्चा आगे अलग से की जाएगी।

अर्थगत स्मृति (Semantic memory) से तात्पर्य वैसी समृति से होती है जिसमें शब्दों, (words) सम्प्रत्ययों (concepts), तथ्यों (facts) एवं प्रतीकों (symbols) का अर्थ से सम्बन्धित सूचनाएँ संचित होतीं हैं। अतः अर्थगत स्मृति शब्दों, सम्प्रत्ययों, तथ्यों एवं प्रतीकों के बारे में एक संगठित ज्ञान (organized knowledge) है। इसे *सामान्य या व्यापक स्मृति* (Generic memory) भी कहा जाता है। अर्थगत स्मृति में संचित होने वाले सूचनाओं के कुछ नमूना इस प्रकार है—

(i) मैं जानता हूँ कि मखमल मुलायम होता है।

(ii) मैं जानता हूँ कि जल का रसायनिक सूत्र H_2O है।

(iii) मैं जानता हूँ कि किसी अंक में शून्य से गुणा करने पर गुणनफल शून्य होता है।

स्पष्ट हुआ कि अर्थगत स्मृति में संचित सूचनाओं का स्वरूप प्रासंगिक स्मृति में संचित सूचनाओं के स्वरूप से भिन्न होता है।

प्रासंगिक स्मृति (episodic memory) तथा अर्थगत स्मृति (semantic memory) में निम्नाकित *अंतर* है—

(i) प्रासंगिक स्मृति में संचित सूचनाओं का सम्बन्ध 'कब' (when) से होता है जबकि अर्थगत स्मृति में संचित सूचनाओं का सम्बन्ध 'क्यों' 'कैसे' आदि से होता है।

(iii) प्रासंगिक स्मृति से विस्मरण अर्थगत स्मृति से विस्मरण की अपेक्षा तेजी से होता है।

(iii) प्रासंगिक स्मृति से सूचनाओं की पुनः प्राप्ति (retrieval) तभी ही सम्भव है जब व्यक्ति के सामने घटनाओं के होने के बारे में सही संकेत (cue) उपलब्ध कराया जाए। अर्थगत स्मृति में संचित सूचनाओं के साथ ऐसी बात नहीं है। साधारण एवं कभी-कभी परोक्ष संकेत (indirect cue) से भी सूचनाओं की पुनः प्राप्ति (retrieval) हो जाती है।

चित्र 7.1 में दिखलाया गया है। इस चित्र से यह स्पष्ट है कि इस बकस में दो कक्ष (compartments) होते हैं—एक उजला कक्ष (white compartment) तथा दूसरा काला कक्ष (black compartment)। उजला कक्ष का फर्श (floor) धातु का बना होता है ताकि उससे होकर बिजली की धारा प्रवाहित हो सके। काला कक्ष का फर्श अधातु का बना होता है। फलतः इससे होकर विद्युत धारा नहीं प्रवाहित हो सकती है। प्राणी को उजला कक्ष में रख दिया जाता है एवं रोशनी संकेत के रूप में जला दिया जाता है तथा इसके 10-15 सेकेण्ड समय बीतने के बाद बिजली का हल्का शॉक (shock) दिया जाता है। फलतः प्राणी में बेचैनी बढ़ती है और वह उजला कक्ष तथा काला कक्ष के बीच में बनाये गये दिवाल (wall) पर चढ़कर काला कक्ष में आ जाता है, जिससे बिजली का शॉक से वह बच जाता है। यहाँ आकर वह आराम करता है। फिर दूसरे प्रयास (trial) में प्रयोगकर्त्ता प्राणी को पकड़कर पुनः उजला कक्ष में रख देता है। जहाँ रोशनी संकेत के रूप में जला दिया जाता है। 10-15 सेकेण्ड के बाद पुनः बिजली का उसे शॉक मिलता है जिससे बचने के लिए पुनः काला कक्ष में बीच का दिवाल पर चढ़ते हुए वह आ जाता है। जब इसी प्रक्रिया को लगातार कई प्रयासों (trials) तक दोहराया जाता है तो अन्त में एक ऐसा भी प्रयास (trial) आता है जिसमें प्राणी रोशनी का संकेत मिलने के 10-15 सेकेण्ड के भीतर ही उजला कक्ष से काला कक्ष में आ जाता है। फलस्वरूप, उसे बिजली का शॉक नहीं लगता है (क्योंकि शॉक 10-15 सेकेण्ड बीतने के बाद ही दिया जाता था)। इस तरह से प्राणी दण्ड से बचना (avoidance) सीख लेता है। सोलोमोन तथा विनी (Solomon & Wyne, 1953) ने एक प्रयोग कुत्ता पर किया जिसमें उन्होंने पाया कि कुत्ता धीरे-धीरे परिवर्जन अनुक्रिया (avoidance response) करना सीख लिया।

परिवर्जन सीखना (avoidance learning conditioning) के क्षेत्र में आजकल एक महत्त्वपूर्ण सम्प्रत्यय जिसे *अर्जित निस्साहयता* (learned helplessness) कहा जाता है, का भी अध्ययन पर बल डाला गया है। इसके अध्ययन में मायर (Maier, 1970) तथा मायर, सेलिगमैन एवं सोलोमोन (Maier, Seligman & Solomon, 1969) ने विशेष अभिरुचि दिखलाया है। इन लोगों का मत है कि यदि पशु जैसे कुत्ता को सामान्य परिवर्जन प्रशिक्षण देने के पहले एक ऐसी परिस्थिति में रखकर बिजली का आघात दिया जाता है जिससे हर सम्भव प्रयास के बावजूद वह भाग नहीं सकता है, तो ऐसे पशु परिवर्जन अनुक्रिया (avoidance response) करना नहीं सीख पायेंगे। जैसे, यदि कुत्ते को पैवलोवियन साज (harness) में रखकर बिजली का आघात कुछ देर तक दिया जाता है (जिससे प्रयास करने के बावजूद भी उसे छुटकारा नहीं मिल सकता है) और उसके बाद इसे परिवर्जन अनुक्रिया सीख लेने के लिए बने बकस में रखा जाता है जहाँ चाहे तो बकस के दूसरे चैम्बर (काला चैम्बर) में आकर वह आघात से बच सकता है, तो कुत्ता चुपचाप बिजली का आघात सहते रहता है। इसमें आघात से बचने की आशा की किरण नहीं दिखलाई देती है। इसे *अर्जित निस्सहायता* की संज्ञा दी गयी है जिसे अन्य मनोवैज्ञानिकों ने मनुष्यों तथा कुछ विशेष तरह के पशुओं जैसे बन्दर एवं बिल्लियों में भी स्पष्टतः होता पाया है।

कुछ मनोवैज्ञानिकों जैसे माऊर्र तथा लैमोरॉक्स (Mowerer & Lamoreaux, 1942) ने कहा है कि परिवर्जन अनुबन्धन (avoidance conditioning) में पैवलोवियन अनुबन्धन (Pavlovian conditioning) तथा साधनात्मक अनुबन्धन (instrumental conditioning) दोनों ही एक तरह से सम्मिलित होता है। इसे परिवर्जन अनुबन्धन का *द्वि-कारक सिद्धान्त* (Two-factor theory of avoidance conditioning) कहा गया है। जब चूहा को उजला बकस (white box) में रखा जाता है और उसे बिजली का शॉक (shock) दिया जाता है तो उसमें एक अनुबंधित डर (conditioned fear) विकसित हो जाता है जो पैवलोवियन अनुबन्धन का उदाहरण है। यहाँ रोशनी का संकेत CS हैं, बिजली का शॉक UCS हैं, बिजली के शॉक से उत्पन्न डर (fear) UCR है तथा रोशनी का संकेत मात्र देखने से ही जो डर उत्पन्न होता है (यानी 10-15 सेकेण्ड के पहले) वह CR का उदाहरण है। इस सिद्धान्त का दूसरा कारक यह बतलाता है कि परिवर्जन अनुबन्धन में साधनात्मक सीखना (instrumental learning) भी सम्मिलित है। जब प्राणी उजला कक्ष में होता है तो उसमें अनुबंधित डर (conditioned fear) होता है। वह बीच के दिवाल पर चढ़कर काला कक्ष में आ जाता है जिसके परिणामस्वरूप उसमें जो डर था, वह समाप्त हो जाता है। इस तरह से काला कक्षा में आने की अनुक्रिया (response) करने से प्राणी को एक तरह का पुरस्कार (यानी, डर का खत्म हो जाना) मिलता है। स्पष्ट हुआ है कि परिवर्जन अनुबन्धन में पैवलोवियन अनुबन्धन द्वारा सीखना तथा साधनात्मक अनुबन्धन द्वारा सीखना दोनों ही सम्मिलित होते हैं। इसे परिवर्जन अनुबन्धन का *द्वि-कारक सिद्धान्त* (Two-factor theory) कहा जाता है जिसका विस्तृत वर्णन इस अध्याय में आगे किया जाएगा।

5. दण्ड प्रशिक्षण (*Punishment training*)—दण्ड प्रशिक्षण में प्राणी को निष्क्रिय (passive) होकर पूर्व सीखी गयी अनुक्रिया को पुनः नहीं करने का प्रशिक्षण दिया जाता है क्योंकि प्रयोगात्मक स्थिति (experimental situation) में कुछ इस प्रकार का परिवर्तन कर दिया जाता है कि सीखी गयी अनुक्रिया को न करने से ही उसे पुरस्कार (reward) मिलता है या दण्ड से छुटकारा मिलता है। प्रायः दण्ड प्रशिक्षण के लिए स्कीन्नर बकस में पहले चूहा को पुरस्कार (reward) के आधार पर लीवर दबाने की अनुक्रिया को सीखला दिया जाता है। फिर अचानक किसी प्रयास (trial) से लीवर का सम्बन्ध भोजन से तोड़कर बिजली से कर दिया जाता है जिसके फलस्वरूप लीवर दबाने से चूहा को भोजन मिलने के बजाय बिजली का शॉक लगता है। ऐसी परिस्थिति में चूहा को निष्क्रिय होकर (passively) लीवर को न दबाने की अनुक्रिया को सीखना होता है क्योंकि ऐसा ही करने से उसे पुरस्कार (reward) मिल सकता है अर्थात् वह दण्ड से बच सकता है। चूँकि इस तरह के प्रशिक्षण में प्राणी निष्क्रिय होकर सीखी गई अनुक्रिया को पुनः न करने की अनुक्रिया को सीखता है, इसलिए इस तरह के प्रशिक्षण को कभी-कभी *निष्क्रिय परिवर्जन प्रशिक्षण* (passive avoidance training) भी कहा जाता है।

6. विलोपन प्रशिक्षण (*Omission training*)—विलोपन प्रशिक्षण बहुत हद तक दण्ड प्रशिक्षण से मिलता-जुलता है। अन्तर इतना ही है कि विलोपन प्रशिक्षण में पुनर्बलन (reinforcement) धनात्मक (positive) होता है अर्थात् कोई पुरस्कार होता है जिसके आधार पर भी पूर्व सीखी गयी अनुक्रिया का प्राणी धीरे-धीरे भूलता है। विलोपन प्रशिक्षण के लिए स्कीन्नर बकस में पहले पुरस्कार या भोजन देकर चूहा कौ लीवर दबाने की अनुक्रिया करना सीखला दिया जाता है। इसके बाद प्रयोगात्मक विधि में अचानक कुछ परिवर्तन कर दिया जाता है। अब चूहा को लीवर दबाने के बाद भोजन नहीं दिया जाता है। बल्कि जब वह लीभर को नहीं दबाता है और उसके अगल-बगल में घुमता होता है, तभी ही उसे भोजन दे दिया जाता है। इस प्रक्रिया को कई बार दोहराने के बाद चूहा धीरे-धीरे लीभर न दबाने की अनुक्रिया को सीख लेता है तथा लीभर दबाने की अनुक्रिया को करना छोड़ देता है।

7. विभेदित दण्ड प्रशिक्षण (*Discriminated punishment training*)—इस प्रशिक्षण में प्रयोगात्मक विधि (experimental method) ठीक वही होता है जो दण्ड प्रशिक्षण का होता है। परन्तु इसमें सिर्फ एक विभेदन संकेत (discrimination cue) अतिरिक्त होता है जिसे स्कीन्नर बकस में लगा दिया जाता है और तब प्रशिक्षण दी जाती है। जैसे, स्कीन्नर बकस में प्रकाश बल्ब (light bulb) लगा दिया जा सकता है जो विभेदन संकेत का कार्य करता है। बल्ब के जलते रहने की अवस्था (light on condition) में दण्ड प्रशिक्षण दिया जाता है अर्थात् लीभर दबाने से उसे बिजली का शाँक दिया जाता है। परन्तु बल्ब बुझा रहने की अवस्था (light off condition) में चूहा को लीभर दबाने से भोजन दिया जाता है। इस तरह से जब लगातार बल्ब के जलते रहने की अवस्था तथा बल्ब को बुझा रहने की अवस्था में वैकल्पिक रूप से (alternatively) प्रशिक्षण दिया जाता है तो चूहा इन दोनों अवस्थाओं में विभेद करना सीख लेता है और बल्ब बुझा रहने की अवस्था में वह लीभर दबाने की अनुक्रिया करना सीख लेता है तथा बल्ब के जलते रहने की अवस्था में वह लीभर न दबाने की अनुक्रिया करना सीख लेता है।

8. विभेदित विलोपन प्रशिक्षण (*Discriminated omission training*)—विभेदित विलोपन प्रशिक्षण की प्रयोगात्मक विधि बहुत कुछ विलोपन प्रशिक्षण के ही प्रशिक्षण के ही समान है। अन्तर सिर्फ इतना है कि प्रयोगात्मक परिस्थिति में एक विभेदन संकेत (discrimination cue) जैसे रोशनी के लिए बल्ब (light bulb) लगा दिया जाता है। बल्ब के जलते रहने की अवस्था में चूहा को स्कीन्नर बक्स में लीवर दबाने की अनुक्रिया न करने पर (या यों कहा जाय कि लीवर दबाने की अनुक्रिया करने के पहले ही) उसे भोजन दे दिया जाता है। फिर बल्ब बुझाने की अवस्था में चूहा को स्कीन्नर बकस में लीवर दबाने की अनुक्रिया करने के बाद ही भोजन दिया जाता है। इस तरह से बल्ब जलते रहने की अवस्था तथा बल्ब बुझा रहने की अवस्था को लगातार वैकल्पिक रूप से (alternatively) देने से चूहा इन दोनों अवस्थाओं में विभेद करना सीख लेता है और बल्ब जलते रहने की अवस्था में चूंहा लीवर दबाने की अनुक्रिया को तेजी से करता पाया जाता है।

इस तरह से हम देखते हैं कि साधनात्मक सीखना के कई प्रकार हैं। इन प्रकारों में पुरस्कार प्रशिक्षण (reward training), परिवर्जन प्रशिक्षण (avoidance training) तथा विभेदन प्रशिक्षण (discrimination training) तुलनात्मक रूप से अधिक महत्त्वपूर्ण है।

पैवलोवियन अनुबन्धन तथा साधनात्मक अनुबंन्धन में अन्तर
(Difference between Pavlovian Conditioning and Instrumental Conditioning)

अनुबन्धन (conditioning) के मुख्य दो प्रारूप है—क्लासिकी अनुबन्धन (classical conditioning) तथा साधनात्मक अनुबन्धन (instrumental conditioning)। इन दोनों तरह के अनुबन्धन में मुख्य समानता (similarity) यह है कि इन दोनों तरह के अनुबन्धन द्वारा सीखने के लिए पुनर्बलन (reinforcement), प्राणी में अन्तर्नोद (drive) तथा उद्दीपक-अनुक्रिया (Stimulus-Response) का होना अनिवार्य है। इन समानताओं के बावजूद भी इन दोनों में विभिन्नताएँ (dissimilarities) हैं।

पैवलोवियन या क्लासिकल अनुबन्धन (Pavlovian or Classical conditioning) में सामान्यतः प्रयोज्य (subject) निष्क्रिय (passive) होता है तथा वह चाहकर भी प्रयोगात्मक परिस्थिति में चलने-फिरने की अनुक्रिया नहीं कर सकता है। पैवलव के कुत्ते पर छात्र ध्यान दें। कुत्ते का पूरा शरीर उपकरण (apparatus) से इस प्रकार बंधा होता है कि चाहकर भी घूमने-फिरने की कोई अनुक्रिया वह नहीं कर सकता। साधनात्मक अनुबन्धन (instrumental conditioning) या क्रियाप्रसूत अनुबंधन (operant conditioning) में ऐसी बात नहीं होती है। यहाँ जीव (organism) अधिक सक्रिय होता है तथा प्रयोगात्मक परिस्थिति में स्वतंत्र रूप से इसे इधर-उधर घूमने की पूरी स्वतंत्रता रहती है। इस सामान्य अन्तर के अलावा क्लासिकल अनुबन्धन तथा साधनात्मक अनुबन्धन में निम्नांकित दो तरह के प्रमुख अन्तर हैं—

(अ) कार्यविधि-सम्बन्धी अन्तर (Procedural difference)

(ब) सैद्धान्तिक अन्तर (Theoretical difference)

इन दोनों तरह की व्याख्या निम्नांकित है—

(अ) कार्यविधि-सम्बन्धी अन्तर (*Procedural differences*)—कार्यविधि-सम्बन्धी अन्तर वैसे अन्तर को कहा जाता है जो CS (Conditioned Stimulus, जैसे, घंटी) तथा UCS (Unconditioned Stimulus, जैसे भोजन) को प्रयोगात्मक परिस्थिति में उपस्थित करने की विधि (procedure) से सम्बन्धित होता है। क्लासिकी अनुबंधन (classical conditioning) तथा साधनात्मक अनुबन्धन (instrumental conditioning) में प्रमुख कार्यविधि-सम्बन्धी अन्तर (procedural distinction) निम्नांकित हैः—

1. क्लासिकी अनुबंधन में UCS (अर्थात् भोजन) प्रयोज्य (subject) को पहले दिया जाता है और अनुक्रिया (response) बाद में होती है। जैसे, पैवलव के कुत्ते के सामने भोजन (अर्थात् UCS) पहले दिया जाता था तब वह लार की अनुक्रिया (salivation response) बाद में करता था। इसका मतलब यह हुआ कि UCS का दिया जाना अनुक्रिया (response) पर आधारित नहीं होता है। साधनात्मक अनुबंधन में ऐसी बात नहीं होती है। स्कीन्नर बकस में चूहे को भोजन की गोलियाँ (food pellets) तभी दी जाती थी जब वह सही अनुक्रिया करता है यानी लीवर को दबाता है। अतः यह कहा जाता है कि साधनात्मक अनुबन्धन में UCS का दिया जाना सही अनुक्रिया के होने पर आधारित होता है।

2. क्लासिकी अनुबंधन (classical conditioning) में UCS प्रयोगकर्ता के पूर्ण नियंत्रण में होता है। CS (घंटी) देने के बाद प्रयोगकर्ता UCS (भोजन) को चाहे तुरन्त या कुछ मिलीसेकेण्ड या मिलीसेकेण्ड बाद भी दे सकता है। पैवलव के प्रयोग में घंटी बजने के तुरन्त बाद भी या कुछ सेकेण्ड के बाद भी कुत्ते को भोजन (UCS) दिया जाता था। कहने का तात्पर्य यह है कि UCS को उपस्थित करने की प्रक्रिया पर प्रयोगकर्त्ता का अपना पूर्ण नियंत्रण होता है। साधनात्मक अनुबन्धन (instrumental conditioning) में UCS पर प्रयोमकर्त्ता का इस तरह का कोई नियंत्रण नहीं रहता है। जब स्कीन्नर बक्स में चूहा लीवर दबाने की अनुक्रिया कर देता है तो उसके तुरन्त बाद उसे भोजन की गोलियाँ (food pellets) दे दी जाती थीं। चाहकर भी प्रयोगकर्त्ता इन गोलियों को देने में देर नहीं कर सकता और यदि करता है तो वह साधनात्मक अनुबन्धन की विधि का उल्लंघन करता है।

3. क्लासिकी अनुबंधन (classical conditioning) में CS या UCS के बीच का समय महत्त्वपूर्ण होता है जिसे *क्रान्तिक प्रयोगात्मक संभाव्यता* (critical experimental contingency) कहा जाता है। जैसे-जैसे यह समय बड़ा

होता जाता है, वैसे-वैसे सीखी गयी अनुक्रिया की शक्ति क्षीण होती जाती है। यदि इन दोनों के बीच का समय काफी अधिक कर दिया जाता है, तो सम्भव है कि सीखने की प्रक्रिया हो ही नहीं। जैसे, पैवलव के प्रयोग में घंटी (CS) बजने के आधे घंटे बाद यदि भोजन (UCS) दिया जाय, तो सम्भव है कि कुत्ता घंटी की आवाज पर लार स्राव करने की अनुक्रिया सीखे ही नहीं। परन्तु साधनात्मक अनुबन्धन में जीव (organism) द्वारा की गयी अनुक्रिया (response) तथा उसके परिणाम (consequence) के बीच का समय महत्त्वपूर्ण होता है। इस तरह से क्रान्तिक प्रयोगात्मक सम्भाव्यता (critical experimental contingency) अनुक्रिया और उसके परिणाम (consequence) के बीच में यहाँ होता है। स्कीनर बकस में चूहे द्वारा लीवर दबाने की की गई अनुक्रिया (lever pressing response) तथा उसका परिणाम अर्थात् भोजन की गोलियाँ मिलने के बीच का समय जैसे-जैसे अधिक होता था, वैसे-वैसे सीखी गयी अनुक्रिया की शक्ति क्षीण होती जाती थी।

4. क्लासिकी अनुबंधन में UCS स्पष्ट होता है एवं आसानी से इसे पहचाना जाता है। जैसे पैवलव के प्रयोग में भोजन UCS है जिसके प्रति कुत्ता लार के स्राव की अनुक्रिया करता है। इस तरह से उद्दीपक (stimulus) द्वारा अनुक्रिया (response) उत्पन्न होता है। साधनात्मक अनुबन्धन (instrumental conditioning) में यद्यपि भोजन दिया जाता है, फिर भी इसे हम UCS नहीं कह सकते हैं और यदि कहते हैं तो स्कीन्नर के S-R (Stimulus-Response) सिद्धान्त के वह विरुद्ध होगा। इस सिद्धान्त में किसी भी उद्दीपक (stimulus) को उद्दीपक कहलाने के लिए यह आवश्यक है कि वह किसी अनुक्रिया से पहले आये और जीव फिर उसके प्रति अनुक्रियाशील हो। स्कीन्नर बकस में लीवर दबाने की अनुक्रिया पहले होती है और भोजन की गोलियाँ बाद में आती है। स्पष्ट है कि यह क्रम S-R के ठीक विपरीत यानी R-S हो जाता है। अतः स्कीन्नर बकस में दिये जाने वाले भोजन की गोलियों (food pellets) को पैवलव के प्रयोग के समान हम निश्चित रूप से UCS नहीं कर सकते हैं। ह्युल्स, इगेथ तथा डीज[1] (Hulse, Egeth & Deese, 1980) ने ठीक ही कहा है, ''पैवलोवियन अनुबन्ध के प्रयोग में आसानी से पहचानने योग्य उद्दीपक अर्थात् UCS होता है जो उस अनुक्रिया को पैदा करता है जिसे अनुबंधित करना होता है जबकि साधनात्मक अनुबन्धन प्रयोग में तुल्य (comparable) उद्दीपक को पहचाना नहीं जा सकता है।''

5. क्लासिकी अनुबंधन में CS भी स्पष्ट होता है जिसके प्रति जीव किसी अनुक्रिया को करना सीखता है। जैसे पैवलव के प्रयोग में घंटी स्पष्टतः CS है जिसके प्रति कुत्ता लार स्राव की अनुक्रिया (response) को करना धीरे-धीरे सीख लेता है। क्या आप बता सकते हैं कि साधनात्मक अनुबन्धन के प्रयोग मे जैसे स्कीन्नर बकस में किये गये प्रयोग में वह कौन सा उद्दीपक (stimulus) है जो लीवर दबाने की अनुक्रिया को उत्पन्न करता है? इसके कई उत्तर हो सकते हैं—जैसे, लीवर की उपस्थिति, स्कीन्नर बकस का भीतरी वातावरण, आदि-आदि। परन्तु पैवलव के प्रयोग के समान हम एक निश्चित उत्तर नहीं दे सकते हैं। ह्युल्स, इगेथ तथा डीज[2] (Hulse, Egeth & Deese, 1980) ने इस पर टिप्पणी करते हुए ठीक ही कहा है, ''साधनात्मक पुरस्कार प्रशिक्षण में कौन-सा उद्दीपक CS है जिसके प्रति लीवर दबाने की अनुक्रिया अनुबंधित होती है? दूसरे शब्दों में लीवर तथा भोजन के बीच सम्बन्ध स्थापित कर लेने के बाद कौन उद्दीपक चूहा में लीवर दबाने की अनुक्रिया करता है? इसका हमलोग मात्र अंदाज लगा सकते हैं।''

6. क्लासिकी अनुबंधन में UCS एक ही साथ दो कार्य करता है। यहाँ UCS अनुक्रिया भी उत्पन्न करता है तथा साथ-ही-साथ उसे पुनर्बलित (reinforce) भी करता है। जैसे, पैवलव के प्रयोग में भोजन द्वारा लार स्राव की अनुक्रिया भी होती है और साथ-ही-साथ भोजन के मिलने से कुत्ता इस अनुक्रिया को करने के लिए प्रेरित भी होता है। साधनात्मक अनुबन्धन में ऐसी बात नहीं है। स्कीन्नर बकस में अनुक्रिया (response) अर्थात् लीवर दबाने की प्रक्रिया पहले हो

---

1. "In Pavlovian conditioning experiment there is always a readily indentifiable stimulus, the UCS, which elicits the response we wish to condition, while in an instrumental conditioning experiment, a comparable stimulus cannot be identified."

—Hulse. Egeth & Deese : *The Psychology of Learning*, 1980 p. 31

2. "What is the CS to which lever pressing is conditioned in our example of instrumental reward training? In other words, what leads the rat to press the lever after it has discovered the connection between the lever and food ? Again we are reduced to guess."

—Hulse, Egeth & Deese : *The Psychology of Learning*, 1980, p. 31

जाती है तथा पुनर्बलन (reinforcement) बाद में दिया जाता है। अतः अधिक-से-अधिक हम यही कह सकते हैं कि यहाँ पुनर्बलन अर्थात् भोजन चूहे को लीवर दबाने की अनुक्रिया को करने के लिए प्रेरित कर रहा है, उसे उत्पन्न नहीं कर रहा है।

(ब) सैद्धान्तिक अन्तर (*Theoretical difference*)—सैद्धान्तिक अन्तर से तात्पर्य वैसे अन्तर से होता है जिसके आधार पर सीखने की व्याख्या सैद्धान्तिक रूप से करते हुए यह बतलाने की कोशिश की जाती है कि सीखने का मुख्य प्रकार या प्रक्रियाएँ क्या हो सकतीं हैं। पैवलोवियन अनुबन्धन तथा साधनात्मक अनुबन्धन में प्रमुख सैद्धान्तिक अन्तर निम्नांकित है:—

1. पैवलोवियन अनुबन्धन द्वारा प्रतिवादी अनुक्रिया (respondent response) का अनुबन्धन होता है जबकि साधनात्मक अनुबंधन द्वारा क्रियाप्रसूत अनुक्रिया (operant response) का अनुबन्धन होता है। जीव द्वारा लार स्राव करना प्रतिवादी अनुक्रिया का उदारहण है तथा लीवर दबाने की अनुक्रिया करना एक क्रियाप्रसूत अनुक्रिया (operant response) का उदाहरण है। (इन दोनों तरह की अनुक्रियाओं का विस्तृत विवरण स्कीन्नर के सीखने के सिद्धान्त में आगे किया जाएगा।)

2. क्लासिकी अनुबंधन द्वारा ग्रन्थीय (glandular) एवं आन्तरांग (visceral) अनुक्रियाओं जैसे, लार स्राव की क्रिया, हृदय के गति की क्रियाएँ आदि का अनुबन्धन अधिक होता है। इस तरह की अनुक्रियाओं का नियंत्रण स्वायत्त तंत्रिका तंत्र (autonomic nervous system) द्वारा होता है। साधनात्मक अनुबंधन (instrumental condtioning) द्वारा पेशीय (muscular) एवं अनुकूली (adaptive) अनुक्रियाएँ जैसे पैर या हाथ से बटन दबाना, दौड़ना, पैर उठाना आदि का अनुबन्धन अधिक होता है। ऐसी अनुक्रियाएँ कायिक तंत्रिकातंत्र (somatic nervous system) के नियंत्रण में होती है।

3. पैवलोवियन अनुबन्धन में कमजोर उद्दीपक (weak stimulus) को भी पुनर्बलन (reinforcement) के रूप में प्रयोग किया जा सकता है क्योंकि इस अनुबंधन का सम्बन्ध ग्रन्थीय अनुक्रियाओं (glandular response) से होता है। जैसे, जीव में लार के स्राव की अनुक्रिया उत्पन्न करने के लिए नींबू (lemon) का रस भी काफी हो सकता है। परन्तु साधनात्मक अनुबन्धन (instrumental conditioning) में कमजोर उद्दीपक (weak stimulus) को पुनर्बलन (reinforcement) के रूप में प्रयोग नहीं किया जा सकता है क्योंकि इसका सम्बन्ध पेशीय अनुक्रियाओं से होता है। स्कीन्नर बक्स में लीवर दबाने की अनुक्रिया के लिए यदि नींबू के रस जैसे कमजोर उद्दीपक को पुनर्बलन (reinforcement) के रूप में प्रयोग किया जाय, तो कभी भी उस अनुक्रिया को प्राणी सीख नहीं पायेगा।

इस तरह से हम देखते हैं कि क्लासिकी अनुबन्धन (classical conditioning) तथा साधनात्मक अनुबन्धन (instrumental conditioning) एक-दूसरे से भिन्न है। जहाँ तक इन दोनों में कार्य-विधि सम्बन्धी अन्तर (procedural differences) का प्रश्न है उसे आज भी मनोवैज्ञानिकों द्वारा सही माना गया है। परन्तु सैद्धान्तिक अन्तरों को विशेषकर प्रथम सैद्धान्तिक अन्तर को 1965 के पहले तक तो सही माना जाता था परन्तु उसके बाद ऐसे अनेकों प्रयोग हो चुके हैं जिनके आधार पर यह दिखला दिया गया है कि पैवलोवियन अनुबन्धन (Pavlovian conditioning) द्वारा क्रियाप्रसूत अनुक्रियाओं (operant responses) तथा साधनात्मक अनुबन्धन द्वारा प्रतिवादी अनुक्रियाओं (respondent responses) को भी अनुबंधित (conditioned) किया जा सकता है। मिल्लर तथा डिकारा (Miller & Dicara, 1967) का प्रयोग जिसमें साधनात्मक अनुबन्धन (instrumental conditioning) द्वारा चूहों के हृदय की गति (जो एक प्रतिवादी अनुक्रिया है) का अनुबन्धन (conditioning) किया गया था, एक ऐसा प्रमुख उदाहरण है।

अतः निष्कर्ष यह है कि पैवलोवियन अनुबन्धन (Pavlovian conditioning) तथा साधनात्मक अनुबन्धन (instrumental conditioning) कार्य-विधि (procedure) के दृष्टिकोण से एक-दूसरे से काफी अलग है परन्तु सैद्धान्तिक रूप से (theoretically) बहुत भिन्न नहीं है।

संज्ञानात्मक सीखना
(Cognitive Learning)

क्लासिकी अनुबंधन (classical conditioning) तथा साधनात्मक अनुबंधन (instrumental conditioning) के अलावा सीखने का एक और पहलू है जिसमें मनोवैज्ञानिकों ने अधिक रुचि दिखलायी है। इस नये पहलू को

संज्ञानात्मक सीखना (cognitive learning) कहा जाता है जो 1930 एवं 1940 वाले दशक में काफी प्रबल था। बाद में इसकी प्रबलता में थोड़ी कमी आ गयी क्योंकि सीखने में पुनर्बलन (reinforcement) के कारक को अधिक महत्त्वपूर्ण माना जाने लगा। परन्तु गत कुछ वर्षों से संज्ञानात्मक सीखने पर पुनः मनोवैज्ञानिकों द्वारा अधिक बल डाला जाने लगा है।

प्रश्न उठता है संज्ञानात्मक सीखना क्या है और वह किस तरह से क्लासिकी अनुबन्धन एवं साधनात्मक अनुबन्धन से भिन्न है? संज्ञानात्मक सीखना वैसे सीखना को कहा जाता है जो प्राणी के संज्ञान (cognition) पर आधारित होता है। संज्ञान से तात्पर्य ज्ञानेन्द्रियों (sense organs) द्वारा पर्यावरण या वातावरण के बारे में मिलने वाली सूचनाओं के संसाधन (processing) से होता है तथा इसमें प्रत्यक्षण, अवधान (attention), चिंतन, स्मृति आदि की प्रक्रियाएँ मुख्य रूप से सम्मिलित होतीं हैं। सचमुच में किसी भी संज्ञानात्मक प्रक्रिया में कम-से-कम निम्नांकित छः कदम सम्मिलित होते हैंः—

(i) सूचनाओं का चयन।
(ii) चयनित सूचनाओं में यथासम्भव हेर-फेर या परिवर्तन करना।
(iii) ऐसे सूचनाओं के बीच आपस में साहचर्य स्थापित करना।
(iv) इन सूचनाओं पर गम्भीर रूप से चिन्तन कर उसे विस्तारित करना।
(v) ऐसी सूचनाओं को स्मृति में संचित करना।
(vi) ऐसे संचित सूचनाओं को पुनःप्राप्त (retrieve) करना।

संज्ञानात्मक प्रक्रिया की उपर्युक्त व्याख्या से यह स्पष्ट है कि संज्ञानात्मक प्रक्रिया में व्यक्ति वातावरण से प्राप्त सूचनाओं में से कुछ महत्त्वपूर्ण सूचनाओं को चुनकर उनका आपस में सम्बन्ध स्थापित कर अपने स्मृति संचयन में भविष्य के लिए रख लेता है। इसे ध्यान में रखते हुए तब यह कहा जा सकता है कि संज्ञानात्मक सीखना वैसे सीखना को कहा जाता है जिसमें प्राणी वातावरण की घटनाओं के बीच नये सम्बन्ध का प्रत्यक्षण करता है तथा उनके बीच नया साहचर्य की स्थापना करता है। दूसरे शब्दों में, संज्ञानात्मक सीखना में व्यक्ति वातावरण के घटनाओं का एक संज्ञानात्मक नक्शा (cognitive map) विकसित कर लेता है। इस तरह के सीखना पर टालमैन (Tolman) तथा बौल्लस (Bolles) आदि मनोवैज्ञानिकों ने काफी बल डाला है।

संज्ञानात्मक सीखना को दिखलाने के लिए कई प्रयोग किये गए हैं जिनमें से हम यहाँ उदाहरण के रूप में मेंजल (Menzel, 1973) द्वारा किये गये प्रयोग का वर्णन कर रहे हैं। यह प्रयोग चार वनमानुषों पर किया गया। इन चार वनमानुषों को कुछ दिनों तक एक विशेष मैदान (field) में छोड़ दिया गया ताकि वे इसमें घूम-घूम कर उसके विस्तृतता को ठीक से समझ लें या उसकी परख कर लें। इसके बाद उसमें एक वनमानुष को साथ लेकर जगह-जगह पर (कुल 16 जगहों पर) खाने की वस्तु छिपा दिये गये। वह वनमानुष इन सभी जगहों को देखता गया। इसके बाद फिर उस वनमानुष को इस मैदान से कुछ देर के लिए अलग कर दिया गया और तब उसे उसी मैदान में अन्य तीन वनमानुषों के साथ छोड़ दिया गया। यह प्रक्रिया बारी-बारी से तीन अन्य वनमानुषों के साथ दोहराया गया जिसमें प्रत्येक के लिए अलग-अलग अठारह बिन्दु पर भोजन छिपाकर रखे गये थे। परिणाम में देखा गया है कि जिस वनमानुष को यह पता होता था कि कहाँ-कहाँ भोजन छिपाया गया है वह तो ठीक एक-एक करके उन सभी बिन्दुओं पर छिपाये गए भोजन की खोज कर लिया। परन्तु जिस वनमानुष को यह पता नहीं था कि भोजन कहाँ छिपाया गया था, वे इन बिन्दुओं की तलाश में कुछ यादृच्छिक व्यवहार (random behaviour) करते पाये गए।

प्रयोग के परिणाम में संज्ञानात्मक सीखना के स्पष्ट सबूत मिले। प्रत्येक वनमानुष (जिसे यह मालूम था कि भोजन किन बिन्दुओं पर छिपाकर रखा गया है) द्वारा भोजन खोजने का प्रयास एक विशेष नियम जिसे न्यूनतम दूरी का सिद्धान्त (principle of least distance) कहा जा सकता है, द्वारा नियंत्रित हो रहा था। वनमानुष उस बिन्दु पर पहले भोजन खोजता पाया गया जो पहले बिन्दु जहाँ उसे भोजन मिल चुका था, के सबसे कम दूरी पर होता था। स्पष्टतः वनमानुष द्वारा किया जा रहा भोजन की खोज यादृच्छिक (random) नहीं था। यह विभिन्न खोज बिन्दुओं के आपसी सम्बन्ध को समझ रहा था और मैदान के अन्य वस्तुओं जैसे घास, पेड़ आदि को भी ऐसा सम्बन्ध स्थापित करने में ध्यान में ले रहा था। इस प्रयोग में वनमानुष स्पष्टतः भोजन बिन्दुओं के स्थानों को देखकर यह सीख लिया कि वे कहाँ-कहाँ अवस्थित हैं। इस तरह के सीखना को संज्ञानात्मक सीखना (cognitive learning) कहा गया।

संज्ञानात्मक सीखना साधनात्मक अनुबंधन (instrumental conditioning) तथा क्लासिकी अनुबन्धन (classical conditioning) दोनों से भिन्न होता है। साधनात्मक अनुबंधन में विशिष्ट अनुक्रिया के बाद पुनर्बलन (reinforcement) देने से प्राणी उसे सीखता है जबकि संज्ञानात्मक सीखना इस तरह के पुनर्बलन नहीं मिलने पर भी हो जाता है। इस तरह से क्लासिकी अनुबंधन में तटस्थ उद्दीपक तथा पुनर्बलन को एक-दूसरे के साथ बार-बार दोहराया जाता है और तब सीखने की प्रक्रिया होती है परन्तु संज्ञानात्मक सीखना बिना इस तरह की पुनरावृत्ति के ही हो जाता है। सचमुच में, संज्ञानात्मक सीखना में उद्दीपक (stimulus) तथा अनुक्रिया (response) के बीच के सम्बन्ध को सीखा नहीं जाता है बल्कि विभिन्न स्थानों या बिन्दुओं (खोज बिन्दुओं) के बीच के आपसी सम्बन्ध को अर्थात् उद्दीपक-उद्दीपक सम्बन्ध (stimulus-stimulus relationship) को सीखा जाता है।

संज्ञानात्मक सीखना के कई प्रारूप (forms) का वर्णन किया गया है जिसमें निम्नांकित तीन महत्त्वपूर्ण हैं:—

1. अव्यक्त सीखना (latent learning)
2. सूझ द्वारा सीखना (insight learning)
3. प्रेक्षणात्मक सीखना या अनुकरण (observational learning or imitation)

इन तीनों का वर्णन निम्नांकित हैं:—

1. अव्यक्त सीखना *(latent learning)*—अव्यक्त सीखना संज्ञानात्मक सीखना का एक प्रमुख उदाहरण है। अव्यक्त का अर्थ होता है छिपा हुआ (hidden)। अतः अव्यक्त सीखना से तात्पर्य वैसे सीखना से होता है जो प्राणी के व्यवहार द्वारा तब तक अभिव्यक्त नहीं होता है जबतक कि उसकी अभिव्यक्ति के लिए अनुकूल परिस्थिति न बन जाए। अव्यक्त सीखना पुनर्बलन (reinforcement) की अनुपस्थिति (absence) में ही होता है और इसमें प्राणी किस तरह से वातावरण के उद्दीपक से मिलने वाले सूचनाओं को संसाधित करेगा, बहुत महत्त्वपूर्ण होता है। अव्यक्त सीखना को दिखलाने के लिए मनोवैज्ञानिकों द्वारा कई तरह के प्रयोग किये गये हैं। सामान्यतः इन प्रयोगों का डिजाइन इस प्रकार का होता है—चूहों के एक समूह को जिसे प्रयोगात्मक समूह (experimental group) कहा जाता है, एक भूलभुलैया में छोड़ दिया जाता है। चूहा भूलभुलैया के सभी पथों में स्वतंत्र होकर घूमता-फिरता है तथा इस तरह से उसे पूरे भूलभुलैया के सभी पक्षों का ज्ञान हो जाता है। इसके बाद उसे भूलभुलैया में प्रारम्भ बकस (start box) से लेकर लक्ष्य बकस (goal box) तक दौड़ लगाने पर पुनर्बलन (reinforcement) दिया जाता है। चूहों का दूसरा समूह जिसे नियंत्रित समूह (control group) कहा जाता है, को भी समरूप भूलभुलैया (identical maze) में प्रारम्भ बकस से लेकर लक्ष्य बकस तक दौड़ लगाने के लिए पुनर्बलन किया जाता है। प्रयोगात्मक समूह तथा नियंत्रित समूह में अन्तर इतना ही होता है कि प्रयोगात्मक समूह को भूलभुलैया में पुनर्बलन मिलने के पहले भी इधर-उधर घुमने का पूर्व अनुभव होता है जबकि नियंत्रित समूह को पुनर्बलन मिलने के पहले ऐसा कोई अनुभव नहीं होता है। यदि प्रयोगात्मक समूह भूलभुलैया में इधर-उधर घुमने का पूर्व अनुभव से कुछ विशेष सीखता है तो इसकी अभिव्यक्ति पुनर्बलन मिलने पर होनी चाहिए। ऐसी परिस्थिति में प्रयोगात्मक समूह को नियंत्रित समूह की तुलना में भूलभुलैया में सही-सही दौड़ लगाना कम प्रयासों एवं समय में सीख लेना चाहिए तथा सीखने में त्रुटि भी कम करना चाहिए। अधिकतर प्रयोगों जिसे टालमैन एवं हॉनजिक (Tolman & Honzik, 1932) डोडवेल एवं विस्सान्ट (Dodwel & Bessant, 1960) तथा सीवार्ड (Seward, 1949) द्वारा किया गया है, में उक्त तथ्य की पुष्टि की गई है। इस तरह का सीखना अव्यक्त सीखना का उदाहरण है। इसे अव्यक्त इसलिए कहा जा रहा है कि प्रयोगात्मक चूहे भूलभुलैया में इधर-उधर घूमने में जो कुछ भी सीखते हैं, वह उनके भीतर तबतक छिपा रहता है जबतक कि आगे उसकी अभिव्यक्ति का अवसर (अर्थात् पुनर्बलन) उन्हें नहीं मिलता है।

2. सूझ द्वारा सीखना *(Insight learning)*—सूझ द्वारा सीखना संज्ञानात्मक सीखना का दूसरा प्रमुख उदाहरण है। सूझपूर्ण सीखने की परिस्थिति में प्राणी के सामने जो समस्या का समाधान करने के लिए दिया जाता है, उसमें प्राणी के प्रयास के बावजूद भी कोई सफलता नहीं मिलती है। वह थोड़े देर के लिए किंकर्तव्यविमूढ़-सा हो जाता है। तब अचानक उसे सफलता प्राप्त हो जाती है और इस तरह से वह समस्या का समाधान कर चुका होता है अर्थात् सीखने की प्रक्रिया पूरी हो चुकी होती है। मानव प्रयोज्य जब सूझ द्वारा किसी समस्या का समाधान करना सीखते हैं, तो उसमें सूझ उत्पन्न होने पर एक विशेष तरह की अनुभूति भी उत्पन्न होती है जिसे *अहा अनुभूति* (aha experience) कहा जाता है। अब प्रश्न यह उठता है कि सूझ द्वारा सीखना कैसे सम्पन्न होता है? इसका संज्ञानात्मक उत्तर यह होगा कि सूझ में

वातावरण में उपस्थित सभी वस्तुओं एवं घटनाओं का एक ऐसा प्रत्यक्षज्ञाणात्मक पुनर्संगठन (perceptual reorganization) होता है कि ऐसी वस्तुओं और घटनाओं के बीच एक नये सम्बन्ध को प्राणी अचानक प्रत्यक्षण करता है। जर्मन मनोवैज्ञानिक कोहलर (Kohler) ने सुलतान नाम के वनमानुष पर कई प्रयोग किये हैं जिनसे यह स्पष्ट हुआ कि वनमानुष समस्या का समाधान अचानक सूझ द्वारा कर पाता था।

सूझ द्वारा सीखने की एक अन्य विशेषता यह है कि सूझ द्वारा जो प्राणी सीखता है, उसे अन्य समान परिस्थिति में आसानी सें उपयोग कर लेता है। इसका मतलब यह हुआ कि सूझ द्वारा सीखने पर उसका अंतरण दूसरे समान परिस्थिति में आसानी से हो जाता है। कोहलर के प्रयोग में सुलतान छत से लटकते केले को कमरे में रखे कुछ बक्सों को एक-दूसरे पर रखकर तथा उस पर चढ़कर खा लेना सीख लिया। बाद में कोहलर ने उन बक्सों को कमरे से हटा दिया और वे कमरे में यह देखने के लिए खड़े थे कि अब सुलतान छत से लटकते केले को कैसे खा पाता है। ऐसा देखा गया है कि सुलतान ने कोहलर का हाथ पकड़ कर छत से लटकते केले के नीचे खड़ा कर उन्हीं के कंधों पर चढ़कर केला खा लिया। यहाँ सुलतान पहली परिस्थिति में जो कुछ भी सूझ द्वारा सीखा था, उसका स्पष्ट अंतरण दूसरी परिस्थिति में कर रहा था। सुलतान द्वारा इस तरह से सूझ द्वारा सीखना स्पष्टतः एक संज्ञानात्मक सीखना का उदाहरण हैं।

स्पष्ट हुआ कि जब प्राणी सूझ द्वारा किसी समस्या का समाधान करना सीखता है, तो इसमें कुछ निश्चित विशेषताएँ दिखतीं हैं, जो निम्नांकित हैंः—

(i) सूझ द्वारा सीखना धीरे-धीरे न होकर अचानक होता है।

(ii) सूझ में वातावरण की घटनाओं एवं वस्तुओं का प्रत्यक्षज्ञाणात्मक पुनर्संगठन (perceptual reorganisation) होता है।

(iii) सूझ द्वारा सीखे गये तथ्य या नियम को प्राणी आसानी से दूसरे समान परिस्थिति में अंतरण (transfer) कर लेता है।

3. प्रेक्षणात्मक सीखना या अनुकरण (*Observational learning or imitation*)—संज्ञानात्मक सीखना का एक अन्य उदाहरण है—प्रेक्षणात्मक सीखना जिसमें व्यक्ति दूसरों के व्यवहारों का अनुकरण करता है या कुछ विशेष मॉडल के व्यवहार एवं उसके परिणाम को देखकर उसी के अनुरूप व्यवहार करना सीखता है। इस तरह के सीखना में व्यक्ति दूसरों को या किसी मॉडल विशेष को कुछ करते हुए देखता है और साथ ही उस अमुक व्यवहार के परिणाम को भी देखता है। उससे प्रोत्साहित होकर बाद में वह भी खुद उस व्यवहार को करने लगता है और उसे सीख लेता है। इस क्षेत्र में अग्रणी शोध, बैण्डुरा (Bandura) एवं सहयोगियों द्वारा खासकर बच्चों पर अधिक किया गया है। बैण्डुरा, रॉस्स एवं रॉस्स (Bandura, Ross & Ross, 1963) द्वारा किया गया *बोबो डौल्ल* (Bobo doll) प्रयोग सबसे मशहूर प्रयोग है जिसकी चर्चा यहाँ अपेक्षित है। इस प्रयोग में नर्सरी के छात्रों का दो समूह लिया गया। छात्रों का एक समूह जो प्रयोगात्मक समूह (experimental group) था, ने यह देखा कि एक वयस्क व्यक्ति बोबो डौल (एक हवा भरा हुआ बड़ा खिलौना) के प्रति आक्रमकतापूर्ण व्यवहार कर रहा है। वह उसे मार रहा है, गालियाँ बक रहा है तथा उसके नाक को मार-मार कर चिपड़ा कर दे रहा है। नर्सरी के छात्रों का दूसरा समूह नियंत्रित समूह था जिन्होंने यह देखा कि एक वयस्क बोबो डॉल के साथ मित्रतापूर्वक व्यवहार कर रहा है। वह डौल को दुलार रहा है तथा उसके प्रति किसी भी प्रकार का कोई आक्रमकता नहीं दिखा रहा है। बाद में इन दोनों समूह के बच्चों को एक ही कमरा में रखा गया जहाँ कई तरह के खिलौने यहाँ तक कि बोबो डौल भी रखा हुआ था। परिणाम में देखा गया है कि प्रयोगात्मक समूह के बच्चों द्वारा विभिन्न तरह के खिलौने जिसमें बोबो डौल भी सम्मिलित था, के प्रति काफी आक्रमकतापूर्ण व्यवहार किया गया। परन्तु नियंत्रित समूह के बच्चों द्वारा इन खिलौनों में प्रति आक्रमकतापूर्ण व्यवहार न करके मित्रतापूर्ण व्यवहार किया जा रहा था। ऐसा इसलिए हो रहा था, क्योंकि वे वयस्क मॉडल को बोबो डौल के प्रति ऐसा ही व्यवहार करते हुए देखे थे। प्रयोग के इस परिणाम से यह स्पष्ट हो जाता है कि बच्चे को जैसा व्यवहार देखने के लिए मिला, वे ठीक वैसा ही व्यवहार करना सीख गये थे।

अब एक महत्त्वपूर्ण प्रश्न यह उठता है कि वे कौन-कौन कारक हैं जो यह निर्धारित करते हैं कि प्रेक्षणात्मक सीखना कब और कितनी मात्रा में होगा? बैण्डुरा (Bandura, 1986) के अनुसार निम्नांकित ऐसे कारक हैं जो यह निर्धारित करता है कि प्रेक्षणात्मक सीखना कब और कितनी मात्रा में होगी।

(i) **अवधान** (*attention*)—प्रेक्षणात्मक सीखना होने के लिए यह आवश्यक है कि व्यक्ति दूसरे व्यक्ति या मॉडल जिसके व्यवहार का अनुकरण किया जाना है, उसपर गौर से ध्यान दे। बेरोन (Baron, 1970) के अनुसार प्रायः व्यक्ति उन्हीं व्यक्तियों या मॉडलों के व्यवहारों पर ध्यान देना सुनिश्चित करता है जो उनके लिए अर्थपूर्ण, महत्त्वपूर्ण एवं आकर्षक होते हैं।

(ii) **स्मरण** (*remembering*)—प्रेक्षणात्मक सीखना के लिए सिर्फ यह आवश्यक नहीं है कि व्यक्ति मॉडल के व्यवहार पर ध्यान दे बल्कि यह भी आवश्यक है कि मॉडल द्वारा जिस तरह का व्यवहार किया जा रहा है, उसे वह अपनी स्मृति में रखे ताकि बाद में वह उसी के अनुरूप व्यवहार कर सके।

(iii) **उत्पादन प्रतिक्रियाएँ** (*production processes*)—प्रेक्षणात्मक सीखना के लिए यही भी आवश्यक है कि व्यक्ति स्मृति में संचित व्यवहारों को कार्यरूप में परिणत कर सके। इसी प्रक्रिया को बैण्डुरा ने उत्पादन प्रक्रिया (production process) की संज्ञा दिया है। स्मृति में संचित व्यवहारों को कार्यरूप देने के लिए अन्य बातों के अलावा दो बातें प्रमुख है। पहला तो यह कि स्मृति में संचित व्यवहार को कार्यरूप देने की शारीरिक शक्ति (physical ability) व्यक्ति में हो तथा व्यक्ति में इस व्यवहार का मॉडल के व्यवहार के समरूप करने में समायोजन-सम्बन्धी होने वाली कठिनाइयों से निबटने का तरीका मालूम हो।

(iv) **अभिप्रेरक** (*motivation*)—प्रेक्षणात्मक सीखना के उपयुक्त तीनों कारकों के होने के अलावा व्यक्ति में अभिप्रेरक का भी होना अनिवार्य है। यदि व्यक्ति में अभिप्रेरण की कमी है, तो वह मॉडल के व्यवहार को देखकर भी उसके अनुरूप व्यवहार करना नहीं चाहेगा। फलस्वरूप, प्रेक्षणात्मक सीखना की प्रक्रिया पूरी नहीं हो पायेगी।

स्पष्ट हुआ कि संज्ञानात्मक सीखना के कई प्रकार जैसे अव्यक्त सीखना, सूझ द्वारा सीखना तथा प्रेक्षणात्मक सीखना है। इन सभी प्रकारों के अध्ययन में मनोवैज्ञानिकों ने विशेष रुचि दिखलायी है।

क्लासिकी अनुबंधन में संज्ञानात्मक कारकों की भूमिका
(Role of Cognitive Factors in Classical Conditioning)

क्लासिकी अनुबन्धन में सिर्फ उद्दीपक (conditioned stimulus) तथा स्वाभाविक उद्दीपक (unconditioned stimulus) के बीच साधारण साहचर्य (simple association) ही स्थापित नहीं होता है बल्कि इस साहचर्य के अलावा उसमें संज्ञानात्मक कारकों की भी भूमिका होती है। यह बात जरूर है कि संज्ञानात्मक कारकों की भूमिका पर हाल में मनोवैज्ञानिकों ने अधिक बल डालना प्रारम्भ किया है परन्तु ऐसे कारक पैवलव के प्रयोगों में प्रारम्भ से ही अवस्थित थे। पैवलव (Pavlov, 1927) ने अपने एक प्रयोग में कुत्ते को मेट्रोनोम की टिक-टिक आवाज पर भोजन देकर उसके प्रति लार स्राव की अनुक्रिया को अनुबंधित किया था। जब मेट्रोनोम की आवाज को बन्द कर दिया गया तो पाया गया कि कुत्ता मेट्रोनोम के सामने बैठकर जोर-जोर से भौंकने लगा मानों वह मेट्रोनोम से टिक की आवाज उत्पन्न करने की भीख माँग रहा हो। ऐसा क्यों हुआ? अगर क्लासिकी अनुबंधन में स्वाभाविक उद्दीपक तथा अनुबंधित उद्दीपक के बीच मात्र साहचर्य स्थापित होता है तो कुत्ते को मात्र अनुबंधित उद्दीपक (टिक की आवाज) पर ही भौंकना चाहिए था। लेकिन कुत्ते द्वारा, मेट्रोनोम के सामने चींखना तथा भौंकना इस बात का स्पष्ट संकेत दे रहा है कि क्लासिकी अनुबंधन में अनुबंधित उद्दीपक तथा स्वाभाविक उद्दीपक में साहचर्य होने के आगे भी कुछ होता है। सचमुच में, कुत्ता यहाँ एक प्रत्याशा (expectation) विकसित कर लिया था कि अनुबंधित उद्दीपक के बाद स्वाभाविक उद्दीपक अवश्य ही दिया जाएगा। निश्चित रूप से यह प्रत्याशा एक संज्ञानात्मक कारक (cognitive factor) है। जब मेट्रोनोम के टिक का आवाज आचानक बन्द हो गया तो कुत्ता के मन में यह भाव उत्पन्न हुआ कि इसे प्रारम्भ करने के लिए कुछ करना चाहिए और इस विशेष उम्मीद के साथ वह उसके सामने बैठकर चीखने तथा भौकने लगा। क्लासिकी अनुबंधन में प्रत्याशा (expectation) तथा अन्य सम्बन्धित संज्ञानात्मक कारकों की भूमिका की पुष्टि रेसकोरला तथा बैगनर (Rescorla & Wagner, 1972) ने भी अपने प्रयोगों से किया है। इन लोगों द्वारा इस सिलसिले में कुछ प्राप्त तथ्य निम्नांकित हैं:—

(i) जब अनुबंधित उद्दीपक (conditioned stimulus) तथा स्वाभाविक उद्दीपक (unconditioned stimulus) को यादृच्छिक ढंग से (randomly) युग्मित किया जाता है, तो अनुबंधन (conditioning) नहीं हो पाता है। इसका कारण यह है कि ऐसी परिस्थिति में प्राणी में एक दृढ़ प्रत्याशा (expectation) नहीं विकसित नहीं हो पाती है।

अतः अनुबंधन होने के लिए यह आवश्यक है कि अनुबंधित उद्दीपक तथा स्वाभाविक को संगत ढंग से (consistently) युग्मित किया जाए। इससे स्पष्ट है कि अनुबंधन में प्रत्याशा (expectation) जो एक संज्ञानात्मक कारक है, की भूमिका होती है।

(ii) क्लासिकी अनुबंधन में संज्ञानात्मक कारक की भूमिका का समर्थन एक नयी घटना या तथ्य (phenomenon) जिसे अवरोधन (blocking) कहा जाता है, द्वारा भी होता है। अवरोधन से तात्पर्य इस बात से होता है कि किसी उद्दीपक के प्रति नया अनुबंधन किसी दूसरे उद्दीपक के प्रति स्थापित गत अनुबंधन के कारण अवरुद्ध होता है। जैसे, मान लिया जाए कि कुत्ता को घंटी की आवाज पर भोजन देकर लार स्राव की अनुक्रिया करने के लिए अनुबंधित किया जाता है। इसके बाद उसे घंटी के जगह पर एक दूसरा उद्दीपक अर्थात् लाल रोशनी दिखाई जाती है। अगर क्लासिकी अनुबंधन सिर्फ अनुबंधित उद्दीपक तथा स्वाभाविक उद्दीपक को युग्मित कर बार-बार उपस्थित करने से होता है, तो ऐसी हालत में कुत्ते को लाल रोशनी के प्रति भी लार स्राव की अनुक्रिया करनी चाहिए। लेकिन ऐसा नहीं होता है। कुत्ता लाल रोशनी पर लार स्राव की अनुक्रिया नहीं करता है। ऐसा क्यों? संज्ञानात्मक मनोवैज्ञानिकों के अनुसार ऐसा इसलिए होता है क्योंकि लाल रोशनी से कुत्ते को कोई नयी सूचना नहीं मिलती है। अतः कुत्ते के लिए इसका कोई भविष्यवाची मूल्य (predictive value) नहीं होता है। फलतः लाल रोशनी अनुबंधित उद्दीपक (conditioned stimulus) के रूप में कुत्ते द्वारा स्वीकार नहीं किया जाता है।

उपर्युक्त सबूतों के आलोक में इस निष्कर्ष पर पहुँचा जाता है कि क्लासिकी अनुबंधन में सिर्फ अनुबंधित उद्दीपक तथा स्वाभाविक उद्दीपक का विशिष्ट सम्बन्ध ही सम्मिलित नहीं होता है बल्कि आधुनिक प्रयोगात्मक मनोवैज्ञानिक इसे एक जटिल प्रक्रिया के रूप में स्वीकार किये हैं जिसमें प्रत्याशा (expectation), स्मृति (memory) तथा सक्रिय तुलनात्मक प्रक्रियाएँ (active comparison process) जैसी संज्ञानात्मक कारक भी सम्मिलित होतीं हैं।

क्रियाप्रसूत अनुबंधन में संज्ञानात्मक कारकों की भूमिका
(Role of Cognitive Factors in Operant Conditioning)

मनोवैज्ञानिकों ने हाल के वर्षों में एक महत्त्वपूर्ण प्रश्न उठाया है—क्या क्लासिकी अनुबंधन के समान क्रियाप्रसूत अनुबंधन में भी संज्ञानात्मक कारकों (cognitive factors) की भूमिका है? इस प्रश्न पर मनोवैज्ञानिकों में मतभेद है। स्कीन्नर (Skinner) जिन्हें क्रियाप्रसूत अनुबंधन के क्षेत्र में चैम्पियन मनोवैज्ञानिक माना जाता है, का विचार है कि क्रियाप्रसूत अनुबंधन में संज्ञानात्मक कारकों की कोई भूमिका नहीं होती है और क्रियाप्रसूत अनुबंधन के सन्दर्भ में ऐसे कारकों के बारे में बातचीत करना मूर्खता है। दूसरे तरफ मनोवैज्ञानिकों का एक ऐसा समूह भी है जिनके अनुसार क्रियाप्रसूत सीखना में संज्ञानात्मक कारकों की भूमिका महत्त्वपूर्ण मानी गयी है। सचमुच में, ऐसे ही मनोवैज्ञानिकों की संख्या अधिक है।

क्रियाप्रसूत अनुबंधन में संज्ञानात्मक कारकों की भूमिका दिखलाने के लिए आधुनिक मनोवैज्ञानिकों द्वारा निम्नांकित चार तरह के सबूत पेश किये गए हैं:—

(i) अर्जित निस्सहायता (learned helplessness)—अर्जित निस्सहायता से तात्पर्य एक ऐसी स्थिति से होती है जिसमें प्राणी परिस्थिति में कुछ करने से अपने आप को निस्सहाय पाता है तथा उसे ऐसा अनुभव होता है कि उसके द्वारा किया कोई प्रयास उसे उस परिस्थिति से छुटकारा दिलाने में सफल नहीं होगा। इस क्षेत्र में सेलिगमैन (Seligman, 1975) तथा टेन्नेन एवं इल्लेर (Tennen & Eller, 1977) द्वारा महत्त्वपूर्ण कार्य किये गए है। मायर एवं जैक्सन (Maier & Jackson, 1977) द्वारा एकत्रित किए गये तथ्यों से यह पता चला है कि अर्जित निस्सहायता की पूर्ण व्याख्या वैयक्तिक अनुक्रियाओं तथा उनके परिणामों के परिस्थितिजन्य सम्बन्धों के रूप में करना सम्भव है। सचमुच में, वास्तविकता यह है कि प्राणी निस्सहायता की एक सामान्य प्रत्याशा को सीख लेता है जो विभिन्न परिस्थितियों में हस्तांतरित होते रहता है, यहाँ तक उस परिस्थिति में भी व्यक्ति को निःसहायता का अनुभव होता है जिस पर उसका नियंत्रण कुछ हद तक होता है। डवैक एवं लिक्ट (Dwack & Licht, 1980) द्वारा किए गए अध्ययनों से यह स्पष्ट होता है कि अर्जित निस्सहायता की शुरूआत परिस्थिति पर व्यक्ति द्वारा कितनी मात्रा में नियंत्रण होने या न होने से होता है। यदि व्यक्ति यह समझता है कि परिस्थिति पूर्णतः उसके नियंत्रण से बाहर है तो वह कुछ भी नहीं कर सकता है और वैसी हालत में अर्जित निःसहायता की मात्रा अधिक होती है तथा व्यक्ति में विषाद (depression) तथा वंचन

(deprivation) भी अधिक मात्रा में होती है। स्पष्ट हुआ कि अर्जित निःस्सहायता की व्याख्या में मात्र साधनात्मक अनुबंधन अनुपयुक्त है क्योंकि इसमें व्यक्ति की परिस्थिति के बारे में सामान्य प्रत्याशा तथा नियंत्रण का प्रत्यक्षण भी महत्त्वपूर्ण होता है।

(ii) कई अध्ययनों से यह स्पष्ट हुआ है कि व्यक्ति के व्यवहार पर पुनर्बलन अनुसूची (Schedule of reinforcement) से अधिक प्रभाव उस अनुसूची के बारे में व्यक्ति में उत्पन्न विश्वास का पड़ता है। इस तथ्य का समाधान बहुत ही सटीक ढंग से कॉफमैन, बेरोन तथा कौप्प (Kaufman, Baron & Kopp, 1966) द्वारा किये गए प्रयोग में हुआ है। प्रयोज्यों के तीन समूह को एक विशेष अनुक्रिया करना परिवर्त्य-अंतराल अनुसूची (variable interval schedule) द्वारा पुनर्बलन देकर सीखलाया गया। इस तरह की अनुक्रिया में भिन्न-भिन्न समय अन्तराल पर प्रयोज्यों को पुनर्बलन दिया जाता था। परन्तु औसतन एक मिनट के अंतराल पर उन्हें पुनर्बलन दिया गया। प्रयोज्यों के एक समूह को इस अनुसूची के बारे में बतला दिया गया परन्तु अन्य दो समूहों को इस अनुसूची के बारे में गलत सूचना जान-बुझकर दी गई। एक समूह को गलत सूचना देते हुए यह कहा गया कि उन्हें हरेक एक मिनट पर पुनर्बलन दिया जाएगा अर्थात् उन्हें परिवर्त्य अंतराल को निश्चित अंतराल अनुसूची (fixed interval schedule) कहा गया। दूसरे समूह को गलत सूचना देते हुए कहा गया कि उन्हें औसत 150 अनुक्रियाएँ करने पर पुनर्बलन दिया जाएगा। इसका मतलब यह हुआ कि उन्हें परिवर्त्य अंतराल अनुसूची को परिवर्त्य अनुपात अनुसूची (variable-ratio schedule) बतलाया गया। इन दोनों समूहों को गलत सूचना देने का उद्देश्य उनमें पुनर्बलन अनुसूची के बारे में गलत विश्वास उत्पन्न करना था। परिणाम बड़े ही रोचक थे। वैसे प्रयोज्य जो यह समझ बैठे थे कि वे परिवर्त्य अनुपात पर कार्य कर रहें है, वे सबसे अधिक तेजी से अनुक्रिया (प्रति मिनट 259 अनुक्रियाएँ) किये। जिन प्रयोज्यों को यह कहा गया कि वे निश्चित अंतराल अनुसूची पर अनुक्रिया कर रहे हैं, वे सबसे कम अनुक्रियाएँ कर पाये (प्रति मिनट 6 अनुक्रिया)। जिस समूह को पुनर्बलन अनुसूची के बारे में सच-सच बतला दिया गया था, वे इन दोनों के बीच के दर से अर्थात् प्रति मिनट 65 अनुक्रियाएँ किये। प्रयोग के इस परिणाम से यह स्पष्ट हो जाता है कि व्यक्ति का व्यवहार अनुसूची से कही अधिक उसके प्रति उसका विश्वास (belief) से प्रभावित होता है।

(iii) पशुओं के साधनात्मक या क्रियाप्रसूत सीखने में भी संज्ञानात्मक कारकों की भूमिका का पता चला है। इन तथ्य को टॉलमैन एवं हॉनजिक (Tolman & Honzik, 1930) द्वारा किया गया एक बहुचर्चित प्रयोग से समर्थित किया जा सकता है। इस प्रयोगों में चूहों के तीन समूह लिए गये। चू
हों के पहले समूह को भूलभुलैया में दौड़ लगाकर लक्ष्य बकस में पहुँचने पर भोजन लगातार दिया जाता था। चूहों का दूसरा समूह ऐसा था जिन्हें वहीं भूलभुलैया में दौड़ लगाकर लक्ष्य बकस में पहुँचने पर कभी भोजन नहीं दिया जाता था। चूहों का तीसरा समूह ऐसा था जिसे वही भूलभुलैया में दौड़ लगाकर लक्ष्य बकस में पहुँचने पर प्रथम 10 दिनों तक कोई पुनर्बलन नहीं दिया गया परन्तु, ग्यारहवें दिन से उसे पुनर्बलन दिया गया। परिणाम में देखा गया कि लगातार पुनर्बलन पाने वाले समूह का निष्पादन धीरे-धीरे उन्नत हुआ। लगातार पुनर्बलन नहीं मिलने वाले समूह का निष्पादन अत्यन्त ही खराब था। तीसरे समूह का निष्पादन प्रथम 10 दिनों में काफी खराब था परन्तु ग्यारवें दिन से जब उसे पुनर्बलन मिलना प्रारम्भ हो गया, उसके निष्पादन में अचानक काफी अधिक उन्नति हुई और उसका निष्पादन लगातार पुनर्बलित समूह (regularly rewarded group) के तुल्य हो गया। इस तरह के परिणाम की व्याख्या किस तरह से की जा सकती है? टॉलमैन एवं हॉनजिक के अनुसार इस परिणाम की व्याख्या पुनर्बलन के आधार पर सम्भव नहीं है। इन लोगों का मत है कि इस तरह के प्रयोगात्मक परिणाम से सीखने में संज्ञानात्मक प्रक्रियाओं की भूमिका स्पष्ट होती है। सचमुच में तीसरे समूह के चूहों द्वारा प्रथम 10 दिनों के भूलभुलैया का एक संज्ञानात्मक नक्शा (cognitive map) विकसित कर लिया गया था। दूसरे शब्दों में, चूहों द्वारा सम्पूर्ण भूलभुलैया का एक मानसिक प्रतिनिधित्व (mental representation) विकसित कर लिया गया था। यही कारण है कि ग्यारवें दिन से उसके निष्पादन में अचानक काफी अधिक उन्नति हो गयी।

(iv) कुछ अध्ययनों से यह पता चलता है कि प्राणी का व्यवहार न सिर्फ पुरस्कार के स्तर से प्रभावित होता है बल्कि गत पुरस्कारों से उत्पन्न अनुभूति की तुलना में वर्तमान पुरस्कार का किया गया मूल्यांकन से भी प्रभावित होता है। क्रेस्पी (Cespi, 1942) तथा शानैब एवं स्पेंसर (Shanab & Spencer, 1978) द्वारा किये गये अध्ययनों से यह स्पष्ट होता है कि यदि किसी अनुक्रिया करने के बाद प्राणी को मिलने वाला पुनर्बलन या इनाम में परिवर्तन कर दिया

जाता है तो उससे उसके व्यवहार में भी थोड़े देर के लिए परिवर्तन हो जाता है। इस तरह के अस्थायी परिवर्तन को *वैषम्य प्रभाव* (Contrast effect) कहा जाता है। जैसे, कुछ पशु प्रयोगों में देखा गया है कि पशुओं को जिन्हें कम मात्रा में पुनर्बलन दिया जा रहा था जब अधिक मात्रा में उसी तरह की अनुक्रिया करने के लिए पुनर्बलन दिया जाने लगा तो इससे उनके निष्पादन (performance) में उन पशुओं की तुलना में अधिक बढ़ोत्तरी हो गयी जिन्हें लगातार प्रारम्भ से बड़ी मात्रा में पुनर्बलन दिया जाता था। निष्पादन में इस तरह की वृद्धि को *धनात्मक वैषम्य प्रभाव* (Positive contrast effect) कहा जाता है। उसी तरह से पशुओं को जिन्हें अधिक मात्रा में पहले पुनर्बलन या पुरस्कार दिया जाता है और बाद में कम मात्रा में पुनर्बलन दिया जाने लगा तो इससे उनके निष्पादन में उन पशुओं के निष्पादन की तुलना में भी ह्रास हो जाती है जिन्हें लगातार प्रारम्भ से ही कम मात्रा में पुनर्बलन दिया जाता। इसे *ऋणात्मक वैषम्य प्रभाव* (negative contrast effect) कहा जाता था। परन्तु पशुओं के निष्पादन में इस तरह का ह्रास तथा बढ़ोतरी क्षणिक होता है और धीरे-धीरे इनका निष्पादन का स्तर उन्हीं पशुओं के तुल्य हो जाता है जिन्हें लगातार प्रारम्भ से ही एक समान स्तर का पुरस्कार मिलता होता है। प्रश्न यह उठता है कि इस तरह के वैषम्य प्रभाव (contrast effect) से क्या पता चलता है? आधुनिक मनोवैज्ञानिकों के अनुसार इस तरह का वैषम्य प्रभाव से स्पष्टतः यह पता चलता है कि पुरस्कार के विभिन्न स्तरों से सिर्फ व्यक्ति के व्यवहार की व्याख्या नहीं हो सकती है बल्कि व्यक्ति को गत पुरस्कार के साथ उत्पन्न अनुभव और उससे मन में उत्पन्न प्रत्याशाओं (expectanies) का भी प्रभाव उसके व्यवहार पर पड़ता है।

निष्कर्षतः यह कहा जा सकता है कि साधनात्मक या क्रियाप्रसूत सीखना में भी संज्ञानात्मक कारकों की यह अहम् भूमिका है। सचमुच में अधिकतर व्यवहार की व्याख्या करने में साधनात्मक सीखना द्वारा प्रदत्त आँकड़ों को संज्ञानात्मक कारक अधिक मजबूत करता है।

पैवलोवियन अनुबंधन को प्रभावित करने वाले कारक
(Factors Influencing Pavlovian Conditioning)

मनोवैज्ञानिकों द्वारा किये अध्ययनों से यह स्पष्ट हुआ है कि पैवलोवियन अनुबंधन या क्लासिकी अनुबंधन कई कारकों द्वारा प्रभावित होता है। इन कारकों में निम्नांकित प्रमुख है—

(i) स्वाभाविक एवं अनुबंधित उद्दीपकों की शक्ति (Strength of Unconditioned and Conditioned stimulus)

(ii) स्वाभाविक उद्दीपक का समय (Timing of Unconditioned stimulus)

(iii) स्वाभाविक उद्दीपक तथा अनुबंधित उद्दीपक के युग्मन की बारम्बारता (Frequency of pairings of Unconditioned stimulus and Conditioned stimulus)

इन तीनों का वर्णन निम्नांकित हैः—

(i) स्वाभाविक एवं अनुबंधित उद्दीपक की शक्ति *(Strength of Unconditioned and Conditioned stimulus)*—मनोवैज्ञानिकों द्वारा किये गये अध्ययनों से यह स्पष्ट हुआ है कि स्वाभाविक उद्दीपक (Unconditioned stimulus or UCS) तथा अनुबंधित उद्दीपक (Conditioned stimulus CS) की तीव्रता स्तर से अनुबंधन प्रभावित होता है। एण्ड्रीयूडस एवं ब्रेभमैन (Andrews & Braveman, 1975) तथा शीफोर एवं गोरमेजानो (Sheafor & Gormezano, 1972) तथा फिजजेरेल्ड एवं टेलर (Fitgereld & Taylor, 1970) ने अपने-अपने प्रयोगों में यह स्पष्ट रूप से पाया है कि UCS की तीव्रता स्तर में वृद्धि होने से अनुबंधन भी मजबूत हो जाता है। यहाँ उदाहरण के रूप में फिजजेरेल्ड एवं टेलर (Fitzgereld & Taylor, 1970) के अध्ययन को प्रस्तुत किया जा रहा है। इस प्रयोग में चूहों को प्रयोज्य के रूप में व्यवहृत किया गया। इस प्रयोग में घंटी की आवाज को CS के रूप में तथा विभिन्न तीव्रताओं वाले बिजली के आघात को UCS के रूप में उपयोग किया गया। परिणाम में देखा गया कि जैसे-जैसे UCS की तीव्रता बढ़ती गयी, CS के प्रति की गयी अनुक्रिया की शक्ति भी बढ़ती गयी। यह परिणाम संकेत अनुबंधन (trace conditioning) तथा बिलम्बित अनुबंधन (delayed conditioning) दोनों के लिए सही पाया गया। केहो (Kehoe, 1983) ने इस ढंग का परिणाम CS की तीव्रता को परिवर्तित करने पर भी पाया।

(ii) स्वाभाविक उद्दीपक का समय *(Timing of unconditioned stimulus)*—पैवलोवियन अनुबंधन में CS देने के बाद UCS दिया जाता है और धीरे-धीरे UCS के प्रति की जाने वाली अनुक्रिया CS के प्रति अनुबंधित हो जाती

है। प्रयोगों से यह स्पष्ट हुआ कि CS के बाद UCS देने का समय से भी अनुबंधन प्रभावित होता है। अतः CS-UCS का समय अंतराल (time interval) एक महत्त्वपूर्ण कारक है जिससे अनुबंधन प्रभावित होता है।

सामान्यतः CS-UCS समय अंतराल तथा अनुबंधन की शक्ति का सम्बन्ध ऋणात्मक (negative) होता है। समय अंतराल जितना ही अधिक बड़ा होता है, अनुबंधन की शक्ति उतनी ही कमजोर होती है। परन्तु CS-UCS समय अंतराल तथा अनुबंधित अनुक्रिया (conditioned response) की शक्ति के बीच वास्तविक सम्बन्ध सचमुच में अनुबंधित की जाने वाली अनुक्रिया के प्रकार पर आधारित होता है। गोरमेजानो (Goremezano, 1972) ने खरगोश में पलक मारने की अनुक्रिया (eye-blinking response) को हवा के एक साधारण झोंका (UCS) के प्रति अनुबंधित किया। हवा का झोंका आँख पर देने के पहले एक आवाज (CS) उत्पन्न किया जाता था। परिणाम में देखा गया कि इस तरह की अनुक्रिया को अनुबंधित होने में जब UCS को CS दिये जाने के .2 से .4 सेकेण्ड बाद दिया जाता था तो अनुबंधन की शक्ति अधिकतम होती थी। लेभिनथल तथा उनके सहयोगियों (Levinthal et al. 1985) ने अपने अध्ययन में यह भी पाया कि CS तथा UCS के बीच में उससे अधिक समय अंतराल भी अधिक शक्ति का अनुबंधन उत्पन्न करने में प्रभावी होता है बशर्तें कि विभिन्न प्रयासों के बीच का समय भी बढ़ा दिया जाता है। फिजजेरेल्ड एवं मार्टिन (Fitgerald & Martin, 1971) ने अपने अध्ययन में पाया है कि जब अनुबंधित अनुक्रिया (conditioned response) कोई स्वायत्त अनुक्रिया (autonomic response) जैसे हृदय की गति में परिवर्तन या ग्लवैनिक त्वक् अनुक्रिया (galvanic skin reponse) होता है तो अनुबंधन की शक्ति को मजबूत होने के लिए CS तथा UCS के समय अंतराल में इतनी निकटता आवश्यक नहीं है। इनके अध्ययन में पाया गया कि चूहों में हृदय गति का अनुबंधन (conditioning) उस परिस्थिति में सबसे मजबूत होते पाया गया जब CS-UCS का समय अंतराल 6 सेकण्ड या उससे थोड़ा अधिक था। कुछ अध्ययनों में इससे भी भिन्न परिणाम पाया गया है। जैसे, एण्ड्रीयूज एवं ब्रेभमैन (Andrews & Braveman, 1975) ने एक प्रयोग किया जिसमें चूहों में स्वाद विमुखता सीखना (taste aversion learning) की अनुक्रिया का अनुबंधन किया गया। इस प्रयोग में चूहों को एक सुगंधित घोल दिया गया जो एक CS के रूप में उपयोग किया गया। उसके बाद उसे हल्का जहर का घोल दिया गया जो एक UCS के जगह पर था। सुगंधित घोल के प्रति विमुखता दिखाना सीखना CR था। परिणाम में पाया गया कि ऐसी अनुबंधित अनुक्रिया की शक्ति तब कमती है जब CS देने के कई घंटों के बाद UCS दिया जाता है। निष्कर्षतः यह कहा जा सकता है कि CS-UCS का समय अंतराल एक महत्त्वपूर्ण कारक है जिससे क्लासिकी अनुबंधन प्रभावित होता है। चाहे जिस ढंग की अनुबंधित अनुक्रिया हो, जैसे-जैसे CS-UCS का समय अंतराल बढ़ते जाता है, सामान्यतः अनुबंधन की शक्ति कमती जाती है हालांकि यह बात जरूर है कि अनुबंधित अनुक्रिया के स्वरूप के अनुसार CS-UCS की निरपेक्ष अवधि (absolute interval) जिस पर क्लासिकी अनुबंधन की शक्ति सर्वाधिक होती है, परिवर्तित होती है।

(iii) स्वाभाविक उद्दीपक तथा अनुबंधित उद्दीपक के युग्मन की बारम्बारता (*frequency of pairings of Unconditioned stimulus and Conditioned stimulus*)—स्वाभाविक उद्दीपक तथा अस्वाभाविक उद्दीपक का मात्र युग्मन (pairing) से ही अनुबंधन प्रभावित नहीं होता है बल्कि उसकी बारम्बारता कितनी है, इससे भी अनुबंधन प्रभावित होता है। प्रयोगों से यह स्पष्ट हुआ है कि यदि घंटी की आवाज तथा उसके बाद दिया जाने वाला भोजन का युग्मन प्रत्येक प्रयास में दिया जाता है, तो उससे अनुबंधन की शक्ति उस परिस्थिति में तुलनात्मक रूप से अधिक होती है जिसमें इन दोनों उद्दीपकों का युग्मन एक-एक प्रयास छोड़कर किया जाता है। रेसकोरला (Rescorla, 1988) ने अपने अध्ययन में पाया है कि अगर स्वाभाविक उद्दीपक प्रयोगात्मक परिस्थिति में प्रायः उत्पन्न नहीं होता है, परन्तु जब-जब अनुबंधित उद्दीपक (conditioned stimulus) दिया जाता है तब तब स्वाभाविक उद्दीपक को दिया जाता है तो इसे अनुबंधन तेजी से होता है क्योंकि अनुबधित उद्दीपक का आना स्वाभाविक उद्दीपक के आने की पूर्ण संभावना व्यक्त कर देता है। अतः रेसकोरला का मत है कि क्लासिकी अनुबंधन सिर्फ इस बात पर निर्भर नहीं करता है कि एक तटस्थ उद्दीपक को बार-बार एक स्वाभाविक उद्दीपक के साथ युग्मन करके प्राणी सामने उपस्थित किया जाता है बल्कि इस बात पर निर्भर करता है कि तटस्थ उद्दीपक कहाँ तक सही-सही स्वाभाविक उद्दीपक के आने बारे में पूर्वानुमान लगा पाता है। अध्ययनों से यह भी पता चला है कि जब अनुबंधन की शक्ति अधिकतम बिन्दु पर पहुँच जाती है, तो उसके बाद स्वाभाविक उद्दीपक तथा अनुबंधित उद्दीपक को फिर एक साथ देने से उसकी शक्ति बढ़ती नहीं है।

स्पष्ट हुआ कि पैवलोवियन अनुबंधन पर कई कारकों का महत्त्वपूर्ण प्रभाव पड़ता है।

क्रियाप्रसूत अनुबंधन को प्रभावित करने वाले कारक
(Factors Influencing Operant Conditioning)

क्लासिकी अनुबंधन के समान क्रियाप्रसूत अनुबंधन (operant condtioning) को भी प्रभावित करने वाले कई कारक हैं। जैसा कि हम जानते हैं कि क्रियाप्रसूत अनुबंधन में अनुक्रिया करने के बाद का परिणाम महत्त्वपूर्ण होता है। परिणाम यदि ऐसा है कि अनुक्रिया करने के बाद प्राणी को पुरस्कार मिलता है या कोई दण्ड से छुटकारा मिलता है, तो वह उस अनुक्रिया को करना सीख लेता है। मनोवैज्ञानिक अध्ययनों से यह स्पष्ट हुआ है कि निम्नांकित तीन कारक ऐसे हैं जिनसे क्रियाप्रसूत अनुबंधन प्रभावित होता है—

(i) परिणाम की शक्ति (strength of consequences)
(ii) परिणाम का समय (timing of consequences)
(iii) परिणाम की बारम्बारता (frequency of consequences)

इन तीनों का वर्णन निम्नांकित है—

(i) परिणाम की शक्ति (*Strength of consequences*)—कई अध्ययनों में पुनर्बलन के विभिन्न मात्राओं तथा अनुक्रिया की शक्ति पर पड़ने वाले प्रभावों का अध्ययन किया गया है। इन अध्ययनों में यह पाया गया है कि अनुक्रिया करने के बाद यदि पुनर्बलन की अधिक मात्रा प्राणी को दिया जाता है तो इससे सीखी गयी अनुक्रिया की शक्ति तेजी से बढ़ती है। दूसरे तरफ, अनुक्रिया करने के बाद यदि पुनर्बलन कम मात्रा में प्राणी को दिया जाता है तो वैसी परिस्थिति में सीखी गयी अनुक्रिया अर्थात् अनुबंधन की शक्ति कमजोर पड़ जाती है। इतना ही नहीं, इन अध्ययनों में यह भी देखा गया है कि दूसरे तरह की अनुक्रिया'का विलोपन (extinction) पहले तरह की अनुक्रिया की तुलना में तेजी से होता है।

(ii) परिणाम का समय (*Timing of consequences*)—जिस तरह से क्लासिकी अनुबंधन में अनुबंधित उद्दीपक तथा स्वाभाविक उद्दीपक के बीच का समय अंतराल में अनुबन्धन की शक्ति सीधे प्रभावित होती है, ठीक उसी ढंग से क्रियाप्रसूत अनुबंधन में वांछित व्यवहार या अनुक्रिया तथा उसके बाद मिलनेवाला परिणाम के बीच का समय एक महत्त्वपूर्ण निर्धारक होता है जिस पर अनुबंधन की शक्ति प्रभावित होती है। जैसे-जैसे यह समय बढ़ता जाता है, क्रियाप्रसूत अनुबंधन की शक्ति कमजोर होते चली जाती है जैसा कि चित्र 7.2 में दिखलाया गया है। मात्र .5 सेकेण्ड की देरी होने पर अनुक्रिया होने की संभावना 70% ही रह जाती है। तथा 20 सेकेण्ड विलम्ब होने पर यह संभावना घटकर करीब 10% हो जाती है। परन्तु कुछ मनोवैज्ञानिक जैसे लोगन (Logan, 1995) ने अपने अध्ययन में यह पाया है कि जब विलम्ब के बाद मिलने वाला पुरस्कार अधिक आकर्षक एवं उसकी मात्रा अधिक होती है, तो उस विलम्ब का वैसा प्रभाव क्रियाप्रसूत अनुबंधन पर नहीं पड़ता है।

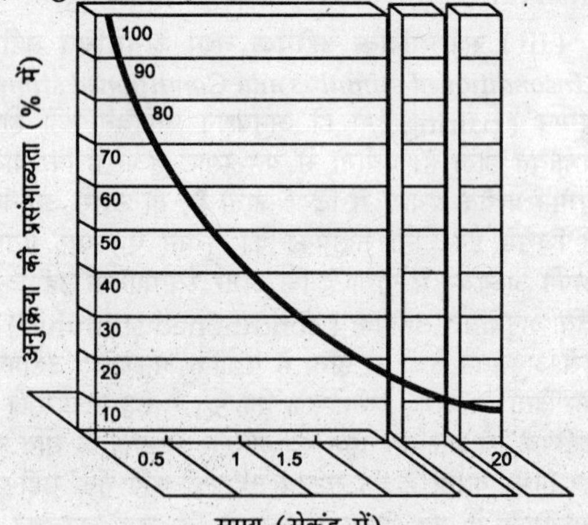

चित्र 7.2 : अनुक्रिया तथा पुनर्बलन का सामयिक संबंध (temporal relation)

(iii) परिणाम की बारम्बारता (*frequency of consequences*)—क्रियाप्रसूत अनुबंधन में अनुक्रिया करने के बाद मिलने वाला परिणाम (या पुरस्कार) की बारम्बारता से भी इस तरह का अनुबंधन प्रभावित होता है। सामान्यतः पुरस्कार का पैटर्न दो तरह का होता है—अनवरत पुनर्बलन (continuous reinforcement) तथा आन्तरायिक पुनर्बलन (intermittent reinforcement)। अनवरत पुनर्बलन पैटर्न में प्रत्येक सही अनुक्रिया के बाद पुनर्बलन (reinforcement) दिया जाता है जबकि आन्तरायिक पुनर्बलन में प्रत्येक सही अनुक्रिया के बाद पुनर्बलन न देकर किसी सही अनुक्रिया के बाद पुनर्बलन दिया जाता है तो किसी सही पुनर्बलन अनुक्रिया के बाद पुनर्बलन नहीं दिया जाता है। इन दोनों में से आन्तरायिक

पुनर्बलन को तुलनात्मक रूप से अधिक महत्त्व दिया गया है क्योंकि उससे अनुक्रिया की गति तीव्र होती है। मनोवैज्ञानिकों ने पुनर्बलन के चार प्रमुख अनुसूची (schedule) का निर्माण किया है—दो अंतराल अनुसूची (interval schedule) तथा दो अनुपात अनुसूची (ratio schedule)। अंतराल अनुसूची में पुनर्बलन देने का आधार समयावधि होता है जबकि अनुपात अनुसूची में पुनर्बलन का आधार कार्य या अनुक्रिया होता है। अंतराल अनुसूची दो प्रकार का होता है—निश्चित अन्तराल (fixed interval) तथा परिवर्त्य अंतराल (variable interval)। निश्चित अंतराल में एक निश्चित समय बीतने पर किया गया पहला वांछित अनुक्रिया करने के बाद पुनर्बलन दिया जाता है। परिवर्त्य अंतराल में ऐसी कोई निश्चित समयावधि नहीं होती है कि जिसके बीतने के बाद ही वांछित अनुक्रिया करने के बाद पुनर्बलन दिया जाए। निश्चित अंतराल पैटर्न का परिणाम यह होता है कि पुनर्बलन के तुरन्त बाद अनुक्रिया के दर में कमी आ जाती है परन्तु अंतराल खत्म होने का समय नजदीक आने पर इसकी दर में वृद्धि हो जाती है। परिवर्त्य अंतराल में अनुक्रिया दर एक-समान (steady) होता है। अनुपात अनुसूची (ratio schedule) भी दो प्रकार का होता है। निश्चित अनुपात (fixed ratio) तथा परिवर्त्य अनुपात (variable ratio)। निश्चित अनुपात में निश्चित संख्या में अनुक्रिया करने के बाद ही पुनर्बलन दिया जाता है तथा इसमें अनुक्रिया की दर में तीव्रता से बढ़ोत्तरी होती है। परिवर्त्य अनुपात में अनुक्रिया की संख्या पूर्व निश्चित नहीं होती है और पुनर्बलन अनुक्रिया की संख्याओं में होने की अनिश्चित संभावना के बाद दिया जाता है। उसमें अनुक्रिया की दर उच्च परन्तु एक समान (steady) होता है। स्पष्ट हुआ कि पुरस्कार या परिणाम की बारम्बारता में परिवर्तन होने से क्रियाप्रसूत अनुबंधन (operant conditioning) प्रभावित होता है।

निष्कर्षतः यह कहा जा सकता है कि क्रियाप्रसूत अनुबंधन कई कारकों से प्रभावित होता है। इन कारकों के आधार पर अनुबंधन की प्रक्रिया को संचालित किया जा सकता है।

अधिगम या सीखने के सिद्धान्त
(Theories of Learning)

सीखना व्यवहार में वैसे अपेक्षाकृत स्थायी परिवर्तन को कहा जाता है जो अभ्यास (practice) या अनुभूति (experience) के फलस्वरूप होता है तथा जिसका उद्देश्य व्यक्ति को समायोजन करने में मदद करना होता है। मनोवैज्ञानिकों ने सीखना के स्वरूप की व्याख्या करने के लिए कई सिद्धान्तों का प्रतिपादन किया है, जिन्हें मौटे तौर पर निम्नांकित दो प्रमुख भागों में बाँटा जा सकता है—

1. उद्दीपक-अनुक्रिया सिद्धान्त (Stimulus-Response Theories or S-R Theories)
2. उद्दीपक-उद्दीपक सिद्धान्त (Stimulus-Stimulus Theories or S-S Theories)

उद्दीपक-अनुक्रिया सिद्धान्त के अनुसार सीखने की प्रक्रिया में प्राणी उद्दीपक (या समस्या) तथा अनुक्रिया (response) के बीच एक सम्बन्ध (connection) स्थापित करता है। कुछ ऐसे सिद्धान्तवादियों का मत है कि उद्दीपक तथा अनुक्रिया के बीच में जो सम्बन्ध स्थापित होता है, उसका आधार पुनर्बलन (reinforce) होता है। जब सही अनुक्रिया के करने के बाद प्राणी को पुनर्बलन दिया जाता है, तो इसका प्रभाव (effect) यह होता है कि भविष्य में प्राणी उस उद्दीपक के सामने आने पर वही अनुक्रिया करता है। यही कारण है कि इस सिद्धान्तों को *उद्दीपक-अनुक्रिया प्रभाव सिद्धान्त* (Stimulus-Response effect theories) या *पुनर्बलन सिद्धान्त* (Reinforcement theory) भी कहा जाता है। इस श्रेणी में थॉर्नडाइक (Throndike), पैवलव (Pavlov), हल्ल (Hull), स्कीन्नर (Skinner) आदि के सिद्धान्तों को रखा गया है। उद्दीपक-अनुक्रिया सिद्धान्तवादियों में कुछ लोग ऐसे भी हैं जो यह मानने को तैयार नहीं हैं कि उद्दीपक-अनुक्रिया के सम्बन्ध का आधार पुनर्बलन होता है। इन लोगों का मत है कि उद्दीपक तथा अनुक्रिया के बीच सामीप्यता (contiguity) के आधार पर भी सम्बन्ध स्थापित होता है। इस विचारधारा के प्रमुख समर्थक गथरी (Guthrie) हैं।

उद्दीपक-उद्दीपक सिद्धान्त (Stimulus-Stimulus theory) का प्रतिपादन उद्दीपक-अनुक्रिया सिद्धान्त के विरोध में हुआ। इस सिद्धान्त के अनुसार किसी भी सीखने की परिस्थिति में कई समस्याएँ या उद्दीपक (stimuli) होते हैं।

व्यक्ति को उन विभिन्न उद्दीपकों (stimuli) का अर्थ तथा उनके आपसी सम्बन्धों को समझना होता है। जैसे ही व्यक्ति उन विभिन्न उद्दीपकों का अर्थ तथा उनके सम्बन्धों को समझ लेता है, पूरे उद्दीपक परिस्थिति का एक संज्ञानात्मक नक्शा (cognitive map) उसके मन विकसित हो जाता है जिसे सीखना की संज्ञा दी जाती है। इसे विस्तृत अर्थ में संज्ञानात्मक सिद्धान्त (cognitive theory) भी कहा जाता है। इस सिद्धान्त के मुख्य प्रवर्त्तक टॉलमैन (Tolman) है। कोहलर (Kohler) तथा कौफ्का (Koffka) के सिद्धान्त को भी इस श्रेणी में रखा गया है। पियाजे का सिद्धान्त भी एक संज्ञानात्मक सिद्धान्त ही है।

यहाँ उपर्युक्त सिद्धान्तों में से केवल सात सिद्धान्तों पर प्रकाश डाला गया है—

1. थॉर्नडाइक का सिद्धान्त (Thorndike's theory)
2. स्कीन्नर का सिद्धान्त (Skinner's theory)
3. हल्ल का सिद्धान्त (Hull's theory)
4. गथरी का सिद्धान्त (Guthrie's theory)
5. टॉलमैन का सिद्धान्त (Tolman's theory)
6. सूझ सिद्धान्त (Insight theory)
7. पियाजे का सिद्धान्त (Piaget theory)

इस सभी सिद्धान्तों का वर्णन हम अलग-अलग अनुच्छेदों में क़रेंगे।

थॉर्नडाइक का सम्बन्धवाद सिद्धान्त
(Throndike's Theory of Connectionism)

थॉर्नडाइक (Thorndike) को प्रयोगात्मक पशु मनोविज्ञान (Experimental animal psychology) के क्षेत्र में एक प्रमुख मनोवैज्ञानिक माना गया है। उन्होंने सीखने के एक सिद्धान्त का प्रतिपादन (1898) में अपने पी-एच॰डी॰ शोध प्रबन्धन (Ph-D. thesis) जिसका नाम *'एनिमल इन्टेलिजेन्स'* (Animal intelligence) था, में किया। टॉलमैन (Tolman, 1938) ने थॉर्नडाइक के इस सिद्धान्त पर टिप्पणी करते हुए कहा है कि उनका यह सिद्धान्त इतना पूर्ण तथा वैज्ञानिक था कि उस समय के अन्य सभी मनोवैज्ञानिकों ने थॉर्नडाइक को अपना प्रारम्भ बिन्दु (starting point) माना था।

थॉर्नडाइक ने सीखना की व्याख्या करते हुए कहा है कि जब कोई उद्दीपक (stimulus) व्यक्ति के सामने दिया जाता है तो उसके प्रति वह अनुक्रिया (response) करता है। अनुक्रिया सही होने से उसका सम्बन्ध (connection) उसी विशेष उद्दीपक (stimulus) के साथ हो जाता है। इस सम्बन्ध को सीखना (learning) कहा जाता है तथा इस तरह की विचारधारा को *सम्बन्धवाद* (Connectionism) की संज्ञा दी गयी है।

चित्र 7.3 : पहेली बक्स (Puzzle Box)

थॉर्नडाइक के सम्बन्धवाद के सिद्धान्त को मनोवैज्ञानिकों ने दो भागों में बॉट कर अध्ययन किया है—1930 के पहले का सम्बन्धवाद (Conncetionism before 1930) तथा 1930 के बाद का सम्बन्धवाद (Connectionism after 1930)। इन दोनों कालों में सम्बन्धवाद द्वारा जो सीखने की व्याख्या की गयी है, वह इस प्रकार है:—

1930 के पहले का सम्बन्धवाद *(Connectionism before 1930)*—1898 तथा 1930 के बीच थॉर्नडाइक ने जो सीखने की व्याख्या प्रस्तुत की है, वह एक मूल व्याख्या (fundamental explanation) है और उनकी इस व्याख्या में इस काल में कोई फेरबदल भी नहीं किया गया है। थॉर्नडाइक का कहना था कि पशु या मनुष्य किसी कार्य को प्रत्यन्न-तथा-भूल (trial-and-error) की प्रक्रिया द्वारा सीखता है। प्रत्येक सीखने की परिस्थिति में प्राणी (organism) के सामने एक समस्या (problem) रखी जाती है। वह उस समस्या का समाधान करने के लिए अनेक प्रकार की अनुक्रियाएँ करता है। इन अनुक्रियाओं में से सही अनुक्रिया (responses) का प्राणी द्वारा चयन (selection) कर लिया जाता है और फिर बाद में यही सही अनुक्रिया उस समस्या के साथ सम्बन्धित हो जाती है जिसे हम सीखना कहते

हैं। इस तरह से सीखने की प्रक्रिया में दो उपप्रक्रियाएँ सम्मिलित होतीं हैं—*चयन* (selection) तथा *सम्बन्ध* (connection)। चयन की प्रक्रिया द्वारा प्राणी अनेक किये गये अनुक्रियाओं में से सही अनुक्रिया (correct response) को चुन लेता है। थॉर्नडाइक ने अपने सिद्धान्त में सही अनुक्रिया को परिभाषित करते हुए कहा है कि सही अनुक्रिया वह अनुक्रिया होती है जिसके करने के बाद प्राणी को पुनर्बलन (reinforcement) मिलता है। यही कारण है कि थॉर्नडाइक के सीखने के सिद्धान्त को *उद्दीपक-अनुक्रिया पुनर्बलक सिद्धान्त* (S-R reinforcement theory) में रखा गया है। जब प्राणी सही अनुक्रिया कर लेता है तो बाद के प्रयासों में इसका सम्बन्ध उस विशेष उद्दीपक या समस्या के साथ वह स्थापित करता है। इस तरह का सम्बन्ध स्थापित होते ही सीखने की प्रक्रिया पूरी हो जाती है, जिसके परिणामस्वरूप जब-जब प्राणी के सामने उस उद्दीपक को रखा जाता है व्यक्ति तुरन्त वही अनुक्रिया को कर डालता है।

थॉर्नडाइक ने उपर्युक्त तथ्य की पुष्टि अनेक प्रयोग करके किया है। उनके प्रयोग बिल्ली, कुत्ता, मछली तथा बन्दर पर अधिकतर किये गये हैं। इन सभी प्रयोगों में बिल्ली पर किया गया प्रयोग काफी मशहूर है। इस प्रयोग में एक भूखी बिल्ली को एक पहेली बकस (चित्र 7.3 देखें) में बन्द कर रखा गया। इस बकस के अन्दर में एक सिटकिनी (knob) लगा था जिसको दबाकर गिरा देने से दरवाजा खुल जाता था। दरवाजे के बाहर भोजन रख दिया गया था। चूँकि बिल्ली भूखी थी, अतः वह दरवाजा खोलकर भोजन खाने की पूरी कोशिश करना प्रारम्भ कर दी। प्रारम्भ के प्रयासों (trials) में जब बिल्ली को बकस के अन्दर रखा गया, तो बहुत सारे अनियमित व्यवहार जैसे उछलना, कूदना, नोचना, खसोटना आदि होते पाये गये। इसी उछल-कूद में अचानक उसका पंजा सिटकिनी पर पड़ गया जिसके दबने से दरवाजा खुल गया और बिल्ली बाहर निकलकर भोजन कर ली। बाद के प्रयासों (trials) में बिल्ली द्वारा किये जानेवाले अनियमित व्यवहार अपने आप कम होते गये तथा बिल्ली सही अनुक्रिया (यानी सिटकिनी दबाकर दरवाजा खोलने अनुक्रिया) को बकस में रखने के तुरन्त बाद करते पायी गयी।

थॉर्नडाइक ने इसी तरह के अनेक प्रयोग किये हैं जिनके आधार पर उन्होंने यह बतलाया है कि सीखने की क्रिया एक क्रामिक प्रक्रिया (graudal process) है। थॉर्नडाइक का कहना है कि बिल्ली में सही अनुक्रिया धीरे-धीरे कई प्रयासों (trials) में स्थापित (stamped in) होती है तथा अनियमित अनुक्रियाएँ भी धीरे-धीरे कई प्रयासों में छँटती जाती (stamped out) है। अतः इस बात का कोई सबूत नहीं मिलता है कि बिल्ली ने सीखने के दौरान किसी तरह की सूझ (insight) का सहारा लिया हो। सच्चाई यही है कि जैसे-जैसे प्रयास (trials) दिया जाता है, वैसे-वैसे सीखने की प्रक्रिया अपने आप ही स्वचालित (automatic) एवं यांत्रिक रूप से (mechanically) होती जाती है। इसमें बिल्ली कहीं भी किसी तरह की सूझ (insight) एवं समझ (understanding) नहीं दिखलाती है। थॉर्नडाइक (Thorndike, 1911) ने स्वयं ही कहा है कि विभिन्न प्रयोगों में उन्होंने पशुओं को ''कोई ऐसा व्यवहार करते नहीं पाया है जो तर्कपूर्ण चिन्तन (reasoning) के कारण हुआ हो।'' [Thorndike, (1911) "failed to find any act that even seemed due to reasoning."]

थॉर्नडाइक ने सीखने के सिद्धान्त में तीन महत्त्वपूर्ण नियमों का वर्णन किया है जो निम्नांकित हैः—

1. तत्परता का नियम (Law of readiness)
2. अभ्यास का नियम (Law of exercise)
3. प्रभाव का नियम (Law of effect)

इन सभी का वर्णन निम्नांकित है—

1. तत्परता का नियम (*Law of readiness*)—इस नियम को थॉर्नडाइक ने एक गौण नियम माना है और कहा है कि इस नियम द्वारा हमें सिर्फ यह पता चलता है कि सीखने वाले व्यक्ति किन-किन परिस्थितियों में संतुष्ट होते हैं या उसमें खीझ (annoyance) उत्पन्न होती है। उन्होंने इस तरह की निम्नांकित तीन परिस्थितियों का वर्णन किया है—

(i) जब व्यक्ति किसी कार्य को करने के लिए तत्पर रहता है और उसे वह कार्य करने दिया जाता है, तो इससे उसमें *संतोष* होता है।

(ii) जब व्यक्ति किसी कार्य को करने के लिए तत्पर रहता है और उसे वह कार्य नहीं करने दिया जाता है, तो इससे उसमें *खीझ* (annoyanace) होती है।

(iii) जब व्यक्ति किसी कार्य को करने के लिए तत्पर नहीं रहता है परन्तु उसे वह कार्य करने के लिए बाध्य किया ज़ाता है, तो इससे भी व्यक्ति में *खीझ* (annoyance) होती है।

ऊपर के वर्णन से यह स्पष्ट है कि संतोष या खीझ होना व्यक्ति के तत्परता (readiness) की अवस्था पर निर्भर करता है।

2. अभ्यास का नियम *(Law of exercise)*—यह नियम इस तथ्य पर आधारित है कि अभ्यास से व्यक्ति में पूर्णता आती है (Practice makes man perfect)। हिलगार्ड तथा बॉअर (Hilgard & Bower, 1975) ने इस नियम को परिभाषित करते हुए कहा है, ''अभ्यास नियम यह बतलाता है कि अभ्यास करने से (उद्दीपक तथा अनुक्रिया का) सम्बन्ध मजबूत होता है (उपयोग नियम) तथा अभ्यास रोक देने से सम्बन्ध कमजोर पड़ जाता है या विस्मरण हो जाता है (अनुपयोग नियम)।'' इस व्याख्या से बिलकुल ही यह स्पष्ट है कि जब हम किसी पाठ या विषय को बार-बार दोहराते हैं तो उसे सीख जाते हैं। इसे थॉनडाइक ने उपयोग नियम (law of use) कहा है। दूसरी तरफ जब हम किसी पाठ या विषय को दोहराना बन्द कर देते हैं तो उसे भूल जाते हैं। इसे इन्होंने अनुपयोग नियम (law of disuse) कहा है।

इस तरह से अभ्यास नियम के अनुसार सीखने की प्रक्रिया मूलतः अभ्यास के कारण होती है। परन्तु कुछ मनोवैज्ञानिकों ने अभ्यास नियम की व्याख्या पर आपत्ति की है। मनोवैज्ञानिकों की तीन मुख्य आपत्तियाँ निम्नांकित हैः—

(i) कुछ आलोचकों का मत है कि सीखने की प्रक्रिया सिर्फ अभ्यास के कारण नहीं होती है। गेस्टाल्ट मनोवैज्ञानिकों ने प्रयोग करके यह दिखला दिया है कि अभ्यास के अलावा सीखने में सूझ (insight) तथा समझ (understanding) की भी जरूरत होती है।

(ii) थॉर्नडाइक ने अभ्यास नियम में यह भी दिखलाया है कि व्यक्ति उस अनुक्रिया को सीखता है जिसे बार-बार दोहराता है तथा उस अनुक्रिया को भूल जाता है जिसे वह बार-बार दोहराता नहीं है। अब एक नजर थॉर्नडाइक की बिल्ली की क्रियाओं पर दीजिए। बिल्ली प्रत्येंक प्रयास में एक सही अनुक्रिया करती है (सिटकिनी गिराना) और सभी अनुपयुक्त (inappropriate) तथा गलत अनुक्रिया करती है। सही अनुक्रिया एवं गलत अनुक्रिया का यही अनुपात लगभग अन्य प्रयासों में होता है। इसका मतलब यह हुआ कि बिल्ली सही अनुक्रिया को कम दुहराकर भी सीख लेती है और गलत अनुक्रिया को बार-बार दुहराकर भी भूल जाती है। अतः थॉर्नडाइक के अभ्यास नियम की पुष्टि अपने ही प्रयोग से नहीं हो पाती है।

(iii) कुछ आलोचकों ने अपने प्रयोग के आधार पर यह दिखलाया है कि अभ्यास की मात्रा दो अवस्थाओं में समान रहने पर भी किसी एक अवस्था में परिणाम-ज्ञान (knowledge of result) के कारण सीखने की प्रक्रिया अधिक मजबूत हो जाती है। परिणाम-ज्ञान के साथ किये गये अभ्यास से सीखी गयी अनुक्रिया तुलनात्मक रूप से अधिक मजबूत होती है।

ऊपर की गयी आलोचनाओं को थॉर्नडाइक ने खुद भी महसूस किया और फलस्वरूप उन्होंने 1929 में न्यू हेभेन (New Haven) में हो रहे मनोविज्ञान की एक अन्तर्राष्ट्रीय सभा (International Congress of Psychology) में स्पष्ट शब्दों में कहा, ''मैं गलत था।'' ("I was wrong.")

3. प्रभाव नियम *(Law of effect)*—थॉर्नडाइक के सिद्धान्त का यह सबसे महत्त्वपूर्ण नियम है। इसकी महत्ता को ध्यान में रखते हुए कुछ मनोवैज्ञानिकों ने इसके सिद्धान्त को *प्रभाव नियम सिद्धान्त* (Law of effect theory) भी कहा है। इस नियम के अनुसार व्यक्ति किसी अनुक्रिया या कार्य को उसके प्रभाव के आधार पर सीखता है। किसी कार्य या अनुक्रिया का प्रभाव व्यक्ति में या तो संतोषजनक (satisfying) होता है या खीझ उत्पन्न करने वाला (annoying) होता है। प्रभाव संतोषजनक होने पर व्यक्ति उस अनुक्रिया को सीख लेता है तथा खीझ उत्पन्न करने वाला होने पर व्यक्ति उसी अनुक्रिया को दोहराना नहीं चाहता है। फलतः उसे वह भूल जाता है।

इस प्रकार से यह स्पष्ट है कि प्रभाव नियम के अनुसार व्यक्ति किसी अनुक्रिया को इसलिए सीख लेता है क्योंकि व्यक्ति में उस अनुक्रिया को करने के बाद संतोषजनक प्रभाव (satisfying effect) होता है। हिलगार्ड तथा बॉअर[1] (Hilgard & Bower, 1975) ने इस नियम की व्याख्या करते हुए कहा है— ''प्रभाव नियम में किसी (उद्दीपक तथा अनुक्रिया का) सम्बन्ध उसके प्रभाव के आधार पर मजबूत या कमजोर होता है। जब सम्बन्ध (connection) ऐसा होता है कि उससे व्यक्ति में संतोषजनक प्रभाव होता है तो इसमें सम्बन्ध की शक्ति (strength) बढ़ जाती है तथा जब सम्बन्ध ऐसा होता है कि उससे व्यक्ति में असंतोषजनक प्रभाव होता है तो उसकी शक्ति कम हो जाती है।'' हिलगार्ड तथा बॉअर के विचारों से स्पष्ट है कि किसी उद्दीपक (stimulus) तथा अनुक्रिया (response) के बीच सम्बन्ध (connection) स्थापित होना उस अनुक्रिया के संतोषजनक प्रभाव (satisfying effect) पर निर्भर करता है। बिल्ली दरवाजा खोलने की अनुक्रिया इसलिए सीखती है क्योंकि इस अनुक्रिया के बाद उसे भोजन मिलता है जिसके खाने से उसमें संतुष्टि (satisfaction) होती थी। बिल्ली गलत अनुक्रियाओं जैसे—उछल-कूद करना, नोचना, खसोटना आदि इसलिए भूल गयी क्योंकि इन अनुक्रियाओं को करने से उसे कुछ भी नहीं मिलता था। फलतः उसमें खीझ (annoyance) उत्पन्न होती थी। इस तरह से यदि थॉनडाइक के इस प्रभाव नियम पर ध्यानपूर्वक विचार किया जाय तो इससे स्पष्ट हो जाता है कि किसी सही अनुक्रिया (response) को करके ही प्राणी पुरस्कार (reward) प्राप्त कर पाता है जिसके प्रभाव से भविष्य में उस सही अनुक्रिया के होने की संभावना तीव्र हो जाती है। अतः सही अनुक्रिया पुरस्कार पाने में सहायक (instrumental) होती है। इस अर्थ में थॉर्नडाइक ने साधनात्मक या क्रियाप्रसूत सीखना (instrumental learning) का बीजारोपण अपने सिद्धान्त में किया जिसे बाद में स्कीन्नर (Skinner) ने पूर्णरूपेण अपने सिद्धान्त में सम्मिलित कर सीखने का एक नया सिद्धान्त बनाया जिसकी चर्चा आगे की जायेगी।

कुछ मनोवैज्ञानिकों द्वारा प्रभाव नियम की व्याख्या पर आपत्तियाँ उठायी गयी है। इस तरह की मुख्य दो आपत्तियाँ निम्नांकित हैं:—

(i) प्रभाव नियम में संतोषजनक प्रभाव (satisfying effect) तथा खीझ (annoyance) दो ऐसे पद (terms) हैं, जो आलोचकों के अनुसार पूर्णतः आत्मगत (subjective) हैं तथा ऐसे भी हैं जिनसे पशु व्यवहार की व्याख्या ठीक ढंग से नहीं हो पाती है। यह कैसे जाना जा सकता है कि पशु में अमुक क्रिया करने के बाद उसमें संतुष्टि (satisfaction) हो रही है या खीज (annoyance) उत्पन्न हो रही है। थॉर्नडाइक द्वारा आलोचकों के इस विचार का खण्डन किया गया है और उन्होंने कहा है कि संतुष्टि (satisfaction) तथा खीझ आत्मगत पद (subjective term) नहीं है। इन्हें हम वस्तुनिष्ट ढंग से समझ सकते हैं और परिभाषित भी कर सकते हैं। थॉर्नडाइक[2] (Thorndike, 1913) ने इन दोनों अवस्थाओं को वस्तुनिष्ठ रूप से इस प्रकार परिभाषित किया है, ''संतुष्टि उत्पन्न करने वाली अनुक्रिया से तात्पर्य वैसी अनुक्रिया से होता है जिससे बचने या दूर रहने के लिए प्राणी कुछ नहीं करता है बल्कि प्रायः उसे करने की कोशिश करता है। खीझ (annoyance) उत्पन्न करने वाली अनुक्रिया से तात्पर्य वैसी अनुक्रिया से होता है जिसे पशु बनाये रखने के लिए भी कोशिश नहीं करता है बल्कि प्रायः वह वैसा ही व्यवहार करता है जिससे वह अनुक्रिया समाप्त हो जाय।''

(ii) दूसरी आपत्ति यह थी कि प्रभाव नियम में पूर्वगामी प्रभाव (backward effect) का दोष सम्मिलित हैं। इस नियम के अनुसार प्राणी किसी उद्दीपक (stimulus) के प्रति अनुक्रिया (response) पहले करता है उसके बाद उसे पुरस्कार (reward) मिलता है। अतः अनुक्रिया पहले होती है और पुरस्कार बाद में मिलता है। आलोचकों का मत है कि किसी घटना का प्रभाव तो आगे आनेवाले समय में होता है। इसका प्रभाव उस अनुक्रिया पर कैसे हो सकता है, जो

1. "The law of effect refers to the strengthening or weakening of a connection as a result of consequences. When a modifyable connection in made and is accompanied by or followed by a satisfying state of affairs, the strength of connection is increased. If the connection is made and followed by an annoying state of affairs, its strength is decreased." —Hilgard & Bower : *Theories of Learning*,1975 p. 33
2. "By a satisfying state of affairs is meant one which the animal does nothing to avoid, doing things which maintain or renew it. By an annoying state of affair is meant one which the animal does nothing to preserve, often doing things which put an end to it." —Throndike : *Educational psychology*, 1913, vol. 1, p. 2

इस घटना के पहले ही हो गया है। थॉर्नडाइक के प्रयोग में बिल्ली सिटकिनी गिराकर दरवाजा पहले खोल लेती है और बाद में उसे भोजन (पुरस्कार) मिलता है। पुरस्कार मिलने की घटना का प्रभाव उससे पहले होने वाली अनुक्रिया (response) पर कैसे पड़ सकता है? लेकिन यह आपत्ति भी गलत साबित हो गयी है। थॉर्नडाइक ने बतलाया कि किसी भी पुरस्कृत अनुक्रिया (reward response) के भविष्य में होने की सम्भावना अपने आप अधिक हो जाती है। उसी तरह दंडित अनुक्रिया (punished response) के भविष्य में होने की सम्भावना अपने आप कम हो जाती है। यही कारण है कि पुरस्कार देने से प्राणी उसी अनुक्रिया को करना चाहता है और फलस्वरूप सीख लेता है तथा दण्ड देने से प्राणी उस अनुक्रिया को नहीं दोहराता है और फलस्वरूप प्राणी उसे नहीं सीख पाता है।

इन प्रमुख नियमों के अलावा भी थॉर्नडाइक ने पाँच सहायक नियमों (subordinate laws) का भी प्रतिपादन किया परन्तु ये सभी नियम बहुत महत्त्वपूर्ण नहीं हो पाये क्योंकि वे स्पष्ट रूप से प्रमुख नियमों से ही सम्बन्धित थे। संक्षेप में, इन सहायक नियमों का वर्णन इस प्रकार है—

(i) **बहुक्रिया** (*multiple response*)—इस नियम के अनुसार किसी भी सीखने की परिस्थिति में प्राणी अनेक अनुक्रिया(responses)करता है जिसमें से प्राणी उन अनुक्रिया को सीख लेता है जिससे उसे सफलता मिलती हे।

(ii) **तत्परता या मनोवृत्ति** (*set or attitude*)—तत्परता या मनोवृत्ति से इस बात का निर्धारण होता है कि प्राणी किस अनुक्रिया को करेगा, किस अनुक्रिया को करने से कम संतुष्टि तथा किस अनुक्रिया को करने से अधिक संतुष्टि आदि मिलेगी।

(iii) **तत्त्व प्रबलता** (*prepotency of elements*)—इस नियम के अनुसार किसी भी सीखने की परिस्थिति में सुसंगत (relevant) तथा असुसंगत (irrelevant) दोनों ही तरह के तत्त्व (elements) होते हैं जिनकी प्रबलता या सार्थकता अलग-अलग होती है। व्यक्ति सुसंगत तत्त्वों को अलग कर लेता है क्योंकि इसकी सार्थकता अपेक्षाकृत अधिक होती है।

(iv) **सादृश्य अनुक्रिया** (*response by similarity or analogy*)—इस नियम के अनुसार प्राणी किसी नयी परिस्थिति में वैसी ही अनुक्रिया को करता है जो उसके गत अनुभव या पहले सीखी गयी अनुक्रिया के सदृश होता है।

(v) **साहचर्यात्मक स्थानान्तरण** (*associative shifting*)—इन नियम के अनुसार कोई अनुक्रिया जिसके करने की क्षमता व्यक्ति में है, एक नये उद्दीपक (stimulus) से भी उत्पन्न हो सकती है। यदि एक ही अनुक्रिया को लगातार एक ही परिस्थिति में कुछ परिवर्तन के बीच उत्पन्न किया जाता है तो अन्त में वही अनुक्रिया एक बिलकुल ही नये उद्दीपक से भी उत्पन्न हो जाती है।

1930 के पहले थॉर्नडाइक के सम्बन्धवाद सिद्धान्त (connectionistic theory) की स्थिति यही थी। ऊपर किये गये वर्णन से यह भी स्पष्ट है कि थॉर्नडाइक के दोनों प्रधान नियमों अर्थात् प्रभाव नियम तथा अभ्यास नियम की आलोचना की गयी है और स्वयं थॉर्नडाइक भी उनमें से अधिकतर आलोचनाओं से सहमत थे। अतः उन्होंने अपने सम्बन्धवाद के सिद्धान्त में महत्त्वपूर्ण परिवर्तन किया जिसका प्रकाशन 1930 के बाद हुआ।

1930 के बाद का सम्बन्धवाद (*Connectionism after 1930*)—1930 के बाद का सम्बन्धवाद 1930 के पहले के सम्बन्धवाद से पूर्णतः भिन्न था। नये सम्बन्धवाद की मुख्य विशेषता निम्नांकित थी—

(i) अभ्यास नियम का खण्डन (Disproof of law of exercise)
(ii) प्रभाव नियम का संक्षेपण (Truncation of law of effect)
(iii) प्रभाव प्रसार (Spread of effect)

इन तीनों विशेषताओं का वर्णन इस प्रकार है:—

(i) अभ्यास नियम का खण्डन (*Disproof of law exercise*)—थॉर्नडाइक के सामने अनेक प्रयोगों के परिणाम उपलब्ध थे जिसमें यह स्पष्ट रूप से दिखला दिया गया था कि मात्र अभ्यास से सीखने की प्रक्रिया नहीं हो पाती है। कुछ मनोवैज्ञानिकों ने रेखा-खींचने का प्रयोग (line-drawing experiment) करके यह दिखला दिया था कि जब प्रयोज्य को प्रत्येक प्रयास (trial) में की गयी अनुक्रिया की परिशुद्धता (accuracy) के बारे में परिणाम-ज्ञान (knowledge of result) दिया जाता है और जब इस तरह का परिणाम ज्ञान उसे नहीं दिया जाता है तो दोनों अवस्थाओं में अभ्यास की मात्रा समान होने के बावजूद भी सीखने की प्रक्रिया परिणाम-ज्ञान की अवस्था में तेजी से होती

है। इस संदर्भ में थॉर्नडाइक ने अपने नियम का खण्डन करते हुए कहा हैं कि प्राणी मात्र अभ्यास से ही किसी भी जटिल अनुक्रिया को नहीं सीखता है। हाँ, जब अनुक्रिया अति सरल होती है, तो वहाँ अभ्यास का महत्त्व होता है। हिलगार्ड तथा बॉअर[1] (Hilgard & Bower, 1975) के अनुसार यह कहा जा सकता है, ''सीखने के नियम के रूप में अभ्यास नियम को व्यवहारिक रूप से. त्याग दिया गया है। मात्र अभ्यास के फलस्वरूप किसी की शक्ति नहीं के बराबर बढ़ती है।''

(ii) प्रभाव नियम का संक्षेपण (*Truncation of the law of effect*)—1930 के बाद के सम्बन्धवाद में प्रभाव नियम आधा ही सत्य रहा। थॉर्नडाइक के सामने कुछ प्रयोग के परिणाम के तथ्य सामने थे जिससे यह स्पष्ट था कि पुरस्कार (reward) तथा दण्ड (punishment) का प्रभाव बराबर (equal) तथा एक-दूसरे के प्रतिकूल (opposite) नहीं होता है। फलस्वरूप, थॉर्नडाइक ने अपने प्रभाव नियम में संशोधन (modification) करते हुए यह कहा कि पुरस्कार का प्रभाव सीखी जाने वाली अनुक्रिया पर दण्ड के प्रभाव की अपेक्षा काफी अधिक होता है। पुरस्कार के प्रभाव से भविष्य में किसी अनुक्रिया के होने की संभावना बढ़ जाती है। परन्तु दण्ड (punishment) से कोई भी अनुक्रिया कमजोर नहीं होती है। दूसरे शब्दों में दण्ड, जैसा कि पहले समझा जाता था, किसी अनुक्रिया को कमजोर करने में (अर्थात् भविष्य में उसे न होने देने में) प्रभावकारी नहीं होता है। इस तरह से स्पष्ट है कि 1930 के बाद प्रभाव नियम आधा ही सत्य रह गया। पुरस्कार से उद्दीपक-अनुक्रिया का सम्बन्ध मजबूत होता है परन्तु दण्ड से कमजोर नहीं होता है (*Reward strengthens a connection but punishment does not weaken it*)।

यह संक्षेपित प्रभाव नियम (truncated law of effect) स्वयं थॉर्नडाइक (Thorndike, 1932) द्वारा किये गये एक प्रयोग पर आधारित था। उनका यह प्रयोग मुर्गी के बच्चों (chickens) पर किया गया। इन चूजों को एक भूलभुलैया (maze) में छोड़ दिया गया जिसमें एक सही पथ था और दो अन्ध पथ थे। सही पथ में जाने पर चूजों को पुरस्कार (जैसे भोजन, अन्य चुजों की टोली तथा घूमने फिरने की स्वतंर्त्रता) मिलता था तथा अन्ध पथ में जाने से उन्हें दण्ड के रूप में 30 सेकेण्ड तक भीतर बन्द कर दिया जाता था। परिणाम में देखा गया कि अन्ध पथ में जो चूजे अक्सर जाते थे, सही पथ में भी वे जाया करते थे तथा सही पथ में जाने वाले चूजों में सही पथ की ओर जाने की प्रवृत्ति अधिक होती थी। अतः स्पष्ट हो जाता है कि दण्ड से अनुक्रिया (response) का होना कमजोर नहीं पड़ता, यानी दण्ड किसी अनुक्रिया की कमजोर करने में प्रभावकारी नहीं होता है जबकि पुरस्कार किसी अनुक्रिया को मजबूत करने में प्रभावकारी होता है। इसी तरह के कई और भी प्रयोग थॉर्नडाइक ने व्यक्तियों (human being) पर किया। इन प्रयोगों में व्यक्तियों को एक स्पैनिश शब्द (Spanish word) तथा साथ-ही-साथ अंगेजी शब्द (English words) दिये गये। प्रयोज्य (subject) को स्पैनिश शब्द का सही अनुवाद दिये गए पाँच अंग्रेजी शब्दों में से किसी एक को चुनकर बतलाना होता था। प्रयोगकर्त्ता पुरस्कार के रूप में 'सही' (right) कहता था तथा दण्ड के रूप में 'गलत' (wrong) कहता था। कई प्रयासों (trials) तक यह प्रक्रिया दोहरायी गयी। प्रत्येक प्रयास में स्पैनिश शब्द तथा उसके सम्भावित पाँच अंग्रेजी शब्दों के अनुवाद में अदल-बदल कर दी जाती थी। परिणाम में यह देखा गया है कि प्रयोज्य उन शब्दों को भी दोहराते थे जिन्हें प्रयोगकर्ता (experimenter) द्वारा गलत कहा जाता था। 'सही' कहे जानेवाले शब्दों की पुनरावृत्ति तो होती ही थी परन्तु 'गलत' कहे जानेवाले शब्दों की आवृत्ति (frequency) में भी कमी नहीं आयी। स्पष्ट है कि मानव व्यक्तियों से प्राप्त परिणाम चूजों पर किये गये प्रयोग के परिणाम के समान थे। इन प्रयोगों के परिणाम को ध्यान में रखते हुए थॉर्नडाइक[2] (Thorndike, 1932) ने निष्कर्ष रूप में कहा, ''सभी तरह के प्रयोगों के परिणाम की कहानी एक ही थी। पुरस्कार देने से किसी उद्दीपक-अनुक्रिया का सम्बन्ध घनिष्ठ तथा मजबूत हो जाता था तथा दण्ड से ऐसे सम्बन्ध या तो बिलकुल ही कमजोर नहीं होते थे या होते थे भी तो नाम मात्र के।''

---

1. "The law of exercise was practically renounced as a law of learning only a trivial amount of strengthening of connections being left as a function of mere repetition."
—Hilgard & Bower : Theories of Learning, 1975, p.38
2. "The results of all comparisons by all methods tell the same story. Rewarding a connection always strengthened it substantially, punishing it weakened it little or not at all."—Thorndike : Reward & Punishment in animal Learning : *Comparative Psychological Monograph*, 1932, 8 (39). p. 58

लेकिन यह कहना अनुचित नहीं होगा कि थॉर्नडाइक ने यह स्वीकार किया कि दण्ड (punishment) का प्रभाव परोक्ष रूप से अनुक्रिया पर पड़ता है यानी किसी अनुक्रिया को कमजोर करता है भले ही उसका प्रभाव सीधे (directly) नहीं पड़ता हो। जैसा कि हिलगार्ड तथा बॉअर[1] (Hilgard & Bower, 1981) ने कहा है, ''सिर्फ (दण्ड का) सीधे पड़ने वाले प्रभाव को अस्वीकार किया गया। थॉर्नडाइक के अनुसार दण्ड से सीखना प्रभावित होता है लेकिन परोक्ष रूप से।''

(iii) प्रभाव-प्रसार (*Spread of effect*)—प्रभाव-प्रसार की घटना को थॉर्नडाइक ने प्रभाव-नियम के समर्थन में 1933 में प्रतिपादन किया। जैसा कि नाम से ही स्पष्ट है, इस घटना में पुरस्कार के प्रभाव का प्रसार पुरस्कार अनुक्रिया (rewarded reponses) तक ही नहीं रहता है बल्कि अगल-बगल की दण्डित अनुक्रियाओं (punished responses) पर भी पड़ता है जिसका असर यह होता है कि पुरस्कृत अनुक्रिया तो मजबूत हो ही जाती है साथ-ही-साथ अगल-बगल की दण्डित अनुक्रिया (punished response) भी मजबूत हो ही जाती है। इसके समर्थन में थॉर्नडाइक ने एक प्रयोग किया जिसमें प्रयोज्य को एक उद्दीपक शब्द (stimulus word) सुनकर एक से दस तक की संख्या को बोलकर अनुक्रिया करना था। पूर्वनियोजित क्रम के अनुसार (जो प्रयोज्य को पता नहीं था) थॉर्नडाइक कुछ अनुक्रिया को 'सही' कहकर मौखिक पुरस्कार देते थे तथा कुछ अनुक्रिया को 'गलत' कहकर मौखिक दण्ड देते थे। परिणाम में देखा गया कि पुरस्कार का प्रभाव सिर्फ पुरस्कृत अनुक्रिया पर ही नहीं पड़ा बल्कि अगल-बगल की दण्डित अनुक्रिया पर भी पड़ा। दूसरे शब्दों में, व्यक्ति दंडित अनुक्रिया को भी दोहराते पाया गया। इस प्रयोग से स्पष्ट हो गया कि पुरस्कृत अनुक्रिया का प्रभाव अगल-बगल की दण्डित अनुक्रियाओं तक फैल जाता है। बाद में टिल्टन (Tilton, 1954) ने भी प्रभाव-प्रसार की प्रयोगात्मक जाँच किया और बतलाया कि सिर्फ पुरस्कृत अनुक्रिया के प्रभाव का ही प्रसार नहीं होता है बल्कि ठीक उसी तरह दण्डित अनुक्रिया का प्रभाव का भी प्रसार होता है। टिल्टन के अनुसार जिस तरह जब एक पुरस्कृत अनुक्रिया कई दण्डित अनुक्रिया के बीच होती है तो उसका प्रभाव अगल-बगल की दण्डित अनुक्रिया तक फैल जाता है, उसी तरह जब एक दण्डित अनुक्रिया कई पुरस्कृत अनुक्रियाओं के बीच में होता है तो उस दण्डित अनुक्रिया का प्रभाव अगल-बगल की पुरस्कृत अनुक्रिया तक फैल जाता है। टिल्टन के इस परिणाम से एक ओर थॉर्नडाइक के प्रभाव-प्रसार को जहाँ समर्थन मिलता है (खासकर टिल्टन के परिणाम के पहले भाग द्वारा) वहाँ दूसरी ओर (खासकर टिल्टन के परिणाम के दूसरे भाग द्वारा) प्रभाव-नियम (law of effect) पर आघात भी पहुँचता है क्योंकि थार्नडाइक ने इस नियम में दण्ड के प्रभाव को अधिक महत्त्वपूर्ण होते नहीं बतलाया था। कुछ अन्य मनोवैज्ञानिकों ने भी प्रभाव-प्रसार की आलोचना की है। इसके बावजूद भी प्रभाव-प्रसार की घटना को आजकल के मनोवैज्ञानिकों द्वारा मान्यता प्राप्त है।

इस तरह से हम देखते हैं कि थॉर्नडाइक के सीखने का सिद्धान्त दो चरणों में प्रतिपादित किया गया है। आजकल इनके सिद्धान्त को मूलतः दो प्रमुख विशेषताओं या गुणों के कारण महत्त्वपूर्ण माना जाता है। पहला तो यह है कि थॉर्नडाइक ने अपने सिद्धान्त में साधनात्मक सीखना (instrumental learning) की नींव डाली जिसे बाद में स्कीन्नर (Skinner) ने साधनात्मक अनुबंधन (instrumental conditioning) का नाम देकर अधिक विकसित किया तथा दूसरे थॉर्नडाइक के सिद्धान्त में पुनर्बलन (reinforcement) को सीखने के लिए महत्त्वपूर्ण माना गया और इस तरह से थॉर्नडाइक प्रथम ऐसे सिद्धान्तवादी (theorist) थे जिन्होंने सीखने की प्रक्रिया में पुनर्बलन के महत्त्व पर बल दिया। इन गुणों के बावजूद भी कुछ मनोवैज्ञानिकों ने थॉर्नडाइक के सिद्धान्त की आलोचना की है, जो इस प्रकार है—

(i) थॉर्नडाइक के सिद्धान्त के विश्लेषण से स्पष्ट है कि उन्होंने सीखने के लिए पुनर्बलन (reinforcement) को आवश्यक माना। यदि बिल्ली को दरवाजा खुलने के बाद भोजन (जो एक पुनर्बलन था) नहीं मिलता, तो बिल्ली सिटकीनी गिराकर दरवाजा खोलना नहीं सीखती। टॉलमैन तथा हॉनजनिक (Tolman & Honzik, 1930), ब्लोजेट्ट (Blodgett, 1929) ने चूहों पर प्रयोग कर दिखला दिया है कि उन चूहों द्वारा भूलभुलैया सीखना (maze learning) जिन्हें प्रथम कुछ दिनों तक भोजन नहीं दिया गया था, ठीक उसी प्रकार सम्पन्न हुआ जिन्हें प्रत्येक दिन भूलभुलैया सीखने के लिए भोजन दिया जाता था। हाँ, अन्तर इतना अवश्य था कि जब तक भोजन नहीं दिया जाता था, सीखी गयी प्रक्रिया भीतर दबी हुई थी। जैसे ही भोजन दिया गया, सीखने की प्रक्रिया स्पष्ट निष्पादन (performance)

---

1. "Only direct weakening was denied. According to Thorndike, punishments do affect learning, but indirectly."
—Hilgard & Bower : *Theories of Learning*, 1981, p. 31

के रूप में अभिव्यक्त होने लगी। अत: टॉलमैन, हॉनजिक एवं ब्लौजेट आदि मनोवैज्ञानिकों का विचार था कि सीखने के लिए पुनर्बलन (reinforcement) आवश्यक नहीं है। हाँ, सीखी गयी अनुक्रिया को स्पष्ट रूप से व्यक्त करने के लिए पुनर्बलन आवश्यक होता है।

(ii) थॉर्नडाइक के सिद्धान्त पर गौर करने से यह भी स्पष्ट हो जाता है कि इस सिद्धान्त के अनुसार सीखने की प्रक्रिया में सूझ (insight) का कोई महत्त्व नहीं होता है। प्राणी प्रयत्न तथा भूल की प्रक्रिया द्वारा मात्र अभ्यास (practice) से ही किसी अनुक्रिया को सीख लेता है। गेस्टाल्टवादी मनोवैज्ञानिकों (Gestalt psychologists) विशेषकर कोहलर (Kohler) तथा कौफ्फका (Koffka) ने कई प्रयोग वनमानुष (chimpanzees) पर करके यह दिखला दिया है कि सीखने की प्रक्रिया सिर्फ अभ्यास (practice) से ही नहीं होती है बल्कि इसमें सूझ का होना अनिवार्य है। प्राणी सीखने के लिए दी गयी परिस्थिति को पूर्णरूपेण (as a whole) समझने की कोशिश करता है जिसके फलस्वरूप उसमें सूझ (insight) विकसित होती है और प्राणी उस अनुक्रिया को सीख लेता है। अतः मात्र अभ्यास से सीखने की प्रक्रिया नहीं होती है।

इन आलोचनओं के बावजूद भी थॉर्नडाइक द्वारा प्रतिपादित सीखने का यह सिद्धान्त काफी महत्त्वपूर्ण सिद्धान्त है। खासकर इनके द्वारा प्रतिपादित प्रभाव नियम (law of effect) तथा प्रभाव-प्रसार (spread of effect) को आज भी मनोवैज्ञानिकों के बीच काफी मान्यता प्राप्त है और इस क्षेत्र में कार्य करने वाले मनोवैज्ञानिक थॉर्नडाइक के प्रति काफी आभारी है। पोस्टमन[1] (Postman, 1962) के शब्दों में हम इन निष्कर्ष पर पहुँचते हैं—

''सीखने की प्रक्रिया का रूप (picture) जिसे थॉर्नडाइक ने करीब 50 साल पहले तैयार किया था, आज भी काफी चर्चित है। मानव सीखने की कोई भी विस्तृत सिंद्धान्त (comprehensive theory) थॉर्नडाइक द्वारा दिये गये तथ्यों की अवहेलना नहीं कर सकता है।''

स्कीन्नर का सिद्धान्त (Skinner's Theory)

स्कीन्नर (Skinner) द्वारा प्रतिपादित सीखने का सिद्धान्त एक उद्दीपक-अनुक्रिया उपागम (approach) है। उन्होंने यह स्पष्टतः कहा है कि सीखने की व्याख्या करने के लिए कोई जटिल सिद्धान्त की आवश्यकता नहीं है और न ही उसकी व्याख्या करने के लिए दैहिक चरों (physiological variables) की आवश्यकता है। यही कारण है कि उनके उपागम या सिद्धान्त का *'रिक्त-प्राणी उपागम'* (empty organism approach) भी कहा गया है। सीखने की व्याख्या करने के लिए उन्होंने मापनीय व्यवहार (measurable behaviour) तथा उद्दीपकों के बीच कार्यात्मक विश्लेषण (functional analysis) पर अधिक बल डाला है। उन्होंने सीखने की व्याख्या निम्नांकित प्रमुख सैद्धान्तिक सम्प्रत्ययों (theoretical concepts) के माध्यम से किया है—

1. प्रतिवादी अनुक्रियां तथा क्रियाप्रसूत (Respondent response and Operant response)
2. टाइप-एस अनुबन्धन (Type-S conditioning) तथा टाइप-आर अनुबन्धन (Type-R conditioning)
3. क्रियाप्रसूत अनुबन्धन के नियम (Principle of Operant conditioning)
4. स्कीन्नर बकस (Skinner box)
5. संचयी रेकार्डिंग (Cumulative recording)
6. लीभर दबाने की अनुक्रिया का अनुबन्धन (Conditioning of lever pressing response)
7. धनात्मक (positive) तथा ऋणात्मक (negative) पुनर्बलन (reinforcement)
8. दंड (Punishment)
9. पुनर्बलन अनुसूची (Schedules of reinforcement)

---

1. "The picture of the learning process which Thorndike sketched more than fifty years ago is still very much on the books. No comprehensive theory of human learning can afford to ignore the heritage left to us by Thorndike."
—Postman : *Psychology in making*, 1962. p. 397

10. शेपिंग (Shaping)
11. विलोपन (Extinction) तथा पुनर्लाभ (Spontaneous recovery)
12. श्रृंखलाबद्धता (Chaining)
13. शाब्दिक व्यवहार (Verbal behaviour)
14. कार्यक्रमिक सीखना (Programmed learning)

इन सभी बिन्दुओं का वर्णन निम्नांकित है:—

1. प्रतिवादी अनुक्रिया तथा क्रियाप्रसूत अनुक्रिया *(Respondent response and Operant response)*—स्कीन्नर ने अपने सिद्धान्त में अनुक्रिया के दो प्रकार बतलाया है—प्रतिवादी अनुक्रिया (respondent response) तथा कियाप्रसूत अनुक्रिया (operant response)। प्रतिवादी अनुक्रिया से तात्पर्य वैसी अनुक्रिया से होता है जिसकी उत्पत्ति किसी ज्ञात उद्दीपक (stimulus) से होता है तथा जिसका स्वरूप अनैच्छिक (involuntary) होता है। जैसे, पैवलव के प्रयोग में कुत्ते द्वारा घंटी की आवाज पर या भोजन देखकर लार का स्राव करना एक प्रतिवादी अनुक्रिया का उदाहरण है। क्रियाप्रसूत अनुक्रिया से तात्पर्य वैसी अनुक्रिया से होता है जिसकी उत्पत्ति किसी ज्ञात उद्दीपक से नहीं होती है बल्कि ऐसी अनुक्रियाओं को प्राणी द्वारा उत्सर्जित (emit) किये जाते हैं। ऐसी अनुक्रियाओं का स्वरूप ऐच्छिक (voluntary) होता है। टहलना, हँसना, स्कीन्नर बक्स में चूहा द्वारा लीवर दबाना आदि क्रियाप्रसूत अनुक्रिया के उदाहरण हैं। चूँकि ऐसी अनुक्रियाओं का सम्बन्ध प्रारम्भ में किसी ज्ञात उद्दीपक के साथ नहीं होता है, इसलिए ऐसा लगता है कि ऐसी अनुक्रियाएँ अपने आप होते मालूम पड़ती है। प्रतिवादी अनुक्रिया तथा क्रियाप्रसूत अनुक्रिया में दूसरा अंतर यह है कि प्रतिवादी अनुक्रिया उस उद्दीपक द्वारा नियंत्रित होता है जो उसके पहले दिया गया था परन्तु क्रियाप्रसूत व्यवहार का नियंत्रण उसके परिणाम (consequence) द्वारा होता है। चूँकि दिन-प्रतिदिन की जिन्दगी में क्रियाप्रसूत व्यवहार ही ज्यादा होता है, अतः उन्होंने ऐसे ही व्यवहार के सीखने की व्याख्या को अपने सिद्धान्त का मूल उद्देश्य रखा है।

2. टाइप-एस अनुबन्धन *(Type-S conditioning)* **तथा टाइप-आर अनुबन्धन** *(Type-R conditioning)*—दो तरह की उपर्युक्त अनुक्रियाओं के अनुरूप दो तरह के अनुबन्धन (conditioning) भी होता है—टाइप-एस अनुबन्धन (Type-S conditioning) तथा टाइप-आर अनुबन्धन (Type-R conditioning)। टाइप-एस अनुबन्धन को *प्रतिवादी अनुबन्धन* (respondent conditioning) भी कहा जाता है तथा यह *क्लासिकी अनुबन्धन* (classical conditioning) के समरूप (identical) है। अतः यह कहा जा सकता है कि प्रतिवादी अनुक्रिया का अनुबन्धन टाइप-एस अनुबन्धन कहलाता है। इसे टाइप-एस अनुबन्धन इसलिए कहा जाता है कि ऐसे अनुबन्धन में जिस अनुक्रिया का अनुबन्धन होता है, उसे उत्पन्न करने में उद्दीपक (stimulus) जो पुनर्बलन से सम्बन्धित होता है, की भूमिका महत्त्वपूर्ण होती है। पैवलोवियन अनुबंधन (Pavlovian conditioning) तथा रेसकोलरा-वैगनर का क्लासिकी अनुबन्धन टाइप-एस अनुबन्धन का उदाहरण है।

टाइप-आर अनुबन्धन वैसे अनुबन्धन को कहा जाता है जिसमें क्रियाप्रसूत अनुक्रिया (operant response) का अनुबन्धन होता है। टाइप-आर अनुबन्धन को क्रियाप्रसूत अनुबन्धन (operant conditioning) या साधनात्मक अनुबन्धन (instrumental conditioning) भी कहा जाता है। इसे टाइप-आर अनुबन्धन इसलिए कहा जाता है, क्योंकि इसमें अनुक्रिया (response) की भूमिका महत्त्वपूर्ण होती है और इसी अनुक्रिया के परिणाम (अर्थात् पुनर्बलन) के आधार पर उस अनुक्रिया का अनुबन्धन निर्भर करता है। स्कीन्नर का सम्बन्ध टाइप-आर अनुबन्धन से है।

टाइप-एस तथा टाइप-आर अनुबन्धन में मोटे तौर पर निम्नांकित दो अंतर है—

(i) टाइप-आर अनुबन्धन में अनुबन्धन की शक्ति अनुक्रिया की दर (response rate) के रूप में अभिव्यक्त होती है जबकि टाइप-एस अनुबन्धन की शक्ति (strength) अनुक्रिया (conditioned response) की मात्रा (magnitude) द्वारा अभिव्यक्त होती है।

(ii) टाइप-आर अनुबन्धन का सम्बन्ध ऐच्छिक क्रियाओं (voluntary or skeletal response) से होता है जबकि टाइप-एस अनुबन्धन का सम्बन्ध अनैच्छिक या स्वचल (involuntary or automatic) अनुक्रियाओं से होता है।

3. क्रियाप्रसूत अनुबन्धन के नियम (*Principle of Operant Conditioning*)—स्कीन्नर ने क्रियाप्रसूत अनुबंधन के नियम की व्याख्या इस प्रकार किया है, ''क्रियाप्रसूत अनुक्रिया के बाद जब पुनर्बलित उद्दीपक (reinforcing stimulus) को दिया जाता है, तो इससे उसकी शक्ति बढ़ जाती है।''[1] इस नियम के विश्लेषण से निम्नांकित दो विशेषताओं की झलक मिलती है—

(i) कोई भी क्रियाप्रसूत अनुक्रिया जिसके बाद पुनर्बलित उद्दीपक दिया जाता है, उसे प्राणी दोहराता है।

(ii) पुनर्बलित उद्दीपक वह उद्दीपक होता है जिससे क्रियाप्रसूत अनुक्रिया के होने की संभावना में वृद्धि हो जाती है।

स्पष्टतः तब क्रियाप्रसूत अनुबन्धन में व्यवहार तथा उसके परिणाम (consequence) पर बल दिया गया है। क्रियाप्रसूत अनुबन्धन के लिए यह आवश्यक है कि प्राणी इस ढंग से अनुक्रिया करे कि उससे पुनर्बलित उद्दीपक (reinforcing stimulus) की प्राप्ति हो सके। इसका स्पष्ट मतलब यह हुआ कि क्रियाप्रसूत अनुबन्धन में सापेक्ष पुनर्बलन (contingent reinforcement) पर बल डाला जाता है।

4. स्कीन्नर बकस (*Skinner box*)—स्कीन्नर ने अपना अधिकतर प्रारंभिक प्रयोग चूहों पर एक विशेष छोटे जाँच कक्ष (small test chamber) में किया जिसे उन्होंने नाम रखा था—*क्रियाप्रसूत अनुबन्धन कक्ष* (operant conditioning chamber)। परन्तु बाद में स्कीन्नर के शिष्यों ने अपने गुरू के सम्मान में इस कक्ष का नाम स्कीन्नर बकस (Skinner box) रख दिया और इसी नाम से वह कक्ष लोकप्रिय हो गया। इस बक्स में एक जाली फर्श (grid floor), रोशनी, एक लीवर तथा एक भोजन कप (food cup) होता है। इसमें चूहा को लीवर दबाने की अनुक्रिया को सीखलाया जाता है। (चित्र 7.4 देखें) बाद में स्कीन्नर ने कई प्रयोग कबूतर बक्स में भी किये।

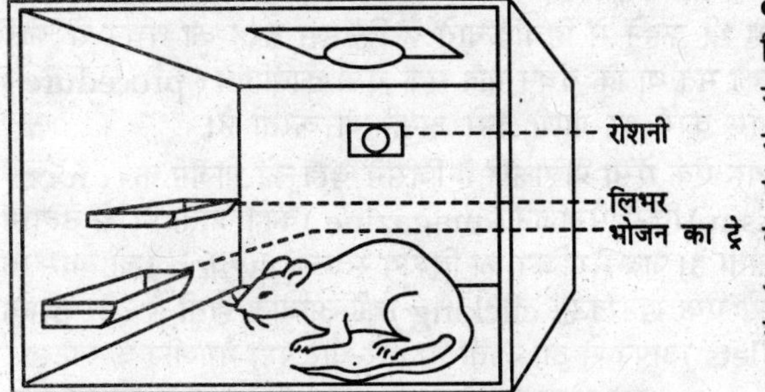

चित्र 7.4 : स्कीन्नर बकस (Skinner Box)

5. संचयी रिकॉर्डिंग (*Cumulative recording*)—स्कीन्नर बकस में पशु के व्यवहार को रेकार्ड करने के लिए स्कीन्नर ने एक विशेष प्रविधि अपनाया जिसे संचयी रेकार्डिंग (comulative recording) कहा जाता है। इस विधि में

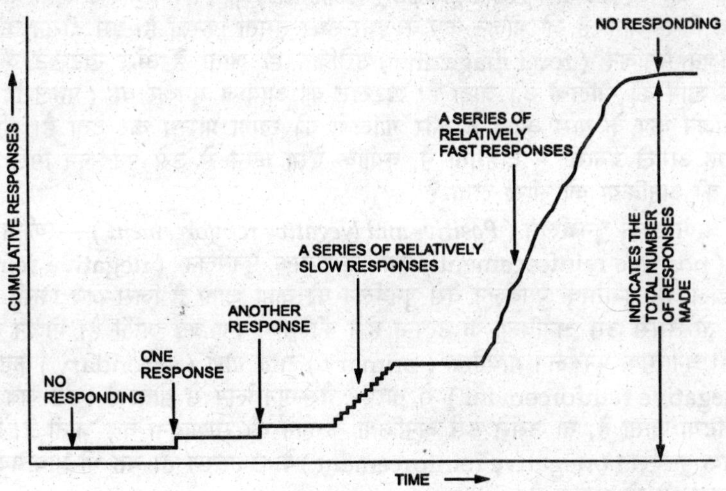

चित्र 7.5 : संचयी रेकार्डिंग (Cumulative Recording)

1. "If occurence of an operant is followed by presentation of a reinforcing stimulus, the strength is increased." —Skinner : *The Behaviour of organisms* 1938, p. 21 (quoted by Hilgard & Bower: *Theories of Learning*, 1981, p. 171)

चूहों द्वारा किये व्यवहार को एक ऐसे आलेख पर रेकार्ड किया जाता है जिसके X-अक्ष पर समय अंकित होता है तथा Y-अक्ष पर अनुक्रिया (response) की कुल संख्या (total number of responses)। जिसे संचयी रेकार्डिंग कहा जाता है। संचयी रेकार्डिंग की विशेषता यह है कि इसकी रेखा कभी भी नीचे की ओर नहीं जाती है (और इस तरह से यह अन्य आलेख से भिन्न है) यह रेखा या तो X-अक्ष के समानान्तर (parallel) रहती है या ऊपर की ओर बढ़ती है। जब यह X-अक्ष के समानान्तर होती है, तो इससे यह पता चलता है कि पशु लीवर दबाने की अनुक्रिया नहीं कर रहा है औंर जब पशु लीवर दबाने की अनुक्रिया करता है, तो रेखा ऊपर की ओर हो जाती है और वह अगली लीवर दबाने की अनुक्रिया होने तक बनी रहती है। अगर चूहा बहुत जल्दी-जल्दी लीभर दबाने की अनुक्रिया करता है तो रेखा बहुत तेजी से ऊपर की ओर चढ़ती है। रेखा के ऊपर चढ़ने की दर से लीवर दबाने की अनुक्रिया का दर (rate) का भी पता चलता है। संचयी रेकार्डिंग का एक नमूना (sample) को चित्र 7.5 में दिखलाया गया है।

6. लीभर दबाने की अनुक्रिया का अनुबन्धन (*Conditioning of lever pressing response*)—स्कीन्नर के अनुसार लीवर दबाने की अनुक्रिया के अनुबन्धंन में निम्नांकित तीन चरण (steps) होते हैं:—

(i) वंचन (*Deprivation*)—इस चरण में प्रयोग किये जाने वाले पशु को कुछ निश्चित घंटों तक भूखा या प्यासा रखा जाता है। स्कीन्नर ने यह भी कहा है कि इस तरह के वंचन का उद्देश्य पशु को अभिप्रेरित (motivate) करना नहीं है। यहाँ तक कि वे यह भी कहने में हिचकिचाते हैं कि इस तरह का बंचन से कोई अन्तर्नोद (drive) की स्थिति उत्पन्न होती है। उनका मत था कि वंचन मात्र एक ऐसी कार्यविधि (procedure) हैं जो इस बात से सम्बन्धित होता है कि दिये गए कार्य पर प्राणी कैसे अनुक्रिया करता है।

(ii) मैगजिन प्रशिक्षण (*Magazine training*)—यह एक ऐसा प्रशिक्षण है जिसमें चूहा को भोजन कप (food-cup) के पास फीडर प्रक्रम (feeder machanism) जिसे मैगजिन (magazine) कहा जाता है, से उत्पन्न आवाज को सुनकर उसके पास जाना सीखलाया जाता है। जब मैगजिन का विशेष स्वीच (switch) जो बक्स के बाहर में होता है, उत्तेजित किया जाता है, तो इससे एक खटखट (clicking) की आवाज होती है और उसके बाद भोजन कप में भोजन की गोलियाँ (food pellets) अपने से आ जातीं हैं। धीरे-धीरे पशु मैगजीन के खटखट की आवाज को भोजन के साथ साहचर्यित (associate) कर लेता है। मैगजिन प्रशिक्षण का मूल उद्देश्य पशु को यह बतला देना होता है कि उसे भोजन कप में विशेष आवाज होने पर भोजन की गोलियाँ मिल सकती है।

(iii) लीवर दबाने की अनुक्रिया (*Lever pressing response*)—मैगजिन प्रशिक्षण के बाद चूहा को स्कीन्नर बकस में छोड़ दिया जाता है जो भोजन कप के इधर-उधर घूमता फिरता है। इस दौरान वह लीवर को दबाता है जिससे भोजन मैगजिन (food magazine) उत्तेजित हो जाता है और खटखट की आवाज के साथ भोजन कप में खाने की गोलियाँ आ जातीं हैं। खटखट की आवाज सुनकर वह (पहले दिये गए प्रशिक्षण के अनुसार)—भोजन कप के पास आता है और गोलियों को खाना प्रारम्भ कर देता है। लीवर दबाने की इस प्रक्रिया को वह अगले प्रयासों में दोहराता है, क्योंकि ऐसा करने से उसे पुनर्बलन मिलता है। धीरे-धीरे वह लीवर दबाने की अनुक्रिया को सीख लेता है।

7. धनात्मक तथा ऋणात्मक पुनर्बलन (*Positive and Negative reinforcement*)—स्कीन्नर ने अपने सिद्धान्त में धनात्मक पुनर्बलन (positive reinforcement) तथा ऋणात्मक पुनर्बलन (negative reinforcement) के महत्त्व पर भी प्रकाश डाला है। धनात्मक पुनर्बलन वैसे पुनर्बलन को कहा जाता है जिसे जब किसी अनुक्रिया को करने के बाद दिया जाता है, तो उससे उस अनुक्रिया के उत्पन्न होने की सम्भावना बढ़ जाती है। भोजन तथा जल धनात्मक पुनर्बलन के उदाहरण हैं। धनात्मक पुनर्बलन प्राथमिक (primary) तथा गौण (secondary) कुछ भी हो सकता है। ऋणात्मक पुनर्बलन (negative reinforcement) से तात्पर्य वैसे पुनर्बलन से होता है जिसे जब अनुक्रिया करने के बाद परिस्थिति से हटा दिया जाता है, तो उससे उस अनुक्रिया के होने की सम्भावना बढ़ जाती है। बिजली का आघात या तीव्र रोशनी ऋणात्मक पुनर्बलन (negative reinforcement) के उदाहरण हैं। यह भी प्राथमिक (primary) या गौण (secondary) कुछ भी हो सकता है।

8. दंड (*Punishment*)—जब किसी अनुक्रिया के होने से कुछ धनात्मक चीज (positive thing) परिस्थिति से हट जाती या ऋणात्मक चीज आ जाती है, तो इसे दंड (punishment) की संज्ञा दी जाती है। स्कीन्नर का दंड के बारे में थॉर्नडाइक (Thorndike) से मिलता-जुलता विचार है। थॉर्नडाइक के ही समान स्कीन्नर का मत है कि दंड से अनुक्रिया के होने की संभावना कमती नहीं है। जब तक दंड दिया जाता रहता है या दंड मिलने का भय बना होता है,

अनुक्रिया दबी रहती है, अर्थात् प्राणी उसे नहीं करता है। परन्तु जैसे ही दंड की सम्भावना खत्म हो जाती है, अनुक्रिया अपने मौलिक स्तर (original level) पर आ जाती है। इसलिए स्कीन्नर ने दंड को अधिक महत्त्वपूर्ण नहीं माना है। इसके अलावा भी कई कारण है, जिसके चलते दंड का उपयोग महत्त्वपूर्ण नहीं माना जाता है। जैसे, इससे प्राणी में आक्रामकता (aggression) उत्पन्न होती है तथा अन्य सांवेगिक अवस्थाओं को भी उत्पन्न करता है जो वांछनीय नहीं होते हैं।

9. पुनर्बलन अनुसूची *(Schedules of reinforcement)*—प्रयोग के दौरान पुनर्बलन (reinforcement) देने के विस्तृत कार्यक्रम को पुनर्बलन अनूसूची (schedule of reinforcement) की संज्ञा दी जाती है। पुनर्बलन अनुसूची में मुख्यतः दो प्रकार के पुनर्बलन पैटर्न (reinforcement pattern) होते हैं *सतत पुनर्बलन* (continuous reinorcement) तथा *आंशिक पुनर्बलन* (partial reinforcement)। सतत् पुनर्बलन (continuous reinforcement) में प्रत्येक सही अनुक्रिया के बाद पुनर्बलन दिया जाता है तथा आंशिक पुनर्बलन (partial reinforcement) में कुछ सही अनुक्रिया के बाद पुनर्बलन दिया जाता है तथा कुछ सही अनुक्रिया के बाद पुनर्बलन नहीं दिया जाता है। आंशिक पुनर्बलन के दो प्रकार होते हैं—

(i) अनुपात पुनर्बलन अनुसूची (ratio reinforcement schedule), तथा
(ii) अन्तराल पुनर्बलन अनुसूची (interval reinforcement schedule)

अनुपात पुनर्बलन अनुसूची (ratio reinforcement schedule) वैसे अनुसूची को कहा जाता है जिसमें पुनर्बलन दिया जाने का आधार प्राणी द्वारा की गयी सही अनुक्रिया होती है। ऐसी अनुक्रिया की संख्या जितनी ही अधिक होती है, पुनर्बलन की बारम्बारता भी उतनी ही अधिक होती हैं। अनुपात पुनर्बलन अनुसूची दो प्रकार के होते हैं—*निश्चित अनुपात पुनर्बलन अनुसूची* (fixed ratio reinforcement schedule) तथा *परिवर्त्य अनुपात पुनर्बलन अनुसूची* (variable ratio reinforcement schedule)। निश्चित पुनर्बलन अनुसूची में प्रत्येक निश्चित संख्या में किये गए अनुक्रिया के बाद ही पुनर्बलन किया जाता है। जैसे, प्रयोगकर्त्ता औसतन प्रत्येक 10 वें या 12 वें अनुक्रिया को पुनर्बलित करने का निर्णय ले सकता है। परिवर्त्य अनुपात अनुसूची (variable ratio schedule) में पुनर्बलन देने की अनुक्रिया की संख्या निश्चित नहीं होती है। कभी प्रयोगकर्त्ता 10 वें अनुक्रिया के बाद पुनर्बलन दे सकता है तो कभी 5 वें अनुक्रिया के बाद तो कभी 13वें अनुक्रिया के बाद।

अन्तराल पुनर्बलन अनुसूची (interval reinforcement schedule) में पुनर्बलन देने का आधार सही अनुक्रिया नहीं होती है बल्कि समय अंतराल होती है। यह भी दो प्रकार का होता है—*निश्चित अन्तराल पुनर्बलन अनुसूची* (fixed interval reinforcement schedule) तथा *परिवर्त्य अनुपात पुनर्बलन अनुसूची* (variable interval reinforcement schedule)। जब प्रयोगकर्त्ता यह निश्चित करता है कि वह औसतन प्रत्येक 10 सेकेण्ड या प्रत्येक 50 सेकेण्ड के बाद पुनर्बलन देगा तो यह निश्चित अंतराल पुनर्बलन अनुसूची का उदाहरण होगा तथा जब वह पुनर्बलन देने के लिए कोई ऐसे निश्चित समय अंतराल न निश्चित करके अनियमित अंतरालों के बाद पुनर्बलन देता जाता है, तो इसे परिवर्त्य अंतराल पुनर्बलन अनुसूची कहा जाता है।

स्कीन्नर ने इन विभिन्न अनुसूचियों का क्रियाप्रसूत व्यवहार (operant response) के दर पर पड़ने वाले प्रभावों का भी अध्ययन किया है और कहा है कि इनसे अनुक्रिया के होने का दर काफी प्रभावित होता है जो इस प्रकार है:—

(i) सतत पुनर्बलन (continuous reinforcement) की अपेक्षा आंशिक पुनर्बलन (partial reinforcement) में क्रियाप्रसूत अनुक्रिया (operant response) की दर अधिक होती है।

(ii) परिवर्त्य अनुपात पुनर्बलन अनुसूची (variable ratio reinforcement schedule) में अनुक्रिया दर सबसे अधिक (highest rate), निश्चित अनुपात अनुसूचि (fixed ratio schedule) में बहुत उच्च अनुक्रिया दर, परिवर्त्य अंतराल अनुसूचि (variable interval schedule) में साधारण (moderate) दर तथा निश्चित अंतराल अनुसूचि (fixed interval schedule) में सबसे कम अनुक्रिया दर पाया जाता है।

(iii) दोनों तरह के निश्चित अनुसूचियों (fixed schedules) में पुनर्बलन (reinforcement) मिलने के तुरन्त बाद अनुक्रिया करने की दर (rate of responding) मन्द होती है। इसका प्रधान कारण यह है कि पुनर्बलन मिलने के तुरन्त बाद की गयी अनुक्रियाएँ पुनर्बलित नहीं होती है।

10. शेपिंग (*Shaping*)—शेपिंग एक ऐसी प्रक्रिया है जिसके द्वारा प्राणी में वांछित अनुक्रिया को पुनर्बलन (reinforcement) के आधार पर प्रोत्साहित किया जाता है। शेपिंग प्रविधि द्वारा स्कीनर यह दिखला सकने में समर्थ हुए हैं कि स्कीन्नर बक्स में पशु को जटिल अनुक्रियाओं (complex response) को करना भी सिखलाया जा सकता है। शेपिंग के दो तत्त्व (components) होते हैं—

(i) विभेदी पुनर्बलन (differential reinforcement)

(ii) क्रमिक उपागम (successive approximation)

विभेदी पुनर्बलन से तात्पर्य एक ऐसी प्रक्रिया से होती है जिसमें कुछ अनुक्रियाओं को पुनर्बलन (reinforced) किया जाता है तथा कुछ अनुक्रियाओं को पुनर्बलित नहीं किया जाता है। क्रमिक उपागम (successive approximation) में प्रयोगकर्त्ता उसी अनुक्रिया को पुनर्बलित करता है जो धीरे-धीरे उस अनुक्रिया के समान हो जाता है जिसे वह सीखलाना चाहता है। अभी हाल में यह देखा गया है कि कुछ विशेष परिस्थिति में प्राणी अपने व्यवहार को स्वयं ही एक निश्चित दिशाओं में निर्धारित करते हैं। इसे स्वतः शेपिंग (autoshaping) की संज्ञा दी जाती है।

11. विलोपन तथा पुनर्लाभ (*Extinction and spontaneous recovery*)—जब प्रयोगकर्त्ता द्वारा क्रियाप्रसूत अनुबन्धन (operant conditioning) से पुनर्बलन (reinforcement) को हटा दिया जाता है, तो संचयी रेकार्डिंग (cumulative recording) धीरे-धीरे X- अक्ष के समानान्तर (parallel) हो जाता है, जो स्पष्टतः यह बतलाता है कि स्कीन्नर बकस में लीवर दबाने की अनुक्रिया नहीं हो रही है। इसे विलोपन (extinction) की संज्ञा दी जाती है। इस तरह विलोपन के बाद अनुक्रिया दर (response rate) पुनः लौटकर उस बिन्दु पर चला जाता है जहाँ वह पुनर्बलन (reinforcement) के पहले था। इस स्तर को उस अनुक्रिया का क्रियाप्रसूत स्तर (operant level) कहा जाता है। स्कीन्नर के प्रयोगों से स्पष्ट हुआ है कि आंशिक पुनर्बलन से प्रशिक्षित होने पर पशुओं में सीखी गयी अनुक्रिया का विलोपन की गति काफी मंद होती है। इसे *आंशिक पुनर्बलन प्रभाव* (partial reinforcement effect) कहा जाता है।

विलोपन (extinction) के बाद जब पशु को प्रयोगात्मक परिस्थिति (experimental situation) में पुनः कुछ समय के बाद लाया जाता है, तो वह बिना अतिरिक्त प्रशिक्षण के ही अनुक्रिया, जैसे स्कीन्नर बकस में लीवर दबाने की अनुक्रिया, थोड़े समय के लिए करने लगता है। इसे ही पुनर्लाभ (spontaneous recovery) की संज्ञा दी जाती है।

12. शृंखलाबद्धता (*Chaining*)—स्कीन्नर का मत है कि कोई एक अनुक्रिया करने पर प्राणी एक ऐसे उद्दीपक के नजदीक आता है जो उस अनुक्रिया को तो पुनर्बलित करता ही है, साथ-ही-साथ दूसरी अनुक्रिया के लिए भी वह एक उद्दीपक का काम करता है। यह दूसरी अनुक्रिया फिर प्राणी को एक ऐसे उद्दीपक के पास लाता है जिससे वह पुनर्बलित होता है और वह एक अन्य अनुक्रिया करता है। इसे ही शृंखलाबद्ध (chaining) की संज्ञा दी जाती है। जैसे, स्कीन्नर बकस में लीवर दबाने की अनुक्रिया को ही ले लिया जाए। इसमें शृंखलाबद्धता का उदाहरण हमें देखने को मिलता है। लीवर को देखकर चूहा द्वारा लीवर के पास आना और उसे दबाना, मैगजिन की आवाज सुनकर लीवर के पास आना और उसे दबाना आदि शृंखलाबद्धता के कुछ उदाहरण हैं।

13. शाब्दिक व्यवहार (*Verbal behaviour*)—स्कीन्नर का मत है कि शाब्दिक व्यवहार (भाषा) को पुनर्बलन सिद्धान्त (reinforcement theory) के संदर्भ में व्याख्या की जा सकती है। पुनर्बलन के साथ सम्बन्ध के आधार पर स्कीन्नर ने शाब्दिक व्यवहार का वर्गीकरण चार भागों में किया है—

(i) **माण्ड** (*mand*)— 'माण्ड' शब्द अंग्रेजी का पद डिमान्ड (demand) का संक्षिप्त रूप है और इससे यह पता चलता है कि कुछ माँग की जा रही है। जब मांग पूरी हो जाती है बोला गया शब्द (माण्ड) पुनर्बलित होता है और फिर एक आवश्यकता (need) की उत्पत्ति होती है और व्यक्ति फिर उस माण्ड को दोहराता पाया जाता है।

(ii) **टैक्ट** (*tacts*)—वातावरण के किसी वस्तु का नाम बतलाने की प्रक्रिया को टैक्ट कहा जाता है। जब एक शिशु *'हाथी'* को देखकर *'हाथी'* कहता है, तो यह टैक्ट का उदाहरण होगा। इसी तरह के व्यवहार से पुनर्बलन (reinforcement) तब प्राप्त होता है जब व्यक्ति वस्तु की सही नामकरण करता है।

(iii) **प्रतिध्वनिक व्यवहार** (*echoic behaviour*)—यह ऐसा शाब्दिक व्यवहार (verbal behaviour) है जो

तब पुनर्बलित (reinforced) होता है जब व्यक्ति दूसरे द्वारा बोले गये शाब्दिक अनुक्रिया को हू-ब-हू दोहराता है। इस तरह का व्यवहार शिशुओं द्वारा जटिल शाब्दिक व्यवहार (complex verbal behaviour) को सीखने के लिए आवश्यक माना गया है।

(iv) **औटोक्लिटिक व्यवहार** (*Autoclitic behaviour*)—स्कीन्नर (Skinner) के अनुसार औटोक्लिटिक व्यवहार से तात्पर्य वैसे व्यवहार से होता है जो अन्य शाब्दिक व्यवहार पर आधारित होता है। औटोक्लिटिक व्यवहार का मुख्य कार्य अनुक्रियाओं का बतलाना, सम्बन्धों (relations) की अभिव्यक्ति करना तथा शाब्दिक व्यवहार के लिए व्याकरणी ढाँचा (grammatical framework) तैयार करना आदि होता है।

14. कार्यक्रमित सीखना (*Programmed learning*)—थॉर्नडाइक के समान स्कीन्नर भी अपने सीखने की सिद्धान्त को शिक्षा के क्षेत्र में लागू करने के लिए लालायित थे। स्कीन्नर के अनुसार शिक्षण (learning) की प्रक्रिया ठीक ढंग से तब होती है, जब—

(i) सीखी जाने वाली सूचनाओं को छोटे-छोटे चरणों या कदमों में बाँटकर उपस्थित किया जाता है।
(ii) शिक्षार्थी को उसके शिक्षण की परिशुद्धता के बारे में तुरन्त परिणाम ज्ञान दिया जाता है।
(iii) शिक्षार्थी को अपने गति से सीखने दिया जाता है।

स्कीन्नर का मत है कि स्कूल में जो भाषण (lecture) विधि से शिक्षा दी जाती है, उसमें उपर्युक्त तीनों नियमों की अवहेलना होती है। इसलिए उन्होंने उसके जगह पर कार्यक्रमित सीखना (programmed learning) को महत्त्वपूर्ण बतलाया जिसमें उपर्युक्त तीनों नियमों की पूर्ति होती है। जिस उपकरण द्वारा कार्य क्रमिक सामग्रियों (programmed material) को उपस्थित किया जाता है, इसे *शिक्षण मशीन* (teaching machine) कहा जाता है।

स्कीन्नर द्वारा प्रतिपादित सीखने का सिद्धान्त इतना विस्तृत (comprehensive) होने के बावजूद आलोचना का पात्र रहा है। इस सिद्धान्त का मुख्य आलोचनाएँ निम्नांकित हैः—

(i) इस सिद्धान्त में क्रमबद्धता (systematization) नहीं है। इस सिद्धान्त में बहुत सारे तथ्यों की व्याख्या की गयी है जिन्हें एक-दूसरे से क्रमबद्ध रूप से सम्बन्धित नहीं किया गया है। अतः सिद्धान्त एक क्रमबद्ध सिद्धान्त (systematic theory) नहीं है।

(ii) इस सिद्धान्त के अनुसार सीखने के लिए पुनर्बलन (reinforcement) का होना जरूरी है। परन्तु कुछ मनोवैज्ञानिकों जैसे टॉलमैन (Tolman, 1932) तथा ब्लौजेट्ट (Blodgett, 1929) ने कई प्रयोग करके यह साबित कर दिया है कि सीखना पुनर्बलन के अभाव में भी हो सकता है। इन लोगों ने सीखने के लिए नहीं बल्कि सीखी गयी क्रियाओं को निष्पादन के रूप में व्यक्त करने के लिए पुनर्बलन को आवश्यक माना है।

(iii) स्कीन्नर ने यह स्पष्ट शब्दों में बतलाया है कि क्रियाप्रसूत अनुबन्धन (operant conditioning) द्वारा सिर्फ क्रियाप्रसूत अनुक्रियाओं (operant responses) को ही सीखा जा सकता है। परन्तु कुछ मनोवैज्ञानिकों जैसे मिल्लर तथा डिकारा (Miller & Dicara, 1967) ने अपने प्रयोग के आधार पर यह दिखला दिया है कि साधनात्मक अनुबन्धन के सहारे प्रतिवादी अनुक्रिया(respondent responses)जैसे चूहों के हृदय गति (heart rate) का भी अनुबन्धन आसानी से किया जा सकता है। इनके प्रयोग से स्कीन्नर का दावा गलत साबित हो जाता है।

(iv) चौम्सकी (Chomsky, 1959, 1971) ने इस सिद्धान्त की आलोचना करते हुए कहा है कि स्कीन्नर ने अपने सिद्धान्त में सिर्फ उद्दीपक तथा उसके प्रति प्राणी द्वारा की गयी स्पष्ट अनुक्रियाओं पर ही अधिक बल डाला है। उनके अनुसार जबतक प्राणी की भीतरी संरचना तथा अवस्थाओं को ठीक ढंग से समझा नहीं जाता है, सीखने की व्याख्या अधूरी ही होगी।

(v) स्कीन्नर ने अपने 'स्कीन्नर-बक्स-के-भीतर-चूहे' (Rat-in-a-Skinner box) के अध्ययन से प्राप्त तथ्यों के आधार पर मानव के समाजिक जीवन (social life) तथा मानसिक जीवन की जो व्याख्या की है, वह अवैज्ञानिक है। चौम्सकी ने इस तरह की व्याख्या को प्रयोगाशाला संदर्भ (laboratory context) में तथा साथ-ही-साथ स्कीन्नर के अस्पष्ट एवं लाक्षणिक अभिव्यक्ति (metaphorical expression) की भाषा में भी अनुपयुक्त पाया है।

इन आलोचनाओं के बावजूद स्कीन्नर का सिद्धान्त काफी महत्त्वपूर्ण है। उनके द्वारा प्रतिपादित सम्प्रत्यय, जैसे स्कीन्नर बक्स (Skinner box), क्रियाप्रसूत व्यवहार (operant response), पुनर्बलन (schedule of reinforcement), शेपिंग (shaping) आदि सीखने के मनोविज्ञान के क्षेत्र में आज भी काफी महत्त्वपूर्ण है।

हल्ल का सिद्धान्त (Hull's Theory)

क्लार्क हल्ल (Clark Hull) एक प्रमुख व्यवहारवादी (behaviourist) हैं जिन्होंने सीखने की व्याख्या एक ऐसा ढाँचा (framework) के तहत किये हैं, जो अन्य व्यवहारवादियों के द्वारा किये गए व्याख्या से भिन्न है। हल्ल के सीखने की विधि को *परिकल्पित-निगमनात्मक विधि* (hypothetical deductive method) या *तार्किक निगमनात्मक विधि* (logical deductive) कहा जाता है। उनके द्वारा प्रतिपादित सिद्धान्त अभिगृहीत (postulate) तथा प्रमेय (theorems) का एक तार्किक संरचना (logical structure) है। व्यवहार के बारे में एक सामान्य कथन (general statement) अभिगृहीत होता है जिसकी जाँच सीधे नहीं की जा सकती है। अभिगृहीत से प्रमेय (theorem) की उत्पत्ति होती है। दूसरे शब्दों में, अभिगृहीत से तार्किक रूप से (logically) कुछ विशेष अनुमान लगाया जाता है जिसे प्रमेय कहा जाता है। अगर प्रयोग के आधार पर प्रमेय की पुष्टि होती है, तो वह अभिगृहीत जिससे प्रमेय की उत्पत्ति हुई हैं, को सही मान लिया जाता है और इस तरह से सम्पूर्ण सिद्धान्त जिसमें अभिगृहीत तथा प्रमेय दोनों ही सम्मिलित होते हैं, मजबूत हो जाता है। दूसरे तरफ यदि प्रयोग जो प्रमेय की जाँच करने के लिए आयोजित किया गया था, द्वारा प्रमेय की पुष्टि नहीं होती है, तो वैसी अवस्था में अभिगृहीत कमजोर पड़ जाता है और उसमें परिवर्तन करने की आवश्यकता महसूस की जाती है। अतः हल्ल के सिद्धान्त का स्वरूप *आत्म-संशोधक* (self-correcting) है।

हल्ल के सिद्धान्त का प्रतिपादन पहले 1942 ई॰ में किया गया और बाद में 1953 ई॰में उसका संशोधन (revision) किया गया। 1942 ई॰ के सिद्धान्त में 16 अभिगृहीत थे परन्तु, 1953 में संशोधन के बाद 17 हो गए तथा इसमें प्रमेय की संख्या 133 है। 1953 ई॰ का संशोधित प्रारूप 1943 ई॰ के मौलिक प्रारूप (form) से कुछ अर्थ में अलग भी था। अतः हल के सिद्धान्त का वर्णन निम्नांकित तीन प्रमुख भागों में बाँटकर किया जाएगा—

(क) अभिगृहीतवार मुख्य सैद्धान्तिक सम्प्रत्यय (Major theoretical concepts postulatewise)

(ख) 1952 तथा 1943 ई॰ के सिद्धान्तों में प्रमुख अन्तर (Major differences between Hull's 1943 and 1953 theories)

(ग) चार-स्तरीय पूर्वकथनीय तंत्र में चरों का हल द्वारा प्रतिपादित सारांश (Hull's Summary of variables in four-stage predicative system)

इन तीनों का वर्णन निम्नांकित हैः—

(क) अभिगृहीतवार मुख्य सैद्धान्तिक सम्प्रत्यय *(Major theoretical concepts postulatewise)*—इस सिद्धान्त की अभिगृहीतवार वर्णन संक्षेप में इस प्रकार किया जा सकता हैः—

1. अभिगृहीत 1 : उद्दीपक चिह्न तथा बाह्य वातावरण का ज्ञान (Postulate 1 : Sensing the external environment and the stimulus trace)—बाह्य उद्दीपक से व्यक्ति में संवेदी तंत्रिका आवेग (sensory neural impulse) उत्पन्न होता है जो पर्यावरणी उत्तेजना (environmental stimulation) को अधिक देर तक बनाये रखता है। हल्ल का मत था कि जब किसी बाह्य उद्दीपक को व्यक्ति के सामने प्रस्तुत करके हटा लिया जाता है, तो कुछ सेकेण्ड बाद तक उसका चिह्न (trace) व्यक्ति के मन में बना होता है। इसे उन्होंने उद्दीपक चिह्न (stimulus trace) की संज्ञा दी है। चूँकि संवेदी तंत्रिका आवेग (sensory neural inpulse) अनुक्रिया (reponse) के साथ साहचर्यित हो जाता है, इसलिए हल्ल ने पौराणिक S-R सूत्र को बदलकर S-s-R किया जहाँ s से तात्पर्य *उद्दीपक चिह्न* (stimulus trace) से होता है। हल के लिए S तथा R का साहचर्य महत्त्वपूर्ण होता है। अन्त में, उद्दीपक चिह्न से एक पेशीय तंत्रिका अनुक्रिया (motor neural response) जिसे उन्होंने r कहा है, उत्पन्न होता है, जिसके कारण प्राणी एक स्पष्ट अनुक्रिया करता है। इस तरह से पौराणिक सूत्र S-R हल के लिए बदलकर S-s-r-R हो जाता है जहाँ S बाह्य उद्दीपक (external stimulation) है, s उद्दीपक चिह्न (stimulus trace) है, r पेशीय न्यूरोन (motor neuron) का सक्रिय होना है तथा R एक स्पष्ट अनुक्रिया (overt response) है।

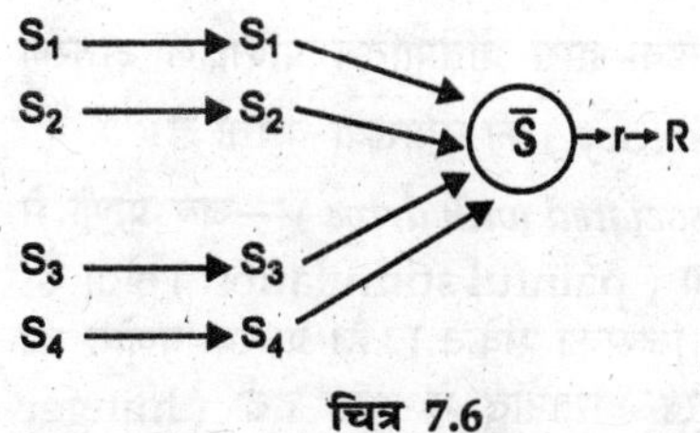

चित्र 7.6

2. *अभिगृहीत 2 : संवेदी आवेगों की अन्तःक्रिया (Postulate 2 : Interaction of sensory impulses)*—इस अभिगृहीत के अनुसार व्यवहार एक उद्दीपक का नहीं बल्कि अनेकों उद्दीपकों के आपसी अन्तःक्रिया का परिणाम होता है। ये सभी उद्दीपक एक साथ प्राणी पर अभिमुख होते हैं और उन्हें अनुक्रिया करने के लिए बाध्य करते हैं। इस तरह के S-R सूत्र को इस अभिगृहीत के अनुसार इस प्रकार और भी अधिक परिशुद्ध किया गया है। इस तथ्य को चित्र 7.6 में दिखलाया गया है।

जहाँ $\bar{S}$ से तात्पर्य चारों उद्दीपक के संयुक्त प्रभाव (combined effect) से होता है।

3. *अभिगृहीत 3 : अनार्जित व्यवहार (Postulate 3 : Unlearnt behaviour)*—हल्ल का मत था कि जब व्यक्ति में कोई आवश्यकता (need) उत्पन्न होती है, तो उसमें इस आवश्यकता को कम करने के लिए कई तरह की अनुक्रियाएँ करने की एक जन्मजात प्रवृत्ति होती है। जैसे, यदि व्यक्ति के आँख में कीड़ा या धूलकण पड़ जाता है, तो इससे कई अनुक्रियाएँ जैसे आँख का मुलमुलाना (blinking), आँख से आँसू आना आदि अपने आप होने लगता है। अगर व्यक्ति में उत्पन्न आवश्यकता को कम करने के लिए उसके पास कोई भी जन्मजात अनुक्रिया पैटर्न (innate reponse pattern) नहीं होता तो वैसी परिस्थिति में व्यक्ति को उस आवश्यकता को कम करने के लिए किसी नयी अनुक्रिया पैटर्न को सीखना पड़ता है।

4. *सामीप्यता तथा प्रणोद ह्रास सीखने के लिए आवश्यक परिस्थिति (Postulate 4 : Contiguity and drive reduction as necessary conditions for learning)*—यह अभिगृहीत बतलाता है कि यदि कोई उद्दीपक के प्रति व्यक्ति अनुक्रिया करता है और यदि उस अनुक्रिया से प्राणी की जैविक आवश्यकता (biological need) की तुष्टि होती है, तो उद्दीपक तथा अनुक्रिया के बीच का साहचर्य (association) मजबूत हो जाता है। दूसरे शब्दों में, अगर किसी उद्दीपक की उपस्थिति पर प्राणी अनुक्रिया करता है और बाद में उसे प्राथमिक (primary) या गौण (secondary) पुनर्बलन (reinforcement) मिलता है, तो उद्दीपक एवं अनुक्रिया के बीच साहचर्य बढ़ जाता है। दूसरे शब्दों में, यह कहा जा सकता है कि उस उद्दीपक के प्रति अनुक्रिया करने की 'आदत' (habit) बढ़ जाती है। इसे 'आदत शक्ति' (habit strength) की संज्ञा दी जाती है जो एक सबसे प्रमुख सम्प्रत्यय है। इससे यह भी स्पष्ट हो जाता है कि हल्ल के लिए पुनर्बलन (reinforcement) अन्तर्नोद कमी (drive reduction) के समान था तथा पुनर्बलन (reinforcer) से तात्पर्य उन उद्दीपकों से था जो अन्तर्नोद (drive) को कम करने में सक्षम होते हैं। आदत शक्ति (habit strength) का संक्षिप्त रूप sH_R है जिसका सूत्र इस प्रकार है—

$${}_SH_R = 1 - 10^{-0.0305\,N}$$

यहाँ N से मतलब S तथा R के पुनबर्लित युग्मों (reinforced pairing) की संख्या से है।

${}_SH_R$ की दो विशेषताएँ हैं जो निम्नांकित हैं—

(i) ${}_SH_R$ एक ऐसी स्थायी साहचर्य (association) है जिसकी शक्ति, निर्माण हो जाने पर उत्तरोत्तर बढ़ती जाती है, कभी घटती नहीं है।

(ii) प्रारम्भ के प्रयासों में S तथा R के पुनबर्लित युग्म का प्रभाव ${}_SH_R$ (अर्थात् सीखना) पर अधिक पड़ता है परन्तु बाद के प्रयासों में ऐसे पुनर्बलित युग्म का प्रभाव न के बराबर होता है। सचमुच में एक ऐसी बन्दु आ जाती है जहाँ अतिरिक्त पुनर्बलित युग्मों को देने का ${}_SH_R$ पर कोई प्रभाव नहीं पड़ता है। इस तरह वह दर जिसके अनुसार ${}_SH_R$ की शक्ति क्रमिक पुनर्बलित अनुक्रियाओं (successive reinforced responses) से बढ़ती है, अर्थशास्त्र के प्रसिद्ध नियम *क्रमागत उत्पत्ति ह्रास नियम* (law of diminishing returns) के अनुरूप होता है।

5. *अभिगृहीत 5 : उद्दीपक सामान्यीकरण (Postulate 5 : Stimulus Generalization)*—यह अभिगृहीत यह बतलाता है कि जब दो उद्दीपक समान (similar) होते हैं, तो ${}_SH_R$ एक उद्दीपक से दूसरे उद्दीपक के प्रति सामान्यीकृत (generalize) हो जाता है। यह अभिगृहीत यह भी बतलाता है कि व्यक्ति के पूर्व अनुभूति से वर्तमान सीखना (current learning) प्रभावित होता है। दूसरे शब्दों में, समान अवस्थाओं में होनेवाले सीखना आसानी से नयी सीखने की परिस्थिति में स्थानान्तरित (transfer) हो जाता है। इसे हल ने *सामान्यीकृत आदत शक्ति* (generalized

habit strength) कहा है जिसका संकेत है: $_S\overline{H}_R$। यह अभिगृहीत थॉर्नडाइक द्वारा प्रतिपादित प्रशिक्षण अंतरण (transfer of training) के *समरूप तत्त्व सिद्धान्त* (identical element theory) की व्याख्या करता है।

6. अभिगृहीत 6 : प्रणोद से सम्बद्ध उद्दीपक (Postulate 6 : Stimulus associated with drive)—जब प्राणी में कुछ जैविक कमी (biological deficiency) होती है या कोई दर्दपूर्ण उत्तेजना (painful stimulation) होता है, तो इससे इसमें जो अवस्था उत्पन्न होती है, उसे प्रणोद (drive) कहा जाता है जिसका संकेत D है। प्रत्येक प्रणोद का सम्बन्ध कुछ विशिष्ट उद्दीपक (specific stimulus) से होता है। जैसे, भूख अन्तर्नोद में भूख दर्द (hunger pangs) तथा प्यास अन्तर्नोद में मुँह तथा होठ का सूखना ऐसे ही उद्दीपक (stimulus) के उदाहरण हैं। इसका संकेत S_D (drive stimulus) है जो एक काफी लोकप्रिय सम्प्रत्यय है। D तथा S_D को मिलाकर सम्पूर्ण अंर्तोद (total drive or TD) कहा जाता है।

7. अभिगृहीत 7 : प्रतिक्रिया अन्तःशक्ति प्रणोद तथा आदत शक्ति का परिणाम होता है (Postulate 7: Reaction potentital is a function of Drive and Habit strength)—किसी एक समय में किसी सीखी गयी अनुक्रिया के होने की संभावना को प्रतिक्रिया अन्तःशक्ति (reaction potential) कहा जाता है जिसका संकेत $_SE_R$ है। अब तक जितने अभिगृहीत का वर्णन किया गया है, उसे ध्यान में रखते हुए यह कहा जा सकता है कि $_SE_R$ स्पष्टतः दो कारणों का परिणाम है—पहला तो यह कि किस परिस्थिति में अनुक्रिया को कितनी बार पुनर्बलित किया गया ($_SH_R$) तथा उस परिस्थिति में किस सीमा तक प्रणोद (drive) उपस्थित था। अतः $_SE_R$ का सूत्र होगा—

Reaction potentital = $_SE_R = {_SH_R} \times D$

स्पष्टतः $_SE_R$, $_SH_R$ तथा D का गुणात्मक परिणाम (multiplicative product) है जिसका स्पष्ट मतलब यह हुआ कि यदि $_SH_R$ तथा D में कोई भी शून्य हुआ, तो $_SE_R$ भी शून्य हो जाएगा।

8. अभिगृहीत 8 : अनुक्रिया करने से थकान उत्पन्न होता है जिससे अनुबंधित अनुक्रिया के होने में बाधा होती है (Postulate 8 : Responding causes fatigue which operates against the elicitation of conditioned response)—यह अभिगृहीत के अनुसार जब व्यक्ति कोई कार्य करता है या अनुक्रिया करता है, तो उससे थकान उत्पन्न होती है जो उसे अनुक्रिया न करने के लिए प्रेरित करता है। इस तरह की प्रवृत्ति को हल ने *प्रतिक्रिया अवरोध* (reactive inhibition) कहा है जिसका संकेत I_R है। I_R इस तरह से एक ऋणात्मक प्रणोद (negative drive) है, जिसमें थकान होने के कारण प्राणी अनुक्रिया को नहीं करता है। I_R की एक विशेषता यह है कि जब प्राणी विश्राम करता है, तो इससे I_R की मात्रा अपने आप कमती है। I_R का यह सम्प्रत्यय द्वारा स्वतः पुनर्लभ (spontaneous recovery) तथा संस्मृति प्रभाव (reminiscence effect) की घटना की व्याख्या की गयी है। I_R के इस सम्प्रत्यय का समर्थन अविराम (massed) तथा विराम (distributed) अभ्यास देने पर निष्पादन (performance) में हुए अंतरों की व्याख्या से भी मिलता है। अविराम अभ्यास में विराम अभ्यास की अपेक्षा निष्पादन खराब होने का मुख्य कारण यह है कि अविराम अभ्यास में I_R तेजी से विकसित होता है।

9. अभिगृहीत 9 : अनुक्रिया न करने की सीखी गयी प्रवृत्ति की अनुक्रिया (Postulate 9 : Learned response of not responding)—थकान या I_R चूँकि एक नकारात्मक प्रणोद अवस्था (negative dirve state) है, इसलिए जब व्यक्ति विश्राम करता है, अर्थात् कोई भी अनुक्रिया न करता है, तो यह प्रवृत्ति मजबूत हो जाती है और थकान भी इससे कम हो जाता है। अनुक्रिया न करने की इस प्रवृत्ति को अनुबंधित अवरोध (conditioned inhibition) कहा जाता है जिसका संकेत $_SI_R$ है,। I_R तथा $_SI_R$ चूँकि दोनों ही नकारात्मक प्रणोद (negative drive) है जो व्यक्ति को अनुक्रिया न करने के लिए प्रेरित करता है, इसलिए इन दोनों के मूल्य (values) को $_SE_R$ से घटा लिया जाता है। यही कारण है कि चित्र 7.7 में I_R तथा $_SI_R$ से $_SE_R$ के सम्पर्क को टूटी-टूटी रेखा द्वारा दिखलाया गया है। इन दोनों मूल्यों को घटा लेने के बाद $_SE_R$ का जो मूल्य (value) प्राप्त होता है, इसे *प्रभावी प्रतिक्रिया अन्तःशक्ति* (effective reaction potential) की संज्ञा दी जाती है जिसका सूत्र निम्नांकित है—

Effective reaction potential ($_SE_R$) = $_SH_R \times D - (I_R + {_SI_R})$

I_R तथा $_SI_R$ की मदद से हल ने विलोपन (extinction) की व्याख्या की है जिसे विलोपन का *द्विकारक सिद्धान्त* (two-factor theory) भी कहा जाता है जिसकी विस्तृत चर्चा आगे की जाएगी।

10. अभिगृहीत 10 : सीखी गयी अनुक्रिया को अवरूद्ध करने वाले कारक एक क्षण से दूसरे क्षण में परिवर्तन होते रहते हैं (Postulate 10 : Factors tending to inhibit a learned response change from moment to moment)—हल के अनुसार प्राणी में कुछ अवरोधात्मक अन्तःशक्ति (inhibitory potentiality) होती है जो एक क्षण से दूसरे क्षण परिवर्तित होते रहती है तथा वह किसी सीखी गयी अनुक्रिया को उत्पन्न होने से रोकता है। इस तरह के अवरोधात्मक अन्तःशक्ति (inhibitory potentiality) के प्रभाव को *दोलन प्रभाव* (oscillation effect) कहा जाता है जिसका संकेत $_SO_R$ है। $_SO_R$ यह बतलाता है कि किसी प्रयास (trial) में क्यों एक सीखी गयी अनुक्रिया होगी तो दूसरी प्रयास में नहीं होगी। चूँकि $_SE_R$ के आधार पर व्यवहार के बारे में किया गया पूर्वकथन (prediction) हमेशा $_SO_R$ के परिवर्तित मूल्य (fluctuating value) से प्रभावित होते रहता है, अतः $_SO_R$ को प्रभावी प्रतिक्रिया अन्तःशक्ति (effective reaction potential) से घटना आवश्यक हो जाता है। इसे हल ने *क्षणिक प्रभावी प्रतिक्रिया अन्तःशक्ति* (momentary effective reaction potential) कहा है, जिसका संकेत $_S\dddot{E}_R$ है। इसका सूत्र इस प्रकार होगा—

Momentary effective, reaction potential $(_S\dddot{E}_R) = [_SH_R \times D - (I_R + _SI_R)] - _SO_R$

11. अभिगृहीत 11: किसी भी सीखी गई अनुक्रिया के उत्पन्न होने के लिए यह आवश्यक है कि क्षणिक प्रभावी प्रतिक्रिया अन्तःशक्ति एक निश्चित मूल्य से अधिक हो (Postulate 11: Momentary effective reaction potential must exceed a certain value before a learned response occurs)—हल्ल का मत है कि $_SE_R$ द्वारा सीखी गयी अनुक्रिया होने के लिए यह आवश्यक है कि उसका मूल्य (value) एक निश्चित न्यूनतम सीमा से अधिक हो। इसे प्रतिक्रिया देहली (reaction threshold) की संज्ञा दी जाती है और इसका संकेत $_SL_R$ है। अतः प्राणी सीखी गयी अनुक्रिया को तभी करता है जब $_S\dddot{E}_R$ की मात्रा $_SL_R$ की मात्रा से अधिक होती है।

12. अभिगृहित 12 : किसी भी सीखी गई अनुक्रिया के होने की सम्भावना $_S\dddot{E}_R$, $_SE_R$ $_SO_R$ तथा $_SL_R$ के संयुक्त कार्य का परिणाम होता है (Postulate 12: The probability of a learned response being made is a combined function of $_S\dddot{E}_R$, $_SO_R$ and $_SL_R$)—प्रशिक्षण के प्रारम्भिक अवस्था में अर्थात् कुछ ही पुनर्बलित प्रयासों (reinforced trials) दिये जाने के बाद $_S\dddot{E}_R$ बहुत हद तक $_SL_R$ के निकट होता है और इस तरह से $_SO_R$ के प्रभाव के कारण, कुछ प्रयासों में सीखी गयी अनुक्रिया होगी परन्तु अन्य प्रयासों से नहीं। इसका कारण यह है कि कुछ प्रयासों में $_S\dddot{E}_R$ के मूल्य से $_SO_R$ घटा लेने के बाद प्राप्त मूल्य $_S\dddot{E}_R$ को $_SL_R$ से नीचे रखने के लिए पर्याप्त होगा। जैसे-जैसे प्रशिक्षण बढ़ता है, $_SE_R$ से $_SO_R$ को घटा लेने का प्रभाव कम होता चला जाएगा क्योंकि ऐसी परिस्थिति में $_S\dddot{E}_R$ का मूल्य $_SL_R$ के मूल्य से बड़ा होता है।

13. अभिगृहीत 13 : $_S\dddot{E}_R$ का मूल्य अधिक होने से S तथा R के बीच का अन्तर्हिति (latency) कम होता है (Postulate 13 : The greater the value of $_S\dddot{E}_R$, the shorter will be the latency between S and R)—अन्तर्हिति (latency) से तात्पर्य प्राणी के सामने उपस्थित उद्दीपक तथा सीखी गई अनुक्रिया होने के बीच के समय से होता है। अन्तर्निहित का संकेत $_St_R$ है। यह अभिगृहीत यह बतलाता है कि जैसे-जैसे $_SE_R$ की मात्रा बढ़ती है, $_St_R$ छोटा होता चला जाता है।

14. अभिगृहीत 14 : $_SE_R$ का मूल्य से विलोपन के प्रतिरोध का निर्धारण होता है (Postulate 14: The value of $_S\dddot{E}_R$ will determine resistance to extinction)—यह अभिगृहीत यह बतलाता है कि $_S\dddot{E}_R$ का मूल्य या मात्रा अधिक होने पर प्राणी सीखी गयी अनुक्रिया का विलोपन (extinction) होने के पहले अपुर्नबलित अनुक्रिया (non-reinforced response) अधिक संख्या में करता है। ऐसे अपुर्नबलित अनुक्रिया के लिए हल ने n के संकेत का प्रयोग किया है।

15. अभिगृहीत 15 : सीखी गयी अनुक्रिया का प्राचुर्य $_S\dddot{E}_R$ की मात्रा में कमी-बेशी के साथ परिवर्तित होता है (Postulate 15 : The amplitude of a conditioned response varies directly with $_S\dddot{E}_R$)—इस अभिगृहीत का

सम्बन्ध उन सीखी गयी अनुक्रियाओं से है जिसे मात्रा (degrees) के रूप में अभिव्यक्त की जा सकती है। ऐसी मात्रा को हल ने अनुक्रिया प्राचुर्य (response amplitude) की संज्ञा दी है जिसका संकेत A है। इस अभिगृहीत के अनुसार जब $_{S}\ddot{E}_{R}$ का आकार बड़ा होता है, तो सीखी गई अनुक्रिया का प्राचुर्य (magnitude) भी अधिक होता है।

16. अभिगृहीत 16 : जब किसी एक ही परिस्थिति में दो या दो से अधिक असंगत अनुक्रियाएँ होतीं हैं, तो उस अनुक्रिया का जिसका $_{S}\ddot{E}_{R}$ अधिक होता है, के होने की सम्भावना (probability) अधिक होती है (Postulate 16 : When two or more incompatible responses tend to be elicited in the same situation, the one with the greatest $_{S}\ddot{E}_{R}$ will occur)—इस तरह के अनुक्रिया के होने की संभावना का संकेत p है।

17. अभिगृहीत 17: वैयक्तिक विभिन्नता (Postulate 17: Individual differences)—यह अभिगृहीत का सम्बन्ध इस तथ्य से है कि विभिन्न सूत्रों में जो स्थिर अंकित मूल्य (constant numerical value) हैं, वे एक व्यक्ति से दूसरे व्यक्ति तथा फिर एक ही व्यक्ति में एक दैहिक अवस्था (physiological state) से दूसरे दैहिक अवस्था में परिवर्तित होते रहते हैं।

(ख) हल के 1943 तथा 1952 ई॰ के सिद्धान्तों के बीच का मुख्य अन्तर *(Major differences between Hull's 1943 and 1952 theories)*—हल्ल ने अपने सिद्धान्त का 1952 ई॰ में संशोधित रूप प्रकाशित किया जिसमें वे अपने मौलिक सिद्धान्त अर्थात् 1942 ई॰ के सिद्धान्त में कुछ परिवर्तन किये। इन परिवर्तनों के मुख्य बिन्दु निम्नांकित हैं:—

1. प्रोत्साहन अभिप्रेरणा (Incentive Motivation)—हल्ल ने इसे K से संकेतिक किया है। किसी अनुक्रिया को करने के लिए दिए गए प्रोत्साहन के प्रेरित प्रभाव (motivation effect) को K की संज्ञा दी गयी है। 1943 ई॰ के सिद्धान्त में हल ने पुनर्बलन की मात्रा (magnitude of reinforcement) को सीखने की चर (learning variable) माना था। पुनर्बलन की मात्रा अधिक होने से प्रणोद में कमी अधिक होती है तथा इस तरह से $_{S}H_{R}$ में वृद्धि भी अधिक होती है। परन्तु बाद में किये गये शोधों के आलोक में हल ने अपने इस दावे में परिवर्तन किया। क्रेस्पी (Crespi, 1942, 1944) तथा जीमैन (Zeaman, 1949) द्वारा किये गए अध्ययनों के आधार पर यह स्पष्ट हो गया है कि जब पुनर्बलन की मात्रा में परिवर्तन किया जाता है, तो उससे सीखने की क्रिया पूर्ण होने के बाद भी निष्पादन (performance) में अन्तर हो जाता है। क्रेस्पी द्वारा किये गये प्रयोग में यह देखा गया कि जब पशुओं की अधिक मात्रा में पुनर्बलन देकर भूलभुलैया में दौड़ने के लिए प्रशिक्षित करने के बाद छोटा पुनर्बलन दिया जाने लगा तो वैसी परिस्थिति में पशुओं का निष्पादन का स्तर तेजी से गिरने लगा। हल का मत था कि पुनर्बलन की मात्रा में परिवर्तन होने से निष्पादन में हुए परिवर्तन की व्याख्या को $_{S}H_{R}$ में परिवर्तन के रूप में नहीं की जा सकती है क्योंकि वैसा परिवर्तन बहुत ही तीव्र होता है। इन प्रयोगों के आलोक में हल एक अन्तिम निष्कर्ष पर पहुँचे जो इस प्रकार है—प्राणी छोटा प्रोत्साहन (small incentive) (अर्थात् पुनर्बलन की छोटी मात्रा) तथा बड़ा प्रोत्साहन के दिये जाने पर समान गति से सीखता है लेकिन उसका निष्पादन (performance) स्तर में अन्तर हो जाता है। बड़ा प्रोत्साहन के देने के निष्पादन का स्तर छोटा प्रोत्साहन के देने पर के निष्पादन स्तर से अधिक श्रेष्ठ होता है। पुनर्बलन में परिवर्तन के बाद निष्पादन में हुए तीव्र परिवर्तन को हल्ल ने *क्रेस्पी प्रभाव* (Crespi effect) कहा है।

2. उद्दीपक-तीव्रता गत्यात्मकता (Stimulus-Intensity dynamism)—इसका संकेत V है। उद्दीपक-तीव्रता गत्यात्मकता से यह पता चलता है कि बाह्य उद्दीपक (external stimulus) की तीव्रता जितनी ही अधिक होती है, सीखी गयी अनुक्रिया के होने से संभावना उतनी ही अधिक बढ़ जाती है। इस आलोक में हल ने क्षणिक प्रभावी प्रतिक्रिया अन्तःशक्ति (momentary effective reaction potentital) को ज्ञात करने का अन्तिम सूत्र में कुछ संशोधन किया है जो इस प्रकार है—

$$_{S}\ddot{E}_{R} = [_{S}H_{R} \times D \times V \times K - (I_{R} + {_{S}I_{R}})] - {_{S}O_{R}}$$

3. प्रणोद ह्रास से प्रणोद उद्दीपक ह्रास में परिवर्तन (Change from drive reduction to drive stimulus reduction)—1943 ई॰ के सिद्धान्त में हल ने प्रणोद ह्रास (drive reduction) पर अधिक बल डाला था और कहा था कि प्राणी को अनुक्रिया करने के बाद जो प्रोत्साहन (incentive) मिलता है, उससे जब प्राणी के प्रणोद में कमी

नहीं होती है तो सीखने की प्रक्रिया नहीं हो सकती है। यही कारण है कि 1943 ई॰में हल्ल के सिद्धान्त को *अन्तर्नोद-ह्रास सिद्धान्त* (drive reduction theory) कहा गया था परन्तु 1953 ई॰ में हल ने अपने इस विचार में थोड़ा परिवर्तन किया और कहा कि प्रोत्साहन या पुनर्बलन देने से सचमुच में प्रणोद में कमी नहीं बल्कि प्रणोद से सम्बद्ध उद्दीपकों (drive stimuli) में कमी आ जाती है जिसे इन्होंने S_D के रूप में संकेतिक किया है। जैसे, भूखे प्राणी को भोजन देने से भूख दर्द (hanger pangs) तथा प्यासे को पानी देने पर मुँह एवं होठ के सूखापन में कमी आती है। इसलिए हल के 1953 ई॰ के सिद्धान्त को *प्रणोद-उद्दीपक ह्रास सिद्धान्त* (drive-stimulus reduction theory) कहा जाता है। प्रणोद ह्रास में कमी से प्रणोद ह्रास उद्दीपक में कमी पर बल दिये जाने का महत्त्वपूर्ण कारण यह था कि दूसरे तरह का प्रभाव पहले तरह के प्रभाव से अधिक स्पष्ट एवं जल्द होता है।

4. भिन्नात्मक पूर्वपादित लक्ष्य अनुक्रिया (Fractional antedating goal response)—इसका संकेत r_G है। यह एक ऐसी अनुक्रिया है जो उन उद्दीपकों (stimuli) के साथ अनुबंधित होता है जो प्राथमिक पुनर्बलन (primary reinforcement) की प्राप्ति के पहले उपस्थित होता है। जैसे, पशु के द्वारा भूलभुलैया सीखने (maze learning) के दौरान लक्ष्य बकस में पुनर्बलन (reinforcement) प्राप्त करना लक्ष्य अनुक्रिया (goal response) कहलाता है जिसका संकेत R_G है। कुछ प्रयासों के बाद पशु जब भूलभुलैया के लक्ष्य बकस में पहुँचने के पहले अर्थात् जब वह रास्ते में ही होता है तो लक्ष्य अनुक्रिया का कुछ अंश (fraction) (जैसे, यदि लक्ष्य अनुक्रिया भोजन खाना है, तो चबाना, मुँह चटपटाना, मुँह में लार आना आदि) करना प्रारम्भ कर देता है। चूँकि ये अनुक्रियाएँ लक्ष्य अनुक्रिया के अंश हैं तथा लक्ष्य बकस में पुनर्बलन मिलने की उम्मीद में किये जाते हैं, इसलिए इसे *भिन्नात्मक पूर्वघटित लक्ष्य अनुक्रिया* कहा जाता है। इस r_G की मुख्य दो विशेषताएँ हैं:—

(i) r_G मुख्य अनुक्रिया अर्थात् R_G का हमेशा कुछ अंश (fraction) होता है।

(ii) r_G से प्राणी में कुछ दैहिक उत्तेजन (stimulation) उत्पन्न होता है। इस तरह के उत्तेजन जो r_G द्वारा उत्पन्न होता है, उसे S_G कहा जाता है। S_G प्राणी में अलग स्पष्ट अनुक्रिया (overt response) पैदा करता है। यह अनुक्रिया फिर दूसरा r_G उत्पन्न करता है जो फिर S_G उत्पन्न करता है और यह S_G फिर तीसरा r_G उत्पन्न करता है। इस तरह से जब तक प्राणी लक्ष्य बकस तक पहुँच नहीं जाता है, $r_G S_G$ की प्रक्रिया चलती रहती है। स्पष्टतः तब $r_G S_G$ की प्रक्रिया एक तरह की शृंखला प्रक्रिया (chaining process) है जिसमें r_G को S_G से अलग नहीं किया जा सकता है क्योंकि जब कभी भी r_G होता है तो उससे S_G अवश्य ही उत्पन्न होता है।

5. आदत समूहन पदानुक्रम (Habit family hierarchy)—हल का मत है कि किसी भी सीखने की परिस्थिति में कई तरह की अनुक्रियाएँ की जातीं हैं। इस तरह के अनुक्रियाओं का एक परिवार या समूहन (family) हो जाता है जो एक पदानुक्रम (hierarchy) में सुव्यवस्थित रहती है। प्राणी इन विभिन्न अनुक्रियाओं में से उस अनुक्रिया को करता है जिसके करने के तुरन्त बाद पुनर्बलन (reinforcement) मिलती है। यदि किसी कारण से वह इस अनुक्रिया को नहीं करता है, तो वह पदानुक्रम (hierarchy) के अगले अनुक्रिया को करता है जिससे उसे पुनर्बलन मिलने की उम्मीद होती है। इसी तरह से वह पदानुक्रम के एक के बाद एक करके अनुक्रियाएँ करता है। इसे ही *आदत समूहन पदानुक्रम* (habit family hierarchy) कहा जाता है। भूलभुलैया सीखने में आदत-समूहन अनुक्रम के अनुसार पशु पहले उस पथ से होकर लक्ष्य बकस में पहुँचाना चाहेगा जो सबसे छोटा होता है ताकि उसे कम समय तक दौड़ने के बाद पुनर्बलन मिल जाए। जब इस लघुतम पथ से होकर किसी कारण से वह नहीं दौड़ लगा पाता है तो वैसी परिस्थिति में फिर उससे बड़ा पथ से होकर वह दौड़ लगाना चाहता है। यह भी पथ यदि बन्द हुआ तो फिर उससे बड़ा पथ से होकर दौड़ लगाना चाहता है और इसी तरह से सबसे अन्त में सबसे बड़ा पथ से होकर दौड़ लगाना चाहता है। लघुतम पथ से दौड़ लगाने में पशु को न केवल पुनर्बलन (reinforcement) ही जल्द मिल जाता है बल्कि I_R तथा $_SI_R$ मात्रा कम भी होती है।

(ग) हल्ल का चार-स्तरीय पूर्वकथनात्मक तंत्र *(Hull's four-stage predictive System)*—हल के 1952 ई॰ के सिद्धान्त में तीन तरह के चरों (variables) का उपयोग किया गया है—स्वतंत्र चर (independent variables) मध्यवर्ती चर (intervening variable) तथा आश्रित चर (dependent variable)। इन चरों को उन्होंने एक चार-स्तरीय तंत्र (four-stage system) में सुव्यवस्थित किया है। तंत्र की पहली अवस्था स्वतंत्र चर की, दूसरी तथा तीसरी अवस्था मध्यवर्ती चर का है तथा चौथी अवस्था आश्रित चर (dependent variable) का है। पहली अवस्था के चरों के आधार पर दूसरी अवस्था के चरों तथा दूसरी अवस्था के चरों के आधार पर तीसरी अवस्था

के चरों एवं इस तीसरी अवस्था के चरों के आधार पर चौथी अवस्था के चरों के बारे में पूर्वकथन (prediction) किया जाता है। 1952 ई० के सिद्धान्त में इन चारों अवस्थाओं के चरों का वर्णन तो अभिगृहीतवार (postulatewise) ऊपर किया जा चुका है, परन्तु चित्र 7.7 में इसके मुख्य बिन्दुओं को एक जगह संक्षिप्त कर दिखलाया गया है।

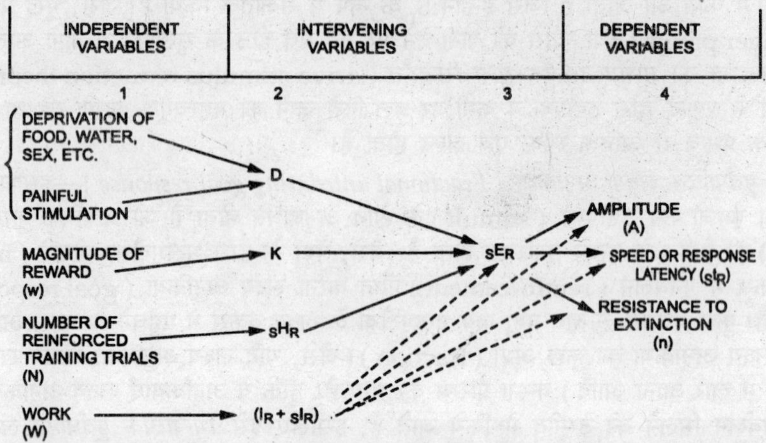

चित्र 7.7 : हल का चार-स्तरीय पूर्व कथनात्मक तंत्र (Hull's four-stage predictive system)

(घ) हल्ल के सिद्धान्त का मूल्यांकन (*Evaluation of Hull's theory*)—हल्ल के सिद्धान्त का अधिगम के मनोविज्ञान पर काफी व्यापक प्रभाव पड़ा है। इसका उचित मूल्यांकन करते हुए यह कहा जा सकता है कि इस सिद्धान्त की महत्ता के प्रमुख कारण निम्नांकित हैं:—

1. हल्ल का सिद्धान्त एक ऐसा सिद्धान्त है जो काफी क्रमबद्ध (systematic) तथा वस्तुनिष्ठ (objective) है।

2. हल्ल का सिद्धान्त एक आत्म-संशोधक सिद्धान्त (self-correcting theory) है। अगर प्रमेय (theorem) को सिद्ध करने के लिए किये गये प्रयोग द्वारा प्रमेय सिद्ध हो जाता है तो अभिगृहीत (postulate) को अपने आप सही मान लिया जाता है, अन्यथा अभिगृहीत को संशोधित कर दिया जाता है। इस तरह के आत्म-संशोधन का प्रावधान अन्य किसी सिद्धान्त में नहीं है।

इन सबके बावजूद हल के सिद्धान्त की कुछ परिसीमाएँ (limitations) हैं जो निम्नांकित हैं:—

1. हल के अनुसार सीखने के लिए अर्थात् $_SH_R$ के लिए पुनर्बलित प्रयास (reinforced trial) का देना अनिवार्य है। दूसरे शब्दो में यदि प्राणी को उद्दीपक के प्रति अनुक्रिया करने के बाद पुनर्बलन (reinforcement) नहीं दिया जाता है, तो साखने की प्रक्रिया सम्भव नहीं है। टॉलमैन (Tolman, 1931) तथा ब्लौजेट्ट (Blodgett, 1929) द्वारा किए गए प्रयोगों से यह स्पष्ट हुआ कि सीखने के लिए पुनर्बलन (reinforcement) की आवश्यकता नहीं होती है। सचमुच में सीखने की प्रक्रिया पुनर्बलन की अनुपस्थिति में हो जाती है। हाँ, यदि उसकी अभिव्यक्ति निष्पादन (performance) के रूप में किया जाता है, तो पुनर्बलन की जरूरत पड़ती है।

2. हरगेनहान (Hergenhan, 1988) के अनुसार हल्ल का सिद्धान्त प्रयोगशाला से बाहर के व्यवहारों की व्याख्या करने में बहुत महत्त्वपूर्ण भूमिका नहीं निभाता है। इसका प्रधान कारण यह है कि सिद्धान्त में सभी महत्त्वपूर्ण सम्प्रत्ययों को अध्ययन करने के लिए उसे पहले संक्रियात्मक रूप से (operational) परिभाषित करना आवश्यक है जो प्रयोगशाला से बाहर के व्यवहारों के अध्ययन में हमेशा सम्भव नहीं हो पाता है।

3. हल्ल के सिद्धान्त की आलोचना परिणात्मक कारकों (quatitative factors) के भी आधार पर की गया है। आलोचकों का मत है कि चरों के प्रति उनके परिमाणात्मक दृष्टिकोण अपरिपक्व थे। $_SH_R$ के निर्धारण में जो सतत् मान (constant value) -.0305 है, वह उनके द्वारा किये गए मात्र एक प्रयोग पर आधारित है जो सभी व्यक्तियों पर लागू होता है। आलोचकों का मत है कि एक व्यक्ति से दूसरे व्यक्ति में यह सूत्र मान (equation value) अलग-अलग हो

सकता है। सचमुच में तेजी से सीखने वाले व्यक्ति (fast learners) के लिए यह मान मंद गति से सीखने वाले व्यक्ति (slow learners) की तुलना में अधिक हो सकता है।

4. हल्ल के सिद्धान्त के अनुसार स्वतंत्र चर के मूल्य को ज्ञात कर लेने के बाद मध्यवर्ती चर (intervening variable) के मान या मूल्य को ज्ञात किया जाता है और फिर इसके आधार पर आश्रित चर (dependent variable) के मान को ज्ञात किया जाता है। आलोचकों का मत है कि कुछ परिस्थिति ऐसी होती है जिसमें इस तरह के पूर्वानुमान लगाना सम्भव नहीं हो पाता है। जैसे मान लिया जाए कि कोई परिस्थिति ऐसी है जिसमें प्राणी में प्रणोद (drive) दर्दपूर्ण उद्दीपक (painful stimulus) जैसे बिजली के आघात (electric shock) से उत्पन्न किया जा रहा है। ऐसी परिस्थिति में K का अर्थ क्या होगा, यह निश्चित करना थोड़ा मुश्किल है। सामान्यतः K को भोजन या पोषक तत्त्वों के उपभोग के रूप में परिभाषित किया जाता है। ऐसी परिस्थिति में यहाँ K को किस तरह से परिभाषित किया जाएगा, यह स्पष्ट नहीं हो पाता है, क्योंकि बिजली के आघात को तो भोजन या अन्य पोषक तत्त्वों के समान खाया नहीं जा सकता है। जब K के मान को निर्धारित नहीं किया जा सकता है, तो फिर तीसरे स्तर पर चर अर्थात् ${}_{S}E_{R}$ का मान भी निर्धारित नहीं किया जा सकता है और तब ऐसी परिस्थिति में आश्रित चर (dependent variable) के बारे में कोई पूर्वकल्पना (prediction) नहीं किया जा सकता है।

5. कुछ आलोचकों का मत है कि हल्ल के सिद्धान्त के कई अभिगृहीत (postulate) एक ही परिस्थिति (situation) में उपयोग हो सकते हैं जिससे द्वन्द्वात्मक परिणाम (conflicting results) प्राप्त हो जाते हैं। जैसे मान लिया जाए कि कोई प्रयोगकर्त्ता यह जानना चाहता है कि पूर्ण विलोपन (complete extinction) उत्पन्न करने के लिए कितने अपुनर्बलित प्रयास (nonreinforced trial) की आवश्यकता है। इस परिस्थिति में हल के तीन अभिगृहीत (postulates) का उपयोग किया जा सकता है। प्रथम दृष्टिकोण यह हो सकता है जिसमें अभिगृहीत 16 का उपयोग किया जाए जो ${}_{S}\dot{\bar{E}}_{R}$ को सीधे विलोपन के लिए कितनी प्रयास की आवश्यकता होती है, में परिवर्तन कर देता है। दूसरा दृष्टिकोण यह हो सकता है यहाँ अभिगृहीत 9 का उपयोग किया जा सकता है जिसमें I_R तथा ${}_{S}I_{R}$ का मान ज्ञात करके उसे ${}_{S}\dot{\bar{E}}_{R}$ से घटा कर यह ज्ञात किया जा सकता है कि सम्पूर्ण विलोपन के लिए कितनी अपुनर्बलित प्रयास (nonreinforcement trial) की जरूरत होगी। तीसरा दृष्टिकोण यह हो सकता है कि अभिगृहीत 7 का उपयोग किया जाए जहाँ जब पुनर्बलन की मात्रा शून्य होती है, तो K भी शून्य हो जाता है और तब ${}_{S}\dot{\bar{E}}_{R}$ का अंतिम मूल्य (value) भी, D तथा ${}_{S}H_{R}$ का मान चाहे जो भी हो, शून्य हो जाता है। इन तीनों दृष्टिकोण से द्वन्द्वात्मक परिणाम प्राप्त होता है क्योंकि प्रथम दो दृष्टिकोण से यह स्पष्ट हो जाता है कि विलोपन की प्रक्रिया धीरे-धीरे होती है जबकि तीसरा दृष्टिकोण यह बतलाता है कि विलोपन की प्रक्रिया काफी तेजी से होती है।

इन आलोचनाओं के बावजूद हल्ल का सिद्धान्त एक महत्त्वपूर्ण सिद्धान्त है। उनके द्वारा प्रणोद (drive) पुनर्बलन (reinforcement), विलोपन एवं सामान्यीकरण (generalization) की जो व्याख्या प्रदान की गयी है, वह आज भी अधिकतर मनोवैज्ञानिक के लिए प्रेरणा का एक मानक स्रोत (standard source) है।

टॉलमैन का सिद्धान्त
(Tolman's Theory)

ई॰सी॰ टॉलमैन (E. C. Tolman) एक उत्तर व्यवहारवादी (later behaviourist) हैं जिन्होंने सीखने का एक प्रभावकारी सिद्धान्त विकसित किया। इनके सिद्धान्त को उद्दीपक-उद्दीपक (Stimulus-Stimulus) सिद्धान्त के तहत रखा गया है। इनके द्वारा प्रतिपादित सीखने के सिद्धान्त में गेस्टाल्ट मनोविज्ञान तथा व्यवहारवाद (Behaviourism) दोनों का एक सम्मिश्रण देखने को मिलता है। उनके सिद्धान्त में व्यवहारवाद का छाप इस तथ्य से मिलता है कि वे अन्य व्यवहारवादियों जैसे पैवलव, गथरी, हल, वाटसन तथा स्कीनर के समान अन्तर्निरीक्षणात्मक दृष्टिकोण (introspective approach) का विरोध किये थे। परन्तु उनका दृष्टिकोण इन व्यवहारवादियों के इस समानता से कुछ भिन्न था। उनका इन व्यवहारवादियों के साथ व्यवहार की इकाई (unit of behaviour) के बारे में मतभेद था। इन व्यवहारवादियों ने व्यवहार का अध्ययन छोटी-छोटी इकाइयों जैसे प्रतिवर्त्तों (reflexes) के रूप में व्यवहार का अध्ययन करने पर बल

डाला था। टॉलमैन (Tolman) ने इसका विरोध किया और कहा कि इस तरह के विश्लेषणात्मक दृष्टिकोण अपनाकर इन व्यवहारवादियों द्वारा शिशु को स्नान कराने के बाद शिशु को पानी के साथ फेंक देने के समान प्रक्रिया अपनायी गयी है। सचमुच में व्यवहार को बिना छोटे-छोटे इकाइयों में बाँटे उसे समग्र रूप से (as a whole) अध्ययन किया जा सकता है, क्योंकि टॉलमैन के अनुसार व्यवहार उद्देश्यपूर्ण (purposive) होता है। ऐसे व्यवहार को टॉलमैन ने *चवर्ण व्यवहार* (molar beahviour) की संज्ञा दी है। टॉलमैन द्वारा चवर्ण व्यवहार के अध्ययन पर दिया गया बल से उनपर गेस्टाल्ट मनोविज्ञान के छाप का अंदाज होता है। टॉलमैन के सिद्धान्त में लक्ष्य-निर्देशित व्यवहार (goal-directed behaviour) पर चूँकि अधिक बल डाला गया है, इसलिए इनके सिद्धान्त को *उद्देश्यपूर्ण व्यवहारवाद* (purposive behaviourism) भी कहा जाता है।

टॉलमैन द्वारा प्रतिपादित सीखने के सिद्धान्त को कई नामों से जाना जाता है। जैसे—इनके सिद्धान्त को *चिह्न-सीखना सिद्धान्त* (Sign-learning theory), *चिह्न-गेस्टाल्ट सिद्धान्त* (Sign-Gestalt theory), *चिह्न-अर्थ सिद्धान्त* (Sign-Significate theory), *प्रत्याशा सिद्धान्त* (Expectancy theory), आदि भी कहा जाता है। इनके सिद्धान्त को संक्षेप में निम्नांकित तीन प्रमुख भागों में बाँटकर उपस्थित किया जा सकता है—

(क) प्रमुख सैद्धान्तिक सम्प्रत्यय (Major theoretical concepts)

(ख) टॉलमैन का औपचारिक पहलू (Formal aspects of Tolman's theory)

(ग) सीखने के छः प्रकार (Six kinds of learning)

इन तीनों की व्याख्या निम्नांकित हैः—

(क) प्रमुख सैद्धान्तिक सम्प्रत्यय *(Major theoretical concepts)*—टॉलमैन द्वारा प्रतिपादित सीखने के सिद्धान्त में कुछ प्रमुख सैद्धान्तिक सम्प्रत्यय है जिनके माध्यम से उन्होंने सीखने की वैज्ञानिक व्याख्या किये हैं। इन सम्प्रत्ययों में निम्नांकित प्रमुख हैः—

1. सीखने का अर्थ या क्या सीखा जाता है? (Meaning of learning or What is learned?)
2. सम्पुष्टि बनाम पुनर्बलन (Confirmation versus reinforcement)
3. स्थानापन्न प्रयत्न एवं त्रुटि (Vicarious trial and error)
4. सीखना बनाम निष्पादन (Learning versus reinforcement)
5. पुनर्बलन प्रत्याशा (Reinforcement expectancy)
6. लक्ष्य या स्थान सीखना बनाम अनुक्रिया सीखना (Goal or Place learning versus Response learning)
7. अव्यक्त सीखना (Latent learning)

इन सभी सम्प्रत्ययों का वर्णन निम्नांकित हैः—

1. सीखने का अर्थ या क्या सीखा जाता है? *(Meaning of learning or What is learned?)*—इस प्रश्न पर कुछ व्यवहारवादियों जैसे पैवलव, वाटसन, गथरी, स्कीन्नर, हल्ल आदि का मत यह है कि प्राणी उद्दीपक-अनुक्रिया साहचर्य (stimulus-response association) को सीखता है। परन्तु टॉलमैन इन सभी व्यवहारवादियों से अपना स्थान अलग बनाते हुए यह कहते हैं कि प्राणी यह सीखता है कि वातावरण में उपस्थित कौन उद्दीपक (stimulus) उसे कहाँ ले जा रहा है (What leads to what)। इसका मतलब यह हुआ कि सीखने की प्रक्रिया में प्राणी एक उद्दीपक से दूसरे उद्दीपक तथा दूसरे उद्दीपक से तीसरे उद्दीपक और इसी तरह से लक्ष्य तक के सभी उद्दीपकों के बीच एक अर्थपूर्ण सम्बन्ध (meaningful relation) स्थापित करना सीखता है। यही कारण है कि टॉलमैन के सिद्धान्त को उद्दीपक-उद्दीपक सिद्धान्त (Stimulus-stimulus theory) कहा जाता है। टॉलमैन के अनुसार प्राणी यह सीखता है कि वहाँ क्या है? (What is there?) दूसरे शब्दों में वह सीखता है कि यदि वह बायीं ओर मुड़ेगा तो एक चीज पायेगा तथा दायीं ओर जाएगा तो दूसरी चीज पायेगा। इस प्रक्रिया में वह धीरे-धीरे पूरे उद्दीपक परिस्थिति का एक चित्र या नक्शा मन में विकसित कर लेता है जिसे टॉलमैन ने *संज्ञानात्मक नक्शा* (cognitive map) की संज्ञा दी है। इस तरह का नक्शा विकसित हो जाने के बाद प्राणी लक्ष्य पर किसी भी दिशा से पहुँच सकने में समर्थ हो पाता है। ऐसी परिस्थिति में यदि सामान्य रूप से उपयोग किया वाला पथ में रुकावट होती है, तो प्राणी उसका वैकल्पिक पथ

(alternate route) ढूंढ़ लेता है। टॉलमैन का मत है कि विभिन्न पथों में से लक्ष्य पर पहुँचने के लिए हमेशा लघुतम पथ (shortest route) को ही प्राणी अपनाता है। इसे टॉलमैन ने *न्यूनतम प्रयास का नियम* (principle of least effort) की संज्ञा दी है।

टॉलमैन के अनुसार सीखने के लिए अभिप्रेरणा (motivation) की जरूरत नहीं पड़ती है। इस बिन्दु पर टॉलमैन की समानता गथरी से हो जाती है परन्तु थॉर्नडाइक, स्कीनर एवं हल तीनों से विषमता हो जाती है। टॉलमैन के लिए अभिप्रेरण मात्र इसलिए महत्त्वपूर्ण होता है कि इससे यह पता चलता है कि प्राणी वातावरण के किस पहलू पर ध्यान देगा। जैसे, भोजन से वंचित प्राणी भोजन की सामग्री पर तथा पानी से वंचित प्राणी जल पर अधिक ध्यान देगा। इस तरह से प्राणी का प्रणोद (drive) या अभिप्रेरण द्वारा यह निर्धारित होता है कि प्रत्यक्षज्ञानात्मक क्षेत्र (perceptual field) के किस पहलू पर प्राणी अधिक ध्यान देगा। अतः टॉलमैन के लिए अभिप्रेरण मात्र एक तरह का *प्रत्यक्षज्ञानात्मक प्रबलक* (perceptual emphasizer) का काम करता है।

2. संपुष्टि बनाम पुनर्बलन (*Confirmation versus reinforcement*)—गथरी के समान टॉलमैन के अनुसार भी सीखने के लिए पुनर्बलन (reincorcement) महत्त्वपूर्ण नहीं है। टॉलमैन का मत है कि संज्ञानात्मक नक्शा (cognitive map) के विकास के दौरान प्राणी कुछ प्रत्याशाओं (expectation) को विकसित करता है। प्रत्याशा से तात्पर्य इस अनुमान से होता है कि किस उद्दीपक के बाद कौन आयेगा। इस तरह के अस्थायी प्रत्याशा (tentative expectation) को *प्राक्कल्पना* (hypothesis) की संज्ञा दी गयी है। ऐसी प्राक्कल्पनाओं में से अनुभूति (experience) के आधार पर कुछ की सम्पुष्टि (confirmation) होती है तो कुछ की असंपुष्टि होती है। असम्पुष्ट प्राक्कल्पनाओं को प्राणी त्याग देता है। इसी प्रक्रिया द्वारा संज्ञानात्मक नक्शा (cognitive map) का विकास होता है। ऐसी प्रत्याशाएँ जो सतत् संपुष्ट होते जाती हैं, टॉलमैन के अनुसार, एक विशेष सम्प्रत्यय का जन्म देती हैं जिसे *साधन-साध्य तत्परता* (means-end readiness) कहा जाता है। इसे सामान्य भाषा में *विश्वास* (belief) कहा जा सकता है। इस तरह के संज्ञानात्मक नक्शा (cognitive map) के विकास में प्रत्याशाओं (expectations) की जो सम्पुष्टि (confirmation) होती हैं, वह अन्य व्यवहारवादियों द्वारा जिसे पुनर्बलन (reinforcement) कहा जाता है, के तुल्य है। उपर्युक्त व्याख्या के कारण इस सिद्धान्त को *संज्ञानात्मक सिद्धान्त* (cognitive theory) भी कहा जाता है।

3. स्थानापन्न प्रयत्न एवं त्रुटि (*Vicarious trial and error*)—टॉलमैन ने भूलभुलैया सीखने वाले चूहों में एक विशेष गुण या विशेषता का प्रेक्षण किया जिससे उनके द्वारा सीखने के संज्ञानात्मक व्याख्या (cognitive interpretation) का समर्थन मिला है। उनके प्रेक्षण के अनुसार चूहे प्रायः भुलभुलैया के चयन बिन्दु (choice point) पर थोड़े देर के लिए रुक जाते हैं और वहाँ रुक कर वे चारों तरफ इधर-उधर देखने लगते हैं, मानों वे विभिन्न उपलब्ध विकल्प पथों (alternative paths) के बारे में कुछ सोच रहे हों। चयन-बिन्दु पर प्राणी द्वारा किये गये इस तरह के संवेदी अन्वेषण (sensory exploration) को टॉलमैन ने *स्थानापन्न प्रयत्न एवं त्रुटि* (vicarious trial and error) की संज्ञा दिया है। इस तरह के प्रयत्न एवं त्रुटि व्यवहार द्वारा प्राणी विभिन्न उपागमों (different approaches) को संज्ञानात्मक रूप से जाँच करता है।

4. सीखना बनाम निष्पादन (*Learning versus Reinforcement*)—टॉलमैन ने सीखना तथा निष्पादन में अन्तर किया है और इस तरह से वे इस बिन्दु पर हल्ल (Hull) के समान है क्योंकि हल ने भी सीखने तथा निष्पादन में अन्तर किया था। टॉलमैन के अनुसार जब व्यवहार के रूप में सीखना का परिवर्तन हो जाता है तो इसे निष्पादन (performence) की संज्ञा दी जाती है और इस पुर्नबलन के लिए पुनर्बलन (reinforcement) को आवश्यक माना गया है। टॉलमैन ने यह भी स्पष्ट किया है कि सीखने के लिए पुनर्बलन की आवश्यकता नहीं होती है। परन्तु सीखी गयी अनुक्रिया को व्यवहार के रूप में परिवर्तन करने के लिए पुनर्बलन की .आवश्यकता होती है। अतः टॉलमैन के लिए पुनर्बलन एक सीखने का चर (learning variable) नहीं है बल्कि एक निष्पादन चर (performence variable) है।

5. पुनर्बलन प्रत्याशा (*Reinforcement expectancy*)—टॉलमैन ने इस तथ्य पर बल डाला है कि भूलभुलैया सीखने में पशु में यह उम्मीद बन जाती है कि जब वह अमुक स्थान (place) में जाएगा, तो उसे अमुक प्रकार का पुनर्बलन (reinforcement) मिलेगा। इस तरह से अमुक तरह का पुनर्बलन उसके प्रत्याशा (expectancy) का एक अंग या

हिस्सा होता है। टॉलमैन ने यह पूर्वकथन (prediction) किया है कि यदि पुनर्बलन में परिवर्तन कर दिया जाए तो इससे प्राणी के व्यवहार में विघटन (disruption) आ जाता है। इसे ही *पुनर्बलन प्रत्याशा* (reinforcement expectancy) कहा जाता है। हल्ल या अन्य S-R सिद्धान्तवादियों के अनुसार पुनर्बलन में परिवर्तन से प्राणी का व्यवहार विघटित नहीं होगा। परन्तु जब पुनर्बलन की मात्रा में परिवर्तन कर दिया जाता है, तो निश्चित रूप से उसका व्यवहार विघटित हो जाएगा। टिंक्लपॉघ (Tinklepaugh, 1928) ने एक प्रयोग करके पुनर्बलन प्रत्याशा की घटना को सिद्ध किया है। इस प्रयोग में एक बन्दर के सामने दो कप रखे गए और उसमें से एक कप के भीतर केला रखा गया। कुछ सेकेण्ड के बाद बन्दर जो यह सब देख रहा था, को बंधे हुए स्थान से छोड़ दिया गया। बन्दर कप के भीतर से केला निकाल कर खा लिया। यह प्रक्रिया कई बार दोहराया गयी। इसके बाद अचानक केला के जगह पर चुकन्दर (जिसे केला की तुलना बन्दर कम पसंद करता है) दे दिया गया। परिणाम में देखा गया कि बन्दर कप के पास आने पर थोड़ा कुंठित (frustrated) हो गया और वह कप को उलट-पुलटकर केला को खोजने लगा और केला नहीं मिलने पर कप को हवा में उछालना प्रारम्भ कर दिया और अन्त में स्वयं भी उछलना-कुदना प्रारम्भ कर दिया। स्वभावतः यहाँ बन्दर का यह व्यवहार केला के प्रत्याशा की सम्पुष्टि नहीं होने के कारण हुई। करीब इसी तरह का एक प्रयोग इल्लियट (Elliot, 1928) द्वारा किया गया जिसके परिणाम से भी टॉलमैन के पुनर्बलन प्रत्याशा के सम्प्रत्यय को समर्थन मिलता है। इलियट ने चूहों के समूह को चोकर की दलिया(bran mash) देकर भूलभुलैया में दौड़ लगाना सिखलाया तथा चूहों के दूसरे समूह को सूर्यमुखी का बीज देकर भूलभुलैया में दौड़ लगाना सिखलाया। प्रशिक्षण के 10 वें दिन चोकर की दलिया पाने वाले समूह को भूलभुलैया में दौड़ लगाने पर सूर्यमूखी का बीज भोजन के रूप में दिया जाने लगा। परिणाम में देखा गया कि इस समूह का व्यवहार भोजन में परिवर्तन से काफी विघटित (disrupted) हो गया हालाँकि इसका निष्पादन हमेशा ही सूर्यमुखी के बीज खाने वाले समूह की अपेक्षा अधिक प्रभावकारी रहा।

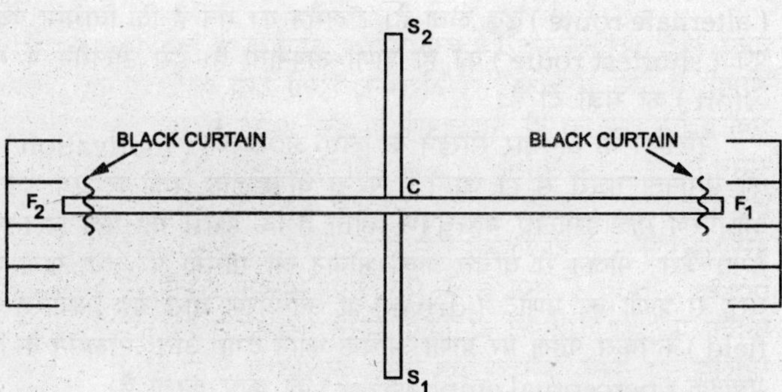

चित्र 7.8 : टॉलमैन, रिशी तथा कालिश द्वारा लक्ष्य सीखना बनाम अनुक्रिया सीखना में व्यवहृत एक भूलभुलैया

इन प्रयोगों से यह स्पष्ट हो जाता है कि टॉलमैन द्वारा प्रतिपादित पुनर्बलन प्रत्याशा की व्याख्या सही है। इन प्रयोगों से टॉलमैन के इस दावे का समर्थन होता है कि सीखने में प्रत्याशा या संज्ञान (cognition) की भूमिका महत्त्वपूर्ण होती है।

6. लक्ष्य या स्थान सीखना बनाम अनुक्रिया सीखना (*Goal or Place learning versus Response learning*)—टॉलमैन का मत है कि प्राणी यह सीखता है कि लक्ष्य कहाँ है जबकि उद्दीपक-अनुक्रिया सिद्धान्तवादियों का कहना था कि प्राणी विशिष्ट उद्दीपकों के प्रति विशिष्ट अनुक्रिया करना सीखता है। भूलभुलैया सीखना में, टॉलमैन के अनुसार, पशु यह सीखता है कि लक्ष्य कहाँ है और जब वह यह सीख लेता है तो वह किसी-न-किसी पथ से वहाँ निश्चित रूप से पहुँच ही जाता है। इसे *लक्ष्य सीखना या स्थान सीखना* (goal learning or place learning) कहा जाता है। दूसरे तरफ उद्दीपक-अनुक्रिया सिद्धान्तवादियों जैसे हल्ल का मत है कि भूलभुलैया में प्राणी यह सीखता है कि प्रत्येक चयन बिन्दु (choice point) पर उसे किस तरह की अनुक्रिया अर्थात् बायें या दायें मुड़ने की अनुक्रिया करनी चाहिए। इसे *अनुक्रिया सीखना* (response learning) कहा जाता है। टॉलमैन तथा उनके सहयोगियों द्वारा कई प्रयोग यह निर्धारित

चित्र 7.9 : टॉलमैन, रिशी तथा कालिश के प्रयोग में प्रशिक्षण के दौरान व्यवहृत उपकरण

करने के लिए किये गए कि क्या पशु भूलभुलैया में विशेष स्थान या लक्ष्य को सीखते हैं या कोई निश्चित अनुक्रिया को सीखते हैं। इस सिलसिले में टॉलमैन, रिशी तथा कालिश (Tolman, Ritchie & Kalish, 1946) द्वारा किया गया एक प्रयोग अत्यन्त ही महत्त्वपूर्ण है। इस प्रयोग में चूहों का दो समूह लिया गया जिसमें से एक स्थान सीखने वाला समूह (place learning group) था तथा दूसरा अनुक्रिया सीखने वाला समूह (response learning group) था। इन दोनों समूह को एक विशेष तरह की भूलभुलैया में दौड़ लगाना सीखलाया गया जिसे चित्र 7.8 में दिखाया गया है। इस भूलभुलैया में दो प्रारम्भ बिन्दुएँ (start points) अर्थात् S_1 तथा S_2 थीं तथा उसी तरह से दो भोजन बकस (food boxes) अर्थात् F_1 तथा F_2 थे। अनुक्रिया सीखना समूह को कभी S_1 तथा कभी S_2 से प्रारम्भ किया जाता था परन्तु उसे हमेशा एक ही तरह की अनुक्रिया करने पर भोजन मिलता है और वह अनुक्रिया दायें मुड़ने की अनुक्रिया थी। इसका मतलब यह हुआ कि जब इस समूह का प्रारम्भ S_1 से होता था तो उसे F_1 पर भोजन दिया जाता था तथा जब उसे S_2 से प्रारम्भ किया जाता था, तो उसे भोजन F_2 पर दिया जाता था। दूसरे तरफ स्थान सीखना समूह को एक निश्चित स्थान पर ही जाना सीखना था। इसका मतलब यह हुआ कि यदि F_1 पर भोजन दिया जाता था, तो S_1 से प्रारम्भ करने पर इस समूह को दायें मुड़ने की अनुक्रिया तथा S_2 से प्रारम्भ करने पर बायें मुड़ने की अनुक्रिया करना होता था। इस तरह से स्पष्ट है कि स्थान सीखना (place learning) समूह अनुक्रिया सीखना समूह के ठीक विपरीत था। दोनों समूह के चूहों को प्रतिदिन 6 प्रयास 12 दिन तक दिये गए अर्थात् कुल 72 प्रयास दिये गए। सीखने की कसौटी 10 क्रमिक त्रुटिरहित प्रयास का होना था। परिणाम में देखा गया कि अनुक्रिया सीखने वाले समूह के आठ चूहों में तीन ही चूहे कसौटी पर पहुँच सके जबकि स्थान सीखना समूह के सभी आठ चूहे कसौटी पर प्रयोग के अन्त तक पहुँच सकने में समर्थ हो पाये। इस परिणाम से यह स्पष्ट हो जाता है कि स्थान सीखना समूह का निष्पादन अनुक्रिया सीखना समूह के निष्पादन से कहीं अच्छा था। इससे तब यह स्पष्ट हो जाता है कि पशु स्थान विशेष को सीखते हैं न कि अनुक्रिया विशेष को। इस परिणाम से तब टॉलमैन के सिद्धान्त को स्पष्ट समर्थन मिलता है।

टॉलमैन, रिशी तथा कालिश (Tolman, Ritchie & Kalish, 1946) द्वारा एक अन्य प्रयोग भी किया गया है जो काफी उल्लेखनीय है और इससे भी सिद्धान्त को समर्थन मिलता है। इस प्रयोग में चूहों को पहले एक विशेष उपकरण जिसे चित्र 7.9 में दिखलाया गया है, में प्रशिक्षण दिया गया। इस उपकरण में चूहों को A, B, C, D, E, F तथा G को क्रम से अनुकरण करने के लिए सिखलाया गया। चित्र में H से उस स्थान का पता चलता है, जहाँ 5 वाट का बल्ब जलता था। यही एक स्थान था जहाँ प्रयोग के दौरान रोशनी जलती थी। प्रारम्भिक प्रशिक्षण के बाद चित्र 7.9 में दिखलाये गये उपकरण के जगह पर चित्र 7.10 में दिखलाये गए बायें उपकरण का उपयोग किया गया। चित्र 7.9 के दायें भाग में आरम्भिक प्रशिक्षण में उपयोग में लाये उपकरण को जाँच उपकरण (अर्थात् 7.10 के बायें भाग में दिखलाये गए उपकरण) पर अध्यारोपित (superimposed) कर दिखलाया गया है ताकि दोनों उपकरणों के बीच के सम्बन्ध को समझा जा सके। प्रयोग के इस भाग में अब उस रास्ता या पथ को बन्द कर दिया गया जिसके सहारे पशु प्रारम्भिक प्रशिक्षण के दौरान रोशनी वाले स्थान में पहुँचता था और उसे बाकी 18 पथों में से किसी भी पथ से होकर जाने की स्वतंत्रता दी गयी। परिणाम में देखा गया कि पशु सबसे अधिक बार पथ संख्या 6 को ही चुना तथा मौलिक पथ के नजदीक का पथ अर्थात् पथ संख्या 9 तथा पथ संख्या 10 को कम बार पसंद किया गया। विश्लेषण से पता चला कि पथ संख्या 9 को मात्र 2% चूहों ने तथा पथ संख्या 10 को मात्र 7.5% चूहों द्वारा पसंद किया गया। प्रयोग के इस परिणाम से टॉलमैन के सिद्धान्त को समर्थन मिलता है। S-R सिद्धान्त के अनुसार मौलिक पथ (original path) के बन्द हो जाने पर उससे नजदीक का पथ अर्थात् पथ संख्या 9 तथा पथ संख्या 10 को ही चूहों द्वारा पसंद किया जाना चाहिए। परन्तु ऐसा नहीं हुआ और चूहों द्वारा पथ संख्या 6 को ही चुना गया जो टॉलमैन के अनुसार इसलिए सम्भव हो सका कि पशु यह सीख चुके थे कि यही पथ उन्हें लक्ष्य (रोशनी वाले स्थान) की ओर ले जाएगा।

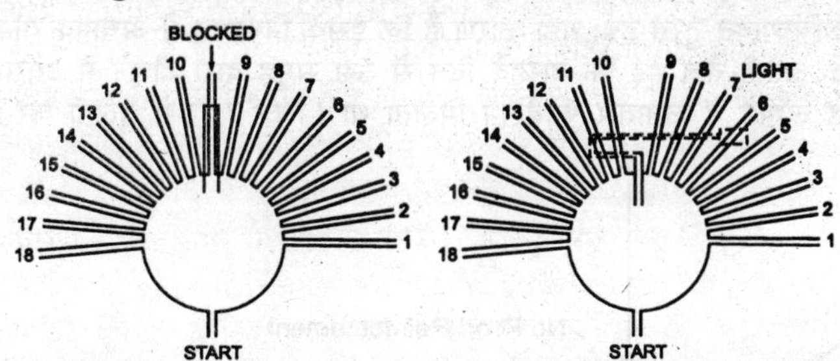

चित्र 7.10 : प्रारंभिक प्रशिक्षण के बाद में व्यवहृत उपकरण

निष्कर्षतः यह कहा जा सकता है कि स्थान सीखना बनाम अनुक्रिया सीखना जैसे विषय पर किये गए इन प्रयोगों के परिणामों से टॉलमैन के सिद्धान्त की पुष्टि होती है।

7. अव्यक्त सीखना (*Latent learning*)—अव्यक्त सीखना से तात्पर्य वैसे सीखना से होता है जिसकी अभिव्यक्ति निष्पादन (performance) के रूप में नहीं हुई होती है। टॉलमैन के अनुसार जब पुनर्बलन दिया जाता है, तो इसकी अभिव्यक्ति निष्पादन के रूप में होती है। इस तरह से स्पष्ट है कि टॉलमैन के अनुसार सीखने के लिए पुनर्बलन (reinforcement) की आवश्यकता नहीं होती है। जब सीखी गयी अनुक्रिया को निष्पादन में अभिव्यक्त करना होता है, तो पुनर्बलन की जरूरत पड़ती है। इसी तथ्य को साबित करने के लिए टॉलमैन तथा हॉन्जिक (Tolman & Honzik, 1930) ने एक अति मशहूर प्रयोग किया जिसका वर्णन इस प्रकार है—इस प्रयोग में चूहों का तीन समूह था जिन्हें समरूप भूलभुलैया (identical maze) में दौड़ लगाने का प्रशिक्षण दिया गया। एक समूह को प्रारम्भ बकस (start box) से लेकर लक्ष्य बकस (goal box) तक दौड़ लगाने पर पुनर्बलन (reinforcement) नहीं दिया जाता था। दूसरे समूह को प्रत्येक दौड़ के बाद पुनर्बलन (reinforcement) दिया जाता था तथा तीसरे समूह को ग्यारहवें दिन से दौड़ समाप्ति के बाद पुनर्बलन दिया जाता था अर्थात् प्रथम 10 दिन तक इस समूह को प्रारम्भ बकस से लक्ष्य बकस तक दौड़ लगाने के बाद पुनर्बलन नहीं दिया जाता था। यह प्रयोग 17 दिनों तक चला। इस प्रयोग के परिणाम बड़े रोचक थे और इससे टॉलमैन के अव्यक्त सीखना (latent learning) के सम्प्रत्यय को पूरा-पूरा समर्थन मिला। इस प्रयोग के परिणाम में निम्नांकित तीन बातें पायी गयी—

(i) उस समूह के निष्पादन (performance) में बहुत थोड़ी उन्नति (improvement) हुई जिसे पुनर्बलन (reinforcement) कभी नहीं दिया जाता था। (चित्र 7.11 देखें)

(ii) वह समूह जिसे लगातार पुनर्बलन (reinforcement) दिया गया था, उसका निष्पादन पूरे सत्तरहों दिनों धीरे-धीरे उन्नत होता गया (चित्र 7.11 देखें)

(iii) तीसरे समूह को जब पुनर्बलन ग्यारहवें दिन दिया गया, तो उसका निष्पादन में अचानक वृद्धि हो गयी। यह भी देखा गया कि इस तीसरे समूह का निष्पादन उस समूह से भी अधिक श्रेष्ठ हो गया जिसे लगातार पुनर्बलन दिया गया था।

टॉलमैन के अनुसार तीसरे समूह का परिणाम अधिक महत्त्वपूर्ण था। टॉलमैन के अनुसार सचमुच में इस तीसरे समूह द्वारा प्रथम 10 दिनों में भूलभुलैया सीख ली गयी थी परन्तु इसकी अभिव्यक्ति नहीं हो रही थी। जब इन्हें ग्यारहवें दिन पुनर्बलन दिया गया तो सीखी गयी अनुक्रिया की अभिव्यक्ति तुरंत हुई। यही कारण है कि इसके निष्पादन में अचानक वृद्धि या उन्नति होते पायी गयी और इस उन्नति की दर इतनी तेज हुई कि बारहवें दिन से उस समूह द्वारा दौड़ने में औसत त्रुटि उस समूह की अपेक्षा भी कम हुई जिसे दौड़ लगाने में लगातार पुनर्बलन मिलता था (चित्र 7.11 में तुलना करें)।

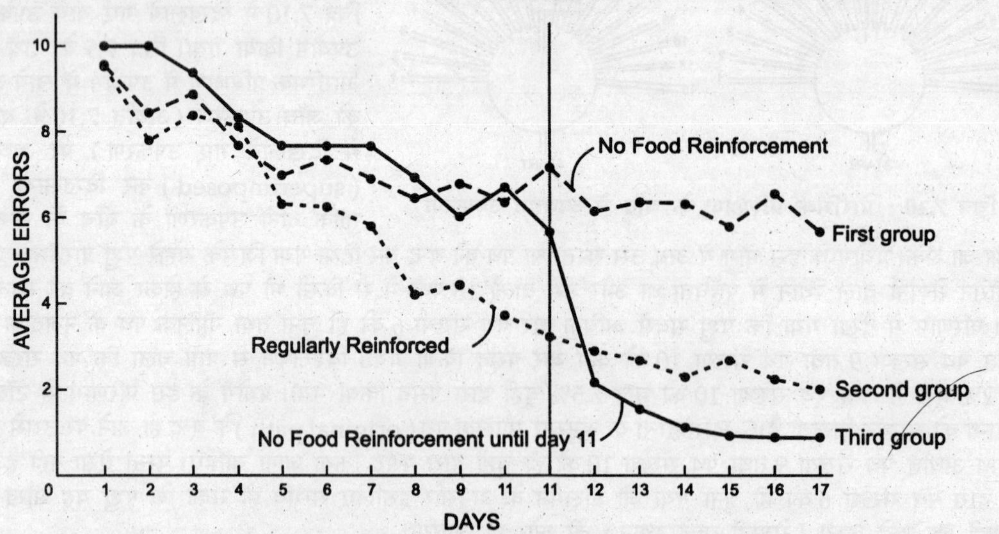

चित्र 7.11 : टॉलमैन तथा हॉन्जिक द्वारा किए गए प्रयोग से प्राप्त परिणाम पर आधृत

(ख) टॉलमैन के सिद्धान्त का औपचारिक पहलू *(Formal aspects of Tolman's theory)*—टॉलमैन के सिद्धान्त का औपचारिक पहलू बहुत ही महत्त्वपूर्ण है क्योंकि इसके माध्यम से टॉलमैन ने आश्रित चर (dependent variable), स्वतंत्र चर (independent variable) तथा मध्यवर्ती चर (intervening variable) के सम्बन्ध पर प्रकाश डाला है जो सीखने में महत्त्वपूर्ण भूमिका निभाते हैं। टॉलमैन के अनुसार T- प्रकार के उस भूलभुलैया में जहाँ चूहा को बायें मुड़ना (turning left) सीखलाया जाता है, वहाँ आश्रित चर (dependent variable) एक व्यवहार अनुपात (behaviour ratio) होता है जिसे टॉलमैन ने निम्नांकित सूत्र से परिभाषित किया है—

$$\text{Behaviour ratio} = \frac{B_L}{B_L + B_R}$$

यहाँ, B_L = बायें मुड़ने की अनुक्रिया संख्या, B_R= दायें मुड़ने की संख्या

उपर्युक्त सूत्र से सीखने के किसी भी स्तर पर बायें मुड़ने की प्रवृत्ति का प्रतिशत का पता चलता है। जैसे, यदि पशु 10 बारी में से 7 बार T- प्रकार के भूलभुलैया में बायें मुड़ता है, तो इसका व्यवहार अनुपात होगा—

$$\frac{7}{7+3} = 70\%$$

इस तरह टॉलमैन के अनुसार व्यवहार अनुपात (behaviour ratio) या व्यवहार प्रतिशत का निर्धारण T-प्रकार के भूलभुलैया के चयन बिन्दु (choice point) पर पशु द्वारा विभिन्न प्रयासों में बायें और दायें मुड़ने से उत्पन्न सामूहिक अनुभूतियों (collective experiences) द्वारा होता है। इससे पशु यह सीख पाता है कि किस उद्दीपक के बाद कौन उद्दीपक (What leads to what) आता है। इन सामूहिक अनुभूतियों (collective experineces) को टॉलमैन ने ΣOBO के रूप में संकेतिक किया है।

टॉलमैन ने अपने सिद्धान्त में यह भी स्पष्ट किया है कि T- प्रकार के भूलभुलैया या अन्य जटिल सीखना (complex learning) में ΣOBO के अलावा भी कई अन्य स्वतंत्र चर (independent variable) होते हैं जिनसे आश्रित चर (dependent variable) या निष्पादन प्रभावित होता है। टॉलमैन ने ऐसे पाँच स्वतंत्र चर की पहचान की है, जो निम्नांकित हैः—

(i) M = सम्पोषण अनुसूची (Maintenance schedule)—इससे पशु के वंचन अवधि (deprivation period) का पता चलता है। जैसे, पशु को कितने घंटे से भोजन या पानी नहीं दिया गया है, आदि।

(ii) G = लक्ष्य वस्तु की उपयुक्तता (Appropriateness of goal object)—इससे तात्पर्य यह होता है कि दिया गया पुनर्बलन (reinforcement) पशु के वर्तमान प्रणोद से सम्बन्धित है।

(iii) S = दिये गए उद्दीपक के प्रकार तथा तरीका (Types and modes of stimuli provided)—इससे तात्पर्य सीखने की परिस्थिति में पशु को उपलब्ध संकेत या उद्दीपक से होता है।

(iv) R = सीखने की परिस्थिति में किये गये पेशीय अनुक्रिया के प्रकार (Types of motor responses required in learning situation)—इससे तात्पर्य सीखने की परिस्थिति में पशु द्वारा किये गए पेशीय व्यवहार जैसे दौड़ना, बायें या दायें मुड़ना आदि से होता है।

(v) P = भूलभुलैया इकाइयों का पैटर्न (Pattern of maze units)—इससे तात्पर्य किसी भूलभुलैया को सीखने के लिए घूमने की अनुक्रिया करने का पैटर्न से होता है।

उपर्युक्त स्वतंत्र चर (independent variables) अर्थात् M, G, S, R, P, तथा ΣOBO के अलावा टॉलमैन ने कुछ ऐसे वैयक्तिक विभिन्नता चरों (individual differences variables) की भी पहचान किया है जिसे प्रयोज्य अपने साथ प्रयोग की परिस्थिति में लाते हैं तथा जिनसे निष्पादन प्रभावित होते हैं। ऐसे चर चार हैं, जो निम्नांकित हैं—

H = आनुवंशिकता (Heredity)
A = उम्र (Age)
T = गत प्रशिक्षण (Previous training)
E = विशेष अन्तःस्रावी, औषधि या विटामिन की अवस्थाएँ (Special endocrine, drug or vitamin conditions)

इन चरों के प्रारंभिक अक्षरों को मिलाकर टॉलमैन ने HATE एक परिवर्णी शब्द (acronym) बनाया है। टॉलमैन का मत है कि चारों में से प्रत्येक वैयक्तिक विभिन्नता चर प्रत्येक स्वतंत्र चर के साथ अन्त:क्रिया करते हैं और इन सबों के मिलने से व्यवहार (behaviour) की उत्पत्ति होती है।

टॉलमैन ने अपने सिद्धान्त में आश्रित चर (dependent variable) तथा स्वतंत्र चर (independent variable) के अलावा कुछ मध्यवर्ती चर (intervening variable) की भी पहचान की है। सचमुच में टॉलमैन प्रथम मनोवैज्ञानिक थे, जिन्होंने मनोविज्ञान में मध्यवर्ती चर के उपयोग पर बल डाला तथा हल्ल (Hull) को अपने सिद्धान्त में मध्यवर्ती चर के सम्मिलित करने की प्रेरणा टॉलमैन से ही मिली थी। टॉलमैन का मध्यवर्ती चर से तात्पर्य एक ऐसी संरचना (construct) से था जो प्रयोगकर्ता को स्वतंत्र चर तथा आश्रित चर के सम्बन्ध की व्याख्या करने में मदद करता है। टॉलमैन ने यह स्पष्ट किया है कि प्रत्येक स्वतंत्र चर तथा आश्रित चर एक मध्यवर्ती चर से सम्बन्धित होता है। जैसे, M प्राणी में माँग (demand) उत्पन्न करता है और यह माँग एक तरह का मध्यवर्ती चर (intervening variable) है जो फिर निष्पादन (performance) अर्थात् आश्रित चर (यानी, BL/ BL+BR) को प्रभावित करता है। उसी तरह से अन्य बाकी पाँच स्वतंत्र चर अर्थात् G, S, R, P तथा Σ (OBO) इसी तरह से एक-एक मध्यवर्ती चर से सम्बन्धित है और फिर प्रत्येक ऐसे चर द्वारा आश्रित चर को प्रभावित होता पाया जाता है। इस तथ्य को चित्र 7.12 में दिखलाया गया है। चित्र 7.12 में दिखलाये गये तंत्र (system) का वह अंश जो टॉलमैन के सिद्धान्त के मुख्य सारतत्त्व (theme) से सबसे अधिक सम्बन्धित है, वह है प्राक्कल्पना (hypotheses) वाला मध्यवर्ती चर (intervening variable)। प्राणी T-प्रकार के भूलभुलैया में अपनी गत अनुभूतियों (past experiences) के आधार पर अर्थात् Σ (OBO) के आधार पर कुछ प्राक्कल्पना (hypotheses) बनता है जो व्यवहार अर्थात् BL/BL +BR को प्रभावित करता है। जब ये प्राक्कल्पनाएँ (hypotheses) प्राणी की अनुभूति द्वारा संपुष्ट (confirm) हो जातीं हैं, तो वे साधन-साध्य तत्परता (mean-end-readiness) अर्थात् विश्वास (belief) में बदल जाती है जिसके आधार पर प्राणी में संज्ञानात्मक नक्शा (cognitive map) विकसित होता है और सीखने की प्रक्रिया सम्पन्न हो जाती है।

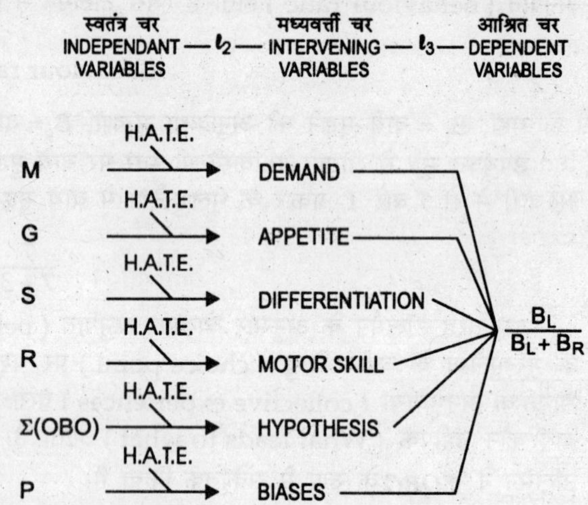

चित्र 7.12 : आश्रित चर, स्वतंत्र चर मध्यवर्ती चर के बीच टॉलमैन द्वारा प्रस्तावित संबंध (relationship)

(ग) सीखने के छ: प्रकार (*Six kinds of learning*)—टॉलमैन ने 1949 ई॰ में एक शोध पत्र (research article) प्रकाशित किया जिसका शीर्षक था *"There is more than one kind of learning"*। इसमें उन्होंने सीखने के 6 प्रमुख प्रकार बतलाया है जिसका वर्णन निम्नांकित हैं:—

1. कैथेएक्सीस (*Cathexis*)—इससे टॉलमैन का तात्पर्य एक ऐसी अर्जित प्रवृत्ति (learned tendency) से है जिसमें प्राणी खास वस्तुओं को खास प्रणोद अवस्थाओं से सम्बन्धित करता है। जैसे, किसी खास जगह या स्थान में कुछ विशेष प्रकार का भोजन अधिक उपलब्ध होता है। फलस्वरूप, वहाँ के लोग अपने भूख प्रणोद को उसी वस्तु को खाकर संतुष्ट अधिक करना सीख जाते हैं। उदाहरणस्वरूप, तटवर्ती इलाकों में समुद्री भोजन (sea food) आसानी से उपलब्ध होता है। अतः इस इलाके के लोग ऐसे भोजन को खाकर अपने भूख प्रणोद को तुष्ट करना सीख लेते हैं।

2. तुल्यता विश्वास (*Equivalence belief*)—जब किसी उपलक्ष्य (subgoal) का वही प्रभाव होता है जो स्वयं लक्ष्य (goal) का होता है, तो उपलक्ष्य के इस गुण को तुल्यता विश्वास कहा जाता है। टॉलमैन का यह नियम यद्यपि S-R सिद्धान्तवादियों के गौण पुनर्बलन (secondary reinforcement) से काफी मिलता-जुलता है, फिर भी टॉलमैन के अनुसार इस तरह के सीखने में सामाजिक प्रणोद (social drive) की भूमिका दैहिक प्रणोद (physiological drive) की तुलना में अधिक होती है और इस बिन्दु पर टॉलमैन द्वारा प्रतिपादित सीखने का यह प्रकार S-R सिद्धान्तवादियों के सम्प्रत्ययों से भिन्न हो जाता है।

3. क्षेत्र प्रत्याशाएँ (*Field expectancies*)—क्षेत्र प्रत्याशा का विकास ठीक उसी ढंग से होता है जिस ढंग से संज्ञानात्मक नक्शा (cognitive map) का विकास होता है। सीखने की परिस्थिति में पशु जब एक चिह्न (sign) या उद्दीपक को देखता है तो वह यह उम्मीद करता है कि अब कोई दूसरा चिह्न या उद्दीपक आयेगा। इस तरह से वह एक उद्दीपक को देखकर कोई दूसरा खास उद्दीपक आने की उम्मीद करना सीख लेता है। इस तरह के सीखना के लिए यह आवश्यक है कि पशु की प्राक्कल्पनाएँ (hypotheses) संपुष्ट (confirm) होती जाए।

4. क्षेत्र संज्ञान तरीका (*Field cognition modes*)—इससे तात्पर्य एक विशेष प्रयोजन (strategy) या तरीका से होता है जिसके आधार पर समस्या-समाधान परिस्थिति से प्राणी निबटता है। सचमुच में यह प्राणी की एक ऐसी प्रवृत्ति (tendency) को कहा जाता है जिसके माध्यम से प्रत्यक्षज्ञाणात्मक क्षेत्र (perceptual field) को विशेष ढंग से प्राणी सुव्यवस्थित करता है। टॉलमैन का मत था कि ऐसी प्रवृत्ति जन्मजात होती है परन्तु वे प्राणी की अनुभूतियों (experiences) द्वारा परिवर्तित हो सकती है।

5. प्रणोद विभेदन (*Drive discrmination*)—सीखने का यह प्रकार बतलाता है कि प्राणी अपने विभिन्न तरह के प्रणोदों (drives) के बीच विभेदन करके उसी के अनुरूप अनुक्रिया करता है। जैसे, T-आकार के भूलभुलैया में प्राणी को भूख प्रणोद होने पर एक तरफ (जैसे बायें मुड़ना) सीखलाया जा सकता है तथा प्यास प्रणोद होने पर दायें मुड़ना सिखलाया जा सकता है। टॉलमैन (Tolman) के लिए प्रणोद विभेदन एक महत्त्वपूर्ण प्रकार है।

6. पेशीय पैटर्न (*Motor pattern*)—टॉलमैन ने यह स्पष्ट किया है कि उनके सिद्धान्त का सम्बन्ध मूलतः विचारों (ideas) के साहचर्य (association) से है न कि उन तसीकों से जिनके माध्यम से विचार व्यवहार (behaviour) के साथ सम्बन्धित हो जाती है। परन्तु टॉलमैन ने पेशीय पैटर्न सीखना के माध्यम से विचार तथा पेशीय व्यवहार के बीच एक कड़ी जोड़ने की कोशिश की है। सचमुच में इस प्रकार के सीखना द्वारा टॉलमैन गथरी के उस व्याख्या के कुछ हद तक विशेष संयम (reservation) के साथ स्वीकार किये हैं, जिसमें उन्होंने (गथरी में) यह बतलाया था कि किस तरह से अनुक्रियाएँ (responses) उद्दीपकों (stimuli) से सम्बन्धित हो जातीं हैं।

टॉलमैन (Tolman) द्वारा प्रतिपादित सीखने के सिद्धान्त का उचित मूल्यांकन (fair evaluation) करते हुए यह कहा जा सकता है कि टॉलमैन के सिद्धान्त को मनोवैज्ञानिकों ने निम्नांकित तीन कारणों से अतिमहत्त्वपूर्ण बतलाया है:—

(i) टॉलमैन ने अपने सिद्धान्त में सम्बन्धवाद (connectionism) अर्थात् S-R सिद्धान्त तथा संज्ञानात्मक सिद्धान्त (cognitive theory) दोनों से उत्तम तथ्यों को लेकर उसे समन्वित करने का सफल प्रयास किया है।

(ii) टॉलमैन ने सीखने के सिद्धान्त में चरों (variables) का एक विस्तृत प्रसार (broad range) उपस्थित किया है जिससे साधारण एवं जटिल दोनों तरह के सीखने की समुचित व्याख्या हो पायी है।

(iii) टॉलमैन पहले ऐसे मनोवैज्ञानिक थे जिन्होंने सीखने की व्याख्या करने में मध्यवर्ती चरों (intervening variable) का प्रयोग सफलता पूर्वक किया।

इन सबके बावजूद टॉलमैन के सिद्धान्त के बारे में कुछ शंकाएँ (apprehensions) एवं परिसीमाएँ भी हैं जिन पर यहाँ प्रकाश डालना उचित है। इन परिसीमाओं (limitations) में निम्नांकित प्रमुख हैं:—

(i) आलोचकों का मत है कि टॉलमैन ने अपने सिद्धान्त में सीखने की व्याख्या करने के लिए संज्ञानात्मक ढाँचा (cognitive framework) तो प्रदान किया है परन्तु सीखने के नियम (laws of learning) के बारे में जैसा कि थॉर्नडाइक, स्कीन्नर एवं गथरी ने अपने-अपने सिद्धान्तों में वर्णन किया है, कुछ नहीं कहा है। परिणामतः इनके सिद्धान्त में वस्तुनिष्ठ उद्दीपकों (objective stimuli) से वस्तुनिष्ठ व्यवहार (objective behaviour) के बारे में पूर्वकथन (prediction) सही-सही ढंग से नहीं किया जा सकता है।

(ii) कुछ आलोचकों का मत है कि टॉलमैन द्वारा प्रतिपादित सीखने के सिद्धान्त में एक महत्त्वपूर्ण प्रश्न जो उठता

है जिसका सही उत्तर नहीं मिल पाता है। टॉलमैन के चूहों ने स्कीनर या थॉर्नडाइक के चूहों की अपेक्षा सीखने की परिस्थिति में अधिक सूझ (insight), लक्ष्य प्रत्याशा (goal expectancy), बुद्धि (intelligence) तथा क्षमता आदि दिखलाते पाये गये। प्रश्न यह उठता है कि एक ही तरह की परिस्थिति में (अर्थात् सीखने की परिस्थिति में) चूहों ने अलग-अलग ढंग से क्यों व्यवहार किया है? इस प्रश्न का उत्तर टॉलमैन के सिद्धान्त में नहीं मिल पाता है।

इन आलोचनाओं के बावजूद टॉलमैन का सिद्धान्त एक प्रमुख मार्गदर्शी सिद्धान्त रहा है और अनेकों मनोवैज्ञानिकों के लिए जो इस क्षेत्र में कार्य कर रहे हैं, टॉलमैन एक प्रेरणास्रोत रहे हैं।

हल तथा टॉलमैन का तुलनात्मक अध्ययन
(A Comparative Study of Hull & Tolman)

अधिगम के मनोविज्ञान के क्षेत्र में हल्ल तथा टॉलमैन दो ऐसे शूरवीर हैं जो अपने वादे, इरादे एवं दावे के पक्के हैं। इन दोनों द्वारा जो सीखने की व्याख्या की गयी है, वे दो अलग-अलग दृष्टिकोण को दिखलाते हैं। इन दोनों के इस प्रयास में क्या-क्या विभिन्नताएँ (differences) हैं, इस पर प्रकाश डालने के पूर्व यह बतला देना उचित होगा कि इन दोनों में सीखने की व्याख्या के दृष्टिकोण से समानता (similarity) क्या हैं? प्रमुख समानताएँ (similarities) निम्नांकित हैं:—

(i) टॉलमैन तथा हल्ल दोनों ही यह मानते हैं कि भूलभुलैया सीखना (maze learning) में प्राणी विभिन्न वैकल्पिक पथों (alterantive paths) का प्रयोग करके लक्ष्य तक पहुँचता है (अगर मुख्य पथ बन्द हो जाता है)।

(ii) हल्ल ने अपने अन्तिम सिद्धान्त (final theory) में यानी 1952 के सिद्धान्त में सीखने तथा निष्पादन (performance) में अन्तर किया है। इनके इस सिद्धान्त में पुनर्बलित प्रयास (reinforced trials) की संख्या ही मात्र सीखने का चर (learning variable) था और अन्य सभी चर निष्पादन चर (performance variable) थे। टॉलमैन ने भी निष्पादन (performance) तथा सीखने (learning) में अन्तर किया है और यह अन्तर अगर सच पूछा जाए तो टॉलमैन के लिए अधिक महत्त्वपूर्ण है।

(iii) टॉलमैन तथा हल्ल दोनों ही सीखने में स्वतंत्र चर (independent variable), मध्यवर्ती चर (intervening variable) तथा आश्रित चर (dependent variable) को काफी महत्त्व दिया है। यहाँ पर यह भी कह देना उचित होगा कि हल ने मध्यवर्ती चर का उपयोग टॉलमैन से ही प्रेरणा पाकर किया था।

इन समानताओं के बावजूद हल्ल तथा टॉलमैन के विचारों में कुछ अन्तर है जिसमें से महत्त्वपूर्ण निम्नांकित हैः—

(i) क्या सीखा जाता है? *(What is learnt ?)*—हल तथा टॉलमैन के बीच इस बिन्दु पर स्पष्ट अन्तर है। हल्ल के अनुसार प्राणी उद्दीपक एवं अनुक्रिया के बीच विशेष सम्बन्ध ($_SH_R$) को सीखता है। टॉलमैन के अनुसार प्राणी लक्ष्य (goal), सूझ, नियम (principles), उद्देश्यपूर्णता (purposiveness) आदि को सीखता है। इस तथ्य की संपुष्टि टॉलमैन, रिशी तथा कालिश (Tolman, Richie & Kalish, 1946) द्वारा किये गए दोनों प्रयोगों से स्पष्टतः हो जाता है।

(ii) पुनर्बलन का क्या कार्य होता है *(What is the function of reinforment ?)*—हल्ल तथा टॉलमैन के बीच दूसरा प्रमुख विभेदी बिन्दु है—पुनर्बलन का कार्य। हल्ल के अनुसार पुनर्बलन उद्दीपक (stimulus) तथा अनुक्रिया (response) के बीच के साहचर्य को मजबूत करता है। कहने का तात्पर्य यह है कि यदि पुनर्बलन न हो तो सीखना (learning) ही नहीं सम्भव हो सकेगा क्योंकि इसी के आधार पर $_SH_R$ का निर्माण होता है। टॉलमैन के अनुसार पुनर्बलन (reinforcement) एक निष्पादन चर (performance variable) है न कि सीखने का चर (learning variable)। इसका मतलब यह हुआ कि सीखने के लिए पुनर्बलन की आवश्यकता नहीं होती है। परन्तु सीखी गयी प्रवृत्तियों को निष्पादन के रूप में अभिव्यक्त करने के लिए पुनर्बलन (reinforcement) की जरूरत पड़ती है। टॉलमैन एवं हॉनजिक (Tolman & Honzik, 1930) के प्रयोग से यह स्पष्ट हो चुका है।

(iii) समस्या का समाधान कैसे होता है? *(How are problems solved?)*—यह तीसरा महत्त्वपूर्ण प्रश्न है

जिसपर हल्ल तथा टॉलमैन के विचारों में अन्तर है। हल्ल के अनुसार प्राणी किसी समस्या का समाधान करने में सूझ का सहारा नहीं लेता है तथा वह प्रयत्न एवं त्रुटि के आधार पर उसका समाधान करने की भरपूर कोशिश करता है। परन्तु टॉलमैन के अनुसार प्राणी किसी समस्या के समाधान में संज्ञान (cognition) को अधिक महत्त्वपूर्ण मानता है, अर्थात् सूझ, प्रत्याशा, (expectancy) आदि को अधिक महत्त्व देता है।

(iv) सीखने वाले प्राणी के बारे में क्या पूर्वकल्पनाएँ की जाती हैं? *(What assumptions are made about learner ?)*—हल्ल तथा उनके सहयोगियों ने यह पूर्वकल्पनाएँ कर रखा है कि सीखने वाले प्राणी का मन बिलकुल ही खाली (blank) होता है जिस पर अपनी आदत (habit) से उत्पन्न संवेदी अनुभवों के अनुकूल कुछ लिखा जाता है। दूसरे तरफ टॉलमैन तथा उसके सहयोगियों का मत है कि मन निष्क्रिय (passive) न होकर सक्रिय (active) होता है और इसमें चिन्तन की पर्याप्त क्षमता होती है। उसी के आधार पर सीखने वाला प्राणी प्राक्कल्पना (hypothesis) बनाकर समस्या का समाधान करता है।

(v) अध्ययन किये जाने वाले व्यवहार की इकाई क्या होती है? *(What is unit of behaviour to be studied?)*—इस प्रश्न पर हल्ल तथा टॉलमैन में मतभेद है। हल्ल के अनुसार सीखने की परिस्थिति में जटिल व्यवहार को छोटे-छोटे सरल खंडों (segments) में बाँटकर उनका अध्ययन किया जा सकता है। टॉलमैन ने इस विश्लेषणात्मक उपागम (analytical approach) को अस्वीकृत करते हुए कहा है कि व्यवहार को एक सम्पूर्ण एवं व्यवहारात्मक पैटर्न के रूप में अध्ययन करना उचित होगा। दूसरे शब्दों में, टॉलमैन ने चवर्ण व्यवहार (molar behaviour) जो दिशा-निर्देशित (goal-directed) होता है, को ही अध्ययन की इकाई माना है। दूसरे तरफ हल के लिए अध्ययन इकाई आणविक व्यवहार (molecular behaviour) था अर्थात् छोटे-छोटे उपखंडों में विभाजित व्यवहार था।

स्पष्ट हुआ कि हल्ल तथा टॉलमैन के बीच कुछ समानता होते हुए भी विभिन्नता है जिसके कारण इन दोनों के सिद्धान्तों की स्वतंत्र पहचान बनी हुई हैं।

गथरी का सिद्धान्त
(Guthrie's Theory)

ई॰आर॰गथरी (E. R. Guthrie) एक व्यवहारवादी हैं जिन्होंने सीखने का एक ऐसा सिद्धान्त का प्रतिपादन किया है जो थॉर्नडाइक, स्कीन्नर, हल, पैवलव, एवं वाटसन के सिद्धान्तों से भिन्न है। इनके सिद्धान्त के अनुसार उद्दीपक तथा अनुक्रिया के बीच में साहचर्य पुनर्बलन (reinforcement) के आधार पर स्थापित नहीं होता है बल्कि मात्र इन दोनों के बीच सामीप्यता के आधार पर होता है। यही कारण है कि गथरी के सिद्धान्त को *उद्दीपक-अनुक्रिया सामीप्यता सिद्धान्त* (Stimulus-Response contiguity theory) कहा जाता है।

गथरी ने अपने सिद्धान्त में व्यावहारिक पक्षों (practical aspects) पर काफी बल डाला है और इस बिन्दु पर वे थॉर्नडाइक तथा स्कीन्नर के समान हैं। गथरी को प्रयोग में अधिक विश्वास नहीं था और सीखने के सिद्धान्त से सम्बन्धित वे हार्टन (Horton) के साथ मिलकर मात्र एक ही प्रयोग किये। गथरी द्वारा प्रतिपादित सीखने के सिद्धान्त के महत्त्वपूर्ण सम्प्रत्यय निम्नांकित हैं—

1. सीखने का एक नियम (One law of learning)
2. एक-प्रयासीय सीखना (One-trial learning)
3. नवीनता नियम (Recency principle)
4. गति-उत्पन्न उद्दीपक (Movement-produced stimuli)
5. कार्य एवं गति में अन्तर (Distinction between act and movement)
6. पुनर्बलन का स्वरूप (Nature of reinforcement)
7. गथरी-हार्टन प्रयोग (Guthrie-Horton experiment)
8. विस्मरण (Forgetting)

9. आदतों से कैसे छुटकारा पाया जा सकता है? (How to break habits?)

10. दंड एवं प्रणोद (Punishment and drive)

इन सबों का वर्णन एक-एक करके निम्नांकित है:—

1. सीखने का एक नियम (*One law of learning*)—गथरी का मत है कि थॉर्नडाइक तथा स्कीन्नर ने जो सीखने के नियम की चर्चा की है, वह अनावश्यक रूप से जटिल (complex) है और इन विभिन्न नियमों के जगह पर उन्होंने सीखने के मात्र एक नियम की चर्चा की है और वह नियम है—सामीप्यता का नियम (law of contiguity)। इसकी व्याख्या गथरी[1] (Guthrie, 1952) ने इस प्रकार किया है, ''उद्दीपकों का एक संयोग जो किसी गति को उत्पन्न करता है, अपनी दूसरी बारी में फिर वही गति उत्पन्न करेगा।'' इसका स्पष्ट मतलब यह हुआ कि जब प्राणी किसी परिस्थिति में कुछ करता है, तो अगले बार जब वह उसी परिस्थिति में पुनः होता है, तो वह वही अनुक्रिया फिर करता पाया जाता है। 1956 में गथरी ने अपने सामीप्यता के नियम (law of contiguity) में थोड़ा परिवर्तन करते हुए कहा कि प्राणी किसी परिस्थिति में जो देखता है वह इस बात के लिए संकेत (signal) हो जाता है कि क्या किया जा रहा है। इसके द्वारा गथरी ने यह स्पष्ट किया कि किसी भी दी हुई परिस्थिति में प्राणी अपने सामने उपस्थित अनेकों उद्दीपकों में से कुछ उद्दीपकों का चयन कर लेता है (क्योंकि वह सभी उद्दीपकों से साथ साहचर्य स्थापित नहीं कर सकता है।) और उन्हीं उद्दीपकों तथा उनके प्रति की गई अनुक्रिया के बीच साहचर्य स्थापित कर लेता है।

2. एक प्रयासीय सीखना (*One-trial learning*)—थॉर्नडाइक, स्कीन्नर तथा हल द्वारा प्रतिपादित बारम्बारता के नियम (law of frequency) को गथरी ने अस्वीकृत कर दिया और स्पष्टतः कहा कि उद्दीपक तथा अनुक्रिया के बीच का साहचर्य मात्र एक प्रयास में ही अधिकतम शक्ति (maximum strength) पर पहुँच जाता है। गथरी[2] (Guthrie, 1942) के ही शब्दों में, ''एक उद्दीपक पैटर्न किसी अनुक्रिया के साथ पहली बार युग्मित होने पर ही सम्पूर्ण साहचर्यात्मक शक्ति प्राप्त कर लेता है।'' इस कथन से स्पष्ट है कि गथरी के लिए सीखना उद्दीपक तथा अनुक्रिया के बीच सामीप्यता का परिणाम होता है और प्रथम बार युग्मित होने पर ही सीखना पूर्ण हो जाता है।

3. नवीनता नियम (*Recency principle*)—गथरी ने इस नियम पर बल डाला है और कहा है कि प्राणी किसी भी परिस्थिति में कई तरह की अनुक्रियाएँ करता है। इनमें से जो अन्तिम अनुक्रिया (last response) होती है, उसी को प्राणी पुनः दोहराता है, यदि उसे भविष्य में उसी तरह की परिस्थिति में रखा जाता है। इसे ही गथरी ने नवीनता का नियम कहा है और इसको संपुष्ट करने के लिए गथरी ने हार्टन (Horton) के साथ मिलकर एक प्रयोग किया है जिसकी चर्चा हम आगे अलग से करेंगे।

4. गति-उत्पन्न उद्दीपक (*Movement produced stimuli*)—कभी-कभी ऐसा होता है कि उद्दीपक या पर्यावरणी घटना (environmental event) तथा उससे उत्पन्न होने वाली अनुक्रिया (response) में समय अंतराल अधिक होता है। परिणामस्वरूप ऐसी परिस्थिति में सामीप्यता (contiguity) के नियम से व्याख्या करना थोड़ा कठिन हो जाता है जो यदि ध्यान से देखा जाए तो गथरी के सिद्धान्त के लिए एक समस्या है (क्योंकि गथरी ने सीखने की व्याख्या मात्र सामीप्यता के आधार पर किया है)। इस समस्या से निबटने के लिए गथरी ने गति-उत्पन्न सम्प्रत्यय (movement-produced stimuli) का प्रतिपादन किया है। जैसा कि नाम से ही स्पष्ट है, इससे तात्पर्य उन उत्तेजनाओं (stimulation) से होता है जो माँसपेशियों, कंडरा (tendon) तथा शरीर के संधियों (joints) के ग्राहकों (receptors) के उत्तेजित होने के फलस्वरूप उत्पन्न होते हैं। जैसे, यदि हम कोई एक आवाज सुनते है और उसके ओर सिर घुमाते हैं, तो उससे शरीर की माँशपेशियों, कंडरा एवं संधि में कुछ ऐसे उद्दीपक (stimulus) उत्पन्न होते हैं जो बाह्य उत्तेजन (external stimulation) जिसके कारण सिर उधर घुमाया गया था, से भिन्न होता है। इसी को *गति-उत्पन्न उद्दीपक*

1. "A combination of stimuli which has accompanied a movement will on its recurrence tend to be followed by that movement." —Guthrie : *The Psychology of Learning*, 1952, P. 23.
2. "A stimulus pattern gains its full asociative strength on the occasion of its first pairing with a response." —Guthrie : *The Psychology of Learning* 1942. p. 30

कहा जाता है। इसकी एक खास विशेषता यह है कि ऐसे उद्दीपक (stimulus) कुछ अनुक्रियाओं से आसानी से अनुबंधित (conditioned) हो जाते हैं। दूसरे शब्दों में यह कहा जा सकता है कि जब किसी बाह्य उद्दीपक (external stimulus) द्वारा अनुक्रिया (response) उत्पन्न होती हैं, तो शरीर स्वयं ही अगली अनुक्रिया के लिए उद्दीपक (stimulus) उत्पन्न कर देता है और वह अनुक्रिया फिर अगली अनुक्रिया के लिए उद्दीपक उत्पन्न कर देता है और इसी तरह से प्रक्रिया चलती रहती है। इसका परिणाम यह होता है कि बाह्य उद्दीपक (external stimulus) तथा उसके प्रति की गयी अनुक्रिया (response) के बीच का समय अंतराल गति-उत्पन्न उद्दीपकों (movement-produced stimuli) द्वारा भर जाते हैं और इस तरह गति-उत्पन्न उद्दीपकों तथा उससे उत्पन्न व्यवहार में सामीप्यता (contiguity) बन जाती है और अन्त में इसके आधार पर व्यक्ति बाह्य उद्दीपक (external stimulus) तथा व्यवहार (behaviour) के बीच समय अंतराल होने पर भी दोनों के बीच साहचर्य स्थापित कर पाता है।

5. कार्य एवं गति अन्तर *(Distinction between act and movement)*—गथरी ने अपने सिद्धान्त में एक महत्त्वपूर्ण प्रश्न का उत्तर देने की कोशिश किया है। प्रश्न है अभ्यास से निष्पादन क्यों उन्नत हो जाता है? (Why does practice improve performance?)। इन प्रश्न का उत्तर देने के लिए उन्होंने क्रिया (act) तथा गति (movement) के बीच अन्तःक्रिया है। गति से उनका तात्पर्य माँशपेशियों के संकुचन (contraction) से था तथा क्रिया से तात्पर्य गतियों के एक समुच्चय (set) से था। क्रिया की पहचान इस बात से होती है कि उससे वातावरण में क्या परिवर्तन आता है। चिट्ठी लिखना, भोजन करना, पुस्तक पढ़ना, आदि सभी क्रिया के उदाहरण हैं। गथरी ने स्पष्ट किया कि गति (movement) तथा उद्दीपक (stimulus) के बीच में साहचर्य मात्र एक ही प्रयास (trial) में हो जाते हैं। अतः प्राणी किसी गति को करना मात्र एक ही प्रयास में सीख लेता है। परन्तु किसी क्रिया (set) को सीखने के लिए अभ्यास की जरूरत पड़ती है। अभ्यास की जरूरत यहाँ इसलिए पड़ती है कि ऐसी परिस्थिति में कई तरह की विशिष्ट गतियों (movement) को विभिन्न उद्दीपक परिस्थिति (stimulus situation) के साथ साहचर्चित (associate) होना आवश्यक होता है। जितना ही अभ्यास अधिक दिया जाता है, इस तरह का साहचर्य उतना ही मजबूत होता चला जाता है। शायद यही कारण है कि अभ्यास से प्राणी का निष्पादन उन्नत होता चला जाता है।

6. पुनर्बलन का स्वरूप *(Nature of reinforcement)*—गथरी के सिद्धान्त में पुनर्बलन (reinforcement) का मतलब वह नहीं है जो थॉर्नडाइक (Thorndike) के प्रभाव नियम (law of effect) में बतलाया गया है। गथरी ने यह स्पष्टतः कहा है कि प्रभाव नियम पूर्णतः अनावश्यक (unnecessary) है। गथरी के लिए पुनर्बलन (reinforcement) मात्र एक यांत्रिक व्यवस्था (mechanical arrangement) है, जिसकी व्याख्या करने के लिए उनके द्वारा प्रतिपादित सामीप्यता का नियम (law of contiguity) पर्याप्त है। गथरी के अनुसार पुनर्बलन सीखने के लिए आवश्यक नहीं है परन्तु सीखी गयी अनुक्रिया का विलोपन (extinguish) या अनाधिगम (unlearning) होने से बचाने के लिए पुनर्बलन आवश्यक है। चूँकि पुनर्बलन देने से उत्तेजन की अवस्था (stimulating condition) में कुछ परिवर्तन आ जाता है, इसलिए सीखी गयी अनुक्रिया अनाधिगम (unlearnt) होने से बच जाती है। जैसे पहेली बकस (puzzle box) में पुनर्बलन (reinforcement) मिलने के पहले पशु रस्सी खींचता या बटन दबाता है, जिससे वह उस बक्स से बाहर निकल जाता है और उसे पुनर्बलन (reinforcement) मिलता है। पुनर्बलन उद्दीपक परिस्थिति में एक परिवर्तन ला देता है जिसके कारण प्राणी जो अनुक्रिया इसके यानी पुनर्बलन के पहले किये हुए होता है, (अर्थात् बटन दबाना या रस्सी खींचना) उसे फिर वह अगली बार करना चाहता है। इस तरह से पुनर्बलन सीखी गयी अनुक्रिया को अनाधिगम (unlearning) से बचा लेता है और प्राणी उसे भविष्य में करता रहता है।

7. गथरी-हार्टन प्रयोग *(Guthrie-Horton experiment)*—गथरी का यह दावा था कि किसी परिस्थिति में जब प्राणी कई अनुक्रियाएँ करता है, तो इसमें से अन्तिम अनुक्रिया को ही वह दोहराता है बशर्ते कि उसे वैसी ही परिस्थिति में पुनः रखा जाता है। इसे *नवीनता का नियम* (principle of recency) की संज्ञा दी गयी है और इसे साबित करने के लिए गथरी ने हार्टन (Horton) के साथ मिलकर एक प्रयोग 1947 ई॰ में किया। इस प्रयोग में पहेली बकस (puzzle box) का उपयोग किया गया। वह बकस शीशे का बना हुआ था तथा इसमें बीच में एक छोटा पोल (small pole) था जिसमें बिल्ली के शरीर का कोई भी अंग स्पर्श होने पर दरवाजा स्वतः खुल जाता था। प्रावधान

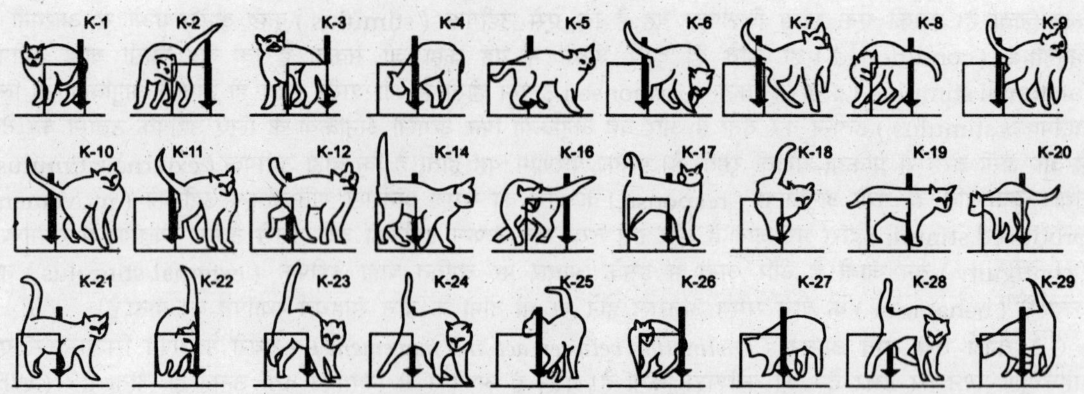

चित्र 7.13 : बिल्ली द्वारा किए गए कुछ रूढ़िवाद व्यवहार

इस बात का किया गया था कि पोल को स्पर्श करते समय बिजली की जो शारीरिक मुद्रा होती थी, उसका फोटो ले लिया जाए ताकि यह पता चल सके कि वह किस तरह की शारीरिक मुद्रा बनाते हुए पोल को स्पर्श करती है। यह प्रयोग बारी-बारी से अनेकों बिल्लियों पर किया गया। परिणाम में देखा गया कि प्रत्येक बिल्ली पहेली बक्स से बाहर आने की अनुक्रिया भिन्न-भिन्न ढंग से की। प्रत्येक बिल्ली उसी अंतिम अनुक्रिया को करना सीख ली जिसे कर के वह बक्स से बाहर आ पाती है और जब पुनः उसे उस बक्स में रखा गया तो वह उसी अनुक्रिया को दोहराकर बाहर आयी जो वह पिछली परिस्थिति में की थी। जैसे जिस बिल्ली ने अगले पंजा से पोल को स्पर्श कर दरवाजा खोज दी, वह अगली बारी में उसी पंजा का प्रयोग कर पोल को स्पर्श कर दरवाजा खोली। जिस बिल्ली ने पोल में पीठ रगड़कर दरवाजा पहली बार खोल थी, वह दूसरी बार तथा बाद में पहेली बक्स में रखने पर पोल में पीठ रगड़कर दरवाला खोलने की क्रिया को दोहराती पायी गयी। इसे गथरी ने *रूढ़िबद्ध व्यवहार* (stereotyped behaviour) कहा है। एक बिल्ली द्वारा किये गए रूढ़िबद्ध व्यवहार को चित्र 7.13 में दिखलाया गया है। इस चित्र में बिल्ली K द्वारा एक ही तरह की रूढ़िबद्ध अनुक्रिया (पूँछ से पोल को स्पर्श करके दरवाजा खोलना.) को दिखलाया गया है।

8. विस्मरण *(Forgetting)*—गथरी के अनुसार एक प्रयास में सिर्फ सीखना (learning) ही नहीं सम्पन्न होता है बल्कि विस्मरण (forgetting) की प्रक्रिया भी एक प्रयास में संपन्न हो जाता है। इनका मत है कि जब पहले उद्दीपक की परिस्थिति में प्राणी मौलिक अनुक्रिया (original response) के विकल्प (alternative) में कोई दूसरी अनुक्रिया करता है, तो उस उद्दीपक के साथ दूसरी अनुक्रिया साहचर्यित (associate) हो जाती है और पहली अनुक्रिया का विस्मरण (forgetting) हो जाता है। इस तरह से गथरी के लिए सभी विस्मरण (forgetting) में नये सीखना सम्मिलित होता है *(All forgetting must involve new learning)*। स्पष्ट है तब कि विस्मरण का कारण दूसरी अनुक्रिया द्वारा पहली अनुक्रिया के उत्पन्न होने में बाधा पहुँचाना होता है। अगर ऐसी बाधाएँ (interference) नहीं हो, तो विस्मरण भी नहीं होगा (No interference, no forgetting)।

9. आदतों से कैसे छुटकारा पाया जा सकता है? *(How to break habits?)*—गथरी के सिद्धान्त का सबसे व्यावहारिक पहलू यह है कि उन्होंने अपने इस सिद्धान्त में बुरी आदतों को परिवर्तित करने की तीन प्रमुख विधियों का वर्णन किया है, जो निम्नांकित है—

(i) दहेली विधि (Threshold method)

(ii) थकान विधि (Fatigue method)

(iii) असंगत उद्दीपक की विधि (Method of incompatible stimuli)

इन तीनों की व्याख्या इस प्रकार है—

(i) दहेली विधि *(Threshold method)*—इस विधि में उद्दीपक की तीव्रता को इतना कम करके उपस्थित किया जाता है कि उससे अवांछनीय अनुक्रिया नहीं होती है। फिर धीरे-धीरे उद्दीपक की तीव्रता को इस ढंग से बढ़ाया जाता है कि प्राणी अवांछनीय अनुक्रिया न कर पाये। इस तरह की अनुभूति का परिणाम यह होता है कि व्यक्ति में उस

अवांछनीय अनुक्रिया को उत्पन्न करने का देहली (threshold) ऊँचा हो जाता है। परिणामतः तीव्र उद्दीपक भी उस दहेली के नीचे ही होता है। अन्त में उस उद्दीपक के अपने पूर्ण शक्ति (full strength) में भी उपस्थित करने पर प्राणी अवांछनीय अनुक्रिया (undesirable response) नहीं कर पाता है और उसके जगह पर कोई वांछनीय अनुक्रिया करना वह सीख लेता है। जैसे, यदि किसी घोड़े को जिसे पीठ पर सवारी ढोने की आदत नहीं है, पर यदि कोई व्यक्ति सवार हो जाता है, तो वह उछलने-कुदने की अवांछनीय अनुक्रिया करेगा। इस अवांछनीय अनुक्रिया को दूर करने के लिए उसके पीठ पर पहले एक कम्बल का भार फिर दो कम्बल तथा फिर तीन कम्बल का भार दिया जा सकता है। स्पष्टतः इस उद्दीपक परिस्थिति से उसमें उछलने कुदने की अनुक्रिया नहीं होगी, क्योंकि ये उद्दीपक देहली से नीचे है। इन अनुभूतियों के बाद घोड़े के पीठ पर आसन या गद्दी रखा जा सकता है और उम्मीद है कि वह उछल-कूद की अनुक्रिया नहीं करेगा, क्योंकि इस उद्दीपक की तीव्रता दहेली (threshold) के नीचे है। अन्त में स्वयं व्यक्ति उस पर सवार हो जाएगा और घोड़ा उछल-कूद करने के बजाय चुपचाप खड़ा रहेगा, क्योंकि वह अपने पूर्व अनुभूतियों के आधार पर उद्दीपक की देहली बिन्दु (threshold point) को ऊँचा कर लिया है।

(ii) थकान विधि (*Fatigue method*)—जैसा कि नाम से स्पष्ट है कि इस विधि में प्राणी को अवांछित अनुक्रिया को बार-बार तब तक करने के लिए कहा जाता है जबतक कि थककर वह उसे आगे करने की अनिच्छा न व्यक्त कर दे। ऐसी परिस्थिति में थककर प्राणी अवांछनीय अनुक्रिया को करना छोड़ देता है और उसके जगह पर कोई दूसरा अनुक्रिया करना वह सीख लेता है। गथरी ने इस विधि का उपयोग एक ऐसी छोटी बच्ची पर किया जिसे दियासलायी बक्स से काठी निकालकर जलाने की बुरी आदत थी। गथरी के निर्देशानुसार माँ ने उस बच्ची को कई बकस दे दी और प्रत्येक बकस से काठी को जलाने के लिए कहा गया। कुछ देर के बाद वह थक गई और ऊब भी गयी। परिणामतः वह आगे काठी जलाने की अनच्छिा व्यक्त की। परन्तु फिर भी उसे काठी जलाने के लिए बाध्य किया गया। थककर वह यह काम को करना बन्द कर दी और दियासलायी बकस को देखने पर भी चुपचाप रहना सीख ली।

(iii) असंगत उद्दीपक की विधि (*Method of incompatible stimuli*)—इस विधि में अवांछनीय अनुक्रिया उत्पन्न करने वाले उद्दीपक को अन्य उद्दीपकों के साथ उपस्थित किया जाता है जो उससे एक भिन्न एवं असंगत अनुक्रिया (incompatible response) उत्पन्न करता है। धीरे-धीरे मौलिक उद्दीपक नयी अनुक्रिया (new response) के साथ सम्बन्धित हो जाता है। गथरी ने इस विधि की उपयोगिता की जॉच कॉलेज की एक छात्रा का उदाहरण देकर किया है। छात्रा विशेष कोलाहल के कारण अपनी पाठ्‌यपुस्तक नहीं पढ़ पाती थी। इस समस्या से निबटने के लिए उसने कोलाहल के दौरान उपन्यास पढ़ना प्रारम्भ कर दी। उपन्यास में उसका ध्यान इतना अधिक लग गया कि कोलाहल का उसकी एकाग्रता पर कोई असर नहीं पड़ने लगा। इससे अभ्यस्त होने के बाद वह पाठ्यपुस्तक पढ़ना प्रारम्भ कर दी और अब कोलाहल होते रहने पर भी उसे किसी प्रकार की कठिनाई पाठ्यपुस्तक पढ़ने में नहीं हुई। इसका कारण यह था कि कोलाहल अब सुनने की अनुक्रिया के बजाय पढ़ने की अनुक्रिया से सम्बन्धित हो चुकी थी।

10. दण्ड एवं प्रणोद (*Punishment and drive*)—गथरी का मत है कि दण्ड की प्रभावशीलता इस बात से होती है कि यह दंडित प्राणी को क्या करने के लिए बाध्य करता है। दण्ड का प्रभाव इसलिए नहीं होता है कि इससे व्यक्ति में दर्द (pain) उत्पन्न होता है ताकि वह व्यक्ति को कुछ उद्दीपकों के प्रति परिवर्तित ढंग से व्यवहार करने के लिए बाध्य करता है। दंड प्रभावी तभी होता है जब दंडित व्यक्ति पहले उद्दीपक के प्रति नयी अनुक्रिया करना प्रारम्भ कर देता है। दंड अवांछित व्यवहार को परिवर्तित करने में सफल हो पाता है, क्योंकि व्यक्ति दंडित व्यवहार (punished behaviour) से असंगत व्यवहार (incompatible behaviour) उत्पन्न कर सकने में समर्थ हो पाता है। दंड प्रभावहीन तब हो जाता है जब दंड से उत्पन्न व्यवहार दंडित व्यवहार के साथ असंगत (incompatible) नहीं हो पाते हैं।

गथरी का मत है कि दैहिक प्रणोद (physiological drive) प्राणी में *सम्पोषित उद्दीपक* (maintaining stimuli) उत्पन्न करते हैं जो प्राणी को लक्ष्य तक पहुँचने के लिए क्रियाशील रखते हैं। उदाहरणस्वरूप, भूख प्रणोद प्राणी में आन्तरिक उत्तेजन (internal stimulation) पैदा करता है जो तब तक प्राणी में बना रहता है जबतक कि वह लक्ष्य पर पहुँच नहीं जाता है, अर्थात् भोजन की प्राप्ति नहीं कर लेता है। इस तरह के आन्तरिक उत्तेजन को सम्पोषित उद्दीपक कहा जाता है। जब भोजन मिल जाता है, प्राणी का सम्पोषित उद्दीपक समाप्त हो जाता है और उत्तेजन परिस्थिति में परिवर्तन हो जाता है और इस तरह वह अनुक्रिया जिससे प्राणी को भोजन मिला था, संरक्षित (preserved)

रहती है। गथरी ने यह भी स्पष्ट किया है कि संपोषित उद्दीपक (maintaining stimuli) का स्रोत सिर्फ दैहिक प्रणोद (physiological drives) ही नहीं होता है बल्कि इसके अलावा कोई भी बाह्य उत्तेजन (external stimulation) से भी इस तरह की उद्दीपक की उत्पत्ति होती है।

गथरी के सिद्धान्त की आलोचनाएँ कुछ बिन्दु पर की गयी है जिसमें प्रमुख निम्नांकित है:—

(i) गथरी के सिद्धान्त की सरलता को कुछ लोगों ने जहाँ प्रशंसा की है, वहीं कुछ लोगों ने इसकी आलोचना किया है। उनके अनुसार गथरी ने अपने सिद्धान्त में कुछ नियमों (principles) के आधार पर उतने तथ्यों की व्याख्या करने की कोशिश की है जो सचमुच में सम्भव नहीं है। इनके सिद्धान्तों के कई व्याख्याओं को एक पूर्वकल्पना के समान मान लेना पड़ता है। म्यूल्लर तथा स्कोएनफेल्ड (Mueller & Schoenfeld, 1954) के अनुसार कई महत्त्वपूर्ण विषयों पर गथरी का विचार काफी अस्पष्ट लगता है।

(ii) इस सिद्धान्त के समर्थन में प्रयोगात्मक सबूतों की अत्यन्त कमी है। इस कमी को दूर करने में गथरी या इसके सहयोगी हमेशा असफल रहे हैं।

(iii) गथरी का विश्वास प्रयोगात्मक तथ्यों से अधिक उपाख्यान (anecdote) में था। आलोचकों का मत है कि उपाख्यानों को प्रयोग का प्रतिस्थापित रूप मानना, गथरी का एक भूल थी।

(iv) गथरी के सिद्धान्त में संभ्रान्ति (confusion) अधिक है। गथरी ने इस सिद्धान्त में सीखने के दो महत्त्वपूर्ण कारकों अर्थात् अभ्यास (practice) तथा पुनर्बलन (reinforcement) दोनों को ही सीखने के लिए अनावश्यक माना है। परन्तु यदि ध्यान से देखा जाए तो इन दोनों कारकों की भूमिका को उन्होंने गम्भीरता से स्वीकार भी किया है। फलतः आम लोगों के मन में गथरी के वास्तविक स्थिति (actual stand) के बारे में एक संभ्रान्ति उत्पन्न हो जाती है।

(v) गथरी ने सीखने के सिद्धान्त में रूढ़िबद्ध व्यवहार (stereotyped behaviour) पर अधिक बल डाला है। आलोचकों का मत है कि ऐसा करके गथरी वैयक्तिक विभिन्नता (individual difference) जैसे महत्त्वपूर्ण तथ्य की उपेक्षा कर बैठे हैं। फलतः उनके सिद्धान्त पर निर्भरता कम हो जाती है।

(vi) उद्दीपक-अनुक्रिया पुनर्बलन सिद्धान्तवादियों का कहना है कि जहाँ सीखने में पुनर्बलन के महत्त्व को दिखलाने के लिए अनेकों प्रयोगात्मक सबूत उपलब्ध हैं, वहाँ उन सबका अनदेखी कर गथरी ने अपना महत्त्व बनाये रखने के लिए पुनर्बलन की उपेक्षा की है। उसके लिए उन्हें माफ कर देना एक बहुत बड़ी भूल होगी।

इन आलोचनाओं के बावजूद गथरी के सिद्धान्त को मनोवैज्ञानिकों द्वारा सबसे महत्त्वपूर्ण सामीप्य सिद्धान्त (contiguity theory) माना गया है। उद्दीपक तथा अनुक्रिया के सम्बन्ध की व्याख्या सामीप्यता (contiguity) के आधार पर करते हुए सीखने की वैज्ञानिक व्याख्या प्रदान करने का श्रेय मात्र गथरी को ही जाता है।

सीखने के सूझ का सिद्धान्त
(Insight Theory of Learning)

सूझ या अन्तर्दृष्टि सिद्धान्त का प्रतिपादन गेस्टाल्ट मनोवैज्ञानिकों(Gestalt psychologists)द्वारा, विशेषकर कोहलर (Kohler, 1925) तथा कोफ्का (Koffka, 1924) द्वारा किया गया। जैसा कि नाम से ही स्पष्ट है, इस सिद्धान्त के अनुसार व्यक्ति किसी प्रक्रिया को सूझ या अन्तर्दृष्टि (insight) द्वारा सीखता है। जब भी व्यक्ति किसी विषय या पाठ को सीखता है तो वह सीखने से सम्बन्धित परिस्थिति के हर पहलू (aspect) को समझने की कोशिश करता है। इस कोशिश में वह परिस्थिति के विभिन्न पहलुओं का नए ढंग से प्रत्यक्षण कर संगठित (perceptually organized) करने का प्रयत्न करता है ताकि समस्या का समाधान आसानी से हो सके। जब वह परिस्थिति के भिन्न-भिन्न पहलुओं को नए ढंग से प्रत्यक्षण कर उसके आपसी सम्बन्धों को समझा जाता है, तो उसमें अचानक 'सूझ' (insight) उत्पन्न होती है जिसे 'अहा अनुभव' (Aha experience) भी मनोवैज्ञानिकों ने कहा है। अतः सूझ अचानक होती है और इसके लिए अभ्यास (practice) की जरूरत नहीं होती। फर्नाल्ड तथा फर्नाल्ड[1] (Fernald & Fernald, 1979) के शब्दों में, ''सूझ से कोहलर का तात्पर्य

1. "By insight Kohler meant that the solutions did not occur through a gradual building up of S-R connections but rather through a sudden understanding of relationship among stimuli."
—Fernald & Fernald : *Basic psychology*, 1970, p. 147

इस बात से था कि समस्या का समाधान उद्दीपक-अनुक्रिया सम्बन्धों के धीरे-धीरे बनने से नहीं होता है बल्कि उद्दीपकों के बीच के सम्बन्धों को अचानक समझने से होता है।''

सीखनेवाले व्यक्ति में जैसे ही सूझ उत्पन्न हो जाती है, वह तुरंत सही अनुक्रिया करता है और इस तरह व्यक्ति सही अनुक्रिया को करना सीख लेता है। कोहलर तथा कोफ्फका (Kohler & Koffka) की इस व्याख्या से स्पष्ट है कि सीखना धीरे-धीरे नहीं बल्कि एकाएक होता है क्योंकि यह सूझ द्वारा होता है जो सहसा होता है न कि अभ्यास (practice) तथा प्रयत्न एवं भूल (trial and error) द्वारा होता है।

सूझ सिद्धान्त कोहलर (Kohler) द्वारा किए गए कुछ प्रयोगों पर आधारित है। कोहलर (Kohler, 1927) ने कई तरह के पशुओं जैसे वनमानुष (Chimpanzee), बन्दर, मुर्गी तथा कुत्ता पर प्रयोग किए हैं परन्तु उनके द्वारा 1913 से 1918 के बीच केनारी द्वीप (Canary island) में 'सुलतान' (Sultan) नामक बनमानुष पर किया गया प्रयोग सर्वाधिक प्रचलित हो पाया है। कोहलर के सबसे बुद्धिमान 'वनमानुष' का नाम 'सुलतान' (Sultan) था। उनके द्वारा सुल्तान पर किए गये दो प्रयोग विशेष रूप से उल्लेखनीय हैं—

(क) छड़ी समस्या पर प्रयोग (Experiment on stick problem)

(ख) बकस समस्या पर प्रयोग (Experiment on box problem)

चित्र 7.14 : कोहलर द्वारा छड़ी समस्या पर किया गया प्रयोग

छड़ी समस्या (Stick porblem) के प्रयोग में सुल्तान नामक वनमानुष को एक बड़े पिंजरे में बन्द कर दिया गया था। वनमानुष भूखा था। पिंजड़े के बाहर टेबुल पर केला रख दिया गया था। पिंजड़े में दो छोटी-छोटी छड़ी भी रख दी गयी थी जिसकी बनावट कुछ ऐसी थी कि वह दूसरे से जुड़ जा सकती थी (चित्र 7.14) देखें)। केले को बाहर रखा देखकर सुल्तान ने अपने हाथ से फिर पैर से तथा बारी-बारी से दोनों छड़ियों के सहारे केले को पिंजड़े के अन्तर खींच लेने का प्रयास किया परन्तु उसे सफलता नहीं मिली क्योंकि पिंजड़े से केले की दूरी अधिक थी। निराश होकर उसने पिंजड़े में ऊपर से नीचे देखना प्रारम्भ कर दिया और अन्त में उन दोनों छड़ियों के सहारे खेलना प्रारम्भ कर दिया। इस खेल के सिलसिले में दोनों छड़ी अचानक एक-दूसरे से जुड़ गई। इसके परिणामस्वरूप वनमानुष में उत्साह और खुशी देखी गई और इस लम्बी छड़ी के सहारे बाहर टेबुल पर रखे केले को वह खींचकर खा गया। फिर बाद में जब इस प्रयोग को दोहराया गया तो सुल्तान ने तुरंत ही दोनों छड़ियों को जोड़कर टेबुल पर रखे केले को खींचकर ले लिया और खा गया।

बकस समस्या का प्रयोग भी सुल्तान पर ही किया गया। सुल्तान को एक बड़े कमरे में बन्द कर दिया गया जिसकी छत से केला लटक रहा था। इस कमरे के एक कोने में तीन बकस भी रख दिए गए थे (चित्र 7.15 देखें)। सुल्तान भूखा था इसलिए जब उसकी नजर केले पर गई तो उसने केले को उछल-कूदकर प्राप्त कर लेना चाहा। पर, कई बार ऐसा करने के बाद भी उसे सफलता नहीं मिली क्योंकि केला काफी ऊँचाई पर था। फिर उसका ध्यान कोने में रखे बकस पर गया और उसमें उत्साह तथा खुशी देखी गई। झट उसने

चित्र 7.15 : कोहलर द्वारा बकस समस्या पर किया गया प्रयोग

एक बकस को उठाया और लटकते केले के ठीक नीचे रखा। इस पर से वह उछलकर केला प्राप्त करना चाहा। परन्तु फिर भी वह असमर्थ रहा। फिर दूसरे बकस को पहले बकस पर रखा और केला प्राप्त करना चाहा। परन्तु असमर्थ रहा। इसके बाद फिर तीसरे बकस को उन दोनों बकसों पर रखा है और इस बार उसने उछलकर केला प्राप्त कर लिया। बाद में सुल्तान को इस तरह की प्रयोगात्मक परिस्थिति में रखने पर उसने उछल-कूद कम किया और सीधे तीनों बकसे को एक-दूसरे पर रखकर प्राप्त कर लिया।

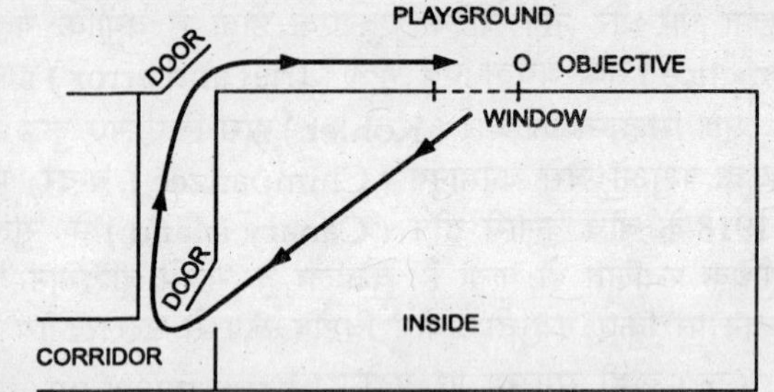

चित्र 7.16 : कोहलर द्वारा व्यवहृत चक्कर मार्गीय समस्या
(A detour problem used by Kohler)

कोहलर के इन प्रयोगों पर ध्यान देने से यह स्पष्ट हो जाता है कि सीखना सूझ (insight) पर निर्भर करता है। छड़ी समस्या के प्रयोग में जब खेलते-खेलते दोनों छड़ियाँ आपस में जुड़ जातीं हैं तो इससे सुल्तान में अचानक सूझ उत्पन्न हो जाती है कि इस लम्बी छड़ी से बाहर रखे गए केले की दूरी कम हो जाएगी और केला प्राप्त किया जा सकता है। उस तरह से जब बकस प्रयोग में सुल्तान का ध्यान कमरे में रखे गए बकस पर गया तो अचानक उसमें सूझ उत्पन्न हो गयी कि इन बकसों को एक-दूसरे पर रख देने से छत से लटकते केले की दूरी कम हो जायेगी और वह केला प्राप्त कर लेगा।

कोहलर (Kohler) ने सूझ सीखना के समर्थन में कुछ प्रयोग चूजों (chickens) पर भी किया है। चूजों को चक्करदार मार्गीय समस्या (detour problem) का समाधान करने के लिए दिया गया। इस तरह की समस्या में रखे जाने पर चूजों को लक्ष्यवस्तु (goal object) सामने दिखाई पड़ती थी परन्तु उस वस्तु के पास सीधे वे पहुँच नहीं सकते थे (जैसा कि चित्र 7.16 दिखलाया गया है)। चूजों को सामने दिखने वाले लक्ष्य वस्तु को पाने के लिए एक परोक्ष रास्ता (indirect route) को अपनाना पड़ता था। इस समस्या में देखा गया कि चक्करदार मार्ग में रखे जाने पर पहले खिड़की से ही लक्ष्य वस्तु को प्राप्त करने की कोशिश चूजों द्वारा की गयी। असफल होने पर इधर-उधर घुमने लगे और घुमते-घुमते वे गलियारा (corridor) के बगल के दरवाजे पर पहुँचे और फिर अचानक बड़ी तेजी से वे उस दरवाजे की ओर लपके जहाँ से वे बाहर निकलकर लक्ष्य वस्तु को प्राप्त कर सकते थे। इस तरह से चूजे इस समस्या को समाधान करने में सफल रहे। कोहलर ने चक्करदार मार्गीय समस्या में बन्दर को रखकर भी अध्ययन किये और पाये कि वे चूजों की अपेक्षा जल्द एवं आसानी से समस्या का समाधान कर लेते हैं।

गेस्टाल्ट मनोवैज्ञानिकों ने सूझ द्वारा सीखने की प्रक्रिया की कुछ विशेषताएँ बतलाया है, जो इस प्रकार हैः—

(i) सीखने की प्रक्रिया सूझ पर आधारित होती है जो एक प्रकार का 'अहा अनुभव' (aha experience) है। सूझ व्यक्ति में अचानक उस समय होती है जब वह लक्ष्य पर पहुँचने के उपायों (means) के बीच के प्रत्यक्षज्ञानात्मक सम्बन्धों (perceptual relationships) को ठीक ढंग से समझ लेता है। चूँकि सूझ अचानक होती है, इसलिए सीखने की प्रक्रिया भी अन्तर्दृष्टि सिद्धान्त के अनुसार अचानक होती है।

(ii) सूझ उत्पन्न होने के लिए यह आवश्यक है कि प्राणी के सामने जो समस्यात्मक परिस्थिति है, उसका ठीक ढंग से वह निरीक्षण (inspection) करे। कोहलर तथा कोफ्फका (Kohler & Koffka) का विचार था कि समस्यात्मक परिस्थिति को ऐसा होना चाहिए कि उसका सभी भाग या अंश प्राणी के सामने हो ताकि सम्पूर्ण समस्या का प्रत्यक्षण (perception) कर सके तथा उसे समझ सके। यदि समस्या का कोई भी हिस्सा या अंश छिपा रहता है तो वैसी परिस्थिति में प्राणी में सीखना सूझ से न होकर प्रयत्न एवं भूल (trial and error) से होगा।

(iii) निर्देशित ध्यान तथा अन्वेषणात्मक व्यवहार (directed attention and exploratory behaviour) सूझ द्वारा सीखने में व्यक्ति का ध्यान समस्यात्मक परिस्थिति के भिन्न-भिन्न हिस्सों पर निदेशित करता है। व्यक्ति समस्या के समाधान के लिए भिन्न-भिन्न प्रकार का व्यवहार एक के बाद एक परन्तु सोच-समझकर करता है। वनमानुष द्वारा केला प्राप्त करने के लिए पिंजड़े में से हाथ बढ़ाना, पैर बढ़ाना, फिर छड़ी बढ़ाना आदि कुछ अन्वेषणात्मक व्यवहार (exploratory behaviour) के उदाहरण हैं। सूझ उत्पन्न होने के बाद प्राणी यह समझ जाता है कि इनमें सभी व्यवहार अर्थपूर्ण नहीं थे।

(iv) निष्क्रियता की अवस्था (age of inactiveness) जब प्राणी समस्या का समाधान के लिए भिन्न-भिन्न प्रकार का अन्वोषणात्मक व्यवहार (exploratory behaviour) करता है और फिर भी उसे सफलता नहीं मिलती तो, वह थोड़ी देर के लिए उदास हो जाता है और निष्क्रिय होकर चुपचाप बैठ जाता है। इस तरह उसमें शिथिलता आ जाती है। जैसे, जब वनमानुष उछल-कूदकर छत से लटकते केले को प्राप्त नहीं कर सका, तो थोड़ी देर के लिए निष्क्रिय होकर चुपचाप बैठ गया था।

(v) सूझ का अचानक आगमन (Sudden onset of insight)—कोहलर का कहना है कि जब प्राणी समस्या का समाधान करने के प्रयास में शिथिल एवं निष्क्रिय हो जाता है, तो फिर कुछ समय के बाद अचानक उसमें सूझ अपने आप उत्पन्न हो जाती है और समस्या का समाधान वह कर लेता है। सूझ उत्पन्न होने से व्यक्ति में लक्ष्य (goal) तथा उपाय (means) के बीच एक स्पष्ट सम्बन्ध दिखाई देने लगता है। खेल-खेल में जब दोनों छड़ी आपस में जुड़कर बड़ी हो जाता है, तो वनमानुष उल्लास के साथ उस जुड़ी हुई छड़ी के सहारे केले की ओर दौड़ पड़ता है और उसे प्राप्त कर लेता है।

आरंभिक परीक्षण के दौरान उद्दीपन

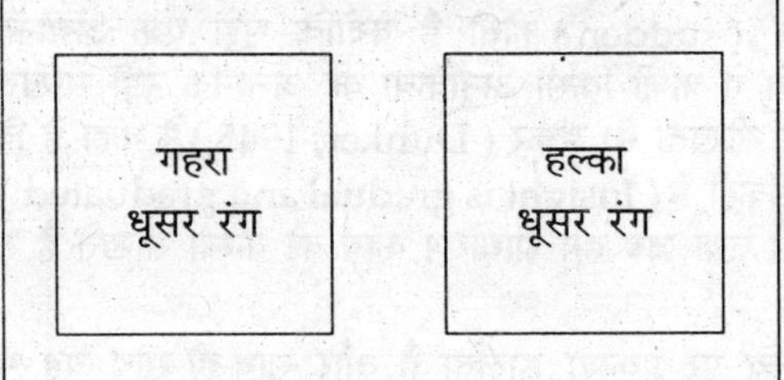

क्रम परिवर्तन जाँच के दौरान व्यवहृत उद्दीपन

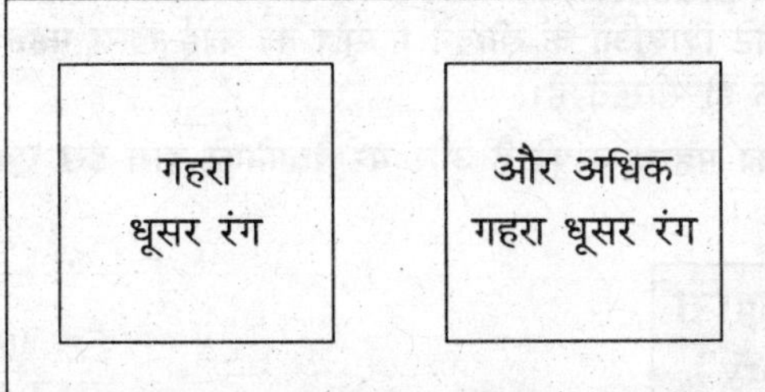

चित्र 7.17 : कोहलर द्वारा क्रमपरिवर्तन प्रयोग के दौरान व्यवहृत धूसर उद्दीपन (Gray stimuli used by Kohler during Transposition experiment)

(vi) सूझपूर्ण सीखने की जाँच : स्थानान्तरण (Test of insightful learning : Transfer)—कोहलर का विचार था कि प्राणी ने किसी समस्या का समाधान करना सूझ द्वारा सीखा है या नहीं, इसकी जाँच स्थानान्तरण (transfer) द्वारा आसानी से की जा सकती है। अगर उसने सूझ द्वारा सीखा है तो उसमें स्थानान्तरण का गुण होगा। परन्तु, अगर प्रयत्न एवं भूल (trial and error) द्वारा सीखा है तो उसमें स्थानान्तरण का गुण नहीं होगा। कोहलर ने अनेक ऐसे परीक्षण (test) किए जिसमें वनमानुष स्थानान्तरण का गुण दिखलाते पाये गए। सुल्तान ने जब बक्सों को एक-दूसरे पर रखकर केले को प्राप्त कर लेना सीख लिया, तो सुल्तान को एक दूसरी समस्या में टेबुल तथा सीढ़ी (ladder) के साथ एक कमरे में छोड़ा गया जिसके छत से केला लटक रहा था। ऐसा देखा गया कि सुल्तान तुरन्त टेबुल पर या सीढ़ी पर या अन्य कोई ऐसी वस्तु नहीं थी जिस पर चढ़कर केला प्राप्त कर सके तो वह कोहलर (जो कमरे में थे) को हाथं पकड़कर आगे लाया और ठीक छत से लटकते केले के नीचे उन्हें खड़ा कर दिया और उन्हीं पर चढ़कर केला प्राप्त कर लिया। इन परीक्षणों से यह बिलकुल ही स्पष्ट हो जाता है कि वनमानुष ने समस्या का समाधान सूझ द्वारा करना सीखा था क्योंकि उसमें स्पष्ट रूप से स्थानान्तरण का गुण था।

कोहलर ने सूझ द्वारा सीखने की इस अन्तिम विशेषता की जाँच क्रमपरिवर्तन (transposition) के प्रयोग के माध्यम से भी किया है। जब किसी एक क्षेत्र में अर्जित नियमों का उपयोग करके प्राणी दूसरी समस्या का सफलतापूर्वक समाधान करता है, तो इस प्रक्रिया को *क्रमपरिवर्तन* (transposition) कहा जाता है। कोहलर ने क्रमपरिवर्तन का प्रयोग चूजों एवं बन्दरों पर किया है। चूजों को धूसर (gray) कागज के टुकड़े के दो अलग-अलग रंग (shade) दिये गए—एक गहरा रंग तथा दूसरा हल्का रंग था। जब चूजे गहरे धूसर रंग के कागज पर चोंच मारते थे, तो उन्हें भोजन दिया जाता था। इस तरह के आरंभिक प्रशिक्षण के बाद चूजों के सामने दूसरी परिस्थिति उत्पन्न की गयी जिसमें पहले का गहरा धूसर रंग को उससे भी अधिक गहरे धूसर रंग के साथ चूजों के सामने उपस्थित किया गया (जैसे कि चित्र 7.16 में दिखलाया गया है) परिणाम में देखा गया कि चूजों ने इन दोनों रंगों के नये संयोग (new composition) में से नया उद्दीपक अर्थात् जो पहले से भी अधिक गहरा उद्दीपक था, उस पर चोंच मारते देखे गये। **स्पष्टतः इस प्रयोग में चूजों द्वारा पहली परिस्थिति जिस नियम को सीखा गया था (गहरा धूसर रंग पर चोंच भरना) उसका स्थानान्तरण दूसरी परिस्थिति में करके वे नयी समस्या का समाधान कर रहे थे।**

सूझ के इस सिद्धान्त से यह स्पष्ट हो जाता है कि सीखने की प्रक्रिया जब सूझ (insight) द्वारा होती है तो वह अचानक होती है क्योंकि प्राणी में सूझ अचानक ही विकसित होती है।

सूझ का सिद्धान्त महत्त्वपूर्ण होने के बावजूद इस सिद्धान्त की कुछ सीमाएँ (limitations) हैं जो निम्नांकित हैं:—

(i) सूझ सिद्धान्त के अनुसार सीखने की प्रक्रिया अचानक (sudden) होती है क्योंकि सूझ एक अचानक होनेवाली प्रक्रिया है। मनोवैज्ञानिकों का मत है कि वास्तव में प्राणी किसी अनुक्रिया को अचानक नहीं सीखता है, बल्कि वह धीरे-धीरे कुछ अभ्यास (practice) द्वारा सीखता है। डंकर (Dunker, 1945) ने कहा है कि सूझ क्रमिक होती है तथा इसकी मात्रा कम या अधिक हो सकती है (Insight is gradual and graduated)। जटिल कार्यों को सीखने में सूझ की मात्रा अधिक होती है तथा जब हम साधारण कार्य को करना सीखते हैं तो उसमें सूझ की मात्रा कम होती है।

(ii) यह सिद्धान्त सीखने में सिर्फ सूझ (insight) के महत्त्व पर प्रकाश डालता है और साथ-ही-साथ यह भी दावा करता है कि सभी तरह के प्राणी सूझ द्वारा ही किसी अनुक्रिया को सीख पाते हैं। कुछ मनोवैज्ञानिकों ने इसका खण्डन करते हुए कहा है कि सीखने में अभ्यास (practice) तथा अनुभूति (experience) का भी स्थान होता है। इनलोगों का यह भी कहना है कि छोटे-छोटे शिशुओं के सीखने में सूझ का कोई खास महत्त्व नहीं होता। प्रायः वे विषय को रटकर एवं अभ्यास करके ही सीखते हैं।

इन सीमाओं (limitations) के बावजूद भी सूझ सिद्धान्त का महत्त्व काफी है और मनोवैज्ञानिकों द्वारा इसे एक अनुपम योगदान माना जाता है।

पियाजे का सिद्धान्त
(Piaget's Theory)

जीन पियाजे (Jean Piaget) स्वीटरजलैंड के एक वैज्ञानिक थे जिनकी आरंभिक अभिरूचि मनोविज्ञान से ज्यादा जीव विज्ञान (Biology) में थी। 21 साल की आयु में इन्होंने पी-एच॰ डी॰ की उपाधि प्राप्त किया और 30 साल की आयु तक इन्होंने करीब 20 से अधिक मानक शोध पत्र प्रकाशित किये। 23 साल की आयु में इन्होंने मनोविश्लेषण तथा बाल मनोविज्ञान के सम्बन्धों पर पहला मनोवैज्ञानिक शोध पत्र लिखा। वे विने टेस्टिंग प्रयोगशाला (Binet Testing laboratory) में भी कुछ समय तक कार्य किये जहाँ बच्चों के लिए एक बुद्धि परीक्षण का निर्माण किया गया। इस प्रयोगशाला में पदस्थापना के दौरान ही इनकी अभिरूचि बच्चों के बौद्धिक विकास के अध्ययन में हुई जो आगे चलकर *संज्ञानात्मक विकास के सिद्धान्त* (theory of cognitive development) का आधार बना।

जहाँ तक अधिगम (learning) की सैद्धान्तिक व्याख्या का प्रश्न है, पियाजे के सिद्धान्त को अधिगम के सिद्धान्तों के पौराणिक श्रेणियों में से स्पष्ट रूप से किसी एक श्रेणी में रखना काफी मुश्किल है, फिर भी यह कहा जा सकता है कि उनका सिद्धान्त टॉलमेन (Tolman) द्वारा प्रतिपादित अधिगम के सिद्धान्त से काफी मिलता-जुलता है। अतः इनके सिद्धान्त को एक संज्ञानात्मक सिद्धान्त (cognitive theory) ही माना जा सकता है।

पियाजे के सिद्धान्त में बच्चों के अधिगम की सैद्धान्तिक व्याख्या पर अधिक जोर डाला गया है। अन्य संज्ञानात्मक सिद्धान्तवादियों जैसे लेविन (Lewin), टॉलमैन (Tolman), वाल्लस (Bolles) के ही समान इन्होंने अधिगम की व्याख्या करने के लिए कुछ मध्यवर्ती चरों (intervening variables) का उपयोग किया है जिनमें *स्कीमा* (Schema) एक महत्त्वपूर्ण ऐसा चर है। स्कीमा का बहुवचन *स्कीमैटा* या *स्कीमाज* (Schemata or Schemas) होता है। अब प्रश्न यह उठता है कि स्कीमा क्या है? स्कीमा बच्चों में विशेष ढंग से अनुक्रिया करने की एक सामान्य अन्तःशक्ति (potentiality) होती है जिसके माध्यम से वे पर्यावरणी उद्दीपकों के बारे में सोचते हैं, समझते हैं तथा उनका प्रत्यक्षण करते हैं। सचमुच में यह मानसिक क्रियाओं (mental activities) के लिए एक संगठनात्मक संरचना (organizing structure) या फ्रेमवर्क (framework) के रूप में कार्य करता है। पियाजे ने स्कीमा को व्यक्ति के संज्ञानात्मक संरचना (cognitive structure) का एक महत्त्वपूर्ण तत्व माना है। स्कीमा से ही यह निर्धारित होता है कि व्यक्ति भौतिक वातावरण के प्रति किस तरह अनुक्रिया करेगा और उस अनुक्रिया को करना सीखेगा। स्कीमा की अभिव्यक्ति स्पष्ट व्यवहार (overt behaviour) जैसे किसी चीज को पकड़ना, के रूप में हो सकता है या फिर अस्पष्ट व्यवहार के रूप में होती है, तो यह लगभग चिन्तन (thinking) के तुल्य होता है।

बच्चों में भिन्न-भिन्न विषयों से सम्बन्धित अलग-अलग स्कीमा विकसित होते हैं और इसकी संख्या व्यस्कावस्था आते-आते और भी बढ़ जाती है। स्कीमा में हमेशा परिवर्तन होते रहता है और यही परिवर्तन *संज्ञानात्मक विकास* (cognitive development) का आधार होता है। पियाजे के अनुसार सीखना से तात्पर्य व्यक्ति के संज्ञानात्मक संरचना (cognitive structure) विशेषकर स्कीमा में अर्थपूर्ण परिवर्तन से होता है। यह परिवर्तन जितना ही संगत (relevant) एवं अर्थपूर्ण होगा, अधिगम या सीखना उतनी ही मजबूत एवं स्थायी होगी। स्कीमा में परिवर्तन दो प्रक्रियाओं द्वारा होता है—*सदृशीकरण* (assimilation) तथा *अनुकूलन* (accomodation)। सदृशीकरण में व्यक्ति अपने संज्ञानात्मक संरचना के अनुकूल वातावरण के उद्दीपकों के प्रति अनुक्रिया करता है। इसमें सचमुच में वह इन उद्दीपकों की व्याख्या अपने में पहले से मौजूद संज्ञानात्मक संरचना के रूप में करता है। इस तरह से सदृशीकरण में भौतिक वातावरण तथा संज्ञानात्मक संरचना के बीच एक तरह का मिलान (matching) होता है। वर्तमान संज्ञानात्मक संरचना यह सीमा निर्धारित कर देती है कि व्यक्ति द्वारा किन-किन व्यवहारों या उद्दीपकों को सदृशीकृत (assimilate) किया जायेगा। इस तरह से उद्दीपक (stimulus) चाहे सरल हो या जटिल, के अर्थ का निर्धारण उस स्कीमा द्वारा होता है जिसे व्यक्ति उसकी पहचान एवं व्याख्या करने में उपयोग करता है। व्यक्ति के संज्ञानात्मक संरचना द्वारा उद्दीपक के अर्थ को समझना ही सदृशीकरण (assimilation) कहलाता है। वुड एवं वुड[1] (Wood & Wood, 1999) के अनुसार, ''स्कीमा एक संज्ञानात्मक सम्प्रत्यय है जिसका उपयोग वातावरण की सूचनाओं, घटनाओं, वस्तुओं की पहचान तथा व्याख्या के लिए की जाती है।''

सदृशीकरण को वुड एवं वुड[2] (Wood & Wood, 1999) ने परिभाषित करते हुए कहा है, ''यह एक ऐसी प्रक्रिया है जिसमें नयी वस्तुएँ, घटनाएँ एवं अनुभूतियों को मौजूदा स्कीमा में सम्मिलित कर लिया जाता है।'' स्पष्ट हुआ कि सदृशीकरण में व्यक्ति अपने वर्तमान स्कीमा में ही सम्मिलित कर किसी वस्तु की पहचान करता है तथा उसकी व्याख्या करता है। परन्तु सभी चीजों को वर्तमान स्कीमा में सम्मिलित कर उसकी व्याख्या सम्भव नहीं हो पाती है। फलतः कभी-कभी व्यक्ति को मौजूदा स्कीमा को ही परिवर्तित करके या उसके जगह पर नया स्कीमा को उत्पन्न करके नयी सूचनाओं या घटनाओं की पहचान या व्याख्या किया जाता है। इस प्रक्रिया को *अनुकूलन* (adaptation) कहा जाता है। अनुकूलन को वुड एवं वुड[3] (Wood & Wood, 1999) के शब्दों में इस प्रकार परिभाषित किया जा सकता है, ''अनुकूलन एक ऐसी प्रक्रिया है जिसके सहारे वर्तमान स्कीमाज को परिवर्तित किया जाता है या उसके जगह पर नयी स्कीमाज को उत्पन्न कर उसमें नयी वस्तुएँ, घटनाओं एवं अनुभूतियों या सूचनाओं को उसमें सम्मिलित करने के लिए किया जाता है।''

सदृशीकरण तथा अनुकूलन द्वारा सीखने की प्रक्रिया को अर्थात् इनके द्वारा संज्ञानात्मक संरचना में होने वाले परिवर्तनों को एक उदाहरण द्वारा इस प्रकार समझाया जा सकता है—अगर एक छोटा बच्चा अपने पिता के बारे में यह संज्ञानात्मक संरचना विकसित करता है कि वे चश्मा लगाते हैं तथा लम्बे कद के हैं और इस स्कीमा के साथ आने पिता को किसी भी परिस्थिति में देखकर वह उन्हें ''पापा'' या ''डैडी'' कहता है, तो यह सदृशीकरण का उदाहरण होगा। परन्तु यदि कोई अपरिचित व्यक्ति जो चश्मा लगाए हुए है और लम्बे कद का ही है, को देखकर वह उसे ''पापा'' या ''डैडी'' कहता है, तो यह कहा जायेगा कि सदृशीकरण से त्रुटि उत्पन्न हो रही है। जब माता-पिता या कोई अन्य व्यक्ति उसे अपने त्रुटि का एहसास दिलाकर उसमें सुधारने की कोशिश करते हैं, तो वह अपने वर्तमान स्कीमा को परिवर्तित करके फिर उसे अपरिचित व्यक्ति समझने लगता है। यह अनुकूलन का उदाहरण होगा। स्पष्ट हुआ कि सदृशीकरण तथा अनुकूलन दोनों ही द्वारा व्यक्ति अपने संज्ञानात्मक संरचना में परिवर्तन लाता है जिससे अधिगम या सीखने की प्रक्रिया सम्पन्न होती है। इसी तरह से मान लिया जाए कि एक-दो साल का बच्चा बहुत सारे बिल्लियों (cats) को देखने पर

1. "Schemas are cognitive structures or concepts used to identify and interpret objects events and other information in the environment." —Wood & Wood : *The World of Psychology*, 1999, p. 302
2. "Assimilation is the process by which new objects, events, experiences or information are incorporated into existing schemas." —Wood & Wood : *The World of Psychology*, 1999, p. 302
3. "Accomodation is the process by which existing schemas are modified and new schemas are created to incorporte new objects, events, experiences or information." —Wood & Wood : *The World of Psychology*, 1999, p. 302

उत्पन्न अनुभूतियों के आधार पर बिल्ली के लिए संज्ञानात्मक संरचना या स्कीमा इस प्रकार विकसित किया है—बिल्ली एक छोटी-छोटी चार पैरों वाली जानवर होती है। अब थोड़े देर के लिए मान लिया जाय कि बच्चा पहले-पहल किसी गिलहरी (squirrel) को देखता है जिसके भी चार छोटे-छोटे पैर होते हैं और इसे स्कीमा (बिल्ली) में सम्मिलित कर लेता है। यह सीखना सदृशीकरण का उदाहरण होगा। परन्तु जब वह फिर अन्य कई गिलहरी को देखता है, तो धीरे-धीरे वह समझने लगता है कि वह कई अर्थों में बिल्ली से भिन्न है। जैसे, गिलहरी बिल्ली से भिन्न ढंग से चलता है, आसानी से पेड़ पर भी चढ़ जाता है, तथा इसके पूँछ अधिक रोयेदार होता है, आदि, आदि। अब वह अपने इन नयी अनुभूतियों के आधार पर वह गिलहरी के लिए नयी स्कीमा विकसित करता है। इस तरह से नयी अनुभूति के आधार पर वह अपने वर्तमान स्कीमा में परिवर्तन लाता है जिसे अनुकूलन की संज्ञा दी जायेगी। अनुकुलन के माध्यम से वह गिलहरी को गिलहरी कहना या समझना सीख लेता है। पियाजे ने यह भी स्पष्ट किया है कि सदृशीकरण तथा अनुकूलन में जितना ही अधिक तनाव (tension) होगा, संज्ञानात्मक विकास उतना ही अधिक होगा और तब सीखने की प्रक्रिया भी उतनी ही मजबूत एवं स्पष्ट होगी।

पियाजे ने अपने सिद्धान्त में अधिगम की व्याख्या के लिए अभिप्रेरणात्मक सम्प्रत्यय (motivational concept) को भी सम्मिलित किया है। *साम्यधारण* (equilibration) एक ऐसा ही अभिप्रेरणात्मक सम्प्रत्यय है। पियाजे का मत है कि सभी व्यक्तियों में वातावरण के साथ एक मधुर एवं सद्भावपूर्ण सम्बन्ध (hormonious relationship) बनाकर रखने की एक जन्मजात प्रवृत्ति (innate tendency) होती है। दूसरे शब्दों में कहा जा सकता है कि व्यक्ति का हर व्यवहार का उद्देश्य वातावरण के साथ एक आदर्श अनुकूलन (optimal adaptation) बना कर रखना होता है। साम्यधारण से तात्पर्य इसी तरह की जन्मजात प्रवृत्ति से होती है जो व्यक्ति को अपनी अनुभूतियों को इस ढंग से संगठित करने की प्रेरणा देता है ताकि अधिक-से-अधिक अनुकूलन (adaptation) हो सके। अतः साम्यधारण व्यवहार में संतुलन बनाये रखने की एक सतत प्रणोद (continuous drive) है। अतः साम्यधारण का सम्प्रत्यय पियाजे के लिए कुछ वैसा ही है जैसा कि मैसलों या युंग के लिए आत्म-सिद्धि (self-actualization) का सम्प्रत्यय या फ्रायड के लिए सुखवाद (hedonism) का सम्प्रत्यय। पियाजे ने यह दावा प्रस्तुत किया है कि साम्यधारण का सम्प्रत्यय सदृशीकरण (assimilation) तथा अनुकूलन (adaptation) के साथ मिलकर बच्चों को नयी-नयी अनुभूतियों को सीखने में मदद करता है। साम्यधारण, सदृशीकरण तथा अनुकूलन की अंतक्रिया (interaction) की व्याख्या हम इस प्रकार कर सकते हैः—

जैसा कि ऊपर की व्याख्या से स्पष्ट है, सदृशीकरण में व्यक्ति गत ज्ञान एवं संज्ञान (cognition) के संदर्भ में ही वर्तमान परिस्थिति या उद्दीपक के प्रति अनुक्रिया करता है। परन्तु कभी-कभी ऐसा होता है कि वर्तमान परिस्थिति या उद्दीपक के प्रति अनुक्रिया करने में गत ज्ञान (previous knowledge) से अधिक मदद नहीं मिलती है। अतः वर्तमान परिस्थिति की इस नये पहलू से व्यक्ति में हल्का संज्ञानात्मक असंतुलन (cognitive disbalance) उत्पन्न हो जाता है। चूँकि व्यक्ति में वातावरण के साथ सद्भावपूर्ण एवं संगत सम्बन्ध बनाकर रखने की एक जन्मजात प्रवृत्ति होती है (साम्यधारणा), व्यक्ति के संज्ञानात्मक संरचना में परिवर्तन होता है, ताकि वातावरण के इस नयी एवं अनोखे परिस्थिति को उसमें सम्मिलित किया जा सके। इस तरह से संज्ञानात्मक असंतुलन में अभिप्रेरणात्मक गुण होते हैं जो व्यक्ति को तबतक सक्रिय रखता है जबतक कि एक संतुलन कायम न हो जाए। इस तरह का संतुलन बनाये रखने के लिए अतिरिक्त वातावरण के साथ इस ढंग का समायोजन (adjustment), वातावरण के साथ नये एवं विभिन्न अंतक्रियाओं को करने का भी मार्ग प्रशस्त कर देता है। इस तरह के समायोजन से संज्ञानात्मक या मानसिक संरचनाओं में ऐसा परिवर्तन आता है कि अगर फिर से वातावरण का वही पुराना पहलू सामने आता है, तो अब इस बार उससे संज्ञानात्मक असंतुलन उत्पन्न नहीं होगा और वह व्यक्ति के वर्तमान संज्ञानात्मक संरचना में आसानी से सदृशीकृत (assimilate) भी हो जायगा। इसके अतिरिक्त, यह नया संज्ञानात्मक संरचना नये समायोजन के लिए आधार भी प्रदान करता है क्योंकि समायोजन हमेशा संज्ञानात्मक असंतुलन से उत्पन्न होता है और इससे ऐसा असंतुलन उत्पन्न होता है, जो हमेशा व्यक्ति के वर्तमान संज्ञानात्मक संरचना से सम्बन्धित होता है। धीरे-धीरे इस तरह के अनुकूली प्रक्रिया (adaptive process) के सहारे वैसी सूचनाएँ जिन्हें कभी व्यक्ति सदृशीकृत (assimilate) नहीं कर पाया था, उन्हें भी सदृशीकृत कर लेता है। इस तरह से सदृशीकरण तथा अनुकूलन की प्रक्रिया साम्यधारण के साथ मिलकर धीरे-धीरे व्यक्ति में संज्ञानात्मक विकास उत्पन्न करता है और व्यक्ति नये-नये व्यवहारों का सीखता चला जाता है। जैसे-जैसे बच्चों

का संज्ञानात्मक संरचना विकसित होते जाता है, किसी नयी सूचना, घटना की व्याख्या करने या नये व्यवहार को सीखने की निर्भरता वातावरण पर कमती जाती है क्योंकि वह अब अपने संज्ञानात्मक संरचना के अधिकाधिक उपयोग पर अधिक बल डालने लगता है। इस प्रक्रिया को पियाजे ने *आन्तरिकता* (interiorization) कहा है। अतः आन्तरिकता तब ऐसी प्रक्रिया है जिसके द्वारा अनुकूली अनुक्रियाएँ (adptative actions) धीरे-धीरे स्पष्ट (overt) से अस्पष्ट (covert) हो जाती हैं।

पियाजे ने अपने सिद्धान्त में यह भी बतलाया है कि बच्चों में किसी घटना, सूचना, अनुभूति, व्यवहार आदि को समझने तथा उन्हें सीखने की क्षमता का विकास कई चरणों (stages) में होता है। इसे उन्होंने *विकासात्मक अवस्था* (developmental stages) कहा है जिसकी संख्या चार है। प्रत्येक अवस्था में बच्चों की स्कीमा की कुछ ऐसी विशेषताएँ होतीं हैं जो पहले और बाद की अवस्थाओं के स्कीमा से गुणात्मक रूप से (qualitatively) भिन्न होते हैं। वे चार अवस्थाएँ निम्नांकित हैं:—

1. संवेदी-पेशीय अवस्था (Sensory-Motor Stage)
2. प्राक्संक्रियात्मक अवस्था (Preoperational Stage)
3. ठोस संक्रियात्मक अवस्था (Concrete Operational Stage)
4. औपचारिक संक्रियात्मक अवस्था (Formal Operational Stage)

इन चारों की व्याख्या इस प्रकार है:—

1. संवेदी-पेशीय अवस्था *(Sensory-Motor Stage)*—यह अवस्था जन्म से 2 साल तक की होती है और इसमें भाषा का अभाव होता है। इस अवस्था में बच्चे अपने वातावरण के उद्दीपकों के बारे में अपने संवेदी (sensory) एवं पेशीय (motor) क्रियाओं के सहारे जानते हैं। यही कारण है कि इसे संवेदी-पेशीय अवस्था कहा जाता है। इस अवस्था के प्रारम्भ में बच्चों का व्यवहार अधिकतर प्रतिवर्त्तात्मक (reflexive) होता है और धीरे-धीरे इसमें जटिलता आते जाती है। चूँकि इस अवस्था में भाषा की कमी होती है, अतः बच्चे यह सोचते हैं कि कोई भी वस्तु जो उसके सामने से ओझल हो जाता है, अपना अस्तित्व खो देता है। इस अवस्था के अंत में बच्चों में *वस्तु स्थायित्व* (object permanence) का गुण विकसित हो जाता है क्योंकि अब वे यह सीख लेते हैं कि जो वस्तु उनके आँख से ओझल भी हो जाता है, उनका अस्तित्व बना रहता है। यही कारण है कि यदि उनके सामने रखे गये किसी वस्तु को हटाकर छिपा दिया जाता है तो वे उसे ढूँढ़ते हैं। इस क्षमता के विकास के साथ ही यह अवस्था समाप्त हो जाती है।

2. प्राक्संक्रियात्मक अवस्था *(Preopertional Stage)*—यह अवस्था 2 से 7 साल की होती है। इसमें भाषा का विकास हो जाता है। फलतः बच्चों में अधिगम की प्रक्रिया पहले अवस्था की तुलना में तेजी से होता है। फिर भी इस अवस्था में बच्चों में तर्क (logic) तथ मानसिक संक्रिया (mental operation) का उपयोग करने की क्षमता उतनी अधिक विकसित नहीं होती है। वे समानता के आधार पर सम्प्रत्यय (concept) को सीखना प्रारम्भ कर देते हैं परन्तु इसमें उनसे त्रुटियाँ अधिक होतीं हैं। जैसे, वे यह सम्प्रत्यय विकसित कर लेते हैं कि सभी पुरुष उनके 'पापा' हैं। इस अवस्था में बच्चे किसी समस्या का समाधान अपने अन्तदर्शी ढंग से (intuitively) करते हैं न कि कोई तार्किक नियम (logical rule) के आधार पर क्योंकि जब उनसे पूछा जाता है कि वे इस तरह का समाधान पर कैसे पहुँचे, तो वे उसका कोई तार्किक उत्तर न देकर मात्र यह कहते हैं कि वे अपने सूझ या मात्र अनुमान के आधार पर ऐसा किये हैं। इस अवस्था में बच्चों के चिंतन में आत्मकेन्द्रिता (egocentrism) होता है अर्थात् बच्चे अपने दृष्टिकोण तथा दूसरों के दृष्टिकोण में अंतर नहीं कर पाते हैं। पियाजे के अनुसार इस अवस्था का सबसे महत्त्वपूर्ण बात यह है कि यहाँ बच्चों में *संरक्षण* (conservation) का गुण नहीं विकसित होता है। संरक्षण से तात्पर्य इस बात से होता है कि किसी पदार्थ की दी गयी मात्रा जैसे उसका क्षेत्र, भार, वजन आदि में उसके मात्र प्रकटन (appearance) में परिवर्तन करने से कोई परिवर्तन नहीं होता है। जैसे, आधे लीटर पानी को यदि लम्बे शीशा के गिलास में रखा जाता है और छोटे परन्तु चौड़े शीशे की गिलास में रखा जाता है, तो बच्चा पहले गिलास में दूसरे गिलास की अपेक्षा अधिक पानी होने की बात बतलायेगा हालांकि दोनों में पानी की मात्रा बराबर-बराबर ही है। इनके चिंतन में पलटावी (reversibility) का भी गुण नहीं होता है।

3. ठोस संक्रियात्मक अवस्था *(Concrete Operational Stage)*—यह अवस्था 7 से 11 या 12 साल की होती

है। इस अवस्था में बच्चों में तार्किक कठिनाइयाँ दूर हो जातीं हैं। उनके चिन्तन में आत्मकेन्द्रिकता का प्रभाव भी कम हो जाता है और वे अब यह अनुभव करते हैं कि दूसरे लोगों का विचार या मत उनके विचार या मत से भिन्न हो सकता है। अब वे तार्किक रूप से मानसिक संक्रियाएँ (mental operations) आसानी से कर लेते हैं। उनमें संरक्षण (conservation) का भी गुण विकसित हो जाता है तथा वे पलटावी गुणों को भी समझने लगते हैं। अब वे एक समय में उद्दीपक के दो या दो से अधिक विमाओं पर ध्यान देने लगते हैं। इन सबों का परिणाम यह होता है कि इस अवस्था में बच्चों में अधिगम की प्रक्रिया पहले की अवस्था की तुलना में अधिक परिपक्व एवं मजबूत होती है। इस अवस्था का सामान्य दोष यह होता है कि बच्चे तार्किक संक्रियाओं का उपयोग केवल ठोस वस्तुओं (concrete objects) अर्थात् जो उनके सामने उपस्थित होते हैं, उन्हीं पर उपयोग कर पाते हैं। वे ऐसे मानसिक संक्रियाओं का उपयोग कोई शाब्दिक (verbal), अमूर्त तथा काल्पनिक समस्याओं (hypothetical problems) पर नहीं कर पाते हैं।

4. औपचारिक संक्रियात्मक अवस्था *(Formal operational stage)*—यह अवस्था 11 से 12 साल से प्रारम्भ होकर व्यस्कावस्था तक चलते रहता है। इस अवस्था में किशोर पलटावी तथा संरक्षण के नियमों का उपयोग शाब्दिक, अमूर्त तथा काल्पनिक समस्याओं पर भी करने लगते हैं। उनका चिंतन अधिक तार्किक हो जाता है और उनमें जटिल-से-जटिल व्यवहार को सीखने की पर्याप्त क्षमता विकसित हो जाती है।

स्पष्ट हुआ कि संज्ञानात्मक विकास के इन अवस्थाओं में व्यक्ति की संज्ञानात्मक संरचनाएँ उत्तरोत्तर परिपक्व होतीं चली जाती हैं, जिनसे अधिगम की दर तेज तो होती ही है साथ-ही-साथ जटिल अधिगम भी व्यक्ति के लिए आसान हो जाता है।

पियाजे ने अपने सिद्धान्त में अधिगम या सीखने के लिए कुछ आदर्श अवस्थाओं का भी वर्णन किया है। उनका मत है कि जैसे-जैसे संज्ञानात्मक संरचना विस्तृत (elaborate) होते जाती है, व्यक्ति के लिए भौतिक वातावरण को समझना आसान होता चला जाता है। उसी तरह से अगर कोई चीज व्यक्ति के संज्ञानात्मक संरचना से इतना दूर होता है कि उसे इसमें सम्मिलित नहीं किया जा सकता है, तो ऐसी अवस्था अधिगम की प्रक्रिया नहीं होगी। आदर्श अधिगम होने के लिए यह आवश्यक है कि व्यवहार या सूचना निश्चित रूप से ऐसी हो जिसे वर्तमान संज्ञानात्मक संरचना में सदृशीकृत (assimilate) किया जा सके परन्तु उसका स्वरूप भिन्न होना चाहिए ताकि उससे संज्ञानात्मक संरचना में एक परिवर्तन की आवश्यकता महशुश की जा सके। अगर कोई सूचना को सदृशीकृत नहीं किया जा सकता है, तो उसे समझा भी नहीं जा सकता है। अगर उसे पूर्णतः समझा जाना सम्भव हो पाता है, तो फिर कोई नया अधिगम की आवश्यकता नहीं रह जाती है। अतः पियाजे के अनुसार जब किसी अनुभूति को व्यक्ति अपने गत ज्ञान (previous knowledge) या संज्ञानात्मक संरचना में सदृशीकृत (assimilate) करने में असफल रह जाता है तो इससे व्यक्ति में नया अधिगम उत्पन्न नहीं होता है।

पियाजे के कुछ सम्प्रत्ययों एवं नियमों पर लोगों ने आपत्ति उठायी है। जैसे, वेल्लारगियोन एवं डीमोस (Baillargeon & Devos, 1991) ने यह दिखलाया है कि वस्तु स्थायित्व (object permanence) का गुण बच्चों में 3½ महीने की आयु में भी विकसित हो जाता है न कि 2 साल की आयु पूरा होने पर होता है। कहने का तात्पर्य यह है कि बच्चे 3½ साल की आयु में यह सीख लेते हैं कि वस्तु उनके सामने से भले ही हट गये हों, परन्तु उनका अस्तित्व खतम नहीं हुआ है। साथ-ही-साथ बहुत कम ही विकासात्मक मनोवैज्ञानिक ऐसे हैं जो पियाजे द्वारा प्रस्तावित चरणों के अनुरूप संज्ञानात्मक विकास होने की बात को सही मानते हैं। केस (Case, 1992) तथा फ्लैवेल्ल (Flavell, 1992) का मत है कि यदि पियाजे का विचार सही होता तो बच्चों का संज्ञानात्मक कार्य (cognitive functioning) सभी संज्ञानात्मक पाठ या क्षेत्र में एक समान रहता। परन्तु ऐसा नहीं होता है। बच्चों की अपनी विशेष अनुभूति तथा निपुणता (expertise) के आधार पर उनका संज्ञानात्मक कार्यों का स्तर अलग-अलग हो सकता है। फलस्वरूप, कम उम्र के बच्चे भी अधिक जटिल व्यवहार को करना आसानी से सीख लेते हैं।

इन सामान्य आलोचनाओं के बावजूद पियाजे द्वारा प्रस्तावित अधिगम का सिद्धान्त काफी महत्त्वपूर्ण है तथा इसका स्वतः शोध मूल्य (heuristic value) अधिक है क्योंकि इनके सिद्धान्त ने बहुत से लोगों को शोध करने के लिए नये-नये सम्प्रत्ययों एवं नियमों को खोजने की प्रेरणा दिया है।

क्लासिकी अनुबन्धन पर किये गए कुछ नूतन शोध
(Recent Researches on Classical Conditioning)

क्लासिकी अनुबन्धन के जनक आई॰पी॰पैवल (I. P. Pavlov) हैं। जनक होने के नाते इन्होंने क्लासिकी अनुबन्धन के क्षेत्र को काफी ठीक ढंग से सजाया एवं सँवारा है और इसमें कोई शक नहीं किया जा सकता है। फिर भी इस क्षेत्र में अन्य मनोवैज्ञानिकों द्वारा किये गए शोधों एंव अनुसंधानों से कुछ ऐसे तथ्य प्रकाश में आये हैं जिनसे पैवलव के सिद्धान्त में छिपी अस्पष्टता एवं अयथार्थता का पता लगने के अलावा नये-नये सम्प्रत्यय भी विकसित हुए हैं। इस अनुच्छेद में हम कुछ ऐसी ही तथ्यों एवं सम्प्रत्ययों का वर्णन निम्नांकित उपशीर्षक के तहत करेंगे—

(i) रेसकोरला-वैगनर का क्लासिकी अनुबन्धन का सिद्धान्त (Rescorla-Wanger theory of Classical conditioning)

(ii) CR को लघु UCR मानने की भूल (Inaccuracy in taking CRs as little UCRs)

(iii) निष्प्रभन एवं अवरुद्धता (Overshadowing and Blocking)

तीनों महत्त्वपूर्ण तथ्यों का वर्णन हम अलग-अलग अनुच्छेद में करेंगे।

रेसकोरला-बैगनर का क्लासिकी अनुबन्धन सिद्धान्त
(Rescorla-Wanger Theory of Classical Conditioning)

पैवलव (Pavlov) ने क्लासिकी अनुबन्धन के सिद्धान्त को सामीप्यता (contiguity) का एक महत्त्वपूर्ण कारक माना है। उनका मत था कि अगर CS (घंटी) देकर उसके तुरंत बाद UCS (भोजन) दिया जाता है तो अन्त में CS से UCS (लार स्राव) की अनुक्रिया होने लगती है। अतः मात्र सामीप्यता (contiguity) के आधार पर CS का अनुबन्धन UCS से हो जाता है। सचमुच में इस तथ्य का खंडन एग्गर एवं मिल्लर (Egger & Miller, 1962) के प्रयोग से प्राप्त परिणाम के आधार पर हुआ। एग्गर एवं मिल्लर के प्रयोग का सामान्य निष्कर्ष यह था कि क्लासिकी अनुबन्धन होने के लिए यह आवश्यक है कि प्राणी CS के आधार पर यह पूर्वकथन कर सके कि उसके बाद पुनर्बलन आयेगा या नहीं। रेसकोरला एवं वैगनर द्वारा क्लासिकी का सिद्धान्त सचमुच में एग्गर एवं मिलर के प्रयोग के अध्ययनों के निष्कर्ष से ही प्रेरित हुआ एक सिद्धान्त है।

रेसकोरला एवं वैगनर ने अपने क्लासिकी अनुबन्धन के सिद्धान्त में यह स्पष्ट रूप से कहा है कि किसी उद्दीपक (stimulus) को एक प्रभावी CS के रूप में कार्यरत होने के लिए उसे सूचनात्मक या ज्ञानप्रद (informative) होना चाहिए। दूसरे शब्दों में, उद्दीपक को ऐसा होना चाहिए कि UCS आने के बारे में वह एक विश्वसनीय एवं सार्थक (nonredundant) सूचना दे। अतः रेसकोरला एवं वैगनर के सिद्धान्त में CS तथा UCS की सामीप्यता (contiguity) नहीं बल्कि दोनों का आपसी सम्बन्ध (relationship) महत्त्वपूर्ण होता है। रेसकोरला ने इस सम्बन्ध को प्रासंगिकी (contingency) कहा है। अतः जहाँ पैवलव के अनुसार क्लासिकी अनुबन्धन का आधार CS तथा UCS की सामीप्यता (contiguity) वहाँ रेसकोलरा के अनुसार क्लासिकी अनुबंधन का आधार CS तथा UCS का प्रासंगिकी (contingency) होता है। इसे दिखलाने के लिए रेसकोलरा एवं वैगनर (Rescolra & Wanger, 1966) ने एक महत्त्वपूर्ण प्रयोग किया। यह प्रयोग तीन अवस्थाओं (phases) में किया गया। प्रयोग की *पहली अवस्था* में रेसकोलरा एवं वैगनर ने शटिल बकस में कुछ कुत्तों को बिजली के आघात से बचने का प्रशिक्षण दिया। कुत्ता को शटिल बकस (shuttle box) के उजले भाग में रखा जाता था (चित्र 7.1 देखें)। रखने के 30 सेकेण्ड के बांद उसे बिजली का आघात दिया जाता था। यदि कुत्ता 30 सेकेण्ड के पहले ही शटिल बकस के बीच के अवरोध (hurdle) को फाँद कर काले वाले भाग में आ जाता था, तो उसे बिजली का आघात नहीं लगता था। यहाँ कोई बाह्य उद्दीपक या संकेत का उपयोग नहीं किया गया (जैसा कि परिवर्जन सीखना (avoidance learning) के प्रयोग में साधारणतः होता है)। अतः कुत्ता को 30 सेकेण्ड बीतने के समय का स्वयं ही आभास करके परिवर्जन अनुक्रिया (avoidance response) करना होता था। सभी कुत्तों ने 30 सेकेण्ड के भीतर बिजली के आघात को परिवर्जन करने (avoid) की अनुक्रिया को सीख लिया और उनके द्वारा शटिल बकस के अवरोध (hurdle) को फाँदने (jump) की गति (rate) का अभिलेखन (record) प्रयोगकर्त्ता द्वारा कर लिया गया।

इसके बाद प्रयोग की *दूसरी अवस्था* (second phase) प्रारम्भ की गयी और उन्हें शटिल बकस (shuttle box) से भिन्न परिस्थिति में रखकर तीन तरह के प्रासंगिकी (contingency) के तहत रखकर क्लासिकी अनुबन्धन की प्रविधि के अनुसार प्रशिक्षण दिया गया। इस अवस्था में कुत्तों को आवाज (5 सेकेंड का) CS के रूप तथा बिजली का आघात (electric shock) UCS के रूप में दिया गया। पहली अवस्था में प्रशिक्षित सभी कुतों को अब तीन समूह में बाँट दिया गया। पहले समूह को एक घंटी (5 सेकेंड तक) जो CS था, बजाकर उसके बाद बिजली का आघात जो UCS था, लगातार कई प्रयासों तक दिया गया। इस तरह के अनुबन्धन को साधारणतः *अग्रवर्ती अनुबन्धन* (forward conditioning) कहा जाता है तथा इसे रेसकोरला ने *धनात्मक प्रासंगिकी* (positive contingency) कहा है। कुत्तों के दूसरे समूह को UCS (बिजली का आघात) पहले दिया जाता था और उसके बाद CS (घंटी) दिया जाता था। इस समूह के लिए परिस्थिति कुछ इस ढंग की रखी गयी थी कि CS तथा UCS को साथ-साथ नहीं और न ही UCS के 30 सेकेंड के भीतर ही CS को दिया जाए। अनुबन्धन के इस विधि जिसमें UCS पहले तथा CS बाद में दिया जाता है, को *पश्चगामी अनुबन्धन* (backward conditioning) कहा जाता है और रेसकोरला ने इसे *ऋणात्मक प्रासंगिकी* (negative contingency) कहा है। कुत्तों का तीसरा समूह ऐसा था जिसे बराबर-बराबर प्रयासों में CS को UCS के पहले तथा बाद में रखकर उसके सामने उपस्थित किया गया। इसमें इस बात का भी ध्यान रखा गया कि CS को UCS के पहले या बाद में एक क्रमबद्ध ढंग से न देकर यादृच्छिक ढंग से उपस्थित किया जाए ताकि इन दोनों तरह की उपस्थिति अनुसूची (presentation schedule) में किसी प्रकार का सम्बन्ध होने का अनुमान न हो सके। इसका परिणाम यह हुआ कि समूह तीन के प्रयोज्यों में CS का कोई पूर्वकथनात्मक मूल्य (predictive value) नहीं विकसित हो सका।

इसके बाद प्रयोग की तीसरी और *अंतिम अवस्था* (final phase) प्रारम्भ की गयी जिसमें कुत्तों को पुनःशटिल बकस (shuttle box) में रखकर परिवर्जन प्रशिक्षण (avoidance training) तब तक दी गयी जब तक कि उसमें परिवर्जन अनुक्रिया पूर्णत स्थायी स्वरूप का नहीं हो गया। इस अवस्था में घंटी (5 सेकेंड की अवधि के लिए) जो प्रयोग की अवस्था दो में CS था, भी बजायी जाती थी और उसके कुछ सेकेंड बाद बिजली का आघात दिया जाता था। परिणाम में देखा गया कि CS देने पर पहले समूह के कुत्तों ने प्रयोग की पहली अवस्था की तुलना में परिवर्जन अनुक्रिया (avoidance response) करने की गति में तेजी ला दी। सचमुच में इस समूह के प्रयोज्यों में अनुक्रिया की दर दुगुनी हो गयी। दूसरे समूह के कुत्तों में CS दिये जाने पर अनुक्रिया करने की दर में एक-तिहाई की कमी हो गयी। तीसरे समूह में कुत्तों में CS दिये जाने के बाद अनुक्रिया दर में कोई परिवर्तन नहीं आया और अनुक्रिया दर प्रयोग की पहली अवस्था के अनुक्रिया दर लगभग बराबर था।

रेसकोरला ने इस प्रयोग के परिणाम की व्याख्या की ओर अब ध्यान दिया जाय। ध्यान रहे कि इस प्रयोग की दूसरी अवस्था जो क्लासिकी अनुबन्धन (classical conditioning) की अवस्था थी, में तीनों समूह के कुत्तों को बिजली का आघात समान संख्या में दिया गया था तथा तीनों समूह में CS तथा UCS के सम्बन्ध अर्थात् प्रासंगिकी (contingency) को परिवर्तित किया गया था। पहला समूह में CS तथा UCS के बाद धनात्मक प्रासंगिकी दिया गया था। फलतः इसमें CS द्वारा UCS की उपस्थिति के बारे में सही अनुमान लगाया जाना सम्भव हो पाया। यही कारण है कि CS देने पर इस समूह के कुत्तों ने तीसरी अवस्था में शटिल बक्स के अवरोध को फाँदकर बिजली के आघात को परिवर्जित करने की अनुक्रिया करने में तेजी ला दिया। दूसरा समूह के लिए CS को UCS के बीच ऋणात्मक प्रासंगिकी (negative contingency) था अर्थात् 30 सेकेंड के भीतर CS को UCS के साथ कभी युग्मित (paired) नहीं किया गया और न ही 30 सेकेंड के भीतर ही उसे UCS के बाद दिया गया। इसका मतलब यह हुआ कि इस समूह के प्रयोज्यों के लिए CS एक तरह से सुरक्षा का संकेत उद्दीपक बन गया। सामान्यतः मनोवैज्ञानिकों को ऐसा विश्वास है कि इस तरह के पश्चगामी अनुबंधन (backward conditioning) में किसी तरह का क्लासिकी अनुबन्धन (classical conditioning) नहीं होता है। परन्तु रेसकोरला ने इस विश्वांस का खंडन करते हुए कहा कि ऐसी बात नहीं है और ऋणात्मक प्रासंगिकी या पश्चगामी अनुबन्धन की परिस्थिति में भी क्लासिकी अनुबन्धन होता है। रेसकोरला के अनुसार प्रयोज्य इस परिस्थिति में यह सीखता है कि CS से UCS या बिजली के आघात की अनुपस्थिति का पता चलता है। यही कारण है कि जब इस अवस्था में प्रयोज्यों को CS दिया गया, तो परिवर्जन अनुक्रिया की गति धीमी हो गयी। अतः इस अवस्था में अवरोधात्मक अनुबन्धन (inhibitory conditioning) होता पाया गया। तीसरे समूह की परिस्थिति ऐसी थी जिसमें

प्रयोज्य CS के आधार पर UCS की उपस्थिति या अनुपस्थिति किसी का भी अनुमान नहीं लगा सकते थे क्योंकि CS तथा UCS एक-दूसरे से पूर्णतः स्वतंत्र थे। अतः CS तथा UCS के बीच किसी प्रकार की कोई प्रासंगिकी (contingency) नहीं था और यह वास्तविक यादृच्छिक नियंत्रित समूह (truly random control group) था। रेसकोरला के अनुसार शायद यही कारण है कि इसमें क्लासिकी अनुबन्धन (classical conditioning) नहीं हुआ।

रेसकोरला तथा वैगनर ने क्लासिकी अनुबन्धन के सिद्धान्त को गणितीय सूत्रों (mathematical equation) के रूप में ही अधिक प्रतिपादित किया है। फिर भी इस सिद्धान्त के मुख्य तत्त्वों को ऊपर में शाब्दिक (verbally) रूप से प्रायोगात्मक पृष्ठभूमि में उपस्थित किया गया। इस सिद्धान्त की मुख्य पूर्वकल्पनाएँ (assumptions) निम्नलिखित हैं:—

(i) मजबूत UCS कमजोर UCS की तुलना में अधिक अनुबन्धन (conditioning) उत्पन्न करने में सक्षम होता है।

(ii) किसी दिये हुए प्रयास में दिये हुए CS के प्रति अनुबन्धन की मात्रा इस तथ्य द्वारा सीमित होता है कि उस CS के प्रति पहले कितनी मात्रा में अनुबन्धन स्थापित हो चुका है।

(iii) किसी दिये हुए प्रयास में दिये हुए CS के प्रति अनुबन्धन की मात्रा सिर्फ इस तथ्य के द्वारा ही सीमित नहीं होता है कि उस CS के प्रति पहले से कितनी मात्रा में अनुबन्धन स्थापित हो चुका है बल्कि इस तथ्य द्वारा भी सीमित होता है कि परिस्थिति में उपस्थित अन्य जो कई CS हैं, उनके साथ कितनी मात्रा में अनुबन्धन स्थापित हो चुकी है। दूसरे शब्दों में यह कहा जा सकता है कि किसी दिये हुए अनुबन्धन की परिस्थिति में एक निश्चित मात्रा में अनुबन्धन उत्पन्न होता है जो उस परिस्थिति में जितने CS उपस्थित होते हैं, उनके बीच बँट जाते हैं।

(iv) जब CS अधिक मजबूत, प्रमुख (salient) एवं सार्थक (nonredundant) होता है, तो उससे कमजोर एवं अस्पष्ट CS की तुलना में कम अनुबन्धन स्थापित होता है।

सिद्धान्त की उक्त प्राक्कल्पनाओं में से कुछ का सत्यापन हो चुका है तथा कुछ का सत्यापन करने के लिए मनोवैज्ञानिकों द्वारा नये-नये शोध किये जा रहे हैं।

CR को लघु UCR मानने की भूल
(Inaccuracy in taking CRs as little UCRs)

क्लासिकी अनुबन्धन के क्षेत्र में कुत्ता पर किये गए प्रयोगों के आधार पर पैवलव यह विश्वास करने लगे कि अनुबन्धन के दौरान CS (घंटी) धीरे-धीरे UCS (भोजन) को प्रतिस्थापित कर देता है। शायद यही कारण है कि क्लाकिसी अनुबन्धन को कभी-कभी *उद्दीपक-प्रतिस्थापन अधिगम* (Stimulus-Substitute learning) भी कहा जाता है। UCS के प्रति UCR किया जाता है तथा CS के प्रति CR किया जाता है। चूँकि CS, UCS का एक प्रतिस्थापित रूप के समान होता है, अतः पैवलव CR को भी UCR का लघु रूप मानते थे।

आधुनिक मनोवैज्ञानिकों द्वारा CR के स्वरूप का गहन रूप से अध्ययन किया गया और पैवलव के उक्त मान्यता को गलत ठहराया है। इन मनोवैज्ञानिकों द्वारा किये गए प्रयोगों के परिणाम से यह स्पष्ट हुआ है कि CR का स्वरूप UCR से भिन्न होता है। जैसे, जेनर (Zener, 1937) ने क्लासिकी अनुबन्धन के अध्ययन में CR को UCR से कई दृष्टिकोण से भिन्न पाया है। UCS (भोजन) को देखकर प्राणी में चबाने की अनुक्रिया अक्सर होते देखी गयी परन्तु CS (घंटी) के बाद भोजन देने से इस तरह की अनुक्रिया यदा-कदा होते देखी गयी।

इतना ही नहीं, CR होने में उसके पहले कुत्ता कुछ बेचैनी का व्यवहार जैसे पैर पटकना, जँम्हाई लेना, जोर-जोर हाँफना आदि किया करता था परन्तु UCR में ऐसे व्यवहार नहीं होते थे। इतना ही नहीं, कुछ आधुनिक शोधकर्त्ताओं ने अपनें अध्ययनों में CR तथा UCR को एक-दूसरे का परस्पर विरोधी (antagonist) भी होते पाये हैं। पैवलव ने यह दावा किया था कि जब बिजली के आघात को UCS के रूप में उपयोग किया जाता है, तो इससे प्राणी में एक विशेष UCR अर्थात् हृदय गति का तीव्र होना देखा जाता है। ऑबरिस्ट, सुटर्र एवं वहोवार्ड (Obrist, Sutterer & Howard, 1972) ने इस सम्बन्ध की जाँच अपने अध्ययन में किया और पाया कि हमेशा ऐसा नहीं होता है। CS तथा UCS के युग्मन की प्रारंभिक अवस्था में प्राणी के हृदय गति का तीव्र होना ही निश्चित रूप से UCR होता है परन्तु

प्रशिक्षण के बाद की अवस्था में ह्रदय गति का मंद होना CR हो जाता है क्योंकि बाद की अवस्था में प्राणी में UCS से उतना संवेग (डर) नहीं उत्पन्न होता है जितना कि प्रारम्भ में होता था।

CR तथा UCR के परस्पर विरोधी सम्बन्ध को शेपार्ड तथा सिगेल (Shephard & Siegal, 1979) ने भी अपने प्रयोग में दिखलाया है। इस अध्ययन में मार्फिन (Morphine) नामक औषध (drug) को UCS के रूप में उपयोग किया। प्रयोग चूहों पर किया गया। मार्फिन का सूई देने से प्राणी में दर्द उत्पन्न करने वाले उद्दीपक के प्रति संवेदनशीलता में कमी हो जाती है। अतः संवेदनशीलता में यह कमी UCR का उदाहरण है। चूँकि इस प्रयोग में मार्फिन के प्रभाव का अनुभव होने के ठीक पहले उसका सूई दिया जाता था, अतः सूई देना अपने आप में एक CS के रूप में कार्य करता था तथा सूई देने का सिरिंज देखकर दर्द के प्रति संवेदनशील होना CR का उदाहरण था। इस प्रयोग में चूहों का दो समूह लिया गया—प्रयोगात्मक समूह तथा नियंत्रित समूह। प्रयोगात्मक समूह को मार्फिन का सूई दिया गया। (इस तरह के सूई दे देने से चूहा गर्म प्लेट पर से अपने पंजा (paw) उन चूहों की तुलना में जिन्हें उसकी सूई नहीं दी गयी थी, देर से हटाते थे) और उसके बाद उसे साधारण पानी का सूई दिया गया। नियंत्रित समूह के चूहों को मार्फिन का सूई कभी भी नहीं दिया गया। परिणाम में देखा गया कि प्रयोगात्मक समूह के चूहों जिन्हें पहले मार्फिन का सूई कई बार दिया गया और उसके बाद साधारण पानी का सूई दिया गया था, गर्म प्लेट से अपने पंजा का नियंत्रित समूह के चूहों की तुलना में जिन्हें मार्फिन की सूई कभी नहीं दी गयी थी, तेजी से हटा लेते थे। इस प्रयोग में स्पष्टतः CR (दर्द के प्रति अधिक संवेदनशीलता) UCR (दर्द के प्रति कम संवेदनशीलता) के विपरीत होते देखा गया। हॉलैण्ड (Holland, 1977) ने तो अपने अध्ययन में यह भी पाया कि एक UCR के साथ एक ही प्रयोग में कई भिन्न CS को युग्मित (pair) किये जाने पर विभिन्न तरह के CR उत्पन्न होने लगते हैं।

उपर्युक्त अध्ययनों के आलोक में हम इस निष्कर्ष पर पहुँचते हैं कि CR तथा UCR का सम्बन्ध उतना सरल नहीं है जितना कि पैवलव ने बतलाया था। सचमुच में, इन दोनों का सम्बन्ध जटिल है क्योंकि कभी-कभी CR निश्चित रूप से UCR का लघुरूप लगता है तो कभी-कभी ये दोनों एक-दूसरे के विरोधी दीखते हैं और कभी-कभी CR प्राणी को UCS के प्रति अनुक्रिया करने के लिए एक तरह से तैयार करते दीखता है।

निष्प्रभन एवं अवरुद्धता
(Overshadowing and Blocking)

निष्प्रभन (overshadowing) एवं अवरुद्धता (blocking) क्लासिकी अनुबन्धन (classical conditioning) के क्षेत्र में दो ऐसी घटनाएँ हैं जिनमें आधुनिक प्रयोगात्मक मनोवैज्ञानिकों ने काफी अभिरुचि दिखलाया है। ये दोनों घटनाएँ क्लासिकी अनुबन्धन से सम्बद्ध हैं और साथ-ही-साथ उस विशेष परिस्थिति की ओर इशारा करती हैं जिनमें क्लासिकी अनुबन्धन की प्रविधि होने के बावजूद भी अनुबन्धन (conditioning) नहीं हो पाता है। आधुनिक प्रयोगात्मक मनोवैज्ञानिकों के अनुसार ये दोनों घटनाओं से हमें इस बात का संकेत मिलता है कि क्लासिकी अनुबन्धन में उद्दीपक सामीप्यता (stimulus contiguity) जिसे पैवलव ने अनुबन्धन में मात्र कारक माना था, के अलावा भी कुछ सम्मिलित होता है।

निष्प्रभन (overshadowing) क्या हैं? निष्प्रभन एक ऐसी घटना है जिसमें मिश्रित अनुबंधित उद्दीपक (compound conditioned stimulus) का प्रबल तत्त्व (dominant component) कमजोर तत्त्व (weaker component) पर इस तरह हावी हो जाता है कि अनुबन्धन कमजोर तत्त्व के प्रति न होकर मात्र प्रबल तत्त्व के प्रति हो पाता है हालाँकि उद्दीपक परिस्थिति में कमजोर तत्त्व तथा प्रबल तत्त्व दोनों ही मौजूद होते हैं। जैसे, अगर मिश्रित CS के रूप में धीमी रोशनी (light) तथा घंटी की तीव्र आवाज दोनों को साथ-साथ उपस्थित किया जाता है तो तीव्र आवाज के प्रति अनुबन्धन (conditioning) स्थापित हो जाएगी परन्तु रोशनी के प्रति अनुबन्धन स्थापित नहीं हो पायेगा क्योंकि तीव्र आवाज रोशनी की तुलना में अधिक प्रबल (dominant) हैं। यहाँ रोशनी तथा तीव्र आवाज दोनों ही अनुबंधन की परिस्थिति में उपस्थित हैं, परन्तु अनुबन्धन सिर्फ प्रबल उद्दीपक (तीव्र आवाज) के प्रति होती है, रोशनी के प्रति नहीं। अगर उद्दीपक सामीप्यता (stimulus contiguity) ही मात्र कारक क्लासिकी अनुबन्धन में होता, (जैसा कि पैवलव ने कहा था) तो अनुबंधन CS के दोनों ही तत्त्वों के प्रति समान ढंग से होना चाहिए था। कामीन (Kamin, 1969) तथा वैगनर (Wagner, 1969) ने अपने प्रयोगात्मक अध्ययनों से निष्प्रभन की घटना की संपुष्टि किया है।

अवरुद्धता (blocking) क्लासिकी अनुबन्धन के क्षेत्र में एक-दूसरी घटना है जो निष्प्रभन (overshadowing) से संबंद्ध है। जब CS (जैसे A) UCS के साथ युग्मित (pair) करके बार-बार प्राणी के सामने उपस्थित किया जाता है, तो वह UCS के साथ अनुबंधित होकर UCS के समान अनुक्रिया उत्पन्न करने लगता है। इस तरह के आरंभिक अनुबन्धन के बाद यदि वह CS (अर्थात् A) को दूसरे CS अर्थात् B के साथ युग्मित करके यानि एक मिश्रित (compound) CS (A+B) के रूप में प्राणी के सामने उपस्थित करते हैं तो ऐसा देखा जाता है कि B के प्रति नाम मात्र का या बिलकुल ही न के बराबर अनुबन्धन स्थापित हो पाता है। ऐसा लगता है कि CS (A) के प्रति जो प्रारम्भिक अनुबंधन स्थापित हुआ, वह CS (B) के प्रति अनुबन्धन स्थापित होने में बाधा पहुँचा रहा है। इसी घटना को मनोवैज्ञानिकों ने अवरुद्धता (blocking) की संज्ञा दिया है जो स्पष्टतः यह बतला रहा है कि परिस्थिति बिलकुल ही क्लासिकी अनुबन्धन की प्रविधि के अनुरूप होने पर भी एक CS के साथ बिलकुल ही अनुबन्धन स्थापित नहीं हो पाता है जिससे यह साबित होता है कि पैवलोवियन अनुबन्धन में उद्दीपक सामीप्यता (stimulus contiguity) के अलावा कुछ और भी कारक सम्मिलित होते हैं। अवरुद्धता की घटना को कई प्रयोगकर्ताओं ने अपने प्रयोगों में सफलतापूर्वक दिखलाया है। यहाँ उदाहरण के रूप में कामीन (Kamin, 1969) के प्रयोग पर हम विचार करेंगे। यह प्रयोग चूहों पर तीन अवस्थाओं में किया गया। पहली अवस्था में एक आवाज (tone) को जो CS था, बिजली के आघात (shock) जो UCS था, के साथ युग्मित कर दिया गया। इसका प्रभाव यह हुआ कि आवाज से चूहों में अनुक्रिया दमन (response suppression) का व्यवहार होने लगा अर्थात् वे सीखी गयी अनुक्रिया को दमित करने लगे। दूसरी अवस्था में पहली अवस्था में व्यवहृत आवाज (tone) को रोशनी (light) के साथ युग्मित कर दिया गया और उसके बाद उसे बिजली का आघात (electric shock) कई प्रयासों तक दिया गया। अन्तिम अवस्था में रोशनी तथा आवाज अलग-अलग उपस्थित किये गए और देखा गया कि आवाज से चूहों में अनुक्रिया दमन की क्रिया हो रही थी परन्तु रोशनी से इस तरह की अनुक्रिया अर्थात् दमन की अनुक्रिया नहीं हो रही थी। दूसरे शब्दों में, आवाज के प्रति दमन की अनुक्रिया अनुबंधित हो गयी थी लेकिन रोशनी के प्रति अनुक्रिया दमन की क्रिया अनुबंधित नहीं हो पायी। यहाँ आवाज के प्रति उत्पन्न अनुबन्धन रोशनी के प्रति होनेवाला अनुबन्धन को अवरुद्ध (blocked) कर रहा था।

आधुनिक प्रयोगात्मक मनोवैज्ञानिकों द्वारा निष्प्रभन (overshadowing) तथा अवरुद्धता (blocking) के क्षेत्र में किये गए अध्ययनों से पैवलोवियन अनुबन्धन के कलई खुलने लगे हैं। अभी पाठक को उस समय या दिन के लिए इंतजार करना होगा जब क्लासिकी अनुबन्धन के क्षेत्र में किये जा रहे प्रयोगों द्वारा कुछ और भी ऐसे तथ्य सामने आयेंगे जो अब तक गुमनामी के अंधेरे में दम तोड़ रहे थे।

कुछ विशेष अनुबन्धन तथ्य
(Some Special Conditioning Phenomena)

मनोवैज्ञानिकों द्वारा किये गए नवीनतम शोध से कुछ ऐसे तथ्य सामने हैं जो क्लासिकी अनुबन्ध (classical conditioning) से देखने में काफी मिलते-जुलते हैं परन्तु फिर भी उनकी व्याख्या क्लासिकी अनुबन्धन सिद्धान्त से करना मुश्किल है। यहाँ पर हम निम्नांकित कुछ ऐसे सम्प्रत्ययों (concepts) तथा तथ्यों पर प्रकाश डालेंगे—

(क) अध्यकंन (Imprinting)
(ख) अभ्यसन (Habituation)
(ग) संवेदीकरण (Sensitization)
(घ) मिथ्या अनुबन्धन (Pseudoconditioning)
(ङ) अनावृत्त सीखना (Exposure learning)

इनमें प्रथम चार की व्याख्या हम यहाँ करेंगे। अनावृत्त सीखना जिसे प्रत्यक्षज्ञानात्मक सीखना (perceptual learning) भी कहा जाता है, की व्याख्या अध्याय 6 में किया जा चुका है।

अध्यंकन
(Imprinting)

अध्यंकन एक ऐसा व्यवहार है जिसके अध्ययन में मनोवैज्ञानिक तथा आचारशास्त्रियों (ethologists) ने अधिक अभिरुचि दिखलाया है। सचमुच में अध्यंकन का पहला वैज्ञानिक अध्ययन मशहूर आचारशास्त्री कौनरैड लोरेंज (Konrad Lorenz) द्वारा 1937 में किया गया। अध्यंकन से तात्पर्य एक ऐसी प्रक्रिया से है जिसमें प्राणी विकास के संवेदनशील या क्रान्तिक अवधि (sensitive or critical period) में माता-पिता या उनके प्रतिस्थापित उद्दीपक (substitute stimulus) के साथ सामाजिक लगाव या आसक्ति (social attachement) विकसित कर लेता है। अतः अध्यंकन एक विशेष तरह का सीखना (learning) है जिसमें प्राणी एक सामाजिक सम्बन्ध (social bonds) विकसित करता है। अध्यंकन का व्यवहार ज्यादातर पक्षियों में विशेषकर पूर्वविकसित पक्षियों (precocial birds) में अधिक होता है जो अंडे से निकलते ही घूमने-फिरने लगते हैं तथा दाना चुगने लगते हैं। इस तरह अध्यंकन व्यवहार इस ओर संकेत करता है कि अंडा से तुरन्त निकला हुआ पक्षी सबसे पहले देखे गये घूमते-फिरते वस्तु (moving object) चाहे वह उसके माता-पिता हो या कोई इसके प्रतिस्थापित उद्दीपक (substitute stimulus) हो, उसके साथ सामाजिक आसक्ति (social attatchement) विकसित कर लेता है। जितना ही अधिक अवधि तक पक्षी इस आरम्भिक अवस्था में लक्ष्य वस्तु (target object) के साथ होता है, अध्यंकन उतना ही मजबूत होता है अर्थात् उसके साथ सामाजिक आसक्ति वह उतना ही मजबूत ढंग से विकसित कर लेता है। लोरेंज (Lorenz) ने अपने अध्ययन में पाया कि अगर हंस का बच्चा अर्थात् हंसशावक (gosling) अंडा से निकलने के बाद पहली बार किसी मनुष्य को अपने अगल-बगल में पाता है तो वह उसी के साथ सामाजिक लगाव विकसित कर लेता है और बाद में अपनी माँ से अधिक वह उस मनुष्य के साथ ही सामाजिक आसक्ति (social attatchement) दिखलाता है।

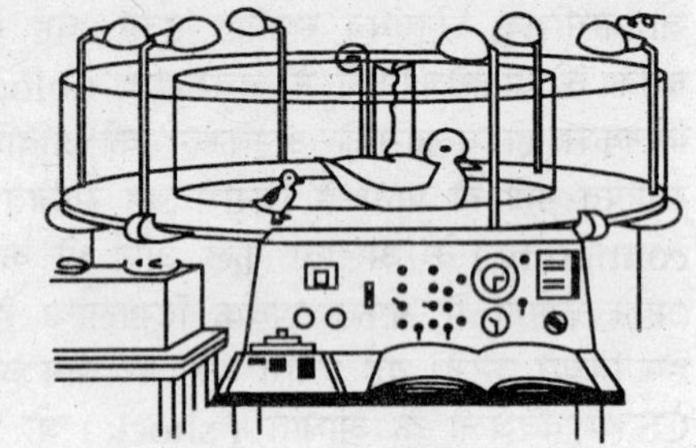

चित्र 7.18 : अध्यंकन का प्रयोगात्मक अध्ययन

अध्यंकन का अध्ययन करने के लिए हेस्स (Hess, 1958, 1964, 1972) ने एक महत्त्वपूर्ण प्रयोग किया है। इन्होंने इसका अध्ययन करने के लिए एक विशेष तरह का उपकरण बनाया जिसे चित्र 7.18 में दिखलाया गया है। इस उपकरण में एक गोलाकार रास्ता होता है जिसके किनारे के दोनों छोर विशेष तरह का पारदर्शी शीशे का बना होता है। इसमें पुरुष बत्तख (duck) के एक मॉडल जिसके व्यवहार को बत्तख का बच्चा सीखेगा, रख दिया जाता है। इस मॉडल द्वारा विशेष उपकरण के सहारे 'गोक' (gock), 'गोक' का आवाज उत्पन्न किया जाता है। एक बत्तख के तुरन्त जन्में बच्चे को दूर नियंत्रण (remote control) द्वारा इस उपकरण में रखा जाता है। (चित्र 7.18 देखें) बच्चा को रखने के बाद मॉडल बत्तख गोलाकार रास्ता में धीरे-धीरे घूमने लगता है तथा 'गोक-गोक' की ध्वनि भी उत्पन्न करने लगता है। उस मॉडल के घूमने की दिशा में बच्चा भी घूमने लगता है और इस तरह से मॉडल का व्यवहार बच्चे पर अध्यंकित (imprinted) हो जाता है।

क्या अध्यंकन जन्मजात (innate) होता है या अर्जित (acquired) होता है? इस प्रश्न को लेकर काफी वाद-विवाद विशेषज्ञों के बीच हुआ है और दोनों पक्षों ने अपने-अपने दावों के समर्थन में तर्क एवं सबूत उपलब्ध किये हैं। वैज्ञानिकों के एक समूह का मत है कि अध्यंकन जन्मजात होता है। वैज्ञानिकों विशेषकर आचारशास्त्रियों (ethologists) का मत है जब तुरन्त के जन्में पक्षी उपयुक्त उद्दीपक को घूमते-फिरते अपने पास पाते हैं, तो वे स्वतः एवं पूर्वनिर्धारित ढंग से उस उद्दीपक के पास जाते हैं और उसका पीछा करने लगते हैं। ऐसा लगता है कि उद्दीपक को देखकर नवजात पक्षी में ऐसे व्यवहार पहले से ही मौजूद होते हैं और वे उचित उद्दीपक का मात्र इंतजार कर रहे होते हैं। ऐसे उपयुक्त उद्दीपक (appropriate stimulus) जो सीमित संख्या में होते हैं, को आचारशास्त्रियों ने *'विमोचक'* (releasers) कहा है तथा ऐसे उद्दीपक को देखने के बाद पक्षी द्वारा किया गया निश्चित व्यवहार (उसके पास जाना और उसका पीछा करना) को *'निश्चित क्रिया पैटर्न'* (fixed action pattern) कहा है। जब पक्षी विमोचक उद्दीपकों में से किसी

भी उद्दीपक को देखता है तो निश्चित क्रिया पैटर्न अपने आप उसके द्वारा किया जाना प्रारम्भ हो जाता है। इसमें सीखने की कोई भूमिका नहीं होती है और न ही पुनर्बलन (reinforcement) का कोई महत्त्व होता है।

परन्तु राजेकी (Rajecki, 1973) ने उक्त व्याख्या की तीव्र आलोचना दो बिन्दुओं पर किया है। राजेकी ने 'विमोचक' के सम्प्रत्यय को चुनौती दिया है और कहा है कि बहुत तरह के ऐसे उद्दीपक हैं जो विमोचक के रूप में कार्य करते हैं और ऐसे उद्दीपकों का प्रकार (range) इतना अधिक है कि उनके स्वरूप को सीमित नहीं किया जा सकता है। उसी तरह से निश्चित क्रिया पैटर्न का सम्प्रत्यय भी बहुत वैज्ञानिक नहीं दीखता है क्योंकि उन्होंने अपने एक प्रयोग में पाया कि मुर्गी के बच्चे हंस की बोली तथा उसके दाना चुगने की आदतों को भी (न कि केवल उसके पास जाना तथा उसका पीछा करना) सीख लिया। इससे यह पता चलता है कि आचारशास्त्रियों का यह मत है कि कुछ निश्चित तरह के व्यवहार को ही नवजात पक्षी अध्यंकित करते हैं, ठीक नहीं है।

अध्यकंन को जन्मजात कहने का दावा बाद में क्रान्तिक अवधि (critical period) के सम्प्रत्यय द्वारा दिया जाने लगा। इस क्षेत्र में किये गये कुछ आरम्भिक प्रेक्षणों (observation) जिस हिनरोथ (Heinroth, 1911) तथा लोरेंज (Lorenz, 1935, 1945) द्वारा किया गया है, ने यह बतलाया है कि नवजात पक्षी अपने आस-पास किसी भी घूमते-फिरते उद्दीपक के साथ सामाजिक आसक्ति (social attatchment) एक विशेष अवधि अर्थात्, अंडा से निकलने के तुरन्त बाद की अवधि में ही कर पाता है तथा बाद में इस तरह का सामाजिक आसक्ति स्थापित करने में वह अपने-आप को असमर्थ पाता है और पक्षी में किसी भी नये उद्दीपक को देखकर उससे दूर भागने की प्रवृत्ति मजबूत होती जाती है। इससे उसमें अधिक चिन्ता की अवस्था मौजूद होती है। कई घंटों तक अन्य जगह रहने के बाद जब प्रयोगात्मक परिस्थिति में उसे दोबारा लाया जाता है तो वह इस परिस्थिति के वातावरण की गम्भीरता को भी समझने (बढ़ी हुई परिपक्वता के कारण) लगता है। इन सब कारकों से उसमें चिन्ता की स्तर में वृद्धि हो जाती है। चिन्ता या डर से ग्रसित बत्तख का बच्चा मॉडल बंत्तख (Model duck) को देखता है जो उसमें कम चिन्ता की अवस्था से पहले अनुबंधित हो चुका था। ऐसी परिस्थिति में कोई भी अनुक्रिया जो बत्तख के बच्चे को मॉडल बत्तख के नजदीक लाने में सहायता देता है, से चिन्ता में कमी आती है। शायद यही कारण है कि बत्तख का बच्चा मॉडल के पीछे-पीछे चलने लगता है क्योंकि इससे उसकी बढ़ी हुई चिन्ता में कमी आती है।

मोल्ज (Moltz, 1950) ने इस व्याख्या की आलोचना की है। इस व्याख्या का मूल आधार यह है कि बत्तख के बच्चा जब पहली बार मॉडल बत्तख देखता है तो वह चिन्ता की निम्न अवस्था में होता है। इसके विपरीत तथ्य कई अध्ययनों में देखा गया है कि अगर पहली मुलाकात किसी अरुचिकर परिस्थिति (noxious condition) में होती है तो अध्यंकन काफी मजबूत होता है। जैसे, पिज एवं रॉस्स (Pitz & Ross, 1961) ने अपने अध्यंकन में पाया कि मॉडल पक्षी को प्रथम बार किसी नवजात पक्षी द्वारा देखते समय तीव्र आवाज उत्पन्न कर दिया गया तो अध्यंकन की मात्रा में काफी वृद्धि हो गयी।

हॉफ्फमैन तथा रैटनर (Hoffman & Ratner, 1973) ने अध्यंकन की दूसरी व्याख्या प्रस्तुत किया है जो भी अनुबन्धन (conditioning) पर आधारित है। वास्तव में, इनके द्वारा प्रतिपादित मॉडल में अध्यंकन को अंशतः अर्जित तथा अंशतः जन्मजात माना गया है। इनके मॉडल की प्रमुख मान्यता (assumption) यह है कि उद्दीपकों का एक विशेष वर्ग (जैसे, घूमते उद्दीपक) प्राणी में जन्म से ही संतानीय अनुक्रियाएँ (filial responses) करने में सक्षम होता है। अगर इस वर्ग के उद्दीपक को लेकर तुरन्त के जन्में पक्षी के सामने उपस्थित किया जाता है, तो पक्षी उसके प्रति संतानीय अनुक्रियाएँ अर्थात् उसके पास नजदीक आने की अनुक्रिया करेगा जिसका स्वरूप स्पष्टतः जन्मजात होता है। इसके लिए किसी प्रशिक्षण या अनुकरण की जरूरत नहीं पड़ती है। यहाँ पक्षी पूरे उद्दीपक वर्ग के प्रति अध्यंकन नहीं दिखाता है बल्कि उसमें से किसी विशेष उद्दीपक के प्रति ही अध्यंकन दिखाता है जो क्लासिकी अनुबन्धन (classical conditioning) के आधार पर सम्पन्न होता है। इसे इस तरह से समझाया जा सकता है—मान लिया जाए कि मॉडल एक घूमता हुआ हरे रंग का गेंद है। ऐसी परिस्थिति में मॉडल का महत्त्वपूर्ण गुण अर्थात् घूमते होना UCS है जो पक्षी में विशेष अनुक्रिया अर्थात् पक्षी द्वारा उसके पास जाना और उसका पीछा करना उत्पन्न करता है। यह अनुक्रिया UCR है। घूमते हुए गेंद के अन्य गुण जैसे हरा रंग, उसका छोटा आकार आदि प्रारम्भ में तटस्थ उद्दीपक का कार्य करते हैं परन्तु बाद में वे CS के रूप में कार्य करने लगते हैं। वस्तु के सामने घूमते हुए हरे गेंद को बार-बार उपस्थित करने से ऐसे तटस्थ उद्दीपक भी क्लासिकी अनुबन्धन के प्रावधान के अनुसार संतानीय अनुक्रियाएँ (filial responses) अर्थात्

गेंद के पास जाना और उसका पीछा करना उत्पन्न करने लगता है। भविष्य में गेंद को बत्तख के सामने उपस्थित किये गये जाने पर बत्तख संतानीय अनुकियाएँ इसलिए करता है क्योंकि जन्मजात UCS (घूमता वस्तु)—UCR (पास जाना और पीछा करना) सम्बन्धित होते हैं। इस तथ्य का सत्यापन हेस्स (Hess, 1959) तथा हेस्स एवं स्केफर (Hess & Scaefer, 1959) ने अपने-अपने प्रयोगात्मक अध्ययनों में किया है। इन लोगों ने अपने अध्ययनों में पाया है कि बत्तख के बच्चों द्वारा अंडों से निकलने के 13-16 घंटा तक मॉडल बत्तख के व्यवहारों का उत्तम ढंग से अध्यांकित किया जाता है और उसके बाद जैसे-जैसे समय बीतते जाता है, अध्यंकन की प्रवृत्ति कमती जाती है। अतः हेस का तर्क था कि चूँकि अध्यंक्रन एक विशेष जीवन अवधि जिसे क्रान्ति अवधि कहा जाता है, में ही होता है, अतः यह सामान्य सीखना (ordinary learning) से निश्चित रूप से भिन्न है क्योंकि सीखना प्राणी के किसी विशेष अवधि में नहीं होता है। परन्तु बाद में स्वयं हेस (Hess) ने ही इस व्याख्या से असंतोष व्यक्त किया और एक परिमार्जित व्याख्या प्रस्तुत किया। इस परिमार्जित व्याख्या के अनुसार अध्यंकन सचमुच में बत्तखों में जन्म के 13-16 घंटे बाद भी होता है परन्तु उस समय तक वे नये उद्दीपकों से डरने भी लगते हैं। अतः वे उनके पास नहीं जाते हैं और उनका पीछा भी नहीं करते हैं। कुछ प्रतियोगिताओं जैसे बैटसन (Bateson, 1969) हॉफ्फमैन, रैटनर तथा आईसेनर (Haffman, Ratner & Eisener, 1972) ने अपने प्रयोगों में यह स्पष्टतः पाया है कि यदि 13-16 घंटे की क्रान्तिक अवधि (critical period) के बाद इन बत्तख के बच्चों में किसी नये उद्दीपक से उत्पन्न डर को समाप्त कर दिया जाता है, तो उनमें स्पष्टतः अध्यंकन (imprinting) के सबूत मिलने लगते हैं। अतः अध्यंकन को क्रान्तिक अवधि (critical period) के आधार पर सीखने से भिन्न नहीं किया जा सकता है।

उपर्युक्त तथ्यों के आलोक में हम इस निष्कर्ष पर पहुँचते हैं कि लॉरेंज (Lorenz, 1937) के अनुसार पक्षी में क्रान्तिक अवधि (critical period) के बाद अध्यंकन (imprinting) नहीं विकसित होता है क्योंकि उसके बाद में वे नये उद्दीपकों से डरने लगते हैं और डर कर उसके पास जाने के बजाय वे उससे दूर भागने लगते हैं। परन्तु मनोवैज्ञानिकों ने प्रयोगशाला में प्रयोग करके यह दिखलाया है कि पक्षियों में नये उद्दीपकों से सम्भावित डर को नियंत्रित कर देने पर उनमें क्रान्तिक अवधि के बाद भी अध्यंकन (imprinting) होता है।

उपर्युक्त विवरण से यह भी स्पष्ट है कि अध्यंकन को पूर्णतः जन्मजात व्यवहार कहने में बहुत वजन नहीं है। ऐसी परिस्थिति में तो क्या हम इस निष्कर्ष पर पहुँच सकते हैं कि अध्यंकन एक अर्जित या सीखा हुआ व्यवहार है? सचमुच में, कई मनोवैज्ञानिकों जैसे जेम्स (James, 1959) तथा मोल्ज (Moltz, 1963) ने अध्यंकन को अनुबंधन (conditioning) के रूप में व्याख्या किया है हालाँकि इन लोगों की व्याख्या को बाद में त्रुटिपूर्ण घोषित किया गया है। मोल्ज (Moltz, 1960) द्वारा अनुबन्धन के आधार पर की गई व्याख्या को हम यहाँ उदाहरण के रूप में प्रस्तुत कर सकते हैं। जब बत्तख के बच्चे 8-10 घंटों की आयु में एक नया मॉडल बत्तख (model duck) को देखता है तो इससे उसमें कोई संवेग नहीं होता है क्योंकि उसमें अभी परिपक्वता का स्तर कम होता है। इस आयु में वे एक तरह से कम चिन्ता की अवस्था में होते हैं। यह कम चिन्ता या एक तरह की शांति की अवस्था प्रयोगात्मक परिस्थिति में घूमते मॉडल बत्तख के साथ क्लासिकी ढंग से अनुबंधित हो जाता है जिसके कारण यह उम्मीद की जाती है कि भविष्य में मॉडल बत्तख को देखकर बत्तख के बच्चे में वैसी ही अवस्था (शांति या कम चिन्ता की अवस्था) उत्पन्न होगी। जब अगले दिन मॉडल बत्तख के बच्चा को उसी प्रयोगात्मक परिस्थिति में पुनः लाया जाता है तो इस बार उसमें परिपक्वता बढ़ जाने से उसमें पहले की तरह कम चिन्ता तथा साथ-ही-साथ CS एवं CR (उनके पास पहुँचना) में सम्बन्ध स्थापित हो जाता है। जब ऐसे बत्तख को बाद में मॉडल के रूप में गेंद और एक व्यक्ति को उपस्थित किया जाएगा तो बहुत उम्मीद इस बात की है कि जन्मजात एवं अनुबंधित संतानीय अनुक्रियाओं के कारण वह गेंद को ही अधिक उपर्युक्त मॉडल मानेगा।

हॉफमैन तथा रैटनर का यह मॉडल यद्यपि अध्यंकन में जन्मजात तथा अर्जित दोनों तरह की अनुभूतियों को महत्त्व देता है फिर भी आलोचकों ने इस मॉडल को भी अछूता नहीं छोड़ा है। आलोचकों का मत है कि यह मॉडल विमोचकों या उद्दीपकों के सीमित स्वरूप (limited set of releasers or stimuli) पर आधारित है जिसे प्रयोगात्मक रूप से बहुत ही दुरूस्त नहीं ठहराया गया है।

क्या मनुष्यों में भी अध्यंकन (imprinting) व्यवहार होता है या यह सिर्फ छोटे-छोटे शिशुओं तक ही सीमित रहता है? इस प्रश्न पर कोई निश्चित उत्तर अब तक मनोवैज्ञानिकों को नहीं मिल पाया है हालाँकि बाऊलवाई (Bowlby, 1969) ने कुछ असंगठित सबूत देकर यह दिखलाना चाहा है कि मानव शिशु भी अपने माता-पिता या

उनके प्रतिस्थापित व्यक्तियों के साथ ठीक उसी ढंग से आसक्ति व्यवहार (attatchment behaviour) विकसित कर लेते हैं जैसे बत्तख का एक बच्चा मॉडल के प्रति। परन्तु इस तथ्य का सत्यापन अन्य मनोवैज्ञानिक द्वारा नहीं हो पाया है अतः इस बिन्दु पर कोई अंतिम निष्कर्ष या फैसला आज की तिथि में सम्भव नहीं है।

अभ्यसन
(Habituation)

अभ्यसन को असहचार्यात्मक अधिगम (nonassociative learning) का एक साधारण प्रकार माना गया है जो एक कोश वाले प्राणी से लेकर मनुष्यों तक में होता पाया गया है। अभ्यसन एक ऐसी प्रक्रिया है जिसमें प्राणी उस उद्दीपक (stimulus) के प्रति उत्तरोतर कम मात्रा में अनुक्रिया करता है जो उसके सामने बार-बार उपस्थित किया जाता है। ब्राउन एवं कूक[1] (Brown & Cook) ने अभ्यसन को इस प्रकार परिभाषित किया है, ''अभ्यसन से तात्पर्य एक ऐसी प्रक्रिया से होती है जिसमें उद्दीपक के आवृत्तीय उपस्थिति से अनुक्रिया में क्रमिक ह्रास होता है।'' परिभाषा से यह स्पष्ट है कि अभ्यसन उत्पन्न होने के लिए निम्नांकित बातों का होना अनिवार्य है:—

(i) एक ही उद्दीपक प्राणी के सामने बार-बार उपस्थित किया जाए।

(ii) प्रत्येक बारी में प्राणी उस उद्दीपक के प्रति कम मात्रा में अनुक्रिया करें और अन्त में वह न के बराबर अनुक्रिया करें।

अभ्यसन को एक उदाहरण से हम इस प्रकार समझा सकते हैं। मानलिया जाए कि हम शांत भाव से कमरे में बैठे हैं। अचानक एक धमाके की आवाज होती है। स्वभावतः हम आश्चर्यचकित होकर डर (अनुक्रिया) जाएँगे। अब मान लिया जाए कि वही आवाज उसी तीव्रता के साथ थोड़े-थोड़े समय अंतराल के बाद होने लगता है, तो ऐसी अवस्था में आश्चर्यचकित होने एवं डर जाने की अनुक्रिया की मात्रा धीरे-धीरे कमने लगेगी और अन्त में लगभग ये दोनों ही अनुक्रियाएँ समाप्त हो जाएगीं। इस ही अभ्यसन कहा जाता है। इस तरह से ढीले-ढीले अर्थ में अभ्यसन पर्यावरण या वातावरण के साथ एक तरह का समायोजन है। यहाँ ध्यान देने वाली बात यह है कि अभ्यसन संवेदी थकान (sensory fatigue) या अनुकूलन (adaptation) से भिन्न होता है हालाँकि इसमें भी उद्दीपक के आवृत्तीय प्रस्तुतीकरण से अनुक्रिया की मात्रा में उत्तरोतर कमी होते चली जाती है। संवेदी थकान या अनुकूलन, अभ्यसन (habituation) से इस अर्थ में भिन्न है कि संवेदी थकान में बार-बार कार्य करते-करते संवेदी ग्राहक (sensory receptor) की कोशिकाएँ दैहिक रूप से (physiologically) पूर्णतः थक जाती हैं जिसके परिणामस्वरूप वह किसी भी उद्दीपक के प्रति अनुक्रियाशीलता दिखाने के लायक नहीं रह जाते हैं। इसकी जाँच कोई नया उद्दीपक देकर आसानी से कर लिया जा सकता है। जैसे, यदि जिस धमाके की आवाज से आश्चर्य एवं डर की अनुक्रिया होती है, उसी से मिलता-जुलता अगर दूसरा आवाज उत्पन्न करने पर पुनः आश्चर्य एवं डर की अनुक्रिया व्यक्ति करता है, तो यह स्पष्ट हो जाता है कि व्यक्ति के संवेदी ग्राहक (sensory receptor) में थकान नहीं उत्पन्न हुआ है अर्थात् इसमें संवेदी थकान या अनुकूलन की प्रक्रिया की शुरूआत नहीं हुई थी और जो आश्चर्य एवं डर की अनुक्रिया में पहले उत्तरोतर कमी आयी थी, उसका कारण अभ्यसन (habituation) ही था।

प्रश्न यह उठता है कि अभ्यसन किस तरह के सीखना (learning) की श्रेणी में हैं? सीखनें में प्राणी किसी सूचना को ग्रहण कर उसे कुछ देर तक धारण किये रहता है। अभ्यसन में भी प्राणी कुछ निश्चित रूप से नयी सूचना को ग्रहण कर उसे कुछ देर तक धारण किये रहता है। जैसे अभ्यसन में भी प्राणी कुछ निश्चित रूप से यह सीखता है कि उद्दीपक (stimulus) अब ध्यान देने योग्य नहीं रह गया। फलतः उस पर अब ध्यान देने की कोई आवश्यकता नहीं है। अभ्यसन मनुष्यों के अलावा छोटे-छोटे जीवों जैसे एपलाइसा (aplysia) जो एक तरह का समुद्री जीव है, केचुआ (earth-wrom), बिल्लियों, चूहों आदि में भी सफलतापूर्वक होते पाया गया है।

---

1. "Habituation refers to a process in which repeated presentations of a stimulus bring about a gradual decline in response." —Brown & Cook : *Introductory Psychology*, 1986, p. 145

थॉम्पसन एवं स्पेंसर (Tompson & Spencer, 1966) ने अभ्यसन के क्षेत्र में किये गए अध्ययनों की समीक्षा किया है और अभ्यसन से सम्बन्धित निम्नांकित तथ्यों या विशेषताओं को काफी महत्त्वपूर्ण बतलाया है:—

1. अभ्यसन उत्पन्न होने के बाद उद्दीपक की उपस्थिति पर लगाई गई रोक के बाद भी अभ्यसित अनुक्रिया समय बीतने के साथ पुनः उत्पन्न होने लगता है(Withholding of the stimulus following habituation allows the response to recover over time)—मनोवैज्ञानिकों द्वारा किए गए अध्ययनों से यह स्पष्ट होता है कि अभ्यसन उत्पन्न होने के बाद भी प्राणी थोड़े समय बाद तक (न कि हमेशा के लिए) सामान्य से कम मात्रा में अनुक्रिया करता रहता है। ऐसी धारण-अवधि भिन्न-भिन्न प्राणी में अलग-अलग होती है। जैसे लीटन एवं टिगे (Leaton & Tighe, 1976) ने अपने अध्ययन में पाया कि एपलाइसा (aplysia) जो एक तरह का समुद्री जीव है, अभ्यसन तीन सप्ताह तक, केंचुआ (earthworm) में अभ्यसन चार दिनों तक, चूहों में बेयालिस दिनों तक तथा मनुष्यों में एक सप्ताह तक स्पष्ट रूप से बना होता है।

2. कम तीव्र उद्दीपक की आवृत्तीय उपस्थिति द्वारा अधिक तीव्र उद्दीपक की आवृत्तीय उपस्थिति की तुलना में अभ्यसन का निर्माण जल्द होता है (Repeated presentation of low intensity stimulus produces faster and better habituation than the presentation of high intensity stimulus)—मनोवैज्ञानिकों द्वारा देखा गया है कि तीव्र उद्दीपक जैसे तीव्र रोशनी, तीव्र आवाज, अत्यधिक गर्मी या सर्दी आदि के प्रति प्राणी अभ्यसन अनुक्रिया ठीक ढंग से नहीं करता है क्योंकि ऐसे उद्दीपकों का महत्त्व प्राणी के अस्तित्व के लिए काफी अधिक होता है। कम तीव्र उद्दीपक का महत्त्व प्राणी के अस्तित्व के लिए उतना नहीं होता है और ऐसे उद्दीपक के प्रति प्राणी चुनौती भी नहीं देते हैं। फलस्वरूप ऐसे उद्दीपकों के प्रति प्राणी अभ्यसन जल्द स्थापित कर पाता है।

3. किसी विशेष उद्दीपक के प्रति किसी अनुक्रिया का अभ्यसन होने से वह अनुक्रिया अन्य समान उद्दीपकों के प्रति सामान्यीकृत हो जाती है (Habituation of a particular response towards a particular stimulus generalizes to other similar stimuli)—मनोवैज्ञानिकों द्वारा किये गये प्रयोगों से स्पष्ट हुआ है कि अभ्यसन में उद्दीपक सामान्यीकरण (stimulus generalization) की घटना स्पष्ट रूप से होती है। अभ्यसन के संदर्भ में उद्दीपक सामान्यीकरण का अर्थ यह होता है कि प्राणी उस उद्दीपक के प्रति भी सामान्य स्तर से नीचे स्तर की अनुक्रिया करता है जिसे वह पहली बार अपने सामने पाया हो परन्तु वह बहुत कुछ उस उद्दीपक के समान हो जिसके प्रति अभ्यसन स्थापित हो चुका है। जैसे, कोई व्यक्ति एक विशेष आवाज सुनकर आश्चर्य एवं डरने की अनुक्रिया से अभ्यासित हो सकता है अर्थात् उस विशेष आवाज की बार-बार उपस्थिति से व्यक्ति में आश्चर्य एवं डरने की अनुक्रिया धीरे-धीरे कम हो सकती है। फिर बाद में यदि व्यक्ति के सामने उसी से मिलता-जुलता दूसरा आवाज उत्पन्न किया जाता है तो यह आवाज व्यक्ति में आश्चर्य तथा डर कम मात्रा में उत्पन्न करेगा। इसका कारण यह है कि आश्चर्य एवं डर के अभ्यसन की अनुक्रिया का यहाँ सामान्यीकरण (generalization) हुआ है।

4. किसी उद्दीपक के प्रति अभ्यसन होने के बाद एक भिन्न परन्तु तीव्र उद्दीपक को प्रस्तुत करने से अनाभ्यासित अनुक्रिया पुनः होने लगती है (Following habituation to a stimulus , presentation of a different (usually intense) stimulus results in discovering of the dishabituated response)—किसी उद्दीपक के प्रति अनुक्रिया का अभ्यसन होने के बाद यदि तीव्र उद्दीपक दिया जाता है और पुनः उसके बाद सबसे पहले वाला उद्दीपक उपस्थित किया जाता है (जिसके प्रति अभ्यसन अनुक्रिया हुई थी) तो ऐसी परिस्थिति में अनाभ्यसित अनुक्रिया अपनी पूर्ण शक्ति के साथ पुनः होते पायी जाती है। इस प्रक्रिया को *अनाभ्यसन* (dishabituation) की संज्ञा दी जाती है। जैसे मानलिया किसी विशेष तीव्रता स्तर की आवाज के आवृत्तीय उपस्थिति के प्रति व्यक्ति में उत्पन्न आश्चर्य एवं डर की अनुक्रिया का अभ्यसन स्थापित हो जाता है। इसके बाद अचानक तीव्र रोशनी के साथ पहले से भी अधिक तीव्र आवाज एक साथ उत्पन्न कर दी जाती है। पुनः इसके बाद व्यक्ति के सामने उस मौलिक आवाज को उपस्थित किया जाता है जिसके प्रति अभ्यसन स्थापित हुआ था। ऐसी परिस्थिति में व्यक्ति फिर इस उद्दीपक के प्रति आश्चर्य एवं डर की अनुक्रिया पहले की तरह कर बैठता है। इस प्रक्रिया को अनाभ्यसन (dishabituation) कहा जाता है।

स्पष्ट हुआ कि अभ्यसन से सम्बन्धित कई महत्त्वपूर्ण तथ्य प्रकाश में आये हैं जिनसे इसके स्वरूप एवं उपयोगिता का पता चलता है। अभ्यसन की सबसे महत्त्वपूर्ण उपयोगिता यह है कि इससे प्राणी यह सीख लेता है कि परिस्थिति का कौन-सा-पहलू हानिरहित है या ध्यान देने योग्य नहीं है। इसका परिणाम यह होता है कि वह पुरानी या बार-बार सामने उपस्थित होने वाले उद्दीपक पर ध्यान न देकर कुछ नये उद्दीपक पर ध्यान देता है तथा फिर नयी चीजों के बारे में ज्ञान प्राप्त करता है।

संवेदीकरण
(Sensitization)

संवेदीकरण एक ऐसी प्रक्रिया जो बहुत कुछ क्लासिकी अनुबन्धन (classical conditioning) से मिलती है फिर भी इस अर्थ में यह क्लासिकी अनुबन्धन से भिन्न है कि इसमें उद्दीपकों अर्थात् CS तथा UCS को कभी भी एक साथ युग्मित (paired) करके प्राणी के सामने उपस्थित नहीं किया जाता है। इस अर्थ में भी संवेदीकरण क्लासिकी अनुबंधन से भिन्न हैं क्योंकि यह उतना स्थायी (stable) नहीं होता है जितना कि क्लासिकी अनुबन्धन होता है। संवेदीकरण से तात्पर्य इस बात से होता है कि UCS की उपस्थिति के कारण प्राणी की क्रियाशीलता CS के प्रति इतनी अधिक बढ़ जाती है कि वह CS के प्रति पहले से अधिक अनुक्रिया करने लगता है। संवेदीकरण भी एक तरह का असहचर्यात्मक अधिगम (nonassociative learning) है।

संवेदीकरण को कई प्रयोगात्मक अध्ययनों में दिखलाया गया है। हारलो (Harlow, 1939) द्वारा स्वर्णमत्स्य (Goldfish) पर इस सिलसिले में किया गया प्रयोग अधिक चर्चित है जिसकी व्याख्या यहाँ अपेक्षित है। इन मछलियों की प्रतिक्रिया एक श्रवण उद्दीपक (आवाज) के प्रति पहले अध्ययन किया गया और यह पाया गया कि इस विशेष आवाज के प्रति मछलियों द्वारा कोई अनुक्रिया नहीं की जाती थी। यह आवाज यहाँ क्लासिकी अनुबन्धन के CS के समान था। इसके बाद इन मछलियों को 10 बार बिजली का आघात दिया गया जिससे वे पानी में तेजी से तैरने की अनुक्रिया करने लगी। यहाँ बिजली का आघात क्लासिकी अनुबन्धन के UCS के समान था। बिजली के आघात दिये जाने के बाद पुनः आवाज (जो CS के तुल्य था) के प्रति मछलियों की प्रतिक्रिया का अध्ययन किया गया। परिणाम में देखा गया कि आवाज सुनकर मछलियों में तैरने की ठीक वैसी ही अनुक्रिया इस बार हुई जो बिजली के आघात के प्रति हुई थी। यहाँ बिजली के आंघात के कारण मछलियाँ इतनी अधिक संवेदनशील हो गयी थी कि आवाज के प्रति भी वे उसी तरह अनुक्रिया करती पायी गयी (मानों वह आवाज को भी बिजली का आघात ही समझ बैठी)। सीयर्स (Sears, 1934) ने भी मछलियों पर अध्ययन करके संवेदीकरण के स्पष्ट सबूत प्रदान किया है।

इन अध्ययनों के परिणामों का विश्लेषण करने के बाद संवेदीकरण में उत्पन्न परिवर्तन के बारे में निम्नांकित निष्कर्ष पर पहुँच गया है—

(i) संवेदीकरण के अध्ययन में CS के रूप में जो उद्दीपक उपयोग में लाये जाते हैं, वे तटस्थ (neutral) नहीं होते हैं, बल्कि उस परिस्थिति विशेष में अप्रभावी (ineffective) होते हैं।

(ii) UCS के रूप में जिस उद्दीपक का प्रयोग किया जाता है, उसे प्राणी की उत्तेजनशीलता (excitability) इतनी अधिक बढ़ जाती है कि CS के रूप में व्यवहृत उद्दीपक को उसके सामने लाने पर वह उसके प्रति वैसी ही अनुक्रिया करने को बाध्य हो जाता है।

मिथ्या अनुबन्धन
(Pseudoconditioning)

जैसा कि नाम से ही स्पष्ट है, मिथ्या अनुबन्धन एक ऐसी प्रक्रिया है जो क्लासिकी अनुबन्धन के समान देखने में लगती है परन्तु सचमुच में यह नहीं कहा जा सकता है कि इसमें किसी तरह के साहचर्य (association) का निर्माण होता है। मिथ्या अनुबन्धन की घटना तब उत्पन्न होती है जब UCS को प्राणी के सामने कई प्रयासों तक अकेले उपस्थित किया जाता है। इसके बाद CS को पहली बार प्राणी के सामने उपस्थित किया जाता है। CS के इस पहली बार की उपस्थिति में ही वह प्राणी में CR के समान अनुक्रिया उत्पन्न करने लगता है। अगर गौर से देखे तो इस परिस्थिति में CS तथा UCS को कभी एक साथ उपस्थित नहीं किया जाता है परन्तु फिर भी CS के प्रति प्राणी कुछ वैसी ही अनुक्रिया करने लगता है जैसा कि वह UCS के प्रति करता था। CS तथा UCS को बिना युग्मित करके उपस्थित करने पर भी प्राणी एक विशेष तरह की अनुक्रिया CS के प्रति करता है। इसे ही *मिथ्या अनुबन्धन* (Pseudoconditioning) की संज्ञा दी गयी है। जैसे, मान लिया जाए कि व्यक्ति के आँख के सामने हवा का झोंका (UCS) हम लगातार कई प्रयासों तक दें जिससे स्पष्टतः आँख बन्द करने की अनुक्रिया प्रयोज्य करेगा। इसके बाद यदि व्यक्ति के सामने एक घंटी

बजाया जाता है, तो इसके प्रति भी वह आँख मूँदने की अनुक्रिया यदि कर बैठता है तो यह मिथ्या अनुबन्धन का उदाहरण है क्योंकि सचमुच में घंटी की आवाज और आँख मूदने के बीच साहचर्य स्थापित करने के लिए प्रयोज्य को कभी मौका नहीं दिया गया था। मिथ्या अनुबन्धन की घटना को मनुष्यों के अलावा पशुओं जैसे बिल्लियों, बन्दरों एवं मछलियों में भी सफलतापूर्वक दिखलाया गया है। इन प्रयोगों से स्पष्ट हुआ है कि जब UCS कोई अरुचिकर उद्दीपक (aversive stimulus) होता है, तो मिथ्या अनुबन्धन बिलकुल ही स्पष्ट दिखता है। उदाहरण के रूप में यहाँ एक प्रयोग का वर्णन अपेक्षित हैं—

वाइकेन्स एवं वाइकेन्स (Wickens & Wickens, 1940) ने एक प्रयोग किया जिसमें UCS के रूप में बिजली का आघात का उपयोग किया गया जो बच्चों के पैर में दिया जाता था। इससे बच्चे पैर को पीछे खींच लेते थे। CS के रूप में घंटी की आवाज का उपयोग किया गया। शिशुओं को लगातार तीन दिन तक प्रतिदिन 12 प्रयासों तक बिजली का आघात दिया गया। इसके बाद चौथे दिन प्रयोगशाला में उन्हें लाने पर पहले उनके सामने एक घंटी बजायी गयी। घंटी बजते ही शिशुओं ने पैर पीछे खींचने की अनुक्रिया किया। स्पष्टतः इस तरह की परिस्थिति मिथ्या अनुबन्धन (pseudoconditioning) की है क्योंकि यहाँ CS तथा UCS को तो कभी एक साथ युग्मित नहीं किया गया था परन्तु फिर भी शिशुओं ने CS के प्रति वैसी ही अनुक्रिया किया जैसा कि वह UCS के प्रति किया था। ग्रेथर (Grether, 1938) ने इसी तरह का प्रयोग बन्दरों पर किया और समान परिणाम आये।

यदि हम मिथ्या अनुबन्धन (pseudoconditioning) के स्वरूप पर ध्यान दें तो यह स्पष्ट होगा कि यह संवेदीकरण (sensitization) से बहुत ही मिलता-जुलता है। फिर भी इन दोनों में एक सूक्ष्म अन्तर है। संवेदीकरण (sensitization) में जो उद्दीपक CS के रूप में व्यवहार में लाया जाता है, वे प्रयोग के सभी अवस्थाओं में तटस्थ (neutral) नहीं होते हैं परन्तु उसे अप्रभावी (ineffective) बना दिया जाता है जबकि मिथ्या अनुबन्धन में कोई भी नया उद्दीपक एक ऐसी अनुक्रिया उत्पन्न करने में सक्षम हो जाती है जिसे UCR से भिन्न नहीं किया जा सकता है। इस नये उद्दीपक को किसी भी अर्थ में अप्रभावी नहीं बनाया जाता है।

मिथ्या अनुबन्धन की व्याख्या मनोवैज्ञानिकों ने कुछ इस प्रकार की है। कुछ मनोवैज्ञानिकों का मत है कि CS के प्रति जो अनुक्रिया प्राणी यहाँ करता है, वह सामान्यीकृत उत्तेजन (generalization excitement) का परिणाम होता है। इन मनोवैज्ञानिकों के अनुसार जब UCS को लगातार कई बार प्राणी के सामने उपस्थित किया जाता है तो वह इतना अधिक उत्तेजित हो जाता है कि वह किसी भी तटस्थ उद्दीपक के प्रति अनुक्रिया करने के लिए तीव्र तत्परता दिखाता है। कुछ अन्य मनोवैज्ञानिकों जिनमें वाइकेन्स तथा वाइकेन्स (Wickens & Wickens, 1942) का नाम मशहूर है, का मत है कि मिथ्या अनुबन्धन वास्तव में मिथ्या नहीं है बल्कि एक तरह का क्लासिकी अनुबन्धन (classical conditioning) ही है। इन मनोवैज्ञानिकों का मत है जब UCS तथा CS अलग प्राणी के सामने उपस्थित किया जाता है, तो एक चीज दोनों में समान होती है—उत्तेजनरहित अवस्था से उत्तेजनपूर्ण अवस्था में परिवर्तन होता है जिसे प्राणी एक CS के रूप में मन बैठा लेता है। सचमुच में, यह UCS द्वारा उत्पन्न UCR के साथ युग्मित हो जाती है। इसके बाद जब अकेले तटस्थ उद्दीपक (घंटी) प्राणी के सामने दिया जाता है, तो वह सूक्ष्म या छिपा हुआ CS (उत्तेजनरहित अवस्था से उत्तेजनपूर्ण अवस्था में परिवर्तन) भी उपस्थित होता है और पहले की तरह अनुक्रिया उत्पन्न करने में सक्षम हो पाता है। इस तरह से मिथ्या अनुबन्धन एक तरह का क्लासिकी अनुबन्धन ही है जिसमें CS एक सूक्ष्म परिवर्तन के रूप में उपस्थित होता है।

अधिगम का न्यूरोदैहिकी
(Neurophysiology of Learning)

व्यवहार में अभ्यास या अनुभूति से उत्पन्न होने वाली परिवर्तन को अधिगम कहा जाता है। अधिगम के सहारे व्यक्ति नये ज्ञान को अर्जित करता है। प्रत्येक अधिगम में न्यूरोदैहिक प्रक्रियाएँ (neurophysiological process) सम्मिलित होती हैं जिनका अध्ययन आवश्यक है। परन्तु इसके पहले यह जरूरी है कि अधिगम के सामान्य प्रकारों के बारे में ज्ञान प्राप्त कर लें। मौटे तौर पर अधिगम के दो प्रकार बतलाये गए है—

(क) असहचर्यात्मक अधिगम (Nonassociative learning) तथा

(ख) साहचर्यात्मक अधिगम (Associative learning)

असहचर्यात्मक अधिगम सबसे सरल प्रकार का अधिगम होता है। इसमें एक ही उद्दीपक (stimulus) होता है। फलतः इसका सम्बन्ध अनेक उद्दीपकों के बीच साहचर्य से कदापि नहीं होता है। असहचर्यात्मक अधिगम तीन प्रकार के होते हैं—*अभ्यसन* (habituation), *अनाभ्यसन* (dishabituation) तथा *संवेदीकरण* (sensitization)। अभ्यसन में व्यक्ति किसी कमजोर उद्दीपक के आवृत्तीय उपस्थिति की उपेक्षा करना सीखता है। इसमें उद्दीपक के प्रति होने वाला अनुक्रिया धीरे-धीरे अपनी शक्ति खोते चली जाती है। फलतः ऐसी अनुक्रिया के होने की सम्भावना कम जाती है क्योंकि व्यक्ति उसमें अभ्यस्त सा हो जाता है। अभ्यसन का एक उत्तम उदाहरण उस समय बनता है जब व्यक्ति टोपी पहनना प्रारम्भ कर देता है और प्रारम्भ में टोपी सिर पर आते ही उसका हल्का भार का अनुभव होता है। परन्तु कुछ दिनों तक पहनने के बाद टोपी सर पर होते हुए भी व्यक्ति को यह महशूश नहीं होता है कि टोपी सर पर है। परन्तु कई दिनों तक उसे पहनना छोड़ कर जब फिर पहनना व्यक्ति प्रारम्भ कर देता है, तो व्यक्ति को टोपी की भार का अनुभव होने लगता है। इस प्रक्रिया को *अनाभ्यसन* (dishabituation) कहा जाता है जिसमें व्यक्ति पुनः उद्दीपक के प्रति वैसा ही अनुक्रिया करना प्रारम्भ कर देता है जैसा पहले वह करता था परन्तु बाद में वह समाप्त हो गया था। संवेदीकरण एक ऐसा अधिगम है जिसमें व्यक्ति पहले उपस्थित हुए हानिकर या धमकीपूर्ण उद्दीपक के प्रति अपनी अनुक्रिया बढ़ा देता है। जैसे अगर कोई व्यक्ति भूकंप का अनुभव कर चुका होता है, तो बाद में थोड़ा सा पर्यावरणी कम्पन या आवाज होने पर काफी डर जाता है। यह संवेदीकरण का उदाहरण बनता है और संवेदीकरण को अभ्यसन के माध्यम से विलोमित (reverse) किया जा सकता है।

साहचर्यात्मक अधिगम में दो या दो से अधिक उद्दीपक होते हैं और उनमें साहचर्य स्थापित कर व्यक्ति एक खास अनुक्रिया करना सीखता है। साहचर्यात्मक सीखना के मुख्य चार प्रकार होते हैं—*प्रत्यक्षज्ञानात्मक सीखना* (perceptual learning), *उद्दीपक-अनुक्रिया अधिगम* (stimulus-response learning), *पेशीय अधिगम* (motor learning) तथा *सम्बन्धात्मक अधिगम* (relational learning)। क्लासिकी अनुबंधन (classicial conditioning) तथा साधनात्मक अनुबंधन (instrumental conditioning) उद्दीपक-अनुक्रिया अधिगम के उत्तम उदाहरण हैं तथा प्रेक्षणात्मक अधिगम (observational learning), स्थानिक अधिगम (spatial learning) तथा प्रासंगिक अधिगम (episodic learning) आदि सम्बन्धात्मक अधिगम के उदाहरण हैं। अधिगम के इन सभी प्रकारों का वर्णन इस अध्याय में यत्र-तत्र किया गया है। अतः हम उनका यहाँ पुनरावृत्ति नहीं करेंगे।

अधिगम के जिस प्रकार का अध्ययन चाहे किया जाय, न्यूरोमनोवैज्ञानिकों का मत है कि उन सबों का एक स्पष्ट न्यूरोदैहिक आधार (neurophysiological base) होता है। इस न्यूरोदैहिक आधार का अध्ययन तीन विभिन्न तरीकों से करके कुछ महत्त्वपूर्ण एवं उत्तेजनपूर्ण तथ्य सामने लाये गए हैं। इन तरीकों एवं संबंधित तथ्यों का वर्णन इस प्रकार है—

(क) शरीर रचनात्मक प्रविधियों पर आधृत न्यूरोदैहिक सबूतें (Neurphysiological evidences based upon anatomical techniques)

(ख) वैद्युतीय प्रविधियाँ पर आधृत न्यूरोदैहिक सबूतें (Neurophysiological evidences based upon electrical techniques)

(ग) रसायनिक प्रविधि पर आधृत न्यूरादैहिक सबूतें (Neurophysiological evidences based upon chemical techniques)

इन सबों का वर्णन निम्नांकित हैं:—

(क) शरीररचनात्मक प्रविधियों पर आधृत न्यूरोदैहिक सबूत *(Neurophysiological evidences based upon anatomical techniques)*—इस प्रविधि में न्यूरोवैज्ञानिक (neuroscientist) मस्तिष्क के कुछ अंश को क्षतिग्रस्त कर देते हैं या उन्हें काटकर निकाल देते हैं और तब प्रभावित व्यवहार का अध्ययन करते हैं। इसमें मूलतः दो तरह से अधिगम के न्यूरोदैहिकी (neurophysiology) का अध्ययन किया गया है—*घाव या चोट उत्पन्न करके* (lesion work) तथा *विभक्त मस्तिष्क अध्ययन* (split brain studies)।

न्यूरोमनोवैज्ञानिक द्वारा लिम्बिक तंत्र (limbic system), थैलेमस, प्रमस्तिष्कीय कार्टेक्स (cerebral cortex) आदि में घाव (lesion) उत्पन्न करके प्राणी द्वारा सीखे गए व्यवहार पर या सीखे जाने वाले व्यवहार पर पड़ने वाले प्रभावों का अध्ययन कर कुछ महत्त्वपूर्ण तथ्य प्रकाश में लाये गए हैं। फुस्टर तथा जरकीं (Fuster & Jerky, 1981)

ने एक अध्ययन किया जिसमें बन्दर के निम्न शंख कार्टेक्स (inferior temporal cortex) में घाव उत्पन्न करके जब उसे क्षतिग्रस्त कर दिया गया, तो पाया गया कि ऐसे बन्दरों में विभिन्न चाक्षुष उद्दीपकों (visual stimuli) के बीच विभेदित करने की क्षमता में कमी आ गयी। डोटी तथा उनके सहयोगियों (Doty et al., 1999) ने यह पाया है कि जब पशुओं के पश्च हाइपोथेलमस (posterior hypothalamus) में घाव उत्पन्न कर दिया गया तो ऐसे पशुओं (बिल्लियों) द्वारा आपरेशन से पहले की अनुबंधित अनुक्रिया (conditioned response) बिलकुल ही नहीं की गयी अर्थात् वे समाप्त हो गयीं। कुछ ऐसा ही निष्कर्ष कुल्लर (Culler, 1999) ने अपने अध्ययन में पाया जिसमें वे कुत्तों के पश्च हाइपोथैलमस में घाव उत्पन्न कर एक अध्ययन किये थे।

अभी हाल के वर्षों में डाऊन तथा स्कूगेन्स (Dawn & Schugens, 1996), वुडरक-पाक (Woodruff-Pak, 1999), स्टीनमेज (Steinmetz, 1996) तथा थाम्पसन तथा उनके सहयोगियों (Thomson et. al., 1997) ने पशुओं में नेत्र-मुलमुलाने का क्लासिकी अनुबंधन (eye-blink classical conditioning) का अध्ययन किया और पाया कि आँख मुलमुलाने की अनुबंधित अनुक्रिया (conditioned response) लघुमस्तिष्क (cerebellum) से नियंत्रित होती है। थाम्पसन तथा करुपा (Thompson & Karupa, 1994) ने अपने अध्ययन से यह दिखलाया है कि यदि पशु का लघुमस्तिष्क को सर्जिकल आपरेशन द्वारा क्षतिग्रस्त कर दिया जाता है या उसमें घाव (lesion) उत्पन्न कर दिया जाता है, तो पशु पहले ऐसे सीखे गये अनुबंधित अनुक्रिया को नहीं कर पाते हैं या उनमें नयी ऐसी साहचर्यात्मक अनुक्रिया को सीखने की क्षमता समाप्त हो जाती है। सिटेनमेज (Steinmetz, 1999) ने अपने शोध के आधार पर यह बतलाया है कि पशुओं के मस्तिष्क का अन्य भाग जो नेत्र-मुलमुलाने के क्लासिकी अनुबन्धन में प्रत्यक्ष रूप से उत्तरदायी होता है—हिप्पोकैम्पस (hippocampus), एमिगडाला (amygdala) तथा मस्तिष्कीय स्तंभ (brain stem) क्षेत्र जो लघुमस्तिष्क को सूचनाएँ भेजते हैं और यहाँ से आने वाली सूचनाओं को ग्रहण करते हैं।

मनुष्यों से प्राप्त सबूत भी कुछ ऐसे ही हैं। डाऊम तथा स्कूगेन्स (Daum & Schugens, 1996) तथा टोपका तथा उनके सहयोगियों (Topka et al., 1993) ने कुछ ऐसे मानव केसेज का अध्ययन किया जिनका लघु मस्तिष्क या अन्य सम्बन्ध संरचनाएँ किसी दुर्घटना में क्षतिग्रस्त हो गयी थीं। इन लोगों ने अपने अध्ययन में पाया कि ऐसे व्यक्ति सामान्य नेत्र मुलमुलाने की अनुक्रिया तो आसानी से कर लेते थे, अर्थात् इनके आँख पर जब हवा का एक झोंका दिया जाता था तो वे पलक मुलमुलाने लगते थे। परन्तु नेत्र मुलमुलाने की इस अनुक्रिया को किसी अन्य उद्दीपक (हवा छोड़कर) से उनमें अनुबंधित करना मुश्किल होता था। आँख मुलमुलाने की अनुक्रिया सामान्य रूप से होने का मतलब यह हुआ कि उनका पेशीय कार्य तथा बाह्य उद्दीपकों के प्रति अनुक्रिया करने की क्षमता ठीक-ठाक थी।

विभक्त-मस्तिष्क अध्ययन (split-brain studies) से भी कुछ ऐसे तथ्य प्राप्त हुए जिनसे अधिगम के जैविक आधारों का पता चलता है। प्रमस्तिष्कीय कार्टेक्स संरचना के ख्याल से द्विपक्षीय रूप से सममित (bilaterally symmetrical) होता है। दूसरे शब्दों में, कार्टेक्स का बायाँ गोलार्द्ध (left hemisphere) तथा दायाँ गोलार्द्ध (right hemisphere) संरचना के ख्याल से बिलकुल ही एक समान होते हैं। एक भाग से दूसरे भाग में सूचनाएँ तंत्रिका तन्तु के एक बण्डल (bundle) द्वारा आते-जाते हैं। इसे कारपस कैलोजम (corpus callosum) कहा जाता है। जब कारपस कैलोजम को काट दिया जाता है, तो एक खोपड़ी में दो स्वतंत्र मस्तिष्क होने की स्थिति हो जाती है क्योंकि अब बायाँ गोलार्द्ध तथा दायाँ गोलार्द्ध में बिलकुल ही संचार नहीं हो पाता है। इस स्थिति को *विभक्त मस्तिष्क* (split brain) कहा जाता है।

विभक्त मस्तिष्क अध्ययनों से यह स्पष्ट हुआ है कि बायाँ गोलार्द्ध तथा दायाँ गोलार्द्ध द्वारा अलग-अलग प्रकार के कार्य किये जाते हैं। फलस्वरूप दोनों गोलार्द्धों द्वारा विभिन्न प्रकार के अधिगम सम्पन्न होते हैं। इन अध्ययनकर्त्ता में स्पेरी (Sperry, 1961), गाजानिगा (Gazzaniga, 1970, 1972), गाजानिगा तथा स्पेरी (Gazzaniga & Sperry, 1967) के नाम प्रमुख हैं। इन अध्ययनों से यह स्पष्ट हुआ है कि शाब्दिक सीखना (verbal learning), तार्किक एवं विश्लेषणात्मक सीखना (logical and analytical learning), विवेकी (rational) क्रियाएँ एवं वस्तुनिष्ठ (objective) क्रियाएँ बायाँ गोलार्द्ध द्वारा किया जाता है जबकि अशाब्दिक सीखना (nonverbal learning), सांश्लेषिक सीखना (synthetic learning) एवं आत्मनिष्ठ (subjective) तथा अन्तर्ज्ञान (initive) की क्रियाएँ दायाँ गोलार्द्ध द्वारा संपन्न किया जाता है। स्पष्ट हुआ कि विभिन्न तरह के व्यवहारों एवं अधिगम (learning) कार्टेक्स के दो गोलार्द्धों द्वारा अलग-अलग ढंग से संपन्न किये जाते हैं।

(ख) वैद्युतीय प्रविधियाँ पर आधृत न्यूरोदैहिकी सबूतें *(Neurophysiological evidences based upon electrical techniques)*—इस प्रविधि में मस्तिष्क के कुछ भागों को वैद्युतीय प्रवाह (electrical current) द्वारा उत्तेजित करके या मस्तिष्कीय सतह पर मौजूद वैद्युतीय क्रियाओं का रिकार्ड करके उनका अधिगम पर पड़ने वाले प्रभावों का अध्ययन किया गया है तथा इसके न्यूरोदैहिक आधार का पता लगाया गया है। मस्तिष्कीय स्तर पर पर मौजूद वैद्युतीय क्रियाओं का रेकार्डिंग जिस प्रविधि द्वारा किया जाता है, उसे *एलक्ट्रोएनसिफैलोग्राफ* (Electroencephalograph or EEG) कहा जाता है। यहाँ शोधकर्त्ताओं की अभिरूचि इस बात में रही है कि क्या जब प्राणी कोई व्यवहार को सीखता है, तो उसके मस्तिष्क से रिकार्ड किये गए EEG पैटर्न में कोई परिवर्तन होता है या नहीं। जॉन तथा किल्लियम (John & Killiam, 1989) द्वारा एक ऐसा ही अध्ययन किया गया है। इन्होंने अपने प्रयोग में बिल्लियों को एक विशेष तरह के रोशनी से दूर रहने के लिए सिखलाया। इसके बाद इन बिल्लियों के सामान्यीकरण (generalization) की जाँच की गयी जिसमें उन्होंने इनका परिहार अनुक्रिया (avoidance response) की जाँच एक ऐसी रोशनी के प्रति किया गया जो मौलिक रोशनी के समान था परन्तु समरूप (identical) नहीं। परिणाम में देखा गया कि सामान्यीकरण हुई अर्थात् नयी जाँच उद्दीपक के प्रति बिल्लियों ने ठीक वैसी ही अनुक्रिया की जैसा कि मौलिक उद्दीपक के प्रति वे किया करतीं थीं। इन बिल्लियों के मस्तिष्क में लगाये इल्कट्रोड से प्राप्त EEG रिकार्ड से यह पता चला कि नये जाँच उद्दीपक के प्रति मस्तिष्क की वैद्युतीय क्रियाएँ ठीक वैसीं हीं थीं। जैसा कि मौलिक उद्दीपक से उत्पन्न वैद्युतीय क्रियाएँ थीं। इससे साबित होता है कि अनुबंधन अधिगम में मस्तिष्क की वैद्युतीय क्रियाओं में परिवर्तन होता है।

मस्तिष्क के वैद्युतीय क्रियाओं के रिकार्ड करने के अतिरिक्त कुछ अध्ययनों में मस्तिष्क के कुछ विशेष भाग को वैद्युतीय धारा से उत्तेजित करके उसका अधिगम पर पड़ने वाले प्रभावों का भी अध्ययन किया गया है। अनुबंधन अधिगम में होने वाले न्यूरोदैहिक परिवर्तनों की व्याख्या करने के लिए मस्तिष्क में वैद्युतीय उत्तेजन को दो तरह से उपयोग किया गया है। पहला तरीका वह है जिसमें वैद्युतीय उद्दीपक (electrical stimulus) को अनुबंधित उद्दीपक (Conditioned stimulus or CS) या फिर स्वाभाविक उद्दीपक (Unconditional stumulus or UCS) के प्रतिस्थापित रूप (substitute form) में उपयोग किया गया है तथा दूसरा तरीका वह है जिसमें यह देखने की कोशिश की गयी है कि वैद्युतीय उद्दीपक का अनुबंधित अनुक्रिया पर कैसा प्रभाव अर्थात् धनात्मक प्रभाव (positive effect) या ऋणात्मक प्रभाव (negative effect) पड़ता है? धनात्मक प्रभाव में प्राणी उस अनुबंधित अनुक्रिया को दोहराना चाहता है। इसका प्रभाव लाभप्रद (rewarding) होता है। ऋणात्मक प्रभाव में प्राणी उस अनुक्रिया को दोहराता नहीं है या उससे दूर रहना चाहता है। इसका प्रभाव दंडात्मक (punishment) होता है।

कुछ प्रयोगों में मस्तिष्क में वैद्युतीय उद्दीपक (electrical stimulus) को अनुबंधित उद्दीपक (conditioned stimulus) के रूप में प्रयोग कर यह देखा गया कि क्या ऐसी परिस्थिति में भी अनुबंधन होता है? लोउक्स (Loucks, 1938) ने इस सिलसिले में सबसे पहला प्रयोग किये। इस प्रयोग में कुत्तों को भोजन के प्रति लार स्राव की अनुक्रिया करना सीखलाया गया। कुत्तों के कार्टेक्स के दृष्टि क्षेत्र का वैद्युतीय उत्तेजन (electric stimulation) किया गया जो अनुबंधित उद्दीपक (conditioned stimulus or CS) के रूप में कार्य करता था। दूसरे शब्दों में, भोजन देने के पहले रोशनी उपस्थित करने के लिए सचमुच में रोशनी न देकर उसके दृष्टि क्षेत्र का वैद्युतीय उत्तेजन किया गया जिससे उसे रोशनी दिखलाई देने का अनुभव होता था। परिणाम में देखा गया कि जब वैद्युतीय उत्तेजन को अनुबंधित उद्दीपक के रूप में उपयोग किया गया तो सामान्य ढंग से अनुबंधन की प्रक्रिया हुई। इतना ही नहीं, डोटी एवं रूटलेज (Doty & Routledge, 1959) ने सामान्यीकरण (generalization) के लिए भी इस तरह के वैद्युतीय उद्दीपक को उचित ठहराया। इन्होंने अपने अध्ययन में बिल्लियों को बिजली के आघात से बचने के लिए CS के प्रति अग्रपैर मोड़ (foreleg flexion) की अनुक्रिया को करना सीखलाया। कुछ बिल्लियों के लिए CS घंटी की आवाज थी, कुछ के लिए बल्ब की रोशनी, कुछ के लिए श्रवण कार्टेक्स में वैद्युतीय उत्तेजन तथा कुछ के लिए दृष्टि कार्टेक्स में दिया गया वैद्युतीय उत्तेजन। जब प्रशिक्षण खत्म हो गया, तो CS के समान अन्य उद्दीपकों को देकर सामान्यीकरण की जाँच की गयी। परिणाम में पाया गया कि दृष्टि तथा श्रवण दोनों ही उद्दीपकों के प्रति सामान्यीकरण होते पाया गया तथा जिन बिल्लियों को रोशनी देकर प्रशिक्षित किया गया था, वे दृष्टि क्षेत्र के वैद्युतीय उत्तेजन के प्रति भी वैसे ही अनुक्रिया की तथा जिन बिल्लियों को घंटी की आवाज देकर प्रशिक्षित किया गया था, वे भी श्रवण क्षेत्र के वैद्युतीय उत्तेजन के प्रति वैसे ही अनुक्रिया कीं। इससे स्पष्ट होता है कि मस्तिष्क वैद्युतीय उत्तेजन के प्रति सामान्यीकरण की अनुक्रिया भी होती है।

अनुबंधन अधिगम में मस्तिष्क के वैद्युतीय उत्तेजन (electrical stimulation) को स्वाभाविक उद्दीपक (unconditioned stimulus) के रूप में भी प्रयोग करके यह देखने की कोशिश की गयी है कि उससे अनुबंधित अनुक्रिया किस तरह से प्रभावित होती है। इसके लिए आरम्भिक शोधकर्त्ताओं ने प्रमस्तिष्कीय कार्टेक्स (cerebral cortex) के पेशीय क्षेत्र (motor area) को चुना जिसमें वैद्युतीय उत्तेजन देने से पशुओं में पाँव सिकुड़ाने (leg contraction) की अनुक्रिया स्पष्ट रूप से की जाती थी। लाऊक्स (Laucks, 1936) तथा डोरी एवं गियूरगिया (Doty & Giurgea, 1961) ने बिल्लियों, कुत्तों एवं बंदरों के पेशीय कार्टेक्स का वैद्युतीय उत्तेजन क्रिया जिससे पैर सिकुड़ाने की अनुक्रिया करते पाये गए। अतः ऐसे उत्तेजन को स्वाभाविक उद्दीपक के रूप में उपयोग किया। CS के रूप में कुछ प्रयोगों में घंटी की आवाज तथा बल्व की रोशनी का उपयोग किया गया। परिणाम में पाया गया कि सामान्य परिस्थिति के समान ही इस तरह के वैद्युतीय उत्तेजन को स्वाभाविक उद्दीपक (unconditioned stimulus) के रूप में उपयोग करने पर पैर सिकुड़ाने की अनुबंधित अनुक्रिया पशुओं द्वारा सीखी गयी।

अधिगम पर मस्तिष्क में वैद्युतीय उत्तेजन के धनात्मक तथा ऋणात्मक प्रभावों का भी विशेष रूप से अध्ययन हाल के वर्षों में किया गया है। ओल्डस एवं माइनर (Olds & Miner, 1954) ने चूहों पर प्रयोग करके यह दिखलाया है कि अधिगम के ख्याल से मस्तिष्क में कुछ *पुनर्बलन केद्र* (reinforcement centres) होते हैं जिनका यदि वैद्युतीय उत्तेजन किया जाता है तो पशु ठीक वैसा ही व्यवहार करते हैं मानों भूखे पशु को भोजन या प्यासे पशु को पानी दिया जा रहा हो। ऐसी परिस्थिति में पशु सीखी जाने वाली अनुक्रिया को बार-बार दोहराना भी चाहता है। बाद में कुत्तों, बंदरों, कबूतरों एवं मनुष्यों के भी मस्तिष्क में ऐसे पुर्नबलन केन्द्र होने के प्रयोगात्मक सबूत उपस्थित किये गए हैं। डियूट्श तथा होबार्थ (Deutsch & Howarth, 1963) का मत है कि मस्तिष्कीय उत्तेजन दो कार्य करता है। पहला, यह गत अनुक्रियाओं को पुनर्बलित करता है तथा दूसरा, यह पशुओं को फिर से अनुक्रिया करने के लिए प्रेरित (motivate) करता है। ओल्डस एवं फोबेस (Olds & Fobes, 1981) ने अपने शोधों के आधार पर यह बतलाया है कि मस्तिष्क के कई हिस्सों का वैद्युतीय उत्तेजन करके उसके पुनर्बलात्मक प्रभाव को देखा जा सकता है परन्तु सबसे उत्तम एवं विश्वसनीय क्षेत्र मेडियल अग्रमस्तिष्क बंडल (Medial Forebrain Bundle या MFB) है जिसमें एक्सान (axons) का ऐसा बंडल पाया जाता है जो मध्यमस्तिष्क (midbrain) से लेकर अग्रमस्तिष्क (forebrain) तक जाता है। MFB को जब वैद्युतीय धारा द्वारा उत्तेजित किया जाता है, तो उसका पुनर्बलात्मक प्रभाव इसलिए होता है क्योंकि इसमें सम्मिलित न्यूरोन्स द्वारा डोपामाईन (dopamine) नामक न्यूरोट्रांसमीटर (neurotransmitter) का स्राव होता है। ओल्डस तथा फोबेस (Olds & Fobes, 1999) ने कुछ ऐसे प्रयोग किये हैं जिनमें चूहों के मस्तिष्क में एल्कट्रोड लगे हुए थे और वे एक भूलभूलैया में सही दौड़ लगाना सीख रहे थे या फिर स्कीन्नर बकस में लीबर दबाना सीख रहे थे। परिणाम में देखा गया कि चूहों द्वारा उपयुक्त अनुक्रिया को उसी ढंग से सही-सही करना सीख लिया गया मानों उसे ऐसी अनुक्रिया करने के लिए भोजन (food) दिया जा रहा हो।

मस्तिष्क के विशेष भाग को वैद्युतीय उत्तेजन देकर जब पुनर्बलित किया जाता है, तो इसकी कुछ खास-खास ऐसी विशेषताएँ होतीं हैं जो भोजन या पानी देकर उत्पन्न पुनर्बलन की विशेषताओं से भिन्न होतीं हैं। ऐसी विशेषताओं में निम्नांकित प्रमुख हैं:—

(i) जब मस्तिष्क को सीधे वैद्युतीय धारा से उत्तेजित करके उसे पुनर्बलक (reinforcer) के रूप में उपयोग किया जाता है, तो इसके लिए प्राणियों में वंचन (deprivation) उत्पन्न करने की आवश्यकता नहीं होती है।

(ii) ऐसी परिस्थिति में पशुओं में संतुष्टि (satisfaction) उत्पन्न नहीं होती है। जब भोजन या पानी को पुनर्बलक के रूप में उपयोग किया जाता है, तब एक बिन्दु ऐसी आती है जहाँ पशु में इससे पूर्णतः संतुष्टि उत्पन्न हो जाती है, और वे अनुक्रिया करना बंद कर देते हैं। परन्तु जब मस्तिष्क को वैद्युतीय धारा से प्रत्यक्ष रूप से उत्तेजित किया जाता है, तो उनमें कभी संतुष्टि नहीं होती है और वह हमेशा अनुक्रिया करता जाता है।

(iii) मस्तिष्क को प्रत्यक्ष रूप वैद्युतीय धारा से उत्तेजित करने पर उत्पन्न प्रणोद (drive) अन्य पुनर्बलकों से उत्पन्न प्रणोद से तीव्र होते हैं।

(iv) ऐसी परिस्थिति में देखा गया है कि अनुक्रिया करने का दर काफी तीव्र होता है। परन्तु जैसे ही मस्तिष्कीय उत्तेजन को बंद कर दिया जाता है, विलोपन (extinction) भी तेजी से होता है अर्थात् पशु अनुक्रिया करना तुरन्त बंद कर देते हैं।

(v) ऐसी परिस्थिति में चूँकि मस्तिष्कीय उत्तेजन को समाप्त होते ही बहुत तेजी से विलोपन होता है, पुनर्बलन का कोई भी अनुसूचि जो अनुक्रिया तथा पुनर्बलन के बीच कुछ विलम्ब उत्पन्न करता है, ठीक ढंग से कार्य नहीं कर पाता। उदाहरणस्वरूप, ऐसी परिस्थिति में अगर अनुक्रिया तथा पुनर्बलक के बीच 15 सेकेंड से अधिक का विलम्ब होते पाया जाता है, तो पशु अनुक्रिया करना बंद कर देते हैं।

मस्तिष्क को वैद्युतीय धारा से प्रत्यक्ष रूप से उत्तेजित कर अध्ययन करने वाले शोधकर्त्ताओं द्वारा मस्तिष्क में पुनर्बलन केन्द्र (reinforcement centre) के अतिरिक्त कुछ दंड क्षेत्र (punishment area) का भी पता लगाया है। प्रायः ऐसे दंड क्षेत्र या केन्द्र पुनर्बलन क्षेत्र से कुछ मिलीमीटर की दूरी पर ही अवस्थित होते हैं। जब ऐसे क्षेत्र को उत्तेजित किया जाता है तो देखा जाता है कि पशु तुरंत ही उस अनुक्रिया को करना सीख लेते हैं जिसके करने से इस क्षेत्र के वैद्युतीय उत्तेजन को आगे जारी नहीं रखा जा सकता है या एक ऐसी अनुक्रिया को करना सीख लेते हैं जो ऐसे उत्तेजन को रोकता है। मनुष्यों के मस्तिष्क के ऐसे क्षेत्र को उत्तेजित करने से उनमें चिंता या डर का अनुभव होता है। कई अध्ययन ऐसे किये गए हैं जिनसे यह देखा गया हे कि मस्तिष्कीय क्षेत्र विशेषकर लिम्बिक क्षेत्र (limbic system) तथा रेटिकुलर फारमेसन को वैद्युतीय रूप से उत्तेजित करने से सीखने की प्रक्रिया पर बाधक प्रभाव पड़ता है। रोसमोल्ड, डेलगाडो एवं मिलनर (Rosvold, Delgado & Milner, 1998) ने एक अध्ययन बंदरों पर किया जिनमें उन्हें विलम्बित परिवर्तन कार्य (delayed alternation task) को करना सिखलाया गया जिसमें वे एक भोजन कप में रखे भोजन की खोज करते थे और कुछ देर के बाद दूसरे भोजन कप के भीतर रखे गये भोजन की खोज करते थे और इसी तरह से फिर थोड़े देर के बाद तीसरे भोजन कप के भीतर रखे गये भोजन की खोज करते थे। इन बन्दरों को सरल दृष्टि विभेदन करने का भी प्रशिक्षण दिया गया। इन सब कार्यों को सीख लेने के बाद मस्तिष्क के विशेष भाग अर्थात् काऊडेड न्यूक्यिस (Caudet nucleus) में वैद्युतीय उत्तेजन किया गया। परिणाम में देखा गया कि ऐसे उत्तेजन से विलम्बित परिवर्तन कार्य बुरी तरह प्रभावित हो गया। नौट्ट एवं मिलनर (Knott & Milner, 1990) ने एक दूसरा अध्ययन किया जिसमें कुछ बिल्लियों को लीभर दबाने की अनुक्रिया करना सीखाया गया। जब बिल्लियाँ लीभर दबाने की अनुक्रिया सीख रही थीं, तो उनके मस्तिष्क के कुछ भागों यानि हिप्पोकैम्पस, काऊडेट न्यूक्लिअस (Caudet neuclues), हाइपोथैलमस, सेप्टम तथा थैलमस (thalamus) को वैद्युतीय धारा से उत्तेजित किया गया। जब बिल्लियों के हिप्पोकैम्पस, काऊडेट न्यूक्लिअस, थैलेमस को उत्तेजित किया गया तो इससे लीभर दबाने की अनुक्रिया सीखना न के बराबर पर प्रभावित हुई। परन्तु जब सेप्टम तथा हाइपोथैलमस को उत्तेजित किया गया, तो लीभर दबाने की अनुक्रिया बुरी तरह प्रभावित हुई। प्रयोगकर्त्ताओं के अनुसार मस्तिष्क के इन दोनों क्षेत्रों की भूमिका संवेग में काफी अधिक होती है। इन्हें उत्तेजित करने से बिल्लियों में संवेगात्मक अनुक्रियाएँ उत्पन्न हो जातीं हैं जिनसे उनके द्वारा सीखी जाने वाली लीभर दबाने की अनुक्रिया भी प्रभावित हो जाती है। गिल्कमैन (Glickman, 2000) ने एक अध्ययन किया जिसमें यह देखा गया कि कुत्तों के रेटिकुलर फारमेशन को वैद्युतीय ढंग से उत्तेजित करने पर उनमें ध्यान विचलन (distraction of attention) उत्पन्न हो गया और तब उनके द्वारा सीखी जाने वाली अनुक्रिया की दर बुरी तरह प्रभावित हो गयी।

(ग) रसायनिक प्रविधियों पर आधृत न्यूरोदैहिक सबूतें *(Neurophysiological evidences based upon chemical techniques)*—सीखने का कुछ न्यूरोदैहिक सबूत उन अध्ययनों से मिलता है जिनमें रसायनिक प्रविधियों का उपयोग किया गया है। यहाँ हमलोग दो तरह के शोधों या अध्ययनों जिनमें रसायनिक प्रविधियों का उपयोग किया गया है, का वर्णन करेंगेः—

1. पहली श्रेणी में उन शोधों/अध्ययनों को रखेंगे जिनमें सीखने के दौरान *कोशिकाओं के भीतर* (within cell) के रसायनिक परिवर्तनों का उल्लेख किया गया है।
2. दूसरी श्रेणी में उन शोधों/अध्ययनों को रखेंगे जिनमें सीखने के दौरान दो या दो से अधिक कोशिकाओं (between two or more than two cells) में होने वाले रसायनिक परिवर्तनों का उल्लेख किया गया है।

जहाँ तक पहली श्रेणी के अध्ययनों या शोधों का प्रश्न है, इनसे यह स्पष्ट हुआ है कि कुछ रसायनिक संरचनाएँ ऐसी हैं जिनसे अधिगम तथा स्मृति की प्रक्रिया सम्पन्न होती हैं। इनमें सबसे महत्त्वपूर्ण डीएनए (DNA or deoxyribonucleic acid), आरएनए (RNA or ribonucleic acid) तथा प्रोटीन (protein) हैं। नवीनतम शोधों से यह स्पष्ट हुआ है कि किसी सूचना को सीखने में या उसे स्मृति में संचित करने में ये तीनों तत्त्व सम्मिलित होते हैं।

अधिगम में चूँकि इन तीनों की भूमिका काफी सम्बन्धित होती है, अतः इन तीनों को एक साथ मिलाकर ही अध्ययन किया गया है। वेविक, जैकोवसन, बुवाश तथा जैकोपसन (Babich, Jacobson, Bubash and Jacobson, 1965) ने एक अतिमहत्त्वपूर्ण प्रयोग किया जिसमें डीएनए-आरएनए-प्रोटीन की महत्ता अधिगम तथा स्मृति में दिखलाया गया है। इनलोगों ने स्कीन्नर बकस में भूखे चूहों को एक क्लिक (click) का आवाज होने पर भोजन कप के नजदीक आना सीखलाया गया। जब-जब चूहे भोजन कप के समीप आते थे, उन्हें एक विशेष प्रकार के भोजन तत्त्व देकर पुनर्बलित किया जाता था। जब चूहों द्वारा प्रशिक्षण प्राप्त कर लिया गया, तो उन्हें इथर (ether) देकर मार दिया गया और उनके मस्तिष्क को आपरेशन करके हटा लिया गया। इसके बाद उनके मस्तिष्क से आरएनए को एक विशेष प्रविधि द्वारा अलग कर लिया गया। उसी तरह से प्रयोगकर्त्ताओं ने अप्रशिक्षित चूहों (जो नियंत्रित समूह के सदस्य थे) को जिन्हें क्लिक की आवाज पर भोजन पाने की प्रशिक्षण प्राप्त नहीं थी, के मस्तिष्क से भी आरएनएन को निकाल लिया। दोनों तरह के समूहों से आरएनए को निकालने के आठ घंटे बाद इन दोनों तरह के आरएनए को चूहों के एक नये समूह में सूई देकर मस्तिष्क में रख दिया गया। इसके बाद ऐसे नये चूहों की अधिगम तथा स्मृति की जाँच स्कीन्नर बकस में रखकर की गयी। परिणाम में देखा गया कि जिन चूहों में प्रशिक्षित चूहों के आरएनए को डाला गया था, वे भोजन कप के पास उन चूहों की अपेक्षा अधिक बार गये जिनमें नियंत्रित या अप्रशिक्षित समूह का आरएनए का सूई दिया गया था। इस परिणाम से स्पष्ट होता है कि आरएनए की भूमिका अधिगम तथा इससे सम्बन्धित मानसिक प्रक्रिया अर्थात् स्मृति में काफी है। इसके बाद अन्य कई अध्ययनकर्त्ताओं जैसे ब्राड (Braud, 1970), ब्राड तथा हॉफ्फमैन (Braud & Hoffman, 1973) ने भी उक्त प्रयोग के डिजाइन के अनुसार प्रयोग किये हैं और उनके परिणाम की पुष्टि किया है। इसके अतिरिक्त भी कुछ ऐसे प्रयोगात्मक सबूत हैं जिनके आधार पर यह कहा जाता है कि आरएनए की भूमिका स्मृति तथा अधिगम में है। जैसे, कैमेरोन (Cameron, 1958, 1963) ने कुछ ऐसे अध्ययनों का उल्लेख किया है जिसमें वृद्ध रोगियों के अधिगम एवं स्मृति को उन्नत बनाने के ख्याल से आरएनए अधिक मात्रा में दिया गया। परिणाम में पाया गया कि आर एन ए में वृद्धि होने से वृद्ध व्यक्तियों के अधिगम तथा स्मृति की क्षमता में पर्याप्त वृद्धि हो गयी।

जहाँ तक दूसरे श्रेणी के अध्ययनों का प्रश्न है, शोधकर्त्ताओं की प्रमुख प्राक्कलपना यह रहा है कि अधिगम में संधिस्थलीय संचरण (synaptic transmission) में वृद्धि हो जाती है। इन अध्ययनों में न्यूरोन्स के बीच या संधि स्थल में होने वाले रसायनिक घटनाओं पर बल डाला जाता है। डियूट्श (Deutsch, 1968, 1971) तथा डियूट्श एवं डियूट्श (Deutsch & Deutsch, 1973) का मत है कि अधिगम में संधिस्थल पर प्राक्संधिस्थलीय कोशिका (presynaptic cell) के अन्तस्थ (terminal) पर की पुटिकाओं (vesicles) से एसिटिलकोलाइन (acetylchaline or ACh) के अधिक मात्रा में स्रावित होने से सूत्रयुग्मनीय अंतरण (synaptic transmission) में वृद्धि हो जाती है। इस तरह का रसायनिक प्रक्रम फिर अन्य संधिस्थलों पर होता है जिससे वैद्युतीय आवेग (electrical impulse) का संचरण बहुत तेजी से होता है। इस तरह के रसायनिक परिवर्तनों को कुछ लोगों ने *सूत्रयुग्मनीय सुनम्यता* (synaptic plasticity) कहा है।

अधिगम में होने वाले सूत्रयुग्मनीय परिवर्तनों के बारे में अधिकतर ज्ञान एवं तथ्य उन अध्ययनों पर आधारित है जिसमें एक सरल अरीढ़ीदार (invertebrate) समुद्री पशु जिसे एप्लिसा (Aplysia) कहा जाता है, के तंत्रिका तंत्र का अध्ययन किया गया है। कुछ अन्य समुद्री जीव जन्तुओं जिनका तंत्रिका तंत्र की बनावट सरल था, का भी अध्ययन किया गया है। पशुओं के अध्ययन में केन्डल एवं हाकिन्स (Kandel & Hawkins, 1992) ने यह स्पष्ट रूप से पाया कि अभ्यसन (habituation), संवेदीकरण (sensitization) तथा अनुबंधन (conditioning) अधिगम में तंत्रिका कोशिकाओं में पर्याप्त परिवर्तन हो जाते हैं।

इसी ढंग का सूत्रयुग्मनीय परिवर्तन (synaptic changes) अभी हाल में रीढ़ीदार प्राणियों (vertebrate organisms) के लिम्बिक तंत्र का एक विशेष भाग जिसे हिप्पोकैम्पस (hippocampus) कहा जाता है, में अधिगम के दौरान होते देखा गया है। 1973 में विलिस्स (Bliss) तथा लोमों (Lomo) ने हिप्पोकैम्पस दैहिकी के बारे में एक महत्त्वपूर्ण खोज किया जिससे अधिगम तथा स्मृति के न्यूरोजैविक आधार (neurobiological base) का स्पष्ट रूप से पता चलता है। जैसा कि हम जानते हैं, व्यस्कावस्था में शरीर नये न्यूरोन्स (neurons) का निर्माण करता नहीं है। सच्चाई यह है कि जैसे-जैसे उम्र बीतती जाती है, न्यूरोन्स कमती जाती है। ऐसी स्थिति में प्रश्न यह उठता है कि तब हमलोग नये अधिगम एवं स्मृति के लिए किस तरह से नये न्यूरोन्स का सृजन करते हैं? इस सिलसिले में इनका खोज

यह था कि हिप्पोकैम्पस की ओर जाने वाले उत्तेजन मार्ग (excitatory pathways) को थोड़े समय परन्तु उच्च आवृतीय (high frequency) वाले वैद्युत से उत्तेजित किया जाता हैं, तो उससे उत्तेजित किये जाने वाले संधिस्थलों की शक्ति लम्बे समय तक बढ़ जाती है। इस तरह के प्रभाव को आजकल *दीर्घकालीन प्रभावकारिता* (long term potentiation or LTP) कहा जाता है। इस तरह से दीर्घकालीन प्रभावकारिता एक तरह का क्रिया-आधृत (activity-dependent) संधिस्थलीय सुनम्यता (synaptic plasticity) है जो मूलतः हिप्पोकैम्पस में ही घटित होता है और अधिगम एवं स्मृति दोनों पर अच्छा प्रभाव डालता है। इस क्षेत्र के अध्ययनकर्त्ताओं ने यह स्पष्ट रूप से पाया है कि जब हिप्पोकैम्पस का कोई भाग को वैद्युतीय धारा से उत्तेजित किया जाता है, तो उससे निकलने वाले तंत्रकीय मार्ग (neural pathway) में हल्की अनुक्रिया उत्पन्न होती है। अगर हिप्पोकैम्पस के उसी क्षेत्र को फिर से उत्तेजित किया जाता है तो पहले के उत्तेजन से बने सर्किट अत्यधिक शक्ति के साथ उत्तेजित होते हैं। सम्भवतः इसका कारण यह होता है कि इसके पहले के उत्तेजन से सर्किट अत्यधिक संवेदीकृत (sensitize) हो गया हो। ऐसा मालूम पड़ता है कि हिप्पोकैम्पस में इस तरह के उत्तेजन से नये संधिस्थल बन रहे हों तथा पहले से मौजूद संधिस्थल अत्यधिक मजबूत हो जा रहे हों। इस प्रक्रिया को दीर्घकालीन प्रभाविता (long-term potentiation) कहा जाता जिससे अधिगम और परिणामतः स्मृति भी मजबूत हो जाती है।

दीर्घकालीन प्रभाविता की कुछ विशेषताएँ होती हैं जो इस प्रकार हैं—

(i) LTP को चंद सेकेंड में उत्पन्न किया जा सकता है।

(ii) LTP उत्पन्न होने के बाद यह कई दिनों या हप्तों तक बना होता है।

(iii) LTP में एक अस्थायी दृढ़ीकरण (labile consolidation) अवधि होती है जो इसे उत्पन्न होने के कुछ मिनटों तक बनी होती है।

(iv) यद्यपि LTP की क्रिया हिप्पोकैम्स तक ही सीमित होती है परन्तु यह मस्तिष्क के अन्य क्षेत्रों में भी कमोबेश होते देखा गया है।

इन विशेषताओं के ही आलोक में कई अध्ययनकर्त्ताओं ने यह सुझाव दिया है कि LTP एक ऐसा संधिस्थलीय अन्मयता (synaptic plasticity) है जो अधिगम तथा स्मृति में होती है। इसलिए इन लोगों द्वारा निम्नांकित दो तरह की प्राक्कल्पनाओं की जाँच पर बल डाला गया है—

(i) क्या LTP की विशेषताएँ अधिगम तथा स्मृति की विशेषताओं के समान है?

(ii) क्या औषध का प्रभाव LTP, अधिगम तथा स्मृति पर एक समान पड़ते हैं?

वारनेस (Barnes, 1979) ने अपने अध्ययन में पाया है कि चूहों द्वारा भूलभूलैया सीखने की दर तथा उनमें उत्पन्न की गयी LTP की मात्रा में धनात्मक सहसम्बन्ध होता है। शार्प, मैकनाऊघटोन व वारनेस (Sharp, McNaughton & Barnes, 1983) ने अपने अध्ययन में यह पाया है कि जब चूहों को एक जटिल वातावरण को अन्वेषित (explore) करने का मौका दिया जाता है, तो इससे उसका स्थानिक अधिगम (spatial learning) मजबूत हो जाती है और साथ ही साथ उनके हिप्पोकैम्पस में LTP की मात्रा में भी वृद्धि हो जाती है। वर्गर (Berger, 1984) ने अपने अध्ययन के आधार पर यह बतलाया है कि हिप्पोकैम्स को उच्च बारम्बारता वाले वैद्युतीय उत्तेजन देने से खरगोश में LTP की मात्रा बढ़ जाती है जो आँख-मूलमूलाने की अनुबंधन (eye blink conditioning) को मजबूत कर देता है। इसके अतिरिक्त LTP तथा अधिगम के बीच समानता दिखलाने के लिए कुछ ऐसे प्रयोग किये गए हैं जिसमें चूहों का विशेष जीन (gene) को नष्ट करके उसका अधिगम पर पड़ने वाले प्रभावों का अध्ययन किया गया है। ग्रान्ट तथा उनके सहयोगियों (Grant et. al., 1992) ने एक ऐसा प्रयोग किया जिसमें चूहों के चार विभिन्न समूहों में चार विभिन्न तरह के किनास (Kinase) (जो एक तरह का जीन है) को नष्ट किया गया। परिणाम में देखा गया कि जिन चूहों में फिन (fyn) नामक किनास जीन को नष्ट किया गया था, सिर्फ उनके ही हिप्पोकैम्स में LTP की मात्रा कम हो गयी और इनके द्वारा भूलभूलैया अधिगम की प्रक्रिया भी मंदित हुई। अन्य किनास के नष्ट होने पर न तो हिप्पोकैम्स में LTP की मात्रा में कमी हुई और न ही भूलभूलैया सीखने की प्रक्रिया ही प्रभावित हुई।

कुछ औषधों का भी उपयोग करके LTP तथा अधिगम पर पड़ने वाले प्रभावों की समानता का अध्ययन किया गया है। हुबर, मॉक तथा केल्ली (Huber, Muck & Kelly, 1995) ने एक अध्ययन किया जिसमें यह पाया गया कि जब

चूहों में एक ऐसा औषध सूई द्वारा दिया गया जो NMDA ग्राहकों को अवरुद्ध कर देता था तो इससे LTP की क्रियाएँ मंदित हो जाती थीं तथा साथ-ही-साथ इनके द्वारा स्थानिक अधिगम (spatial learning) की प्रक्रिया भी मंदित हो जाती थी। फ्लड तथा उनके सहयोगियों (Flood et al., 1975) ने अपने अध्ययन में पाया कि प्रोटीन संश्लेषण (protein synthesis) के अवरोधक (inhibitors) से दीर्घकालीन स्मृति अवरुद्ध होती है तथा वे LTP के निर्माण की प्रक्रिया को भी अवरूद्ध कर देते हैं और ऐसी अवरुद्धता कई घंटों तक बना होती है।

उक्त अध्ययनों एवं अन्य समान अध्ययनों को ध्यान में रखते हुए मार्टिनेज एवं डेर्रिक[1] (Martinez & Derrick, 1996) ने LTP तथा अधिगम एवं इससे संबद्ध स्मृति के सम्बन्धों पर इस तरह का निष्कर्ष प्रदान किया है, ''संधिस्थलीय परिवर्तन के प्रमुख कोशीय प्रक्रिया जो रीढ़ीदार प्राणियों के मस्तिष्क के अधिगम तथा स्मृति में होता है, के लिए LTP इकलौता प्रवेशार्थी है।''

स्पष्ट हुआ कि अधिगम की प्रक्रिया की न्यूरोदैहिकी काफी मजबूत एवं स्पष्ट है। अधिगम से जुड़ी संज्ञानात्मक प्रक्रिया अर्थात् स्मृति को भी इस तरह के न्यूरोदैहिकी के आधार पर समझने की कोशिश की गयी है।

विलोपन का अर्थ एवं स्वरूप
(Meaning and Nature of Extinction)

सीखने के क्षेत्र में किये गए प्रयोगों में मनोवैज्ञानिकों का ध्यान एक विशेष घटना की ओर गया जिसे विलोपन (extinction) कहा जाता है। विलोपन से तात्पर्य एक ऐसी प्रक्रिया से होती है जिसमें सीखी गयी अनुक्रिया की शक्ति पुनर्बलन (reinforcement) नहीं मिलने के कारण धीरे-धीरे कमती जाती है। हाउस्टन[2] (Houston, 1976) के शब्दों में हम विलोपन को इस प्रकार परिभाषित कर सकते हैं, ''पुनरावृत्त अपुनर्बलन से अनुक्रिया शक्ति में उत्पन्न ह्रास को विलोपन कहा जाता है।'' हुल्स, इगेथ तथा डीज[3] (Hulse, Egeth & Deese, 1980) के शब्दों में, ''विलोपन एक ऐसी प्रक्रिया है जो गत समय में पुनर्बलित अनुक्रिया के होने के बाद पुनर्बलन हटा लेने के फलस्वरूप उत्पन्न होती है।''

यदि उक्त परिभाषाओं का विश्लेषण किया जाए तो विलोपन के स्वरूप के बारे में हम निम्नांकित निष्कर्ष पर पहुँचते हैः—

(i) विलोपन (extinction) की प्रक्रिया सीखने के बाद ही उत्पन्न होता है।

(ii) विलोपन की प्रक्रिया में प्राणी को सही अनुक्रिया करने के बाद भी पुनर्बलन (reinforcement) नहीं दिया जाता है।

(iii) पुनर्बलन नहीं देने से सही अनुक्रिया की शक्ति धीरे-धीरे क्षीण होते जाती है और अन्त में अनुक्रिया का होना पूर्णतः बंद हो जाता है।

विलोपन की घटना को कुछ उदाहरण द्वारा इस प्रकार समझाया जा सकता है। मानलिया जाए कि चूहा को स्कीन्नर बक्स में लीवर दबाने की अनुक्रिया करना पुनर्बलन देकर सीखलाया जाता है। फिर बाद में इस तरह की अनुक्रिया करने के बाद पुनर्बलन देना बंद कर दिया जाता है। ऐसी स्थिति में लीवर दबाने की अनुक्रिया धीरे-धीरे क्षीण होते जाएगी। इस प्रक्रिया को विलोपन की संज्ञा दी जाएगी। विलोपन की घटना क्लासिकी अनुबंधन में भी स्पष्ट रूप से देखने को मिलता है। कुत्ते को घंटी की आवाज पर पुनर्बलन (भोजन) देकर जब लार स्राव की अनुक्रिया करना सीखला देने के बाद यदि घंटी की आवाज के बाद उसे पुनर्बलन देना बन्द कर दिया जाता है, तो कुत्ता लार की अनुक्रिया भी धीरे-धीरे कम करने लगता है और अन्त में ऐसी अनुक्रिया पूर्णतः समाप्त हो जाती है जिसे विलोपन की संज्ञा दी जाती है।

---

1. "LTP remains the best single candiate for the primary cellular process of synaptic change that underlies learning and memory in the verteberate brain."
—Martinez & Derrick : *Annual Review of Psychology*, 1996, p. 198

2. "Extinction refers to decrease in response strength with repeated nonreinforcement."
—Houston : *Fundamentals of Learning*, 1976, p. 58

3. "Extinction is the removal of reinforcement following the occurrence of same response that has been reinforced in the past. —Hulse, Egeth & Deese—*The Psychology of Learning*, 1980 p. 107

विलोपन को प्रभावित करने वाले चर
(Variables affecting Extinction)

प्रयोगात्मक मनोवैज्ञानिकों द्वारा किये गए अध्ययनों से यह स्पष्ट हुआ कि विलोपन की दर (rate of extinction) कुछ कारकों या चरों द्वारा प्रभावित होता है। इनमें निम्नांकित प्रमुख हैं—

1. पुनर्बलित प्रयासों की संख्या (number of reinforced trials)
2. पुनर्बलन की मात्रा (amount of reinforcement)
3. पुनर्बलन का विलम्ब (delay of reinforcement)
4. प्राणी का शारीरिक प्रयास (bodily effort of the organism)
5. आंशिक पुनर्बलन (partial reinforcement)

उपर्युक्त सभी का वर्णन निम्नांकित हैः—

1. पुनर्बलित प्रयासों की संख्या *(Number of reinforced trials)*—मनोवैज्ञानिक प्रयोगों से यह स्पष्ट हुआ है कि विलोपन की दर बहुत हद तक विलोपन प्रारम्भ होने के पहले अनुक्रिया के सीखने के दौरान दी गयी पुनर्बलन की संख्या पर निर्भर करती है। पेरीन (Perin, 1942) तथा विलियम्स (Williams, 1938) द्वारा स्कीन्नर बकस में चूहों पर किये गए प्रयोगों से यह स्पष्ट हुआ है कि लीवर दबाने की अनुक्रिया को सीखने के दौरान पुनर्बलित प्रयासों (reinforced trials) की संख्या जितनी ही अधिक होती है, विलोपन की दर उतनी ही कम होती है अर्थात् विलोपन की प्रतिरोध शक्ति (resistance to extinction) में वृद्धि होती है क्योंकि ऐसी परिस्थिति में चूहा पुनर्बलन नहीं मिलने पर लीवर दबाने की अनुक्रिया करते जाता है। इसका मतलब यह हुआ कि पुनर्बलित प्रयासों की संख्या तथा विलोपन की प्रतिरोध शक्ति (resistance to extinction) में धनात्मक सम्बन्ध (positive relationship) है।

बाद के कुछ मनोवैज्ञानिकों ने अपने अध्ययनों से इस धनात्मक सम्बन्ध की पुष्टि नहीं किया है और कहा है कि वास्तव में इन दोनों चरों के बीच का सम्बन्ध कुछ परिस्थितियों में अनीरस (nonmonotonic) होता है। अनीरस सम्बन्ध वैसे सम्बन्ध को कहा जाता है जिसमें स्वतंत्र चर (independent variable) तथा आश्रितचर (dependent variable) का सम्बन्ध धनात्मक से ऋणात्मक तथा ऋणात्मक से धनात्मक में परिवर्तित होते रहता है। वर्तमान परिस्थिति में इसका मतलब यह हुआ कि पुनर्बलित प्रयासों की संख्या में वृद्धि होने से विलोपन की प्रतिरोध शक्ति(resistance to extinction) पहले बढ़ती है परन्तु पुनर्बलित प्रयासों की संख्या में और भी अधिक वृद्धि होने से विलोपन की प्रतिरोध शक्ति में ह्रास होने लगती है। इस तरह के सम्बन्ध की पुष्टि स्टीम्मेल (Stimmel, 1960), आइसन Ison, 1962) तथा सिगेल एवं बैगनर (Siegel & Wagner, 1963) के प्रयोगात्मक अध्ययनों में हुआ है जबकि बेकन (Bacon, 1962) द्वारा किये गए प्रयोग में इस तथ्य की संपुष्टि नहीं की गयी है। यद्यपि पुनर्बलित प्रयासों की संख्या तथा विलोपन की प्रतिरोध शक्ति के बीच के सम्बन्ध में कुछ असंगति (inconsistency) है फिर भी इतना तो स्पष्ट है कि पुनर्बलित प्रयासों की संख्या बढ़ने से उस अनुक्रिया की शक्ति में अनिश्चित रूप से विस्तार नहीं हो जाता है।

2. पुनर्बलन की मात्रा *(Amount of reinforcement)*—विलोपन की दर या इसके विपरीत विलोपन का प्रतिरोध शक्ति (resistance to extinction) पर पुनर्बलन की मात्रा का भी प्रभाव पड़ता है। पुनर्बलन की मात्रा एक ऐसा पुनर्बलन का पैटर्न है जिसमें प्रत्येक प्रयास में सही अनुक्रिया के बाद मिलनेवाला पुनर्बलन की मात्रा में परिवर्तन किया जाता है। हुल्स (Hulse, 1958) तथा वैगनर (Wagner, 1961) द्वारा किये गए अध्ययनों से यह स्पष्ट हुआ है कि प्रशिक्षण के दौरान जब पुनर्बलन की मात्रा में वृद्धि होती है तो विलोपन का प्रतिरोध शक्ति में ह्रास (decrement) होता है। परन्तु बेकन (Bacon, 1962) ने अपने प्रयोग में इस तथ्य की संपुष्टि नहीं किया है। मैकिन्टौश (Mackintosh, 1974) के अनुसार उक्त तथ्य की संपुष्टि अन्य कई आधुनिक प्रयोगात्मक अध्ययनों में की गयी है।

3. पुनर्बलन की विलम्बन *(Delay of reinforcement)*—विलोपन की दर या विलोपन का प्रतिरोध शक्ति (resistance to extinction) पर पुनर्बलन के विलम्बन (delay) का भी प्रभाव पड़ता है। अगर प्राणी को किसी अनुक्रिया को सीखने के दौरान सही अनुक्रिया करने के तुरंत बाद पुनर्बलन न देकर विलम्ब से दिया जाता है, तो इससे विलोपन का प्रतिरोध शक्ति (resistance to extinction) में वृद्धि की जाती है। इस तथ्य की संपुष्टि कई प्रयोगों में

हुआ है जिसमें वैगनर (Wagner, 1961) तथा हाउस्टन (Houston, 1974) द्वारा किये गए अध्ययन काफी महत्त्वपूर्ण हैं। इस तथ्य की व्याख्या करते हुए मनोवैज्ञानिकों ने कहा है कि ऐसा इसलिए होता है क्योंकि जब प्राणी को लक्ष्य बकस में अनुक्रिया सीखने के दौरान पुनर्बलन देरी से मिलता है, तो इससे एक ऐसी परिस्थिति लक्ष्य बकस में उत्पन्न हो जाती है जो विलोपन के समय उत्पन्न परिस्थिति के समान होती है। परिणामतः सीखने के दौरान ही प्राणी को पुनर्बलन की अस्थायी अनुपस्थिति में एक तरह से अनुक्रिया करने की प्रशिक्षण हो जाती है। इसका परिणाम यह होता है कि विलोपन प्रयास (extinction trials) प्रारम्भ होने पर भी ऐसे प्रयोगात्मक पशु अनुक्रिया करते जाते हैं जिससे विलोपन की दर में कमी अर्थात् विलोपन की प्रतिरोध शक्ति (resistance to extinction) में वृद्धि हो जाती है।

4. प्राणी का शारीरिक प्रयास (*Bodily effort of organism*)—अनुक्रिया करने में प्राणी का लगा शारीरिक प्रयास का भी प्रभाव विलोपन दर पर पड़ता है। यदि किसी अनुक्रिया को सीखने में प्राणी का शारीरिक ऊर्जा (bodily energy) अधिक मात्रा में लगता है, तो ऐसी अनुक्रिया का विलोपन तेजी से होता है अर्थात् इसका विलोपन दर अधिक होता है। माउर्र एवं जोन्स (Mowrer & Jones, 1943) ने एक प्रयोग करके इस तथ्य की सम्पुष्टि किया है। इन प्रयोगकर्ताओं ने चूहों को स्कीनर बक्स में रखकर लीवर दबाने की अनुक्रिया करना सीखलाया। जब वे इस अनुक्रिया को करना सीख रहे थे, तो लीवर को कभी 5 ग्राम, कभी 42.5 ग्राम तथा कभी 80 ग्राम से प्रतिभारित (counterweighted) किया जाता था ताकि लीवर दबाने में उसे क्रमशः कम, उससे अधिक तथा सबसे अधिक मात्रा में शारीरिक ऊर्जा की खपत हो। इस तरह से चूहों को प्रशिक्षित कर देने के बाद उसे तीन समूह में बाँट दिया गया और प्रत्येक समूह को अलग-अलग अवस्था में विलोपन प्रयास किये गए। एक समूह को 5 ग्राम की प्रतिभारित अवस्था में, दूसरे समूह को 42.5 ग्राम की प्रतिभारित अवस्था में तथा तीसरे समूह को 80 ग्राम की प्रतिभारित अवस्था में विलोपन प्रयास किये गए। परिणाम में देखा गया है कि विलोपन प्रयास के दौरान तीसरी अवस्था के चूहों में विलोपन दर सबसे अधिक तथा पहली अवस्था के चूहों में विलोपन दर सबसे कम पायी गयी। दूसरी अवस्था के चूहों में विलोपन दर इन दोनों अवस्थाओं के विलोपन दर के बीच की थी। इसका कारण यह था कि तीसरी अवस्था में चूहों को जो लीवर दबाना होता था वह 80 ग्राम से प्रतिभारित थी जबकि पहली अवस्था में चूहों को जो लीवर दबाना होता था, वह मात्र 5 ग्राम से प्रतिभारित थी। इसके कारण तीसरी अवस्था में पहली अवस्था की अपेक्षा अधिक शारीरिक ऊर्जा की खपत होती थी। बाद में केपहार्ट, विनी एवं हुलिका (Capheart, Viney & Hulicka, 1958) द्वारा एक अन्य प्रयोग किया गया जिसमें सभी चूहों को लीवर में लगे सभी भारों (अर्थात् 5 ग्राम, 40 ग्राम एवं 70 ग्राम) पर एक समान प्रशिक्षण दिया गया। इसके बाद विलोपन प्रयास (extinction trials) दिये गए जिसमें चूहों को तीन समूह में बाँट दिया गया था। एक समूह लीभर के साथ लगे 5 ग्राम के वजन वाली अवस्था में लीवर दबाने की अनुक्रिया पुनर्बलन की अनुपस्थिति में किया। दूसरा समूह लीवर के साथ लगे 40 ग्राम के वजन वाली अवस्था में लीवर दबाने की अनुक्रिया पुनर्बलन की अनुपस्थिति में किया तथा तीसरा समूह लीवर के साथ लगे 70 ग्राम की वजन वाली अवस्था में लीवर दबाने की अनुक्रिया पुनर्बलन की अनुपस्थिति में किया। परिणाम प्रत्याशा (expectation) के अनुकूल थे। परिणाम में पाया कि जिस समूह में लीवर 5 ग्राम से प्रतिभारित था, उसने दो विलोपन सत्रों में करीब लीवर दबाने की 146 अनुक्रिया किया तथा 40 ग्राम एवं 70 ग्राम से प्रतिभारित होने पर चूहों ने क्रमशः 58 तथा 45 अनुक्रियाएँ किया।

इन प्रयोगों के परिणाम के आलोक में हम इस निष्कर्ष पर पहुँचते हैं कि शारीरिक प्रयास का प्रभाव विलोपन दर पर पड़ता है।

5. आंशिक पुनर्बलन (*Partial reinforcement*)—कुछ मनोवैज्ञानिकों ने आंशिक पुनर्बलन (partial reinforcement) तथा सतत पुनर्बलन (continuous reinforcement) द्वारा प्राणी को प्रशिक्षित कराने का विलोपन दर पर पड़ने वाले प्रभाव का भी अध्ययन किया है। इन प्रयोगात्मक अध्ययनों के आधार पर यह स्पष्ट हुआ है कि जब आंशिक पुनर्बलन (partial reinforcement) से प्राणी को लीवर दबाने की अनुक्रिया करना सीखलाया जाता है, तो ऐसी अनुक्रियाओं का विलोपन (विलोपन प्रयास के दौरान) मंद गति से होता है अर्थात् विलोपन की प्रतिरोध शक्ति (resistance to extinction) अधिक होती है। इस तथ्य के समर्थन में आरंभिक प्रयोगात्मक सबूत स्कीन्नर (Skinner, 1958) तथा हम्फ्रेज (Hamphreys, 1939) द्वारा प्रदान किया गया तथा बाद में मैकिनटोश (Mackintosh, 1974) एवं रॉब्बिन्स (Robbins, 1971) द्वारा भी इस तथ्य का प्रयोगात्मक समर्थन प्रदान किया गया।

निष्कर्षतः यह कहा जा सकता है कि विलोपन की दर कई चरों एवं कारकों द्वारा प्रभावित होता है। इनके प्रभावों की वैज्ञानिक व्याख्या करने के लिए कई सिद्धान्तों का प्रतिपादन किया गया है जिसकी व्याख्या अगले अनुच्छेद में की जाएगी।

विलोपन के सिद्धान्त
(Theories of Extinction)

विलोपन की वैज्ञानिक व्याख्या करने के लिए कई तरह के सिद्धान्तों का प्रतिपादन किया गया है जिनमें निम्नांकित प्रमुख हैं—

(i) अनुक्रिया-अवरोध सिद्धान्त (Response-Inhibition theory)

(ii) प्रतियोगिता सिद्धान्त (Competition theory)

(iii) प्रतियोगिता-कुंठा सिद्धान्त (Competition-frustration theory)

इन तीनों सिद्धान्तों का वर्णन निम्नलिखित हैं:—

अनुक्रिया-अवरोध सिद्धान्त
(Response-Inhibition Theory)

अनुक्रिया-अवरोध सिद्धान्त विलोपन का एक महत्त्वपूर्ण पुराना सिद्धान्त है। इस सिद्धान्त की आरम्भिक रूप-रेखा पैवलव (Pavlov, 1927) के विचारधाराओं में मिलता है। पैवलव के अनुसार तंत्रिका तंत्र की क्रियाओं को मुख्य रूप से दो भागों में बाँटा जा सकता है—उत्तेजक अनुक्रियाएँ (excitatory responses) तथा अवरोधक अनुक्रियाएँ (inhibitory responses)। उत्तेजक अनुक्रियाएँ के कारण प्राणी किसी अनुक्रिया को करता है तथा अवरोधक अनुक्रियाएँ के कारण प्राणी अनुक्रियाओं को नहीं करता है। पैवलव के अनुसार अवरोध (inhibition) दो प्रकार के होते हैं—*बाह्य अवरोध* (external inhibition) तथा *आन्तरिक अवरोध* (internal inhibition)। जब कोई नया उद्दीपक (novel stimulus) अचानक प्राणी के सामने CS के जगह पर आता है, तो इससे CR की शक्ति में कमी आ जाती है। इस तरह के अवरोध को बाह्य अवरोध (external inhibition) कहा जाता है। पैवलव के अनुसार प्रथम कुछ प्रयासों में इस तरह के उद्दीपक से उत्पन्न अवरोध की मात्रा अधिक होती है। फिर धीरे-धीरे इसकी मात्रा कमती जाती है। आन्तरिक अवरोध एक ऐसा अवरोध है जो CS के बाद UCS नहीं उपस्थित किये जाने के फलस्वरूप उत्पन्न होता है। दूसरे शब्दों में, कुत्ते को घंटी की आवाज सुनकर उसके बाद भोजन नहीं देने के फलस्वरूप उसमें आन्तरिक अवरोध उत्पन्न होता है। पैवलव (Pavlov, 1927) के अनुसार ऐसी स्थिति में CS के कारण प्राणी की मस्तिष्कीय कोशिकाएँ (cortical cells) उसे अनुक्रिया न करने के लिए बाध्य करती है अर्थात् ऐसी परिस्थिति में मस्तिष्कीय कोशिकाएँ एक तरह का अवरोध (inhibition) उत्पन्न करती हैं। इस अवरोध का परिणाम यह होता है कि प्राणी CS के प्रति सीखी गयी अनुक्रिया अर्थात् CR कम मात्रा में करने लगता है और धीरे-धीरे एक ऐसी अवस्था आती है जहाँ प्राणी CR को करना बिलकुल ही बन्द कर देता है। इसे पैवलव ने *प्रयोगात्मक विलोपन* (experimental extinction) की संज्ञा दिया है तथा इस तरह के अवरोध को *विलोपित अवरोध* (extinctive inhibition) कहा है।

कई आधुनिक मनोवैज्ञानिकों ने पैवलव द्वारा अवरोध की व्याख्या के लिए उपर्युक्त दैहिक व्याख्या (physiological explanation) को अनुचित एवं काल्पनिक कहकर उसे अवैज्ञानिक घोषित कर दिया है। परन्तु व्याख्या के प्रकार्यात्मक स्वरूप (functional nature) को सराहा है। ऐसे मनोवैज्ञानिकों में हल्ल (Hull, 1943) का नाम प्रमुख है जिन्होंने अवरोध की व्याख्या करने के लिए निम्नांकित दो भिन्न तरह के अवरोध का प्रतिपादन किया है—

(क) प्रतिक्रियात्मक अवरोध (Reactive inhibition or I_R)

(ख) अनुबंधित अवरोध (Conditioned inhibition or ${}_SI_R$)

विलोपन की व्याख्या हल ने I_R तथा ${}_SI_R$ की मदद से की है। शायद यही कारण है कि हल द्वारा प्रतिपादित इस सिद्धान्त को विलोपन का *द्विकारक सिद्धान्त* (two-factor theory) कहा जाता है।

(क) प्रतिक्रियात्मक अवरोध (*Reactive inhibition*)—प्रतिक्रियात्मक अवरोध (I_R) एक तरह का नकारात्मक अर्न्तोद या प्रणोद (negative drive) की अवस्था है जो प्राणी को सीखी गई अनुक्रिया को न करने के लिए बाध्य करता है। हल के अनुसार प्रतिक्रियात्मक अवरोध के निम्नांकित तीन विशेषताएँ होती हैः—

(i) जब-जब प्राणी अनुक्रिया (response) करता है, उससे प्रतिक्रियात्मक अवरोध (I_R) की उत्पत्ति होती है।

(ii) समय बीतने से अर्थात् विश्राम की अवस्था में होने से उत्पन्न I_R की मात्रा कमते जाती है।

(iii) यदि किसी अनुक्रिया को करने में अधिक कार्य व्यक्ति को करना पड़ता है, तो उस अनुक्रिया से प्राणी में प्रतिक्रियात्मक अवरोध (reactive inhibition) की मात्रा अधिक उत्पन्न होती है। यही कारण है कि मोटे तौर पर I_R को थक्कान (fatigue) के तुल्य माना जाता है जो आराम करने से धीरे-धीरे कमता चला जाता है।

(ख) अनुबंधित अवरोध (*Conditioned inhibition*)—अनुबंधित अवरोध एक सीखा गया अवरोध (learnt inhibition) है जो स्थायी होता है और इस तरह से यह प्रतिक्रियात्मक अवरोध से भिन्न है क्योंकि प्रतिक्रियात्मक अवरोध क्षणिक होता है। जैसा कि हम जानते हैं, हल के सिद्धान्त में किसी अनुक्रिया को सीखने के लिए या किसी आदत (habit) के निर्माण के लिए पुनर्बलन (reinforcement) का होना अनिवार्य है और पुनर्बलन की अवस्था के लिए यह आवश्यक है कि प्राणी के प्रणोद (drive) में कमी आयी। जैसा कि ऊपर कहा जा चुका है, I_R एक तरह का नकारात्मक प्रणोद है। I_R उत्पन्न होने के बाद जब व्यक्ति विश्रामावस्था में होता है, तो इससे I_R की मात्रा में धीरे-धीरे कमी आने लगती है। इस तरह से I_R की मात्रा में कमी एक तरह से व्यक्ति को कोई अनुक्रिया न करने (या विश्राम करने) के लिए प्रेरित करता है। यह अवस्था प्राणी में अनुक्रिया न करने की आदत उत्पन्न करता है जिसे वह धीरे-धीरे सीख लेता है। इस अर्जित या सीखी गयी आदत या अनुक्रिया को ही *अनुबंधित अवरोध* (conditioned inhibition) कहा जाता है।

प्राणी में सीखी गयी अनुक्रिया इस अनुबंधित अवरोध के कारण विलोपित होती है तथा अनुबंधित अवरोध की उत्पत्ति का कारण प्रतिक्रियात्मक अवरोध (reactive inhibition) होता है और प्रतिक्रियात्मक अवरोध की उत्पत्ति का कारण प्राणी द्वारा की गयी अनुक्रिया (response) होती है।

हल के इस अनुक्रिया-उत्पन्न अवरोध सिद्धान्त (response-produced inhibition theory) का उपयोग स्वतः पुनर्लाभ (spontaneous recovery) की घटना की व्याख्या के लिए भी किया गया है। स्वतः पुनर्लाभ एक ऐसी घटना है जिसमें विलोपन के बाद कुछ समय बीतने पर CS की उपस्थिति से प्राणी कुछ मात्रा में CR करता पाया जाता है। ऐसा इसलिए होता है क्योंकि समय बीतने से प्रतिक्रियात्मक अवरोध (reactive inhibition) की मात्रा घटती जाती है। इसके घटने से नकारात्मक प्रणोद की मात्रा कम हो जाती है और प्राणी पुनः सीखी गयी अनुक्रिया को कर बैठता है। विलोपन के विभिन्न अनुक्रिमक अवधियों (successive periods) में जो CR की शक्ति कमती जाती है, उसका कारण अनुबंधित अवरोध (conditioned inhibition) का संग्रहण (accumulation) है।

हल के इस सिद्धान्त के अनुसार यह भी पूर्वकथन (prediction) किया जाता है कि विलोपन के अविराम प्रयासों (massed trials) में विराम प्रयासों (distributed trials) की अपेक्षा विलोपन की दर अधिक होगी क्योंकि अविराम प्रयासों ने I_R का विकास विराम प्रयासों की अपेक्षा तेजी से होगा। इस तथ्य की संपुष्टि किम्बल एवं शैट्टेल (Kimble & Shattel, 1952) के प्रयोग से हो चुका है।

आलोचना (*Criticisms*)—विलोपन के अवरोध सिद्धान्त की आलोचना कई आधारों पर की गयी है। आलोचना का सबसे मुख्य आधार अव्यक्त विलोपन (latent extinction) है। सीवार्ड एवं लेभी (Seward & Levy, 1949) तथा डीज (Deese, 1951) द्वारा किये गए प्रयोगों में अव्यक्त विलोपन की घटना की पुष्टि की गई है तथा हल के सिद्धान्त की आलोचना की गयी है। इन प्रयोगों में पशु को भूलभुलैया में प्रारम्भ बकस (start box) से लक्ष्य बकस (goal box) तक दौड़ना पुनर्बलन देकर सीखलाया गया। इसके बाद उन्हें उसी भुलभूलैया के खाली अर्थात् पुनर्बलनरहित लक्ष्य बकस में सीधे कई बार रखा गया ताकि वे यह अनुभव कर सके कि लक्ष्य बकस में अब पुनर्बलन नहीं है तथा साथ-ही-साथ पशु सीखी गयी अनुक्रिया (अर्थात् दौड़ की अनुक्रिया) को न कर पाये। इसके बाद विलोपन प्रयास (extinction trial) परम्परागत ढंग से प्रारम्भ किया गया जिसमें पशु को प्रारम्भ बकस से लक्ष्य बकस तक दौड़ लगाना होता है। परिणाम में देखा गया कि ऐसे पशु में कुछ इस तरह का अव्यक्त प्रभाव (latent effect) होता

है जिसे विलोपन की प्रतिरोधशक्ति (resistance to extinction) कम हो जाती है, अर्थात् विलोपन की दर में वृद्धि हो जाती है। अनुक्रिया अवरोध सिद्धान्त के अनुसार ऐसा नहीं होना चाहिए। इस सिद्धान्त के अनुसार पशु को सीधे लक्ष्य बकस में उठाकर रख देने का मतलब यह हुआ कि वे दौड़ लगाने की अनुक्रिया तो नहीं कर रहे थे। ऐसी परिस्थिति में प्रतिक्रियात्मक अवरोध (reactive inhibition) नहीं उत्पन्न होना चाहिए और तब इससे विलोपन के प्रतिरोध शक्ति पर कोई प्रभाव नहीं पड़ना चाहिए। परन्तु सच्चाई यह है कि ऐसे प्रयोगों में विलोपन की प्रतिरोध शक्ति कम हो गयी। इस तरह के विलोपन को मनोवैज्ञानिकों ने अवयक्त विलोपन (latent extinction) कहा है जिसकी व्याख्या यह सिद्धान्त करने में असफल दीख पड़ता है।

उपर्युक्त आलोचना के आलोक में हम इस अन्तिम निष्कर्ष पर पहुँचते हैं कि विलोपन का अनुबंधित-अवरोध सिद्धान्त अभी अस्थिरता की अवस्था में है। अनुबंधित अवरोध (conditioned inhibition) के सम्प्रत्यय को मनोवैज्ञानिकों ने ऐसे गुणों से युक्त एक सम्प्रत्यय माना है जिसका उपयोग अब निश्चित रूप से उतना नहीं किया जा रहा है जितना कि पहले किया जाता था। अतः इस सिद्धान्त को अधिक वैज्ञानिक नहीं माना जा सकता है।

प्रतियोगिता सिद्धान्त
(Competition Theory)

विलोपन के प्रतियोगिता सिद्धान्त का प्रतिपादन गथरी (Guthrie, 1952) तथा एस्ट्स (Estes, 1959) के प्रयासों से हुआ है। इस सिद्धान्त के अनुसार सीखी गई अनुक्रिया के विलोपन (extinction) का कारण किसी प्रकार का अवरोध (inhibition) नहीं है बल्कि किसी नयी अनुक्रिया का सीखना है जो सीखी गई अनुक्रिया के साथ प्रतियोगिता करता है या बाधा पहुँचाता है। इस प्रतियोगिता या बाधा (interference) का परिणाम यह होता है कि प्राणी पहले सीखी गयी अनुक्रिया को नहीं कर पाता है। अतः जब प्राणी किसी उद्दीपक (stimulus) के प्रति ऐसी अनुक्रिया को जिसके करने के बाद पुनर्बलन (reinforcement) नहीं दिया जाता है, कम मात्रा में करने लगता है या उसे करना पूर्णतः बन्द कर देता है, तो इसका कारण यह होता है कि वह उस उद्दीपक तथा अनुक्रिया नहीं करने के बीच एक साहचर्य (association) स्थापित कर लेता है। कभी-कभी तो यह भी देखा गया है कि प्राणी उस उद्दीपक के साथ कोई दूसरी वैकल्पिक अनुक्रिया (alternative response) करना सीख लेता है। स्वभावतः ऐसी परिस्थिति में उस उद्दीपक के प्रति मौलिक सीखी गयी अनुक्रिया तथा अब दूसरी वैकल्पिक अनुक्रिया के बीच प्रतियोगिता होने लगती है जिसका परिणाम यह होता है कि मौलिक सीखी गयी अनुक्रिया की शक्ति धीरे-धीरे क्षीण होते जाती है और अन्त में एक ऐसा समय आता है जहाँ ऐसी मौलिक अनुक्रिया की शक्ति पूर्णतः क्षीण हो जाती है और प्राणी उसे नहीं कर पाता है।

उपर्युक्त व्याख्या को ध्यान में रखते हुए प्रतियोगिता सिद्धान्त के मुख्य तथ्य पर इस प्रकार प्रकाश डाला जा सकता है:—

(i) विलोपन एक तरह का सीखने की ही प्रक्रिया है जिसमें प्राणी उद्दीपक के प्रति नयी अनुक्रिया को साहर्चित करता है।

(ii) विलोपन का मुख्य कारण एक ही उद्दीपक के प्रति मौलिक अनुक्रिया तथा वैकल्पिक अनुक्रिया के बीच हुई प्रतियोगिता या बाधा है।

गथरी ने विलोपन को 'आदत छुड़ाई' (habit breaking) के तुल्य माना है और उन्होंने तीन ऐसी विधियों का वर्णन किया है जिसमें व्यक्ति अवांछित अनुक्रिया (unwanted response) को विलोपित करना सीखता है। इन तीनों परिस्थितियों में व्यक्ति एक नयी अनुक्रिया पुराने उद्दीपक (old stimulus) के साथ अनुबंधित करता है जिसका परिणाम यह होता है कि व्यक्ति उस उद्दीपक के प्रति पहले की अवांछित अनुक्रिया (unwanted response) को करना भूल जाता है। इन तीन विधियों का वर्णन निम्नांकित है:—

1. देहली विधि या सहन विधि (*Threshold method or toleration method*)—इस विधि में उद्दीपक जिससे अवांछित अनुक्रिया होती है, को अव्यक्त रूप में या कम तीव्रता या मात्रा में अर्थात् देहली से नीचे रखकर व्यक्ति के सामने उपस्थित किया जाता है। ऐसी परिस्थिति में व्यक्ति उस उद्दीपक के प्रति कोई अनुक्रिया नहीं करता है। धीरे-धीरे उस उद्दीपक की तीव्रता बढ़ाई जाती है। उस बढ़ती हुई तीव्रता के प्रति व्यक्ति कोई वैकल्पिक अनुक्रिया करना सीख लेता है। अन्त में वह मौलिक उद्दीपक पूरी तीव्रता के साथ उपस्थित होता है और तब तक व्यक्ति उसके प्रति वैकल्पिक

अनुक्रिया को करना पूर्णतः सीख चुका होता है। ऐसी परिस्थिति में अवांछित अनुक्रिया इस नयी वैकल्पिक अनुक्रिया द्वारा प्रतिस्थपित हो जाती है और इस तरह से उसका विलोपन हो जाता है। जैसे, यदि किसी ऐसे घोड़े को जिसके पीठ पर चारजामा (saddle) नहीं रखा गया हो या घुड़सवारी नहीं हुई हो, यदि उस पर चारजामे का बोझ अचानक दिया जाए तो वह तबतक उछलते तथा लात मारते रहेगा जबतक पीठ पर रखा गया चारजामा गिर न जाय। इस उछलने एवं लात मारने की अवांछित अनुक्रिया को विलोपित करने के लिए उसके पीठ पर पहले एक हलका कम्बल रखा जा सकता है। उम्मीद है कि वह उछल-कूद नहीं करेगा क्योंकि इसका वजन चारजामा के वजन से बहुत ही कम है। इसके बाद,उसके पीठ पर दो कम्बल, फिर तीन और इसी तरह से अन्त में चारजामें को रखा जा सकता है। ऐसी परिस्थिति में चारजामा रखने पर वह उछल-कूद नहीं करेगा क्योंकि अब वह एक नयी अनुक्रिया अर्थात् पीठ पर वजन होने पर स्थिर खड़ा रहने की अनुक्रिया करना सीख लिया है। इस तरह से यहाँ उछलने-कूदने की अवांछित अनुक्रिया विलोपित हो गयी।

2. थकान विधि (*Fatigue method or exhaustion method*)—इस विधि में जिस उद्दीपक से व्यक्ति में अवांछित अनुक्रिया उत्पन्न होता है, उसे बार-बार उसके सामने तब तक उपस्थित किया जाता है जबतक कि वह थककर आगे उस अनुक्रिया को करना बंद न कर दे। इस तरह की विधि में थककर व्यक्ति उस उद्दीपक के प्रति अवांछित अनुक्रिया करना छोड़ देता है और उसके जगह पर उसी उद्दीपक के प्रति कोई दूसरी अनुक्रिया करना सीख लेता है। जैसे, यदि किसी बच्चे को दियासलाई की तिल्ली जलाकर आनन्द उठाने के बुरी आदत हो तो उसे दियासलाई की अनगिनत तिल्ली देकर एक के बाद एक करके जलाने के लिए तबतक बाध्य यदि किया जाए जब तक कि वह थककर चूर न हो जाए या वह आगे ऐसा न करने की इच्छा जाहिर करे। ऐसी परिस्थिति में दियासलाई की तिल्ली (उद्दीपक) के साथ कोई दूसरी अनुक्रिया (तिल्ली न जलाने की अनुक्रिया) अनुबंधित हो जाएगी और बहुत उम्मीद इस बात की है कि पुरानी अनुक्रिया विलोपित हो जाएगी।

3. असंगत उद्दीपक विधि (*Incompatible stimulus method*)—इस विधि में उस उद्दीपक जो व्यक्ति में अवांछित अनुक्रिया उत्पन्न करता है, के साथ-साथ ऐसा उद्दीपक को भी उपस्थित किया जाता है जो एक ऐसी अनुक्रिया उत्पन्न करता है जो अवांछित अनुक्रिया के असंगत (incompatible) होती है। ऐसी परिस्थिति में अवांछित अनुक्रिया नयी वैकल्पिक अनुक्रिया से प्रतिस्थापित हो जाती है और उस उद्दीपक के प्रति व्यक्ति अनुक्रिया को करना सीख लेता है। इस तरह से अवांछित अनुक्रिया का विलोपन हो जाता है। जैसे, यदि कोई व्यक्ति अपने घर के बगल में आँटा चक्की के आवाज से अपनी पाठ्य-पुस्तक नहीं पढ़ पाता है तो वह इस तरह के आवाज में उपन्यास या कोई अन्य दिलचस्प पुस्तक पढ़ना शुरू कर दे तो धीरे-धीरे उसमें आटा चक्की की आवाज जारी रहने पर भी पुस्तक पर ध्यान केन्द्रित करने की आदत विकसित हो जाएगी और पुनः जब वह अपना पाठ्य-पुस्तक पढ़ना प्रारम्भ करेगा तो इस आदत का वहाँ स्थानान्तरण हो जाएगा और यही आदत पाठ्य-पुस्तक के साथ अनुबंधित (conditioned) हो जाएगी। इस तरह से पाठ्य-पुस्तक पर ध्यान केन्द्रित न होने की अनुक्रिया ध्यान केन्द्रित होने की अनुक्रिया द्वारा प्रतिस्थापित हो जाएगी।

गथरी के अनुसार उपर्युक्त तीनों विधियों का उभयनिष्ठ बिन्दु यह है कि इन तीनों विधियों में व्यक्ति अवांछित अनुक्रिया को इसलिए विलोपित (extinguished) कर पाता है क्योंकि अवांछित अनुक्रिया उत्पन्न करनेवाले उद्दीपक के प्रति व्यक्ति नयी अनुक्रिया को करना सीख लेता है।

प्रतियोगिता सिद्धान्त द्वारा स्वतः पुनर्लाभ (spontaneous recovery) की भी व्याख्या करने की कोशिश की गयी है। इस सिद्धान्त के अनुसार स्वतः पुनर्लभ अवरोध (inhibition) का कोई विशेष प्रारूप नहीं होता है जैसा कि अनुक्रिया अवरोध सिद्धान्त में माना जाता है। इस सिद्धान्त के अनुसार उद्दीपक के तत्त्व जो प्राणी के भीतर या बाहर भी हो सकते हैं, के प्रति प्राणी किसी अनुक्रिया को अनुबंधित करना किसी प्रयास में सीख लिया होता है। अगले प्रयास में ऐसी अनुक्रिया उपस्थित नहीं रहती है। फलतः मौलिक अनुक्रिया के साथ बाधा पहुँचाने वाली अनुक्रिया नहीं होती है और विलोपित अनुक्रिया (extinguished response) कुछ मात्रा में प्राणी द्वारा कर दी जाती है। चूँकि ऐसे उद्दीपक तत्त्व एक प्रयास से दूसरे प्रयास तक परिवर्तित होते रहते हैं, अतः स्वतः पुनर्लाभ (spontaneous recovery) की प्रवृत्ति भी एक प्रयास से दूसरे प्रयास तक परिवर्तित होते रहता है।

प्रतियोगिता सिद्धान्त की कुछ आलोचनाएँ हैं जिनमें निम्नांकित प्रमुख हैं—

(i) प्रतियोगिता सिद्धान्त द्वारा सभी तरह के विलोपन (extinction) की व्याख्या नहीं हो पाती है। जैसे, यदि इस सिद्धान्त द्वारा अव्यक्त विलोपन (latent extinction) की व्याख्या करनी हो, तो कठिनाई होगी।

(ii) प्रतियोगिता सिद्धान्त के अनुसार विलोपन का कारण मात्र प्रतियोगिता (competition) है जिसमें पुरानी अनुक्रिया नयी अनुक्रिया द्वारा प्रतिस्थापित (displaced) हो जाती है और इस तरह से उसका विलोपन हो जाता है। आलोचकों का मत है कि प्रयोगात्मक अध्ययनों से यह स्पष्ट हुआ है कि विलोपन में कई तरह के आयाम सम्मिलित होते हैं जिनकी व्याख्या मात्र प्रतियोगिता कारक से सम्भव नहीं है। जैसे, विलोपन में सीखने का प्रभाव पूर्णतः समाप्त नहीं हो जाता है। शायद यही कारण है कि विलोपन के बाद पुनः अनुबंधन (reconditioning) में प्रयोज्यों को काफी कम समय लगता है। क्या इस तथ्य की व्याख्या करने में प्रतियोगिता सिद्धान्त सक्षम है? शायद नहीं।

(iii) कुछ आधुनिक प्रयोगात्मक अध्ययनों में देखा गया है कि कुंठा (frustration) या सांवेगिक प्रभाव (emotional effect) जो प्राणी में तब उत्पन्न होता है जब उम्मीद के बावजूद भी पुनर्बलन मिल नहीं पाता है, का भी विलोपन पर प्रभाव पड़ता है। इस तरह के प्रभावों का प्रतियोगिता सिद्धान्त में चर्चा तक नहीं की गयी है।

इन आलोचनाओं के आलोक में हम इस निष्कर्ष पर पहुँचते हैं कि विलोपन का प्रतियोगिता सिद्धान्त एक पूर्णतः संतोषजनक सिद्धान्त नहीं है तथा आधुनिक प्रयोगात्मक तथ्यों के आलोक में इस सिद्धान्त में परिवर्तन की तुरंत आवश्यकता है।

प्रतियोगिता-कुंठा सिद्धान्त (Competition-Frustration Theory)

कई प्रयोगात्मक अध्ययनकर्त्ताओं जैसे, स्कीन्नर (Skinner, 1938), अमसेल तथा रूसेल (Amsel & Roussel, 1952), बॉअर (Bower, 1962) तथा गोल्लप एवं अल्टोमरी (Gollup & Altomari, 1969) द्वारा किये गए प्रयोगों से स्पष्ट हुआ कि विलोपन की व्याख्या मात्र प्रतियोगिता से संतोषजनक ढंग से करना सम्भव नहीं है क्योंकि जब प्राणी को पुनर्बलन के आधार पहले सीखी गई अनुक्रिया के करने के बाद भी यदि पुनर्बलन (reinforcement) नहीं मिलता है, तो उसका एक संवेगात्मक प्रभाव (emotional effect) या कुंठा (frustration) उत्पन्न होता है। इस तथ्य पर सबसे पहले-पहल स्कीन्नर (Skinner, 1938) का ध्यान गया और वे यह दिखा सकने में समर्थ हुए कि विलोपन वक्र (extinction curve) में जो अनियमितता (irregularity) होती है, उसका मुख्य कारण सही अनुक्रिया के करने के बाद भी पुनर्बलन न मिलने के कारण उत्पन्न कंठा (frustration) है।

यहाँ पर यह जान लेना उचित होगा कि पुनर्बलन न मिलने से प्राणी में जो कुंठा उत्पन्न होता है, उसका प्रभाव प्राणी पर कैसा पड़ता है? क्या वह पहले से और भी अधिक उत्तेजित हो जाता है? या वह पहले से अधिक विषादी (depressed) हो जाता है? इस प्रश्न का सही-सही उत्तर देने के लिए मनोवैज्ञानिकों द्वारा कुछ प्रयोग किये गए हैं जिसमें अमसेल तथा रूसेल (Amsel & Roussel, 1952) द्वारा किया गया प्रयोग विशेष रूप से उल्लेखनीय है। इस प्रयोग में उन्होंने एक विशेष उपकरण बनाया जिसमें दो लक्ष्य बकस (goal box) तथा प्रत्येक लक्ष्य बकस से प्रारम्भ बकस (start box) तक अलग-अलग दो पथ (alley) थे। इस तरह से प्रारम्भ बकस (start box) एक ही था। लक्ष्य बकस संख्या एक से पथ संख्या एक तथा लक्ष्य बकस संख्या दो से पथ संख्या दो का सम्बन्ध था। चूहों का एक समूह लिया गया जिन्हें इस उपकरण में कुछ प्रारंभिक प्रयास (preliminary trials) दिये गए जिसके दौरान वे पूरे उपकरण में इधर-उधर घूमते एवं दौड़ते थे। इसके बाद उन्हें 3 प्रयास प्रतिदिन की दर से कुल 84 प्रयास दिये गये जिसके दौरान दोनों ही लक्ष्य बकसों में भोजन रखे गये थे। 84 प्रयास खतम होते-होते सभी चूहों ने कम-से-कम समय में प्रारम्भ बकस से लक्ष्य बकस तक दौड़ लगाना सीख चुके थे। इसके बाद चूहों को 36 अतिरिक्त प्रयास (extra trials) दिये गये जिसमें से आधे प्रयासों में यादृच्छिक ढंग से लक्ष्य बकस संख्या एक में भोजन उपलब्ध रखा गया तथा बाकी आधे प्रयासों (18 प्रयास) में इस लक्ष्य बकस में भोजन उपलब्ध नहीं कराया गया। परन्तु इन सभी 36 अतिरिक्त प्रयासों में लक्ष्य बकस संख्या दो में भोजन उपलब्ध था। परिणाम में देखा गया कि चूहे पथ संख्या दो जो सीधे लक्ष्य बकस संख्या दो से सम्बन्धित था, में उन प्रयासों में तेजी से दौड़ लगाते थे जिन प्रयासों में उन्हें लक्ष्य बकस संख्या एक में भोजन नहीं मिलता था। परन्तु जिन प्रयासों में उन्हें लक्ष्य बकस संख्या एक में भोजन मिल जाता था, वे

लक्ष्य बकस संख्या दो का दौड़ पूरा करने में अधिक समय लेते थे। प्रयोग के इस परिणाम के आधार पर अमसेल एवं रूसेल इस निष्कर्ष पर पहुँचे कि पहले पुनर्बलित की गयी अनुक्रिया को फिर से करने के बाद भी पुनर्बलन नहीं देने से चूहों में जो कुंठा (frustration) उत्पन्न होता है, उसके प्रेरणात्मक प्रभाव उन पर पड़ते हैं जिसके कारण वह पथ संख्या दो में तेजी से दौड़ता हुआ लक्ष्य बकस संख्या दो में पहुँच जाता है। अन्य प्रयोगात्मक अध्ययनों में भी अमसेल तथा रूसेल के इस निष्कर्ष की संपुष्टि की गई है कि जब प्राणी को धनात्मक पुनर्बलन (positive reinfocer) मिलने की उम्मीद पर पानी फिर जाता है, तो इससे उसमें कुंठा (frustration) उत्पन्न होती है जो प्राणी को एक तरह का अभिप्रेरण (motivation) प्रदान करता है।

अब प्रश्न यह उठता है कि कुंठा (frustration) का यह सम्प्रत्यय प्रतियोगिता सिद्धान्त (competition theory) के प्रावधानों में प्रवेश कर किस तरह से विलोपन (extinction) की व्याख्या करता है? प्रश्न का उत्तर देने के लिए मनोवैज्ञानिकों ने एक विशेष सम्प्रत्यय जिसे *rf-sf* प्रकम (mechanism) कहा गया है, का विकास किया है। अगर पशु को भूलभुलैया में प्रारम्भ बकस से लक्ष्य बकस तक सही पथ या रास्ता से दौड़ना लक्ष्य बकस में पुनर्बलन देकर सीखलाया जाता है और उसके बाद पुनः यही अनुक्रिया करने के बाद पुनर्बलन नहीं दिया जाता है तो उससे उसमें प्रधान कुंठा अनुक्रिया (primary frustration response या *Rf*) उत्पन्न होती है। यदि कुछ प्रयासों तक यही प्रक्रिया दोहरायी जाती है, तो पशु रास्ते में ही होने पर लक्ष्य बकस में पुनर्बलन न मिलने की प्रत्याशा में प्रधान कुंठा अनुक्रिया का कुछ अंश (fraction) करना प्रारम्भ कर देते हैं। इस तरह के अनुमानित कुंठा अनुक्रिया (anticipatory frustration response) के अंश को *rf* कहा जाता है। इस *rf* से कुछ विशेष उद्दीपक जिसे *sf* कहा जाता है, उत्पन्न होता है। उन दोनों का एक साथ मिलकर *rf sf* प्रक्रम कहा जाता है। *rf sf* प्राणी में कुछ स्पष्ट अनुक्रिया उत्पन्न करता है। इनमें से कुछ अनुक्रियाएँ ऐसी होतीं हैं जो प्रारम्भ बकस से लेकर लक्ष्य बकस तक दौड़ लगाने की सीखी गई मौलिक अनुक्रिया के संगत (compatible) होती है तथा कुछ ऐसी होती हैं जो इस मौलिक अनुक्रिया के असंगत (incompatible) होते हैं और सचमुच में पहली बार प्राणी में उत्पन्न हुए होते हैं। इस तरह से पुनर्बलन न मिलने से उत्पन्न कुंठा से *rf sf* प्रकम तैयार होता है जिससे सीखी गई मौलिक अनुक्रिया से असंगत अनुक्रियाएँ (incompatible response) भी उत्पन्न होतीं हैं। ऐसी असंगत अनुक्रियाएँ सामीप्यता (contiguity) के साधारण नियम द्वारा उस उद्दीपक के साथ सम्बन्धित हो जातीं हैं जो मौलिक सीखी गईं अनुक्रिया उत्पन्न करता है। परिणामतः असंगत अनुक्रियाएँ मौलिक सीखी गई अनुक्रिया को प्रतिस्थापित (displaced) करने लगता है और इस प्रक्रिया में इन दोनों तरह के अनुक्रियाओं के बीच एक तरह का प्रतियोगिता (competition) होता है जिसके परिणामस्वरूप मौलिक अनुक्रिया का विलोपन (extinction) हो जाता है। इस तरह से प्रतियोगिता-कुंठा सिद्धान्त के मुख्य बिन्दुओं को इस प्रकार सारणीबद्ध किया जा सकता है:—

(i) प्राणी में उस अनुक्रिया को करने के बाद पुनर्बलन नहीं मिलने से कुंठा (frustration) उत्पन्न होता है जिसे करने के बाद पहले पुनर्बलन मिलता था। प्राणी ऐसी अनुक्रिया को पुनर्बलन के आधार पर पहले सीख चुका होता है।

(ii) कुंठा उत्पन्न होने से प्राणी में कुछ ऐसी अनुक्रियाएँ (response) उत्पन्न होतीं हैं जो मौलिक सीखी गई अनुक्रिया से असंगत (incompatible) होती है।

(iii) ऐसी असंगत अनुक्रियाएँ उस उद्दीपक (stimulus) के साथ सम्बन्धित होने लगती है जिनके प्रति प्राणी मौलिक अनुक्रिया करना पहले ही सीख चुका होता है।

(iv) इस सम्बन्ध की प्रक्रिया में मौलिक सीखी गई अनुक्रिया तथा असंगत अनुक्रिया के बीच प्रतियोगिता (competition) होने लगती है जिसका परिणाम यह होता है कि मौलिक सीखी गई अनुक्रिया का विलोपन (extinction) हो जाता है।

प्रतियोगिता-कुंठा सिद्धान्त के दावों की प्रयोगात्मक जाँच कई प्रयोगों में की गई हैं। इनमें एक प्रमुख प्रयोग एडेलमैन एवं माटश (Adelman & Maatsh, 1955) द्वारा किया गया है। इस प्रयोग में चूहों को एक लघु एवं सीधा दौड़-पथ (straight runway) में प्रारम्भ बकस से लक्ष्य बकस तक दौड़ लगाना सीखलाया गया। प्रत्येक दौड़ के बाद उन्हें लक्ष्य बकस में पुनर्बलन दिया जाता था। इसके बाद उन्हें विलोपन प्रयास (extinction trial) दिये गए। विलोपन प्रयास तीन भिन्न अवस्थाओं में दिये गए तथा चूहों को भी तीन समूह में बाँट दिया गया। पहला समूह को दौड़ लगाने के बाद खाली लक्ष्य बकस में पहुँचने पर उसी बकस में कुछ निश्चित समय के लिए बन्द कर दिया जाता था।

दूसरा समूह को दौड़ लगाकर खाली लक्ष्य बकस में पहुँचने पर एक ऐसी अनुक्रिया करने के लिए प्रेरित किया जाता था जो इस मौलिक दौड़ अनुक्रिया के बिलकुल संगत (compatible) थी अर्थात् बकस के ढक्कन को उठा दिया जाता था ताकि चूहा लक्ष्य बकस से अलग लगे हुए जाली पर कूद कर बाहर चला जाए। तीसरा समूह को दौड़ लगाकर खाली लक्ष्य बकस में पहुँचने पर उसे मौलिक सीखीं अनुक्रिया के ठीक विपरीत अर्थात् असंगत अनुकिया (incompatible response) करने के लिए प्रेरित किया गया। सचमुच में, लक्ष्य बकस का दरवाजा जिसे चूहों के लक्ष्य बकस में पहुँचने के बाद सामान्यतः बन्द कर दिया जाता है ताकि वे दौड़-पथ का पुनर्रेखण (retracing) न कर सके, इस तीसरे समूह के लिए जानबूझ कर खुला छोड़ दिया जाता था ताकि पशु लक्ष्य बकस से प्रारम्भ बकस की ओर दौड़-पथ का पुनर्रेखण कर सकें। निश्चित रूप से यह अनुक्रिया प्रारम्भ बकस से लक्ष्य बकस में दौड़ लगाने की अनुक्रिया के ठीक विपरीत थी। परिणाम में देखा गया कि तीसरे समूह के चूहों में विलोपन का दर सबसे अधिक तथा दूसरे समूह के चूहों में विलोपन का दर सबसे कम तथा पहले समूह के चूहों में विलोपन का दर इन दोनों के बीच में था। ऐसा इसलिए हुआ कि तीसरे समूह को मौलिक सीखी गई अनुक्रिया के असंगत अनुक्रिया (incompatible response) करना पड़ रहा था जबकि दूसरे समूह को मौलिक सीखी गई अनुक्रिया के संगत अनुक्रिया करनी पड़ रही थी। असंगत अनुक्रिया तथा मौलिक अनुक्रिया के बीच की प्रतियोगिता संगत अनुक्रिया तथा मौलिक अनुक्रिया के बीच की प्रतियोगिता से अधिक तीव्र थी। इसलिए ऐसा परिणाम प्राप्त हुआ। इस प्रयोग के परिणाम से यह स्पष्ट हो जाता है कि कुंठा से उत्पन्न अनुक्रिया के स्वरूप का सीधा प्रभाव अनुबंधित या सीखी गई अनुक्रिया के विलोपन दर पर पड़ता है। इस प्रयोग द्वारा प्रतियोगिता-कुंठा सिद्धान्त के पूर्वकथन (prediction) की पुष्टि हो जाती है कि कुंठा से उत्पन्न अनुक्रिया मौलिक सीखी गई अनुक्रिया से जितना ही अधिक असंगत (incompatible) होगा, विलोपन की दर भी उतनी ही अधिक होगी अर्थात् विलोपन की प्रतिरोध शक्ति (resistance to extinction) उतना ही कम होगी।

इस सिद्धान्त का प्रयोगात्मक समर्थन मैककिन्नोन (Mc Kinnon, 1967, 1968) के प्रयोगों से भी मिलता हे। इस सिद्धान्त का सीधा पूर्वकथन (prediction) यह है कि जब प्राणी को बड़ी मात्रा में पुनर्बलन पाकर किसी अनुक्रिया को करना सिखलाया जाता है और विलोपन प्रयास के दौरान फिर पुनर्बलन उसी मात्रा में अनुपस्थित रहता है, तो इससे प्राणी में उस परिस्थिति की तुलना में अधिक कुंठा (frustration) उत्पन्न होता है जब उसे छोटी मात्रा में पुनर्बलन देकर अनुक्रिया को सीखलाने के बाद उसी मात्रा में विलोपन के दौरान पुनर्बलन को अनुपस्थित रखा जाता है। अधिक मात्रा में कुंठा होने से असंगत अनुक्रियाएँ (incompatible response) अधिक होगी। परिणामस्वरूप विलोपन का दर अधिक तीव्र होगा। इस तथ्य की संपुष्टि मैककिनोन (Mc Kinnon, 1967, 1968) के प्रयोगों में की गई है। इस प्रयोग में एक विशेष उपकरण तैयार किया गया जिसमें दो दौड़-पथ (alley) थे—S_1 तथा S_2। चूहों का एक समूह प्रारम्भ बक्स से लक्ष्य बकस तक S_1 होकर दौड़ता था और दौड़ समाप्ति के बाद उसे 500 मिलीग्राम भोजन दिया जाता था। चूहों का दूसरा समूह जो S_2 से होकर दौड़ता था और दौड़ समाप्ति के बाद भिन्न-भिन्न मात्रा में (500 मिली ग्राम से शून्य मिली ग्राम तक) भोजन दिया जाता था। अर्थात् कभी उसे 400 मिलीग्राम, कभी 300, कभी 200, कभी 50 तो कभी शून्य मिलीग्राम (अर्थात् कुछ भी भोजन नहीं) भोजन दिया जाता था। मैककिनोन की अभिरुचि यहाँ दो बातों में थी। पहली बात यह थी कि कितनी गति (speed) से चूहें S_1 तथा S_2 में दौड़ लगाते हैं तथा दूसरी बात यह कि S_1 की तुलना में S_2 में कम मात्रा में भोजन मिलने से पुनः S_2 का पुनर्रेखण (retracing) अर्थात् लक्ष्य बकस से प्रारम्भ बकस की ओर दौड़ने (मौलिक अनुक्रिया के असंगत अनुक्रिया) की अनुक्रिया वे कितना करते हैं। परिणाम में देखा गया कि जैसे-जैसे S_2 में दौड़ लगाने के बाद मिलने वाला भोजन (food) की मात्रा कमती गयी, S_2 में दौड़ने की गति धीमी होती गयी। इतना ही नहीं, S_2 में पुनर्रेखण की प्रवृत्ति भी इसके साथ बढ़ती गयी। इसकी व्याख्या करते हुए मैककिन्नीन ने कहा कि पुनर्बलन की मात्रा कमने से चूहों में कुंठा उत्पन्न होने लगा और इस तरह से S_2 उनके लिए एक दुःखद दौड़-पथ (unpleasant alley) बन गया। इसके परिणामस्वरूप इसके द्वारा असंगत अनुक्रियाएँ (incompatible responses) अर्थात् पुनर्रेखण (retracing) की अनुक्रियाएँ अधिक हुई जो मौलिक अनुक्रिया अर्थात् प्रारम्भ बक्स से लक्ष्य बकस तक दौड़ने के साथ कड़ी प्रतियोगिता में उतर कर उसे अर्थात् मौलिक अनुक्रिया को तेजी से विलोपित कर दिया।

स्पष्ट हुआ कि प्रतियोगिता-कुंठा सिद्धान्त (competition-frustration theory) के प्रयोगात्मक सबूत काफी मजबूत है। फिर भी इस सिद्धान्त की कुछ आलोचना निम्नांकित बिन्दुओं पर की गयी हैः—

(i) प्रतियोगिता-कुंठा सिद्धान्त द्वारा साधनात्मक अनुबंधन (instrumental conditioning) में उत्पन्न विलोपन

(extinction) की व्याख्या तो ठीक ढंग से हो जाती है परन्तु यदि पैवलोवियन या क्लासिकी अनुबंधन में उत्पन्न विलोपन की व्याख्या करनी हो तो सिद्धान्त इसमें सफल होते नहीं दीख पड़ता है। जैसे, यदि कुत्ते को पैवलोवियन अनुबंधन द्वारा घंटी की आवाज पर लार स्राव करना सीखला दिया जाता है तो क्या इसका विलोपन (extinction) कोई ऐसी अनुक्रिया करेगा जो लार स्राव की अनुक्रिया के साथ प्रतियोगिता करे और अगर ऐसा होता भी है, तो उस अनुक्रिया का स्वरूप क्या होगा? फिर इस परिस्थिति में कुंठा (frustration) से उसकी व्याख्या कैसे होगी? इन प्रश्नों का जवाब प्रतियोगिता-कुंठा सिद्धान्त में नहीं मिल पाता है।

(ii) प्रतियोगिता-कुंठा सिद्धान्त द्वारा इस प्रश्न का भी संतोषजनक उत्तर नहीं मिलता है—जब विलोपन होता है तो पुरानी अनुक्रिया अर्थात् मौलिक सीखी गई अनुक्रिया की स्थिति क्या होती है? क्या मौलिक अनुक्रिया पूर्णतः समाप्त हो जाती है या यह मौलिक अनुक्रिया प्रतियोगी अनुक्रियाओं के साथ मिलकर एक नयी अनुक्रिया बन जाती है? इन प्रश्नों का संतोषजनक उत्तर इस सिद्धान्त में नहीं मिल पाता है।

कुछ कठिनाइयों के बावजूद आज की तिथि में प्रतियोगिता-कुंठा सिद्धान्त को विलोपन के अन्य सिद्धान्तों से श्रेष्ठ समझा जाता है। इसका मुख्य कारण यह है कि इस सिद्धान्त का प्रयोगात्मक आधार (experimental base) अन्य सिद्धान्तों की तुलना में काफी मजबूत एवं सुस्पष्ट है।

पुनर्बलन के अर्थ, प्रकार एवं प्राचल
(Meaning, Types and Parameters of Reinforcement)

पुनर्बलन (reinforcement) का सम्प्रत्यय अधिगम या सीखने का मनोविज्ञान में महत्त्वपूर्ण स्थान रखता है। प्रश्न उठता है कि पुनर्बलन किसे कहते हैं? मनोवैज्ञानिकों में इसके अर्थ के बारे में कोई मतभेद नहीं है। इनके विचारों को ध्यान में रखते हुए यह कहा जा सकता है कि पुनर्बलन या पुनर्बलक[1] (reinforcement or reinforcer) एक ऐसा उद्दीपक तत्त्व (stimulus element) है जिससे उस अनुक्रिया की होने की संभावना भविष्य में बढ़ जाती है जिसके बाद उसे दिया जाता है। जैसे, स्कीन्नर बक्स में लीवर दबाने की अनुक्रिया करने के बाद चूहा को भोजन दिया जाता है तो इससे भविष्य में चूहा द्वारा लीवर दबाने की अनुक्रिया करने की संभावना बढ़ जाती है। अतः भोजन यहाँ पुनर्बलन का उदाहरण होगा। हुल्स, इगेथ एवं डीज[2] (Hulse, Egeth & Deese, 1980) ने पुनर्बलन की एक काफी उपयुक्त परिभाषा दिया है जो इस प्रकार "पुनर्बलन एक ऐसा उद्दीपक घटना है जो अगर किसी अनुक्रिया के खास सामयिक सम्बन्ध में उपस्थित होता है तो इससे अनुक्रिया की शक्ति, एक उद्दीपक-अनुक्रिया सम्बन्ध या एक उद्दीपक-उद्दीपक सम्बन्ध में वृद्धि हो जाती है या संपोषित होती है।" इस परिभाषा का सार यही है कि वह उद्दीपक घटना जिससे भविष्य में किसी अनुक्रिया के होने की संभावना बढ़ जाती है या उद्दीपक-अनुक्रिया सम्बन्ध या एक उद्दीपक का किसी दूसरे उद्दीपक के साथ सम्बन्ध बढ़ जाता है, तो उसे पुनर्बलन (reinforcement) कहा जाता है।

पुनर्बलन के मुख्य दो प्रकार होते हैं:—

1. धनात्मक पुनर्बलन (*positive reinforcement*)—धनात्मक पुनर्बलन से तात्पर्य वैसे पुनर्बलन से होता है जिसे परिस्थिति में उपस्थित किये जाने से भविष्य में अनुक्रिया के होने की सम्भावना बढ़ जाती है। जैसे, भोजन, पानी आदि धनात्मक पुनर्बलन के उदाहरण हैं। स्कीन्नर बक्स में लीवर दबाने के बाद भोजन देने से लीवर दबाने की अनुक्रिया के होने की संभावना भविष्य में बढ़ जाती है। अतः भोजन एक धनात्मक पुनर्बलन का उदाहरण है। धनात्मक पुनर्बलन को प्राथमिक पुनर्बलन (primary reinforcement) भी कहा जाता है।

---

1. मनोवैज्ञानिकों ने पुनर्बलक (reinforcer) तथा पुनर्बलन (reinforcement) में एक सूक्ष्म अन्तर किया है। पुनर्बलक वास्तव में वह उद्दीपक (stimulus) होता है जिससे प्राणी में अनुक्रिया होने की संभावना में वृद्धि होती है। पुनर्बलन, पुनर्बलक प्राप्त करने की एक प्रक्रिया (process) है। पुनर्बलन से तात्पर्य किसी उद्दीपक विशेष से नहीं होता है जिसे प्राणी के समक्ष दिया जाए। परंतु व्यवहार में इन दोनों को एक-दूसरे के लिए अक्सर प्रयोग किया जाता है।

2. **"A reinforcer is a stimulus event which if it occurs in the proper temporal relation with a response, tends to maintain or to increase the strength of a response, a stimulus-response connection or a stimulus-stimulus connection."** —Hulse, Egeth & Deese : *The Psychology of Learning*, 1982, p. 23

कुछ उद्दीपक मौलिक रूप से तटस्थ (neutral) होते हैं जिनसे वैसी अनुक्रिया उत्पन्न नहीं हो सकती है जैसा कि धनात्मक या प्राथमिक पुनर्बलन से उत्पन्न होती है। परन्तु यदि इस तरह का तटस्थ उद्दीपक को बार-बार प्राथमिक पुनर्बलन के साथ युग्मित कर उपस्थित किया जाता है, तो उसमें भी प्राथमिक पुनर्बलन के समान अनुक्रिया होने का गुण विकसित हो जाता है। इस तरह के पुनर्बलन को *गौण पुनर्बलन* (secondary reinforcement) कहा जाता है। जैसे एक भूखे प्राणी के सामने भोजन के साथ लाल रोशनी भी बार-बार उपस्थित करें तो कुछ प्रयासों के बाद यह सम्भव है कि प्राणी लाल रोशनी को भोजन आने का संकेत मानकर उसके प्रति लार स्राव की अनुक्रिया करने लगे जो पहले सिर्फ भोजन देकर होता था। ऐसे परिस्थिति में लाल रोशनी एक गौण पुनर्बलन या अनुबंधित पुनर्बलन का उदाहरण होगा।

2. ऋणात्मक पुनर्बलन (*negative reinforcement*)—ऋणात्मक पुनर्बलन से तात्पर्य वैसे पुनर्बलन से होता है जिसे परिस्थिति से हटा लेने पर भविष्य में अनुक्रिया के होने की सम्भावना बढ़ जाती है। जैसे, ठंड, बिजली का आघात, तीव्र रोशनी आदि ऋणात्मक पुनर्बलन के उदाहरण है क्योंकि किसी अनुक्रिया के होने के बाद परिस्थिति से यदि उन्हें हटा दिया जाता है तो प्राणी उस अनुक्रिया को भविष्य में और भी करना चाहेगा। जैसे मान लिया जाए कि पशु को किसी विशेष पहेली बक्स में रखकर हल्का बिजली का शॉक या आघात दिया जाता है। उस बकस में लगा लीवर को दबा देने से उसे बिजली का आघात लगना बन्द हो जाता है ऐसी परिस्थिति में वह लीवर दबाकर बिजली के आघात से बचना सीख लेगा। यहाँ बिजली का आघात के समाप्त हो जाने के कारण लीवर दबाने की अनुक्रिया का भविष्य में होने की संभावना बढ़ जाती है। अतः बिजली का आघात ऋणात्मक पुनर्बलन का उदाहरण होगा।

मनोवैज्ञानिकों ने पुनर्बलन के तीन तरह के प्रारूप या प्राचल (parameter) का वर्णन किया है, जो निम्नांकित हैः—

(क) पुनर्बलन की अनुसूची (schedule of reinforcement)
(ख) पुनर्बलन की विलम्बन (delay of reinforcement)
(ग) पुनर्बलन की मात्रा (amount of reinforcement)

इन तीनों का वर्णन निम्नांकित हैंः—

(क) पुनर्बलन की अनुसूची (*Schedule of reinforcement*)—पुनर्बलन की अनुसूची से तात्पर्य एक ऐसे पैटर्न से होता है जिसके अनुसार प्रयोगकर्त्ता प्रयोज्य को वांछित अनुक्रिया (desired response) करने के बाद पुनर्बलन देने के लिए एक विशेष प्रारूप तैयार करता है। पुनर्बलन की अनुसूची में सामान्यतः दो प्रकार से पुनर्बलन दिया जाता है—सतत् पुनर्बलन (continuous reinforcement) तथा आंशिक पुनर्बलन (partial or intermittent reinforcement)। सतत् पुनर्बलन वैसे पुनर्बलन को कहा जाता है जिसमें प्रत्येक अनुक्रिया के बाद पुनर्बलन दिया जाता हैं, आंशिक पुनर्बलन वैसे पुनर्बलन को कहा जाता है जिसमें कभी तो सही अनुक्रिया के बाद पुनर्बलन दिया जाता है तो कभी सही अनुक्रिया के बाद पुनर्बलन नहीं दिया जाता है। आंशिक पुनर्बलन दो प्रकार के होते हैं—अनुपात पुनर्बलन तथा अंतराल पुनर्बलन। अनुपात पुनर्बलन में पुनर्बलन देने का आधार प्राणी द्वारा किये गये अनुक्रिया की संख्या होता है। अनुपात पुनर्बलन भी दो प्रकार का होता है—*निश्चित अनुपात पुनर्बलन* (Fixed ratio schedule or FR schedule) तथा *परिवर्त्य अनुपात पुनर्बलन* (Variable ratio schedule or VR schedule)। निश्चित अनुपात पुनर्बलन में पुनर्बलन तभी दिया जाता है जब एक निश्चित संख्या में प्राणी द्वारा अनुक्रिया कर दी जाती है। जैसे, स्कीन्नर बकस में चूहा को लीवर दबाने की दस अनुक्रिया करने पर यदि उसे पुनर्बलन दिया जा सकता है तो इसे FR 10 अनुसूची (Fixed Ratio 10 schedule) कहा जाता है। इस अनुसूचित की दो विशेषताएँ हैं—पहली विशेषता यह है कि इसमें अनुक्रिया की दर (rate) तीव्र होती है तथा दूसरी विशेषता यह है कि इसमें पुनर्बलन मिलने के तुरन्त बाद प्राणी में निष्क्रियता (passivity) बढ़ जाती है। अनुपात (ratio) जितना ही अधिक होता है अर्थात् अनुक्रिया की संख्या जिसके बाद प्राणी को पुनर्बलन दिया जाता है जितनी ही अधिक होती है, प्राणी में निष्क्रियता (passivity) की मात्रा उतनी ही अधिक होती है। परिवर्त्य अनुपात अनुसूची (variable ratio या VR schedule) में कितनी संख्या में अनुक्रिया करने पर प्राणी को पुनर्बलन दिया जाएगा, यह निश्चित नहीं होती है। कभी औसतन 10 अनुक्रिया करने के बाद, तो कभी 7 अनुक्रिया करने के बाद तो कभी 3 अनुक्रिया करने के बाद प्राणी को पुनर्बलन दिया जा सकता है। इस अनुसूची में भी अनुक्रिया की दर तीव्र एवं मजबूत होती है परन्तु इसमें पुनर्बलन मिलने के बाद प्राणी में निष्क्रियता (passivity) नहीं पायी जाती है।

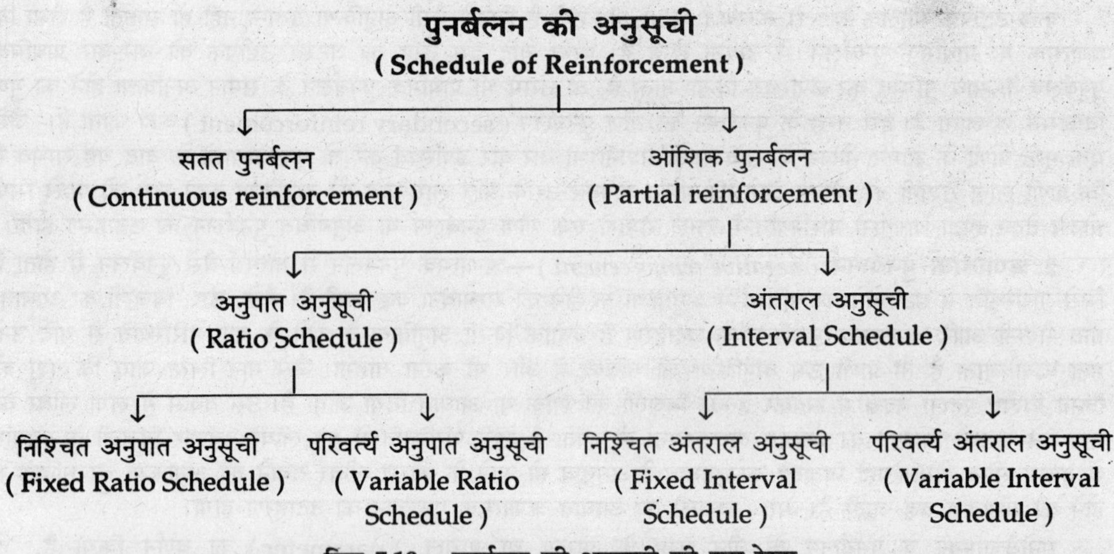

चित्र 7.19 : पुनर्बलन की अनुसूची की रूप-रेखा

अंतराल अनुसूचित (Interval schedule) वैसी अनुक्रिया को कहा जाता है जिसमें पुनर्बलन देने का आधार प्राणी द्वारा की गयी अनुक्रिया नहीं होती है बल्कि एक अनुक्रिया से दूसरे अनुक्रिया के बीच का व्यतीत समय अंतराल होता है। अनुपात अनुसूची के समान यह भी दो प्रकार का होता है— *निश्चित अंतराल अनुसूचित* (Fixed interval or FI schdeule) तथा *परिवर्त्य अंतसल अनुसूची* (Variable Interval or VI schedule)। निश्चित अंतराल अनुसूची में प्राणी को एक निश्चित समय बीतने के बाद ही अनुक्रिया करने पर पुनर्बलन दिया जाता है। जैसे सम्भव है कि प्राणी को पहली अनुक्रिया करने के बाद 3 मिनट का समय व्यतीत होने पर की गयी अनुक्रिया के बाद पुनर्बलन दिया जाए। इसे FI 3 अनुसूची कहा जाएगा। उसी तरह फिर 3 मिनट की अवधि में प्राणी अनुक्रिया करने के लिए स्वतंत्र रहता है परन्तु उसे पुनर्बलन (reinforcement) नहीं दिया जाएगा। इसमें प्राणी पुनर्बलन मिलने के तुरन्त बाद अनुक्रिया न के बराबर करता है तथा फिर जब निर्धारित समय अंतराल समाप्त होने के करीब आता है या पुनर्बलन मिलने का समय नजदीक आता है, तो अनुक्रिया की दर में वृद्धि हो जाती है। इसे *स्कालपिंग प्रभाव* (Scalloping effect) कहा जाता है। परिवर्त्य अंतराल अनुसूची (Variable Interval or VI schedule) में एक अनुक्रिया से दूसरी अनुक्रिया जिसके बाद प्राणी को पुनर्बलन मिलेगा, के बीच का समय परिवर्तित होते रहता है। यह समय अंतराल 3 मिनट का भी हो सकता है, 2 मिनट का भी हो सकता है, 5 मिनट का भी हो सकता है। जैसे VI अनुसूची में पुनर्बलनों के बीच का औसत समय अंतराल 5 मिनट का हो सकता है। इसमें चूँकि पुनर्बलन मिलने के समय का अंदाज प्रयोज्य को नहीं हो पाता है, इसलिए अनुक्रिया की दर में कोई कमी नहीं आती है। इन विभिन्न अनुसूचियों को चित्र 7.19 में दिखलाया गया है।

इन चार तरह के सरल अनुसूचियों अर्थात् FR, VR, FI तथा VI के अलावा मनोवैज्ञानिकों ने कुछ और अनुसूचियों (schedules) को भी तैयार किया है जिनमें *बहुअनुसूची* (multiple schedule), *शृंखला अनुसूची* (chain schedule), *स्वतःशेपिंग* (autoshaping) आदि प्रमुख हैं।

बहुअनुसूची (multiple schedule) वैसे अनुसूची को कहा जाता है जिसमें दो या दो से अधिक अनुसूची को एक-एक करके एक विशेष संकेत (cue) के साथ दिया जाता है। जैसे मान लिया जाए कि चूहा को स्कीन्नर बक्स में लीवर दबाने की अनुक्रिया को FR 10, V 15 द्वारा पुनर्बलित किया जा रहा है। इसका मतलब यह हुआ कि उसे पहले FR 10 से प्रशिक्षित किया जाएगा और इसमें एक विशेष संकेत जैसे लाल रोशनी (red light) मौजूद होगी। इसके बाद उसे V15 द्वारा पुनर्बलित किया जाएगा और लाल रोशनी की जगह पर हरा रोशनी मौजूद होगी। प्रायः देखा गया है कि जैसे ही अनुसूची में परिवर्तन होता है, प्राणी अपनी अनुक्रिया पैटर्न में भी परिवर्तन कर देता है। बहु अनुसूची (multiple schedule) का एक परिवर्तित रूप मिश्रित अनुसूची (mixed schedule) है जिसमें विभिन्न अनुसूचियों

के साथ कोई बाह्य संकेत (external causes) उपस्थित नहीं होता है। प्राणी को अनुसूची में हुए परिवर्तन की पहचान पुनर्बलन के पैटर्न में हुए परिवर्तन से करना होता है।

शृंखला अनुसूची (chained schedule) का उपयोग डेविडसन (Davidson, 1974) तथा मिल्लर (Miller, 1974) के प्रयोगों में अधिक किया गया है। शृंखला अनुसूची में दो या दो से अधिक अनुसूची को लगातार एक-दूसरे के बाद पूरा होने के बाद ही प्राणी को पुनर्बलन दिया जाता है। प्रत्येक अनुसूची के साथ एक स्वतंत्र बाह्य संकेत (external cue) जैसे रोशनी भी दिया जाता है। अनुसूची में परिवर्तन से बाह्य संकेत में भी परिवर्तन हो जाता है। जैसे मान लिया जाए कि शृंखला अनुसूची FI 6 FR 10 है। इसमें पशु को 6 मिनट बीतने के बाद अनुक्रिया करनी होगी और फिर उसके बाद उसे 10 अनुक्रिया करने के बाद ही पुनर्बलन दिया जाएगा। शृंखला अनुसूची का एक परिवर्तित प्रारूप *टैनडेम अनुसूची* (tandem schedule) है। अन्तर इतना है कि इसमें एक अनुसूची से दूसरी अनुसूची में परिवर्तन होने पर बाह्य उद्दीपक (external stimulus) के रूप में कोई संकेत नहीं दिया जाता है। इस तरह से इसमें पशु को अनुसूची के पूरा हो जाने के बारे में कोई सूचना नहीं दी जाती है। इस तरह की अनुसूची का उपयोग विसमैन तथा डेभिस (Weisman & Davis, 1975) द्वारा काफी किया गया है।

स्वतःशेपिंग (autoshaping) एक ऐसी अनुसूची है जिसमें चाहे पशु अनुक्रिया करे या न करे, पुनर्बलन (reinforcement) दिया जाता है। इस तरह की अनुसूची यद्यपि कुछ विवादास्पद है फिर भी कुछ प्रयोगकर्त्ताओं जैसे जेनकिन्स एवं मूरे (Jenkins & Moore, 1973) तथा वास्सरमैन एवं मोलिना (Wasserman & Molina, 1975) द्वारा इसका उपयोग काफी किया गया है। इन प्रयोगकर्त्ताओं ने अपने प्रयोगों में पाया कि इस तरह की अनुसूची में जहाँ अनुक्रिया का सम्बन्ध पुनर्बलन के साथ नहीं जोड़ा जाता है, फिर भी प्राणी अपने आप ही विशेष अनुक्रिया जैसे कबूतर बकस में कबूतर द्वारा चोंच मारना तथा स्कीन्नर बकस में चूहा द्वारा लीवर दबाने की अनुक्रिया करने लगता है।

स्पष्ट हुआ कि पुनर्बलन की अनुसूची (schedule of reinforcement) में सबसे प्रमुख आंशिक पुनर्बलन (partial reinforcement) है जिसके चार प्रकार FR, VR, FI तथा VI बतलाये गए। मनोवैज्ञानिकों ने इस तरह के पुनर्बलन का विलोपन (extinction) पर पड़ने वाले प्रभावों का अध्ययन काफी गम्भीरता से किया है। इन लोगों द्वारा आंशिक पुनर्बलन तथा सतत् पुनर्बलन का तुलनात्मक अध्ययन किया गया और पाया गया कि आंशिक पुनर्बलन से विलोपन की प्रतिरोध शक्ति (resistance to extinction) सतत् पुनर्बलन की तुलना में काफी अधिक होती है। इस तरह के प्रभाव को *आंशिक पुनर्बलन प्रभाव* (partial reinforcement effect) कहा जाता है। इस तरह का प्रभाव मानव प्रयोज्यों के साथ हमेशा होता नहीं पाया गया है।

(ख) पुनर्बलन का विलम्बन (*Delay of reinforcement*)—पुनर्बलन का विलम्बन एक ऐसा पैटर्न है जिसमें अनुक्रिया होने के बाद पुनर्बलन कुछ देर बाद अर्थात् कुछ समय बीतने के बाद दिया जाता है। पुनर्बलन के इस प्राचल (parameter) की शुरुआत स्कीन्नर (Skinner, 1938) तथा वोल्फ (Wolfe, 1934) द्वारा किया गया और आज भी मनोवैज्ञानिकों द्वारा इसका उपयोग किया जाता है। मनोवैज्ञानिकों ने सीखना पर पुनर्बलन के विलम्बन के प्रभाव का अध्ययन किया है और पाया है कि सही अनुक्रिया के बाद यदि पुनर्बलन विलम्ब से दिया जाता है, तो सीखने की गति धीमी पाई जाती है। जैसे, स्कीन्नर बक्स में चूहा को लीवर दबाने के बाद पुनर्बलन तुरंत न देकर कुछ विलम्ब से दिया जाता है, तो वह यह अनुक्रिया करना सीखने में अधिक प्रयास (trial) लेता है। चित्र 7.20 में पुनर्बलन के विलम्बन का निष्पादन (performance) पर पड़ने वाले सामान्य प्रभाव को तीन वक्र से दिखलाया गया है। चित्र से दो बातें बिलकुल ही स्पष्ट हैं। पहली बात यह है कि पुनर्बलन मिलने में

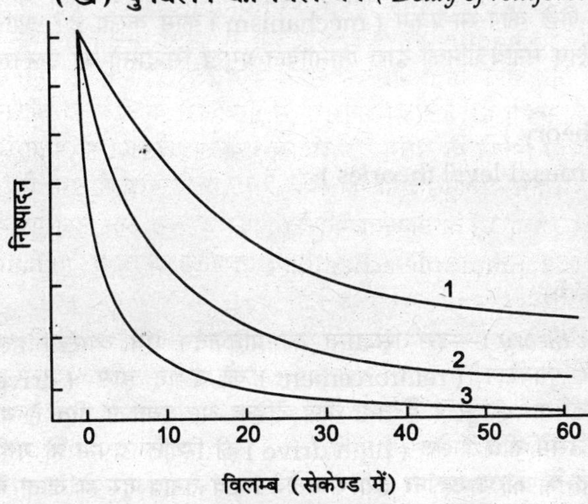

चित्र 7.20 : पुनर्बलन के विलम्बन का निष्पादन पर प्रभाव

विलम्ब होने से निष्पादन में तेजी से ह्रास होता है। दूसरी बात यह है कि यद्यपि निष्पादन में ह्रास होता है, विलम्ब से भी पुनर्बलन मिलने से निष्पादन (performance) में कुछ लाभ होता है।

(ग) पुनर्बलन की मात्रा (*amount of reinforcement*)—पुनर्बलन की मात्रा एक तीसरा प्रमुख प्राचंल (parameter) है जिसका अध्ययन मनोवैज्ञानिकों द्वारा किया गया है। पुनर्बलन की मात्रा से तात्पर्य अनुक्रिया करने के बाद प्राणी को कितनी मात्रा में पुनर्बलन दी गयी है, से होता है। मनोवैज्ञानिकों ने पुनर्बलन की मात्रा का निष्पादन (performance) पर पड़ने वाले प्रभाव का अध्ययन किया है। यद्यपि इस सिलसिले में कुछ कठिनाइयाँ सामने आयी है, फिर भी मनोवैज्ञानिकों का सामान्य निष्कर्ष यही रहा है किं जैसे-जैसे पुरस्कार या पुनर्बलन की मात्रा बढ़ते जाती है, निष्पादन भी श्रेष्ठ होता चला जाता है। हाँ, एक खास बिन्दु के बाद भी यदि पुनर्बलन की मात्रा में वृद्धि जारी रखी जाती है, तो इससे निष्पादन में कोई खास वृद्धि नहीं होती है। इस संदर्भ में दो महत्त्वपूर्ण अध्ययन किये गए हैं—एक क्रेस्पी (Crespi, 1942) द्वारा तथा दूसरी जीमैन (Zeaman, 1949) द्वारा। उदाहरण के रूप में हम यहाँ जीमैन के अध्ययन की चर्चा करेंगे। इन्होंने एक 3 फुट लम्बा दौड़-पथ (runway) बनाया जिसके एक छोर पर प्रारम्भ वकस (start box) तथा दूसरे छोर पर लक्ष्य वकस (goal box) था। चूहों को प्रारम्भ वकस में छोड़ दिया जाता था तथा उसे दौड़ कर लक्ष्य वकस में पहुँचने पर भोजन (पनीर) दिया जाता था। इस प्रयोग में चूहों के सात समूह थे जिन्हें पनीर की भिन्न-भिन्न मात्राएँ अर्थात् .05 ग्राम, .6 ग्राम, .8 ग्राम, 1.6 ग्राम तथा 2.4 ग्राम तक दिया जाता था। जीमैन ने इस प्रयोग के परिणाम में पाये कि जैसे-जैसे लक्ष्य वकस में दिया जाने वाला पनीर की मात्रा में वृद्धि होते गयी, चूहों द्वारा दौड़ने में कम समय लिया गया। बाद में मनोवैज्ञानिकों द्वारा यह भी पाया गया कि पुनर्बलन की मात्रा का निष्पादन पर पड़ने वाला प्रभाव थोड़ा इसलिए भी जटिल हो जाता है क्योंकि मात्रा के साथ-ही-साथ पुनर्बलनन की गुणवत्ता (quality) का भी प्रभाव निष्पादन पर पड़ता है। क्रेस्पी के भी अध्ययन के परिणाम कुछ ऐसे ही थे।

निष्कर्षतः यह कहा जा सकता है कि मनोवैज्ञानिकों द्वारा पुनर्बलन (reinforcement) के तीन प्रांचल (parameter) अर्थात् विलम्बन (delay), मात्रा (amount) तथा अनुसूची (schedule) का उपयोग किया है। इनमें से पुनर्बलन की अनुसूची (schedule of reinforcement) का महत्त्व सबसे अधिक बतलाया गया है।

पुनर्बलन के सिद्धान्त
(Theories of Reinforcement)

मनोवैज्ञानिकों ने पुनर्बलन के स्वरूप की व्याख्या करने के लिए कुछ सिद्धान्तों का प्रतिपादन किया है। इन सिद्धान्तों के आधार पर पुनर्बलन से सम्बन्धित कुछ मौलिक प्रश्नों का उत्तर देने की कोशिश की गयी है। जैसे, पुनर्बलन द्वारा अनुक्रियाएँ पुनर्बलित क्यों होती है? पुनर्बलित प्रभाव के पीछे कौन-सा-प्रक्रम (mechanism) काम करता है? आदि आदि। पुनर्बलन के इन बुनियादी प्रश्नों का उत्तर देने के लिए मनोवैज्ञानिकों द्वारा निम्नांकित प्रमुख सिद्धान्तों का उल्लेख किया गया है—

(क) प्रणोद-ह्रास सिद्धान्त (Drive-reduction theory)

(ख) आदर्श-उत्तेजक-स्तर सिद्धान्त (Optimal-arousal-level theories)

(ग) उद्दीपक सिद्धान्त (Stimulus theories)

(घ) अनुक्रिया सिद्धान्त (Response theories)

इन सबों का वर्णन हम अलग-अलग अनुच्छेद में करेंगे।

(क) प्रणोद-ह्रास सिद्धान्त (*Drive-reduction theory*)—इस सिद्धान्त का प्रतिपादन एवं व्याख्या हल (Hull) द्वारा किया गया है। इस सिद्धान्त के अनुसार पुनर्बलन (reinforcement) को प्रणोद ह्रास (drive reduction) के तुल्य माना गया है। अगर प्राणी में आन्तरिक असंतुलन है तथा कोई दैहिक आवश्यकता तीव्र है या उसमें आन्तरिक तनाव है, तो यह कहा जा सकता है कि उसमें तीव्र प्रणोद (high drive) की स्थिति उत्पन्न हो गयी है। अगर प्राणी कोई ऐसी अनुक्रिया करता है जिससे प्रणोद के कारण उत्पन्न अप्रिय उत्तेजन एवं तनाव दूर हो जाता है या कम हो जाता है, तब यह कहा जाता है कि उस अनुक्रिया की होने की संभावना भविष्य में बढ़ गयी। इस सिद्धान्त में पुनर्बलन का अर्थ इन अप्रिय प्रणोद उद्दीपकों (noxious drive stimuli) में ह्रास या कमी होना है। मनोवज्ञानिक

अध्ययनों से यह स्पष्ट हुआ है कि प्राणी उन अनुक्रियाओं को करना सीख जाता है जिससे उसके प्रणोद में कमी आ जाती है। दूसरे शब्दों में पुनर्बलन द्वारा अनुक्रियाएँ इसलिए पुनर्बलित होतीं हैं क्योंकि इससे प्राणी के प्रणोद में कमी आ जाती है।

प्रणोद ह्रास सिद्धान्त द्वारा प्रतिपादित पुनर्बलन की व्याख्या काफी सरल दीखती है तथा इसका व्याख्यात्मक मूल्य (explanatory value) बिलकुल ही स्पष्ट है। लेकिन उसका मतलब यह नहीं कि इस सिद्धान्त के साथ कोई कठिनाई नहीं है। सच्चाई यह है कि सिद्धान्त के भी कुछ आलोचक हैं। बहुत कम मनोवैज्ञानिक इस सिद्धान्त को एक विस्तृत प्रणोद सिद्धान्त (comprehensive drive theory) मानते हैं जिसके द्वारा सभी प्रकार के पुनर्बलन घटनाओं (reinforcing events) की व्याख्या हो सकती है। आलोचकों की आम राय यह है कि यह विश्वास करना सम्भव नहीं है कि सभी पुनर्बलन (reinforcement) में अरुचिकर उद्दीपकों तथा तनावों में कमी होती है। जैसे, शेफिल्ड (Sheffield, 1966) ने अपने अध्ययन में पाया है कि सैक्करिन (saccharin) खाना कुछ प्राणियों के लिए एक तरह का पुनर्बलन (reinforcement) है। सैक्करिन से किसी अरुचिकर उद्दीपक में कमी तो नहीं आती है बल्कि सैकरिन खाना एक मीठा एवं आनन्दायक अनुभव होता है। कुछ अन्य आलोचकों का मत है कि यह सिद्धान्त जैविक प्रणोद (biological drive) के संदर्भ में तो उपर्युक्त (appropriate) दीखता है क्योंकि इसमें कमी होने से प्राणी पुनर्बलित अवश्य होता है। परन्तु अनेकों अध्ययन ऐसे हुए हैं जिनमें यह देखा गया है कि मानव तथा पशु दोनों ही नये एवं परिवर्तन योग्य उद्दीपकों को देखकर काफी अधिक पुनर्बलित होते हैं। जैसे, वटलर (Butler, 1953) ने अपने अध्ययन में पाया है कि जब बन्दर को एक विशेष तरह के प्रयोगशाला को कुछ देर तक देखने दिया जाता है तो वह दृष्टि विभेदन (visual discrimination) करना आसानी से सीख लेता है। इस अध्ययन में प्रयोगशाला में कुछ देर तक देखने से कौन-सा अरूचिकर जैविक प्रणोद (noxious biological drive) में कमी होती है? इससे स्पष्ट है कि प्रणोद-ह्रास सिद्धान्त द्वारा इस तरह की पुनर्बलित घटना (reinforcing event) की व्याख्या नहीं हो पाती है।

इन आलोचनाओं के बावजूद प्रणोद-ह्रास सिद्धान्त की लोकप्रियता मनोवैज्ञानिकों में विशेषकर उद्दीपक-अनुक्रिया प्रभाव मनोवैज्ञानिकों (stimulus-response effect psychologists) के बीच काफी है क्योंकि उनके लिए प्रणोद में ह्रास या कमी करके किसी अनुक्रिया की प्रसंभाव्यता (probability) को बढ़ाया जा सकता है।

(ख) आदर्श-उत्तेजन-स्तर सिद्धान्त (*Optimal-Stimulation-level theory*)—कई मनोवैज्ञानिकों जैसे बर्लिन (Berlyne, 1969), फिस्क एवं माड्डी (Fisk & Maddi, 1961) तथा रुटेनवर्ग (Routenberg, 1968) ने यह तर्क प्रस्तुत किया है कि पुनर्बलन में हमेशा उत्तेजन (stimulation) में ह्रास (decrease) ही नहीं होता है जैसा कि प्रणोद-ह्रास सिद्धान्त में कहा गया है। ऐसा भी होता है कि कभी-कभी उत्तेजन या तनाव में वृद्धि ही प्राणी के लिए पुनर्बलन का काम करता है। आदर्श-उत्तेजन सिद्धान्त के अनुसार प्रत्येक प्राणी के लए उत्तेजन का एक वांछनीय या आदर्श स्तर होता है जिसे वह बनाकर रखना चाहता है। अगर किसी कारण से उत्तेजन का स्तर उससे अधिक हो जाता है, तो वह अनुक्रिया जिससे उत्तेजन के इस बढे हुए स्तर में कमी आ जाती है, वह प्राणी के लिए पुनर्बलन (reinforcement) का कार्य करता है। जैसे, यदि प्राणी भूखा है या प्यासा है तो वह अनुक्रिया जिससे प्राणी में भूख या प्यास में कमी होती है, पुनर्बलित होगी। उसी तरह से अगर कोई व्यक्ति ऐसी परिस्थिति में होता है जहाँ अधिक आवाज हो रहा है तो उस परिस्थिति से बाहर आ जाने की अनुक्रिया पुनर्बलित होगी क्योंकि इससे आवाज से उत्पन्न या तनाव में कमी आ जायेगी। उसी तरह से यदि उत्तेजन एक निश्चित स्तर से नीचे चला जाता है, तो वह अनुक्रिया जिससे उत्तेजन के इस गिरे हुए स्तर में वृद्धि होती है, पुनर्बलित होगी। इस सिद्धान्त से यह स्पष्ट है कि कोई भी अनुक्रिया जिससे प्राणी का तनाव या उत्तेजन एक आदर्श स्तर पर बना रहता है (चाहे कमी की अनुक्रिया हो या वृद्धि की अनुक्रिया हो) पुनर्बलन का कार्य करता है।

यद्यपि यह सिद्धान्त काफी स्पष्ट एवं आकर्षक है, फिर भी इसके साथ कुछ कठिनाइयाँ हैं। इस सिद्धान्त के साथ सबसे बड़ी कठिनाई यह है कि उत्तेजन (arousal) को सही-सही शब्दों में मापना या उसे परिभाषित करना सम्भव नहीं हो पाया है। यद्यपि रूटेनवर्ग (Routenberg, 1968) ने उत्तेजन की व्याख्या कुछ मस्तिष्कीय कार्यों (brain function) के साथ सहसम्बन्धित करके करने की कोशिश किया है फिर भी इस सम्प्रत्यय को वैज्ञानिक ढंग से अभी तक परिभाषित नहीं किया गया है।

(ग) उद्दीपक सिद्धान्त *(Stimulus theories)*—पुनर्बलन के कुछ सिद्धान्त ऐसे हैं जिनमें प्राणी के भीतरी अवस्थाओं (internal stages) पर नहीं (जैसा कि ऊपर के दोनों सिद्धान्तों में बतलाया गया है।) बल्कि बाह्य उद्दीपकों (external stimuli) पर बल डालकर पुनर्बलन की व्याख्या करने की कोशिश की गयी है। इसके तहत कई सिद्धान्तों का उल्लेख किया गया है जिसमें से कुछ तो स्पष्ट एवं एक-दूसरे से भिन्न है जबकि कुछ एक-दूसरे से काफी समान दीखते हैं। ऐसे प्रमुख सिद्धान्तों का वर्णन निम्नांकित हैं:—

(i) गथरी-एस्ट्रस सिद्धान्त *(Guthrie-Estes theory)*—इस सिद्धान्त के अनुसार जब कोई उद्दीपक की उपस्थिति से वर्तमान उद्दीपक परिस्थिति (present stimulus situation) में काफी परिवर्तन आ जाता है, तो वह उद्दीपक पुनर्बलन का कार्य करने लगा है। जैसे स्कीन्नर बकस में लीवर दबाने के तुरन्त बाद भोजन या पुनर्बलन (reinforcement) देने से वर्तमान उद्दीपक परिस्थिति में काफी परिवर्तन आ जाता है। चूहा भोजन को देखता है, सूँघता है और भोजन देने की प्रक्रिया को भी देखता एवं सुनता है। यह उद्दीपक परिस्थिति निश्चित रूप से उस उद्दीपक परिस्थिति से भिन्न है जिस समय वह लीवर दबाया था। गथरी एवं एस्ट्रस के लिए पुनर्बलन इसलिए प्रभावकारी होता है क्योंकि यह उद्दीपक परिस्थिति में परिवर्तन ला देता है और इससे उद्दीपक तथा अनुक्रिया के बीच पूर्वस्थापित साहचर्य की रक्षा भी होता है क्योंकि जो नयी अनुक्रिया होती है वह परिवर्तित उद्दीपक परिस्थिति के साथ न कि उसके पहले की उद्दीपक परिस्थिति के साथ सम्बन्धित हो पाती है।

गथरी द्वारा पुनर्बलन की उक्त व्याख्या को सीवार्ड (Seward, 1942) ने चुनौती दिया है। अगर गथरी की उक्त व्याख्या को थोड़े देर के लिए सही मान लिया जाता है, तो कोई भी वस्तु या उद्दीपक जिसमें वर्तमान उद्दीपक परिस्थिति में अनुक्रिया करने के बाद परिवर्तन आता है, में पुनर्बलन का गुण पाया जाना चाहिए और उससे उद्दीपक-अनुक्रिया साहचर्य का अनाधिगम नहीं होना चाहिए। इस प्रयोग में चूहों का दो समूह लिया गया जिन्हें स्कीन्नर बकस में लीवर दबाने की प्रशिक्षण दी गयी। एक समूह को लीवर दबाने के बाद तुरंत भोजन दिया जाता था। तथा दूसरे समूह का लीवर दबाने के बाद भोजन नहीं दिया जाता था परन्तु उसे स्कीन्नर वकस से कहीं दूर दिया जाता था। दूर हटाने का उद्देश्य यह था कि इस समूह के लिए उद्दीपक परिस्थिति में भोजन मिलने पर उद्दीपक परिस्थिति में हुए परिवर्तन से अधिक बड़ा परिवर्तन हो सके। अगर गथरी तथा एस्टस द्वारा पुनर्बलन की प्रस्तावित व्याख्या सही है, तो दूसरे समूह के चूहों द्वारा लीवर दबाने की अनुक्रिया पहले समूह जिसे भोजन दिया जाता था, की अपेक्षा अधिक करना चाहिए क्योंकि उसमें उद्दीपक परिस्थिति में पहले समूह की तुलना में अधिक परिवर्तन हुआ था। परन्तु परिणाम ठीक इसके विपरीत हुआ। परिणाम में देखा गया कि जिस समूह को लीवर दबाने के बाद भोजन दिया गया था, उसने अधिक लीवर दबाने की अनुक्रिया किया जबकि जिस समूह को स्कीन्नर बकस में लीवर दबाने के बाद दूर हटा दिया गया था, उसने लीवर दबाने की अनुक्रिया कम किया। इस परिणाम से गथरी एवं एस्टस द्वारा पुनर्बलन की प्रस्तावित व्याख्या दोषपूर्ण हो जाती है।

(ii) उद्दीपक-परिवर्तन सिद्धान्त *(Stimulus change theory)*—इस सिद्धान्त के अनुसार उत्तेजन या उद्दीपक के स्तर में परिवर्तन ही पुनर्बलन (reinforcement) का कार्य करता है। मैककाल्ल (McCall, 1966) के अनुसार एक खास सीमा तक यह परिवर्तन जितना ही अधिक होता है, उसका पुनर्विलत प्रभाव (reinforcing effect) भी उतना ही अधिक होता है। इन्होंने अपने एक प्रयोग में पाया कि जैसे-जैसे रोशनी के स्तर में वृद्धि होते गयी, चूहों द्वारा किये जा रहे कार्य के निष्पादन में वृद्धि होती गयी।

इस सिद्धान्त का चूँकि शोधपरक मूल्य (heuristic value) कम है, अतः मनोवैज्ञानिकों ने इस सिद्धान्त की ओर अधिक ध्यान नहीं दिया। यदि हम ध्यान से देखें तो यह स्पष्ट होगा कि मैकाल्ल के प्रयोग में रोशनी के परिणामात्मक परिवर्तन (quantitative change) न कि गुणात्मक परिवर्तन (qualitative change) पर बल डाला गया है जो अपने आप में दोषपूर्ण हैं।

(iii) वांछित-स्तर सिद्धान्त *(Preferred-level theory)*—यह सिद्धान्त एक तरह से मैककाल्ल के सिद्धान्त को अधिक सुस्पष्ट एवं उन्नत बनाने के ख्याल से प्रतिपादित किया गया है। लॉकहार्ड (Lockhard, 1966) ने इस सिद्धान्त की रूप-रेखा तय करते हुए कहा कि प्राणी उद्दीपक या उत्तेजन स्तर में सिर्फ परिवर्तन नहीं चाहता है बल्कि वे परिवर्तन एक वांछित स्तर पर चाहते हैं। उत्तेजन में परिवर्तन यदि एक वांछित स्तर की दिशा में होती है, तो वह प्राणी के लिए एक पुनर्बलन का कार्य करता है और जब परिवर्तन वांछित स्तर के विपरीत दिशा में होता है, तो वह व्यक्ति के लिए दंडात्मक होता है।

स्पष्ट हुआ कि यह सिद्धान्त बहुत हद तक आदर्श-उत्तेजन-स्तर सिद्धान्त से मिलता-जुलता है। अन्तर इतना ही है कि आदर्श-स्तर में व्यक्ति की आन्तरिक अवस्थाओं पर जबकि वांछित-स्तर सिद्धान्त में बाह्य उद्दीपकों पर बल डाला जाता है।

(iv) उद्दीपक-गुणवत्ता सिद्धान्त (*Stimulus-quality theory*)—जैसा कि नाम से ही स्पष्ट है, इस सिद्धान्त में उद्दीपकों के गुणों (quality) के आधार पर पुनर्बलन की व्याख्या करने की कोशिश की गयी है। फाफ्फमान्न (Pfaffmann, 1969), यंग (Young, 1966) तथा अन्य मनोवैज्ञानिकों ने इस ओर अधिक ध्यान दिया है। इन मनोवैज्ञानिकों का मत है कि कुछ उद्दीपक का विशेष गुण ही ऐसा होता है जिसके कारण प्राणी उसे प्राप्त करने के लिए अनुक्रिया करता है। फलतः वह अनुक्रिया उस उद्दीपक से सम्बन्धित हो जाता है। जैसे, इन मनोवैज्ञानिकों का मत है कि मीठा उद्दीपक (sweet stimulus) में तीता एवं खट्टा उद्दीपक के तुलना में पुनर्बलन का गुण अधिक होता है। शायद यही कारण है कि प्राणी ऐसे उद्दीपकों के देने पर अधिक तेजी से अनुक्रिया करता है।

स्पष्टतः इस सिद्धान्त के अनुसार उद्दीपक का गुण (quality) महत्त्वपूर्ण है, उसकी मात्रा (quantity) नहीं। कई मनोवैज्ञानिकों को इस तरह की व्याख्या स्वीकार इसलिए नहीं है क्योंकि सचमुच में उद्दीपक का गुण और मात्रा दोनों मिलकर प्राणी के लिए पुनर्बलन का कार्य करते हैं। अगर मीठा ही उद्दीपक या वस्तु को अति अल्प मात्रा में प्राणी को दिया जाता है, तो शायद इसका पुनर्बलन प्रभाव स्पष्ट रूप से देखने को नहीं मिलेगा।

(घ) अनुक्रिया सिद्धान्त (*Response theories*)—पुनर्बलन का यह सिद्धान्त उपभोज्य अनुक्रियाओं (consumma-tory response) से सम्बद्ध घटनाओं जैसे चबाना, पीना, निगलना, खाने-पीने की वस्तुओं को उलट-पुलट करना, मैथुन करना (copulating) आदि पर बल डालता है। इस सिद्धान्त के अनुसार ऐसी अनुक्रियाएँ करना अपने आप में पुनर्बलित घटना (reinforcing event) का एक हिस्सा होता है। इस सिद्धान्त में उपभोज्य अनुक्रियाओं के पुनर्बलित विशेषताओं (reinforcing properties) पर बल डाला जाता है। इस तरह से स्पष्ट हुआ कि उपभोज्य सिद्धान्त (consummatory theories) में उपभोग की जाने वाली वस्तु पर बल नहीं डाला जाता है और न ही तनाव कम करने की वाली घटना पर ही बल्कि इसमें स्वयं अनुक्रिया पर ही बल डाला जाता है।

उपभोज्य सिद्धान्त (consummatory theories) या अनुक्रिया सिद्धान्त के कई प्रारूप हैं जिनमें सबसे महत्त्वपूर्ण प्रारूप प्रीमैक (Premack, 1965) द्वारा प्रतिपादित किया गया है। प्रीमैक के सिद्धान्त को *अनुक्रिया प्रसंभाव्यता सिद्धान्त* (response probability theory) कहा जाता है। प्रीमैक का मत है कि पुनर्बलन या पुनर्बलक को एक उद्दीपक के रूप में नहीं बल्कि एक अनुक्रिया (response) के रूप में समझना चाहिए। अतः इस सिद्धान्त में पुनर्बलन (reinforcer) कोई उद्दीपक घटना (stimulus event) नहीं होता है बल्कि एक अनुक्रिया (response) ही होती है। कोई भी अनुक्रिया जो अधिक बार हो रही है, उस अनुक्रिया के लिए पुनर्बलन (reinforcement) का कार्य कर सकती है जो बहुत कम बार होती है। दूसरे शब्दों में, प्राणी द्वारा अधिक आवृत्ति वाली अनुक्रिया कम आवृत्ति (frequency) वाली अनुक्रिया के लिए पुनर्बलन का कार्य करती है। यह मनोविज्ञान में *प्रीमैक नियम* (Premack principle) के नाम से मशहूर है। प्रश्न यह उठता है कि किसी अनुक्रिया की बारम्बारता (frequency) या आवृत्ति (frequency) का पता कैसे लगाया जा सकता है? प्रीमैक के अनुसार किसी अनुक्रिया की आवृत्ति को मापने के लिए प्राणी को स्वतंत्र होकर इच्छानुसार भिन्न-भिन्न तरह की अनुक्रिया करने के लिए कहा जाता है तथा यह ठीक ढंग से प्रेक्षण किया जाता है कि कौन अनुक्रिया कितनी बार की जा रही है। इसके बाद उन सभी अनुक्रियाओं को आवृत्ति के पदानुक्रम (hierarchy) में सुव्यवस्थित कर दिया जाता है जिसमें सबसे अधिक आवृत्ति वाली अनुक्रिया सूची में सबसे ऊपर तथा सबसे कम आवृत्ति वाली अनुक्रिया सूची में सबसे नीचे होती है। इसके बाद यह आसानी से तय कर लिया जाता है कि उस प्राणी को पुनर्बलन करने के लिए कौन अनुक्रिया का उपयोग किया जा सकता है और कौन अनुक्रिया का उपयोग नहीं किया जा सकता है। प्रीमैक के इस विचार को एक उदाहरण द्वारा और भी इस प्रकार से स्पष्ट किया जा सकता है—मान लिया जाए कि प्रयोगकर्त्ता 24 घंटे तक एक चूहा को पिंजड़े में रखकर प्रेक्षण करता है और इस निष्कर्ष पर पहुँचता है कि सबसे अधिक आवृत्ति या बारम्बारता में खाने की अनुक्रिया (eating), उसके बाद पीने की अनुक्रिया (drinking), उसके बाद दौड़ने की अनुक्रिया, उसके बाद खरहरा करने (grooming) की अनुक्रिया और अन्त में पिंजड़े से बाहर देखने की अनुक्रिया चूहा करता है। ऐसी परिस्थिति में खाने की अनुक्रिया का उपयोग किसी भी

अन्य अनुक्रिया को पुनर्बलित करने के लिए किया जा सकता है क्योंकि इसकी आवृत्ति सबसे अधिक है। जैसे, चूहा द्वारा प्रत्येक खरहरा अनुक्रिया करने के बाद यदि खाने की अनुक्रिया करने दिया जाता है, तो इससे खरहरा की अनुक्रिया पुनर्बलित होगी। उसी तरह से खरहरा करने की अनुक्रिया को पिंजड़े से बाहर देखने की अनुक्रिया के लिए एक पुनर्बलन के रूप में उपयोग किया जा सकता है। परन्तु पिंजड़े से बाहर देखने की अनुक्रिया को किसी भी अन्य अनुक्रिया के लिए पुनर्बलन के रूप में उपयोग नहीं किया जा सकता है क्योंकि इसकी आवृत्ति सबसे कम है।

अपने सिद्धान्त की सार्थकता की जाँच करने के लिए प्रीमैक (Premack, 1959) ने एक बहुचर्चित प्रयोग किया। इस प्रयोग में उसने 31 बच्चों को अपनी इच्छा अनुसार एक विशेष खेल खेलने तथा मिश्री (candy) खाने का व्यवहार करने दिया। प्रयोग दो अवस्थाओं में किया गया। पहली अवस्था में इन दोनों कार्यों में से कौन-सा कार्य प्रत्येक बच्चा अधिक पसंद करता है या अधिक बार करता है, इसे निश्चित किया गया। देखा गया कि कुछ बच्चे विशेष खेल खेलना पसंद किये तो कुछ बच्चे मिश्री खाना पसंद किये। पहले तरह के बच्चों को मैनीपुलेटर (Manipulator) तथा दूसरे तरह के बच्चों को 'इटर्स' (Eaters) कहा गया। इन दोनों समूहों को दो अलग-अलग भागों में बाँट दिया गया। 'मैनीपुलेटर' के एक समूह को मिश्री खाने के लिए तब दिया जाता था जब वे उस विशेष खेल को खेलते थे तथा दूसरे समूह को खेल खेलने के पहले ही मिश्री खाने को दिया जाता था। इटर्स के दोनों समूह के साथ भी यही प्रक्रिया अपनायी गयी। परिणाम में देखा गया कि मैनीपुलेटर के पहले समूह के लिए जो व्यवस्था की गयी थी, उससे उनके व्यवहार में कोई अन्तर नहीं आया और वे पहले की तरह विशेष खेल में अपनी अभिरुचि दिखाते रहे। लेकिन मैनीपुलेटर के दूसरे समूह के लिए जो व्यवस्था की गयी थी, उससे उनके व्यवहार में काफी अन्तर आया। इस समूह द्वारा खाने की अनुक्रिया अब अधिक की गयी क्योंकि इन्हें खेलने के पहले खाना आवश्यक होता था। यहाँ खाने की अनुक्रिया खेल खेलने की अनुक्रिया (जो मैनीपुलेटर समूह द्वारा अधिक बार की जाती थी) से पुनर्बलित हो रही थी। उसी तरह इटर्स समूह के प्रथम समूह जिन्हें विशेष खेल खेलने के पहले मिश्री खाना आवश्यक होता था, के लिए उस व्यवस्था का उनके व्यवहार पर कोई खास प्रभाव नहीं पड़ा। परन्तु इटर्स के दूसरे समूह जिन्हें विशेष खेल खेलने पर ही मिश्री खाने की अनुमति दी जाती थी, उनके द्वारा खेल खेलने की अनुक्रिया की आवृत्ति अधिक बढ़ गयी। ऐसा इसलिए हुआ कि यहाँ खेल खेलने की अनुक्रिया खाने की अनुक्रिया से पुनर्बलित हो रही थी। प्रयोग के उस परिणाम से यह स्पष्ट हो जाता है कि कम आवृत्ति या बारम्बारता में होनेवाली अनुक्रिया को अधिक बारम्बारता या आवृत्ति में होने वाली अनुक्रिया से आसानी से पुनर्बलित की जा सकती है। प्रीमैक द्वारा पशुओं पर भी अध्ययन करके इस तथ्य की संपुष्टि की गयी है।

प्रीमैक ने अपने इस सिद्धान्त में यह भी स्पष्ट किया है कि जब प्राणी के पसंदगी (preferences) में परिवर्तन हो जाता है, तो पुनर्बलक में भी परिवर्तन हो जाता है। जैसे, जब तक पशु को भूख लगा होता है वह बार-बार खायेगा। अतः खाने की अनुक्रिया को अन्य अनुक्रियाओं को पुनवर्लित करने में उपयोग किया जा सकता है। परन्तु जब प्राणी की भूख समाप्त हो जाती है तो खाने की आवृत्ति कम जाएगी और तब खाने की अनुक्रिया को एक पुनर्बलक (reinforcer) के रूप में उपयोग नहीं किया जा सकता है। प्रीमैक (Premack, 1962) ने एक प्रयोग करके पुनर्बलन के पलटावी (reversibility) प्रवृत्ति को दिखलाया है जिसमें दौड़ने की अनुक्रिया तथा खाने पीने की अनुक्रिया का उपयोग किया गया था। परिणाम में देखा गया कि पशु के पिछले कुछ घंटों से पानी पीने से रोक देने पर तो वे क्रिया-चक्र भूलभुलैया में रखे जाने पर पानी पीने का व्यवहार दौड़ने का व्यवहार की तुलना में अधिक करते थे। परन्तु वे दौड़ने के ख्याल से अधिक पानी नहीं पीते थे। इसका मतलब यह हुआ कि पानी पीने की अनुक्रिया दौड़ने की अनुक्रिया को पुनर्बलित कर रही थी परन्तु दौड़ने की अनुक्रिया पानी पीने की अनुक्रिया को पुनर्बलित नहीं कर रही थी। प्रीमैक ने परिस्थिति में थोड़ा परिवर्तन किया जिसमें उन्होंने पशु को इच्छा भर पानी पीने दिया परन्तु उसे दौड़ लगाने पर रोक लगा दिया गया। इस परिवर्तित परिस्थिति में यह देखा गया कि दौड़ लगाने की छूट मिल ज़ाने से पानी पीने की अनुक्रिया में वृद्धि हो जाती थी परन्तु पानी पीने की अनुक्रिया में छूट मिलने पर भी दौड़ने की अनुक्रिया में वृद्धि नहीं हुई। इसका मतलब यह हुआ कि यहाँ दौड़ने की अनुक्रिया पानी पीने की अनुक्रिया को पुनर्बलित कर रही थी परन्तु पानी पीने की अनुक्रिया दौड़ने की अनुक्रिया को पुनर्बलित नहीं कर रही थी। इस अध्ययन से स्पष्ट हुआ कि आवृत्ति या बारम्बारता के आधार पर दौड़ने की अनुक्रिया तथा पानीं पीने की अनुक्रिया में से किसी को भी दूसरे के लिए पुनर्बलन के रूप में आसानी से उपयोग किया जा सकता है।

प्रीमैक के सिद्धान्त की कुछ आलोचनाएँ भी की गयी है जिनमें निम्नांकित प्रमुख है—

(i) कुछ ऐसे प्रयोगात्मक अध्ययन हुए हैं जिनसे सिद्धान्त की मौलिक प्राक्कल्पना को समर्थन नहीं मिलता है। जैसे, आइजेनबर्गर, कार्पमैन तथा ट्रैटनर (Eisenberger, Karpman & Trattner, 1967) ने स्कूल एवं कॉलेज के छात्रों पर कई प्रयोग किये जिसमें उनके द्वारा एक अनुक्रिया जैसे चक्र घुमाने की अनुक्रिया करना, दूसरी अनुक्रिया जैसे लीवर दबाने की अनुक्रिया पर आधारित होता था। परिणाम में देखा गया कि ऐसी परिस्थिति में एक अनुक्रिया को दूसरी अनुक्रिया के लिए पुनर्बलन के लिए तभी उपयोग में लाया जा सका जब पुनर्बलित होनेवाली अनुक्रिया की आवृत्ति कम या साधारण थी। जब उसकी आवृत्ति अधिक या साधारण से भी थोड़ा अधिक होती थी, तो उसे उन्नत बनाया जाना सम्भव नहीं हो पाया। हालाँकि उसे उन्नत करने के मार्ग खुले थे। इसका मतलब यह हुआ कि प्रीमैक का सिद्धान्त आंशिक रूप से सही है। किसी अनुक्रिया को पुनर्बलित होने के लिए यह आवश्यक है कि उसकी आवृत्ति निम्न हो। साधारण या साधारण से थोड़ा भी अधिक आवृत्ति होने पर उसको उन्नत नहीं किया जा सकता है अर्थात् उसे पुनर्बलित नहीं किया जा सकता है।

(ii) कुछ मनोवैज्ञानिकों का कहना है कि प्रीमैक के सिद्धान्त में अधिक आवृत्ति वाली अनुक्रिया में जो पुनर्बलन का गुण बतलाया गया है, वह अवास्तविक है। सच्चाई यह है कि जब अधिक और कम आवृत्ति वाली अनुक्रियाओं को एक साथ युग्मित किया जाता है, तो कम आवृत्ति वाली अनुक्रिया का दमन (suppression) हो जाता है। बाद में इसकी आवृत्ति में जो वृद्धि होती है, उसका कारण दूसरी अनुक्रिया द्वारा प्रदत्त पुनर्बलन (reinforcement) न होकर दमन की मात्रा में कमी होना है।

इन आलोचनाओं के बावजूद प्रीमैक का सिद्धान्त काफी महत्त्वपूर्ण है तथा कई मनोवैज्ञानिक इस सिद्धान्त के मूल्यों की जाँच करने में सक्रिय भूमिका निभा रहे हैं।

परिहार या परिवर्जन सीखने के सिद्धान्त (Theories of Avoidance Learning)

परिहार या परिवर्जन सीखना साधनात्मक अनुबंधन (instrumental conditioning) का एक प्रकार है जिस पर संक्षेप में इसी अध्याय में पहले प्रकाश डाला जा चुका है। जैसा कि हम जानते हैं, परिवर्जन सीखना में प्राणी को एक निश्चित समयावधि में एक विशेष अनुक्रिया करना सीखलाया जाता है। यदि वह विशेष अनुक्रिया उस समयावधि के भीतर नहीं करता है, तो उसे दंड जैसे बिजली का हल्का आघात आदि दिया जाता है। प्राणी संभावित दंड का परिवर्जन करना (avoid) विशेष अनुक्रिया करके करना सीख लेता है। परिवर्जन सीखना की व्याख्या के लिए मनोवैज्ञानिकों ने कुछ सिद्धान्त का प्रतिपादन किया है। यहाँ हम निम्नांकित प्रमुख सिद्धान्त का वर्णन करेंगे—

(क) द्वि-कारक सिद्धान्त (Two-factor theory)

(i) माउर्र का सिद्धान्त (Mowrer's theory)

(ii) बाल्स का सिद्धान्त (Bolles theory)

(ख) एक-कारक सिद्धान्त (one-factor theory)

(ग) संज्ञानात्मक सिद्धान्त (cognitive theory)

इन सभी सिद्धान्त का वर्णन हम अलग-अलग अनुच्छेद में करेंगेः—

माउर्र का द्विकारक या द्विप्रक्रिया सिद्धान्त (Mowrer's Two-factor or Two-process Theory)

परिवर्जन सीखना (avoidance learning) की महत्त्वपूर्ण सैद्धान्तिक व्याख्या माउर्र (Mowrer, 1947, 1956) द्वारा किया गया है। माउर्र (Mowrer) ने अपना अधिकतर शोध कार्य येल विश्वविद्यालय (Yale university) में किया जहाँ वे लोकप्रिय मनोवैज्ञानिक हल (Hull) के कार्यों से काफी प्रभावित हुए। वास्तव में, एक अधिगम सिद्धान्तवादी के रूप में माउर्र की जीवन-वृत्ति (career) हल द्वारा प्रतिपादित सीखने के सिद्धान्त द्वारा परिवर्जन सीखने की व्याख्या करने में उत्पन्न असमर्थता की समस्याओं के समाधान से प्रारम्भ होती है।

परिवर्जन सीखना में सचमुच पलायन सीखना (escape learning) भी सम्मिलित होता है। पलायन सीखना में प्राणी को बिजली का आघात तब तक दिया जाता है जब तक कि वह उससे अपने को बचाने की अनुक्रिया न करता है। इसका चित्रण इस प्रकार किया जा सकता है—

Pain	⟶	R	⟶	escape from pain
(electric shock)		(response)		(reinforcement)

हल द्वारा प्रतिपादित सिद्धान्त द्वारा पलायन सीखना की व्याख्या बिलकुल ही आसानी से कर ली जाती है क्योंकि इस तरह की अनुक्रिया अर्थात् पलायन अनुक्रिया करना प्राणी इसलिए सीख जाता है क्योंकि इससे प्रणोद (दर्द) में कमी होती है। परिवर्जन सीखना में भी परिस्थिति पलायन सीखना के ही अनुकूल होती है। अंतर इतना ही होता है कि इसमें बिजली का आघात देने के पहले एक संकेत (signal) दे दिया जाता है। परिवर्जन सीखना का चित्रण इस प्रकार किया जा सकता है—

Signal	⟶	Pain	⟶	R	⟶	escape from punishment
(light)		(electric shock)		(response)		(reinforcement)

उपर्युक्त चित्र से यह स्पष्ट है कि परिवर्जन सीखना में संकेत के प्रति धीरे-धीरे प्राणी उपयुक्त अनुक्रिया करना अर्थात् बिजली के आघात से अपने आप को बचाना सीख लेता है। हल द्वारा प्रतिपादित सीखने के सिद्धान्त द्वारा परिवर्जन सीखना की व्याख्या नहीं हो पाती है क्योंकि इसमें यह स्पष्ट नहीं हो पाता है कि इस तरह की अनुक्रिया द्वारा प्राणी में किस तरह के प्रणोद (drive) में कमी आती है? इस प्रश्न का उत्तर देने के खयाल से माउर्र (Mowrer) ने परिवर्जन सीखना के द्विकारक सिद्धान्त (two-factor theory) का प्रतिपादन किया।

परिवर्जन सीखना या परिवर्जन अनुबंधन (avoidance conditioning) में प्राणी (प्रायः कुत्ता या चूहा) को शटिल बकस (shuttle box) जिसमें दो भाग या डिब्बे (compartment) होते हैं, में रखा जाता है (देखे चित्र 7.1)। उजला भाग में पशु को रखा जाता है जिसके सतह धातु के बने होते हैं। एक बल्ब जलायी जाती है जिसके 10-15 सेकेंड के बाद सतह के माध्यम से बिजली का हल्का आघात (shock) दिया जाता है। पशु इससे बचने के लिए बकस के बीच लगे अवरोध को उछलकर पार करके दूसरे भाग अर्थात् काला वाला भाग में आ जाता है जहाँ उसे आराम मिलता है क्योंकि इसके सतह से बजली का आघात प्रवाहित नहीं होता है। फिर दूसरे प्रयास में पशु को उजले भाग में रखकर प्रक्रिया दोहरायी जाती है। इस तरह से धीरे-धीरे प्राणी 10-15 सेकेंड के भीतर ही उजले भाग से बीच का अवरोध पार करके काले भाग में आकर अपने आप को बिजली के आघात से बचाना सीख लेता है।

माउर्र (Mowrer) के अनुसार उक्त परिवर्जन सीखना या परिवर्जन अनुबंधन (avoidance conditioning) के आरम्भिक अवस्था में सीखने की प्रक्रिया पैवलोवियन अनुबंधन (Pavlovian conditioning) द्वारा होता है। संकेत अर्थात् रोशनी (कोई प्रयोगकर्त्ता इसके जगह पर विशेष तरह की घंटी की आवाज का भी उपयोग किये हैं) अनुबंधित उद्दीपक (conditioned stimulus) के रूप में कार्य करता है। बिजली का आघात (electric shock) स्वाभाविक उद्दीपक (unconditioned stimulus) जिससे प्राणी में डर की अनुक्रिया उत्पन्न होती है, के रूप में कार्य करता है। CS तथा UCS के इस तरह बार-बार उपस्थित किये जाने के कारण प्राणी CS के प्रति अर्थात् मात्र रोशनी के संकेत पर ही डर की अनुक्रिया करना सीख गया। इस तरह से परिवर्जन सीखना का एक कारक क्लासिकी या पैवलोवियन अनुबंधन (Classical or Pavlovian Conditioning) है। माउर्र ने इस कारक को *चिह्न सीखना* (sign learning) कहा है क्योंकि इससे यह पता चलता है कि किस तरह से वह उद्दीपक जो पहले तटस्थ था, UCS के साथ युग्मित होकर खतरे के चिह्न के रूप में प्रत्यक्षित होने लगा और उससे प्राणी में डर की अनुक्रिया उत्पन्न होने लगी।

माउर्र के इस सिद्धान्त में परिवर्जन सीखना की व्याख्या के लिए जो दूसरा कारक है, वह साधनात्मक या क्रियाप्रसूत अनुबंधन (instrumental and operant conditioning) है। जब प्राणी क्लासिकी अनुबंधन के आधार पर डर की अनुक्रिया करना सीख लेता है, तो वह उससे या डर उत्पन्न करने वाला उद्दीपक से बचने के लिए दूसरे डिब्बे में या सुरक्षित स्थान में आ जाना सीख लेता है। इस स्थान में आने पर उसे बिजली का आघात नहीं मिलता है अर्थात् इस तरह की अनुक्रिया करने के बाद उसे पुनर्बलन (ऋणात्मक पुनर्बलक की अनुपस्थिति) मिलता है। फलतः, वह डर उत्पन्न करनेवाला उद्दीपक से अपने आप को बचाना सीख लेता है। माउर्र ने इस कारक को *समाधान सीखना* (solution learning) कहा है।

इस तरह से माऊर्र ने परिवर्जन सीखना की व्याख्या पैवलोवियन अनुबंधन तथा साधनात्मक अनुबंधन दोनों के आधार पर किया है। यही कारण है कि इसे *द्विकारक सिद्धान्त* (two-factor theory) या *द्विस्तरीय सिद्धान्त* (two-stage theory) भी कहा गया है। इस सिद्धान्त की खास विशेषता यह है कि इसमें पैवलोवियन अनुबंधन तथा साधनात्मक अनुबंधन दोनों को अन्तर-सम्बन्धित करने की कोशिश की गयी है।

माउर्र के इस सिद्धान्त का शोधपरक मूल्य (heuristic value) काफी अधिक है और इसका प्रत्यक्ष सबूत हमें तब मिलता है जब इस सिद्धान्त का उपयोग परिवर्जन व्यवहार (avoidance behaviour) के विलोपन (extinction) के अध्ययन में किया गया। इस सिद्धान्त द्वारा प्रदत्त व्याख्या को ध्यान में रखते हुए यह कहा जा सकता है कि सीखे गए परिवर्जन अनुक्रिया (avoidance response) का विलोपन जल्द नहीं होगा क्योंकि इसे सीखने के दौरान परिवर्जन सीखना रूपावली (avoidance learning paradigm) के अनुसार, आंशिक पुनर्बलन (partial reinforcement) की परिस्थिति होती है। पशु को उन्हीं प्रयासों पर बिजली का आघात लगता है, जहाँ वे संकेत मिलने के निर्धारित 10-15 सेकेंड के भीतर अनुक्रिया नहीं कर पाते हैं। जब वे इस समय सीमा के भीतर परिर्वजन अनुक्रिया (avoidance response) कर देते हैं, तो उन्हें बिजली का आघात नहीं लगता है। कई प्रयोगकर्त्ता ज़ैसे सोलोमोन, कामीन एवं वेने (Solomon, Kamin & Wynne, 1953) तथा सोलोमोन एवं वेने (Solomon & Wynne, 1954) ने अपने-अपने प्रयोगों में इस तथ्य की भरपूर संपुष्टि किया है। इनके प्रयोगों में अन्य बातों के अलावा निम्नांकित दो बातें काफी महत्त्वपूर्ण थीं:—

(i) अगर पशु एक बार शटिल बाक्स में सही परिवर्जन अनुक्रिया कर देता है, तो ऐसी अनुक्रिया अगले सौ प्रयासों तक वह इसे दंड या बिजली की आघात की अनुपस्थिति में भी दोहराता चला जाता है। इसका मतलब यह हुआ कि ऐसी अनुक्रिया के विलोपन प्रतिरोध शक्ति(resistance to extinction)अधिक होती है। इसे विलोपित करने के लिए एक विशेष प्रविधि जिसे फ्लडिंग (flooding) कहा जाता है, का उपयोग किया जाता है। बॉम (Baum, 1961) ने सीखी गयी परिवर्जन अनुक्रिया को विलोपित करने के लिए इस प्रविधि का उपयोग किया है जिसमें शटिल बकस के अवरोध द्वार पर शीशे का अवरोध लगा दिया गया। पहले तो कुत्ता शीशा के अवरोध को तोड़कर बकस के उजले भाग से काले भाग की ओर आ जाना चाहा परन्तु बाद में वह उसी में रहकर यह सीखने के लिए बाध्य हुआ कि संकेत (signal) के बाद उन्हें बिजली का आघात नहीं दिया जाएगा।

(ii) शटिल बकस में एक बार सफल परिवर्जन अनुक्रिया कर लेने के बाद आगे आनेवाले प्रयासों में संकेत मिलने तथा परिवर्जन अनुक्रिया करने के बीच के समय में लगातार कमी आती गई।

परिवर्जन अनुक्रिया क्यों नहीं विलोपित (extinguished) होती है, इसका उत्तर देते हुए सोलोमन एवं वेने (Solomon & Wynne) ने कहा है कि चूँकि पशु परिवर्जन अनुक्रिया (avoidance response) इतना तेजी से करता है कि जो अनुबंधित डर (conditioned fear) पहले स्थापित हो चुकी है, उसे पूरी शक्ति के साथ अभिव्यक्त होने का मौका ही नहीं मिलता है। परन्तु अनुबंधित डर का विलोपन होने के लिए उसकी अभिव्यक्ति अनिवार्य होती है। इसलिए तीव्र परिवर्जन अनुक्रिया होने के कारण पहले सीखी गयी अनुबंधित डर प्राणी में बना रहता है जो उसे फिर अगले प्रयासों में परिवर्जन अनुक्रिया करने के लिए बाध्य करता है।

माउर्र के इस सिद्धान्त की कुछ आलोचनाएँ भी की गयी है जिसमें निम्नांकित प्रमुख हैं:—

(i) इस सिद्धान्त के अनुसार परिवर्जन अनुक्रिया (avoidance response) को प्राणी अनुबंधित डर (conditioned fear) में कमी लाकर सीखता है। इसका मतलब यह हुआ अनुबंधित डर की अनुक्रिया तथा साधनात्मक परिवर्जन अनुक्रिया (instrumental avoidance response) में घनिष्ठ सम्बन्ध है। जब-जब प्राणी में अनुबंधित डर होगा, वह साधनात्मक परिवर्जन अनुक्रिया करेगा या यूँ कहा जाए कि साधनात्मक परिवर्जन अनुक्रिया होने के लिए अनुबंधित डर की अनुक्रिया का होना अनिवार्य है। कई प्रयोगकर्त्ताओं जैसे रेसकोरला एवं सोलोमोन (Rescorla & Solomon, 1967) तथा कोरिम्यू एवं स्मिथ (Coriveau & Smith, 1978) तथा हर्स्ट (Hearst, 1979) ने अपने-अपने प्रयोगों द्वारा उक्त सम्बन्ध की पुष्टि नहीं किया है। इससे सिद्धान्त के प्रयोगात्मक सबूत का ढाँचा कमजोर दिखने लगता है।

(ii) कई मनोवैज्ञानिकों द्वारा किये गये शोधों से यह स्पष्ट हुआ है कि द्वि-कारकीय सिद्धान्त इस बात की व्याख्या नहीं करता है कि परिहार व्यवहार का विलोपन क्यों मंद हो जाता है।

(iii) बॉल्स (Bolles, 1970) ने भी द्विकारक सिद्धान्त की आलोचना किया है। इन्होंने अपने अध्ययन में पैवलोवियन अनुबंधन द्वारा सीखी गयी डर की अनुक्रिया तथा साधनात्मक अनुबंधन द्वारा सीखा गया परिवर्जन (avoidance response) के बीच के सम्बन्ध के बारे में परस्पर विरोधी परिणाम पाया है। जैसे, बॉल्स के अध्ययन के अनुसार परिवर्जन व्यवहार सीखने के लिए न तो क्लासिकी अनुबंधन और न ही साधनात्मक अनुबंधन की जरूरत है। इनके अनुसार अगर कोई परिवर्जन अनुक्रिया को सीखा जाता है तो उसे *प्रजाति विशिष्ट रक्षा प्रतिक्रिया* (species-specific defence reaction) होना अनिवार्य है। प्रजाति विशिष्ट रक्षा प्रक्रिया से तात्पर्य इस बात से होता है कि प्रत्येक जाति के प्राणी में खतरनाक परिस्थिति से बचाव करने का अपना एक जन्मजात तरीका होता है। जैसे, चूहे ऐसी परिस्थिति से बचने के लिए दौड़ने की अनुक्रिया (running response) करते हैं, कुत्ते भौंकने तथा दौड़ने दोनों तरह की अनुक्रिया को करते हैं आदि-आदि। बॉल्स के अनुसार कोई भी परिवर्जन अनुक्रिया (avoidance response) को प्राणी तभी सीख पाता है जब उस विशेष परिस्थिति के लिए अनुक्रिया प्रजाति विशिष्ट रक्षा प्रतिक्रिया के श्रेणी का होता है।

(iv) कुछ और ऐसे प्रयोगात्मक तथ्य मिले हैं जिनसे द्विकारकीय सिद्धान्त को ठेस पहुँचता है। जैसे, हेरनस्टीन तथा हिनेलीन (Herrenstein & Hineline, 1966) ने अपने अध्ययन में यह पाया है कि जब बिजली का आघात देने से पूर्व कोई संकेत नहीं दिया जाता था तो भी पशु परिहार अनुक्रिया करता था। द्विकारकीय सिद्धान्त के अनुसार ऐसा नहीं होना चाहिए था क्योंकि इस सिद्धान्त में क्लासिकी अनुबंधन को परिहार सीखना के लिए अनिवार्य माना गया है। कामीन (Kamin, 1957) ने अपने अध्ययन में पाया कि जब पशु द्वारा परिहार अनुक्रिया करने के बाद भी बिजली के आघात दिये जाने का संकेत हटता नहीं है, तो भी परिहार अनुक्रिया की जाती है। द्विकारकीय सिद्धान्त के अनुसार ऐसा नहीं होना चाहिए था।

कुछ कठिनाइयों के बावजूद माउर्र का यह सिद्धान्त परिवर्जन अनुबंधन (avoidance conditioning) या परिवर्जन सीखना की व्याख्या संतोषजनक ढंग से करने में सफल है। आधुनिक मनोवैज्ञानिकों ने इस सिद्धान्त को पहली कड़ी माना है जिसमें क्लासिकी अनुबंधन तथा साधनात्मक अनुबंधन को अंतरसम्बन्धित करके परिवर्जन सीखना की सफल व्याख्या प्रदान की गयी है।

बॉल्स का सिद्धान्त (Bolles Theory)

बॉल्स (Bolles, 1972, 1975, 1978) ने परिवर्जन सीखना के क्षेत्र में कई प्रयोग किये तथा इस क्षेत्र में अन्य मनोवैज्ञानिकों द्वारा किये गए प्रयोगों के परिणाम की समीक्षा किये। गहन समीक्षा एवं अपने शोधकार्य के बाद वे माउर्र द्वारा प्रतिपादित सिद्धान्त के प्रति असंतोष जाहिर किया और परिवर्जन सीखना (avoidance learning) की व्याख्या बिलकुल ही दूसरे ढंग से किया है जहाँ न तो क्लासिकी अनुबंधन (classical conditioning) और न ही साधनात्मक अनुबंधन (instrumental conditioning) जैसे कारकों का सहारा लिया गया है।

बॉल्स के सिद्धान्त (Bolles theory) को भी *द्विकारक सिद्धान्त* (two-factor theory) ही कहा जा सकता है, परन्तु इनके द्वारा प्रतिपादित कारक माउर्र द्वारा प्रतिपादित कारक से सर्वथा भिन्न था। परिवर्जन सीखने की व्याख्या करने में बॉल्स ने संज्ञानात्मक कारकों (cognitive factors) को अधिक महत्त्वपूर्ण बतलाया जाता है। सचमुच में वे इस बात से इनकार नहीं करते हैं कि वातावरण में उपस्थित कोई तटस्थ उद्दीपक (neutral stimulus) के प्रति डर की अनुक्रिया अनुबंधित (conditioned) नहीं हो सकती है। परन्तु वे इस बात पर काफी बल डालते हैं कि ऐसी अनुक्रिया को किसी खतरे (danger) के प्रति प्राणी का एक स्वाभाविक प्रतिक्रिया के रूप में पहले समझना चाहिए। बॉल्स के अनुसार, परिवर्जन सीखना (avoidance learning) संपन्न होने के लिए निम्नांकित दो कारकों का होना अनिवार्य है—

(i) प्रजाति-विशिष्ट रक्षा प्रतिक्रिया (*Species-specific defense reaction*)—बॉल्स का मत है कि प्रत्येक जाति के प्राणी में खतरनाक परिस्थिति से निबटने के लिए परिस्थिति के अनुसार बचाव अनुक्रिया करने की एक जन्मजात एवं विशिष्ट प्रवृत्ति होती है। इसे उन्होंने *प्रजाति-विशिष्ट रक्षा प्रतिक्रिया* (species-specific defense reaction) है।

परन्तु बॉल्स ने अपने प्रेक्षण में यह भी पाया कि सामान्यतः तो पशु खतरे से बचाव करने के लिए एक जन्मजात विशिष्ट स्वाभाविक अनुक्रिया को करते हैं किन्तु कभी-कभी वे ऐसी परिस्थिति से बचाव के लिए कुछ अस्वाभाविक अनुक्रिया (unnatural response) भी करते हैं। जैसे, कभी-कभी चूहा बिजली के आघात से अपने को बचाने के लिए दौड़कर भागने के बजाए पीछे के दोनों पैर पर खड़ा हो जाना सीख लेता था। यह किस तरह सम्भव हो पाता है। इसकी व्याख्या करने के लिए बॉल्स एक ने दूसरा कारक (second factor) का प्रतिपादन किया है जिसका वर्णन इस प्रकार है।

(ii) सुरक्षा संकेत (*Safety signals*)—बॉल्स का मत है कि प्राणी खतरे की परिस्थिति से बचाव की अनुक्रिया करना सीखने की परिस्थिति में यह भी सीखता है कि कुछ संकेत (certain signal) यह बतलाते हैं कि उसके बाद एक विशेष तरह की घटना घटेगी। इस तरह का संकेत जिसके बाद हमेशा बिजली का आघात या अन्य कोई विरुचिकर उद्दीपक (aversive stimulus) दिया जाता है, को प्राणी खतरे का संकेत (danger signal) तथा अन्य संकेत को सुरक्षा संकेत (safety signal) के रूप में प्रत्यक्षण करता हैं क्योंकि इनसे विरुचिकर उद्दीपक की समाप्ति का संकेत मिलता है। बॉल्स के अनुसार खतरे का संकेत से तो प्रजाति-विशिष्ट सुरक्षा प्रतिक्रिया (species-specific reaction) उत्पन्न होती है और प्राणी अपने आप को खतरे से बचा लेता है। परन्तु यदि किसी कारण यह सफलीभूत नहीं हो पाया तो प्राणी उस अनुक्रिया को करता है, जो उसके स्वाभाविक सुरक्षा अनुक्रिया के करीब होता है। यदि यह अनुक्रिया भी सफलीभूत नहीं होता है और इससे प्राणी अपने आप को खतरा से बचा नहीं पाता है, तो वह कुछ अस्वाभाविक अनुक्रिया (चूहा द्वारा पिछले पैर पर खड़ा होना) करके अपने आपको खतरा से बचाना चाहता है।

बॉल्स द्वारा परिवर्जन सीखना की उक्त दो कारकीय व्याख्या उनके कुछ प्रयोगों पर आधारित है जिनका वर्णन यहाँ अपेक्षित है। बॉल्स के प्रयोग में चूहों का नौ समूह था तथा प्रत्येक समूह को 80 प्रयास तक प्रशिक्षण दिया गया। वे चूहों को एक चक्र दौड़ पथ (wheel alley) में आवाज के संकेत के 10 सेकेंड बाद दिये जाने वाले बिजली के आघात से बचने की अनुक्रिया को सिखलाये। कुछ चूहों के लिए परिवर्जन अनुक्रिया दौड़-लगाना (running) था, कुछ चूहों के लिए परिवर्जन अनुक्रिया दौड़-पथ में रुककर (turning) अपना मुँह घुमाना था तथा कुछ चूहों के लिए परिवर्जन अनुक्रिया इस दौड़-पथ में पिछले पैर पर खड़ा हो जाना था। दूसरे शब्दों में, इन अपेक्षित अनुक्रियाओं को करने पर ही चूहा सम्भावित बिजली के आघात से बच सकते थे। अगर वे 10 सेकेंड के भीतर अपेक्षित अनुक्रिया नहीं कर पाते थे, वे वैसी ही अनुक्रिया करके (अर्थात् दौड़ना, मुँह घुमाना या पिछले पैर खड़ा होना) लगातार मिलने वाले बिजली के आघात से अपने आप को बचा सकते थे (escape response)। 80 प्रयासों तक प्रशिक्षण देने के बाद जो आँकड़े सामने आए उनसे स्पष्ट हुआ कि जब प्राणी को दौड़ना या मुँह घुमाने जैसी परिवर्जन अनुक्रिया को सीखना होता था, तो वह काफी आसानी से उसे करके बिजली के आघात से अपने आप को बचाना सीख लिया। परन्तु जब उसे पिछले पैर पर खड़ा होने की परिवर्जन अनुक्रिया करनी होती थी, तो इस तरह की अनुक्रिया सीखने में कोई प्रगति नहीं हुई। बॉल्स के अनुसार यदि अनुबंधित डर (conditioned fear) परिवर्जन सीखना में एक कारक होता, जैसा कि माऊर्र के सिद्धान्त में बतलाया गया है, तो तीनों तरह की अनुक्रियाओं को चूहों द्वारा एक दर से सीखा जाना चाहिए था। परन्तु ऐसा नहीं होता पाया गया। जिन चूहों को दौड़ लगाने की परिवर्जन अनुक्रिया सीखनी थी, वे सबसे कम समय में सीख लिए। इसके बाद सिर घुमाने की परिवर्जन अनुक्रिया उससे थोड़ा अधिक समय में सीखा गया तथा पिछले पैर पर खड़ा होने की परिवर्जन अनुक्रिया को तो चूहे 80 प्रयासों में भी संतोषजनक ढंग से नहीं सीख पाये। इसका कारण बतलाये हुए बॉल्स ने कहा कि किसी खतरे से बचने के लिए चूहों द्वारा दौड़ लगाकर भागने की अनुक्रिया एक प्रजाति विशिष्ट सुरक्षा प्रतिक्रिया (species-specific defense reaction) है। इसलिए वे तुरंत सीख लेते हैं। किसी खतरे से बचने के लिए चूहों द्वारा रुककर सिर घुमाना एक ऐसी अनुक्रिया है जो उक्त प्रजाति विशिष्ट सुरक्षा प्रतिक्रिया से काफी समान है। इसलिए इसे भी करना चूहा सीख लेता है। परन्तु किसी खतरे से बचने के लिए चूहों द्वारा अपने पिछले पैर पर खड़ा होना बिलकुल ही अस्वाभाविक अनुक्रिया (natural response) है। शायद यही कारण है कि वे 80 प्रयासों में भी इस तरह की अनुक्रिया करके बिजली के आघात से बचना नहीं सीख पाते हैं।

बॉल्स द्वारा प्राप्त निष्कर्ष की पुष्टि कई अन्य प्रयोगों में हुआ है। जैसे, मोर्रिस (Morris, 1975) ने अपने प्रयोग में बॉल्स द्वारा प्राप्त परिणाम की जोरदार पुष्टि किया है। इन्होंने अपने प्रयोगों के परिणाम में पाया कि यदि सुरक्षा संकेतों (safety signals) को दिया जाता है तो 90 प्रतिशत प्रयासों में चूहा बिजली के आघात से अपने आप को बचाने की

अनुक्रिया सफलतापूर्वक सीख लेता है परन्तु ऐसे संकेत नहीं देने पर मात्र 30 प्रतिशत प्रयासों में ही ऐसी अनुक्रिया ठीक ढंग से वे सीख पाते हैं। शेलिगमैन तथा जॉनस्टोन (Seligman & Johnston, 1973) ने भी बॉल्स के सिद्धान्त को समर्थन प्रदान किया है।

एक-कारकीय सिद्धान्त
(One-factor Theory)

सचमुच में परिहार सीखना (avoidance learning) के एक कारकीय सिद्धान्त में द्विकारकीय सिद्धान्त को सरलीकृत करने का प्रयास किया गया है। एक-कारकीय सिद्धान्त में द्विकारकीय सिद्धान्त के क्लासिकी अनुबंधन (classical conditioning) के तत्त्व को महत्त्वहीन बतलाया गया है और मात्र साधनात्मक अनुबंधन (instrumental conditioning) के तत्त्व या कारक को ही इसकी व्याख्या के लिए पर्याप्त समझा गया है। एक-कारकीय सिद्धान्त की मान्यता यह है कि परिहार अनुक्रिया (avoidance response) के लिए डर में कमी (शटिल बकस के प्रयोग के संदर्भ में) को एक पुनर्बलक (reinforcer) मानना उचित नहीं है क्योंकि बिजली के शॉक से दूर रहना अपने आप में ही एक पुनर्बलक सिद्ध होता है। स्पष्ट है कि एक-कारकीय सिद्धान्त की व्याख्या काफी सरल है क्योंकि इसमें परिहार सीखना की व्याख्या करने के लिए मात्र एक कारक अर्थात् साधनात्मक अनुबंधन को ही काफी पर्याप्त माना गया है। इस सिद्धान्त के समर्थन में निम्नांकित दो प्रयोगों का उल्लेख किया जाता है—

(क) सिडमैन का प्रयोग (Sidman's experiment)

(ख) हेरेनस्टीन तथा हाइनलाइन का प्रयोग (Herrenstein & Hineline's experiment)

इन दोनों का वर्णन निम्नांकित हैः—

(क) सिडमैन का प्रयोग (*Sidman's experiment*)—सिडमैन (Sidman, 1953) ने एक बहुचर्चित प्रयोग किया। इन्होंने एक विशेष परिहार कार्यविधि (avoidance procedure) विकसित किया जिसे स्वतंत्र-क्रियाप्रसूत परिहार (free-operant avoidance) या सिडमैन परिहार कार्य (Sidman avoidance task) कहा जाता है। इस कार्य विधि की मुख्य विशेषता यह थी कि प्रयोगात्मक परिस्थिति में प्रयोज्य को बिजली का शॉक या आघात देने के पहले कोई संकेत नहीं दिया जाता था परन्तु यदि प्रयोज्य कोई अनुक्रिया नहीं करता था तो उसे एक सतत् अंतराल (regular interval) पर बिजली का आघात दिया जाता था। जैसे, उनके एक प्रयोग में चूहा को एक विशेष बकस में रखा गया जिसमें उसे पूरे सत्र के दौरान परिहार अनुक्रिया अर्थात् लीवर दबाने की अनुक्रिया न करने पर 5-5 सेकेंड के बाद बिजली का आघात दिया जाता था। परन्तु यदि चूहा परिहार अनुक्रिया अर्थात् लीवर दबाने की अनुक्रिया करता था, तो उस अनुक्रिया के 30 सेकेंड बाद तक उसे कोई आघात नहीं दिया जाता था। कहने का मतलब यह है कि प्रत्येक अनुक्रिया 30 सेकंड के लिए बिजली के आघात को रोक देता था। ऐसा देखा गया कि इस प्रयोग विधि में चूहा दिये जाने वाले बिजली के सभी आघातों से अपने आप को बचा तो नहीं पाये परन्तु निश्चित ही वे उनमें से अपने आप को बचाने के लिए बहुत बार परिहार अनुक्रिया अर्थात् लीवर दबाने की अनुक्रिया किये। इस प्रयोग का परिणाम एक-कारकीय सिद्धान्त का समर्थन कर रहा है तथा साथ ही साथ माऊर्र के द्विकारकीय सिद्धान्त के लिए समस्या उत्पन्न कर रहा है। परिणाम से यह स्पष्ट है कि चूँकि बिजली के आघात देने के पहले कोई संकेत (signal) नहीं दिया जाता है, अतः कोई इसमें अनुबंधित उद्दीपक (conditioned stimulus) नहीं था। इसलिए क्लासिकी अनुबंधन के तत्त्व होने का सवाल ही नहीं उठता है। परन्तु वास्तविकता ऐसी नहीं थी। सचमुच में यहाँ एक दूसरी व्याख्या भी उपलब्ध है जिससे द्विकारकीय सिद्धान्त का समर्थन अर्थात् क्लासिकी अनुबंधन के तत्त्व का समर्थन होता है। इस व्याख्या के अनुसार यद्यपि यह सही है कि इस प्रयोग में कोई बाह्य उद्दीपक (external stimulus) नहीं उपस्थित था, फिर भी समय का बीतना अपने आप में एक उद्दीपक का कार्य कर रहा था क्योंकि बिजली का आघात एक नियमित समय अंतराल के बीतने पर सतत दिया जाता था। चूहा उसे एक अनुबंधित उद्दीपक के रूप में स्वीकार करके उसके साथ डर (fear) को अनुबंधित कर लेता था और लीवर दबाने की अनुक्रिया करके इस उद्दीपक एवं उससे साहचर्चित डर से अपने आप को छुटकारा दिला पाता था।

अतः मनोवैज्ञानिकों ने एक-कारकीय सिद्धान्त को और अधिक मजबूत एवं स्पष्ट समर्थन देने के लिए एक ऐसा

प्रयोग किया है जिसमें न तो कोई बाह्य उद्दीपक था और न ही कोई अप्रेक्षणीय उद्दीपक (unobservable stimulus) था। हेरेनस्टीन तथा हाइनलाइन (Herrnstein & Hineline) का प्रयोग इसी उद्देश्य से किया गया है जिसका वर्णन इस प्रकार है—

(ख) हेरेनस्टीन तथा हाइनलाइन का प्रयोग *(Herrenstein & Hineline's experiment)*—यह प्रयोग सिडमैन के प्रयोग से जटिल था तथा इसमें प्रयोज्य को अर्थात् चूहा को लीवर दबाने के पहले कोई बाह्य उद्दीपक और न तो नियमित समय के बीतने के रूप में कोई विशेष संकेत ही दिया जाता था। सचमुच में इस प्रयोग का डिजाइन कुछ ऐसा था कि लीवर दबाने की अनुक्रिया होने पर चूहा एक ऐसे कार्यक्रम (schedule) में स्थानान्तरित हो जाता था जहाँ उसे पहले की तुलना में देर करके बिजली का आघात दिया जाता था। तकनीकी रूप से बिजली के आघात देने के इस कार्यक्रम को यादृच्छिक समय कार्यक्रम (random time schedule) कहा गया क्योंकि इसमें बिजली का आघात का समय निश्चित नहीं रहता था परन्तु प्रत्येक कार्यक्रम में दो सेकेंड अंतराल के भीतर आघात लगने की संभावना तय होती थी। उदाहरणस्वरूप, एक अवस्था में अगर चूहा तुरंत ही लीवर दबाने की अनुक्रिया नहीं किया है तो प्रत्येक दो सेकेंड अंतराल के भीतर बिजली का आघात लगने की संभावना 30% होती थी परन्तु यदि उसने तुरन्त ही लीवर दबाने की अनुक्रिया किया है तो प्रत्येक दो सेकंड के अंतराल के भीतर उसे बिजली की आघात लगने की सम्भावना मात्र 10% होती थी। स्पष्टतः तब अपने आप को बिजली का आघात से बचाने के लिए चूहा को जहाँ तक सम्भव हो 10% कार्यक्रम (schedule) के तहत रखना अधिक फ़ायदेमंद साबित होता था। इससे स्पष्ट होता है लीवर दबाने की एक ही अनुक्रिया कभी चूहा को 10% तो कभी 30% सम्भावना वाले कार्यक्रम में स्थानान्तरित कर देता था। इस प्रयोग के परिणाम में यह पाया गया कि चूहों द्वारा उस परिस्थिति में भी परिहार अनुक्रिया (avoidance response) सीखा गया जब न तो बाह्य उद्दीपक CS के रूप में और न ही नियमित समय का बीतना बिजली के आघात के एक संकेत के रूप में उपयोग किया गया। इस प्रयोग के परिणाम से स्पष्ट रूप से परिहार सीखना के एक-कारकीय सिद्धान्त को समर्थन मिलता है क्योंकि इसमें क्लासिकी अनुबंधन (classical conditioning) का महत्त्व अपने आप गौण साबित हो जाता है।

एक-कारकीय सिद्धान्त द्वारा विलोपन (extinction) के दौरान किये गये परिहार अनुक्रिया (avoidance response) की भी व्याख्या काफी सरल ढंग से की जाती है। जैसा कि हम जानते हैं पुनर्बलन के परिवर्त्य अनुसूची (variable schedule of reinforcement) में निश्चित अनुसूची (fixed schedule) की तुलना में विलोपन की दर में कमी होती है क्योंकि परिवर्त्य अनुसूची के दौरान प्रयोज्य के लिए यह अनुमान लगाना कि किस अनुक्रिया के बाद पुनर्बलन मिलेगा, कठिन होता है। ठीक यही व्याख्या परिहार अनुक्रिया के विलोपन का भी है। जब प्रयोज्य परिहार अनुक्रिया करना सीख लेता है, तो वह प्रत्येक उचित अनुक्रिया करके दिये जाने वाले बिजली के सभी आघात से अपने आप को बचा लेता है। परन्तु जब प्रयोगकर्त्ता किसी बिंदु पर अचानक बिजली का आघात देना बंद कर देता है, तो प्रयोज्य के लिए उस बिंदु के पहले के प्रयासों तथा बाद के प्रयासों में कोई अंतर करना कठिन हो जाता है और वह पहले की तरह अनुक्रिया करता रहता है।

परिहार सीखना के इस एक-कारकीय सिद्धान्त को मनोवैज्ञानिकों द्वारा स्वीकृति प्रदान की गयी है और इसकी वैधता तथा उपयोगिता की जाँच के लिए शोध किये जा रहे हैं। कुछ आलोचकों का मत है कि इस सिद्धान्त में परिहार सीखना की व्याख्या के लिए क्रियाप्रसूत सीखना (operant conditioning) पर जरूरत से ज्यादा बल दिया गया है। सचमुच में जितना बल दिया गया है उतना प्रयोगात्मक सबूत उसके समर्थन में उपलब्ध नहीं है। सेलिगमैन एवं जॉनस्टोन (Seligman & Johnston, 1973) के अनुसार इस सिद्धान्त की सबसे प्रमुख समस्या यह है कि इस सिद्धान्त में इस तथ्य के बारे में कोई विशिष्ट पूर्वकथन नहीं किया जाता है कि कौन-सा कारक से परिहार विलोपन (avoidance extinction) की दर प्रभावित होती है।

संज्ञानात्मक सिद्धान्त (Cognitive Theory)

इस सिद्धान्त का प्रतिपादन सेलिगमैन तथा जॉनस्टोन (Seligman & Johnston, 1973) द्वारा किया गया। इस सिद्धान्त में परिहार अनुक्रिया (avoidance response) की व्याख्या संज्ञानात्मक कारकों के रुप में की गयी है। परिहार

अनुक्रिया की व्याख्या बहुत कुछ क्लासिकी अनुबंधन (classical conditioning) के रेसकोरला-वैगनर मॉडल (Rescorla-Wagner model) द्वारा सीखने की प्रदत्त व्याख्या के समान है। जैसा कि हम जानते हैं, इस मॉडल में दो सम्प्रत्यय महत्त्वपूर्ण हैं—स्वाभाविक उद्दीपक (unconditioned stimulus or UCS) का प्रेक्षित आकार (observed size) तथा UCS के आकार के बारे में प्रयोज्य की प्रत्याशा (expectation)। जब प्रेक्षण (observation) तथा प्रत्याशा में अंतर होगा, तो सीखने की क्रिया होगी और जब यह अंतर नहीं होगा तो सीखने की अनुक्रिया नहीं होगी। ठीक इसी ढंग से सेलिगमैन तथा जॉनस्टोन ने यह स्पष्ट रूप से बतलाया है कि किसी भी परिहार कार्य (avoidance task) में प्रयोज्य का व्यवहार में उस समय परिवर्तन हो जायेगा जब उसके प्रेक्षण (observation) तथा प्रत्याशा (expectancy) में अंतर होगा। इसे दूसरे शब्दों में इस प्रकार कहा जा सकता है—किसी भी परिहार परिस्थिति में दो तरह की प्रत्याशाएँ (expectations) होतीं हैं—पहली प्रत्याशा अनुक्रिया (response) के परिणाम के बारे में होती है तथा दूसरी प्रत्याशा अनुक्रिया नहीं करने के परिणाम से सम्बन्धित होती है। परिहार प्रयोग (avoidance experiment) के प्रथम प्रयास में प्रयोज्य में ऐसी कोई प्रत्याशा नहीं होती है कि विशेष अनुक्रिया करने से वह बिजली का आघात से अपने आप को बचा सकता है और न ही यही प्रत्याशा होती है कि अगर वह अनुक्रिया नहीं करता है तो उसे बिजली का आघात लगेगा। परिणामतः प्रथम प्रयास में प्रयोज्य किसी तरह का कोई परिहार अनुक्रिया (avoidance response) नहीं करता है। परन्तु जैसे-जैसे उसे परिहार अनुक्रिया सीखने के लिए और अधिक प्रयास दिये जाते हैं, प्रयोज्य में धीरे-धीरे निम्नांकित दो तरह की प्रत्याशाएँ विकसित हो जातीं हैं—

(i) अगर वह अनुक्रिया करता है तो उसे बिजली का आघात नहीं दिया जायेगा।

(ii) अगर वह अनुक्रिया नहीं करता है तो उसे बिजली का आघात दिया जायेगा।

ऐसी परिस्थिति में प्रयोज्य निश्चित रूप से पहली परिस्थिति को दूसरी परिस्थिति की तुलना में अधिक मजबूत करने की कोशिश करेगा। फलतः प्रयोज्य परिहार अनुक्रिया करना सीख लेगा।

सेलिगमैन तथा जॉनस्टोन का मत है कि जब उक्त दोनों तरह की प्रत्याशाओं का विकास प्रयोज्य में हो जाता है, तो प्रयोज्य का व्यवहार तबतक फिर परिवर्तित नहीं होगा जबतक कि किसी एक या दोनों प्रत्याशाओं की अवहेलना न हो। परिहार अनुक्रिया का मंद विलोपन (slow extinction) की व्याख्या इस सिद्धान्त के इन दोनों पूर्वकल्पनाों के अनुसार आसानी से हो जाता है। जब तक विलोपन प्रयास में प्रयोज्य परिहार अनुक्रिया करता रहता है, उसका प्रेक्षण यह होता है कि अनुक्रिया करने के बाद उसे बिजली का आघात नहीं दिया जाता है। प्रयोज्य या पशु का यह प्रेक्षण उसके प्रत्याशा (expectation) के अनुकूल ही होता है। इसलिए पशु के व्यवहार में कोई परिवर्तन नहीं होता है। शायद परिहार अनुक्रिया का विलोपन उस प्रयास से प्रारम्भ होता है जब प्राणी किसी विशेष कारण से (ध्यान इधर-उधर हो जाने से या शरीर के किसी भाग को खुजलाते रह जाने से) उस प्रयास में अनुक्रिया नहीं कर पाता है। ऐसे प्रयास में प्रयोज्य यह प्रेक्षण करता है कि अनुक्रिया नहीं करने पर उसे बिजली का आघात नहीं मिला। यहाँ यह प्रेक्षण प्रयोज्य के प्रत्याशा (expectation) से असंगत है जिसके परिणामस्वरूप उसके व्यवहार में परिवर्तन आ जाता है।

उक्त व्याख्या से ऐसा प्रतीत होता है कि इस सिद्धान्त में परिहार अनुक्रिया का मंद विलोपन अवश्यम्भावी है, परन्तु प्रयोगात्मक तथ्य से ऐसा साबित नहीं हो पाया है। कुछ प्रयोगों से यह स्पष्ट हुआ है कि विशेष प्रविधि अपनाकर प्रयोगकर्त्ता विलोपन की प्रक्रिया में तीव्रता ला सकता है। यहाँ हम दो ऐसे प्रयोगों का वर्णन करेंगे।

पहले हम एक वैसे प्रयोग की चर्चा करेंगें जो एक विशेष प्रविधि जिसे अनुक्रिया अवरुद्धता (response blocking) या फ्लडिंग (flooding) कहा जाता है, पर आधारित है। जैसा कि नाम से ही स्पष्ट है, अनुक्रिया अवरुद्धता की प्रविधि एक ऐसी प्रविधि है जिसमें प्राणी को बिजली का आघात देने के पहले संकेत तो दिये जाते हैं परन्तु उन्हें परिहार अनुक्रिया (avoidance response) करने से रोका जाता है। इसे फ्लडिंग इसलिए कहा जाता है क्योंकि इसमें प्राणी को बिजली का आघात देने के पहले दिये जाने वाले संकेत या उद्दीपक से अनावरण (exposure) काफी अधिक बार किया जाता है। इस प्रविधि का उपयोग करते हुए पेज तथा हॉल्ल (Page & Hall, 1953) ने एक मशहूर प्रयोग किया है जो इस प्रकार है—इस प्रयोग में चूहों को एक डिब्बा (compartment) से दूसरे डिब्बा में आकर अपने आप को पहले डिब्बा में दिये जाने वाले बिजली के आघात से बचाना सीखलाया गया। दूसरे शब्दों में, चूहों को बिजली के आघात से अपने आप को बचाना सीखलाया गया। इस तरह का परिहार अनुक्रिया सीख लेने के बाद चूहों को दो समूह में बाँट दिया गया—एक समूह को सामान्य विलोपन प्रयास (normal extinction trials)

दिया गया तथा दूसरे समूह को विलोपन प्रयास देने के पहले पाँच ऐसे प्रयास दिये गये जिसमें चूहों को 15 सेकेंड तक पहले डिब्बा में रखा गया और इस अवधि में दूसरे डिब्बा में जाने का रास्ता भी बंद कर दिया गया था। इस तरह से इन चूहों को परिहार अनुक्रिया (avoidance response) करने से रोका गया परन्तु आरंभिक सीखने के प्रयास के समान इस समय पहले डिब्बा में रहने पर भी बिजली का कोई आघात नहीं दिया गया। दोनों समूहों के प्रत्येक चूहा को विलोपन प्रयास (extinction trials) तब तक दिये गये जब तक कि चूहा तीन लगातार प्रयासों में परिहार अनुक्रिया न कर दे। परिणाम में देखा गया कि इस कसौटी तक पहुँचने में सामान्य विलोपन समूह को औसतन 38 प्रयास लगा तथा अनुक्रिया-अवरूद्धता समूह को (response blocking group) औसत 13 प्रयास लगा। इसका मतलब यह हुआ कि अनुक्रिया अवरुद्धता समूह में विलोपन का दर तीव्र था। अन्य प्रयोगकर्त्ता जैसे बॉम (Baum, 1966) , ब्लैक (Black, 1958) आदि ने भी अपने प्रयोग के परिणाम से यह स्पष्ट रूप से पाया है कि अनुक्रिया अवरुद्धता से परिहार अनुक्रिया के विलोपन (extinction) का दर तीव्र हो जाता है।

संज्ञानात्मक सिद्धान्त द्वारा इस तथ्य की व्याख्या काफी सरल ढंग से कर दी गयी है क्योंकि अनुक्रिया अवरुद्धता से परिहार सीखना का विलोपन तीव्र हो जाता है? अनुक्रिया अवरुद्धता की प्रविधि में प्रयोज्य एक विशेष परिस्थिति में होता है जिसमें वह प्रेक्षण करता है कि परिहार अनुक्रिया नहीं करने पर उसे बिजली का आघात नहीं मिलता है जो स्पष्टतः प्रयोज्य के इस प्रत्याशा से भिन्न होता है कि अनुक्रिया नहीं करने पर उसे बिजली का आघात मिलेगा। ऐसी परिस्थिति में एक नयी प्रत्याशा की उत्पत्ति होती है और वह यह है कि परिहार अनुक्रिया नहीं करने पर उसे बिजली का आघात नहीं मिलेगा। इसका परिणाम यह होता है कि परिहार अनुक्रिया का होना धीरे-धीरे लुप्त हो जाता है।

दूसरे तरह के प्रयोग वैसे हैं जिसमें परिहार अनुक्रिया के विलोपन को तीव्र करने के ख्याल से पशु को चाहे वह परिहार अनुक्रिया करें या न करे, बिजली का आघात देने का प्रावधान था। इस तरह की प्रविधि होने से स्वभावतः प्रयोज्य के इस प्रत्याशा (expectation) को चोट पहुँचेगा कि परिहार अनुक्रिया करने से उसे बिजली का आघात नहीं दिया जाता है। इसका परिणाम यह होगा कि परिहार अनुक्रिया में कमी आयेगी। डेवेनपोर्ट तथा ओलसन (Davenport & Olson, 1966) तथा सेलिगमैन तथा कैम्पवेल (Seligman & Campbell, 1965) द्वारा किये गये प्रयोगों से इस तथ्य का समर्थन मिलता है। संज्ञानात्मक सिद्धान्त के अनुसार परिहार अनुक्रिया के बाद बिजली का आघात देने से पशु के प्रत्याशा में परिवर्तन आ जाता है जिससे पुनः उसके व्यवहार में परिवर्तन आ जाता है।

परिहार सीखना के सिद्धान्त के बारे में सामान्य निष्कर्ष—यद्यपि परिहार सीखना का द्विकारकीय सिद्धान्त सबसे अधिक लोकप्रिय है, फिर भी इसमें कुछ व्याप्त कठिनाइयों के चलते इसकी सर्वमान्यता पर आँच आयी है। संज्ञानात्मक सिद्धान्त प्रयोज्य के प्रत्याशाओं में हुए परिवर्तन के आधार पर परिहार सीखना की व्याख्या करता है जबकि एक-कारकीय सिद्धान्त भेदसूचक उद्दीपकों (discriminative stimuli) में हुए परिवर्तन के रूप में परिहार सीखना की व्याख्या करता है। जो मनोवैज्ञानिक प्रयोज्य के प्रत्याशाओं को महत्त्वपूर्ण मानकर चलते हैं, वे संज्ञानात्मक सिद्धान्त को अधिक महत्त्व देंगे तथा जिन मनोवैज्ञानिक की उन्मुखता व्यवहारवादी व्याख्या की ओर होगी, वे एक-कारकीय सिद्धान्त को अधिक पसन्द करेंगे।

अर्जित निस्सहायता
(Learned Helplessness)

रेसकोरला एवं वैगनर (Rescorla & Wagner, 1972) ने क्लासिकी अनुबंधन (classical conditioning) का एक महत्त्वपूर्ण सिद्धान्त का प्रतिपादन किया। इस सिद्धान्त में उन्होंने बतलाया कि यादृच्छिक नियंत्रण समूह (random control group) की परिस्थिति में प्राणी कुछ भी नहीं सीखता है अर्थात् इसमें किसी प्रकार का अनुबंधन नहीं होता है। यादृच्छिक नियंत्रण समूह एक ऐसी परिस्थिति होती है जिसमें CS तथा UCS दोनों की उपस्थिति एक-दूसरे से स्वतंत्र होते हैं। फलस्वरूप इस तरह की परिस्थिति में प्राणी CS के आधार पर UCS की उपस्थिति या अनुपस्थिति का अंदाज नहीं लग पाता है।

मार्टीन सेलिगमैन (Martin Seligman, 1969-1975) ने अपने प्रयोग के आधार पर रेसकोरला के उक्त दावे को गलत ठहराने की कोशिश किया है और कहा है कि यादृच्छिक नियंत्रण समूह की परिस्थिति में भी प्राणी कुछ सीखता

है। सेलिगमैन का मत है कि ऐसी परिस्थिति में प्राणी निस्सहाय (helpless) रहता है तथा वह यही सीखता है कि हर तरह से वह निस्सहाय है और परिस्थिति में परिवर्तन कर अपनी निस्सहायता को दूर नहीं कर सकता है। इसे सेलिगमैन ने *अर्जित निस्सहायता* (learned helplessness) कहा है। इस तरह से अर्जित निस्सहायता में प्राणी यह सीखता है कि वह अपने द्वारा किये गए व्यवहार के परिणाम को नियंत्रित नहीं कर सकता है। अतः कोशिश करने से कोई फायदा नहीं है। ऐसा सोचकर प्राणी कोशिश करना छोड़ देता है तथा निष्क्रिय एवं अन्यमनस्क (withdrawn) होकर जो उसके साथ हो रहा है, उसे वह चुपचाप स्वीकार कर लेता है।

मायर, सेलिगमैन एवं सोलोमोन (Maier, Seligman & Solomon, 1969) ने कई अध्ययनों की समीक्षा की जिसमें क्लासिकी अनुबंधन जहाँ बिजली के आघात को UCS के रूप में उपयोग किया गया था, के बाद प्राणी को एक साधनात्मक अनुक्रिया (instrumental response) सिखलाया गया। इस प्रयोग में कुत्ता को शटिल बकस में या पैवलोवियन साज (Pavlovian harness) में रखकर बिजली का ऐसा आघात दिया जाता है जिससे वह अपने आप को बचा नहीं सकता है। इसके बाद साधनात्मक अनुबंधन की प्रक्रिया प्रारम्भ की जाती है जिसमें कुत्ता को शटिल बकस के एक डिब्बे या भाग (उजला भाग में) रखकर विशेष संकेत (रोशनी) देने के 10 सेकेंड बाद बिजली का आघात दिया जाता है। अगर 10 सेकेंड के भीतर कुत्ता शटिल बकस के बीच का अवरोध पार कर दूसरे डब्बे या भाग (काला भाग) में आ जाता था तो उसे बिजली का आघात नहीं मिल पाता था। अधिकतर प्रयोगों के परिणाम में देखा गया कि कुत्ता साधनात्मक अनुबंधन की प्रक्रिया में भी शटिल बकस के उजले डब्बे में चुपचाप बैठा रहा और बिजली का आघात से लगातार प्रभावित होता रहा। एक तरह से वह शटिल बकस के बीच के अवरोध को पारकर काले डब्बे जो सुरक्षित स्थान था, आने की अनुक्रिया नहीं कर प्राया। इस तरह से वह निष्क्रिय होकर ऐसी अनुक्रिया को करना छोड़ दिया और चुपचाप बिजली का आघात सहता रहा। इसका कारण यह था कि पशु में अर्जित निस्सहायता (learned helplessness) की स्थिति विकसित हो गयी थी। दूसरे शब्दों में, पशु ऐसी परिस्थिति में निष्क्रिय होकर परिस्थिति द्वारा उत्पन्न कहर को चुपचाप सहना सीख लिया था।

अर्जित निस्सहायता (learned helplessness) को दिखलाने के लिए तथा उससे कुछ महत्त्वपूर्ण अनुमान लगाने के लिए सेलिगमैन तथा मायर (Seligman & Maier, 1967) ने एक बहुचर्चित प्रयोग किया। यह प्रयोग दो अवस्थाओं (phases) में किया गया। पहली अवस्था में तीन विभिन्न परिस्थिति (condition) में रखकर कुत्ता को प्रशिक्षित किया गया। पहली परिस्थिति बचाव या मुक्ति परिस्थिति (escape condition) की थी जिसमें कुत्ते को पैवलोवियन साज (harness) में रखकर बिजली का आघात दिया जाता था। कुत्ता अपने नाक से बटन दबाकर आघात से अपने आप को बचा सकता था। दूसरी परिस्थिति बंधित परिस्थिति (yoked condition) की थी जिसमें भी कुत्ते के दूसरे समूह को उतनी ही तीव्र एवं उतनी ही मात्रा में बिजली का आघात दिया गया जितना कि बचाव या मुक्ति परिस्थिति में दिया गया परन्तु इसमें पशु अपने आप को उससे किसी भी हालत में बचा नहीं सकता हैं। दूसरे शब्दों में, इस परिस्थिति के पशुओं के पास बिजली के आघात का नियंत्रण नहीं था। तीसरी परिस्थिति नियंत्रित परिस्थिति की थी जिसमें कुत्ते का एक अन्य समूह को रखा गया और इसे बिजली का आघात बिलकुल ही नहीं दिया गया। इसके बाद प्रयोग की दूसरी अवस्था प्रारम्भ होती है जिसमें तीनों समूह के पशुओं को स्टील बकस में रखकर बचाव अनुबंधन (escape conditioning) की प्रविधि से अनावृत्त (expose) किया गया तथा इसमें बकस के बीच के अवरोध (hurdle) को पार करके बकस के दूसरे भाग (काला वाला भाग) में आकार पशु अपने आप को बिजली के आघात से बचा सकते थे। प्रयोग के परिणाम रोचक थे। परिणाम में यह देखा गया कि पहली और अंतिम परिस्थिति में अनुभव प्राप्त कुत्तों ने अपने को बिजली के आघात से बचाना आसानी से सीख लिया। परन्तु दूसरी परिस्थिति अर्थात् बंधित परिस्थिति (yoked condition) के कुत्तों में से किसी ने भी बिजली के आघात से बचाने की अनुक्रिया को नहीं सीख पाया और वे अपने पूर्व प्रशिक्षण के अनुरूप बिजली का आघात सहते रहे।

उक्त प्रयोग के आधार पर सेलिगमैन एवं मायर (Seligman & Maier) ने निम्नलिखित अनुमान निकाल सकने में समर्थ हो पाये—

(i) स्वयं बिजली के आघात के कारण ही प्राणी बचाव अनुक्रिया (escape response) करने में असमर्थ नहीं रहता है बल्कि उसके द्वारा यह अनुभव किया जाना कि उसे बिजली के आघात पर कोई नियंत्रण नहीं है, के

कारण वह बचाव अनुक्रिया करने में असमर्थ रहता है (क्योंकि बचाव समूह के कुत्ते को उतना ही बिजली का आघात दिया जाता था जितना कि बंधित समूह को। अगर बिजली का आघात कारण होता तो दोनों समूह द्वारा समान ढंग से बचाव अनुक्रिया किया जाता या नहीं किया जाता)।

(ii) प्रयोग की पहली अवस्था में दी गयी निस्सहायता प्रशिक्षण (helplessness training) से प्राणी में एक तरह का संज्ञानात्मक अभाव (cognitive deficit) उत्पन्न हो जाता है जिसके कारण वह कभी-कभी बीच में बिजली का आघात मिलने पर भाग कर सुरक्षित डिब्बे (safe compartment) में आ भी जाता है, तो वह पुनः पहले वाले डिब्बे में चला जाता है जहाँ वह पूर्ववतः बिजली का आघात सहना ज्यादा पसंद करता है। दूसरे शब्दों में, निस्सहायता प्रशिक्षण के कारण प्राणी यह समझ नहीं पाता है कि बिजली का आघात से बचने के लिए उसे स्टील बकस के बीच के अवरोध को फाँदकर सुरक्षित भाग में आने की अनुक्रिया करना आवश्यक है।

(iii) निस्हायता प्रशिक्षण प्राणी की समग्र सांवेगिकता (overall emotionality) को परिवर्तित कर देता है। ऐसे प्राणी जो वातावरण के दण्डात्मक स्वरूप को नियंत्रित नहीं कर पाते हैं, उनमें शारीरिक तनाव, आन्तरिक शारीरिक तंत्रों का दुष्कार्य आदि अधिक उत्पन्न हो जाते हैं।

यद्यपि यह सही है कि अर्जित निस्सहायता के सम्प्रत्यय का विकास कुत्तों पर किये गए प्रयोगों से हुआ लेकिन इसका मतलब यह नहीं है कि इस तरह की निस्सहायता केवल कुत्तों में देखा जाता है। मायर एवं टेस्टा (Maier & Testa, 1975) ने इस तरह की निस्सहायता चूहों में भी होते पाया। हिरोटो (Hiroto, 1974) ने मनुष्यों में भी इस तरह की निस्सहायता होते पाया है।

स्पष्ट हुआ कि अर्जित निस्सहायता की व्याख्या इस संज्ञानात्मक समझ के रूप में की गयी है कि परिस्थिति का नियंत्रण प्राणी के हाथ में है या नहीं। क्या इसके अलावा भी अर्जित निस्सहायता की वैकल्पिक व्याख्या (alternative explanation) मनोवैज्ञानिकों द्वारा की गयी है? इस प्रश्न का उत्तर 'हाँ' में दिया गया है। उपर्युक्त व्याख्या के अलावा अर्जित निस्सहायता के निम्नांकित तीन और वैकल्पिक व्याख्या मनोवैज्ञानिकों द्वारा दिया गया है, जो इस प्रकार हैः—

(i) कुछ मनोवैज्ञानिकों का मत है अनियंत्रित ढंग से प्राणी को बिजली का आघात (या दंड) लगातार यदि दिया जाता है, तो इससे कुछ वैसी अनुक्रियाएँ भी दंडित हो जाती है जिसका उपयोग प्राणी बाद में अपने को दंड से बचाने में कर सकता है। फलतः बचाव का मौका मिलने पर भी वह बचाव की अनुक्रिया नहीं कर पाता है और निस्सहायता दिखाता है। इस विचारधारा के समर्थक लेविस (Levis 1976, 1979) हैं।

(ii) कुछ अन्य वैज्ञानिकों जिसमें ब्लैक (Black, 1977) तथा ब्रैसवेल एवं ब्लैक (Bracewell & Black, 1974) का नाम अधिक मशहूर है, का मत है कि अनयिंत्रित ढंग से प्राणी को बिजली का आघात देने से प्राणी कुछ वैसी अनुक्रियाओं को करना सीख लेता है, जो यांत्रिक रूप से (mechanically) उन अनुक्रियाओं को उत्पन्न होने में बाधा पहुँचाते हैं जिसके द्वारा प्राणी बाद में अपने आपको दंड या बिजली के आघात से बचा सकता है। इसका परिणाम यह होता है कि वह चुपचाप निस्सहाय होकर बिजली का आघात या अन्य किसी प्रकार दंड सहते रहता है।

(iii) बिस, ग्लेजर पोरेकी (Weiss, Glazer & Poeracky, 1975) ने अर्जित निस्सहायता की व्याख्या अनियंत्रित दंड (uncontrollable punishment) मिलने से प्राणी के शरीर के भीतर उत्पन्न वैसे जैव-रसायनिक परिवर्तनों (biochemical changes) के रूप में किया है जो प्राणी को किसी तरह की अनुक्रिया करने के लायक नहीं छोड़ता है। इस तरह के दंड से केन्द्रीय तंत्रिका तंत्र में कुछ ऐसे परिवर्तन होते हैं जिनके कारण वे किसी तरह की शारीरिक गति नहीं करने योग्य रह जाते हैं। फलतः निस्सहाय एवं निष्क्रिय होकर वे परिस्थिति में दंड या आघात सहते रहते हैं।

यद्यपि यह सही है कि इन तीनों वैकपिल्क व्याख्याओं में कुछ-न-कुछ तथ्य मिल जाते हैं परन्तु फिर भी उन्हें एक परिपूर्ण वैकल्पिक वैज्ञानिक व्याख्या मानने में मनोवैज्ञानिकों के बीच मतभेद है क्योंकि इनके प्रयोगात्मक सबूत में असंगतता है। इस मतभेद को दूर करने के ख्याल से अर्जित निस्सहायता के क्षेत्र में अभी नये-नये अनुसंधान एवं शोध जारी है।

सीखने के कुछ अनुप्रयुक्त पहलू (Some Applied Aspects of Learning)

सीखने के सिद्धान्तों, नियमों एवं तथ्यों को कई क्षेत्रों में उपयोग सम्बन्धित क्षेत्र की समस्याओं को दूर करने में किया गया है। अतः सीखने के कुछ अनुप्रयुक्त पहलू (applied aspects) भी हैं जिनमें यहाँ हम निम्नांकित पहलुओं पर विशेष रूप से ध्यान देंगे—

(क) सीखने का अधिगमन (learning to learn) या अधिगमन प्रवृत्ति (learning set)

(ख) प्रशिक्षण या अधिगमन अंतरण (transfer of training or learning)

(ग) अधिगमन या शिक्षण वक्र (learning curve)

(घ) कार्यक्रमित सीखना (programmed learning)

(ङ) प्रसंभाव्यता सीखना (probability learning)

इन सबों का वर्णन हम अलग-अलग अनुच्छेदों में करेंगे।

सीखने का अधिगमन (Learning to learn) या अधिगमन सेट (Learning set)

सीखने के क्षेत्र में अभी भी एक महत्त्वपूर्ण वाद-विवाद की बिन्दु निरंतरता बनाम अनिरंतरता (continuity versus noncontinuity) का है। निरंतरता का पहलू का सम्बन्ध इस बात से है कि सीखने की प्रक्रिया मन्द गति से उत्तरोत्तर बढ़ती (incremental) जाती है जबकि अनिरंतरता के पहलू का सम्बन्ध इस बात से होता है कि सीखने की प्रक्रिया 'सम्पूर्ण-या-कुछ नहीं' (all-or-none) ढंग से होती है अर्थात् किसी प्रयास में सीखने की प्रक्रिया होगी या बिल्कुल ही नहीं होगी। सच्चाई यह है कि ये दोनों पहलुओं में अभी वैधता (validity) बनी हुई है जैसा कि सीखने के अधिगमन (learning to learn) के क्षेत्र में किये गये प्रयोगों से स्पष्ट हुआ है।

सीखने का अधिगमन (learning to learn) से तात्पर्य इस बात से होता है कि जैसे-जैसे प्राणी अधिक-से-अधिक समस्याओं का समाधान करते जाता है, वह समस्या समाधान में पहले से अधिक निपुणता प्राप्त करते जाता है। दूसरे शब्दों में, वह समस्या समाधान के मौलिक कौशलों को सीख लेता है। परिणामतः बाद में चलकर उसमें किसी समस्या के समाधान करने की तीव्र तत्परता विकसित हो जाती है। इसे हारलों (Harlow, 1949) ने *अधिगमन सेट* (learning set) कहा है। अधिगमन सेट में सबसे महत्त्वपूर्ण प्रयोग हारलो (Harlow, 1949) द्वारा बन्दर पर किया। इस प्रयोग में एक विशेष उपकरण जिसे *विसकोनसीन जेनरल टेस्ट उपकरण* (Wisconsin General Test Apparatus) कहा जाता है, का उपयोग किया गया (देखें चित्रः 7.21)। इस प्रयोग में बन्दर को कुल 344 विभेदन समस्याएँ (discrimination problems) दी गयीं जिसमें 32 अभ्यास की समस्याएँ थीं। प्रत्येक समस्या में उन्हें दो उद्दीपकों के बीच विभेदन करना था तथा उद्दीपकों को आकार, रंग, ऊँचाई आदि के ख्याल से एक समस्या से दूसरे समस्या में परिवर्तित किया जाता था। इन दो उद्दीपकों में से एक S^- तथा दूसरा S^+ होता था अर्थात् एक उद्दीपक के पीछे पुनर्बलन (reinforcement) छिपा होता था (S^+) तथा एक उद्दीपक के पीछे पुनर्बलन नहीं होता था (S^-) हारलो के इस प्रयोग के परिणाम बड़े रोचक थे। परिणाम में देखा गया कि जैसे-जैसे बन्दरों द्वारा अधिक विभेदन समस्याओं का समाधान किया गया, उनमें इन समस्याओं को समाधान करने की एक समान्य कौशल या निपुणता में वृद्धि होती गयी। इस तरह के सीखने को *'सीखने का अधिगमन'* (learning to learn or

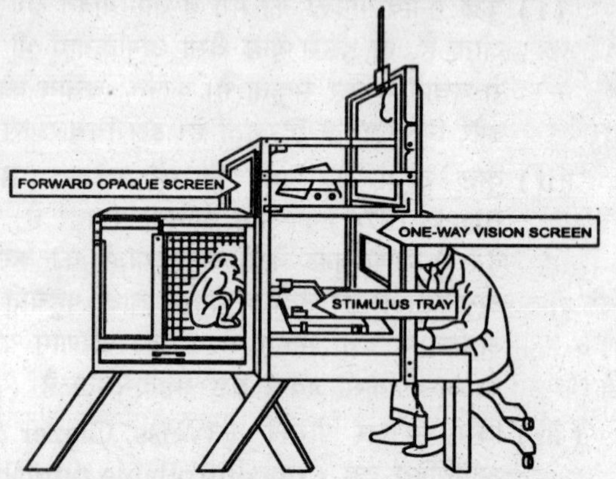

चित्र 7.21 : विसकोनसीन जेनरल टेस्ट उपकरण (Wisconsin General Test Apparatus)

learning how to learn) कहा गया है। इसे हारलो ने अधिगमन सेट़ (learning set) की संज्ञा दिया है। परिणाम के विश्लेषण में यह देखा गया कि विभेदन समस्याओं के प्रारम्भिक प्रयासों में बन्दरों द्वारा अधिक त्रुटियाँ की गयीं तथा एक समस्या से दूसरे समस्या तक जो उन्नति की दर थी, वह काफी मन्द थी। परन्तु बाद के प्रयासों में देखा गया कि समस्या के सही समाधान में बन्दर ने एकाध त्रुटि किया या किसी-किसी प्रयास में तो एक भी त्रुटि नहीं किया। अन्तिम 56 समस्याओं के समाधान में द्वितीय प्रयास में ही करीब 95% सफलता उन्हें मिल गयी। ऐसा लगता था कि मानों वे 'जीतो-रूको, हारो-भागो' (win-stay, loose-shift) की योजना बनाकर कार्य करते थे। दूसरे शब्दों में, यदि वे पहले प्रयास में सही उद्दीपक का चयन कर लेते थे, तो वे अगले प्रयास में भी उसी का चयन करते थे परन्तु यदि उनका पहला चयन गलत हो जाता था, तो वे अगले प्रयास में दूसरे वस्तु या उद्दीपक का चयन करते थे।

उपर्युक्त परिणाम से यह स्पष्ट है कि सीखने के प्रारम्भिक प्रयासों में उन्नति का दर मन्द था तथा उसमें धीरे-धीरे बढ़ने की प्रवृत्ति (increment) देखी गयी। परन्तु बाद के प्रयासों में उन्नति दर (improvement rate) काफी तीव्र था और 'सम्पूर्ण या बिलकुल नहीं' (all-or-none) के पैटर्न पर था। हारलो[1] (Harlow, 1949) के शब्दों में हम इस निष्कर्ष पर पहुँचते हैं, ''विभेदन अधिगमन प्रवृत्ति के निर्माण के पहले एक प्रशिक्षण प्रयास से नाममात्र का लाभ होता है। विभेदन अधिगमन- प्रवृत्ति के निर्माण के बाद एक प्रशिक्षण प्रयास में समस्या का समाधान हो जाता है। इन आँकड़ों से स्पष्टतः यह पता चलता है कि पशु धीरे-धीरे सूझ विकसित कर लेता है।''

हारलो ने अधिगमन सेट (learning set) की सैद्धान्तिक विश्लेषण (theoretical analysis) त्रुटि कारकों (error factors) के रूप में किया है। हारलो की मुख्य मान्यता (assumption) यह थी कि जब प्राणी उन अनुक्रिया प्रवृत्तियों का त्याग करता है जिनसे विभेदन समस्या के समाधान में त्रुटि होते हैं, तो इससे अधिक अधिगमन सेट (learning set) का विकास होता है। उन्होंने चार तरह के ऐसे त्रुटियों का जिक्र किया है—*स्थान पसंदगी* (position preference), *उद्दीपक संतनन* (stimulus preservation) *विभेदी संकेत* (differential cue) तथा *अनुक्रिया अन्तरण* (response shift)। ये चारों त्रुटियाँ ऐसी होतीं हैं जो प्रयोज्य (subject) में ऐसी अनुक्रिया प्रवृत्ति उत्पन्न करती है जिससे प्राणी गलत अनुक्रियाएँ करता है। जब प्रयोज्य प्रयोग में बायाँ या दायाँ किसी भी एक स्थान पर रखे गये वस्तुओं का ही चयन सदा करता है, तो इस तरह की त्रुटि को स्थान पसंदगी (preference) की त्रुटि कहा जाता है। उद्दीपक सतनन की त्रुटि में प्रयोज्य एक ही उद्दीपक या वस्तु को बार-बार चुनता है हालाँकि वह उद्दीपक गलत (S^-) होता है। अनुक्रिया अन्तर की त्रुटि में प्रयोज्य उत्सुकतावश अपनी अनुक्रिया में परिवर्तन कर देता है, हालाँकि उसके द्वारा की जा रही पहली अनुक्रिया सही थी। विभेदी संकेत (differential cue) में प्रयोज्य एक विशेष संकेत (जैसे रंग या आकार आदि) को सारी अनुक्रिया का आधार बना लेता है परन्तु बाद में जब वह संकेत का उपयोग कर अनुक्रिया करता है, तो वह अनुक्रिया गलत हो जाती है।

हारलो के अनुसार सही अनुक्रिया की शक्ति में वृद्धि होना सीखना नहीं कहलाता है बल्कि विभिन्न तरह की त्रुटियों की शक्ति को कम करने की प्रक्रिया को ही सीखना कहा जाता है। हारलो के अनुसार प्रारम्भिक प्रयासों में सीखने की गति मंद इसलिए होती है क्योंकि इसमें त्रुटि कारकों के निष्कासन (elimination) को प्राथमिकता दी जाती है तथा बाद के प्रयासों में सीखने की गति में तेजी से वृद्धि इसलिए होती है क्योंकि उसमें प्राणी त्रुटि निष्कासन की योजना को इस तरह सीख लिया होता है कि उसे सफलतापूर्वक विभिन्न विभेदन व्यवस्थाओं के समाधान में सही-सही उपयोग कर लेता है।

अधिगमन सेट के प्रकार (*Types of learning set*)—मनोवैज्ञानिकों द्वारा किये गए प्रयोगों से स्पष्ट हुआ कि अधिगमन सेट के कई प्रकार हैं और अधिगमन सेट का निर्माण सिर्फ बन्दरों तक ही सीमित नहीं है बल्कि यह चूहों, रैकून (racoon) डौलफिन्स (dolphins) तथा मनुष्यों में भी आसानी से विकसित होता है। अधिगमन सेट के निम्नांकित तीन प्रमुख प्रकार होते हैं—

(क) वस्तु-गुण अधिगमन सेट (object quality learning set)

---

1. "Before the formation of a discrimination learning set, a single training trial produces negligible gain, after the formation of a discrimination learning set a single training trial constitutes solution. These data clearly show that animal can gradually learn insight."

—Harlow : The formation of learning set, *Psychological Review*, 1949, p. 561

(ख) विभेदी-प्रतिक्रमी अधिगमन सेट (discrimination-reversal learning set)

(ग) अनुक्रिया-अंतरण अधिगमन सेट (response-shift learning set)

इन तीनों का वर्णन निम्नांकित हैं:—

(क) वस्तु-गुण अधिगमन सेट (*object-quality learning set*)—वस्तु-गुण अधिगमन सेट एक सरल अधिगमन प्रवृत्ति है जिसमें प्राणी वस्तुओं के गुणों अर्थात् उसके रंग, आकार, ऊँचाई आदि के आधार पर समस्या के समाधान का कौशल (skill) विकसित करता है। हारलो (Harlow, 1949) द्वारा किया गया उक्त प्रयोग में बन्दर जो अधिगमन सेट विकसित करता है, वस्तु-गुण अधिगमन सेट का उदाहरण है।

(ख) विभेदी-प्रतिक्रमी अधिगमन सेट (*discrimination-reversal learning set*)—इस तरह के अधिगमन सेट में प्राणी को पहले दो उद्दीपकों के बीच साधारण विभेदन करना सीखना होता है और इसके बाद उद्दीपकों की स्थिति को उल्टा कर दिया जाता है अर्थात् जो उद्दीपक पहले S^- था उसे अब S^+ कर दिया जाता है। इस तरह के पलटाव के अनुरूप प्राणी भी अपनी अनुक्रिया में परिवर्तन करना सीख लेता है। हारलो (Harlow, 1950) ने एक-दूसरे प्रयोग में इस तरह का विभेदी प्रतिक्रमी अधिगमन सेट के होने का स्पष्ट सबूत पाया है। इस प्रयोग में कुल 122 समस्याएँ थीं और प्रत्येक समस्या के लिए 27 प्रयास दिये गए जिसमें बंदरों को दो उद्दीपकों के बीच साधारण विभेद करना सीखलाया गया। इसके बाद प्रत्येक समस्या पर 8 और प्रयास दिये गए जिसमें उद्दीपकों को पलटकर बन्दर के सामने रखा गया। पहले जो उद्दीपक गलत था उसे अब सही उद्दीपक के रूप में उपस्थित किया गया। यहाँ पशु को आगे की प्रयासों में सफलता पाने के लिए पहले के उद्दीपक के चुनने पर पुनर्बलन का न मिलने को एक संकेत के रूप में सीखना था। परिणाम में देखा गया कि 122 समस्याओं के समाधान के अंतिम चरण में पहुँचते-पहुँचते बन्दर बिना किसी प्रकार की त्रुटि किये समस्या का समाधान कर लेता था। कहने का तात्पर्य यह है कि इस अवस्था तक पहुँचते-पहुँचते पशु में विभेदी-प्रतिक्रमी अधिगमन सेट (learning set) विकसित हो गयी थी।

(ग) अनुक्रिया-अंतरण अधिगमन सेट (*response-shift learning set*)—यह अधिगमन-सेट कुछ विभेदी-प्रतिक्रमी अधिगमन सेट के ही समान है। इस तरह के अधिगमन सेट को विकसित करने के लिए जो प्रयोगात्मक परिस्थिति होती है, वह कुछ इस प्रकार की होती है—बन्दर (या प्रयोज्य) को पहले प्रयास में दो उद्दीपक उपस्थित किया जाता है और इसमें से जो भी उद्दीपक के प्रति वह अनुक्रिया करता है, उसे पुनर्बलन (reinforcement) दिया जाता है। दूसरे प्रयास में उसे तब पुनर्बलन दिया जाता है जब वही अनुक्रिया बाकी दूसरे उद्दीपक के प्रति किया हो। ब्राऊन एवं मैकडोवेल (Brown & McDowell, 1963), किन्ज एवं फोस्टर (Kintz & Foster, 1964) ने अपने-अपने प्रयोगों में पाये कि ऐसी परिस्थिति में पशु द्वारा सीखने की दर पहले धीमी होती है परन्तु बाद में सीखना की दर तेज हो जाती है और वह अधिकतर प्रयासों में बिना त्रुटि किये ही सही अनुक्रिया करना सीख लेता है। स्पष्ट हुआ कि अनुक्रिया अंतरण अधिगमन सेट में प्राणी पहला प्रयास में जो पहली अनुक्रिया करता है, दूसरे प्रयास में वह क्या करेगा, उसे संकेत के रूप में उसे सीखना होता है। विभेदी प्रतिक्रमी अधिगमन सेट में प्राणी अनुक्रिया के परिणाम अर्थात् पहले के समान अनुक्रिया करने पर पुनर्बलन का नहीं मिलना को एक संकेत के रूप सीखता है और उसी के आधार पर उसे अपनी अनुक्रिया में परिवर्तन करना होता है।

स्पष्ट हुआ कि अधिगमन सेट (learning set) के कई प्रकार है। इन प्रमुख प्रकारों के अलावा भी कई प्रकार हैं जिन्हें कई अध्ययनों में पाया गया है। उन सभी तरह के प्रवृत्तियों का वर्णन यहाँ इस पुस्तक के स्वरूप को ध्यान में रखकर सम्भव नहीं है।

प्रशिक्षण या अधिगम अंतरण
(Transfer of Training or Learning)

प्रशिक्षण या अधिगम अंतरण (transfer of training or learning) एक महत्त्वपूर्ण सम्प्रत्यय (concept) है जिसपर प्रयोगात्मक मनोवैज्ञानिकों ने बहुत सारे शोध एवं प्रयोग किया है। प्रशिक्षण या अधिगम अंतरण से तात्पर्य पहले सीखे गये कौशल (skills) का वर्तमान कौशल को सीखने पर पड़ने वाले प्रभाव से होता है। जैसे, यदि कोई व्यक्ति ट्रक चलाना सीखकर कार चलाना सीखता हो तो ट्रक चलाना सीखने से यदि कार चलाना सीखने की प्रक्रिया प्रभावित

होती है, तो इसे प्रशिक्षण या अधिगमन अंतरण (transfer of training) की संज्ञा दी जाती है। विट्टेकर[1] (Whittaker, 1970) ने अधिगमन अंतरण को इस प्रकार परिभाषित किया है, ''प्रशिक्षण के अंतरण से तात्पर्य किसी एक कौशल या विषय वस्तु के सीखने का किसी दूसरे कौशल या विषय-वस्तु के सीखने पर पड़ने वाले प्रभाव से होता है।''

इस परिभाषा से यह स्पष्ट है कि प्रशिक्षण या सीखने के अंतरण में पहले सीखा गया कौशल बाद में सीखने जाने वाले कौशल पर एक प्रभाव डालता है। इस प्रभाव के स्वरूप के आलोक में प्रशिक्षण अंतरण के निम्नांकित तीन स्वरूप होते हैं:—

(i) धनात्मक अंतरण (*Positive transfer*)—जब पहले सीखे गये कौशल (skill) या विषय-वस्तु से नये कौशल या विषय-वस्तु को सीखने में सहायता मिलती है, तो इसे धनात्मक अंतरण (positive transfer) कहा जाता है। जैसे, यदि किसी व्यक्ति को हिन्दी भाषा सीखने के बाद भोजपुरी भाषा को सीखने में उससे मदद मिलती है, तो यह धनात्मक अंतरण (positive treansfer) का उदहारण होगा।

(ii) ऋणात्मक अंतरण (*Negative transfer*)—जब पहले सीखे गये कौशल या विषय-वस्तु से नये कौशल या विषय-वस्तु को सीखने में बाधा पहुँचती है, तो इसे ऋणात्मक अंतरण (negative transfer) कहा जाता है। जैसे कोई संस्कृत भाषा सीखकर अंग्रेजी भाषा सीखने में एक तरह की कठिनाई या बाधा महसूस करता है, तो यह ऋणात्मक अंतरण (negative transfer) का उदाहरण होगा। जनवरी महीने में जब साल की शुरूआत होती है, तो व्यक्ति प्रायः तिथि लिखते समय पुराने वर्ष को ही लिख देता है। यह भी ऋणात्मक अंतरण (negative transfer) का उदाहरण है जो आदत-सम्बन्धी बाधा (habit intereference) के बारे में सूचना देता है।

(iii) शून्य अंतरण (*Zero transfer*)—जब पहले सीखे गये कौशल का प्रभाव वर्तमान कौशल के सीखने पर न तो धनात्मक और न ही ऋणात्मक होता है, तो इस शून्य अंतरण (zero transfer) कहा जाता है।

अंतरण के कुछ विशिष्ट प्रकार (*Some specific types of transfer*)—अंतरण के कुछ विशिष्ट प्रकारों का वर्णन मनोवैज्ञानिकों द्वारा किया गया है, जिनमें निम्नांकित प्रमुख हैं—

1. पाश्र्वीय अंतरण (lateral transfer)
2. अनुलम्ब अंतरण (vertical transfer)
3. अनुक्रिया अंतरण (sequential transfer)
4. समस्तर अंतरण (horizontal transfer)
5. द्विपाश्र्वीय अंतरण या क्रॉस शिक्षा (bilateral transfer or cross education)

इन सबों का वर्णन निम्नांकित है:—

1. पाश्र्वीय अंतरण (*lateral transfer*)—पाश्र्वीय अंतरण एक ऐसा अंतरण है जिसमें सीखे गए कौशल का अंतरण एक ऐसी परिस्थिति में या ऐसे विषय के सीखने में होता है जो उसी स्तर का होता है। जैसे यदि कोई शिशु को यह सिखलाया जाता है कि 8-2 = 6 है और घर पर आकर वह पहले से रखे आठ अंडों में से 2 अंडा को निकाल लेने पर यह समझता है कि अब उसमें मात्र 6 अंडे ही रहे होंगे, तो यह पाश्र्वीय अंतरण का उदाहरण होगा।

2. अनुलम्ब अंतरण (*vertical transfer*)—अनुलम्ब अंतरण वैसे अन्तर को कहा जाता है जिसमें सीखे गए कौशल का अंतरण उच्च स्तर (high level) के कौशल को सीखने में होता है। गेगनी (Gagne, 1978) ने इस तरह के अंतरण को सीढ़ी पर ऊपर की ओर चढ़ने के समान की प्रक्रिया माना है। जैसे, यदि शिक्षक छात्र को यह सीखलाते हैं कि किसी अंक में शून्य (zero) से गुणा करने पर उत्तर हमेशा शून्य होता है और यदि वह इस नियम को समझकर कोई ऐसा जटिल अंकगणितीय समस्या का समाधान कर पाता है जिसमें उस नियम को स्पष्ट उपयोग होता हो, तो यह अनुलम्ब अंतरण (vertical transfer) का उदाहरण होगा। जैसे, यदि कोई छात्र, 5× . 205 × 2.22 × 0 = ? तुरंत बता देता है कि इसका उत्तर शून्य होगा तो यह एक अनुलम्ब अंतरण का उदाहरण होगा।

---

1. "Transfer of training refers to the effect of learning a skill or piece of subject-matter on the learning of another skill or subject-matter." —Whittaker : *Introduction to Psychology,* 1970 p. 665

3. अनुक्रिया अंतरण (*sequential transfer*)—विषयों या पाठों को एक क्रम में सीखने के बाद किसी नयी विषय या नए कौशल को सीखने में पड़ने वाले प्रभाव को अनुक्रमिक सीखना (sequential learning) कहा जाता है। अनुक्रमिक सीखना में अंतरण (transfer) धनात्मक ही होता है। जैसे, यदि छात्र जोड़, घटाव तथा गुणा सीखकर भाग देने (division) की प्रक्रिया को सीखता है, तो उसे पहले तीन तरह के कौशलों को क्रम में सीखने से भाग देने की प्रक्रिया को सीखने में एक तरह की मदद मिलेगी। इस ढंग का अंतरण अनुक्रमिक अंतरण का उदाहरण है।

4. समस्तर अंतरण (*horizontal transfer*)—समस्तर अंतरण वैसे अंतरण को कहा जाता है जिसमें सीखे गए कौशल का अंतरण, समान स्तरीय कौशल को सीखने में होता है। पाश्र्वीय अंतरण (lateral transfer) तथा अनुक्रमिक अंतरण (sequential transfer) एक तरह का समस्तर अंतरण (horizontal transfer) का उदहारण है।

5. द्विपार्श्वीय अंतरण या क्रॉस शिक्षा (*bilateral transfer or cross education*)—मानव शरीर के दो समान पार्श्वीय भाग (lateral aspects) है—बायाँ (left) तथा दायाँ (right)। जब शरीर के बाएँ अंग से सीखे गए कौशल का अंतरण स्वतः दाएँ अंग के सीखने पर या दाएँ अंग से सीखे गए कौशल का अंतरण स्वतः बाएँ भाग से सीखने पर होता है तो उसे *द्विपार्श्वीय अंतरण* (bilateral transfer) कहा जाता है। इसे *क्रॉस शिक्षा* (cross education) भी कहा जाता है। हमलोगों में से अधिकतर दाएँ हाथ से ही लिखते हैं। परन्तु ऐसे लोगों को यदि बाएँ हाथ से लिखने के लिए कहा जाये तो ऐसा करने में वे समर्थ अवश्य होंगे भले ही लिखने में समय अधिक लगे तथा लिखावट की सुंदरता अधिक न हो। यह एक द्विपार्श्वीय अंतरण (bilateral transfer) का उदारहण होगा।

चित्र 7.22 : दर्पण आरेखण उपकरण
(Mirror drawing apparatus)

प्रयोगशाला में द्विपार्श्वीय अंतरण का अध्ययन करने के लिए कई तरह के प्रयोग किये जाते हैं जिसमें दर्पण-आरेखण उपकरण (mirror-drawing apparatus) पर किया गया प्रयोग विशेष रूप से उल्लेखनीय है। इस प्रयोग में तारे जैसे बने हुए चित्र के प्रतिबिम्ब को दर्पण (mirror) में देखकर उसके बीचोंबीच रेखा खींचना या उसी के समान चित्र बनाना होता है। (चित्र 7.22 देखें)। इस ढंग का कार्य स्पष्टतः एक संवेदी-क्रियात्मक सीखना (sensory-motor learning) का उदाहरण है। इस संदर्भ में स्टार्च (Starch, 1910) द्वारा किया गया प्रयोग विशेष रूप से उल्लेखनीय है। इस प्रयोग का उद्देश्य यह देखना था कि तारा के समान एक चित्र की छवि को दर्पण में देखकर ठीक उसी तरह के चित्र दाहिने हाथ से बनाने का अभ्यास का प्रभाव बाएँ हाथ से उसी क्रिया को सीखने में पड़ता है या नहीं। उन्होंने अपने प्रयोज्य (subject) को पहले बाएँ हाथ से चित्र खींचने के लिए कहा और उसमें लगे समय एवं त्रुटि (error) को लिख लिया गया। इसके बाद प्रयोज्य ने दाएँ हाथ से उस चित्र को दर्पण में उसका छवि देखते हुए खींचने का काफी प्रयासों तक अभ्यास किया। इसके बाद प्रयोज्य ने पुनः बाएँ हाथ से चित्र खींचा और इसमें लगे समय एवं त्रुटियों को लिख लिया गया। परिणाम में देखा गया कि बाएँ हाथ से दोबारा चित्र खींचने और उसमें लगे समय एवं त्रुटियों को लिख लिया गया। परिणाम में देखा गया कि बाएँ हाथ से दोबारा चित्र खींचने पर प्रयोज्य ने पहले की अपेक्षा कम समय लिया तथा कम त्रुटि किया। इसका मतलब यह हुआ कि दाएँ हाथ द्वारा प्रशिक्षण का धनात्मक अंतरण बाएँ हाथ से चित्र खींचने में हुआ। मनोवैज्ञानिकों ने इस ढंग के अंतरण (transfer) को द्विपार्श्वीय अंतरण (bilateral transfer) की संज्ञा दी है।

स्पष्ट हुआ कि प्रशिक्षण अंतरण के कई प्रकार है जिनका अध्ययन मनोवैज्ञानिकों द्वारा किया गया है।

अंतरण डिजाइन : विशिष्ट तथा अविशिष्ट या सामान्य अंतरण
(Transfer Design : Specific Transfer and Nonspecific or General Transfer)

शाब्दिक या मौखिक सीखना (verbal learning) के बारे में एक सबसे महत्त्वपूर्ण तथ्य यह है कि वर्तमान सीखना पर पहले सीखे गये एकांशों (item) का प्रभाव पड़ता है। इस तथ्य का अध्ययन अंतरण प्रयोगों (transfer experiments) द्वारा किया है जिसमें पहले का सीखना तथा बाद का सीखना दोनों ही प्रयोगशाला के नियंत्रण में

पूर्णरूपेण होते हैं। अंतरण प्रयोगों का मूल उद्देश्य इस बात का अध्ययन करना होता है कि किस तरह से पहले का अनुभव या सीखना बाद के सीखना को प्रभावित करता है। थोड़े देर के लिए मान लिया जाए कि प्रयोगकर्त्ता एक युग्मित-सहचर सूची के सीखनें का प्रभाव दूसरे युग्मित-सहचर सूची के सीखने पर क्या पड़ता है, इसका अध्ययन करना चाहता है। ऐसी परिस्थिति में मौलिक अंतरण डिजाइन (basic transfer design) इस प्रकार होगा—

Conditions	**First task**	**Second task**
Experimental	A-B	A-C
Control	—	A-C

इस डिजाइन के अनुसार प्रयोग में दो समूह होंगे जो आपस में तुल्य (equivalent) होंगे। पहला समूह प्रयोगात्मक समूह होगा तथा दूसरा समूह नियंत्रित समूह होगा। प्रयोगात्मक समूह-युग्मित सहचर सूची (A-B सूची) को पहले सीखेगा और उसके बाद वह दूसरा युग्मित-सहचर सूची (A-C) सीखेगा। A-B, A-C सूची का मतलब यह हुआ कि दोनों सूची के A पद अर्थात् उद्दीपक एकांश (Stimulus item) एक ही है परन्तु उनका B पद अर्थात् अनुक्रिया एकांश (response item) अलग-अलग है। जैसे, MAN-CZT पहली सूची का यदि कोई एकांश है तो दूसरी सूची में यह MAN-KLX होगा। इसका स्पष्ट मतलब यह हुआ कि पहली सूची में प्रयोज्य को MAN के साथ CZT को साहचर्यित करना था तो दूसरी सूची में MAN के साथ एक नया पद अर्थात् KLX को साहचर्यित करना है। अन्तर्ज्ञान (intuition) यहाँ यह कहता है कि प्रयोज्य को दूसरी सूची सीखने में कुछ बाधा पहुँचेगी क्योंकि A-B सूची सीखने के बाद फिर प्रयोज्य को A के साथ C का साहचर्यित करने में A-B सूची प्रतियोगिता करेगी। ऐसी परिस्थिति में ऋणात्मक अंतरण (negative transfer) होगा। इस अन्तर्ज्ञान के अलावा प्रयोगकर्त्ता यहाँ A-B सूची का A-C सूची के सीखने पर पड़ने वाले प्रभाव को मापना चाहेगा। इसके लिए नियंत्रित समूह (control group) की आवश्यकता पड़ती है। नियंत्रित समूह सिर्फ A-C सूची सीखेगा परन्तु A-B सूची नहीं सीखेगा। प्रयोगकर्त्ता अब यहाँ तुलना करेगा कि दोनों में से कौन समूह A-C सूची को आसानी से सीखता है। अगर प्रयोगात्मक समूह नियंत्रित समूह की तुलना में A-C सूची को जल्द सीख लेता है, तो इस तरह के अंतरण को धनात्मक अंतरण (positive transfer) कहा जाता है तथा जब A-C सूची पर उसका निष्पादन (performance) खराब हो जाता है, तो कहा जाता है कि यह ऋणात्मक अंतरण (negative transfer) हो रहा है।

अंतरण प्रयोगों (transfer experiments) में विशिष्ट अंतरण (specific transfer) तथा अविशिष्ट या सामान्य अंतरण (nonspecific or general transfer) में अन्तर किया जाता है। विशिष्ट अंतरण (specific transfer) से तात्पर्य वैसे अंतरण से होता है जो विशिष्ट कारक जैसे उद्दीपक समानता (stimulus similarity), अनुक्रिया समानता (response similarity), उद्दीपक विभिन्नता (stimulus differences), अनुक्रिया विभिन्नता (response differentiation) आदि के कारण होता है। अविशिष्ट अंतरण (nonspecific transfer) या जिसे सामान्य अंतरण (general transfer) भी कहा जाता है, से तात्पर्य वैसे अंतरण से होता है जिसकी उत्पत्ति किसी विशिष्ट कारक से नहीं होती है। यह एक तरह का सामान्य श्रेणी का अंतरण होता है जहाँ कोई स्पष्ट एवं विशिष्ट कारक की पहचान नहीं हो सकती है। मनोवैज्ञानिकों ने दो तरह के अविशिष्ट या सामान्य अंतरण की चर्चा की है जो अंतरण प्रयोगों में प्रायः देखने को मिलता है—*सरगर्मी* (warm up) तथा *सीखने का अधिगमन*[1] (learning to learn)। सरगर्मी (warm up) से तात्पर्य सीखने के एकांशों (items), उपकरण, परिस्थिति आदि के साथ समायोजन (adjustment) से होता है जो आरम्भिक प्रयासों में होता है तथा कुछ अभ्यास हो जाने के बाद अपने आप समाप्त हो जाता है। सीखने का अधिगम से तात्पर्य सीखने के मौलिक कौशल (basic skills), उत्तम विधि, उपाय आदि को सीखने से होता है जो अभ्यास के साथ व्यक्ति में विकसित होता है। इससे व्यक्ति में एक तरह का स्थायी परिवर्तन होता है। अतः सरगर्मी (warm up) एवं सीखने के अधिगमन में मौलिक अन्तर सामयिक निरन्तरता (temporal persistence) के ख्याल से है। सरगर्मी का प्रभाव अस्थायी होता है। जैसे ही अभ्यास समाप्त होता है, सरगर्मी के प्रभाव से होने वाला लाभ भी तेजी से समाप्त हो जाता है। परन्तु सीखने के अधिगम का प्रभाव अधिक स्थायी

---

1. सीखने के अधिगमन (learning to learn) की विशेष चर्चा इसी अध्याय में अलग से पहले की गयी है। विस्तृत जानकारी के लिए उसे देखा जा सकता है।

होता है। जब व्यक्ति किसी पाठ को सीखने के लिए मौलिक, कुशल विधि तथा उपाय ढूँढ लेता है, तो वह उसे सदा याद रखता है और उसका उपयोग करते रहता है।

अब हम लोग A-B, A-C रूपावली (paradigm) जिसकी चर्चा ऊपर की गयी है, पर ध्यान दें और देखें कि इसमें विशिष्ट अंतरण (specific transfer) तथा अविशिष्ट अंतरण (nonspecific transfer) का स्वरूप क्या है? क्या ये दोनों तरह के अंतरण इसमें सम्मिलित हैं? यदि हाँ तो कैसे और उसका क्या प्रभाव समग्र अंतरण (overall transfer) पर पड़ रहा है? प्रयोगात्मक समूह में A-C सीखने के दौरान A-B सूची के B अनुक्रिया एकांशों से एक तरह का बाधा पहुँचती है। इस तरह के अंतरण को विशिष्ट अंतरण (specific transfer) कहा जाता है। यहाँ विशिष्ट प्रथम-सूची साहचर्य का प्रभाव विशिष्ट दूसरी सूची साहचर्य के निर्माण पर पड़ रहा है। इस रूपावली में यह अंतरण ऋणात्मक (negative) है। कुछ अन्य परिस्थिति में विशिष्ट अंतरण (specific transfer) धनात्मक (positive) हो सकता है। जैसे, A-B, A-B में जहाँ दूसरी सूची का अनुक्रिया पद पहली सूची की अनुक्रिया पद के समान होता है, विशिष्ट अंतरण धनात्मक होता है। A-B, A-C रूपावली में अविशिष्ट अंतरण (nonspecific transfer) भी होते हैं। दूसरे शब्दों में, इसमें सरगर्मी (warm up) तथा सीखने का अधिगमन (learning to learn) दोनों ही सम्मिलित होता है। A-C सूची के सीखने में प्रयोगात्मक समूह को नियंत्रित समूह की तूलना में एक अर्थ में विशेष लाभ यह होता है कि प्रयोगात्मक समूह चूँकि A-B सूची को पहले सीख चुका होता है, अतः उसे पहले से पता होता है कि किस तरह से ऐसे एकांशों को ठीक ढंग से धारण करना चाहिए, आदि आदि। इस तरह से प्रयोगात्मक समूह में सीखने का अधिगमन (learning to learn) की प्रक्रिया होती है जबकि नियंत्रित समूह इससे वंचित रह जाता है क्योंकि वह A-C सूची को सीखने के पहले किसी भी अन्य सूची को नहीं सीखा है। इसके अतिरिक्त प्रयोगात्मक समूह के प्रयोज्य A-C सूची सीखने के प्रारम्भ में ही पहली से सरगर्मी बना रखे होते हैं क्योंकि उनके युग्मित सहचर सूची को सीखने का संवेदी, मुद्रात्मक (postural) तथा विशेष मानसिक तत्परता A-B सूची को सीखने के दौरान बन चुका होता है। नियंत्रित समूह के प्रयोज्यों में ये दोनों तरह के अविशिष्ट अंतरण नहीं होते हैं।

उपर्युक्त A-B, A-C रूपावली में यह स्पष्ट है कि इसके प्रयोगात्मक समूह में दो तरह के अंतरण प्रभाव होते हैं। एक है ऋणात्मक विशिष्ट अंतरण (negative specific transfer) जो A-B तथा A-C सूची के साहचर्यों के बीच प्रतियोगिता (competition) के कारण उत्पन्न होता है तथा दूसरा है धनात्मक अविशिष्ट अंतरण (positive nonspecific transfer) जो सरगर्मी (warm up) तथा सीखने के अधिगमन (learning to learn) से सम्बन्धित है। A-B, A-C में समग्र अंतरण (overall transfer) का निर्धारण उक्त दोनों तरह के अंतरण (transfer) द्वारा होगा।

अब थोड़े देर के लिए मान लिया जाए कि हमलोग मात्र विशिष्ट अंतरण (specific transfer) का ही अध्ययन करना चाहते हैं। दूसरे शब्दों में, अविशिष्ट अंतरण (nonspecific factor) को नियंत्रित करके मात्र विशिष्ट अंतरण का अध्ययन करना चाहते हैं। अगर ऐसी परिस्थिति में उक्त डिजाइन का उपयोग करते हैं, तो ऋणात्मक विशिष्ट अंतरण (negative specific transfer) की मात्रा को हमलोग एक तरह से न्यूनाकलन (underestimate) कर बैठेंगे क्योंकि ऋणात्मक अंतरण की मात्रा आंशिक रूप से प्रयोगात्मक समूह को धनात्मक अविशिष्ट अंतरण (positive nonspecific transfer) से मिलने वाला फायदा या लाभ के कारण निश्चित रूप से घट जायेगा। उक्त डिजाइन में नियंत्रित समूह को तो धनात्मक अविशिष्ट अंतरण का लाभ मिलता ही नहीं है। अतः ऐसी परिस्थिति में हमें एक वैकल्पिक डिजाइन (alternative design) तैयार करना होगा जिसमें अविशिष्ट अंतरण के मामले में प्रयोगात्मक समूह तथा नियंत्रित समूह समान हो परन्तु विशिष्ट अंतरण के मामले में असमान हो। इसका डिजाइन इन प्रकार होगा—

Conditions	**First task**	**Second task**
Experimental	A-B	A-C
Control	B-D	A-C

उक्त डिजाइन में नियंत्रित समूह पहले B-D सूची को सीखता है जो A-C सूची से पूर्णतः भिन्न है। अतः नियंत्रित समूह इस डिजाइन में किसी तरह के विशिष्ट अंतरण से मुक्त होता है परन्तु इसमें अविशिष्ट अंतरण (nonspecific transfer) सम्मिलित होता है क्योंकि नियंत्रित समूह को सरगर्मी (warm up) तथा सीखने का अधिगमन (learning to learn) के लिए पर्याप्त अवसर (B-D सूची के दौरान) प्रयोगात्मक समूह के समान ही मिलता है। अतः उक्त डिजाइन में अविशिष्ट अंतरण के ख्याल से प्रयोगात्मक समूह तथा नियंत्रित समूह दोनों ही तुल्य या समान है परन्तु विशिष्ट अंतरण के ख्याल से असमान है क्योंकि विशिष्ट अंतरण का मौका सिर्फ प्रयोगात्मक समूह को (दोनों सूचियों के 'A' पदों के समानता के कारण) मिल पा रहा है नियंत्रित समूह को नहीं। अतः A-C सूची के सीखने में प्रयोगात्मक समूह तथा नियंत्रित समूह में जो अंतरण होगा, वह स्पष्टतः सिर्फ विशिष्ट अंतरण (specific transfer) के कारण ही होगा।

विशिष्ट अंतरण : समानता प्रभाव
(Specific Transfer : Similarity Effect)

जैसा कि हम जानते हैं, विशिष्ट अंतरण (specific transfer) से तात्पर्य वैसे अंतरण से होता है जिसकी उत्पत्ति का स्रोत एक स्पष्ट एवं विशिष्ट कारक होता है। प्रयोगात्मक मनोवैज्ञानिकों ने इन विशिष्ट कारकों में समानता कारक (similarity factors) के महत्त्व पर सबसे अधिक बल डाला है। ऐसे प्रयोगों में प्रायः युग्मित सहचर विधि (paired associate method) का ही उपयोग अधिक किया गया है क्योंकि यह एक ऐसी विधि है जिसमें उद्दीपक (stimulus) तथा अनुक्रियाओं की समानताओं (similarity) में स्वतंत्र जोड़-तोड़ या परिवर्तन (manipulation) सम्भव हो पाता है। विशिष्ट अंतरण (specific transfer) के अध्ययनों में पाँच तरह के प्रयोगात्मक रूपावली (experimental paradigm) युग्मित सहचर विधि (paired associate learning) पर आधारित है। उन सभी पाँचों प्रयोगात्मक रूपावली का वर्णन निम्नांकित है:—

1. ***A-B, C-D***
2. ***A-B, A-B'***
3. ***A-B, A-D***
4. ***A-B, C-B***
5. ***A-B, A-B$_r$***

इन पाँचों प्रयोगात्मक रूपावली का वर्णन इस प्रकार है:—

1. *A-B, C-D*—युग्मित सहचर का इस रूपावली (paradign) में पहली सूची अर्थात् *A-B* दूसरी सूची अर्थात् C-D से पूर्णतः भिन्न हैं। MAN-CKT तथा EGG-LNP, इसका उदाहरण है। *C-D* के उद्दीपक एकांश (stimulus items) तथा अनुक्रिया एकांश (response item) दोनों ही A-B के उद्दीपक तथा अनुक्रिया एकांश से भिन्न है। विशिष्ट अंतरण के प्रयोग में *A-B, C-D* रूपावली का उपयोग नियंत्रित अवस्था (control condition) में किया जाता है तथा अविशिष्ट अंतरण के प्रभाव को नियंत्रित करने के लिए किया जाता है। चूँकि इसमें दूसरी सूची *(C-D)* पहली सूची *(A-B)* से पूर्णतः भिन्न होता है, अतः कोई विशिष्ट अंतरण तो नहीं हो पाता है परन्तु अविशिष्ट अंतरण (nonspecific transfer) जैसे सरगर्मी (warm up) तथा सीखने का अधिगमन (learning to learn) आदि से होता है जिससे नियंत्रित समूह प्रयोगात्मक समूह के तुल्य (इन दोनों आयामों पर) हो जाता है।

2. *A-B, A-B'*—युग्मित सहचर पर आधारित इस प्रयोगात्मक रुपावली में पहली सूची (*A-B* सूची) का उद्दीपक पद तथा दूसरी सूची *(A-B)* का उद्दीपक पद से बिलकुल ही समदृश (identical) होता है तथा दूसरी सूची का अनुक्रिया पद *(B)* भी पहली सूची के अनुक्रिया पद से *अर्थ* में या *अन्य किसी ढंग* से समान होता है। इसे उदाहरण द्वारा इस प्रकार समझाया जा सकता है।

First list	**Second list**
A-B	*A-B'*
LKT-Afraid	LKT-Fearful
ZLK-Complete	ZLK-Whole

A-B, A-B' रूपावली में यदि पहली सूची तथा दूसरी सूची के अनुक्रिया पदों में अधिक समानता होगा, तो इससे धनात्मक अंतरण (positive transfer) होगा।

3. *A-B, A-D*—युग्मित सहचर पर आधारित इस प्रयोगात्मक रूपावली में पहली सूची (*A-B* सूची) का उद्दीपक पद तथा दूसरी सूची (*A-D*) का उद्दीपक पद एक समान होता है परन्तु दोनों सूची के अनुक्रिया पद (response term) अलग-अलग होते हैं। इसका एक उदाहरण इस प्रकार है—

Frist list	**Second list**
A-B	*A-D*
LKT-MAN	LKT-PAW
ZLK-EGG	ZLK-DOG

जब प्रयोज्य प्रथम सूची को सीखकर दूसरे सूची को सीखता है तो इस बार उसे पुराने उद्दीपक पदों (stimulus term) के साथ नये अनुक्रिया पदों को साहचर्यित करना पड़ता है जिसमें सामान्यतः उसे कठिनाई होती है। अतः रूपावली से ऋणात्मक अंतरण (negative transfer) का अध्ययन हो पाता है।

4. *A-B, C-B*—युग्मित सहचर विधि पर आधारित इस प्रयोगात्मक रूपावली में पहली सूची (*A-B*) सूची का अनुक्रिया पद तथा दूसरी सूची (*C-B* सूची) का अनुक्रिया पद एक समान होता है परन्तु इन दोनों सूची के उद्दीपक पद (stimulus term) भिन्न होते हैं। इसका एक उदाहरण इस प्रकार है—

First List	**Second list**
A-B	*C-B*
LKT-MAN	NCP-MAN
ZLK-EGG	QXD-EGG

जब प्रयोज्य प्रथम सूची को सीखकर दूसरे सूची को सीखता है, तो उसे भिन्न उद्दीपक के प्रति वही अनुक्रिया पदों को साहचर्यित करना पड़ता है जिससे वह पहली सूची में साहचर्यित किया था। इस कार्य में उसे पहले की अनुभूति से कुछ मदद मिलती है। फलतः इस रूपावली द्वारा धनात्मक अंतरण (positive transfer) का अध्ययन हो पाता है।

5. *A-B, A-B$_r$*—युग्मित सहचर विधि पर आधारित इस प्रयोगात्मक रूपावली में पहली सूची (A-B सूची) का उद्दीपक पद तथा अनुक्रिया पद एवं दूसरी सूची (A-B$_r$) के उद्दीपक तथा अनुक्रिया पद के समरूप ही होते है परन्तु अन्तर इतना ही होता है कि दूसरी सूची के अनुक्रिया पदों को यादृच्छिक ढंग से (randomly) स्थान परिवर्तन कर दिया जाता है। इसका एक उदाहरण निम्नांकित ढंग से दिया जा सकता है—

First list	**Second list**
A-B	*A-B$_r$*
LKT-MAN	LKT-DOG
ZLK-EGG	ZLK-MAD
PQC-DOG	PQC-MAN
TNL-MAD	TNL-EGG

इस रूपावली में दूसरी सूची सीखने में प्रयोज्य को पहली सूची के ही अनुक्रिया पदों को नये उद्दीपकों के साथ युग्मित करना सीखना होता है। इसलिए उन्हें प्रथम सूची के सीखने से उत्पन्न अनुभूति से दूसरी सूची को सीखने में बाधा पहुँचती है। इस तरह के रूपावली से अत्यधिक मात्रा में ऋणात्मक अंतरण (negative transfer) होता पाया गया है।

स्पष्ट हुआ विशिष्ट अंतरण (specific transfer) के अध्ययन के लिए कई तरह के प्रयोगात्मक डिजाइन (experimental design) विकसित किया गया है। इन सभी डिजाइनों का उभयनिष्ठ बिन्दु (common point) यह है कि ये सभी डिजाइनों में युग्मित सहचर विधि (paired associated learning) का उपयोग किया गया है।

अंतरण के तत्त्व
(Components of Transfer)

पहले सीखे गए पाठ या सूची बाद में सीखे गये पाठ या सूची के सीखने में मदद या बाधा कुछ भी उत्पन्न कर सकता है। यदि बाधा उत्पन्न करता है, तो इसे ऋणात्मक अंतरण (negative transfer) तथा मदद करता है, तो उसे धनात्मक अंतरण (positive transfer) कहा जाता है। मनोवैज्ञानिकों ने उन कारकों की पहचान करने की कोशिश किया है जिसके कारण धनात्मक या ऋणात्मक अंतरण होता है। उन कारकों को अंतरण का तत्त्व (components) कहा जाता है। चूँकि अंतरण का स्वरूप विशिष्ट (specific) तथा अविशिष्ट (nonspecific) या सामान्य दोनों हो सकता है, अतः मनोवैज्ञानिकों द्वारा अंतरण के दो तरह के तत्त्वों की पहचान की गयी हैं—

(क) अविशिष्ट तत्त्व (Nonspecific component)

(ख) विशिष्ट तत्त्व (Specific component)

(क) अविशिष्ट तत्त्व (*Nonspecific component*)—अविशिष्ट तत्त्व से तात्पर्य वैसे कारकों से होता है जिससे अविशिष्ट अंतरण (nonspecific transfer) होता है। इसमें *सरगर्मी* (warm up) तथा *सीखने का अधिगमन* (learning to learn) को रखा गया है जिसकी चर्चा पहले की जा चुकी है। इन दोनों तत्त्वों के क्रियाशील होने से जो अंतरण (transfer) होता है, उसका स्वरूप केवल धनात्मक (positive) होता है। दूसरे शब्दों में, इन तत्त्वों के क्रियाशील होने से कभी ऋणात्मक अंतरण (negative transfer) नहीं हो सकता है।

(ख) विशिष्ट तत्त्व (*Specific component*)—विशिष्ट तत्त्व से तात्पर्य वैसे कारकों से होता है जिससे विशिष्ट अंतरण (specific transfer) विशेषकर समानता/असमानता के कारण उत्पन्न अंतरण की व्याख्या होती है। विशिष्ट कारकों से उत्पन्न अंतरण का स्वरूप कभी धनात्मक (positive) होता है तो कभी ऋणात्मक (negative) होता है। प्रमुख विशिष्ट तत्त्व निम्नांकित है—

(i) उद्दीपक विभेद (stimulus discrimination)

(ii) अनुक्रिया विभेद (response discrimination)

(iii) सूची विभेदन (list differentiation)

(iv) अनुक्रिया अधिगमन (response learning)

(v) अग्रवर्ती साहचर्य (forward association)

(vi) पश्चगामी साहचर्य (backward association)

इस सबों का वर्णन इस प्रकार हैं:—

(i) उद्दीपक विभेदन (*stimulus discrimination*)—उद्दीपक विभेदन से तात्पर्य युग्मित-सहचर सूची (paired associate learning) के उद्दीपक पदों (stimulus terms) के बीच अन्तर की पहचान से होता है। *A-B, A-D* रूपावली का उदाहरण लें। *A-B* सूची सीखते समय प्रयोज्य उद्दीपक पदों (A terms) के बीच-विभेदन करना सीखता है और उद्दीपकों के बीच यह सीखा हुआ विभेदन दूसरी सूची (*A-D* सूची) के उद्दीपक पदों को सीखते समय हस्तांरित हो जाता क्योंकि इस सूची का उद्दीपक पद समरूप (identical) है। अतः यहाँ धनात्मक अंतरण (positive transfer) होना चाहिए। उद्दीपक विभेदन (stimulus discrimination) से धनात्मक अंतरण हो सकता है जैसे विचार का सबसे पहले-पहल गिब्सन (Gibson, 1940) द्वारा अध्ययन किया गया। इनका मत है कि यद्यपि ऐसे रूपावली, में नेट या वास्तविक अंतरण ऋणात्मक होता है, फिर भी इसमें धनात्मक तत्त्व सम्मिलित होता है। बाद में किये गये प्रयोगों में से गिब्सन के विचार के पक्ष में बहुत कम संगत सबूत (consistent evidences) प्राप्त हो सके हैं। अंडरवुड (Underwood, 1966) के अनुसार यह कहा जाता है कि उद्दीपक विभेदन के तत्त्व को एक धनात्मक प्रभाव का कारक माना जा सकता है तथा यह तथ्य उन सभी रूपावलियों (paradigms) पर लागू होगा जहाँ दोनों सूचियों के उद्दीपक पद समरूप (identical) हों या जिसमें अत्यधिक समानता हों। परन्तु धनात्मक प्रभाव या अंतरण की मात्रा कितनी होगी, इसे स्पष्ट नहीं किया जा सकता है। उद्दीपक विभेदन का यह तथ्य (*A-B, A-D* के अलावा *A-B, A-B*, में भी पाया जाता है हालाँकि नेट या शुद्ध अंतरण साहचर्यात्मक अवरोधों के विभेदी प्रभाव के कारण इस रूपावली में धनात्मक न होकर ऋणात्मक ही होता है।

(ii) अनुक्रिया विभेदन (*response discrimination*)—उद्दीपक विभेदन के समान अनुक्रिया विभेदन (response discrimination) को भी धनात्मक अंतरण (positive transfer) का एक तत्त्व माना गया है। *A-B, C-B* रूपावली को लिया जाए। इस रूपावली के *A-B* सूची को सीखते समय अनुक्रिया पदों (अर्थात् B terms) के बीच अन्तर करना प्रयोज्यों को सीखना होता है। इसे ही अनुक्रिया विभेदन कहा जाता है। दूसरी सूची का अनुक्रिया पद (अर्थात् B terms) पहली सूची के अनुक्रिया पद के समान है इसलिए सीखा गया अनुक्रिया विभेदन का अंतरण पहली सूची से दूसरी सूची की परिस्थिति में होगा और इससे धनात्मक प्रभाव (positive effect) उत्पन्न होंगे। यह तथ्य उन सभी रूपावली के लिए सही होगा जिनके दोनों सूचियों के अनुक्रिया पद समरूप (identical) होंगे या दोनों में बहुत अधिक समानता होगी। अनुक्रिया विभेदन से उत्पन्न धनात्मक अंतरण का प्रयोगात्मक सत्यापन साल्ज (Saltz, 1961) के प्रयोग से प्राप्त होता है। इस तरह की अनुक्रिया विभेदन *A-B, C-B*, के अलावा *A-B, A-B'* तथा *A-B*, $A\text{-}B_r$, में भी होता है हालाँकि *A-B*, $A\text{-}B_r$ में नेट या वास्तविक अंतरण धनात्मक न होकर ऋणात्मक होता है जिसका कारण साहचर्यात्मक अवरोधों (associative interferences) का विरोधी प्रभाव पड़ना होता है।

(iii) सूची भिन्नता (*list differentiation*)—पोस्टमैन (Postman, 1961) ने सूची विभेदन (list differentiation) को भी विशिष्ट अंतरण का एक प्रमुख तत्त्व माना है। एक सूची जैसे *A-B* सूची सीखकर यदि प्रयोज्य दूसरी सूची जैसे *A-D* सूची सीख रहा होता है तो ऐसी परिस्थिति में दूसरी सूची कहाँ तक पहली सूची से पूर्णतः भिन्न है इस पर भी अंतरण की मात्रा निर्भर करता है। इस उदाहरण में दोनों सूची के अनुक्रिया पद एक-दूसरे से भिन्न है जिसके कारण सूची विभिन्नता की घटना होगी और इस ख्याल से अंतरण धनात्मक होगा परन्तु दोनों सूची के उद्दीपक पद समान हैं जिससे सूची विभिन्नता की घटना नहीं होगी और इससे अंतरण का स्वरूप ऋणात्मक होगा। (तालिका 7-1 में देखें)। यदि उद्दीपक पद तथा अनुक्रिया पद दोनों ही काफी समान होते हैं, तो ऐसी परिस्थिति में सूची भिन्नता काफी कम होती है। सूची भिन्नता कम होने से सम्भ्रांति (confusion) बढ़ेगा और अंतरण का स्वरूप ऋणात्मक (negative) होगा।

(iv) अनुक्रिया अधिगम (*response learning*)—दो युग्मित सहचर सूची में पहली सूची की अनुक्रिया पद (response term) दूसरी सूची की अनुक्रिया पद से समान होता है, तो व्यक्ति को पहली सूची की अनुक्रिया पद का सीखना दूसरी सूची की अनुक्रिया पद को काफी मदद पहुँचाती है। इस तरह के सीखने को अनुक्रिया सीखना या अनुक्रिया (response learning) कहा जाता है। अनुक्रिया अधिगम अधिक मजबूत होने से ऋणात्मक अंतरण (negative transfer) की मात्रा में कमी आती है तथा धनात्मक अंतरण की मात्रा में वृद्धि होती है। इस तत्व पर उद्दीपक पदों की समानता का प्रभाव नहीं पड़ता है। *A-B, A-B', A-B, C-B'* तथा *A-B*, $A\text{-}B_r$, में अनुक्रिया अधिगम (response learning) का कारक महत्त्वपूर्ण होता है हालाँकि *A-B*, $A\text{-}B_r$ में नेट अंतरण धनात्मक न होकर ऋणात्मक होता है।

(v) अग्रवर्त्ती साहचर्य (*forward association*)—अंतरण प्रभाव का युग्मित सहचर रूपावली द्वारा अध्ययन करने में अग्रवर्ती साहचर्य को भी एक प्रमुख तत्त्व माना गया है। युग्मित सहचर सूची (paired associate list) सीखते समय जो साहचर्य उद्दीपक पद से अनुक्रिया पद की दिशा में अर्थात् A→B की दिशा स्थापित होता है। उसे अग्रवर्ती साहचर्य (forward association) कहा जाता है। दूसरे शब्दों में, उद्दीपक पद (stimulus terms) को देखकर अनुक्रिया पद (response term) को बतलाना सीखना में स्थापित साहचर्य अग्रवर्ती साहचर्य का उदाहरण है। इसे *उद्दीपक-अनुक्रिया साहचर्य* (stimulus response association) भी कहा जाता है। अग्रवर्ती साहचर्य को ऋणात्मक अंतरण (negative transfer) का एक तत्त्व माना गया है। उदाहरण के रूप में *A-B, A-D* रूपावली को ही लें। यहाँ पहली सूची में A→B में जो स्थापित अग्रवर्ती साहचर्यित है, उससे A→D के अग्रवर्ती साहचर्य में बाधा पहुँचेगी क्योंकि *A-B* सूची में उद्दीपक पद के साथ जो अनुक्रिया पद साहचर्यित हुई थी, अब उसी उद्दीपक पद के साथ नयी अनुक्रिया पद को साहचर्यित करना है जिसमें स्पष्टतः प्रयोज्य को कठिनाई या बाधा पहुँचेगी और अंतरण ऋणात्मक होगा।

(vi) पश्चगामी साहचर्य (*backward association*)—युग्ति साहचर्य सूची सीखने में जब उद्दीपक पद तथा अनुक्रिया पद में साहचर्य की दिशा पश्चगामी होता है तो उसे पश्चगामी साहचर्य कहा जाता है। दूसरे शब्दों में, जब अनुक्रिया पद को देखकर प्रयोज्य उद्दीपक के बारे में बतलामा सीखता है तो ऐसे सहचर्य को पश्चगामी साहचर्य कहा

जाता है। आधुनिक मनोवैज्ञानिकों के बीच इस बात की सहमति है कि पश्चगामी साहचर्य का विकास अग्रवर्ती साहचर्य के विकास के दौरान ही होता है तथा पश्चगामी साहचर्य हमेशा अग्रवर्ती साहचर्य से कमजोर (weak) होता है। पश्चगामी साहचर्य भी ऋणात्मक अंतरण (negative transfer) का एक तत्त्व है। रिचर्डसन (Richardson, 1960) के प्रयोग से इस तथ्य की सम्पुष्टि हो चुकी है।

उपर्युक्त विवरण से यह स्पष्ट है कि अनुक्रिया अधिगम (response learning), अनुक्रिया विभेदन (response discrimination), उद्दीपक विभेदन (stimulus discrimination), सूची-विभिन्नता (list differentiation) को धनात्मक अंतरण का तत्त्व तथा पश्चगामी साहचर्य (backward association) तथा अग्रवर्ती साहचर्य (forward association) को ऋणात्मक (negative transfer) का तत्त्व माना गया है। यह भी स्पष्ट है कि किसी विशेष युग्मित सहचर रूपावली (paired associate paradigm) में अमुक तत्त्व से सम्बन्धित वांछित या प्रत्याशित अंतरण प्रभाव न होकर नेट अंतरण प्रभाव उसके विपरीत भी होता है। इसका कारण साहचर्यात्मक अवरोध (associative interference) का होना है जिसकी उत्पत्ति तब होती है जब विभिन्न आनुक्रमिक पाठ (successive task) को सीखने में एक ही उद्दीपक के प्रति अलग-अलग अनुक्रियाओं को करना सीखना होता है। इन तत्त्वों तथा उसके अंतरण प्रभाव की व्याख्या मार्टीन (Martin, 1965) तथा अंडरवुड (Underwood, 1966) द्वारा भी किया गया। प्रत्येक मानक रूपावली (standard paradigm) में इन तत्त्वों का अंतरण पाठ (transfer task) अर्थात् दूसरी सूची के सीखने के दौरान पड़ने वाले प्रभावों को तालिका 7-1 में दिखलाया गया है।

तालिका 7-1 : युग्मित सहचर रूपावली में अंतरण तत्त्वों का प्रभाव

तत्त्व (component)	युग्मित सहचर रूपावली (paired associate paradigm)				
	A-B, C-D	A-B, A-B′	A-B, A-D	A-B, C-B	A-B, ABr
Stimulus discrimination	0	+	+	0	+
Response discrimination	0	+	0	+	+
Response learning	0	+	0	+	+
List differentiation	++	– –	– +	+ –	– –
Forward association	0	+	–	0	–
Backward association	0	+	0	–	–

+ = धनात्मक प्रभाव (positive effect)
– = ऋणात्मक प्रभाव (negative effect)
0 = सम्बन्धित तत्त्व की अनुपस्थिति (absence of given component)

पोस्टमैन एवं स्टार्क (Postman & Stark, 1969) ने इन सभी मानक रूपावली (standard pardigm) का तुलनात्मक अध्ययन किया है और यह जानना चाहा है कि इन विभिन्न रूपावलियों में अन्तरण सूची (transfer list) के सीखने का निष्पादन किसमें उत्तम होता है तथा किसमें घटिया (poor) होता है। इनके प्रयोग में निष्पादन की जॉच प्रत्यक्षण विधि से की गयी है। परिणाम में देखा गया कि A-B, C-D जो नियंत्रित रूपावली (controlled paradigm) होता है, की तुलना में A-B, A-B′ तथा A-B, C-B में धनात्मक अंतरण होता है। पहली रूपावली में धनात्मक अंतरण की मात्रा अधिक तथा दूसरी रूपावली में धनात्मक अंतरण की मात्रा थोड़ी कम होती है। A-B, A-D तथा A-B, A-Br में ऋणात्मक अंतरण क्रमशः कम और अधिक मात्रा में होता है।

अंतरण सतह
(Transfer Surface)

औसगुड (Osgood, 1949) ने अपने अंतरण प्रयोगों द्वारा प्रदत्त आँकड़ों तथा गिब्सन (Gibson) एवं हैम्लिटन (Hamilton) द्वारा किये गये प्रयोगों से प्राप्त आँकड़ों के आधार पर एक विशेष स्मरणोपकारी मॉडल (mnemonic model) तैयार किया है जिसके सहारे कई रूपावलियों (paradigms) में प्रत्याशित अंतरण प्रभाव (transfer effects) के बारे में एक पूर्वकथन (prediction) किया जाता है। इस मॉडल को *अंतरण सतह* (transfer surface) कहा जाता है। इस सतह को चित्र 7.22 में दिखलाया गया है। औसगुड द्वारा निर्मित यह अंतरण सतह (transfer surface) में अंतरण के निम्नांकित तीन प्रमुख आनुभाविक नियमों (empirical laws) को सम्मिलित किया गया है। ये तीनों नियमों का प्रतिपादन भी औसगुड (Osgood, 1947) द्वारा ही किया गया है—

1. जब उद्दीपकों (stimuli) में परिवर्तन किया जाता है, तथा अनुक्रियाओं (responses) को कार्यात्मक रूप से (functionally) समरूप identical) रखा जाता है तब धनात्मक अंतरण (positive transfer) होता है तथा जैसे-जैसे उद्दीपक एकांशों के बीच समानता बढ़ती है, वैसे-वैसे धनात्मक अंतरण की मात्रा भी बढ़ती जाती है।

2. जब उद्दीपकों (stimuli) को कार्यात्मक रूप से समरूप (identical) रखा जाता है तथा अनुक्रियाओं को परिवर्तित किया जाता है, ऋणात्मक अंतरण (negative transfer) होता है तथा जैसे-जैसे अनुक्रियाओं के बीच समानता बढ़ते जाती है, ऋणात्मक अंतरण की मात्रा में कमी आती जाती है।

3. जब उद्दीपक तथा अनुक्रिया एकांशों में एक ही साथ परिवर्तन किया जाता है तो ऋणात्मक अंतरण (negative transfer) उत्पन्न होता है तथा जैसे-जैसे उद्दीपक समानता में वृद्धि होती है, ऋणात्मक अंतरण (negative transfer) की मात्रा में भी वृद्धि होती जाती है।

उपर्युक्त तीनों नियमों को सम्मिलित करते हुए औसगुड ने एक अंतरण मॉडल बनाया है जिसे चित्र 7.23 में दिखलाया गया है। इस चित्र में या अंतरण सतह में (चित्र 7.23) एक लम्बा आयाम (long dimension) अर्थात् पड़ी लम्बाई (horizontal length) पर अनुक्रिया समानता (response similarity) की मात्रा को दर्शाया गया है जो अनुक्रिया समरूप (Response identity or R_I) से प्रारम्भ होकर अनुक्रिया समानता (Response similarity or R_S), अनुक्रिया तटस्थता या असम्बद्धता (Response similarity or unrelated response R_N) तथा अनुक्रिया विलोमता (Opposite response or R_O) से होते हुए परस्परविरोधी अनुक्रिया (Antagonistic response or R_A) तक फैला हुआ है। सतह का छोटा लघु आयाम (short dimension) अर्थात् खड़ी लम्बाई (vertical length) द्वारा दो सूचियों या पाठों के बीच उद्दीपक समानता (stimulus similarity) के विभिन्न स्तरों को अर्थात् समरूप उद्दीपक (identical stimulus or S_I), समान उद्दीपक (similar stimulus or S_S) तथा तटस्थ उद्दीपक (neutral stimulus or S_N) से दर्शाया गया है। सतह के बीच वाला पड़ी तल (middle horizontal plane) द्वारा शून्य अंतरण (zero transfer) को दिखलाया गया है। इस तल से ऊपर की खड़ी दूरी (vertical distance) द्वारा धनात्मक अंतरण (positive transfer) तथा नीचे की खड़ी दूरी ऋणात्मक अंतरण (negative transfer) का पता चलता है। यह दूरी जितनी ही अधिक होगी (ऊपर या नीचे की ओर) सम्बन्धित अंतरण की मात्रा (amount) भी उतनी ही अधिक होगी। इस अंतरण सतह के सहारे युग्मित सहचर सीखना के विभिन्न रूपावलियों में होने वाले अंतरण के बारे में पूर्वकथन किया गया है। अंतरण सतह (transfer surface) के कुछ महत्त्वपूर्ण पूर्वकथन (pedictions) इस प्रकार है—

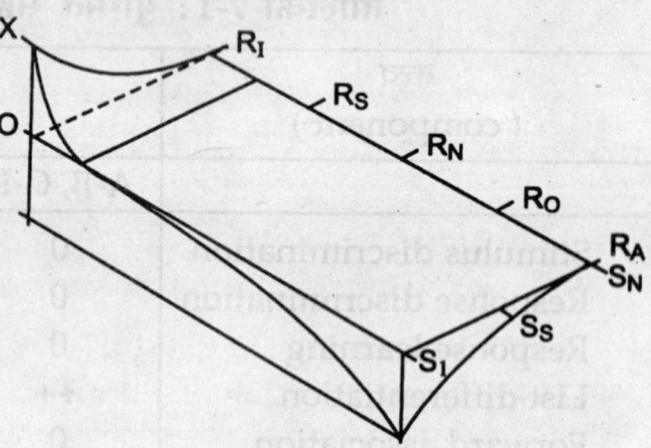

चित्र 7.23 : औसगुड द्वारा निर्मित अंतरण सतह (Transfer Surface)

1. जब दो पदों या सूचियों के उद्दीपक एकांशों (stimulus items) तथा अनुक्रिया एकांशों में समरूपता (identically) होती है अर्थात् S_I एवं R_I की स्थिति होती है, तो धनात्मक अंतरण (positive transfer) अधिकतम होगी। अतः अंतरण सतह के अनुसार A-B, A-B रूपावली में (जहाँ दूसरी सूची पहली सूची की पुनरावृत्ति है) अधिकतम धनात्मक अंतरण (maximum positive transfer) होगा।

2. जब दो सूचियों के केवल उद्दीपक एकांशों में समरूपता होती है, अर्थात् S_I की स्थिति होती है तथा इनकी अनुक्रियाएँ परस्पर विरोधी (antagonistic) होती है अर्थात् R_A की स्थिति होती है तो अधिकतम ऋणात्मक अंतरण

(maximum negative transfer) होगा। जैसे इस अंतरण सतह के पूर्वकथन के अनुसार A-B, A-C रूपावली में ऋणात्मक अंतरण होगा।

3. उसी तरह से अगर दोनों सूचियों के उद्दीपक एकांश एक-दूसरे से असंबद्ध (unrelated) या तटस्थ हैं अर्थात् उनमें न समानता है और ना ही असमानता, तो उनकी अनुक्रिया एकांशों में समानता की मात्रा चाहे कुछ भी हो (कम या अधिक) उससे हमेशा शून्य अंतरण (zero transfer) ही होगा। दूसरे शब्दों में अनुक्रियाओं की समानता की मात्रा चाहे कुछ भी हो, यदि उद्दीपक एकांश एक दूसरे से सम्बन्धित नहीं है तो अंतरण हमेशा शून्य होगा (अंतरण सतह के पीछे वाले किनारे से इसका अंदाज लगता है।

अंतरण सतह के उक्त विवरण से यह स्पष्ट है कि शून्य अंतरण (zero transfer) से अधिक मात्रा के अंतरण का होना उद्दीपक समानता (stimulus similarity) की मात्रा पर आधारित होती है तथा अंतरण की दिशा (धनात्मक या ऋणात्मक) अनुक्रिया समानता (response similarity) पर आधारित होती है। अंतरण सतह (transfer surface) द्वारा निम्नांकित बातें स्पष्ट रूप से पता चलता है—

(i) जब अनुक्रियाएँ (response) समरूप (identical) होतीं है तथा उद्दीपक समानता (stimulus similarity) बढ़ते जाती है, तो अंतरण (transfer) शून्य से बढ़कर धनात्मक अंतरण के अधिकतम बिन्दु पर पहुँच जाता है। इसका अंदाज अंतरण सतह के बायें किनारा से होता है।

(ii) जब अनुक्रियाएँ असम्बन्धित होतीं हैं तथा उद्दीपक समानता (stimulus similarity) बढ़ती है, तो अंतरण शून्य से बढ़कर अधिकतम ऋणात्मक (maximum negative) तक पहुँच जाता है। इसका अंदाज अंतरण सतह से दायें किनारे में होता है।

(iii) जब उद्दीपक असम्बन्धित (unrelated) होते हैं तथा अनुक्रिया समानता (response similarity) बढ़ती है, तो अंतरण शून्य पर बना होता है इसका अंदाज अंतरण सतह के पिछले किनारे (back edge) से होता है।

(iv) जब उद्दीपक समरूप (identical) होते हैं तथा अनुक्रिया समानता (response similarity) बढ़ती है, तो अंतरण अधिकतम ऋणात्मक (maximum negative) से अधिकतम धनात्मक (maximum positive) की ओर घिसकने लगता है। इसका अंदाज अंतरण सतह के अगले किनारे (front edge) से होता है।

यद्यपि औसगुड द्वारा निर्मित अंतरण सतह (transfer surface) अंतरण प्रयोगों में एक लोकप्रिय एवं आकर्षक मॉडल रहा है, फिर भी इसे प्रयोगात्मक मनोवैज्ञानिकों द्वारा एक अधूरा एवं कुछ आँकड़ों का गलत निरूपण करने वाला मॉडल कहा गया है। इस अंतरण सतह के प्रमुख दोष (limitation) निम्नांकित है:—

(i) डाल्लेट (Dallet, 1962) ने अंतरण सतह (transfer surface) की प्रयोगात्मक जाँच किया और पाया है कि इस सतह द्वारा A-B, A-Br रूपावली द्वारा अधिक मात्रा में उत्पन्न ऋणात्मक अंतरण (negative transfer) की व्याख्या नहीं हो पाती है।

(ii) मार्टीन (Martin, 1965) ने अपने अध्ययन के आधार पर अनुक्रिया समानता के विभिन्न बिन्दुओं के स्थान निर्धारण (location) पर आपत्ति उठाया है। इनका कहना है कि इस सतह पर प्रतियोगी अनुक्रियाएँ (opposed response) जैसे 'काला-उजला' का गलत स्थान निर्धारण हो सकता है। ऐसी अनुक्रियाओं में आपस में कुछ धनात्मक समानता (positive similarity) है क्योंकि वे दोनों ही रंग के नाम है। अतः अंतरण सतह के चित्र में R_N के बायें तरफ रखा जाना चाहिए।

(iii) पोस्टमैन (Postman, 1971) ने अपने अध्ययन के आधार पर यह बतलाया है कि अंतरण सतह द्वारा सिर्फ दो कारकों अर्थात् उद्दीपक समानता (stimulus similarity) तथा अनुक्रिया समानता (response similarity) के आधार पर अंतरण की व्याख्या की गयी है। अंतरण के अन्य तत्त्वों जैसे अग्रवर्ती साहचर्य (forward association), पश्चगामी साहचर्य (backward association), अनुक्रिया उपलब्धता (response availiblity) आदि द्वारा उत्पन्न अंतरण प्रभाव (transfer effect) की व्याख्या नहीं हो पाती है।

(iv) कई प्रयोगात्मक मनोवैज्ञानिकों ने यह दिखलाया है कि अपवादों को छोड़कर औसगुड द्वारा निर्मित अंतरण सतह द्वारा अंतरण प्रभाव (transfer effect) के बारे में पूर्वकथन तभी किया जाता है जब अत्यधिक अर्थपूर्ण शाब्दिक एकांशों जैसे शब्दों (words) का उपयोग किया जाता है। परन्तु जब कम अर्थपूर्ण एकांशों जैसे अपरिचित निरर्थक

पदों (unfamiliar nonsense syllables) का उपयोग किया जाता है, तो यह सतह द्वारा परिशुद्ध पूर्वकथन (accurate prediction) सम्भव नहीं हो पाता है। जैसे, अंतरण सतह (transfer surface) *A-B, C-B* रुपावली में शून्य अंतरण (zero transfer) होने का पूर्वकथन (prediction) करता है। लेकिन डीन एवं कौसलर (Dean & Kaushler, 1964), युंग (Jung, 1963) तथा मेरीकल (Merikle, 1968) ने अपने-अपने प्रयोगों में यह पाया है कि इस रूपावली में जब अनुक्रिया पद (response term) निरर्थक एकांश (nonsense item) होते हैं, तब धनात्मक अंतरण (positive transfer) होता है। उसी तरह से अंतरण सतह का यह पूर्वकथन कि *A-B, A-C* रूपावली में उच्च ऋणात्मक अंतरण (high negative transfer) होगा, तभी सही होता पाया जाता है जब काफी अधिक अर्थपूर्ण सामग्री (highly meaningful material) का उपयोग किया जाता है। युंग (Jung, 1963) तथा रिचार्डसन एवं ब्राऊन (Richardson & Brown, 1966) ने अपने-अपने प्रयोगों में पाया है कि जब कम अर्थपूर्ण सामग्रियों का उपयोग किया जाता है तो इस ऋणात्मक अंतरण (negative transfer) का प्रभाव लुप्त होने लगता है। संक्षेप में यह कहा जा सकता है कि अंतरण सतह, कुछेक अपवाद को छोड़कर, अर्थपूर्ण सामग्री के होने पर ही अंतरण प्रभाव के बारे में पूर्वकथन करता है। निम्न अर्थपूर्ण सामग्री के होने पर अंतरण सतह द्वारा अंतरण प्रभाव के बारे में पूर्वकथन करना सम्भव नहीं हो पाता है।

इन परिसीमाओं (limitation) के आलोक में औसगुड (Osgood) द्वारा निर्मित अंतरण सतह (transfer surface) का उपयोग विशेष परिस्थिति में ही अंतरण प्रभाव के बारे में पूर्वकथन करने के लिए किया जाता है। मनोवैज्ञानिकों ने इस अंतरण सतह के अलावा कुछ और अतिरिक्त सतह (additional surface) की भी खोज कर लिया है।

शिक्षण वक्र
(Learning Curve)

शिक्षण या सीखना की प्रगति (progress) या अवनति को दिखानेवाली वक्ररेखा को *शिक्षण वक्र* (learning curve) कहा जाता है। शिक्षण वक्र एक ऐसा वक्र होता है जो सीखने की मात्रा तथा अभ्यास (practice) या प्रयास (trial) के बीच एक खास सम्बन्ध को बताता है। शिक्षण वक्र को देखकर यह कहा जा सकता है कि किन प्रयासों में सीखने की मात्रा में कमी या तेजी हुई है।

मनोवैज्ञानिकों द्वारा किए गए अध्ययनों से स्पष्ट हो गया है कि शिक्षण वक्र के चार प्रमुख प्रकार होते हैं।

1. समान निष्पादन वक्र (Curve of equal returns) या रेखीय त्वरण वक्र (Linear acceleration curve)
2. वर्धमान निष्पादन वक्र (Curve of increasing returns) या धनात्मक त्वरण वक्र (Curve of positive acceleration)
3. ह्रास या घटना निष्पादन वक्र (Curve of decreasing returns) या ऋणात्मक त्वरण वक्र (Curve of Negative acceleration)
4. एस-आकारीय वक्र (S-shaped curve)।

इन सभी का वर्णन निम्नांकित हैं:—

1. समान निष्पादन वक्र (*Curve of equal returns*)—इसको रेखीय त्वरण वक्र (Linear

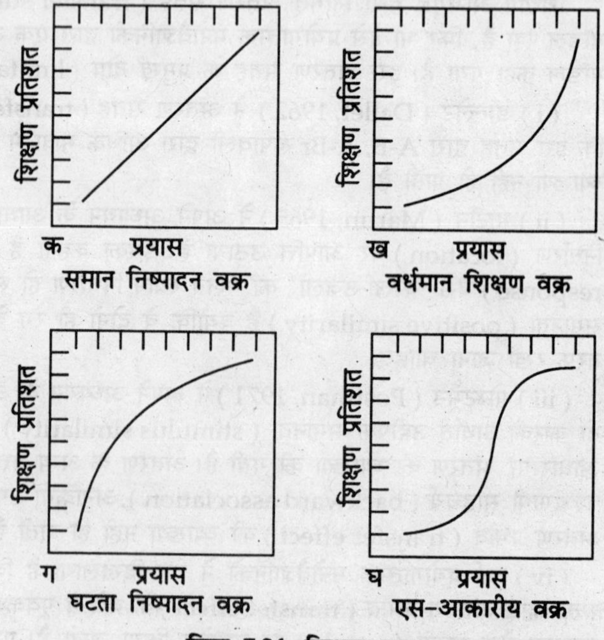

चित्र 7.24 : शिक्षण-वक्र

acceleration curve) भी कहा जाता है। जैसा कि नाम से स्पष्ट है, इस वक्र का आकार (shape) एक सीधी रेखा (line) के समान होता है। (चित्र 7.24 क में देखें) इस तरह के वक्र से यह स्पष्ट रूप से पता चलता है कि प्रत्येक प्रयास (trial) में सीखने की मात्रा या निष्पादन समान रहा है। इस तरह के शिक्षण वक्र की एक विशेषता यह भी है कि इस तरह का वक्र बहुत कम देखने को मिलता है। लैकमैन (Lackman, 1961) ने अपने अध्ययन में एक इस प्रकार का शिक्षण वक्र (learning curve) पाया था जिसमें 4 दिनों तक चूहों द्वारा विभेदीय सीखना (discrimination learning) के प्रयोग में सही अनुक्रिया का प्रतिशत प्रतिदिन करीब-करीब समान यानी 10% - 10% था।

2. वर्धमान शिक्षण वक्र या धनात्मक त्वरण वक्र (*Curve of Increasing returns or Positive acceleration curve*)—इस तरह का वक्र तब बनता है जब प्रारम्भ के प्रयासों में सीखने की गति धीमी होती है और फिर बाद के प्रयासों में उसकी गति तीव्र हो जाती है जिसके फलस्वरूप शिक्षण वक्र तेजी से ऊपर उठता है (चित्र 7.24 ख देखें) इस तरह का शिक्षण वक्र वैसी परिस्थिति में बनता है जब शिक्षार्थी को कोई कठिन पाठ सीखने के लिए या कठिन समस्या का समाधान करने के लिए कहा जाता है। स्वभावतः पाठ कठिन होने पर प्रारम्भ में सीखने की गति धीमी होती है तथा फिर कुछ अभ्यास हो जाने के बाद उसकी गति तीव्र हो जाती है।

3. ह्रास निष्पादन वक्र या ऋणात्मक त्वरण वक्र (*Curve of decreasing returns or Negative acceleration curve*)—सीखने के क्षेत्र में जितने भी प्रयास किए गए हैं उनके आँकड़ों (data) के आधार पर बनने वाले में यह सबसे सामान्य तथा लोकप्रिय वक्र है। इस तरह के वक्र से यह पता चलता है कि प्रारम्भ के प्रयासों में सीखने की गति (rate) तीव्र होती है परन्तु बाद के प्रयासों (trials) में यह गति धीमी हो जाती है क्योंकि प्रयोज्य (subject), निष्पादन (performance) के उच्चतम शिखर के करीब आ जाता है। (चित्र 7. 24 ग देखें) अगर एक सीमा के बाद भी अभ्यास किया जाता है, तो वैसी परिस्थिति में प्रत्येक प्रयास के बाद निंष्पादन में कोई वृद्धि नहीं होती है और कभी-कभी थकान (fatigue), अनिच्छा आदि कारणों से निष्पादन में ह्रास भी होना प्रारम्भ हो जाता है।

4. एस-आकारीय वक्र (*S-shaped curve*)—इस तरह के शिक्षण वक्र में सीखने की गति या दर आरंभ में धीमी होती है और फिर बाद के प्रयासों में तीव्र हो ज़ाती है और अन्त में फिर धीमी हो जाती है (चित्र 7.24 घ देखें)। अगर छात्र को एक ऐसा नया पाठ (lesson) सीखने को दे दिया जाता है जिससे वह पूर्वपरिचित नहीं है तथा साथ-ही-साथ पूरा पाठ समान रूप से कठिन (difficult) है, तो इससे बननेवाला वक्र प्रायः एस-आकारीय वक्र (S-shaped) होता है। अगर ध्यान पूर्वक देखा जाय तो यह स्पष्ट हो जायेगा कि एस-आकारीय शिक्षण वक्र में वर्धमान शिक्षण वक्र (Curve of increasing returns) तथा ह्रास शिक्षण वक्र (Curve of decreasing returns) दोनों ही सम्मिलित होते हैं। एस-आकारीय वक्र में आरम्भ के प्रयासों (trials) में सीखने की गति तीव्र हो जाती है। अतः यह वर्धमान शिक्षण वक्र के समान हैं। फिर अन्त के प्रयासों में इस वक्र के अनुसार सीखने की गति धीमी हो जाती है जो ह्रास शिक्षण वक्र (decreasing learning curve) की विशेषताओं के समान है।

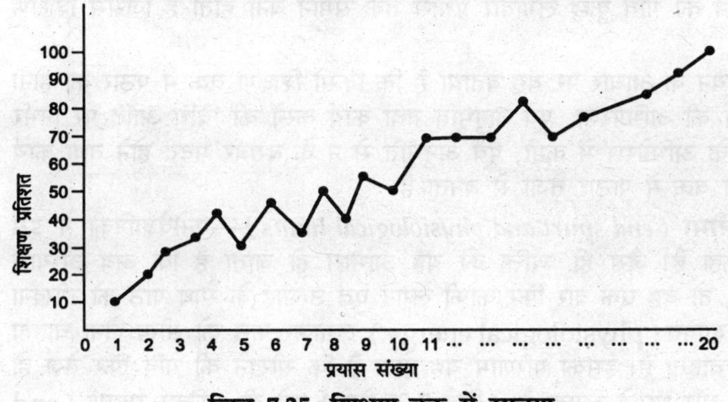

चित्र 7.25 : शिक्षण-वक्र में स्फुरण

उपर्युक्त विवरण से यह स्पष्ट है कि शिक्षण वक्र (learning curve) कई तरह के होते हैं। यदि किसी एक प्रयोज्य के शिक्षण वक्र का विश्लेषण (analysis) ध्यान देकर किया जायं तो यह स्पष्ट हो जाएगा कि सीखने की गति या दर में एक प्रयास से दूसरे प्रयास में काफी उतार-चढ़ाव (fluctuations) होते हैं जिसके आधार पर शिक्षण वक्र की कोई खास विशेषताओं के बारे में पूर्वानुमान या पूर्वकथन नहीं किया जा सकता। अतः मनोवैज्ञानिकों ने कई व्यक्तियों के शिक्षण वक्रों को एक साथ मिलाकर उनकी कुछ सामान्य विशेषताओं के बारे में बताने की कोशिश की है, जो इस प्रकार है—

1. प्रारम्भिक स्फुरण (beginning spurt)
2. मध्य स्फुरण (middle spurt)
3. पठार (Plateau)
4. अन्तिम स्फुरण तथा शारीरिक सीमा (end spurt and physiological limit)।

इन चारों का वर्णन निम्नांकित है:—

1. प्रारम्भिक स्फुरण (*beginning spurt*)—मनोवैज्ञानिकों ने इसे प्रारम्भिक त्वरण (beginning acceleration) भी कहा है। जब कोई व्यक्ति किसी पाठ को सीखना प्रारम्भ करता है तो उस समय उसमें अभिप्रेरण (motivation), अभिरुचि (interest) तथा सबलता अधिक होता है। इतना ही नहीं, प्रारम्भ के प्रयासों (trials) में पाठ कठिन हो या आसान, व्यक्ति के लिए वह नवीन होता है। इन सभी कारकों का परिणाम यह होता है कि शिक्षण वक्र तेजी से ऊपर की ओर बढ़ता है। (चित्र 7.25 देखें)।

2. मध्य स्फुरण (*middle spurt*)—मनोवैज्ञानिकों ने इसे मध्यकालिक त्वरण (middle spurt) भी कहा है। यह अवस्था अभ्यास (practice) के बीच की अवस्था होती है जहाँ शिक्षण वक्र में काफी उतार-चढ़ाव (fluctuations) पाया जाता है। प्रारम्भ में व्यक्ति में जो अभिरुचि, उत्साह अभिप्रेरणा आदि होते है, बीच के प्रयासों में आकर उनमें कुछ कमी आ जाती है जिसके परिणामस्वरूप शिक्षण वक्र में काफी उतार-चढ़ाव होना प्रारम्भ हो जाता है। कभी सीखने की गति धीमी हो जाती है तो कभी तेज हो जाती है।

3. पठार (*Plateau*)—प्रायः यह देखा गया है कि अभ्यास के बीच में कुछ प्रयासों (trials) तक लगातार सीखने की गति या दर न तो तेज होती, है और न धीमी होती है। इसका मतलब यह हुआ कि सीखने की गति में कोई उतार-चढ़ाव नहीं होता। फलतः शिक्षण वक्र पड़ी रेखा (horizontal line) के रूप में आगे बढ़ती है (चित्र 7.25 देखें)। शिक्षण वक्र के इस तरह के हिस्से को *पठार* (plateau) कहा जाता है। किसी भी शिक्षण वक्र में पाठार (plateau) एक या एक से अधिक हो सकता है। रूक (Ruch, 1967) ने इस तरह पाठार के निम्नांकित तीन कारण बताएँ हैं—

(i) जब व्यक्ति की रुचि किसी पाठ को सीखने में कम हो जाती है तो इससे शिक्षण वक्र में पाठार बनना प्रारम्भ हो जाता है।

(ii) जब व्यक्ति अभ्यास के मध्य में ही सीखने की एक विधि को छोड़कर एक नई विधि को अपनाता है तो इस नई विधि के प्रारम्भ में कई प्रयास तक सीखने की गति समान बनी होती है जिसके फलस्वरूप शिक्षण वक्र में पाठार (plateau) बनना प्रारम्भ हो जाता है।

(iii) जब प्रयोज्य (subject) को पहले सीखी नई अनुभूतियों (past learnt associations) से अधिक मदद नहीं मिलती है, तो इससे भी सीखने की गति कुछ लगातार प्रयास तक समान बनी होती है जिससे शिक्षण वक्र में पाठार उत्पन्न होता है।

केल्लर (Keller, 1958) ने अपने अध्ययन के आधार पर यह बताया है कि किसी शिक्षण वक्र में पठार का होना या न होना पाठ के स्वरूप (nature), छात्रों की अभिप्रेरणा, पूर्व अनुभूति तथा कार्य करने की विधि आदि पर निर्भर करता है। यदि पाठ का स्वरूप कठिन, छात्र के अभिप्रेरण में कमी, पूर्व अनुभूति से न के बराबर मदद होने तथा कार्य करने की विधि नयी होती है तो इससे शिक्षण वक्र में पाठार तेजी से बनता है।

4. अन्तिम स्फुरण तथा शारीरिक सीमा (*end spurt and physiological limits*)—मनोवैज्ञानिकों ने इसे अंतिम त्वरण (end acceleration) भी कहा है। जैसे ही व्यक्ति को यह आभास हो जाता है कि अब अभ्यास (practice) की अवधि समाप्त होनेवाली है, तो वह एक बार फिर काफी लगन एवं उत्साह के साथ पाठ को सीखना प्रारम्भ कर देता है। वह अपनी पूरी शारीरिक शक्ति (physiological energy) लगाकर पाठ को सीख लेना चाहता है या दी हुई समस्या का समाधान कर लेना चाहता है। इसका परिणाम यह होता है कि सीखने की गति फिर तेज हो जाती है तथा शिक्षण वक्र तेजी से ऊपर की ओर भागने लगता है। (चित्र 7.25 देखें) इसे ही अन्तिम स्फूरण (end spurt) कहा जाता है। अन्तिम स्फुरण में शिक्षण वक्र की ऊँचाई एक सीमा तक ही होती है। यह सीमा प्रायः व्यक्ति के शारीरिक शक्ति की सीमा पर निर्भर करती है; क्योंकि किसी भी व्यक्ति के लिए अपनी शारीरिक शक्ति के बाहर जाकर पाठ का सीखना सम्भव नहीं है।

निष्कर्षतः कहा जा सकता है कि शिक्षण वक्र (learning curve) एक बहुत ही महत्त्वपूर्ण वक्र है जिसके सहारे हमें यह स्पष्ट रूप से पता चलता है कि अभ्यास बढ़ने के साथ-साथ सीखने की गति में किस तरह का परिवर्तन हो रहा है और किन-किन प्रयासों में हो रहा है। शिक्षण वक्र की कई विशेषताओं में पाठार (plateau) एक महत्त्वपूर्ण विशेषता है जिसका मनोवैज्ञानिकों ने विशेष रूप से अध्ययन किया है।

कार्यक्रमित सीखने का अर्थ
(Meaning of Programmed Learning)

कार्यक्रमित सीखना से तात्पर्य किसी विशेष प्रोग्राम के अनुसार सीखने (learning) की प्रक्रिया होने से होता है। सावधानीपूर्वक चयन किए गए छोटे-छोटे कदमों (small steps) के क्रम (sequence) को प्रोग्राम (programme) कहा जाता है। कार्यक्रमित सीखना या शिक्षण में सीखे जानेवाले विषय को छोटे-छोटे कदमों में व्यक्तियों को एक-एक करके एक क्रम में दिखाया जाता है। सामान्यतः प्रत्येक कदम (steps) पर व्यक्ति द्वारा दिए गए उत्तर के बाद उस भाग का सही उत्तर उन्हें दिखा दिया जाता है जिससे दिए गए उत्तरों की यथार्थता की जाँच व्यक्ति स्वयं कर लेता है। इस तरह प्रोग्राम शिक्षण में व्यक्तियों को अपने उत्तरों का स्वयं ही मूल्यांकन (evaluation) करने का मौका मिलता है। वे अपनी गलतियों में सुधार करते हुए धीरे-धीरे पूरे विषय को सीख लेते हैं।

कार्यक्रमित सीखना (programmed learning) की सफलता के लिए यह आवश्यक है कि शिक्षण विषय से सम्बन्धित एक उत्तम प्रोग्राम(programme)तैयार किया जाय। इसके लिए कम-से-कम दो बातों का होना अनिवार्य है। पहला तो यह कि विषय या पाठ जिसका शिक्षण (learning) होना है, का ठीक ढंग से व्यवहारात्मक विश्लेषण (behavioural analysis) अर्थात् छोटे-छोटे उपर्युक्त खण्डों (appropriate parts) में हो तथा दूसरा यह कि व्यक्ति द्वारा प्रत्येक खंड के प्रति दिए गए उत्तरों का ठीक ढंग से संश्लेषण (synthesis) किया जाए। प्रायः कार्यक्रमित सीखना में विषय या पाठ के छोटे-छोटे खण्डों को एक समान गति से दिखाने के लिए विशेष मशीन(machine)का प्रयोग किया जाता है जिसे *शिक्षण मशीन* (teaching machine) कहा जाता है। सबसे पहली ऐसी शिक्षण मशीन सिडनी एल॰ प्रेस्सी (Sindney L Pressy, 1926, 1927) द्वारा तैयार किया गया था जो कई कारणों से उतना लोकप्रिय नहीं हो सका। इसके बाद कई मनोवैज्ञानिकों ने इसी ढंग के मशीन का निर्माण किया। स्कीन्नर (Skinner, 1967) ने एक ऐसी ही शिक्षण मशीन (teaching machine) का निर्माण किया जो अधिक लोकप्रिय हुआ। इस मशीन के सहारे व्यक्ति को एक तरह सीखे जानेवाले विषय के प्रत्येक खण्ड का प्रश्न दिखाया जाता है जिसका उत्तर व्यक्ति को लिखना होता है (चित्र 7.26 देखें) उसके बाद मशीन उस प्रश्न का सही उत्तर दिखाकर अगले प्रश्न को उसे दिखाता है। इसी क्रम में व्यक्ति प्रत्येक खण्ड को सीखते जाते हैं।

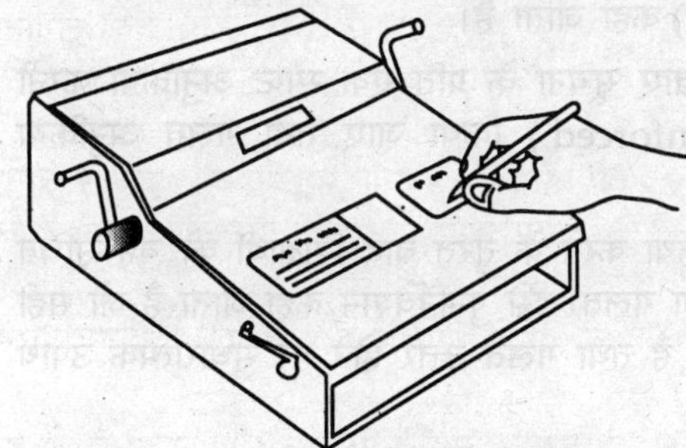

चित्र 7.26 : स्कीन्नर द्वारा प्रतिपादित शिक्षण मशीन

कार्यक्रमित सीखने के प्रति स्किन्नर की विचारधारा (Skinner's viewpoints towards Programmed learning)

कार्यक्रमिक सीखना एक ऐसी प्रविधि (technique) है जिसका उपयोग वैसे मनोवैज्ञानिकों द्वारा अधिक किया जाता है जो सीखने के व्यवहारवादी सिद्धान्त (behaviouristic theories of learning) में न कि संज्ञानात्मक सिद्धान्तों (cognitive theories) में विश्वास रखते हैं। कार्यक्रमिक सीखना में सीखने के *पुनर्बलन सिद्धान्त* (reinforcement theory) के कई पहलू सम्मिलित होते हैं। इस सिलसिले में प्रसिद्ध मनोवैज्ञानिक एवं पुनर्बलन सिद्धान्ती स्कीन्नर (Skinner) का योगदान अभूतपूर्व है।

स्कीन्नर (Skinner, 1953) का विचार था कि सीखने प्रक्रिया को अधिक प्रभावकारी ढंग से होने के लिए निम्नांकित तीन चीजों का होना अनिवार्य है—

(i) सीखे जानेवाले विषय को छोटे-छोटे खण्डों में बाँटकर व्यक्ति को दिया जाए।

(ii) व्यक्ति को अपने शिक्षण (learning) की यथार्थता (accuracy) से तुरंत अवगत कराया जाए।

(iii) व्यक्ति को अपनी गति (pace) से सीखने दिया जाए।

स्कीन्नर ने यह बताया कि कक्षा में जब शिक्षक भाषण (lecture) के माध्यम से छात्रों को शिक्षण देते हैं तो उपर्युक्त तीनों नियमों (principles) की अवहेलना होती है। कार्यक्रमित शिक्षण (programmed learning) में उपर्युक्त तीनों नियमों की सम्पुष्टि होती है। अतः स्कीन्नर (Skinner) के अनुसार कक्षा (classroom) में पौराणिक भाषण विधि (traditional lecture method) की जगह कार्यक्रमित शिक्षण विधि को अधिक लाभप्रद बताया गया है। प्रोग्राम सामग्रियों (programmed materials) को उसने एक विशेष मशीन (machine) से छात्रों के सामने उपस्थित करने की अनुशंसा की है। इस मशीन को शिक्षण मशीन (teaching machine) कहा जाता है। (चित्र 7.26 देखें)

कार्यक्रमित शिक्षण (programmed learning) के प्रति स्कीन्नर (Skinner) द्वारा प्रतिपादित उपागम (approach) को रेखीय कार्यक्रम (linear programme) कहा जाता है जिसकी निम्नांकित चार विशेषताएँ (characteristics) बताई गई हैं।

(i) छोटे-छोटे कदम (*small steps*)—इसमें शिक्षार्थी (learner) को सीखे जानेवाले विषय से सम्बन्धित सूचनाएँ थोड़ा-थोड़ा करके दी जाती है और शिक्षार्थी एक क्रम (sequence) में एक फ्रेम (frame) या एक सूचना से दूसरी सूचना की प्राप्ति की ओर एक क्रमिक ढंग से (orderly fashion) में बढ़ता है। सही अर्थ में इसे ही रेखीय प्रोग्रामिंग (linear programming) कहा जाता है।

(ii) स्पष्ट अनुक्रिया (*overt responding*)—शिक्षार्थी को दिखाए सूचना के प्रति एक स्पष्ट अनुक्रिया करनी पड़ती है ताकि उसके सही अनुक्रिया को पुनर्बलित (reinforced) किया जाए तथा गलत अनुक्रिया (incorrect responses) में सुधार किया जाए।

(iii) तात्कालिक पुनर्विवेशन (*immediate feedback*)—अनुक्रिया करने के तुरंत बाद शिक्षार्थी को यह सूचित कर दिया जाता है कि उनके द्वारा की गई अनुक्रिया सही है या गलत। इसे पुनर्निवेशन कहा जाता है जो सही उत्तर होने पर एक पुनर्बलक (reinforcer) का काम करता है तथा गलत उत्तर होने पर सुधारात्मक उपाय (corrective measure) के रूप में कार्य करता है।

(iv) आत्म-प्रगति (*self-pacing*)—इसमें शिक्षार्थी (learner) अपनी दर या गति से आगे की ओर बढ़ते हैं।

रेखीय प्रोग्राम (linear programme) के कुछ रूपान्तरण (variation) भी बताए गए हैं। इस रूपान्तरित रेखीय प्रोग्राम (modified linear programme) में शिक्षार्थी को उन सूचनाओं (information) को छोड़कर आगे बढ़ जाने का प्रावधान होता है जिसे शिक्षार्थी भलीभाँति जानते हैं। कार्यक्रमित शिक्षण (programmed learning) में एक दूसरे तरह का भी कार्यक्रम है जो तुलनात्मक रूप से अधिक लचीला (flexible) है। इसे *शाखा प्रोग्राम* (branching programme) या *आन्तरिक प्रोग्राम* (intrinsic programme) कहा जाता है। शाखा प्रोग्राम रेखीय प्रोग्राम की तुलना में अधिक जटिल होता है, क्योंकि इसमें शिक्षार्थी की अनुक्रियाओं (responses) का निदान (diagnose) करने का भरसक प्रयत्न किया जाता है। इस प्रोग्राम में शिक्षार्थी को सीखे जाने वाले विषय से सम्बन्धित कुछ सूचना दिए जाने के लिए उन्हें बहु-विकल्प प्रश्न (multiple-choice question) दिए जाते हैं जिनका उत्तर शिक्षार्थी को देना होता है। अगर उनका उत्तर सही होता है, तो उन्हें अगले फ्रेम (frame) या सूचना की ओर बढ़ने के लिए निर्देशित किया जाता है। अगर उनका उत्तर गलत हेाता है, तो गलती के स्वरूप (nature of mistake) को ध्यान में रखते हुए उन्हें विशेष निर्देश (instruction) दिया जाता है। जैसे यह कहा जा सकता है कि यदि आपका उत्तर दिए गए विकल्पों (alternatives or choices) में से 'C' है, तो आप पृष्ठ संख्या 20 पर दिए गए सूचनाओं या सामग्रियों की समीक्षा (review) करें। उसी तरह यह कहा जा सकता है कि यदि आपका उत्तर 'D' है, तो आप अनुच्छेद 4 (section 4) को दोहराएँ। अगर आपका उत्तर 'A' है, तो आप सही हैं और अगले फ्रेम (frame) की ओर बढ़े।

स्कीन्नर (Skinner, 1968) ने कार्यक्रम शिक्षण से सम्बन्धित कई तरह के अध्ययन कर कुछ विशेष सामान्यीकरण (generalization) किया है जो निम्नांकित हैं—

(i) प्रभावकारी सीखने (effective learning) के लिए शिक्षार्थी को पुनर्निवेशन (feedback) या परिणाम-ज्ञान

(knowledge of result) को देना अनिवार्य है। दूसरे शब्दों में, शिक्षार्थी के लिए यह जानना जरूरी है कि उनके द्वारा दिए गए उत्तर सही है या नहीं। यह परिणाम ज्ञान या पुनर्निवेशन एक तरह का पुनर्बलन (reinforcement) के रूप में कार्य करता था।

(ii) अनुक्रिया करने के बाद जितना ही जल्दी परिणाम ज्ञान (knowledge of result) दे दिया जाता है, अर्थात् जितना ही जल्दी पुनर्बलन (reinforcement) दे दिया जाता है, सीखने की प्रक्रिया उतनी ही तेजी से होती है।

कार्यक्रमित शिक्षण (progrmmed learning) के कुछ लाभ (advantage) तथा खामियाँ (limitations) बताए गए हैं। स्कीन्नर (Skinner, 1968) के अनुसार इसके प्रमुख लाभ निम्नांकित हैं—

(i) कार्यक्रमित शिक्षण (programmed learning) में प्रोग्राम तथा शिक्षार्थी के बीच एक सतत अन्तःक्रिया (constant interaction) इस ढंग की होती है कि वह शिक्षार्थी को अधिक ध्यानमग्न, सतर्क एवं व्यस्त रखता है। भाषण तथा विवेचना विधि में अक्सर शिक्षार्थी उदासीन रहते हैं और ध्यानभंगता से ग्रसित होते हैं।

(ii) कार्यक्रमित शिक्षण में मशीन (machine) एक अच्छे शिक्षक की भूमिका निभाते हुए इस बात पर काफी बल डालता है कि सीखे जानेवाले विषय के किसी भी अंश (part) को शिक्षार्थी काफी अच्छे ढंग से समझ लें और तभी वे अगले फ्रेम (frame) या सूचना की ओर अपना ध्यान करें। भाषण विधि (lecture method) तथा विवेचना विधि में इस बात का कोई विशेष ख्याल नहीं किया जाता है और शिक्षक बिना इस ओर ध्यान दिए ही, अर्थात् बिना इस बात पर ख्याल किए ही कि छात्र समझ रहें हैं या नहीं, आगे की ओर बढ जाते हैं।

(iii) कार्यक्रमित शिक्षण में मशीन सिर्फ उन्हीं सूचनाओं या सामग्रियों को शिक्षार्थी के सामने उपस्थित करता है जिसे ग्रहण करने की आवशकता उनमें होती है या जिसके लिए वे तत्पर (ready) होते हैं।

(iv) कार्यक्रमित शिक्षण में मशीन शिक्षार्थी को एक अच्छे शिक्षक के समान कुछ विशेष संकेत (hint) सुझाव आदि देकर शिक्षार्थी को उत्तम एवं सही उत्तर पर पहुँचने में मदद करता है।

(v) कार्यक्रमित शिक्षण में मशीन द्वारा शिक्षार्थी का तात्कालिक परिणाम-ज्ञान (immediate knowledge of results) प्रदान कर उनकी सही अनुक्रिया को पुनर्बलित किया जाता है जिससे शिक्षार्थी की अभिरुचि पाठ या विषय को सीखने में बनी रहती है।

इन लाभों के बावजूद कार्यक्रमित शिक्षण (programmed learning) की बहुत खामियाँ बताई गई हैं जो निम्नांकित हैं—

(i) कार्यक्रमित शिक्षण की सबसे प्रमुख खामी यह है कि इसमें शिक्षार्थी को कभी सीखे जानेवाले पाठ या विषय का एक साथ एक समस्त एवं व्यापक (overall) अवलोकन नहीं हो पाता है, जिसका नतीजा यह होता है कि वे पाठ या विषय के विभिन्न अंशों को ठीक ढंग से जोड़ (interlink) नहीं पाते और सीख जाने के बावजूद भी सही-सही प्रयोग नहीं कर पाते।

(ii) कार्यक्रमित शिक्षण में शिक्षार्थी यह नहीं सीख पाते हैं कि उन्हें कैसे प्रश्न पूछना चाहिए और उसका उत्तर कैसे देना चाहिए जिससे शिक्षण एक तरह से आंशिक (partial) ही रह जाता है।

(iii) कार्यक्रमित शिक्षण में छात्र एवं शिक्षक तथा स्वयं छात्रों के बीच भी स्वाभाविक (natural) एवं स्वैच्छिक अन्तःक्रिया (spontaneous interaction) की कमी पाई जाती है। इन खामियों के बावजूद प्रोग्राम शिक्षण का प्रयोग आजकल, विशेषकर विकसित देशों (developed countries) की शिक्षा-प्रणाली में खुलकर किया जा रहा है।

क्या कार्यक्रमित सीखना प्रभावकारी है? (Is programmed learning effective?)

क्या कार्यक्रमित सीखना प्रभावकारी है?—जैसे प्रश्न पर मनोवैज्ञानिकों ने गम्भीरता से विचार किया है। स्क्राम्म (Schramm, 1964) ने प्रोग्राम या कार्यक्रमित शिक्षण के क्षेत्र में किए गए 165 अध्ययनों की समीक्षा (review) की। इनमें 36 ऐसे अध्ययन थे जिनमें कार्यक्रमित शिक्षण की तुलना कक्षा (classroom) की पौराणिक विधियों (traditional methods) जैसे भाषण (lecture), प्रदर्शन (demonstration) आदि से की गई। परिणाम में पाया गया कि उनमें 17 अध्ययन के परिणाम में प्रोग्राम शिक्षण को इन पौराणिक विधियों से अधिक प्रभावकारी बनाया गया है और एक अध्ययन के परिणाम ऐसे थे जिसमें पौराणिक विधि को प्रोग्राम शिक्षण की विधि से अधिक श्रेष्ठ (superior) पाया गया। इस अध्ययन के आलोक में इस निष्कर्ष पर पहुँचा गया कि प्रोग्राम शिक्षण एक प्रभावकारी विधि है। अब प्रश्न

उठता है कि इसे क्यों एक प्रभावकारी विधि माना गया है? इस प्रश्न का उत्तर निश्चित शब्दों में अब तक नहीं दिए गए हैं और लोगों के बीच वाद-विवाद कुछ है। लुम्सडेन (Lumsdaine, 1964) के अनुसार प्रोग्राम शिक्षण के विभिन्न पहलुओं के महत्त्व पर लोगों में चूँकि मतभेद हैं, इसलिए उक्त प्रश्न का उत्तर देना कठिन है। जैसे कुछ लोगों ने कार्यक्रमित शिक्षण में पुनर्निवेशन (feedback) या परिणाम-ज्ञान को सर्वाधिक महत्त्वपूर्ण बताया है तो कुछ लोगों ने सीखे जानेवाले विषय को छोटे-छोटे कदमों (small steps) में देने को सर्वाधिक महत्त्वपूर्ण बताया है तो कुछ लोगों ने आत्म-प्रगति (self-pacing) को अधिक महत्त्वपूर्ण बताया है। इसका परिणाम यह हुआ कि कार्यक्रमित शिक्षण अन्य विधियों से क्यों अधिक प्रभावकारी है, जैसे प्रश्न का उत्तर नहीं दिया जा सकता है। अतः इस मौके पर इसी निष्कर्ष पर पहुँचा जा सकता है कि कार्यक्रमित शिक्षण अन्य अध्ययन विधियों (teaching devices) से श्रेष्ठ (superior) माना जा सकता है, परन्तु उन कारकों की पहचान सम्भव नहीं है जिनसे इसकी श्रेष्ठता बनी हुई है।

कम्प्यूटर-सहायताप्राप्त निर्देश (Computer-Assisted Instruction CAI)

कार्यक्रमित शिक्षण में प्रोग्राम सामग्रियों (porgrammed materials) को शिक्षण मशीन (teaching machine) द्वारा भी दिया जा सकता है या एक कम्प्यूटर (computer) द्वारा भी दिया जा सकता है। कार्यक्रमित शिक्षण में जब प्रोग्राम सामग्री को या निर्देशात्मक सामग्री (instructional materials) को एक कम्प्यूटर के माध्यम से किया जाता है तो इसे *कम्प्यूटर-सहायताप्राप्त निर्देश* (computer-assisted instruction or CAI) कहा जाता है।

CAI द्वारा व्यक्ति-कम्प्यूटर अन्तःक्रिया (individual-computer interaction) को मूलतः तीन स्तर पर विश्लेषित किया जाता है जो निम्नांकित हैं—

1. पहला स्तर अत्यंत ही सरल है जहाँ समस्याओं (porblems) को या सीखे जानेवाले पाठ को एक निश्चित क्रम (fixed sequence) में रखकर व्यक्ति एवं कम्प्यूटर के बीच अन्तःक्रियाएँ (interactions) की जातीं हैं। इस तरह की अन्तःक्रियाओं का प्रयोग अक्सर कक्षा शिक्षण (classroom teaching) के एक पूरक (supplementary) के रूप में किया जाता है। इस तरह की छात्र-कम्प्यूटर अन्तःक्रिया द्वारा प्रतिदिन करीब 2,000 छात्रों की शिक्षण-सम्बन्धी समस्याओं को सुलझाया जा सकता है।

2. CAI के दूसरे स्तर में ऐसी व्यक्ति-कम्प्यूटर अन्तःक्रिया (individual-computer interaction) होती है जिसमें संवाद कार्यक्रम (dialogue programme) सम्मिलित होता है। इस स्तर पर व्यक्ति कम्प्यूटर से नाना तरह के मनमाना प्रश्न शिक्षण की प्रक्रिया पर पूर्ण नियंत्रण रखते हुए पूछता है।

3. CAI के तीसरे स्तर पर ऐसी व्यक्ति-कम्प्यूटर अन्तःक्रिया (individual-computer interaction) की जाती है जो उक्त दोनों स्तर के बीच का होता है और इसमें एक तरह का शिक्षकीय प्रोग्राम (tutorial programme) सम्पन्न होता है जिसमें प्रत्येक व्यक्ति अपना निष्पादन रिकार्ड (performance record) के आधार पर एक अलग स्वतंत्र विचारों एवं समस्याओं के संभावित समाधानों का आदान-प्रदान कम्प्यूटर के साथ करते हैं।

CAI आधुनिक शिक्षा-पद्धति का एक महत्त्वपूर्ण अंग होता जा रहा है। विकसित देशों जैसे अमेरिका, जापान, इंगलैण्ड आदि में तो CAI की प्रबलता अपनी चरम सीमा को छूने जा रही है। अपने देश में भी अब CAI का प्रयोग काफी होने लगा है। विशेषकर शिक्षण में CAI का महत्त्व कुछ खास वजहों से अधिक बताया गया है। इनमें निम्नांकित प्रधान हैं—

(i) CAI द्वारा जटिल-से-जटिल शाखा प्रोग्राम (branching programme) सम्पन्न किया जा सकता है। इस सिलसिले में कुछ कम्प्यूटरों का तो इस ढंग से भी प्रोग्रामिंग कर दिया जाता है कि वे व्यक्तियों को उनके द्वारा की गई अनुक्रिया से सम्बन्धित परिणाम ज्ञान तो दें ही साथ-ही-साथ उनके साथ उचित संवाद (dialogue) भी या तो बोलकर या लिखकर स्थापित कर सके। जैसे यदि कोई अनुक्रिया सही है, तो कम्प्यूटर कह सकता है, ''वह ठीक नहीं है, कृपया बटन 'A' दबाएँ फिर निर्देश को ठीक से पढ़ें और पुनः सही उत्तर देने की कोशिश करें।''

(ii) CAI द्वारा सिर्फ निर्देशात्मक सामग्री (instructional materials) को ही व्यक्तियों को नहीं दिया जाता है, बल्कि इस बात का भी मूल्यांकन (evaluation) कर सकने में सफलता मिलती है कि व्यक्तियों के उन सामग्रियों को कितने अच्छे ढंग से सीखा है। जब कोई व्यक्ति प्रोग्राम के एक भाग को समाप्त कर चुका होता है, तो कम्प्यूटर उस व्यक्ति की उपलब्धि (achievement) की जाँच करके, उसका श्रेणीकरण (grading)

करके तथा उसका अन्य व्यक्तियों से जो प्रोग्राम के उसी भाग पर काम कर चुके हैं, तुलना करके महत्त्वपूर्ण सूचना (relevant information) व्यक्ति को देता है। इस तरह कम्प्यूटर उपलब्धि के परिणाम (results) से व्यक्तियों को तुरंत अवगत करता है तथा उन्हें लाभ पहुँचाता है। शिक्षक जब यह जान पाते हैं कि किसी भी छात्र या व्यक्ति की उपलब्धि कैसी है, तो वह तुरंत उसी के आलोक में सुधारात्मक उपाय (corrective measures) पर सोचना प्रारम्भ कर देते हैं। इतनी आसानी से और कम समय में ही अन्य विधियों से निर्देश (instruction) देने पर ऐसा सम्भव नहीं है।

(iii) CAI में तात्कालिक पुनर्निवेशन (feedback) मिलने से, व्यक्तिगत ध्यान दिए जाने से एवं उत्साहवर्धक दृष्टि प्रदर्शन (visual display) से छात्र विषय को सीखने के लिए अत्यधिक प्रेरित रहते है। इस ढंग की प्रेरणा उन्हें शिक्षण की अन्य विधियों में नहीं मिलती।

(iv) कुछ ऐसे प्रयोगात्मक अध्ययन हुए हैं जिनसे यह पता चला है कि CAI से शिक्षण की पौराणिक विधियों की तुलना में छात्र अधिक सीखते हैं तथा किसी विषय को कम समय में सीख लेते हैं। लिन्सकी (Linskie, 1977) ने तीसरे वर्ग के बालकों के अध्ययन में पाया कि ऐसे बालक CAI द्वारा अन्य पौराणिक विधियों, जैसे भाषा (lecture) एवं प्रदर्शन (demonstration) की तुलना में गणित (mathematics) को जल्द सीख लिए तथा अधिक उत्साह (enthusiasm) के साथ सीख लिए।

(v) शिक्षकों को बहुत-से कार्यों से छुटकारा दिलाकर CAI छात्रों की सर्जनात्मक (creative) एवं संचारात्मक क्षमता (communicative abilities) को विकसित करने में उन्हें विशेष रूप से मदद करने के लिए पर्याप्त समय दे पाता है।

उपर्युक्त कारणों से CAI आजकल धीरे-धीरे शिक्षकों एवं शिक्षा-जगत् में अत्यधिक लोकप्रिय होता जा रहा है।

निर्देश-का-वैयक्तिक तंत्र (Personalized System of Instruction or PSI)

निर्देश-का-वैयक्तिक (Personalized system of instruction या PSI) का प्रतिपादन फ्रेड केल्लर (Fred Keller) द्वारा 1968 ई० में किया गया। इसलिए इसे केल्लर योजना (Keller's plan) भी कहा जाता है। परन्तु PSI के नाम से अधिक जाना जाता है।

PSI एक तरह से CAI एवं कार्यक्रमित शिक्षण (programmed learning) की ही तरह छात्रों को कोई पाठ या विषय सिखाने की एक विशेष प्रविधि (technique) है। यह एक ऐसी शिक्षण प्रविधि (teaching technique) है जिसमें पढ़ाये जानेवाले विषय या पाठ को विभिन्न खंडों (segment) में बाँट दिया जाता है और प्रत्येक खण्ड के निष्पादन (performance) का मूल्यांकन (evaluation) करके छात्रों को उन्हें अपनी गति (pace) से दूसरे खण्ड पर जाने की अनुमति दी जाती है। केल्लंर (Keller, 19768) के अनुसार PSI द्वारा शिक्षण या अध्यापन (teaching) करने में निम्नांकित चार कदम (steps) होते हैं—

(i) पढ़ाये जाने वाले या सीखने वाले पाठ्यक्रम (course) के अन्तर्गत आनेवाली सामग्रियाँ (materials) सुनिश्चित करना।

(ii) उन सामग्रियों को अपने आप में पूर्ण विभिन्न खण्डों (segments) में बाँटना।

(iii) उन विधियों का पता लगाना जिनके माध्यम से यह मूल्यांकन किया जा सके कि छात्रों ने प्रत्येक खण्ड की सामग्रियों (materials) को पूर्णतः सीखा है या नहीं।

(iv) अपनी गति (pace) से छात्रों को एक खंड से दूसरे खंड की ओर बढ़ने देना।

ऐसे तो PSI उपर्युक्त चार कदमों (four steps) के माध्यम से आसानी से संपन्न हो जाता है, फिर भी PSI पूर्णतः अर्थपूर्ण हो सके, इसके लिए कुछ और महत्त्वपूर्ण निर्णय व्यक्ति को लेना पड़ता है जिनमें निम्नांकित प्रमुख हैं:—

(i) पाठ्यक्रम में कौन-कौन-सी सामग्रियाँ (materials) सम्मिलित की जाएँ?

(ii) किसी एक विशेष पाठ या विषय में कितने अलग-अलग खंड बनाए जा सकते है?

(iii) किसी खण्ड में कौन-कौन-सी सामग्रियाँ सम्मिलित की जाए?

(iv) किसी खण्ड पर छात्रों के निष्पादन (performance) का मूल्यांकन कैसे किया जाए?

(v) किसी खंड पर दक्षता (proficiency) का स्तर क्या होना चाहिए? कुछ शिक्षक यह पसंद करेंगे कि जब तक छात्र एक खण्ड पर पूर्ण काबू नहीं पा लेता है, अर्थात् उसे पूर्णतः सीख नहीं लेता है उसे दूसरे खण्ड में प्रवेश की अनुमति नहीं देनी चाहिए जबकि कुछ शिक्षक ऐसे हो सकते हैं जो यह पसंद कर सकते हैं कि जब छात्र साधारण ढंग से भी किसी खण्ड को सीख लेता है, तो उसे दूसरे खण्ड में प्रवेश की अनुमति दी जानी चाहिए।

(vi) क्या कोई ऐसी समय-सीमा (time limit) होनी चाहिए जिसके भीतर ही छात्र को प्रत्येक खण्ड या पूरे पाठ्यक्रम (course) को सीख लेना चाहिए?

(vii) क्या छात्रों के लिए विवेचना सत्र (discussion session) जैसे चीजों की व्यवस्था करनी चाहिए ताकि छात्र शिक्षक या अन्य छात्रों के साथ किसी खण्ड की सामग्री पर विचार-विमर्श कर सके?

(viii) क्या छात्रों से उन सामग्रियों का पुनः परीक्षा (re-examination) लेना चाहिए जिनपर उनका निष्पादन (performance) खराब था?

(ix) क्या उन छात्रों को लाभांश अंक (bonus point) दिया जाना चाहिए, जिन्होंने पाठ्यक्रम (courses) के सभी खण्डों में निष्पादन श्रेष्ठ (superior) बनाकर रखा था?

इन सभी प्रश्नों पर विचार करने के बाद PSI प्रविधि से दिया गया निर्देश (instruction) छात्रों के लिए निश्चित रूप से लाभकारी होगा। रयान (Ryan, 1974) ने कई ऐसे अध्ययनों की समीक्षा की जिनमें PSI द्वारा प्राप्त छात्रों के निष्पादन (performance) की तुलना भाषण (lecture) एवं विवेचना विधि (discussion method) द्वारा प्राप्त छात्रों के निष्पादन के साथ की गई और देखा गया कि बिना किसी अपवाद के PSI विधि में छात्रों के शिक्षण (learning) का स्तर भाषण विधि के स्तर से कहीं अधिक श्रेष्ठ (superior) था। कुलिक, कुलिक तथा कारमाइकेल (Kulik, Kulik & Carmichael, 1974) भी एक ऐसे ही निष्कर्ष पर पहुँचे थे जहाँ कॉलेज में विज्ञान के पाठ्यक्रमों (courses) को PSI तथा भाषण विधि दोनों से ही पढ़ाया गया था।

इसके बावजूद PSI की कुछ खामियाँ (limitations) हैं, जो निम्नांकित हैं—

(i) PSI में शिक्षक की भूमिका (role) में कटौती हो जाती है जिसके कारण शैक्षिक वातावरण एक वास्तविक शैक्षिक वातावरण के समान नहीं रह जाता है।

(ii) कार्यक्रमित शिक्षण (programmed learning) तथा CAI के ही समान इसमें भी छात्र एवं शिक्षक तथा स्वयं छात्रों के ही बीच स्वाभाविक (natural) एवं स्वैच्छिक अन्तःक्रिया (natural interaction) नहीं हो पाती है जिसका परिणाम यह होता है कि छात्र विषय या पाठ को अर्थपूर्ण ढंग से नहीं सीख पाते।

(iii) मीक (Meek, 1977,) का कहना है कि PSI में कार्यक्रमित अधिगम (programmed learning) तथा CAI के ही समान पाठ्यक्रम के उद्देश्य (courses objective) को स्पष्ट रूप से एक व्यवहारात्मक इकाई (behavioural unit) के रूप में लिखा जाना आवश्यक है और यह सामान्यतः एक कठिन कार्य है जिसे कोई असाधारण विशेषज्ञ (extraordinary expert) ही सही ढंग से कर पाते हैं।

इन खामियों के बावजूद PSI का प्रयोग आजकल काफी किया जा रहा है। यहाँ तक कि अब PSI द्वारा गणित, सांख्यिकी (statistics), अंग्रेजी, दर्शनशास्त्र, इंजीनियरिंग एवं राजनीतिशास्त्र के विषयों को भी पढ़ाया जाने लगा है।

प्रसम्भाव्यता सीखना
(Probaility Learning or PL)

1920 से 1940 तक की अवधि में प्रयोगात्मक मनोवैज्ञानिकों के बीच भूलभुलैया सीखना (Maze learning) का अध्ययन करना एक बड़ा ही लोकप्रिय विषय माना जाता था। इस उम्मीद में इसका अध्ययन किया जाता था कि इससे पशुओं के व्यवहार के अध्ययन कर जो मौलिक नियम एवं तथ्य प्राप्त होंगे उनसे मानव सीखना की व्याख्या आसानी से की जा सकती है। परन्तु 1950 वाले दशक से भूलभुलैया सीखना के अध्यनों में मनोवैज्ञानिकों की अभिरुचि कम हो गयी और उनकी अभिरुचि प्रसम्भाव्यता सीखना (probability learning or PL) के अध्ययन में अधिक हो गयी। इस तरह से प्रसम्भाव्यता सीखना का जड़ (root) भूलभुलैया सीखना (maze learning) में है। मानव सीखना (human learning) के क्षेत्र में अध्ययन करने वाले मनोवैज्ञानिकों ने प्रसंभाव्यता सीखना (probability learning) को अपना

निशाना बनाया और इस क्षेत्र से कई तरह के प्रयोग करके मानव सीखना के बारे में महत्त्वपूर्ण तथ्यों को उजागर किया है।

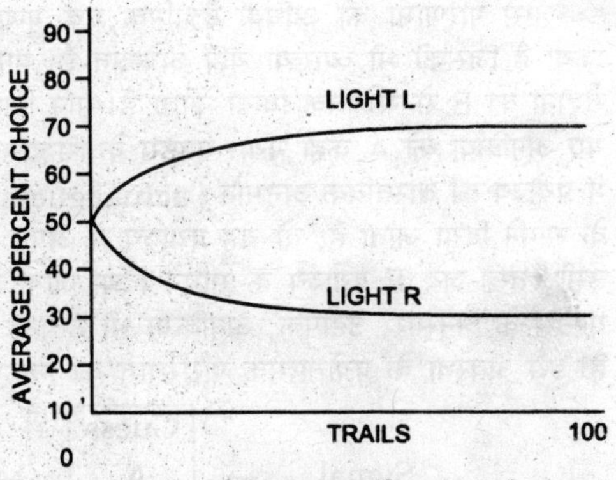

चित्र 7.27 : रोशनी अनुमान प्रयोग में बनने वाला कल्पित वक्र (L = 75% R = 25%)

प्रसम्भाव्यता सीखना से तात्पर्य वैसा सीखना से होता है जिसमें व्यक्ति किसी उद्दीपक के प्रति अनुक्रिया करना उस उद्दीपक के आने की प्रसम्भाव्यता (probability) के साथ मिलान (match) करते हुए सीखता है। इस तरह के मिलान को प्रसंभाव्यता मिलना (probability matching) कहा जाता है जो स्पष्टतः प्रसम्भाव्यता सीखने का आधार है। प्रसम्भाव्यता मिलान का प्रयोगात्मक सत्यापन (experimental verification) एस्ट्स (Estes, 1950) द्वारा प्रतिपादित *सांख्यिकीय सीखना सिद्धान्त* (Statistical Learning Theory or SLT) में किया गया। एस्ट्स (Estes) ने यह दिखलाया था कि अनुबन्धन क्रिया के बारे में साधारण पूर्वकल्पना (assumption) करके SLT द्वारा PL के बारे में पूर्वकथन किया जा सकता है। इस तरह से PL एवं SLT में एक दूसरे के साथ विशेष गठबंधन स्थापित हो गया। सचमुच में अधिकतर PL अध्ययन इस SLT के प्रावधानों की जाँच करने के लिए किया गया तथा SLT के तथ्यों को PL प्रयोगों से सफलतापूर्वक जाँच की गयी।

प्रसम्भाव्यता सीखना का आधार प्रसम्भाव्यता मिलान (probability matching) है। अंडरवुड (Underwood, 1966) के अनुसार, प्रसम्भाव्यता मिलान के क्षेत्र में किये गये प्रयोगों को प्रसम्भाव्यता सीखना का प्रयोग कहा गया है। प्रसंभाव्यता मिलान के क्षेत्र में बहुत सारे प्रयोग किये गए हैं। इन प्रयोगों की सामान्य रूपावली (common paradigm) इस तरह रहा है—प्रयोज्य के सामने एक पैनल (panel) होता है जिसमें रोशनी (light) के लिए दो बल्ब लगे होते हैं—एक प्रयोज्य के बाएँ (left) तरफ और दूसरा प्रयोज्य के दायें (right) तरफ। प्रयोगकर्त्ता प्रयोज्य को यह निर्देश देता है कि अमुक प्रयास में एक संकेत (cue) मिलने पर आपको यह बतलाना होगा कि बायें तथा दायें में से कौन-सा बल्ब जलेगा। इसी तरह की प्रयोगात्मक अवस्था में रखकर कई प्रयोज्यों की अनुक्रियाओं को कई प्रयासों तक प्राप्त किया जाता है। ऐसे प्रयोग में प्रयोगकर्त्ता परिस्थिति को इस ढंग से उपस्थित करके रखता है कि बायें तरफ का बल्ब कुल प्रयास (trials) के 75% प्रयासों में तथा दायें तरफ का बल्ब कुल प्रयासों का 25% प्रयास में या बायें तरफ का बल्ब कुल प्रयासों का 80% तथा दायें तरफ का बल्ब 20% या बायें तरफ का बल्ब 40% प्रयासों में तथा दायें तरफ का बल्ब 60% प्रयासों में जले। इस निर्धारित सीमा के तहत किये गये योजना के अनुरूप प्रयोगकर्त्ता विभिन्न प्रयासों में बल्बों के जलाने की व्याख्या करते हैं। थोड़े देर के लिए मान लिया जाए कि कोई प्रयोगकर्त्ता 100 प्रयासों (trials) में से 75 प्रयासों में बायें तरफ का बल्ब तथा 25 प्रयासों में दायें तरफ के बल्ब जलाने को गुप्त योजना बनाता है। एक प्रयोज्य या कई प्रयोज्यों की अनुक्रियाओं को प्राप्त लेने के बाद प्राप्त आँकड़ों का यदि उन्हें आलेख पर दिखलावें, तो बनाने वाला वक्र चित्र 7.27 में दिखाये गये वक्र के समान होगा। इस वक्र का विश्लेषण करने पर निम्नांकित दो महत्त्वपूर्ण विशेषताओं का पता चलता है—

(i) प्रसंभाव्यता मिलान (probability matching) के कार्य की आरंभिक अवस्था में प्रयोज्यों की अनुक्रिया उसके मात्र अनुमान (guesses) पर आधारित होता है या अगर किसी विशेष रंग की रोशनी के प्रति कुछ पूर्वाग्रह (bias) यदि हो तो उससे थोड़ा बहुत प्रभावित होता है। कहने का तात्पर्य यह है कि इस प्रारंभिक अवस्था में दोनों बल्ब की रोशनी में से प्रत्येक का चयन प्रतिशत 50%-50% होता है क्योंकि किसी तरह का यहाँ कोई स्पष्ट पूर्वाग्रह का निर्माण नहीं होता है।

(ii) जैसे-जैसे प्रयासों की संख्या में बढ़ोतरी होते जाती है, L(left) बल्ब को चुनने की प्रवृत्ति R (right) बल्ब की तुलना में बढ़ते जाती है तथा थोड़ा और अधिक प्रयासों में वृद्धि होने पर L तथा R बल्ब के चुने जाने का प्रतिशत लगभग वही हो जाता है जो प्रयोगकर्त्ता के गुप्त योजना में इन दोनों बल्बों को जलाये जाने के प्रतिशत का था (अर्थात् L = 75%, R = 25%) इसी तथ्य को प्रसंभाव्यता मिलान (porbability matching) कहा गया।

ऐसे परिणामों की अधिक वैज्ञानिक एवं गुणात्मक (qualitative) व्याख्या एस्टस Estes, 1954) ने SLT में किया है जिसकी भी व्याख्या यहाँ अपेक्षित है। मान लिया जाए कि बायें तरफ की रोशनी को E_1 तथा दायें तरफ की रोशनी को E_2 से संकेतिक किया जाता है। मान लिया जाए कि E_1 के प्रति किये गए अनुक्रिया A_1 तथा E_2 के प्रति किये गए अनुक्रिया को A_2 कहा गया। एस्टस के सिद्धान्त में प्रसम्भाव्यता मिलान (probability matching) के विश्लेषण में प्रयोज्य का वास्तविक अनुमान (actual guess) का कोई महत्त्व नहीं होता है। एस्टस का मत है कि जब E_1 प्रयोज्य के सामने दिया जाता है, तो यह प्रयोज्य में अपने आप A_1 अनुक्रिया जो उसके भीतर छिपी होती है, उत्पन्न करता है। उसी तरह जब E_2 प्रयोज्य के सामने दिया जाता है तो उसके भीतर छिपी अनुक्रिया A_2 उत्पन्न होता है। इस तरह से एस्टस के अनुसार, उद्दीपक, अनुक्रिया भी उत्पन्न करता है तथा साथ-ही-साथ उसे पुनर्बलित (reinforce) भी करता है। इस अवस्था के प्रयोगात्मक परिस्थिति का निरूपण इस प्रकार किया जा सकता है—

		Guess		Event		
Signal	→	A_1	→	E_1	→	implicit behaviour
		A_2		E_2		terminates trial

एस्टस (Estes) द्वारा प्रसंभाव्यता मिलान (probability matching) की प्रदत्त व्याख्या को पूरा करने के लिए निम्नांकित कुछ संकेतों का भी उपयोग किया गया है—

$\pi = E_1$ के होने की संभावना

$1 - \pi = E_2$ के होने की संभावना

जिस प्रयास में E_1 होता है उस उद्दीपक से चयनित सभी तत्त्व उस विशेष प्रयास (trial) में A_1 से अनुबंधित (conditioned) हो जाते हैं और जिस प्रयास में E_2 उपस्थित किया जाता है, उस उद्दीपक से चयनित तत्त्व A_2 से अनुबंधित हो जाते हैं। किसी विशेष प्रयास में A_1 होने की प्रसम्भाव्यता (probability) इस बात पर निर्भर करती है कि A_1 से सम्बन्धित उद्दीपक के कितने तत्त्व अनुबंधित हुए हैं *(Pn)* तथा A_2 अनुक्रिया के होने की प्रसम्भाव्यता इस बात पर निर्भर करती है कि उन तत्त्वों (elements) का कितना अनुपात (proportion) है जो A_1 के साथ अनुबंधित नहीं हुए हैं *(1-pn)*। एस्टस द्वारा प्रदत्त व्याख्या में θ (थीटा) से तात्पर्य प्रत्येक प्रयास में उद्दीपक से चयनित तत्त्वों (elements) के अनुपात से होता है और इसका मूल्य या मान पूरे प्रयोग के दौरान स्थिर होता है।

उपर्युक्त विवरण को ध्यान में रखकर n प्रयासों (trials) के बाद A_1 अनुक्रिया होने की प्रसंभाव्यता का परिकलन निम्नांकित सूत्र द्वारा ज्ञात किया जाता है।

$$P_n = \pi - (\pi - P_1)(1 - \theta)^{n-1}$$

चूँकि (1-θ) एक से कम है, अतः जैसे-जैसे (अर्थात् प्रयास की संख्या) में वृद्धि होती जाती है, उक्त सूत्र से एक ऋणात्मक त्वरित वक्र (negatively accelerated curve) बनाता है जिसमें n अनन्तस्पर्शी होगा। अतः यह सूत्र इस बात का स्पष्ट संकेत देता है कि n का मूल्य चाहे जो भी हो, प्रयोज्य द्वारा किया गया A_1 अनुक्रिया का अनुपात (proportion) प्रयोगकर्त्ता द्वारा निर्धारित E_1 के होने के अनुपात से सुमेलित (match) होगा। दूसरे शब्दों में, यह कहा जा सकता है कि एस्ट्स ने यह पूर्वकथन किया कि प्रयोज्य में प्रसंभाव्यता मिलान (probability matching) होगा जो एक वास्तविकता पायी गयी।

शाब्दिक या मौखिक सीखना
(Verbal Learning)

मानव सीखना (human learning) का एक महत्त्वपूर्ण पक्ष शाब्दिक सीखना (verbal learning) है। शाब्दिक सीखना से तात्पर्य ऐसे सीखना से होता है जिसमें व्यक्ति अक्षरों, अक्षरों से बने सार्थक अर्थहीन शब्दों, चिह्नों (symbols) तथा अंकों (digits) के अर्थों को सीखता है तथा उसके आशय को समझता है। प्रयोगात्मक मनोविज्ञान में शाब्दिक सीखना का महत्त्व इसलिए है क्योंकि वास्तव में हमें बहुत सारे तथ्यों का ज्ञान शब्दों के उपयोग से होता

है। कोफर[1] (Cofer, 1984) शाब्दिक सीखना को इस तरह परिभाषित किया है, ''शाब्दिक सीखना से जाँच या अध्ययन के ऐसे क्षेत्र का पता चलता है जिसमें, उन प्रक्रियाओं एवं घटनाओं में अभिरुचि का केन्द्र होता है जिसके सहारे व्यक्ति अभ्यास के माध्यम से दो शाब्दिक एकांशों को एक साथ सम्बन्धित करता है, उन क्रमों को सीखता है जिसमें शाब्दिक एकांशों के पूरे सेट को उपस्थित किया जाता है, शाब्दिक एकांशों के बीच अन्तर करता है तथा एकांशों के सेट को मौलिक रूप से दिखलाये गए क्रमों से भिन्न या स्वतंत्र क्रम में प्रत्याह्वान करता है।''

उक्त परिभाषा से यह स्पष्ट है कि शाब्दिक सीखना में व्यक्ति को शाब्दिक एकांशों के कई पक्षों को सीखना पड़ता है और उनका अर्थ समझना पड़ता है।

शाब्दिक सीखना के क्षेत्र को निम्नांकित तीन भागों में बाँट कर हम अध्ययन करेंगे—

(i) शाब्दिक सीखना के अध्ययन में उपयुक्त सामग्रियाँ (Materials used in verbal learning)

(ii) शाब्दिक सीखना की शोध विधियाँ (Research methods of verbal learning)

(iii) शाब्दिक सीखना में संगठनात्मक प्रतिक्रियाएँ (Organizational porcesses in verbal learning)

इन तीनों का अध्ययन हम अलग-अलग अनुच्छेद में करेंगे।

शाब्दिक या मौखिक सीखने के अध्ययन में उपयुक्त सामग्रियाँ
(Materials used in the Study of Verbal Learning)

शाब्दिक सीखना के प्रयोगात्मक अध्ययनों में कई तरह के शाब्दिक इकाइयों (verbal units) का उपयोग किया गया है जो आकार एवं गुण में भिन्न होते हैं। 'आकार' से मतलब शाब्दिक इकाई के अक्षरों की संख्या से होता है तथा गुण से तात्पर्य कुछ वैसी विशेषताओं से होता है जो इकाई की सार्थकता (meaningfulness) या कठिनता स्तर से सम्बन्धित होते हैं। प्रयोगशाला में कई तरह के शाब्दिक इकाईयों (verbal units) का उपयोग किया जाता है जिसमें निम्नांकित प्रमुख हैं:—

1. निरर्थक पद या सी बी सी त्रिवर्ण (*Nonsense syllable or CVC trigram*)—शाब्दिक सीखना के प्रयोगशाला अध्ययन में त्रिवर्ण (trigram) उपयोग सबसे अधिक है हालाँकि ऐसे भी प्रयोग किये गए हैं जिनमें दो अक्षरों से बने जिन्हें द्विवर्ण (bigram) कहा जाता है, का उपयोग किया गया है। त्रिवर्ण (trigram) में सबसे मशहूर निरर्थक पद (nonsense syllable) है जिसका सबसे पहले निर्माण एवं अध्ययन में उपयोग जर्मन मनोवैज्ञानिक इविंगहास (Ebbinghaus) ने किया था। निरर्थक पद से तात्पर्य वैसे त्रिवर्ण या तीन अक्षरों से बने पद से होता है जो निरर्थक होता है तथा जिसका पहला और अंतिम व्यंजन (consonant) एवं बीच का अक्षर स्वर (vowel) है। जैसे, KUZ, TEK, HUX आदि निरर्थक पद के उदाहरण हैं। अक्षरों के क्रम को ध्यान में रखकर इन्हें सी॰भी॰ सी॰ पद (Consonant-Vowel-Consonant syllable) भी कहा जाता है। इविंगहास ने कुल 2300 निरर्थक पदों का निर्माण किया था।

निरर्थक पद बनाते समय अन्य बातों के अलावा निम्नांकित नियमों को अवश्य ध्यान में रखना चाहिए—

(i) निरर्थक पद बनाते समय यह ध्यान रहे कि कोई ऐसा पद न बन जाए जिसका व्यक्ति तुरंत अर्थ निकाल ले या उसके साथ किसी तरह का साहचर्य स्थापित कर ले। जैसे, यदि अध्ययनकर्त्ता VIP पद निर्माण करते हैं, तो प्रयोज्य (subject) तुरंत ही इसका साहचर्य (अर्थ) Very Important Person से कर लेगा।

(ii) किसी पद का पहला अक्षर तथा उसके पहले के पद का अंतिम अक्षर एक ही नहीं होना चाहिए। जैसे DIK के बाद KUX का निर्माण नहीं होना चाहिए।

---

1. "The term verbal learning denotes a field or inquiry in which the focus of interest lies in the phenomena and processes by which individuals come, through practice, to link two verbal items together, to learn the sequence in which a set of verbal items occurs, to differentiate between verbal items or to recall a set of items without regard for the order in which they occurred originally."—Cofer : Properties of verbal material and verbal learning. In Riggs & Klings. *Experimental Pscychology,* 1984 p. 848

(iii) दो लगातार पदों का स्वर अक्षर (vowel letters) भी एक समान नहीं होना चाहिए। जैसे, GEK के बाद REQ नहीं होना चाहिए।

अभी हाल में कुछ प्रयोगात्मक मनोवैज्ञानिकों ने CVC पद का एक परिवर्तित रूप अर्थात् CCV का उपयोग करने लगे हैं। जैसे, KTE, ZNA आदि CCV के उदाहरण हैं। अंडरवुड (Underwood, 1989) के अनुसार CVC की तुलना में CCV अधिक उपयोगी इसलिए साबित हुआ है क्योंकि इसका साहचर्य मूल्य (association value) तुलनात्मक से और कम है।

CCV या निरर्थक पद का उपयोग यद्यपि शाब्दिक सीखना के प्रयोगों में अधिक हुआ है, फिर भी इसका सामान्य दोष जिसपर आधुनिक मनोवैज्ञानिकों के बीच लगभग सहमति है, यह है कि इसके बीच में स्वर अक्षर होने से इसकी सार्थकता तथा उच्चारण करने की क्षमता में वृद्धि हो जाती है जिससे इसका साहचर्य मूल्य बढ़ जाता है और तब यह स्मृति एवं धारण (retention) के प्रयोगों में उपयोग के लायक नहीं रहता है।

2. व्यंजन पद या सी सी सी त्रिवर्ण *(Consonant syllable or CCC trigram)*—व्यंजन पद एक ऐसा त्रिवर्ण (trigram) है जो अर्थहीन होता है तथा साथ-ही-साथ इसके तीनों अक्षर व्यंजन होते हैं। जैसे KZP, NQC, TRN आदि व्यंजन पद के उदाहरण हैं। चूँकि इस पद का तीनों अक्षर व्यंजन (consonant) होता है, इसलिए उसे सी सी सी त्रिवर्ण (CCC trigram) कहा जाता है। तीनों अक्षर व्यंजन होने के कारण इनका सामान्यतः उच्चारण नहीं किया जा सकता है तथा निरर्थक पद की तुलना में इनके साथ साहचर्य (association) भी आसानी से स्थापित नहीं किया जा सकता है। यही कारण है कि व्यंजन पदों का उपयोग आजकल निरर्थक पदों की तुलना में शाब्दिक सीखना के प्रयोगों में अधिक किया जा रहा है। ऐसे पदों के निर्माण में निम्नांकित नियमों को ध्यान में रखना चाहिए—

(i) दो लगातार पदों में पहले पद के किसी भी अक्षर की पुनरावृत्ति उसके पहले वाले स्थान पर नहीं होना चाहिए। जैसे, ZKP के बाद NKC या ZCL या RLP नहीं होना चाहिए।

(ii) दो लगातार पदों में पहले षद का अंतिम अक्षर एवं दूसरे पद का पहला अक्षर तथा पहले पद का पहला अक्षर एवं दूसरे पद का अंतिम अक्षर एक समान नहीं होना चाहिए। जैसे, PZK के तुरन्त बाद KLC या NQP नहीं होना चाहिए।

3. बहुपदीय निरर्थक इकाइयाँ *(Multisyllable nonsense units)*—शाब्दिक सीखना के प्रयोगों में निरर्थक पद तथा व्यंजन पदों के अलावा कुछ बहुपदीय निरर्थक इकाइयों का भी उपयोग किया गया है। चार अक्षरों से बने निरर्थक पर जैसे DAUX, THOG, WHAB आदि का उपयोग कुछ प्रयोगों में किया गया है। गैम्बल (Gamble, 1909, 1927) ने अपने कई प्रयोग में पाँच या पाँच से अधिक अक्षरों से बने पदों का भी उपयोग किया है। जैसे, GOZEX, QUIPSON, BELAP आदि। चार अक्षर से बने निरर्थक शब्द को चतुवर्णी (tetragram) पाँच अक्षर से बने निरर्थक शब्द को पंचवर्णी (pentagram) तथ्य छः अक्षरों से बने निरर्थक शब्द को षठवर्णी (hexagram) कहा जाता है।

जो भी शब्दिक सामग्रियाँ (verbal materials) जैसे निरर्थक पद, सार्थक शब्द आदि तैयार किये जाते हैं, उनके आकार (size) के अलावा सार्थकता के गुण की भी जाँच कर ली जाती है क्योंकि ऐसा कई अध्ययनों में यह देखा गया है कि उन पदों की सार्थकता के स्तर में अन्तर होने से शाब्दिक सीखना (verbal learning) के दर में अन्तर हो जाता है। पदों में सार्थकता का गुण अधिक होने से उसे व्यक्ति अन्य पदों की तुलना में जिनमें यह गुण कम होता है, जल्द सीख लेता है। मनोवैज्ञानिकों ने पदों में सम्मिलित सार्थकता के स्तर को मापने के लिए निम्नांकित पाँच मापों (measures) का वर्णन किया है—

(i) साहचर्य मूल्य *(association values)*—किसी भी अर्थहीन पद या शब्द में सार्थकता की स्तर कितनी है, इसकी जाँच वैसे पद के साहचर्य मूल्य (association value) ज्ञात करके किया जाता है। ग्लेज (Glaze, 1928) ने निरर्थक पदों का साहचर्य मूल्य ज्ञात करने का पहला सफल प्रयास किया था। ग्लेज ने प्रत्येक निरर्थक पद को 3 सेकेण्ड के लिए प्रयोज्य के सामने रखा और उनसे यह बतलाने को कहा गया कि उनके मन में उससे सम्बन्धित आने वाले साहचर्यों को बतलावें। प्रत्येक पद को उन्होंने 15 प्रयोज्यों को दिखलाया और प्रयोज्यों द्वारा प्रत्येक पद के प्रति दिये गये साहचर्य के प्रतिशत को ही उन पद का साहचर्य मूल्य (association value) समझ गया। बाद में विटमर

(Witmer, 1935) ने इस प्रविधि द्वारा व्यंजन पदों के साहचर्य मूल्य का भी निर्धारण किया। अधिक साहचर्य मूल्य वाले पदों को आसान एवं सार्थक समझा गया।

(ii) अर्थपूर्णता (*meaningfulness*)—शाब्दिक इकाई की सार्थकता का दूसरा माप अर्थपूर्णता (meaningfulness) है। कोई भी व्यंजन पद या निरर्थक पद व्यक्ति के लिए कितना अर्थ रखता है, इसका निर्धारण यहाँ किया जाता है। इसके लिए प्रत्येक पद द्वारा व्यक्ति के मन में उत्पन्न साहचर्य (association) की गणना की जाती है। जितना ही अधिक साहचर्य अमुक पद द्वारा उत्पन्न किया जाता है, उसे उतना ही अर्थपूर्ण (meaningful) समझा जाता है। स्पष्टतः यह प्रविधि पहली विधि से मिलती-जुलती है। परन्तु उससे थोड़ा अधिक वैज्ञानिक इस अर्थ में है कि इसमें साहचर्य का मात्र प्रतिशत नहीं बल्कि प्रत्येक पद द्वारा उत्पन्न साहचर्यों का एक मापनी मूल्य (scale value) तैयार कर लिया जाता है। इस प्रविधि का उपयोग नॉबुल (Noble, 1952) द्वारा तथा नॉबुल, स्टौकवेल एवं प्रेयर (Noble, Stockwell & Pryer, 1957) द्वारा अधिक किया गया है। प्रत्येक पद को प्रयोज्य को थोड़े समय के लिए दिखलाया जाता है तथा उससे उत्पन्न साहचर्यों को अर्थात् वस्तुओं, घटनाओं का नाम आदि उसे 60 सेकेंड के भीतर बतलाना होता है। इसके बाद प्रत्येक पद द्वारा उत्पन्न साहचर्यों की संख्याओं का माध्य (mean) ज्ञात किया जाता है और इस माध्य के रूप में पदों को श्रेणीबद्ध करके एक तरह का मापनी (scale) तैयार कर लिया जाता है।

(iii) परिचय (*familiarily*)—शाब्दिक एकांशों (verbal items) की सार्थकता की परख इस आधार पर भी की जाती है कि व्यक्ति उससे कहाँ तक पूर्वपरिचित है। नॉबुल (Noble, 1953) ने इस विधि का उपयोग किया था। इस विधि में प्रत्येक निरर्थक एकांश (nonsense item) या सार्थक शब्द को एक-एक करके प्रयोज्य को दिखला दिया जाता है और उन्हें यह बतलाना होता है कि वे इन्हें अधिक परिचित, कम परिचित या बिलकुल ही नहीं परिचित में से किस श्रेणी का एकांश समझते हैं। उनके द्वारा किये गए उत्तरों के आधार पर यह निश्चय किया जाता है कि प्रत्येक पद से प्रयोज्य कहाँ तक परिचित है। परिचय की मात्रा जितनी ही अधिक होती है शाब्दिक एकांश उतना ही सरल एवं सार्थक समझा जाता है। ऐसे पदों को व्यक्ति बहुत ही कम समय में सही-सही ढंग से सीख लेता है।

(iv) प्रतिमावली (*imagery*)—प्रतिमावली से तात्पर्य इस बात से होता है कि अमुक शाब्दिक एकांश (verbal item) प्रयोज्य में एक ठोस प्रतिमा उत्पन्न करने में सक्षम है। पाइभियो (Paivio, 1965, 1971) द्वारा इस प्रविधि का उपयोग करके शाब्दिक एकांश की सार्थकता को मापा गया है। जो शब्द अधिक प्रतिमाएँ (images) व्यक्ति में उत्पन्न करता है, वह अधिक सार्थक होता है तथा इसका शब्दिक सीखने की दर भी अधिक तेज होती है। पाइभियो ने अपने अध्ययन में पाया कि सामान्य संज्ञा (common noun) जैसे कुत्ता, गाय, बिल्ली आदि द्वारा मूर्त संज्ञा (abstract noun) जैसे सच्चाई, स्वतंत्रता आदि की अपेक्षा अधिक प्रतिमाएँ उत्पन्न होतीं हैं।

(v) आवृत्ति या बारम्बारता (*frequency*)—शाब्दिक एकांश खासकर जब शब्द (word) का उपयोग शब्दिक सीखना के प्रयोगों में किया जा रहा हो, तो शब्दों के उपयोग की बारम्बारता (freuency) एक महत्त्वपूर्ण कारक होता है जिससे शाब्दिक सीखना प्रभावित होता है। कुछ शब्द ऐसे होते हैं जिन्हें देखा जाय तो उसे व्यक्ति अधिक उपयोग में लाते हैं तथा कुछ शब्द ऐसे होते हैं जिन्हें उपयोग में कम लाया जाता है। अमेरीकन अंग्रेजी भाषा में कुछ शब्दों के उपयोग की आवृत्ति को थॉर्नडाइक एवं लॉर्ज (Thorndike & Lorge, 1944) तथा कुसेरा एवं फ्रांसिस (Kucera & Francis, 1967) द्वारा तैयार किया गया। थॉर्नडाइक एवं लार्ज द्वारा तैयार किये गए विशिष्ट शब्द कोष में 30,000 शब्दों को सम्मिलित किया गया है जो प्रति दश लाख (million) की आवृत्ति के रूप में शब्दों के उपयोग की बारम्बारता को दिखलाता है।

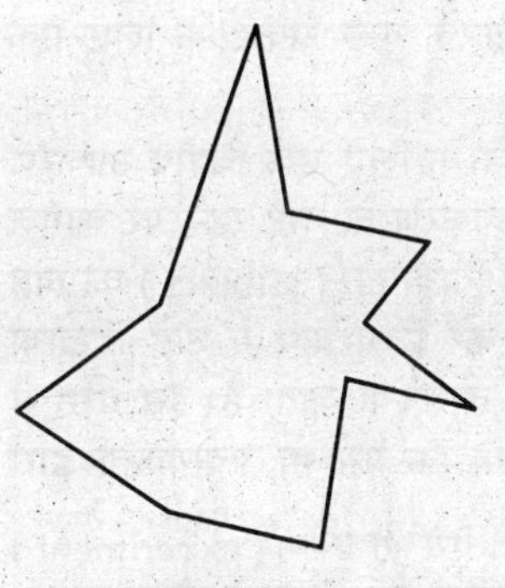

चित्र 7.28 : कोना वाला एक यादृच्छिक आकृति

4. अशाब्दिक सामग्रियाँ (*non-verbal materials*)—यद्यपि यह सही है कि मानव सीखना, धारण एवं स्मृति के क्षेत्र में किये गए अधिकतर प्रयोगों में शाब्दिक एकांशों (verbal items) का ही उपयोग किया जाता है, परन्तु कुछ ऐसे भी प्रयोग किये गये हैं जिनमें अशाब्दिक सामग्रियाँ जैसे निरर्थक ज्यामितिक आकृतियों तथा यादृच्छिक चित्रों (random figures) का उपयोग किया है। एट्टनीभ एवं अर्नोल्ट (Attneave & Arnoult, 1956) ने निरर्थक पदों के समान कुछ चित्रीय (pictorial) समतुल्य (equivalent) का निर्माण किया। इन प्रयोगकर्त्ताओं के अनुसार यादृच्छिक

चित्र (random figure) की जटिलता में वृद्धि उसमें कोना (corners) की संख्या में वृद्धि करके की जाती है। चित्र 7.28 में 10 कोना से बने एक यादृच्छिक आकृति को उदाहरण के रूप में दिखलाया गया है। जिस तरह से निरर्थक पद प्रयोज्यों के लिए पूर्णतः अर्थहीन नहीं होते हैं उसी तरह यादृच्छिक चित्र भी प्रयोज्यों के लिए पूर्णतः अर्थहीन नहीं हो सकते हैं ओर देखे गये ऐसे चित्र से प्रयोज्य के मन में कुछ साहचर्य उत्पन्न हो सकते हैं। अतः जिस तरह से निरर्थक पदों के साहचर्य मूल्यों की परख कर ली जाती है, उसी तरह से प्रत्येक ऐसे चित्र को कुछ सेकेंड के लिए प्रयोज्य को दिखाकर तथा उससे उसके मन में किस तरह की प्रतिमा या वस्तु की याद मन में आती है, के बारे में जानकर उसका साहचर्य मूल्य (association value) ज्ञात कर लिया जाता है। चित्र कितने प्रयोज्यों में साहचर्य उत्पन्न करता है, उसका प्रतिशत ज्ञात करके चित्र का साहचर्य मूल्य ज्ञात कर लिया जाता है। क्लार्क (Clark, 1968) ने अपने अध्ययन में यह स्पष्टतः पाया है कि अधिक साहचर्य उत्पन्न करने वाले आकृति को व्यक्ति कम साहचर्य आवृत्ति उत्पन्न करनेवाले आकृति की तुलना में जल्दी सीख लेता है।

स्पष्ट हुआ कि शाब्दिक सीखना के प्रयोग में कई तरह के शाब्दिक इकाइयों (verbal units) का उपयोग किया जाता है। इन सभी तरह के इकाइयों में निरर्थक पद (nonsense syllable) तथा व्यंजन पदों (consonant syllables) का उपयोग अन्य दूसरे तरह की सामग्रियों की तुलना में अधिक होता है।

शाब्दिक सीखने की शोध विधियाँ
(Research Methods of Verbal Learning)

शाब्दिक सीखना या मौखिक सीखना के प्रयोगों में शाब्दिक एकांशों (verbal items) को विभिन्न विधियों या तरीकों द्वारा प्रयोज्यों के सामने उपस्थित किया जाता है। इन विधियों या तरीकों को शाब्दिक सीखना की विधि (methods of verbal learning) कहा जाता है। इस क्षेत्र में किये गये प्रयोगों के आलोक में हम इस निष्कर्ष पर पहुँचते हैं कि शाब्दिक सीखना के मुख्य निम्नांकित पाँच विधियाँ हैं—

(i) क्रमिक सीखना या अनुक्रमिक सीखना विधि (Method of Serial learning or Sequential learning)
(ii) मुक्त पुनः स्मरण विधि (Method of Free recall)
(iii) अनुबोधन तथा पूर्वाभास विधि (Method of Prompting and Anticipation)
(iv) युग्मित-सहचर विधि (Method of Paired Associated learning)
(v) प्रत्यभिज्ञान सीखना विधि (Method of Recognition learning)

इन सभी विधियों का वर्णन इस प्रकार है—

(i) क्रमिक या अनुक्रमिक सीखना विधि *(Serial learning or Sequential learning method)*—इस विधि का प्रयोग सर्वप्रथम इविंगहॉस (Ebbinghaus) ने किया था। इस विधि में प्रयोज्य को शब्दों या निरर्थक पदों (nonsense syllables) या व्यंजन पदों (consonant syllables) को एक-एक करके कुछ सेकेंड[1] के लिए एक खास क्रम (order) में दिखाया जाता है।

प्रयोगशाला में इन पदों को एक खास समय तक (जैसे-दो सेकेंड के लिए) दिखाने के लिए एक विशेष उपकरण (apparatus) होता है, जिसे *स्मृति-पटल* (memory drum) कहा जाता है। इस उपकरण के नहीं रहने पर कागज के एपरचर (paper aperture) द्वारा भी पदों या शब्दों को दिखाया जा सकता है। प्रयोज्य (subject) को यह निर्देश (instruction) दिया जाता है कि वे दिखाए गए पदों को उसी क्रम में याद करें जिस क्रम में उन्हें दिखाया गया है, क्योंकि उनका प्रत्याह्वान के लिए सामान्यतः 20 से 30 सेकेंड का समय प्रयोज्य को दिया जाता है। इस तरह से पूरी सूची (list) के प्रत्येक पद को बारी-बारी से तब तक दिखाया जाता है जब तक कि प्रयोज्य प्रयोगकर्त्ता द्वारा

1. सामान्यतः ऐसे पदों को 2 सेकेंड के लिए दिखाया जाता है। लेकिन, ऐसा कोई नियम नहीं है। ऐसे भी प्रयोग (experiment) किए गए हैं जिनमें मौखिक एकांशों (verbal items) को 3 या 4 सेकेंड के लिए भी दिखाया गया है। पदों को सामान्यत, दो सेकेंड के लिए दिखाने के पीछे तर्क यह दिया गया है कि यह न्यूनतम अवधि होता है जिसके बीतने पर ही व्यक्ति के मस्तिष्क द्वारा देखी गयी वस्तु का आकार प्रत्यक्षण (form perception) होता है।

निर्धारित कसौटी (criterion) पर नहीं पहुँचता है। इस विधि को *क्रमिक प्रत्याह्वान की विधि* (method of serial reproduction) भी कहते हैं, क्योंकि प्रत्येक प्रयास (trial) में प्रयोज्य पदों का क्रमिक ढंग से (serially) पुनर्उपस्थित (reproduction) करता है। इस विधि को *क्रमिक पूर्वाभ्यास की विधि* (method of serial anticipation) कहा जाता है क्योंकि इस विधि में प्रयोज्य क्रमिक ढंग से (serially) पदों या शब्दों का पूर्वाभास (anticipation) करता जाता है।

(ii) मुक्त पुनः स्मरण विधि *(Method of Free Recall)*—यह विधि मौखिक सीखना की सबसे आसान विधि है। इस विधि से सीखने में शब्दों (words) या पदों (syllables) को एक-एक करके कुछ सेकेंड के लिए प्रयोज्य को दिखा दिया जाता है। फिर, प्रयोज्य उस सूची के शब्दों या पदों का प्रत्याह्वान (recall) करता है। प्रत्याह्वान के लिए 25 से 30 सेकंड का समय दिया जाता है। प्रयोज्य को किसी भी क्रम (order) में प्रत्याह्वान (recall) करने की पूरी स्वतंत्रता होती है। इस तरह यह विधि क्रमिक सीखना विधि (serial learning method) से भिन्न है जहाँ पदों का प्रत्याह्वान प्रयोज्य द्वारा एक खास क्रम में ही किया जाना आवश्यक होता है। इस विधि में प्रयोज्यों में सूची के अन्तिम पदों तथा कुछ प्रथम पदों को याद करने की विशेष तत्परता पाई जाती है। पहले को *आसन्नता प्रभाव* (recency effect) तक दूसरे को *प्राथमिकी प्रभाव* (primacy effect) कहा जाता है।

(iii) अनुबोधन तथा पूर्वाभास विधि *(Method of Prompting and Anticipation)*—यह विधि क्रमिक सीखना विधि का ही एक परिवर्तित रूप है। इस विधि में सूची के अर्थहीन पद (syllables) या सार्थक शब्द (words) को स्मृति पटल (memory drum) या कागज के एपरचर (paper aperture) द्वारा एक बार दो-दो सेकंड के लिए पहले दिखा जाता है। इसके बाद उसे पहला पद दिखाया जाता है और दिखाए गए शब्द या पद के ठीक बाद वाले शब्द या पद का उसे अनुमान लगाने के लिए (anticipate) कहा जाता है। सूची (list) के पहले पद या शब्द को दो सेकेंड के लिए प्रयोज्य को दिखाया जाता है और प्रयोज्य उसके बाद आनेवाले शब्द को बताता है। इसके बाद प्रयोगकर्त्ता उस शब्द को (जिसे प्रयोज्य को पहले बताने के लिए कहा गया था) फिर दो सेकेंड के लिए दिखाता है और इसके ठीक बाद आनेवाले शब्द प्रयोज्य को बतलाना होता है फिर, उसी शब्द को दिखाकर प्रयोगकर्त्ता उसे उसके बाद आने वाले शब्द का पुनःस्मरण (recall) करने को कहता है। इसी तरह सूची के प्रत्येक शब्द को प्रयोगकर्त्ता (experimenter) प्रयोज्य को दिखाता जाता है और प्रयोज्य उसके बाद आनेवाले शब्द को बतलाते जाता है। प्रयोगकर्त्ता प्रयोज्य के उत्तरों को (सही या गलत) लिख लेता है। इस विधि में हम पाते हैं कि प्रयोज्य का उत्तर गलत है या सही, इसे वह प्रयोगकर्त्ता के बिना कहे ही जान लेता है। इस प्रकार, यह विधि क्रमिक सीखना विधि (method of serial learning) से थोड़ा भिन्न है, क्योंकि क्रमिक सीखना विधि में प्रयोज्य (subject) को यह पता नहीं चलता कि उसका उत्तर सही है या गलत। प्रयोगकर्त्ता यह सारी प्रक्रिया तब तक दोहराता जाता है जब तक कि प्रयोज्य (subject) प्रयोगकर्त्ता द्वारा पूर्वनिर्धारित कसौटी (criterion) पर नहीं पहुँच जाता है। इस विधि को आगे दिए उदाहरण से और अधिक स्पष्ट किया जा रहा है—

सूची (list)

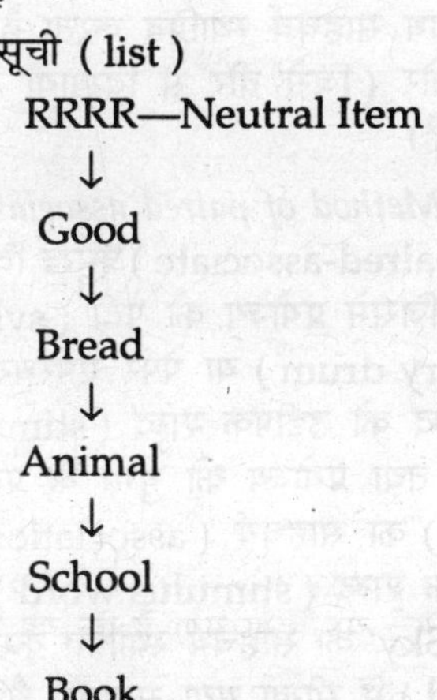

उपर्युक्त सूची का प्रत्येक शब्द प्रयोज्य को एक बार दिखा देने के बाद प्रयोगकर्त्ता सबसे पहले 'RRRR' यानी तटस्थ एकांश दिखाएगा तथा प्रयोज्य उसके बाद के शब्द (यानी'Good') का प्रत्याह्वान (recall) करेगा। फिर "Good" को दिखाकर उसके बाद के शब्द (Bread) का प्रत्याह्वान करने के लिए उससे कहा जायेगा। फिर 'Bread' को दिखाकर उसके बाद के शब्द का प्रयोज्य को प्रत्याह्वान करने के लिए कहेगा। इसी तरह से सूची के अन्य शब्दों को दिखाकर प्रयोज्य को ठीक उसके बाद आने वाले शब्द बताने को कहा जाता है। इस विधि की यह भी एक विशेषता है कि सूची का प्रत्येक पद या शब्द उद्दीपक (stimulus) तथा अनुक्रिया (response) दोनों के रूप में कार्य करता है। यही कारण है कि इस विधि में प्रयोज्य द्वारा सीखा गया साहचर्य (association) खड़ा या उदग्र (vertical) होता है। जैसे—

सूची (List)

XXX—Neutral Item

↓

Man

↓

Dog

↓

Rat

↓

Cow

↓

Bad

उपर्युक्त उदाहरण में 'Man' शब्द देखने के बाद प्रयोज्य (subject) को 'Dog' शब्द बोलना होता है। अतः 'Dog' 'Man' के लिए एक अनुक्रिया (response) है और फिर वही 'Dog' 'Rat' के लिए उद्दीपक (stimulus) है, क्योंकि 'Dog' शब्द देखने पर प्रयोज्य को 'Rat' शब्द कहना होता है। इसी तरह 'Cow' 'Rat' के लिए अनुक्रिया (response) है तथा 'Bad' के लिए एक उद्दीपक (stimulus) है। अक्सर सूची के सबसे पहले शब्द पर एक तटस्थ एकांश (neutral item) जोड़ दिया जाता है (जो यहाँ XXX है,) ताकि पहला शब्द उद्दीपक एकांश (stimulus item) के अलावा प्रतिक्रिया एकांश (response item) के रूप में भी कार्य कर सके। बिना तटस्थ एकांश के सूची का सबसे पहला शब्द दूसरे शब्द के उद्दीपक के रूप में ही कार्य करेगा। चूँकि प्रयोज्य उपर्युक्त सूची को सीखने में 'Man' का साहचर्य 'Dog' से 'Dog' का साहचर्य 'Rat' से 'Rat' का साहचर्य 'Cow' से तथा इसी क्रम (order) में अन्य शब्दों के साथ साहचर्य स्थापित करता है, इसलिए यहाँ सीखा गया पूरा साहचर्य (whole association) ऊपर से नीचे की ओर (जिसे तीर से दिखाया गया है) होता है, जो स्पष्टतः ही खड़ा या उदग्र साहचर्य (vertical association) है।

(iv) युग्मित-सहचर विधि (*Method of paired associate*)—स्मृति (memory) के अध्ययन करने की युग्मित-सहचर विधि (method of paired-associate) प्रमुख विधियों में से एक है। युग्मित-सहचर विधि (paired-associate method) वह विधि है जिसमें प्रयोज्य को पदों (syllables) या शब्दों (words) के बहुत से युग्मों (pairs) को स्मृति पटल (memory drum) या पेपर एपरचर (paper aperture) की खिड़की द्वारा दिखाया जाता है। युग्म (pair) के पहले शब्द को उद्दीपक शब्द (stimulus word) और दूसरे शब्द को अनुक्रिया शब्द (response word) कहा जाता है तथा प्रयोज्य को युग्म के प्रत्येक उद्दीपक शब्द (stimulus word) के साथ अनुक्रिया शब्द (response word) का साहचर्य (association) स्थापित करना होता है, जैसे—'Man—Sky' एक युग्म हुआ। इसमें 'Man' उद्दीपक शब्द (stimulus word) और 'sky' अनुक्रिया शब्द (response word) है तथा प्रयोज्य को 'Man' के साथ 'Sky' का साहचर्य स्थापित करना सीखना होता है। यह स्पष्ट है कि युग्मित-सहचर विधि (paired-associate method) में सीखा गया साहचर्य क्षैतिज या पड़ा (horizontal) होता है न कि उदग्र

(vertical)। युग्मित-सहचर विधि का यह सबसे प्रमुख गुण है और इस तरह यह विधि क्रमिक सीखना (serial learning) की विधि और अनुबोधन तथा पूर्वाभास विधि से भिन्न है, जहाँ सीखा गया साहचर्य उदग्र (vertical) होता है। युग्मित-सहचर विधि (paired associate method) में शब्दों या पदों के सभी युग्म को हर प्रयास में नए क्रम (new order) में दिखाया जाता है ताकि प्रयोज्य उदग्र या खड़ा साहचर्य स्थापित न कर सके। हर प्रयास में जब शब्दों को नए क्रम में दिखाया जाएगा तो स्वभावतः (naturally) प्रयोज्य में उदग्र या खड़ा साहचर्य (vertical association) नहीं हो पाएगा। हाउसटन[1] (Houston, 1976) के अनुसार उदग्र साहचर्य स्थापित नहीं होने देने का कारण यह है कि यदि प्रत्येक प्रयास (trial) में शब्दों या पदों का एक ही क्रम (same order) रखा जाए तो प्रयोज्य केवल अनुक्रिया शब्द (response word) को ही याद करेगा तथा उद्दीपक शब्द (stimulus word) को छोड़ (ignore) देगा (क्योंकि उद्दीपक शब्द तो उसे दिखा ही दिया जाता है)।

युग्मित-सहचर विधि की दो प्रमुख उपविधियाँ हैं। पहली उपविधि जिसे *पूर्वाभास-विधि* (anticipation method) कहा जाता है, की प्रक्रिया इस प्रकार है—सबसे पहले एक प्रारम्भिक प्रयास (preliminary trial) दिया जाता है, जिसमें प्रत्येक युग्म को 4-4 सेकेंड के लिए दिखाया जाता है। इसके बाद पहला प्रयास (trial) शुरू होता है, जिसमें सूची के पहले युग्म का सिर्फ उद्दीपक शब्द 2 सेकेंड तक दिखाया जाता है और प्रयोज्य (subject) इसके साथ वाले अनुक्रिया शब्द (response word) का पूर्वाभास (anticipation) करता है इसके बाद उस उद्दीपक शब्द तथा उसका अनुक्रिया शब्द दोनों का एक साथ 2 सेकंड के लिए दिखा दिया जाता है। प्रयोज्य द्वारा दिए गए उत्तर को (सही या गलत) प्रयोगकर्त्ता लिख लेता है। इस तरह से सूची के अन्य युग्मों (pairs) को प्रयोगकर्त्ता एक-एक करके दिखाता है। इसके कुछ समय के बाद दूसरा प्रयास (second trial) इस तरह शुरू होता है। अण्डरवुड[2] (Underwood, 1965) के अनुसार सामान्यतः प्रत्येक प्रयास के बाद प्रयोज्य को 6 से 10 सेकंड तक का विश्राम (rest) दिया जाना चाहिए। इस समय के दौरान प्रयोगकर्त्ता नए क्रम (order) वाली सूची को स्मृति-पटल में लगाता है। इस तरह से जब तक प्रयास (trial) जारी रहता है जब तक कि प्रयोज्य प्रयोगकर्त्ता द्वारा पूर्वनिर्धारित कसौटी (criterion) पर नहीं पहुँच जाता है। इस विधि को युग्मित सहचर सीखना (paired-associate learning) की *पूर्वाभास विधि* (anticipation method) कहा जाता है।

युग्मित-सहचर सीखना (paired-associate learning) की एक दूसरी विधि भी है जिसे प्रत्याह्वान-विधि (recall method) कहा जाता है। हुल्स, इगेथ तथा डिज (Hulse, Egeth & Deese, 1980) ने इसे *अध्ययन-परीक्षण विधि* (Study-test method) कहा है। इस विधि में पहले उद्दीपक शब्द तथा अनुक्रिया या प्रतिक्रिया शब्द (response word) दोनों को एक साथ 2 या 4 सेकंड के लिए दिखाते हैं। इसी तरह से सूची के सभी युग्मों को एक-एक करके दिखाते हैं। इसके बाद फिर सूची के सबसे पहले युग्म के उद्दीपक शब्द को 2 सेकंड तक के लिए दिखाते हैं और प्रयोज्य उसके साथ अनुक्रिया शब्द का प्रत्याह्वान (recall) करता है। इस अनुक्रिया शब्द को फिर दिखाया नहीं जाता है। इसके बाद दूसरे युग्म के उद्दीपक शब्द (stimulus word) को दिखाकर प्रयोज्य को अनुक्रिया शब्द बताने को कहा जाता है। फिर अनुक्रिया शब्द को बिना दिखाए ही तीसरे युग्म के उद्दीपक शब्द को दिखाया जाता है और उसे इस युग्म का अनुक्रिया शब्द बताने को कहा जाता है। इसके बाद दूसरा प्रयास (2nd trial) शुरू होता है, जहाँ फिर सूची के प्रत्येक युग्म उद्दीपक तथा अनुक्रिया शब्द को एक साथ 2 या 4 सेकंड के लिए दिखाया जाता है। इस तरह से पूरी सूची दिखा देने के बाद फिर प्रत्येक युग्म का सिर्फ उद्दीपक शब्द दिखाकर उसके उपयुक्त अनुक्रिया शब्द का प्रत्याह्वान कराया जाता है। यहाँ प्रत्येक प्रयास के बाद 6 से 10 सेकंड तक का विश्राम (rest) दिया जाता है। यह पूरी प्रक्रिया तब तक चलती रहती है जब तक कि प्रयोज्य प्रयोगकर्त्ता द्वारा पूर्वनिर्धारित कसौटी (criterion) पर नहीं पहुँच जाता। इस तरह से हम देखते हैं कि युग्मित सहचर सीखना (paired-associate learning) की पूर्वाभास विधि (anticipation method) में प्रयोज्य को अपने उत्तर के सही या गलत की जाँच का मौका मिलता है, लेकिन प्रत्याह्वान विधि (recall method) में ऐसा कोई मौका प्रयोज्य को नहीं दिया जाता। सीखना के उद्दीपक-प्रतिक्रिया पुनर्बलन सिद्धान्त (Stimulus-Response Reinforcement Theory) के अनुसार तब यह कहा जा सकता है कि

---

1. "Houston : *Fundamentals of Learning,* 1976 p. 16
2. "Underwood : *Experimental psychology,* 1965, p. 294

पूर्वाभास विधि में मौखिक पुनर्बलन (verbal reinforcement) उपस्थित रहता है, परन्तु प्रत्याह्वान-विधि में ऐसा कोई मौखिक पुनर्बलन नहीं रहता। परिणामस्वरूप, इस सिद्धान्त के अनुसार युग्मित सहचर की पूर्वाभास विधि द्वारा सीखने की प्रक्रिया (process of learning) प्रत्याह्वान विधि की अपेक्षा तेजी से होगी।

युग्मित सहचर (paired associate) की चाहे पूर्वाभास-विधि (anticipation method) हो या प्रत्याह्वान विधि (recall method), सीखा गया साहचर्य हमेशा क्षैतिज (horizontal) होता है न कि खड़ा या उदग्र (vertical) इसके लिए यह आवश्यक है कि प्रत्येक प्रयास (trial) में शब्दों या पदों के युग्मों (pairs) के क्रम (order) में परिवर्तन करके प्रयोज्य को दिखाया जाए। जब प्रयोग स्मृति-पटल (memory drum) के सहारे किया जा रहा हो, तब विद्यार्थी को यह सलाह दी जाती है कि वे एक ही सूची (list) की कम-से-कम 3-4 कॉपी (copy) इस प्रकार कर लें कि प्रत्येक कॉपी में युग्म (pair) तो वही हो, परन्तु उनका क्रम अलग-अलग हो। जैसे—

Original List	**1st copy** (In new order)	**2nd copy** (In new order)
Boy-Pen	Chair-Rice	Mango-Bus
Army-Sky	Desk-Girl	Chair-Rice
Man-Red	Boy-Pen	Desk-Girl
Chair-Rice	Mango-Bus	Army-Sky
Mango-Bus	Army-Sky	Man-Red
Desk-Girl	Man-Red	Boy-Pen

उपर्युक्त उदाहरण में एक ही सूची की दो अन्य कॉपियाँ तैयार कर दिखलाया गया है। इसी तरह 2-3 कॉपी और तैयार कर लेनी चाहीए और प्रत्येक प्रयास (trial) में सूची की इन विभिन्न कॉपियों को यादृच्छिक ढंग से (randomly) दिखाना चाहिए।

(v) प्रत्यभिज्ञान सीखना विधि *(Method of recognition Learning)*— इस विधि में पदों या शब्दों की पूरी सूची को पहले कई बार लगातार प्रयोज्य को दिखाते हैं। इसके बाद, इन शब्दों के साथ मिलाकर प्रयोज्य को एक-एक कर के दिखाते जाते हैं। प्रयोज्य को इनमें से पहले सीखे गए शब्दों का प्रत्यभिज्ञान (recognition) करना होता है। इस तरह की विधि में प्रयोज्य पहले देखे गए शब्दों तथा नए शब्दों के बीच एक तरह का विभेद (discrimination) करना सीखता है। यही कारण है कि डीएमैटो (D'Amato, 1970) ने इसे मौखिक विभेद-विधि (verbal discrimination method) भी कहा जाता है।

शाब्दिक सीखना का स्तरीय विश्लेषण
(Stage Analysis of Verbal Learning)

कई प्रयोगात्मक मनोविज्ञानियों (experimental psychologists)—जैसे अंडरवुड, रनक्युस्ट एवं सूल्ज (Underwood, Runquist & Schultz, 1959) तथा अंडरवुड एवं सूल्ज (Underwood & Schultz, 1960) तथा अन्य कई मनोवैज्ञानिकों ने शाब्दिक सीखना का स्तरीय विश्लेषण (stage analysis) किया है और यह बतलाया है कि किसी भी शाब्दिक उद्दीपक अनुक्रिया (verbal stimulus response) विश्लेषण में तीन तरह के स्वतंत्र तत्त्व सम्मिलित होते हैं जो निम्नांकित हैं—

(i) अनुक्रिया सीखना (response learning)
(ii) उद्दीपक सीखना (stimulus learning)
(iii) साहचर्यात्मक सीखना (associative learning)

इन तीनों की व्याख्या निम्नांकित हैं:—

(i) अनुक्रिया सीखना *(Response learning)*—किसी भी उद्दीपक-अनुक्रिया सीखना में व्यक्ति को अनुक्रिया पदों को उद्दीपक पदों के साथ साहचर्यित करना सीखना पड़ता है। इसे *साहचर्यात्मक सीखना* (associative learning) कहा जाता है। परन्तु साहचर्यात्मक सीखना के लिए यह आवश्यक है कि व्यक्ति पहले अनुक्रिया पदों को सीखे। इस तरह के सीखना को अनुक्रिया सीखना (response learning) कहा जाता है। स्तरीय विश्लेषण (stage analysis) में अनुक्रिया सीखना के दो प्रकारों की पहचान की गयी है—अनुक्रिया संगठन (response integration) तथा सूची विभेदन (list differentiation)। अनुक्रिया संगठन से तात्पर्य वैसी प्रक्रिया से होती है जो तब उत्पन्न होती है जब व्यक्ति को कोई अपरिचित, अनूठा एवं नया सामग्री को सीखने के लिए दिया जाता है। जैसे—मान लिया जाय कि प्रयोज्य को एक युग्मित-साहचर्य सूची (paired-associate list) सीखने के लिए दिया जाता है जिसका उद्दीपक पद अंक (digit) है तथा अनुक्रिया पद (response term) निरर्थक पद जैसे—ZUK, NAK आदि हैं। चूँकि व्यक्ति निरर्थक पदों को अपनी जिन्दगी में कभी सीखा नहीं होता है, अतः वे बिलकुल ही नये एवं अपरिचित होते हैं। परिणामतः व्यक्ति को ऐसे नये एवं अपरिचित पदों को संगठित (integrated) करना होता है। ऐसी अनुक्रियाओं को सीखने में व्यक्ति को पर्याप्त प्रयास एवं समय लगता है। यदि इसके जगह पर अर्थपूर्ण शब्दों को उपयोग किया जाता तो वैसी हालत में अनुक्रिया संगठन की प्रक्रिया ही नहीं होगी क्योंकि ऐसे शब्दों को तो व्यक्ति अपने दिन प्रतिदिन की जिन्दगी में पहले से ही संगठित कर चुका होता है।

यदि हम ध्यानपूर्वक देखें तो अनुक्रिया संगठन की प्रक्रिया में भी विभेदन सीखना (discrimination learning) की प्रक्रिया सम्मिलित है। जब व्यक्ति के सामने साहचर्य सूची के उक्त निरर्थक पदों को एक-एक करके उपस्थित किया जाता है, तो इनके आपसी समानता के कारण उसके मन में काफी सम्भ्रान्ति (confusion) उत्पन्न होती है। फलतः उन्हें एक-दूसरे से विभेदित करना सीखना पड़ता है ताकि वे सही-सही उसे उपर्युक्त उद्दीपक पद के साथ साहचर्यित कर सके।

सूची विभेदन (list differentiation) अनुक्रिया सीखना (response learning) का दूसरा महत्त्वपूर्ण प्रकार है। सूची विभेदन से तात्पर्य एक ऐसी प्रक्रिया से होती है जिसके सहारे प्रयोज्य वास्तविक अनुक्रिया इकाइयों (actual response units) को अन्य सम्भावित अनुक्रिया इकाइयों से भिन्न करता है। जैसे—मान लिया जाए कि युग्मित सहचर सूची की अनुक्रिया पद में CAT, PEN, GOD आदि हैं, तो ऐसी अनुक्रिया पदों के साथ अनुक्रिया संगठन (response integration) की प्रक्रिया तो नहीं होगी परन्तु व्यक्ति को अनुक्रिया के रूप में मात्र इन्हीं शब्दों को याद करना होगा तथा इन्हें अन्य समान शब्दों से भिन्न रखना होगा। सूची विभेदन में भी विभेदन की प्रक्रिया सम्मिलित होती है क्योंकि व्यक्ति उन अनुक्रिया पदों को जो सूची के सदस्य हैं, को अन्य शब्दों से जो उस सूची के सदस्य नहीं है, के साथ अन्तर करना सीखना होता है।

(ii) उद्दीपक सीखना (*Stimulus learning*)—शाब्दिक उद्दीपक अनुक्रिया सीखने के स्तरीय विश्लेषण में दूसरी महत्त्वपूर्ण प्रक्रिया उद्दीपक सीखना (stimulus learning) का है। उद्दीपक सीखना से तात्पर्य इस बात से होता है कि व्यक्ति एक उद्दीपक को दूसरे उद्दीपक से निश्चित रूप से विभेदित करना सीख ले ताकि वह उनका उपयुक्त अनुक्रिया पदों के साथ साहचर्यित कर सके। इस तरह से उद्दीपक सीखना में भी विभेदन सीखना सम्मिलित होता है। उदाहरणस्वरूप, मान लिया जाए कि युग्मित साहचर्य सूची में उद्दीपक पद (XPZN, PZNX, NXZP, तथा XPNZ है तो स्पष्टतः प्रयोज्य को ऐसे उद्दीपकों को सीखने में काफी कठिनाई होगी क्योंकि ऐसे उद्दीपक संभ्रान्ति उत्पन्न करने वाले हैं। इन उद्दीपकों के साथ अनुक्रिया पदों को साहचर्यित करने के लिए यह आवश्यक है कि व्यक्ति इन पदों को आपस में विभेदित करे।

उद्दीपक सीखना से एक महत्त्वपूर्ण प्रक्रिया जो सम्बन्धित है, वह है उद्दीपक चयन (stimulus selection) का। वैसे, अब उक्त चारों उद्दीपक पदों को ही ले लिया जाए। चालाक प्रयोज्य इन उद्दीपकों में अन्तर करके सीखने के बजाय सिर्फ अन्तिम अक्षर को ही याद रखेगा और उसे ही अनुक्रिया पद से साहचर्यित कर लेगा। बाकी तीन अक्षरों की उपेक्षा (ignore) वह आसानी से कर लेगा और इससे कोई यथार्थता (accuracy) की हानि भी नहीं होगी। इस प्रक्रिया को उद्दीपक चयन (stimulus selection) की संज्ञा दी जाती है। अंडरवुड तथा उनके सहयोगियों ने दो तरह के उद्दीपक के बीच अन्तर किया है—*नामिक उद्दीपक* (nominal stimulus) तथा *कार्यात्मक उद्दीपक* (functional stimulus)। नामिक उद्दीपक से तात्पर्य वैसे उद्दीपक से होता है जिसे प्रयोगकर्त्ता प्रयोज्य के सामने उपस्थित करता है। जैसे—उक्त उदाहरण में चार अक्षरों के सभी शाब्दिक एकांश (verbal units) नामिक उद्दीपक के उदाहरण हैं। कार्यात्मक उद्दीपक से तात्पर्य वैसे उद्दीपक से होता है जिसपर प्रयोज्य वास्तव में ध्यान देता है तथा जिसे वह उद्दीपक (stimulus) के रूप में उपयोग करता है। जैसे—उक्त उदाहरण में अन्तिम अक्षर को उद्दीपक के रूप में उपयोग किया जाना एक कार्यात्मक उद्दीपक का उदाहरण है। कार्यात्मक तथा नामिक उद्दीपक एक ही हो सकते हैं परन्तु ऐसा होना आवश्यक नहीं है।

(iii) साहचर्यात्मक सीखना *(Associative learning)*—शाब्दिक उद्दीपक-अनुक्रिया सीखना का तीसरा महत्त्वपूर्ण तत्त्व (component) साहचर्यात्मक सीखना (associative learning) है। साहचर्यात्मक सीखना से तात्पर्य वैसी प्रक्रियाओं (processes) से है जिनके सहारे प्रयोज्य उद्दीपक पदों के साथ अनुक्रिया पदों को साहचर्यित करता है। सचमुच में साहचर्यात्मक सीखने की प्रक्रिया तब उत्पन्न होती है जब प्रयोज्यों द्वारा सूची की अनुक्रिया पदों को सीखा जा चुका होता है तथा उद्दीपक पदों को विभेदित किया जा चुका होता है। साहचर्यात्मक सीखना तो कभी रटकर रिर्हसल करने से होता है तो कभी यह शब्दिक एवं दृष्टि स्मरणोपकारी प्रक्रियाओं (menmonic processes) द्वारा होता है।

साहचर्यात्मक सीखना के क्षेत्र में आधुनिक मनोवैज्ञानिकों ने एक महत्त्वपूर्ण प्रश्न उठाया है जो यह है कि जब व्यक्ति किसी विशेष उद्दीपक (stimulus) के प्रति विशेष अनुक्रिया (response) करना सीख लेता है अर्थात् S-R सीखना सम्पन्न होता है तो क्या ऐसी परिस्थिति में व्यक्ति अनुक्रिया एकांशों (response item) को देखकर उद्दीपक एकांशों की प्रस्तुतीकरण करने की क्षमता विकसित कर लेता है? दूसरे शब्दों में, क्या S-R सीखना होने से R-S सीखना भी अपने आप हो जाता है? इस समस्या के समाधान के लिए एकस्ट्रैण्ड (Ekstrand, 1966) द्वारा किये गये अध्ययन के आधार पर यह कहा गया है कि अनुक्रिया-उद्दीपक सीखना (R-S Learning), उद्दीपक-अनुक्रिया सीखना (Stimulus-response learning) से कमजोर होता है। परन्तु कुछ अन्य मनोवैज्ञानिकों जैसे—ऐश एवं एवेनहोल्ज (Esch & Ebenholtz, 1962) ने इस विचार से अपनी असहमति जतायी है और कहा है कि R-S सीखना S-R सीखना के बराबर होता है। R-S सीखना की वैधता की सही-सही जाँच करने में जो एक विधि-प्रणाली सम्बन्धी दिक्कत (methodological difficulty) होती है, वह यह है कि युग्मित-सहचर सीखना में जब प्रयोज्य अनुक्रिया शब्द को उद्दीपक शब्द के साथ साहचर्यित करना सीखता है, तो वह पूरे नामिक उद्दीपक (nominal stimulus) पर ध्यान न देकर उसके सिर्फ एक अक्षर पर ही ध्यान देता है और बाकी अक्षरों की वह उपेक्षा करता है (जैसा कि ऊपर के उदाहरण से समझाया गया है)। परिणामतः जब उसे अनुक्रिया पद देकर उद्दीपक पद को बतलाने के लिए कहा जाता है, तो वह पूरा उद्दीपक पद को नहीं बतला पाता है जिसके कारण R-S सीखना S-R सीखना से थोड़ा कमजोर प्रतीत होता है। तर्क यहाँ यह भी दी जाती है कि अनुक्रिया पद को देखकर सम्पूर्ण नामिक उद्दीपक पद का प्रत्याह्वान करने की असफलता का कारण R-S सीखना का कमजोर होना नहीं है बल्कि प्रयोज्य की वह समझदार प्रवृत्ति होती है जिसके सहारे वह सिर्फ नामिक उद्दीपक (nominal stimulus) के उतना ही अंश या भाग पर ध्यान दे पाता है जितना सीखने से उसका काम चल जाता है। कुछ मनोवैज्ञानिकों का मत है कि उद्दीपक एकांश (stimulus item) तथा अनुक्रिया एकांश (response item) जब समान रूप से उपलब्ध (available) कर दिये जाते हैं तो R-S सीखना निश्चित रूप से S-R सीखना के बराबर होना चाहिए। परन्तु दुर्भाग्य की बात यह है कि इस सिलसिले में जो प्रयास (effort) किये गये हैं, उनके प्राप्त परिणाम में कोई खास संगति (consistency) नहीं है। अतः दावे के साथ किसी निश्चित निष्कर्ष पर अभी नहीं पहुँचा जा सकता है।

शाब्दिक सीखना में संगठनात्मक प्रक्रियाएँ (Organizational Processes in Verbal Learning)

मानव सीखना (human learning) में विशेषकर शाब्दिक सीखना में संगठनात्मक कारकों की भूमिका महत्त्वपूर्ण है और इस पर मनोवैज्ञानिकों का ध्यान तब गया जब मुक्त पुनःस्मरण या प्रत्याह्वान विधि (method of free recall) का उपयोग एक प्रयोगात्मक प्रविधि के रूप में होने लगा। इस प्रविधि में प्रयोज्य को सीखे गए शाब्दिक एकांशों (verbal items) को चाहे वे जिस क्रम में प्रत्याह्वान करना चाहे, प्रत्याह्वान करने की छूट होती है। परिणामतः मनोवैज्ञानिकों का ध्यान इस तरह के प्रत्याह्वान में एकांशों के क्रम (order) पर गया और उन लोगों को यहाँ संगठन (organization) के कुछ छाप देखने के मिले। दूसरे शब्दों में, प्रत्याह्वान (recall) में प्रयोज्यों द्वारा दिखलाये गये कुछ संगतता (consistency) के सबूत मिले। अतः संगठनात्मक प्रक्रिया (organization process) को परिभाषित करते हुए यह कहा जा सकता है कि इससे तात्पर्य उन प्रक्रियाओं से होता है जिनके द्वारा सूचनाओं के निवेश (input) तथा निर्गत (output) के बीच परिवर्तन किया जाता है। यहाँ व्यक्ति निवेशित सूचनाओं को क्रमबद्ध (systematize) कर सकता है, उसका विस्तरण (elaborate) कर सकता है, चयन कर सकता है, आपस में

सम्बन्धित कर सकता है तथा उसे सुविधानुसार परिवर्तित कर सकता है। मैन्डलर (Mandler, 1972) के अनुसार संगठन से तात्पर्य वैसे मानसिक संरचना (mental structure) से होता है जो देखे गये या सीखे गये शाब्दिक एकांशों (items), घटनाओं (events) तथा विशेषताओं (features) के बीच सम्बन्ध स्थापित करता है।

मानव सीखना (human learning) तथा धारण (retention) के क्षेत्र में शाब्दिक एकांशों (verbal items) की सूचियों के सहारे किये गये प्रयोगों से यह स्पष्ट हुआ है कि व्यक्ति दो तरह के संगठनात्मक उपायों (organizational strategies) को अपनाता है। इन दोनों तरह के संगठनात्मक उपायों का वर्णन निम्नांकित हैं—

(1) गुच्छन प्रविधि (clustering technique)

(2) आत्मनिष्ठ संगठन प्रविधि (subjective organization technique)

इन दोनों का वर्णन निम्नांकित हैः—

(1) गुच्छन प्रविधि *(clustering technique)*—गुच्छन प्रविधि वह प्रविधि है जिसमें सीखने के लिए दिये गए शाब्दिक एकांशों के प्रत्याह्वान (recall) में प्रयोज्य द्वारा जो संगठनात्मक प्रक्रियाएँ (organizational processes) होतीं हैं, उनका आधार प्रयोगकर्ता द्वारा उन एकांशों को एक निश्चित श्रेणी (category) से चुना जाना या उन्हें आपस में सम्बन्धित करना होता है। दूसरे शब्दों में, यहाँ प्रयोगकर्त्ता सभी शाब्दिक एकांशों को विशेष तरह के श्रेणी से लेता है या उन एकांशों को आपस में विशेष ढंग से सम्बन्धित रखता है। प्रयोज्य इन गुप्त तथ्यों को समझकर उसी के अनुसार शाब्दिक एकांशों का प्रत्याह्वान (recall) करता है। प्रयोज्य उन सभी एकांशों का एक साथ प्रत्यह्वान करता है जो विशेष श्रेणी के होते हैं या विशेष ढंग से आपस में सम्बन्धित होते हैं। इसी प्रक्रिया को *गुच्छन* (clustering) की संज्ञा दी जाती है। गुच्छन विधि निम्नांकित दो तरह का होता है—

(i) श्रेणी गुच्छन (category clustering) तथा

(ii) साहचर्यात्मक गुच्छन (associative clustering)

इन दोनों का वर्णन निम्नांकित हैः—

(i) श्रेणी गुच्छन (Category clustering)—श्रेणी गुच्छन प्रविधि का प्रतिपादन बोसफिल्ड (Bousfield, 1953) द्वारा किया गया। श्रेणी गुच्छन से तात्पर्य शाब्दिक एकांशों के प्रत्याह्वान में एक ऐसे गुच्छन (clustring) से होता है जिसका आधार उन एकांशों की विशेष श्रेणियाँ (categories) होतीं हैं। बोसफिल्ड ने एक प्रयोग करके इस प्रविधि के स्वरूप को अधिक स्पष्ट किया है। उनके इस प्रयोग में चार विभिन्न श्रेणियों अर्थात् पशु (animal), शहर के नाम (name of cities) पेशा (profession) तथा सब्जी (vegetable) में से प्रत्येक से 15-15 शब्दों को लिया गया और इस तरह से कुल 60 शब्दों की एक सूची बनायी गयी। जेबरा (Zebra), न्यूआर्क (New York), काला (Black), तथा आलू (Potato) क्रमशः पशु, शहर के नाम, पेशा एवं सब्जी श्रेणी के एक-एक उदाहरण हैं। 60 शब्दों की सूची में प्रत्येक शब्द को एक यादृच्छिक क्रम (random roder) में प्रयोज्यों को पढ़कर सुनाया गया तथा सूची के प्रत्येक सम्पूर्ण प्रस्तुतीकरण के बाद उन्हें 10 मिनट का समय अंतराल देकर सुने गये एकांशों का प्रत्याह्वान करने को कहा गया। प्रयोग के परिणाम में देखा गया कि प्रयोज्यों ने प्रत्याह्वान में एक ही श्रेणी के कई शब्दों का प्रत्याह्वान (recall) जब एक साथ कर लेते थे, तब वे दूसरी श्रेणी के शब्दों का प्रत्याह्वान करते थे। इससे स्पष्ट हुआ कि प्रत्याह्वान में प्रयोज्य विशेष तरह के संगठन (organization) अर्थात् गुच्छन (clustering) का उपयोग करते हैं जिसका परिणाम यह होता है कि निवेश (input) यादृच्छिक (random) होते हुए भी निर्गत या उत्पादन (output) अर्थात् प्रत्याह्वान (recall) संगठित (organized) होता है।

कई मनोवैज्ञानिकों द्वारा किये गये प्रयोगों से यह स्पष्ट हुआ है कि श्रेणी गुच्छन (category clustering) से समग्र प्रत्याह्वान (overall recall) में वृद्धि होती है। कोफर (Cofer, 1967) तथा फॉरेस्टर एवं किंग (Forrester & King, 1971) ने अपने-अपने प्रयोगों के आधार पर इस तथ्य की संपुष्टि किया है। मनोवैज्ञानिकों ने दो तरह की श्रेणियों (categories) के गुच्छन (clustering) तथा सम्पूर्ण प्रत्याह्वान (overall recall) पर पड़ने वाले प्रभावों का अध्ययन किया है। ये दो श्रेणियाँ हैं—*सम्पूर्ण श्रेणी* (exhaustive category) तथा *असम्पूर्ण श्रेणी* (nonexhaustive cotegory)। सम्पूर्ण श्रेणी में उस श्रेणी को रखा जाता है जिसके सभी सदस्यों को सूची में सम्मिलित कर लिया जाना सम्भव हो पाता है। जैसे, सौर मंडल (solar system) के ग्रह सम्पूर्ण श्रेणी के उदहारण हैं। परन्तु जब श्रेणी इस प्रकार

का होता है कि उसके सभी सदस्यों को सूची में सम्मिलित करना सम्भव नहीं है, तो उसे असम्पूर्ण श्रेणी (nonexhaustive category) कहा जाता है। जैसे, सब्जी के नाम, शहर के नाम असम्पूर्ण श्रेणी के उदाहरण हैं। कोहेन (Cohen, 1966) ने अपने प्रयोग में इन दोनों तग्रह के श्रेणियों के गुच्छन (clustering) एवं समग्र प्रत्यह्वान (overall recall) पर पड़ने वाले प्रभावों का अध्ययन किया है और परिणाम में यह देखा गया है कि सम्पूर्ण श्रेणी के होने से असम्पूर्ण श्रेणी की तुलना में समग्र प्रत्यह्वान तथा गुच्छन (clustering) दोनों में ही वृद्धि हो जाती है।

(ii) साहचर्यात्मक गुच्छन (Associative clustering)—साहचर्यात्मक गुच्छन में जो शाब्दिक एकांश (verbal items) होते हैं वे स्पष्टतः किसी एक श्रेणी के नहीं होते हैं परन्तु उनमें ऐसा साहचर्य अवश्य रहता है कि एक को सुनकर या देखकर दूसरे का प्रत्याह्वान किया जा सकता है। जैसे पेड़-सेव, मन-चिन्तन, कार-पहिया आदि। जैनकिन्स एवं रूसेल (Jenkins & Russell] 1952) तथा मार्शल (Marshall, 1967) एवं वाकर (Walker, 1971) ने कई प्रयोग किये जिनमें उक्त श्रेणियों के शब्दों से सूची तैयार कर प्रयोज्यों को एक-एक कर पढ़कर सुनाया गया। सुनने के बाद उनका प्रत्याह्वान करने को कहा गया। परिणाम में देखा गया कि साहचर्यात्मक श्रेणी के शब्दों से गुच्छन एवं समग्र प्रत्याह्वान में वृद्धि हुई।

निष्कर्षतः यह कहा जा सकता है कि गुच्छन से शाब्दिक एकांशों के धारण शक्ति में पर्याप्त वृद्धि होती है। फलतः शाब्दिक सीखने की दर तीव्र होती है।

(2) आत्मनिष्ठ संगठन प्रविधि *(Subjective organization technique)*—आत्मनिष्ठ संगठन (subjective organization) एक दूसरा संगठनात्मक प्रक्रिया है जिसका प्रतिपादन टुलभिंग (Tulving, 1962) द्वारा किया गया है। आत्मनिष्ठ संगठन में प्रयोज्य (subject) शाब्दिक एकांशों की सूची में कुछ अपनी ओर से संगठनात्मक उपाय को ढूँढ़ता है और इस अर्थ में यह प्रक्रिया बोसफिल्ड के श्रेणी गुच्छन (category clustering) से भिन्न है जिसमें विशेष श्रेणी के शब्दों का होना प्रयोज्य के लिए प्रत्याह्वान में संगठनात्मक प्रक्रिया को लाता है। शायद यही कारण है कि इसके स्वरूप को आत्मनिष्ठ (subjective) कहा जाता है।

आत्मनिष्ठ संगठन (subjective organisation) के स्वरूप को दिखाने के लिए टुलभिंग (Tulving) द्वारा कई प्रयोग किये गए हैं। अन्य मनोवैज्ञानिकों द्वारा भी इसके स्वरूप की स्पष्ट करने के लिए कई प्रयोग किये गए हैं। इन प्रयोगों का सामान्य डिजाइन इस प्रकार होता है—प्रयोज्यों को शाब्दिक एकांशों अर्थात् शब्दों की एक लम्बी सूची एक-एक करके यादृच्छिक क्रम (random order) में उपस्थित किया जाता है। ये सभी शब्द अलग-अलग श्रेणियों के न कि किसी एक या दो श्रेणी के होते हैं। दूसरे शब्दों में, प्रयोगकर्त्ता अपनी ओर से किसी प्रकार का कोई श्रेणी (category) के रूप में संगठनात्मक तत्त्व को सूची में नहीं सम्मिलित होने देता है। प्रयोज्यों से यह कहा जाता है कि वे उन शब्दों को चाहे जिस क्रम में प्रत्याह्वान करना चाहते हैं, प्रत्याह्वान करें। इस तरह सूची की प्रस्तुति एवं उसका प्रत्याह्वान में एक तरह की संगतता (consistency) उत्पन्न होने लगती है। दूसरे शब्दों में, प्रयोज्य शब्दों को किसी ढंग से एक खास-क्रम में सुव्यवस्थित कर उसका प्रत्याह्वान करने लगते हैं। इस तरह से प्रयोज्यों का प्रत्याह्वान (recall) या निर्गत (output) यादृच्छिक निवेश (random input) के बावजूद भी संगठित (organized) होने लगता है। इसका कारण प्रयोज्यों द्वारा विभिन्न आत्मनिष्ठ संगठन की प्रक्रिया को सक्रिय करना है। इस तरह के आत्मनिष्ठ संगठन के विकास को मिल्लर (Miller, 1950) ने *चुकिंग* (chunking) कहा है।

मनोवैज्ञानिकों ने इस समस्या का भी अध्ययन किया है कि क्या आत्मनिष्ठ संगठन से धारण शक्ति तथा प्रत्याह्वान में वृद्धि होती है? इस प्रश्न का उत्तर देने के लिए जो प्रयोगात्मक अध्ययन किये गये हैं, उनके परिणाम में दुर्भाग्यवश असंगति (inconsistency) है। एलेन (Allen, 1968), टुलभिंग (Tulving, 1962, 1964) द्वारा किये गये अध्ययनों से यह स्पष्ट हुआ कि आत्मनिष्ठ संगठन (subjective organization) तथा समग्र प्रत्याह्वान (overall recall) में धनात्मक सम्बन्ध (positive relationship) होता है अर्थात् जैसे-जैसे आत्मनिष्ठ संगठन में वृद्धि होती है, समग्र प्रत्याह्वान में भी वृद्धि होते जाती है। परन्तु पोस्टमैन (Postman, 1970) तथा कार्टेरिटी एवं कोलमैन (Carterette & Coleman, 1967) ने अपने-अपने प्रयोगों में आत्मनिष्ठ संगठन तथा समग्र प्रत्यह्वान में धनात्मक सम्बन्ध नहीं पाया है। इस तरह के असंगत परिणाम से कम-से-कम निम्नांकित दो तथ्यों की ओर स्पष्ट इशारा होता है—

(i) इस तरह के परिणाम का अर्थ यह हो सकता है कि आत्मनिष्ठ संगठन से धारण शक्ति में वृद्धि नहीं होती है।

(ii) कुछ कार्य-विधि समस्याओं (methodological problems) के कारण आत्मनिष्ठ संगठन एवं समग्र प्रत्यह्वान के बीच एक स्पष्ट एवं मजबूत सम्बन्ध स्थापित नहीं हो पाता है।

मैण्डलर (Mandler, 1967, 1970, 1972) ने अपने अध्ययन के आधार पर यह बतलाया है कि मानव सीखना तथा धारण में संगठन का सबसे सामान्य प्रारूप पदानुक्रमिक (hierarchical) होता है। व्यक्ति सीखे गये शाब्दिक एकांशों को क्रमिक रूप से (serially) संगठित कर लेता है क्योंकि इससे उन्हें धारण करके रखना आसान हो जाता है। मैण्डलर का कहना है कि टुलभिंग के प्रयोज्यों द्वारा आत्मनिष्ठ संगठन (subjective organization) का उपयोग इसलिए किया गया क्योंकि उन्हें प्रत्येक प्रयास में शब्दों को एक भिन्न क्रम में उपस्थित किया जाता था। अगर उन्हें प्रत्येक प्रयास में शब्दों को एक ही क्रम में उपस्थित किया गया होता, तो वे उस क्रम (order) विशेष को ही संगठन का आधार अवश्य ही बनाते। मैण्डलर तथा पर्लस्टोन (Mandler & Pearlstone, 1966) ने एक प्रयोग करके आत्मनिष्ठ संगठन (subjective organization) तथा सामान्य सम्प्रत्ययात्मक संरचना (general conceptual structure) के आधार पर विकसित संगठन (organization) में अन्तर को स्पष्ट किया है। इस प्रयोग में प्रयोज्यों का दो समूह लिया गया। एक समूह को शब्दों की एक सूची इस प्रार्थना के साथ दी गयी कि वे उन्हें दो से सात श्रेणियों में जैसे मन हो वैसे छाँट दें। इस समूह के प्रयोज्य तब तक शब्दों को छाँटते गये जब कि उनसे अर्थपूर्ण एवं एक स्थायी संरचना का निर्माण नहीं हो गया। प्रयोज्यों के दूसरे समूह को भी उन्हीं शब्दों को छाँटने के लिए दिया गया परन्तु उन्हें प्रयोगकर्त्ता द्वारा निर्मित एक विशेष संप्रत्यात्मक योजना (conceptual scheme) के अनुसार शब्दों को छाँटना था। स्पष्टतः पहले समूह के प्रयोज्यों को एक अपना विशेष संगठन (organization) जिसे आत्मनिष्ठ संगठन कहा जाता है, के अनुसार शब्दों को छाँटकर उसे धारण करना था जबकि दूसरे समूह के प्रयोज्यों को प्रयोगकर्त्ता द्वारा परिभाषित योजना के अनुसार छाँटने का कार्य करना था तथा उसे धारण करना था। परिणाम में देखा गया कि पहले समूह के प्रयोज्यों द्वारा बहुत ही कम प्रयासों में एक अर्थपूर्ण एवं स्थायी संरचना विकसित कर लिया गया जबकि दूसरे समूह के प्रयोज्यों द्वारा तुलनात्मक रूप से अधिक प्रयास ऐसी संरचना विकसित करने में लिया गया। इसके बावजूद, दोनों समूह के प्रयोज्य समान संख्या में शब्दों का प्रत्याह्वान (recall) करने में सफल हुए। इस परिणाम से यह स्पष्ट हो जाता है कि शाब्दिक एकांशों के अनावरण (exposure) की मात्रा नहीं बल्कि संगठन का स्वरूप महत्त्वपूर्ण होता है क्योंकि संगठनात्मक योजना (organization structure) का प्रभाव शब्दों से उत्पन्न स्थायी संरचना के विकास पर पड़ता है।

सामान्यीकरण
(Generalization)

सामान्यीकरण का अर्थ एवं स्वरूप (*Meaning and nature of Generalization*)—सामान्यीकरण का सामान्य अर्थ होता है अनुक्रियाओं का फैलाव (scatteredness of response)। पैवलव (Pavlov) ने अपने प्रयोग में पाया कि अनुबंधन (conditioning) के आरम्भिक अवस्था में कुत्ता लार स्राव सिर्फ वास्तविक CS (घंटी आवाज) पर ही नहीं करता है, बल्कि उस CS से मिलते-जुलते अन्य उद्दीपकों (stimuli) पर भी करता है हालाँकि यह सही है कि अन्य उद्दीपकों के प्रति किया गया लार स्राव की मात्रा तथा तीव्रता उतनी नहीं होती है जितनी कि वास्तविक अनुबंधित उद्दीपक (exact conditioned stimulus) के प्रति होती है। इस तरह की घटना को पैवलव ने *उद्दीपक सामान्यीकरण* (stimulus generalization) कहा है। जैसे, यदि CS की तीव्रता 500 Hz (Hertz tone) की है और कुत्ता 400Hz, 700 Hz, पर भी लार स्राव करता पाया जाता है, तो इसे उद्दीपक सामान्यीकरण (stimulus generalization) कहा जाएगा। पैवलव ने अपने अध्ययन में पाया कि घंटी (bell) को CS के रूप में उपयोग करने पर घंटी की आवाज से सिर्फ कुत्ता लार स्राव की अनुक्रिया ही नहीं करता है बल्कि अन्य कुछ उससे जुड़े अनुक्रियाएँ भी करता है। जैसे, कान खड़ा करना, भोजन ट्रे की ओर देखना आदि अनुक्रियाएँ भी कुत्ता द्वारा की जाती है। इस तरह की घटना को *अनुक्रिया सामान्यीकरण* कहा जाता है। मनोवैज्ञानिकों ने अनुक्रिया सामान्यीकरण की तुलना में उद्दीपक सामान्यीकरण के अध्ययन पर ही अधिक बल डाला है क्योंकि उद्दीपक सामान्यीकरण अनुक्रिया सामान्यीकरण की अपेक्षा अधिक सुस्पष्ट एवं मजबूत होता है।

उपर्युक्त वर्णन से स्पष्ट है कि उद्दीपक सामान्यीकरण के बारे में निम्नांकित तथ्य महत्त्वपूर्ण है—

(i) प्राणी किसी उद्दीपक के प्रति अनुक्रिया करना पहले सीखता है। दूसरे शब्दों में, कोई अनुक्रिया किसी उद्दीपक के प्रति पहले अनुबंधित होती है।

(ii) अनुबंधन की प्रभावशीलता (effectiveness), अनुबंधन प्रयोग में व्यवहृत उद्दीपकों तक ही सीमित नहीं रहती है।

(iii) जैसे-जैसे उद्दीपक (stimulus) वास्तविक अनुबंधित उद्दीपक (exact conditioned stimulus) से समानता की दृष्टिकोण से भिन्न होते हैं, उसमें अनुक्रिया करने की क्षमता कमती जाती है।

उद्दीपक सामान्यीकरण करने की घटना पैवलोवियन अनुबंधन तथा साधनात्मक अनुबंधन (instrumental conditioning) दोनों में ही होते पाया गया है। पैवलोवियन अनुबंधन (Pavlovian conditioning) के क्षेत्र में उद्दीपक सामान्यीकरण का प्रयोगात्मक अध्ययन का एक उदाहरण मूर्रे (Moore, 1972) द्वारा किया गया एक प्रयोग का यहाँ वर्णन किया जा रहा है। इस प्रयोग में खरगोश के पलक (eyelid) के बगल के त्वचा पर बिजली का आघात (electric shock) दिया जाता था जिससे खरगोश पलक बन्द कर लेता था। इसमें बिजली का आघात UCS तथा पलक का बन्द होना UCR था। यह प्रयोग दो अवस्थाओं में किया गया था—C अवस्था तथा T-T अवस्था। C-अवस्था में 1200 Hz (Hertz tone) के प्रति पलक बन्द करने की अनुक्रिया को अनुबंधित किया गया। अर्थात् इस अवस्था में 1200Hz का आवाज पैदा किया जाता था, उसके बाद बिजली का आघात दिया जाता था। अतः 1200Hz को CS के रूप में व्यवहृत किया गया। धीरे-धीरे आवाज होते ही खरगोश पलक बन्द करना सीख लीया। T-T अवस्था में एक विभेदी अनुबंधन स्थापित कियागया जिसमें 12,00 Hz को CS^+ के रूप में तथा 2,400Hz को CS^- के रूप में व्यवहृत किया गया। दूसरे शब्दों में, 12,00 Hz के बाद बिजली का आघात दिया जाता था तथा 2400Hz के बाद बिजली का आघात नहीं दिया जाता था। इसके बाद सामान्यीकरण (generalization) की जाँच विलोपन (extinction) प्रयास देकर की गयी जिसमें CS के अलावा अन्य आवाज जैसे, 400 Hz, 600Hz, 1600Hz तथा 2000Hz भी दिये गए। परिणाम में उद्दीपक सामान्यीकरण के स्पष्ट सबूत पाये गये। C अवस्था के खरगोश ने 1200Hz पर सबसे अधिक अनुक्रिया किया। सामान्यीकरण के जाँच में व्यवहृत सभी आवाज उद्दीपकों के प्रति की गयी अनुक्रियाओं का 30% 1200Hz पर किया गया जो CS^+ था। (चित्र 7.29 देखें) 1200Hz से कम तथा ज्यादा दोनों ही आवाज उद्दीपकों के प्रति तुलनात्मक रूप से कम संख्या में अनुक्रियाएँ की गयी। इस अवस्था के पशुओं द्वारा एक सममित उद्दीपक सामान्यीकरण प्रवणता भी दिखलाया गया। T-T अवस्था के प्रयोज्यों ने भी 12,00Hz पर अन्य आवाज उद्दीपकों की अपेक्षा अधिक अनुक्रिया किया। (चित्र 7.29 देखें) यहाँ भी उद्दीपक सामान्यीकरण प्रवणता के स्पष्ट सबूत पाये गए परन्तु यह प्रवणता सममित (symmetrical) न होकर असममित पाया गया। इस प्रवणता में उन आवाज उद्दीपकों के प्रति तेजी से गिरावट आती गयी जो 2400 Hz (जो CS था) के करीब होते गए (चित्र 7.29 देखें)। T-T समूह के पशुओं द्वारा CS^+ (1200Hz) के प्रति C समूह के पशुओं की तुलना में अधिक अनुक्रियाएँ की गयी जिससे यह पता चलता है कि विभेदी अनुबन्धन (differential conditioning) से CS^+ के प्रति अनुक्रिया करने की प्रवृत्ति में प्रखरता आ जाती है।

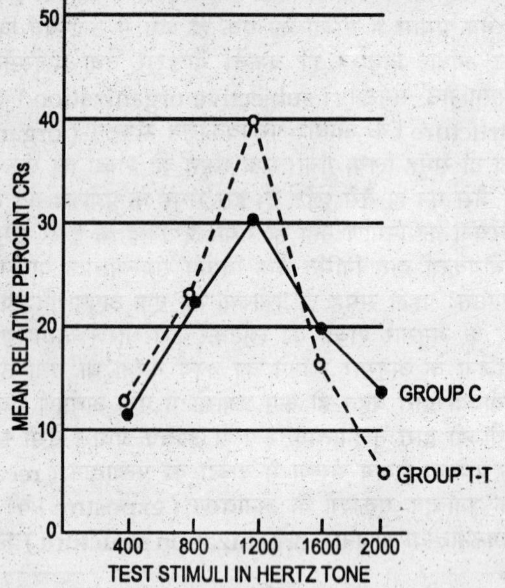

चित्र 7.29 : पैवलोवियन अनुबंधन में उद्दीपन सामान्यीकरण प्रवणता (Stimulus generalization gradient in Pavlovian conditioning

गट्टमैन एवं कालिश (Guttman & Kalish, 1956) द्वारा किया गया प्रयोग से हमें इस बात का सबूत मिलता है कि उद्दीपक सामान्यीकरण (stimulus generalization) साधनात्मक अनुबंधन (instrumental conditioning) में भी होता है। इस प्रयोग में कबूतरों को कबूतर बकस में एक विशेष कुंजी (key) पर चोंच मारने की अनुक्रिया करना सीखलाया गया। कुंजी पर 530 नैनोमीटर (nanometer) से लेकर 600 नैनोमीटर तक तरंगदैर्ध्य (wavelength) वाले रोशनी को CS के रूप में प्रक्षेपित (project) किया गया था। चोंच मारने के बाद कबूतरों को भोजन दिया जाता

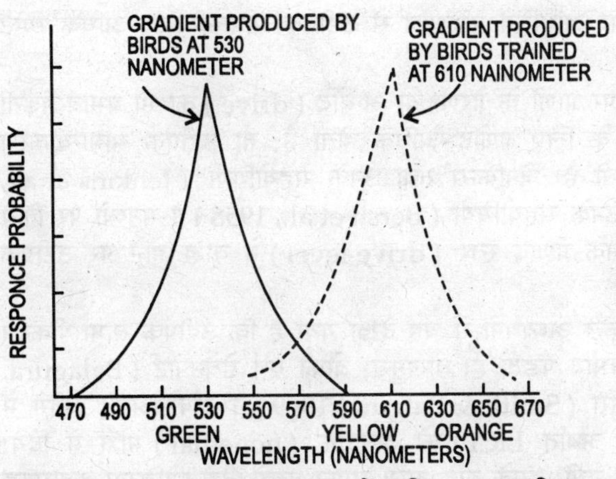

चित्र 7.30 : साधनात्मक अनुबंधन में उद्दीपन सामान्यीकरण प्रवणता (Stimulus generalization gradient in instrumental conditioning)

था। 530 से 600 तक के विभिन्न CS तरंगदैर्ध्य के प्रति अनुक्रिया करना सीख लेने के बाद सामान्यीकरण (generalization) की जाँच की गयी। सामान्यीकरण की जाँच के दौरान कुल 11 जाँच तरंगदैर्ध्य (test wavelength) अर्थात् 470, 490,510, 530, 550, 570, 590, 610, 630, 650, तथा 670 नैनोमीटर दिये गए। परिणाम में उद्दीपक सामान्यीकरण प्रवणता (stimulus generalization gradient) के स्पष्ट सबूत पाये गए। दूसरे शब्दों में, मौलिक CS के प्रति (530 to 600 नैनोमीटर) के प्रति कबूतरों द्वारा अधिक चोंच मारने की अनुक्रियाएँ की गयी तथा जैसे-जैसे अन्य जाँच उद्दीपक मौलिक CS से भिन्न होते गये, उनके प्रति चोंच मारने की अनुक्रियाएँ कमती गयी। इसे चित्र 7.30 से दिखलाया गया है।

स्पष्ट हुआ कि उद्दीपक सामान्यीकरण प्रवणता (stimulus generalization gradient) पैवलोवियन तथा साधनात्मक दोनों तरह के अनुबन्धन में होता पाया जाता है।

उद्दीपक सामान्यीकरण को प्रभावित करने वाले कारक (Factors Affecting Stimulus Generalization)

मनोवैज्ञानिकों द्वारा किये गए अध्ययनों से यह स्पष्ट हुआ है कि उद्दीपक सामान्यीकरण प्रवणता (stimulus generalization gradient) के आकार पर कई तरह के कारकों (foctors) का प्रभाव पड़ता है। इन कारकों में कुछ निम्नांकित है—

1. विस्तारित प्रशिक्षण (extended training)
2. आंशिक पुनर्बलन (partial reinforcement)
3. प्रेरणा (motivation)
4. मस्तिष्कीय उत्तेजन (brain stimulus)

1. विस्तारित प्रशिक्षण (*extended training*)—मनोवैज्ञानिकों ने एक मौलिक प्रश्न के अध्ययन में रुचि दिखलाया है—जब CS के प्रति की गयी अनुक्रियाओं को पुनर्बलित करने की संख्या में वृद्धि कर दी जाती है, तो इसका प्रभाव सामान्यीकरण पर क्या पड़ेगा? इस प्रश्न का उत्तर प्रदान करने के लिए मनोवैज्ञानिकों द्वारा कई प्रयोग किये गए हैं। इस तरह के विस्तारित प्रशिक्षण से सामान्यीकरण में प्रारम्भ में वृद्धि होती है परन्तु बाद में उसमें कमी आने लगती है। इसे *वृद्धि-ह्रास प्राक्कल्पना* (Increase-decrease hypothesis) कहा जाता है। इस प्राक्कल्पना की सम्पुष्टि कई प्रयोगात्मक अध्ययनों में की गयी है। जैसे, किम्बल (Kimble, 1963) ने अपने प्रयोग में यह पाया है कि इस तरह के विस्तारित प्रशिक्षण से उद्दीपक सामान्यीकरण में पहले वृद्धि हो जाती है। हौभलैण्ड (Hovland, 1937) ने अपने प्रयोग में पाया है कि इस तरह के विस्तारित प्रशिक्षण से उद्दीपक सामान्यीकरण में कभी-कभी ह्रास (decrease) हो जाती है। मारगोलियस (Margolius, 1955) ने अपने प्रयोग में यह पाया कि इस तरह के विस्तारित प्रशिक्षण से हमेशा उद्दीपक सामान्यीकरण में ह्रास (decrement) नहीं होती है। मनोवैज्ञानिकों के अनुसार प्रशिक्षण के आरम्भिक अवस्था में उद्दीपक सामान्यीकरण में वृद्धि होने का कारण यह है कि इस अवस्था में स्वयं प्राणी CS को अन्य समान जाँच उद्दीपकों से पूर्णतः भिन्न करने योग्य नहीं पाता है। जब उसे और अधिक प्रशिक्षण दिया जाता है तो वह CS तथा अन्य उद्दीपकों के बीच अन्तर करना सीख लेता है। फलतः उद्दीपक सामान्यीकरण में स्वभावतः कमी आ जाती है।

2. आंशिक पुनर्बलन (*Partial reinforcement*)—उद्दीपक सामान्यीकरण पर आंशिक पुनर्बलन का भी प्रभाव पड़ता है। जब CS के प्रति अनुक्रिया करने पर कभी प्राणी को पुनर्बलन मिलता है और कभी पुनर्बलन नहीं मिलता है, तो इस तरह के प्रशिक्षण को आंशिक पुनर्बलित प्रशिक्षण (partial reinforcement training) की संज्ञा दी जाती है। हम्फ्रेज (Humphreys, 1939) एवं वाइकेन्स, स्क्रोडर तथा स्नाइड (Wickens, Schroder & Snide, 1954)

ने अपने-अपने प्रयोगों में पाया है कि आंशिक पुनर्बलन पर आधारित प्रशिक्षण से उद्दीपक सामान्यीकरण अधिक स्पष्ट एवं गहन हो जाता है।

3. प्रेरणा *(Motivation)*—उद्दीपक सामान्यीकरण पर प्राणी के प्रेरणा या अन्र्तोद (drive) का भी प्रभाव पड़ता है। जब व्यक्ति में CS के प्रति अनुक्रिया करना सीखना के लिए प्रणोद अधिक होता है, तो उद्दीपक सामान्यीकरण (stimulus generalization) की स्पष्टता अधिक होती है। जेनकिन्स तथा उनके सहयोगियों (Jenkins et al., 1958) ने पशुओं पर किये गये प्रयोगों में एवं वर्ष तथा उनके सहयोगियों (Bersh et al., 1958) ने मनुष्यों पर किये गऐ प्रयोगों में इस बात का स्पष्ट सबूत पाया है कि इनके प्रणोद स्तर (drive level) में वृद्धि होने पर उद्दीपक सामान्यीकरण में भी वृद्धि होती है।

4. मस्तिष्कीय उत्तेजन *(Brain stimulation)*—कुछ अध्ययनों में यह देखा गया है कि उद्दीपक सामान्यीकरण पर मस्तिष्कीय उत्तेजन (brain stimulation) का भी प्रभाव पड़ता है। बालगुरा, ब्रोफी एवं डेवेनपोर्ट (Balagura, Brophy & Devenport, 1972) तथा स्मिथ एवं बलगुरा (Smith & Balgura, 1969) ने अपने-अपने प्रयोग में पशुओं को लिथियम क्लोराइड (Lithium Chloride, अर्थात् LiCI) को अघातक (nonethal) मात्रा में दिये। इससे LiCI के प्रति उनमें विरुचि (aversion) उत्पन्न हो गयी। इसके बाद अन्य समान तत्त्वों जैसे सोडियम क्लोराइड (Sodium Chloride अर्थात् NaCI) देकर सामान्यीकरण की जाँच की गयी। परिणाम मे देखा गया कि इन पशुओं द्वारा सोडियम क्लोराइड के प्रति भी उसी ढंग की विरुचि अनुक्रिया (aversive response) की गयी। बाद में बालगुरा, राल्फ एवं गोल्ड (Balagura, Ralph & Gold, 1972) तथा राल्फ एवं बालगुरा (Ralph & Balagura, 1974) ने इन प्रयोगों को एक कदम और आगे बढ़ाया जिसमें LiCI देने के तुरन्त बाद पशुओं के मस्तिष्क को बिजली के हल्के आघात से उत्तेजित किया गया और उसके बाद उनके विरुचि अनुक्रिया की जाँच NaCI द्वारा की गयी। परिणाम में दो तरह की बातें स्पष्ट रूप से देखी गयीं। मस्तिष्क उत्तेजन से LiCI के प्रति उत्पन्न विरुचि अनुक्रिया पर कोई प्रभाव नहीं पड़ा। NaCI के प्रति दिखलायी गयी विरुचि अनुक्रिया की तीव्रता तथा मात्रा में स्पष्ट रूप से कमी होते पायी गयी। इसका मतलब यह हुआ कि मस्तिष्क उत्तेजन के चर से उद्दीपक सामान्यीकरण प्रवणता (stimulus generalization gradient) के वर्ग में थोड़ा अधिक खड़ा ढाल बनते देखा गया हालांकि मौलिक उद्दीपक अर्थात् LiCI के प्रति की गयी विरुचि अनुक्रिया की तीव्रता तथा मात्रा में स्पष्ट रूप से कमी होते पायी गयी।

स्पष्ट हुआ कि उद्दीपक सामान्यीकरण पर कई कारकों का प्रभाव पड़ता है। इन कारकों के अलावा कुछ अन्य कारकों जैसे पुरस्कार पुनर्बलन की मात्रा, विलोपन प्रयासों की संख्या, प्रशिक्षण तथा जाँच के बीच का समय अंतराल, दंड आदि का भी कमोवेश प्रभाव उद्दीपक सामान्यीकरण पर पड़ता देखा गया है, हालाँकि इन चरों के संदर्भ में प्राप्त प्रयोगात्मक सबूत में संगतता (consistency) नहीं है।

प्राथमिक एवं गौण सामान्यीकरण
(Primary and Secondary Generalization)

हल्ल (Hull, 1943, 1952) तथा पैवलव (Pavlov, 1927) ने प्राथमिक सामान्यीकरण (primary generalization) तथा गौण सामान्यीकरण (secondary generalization) में अन्तर किया है। प्राथमिक सामान्यीकरण से तात्पर्य वैसे सामान्यीकरण से होता है जिसमें कुछ जन्मजात (innate) या पूर्वनिर्धारित उद्दीपक आयाम (predetermined stimulus dimension) सम्मिलित होते हैं। हल तथा पैवलव प्राथमिक सामान्यीकरण के बड़े पक्षधर हैं। इन लोगों का मत है कि जब किसी उद्दीपक के प्रति प्राणी अनुक्रिया करता है और उसके बाद उसे पुनर्बलन मिलता है तो इससे पुनर्बलित अनुक्रिया तथा उद्दीपक के बीच एक साहचर्य का निर्माण हो जाता है जिसे *आदत शक्ति* (habit strength) कहा जाता है जो अपने आप उन सारे उद्दीपकों के प्रति सामान्यीकृत (generalized) हो जाते हैं जो उस उद्दीपक से भौतिक रूप से (physically) समरूप होते हैं। दूसरे शब्दों में, वे सारे उद्दीपक जो भौतिक रूप से उस उद्दीपक के समान होते हैं जिनके प्रति की गयी अनुक्रिया पुनर्बलित होती है, के प्रति अनुक्रिया की जाती है। इसे ही *प्राथमिक सामान्यीकरण* (primary generalization) कहा जाता है।

गौण सामान्यीकरण (secondary generalization) प्राथमिक सामान्यीकरण से भिन्न होता है। गौण सामान्यीकरण वैसे सामान्यीकरण को कहा जाता है जिसमें समानता (similarity) का आयाम अर्जित या सीखा गया होता है। जैसे,

अंग्रेजी का शब्द 'House' एवं 'Home' समान है परन्तु यह समानता जन्मजात नहीं होती है। व्यक्ति इसे सीखता है। इन दोनों उद्दीपकों के प्रति सामान्यीकरण (secondary generalization) गौण सामान्यीकरण (secondary generalization) का उदाहरण होगा। गौण सामान्यीकरण (secondary generalization) का अध्ययन मनोवैज्ञानिकों ने प्रायः अर्थगत सामान्यीकरण (semantic generalization) द्वारा किया है। अर्थगत सामान्यीकरण को मिलर (Miller, 1948) ने *मध्यवर्ती सामान्यीकरण* (mediated generalization) या *संकेतों का अर्जित समतुलता* (acquired equivalence of cues) भी कहा है। हम यह देखेंगे कि अर्थगत सामान्यीकरण या मध्यवर्ती सामान्यीकरण क्या है?

अर्थगत सामान्यीकरण (semantic generalization) वैसे सामान्यीकरण को कहा जाता है जिसमें उन संकेतों (symbols) के प्रति सामान्यीकरण होता है जिसका अर्थ प्रशिक्षण के दौरान व्यवहृत उद्दीपक (stimulus) के अर्थ के समान होता है। हालाँकि उन संकेतों का भौतिक गुण पूर्णतः उस उद्दीपक के भौतिक गुणों से भिन्न होता है। जैसे मान लिया जाए कि किसी व्यक्ति को संख्या 10 देखकर लार स्राव करने की अनुक्रिया करना सीखलाया जाता है। इस तरह की अनुक्रिया सीखे लेने के बाद जब वे 80/8 या $\sqrt{100}$ देखते हैं, और यदि उनमें लार स्राव की अनुक्रिया होने लगती है तो इसे *अर्थगत सामान्यीकरण* (semantic generalization) कहा जाएगा। स्पष्ट हुआ कि अर्थगत सामान्यीकरण में उद्दीपक का अर्थ न कि भौतिक समानता महत्त्वपूर्ण कारक होता है जो यह निर्धारित करता है कि समान्यीकरण कितना होगा। इसे मध्यवर्ती सामान्यीकरण (mediated generalization) इसलिए कहा जाता है। क्योंकि उद्दीपक का अर्थ ही विभिन्न उद्दीपकों के प्रति अनुक्रिया करने में सम्मिलित मध्यस्थता (mediation) का आधार होता है। स्पष्टतः इस तरह का सामान्यीकरण एक गौण सामान्यीकरण का उदाहरण है क्योंकि इसे होने का कारण अर्थगत समानता (learned semantic similarity) होता है।

अर्थगत सामान्यीकरण का प्रयोगात्मक अध्ययन लेसी एवं स्मिथ (Lacy & Smith, 1955) द्वारा किया गया है। इन लोगों ने कई प्रयोग किये। इनके प्रयोगों में ग्रामीण जिन्दगी के उपयोग में आने वाले शब्दों की एक सूची तैयार कर ली गयी थी तथा सूची के प्रत्येक शब्द का स्वतंत्र साहचर्य (free association) स्थापित किया गया। दूसरे शब्दों में, प्रयोज्य प्रत्येक शब्द को सुनकर उनके मन में आने वाले सभी तरह के शब्दों को बतलाते थे। इसके बाद शब्दों की इन सूची में से एक शब्द को क्रान्तिक प्रशिक्षण शब्द (critical training word) के रूप में चयन कर लिया गया। इस शब्द को प्रयोज्य के सामने उपस्थित किया जाता था और उसके बाद उसे बिजली का आघात दिया जाता था तथा उसके हृदय की गति अभिलेख (record) भी रखा जाता था। इस प्रक्रिया को कई बार दोहराने के बाद यह देखा गया कि मात्र उस क्रान्तिक शब्द को सुनकर ही उसका हृदय गति तीव्र हो जाता था। सबसे महत्त्वपूर्ण बात यहाँ यह पायी गयी कि क्रान्तिक प्रशिक्षण शब्द से अर्थगत रूप से समान शब्द के देने से भी उनकी हृदय गति तीव्र होते पायी गयी। जैसे, मान लिया जाए कि क्रान्तिक शब्द 'गाय' (cow) था तो 'भैंस' (buffalo) शब्द उपस्थित करने से भी उनका हृदय गति तीव्र हो गया। इस तरह के सामान्यीकरण को अर्थगत सामान्यीकरण कहा जाता है।

अर्थगत सामन्यीकरण या मध्यवर्ती सामान्यीकरण (mediated generalization) जिसमें शाब्दिक व्यवहार (verbal behaviour) के साथ-ही-साथ पेशीय या कार्यवाही व्यवहार भी सम्मिलित था, का मशहूर अध्ययन जेफरे (Jeffrey, 1953) द्वारा किया गया। इस प्रयोग में बच्चों को उजला उद्दीपक देने पर दिये गए लीवर (lever) को एक खास दिशा में घुमाना सीखलाया गया तथा काला उद्दीपक देने पर लीवर को दूसरे दिशा में घुमाना सीखलाया गया। उसके बाद आधे प्रयोज्यों को एक धूसर उद्दीपक (gray stimulus) को उजला तथा बाकी आधे प्रयोज्यों को उसी धूसर उद्दीपक को काला (black) कहना सीखाया गया। इसके बाद सभी प्रयोज्यों को काला, उजला तथा धूसर उद्दीपक यादृच्छिक ढंग से (randomly) दिया गया तथा लीवर को उपयुक्त दिशा में घुमाने के लिए कहा गया। परिणाम में देखा गया कि वैसे बच्चे जिन्हें धूसर उद्दीपक (gray stimulus) को उजला कहना सीखलाया गया था, वे लीवर को उजला उद्दीपक के उपयुक्त दिशा में घुमाये तथा वे प्रयोज्य जिन्हें धूसर उद्दीपक को काला कहना सीखलाया गया था, वे लीवर को काले उद्दीपक के उपयुक्त दिशा में घुमाये। इस प्रयोग में प्रशिक्षण देकर धूसर एवं उजला (या धूसर एवं काला) को 'समान' (similar) बना दिया गया। उद्दीपक सामान्यीकरण (stimulus generalization) द्वारा लीभर अनुक्रिया जो मूलतः उजला (या काला) से सम्बन्धित था, धूसर उद्दीपक (gray stimulus) द्वारा उत्पन्न होने लगा। इस अध्ययन से यह बिलकुल ही स्पष्ट हो जाता है कि प्रयोज्यों (subject) द्वारा धूसर उद्दीपक (gray stimulus)

के प्रति ठीक वैसा ही व्यवहार किया जा रहा था मानों वह उनके मध्यस्थ प्रशिक्षण (mediational training) के अनुसार काला या उजला ही रंग के हों। यहाँ धूसर उद्दीपक को काला एवं उजला के तुल्य होना सीखा गया है। यही कारण है कि इस तरह की रूपावली को संकेतों के अर्जित तुल्यता वाला रूपावली कहा जाता है। इस तरह के मध्यवर्ती सामान्यीकरण की संपुष्टि मिल्लर (Miller) की शिष्या बिर्ग (Brige, 1941) द्वारा भी अपने अध्ययन में की गयी है।

विभेदन
(Discrimination)

अर्थ एवं स्वरूप (*Meaning and Nature*)—विभेदन (discrimination) सामान्यीकरण (generalization) का विपरीत (opposite) होता है। अनुबन्धन के क्षेत्र के प्रयोगकर्त्ताओं ने अपने अध्ययनों में यह देखा है कि प्रशिक्षण के आरम्भिक अवस्था में प्राणी CS तथा उससे मिलते-जुलते उद्दीपकों में अन्तर नहीं कर पाता है। फलतः वह CS के समान ही इन सभी उद्दीपकों के प्रति अनुक्रिया करता है जिसे सामान्यीकरण (generalization) कहा जाता है। जैसे-जैसे प्रशिक्षण आगे बढ़ता है, प्राणी में CS को अन्य समान उद्दीपकों से भिन्न करने की क्षमता विकसित हो जाती है और वह अब सिर्फ CS के प्रति अनुक्रिया करता है अन्य समान उद्दीपकों के प्रति नहीं। इसे ही मनोवैज्ञानिकों ने विभेदन (discrimination) की संज्ञा दिया है। जैसे, मान लिया जाए कि पैवलोवियन अनुबन्धन में 1000Hz के आवाज को CS के रूप में उपयोग करके कुत्ता को उस पर लार स्राव करने की अनुक्रिया करना सिखलाया जाता है। इस प्रशिक्षण के प्रारंभिक अवस्था में कुत्ता 800 Hz तथा 1200Hz पर भी वैसा ही अनुक्रिया करेगा। परन्तु प्रशिक्षण के अंतिम अवस्था में वह सिर्फ 1000H_z के आवाज पर ही लार स्राव की अनुक्रिया करेगा अन्य उद्दीपकों जैसे 800Hz एवं 1200 Hz पर नहीं करेगा क्योंकि कुत्ता इस अवस्था में CS तथा उन उद्दीपकों के बीच विभेदन करना सीख लिया होता है। स्पष्ट है कि विभेदन के स्वरूप के बारे में हमें निम्नांकित तथ्य मुख्य रूप से मिलता है—

(i) विभेदन की प्रक्रिया सामान्यीकरण की प्रक्रिया की विपरीत होती है।

(ii) विभेदन में प्राणी CS के प्रति ही अनुक्रिया करता है अन्य किसी भी समान उद्दीपक के प्रति नहीं।

(iii) विभेदन की अवस्था में CS की विशिष्टता की पहचान स्पष्ट हो जाती है।

विभेदन सीखने की विधियाँ
(Methods of Discrimination Learning)

विभेदन सीखना का क्रमबद्ध प्रयोगशाला (systematic laboratory) अध्ययन करीब 1900 से प्रारम्भ हुआ है। तब से आज तक किये गए प्रयोगों एवं शोधों को ध्यान में रखते हुए कहा जा सकता है कि विभेदन सीखना अध्ययन करने के लिए निम्नांकित तीन तरह की विधियों का प्रतिपादन किया गया है—

(i) पृथक प्रयास विधियाँ (discrete trial methods)

(ii) स्वचालित विधियाँ (automated methods)

(iii) स्वतंत्र-क्रियाप्रसूत विधियाँ (free operant methods)

इन तीनों का वर्णन इस प्रकार हैः—

(i) पृथक प्रयास विधियाँ (*discrete trial method*)—जैसा कि नाम से ही स्पष्ट है, इस विधि में प्राणी दिये हुए उद्दीपकों के बीच विभेदन करना प्रत्येक प्रयास में किये गए पृथक अनुक्रियाओं के आधार पर सीखता है। इस विधि द्वारा विभेदन करना सीखने का आरम्भिक प्रयास यर्क्स (Yerkes, 1907) एवं यर्क्स तथा वाटसन (Yerkes & Watson, 1911) द्वारा किया गया। इन लोगों ने चूहों के दृष्टि संवेदी क्षमताओं के विभेदन शक्ति का मापन के लिए एक विशेष बकस (box) तैयार किया। यह बकस यर्क्स विभेदन बकस (Yerkes discrimination box) के नाम से मशहूर हुआ जिसे चित्र 7.31 में दिखलाया गया है। इस उपकरण में चूहा को प्रारम्भ बिन्दु (start point) पर छोड़ा जाता है जैसा कि चित्र में दिखलाया गया है। सामने दीवाल पर जो दो वर्ग बने हुए हैं, वे धनात्मक संकेत (positive cues) तथा ऋणात्मक संकेत (negative cue) के हैं। टूट-टूटी रेखाओं द्वारा विकल्पी पथ (alternative routes) को दर्शाया गया है। धनात्मक संकेत से होकर जानेवाला पथ से गुजरने पर चूहा को भोजन मिलता था। ऋणात्मक संकेत

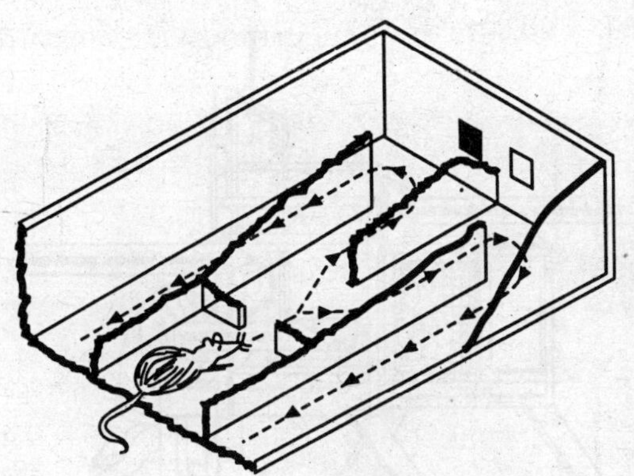
चित्र 7.31 : यर्क्स विभेदन बकस
(Yerkes discrimination box)

से होकर जाने वाला पथ से गुजरने पर चूहा को भोजन नहीं मिलता था। इस तरह से कई प्रयास के बाद चूहा सही संकेत तथा गलत संकेत में अन्तर करना सीख लेता था। इस उपकरण के प्रयोग से दो बातें बिलकुल ही स्पष्ट है। पहली बात तो यह कि इस विधि में प्राणी अपने अनुक्रिया में सुधार करने का अवसर पाता है। यदि वह गलत संकेत या उद्दीपक के प्रति अनुकिग्रा कर देता है, वह दूसरे तरफ जाकर पुनर्बलन प्राप्त कर सही संकेत से अवगत हो जाता है। दूसरी बात यह कि इस विधि द्वारा विभेदन सीखने में गलत संकेत के प्रति अनुक्रिया करने से प्राणी को किसी प्रकार का दंड (punishment) आदि नहीं मिलता है। इतना होने के बावजूद बाद के प्रयोगकर्त्ता में इस विधि से संतुष्टि नहीं थी क्योंकि इसमें विभेदन सीखना मन्द गति से होता था जिसका मुख्य कारण यह था कि प्राणी सही संकेत तथा गलत संकेत को एक साथ नहीं देख पाता था। वह जब किसी एक संकेत के प्रति अनुक्रिया करता था तो दूसरा संकेत उसे उस समय दिखाई नहीं पड़ता था।

यर्क्स विधि से असंतुष्ट मनोवैज्ञानिकों ने विभेदन सीखना का अध्ययन करने के लिए कुछ ऐसी विधि एवं उपकरण का तलाश करने लगे जिसमें महत्त्वपूर्ण बात यह है कि विभेदन सीखना तीव्र गति से हो सके तथा साथ-ही-साथ एक प्रयास से दूसरे प्रयास में अनुक्रियाओं में परिवर्तनशीलता भी कम हो सके। इस तलाश में लैशले (Lashley, 1930) का प्रयास काफी अग्रणी माना गया है। उन्होंने चूहों के ही विभेदन सीखना का अध्ययन करने के लिए एक नया उपकरण तैयार किया जिसे *लैशले कूद स्तंभ* (Lashley Jumping Stand) कहा जाता है। इसे चित्र 7.32 में दिखलाया गया है। जैसा कि चित्र से स्पष्ट है, इसमें चूहा (प्रयोज्य) को एक स्तंभ (stand) पर से उपकरण के दो खिड़की में से किसी उपयुक्त (appropriate) खिड़की पर कूदना होता है। यदि वह उपयुक्त एवं सही खिड़की पर कूदता है तो खिड़की खुल जाती है और चूहा को भोज़न मिलता है। परन्तु यदि वह गलत खिड़की पर कूदता है तो वह खिड़की नहीं खुलती है और चूहा नीचे लगे जाल में फेंका जाता है। इस तरह से गलत अनुक्रिया के लिए एक तरह का दंड (punishment) उसे मिलता है। इस पूरी प्रक्रिया को तबतक दोहरायी जाती है जब तक कि चूहा सही खिड़की पर ही कूदना सीख नहीं लेता है। चित्र में S^- वाले खिड़की पर पड़ी धारी (horizontal stripes) लगाया गया है तथा S^+ वाले खिड़की पर खड़ी धारी (vertical stripes) दिखलाया गया है। प्रयास तब तक जारी रहता है जब प्राणी S^+ तथा S^- में विभेद कर सिर्फ S^+ पर कूदना न सीख लेता है।

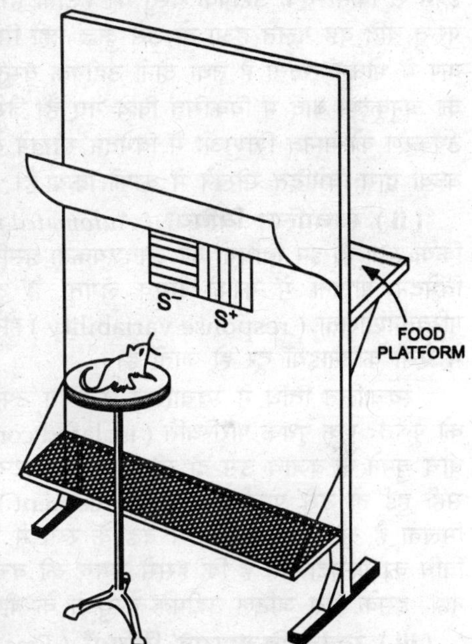

चित्र 7.32 : लौशले कूद स्तंभ
(Lashley Jumping stand)

लैशले विधि द्वारा विभेदन सीखने की गति यर्क्स विधि द्वारा विभेदन सीखने की गति से इसलिए अधिक तीव्र होती है क्योंकि इससे चूहा S^+ तथा S^- दोनों उद्दीपकों में सही उद्दीपक को चुनते समय दोनों उद्दीपकों को एक साथ देख पाता है। वह चयनित उद्दीपक पर सीधे कूद पाता है। सही कूद के तुरन्त बाद उसे भोजन मिल जाता है तथा साथ-ही-साथ गलत कूद (wrong jump) के लिए उसे एक तरह की सजा भी तुरन्त मिलती है।

आधुनिक मनोवैज्ञानिकों ने कुछ विशेष तरह के प्राणी जैसे बन्दर तथा मानव शिशुओं में विभेदन सीखना अध्ययन करने के लिए विशेष प्रकार के उपकरण का निर्माण किया है। बन्दरों में विभेदन सीखना का अध्ययन करने के लिए

विसकोनसीन विश्वविद्यालय (Wisconsin University) में हारलो (Harlow, 1949) के शोध के फलस्वरूप एक विशेष उपकरण विकसित किया गया जिसे *बिसकोनसीन जेनरल टेस्ट उपकरण* (Wisconsin General Test Apparatus or WGTA) कहा गया। इस उपकरण को चित्र 7.33 में दिखलाया गया है। चित्र से स्पष्ट है कि इस विधि द्वारा विभेदन सीखने में इस उपकरण का उपयोग होने पर प्रयोज्य (बन्दर) तथा प्रयोगकर्त्ता आमने-सामने बैठते हैं परन्तु बीच में एक-तरफा शीशा (one-way glass) होने के कारण प्रयोगकर्त्ता तो प्रयोज्य की क्रियाओं को देख लेता है परन्तु प्रयोज्य प्रयोगकर्त्ता को नहीं देख पाता है। प्रयोज्य जो जालीनुमा चैम्बर में बन्द होता है, के समाने भोजन ट्रे (food tray) होता है जिसमें दो कप (cup) बने होते हैं। इन दोनों कप के ऊपर में दो उद्दीपक वस्तु (stimulus object) रखे होते हैं। बन्दर इनमें से किसी एक उद्दीपक वस्तु को हटाता है। यदि वह सही हुआ तो उस कप में रखा भोजन उसे प्राप्त हो जाता है परन्तु यदि वह गलत हुआ तो उसे कुछ नहीं मिलता है। इस तरह से एक पूर्वयोजना के अनुसार प्रयोगकर्त्ता किसी एक कप में भोजन रखता है तथा दोनों उद्दीपक वस्तु (stimulus object) के बीच विभेद करना सिखलाता है। WGTA का अनुकूलन बाद में विकसित किये गए हैं। जैसे, विसवर्ग एवं साइमोन्स (Weisberg & Simmon's 1966) ने इस उपकरण को मानव शिशुओं में विभेदन सीखने के योग्य बनाया है। लिपसीट्ट (Lipsitt, 1961) ने इसका उपयोग बड़े बच्चों द्वारा विभेदित सीखने में काफी किया है।

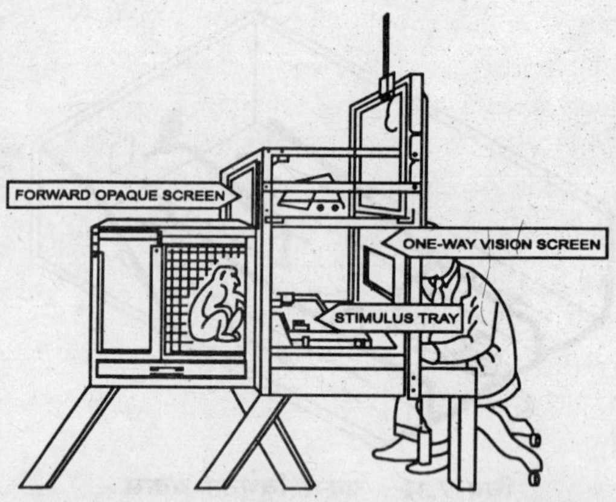

चित्र 7.33 : विसकोनसीन जेनरल टेस्ट उपकरण (Wisconsin General Test Apparatus)

(ii) स्वचालित विधियाँ (*Automated methods*)—स्वचालित विधियों द्वारा भी विभेदन सीखने का अध्ययन किया गया है। इन विधियों की आवश्यकता इसलिए पड़ी क्योंकि पृथक प्रयास विधि (discrete trial method) द्वारा विभेदन सीखना में काफी समय लगता है और साथ ही इनसे एक प्रयास से एक दूसरे प्रयास में अनुक्रिया परिवर्तनशीलता (response variability) होने लगती है जिसके कभी-कभी गंभीर परिणाम होते हैं। स्वचालित विधि में ऐसी कठिनाइयाँ दूर हो जातीं हैं।

स्वचालित विधि में स्वचालित स्विचिंग उपकरण (automatic switching equipment) होते हैं और पशुओं को पूर्णतः एक पृथक परिस्थिति (isolated condition) में रखा जाता है। जैसे, चूहा को दो खिड़की या दो रास्तों के बीच चुनने के बजाय उसे दो लीवर या दो बटन में से किसी एक को दबाकर अनुक्रिया करना होता है। यदि अनुक्रिया सही हुई तो उसे पुनर्बलन (reinforcement) मिलता है और यदि अनुक्रिया सही नहीं हुई तो उसे पुनर्बलन नहीं मिलता है और कभी-कभी उसे दंड के रूप में बिजली का हल्का आघात (mild shock) भी मिलता है। स्वचालित विधि का फायदा यह है कि इससे समय की बचत होती है तथा अनुक्रिया परिवर्तनशीलता में कमी आती है। इतना ही नहीं, इसके द्वारा जटिल उद्दीपक वस्तुओं के बीच प्राणी को विभेदन करना सीखना भी काफी आसान हो जाता है।

(iii) स्वतंत्र क्रियाप्रसूत विधियाँ (*Free operant methods*)—इस विधि में प्राणी के सामने उद्दीपकों जिनके बीच विभेदन करना सीखना होता है, बारी-बारी से (successively) या कभी-कभी एक ही साथ (simulatenously) उपस्थित किया जाता है। प्राणी को उन उद्दीपकों को इधर-उधर करने की पूर्ण स्वतंत्रता होती है। अनुक्रमिक विभेदन (successive discrimination) का एक उदाहरण साधारण विभेदन प्रशिक्षण (simple discrimination training) है। इस प्रशिक्षण में प्राणी को एक खास तरह के उद्दीपक के उपस्थित होने पर अनुक्रिया करने पर पुनर्बलन (reinforcement) मिलता है तथा उस खास तरह के उद्दीपक के अनुपस्थित रहने पर अनुक्रिया करने से पुनर्बलन नहीं मिलता है। पहले तरह के उद्दीपक को S^D तथा दूसरे तरह के उद्दीपक को S^Δ के रूप में प्रायः संकेतिक किया जाता है। इस तरह की परिस्थिति में स्वभावतः प्राणी अधिक अनुक्रिया S^D की अवस्था में ही करना सीख लेता है। इस तरह से सीखने की प्रक्रिया क्रमिक (gradual) होती है। इस विधि द्वारा विभेदन सीखने में प्रारम्भ में प्राणी S^D तथा S^Δ दोनों ही परिस्थितियों में अनुक्रिया करता है परन्तु धीरे-धीरे पुनर्बलन (reinforcement) का प्रभाव विलोपन (extinction) के

प्रभाव से अधिक तीव्र हो जाता है और परिणामतः प्राणी सिर्फ पुनर्बलन मिलने की अवस्था से ही अर्थात् S^D की अवस्था में ही अनुक्रिया करना सीख लेता है। इस तरह के विभेदन को कभी-कभी *'करो, नहीं करो विभेदन'* (go, no-go discrimination) भी कहा जाता है क्योंकि यहाँ प्राणी मूलतः यह सीखता है कि किस परिस्थिति में उसे अनुक्रिया करना चाहिए तथा किस परिस्थिति में उसे अनुक्रिया नहीं करनी चाहिए (नहीं करो)।

उपर्युक्त आनुक्रमिक परिस्थिति के अलावा कभी-कभी स्वतंत्र (free operant) विधि में परिस्थिति ऐसी भी होती है कि एक साथ दो या दो से अधिक क्रियाएँ प्राणी को करना होता है। जैसे, प्राणी दो लीवर (lever) में से अपनी इच्छानुसार किसी को दबा सकता है या एक लीवर दबाने के बाद पुनः दूसरी लीवर दबाने की अनुक्रिया करनी पड़ सकती है। प्राणी के सामने एक लीवर पर हमेशा धीमी रोशनी तथा दूसरे लीवर पर हमेशा तीव्र रोशनी देकर उसे इन दोनों में विभेद करना सीखलाना भी एक स्वतंत्र क्रियाप्रसूत (free operant) विभेदन का उदाहरण होगा। सम्भव है कि इसमें से तीव्र रोशनी वाला लीवर S^+ हो तथा धीमी रोशनी वाला लीवर S^- हो या इसके विपरीत भी उद्दीपक परिस्थिति हो सकती है।

स्वतंत्र क्रियाप्रसूत विधि में निम्नांकित दो तरह की परिसीमाएँ (limitations) प्रायः देखा गया है—

(i) स्वतंत्र क्रियाप्रसूत विधि में प्राणी को अनुक्रिया करने या उसमें परिवर्तन करने की जो स्वतंत्रता होती है, उससे प्रयोग के परिणाम का विश्लेषण करना कठिन हो जाता है। जैसे, यदि एक ही प्रयोगात्मक परिस्थिति में दो लीवर उपस्थित किया गया है, तो एक लीवर से दूसरे लीवर के प्रति की गयी अनुक्रिया का स्वरूप एक लीवर के प्रति बार-बार की गई अनुक्रिया के स्वरूप से कभी-कभी भिन्न दिखलाई पड़ता है। इस तथ्य की संपुष्टि केटेनिया (Catania, 1966) ने अपने प्रयोग में किया है।

(ii) स्वतंत्र क्रियाप्रसूत विधि के परिणाम पर इसलिए भी मनोवैज्ञानिकों को संदेह होता है क्योंकि ऐसी परिस्थिति में पुनर्बलन स्वयं ही एक विभेदन उद्दीपक (discrimination stimulus) के रूप में कार्य करने लगता है जबकि इसे ऐसी परिस्थिति में की गई सही अनुक्रिया को मात्र पुनर्बलित करने की भूमिका करनी चाहिए।

स्पष्ट हुआ कि विभेदन के अध्ययन करने की कई विधियाँ हैं। इनमें लैशले कूद स्तम्भ तथा WGTA का उपयोग अन्य उपकरणों की तुलना में अधिक किया गया है।

विभेदन सीखने के सिद्धान्त
(Theories of Discrimimnation Learning)

प्रयोगात्मक मनोवैज्ञानिकों ने विभेदन सीखना के स्वरूप की व्याख्या करने के लिए निम्नांकित दो तरह के सिद्धान्तों का प्रतिपादन किया है—

(1) सातत्य सिद्धान्त (Continuity theory) या बीजीय योग सिद्धान्त (Algebraic summation theory)

(2) असातत्य सिद्धान्त (Noncontinuity theory)

इन दोनों सिद्धान्तों की व्याख्या हम अलग-अलग अनुच्छेदों में करेंगे।

सातत्य सिद्धान्त या बीजीय योग सिद्धान्त
(Continuity Theory or Algebraic Summation Theory)

इस सिद्धान्त का प्रतिपादन स्पेन्स (Spence, 1936, 1937, 1952) द्वारा किया गया। बाद में हल्ल (Hull, 1952) ने भी इसके सम्प्रत्ययों एवं नियमों को अपने शोधों के आधार पर उन्नत बनाया। हल के अनुसार स्पेन्स का यह सिद्धान्त पैवलव द्वारा विभेदन की प्रदत्त व्याख्या का विस्तृत रूप है। इसलिए इस सिद्धान्त को *स्पेन्स-हल सिद्धान्त* भी कहा जाता है।

विभेदन सीखना के इस सातत्य सिद्धान्त (continuity theory) के अनुसार प्राणी को विभेदन परिस्थिति में दो तरह के उद्दीपक दिये जाते हैं—एक S^+ तथा दूसरा S^-। प्रत्येक प्रयास में प्राणी इन दोनों में से किसी एक के प्रति अनुक्रिया करता है। S^+ के प्रति अनुक्रिया करने से उसमें एक तरह का उत्तेजन (excitation) की अनुभूति होती है तथा

S^- के प्रति अनुक्रिया करने से उसमें एक तरह का अवरोध (inhibition) की अनुभूति होती है। इन दोनों तरह की अनुभूतियों से जो लगातार प्रत्येक प्रयास में होता है, प्राणी कुछ-न-कुछ सीखता है तथा विभेदन (discrimination) की प्रक्रिया को मजबूत करता है। शायद यही कारण है कि इस सिद्धान्त को *सातत्य सिद्धान्त* (continuity theory) कहा जाता है। इस सिद्धान्त की एक मान्यता यह है कि किसी भी प्रयास में उपस्थित उद्दीपक (present stimulus) के आधार पर प्रभावशाली संकेतों (effective cues) की पहचान कर ली जाती है जो प्राणी को विशिष्ट अनुक्रिया में मदद करती है।

सातत्य सिद्धान्त की कुछ पूर्वकल्पनाएँ (assumption) हैं जिनमें निम्नांकित प्रमुख हैं (इन सभी पूर्वकल्पनाओं में थॉर्नडाइक द्वारा प्रतिपादित प्रभाव नियम (law of effect) का असर काफी दिखता है।)—

(i) उपस्थित उद्दीपक के प्रति अनुक्रिया के बाद प्राणी को पुनर्बलन (reinforcement) देने से उस उद्दीपक तथा अनुक्रिया के बीच साहचर्यायात्मक शक्ति (associative strength) या जिसे हल ने आदत शक्ति (habit strength) कहा है, बढ़ जाती है। दूसरे शब्दों में ऐसी परिस्थिति में उत्तेजन प्रवृत्ति (excitation tendency) तीव्र हो जाती है। जिसे अक्षर E से संकेतिक किया जाता है।

(ii) उपस्थित उद्दीपक के प्रति अनुक्रिया करने के बाद यदि प्राणी को पुनर्बलन (reinforcement) नहीं मिलता है तो इससे उद्दीपक तथा उस अनुक्रिया के बीच साहचर्यात्मक शक्ति में ह्रास होती है। कहने का तात्पर्य यह है कि प्रत्येक अपुनर्बलित प्रयास में प्राणी में एक तरह का अवरोध (inhibition) का भी निर्माण होता है। जिसे अक्षर I से संकेतिक किया जाता है।

(iii) आदत-शक्ति (habit-strength) तथा अवरोध (inhibition) दोनों ही उन उद्दीपकों के प्रति सामान्यकृत (generalize) हो जाते हैं जो क्रमशः पुनर्बलित उद्दीपक (reinforced stimulus) तथा अपुनर्बलित उद्दीपक (non-reinforced stimulus) के समान (similar) होते हैं।

(iv) सामान्यीकृत आदत शक्ति (generalized habit strength) की मात्रा सामान्यीकृत अवरोध (generalized inhibition) की मात्रा से अधिक होती है।

(v) सामान्यीकृत आदत शक्ति तथा सामान्यीकृत अवरोध को बीजीय ढंग में (algebraically) अर्थात् उनके धनात्मक एवं ऋणात्मक चिह्नों का ख्याल करते हुए संयोजित (combine) किया जाता है जिसके परिणामस्वरूप नेट साहचर्यात्मक या आदत व्यक्ति (net associative or habit strength) या R का ज्ञान हो जाता है। अतः $R = E - I$ होता है।

(vi) प्राणी किस उद्दीपक के प्रति अनुक्रिया करेगा, इसका निर्धारण उत्तेजन प्रवृत्ति (excitory tendency) तथा अवरोध प्रवृत्ति (inhibitory tendency) के बीजीय योग (algebraic summation) द्वारा होता है।

(vii) जब दो उद्दीपकों को प्राणी के सामने उपस्थित किया जाता है, तो प्राणी सिर्फ उस उद्दीपक के प्रति अनुक्रिया करता है जिसका नेट आदत शक्ति (net habit strength or R) अधिक होता है।

स्पेन्स (Spence, 1937) ने एक प्रयोग करके उक्त पूर्वकल्पनाओं की जाँच किया है। इस प्रयोग में दो तरह के उद्दीपकों आकारों (stimulus sizes) को S^+ तथा S^- के रूप में प्रयोग किया है। S^+ का आकार 256 वर्ग सेंटीमीटर तथा S^- का आकार 160 वर्ग सेंटीमीटर का था। वनमानुषों में इन दोनों उद्दीपकों के बीच विभेदन स्थापित होने के बाद उनकी जाँच सामान्यीकरण (generalization) के दौरान किया गया जिसमें कुछ अन्य आकार के समान उद्दीपक भी दिये गये थे। परिणाम को चित्र 7.34 में दिखलाया गया है। चित्र में तीन तरह के वक्र द्वारा तीन अलग-अलग तरह के परिणामों को दर्शाया गया है। E वक्र द्वारा S^+ से सम्बन्धित उत्तेजन (excitation) के सामान्यीकरण को दिखलाया गया है, I द्वारा S^- से सम्बन्धित

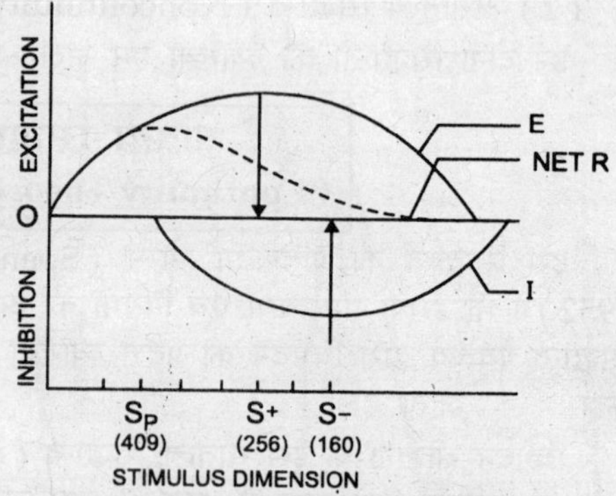

चित्र 7.34 : विभेदी सीखना के बीजीय योग सिद्धान्त की व्याख्या

अवरोध के सामान्यीकरण को दिखलाया गया है। टूटी-टूटी रेखा जिसे R से दिखलाया गया है, द्वारा नेट अनुक्रिया या आदत शक्ति (net response habit strength) के वक्र (curve) को दर्शाया गया है जो E-I की प्रक्रिया के बाद प्राप्त हुआ है। नेट अनुक्रिया शक्ति का अधिकतम बिन्दु S_P है जिसका आकार 409 वर्ग सेंटीमीटर का है। इस चित्र से स्पष्ट है कि नेट अनुक्रिया शक्ति मौलिक S^+ की दिशा में तथा मौलिक S^- के विपरीत दिशा में विचलित (shift) हो गयी है। सच्चाई यह है कि इस अधिकतम बिन्दु को S^+ पर होना चाहिए था परन्तु बिन्दु S^+ से विचलित हो गयी है। चित्र से स्पष्ट है कि जब हम उद्दीपक आयाम (stimulus dimension) में दायीं ओर से बायीं ओर बढ़ते हैं, नेट अनुक्रिया शक्ति का वक्र ऊपर की ओर आता जाता है (टूटी-टूटी रेखा का वक्र पर ध्यान दें) तथा उस उठते वक्र का शिखर बिन्दु S^+ न होकर एक ऐसा उद्दीपक आभास है जो S^+ के बायें में पड़ रहा है। स्पष्ट हुआ कि S^+ तथा S^- के प्रति की गई अनुक्रियाओं से उद्दीपक सामान्यीकरण का एक ऐसा नेट प्रवणता (net gradient) उत्पन्न हो रहा है जो सममित (symmetrical) नहीं है बल्कि जिसमें अधिकतर अनुक्रियाएँ S^+ की दिशा में तथा S^- की विपरीत दिशा में अंतरित (shifted) है। ऐसी अनुक्रियाओं का अधिकतम या शिखर बिन्दु (S_P) भी S^+ के बायें तथा S^- के विपरीत दिशा में अंतरित हो गयी है। इस घटना को *शिखर अन्तरण घटना* (peakshift phenomenon) कहा गया है। स्पेन्स के इस तरह के परिणाम को अन्य मनोवैज्ञानिकों जैसे हैनसन (Hanson, 1969), टीरैस (Terrace, 1972), मुर्रे (Moore, 1972) पर्टल (Purtle, 1973), रिल्लिंग (Rilling, 1977) द्वारा भी समर्थन प्रदान किया गया है। इन मनोवैज्ञानिकों का समान्य मत यह है कि जब प्राणी को S^+ तथा S^- के प्रति अनुक्रिया करने पर विभेदी पुनर्बलन (differential reinforcement) दिया जाता है, तो इस तरह का शिखर अन्तरण (peak-shift) की घटना प्रायः देखने को मिलता है। इन मनोवैज्ञानिकों ने अपने प्रयोगों के आधार पर यह भी बतलाया है कि S^+ तथा S^- में जितना ही अधिक समीपता (closeness) होगी, शिखर अन्तरण घटना उतना ही अधिक होगी। इस तरह से स्पेन्स-हल सिद्धान्त के इस दावे को कि अधिकतम नेट अनुक्रिया शक्ति क्षेत्र में अनुक्रियाएँ अंतरित (shift) हो जाती है, का प्रयोगात्मक सत्यापन विभिन्न मनोवैज्ञानिकों ने अपने-अपने प्रयोगों से किया है।

इस सिद्धान्त की निम्नांकित दो महत्त्वपूर्ण जाँचनीय पूर्वकथन (testable prediction) है जिनका मनोवैज्ञानिकों द्वारा व्यापक स्वागत किया गया है—

1. त्रुटिरहित विभेदन प्रशिक्षण (errorless discrimination training) में शिखर अन्तरण घटना (peak-shift phenomenon) नहीं होगी।
2. विभेदन सीखने में क्रमपरिवर्तन (transposition) की घटना की व्याख्या सम्भव है।

इस दोनों पूर्वकथनों का प्रयोगात्मक विवरण निम्नांकित है—

1. त्रुटिरहित विभेदन प्रशिक्षण (*errorless discrimination training*)—त्रुटिरहित विभेदन प्रशिक्षण वैसे प्रशिक्षण को कहा जाता है जिसमें S^+ के साथ S^- मौजूद होने के बावजूद प्राणी S^- के प्रति अनुक्रिया नहीं के बराबर करता है और इस तरह से कोई त्रुटि (errors) विभेदन सीखने में नहीं होती है। ऐसी परिस्थिति में उसे S^- से सम्बन्धित अपुनर्बलन (non-reinforcement) का सामना कभी नहीं करना पड़ता है। चूँकि इस तरह के शिक्षण में प्राणी कोई त्रुटि नहीं के बराबर करता है, इसलिए इसे त्रुटिरहित विभेदन प्रशिक्षण कहा जाता है। टीरैस (Terrace, 1964, 1966, 1972) ने त्रुटिरहित विभेदन पर प्रयोग करके इस तरह के विभेदन की पूर्ण सम्पुष्टि किया है। इनके प्रयोगों में कबूतर को दृष्टि विभेदन (visual discrimination) सीखना होता था। S^+ को प्रारम्भ से ही काफी स्पष्ट रखा था तथा S^- को काफी क्षीण शक्ति में कबूतर के सामने उपस्थित किया जाता था। परिणामतः S^+ उद्दीपक पर कबूतर तेजी से चोंच मारता था तथा S^- जो क्षीणावस्था में होता था, उसे वह उपेक्षा करता था। जैसें-जैसे प्रयास बढ़ते गए, S^- की तीव्रता पहले की अपेक्षा बढ़ते जाती थी। परन्तु प्रयास बढ़ने से S^+ पर चोंच मारने या अनुक्रिया करने की शक्ति भी मजबूत होते जाती थी। परिणामतः अन्त में S^- पूर्ण तीव्रता के साथ कबूतर के सामने उपस्थित करने पर भी वह उस पर अनुक्रिया नहीं कर पाता था क्योंकि इस समय तक S^+ पर अनुक्रिया करना कबूतर में स्थापित हो चुका होता था। त्रुटिरहित विभेदन प्रशिक्षण में तब एक ऐसा विभेदन सीखना (discrimination learning) की उत्पत्ति होती है जिसमें S^- के प्रति अवरोध प्रबलता (inhihition gradient) नहीं होती है क्योंकि इस तरह की प्रवणता का निर्माण तब होता है जब प्राणी उद्दीपक के प्रति अनुक्रिया तो करता है परन्तु उनके बाद उसे पुनर्बलन (reinforcement) नहीं मिलता है त्रुटिरहित विभेदन में तो प्राणी S^- के प्रति अनुक्रिया ही नहीं करता है। अतः उसे अपुनर्बलन (nonreinforcement) के सामना करने का कोई

प्रश्न ही नहीं उठता है। ऐसी परिस्थिति में स्पेन्स-हल सिद्धान्त (Spence-Hull theory) यह पूर्वकथन करता है कि सामान्यीकरण जाँच (generalization test) के दौरान शिखर अन्तरण (peak shift) की घटना नहीं होगी अर्थात् S^+ के प्रति की गयी अधिकतर अनुक्रियाएँ S^- के विपरीत दिशा में अंतरित (shift) नहीं होगी। टीरैंस (Terrance) के प्रयोगों में भी ऐसा ही पाया गया। इनके प्रयोगों में कबूतरों द्वारा की गई अनुक्रियाएँ S^- के विपरीत दिशा में नहीं होती देखी गयी और अधिकतर अनुक्रियाएँ S^+ पर ही केन्द्रित पायी गयी।

2. क्रमपरिवर्तन (*Transposition*)—क्रमपरिवर्तन से तात्पर्य प्राणी द्वारा सम्बन्धात्मक विभेदन (relational discrimination) करने की क्षमता से होता है। दूसरे शब्दों में यह कहा जा सकता है कि किसी एक समस्या समाधान परिस्थिति में सीखा गया नियम (principle) को जब दूसरी परिस्थिति की समस्या के समाधान में सफलतापूर्वक उपयोग किया जाता है, तो उसे क्रमपरिवर्तन (transposition) की संज्ञा दिया जाता है। क्रमपरिवर्तन को दिखलाने के लिए एक बहुचर्चित प्रयोग कोहलर (Kohler, 1915) द्वारा किया गया। इस प्रयोग में चूजों (chickens) को धूसर वस्तुएँ (gray objects) दी गयी। इनमें से एक धूसर वस्तु का रंग पहले के धूसर रंग से अधिक गहरा (darker) था। गहरा धूसर वस्तु S^+ और हल्का धूसर वस्तु को S^- के रूप में उपयोग में लाया गया था। दूसरे शब्दों से गहरा धूसर वस्तु पर अनुक्रिया करने (चोंच मारने) से चूजों को भोजन मिलता था तथा हल्का धूसर वस्तु पर अनुक्रिया करने से उसे भोजन नहीं मिलता था। जब चूजों में इन दोनों में विभेदन (discrimination) स्थापित हो गया तो परिस्थिति में थोड़ा फेरबदल कर दिया गया। अब पहले के गहरे धूसरे वस्तु को एक अन्य धूसर वस्तु जो इससे भी अधिक गहरा (darker) था, के साथ चूजों के सामने उपस्थित किया गया। परिणाम में देखा गया कि इस बार चूजें नया धूसर वस्तु जो पहले के S^+ रह चुके धूसर वस्तु से अधिक गहरा था, के प्रति अनुक्रिया करते पाये गये। इस तरह से इस प्रयोग में चूजें पहली परिस्थिति में एक विशेष नियम को सीखे (अधिक गहरे धूसर रंग के प्रति अनुक्रिया करना) थे जिसका वे उपयोग दूसरी परिस्थिति में कर रहे थे। स्पष्टतः प्रयोग में क्रमपरिवर्तन (transposition) की घटना की संपुष्टि हो रही थी।

कोहलर द्वारा किये गये इस प्रयोग से एक महत्त्वपूर्ण तथ्य सामने उभरकर आता है जो स्पेन्स-हल सिद्धान्त को एक चुनौती देता है क्योंकि सिद्धान्त में स्पष्टतः यह कहा गया है कि प्राणी विशिष्ट उद्दीपक के प्रति विशिष्ट अनुक्रिया को पुनर्बलन के उत्तेजन प्रभाव (excitatory effect) के आधार पर करना सीख लेता है जबकि क्रमपरिवर्तन के प्रयोग से यह स्पष्ट हो जाता है कि प्राणी उस उद्दीपक के प्रति भी अनुक्रिया नहीं करता है जिसके बाद प्रारम्भिक प्रशिक्षण में उसे पुनर्बलन (reinforcement) दिया गया था। यह समस्या यद्यपि चुनौतीपूर्ण थी, फिर भी स्पेन्स ने इसका उत्तर दिया है और क्रमपरिवर्तन की घटना को अपने सिद्धान्त के प्रतिकूल न मानकर एक अनुकूल तथ्य माना है। इनके अनुसार 160 वर्ग सेंटीमीटर वस्तु जिसे S^- के रूप में उनके प्रयोग में उपयोग किया गया था, से उत्पन्न अवरोध प्रवणता (inhibition gradient) कुछ हद तक 256 वर्गसेंटीमीटर वस्तु जिसे S^+ के रूप में उपयोग किया गया था, के प्रति भी सामान्यीकृत हो गया। उसी तरह से 256 वर्गसेन्टीमीटर वस्तु से उत्पन्न उत्तेजन प्रवणता (excitatory gradient) कुछ हद तक 409 वर्गसेंटीमीटर वस्तु (जो S_p था) के प्रति सामान्यीकृत हो गया। 256 वर्ग सेन्टीमीटर तथा 409 वर्ग सेंटीमीटर के विभेदन के बाद नेट अनुक्रिया शक्ति (net response strength) के तुलनात्मक मान (comparative value) पर पहुँचने के लिए प्रत्येक उद्दीपक पर सामान्यीकृत उत्तेजन (generalized excitation) की मात्रा में से सामान्यीकृत अवरोध (generalized inhibition) की मात्रा को घटा लेते हैं। ऐसा करने के बाद इस निष्कर्ष पर पहुँचा जाता है कि नेट अनुक्रिया शक्ति 409 वर्ग सेंटीमीटर के लिए 256 वर्ग सेन्टीमीटर के नेट अनुक्रिया शक्ति से अधिक है। इस कारण यह आसानी से उम्मीद की जा सकती है कि औसतन पशु 409 वर्ग सेन्टीमीटर उद्दीपक के प्रति 256 वर्ग सेंटीमीटर उद्दीपक की तुलना में अधिक अनुक्रिया करेगा। अतः क्रमपरिवर्तन की घटना की समुचित व्याख्या सिद्धान्त के प्रावधानों के तहत किया जा सकता है। इस तरह से स्पेन्स ने क्रमपरिवर्तन का एक व्यवहारवादी व्याख्या (behaviouristic expalantion) अर्थात् उद्दीपक-अनुक्रिया आधारित व्याख्या प्रदान करके उसे अधिक लोकप्रिय बना दिया।

यद्यपि स्पेन्स-हल सिद्धान्त की लोकप्रियता काफी है फिर इसकी कुछ परिसीमाएँ (limitations) हैं, जो इस प्रकार है:—

(i) सिद्धान्त में विभेदन सीखना की व्याख्या का मात्र आधार प्रयास में अनुक्रिया शक्ति (response strength)

का क्रमिक संग्रहण (graudual accumulation) माना गया है। कुछ मनोवैज्ञानिकों ने इस पर आपत्ति जतायी है और कहा है कि प्रत्येक विभेदन सीखना में इस तरह की सातत्यता (continuity) नहीं होती है। कई विभेदन सीखनां इस ढंग के होते हैं कि उसमें प्राणी कुछ प्राक्कल्पना बनाकर उसके अनुरूप विभेदन समस्या (discrimination porblem) का समाधान करता है जहाँ सचमुच में विभेदन सीखना एक असातत्य प्रक्रिया (noncontinuous process) के समान होती है।

(ii) स्पेन्स-हल सिद्धान्त में विभिन्न प्रकार के अभिगृहित (postulate) से निकाले गये अनुमानों के औपचारिक विश्लेषण (formal analysis) करके विभेदन सीखना के स्वरूप की व्याख्या की गई है। कई मनोवैज्ञानिकों की आपत्ति यह रही है कि स्पेन्स के कुछ अभिगृहीत ऐसे हैं जिनका प्रयोगात्मक जाँच अब तक नहीं हो पाया है और जब प्रयोगात्मक जाँच ही नहीं पाया है तो उससे निकाले गये अनुमान कहाँ तक सही हो सकते हैं।

उक्त परिसीमाओं के बावजूद स्पेन्स-हल के विभेदन सीखना सिद्धान्त को एक महत्त्वपूर्ण एवं वैज्ञानिक सिद्धान्त का दर्जा प्राप्त है क्योंकि इस सिद्धान्त के मूलभूत प्रावधानों द्वारा शिखर अंतरण (peak shift), क्रमपरिवर्तन (transposition) तथा त्रुटिरहित विभेदंन (errorless discrimination) जैसे सम्प्रत्ययों की सफल व्याख्या की गयी है।

असातत्य सिद्धान्त (Noncontinuity Theory)

विभेदन सीखना का दूंसरा प्रमुख सिद्धान्त असातत्य सिद्धान्त (noncontinuity theory) है। जैसा कि नाम से ही स्पष्ट है, इस सिद्धान्त में विभेदित सीखना को एक असातत्य प्रक्रिया (noncontinuous process) न कि एक सातत्य प्रक्रिया (continuous process) माना गया है। असातत्य सिद्धान्त के प्रतिपादन में लैशले (Lashley, 1942) क्रेयवस्काई (Krechevsky, 1932), लेभाईन (Levine, 1975), लैशले एवं वेड (Lashley & Wade, 1946) के प्रयोगों से काफी मदद मिली है। असात्य सिद्धान्त का सारतत्त्व यह है कि जब भी प्राणी किसी विभेदन समस्या (discrimination problem) का समाधान करता है तो वह अपने मन में कुछ प्राक्कल्पनाओं (hypothesis) का निर्माण कर लेता है। वह इन प्राक्कल्पनाओं तथा उपायों (strategies) के अनुसार व्यवहार करता है तथा विभेदन समस्या का समाधान करने की कोशिश करता है। इस तरह से अन्त में वह विभेदन समस्या का समाधान करने में सफल हो जाता है और वह दिये गये उद्दीपकों के बीच विभेदन करना सीख लेता है। स्पष्टतः इस तरह की क्षमता मनुष्यों में अधिक होती है। परन्तु पशुओं में भी इस तरह की क्षमता होती है और वे भी ऐसी परिस्थिति में कुछ प्राक्कल्पना विकसित करके दिये गये उद्दीपकों (stimuli) के बीच विभेदन करना सीख लेते हैं। इसका सबसे अच्छा उदाहरण हमें लैशले (Lashley, 1942) तथा लैशलें एवं वेड (Lashley & Wade, 1946) के प्रयोगों से मिलता है। इन प्रयोगों में लैशले कूद स्तंम्भ (Lashley Jumping stand) का उपयोग किया गया है। जैसा कि हम जानते हैं, इस स्तंभ के सहारे चूहा (प्रयोज्य) को दो में से सही खिड़की पर कूदना सीखलाया जाता है। सही खिड़की पर कूदने से खिड़की खुल जाता है और चूहा को पुनर्बलन (reinforcement) या भोजन मिलता है। परन्तु यदि वह गलत खिड़की पर कूदता है, तो खिड़की नहीं खुलता है और उसे भोजन नहीं मिलता है। ऐसी स्थिति में चूहा को एक तरह से दंड ही मिलता था क्योंकि वह खिड़की पर से नीचे जाल में फेंका जाता था। सही खिड़की पर उजला वर्गाकार वस्तु (white square object) तथा गलत खिड़की पर काला वर्गाकार वस्तु (black square object) (या अन्य कोई दो ऐसे उद्दीपक जिनके बीच प्रयोज्य को विभेदन सीखलाना होता था) को रखा जाता था। समस्या यह थी की प्रयोज्य उजले वर्गाकार वस्तु पर कूदना सीखे तथा काले वर्गाकार वस्तु पर कूदना न सीखे। सम्भव है कि उजला वर्गाकार वस्तु बायाँ खिड़की पर तथा काला वर्गाकार वस्तु दायें खिड़की पर हो। अगर चूहां उजला खिड़की पर सफलतापूर्वक कूदता है, तो वह या तो यह सीख सकता है कि उजला खिड़की सही है या फिर यह सीख सकता है कि बायाँ खिड़की सही है। थोड़े देर के लिए यह मान लिया जाए कि चूहा यह सीखता है कि बायाँ खिड़की सही है। ऐसी परिस्थिति में वह तब तक इस प्राक्कल्पना के अनुसार कूदने की अनुक्रिया करता रहेगा जबतक कि उसे खिड़की पर कूदने से अपुनर्बलन (nonreinforcement) का सामना नहीं करना पड़ता हो या उसे दंडित नहीं किया जाता हो। यदि ऐसा होता है तो चूहा कोई दूसरी प्राक्कल्पना विकसित कर लेगा। वह कौन-सी प्राक्कल्पना विकसित करेगा यह उस प्रयोगात्मक परिस्थिति

में हुए पूर्व अनुभूति पर निर्भर करेगा। इस तरह से चूहा एक के बाद एक कई प्राक्कल्पनाओं के अनुसार अनुक्रिया तब तक करता जाएगा जब तक कि वह किसी सही प्राक्कल्पना पर नहीं पहुँच जाता है।

प्रयोग के उक्त सामान्य निष्कर्ष के आलोक में यह कहा जा सकता है कि पुनर्बलन तथा अपुनर्बलन के प्रभाव के संग्रहण द्वारा प्राणी विभेदन अनुक्रिया को करना न सीखकर वह विभिन्न उपायों या प्राक्कल्पनाओं के अनुसार ऐसी अनुक्रिया को करना सीखता है। अतः विभेदन सीखना एक सतत (continuous) प्रक्रिया न होकर असतत (noncontinuous) प्रक्रिया है। विभेदन सीखना के असातत्य सिद्धान्त (noncontinuity theory) को सम्बन्धात्मक सिद्धान्त (relational theory) भी कहा जाता है क्योंकि इस सिद्धान्त की मान्यता यह है कि विभिन्न उपलब्ध उद्दीपकों में से कुछ उद्दीपकों को चुनकर या उससे कोई विशेष सम्बन्ध जोड़कर प्राणी उद्दीपक की सही पहचान करने की कोशिश करता है तथा उसी के अनुसार विभेदन सीखने की परिस्थिति में अनुक्रिया करता है।

लैशले (Lashley, 1938) ने इस सिद्धान्त के दो मुख्य अभिगृहीतों (postulates) का वर्णन किया है जो निम्नांकित हैं—

(i) जब प्राणी की तंत्रिका उद्दीपकों (stimuli) द्वारा उत्तेजित होती है तो उसमें से कुछ तत्त्व अनुक्रिया उत्पन्न करने के लिए अधिक प्रबल हो जाते हैं तथा कुछ तत्त्व अनुक्रिया उत्पन्न करने में प्रबलहीन रह जाते हैं। इस तरह की प्रबलता प्राणी में प्रबल तत्त्वों के प्रति अनुक्रिया करने की तत्परता (readiness) उत्पन्न करता है।

(ii) विभेदन सीखने के प्रशिक्षण के किसी भी प्रयास (trial) में उद्दीपक परिस्थिति के वही तत्त्व जो प्रबल होते हैं, सही अनुक्रिया के साथ साहचर्यित हो पाते हैं। परिस्थिति के अन्य उद्दीपक जो प्राणी के ग्राहक को उत्तेजित तो कर पाते हैं, अनुक्रिया के साथ साहचर्यित नहीं हो पाते हैं क्योंकि प्राणी उसके प्रति अनुक्रिया करने के लिए तत्पर ही नहीं है।

उपर्युक्त अभिगृहीतों (postulates) के आधार पर विभेदन सीखना के सम्बन्धात्मक सिद्धान्त (relational theory) के स्वरूप के कुछ पहलुओं पर प्रकाश पड़ता है जिसमें निम्नांकित बिन्दु प्रधान हैं—

(i) लैशले द्वारा प्रतिपादित विचारधारा के अनुसार सीखना के दौरान प्राणी द्वारा चयनात्मक अवधान (selective attention) एक महत्त्वपूर्ण कारक होता है।

(ii) प्रभावकारी उद्दीपक संकेत वह संकेत होता है जिसके प्रति अनुक्रिया करने के लिए प्राणी तत्पर (set) रहता है।

(iii) जब प्राणी को दो उद्दीपकों के बीच विभेदन सीखना होता है, तो प्राणी इन दोनों उद्दीपकों के सभी तत्त्वों जैसे उनका रंग, आकार, स्थिति आदि सभी के प्रति अनुक्रिया न करके इनमें से किसी एक तत्त्व के प्रति ही अनुक्रिया करता है तथा उसके लिए सिर्फ पुनर्बलन (reinforcement) पाता है। इस तरह से वह उद्दीपकों के इन विभिन्न तत्त्वों के प्रति एक-एक करके अनुक्रिया करता है तथा संबधित प्राक्कल्पना की जाँच करता है।

असातत्य सिद्धान्त द्वारा पशु विभेदन सीखना तथा मानव विभेदन सीखना दोनों ही पहलू पर प्रकाश पड़ता है। इस कारण इस सिद्धान्त की व्यावहारिक उपयोगिता सातत्य सिद्धान्त की तुलना में अधिक है। फिर भी इस सिद्धान्त को उतना प्रयोगात्मक समर्थन प्राप्त नहीं है जितना कि सातत्य सिद्धान्त (continuity theory) को है। लेभाईन (Levine, 1975) जिन्होंने इस सिद्धान्त के प्रावधानों द्वारा मानव विभेदन सीखना की व्याख्या किया है, के विचारों की संपुष्टि के लिए अभी शोध जारी है।

सातत्य सिद्धान्त तथा असातत्य सिद्धान्त का तुलनात्मक अध्ययन
(A Comparative Study of Continuity Theory and Noncontinuity Theory)

विभेदन सीखना (discrimination learning) के सातत्य सिद्धान्त (continuity theory) तथा असातत्य सिद्धान्त (noncontinuity theory) की तुलना करना थोड़ा इसलिए कठिन है क्योंकि इन दोनों तरह के सिद्धान्तो का मौलिक नियम जिसपर इनके तथ्य आधारित है, भिन्न है। फिर भी मनोवैज्ञानिकों द्वारा निम्नांकित बिन्दुओं पर इन दोनों सिद्धान्तों की तुलना करने का सफल प्रयास किया है—

1. विभेदन उद्दीपक को पलट देना *(Reversing the discriminative cues or stimuli)*—मनोवैज्ञानिकों ने

विभेदन समस्या (discrimination problem) में प्रशिक्षण के दौरान परिवर्तन करके सातत्य सिद्धान्त (continuity theory) तथा असातत्य सिद्धान्त द्वारा किये जाने वाले पूर्वकथनों में तथा उत्तरावस्था (later stage) में परिवर्तन कर दोनों सिद्धान्तों द्वारा होनेवाले पूर्वकथनों का प्रयोगात्मक जाँच किया है। उदाहरण के लिए मान लिया जाय कि चूहा को उजला कार्ड (white card) तथा काला कार्ड (black card) के बीच के विभेदन करना सीखलाने के लिए प्रशिक्षण दिया जा रहा है। थोड़े देर के लिए मानलिया जाय कि उजला कार्ड S^+ तथा काला कार्ड S^- के रूप में व्यवहृत किया जा रहा है। कुछ ही प्रयासों के बाद अर्थात् प्राक् समाधान अवधि (presolution period) में मान लिया जाए कि इन दोनों उद्दीपकों में परिवर्तन कर दिया जाता है जिसके परिणामस्वरूप उजला कार्ड अब S^- तथा काला कार्ड अब S^+ के रूप में व्यवहृत किया जाता है। ऐसी परिस्थिति में इस परिवर्तन का प्रभाव विभेदन सीखना की दर पर क्या पड़ेगा? सातत्य सिद्धान्त के अनुसार ऐसी परिस्थिति में विभेदन सीखने की दर धीमी हो जाएगी क्योंकि प्रत्येक प्रयासों में या तो S^+ से उत्पन्न उत्तेजन प्रवृत्ति (excitatory tendency) में या S^- से उत्पन्न अवरोध प्रवृत्ति (inhibition tendency) में कुछ-न-कुछ वृद्धि होती है और उद्दीपक को उलटा कर देने से एक तरह का बाधा उत्पन्न होगा जिससे सीखने की गति या दर धीमी हो जाएगी। असातत्य सिद्धान्त (non-continuity theory) के अनुसार प्रारंभिक अवस्था में अर्थात् प्राक्समाधान अवधि (presolution period) में यदि उद्दीपक को उलट दिया जाता है, तो विभेदन सीखने की दर पर कोई प्रभाव नहीं पड़ेगा क्योंकि इस अवधि में S^+ तथा S^- के बारे में प्राणी कोई ठोस प्राक्कल्पना (hypothesis) नही विकसित कर पाता है और ऐसी परिस्थिति में यदि S^+ का स्वरूप S^- तथा S^- का स्वरूप S^+ हो भी हो जाता है तो इससे उनके अर्थ को समझकर अनुक्रिया करने में कोई दिक्कत नहीं होगी। इन दोनों तरह के दावों का प्रयोगात्मक जाँच किया गया और पाया गया कि अधिकतर मनोवैज्ञानिकों जिनमें मैकिनटोश (Mackintosh, 1965, 1974) तथा सुदरलैंड एवं मैकिनटोश (Sutherland & Mackintosh, 1971) का नाम विशेष रूप से उल्लेखनीय है, द्वारा यह पाया गया है कि विभेदन संकेतों या उद्दीपकों को उलट देने से विभेदन की दर में कमी आ जाती है और इस बिन्दु पर सातत्य सिद्धान्त असातत्य सिद्धान्त की तुलना में अधिक पर्याप्त एवं यथार्थ दिख पड़ता है।

अब यह देखें कि विभेदन प्रशिक्षण के उत्तरावस्था (later stage) में यदि विभेदन संकेत या उद्दीपक में परिवर्तन कर टिया जाए तो उसका प्रभाव विभेदन सीखना की दर पर क्या पड़ता है? इस बिन्दु को और अधिक ठीक ढंग से इस प्रकार स्पष्ट किया जा सकता है—मान लिया जाए कि पशु को S^+ तथा S^- में अन्तर करना अच्छी तरह से सीखला दिया जाता है। इस तरह से सीखलाने के बाद भी उसे पर्याप्त मात्रा में अतिरिक्त प्रयास (additional trial) दिया जाता है जिसमें S^+ को S^- तथा S^- को S^+ के रूप में प्राणी के सामने उपस्थित किया जाता है। ऐसी परिस्थिति में विभेदन सीखने का दर के बारे में इन दोनों तरह के सिद्धान्तों का पूर्वकथन क्या होगा? इस बिन्दु पर असातत्य सिद्धान्त (noncontinuity theory) तो कोई विशेष पूर्वकथन नहीं कर पाता है परन्तु सातत्य सिद्धान्त के अनुसार इस अवस्था में विभेदन उद्दीपक के परिवर्तित स्थिति के अनुसार प्राणी को अपने व्यवहार में उसी तरह का परिवर्तन लाना सम्भव नहीं हो पाएगा। दूसरे शब्दों में, प्राणी को अपने मौलिक व्यवहार को त्यागना कठिन होगा तथा प्रतिलोम संकेतों (reversal cues) के अनुसार व्यवहार करना मुश्किल होगा। अतः अतिप्रशिक्षण (overtraining) से विभेदन सीखने की दर या गति धीमी होगी। परन्तु कई मनोवैज्ञानिकों जैसे डीएमैटो एवं जागोडा (D'Amato & Jagoda, 1961), स्परलिंग (Sperling, 1965), मैण्डलर (Mandler, 1968) तथा सुटर (Suter, 1970) ने अपने प्रयोगों के परिणाम में यह स्पष्टतः पाया है कि ऐसा नहीं होता है और सचमुच में अतिप्रशिक्षण से विभेदन सीखना की दर धीमी होने के बजाय तीव्र हो जाती है। इसे मनोवैज्ञानिकों ने *अतिअधिगमन उलटाव प्रभाव* (overlearning reversing effect) कहा है।

सुट्टर (Sutter, 1970) ने अतिअधिगमन उलटाव प्रभाव की व्याख्या करते हुए कहा है कि ऐसा इसलिए होता है कि विभेदन सीखना के आरंभिक अवस्था में प्राणी S^+ के नियंत्रण में अधिक होता है। दूसरे शब्दों में, वह S^- की उपेक्षा (ignore) करना सीखकर ही सही अनुक्रिया को करना सीखते हैं। अतिप्रशिक्षण (overtraining) में प्राणी की इस प्रवृत्ति में परिवर्तन आता है जिसके परिणामस्वरूप प्राणी अपना ध्यान अब S^+ पर अधिक देने लगता है और उसी के आधार पर अनुक्रिया भी करने लगता है। जब विभेदन उद्दीपक (discrimination cue) उलट दिये जाते हैं अर्थात् S^+ अब नया S^- हो जाता है, अतिप्रशिक्षित पशु (over trained animal) को नया विभेदन में अनुक्रिया करने में काफी आसानी होती है क्योंकि वह पहले ही जो अब नया S^- है, के प्रति ध्यान देना सीख चुका होता है। जिन पशुओं को ऐसी प्रशिक्षण नहीं होती है, उन्हें इसका फायदा नहीं हो पाता है। इस व्याख्या से स्पष्ट है कि अतिअधिगमन उलटाव

प्रयास में S^- की तुलना में S^+ पर जो सापेक्ष ध्यान (relative attention) प्राणी देता है, वह एक प्रमुख कारक है। यह निश्चित रूप से सातत्य सिद्धान्त के लिए एक चिंता का विषय है क्योंकि इस सिद्धान्त में S^+ तथा S^- पर प्राणी द्वारा दिये गये सापेक्ष ध्यान को एक नगण्य कारक माना गया है।

2. सम्बन्धित उद्दीपकों के बीच विभेदन *(Discrimination among stimuli implying some relationship)*— मनोवैज्ञानिकों ने विभेदन उद्दीपक (discrimination stimuli) को समान बनाकर जैसा कि क्रमपरिवर्तन (transposition) के अध्ययन में होता है, यह देखना चाहा है कि सातत्य सिद्धान्त (continuity theory) तथा असातत्य सिद्धान्त (noncontinuity theory) द्वारा किये जाने वाले पूर्वकथन कहाँ तक सही है। क्रमपरिवर्तन से सम्बन्धित समस्या में असातत्य सिद्धान्त का यह दावा कि पशु ऐसी समस्या के सही समाधान करने के लिए कुछ प्राक्कल्पना (hypothesis) बनाकर व्यवहार करता है तथा वह एक विशेष सम्बन्धात्मक नियम (relational principle) को सीखता है। सातत्य सिद्धान्त (continuity theory) के अनुसार ऐसी परिस्थिति में प्राणी सम्बन्धात्मक नियम (relational principle) को नहीं सीखता है बल्कि निरपेक्ष तथ्य (absolute fact) को सीखता है। इस पूर्वकथन की जाँच लारेन्स तथा डीरिभरा (Lawrence & DeRivera, 1954) ने एक प्रयोग करके किया है। प्रयोग इस प्रकार है—लैशले कूद स्तंभ (Lashley Jumping stand) के सहारे चूहों को विभिन्न ऐसे उद्दीपकों के बीच अन्तर करना सीखलाया गया जिनमें कुछ समानता थी। इस प्रयोग में कुछ उद्दीपक कार्ड (stimulus card) तैयार किये गये जिनके आधे-आधे भाग धूसर रंग (gray colour) के अलग-अलग तीव्रता स्तर के थे। प्रत्येक ऐसे कार्ड का निचला आधा भाग मध्य स्तर के धूसर रंग का था जिसकी तीव्रता स्तर 1 (अधिक चटकीला) से 7 (गहरा) के मापनी पर 4 का था। इस तरह 1/4 कार्ड का मतलब यह हुआ कि इसका ऊपरी आधा भाग निचली आधा भाग से अधिक चटकीला (brighter) था तथा 7/4 कार्ड का मतलब यह हुआ कि कार्ड का ऊपरी आधा भाग निचली आधा भाग से अधिक गहरा (darker) था। इस तरह अन्य कार्ड जैसे, 2/4, 3/4, 5/4, 6/4 आदि के अर्थ लगाये जा सकते हैं। प्रारंभिक प्रशिक्षण (initial training) के दौरान लैशले कूद स्तंभ के दोनों खिड़कियों पर समरूप कार्ड (identical card) रखे गए थे। अगर इन कार्डों का ऊपरी भाग (top half) निचली भाग से चटकीला होता था, तो चूहों के भोजन पाने के लिए दायीं खिड़की पर कूदना आवश्यक होता था परन्तु यदि ऊपरी भाग निचली भाग की तुलना में गहरा होता था तो उसे भोजन पाने के लिए बायीं खिड़की पर कूदना होता था। अब ऐसी परिस्थिति में चूहा बायीं खिड़की तथा दायीं खिड़की के बीच विभेदन (discrimination) करने में दो में से किसी एक तरीका को अपना सकता था। वे कार्ड के दोनों भागों के सम्बन्ध (relationship) के आधार पर भी सही अनुक्रिया करना सीख सकते थे या कार्ड की ऊपरी भाग के निरपेक्ष चटकीलापन (absolute brightness) के आधार पर (क्योंकि निचला भाग का यह चटकीलापन तो हमेशा एक समान होता है) भी अनुक्रिया करना सीख सकते थे। यदि वे सम्बन्ध के आधार पर सीखते हैं तो वे मात्र यह सोचकर अनुक्रिया करेंगे कि ऊपरी भाग निचली भाग की तुलना में अधिक चटकीला होने पर दायाँ कूदना चाहिए तथा ऊपरी भाग निचली भाग की तुलना में अधिक गहरा होने पर बायाँ कूदना चाहिए। परन्तु यदि वे निरपेक्ष चटकीलापन को कसौटी मानकर कूदना सीखते हैं तो वे ऊपरी भाग को चटकीला पाकर (अर्थात् 1, 2 एवं 3 ऊपर वाला भाग) दायें कूदना सीखेंगे तथा ऊपर वाला भाग गहरा (dark) पाकर (अर्थात् 5, 6 एवं 7 ऊपर भाग) बायें कूदना सीखेंगे। इस तरह के प्रारम्भिक प्रशिक्षण के बाद प्रयोगकर्त्ताओं द्वारा यह जानने की प्रयास की गयी कि चूहों द्वारा इन दोनों उपायों में से किसका उपयोग करके विभेदन सीखा गया और इस जाँच के लिए वे क्रमपरिवर्तन (transposition) से सम्बन्धित कुछ समस्याएँ उत्पन्न किये जिसमें कार्ड के निचले भाग के कई नये-नये संयोग (combination) बनाकर चूहों को विभेदित करने के लिए दिया गया। परिणाम में देखा गया कि क्रमपरिवर्तन (transposition) जाँच के दौरान चूहों द्वारा करीब 80% अनुक्रियाएँ सम्बन्धात्मक योजना (relational strategy) के तहत की गयी तथा मात्र 20% अनुक्रियाएँ निरपेक्ष योजना (absolute strategy) के तहत की गयी। इस तरह से क्रमपरिवर्तन जाँच (transposition tests) के दौरान असातत्य सिद्धान्त का पूर्वकथन (prediction) सातत्य सिद्धान्त के पूर्वकथन की तुलना में अधिक जोरदार सिद्ध हुआ।

स्पष्ट हुआ कि विभेदन सीखना के सातत्य सिद्धान्त तथा असातत्य सिद्धान्त द्वारा उपर्युक्त दोनों प्रयोगात्मक समस्याओं पर अलग-अलग पूर्वकथन करना सम्भव है। इन दोनों सिद्धान्तों के तुलनात्मक अध्ययन से निश्चित रूप से इस बात का पता चलता है कि विभेदन सीखना एवं उससे सम्बन्धित तथ्यों की व्याख्या किसी एक सिद्धान्त द्वारा सम्पूर्ण ढंग से करना सम्भव नहीं है। अतः यदि यह कहा जाय कि दोनों सिद्धान्त एक-दूसरे के पूरक हैं, तो कोई अतिशयोक्ति नहीं होगी।

अध्याय सारांश CHAPTER SUMMARY

1. सीखना व्यवहार में अभ्यास या अनुभूति के फलस्वरूप उत्पन्न परिवर्तन को कहा जाता है। ऐसे परिवर्तन को सीखना कहलाने के लिए कुछ देर के लिए स्थायी होना अनिवार्य है।
2. सीखने की प्रक्रिया में अभिप्रेरण का महत्त्व होता है। पशु एवं मानव पर किये गये अध्ययनों से इस तथ्य की संपुष्टि हुई है।
3. सीखने की कई विधियाँ हैं जिनमें अविराम विधि, विराम विधि, पूर्ण विधि, अंश विधि, साभिप्राय सीखना तथा प्रासंगिक सीखना अधिक प्रधान है।
4. क्लासिकी अनुबन्धन (Classical conditioning) एक प्रमुख अनुबन्धन प्रविधि है जिसका प्रतिपादन पैवलव (Pavlov) द्वारा किया गया। यह एक प्रतिमान या रूपावली (paradigm) है जिसके सहारे अनुबंधन के सम्बन्धित तथ्यों को समझने में मदद मिलती है।
5. साधनात्मक अनुबंधन (instrumental conditioning) का प्रतिपादन थॉर्नडाइक (Thorndike) एवं स्कीन्नर के प्रयासों से हुआ है। इस तरह के अनुबन्धन के प्रतिपादन में सीखने वाला प्राणी सीखने की परिस्थिति में पूर्णतः स्वतंत्र क्रियाएँ करता है और क्रिया या व्यवहार को अपने परिणाम के आधार पर सीखता है।
6. साधनात्मक अनुबंधन (instrumental conditioning) के आठ प्रकारों का वर्णन किया गया है। वे आठ प्रकार हैं—पुरस्कार प्रशिक्षण, विभेदन प्रशिक्षण, मुक्ति प्रशिक्षण,. परिवर्जन प्रशिक्षण, दंड प्रशिक्षण, विलोपन प्रशिक्षण, विभेदित दंड प्रशिक्षण, विभेदित विलोपन प्रशिक्षण।
7. पैवलोवियन अनुबंधन (Pavlovian conditioning) तथा साधनात्मक (instrumental conditioning) में दो तरह के अन्तर पर प्रकाश डाला गया है—कार्य-विधि सम्बन्धी अन्तर (procedural discrimination) तथा सैद्धान्तिक अन्तर (theoretical distinction)। इन दोनों अन्तरों के विभिन्न बिन्दुओं को अधिक स्पष्ट किया गया है।
8. पैवलोवियन अनुबन्धन तथा साधनात्मक अनुबंधन के अलावा मनोवैज्ञानिकों द्वारा संज्ञानात्मक सीखना (cognitive learning) पर भी अधिक बल डाला गया है। संज्ञानात्मक सीखना से तात्पर्य वैसे सीखना से होता है जो व्यक्ति के संज्ञान (cognition) पर आधारित होता है। इस तरह के सीखना पर टालमैन एवं वौल्स (Bolles) द्वारा तुलनात्मक रूप से अधिक बल डाला गया है। संज्ञानात्मक सीखना के कई प्रारूप हैं जिनमें अव्यक्त सीखना, सूक्ष द्वारा सीखना तथा प्रेक्षणात्मक सीखना (observational learning) प्रधान हैं।
9. आधुनिक मनोवैज्ञानिकों द्वारा किये गये शोधों से यह स्पष्ट हुआ है कि संज्ञानात्मक कारकों की भूमिका क्लासिकी अनुबन्धन तथा साधनात्मक अनुबन्धन दोनों में ही काफी अधिक है।
10. सीखने के सिद्धान्तों के दो सामान्य श्रेणियाँ (categories) हैं—*उद्दीपक-अनुक्रिया सिद्धान्त* (Stimulus-Response theories) तथा *उद्दीपक-उद्दीपक सिद्धान्त* (Stimulus-Stimulus theory)। उद्दीपक अनुक्रिया सिद्धान्त में सीखना की व्याख्या उद्दीपक एवं अनुक्रिया के सम्बन्धन के रूप में की जाती है जबकि उद्दीपक-उद्दीपक सिद्धान्त के तहत सीखने की व्याख्या सीखने की परिस्थिति में उत्पन्न उद्दीपकों के बीच अर्थपूर्ण सम्बन्धन के रूप में की जाती है। इस अध्याय में कुछ प्रमुख मनोवैज्ञानिकों के सिद्धान्तों का विस्तृत वर्णन. किया गया है। जैसे, थॉर्नडाइक, स्कीनर, हल, गथरी, टालमैन, पियाजे एवं सूझ के सिद्धान्त का ही वर्णन किया है।
11. क्लासिकी अनुबंधन के क्षेत्र में किये गये कुछ नवीनतम शोधों एवं सिद्धान्तों का भी उल्लेख किया गया है। इस सिलसिले में क्लासिकी अनुबंधन का रेसकोरला तथा वैगनर द्वारा प्रतिपादित सिद्धान्त की व्याख्या एक नया कदम है। साथ-ही-साथ इस क्षेत्र के कुछ नये सम्प्रत्ययों जैसे निष्प्रभन (overshadowing) तथा अवरुद्धता (blocking) का भी विस्तृत वर्णन किया है।
12. इस अध्ययन में अनुबन्धन से सम्बन्धित कुछ तथ्यों पर भी प्रकाश डाला गया है। इन तथ्यों में अध्यंकन (imprinting), अभ्यसन, संवेदीकरण, मिथ्या अनुबन्धन (pseudoconditioning) एवं अनावृत्त सीखना (exposure learning) आदि प्रमुख हैं।

13. विलोपन एक ऐसी प्रक्रिया है जो अनुक्रिया के सीखने के बाद उत्पन्न होती है। जब सीखी गई अनुक्रिया को करने के बाद प्राणी को उसके बाद पुनर्बलन (reinforcement) नहीं मिलता है, इससे सीखी गई अनुक्रिया की शक्ति धीरे-धीरे लुप्त होते चली जाती है और एक बिन्दु ऐसी आती है जहाँ वह पूर्णतः समाप्त हो जाती है। इस प्रक्रिया को विलोपन की संज्ञा दी जाती है। विलोपन दर कई तरह के कारकों (factors) द्वारा प्रभावित होती है जिनमें पुनर्बलित प्रयासों की संख्या, पुनर्बलन की मात्रा, पुनर्बलन की विलम्बन, प्राणी का शारीरिक प्रयास तथा आंशिक पुनर्बलन (partial reinforcement) प्रधान है।
14. विलोपन की व्याख्या करने के लिए तीन तरह के सिद्धान्तों का प्रतिपादन किया गया है। ये तीन सिद्धान्त हैं—अनुक्रिया-अवरोध सिद्धान्त (response-inhibition theory), प्रतियोगिता सिद्धान्त (competition theory) तथा प्रतियोगिता-कुंठा सिद्धान्त (competition-frustration theory)। इन तीनों सिद्धान्तों में प्रतियोगिता-कुंठा सिद्धान्त तुलनात्मक रूप में अधिक दुरुस्त (sound) है।
15. पुनर्बलन (reinforcement) एक ऐसा उद्दीपक होता है जिसे किसी अनुक्रिया के बाद देने से भविष्य में उस अनुक्रिया के होने की संभावना बढ़ जाती है। पुनर्बलन धनात्मक (positive) तथा ऋणात्मक (negative) होता है। धनात्मक पुनर्बलन को प्राथमिक पुनर्बलन (primary reinforcement) भी कहा जाता है।
16. पुनर्बलन के स्वरूप की व्याख्या करने के लिए कई तरह के सिद्धान्तों का प्रतिपादन किया गया है जिनमें प्रणोद-ह्रास सिद्धान्त, आदर्श-उत्तेजन स्तर सिद्धान्त, उद्दीपक सिद्धान्त तथा अनुक्रिया सिद्धान्त प्रमुख है।
17. परिहार या परिवर्जन (avoidance learning) के स्वरूप की व्याख्या करने के लिए भी कई तरह के सिद्धान्त का विकास किया गया है—माऊर्र का सिद्धान्त (Mowrer's theory), संज्ञानात्मक सिद्धान्त तथा बॉल्लस का सिद्धान्त (Bolles theory)।
18. अर्जित निस्सहायता (learned helplessness) मार्टीन सेलिगमैन (Martin Seligman) द्वारा विकसित एक प्रमुख सम्प्रत्यय है। इस तरह के सम्प्रत्यय में प्राणी यह सीखता है कि कुछ व्यवहार के परिणाम को वह नियंत्रित नहीं कर सकता है। अतः कोशिश करने से कोई फायदा नहीं है। अतः वह कोशिश करना छोड़कर निष्क्रिय एवं अन्यमनस्क होना सीख लेता है।
19. सीखने के कुछ अनुप्रयुक्त पहलू (applied aspects) है जिनपर भी इस अध्याय में प्रकाश डाला गया है। इनमें सीखने-का-अधिगम (learning to learn), अधिगमन वक्र, प्रशिक्षण या अतिगमन अंतरण, कार्यक्रमित सीखना (programme learning) तथा प्रसंभाव्यता सीखना (probability learning) प्रधान है।
20. मानव सीखना (human learning) का एक महत्त्वपूर्ण पहलू शाब्दिक सीखना (verbal learning) है। इस क्षेत्र में किये गये प्रयोगात्मक अध्ययनों से मानव सीखना के कई पक्षों के बारे में महत्त्वपूर्ण सूचना मिलती है। जहाँ तक शाब्दिक सीखना के व्यवहृत सामग्रियों का प्रश्न है, उसमें निरर्थक पद, व्यंजन पद, बहुपदीय-निरर्थक इकाइयाँ (multisyllabic nonsense units) आदि प्रधान हैं। शाब्दिक सीखना के कई शोध विधियाँ (research methods) हैं जिनमें क्रमिक सीखना विधि, मुक्त पुनःस्मरण विधि, अनुबोधन तथा पूर्वाभ्यास विधि, युग्मित-सहचर विधि एवं प्रत्यभिज्ञान सीखना विधि प्रधान है।
21. शाब्दिक सीखना का स्तरीय विश्लेषण करके मनोवैज्ञानिकों ने युग्मित सहचर सीखना में सम्मिलित तीन तरह के तथ्यों पर प्रकाश डाला है—अनुक्रिया सीखना, उद्दीपक सीखना तथा साहचर्यात्मक सीखना।
22. शाब्दिक सीखना में संगठनात्मक प्रक्रियाओं का अध्ययन करने के लिए दो तरह की प्रविधियों (technique) का प्रतिपादन किया गया है—गुच्छन प्रविधि (clustering technique) तथा आत्मनिष्ठ संगठन प्रविधि (subjective organization technique)। गुच्छन प्रविधि के प्रवर्तक बोसफिल्ड (Bousefield) हैं जबकि आत्मनिष्ठ संगठन प्रविधि के प्रवर्तक टुलभिंग (Tulving) है।
23. सामान्यीकरण (generalization) एक महत्त्वपूर्ण घटना है जिसे मनोवैज्ञानिकों ने अनुबंधन (conditioning) के अध्ययन के दौरान घटित होते पाया है। इसमें प्राणी CS से मिलते-जुलते अन्य उद्दीपकों के प्रति भी उसी तरह से अनुक्रिया करता है जिस तरह से वह CS के प्रति अनुक्रिया करता है। इस तरह की घटना को उद्दीपक सामान्यीकरण (stimulus generalization) कहा जाता है जो पैवलोवियन तथा साधनात्मक दोनों ही तरह की अनुबंधन में होता है।

24. उद्दीपक सामान्यीकरण को प्रभावित करने वाले कई कारक हैं जिनमें विस्तरित प्रशिक्षण, आंशिक पुनर्बलन, प्रेरणा एवं मस्तिष्कीय उत्तेजन प्रधान हैं।

25. सामान्यीकरण के दो मुख्य प्रकारों पर भी प्रकाश डाला गया है—प्रारंभिक सामान्यीकरण (primary generalization) एवं गौण सामान्यीकरण (secondary generalization)। गौण सामान्यीकरण का एक प्रमुख पहलू मध्यवर्ती सामान्यीकरण (mediated generalization) है जिसे अर्थगत सामान्यीकरण (semantic generalization) भी कहा जाता है।

26. सामान्यीकरण का विपरीत विभेदन (discrimination) है जिसमें प्राणी CS एवं अन्य मिलते-जुलते उद्दीपक में विभेदन कर सिर्फ CS के प्रति ही अनुक्रिया करना सीखता है। विभेदन के अध्ययन की कई विधियाँ हैं जिनमें पृथक प्रयास विधि, स्वचालित विधि एवं स्वतंत्र-क्रिया प्रसूत विधि प्रमुख है।

27. विभेदन के स्वरूप की व्याख्या करने के लिए दो तरह के सिद्धान्तों का प्रतिपादन किया गया है—सातत्य सिद्धान्त (continuity theory) एवं असातत्त्व सिद्धान्त (noncontinuity theory)। सातत्य सिद्धान्त के अनुरूप प्राणी में प्रत्येक प्रयासों में उत्तेजन प्रवृत्ति (excitatory tendency) तथा अवरोध प्रवृत्ति (inhibitory tendency) का सतत संग्रहण होता है और उसी के आधार पर विभेदन की व्याख्या होती है। असातत्य सिद्धान्त में ऐसी बात नहीं है। इसमें प्राणी विभेदन उद्दीपक के बारे में एक प्राक्कल्पना या योजना तैयार कर लेता है और उसी के अनुरूप वह इन दोनों उद्दीपकों के प्रति विभिन्न प्रयासों में अनुक्रिया करता है। असफल होने पर वह अपनी प्राक्कल्पना में परिवर्तन करता है तथा उसके जगह पर नयी प्राक्कल्पना विकसित करके विभेदन सीखने का सही प्रयास करता है।

28. मनोवैज्ञानिकों ने विभेदन सीखना के सातत्य सिद्धान्त तथा असातत्य सिद्धान्त की तुलनात्मक अध्ययन दो बिन्दुओं पर किया गया है जिनसे इस सिद्धान्त द्वारा किये गये पूर्वकथनों (prediction) की सार्थकता एवं स्पष्टता अधिक विशिष्ट हो जाती है।

❑

अध्याय 8

स्मृति

(MEMORY)

स्मृति का अर्थ एवं उसके तत्त्व या अवस्थाएँ
(Meaning of Memory and its Components or Stages)

स्मृति (memory) एक सामान्य पद है जिससे तात्पर्य पूर्वअनुभूतियों (past experiences) को मस्तिष्क में इकट्ठा कर रखने की क्षमता होती है। संज्ञानात्मक मनोवैज्ञानिकों जैसे—लेहमैन, लेहमैन एवं बट्टरफिल्ड (Laehman, Laehman & Butterfield, 1979)ने स्मृति को परिभाषित करते हुए कहा है कि विशेष समयावधि के लिए सूचनाओं को संपोषित करके रखना ही स्मृति है। समयावधि एक सेकेंड से कम य सम्पूर्ण जीवन काल का भी हो सकता है। मनोवैज्ञानिकों ने स्मृति के दो पक्ष बताये हैं—धनात्मक पक्ष (positive aspect) तथा ऋणात्मक पक्ष (negative aspect)। स्मृति के धनात्मक पक्ष से तात्पर्य पूर्व अनुभूतियों को याद करके रखने से होता है तथा ऋणात्मक पक्ष से तात्पर्य उन अनभूतियों को याद करने की असमर्थता से होता है। अतः यह कहा जा सकता है कि स्मृति का धनात्मक पक्ष *स्मरण* (remembering) है तथा ऋणात्मक पक्ष *विस्मरण* (forgetting) है।

मनोवैज्ञानिकों ने स्मृति के तीन तत्त्वों (components) या अवस्थाओं (stages) का वर्णन किया है जो निम्नांकित हैं:—

1. संकेतिकी *(Encoding)*—कूटलेखन में किसी सूचना या बाह्य उत्तेजना (external stimulation) का प्रत्यक्षण कर व्यक्ति उसे एक निश्चित प्रारूप (form) या कूट या संकेतिकी (code) के रूप में तन्त्रिका तन्त्र (nervous system) में ग्रहण करता है। दूसरे शब्दों में यह कहा जा सकता है कि संकेतिकी एक ऐसी प्रक्रिया है जिसके सहारे सूचनाओं को एक ऐसा आकार या रूप (form) में परिवर्तित कर दिया जाता है कि वे स्मृति में प्रवेश पा सके। साधारण बोल-चाल की भाषा में स्मृति चिह्नों (memory traces) का निर्माण होना ही संकेतिकी कहलाता है। स्मृति की पहली अवस्था संकेतिकी (encoding) की होती है। इस अवस्था को *पंजीकरण* (registration) भी कहा जाता है। जब व्यक्ति सूचनाओं को प्रयास करके जान-बूझ कर पंजीकृत करता है, तो इसे *स्पष्ट या प्रयासयुक्त संकेतिकी* (explicit or effortful encoding) कहा जाता है परन्तु जब अनचाहे एवं अनजाने में किसी सूचना का संकेतिकी हो जाता है, तो *अविवेचित संकेतिकी* (automatic encoding) भी कहा जाता है। इसे प्रासंगिक सीखना (incidental learning) भी कहा जाता है। इस क्षेत्र में किये गए अध्ययनों से संकेतिकी के बारे में कछ महत्त्वपूर्ण तथ्य इस प्रकार प्राप्त हुए हैं—

(a) संकेतिकी प्रक्रिया के दौरान व्यक्ति द्वारा विशेष प्रयास तथा अभिप्राय (intention) दिखलाने के खयाल से काफी लोच (flexibility) दिखलाया जाता है।

(b) किसी भी उद्दीपक (stimulus) या पाठ के सभी विशेषताओं का संकेतिकी नहीं किया जाता है बल्कि उन्हीं विशेषताओं का संकेतिकी किया जाता है, जिसे व्यक्ति महत्त्वपूर्ण समझता है।

(c) किस तरह से किसी सूचना का संकेतिकी होगा, यह बहुत कुछ इस बात पर निर्भर करता है कि व्यक्ति उन सूचनाओं का उपयोग भविष्य में किस तरह से करने वाला है।

(d) संकेतिकी प्रक्रिया को सीखे जाने वाले एकांशों को संगठित करके, सरगर्मी (warm up) जिससे व्यक्ति उन सूचनाओं से पहले अपने आप को परिचित करता है, जिसे सीखना है, अभ्यास का वितरण, अतिअधिगम (overlearning) आदि द्वारा उन्नत बनाया जाता है।

(e) संकेतिकी प्रक्रिया की कुछ परिसीमाएँ (limitations) भी हैं। मनोवैज्ञानिकों द्वारा किये गये अध्ययनों से यह स्पष्ट हुआ है कि ध्यान की कमी से, अधूरा संवेदी संसाधन (incomplete sensory processing) एवं किसी सूचना को याद रखने की व्यक्तिगत अभिप्रेरण की कमी से संकेतिकी प्रभावित होकर कमजोर हो जाती है।

2. संचयन (*Stroage*)—स्मृति की *दूसरी अवस्था* संचयन (storage) की अवस्था होती है। संचयन एक ऐसी प्रक्रिया है जिसमें संकेतिकी द्वारा प्राप्त सूचनाओं एवं उत्तेजनाओं को कुछ समय के लिए संचित कर रखा जाता है। दूसरे शब्दों में, संचयन की अवस्था में स्मृति में प्रवेश पा चुके सूचनाओं एवं उत्तेजनाओं को कुछ समय के लिए धारित (retained) करके रखा जाता है। इस अवस्था को *धारण* (retention) भी कहा जाता है।

3. पुन:प्राप्ति (*Retrieval*)—पुन:प्राप्ति स्मृति की *तीसरी अवस्था* है। इस अवस्था में स्मृति में संचित सूचनाओं को प्रत्याह्वान (recall) एवं खोज की जाती है। दूसरे शब्दों में, पुनः प्राप्ति एक ऐसी प्रक्रिया है जिसमें आवश्यकतानुसार व्यक्ति संचयन में मौजूद सूचनाओं में से विशिष्ट सूचना की खोज करता है तथा उन तक पहुँचने की कोशिश करता है। इस अवस्था को *स्मरण* (remembering) भी कहा जाता है।

स्पष्ट हुआ कि स्मृति में तीन स्पष्ट अवस्थाएँ होतीं हैं। यदि हम ध्यान से देखें तो यह स्पष्ट होगा कि स्मृति का यह स्वरूप ही मनोवैज्ञानिकों को मानव स्मृति को *कम्प्यूटर स्मृति* (computer memory) से तुलना करने के लिए बाध्य कर देता है। यदि हम व्यक्तिगत कम्प्यूटर (personal computer) पर ध्यान दें तो यह स्पष्ट होगा कि इसमें मानव स्मृति के समान उक्त तीन अवस्थाएँ होती हैं जिसके द्वारा कम्प्यूटर अपना मौलिक कार्य कर पाता है।

स्मृति के इन तीन अवस्थाओं को चित्र 8.1 में दिखलाया गया है और उन्हें एक उदहाहरण द्वारा हम इस प्रकार समझ सकते हैं। मान लिया जाए कि कोई छात्र भारत के राज्यों की राजधानी का नाम याद कर रहा है। राज्यों की राजधानी की सूची उसके सामने होती है जिसका प्रत्यक्षण कर वह बार-बार पढ़ता है तथा जिसके परिणामस्वरूप उसके तन्त्रिका तन्त्र (nervous system) में कुछ परिवर्तन होता है जिससे विशेष संकेत या स्मृति चिह्न (memory traces) बनते हैं। यह संकेतिकी (encoding) की प्रक्रिया हुई। छात्र राज्यों की राजधानी के नामों को लेखन कर लेने के बाद उसे कुछ समय तक संचित करके रखता है जिसके फलस्वरूप सीखा गया नाम उसके कुछ दिनों तक याद रहता है। उसे *संचयन* (storage) की संज्ञा दी जाती है। मानलिया जाए कि एक सप्ताह बाद उन्हीं राज्यों की राजधानी का नाम छात्र से पूछा जाता है। यहाँ छात्र संचित की गई नामों का प्रत्याह्वान (recall) कर प्रश्नानुसार उत्तर देने की कोशिश करेगा। इसे *पुन:प्राप्ति* (retrieval) कहा जायेगा। सभी संचित किये गए सूचनाओं की पुनः प्राप्ति हो ही, यह आवश्यक नहीं है। जैसे भारत के सभी राज्यों की राजधानी का नाम छात्र अपने मस्तिष्क में संचित किये रख सकता है परन्तु किसी खास समय में वह सभी राज्यों की राजधानी की पुनः प्राप्ति करने में सक्षम नहीं भी हो सकता है।

चित्र 8.1 स्मृति के तीन तत्त्व

स्पष्ट हुआ कि स्मृति के तीन अवस्थाएँ या तत्त्व हैं। यह भी स्पष्ट है कि इन तीन अवस्थाओं का सीधा सम्बन्ध याद किये गये विषयों के विस्मरण से होता है। जैसे, यदि किसी सूचना का संकेतिकी (encoding) ठीक ढंग से नहीं किया गया तो स्वभावतः संचयन (storage) तथा पुनः प्राप्ति (retrieval) का कोई प्रश्न ही नहीं उठता है। ऐसी हालत में विस्मरण निश्चित है। उसी तरह से यदि संकेतिकी (encoding) किया गया है, परन्तु यदि संचयन नहीं किया गया तो पुनः प्राप्ति नहीं होगा और परिणामस्वरूप विस्मरण होगा। यदि संकेतीकरण तथा संचयन हो गया है परन्तु किसी कारणवश पुनः प्राप्ति नहीं हो पा रहा है तो इससे भी विस्मरण हो जायेगा। इस तरह से स्पष्ट हुआ कि स्मृति के इन तत्त्वों या अवस्थाओं का सीधा सम्बन्ध विस्मरण से है।

स्मृति के प्रकार
(Types of Memory)

प्रयोगात्मक मनोवैज्ञानिकों ने स्मृति के कई प्रकारों का वर्णन किया है। स्मृति चिह्नों को संचित करने की अवधि तथा उसकी क्षमता (capacity) की कसौटी को आधार मानकर स्मृति को वर्गीकृत करने का शुभारम्भ हरमान्न इविंगहॉस (Hermann Ebbinghaus) द्वारा 1885 में प्रारम्भ किया गया। इस कसौटी के आधार पर स्मृति के निम्नांकित चार प्रकार का वर्णन किया गया है—

1. संवेदी स्मृति (Sensory memory)
2. लघुकालीन स्मृति (Short-term memory)
3. चलन स्मृति (Working memory)
4. दीर्घकालीन स्मृति (Long-term memory)

इन तीनों का वर्णन निम्नांकित है:—

1. संवेदी स्मृति *(Sensory memory)*—संवेदी स्मृति वैसे स्मृति संचयन (memory storage) को कहा जाता है जिसमें सूचनाओं को सामान्यतः एक सेकंड या उससे कम अवधि के लिए व्यक्ति रख पाता है। इस स्मृति में उद्दीपक से मिलने वाले सूचनाओं को मौलिक रूप में अर्थात् उसमें बिना किसी तरह के फेर-बदल किये ही उन्हें संचित रखा जाता है। संवेदी स्मृति के कारण ही व्यक्ति के सामने से उद्दीपक के हट जाने के बाद भी उसका चिह्न थोड़े समय के लिए मस्तिष्क में बना होता है। इसलिए इसे *संवेदी संचयन* (Sensory storage) या *संवेदी रजिस्टर* (Sensory register) भी कहा जाता है। यह दो प्रकार का होता है—प्रतिचित्रात्मक (Iconic memory) तथा प्रतिध्वनिक स्मृति (Echoic memory)। प्रतिचित्रात्मक में व्यक्ति देखे गये वस्तु या व्यक्ति के बारे में एक सेकंड तक एक दृष्टि चिह्न (visual trace) रख पाता है जबकि प्रतिध्वनिक स्मृति में व्यक्ति किसी सुनी हुई आवाज उद्दीपक का श्रवण चिह्न (auditory trace) अपने मन में एक सेकंड से अधिक समय के लिए रख पाता है। इसकी विस्तृत चर्चा आगे अलग की जायेगी।

2. लघुकालीन स्मृति *(Short-term memory or STM)*—लघुकालीन स्मृति को विलियम जेम्स (William James) ने *प्राथमिक स्मृति* (Primary memory or PM) भी कहा है। इस तरह की स्मृति की दो मुख्य विशेषताएँ हैं। पहला, STM में किसी सूचना को अधिक-से-अधिक 20-30 सेकंड तक संचित करके रखा जा सकता है तथा दूसरा इसमें प्रवेश पाने वाली सूचनाएँ कमजोर प्रकृति की होती हैं क्योंकि उन्हें व्यक्ति मात्र एक-दो प्रयास में ही सीख लिया होता है। जैसे, मान लिया जाये कि कोई आदमी किसी अपरिचित से टेलीफोन पर बातचीत करने के लिए उसके टेलीफोन का नम्बर टेलीफोन डाइरेक्टरी से लेकर उसके पास डायल करता है और व्यस्त संकेत (busy signal) पाकर 15 सेकंड रुककर पुनः डायल करना चाहता है। परन्तु इस बार वह नम्बर के सही क्रम को थोड़ी देर के लिए मान लिया जाय कि वह भूल जाता है। इस उदाहरण में लघुअवधि स्मृति 15 सेकंड का दिखाया गया है तथा उस अपरिचित के टेलीफोन नम्बर को भी मात्र एक ही अभ्यास में सीखा गया था। उक्त उदहारण से यह स्पष्ट है कि STM में मात्र वैसी सूचनाएँ होतीं हैं, जिन्हें वर्तमान समय में व्यक्ति उसे संचित करके रखता है। STM को अन्य नामों से भी जैसे—*सक्रिय स्मृति* (active memory), *तात्कालिक स्मृति* (immediate memory), *लघु-कालीन संचयन* (short-term store) भी जाना जाता है। इसकी विस्तृत चर्चा आगे हम एक अलग अनुच्छेद में करेंगे।

4. चलन स्मृति *(Working memory or WM)*—इस सम्प्रत्यय का प्रतिपादन ब्रिटिश मनोवैज्ञानिक एलान बैड्डुली (Alan Baddely, 2003) द्वारा किया गया। चलन स्मृति भी लघुकालीन स्मृति के समान एक सीमित क्षमता (limited capacity) वाला स्मृति होता है परन्तु अंतर यह है कि यहाँ लघुकालीन स्मृति के समान सिर्फ सूचनाओं को निष्क्रिय रूप से संचित ही नहीं किया जाता है बल्कि इन संचित सूचनाओं को संसाधित (process) भी किया जाता है। सचमुच में चलन स्मृति एक तरह का मानसिक वर्कबेन्च (mental workbench) है जिसपर सूचनाओं में जोड़-तोड़ (manipulate) किया जाता है, उन्हें संग्रहित करके भाषा (language) को समझने की कोशिश की जाती है, कुछ निर्णय लिये जाते हैं तथा समस्या का समाधान भी किया जाता है। अतः नाइबर्ग (Nyberg, 2002) ने कहा है कि

चलन स्मृति एक सक्रिय स्मृति तंत्र (active memory system) है न कि लघुकालीन स्मृति के समान सूचनाओं को संचित करने वाला एक निष्क्रिय स्मृति तंत्र है। सचमुच में जब STM अन्य मानसिक प्रक्रियाओं द्वारा संयोजित हो जाता है, तो यहाँ से चलन स्मृति का क्षेत्र प्रारंभ हो जाता है जहाँ व्यक्ति कई तरह से चिंतन आरंभ कर देता है। जब व्यक्ति कुछ सोच रहा होता है या समस्या का समाधान कर रहा होता है, तो उस समय उसका चलन स्मृति सक्रिय होता है।

5. दीर्घकालीन स्मृति *(Long-term memory or LTM)*—विलियम जेम्स (William James) ने इसे *गौण स्मृति* (secondary memory or SM) भी कहा है। इस तरह की स्मृति में किसी सूचना को व्यक्ति कम-से-कम 30 सेकंड तक तो अवश्य ही धारण करके रखता है। अधिक-से-अधिक कितने समय के लिए किसी सूचना को यहाँ संचित रखा जा सकता है, इसकी कोई निश्चित समय सीमा नहीं है। सम्भव है कि किसी सूचना को पूरे जीवन काल तक संचित रखा जा सकता हो या किसी को मात्र एक घंटा तक ही संचित रखा जा सकता हो। जब कोई छात्र कल शिक्षक द्वारा वर्ग में दिये गये व्याख्यान का प्रत्याह्वान कर सकने में सफल हो पाता है, तो यह कहा जाता है कि व्याख्यान का विषय दीर्घकालीन स्मृति (long term memory) में संचित था। इसे अन्य नामों जैसे—*असक्रिय स्मृति* (inactive memroy) तथा *दीर्घ-अवधि संचयन* (long term store) के नाम से जाना जाता है। दीर्घकालीन स्मृति की एक विशेषता यह भी है कि इसमें नाना प्रकार की सूचनाओं को संचित किया जाता है तथा इसका स्वरूप कुछ स्थायी होता है। विस्तृत चर्चा आगे एक अलग अनुच्छेद में की जायेगी। दीर्घकालीन स्मृति के दो प्रकार बतलाये गये हैं जिनका वर्णन निम्नांकित है—

(a) अघोषणात्मक स्मृति या प्रक्रियात्मक स्मृति *(Nondeclarative memory or Procedural memory)*—दीर्घकालीन स्मृति के एक प्रकार को *अघोषणात्मक स्मृति* (nondeclarative memory) कहा जाता है। इसे *अस्पष्ट स्मृति* (implicit memory) भी कहा जाता है तथा इस पद का प्रतिपादन स्कैकटर (Schachter, 1987) द्वारा किया गया। इसे अस्पष्ट स्मृति इसलिए कहा जाता है क्योंकि इसमें कौशलों को आसानी से चेतन में लाना संभव नहीं होता है। अघोषणात्मक स्मृति वैसे स्मृति को कहा जाता है जिसके माध्यम से व्यक्ति यह याद रखता है कि किस तरह से कार्य होता है। इसमें पेशीय कौशल (motor skills), सांवेगिक साहचर्य (emotional association), आदत (habits) तथा क्लासिकी अनुबन्धन द्वारा सीखी गयी अनुक्रियाएँ संचित होतीं हैं। इसे *प्रक्रियात्मक स्मृति* (procedural memory) या कौशल स्मृति (skill memory) भी कहा जाता है। प्रक्रियात्मक स्मृति का सम्बन्ध वैसे स्मृति से होता है जिसमें उद्दीपक (stimulus) तथा अनुक्रियाओं के बीच सीखे गये सम्बन्ध या साहचर्य संचित होते हैं। जैसे—टेलीफोन की घंटी बजते सुनते हैं और हम तुरन्त रिसीवर उठाने के लिए तैयार हो जाते हैं। सड़क पर लालबत्ती (red light) देखते हैं, और गाड़ी का ब्रेक दबा देते हैं। ये सभी अर्जित या सीखे गये साहचर्य प्रक्रियात्मक स्मृति में संचित होते हैं। प्रक्रियात्मक स्मृति में संचित सूचनाओं की विशेषता यह है कि ऐसी सूचनाएँ मन्द गति से सीखीं जातीं हैं। परन्तु एक बार सीख लेने पर वे आदत सी बन जातीं हैं और बिना प्रयास के ही होते नजर आतीं हैं। मनोवैज्ञानिकों द्वारा किये अध्ययनों से यह स्पष्ट हुआ है कि अघोषणात्मक स्मृति निम्न मस्तिष्कीय क्षेत्र (lower brain area) जैसे लघुमस्तिष्क (cerebellum) में पंजीकृत होता है। अघोषणात्मक स्मृति की अभिव्यक्ति क्रियाओं (actions) द्वारा होती है। अघोषणात्मक स्मृति से सम्बन्धित एक महत्त्वपूर्ण घटना है जिसपर मनोवैज्ञानिकों का ध्यान विशेषरूप से गया है, को *प्रिमिंग* (priming) कहा गया है। चाल्लिस (Challis, 1996) के अनुसार प्रिमिंग एक ऐसी घटना होती है जिसमें किसी उद्दीपक (stimulus) को पहले अल्प समय के लिए भी देख लेने से या जब व्यक्ति किसी उद्दीपक से पहले अनावृत्त (exposes) थोड़े समय के लिए भी हो जाता है, तो इससे भविष्य में उस उद्दीपक या उससे संबद्ध उद्दीपक को पहचानने या नामित (name) करने की संभावना बढ़ जाती है। अध्ययनों से यह स्पष्ट हुआ है कि प्रिमिंग से न केवल व्यक्ति का निष्पादन बढ़ता है बल्कि उसमें विशेष तरह का व्यवहार करने की तत्परता भी बढ़ जाती है। इस तरह की स्मृति के कारण व्यक्ति समायोजी ढंग से (adaptive way) व्यवहार कर पाता है।

(b) घोषणात्मक स्मृति *(Declarative memory)*—घोषणात्मक स्मृति (declarative memory) को *तथ्य स्मृति* (fact memory) भी कहा जाता है क्योंकि इनमें संचित तथ्यों के बारे में व्यक्तित्व स्पष्ट रूप से शब्दों के रूप में अभिव्यक्ति कर सकता है।

लेही (Lahey, 1995) के अनुसार, टुलभिंग (Tulving, 1972) ने घोषणात्मक स्मृति (declarative memory) को घटनाओं एवं अनुभूतियों के आधार पर निम्नांकित दो भागों में बाँटा है—

(i) प्रासंगिक स्मृति *(Episodic memory)*—प्रासंगिक स्मृति में वैसी व्यक्तिगत सूचनाएँ संचित होतीं हैं जो अस्थायी रूप से व्यक्ति के साथ घट्टित होती है। अतः ऐसी सूचनाओं द्वारा मूलतः यह पता चलता है कि व्यक्तिगत घटनाएँ कब और कहाँ हुई थीं। अतः प्रासंगिक स्मृति एक मानसिक डायरी के समान होता है जिसमें तरह-तरह की व्यक्तिगत घटनाएँ संचित होतीं हैं। प्रासंगिक स्मृति के कुछ उदाहरण इस प्रकार हैं—*मेरे बचपन के दिन कश्मीर में बीते थे, कल चार बजे शाम में मैं डाक्टर के पास गया था, दस दिन पहले मैने एक ऐसा ही फिल्म देखा था,* आदि-आदि। इस सूचनाओं से घटना के घटित होने का समय के बारे में स्पष्ट रूप से पता चलता है। इसे *आत्मचरित स्मृति* (autobiographical memory) भी कहा जाता है। वैसा प्रासंगिक स्मृति जो व्यक्ति के मन में असाधारण रूप से स्पष्ट होती है, क्योंकि उनका स्वरूप सांवेगिक (emotional) होने के कारण आश्चर्य पैदा करने वाला होता है, को *फ्लैशबल्ब स्मृति* (Flashbulb memory) कहा जाता है।

(ii) अर्थगत स्मृति *(Semantic memory)*—अर्थगत स्मृति में व्यक्ति शब्दों, संकेतों आदि के बारे में एक क्रमबद्ध ज्ञान रखता है। इस तरह के ज्ञान में शब्दों, संकेतों के आपसी सम्बन्धों, उनके अर्थों तथा उनमें जोड़-तोड़ करने (manipulating) के नियमों आदि का ज्ञान सम्मिलित होता है। अतः अर्थगत स्मृति एक मानसिक शब्दकोष (dictionary) या विश्वकोश (encyclopedia) के समान्र होता है। अर्थगत समृति के कुछ उदाहरण इस प्रकार हैं— *मैं जानता हूँ कि जल का रसायनिक सूत्र H_2O होता है, किसी भी अंक में शून्य से गुणा करने पर उसका गुणनफल शून्य होता है, वर्ष का लघुतम दिन दिसम्बर में होता है,* आदि-आदि। इसे *सामान्य स्मृति* (generic memory) भी कहा जाता है।

इस तरह से हम देखते हैं कि *घोषणात्मक स्मृति* (declarative memory) या जिसे *स्पष्ट स्मृति* (explicit memory) भी कहा जाता है, में वे सारी चीजों की स्मृति सम्मिलित होतीं हैं जिसे मस्तिष्क में एक तथ्य के रूप में लाया जा सकता है जिसकी घोषणा की जा सकती है। इसे स्पष्ट स्मृति इसलिए कहा जाता है क्योंकि इन्हें आसानी से चेतन में लाना संभव हो पाता है तथा उन्हें LTM से STM में लाना भी आसान होता है।

ऊपर वर्णन किये गए सम्पूर्ण तथ्यों को नीचे तालिका 8.1 में दिखलाया गया है।

तालिका 8.1 : स्मृति का वर्गीकरण

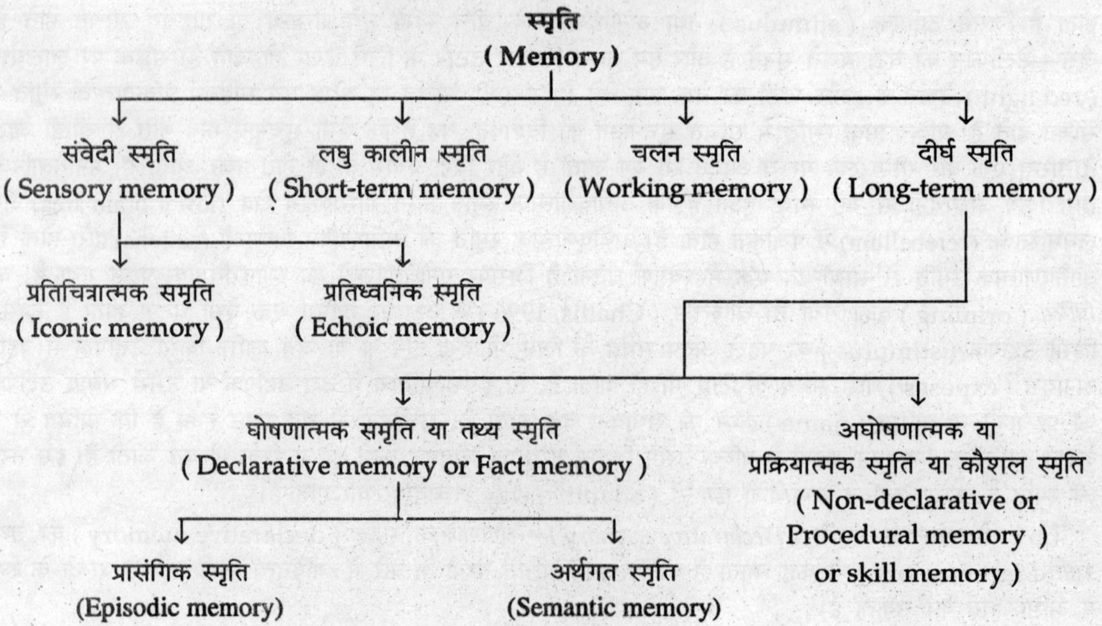

स्मृति अध्ययन का संक्षिप्त इतिहास
(Brief History of Memory Studies)

स्मृति अध्ययनों पर यदि हम गौर करें, तो यह स्पष्ट होगा कि इसका वैज्ञानिक अध्ययन 1880 वाले दशक में हरमान इविंगहास (Hermann Ebbinghaus, 1850-1909) द्वारा किया गया। परन्तु मनोविज्ञान का इतिहास इस बात का साक्षी है कि स्मृति अध्ययन की परम्परा इविंगहास से हजारों साल पूर्व भी थी। अतः हम स्मृति अध्ययनों की समीक्षा पूरे अवधि को मूलतः दो भागों में बाँट कर करेंगे—

(क) इविंगहास के पहले का स्मृति अध्ययनों का इतिहास (History of memory studies before Ebbinghaus)

(ख) इविंगहास के बाद का स्मृति अध्ययनों का इतिहास (History of memory studies after Ebbinghaus)

यदि हम इन दोनों अवधि में हुए स्मृति अध्ययनों के स्वरुप का वर्णन करें, तो हम पायेंगे कि स्मृति का अध्ययन में कई तरह के उपागमों (approaches) का उपयोग हुआ है जिनमें मूलतः निम्नांकित चार मुख्य हैं—

(i) व्यावहारिक उपागम *(Pragmatic approach)*—इसमें मूलतः व्यक्ति द्वारा किसी पाठ को सीखने तथा याद करने की क्षमता को उन्नत बनाने के तरीकों पर बल डाला जाता है।

(ii) प्रयोगात्मक उपागम *(Experimental approach)*—इसमें स्मृति के स्वरूप एवं अस्तित्व का अध्ययन मूलतः इस ख्याल से किया जाता है कि उनके तथ्यों को एक क्रमबद्ध रूप से एकत्रित किया जा सके।

(iii) असैद्धान्तिक उपागम *(Atheoretical approach)*—इसमें स्मृति का अध्ययन अनौपचारिक ढंग तथा अन्तर्ज्ञान (intuition) पर आधृत होता है।

(iv) सैद्धान्तिक उपागम *(Theoretical approach)*—इस उपागम में स्मृति के प्रक्रम (mechanism) की व्याख्या कुछ सिद्धान्तों एवं मॉडल के आधार पर की जाती है।

स्मृति के क्षेत्र में बहुत सारे अध्ययनकर्त्ता ऐसे हैं जो इन उपागमों में से कुछ को संयोजित करके स्मृति का अध्ययन करते हैं। जैसे आधुनिक शोधकर्त्ता प्रायः प्रयोगात्मक उपागम तथा सैद्धान्तिक उपागम को एक साथ मिलाकर उसका अध्ययन करते हैं।

अब हम स्मृति अध्ययनों पर विचार सविस्तार करेंगेः—

(क) इविंगहास के पहले का स्मृति अध्ययनों का इतिहास *(History of Memory studies before Ebbinghaus)*—इविंगहास के पहले स्मृति के अध्ययन के बारे में भी उस समय के खयाल से सराहनीय प्रयास किये गये हैं जिसका उल्लेख मूलतः हमें एफ॰ ए॰ ऐट्स (F. A. Yates) द्वारा लिखित पुस्तक *दी आर्ट ऑफ मेमोरी* (The Art of Memory, 1966) तथा एम॰ एन॰ यंग (M. N. Young) की पुस्तक *बिबलियोग्राफी ऑफ मेमोरी* (Bibliography of Memory, 1961) में स्पष्ट रूप से मिलता है। इनमें किये गये वर्णन के अनुसार पौराणिक समाज में भी लोगों द्वारा स्मृति क्षमता (memory ability) को इतना अधिक महत्त्वपूर्ण माना जाता था कि लोगों के स्मृति समस्याओं का अध्ययन करने के लिए इन लोगों ने कुछ देवताओं (God) तथा देवियों (Goddess) का भी सृजन किया। जैसे, पुरातन मिस्र के लोग (Egptians) ने *'थोथ'* (Thoth), पुरातन ग्रीक के लोग *'मेमोसीन'* (Menmosyne) तथा रोम के लोग *मिनर्वा* (Minerva) नामक देवता का पूजन करते थे क्योंकि वे इन्हें ही उत्तम स्मृति क्षमता के लिए उत्तरदायी मानते थे।

कुछ ऐसे भी आरम्भिक लेख हैं जो इस व्यावहारिक पहलू पर बल डाले हैं कि स्मृति निष्पादन को किस तरह से उन्नत बनाया जा सकता है। जैसे, ऐट्स (Yates, 1966) के अनुसार ईसा पूर्व पाँचवीं शताब्दी में एक पुरातन लेख जिसका नाम *'डायलेक्सि'* (Dialexis) है, में यह कहा गया है कि रिहर्सल एवं ध्यान से सीखना एवं स्मृति उन्नत होती है। ईसा पूर्व चौथी शताब्दी में मशहूर ग्रीक दार्शनिक *प्लेटो* (Plato) एवं *अरस्तू* (Aristotle) ने कई विभिन्न स्मृति मॉडल भी बनाया जिसमें *मोम टेवलेट मॉडल* (Wax Tablet Model), *दरबा मॉडल* (Aviary model) तथा *लिपिक मॉडल* (Scribe model) प्रधान हैं। मोम टेबलेट मॉडल में समृति चिन्हों (memory traces) को मोम में बनाये गए कोई चिह्न के समान क्षणिक माना जाता था; दरबा मॉडल में प्रत्येक स्मृति-चिह्न को विभिन्न प्रजातियों के

चिड़िया के समान अलग-अलग समझा गया तथा लिपिक मॉडल (scribe model) के अनुसार प्रत्येक व्यक्ति के भीतर एक अपना निजी लिपिक या सचिव जैसा कुछ होता है जो व्यक्तिगत अनुभूतियों का अभिलेख करता है। प्लेटो ने जन्मजात ज्ञान (innate knowledge) की पुनःप्राप्ति (retrieval) के लिए एक विशेष प्रक्रिया का भी निर्माण किया जबकि अरस्तू ने इसके लिए साहचर्य के विभिन्न नियमों (principles) का प्रतिपादन किया जिसमें *सामीप्यता का नियम*, (law of contiguity) एक प्रधान नियम है जो यह बतलाता है कि दो घटनाएँ या अनुभूतियाँ जो एक समय में एक साथ होतीं हैं, वे एक-दूसरे के साथ साहचर्यित हो जातीं हैं तथा फिर उनका प्रत्याह्वान (recall) अधिक आसानी से हो जाता है। इसके अतिरिक्त इन दोनों दार्शनिकों द्वारा स्मृति के संबंद्ध अन्य विभिन्न घटनाओं जैसे बढ़ते उम्र के साथ स्मृति का कमजोर पड़ना (अरस्तू) तथा ध्यान नहीं देने पर किसी पाठ का तेजी से भूलना (प्लेटो) के अध्ययन पर भी बल डाला गया।

रोमन अवधि (Roman period) में स्मृति के व्यावहारिक पहलुओं के अध्ययन की ओर और भी अधिक ध्यान गया। उस समय के मशहूर राजनेता सिसरो (Cicero) ने कुछ ऐसे स्मरणोपकारी प्रविधियों (mnemonic techiuques) का प्रतिपादन किया जिनसे व्यक्ति बड़े समूह के आगे ठीक ढंग से बोल ले सकता था। लोकी विधि (method of loci) एक ऐसा ही स्मरणोपकारी प्रविधि है जो इस बात पर बल डालता है कि व्यक्ति को उन एकांशों को जिनका प्रत्याह्वान करना है, मानसिक रूप से ऐसे स्थान (location) में रखना चाहिए जो उसे अच्छी तरह से ज्ञात हो। जब व्यक्ति ऐसा करता है तो वह उन एकांशों को उन स्थान की कल्पना करके आसानी से उसका प्रत्याह्वान कर लेता है।

पहली शताब्दी (ईसा बाद) एक मशहूर साहित्यशास्त्री (Rhetorician) जिनका नाम *क्विनटिलियन* (Quintilian) था, ने सिसरो के लोकी विधि की सराहना तो अवश्य किया परन्तु इस बात की भी चेतावनी दी कि इस विधि से स्मृति पर दोहरा बोझ पड़ता है—पहला तो यह कि व्यक्ति को मौलिक एकांश को याद रखना पड़ता है तथा दूसरा यह कि उसे फिर स्थान को भी याद रखना आवश्यक हो जाता है। पाँचवीं शताब्दी में आगस्टाईन (Augustine) ने स्मृति के *आलंकारिक मॉडल* (metaphorical model) का प्रतिपादन किया जिसके अनुसार स्मृति को मूलतः एक गुफा के खोज के समान की प्रक्रिया माना। इसके अतिरिक्त इन्होंने स्मृति तथा संवेग (emotion) के सम्बन्ध पर भी प्रकाश डाला और कहा कि किसी अनुभव के दौरान संवेग का ज्ञान होने से उस अनुभव की स्मृति प्रबल होती है।

अंधेरा या काला युग (Dark age) जिसकी अवधि लगभग पाँचवीं शताब्दी से बारहवीं शताब्दी तक की मानी गयी है, स्मृति पर (अन्य व्यवहारों के अध्ययन के समान) किये जा रहे अध्ययनों में पर्याप्त कमी आयी। 13वीं शताब्दी में जबकि इटालियन धर्मविज्ञानी (theologian) थोमस एक्यूनास (Thomas Acquinas) ने अरस्तू के विचार को महत्त्वपूर्ण मानते हुए उस पर विचार करने की आवश्यकता जताया फिर भी इनकी अभिरुचि स्मृति के अध्ययन में बहुत नहीं देखी गयी।

पुनर्जागरण (Renaissance) अवधि में वैसे स्मृति के व्यावहारिक उपयोग पर बल दिया जाने लगा जिनमें दृष्टिकला (visual art) पर बल डाला जाता था। इस अवधि में ऐसे कलाकारों (artists) को दीवाल या अन्य उपयुक्त जगहों पर कुछ नाटकीय दृश्य आदि पेन्ट करना होता था ताकि उसे देखकर आमलोगों को उससे सम्बन्ध कोई महत्त्वपूर्ण तिथि, नाम तथा घटनाओं की याद आ जाय। परन्तु 16वीं शताब्दी के अंत होते-होते स्मृति के इन कलाओं (arts) में लोगों की अभिरुचि फिर कम गयी। इसके जगह पर स्मृति के अध्ययन में सैद्धान्तिक उपागम का दबदबा बढ़ने लगा। इस अवधि के कुछ दार्शनिक जिनमें फ्रांसिस वेकन (Francis Bacon), थोमस ब्राउन (Thomas Brown), जॉन लॉके (John Locke), डेवडि ह्यूम (David Hume), इमैन्यूल कान्ट (Immanual Kant), जान स्टुआर्ट मिल (John Stuart Mill) तथा थोमस रिड (Thomas Reid) प्रमुख हैं, ने यह बतलाया है कि विचार एवं उनकी स्मृतियाँ कुछ छोटे-छोटे विचारों से बने होते हैं जो एक-दूसरे से साहचर्यित होतीं हैं। इसके बाद बहुत से लोगों ने यह बतलाया कि साहचर्य न कि दृष्टि प्रक्रियाएँ (visual images) स्मृति को समझने के लिए तुलनात्मक रूप से अधिक महत्त्वपूर्ण हैं।

(ख) इविंगहास के बाद का स्मृति अध्ययनों का इतिहास *(History of Memories after Ebbinghaus)*— इविंगहास (Ebbinghaus) के समय जबकि स्मृति के अध्ययन के सभी प्रमुख उपागम अर्थात् व्यावहारिक, प्रयोगात्मक, असैद्धान्तिक तथा सैद्धान्तिक उपागम का उपयोग हुआ है, फिर भी मूलतः प्रयोगात्मक उपागम ही द्वारा स्मृति के अध्ययन की कोशिश की गयी है। यह उपागम विभिन्न दिशाओं में विकसित हुआ है। कुछ शोधकर्त्ता अपने प्रयास में

असैद्धान्तिक (atheoretical) रहे हैं और उनकी कोशिश मूलतः उन अवस्थाओं का निर्धारण करना था जो स्मृति को परिवर्तित करता है। दूसरे तरफ कुछ प्रयोगकर्त्ता ऐसे भी रहे हैं जो प्रयोगात्मक/सैद्धान्तिक उपागम (experimental/theoretical approach) द्वारा अध्ययन पर अधिक बल डाले हैं। इस उपागम में स्मृति के बारे में प्राक्कल्पना की जाँच के लिए रूटिन तौर पर प्रयोग किये जाते हैं। कुछ ऐसे भी शोधकर्त्ता रहे हैं जो स्मृति के विशिष्ट प्रकार जैसे लघुकालीन स्मृति के अध्ययन पर अधिक बल डाले हैं तथा दूसरे तरफ कुछ ऐसे भी हैं जो स्मृति के संगठन (organization) एवं कार्य के अध्ययन पर अधिक बल डाले हैं। इसके अलावा कुछ ऐसे शोध भी हुए हैं जिनमें प्रयोग में व्यवहृत कुछ विधियों पर विशेष बल डाला गया है।

इविंगहास का कार्य का स्वरूप असैद्धान्तिक (atheoretical) माना गया है। जिन चरों में वे जोड़-तोड़ (manipulation) कर अध्ययन किया, वे स्मृति निष्पादन से संबद्ध समझे जाते थे। इन चरों में पुनरावर्त्ती (repetition) की संख्या या सूचि याद करने तथा उसकी जाँच के बीच का समय आदि कुछ ऐसे ही चर थे। चूँकि इविंगहास के शोधों में इस बात का जिक्र नहीं किया जाता था कि स्मृति के बारे में किस प्राक्कल्पना को समर्थन मिला और किसको नहीं, अतः निश्चित रूप से इसका स्वरूप असैद्धान्तिक (atheoretical) था। इविंगहास ने अपने प्रयोगों से क्रमिक स्मृति (serial memory) का ही अध्ययन किया परन्तु अन्य शोधकर्त्ताओं ने एकांशों के युग्म के लिए भी स्मृति का जाँच किया। इस विधि को *युग्मित-साहचर्य विधि* (paired-associate method) कहा जाता है। इविंगहास के प्रयासों से प्रोत्साहित होकर स्मृति के विभिन्न पहलुओं का अध्ययन किया गया है जिनमें निम्नांकित प्रमुख हैं—

(i) स्मृति की टिकाऊपन *(Durability of Memory)*—स्मृति-चिह्नों के टिकाऊपन के खयाल से तीन तरह की स्मृतियों का अध्ययन किया गया—संवेदी स्मृति (sensory memory), लघुकालीन स्मृति (short-term memory) तथा दीर्घकालीन स्मृति (long-term memory) 1960 वाले दशक में एक विशेष विधि इस तथ्य का अध्ययन करने के लिए विकसित किया गया कि किसी सूचना को मात्र एक बार प्रत्यक्षण करने (देखने या सुनने के बाद) से व्यक्ति उनमें से कितने को याद रख पाता है या फिर वे सूचनाएँ किस तरह से स्मृति से क्षीण हो जातीं हैं। इस सिलसिले में स्पर्लिंग (Sperling, 1960) द्वारा किया गया अध्ययन की विधि विशेष रूप से उल्लेखनीय है।

विलियम जेम्स (William James, 1890) ने प्रथम बार यह दावा किया था कि लघुकालीन स्मृति तथा दीर्घकालीन स्मृति का स्वरूप अलग-अलग होता है। परन्तु 1950 वाले दशक से ही इन दोनों के बीच अंतर से सम्बद्ध घटनाओं के अध्ययन पर बल डाला जाने लगा। ब्राऊन (Brown, 1958) पेटरसन एवं पेटरसन (Peterson & Peterson, 1959), स्टर्नवर्ग (Sternberg, 1966) ने कई ऐसे अध्ययन किये हैं जिसमें लघुकालीन स्मृति की यथार्थता में उत्पन्न ह्रास, लघुकालीन स्मृति से सूचनाओं के संकेतिकी (coding) की प्रक्रिया आदि पर प्रकाश डाला जाता है।

गत 20 से 30 सालों में किये गए शोधों से यह भी स्पष्ट हो गया है कि दीर्घकालीन स्मृति कई कारकों से प्रभावित होता है। इस सिलसिले में एटकिन्सन एवं शीफ्रिन (Atkinson & Shiffrin, 1968) ने यह स्पष्ट किया था कि स्मृति की प्रक्रियाएँ दो मुख्य कारकों से प्रभावित होती हैं— एक कारक तो स्मृति तंत्र की अपनी जैविक प्रक्रियाएँ (biological proceses) होतीं हैं तथा दूसरा कारक वह है जो व्यक्ति के ऐच्छिक नियंत्रण (voluntary control) जैसे रिहसर्ल से आदि संबंधित हैं। लोगों ने इस तथ्य पर भी शोध आरम्भ किया कि नियंत्रण जिसका उपयोग व्यक्ति करता है, का स्वरूप बहुत हद तक इस बात पर निर्भर करता है कि स्वयं व्यक्ति स्मृति प्रकिया के बारे में क्या जानता है। स्मृति प्रक्रिया के बारे में इस ज्ञान को *मेटास्मृति* (metamemory) कहा जाता है। हर्टजोग (Hertzog, 1992), प्रेसले एवं एल-डानेरी (Pressley & El-Dinary, 1992) ने अपने-अपने शोधों के आधार पर यह स्पष्ट किया है कि प्रभावी स्मृति कौशल के विकास के लिए इस तरह का ज्ञान आवश्यक है। शायद इसी का यह परिणाम है कि आजकल मनोवैज्ञानिकों द्वारा उन स्वैच्छिक प्रक्रियाओं (voluntary processes) के अध्ययन पर अधिक बल डाला जाता है जिनसे स्मृति निष्पादन प्रभावित होती है।

1932 में वार्टलेट ने निरर्थक पदों के सहारे किये गये शोधों की आलोचना किया और कहा कि चूँकि इसका सम्बन्ध दिन-प्रतिदिन के अर्थपूर्ण स्मृतियों से नहीं है, अतः इसे बहुत अधिक सार्थक नहीं माना जा सकता है। इसके वाबजूद वार्टलेट का विचार बहुत लोकप्रिय 1970-71 तक नहीं रहा और 1972 में जब टुलभिंग (Tulving, 1972) ने

व्यक्तिगत जीवन की घटनाओं की स्मृति जिसे प्रासंगिक स्मृति (episodic memory) कहा गया, का अध्ययन प्रारम्भ किया तो वार्टलेट के विचारधाराओं की सार्थकता से पर्दा उठ गया। बाद में आत्मचरित स्मृति (autobiographical memory) जो एक तरह का प्रासंगिक स्मृति है, में रूविन (Rubin, 1966) तथ्य रॉस्स (Ross, 1991) आदि ने भी इस क्षेत्र में महत्त्वपूर्ण योगदान किये।

दीर्घकालीन स्मृति का एक नया प्रकार जिसे *अग्रोन्मुख स्मृति* (prospective memory) कहा जाता है, पर मनोवैज्ञानिकों ने हाल में ही ध्यान देना प्रारम्भ किया है। अग्रोन्मुखी स्मृति से तात्पर्य व्यक्ति की वैसी क्षमताओं से होता है जिनके माध्यम से वह भविष्य में किये जाने वाले कार्यों को याद रखता है। इस सिलसिले में लेभी (Levy, 1977) लेभी एवं लोफ्टस (Levy & Loftus, 1984) विनोग्रेड (Winograd, 1989) द्वारा महत्त्वपूर्ण अध्ययन किया गया है।

(ii) स्मरण को प्रभावित करने वाले कारक *(Factors affecting remembering)*—कुछ ऐसे भी अध्ययन किये गए जिनसे यह पता चला कि स्मरण कई कारकों से प्रभावित होता है जिनमें निम्नांकित दो अधिक महत्वपूर्ण हैं—

पहला कारक बाधा (interference) है। मूल्लर तथा पिलजेकर (Muller & Pilzeker, 1900) ने सबसे पहले-पहल यह दिखलाया कि एक पाठ का स्मरण दूसरे पाठ के स्मरण में बाधा पहुँचता है। इस तथ्य की मौलिकता को समझकर बहुत से मनोवैज्ञानिकों ने बाद में महत्त्वपूर्ण शोध किये हैं। इनमें मेल्टन तथा इर्विन (Melton & Irwin, 1940) का नाम विशेष रूप से उल्लेखनीय है। इनके द्वारा प्रतिपादित सिद्धान्त को *मेल्टन द्विकारकीय सिद्धान्त* (Melton's two factor theory) कहा गया।

संवेग तथा *अभिप्रेरण* दूसरे कारक हैं जिनसे स्मरण प्रभावित होता दिखलाया गया। सिगमंड फ्रायड (Sigmund Freud) ने अपनी चर्चित पुस्तक *'साइकोपैथोलॉजी ऑफ एवरेडी लाईफ'* में यह स्पष्ट किया है कि बहुत-सी स्मृति की त्रुटियाँ अचेतन अभिप्रेरण से उत्पन्न होतीं हैं। इनका मत था कि बहुत सारे दुःखद सांवेगिक स्मृतियाँ या घटनाएँ दमन (repression) की प्रक्रिया द्वारा चेतना से हटा दी जातीं हैं जिसे हम विस्मरण का स्वरूप देते हैं।

स्मृति के सामान्य सैद्धान्तिक संदर्भ *(General Theoretical Perspective of Memory)*—उपर्युक्त तथ्यों से यह स्पष्ट है कि स्मृति के विशिष्ट प्रकारों के अध्ययन के अलावा इस अवधि में स्मृति के क्षेत्र में कुछ खास तरह के *सामान्य सैद्धान्तिक संदर्भ* (general theoretical perspective) भी विकसित हुए हैं जिनके माध्यम से स्मृति के स्वरूप पर पर्याप्त प्रकाश डालने की कोशिश की गयी है। इन संदर्भों (perspective) में निम्नांकित प्रमुख हैं—

(a) जैविक संदर्श *(Biological Perspective)*—अभी के मनोवैज्ञानिकों में एक सामान्य मत यह है कि स्मृति एक जैविक रूप से आधृत प्रक्रिया ही है। कई अध्ययनों से यह स्पष्ट हुआ है कि विभिन्न तरह के औषध, हारमोन्स, न्यूरोट्रांसमीटर तथा वैद्युतीय उत्तेजन का उपयोग से स्मृति का निष्पादन प्रभावित होता है या स्मृति के निर्माण, संचयन एवं पुनःप्राप्ति (retrieval) में सम्मिलित दैहिक संरचनाएँ परिवर्तित होतीं हैं।

(b) साहचर्यवाद/सम्बन्धवाद संदर्श *(Associationism/Connectionism Perspective)*—इस संदर्भ की मुख्य मान्यता यह है कि स्मृति में मूलतः एकांशों के बीच साहचर्य या सम्बन्ध (connection) को बनाने तथा संचयन (store) करने की प्रक्रिया सम्मिलित होती है। अगर हम मनोविज्ञान के इतिहास के मद्देनजर इसका विश्लेषण करें तो यह स्पष्ट होगा कि इविंगहास के कार्य प्रारम्भ होने तक यह संदर्भ लगभग 200 वर्ष पुराना हो चुका था। आरम्भिक मनोवैज्ञानिकों द्वारा ऐसे स्मृति कार्यों को ही चुना गया जिसमें साधारण साहचर्य (simple association) की भूमिका प्रधान थी। किसी शब्दों की सूची को एक क्रम में सीखना या फिर दो एकांशों (items) के एक युग्म को सीखने में ऐसे ही साहचर्य होते थे।

(c) सूचना संसाधन/संज्ञानात्मक संदर्श *(Information-processing/Cognitive perspective)*—इस विचारधारा की उत्पत्ति में गेस्टाल्ट मनोविज्ञान का प्रभाव सर्वाधिक रहा तथा आधुनिक कम्प्यूटर युंग ने तो इस प्रभाव को और भी अधिक सार्थक बना दिया। इस संदर्भ के अनुसार नयी सूचनाओं की स्मृति इस बात पर आधृत होती है कि उन सूचनाओं को किस तरह से संसाधित किया गया है। इस संदर्श के अनुसार कम्प्यूटर के समान ही स्मृति भी एक *केन्द्रीय संसाधक* (central processor) से नियंत्रित होता है। एटकिन्सन एवं शिफ्रीन (Atkinson & Shiffrin, 1968) ने यह स्पष्ट किया है कि केन्द्रीय संसाधक का मुख्य कार्य व्यक्ति के ध्यान (attention) को नियंत्रित करना तथा साथ-ही-साथ संचित सूचनाओं की पुनःप्राप्ति (retrieval) करना होता है। इनके अनुसार व्यक्ति किस सूचना पर कितना ध्यान देगा,

यह पहले से सीखे गये कार्यक्रम (program) जिसे रूटिन (routine) या 'युक्ति' (strategy) कहा जाता है, द्वारा नियंत्रित होता है। जैसे, किसी एकांश रिहसर्ल का एक 'युक्ति' यह हो सकता है कि व्यक्ति पहले एकांश (item) को पढ़ेगा, फिर उसे अपने मन में दोहरायेगा और अन्त में उसे जोर-जोर से बोलकर कहेगा।

कई ऐसे भी शोधकर्त्ता हैं जो अब इस बात में रुचि अधिक लेने लगे हैं कि क्या संसाधित किया जा रहा है न कि केवल इस बात में कि सूचनाओं का किस तरह से संसाधन हो रहा है ? इसमें निस्सर (Neisser, 1967) का विचार प्रमुख है। इनकी मुख्य चिंता यह थी कि स्मृति में किस तरह की सूचना संचित होता है तथा किन तरीकों से इन सूचनाओं का संसाधन होता है। टुलभिंग तथा स्कैक्टर (Tulving & Schachter, 1990) के शोधों में स्मृति से पुनःप्राप्ति में चेतन एवं अचेतन की प्रक्रियाओं की भूमिका को महत्त्वपूर्ण बतलाया है।

(d) बहुमॉडल संदर्श *(Multimodal perspective)*—इस संदर्श में कुछ वैसे कारकों या चरों की पहचान करने की कोशिश की जाती है जो न केवल स्मृति को प्रत्यक्ष ढग से प्रभावित करते हों बल्कि वैसे कारकों की भी पहचान करने की कोशिश की जाती है जो स्मृति को अप्रत्यक्ष ढंग से प्रभावित करता है। इसमें व्यक्ति का अपना अनोखा प्रत्यक्षण तथा घटनाओं की धारणा करने की क्षमता, उसके अभिप्रेरण एवं सामाजिक अंतक्रियाएँ, विभिन्न तरह के दैहिक एवं सांवेगिक अवस्था आदि प्रधान हैं। इन प्रत्यक्ष कारकों को जिनसे स्मृति अप्रत्यक्ष ढंग से प्रभावित होती है, हर्रमान एवं सरलीमैन (Herrmann & Searleman, 1990) के शोधों में अधिक महत्त्वपूर्ण बतलाया गया है।

स्मृति के क्षेत्र में नवीनतम आन्दोलन *(Latest movements in the field of memory)*—गत सालों में स्मृति के अध्ययन क्षेत्र में कई तरह के आन्दोलन या प्रवृत्तियाँ (trends) देखने को मिलीं हैं। इन आन्दोलनों में मनोवैज्ञानिक एवं गैर-मनोवैज्ञानिक दोनों मिलकर स्मृति के उन समस्याओं पर विचार किया है जो उभयनिष्ठ बिन्दु के हैं। ऐसे आन्दोलनों में निम्नांकित तीन प्रमुख हैं—

(i) दिन-प्रतिदिन/प्रयुक्त स्मृति आन्दोलन *(The everyday/applied memory movement)*—यह आन्दोलन स्मृति के क्षेत्र में अभी सबसे प्रबल आन्दोलन माना गया है। इस आन्दोलन के समर्थकों द्वारा स्मृति को स्वाभाविक परिस्थिति (naturalistic settings) में अध्ययन करने तथा वैसे स्मृति कार्यों का अध्ययन करने में जिनका प्रयुक्त महत्त्व अधिक है, पर बल डाला जाता है। इसमें वैड्डेली (Baddeley, 1982) तथा निस्सर (Neisser, 1982) का नाम विशेष रूप से उल्लेखनीय है। इस आन्दोलन के मनोवैज्ञानिकों द्वारा कुछ प्रयुक्त महत्त्व की समस्याएँ अर्थात् न्यायिक सबूत (legal testimony) में प्रत्यक्षदर्शी (eyewitness) द्वारा दिये गये तथ्यों की विश्वसनीयता का अध्ययन, विशेष दूरभाष संख्या या पोस्टल कूट संकेतों को याद करना, दूरदर्शन व्यवसायिक विज्ञापनों से लोगों को किस तरह से सूचनाओं का प्रत्याह्वान किया जाता है, आदि पर विशेष रूप से ध्यान दिया गया है। कुछ मनोवैज्ञानिकों जैसे सेसी एवं व्रानफेनब्रेन्नर (Ceci & Bronfenbrenner, 1991), ग्रुनेवर्ग, मोर्रिस तथा साइर्क्स (Gruneberg, Morris & Sykes, 1991) ने यह मुद्दा उठाया है कि स्वाभाविक परिस्थिति में स्मृति शोध करना कितना उपयागी हो सकता है, यह एक विचारणीय प्रश्न है।

(ii) जीवन-अवधि उपागम स्मृति आन्दोलन *(Life-span approach memory movement)*—इस आन्दोलन के समर्थकों द्वारा जन्म से लेकर वृद्धावस्था तक स्मृति शक्तियों में होने वाले गहन विकासात्मक परिवर्तनों के अध्ययन पर बल डाला जाता है। पुन, रूविन तथा विलसन (Poon, Rubin & Wilson, 1989) एवं रायवास, होयेर तथा रूडिन (Rybosh, Hoyer & Roodin, 1986) द्वारा किये गए शोधों से यह स्पष्ट हुआ है कि इस आन्दोलन का ही परिणाम है कि बढ़ते उम्र में स्नायविक समस्याओं से उत्पन्न स्मृति विकृतियों (memory disorders) से निवटने के नये-नये तरीकों का प्रतिपादन हो पाया है।

(iii) स्नायविक स्मृति आन्दोलन *(Neurological memory movement)*—इस आन्दोलन के अन्तर्गत नैदानिक उन्मुखता के मनोवैज्ञानिक उन स्मृति समस्याओं के अध्ययन पर अधिक बल डालते हैं जो रोग, मस्तिष्कीय दुर्घटना या पर्यावरणी कारकों से उत्पन्न होते हैं। स्टोल्लेरी (Stollery, 1988) तथा विल्सन (Wilson, 1987) इसके प्रमुख समर्थक हैं। इस आन्दोलन को मेडिकल विज्ञान के नवीनतम तकनीकी से काफी मदद मिली है और अगले कुछ वर्षों में इसे और भी मजबूत होने की पूर्ण उम्मीद है।

स्पष्ट हुआ कि स्मृति के अध्ययन का इतिहास इविंगहास से काफी पहले से प्रारम्भ होकर आज कम्प्यूटर युग में पहुँच चुका है तथा नवीनतम आन्दोलनों के तहत इसके अब तक के विभिन्न दबे हुए पहलुओं का वैज्ञानिक अध्ययन किया जा रहा है।

स्मृति के क्षेत्र में भारतीय मनोवैज्ञानिकों द्वारा किये गये कुछ महत्वपूर्ण अध्ययन
(Some Important Studies done by Indian Psychologists in the field of Memory)

पश्चिमी देशों में तो लघुकालीन स्मृति तथा दीर्घकालीन स्मृति में बहुत सारे अध्ययन इस तरह के किये गये हैं कि उनके आधार पर कुछ ठोस सामन्यीकरण किये गये हैं। परन्तु भारत में इन क्षेत्रों में किये गए अध्ययनों का स्वरूप कुछ इस तरह छिट-पुट रहा है कि उसके आधार पर कोई निश्चित सामान्यीकरण तो नहीं किया जा सकता है परन्तु निश्चित रूप से उसके कुछ सम्बद्ध पहलुओं पर प्रकाश पड़ता है। जैसे वी॰ के॰ कूल तथा आर॰ अग्रवाल (Kool & Agrawal, 1979, 1981) ने एक महत्त्वपूर्ण अध्ययन किया। इस अध्ययन में वे मूलतः इस प्रश्न का उत्तर देने की कोशिश किये—क्या उम्र में वृद्धि होने से STM की क्षमता (capacity) में वृद्धि होती है? इसमें प्रयोज्यों का तीन उम्र समूह जो 6 से 17 साल के आयु के बीच के थे, लिया गया। परिणाम में पाया गया कि बढ़ते उम्र के साथ लघुकालीन स्मृति में एकांशों के संगठन (organization) की मात्रा अधिक होती है तथा साथ-ही-साथ धारण अवधि भी अधिक होती है। इसका मतलब यह हुआ कि उम्र लघुकालीन स्मृति में एक सार्थक कारक है। वी॰ के कूल तथा एम॰ राणा (V. K. Kool & M. Rana, 1980) ने नेत्रहीन बच्चों तथा सामान्य बच्चों के लघुकालीन स्मृति का अध्ययन किया। इन दोनों तरह के बच्चों को कुछ स्पर्शजन्य उद्दीपन (tactual stimuli) दिये गये। परिणाम में देखा गया कि 9-11 साल की आयु में सामान्य बच्चे सभी समय अंतरालों पर उत्तम प्रत्याह्वान (recall) किये जबकि 13-16 साल की आयु पर नेत्रहीन बच्चों का प्रत्याह्वान केवल लघु अंतरालों (short intervals) पर उत्तम पाये गए। परन्तु दीर्घकालीन अंतरालों (long intervals) पर यह श्रेष्ठता समाप्त हो गयी। इस अध्ययन से इस निष्कर्ष पर पहुँचा गया है कि संकेतिकी प्रशिक्षण (encoding training) के कारण लघुकालीन स्मृति के प्रत्याह्वान में अंतर आये। अधिक उम्र के नेत्रहीन बच्चों में स्पर्श के माध्यम से किसी वस्तु को जानने या समझने का पूर्व अनुभूति या प्रशिक्षण अधिक होने से ऐसे बच्चों द्वारा संकेतिकी उत्तम ढंग से किया गया था। सी॰बी॰ द्विवेदी तथा पी॰एन॰ पांडे (Dwivedi & Pandey, 1983) लघुकालीन स्मृति पर यौन (sex) एकांशों के अर्थ (meaning) तथा उद्दीपकों की उपस्थिति के तरीकों (modes) का पड़ने वाले प्रभावों का अध्ययन किया। इस अध्ययन में उन्होंने युग्मित साहचर्य सीखना (paired-associate learning) विधि का उपयोग किया था। परिणाम में देखा गया कि बोलकर उपस्थित किये गये उद्दीपकों की तुलना में देखे जाने वले उद्दीपकों का प्रत्याह्वान उत्तम हुआ। उसी तरह से यौन एवं एकांशों के अर्थ का भी सार्थक प्रभाव लघुकालीन स्मृति पर पड़ता देखा गया। एक-दूसरे अध्ययन में सी॰बी॰ द्विवेदी, आर॰के॰ मिश्रा तथा वी॰वी॰ त्रिपाठी (Dwivedi, Mishra & Tripathi, 1984) ने आवाज की तीव्रता की निम्न स्थिति में लघुकालीन स्मृति से उत्तम प्रत्याह्वान (recall) तथा आवाज की तीव्रता अधिक होने पर दीर्घकालीन स्मृति (long-term memory) से उत्तम प्रत्याह्वान होते पाया।

दीर्घकालीन स्मृति (Long-term memory) का अध्ययन भारतीय मनोवैज्ञानिकों द्वारा मूलतः सूचना संसाधन उपागम (information processing approach) के नियमों के तहत किया गया है। इस उपागम की मुख्य मान्यता यह है कि किसी भी व्यक्ति द्वारा किसी भी सूचना का धारण किया जाना इस बात पर निर्भर करता है कि किस स्तर (level) पर सूचनाओं का संसाधन हो रहा है तथा आने वाले सूचनाओं के लिए किस तरह कूटसंकेत (code) विकसित किया गया है। जैसे वी॰ पी॰ अस्थाना तथा एस नगरानी (Asthana & Nagrani, 1984) ने इसी उपागम पर आधृत एक अध्ययन किया जिसमें प्रयोज्यों को तीन सूचियाँ दी गयीं जिनसे तीन विभिन्न प्रकार के संसाधन (processing) की प्रक्रिया होती थी—संरचनात्मक (structural), ध्वनिक (phonic) तथा अर्थगत (semantic)। इन सूचियों का प्रत्याह्वान प्राप्तांक (recall score) तथा प्रत्यभिज्ञान प्राप्तांक (recognition score) का तुलनात्मक अध्ययन करने के बाद यह पाया गया कि इन तीनों सूचियों का प्रत्यभिज्ञान प्राप्तांक प्रत्याह्वान प्राप्तांक से अधिक श्रेष्ठ था। संरचनात्मक, ध्वनिक तथा अर्थगत स्तरों पर प्रत्यभिज्ञान प्राप्तांक प्रत्याह्वान प्राप्तांक की तुलना में सार्थक रूप से अधिक भिन्न नहीं थे, परन्तु संरचनात्मक युग्मों (structural pairs) के प्रत्याह्वान (recall) ध्वनिक तथा अर्थगत स्तरों पर किये गये प्रत्याह्वान की तुलना में घटिया (poor) थे। सी॰वी॰ द्विवेदी (Dwivedi, 1999) ने कुछ ऐसे प्रयोगात्मक अध्ययनों की भी समीक्षा किया है जिनमें उत्पन्न किये गये तनाव (induced stress) का प्रभाव स्मृति पर देखा गया है। इसमें आवाज से उत्पन्न उत्तेजन प्रभाव (arousal effect) तथा पुरस्कार उत्पन्न उत्तेजन प्रभाव का धारण पर पड़ने वाले प्रभाव को मुख्य रूप से अध्ययन किया गया था। सी॰बी॰ द्विवेदी, आ॰के॰ मिश्रा एवं यू॰ चतुर्वेदी

(Dwivedi, Mishra, Chaturvedi, 1986) ने एक अध्ययन किया जिसमें श्वेत आवाज (white noise) के उच्च एवं निम्न स्तर, निर्देश के साभिप्राय (intention) तथा प्रासंगिक (incidental) स्तर तथा कार्य के अर्थगत (semantic) एवं ध्वनिक (acoustic) स्तरों का युग्मित साहचर्यों के प्रत्याह्वान (recall) पर पड़ने वाले प्रभावों का अध्ययन किया। इस अध्ययन में पाया गया कि श्वेत आवाज के उच्च स्तर (90 डेसिबल) का प्रत्याह्वान पर बाधक प्रभाव पड़ता देखा गया। साभिप्राय निर्देश तथा अर्थगत उन्मुखता का सहायक प्रभाव (facilitating effect) पड़ता गया। इसी से मिलता-जुलता एक अन्य अध्ययन जिसे ए॰के॰ श्रीवास्तव तथा सी॰बी॰ द्विवेदी (Shrivastava & Dwivedi, 1990) ने किया, में यह पाया गया कि साधारण स्तर के श्वेत आवाज, साभिप्राय निर्देश तथा अर्थगत उन्मुखता वाले पाठ (tests) का प्रत्याह्वान उच्च श्वेत आवाज, प्रासंगिक (incidental) निर्देश तथा ध्वनिक उन्मुखता वाले पाठ के प्रत्याह्वान की तुलना में श्रेष्ठ था। इन अध्ययनों ने यह स्पष्ट होता है कि विभिन्न तरह के चरों से उत्पन्न उत्तेजना प्रभाव का असर प्रत्याह्वान (recall) पर पड़ता है।

संवेदी स्मृति
(Sensory Memory)

अर्थ एवं विशेषताएँ (*Meaning and charactristics*)—संवेदी स्मृति (sensory memory) स्मृति का एक लघुत्तम अवधि वाली स्मृति है। प्रयोगात्मक मनोवैज्ञानिकों के बीच लगभग इस बात की सहमति है कि संवेदी स्मृति में सूचनाओं को सामान्यतः अधिक-से-अधिक एक सेकंड की अवधि के लिए ही संचित किया जाता है (हालांकि जैसा कि हम आगे देखेंगे कि कुछ परिस्थिति में कुछ मनोवैज्ञानिकों द्वारा संवेदी स्मृति विशेषकर प्रतिध्वनिक संवेदी स्मृति की अवधि को 10 सेकंड तक भी होते पाया गया है।) संवेदी स्मृति के क्षेत्र में किये गये प्रयोगात्मक अध्ययनों (experimental studies) के आलोक में संवेदी स्मृति के निम्नांकित विशेषताओं के बारे में मनोवैज्ञानिकों के बीच सर्वसम्मति बन पायी है:—

(i) चूँकि संवेदी स्मृति में सूचनाएँ सामान्यतः अधिक-से-अधिक एक सेकंड तक ही संचित रह पाती है, अतः यह स्मृति बहुत ही क्षणिक प्रकृति का होता है। दूसरे शब्दों में, व्यक्ति के सामने से उद्दीपक हटा लिए जाने के बाद भी उस उद्दीपक का चिह्न (trace) संवेदी स्मृति के कारण कुछ समय के लिए व्यक्ति के मन में बना होता है।

(ii) लघुकालीन स्मृति (short-term memory) की तुलना में संवेदी स्मृति की संचयन क्षमता (storage capacity) बड़ी परन्तु दीर्घकालीन स्मृति (long-term memory) की संचयन क्षमता की तुलना में छोटी होती है।

(iii) संवेदी स्मृति में जो भी सूचनाएँ होती है वे अपने मौलिक रूप में एवं असंसाधित (unprocessed) रूप में होतीं हैं। लघुकालीन स्मृति तथा दीर्घकालीन स्मृति में ऐसी बातें नहीं होती हैं क्योंकि इनमें सूचनाएँ संसाधित होकर विशेष कूटसंकेत (code) के रूप में संचित होती है।

(iv) संवेदी स्मृति में संचित सूचनाएँ उद्दीपकों का यथार्थ-प्रतिनिधित्व (accurate representation) करती है ज़बकि लघुकालीन स्मृति तथा दीर्घ अवधि स्मृति में सूचनाएँ विकृत (distort) होकर अयथार्थ (inaccurate) भी हो जातीं हैं।

संवेदी के स्मृति के प्रकार
(Types of Sensory Memory)

संवेदी स्मृति को निस्सर (Neisser, 1967) ने दो भागों में बाँटा है—

1. प्रतिचित्रात्मक स्मृति (Iconic memory)
2. प्रतिध्वनिक स्मृति (Echoic memory)

इन दोनों का वर्णन इस प्रकार है—

1. प्रतिचित्रात्मक स्मृति (*Iconic memory*)—निस्सर के अनुसार प्रतिमा-सम्बन्धी स्मृति एक दृष्टि संवेदी स्मृति (visual sensory memroy) है जिसमें व्यक्ति के सामने से उद्दीपक (stimulus) के हटा लिए जाने के बाद भी

उसका दृष्टि छवि (visual impression) कुछ समय के लिए उसके मन में बना होता है। दृष्टि छवि या प्रतिमा को *'आइकोन'* (icon) कहा जाता है तथा आशुचित्र (snapshot) जो संचित होता है, को प्रतिचित्रात्मक स्मृति (iconic memory) कहा जाता है। प्रतिचित्रात्मक (iconic memory) के अस्तिव को दिखाने के लिए स्परलिंग (Sperling, 1960) ने सबसे पहला प्रयोग किया। इस प्रयोग में प्रयोज्य (subject) को एक कार्ड पर लिखे गये 4 तरह के अक्षरों को जिन्हें तीन के कतार (row) में सजाया गया था, सिर्फ 50 सेकंड के लिए दिखाया गया। ऐसे सजाये गये अक्षरों का एक नंमूना इस प्रकार है—

Z	K	T	N
H	B	S	I
E	M	A	Q

इसके बाद प्रयोज्यों को उन सभी अक्षरों को बतलना होता था जिसकी याद उन्हें है। इसे *सम्पूर्ण विधि* (whole report method) कहा गया। परिणाम में देखा गया कि ऐसी परिस्थिति में वे चार-पाँच अक्षरों से ज्यादा अक्षरों को याद करने में सफल नहीं हो पाये। लेकिन उन लोगों ने साथ-ही-साथ यह भी बतलाया कि ऐसी बात हकीकत में नहीं है कि उन्हें मात्र चार-पाँच ही अक्षर याद था बल्कि वे अन्य सभी अक्षरों को भी याद रखे हुए थे, परन्तु जबतक वे चार-पाँच अक्षरों के प्रत्याह्वान में व्यस्त थे, उनका अन्य अक्षरों की यादें समाप्त हो गयीं। प्रयोज्यों के इस कथन की सत्यता की जाँच करने के लिए स्पर्लिंग ने एक दूसरी प्रविधि जिसे *आंशिक रिपोर्ट विधि* (partial report method) कहा गया, का उपयोग करके प्रयोग किया। कार्ड पर छपे अक्षरों को दिखाने के तुरन्त बाद स्पर्लिंग प्रयोज्य को एक-एक आवाज सुनाये जिसकी तारत्व (pitch) कभी उच्च (high) कभी निम्न (low) तथा कभी मध्यम (medium) होती थी। उच्च तारत्व वाले आवाज के होने पर प्रयोज्य को सबसे ऊपरी कतार के अक्षरों को, मध्यम तारत्व वाले आवाज के होने पर बीच वाले कतार के अक्षरों को तथा निम्न तारत्व वाले आवाज के होने पर निचली कतार के अक्षरों को प्रत्याह्वान करने के लिए कहा गया। परिणाम में देखा गया कि ऐसी परिस्थिति में प्रयोज्यों का प्रत्याह्वान शत-प्रतिशत सही था अर्थात् वे सम्बन्धित कतार के सभी अक्षरों का सही प्रत्याह्वान करने में सफल हो पाये। चूँकि प्रयोज्य को पहले से यह मालूम नहीं रहता था कि कौन श्रेणी की आवाज उसे सुनाई पड़ेगा, अतः उसे सभी 12 अक्षरों को याद रखना पड़ता था। अतः उक्त परिणाम से प्रयोज्य द्वारा दिए गए कथन सत्य दीख पड़ता है। जब उन्होंने आवाज को एक सेकेंड विलम्ब करके प्रयोज्य के सामने उपस्थित किया तो पाया गया कि प्रयोज्य का निष्पादन काफी गिर कर पहले के समान अर्थात् जहाँ उसे सम्पूर्ण अक्षरों का प्रत्याह्वान करना पड़ता था, के निष्पादन स्तर के बराबर (अर्थात् चार-पाँच अक्षरों के प्रत्याह्वान स्तर) हो गया। इसका मतलब यह हुआ कि प्रतिमा-सम्बन्धी स्मृति में इतनी तेजी से ह्रास होती है कि एक सेकंड के भीतर इसका निष्पादन सम्पूर्ण रिपोर्ट विधि में प्राप्त निष्पादन के स्तर पर चला जाता है।

कई अन्य प्रयोगात्मक अध्ययनों में स्पर्लिंग द्वारा प्राप्त निष्कर्ष की सत्यता की जाँच करने की कोशिश की गयी। जैसे—एभरवैक तथा कोरियल्ल (Averback & Coriell, 1961) ने प्रयोज्यों को 16 अक्षरों के क्रम विन्यास (array) को प्रयोज्यों को थोड़े देर के लिए दिखलाया। इसके बाद एक छोटा लम्बाकार रेखा ठीक उस स्थान पर प्रयोज्य को दिखलाया गया जहाँ पहले कोई एक अक्षर होता था। प्रयोज्यों को ठीक वही अक्षर को बताना होता था। इस प्रयोग से प्राप्त परिणाम में देखा गया कि जब सम्पूर्ण क्रम विन्यास दिखाने के तुरन्त बाद संकेत उपस्थित किया जाता था तो प्रयोज्यों ने करीब 16 अक्षरों में से 12 अक्षरों तक का प्रत्याह्वान कर सकने में सफल हुए। इन लोगों ने अपने अध्ययन के आधार पर यह भी बतलाया कि प्रतिचित्रात्मक स्मृति सेकंड के एक चौथाई अर्थात् करीब 250 मिली सेकंड तक ही बनी रहती है। इस तरह से एभरवैक एवं कोरियल के प्रयोग के परिणाम से स्पर्लिंग के प्रयोग के परिणाम की संपुष्टि होती है।

हाल ही में मनोवैज्ञानिकों के बीच प्रतिचित्रात्मक स्मृति (iconic memory) के स्थानीकरण (location) के बारे में कुछ वाद-विवाद हुआ है। साकीट्ट (Sakitt, 1976) का कहना है कि ऐसी स्मृति सूचनाएँ जो प्रतिमा (icon) के रूप में होते हें, वे आँख के दृष्टि ग्राहक (visual receptor) में विशेषकर शलाकाएँ (rods) में न कि मस्तिक के केन्द्रीय भागों में पाये जाते हैं। लेकिन बैंक्स तथा बारबर (Banks & Barber, 1977) ने अपने अध्ययनों में पाया है कि प्रतिमा-सम्बन्धी स्मृति में रंगीन सूचनाएँ (colour information) भी संचित होतीं हैं। इसका मतलब यह हुआ कि इस तरह की स्मृति शलाकाओं (rods) के अलावा सूचियों (cones) में भी संचित होती है क्योंकि रंगीन

अनुक्रियाओं का होना सिर्फ सूचियों (cones) के उत्तेजित होने के कारण ही हो सकता है। मैकक्लॉजकी एवं बैटकीन्स (McClosky & Watkins, 1978) ने अपने अध्ययन के आधार पर यह बतलाने की कोशिश किया है कि प्रतिमा-सम्बन्धी स्मृति दृष्टि ग्राहक (visual receptors) में केन्द्रित न होकर मस्तिष्क में होता है। परन्तु इसका कोई स्पष्ट एवं संगत सबूत नहीं मिल सका है। इन सबों के आलोक में हम अभी यही कह सकते हैं कि प्रतिमा-सम्बन्धी स्मृति के स्थानीकरण (location) के बारे में स्थितिं अभी स्पष्ट नहीं हो पाई है।

उपर्युक्त प्रयोगात्मक अध्ययनों पर गम्भीरतापूर्वक विचार करने के बाद प्रतिचित्रात्मक स्मृति (iconic memory) की कुछ विशेषताओं की ओर ध्यान जाता है, जो निम्नांकित है—

(i) सामान्यतः स्मृति साहचर्यात्मक (associative) होता है परन्तु प्रतिचित्रात्मक (iconic memory), असाहचर्यात्मक (nonassociative) होता है। वाईकिलग्रेन तथा ह्विटमैन (Wickelgren & Whitman, 1970) ने अपने अध्ययन में जिसका डिजाइन बहुत कुछ स्पर्लिंग (Sperling) के प्रयोग के डिजाइन के समान था, पाया कि साहचर्य स्थापित करने वाले संकेत देने पर भी अक्षरों के प्रत्याह्वान के निष्पादन में कोई वृद्धि नहीं हुई जिससे यह स्पष्ट अर्थ निकलता है कि प्रतिचित्रात्मक स्मृति का स्वरूप असाहचर्यात्मक (nonassociative) होता है।

(ii) सामान्यतः अभ्यास (practice) से स्मृति उन्नत होती है परन्तु प्रतिचित्रात्मक स्मृति पर अभ्यास का ऐसा प्रभाव नहीं देखा गया है। इस विशेषता की सत्यता की जाँच ग्लुक्सवर्ग तथा वालागुरा (Glucksberg & Balagura, 1965) ने अपने प्रयोग से किया है। इन्होंने भी स्पर्लिंग (Sperling) के डिजाइन के आधार पर एक प्रयोग किया जिसमें अक्षरों के तीन कतार थे तथा जिनमें से एक कतार के अक्षर हमेशा एक समान रहते थे और इस विशेष कतार को प्रत्येक प्रयास में अलग-अलग स्थानों पर अर्थात् कभी सबसे ऊपर, कभी बीच में तथा कभी सबसे नीचे उपस्थित किया जाता था। प्रयोज्य को इसी कतार के अक्षरों का प्रत्याह्वान (recall) करना होता था। परिणाम में देखा गया कि इस विशेष कतार के अक्षरों को 500 बार तक उपस्थित करने के बाद भी प्रत्यावाहन में कोई वृद्धि नहीं हुई। इसका स्पष्ट मतलब यह हुआ कि प्रतिचित्रात्मक स्मृति पर अभ्यास का कोई प्रभाव नहीं पड़ता है।

(iii) प्रतिमा-सम्बन्धी स्मृति की अवधि काफी छोटी होती है। देखने की सामान्य अवस्था में प्रतिमा-सम्बन्धी स्मृति एक सेकेंड के चौथाई भाग (quarter fraction) अर्थात् 250 मिलीसेकंड तक ही बनी होती है। परन्तु कुछ विशेष अवस्थाओं में इसकी अवधि जैसा पोजनर तथा कीली (Posner & Keele, 1967) ने अपने अध्ययन में पाया है, 1.5 सेकंड तक भी होते पाया है। क्रोल्ल तथा उनके सहयोगियों (Kroll et al., 1970) ने कुछ विशेष अवस्था में प्रतिमा-सम्बन्धी स्मृति की अवधि 1.5 सेकंड से भी अधिक होता पाया है। इन सभी विषमताओं के बावजूद सामान्य दृष्टि अवस्था (normal viewing condition) में प्रतिमा-सम्बन्धी स्मृति की अवधि करीब 250 मिलीसेकंड तक होता पाया गया है।

अब प्रश्न उठता है कि यदि प्रतिचित्रात्मक स्मृति की अवधि इतनी कम होती है, तो इसका क्या कार्य या उपयोग हमारे जिंदगी के लिए है? मनोवैज्ञानिकों का मत है कि प्रतिचित्रात्मक स्मृति दृष्टि तंत्र (visual system) में बहुत ही महत्त्वपूर्ण कार्य करता है। जब हम किसी वस्तु/उद्दीपक पर देखते हैं, तो आँख बहुत हल्का गति (movement) करता है जिसे *साक्केड्स* (Saccades) कहा जाता है जो सतत् दृष्टि उद्दीपक (constant visual system) के साथ समायोजन (adjustment) करने में मदद करता है। प्रतिचित्रात्मक स्मृति दृष्टि तंत्र को इन साक्केड्स गति (Saccades movement) के बावजूद अगल-बगल के चीजों को एक सतत् (continuous) तथा स्थिर (stable) ढंग देखने में मदद करता है।

(ख) प्रतिध्वनिक स्मृति *(Echoic memory)*—प्रतिध्वनिक स्मृति एक संवेदी श्रवण स्मृति (sensory auditory memory) है। प्रतिध्वनिक स्मृति से तात्पर्य एक ऐसी स्मृति से होती है जिसमें श्रवण उद्दीपक (auditory stimulus) के समाप्त हो जाने के बाद भी व्यक्ति अल्प समय के लिए उसका श्रवण छवि (auditory impression) को अनुभव करता है। प्रतिध्वनिक स्मृति के अस्तित्व को दिखाने तथा उसकी विशेषताओं का अध्ययन करने के लिए कई मनोवैज्ञानिकों द्वारा प्रयास किया गया है। इनमें मास्सारो (Massaro, 1970) द्वारा किया गया प्रयास अधिक उल्लेखनीय है। इन्होंने *पश्चगामी प्रच्छादन रूपावली* (backward masking paradigm) की विधि द्वारा प्रतिध्वनिक स्मृति का अध्ययन किया। प्रत्येक प्रयास में 20 मिलीसेकंड के लिए दो जाँच आवाज (test tones) में से एक जाँच आवाज को प्रयोज्य के सामने उपस्थित किया जाता था। इसके बाद विभिन्न समय अंतरालों पर एक दूसरी आवाज उत्पन्न की जाती थी जो धीरे-धीरे पहली आवाज को आच्छादित (mask) कर लेती थी। इसलिए इसे *प्राच्छादन आवाज* (masking tone) भी कहा गया। प्रयोज्य को यह बतलाना होता था कि दो जाँच आवाजों में से कौन-सा आवाज उसे सुनाई पड़ा। परिणाम में देखा गया कि जैसे-जैसे प्राच्छादन आवाज को 20 मिलीसेकंड से 250 मिलीसेकंड की अवधि में विभिन्न समय अंतरालों तक देर करके उपस्थित की जाती थी, जाँच आवाज की पहचान की परिशुद्धता में भी धीरे-धीरे वृद्धि होती थी। परन्तु 250 मिलीसेकंड से ज्यादा देर करके जब प्राच्छादन आवाज को उपस्थित किया जाता था, तो जाँच आवाज की पहचान की परिशुद्धता में कोई खास वृद्धि नहीं होती थी। अतः मास्सारो के अध्ययन के अनुसार प्रतिध्वनिक स्मृति का संचयन अवधि (storage period) 250 मिलीसेकंड अवश्य होती है। डार्विन, टर्वे एवं क्राउडर (Darwin, Turvey & Crowder, 1972) ने मास्सारो के अध्ययन डिजाइन के विपरीत डिजाइन का उपयोग करके एक प्रयोग किया और पाया कि प्रतिध्वनिक स्मृति की अवधि दो सेकंड तक की होती है। गट्टमैन एवं जुलेज (Guttman & Julesz, 1963) ने अपने अध्ययन में प्रतिनिधिक स्मृति की अवधि एक सेकंड तक होते पाया है। कुवोभी एवं होवार्ड (Kobvy & Howard, 1976) ने एक जटिल विधि का उपयोग किया जिसमें प्रयोज्यों को यह बतलाना था कि जाँच आवाज (test tone) अन्य आवाजों से भिन्न है या नहीं। इनके प्रयोग के पाँच प्रयोज्यों में प्रतिध्वनिक स्मृति एक सेकंड तक की पायी गयी जबकि छठा प्रयोज्य में प्रतिध्वनिक स्मृति की अवधि दस सेकंड की पायी गयी। स्पष्ट हुआ कि प्रतिध्वनिक स्मृति की अवधि में पर्याप्त वैयक्तिक विभिन्नताएँ होतीं हैं। इरिकसन एवं जॉनसन (Erikson & Johnson, 1964) ने अपने अध्ययन के आधार पर यह बतलाया है कि एक साधारण आवाज की प्रतिध्वनिक स्मृति 10 सेकंड तक की हो सकती है। उपर्युक्त प्रयोगात्मक तथ्यों के आलोक में यह कहा जा सकता है कि प्रतिध्वनिक स्मृति की अवधि अंततः उस कार्य के स्वरूप पर निर्भर करता है जिसका उपयोग इसे मापने के लिए किया जाता है तथा अंशतः अध्ययन करने की विधि पर आधारित है।

स्किवकर्ट (Schweikert, 1993) द्वारा किये गए अध्ययन से यह स्पष्ट हुआ है कि यद्यपि प्रतिध्वनिक स्मृति (echoic memory) की अवधि (duration) प्रतिचित्रात्मक स्मृति (iconic memory) की अवधि लम्बी होती है (2 सेकेंड से 10 सेकेंड तक की भी) परन्तु इसकी क्षमता (capacity) प्रतिचित्रात्मक स्मृति की क्षमता से कम होती है।

प्रतिचित्रात्मक स्मृति तथा प्रतिध्वनिक स्मृति का तुलनात्मक अध्ययन
(A Comparative Study of Iconic Memory and Echoic Memory)

संवेदी स्मृति के दो प्रकारों अर्थात् प्रतिचित्रात्मक स्मृति (iconic memory) एवं प्रतिध्वनिक स्मृति (echoic memory) के क्षेत्र में कई प्रयोग किये हैं। इन प्रयोगों के परिणामों का तुलनात्मक अध्ययन क्राउडर (Crowder, 1978) द्वारा किया गया है जिसके आधार पर निम्नांकित तथ्य मुख्य रूप से सामने आये हैः—

(i) प्रतिचित्रात्मक स्मृति(iconic memory) के अस्तित्व के समर्थन के लिए जो प्रयोगात्मक सबूत हैं, वे प्रतिध्वनिक स्मृति (echoic memory) के अस्तित्व के लिए दिये गये प्रयोगात्मक सबूत की तुलना में अधिक ठोस एवं मजबूत है।

(ii) प्रतिचित्रात्मक स्मृति की अवधि को दिखलाने में मनोवैज्ञानिकों के बीच लगभग सहमति है। करीब-करीब अधिकतर मनोवैज्ञानिकों के बीच इस बात की सहमति है कि इसकी अवधि ¼ सेकंड अर्थात् 250 मिलीसेकंड होता है। परन्तु प्रतिध्वनिक स्मृति की अवधि के आकलन के बारे में मनोवैज्ञानिकों के बीच सहमति नहीं है। फलतः इसकी अवधि ¼ सेकंड से लेकर कई सेकंड तक के होने का अलग-अलग गम्भीर दावे मनोवैज्ञानिकों द्वारा पेश किये गये हैं।

उपर्युक्त तुलनात्मक बिन्दुओं के आलोक में हम इस निष्कर्ष पर पहुँचते हैं कि संवेदी स्मृति के इन दोनों प्रकारों (अर्थात् प्रतिचित्रात्मक तथा प्रतिध्वनिक स्मृति) के अस्तित्व के बारे में पर्याप्त सबूत मिलते हैं परन्तु प्रतिचित्रात्मक स्मृति के बारे में प्रतिध्वनिक स्मृति की तुलना में अधिक विश्वसनीय सबूत प्राप्त है।

लघुकालीन स्मृति
(Short-term Memory or STM)

अर्थ एवं विशेषताएँ (*Meaning and characteristics*)—हम देख चुके हैं कि लघुकालीन स्मृति को कई अन्य नामों से जाना जाता है। लघुकालीन स्मृति से तात्पर्य उन सीमित सूचनाओं (limited information) के संचयन से होता है जिसे थोड़े समय अर्थात् न्यूनतम एक सेकंड तथा अधिकतम 20-30 सेकंड तक के लिए सक्रिय अवस्था

(active store) में व्यक्ति रख पाता है। दूसरे शब्दों में, इसमें वैसी सूचनाएँ संचित होतीं हैं जिस पर व्यक्ति ध्यान देता है, उसे संसाधित करता है तथा उसे दोहराता है। थोड़ी देर के लिए मान लिया जाए कि किसी व्यक्ति से बातचीत करते समय हम उसके तथ्यों को 15 सेकंड के बाद भूल जाते हैं क्योंकि हमारा ध्यान दूसरी चीज पर चला जाता है। यह उदाहरण लघुकालीन स्मृति (short-term memory) का है क्योंकि इसमें मात्र 15 सेकंड तक के लिए सूचनाओं को संसाधित किया गया या उसके साथ सम्पर्क में रह गया।

लघुकालीन स्मृति के अस्तित्व (existence) को दिखाने के लिए ऐसे तो कई तरह के सबूत उपलब्ध हैं परन्तु सबसे उत्तम सबूत क्रमिक स्थान वक्र (serial position curve) के अध्ययनों से प्राप्त होता है। यदि व्यक्ति किसी असंबद्ध शब्दों या शाब्दिक एकांशों की सूची को याद करके उसका प्रत्याह्वान करता है तो हम पाते हें कि सूची के प्रारम्भिक स्थानों से अर्थात् ऊपरी स्थानों से तथा निचली स्थानों से प्रत्याह्वान सबसे उत्तम होता है। सूची के निचली स्थानों से हुए प्रत्याह्वान को *नवीनता प्रभाव* (recency effect) तथा ऊपरी स्थानों से हुए प्रत्याह्वान को *प्राथमिकता प्रभाव* (primacy effect) कहा जाता है। नवीनता प्रभाव इस बात की ओर इशारा करता है कि सूची के निचली स्थानों पर के शब्दों का प्रत्याह्वान इसलिए हुआ क्योंकि वे लघुकालीन स्मृति में थे। प्राथमिकता प्रभाव इस ओर इशारा करता है कि सूची के ऊपरी भागों में प्रत्याह्वान इसलिए हुआ क्योंकि वे दीर्घकालीन स्मृति (long-term memory) में थे। इस तरह से क्रमिक स्थान वक्र से इन दोनों प्रकारों अर्थात् लघुकालीन स्मृति तथा दीर्घकालीन स्मृति के अस्तित्व का सबूत मिलता है।

मनोवैज्ञानिकों द्वारा किये गये अध्ययनों के आलोक में लघुकालीन स्मृति की कुछ स्पष्ट विशेषताओं पर प्रकाश पड़ता है। उन विशेषताओं में से कुछ प्रमुख विशेषताएँ निम्नांकित हैं:—

(i) लघुकालीन स्मृति कमजोर (fragile) होती है। यदि इसके तथ्यों पर व्यक्ति किसी कारण से ध्यान नही दे पाता है या उनका रिहर्सल नहीं कर पाता है, तो उनकी स्मृति चिह्न तुरन्त ही समाप्त हो जाते हैं और लघुकालीन स्मृति का अस्तित्व खतरे में पड़ जाता है।

(ii) संवेदी स्मृति (sensory memory) में तो ज्ञानेन्द्रिय द्वारा प्राप्त सूचनाएँ बिना किसी तरह के हेर-फेर किये ही उसी रूप में उन्हें संचित किया जाता है। परन्तु लघुकालीन स्मृति में ऐसा नहीं होता है तथा इसमें उद्दीपकों के बारे में ज्ञानेन्द्रिय द्वारा प्राप्त सूचनाओं की संकेतिकी (coding) करके उन्हें संचित किया जाता है। सालेन एवं बैड्डुले (Salane & Baddeley, 1982) के अनुसार लघुकालीन स्मृति में शाब्दिक एकांशों को उनके आवाज (sound) के आधार पर संकेतिकी करके संचित किया जाता है। इधर हाल में कुछ ऐसे सबूत मिले हैं जिनके आधार पर यह कहा जाता है कि लघुकालीन स्मृति में शाब्दिक एकांशों को उनके अर्थ (meaning) के आधार पर भी संकेतिकी करके उन्हें संचित किया जाता है।

(iii) मनोवैज्ञानिकों द्वारा किये गये अध्ययनों से स्पष्ट हुआ है कि लघुकालीन स्मृति में सामान्यतः पाँच से नौ अलग-अलग सूचनाओं को ही एक साथ संचित किया जा सकता है। परन्तु चुंकिंग (chunking) की प्रक्रिया द्वारा एक समय में नौ से भी अधिक अलग-अलग सूचनाओं को संचित किया जा सकता है। चुंकिग (chunking) ऐसी प्रक्रिया है जिसमें छोटी-छोटी सूचनाओं को बढ़ी इकाइयों में समूहन करके उसे याद करते हैं। इन इकाइयों को चुंक (chunk) प्रत्याह्वान कहा जाता है जिसमें वैसी सूचनाएँ होतीं हैं जो आपस में सम्बन्धित होते हैं तथा जिन्हें अर्थपूर्ण इकाई में एक साथ समूहन किया जा सकता है। मान लिया जाए कि किसी व्यक्ति को निम्नांकित अक्षरों की सूची को एक बार पढ़कर सुनाया जाता है FCICBICIAIBM और उसे याद करने के लिए कहा जाता है। बहुत उम्मीद यह है कि व्यक्ति इसमें सफल नहीं होगा। परन्तु मान लिया जाए कि अब इन अक्षरों को इस प्रकार सुव्यवस्थित करके उसे एक बार पढ़कर सुनाया जाता है और फिर उसका प्रत्याह्वान करने के लिए कहा जाता है—FCI, CBI, CIA, IBM। इस बार बहुत उम्मीद इस बात की है कि व्यक्ति को प्रत्याह्वान में सफलता मिलेगी क्योंकि वह उन्हें एक अर्थपूर्ण चुंक में संयोजित करने में सफल हो गया है। (वे सभी किसी-न-किसी संगठन के संक्षिप्त नाम है।) स्पष्ट हुआ कि लघुकालीन स्मृति में सामान्यतः पाँच से नौ स्वतन्त्र सूचनाओं को व्यक्ति धारण कर सकता है परन्तु चुंकिंग द्वारा वह अधिक संख्या में भी सूचनाओं को धारण कर सकता है। इसकी विस्तृत चर्चा आगे की जायेगी।

(iv) लघुकालीन स्मृति की अवधि अधिक-से-अधिक 20-30 सेकंड तक होता पाया गया है। इस तथ्य की संपुष्टि कई अध्ययनों से हुई है जिसमें ब्राउन (Brown, 1958) पेटरसन एवं पेटरसन (Peterson & Peterson, 1959) द्वारा किये गये अध्ययन अधिक महत्त्वपूर्ण है।

लघुकालीन स्मृति निम्नांकित तीन बिन्दुओं पर संवेदी स्मृति (sensory memory) से भिन्न है—

(a) लघुकालीन स्मृति की संचयन क्षमता (storage capacity) सीमित होती है जबकि संवेदी स्मृति की संचयन क्षमता असीमित होती है।

(b) लघुकालीन स्मृति में सूचनाओं को संज्ञानात्मक कूटसंकेत (Cognitive code) अर्थात् ध्वनिक (acoustic), शाब्दिक (verbal) या भाषाई (linguistic) कूटसंकेत में संगठित किया जाता है जबकि संवेदी स्मृति में सूचनाएँ अपने नग्न रूप में न कि किसी कूटसंकेत के रूप में होती है। इन्हीं संज्ञानात्मक कूट संकेतों के कारण लघुकालीन स्मृति को कभी-कभी *एभीएल संचयन* (AVL storage) भी कहा जाता है।

(c) लघुकालीन स्मृति में सूचनाएँ संवेदी स्मृति की सूचनाओं की तुलना में अधिक लम्बे अवधि के लिए बनी होती है। जैसा कि हम जानते हैं कि लघुकालीन स्मृति में बिना रिहर्सल की सूचनाएँ लगभग 30 सेकंड तक बनी रहतीं हैं जबकि संवेदी स्मृति में सूचनाएँ सामान्यतः 1 सेकंड से कम परन्तु अधिक-से-अधिक 10 सेकंड तक ही संचित रह पाती है।

इन अंतरों के बावजूद इन दोनों में मुख्य समानता यह है कि इन दोनों में जिन सूचनाओं को विस्तृत (elaborate) तथा अंतरण (transfer) नहीं किया जाता है, उनका अस्तित्व समाप्त हो जाता है।

लघुकालीन स्मृति के क्षेत्र में किये गये अध्ययनों से यह स्पष्ट हुआ है कि इसके निम्नांकित पहलुओं के अध्ययन में मनोवैज्ञानिकों की सक्रियता अधिक रही है—

(क) लघुकालीन स्मृति का आकार (Size of short-term memory)
(ख) लघुकालीन स्मृति-अवधि (Duration of short-term memroy)
(ग) लघुकालीन स्मृति में संकेतीकरण (Coding in short-term memory)
(घ) लघुकालीन स्मृति रिहर्सल (Rehearsal in short-term memory)
(ङ) लघुकालीन स्मृति से पुनःप्राप्ति (Retrieval from short-term memory)
(च) लघुकालीन स्मृति का विसमरण प्रक्रम (Forgetting mechanism in short-term memroy)

इन सबों की चर्चा अलग-अलग अनुच्छेदों में की जायेगी—

लघुकालीन स्मृति का आकार
(Size of Short-term Memroy)

जैसे ऊपर कहा जा चुका है, लघुकालीन स्मृति में पाँच से नौ अलग-अलग या स्वतन्त्र सूचनाओं को एक साथ संचित किया जा सकता है। अतः इसके आकार (size) की अधिकतम सीमा पाँच से लेकर नौ इकाइयों तक की होती है। इस तथ्य को सबसे पहले मिल्लर (Miller, 1956) ने दिखलाया तथा उन्होंने यह बतलाया था कि तात्कालिक स्मृति (immediate memory) चुंक (chunk) द्वारा सीमित होता है। चुंक से मतलब एक ऐसे इकाई (unit) से होता है जिसके द्वारा प्रयोज्य उद्दीपक सामग्री (stimulus material) पर थोपे गए एक तरह के संगठन को प्रतिबिम्बत करता है। जैसे, चार स्वतन्त्र अंक 1, 9, 4, 7 को व्यक्ति एक इकाई (1947) के रूप में संगठित कर सकता है या भारत की आजादी वर्ष के रूप में संगठित कर सकता है। इस प्रक्रिया को चुंकिंग (chunking) कहा जाता है। चुंकिंग की प्रक्रिया से लघुकालीन स्मृति में एक साथ ज्यादा सूचनाओं को संचित करना सम्भव हो जाता है।

मनोवैज्ञानिकों ने लघुकालीन स्मृति के आकार (size) को मापने की दो विधियों को वर्णन किया है जो इस प्रकार हैः—

(क) क्रमिक स्थान वक्र विधि (*Serial position curve method*)—इस विधि द्वारा लघुकालीन स्मृति के आकार को मापने के लिए प्रयोज्य को शाब्दिक एकांशों की एक सूची दिखलाई जाती है और फिर उनका प्रत्याह्वान (recall) करने के लिए कहा जाता है। मनोवैज्ञानिकों की पूर्वकल्पना यह होती है कि सूची के अन्तिम भागों से शाब्दिक एकांशों का किया गया प्रत्याह्वान इस बात का द्योतक होता है कि ऐसे एकांश लघु अवधि स्मृति में संचित थे। अतः प्रत्याह्वान किये गये ऐसे शाब्दिक एकांशों की संख्या के आधार पर लघुकालीन स्मृति के आकार का पता आसानी से लगाया जा सकता है। इस विधि द्वारा प्राप्त परिणामों के आधार का लघुकालीन स्मृति का आकार दो से पाँच शाब्दिक एकांशों का बतलाया गया है। दूसरे शब्दों में, सूची के अन्तिम भागों से प्रयोज्य एक बार में दो से पाँच शब्दिक एकांशों

का ही प्रत्याह्वान कर पाता है। फलतः, इसे ही लघुकालीन स्मृति का आकार मान लिया जाता है।

(ख) स्मृति विस्तार विधि (*Memory span method*)—एक बार की उपस्थिति के बाद एकांशों की संख्या जिन्हें व्यक्ति याद कर पाता है, उसे ही स्मृति विस्तार (memory span) कहा जाता है। जैसे, मान लिया जाए कि कोई व्यक्ति के सामने समान गति से 15 यादृच्छिक अंक को बारी-बारी से पढ़ा जाता है और उसके बाद उन्हें इन अंकों का प्रत्याह्वान (recall) करने के लिए कहा जाता है। सम्भव है कि व्यक्ति मात्र आठ अंकों का ही सही-सही प्रत्याह्वान कर पाये। ऐसी परिस्थिति में उस व्यक्ति का स्मृति विस्तार (memory span) आठ अंकों की मानी जायेगी। वुडवर्थ एवं स्कोल्सबर्ग (Woodworth & Scholsberg, 1954) का मत है कि विभिन्न तरह के सामग्रियों जैसे, यादृच्छिक अंक, यादृच्छिक अक्षर या असम्बन्धित शब्द (unconnected words) का स्मृति विस्तार (memory span) का आकार लगभग एक ही समान होता है। फलतः लगभग समान संख्या में व्यक्ति यादृच्छिक अंकों या यादृच्छिक अक्षरों को स्मृति विस्तार में रख सकता है। मिल्लर(Miller, 1956) ने अपने बहुचर्चित शोध-पत्र *"The Magical Number seven, PLus and Minus Two"* में यह दिखलाने की कोशिश किया है कि व्यक्ति एक समय में अपनी लघुकालीन स्मृति में बहुत सारे एकांशों को संचित नहीं कर पाता है। वह 7 ± 2 अर्थात् 5 से 9 एकांशों को ही अपनी स्मृति विस्तार (memory span) में रख पाता है। इसे उन्होंने मायिक संख्या (magic number) कहा है। अतः लघुकालीन स्मृति का आकार 5 से 9 एकांशों तक ही सीमित होता है। जैसा कि ऊपर कहा जा चुका है कि कुछ संगठनात्मक प्रक्रियाओं को अपनाकर वह स्मृति विस्तार के आकार को बढ़ा सकता है और तब ऐसी परिस्थिति में लघुकालीन स्मृति का भी आकार बड़ा हो सकता है, इसके बारे में मनोवैज्ञानिक का मतैक्यता नहीं है। फिर भी मनोवैज्ञानिकों के बीच इस बिन्दु पर सहमति है कि दो तरह की प्रविधियों को अपनाकर व्यक्ति लघुकालीन स्मृति का आकार (size) को बढ़ा सकता है—*चुकिंग* (chunking) तथा *रिहर्सल* (rehersal)। चुकिंग जिसकी चर्चा ऊपर भी अंशतः की जा चुकी है, एक ऐसी प्रक्रिया है जिसमें व्यक्ति समानता या अन्य संगठनात्मक नियमों (organizational principles) या उन्हें दीर्घकालीन स्मृति में संचित सूचनाओं के आधार पर एक बड़े पैटर्नस में संयोजन (combination) के आधार पर समूहन करके किसी एक एकांश का पुनर्सकेतीकरण (recoding) करता है। जैसे, यदि कोई व्यक्ति 9 अंकों के दूरभाष संख्या जैसे 675289473 को दो भागों में यथा 67528 (एक भाग या चुंक) तथा 9473 को दूसरा भाग या चुंक (chunk) में बाँट कर याद करता है, तो यह चुंकिंग का उदाहरण होगा और स्पष्टतः यहाँ लघुकालीन स्मृति में 9 अंकों की सूचनाओं को संचित करके रखने तक की क्षमता विकसित हो जाती है। रिहर्सल में व्यक्ति मन-ही-मन लघुकालीन स्मृति में प्रवेश पाये सूचनाओं को दोहराता है और इस तरह के रिहर्सल से ऐसी सूचनाएँ ताजी बनी रहती है तथा साथ-ही-साथ प्रतियोगी सूचनाओं (competing information) द्वारा ऐसी सूचनाओं को प्रभावित होने से रोकता है। मनोवैज्ञानिकों का मत है कि रिहर्सल में विशेषकर *विस्तृत रिहर्सल* (eleborate researsal) जिसमें सूचनाओं को न केवल मन-ही-मन व्यक्ति दोहराता है बल्कि उसे पहले से संचित ज्ञान के आलोक में उसे सक्रिय रूप से विश्लेषित (analyzed) तथा सम्बन्धित (relate) करता है।

स्पष्ट हुआ कि लघुकालीन स्मृति का आकार का अध्ययन जो दो विधियों से किया गया है, के परिणाम अलग-अलग हैं। इन दोनों परिणामों के आलोक में यह कहा जा सकता है कि लघुकालीन स्मृति का आकार दो से नौ इकाइयों के बीच परिवर्तित होते रहता है।

लघुकलीन स्मृति की अवधि
(Duration of Short-term Memory)

लघुकालीन स्मृति की अवधि स्पष्टतः काफी कम होती है। मनोवैज्ञानिकों द्वारा किये गये अध्ययनों से यह स्पष्ट हुआ है कि लघुकालीन स्मृति में प्रवेश पाये सूचनाओं पर यदि व्यक्ति ध्यान नहीं देता है या उनका मन-ही-मन रिहर्सल नहीं कर करता है, तो वे चन्द सेकंड में समाप्त हो जाते हैं। लघुकालीन स्मृति की अवधि का निर्धारण करने के लिए मनोवैज्ञानिकों ने निम्नांकित दो तरह की प्रविधियों का उपयोग किया है और दोनों से करीब एक ही तरह के परिणाम आये हैं—

(क) विकर्षक प्रविधि (distractor technique)

(ख) तहकीकाती प्रविधि (probe technique)

इन दोनों प्रविधियों का वर्णन आवश्यक हैः—

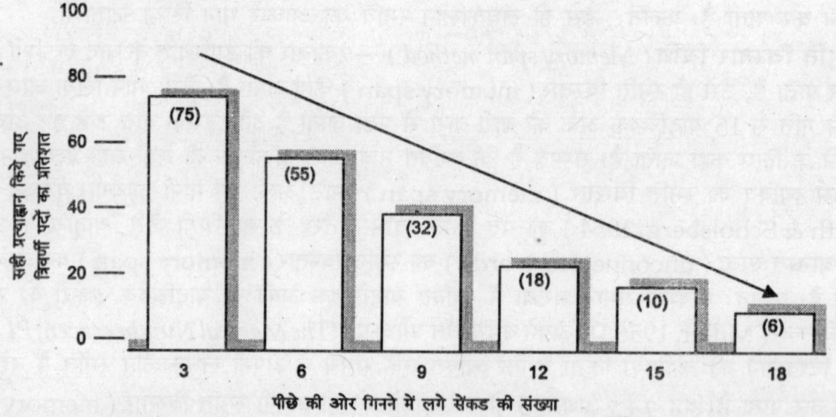

चित्र 8.2 : पेटरसन एवं पेटरसन द्वारा STM पर किया गया प्रयोग के परिणाम पर आधृत

(क) विकर्षक प्रविधि (*Distractor technique*)—इस प्रविधि का प्रतिपादन एक ब्रिटिश मनोवैज्ञानिक जॉन ब्राउन (John Brown, 1958) तथा दो अमेरिकन मनोवैज्ञानिक पेटरसन एवं पेटरसन (Peterson & Peterson, 1958) द्वारा स्वतन्त्र रूप से किया गया था। इसलिए इसे *ब्राऊन-पेटरसन प्रविधि* (Brown-Peterson technique) भी कहा जाता है। इस प्रविधि में प्रयोज्य को शाब्दिक एकांश (verbal unit) जैसे कोई निरर्थक पद या व्यंजन पद या अन्य कोई पद थोड़े समय तक दिखलाया जाता है और उसका प्रत्याह्वान विभिन्न समय अंतराल (time interval) पर कराया जाता है। व्यक्ति उस समय अंतराल में उसका रिहर्सल (rehearsal) न कर सके, इसके लिए उसे कुछ ध्यान विकर्षक (attention distractor) कार्य में लगाकर रखा जाता है। इस विधि पर आधारित अब हम एक बहुचर्चित पेटरसन एवं पेटरसन (Peterson & Peterson, 1959) द्वारा किये गये प्रयोग तथा उसके परिणाम पर विचार करेंगे। इस प्रयोग में प्रयोज्य को एक उद्दीपक अर्थात् तीन व्यंजन अक्षर जैसे KTS एक सेकंड के लिए दिखलाया गया। इसके बाद इस व्यंजन पद (consonant syllable) का प्रत्याह्वान 3 सेकंड, 6 सेकंड, 9 सेकंड, 12 सेकंड एवं 18 सेकंड पर लिया गया। प्रयोज्य को व्यंजन पद दिखाने के बाद एक तीन अंक की संख्या जैसे 857 दिया गया और उसे उसमें से तीन-तीन घटाते हुए पीछे की ओर गिनने के लिए कहा गया। जैसे 854, 851, 848 और इसी तरह से इसके बाद की संख्या को वह तब तक बतलाते जाता था जबतक कि प्रयोगकर्ता उसे रुकने के लिए नहीं कहता था। इस तरह से 3 सेकंड तक गिनती के बाद उस व्यंजन पद का प्रत्याह्वान करना होता था। फिर 6 सेकंड के बाद (अर्थात् दूसरे तीन-सेकंड तक तीन घटाते हुए गिनती करने के बाद) उसी व्यंजन पद का प्रत्याह्वान लिया गया। इस तरह से अन्तिम प्रत्याह्वान 18 सेकंड के समय अंतराल पर लिया गया। परिणाम बड़ा ही रोचक था। परिणाम में देखा गया कि 18 सेकंड के समय अंतराल में व्यंजन का प्रत्याह्वान में तेजी से कमी आयी (चित्र 8.2 देखें)। 18 सेकंड के समय अंतराल में व्यंजन का प्रत्याह्वान अर्थात् 18वें सेकंड पर प्रयोज्य मात्र 6% प्रत्याह्वान करने में ही सफल हो पाये और 18 सेकंड के बाद वह पद प्रयोज्य के मन से लुप्त हो गया। इस आधार पर इस निष्कर्ष पर पहुँच गया कि बिना हिरर्सल के STM का अधिकतम अवधि 18-20 सेकंड की होती है। बाद में मुरडौक (Murdock, 1961) ने पेटरसन एवं पेटरसन के डिजाइन को आधार मानकर एक दूसरा प्रयोग किया जिसमें उनके परिणाम की लगभग सम्पुष्टि की गयी। मेल्टन (Melton, 1963) ने भी अपने प्रयोग के आधार पर पेटरसन एवं पेटरसन के निष्कर्ष को सही ठहराया है। इन दोनों मनोवैज्ञानिकों ने भी STM की अधिकतम अवधि 20-30 सेकंड का रखा है। अर्थात् *बिना रिहर्सल के किसी भी सूचना को STM में अधिकतम 30 सेकंड के लिए रखा जा सकता है।*

(ख) तहकीकाती प्रविधि (*Probe technique*)—इस प्रविधि द्वारा भी लघुकालीन स्मृति की अवधि पता लगाने की कोशिश की गयी है। इस प्रविधि में व्यक्ति को कुछ शाब्दिक एकांश एक-दो सेकंड तक दिखलाया जाता है और उसके बाद उसे तहकीकाती संकेत (probe cue) दिये जाते हैं। तहकीकाती संकेत के उपस्थित होने के ठीक दायें वाले इकाई को प्रयोज्य को बतलाना होता है। जैसे मान लिया गया कि प्रयोज्य को 2, 4, 6, 8, 9, 7, 5 अंक एक साथ एक-दो सेकंड के लिए दिखाया गया और अब तहकीकाती संकेत के रूप में अंक 9 उपस्थित किया जाता है। ऐसी परिस्थिति

में उसे अंक '7' का प्रत्याह्वान करना होगा। इस तरह से विभिन्न समय अंतरालों पर किसी भी इकाई का प्रत्याह्वान कराया जाता है। इस विवरण से यह स्पष्ट है कि तहकीकाती संकेत उपस्थित होने के पहले प्रयोज्य को दिखाये गये सम्पूर्ण सामग्री को स्मृति में रखना पड़ता है। इस प्रविधि का उपयोग करके बौघ एवं नॉरमैन (Waugh & Norman, 1962, 1965) ने एक प्रयोग किया। बाद में पेटरसन एवं उनके सहयोगियों (Peterson et al., 1963) ने भी तहकीकाती प्रवधि द्वारा लघुकालीन स्मृति का अध्ययन किया और लगभग उसी निष्कर्ष पर पहुँचाया गया जो *विकर्षक प्रविधि* (distractor technique) के आधार पर था। यहाँ भी अधिकतर प्रयोगों में यही देखा गया कि 20-25 सेकंड की अवधि के बाद दिखलाये गये शब्दिक एकांशों का प्रत्याह्वान (recall) में काफी कमी आ जाती है।

इन दोनों प्रविधियों में विकर्षक प्रविधि को तहकीकाती प्रविधि से अधिक योग्य माना गया है क्योंकि तहकीकाती प्रविधि की वैधता की चुनौती कई बिन्दुओं पर मनोवैज्ञानिकों ने दिया है। तहकीकाती प्रविधि का सबसे बड़ा दोष यह बतलाया गया है कि इसमें धारणा अंतराल (retention interval) में सीखने की सामग्री दी जाती है तथा प्रत्याह्वान (recall) भी करवाया जाता है जिसका परिणाम यह होता है कि उससे प्रत्याह्वान किये जाने वाले इकाई की धारण शक्ति (retention) में बाधा पहुँचती है। इस तरह की बाधा बहुत कुछ पृष्ठोन्मुख अवरोध (retroactive inhibition) के प्रयोगों में उत्पन्न बाधा के समान होता है। अतः मनोवैज्ञानिकों का मत है कि तहकीकाती प्रविधि द्वारा प्राप्त धारण प्राप्तांक (retention score) द्वारा STM की शुद्ध मात्रा प्रतिबिम्बित नहीं होती है (क्योंकि इसमें उक्त बाधा से प्रभावित प्राप्तांक भी घुसे होते हैं)। फलतः तहकीकाती प्रविधि के परिणाम पर उतना भरोसा नहीं किया जा सकता है।

लघुकालीन स्मृति में कूटसंकेतीकरण या संकेतिकी
(Coding in Short-term Memory)

लघुकालीन स्मृति में उद्दीपकों या सूचनाओं का कूटसंकेतीकरण (coding) भी होता है। हम किसी देखे या सुने गये उद्दीपक को उसके आवाज के आधार पर या उसके अर्थ के आधार पर या उद्दीपकों के भौतिक रूप-रंग (physical appearance) के आधार पर कुछ संकेत बनाकर उन्हें संचित करते हैं। जैसे, यदि किसी व्यक्ति को 656655 अंक एक सेकंड के लिए दिखाया जाता है तो वह इसे अपने STM में आवाज (sound) के आधार पर या अर्थ के आधार पर या जैसा वह दिखाई देता है उसके आधार पर कूटसंकेत करके संचित कर सकता है। STM में जब सूचनाओं को उनके आवाज के आधार पर संचित किया जाता है, तो उसे *ध्वनिक कूटसंकेतीकरण या संकेतिकी* (acoustic coding), जब अर्थ के आधार पर संचयन (storage) किया जाता है, उसे *अर्थगत कूटसंकेतीकरण या संकेतिकी* (semantic coding) और जब उसके भौतिक रूप-रंग के आधार पर संचयन किया जाता है, तो उसे *दृष्टि कूटसंकेतीकरण या संकेतिकी* (visual coding) कहा जाता है। इस तरह से STM) में तीन तरह के कूटसंकेतीकरण का उपयोग होता है जिनका वर्णन निम्नांकित हैः—

(क) ध्वनिक कूटसंकेतीकरण (*Acoustic or Phonological coding*)—STM में ध्वनिक कूटसंकेतीकरण की सम्पुष्टि कई मनोवैज्ञानिकों द्वारा किये गये अध्ययनों से होता है। इनमें कौनरैड (Conrad, 1964), बाइकेलग्रेन (Wickelgren, 1965) तथा बैड्डेली (Baddeley, 1966) द्वारा किये गये प्रयोग अधिक महत्त्वपूर्ण है। बाइकेलग्रेन (Wickelgren 1965) के प्रयोग में प्रयोज्य को प्रत्येक प्रयास में एक आठ-एकांशीय सूची (eight-item) जिसमें चार अक्षर तथा चार अंक यादृच्छिक रूप से लिखे गये थे, दो सेकंड के लिए उपस्थित किया गया। इस तरह का आठ एकांशीय सूची का एक विशेष उदाहरण, इस प्रकार है—5NF8G26Z। जैसे ही इस तरह की सूची को दिखलाया गया, उसके तुरन्त बाद प्रयोज्य को उसका प्रत्याह्वान करने के लिए कहा गया। बाइकेलग्रेन की विशेष अभिरुचि यहाँ यह थी कि जब प्रयोज्य किसी एकांश का सही-सही प्रत्याह्वान नहीं कर पाता है, तो वह उसके प्रतिस्थापित एकांश (substituted items) के रूप में क्या कहता है? परिणाम में देखा गया कि जब प्रयोज्य 'G' अक्षर का सही प्रत्याह्वान नहीं कर पाये, तो वे उसके जगह पर 'B' 'C' 'D' 'E' 'P' 'T' या 'V' आदि को बोलते थे क्योंकि इन सभी अक्षरों से 'ee' का आवाज होता था जो 'G' के आवाज के समान था। अगर 'G' का प्रतिस्थापन अंक से होता था, तो इसमें '3' अधिक बार आता था क्योंकि इसमें 'G' के समान आवाज होता था। इस अध्ययन से यह स्पष्ट हो गया कि STM में ध्वनिक कूटसंकेतीकरण होता है। बैड्डेली (Baddley, 1966) का भी अध्ययन अधिक लोकप्रिय है।

उन्होंने अपने अध्ययन में ध्वनि की समानता वाले शब्दों की एक सूची तैयार किया। इनमें ध्वनि के खयाल से समानता थी परन्तु अर्थ के खयाल से नहीं। जैसे CAT, RAT, MAT, MAP, CAP आदि। इन्होंने एक दूसरी सूची तैयार की जिसमें शब्दों में अर्थ के खयाल समानता थी। परन्तु ध्वनि के ख्याल से नहीं। जैसे, Great, Large, Big, High आदि। इन दोनों सूचियों को थोड़े देर के लिए दिखला कर एक 10 सेकंड के बाद तथा दूसरा 20 मिनट के बाद प्रत्याह्वान लिया। परिणाम में देखा गया कि STM में (अर्थात् 10 सेकंड के बाद किये गये प्रत्याह्वान में) समान ध्वनि वाले शब्दों का प्रत्याह्वान काफी खराब हुआ क्योंकि प्रयोज्य के लिए ऐसे प्रत्येक शब्द एक तरह का संभ्राति (confusion) उत्पन्न कर रहे थे। इसके आधार पर इस निष्कर्ष पर पहुँच गया कि STM में ध्वनिक कूट संकेतीकरण होता है। 20 मिनट के बाद प्रत्याह्वान करने में अर्थात् दीर्घकालीन स्मृति (LTM) में अर्थ की समानता वाले शब्दों का प्रत्याह्वान काफी खराब रहा जो इस बात को संकेत दे रहा था कि दीर्घकालीन स्मृति (LTM) में अर्थगत संकेतीकरण (semantic coding) होता है।

(ख) अर्थकूट कूटसंकेतीकरण (*Semantic coding*)—STM में ध्वनिक कूट संकेतीकरण (acoustic coding) के अलावा अर्थगत कूट संकेतीकरण (semantic coding) होने का भी सबूत मिलता है। शुलमैन (Shulman, 1972) तथा वाइकेन्स, डाबरमैन एवं एगोनमियर (Wickens, Daberman & Eggenmeier, 1976) ने अपने प्रयोगों से यह दिखलाया है कि STM में शब्दों का अर्थ एक महत्त्वपूर्ण कारक होता है क्योंकि पुराने शब्द जिसे व्यक्ति पहले से सीख चुका होता है, उन नये सीखने जाने वाले शब्दों के संचयन के साथ बाधा पहुँचाते हैं जिनके अर्थ में समानता होती है। इससे इस बात का सबूत मिलता है कि STM में एकांशों का अर्थगत संकेतीकरण (semanitc coding) भी होता है।

(ग) दृष्टिकूट संकेतीकरण (*Visual coding*)—कई अध्ययनों से इस बात का सबूत मिलता है कि STM में सूचनाओं को दृष्टि संकेतों (visual coding) अर्थात् उनके भौतिक रूप-रंग (physical appearance) के रूप में भी संकेतीकरण करते हैं। यहाँ उदाहरण के रूप में पोजनर एवं कीली (Posner & Keele, 1967) द्वारा किये गये प्रयोग का उल्लेख किया जा रहा है। इस प्रयोग में प्रयोज्यों को अक्षरों का युग्म जैसे A–A, A–a, A–B एवं A–b दिखलाया गया। कभी-कभी तो अक्षरों को एक साथ दिखला दिया जाता था परन्तु कभी-कभी इन युग्मों के एक अक्षर के उपस्थित करने के बाद कुछ समय बीतने पर दूसरा अक्षर को उपस्थित किया जाता था। प्रत्येक परिस्थिति में प्रयोज्य को यह बतलाना होता था कि युग्म के अक्षर के नाम एक समान हैं या नहीं। प्रयोगकर्त्ताओं की अभिरुचि मूलतः यहाँ यह देखना था कि प्रयोज्य A–a के प्रति 'हाँ' कहने में A–A के प्रति 'हाँ' कहने की अपेक्षा अधिक समय लेते हैं या नहीं। प्रयोगकर्त्ताओं का कहना था कि यदि सभी एकांशों को मात्र आवाज के आधार पर STM में संचित किया जाता है, तो A–a एवं A–A के प्रति 'हाँ' की अनुक्रिया समान रूप से तीव्र होनी चाहिए। परन्तु यदि एकांशों को उनके भौतिक रूप-रंग (physical appearance) के आधार पर STM में संचित किया जाता है, तो A–a युग्म के प्रति अनुक्रिया करने में A–A युग्म की अपेक्षा अधिक समय लगना चाहिए क्योंकि उक्त दृष्टि संकेत (visual symbols) का अनुवाद उपयुक्त नामों में होना अनिवार्य है जबकि A–A युग्म में ऐसी अनुक्रिया की आवश्यकता नहीं पड़ती। पोजनर एवं कीली ने अपने प्रयोग में यह पाया कि जब युग्म के दो अक्षरों के बीच का अन्तर 1.5 सेकंड से कम था, A-a युग्म के प्रति 'हाँ' की अनुक्रिया करने में A–A युग्म के प्रति 'हाँ' की अनुक्रिया करने की अपेक्षा अधिक समय लगा। परन्तु यदि विलम्ब की अवधि 1.5 सेकेंड से अधिक थी, तो वैसी अवस्था में A-a एवं A-A के प्रति अनुक्रिया करने में लगभग समान समय लगा। इससे यह अर्थ निकलता है कि A–a युग्म का आरम्भिक संकेतीकरण (initial coding) उनके भौतिक रूप-रंग (physical appearance) के आधार पर हो गयी थी परन्तु 1.5 सेकंड के बाद अक्षरों का संकेतीकरण समरूप अक्षर नाम (A-A) के रूप में हुआ। इस अध्ययन से यह स्पष्ट हो जाता है कि STM में थोड़े समय के लिए सूचनाओं का संकेतीकरण दृष्टि कूटसंकेत (visual code) के रूप में होता है। परन्तु इस तरह की दृष्टि संकेत (visual code) का स्वरूप कमजोर होता है और तुरन्त वह श्रवण कूटसंकेत (auditory code) द्वारा प्रतिस्थापित हो जाता है।

स्पष्ट हुआ कि STM में सूचनाओं का कूटसंकेतीकरण (coding) अलग-अलग ढंग से होता है। परन्तु इनमें ध्वनिक कूट संकेतीकरण ही प्रधान है। नवीनतम शोधों से पता चला है कि STM में सूचनाओं को मूलतः ध्वनिक (acoustic), **शाब्दिक (verbal) या भाषाई कूट संकेतों में रखा जाता है। यही कारण है कि इसे AVL संचयन (store) भी कहा जाता है।**

लघुकालीन स्मृति में रिहर्सल (Rehearsal in Short-term Memory)

लघुकालीन स्मृति या STM में रिहर्सल की भी भूमिका प्रधान होती है। रिहर्सल से तात्पर्य मन-ही-मन उद्दीपक या सूचनाओं पर ध्यान देते हुए दोहराने से होता है। रिहर्सल से STM में धारण की गयी सूचनाएँ अधिक मजबूत हो जातीं हैं। फलस्वरूप, उनके प्रत्याह्वान की सम्भावना तीव्र हो जाती है। एटीकन्सन एवं शिफ्फ्रीन (Atkinson & Shiffrin, 1968) ने यह बतलाया कि STM में सूचनाओं को जीवित रखने के लिए रिहर्सल आवश्यक है। बिना रिहर्सल के ऐसी सूचनाएँ STM से समाप्त हो जाती है। पेटरसन एवं पेटरसन के प्रयोग में जिसकी चर्चा पीछे की जा चुकी है, प्रयोज्यों को विभिन्न समय अंतराल में दिये गये तीन अंकों की संख्या में से तीन-तीन घटाते हुए पीछे की ओर गिनती का उद्देश्य रिहर्सल को रोकना था। शायद यही कारण है कि उनके प्रयोग में मात्र 18 सेकंड की अवधि में ही इतनी तेजी से व्यंजन पद का विस्मरण हुआ था।

मनोवैज्ञानिकों के बीच STM में रिहर्सल के स्वरूप एवं कार्य के बारे में काफी वाद-विवाद रहा है। एटकिन्सन एवं शिफ्फ्रीन (Atkinson & Shiffrin) ने यह सुझाव दिया था कि STM में प्रवेश कर चुकी सूचनाएँ रिहर्सल से सम्पोषित (maintain) होतीं हैं तथा रिहर्सल के कारण ही STM से सूचनाएँ दीर्घकालीन स्मृति अर्थात् LTM (Long-term memory) में स्थानांतरित होतीं हैं जहाँ वे करीब स्थायी तौर पर संचित की जातीं हैं। परन्तु कुछ मनौवैज्ञानिकों जैसे, क्रेक एवं वैटकिन्स (Craik & Watkins, 1973), वुडवर्ड, वर्जोक एवं जोनावार्ड (Woodward, Bjork & Jongeward, 1973) ने कहा कि STM में रिहर्सल की मात्रा का सम्बन्ध STM से LTM में सूचनाओं का स्थानान्तरण से नहीं होता है। सचमुच में क्रेक एवं वैटकिंस (Craik & Watkins 1973) के अनुसार, STM में होनेवाले रिहर्सल के दो प्रकार बतलाये गये हैं—*संपोषण रिहर्सल* (maintenance rehearsal) तथा *विस्तृत रिहर्सल* (elaborative rehearsal)। संपोषण रिहर्सल को *रटंत रिहर्सल* (role rehearsal) भी कहा जाता है क्योंकि इसमें व्यक्ति सिर्फ सूचना को मन-ही-मन दोहराता जाता है। संपोषण रिहर्सल से STM में सूचनाएँ केवल जीवित रहती है। इसमें सूचनाएँ LTM में स्थानान्तरित नहीं होतीं हैं। विस्तृत रिहर्सल से STM की सूचनाएँ अधिक मजबूत हो जाती है तथा उनमें अतिरिक्त अर्थ उत्पन्न हो जाता है जिसमें LTM में उनका स्थानान्तरण की सम्भावना प्रबल हो जाती है। अतः इन मनोवैज्ञानिकों का विचार है कि अगर व्यक्ति STM में केवल सम्पोषण रिहर्सल करता है, तो इससे सूचनाएँ केवल जीवित रहती है क्योंकि इस तरह का रिहर्सल का स्वरूप छिछला एवं सतही प्रवृत्ति का होता है। सिर्फ विस्तृत रिहर्सल से ही सूचनाएँ STM से LTM में जा सकती है। ग्लोनबर्ग, स्मिथ एवं ग्रीन (Glenberg, Smith & Green, 1977) ने संपोषण रिहर्सल का सूचनाओं के प्रत्याह्वान (recall) एवं प्रत्यभिज्ञान (recognition) पर पड़ने वाले प्रभावों का अध्ययन किया है और पाया है कि इस तरह के रिहर्सल से लोगों को एकांशों या सूचनाओं की पहचान करने में मदद मिलती है परन्तु इससे प्रत्याह्वान (recall) में मदद नहीं मिलती है।

लघुकालीन स्मृति से पुनः प्राप्ति (Retrieval from Short-term Memory)

STM की संचयन क्षमता (storage capacity) सीमित होती है। इसे 7 ± 2 जैसे मायिक संख्या (magical number) से मनोवैज्ञानिकों ने व्यक्त किया था। ऐसी परिस्थिति में ऐसा लगता है कि STM से पुनः प्राप्ति (retrieval) से सम्बन्धित कोई समस्या नहीं होगी क्योंकि सीमित सूचनाओं अर्थात् 5 से 9 सूचनाओं में से वांछित सूचना की खोज कर लेना बिलकुल ही आसान बात है और बहुत उम्मीद इस बात की है कि इस तरह की खोज के लिए व्यक्ति की कोई विशेष योजना या उपाय (strategy) भी ढूँढ़ना नहीं पड़ता होगा। परन्तु सच्चाई ऐसी नहीं है।

इस बिन्दु पर सबसे पहले स्टेनवर्ग (Stenberg, 1966, 1967, 1969) ने कई प्रयोग किये और उन्होंने यह बतलाया कि STM से भी सूचनाओं की पुनः प्राप्ति (retrieval) में अर्थात् STM के सूचनाओं में से वांछित सूचना (desired information) की खोज में उन्हें कुछ क्रमबद्ध पुनः प्राप्ति योजना (systematic retrieval strategy) अपनाना पड़ता है। मनोवैज्ञानिकों ने स्टेनवर्ग के उपागम (approach) को नया इसलिए माना है क्योंकि वे पुनः प्राप्ति योजना का अध्ययन प्रत्याह्वान (recall) या प्रत्यभिज्ञान (recognition) के आधार पर न करके प्रतिक्रिया समय

(reaction time) के आधार पर किये हैं। इनके द्वारा किया गया प्रयोग कुछ इस प्रकार हैं—इन्होंने एकांशों (items) जैसे अंक या अक्षरों के कई क्रम (sequence) थोड़े समय के लिए प्रयोज्य के सामने उपस्थित किये। इस तरह के क्रम को स्मृति समुच्चय (memory set) कहा गया। जैसे 7, 5, 8, 4 एक स्मृति समुच्चय का उदाहरण हुआ या X, K, P, Z अक्षरों के स्मृति समुच्चय का एक उदाहरण हुआ। इस तरह के स्मृति समुच्चय देने के बाद प्रयोज्य को एक जाँच एकांश (test item) दिया गया। जैसे अगर मान लिया जाय कि उक्त अंक वाला स्मृति समुच्चय प्रयोज्य को देने के बाद अंक 3 (जाँच एकांश) दिखलाया गया। प्रयोज्य को मात्र इतना बतलाना होता था कि दिये गये जाँच एकांश जैसे 3 स्मृति समुच्चय में था कि नहीं। उसे 'हाँ' या 'नहीं' की अनुक्रिया कुंजी को दबा कर करना था ताकि जाँच एकांश की उपस्थिति तथा कुँजी दबाने के बीच का समय अर्थात् प्रतिक्रिया समय का मापन किया जा सके। सचमुच में यहाँ स्टेनवर्ग ने STM से पुनः प्राप्ति की प्रक्रिया के बारे में दो प्राक्कल्पना (hyopthesis) बना रखे थे और अध्ययन करना चाहते थे कि इन दोनों प्राक्कल्पनाओं में से किसके अनुसार प्रयोज्य अनुक्रिया करता है। ये दो प्राक्कल्पनाएँ थीं—*समानान्तर प्रक्रिया प्राक्कल्पना* (parallel process hypothesis) तथा *कमिक या आनुक्रमिक प्रक्रिया प्राक्कल्पना* (serial or sequential process hypothesis)। समानान्तर प्रक्रिया प्राक्कल्पना के अनुसार व्यक्ति जब किसी विशेष सूचना की खोज करता है तो STM में जितनी भी सूचनाएँ संचित होतीं हैं, उन सबों को एक साथ परखा जाता है। क्रमिक या अनुक्रमिक प्रक्रिया प्राक्कल्पना के अनुसार व्यक्ति जब किसी विशेष सूचना की खोज करता है तो STM में जितनी भी सूचनाएँ संचित होतीं हैं उन्हें एक-एक करके परखा या जाँच की जाती है। स्पष्ट है कि जब STM में संचित सूचनाओं में से किसी सूचना की पुनःप्राप्ति (retrieval) व्यक्ति क्रमिक प्रक्रिया प्राक्कल्पना से करता है, अर्थात् वह स्मृति समुच्चय (memory set) के प्रत्येक एकांश की तुलना जाँच एकांश (test item) से करता है, तो स्मृति समुच्चय में अधिक एकांश रहने पर उसे जाँच एकांश के प्रति अनुक्रिया करने में अधिक समय लगेगा। परन्तु यदि वह समानान्तर प्रक्रिया प्राक्कल्पना के अनुसार कार्य करता है तो स्मृति समुच्चय चाहे छोटा हो या बड़ा, जाँच एकांश (test item) के प्रति अनुक्रिया करने में बराबर समय लगेगा। स्टेनवर्ग ने अपने प्रयोग के परिणाम में पाये कि STM से पुनःप्राप्ति (retrieval) में क्रमिक प्रक्रिया न कि समानान्तर प्रक्रिया सम्मिलित होती है। STM में जितने ही अधिक एकांश संचित होते हैं उन्हें संसाधित करने में अधिक समय लगता है। सचमुच में STM में किसी एक एकांश (item) को संसाधित करने में करीब 250 मिलीसेकंड लगता है।

जहाँ तक LTM से पुनः प्राप्ति (retrieval) का प्रश्न है, इसमें न तो क्रमिक संसाधन (sequential processing) और न ही समानान्तर संसाधन (parallel processing) की प्रक्रिया सम्मिलित होती है। क्रमिक संसाधन द्वारा पुनःप्राप्ति करना इतना अधिक समय लेने वाला होगा कि उसका उपयोग सम्भव नहीं है (क्योंकि LTM की संचयन शक्ति बड़ी होती है)। उसी तरह से समानान्तर संसाधन द्वारा पुनः प्राप्ति करना इसलिए कठिन होता है क्योंकि एक साथ LTM में संचित सभी तरह की सूचनाओं को परखना सम्भव नहीं है। अतः LTM से पुनः प्राप्ति की प्रक्रिया में दूसरे तरह के संसाधन प्रक्रियाओं का उपयोग किया जाता है।

लघुकालीन स्मृति में विस्मरण
(Forgetting in Short-term Memory)

लघुकालीन स्मृति (Short-term memory or STM) में विस्मरण होता है और इसकी व्याख्या मनोवैज्ञानिकों ने उन्हीं कारकों के रूप में किया है जिन कारकों द्वारा LTM में विस्मरण की व्याख्या होती है। STM में विस्मरण की व्याख्या करने के लिए जितने भी अध्ययन किये गये हैं, उनके आलोक में यह कहा जा सकता है कि ऐसे विस्मरण की व्याख्या निम्नांकित तीन कारकों या प्रक्रमों (mechanisms) या सिद्धान्तों के रूप में किया गया है—

1. ह्रास प्रक्रम (decay mechanism)
2. बाधा प्रक्रम (interference mechanism)
3. विस्थापन प्रक्रम (displacement mechanism)

इन तीनों प्रक्रमों का वर्णन निम्नांकित है:—

1. ह्रास प्रक्रम (*Decay mechanism or theory*)—इस प्रक्रम या सिद्धान्त (theory) के अनुसार STM में प्रवेश पाये सूचना को जब व्यक्ति रिहर्सल (rehearsal) नहीं कर पाता है या उसपर ध्यान नहीं दे पाता है, तो समय

बीतने के साथ वैसी सूचनाओं के स्मृति चिह्नों का अपने आप ह्रास (decay) होने लगता है। इसका परिणाम यह होता है कि स्मृति चिह्न धीरे-धीरे कमजोर होने लगते हैं और अन्त में व्यक्ति उसे पूर्णतः भूल जाता है। इस सिद्धान्त के अनुसार STM में उत्पन्न विस्मरण की व्याख्या करने के लिए किसी तरह के नये या पुराने एकांशों से उत्पन्न बाधा (interference) के बारे में सोचना भी अनुपयुक्त एवं गलत है। अतः इस सिद्धान्त के अनुसार STM में विस्मरण का कारण समय बीतने से स्मृति चिह्नों का शनैः-शनैः ह्रास होना है।

STM में विस्मरण के इस कारक या सिद्धान्त को ब्राउन (Brown, 1958) द्वारा किये गये आरम्भिक प्रयोगों से समर्थन प्राप्त हुआ है। इस प्रयोग में उन्होंने प्रयोज्य को कुछ व्यंजन अक्षरों को थोड़े समय के लिए दिखलाया। इसके बाद दो अवस्थाओं में प्रयोज्यों से प्रत्याह्वान कराया गया। एक अवस्था में 4.7 सेकंड समय बीतने के बाद उन व्यंजन अक्षरों का प्रत्याह्वान करने के लिए कहा गया। इस समय अंतराल में प्रयोज्य उन अक्षरों का मन-ही-मन रिहर्सल न कर सके, इसका भी उपाय किया गया। रिहर्सल रोकने के ख्याल से प्रयोज्यों को उन अंकों का नाम बतलाने के लिए कहा गया जो 4.7 सेकंड तक उनके सामने उपस्थित किये गये। ब्राऊन का तर्क यह था कि इन अंकों से रिहर्सल तो रुकेगा ही साथ-ही-साथ अक्षरों के धारण में किसी तरह का बाधा (interference) भी नहीं उत्पन्न होगा क्योंकि अंक अक्षर से स्पष्ट रूप से भिन्न है। दूसरी अवस्था में भी 4.7 सेकंड के बाद प्रयोज्यों से प्रत्याह्वान करने के लिए कहा गया परन्तु इसमें उन्हें कोई अतिरिक्त कार्य में व्यस्त नहीं रखा गया। परिणामतः उन्हें रिहर्सल करने की पूर्ण छूट थी। परिणाम में देखा गया कि रिहर्सल करने से प्रत्याह्वान उत्तम हुआ परन्तु रिहर्सल नहीं किये जाने पर STM में व्यंजन अक्षरों की स्मृति चिह्नों में तेजी से ह्रास हुआ। अतः इस परिस्थिति में प्रत्याह्वान में काफी कमी आ गयी। ब्राऊन के इस प्रयोग से ह्रास सिद्धान्त (decay theory) को स्पष्ट समर्थन मिलता है। पेटरसन एवं पेटरसन (Peterson & Peterson, 1953) द्वारा किया गया प्रयोग जिसमें एक ही व्यंजन पद का प्रत्याह्वान विभिन्न समय अंतराल के बाद (जिसमें रिहर्सल को तीन-तीन अंक घटाते हुए पीछे की ओर गिनती करवा के रोका गया था) लिया गया था, द्वारा भी सिद्धान्त को समर्थन मिलता है। इनके प्रयोग में 18 सेकंड के बाद व्यंजन पद का प्रत्याह्वान करीब-करीब नगण्य हो गया था जो इस बात का द्योतक था कि 18 सेकंड का समय बीतते-बीतते उस व्यंजन पद का स्मृति चिह्न प्रयोज्य के मस्तिष्क से लगभग मिट चुका था।

2. बाधा प्रक्रम या सिद्धान्त (*Interference mechanism or theory*)—पेटरसन एवं पेटरसन (Peterson & Peterson) तथा ब्राऊन (Brown) आदि के अध्ययनों से तो यह स्पष्ट हो गया कि STM में विस्मरण समय बीतने के फलस्वरूप स्मृति चिह्नों में ह्रास (decay) के फलस्वरूप होता है न कि किसी अन्य एकांशों (items) से उत्पन्न बाधा से। परन्तु कई मनोवैज्ञानिकों ने इस निष्कर्ष पर संदेह जाहिर किया और यह आशंका व्यक्त किया कि सच्चाई ऐसी नहीं है। वास्तव में, STM में LTM की तरह विस्मरण मौलिक एकांश (original item) के अलावा अन्य एकांशों (itmes) के सीखने से उत्पन्न बाधां से भी होता है। कई मनोवैज्ञानिकों ने प्रयोगात्मक अध्ययन एवं विश्लेषण करके यह दिखलाया है कि STM में अग्रलक्षी अवरोध (proactive inhibition or PI) एवं पृष्ठोन्मुख अवरोध (retroactive inhibition) दोनों ही द्वारा विस्मरण होता है। अग्रलक्षी अवरोध में मौलिक एकांश से पहले सीखे गये एकांश मौलिक एकांश के धारणा में बाधा उत्पन्न करते हैं और जिसके कारण विस्मरण होता है। पृष्ठोन्मुख अवरोध में मौलिक एकांश के बाद सीखे गए एकांश मौलिक एकांश के धारणा में बाधा पहुँचाते हैं और विस्मरण उत्पादन करते हैं। STM में PI के प्रभाव को दिखालने के लिए केप्पेल एवं अंडरवुड (Keppel & Underwood, 1962) ने पेटरसन एवं पेटरसन (Peterson & Peterson, 1959) के प्रयोग में बाधा प्रभाव ढूँढ़ने की कोशिश किया है तथा पेटरसन एवं पेटरसन के समान ही कुछ स्वतन्त्र प्रयोग करके STM में PI प्रभाव को दिखलाया है। पेटरसन एवं पेटरसन के प्रयोग पर गौर करते हुए उन्होंने यह कहा है कि यद्यपि इनलोगों ने अपने अध्ययन में PI प्रभाव होते नहीं पाया है परन्तु सचमुच में उसमें भी PI प्रभाव के कारण विस्मरण हो रहा था। केपेल एवं अंडरवुड ने कहा कि इंनलोगों के प्रयोग में प्रयोज्यों को प्रयोग का वास्तविक प्रयास प्रारम्भ होने के पहले दो अभ्यास प्रयास (practice trial) दिये गये थे और इन दोनों अभ्यास प्रयासों के कारण बाद में सम्भवतः मौलिक एकांश के कारण अभ्यास में बाधा उत्पन्न हुआ हो, अर्थात् PI प्रभाव उत्पन्न हुआ हो क्योंकि दो प्रयास इस तरह की परिस्थिति में बाधा उत्पन्न करने के लिए पर्याप्त है। इस विचार की जाँच के लिए केप्पेल एवं अंडरवुड (Keppel & Underwood, 1962) ने दो प्रयोग किये। एक प्रयोग में उन्होंने प्रयोज्यों को एक व्यंजन पद (जैसे KPN) को पढ़कर सुनाया गया और सिर्फ तीन प्रयासों में उनकी धारण की जाँच विभिन्न समय

अंतरालों जैसे, 3 सेकंड, 9 सेकंड एवं 18 सेकंड पर किया गया। एक-दूसरे प्रयोग में प्रत्येक व्यंजन पद को दो सेकेंड तक दिखाकर तीन प्रयासों में विभिन्न समय अंतराल जैसे 3 सेकेंड, 9 सेकेंड तथा 18 सेकेंड के बाद प्रत्याह्वान (recall) लिया गया। परिणाम में देखा गया कि दोनों प्रयोगों में प्रथम प्रयास का प्रत्याह्वान दूसरे एवं तीसरे प्रयास के प्रत्याह्वान से श्रेष्ठ तथा दूसरे प्रयास की अपेक्षा तीसरे प्रयास का प्रत्याह्वान अच्छा नहीं था। केप्पेल एवं अंडरवुड के अनुसार तीसरे प्रयास में प्रत्याह्वान में ह्रास होने का कारण प्रथम दो प्रयासों पर के धारण थे। इससे STM में PI प्रभाव का समर्थन होता है। बाद में लोयस्स (Loess, 1964) एवं वाइकेन्स (Wickens, 1970) ने भी अपने-अपने प्रयोगों में PI प्रभाव की सम्पुष्टि किया है।

STM में PI के अलावा RI के प्रभाव को भी मनोवैज्ञानिकों ने दिखलाया है। वाइकेलग्रेन (Wickelgern, 1965) ने एक प्रयोग करके STM में RI प्रभाव की पुष्टि किया। इस प्रयोग में प्रयोज्यों को 12 अक्षरों को जोंर-जोर से एक-एक करके पढ़कर सुनाया गया। इसमें से प्रथम चार का प्रत्याह्वान उन्हें तुरन्त बाद में करना था तथा अन्तिम आठ का उद्देश्य चार अक्षरों के धारण में बाधा उत्पन्न करना था। अतः अंतिम आठ अक्षर अन्तर्वेशित पाठ (interpolated task) का कार्य कर रहे थे। वाइकेलग्रेन ने अपने इस प्रयोग के परिणाम में पाये कि जब प्रथम चार एवं अन्तिम आठ अक्षरों के आवाज में समानता होती थी (जैसे B, G, E, आदि) तो विस्मरण की मात्रा बढ़ जाती थी।

स्पष्ट हुआ कि STM में PI तथा RI दोनों के वजह से विस्मरण होता है। कुछ मनोवैज्ञानिक इन दोनों तरह के बाधक प्रभावों को स्थानीकृत (localize) करने की कोशिश किया है परन्तु उनके अध्ययनों के निष्कर्ष चूँकि स्पष्ट नहीं रहे हैं, अतः इस बिन्दु पर कुछ भी निश्चित रूप से अभी नहीं कहा जा सकता है।

STM में PI एवं RI के बाधक प्रभावों को दिखाने के लिए किये गये प्रयोगों से यह स्पष्ट हो गया कि समय बीतना अपने आप में धारण का एक निर्धारक नहीं है जैसा कि ह्रास सिद्धान्त की व्याख्या से स्पष्ट हुआ था। अब समस्या यह कि जब STM में विस्मरण होता है, तो उसका कारण समय का बीतना होगा या उस समय में कुछ नये एकांशों को सीखने से उत्पन्न बाधाएँ होगी? इस समस्या का निर्धारण करने के लिए रिटमैन (Reitman,1971) ने एक तर्क प्रस्तुत किया जो इस प्रकार है—उन्होंने यह कहा कि उक्त समस्या का समाधान के लिए एक ऐसा प्रयोग करना होगा जिसमें प्रयोज्य शाब्दिक एकांश को एक लघुकालीन अवधि के लिए धारण करता हो तथा साथ-ही-साथ वह इस अवधि में रिहर्सल नहीं करता हो एवं कुछ नया एकांश (item) भी नहीं सीखा हो जिससे मौलिक एकांश के धारण में किसी तरह का बाधा उत्पन्न न हो सके। इस मूल तथ्य को ध्यान में रखकर उन्होंने एक प्रयोग किया। इस प्रयोग में सामान्य शब्दों के त्रिक (triad) को दिखलाया गया और 15 सेकंड के समय अंतराल के बाद उनका प्रत्याह्वान करवाया गया। इस 15 सेकंड की अवधि में प्रयोज्य द्वारा संभावित रिहर्सल को रोकने के लिए उन्होंने कुछ विकर्षक कार्य (distracting task) प्रयोज्यों के सामने रखा। प्रयोज्यों को दो प्रयोगात्मक अवस्थाओं में रखकर दो तरह के विकर्षक कार्य में लगाया गया ताकि वे रिहर्सल न कर सके। पहली प्रयोगात्मक अवस्था में प्रयोज्यों को आवाज पहचान कार्य में लगाया गया जहाँ उन्हें एक ऐसी हल्के आवाज को पहचानना था जो कुछ भारी आवाज के मध्य में उत्पन्न होता है। पहचान की अनुक्रिया उसे एक कुंजी दबाकर करनी थी। जाहिर है कि ऐसी परिस्थिति में प्रयोज्यों को त्रिक शब्दों का रिहर्सल करना मुकिश्ल था। दूसरी प्रयोगात्मक अवस्था में उन्हें पद पहचान कार्य (syllabic detection task) में लगाया गया जहाँ जब पद TOH बोले जाने के मध्य में DOH बोले जाने की आवाज वे सुनते थे तो उन्हें कुंजी दबाना होता था। परिणाम में देखा गया कि आवाज पहचान कार्य (tonal detection task) की अवस्था तथा पद पहचान कार्य (syllabic detection task) की अवस्था दोनों में ही कुछ प्रयोज्यों ने रिहर्सल किया तथा कुछ ने नहीं किया। अध्ययन के उद्देश्य के खयाल से उन प्रयोज्यों के परिणाम महत्त्वपूर्ण थे जिन्होंने रिहर्सल नहीं किया। ऐसे प्रयोज्यों का परिणाम ज्यादा सार्थक था जिसमें यह देखा गया कि 15 सेकंड के समय अंतराल में आवाज पहचान कार्य की अवस्था तथा पद पहचान कार्य की अवस्था दोनों में ही धारण में ह्रास हुआ परन्तु पद पहचान कार्य में धारण में ह्रास और अधिक हुआ। इस तरह से धारण में अधिक ह्रास होने का कारण पद पहचानने के शाब्दिक स्वरूप का होना है जिससे कुछ हद तक त्रिक शब्दों के धारण में बाधा (interference) उत्पन्न होती थी। आवाज पहचान अवस्था में बाधक कार्य का स्वरूप अशाब्दिक होने से उसके द्वारा उस तरह की बाधा उत्पन्न नहीं होती थी। इस अध्ययन के आधार पर रिटमैन जो एक महिला मनोवैज्ञानिक थी, इस अन्तिम निष्कर्ष पर पहुँची कि STM में विस्मरण ह्रास (decay) एवं बाधा (interference) दोनों के कारण उत्पन्न होता है।

3. विस्थापन प्रक्रम या सिद्धान्त (*Displacement mechanism or theory*)—इस प्रक्रम के अनुसार लघुकालीन स्मृति की संचयन शक्ति (storage capacity) सीमित होती है और STM से सूचना का विस्मरण तभी होता है जब उस सूचना से सम्बन्धित एकांश (item) बाद के एकांशों (items) द्वारा विस्थापित (displaced) हो जाती है। इस व्याख्या के समर्थन में वौघ एवं नॉरमैन (Waugh & Norman, 1965) ने एक प्रयोग किया है। इस प्रयोग का उद्देश्य यह देखना था कि STM में किसी एकांश का प्रत्याह्वान समय बीतने तथा उसके बाद अन्य एकांशों को उपस्थित करने से कहाँ तक प्रभावित होता है। उन्होंने अपने इस अध्ययन में 16 एकाकी अंकों की सूचियों को कुछ प्रयोज्यों को प्रति सेकंड एक अंक तथा कुछ प्रयोज्यों को प्रति सेकंड चार अंक की दर से पढ़कर सुनाया। प्रयोज्यों को प्रत्येक उपस्थित किये गए अंक को देखने पर उसके बारे में न कि पिछले अंकों के बारे में रिहर्सल करना होता था। इसका उद्देश्य सूची के प्रत्येक अंक के प्रति रिहर्सल की मात्रा को तुल्य करना था, सूची का अन्तिम अंक ऐसा होता था कि जो सूची में पहले कहीं आ चुका होता था। अन्तिम अंक के ठीक बाद एक उच्च आवृत्ति का आवाज उत्पन्न किया जाता था। अन्तिम अंक एक तरह का तहकीकाती अंक (probe digit) था क्योंकि इसकी उपस्थिति इस बात का संकेत देता था कि उसे उस अंक का प्रत्याह्वान करना है जो इस तहकीकाती अंक वाले अंक के पहले सूची में कहीं आ चुका है। दोनों दरों पर उपस्थित किये गए सूचियों के प्रत्येक अंक के प्रत्याह्वान का अनुपात तथा उनकी सूची के अन्तिम अंक से दूरी को दिखाने वाला वक्र (curve) खींचा गया जिसके विश्लेषण से यह पता चला कि अंकों का प्रत्यह्वान संचयन समय (storage time) से प्रभावित न होकर इस बात से प्रभावित होता है कि उसके बाद के अंकों की संख्या कितनी है। संख्या जितनी ही अधिक होती थी (जैसे सूची के ऊपरी अंकों की स्थिति में), उनका प्रत्याह्वान का अनुपात काफी कम होता है। इसका कारण यह था कि सूची के ऊपरी अंकों के बाद कई अंक आते थे जिनसे उनका विस्थापन (displacement) हो जाता था।

विस्थापन प्राक्कलपना की व्याख्या से यह स्पष्ट है कि इसके अनुसार सूची के एकांशों का विस्थापन यादृच्छिक (randomly) होता है। परन्तु कई मनोवैज्ञानिकों जैसे वाइकेलग्रेन (Wickelgren, 1965) ने अपने अध्ययन के आधार पर यह बतलाया है कि STM में समानता प्रभाव (similarity effect) क्रियाशील होता है। याद रखे जाने वाले एकांशों और बाद के एकांशों में समानता अधिक होने पर पहले तरह के एकांशों का दूसरे तरह के एकांशों से विस्थापन अधिक होता है। अतः STM में एकांशों का विस्थापन यादृच्छिक (random) न होकर समानता (similarity) पर आधारित होता है।

निष्कर्षतः यह कहा जा सकता है कि STM में विस्थापन समय बीतने के कारण स्मृति चिह्न में उत्पन्न ह्रास (decay) एवं बाधा (interference) या विस्थापन (displacement) दोनों से होता है।

चलन स्मृति
(Working Memory)

चलन स्मृति (working memory) जिसे पहले लघुकालीन स्मृति (short-term memory) कहा जाता था, का स्वरूप लघुकालीन स्मृति से भिन्न पाया गया है तथा इसे स्वतन्त्र ढंग से अलग से परिभाषित भी किया है। चलन स्मृति के सम्प्रत्यय का प्रतिपादन ब्रिटिश मनोवैज्ञानी एलान वैड्डेली (Alan Baddeley, 2003) द्वारा किया गया। लघुकालीन स्मृति जैसा कि हम पहले देख चुके हैं, से तात्पर्य सूचना के सिर्फ अस्थायी संचयन (temporary storage) से होता है। परन्तु चलन स्मृति से तात्पर्य वैसे स्मृति से होता है जिसमें सूचनाओं को संचित किया जाता है तथा साथ-ही-साथ उसे संसाधित (processeing) भी किया जाता है। अतः चलन स्मृति में सूचनाओं का संचयन क्षमता (storage capacity) तथा सूचनाओं को संसाधित करने (या बदलने) की क्षमता दोनों ही सम्मिलित होता है। जैसे, यदि हम कोई दूरभाष संख्या जैसे 688336 को देखकर सिर्फ 30 सेकंड तक संचित करके मन रखते हैं तो यह लघुकालीन स्मृति का उदाहरण होगा परन्तु यदि हम इसे 30 सेकंड तक संचित करने के साथ-साथ हम इस सूचना को संसाधित इस प्रकार करते हैं कि इसके प्रारम्भ तथा अन्त में 6 है तथा बीच में पहले दो 8 तथा फिर दो 3 हैं, तो यह चलन स्मृति (working memory) का उदाहरण होगा। या फिर हम इसे ऐसे याद रखें कि दो 6, दो 8 तथा दो 3 है जिसका योग 12 + 16 + 6 = 34 हुआ तो यह भी चलन स्मृति का उदाहरण होगा। आधुनिक मनोवैज्ञानिकों ने चलन

स्मृति को चेतना का *वर्कवेंच* (workbench) कहा है अर्थात्, यह ऐसी जगह होती है जहाँ अभी वर्तमान में उपयोग की जानेवाली सूचनाएँ मौजूद होती हैं तथा संसाधित होती हैं। चलन स्मृति के स्वरूप पर टिप्पणी करते हुए वेस्ट[1] (Best, 1995) ने कहा है, ''चलन स्मृति लघुकालीन स्मृति का सिर्फ एक भिन्न नाम नहीं है। ये दोनों सम्प्रत्यय कई ढंगों से आपस में भिन्न हैं, चलन स्मृति में बहुत तरह के विभिन्न सक्रिय खोज प्रक्रियाओं का एक सेट होता है जिसके माध्यम से मिश्रित परन्तु आपस में स्वतन्त्र, संचयन रजिस्टर के समूह का स्कैनिंग होता है।''

स्पष्ट हुआ कि चलन स्मृति (working memory) अस्थायी (temporary) परन्तु सतत् परिवर्तनशील (changing) होता है। रेन्स (Rains, 2002) के अनुसार चलन स्मृति के दो प्रमुख तत्त्व (elements) होते हैं—*कार्यस्थल* (workspace) तथा *कार्यकारी क्रिया* (executive function)। कार्यस्थल से तात्पर्य सामान्य अस्थायी संचयन (general temporary store), कई तरह के विशिष्ट अस्थायी संचयन तंत्र (specialized temporay storage system) तथा किसी समय में इन अर्न्तवस्तु (content) पर उपयोग किये जाने वाले विशेष प्रक्रियाओं से होता है। सचमुच में कार्यस्थल में चेतन अन्तर्वस्तु (conscious content) तथा इन अन्तर्वस्तु पर उपयोग की जाने वाली प्रक्रियाएँ (process) सम्मिलित होतीं हैं। अध्ययनों से यह भी स्पष्ट हुआ है कि चलन स्मृति का अर्न्तवस्तु (content) तात्कालिक वातावरण (immediate environment) (लघुकालीन स्मृति के माध्यम से) तथा पहले से संचित सूचनाओं अर्थात् प्रासंगिक (episodic) एवं अर्थगत (semantic) स्मृति से व्युत्पन्न (derived) होती है। कार्यकारी क्रिया (executive function) चलन स्मृति का दूसरा तत्त्व होता है जिसके माध्यम से चलन स्मृति में होने वाली क्रियाओं का एक समग्र समन्वय (overall coordination) का देख-रेख संपन्न होता है।

चलन स्मृति पर किये गये आरम्भिक शोधों का सम्बन्ध मूलतः दो प्रश्नों का उत्तर देना था—क्या चलन स्मृति का अस्तित्व होता है? तथा दूसरा, चलन स्मृति में कितना संचयन किया जा सकता है?

चलन स्मृति के अस्तित्व के समर्थन में अनेक सबूत प्रदान किये गये हैं परन्तु सबसे अधिक महत्त्वपूर्ण सबूत *क्रमिक स्थान वक्र* (serial postion curve) से प्राप्त होता है। इस वक्र का सम्बन्ध अन्य बातों के अलावा इस तथ्य से होता है कि जब हम शब्दों की कोई सूची याद करते हैं तो सूची के प्रारम्भ के कुछ शब्दों तथा सूची के अंतिम कुछ शब्दों का प्रत्याह्वान सूची के मध्य के शब्दों के प्रत्याह्वान (recall) की अपेक्षा उत्तम होता है। इसमें प्रथम कुछ शब्दों का प्रत्याह्वान तो इसलिए उत्तम होता है क्योंकि उनका प्रवेश दीर्घकालीन स्मृति (long-term memory) में हो चुका होता है तथा अन्तिम कुछ शब्दों का प्रत्याह्वान जिसे नवीनता प्रभाव (recency effect) कहा जाता है, इसलिए होता है क्योंकि ऐसी सूचनाएँ चलन स्मृति (working memory) में मौजूद होतीं हैं। मध्य स्थान के शब्द न तो चलन स्मृति में होते हैं और न ही दीर्घकालीन स्मृति में होते हैं, अतः इसमें से मात्र कुछ का ही प्रत्याह्वान हो पाता है।

अब चलन स्मृति से सम्बद्ध दूसरा प्रश्न पर ध्यान दें। प्रश्न यह है कि चलन स्मृति में एक साथ कितनी सूचनाओं को संचित किया जा सकता है? मिल्लर (Miller, 1956) के अनुसार चयन स्मृति की संचयन क्षमता लगभग सात पृथक एकांशों (discrete items) (दो अधिक या कम) की होती है। सूचनाओं एवं एकांशों की संख्या इससे ज्यादा होने पर स्मृति तन्त्र अतिभारित (over loaded) हो जाता है और यदि कोई नयी सूचना ऐसी स्थिति में प्रवेश करती है, तो पुरानी सूचना अपने आप खो जाता है। परन्तु ऐसा सम्भव है कि प्रत्येक एकांश से अलग-अलग सूचनाओं की इकाई हो सकती है। ऐसे इकाई आपस में कुछ विशेष ढंग से सम्बन्धित हो सकते हैं तथा उन्हें अर्थपूर्ण इकाई (meaningful units) से समूहन किया जा सकता है। इस प्रक्रिया को मनोवैज्ञानिकों ने *चुंकिंग* (chunking) कहा है और प्रत्येक चुंक में बड़ी संख्या में सूचनाओं को रखा जा सकता है। जैसे, मानलिया जाय कि हम इन अक्षरों को किसी व्यक्ति के सामने एक बार पढ़कर उसे बताने के लिए कहते हैं—CBICIAISIFCI बहुत उम्मीद यह है कि व्यक्ति इनमें से सात अक्षरों से ज्यादा प्रत्याह्वान नहीं कर पायेगा। परन्तु अब मान लिया जाय कि इन अक्षरों को इस ढंग से उपस्थित किया जाता है—CBI, CIA, ISI, FCI। ऐसी परिस्थिति में अब व्यक्ति सात से अधिक अक्षरों का निश्चित रूप से प्रत्याह्वान करेगा क्योंकि अब इन अक्षरों को अर्थपूर्ण चुंक (meaningful chunk) में समूहन (grouped)

---

1. "Working memory is not just different name for shot-term memory. The two concepts differ in a number of ways, with working memory being viewed as a set of several different active search scanning of a group of allied, but some what independent, storge registers."

—Best : *The Cognitive Psychology, 1995, p.178*

कर दिया गया है जो सचमुच में मशहूर संगठनों के नाम के आरंभिक अक्षर हैं। अतः चुंकिंग की प्रक्रिया के कारण चलन स्मृति (working memory) में निश्चित रूप से सात से अधिक सूचनाएँ सम्मिलित की जा सकतीं हैं।

चलन स्मृति में संसाधन
(Processing in Working Memory)

1970 वाले दशक तक प्रयोगात्मक मनोवैज्ञानिकों का ऐसा विश्वास था कि शुद्ध लघुकालीन स्मृति (pure short-term memory) जैसे स्मृति का अस्तित्व होता है और इसमें थोड़े मात्रा में सूचनाओं को थोड़े समय के लिए संचित किया जाता है। उसके बाद किये गये शोधों से यह स्पष्ट हुआ है कि लघुकालीन संचयन के लिए जो हमारा स्मृति तन्त्र है, उसमें सिर्फ निष्क्रिय ढंग से सूचनाओं को संचित ही नहीं किया जाता है बल्कि उन सूचनाओं का सक्रिय संसाधन (active processing) भी होता है। यही कारण है कि आजकल प्रयोगात्मक मनोवैज्ञानिकों द्वारा इस तरह के लघुकालीन संचयन (short-term storage) को *चलन स्मृति* (working memory) की संज्ञा दी जाती है जो यह बतलाता है कि इसमें सूचनाओं का लघुकालीन अवधि के लिए मात्र संचयन ही नहीं होता है बल्कि उसमें सक्रिय ढंग से कुछ परिवर्तन होता भी है। जैसे, एण्डरसन, रेडर एवं लिबरे (Anderson, Reder & Lebiere, 1996) तथा पोजनर एवं रॉस्समैन (Posner & Rossman, 1985) द्वारा किये गए शोधों से यह स्पष्ट हुआ है कि चलन स्मृति में साधारण परिकलन (simple calculation) जैसे संख्याओं को जोड़ना या घटाना आदि जैसी प्रक्रियाएँ हो सकतीं हैं। इतना ही नहीं, वेरोन (Baron, 2002) के अनुसार चलन स्मृति की भूमिका वाक्य बोध (sentence comperhension) में भी काफी बतलायी गयी है। शायद यही कारण है कि हम जब जटिल-से-जटिल वाक्यों को पढ़ते हैं, तो उसके शब्दों का अर्थ परिप्रेक्ष्य के अनुसार समझ पाते हैं। कई ऐसे अध्ययन किये गये हैं जिनसे यह भी पता चला है कि समानांतर संसाधन (parallel processing) की प्रक्रिया द्वारा चलन स्मृति बहुत तरह का कार्य करता है। सामानान्तर संसाधन की प्रक्रिया से तात्पर्य यह होता है कि जब सूचनाएँ चलन स्मृति (working memory) से प्रवेश करतीं हैं तो एक ही साथ इनका संसाधन कई तरीकों से किया जाता है। संक्षेप में तब हम इस अन्तिम निष्कर्ष पर पहुँचते हैं कि चलन स्मृति में सूचनाओं को सिर्फ लघुकालीन अवधि के लिए संचयन ही नहीं किया जाता है बल्कि यहाँ स्मृति का सम्बन्ध चेतन की प्रक्रियाओं से भी होता है।

चलन स्मृति का बहुतत्त्व मॉडल
(Multiple Component Model of Working Memory)

चलन स्मृति किस तरह से क्रिया (operate) करता है, की व्याख्या करने के लिए कई लोगों द्वारा शोध किये गए हैं। यद्यपि इन शोधकर्त्ताओं के बीच इस बिन्दु पर पूर्ण सहमति तो नहीं है फिर भी इसकी व्याख्या करने के लिए एक विशेष मॉडल का प्रतिपादन वैड्डेली (Baddeley, 1992) द्वारा किया गया जिसे *बहुतत्व मॉडल* (Muliple components model) की संज्ञा दी गयी है। इस मॉडल या सिद्धान्त के अनुसार चलन स्मृति में चार तत्त्व मुख्य रूप से सम्मिलित होते हैं जो इस प्रकार हैं—

(1) उच्चारण-सम्बद्ध लूप *(Articulatory loop)*—उच्चारण-सम्बद्ध लूप को *ध्वनिग्रामीय लूप* (phonological loop) भी कहा जाता है जो चलन स्मृति (working memory) का ऐसा तत्त्व (component) है जो चलन स्मृति में प्रवेश पाने वाले सूचनाओं का मानसिक रिहर्सल (mental rehearsal) के लिए उत्तरदायी होता है। सचमुच में उच्चारण सम्बद्ध लूप के दो उपतत्त्व (subcomponents) होते हैं—एक *ध्वनिग्रामीण संचयन* (phonological store) तथा दूसरा *उपवाचिक रिहर्सल प्रक्रम* (subvocal rehearsal mechanism)। ध्वनिग्रामीय संचयन में सूचनाओं को थोड़े देर के लिए संचित कर रखा जाता है तथा उपवाचिक रिहर्सल प्रक्रम एक ऐसा उच्चारण सम्बन्ध प्रक्रिया (articulatory process) है जिसके माध्यम द्वारा सूचनाओं का रिहर्सल सम्भव हो पाता है। इसे *उच्चारण सम्बन्धी नियंत्रण* (articulatory control) भी कहा जाता है। इस मॉडल के अनुसार शब्द-लम्बाई प्रभाव (word-length effect) तथा ध्वनिग्रामीण समानता प्रभाव (phonological similarity effect) यही उच्चरण सम्बन्ध लूप

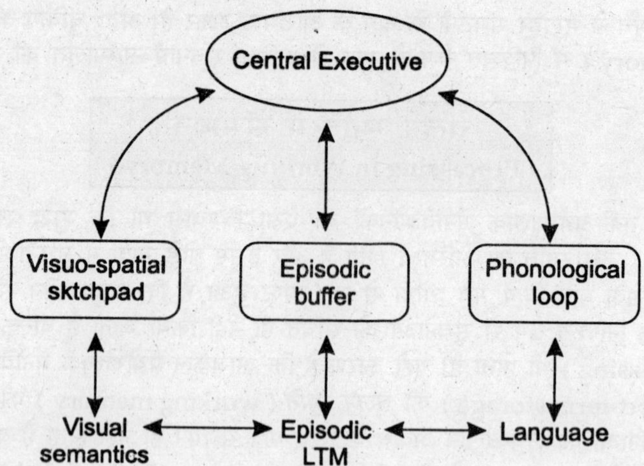

चित्र 8.3 : चलन स्मृति का मॉडल (वैड्डेली मॉडल पर आधृत)

(articulatory loop) के कारण होता है। शब्द-लम्बाई प्रभाव से तात्पर्य यह होता है कि जिन शब्दों को उच्चारण करने में अधिक समय लगता है, जैसे 'potontiometer' को चलन स्मृति में धारण करना वैसे शब्दों जैसे 'cat' जिसका उच्चारण करना आसान होता है, की अपेक्षा कठिन होता है। इससे चलन स्मृति का समय-आधृत स्वरूप (time-based nature) का पता चलता है। ध्वनिग्रामीय समानता प्रभाव (phonological similarity effect) से यह पता चलता है कि समान ध्वनि उत्पन्न करने वाले शब्द (जैसे Cat, Rat, Fat आदि) को चलन स्मृति में संचित करके रखना वैसे शब्दों की अपेक्षा कठिन होता है जिनसे भिन्न ध्वनि जैसे (Cat, Dog, Ship आदि) निकलते हों। शब्द-लम्बाई प्रभाव की उत्पत्ति इस बात से होती है कि ध्वनिग्रामीय संचयन (phonological store) अवधि (duration) के खयाल से बहुत सीमित होता है जिसका प्रयोगात्मक सत्यापन बैड्डेली तथा उनके सहयोगियों (Baddeley et al., 1975) तथा स्कीविकर्ट (Schweickert, 1993) के अध्ययनों से हो चुका है।

ध्वनिग्रामीय संचयन (phonological store) के सम्प्रत्यय को *असंगत सम्भाषण प्रभाव* (irrelevant speech effect) द्वारा भी समर्थन मिला है। असंगत सम्भाषण प्रभाव यह बतलाता है कि अगर व्यक्ति दृश्य रूप से उपस्थित एकांशों (visually presented items) के क्रम को स्मरण करना चाह रहा है तो उस समय साथ में कुछ असंगत सामग्रियों को बोल-बोल कर यदि उपस्थित किया जाता है, तो उससे निष्पादन में कमी आ जाती है। चलन स्मृति के इस मॉडल के अनुसार ऐसा प्रभाव इसलिए होता है क्योंकि सम्भाषण (speech) अर्थात् बोले गए शब्द या अन्य चीज जो आवाज के रूप में है, स्वतः ध्वनिग्रामीय लूप में चला जाता है जबकि दृष्टि सामग्री (visual material) को ध्वनिग्रामीय लूप में पंजीकृत होने के पहले उसे ध्वनिक कूटसंकेत (phonotic code) में बदलना अर्थात् पुर्नकूटसंकेतन (recoding) आवश्यक हो जाता है। दृष्टि सामग्रियों (visual materials) का पुर्नकूटसंकेतन (recoding) उच्चारण सम्बन्ध नियंत्रण प्रक्रिया (articulatory control process) के परिणामस्वरूप होता है। इस व्याख्या के आधार पर तब निम्नांकित दो पूर्वकथन (prediction) किये गए हैं:—

(i) यदि दृष्टि सामग्रियों (visual materials) का पुर्नकूटसंकेतन कुछ ऐसे कारक जो पहले से उच्चारण सम्बन्ध नियंत्रण प्रक्रिया में मौजूद हैं, द्वारा अवरूद्ध हो जाता है, तो सूचना ध्वनिग्रामीय लूप (phonological loop) में संचित नहीं होगा। फलतः असंगत सम्भाषण प्रभाव (irrelevant speech effect) नहीं होगा।

(ii) असंगत सम्भाषण प्रभाव में सम्भाषण (speech) के आवाज (sound) की जरूरत होती है और यह आवाज कोई जरूरी नहीं है कि पूर्णशब्द (complete words) का ही हो। इसका मतलब यह हुआ कि यह प्रभाव तब भी होगा जब असंगत सम्भाषण (irrelevant speech) अक्षरों के संयोग (combination) जैसे 'Ba' 'Ma' से उत्पन्न हो रहा हो परन्तु यह प्रभाव उस समय नहीं होगा जब व्यक्ति कोई असम्भाषण आवाज (nonspeech sound) को सुनता है।

सालामें तथा बैड्डेली (Salame & Baddeley, 1982) ने अपने प्रयोग के आधार पर इन दोनों पूर्वकथनों की सम्पुष्टि किया है।

उपवाचिक रिहर्सल प्रक्रम (subvocal rehearsal process) जिसे उच्चारण सम्बन्धी नियंत्रण प्रक्रिया (articulatory control process) भी कहा जाता है, द्वारा ध्वनिग्रामीय समानता प्रभाव (phonological similarity effect) की व्याख्या होती है। यह नियंत्रण प्रक्रिया मूलतः एकांशों (items) को संचयन (store) में प्रवेश करने पर तथा उसे सम्पोषित करने का कार्य करती है। जैसे, दृष्टि रूप से उपस्थित किये गए एकांश या वस्तु उस एकांश या वस्तु के नाम के उच्चारण (articulation) के माध्यम से ध्वनिग्रामीय लूप में प्रवेश पाते हैं। उच्चारण सम्बन्धी नियंत्रण प्रक्रिया के माध्यम से ही शब्द-लम्बाई प्रभाव (word-length effect) की व्याख्या होती है। लम्बे शब्दों जैसे 'University', 'Opportunity', 'Examination' का स्मृति विस्तृति (memory span) छोटे शब्दों जैसे 'Boy', 'Dog', 'Fish' आदि की तुलना में छोटा होता है। इसकी व्याख्या करते हुए यह कहा गया है कि लम्बे शब्दों का लघु शब्दों की तुलना में उच्चारण करने तथा उनका प्रत्याह्वान करने दोनों में अधिक समय लगता है। अतः लम्बे शब्दों का रिहर्सल संचयन में अधिक बार नहीं हो पाता है और उसके प्रत्याह्वान में लगे समय के कारण संचयन (store) के अन्य एकांशों का भी विस्मरण प्रारम्भ हो जाता है। कोवेन, डे, साऊल्टस, केल्लर तथा प्लोरर्स (Cowan, Day, Saullts, Keller & Flores, 1992) ने अपने प्रयोग के आधार पर उक्त तथ्य की सम्पुष्टि किया है। इनके अध्ययन में छह शब्दों के कई सूचियाँ बनायी गयी हैं और इन सूचियों में लम्बे शब्दों को क्रमबद्ध रूप से या तो प्रारम्भ में या अन्त में रखा गया। सहभागियों (participants) या प्रयोज्यों से यह अनुरोध किया गया कि वे एकांशों को ठीक उसी क्रम में प्रत्याह्वान करें जिस क्रम में उन्हें दिखलाया गया था। प्राक्कल्पना (hypothesis) यहाँ यह थी कि जब लम्बे शब्द सूची के प्रारम्भ में आयेंगे, तो बाद में आने वाले एकांशों का रिहर्सल प्रभावित होगा क्योंकि ऐसे शब्दों के रिहर्सल में अधिक समय लगेगा। इतना ही नहीं, जब लम्बे शब्दों को सूचि के आरम्भ में उपस्थित किया जाता है, तो इसका प्रत्याह्वान (recall) भी पहले होगा और प्रत्याह्वान करते समय ऐसे एकांशों का उच्चारण में जो समय लगेगा, उससे संचयन (store) में अन्य एकांशों को हानि होगा। परिणाम में लघु संचयन तंत्र (brief storage system) जो शब्दों को उच्चारण करने में लगे समय के प्रति संवेदनशील होता है, को पूर्ण समर्थन मिला। यह भी पाया गया कि जब सूची में लम्बे शब्दों का प्रत्याह्वान बाद में न करके आरम्भ में किया जाना होता है, तो सूची का प्रत्याह्वान खराब होता था।

उच्चारण संबंधित नियंत्रण (articulatory control) का महत्त्व उस समय भी स्पष्ट हो जाता है जब रिहर्सल की घटना उच्चारण सम्बन्धी दमन (articulatory suppression) से बाधित हो जाती है। उच्चरण सम्बन्धी दमन से तात्पर्य ध्वनिग्रामीय लूप के उपवाचिक रिहर्सल प्रक्रम (subvocal rehearsal mechanism) में सूचनाओं के रिहर्सल को रोकने या दमित करने से होता है। जैसे, यदि व्यक्ति को शब्दों की एक सूची याद करते समय उसे लगातार कोई असंगत आवाज जैसे 'घास' (grass), लगातार बोलने के लिए कहा जाए तो ऐसे सूची को व्यक्ति ठीक से याद नहीं कर पायेगा। उच्चारण सम्बन्धी दमन (articulatory speech) असंगत सम्भाषण (irrelevant speech) की पहचान करता है, फिर असंगत सम्भाषण संचयन (storage) को नष्ट करके निष्पादन को खराब कर देता है। उच्चारण सम्बन्धी दमन उच्चारण सम्बन्धी नियंत्रण प्रक्रिया (articulatory control process) पर इस ढंग से हावी हो जाता है कि रिहर्सल नहीं हो पाता है। इस तथ्य की सम्पुष्टि वैड्डेली, लेविस तथा वाल्लार (Baddeley, Lewis & Vallar, 1984) के कई अध्ययनों से हुआ हे जिसमें यह पाया गया कि उच्चारण सम्बन्धी दमन (articulatory suppression) शब्द-लम्बाई प्रभाव (word-length effect) को समाप्त या नष्ट कर देता है।

उच्चारण सम्बन्धी दमन (articulatory suppression) से ध्वनिग्रामीय समानता (phonological similarity) का प्रभाव भी प्रभावित होता है। जब व्यक्ति को दृष्टिरूप से उपस्थित किये जाने वाले उद्दीपक जैसे छपा हुआ शब्द या नाम बतलाये जा सकने वाले तस्वीरों को दिखलाया जाता है, तो उसे तुरन्त ही व्यक्ति श्रवण प्रारूप (auditory form) में बदल लेता है और शायद यही कारण है कि ध्वनिग्रामीय समानता (phonological similarity) का नकारात्मक प्रभाव उसपर पड़ता है। इस तथ्य की सम्पुष्टि पोजनर तथा क्लिी (Posner & Keele, 1968) द्वारा अपने प्रयोग से की गयी है। परन्तु इन दृश्य रूप से उपस्थित किये गए एकांशों के संकेतीकी (encoding) के दौरान यदि उच्चारण सम्बन्धी दमन (articulary suppression) उत्पन्न कर दिया जाता है, तो ध्वनिग्रामीय समानंता (phonological similarity) का नकारात्मक प्रभाव नहीं देखने को मिलता है। इसे एक उदाहरण द्वारा इस प्रकार समझाया जा सकता है—मान लिया जाय कि प्रयोज्य (subject) या सहभागी (participant) को 'हाथी' शब्द दिखलाया जाता है या 'हाथी' का एक तस्वीर दिखलाया जाता है। इसे देखकर वह इस व्याख्या के अनुसार उपवाचिक रिहर्सल प्रक्रम (subvocal rehearsal mechanism) का उपयोग करते हुए वह मन ही मन 'हाथी- शब्द को दोहराना प्रारम्भ कर देगा। परन्तु यदि रिहर्सल प्रक्रिया को उच्चारण सम्बन्धी दमन (articularoty suppression) जैसे उसे 'ला', 'ला' बोलने के लिए कहा जाता है, तो उस एकांश (हाथी) को व्यक्ति संचार के उच्चारण पद्धति (communication mode) में नहीं ला पायेगा। फलतः एकांशों में समानता है या नहीं, का उच्चारण प्रक्रम (articulation mechanism) पर कोई प्रभाव नहीं पड़ेगा।

कई लोगों द्वारा न्यूरोप्रतिबिम्बन शोध (neuroimaging research) करके यह दिखलाया गया है कि ध्वनिग्रामीय संचयन तत्त्व (phonological storage component) मस्तिष्क के बायाँ सुपरामारजिनल गाइरस (left supra marginal gyrus) जो भित्तीय पालि (parietal lobe) तथा शंखपालि (temporal lobe) का किनारा वाला क्षेत्र होता है तथा जिसमें सम्भाषण ग्रहण (speech reception) तथा भाषा बोध (language comprehension) का कार्य होता है, से सम्बन्धित होता है। दूसरे तरफ उच्चारण सम्बन्धी प्रक्रम (articulatory mechanism) का सम्बन्ध बायाँ अग्रपालि (left frontal lobe) जिसमें ब्रोका क्षेत्र (Broca area) होता हैं, से सम्बन्धित होता है।

(2) दृष्टि-स्थानिक स्केचपैड *(Visual-spatial sketchpad)*—चलन स्मृति का दूसरा महत्त्वपूर्ण तत्त्व दृष्टि स्थानिक स्केचपैड (visual-spatial sketchpad) होता है जो दृष्टि तथा स्थानिक (spatial) सूचनाओं को संसाधित करता है। दूसरे शब्दों में, इस तत्त्व द्वारा वस्तुओं के दृष्टि उपस्थिति से सम्बन्ध अर्थात् रंग आकार आदि तथा वे कहाँ अवस्थित हैं, अर्थात् दूरी (distance), दिशा (direction), क्रम (order) आदि से सम्बन्धित सूचनाओं का संसाधन होता है। इस तरह से चलन स्मृति का यह तत्त्व दृष्टि तथा स्थानिक सूचनाओं में जोड़-तोड़ (manipulation) तथा संचयन (storage) के लिये उत्तरदायी होता है। दृष्टि-स्थानिक स्केचपैड अधिकांशतः उच्चारण सम्बन्धी लूप (articulatory loop) से स्वतंत्र होकर कार्य करता है। इसका मतलब यह हुआ कि दृष्टि/स्थानिक कूटसंकेतन (visual/Spatial encoding) तथा उच्चारण सम्बन्धी कूटसंकेतन (articulatory coding) एक-दूसरे को बाधा नहीं पहुँचाते हैं। जैसे, कोई व्यक्ति मन-ही-मन 'सूर्यास्त' शब्द को दोहरा सकता है और साथ-ही-साथ 'सूर्यास्त' होने की एक मानसिक प्रक्रिया (mental image) भी बना सकता है। ब्रुक्स (Brooks, 1967) ने एक अध्ययन करके इस तथ्य की सम्पुष्टि किया है। इन्होंने अपने प्रयोग में उद्दीपकों के कार्य पद्धति (task mode) जैसे दृष्टि (visual) तथा शाब्दिक (verbal) एवं अनुक्रिया पद्धति (response mode) जैसे दृष्टि या शाब्दिक के रूप में जोड़-तोड़ किये। परिणाम में देखा गया कि प्रयोज्यों को उस परिस्थिति में काफी कठिनाई हुई (और निष्पादन खराब हुआ) जब कार्य पद्धति तथा अनुक्रिया पद्धति दोनों एक ही तरह के होते थे अर्थात् जब दोनों दृष्टि (visual) यानि दोनों में ही दृष्टि-स्थानिक स्केचपैड का उपयोग किया जाता था या फिर दोनों ही शाब्दिक (verbal) अर्थात् दोनों में ही उच्चारण सम्बन्धी लूप (articulatory loop) का उपयोग किया जाता, परंतु जब कार्य पद्धति तथा अनुक्रिया पद्धति अलग-अलग होती थी, अर्थात् जब सहभागी एक में दृष्टि स्थानिक स्केपपैड तथा दूसरे में उच्चारण सम्बन्धी लूप (articulatory loop) का उपयोग करते थे तो उनका निष्पादन उत्तम हुआ और नाम मात्र का ही निष्पादन क्षमता (performance efficiency) में कमी आयी। डेल्ला साला तथा उनके सहयोगियों (Della Sala et al, 1999) ने अपने अध्ययन के आधार पर यह भी बतलाया है कि दृष्टि (visual) तथा स्थानिक (spatial) तत्त्वों का स्वरूप पृथक्करणीय (separable) होता है जो एक साथ मिलकर *दृष्टि-स्थानिक स्कैच पैड* (visual-spatial sketchpad) का निर्माण करते हैं। अध्ययनों से यह स्पष्ट हुआ है कि दृष्टि-स्थानिक स्केचपैड मूलतः दायाँ गोलार्द्ध (right hemisphere) तथा पश्चकपाली पालि (occipital lobe) में अवस्थित होता है।

(3) केन्द्रीय कार्यपालक *(Central executive)*—यह वैडुेली द्वारा प्रस्तावित चलन स्मृति का केन्द्रीय नियंत्रक (central controller) होता है। यह चलन स्मृति के समग्र क्रियाओं को निर्देशित करता है। यह सम्पन्न होने वाले क्रियाओं के क्रम (sequence) को नियंत्रित करता है, अन्य उपतत्त्वों (subelements) पर ध्यान (attention) देता है तथा आवश्यकतानुसार व्यक्ति को ध्यान विभाजन में भी मदद करता है ताकि निबंधन खराब न हो एवं यह प्रासंगिक प्रतिरोधक (episodic buffer) के भीतर सूचनाओं को समन्वित करता है। जब कोई कार्य का स्वरूप ऐसा होता है कि उसके लिए उच्चारण सम्बन्धी लूप (articulatory loop) या दृष्टि-स्थानिक स्केचपैड (visual-spatial sketchpad) की काफी जरूरत होती है, केन्द्रीय कार्यपालक ही आवश्यक संसाधनों (resources) का बँटवारा करता है। केन्द्रीय कार्यपालक भाषा बोध (language comprehension) तथा तर्कणा (reasoning) में सम्मिलित उच्चस्तरीय प्रक्रियाओं (highter-level processes) के लिए उत्तरदायी होता है। चूँकि अवधानात्मक तंत्र (attentional system) की क्षमता सीमित होती है, इसलिए केन्द्रीय कार्यपालक को उसके अनुरूप ही कार्य करना पड़ता है। अगर कोई कार्य ऐसा है जो काफी जटिल है तथा उसमें बहुत ध्यान देने की आवश्यकता है, तो ऐसी परिस्थिति में केन्द्रीय कार्यपालक के सभी संसाधन समाप्त होने पर आ जाता है और तब व्यक्ति गहराई से चिन्तन नहीं कर पाता है। चूँकि केन्द्रीय कार्यपालक

विभिन्न तरीकों से व्यक्ति के ध्यान को नियंत्रित करने में मदद करता है, अतः इनग्लि तथा उनके सहयोगियों (Engle et al., 2006) ने चलन स्मृति के इन कार्यों को *कार्यपालक अवधान* (executive attention) भी कहा है। अध्ययनों से यह स्पष्ट हुआ है कि केन्द्रीय कार्यपालक की तमाम क्रियाओं का सम्बन्ध अग्रपालि (frontal lobe) विशेषकर प्राक्अग्र क्षेत्र (prefrontal area) का डार्सोलेट्रल भाग (dorsolateral area) में अवस्थित होता है।

केन्द्रीय कार्यपालक के तत्त्व को समर्थन प्रदान करने वाला अध्ययनों का एक समूह ऐसा है जिसमें एक *वर्तमान कार्य रूपावली* (concurrent task paradigm) का उपयोग किया जाता है जिसमें प्रयोज्य दो तरह के कार्य एक ही समय में एक साथ करते हैं। जैसे प्रयोज्य एक मुख्य कार्य (primary task) यथा कई अंकों को जोड़ना 25 + 15 + 16 + 18 = ? तथा उसी समय एक ध्यानापकर्षण (distracting) कार्य जैसे किसी विशेष क्रम में विभिन्न तरह बटनों को दबाना या दिये गए संरचनाओं के आधार पर कुछ विशेष तरह की संख्याओं को व्युत्पन्न (derive) करना आदि हो सकता है। लौगी, गिलहुली तथा विन्न (Logie, Gilhooly & Wynn, 1994) ने एक ऐसा ही अध्ययन किया। यहाँ पूर्वकल्पना यह थी कि ध्यानापकर्षण कार्य जितना ही मुख्य कार्य से समान होगा, उससे केन्द्रीय कार्यपालक के नियंत्रण एवं नियमन कार्य में उतना ही बाधा पहुँचेगी और इसका परिणाम यह होगा कि मुख्य कार्य का निष्पादन घटिया होगा। लौजी एवं उनके सहयोगियों के अध्ययन में ऐसे ही परिणाम पाये गए। केन्द्रीय कार्यपालक के अस्तित्व का समर्थन कुछ वैसे अध्ययनों से भी हुआ है जिसमें व्यक्ति का अग्रपालि (frontal lobe) किसी दुर्घटना में बुरी तरह घायल हो गया था। इसी अग्रपालि द्वारा ही कार्यपालक कार्य (executive function) होते हैं। ऐसे व्यक्ति कोई भी साधारण-से-साधारण निर्णय नहीं ले पाते हैं और इस तरह के लक्षण को विशेषज्ञों ने *डायसएक्जीक्यूटिव संलक्षण* (Dysexecutive syndrome) कहा है। इस संलक्षण वाले व्यक्ति में निर्णय लेने की अक्षमता होती है। ऐसे संलक्षण वाले व्यक्तियों का ध्यान बहुत जल्द ही विकर्षित हो जाता है तथा इनमें किसी एक बिन्दु पर ही कार्य करते रहने की प्रवृत्ति अधिक होती है। उस बिन्दु पर कार्य समाप्त हो जाने पर भी वे अपने आप को एक नयी बिन्दु पर कार्य प्रारम्भ करने के लिए नहीं ले जा पाते हैं और उसी पहली बिंदु पर अचल ध्यान बनाकर रखे होते हैं। इन तथ्यों से यह निष्कर्ष अपने आप निकलता है कि चलन स्मृति में एक केन्द्रीय कार्यपालक अवश्य होता है जो विभिन्न तरह के मानसिक प्रक्रियाओं के संचालन एवं नियंत्रण में अहम भूमिका अदा करता है।

(4) प्रासंगिक प्रतिरोधक *(Episodic buffer)*—मॉडल का चौथा तत्त्व जो प्रासंगिक प्रतिरोधक (episodic buffer) है, को कुछ ऐसे तथ्यों की व्याख्या करने के लिए जोड़ा गया है, जिसकी व्याख्या अन्य तीनों तत्त्वों से नहीं हो पा रही थी। इसमें वैसी सूचनाएँ संचित होतीं हैं जो विभिन्न समय एवं स्थान में होते हुए भी समन्वित (integrate) कर लिये जाते हैं। अन्य तीनों तरह के तत्त्वों के समान प्रासंगिक प्रतिरोधक भी *केन्द्रीय कार्यपालक*(central executive) द्वारा नियंत्रित होता है तथा यह दीर्घकालीन स्मृति (long-term memory) के साथ अंतक्रिया करता है। सचमुच में बैड्डेली (Baddely, 2000) ने अपने मॉडल में प्रासंगिक प्रतिरोधक के सम्प्रत्यय को किसी शब्द/वाक्य के अर्थ (meaning) के प्रति चलन स्मृति की संवेदनशीलता (sensitivity) को अध्ययन करने के लिए किया था। जैसे, स्मृति-विस्तृति स्पष्टतः अर्थ आधृत कारकों (meaning-based factors) द्वारा प्रभावित होता है। शायद यही कारण है कि अर्थपूर्ण शब्दों/वाक्यों (meaningful word / sentences) का स्मृति-विस्तृति अर्थहीन शब्दों/वाक्यों की तुलना में बड़ा होता है। इसका मतलब यह हुआ कि चलन स्मृति में जो संसाधन की प्रक्रिया होती है, वह दीर्घकालीन स्मृति (long term memory) से प्रभावित होती है। प्रासंगिक प्रतिरोधक एक ऐसा प्रक्रम (mechanism) उपस्थित करता है जो इस ढंग का प्रभाव को सम्पन्न करने में मदद करता है। बैड्डेली (Baddeley, 2006) के अनुसार प्रासंगिक प्रतिरोधक नामक यह तत्त्व उन सूचनाओं को संचित रखता है तो उच्चारण(articulation) अर्थात् ध्वनिग्रामीय लूप(phonological loop) तथा मानसदर्शन(visualization) अर्थात् दृष्टि स्थानिक स्केच पैड (visual spatial sketch pad) तथा दीर्घकालीन स्मृति से संगत सूचनाओं (relevant information) के द्वारा संसाधित होता है। इस तरह से संसाधित होने के बाद एक संगत दृश्य या प्रसंग (episode) बनता है जो व्यक्ति के चेतन में मौजूद होता है।

आलोचनाएँ (*Criticisms*)

यद्यपि बेड्डेली के चलन स्मृति का स्वतः शोध मूल्य (heuristic value) काफी अधिक है क्योंकि इस मॉडल पर बहुत सारे लोगों द्वारा शोध किये गए हैं और आज भी किये जा रहे हैं, फिर भी इसकी कुछ आलोचनाएँ की गयीं हैं क्योंकि इसमें लोगों को कुछ सीमाएँ (limitations) नजर आयी। प्रमुख आलोचनाएँ इस प्रकार हैं—

(i) नीथ (Neath, 2000) का मत हे कि चलन स्मृति (working memory) का नाम अपने आप में भ्रमात्मक है। यदि हम इस मॉडल पर ध्यान देते हुए प्रश्न करें कि चलन स्मृति क्या है? तो शायद हम इस निष्कर्ष पर पहुँचेंगे कि यह ध्यान या अवधान (attention) का कार्यपालक नियंत्रण (executive control) है और इससे अधिक कुछ नहीं। अतः चलन स्मृति सचमुच में स्मृति के बारे में कुछ भी नहीं है बल्कि यह जो कुछ भी है, वह अवधान या ध्यान (attention) के बारे में है। अतः किनस् (Kintsch, 1998) ने ठीक ही कहा है कि चलन स्मृति को अगर चलन अवधान (working attention) कहा जाय, तो कोई अतिश्योक्ति नहीं होगी।

(ii) दूसरी आलोचना यह की गयी है कि चलन स्मृति में कुछ ऐसी सूचनाओं को अस्थायी तौर पर संचित किया जाता है जो उच्चस्तरीय संज्ञानात्मक कार्य (higher-level cognitive task) में उपयोग होते हैं। समस्या यहाँ यह उत्पन्न होती है कि बहुत सारे उच्चस्तरीय संज्ञानात्मक कार्य जैसे गणित की समस्या का समाधान, शतरंज खेलना, पठन बोध (reading comprehension) में जितनी सूचनाएँ जरूरत पड़तीं हैं, वह सचमुच में चलन स्मृति की क्षमता से बाहर होती है। ऐसी स्थिति में कहाँ तक चलन स्मृति द्वारा इन उच्चस्तरीय संज्ञानात्मक क्रियाओं का संचालन होता है, कहना कठिन है।

(iii) यदि गौर से देखें तो यह स्पष्ट होगा कि बैड्डेली का चलन स्मृति मॉडल एक 'रिहर्सल तथा क्षय' मॉडल (rehearsal and decay model) है जो इस बात पर बल डालता है कि क्षय से बचने के लिए सूचनाओं का रिहर्सल जरूरी है। नेयरनी (Nairne, 2002) ने कहा है कि क्षय सचमुच में स्मृति लोप (memory loss) की व्याख्या नहीं है बल्कि इस कथन का कि 'सूचनाओं का लोप होता है' (information is loss) का दूसरा रूप है। नीथ (Neath, 2000) ने यह स्पष्ट किया है कि मॉडल से यह पता नहीं चलता है कि क्या लोप होता है तथा कौन प्रक्रम (mechanism) हैं जिसके सहारे लोप होता है।

(iv) मॉडल के अनुसार चलन स्मृति में प्रवेश करने वाले सूचनाओं का संवेदी संसाधन (sensory processing) तो होता है परन्तु उसके अर्थ (meaning) के सम्प्रत्यय के बारे में कुछ नहीं कहा गया है। परन्तु सच्चाई यह है कि चलन स्मृति में दीर्घकालीन स्मृति से सम्पर्क होकर सूचनाओं का अर्थ भी संसाधित होता है। बैड्डेली के मौलिक मॉडल में तो इसकी व्याख्या बिल्कुल ही नहीं होती थी और इस कमी को दूर करने के लिए मॉडल में बैड्डेली ने प्रासंगिक प्रतिरोधक (episodic buffer) के सम्प्रत्यय को जोड़ा। परन्तु कुछ मनोवैज्ञानिकों का मत है कि प्रासंगिक प्रतिरोधक का सम्प्रत्यय अस्पष्ट रूप से परिभाषित है तथा अभी इसकी वैधता तथा सार्थकता की जाँच शोधों द्वारा होना बाकी है।

इन आलोचनाओं के बावजूद बैड्डेली द्वारा प्रतिपादित चलन स्मृति का यह चार तत्त्वों वाला मॉडल अपने क्षेत्र का काफी आकर्षक मॉडल रहा है।

दीर्घकालीन स्मृति
(Long-term Memory)

अर्थ एवं विशेषताएँ *(Meaning and Characteristics)*—दीर्घकालीन स्मृति (long-term memory or LTM) से तात्पर्य वैसे स्मृति संचयन (memory storage) से होता है जिसमें सूचनाओं को काफी लम्बे अवधि के लिए व्यक्ति संचित रख पाता है। इस लम्बे अवधि की न्यूनतम समय सीमा 20-30 सेकंड से अधिक तथा अधिकतम सीमा कुछ भी निश्चित नहीं होती है। सम्भव है व्यक्ति किसी सूचना को पूरे जीवनकाल तक भी LTM में संचित कर रख सकता है। दीर्घकालीन स्मृति की संचयन क्षमता (storage capacity) काफी बड़ी होती है और कुछ मनोवैज्ञानिको ने तो उसकी इस क्षमता को असीमित (unlimited) कहा है। सचमुच में दीर्घकालीन स्मृति की क्षमता चौंका देने वाली होती है। जान भॉन न्यूमान्न (John Von Newmann) जो एक प्रतिष्ठित कंप्यूटर वैज्ञानिक हैं, के अनुसार दीर्घकालीन स्मति का आकार (size) 2.8×10^{20} विट्स (bits) अर्थात् 280 क्विन टिलियन (280 quintillion) विट्स होता है जिसका व्यवहारिक अर्थ यह हुआ कि इसकी संचयन क्षमता वास्तव में असीमित (unilimited) होती है। इसमें संचित सूचनाओं पर यदि ध्यान दे तो यह स्पष्ट होगा कि इसमें दो तरह की सूचनाएँ मुख्य रूप से संचित होतीं हैं। पहली तरह की सूचनाओं का सम्बन्ध कुछ वैसी सूचनाओं से होता है जो सामयिक घटनाओं (temporal events) के क्रमों (sequences) से सम्बन्धित होता है तथा दूसरी तरह की सूचनाओं का सम्बन्ध कुछ वैसी सूचनाओं से होता है जो तरह-तरह के संकेतों (symbols) एवं शब्दों के अर्थ आदि से सम्बन्धित होते हैं। पहली तरह की सूचनाओं की स्मृति

को *प्रासंगिक स्मृति* (episodic memory) तथा दूसरे तरह की सूचनाओं की स्मृति को *अर्थगत स्मृति* (semantic memory) कहा जाता है।

दीर्घकालीन स्मृति (long-term memory) को अन्य कई नामों से भी जाना जाता है। जैसे, विलियम जेम्स ने इसे *गौण समृति* (secondary memory) कहा है क्योंकि इस स्मृति में इस बात पर बल डाला जाता है कि सूचनाएँ इसे दूसरी संचयन क्षेत्र (second storage area) में पहुँचने के पहले एक अन्य संचयन (storage) अवस्था से होकर निश्चित रूप से गुजरता है जिसे STM या प्राथमिक स्मृति (primary memory) भी कहा जाता है। इसे *दीर्घकालीन संचयन* (long-term store) भी कहा जाता है क्योंकि LTM में एकांशों का दैहिक संचयन (physical storage) होता है। LTM में सूचनाएँ केन्द्रीय तंत्रिका तंत्र में कुछ परिवर्तन (modification) लातीं हैं और यही कारण है कि व्यकित उन्हें लम्बे समय तक याद रख पाता है। इसे *असक्रिय स्मृति* (inactive memory) भी कहा जाता है क्योंकि LTM में अधिकतर सूचनाएँ ऐसी होतीं हैं जिसे व्यक्ति वर्तमान समय में उपयोग में नहीं लाता रहता है।

LTM के क्षेत्र में मनोवैज्ञानिकों द्वारा किये गए अध्ययनों से इसकी कुछ विशेषताओं (characteristics) का पता चलता है। ऐसी विशेषताओं में निम्नांकित प्रमुख है—

(i) LTM में संचित सूचनाएँ सापेक्ष रूप से (relatively) स्थायी होतीं हैं। इसका मतलब यह हुआ कि अनिश्चित रूप से लम्बे समय के बाद भी LTM में सूचनाओं का प्रत्याह्वान या पहचान व्यक्ति कर लेता है।

(ii) LTM में संचित सूचनाएँ मौलिक उद्दीपक से प्राप्त सूचनाओं का कॉपी (copy) नहीं होता है बल्कि इसमें संचित सूचनाओं का कूटसंकेतीकरण (coding) संकेत के रूप में या अर्थ के खयाल से व्यक्ति करता है। फलतः LTM में संचित सूचनाएँ मौलिक उद्दीपक से प्राप्त सूचनाओं से थोड़ा भिन्न होतीं हैं। इसकी सम्पुष्टि वार्टलेट (Bartlett, 1932) के अध्ययन से होता है जिसने अपने अध्ययन के आधार पर यह बतलाया था कि स्मृति का स्वरूप रचनात्मक (constructive) होता है।

(iii) LTM में अर्थपूर्ण सामग्री तथा महत्त्वपूर्ण सामग्रियों से सम्बन्धित सूचनाओं को अधिक लम्बे समय तक संचित करके रखा जाता है। इस तथ्य की संपुष्टि वोअर (Bower, 1981) तथा लाईट एवं इल्लिस (Leight & Ellis, 1981) ने अपने-अपने अध्ययनों के आधार पर किया है।

(iv) LTM की एक विशेषता यह भी बतलायी गयी है कि इसमें संचित वैसी सूचनाएँ कम सक्रिय होतीं हैं जो किसी घटना या कार्य पूरा हो जाने के बाद प्राप्त होती हैं परन्तु वैसी सूचनाएँ जो किसी घटना या कार्य के अधूरा ही रह जाने के फलस्वरूप प्राप्त होतीं हैं, वे अधिक सक्रिय होतीं हैं। शायद यही कारण है कि LTM से पहले तरह की सूचनाओं का प्रत्याह्वान दूसरे तरह की सूचनाओं को प्रत्याह्वान की अपेक्षा कम होता है। इसे मनोविज्ञान में *जायगारनिक प्रभाव* (Zeigarnik effect) कहा जाता है।

(v) LTM में सूचनाएँ संगठित (organized) एवं साहचर्यात्मक ढंग से (associative fashion) संचित की जाती है। इसका मतलब यह हुआ कि जो एकांश (item) आपस में अर्थपूर्ण ढंग से सम्बन्धित होते हैं, उसे व्यक्ति एक साथ संचित (stored) करता है।

(vi) LTM की परिशुद्धता (accuracy) खासकर दृष्टि सामग्रियों (visual materials) की परिशुद्धता अधिक होती है। इस तथ्य की संपुष्टि शेपार्ड (Shepard, 1967) के अध्ययन से होता है। उन्होंने 540 अंग्रेजी शब्दों को लोगों के सामने बोलकर उपस्थित किया और उनके प्रत्यभिज्ञान स्मृति (recognition memory) की जाँच करने पर यह पता चला कि करीब औसतन 88% प्रतिशत शब्दों की सही-सही पहचान वे कर सके। प्रयोज्यों के एक-दूसरे समूह को 612 अंग्रेजी के लघु वाक्यों को दिखलाया गया और इनकी प्रत्यभिज्ञान स्मृति की जाँच करने पर पता चला कि औसतन 89% शब्दों को प्रयोज्यों ने सही-सही पहचान कर लिया। अध्ययन से स्पष्ट होता है कि LTM में दृष्टि सामग्रियों की परिशुद्धता (accuracy) अधिक होती है।

LTM के क्षेत्र में किये गए अध्ययनों से यह स्पष्ट हुआ है कि LTM के निम्नांकित पहलुओं पर मनोवैज्ञानिकों द्वारा अधिक ध्यान दिया गया है—

1. *LTM का प्रकार : प्रासंगिक एवं अर्थगत स्मृति* (Types of LTM : Episodic memory & Semantic memory)

2. *LTM से पुनः प्राप्ति :* (Retrieval from LTM)
3. *अर्थगत स्मृति के सिद्धान्त* (Theories of Semantic memory)
4. *अभिप्रेरण, संवेग एवं LTM* (Motivation, Emotion and LTM)
5. *LTM एवं STM का तुलनात्मक अध्ययन : अन्तर* (A Comparative study of LTM and STM : Distinction)
6. *LTM में विस्मरण* (Forgetting in LTM)

इन सभी बिन्दुओं पर प्रकाश हम अलग-अलग अनुच्छेद में डालेंगे।

दीर्घकालीन स्मृति के प्रकार : प्रासंगिक स्मृति एवं अर्थगत स्मृति
(Types of Long-term Memory : Episodic Memory and Semantic Memory)

दीर्घकालीन स्मृति (long-term memory or LTM) को टुलभिंग (Tulving, 1972) ने दो भागों में बाँटा है—प्रासंगिक स्मृति (Episodic memory) तथा अर्थगत स्मृति (Semantic memory)। इन्हें एक साथ मिलाकर *घोषणात्मक स्मृति* (Declarative memory) भी कहा जाता है। प्रासंगिक स्मृति से तात्पर्य वैसी स्मृति से होता है जो सामायिक रूप से (temporally) व्यवस्थित या दिनांकित (dated) घटनाओं एवं प्रसंग से सम्बन्धित सूचनाओं को संचित करता है। दूसरे शब्दों में, प्रासंगिक स्मृति में वैसी सूचनाएँ संचित होतीं हैं जो यह बतलाती है कि घटनाएँ कब (when) घटीं। प्रासंगिक स्मृति में संचित होने वाले सूचनाओं का कुछ नमूना इस प्रकार है—

(i) मुझे याद है कि मेरे जीवन का आरंभिक वर्ष बहुत कष्ट से बीता है।
(ii) कल 10 बजे सुबह तक हमें ऑफिस में पहुँच जाना चाहिए।
(iii) मुझे कल ट्रेन में एक विचित्र आदमी से मुलाकात हुई।

स्पष्ट हुआ कि प्रासंगिक स्मृति में संचित होने वाली सूचनाओं का सम्बन्ध घटनाओं के सामयिक पहलू (temporal aspect) से होता है। व्यक्ति की व्यक्तिगत या आत्मचरित अनुभूतियाँ प्रासंगिक समृति में ही (temporal aspect) से होता है। प्रासंगिक स्मृति का एक मुख्य प्रारूप *आत्मचरित स्मृति* (autobiographical memory) है जिसकी चर्चा आगे अलग से की जाएगी।

अर्थगत स्मृति (Semantic memory) से तात्पर्य वैसी समृति से होती है जिसमें शब्दों, (words) सम्प्रत्ययों (concepts), तथ्यों (facts) एवं प्रतीकों (symbols) का अर्थ से सम्बन्धित सूचनाएँ संचित होतीं हैं। अतः अर्थगत स्मृति शब्दों, सम्प्रत्ययों, तथ्यों एवं प्रतीकों के बारे में एक संगठित ज्ञान (organized knowledge) है। इसे *सामान्य या व्यापक स्मृति* (Generic memory) भी कहा जाता है। अर्थगत स्मृति में संचित होने वाले सूचनाओं के कुछ नमूना इस प्रकार है—

(i) मैं जानता हूँ कि मख़मल मुलायम होता है।
(ii) मैं जानता हूँ कि जल का रसायनिक सूत्र H_2O है।
(iii) मैं जानता हूँ कि किसी अंक में शून्य से गुणा करने पर गुणनफल शून्य होता है।

स्पष्ट हुआ कि अर्थगत स्मृति में संचित सूचनाओं का स्वरूप प्रासंगिक स्मृति में संचित सूचनाओं के स्वरूप से भिन्न होता है।

प्रासंगिक स्मृति (episodic memory) तथा अर्थगत स्मृति (semantic memory) में निम्नांकित *अंतर* है—

(i) प्रासंगिक स्मृति में संचित सूचनाओं का सम्बन्ध 'कब' (when) से होता है जबकि अर्थगत स्मृति में संचित सूचनाओं का सम्बन्ध 'क्यों' 'कैसे' आदि से होता है।

(iii) प्रासंगिक स्मृति से विस्मरण अर्थगत स्मृति से विस्मरण की अपेक्षा तेजी से होता है।

(iii) प्रासंगिक स्मृति से सूचनाओं की पुनः प्राप्ति (retrieval) तभी ही सम्भव है जब व्यक्ति के सामने घटनाओं के होने के बारे में सही संकेत (cue) उपलब्ध कराया जाए। अर्थगत स्मृति में संचित सूचनाओं के साथ ऐसी बात नहीं है। साधारण एवं कभी-कभी परोक्ष संकेत (indirect cue) से भी सूचनाओं की पुनः प्राप्ति (retrieval) हो जाती है।

(iv) अर्थगत स्मृति की सूचनाओं की संरचना (structure) काफी मजबूत होती है जो उन्हें बाहरी तथ्यों या शब्दों के अर्थ की सूचनाओं से उत्पन्न बाधा (interference) से बचाता है। प्रासंगिक स्मृति में संचित सूचनाओं की संरचना चूँकि इतनी अधिक मजबूत नहीं होती है। इसलिए वे बाहरी सूचनाओं से उत्पन्न बाधा से अपने आप को बचा नहीं पाते हैं। अतः यह कहा जा सकता है कि अर्थगत स्मृति स्थिर प्रकृति (stable nature) की होती है जबकि प्रासंगिक स्मृति की प्रकृति में तुलनात्मक रूप से स्थिरता कम होती है।

(v) कुछ मेडिकल रोगियों से ऐसे सबूत भी मिले हैं जिनसे भी इन दोनों के बीच अंतर दोनों का पर्याप्त सबूत मिलता है। जैसे, स्कैक्टर (Schachter, 1996) ने अपने अध्ययन में पाया है कि सजिर्कल ऑपरेशन या कुछ विशेष रोग हो जाने के कारण मस्तिष्क का कुछ भाग क्षतिग्रस्त हो जाने के बाद यह देखा गया कि ऐसे रोगियों का अर्थगत स्मृति (semantic memory) बिलकुल ही प्रभावित नहीं थी परन्तु उनका प्रासंगिक स्मृति बिलकुल ही समाप्त थी और कुछ में इसके विपरीत स्थिति देखी गयी। उसी तरह से कोअनिऊस (Kounious, 1996) ने अपने अध्ययन में पाया कि जब कुछ व्यक्तियों का पेट स्कैन (PET scans) या वैयक्तिक मस्तिष्कीय कोशिकाओं से प्राप्त रेकार्डिंग का विश्लेषण किया गया तो देखा गया कि जब व्यक्ति सामान्य विषय को जो अर्थगत स्मृति में संचित होते हैं, का प्रत्याह्वान करता है तो मस्तिष्क का एक विशेष क्षेत्र सक्रिय होता है तथा जब वह विशिष्ट संदर्भ से संबद्ध सूचनाओं का प्रत्याह्वान करने की कोशिश करता है (प्रासंगिक स्मृति) तो मस्तिष्क का कोई अन्य क्षेत्र सक्रिय होता है। इनसे यह स्पष्ट हो जाता है कि प्रासंगिक स्मृति एवं अर्थगत स्मृति में स्पष्ट अन्तर का आधार जैविक भी है।

(vi) प्रासंगिक स्मृति (episodic memory) में पुनर्संग्राहक अनुभूतियाँ (recollective experiences) उपस्थित होती है जबकि अर्थगत स्मृति में ऐसी अनुभूतियाँ अनुपस्थित होतीं हैं।

(vii) प्रासंगिक स्मृति में संवेदी तत्त्व (sensory component) उपस्थित होते हैं जबकि अर्थगत स्मृति में ऐसे तत्त्व उपस्थित नहीं होते हैं। दूसरे शब्दों में जब व्यक्ति प्रासंगिक स्मृति से कुछ साहचर्यों को प्रत्याह्वान करता है, तो उससे सम्बन्धित कुछ दृष्टि (visual), श्रव्य (auditory), स्पर्शी (tactile), घ्राणीय (olfactory) अनुभूतियाँ भी याद आने लगती हैं परन्तु अर्थगत स्मृति में ऐसी अनुभूतियों की कमी होती है।

(viii) प्रासंगिक स्मृति में संवेग (emotion) उपस्थित होते हैं जबकि अर्थगत स्मृति में संवेग अनुपस्थिति होता है। जब व्यक्ति अपने व्यक्तिगत अनुभूतियों जो प्रासंगिक स्मृति में संचित होती है, का प्रत्याह्वान (recall) करता है, तो उससे जुड़े संवेगों का भी कुछ अनुभव व्यक्ति को होने लगता है परन्तु अर्थगत स्मृति में ऐसे संवेगों का सर्वथा अभाव रहता है।

स्पष्ट हुआ कि प्रासंगिक स्मृति (episodic memory) अर्थगत स्मृति (semantic memory) से कई अर्थों में भिन्न है। इन दोनों के बीच इस भिन्नता या अन्तर का प्रयोगात्मक सत्यापन (experimental verification) अंडरवुड, वोरूक एवं मालमी (Underwood, Boruch & Malmi, 1978) के प्रयोग से होता है। इस अध्ययन में 200 कॉलेज छात्रों के प्रासंगिक स्मृति (episodic memory) के 28 विभिन्न मापों (measures) पर जाँच की गयी। इन मापों में स्वतंत्र प्रत्याह्वान (free recall), युग्मित-सहचर सीखना तथा आनुक्रमिक या क्रमिक सीखना (sequential or serial learning) आदि भी सम्मिलित था। अर्थगत स्मृति (semantic memory) को पाँच विभिन्न मापों पर जाँच की गयी परन्तु इनमें सामान्य बात यह थी कि प्रत्येक माप में शब्दावली (vocabulary) पर ही बल डाला गया था। परिणाम में पाया गया कि प्रयोज्यों के प्रासंगिक स्मृति परीक्षण (episodic memory tests) पर के प्राप्तांक अर्थगत स्मृति परीक्षण पर के प्राप्तांक (score) के साथ सम्बन्धित नहीं थे। जैसे, स्वतंत्र प्रत्याह्वान परीक्षण (free recall test) पर जिस प्रयोज्य ने अधिक शब्दों का प्रत्याह्वान (recall) किया था, उनके शब्दावली भी बढ़े होते नहीं पाये गए। इस अध्ययन से इस बात का स्पष्ट संकेत मिलता है कि अर्थगत स्मृति (semantic memory) प्रासंगिक स्मृति (episodic memory) से भिन्न है।

इस भिन्नता के बावजूद भी कुछ ऐसे मनोवैज्ञानिक हैं जो सामान्य या व्यापक स्मृति (generic memory) (अर्थात् अर्थगत स्मृति) एवं प्रासंगिक स्मृति (episodic memory) के अन्तर को वैध (valid) या उपयोगी नहीं मानते हैं। वाइकेलग्रेन (Wickelgren, 1981) का मत है कि किसी भी व्यक्ति के लिए किसी घटना (episode) का बिना उसका अर्थ समझे तथा अन्य सूचनाओं से उसका सम्बन्ध जोड़े प्रत्याह्वान (recall) करना मुश्किल है। कहने का मतलब है कि जिसे प्रासंगिक स्मृति तथा अर्थगत स्मृति या सामान्य स्मृति कहा जा रहा है, वे दो चीज नहीं है बल्कि

एक ही चीज हैं। मैकक्लोजकी एवं सान्टी (McClosky & Santee, 1981) एवं वैड्डेली (Baddeley, 1976) ने तो यहाँ तक दावा किया है कि यदि सामान्य स्मृति (generic memory) तथा प्रासंगिक स्मृति को अलग-अलग स्मृति के रूप में स्वीकार किये जाते भी हैं तो इसका कोई विशेष फायदा मनोवैज्ञानिकों को किसी भी दृष्टिकोण से नहीं होगा।

आत्मचरित स्मृति
(Autobiographical Memory)

आत्मचरित स्मृति एक तरह का प्रासगिक स्मृति (episodic memory) है। आत्मचरित स्मृति से तात्पर्य उन घटनाओ के बारे में सूचनाओं की स्मृति से होती है जो व्यक्ति की जिंदगी में घटते हैं। आत्मचरित स्मृति का अध्ययन मनोवैज्ञानिकों ने *प्रश्नावली विधि* (questionnaire method) या *डायरी अध्ययन विधि* (diary studies method) से सामान्यतः किया है। वैड्डेली (Baddeley, 1990) ने एक प्रश्नावली तैयार किया जिसमें व्यक्ति के जिंदगी में घटने वाली घटनाओं से संबद्ध कुछ प्रश्न तैयार किये गए हैं। इनके उत्तरों के आधार पर आत्मचरित स्मृति का उन्होंने सफलतापूर्वक अध्ययन किया है। डायरी अध्ययन विधि में व्यक्ति अपने जीवन के दिन-प्रतिदिन की घटनाओं का विस्तृत रूप से उल्लेख डायरी में लिखता है जिसका विश्लेषण करके आत्मचरित स्मृति का अध्ययन किया जाता है। इस डायरी विधि का उपयोग एक डच मनोवैज्ञानिक विलेम वेगन्नार (Willem Wagenaar, 1986) ने किया है। उसमें उन्होंने गत छह साल के भीतर प्रतिदिन घटने वाले घटनाओं में से एक या दो प्रमुख घटनाओं का रिकार्ड किया। प्रत्येक ऐसे घटना के साथ उत्पन्न सांवेगिक आवेष्टन (emotional involvement) को भी उन्होंने अभिलेखित किया। इस तरह से उन्होंने छह साल में 24,00 घटनाओं को अभिलेखित किया। इसके बाद उन्होंने अगले 12 महीनों में अपने प्रत्येक घटना के स्मृति की जाँच किया। परिणाम जटिल अवश्य थे परन्तु यह स्पष्ट रूप से देखा गया कि आत्मचरित स्मृति उन ही चरों द्वारा अधिक प्रभावित होते हैं जिनसे अन्य चर प्रभावित होते हैं। इन चरों में पुनः प्राप्ति संकेत (retrieval cues) तथा सांवेगिक अवस्था (emotional states) प्रमुख है। चूँकि डायरी विधि द्वारा आत्मचरित स्मृति का अध्ययन एक स्वाभाविक परिस्थिति (natural situation) में किया जाता है, अतः इससे प्राप्त परिणाम को प्रयोगशाला अध्ययनों जिसमें शब्दों या निरर्थक पदों का उपयोग किया जाता है, से प्राप्त परिणामों की तुलना में अधिक विश्वास के साथ सामान्यीकृत (generalize) किया जाता है।

आत्मचरित स्मृति के अध्ययन में मनोवैज्ञानिकों ने मूलतः दो तरह के प्रश्नों पर मुख्य रूप से विचार किया है—

(1) आत्मचरित स्मृति की शुरूआत कब होती है ? (When does autobiographical memory begin ?)

(2) आत्मचरित स्मृति किस तरह संगठित होता है ? (How is autobiographical memory organized ?)

इन दोनों पर विचार अब हम इस प्रकार करेंगे:—

(1) आत्मचरित स्मृति की शुरूआत कब होती है ? *(When does autobiographical memeory begin ?)*— प्रयोगों से प्राप्त परिणाम इस बात के सबूत हैं कि व्यक्ति अपने जीवन के बहुत ही आरम्भिक अवधि (2 से 3 साल की आयु) की घटनाओं का प्रत्याह्वान कर सकता है। परन्तु सच्चाई जैसा कि बाऊअर (Bauer, 1996) ने अपने अध्ययन के आधार पर बतलाया है, यह है कि चूँकि इस अवस्था में भाषाई कौशल (languege skill) विकसित नहीं होता है, इसलिए व्यक्ति इन घटनाओं का प्रत्याह्वान (recall) नहीं कर पाता है। इस सिलसिले में मार्यस, क्लिफटन एवं क्लार्कसन (Myers, Clifton & Clarkson, 1987) ने एक अध्ययन कर स्थिति को स्पष्ट करने की कोशिश किया है। इस अध्ययन में छह सप्ताह से चालीस सप्ताह के आयु के कुछ बच्चों को चयनित किया गया और इन्हें प्रयोगशाला में कुछ खिलौना से खेलने को दिया गया। दो साल बाद इन्हीं बच्चों को पुनः उस प्रयोगशाला कमरे में लाया गया और उन्हें उन्हीं खिलौनों से खेलने के लिए छोड़ दिया गया। साथ-ही-साथ एक नियंत्रित समूह (control group) भी था जिसने पहले कभी भी इन खिलौनों के साथ प्रयोगशाला कमरे में खेला नहीं था। परिणाम में देखा गया जिन बच्चों ने दो साल पहले इन खिलौने के साथ खेला था, वे खिलौने के साथ अधिक खेले तथा साथ-ही-साथ खेलने में नियंत्रित समूह की अपेक्षा अधिक अभिरूचि दिखलाये। स्पष्टतः प्रयोगात्मक समूह के बच्चों ने अपने आरम्भिक अनुभूतियों की स्मृति होने का सबूत प्रदान किया परन्तु वे इसे शब्दों द्वारा अभिव्यक्त करने में असफल थे।

कुछ अध्ययनों में यह भी देखा गया कि भाषाई कौशलों की कमी के अलावा भी कुछ ऐसे कारक हैं जिनके चलते व्यक्ति अपनी जिंदगी के प्रथम दो साल की अनुभूतियों का प्रत्याह्वान नहीं कर पाता है। मोसकोविच (Moscovitch,

1985) ने अपने अध्ययन के आधार पर यह बतलाया है कि व्यक्ति इस अवस्था की स्मृति को इसलिए नहीं प्रत्याह्वान कर पाता है क्योंकि इस तरह की स्मृति के लिए आवश्यक मस्तिष्कीय संरचना (brain structure) की पर्याप्त कमी रहती है। हरवे एवं करेज (Harve & Courage, 1993) ने अपने अध्ययन के आधार पर यह बतलाया है कि व्यक्ति अपने जीवन के प्रथम दो तथा तीन साल के आयु के बीच में आत्म-सम्प्रत्यय (self-concept) विकसित करता है। इसके अभाव में आत्मचरित स्मृति के लिए आवश्यक फ्रेमवर्क व्यक्ति में नहीं बन पाता है। यही कारक है कि इस आयु का आत्मचरित स्मृति व्यक्ति में नहीं हो पाता है।

अतः निष्कर्ष यह हुआ कि इस अवधि के घटनाओं को भी हम अपने आत्मचरित स्मृति में संचित रखते हैं परन्तु शाब्दिक रूप से बतलाने की क्षमता नहीं होने के कारण हम उसका प्रत्याह्वान नहीं कर पाते हैं।

(2) आत्मचरित स्मृति किस तरह संगठित होता है? *(How is autobiographical memory organized ?)*— आत्मचरित स्मृति में संगठन का अध्ययन करने के लिए मनोवैज्ञानिकों ने *संकेत-शब्द विधि* (cue-word method) का प्रतिपादन किया है। इस प्रविधि में व्यक्ति को कुछ शब्द एक-एक करके दिये जाते हैं जो एक संकेत के रूप में कार्य करता है। जैसे, व्यक्ति को कुछ शब्द यथा झील, आम का बगीचा, अस्पताल, आदि दिये जा सकते हैं। इन शब्दों को सुनकर उसे अपने आत्मचरित स्मृति की घटनाओं को बतलाना होता है अर्थात् उन्हें अपनी जिंदगी की महत्त्वपूर्ण घटनाओं को बतलाना होता है। परिणाम में देखा गया कि जिंदगी के अधिकतर याद किये गए घटनाएँ हाल के थे और बढ़ते उम्र के साथ मन में याद आने वाले घटनाओं की आवृत्ति (frequency) में पर्याप्त कमी आती देखी। इसका मतलब यह हुआ कि प्रयोज्य 20 साल पहले की घटनाओं का प्रत्याह्वान 10 साल पहले की घटनाओं की तुलना में कम किया करते थे। परन्तु यह भी देखा गया कि व्यक्ति अपने आरंभिक वयस्कावस्था (early adulthood) से (यानी, 20 साल से 30 साल की अवस्था) अधिक घटनाओं का प्रत्याह्वान करते हैं। इस तथ्य की सम्पुष्टि रूबिन तथा स्कूलकाइन्ड (Rubin & Schulkind, 1997) रूबिन, वेटजलर तथा नेवेस (Rubin, Wetzler & Nebes, 1986) ने अपने-अपने अध्ययनों से किया है। इसका कारण बतलाते हुए शोधकर्त्ताओं ने कहा है कि चूँकि जिंदगी की इस अवधि में महत्त्वपूर्ण घटनाएँ घटतीं है जिनका सांवेगिक महत्त्व (emotional importance) काफी अधिक होता है, अतः इस अवधि से व्यक्ति अधिक-से-अधिक घटनाओं का प्रत्याह्वान करता है। शादी-विवाह, नौकरी पाना, महत्त्वपूर्ण डिग्री या उपाधि पाना, कोई व्यवसाय प्रारम्भ करना आदि इस अवधि की कुछ महत्त्वपूर्ण घटनाएँ हैं।

इन तथ्यों से यह स्पष्ट हो जाता है कि व्यक्ति जिंदगी के कुछ विशेष अवधि से अन्य अवधि की तुलना में घटनाओं को स्पष्ट रूप से प्रत्याह्वान कर लेते हैं। इसका मतलब यह हुआ कि आत्मचरित स्मृति बीते अनुभूतियों का एक यादृच्छिक चयन (random assortment) नहीं होता है बल्कि वे जीवन की महत्त्वपूर्ण अवधि (lifetime periods) के अनुसार संगठित (organized) होते हैं। इस संगठन के पीछे कुछ सामान्य घटनाओं की स्मृति होती है। जैसे, कॉलेज का प्रथम दिन का अनुभव या नौकरी पर प्रथम दिन का अनुभव आदि ऐसी ही सामान्य घटनाओं की स्मृति की श्रेणी में है। कानवे (Conway, 1996) ने अपने अध्ययन के आधार पर यह बतलाया है कि आत्मचरित स्मृति में अन्त में कुछ विशिष्ट (specific) घटनाओं की स्मृति अधिक होती है।

कुछ मनोवैज्ञानिकों द्वारा यह प्रश्न उठाया गया है कि हमलोग आत्मचरित स्मृति के इस तरह के संगठन (organization) को किस तरह से जानते हैं? इसका आधार यह बतलाया गया है कि जब व्यक्ति को आत्मचरित स्मृति की घटनाओं के बारे में बतलाने के लिए कहा जाता है, तो वह अपने जीवन के महत्त्वपूर्ण अवधि की घटनाओं का प्रत्याह्वान तेजी से करता है तथा उन अनुभूतियों का प्रत्याह्वान काफी कम एवं मंद गति से करता है, जो जीवन के बड़े घटनाओं से संबद्ध नहीं होते हैं।

उपर्युक्त तथ्यों को ध्यान में रखते हुए हम इस अंतिम निष्कर्ष पर पहुँचते हैं कि आत्मचरित स्मृति में हम अपने जीवन की घटनाओं की अनुभूतियों को संचित रखते हैं परन्तु हम इन सबों का प्रत्याह्वान समान ढंग से नहीं करते हैं। वयस्कावस्था की अनुभूतियों का प्रत्याह्वान जीवन के अन्य अवधि की अनुभूतियों के प्रत्याह्वान से अधिक होता है।

दीर्घकालीन स्मृति से पुनःप्राप्ति
(Retrieval from Long-term memory)

जैसा कि पहले वर्णन किया जा चुका है, दीर्घकालीन स्मृति (long-term memory or LTM) की संचयन क्षमता असीमित होती है तथा इसमें असीमित अवधि के लिए व्यक्ति सूचनाओं को संचित करके रख पाता है तो क्या

यह कहा जा सकता है कि LTM एक पूर्ण तंत्र (perfect system) है ? शायद नहीं। प्रायः ऐसा होता है कि LTM से संचित सूचनाओं को जब हम प्रत्याह्वान (recall) करना चाह रहे हैं, तो नहीं कर पाते हैं। ऐसा लगता है कि वह मस्तिष्क में है परन्तु मुँह में अर्थात् जीभ के नोक पर नहीं आ रहा है। इस तरह की घटना को मनोवैज्ञानिकों ने *जीभ-की-नोक घटना* (Tip-of-the-tongue or TOT phenomenon) कहा है। बाद में, ऐसी सूचनाएँ अपने आप बिना किसी प्रयास के प्रत्याह्वान कर लिए जाते हैं। इस तरह की कठिनाई का क्या कारण हो सकता है ? इस प्रश्न का उत्तर पुनः प्राप्ति (retrieval) की प्रक्रिया अर्थात् LTM में सूचनाओं को खोज करने की क्षमता में निहित है।

ब्राऊन (Brown, 1976) के अनुसार, LTM से पुनःप्राप्ति (retrieval) की दो मुख्य प्रक्रियाएँ हैं—प्रत्याह्वान (recall) तथा प्रत्यभिज्ञान (recognition)। प्रत्याह्वान में व्यक्ति मौलिक उद्दीपक या सूचनाओं की अनुपस्थिति में ही उन्हें वर्तमान चेतना में लाना होता है। प्रत्यभिज्ञान में मौलिक उद्दीपक या सूचनाओं को अन्य उद्दीपक या सूचनाओं के साथ मिलाकर व्यक्ति के सामने उपस्थित किया जाता है और उसे मात्र इस बात की पहचान करनी होती है कि वह पहले इनमें से किस उद्दीपकों या सूचनाओं से परिचित है। सामान्यतः प्रत्याह्वान की प्रक्रिया प्रत्यभिज्ञान की प्रक्रिया से कठिन होती हैं परन्तु वैसी परिस्थिति में जहाँ मौलिक सूचनाएँ बाद की अन्य सूचनाओं से काफी अधिक समान (similar) हो जाती है, तो प्रत्यभिज्ञान प्रत्याह्वान (recall) से कठिन हो जाता है।

LTM से पुनःप्राप्ति (retrieval) की प्रक्रिया निम्नांकित कारकों से प्रभावित होती पायी गयी है:—

1. सामग्रियों में संगठन (*Organization in materials*)—मनोवैज्ञानिकों द्वारा किये गये प्रयोगों से यह स्पष्ट हुआ है कि जब व्यक्ति के LTM में संगठित सामग्री (organized materials) संचित होते हैं, तो उनका पुनः प्राप्ति करना (retrieve) उस परिस्थिति की तुलना में अधिक आसान हो जाता है जब LTM में संचित सामग्रियाँ असंगठित एवं असम्बन्धित होतीं हैं। इस तथ्य की प्रयोगात्मक संपुष्टि बाऊर एवं उनके सहयोगियों (Bower et al,. 1969) के प्रयोग से हुई है। प्रयोज्यों के दो समूह थे। एक समूह को शब्दों को संगठित एवं सम्बन्धित ढंग से शब्दों को उपस्थित कर याद कराया गया। जैसे, सभी पक्षियों के नामों को एक श्रेणी में, स्तनधारी पशुओं के नामों को एक अन्य श्रेणी में और इसी तरह अन्य शब्दों को उनके उपयुक्त श्रेणी में संगठित कर उन्हें याद करने के लिए दिया गया। प्रयोज्यों के दूसरे समूह को विभिन्न श्रेणियों के नामों को यादृच्छिक ढंग से मिश्रित करके उपस्थित करके याद करने के लिए कहा गया। परिणाम में देखा गया कि जिस समूह को संगठित करके शब्दों को दिया गया था, उन्होंने प्रथम प्रयास में ही 73 शब्दों का प्रत्याह्वान कर लिये जबकि यादृच्छिक ढंग से उपस्थित किये गए प्रयोज्यों के समूह ने प्रथम प्रयास में मात्र 21 शब्दों का ही सही-सही प्रत्याह्वान किये। इस तरह से संगठित रूप से उपस्थित किये गये शब्दों वाले समूह की पुनः प्राप्ति (retrieval) यादृच्छिक ढंग से उपस्थित किये गए शब्दों वाले समूह की पुनः प्राप्ति से उत्तम था। सोल्सो (Solso, 1988) द्वारा भी किये गए अन्य अध्ययनों में इस तथ्य की संपुष्टि की गयी है। अतः इन अध्ययनों के आलोक ने हम इस अंतिम निष्कर्ष पर पहुँचते हैं कि LTM में संचित सूचनाओं की पुनः प्राप्ति (retrieval) का एक महत्त्वपूर्ण कारक संगठन (organization) है।

2. पुनः प्राप्ति संकेत (*Retrieval cues*)—LTM से पुनः प्राप्ति (retrieval) पर उन संकेतों (cues) का भी प्रभाव पड़ता है जो सीखे गये या LTM में संचित सामग्रियों से सम्बन्धित होते हैं। ऐसे संकेतों को पुनः प्राप्ति संकेत (retrieval cues) कहा जाता है। ऐसे संकेतों की उपस्थिति से LTM से पुनः प्राप्ति आसान से हो जाती है। ऐसे संकेत पर्यावरण (environment) के पहलू जैसे कोई जगह, दृश्य, आवाज या गन्ध (smell) आदि हो सकते हैं या फिर व्यक्ति के आन्तरिक शारीरिक अवस्था (internal state) से भी सम्बन्धित हो सकते हैं। पहले तरह के संकेतों को *संदर्भ आधृत पुनःप्राप्ति संकेत* (context-dependent retrieval cue) तथा दूसरे तरह के संकेत को *अवस्था आधृत पुनःप्राप्ति संकेत* (state-dependent retrieval cue) कहा जाता है। संदर्भ-आधृत पुनःप्राप्ति संकेतों से जिस स्मृति का विकास होता है उसे *संदर्भ-आधृत स्मृति* (context-dependent memory) कहा जाता है तथा अवस्था-आधृत संकेतों से जिस स्मृति का विकास होता है उसे *अवस्था आधृत स्मृति* (state-dependent memory) कहा जाता है। संदर्भ-आधृत स्मृति से तात्पर्य इस बात से होता है कि जो सामग्री किसी एक वातावरण या संदर्भ में सीखा गया होता है, उसे किसी दूसरे संदर्भ या वातावरण में, प्रत्याह्वान करना मुकिश्ल होता है परन्तु समान वातावरण या संदर्भ में प्रत्याह्वान करना आसान होता है। गौडेन एवं बैड्डेली (Goden & Baddeley, 1975) ने एक महत्त्वपूर्ण अध्ययन करके संदर्भ-आधृत स्मृति को दिखलाया है। इन्होंने एक अध्ययन समुद्री गोताखोरों (sea divers) पर किया।

इन लोगों में से कुछ ने शब्दों की एक सूची को समुद्र के किनारे बैठ कर सीखा तथा कुछ ने उस सूची को पंद्रह फीट समुद्र के पानी के भीतर जाकर सीखा। इसके बाद इन दोनों तरह के प्रयोज्यों को दो विभिन्न परिस्थितियों या संदर्भ में शब्दों का प्रत्याह्वान करने के लिए कहा गया। दूसरे शब्दों में, पहले समूह के प्रयोज्यों ने सीखे गये शब्दों का प्रत्याह्वान समुद्री तट पर एवं 15 फीट पानी के भीतर एवं दूसरे समूह के प्रयोज्यों ने भी सीखे गये शब्दों का प्रत्याह्वान समुद्री तट पर एवं 15 फीट पानी के भीतर किया। परिणाम में देखा गया कि समुद्री तट पर सीखे गये शब्दों का समुद्री तट पर किया गया प्रत्याह्वान पानी के भीतर किये गये प्रत्याह्वान की अपेक्षा अधिक उत्तम हुआ और उसी तरह से पानी के भीतर सीखे गए शब्दों का प्रत्याह्वान पानी के भीतर किया गया प्रत्याह्वान समुद्री तट पर किये गए प्रत्याह्वान की अपेक्षा उत्तम हुआ। परन्तु इस ढंग का परिणाम सिर्फ प्रत्याह्वान (recall) में पाया गया, प्रत्यभिज्ञान (recognition) द्वारा पुनः प्राप्ति (retrieval) करने पर नहीं। इस अध्ययन से यह स्पष्ट हो जाता है कि संदर्भ आधृत पुनः प्राप्ति संकेतों से प्रत्याह्वान में काफी मदद मिलती है। स्मिथ (1976) ने तो अपने अध्ययन के आधार पर यहाँ तक बतलाया है कि LTM में सूचनाओं को संचित करते समय जो संदर्भ (context) होता है, व्यक्ति को उस भौतिक संदर्भ में उपस्थित न होकर मात्र उसके बारे में पूर्वकल्पना करने से ही प्रत्याह्वान में पर्याप्त मदद मिल जाती है।

अवस्था-आधृत स्मृति (state-dependedent memory) से तात्पर्य इस बात से होता है कि LTM से किसी सूचना की पुनः प्राप्ति (retrieval) उस परिस्थिति में आसान होती है जब प्रत्याह्वान करते समय जो व्यक्ति की आन्तरिक शारीरिक अवस्था होती है, वह ठीक वैसी ही होती है जैसा कि उस सूचना को LTM में संचित करते समय था। जैसे, यदि किसी गद्यांश को खुश की मनोदशा (jolly mood) में रहकर याद किया गया है, तो इसका प्रत्याह्वान (recall) खुशी की मनोदशा में अन्य मनोदशा की तुलना में अधिक होगा। इक (Eich, 1985) ने इस तथ्य की संपुष्टि अपने प्रयोगाात्मक अध्ययन से किया है। बाऊर (Bower, 1981) ने भी अपने अध्ययन में सम्मोहन (hypnosis) द्वारा उत्पन्न सांवेगिक अवस्थाओं के लिए अवस्था-आधृत स्मृति प्रभाव होते पाया है। उन्होंने अपने अध्ययन में पाया कि जब सम्मोहित अवस्था में प्रयोज्यों में खुशी (happy) की मनोदशा उत्पन्न कर दी गयी, तो वे उन शब्दों की सूची का उत्तम प्रत्याह्वान नहीं कर पाये जिसे वे सम्मोहन के पहले 'उदासी' (sad) की अवस्था मे सीखे थे। उसी तरह से जब सम्मोहित अवस्था में उनमें 'उदासी' की अवस्था उत्पन्न कर दी गयी तो वे उन शब्दों की सूची का उत्तम प्रत्याह्वान नहीं कर पाये जिसे वे सम्मोहन के पहले 'खुशी' (happy) की अवस्था में सीखे थे। इन्होंने अपने अध्ययन में यह भी देखा कि जब सम्मोहन में उत्पन्न सांवेगिक अवस्था (खुशी या उदासी) शब्दों को सीखते समय की अवस्था के अनुरूप या समान था, तब प्रत्याह्वान की मात्रा अधिक उत्तम हुई। इन अध्ययनों में एक बार फिर यह देखा गया कि अवस्था-आधृत संकेतों (state-dependent cues) का प्रभाव केवल प्रत्याह्वान (recall) पर पड़ता है प्रत्यभिज्ञान (recognition) पर नहीं।

अब प्रश्न यह उठता है कि इन दोनों तरह के पुनः प्राप्ति संकेतों (retrieval cues) में से किसका उपयोग अधिक लाभप्रद होता है ? इन प्रश्न का उत्तर हमें टुलविंग एवं थामसन (Tulving & Thomson, 1971) द्वारा प्रतिपादित *कूट संकेतीकरण विशिष्टता नियम* (encoding specificify principle) में मिलता है। इस नियम द्वारा यह पता चलता है कि LTM में सूचनाओं का प्रवेश पाते समय जो संकेत (cue) कूट लेखन (encoding) होता है सिर्फ उन्हीं संकेतों द्वारा बाद में सूचनाओं की पुनः प्राप्ति में मदद मिलती है। जैसे, यदि किसी सूचनाओं को सीखते समय अर्थात् LTM में संचित करते समय भौतिक वातावरण के कुछ पहलुओं को संकेत के रूप में कूट लेखन (encoding) किया गया तो वही संकेत बाद में उत्तम एवं लाभप्रद पुनः प्राप्ति संकेत (retrieval cue) साबित होंगे। उसी तरह से किसी सूचना को सीखते समय यदि व्यक्ति की आंतरिक अवस्था (सांवेगिक अवस्था) के कुछ पहलुओं को संकेत (cue) के रूप में कूटलेखन किया गया तो वही संकेत बाद में उत्तम एवं लाभप्रद पुनः प्राप्ति संकेत साबित होंगे।

मनोवैज्ञानिकों ने LTM का एक महत्त्वपूर्ण प्रकार जिसे अर्थगत स्मृति (semantic memory) या जिसे सामान्य स्मृति (generic memory) भी कहा जाता है, में पुनः प्राप्ति (retrieval) का विशेष अध्ययन किया है। जैसा कि हम जानते हैं, अर्थगत स्मृति का उपयोग व्यक्ति सामान्य ज्ञान (general knowledge) के प्रत्याह्वान में करता है। प्रश्न यहाँ यह उठाया गया कि अर्थगत स्मृति (semantic memory) काफी विस्तृत (wide) होती है और व्यक्ति किस तरह से एक सेकंड से भी कम समय में वांछित सूचना (required information) को उसमें स्थानीकृत

(locate) करके उसका पुनः प्राप्ति (retrieval) कर लेता है ? इस प्रश्न का उत्तर कोल्लिन्स एवं लोफटस (Collins & Loftus, 1975) द्वारा प्रतिपादित *विस्तरित उत्तेजन सिद्धान्त* (spreading activation theory) द्वारा प्रदत्त व्याख्या से मिलता है। यह सिद्धान्त बतलाता है कि स्मृति में जो अर्थगत ज्ञान (semantic knowledge) होते हैं, वे यादृच्छिक तरीके (random memory) से सुसज्जित नहीं होते हैं बल्कि वे अन्तर्राबंधित नेटवर्क (interconnected network) के रूप में सुसज्जित होते हैं। इस सिद्धान्त की विस्तृत चर्चा आगे की जाएगी। जब दो या दो से अधिक तथ्यों या सम्प्रत्ययों के अर्थ में काफी समानता होती है, तो ऐसा नेटवर्क काफी मजबूत होता है। यह सिद्धान्त आगे इस तथ्य पर बल डालता है कि जब दो सम्प्रत्यय उत्तेजित होते हैं, तो दोनों से उत्पन्न उत्तेजन पूरे नेटवर्क में तब तक फैलते जाता है जबतक कि दोनों सम्प्रत्यय सम्बन्धित न हो जाए। जाहिर है कि इस प्रक्रिया में समय लगता है। जब दोनों सम्प्रत्यय का अर्थ एक-दूसरे से काफी निकट होता है, तो दोनों द्वारा उत्पन्न उत्तेजन में सम्बन्ध स्थापित होने में कम समय लगता है। इस सिद्धान्त की पुष्टि कई अध्ययनों में किया गया है। जैसे, *मेयर* एवं *स्कैबवेल्डट* (Meyer & Schaneveldt, 1971) के एक अध्ययन से इसकी स्पष्ट संपुष्टि हुई है। इन्होंने अपने प्रयोज्यों से कहा कि उन्हें यह बतलाना होगा कि देखे जाने वाले अक्षरों का समूह (जैसे, butter, bukker आदि) कोई शब्द है या नहीं। कभी-कभी लक्ष्य शब्द (target word) के पहले उससे सम्बन्धित शब्द आते थे जैसे, butter के पहले cream या bread शब्द का दिया जाना और कभी-कभी लक्ष्य शब्द के पहले उससे असम्बन्धित शब्द दिये जाते थे जैसे, 'butter' के पहले 'doctor' शब्द का आना। विस्तरित उत्तेजन सिद्धान्त के अनुसार प्रयोज्य पहली परिस्थिति में शब्दों की पहचान दूसरी परिस्थिति की तुलना में तेजी से कर लेगा क्योंकि पहली परिस्थिति में लक्ष्य शब्द अन्य शब्द से काफी सम्बन्धित है। परिणाम में बिलकुल ही ऐसा ही पाया गया। यद्यपि विस्तरित उत्तेजन सिद्धान्त अर्थगत स्मृति तथा उसे पुनः प्राप्ति (retrieval) की एक अनोखी व्याख्या प्रदान करता है, फिर भी इस सिद्धान्त की आलोचना जॉनसन-लायर्ड एवं उनके सहयोगियों (Johnson-Laird et al,. 1984) ने करते हुए कहा है कि सिद्धान्त शब्दों या विभिन्न प्रतीकों (symbols) को एक साथ सम्बन्धित करने में तो सक्षम है परन्तु उनका शब्द बाह्य दुनिया (external world) से किस तरह से सम्बन्धित हो पाता है, इसकी व्याख्या करने में सक्षम नहीं है। अतः अंतिम रूप से अभी यह कहा जा सकता है कि अर्थगत स्मृति (semantic memory) में सामान्य सूचनाओं को संचित करने की क्षमता के बारे में विस्तरित उत्तेजन सिद्धान्त एक लाभप्रद परन्तु अधूरी व्याख्या ही उपलब्ध करा पाता है।

स्पष्ट हुआ कि LTM से पुनः प्राप्ति (retrieval) का स्वरूप STM में पुनः प्राप्ति (retrieval) के स्वरूप से भिन्न एवं जटिल है।

अर्थगत स्मृति या सामान्य स्मृति के सिद्धान्त या मॉडल
(Theories or Models of Semantic Memory or Generic Memory)

अर्थगत स्मृति वैसे स्मृति को कहा जाता है जिसमें संसार के वस्तुओं एवं भाषाओं के बारे में एक संगठित ज्ञान (organized knowledge) संचित होता है। इसलिए इसे सामान्य ज्ञान (general knowledge) की संगठित स्मृति भी कहा जाता है। यही कारण है कि इसे सामान्य स्मृति (generic memory) भी कहा जाता है। अर्थगत स्मृति जो LTM का एक प्रकार है, के संगठनात्मक स्वरूप की व्याख्या करने के लिए मनोवैज्ञानिकों ने कई तरह के सिद्धान्त या मॉडल का वर्णन किया है जिनमें निम्नांकित चार प्रमुख हैं—

1. आनुक्रमिक नेटवर्क मॉडल (Hierarchical Network model)
2. सेट सैद्धान्तिक मॉडल (Set-theoretic model)
3. विशेषता तुलना मॉडल (Feature comparison model)
4. विस्तरण-उत्तेजन मॉडल (Spreading activation model)

इन सबों का वर्णन निम्नांकित है—

1. आनुक्रमिक नेटवर्क मॉडल (*Hierarchical network model*)—इस सिद्धान्त का प्रतिपादन मौलिक रूप से क्विल्लियन (Quillian, 1968) द्वारा किया गया तथा इसका नवीनतम संशोधित प्रारूप कोल्लिन्स एवं लोफटस (Collins & Loftus, 1975) द्वारा तैयार किया गया। इस सिद्धान्त का सारतत्त्व यह है कि अर्थगत स्मृति (semantic memory) में सूचनाएँ तार्किक अनुक्रम (logical hierarchy) में जो सामान्य श्रेणी (general category) से विशिष्ट श्रेणी (specific category) की ओर होते हैं, संचित होते हैं। दूसरे शब्दों में, अर्थगत स्मृति में सूचनाएँ यादृच्छिक (random) रूप से संचित न होकर आनुक्रमिक ढंग से (hierarchically) एक नेटवर्क में संगठित (organized) होते हैं। इस तरह के संगठन के कारण ही अर्थगत स्मृति में संचित सूचनाओं के आधार पर तार्किक अनुमान (logical inferences) लगा पाते हैं।

इस सिद्धान्त के अनुसार प्रत्येक सम्प्रत्यय (concept) नेटवर्क (network) में एक खास स्थान पर उपस्थित होता है जिसे *नोड* (node) या कटान बिन्दु कहा जाता है। नेटवर्क में साहचर्य (association) या कड़ी (link) होता है जो एक विशेष नोड को अन्य नोड से जोड़ता है अर्थात् एक सम्प्रत्यय (concept) को दूसरे सम्प्रत्यय से जोड़ता है। नेटवर्क मॉडल में मुख्यतः ऐसे साहचर्य या कड़ी (link) दो तरह के होते हैं—

(i) *उच्च साहचर्य या कड़ी (Superordinate association or link)*—इस तरह की कड़ी द्वारा यह दिखलाया जाता है कि सम्प्रत्यय (concept) एक बड़े या उच्च वर्ग का सदस्य है। इस तरह के सम्बन्ध को विशेष शब्द अर्थात् 'is a' जिसे 'is a' के रूप में मिलाकर व्यक्त किया जाता है। जैसे चित्र 8.2 में, पीतचटकी एक पक्षी है, (Canary is a bird) एक उच्च साहचर्य कड़ी (superordinate link) का उदाहरण है, जिसे ठोस रेखा से दिखलाया गया है। उसी तरह 'पक्षी एक पशु है' (bird is an animal) या 'मछली एक जानवर है' (fish is an animal) को भी ठोस रेखा से ही दिखलाया गया है क्योंकि से सभी उच्च साहचर्य या कड़ी के उदाहरण है तथा 'is a' द्वारा व्यक्त किया जाता है।

(ii) *परिवर्तन कड़ी या साहचर्य (Modifier link or association)*—इस तरह के कड़ी द्वारा सम्प्रत्यय की विशेषताओं (properties) की झलक मिलती है। मॉडल में तीन तरह के विशेषता सम्बन्ध (property relation) की पहचान की गयी है—Is, has एवं can (जैसे, Ostrich has long thin legs, Orstrich cann't fly एवं Ostrich is tall)। प्रत्येक सम्प्रत्यय की ऐसी विशेषता सम्बन्धित होते हैं जिन्हें चित्र 8.2 में टूटी-टूटी रेखा में दिखलाया गया है।

इस मॉडल के अनुसार किसी वाक्य के अर्थ की सत्यता की जाँच इस प्रकार होती है—वाक्य के कर्त्ता (subject) तथा विधेय या गुण (predicate) पदानुक्रम (hierarchy) के सम्बन्धित नोड (node) को उत्तेजित करते हैं। जैसे पीत चटकी उड़ सकती है (Canary can fly) जैसे वाक्य के अर्थ की सत्यता की जाँच के लिए पदानुक्रम के दो नोड 'canary' एवं 'fly' वाले नोड उत्तेजित होंगे। उत्तेजना इन दोनों नोडों से उन सभी रास्तों से होकर प्रवाहित होगा जो इन नोड से सम्बन्धित होंगे। जब एक नोड से उत्पन्न उत्तेजन दूसरे नोड से उत्पन्न उत्तेजन के साथ मिलता है, तो दोनों नोडों (जैसे, इस उदाहरण में 'canary' एवं 'fly') को जोड़ने वाला रास्ता (path way) की स्थापना हो जाती है। इसके बाद वाक्य के अर्थ की सत्यता की जाँच हो जाती है।

पदानुक्रमिक नेटवर्क मॉडल का एक महत्त्वपूर्ण पूर्वकल्पना यह है कि सामान्य सम्प्रत्यय में ही सामान्य गुण (general properties) संचित होते हैं। जैसे, पक्षी की सामान्य विशेषताएँ अर्थात् इसे पंख होते हैं, इसके डैने (wings) होते हैं, ये उड़ सकते हैं आदि पक्षी सम्प्रत्यय के साथ संचित होते हैं न कि प्रत्येक प्रकार के पक्षी जैसे पीतचटकी (canary), कौवा, चील आदि अलग-अलग पक्षियों के सम्प्रत्यय के साथ। इसका परिणाम यह होता है कि अर्थगत स्मृति मं संचयन स्थान (storage space) की कुछ बचत हो जाती है। मॉडल के इस नियम को *संज्ञानात्मक मितव्ययिता का नियम* (principle of cognitive economy) कहा जाता है।

स्पष्ट हुआ कि पदानुक्रमिक नेटवर्क मॉडल के अनुसार शब्दों या वाक्यों के अर्थ को एक खास ढंग से संगठित कर संचित किया जाता है। मॉडल के कुछ जाँचनीय पूर्वकथन (testable prediction) हैं जिनसे इसकी लोकप्रियता काफी बढ़ गयी है। मॉडल का एक महत्त्वपूर्ण पूर्वकथन यह हैं कि कुछ विशेष तरह के प्रश्नों का उत्तर व्यक्ति अन्य प्रश्नों की तुलना में जल्द दे पाता है। जैसे, क्या पीतचटकी (canary) पीला होता है? का उत्तर व्यक्ति क्या पीतचटकी उड़ सकते हैं? की अपेक्षा जल्द दे पायेगा क्योंकि 'पीलापन' का गुण 'पीतचटकी' के सम्प्रत्यय के साथ संचित है जबकि 'उड़ने' का गुण उसके एक स्तर ऊपर 'पक्षी' (bird) के गुण के साथ संचित है। (देखें चित्र 8.3) पहले वाक्य में 'पीतचटकी' एवं 'पीला' दोनों ही उत्तेजित होंगे और दोनों से उत्पन्न उत्तेजन जल्द ही एक-दूसरे से मिलकर इन दोनों में एक कड़ी स्थापित कर देंगे जबकि दूसरे वाक्य में 'पीतचटकी' एवं

'उड़ना' दो सम्प्रत्यय उत्तेजित होकर उत्तेजन उत्पन्न करेंगे और कुछ देर के बाद एक-दूसरे से मिलकर इन दोनों सम्प्रत्ययों में एक कड़ी स्थापित करेंगे क्योंकि उड़ने का गुण 'पीतचटकी' के सम्प्रत्यय के साथ संचित न होकर 'पक्षी' सम्प्रत्यय के साथ संचित है।

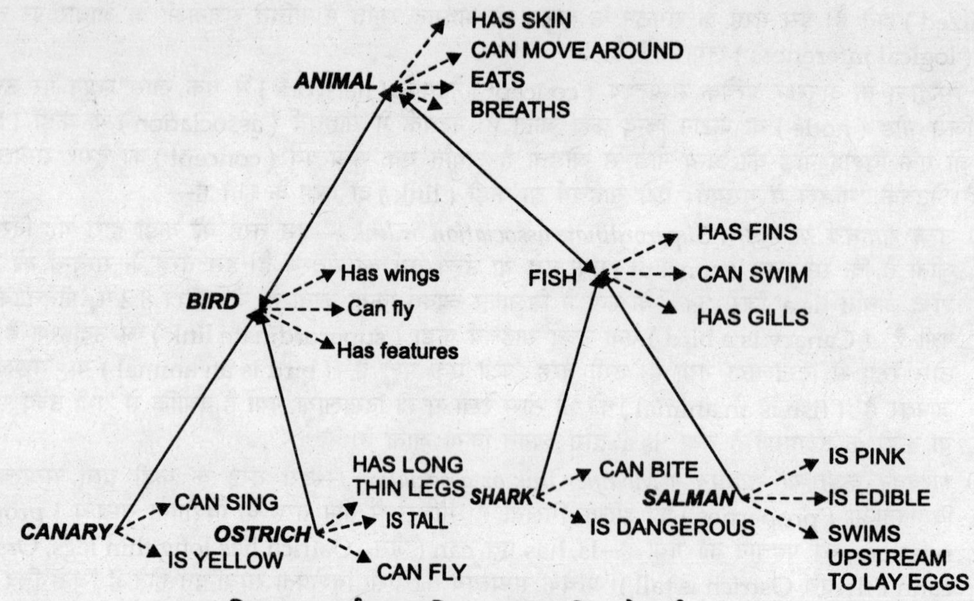

चित्र 8.3 : अर्थगत स्मृति का पदानुक्रमिक नेटवर्क मॉडल

कोल्लिन्स एवं क्विल्लियन (Collins & Qullian, 1969) ने पदानुक्रमिक नेटवर्क मॉडल के इस पूर्वकथन की जाँच एक प्रयोग करके किया जिसमें प्रयोज्यों को कई वाक्य दिये गए जिन्हें देखकर उपयुक्त बटन दबाकर सही या गलत होने की अनुक्रिया करना था। प्रयोगकर्त्ताओं ने कुछ इस तरह के वाक्य प्रयोज्यों को दिखलाये थे—

A canary has wings (super set relation)
A canary can fly (super set relation)
A canary has skin (super set relation)
A canary has leaves (wrong)
A canary is yellow (subset relation)
A canary can sing (subset relation)

प्रयोगकर्त्ताओं ने इन सही वाक्यों के प्रति की गई अनुक्रिया का प्रतिक्रिया काल (reaction time) भी मापा और साथ-ही-साथ वें पदानुक्रम के उपसेट-उच्चसेट सम्बन्धों (subset-superset relation) के प्रतिक्रिया कालों को भी मापा। परिणाम में यह देखा गया कि उपसेट सम्बन्ध को दिखाने वाले वाक्यों के प्रति प्रतिक्रिया काल उच्च सेट सम्बन्ध को दिखाने वाले वाक्यों के प्रति प्रतिक्रिया काल से छोटा होता है। इन्होंने यह भी पाया कि उच्च सेट दिखाने वाले वाक्यों में जैसे-जैसे पदानुक्रमिक दूरी (hierarchical distance) बढ़ते जाती है, प्रतिक्रिया काल (reaction time) भी बड़ा होते जाता है। जैसे, उक्त वाक्यों में 'A canary has skin' की प्रतिक्रिया काल 'A canary can fly' की प्रतिक्रिया काल से बड़ी होती पायी गयी क्योंकि पहला वाक्य दूसरे वाक्य की तुलना में 'canary' सम्प्रत्यय से दूर (दूसरे स्तर पर) है।

यद्यपि पदानुक्रमिक नेटवर्क मॉडल में स्पष्टता काफी है, फिर भी इसकी आलोचना मनोवैज्ञानिकों द्वारा की गयी है, जो इस प्रकार है:—

(i) कोनरेड (Conrad, 1972) ने अपने अध्ययन के आधार पर यह बतलाया है कि संज्ञानात्मक मितव्यय

प्राक्कल्पना (cognitive economy hypothesis) गलत है। सचमुच में अर्थगत स्मृति के प्रत्येक शब्द या सम्प्रत्यय के साथ वे सारे गुण या विशेषताएँ अलग-अलग संचित होतीं हैं जो उस शब्द या सम्प्रत्यय से जुड़े होते हैं और उनका प्रत्याह्वान सीधे होता है न कि किसी विशेष आनुमानिक प्रक्रिया (inferential process) के आधार पर। कोनरेड का यह मत था कि 'canary' के साथ 'singing' विशेषता संचित है, परन्तु 'fly' विशेषता उससे एक स्तर ऊपर भी संचित है, इसलिए पहले वाक्य की प्रतिक्रिया समय (reaction time) दूसरे वाक्य की प्रतिक्रिया समय से छोटी होगी, ऐसा कहना सर्वथा उचित नहीं है। वास्तव में ऐसा इसलिए होता है कि 'canary' एवं 'singing' में 'canary' एवं 'fly' की तुलना में साहचर्यात्मक शक्ति (associative strength) अधिक होती है। जब कोनरेड ने इस साहचर्यात्मक शक्ति (associative strength) को नियंत्रित कर दिया तो उन्होंने यह स्पष्टतः पाया कि प्रतिक्रिया समय एवं पदानुक्रमिक दूरी में कोई सम्बन्ध नहीं था। इससे स्वतः यह अर्थ निकलता है कि संज्ञानात्मक मितव्यय प्राक्कल्पना की पूर्वकल्पना गलत है।

(ii) पदानुक्रमिक नेटवर्क मॉडल गलत अनुक्रियाओं के कुछ पहलुओं जैसे प्रतिलोमित दूरी प्रभाव (reversed distance effect) की व्याख्या करने में असमर्थ है। मान लिया जाए कि दो वाक्य हैं जिनकी सत्यता की जाँच प्रयोज्य को करनी है—'A canary is a fish' तथा 'A canary is an ostrich' दोनों ही गलत वाक्य है। अतः, इसके प्रति प्रयोज्य 'गलत' की अनुक्रिया करेगा। मॉडल के अनुसार (देखें चित्र 8.3) पदानुक्रम (hierarchy) में 'canary' (पीतचटकी) एवं 'ostrich' अन्य दो शब्द अर्थात् 'canary' एवं 'fish' की तुलना में एक-दूसरे से नजदीक है। अतः मॉडल यह पूर्वकथन करता है कि पहली परिस्थिति में 'गलत' की अनुक्रिया करने में प्रयोज्य को दूसरी परिस्थिति की तुलना में कम समय लगेगा। परन्तु इस बिन्दु पर लैडांऊर एवं फ्रीडमैन (Landauer & Freedman, 1968) द्वारा किये गए अध्ययन से स्पष्ट हुआ है कि प्रतिक्रिया काल में ऐसी परिस्थिति में जो अन्तर होता है, वह ठीक इस पूर्वकथन के विपरीत होता है। अर्थात् दूसरी परिस्थिति में (canary एवं fish) में पहली परिस्थिति (canary एवं ostrich) की तुलना में अनुक्रिया करने में कम समय लगता है। इससे सामान्य दूरी प्रभाव (usual distance effect) का उलटाव (reversal) पता चलता है।

(iii) पदानुक्रमिक नेटवर्क मॉडल द्वारा *विशेषता सूचक प्रभाव* (typicality effect) की व्याख्या नहीं होती है। इस प्रभाव के अनुसार यदि सम्प्रत्यय या एकांश (item) किसी वर्ग का एक प्रतिनिधिक सदस्य है, तो उसके बारे में तुरन्त निर्णय व्यक्ति ले लेता है परन्तु यदि एकांश वर्ग का असाधारण सदस्य है, तो उसके बारे में वह देरी से निर्णय लेता है। जैसे, 'canary' एवं 'ostrich' दोनों एक ही स्तर (level) के उच्च वर्ग (superordinate) शब्द अर्थात् 'Bird' से नीचे है, फिर भी व्यक्ति से जब यह पूछा जाता है कि 'Is canary a bird' तो वह तुरन्त उत्तर 'हाँ' में देता है परन्तु जब यह पूछा जाता है कि 'Is ostrich a bird' तो वह कुछ देर करके 'हाँ' बोलता है। ऐसा क्यों ? नेटवर्क मॉडल के अनुसार दोनों वाक्यों की प्रतिक्रिया काल एक समान होनी चाहिए क्योंकि दोनों उच्च वर्ग शब्द से समान पदानुक्रमिक दूरी (hierarchical distance) पर है। परन्तु ऐसा नहीं होता है।

उपयुक्त कठिनाइयों के कारण पदानुक्रमिक नेटवर्क मॉडल के कुछ विकल्प की खोज की गयी है जिसकी चर्चा नीचे है।

2. सेट-सैद्धान्तिक मॉडल (Set-theoretic model)—इस सिद्धान्त का प्रतिपादन मेयर (Meyer, 1970) द्वारा किया गया जिसे बाद में *मेयर* एवं *स्कवैनबेल्डट* (Meyer & Schvaneveldt, 1976) द्वारा संशोधित एवं परिवर्तित किया गया। इस मॉडल के अनुसार अर्थगत स्मृति को उसकी विशेषताओं (attributes) के सेट या समूह के रूप में व्याख्या की जाती है। प्रत्येक सम्प्रत्यय (concept) या श्रेणी की कुछ विशेषताएँ होतीं हैं। उन विशेषताओं के सेट या समूह के रूप में व्यक्ति सम्प्रत्यय को अर्थगत स्मृति में संचित रखता है। इसके अलावा इस मॉडल द्वारा यह भी पता चलता है कि वस्तुओं के सामान्य श्रेणियों जैसे, पशु, पौधे, ग्रह आदि से सम्बन्धित वाक्यों (sentences) के सही (true) या गलत (false) होने के बारे में किस तरह व्यक्ति निर्णय लेता है। मेयर (Meyer, 1970) ने दो तरह के वाक्यों का उपयोग करके यह दिखलाया कि इनमें से किनका पुनः प्राप्ति (retrieval) व्यक्ति पहले कर पाता और क्यों कर पता है—*सार्विक स्वीकारात्मक वाक्य* (universal affirmative sentence) तथा *विशेष स्वीकारात्मक वाक्य* (particular affirmative sentence)। सार्विक स्वीकारात्मक वाक्य का उदाहरण है—सभी पीतचटकी (canaries) चिड़ियाँ होते हैं (All canaries are birds) परन्तु जब इसी वाक्य को इस तरह व्यक्त किया जाएगा, कुछ पीतचटकी

चिड़िया होते हैं (Some canaries are bird) तो यह विशेष स्वीकारात्मक वाक्य का उदाहरण होगा। यहाँ मेयर ने 'कुछ' शब्द का प्रयोग 'कम-से-कम एक और सम्भवतः सभी, के अर्थ में किया है। मेयर ने जिन वाक्यों को प्रयोज्यों के सामने उसकी सत्यता की जाँच करने के लिए उपस्थित किया था, उनके कर्त्ता या उद्देश्य (subject) तथा विधेय (predicate) श्रेणी के शब्दों के सम्बन्धों में कुछ परिवर्तन कर दिये जिसके परिणामस्वरूप इन दोनों के बीच निम्नांकित चार तरह के सम्बन्ध वाले वाक्य बना कर प्रयोज्यों को दिया गया।

(i) उपसेट सम्बन्ध *(Subset relation)*—इस तरह के सम्बन्ध में विधेयक (predicative) श्रेणी वाले शब्द में ही कर्त्ता या उद्देश्य (subject) श्रेणी वाले शब्द की विशेषताएँ सम्मिलित होतीं हैं। जैसे, मुर्गियाँ पक्षी होतीं हैं (hens are birds), गायें पशु होती हैं (cows are animals) आदि। विधेय श्रेणी में क्रमशः 'पक्षी' एवं 'पशु' हैं जिनमें वे सारे विशेषताएँ सम्मिलित हैं जो अलग से मुर्गियों एवं गायों में होती है।

(ii) उच्चसेट सम्बन्ध *(Superset relation)*—इस तरह के सम्बन्ध में उद्देश्य या कर्त्ता श्रेणी वाले शब्द में ही विधेय वाले शब्द की विशेषताएँ निहित होतीं हैं। जैसे, यदि यह कहा जाता है कि पत्थर माणिक होते हैं (stones are rubies) तो इसमें उद्देश्य श्रेणी के शब्द अर्थात् 'पत्थर' में विधेय श्रेणी के शब्द अर्थात् 'माणिक' के गुण सम्मिलित हैं।

(iii) परस्परव्यापी सम्बन्धी *(Overlap relation)*—इस तरह के सम्बन्ध वाले वाक्य में उद्देश्य (subject) तथा विधेय (predicate) वाले श्रेणी के कुछ सदस्य उभयनिष्ठ (common) होते हैं परन्तु प्रत्येक श्रेणी के कुछ ऐसे सदस्य होते हैं जो दूसरे श्रेणी के नहीं होते हैं। जैसे, पुरुष लेखक होते हैं, (males are writers) इसमें 'उद्देश्य' अर्थात् पुरुष एवं विधेय अर्थात् 'लेखक' के कुछ सदस्य सामान्य हैं अर्थात् कई पुरुष ऐसे हैं जो लेखक भी हैं परन्तु साथ-ही-साथ यह भी सही है कुछ पुरुष ऐसे भी हैं जो लेखक नहीं हैं तथा कुछ ऐसे लेखक हैं जो पुरुष नहीं हैं। अतः यह परस्परव्यापी सम्बन्ध (overlap relation) का उदाहरण हुआ।

(iv) विसंगठित सम्बन्ध *(Disjoint relation)*—इस तरह के सम्बन्ध वाले वाक्य में उद्देश्य श्रेणी तथा विधेय श्रेणी का कोई भी सदस्य उभयनिष्ठ (common) नहीं होता है। जैसे, बादल तारे होते हैं (clouds are stars)। इसमें उद्देश्य अर्थात् 'बादल' एवं विधेय श्रेणी अर्थात् तारे का कोई भी उभयनिष्ठ विशेषताएँ नहीं हैं। अतः यह विसंगठित सम्बन्ध का उदाहरण है।

मेयर ने इन चार तरह के सम्बन्धों पर आधारित दोनों श्रेणियों के वाक्यों अर्थात् सार्विक स्वीकारात्मक वाक्य (universal affirmative sentence) तथा विशेष स्वीकारात्मक वाक्य (particular affirmative sentences) का उपयोग अपने प्रयोग में किया। सार्विक स्वीकारात्मक वाक्य को सत्य (true) होने के लिए यह आवश्यक है कि उद्देश्य श्रेणी (subject category) के सभी सदस्य विधेय श्रेणी (predicate category) के भी सदस्य हों अन्यथा यह गलत (false) होगा। इसका मतलब यह हुआ कि सार्विक स्वीकारात्मक वाक्य का केवल उपसेट वाक्य (subset sentence) ही सत्य होता है बाकी सभी गलत होते हैं। विशेष स्वीकारात्मक वाक्य (particular affirmative sentence) को तभी सत्य माना जाता है जब उद्देश्य श्रेणी का कोई सदस्य विधेय श्रेणी का भी सदस्य होता है अन्यथा यह गलत होता है।

मेयर ने चारों तरह के सम्बन्धों के दोनों तरह के वाक्यों का माध्य प्रतिक्रिया समय (mean reaction time) भी ज्ञात किया। परिणाम में यह देखा गया कि उपसेट (subset), उच्च सेट (superset) तथा परस्परव्यापी (overlap) तीनों श्रेणियों के सार्विक स्वीकारात्मक वाक्यों (universal affirmative sentences) की सत्यता की जाँच करने में प्रयोज्यों ने उन्हीं तीन श्रेणियों के विशेष स्वीकारात्मक वाक्यों (particular affirmative sentences) की सत्यता की जाँच करने की अपेक्षा अधिक समय लिए परन्तु विसंगठित (disjoint) श्रेणी के इन दोनों तरह के वाक्यों के प्रतिक्रिया समय (reaction time) में कोई सार्थक अंतर नहीं पाया गया। मेयर के अनुसार इसका कारण यह होता है कि उपसेट, उच्च सेट एवं परस्परव्यापी प्रकार के सार्विक स्वीकारात्मक वाक्यों की सत्यता के बारे में कोई निर्णय पर पहुँचने में प्रयोज्य को दो स्तरों (stages) से होकर गुजरना पड़ता है जबकि इन तीनों प्रकार के विशेष स्वीकारात्मक वाक्यों की सत्यता के बारे मे कोई निर्णय पर पहुँचने में प्रयोज्य को सिर्फ पहले स्तर से ही काम चल जाता है। पहले स्तर के संसाधन (processing) में उद्देश्य श्रेणी एवं विधेय श्रेणी की विशेषताओं की सूची तैयार की जाती है और यदि इन दोनों में कहीं उभयनिष्ठता नहीं हुई तब उद्देश्य एवं विधेय पदों को विसंगठित (disjoint) समझा जाता है और वह वाक्य या कथन असत्य (false) होता है। यह बात दोनों तरह के वाक्यों अर्थात् सार्विक स्वीकारात्मक वाक्य तथा

विशेष स्वीकारात्मक वाक्य में होता है। चूँकि इन दोनों तरह के विसंगठित वाक्यों के लिए समान मात्रा में प्रक्रियाएँ की जाती है, अतः इन दोनों के बीच लगने वाला समय (या प्रतिक्रिया समय) लगभग एक ही होता है। मेयर के परिणाम में भी ऐसा होते पाया गया था। सार्विक स्वीकारात्मक श्रेणी के विसंगठित वाक्यों का माध्य प्रतिक्रिया समय 1154 मीलीसेकंड तथा विशेष स्वीकारात्मक श्रेणी के विसंगठित वाक्यों (disjoint sentence) का माध्य प्रतिक्रिया समय 1115 मिलीसंकंड था। इन दोनों का अंतर सार्थक नहीं था। परन्तु यदि पहले स्तर के संसाधन में उद्देश्य पदों की विशेषताओं को विधेय पदों की विशेषताओं में प्रयोज्य सम्मिलित पाया है, तो इस पहली अवस्था में ही यह स्पष्ट हो जाता है कि इन दोनों में उभयनिष्ठक विशेषताएँ हैं। दूसरे शब्दों में, इस पहले स्तर में इस बात की खोज की जाती है कि उद्देश्य तथा विधेय के कुछ सदस्य उभयनिष्ठ हैं या नहीं। फलतः, ऐसी परिस्थिति में विशेष स्वीकारात्मक वाक्यों (particular affirmative sentences) की सत्यता की जाँच यहीं समाप्त हो जाती है। ध्यान रहे कि ऐसे वाक्यों की शुरूआत 'कुछ' (some) से होती है (कुछ पीतचटकी चिड़िया होती हैं) और 'कुछ' का प्रयोग मेयर ने सामान्य अर्थ से हटकर एक खास अर्थ में किया है। अतः यहाँ इस वाक्य का अर्थ होगा कि 'कम-से-कम एक पीतचटकी और सम्भवतः सभी पीतचटकी चिड़िया होती है।' स्पष्टतः इसे प्रयोज्य 'सही' (true) के रूप में उत्तर देगा। परन्तु जब वाक्य सार्विक स्वीकारात्मक श्रेणी (universal affirmative type) का होता है, तो इस प्रथम स्तर पर के निर्णय के आधार पर वह वाक्य की सत्यता की जाँच नहीं कर पाता है। ध्यान रहे ऐसी वाक्य की शुरूआत सभी (All) से होती है ''सभी पीतचटकी चिड़ियाँ होती है।'' जैसा कि हम ऊपर कह चुके हैं, किसी भी सार्विक स्वीकारात्मक श्रेणी के वाक्य को तभी सत्य कहा जा सकता है जब उसके उद्देश्य श्रेणी (subject category) के सभी सदस्य विधेय श्रेर्णी के सदस्य होते हैं। फलतः, दूसरी अवस्था (second stage) पर उद्देश्य श्रेणी एवं विधेय श्रेणी की विशेषताओं की तुलना उसे करना ही पड़ता है और तब जाकर वह वाक्य की सत्यता के बारे में कोई निर्णय ले पाता है। जैसे, सभी पीतचटकी चिड़ियाँ होते हैं, में प्रयोज्य पीतचटकी की विशेषताओं एवं चिड़ियाँ वर्ग की विशेषताओं को मिलान करने के बाद ही वाक्य का उत्तर दे पाता है। उक्त वाक्य के उत्तर के रूप में वह 'सत्य' कहेगा क्योंकि पीतचटकी के सभी गुण चिड़ियाँ के ही गुण होते हैं।

मेयर ने अपने प्रयोग में कुछ सार्विक स्वीकारात्मक वाक्यों (universal affirmative sentences) के चारों सेट सम्बन्धों अर्थात् उपसेट (subset), उच्चसेट (super set), परस्परव्यापी (overlap) एवं विसंगठित सम्बन्धों का माध्य प्रतिक्रिया समय क्रमशः 1182 मिलीसेकंड, 1339 मिलीसेकंड, 1263 मिलिसेकंड तथा 1154 मिलीसेकंड पाया जबकि विशेष स्वीकारात्मक वाक्यों के इन्हीं चारों तरह के सम्बन्ध श्रेणियों का माध्य सम्बन्ध क्रमशः 998 मिलीसेकंड, 1017 मिलीसेकंड, 1108 मिलीसंकड एवं 1115 मिलीसेकंड पाया। स्पष्ट है कि प्रथम तीन तरह के सम्बन्ध श्रेणियों के माध्य में काफी अन्तर था। सार्विक स्वीकारात्मक वाक्यों की सत्यता की जाँच में विशेष स्वीकारात्मक वाक्यों की सत्यता की जाँच की तुलना में अधिक समय लगने का कारण उनमें दो-स्तरीय निर्णय प्रक्रिया का होना है जबकि विशेष स्वीकारात्मक वाक्यों में मात्र एक स्तरीय निर्णय प्रक्रिया निहित होती है।

मेयर के इस मॉडल के भी कुछ दोष हैं। इसके प्रमुख दोष निम्नांकित हैं:—

(i) इस मॉडल द्वारा भी पदानुक्रमिक नेटवर्क मॉडल के ही समान विशेषतासूचक प्रभाव (typicality effect) की व्याख्या नहीं होती है।

(ii) इस मॉडल का यह दावा कि विसंगठित वाक्यों (disjoint sentences) में उद्देश्य श्रेणी (subject category) के आकार (size) को परिवर्तित करने पर पूर्वकथन (prediction) किया जाता है, को मनोवैज्ञानिकों ने एक गलत पूर्वकथन बतलाया है। जैसे मान लिया जाए कि दो वाक्य इस प्रकार है—कुछ मुर्गियाँ फर्निचर हैं, (Some chickens are furniture) तथा कुछ पक्षियाँ फर्निचर हैं (Some birds are furniture) । स्पष्टतः ये दोनों ही विसंगठित वाक्य (disjoint sentences) हैं जिनमें दूसरे वाक्य का उद्देश्य श्रेणी (subject category) अर्थात् (birds) का आकार (size) पहले वाक्य के उद्देश्य श्रेणी से बड़ा है। चूँकि दोनों ही वाक्यों में दोनों ही श्रेणियाँ विसंगठित हैं, व्यक्ति पहली अवस्था के संसाधन (processing) के बाद ही यह कह सकता है कि दोनों वाक्य गलत है। मॉडल यह पूर्वकथन करता है कि इन दोनों वाक्यों को गलत कहने में समान समय (या प्रतिक्रिया काल) लगेगा क्योंकि दोनों का विधेय श्रेणी एक ही है जिसके परिणामस्वरूप दोनों ही वाक्यों का विधेय श्रेणी के साथ उभयनिष्ठता दिखाने वाले विशेषताएँ एक ही है। परन्तु वास्तव में यह पूर्वकथन गलत है क्योंकि बड़े उद्देश्य श्रेणी के वाक्यों का मूल्यांकन में छोटे उद्देश्यों वाले वाक्यों की अपेक्षा अधिक समय लगता है।

(iii) ग्लास एवं होलयोक (Glass & Holyoak, 1974) ने अपने अध्ययन के आधार पर मेयर के इस दावे का खंडन किया है कि सार्विक स्वीकारात्मक वाक्य (universal affirmative sentences) अर्थात् सभी से प्रारम्भ होने वाले वाक्यों की प्रतिक्रिया काल विशेष स्वीकारात्मक वाक्य (particular affirmative sentences) अर्थात् कुछ से प्रारम्भ होने वाले वाक्यों की प्रतिक्रिया काल से बड़ी होती है। उन्होंने ऐसा परिणाम होते तब पाया है जब इन दोनों तरह के वाक्यों को एक अलग-अलग समूह में उपस्थित किया जाता है। उन्होंने जब इन दोनों तरह के वाक्यों को एक ही समूह या ब्लाक (block) में एक साथ मिलाकर प्रयोज्यों के सामने बारी-बारी से उपस्थित करके उसकी सत्यता की जाँच करने के लिए उत्तर प्राप्त करने की कोशिश की तो इन दोनों तरह के वाक्यों के प्रतिक्रिया काल में कोई अन्तर नहीं होता देखा गया।

इन दोषों के बावजूद मेयर द्वारा प्रतिपादित यह मॉडल पर शोध काफी हुए और इन शोधों में इनके दोषो को दूर करने का भरसक प्रयास भी किया गया है।

3. विशेषता-तुलना मॉडल *(Feature-comparison model)*—पदानुक्रमिक नेटवर्क मॉडल (hierarchical network model) तथा सेट सैद्धान्तिक मॉडल (set theoretic model) के तथ्यों पर यदि हम ध्यान दें तो यह स्पष्ट होगा कि व्यक्ति वैसे सही वाक्यों का जिसमें अर्थ के ख्याल से समान एकांश (similar item) होते हैं, क्रो वैसे सही वाक्यों की तुलना में जिसमें अर्थ के ख्याल से असमान पद या एकांश होते हैं, का जल्दी मूल्यांकन कर लेता है। उसी तरह से वैसे गलत वाक्यों (false sentences) जिनमें अर्थ के ख्याल से समान पद या एकांश होते हैं, का मूल्यांकन वैसे गलत वाक्यों की तुलना में जिनमें अर्थ के ख्याल से असमान एकांश होते हैं, थोड़े देरी से होता है। इस दूसरे प्रकार के तथ्य जिससे यह पता चलता है कि अर्थगत समानता (semantic similarity) यह निर्णय लेने में बाधक होता है कि दो एकांश एक-दूसरे सम्बन्धित नहीं है, का स्पष्ट मतलब यह हुआ कि वे सारे विशेषताएँ जो तार्किक रूप से निर्णय की प्रक्रिया के लिए अयथार्थ (irrelevant) होते हैं, वे भी निर्णय प्रक्रिया में सम्मिलित रहते हैं। इस तथ्य की गंभीरता ही कुछ मनोवैज्ञानिकों को अर्थगत स्मृति के संगठन की व्याख्या के बारे में नये ढंग से सोचने के लिए बाध्य किया है और ये लोग इस निष्कर्ष पर पहुँचे हैं कि अर्थगत स्मृति के पाठों (tasks) तथा वाक्यों की सत्यता की जाँच के लिए वाक्य के सभी महत्त्वपूर्ण शब्दों की विशेषताओं (features) का एक समग्र तुलना (overall comparison) आवश्यक है। इस तरह के एक मॉडल का प्रतिपादन स्मिथ (Smith) एवं उनके सहयोगियों तथा रिप्स, शोबेन एवं स्मिथ (Rips, Shoben & Smith, 1973), स्मिथ शोबेन एवं रिप्स (Smith, Shoben & Rips, 1974) द्वारा किया गया जिसे *विशेषता-तुलना मॉडल* (feature comparison model) की संज्ञा दी गयी है।

विशेषता तुलना मॉडल के अनुसार अर्थगत स्मृति में सम्प्रत्ययों (concepts) को विशेषताओं (features or attributes) की सूची के रूप में संचित किया जाता है। इन सम्प्रत्ययों की सत्यता के बारे में अंतिम निर्णय पर पहुँचने के पहले *दो-स्तरीय प्रक्रिया* (two-stage process) से व्यक्ति को गुजरना पड़ता है जिसका वर्णन निम्नांकित है—

(i) पहली अवस्था में वाक्य के उद्देश्य (subject) एवं विधेय (predicate) के सभी विशेषताओं का एक पूर्ण रूप से तुलना किया जाता है। अगर इस आरम्भिक तुलना से यह पता चलता है कि उद्देश्य तथा विधेय की विशेषताओं में बहुत कम उभयनिष्ठता (commonality) है, तो वह तुरन्त 'गलत' की अनुक्रिया करता है। जैसे, यदि वाक्य यह है कि 'क्या ऑस्ट्रीच एक मछली है।' (Is ostrich a fish) तो यहाँ उद्देश्य (ostrich) तथा विधेय (fish) की विशेषताओं में समानता नहीं है और प्रयोज्य तुरन्त इसके प्रति 'गलत' होने की अनुक्रिया करता है। इसे चित्र 8.4 में बायीं ओर के काले वाले भाग में दिखलाया गया है। उसी तरह से यदि आरंभिक तुलना से यह पता चलता है कि वाक्य का उद्देश्य तथा विधेय में काफी अधिक उभयनिष्ठता है, तो व्यक्ति उसके प्रति तुरन्त 'सही' होने की अनुक्रिया करता है। जैसे, यदि वाक्य है क्या बिल्ली एक पशु है। (Is cat an animal?) तो यहाँ स्पष्ट है कि बिल्ली की विशेषताओं एवं 'पशु' की विशेषताओं में उभयनिष्ठता काफी अधिक है। फलतः, इसके प्रति व्यक्ति तुरन्त 'सत्य' (true) की अनुक्रिया करता है। इसे चित्र 8.4 में दायीं छोर पर काले वाले भाग में दिखलाया गया है।

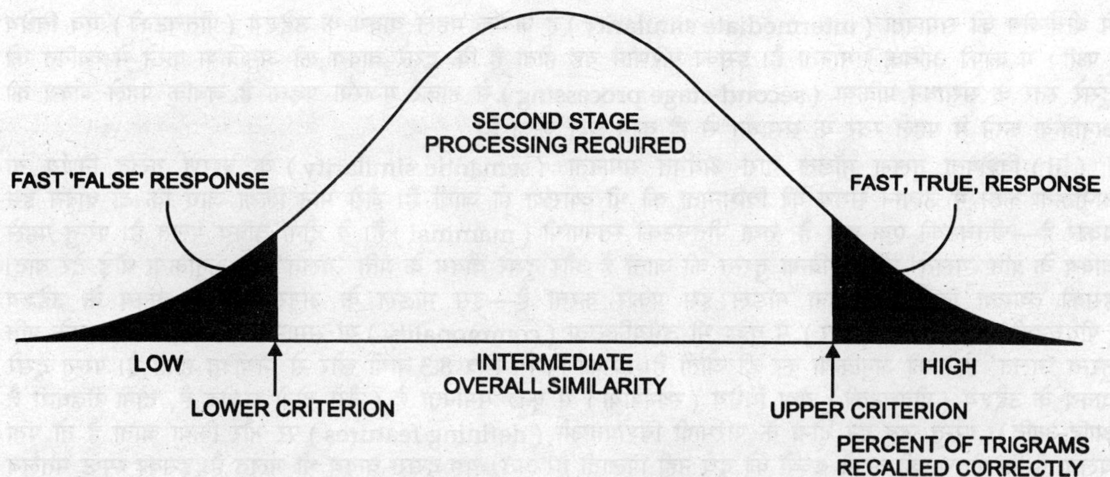

चित्र 8.4 : विशेषता तुलना मॉडल में निर्णय प्रक्रियाओं का काल्पनिक वितरण

(ii) दूसरी अवस्था की शुरूआत तब होती है जब व्यक्ति यह देखता है कि वाक्य के उद्देश्य (subject) तथा विधेय (predicate) की विशेषताओं में बीचो-बीच की उभयनिष्ठता (commonality) है। जैसे, मान लिया जाए कि वाक्य है कि क्या मुर्गी एक पक्षी है? (Is hen a bird?) तो इसमें - 'मुर्गी' एवं 'पक्षी' की विशेषताओं में चूँकि उभयनिष्ठता न तो बहुत अधिक और न बहुत कम ही है, फलतः इसके प्रति अनुक्रिया करने में व्यक्ति की प्रतिक्रिया काल (reaction time) अधिक होगा।

विशेषता तुलना मॉडल का तब सारांश इस प्रकार है—जब वाक्य के उद्देश्य एवं विधेय की विशेषताओं में उभयनिष्ठता काफी अधिक या काफी कम होता है, तो उसकी प्रतिक्रिया काल कम होती है (क्योंकि इसमें पहली अवस्था का निर्णय से ही काम चल जाता है)। परन्तु जब किसी वाक्य के उद्देश्य एवं विधेय की विशेषताओं में उभयनिष्ठता बीचो-बीच (intermediate) की होती है तो इसकी प्रतिक्रिया काल बड़ी होती है क्योंकि इसमें दोनों अवस्थाओं पर के निर्णय प्रकिया की जरूरत होती है।

विशेषता तुलना मॉडल द्वारा कुछ महत्त्वपूर्ण घटनाओं जैसे विशेषता सूचक प्रभाव (typicality effect), श्रेणी आकार प्रभाव (category size effect) आदि घटनाओं की व्याख्या आसानी से हो जाती है जो इस मॉडल के महत्त्व को बढ़ाता है। इन घटनाओं की व्याख्या मॉडल इस प्रकार कर पाता है।

(i) विशेषता सूचक प्रभाव (*Typicality effect*)—जैसा कि हम जानते हैं, विशेषता सूचक प्रभाव यह बतलाता है कि यदि कोई एकांश (item) अपने वर्ग (class) का एक विशेष (typical) या प्रतिनिधिक (representative) सदस्य है, तो उसके प्रति अनुक्रिया करने का निर्णय तुरन्त ले लिया जाता है। परन्तु यदि वह अपने वर्ग का असाधारण प्रतिनिधिक है, तो उसके प्रति अनुक्रिया करने का निर्णय लेने में थोड़ी देरी होती है। जैसे, तोता एक पक्षी है, एक ऐसा वाक्य है कि 'तोता' की विशेषताओं एवं 'पक्षी' वर्ग की विशेषताओं में काफी उभयनिष्ठता (commonality) है। अतः 'तोता' 'पक्षी' वर्ग का एक प्रतिनिधिक सदस्य है। अतः प्रथम स्तरीय निर्णय प्रक्रिया ही उसकी सत्यता की पहचान के लिए काफी है। फलतः, इस वाक्य की प्रतिक्रिया काल कम होगी। अब मान लिया जाए कि वाक्य है : क्या पीतचटकी एक पक्षी है ? इसकी प्रतिक्रिया काल पहले वाक्य की तुलना में बड़ी होगी क्योंकि विशेषता तुलना मॉडल के अनुसार इसका उत्तर देने के लिए दूसरी अवस्था (second stage) पर संसाधन (processing) आवश्यक है। इसका कारण यह है कि ऑस्ट्रीच एवं पक्षी में बीचो-बीच की समानता (intermediate similarity) है।

(ii) श्रेणी आकार प्रभाव (*Category size*)—विशेषता तुलना मॉडल द्वारा श्रेणी आकार प्रभाव की भी व्याख्या आसानी से हो जाती है। मान लिया जाए कि दो वाक्य इस तरह है—पीतचटकी (canary) एक पक्षी है तथा पीतचटकी एक पशु है। इसमें दूसरे वाक्य की प्रतिक्रिया काल पहले वाक्य की प्रतिक्रिया से बड़ी होगी। विशेषता तुलना मॉडल के अनुसार ऐसा इसलिए होगा क्योंकि दूसरे वाक्य के उद्देश्य (पीतचटकी) तथा विधेय (पशु) की विशेषताओं

में बीचोबीच की समानता (intermediate similarity) है जबकि पहले वाक्य के उद्देश्य (पीतचटकी) एवं विधेय (पक्षी) में काफी अधिक समानता है। इसका परिणाम यह होता है कि दूसरे वाक्य की अनुक्रिया करने में व्यक्ति को दूसरे स्तर के संसाधन प्रक्रिया (second-stage processing) से होकर गुजरना पड़ता है जबकि पहले वाक्य की अनुक्रिया करने में पहले स्तर के संसाधन से ही काम चल जाता है।

(iii) विशेषता तुलना मॉडल द्वारा अर्थगत समानता (semantic similarity) के कारण गलत निर्णय या अनुक्रिया करने में उत्पन्न समय की विभिन्नता की भी व्याख्या हो जाती है। जैसे मान लिया जाए कि दो वाक्य इस प्रकार है—पीतचटकी एक कार है, तथा पीतचटकी स्तनपायी (mammal) हैं। ये दोनों वाक्य गलत है। परन्तु पहले वाक्य के प्रति 'गलत' की अनुक्रिया तुरन्त की जाती है और दूसरे वाक्य के प्रति 'गलत' की अनुक्रिया थोड़े देर बाद। इसकी व्याख्या विशेषता तुलना मॉडल इस प्रकार करता है—इस मॉडल के अनुसार पहले वाक्य के उद्देश्य (पीतचटकी) तथा विधेय (कार) में कुछ भी उभयनिष्ठता (commonality) या समानता नहीं है, अतः इसके प्रति तुरन्त 'गलत' होने की अनुक्रिया कर दी जाती है। इसका निर्णय चित्र 8.3 बायीं छोर से नियंत्रित होती है। परन्तु दूसरे वाक्य के उद्देश्य (पीतचटकी) तथा विधेय (स्थनपायी) में कुछ समानता है (जैसे दोनों सजीव हैं, दोनों रीढ़धारी है आदि-आदि)। परन्तु जब इन दोनों के परिभाषी विशेषताओं (defining features) पर गौर किया जाता है तो पता चलता है कि पीतचटकी अपने बच्चों को दूध नहीं पिलाती है। अतः यह दूसरा वाक्य भी गलत है। इसका स्पष्ट मतलब यह हुआ कि इस तरह का निर्णय में दूसरी अवस्था के संसाधन प्रक्रिया सम्मिलित होती है। यही कारण है कि दूसरे वाक्य की प्रतिक्रिया काल पहले वाक्य की प्रतिक्रिया काल से बड़ी होती है।

यद्यपि विशेषता तुलना मॉडल पहले के दो मॉडलों से अधिक व्यापक है, फिर भी इस मॉडल के साथ कुछ कठिनाइयाँ हैं। मॉडल इस बात की तो आसानी से व्याख्या कर लेता है कि सम्बन्धित एकांशों (related items) के बारे में गलत वाक्य (पीतचटकी स्तनपायी है) के मूल्यांकन में असम्बन्धित एकांशों के बारे में गलत वाक्य (पीतचटकी कार है) अधिक समय लगता है। परन्तु होलयोक एवं ग्लास (Holyoak & Glass, 1975) ने इसके विपरीत परिस्थिति पाया है जिसमें सम्बन्धित एकांशों वाले गलत वाक्यों में असम्बन्धित एकांशों वाले गलत वाक्यों की तुलना में तीव्र अनुक्रिया काल होते पाया है। यह परिणाम स्पष्टतः मॉडल के दावे के विपरीत जाता है। जैसे, परिस्थिति ऐसी हो सकती है जिसमें संबधित एकांश (related item) विरोधाभास (contradictions) उत्पन्न करते हों। ऐसे एकांश अर्थगत स्मृति में सीधे संचित किये जाते हैं और तुरन्त उनका मूल्यांकन भी कर लिया जाता है। 'सभी कुत्ते बिल्ली हैं' |(All dogs are cats) यहाँ 'कुत्ते' और 'बिल्ली' में उच्च सम्बद्धता है। अतः मॉडल के उक्त दावे के अनुसार इसका मूल्यांकन देरी से किया जाना चाहिए। परन्तु सचमुच में ऐसा नहीं होता है और व्यक्ति ऐसे वाक्यों का मूल्यांकन जल्द कर लेता है। इस तरह के तथ्य विशेषता तुलना मॉडल के दावे के विपरीत जाते हैं।

4. विस्तरण-उत्तेजन मॉडल *(Spreading Activation Model)*

इस मॉडल का प्रतिपादन कोल्लन्स एवं लोफ्टस (Collins & Loftus, 1975) द्वारा पदानुक्रमिक मॉडल तथा विशेषता तुलना मॉडल की कुछ कठिनाइयों को दूर करने के ख्याल से किया गया। इस मॉडल के अनुसार विभिन्न सम्प्रत्ययों या शब्दों का सम्बन्ध पदानुक्रम ढंग से संरचित नहीं होता है बल्कि वह अर्थगत सम्बन्धता (semantic relatedness) पर निर्भर करता है। जब दो सम्प्रत्यय एक दूसरे से अर्थगत रूप से अधिक सम्बन्धित होते हैं, तो उनमें सम्बन्ध बहुत मजबूत होता है। इस मॉडल की यह भी मान्यता है कि सम्प्रत्ययों के बीच का सम्बन्ध उन शब्दों या सम्प्रत्ययों के वास्तविक उपयोग के अनुसार भी परिवर्तित होता है। परिणामतः मॉडल यह स्पष्ट करता है कि परिभाषी विशेषताओं (defining features) तथा विशिष्ट विशेषताओं (characteristics features) के बीच अंतर करने की कोई आवश्यकता नहीं है।

उक्त वर्णन से यह स्पष्ट है कि विस्तरण-उत्तेजन मॉडल में अर्थगत सम्बन्धता (semantic relatedness) ही प्रमुख इकाई है जो शब्दों को आपस में जोड़ता है। जब दो शब्द एक दूसरे से अर्थ के ख्याल से सम्बन्धित होते हैं तो उनमें आपस में दूरी कम होती है और जब दूरी कम होती है तो स्मृति में खोज-बीन के दौरान सक्रियता (activation) के कारण दूसरे शब्द का प्रत्याह्वान अपने आप हो जाता है। जैसे 'सेब' तथा 'केला' एक-दूसरे से अर्थ के ख्याल से काफी नजदीक है। अतः स्मृति संचयन में खोज-बीन के दौरान बहुत उम्मीद इस बात की है कि 'सेब' शब्द से अपने आप ही व्यक्ति 'केला' शब्द का भी प्रत्याह्वान कर ले। ऐसा इसलिए हो पाता है कि 'सेब' शब्द की उत्तेजना अपने आप विस्तरित होकर 'केला' शब्द को सक्रिय बना देता है।

इस मॉडल की एक अन्य पूर्वकल्पना यह है कि दो शब्दों के बीच की कड़ी (link) की शक्ति उपयोग (use) के अनुसार परिवर्तित होती है। जैसे, 'कोयल' का सम्बन्ध 'पक्षी' से ज्यादा है (अर्थात् 'कोयल' एवं पक्षी का उपयोग एक संदर्भ में अधिक होता है) परन्तु 'ऑस्ट्रीच' (Ostrich) का उपयोग 'पक्षी' शब्द के साथ कम होता है। अतः 'कोयल' तथा 'पक्षी' के बीच की कड़ी (link) 'ऑस्ट्रीच' तथा 'पक्षी' के बीच की कड़ी से अधिक मजबूत है। यही कारण है कि 'कोयल एक पक्षी है' वाक्य के शब्दों की जॉच (verification) करने में प्रयोज्य को 'आस्ट्रीच एक पक्षी है' के वाक्य के शब्दों की जाँच में कम प्रतिक्रिया समय (reaction time) लगता है।

इस मॉडल की एक खास विशेषता यह है कि इसके द्वारा कुछ ऐसी घटनाओं की भी व्याख्या हो पाती है जिसकी व्याख्या अन्य मॉडल से करना सम्भव नहीं है। एक ऐसी ही घटना है जिसे *अर्थगत प्राईमिंग प्रभाव* (semantic priming effect) कहा जाता है। यह एक ऐसा प्रभाव है जिसमें जिन शब्दों को व्यक्ति अभी देखा होता है या उनके बारे में सुना होता है, उससे उसके बाद के आने वाले संबद्ध शब्दों की व्याख्या करने की क्षमता प्रभावित होती है। इस प्रभाव की सत्यता की जॉच मेयर तथा स्वाजेवेल्ड (Meyer & Schvazeveldt, 1976) तथा नीली (Neely, 1977) द्वारा किये गये प्रयोगों से होता है। इन प्रयोगों में प्रयोज्यों को जल्द-से-जल्द यह बताना था कि दिये गये अक्षरों के समूह से शब्द का निर्माण होता है या नहीं। अध्ययनों में यह देखा गया कि इस कार्य को सफलतापूर्वक करने की गति तथा उसकी यथार्थता (accuracy) इस बात पर आधारित होती है कि इस 'लक्ष्य शब्द' (target word) के पहले कौन-सा शब्द उसके सामने उपस्थित किया गया था। उदाहरणस्वरूप, अगर प्रयोज्यों को 'Bread' शब्द दिखाने के बाद B-u-t-t-e-r शब्दों के अक्षरों को दिखलाया जाता है, तो इन अक्षरों के मेल से बनने वाले शब्दों की पहचान करने में लगने वाला प्रतिक्रिया समय (reaction time) 'Bread' के स्थान पर 'Nurse' शब्द को दिखाने के बाद 'Butter' शब्द के अक्षरों की पहचान करने में लगने वाला प्रतिक्रिया समय से कम होता है। इसका कारण यह है कि 'Bread' इकाई का उत्तेजन (ativation) उस श्रेणी के अन्य सम्बन्धित इकाई जैसे 'Butter' तक फैल जाता है जिसका परिणाम यह होता है कि उपयुक्त संकेत (appropriate cue) मिलते ही यह दूसरी इकाई उत्तेजित (activate) हो जाता है। 'Nurse' इकाई को उत्तेजित होने से इसका उत्तेजन इन इकाइयों की श्रेणी जिसमें 'Butter' होता है, में नहीं फैल पाती है क्योंकि ये दोनों सम्प्रत्यय एक-दूसरे से अर्थगत रूप से काफी दूर है। इस तरह से यह स्पष्ट है कि विस्तरण-उत्तेजन मॉडल द्वारा ऐसे प्रयोगों के परिणाम की उचित व्याख्या हो पाती है क्योंकि इस मॉडल का दावा है कि अर्थगत सम्बन्धता (semantic relatedness) एक इकाई से दूसरी इकाई तक पहुँचने से उत्तेजन एक सम्प्रत्यय (concept) से दूसरे सम्प्रत्यय तक फैल जाता है।

अभी इस मॉडल की वैधता तथा विश्वसनीयता पर शोध जारी है और हमें और भी तथ्य के लिए कुछ समय इंतजार करना होगा। परन्तु इतना तो स्पष्ट है कि यह मॉडल अर्थगत प्राईमिंग प्रभाव की व्याख्या करके अन्य मॉडलों की तुलना में अधिक गुणकारी एवं प्रभावकारी सिद्ध हो पाया है।

अर्थगत स्मृति के विभिन्न मॉडलों के बारे में सामान्य निष्कर्ष—अर्थगत स्मृति के क्षेत्र में जो उक्त चार प्रमुख मॉडल की चर्चा की गयी है, उनसे इस क्षेत्र में शोध कार्य में काफी वृद्धि हो गयी। परन्तु फिर भी मनोवैज्ञानिक इस क्षेत्र के शोध को अभी इतना अधिक परिपक्व नहीं मानते हैं कि उसके आधार पर कोई ठोस निष्कर्ष पर पहुँचा जाय। बस अभी तक के शोध से इतना ही स्पष्ट हो सका है कि अर्थगत समृति में वाक्यों, शब्दों को एक खास ढंग से संगठित करके संचित किया जाता है न कि उनका संचयन यादृच्छिक (random) होता है।

अभिप्रेरण, संवेग एवं दीर्घकालीन स्मृति (Motivation, Emotion and Long-term Memory)

LTM पर अभिप्रेरणात्मक अवस्थाओं का भी प्रभाव पड़ता है। प्रायः देखा गया है कि छात्र परीक्षा भवन में किसी प्रश्न का उत्तर सही-सही नहीं याद कर पाते हैं परन्तु परीक्षा भवन से निकलते ही उन्हें प्रश्न का उत्तर पूर्णतः याद आ जाता है। ऐसा क्यों? परीक्षा के कारण उत्पन्न उत्तेजन (arousal) की उच्च मात्रा या शारीरिक अवस्थाओं का उत्तेजन व्यक्ति को उत्तर के पुनः प्राप्ति (retrieval) में बाधक हो रहा था। इस सरल उदाहरण से यह स्पष्ट हो जाता है कि LTM से पुनःप्राप्ति पर अभिप्रेरणात्मक प्रभाव (motivational effect) पड़ता है।

मनोवैज्ञानिकों ने LTM पर निम्नांकित दो तरह के अभिप्रेरणात्मक अवस्थाओं के पड़ने वाले प्रभावों का विशेष रूप से अध्ययन किया है:—

1. उत्तेजन एवं दीर्घकालीन स्मृति *(Arousal and long-term memory)*—आइजेन्क (Eysenck, 1976) द्वारा कई ऐसे अध्ययनों की समीक्षा की गयी है जिसमें स्मृति एवं उत्तेजन (arousal) के सम्बन्ध पर प्रकाश डाला गया है। इस समीक्षा के आधार पर आइजेन्क ने यह प्राक्कल्पना (hypothesis) विकसित किया कि प्रत्याह्वान (recall) के समय यदि व्यक्ति में अधिक उत्तेजन (high arousal) की अवस्था उत्पन्न होती है, तो इससे प्रत्याह्वान उन्नत (improve) भी हो सकता है या उसमें ह्रास (decrement) भी हो सकता है। प्रत्याह्वान का उन्नत या घटिया होना पाठ के स्वरूप पर निर्भर करता है। उच्च उत्तेजन (high arousal) की अवस्था के कारण व्यक्ति LTM में संचित केवल उन्हीं अनुक्रियाओं को चुन पाता है जो आसानी से उपलब्ध हो पाते हैं तथा जो आसानी से उपलब्ध नहीं हो पाते हैं, उनका प्रत्याह्वान या पुनः प्राप्ति व्यक्ति नहीं कर पाता है। अगर व्यक्ति किसी आसान पाठ या कार्य सूचना की पुनः प्राप्ति LTM से कर रहा है, तो उच्च उत्तेजन की अवस्था से उसे संचित सूचनाओं की पुनः प्राप्ति करने में आसानी होगी। परन्तु यदि व्यक्ति किसी कठिन पाठ या सूचना की पुनः प्राप्ति कर रहा है तो उच्च उत्तेजन की अवस्था से उसे एक तरह का बाधा उत्पन्न होगा।

ब्राऊन एवं कुलिक (Brown & Kulik, 1977) ने आत्मचरित स्मृति (autobiographical memory) के एक विशेष प्रकार जिसे *फलैशबल्ब स्मृति* (Flashbulb memory) कहा है, का विशेष रूप से अध्ययन किया है। फलैशबल्ब स्मृति का सम्बन्ध संवेगात्मक उत्तेजन अवस्था से सीधा है। सचमुच में फ्लैशबल्व स्मृति एक ऐसा दीर्घकालीन स्मृति है जिसमें साहचर्य एक स्थायी संचयन (permanent storage) में बिना किसी प्रयास या बहुत थोड़ा प्रयास से ही प्रवेश कर जाते हैं। इस तरह की प्रक्रिया को मैण्डलर (Mandler, 1967) तथा स्किनिडर एवं उनके सहयोगियों (Schneider et. al., 1984) ने *अविवेचित कूटसंकेतन* (automatic encoding) कहा है। सैनट्रोक[1] (Santrock, 2000) के अनुसार, "फ्लैशबल्ब स्मृति में दिन प्रतिदिन की घटना की अपेक्षा सांवेगिक रूप से सार्थक घटनाएँ जिन्हें व्यक्ति अधिक यथार्थता तथा प्रतिमावली के साथ प्रत्याह्वान करता है, होतीं हैं।" फलैशबल्ब स्मृति में इस तरह से उन परिस्थितियों की यादें संचित होतीं हैं जिसमें व्यक्ति को पहली बार किसी आश्चर्यचकित एवं सांवेगिक रूप से उत्तेजन उत्पन्न करने वाली घटनाओं का अनुभव हुआ होता है। जैसे, मान लिया जाय कि कभी किसी पदाधिकारी को उनके ही चपरासी द्वारा मुँह पर तमाचा लगाया गया हो। पदाधिकारी तथा चपरासी दोनों के लिए यह एक आश्चर्यचकित एवं सांवेगिक रूप से उत्तेजन उत्पन्न करने वाली व्यक्तिगत घटना (personal event) है जिसकी स्मृति प्रायः इन दोनों व्यक्तियों को समय-समय पर जिन्दगी में आते रहेंगी। इस फलैशबल्ब स्मृति की विशेषता यह है कि इसमें संचित सूचनाएँ काफी तरो-ताजा बनी होतीं हैं क्योंकि इसका रिहर्सल व्यक्ति प्रायः मन-ही-मन समय-समय पर करता रहता है। लेकिन फिर भी यह उतना यथार्थ (accurate) नहीं होता है जितना कि सामान्यतः समझा जाता है। नाईस्सर (Neisser, 1991) ने एक प्रयोग करके यह दिखलाया है कि फलैशबल्ब स्मृति के बारे में सबसे आश्चर्यचकित विशेषता यह है कि यह यथार्थ (accurate) ने होकर अयथार्थ (inaccurate) अधिक होता है। उन्होंने अपने एक अध्ययन में एक विशेष अंतरिक्ष शट्ल जिसका नाम *'चैलेंजर'* (challenger) था, विस्फोटित होने के ठीक एक दिन बाद छात्रों से यह बताने के लिए कहा कि वे इस समाचार को पहले किस तरह सुने। तीन साल बाद उनसे फिर वहीं प्रश्न पूछा गया। अधिकतर छात्र इस बात से आश्वस्त थे कि वे सही-सही बता सकने में समर्थ हुए हैं परन्तु सच्चाई यह थी कि उनके द्वारा दी गयी सूचनाओं का करीब एक चौथाई भाग गलत था। फोरगास एवं बाऊर (Forgas & Bower, 1989) ने इसका कारण बतलाते हुए कहा कि ऐसा इसलिए हुआ क्योंकि उस घटना के फलैशबल्ब स्मृति का निर्माण होते समय जो तीव्र संवेग (strong emotion) उपस्थित थे, उसके कारण उत्तम कूटसंकेतीकरण (encoding) नहीं हो सका। उक्त उदाहरण में घटना के 5 साल बीत जाने के बाद यदि चपरासी से यह पूछा जाय कि उस दिन पदाधिकारी किस रंग का कमीज पहने हुए थे और उनके हाथ के किन-किन अंगुलियों में अँगूठी थी, तो शायद वह नहीं बता पायेगा। कारण उस घटना के समय उत्पन्न तीव्र संवेगात्मक उत्तेजन से इन सूचनाओं का कूटसंकेतीकरण (encoding) ठीक ढंग से नहीं हो पाया था। ब्राऊन एवं कुलिक (Brown & Kulik, 1977) ने अपने अध्ययन एवं इस क्षेत्र में किये गये सूचनाओं की समीक्षा

1. "Flashbulb memories are memories of emotionally significant events that people often recall with more accuracy and vivid imagery than everyday events." —Santrock : *Psychology*, 2000, p. 240

के आधार पर यह बतलाया है कि फलैशबल्ब स्मृति के दो मुख्य निर्धारक (determinants) है—आश्चर्य का उच्च-स्तर (high level of surprise) तथा सांवेगिक उत्तेजन या महत्त्व का उच्च स्तर (high level of emotional excitation or improtance)

2. भाव एवं स्मृति *(Affect and memory)*—कई अध्ययनों से यह स्पष्ट हुआ है कि समृति पर भाव (affect or feeling) का प्रभाव पड़ता है। इस सिलसिले में जायंस (Zajonc, 1980) ने सबसे पहले यह सुझाव दिया कि जब व्यक्ति के सामने कोई उद्दीपक (stimulus) आता है, तो उसके प्रति पहले व्यक्ति में भावात्मक प्रतिक्रिया (affective reaction) होती है और बाद में संज्ञानात्मक प्रतिक्रिया। जैसे, यदि आप पहली बार कोई नयी सब्जी खाते हैं, तो पहले आप एक भावात्मक प्रतिक्रिया करते हैं (सब्जी उत्तम एवं स्वादिष्ट है या सब्जी खराब या स्वादहीन है) और तब आप संज्ञानात्मक प्रतिक्रिया (cognitive reaction) करते हुए कहते हैं कि सब्जी का कुछ अंश जला हुआ दीख पड़ता है। जायंस ने यह भी बतलाया कि इन दोनों तरह की प्रतिक्रियाओं (reactions) में भावात्मक प्रतिक्रिया (affective reaction) को व्यक्ति याद रखता है परन्तु संज्ञानात्मक प्रतिक्रिया को भूल जाता है। सब्जी का स्वाद (उत्तम या खराब) से उत्पन्न सुख (pleasant) या दुख (unpleasant) की अनुभूति जो कुछ भी हो, उसे आप वर्षों बाद भी प्रत्याह्वान करने में सफल हो जाते हैं परन्तु सम्भव है कि उस समय की संज्ञानात्मक प्रतिक्रिया (जैसे, उसके कुछ अंश का जला दिखना) को आप भूल जाए।

यावुस एवं वोसफिल्ड (Yavus & Bousfield, 1959) द्वारा एक किये गये आरम्भिक अध्ययन से जायंस (Zajonc) की विचारधारा की सम्पुष्टि होती है। इनके प्रयोग में प्रयोज्यों को एक युग्मित सहचर सूची (paired associated list) सीखने के लिए दिया गया। इस युग्मित सहचर सूची का उद्दीपक पद (stimulus term) एक अर्थहीन शब्द था तथा अनुक्रिया पद (response term) के रूप में तीन तरह के शब्दों का उपयोग किया गया था—सुखद (pleasant) शब्द, दुखद (unpleasant) शब्द तथा तटस्थ (neutral) शब्द। बाद में सूची का प्रत्याह्वान (recall) लिया गया। परिणाम में देखा गया कि यद्यपि प्रयोज्य अधिकतर वास्तविक अनुक्रिया पद का प्रत्याह्वान करने में समर्थ नहीं हो पाये फिर भी वे यह बताने में काफी सफल हो पाये कि वह शब्द सुखद अनुभूति या दुःखद अनुभूति उत्पन्न कर रहा था। जैसे, यदि अनुक्रिया पद में 'trouble' शब्द था, तो वे इसका प्रत्याह्वान न भी करने पर इतना अवश्य बता पाये कि कोई दुखद अनुभूति उत्पन्न करने वाला पद था। अतः व्यक्ति सुखद अनुभूति को दुखद तथा तटस्थ अनुभूति की तुलना में उसे उत्तम ढंग से प्रत्याह्वान करता है।

कुछ मनोवैज्ञानिकों ने भाव (affect) एवं स्मृति (memory) के एक महत्वपूर्ण पहलू पर विशेष रूप से बल डाला है और उसका अध्ययन किया है—क्या व्यक्ति उन सभी एकांशों (items) एवं घटनाओं (events) का प्रत्याह्वान एक समान ढंग से करता है जो व्यक्ति में कम या अधिक मात्रा में सुखद अनुभूति (pleasant feeling) उत्पन्न करता है ? इस समस्या पर मालटिंन एवं स्टैंग (Maltin & Stang, 1978) ने प्रकाश डालते हुए यह कहा कि सुखद एकांशों को दुखद तथा तटस्थ एकांशों की तुलना में व्यक्ति अधिक उत्तम ढंग से प्रत्याह्वान करता है। उन्होंने यह भी बताया है कि अधिक सुखद एकांशों (high pleasant items) का प्रत्याह्वान कम सुखद एकांशों (low pleasant items) की तुलना में उत्तम होता है और इसे उन्होंने *पोल्लियान्ना नियम* (Pollyanna principle) कहा है। मालटिन एवं स्टैग ने LTM के क्षेत्र में 52 ऐसे अध्ययनों की समीक्षा किया जिसमें प्रयोज्यों ने वैसे एकांशों एवं घटनाओं का प्रत्याह्वान किया था जो सुखद अनुभूति की भिन्न मात्राएँ व्यक्ति में उत्पन्न करता था। इसमें से 39 अध्ययनों के परिणाम में यह देखा गया कि अधिक सुखद एकांशों का प्रत्याह्वान तुलनात्मक रूप से श्रेष्ठ था। इसका कारण बतलाते हुए मालटिन एवं स्टैंग (Maltin & Stang) ने कहा कि LTM में व्यक्ति सुखद एकांशों (pleasant items) को ऐसे स्थान में संचित करता है जहाँ से उसकी पुनः प्राप्ति आसानी से किया जा सकता है। सचमुच में पालियाना नियम इस मनोवैज्ञानिक तथ्य की संपुष्टि करता है कि अधिक धनात्मक सूचनाओं को कम धनात्मक सूचनाओं एवं ऋणात्मक सूचनाओं की तुलना में संसाधित करना अधिक आसान है।

स्पष्ट हुआ कि LTM पर व्यक्ति के अभिप्रेरणात्मक अवस्थाओं (motivational states) का प्रभाव पड़ता है। इन अवस्थाओं में व्यक्ति की उत्तेजन अवस्था तथा भाव की अवस्था प्रमुख है।

LTM एवं STM का एक तुलनात्मक अध्ययन : अन्तर
(A Comparative Study of LTM & STM : Differences)

स्मृति के दो प्रमुख प्रकारों STM एवं LTM का तुलनात्मक अध्ययन कई मनोवैज्ञानिकों द्वारा की गयी है। कुछ मनोवैज्ञानिकों ने इन अध्ययनों के आधार पर इन्हें दो अलग-अलग स्मृति संचयन क्षेत्र (memory storage system) माना है। उनके इस विचारधारा को *द्वैत-प्रक्रिया सिद्धान्त* (dual-process theory) कहा जाता है। इस सिद्धान्त के अनुसार STM तथा LTM का तुलनात्मक अध्ययन करते हुए निम्नांकित अंतरों (differences) पर प्रकाश डाला गया है—

1. STM में बिना सिहर्सल के सूचनाओं का अधिकतम अवधि 20 सेकड होता है हालाँकि कुछ मनोवैज्ञानिकों ने इस अधिकतम अवधि को 30 सेकंड तक भी माना है। LTM में सूचनाओं के संचयन की कोई ऐसी अधिकतम अवधि नहीं होती है। व्यक्ति किसी सूचना को तो अपनी जिन्दगी तक LTM में संचित करके रखता है।

2. STM में सक्रिय एवं सतत रिहर्सल की प्रक्रिया चलती है अन्यथा इसमें प्रवेशित सूचना का ह्रास (decay) होने लगता है। दूसरे शब्दों में, STM में जैसे ही सूचना प्रवेश पाता है, व्यक्ति यदि उसपर ध्यान नहीं देता है, या सक्रिय रूप से सतत रिहर्सल नहीं करता है, तो ऐसी सूचनाओं को व्यक्ति भूल जाता है। परन्तु LTM के साथ ऐसी बात नहीं है। LTM में ऐसी सक्रियता की जरूरत नहीं पड़ती है हालाँकि यह बात जरूर है कि प्रारम्भ में LTM में सूचनाओं को संचित करने में व्यक्ति को अधिक प्रयास करना पड़ता है। परन्तु बाद में यह एक निष्क्रिय प्रक्रिया हो जाती है जिसमें सूचनाओं का ह्रास समय बीतने या कोई अन्य सूचनाओं द्वारा सक्रिय बाधा पहुँचने से होता है।

3. STM की संचयन शक्ति (storage capacity) सीमित होती है। मिल्लर (Miller, 1956) के मशहूर मायिक संख्या (magical number) के अनुसार STM की संचयन शक्ति 7 ± 2 होती है अर्थात् STM का आकार एक समय में 5 से 9 एकांशों (items) जैसे अक्षरों या अंकों आदि तक सीमित होता है। यह बात जरूर है कि विशेष परिस्थिति में चुकिंग (chunking) द्वारा इस संचयन शक्ति को उक्त सीमा से बड़ा किया जाता है। LTM की संचयन शक्ति असीमित (unlimited) होता है। इसमें व्यक्ति कितनी संख्या में एकांशों को संचित करता है, इसकी कोई सीमा नहीं है।

4. STM में जो विस्मरण होता है, उसका आधार प्रायः स्मृति-चिह्नों का नाश होना होता है। इस तरह के विस्मरण को *चिह्न-आधारित विस्मरण* (trace-dependent forgetting) कहा जाता है। LTM में जो विस्मरण होता है, उसका आधार प्रायः स्मृति-चिह्नों का नाश होना नहीं होता है बल्कि उपयुक्त पुनःप्राप्ति संकेतों (retrieval cues) का उपलब्ध न होना होता है। दूसरे शब्छों में, LTM में स्मृति चिह्न संचित होने के बावजूद भी उपयुक्त पुनःप्राप्ति संकेतों के अभाव में व्यक्ति उनका प्रत्याह्वान (recall) या प्रत्यभिज्ञान (recognition) नहीं कर पाता है। इस तरह के विस्मरण को *संकेत-आधारित विस्मरण* (cue-dependent forgetting) कहा जाता है।

5. STM से सूचनाओं का प्रत्याह्वान (recall) काफी आसानी से होता है मानो स्वतः (automatic) हो रहा है। व्यक्ति STM में संचित सूचना को तुरन्त थोड़े से प्रयास से ही प्रत्याहान करने में सफल हो जाता है। परन्तु LTM से सूचनाओं का प्रत्याह्वान थोड़ा कठिन होता है और काफी उपयुक्त खोज (search) के बाद व्यक्ति LTM से सूचनाओं का प्रत्याह्वान (recall) या प्रत्यभिज्ञान सही-सही कर पाता है। शायद यही कारण है कि कभी-कभी व्यक्ति चाहकर भी LTM में संचित सूचनाओं को किसी विशेष परिस्थिति में याद नहीं कर पाता है परन्तु बाद में फिर वे अपने आप ही बिना किसी प्रभाव के ही प्रत्याह्वान कर लिए जाते हैं। इस घटना को मनोवैज्ञानिकों ने *'जीभ-की-नोक-की घटना'* (tip-of-the tounge phenomenon) कहा है मानों सूचना जीभ की नोक पर आ गयी हो परन्तु व्यक्ति उसे बोल नहीं पा रहा हो।

6. STM तथा LTM को मनोवैज्ञानिकों ने कूटसंकेतीकरण (coding) के आधार पर भी विभेदित करने की कोशिश किया है। STM ध्वनि कूटसंकेतीकरण (phonological or acoustic coding) से काफी प्रभावित होता है तथा इससे संभ्राति (confusion) होता है और विस्मरण होता है। इस तथ्य की संपुष्टि कॉनरेड (Conrad, 1964) तथा वाइकेलग्रेन (Wickelgren, 1965) के अध्ययनों से होती है। ध्वनि कूटसंकेतीकरण में एकांशों को उनके आवाज में समानता जैसे CAT, BAT, MAT, SAT, RAT आदि के आधार पर संचित किया जाता है। LTM अर्थगत कूटसंकेतीकरण (semantic coding) अर्थात् अर्थगत एकांशो के अर्थ में समानता (जैसे, Great, Big, Tall आदि) से प्रभावित होता है। शुलमैन (Shulman, 1972) के प्रयोगों से स्पष्ट हुआ है कि एकांशो के अर्थ में समानता होने से LTM से प्रत्याह्वान कम होता है हालाँकि STM पर इसका कोई प्रभाव नहीं पड़ता है।

7. STM पर नवीनता प्रभाव (recency effect) अधिक स्पष्ट देखने को मिलता है कि जबकि LTM पर प्राथमिकी प्रभाव (primacy effect) अधिक स्पष्ट देखने को मिलता है। जब व्यक्ति को एकांशों की एक सूची दिखाकर उसका प्रत्याह्वान करने के लिए कहा जाता है, तो ऐसी परिस्थिति में वह सूची के अंतिम कुछ एकांशों को पहले प्रत्याह्वान करता है क्योंकि वह अभी उसके STM में मौजूद है। इस तरह के प्रभाव को नवीनता प्रभाव कहा जाता है। परन्तु सूची के प्रथम कुछ एकांशों का प्रत्याह्वान वह कुछ बाद में करता है। इसकी मात्रा उतनी नहीं होती है जितनी कि सूची के अंतिम कुछ एकांशों का। इसे प्राथमिकी प्रभाव (primacy effect) कहा जाता है। इस तरह का प्राथमिकी प्रभाव का कारण स्पष्टतः LTM से प्रत्याह्वान का होना है।

8. चूँकि LTM में संचित सूचनाओं की संख्या काफी अधिक होती हैं, इसलिए इससे वांछित सूचनाओं का प्रत्याह्वान करते समय सभी सूचनाओं का स्कैनिंग नहीं किया जा सकता है। इसका मतलब तब यह हुआ कि LTM में संचित सूचनाओं का सूचीबद्धकरण (indexing) करना आवश्यक होता है। सामान्यतः LTM से सूचनाओं की पुनःप्राप्ति या प्रत्याह्वान संकेतों (cues) के आधार पर करते हैं। पुनःप्राप्ति का स्वरूप साभिप्राय (intentional) हो सकता है या फिर प्रासंगिक (unintentional) हो सकता है। चाहे पुनःप्राप्ति साभिप्राय होता है या प्रासंगिक होता है, इन दोनों ही परिस्थितियों में व्यक्ति LTM में संचित सभी सूचनाओं का प्रत्याह्वान न करके सिर्फ उन्हीं सूचनाओं का प्रत्याह्वान करता है जिसके लिये उन्हें संकेत दिये जाते हैं। STM में पुनःप्राप्ति या प्रत्याह्वान का सम्बन्ध संकेत से नहीं होता है।

9. मस्तिष्क के विभिन्न हिस्सों द्वारा स्मृति के विभिन्न अवस्थाओं (stages) को प्रबन्धित (handle) किया जाता है। गोल्डमैन-राकिक (Goldman-Rakik, 1992) के अनुसार STM मूलतः प्रमस्तिष्कीय कार्टेक्स (cerebral cortex) के अग्रपालि (frontal lobe) से नियंत्रित होता है जबकि LTM में संचित होनेवाली सूचनाओं को पहले हिप्पोकैम्पस (hippocampus) में रखा जाता है और तब उसे प्रमस्तिष्कीय कार्टेक्स के उन क्षेत्रों में अंतरित किया जाता है जो भाषा तथा स्थायी संचयन के प्रत्यक्षण के लिये जिम्मेवार होते हैं।

10. STM तथा LTM को अन्य न्यूरोदैहिक सबूतों (neurophysiological evidences) के आधार पर भी एक-दूसरे से भिन्न किया गया है। मिलनर (Milner, 1966), मिलनर, कोरकिन एवं टियूबर (Milner, Corkin & Teuber, 1968) तथा वैरिंगटन एवं शैलिस (Warrington & Shallice, 1969, 1970) द्वारा कुछ इस तरह के सबूत दिये गये हैं जिनसे यह स्पष्ट पता चलता है कि STM एवं LTM दो ऐसे स्मृति तंत्र है जो अलग-अलग नियमों एवं सिद्धान्तों द्वारा निर्धारित होते हैं। मिलनर ने एक बहुचर्चित केस जिसे H.M. उपनाम से सम्बोधित किया गया था, के अध्ययन में पाया कि H.M. का LTM गम्भीर रूप से प्रभावित था परन्तु STM ठीक था। उसकी समस्या यह थी कि वह STM से LTM में सूचनाओं का अंतरण नहीं कर पाता था। H.M. मिरगी का रोगी था जिसका इलाज उसके शंखपालि (temporal lobe) को काटकर किया गया था। रोग तो ठीक हो गया परन्तु उसमें उक्त स्मृति लोप (amnesia) उत्पन्न हो गया था। वैरिंगटन एवं शैलिस ने एक ऐसे व्यक्ति का उदाहरण प्रस्तुत किया है जिसे मनोविज्ञान में K.F. के उपनाम से सम्बोधित किया गया है। उस व्यक्ति का STM प्रभावित था परन्तु LTM सामान्य था। वह पहले घटित अनुभूतियों का प्रत्याह्वान आसानी से कर लेता था परन्तु चंद सेकंड पहले की अनुभूतियों का प्रत्याह्वान नहीं कर पाता था। K. F. के बायीं भित्तीय पालि (parietal lobe) क्षतिग्रस्त था। इस सबूतों से स्पष्ट होता है कि STM तथा LTM दो अलग-अलग तंत्र हैं जिनका नियंत्रण एवं निर्धारण अलग-अलग नियमों एवं सिद्धातों द्वारा होता है।

11. STM में जो पुनःप्राप्ति प्रक्रिया (retrieval process) होती है वह क्रमिक (serial) होती है जबकि LTM में जो पुनःप्राप्ति होती है, वह क्रमिक न होकर सामानान्तर (parallel) होती है। स्टर्नवर्ग (Sternberg, 1975) ने एक प्रयोग किया जिसमें उन्होंने यह दिखलाया है कि STM में लक्ष्य एकांश का प्रत्याह्वान करने में प्रयोज्यों द्वारा क्रमिक स्कैनिंग उपाय (serial scanning strategy) का उपयोग किया जाता है जिसमें लक्ष्य एकांश (target items) की तुलना क्रमिक रूप से STM के प्रत्येक अन्य एकांशों से करके प्रयोज्य किसीं अंतिम निष्कर्ष पर पहुँचता है। LTM में लक्ष्य एकांश का प्रत्याह्वान या पुनःप्राप्ति (retrieval) करते समय LTM में संचित अन्य सूचनाओं का एक साथ ही तुलना करके किसी अंतिम निष्कर्ष पर पहुँचा जाता है। इस प्रविधि को *सामानान्तर स्कैनिंग प्रविधि* (parallel scanning procedure) कहा जाता है।

स्पष्ट हुआ कि STM तथा LTM में कई बिन्दुओं पर अन्तर है। इन बिन्दुओं का खंडन कुछ मनोवैज्ञानिकों द्वारा किया गया है और कहा गया है कि STM तथा LTM को दो स्वतंत्र स्मृति संचयन तंत्र न मानकर एक ही समृति के दो

मात्र बिन्दु मानना ज्यादा उचित है। इस विचारधारा के विकसित करने वाले क्रेक एवं लाकहार्ट (Craik & Lockhart, 1972) हैं। इस विचारधारा को *'संसाधन-के-स्तर'* विचार (level-of-processing view) कहा जाता है। इस विचारधारा के अनुसार स्मृति की क्षमता एवं अवधि प्रत्यक्षण के बाद प्राप्त सूचनाओं के संसाधन की गहराई (depth) पर निर्भर करता है। यदि व्यक्ति सूचनाओं को गहराई तक संसाधित नहीं कर पाता है तो वह बहुत अल्प समय के लिए ही स्मृति में रह पाता है जिसे *लघुकालीन स्मृति* (short-term memory) कहा जाता है। परन्तु जब व्यक्ति किसी सूचना को काफी गहराई तक संसाधित कर पाता है, तो उसे वह अधिक समय तक संचित रख पाता है जिसे *दीर्घकालीन स्मृति* (long-term memery) कहा जाता है। परन्तु कई अध्ययनों द्वारा संसाधन-के-स्तर विचारधारा को अधिक प्रयोगात्मक समर्थन नहीं प्राप्त हो सका जिसके परिणामस्वरूप स्मृति के इस एकाकी प्रक्रिया सिद्धान्त (uni-process theory) को अधिक महत्त्व नहीं दिया गया।

LTM में विस्तरण
(Forgetting in LTM)

LTM में विस्मरण क्यों होता है, इसकी व्याख्या करने के लिए कई सिद्धान्तों का वर्णन किया गया है। LTM में, STM की तरह, ह्रास (decay) एवं बाधा (interference) द्वारा तो विस्मरण होता ही है साथ-ही-साथ अन्य कारक भी हैं जिनसे LTM में विस्मरण की व्याख्या होती है। इन सभी कारकों एवं सम्बन्धित सिद्धान्तों की व्याख्या अलग से इसी अध्याय आगे की जाएगी।

स्मृति का सूचना-संसाधन मॉडल
(Information Processing Model of Memory)

सूचना-संसाधन मॉडल स्मृति का नया मॉडल है जिसमें मनुष्य को एक सूचना संसाधन तंत्र (information processing system) माना गया है। इन मॉडल में मनुष्यों की स्मृति में सूचनाएँ किस ढंग से कूटलेखन (encoding), संचयन (storage) तथा पुनः प्राप्ति (retrieval) की अवस्थाओं द्वारा प्रवाहित होती है और प्रत्येक अवस्था पर किस तरह से उन्हें संसाधित (processing) किया जाता है, का वर्णन किया जाता है। सचमुच में, स्मृति के इस मॉडल की उत्पत्ति में चेर्री (Cherry, 1953) का सम्भाषण प्रत्यभिज्ञान (speech recognition) के सिद्धान्त तथा ब्रौडवेन्ट (Braodbent, 1958) का चयनात्मक प्रत्यक्षण (selcetive perception) के सिद्धान्त की भूमिका अहम् रही है जिनमें सूचनाओं के संसाधन के आधार पर सम्भाषण प्रत्यभिज्ञान एवं प्रत्यक्षण तथा अवधान की सफल व्याख्या की गयी है।

स्मृति के सूचना-संसाधन मॉडल के तहत कई तरह के मॉडल का वर्णन किया गया है जिन्हें मूलतः दो प्रमुख भागों में बाँटा गया है—

(क) बहुसंचयन मॉडल *(Multistore model)*—इस मॉडल में संज्ञानात्क संरचनाओं (cognitive structures) पर मुख्य रूप से बल डालते हुए यह बतलाया गया है कि स्मृति की तीन अवस्थाओं में किस तरह से सूचना को संचित किया जाता है तथा उन्हें संसाधित किया जाता है। ये तीन अवस्थाएँ हैं—संवेदी स्मृति, लघुकालीन स्मृति (STM) तथा दीर्घकालीन स्मृति (LTM)। इसके तहत निम्नांकित मॉडल की चर्चा की जाती है—

(i) बौघ-नॉरमैन मॉडल (Waugh-Norman model)

(ii) एटकिन्सन-शिफरीन प्रतिरोधक मॉडल या मोडल मॉडल (Atkinson-Shiffrin Buffer model or Modal Model)

(iii) कुछ अतिरिक्त मॉडल (Some additional models)

(ख) संसाधन-के-स्तर मॉडल *(Level-of-Processing model)*—सचमुच में यह मॉडल बहुसंचयन मॉडल के विपरीत है। इसमें सूचनाओं को किस स्तर तक संसाधित किया जा रहा है, इस पर बल डाला जाता है न कि स्मृति के विभिन्न अवस्थाओं या प्रकारों पर। इस मॉडल का दावा है कि स्मृति के तीन अलग-अलग तंत्र (system) न होकर एक ही तंत्र होता है और एक ही तंत्र में सूचनाओं को विभिन्न तरीकों से संसाधित किया जाता है।

उपर्युक्त दोनों तरह के मॉडल का वर्णन निम्नांकित हैंः—

बौघ-नॉरमैन मॉडल
(Waugh-Norman Model)

इस मॉडल का प्रतिपादन वौघ तथा नॉरमैन (Waugh & Norman, 1965) द्वारा किया गया जिसमें STM तथा LTM को एक-दूसरे से अन्तर करते हुए इन दोनों की व्याख्या सूचना-संसाधन भाषा (information-processing language) में करने की कोशिश की गयी है।

इस मॉडल के अनुसार प्रत्येक एकांश या उद्दीपक जिसका व्यक्ति प्रत्यक्षण करता है, लघुकालीन स्मृति या प्राथमिक समृति (primary memory or PM) में पहले प्रवेश करता है। जब भी कोई सूचना या उद्दीपक प्राथमिक स्मृति में प्रवेश करता है, तो यदि किसी कारण से व्यक्ति उसका रिहर्सल (rehearsal) नहीं कर पाता है, तो उस सूचना को वह भूल जाता है। यह रिहर्सल स्पष्ट (overt) या अस्पष्ट (covert) हो सकता है, साभिप्राय (intentional) या असाभिप्राय (unintentional) हो सकता है, चेतन (conscious) या अचेतन (unconscious) हो सकता है। अगर एकांश का व्यक्ति रिहर्सल करता है, तो वह PM में बना होता है और तब गौण स्मृति (secondary memory or SM) या दीर्घकालीन स्मृति में उसे प्रवेश करने की संभावना काफी अधिक होती है। इस तरह से सूचना PM से SM

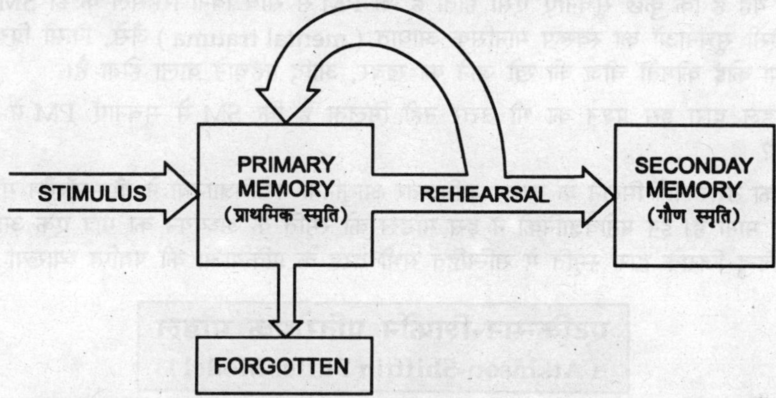

चित्र 8.5 : वौघ-नॉरमैन स्मृति मॉडल (Waugh-Norman memory model)

में रिहर्सल के आधार पर प्रवाहित होती है तथा रिहर्सल के अभाव में सूचना PM से ही लुप्त हो जाती है। इस पूरे तथ्य को चित्र 8.5 में दिखलाया गया है।

इस मॉडल के अनुसार SM या LTM को एक अधिक स्थायी संचयन (permanent store) माना जाता है और एक बार यदि कोई उद्दीपक (stimulus) या सूचना SM में प्रवेश कर जाता है, तो उसे फिर वहाँ पर संचित रहने के लिए रिहर्सल की आवश्यकता नहीं होती है और व्यक्ति ऐसी सूचनाओं को उस परिस्थिति में भी पुनःप्राप्ति (retrieval) करने में सफल होता है जब ऐसी सूचनाएँ उनके चेतन से सामान्यतः बाहर होता है।

इस मॉडल की मान्यता यह है कि PM की संचयन क्षमता (stage capacity) सीमित है। इसका मतलब यह हुआ कि एक समय में PM में सीमित संख्या में ही सूचनाओं को संचित किया जा सकता है। ग्लेंजर एवं रासेल (Glanzer & Rasel, 1974) के अनुसार PM की वास्तविक क्षमता (exact capacity) अब तक ज्ञात नहीं है हालाँकि मिल्लर (Miller, 1956) ने अपनी मायिक संख्या (magical number) के अनुसार उसकी क्षमता 7 ± 2 रखा था। इस मॉडल के अनुसार चूँकि PM की संचयन क्षमता (storage capacity) सीमित होती है, अतः व्यक्ति किसी भी नयी सूचना या उद्दीपक को तभी ही STM या PM में स्थान दे पायेगा जब उतनी ही संख्या में PM में पहले प्रवेश पा चुके एकांश या उद्दीपक वहाँ से हटा दिये जाय। इसका मतलब यह हुआ कि जब भी व्यक्ति नये एकांशों को PM में स्वीकार करता है, तो उतनी ही संख्या में PM में पहले से मौजूद एकांशों को हटना पड़ता है क्योंकि PM में असीमित संख्या में एकांशो को एक साथ संचित नहीं किया जा सकता है।

PM में संचित सूचनाओं की एक विशेषता यह होती है कि वह चेतन (consciousness) का ही एक हिस्सा होता है क्योंकि ऐसे एकांश मनोवैज्ञानिक वर्तमान (psychological present) का अंग होते हैं। SM में संचित सूचनाओं का प्रत्याह्वान चेतन से अनुपस्थित होता है क्योंकि SM मनोवैज्ञानिक भूत (psychological past) को बतलाता है। वौघ एवं नॉरमैन (Waugh & Norman) के मॉडल के अनुसार तुरन्त प्रत्यक्षित सूचनाओं एवं घटनाओं का एक यथार्थ रिकार्ड (accurate record) STM में होता है जबकि SM में संचित सामग्री या सूचनाएँ अपने मौलिक रूप से विकृत होतीं हैं।

यद्यपि वौघ एवं नॉरमैन मॉडल (Waugh & Norman model) एक ऐसा मॉडल है जो PM तथा SM की व्याख्या सूचना संसाधन भाषा में सरलतम ढंग से करता है, फिर भी इसके कुछ दोष हैं या कुछ समस्याएँ हैं जिनसे इस मॉडल में व्याप्त अनुपयुक्तता (inadequacy) का अंदाज मिलता है।

(i) इस मॉडल में इस प्रश्न का उत्तर नहीं मिलता है कि विभिन्न तरह के सामग्रियों (materials) के लिए कितनी मात्रा में रिहर्सल की जाय ताकि सूचनाएँ PM से SM में आसानी से अंतरित (transfer) हो जाए।

(ii) इस मॉडल में इस प्रश्न का भी पर्याप्त उत्तर नहीं मिलता है कि क्या कुछ सूचनाएँ PM से सीधे SM में बिना रिहर्सल के ही अंतरित हो सकती है? मॉडल द्वारा किये गए वर्णन से तो ऐसा लगता है कि PM से SM में सूचनाओं को अंतरित होने के लिए रिहर्सल आवश्यक है। अतः उक्त प्रश्न का उत्तर नकारात्मक होगा। परन्तु सच्चाई यह है कि कुछ सूचनाएँ ऐसी होतीं हैं जो PM से सीधे बिना रिहर्सल के ही SM में चली जातीं हैं। प्रायः ऐसी सूचनाओं का स्वरूप मानसिक आघात (mental trauma) जैसे, किसी प्रियजनों की मृत्यु की खबर या कोई कीमती चीज को खो जाने का खबर, आदि पहुँचाने वाला होता है।

(iii) इस मॉडल द्वारा इस प्रश्न का भी उत्तर नहीं मिलता है कि SM से सूचनाएँ PM में कैसे वापस लायी जाती है?

उक्त प्रश्नों का उत्तर नहीं मिलने के कारण अधिकतर आधुनिक मनोविज्ञानियों ने वौघ-नॉरमैन मॉडल को स्मृति का एक अधूरा मॉडल माना है। इन मनोवैज्ञानिकों ने इस मॉडल को स्मृति के अध्ययन का मात्र एक आरम्भ बिन्दु माना है न कि एक ऐसा बिन्दु जिसके द्वारा स्मृति में सन्निहित सभी तरह के प्रक्रियाओं की पर्याप्त व्याख्या की जाय।

एटकिन्सन-शिफ्रीन प्रतिरोधक मॉडल
(Atkinson-Shiffrin Buffer Model)

हम देख चुके हैं कि वौध-नॉरमैन स्मृति मॉडल में स्मृति में सम्मिलित सूचना संसाधन क्रियाओं (infromation processing activities) की व्याख्या द्वितत्व तंत्र (two-component system) के रूप में की गयी थी। एटकिन्सन-शिफ्रीन प्रतिरोधक मॉडल में स्मृति की व्याख्या त्रितत्व तंत्र (three-component system) के रूप में की गयी है। इस मॉडल को *रूपात्मक मॉडल* (modal model) भी कहा जाता है क्योंकि इसे स्मृति का एक सबसे अधिक *प्रतिनिधिक मॉडल* (representative model) माना गया है। इस मॉडल के अनुसार स्मृति में सूचनाएँ तीन स्तरों पर संसाधित होतीं हैं अर्थात् इस मॉडल के अनुसार स्मृति के तीन तंत्र (system) होते हैं—संवेदी रजिस्टर (sensory register) या संवेदी स्मृति (sensory memory), लघुकालीन स्मृति (short-term memory) तथा दीर्घकालीन स्मृति (long-term memory)। इन तीनों स्मृति तंत्रों में इस मॉडल के अनुसार सूचनाओं का संचयन (storage) एवं अंतरण (transfer) कैसे होता है, इसका वर्णन निम्नांकित है—

(i) संवेदी रजिस्टर या संवेदी स्मृति *(Sesnory register or Sensory memory)*—इस मॉडल के अनुसार सूचनाएँ पहले संवेदी स्मृति (sensory memory) में प्रवेश करतीं हैं जैसा कि चित्र 8.6 में दिखलाया गया है। संवेदी स्मृति की सबसे महत्त्वपूर्ण विशेषता यह है कि इसमे संचित सूचनाएँ बहुत जल्द ही अपना अस्तित्व खो देती है। इस स्मृति की संचयन क्षमता काफी बड़ी होती है परन्तु संचयन अवधि (storage duration) कम होती है। दृष्टि सूचनाओं को सामान्यतः एक सेकंड से भी कम अवधि के लिए तथा श्रव्य सूचनाओं (auditory information) को कुछ सेकंड के लिए संचित कर रखना सम्भव हो पाता है। ऐसी संवेदी सूचनाओं में से जिसपर व्यक्ति ध्यान (attention) दे पाता है, वही सूचनाएँ लघुकालीन स्मृति (short-term memory) में प्रवेश कर पातीं हैं, अन्यथा वहीं से

सूचनाओं का अस्तित्व समाप्त हो जाता है। अतः चयनात्मक अवधान (selective attention) के आधार पर सूचनाएँ संवेदी स्मृति से लघुकालीन स्मृति में अंतरित होता है।

(ii) लघुकालीन स्मृति (*Short-term memory or STM*)—प्रतिरोधक मॉडल (buffer model) का यह तत्त्व या तंत्र वौघ-नॉरमैन मॉडल (Waugh-Norman model) के PM के समान होते हुए भी उससे कुछ भिन्न है क्योंकि इसमें STM की स्वरूप की विस्तृत व्याख्या की गयी है। चित्र 8.6 पर ध्यान देने से यह स्पष्ट है कि रिहर्सल प्रतिरोधक (rehearsal buffer) STM का एक भाग है जिसमें निश्चित संख्या में कुछ खाँचा (slots) होते हैं। सचमुच में, यही खाँचा वह स्थान होता है जिसमें सूचनाएँ संचित होतीं हैं। ऐसी खाँचाओं की संख्या सीमित होती है जो यह बतलाती है कि STM में संचयन क्षमता (storage capacity) सीमित है। इसे चित्र में 'r, r-1, r-2...1' से दिखलाया गया है। इतना ही नहीं, इन खाँचों का एक क्रम (sequence) होता है। शायद यही कारण है उन्हें r-1, r-2 आदि के रूप में सुसज्जित किया गया है। 'r' द्वारा प्रतिरोधक का नवीनतम सूचना (newest information) का प्रतिनिधित्व होता है तथा '1' द्वारा प्रतिरोधक का सबसे पुराना सूचना (old information) का प्रतिनिधित्व होता है। चूँकि प्रतिरोधक में खाँचा की संख्या सीमित है (अर्थात् STM की संचयन क्षमता सीमित है) इसलिए किसी भी नयी सूचना को वहाँ तभी ग्रहण किया जा सकता है जब कोई सूचना को वहाँ से हटायी जाय (ताकि एक खाँचा उसके लिए खाली हो सके)। मॉडल के चित्र में ऊपर अर्थात् 'r' खाँचा में नयी सूचना प्रवेश पाता है। अब प्रश्न उठता है कि 'r' खाँचा में यदि कोई नयी सूचना प्रवेश पाती है, तो प्रतिरोधक का कौन-सी सूचना विस्थापित (displaced) होगी? सामान्यतः यह उम्मीद की जाती है कि जो सूचना सबसे पुरानी होगी (अर्थात् 1 खाँचे की सूचना), वही इस नयी सूचना के प्रवेश से विस्थापित होगी। परन्तु मॉडल उस बिन्दु पर चुप है। अतः मॉडल की व्याख्या के अनुसार ऐसा कहना मात्र एक अंदाज ही होगा। परन्तु इतना निश्चित है कि विस्थापन के कारण सूचनाएँ STM से लुप्त हो जातीं हैं। मॉडल के अनुसार STM से सूचनाओं का लुप्त होने का दूसरा कारण उनका ठीक से रिहर्सल (rehearsal) नहीं किया जाना है। मॉडल का यह बिन्दु बौघ एवं नॉरमैन (Waugh-Norman) मॉडल में सम्बन्धित बिन्दु के समान है।

STM में एकांश या सूचनाओं का रिहर्सल से सूचनाएँ यहाँ मात्र संचित ही नहीं रहती है बल्कि LTM में जाने के लायक भी हो जाती है। परन्तु इसका मतलब यह नहीं है कि सूचनाओं का STM में रिहर्सल किये जाने के बाद निश्चित रूप से उनका LTM में अंतरण (transfer) होगा ही। ऐसा भी हो सकता है कि रिहर्सल होने के बावजूद भी सूचनाएँ STM में ही बनी रहे। परन्तु STM से केवल वही सूचनाएँ LTM में जातीं हैं जिनका रिहर्सल (rehearsal) किया जाता है। अगर लम्बे समय तक किसी एकांश को STM में रिहर्सल किया जाय, तो LTM में जाने की उसकी संभावना तीव्र हो जाती है।

एटकिन्स एवं शिर्फीन ने यह भी अपने अध्ययन के आधार पर बतलाया है कि एक ही समय में एक ही एकांश (item) STM तथा LTM दोनों में ही हो सकता है। जैसे, अपने पिता का नाम के बारे में यदि कोई व्यक्ति सोचता है तो यह एक ही साथ STM और LTM दोनों में संचित दीखता है। उसी तरह से कोई सूचना LTM में हो सकता है परन्तु STM में नहीं। जैसे, सभी चीजें जिसे व्यक्ति जानता है परन्तु जिसके बारे में वह अभी सोच नहीं रहा है, LTM में होते हैं परन्तु STM में नहीं। उसी तरह से कोई एकांश STM में हो सकता है परन्तु LTM में नहीं। जैसे, 'NKTPZL' अभी आपके STM में हैं परन्तु LTM में नहीं।

3. दीर्घकालीन स्मृति (*Long-term memory*)—मॉडल का तीसरा प्रमुख तंत्र (system) दीर्घकालीन स्मृति (long-term memory or LTM) है। इस मॉडल में STM से सूचनाएँ LTM में सविस्तारित रिहर्सल (elaborative rehearsal) के कारण प्रवेश करतीं हैं। इस तरह के रिहर्सल में व्यक्ति न केवल मन-ही-मन सूचनाओं को दोहराता है बल्कि उनका अर्थ समझकर अन्य सूचनाओं से उसका सम्बन्ध भी जोड़ता है। एक बार जब सूचनाएँ LTM में प्रवेश कर जातीं हैं तो उनके रिहर्सल की आवश्यकता नहीं होती है और वे स्थायी तौर पर वहाँ संचित होतीं हैं। हाँ, फिर उनके रिहर्सल की आवश्यकता तब पड़ती है जब उन्हें LTM से STM में लाना होता है। LTM में संचित सूचनाएँ क्षीणता (decay) तथा बाधा (interference) दोनों के प्रभावों के कारण लुप्त होतीं हैं। LTM से सूचनाएँ उतनी तेजी से क्षीण नहीं होतीं हैं जितनी तेजी से STM से होतीं हैं परन्तु फिर भी सूचनाओं का क्षीण होना LTM से विस्मरण का एक

प्रमुख कारण है। बाधक कारकों (interfering factors) में अग्रलक्षी अवरोध (proactive interference), पूर्वलक्षी अवरोध (retroactive interference), अनाधिगम (unlearning), अनुक्रिया प्रतियोगिता (response competition) आदि को माना गया है।

उपर्युक्त वर्णन से यह स्पष्ट है कि एटकिन्सन एवं शिर्फिन स्मृति मॉडल के अनुसार संवेदी स्मृति (sensory memory) में जो सूचनाएँ प्रवेश करतीं हैं, उनमें से कुछ ही चयनात्मक अवधान (selective attention) के माध्यम से STM में प्रवेश करतीं हैं और फिर STM में प्रवेश पाने वाली सूचनाओं में से कुछ ही सूचना (जिनका रिहर्सल किया जाता है) LTM में प्रवेश करती है। परन्तु जो भी सूचनाएँ LTM में प्रवेश करतीं है, वे स्थायी तौर पर संचित हो पातीं हैं। इसका मतलब यह हुआ कि सभी सूचनाएँ जो संवेदी स्मृति में प्रवेश करती है, STM में प्रवेश नहीं कर पाती है और जो STM में प्रवेश कर पाती है, उनमें से सभी LTM में प्रवेश नहीं कर पाती है और जो LTM में प्रवेश कर पाती है व्यक्ति उन सबों को धारण नहीं करके रख पाता है।

उक्त विवरण से यह भी स्पष्ट है कि एटकिन्सन एवं शिर्फिन ने अपने इस मॉडल में स्मृति की निश्चित संरचनात्मक विशेषताओं (properties) तथा नियंत्रण प्रक्रियाओं (control processess) में अन्तर किया है। संरचनात्मक विशेषता से तात्पर्य वैसी विशेषता से होता है जो यह निश्चित कर पाता है कि व्यक्ति क्या कर सकता है। जैसे, व्यक्ति STM में असमित संख्या में सूचनाओं को संचित नहीं कर सकता है। यह संरचनात्मक विशेषता का उदाहरण होगा। परन्तु इस संरचनात्मक विशेषता की सीमा के भीतर व्यक्ति स्मृति या धारण शक्ति का उपयोग अपनी इच्छा, आवश्यकता, प्रेरणा आदि के अनुसार कर सकता है। इसे एटकिन्सन एवं शिर्फिन ने *नियंत्रण प्रक्रिया* (control process) कहा है। जैसे, व्यक्ति की इच्छा यह हो सकती है कि वह अपने STM में मात्र दो ही सूचनाओं को एक समय में एक साथ संचित करे या मात्र चार ही सूचनाओं को एक साथ संचित करे। एटकिन्सन एवं शिर्फिन (Atkinson & Shiffrin, 1968) के अनुसार नियंत्रण प्रक्रिया (control process) एक महत्त्वपूर्ण प्रक्रिया होती है जो एक तरह से फिल्टर (filter) का कार्य करता है तथा यह निर्धारित करता है कि किस सूचना को संचित रखा जाएँ।

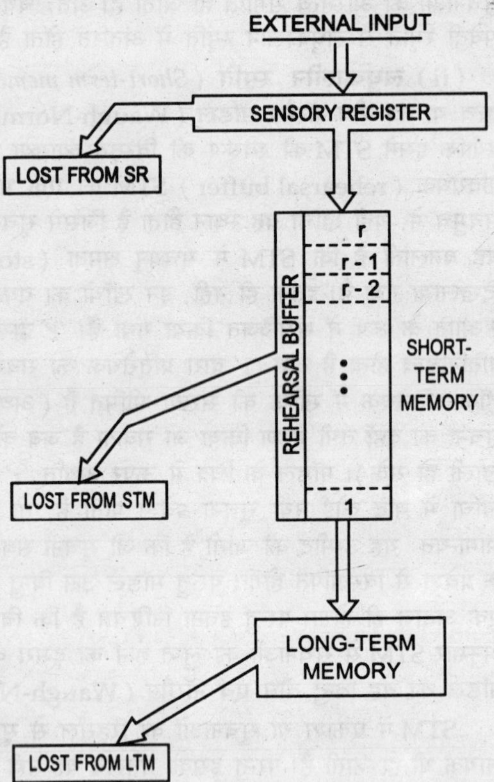

चित्र 8.6 : एटकिन्स-शिर्फिन प्रतिरोधक स्मृति मॉडल (Atkinson-Shiffrin Buffer Memory model)

इस मॉडल के विभिन्न पहलुओं एवं दावों पर मनोवैज्ञानिक अपना शेध जारी रखे हुए हैं। अभी उनकी वैधता के बारे में किसी अंतिम निष्कर्ष के लिए कुछ समय और इंतजार करना होगा। साथ ही, वे स्मृति के अन्य सूचना-संसाधन मॉडलों पर भी शोध कार्य जारी रखे हुए हैं जिनमें से कुछ की व्याख्या यहाँ अपेक्षित है।

कुछ अतिरिक्त मॉडल : एक सामान्य झाँकी
(Some Additional Models : An Overall View)

उपर्युक्त दो प्रमुख मॉडल के अलावा भी ऐसे कुछ स्मृति मॉडल (memory models) हैं, जिनमें कम्प्यूटर-अनुरूपण मॉडल (computer-stimulation model) भी सम्मिलित हैं, जो महत्त्वपूर्ण हैं। परन्तु उन सबों का वर्णन यहाँ सम्भव नहीं है। फिर भी उनमें से निम्नांकित तीन स्मृति मॉडल (memory model) की एक सामान्य झाँकी हम

यहाँ प्रस्तुत कर रहे हैं:—

(क) ब्रौडवेन्ट का सम्बोधन-रजिस्टर मॉडल (Broadbent's Address-Register Model)

(ख) प्रतिदर्शन मॉडल (Sampling Model)

(ग) समानान्तर-वितरण प्रक्रिया मॉडल (Parallel-distributed Processing Model)

इन तीनों मॉडल का वर्णन इस प्रकार है:—

(क) ब्रौडवेन्ट का सम्बोधन-रजिस्टर मॉडल *(Broadbent's Address-Register Model)*

ब्रौडवेन्ट (Braodbent, 1971) ने जिस स्मृति मॉडल का प्रतिपादन किया है, उससे सम्बोधन-रजिस्टर मॉडल कहा गया है जिसमें स्मृति के चार तत्त्व न कि तीन तत्त्व जैसा कि एटकिन्सन शिर्फिन प्रतिरोधक मॉडल में बतलाया गया है, होते हैं। वे चार तत्त्व हैं—*संवेदी स्मृति* (sensory memory), *लघुकालीन स्मृति* (short-term memory), *सम्बोधन-रजिस्टर* (address register) तथा *दीर्घकालीन स्मृति* (long term memory)। एकांश संवेदी स्मृति में सबसे पहले प्रवेश पाते हैं और उसके बाद STM से होते हुए LTM जाने के पूर्व सम्बोधन-रजिस्टर (address register) से होकर गुजरते हैं। इस रजिस्टर की विशेषता यह है कि इसमें एकांशों के बारे में केवल सूचनाओं को न कि स्वयं एकांश को ही संचित किया जाता है। जैसे, मान लिया जाए कि व्यक्ति को विभिन्न श्रेणी के शब्दों (words) की एक सूची दिखलायी जाती है। जैसे, सब्जी श्रेणी के पाँच शब्द, शहर श्रेणी में शहर के नाम के पाँच शब्द, राजनीतिज्ञ के नामों की श्रेणी के पाँच शब्द आदि। ब्रौडवेन्ट मॉडल के अनुसार ये सारे एकांश संवेदी स्मृति एवं लघुकालीन स्मृति होते हुए दीर्घकालीन स्मृति में पहुँचेंगे जहाँ वे संचित रहेंगे एवं इन शब्दों की श्रेणियों के बारे में सूचनाएँ सम्बोधन रजिस्टर (address register) में संचित होगी। ऐसी सूचनाएँ LTM से एकांशों की पुनः प्राप्ति (retrieval) के समय काफी मदद करती है। जब व्यक्ति को शब्दों की लम्बी सूची का प्रत्याह्वान करने के लिए कहा जाएगा, तो व्यक्ति पहले इस बात की सूचना सम्बोधन रजिस्टर को देगा और जब उसे श्रेणी नाम (category name) का पता वहाँ चल जाएगा, तो उसके आधार पर व्यक्ति को यह आसानी से याद हो जाएगा कि LTM में उसे किस चीज की खोज करनी है। इस तरह से सम्बोधन रजिस्टर में संचित सूचना व्यक्ति को LTM से पुनःप्राप्ति (retrieval) में अर्थात् प्रत्याह्वान (recall) या प्रत्यभिज्ञान में काफी मदद करता है।

(ख) प्रतिदर्शन मॉडल *(Sampling Model)*

इस मॉडल के विकास में शिर्फिन (Shiffrin, 1970) का योगदान काफी अधिक है। इस मॉडल के अनुसार LTM की तुलना एक ऐसे कलश या घड़ा (urn) से की गयी है जिसमें पत्थर का संगमरमर के छोटे-छोटे टुकड़े भरे होते हैं। संगमरमर का प्रत्येक टुकड़ा LTM में संचित अलग-अलग सूचनाओं का प्रतिनिधित्व करता है। LTM से किसी विशेष सूचना की पुनः प्राप्ति (retrieve) करने के लिए व्यक्ति उस कलश या घड़ा से एक मुट्ठी टुकड़ों को प्रतिदर्श (sample) के रूप में निकालता है जिसे STM में रखा जाता है। इन टुकड़ों में वह वांछित टुकड़ा या वांछित सूचना की खोज करता है। STM में रखे गये प्रत्येक संगमरमर की टुकड़ा अर्थात् प्रत्येक सूचना को एक-एक करके परखा जाता है। अगर लक्ष्य संगमरमर (target marble) अर्थात् वांछित सूचना की प्राप्ति हो जाती है, तो प्रक्रिया वही समाप्त हो जाती है। परन्तु यदि उन सारे सूचनाओं के प्रतिदर्श जिन्हें STM में रखा गया था, की एक-एक करके परख करने के बाद भी लक्ष्य या वांछित सूचना नहीं मिल पाती है तो व्यक्ति फिर उस कलश या घड़े में रखे संगमरमर के टुकड़ों अर्थात् STM में संचित सूचनाओं से एक दूसरा मुट्ठी भर संगमरमर अर्थात् अन्य सूचनाओं के प्रतिदर्श (sample) को निकालकर STM में रखकर उनका परख करता है और उनमें वांछित सूचना की खोज की जाती है। इस तरह से प्रतिदर्शन (sample) निकालने एवं परखने की प्रतिक्रिया तबतक जारी रहती है जबकि वांछित सूचना की पुनः प्राप्ति (retrieval) व्यक्ति नहीं कर देता है।

सामान्य प्रतिदर्श (sampling) प्रक्रिया के समान यहाँ भी LTM से सूचनाओं का जो प्रतिदर्शन (sampling) किया जाता है, उसमें दो तरह की प्रक्रिया की सम्भावना है। सम्भव है कि LTM से निकाले गए सूचनाओं का पहले समूह या प्रतिदर्शन में जब वांछित सूचना संचित नहीं पायी जाती है, तो व्यक्ति सूचनाओं के इस प्रतिदर्श को बिलकुल अलग कर दे और फिर सूचनाओं का एक दूसरा प्रतिदर्श LTM निकालें। इसे बिना *प्रतिस्थापन के प्रतिदर्शन* (sampling without replacement) कहा जाता है। परन्तु जब LTM से निकाले गये सूचनाओं की परख करने के बाद उसे पुनः LTM में 'लौटाकर' यदि सूचनाओं का दूसरा प्रतिदर्श निकाला जाता है, तो उसे *प्रतिस्थापन के साथ*

प्रतिदर्शन (sampling with replacement) कहा जाता है। हालाँकि मनोवैज्ञानिकों के बीच प्रतिस्थापन (replacement) बिन्दु पर कोई मतैक्यता नहीं है, फिर भी मुर्डेक (Murdock, 1974) ने कहा है कि मानव मस्तिष्क बिना प्रतिस्थापन के प्रतिदर्शन करने में साक्षम नहीं होगा।

प्रतिदर्शन मॉडल के अनुसार उन एकांशों को प्रतिदर्श में सम्मिलित होने की संभावना अधिक होती है जिसे व्यक्ति उत्तम ढंग से सीख चुका होता है। इस मॉडल की मान्यता यह भी है कि LTM में सभी सूचनाएँ याद्दच्छिक ढंग से (randomly) एक साथ नहीं होती है बल्कि वे संगठित ढंग से संचित होती है। फलस्वरूप, व्यक्ति को उनके पुनः प्राप्ति में आसानी होती है।

(ग) समानान्तर-वितरित प्रक्रिया मॉडल *(Parallel Distributed Processing or PDP Model)*

यह स्मृति मॉडल का एक नवीनतम मॉडल (latest model) है जिसका प्रतिपादन लीवैन्डोस्काई एवं मुर्डेक (Lewandowsky & Murdock, 1989) द्वारा किया गया है। इस मॉडल के अनुसार स्मृति में सूचनाओं का संसाधन कई कदमों पर नहीं होता है, जैसा कि एटकिन्सन-शिर्फिन मॉडल (Atkinson-Shiffrin Model) में होता है। दूसरे शब्दों में, इस मॉडल में सूचनाएँ संवेदी स्मृति से संसाधित होकर STM में और STM से संसाधित होकर LTM में नहीं जाती है। बल्कि इस मॉडल के अनुसार पूरे स्मृति तंत्र के विभिन्न भागों में सूचनाओं का संसाधन एक साथ होता है। ये सभी भाग समानान्तर (parallel) ढंग से कार्य करते हैं अर्थात् एक ही सूचना को सभी भाग द्वारा एक साथ संसाधित किया जाता है। इसका स्पष्ट अर्थ तब यह हुआ कि किसी एक ही सूचना का कई कॉपी (copies) एक साथ स्मृति के विभिन्न भागों में उपस्थित रहते हैं और उनतक किसी भी एक भाग में पहुँच जाने से पुनः प्राप्ति हो सकता है।

आधुनिक मनोवैज्ञानिकों को यह मॉडल सबसे अधिक आकर्षक इसलिए लगता है क्योंकि इससे उस समानान्तर प्रक्रिया द्वारा सूचनाओं के संसाधन पर बल डाला गया है जिसके माध्यम से वास्तव में स्मृति संचालित होती है। सचमुच में, जब किसी जटिल सूचनाओं को संसाधित करना होता है, तो स्मृति इस ढंग की समानान्तर प्रक्रिया अवश्य ही अपनाती है। जैसे, पढ़ने की जटिल प्रक्रिया को ही लिया जाय। जब व्यक्ति किसी पाठ को पढ़ता है तो इसमें व्यक्ति को अक्षरों की पहचान करनी होती है, उनसे बनने वाले शब्दों का अर्थ समझना पड़ता है, फिर शब्दों से मिलकर बनने वाले वाक्यों को भी समझना पड़ता है। इतने सारे जटिल कार्यों को तेजी से एक साथ करने के लिए यह आवश्यक है कि स्मृति में समानान्तर प्रक्रिया (parallel processing) जैसी कोई प्रक्रिया अवश्य हो ताकि उन सबों को तुरन्त संगठित करके उनका पुनः प्राप्ति आसानी से किया जा सके।

संसाधन-के-स्तर मॉडल
(Level-of-Processing Model)

इस मॉडल का प्रतिपादन क्रेक एवं लॉकहार्ट (Craik & Lockhart, 1972) द्वारा किया गया जो सचमुच में बहुसंचय मॉडल (multistore model) का विपरीत है। इस मॉडल के अनुसार स्मृति के विभिन्न तंत्र (systems) अर्थात् संवेदी स्मृति, लघुकालीन स्मृति तथा दीर्घकालीन स्मृति द्वारा सूचनाओं को संसाधित नहीं किया जाता है बल्कि स्मृति का एक ही तंत्र होता है और उसी के भीतर सूचनाओं को विभिन्न स्तरों पर संसाधित किया जाता है। यह मॉडल सचमुच में एक रूपात्मक मॉडल (modal model) के एक विकल्प (alternative) के रूप में विकसित किया गया। इस मॉडल या सिद्धान्त के अनुसार स्मृति इस बात पर निर्भर करती है कि किस तरह से सूचनाओं को कूटसंकेतन स्तर (encoding level) पर संसाधित किया जाता है। मॉडल का यह दावा है कि स्मृति तंत्र में सूचना को पहले उसके संवेदी गुणों के आधार पर संसाधित किया जाता है जो एक तरह का संसाधन का सबसे ऊपरी स्तर होता है। इसके बाद उस सूचना की पहचान की जाती है, नामकरण किया जाता और थोड़ी गहरी स्तर पर अर्थात् उसके आवाज के आधार पर उसे संसाधित किया जाता है। संसाधन का यह दूसरा स्तर पहले स्तर से अधिक गहरा होता है। अंत में सूचनाओं का संसाधन उसके अर्थ के अनुरूप किया जाता है जो संसाधन का सबसे गहरा एवं तीसरा स्तर होता है। इस विश्लेषण से यह स्पष्ट है कि स्मृति की अवधि (duration) संसाधन की गहराई (depth) द्वारा न कि एक स्मृति तंत्र से दूसरे स्मृति तंत्र मं स्थानान्तरण द्वारा प्रभावित होता है। जितना ही संसाधन का स्तर गहरा होगा, स्मृति की अवधि उतनी ही लम्बी या दीर्घ होगी। इस तरह से तब संवेदी स्मृति, लघुकालीन स्मृति तथा दीर्घकालीन स्मृति को अलग-अलग तंत्र

मानना इस मॉडल के अनुसार उचित नहीं है। जब किसी सूचना को मात्र पहले स्तर तक ही संसाधित की जाती है, तो उसकी अवधि अत्यन्त सूक्ष्म होती है और इसे बहुसंचयन मॉडल में संवेदी स्मृति कहा जाता है। जब उसी सूचना को ऊपर बताये गये दूसरे स्तर तक संसाधित किया जाता है, तो उसे बहुसंचयन मॉडल में लघुकालीन स्मृति तथा फिर जब उसे तीसरे स्तर तक संसाधित किया जाता है तो उसे बहुसंचयन मॉडल में दीर्घकालीन स्मृति कहा जाता है।

संसाधन-के-स्तर मॉडल के दो पूर्वकल्पनाएँ (assumptions) हैं जो इस प्रकार हैः—

(i) स्मृति-चिह्न प्रत्यक्षण तथा बोध का उपजात है *(Memory trace is a by-product of perception and comprehension)*—व्यक्ति जो कुछ भी स्मरण करता है, वह वही चीज होता है जिसपर पहले वह काफी ध्यान दिया होता है तथा जिसका वह अर्थ समझा होता है। स्पष्टतः तब यह अर्थ हुआ कि स्मृति-चिह्न जिसके आधार पर व्यक्ति पहले की अनुभूतियों को स्मरण कर पाता है, प्रत्यक्षण (perception) तथा बोध (comprehension) का उपजात (by-product) ही होता है।

(ii) धारणा प्रत्यक्ष रूप से अर्थ के संसाधन से सम्बन्धित होता है *(Retention is directly related to the processing of meaning)*—व्यक्ति उस घटना, साहचर्य या अनुभूति को अधिक लम्बे समय तक धारण किये रहता है जिसके अर्थ को वह ठीक ढंग से संसाधित कर पाता है। इस तरह के संसाधन को *अर्थगत संसाधन* (semantic processing) कहा जाता है जो *अनार्थगत संसाधन* (nonsemantic processing) से अधिक गहरे स्तर पर किया गया संसाधन होता है। जैसे, यदि व्यक्ति कुछ देखता है या कूटसंकेतन (encode) करता है, और यदि वह अर्थ का ही एक पहलू (aspect) है, तब उसे ठीक से व्यक्ति धारण कर लेता है और बाद में उसका स्मरण भी ठीक ढंग से वह कर पाता है। परन्तु यदि वह किसी चीज को देखता है और उसे अर्थ का एक पहलू नहीं बल्कि उसे उस चीज का एक सतही पहलू मानता है, तो उसका धारण उत्तम नहीं हो पाता है और व्यक्ति ऐसी घटना/चीज का स्मरण ठीक ढंग से नहीं कर पाता है।

जो मनोवैज्ञानिक स्मृति को संसाधन-के स्तर मॉडल से विश्लेषित करते हैं, वे दो तरह के रिहर्सल (rehearsal) में अंतर करते हैं—*संपोषण रिहर्सल या टाईप वन रिहर्सल* (Maintenance rehearsal or Type I rehearsal) तथा *विस्तृत रिहर्सल या टाइप टू रिहर्सल* (Elaborative rehearsal or Type II rehearsal)। संपोषण रिहर्सल से सूचना स्मृति में सक्रिय रहते हैं परन्तु उससे उस सूचना की स्मृति के स्थायित्व पर कोई प्रभाव नहीं पड़ता है। इस तरह का रिहर्सल से सूचनाओं का संसाधन ऊपरी स्तर पर होता है। क्रेक एवं वैटकिन्स (Craik & Watkins, 1973) ने एक प्रयोग करके इसके वास्तविकता के स्वरूप को और भी निखार दिया है। संपोषण रिहर्सल के एक अध्ययन में प्रयोज्यों को 21 शब्दों की एक सूची दिखायी गयी और उन्हें यह बतलाने के लिए कहा गया कि सूची का अन्तिम वह शब्द कौन-सा है जो एक विशेष अक्षर जैसे 'आर' (R) से प्रारम्भ होता है। इस कार्य को पूरा करने के लिए प्रयोज्य को सूची में उस शब्द को पहले ढूँढ़ना होगा जो अक्षर 'R' से प्रारम्भ होता है फिर उसे रिहर्सल करते हुए दूसरा शब्द को खोजना होगा जो 'R' से प्रारम्भ होता हो और इसी तरह से उसे रिहर्सल करते हुए सूची का अंतिम शब्द जो 'R' से प्रारम्भ होता हो को रिहर्सल करना पड़ेगा। इस तरह से कई सूचियों को दिखाने के बाद प्रयोज्य से अधिक-से-अधिक ऐसे शब्दों का प्रत्याह्वान करने के लिए कहा जाता है। परिणाम में देखा गया कि धारण, रिहर्सल से प्रभावित नहीं होता है। जिन शब्दों का रिहर्सल अधिक समय तक किया गया था, प्रयोग के सत्र के अंत में उनका प्रत्याह्वान उन शब्दों कें प्रत्याह्वान की तुलना में अच्छा नहीं हुआ जिन्हें कम समय के लिए रिहर्सल किया गया था। इसके आलोक में प्रयोगकर्त्ताओं द्वारा इस निष्कर्ष पर पहुँच गया कि संपोषण रिहर्सल से धारण प्रभावित नहीं होता है।

विस्तृत रिहर्सल वैसे रिहर्सल को कहा जाता है जो तुलनात्मक रूप से संसाधन के गहरे स्तर पर सम्पन्न होता है। इस मॉडल की एक मुख्य विशेषता यह है कि इसमें किसी सूचना की स्मृति की अवधि को विस्तृत रिहर्सल से सीधे प्रभावित होता माना गया है। यह रिहर्सल जितना ही अधिक होगा, स्मृति की अवधि उतनी ही लम्बी होगी। क्रेक एवं टुलभिंग (Craik & Tulving, 1975) ने इस तथ्य के समर्थन में एक प्रयोग किया है जो इस प्रकार है—

प्रयोज्य को 0.2 सेकंड के लिए एक शब्द दिखलाया गया और उनसे निम्नांकित तीन प्रश्न किये गये—

(i) क्या शब्द बड़े अक्षरों में मुद्रित थे ?

(ii) क्या शब्द विशेष शब्द अर्थात्...........से तुकबन्द (rhyme) करता है ?

(iii) क्या शब्द इस वाक्य में फिट बैठता है—लकड़ी टेबुल पर...........रखी थी ?

प्रथम प्रश्न का उत्तर देने में प्रयोज्य को उस 'शब्द' को दृष्टि स्तर (visual level) पर संसाधित करना होता था जिसे संसाधन (processing) का ऊपरी स्तर कहा जा सकता है। दूसरे प्रश्न का उत्तर देने में प्रयोज्य को उस 'शब्द' को 'आवाज' के अनुसार संसाधित करना होता था जो उससे गहरे स्तर के संसाधन की प्रक्रिया थी। तीसरे प्रश्न का उत्तर देने में उस शब्द को उसके 'अर्थ' के अनुसार संसाधित करना होता था जिसे संसाधन का सबसे गहरा स्तर (deepest level) कहा जा सकता है। इसके बाद उन शब्दों के धारण की जाँच प्रयोज्यों से करवाया गया। परिणाम में देखा गया कि वैसे शब्द जिनके लिए प्रयोज्य प्रथम प्रश्न का उत्तर देते थे, का प्रत्याह्वान बहुत कम हुआ परन्तु वैसे शब्द जिनके लिए प्रयोज्य तीसरा प्रश्न का उत्तर देता था, का प्रत्याह्वान में उन्हें अधिक सफलता मिली। इस परिणाम से यह स्पष्ट हो जाता है कि जिन शब्दों का विस्तृत रिहर्सल संसाधन के गहरे स्तर पर होता था, उनका धारण मजबूत होता था तथा उसकी स्मृति की अवधि भी लम्बी होती थी।

यद्यपि संसाधन-के-स्तर मॉडल की व्याख्या सरल है और इसमें स्मृति के विभिन्न तंत्र को अप्रभावी बताकर संसाधन की गहराई के स्तर के रूप में स्मृति की अवधि की व्याख्या की गयी है, इस मॉडल के साथ कुछ कठिनाइयाँ भी हैं जिनमें निम्नांकित प्रमुख हैः—

(i) वैड्डेली (Baddeley, 1978) के अनुसार इस मॉडल का मुख्य सम्प्रत्यय संसाधन की गहराई (depth of processing) है जिसे सही-सही ढंग से परिभाषित करना कठिन है। इस पद को स्मृति के स्थायित्व (permanence) के रूप में समझाने की कोशिश की गयी है जिससे एक वृत्तीय परिभाषा (circular definition) की उत्पत्ति होती है जो इस प्रकार है—जिन एकांशों का संसाधन गहरे स्तर पर होता है, उसकी धारणा उत्तम होती है या जिन एकांशों का उत्तम धारणा होती है, उसे गहरी स्तर तक संसाधित किया जाता है। इस तरह के वृत्तीय परिभाषा से मात्र संभ्रान्ति (confusion) ही उत्पन्न होती है।

(ii) कुछ मनोवैज्ञानिकों ने संसाधन-के-स्तर मॉडल के इस पूर्वकथन को चुनौती दिया है कि एकांशों को गहरी स्तर तक संसाधित करने से उनकी धारणा अधिक मजबूत होती है। मोरिस, व्रैन्डफोर्ड एवं फ्रैंक्स (Morris, Bransford & Franks, 1977) द्वारा एक प्रयोग करके इसकी चुनौती दी गयी है। इस प्रयोग में प्रयोज्यों को विभिन्न तरह के वाक्यों को पढ़कर सुनाया गया। इन वाक्यों में से कुछ का अर्थगत संसाधन (semantic processing) करना था अर्थात् गहरे स्तर तक संसाधित करना था तथा कुछ का ध्वन्यात्मक संसाधन (phonetic processing) अर्थात् आवाज के आधार पर यानी उसे ऊपरी स्तर पर संसाधित करना था। प्रत्येक वाक्य में एक खाली जगह (blank) होता था। वाक्यों को दिखाने के 2 सेकंड बाद प्रयोज्यों को एक लक्ष्य शब्द (target word) दिखाया जाता था और उन्हें यह बतलाने के लिए कहा गया था कि लक्ष्य शब्द खाली जगह के लिए उपयुक्त है या नहीं। बाद में इन प्रयोज्यों को एक प्रत्यभिज्ञान परीक्षण (recognition test) दिया गया जिसमें लक्ष्य शब्दों को कुछ अन्य ऐसे शब्दों के साथ प्रयोज्यों के सामने दिया गया जो उसे लक्ष्य शब्द से तुकबन्द (rhyme) होते थे। प्रयोज्यों से प्रत्यभिज्ञान परीक्षण के दौरान यह बतलाने के लिए कहा जाता था कि क्या वे वाक्यों में पहले इसे देखे थे। परिणाम में देखा गया कि प्रत्यभिज्ञान परीक्षण पर जब वही शब्द का उपयोग किया गया जो मौलिक लक्ष्य शब्द थे, तो प्रयोज्यों ने उन एकांशों की पहचान अधिक (84%) किया जिनका अर्थगत संसाधन करना था तथा उन एकांशों की पहचान कम (63%) किया जिनका ध्वन्यात्मक संसाधन (phonetic processing) करना था। यह परिणाम तो संसाधन-के-स्तर मॉडल (level-of-processing model) के अनुकूल है क्योंकि मॉडल यह उल्लेख करता है कि अर्थगत रूप से संसाधित सूचनाओं की स्मृति या धारण उत्तम होती है। परन्तु प्रत्यभिज्ञान में यह भी देखा गया कि जब शब्द ऐसे थे जो मौलिक एकांश के साथ तुकबन्द (rhyme) होते थे, तो प्रयोज्य के तुकबन्द शब्दों की पहचान अधिक (49%) किये तथा अर्थगत एकांशों (semantic items) की पहचान कम (33%) ही किये। यह परिणाम इस प्रयोग के ऊपर को परिणाम का समर्थन नहीं करता है क्योंकि उसमें यह पाया गया था कि अर्थगत संसाधन से स्मृति उत्तम होता है। अतः इस प्रयोग के परिणाम से यह स्पष्ट है कि कुछ विशेष परिस्थिति में ध्वन्यात्मक संसाधन (phonetic processing) द्वारा स्मृति का स्थायित्व अर्थगत संसाधन द्वारा उत्पन्न स्मृति के स्थायित्व से अधिक श्रेष्ठ होता है।

(iii) संसाधन-के-स्तर मॉडल में यह स्पष्ट किया गया है कि संपोषण रिहर्सल से स्मृति उन्नत नहीं होता है। परन्तु कुछ प्रयोगों में इस तथ्य की पुष्टि नहीं हो पायी है। जैसे, ग्लेनवर्ग, स्मिथ तथा ग्रीन (Glenberg, Smith & Green, 1977) ने अपने एक प्रयोग में कुछ अंक (digits) को बोलकर उपस्थित किये जाने के बाद प्रयोज्यों ने एक शब्द को

30 सेकंड तक दोहराया। इसके बाद इसका प्रत्याह्वान (recall) लिया गया और फिर बाद में इसकी धारण की जाँच प्रत्यभिज्ञान (recognition) से भी किया गया। परिणाम में पाया गया कि संपोषण रिहर्सल से ऐसे शब्दों की धारणा प्रभावित नहीं हुई। परन्तु प्रत्यभिज्ञान परीक्षण पर ऐसे शब्दों की धारण अधिक उत्तम होते पायी गयी। इससे संसाधन-के-स्तर मॉडल की मान्यता को समर्थन नहीं मिलता है।

(iv) संसाधन-के-स्तर मॉडल का दावा है कि व्यक्ति सूचनाओं का संसाधन एक निश्चित क्रम में करता है जिसमें वह पहले ऊपरी स्तर पर उनका संसाधन करता है और फिर धीरे-धीरे गहरे स्तर पर संसाधन करता है। दूसरे शब्दों में इस मॉडल में सूचना संसाधन के तीन उत्तरोत्तर क्रम (progressive sequence) हैं—दृष्टि (visual), ध्वनिक (acoustic) तथा अर्थगत (semantic)। संवेदी संसाधन को ऊपरी स्तर का तथा अर्थगत संसाधन को गहरे स्तर का संसाधन कहा जाता है। परन्तु आलोचकों ने यह बतलाया है कि हमेशा ऐसा नहीं होता है और किसी एकांश (item) का समग्र अर्थ (overall meaning) को व्यक्ति उस एकांश की पहचानं करने के पहले ही समझ जाता है। जैसे, अक्षर 'D' का शब्द 'WORD' में शब्द 'OWRD' की अपेक्षा जल्द पहचान कर ली जाती है। इसका स्पष्ट मतलब तब यह हुआ कि सूचना संसाधन क्रम में पहली अवस्था संवेदी (sensory) ही नहीं होती है।

उपर्युक्त कठिनाइयों या आलोचनाओं की वैधता को ध्यान में रखते हुए क्रेक एवं टुलभिंग (Craik & Tulving, 1975) ने संसाधन-के-स्तर मॉडल (level-of-processing model) का संशोधन (revision) किया। इस संशोधित मॉडल की मुख्य तीन विशेषताएँ हैं जो इस प्रकार हैः—

(i) संशोधित मॉडल के अनुसार सूचना का संसाधन एक निश्चित क्रम में अर्थात् दृष्टि, ध्वनिक तथा अर्थगत क्रम में हमेशा नहीं होता है।

(ii) जब किसी सूचना का संसाधन दीर्घकालीन स्मृति में पहले से संचित सूचनाओं के संदर्भ में संसाधित किया जाता है, तो उसकी धारण (retention) उत्तम होती है।

(iii) संशोधित मॉडल के अनुसार स्मृति के स्थायित्व का आधार संसाधन की गहराई (depth) नहीं होता है बल्कि विस्तरण (elaboration) की मात्रा होती है। विस्तरण निम्नांकित दो तरह का होता है—

(a) एकांश-के-भीतर का विस्तरण (*Within-the-item elaboration*)—एकांश-के-भीतर का विस्तरण से तात्पर्य सूचनाओं को उनकी अपनी विशेषताओं के रूप में विश्लेषण करने या संसाधित करने से होता है। जितना ही ऐसा रिहर्सल अधिक होता है, सम्बन्धित एकांश की स्मृति उत्तम होती है। जैसे, एक शब्द अर्थात् 'कलम' का संसाधन इनके अक्षरों के दृष्टि प्रकटन (visual appearance) द्वारा, उसके आवाज अर्थात् तुकबन्दी (rhyme) द्वारा तथा उसके अर्थ (लिखने का एक उपकरण) द्वारा संसाधित करना एकांश-के-भीतर के विस्तरण का उदाहरण होगा। अगर कोई शब्द का संसाधन इन तीनों विशेषताओं से किया जाता है तो उसकी स्मृति किन्हीं दो या एक विशेषता से की गयी संसाधन से उत्पन्न स्मृति से अधिक स्थायी होगा।

(b) एकांशों-के-बीच का विस्तरण (*Between-item elaboration*)—ऐसे विस्तरण में एकांशों या सूचनाओं की विशेषताओं का संसाधन अन्य सूचनाओं की विशेषताओं के संदर्भ में किया जाता है। जैसा कि ऊपर कहा गया है, इस संशोधित मॉडल की एक विशेषता यह है कि जब किसी सूचना का संसाधन दीर्घकालीन स्मृति में पहले से संचित अन्य सूचनाओं के संदर्भ में किया जाता है तो उससे उसकी स्मृति अच्छी होती है। बोसफिल्ड (Bousfield, 1953) ने अपने एक अध्ययन के परिणाम से इस तथ्य का समर्थन किया है। इस प्रयोग में प्रयोज्यों को 60 यादृच्छिक ढंग से मिश्रित शब्दों की एक सूची दिखलाया गया और उनसे इन शब्दों को जिस क्रम में चाहे प्रत्याह्वान करने के लिए कहा। इस सूची में चार श्रेणी के 15-15 शब्द थे। वे चार श्रेणी थे—पशु, पेशा, सब्जी तथा व्यक्ति का नाम। परिणाम में देखा गया कि प्रयोज्यों ने शब्दों को दिखाये गये क्रम में प्रत्याह्वान नहीं किया बल्कि वे उनका प्रत्याह्वान एक गुच्छ (cluster) के रूप में अर्थात् जिन श्रेणी के वे होते थे, उसके अनुसार किये। इस परिणाम से यह स्पष्ट होता है कि विस्तृत संसाधन (elaborative processing) से धारण उत्तम होता है क्योंकि इससे यह पता चलता है कि जब प्रयोज्य किसी शब्द को सुनते हैं तो वे उसका संसाधन किसी श्रेणी के रूप में करते हैं।

निष्कर्षतः यह कहा जा सकता है कि संसाधन-के-स्तर मॉडल का मुख्य दावा यह है कि सूचना को विभिन्न तरीकों से या विभिन्न स्तरों पर संसाधित किया जाता है तथा लघुकालीन स्मृति तथा दीर्घकालीन स्मृति के अंतर की व्याख्या इस तथ्य से पर्याप्त ढंग से की जा सकती है कि एक ही सूचना को विभिन्न स्तरों तक संसाधित किया गया था।

स्मृति में विकृति, संरचना एवं पुनर्संरचना
(Distortion, Construction and Reconstruction in Memory)

दिन-प्रतिदिन का अनुभव इस बात का साक्षी है कि स्मृति में कई तरह की त्रुटियाँ होतीं हैं। जब हम पहले की अनुभूतियों को या पाठों का प्रत्याह्वान (recall) करने की कोशिश करते हैं, तो कई तरह की त्रुटियाँ होतीं हैं। जैसे, पहले याद किये गये घटनाओं या अनुभूतियों में कुछ हेर-फेर कर देना, मौलिक विषय या घटनाओं में जिन अनुभूतियों का समावेश नहीं था, उसे भी उसमें शामिल कर लेना तथा प्रत्याह्वान के समय मात्र कुछ खास-खास अनुभूतियों को ही बताकर बाद में संभावित अनुभूतियों या घटनाओं से उसे पूरा कर देना आदि। पहले तरह की प्रक्रिया को मनोवैज्ञानिकों ने *विकृति* (distortion), दूसरे तरह की प्रक्रिया को *संरचना* (construction) तथा तीसरे और अन्तिम प्रक्रिया को *पुनर्संरचना* (reconstruction) कहा है। चाहे विकृति हो या संरचना या पुनर्संरचना, इन तीनों प्रतिक्रियाओं से स्मृति में त्रुटि उत्पन्न होती है। मनोवैज्ञानिकों ने इस प्रश्न पर काफी गंभीरतापूर्वक विचार किया है कि स्मृति में इस तरह की त्रुटि के क्या कारण हो सकते हैं। इनके द्वारा इस विषय पर किये गए शोधों के आलोक में निम्नांकित चार कारकों को महत्त्वपूर्ण बतलाया गया है:—

1. सरल अनुमान (Simple inference)
2. रूढ़ियुक्ति (Stereotype)
3. स्कीमा (Schema)
4. विविध कारक (Miscellaneous factor)

इन चारों का वर्णन इस प्रकार है:—

1. सरल अनुमान *(Simple inference)*—व्यक्ति जब किसी एकांश (item) या घटना को पहली बार देखता है या उसके बारे में सुनता है, तो वह उसके आधार पर कुछ अनुमान (inference) निकालता है और बाद में जब वह उस मौलिक एकांश या घटना का प्रत्याह्वान करता है, तो उसके स्मृति में उस अनुमान के कारण कुछ त्रुटियाँ अर्थात् संरचनात्मक (constructive) या पुनर्संरचनात्मक प्रक्रियाएँ उत्पन्न हो जातीं हैं जिसके कारण उस एकांश या घटना का प्रत्याह्वान किया गया अंश पहले से भिन्न हो जाता है। इस तथ्य की संपुष्टि कई अध्ययनों जैसे ब्रैन्सफोर्ड एवं उनके सहयोगियों (Bransford et al., 1972) तथा लोफ्टस एवं लोफ्टस (Loftus & Loftus, 1975) लोफ्टस तथा पालमर (Loftus & Palmer, 1974) से स्पष्टतः हुआ है। यहाँ उदाहरण के रूप में हम लोफ्टस एवं पालमर (Loftus & Palmer, 1974) के अध्ययन पर विचार करेंगे। कुछ प्रयोज्यों को सड़क दुर्घटना का दृश्य दिखलाया गया। इसके बाद कार की गति (speed) के बारे में एक ही प्रश्न दो तरीका से किया गया। कुछ प्रयोज्यों से यह प्रश्न पूछा गया। ''दोनों कारों को एक-दूसरे के साथ टकराकर चकनाचूर होते समय दोनों कार की गति (speed) क्या थी?'' कुछ दूसरे प्रयोज्यों से पूछा गया, ''दोनों कार को एक-दूसरे से टकराते समय उनकी गति क्या थी ?'' एक सप्ताह बाद दोनों समूहों के प्रयोज्यों से उनकी स्मृति की जाँच के रूप में यह प्रश्न पूछा गया, ''क्या आप लोग दुर्घटना दृश्य में कोई टूटा हुआ काँच का टुकड़ा देखे थे ?'' सच्चाई यह थी कि जो दृश्य दिखलाया गया था, वहाँ कोई काँच का टुकड़ा बिखरा हुआ नहीं था। परिणाम में देखा गया कि जिन प्रयोज्यों से पहला प्रश्न जिसमें 'चकनाचूर' शब्द का उपयोग किया गया था, पूछा गया तो उनलोगों ने यह बतलाया कि दृश्य में काँच के बिखरे टुकड़े वे लोग देखे थे। परन्तु जिन प्रयोज्यों से दूसरा प्रश्न किया गया था, जिसमें मात्र 'टकराना' शब्द का उपयोग किया गया था, ने यह बतलाया कि वे लोग दृश्य में कोई काँच का टुकड़ा बिखरा हुआ नहीं देखे थे। प्रयोगकर्त्ताओं के अनुसार ऐसा इसलिए हुआ क्योंकि पहले तरह के प्रश्न से प्रयोज्यों ने यह अनुमान लगाया कि दुर्घटना काफी गंभीर है और इसलिए उनकी पुनर्संरचित स्मृति (reconstructed memory) में कुछ नया चीज जैसे, काँच के बिखरे टुकड़े आदि सम्मिलित किये गये। परन्तु जिन प्रयोज्यों से दूसरे तरह का प्रश्न किया गया था, उन लोगों ने यह अनुमान (inference) लगाया था कि दुर्घटना गंभीर नहीं थी। अतः उनलोगों ने दुर्घटना दृश्य में किसी तरह का बिखरे काँच का टुकड़ा नहीं देखें। इस अध्ययन से यह स्पष्ट होता है कि मात्र सरल अनुमान के आधार पर किस तरह से स्मृति में त्रुटि उत्पन्न हो जाती है।

2. रूढ़ियुक्ति *(Stereotype)*—सामाजिक रूढ़ियुक्ति के कारण भी व्यक्ति अपनी स्मृति को नये ढंग से संरचित करता है तथा उसमें विकृति उत्पन्न करता है। रूढ़ियुक्ति से तात्पर्य व्यक्तियों के किसी पूरे समूह या वर्ग के शारीरिक

गुणों या शीलगुणों के बारे में लगाया गया कुछ अनुमानों से होता है हालांकि ऐसा लगाया गया अनुमान शायद ही कभी उस वर्ग के अधिकतर व्यक्तियों के लिए सही होता है। समाज मनोवैज्ञानिकों द्वारा किये गए प्रयोगों से तो यह स्पष्ट हुआ है कि रूढ़ियुक्ति का प्रभाव सामाजिक अंतःक्रिया पर तो काफी पड़ती है। प्रयोगात्मक मनोवैज्ञानिकों द्वारा किये गए शोधों से यह स्पष्ट हुआ है कि रूढ़ियुक्ति के कारण व्यक्ति अपनी स्मृति के स्वरूप को संरचनात्मक (constructive) बनाता है अर्थात् रूढ़ियुक्ति के आलोक में व्यक्ति अपने पुराने अनुभूतियों एवं घटनाओं की याद में हेर-फेर करके उसके स्वरूप को इन मौलिक अनुभूतियों एवं घटनाओं से भिन्न कर देता है। इस तथ्य की संपुष्टि एक ब्रिटिश मनोवैज्ञानिक अर्थात् हंटर (Hunter, 1974) ने अपने कुछ व्यक्तिगत अनुभूतियों के आधार पर किया है। कुछ प्रयोगात्मक सबूत भी उपलब्ध हैं जिनसे यह पता चलता है कि रूढ़ियुक्ति से स्मृति में विकृति (distortion) उत्पन्न होती है। इस तरह का अध्ययन स्नीडर एवं अर्वैनोविज (Snyder & Urbanowitz, 1978) तथा वेल्लेजा एवं बाऊर (Belleza & Bower, 1981) द्वारा किया गया। इन अध्ययनों में एक महिला के जन्म से लेकर उसके बाल्यावस्था तक की अवधि के सामाजिक जिन्दगी (social life) के बारे में कुछ तथ्य जैसे, उसे कोई लड़का स्थायी तौर पर उसका मित्र नहीं था परन्तु फिर भी वह बाहर अक्सर किसी से मिलने जाती थी, आदि से भरे कहानी तैयार की गयी। कहानी पढ़ने के बाद कुछ प्रयोज्यों को उस महिला के बारे में कुछ अतिरिक्त तथ्य दिये गये कि प्रयोज्य उसके बारे में कुछ रूढ़ियुक्ति विकसित कर सके। जैसे, प्रयोज्यों के एक समूह से यह कहा गया कि बाद में उस महिला की जीवनशैली स्त्री-समलिंग कामुक (lebian) हो गया। प्रयोज्यों के दूसरे समूह से यह कहा गया कि बाद में उस महिला ने शादी कर ली। ये दोनों तरह की अतिरिक्त सूचना के आधार पर महिला के बारे में प्रयोज्यों ने सूचना से सम्बन्धित ढंग की रूढ़ियुक्ति विकसित कर लिया। परिणाम में देखा गया कि इस तरह की रूढ़ियुक्ति से मौलिक कहानी का प्रत्याह्वान काफी प्रभावित हुआ। जिन प्रयोज्यों ने यह रूढ़ियुक्ति विकसित कर लिया था कि महिला बाद में स्त्री-समलिंग कामुक हो गयी, उसे मात्र यह याद रहा है कि उस महिला को कोई लड़का स्थायी दोस्त नहीं था तथा अन्य बातों को वे प्रत्याह्वान नहीं कर पाये। परन्तु जिन प्रयोज्यों ने यह रूढ़ियुक्ति विकसित कर लिया था कि महिला बाद में शादी कर ली, को सिर्फ यह याद रहा है कि वह अक्सर दूसरे से मिलने बाहर जाया करती थी तथा अन्य बातों का वे प्रत्याह्वान न कर पाये। इससे यह पता चलता है कि दोनों समूहों ने मौलिक कहानी को अपनी-अपनी रूढ़ियुक्ति के आलोक में पुनर्संरचित (reconstruct) किया। अतः स्मृति में विकृति रूढ़ियुक्ति के कारण भी उत्पन्न होता है।

3. स्कीमा *(Schema)*—स्कीमा से तात्पर्य बाह्य वातावरण की वस्तुओं, उद्दीपकों, घटनाओं आदि के बारे में व्यक्ति का ज्ञान तथा उसके पूर्वकल्पनाओं (assumptions) से होता है। अतः स्कीमा बाह्य घटनाओं एवं वस्तुओं के बारे में व्यक्ति के मन में एक सामान्य योजना (general plan) होता है। व्यक्ति में स्कीमा का विकास अनुभव (experience) के आधार होता है और यह एक तरह का मानसिक ढाँचा के समान होता है जिसके माध्यम से व्यक्ति नयी सूचनाओं को संसाधित कर उसे मौजूद या वर्तमान सूचनओं से सम्बन्धित करता है। एक बार स्कीमा का निर्णय हो जाने पर वे स्मृति में सूचनाओं के कूटलेखन (encoding), संचयन (storage) तथा पुनः प्राप्ति (retrieval) को काफी प्रभावित करते हैं और स्मृति में विकृति (distortion) उत्पन्न करते हैं। बार्टलेट्ट (Bartlett, 1932) पहले मनोवैज्ञानिक थे जिन्होंने अपने अध्ययन के आधार पर यह बतलाया कि स्मृति में उत्पन्न क्रमबद्ध विकृति (systematic distortion) का कारण स्वयं विषय या घटना न होकर व्यक्ति का एक संगठित, सक्रिय एवं पहले से मौजूद विशेष तरह की मानसिक स्थिति होती है जिसे उन्होंने *स्कीमा* (schema) कहा है। उन्होंने इस विषय से सम्बन्धित कई अध्ययन किये। कुछ अध्ययनों में एक ही कहानी को एक-दूसरे से सुनकर प्रयोज्यों ने भिन्न समय अंतराल के बाद उनका प्रत्याह्वान किया तथा कुछ अध्ययनों में एक ही प्रयोज्य ने विभिन्न समय अंतरालों के बाद प्रयोगकर्त्ता द्वारा सुनाये गये कहानी का प्रत्याह्वान (recall) किया। इन दोनों तरह की स्थितियों में देखा गया कि बाद में प्रत्याह्वान किये गये कहानियों में मौलिक कहानी की तुलना में तथ्यों को क्रमबद्ध रूप से (systematically) विकृत किया गया अर्थात् उनके कुछ अंशों को सरल किया गया। कुछ मौलिक अंशों को लुप्त कर दिया गया एवं कुछ नयी बातों को शामिल कर लिया गया। इन सबका का कारण बार्टलेट ने स्कीमा (schema) बतलाया। आधुनिक मनोवैज्ञानिकों जैसे अलबा एवं हाशर (Alba & Hasher, 1983) तथा ब्रेवेर एवं नाकामुरा (Brewer & Nakamura, 1984) ने बतलाया है कि स्कीमा से स्मृति कई ढंग से प्रभावित होता है जिसमें निम्नांकित प्रमुख हैं:—

(i) स्कीमा के आधार पर व्यक्ति मौलिक घटनाओं, तथ्यों एवं विषयों में से सिर्फ संगत (relevant) एवं महत्त्वपूर्ण चीजों का चयन कर लेता है। फलतः, बाद में जब प्रत्याह्वान करना होता है तो व्यक्ति इन चीजों

को विस्तरण कर देता है।

(ii) स्कीमा व्यक्ति को नयी सूचनाओं एवं तथ्यों के अर्थ की व्याख्या करने में काफी मदद करता है।

(iii) स्कीमा व्यक्ति को अपनी प्रत्याशा (expectation) के अनुसार सीखे गये विषयों या पाठों में नयी चीजें जोड़ने में तथा मौलिक चीजों को हटाने में मदद करता है।

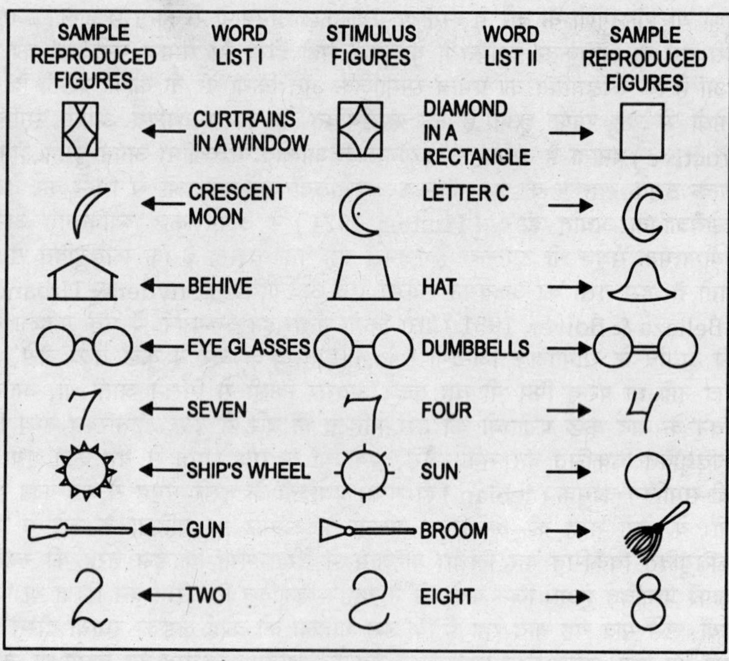

चित्र 8.7 : तस्वीर की स्मृति पर शाब्दिक नामों के पड़ने वाले प्रभाव को दिखाने के लिए किया गया एक प्रयोग

बार्टलेट्ट (Bartlett) के अध्ययन के अलावा कुछ अन्य मनोवैज्ञानिकों ने भी स्कीमा द्वारा स्मृति में उत्पन्न विकृति का अध्ययन किया है। जैसे, कारमाइकेल, होगान एवं वाल्टर (Charmichael, Hogan & Walter, 1932) ने एक अध्ययन किया जिसमें यह पाया गया कि शाब्दिक नाम (verbal names) के अनुसार व्यक्ति अपनी स्मृति में विकृति उत्पन्न कर लेता है। विशेष शाब्दिक नाम के कारण व्यक्ति में उस नाम विशेष से सम्बन्धित स्कीमा उत्पन्न होता है जो स्मृति उत्पन्न करता है। जैसे, इस प्रयोग में प्रयोज्यों को कुछ अस्पष्ट उद्दीपक तस्वीर (stimulus figures) एक-एक करके दिखलाया गया। प्रत्येक चित्र को दिखाने के पहले प्रयोगकर्त्ता यह कहते थे कि अगला तस्वीर या चित्र विशेष वस्तु के समान है। उनके द्वारा प्रस्तुत उद्दीपक तस्वीरों एवं प्रयोज्यों द्वारा उन चित्रों के आधार पर किये गये रेखांकन को चित्र 8.7 में दिखलाया गया है। विशेष शाब्दिक नामों (verbal names) की दो सूची तैयार की गयी थी। प्रयोज्यों के एक समूह को शब्दों की पहली सूची का नाम सुनाया गया तथा प्रयोज्यों के दूसरे समूह को शब्दों की दूसरी सूची के नामों को बतलाया गया। परिणाम में देखा गया कि जब प्रयोज्यों से देखे गये चित्रों का रेखांकन (drawing) करने के लिए कहा गया तो वे ठीक उस ढंग का रेखांकन किये जो प्रयोगकर्त्ता द्वारा बोले गए शब्द नाम से उत्पन्न स्कीमा के अनुकूल थे। जैसे, चित्र 8.7 में उस उद्दीपक चित्र पर ध्यान दें जिसमें प्रयोगकर्त्ता ने पहले समूह को यह कहा था कि चित्र अंक सात के समान है तथा दूसरे समूह को यह कहा था कि चित्र अंक चार के समान है। पहले समूह के प्रयोज्य ने उसे अंक सात के समान रेखांकित किया जबकि दूसरे समूह के प्रयोज्यों ने उसे अंक चार के रूप रेखांकित किया। यही बात लगभग अन्य सभी उद्दीपक तस्वीरों के साथ देखी गयी। इस अध्ययन से यह स्पष्ट होता है कि देखे गये चित्रों का रेखांकन जिसे व्यक्ति अपनी स्मृति से जब करता है, तो उसमें विशेष शाब्दिक नाम से उत्पन्न स्कीमा के कारण विकृति उत्पन्न हो जाती है।

4. विविध कारक (*Miscellaneous factors*)—कुछ मनोवैज्ञानिकों ने स्मृति में उत्पन्न विकृति का कारण उपर्युक्त कारकों के अलावा कुछ अन्य कारक भी मानते हैं। जैसे, कुछ मनोवैज्ञानिकों का मत है कि कूटलेखन (encoding) के समय मौजूद प्रक्रिया स्मृति में विकृति उत्पन्न करता है। जब व्यक्ति पहली बार किसी विषय या तथ्य को ग्रहण करता है, तो सम्भव है कि वह उसके विस्तृत संदर्भ पर न ध्यान दे और उसे मात्र एक सूचना में (अर्थात् कब और कैसे यह सूचना प्राप्त हुई) के रूप ग्रहण करे। इसी तरह से कभी-कभी व्यक्ति में बाह्य दुनिया (external world) के बारे में एक स्पष्ट प्रत्यक्षण एवं बोध (understanding) की तीव्र इच्छा होती है। इसका परिणाम यह होता है कि व्यक्ति किसी वस्तु या घटना के प्रत्यक्षण के विस्तृति (details) को इस तरह से भर देता है या पूरा करता

है कि समग्र पैटर्न काफी अर्थपूर्ण एवं व्याख्या योग्य लगता है। इसका स्पष्ट परिणाम यह होता है कि व्यक्ति के स्मृति में विकृति उत्पन्न हो जाती है अर्थात् वह कई महत्त्वपूर्ण चीजों को अपनी ओर से मौलिक घटना में जोड़ देता है।

स्पष्ट हुआ कि स्मृति में संरचनात्मक तथा पुनर्संरचनात्मक प्रक्रियाएँ (reconstructive processes) होते रहतीं हैं जिसमें उसमें विकृति उत्पन्न हो जातीं हैं। स्मृति में उत्पन्न इस तरह के विकृति का आशय (implication) कानूनी प्रकिया (legal process) खासकर *प्रत्यक्षदर्शी साक्ष्य* (eyewitness testimony) के लिए काफी महत्त्वपूर्ण है जिसकी चर्चा आगे की जा रही है।

प्रत्यक्षदर्शी साक्ष्य
(Eyewitness Testimony)

जैसा कि नाम से ही स्पष्ट है, प्रत्यक्षदर्शी साक्ष्य से तात्पर्य उन प्रमाणों या सबूतों से होता है जिसे प्रत्यक्षणकर्त्ता किसी घटना जैसे कोई अपराध (crime) या दुर्घटना (accident) स्वयं देखने के बाद उसके बारे में उपस्थित करता है। कानूनी पेशा (legal profession) में इस प्रत्यक्षदर्शी साक्ष्य को काफी महत्त्व दिया जाता है और इसके आधार पर न्यायमूर्ति किसी को सजा दे देते हैं तो किसी को रिहा भी कर देते हैं।

मनोवैज्ञानिकों द्वारा प्रत्याक्षदर्शी साक्ष्य को अपने दृष्टिकोण से महत्त्व दिया गया और वे लोग विशेषकर इस प्रश्न को गंभीरतापूर्वक अध्ययन किये हैं कि प्रत्यक्षदर्शी साक्ष्य कितना अधिक यथार्थ (accurate) तथा भरोसेमंद हो सकता है ? मनोवैज्ञानिकों का यह मत है कि स्मृति में चूँकि संरचनात्मक (constructive) तथा पुनर्संरचनात्मक (reconstructive) प्रक्रियाएँ शामिल होतीं हैं, अतः व्यक्ति जब घटना स्थल पर ग्रहण किये गए अनुभूतियों को बाद में विभिन्न परिस्थितियों जैसे पुलिस के सामने या कानून के कोर्ट में प्रत्याह्वान करता है, तो स्वभावतः उसमें विकृति (distortion) उत्पन्न हो जाती है और तब ऐसी स्थिति में प्रत्यक्षदर्शी साक्ष्य कहाँ तक यथार्थ एवं वास्तविक होगा, कहना कठिन है।

प्रत्यक्षदर्शी साक्ष्य के मनोवैज्ञानिक आशय (psychological implication) के अध्ययन के क्षेत्र में अभी सबसे प्रमुख मनोवैज्ञानिक एक महिला मनोवैज्ञानिक है जिनका नाम एलिजाबेथ लोफ्टस (Elizabeth Loftus) है। लोफ्टस तथा अन्य कई मनोवैज्ञानिकों द्वारा इस क्षेत्र में काफी शोध किये गये हैं। कुछ मनोवैज्ञानिकों जैसे यूली एवं टोल्लेस्ट्रप (Yuille & Tollestrup, 1910) द्वारा भी कुछ ऐसे कारकों की पहचान करने की कोशिश की गयी जिनसे प्रत्यक्षदर्शी साक्ष्य की यथार्थता प्रभावित होती है। यहाँ लोफ्टस (Loftus, 1979) द्वारा किया गया एक अध्ययन उदाहरण के रूप में दिया जा रहा है। इस अध्ययन में एक काफी व्यस्त रेलवे स्टेशन पर चोरी के दृश्य का नाटक किया गया। इसमें एक महिला अपने थैला को रेलवे स्टेशन पर छोड़ कर इधर-उधर कही चली जाती है। इतने में एक पुरुष आता है और उस थैला में से कुछ निकालता है। इसी बीच वहाँ महिला आ जाती है और अपने थैले के भीतर झाँक कर कहती है कि उसका टेपरेकार्डर थैला से गायब है। तब वह अगल-बगल में जिन प्रत्यक्षदर्शियों ने उस पुरुष को थैले से कुछ निकालते देखा था, उनसे अपने घर का दूरभाष संख्या बतलाने का सविनय प्रार्थना की ताकि आगे उनसे सम्पर्क बना कर अपराधी को पकड़ा जा सके। अधिकतर प्रत्यक्षदर्शियों ने अपना दूरभाषा संख्या उस महिला को बतला दिया। करीब एक सप्ताह बाद एक आदमी अपने आप को बीमा एजेन्ट बतलाते हुए, उन प्रत्यक्षदर्शियों के यहाँ दूरभाष पर सम्पर्क स्थापित किया और उनसे अपराध का विस्तृत व्योरा देने को कहा। हालाँकि सच्चाई यह थी की महिला के थैला में कोई टेपरेकार्डर नहीं था और उक्त घटना मात्र एक बनावटी घटना थी। करीब आधे से अधिक प्रत्यक्षदर्शियों ने थैले से टेपरेकार्डर निकालते देखने की बात बतलायी। कई लोगों ने टेपरेकार्डर के आकार और रंग के बारे मे भी बतलाये। इसके आधार पर लोफ्टस इस निष्कर्ष पर पहुँची की प्रत्यक्षदर्शी साक्ष्य में कई तरह की त्रुटियाँ होतीं हैं। इसी तरह एक दूसरा अध्ययन लोफ्टस एवं ग्रीनी (Loftus & Greene, 1980) द्वारा किया गया जिसमें प्रयोज्यों को एक तीन मिनट का फिल्म दिखलाया गया—फिल्म में दिखाया गया कि एक आदमी सड़क पर अपना कार लगाकर एक बनिया के दूकान में जाता है तथा कुछ चीज खरीदकर अपने कार के पास लौटने पर देखता है कि एक नवयुवक उसमें घूसने की कोशिश कर रहा है। चंद सेकंड के लिए दोनों में कुछ बातचीत होती है और इसके बाद नवयुवक तेजी से भाग खड़ा होता है। फिल्म देखने के बाद प्रयोज्यों को दो समूह में बाँट दिया गया—प्रयोगात्मक समूह (experimental group) तथा नियंत्रित समूह (control group)। इन दोनों समूह को तब किसी ऐसे प्रोफेसर द्वारा उस फिल्म का तैयार किया गया एक पेज का वर्णन दिया गया जिन्होंने भी उस फिल्म को देखा था। नियंत्रित समूह को एक यथार्थ वर्णन (accurate description)

उपस्थित किया गया जबकि प्रयोगात्मक समूह को दिये गए वर्णन में जान-बूझकर कुछ त्रुटि उत्पन्न कर दिया गया। जैसे, इस वर्णन में कहा गया कि संदिग्ध चोर (suspected thief) का बाल हल्फादार (wavy) था जबकि वास्तव में उसका बाल सीधा और लम्बा-लम्बा था। यह भी कहा गया था कि चोर को पतली मूँछें थी परन्तु सच्चाई यह थी उसकी मूँछे नहीं थी, तथा उसी तरह से यह कहा गया कि उसकी दाँतें हल्का कुछ मुड़ा हुआ था जबकि सच्चाई यह थी कि उसकी दाँतें सीधे-सीधे थी। इसके बाद इन दोनों समूह के प्रयोज्यों को 45 मिनट तक कुछ दूसरे प्रकार के कार्य में व्यस्त रखा गया। उसके बाद उन सबों से सिर्फ उन्हीं चीजों को लिखने के लिए कहा गया जिसे वे स्वयं फिल्म में देखे थे तथा प्रोफेसर द्वारा लिखे गये वर्णन से कुछ भी नहीं उसमें सम्मिलित करने के लिए कहा गया। परिणाम में देखा गया कि इस तरह के स्पष्ट निर्देश के बावजूद प्रयोगात्मक समूह के प्रयोज्यों के करीब 34% लोगों ने अपने द्वारा किये गए वर्णन में प्रोफेसर द्वारा उपस्थित वर्णन (जो जानबूझकर एक गलत तैयार किया हुआ वर्णन था) को सम्मिलित कर लिया। नियंत्रित समूह के प्रयोज्यों ने उन तीनों तरह की गलतियों को अपने वर्णन में सम्मिलित नहीं किया। इस अध्ययन से यह स्पष्ट हो जाता है कि प्रत्यक्षदर्शी साक्ष्य में घटना के बाद की परिस्थितियों के कारण कितनी त्रुटियाँ उत्पन्न हो जातीं हैं। इस तरह से इस अध्ययन से भी यह स्पष्ट हो जाता है कि प्रत्यक्षदर्शी साक्ष्य में यथार्थता (accuracy) काफी कम होती है।

एक दूसरे अध्ययन में भी लोफ्टस एवं ग्रीनी ने यह पाया कि जब प्रयोज्यों को बाद में कुछ गलत सूचनाएँ दी जाती है, तो वे संदिग्ध व्यक्ति को पहचानने में स्पष्ट गलती करते हैं। जैसे, प्रयोज्य द्वारा किसी आदमी को भीड़ में देखने के बाद जब उनसे यह कहा गया कि उसे मूँछे थीं, (जबकि सच्चाई यह था कि उसे मूँछे नहीं थी) और जब उन्हें कई मूँछधारी व्यक्ति के चेहरों को दिखलाया गया तो करीब 69% प्रयासों में प्रयोज्यों ने संदिग्ध व्यक्ति की पहचान किसी-न-किसी मूँछधारी व्यक्ति से ही स्थापित किया। दूसरे तरफ नियंत्रित समूह के प्रयोज्यों जिन्हें इस तरह का कोई गलत सूचना नहीं दी गयी थी, मात्र 13% प्रतिशत प्रयासों में मूँछधारी व्यक्ति की पहचान संदिग्ध व्यक्ति के रूप में किया। इस अध्ययन से भी स्पष्ट हो जाता है कि गलत सूचना मिलने पर व्यक्ति अपनी स्मृति को विकृत करके उनमें उन चीजों को भी जोड़ देता है जो मौलिक रूप से नहीं थे परन्तु गलत सूचना में सम्मिलित किए गए थे।

उक्त अध्ययनों तथा अन्य कई समान अध्ययनों से यह स्पष्ट हुआ कि प्रत्यक्षदर्शी साक्ष्य (eyewitness testimony) को शतप्रतिशत यथार्थ नहीं माना जा सकता है बल्कि अधिकतर हालातों में इस तरह के साक्ष्य में त्रुटियाँ या गलतियाँ अधिक होतीं हैं।

अब प्रश्न उठता है कि किन हालातों में प्रत्यक्षदर्शी साक्ष्य में त्रुटियाँ उत्पन्न हो जातीं हैं जिनसे उसकी विश्वसनीयता में कमी आ जाती है। बेल्ली (Belli, 1989), लोफ्टस तथा ग्रीनी (Loftus & Greene, 1980), टभरस्काई तथा टुचीन (Tversky & Tuchin, 1989) आदि द्वारा किये गये शोधों से यह स्पष्ट हुआ है कि जब व्यक्ति किसी घटना को देखता है या उसके बारे में अनुभव प्राप्त करता है और बाद में उस घटना के बारे में भ्रामक सूचनाएँ उस व्यक्ति को दी जाती है तो उसके बाद व्यक्ति को उस मौलिक घटना के बारे में सही-सही याद करने में दिक्कत होती है। इसे *भ्रान्त सूचना प्रभाव* (misinformation effect) कहा जाता है। मनोवैज्ञानिकों द्वारा किये गये अध्ययनों से यह स्पष्ट हुआ है कि वयस्कों एवं परिपक्व व्यक्तियों की तुलना में बच्चे मिथ्या सूचना प्रभाव से अधिक प्रभावित होती है क्योंकि उनमें सुझावग्रहणशीलता का गुण अधिक होता है। भ्रान्त सूचना प्रभाव का गहन रूप से अध्ययन करने के लिए मनोवैज्ञानिकों द्वारा निम्नांकित तीन-स्तरीय कार्यविधि (three-staged procedure) को अपनाया गया है—

(i) **पहली अवस्था** (Stage 1)—सभी प्रयोज्यों को एक विशेष घटना स्लाईड या विडियो टेप से दिखलाया जाता है। कभी-कभी व्यक्ति को वास्तविक घटना जैसे कोई वर्ग में प्रवेश कर शिक्षक से कुछ तर्क-वितर्क करता है और बाद में गरजते हुए बाहर चला जाता है, आदि भी दिखलाया जाता है।

(ii) **दूसरी अवस्था** (Stage 2)—इस अवस्था में प्रयोज्यों को कई समूहों में बाँट दिया जाता है और इस विभाजन का आधार मौलिक घटना के बाद उन्हें दी जानी वाली सूचना (postevent information) होता है। सामान्यतः ऐसी सूचनाएँ तीन तरह की होतीं हैं। कुछ ऐसी सूचनाएँ मौलिक घटना के तफसील (detail) से संगत होती है, कुछ असंगत (inconsistent) होती है और कुछ मौलिक घटना के तफसील से सम्बन्धित नयी सूचना नहीं होती है। इसे तटस्थ सूचना कहा जाता है। प्रयोज्यों के एक समूह को संगत सूचना, दूसरे समूह को असंगत सूचना

तथा तीसरे समूह को तटस्थ सूचना दी जाती है। कुछ अतिरिक्त उत्तर घटना सूचना(post event information) प्रयोज्यों को तब दी जाती है जब प्रयोज्यों से मौलिक घटना के बारे में कुछ पूछताछ किया जाता है।

(iii) तीसरा अवस्था (Stage 3)—इस अवस्था में तीनों समूहों के प्रयोज्यों से पहली अवस्था में दिखाये गये या अनुभव किये गये घटनाओं का प्रत्याह्वान (recall) या प्रत्यभिज्ञान (recognitioin) करने के लिए कहा जाता है। यहाँ मुख्य रुचि शोधकर्त्ता या प्रयोगकर्त्ता की यह होती है कि मौलिक घटनाओं का प्रत्याह्वान या प्रत्यभिज्ञान कितना यथार्थ होता है। प्रायः मौलिक घटना के बारे में स्मरण की जाँच उस घटना से सम्बन्धित कुछ प्रश्न पूछकर या फिर किसी विशेष घटना को मौलिक घटना में होने या न होने के बारे में 'हाँ' या 'नहीं' के निर्णय के आधार पर किया जाता है।

लोफ्टस तथा उनके सहयोगियों (Loftus et al., 1978) ने एक प्रयोग किया जिसमें इन तीनों अवस्थाओं का स्पष्ट उदाहरण मिलता है। इनके प्रयोग के परिणाम में यह देखा गया कि जब उत्तर घटना सूचना (post event information) मौलिक घटना से संगत (consistent) होता है तो प्रयोज्य मौलिक घटना का करीब 75% सही प्रत्याह्वान करता है तथा जब वैसी सूचना मौलिक घटना से असंगत (inconsistent) होता है तो प्रयोज्य मौलिक घटना का करीब 41% तथा तटस्थ सूचना के होने पर 59% प्रत्यह्वान करता है। इस तथ्य से स्पष्ट होता है कि उस मौलिक घटना के बाद असंगत सूचना दिये जाने पर 75%-41% = 34% की कमी यथार्थता में आ जाती है।

यद्यपि इसमें कोई शक नहीं है कि भ्रान्त सूचना प्रभाव (misinformation effect) एक सच्चाई है, फिर भी यह क्यों घटित होता है, उसके बारे में एकमत नहीं है। लोफ्टस एवं ग्रीनी (Loftus & Greene, 1980), लोफ्टस एवं लोफ्टस (Loftus & Loftus, 1980) के अनुसार उत्तर घटना भ्रामक सूचना (postevent misleading informaiton) मौलिक स्मृति को परिवर्तित या विस्थापित कर देता है जिससे व्यक्ति मौलिक घटना का प्रत्याह्वान नहीं कर पाता है। लोफ्टस ने इसके समर्थन में यह भी तर्क दिया कि जब वे प्रयोज्यों को मौलिक घटना को सही ढंग से प्रत्याह्वान करने के लिए 25 डॉलर देने का प्रोत्साहन भी दिये, तो भी भ्रामक सूचना का प्रभाव से मौलिक घटना का प्रत्याह्वान अछूता नहीं रह सका। डॉडसन तथा रीसवर्ग (Dodson & Resiberg, 1991) का मत है कि मौलिक घटना की स्मृति समाप्त नहीं हो जाती है बल्कि पृष्ठोन्मुख बाधाओं (retroactive interference) के कारण व्यक्ति उनकी पहचान या प्रत्यह्वान नहीं कर पाता है।

स्पष्ट है कि मौलिक घटना के लुप्त होने का एक प्रमुख कारण भ्रान्त सूचना प्रभाव (misinformation effect) है परन्तु, शोधकर्त्ताओं द्वारा इसकी प्रभावशीलता को कम करने की कोशिश की गयी है। इन शोधकर्त्ताओं एवं प्रयोगकर्त्ताओं की सामान्य मत यह है कि यदि कुछ खास-खास निम्नलिखित नियमों का पालन किया जाय तो भ्रान्त सूचना प्रभाव (misinformation effect) को कम किया जा सकता है—

(i) लोफ्टस (Loftus, 1977) ने यह बतलाया है कि अगर व्यक्ति मौलिक घटना के बारे में लोक कथन (public statement) पहले से व्यक्त कर चुके होते हैं तो बाद में उन्हें भ्रामक सूचना भी यदि दिया जाता है, तो वे उससे प्रभावित नहीं होते हैं और मौलिक घटना का प्रत्याह्वान लोक कथन के अनुरूप करते हैं।

(ii) ग्रीनी, फ्लिन्न एवं लोफ्टस (Greene, Flynn & Loftus, 1982) ने अपने प्रयोग के आधार पर यह बतलाया है कि यदि व्यक्ति को उत्तर घटना भ्रामक सूचना के बारे में पहले से चेतावनी दे दी जाती है, तो इससे भी ऐसी सूचना का प्रभाव मौलिक घटना के प्रत्याह्वान पर नहीं पड़ता है।

(iii) अगर भ्रामक सूचना (misleading information) का स्वरूप ऐसा है कि इससे मौलिक घटना का प्रत्यक्ष रूप से विरोध होता है, तो ऐसी परिस्थिति में भी भ्रामक सूचना का प्रभाव कम हो जाता है। इस तथ्य को भी लोफ्टस (Loftus, 1979) के प्रयोग से साबित किया जा चुका है।

अब प्रश्न यह उठता है कि क्या कोई ऐसी प्रविधि है जिसे प्रत्यक्षदर्शी साक्ष्य (eyewitness testimony) की यथार्थता में वृद्धि की जा सकती है? इस सिलसिले में एक महत्त्वपूर्ण प्रयास फिशर एवं गीसेलमैन (Fisher & Geiselman, 1958) द्वारा किया गया। इन लोगों ने प्रत्यक्षदर्शी साक्ष्य की यथार्थता में वृद्धि ऐसे लोगों से प्रश्न पूछने के ढंग को उन्नत बनाकर करने की कोशिश किया है। गीसेलमैन तथा फिशर (Geiselman & Fisher, 1985) ने इस उद्देश्य से एक अध्ययन किया जिसमें उन्होंने पुलिस एवं अपराध अनुसंधान विभाग के कार्यकर्त्ताओं को उन लोगों का साक्षात्कार करने के लिए कहा गया जिन्होंने एक ऐसा फिल्म देखा था जिसमें बैंक डकैती, शराब की लूट आदि

को दिखलाया गया था। एक अवस्था में साक्षात्कार का ढंग एक मानक तरीका (standard way) था जिसमें अधिकारीगण ने व्यक्तियों को फिल्म की घटनाओं को अपने शब्दों में वर्णन करने के लिए कहा और तब उसके बाद उससे कुछ विशिष्ट प्रश्नों को पूछे। दूसरी अवस्था में साक्षात्कारकर्त्ता (अर्थात् अधिकारीगण) ने कुछ दूसरी प्रविधि का उपयोग किया जो स्मृति शोध (memory research) पर आधारित था। इसमें व्यक्तियों से फिल्म के बारे में सभी तरह की बातों को यहाँ तक कि कोई आंशिक या अधूरे सूचना को भी बतलाने के लिए कहा गया तथा फिल्म की घटना को विभिन्न परिप्रेक्ष्य (perspectives) में वर्णन करने के लिए कहा गया। वे उन्हें घटनाओं को विभिन्न क्रम (order) में न कि सिर्फ उस क्रम में जिसमें वे घटित हुए थे, वर्णन करने के लिए कहे। इन दोनों परिस्थितियों के परिणाम में बहुत ही स्पष्ट अंतर आया। दूसरी परिस्थिति में लोग पहली परिस्थिति की अपेक्षा फिल्म की घटनाओं को अधिक यथार्थ एवं सार्थक ढंग से बता सकने में सफल हुए। फिशर एवं गीसेलमैन (Fisher & Gieselman, 1988) ने एक दूसरा अनुवर्त्ती अध्ययन (follow-up study) किया जिसमें उन्होंने प्रत्यक्षदर्शियों से घटना के बारे में दो तरह के प्रश्नों को पूछते हुए साक्षात्कार लिया। कुछ प्रश्न ऐसे थे जिसमें उन्हें सिर्फ 'हाँ' या 'नही' में उत्तर देना होता था जबकि कुछ प्रश्न ऐसे थे जिसमें उन्हें प्रश्नों का उत्तर अपने शब्दों में देना होता था। इन लोगों ने इस अध्ययन में पाया कि प्रत्यक्षदर्शी को प्रश्नों का उत्तर जब अपने शब्दों में देने की छूट होती थी, तो उनके द्वारा घटनाओं का किये गए वर्णन में तुलनात्मक रूप से सत्यता अधिक होती थी। इन मनोवैज्ञानिकों का अनुमान है कि कार्यप्रविधि में साधारण ढंग का परिवर्तन कर देने से प्रत्यक्षदर्शी साक्ष्यता (eyewitness testimony) में लगभग 50% यथार्थता (accuracy) पहले से अधिक बढ़ जाती है।

अब तक इस क्षेत्र में किये गए कई अध्ययनों में से एक अध्ययन कम-से-कम ऐसा जरूर है जिसमें यह पाया गया कि प्रत्यक्षदर्शी साक्ष्यता (eyewitness testimony) कभी-कभी इतना अधिक यथार्थ (accurate) होता है जितनी कि उम्मीद भी नहीं की गयी थी। यह अध्ययन यूल्ली एवं कटशेल्ल (Yuille & Cutshall, 1986) द्वारा किया गया। इन मनोवैज्ञानिकों की महत्त्वपूर्ण मान्यता (assumption) यह थी कि प्रत्यक्षदर्शी साक्ष्यता के क्षेत्र में अधिकतर शोधों में घटनाएँ नकली या प्रतिकृत (simulated) होता है न कि वास्तविक अपराधिक घटना। फलतः इसमें भाग लेने वाले लोग अर्थात् प्रयोज्य या सहभागी भी यही समझते हैं कि उनके द्वारा दिये गये रिपोर्ट का न तो कोई महत्त्व होगा और न ही कोई स्पष्ट परिणाम ही। अतः वे घटनाओं का रिपोर्ट गंभीर होकर नहीं देते हैं। इसलिए उनमें अयथार्थता (inaccuracy) अधिक होती है। अतः इन लोगों ने प्रतिकृत घटना (simulated event) का उपयोग न करके वास्तविक अपराधिक घटना का उपयोग करने को सोचे और इसके लिए वे पुलिस विभाग का सहयोग प्राप्त करके एक प्रयोग किया। कनाडा के एक शहर में एक घटना जिसमें एक चोर को दुकानदार ने अपने दुकान से चोरी करते समय गोली चलाकर जान से मार दिया। घटना घटित होने के तुरन्त बाद पुलिस 21 प्रत्यक्षदर्शियों का तात्कालिक साक्षात्कार (immediate interview) लिया। वे इन प्रत्यक्षदर्शियों से घटना का वर्णन करने के लिए कहा और तब उसके बाद घटना के बारे में कुछ विशिष्ट प्रश्न उनसे किये गये। करीब चार-पाँच महीना बाद अध्ययनकर्त्ताओं ने फिर उनमें से तेरह प्रत्यक्षदर्शियों का उसी तरीके से साक्षात्कार लिया। परन्तु इन अध्ययनकर्त्ताओं ने अपने इस अनुवर्ती साक्षात्कार (follow-up interview) में कुछ भ्रामक प्रश्न (misleading question) भी पूछे। जैसे, इन लोगों का एक ऐसा प्रश्न यह था कि "क्या आपने चोरी के कार के टूटे हुए अग्रदीप (headlight) को देखा था?" जबकि सच्चाई यह थी कि ऐसा कुछ था ही नहीं। इस प्रयोग के परिणाम बड़े ही उत्साहवर्द्धक थे। परिणाम में देखा गया कि इस वास्तविक घटना के प्रत्यक्षदर्शी साक्ष्य में काफी यथार्थता (accuracy) पायी गयी। घटना के रिपोर्ट की यथार्थता का विश्लेषण तीन पहलुओं अर्थात् घटना की क्रियाएँ (actions), वस्तु (object), तथा लोग (people) के परिपेक्ष्य में किया गया जैसा कि चित्र 8.8 में दिखलाया गया है। क्रियाएँ (actions), लोग (people) एवं वस्तुओं की यथार्थता क्रमशः 81%, 75% तथा 88% पायी गयी (चित्र 8.8 देखें)। सबसे आश्चर्य की बात तो यह देखी गयी कि करीब पाँच महीना बाद भी प्रत्यक्षदर्शी साक्ष्य की यथार्थता लगभग वैसी ही बनी रही। और तो और, यह भी देखा गया कि तेरह प्रत्यक्षदर्शी में से दश ने भ्रमात्मक प्रश्न (misleading question) का उत्तर नकारात्मक में दिया और बाकी तीन प्रत्यक्षदर्शियों ने इस प्रश्न के उत्तर के प्रति अनिश्चितता (uncertainty) व्यक्त किया। अतः भ्रामक प्रश्न के उत्तर से भी प्रत्यक्षदर्शी साक्ष्य को यथार्थ होने का दावा प्रस्तुत होता है।

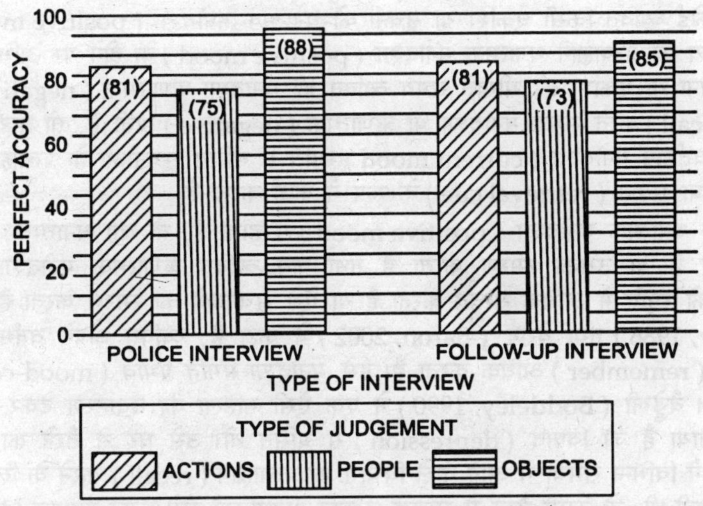

चित्र 8.8 : प्रत्यक्षदर्शी साक्ष्यता की यथार्थता (Accuracy of Eyewitness testimony)

युल्ली एवं कटशैल्ल (Yullie & Cutshall) ने प्रत्यक्षदर्शी साक्ष्य (eyewitness testimony) में इतनी अधिक यथार्थता के सम्भावित दो कारणों का उल्लेख किया है—

(i) वास्तविक अपराधिक घटना प्रत्यक्षदर्शी के मन पर एक ऐसा सांवेगिक प्रभाव उत्पन्न करता है कि उससे उसकी स्मृति अधिक सुस्पष्ट बहुत दिनों तक बनी होती है।

(ii) अपराधिक घटना का स्वरूप वास्तविक होने से प्रत्यक्षदर्शियों को यह अनुभव हो पाता है कि घटना के बारे में उनके जो रिपोर्ट होंगे उसके महत्त्वपूर्ण परिणाम होंगे। इस तरह के अनुभव से प्रत्यक्षदर्शी साक्ष्य की यथार्थता में स्वाभाविक वृद्धि हो जाती है।

निष्कर्षतः यह कहा जा सकता है कि प्रत्यक्षदर्शी साक्ष्य (eyewitness testimony) की यथार्थता सामान्य रूप से कम होती है परन्तु प्रविधियों में कुछ विशेष परिवर्तन करके इसकी यथार्थता को बढ़ाया जा सकता है।

मनोदशा का स्मृति पर प्रभाव
(Effect of Mood upon Memory)

जैसा कि हम जानते हैं, मनोवैज्ञानिकों द्वारा किये गए शोधों से यह स्पष्ट हुआ है कि दीर्घकालीन स्मृति में संचित सूचनाओं का प्रत्याह्वान पर न केवल बाह्य संकेत (external cue) बल्कि आंतरिक संकेत (internal cue) का भी प्रभाव पड़ता है। इसे *अवस्था-आधृत पुनःप्राप्ति* (state-dependent retrieval) कहा जाता है जो स्पष्टतः यह बतलाता है कि हम उन सूचनाओं का प्रत्याह्वान (recall) उत्तम ढंग से करते है जिन्हें प्रत्याह्वान करते समय व्यक्ति का ठीक वैसी ही आंतरिक अवस्था (internal state) होती है जैसा कि उन सूचनाओं को सीखते समय था। स्मृति पर मनोदशा के पड़ने वाले प्रभाव बहुत कुछ अवस्था-आधृत पुनःप्राप्ति से संबंद्ध है क्योंकि व्यक्ति का मनोदशा (mood) एक अन्य आंतरिक अवस्था है जो एक पुनःप्राप्ति संकेत (retrieval cue) के रूप में कार्य करता है।

अब प्रश्न यह उठता है कि मनोदशा (mood) व्यक्ति के स्मृति को किस तरह से प्रभावित करता है? मनोवैज्ञानिक अध्ययनों से यह स्पष्ट हो गया है कि मनोदशा का स्मृति पर दो तरह का प्रभाव पड़ता है जो निम्नांकित है—

(i) स्मृति से प्रत्याह्वान (recall) उस समय उन्नत होता है जब पुनःप्राप्ति (retrieval) के दौरान व्यक्ति की मनोदशा लगभग वैसी ही होती है जैसा कि उसकी मनोदशा उस समय थी जब वह उन एकांशों या सूचनाओं को प्रथम बार सीखा था। इस उन्नत प्रत्याह्वान को मनोवैज्ञानिकों ने *मनोदशा-आधृत स्मृति* (mood-dependent memory)

कहा है। जैसे, यदि कोई व्यक्ति किसी एकांश या सूचना को धनात्मक मनोदशा (positive mood) में सीखा है, तो ऐसी सूचना या एकांश का प्रत्याह्वान धनात्मक मनोदशा (positive mood) के होने पर अधिक होता है। ठीक उसी तरह, यदि किसी सूचना या एकांश को सीखते समय व्यक्ति की मनोदशा ऋणात्मक (negative) होती है और फिर उसका प्रत्याह्वान (recall) करते समय मनोदशा भी ऋणात्मक (negative) होती है, तो प्रत्याह्वान (recall) उत्तम होता है। व्यक्ति का वर्तमान मनोदशा (current mood) स्मृति में संचित सूचनाओं के प्रत्याह्वान (recall) के लिए एक तरह का पुनःप्राप्ति संकेत (retrieval cue) के रूप में कार्य करता है।

(ii) जब व्यक्ति धनात्मक मनोदशा (positive mood) में होता है, तो वह धनात्मक सूचनाओं को स्मृति में अधिक संचित करता है या उसका स्मरण करता है तथा जब व्यक्ति ऋणात्मक मनोदशा में होता है तो वह ऋणात्मक सूचनाओं को स्मृति में अधिक संचित करता है या ऐसे सूचनाओं का स्मरण करता है। दूसरे शब्दों में जैसा कि ब्लानी (Blaney, 1986) तथा वेरोन (Baron, 2002) ने कहा है, व्यक्ति अपने वर्तमान मनोदशा से संगत सूचनाओं का स्मरण (remember) अधिक करता है। इसे *मनोदशा-संगति प्रभाव* (mood-congruence effect) की संज्ञा दी जाती है। बैड्डेली (Boddeley, 1990) ने एक ऐसी महिला का उदाहरण देकर मनोदशा-संगति प्रभाव की वैधता को दिखलाया है जो विषाद (depression) से ग्रसित थी। उसे घर से तैरने का तालाब (swiming pool) पर जाने तक में विभिन्न समयों में आने वाले विचारों का प्रत्याह्वान (recall) करने के लिए कहा गया। जब वह विषाद का अनुभव करती थी, तो उसमें तैरने से सम्बद्ध दुःखद अनुभूतियाँ जैसे स्नान पोशाक (bathing suit) पहनने पर वह कितना अभद्र दीखती थी, आदि अधिक याद आती थी। परन्तु जब वह खुशी की मनोदशा में होती थी, तो वह उसी घटना के धनात्मक पहलुओं का जैसे उसे तैरने के दौरान कितना आनन्द आया था, आदि का प्रत्याह्वान अधिक करती थी।

मनोदशा-आधृत स्मृति (mood-dependent memory) तथा मनोदशा-संगति प्रभाव (mood-congruence effect) में इस तरह से मुख्य अंतर यह है कि मनोदशा-आधृत स्मृति में व्यक्ति की वर्तमान मनोदशा (current mood) एक पुनःप्राप्ति संकेत (retrieval cue) के रूप में कार्य करता है जो व्यक्ति को उन सूचनाओं के प्रत्याह्वान (recall) में मदद करता है जिन्हें व्यक्ति वैसी ही मनोदशा में पहली बार सीखा था। वैसी सूची वर्तमान मनोदशा से सम्बद्ध हो सकता है या नहीं भी हो सकता है। दूसरे तरफ मनोदशा-संगति प्रभाव में व्यक्ति सिर्फ उन्हीं सूचनाओं को याद करता है जो व्यक्ति के वर्तमान मनोदशा से संबद्ध (related) होते हैं। जब हम खुशी की मनोदशा में होते हैं, तो धनात्मक सूचनाओं का तथा जब हम दुखी मनोदशा में होते हैं, तो ऋणात्मक सूचनाओं का प्रत्याह्वान करते हैं।

इस क्षेत्र में किये गए क्रमबद्ध शोधों से इन दोनों तरह के मनोदशा प्रभाव (mood effect) की संपुष्टि हुई है। ईक (Eich, 1995) ने अपने शोधों के आधार पर यह बतलाया है कि मनोदशा का स्मृति पर पड़ने वाले ये दोनों प्रभाव विषादी रोगियों के लिए महत्त्वपूर्ण होता है। स्कैक्टर तथा किह्लस्ट्रोम (Schachter & Kihlstorm, 1988) ने अपने अध्ययन के आधार पर यह स्पष्ट किया कि मनोदशा संगति प्रभाव से यह व्याख्या होती है कि विषादी व्यक्ति को क्यों उन घटनाओं का प्रत्याह्वान में दिक्कत महसूस होती है जब वे खुश की मनोदशा में पहले कभी थे। उनका वर्तमान ऋणात्मक मनोदशा उन्हें गत दुःखद अनुभूतियों को याद कराने में सहायक होता है और फिर ऐसी यादें ताजा होने से वह व्यक्ति और भी विषादी हो जाता है। दूसरे शब्दों में, मनोदशा-संगति प्रभाव (mood congruence effect) व्यक्ति को एक ऐसा दुश्चक्र (vicious cycle) में ठकेलता है जिसमें नकारात्मक भाव से व्यक्ति में नकारात्मक चिंतन एवं स्मृति उत्पन्न होकर और भी उसके विषाद की गंभीरता को बढ़ा देता है।

नवीनतम अध्ययनों से यह पता चला है कि संवेग उत्पन्न करने वाले उद्दीपक या घटना (emotion-provoking stimuli or events) का भी स्मृति पर काफी अधिक प्रभाव पड़ता है। एडवांडर्स, हिन्डेल एवं लूइस-ड्रेफस (Edwards, Heindel & Louis-Dreyfus, 1996), वेगनर एवं गोल्ड (Wegner & Gold, 1995) तथा एडवार्डस एवं ब्रायन (Edwards & Bryan, 1997) द्वारा किये गए अध्ययनों से यह स्पष्ट हुआ है कि वैसी घटनाएँ जो सांवेगिक प्रतिक्रिया उत्पन्न करतीं हैं, को व्यक्ति किसी भी कीमत पर दरकिनार नहीं कर सकता है। एडवार्डस एवं ब्रायन (Edwards & Bryan, 1997) द्वारा किये गए अध्ययनों से यह स्पष्ट हुआ है कि ऐसी घटनाएँ जिनसे सांवेगिक प्रतिक्रिया व्यक्ति में उत्पन्न होतीं हैं, *मानसिक संदूषण* (mental contamination) का एक मुख्य स्रोत बन जाती हैं।

मानसिक संदूषण से तात्पर्य एक ऐसी प्रक्रिया से होती है जिसमें व्यक्ति का निर्णय, संवेग या व्यवहार एक ऐसी मानसिक प्रक्रिया से प्रभावित होती है जो स्वयं व्यक्ति के नियंत्रण में नहीं होता है। इनलोगों का मत है कि सांवेगिक प्रतिक्रिया उत्पन्न करने वाली घटनाएँ मानसिक संदूषण इसलिए उत्पन्न करतीं है क्योंकि सांवेगिक प्रतिक्रियाओं का स्वरूप विसरित (diffuse) होता है और यह व्यक्ति में कुछ ऐसी चिंतन उत्पन्न कर देता है जो असंगत एवं अतार्किक होते हैं। इसका परिणाम यह होता है कि जैसे ही व्यक्ति संवेग-उत्पन्न करने वाले घटनओं या सूचनाओं को प्राप्त करता है, लाख कोशिश के बाद भी व्यक्ति उसकी उपेक्षा नहीं कर पाता है।

संस्मृति या संस्मरण
(Reminiscence)

संस्मृति या संस्मरण (reminiscence) विस्मरण का प्रतिपक्ष (antithesis) होता है क्योंकि इसमें समय बीतने से धारण (retention) में ह्रास (decrement) होने के बजाय मजबूती और श्रेष्ठता आती है। बक्सटन[1] (Buxton, 1953) ने संस्मृति को इस प्रकार परिभाषित किया है ''बिना किसी मध्यस्थ अभ्यास के ही मौलिक अभ्यास के कुछ समय बाद निष्पादन में जैसा कि प्रत्याह्वान की क्षमता के रूप में प्रदर्शित होता है, संवृद्धि को ही संस्मृति या संस्मरण कहा जाता है।'' इस परिभाषा का विश्लेषण करने के बाद संस्मृति के बारे में हम निम्नांकित निष्कर्ष पर पहुँचते हैं—

(i) संस्मृति या संस्मरण में समय बीतने के बाद मौलिक साहचर्य या पाठ के निष्पादन में वृद्धि होती है।

(ii) संस्मृति में निष्पादन (performance) में संवृद्धि बीते समय में बिना किसी तरह के अभ्यास के ही होता है।

मनोवैज्ञानिकों ने संस्मृति के दो प्रमुख श्रेणियों की पहचान किया है—

(क) वार्ड-होभलैंड घटना (Ward-Hovland phenomenon)

(ख) बैलार्ड-विलियम्स घटना (Ballard-Williams phenomenon)

संस्मृति के इन दोनों प्रकारों का वर्णन हम अलग-अलग अनुच्छेदों में करेंगे।

वार्ड-होभलैंड घटना
(Ward-Hovland Phenomenon)

संस्मृति का यह प्रकार वार्ड (Ward, 1937) तथा होभलैंड (Hovland, 1938) द्वारा किये गये स्वतंत्र प्रयोगों के एक समान परिणाम पर आधारित है। शायद यही कारण है कि इस घटना का नामकरण *वार्ड-होभलैंड घटना* (Ward-Hovland phenomenon) किया गया। वार्ड-होभलैंड घटना से तात्पर्य एक ऐसी स्थिति से होती है जिसमें बिना किसी अभ्यास के ही लघु अंतराल (short intervals) अर्थात् 2 से 5 मिनट के अंतराल में निष्पादन में अस्थायी उन्नति या संवृद्धि (improvement) होती है। विभिन्न मनोवैज्ञानिकों ने इस स्थिति में निष्पादन में वृद्धि की व्याख्या अपने-अपने सैद्धान्तिक दृष्टिकोण से किया है। जैसे, मूल्लर तथा पिलजेकर (Muller & Pilzecker, 1900) ने इसका कारण स्मृति चिह्नों (memory traces) का सुदृढ़ होना मानते हैं। हल्ल (Hull, 1940) के अनुसार इसका कारण विश्राम या समय अंतराल के दौरान अवरोधों (inhibitions) का कमजोर होना होता है तथा मैकक्लीलैंड (Mc Clelland, 1942) के अनुसार इसका कारण निष्पादन ह्रास (performance decrement) से पुनर्लाभ (recovery) बतलाया गया है। कारण जो भी हो, वार्ड-होभलैंड घटना में लघुकालीन अवधि में बिना अभ्यास के ही मौलिक विषय के निष्पादन में सम्वृद्धि होती है।

संस्मृति को दिखाने के लिए सबसे उत्तम प्रयोगात्मक डिजाइन वह होगा जिसमें प्रयोगात्मक समूह (experimental group) तथा नियंत्रित समूह (control group) दोनों को एकांशों को 75 प्रतिशत (न कि शत-प्रतिशत) तक सीखने के लिए दे दिया जाए। शत-प्रतिशत सीख लेने के बाद संस्मरण के होने का कोई मौका नहीं रह जायेगा। इसके

1. Reminiscence refers to, "improvement in performance as shown by some measure of ability to recall at some time after the original practice without any intervening practice."
—Buxton : The Status of Research in Reminiscence, *Psychological Bulletin*, 1943, p. 313-340.

बाद प्रयोगात्मक समूह कुछ समय के लिए आराम करेगा और आराम के बाद उन एकांशों के धारण की जाँच प्रत्याह्वान से की जाएगी। नियंत्रित समूह को 75 प्रतिशत तक सीखने के बाद उसकी धारण की जाँच के लिए मौलिक एकांशों का प्रत्याह्वान करवाया जाएगा। इसे इस प्रकार से बतलाया जा सकता है—

प्रयोगात्मक समूह : $L_1L_2L_3L_4$....Rest.....Recall test

नियंत्रित समूह : $L_1 L_2 L_3 L_4$ Recall test

उक्त सामान्य डिजाइन के अनुरूप ही वार्ड (Ward, 1937) ने एक प्रयोग किया।

इस प्रयोग में 12 निरर्थक पदों के कई सूचियों का उपयोग क्रमिक सीखना द्वारा किया गया और प्रयोग में दो अवस्थाएँ (conditions) थीं जिसे प्रयोज्यों के कई समूहों के उपयोग द्वारा परिचालित (manipulate) किया गया। ये दो अवस्थाएँ थीं—(अ) विश्राम अवधि के पहले सीखने के स्तर तथा (ब) विश्राम अवधि की लंबाई (length of rest period)। सीखने के स्तर (level of learning) को दो ढंग से परिवर्तित (vary) किया गया—एक परिस्थिति में प्रयोज्यों से 12 में से मात्र 7 पदों का एक प्रयास में सही प्रत्याह्वान होने तक प्रयास दिये गए और उसके बाद उसे आराम या विश्राम दिया गया तथा दूसरी परिस्थिति में प्रयोज्यों को तबतक प्रयास दिये गए तबतक कि वह सभी 12 पदों को एक प्रयास में सही-सही प्रत्याह्वान न कर लिए और तब इसके बाद उन्हें विश्राम दिया गया। इन दोनों परिस्थितियों में विश्राम की अवधि 30 संकंड, 2 मिनट, 5 मिनट, 10 मिनट एवं 20 मिनट की थी। विश्राम के दौरान इन प्रयोज्यों को कुछ चुटकुले एवं परिहास भरे चीजों को पढ़ने के लिए दिया गया। प्रत्येक विश्रामोवधि के समाप्त होने के तुरन्त बाद प्रयोज्यों से उनका प्रत्याह्वान (recall) लिया गया। परिणाम में देखा गया कि जब प्रयोज्यों ने मात्र सात पदों को ही सीखा था, (अर्थात् सीखने के आंशिक स्तर की स्थिति में) 2 मिनट के समय अंतराल पर प्रत्याह्वान का प्रतिशत सबसे अधिक रहा तथा शत-प्रतिशत सीखने की स्थिति में 2 मिनट के समय अंतराल पर किये गए प्रत्याह्वान से भी अधिक था। इससे यह स्पष्ट होता है कि 2 मिनट के समय अंतराल पर संस्मरण की मात्रा अधिक थी। 10 मिनट के समय अंतराल पर संस्मरण की मात्रा नगण्य (negligible) थी बल्कि नियंत्रित समूह की तुलना में प्रत्याह्वान में ह्रास (decrement) ही हुआ। होभलैंड (Hovland, 1938) ने इसी तरह की सामग्रियों एवं प्रविधियों के साथ एक अलग प्रयोग किया और ठीक वही परिणाम पर पहुँचे जिस परिणाम पर वार्ड (Ward) पहुँचे थे। शायद यही कारण है कि इस तरह के संस्मरण (reminiscence) को *बार्ड-होभलैंड घटना* (Ward-Hovland Phenomenon) कहा गया।

वार्ड-होभलैंड की घटना सिर्फ शाब्दिक एकांशों (verbal items) के सीखने तक ही सीमित नहीं है बल्कि इस तरह की घटना पेशीय कौशलों (motor skills) की सीखने की स्थिति में भी पायी जाती है। इस सिलसिले में भी कई अध्ययन उपलब्ध हैं परन्तु यहाँ उदाहरण के रूप में किम्बल एवं होरेनस्टीन (Kimble & Horenstein, 1948) द्वारा किया गया अध्ययन का वर्णन करेंगे। इस प्रयोग में प्रयोज्यों को एक अनुसरण घूर्णक (pursuit rotor) कार्य पर 10 प्रयास दिये गये। इस कार्य में प्रयोज्य को एक घूमते हुए घूर्णक या रोटर पर बनाये सम्पर्क बिन्दु (contact point) पर स्टाइलस (stylus) रखना था। प्रत्येक प्रयास के लिए 50 सेकंड का समय रहता था तथा एक प्रयास समाप्त होने के बाद 10 सेकंड समय बीतने पर दूसरा प्रयास प्रारम्भ किया जाता था। दशवाँ प्रयास के बाद प्रयोज्य को विभिन्न समय अंतरालों जैसे 100 सेकंड, 20 सेकंड, 5 मिनट, 10 मिनट, 20 मिनट का विश्राम दिया गया। प्रत्येक विश्रामावधि के तुरन्त बाद संस्मरण (reminiscence) की जाँच के लिए दो प्रयास दिये गए। परिणाम में देखा गया कि 10 मिनट तक के समय अंतरालों तक निष्पादन में वृद्धि हुई। यदि हम वार्ड (Ward) के अध्ययन से इसकी तुलना करें तो पायेंगे कि शाब्दिक सामग्रियों (verbal materials) (जिसमें संस्मरण की मात्रा अधिक थी) की तुलना में यहाँ समय अंतराल की अवधि थोड़ी बड़ी पायी गयी जिसका कारण शायद यह था कि पेशीय कार्य (motor task) में प्रयोज्यों को अधिक ध्यान देना पड़ता है तथा शारीरिक ऊर्जा भी तुलनानत्मक रूप से अधिक खर्च होती है।

मनोवैज्ञानिकों ने कुछ ऐसे चरों (variables) की पहचान किया है जिसमें वार्ड-होभलैंड घटना (Ward-Hovland phenomenon) काफी प्रभावित होती है। ऐसे चरों को निम्नांकित दो भागों में बाँटा गया है—

(क) वैसे कारक जिनका सम्बन्ध घटना की मात्रा (magnitude) एवं प्रक्रिया (course) से है, तथा

(ख) वैसे कारक जिनका सम्बन्ध घटना की उपस्थिति या अनुपस्थिति से होता है।

इन दोनों कारकों का वर्णन इस प्रकार हैः—

(क) वार्ड-होभलैंड घटना की मात्रा एवं प्रक्रिया से संबंद्ध कारक (*Factors related to magnitude and* *course of Ward-Hovland phenomenon)*—वार्ड-होभलैंड घटना से सम्बन्धित अध्ययन वार्ड (Ward, 1937), होभलैंड (Hovland, 1938), शिपले (Shipley, 1939) आदि मनोवैज्ञानिकों द्वारा किया गया है जो काफी लोकप्रिय भी हुआ है। इन अध्ययनों के आधार पर कुछ ऐसे कारकों या तत्त्वों की पहचान की गयी है जिनका वार्ड-होभलैंड घटना पर स्पष्ट प्रभाव पड़ता है। ऐसे कुछ कारक निम्नांकित हैं—

(i) समयांतर (Time interval)—वार्ड-होभलैंड घटना में संस्मरण सबसे अधिक लघु समयांतर (short-time interval) पर होता पाया गया है। सबसे प्रभावी अंतराल (effective interval) जिसपर संस्मरण की मात्रा सबसे अधिक होगी, क्या होगा यह तो बहुत कुछ सीखे गए पाठ के स्वरूप पर निर्भर करता है। परन्तु शाब्दिक एकांशों (verbal items) के होने पर सबसे प्रभावी अंतराल 2 मिनट का तथा पेशीय कार्य (motor task) होने पर सबसे प्रभावी अंतराल लगभग 10 मिनट का होता पाया गया है।

(ii) सीखने का स्तर (Level of learning)—जब व्यक्ति किसी पाठ या कार्य को 75% स्तर तक सीखे होता है तो ऐसी परिस्थिति में संस्मरण अधिक तथा उससे कम मात्रा में सीखने से उत्पन्न संस्मरण से अधिक होता है। इसका मतलब यह हुआ है कि मौलिक पाठ या विषय का साधारण स्तर (moderate level) तक सीखना सबसे अधिक संस्मरण उत्पन्न करता है।

(iii) उपस्थिति का तरीका (Presentation mode)—संस्मरण पर शाब्दिक एकांशों की उपस्थिति के तरीका (mode) का भी प्रभाव पड़ता है। जब एकांशों की उपस्थिति का तरीका कुछ ऐसा होता है जिससे प्रयोज्यों (subjects) पर अधिक मानसिक बल पड़ता है तो इससे संस्मरण की मात्रा प्रभावित होता है। जैसे, मान लिया जाए कि जब सीखे जाने वाले एकांशों की उपस्थिति दर (presentation rate) बढ़ा दी जाती है ताकि प्रयोज्य को एकांशों पर ध्यान देने में अधिक मानसिक ऊर्जा खर्च हो या अन्तर प्रयास अंतराल (inter trial interval) को घटा दिया जाय तो ऐसी दोनों परिस्थिति में संस्मरण की मात्रा थोड़ी बढ़ जाती है और होभलैंड (Hovland, 1938) के अनुसार ऐसी परिस्थिति में एकांशों की सूची के केन्द्रीय भाग से प्रत्याह्वान (recall) अधिक होता पाया गया है।

(iv) पाठ की लम्बाई *(Length of task)*—यदि सूची में एकांशों की संख्या अधिक है, तो संस्मरण की मात्रा (magnitude) भी अधिक होती है। इस तथ्य की संपुष्टि शिपले (Shipley, 1939) के प्रयोग से स्पष्ट रूप से हुआ है।

(ख) घटना की उपस्थिति तथा अनुपस्थिति से सम्बद्ध कारक *(Factors related to the presence and absence of the phenomenon)*—ऐसे कुछ प्रमुख कारकों का वर्णन निम्नांकित है—

(i) सीखने की विधि (Method of learning)—वार्ड-होभलैंड घटना को दिखाने के लिए जितने भी प्रयोग किये गए हैं उनमें से अधिकतर में क्रमिक सीखना विधि (method of serial learning) का ही उपयोग किया है। ऐसी परिस्थिति में मनोवैज्ञानिकों ने यह प्रश्न उठाया है कि क्या संस्मरण की घटना का होना सिर्फ क्रमिक सीखना विधि तक ही सीमित है ? इस प्रश्न का उत्तर देने के ख्याल से कुछ अध्ययन किये गए हैं। जैसे, होभलैंड (Hovland, 1939) ने क्रमिक सीखना विधि (method of serial learning) तथा युग्मित सहचर विधि (method of paired associate) दोनों द्वारा शाब्दिक एकांशों की सूची को याद करवाया और विभिन्न समय अंतराल के बाद उनके प्रत्याह्वान की जाँच करने पर पाया कि युग्मित सहचर विधि द्वारा सीखने पर संस्मरण के होने की कोई सबूत नहीं मिला। परन्तु इनके अध्ययन में कुछ कार्य-विधि प्रणाली दोष (methodological defect) होने के कारण इनके निष्कर्ष को अधिक महत्त्व (value) नहीं दिया गया। महत्त्वपूर्ण कार्य-प्रणाली दोष यह था कि दोनों विधि का समय अंतराल भिन्न था। क्रमिक सीखना की स्थिति में प्रत्येक दो सेकंड पर एक अनुक्रिया एवं युग्मित सहचर विधि में प्रत्येक चार सेकंड पर एक अनुक्रिया करनी होती थी। इन दोनों विधियों से प्राप्त संस्मरण की मात्रा में अन्तर का कारण समय अंतराल में भिन्नता का होना या फिर विधि में अन्तर का होना भी हो सकता है। मैकक्लिलैंड ने इस समस्या को थोड़ा अधिक वैज्ञानिक ढंग से समाधान करने की कोशिश किया है और वे इस खयाल से एक प्रयोग किये है। इन्होंने सीखने के विभेदन विधि (discrimination method) का उपयोग किया और पाया है कि संस्मरण सिर्फ क्रमिक सीखना (serial learning) तक ही सीमित नहीं होती है बल्कि पुनः सीखना विधि (relearning method) द्वारा विभेदन सीखने में भी इस तरह की घटना होती है।

(ii) संशोधन बनाम असंशोधन प्रविधि (Correction vs Noncorrection procedure)—कुछ मनोवैज्ञानिकों ने

वार्ड (Ward, 1937) तथा होभलैंड (Hovland, 1938) के प्रविधियों को अंशतः एक-दूसरे से मिलाकर संस्मरण पर पड़ने वाले प्रभावों का अध्ययन किया है। वार्ड (Ward, 1937) ने अपने प्रयोग में असंशोधन प्रविधि (noncorrection procedure) का उपयोग किया था जिसमें प्रयोज्यों को देखे गए शाब्दिक एकांशों को मात्र पूर्वाभ्यास (anticipate) करना होता था जबकि होभलैंड (Hovland, 1938) ने अपने प्रयोग में संशोधन प्रविधि का उपयोग किया था जिसमें प्रयोज्यों को देखे गये शाब्दिक एकांशों का पूर्वाभ्यास तो करना ही पड़ता था साथ-ही-साथ, फिर उन्हें दिखाने पर उनका उच्चारण भी करना पड़ता था। दोनों ही तरह के प्रयोगों में संस्मरण की मात्रा होती पायी गयी थी। मेल्टन एवं स्टोन (Melton & Stone, 1942) ने एक प्रयोग किया जिसमें वे होभलैंड के संशोधन विधि का ही अनुसरण किये परन्तु उसमें वार्ड के असंशोधन कार्य विधि को भी सम्मिलित किया। इन लोगों ने असम्बन्धित अर्थपूर्ण विशेषणों को सीखने की सामग्री के रूप में उपयोग किये और उनका प्रत्याह्वान विभिन्न अंतरालों पर करवाया गया। परिणाम में देखा गया कि संस्मरण के कोई स्पष्ट सबूत नहीं पाये गए। इन प्रयोगकर्त्ताओं के अनुसार संस्मरण न प्राप्त होने का कारण असंशोधन विधि (non-correction method) का उपयोग किया जाना था। स्पष्ट हुआ कि असंशोधन विधि से संस्मरण की घटना में ह्रास होती है।

(iii) सीखे गए सामग्रियों की समानता (Similarity of learnt Materials)—जब सीखे जाने वाले सामग्रियाँ आपस में अधिक असम्बन्धित (unrelated) होतीं हैं, तो संस्मरण की मात्रा में कमी आ जाती है। शायद यही कारण है कि उक्त अध्ययन में मेल्टन एवं स्टोन (Melton & Stone, 1942) ने जिसमें वे असम्बन्धित अर्थपूर्ण विशेषणों का उपयोग किये थे, संस्मरण होने का कोई सबूत नहीं पा सके। वार्ड एवं होभलैंड (Ward & Hovland) ने अपने प्रयोगों में निरर्थक पदों का उपयोग किये थे जो आपस में काफी सम्बन्धित थे। ऐसे सामग्रियों के होने पर संस्मरण के होने की सम्भावना अधिक होती है।

(iv) विश्राम अवधि में किये कार्य का स्वरूप (Nature of work done in rest period)—कई अध्ययनों से यह सबूत मिला है कि संस्मरण के प्रयोगों में जो विश्राम की अवधि होती है, उसमें कुछ विशेष तरह के कार्य करने से तो संस्मरण की मात्रा में वृद्धि होती है जबकि कुछ अन्य दूसरे प्रकार के कार्य करने से संस्मरण की मात्रा में कमी होती है। जैसे, वार्ड (Ward, 1937) ने एक अध्ययन में पाया कि जब उस अवधि में प्रयोज्यों को कुछ रंग दिखलाकर उनका नाम बलताने के लिए कहा जाता है, तो इससे संस्मरण की मात्रा में उस परिस्थिति की तुलना में अधिक वृद्धि हो जाती है जब उसके जगह पर प्रयोज्यों को कुछ पढ़ने के लिए दे दिया जाता है। उसी तरह से शिपले (Shipley, 1939) ने अपने अध्ययन में पाया कि जब विश्राम की अवधि में प्रयोज्यों को कुछ खिलौनों के साथ खेलने दिया जाता है, तो इससे निरर्थक पदों का संस्मरण में उस परिस्थिति की तुलना में वृद्धि हो जाती है जब उन्हें कुछ पढ़ने के लिए दे दिया जाता है।

स्पष्ट हुआ कि वार्ड-होभलैंड की घटना कई तरह के चरों (variables) या कारकों से प्रभावित होता है।

बैलार्ड-विलियम्स घटना
(Ballard-Williams Phenomenon)

बैलार्ड-विलियम्स घटना एक ऐसी घटना है जो बहुत कुछ वार्ड-होभलैंड घटना के ही समान है। अन्तर इतना ही है कि इसमें बड़े समय अंतराल बीतने के बाद भी प्रत्याह्वान में संवृद्धि (improvement) होती है। बैलार्ड-विलियम्स घटना का सबसे अनुकूल समयांतर जिसमें संस्मरण काफी अधिक होता है, वह दो मिनट न होकर दो से अधिक दिनों का होता है। बैलार्ड-विलियम्स घटना तथा वार्ड-होभलैंड घटना के बीच दूसरा अंतर यह है कि बैलार्ड-विलियम्स घटना तभी स्पष्ट रूप से होते पायी जाती है जब सीखी जाने वाली सामग्री उत्तम ढंग से संगठित हो एवं अर्थपूर्ण हो जबकि वार्ड-होभलैंड घटना तब उत्तम ढंग से घटित होते पाया जाता है जब सीखी जाने वाली सामग्री अर्थहीन (meaningless) हो परन्तु उसमें संबद्धता (relatedness) हो जैसे, निरर्थक पद (nonsense syllable)। बैलार्ड-विलियम्स घटना को इस तरह का नामकरण करने के पीछे कारण यही है कि एक ही तरह की घटना बैल्लार्ड (Ballard, 1913) तथा विलियम्स (Williams, 1928) ने स्वतंत्र रूप से अपने-अपने प्रयोगों में पाया था। वैल्लार्ड (Ballard, 1913) ने एक अध्ययन 12 साल के बच्चों पर किया जिन्हें एक लम्बी कविता (long poem) को आंशिक रूप से सीखलाया गया। इसके बाद इन प्रयोज्यों से एक तात्कालिक प्रत्याह्वान (immediate recall) लिया गया और अलग-अलग समूहों में विभिन्न समयांतर (time intervals) पर अर्थात् एक दिन से सात दिन के समायांतर पर विलम्बित प्रत्याह्वान ली गयी।

तात्कालिक प्रत्याह्वान का उद्देश्य मौलिक विषय के सीखने का स्तर का पता लगाना तथा विलम्बित प्रत्याह्वान का उद्देश्य संस्मरण की मात्रा का पता लगाना था। अधिक मात्रा में संस्मरण दूसरे दिन के प्रत्याह्वान में तथा सबसे कम मात्रा में संस्मरण सातवें दिन के प्रत्याह्वान में देखने को मिला। उसी तरह उन्होंने एक-दूसरे अध्ययन में तीन तरह की कविताओं को याद करवाकर उनके संस्मरण प्रभाव का अध्ययन किया। वे तीन तरह की कविताओं को याद करवाकर उनके संस्मरण प्रभाव का अध्ययन किया। वे तीन तरह की कविताएँ थीं—एक मनोरंजक कविता, एक तटस्थ कविता तथा एक अस्पष्ट अर्थ वाली कविता। उन्होंने परिणाम में पाया कि विभिन्न समयांतर पर इन तीनों तरह की कविताओं के प्रत्याह्वान में संस्मरण प्रभाव (reminiscence effect) होते पाये गए परन्तु सबसे ज्यादा स्पष्ट प्रभाव मनोरंजक कविता के प्रत्याह्वान में दो दिन के समयांतर पर पाया गया। बाद में विलियम्स (Williams, 1926) द्वारा ऐसे ही प्रयोग करके बैलार्ड के निष्कर्ष की संपुष्टि की गयी।

इस क्षेत्र में किये गए अध्ययनों के स्वरूप से यह स्पष्ट हुआ है कि बैलार्ड-विलियम्स घटना कुछ कारकों से स्पष्ट रूप से प्रभावित है जिनमें निम्नांकित प्रमुख हैं:—

(i) सामाग्रियों का अर्थपूर्ण संगठन *(Meaningful organization of learnt materials)*—अध्ययनों से स्पष्ट हुआ है कि सीखी जाने वाली सामग्री यदि अधिक संगठित एवं अर्थपूर्ण होती है तो उनका संस्मरण कम संगठित एवं अर्थ वाले सामग्रियों के संस्मरण से अधिक होता है। विलियम्स (Williams, 1926) ने एक अध्ययन किया जिसमें उन्होंने आंशिक रूप से सीखे गये एक कविता के संस्मरण की तुलना अमूर्त्त एवं असम्बन्धित शब्दों की सूचियों (lists of abstract words) के संस्मरण से किया और पाया कि कविता का संस्मरण अमूर्त्त एवं असम्बन्धित शब्दों के संस्मरण से अधिक था। उसी तरह से एडवार्डस एवं इंगिलश (Edwards & English, 1939) ने भी अपने अध्ययन में यह पाया कि अर्थपूर्ण पैराग्राफ का संस्मरण उसी पैराग्राफ से लिए गए अलग-अलग वाक्यों का प्रत्याभिज्ञान (recognition) के संस्मरण से कम था।

(ii) उम्र *(Age)*—सीखने वाले व्यक्ति की आयु द्वारा बैलार्ड-विलियम्स घटना प्रभावित होती है। विलियम्स (Williams, 1926) ने अपने प्रयोग में 9 साल से लेकर वयस्क व्यक्तियों से विभिन्न समायांतर पर एक कविता का प्रत्याह्वान करवाया और पाया कि संस्मरण की सबसे अधिक मात्रा 9.7 साल की आयु के प्रयोज्यों में हुआ। अन्य आयु समूह के प्रयोज्यों में संस्मरण का प्रभाव नगण्य था।

(iii) अभिप्रेरणा की मात्रा *(Degree of motivation)*—बैलार्ड-विलियम्स की घटना पर प्रयोज्यों के अभिप्रेरण का भी प्रभाव बढ़ता है। बैल्लार्ड (Ballard, 1913) ने अपने अध्ययन में यह स्पष्ट रूप से पाया था कि उस कविता के लिए संस्मरण प्रभाव (reminiscence effect) सबसे अधिक पाया गया जिसमें प्रयोज्यों की अभिरुचि एवं प्रेरणा अधिक थी। निकोलाई (Nicolai, 1922) ने अपने अध्ययन में पाया कि किसी बकस के भीतर रखे खिलौनों को बताने के लिए जब बच्चों से कहा गया, तो संस्मरण प्रभाव अधिक होता पाया गया शायद इसलिए कि ऐसी परिस्थिति में प्रयोज्यों में उत्सुकता प्रेरणा अधिक होती थी।

स्पष्ट हुआ कि बैलार्ड-विलियम्स घटना कई कारकों द्वारा प्रभावित होती है। अब प्रश्न यह उठता है कि इस घटना की व्याख्या किस तरह से की जा सकती है? विभिन्न मनोवैज्ञानिकों ने इस घटना की व्याख्या कुछ अलग-अलग परिप्रेक्ष्य में किया है। कुछ ऐसे ही व्याख्याओं का वर्णन इस प्रकार किया जा सकता है—

(i) उत्तम ढंग से संगठित सामग्रियों (well-organized materials) तथा अर्थपूर्ण सामग्रियों से उत्पन्न स्मृति चिह्न (memory traces) चूँकि अधिक स्थायी (stable) होते हैं तथा उनपर अन्य दूसरे तरह के सामग्रियों से उत्पन्न स्मृति चिह्नों द्वारा बाधा नहीं पहुँचती है, फलतः ऐसे सामग्रियों को व्यक्ति कुछ समय बीतने के बाद भी ठीक ढंग से प्रत्याह्वान कर पाता है अर्थात् उनका संस्मरण हो पाता है।

(ii) कम उम्र या आयु के बच्चों में बैलार्ड-विलियम्स घटना इसलिए अधिक होती है क्योंकि इनमें किसी सीखे गये सामग्री को मन-ही-मन रिहर्सल करने की प्रवृत्ति अधिक होती है। मैकग्यू (McGeoch, 1935) ने अपने प्रयोग में इस तथ्य की संपुष्टि की है।

(iii) बैलार्ड-विलियम्स की घटना को दिखाने वाले प्रयोग में जो तात्कालिक प्रत्याह्वान (immediate recall) लिया जाता है, उसका, बाद के विलम्बित प्रत्याह्वान (delayed recall) पर अनुकूल प्रभाव पड़ता है। इससे संस्मरण की मात्रा में वृद्धि हो जाती है। तत्कालिक प्रत्याह्वान में जो एकांश सम्मिलित हो पाते हैं, वे पहले से थोड़ा मजबूत हो

जाते हो जाते हैं। इसका स्पष्ट परिणाम यह होता है कि संस्मरण (reminiscence) की मात्रा में वृद्धि हो जाती है। इस तथ्य का प्रयोगात्मक सत्यापन ब्राऊन (Brown, 1923) के एक प्रयोग से होता है। इन्होंने अपने प्रयोज्यों (जो उनके छात्र थे) कहा कि 5 मिनट के भीतर शहरों के जितने नाम लिख सकते हैं, लिखें। ये लोग औसतन 36.4 नाम लिखने में सफल हो पाये। उसके आधे घंटे के बाद उन्हें पुनः शहरों के नाम लिखने के लिए कहा गया और इस बार वे औसतन 39.7 नाम लिख सकने में समर्थ हुए जिसमें से 36.4 तो पहले वाले नाम थे तथा 3.3 नये नाम थे। अतः इस दूसरी बारी में 3.3 नामों का संस्मरण (reminiscence) हुआ अर्थात् पहले की तुलना में प्रत्याह्वान में वृद्धि हुई।

(iv) संस्मृति (Reminiscence) के क्षेत्र में कुछ महत्त्वपूर्ण अध्ययन भारतीय मनोवैज्ञानिकों द्वारा भी किया गया है। जे मोहन (Mohan, 1979), जे मोहन तथा एस जैन (Mohan & Jain, 1973) ने संस्मृति का अध्ययन गहन रूप से किया है। अपने पी-एच॰ डी॰ शोध में मोहन ने उस वैयक्तिक कारकों की पहचान करने की कोशिश किया है जिसका प्रभाव संस्मृति पर पड़ता है। इन्होंने इस अध्ययन में पाया है कि वहिर्मुखी व्यक्तित्व वाले व्यक्ति में संस्मृति, तंत्रिकातापी (neurotics) व्यक्तियों की तुलना में अधिक होता है। इन्होंने अपने अध्ययन में यह भी पाया कि विश्राम अवधि में वृद्धि होने से संस्मृति तेजी से घटता है। मोहन एवं जैन ने अपने अध्ययन में संस्मृति पर यौन अंतर या आरंभिक निष्पादन स्तर का प्रभाव कोई सार्थक ढंग से पड़ते नहीं पाया। ए. कुमार (Kumar, 1981) ने अपने अध्ययन के आधार पर यह दिखलाया है कि प्राक् विश्राम अभ्यास अवधि (prerest practice period) में वृद्धि होने से संस्मृति बढ़ती है। उसी तरह से जे॰ मोहन, एम॰ सेहगल तथा ए॰ भंडारी (Mohan, Sehgal & Bhandari, 1981) ने अपने अध्ययन में यह पाया है कि यौन, अन्तर्मुखता (introversion) तथा वहिर्मुखता (extraversion) से संस्मृति विभेदात्मक ढंग से प्रभावित नहीं होता है। स्पष्ट है कि संस्मृति के क्षेत्र में भारतीय मनोवैज्ञानिकों द्वारा परस्पर विरोधी परिणाम (contradictory results) पाये गये हैं जिनकी पर्याप्त व्याख्या भी नहीं की गयी है।

स्मृति के न्यूरोजैविक आधार
(Neurobiological bases of Memory)

व्यक्ति के स्मृति के न्यूरोजैविक आधारों को जानने का प्रयास मनोवैज्ञानिकों द्वारा किया गया है। सम्भवतः यह समझा जाता है कि व्यक्ति जो कुछ सीखता है, उससे उनके मस्तिष्क में कुछ स्मृति चिह्न (memory traces) उत्पन्न होते हैं और इन स्मृति चिह्नों के जीवित रहने पर वे उनका बाद में प्रत्यक्षण(recall)कर पाते हैं। इन चिह्नों को *इनग्राम*(engram) भी कहा जाता है। मनोवैज्ञानिकों ने स्मृति चिह्नों के न्यूरोजैविक आधार के बारे में जानने की उत्सुकता दिखलायी है और वे इस आधार को जानने के लिए अपने पास उपलब्ध साधनों एवं स्रोत की तहकीकात भी किये हैं। इस सिलसिले में उनका कई प्रश्न काफी महत्त्वपूर्ण रहा है— स्मृति चिह्नों का निर्माण कैसे होता है ? स्मृति-चिह्न मस्तिष्क में कहाँ संचित होते हैं ? स्मृति चिह्नों मस्तिष्क में कैसे संचित होते हैं ? आदि-आदि। इन प्रश्नों का सही-सही उत्तर यद्यपि मनोवैज्ञानिक अभी तक दे पाने में पूर्णतः समर्थ नहीं हुए हैं, फिर भी उनके द्वारा किये गए प्रयास निश्चित रूप से सराहनीय हैं।

स्मृति-चिह्न (memory trace) क्या है ? या यह कहा जाय कि जब स्मृति में कोई सूचना का प्रवेश होता है तो मस्तिष्क में क्या परिवर्तन होते हैं, एक महत्त्वपूर्ण प्रश्न है जिसपर मनोवैज्ञानिकों ने काफी गम्भीरता से विचार किया है। यद्यपि अभी भी इन लोगों में इस प्रश्न के उत्तर पर सहमति नहीं दीखता है, फिर भी आधुनिक अध्ययनों से यह पता चला है कि दीर्घकालीन स्मृतियों (long-term memories) के निर्माण में कुछ विशिष्ट न्यूरोट्रांसमीटर विशेषकर ऐसीटीलको लाइन (acetylelcoline) की उत्पत्ति के दर में परिवर्तन हो जाता है। इस तरह के स्नायविक परिवर्तन का परिणाम यह होता है कि स्नायविक सूचना मस्तिष्क में एक जगह से दूसरे जगह काफी आसानी से प्रवाहित होते हैं और इनसे *स्थानीकृत स्नायविक सरकिट* (localized neural circuit) या *स्नायविक नेटवर्क* (neural network) उत्पन्न होते हैं। थॉम्पसन (Thompson, 1989) ने पशुओं पर शोध करके इस तथ्य की सम्पुष्टि किया है। टेलर तथा डिसीन्ना (Taylor & Discenna, 1984) ने अपने अध्ययन के आधार पर इस तथ्य का भी खुलाशा किया है कि दीर्घकालीन स्मृति में न्यूरोन में कुछ विशेष ऐसे परिवर्तन होते हैं जो विशिष्ट संधियुग्मनों (synapses) से होकर गुजरने वाले संचार (communication) को मजबूत करते हैं। जैसे, किसी पाठ या चीज को सीखने के बाद विशिष्ट न्यूरोन की शाखिका (dendrites) की संरचना में स्पष्ट परिवर्तन हो जाता है और इन परिवर्तनों से कुछ विशेष न्यूटोट्रांसमीटर के प्रति न्यूरोन्स की अनुक्रियाशीलता (responsiveness) बढ़ जाती है। इनमें से कुछ परिवर्तन बहुत तेजी से होता है

तथा कुछ परिवर्तन ऐसे होते हैं जिनमें काफी समय लगता है। स्क्वायर तथा स्पैनिस (Squire & Spains, 1984) ने यह बतलाया है कि इसी कारण से नये स्मृति चिह्न बनने के बाद उनमें कुछ समय तक विघटन की प्रक्रिया जारी रहती है।

अब प्रश्न यह उठता है कि स्मृति-चिह्न (memory traces) मस्तिष्क में कहाँ अवस्थित (located) होते हैं ? प्रारम्भ से ही इस प्रश्न के उत्तर पर विशेषज्ञों एवं मनोवैज्ञानिकों में कोई एक विचार नहीं रहा है। एक विचारधारा तो यह रहा है कि स्मृतिचिह्न मस्तिष्क में एक जगह विशेष रूप से केन्द्रित होते हैं। इस विचारधारा के समर्थक लैरी सक्वियर(Larry Squire, 1990) हैं जिनका दावा है कि स्मृति न्यूरोन्स के विभिन्न सरकिटों (circuits) या विभक्त सेटों (discrete sets) में अवस्थित होते हैं। इनका विशेष दावा यह है कि अधिकतर स्मृतियाँ करीब 1000 न्यूरोन्स के समूह में एकत्रित होतीं हैं। दूसरी विचारधारा यह है कि स्मृति-चिह्न मस्तिष्क के विभिन्न क्षेत्रों में स्नायविक क्रियाओं (neural activity) के विशेष पैटर्न द्वारा निर्धारित होते हैं। इसे *वितरित* या *समान अंतःशक्ति*(equipotential) विचारधारा कहा जाता है। इस विचारधारा के प्रबल समर्थक कार्ल लैशले (Carl Lashley, 1950) हैं जिन्होंने चूहों पर प्रयोग कर यह दिखलाया दिया है कि इनके मस्तिष्क के विभिन्न क्षेत्रों को क्षतिग्रस्त कर देने या काटकर हटा देने से भी भूलभूलैया के रास्तों को याद रखने में कोई विशेष कठिनाई नहीं होती है। आधुनिक मनोवैज्ञानिकों तथा विशेषज्ञों ने इन दोनों विचारधाराओं को सही ठहराया है। स्मृति के कुछ पहलू ऐसे होते हैं जो मस्तिष्क के विशिष्ट भागों में या मस्तिष्क के विशिष्ट कोशों (cells) में अवस्थित होते हैं। जैसे, डेसिमोन एवं अनगरलिडर (Desimone & Ungerlieder, 1989) ने बंदरों पर किये गए अध्ययनों में यह स्पष्ट रूप से पाया है कि बंदरों के कार्टेक्स में कुछ कोश (cell) ऐसे होते हैं जो अन्य बंदरों या मानव के चेहरों के प्रति अधिक अनुक्रिया करते हैं। अतः वे मस्तिष्क के भीतर एक *स्थानीय विशेषज्ञ* (local specialist) के रूप में कार्य करते हैं। दूसरे तरफ जैसा कि वितरित विचारधारा (distributed viewpoints) से स्पष्ट है, कई विभिन्न तरह के स्मृति कार्यों में मस्तिष्क क्षेत्रों का नेटवर्क (network) सम्मिलित होता है।

इन सभी तथ्यों के आलोक में यह प्रश्न कि स्मृति चिह्न कहाँ अवस्थित होते हैं, का सबसे उत्तम उत्तर यही है कि इसका कोई एक उत्तर नहीं है। स्मृति के स्वरूप या संचित किये जाने वाले सूचनाओं के स्वरूप के आधार पर यह कहा जा सकता है कि स्मृति चिह्न वैयक्तिक न्यूरोन्स (individual neurons) में, न्यूरोन्स के बीच सम्बन्धों में तथा पूरे मस्तिष्क में पाये जाने वाले संरचनाओं के नेटवर्क में या इन सबों में अवस्थित हो सकते हैं।

इस अनुच्छेद में हम कुछ ऐसे ही तथ्यों एवं सम्बन्धित अध्ययनों पर और विस्तार से विचार निम्नांकित दो ढंग से करेंगे—

(क) STM का न्यूरोजैविक आधार (Neuro-biological bases of STM)

(ख) LTM का न्यूरोजैविक आधार (Neuro-biological bases of LTM)

(क) STM का न्यूरोजैविक आधार *(Neurobiological bases of STM)*—कई शोधकर्त्ताओं जिनमें गोड्डार्ड (Goddard, 1980) तथा हेब्ब (Hebb, 1949, 1972) का नाम प्रमुख है, ने यह मत जाहिर किया है कि STM में अन्तर्संबंध न्यूरोन्स (interconnected neurons) के जटिल रूप में थोड़े समय के लिए एक तरह का वैद्युतीय संचरण (electrical circulation) होता है। जब तक यह संचरण होता रहता है, STM में व्यक्ति सूचनाओं को संचित रखे रहता है। चूँकि यह संचरण बहुत थोड़े समय के लिए अर्थात् चंद सेकंड के लिए ही होता है, इसलिए STM में सूचनाओं को व्यक्ति मात्र 20-30 सेकंड के लिए संचित रख पाता है। इन सिद्धान्त के समर्थन को कुछ प्रत्यक्ष (direct) तथा अप्रत्यक्ष (indirect) सबूत उपलब्ध हैं। अधिक प्रत्यक्ष सबूत उन अध्ययनों से मिलता है जिसमें शोधकर्त्ताओं ने पशुओं के मस्तिष्क को एल्कट्रोड (electrode) से उत्तेजित किया है और पाया है कि विभिन्न उद्दीपकों (stimulus) पर ध्यान देने से वैद्युतीय क्रियाओं के विभिन्न संचरित पैटर्न (circulating pattern) दीख पड़ते हैं। अप्रत्यक्ष सबूत कुछ वैसे अध्ययनों से प्राप्त होता है जिसमें यह देखा गया है कि वैसी घटनाएँ जैसे सिर पर जोर से मार देना, कार्बन मोनोक्साइड से प्रभावित हो जाना या तीव्र स्मृति विलोप से ग्रसित होना आदि जिससे तंत्रकीय क्रियाएँ दब जातीं हैं या जिससे फिर न्यूरोन असंगत रूप से उत्तेजित होने लगता है, से STM में संचित सूचनाएँ लुप्त हो जातीं हैं। इन दोनों तरह के सबूतों से यह स्पष्ट हुआ है कि STM में अल्पावधि के लिए वैद्युतीय आवेग (electrical impulses) प्रवाहित होती है जो स्मृति चिह्नों को जीवित रखती है।

(ख) LTM का न्यूरोजैविक आधार *(Neurobiological bases of LTM)*—LTM की स्मृति अधिक स्थायी

(stable) होती है। फलस्वरूप इस पर कुछ कारकों जैसे, हल्का ढंग से मस्तिष्क में चोट लगना, वैद्युतीय आपेक्षी आघात (Electroconvulsive shock or ECS) आदि का जिससे तंत्रीय क्रियाएँ (neural activities) अस्थायी तौर पर लुप्त हो जातीं हैं, प्रभाव नहीं पड़ता है। अतः LTM द्वारा न्यूरोन्स का आपस में संचरित (communicate) करने का तरीका (ways) या ढंग में सापेक्ष रूप से स्थायी परिवर्तन (relatively permanent changes) होने का आभास मिलता है। आधुनिक विचारधारा के अनुसार LTM के स्मृति चिह्नों में व्यक्ति के संधिस्थलों (synapses) पर निम्नांकित दो तरह के परिवर्तन होने का सबूत मिलता है:—

(i) संरचनात्मक परिवर्तन *(Structural changes)*—संरचनात्मक परिवर्तन से तात्पर्य संधिस्थल पर पाये जाने वाले संरचनाओं जैसे कोशिका झिल्ली (cell membrane), शाखिका (dendrites), एक्सॉन (axon) आदि में परिवर्तन से होता है। जैसे, टेलर एवं डीसीना (Taylor & Descenna, 1984) ने अपने अध्ययन के आधार पर बतलाया है कि किसी चीज को सीखने के बाद कुछ विभिन्न तरह के न्यूरोन्स की शाखाओं की संरचनाओं में इस ढंग का परिवर्तन हो जाता है कि न्यूरोट्रांसमीटर (neurotransmitter) की प्रति उनकी अनुक्रियाशीलता में वृद्धि हो जाती है। कभी-कभी शाखिकाओं में कुछ अतिरिक्त संरचनाएँ विकसित हो जातीं हैं ताकि कुछ विशिष्ट प्रकार के न्यूरोट्रांसमीटर को आसानी से ग्रहण किया जा सके। इनमें से कुछ संरचनात्मक परिवर्तन तो तुरन्त हो जाते हैं परन्तु कुछ संरचनात्मक परिवर्तन ऐसे होते हैं जिनके पूरा होने में काफी समय लग जाता है। शायद यही कारण है कि नये स्मृति चिह्न बनने के एक खास अवधि तक इन्हें विलोपित होने की सम्भावना तीव्र बनी रहती है। पहले के वैज्ञानिकों का यह विश्वास था कि यह अवधि अधिक-से-अधिक कुछ घंटों की होती है। परन्तु हाल मं स्क्वायर एवं स्पैनिस (Square & Spanis, 1984) द्वारा किये गए शोधों से यह स्पष्ट हुआ है कि स्मृति चिह्नों द्वारा उत्पन्न संरचनात्मक परिवर्तन की यह प्रक्रिया जिसके पूरा होने पर चिह्नों का सुदृढ़ीकरण (consolidation) निर्भर करता है, की अवधि कई महीनों या यहाँ तक कई वर्षों तक की हो सकती है।

(ii) रसायनिक परिवर्तन *(Chemical changes)*—रसायनिक परिवर्तन से तात्पर्य वैसे परिवर्तन से होता है जो न्यूरोट्रांसमीटर (neurotransmitter) जैसे तत्त्वों की मात्रा या संरचना जिनके द्वारा संधिस्थल पर तंत्रीय सूचनाओं को ढोये जाते हैं, में होता है। आधुनिक शोधों से यह स्पष्ट हुआ है कि LTM के स्मृति चिह्नों के कारण विशेष तरह के न्यूरोट्रांसमीटर की उत्पत्ति तथा प्रवाह की दर में विशिष्ट परिवर्तन होता है। यानकनर तथा उनके सहयोगियों (Yankaner et al., 1990) के अनुसार, एसिटीलकोलाइन (acetylehcoline) नामक न्यूरोट्रांसमीटर की कमी होने से LTM के स्मृति चिह्नों का प्रत्याह्वान बुरी तरह से प्रभावित होता है।

अब प्रश्न उठता है कि LTM में स्मृति चिह्नों को मस्तिष्क के किस भाग या हिस्सा में संचित किया जाता है? इस प्रश्न का उत्तर देने के लिए मनोवैज्ञानिकों ने कई स्रोतों से सबूत इकट्ठा किया है जिनमें निम्नांकित प्रधान है—

(i) स्मृति लोप (amnesia) (ii) कोरसाकोफ्फ एवं अलझिमर संलक्षण (Korsakoff and Alzheimer syndrome) (iii) आणविक सिद्धान्त (molecular theory)।

इन तीनों का वर्णन निम्नांकित है—

(i) स्मृति लोप *(Amnesia)*—स्मृति लोप में व्यक्ति सीखे गये या अर्जित अनुभूतियों की पहचान या प्रत्यक्षण (recall) करने में कई कारणों जैसे दुर्घटना, बीमारी, औषध सेवन, आदि से विफल रहता है। स्मृति लोप दो तरह के होते हैं—*पश्चगामी स्मृति लोप* (retrograde amnesia) तथा *अग्रगामी स्मृति लोप* (anterograde amnesia)। पश्चगामी स्मृति लोप में व्यक्ति उन अनुभूतियों या साहचर्यों को LTM में संचित नहीं रख पाता है जो स्मृति लोप उत्पन्न करने वाले घटना से पहले प्राप्त हुए रहते हैं। दूसरे शब्दों में, इस तरह की अवस्था में व्यक्ति स्मृति लोप उत्पन्न होने के दिन से पहले की अनुभूतियों की याद खो देता है। अग्रगामी स्मृति लोप में व्यक्ति LTM में उन अनुभूतियों तथा साहचर्यों को संचित नहीं रख पाता है जो स्मृति लोप उत्पन्न करने वाले घटना के बाद प्राप्त हुए हों। दूसरे शब्दों में, इस अवस्था में व्यक्ति स्मृति लोप उत्पन्न होने के दिन के बाद जो अनुभूतियाँ प्राप्त करता है, उसे LTM में संचित रखने में असमर्थ पाता है। इन दोनों तरह के स्मृति लोपों के अध्ययन से LTM में समृति चिह्नों का मस्तिष्क के किसी अमुक भाग में उपस्थित होने का पर्याप्त सबूत मिला है। मिलनर, कोरकिन एवं टीयूबर (Milner, Corkin & Teuber, 1968) के अनुसार, एक व्यक्ति जिस H.M. के नाम से सम्बोधित किया गया, 27 साल की आयु में मिरगी रोग को ठीक कराने के लिए मेडिकल डाक्टर के पास गया जिन्होंने उसके मस्तिष्क के दोनों शंखपालियों (temporal lobes)

के मध्यवर्ती भाग (middle portion) को काट कर निकाल दिया। इस ऑपरेशन से तो उसका मिरगी रोग दूर हो गया परन्तु उसमें अग्रगामी स्मृतिलोप तथा पश्चगामी स्मृतिलोप दोनों उत्पन्न हो गये। पश्चगामी स्मृति लोप तो साधारण था क्योंकि वह ऑपरेशन के गत एक या दो साल की घटनाओं तथा अनुभूतियों को ही याद कर पाता था परन्तु उससे पहले की अनुभूतियों को वह ठीक ढंग से याद नहीं कर पाता था। परन्तु अग्रगामी स्मृति लोप की मात्रा काफी गंभीर थी। इस व्यक्ति के STM तथा LTM दोनों ही ठीक थे परन्तु मुख्य समस्या यह थी कि वह STM से नये सूचनाओं को LTM में अंतरण नहीं कर पाता था जिसका परिणाम यह होता था कि कुछ सेकंड पहले जिस व्यक्ति से उसे बातचीत हुई होती थी, उनके साथ दोबारा दिखने पर वे उसे नहीं पहचान पाते थे। अन्य दृष्टिकोण से H.M. सामान्य था। चूँकि H. M. का शंखपालियों (temporal lobes) को ऑपरेशन द्वारा काटकर हटा दिया था, अतः अनुसंधानकर्त्ताओं द्वारा इस निष्कर्ष पर पहुँच गया कि मस्तिष्क का यह भाग द्वारा स्मृति-चिह्नों को सुदृढ़ीकरण (consolidation) किया जाता है अर्थात् इस भाग द्वारा STM से सूचनाएँ LTM में प्रवेश करतीं हैं। कुछ अन्य अध्ययनों से भी इस बात की संपुष्टि की गयी है। जैसे जोला-मार्गन एवं उनके सहयोगियों (Zola-Moran et al., 1986) ने एक अध्ययन किया जिसमें एक हृदय रोगी को हृदय वाईपास ऑपरेशन के समय कुछ मस्तिष्कीय क्षति हुई थी जिसमें उसमें H.M. के समानस्मृति लोप की अवस्था उत्पन्न की गयी थी। कुछ दिनों के बाद हृदय आघात के कारण उनकी मृत्यु हो गयी और जब उसके मस्तिष्क को खोला गया तो पाया गया कि हिप्पोकैम्पस (hippocampus) जो लिम्बिक तंत्र का ही एक विशेष भाग होता है, काफी क्षतिग्रस्त था। इन अध्ययनों के आलोक में मिले सबूत से यह पता चलता है कि LTM के स्मृति चिह्नों को लिम्बिक तंत्र (limbic system) तथा उनके विशेष संरचना जैसे हिप्पोकैम्पस (hippocampus) में संचित किया जाता है।

(ii) कोरसाकोफ्फ संलक्षण एवं अलझिमर संलक्षण *(Korsakoff syndrome and Alzheimer Syndrome)*— कोरसाकोफ्फ संलक्षण एक ऐसी अवस्था है जो अधिक दिनों तक शराब पीने से उत्पन्न होता है और इससे व्यक्ति में गम्भीर पश्चगामी स्मृति लोप (retrograde amnesia) उत्पन्न हो जाता है। ऐसे व्यक्तियों की मृत्यु के बाद उनके मस्तिष्क के विभिन्न भागों का अध्ययन करने पर पता चला है कि इनका डाइयनसीफेलोन (diencephalon) के अंश विशेषकर थैलेमस (thalamus) तथा हाईपोथैलैमस (hypothalamus) काफी क्षतिग्रस्त होते हैं। इससे यह पता चलता है कि LTM के स्मृति चिह्नों को थैलेमस तथा हाईपोथैलेमस में भी संचित कर रखा जाता है। इस सिलसिले में और अधिक मजबूत एवं ठोस सबूत एक व्यक्ति जिसे मनोविज्ञान में N.A. के उपनाम से सम्बोधित किया गया है, के अध्ययन से मिलता है। N.A. को एक विशेष दुर्घटना हो जाने के कारण उसमें गम्भीर पश्चगामी स्मृति लोप (retrograde amnesia) की स्थिति उत्पन्न हो गयी थी। वह गत दो वर्षों में घटित किसी भी अनुभूति को याद करने में असमर्थ था। जब उसके मस्तिष्क का CAT स्कैन करवाया गया तो पाया कि उसके थैलमस काफी क्षतिग्रस्त हो गये थे जिसके कारण उसमे स्मृति लोप की अवस्था उत्पन्न हो गयी थी। इससे भी साबित होता है कि LTM के स्मृति चिह्नों को थैलेमस में भी संचित किया जाता है।

अभी हाल में कुछ किये गए अनुसंधानों से यह स्पष्ट हुआ है कि अलझिमर रोग (Alzheimer's disease) में भी स्मृति लोप खासकर पश्चगामी स्मृति लोप के सबूत मिले हैं और ऐसे रोगी के मस्तिष्क के अध्ययनों से भी LTM के स्मृति-चिह्नों की अवस्थिति (location) का पता चला है। इस तरह का रोग 65 वर्ष की आयु या उससे अधिक आयु की व्यक्तियों के करीब 5 या 6 प्रतिशत व्यक्तियों में होता पाया गया है। व्यक्ति प्रारम्भ में अपना दूरभाष संख्या, कोई व्यक्ति का नाम आदि को भूलता है और धीरे-धीरे इसकी गम्भीरता बढ़ते जाती है और बाद में वह अपने बच्चों एवं परिवार के सदस्यों को ही पहचान नहीं पाता है। ऐसे रोगियों का चलन स्मृति (working memory), अर्थगत स्मृति (`semantic memory) प्रासंगिक स्मृति (episodic memory), कौशलों की समृति (memory for skills) तथा आत्मचरित स्मृति (autobiographical memory) भी क्षुब्ध (disturbed) होते हैं। हाबरलैंड[1] (Haberlandt, 1999) ने ऐसे रोगियों पर सटीक टिप्पणी करते हुए कहा है, ''अपने स्मृतियों के साथ ऐसे रोगी अपने भूत तथा अपने आत्मा को भी खो देते हैं।'' मृत्यु के बाद ऐसे रोगी के मस्तिष्क का अध्ययन करने से यह पता चला है कि इनमें एक विशेष तरह का तत्त्व जिसे *एमीलाआयड बेटा प्रोटीन* (amyloid beta protein) कहा जाता है, अधिक मात्रा में

---

1. "Along with their memories, the patients lose their pasts and their souls."
—Hoberlandt : *Human memory : Exploration and Application*, 1999, p. 266

पाया गया। कोयल (Coyle, 1987) के अनुसार इस तरह के तत्त्व से वैसे न्यूरोन्स क्षतिग्रस्त हो जाते हैं जो न्यूरोट्रांसमीटर विशेषकर एसीटीलकोलाइन (acetylecoline) की मदद से सूचनाओं का अंतरण करते हैं। अतः इस अध्ययन से यह स्पष्ट हो जाता है कि LTM के स्मृति चिह्नों को सजग बनाये रखने में एसीटीलकोलाइन की भूमिका महत्त्वपूर्ण होती है। एसीटीलकोलाइन-आधृत तत्त्वों की भूमिका अधिक मजबूत होने के सबूत इस बात से भी मिलता है कि अलझिमर रोग के व्यक्तियों में सामान्य से कम मात्रा में एसीटीलकोलाइन की मात्रा पायी जाती है।

(iii) आणविक सिद्धान्त *(Molecular theory)*—इस सिद्धान्त के अनुसार DNA (Deoxyribonucleic acid) तथा RNA (ribonucleic acid) जो जीन (gene) के दो प्रमुख संरचना हैं, के अणुओं (molecules) के रूप में विशेषकर RNA के अणुओं के रूप में LTM की व्याख्या की गयी है। हाइड्रेन एवं इघाजी (Hyden & Eghazi, 1963) ने एक अध्ययन किया जिसमें LTM में RNA की भूमिका की पहचान की गयी। इस प्रयोग में चूहों को 45^0 कोण पर एक रखे जाली पर चलने की प्रशिक्षण दी गयी। इस कार्य में पर्याप्त संतुलन (balance) बनाये रखने की आवश्यकता थी जिनका नियंत्रण एक खास प्रकार के न्यूरोन्स जिसे बेस्टीबुलर न्यूकिल्यस (vestibular nucleus) कहा जाता है, द्वारा होता है। इस प्रयोग में चूहों का दो समूह था—एक समूह वह था जिसे जाली पर चढ़ने का सक्रिय प्रशिक्षण दिया गया था तथा चूहों का दूसरा समूह वह था जो नियंत्रित एवं असक्रिय था तथा जिसे ऐसा प्रशिक्षण नहीं दिया गया था। बाद में इन दोनों तरह के समूह के चूहों के वेस्टीबुलर न्यूक्लियस के केन्द्रक (nuclei) में पाये ज्ञाने वाले (RNA) का विश्लेषण किया गया और पाया गया कि प्रशिक्षण पाने वाले समूह के वेस्टीबुलर न्यूक्लियनस के केन्द्रक में RNA की संख्या तुलनात्मक रूप से अधिक थी। इतना ही नहीं, प्रशिक्षण पाने वाले समूह के RNA की संरचना प्रशिक्षण नहीं पाने वाले समूह के RNA की संरचना से थोड़ा भिन्न थी। इस तरह के परिणाम के आधार पर प्रयोगकर्त्ता इस निष्कर्ष पर पहुँचे कि RNA की संरचना में प्राणी कुछ ऐसी अनुभूतियों को संचित रखता है जिसका उपयोग वह सीखने के दौरान करता है। फ्लेक्सनर (Flexner, 1967) ने भी एक अध्ययन किया जिसमें चूहों को एक विशेष औषध (drugs) की सूई दी गयी। सूई देने से चूहों में RNA का निर्माण होना बंद हो गया। परिणाम में देखा गया कि सूई देने के बाद वे उन साधारण कार्यों की अनुभूति को याद करने में भी असमर्थ रहे जिन्हें वे क़ाफी आसानी से पहले किये थे। इस अध्ययन से भी स्पष्ट होता है कि LTM में स्मृति चिह्नों का संचयन RNA में होता है।

उपर्युक्त तथ्यों के अलावा नवीनतम शोधों से कुछ ऐसे तथ्य प्राप्त हुए हैं जिनसे स्मृति का न्यूरोजैविक आधार होने का स्पष्ट सबूत मिलता है। ऐसे कुछ स्पष्ट तथ्य निम्नांकित हैं—

(i) डायनसिफेलोन जिसमें थैलेमस, हाइपोथैलमस तथा चूचुकीय तंत्र (mamillary bodies) होते हैं, में घाव (lefion) उत्पन्न कर देने से नयी सूचनाओं को स्मृति में कूटलेखन (encoding) करने में दिक्कत होने लगती है।

(ii) नवीनतम शोधों से यह भी पता चला है कि मानव मस्तिष्क का विशेष भाग जिसे हिप्पोकैम्पस (hippocampus) कहा जाता है, द्वारा ही तथ्य आधृत सूचनाएँ STM से LTM में स्थानांतरित होतीं हैं। जिन व्यक्तियों का हिप्पोकैम्पस किसी कारण से क्षतिग्रस्त हो जाता है, वे तुरन्त की घटित घटनाओं को तो याद रख पाते हैं परन्तु वे इन्हें लम्बे अरसे तक याद रखने में असमर्थ रहते हैं।

(iii) आधुनिक शोधकर्त्ताओं को यह विश्वास है कि हिप्पोकैम्पस मस्तिष्क को नये संधिस्थलों (synapses) का निर्माण करने में तथा मस्तिष्क के न्यूरोन्स में नये सम्बन्धों को स्थापित करने में मदद करता है जिससे स्मृति (memory) विकसित एवं मजबूत होती है। आजकल वैज्ञानिक द्वारा यह दिखलाया गया है कि जब हिप्पोकैम्पस के किसी भाग को वैद्युत धारा द्वारा उत्तेजित किया जाता है, तो उससे स्नायविक रास्ते में उत्पन्न अनुक्रिया को आसानी से मापा जाता है। अगर हिप्पोकैम्पस के इसी भाग को पुनः उत्तेजित किया जाता है तो ऐसा प्रतीत होता है कि हिप्पोकैम्पस के माध्यम से उत्पन्न उत्तेजन से नये संधिस्थलों का निर्माण हो जाता है तथा पहले से निर्मित संधिस्थल काफी मजबूत हो जाते हैं। इस प्रक्रिया को *दीर्घकालीन प्रभावकारिता* (Long-term potentiation or LTP) कहा जाता है और यह अधिगम (learning) तथा स्मृति (memory) दोनों के निर्माण में मुख्य भूमिका निभाता है।

सचमुच में LTP, जैसा कि मार्टिनिज एवं डेरिक (Martinez & Derrick, 1996), शुमैन तथा मैडिसन (Schuman & Madison, 1994) के अध्ययनों से स्पष्ट हुआ है, में संधिस्थलों पर स्नायविक अतंरण (neural transmission) की क्षमता में वृद्धि हो जाती है जो कुछ दिन या सप्ताह तक बने होते हैं। LTP तब तक नहीं उत्पन्न होता है जब तक कि सूचना देने वाला न्यूरोन्स तथा सूचना ग्रहण करने वाला न्यूरोन्स दोनों उच्च आवृत्ति वाले उत्तेजन से एक साथ

उत्तेजित न हो जाय। इतना ही नहीं, सूचना प्राप्त करने वाला न्यूरोन उत्तेजन प्राप्त करते ही उत्तेजित होने के लिए तैयार यदि नहीं हो, तो LTP नहीं उत्पन्न होगा। हिप्पोकैम्पस में LTP एक सामान्य बात है तथा इकेनवाम तथा ओट्टो (Eichenbaum & Otto, 1993) के अनुसार घोषणात्मक स्मृति (declarative memory) के लिए यह अति आवश्यक है।

(iv) स्मृति के क्षेत्र में किये गये शोधों द्वारा न्यूरोन या तंत्रिका कोश में कुछ जैवरसायनिक परिवर्तन (biochemical changes) की भी पहचान की गयी है जिसके माध्यम से स्मृति का निर्माण होता है। बाराबन (Baraban, 1993) ने अपने अध्ययन के आधार पर यह दिखलाया है कि LTP में विशेष प्रकार का ग्राहक जिसे एन-मेथाइल-डी-एस्पारटेट (N-methyl-D-aspartate or NMDA) कहा जाता है, काफी सक्रिय होता है क्योंकि ऐसे ग्राहकों की क्रियाओं को अवरूद्ध करने से LTP में अवरूद्धता उत्पन्न हो जाती है। आधुनिक शोधों से LTP में कैलशियम की भी अहम् भूमिका का पता चला है।

(v) ऐसे भी काफी ठोस सबूत मिले हैं जिनसे यह पता चला है कि जब स्मृति का निर्माण होता है, न्यूरोन्स के दैहिक विशेषताओं में काफी परिवर्तन आ जाते हैं। इसे *कोलिनरजिक प्राक्कल्पना* (cholinergic hypothesis) कहा जाता है जिससे विशेष रूप से यह पता चलता है कि स्मृति निर्माण का एक महत्त्वपूर्ण भाग कुछ विशेष न्यूरोन की संवेदनशीलता में वृद्धि होना होता है।

(vi) मैककौरमिक तथा उनके सहयोगियों (Mc Cormick et al. 1982) द्वारा कुछ ऐसे अध्ययन किये गए हैं जिनमें यह दिखलाया गया है कि कुछ ऐसी स्मृतियाँ होतीं हैं जो मस्तिष्क के विशिष्ट भाग में अवस्थित होती हैं। जैसे, क्लासिकी अनुबंधन द्वारा होने वाली अनुभुतियाँ मस्तिष्क के विशेष भाग जिसे लघुमस्तिष्क (cerebellum) कहा जाता है, में अवस्थित होतीं हैं। इसके विपरीत कुछ ऐसे भी अध्ययन हुए हैं जिनमें यह दिखलाया गया है कि स्मृतियों को मस्तिष्क के किसी खास भाग में संचित नहीं किया जा सकता है। जैसे लैशले (Lashley, 1950) ने एक महत्त्वपूर्ण प्रयोग किया जिसमें उन्होंने चूहों के मस्तिष्क के विभिन्न भागों को हटा दिया। परिणाम में देखा गया है कि ऐसे चूहों की स्मृति थोड़ी कमजोर अवश्य पड़ गयी परन्तु फिर भी उसकी स्मृति मौजूद थी।

(vii) आधुनिक समय में *स्मृति प्रतिबिम्बन प्रविधि* (memory imaging techniques) जैसे पेट (PET या Positron Emission Tomography) जिसमें मस्तिष्क के विभिन्न क्षेत्रों की क्रियाओं को प्रत्येक क्षेत्र द्वारा किये गये चीनीय या ग्लूकोज अवचूषण (absorption) के माध्यम से दिखलाया जाता है, से पता चला है कि:—

(a) कापुर तथा उनके सहयोगियों (Kapur et. al., 1994) के अनुसार गहरा कूटसंकेतन (deep encoding) की क्रियाओं का सम्बन्ध मस्तिष्क के अग्रपालि (frontal lobe) से होता है।

(b) जोला (Zola, 1996) के अध्ययन के अनुसार शंखपालि (temporal lobe) का सम्बन्ध संरचनात्मक रूप से देखे जाने वाले वस्तुओं के प्रमिंग (priming) से सम्बन्धित होता जबकि हिप्पोकैम्पस (hippocampus) का सम्बन्ध ऐसी वस्तुओं के प्रासंगिक पहचान (episodic recognition) से होता है।

(c) भित्तीय पालि (parietal lobe) का सम्बन्ध चलन स्मृति (working memory) के उच्चारण लूप (articulatory loop) से होता है।

(d) एमिंगडाला (amygdala) का सम्बन्ध संवेगात्मक अनुभूतियों के संचयन से होता है।

निष्कर्षतः यह कहा जा सकता है कि स्मृति के कुछ स्पष्ट न्यूरोजैविक आधार (neuro biological bases) हैं जिनका पता मनोवैज्ञानिकों को विभिन्न तरह के स्रोतों से प्रत्यक्ष या अप्रत्यक्ष रूप से पता चला है। आधुनिक शोधकर्त्ताओं के विचारों को एक जगह संग्रहण करते हुए स्कियूर (Squire, 1987) ने कहा है कि सचमुच में मस्तिष्क के भीतर दो भिन्न संचयन तंत्र (storage system) हैं। एक तरह के तंत्र में उन सारी सूचनाओं को संचित रखा जाता है जिन्हें दृष्टि प्रतिमा (visual image) या शाब्दिक प्रस्तावों (verbal propositions) के रूप में चेतन में लाये जाते हैं। इसमें *प्रासंगिक स्मृति* (episodic memory) तथा *अर्थगत स्मृति* (semantic memory) दोनों ही सम्मिलित होते हैं। इस तरह के संचयन तंत्र (storage system) को *घोषणात्मक स्मृति* (declarative memory) कहा जाता है। इस तरह का संचयन तंत्र थैलेमस तथा लिम्बिक तंत्र के विशेष संरचनाओं जैसे हिप्पोकैम्पस (hippocampus) आदि में अवस्थित (located) होता है। दूसरा संचयन तंत्र (storage system) वह है जिसमें उन सारी सूचनाओं को संचित किया जाता है जो व्यक्ति के चेतन के सीधे पहुँच में नहीं होता है। प्रायः ऐसी सूचनाएँ व्यक्ति में अभ्यास तथा

अनुबंधन (conditioning) से उत्पन्न होतीं हैं। जैसे, कार चलाने या साइकिल चलाने से उत्पन्न अनुभूतियाँ इसी श्रेणी की अनुभूति होती है। इस तरह के संचयन तंत्र को *कार्य-विधि स्मृति* (procedural memory) कहा जाता है और इस तरह की स्मृति लघुमस्तिष्क (cerebellum) तथा अन्य संरचनाओं जैसे थैलेमस एवं हाईपोथैलमस में उपस्थित होता है। संवेगात्मक अनुभूति की स्मृतियाँ एमिगडाला (amygdala) जो लिम्बिक तंत्र का ही एक अंश है, से नियंत्रित होतीं हैं। अन्तिम निष्कर्ष यह है कि मस्तिष्क के कई भागों में LTM में संचित होने वाली सूचनाएँ अवस्थित होतीं हैं। इस अन्तिम निष्कर्ष की संपुष्टि स्मृति के नवीनतम मॉडल जिसे *समानान्तर वितरित प्रक्रिया मॉडल* (Parallel distributed processing model) कहा जाता है, से भी होता है क्योंकि यह मॉडल इस बात पर बल डालता है कि मस्तिष्क के भीतर सूचनाओं का संसाधन एक साथ विभिन्न बिन्दुओं या स्थानों पर प्रारम्भ हो जाता है ताकि उनका संसाधन एक-एक करके एक साथ हो सके।

स्मृति का अध्ययन करने की विधियाँ
(Methods of Studying Memory)

मनोवैज्ञानिकों ने स्मृति का अध्ययन करने के लिए कई तरह की विधियों का प्रतिपादन किया है। जब हम इसके इतिहास पर एक नजर डालते हैं, तो यह पता चलता है कि सबसे पहले इविंगहास (Ebbinghaus) ने स्मृति का एक क्रमबद्ध अध्ययन 1880 में किया जिसमें वे स्वयं ही प्रयोज्य की भूमिका निभाये थे। उन्होंने स्मृति के विभिन्न पहलूओं का अध्ययन करने के लिए एक विशेष विधि का प्रतिपादन किया जिसमें निरर्थक पद (nonsense syllable) का उपयोग किया गया। इसके बाद अल्फ्रेड विने (Alfred Binet) ने स्मृति के अध्ययन में सार्थक लिखित उद्धरण (meaningful written passage) का उपयोग किया। इन आरंभिक दिनों से मनोवैज्ञानिकों द्वारा स्मृति का अध्ययन करने के लिए कई महत्त्वपूर्ण वैज्ञानिक विधियों का प्रतिपादन किया गया है। इन लोगों को एक से अधिक अर्थात् कई वैज्ञानिक विधियों का प्रतिपादन इसलिए करना पड़ा क्योंकि स्मृति के कई प्रकार हैं और एक ही विधि का उपयोग सभी प्रकार के स्मृतियों के अध्ययन में सम्भव नहीं है। ऐसी कुछ महत्त्वपूर्ण विधियाँ निम्नांकित हैं—

(1) स्वतंत्र प्रत्याह्वान एवं प्रत्यभिज्ञान (*Free recall and Recognition method*)—मनोवैज्ञानिकों द्वारा स्वतंत्र प्रत्याह्वान एवं प्रत्यभिज्ञान विधि का उपयोग तथ्यात्मक सूचनाओं (factual information) का अध्ययन करने के लिए किया गया है। दूसरे शब्दों में यह कहा जा सकता है कि इन विधियों द्वारा *प्रासंगिक स्मृति* (episodic memory) का अध्ययन किया जाता है। स्वतंत्र प्रत्याह्वान विधि में व्यक्ति को कुछ सार्थक शब्द (meaningful word) दिये जाते हैं और बाद में उनसे उन शब्दों का प्रत्याह्वान चाहे वे जिस क्रम में करें, करने के लिए कहा जाता है। जितना ही अधिक सही शब्दों का प्रत्याह्वान वे कर पाते हैं, उनकी स्मृति उतनी ही मजबूत समझी जाती है। प्रत्यभिज्ञान विधि में व्यक्ति को कुछ ऐसे शब्दों को जिन्हें वे पहले देख चुके होते हैं, को नये विचलित (distractor) एकांशों के साथ मिलाकर उनके सामने उपस्थित किया जाता है। व्यक्ति जितना ही अधिक पहले देखें गये शब्दो की पहचान कर पाता है, उसकी स्मृति से संबद्ध निष्पादन (performance) उतना ही मजबूत समझा जाता है।

(2) वाक्य सत्यापन कार्य विधि (*Sentence verification task method*)—इस विधि द्वारा व्यक्ति का सामान्य ज्ञान (general knowledge) या अर्थगत स्मृति (semantic memory) का अध्ययन किया जाता है। जैसे, यदि किसी व्यक्ति से यह पूछा जाय कि आपने प्रथम बार कब यह सीखा कि सूर्य पूरब में उगता है, तो व्यक्ति शायद इसका उत्तर नहीं दे पायेगा क्योंकि यह हमारा सामान्य ज्ञान का एक अंश है। ऐसी स्मृतियों का अध्ययन करने के लिए मनोवैज्ञानिकों ने *वाक्य सत्यापन कार्य विधि* (Sentence Verification task method) का उपयोग किया है। यहाँ व्यक्ति को कुछ वाक्य दिखलाये जाते हैं और उन्हें यह बतलाना होता है कि वे सही हैं या गलत। जितना ही व्यक्ति जल्दी से वाक्य के प्रति अनुक्रिया करता है, यह समझा जाता है कि उससे संबद्ध स्मृति उतना ही उत्तम है। जैसे, निम्न वाक्यों पर ध्यान दें—

हीरो होन्डा एक कार है—सही *गलत*

हिमालय पर्वत भारत में अवस्थित है—सही *गलत*

इन दोनों वाक्यों में व्यक्ति पहले वाक्य का उत्तर तुलनात्मक रूप से तेजी से देगा। अतः यह कहा जा सकता है कि इस वाक्य का सम्बन्ध अर्थगत स्मृति (semantic memory) अधिक उत्तम है।

(3) प्रिमिंग विधि *(Priming Method)*—व्यक्ति की स्मृति में कुछ ऐसी सूचनाएँ होतीं हैं जिन्हें व्यक्ति शब्दों में अभिव्यक्त नहीं कर पाता है। जैसे, साइकिल चलाने में जिस तरह के कौशल की जरूरत होती है, वह इसी तरह की स्मृति होती है क्योंकि इसें शब्दो में व्यक्त करना मुश्किल है। इतना ही नहीं, स्मृति की कुछ ऐसी सूचनाएँ भी होतीं हैं, जिनसे व्यक्ति स्वयं अवगत नहीं होता है। इस तरह की स्मृति को *अव्यक्त स्मृति* कहा जाता है। मनोवैज्ञानिकों ने अव्यक्त स्मृति को मापने के लिए जिस प्रविधि का उपयोग किया है, उसे *प्रिमिंग* (priming) की संज्ञा दी जाती है। इस प्रविधि में व्यक्ति को पहले कुछ उद्दीपकों (stimuli) को दिखला दिया जाता है। जैसे, Hotel, Mango, River, आदि। कुछ बाद में सिर्फ इन शब्दों के एक अंश को यथा Hot, Man, Riv को अन्य शब्दों के अंश जिन्हें वे कभी देखे नहीं होते हैं, के साथ दिखलाया जाता है और शब्दों को पूरा करने के लिए कहा जाता है। सामान्यतः यह देखा गया है कि व्यक्ति जिन शब्दों को देखा होता है, उसे वह बहुत ही तेजी से या सही-सही ढंग से नये शब्दों की तुलना में पूरा कर लेता है। बाद में यदि उनसे पूछा जाता है कि आपने इन शब्दों को किस तरह से पूरा किया है तो वे अपनी अनभिज्ञता दिखलाते हुए यह कहते हैं कि उसे वे मात्र अनुमान के आधार पर पूरा किये है। अतः मनोवैज्ञानिकों के अनुसार प्रिमिंग एक ऐसी विधि है जिसके माध्यम से हम स्मृति के उन पहलुओं का अध्ययन कर पाते हैं जो एक तरह से अव्यक्त होते हैं।

(4) न्यूरोइमेजिंग *(Neuroimaging)*—न्यूरोइमोजिंग स्मृति के जैविक आधार का अध्ययन करने का एक उपयोगी प्रविधि है। इस प्रविधि में व्यक्ति के मस्तिष्क की प्रतिमा (image) जिसे स्कैन (scan) कहा जाता है, उस समय लिया जाता है जब वह विभिन्न तरह का कार्य कर रहा होता है। अगर कार्य का स्वरूप ठीक इस ढंग का चुना गया होता है जिसमें विशेष तरह का स्मृति सम्मिलत होता है, तो इस बात की सूचना आसानी से प्राप्त की जा सकती है कि स्मृति के इन पहलुओं में मस्तिष्क का कौन-सा भाग सक्रिय था। पेट इमेजिंग (PET imaging) एक ऐसी ही प्रविधि है जिसमें व्यक्ति के रक्त में हानिरहित रेडियोएक्टिव तत्त्व (harmless radioactive substance) का सूई दे दिया जाता है। चूँकि मस्तिष्क का वह क्षेत्र जो किसी कार्य में अधिक व्यस्त होता है, अधिक रक्त का उपयोग करता है, इसके आधार पर शोधकर्त्ता आसानी से यह पता लगा लेते हैं कि मस्तिष्क का कौन भाग किस तरह के मानसिक कार्य में अधिक व्यस्त रहता है। इस प्रविधि द्वारा स्मृति के जैविक आधार (biological bases) के बारे में मनोवैज्ञानिक पर्याप्त जानकारी हासिल करने में समर्थ हुए हैं।

स्पष्ट हुआ कि स्मृति का अध्ययन करने के लिए कई प्रविधियों का प्रतिपादन मनोवैज्ञानिकों द्वारा किया गया है।

प्रासंगिक स्मृति को प्रभावित करने वाले कारक
(Factors influencing Episodic memory)

मनोवैज्ञानिकों द्वारा किये गए अध्ययनों से यह स्पष्ट हुआ है कि बहुत से ऐसे स्पष्ट कारक हैं जिनसे प्रासंगिक स्मृति (eipsodic memory) प्रभावित होते हैं। इन कारकों में निम्नांकित प्रमुख हैः—

(i) अभ्यास की मात्रा एवं वितरण *(Amount and spacing of practice)*—प्रासंगिक स्मृति इस बात द्वारा स्पष्ट रूप से प्रभावित होती है कि सूचनाओं का अभ्यास कितना कराया गया था तथा अभ्यास का वितरण (distribution) किस तरह से किया गया है। सामान्यतः यह देखा गया है कि जब सूचनाओं का अभ्यास अधिक किया जाता है, तो व्यक्ति उसे अधिक लम्बे समय तक धारण किये रहता है। हालांकि यह स्पष्ट है कि अभ्यास के आरम्भिक भागों में लाभ अधिक होता है और बाद में स्मृति में उन्नति का लाभ कम हो जाता है। उसी तरह से अभ्यास का उचित वितरण से भी प्रासंगिक स्मृति उन्नत होता है। जैसे, 60, मिनट का एक सत्र देने के बजाय 30-30 मिनट का दो अलग सत्र देकर और बीच में आराम करने से प्रासंगिक स्मृति की सूचनाओं का प्रत्याह्वान उत्तम होता है। दोनों सत्र के बीच में समय देने से स्मृति चिह्न अधिक सुदृढ़ हो जाते हैं। फलतः उसका प्रत्यह्वान उत्तम होता है।

(ii) संसाधन का प्रकार एवं स्तर *(Levels and Kinds of Processing)*—जब हम सूचनाओं को सीखते हैं, तो उनका किस ढंग का संसाधन (processing) करते हैं, इससे भी प्रासंगिक स्मृति प्रभावित होती है। दो मनोवैज्ञानिक जिनका नाम क्रेक एवं लाकहार्ट (Craik & Lockhart, 1972) हैं, ने इस तथ्य पर स्मृति के एक विशेष सिद्धान्त जिसे *संसाधन-का-स्तर मॉडल* (Level-of-processing model) कहा जाता है, में बल डाला है। इस मॉडल का सार तत्त्व यह है कि किसी सूचना को जितना अधिक गहराई से संसाधित किया जाता है, उसे उतने ही अधिक समय

तक स्मृति में धारण करके रखा जाता है। सूचनाओं का संसाधन के स्तर सामान्यतः दो होते हैं— सतही (surface) तथा गहरी (deeper)। ऊपरी स्तर के संसाधन में व्यक्ति सूचनाओं को मात्र दोहराता है या उसके बारे में मात्र साधारण संवेदी निर्णय जैसे क्या देखे गए शब्द या अक्षर एक समान हैं या नहीं करता है। गहरे स्तर के संसाधन में व्यक्ति अक्षरों या शब्दों की तुलना अर्थ के ख्याल से, आवाज में समानता के ख्याल से तथा अन्य जटिल पहलुओं के ख्याल से करता है। मनोवैज्ञानिक अध्ययनों से यह तथ्य प्राप्त हुआ है कि नयी सूचनाओं का व्यक्ति सामान्यतः गहरे स्तर पर संसाधन करता है।

(iii) पुनःप्राप्ति संकेत *(Retrieval cues)*—मनोवैज्ञानिक अध्ययनों से यह पता चला है कि पुनःप्राप्ति संकेत से भी प्रासंगिक स्मृति (episodic memory) प्रभावित होती है। पुनः प्राप्ति संकेत से तात्पर्य वैसे उद्दीपकों (stimuli) से होता है जो स्मृति में संचित सूचनाओं से साहचर्यित होते हैं; अतः वे इन सूचनाओं का प्रत्याह्वान में उस समय मदद करते हैं, जब सामान्यतः उनका प्रत्याह्वान सम्भव नहीं हो पाता है। टुलभिंग एवं वैटकिंग (Tulving & Watking, 1973) द्वारा किये गए अध्ययनों से यह स्पष्ट हुआ है कि जितना ही पुनःप्राप्ति संकेतों की संख्या अधिक होती है, प्रासंगिक स्मृति में संचित सूचनाओं का प्रत्याह्वान आसान एवं अधिक होता है। इससे संबद्ध एक महत्त्वपूर्ण शोध एक विशेष क्षेत्र जिसे *संदर्भ-आधृत स्मृति* (context-dependent memory) कहा जाता है, में किया गया है। संदर्भ-आधृत स्मृति से तात्पर्य इस बात से होता है कि एक वातावरण या संदर्भ (context) में सीखा गया सामग्री का प्रत्याह्वान (recall) उस वातावरण या संदर्भ में अधिक आसान होता है जो सीखे गये संदर्भ या वातावरण के समान होते हैं। असमानता होने पर प्रत्याह्वान कठिन हो जाता है। इस तथ्य को गौड्डेन तथा बैड्डेली (Godden & Baddeley, 1975) ने अपने प्रयोग के आधार पर साबित किया है। इस प्रयोग में अनुभवी समुद्री गोताखोर (sea divers) प्रयोज्य थे। इन गोताखोरों में से कुछ ने शब्दों की एक सूची समुद्र के किनारे (अर्थात् जमीन पर) बैठकर याद किया तथा कुछ ने शब्दों की सूची को 15 फीट पानी के अंदर रहकर याद किया। इसके बाद इन गोताखोरों ने सीखे गये शब्दों की सूची को समुद्र के किनारे तथा 15 फीट पानी के अन्दर प्रत्याह्वान किया। परिणाम में देखा गया कि संदर्भ (context) समान रहने पर प्रत्याह्वान उत्तम हुआ। दूसरे शब्दों में, जिन गोताखोरों ने जमीन पर शब्दों की सूची याद किया था, उनका प्रत्याह्वान पानी के अंदर की अपेक्षा जमीन पर उत्तम हुआ। उसी तरह से जिन गोताखोरों ने पानी के अंदर शब्दों की सूची को याद किया उनके द्वारा पानी के अंदर किया गया प्रत्याह्वान जमीन पर किया गया प्रत्याह्वान की तुलना में अधिक श्रेष्ठ था। स्मीथ (Smith, 1979) ने तो अपने अध्ययन के आधार पर यहाँ तक बतलाया है कि यह कोई जरूरी नहीं है कि व्यक्ति उस संदर्भ में होकर प्रत्याह्वान करे जिस संदर्भ में वह सूचना को सीखा था। उसकी कल्पना मात्र से भी प्रत्याह्वान (recall) उत्तम होता है।

मनोवैज्ञानिकों द्वारा किये गए अध्ययनों से यह भी स्पष्ट हुआ है कि बाह्य संकेतों (external cues) के अलावा आंतरिक संकेतों का भी प्रभाव प्रत्याह्वान पर पड़ता है। इस तरह की घटना को *अवस्था-आधृत पुनःप्राप्ति* (State-dependent retrieval) कहा जाता है। इससे तात्पर्य यह होता है कि व्यक्ति दीर्घकालीन स्मृति में संचित उन सूचनाओं का प्रत्याह्वान काफी आसानी से उस परिस्थिति में कर लेता है जब व्यक्ति की आंतरिक अवस्था उस समय की आंतरिक अवस्था के समान होती है जब वैसी सूचनाएँ प्रथम बार सीखी गयी थी। जब व्यक्ति की दैहिक अवस्था सीखते समय तथा प्रत्याह्वान समय एक समान होती है, तो इससे कुछ ऐसे पुनःप्राप्ति संकेत (retrieval cues) उत्पन्न होते हैं जो व्यक्ति के निष्पादन को उन्नत बनाते हैं। चाहे संदर्भ-आधृत स्मृति हो या फिर अवस्था आधृत पुनःप्राप्ति (state-dependent retrieval), इन दोनों के पीछे एक विशेष नियम (principle) कार्यरत होता है जिसे *कूटलेखन विशिष्टता नियम* (encoding specificity principle) कहा जाता है। इस नियम का सारतत्त्व यह है कि दीर्घकालीन स्मृति से किसी सूचना की पुनःप्राप्ति (retrieval) उस सीमा तक उत्तम होता है जिस सीमा तक पुनःप्राप्ति संकेत व्यक्ति द्वारा सीखने के समय उपलब्ध संकेतों (cues) के समान होते हैं।

स्मृति को मापने की विधियाँ
(Methods of Measuring Memory)

स्मृति को मापने की विधियाँ निम्नांकित हैं:—

1. प्रत्याह्वान विधि (Recall method)
2. प्रत्याभिज्ञान विधि (Recognition method)

3. पुनः सीखना विधि (Relearning method)
4. पुनर्निमाण विधि (Reconstruction method)

इन विधियों का वर्णन निम्नांकित हैं—

1. प्रत्याह्वान विधि *(Recall Method)*—प्रत्याह्वान विधि जिसे *पुनरूत्पादन विधि* (reproduction method) भी कहा जाता है, स्मृति के जाँच की सबसे लोकप्रिय विधि है। इस विधि में स्मृति की जाँच प्रत्याह्वान (recall) करके किया जाता है। पूर्व सीखे गये विषय या पाठ को व्यक्ति अपने सामने से हटा देता है और उसकी अनुपस्थिति में ही उसे बोलकर या लिखकर उसका प्रत्याह्वान (recall) करता है। प्रत्याह्वान की मात्रा जितनी ही अधिक होती है, धारणा उतनी ही मजबूत एवं प्रबल मानी जाती है। उदाहरणार्थ, जब व्यक्ति किसी पूर्व सीखे गये पाठ का 90% सही-सही प्रत्याह्वान कर लेता है तो हम स्पष्टतः यह कहते हैं कि उस पाठ की स्मृति व्यक्ति में काफी मजबूत थी।

2. प्रत्यभिज्ञान विधि *(Recognition method)*—इस विधि का आधार प्रत्यभिज्ञान (recognition) है। प्रत्यभिज्ञान में सीखे गये पाठ या विषय को कुछ सदृश (similar) एवं नये उद्दीपक के साथ मिलाकर व्यक्ति के सामने उपस्थित किया जाता है। यदि सचमुच में व्यक्ति पूर्व सीखे गये पाठ या विषय को धारण किये हुए होता है, तो वह आसानी से इस पाठ या विषय को नये पाठ या विषय से अलग कर पहचान कर लेता है। परन्तु यदि वह पूर्व सीखे गये विषय या पाठ को नये एवं सदृश (similar) पाठ से अलग कर पहचान करने में असमर्थ रहता है तो ऐसा कहा जाता है कि व्यक्ति की स्मृति कमजोर थी। इस तरह से हम देखते हैं कि प्रत्याह्वान विधि (recall) में मूल पाठ या विषय को उसकी अनुपस्थिति में ही व्यक्ति उसे बोलकर या लिखकर प्रत्याह्वान करता है जबकि प्रत्यभिज्ञान विधि में मूल पाठ या विषय को उससे मिलते-जुलते पाठ या विषय के साथ मिलाकर व्यक्ति के सामने उपस्थित किया जाता है और व्यक्ति को पूर्व सीखे गये विषय की पहचान करनी होती है।

प्रायः यह देखा जाता है कि जब व्यक्ति को पुराने अर्थात् पहले सीखे गये एकांशों (items) या पाठों की पहचान करने को कहा जाता है, तो कुछ एकांशों की पहचान वह अटकलबाजी (guessing) करके कर लेता है। इस तरह की अटकलबाजी से प्रत्यभिज्ञान-प्राप्तांक (recognition score) तो बढ़ जाता है, परन्तु इस तरह के प्राप्तांक से वस्तुतः स्मृति की जाँच नहीं होती है। इसलिए मनोवैज्ञानिकों ने स्मृति को इस अटकलबाजी (guessing) से प्राप्त सफलता से बचाने के लिए शुद्धि (correction) की सिफारिश की है क्योंकि तभी उससे स्मृति की सही जाँच हो पायेगी। इसके लिए गलत प्रत्याभिज्ञानं (wrong recognition) किये गये एकांशों के प्रतिशत (percent) को सही प्रत्याभिज्ञान किये गये एकोंशों की प्रतिशत से घटाकर शुद्ध प्रत्याभिज्ञान प्राप्तांक (corrected recognition score) प्राप्त किया जाता है। शुद्ध प्रत्याभिज्ञान निकालने का सूत्र इस प्रकार है—

$$Rsc = (R/N_1) \times 100 - (W/N_2) \times 100$$

यहाँ,

Rsc = शुद्ध प्रत्याभिज्ञान प्राप्तांक (corrected recognition score)
R = सही प्रत्याभिज्ञान किये गये एकांशों (items) की संख्या
W = गलत प्रत्याभिज्ञान किये गये एकांशों (items) की संख्या
N_1 = पहले सीखी गयी सूची में एकांशों (items) की संख्या
N_2 = सदृश (similar) एवं नये एकांशों की संख्या

एक उदाहरण इस प्रकार है—मान लीजिए कोई व्यक्ति 10 निरर्थक पदों की एक सूची याद करता है और इसके बाद इन 10 निरर्थक पदों को 20 और नये एवं सदृश निरर्थक पदों के साथ यादृच्छिक रूप से (randomly) मिलाकर इसके सामने प्रस्तुत किया जाता है। थोड़ी देर के लिए मान लिया जाय कि वह 8 निरर्थक पदों का सही प्रत्याभिज्ञान करता है तथा 2 निरर्थक पदों का गलत प्रत्यभिज्ञान करता है तो उपर्युक्त सूत्र के अनुसार शब्द प्रत्याभिज्ञान प्राप्तांक $(8/10) \times 100 - (2/20) \times 100 = 80\% - 10\% = 70\%$ होगी। इससे यह पता चलता है कि व्यक्ति निरर्थक पदों की मूल सूची (10 पदों वाली सूची) में 70% धारण किये हुए था तथा 30% की समृति समाप्त हो गयी है।

3. पुनः सीखना विधि *(Relearning method)*—इस विधि का प्रतिपादन इबिंगहॉस (Ebbinghaus) ने किया था तथा इसे *बचत विधि* (saving method) भी कहा जाता है। इस विधि में पाठ या एकांशों (items) को एक

निश्चित कसौटी (fixed criterion) तक व्यक्ति सीख लेता है। इसके कुछ समय के बाद व्यक्ति को फिर उसी कसौटी तक सीखने को कहा जाता है जिस कसौटी तक उसने पहले उन एकांशों को सीखा था। धारण (retention) की जाँच व्यक्ति द्वारा पुनः सीखने (relearning) में लगे प्रयास (trials) या समय (time) या त्रुटि (error) के आधार पर की जाती है। उदाहरणार्थ, मान लिया जाय कि 10 निरर्थक पदों की एक सूची को एक त्रुटिरहित प्रस्तुतीकरण (one errorless reproduction) की कसौटी तक सीखने में व्यक्ति 15 प्रयास (trials) लेता है। दो दिन के बाद इसे फिर वही सूची सीखने को दिया जाता है और इस बार वह 11 प्रयास लेता है। इससे स्पष्ट है कि प्रयोज्य को दोबारा सीखने में 15-11 = 4 प्रयास की बचत हुई है। इस बचत को हम निम्नांकित सूत्र के आधार पर प्रतिशत में बदल सकते हैं—

$$\text{बंचत प्रतिशत (Saving Percent)} = \frac{\text{Original trials} - \text{Relearning trials}}{\text{Original trials}} \times 100$$

$$\text{इस तरह से } \frac{15 - 11}{15} \times 100 = 4/15 \times 100 = 26.66\%$$

यहाँ बचत प्राप्तांक (saving score percentage) 26.66% है। चूँकि बचत प्रतिशत 30% से भी कम है, अतः यह कहा जा सकता है कि व्यक्ति की स्मृति अधिक मजबूत नहीं थी।

कुछ मनोवैज्ञानिकों ने बचत विधि में दोष बतलाते हुए यह कहा है कि इस विधि में जो समय अंतराल (time interval) दिया जाता है, उसमें व्यक्ति अपनी क्षमता को किसी तरह से बढ़ा सकता है या कोई नया और पहले से भी अधिक दक्ष सीखने का तरीका अपना सकता है। फलतः, पुनः सीखना (relearning) में जो बचत होगी, वह अगर पूर्णतः नहीं तो अंशतः निश्चित ही धारणा की वजह से न होकर इसे बढ़े हुए कौशल के कारण हो सकती है।

4. पुनर्निर्माण विधि *(Reconstruction method)*—यह विधि पुनः सीखना विधि (relearning mehtod) से बहुत कुछ मिलता-जुलता है। इस विधि में पूर्व सीखे गये एकांशों या पाठ का कुछ समय अन्तराल (time interval) के बाद व्यक्ति के सामने एक यादृच्छिक क्रम (random order) में उलट-पुलटकर प्रस्तुत किया जाता है। व्यक्ति को उन एकांशों को फिर उसी क्रम (order or sequence) में पुनर्निर्माण या पुनर्व्यवस्थित (reconstruct or rearrange) करने को कहा जाता है जिस क्रम में उसने इन एकांशों को सीखा था। इस विधि में धारण (retention) की जाँच पूर्वक्रम में पुनर्व्यवस्थित किये गये एकांशों की संख्या से की जाती है। इस संख्या को प्रतिशत में बदलकर धारण प्राप्तांक प्रतिशत (retention score percent) ज्ञात किया जाता है। यदि 10 निरर्थक पदों की सूची में 3 को ही वह सही क्रम में पुनर्व्यवस्थित कर पाता है तो उसका स्मृति प्राप्तांक प्रतिशत (3/10) × 100 = 30% होगा। यह प्रतिशत जितना ही अधिक होगा, व्यक्ति की स्मृति उतनी ही मजबूत समझी जाती है।

इस तरह से हम देखते हैं कि मनोवैज्ञानिकों ने स्मृति की जाँच के लिए कई विधियों का प्रतिपादन किया है। इन विधियों में प्रत्याह्वान विधि (recall method) तथा प्रत्यभिज्ञान विधि (recognition method) अन्य विधियों से श्रेष्ठ (superior) मानी गयी है।

स्मृति का प्रयोगात्मक अध्ययन
(Experimental Studies of Memory)

स्मृति एक व्यापक शब्द है जिसमें स्मरण तथा विस्मरण दोनों सम्मिलित होते हैं। स्मरण (remembering) स्मृति (memory) का एक धनात्मक पक्ष (positive aspect) है। स्मरण से तात्पर्य पूर्व सीखे गये विषयों एवं पाठों को चेतना में लाने से होता है। स्मरण के स्वरूप (nature) के सम्बन्ध में मनोवैज्ञानिकों के बीच दो तरह के दृष्टिकोण (viewpoints) प्रचलित है जिसकी समीक्षा निम्नांकित ढंग से की जा सकती है:—

(क) इबिंगहॉस का दृष्टिकोण *(Ebbinghaus' viewpoints)*—इबिंगहॉस (Ebbinghaus) सबसे पहले मनोवैज्ञानिक थे जिन्होंने स्मरण (remembering) का प्रयोगात्मक अध्ययन किया। इन्होंने 1885 में अपनी पुस्तक *'आन मेमोरी'* (On Memory) (जो जर्मन भाषा में थी तथा जिसका अंग्रेजी अनुवाद बाद में रूजर (Ruger) तथा चार्ल्स (Charles) द्वारा किया गया) में स्मरण के स्वरूप की व्याख्या करते हुए कहा कि स्मरण एक *पुनरूत्पादक*

मानसिक प्रक्रिया (reproductive mental process) है। इसका मतलब यह हुआ कि जो कुछ हम सीखते हैं उसको बाद में ठीक उसी रूप में बिना किसी प्रकार के हेर-फेर किये हम प्रत्याह्वान (recall) करने में समर्थ होते हैं। दूसरे शब्दों में, प्रत्याह्वाहित सामग्री (recalled materials) पहले सीखी गयी सामग्री का कार्बन कॉपी (carbon copy) होता है। सीखने के बाद जैसे-जैसे समय बीतता जाता है, प्रत्याह्वान (recall) या पुनरुत्पादन (reproduction) की मात्रा में कमी होती है परन्तु जो भी प्रत्याह्वाहित सामग्री प्राप्त होती है वह ठीक पहले सीखी गयी सामग्री का कार्बन कॉपी ही होता है। इसका मतलब यह हुआ कि प्रत्याह्वान की मात्रा (quantity) में अन्तर होता है इसके गुण (quality) में नहीं।

इविंगहॉस का उपर्युक्त निष्कर्ष एक प्रयोग (experiment) पर आधारित था जिसमें वे स्वयं प्रयोज्य (subject) तथा प्रयोगकर्त्ता (experimenter) दोनों ही थे। उन्होंने निरर्थक पदों[1] (nonsense syllables) का निर्माण किया और निरर्थक पदों की एक सूची को क्रमिक पूर्वाभास विधि (method of serial anticipation) द्वारा सीखा और भिन्न-भिन्न समय अन्तरालों (time intervals) के बाद स्मृति की जाँच पुनः सीखना विधि (relearning method) से किया। परिणाम में पाया कि निरर्थक पदों को जिस रूप से सीखा गया था, उनकी स्मृति ठीक उसी रूप में मौजूद थी। किसी प्रकार का कोई परिवर्तन उसमें नहीं हो पाया। हाँ, इतना अवश्य देखा गया कि स्मृति की मात्रा में सीखने के तुरन्त बाद काफी तेजी से कमी हुई परन्तु फिर बाद में लम्बे समय अंतरालों के बाद स्मृति की मात्रा में कमी मन्द गति से हुई।

(ख) बार्टलेट का दृष्टिकोण *(Bartlett's viewpoint)*—इविंगहॉस का स्मरण पर चूँकि पहला प्रयोगात्मक अध्ययन था, अतः उनके विचार का प्रभाव बाद के मनोवैज्ञानिकों पर काफी पड़ा। बहुत दिनों तक मनोवैज्ञानिकों द्वारा निरर्थक पदों पर प्रयोग किया जाता रहा और उनका यह विचार कि स्मरण एक पुनरुत्पादक मानसिक प्रक्रिया (reproductive mental process) है, स्वीकृत रहा। परन्तु एक अंग्रेजी मनोवैज्ञानिक (English psychologist) ने सबसे पहले उनके इस विचार का खंडन किया। इनका नाम बार्टलेट (Bartlett, 1932) था जिन्होंने अपनी पुस्तक *'रिमेम्बरिंग'* (Remembering) में विस्तृत रूप से बतलाया कि स्मरण एक *पुनर्संरचनात्मक मानसिक प्रक्रिया* (reconstructive mental process) है। उन्होंने पुनर्संरचनात्मक प्रक्रिया को *उत्पादी मानसिक प्रक्रिया* (productive mental process) भी कहा है। बार्टलेट ने कहा कि पहले की सीखी गयी सामग्री का हम बाद में प्रत्याह्वान हू-ब-हू ठीक उसी रूप में नहीं करते हैं बल्कि उसमें कुछ परिवर्तन करके करते हैं। कुछ नयी सामग्री को अपनी ओर से प्रत्याह्वान करते समय जोड़ देते हैं तथा पुरानी सीखी गयी सामग्री में से कुछ सामग्री को हटा देते हैं। इस तरह से प्रत्याह्वान करते समय सीखी गयी सामग्री का एक तरह से पुनर्निर्माण या पुनर्संरचना (reconstruction) की जाती है। उन्होंने इविंगहॉस के विचार की त्रुटि की ओर ध्यान दिलाते हुए यह भी कहा कि इस तरह का उनका निष्कर्ष निम्नांकित दो कारणों से था:—

(i) इविगहॉस ने निरर्थक पदों को सीखकर उनके स्मृति की जाँच किया था। निरर्थक पद का स्वरूप (nature) ही कुछ ऐसा है कि व्यक्ति को प्रत्येक प्रत्याह्वान (recall) में उसका हू-ब-हू पुनरुत्पादन (reproduction) करना ही है। यदि सार्थक सामग्री (meaningful material) का प्रयोग वे करते तो इस ढंग का निष्कर्ष नहीं आता।

(ii) इविंगहॉस अपने प्रयोग में स्वयं प्रयोगकर्त्ता तथा प्रयोज्य (subject) दोनों थे। प्रयोगकर्त्ता के रूप में उन्हें प्रयोग की प्राक्कल्पना (hypothesis) पता था। यही कारण है कि प्रयोज्य के रूप में उन्होंने सीखे गये पदों का वैसा पुनरुत्पादन (reproduction) किया।

बार्टलेट्ट (Bartlett) का यह विचार कि स्मरण एक पुनर्संरचनात्मक मानसिक प्रक्रिया (reconstructive mental process) है, इनके ही द्वारा किये गये कुछ प्रयोगों पर आधारित है। उन्होंने अपने प्रयोग में मूल रूप से दो विधियों यानी क्रमिक पुनरुत्पादन विधि (method of serial reproduction) तथा पुनरूक्ति पुनरुत्पादन विधि (method of repeated reproduction) का उपयोग किया। बार्टलेट द्वारा कई प्रयोग (experiments) किये गये हैं जिन्हें मूल रूप से दो भागों में बाँटा जा सकता है—

1. निरर्थक पदों (nonsense syllables) का प्रतिपादन सबसे पहले इविंगहॉस ने किया। ऐसे पद अंग्रेजी के तीन अक्षरों से मिलकर बनते हैं जिसमें बीच का अक्षर स्वर (vowel) होता है और अगल-बगल के अक्षर व्यंजन होते हैं। ऐसे पदों का कोई अर्थ नहीं होता है। जैसे, (LOC; ZAL) आदि।

(i) कहानी-सम्बन्धी प्रयोग (Experiments related to stories)—बार्टलेट ने अपने कुछ प्रयोगों में एक कहानी का पुनरुत्पादन (reproduction) भिन्न-भिन्न प्रयोज्यों (subjects) से भिन्न-भिन्न समय अंतरालों के बाद करवाया तथा कुछ प्रयोगों में एक ही प्रयोज्य (subject) से भिन्न-भिन्न समय अन्तरालों (time intervals) पर एक ही कहानी का पुनरुत्पादन करवाया। बार्टलेट ने अपने प्रयोगों में कई तरह की कहानियों (stories) को सम्मिलित किया जिसमें सबसे लोकप्रिय कहानी थी *'दी वार ऑफ दी घोसट्स'* (The war of the Ghosts)। कुछ प्रयोगों में इस कहानी को एक प्रयोज्य (subject) को सुनाई गयी। उसने उस कहानी को दूसरे प्रयोज्य से, दूसरे प्रयोज्य ने उसी कहानी को तीसरे प्रयोज्य से तथा तीसरे ने चौथे और इसी तरह से कई प्रयोज्यों को भिन्न-भिन्न समय अंतराल पर सुनाया गया। इस विधि को क्रमिक पुनरुत्पादन विधि (method of serial reproduction) कहा गया है। कुछ प्रयोगों में उन्होंने एक ही कहानी को कई प्रयोज्यों को अलग-अलग पढ़ने को दिया और भिन्न-भिन्न समय अन्तरालों पर प्रत्येक प्रयोज्य से उसी कहानी का प्रत्याह्वान (recall) करवाया। उसे उन्होंने पुनरूक्ति पुनरुत्पादन विधि (repeated reproduction method) कहा। इन दोनों विधियों से बार्टलेट ने कहानी के कई पुनरुत्पादन (reproductions) का संग्रह किया और उसका विश्लेषण किया।

(ii) चित्र-आरेखण सम्बन्धी प्रयोग (Experiments related to figure drawing)—बार्टलेट ने क्रमिक पुनरुत्पादन विधि (method of serial reproduction) के सहारे चित्र-आरेखण सम्बन्धी एक बहुत ही लोकप्रिय (popular) प्रयोग किया। इस प्रयोग में एक प्रयोज्य को एक उल्लू (owl) का चित्र कुछ देर तक दिखलाकर हटा लिया गया और बाद में उसे अपनी स्मृति से उसका आरेखण (drawing) करने को कहा गया। इस आरेखित चित्र को फिर दूसरे प्रयोज्य को कुछ समय तक दिखलाकर हटा लिया गया और उसे अपनी याद से उसका आरेखण करने को कहा गया। फिर इस आरेखित चित्र को तीसरे प्रयोज्य को कुछ देर तक दिखलाकर हटा लिया गया और उसे अपनी याद से इसका आरेखण करने को कहा गया। इस तरह के उल्लू के अरेखित चित्रों के कई पुनरुत्पादन (reproduction) प्राप्त किये गये।

इस प्रयोग के परिणाम में यह देखा गया कि उल्लू (owl) का मूल चित्र प्रत्येक पुनरुत्पादन (reproduction) में धीरे-धीरे बदलता गया और 10वें पुनरुत्पादन में यह बदलकर बिल्ली (cat) का हो गया।

बार्टलेट्ट (Bartlett) के कहानी-सम्बन्धी प्रयोग तथा चित्र-आरेखण सम्बन्धी प्रयोगों के आधार पर मूल रूप से हम इस निष्कर्ष पर पहुँचते हैं कि व्यक्ति पहले देखे गये चित्रों एवं सीखे गये कहानियों का जब प्रत्याह्वान (recall) या पुनरुत्पादन (reproductions) करता है, तो वह अपनी आवश्यकता (need), अभिरुचि (interest), मनोवृत्ति (attitude) तथा आदत के अनुसार मौलिक विषय में परिवर्तन कर देता है। वह कुछ नयी बातों को मौलिक विषय में जोड़ देता है तथा मौलिक विषय की कुछ बातों को छोड़ देता है। अपनी भाषा आदत (language habit) के अनुसार मौलिक विषय को वह अधिक सरल, आकर्षक एवं चटपटा बना देता है। इस तरह से बार्टलेट ने बतलाया कि सीखे गये विषय का प्रत्याह्वान (recall) सिर्फ उस विषय द्वारा ही नहीं प्रभावित होता है बल्कि व्यक्ति की मौजूदा मानसिक स्थिति तथा मानसिक परियोजना जो मौलिक विषय को एक खास नये ढंग से पुनर्संगठित (reorganize) कर देता है, द्वारा भी प्रभावित होता है। इस तरह की मानसिक स्थिति तथा मानसिक परियोजना (mental planning) को *'स्कीमा'* (schema or schemata) की संज्ञा दी गयी। इस तरह की स्कीमा के कारण मौलिक विषय का विस्तृत वर्णन हटा दिया जाता है तथा मुख्य बातें करीब-करीब रह जातीं हैं, हालाँकि चित्र आरेखण के प्रयोग में उन्होंने पाया था कि 10वीं पुनरुत्पादन (reproduction) तक तो मौलिक चित्र (उल्लू) पूर्णरूपेण बदलकर बिल्ली का चित्र हो गया।

बार्टलेट अपने विभिन्न प्रयोगों के आधार पर इस निष्कर्ष पर पहुँचे कि स्मरण एक पुनर्संरचनात्मक प्रक्रिया (reconstructive process) है, न कि पुनरुत्पादक मानसिक प्रक्रिया (reproductive mental process) जैसा कि इविंगहॉस ने कहा था। बार्टलेट[1] के ही शब्दों में यह कहा जा सकता है कि स्मरण भिन्न-भिन्न निश्चित स्मृति चिह्नों का पुनः उत्तेजन (reexcitation) नहीं है। यह एक काल्पनिक रचनात्मक तथा पुनर्संरचनात्मक प्रक्रिया है। रटकर सीखे गये विषयों का भी स्मरण शायद ही कभी हू-ब-हू (exact) होता है।

बार्टलेट के विचार का समर्थन कुछ आधुनिक प्रयोगों (experiments) द्वारा भी किया गया है। जैसे, बेन्सफोर्ड तथा फ्रैन्क्स (Bransford & Franks, 1971) ने कई प्रयोग किये हैं। इन लोगों ने अपने प्रयोगों में प्रयोज्यों (subjects) को कई वाक्यों को पढ़कर सुनाया। सभी वाक्य एक-दूसरे से सम्बन्धित थे। इन वाक्यों के आधार पर उन्होंने स्वयं ही कुछ जटिल विचारों (complex ideas) का प्रतिपादन कर लिया। बाद में जब इस जटिल विचार से सम्बन्धित कुछ वाक्य उनके सामने रखे गये, तो उन्होंने तुरन्त उसका पहचान करते हुए कहा कि यह अमुक वाक्य

अमुक जटिल विचार से सम्बन्धित है। उनमें से किसी ने यह नहीं कहा कि यह अमुक वाक्य प्रारम्भ में सुनाये गये वाक्यों से सम्बन्धित है (हालाँकि वाक्य उससे भी सम्बन्धित था)। प्रयोगकर्त्ताओं के अनुसार व्यक्ति ने प्रारम्भ में सुने गये कई वाक्यों को हू-ब-हू नहीं बल्कि उसे नये ढंग से एक जटिल विचार (complex idea) के रूप में संचित रखा था और बाद में उन्होंने इसी विचार का प्रत्याह्वान किया न कि अलग-अलग वाक्यों का।

यद्यपि बार्टलेट का यह विचार कि स्मरण एक पुनर्संरचनात्मक मानसिक प्रक्रिया (reconstructive mental process) है, को काफी मान्यता प्राप्त है, फिर भी कुछ लोगों ने उसकी आलोचना की है जो इस प्रकार है—

(i) बार्टलेट के प्रयोग से यह पता चलता है कि मौलिक विषय में जो गुणात्मक परिवर्तन (qualitative changes) होते हैं, वे स्मृति (memory) के संचयन (storage) में हुए परिवर्तन के परिणामस्वरूप होता है या कुछ उन प्रक्रियाओं (process) के फलस्वरूप होते हैं जो पुनः प्राप्ति (retrieval) या प्रत्याह्वान (recall) के समय होते हैं।

(ii) कुछ मनोवैज्ञानिकों का कहना है कि पुनरुत्पादन (reproductions) में हुए जोड़-घटाव (manipulations) के आधार पर हम यह कहते हैं कि व्यक्ति में पहले से ही एक विशेष मानसिक परियोजना (mental planning) होती है (जिसे स्कीमा कहा जाता है।) जिसके कारण ऐसा जोड़-घटाव किया जाता है। इन आलोचकों का कहना है कि बार्टलेट ने कोई ऐसी विधि नहीं बतलायी है जिसके आधार पर स्कीमा को नियंत्रित करके पुनरुत्पादन (reproduction) को भी नियंत्रित किया जा सके।

इन आलोचनाओं के बावजूद भी बार्टलेट के विचार की मान्यता इविंगहॉस के विचार की अपेक्षा आज भी अधिक है। अतः हम इस निष्कर्ष पर पहुँचते हैं कि स्मरण को एक पुनर्संरचनात्मक मानसिक प्रक्रिया (reconstructive mental process) ही मानना ठीक है।

विस्मरण : अर्थ एवं स्वरूप
(Forgetting : Meaning and Nature)

स्मृति (memory) का एक नकारात्मक या ऋणात्मक पक्ष (negative aspect) विस्मरण है। गेल्डार्ड (Geldard, 1963) ने विस्मरण को एक नकारात्मक स्मृति (negative memory) माना है। जब हम पूर्व सीखे गये अनुभवों को किसी कारण से खो देते हैं तो उसे विस्मरण (forgetting) की संज्ञा दी जाती है। जब भी हम किसी विषय या पाठ को सीखते हैं, तो उसे स्मृति चिह्न (memory traces) के रूप में मस्तिष्क में धारण करते हैं। जब स्मृति चिह्न कमजोर पड़ जाते हैं या समाप्त हो जाते हैं तो हम पूर्व सीखे गये अनुभवों को याद नहीं कर पाते हैं और हम यह कहते हैं उसका विस्मरण हो गया है। इस तरह से हम कह सकते हैं कि विस्मरण एक ऐसी प्रक्रिया है जिसमें स्मृति चिह्नों के खतम हो जाने के कारण पूर्व सीखे गये अनुभवों को व्यक्ति याद नहीं कर पाता है। परन्तु सच्चाई यह है कि मनोवैज्ञानिक रूप से विस्मरण का यह अधूरा अर्थ है क्योंकि कभी-कभी ऐसा होता है कि किसी सीखे गये पाठ की समृति चिह्न बनी हुई होती है अर्थात् हम उन अनुभवों को धारण किये हुए होते हैं फिर भी उसका प्रत्याह्वान (recall) या प्रत्याभिज्ञान (recognition) नहीं कर पाते हैं। परन्तु जैसे ही उस पाठ से सम्बन्धित कुछ संकेत (cues) जिसे पुनः प्राप्ति संकेत (retrieval cue) कहा जाता है, दिया जाता है, हम उसका प्रत्याह्वान कर लेते हैं। अतः विस्मरण को परिभाषित करते हुए यह कहा जा सकता है कि विस्मरण एक ऐसी मानसिक प्रक्रिया है जिसमें व्यक्ति पूर्व सीखे गये अनुभवों या पाठों का प्रत्याह्वान (recall) या प्रत्याभिज्ञान (recognition) करने में असमर्थ रहता है। इस असमर्थता का कारण स्मृति चिह्नों का खतम हो जाना भी हो सकता है या उपयुक्त पुनः प्राप्ति संकेत (appropriate retrieval cues) की अनुपस्थिति भी हो सकती है।

जब विस्मरण का कारण स्मृति चिह्नों (memory traces) का वास्तविक नाश (actual loss) होना होता है, तो इसे *चिह्न-आधारित विस्मरण* (trace-dependent forgetting) कहा जाता है तथा जब विस्मरण का कारण स्मृति

1. "Remembering is not the reexcitation of innumerable, fixed, lifeless and fragmentary traces. It is an imaginative reconstruction or construction ... It is thus hardly very really exact, even in the most rudimentary cases of rote recapitulation."
—Bartlett : *Remembering, 1932*, p. 213

चिह्नों का नाश होना नहीं बल्कि प्रत्याह्वान (recall) करते समय कुछ महत्त्वपूर्ण संकेतों (cues) की अनुपस्थिति होती है तो उसे *संकेत-आधारित विस्मरण* (cue-dependent forgetting) कहा जाता है।

विस्मरण के स्वरूप (nature) के बारे में मनोवैज्ञानिकों के बीच मुख्य दो तरह के दृष्टिकोण या विचारधाराएँ हैं। पहली विचारधारा इविंगहॉस (Ebbinghaus) की है जिन्होंने 1885 में स्मरण तथा विस्मरण पर पहला प्रयोगात्मक अध्ययन किया और बतलाया कि विस्मरण (forgetting) एक निष्क्रिय मानसिक प्रकिया (passive mental process) है। दूसरी विचारधारा अन्य मनोवैज्ञानिकों का है कि जिसमें मेल्टन (Melton, 1940), मूल्लर तथा पिलजेकर (Muller & Pilzecker, 1900), मैग्यू (Mc Geoch, 1932) तथा जेनकिन्स तथा डैल्लेनबैक (Jenkins & Dallenbach, 1924) आदि प्रधान हैं। इन मनोवैज्ञानिकों का कहना है कि विस्मरण एक निष्क्रिय मानसिक प्रक्रिया (passive mental process) नहीं बल्कि एक सक्रिय मानसिक प्रक्रिया (active mental process) है। इन दोनों विचारधाराओं की व्याख्या इस प्रकार है—

1. विस्मरण एक निष्क्रिय मानसिक प्रक्रिया है *(Forgetting is a passive mental process)*—इविंगहॉस ने विस्मरण का प्रयोगात्मक अध्ययन (experimental study) किया। इन्होंने अपने इस अध्ययन में निरर्थक पदों (nonsense syllables) की कई सूचियों को स्वयं सीखा तथा उसकी स्मृति की जाँच भिन्न-भिन्न समय अन्तरालों (time intervals) जैसे 20 मिनट, 1 घंटा, 1 दिन, 2 दिन, 3 दिन, 4 दिन, 5 दिन, 8 दिन तथा 31 दिन पर किया। इन्होंने अपने प्रयोग में पाया कि सीखने के बाद जैसे-जैसे समय बीतता जाता है, वैसे-वैसे निष्क्रिय रूप से (passively) मस्तिष्क में बने स्मृति-चिह्न अपने आप ही क्षीण एवं कमजोर पड़ते जाते हैं। विस्मरण की मात्रा (amount) तथा दर (rate) में समय बीतने के फलस्वरूप हुए परिवर्तन को इविंगहॉस ने एक विशेष वक्र (curve) द्वारा दिखलाया है जिसे *विस्मरण वक्र* (Forgetting curve) या *इविंगहॉस वक्र* (Ebbinghus cruve) कहा जाता है (देखें चित्र 8.9)।

इस तरह से इविंगहॉस के अनुसार भूलने का मुख्य कारण सीखने के बाद समय का बीतना होता है। समय बीतने के साथ-साथ स्मृति चिह्नों में क्रमिक ह्रास (gradual decay) होता जाता है और उसी के अनुसार विस्मरण की मात्रा भी बढ़ती जाती है। इविंगहॉस ने अपने प्रयोग में पाया था कि सीखने के 20 मिनट के बाद निरर्थक पदों को वह मात्र 44.2% ही स्मृति किये हुए थे, यानी, वे 100% – 44.2 = 55% भूल गये थे। उसी प्रकार एक घंटा के बाद 64.2% भूल गये, एक दिन के बाद 66.3% भूल गये, दो दिन के बाद 72.2% भूल गये तथा 31 दिन के बाद वे 79% भूल गये। स्पष्ट है कि समय बीतने के साथ-साथ विस्मरण की मात्रा (amount) बढ़ती गयी हालाँकि विस्मरण की दर (rate) कमती गयी। प्रथम 20 मिनट में भूलने की दर 42.2% थी, एक घंटा के बाद वह दर 64.2% – 44.2% = 20% थी और उसी तरह से दो दिन तथा 30 दिन के समय तक यह मात्र 79% – 72% = 6.8 थी।

2. विस्मरण एक सक्रिय मानसिक प्रक्रिया है *(Forgetting is an active mental process)*—आजकल मनोवैज्ञानिकों ने यह साबित कर दिया है कि इविंगहॉस का विचार सही नहीं है। इन लोगों के प्रयोगों के परिणाम से यह स्पष्ट हो गया है कि विस्मरण का कारण समय का बीतना नहीं है। जेनकिन्स तथा डैल्लेनबैक (Jenkins & Dallenbach, 1924), मूल्लर तथा पिलजेकर (Muller & Pilzecker, 1900) और मेल्टन तथा इर्विन (Melton & Irwin, 1940) ने अपने-अपने प्रयोगों में यह स्पष्ट रूप से पाया हे कि सीखने के बाद समय का बीतना अपने आप में विस्मरण का कारण नहीं है बल्कि व्यक्ति इस समय अन्तराल (time interval) में जब कुछ दूसरा कार्य करता है या कुछ नया पाठ सीखता है, तो इसके कारण मौलिक विषय (original task) को वह भूल जाता है। समय अन्तराल में जब नया पाठ व्यक्ति सीखता है तो इससे उत्पन्न स्मृति चिह्न (memory traces) पहले सीखे गये पाठ यानी मौलिक पाठ के सीखने से उत्पन्न समृति चिह्न को धीरे-धीरे कमजोर कर देता है और व्यक्ति उस मौलिक पाठ को भूल जाता है। अतः विस्मरण निष्क्रिय रूप से (passively) समय बीतने के साथ अपने आप नहीं होता है बल्कि उस बीते हुए समय में जब व्यक्ति सक्रिय होकर (actively) किसी पाठ को सीखता है तो इससे विस्मरण होता है।

'विस्मरण एक सक्रिय मानसिक प्रक्रिया है' के समर्थन में अनेक प्रयोगों (experiments) का उल्लेख किया जा सकता है। परन्तु उदारहण के रूप में यहाँ जेनकिन्स तथा डैल्लेनबैक (Jenkins & Dallenbach, 1924) द्वारा किये गये प्रयोग का उल्लेख किया जा रहा है—इस प्रयोग में मात्र दो प्रयोज्य (subjects) थे और मनोवैज्ञानिक प्रयोगशाला

में ही इन्हें रात में सोने का आग्रह किया गया। इन दोनों प्रयोज्यों को 10-10 निरर्थक पदों की एक सूची को सुबह तथा एक सूची को शाम में सिखलाया गया। दिन में वे सूची को सीखने के बाद अपने वर्ग (class) में जाते थे जहाँ अपने दोस्तों से बातचीत करते थे तथा शिक्षक का भाषण सुनते थे। इतना ही नहीं, वे लाइब्रेरी में जाकर अन्य पुस्तकों का अध्ययन भी करते थे। परन्तु सीखने के 1 घंटा, 2 घंटा, 4 घंटा तथा 8 घंटा बाद अपने आप प्रयोगशाला में आकर सुबह सीखे गये सूची का प्रत्याह्वान (recall) कर जाते थे। शाम में वे सूची को सीखने के बाद आराम करते थे और रात में सो जाते थे। लेकिन प्रयोगकर्त्ता समय पर, यानी, सूची सीखने के 1 घंटा, 2 घंटा, 4 घंटा तथा 8 घंटा बाद उन्हें नींद से उठा कर उस सूची का प्रत्याह्वान (recall) लेते थे। परिणाम में देखा गया कि दिन में प्रयोज्यों (subjects) द्वारा किया गया प्रत्याह्वान (recall) रात में किये गये प्रत्याह्वान की अपेक्षा कम था अर्थात् दिन में विस्मरण की मात्रा रात में विस्मरण की मात्रा की अपेक्षा अधिक था। जेनकिन्स तथा डैल्लेनवैक (Jenkins & Dallenbach, 1924) ने इस परिणाम की व्याख्या करते हुए कहा कि ऐसा इसलिए हुआ क्योंकि दिन में प्रयोज्यों यानी छात्रों द्वारा सुबह में मूल सूची सीखने के बाद कई कार्य किये गये। जैसे, छात्रों द्वारा शिक्षक का भाषण सुना गया, लाइब्रेरी में किताब पढ़ा गया, आदि-आदि। इन सबसे छात्रों ने कुछ सीखा और उससे उत्पन्न स्मृति चिह्न सूची के निरर्थक पदों के स्मृति चिह्नों को क्षीण कर दिया जिससे विस्मरण की मात्रा बढ़ गयी। रात में चूँकि प्रयोज्य सूची के पदों को सीखने के बाद सो जाते थे, इसलिए कोई दूसरा पाठ वे नहीं सीखते थे। अतः रात में विस्मरण की मात्रा काफी कम थी। अगर विस्मरण का कारण सीखने के बाद मात्र समय का बीतना होता तो दोनों अवस्थाओं में विस्मरण की मात्रा बराबर-बराबर होती क्योंकि रात और दिन दोनों अवस्थाओं में समय की अवधि बराबर-बराबर थी। हाल ही में एकस्ट्रैण्ड (Ekstrand, 1967) ने भी एक इसी तरह का प्रयोग किया और इन्होंने परिणाम में पाया कि जागृत अवस्था (waking condition) में विस्मरण की मात्रा सुषुप्ता अवस्था (sleeping condition) के विस्मरण की मात्रा की अपेक्षा अधिक थी। मैक्ग्यू (Mc Geoch, 1942) और मेल्टन तथा इर्विन (Melton & Irwin, 1940) ने जो अपने प्रयोगों के परिणाम के आधार पर इस कथन की पुष्टि की है कि विस्मरण सीखने के बाद, समय बीतने से अपने आप नहीं होती है बल्कि जब इस समय अंतराल में व्यक्ति कुछ नया पाठ सीखता है या कुछ नया कार्य सीखता है तो इससे मौलिक विषयों का विस्मरण हो जाता है।

इस तरह से यह कहा जा सकता है कि विस्मरण एक निष्क्रिय मानसिक प्रक्रिया नहीं है जैसा कि इबिंगहॉस (Ebbinghaus) ने प्रारम्भ में कहा था। आजकल मनोवैज्ञानिकों के बीच सामान्य सहमति यही है कि मौलिक विषय का विस्मरण उस विषय के बाद कुछ नये विषय को सीखने के फलस्वरूप होता है। अतः यह एक सक्रिय मानसिक प्रक्रिया है।

अन्ततः यह कहा जा सकता है कि स्मृति के प्रयोगात्मक अध्ययनों से जो तथ्य सामने आये हैं वह यह है कि इसके दोनों पक्ष अर्थात् स्मरण तथा विस्मरण का स्वरूप बिलकुल ही स्पष्ट है और आज वे नये-नये शोधों का उत्सर्जन भी कर रहे हैं।

विस्मरण वक्र या इबिंगहॉस वक्र
(Forgetting Curve or Ebbinghaus Curve)

विस्मरण के क्षेत्र में जिन-जिन मनोवैज्ञानिकों ने प्रयोगात्मक अध्ययन किया है उनमें इबिंगहॉस (Ebbinghaus) का नाम आज भी सबसे अधिक चर्चित है। इन्होंने निरर्थक पदों (nonesnse syllables) का आविष्कार किया और विस्मरण का प्रयोगात्मक अध्ययन इन निरर्थक पदों के सहारे किया। उन्होंने निरर्थक पदों के सहारे विंस्मरण का इसलिए अध्ययन करना उचित बताया क्योंकि ऐसे पद व्यक्ति की पूर्व अनुभूतियों (past experiences) से सम्बन्धित नहीं होते हैं और साथ-ही-साथ व्यक्ति के लिए इनका संवेगात्मक महत्त्व (emotional importance) भी नहीं होता है।

इबिंगहॉस (Ebbinghaus) ने निरर्थक पदों (nonsense syllables) जैसे KEL, TUP, आदि के कई सूचियों को सीखा। एक सूची को उसने पूर्णतः सीखा और इसमें लगने वाले समय को सावधानीपूर्वक लिख लिया। फिर खास-खास समय अंतरालों पर उसी सूची को पुनः सीखा (relearn) और इस बार भी सीखने मे लगे समय को लिख लिया। स्मृति की जाँच मौलिक समय यानी सबसे पहले सीखने में लगे समय और बाद में सीखने में लगे समय के अन्तर के आधार पर किया गया। जैसे यदि सूची को पहले सीखने में 16 मिनट लगा और एक घंटा के बाद सीखने में

मात्र 8 मिनट लगा तो इसका मतलब यह हुआ कि इस सूची की धारण 16-8 = 8 यानी 50% थी और बाकी 50% का विस्मरण (Forgetting) हो गया था। इस तरह से उन्होंने एक के बाद एक करके कई सूचियों को सीखा और उसके स्मृति की जाँच पुनः सीखना विधि (relearning method) से भिन्न-भिन्न समय अंतरालों (time intervals) पर किया गया। इविंगहॉस (Ebbinghaus) द्वारा सूचियों के स्मृति की जाँच करने के बाद एक सामान्य निष्कर्ष पर पहुँचा गया जिसके आधार पर उन्होंने एक वक्र (curve) तैयार किया जिसे विस्मरण वक्र (forgetting curve) या इविंगहॉस वक्र (Ebbinghaus curve) कहा गया जिसे चित्र 8.9 में दिखलाया गया है। इस चित्र में सीखने के भिन्न-भिन्न समय अंतरालों के बाद इनके द्वारा प्राप्त धारण प्राप्तांक के प्रतिशत को दिखलाया गया है। इस वक्र के अनुसार सीखने के 20 मिनट, 1 घंटा 1 दिन, 2 दिन, 6 दिन के बाद धारणा प्रतिशत (percent retained) क्रमशः 44.2%, 35.8%, 33.7%, 27.8% तथा 25.4% था जिसका मतलब यह हुआ कि विस्मरण प्रतिशत (percent forgetting) क्रमशः 55.8%, 64.2%, 66.3%, 72.2% तथा 74.6% थी। यद्यपि वक्र में नहीं दिखलाया गया है, फिर भी 31 दिनों के बाद इविंगहॉस की धारण 24% थी यानी 76% विस्मरण हो गया था।

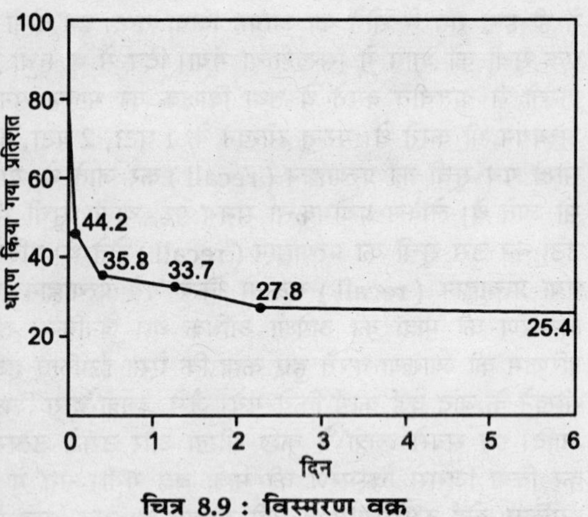

चित्र 8.9 : विस्मरण वक्र

इविंगहॉस के विस्मरण वक्र का यदि ठीक ढंग से विश्लेषण किया जाय, तो हमें इससे निम्नांकित दो तथ्य मिलते हैं:—

(i) विस्मरण की दर (rate) सीखने के तुरन्त बाद तीव्र होती है। वक्र रेखा पर ध्यान देने से यह स्पष्ट हो जाता है कि प्रथम 20 मिनट बीतने के बाद धारण मात्र 44.2% थी अर्थात् 100% – 44.2% = 55.8% विस्मरण हो गया था। जैसे-जैसे समय बीतते जाता है विस्मरण की यह दर धीमी पड़ती जाती है। जैसे, पहले दिन की अपेक्षा दूसरे दिन विस्मरण की दर 72.2% – 66.3% = 5.9% थी, दूसरे दिन की अपेक्षा छठे दिन विस्मरण की दर 74.6% – 72.2% = 2.4% थी तथा छठे दिन की अपेक्षा 31वें दिन विस्मरण की दर 76% – 74.6% = 1.4% थी। इन आँकड़ों से यह स्पष्ट हो जाता है कि विस्मरण की दर सीखने के तुरन्त बाद तो काफी तीव्र होती है परन्तु जैसे-जैसे समय बीतता जाता है, यह दर मन्द होता जाता है। यही कारण कि वक्र में प्रारम्भ में तो गिरावट तेजी से आती है परन्तु बाद में बहुत हल्की गिरावट होते हुए वक्र आगे की ओर बढ़ जाती है। इविंगहॉस ने इन आँकड़ों का विश्लेषण करते हुए कहा कि विस्मरण लघुगणक प्रारूप (logarithmic form) में विकसित होता है। विक्सटेड तथा इब्बेसेन (Wixted & Ebbesen, 1991) ने इविंगहॉस के आँकड़ों का पुनर्विश्लेषण करते हुए कहा है कि विस्मरण के इस दर की व्याख्या एक विभिन्न गणितीय प्रारूप अर्थात् घात. कार्य (power function) के रूप में की जा सकती है। जो भी गणितीय प्रारूप इविंगहॉस के आँकड़ों में उत्तम बैठे, इतना तो स्पष्ट है कि सीखने के बाद प्रथम कुछ घंटों में विस्मरण की दर सर्वाधिक होती है तथा फिर उसके आगे जैसे-जैसे समय बीतते जाता है, विस्मरण की दर में कमी आते जाती है।

(ii) सीखने के बाद जैसे-जैसे समय बीतता जाता है विस्मरण की मात्रा बढ़ती जाती है। वक्र रेखा से स्पष्ट है कि सीखने के 20 मिनट, 1 घंटा, 1 दिन, 2 दिन तथा 6 दिन के बाद धारण का प्रतिशत क्रमशः 44.2%, 35.8%, 33.7%, 27.8% तथा 25.4% थी, यानी विस्मरण की मात्रा का प्रतिशतः क्रमशः 55.8%, 64.2%, 66.3%, 72.2% तथा 74.6% थी।

लेकिन कुछ मनोवैज्ञानिकों का विचार है कि सभी तरह के सीखना का विस्मरण (forgetting) इविंगहॉस द्वारा बताये गये विस्मरण वक्र (forgetting curve) के समान नहीं होता है। मेडनिक तथा उनके सहयोगियों (Mednick et al., 1975) ने अपने अध्ययन से यह दिखलाया है कि जिन विषयों का आधिक्य सीखना (overlearning) किया जाता है, उसके विस्मरण की दर और मात्रा दोनों ही इविंगहॉस के विस्मरण वक्र से भिन्न होती है। प्रायः ऐसे विषयों की धारण समय बीतने के साथ-ही-साथ घटने की बजाय बढ़ती है। जब धारण में समय बीतने के साथ-साथ घटने के बजाय अपने आप वृद्धि होती है तो इसे वार्ड (Ward, 1937) ने *संस्मृति* (reminiscence) की संज्ञा दी है। संस्मृति की

घटना (phenomenon) दोनों में, यानी शाब्दिक विषयों (verbal materials) के सीखने में तथा पेशीय कौशल (motor skills) को सीखने में होती है लेकिन तुलनात्मक रूप से पेशीय कौशल सीखने में अधिक होती है। ऑसगुड (Osgood, 1953) के अनुसार वयस्कों की अपेक्षा बच्चों में संस्मृति अधिक होती है। इतना ही नहीं, सरलीमान्न तथा हेर्रमान्न (Searlemann & Herrmann, 1997) ने यहाँ तक कहा है कि इस वक्र द्वारा यह पता नहीं चलता है कि व्यक्ति सभी परिस्थितियों में किस तरह भूलता है।

यद्यपि कुछ मनोवैज्ञानिकों द्वारा प्रयोग में प्राप्त परिणाम इविंगहॉस के विस्मरण वक्र (forgetting curve) द्वारा बताये गये तथ्यों के विपरीत है तथा उसका समर्थन भी नहीं करता है, फिर भी इविंगहॉस का विस्मरण वक्र आज भी एक बहुत महत्त्वपूर्ण घटना है जिससे हमें विस्मरण के वास्तविक स्वरूप (nature) के बारे में एक स्पष्ट झलक मिलती है।

विस्मरण के निर्धारक या कारण (Determinants or Causes of Forgetting)

मनोवैज्ञानिकों ने विस्मरण के बहुत से कारण बतलाये हैं। इन लोगों द्वारा बहुत से ऐसे कारकों (factors) की चर्चा की गयी है जो विस्मरण को प्रभावित करते हैं। इनमें से कुछ कारक सीखे गये विषय के स्वरूप तथा सीखने की विधि से सम्बन्धित है, कुछ स्वयं सीखने वाले व्यक्ति से सम्बन्धित है, तथा कुछ धारण अंतराल (retention interval) में होने वाले कारकों से सम्बन्धित है। इस तरह से हम देखते हैं कि विस्मरण के अनेक कारण हैं जिन्हें मनोवैज्ञानिकों ने मूलतः निम्नांकित तीन श्रेणियों में बाँटकर अध्ययन किया है—

1. सीखना से सम्बन्धित कारक *(Factors related to learning)*—किसी भी विषय के विस्मरण का प्रश्न तब उठता है जब पहले कभी उसे सीखा गया हो। अतः यह स्वाभाविक है कि किसी विषय को सीखने से सम्बन्धित कारकों द्वारा विस्मरण की मात्रा प्रभावित होती हो। कुछ ऐसे प्रमुख कारक निम्नांकित हैं—

(i) सीखे जाने वाले विषय के स्वरूप *(Nature of learnt materials)*—सामान्यतः सीखे जाने वाले विषय का स्वरूप सार्थक या निरर्थक हो सकता है। मनोवैज्ञानिकों ने अपने-अपने प्रयोगों के आधार पर यह स्पष्ट कर दिया है कि जब सीखा जाने वाला विषय निरर्थक होता है तो वैसी हालत में उसे सीखने में भी अधिक प्रयास (trials) लगता है तथा साथ-ही-साथ उसका विस्मरण भी जल्दी हो जाता है। गिलफोर्ड (Guilford, 1934) ने अपने अध्ययन में पाया है कि 15 निरर्थक पदों को सीखने में औसत रूप से 20.4 प्रयास प्रयोज्य लेता है जबकि 15 शब्दों को सीखने में औसत रूप से वह 3.5 प्रयास लेता है। किंग्सले तथा गैर्री (Kingsley & Garry, 1957) ने अपने अध्ययन के आधार पर यह बतलाया है कि निरर्थक पदों या विषयों को सीखने में सिर्फ अधिक प्रयास (trial) ही नहीं लगता है बल्कि ऐसे विषय को सार्थक विषयों की अपेक्षा व्यक्ति जल्द भूल जाता है। इसके मुख्य दो कारण बतलाये गये हैं। पहला, चूँकि निरर्थक विषयों को व्यक्ति समझकर नहीं बल्कि रटकर (rote) सीखता है। फलतः स्मृति चिह्न उतने मजबूत तथा सुदृढ़ नहीं हो पाते हैं जितना कि सार्थक विषयों के स्मृति चिह्न हो पाते हैं। जब स्मृति-चिह्न कमजोर होते हैं, तो स्वभावतः उसकी धारण (retention) भी अधिक दिनों तक नहीं हो पाती है और उसका विस्मरण जल्दी हो जाता है। दूसरा, निरर्थक विषयों में व्यक्ति की न तो कोई अभिरुचि (interest) होती है और न तो उसके साथ कोई सार्थक साहचर्य (meaningful associations) ही व्यक्ति स्थापित कर पाता है। इन सब का परिणाम यह होता है कि व्यक्ति उसे तेजी से भूल जाता है।

ऊपर के वर्णन के आधार पर निष्कर्ष यह हुआ कि सार्थक विषयों को व्यक्ति निरर्थक विषयों की अपेक्षा कम भूलता है परन्तु सभी सार्थक विषय का विस्मरण भी एक ही दर (rate) से हो, यह आवश्यक नहीं है। कुछ सार्थक विषय व्यक्ति के लिए सुखद (pleasant) तथा कुछ सार्थक विषय व्यक्ति के लिए दुःखद (unpleasant) हो सकते हैं। (Carter, 1939) ने एक प्रयोग कर यह दिखलाया है कि दुःखद शब्दों को व्यक्ति सुखद शब्दों की अपेक्षा तेजी से भूलता है। इस अध्ययन में वर्ग 6 एवं 7 के 100 बच्चों को सुखद शब्दों, दुःखद शब्दों तथा तटस्थ शब्दों (indifferent words) को देकर प्रत्येक शब्द को एक उद्दीपक शब्द (stimulus word) के साथ सम्बन्धित करने को कहा गया। 6 महीना बाद उद्दीपक शब्द को बच्चों को दिया गया और उससे सम्बन्धित मूल शब्दों को बतलाने को कहा गया। परिणाम में देखा गया कि सुखद शब्दों का प्रत्याह्वान (recall) दुःखद शब्दों की अपेक्षा अधिक किया गया। दूसरे शब्दों में, दुःखद शब्दों का विस्मरण सुखद शब्दों की अपेक्षा अधिक हुआ। जरसील्ड (Jersild, 1931) ने एक

दूसरा अध्ययन किया जिसमें 51 छात्रों को गत तीन सप्ताहों (weeks) में हुए सुखद अनुभूतियों एवं दुःखद अनुभूतियों का प्रत्याह्वान करने को कहा गया। परिणाम में देखा गया कि सुखद अनुभूतियों का 45% प्रत्याह्वान (यानी, 55% विस्मरण) तथा सुखद अनुभूतियों का 31% प्रत्याह्वान (यानी 79% विस्मरण) हुआ। अतः हम दुःखद अनुभूतियों को सुखद अनुभूतियों की अपेक्षा हम अधिक भूलते हैं। मनोविज्ञान में इसे *पोल्लियान्ना नियम* (Pollyanna principle) कहा जाता है। अतः पोल्लियान्ना नियम के अनुसार चूँकि सुखद अनुभूतियों का संसाधन दुखद अनुभूतियों के संसाधन की तुलना में अधिक प्रभावी एवं यथार्थवादी ढंग से होता है, इसलिए व्यक्ति सुखद अनुभूतियों का प्रत्याह्वान दुखद अनुभूतियों की तुलना में अधिक करता है।

कुछ मनोवैज्ञानिकों का विचार है कि सीखे जाने वाले विषय का स्वरूप अधिक स्पष्ट (move vivid) तथा कम स्पष्ट (less vivid) भी हो सकता है। इस स्पष्टता (vividness) में अन्तर होने से भी विस्मरण की मात्रा प्रभावित होती है। भौन बसर्किक (Von Buskrik, 1932) ने एक अध्ययन किया जिसमें प्रयोज्य ने दो निरर्थक पदों की सूची को याद किया। प्रत्येक में 9-9 पद थे। पहली सूची के सभी पद समान अक्षरों में उजले कागज पर काले स्याही से लिखे गये थे। दूसरी सूची के सभी पद इसी ढंग से ऐसे ही स्याही से उजले ही कागज पर लिखे गये थे परन्तु एक पद को लाल स्याही से बड़े-बड़े अक्षरों में हरे पृष्ठभूमि पर लिखा गया था। इन दोनों सूचियों को सीख लेने के बाद उसका प्रत्याह्वान (recall) एक या दो सप्ताह बाद में किया गया। परिणाम में देखा गया कि दोनों सूचियों के पदों के विस्मरण की मात्रा अधिक थी परन्तु लाल स्याही से लिखे हुए पद का विस्मरण किसी प्रयोज्य द्वारा नहीं हुआ। इसका कारण यह था कि इस पद को अन्य पदों की अपेक्षा अधिक स्पष्ट (vivid) बनाकर प्रयोज्य के सामने रखा गया था।

(ii) सीखने की मात्रा *(Degree of learning)*—किसी विषय को सीखने के लिए जितने प्रयासों (trials) की आवश्यकता है, उससे अधिक प्रयास तक उसे सीखना आधिक्य सीखना (overlearning) कहलाता है तथा जरूरत के प्रयासों से भी कम प्रयास तक ही सीखने को न्यून सीखना (underlearning) कहा जाता है। जब किसी विषय को जरूरत के प्रयासों से भी अधिक प्रयासों तक सीखा जाता है तो उसकी स्मृति मजबूत होती है क्योंकि उससे बनने वाले स्मृति चिह्न काफी सुदृढ़ तथा प्रबल होते हैं। फलस्वरूप, इसका विस्मरण देरी से होता है। दूसरी तरफ, यदि किसी विषय को जरूरत के प्रयासों से कम प्रयास तक ही सीखा जाता है तो उसकी स्मृति चिह्न कमजोर होती है। फलस्वरूप, उसकी स्मृति भी कमजोर होती है और ऐसे विषयों को व्यक्ति जल्दी भूल जाता है। हिलगार्ड (Hilgard, 1967) ने अपने अध्ययन में पाया कि जब 13 निरर्थक पदों की एक सूची को कम मात्रा में सीखा जाता (underlearnt) है, तो व्यक्ति 5 मिनट के बाद उसका 62% भूल जाता है। परन्तु यदि उसकी सूची को अधिक मात्रा में सीख लिया जाता है तो 5 मिनट के बाद व्यक्ति मात्र 20% ही भूलता है। इस अध्ययन में स्पष्ट है कि सीखने की मात्रा अधिक होने पर विस्मरण की मात्रा कम होती है।

(iii) सीखी गये विषय की लम्बाई *(Length of the learnt task)*—सीखे गये विषय की लम्बाई का प्रभाव स्मृति पर सीधा पड़ता है और फिर वह विस्मरण को भी प्रभावित करता है। लम्बे विषयों की धारणा छोटे विषयों की अपेक्षा अधिक होती है क्योंकि लम्बे विषय को व्यक्ति बार-बार दोहराता है। फलस्वरूप लम्बे विषय का विस्मरण छोटे विषय के विस्मरण की अपेक्षा देरी से होता है। इविंगहॉस (Ebbinghaus) ने अपने प्रयोगात्मक अध्ययन में इस बात की स्पष्ट पुष्टि की है। इन्होंने अपने अध्ययन में पाया कि 36 निरर्थक पदों की सूची का विस्मरण 24 घंटा के बाद मात्र 42% होता है जबकि 12 निरर्थक पदों की सूची के विस्मरण 24 घंटा के बाद 65% होता है। होभलैण्ड (Hovland, 1951) ने भी अपने प्रयोग से इविंगहॉस के परिणाम की पुष्टि की है। वुडवर्थ (Woodworth, 1938) ने भी अपने प्रयोग में पाया कि यदि एक छोटे सूची तथा बड़े सूची को बराबर-बराबर प्रयास (trial) देकर सीखा जाय तो फिर बड़े सूची के एकांशों (items) का विस्मरण छोटे सूची के एकांशों के विस्मरण की मात्रा से कम होता है।

(iv) सीखने की विधि *(Methods of learning)*—यदि सीखने की विधि गलत तथा अनुपयुक्त (inappropriate) होती है, तो इससे भी विस्मरण (forgetting) होता है। विट्टेकर (Whittaker, 1970) के अनुसार कुछ खास-खास परिस्थितियों को छोड़कर विराम विधि (distributed method) तथा अंश विधि (part method) से सीखे गये विषय की धारण अधिक समय तक बनी होती है क्योंकि इससे उत्पन्न समृति-चिह्न अधिक सबल और मजबूत होते हैं। फलतः, व्यक्ति इस तरह के पाठ या विषय को जल्दी नहीं भूलता है। यदि कोई व्यक्ति किसी लम्बे विषय को अविराम विधि से सीखता है तो इस तरह के विषय का विस्मरण तेजी से होता है क्योंकि इस

विधि में सीखे गए पाठ या विषय के सीखने से उत्पन्न स्मृति चिह्न अधिक सुदृढ़ नहीं हो पाते हैं और उसकी स्मृति कमजोर हो जाती है। मनोवैज्ञानिकों ने उसी तरह से यह भी पाया है कि जब व्यक्ति किसी विषय को साभिप्राय विधि (intentional method) से सीखता है तो आनुप्रासंगिक विधि (incidental method) से सीखने की अपेक्षा उसका विस्मरण धीरे-धीरे होता है। उसी तरह से यदि व्यक्ति किसी व्यक्ति को सक्रिय विधि (active method) से न सीखकर निष्क्रिय विधि (passive method) से सीखता है तो उसका भी विस्मरण (forgetting) तेजी से होता है।

(v) एकांशों का क्रमिक स्थान *(Serial position of items)*—मनोवैज्ञानिकों ने कुछ प्रयोग किए हैं जिनसे यह पता चला है कि सूची में एकांशों (items) के स्थान (position) से भी विस्मरण प्रभावित होता है। वार्ड (Ward, 1937) ने एक प्रयोग किया जिसमें प्रयोज्य ने 12 निरर्थक पदों की एक सूची को सीखा तथा उसके धारण की जाँच प्रत्याह्वान विधि (recall method) से किया। परिणाम में पाया कि वैसे एकांश जो सूची के ऊपरी हिस्से में होते हैं, उनकी धारण सबसे मजबूत होती है। उससे कम मजबूत धारण सूची के निचले हिस्से में आने वाले एकांशों का होता है तथा सबसे कमजोर धारण सूची के बीच में आने वाले एकांशों का होता है। इसका कारण बतलाते हुए वार्ड (Ward) ने कहा है कि सूची के ऊपरी हिस्सों में आने वाले निरर्थक पद मस्तिष्क में पहले प्रवेश करते हैं और उससे उत्पन्न स्मृति चिह्नों को सुदृढ़ होने का अवसर भी अधिक मिल पाता है। सूची के अन्त में आने वाले पदों को सुदृढ़ (consolidate) होने का मौका कम मिल पाता है। सूची के बीच में आने वाले पदों के स्मृति चिह्न (memory trace) पहले के पदों तथा अन्त के पदों के स्मृति चिह्नों से काफी दब जाते हैं। फलतः उनकी धारणा सबसे कमजोर हो जाती है। यही कारण है कि सूची के ऊपरी भागों के पदों का विस्मरण बहुत कम होता है, सूची के अन्तिम भागों के पदों का विस्मरण उससे थोड़ा अधिक होता है और सूची के बीच के भागों के पदों का विस्मरण सबसे अधिक होता है। होभलैण्ड (Hovland, 1940) तथा हल्ल एवं उनके सहयोगियों (Hull et al., 1940) ने भी अपने-अपने प्रयोगों से वार्ड (Ward) के इस कथन की पुष्टि की है।

2. धारण अंतराल से सम्बन्धित कारक *(Factors relating to retention interval)*—विस्मरण के कुछ ऐसे कारण भी मनोवैज्ञानिकों द्वारा बतलाए गए हैं जो धारण अवधि (retention interval) में होने वाले कारकों से सम्बन्धित है। किसी विषय को सीखने तथा उसके धारण की जाँच करने तक के अन्तराल को धारण अवधि (retention interval) कहा जाता है। इस धारण अवधि में कुछ प्रमुख घटित होने वाले कारक निम्नांकित है जिनसे विस्मरण प्रभावित होता है:—

(i) पृष्ठोन्मुख अवरोध या पूर्वलक्षी प्रावरोध *(Retroactive inhibition)*—धारण अन्तराल में जब व्यक्ति किसी नये पाठ को सीखता है तो इसका प्रभाव मौलिक विषय के सीखने से उत्पन्न स्मृति-चिह्नों (memory traces) पर पड़ता है। इस प्रभाव का परिणाम यह होता है कि मौलिक विषय के स्मृति-चिह्न कमजोर पड़ जाते हैं और उनका विस्मरण हो जाता है। अतः बाद में सीखे गए विषय द्वारा मौलिक विषय के धारण में उत्पन्न अवरोधक प्रभाव (inhibitory effect) को पृष्ठोन्मुख अवरोध कहा जाता है। अंडरउड[1] (Underwood, 1965) ने पृष्ठोन्मुख अवरोध को इस प्रकार परिभाषित किया है, ''मौलिक सीखना तथा उसकी धारण की जाँच के बीच में हुए दूसरे प्रकार की सीखना से मौलिक विषय की धारणा में उत्पन्न कमी को पृष्ठोन्मुख अवरोध कहा जाता है।'' उदाहरणार्थ, जब हम विषय 'A' को सीखकर उसके बाद विषय 'B' को सीखते हैं और पुनः विषय 'A' का प्रत्याह्वान (recall) करते हैं, तो विषय 'B' के सीखने से उत्पन्न स्मृति चिह्नों द्वारा विषय 'A' के स्मृति चिह्नों का प्रत्याह्वान में बाधा या अवरोध (interference) होता है। इस तरह के अवरोध को पृष्ठोन्मुख अवरोध (retroactive inhibition) या पृष्ठोन्मुख बाधा (retroactive interference) कहा जाता है। इसे पृष्ठोन्मुख (retroactive) इसलिए कहा जाता है क्योंकि उसमें उन विषयों के स्मरण में बाधा पहुँचती है जो अवरोधक विषय (interfering task) के पहले सीखा गया था।

1. Retroactive inhibition refers to "decrement in memory of a task as a consequence of other learning coming between original learning and memory test."

—Underwood : *Experimental Psychology*, 1965, p. 633

सचमुच में पृष्ठोन्मुख अवरोध के सम्प्रत्यय द्वारा इविंगहॉस के ह्रास सिद्धान्त (decay theory) को मनोवैज्ञानिकों ने खण्डन किया है। इस सिद्धान्त के अनुसार भूलने का मुख्य कारण किसी विषय के सीखने के बाद समय का बीतना था। परन्तु कुछ मनोवैज्ञानिकों ने जिसमें मूल्लर तथा पिलजेकर (Muller & Pilzecker, 1900) का नाम अधिक महत्त्वपूर्ण है, यह बतलाया है कि समय का बीतना अपने आप में विस्मरण का कारण नहीं होता है बल्कि इस समय अन्तराल में जब हम कुछ अन्य घटनाओं एवं विषयों को सीखते हैं, तो इससे मौलिक विषय के स्मृति चिह्न कमजोर हो जाते हैं। फलस्वरूप, हम उसका प्रत्याह्वान (recall) नहीं कर पाते हैं जिसे विस्मरण की संज्ञा दी जाती है। बाद में जेनकिन्स तथा डैल्लेनबैक (Jenkins & Dallenbach, 1924) तथा मिनामी एवं डैलेनबैक (Minami & Dallenbach, 1946) ने भी अपने-अपने प्रयोगों से मूलर तथा पिलजेकर के विचारों की पुष्टि की है।

एक प्रयोगात्मक परिस्थिति में पृष्ठोन्मुख अवरोध (retroactive inhibition) अध्ययन करने का सामान्य डिजाइन (design) इस प्रकार होता है—

अवस्थाएँ (Conditions)	मौलिक सीखना (Original learning)	धारण अन्तराल (Retention interval)	प्रत्यह्वान
नियंतित्रत अवस्था	सूची A	....	सूची A
प्रयोगात्मक अवस्था	सूची A	सूची C	सूची A

इस डिजाइन के सहारे मनोवैज्ञानिकों ने कई प्रयोग किये हैं और इन लोगों का सामान्य निष्कर्ष यही रहा है कि प्रयोगात्मक अवस्था (experimental condition) में विस्मरण की मात्रा नियंत्रित अवस्था के विस्मरण की मात्रा से अधिक होती है क्योंकि प्रयोगात्मक अवस्था की धारणा अन्तराल में एक अवरोधक विषय (interpolated task) यानी सूची 'C' को व्यक्ति सीखता है जबकि नियंत्रित अवस्था की धारण अन्तराल में व्यक्ति आराम (rest) करता है।

अपने विभिन्न प्रयोगों के आधार पर मनोवैज्ञानिकों ने कई ऐसे कारकों (factors) के बारे में बतलाया है जिससे RI (retroactive inhibition) प्रभावित होता है। ऐसे कारक निम्नांकित तीन हैं:—

(a) विषय की समानता *(Similarity of task)*—मनोवैज्ञानिकों ने यह बतलाया है कि मौलिक विषय तथा अवरोधक पाठ (interfering task) या अंतर्विष्ट पाठ (interpolated task) में जब काफी अधिक समानता (समरूपता के बिंदु के लगभग) होती है, तो इससे अंतर्विष्ट पाठ द्वारा मौलिक विषय के प्रत्याह्वान (recall) या प्रत्याभिज्ञान (recognition) में कम बाधा पहुँचती है। फलस्वरूप, RI की मात्रा भी कम होती है। जैसे-जैसे इन दोनों पाठों की समानता कमती जाती है, विस्मरण की मात्रा बढ़ती जाती है। जब दोनों पाठ बिलकुल ही असमान (dissimilar) हो जाते हैं, तो बाधा नहीं के बराबर होती है। इस तरह की पूर्वकल्पना को *स्कैग्स-रॉबिन्सन प्राक्कल्पना* (Skaggs-Robinson hypothesis) कहा जाता है। हागेन (Haagen, 1943) ने एक प्रयोग युग्मित-साहचर्य विधि (paired-associated method) द्वारा करके यह दिखलाया है कि जब मौलिक सूची तथा अवरोधक सूची के बीच काफी समानता होती है, तो मौलिक सूची के प्रत्याह्वान (recall) में मदद मिलती है, यानी RI कम होता है। जैसे-जैसे इन दोनों सूचियों की समानता कमती जाती है, RI की मात्रा तब तक बढ़ती जाती है जबतक कि दोनों सूचियाँ एक-दूसरे से बिलकुल ही असमान (dissimilar) नहीं हो जातीं हैं।

(b) अंतार्विष्ट सीखने की मात्रा *(Degree of interpolated learning)*—RI अंतर्विष्ट सीखने की मात्रा द्वारा सीधे प्रभावित होती है। प्रयोगात्मक अध्ययनों से यह पता चलता है कि जैसे-जैसे अंतर्विष्ट पाठ के सीखने की मात्रा एक सीमा तक बढ़ती जाती है (जबकि मौलिक विषय के सीखने की मात्रा स्थिर होती है) वैसे-वैसे RI की मात्रा भी बढ़ती जाती है, यानी विस्मरण (forgetting) की मात्रा बढ़ते जाती है। मेल्टन तथा इर्विन (Melton & Irwin, 1940) द्वारा किए गए प्रयोग के परिणाम से इस तथ्य की स्पष्ट पुष्टि हुई है। उन्होंने अपने प्रयोग में मौलिक सूची (original list) को पाँच प्रयास (trials) तक ही प्रयोज्य को सीखने दिया और अवरोधक सूची (interpolated list) को पाँच विभिन्न अवस्थाओं में 0 प्रयास, 5 प्रयास, 10 प्रयास, 20 प्रयास तथा 40 प्रयास तक सिखलाकर मौलिक सूची के धारण की जाँच प्रत्याह्वान तथा पुनः सीखने की विधि (relearning method) से किया। परिणाम में देखा गया कि RI की मात्रा 20 प्रयास के अभ्यास तक बढ़ती है परन्तु 40 प्रयास तक अभ्यास जारी रहने से इसकी मात्रा में थोड़ी कमी आ जाती है। इस परिणाम से स्पष्ट है कि अवरोधक सूची (interpolated list) के सीखने की एक खास मात्रा तक तो

RI बढ़ती है परन्तु यदि उस खास मात्रा से भी अधिक प्रयासों तक अवरोधक सूची को सीखने दिया जाता है, तो ऐसी परिस्थिति में RI की की मात्रा में थोड़ी कमी आ जाती है। अंडरवुड (Underwood, 1965) के अनुसार RI में इस कमी का कारण अवरोधक सूची का आधिक्य सीखना (overlearning) है जिससे अवरोधक सूची के पद मौलिक सूची के पद से पूर्णतः भिन्न हो जाते हैं। फलस्वरूप, मौलिक विषय के पदों का प्रत्याह्वान स्पष्ट रूप से होता है। इसे मनोवैज्ञानिकों ने *सूची विभेदन घटना* (list differentiation phenomenon) भी कहा है।

(c) अवरोधक पाठ की संख्या *(Number of interpolated tasks)*—मनोवैज्ञानिकों ने अपने प्रयोग के आधार पर यह भी दिखलाया है कि जैसे-जैसे अवरोधक पाठ की संख्या बढ़ती जाती है, वैस-वैसे RI की मात्रा बढ़ती जाती है। अंडरवुड (Underwood, 1965) ने एक प्रयोग किया जिसमें मौलिक सूची के 10 पदों में से 6 पदों के सही प्रत्याह्वान (correct recall) की कसौटी तक सिखलाया गया। अवरोधक सूची को चार भिन्न-भिन्न अवस्थाओं में सीखलाया गया। पहली अवस्था में अवरोधक सूची की संख्या शून्य थी, दूसरी में 2 अवरोधक सूचियाँ थीं, तीसरी में 4 सूचियाँ थी तथा चौथी में 6 सूचियाँ थी। प्रत्येक अवस्था में अवरोधक सूची सीखने के बाद मौलिक सूची का प्रत्याह्वान (recall) किया गया। परिणाम में देखा गया कि प्रत्याह्वान की मात्रा सबसे अधिक शून्य सूची की अवस्था में थी तथा सबसे कम चौथी अवस्था में थी। दूसरे शब्दों में, RI (यानी विस्मरण) की मात्रा चौथी अवस्था में सबसे अधिक तथा शून्य सूची की अवस्था में सबसे कम थी। प्रयोग के परिणाम से स्पष्ट हो जाता है कि RI की मात्रा अवरोधक पाठ (interpolated task) की संख्या पर भी निर्भर करती है।

(ii) अग्रलक्षी प्रावरोध *(Proactive inhibition)*—अग्रलक्षी प्रावरोध विस्मरण का दूसरा महत्त्वपूर्ण कारक (factor) है। जब हम किसी पाठ या विषय को सीखने के बाद उसका प्रत्याह्वान (recall) करते हैं तो उस समय कुछ वैसे विषयों या पाठ जो उस विषय या पाठ से भी पहले सीखा गया होता है, बाधा पहुँचती है। इस तरह की बाधा (interference) या प्रावरोध या अवरोध (inhibition) को *अग्रलक्षी प्रावरोध* (proactive inbibition) कहा जाता है। हाऊस्टन[1] (Houston, 1976) ने अग्रलक्षी प्रावरोध को इसी प्रकार परिभाषित करते हुए कहा है, ''किसी पूर्व (previously) सीखे गये विषय का प्रभाव जब अन्य सीखे गये विषय के प्रत्याह्वान (recall) में बाधक सिद्ध होता है तो इसे अग्रलक्षी प्रावरोध (proactive inhibition) की संज्ञा दी जाती है।'' प्रयोगात्मक परिस्थिति में अग्रलक्षी प्रावरोध का अध्ययन करने के लिए दो अवस्थाएँ ली जाती हैं—एक नियंत्रित अवस्था (controlled condition) तथा दूसरा प्रयोगात्मक अवस्था (experimental condition)। नियंत्रित अवस्था में प्रयोज्य को विश्राम (rest) देकर उसके बाद किसी विषय को सीखने के लिए दिया जाता है और बाद में उसके धारण की जाँच की जाती है। प्रयोगात्मक अवस्था में प्रयोज्य विश्राम करने की जगह पर किसी विषय को सीखता है और उसके तुरन्त बाद फिर वह दूसरे विषय को सीखता है और पुनः इस दूसरे विषय के धारण की जाँच की जाती है। सामान्यतः प्रयोगात्मक अवस्था में विस्मरण की मात्रा नियंत्रित अवस्था के विस्मरण की मात्रा से अधिक होती है जिसका कारण अग्रलक्षी प्रावरोध (proactive inhibition or PI) होता है। इसे डिजाइन (design) के रूप में इस तरह व्यक्त किया जा सकता है—

अवस्थाएँ (conditions)	अंतर्विष्ट सीखना (interpolated) learning)	मौलिका सीखना (original learning)	स्मृति अंतराल (memory) interval)	प्रत्याह्वान (recall) interval)
नियंत्रित अवस्था	विश्राम	सूची A	विश्राम	सूची A
प्रयोगात्मक अवस्था	सूची B	सूची C	विश्राम	सूची C

प्रयोगात्मक अवस्था में PI की मात्रा यानी विस्मरण की मात्रा अधिक इसलिए होती है क्योंकि प्रयोज्य मौलिक विषय (सूची 'C') को सीखने के पहले सूची 'B' को सीखता है। सूची 'B' द्वारा सीखा गया पद सूची 'C' के पदों के प्रत्याह्वान में बाधा पहुँचाता है। नियंत्रित अवस्था में प्रयोज्य मौलिक सूची 'A' सीखने के पहले कोई भी सूची नहीं सीखता है बल्कि विश्राम (rest) करता है। अतः इसमें विस्मरण की मात्रा या PI की मात्रा कम होती है। अनेकों मनोवैज्ञानिकों ने अपने-

1. "Proactive inhibition refers to losses in our ability to remember a given set of materials that may be attributed to the interfering effects of previously learned materials."

—Houston : *The Psychology of Learning*, 1976, p. 256

अपने प्रयोगों के आधार पर यह दिखला दिया है कि PI की मात्रा मौलिक विषय के सीखने से पहले सीखे गये पाठों या विषयों की मात्रा (amount) पर निर्भर करती है। ग्रीनवर्ग तथा अंडरवुड (Greenberg & Underwood, 1950) ने एक प्रयोग किया जिसमें प्रयोज्य को 10 विशेषणों (adjectives) की एक सूची को सीखलाकर 48 घंटे के बाद उसका प्रत्याह्वान (recall) करने के लिए कहा गया। उसके तुरन्त बाद इसी प्रयोज्य को 10 विशेषणों की दूसरी सूची सीखलाकर उसका प्रत्याह्वान 48 घंटे के बाद लिया गया। इसी तरह से प्रयोज्य ने दो और सूचियों को सीखा और 48-48 घंटे के बाद उसका प्रत्याह्वान (recall) लिया गया। परिणाम में देखा गया कि पहली सूची का प्रत्याह्वान 69% हुआ जबकि चौथी सूची का प्रत्याह्वान 25% हुआ। स्पष्ट है कि पहली सूची का विस्मरण 31% हुआ जबकि चौथी सूची का विस्मरण 75% हुआ जिसका स्पष्ट कारण यह था कि चौथी सूची को सीखने से पहले प्रयोज्य तीन और सूचियों को सीख चुका था।

RI के समान PI भी विषयों की समानता (similarity), सीखने की मात्रा (degree of learning) तथा सामायिक कारकों (temporal factors) द्वारा प्रभावित होता है। स्लैमेका (Slamecka, 1961) ने अपने अध्ययन में पाया कि मौलिक सूची (original list) तथा उसके धारण परीक्षण (retention test) के बीच का समय जैसे-जैसे बढ़ते जाता है, विस्मरण की मात्रा यानी PI की मात्रा भी वैसे-वैसे बढ़ती जाती है।

(iii) पुनःप्राप्ति अवरोध *(Retrieval inhibition)*—नवीनतम शोधों से यह स्पष्ट हुआ है कि विस्मरण का एक कारण पुनःप्राप्ति अवरोध (retrieval inhibition) होता है। पुनःप्राप्ति अवरोध से तात्पर्य इस बात से होता है कि जब व्यक्ति स्मृति में संचित सूचनाओं का प्रत्याह्वान (recall) करता है, तो व्यक्ति वांछित सूचनाओं का तो प्रत्याह्वान करता ही है, साथ-ही-साथ वह उन एकांशों या सूचनाओं के लिए एक अवरोध उत्पन्न भी करता है जिनका वह प्रत्याह्वान उस समय नहीं करने की कोशिश करता है। इसका परिणाम यह होता है कि ऐसे एकांशों का प्रत्याह्वान भविष्य में कठिन हो जाता है। इसका मतलब यह हुआ कि स्वयं पुनःप्राप्ति (retrieval) की प्रक्रिया से विस्मरण उत्पन्न होता है। इस घटना की *पुनःप्राप्ति अवरोध* (retrieval inhibition) कहा जाता है। एण्डरसन, बजोर्क एवं बजोर्क (Anderon, Bjork & Bjork, 1994) तथा एण्डरसन तथा स्पेल्लमैन (Anderson & Spellman, 1995) ने अपने-अपने प्रयोगों के आधार पर पुनःप्राप्ति अवरोध की घटना की पुष्टि किया है। इन अध्ययनों के परिणाम से यह स्पष्ट हुआ है कि जब व्यक्ति अपनी स्मृति से सूचनाओं का पुनःप्राप्ति करने की भरपूर कोशिश करता है तो इससे उत्पन्न अवरोध उन सूचनाओं का विस्मरण करा देता है जिसका वह प्रत्याह्वान उस समय नहीं कर रहा होता है। इसे एक उदाहरण द्वारा इस प्रकार समझाया जा सकता है। मान लिया जाय कि संसार के 25 राजनेताओं के नाम की एक सूची याद कराके प्रयोज्य से यह पूछा जाता है कि आप केवल उन राजनेताओं के नाम का प्रत्याह्वान करे तो एशिया महादेश के हैं, तो ऐसा करते समय उत्पन्न अवरोध उन राजनेताओं के नाम का विस्मरण करा देगा जो एशिया महादेश के नहीं हैं। ऐसे राजनेताओं के नाम को भविष्य में प्रत्याह्वान करने में पर्याप्त कठिनाई होगी जिसका कारण पुनःप्राप्ति अवरोध होगा।

3. सीखने वाले व्यक्ति से सम्बन्धित कारक *(Factors relating to learner)*—मनोवैज्ञानिकों ने विस्मरण (forgetting) के कुछ इस तरह के भी कारण बतलाएँ हैं जो पाठ या विषय को सीखने वाले व्यक्ति से सम्बन्धित होता है। ऐसे कुछ प्रमुख कारक निम्नांकित हैं—

(i) स्वास्थ्य *(Health)*—विस्मरण की मात्रा व्यक्ति के स्वास्थ्य द्वारा प्रभावित होती है। यदि व्यक्ति प्रायः रोगग्रस्त रहता है तो उसका स्वास्थ्य भी खराब हो जाता है। इसका परिणाम यह होता है कि व्यक्ति किसी पाठ के सीखने से उत्पन्न स्मृति-चिह्न (memory trace) को अधिक समय तक धारण किए नहीं रह पाता है। फलस्वरूप, वह सीखे गये विषयों को आसानी से भूल जाता है। व्यक्ति का स्वास्थ्य ठीक रहने से उसमें स्मृति-चिह्नों का धारण करके रखने की क्षमता अधिक होती है। फलतः उसका विस्मरण जल्दी नहीं होता है।

(ii) मानसिक वृत्ति *(Mental set)*—मानसिक वृत्ति (mental set) या प्रत्याशा (expectation) से भी विस्मरण होता है। ऐसा देखा गया है कि जब व्यक्ति को एक निश्चित समय देकर पूर्व सीखे गए विषय का प्रत्याह्वान (recall) करने को कहा जाता है तो वैसी परिस्थिति में प्रत्याह्वान काफी अच्छा होता है, यानी विस्मरण की मात्रा काफी कम होती है। दूसरी तरफ जब व्यक्ति को पूर्व सीखे गए विषय का प्रत्याह्वान अचानक करने को कहा जाता है, अर्थात् वैसे समय में करने को कहा जाता है जब उसकी मानसिक वृत्ति प्रत्याह्वान करने की नहीं होती है या प्रत्याह्वान करने की

प्रत्याशा (expectation) नहीं हाती है, तो वह ठीक से उसका प्रत्याह्वान (recall) नहीं कर पता है। फलस्वरूप, विस्मरण की मात्रा अधिक बढ़ जाती है। गेयर (Gayer, 1930) के एक प्रयोगात्मक अध्ययन से इस बात की पुष्टि होती है। इस प्रयोग में उन्होंने पाया कि प्रयोज्य को प्रत्याशित समय (expected time) से अचानक पहले ही सीखे गये विषय का प्रत्याह्वान करने के लिए कहने पर 8% विस्मरण होता है तथा उस प्रत्याशित समय के बाद प्रत्याह्वान करने पर 17% विस्मरण अधिक होती है।

(iii) सांवेगिक कारक *(Emotional factors)*—सीखे गये विषय का प्रत्याह्वान (recall) करते समय व्यक्ति की सांवेगिक स्थिति का भी उस पर प्रभाव पड़ता है। यदि व्यक्ति उस समय किसी कारण अधिक चिन्तित (anxious), डरा हुआ तथा घबड़ाया हुआ होता है, तो स्वभावतः उसका प्रत्याह्वान अधिक नहीं हो पाता है और विस्मरण की मात्रा बढ़ जाती है।

(iv) अभिप्रेरणात्मक कारक *(Motivational factors)*—विस्मरण की मात्रा व्यक्ति के अभिप्रेरणात्मक स्थिति (motivational state) पर भी निर्भर करती है। प्रायः किसी कार्य को करने या पाठ या विषय को सीखने के पीछे कुछ-न-कुछ अभिप्रेरणा (motivation) अवश्य होती है। जब व्यक्ति किसी कार्य को पूर्णरूपेण सीख लेता है तो उसका अभिप्रेरण तथा अभिरुचि (interest) समाप्त हो जाता है। फलस्वरूप, कुछ समय के बाद जब वह इन विषयों का प्रत्याह्वान (recall) करने की कोशिश करता है तो वह पाता है कि विषयों के बहुत से अंश को वह भूल गया है। दूसरी तरफ जब व्यक्ति किसी कार्य या विषय को पूरा न सीखकर बीच में ही किसी कारणवश छोड़ देता है तो उसके पीछे छिपा अभिप्रेरण (motive), तनाव (tension) तथा अभिरुचि समाप्त न होकर बनी की बनी रहती है। इस तरह का अभिप्रेरण तथा तनाव व्यक्ति के स्मृति चिह्नों को सजग बनाए रखता है। फलतः व्यक्ति ऐसे विषय का पाठ को भूलता नहीं है। कहने का तात्पर्य यह है कि किसी विषय को पूर्णतः सीख लेने या किसी कार्य को पूर्णतः कर लेने (complete task) से उत्पन्न स्मृति चिह्नों को व्यक्ति अधिक समय तक धारण करके नहीं रख पाता है जबकि अधूरा ही सीखे रहने पर या किसी कार्य को अधूरा ही किए रहने पर उससे उत्पन्न स्मृति-चिह्न अधिक समय तक मस्तिष्क में बने रहते हैं। फलतः व्यक्ति ऐसे कार्यों या विषयों को जल्दी नहीं भूलता है। अतः व्यक्ति पूर्ण कार्यों (complete task) से उत्पन्न अनुभवों को अपूर्ण कार्य (uncomplete task) से उत्पन्न अनुभवों की अपेक्षा जल्दी भूल जाता है (*Experiences of completed task are forgotten sooner than experiences of uncompleted task*) । इससे सबसे पहले एक रूसी महिला मनोवैज्ञानिक जिसका नाम जैगारनिक (Zeigarnik) था, प्रयोगात्मक ढंग से सिद्ध किया था। इसे आजकल हम *जैगारनिक प्रभाव* (Zeigarnik effect) के नाम से जानते हैं।

इस तरह से हम देखते हैं कि विस्मरण के कारणों को मनोवैज्ञानिकों ने भिन्न-भिन्न श्रेणियों में बाँटकर अध्ययन किया है। उनमें से मनोवैज्ञानिकों का ध्यान पृष्ठोन्मुख अवरोध (retroactive inhibition), अग्रलक्षी अवरोध (proactive inhibition), पुनःप्राप्ति. अवरोध (retrieval inhibition) तथा सीखने से सम्बन्धित कारकों पर तुलनात्मक रूप से अधिक गया है।

विस्मरण के सिद्धान्त
(Theories of Forgetting)

विस्मरण की व्याख्या करने के लिए मनोवैज्ञानिकों ने भिन्न-भिन्न सिद्धान्तों को प्रतिपादन किया है जिसमें निम्नांकित मुख्य हैं—

1. ह्रास सिद्धान्त (Decay theory) या अनुप्रयोग सिद्धान्त (Disuse theory)
2. सन्तनन-दृढ़ीकरण सिद्धान्त (Perseveration-consolidation theory)
3. बाधक या हस्तक्षेप सिद्धान्त (Interference theory)
4. द्विकारक सिद्धान्त (Two-factor theory)
5. अभिप्रेरित विस्मरण का सिद्धान्त (Theory of Motivated forgetting)
6. उद्दीपक-कूटलेखन सिद्धान्त (Stimulus-Encoding theory)

इन सिद्धान्तों की आलोचनात्मक व्याख्या हम अलग-अलग अनुच्छेद में करेंगे।

ह्रास सिद्धान्त या अनुपयोग सिद्धान्त
(Decay Theory or Disuse theory)

विस्मरण की व्याख्या करने का सबसे पुराना सिद्धान्त ह्रास सिद्धान्त (Decay theory) है जिसे *अनुपयोग सिद्धान्त* (Disuse theory) भी कहा जाता है। इस सिद्धान्त का प्रतिपादन इविंगहॉस (Ebbinghaus) ने 1885 में किया था। इस सिद्धान्त का मूल तथ्य यह है कि किसी विषय को सीखने से हमारे मस्तिष्क में कुछ दैहिक परिवर्तन (physiological changes) होते हैं जिन्हें स्मृति-चिह्न (memory traces) कहा जाता है। सीखने के बाद जैसे-जैसे समय बीतते जाता है, इन स्मृति-चिह्नों का ह्रास (decay) अपने आप होते चला जाता है। इस ह्रास का मूल कारण बीते हुए समय अन्तराल (time interval) में सीखे गये पाठ या विषय का अनुपयोग (disuse) है अर्थात् उसका नहीं दोहराया जाना है। इन अनुपयोग के कारण स्मृति-चिह्न समय अंतराल में क्षीण हो जाते हैं और फलस्वरूप स्मृति कमजोर हो जाती है और सीखे गये पाठ का विस्मरण हो जाता है। इसे थॉर्नडाईक (Thorndike, 1914) ने *अनुप्रयोग का नियम* (law of disuse) की संज्ञा दिया है। संक्षेप में, इस सिद्धान्त के अनुसार सीखने के बाद जैसे-जैसे समय बीतते जाता है, व्यक्ति निष्क्रिय रूप से (passively) उसे भूलते जाता है।

इविंगहॉस का यह सिद्धान्त अपने समय का काफी प्रभावकारी एवं महत्त्वपूर्ण सिद्धान्त था। परन्तु जैसे-जैसे नये-नये शोध (research) एवं प्रयोग होते गये, यह स्पष्ट होने लगा कि समय का बीतना अपने आप में विस्मरण का कारण नहीं है। इस सिद्धान्त की प्रमुख आलोचनाएँ (criticisms) निम्नांकित हैं:—

(i) मूल्लर तथा पिलजेकर (Muller & Pilzecker, 1900) ने यह स्पष्ट रूप से बतलाया कि भूलने का कारण सीखने के बाद मात्र समय का बीतना नहीं है। जब इस समय अंतराल में व्यक्ति किसी नये विषय को सीखता है, तो इसके कारण पहले सीखे गये विषय का स्मृति-चिह्न (memory traces) कमजोर पड़ जाता है और हम उन्हें भूल जाते हैं। इस तरह की प्रक्रिया (process) जिसमें मौलिक विषय (original lesson) के भूलने का कारण बाद के सीखे गये विषय द्वारा उत्पन्न बाधा (interference) होता है उसे पृष्ठोन्मुख अवरोध या पूर्वलक्षी प्रावरोध (retroactive inhibition) कहा जाता है। बाद में जेनकिन्स तथा डैल्लेनबैक (Jenkins & Dallenbach, 1924) ने अपने प्रयोगात्मक अध्ययन से इस बात की पुष्टि की है कि विस्मरण का कारण वास्तव में समय का बीतना नहीं होता है बल्कि इस बीते हुए समय में कुछ नये पाठ या विषय के सीखने से उत्पन्न बाधा (interference) होता है।

(ii) विलोपन (extinction) के अध्ययन में मिले तथ्य भी ह्रास सिद्धान्त (decay theory) के विरुद्ध में आते हैं। विलोपन (extinction) की प्रक्रिया में उद्दीपक (stimulus) प्राणी के सामने दिया जाता है और वह अनुक्रिया (response) भी करता है। परन्तु अनुक्रिया देने के बाद पुनर्बलन (reinforcement) सिर्फ नहीं दिया जाता है। विलोपन (extinction) के अध्ययन में उद्दीपक-अनुक्रिया प्रक्रिया (S-R process) को बार-बार दोहराया जाता है फिर भी उद्दीपक-अनुक्रिया का सम्बन्ध (connection) कमजोर (weak) होते चला जाता है। अनुपयोग सिद्धान्त (disuse theory) के अनुसार इस सम्बन्ध को कमजोर होने के बजाय मजबूत होना चाहिए था यानी उसका क्रमिक विस्मरण (gradual forgetting) नहीं होना चाहिए था क्योंकि समय अंतराल में उद्दीपक-अनुक्रिया का अनुपयोग (disuse) न होकर उपयोग (use) हो रहा है।

(iii) स्वतः पुनर्लाभ (spontaneous recovery) तथा संस्मरण (reminiscence) की घटना से भी अनुपयोग सिद्धान्त को धक्का पहुँचता है। ये दोनों घटनाएँ कुछ ऐसी हैं जिनमें समय बीतने के साथ-ही-साथ धारण में ह्रास होने के बदले वृद्धि होती है हालाँकि इस समय अंतराल (time interval) से सीखे गये विषय को कभी दोहराया नहीं जाता है। ऐसी अवस्था में अनुपयोग सिद्धान्त के अनुसार सीखे गये विषय का विस्मरण होना चाहिए था न कि उसकी धारण की वृद्धि होनी चाहिए थी।

उपरोक्त आलोचनाओं को ध्यान में रखते हुए हम इस तथ्य पर पहुँचते हैं कि विस्मरण का कारण समय का बीतना नहीं हाता है। अतः अनुपयोग सिद्धान्त (disuse theory) एक अनुपयुक्त (inadequate) सिद्धान्त है। हुल्स, इगेथ

तथा डीज[1] (Hulse, Egeth & Deese, 1980) ने ठीक ही कहा है, ''हमलोग इस निष्कर्ष पर पहुँचते हैं कि विस्मरण की पूर्ण व्याख्या करने में अनुपयोग सिद्धान्त (disuse theory) अनुपयुक्त (inadquqate) है।''

उपर्युक्त आलोचनाओं की वैधता के महत्त्व को ध्यान में रखते हुए हाल में ही वजोर्क एवं वजोर्क (Bjork & Bjork, 1992) ने अनुप्रयोग सिद्धान्त (disuse theory) में महत्त्वपूर्ण संशोधन करने का प्रयास किया है। इस नये संशोधित सिद्धान्त के कुछ महत्त्वपूर्ण पूर्वकल्पनाएँ (assumptions) एवं आशय (implications) हैं जो इस प्रकार है—

(i) दीर्घकालीन स्मृति में कितनी सूचनाओं का संचयन हो सकता है इसका कोई व्यवहारिक सीमा तो नहीं है परन्तु इस बात की सीमा निश्चित रूप से है कि व्यक्ति सूचनाओं की पुनःप्राप्ति एक सीमा तक ही कर पाता है।

(ii) दूसरी पूर्वकल्पना यह है कि कोई भी सूचना चाहे कितनी ही उत्तम ढंग से क्यों न सीखा गया हो, यदि समय-समय पर उसका पुनःप्राप्ति (retrieve) नहीं किया जाता है, तो वह धीरे-धीरे पहुँच के बाहर हो जाता है।

मौलिक अनुप्रयोग सिद्धान्त (Disuse theory) के विपरीत वजोर्क एवं वजोर्क ने यह दिखलाया कि दीर्घकालीन स्मृति में संचित सही सूचनाओं तक पहुँचने की असफलता का कारण मात्र समय का बीतना नहीं होता है बल्कि इसका कारण अन्य समान सूचनाओं को सीखना या उनकी पुनःप्राति (retrieval) होती है। दूसरे शब्दों में, वजोर्क एवं वजोर्क ने यह दावा किया कि दीर्घकालीन स्मृति में संचित सूचनाओं की पुनःप्राप्ति के लिए उनके बीच प्रतियोगिता होती है। नये सीखे गये या पुनः प्राप्त सूचनाएँ उन सूचनाओं की तुलना में जो समान तो होते हैं परन्तु जिन्हें हाल में न तो सीखा गया है और न ही पुनःप्राप्त (retrieve) किया गया है, प्रत्याह्वान (recall) के खयाल से अच्छे होते हैं। इस तरह के बाद वाली (नयी) सूचनाओं की पुनःप्राप्ति (retrieval) आसान होता है।

वजोर्क एवं वजोर्क (Bjork & Bjork, 1992) के अनुसार अनुप्रयोग का यह सिद्धान्त का व्यवहारिक महत्त्व काफी अधिक है। इस सिद्धान्त के प्रमुख आशय (implications) का उल्लेख हम इस प्रकार कर सकते हैंः—

(i) वैसी सूचना जिसे व्यक्ति हाल में सीखा है या जिसकी पुनःप्राप्ति हाल में की गयी है, के प्रति पहुँच काफी आसान होता है।

(ii) पुरानी सूचनाएँ जहाँ तक व्यक्ति आसानी से नहीं पहुँच सकता है, नयी परन्तु सम्बन्धित (related) सूचनाओं के साथ बाधा नहीं पहुँचायेगी। इसका विशेष फायदा यह होता है कि व्यक्ति तब नयी सूचनाओं को आसानी से ग्रहण कर लेता है। इस तरह से वजोर्क का यह सिद्धान्त इस तथ्य का तब विश्लेषण करता है कि हाल में पुनःप्राप्त नहीं की गयी सूचनाओं की पुनःप्राप्ति शक्ति (retrieval strength) में कमी आने से व्यक्ति दीर्घकालीन स्मृति की नयी संगत (relevant) सूचनाओं की पुनःप्राप्ति आसानी से कर लेता है।

स्पष्ट हुआ कि वजोर्क तथा वजोर्क द्वारा संशोधित विस्मरण का अनुप्रयोग सिद्धान्त मौलिक अनुप्रयोग सिद्धान्त की तुलना में अधिक लाभप्रद एवं व्यवहारिक है।

सन्तन-दृढीकरण सिद्धान्त
(Perseveration-Consolidation theory)

इस सिद्धान्त का प्रतिपादन मूल्लर तथा पिलजेकर (Muller & Pilzecker, 1900) द्वारा अनुपयोग सिद्धान्त (disuse theory) के विरोध में किया गया। इस सिद्धान्त द्वारा विस्मरण की व्याख्या पृष्ठोन्मुख अवरोध या पूर्वलक्षी प्रावरोध (retroactive inhibition) द्वारा होता है। अतः इस सिद्धान्त को *पृष्ठोन्मुख अवरोध का सिद्धान्त* (theory of retroactive inhibition) भी कहा गया है।

इस सिद्धान्त के अनुसार जब किसी विषय को सीखने के बाद व्यक्ति विश्राम (rest) करता है, तो सीखे गये विषय से उत्पन्न स्मृति-चिह्न (memory traces) मस्तिष्क में कुछ समय तक सतत बना (perseverate) रहता है। दूसरे शब्दों में, विषय को सीखने से स्नायु-सम्बन्धी क्रियाएँ (neutral activities) मस्तिष्क में उत्पन्न होती हैं जो सीखने के लिए दिए गए अभ्यास के समाप्त होने के कुछ समय बाद तक जारी रहती है। इस प्रक्रिया को सन्तनन

1. "We conclude that disuse theory is inadequate as a complete explanation of forgetting."
—Hulse, Egeth & Deese : *The Psychology of Learning,* 1980 p. 304

(perservation) कहा जाता है। सन्तनन की प्रक्रिया मस्तिष्क में निश्चित रूप से कितने समय के लिए होती है, यह कहना मुश्किल है। *सन्तनन* (perservation) का एक स्वाभाविक प्रभाव (natural effect) स्मृति चिह्न पर होता है और वह यह है कि इससे स्मृति-चिह्न सुदृढ़ (consolidate) हो जाते हैं। फलस्वरूप, बाद में इसका प्रत्याह्वान (recall) या प्रत्याभिज्ञान (recognition) व्यक्ति आसानी से कर लेता है। ऐसी परिस्थिति में विस्मरण की मात्रा कम होती है। दूसरी तरफ जब व्यक्ति किसी मौलिक विषय (original lesson) को सीखने के तुरन्त बाद विश्राम न करके किसी दूसरे विषय या बाधक विषय (intefering task) को सीखता है, तो इससे मौलिक विषय के सीखने से उत्पन्न स्मृति-चिह्नों का मस्तिष्क में सन्तनन नहीं हो पाता है और जब सन्तनन नहीं होता है तो दृढ़ीकरण (consolidation) भी नहीं हो पाता है। इसका परिणाम यह होता हैं कि व्यक्ति ऐसे मौलिक विषयों को जल्द भूल जाता है। इस तरह से हम देखते हैं कि सन्तनन-दृढ़ीकरण सिद्धान्त में भूलने का मूल कारण मौलिक विषय के स्मृति-चिह्नों का दृढ़ीकरण नहीं होना है जो मौलिक विषय के बाद तुरन्त बाधक विषय (intefering task) को सीखने के कारण होता है। चूँकि इस सिद्धान्त में भूलने की व्याख्या दृढ़ीकरण (consolidation) के अभाव के आधार पर किया जाता है, अतः इस सिद्धान्त को *प्रतिदृढ़ीकरण सिद्धान्त* (anti-consolidation theory) भी कहा जाता है।

इस सिद्धान्त की व्याख्या का समर्थन डनकन (Duncan, 1940) के प्रयोगों से काफी प्राप्त हुआ है। इस प्रयोग में चूहों का दो समूह लिया गया—एक प्रयोगात्मक समूह (experimental group) तथा दूसरा नियंत्रित समूह (control group)। चूहों के परिहार सीखने (avoidance learning) पर वैद्युत-आक्षेपीय आघात (electro-convulsive shock) के पड़ने वाले प्रभावों का अध्ययन किया गया। इस वैद्युत-आघात की दो मुख्य विशेषताएँ हैं। *पहली* विशेषता तो यह है कि इसे देने से मस्तिष्क में थोड़ी देर के लिए एक तरह की सम्मूर्च्छित अवस्था (comatose state) उत्पन्न हो जाती है जिससे स्नायुविक क्रियाएँ (neural activities) नहीं के बराबर होतीं हैं। *दूसरी* विशेषता यह है कि इस तरह के वैद्युत-आघात से वैसे स्मृति चिह्न नष्ट हो जाते हैं जो सन्तनन (perseveration) की अवस्था में होते हैं परन्तु उन स्मृति-चिह्नों पर इसका कोई प्रभाव नहीं पड़ता है जिनका दृढ़ीकरण (consolidation) हो गया होता है। प्रशिक्षण (training) के दौरान प्रत्येक प्रयास (trial) के बाद प्रयोगात्मक समूह के चूहों को भिन्न-भिन्न समय अन्तरालों पर (सही अनुक्रिया करने के बाद) वैद्युत-आक्षेपी आघात दिया जाता था। इस तरह से चूहों को आघात प्रत्येक प्रयास में (सही अनुक्रिया करने के बाद) या तो 20 सेकंड, 40 सेकेण्ड, 1 मिनट, 4 मिनट, 15 मिनट, 1 घंटा या 14 घंटा के बाद दिया जाता था। चूहों के नियंत्रित समूह को इस तरह का आघात नहीं दिया जाता था। परिणाम में देखा गया कि 20 सेकेण्ड से एक घंटा की अवधि तक में वैद्युत आघात जितनी ही देर से दिया जाता था, सीखने की प्रक्रिया तेजी से हुई। परन्तु 1 से 14 घंटे तक की अवधि में आघात देने से सीखने की प्रक्रिया उसी दर से हुई जिस दर से नियंत्रित समूह में हुई थी। इस अध्ययन से यह स्पष्ट हो जाता है कि चूहों में दृढ़ीकरण प्रक्रिया (consolidation process) एक घंटा तक के समय में पूरा हो जाता है। जैसा कि ऊपर कहा गया है, इस तरह के वैद्युत-आघात का सुदृढ़ चिह्नों (consolidated traces) पर कोई असर नहीं पड़ता है। शायद यही कारण है कि 1 घंटा के बाद प्रयोगात्मक समूह तथा नियंत्रित समूह के चूहों द्वारा की गयी सीखने की प्रक्रिया में कोई अन्तर नहीं था। बाद में कोरोभर तथा स्कील्लर (Chorover & Schiller, 1965) तथा मैकगा (Mc Gaugh, 1966) ने भी अपने-अपने प्रयोग में चूहों पर वैद्युत-आक्षेपी आघात (electroconvulsive shock) देकर ठीक उसी तरह का परिणाम प्राप्त किया है जैसा कि डनकन (Duncan) ने अपने प्रयोग में पाया था। इस सिद्धान्त की पुष्टि कुछ वैसे प्रयोगों के परिणाम से भी होती है जिसमें यह दिखलाया गया है कि विराम विधि (spaced method) से सीखना अविराम विधि (massed method) की अपेक्षा श्रेष्ठ (superior) होती है। विराम विधि से सीखने में चूँकि बीच-बीच में प्रयोज्य को विश्राम (rest) दिया जाता है, अतः इस तरह के सीखने से उत्पन्न स्मृति को सुदृढ़ (consolidate) होने का मौका अधिक मिलता है जबकि अविराम विधि से सीखे गये विषयों से उत्पन्न स्मृति चिह्न के साथ ऐसी बात नहीं होती है।

सन्तनन-दृढ़ीकरण सिद्धान्त (perseveration-consolidation theory) के निम्नांकित दो महत्त्वपूर्ण पूर्वकल्पनाएँ (asusmptions) हैं:—

(i) इस सिद्धान्त के अनुसार जब अवरोधक विषय (interpolated task) को (यानी, मौलिक विषय के बाद सीखे गये विषय को) धारण अंतराल (retention interval) के बीच में रखा जाता है, तो विस्मरण की मात्रा सबसे कम होती है। उदाहरणस्वरूप, यदि धारण अंतराल तीन घंटा का है तो अवरोधक विषय को प्रथम

एक घंटा बीत जाने के बाद और अन्तिम एक घंटा शुरू होने के बीच की अवधि में यदि सीखने को दिया जाता है, तो ऐसी अवस्था में मौलिक विषय का विस्मरण कम-से-कम होता है। कारण, धारण अंतराल के बीच में अवरोधक विषय को देने से मौलिक विषय के स्मृति-चिह्नों के सन्तनन (perseveration) तथा दृढ़ीकरण (consolidation) प्रक्रिया प्रभावित नहीं होती है।

(ii) यदि अवरोधक विषय (interpolated task) की तीव्रता अधिक होती है तो इससे मौलिक विषय के स्मृति-चिह्नों का नाश अधिक होता है। फलस्वरूप, ऐसी अवस्था में विस्मरण की मात्रा अधिक होती है। तीव्र आवाज (intense noise), तीव्र रोशनी (intense light) तथा बिजली का झटका या आघात कुछ ऐसे उदाहरण हैं जिनको अवरोधक विषय के साथ-साथ देने से अवरोधक विषय की तीव्रता बढ़ जाती है।

मनोवैज्ञानिकों ने इस सिद्धान्त की कुछ आलोचनाएँ (criticisms) की है, जो निम्नांकित है:—

(i) इस सिद्धान्त का दावा यह है कि मौलिक विषय (original task) के सीखने के बाद व्यक्ति विश्राम न करके कोई भी दूसरा विषय जिसे अवरोधक विषय (interpolated task) कहा जाता है, सीखता है, तो इससे विस्मरण (forgetting) होता है। परन्तु प्रयोगात्मक अध्ययनों (experimental evidences) से यह स्पष्ट हो गया है कि विस्मरण की मात्रा उस समय अधिक और स्पष्ट होती है जब अवरोधक विषय (interpolated task) मौलिक विषय (original task) के समान (similar) होता है। एक कविता सीखने के बाद फिर दूसरी कविता सीखकर यदि पहले कविता का प्रत्याह्वान (recall) किया जाय तो स्पष्टतः इसमें विस्मरण की मात्रा उस परिस्थिति से अधिक होगी जिसमें कविता के बाद व्यक्ति अवरोधक विषय के रूप में निरर्थक पदों (nonsense syllables) को सीखता है। कहने का तात्पर्य यह है कि इस सिद्धान्त द्वारा मौलिक विषय तथा अवरोधक विषय के बीच समानता के कारक की उपेक्षा की गयी है जो सही नहीं है।

(ii) इस सिद्धान्त से पूर्वलक्षी प्रावरोध (retroactive inhibition) की व्याख्या तो होती है परन्तु अग्रलक्षी प्रावरोध (proactive inhibition) की व्याख्या नहीं होती है। यह आलोचना कुछ प्रमुख मनोवैज्ञानिकों जैसे मैग्यू तथा अंडरवुड (McGeoch & Underwood, 1943), मेल्टन तथा वानलैकम (Melton & Von Lackum, 1941) द्वारा किये गये प्रयोगात्मक तथ्यों (experimental facts) पर आधारित है। यह सिद्धान्त स्पष्ट रूप से यह कहता है कि मौलिक विषय (original task) के सीखने के बाद यदि कोई दूसरा विषय सीखा जाता है, तो मौलिक विषय के स्मृति-चिह्न को सन्तनन (perseveration) तथा फिर दृढ़ीकरण (consolidation) का मौका नहीं मिलता है जिसके कारण विस्मरण होता है। परन्तु मौलिक विषय के सीखने के पहले सीखे गये विषय के प्रभाव से (अग्रलक्षी प्रावरोध) जो विस्मरण होता है, इसकी व्याख्या कही नहीं की गयी है। जैसा कि मैग्यू तथा इरियन[1] (McGeoch & Irion, 1952) ने कहा है, ''सन्तनन सिद्धान्त स्मृति के अग्रलक्षी प्रावरोध की कोई व्याख्या नहीं करता है जहाँ दोनों में से अंतिम सीखी गयी क्रियाओं की स्मृति. कमजोर होती है।''

(iii) इस सिद्धान्त की पहली पूर्वकल्पना (assumption) को भी मनोवैज्ञानिकों ने प्रयोगात्मक रूप से (experimentally) गलत साबित कर दिया है। इस पूर्वकल्पना के अनुसार जब अवरोधक पाठ (interfering task) को धारण अंतराल (retention interval) के बीच में रखा जाता है, तो विस्मरण नहीं होता है। बन्च तथा मैकटियर (Bunch & McTeer, 1932) ने अपने प्रयोग में पाया कि 6 सप्ताह (weeks) की धारण अंतराल के बीच में (यानी प्रथम 3 सप्ताह बाद) जब अवरोधक विषय (interfering task) को सीखने के लिए दिया गया, तो इससे भी मौलिक विषय का विस्मरण काफी अधिक हुआ। सिद्धान्त की पूर्वकल्पना के अनुसार ऐसा नहीं होना चाहिए था।

(iv) मनोवैज्ञानिकों ने इस सिद्धान्त की दूसरी पूर्वकल्पना (assumption) को भी प्रयोगात्मक रूप से गलत ठहराया है। इन लोगों का कहना है कि किस तरह के अवरोधक पाठ को तीव्र कहा जा सकता है तथा किस तरह के अवरोधक पाठ को तीव्र (intense) नहीं कहा जा सकता है, इसे निश्चित करना एक कठिन कार्य है। मैकग्यू (McGeoch, 1931) तथा इरियन एवं ह्वाम (Irion & Wham, 1951) ने बतलाया है कि स्थूल अर्थ (rough sense) में तीव्र रोशनी, तीव्र आवाज तथा बिजली के झटके को एक तीव्र उद्दीपक माना जा सकता है जिसका प्रयोग

1. "The perseveration theory offers no explanation for proactive inhibition of memory where the last learned of two activities is less well retained."
—McGeoch & Irion; *The Psychology of Human Learning*, 1952, p. 435

एक अवरोधक पाठ (interfering task) के रूप में किया जा सकता है। इन लोगों के अध्ययन में इस तरह के अवरोधक पाठ का उपयोग करने पर मौलिक विषय का कोई खास विस्मरण होते नहीं पाया गया। इस सिद्धान्त के अनुसार ऐसा नहीं होना चाहिए था। मैकग्यू तथा इरियन[1] (McGeoch & Irion, 1952) ने ठीक ही कहा है, ''पूर्वलक्षी कार्य (retroaction) के विस्तृत इतिहास में इस बात का सबूत बहुत थोड़ा है कि अन्तर्वेशन (interpolation) की तीव्रता तथा ह्रास (decrement) की मात्रा के बीच कोई पूर्वकल्पित सम्बन्ध है।''

बाधक या हस्तक्षेप सिद्धान्त
(Interference Theory)

बाधक सिद्धान्त विस्मरण का एक प्रमुख सिद्धान्त है। इस सिद्धान्त द्वारा विस्मरण की व्याख्या व्यवहारवाद (Behaviourism) के नियमों (principles) के रूप में की गयी है। इसलिए इस सिद्धान्त को व्यवहारवादियों का सिद्धान्त (behaviouristic theory) भी कहा जाता है। व्यवहारवादियों द्वारा विस्मरण की व्याख्या उद्दीपक-अनुक्रिया इकाई (stimulus-response unit) के रूप में की गयी है। अतः बाधक सिद्धान्त भी इसी इकाई के सहारे विस्मरण की व्याख्या करता है। इस बाधक सिद्धान्त में सन्तनन-दृढ़ीकरण सिद्धान्त (perseveration-consolidation theory) की इस आलोचना को भी दूर करने की कोशिश की गयी है कि अग्रलक्षी प्रावरोध (proactive inhibitoin) विस्मरण का एक प्रमुख कारण नहीं है। सचमुच में बाधक सिद्धान्त द्वारा विस्मरण की व्याख्या पूर्वलक्षी प्रावरोध (retroactive inhibition) तथा अग्रलक्षी प्रावरोध (proactive inhibition) दोनों ही कारकों के रूप में होता है।

बाधक सिद्धान्त के अनसुार जब किसी पूर्व सीखी गयी अनुक्रियाओं (resoonses) या विषयों (tasks) का प्रत्याह्वान (recall) किया जाता है, तो उस समय उन सभी अनुभूतियों एवं विषयों जिसे व्यक्ति मौलिक विषय के पहले एवं बाद में सीखे होता है, से उत्पन्न स्मृति-चिह्न आपस में अंतक्रिया (interaction) करते हैं। इस अंतक्रिया का दो परणिाम होता है—सरलीकरण (facilitation) तथा बाधा (interference)। विस्मरण (forgetting) इसी बाधक प्रभावों (interfering effects) का परिणाम है। इस तरह का बाधक प्रभाव जितना अधिक होगा, विस्मरण की मात्रा भी उतनी ही अधिक होगी। बाधक सिद्धान्त की इस व्याख्या से स्पष्ट हो जाता है कि इसमें विस्मरण का कारण मौलिक विषय के पहले सीखे गये विषय से उत्पन्न बाधा या अवरोध (अग्रलक्षी अवरोध) तथा मौलिक विषय के बाद में सीखे गये विषय से उत्पन्न बाधाएँ (पूर्वलक्षी अवरोध) होती है। अतः विस्मरण का कारण पूर्वलक्षी अवरोध (retroactive inhibition) तथा अग्रलक्षी अवरोध (proactive inhibition) दोनों ही होते हैं। अतः इस सिद्धान्त की व्याख्या निम्नांकित दो पक्षों में बाँट कर की गयी है:—

***(क) बाधक सिद्धान्त** : पूर्वलक्षी अवरोध (Interference theory : Retroactive Inhibition)*—पूर्वलक्षी अवरोध (retroactive inhitbition) की व्याख्या बाधक सिद्धान्त के अनुसार सबसे पहले मैकग्यू (McGeoch, 1932) ने किया। इस तरह के अवरोध की व्याख्या करने के लिए मैकग्यू ने *स्वतंत्रता-प्राक्कल्पना* (independence hypothesis) का प्रतिपादन किया। इस प्राक्कल्पना के अनुसार मौलिक विषय (original task) के सीखने से उत्पन्न स्मृति-चिह्न तथा अवरोधक पाठ (interfering task) को सीखने से उत्पन्न स्मृति-चिह्न एक ही साथ स्मृति संचयन (memory storage) में कायम रहते हैं। अतः लोगों की यह सामान्य धारणा कि अवरोधक पाठ (interfering task) के सीखने से उत्पन्न स्मृति-चिह्न मौलिक विषय के स्मृति-चिह्न पर आघात पहुँचाते हैं और इसे नष्ट कर देते हैं जिसके कारण विस्मरण हो जाता है, गलत है। स्वतंत्रता-प्राक्कल्पना (independence hypothesis) के अनुसार मौलिक विषय तथा अवरोधक विषय के स्मृति-चिह्न स्वतंत्र रूप से बिना एक-दूसरे को प्रभावित किये सुरक्षित रहते हैं। इस प्राक्कल्पना के अनुसार विस्मरण का कारण प्रत्याह्वान (recall) के समय मौलिक पाठ तथा अवरोधक पाठ के स्मृति-चिह्न द्वारा आपस में प्रत्याह्वानित होने के लिए प्रतियोगिता (competition) या संघर्ष का होना है। इस प्रतियोगिता का परिणाम यह होता है कि मौलिक विषय का प्रत्याह्वान कुछ कम हो जाता है यानी मौलिक विषय के कुछ अंश का विस्मरण हो जाता है, हालाँकि उनकी स्मृति चिह्न सुरक्षित होती है। मैकग्यू ने यह बतलाया कि जब मौलिक

1. "There is little in the extensive literature on retroaction which can be interpreted plauslibly in support of the assumed relation between the intensity of interpolation and the amount of decrement."
—McGeoch & Irion : *The Psycholgoy of Human Learning*, 1952. p. 434-435

विषय तथा अवरोधक विषय (interfering task) के बीच समानता (similarity) अधिक होती है, तो प्रत्याह्वान (recall) के समय दोनों विषयों के स्मृति-चिह्नों में प्रतियोगिता (competition) काफी तीव्र होती है। फलस्वरूप, विस्मरण की मात्रा अधिक होती है। चूँकि यहाँ विस्मरण की व्याख्या स्मृति-चिह्न की प्रतियोगिता (competition) के आधार पर होती है। अतः इसे *अनुक्रिया-की-प्रतियोगिता सिद्धान्त* (Competition-of-Response theory) भी कहा जाता है। मैकग्यू (McGeoch) ने यह भी बतलाया है कि इस तरह की प्रतियोगिता के कारण ऋणात्मक अंतरण (negative transfer) होता है जो मौलिक विषय के प्रत्याह्वान को कम कर देता है और इसे ही विस्मरण कहा जाता है। अतः इसे *अंतरण सिद्धान्त* (transfer theory) भी कहा जाता है।

मैकग्यू (McGeoch) के इस सिद्धान्त में मौलिक विषय तथा अवरोधक विषय के स्मृति-चिह्नों के बीच प्रत्याह्वान (recall) के समय हुई प्रतियोगिता (competition) या संघर्ष का स्पष्टीकरण (manifestation) निम्नांकित सूचांकों (index) के रूप में होते पाया गया है—

(i) प्रकट अन्तःसूची बलप्रवेश या घुसपैठ (Overt interlist intrusion)—मौलिक विषय या सूची (original list) का प्रत्याह्वान (recall) करते समय अवरोधक विषय या अन्तर्वेशित सूची (interpolated list) के कुछ पद (term) या अंश प्रत्याह्वानित हो जाते हैं जिसके कारण मौलिक सूची के कुछ अंशों या पदों का प्रत्याह्वान नहीं हो पाता है, यानी, उसका विस्मरण (forgetting) हो जाता है। इस तरह के घुसपैठ को प्रकट अन्तःसूची घुसपैठ (overt interlist intrustion) कहा जाता है।

(ii) प्रकट अंतरा सूची बलप्रवेश या घुसपैठ (Overtintralist intrusion)—मौलिक सूची (original list) के प्रत्याह्वान (recall) करते समय जिस पद (syllable) या एकांश (items) का प्रत्याह्वान उस समय करना चाहिए था उसे न करके उसकी जगह पर उसी सूची का दूसरा एकांश (items) या पद (syllable) का प्रत्याह्वान कभी-कभी व्यक्ति कर देता है। इसे प्रकट अंतरा सूची बलप्रवेश (overt intralist intrusion) कहा जाता है और विशेष कर वैसे सूची के प्रत्याह्वान में अधिक होता है जिसके एकांशों (items) या पदों में समानता (similarity) अधिक होती है तथा प्रयोज्य (object) को एक खास क्रम (sequence) में ही पदों का प्रत्याह्वान करना होता है।

(iii) अप्रकट या गुप्त बलप्रवेश या घुसपैठ (Covert intrusion)—इस तरह के घुसपैठ में मौलिक विषय या सूची का प्रत्याह्वान करते समय अन्तर्वेशित विषय या सूची के एकांशों (item) या पद (syllable) व्यक्ति के मन में अपने आप आ जाता है, फिर उसे गलत समझकर प्रत्याह्वान न करके चुप रह जाता है। यही कारण है कि इसे अप्रकट या गुप्त बलप्रवेश या घुसपैठ कहा जाता है। इस तरह के बलप्रवेश को ऑसगुड (Osgood, 1953) ने भावशून्य (blank) भी कहा है क्योंकि प्रयोज्य प्रायः इस तरह के बलप्रवेश को गलत समझकर चुप रह जाता है और भावशून्य दीखता है।

इन तीन तरह के बल प्रवेश या घुसपैठ में से प्रकट बलप्रवेश (overt intrusion) द्वारा प्रत्याह्वान (recall) में कमी अधिक होती है, यानी इससे विस्मरण (forgetting) अधिक होता है तथा ऑसगुड (Osgood, 1953) ने प्रकट घुसपैठ को प्रतियोगिता कारक (competition factor) का सबसे महत्त्वपूर्ण प्रत्यक्ष सूचक (direct index) माना है।

मनोवैज्ञानिकों ने मैकग्यू (McGeoch) के इस सिद्धान्त की कुछ आलोचनाएँ भी किया है। प्रमुख आलोचनाएँ निम्नांकित हैं—

(i) मैकग्यू (McGeoch) के प्रतियोगिता सिद्धान्त की आलोचना मेल्टन तथा इर्विन (Melton & Irwin, 1940) द्वारा की गयी है। इन लोगों ने अपने प्रयोगात्मक अध्ययन में यह स्पष्ट रूप से पाया है कि पूर्वलक्षी प्रावरोध (retroactive inhibition) की मात्रा पर यानी पहली सूची सीखकर दूसरी सूची सीखने के बाद पहली सूची के प्रत्याह्वान (recall) की मात्रा पर सिर्फ इन दोनों सूचियों के स्मृति चिह्नों के बीच हुई प्रतियोगिता (competition) का ही प्रभाव नहीं पड़ता है बल्कि एक और कारक जिसे 'कारक एक्स' (factor X) या अशिक्षण या अनाधिगम कारक (unlearning factor) जिसकी उत्पत्ति दूसरी सूची यानी अवरोधक सूची (interfering list) सीखने के समय होती है, का भी प्रभाव पड़ता है। अतः मेल्टन तथा इर्विन ने पूर्वलक्षी प्रावरोध (retroactive inhibition) की व्याख्या अनुक्रियाओं की प्रतियोगिता (competition) तथा अनाधिगम या अप्रशिक्षण (unlearning) दोनों कारकों के रूप में करके मैकग्यू (McGeoch) के सिद्धान्त को अधूरा बतलाया है। मेल्टन तथा इर्विन की इस विचारधारा को *द्विकारक सिद्धान्त* (two-factor theory) कहा जाता है जिसकी विस्तृत चर्चा आगे की गयी है।

(ii) मैकग्यू के प्रतियोगिता सिद्धान्त के प्रतिकूल कुछ अप्रत्यक्ष सबूत (indirect evidence) भी हैं। इस सिद्धान्त के अनुसार सीखे जाने वाले विषय या सूची की लम्बाई का सीधा प्रभाव पूर्वलक्षी प्रावरोध (retroactive inhibition) पर पड़ता है। अगर सूची की लंबाई अधिक है तो इसमें किसी पद या एकांश (items) के प्रत्याह्वान (recall) के कम होने की संभावना अधिक इसलिए होती है क्योंकि उस पद या एकांश के बाद या पहले कई पद या एकांश आते हैं। अतः अधिक लम्बी सूची या लम्बे विषय का विस्मरण मैकग्यू के प्रतियोगिता सिद्धान्त के अनुसार, छोटी सूची के विस्मरण की अपेक्षा अधिक होनी चाहिए। परन्तु शिफ्रिन (Shiffrin, 1970) ने अपने अध्ययन में ठीक इसके विपरीत परिणाम पाया है। इन्होंने इस तरह के प्रयोग के परिणाम में यह दिखलाया है कि 5 तथा 20 शब्दों वाली सूची को यदि अवरोधक सूची (interfering list) के रूप में प्रयोग किया जाता है तो इन दोनों परिस्थितियों में मूल पाठ या सूची के विस्मरण की मात्रा में कोई सार्थक अन्तर होते नहीं देखा गया। प्रतियोगिता सिद्धान्त के अनुसार 20 शब्दों वाली अवरोधक सूची दिये जाने पर विस्मरण की मात्रा अपेक्षाकृत अधिक होनी चाहिए थी।

***(ख) बाधक सिद्धान्त** : अग्रलक्षी प्रावरोध (Interference theory : Proactive Inhibition)*—बाधक सिद्धान्त द्वारा सिर्फ पूर्वलक्षी प्रावरोध (retroactive inhibition) की नहीं बल्कि अग्रलक्षी प्रावरोध (proactive inhibition) की भी व्याख्या होती है। जब मौलिक विषय या सूची के प्रत्याह्वान में कमी वैसी विषय या सूची के कारण होती है जिसे व्यक्ति मौलिक विषय या सूची से पहले सीख चुका होता है तो इस तरह के प्रावरोध (inhibition) को अग्रलक्षी प्रावरोध (proactive inhibition) की संज्ञा दी जाती है। ग्रीनवर्ग तथा अंडरवुड (Greenberg & Underwood, 1950) ने एक प्रयोग किया जिसमें 10-10 विशेषण (adjectives) की चार सूचियाँ तैयार कर प्रयोज्य को एक-एक करके सीखने के लिए दिया गया। पहली सूची को सीख लेने के 48 घंटे के बाद उसका प्रत्याह्वान (recall) लिया गया। फिर एक दिन के बाद दूसरी सूची को सीखा गया और उसके 48 घंटे के बाद उसका प्रत्याह्वान (recall) लिया गया। इसी तरह से तीसरी सूची तथा चौथी सूची को सिखलाकर उसका प्रत्याह्वान (recall) 48-48 घंटों के बाद लिया गया। परिणाम में देखा कि प्रयोज्य (subjects) ने पहली सूची का प्रत्याह्वान (recall) 69% किया जबकि अन्तिम सूची का प्रत्याह्वान मात्र 25% किया। दूसरे शब्दों में, पहली सूची का विस्मरण 31% हुआ जबकि अन्तिम सूची का विस्मरण 75% हुआ। इस तरह के विस्मरण की व्याख्या ग्रीनवर्ग तथा अडरवुड ने प्रतियोगिता कारक (competition factor) के रूप में किया। इन लोगों के अनुसार अन्तिम सूची यानी चौथी सूची में विस्मरण इसलिए अधिक हुआ क्योंकि इसके पहले प्रयोज्य 3 और सूचियों को सीख चुका था जिससे उत्पन्न स्मृति-चिह्न (memory traces) चौथी सूची के सीखने से उत्पन्न स्मृति-चिह्न के साथ प्रतियोगिता या संघर्ष करते हैं जिसके फलस्वरूप चौथी सूची का प्रत्याह्वान (recall) कम हो जाता है।

अंडरवुड (Underwood, 1948) ने अग्रलक्षी प्रावरोध (proactive inhibition) की व्याख्या प्रतियोगिता कारक के ही रूप में दूसरे ढंग से, यानी पुनर्लभ (spontaneous recovery) का सहारा लेकर भी किया है। अग्रलक्षी प्रावरोध के प्रयोगात्मक डिजाइन (experimental design) में सामान्यतः दो अवस्थाएँ होतीं हैं—प्रयोगात्मक अवस्था तथा नियंत्रित अवस्था। प्रयोगात्मक अवस्था में सूची 'A' के सीखने के बाद प्रयोज्य सूची 'B' सीखता है और फिर एक निश्चित समय के विश्राम (rest) के बाद सूची 'B' का प्रत्याह्वान (recall) करता है। ऐसा देखा गया है कि सूची 'A' के सीखने के तुरन्त बाद सूची 'B' सीखने के दौरान सूची 'A' के एकांशों (items) का प्रत्याह्वान व्यक्ति यदा-कदा कर देता है। परन्तु इस तरह के गलत एकांशों का तुरन्त ही विलोपन (extinction) हो जाता है क्योंकि उस समय सूची 'B' को वह सीखते रहता है। परन्तु सूची 'B' को सीख लेने से क्या इसका (यानी सूची B का) विस्मरण (forgetting) नहीं होता है? सच्चाई यह है कि इसका भी विस्मरण होता है जो इस प्रकार है—जब सूची 'B' के सीखने के बाद व्यक्ति को एक निश्चित समय तक आराम (rest) दिया जाता है तो इस समय अंतराल में सूची 'A' के कुछ पद या एकांश (item) जो सूची 'B' के सीखने के दौरान विलोपित (extinguished) हो गये थे, उनका पुनर्लभ (spontaneous recovery) होता है और यह पुनर्लभ जितना ही अधिक होता है, सूची 'B' के एकांशों (items) या अनुक्रियाओं (responses) के साथ प्रतियोगिता (competition) उतनी ही अधिक होता है। फलस्वरूप, सूची 'B' के एकांशों का प्रत्याह्वान (recall) कम होता है, यानी उसका विस्मरण (forgetting) हो जाता है। पोस्टमैन, स्टॉक और फ्रेजर (Postman, Stark & Fraser, 1968) तथा सिरेसो तथा हेण्डरसन (Ceraso & Henderson, 1965) ने अपने-अपने प्रयोगात्मक अध्ययनों में पाया है कि मौलिक सूची (original list) यानी सूची

'B' के सीखने तथा इसकी धारण की जाँच करने के बीच का समय (जिसे धारण अंतराल कहा जाता है) जितना ही बड़ा होता है, अवरोधक सूची (interfering list) यानी सूची 'A' के एकांशों (items) का पुनर्लभ (spontaneous recovery) उतना ही अधिक होता है फलस्वरूप, मौलिक सूची के एकांशों के साथ प्रतियोगिता (competition) अधिक होता है जिसका परिणाम मौलिक सूची के प्रत्याह्वान पर बुरा पड़ता है और विस्मरण अर्थात् अग्रलक्षी प्रावरोध (proactive inhibition) की मात्रा बढ़ जाती है।

कुछ मनोवैज्ञानिकों ने जैसे अंडरवुड तथा पोस्टमैन (Underwood & Postman, 1960) ने अग्रलक्षी प्रावरोध (Proactive inhibition) के सहारे अनियंत्रित विस्मरण (uncontrolled forgetting) की व्याख्या करने की कोशिश की है। इन लोगों के अनुसार अनियंत्रित विस्मरण से तात्पर्य वैसे विस्मरण से होता है जिसके कारण प्रयोगात्मक परिस्थिति (experimental situation) के बाहर यानी दिन-प्रतिदिन की जिन्दगी में सीखे गये भिन्न-भिन्न प्रकार के साहचर्य (associations) तथा भाषागत आदतें (linguistic habits) होतीं हैं। प्रयोज्य (subjects) को जब प्रयोगात्मक परिस्थिति में कोई सूची सीखने के लिए दिया जाता है तो प्रयोज्य द्वारा प्रयोगशाला में आने के पहले सीखे गये साहचर्यों एवं आदतों का प्रभाव प्रयोगशाला में सीखे जा रहे सूची के प्रत्याह्वान (recall) पर पड़ता है। इससे उत्पन्न विस्मरण को *अनियंत्रित विस्मरण* (uncontrolled forgetting) कहा जाता है। चूँकि इस तरह के साहचर्य एवं आदतों का विकास प्रयोगात्मक परिस्थिति से बाहर हाता है, अतः इसे विस्मरण का *बहिःप्रयोगात्मक स्रोत* (extraexperimental source) माना गया है। परन्तु दुर्भाग्यवश अंडरवुड तथा पोस्टमैन (Underwood & Postman, 1960) द्वारा किये गये प्रयोग के परिणाम से इस तथ्य की पुष्टि नहीं हो पायी कि बहिःप्रयोगात्मक स्रोत (extraexperimental source) का महत्त्व अग्रलक्षी बाधा (proactive interference) के रूप में होकर विस्मरण पैदा करता है।

कुछ मनोवैज्ञानिकों का कहना है कि बाधा सिद्धान्त के अग्रलक्षी प्रावरोध (proactive inhibition) की व्याख्या एक और महत्त्वपूर्ण तथ्य को स्पष्ट करने में असमर्थ है। समान्यतः अवरोधक पाठ (interfering task) विराम अभ्यास (distributed practice) से सीखने पर अविराम अभ्यास (massed practice) से सीखने की अपेक्षा अधिक मजबूत होती है। ऐसी हालत में अग्रलक्षी प्रावरोध की मात्रा विराम अभ्यास में अविराम अभ्यास की अपेक्षा अधिक होनी चाहिए। परन्त अंडरवुड तथा एकस्ट्रेएड (Underwood & Ekstrand, 1966) ने एक प्रयोग युग्मत-साहचर्य विधि (paired-associate method) से किया जिसमें प्रयोज्यों (subjects) को दो सूची यानी, A-B, A-D सिखलाया गया। प्रयोज्यों को A-B सूची दो तरह की अवस्थाओं में यानी अविराम अभ्यास (massed practices) तथा विराम अभ्यास (distributed practice) की अवस्था दोनों में सीखलाया गया। सूची को चार स्तरों, यानी 12 प्रयास, 32 प्रयास, 48 प्रयास तथा 80 प्रयास के स्तर तक सीखा गया। अविराम अभ्यास में प्रत्येक स्तर के प्रयास लगातार दिये गये तथा विराम अभ्यास (distributed practice) में प्रत्येक स्तर के प्रयासों की संख्या तो उतनी ही थी परन्तु प्रयास (trials) लगातार न देकर थोड़ा विश्राम (rest) दे देकर दिया गया। इसके बाद A-D सूची को सीखलाया गया और उसके 24 घंटे के बाद फिर A-D सूची का प्रत्याह्वान (recall) किया गया। परिणाम में देखा गया कि अवरोधक सूची (interfering list) यानी A - B सूची को जब विराम अभ्यास (distributed practice) देकर सीखा गया था, तो अग्रलक्षी प्रावरोध (proactive inhibition) की मात्रा कम थी परन्तु जब उसे अविराम अभ्यास (massed practice) देकर सीखा गया था, तो अग्रलक्षी प्रावरोध की मात्रा अधिक थी। बाधा सिद्धान्त (interference theory) के अनुसार ऐसा नहीं होना चाहिए था।

इस तरह से हम पाते हैं कि बाधा या हस्तक्षेप सिद्धान्त के दोनों पक्षों यानी पूर्वलक्षी प्रावरोध (retroactive inhibition) तथा अग्रलक्षी प्रावरोध (proactive inhibition) की व्याख्याओं को कुछ प्रयोगात्मक तथ्य (experimental fact) उपस्थिति कर उसकी आलोचना भी की गयी है। इन आलोचनाओं में दिखायी गयी असंगतियाँ (inconsistencies) कुछ हद तक सही भी है, फिर भी आज बाधा सिद्धान्त विस्मरण का एक प्रमुख सिद्धान्त है जिसका विकल्प (alternative) नहीं है। अन्त में हुल्स, इगेथ तथा डीज (Hulse, Egeth & Deese, 1980)[1] के

1. "During the past dozen or so years a growing number of psychologists have become dissatisfied with interference theory but no single, coherent, widely accepted alternative to that theory has yet been proposed." —Hulse, Deese & Egeth : *The Psychology of Learning, 1980,* p. 328

शब्दों में हम इस निष्कर्ष पर पहुँचते है, ''गत दर्जन वर्षों (dozen years) में बहुत से मनोवैज्ञानिक बाधा सिद्धान्त से असंतुष्ट हो गये हैं परन्तु इस सिद्धान्त के विकल्प के रूप में कोई भी एक संगत (coherent) एवं सर्वमान सिद्धान्त अभी तक प्रतिपादित नहीं किया गया है।''

द्विकारक सिद्धान्त (Two-factor Theory)

इस सिद्धान्त का प्रतिपादित मेल्टन तथा इर्विन (Melton & Irwin, 1940) द्वारा किया गया। इन दोनों मनोवैज्ञानिकों द्वारा बाधा या हस्तक्षेप सिद्धान्त के पूर्वलक्षी प्रावरोध (retroactive inhibition) की व्याख्या जो मैकग्यू (McGeoch) द्वारा की गई थी, की आलोचना की गयी। इन लोगों ने एक प्रयोग किया जिसमें यह स्पष्ट रूप से पाया की कि पूर्वलक्षी प्रावरोध (retroactive inhibition) के कारण उत्पन्न विस्मरण (forgetting) की व्याख्या सिर्फ प्रतियोगिता कारक (competition factor) के रूप में नहीं की जा सकती है। इस प्रयोग में प्रयोज्यों (subjects) के दो समूह थे—एक प्रयोगात्मक समूह तथा दूसरा नियंत्रित समूह। दोनों समूह के सभी प्रयोज्यों ने क्रमिक पूर्वाभास विधि (serial anticipation method) द्वारा निरर्थक पदों की एक सूची को 5 प्रयासों (trials) तक अध्ययन किया। चूँकि इस प्रयोग का उद्देश्य यह देखना था कि अन्तर्वेशित सूची (intrpolated list) पर किये गये अभ्यास की भिन्न-भिन्न मात्राओं का प्रभाव मौलिक सूची (original list) के धारण पर क्या पड़ता है, अतः प्रयोगात्मक समूह (experimental group) को अन्तर्वेशित सूची का अभ्यास 5, 10, 20 तथा 40 प्रयासों (trials) तक करवाया गया। नियंत्रित समूह को अंतर्वेशित सूची पर प्रयास नहीं दिया गया और उसने इस अवधि में विश्राम किया। अतर्वेशित सूची पर अभ्यास खत्म होने के 30 मिनट बाद दोनों समूहों के प्रयोज्यों (subjects) से मौलिक सूची (original list) के धारण की जाँच पुनः सीखने विधि (relearning method) से की गयी। इसके परिणाम बड़े रोचक थे। परिणाम में देखा गया कि सम्पूर्ण पूर्वलक्षी प्रावरोध की मात्रा (amount of total retroactive inhibition or RI) अन्तर्वेशित सूची (interpolated list) पर बढ़ते हुए अभ्यास (practice) के साथ प्रारम्भ में बढ़ता गया और 20 वें प्रयास (trial) में अधिकतम हो गया। इसके बाद के अभ्यास से (यानी 20वें प्रयास के बाद के अभ्यासों से) RI की मात्रा में हल्के ह्रास (decline) की प्रवृत्ति देखी गयी। (चित्र 8.10 देखें)। विशेषकर अन्तर्वेशित सूची पर किए गए अभ्यास के परिणामस्वरूप सम्पूर्ण RI (amount of RI as a function of practice on interpolated task) के वक्र पर ध्यान देने से यह बात बिल्कुल ही स्पष्ट हो जाती है। मेल्टन तथा इर्विन (Melton & Irwin) ने अपने अध्ययन में प्राप्त RI की सम्पूर्ण मात्रा में निम्नांकित दो कारकों का योगदान होते पाया—

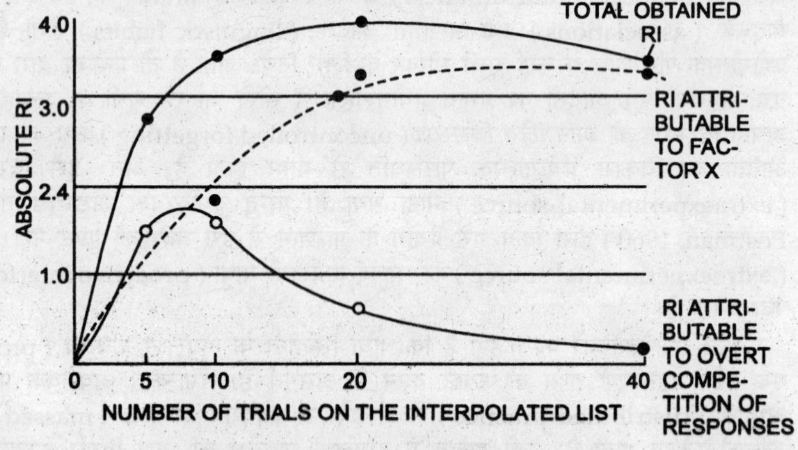

चित्र 8.10 : RI का द्विकारकीय व्याख्या

(i) प्रतियोगिता कारक *(Competition factor)*—जब व्यक्ति मौलिक सूची (जैसे A-B सूची) को सीखकर अन्तर्वेशित सूची (interpolated list) जैसे A-C सूची को सीखता है और फिर मौलिक सूची का प्रत्याह्वान (recall) करता है तो बहुत से ऐसे एकांशों (items) का वह प्रत्याह्वान करता है जो मौलिक सूची के नहीं होकर अन्तर्वेशित सूची के होते हैं। एकांशों द्वारा इस तरह के घुसपैठ (intrusions) को अन्तःसूची घुसपैठ या बलप्रवेश (interlist intrusion) कहा जाता है और मेल्टन तथा इर्विन ने इसे प्रकट प्रतियोगिता कारक (overt competition factor)

कहा है। चित्र 8.10 में प्रकट प्रतियोगिता कारक से बनने वाले वक्र (curve) को अलग दिखलाया गया है (जो सबसे नीचे वाला वक्र है)। इस वक्र पर ध्यान देने से स्पष्ट हो जाता है कि प्रकट प्रतियोगिता की मात्रा अन्तर्वेशित सूची (interpolated list) पर दिए गए 5वें प्रयास (trials) तक तो बढ़ता है परन्तु उसके बाद अभ्यास जारी रहने पर भी इस कारक से उत्पन्न घुसपैठ की मात्रा धीरे-धीरे कमने लगती है। इसका कारण मेल्टन तथा इर्विन ने यह बतलाया है कि अन्तर्वेशित सूची (interpolated list) पर अभ्यास की मात्रा बढ़ने से इस सूची के एकांशों का स्मृति-चिह्न अधिक स्पष्ट एवं विशिष्ट (differentiated) हो जाता है। फलस्वरूप, प्रत्याह्वान (recall) करते समय व्यक्ति अन्तर्वेशित सूची के एकांशों का प्रत्याह्वान न कर सिर्फ मौलिक सूची के ही एकांशों का प्रत्याह्वान करता है। अतः घुसपैठ की मात्रा अन्तर्वेशित सूची पर अभ्यास बढ़ने पर धीरे-धीरे कमती जाती है। मनोवैज्ञानिकों ने मौलिक सूची तथा अन्तर्वेशित सूची में सीखे गए विभिन्नता तथा विशिष्टता को *सूची विशिष्टता घटना* (list differentiation phenomenon) कहा है।

(ii) अनाधिगम कारक *(Unlearning factor)*—जैसा कि ऊपर कहा जा चुका है, प्रकट घुसपैठ या प्रकट प्रतियोगिता की मात्रा अन्तर्वेशित सूची पर 5वें प्रयास तक बढ़ता है और उसके बाद अभ्यास जारी रहने से घटता है। यदि मैकग्यू (McGeoch) का प्रतियोगिता सिद्धान्त पूर्णतः सही होता, यानी RI का कारण सिर्फ प्रकट प्रतियोगिता ही होता, तो वैसी परिस्थिति में 5वें प्रयास के बाद जैसे-जैसे प्रकट प्रतियोगिता की मात्रा कमती जाती, वैसे-वैसे RI की मात्रा भी कमती जाती। परन्तु मेल्टन तथा इर्विन ने अपने प्रयोग में यह स्पष्ट रूप से पाया है कि सम्पूर्ण RI की मात्रा घटने के बजाय बढ़ते जाती है और 20वें प्रयास पर अधिकतम (maximum) हो जाती है। इससे तब स्पष्ट मतलब यह निकलता है कि विस्मरण का कारण अर्थात् RI का कारण प्रकट प्रतियोगिता (overt competition) के अलावा कुछ दूसरा कारक भी है। इस नये कारक को मेल्टन तथा इर्विन ने *'कारक X'* (factor X) या *'अशिक्षण या अनाधिगम कारक'* (unlearning factor) कहा है। चित्र 8.10 में अशिक्षण कारक से उत्पन्न RI की मात्रा को एक अलग वक्र (curve) से दिखलाया गया है।

अब प्रश्न यह उठता है कि अशिक्षण या अनाधिगम कारक (unlearning factor) क्या है ? इसकी उत्पति कैसे होती है?

मौलिक सूची (originlal list) या प्रथम सूची (first list) के साहचर्यों (association) या एकांशों (items) को सीखने के बाद जब अन्तर्वेशित सूची (interpolated list) या द्वितीय सूची (second list) के एकांशों को व्यक्ति सीखता है, तो प्रथम सूची के साहचर्य (association) व्यक्ति के सामने अप्राप्य (unavailable) होते हैं और उनका विलोपन (extinction) हो जाता है। अतः मनोवैज्ञानिकों ने अशिक्षण (unlearning) को विलोपन (extinction) के तुल्य ही माना है। ऐसे मनोवैज्ञानिकों में केप्पेल (Kappel, 1968), पोस्टमैन (Postman, 1971), पोस्टमैन एवं अंडरवुड (Postman & Underwood, 1973) तथा हाऊसटन[1] (Houston, 1976) का नाम अधिक मशहूर है। ऊपर की व्याख्या से स्पष्ट है कि अशिक्षण कारक (unlearning factor) की उत्पत्ति अन्तर्वेशित सूची (interpolated learning) के सीखने के दौरान होती है। जब इस सूची को सीखने के दौरान मौलिक सूची के साहचर्यों या एकांशों का प्रकट घुसपैठ (overt intrusion) या अप्रकट घुसपैठ (covert intrusion) होता है, तो इस तरह के एकांशों को गलत समझकर प्रयोगकर्त्ता उसके बाद कोई प्रोत्साहन उसे नहीं देता है। फलस्वरूप, एक तरह से प्रथम-सूची या मौलिक सूची के एकांशों का प्रत्याह्वान शाब्दिक रूप से अपुनर्बलित (verbally unreinforced) होता है जो व्यक्ति में इस सूची के एकांशों का प्रत्याह्वान न करने की प्रवृत्ति को प्रबल बनाता है। इसका परिणाम यह होता है कि धीरे-धीरे मौलिक सूची के एकांशों (items) का विलोपन (extinction) होने लगता है जिसे हम अशिक्षण (unlearning) की संज्ञा देते हैं। इस तरह से अशिक्षण एक प्रकार का *विलोपन तुल्य प्रक्रिया* (extinction equivalent process) है, और इसका प्रमाण हमें इस बात से भी मिल जाता है कि उसमें विलोपन से सम्बन्धित एक बहुत बड़ा गुण जिसे पुनर्लाभ (spontaneous recovery) कहा जाता है, भी होता है। यही कारण है कि कुछ मनोवैज्ञानिकों ने जैसे फोरेस्टर (Forester, 1970) तथा शुलमैन और मार्टिन (Shulman & Martin, 1970) ने अपने प्रयोग में पाया है कि यदि अन्तर्वेशित सूची (interpolated list) के सीखने तथा मौलिक सूची के धारण की जाँच के बीच अधिक समय दिया जाता है तो वैसी अवस्था में मौलिक सूची के कुछ पदों का पुनर्लाभ (spontaneous recovery) होता है। परन्तु कुछ

1. "Unlearning refers to the fact that first list associations are somehow made unavailable or extinguished during second list learning."
—Houston : *The Psychology of learning;* 1976, p. 248

मनोवैज्ञानिकों द्वारा इस तरह का पुनर्लाभ (spontaneous recovery) होते नहीं भी पाया गया है।

इस तरह से हम देखते हैं कि मेल्टन तथा इर्विन (Melton & Irwin) ने विस्मरण (forgetting) की व्याख्या विशेषकर RI (retroactive inhibition) यानी पूर्वलक्षी प्रावरोध की व्याख्या सिर्फ प्रकट प्रतियोगिता (overt competition) के ही आधार पर नहीं बल्कि प्रकट प्रतियोगिता (overt competition) तथा अशिक्षण कारक (unlearning factor) दोनों के आधार पर किया है। यही कारण है कि इसे द्विकारक सिद्धान्त[1] (two-factor theory) कहा जाता है।

द्विकारक सिद्धान्त की सबसे महत्त्वपूर्ण पूर्वकल्पना (assumption) यह है कि तुलनात्मक परिस्थिति (comparable conditions) में RI यानी पूर्वलक्षी प्रावरोध (retroactive inhibition) की मात्रा PI यानी अग्रलक्षी प्रावरोध (proactive inhibition) की मात्रा से अधिक होती है। इसका कारण यह है कि जब मौलिक सूची या विषय के सीखने के तुरन्त बाद अन्तर्वेशित सूची सीखा जाता है और फिर तुरन्त बाद मौलिक सूची का प्रत्याह्वान (यानी, RI का डिजाइन) किया जाता है, तो ऐसी परिस्थिति में प्रत्याह्वान में उत्पन्न कमी RI को संकेत करता है और उसके कमी में प्रतियोगिता कारक (competition factor) तथा अशिक्षण कारक (unlearning factor) दोनों ही शामिल होते हैं। परन्तु PI के डिजाइन में अन्तर्वेशित सूची पहले सीख लिया जाता है और उसके बाद मौलिक सूची सीखा जाता है और फिर थोड़े समय अंतराल के बाद मौलिक सूची का प्रत्याह्वान किया जाता है। प्रत्याह्वान करते समय अन्तर्वेशित सूची के एकांशों द्वारा घुसपैठ (intrusion) होता है जिसे हम प्रतियोगिता कारक की संज्ञा देते हैं। परन्तु चूँकि मौलिक सूची के बाद कोई दूसरी सूची नहीं सीखी जाती है, अतः इसमें अशिक्षण कारक (unlearning factor) नहीं होता है। यही कारण है कि PI की मात्रा हमेशा RI की मात्रा से कम होती है।

मेल्टन तथा इर्विन के इस द्विकारक सिद्धान्त की आलोचना भी की गयी है जो इस प्रकार है:—

(i) मेल्टन तथा इर्विन ने अपने इस सिद्धान्त में मौलिक सूची के प्रत्याह्वान के समय हुए अन्तःसूची घुसपैठ (interlist intrusion) को यानी अन्तर्वेशित सूची से किये गये प्रत्याह्वान को प्रतियोगिता कारक (competition factor) कहा है। अन्तर्वेशित सूची (interpolated list) को सीखने के दौरान मौलिक सूची से हुए इसी तरह के अन्तःसूची घुसपैठ (interlist intrusion) को अशिक्षण कारक (unlearning factor) कहा है। आलोचकों का मत है कि एक ही तरह के अन्तःसूची घुसपैठ को एक जगह प्रतियोगिता कारक (competition factor) कहा गया है तथा दूसरी जगह अशिक्षण कारक (unlearning factor) कहा जाता है। आखिर इन दोनों तरह की अन्तःसूची घुसपैठ (interlist interusion) में क्या अन्तर है जिसके कारण एक को प्रतियोगिता कारक तथा दूसरे को अशिक्षण कारक कहा गया है। इस तथ्य की व्याख्या मेल्टन तथा इर्विन के सिद्धान्त में कहीं नहीं की गयी।

(ii) मेल्टन तथा इर्विन की व्याख्या से यह भी स्पष्ट है कि अशिक्षण कारक (unlearning factor) की मात्रा अन्तर्वेशित सूची (interpolated list) पर दिये गये अभ्यास के साथ बढ़ती है। दूसरे शब्दों में, अन्तर्वेशित सूची पर दिये गये अभ्यास के साथ मौलिक सूची से होने वाले घुसपैठ (intrusions) की बारम्बारता

---

1. प्रतियोगिता कारक (competition factor) तथा अशिक्षण कारक (unlearning factor) के अर्थ को और भी अधिक स्पष्ट करने के लिए निम्नांकित समानताओं एवं विभिन्नताओं को छात्रों के समक्ष प्रस्तुत किया जा रहा है—

समानताएँ (Similarities) :

(i) प्रतियोगिता कारक का सूचक (index) अन्तःसूची घुसपैठ (interlist intrusion) होता है तथा अशिक्षण कारक (unlearning factor) का भी सूची अन्तःसूची घुसपैठ ही होता है।

(ii) दोनों कारकों अर्थात प्रतियोगिता कारक तथा अशिक्षण कारक का प्रभाव समान अर्थात बाधा (intrference) पहुँचाना होता है।

असमानताएँ (Dissimilarities) :

(i) प्रतियोगिता कारक (competition factor) मौलिक सूची के प्रत्याह्वान (recall) के समय होते पाया जाता है जबकि अशिक्षण कारक अन्तर्वेशित सूची (interpolated list) के सीखने के समय होते पाया जाता है।

(ii) प्रतियोगिता कारक का योगदान RI (retroactive inhibition) तथा PI (proactive inhibition) दोनों में होता है जबकि अशिक्षण कारक का योगदान सिर्फ RI में होता है।

(frequencies) बढ़ती है। कुछ प्रयोगकर्त्ताओं जैसे—थ्यून एवं अंडरवुड (Thune & Underwood, 1943) तथा औसगुड (Osgood, 1948) द्वारा मेल्टन तथा इर्विन के प्रयोग के आँकड़ों का विश्लेषण किया गया और देखा गया कि मौलिक सूची से होने वाले घुसपैठों (intrusions) की बारंबारता तथा अन्तर्वेशित सूची पर दिये गये अभ्यास में कोई नियमितता (regularity) नहीं थी। इसका मतलब तब औसगुड[1] (Osgood, 1953) के ही शब्दों में यह हुआ, ''या तो अशिक्षण कारक का सीमित महत्त्व है या प्रकट घुसपैठ (overt intrusions) इसका एक अवैध सूचक (invalid index) है।''

(iii) औसगुड (Osgood, 1946) ने एक प्रयोग किया है जिसके परिणाम के आधार पर प्रतियोगिता कारक तथा अशिक्षण कारक दोनों की तीव्र आलोचना की गयी है। इन्होंने युग्मित सहचर विधि द्वारा प्रयोज्य को दो सूची यानी A-B तथा A-K को एक-एक करके सीखलाया। इन दोनों सूचियों के उद्दीपक पद (stimulus term) तो समान थे परन्तु अनुक्रिया पद (response term) की समानताओं की मात्रा में कुछ अन्तर था। अनुक्रिया पद के रूप में दोनों सूचियों में विशेषण (adjectives) का प्रयोग किया गया था जिसमें समानता के तीन स्तर (levels) थे। कुछ विशेषण एक-दूसरे के काफी समान (similar) थे, कुछ विशेषण एक-दूसरे के तटस्थ थे तथा कुछ एक-दूसरे के विपरीत (opposite) थे। बाद में मौलिक सूची यानी A-B सूची के अनुक्रिया पदों का प्रत्याह्वान (recall) करवाया गया। परिणाम में देखा गया कि समान पदों का विस्मरण तटस्थ तथा विपरीत पदों की अपेक्षा कम हुआ। इस परिणाम के अनुकूल ही तब मौलिक सूची के समान पदों के प्रत्याह्वान के समय अन्तर्वेशित सूची (interpolated list) से प्रकट घुसपैठ की मात्रा अन्य पदों जैसे तटस्थ एवं विपरीत पदों के प्रत्याह्वान के समय होने वाले घुसपैठ की मात्रा से कम होनी चाहिए। ठीक इसी प्रकार अन्तर्वेशित सूची को सीखने के समय मौलिक सूची के समान पदों (similar terms) से घुसपैठ की मात्रा अन्य दोनों तरह के पदों से होने वाले घुसपैठ की मात्रा से कम होनी चाहिए। परन्तु वास्तव में मौलिक सूची के प्रत्याह्वान के समय समान पदों से घुसपैठ की बारंबारता (frequencies) अधिक थी। यह स्पष्ट हो जाता है कि औसगुड के प्रयोग के इस परिणाम की व्याख्या न तो प्रतियोगिता कारक और न ही अशिक्षण कारक से यानी प्रकट घुसपैठ (overt intrusion) से हो पाती है।

इन आलोचनाओं के बावजूद भी मेल्टन तथा इर्विन (Melton & Irwin) द्वारा प्रतिपादित द्विकारक सिद्धान्त एक महत्त्वपूर्ण सिद्धान्त है। हाऊस्टन[2] (Houston, 1976) के शब्दों में हम इस निष्कर्ष पर पहुँचते हैं।

''यद्यपि द्विकारक सिद्धान्त स्मृति के हाल के कुछ तथ्यों से टकराता है, फिर भी अपने क्षेत्र का यह एक प्रमुख व्याख्यात्मक देन है।''

अभिप्रेरित विस्मरण का सिद्धान्त (Theory of Motivated forgetting)

कुछ मनोवैज्ञानिकों ने विस्मरण की व्याख्या अभिप्रेरणात्मक पृष्ठभूमि (motivational background) में की है। इस सिद्धान्त का प्रतिपादन फ्रायड (Freud, 1901, 1951) द्वारा किये गये प्रेक्षणों (observations) एवं उनके व्यक्तिगत अनुभवों के आधार पर किया गया है। उन्होंने बतलाया है कि प्रत्येक व्यक्ति को जिन्दगी में बहुत-सी घटनाएँ घटती रहतीं हैं। उनमें से व्यक्ति दुःखद घटनाओं को जल्दी भूल जाता है। सचमुच में, दुःखद घटनाओं को भूलने में व्यक्ति की अपनी इच्छा एवं विशेष अभिप्रेरण (motivation) होती है। जब कई दुःखद अनुभूतियाँ व्यक्ति के मन में उत्पन्न होतीं हैं तो इनसे उसमें दुश्चिंता (anxiety) उत्पन्न हो जातीं हैं। फ्रायड के अनुसार व्यक्ति अपने अहम् (ego) को इस दुश्चिंता से बचाने की कोशिश करता है। फलस्वरूप, अचेतन रूप से (unconsciously) ऐसी अनुभूतियों का वह दमन (repression) कर देता है। दमन करने से व्यक्ति को दुःखद अनुभूति चेतन (consciousness) से निकलकर अचेतन (unconscious) में चली जाती है। इस तरह के विस्मरण को अभिप्रेरित विस्मरण (motivated

1. "Either the unlearning factor is of limited importance or the overt intrusion is an invalid index of it."
—Osgood : *Method and theory in experimental Psychology* 1953, p. 545.
2. "Although the two-factor formulation has come into sharp conflict with more recent conception of memory—it still stands as one of the major explanatory developments within the field."
—Houston : *The Psychology of Learning* 1979. p. 247

forgetting) कहा जाता है। फ्रायड (Freud, 1901, 1951)[1] ने स्पष्ट रूप से कहा, ''सभी परिस्थितियों में विस्मरण का कारण अप्रसन्नता का अभिप्रेरक है।'' स्पष्ट है कि अप्रसन्नता (displeasure) व्यक्ति में कोई दुःखद अनुभूति से ही होती है।

फ्रायड के इस सिद्धान्त से स्पष्ट है कि भूलने में हमारी इच्छा की प्रधानता होती है। उन्होंने यह भी कहा है कि हमलोग भूलते हैं क्योंकि हम भूलना चाहते हैं (*We forget because we wish to forget*) । फ्रायड ने यह भी बतलाया है कि जब दुःखद अनुभूतियों का चेतन से अचेतन में दमन हो जाता है, तो अनुभूतियाँ अचेतन में जाकर बिलकुल ही समाप्त नहीं हो जातीं हैं बल्कि वे सक्रिय रहतीं हैं और भिन्न-भिन्न लक्षणों (symptoms) के रूप में व्यवहार में अभिव्यक्त (express) होते हैं। ऐसे व्यावहारिक लक्षण ऊपर से अर्थहीन मालूम होते हैं परन्तु वास्तव में इसका अर्थ होता है तथा वे दमित अनुभूतियों द्वारा नियंत्रित होतीं हैं। उदाहरणार्थ, आप किसी मित्र के घर पर उनसे मिलने जाते हैं और लौटकर आने पर पाते हैं कि रूमाल वहीं छूट गया है। आप तो यही कहेंगे कि रूमाल का छूटना एक अर्थहीन घटना है। परन्तु फ्रायड के अनुसार यह अर्थपूर्ण घटना है। सम्भव है अचेतन रूप से फिर अपने मित्र से दोबारा आप मिलने की इच्छा रखते हो। फ्रायड ने यह भी बतलाया कि दिन-प्रतिदिन के व्यवहारिक लक्षणों (behavioural symptoms) के अलावा दमित इच्छाओं एवं अनुभूतियों की अभिव्यक्ति स्वप्न (dream), सम्मोहन (hypnosis) तथा स्वतंत्र साहचर्य (free association) आदि में भी होता है।

फ्रायड के अभिप्रेरणात्मक सिद्धान्त की मान्यता आज भी मनोवैज्ञानिक के बीच बनी हुई है हालाँकि इस सिद्धान्त का प्रयोगात्मक समर्थन (experimental evidences) अन्य सिद्धान्तों के समान अधिक नहीं है। कुछ प्रयोगात्मक समर्थन जो मिले भी हैं, वे नैदानिक सबूत (clinical evidences) हैं। फलस्वरूप, यह सिद्धान्त अन्य सिद्धान्त के समान व्यापक नहीं हो पाया है।

जिस समय फ्रायड विस्मरण में दमन (repression) के महत्त्व की चर्चा कर रहे थे, करीब-करीब ठीक उसी समय कर्टलेविन (Kurt Lewin) तथा उनके सहयोगियों द्वारा स्मृति पर मानव अभिप्रेरक के प्रभाव का विशेषकर कार्य अभिप्रेरक (task motivation) के प्रभाव का अध्ययन किया जा रहा था। कर्ट लेविन ने उस समय अभिप्रेरण के एक विशेष सिद्धान्त का भी प्रतिपादन किया था जिसे *आवश्यकता-तनाव सिद्धान्त* (need-tension theory) कहा गया। इस सिद्धान्त के अनुसार जब व्यक्ति में किसी विषय को सीखने की आवश्यकता उत्पन्न होती है तो उसमें एक तनाव उत्पन्न हो जाता है और वह तनाव तब तक बना रहता है जब तक कि व्यक्ति उस कार्य को सीख नहीं लेता है अर्थात् वह लक्ष्य (goal) पर नहीं पहुँच जाता है। इस सिद्धान्त की पुष्टि जैगारनिक (Zeigarnik, 1927) ने एक प्रयोग करके किया। जैगारनिक एक महिला मनोवैज्ञानिक थी जिन्होंने अपने प्रयोज्यों को कई तरह के कार्य करने के लिए किया। कुछ कार्य तो ऐसे थे जिन्हें तो प्रयोज्यों ने पूरा (complete) कर लिया तथा कुछ कार्य ऐसे थे जिन्हें प्रयोज्यों द्वारा पूरा नहीं होने दिया गया अर्थात् प्रयोगकर्त्ता बीच में ही कुछ बहाना बनाकर कार्य को अधूरा ही छुड़वा दिया। बाद में प्रयोज्यों को दोनों तरह के कार्यों (tasks) का प्रत्याह्वान (recall) करने को कहा गया। जैगारनिक ने परिणाम में पायी कि पूरा किये गये कार्यों का प्रत्याह्वान अधूरा छोड़ दिये गये कार्यों के प्रत्याह्वान की अपेक्षा कम थी, यानी, अधूरा छोड़ दिये गये कार्यों का प्रत्याह्वान अपेक्षाकृत श्रेष्ठ (superior) था। इस तरह के प्रभाव को जैगारनिक प्रभाव (Zeigarnik effect) की संज्ञा दी गयी जिससे स्पष्ट रूप से यह पता चलता है कि पूरा किये गये कार्यों का विस्मरण (forgetting) अधूरा छोड़े गये कार्यों के विस्मरण की अपेक्षा अधिक होता है।

बाद में और भी कई मनोवैज्ञानिकों द्वारा जैगारनिक प्रभाव के सत्यता की जाँच की गयी और पाया गया कि जैगारनिक प्रभाव द्वारा विस्मरण की जो व्याख्या होती है, वह फ्रायड के दमन सिद्धान्त (repression theory) द्वारा होने वाली व्याख्या से असंगत (inconsistent) है। कैसे? अधूरे कार्य से विशेषकर वैसे अधूरे कार्य से जिसे व्यक्ति अपनी महत्त्वपूर्ण असफलता मानता है, व्यक्ति में दुःखद भाव (unpleasant feeling) उत्पन्न होते हैं जिसे फ्रायड के सिद्धान्त के अनुसार दमित (repressed) हो जाना चाहिए था और फलस्वरूप ऐसे कार्यों का विस्मरण (forgetting) अधिक होना चाहिए था। परन्तु जैगारनिक के परिणाम के अनुसार व्यक्ति अधूरे कार्यों का ही प्रत्याह्वान (recall) अधिक करता है। बाद में किये गये शोध (research) एवं प्रयोगात्मक अध्ययनों के आधार पर इस तरह की असंगति

1. "The forgetting in all cases is proved to be founded on a motive of displeasure."
—Freud : *The Psychopathology of Every Day Life*, 1935, p. 71-72

(inconsistency) विरोध दूर हो गयी क्योंकि इन अध्ययनों से यह स्पष्ट हो गया कि जैगारनिक प्रभाव सिर्फ असंवेगात्मक परिस्थिति (nonstressful condition) में ही होते देखा गया। दूसरे शब्दों में, जैगारनिक प्रभाव सिर्फ वैसी ही परिस्थिति में होता देखा गया जो सामान्य (normal) होती है तथा जिसमें कार्य का पूरा होना या अधूरा रह जाना व्यक्ति के लिए कोई महत्त्व नहीं रखता है। परन्तु यदि परिस्थिति ऐसी होती है कि कार्य अधूरा रहने पर व्यक्ति के अहं (ego) पर काफी आघात पहुँच सकती है या उसके स्वाभिमान (self-esteem) पर करारी चोट पहुँच सकती है, तो वैसी परिस्थिति में जैगारनिक अनुपात (Zeigarnik ratio) उलट जाता है अर्थात् व्यक्ति पूरा किये गये कार्यों का ही प्रत्याह्वान (recall) अधिक करता है तथा अधूरे कार्यों का प्रत्याह्वान कम करता है। इस तरह से स्पष्ट है कि अधूरे कार्य से उत्पन्न दुःखद अनुभूतियों का प्रभाव प्रत्याह्वान को कम कर देना होता है अर्थात् विस्मरण को बढ़ा देना होता है। यह तथ्य फ्रायड के दमन सिद्धान्त के अनुकूल है। अतः यह कहा जाता है कि सामान्य परिस्थिति (normal situation) में जैगारनिक प्रभाव की व्याख्या फ्रायड के दमन सिद्धान्त की व्याख्या के प्रतिकूल है एवं अहम् (ego) तथा स्वाभिमान (self-esteem) को चोट पहुँचनेवाली परिस्थिति में जैगारनिक प्रभाव फ्रायड के दमन सिद्धान्त (repression theory) के अनुकूल है।

आजकल किये गये अनेक प्रयोगात्मक अध्ययनों से यह स्पष्ट हो गया है कि अभिप्रेरण (motivation) का स्मृति (memory) पर प्रभाव सुसाधक (facilitating) या धनात्मक भी हो सकता है तथा ऋणात्मक या हस्तक्षेप करने वाला (interfering) भी। प्रभाव कैसा होगा, यह इस बात पर निर्भर करताा है कि परिस्थिति में उत्पन्न संवेग की तीव्रता क्या है, विषय (task) का स्वरूप क्या है, आदि-आदि। इन बातों से स्पष्ट हो जाता है कि अभिप्रेरणात्मक चरों (motivational variables) का विस्मरण तथा स्मरण में महत्त्वपूर्ण स्थान है।

उद्दीपक-कूटलेखन सिद्धान्त
(Stimulus-Encoding Theory)

विस्मरण के कई सिद्धान्तों का वर्णन किया जा चुका है। यदि हम उनपर ध्यान दें तो यह स्पष्ट होगा कि विस्मरण की व्याख्या में तीन सम्प्रत्ययों (concepts) पर बल डाला गया है—उद्दीपक (stimulus), अनुक्रिया (response) तथा उद्दीपक एवं अनुक्रिया का साहचर्य (association)। मेल्टन द्वारा प्रतिपादित द्विकारक सिद्धान्त (two-factor theory) द्वारा उद्दीपक तथा अनुक्रिया साहचर्य के रूप में विस्मरण व्याख्या की गयी। अनुक्रिया-सेट दमन सिद्धान्त (response-set suppression theory) में विस्मरण की व्याख्या अनुक्रिया सम्प्रत्यय के रूप में की गयी है। हाल ही में मनोवैज्ञानिकों ने कुछ ऐसे सिद्धान्तों का भी प्रतिपादन किया है जिसके द्वारा विस्मरण की व्याख्या उद्दीपक (stimulus) की विशेषताओं के रूप में की गयी। इन सिद्धान्तों में विस्मरण की व्याख्या खासकर इस विशेष पहलू के रूप में की गयी है कि व्यक्ति सीखते समय उद्दीपकों का कूटलेखन (encoding) किस तरह से करता है। यही कारण है कि इस तरह के सिद्धान्त को उद्दीपक-कूटलेखन सिद्धान्त कहा जाता है।

इस विशेष तथ्य की पहचान करके कई मनोवैज्ञानिकों जैसे मार्टिन (Martin, 1971), पोस्टमैन एवं अंडरवुड (Postman & Underwood, 1973) तथा टुलभिंग एवं थॉम्पसन (Tulving & Thompson, 1973) ने विस्मरण की व्याख्या करने का प्रयास किया है। इनमें टुलभिंग (Tulving) द्वारा प्रतिपादित उद्दीपक कूट-लेखन सिद्धान्त सबसे अधिक लोकप्रिय है। अतः इनके सिद्धान्त की विस्तृत चर्चा यहाँ की जाएगी।

टुलभिंग तथा थॉम्सन (Tulving & Thomson, 1973) के इस सिद्धान्त में विस्मरण का कारण कूटलेखन परिवर्तनशीलता (encoding variability) है। जब सीखे गये विषय या पाठ का प्रत्याह्वान (recall) करते समय का पुनःप्राप्ति (retrieval) तंत्र उस विषय को सीखते समय बने कूटलेखन तंत्र (encoding system) से मेल नहीं खाता है अर्थात् दोनों में भिन्नता होती है, तो इससे व्यक्ति द्वारा किये गए प्रत्याह्वान में बाधा उत्पन्न होती है जिसका परिणाम विस्मरण होता है। टुलभिंग एवं थॉमसन[1] (Tulving & Thomson, 1973) ने इस सिद्धान्त के सारतत्त्व को इन शब्दों में व्यक्त किया है, ''क्या संचित होता है का निर्धारण, क्या प्रत्यक्षण किया गया तथा उसे कैसे कूटसंकेतिक

1. "What is stored is determined by what is perceived and how it is encoded, and what is stored determines what retrieval cues are effective in providing access to what is stored."—Tulving & Thomson : Encoding specificify and retrieval processes in episodic memory, *Psychological Review,* 1973, 80, 352-373

किया गया, द्वारा होता है तथा जो संचित हुआ वह यह निर्धारित करता है कि संचित सामग्रियों तक पहुँचने के लिए किन-किन तरह के पुनःप्राप्ति संकेतों का उपयोग प्रभावी है।'' यदि इस पंक्ति का विश्लेशण करे तो इससे स्पष्ट अर्थ यह निकलता है कि जब हमलोग किसी सीखे गये पाठ या विषय को भूलते हैं तो इसका अर्थ आवश्यक रूप से यह नहीं होता है कि उनका स्मृति-चिह्न मस्तिष्क से समाप्त हो गया है। सम्भावना इस बात की भी रहती है कि उन स्मृति चिह्नों तक पहुँचना कुछ कारणों से व्यक्ति के लिए सम्भव नहीं हो पाता है। इस तरह के विस्मरण को मनोवैज्ञानिकों ने *संकेत-आधृत विस्मरण* (cue-dependent forgetting) कहा है। टुलभिंग के इस सिद्धान्त के अनुसार इस तरह के विस्मरण का प्रधान कारण प्रत्याह्वान करते समय का पुनःप्राप्ति तंत्र (retrieval system) इस पाठ को सीखते समय बने कूटलेखन तंत्र (encoding system) के साथ मेल नहीं खाना है। मेल नहीं खाने से प्रत्याह्वान में मदद न पहुँचकर बाधा पहुँचती है जिससे विस्मरण होती है। दूसरे शब्दों में यह कहा जा सकता है कि इस सिद्धान्त के अनुसार विस्मरण का कारण धारण की जाँच करते समय उपयुक्त पुनः प्राप्ति संकेतों (appropriate retrieval cues) का न होना होता है। सिद्धान्त के इस दावे के समर्थन में निम्नांकित तीन तरह के प्रयोगात्मक सबूत उपस्थित किये गये हैं—

1. पृष्ठोन्मुख बाधा पर पुनः प्राप्ति संकेतों के प्रभाव दिखाने वाले प्रयोग (experiments showing the impact of retrieval cues on retroactive interference)
2. संदर्भ पूर्वाग्रहों के प्रभाव दिखाने वाले प्रयोग (experiments showing contextual biasing)
3. प्रत्याभिज्ञान से प्रत्याह्वान आसान होता है, को दिखाने वाले प्रयोग (experiments showing that recall is easier than recognition)

इन तीनों तरह के प्रयोगात्मक सबूतों का वर्णन निम्नांकित हैः—

1. पृष्ठोन्मुख बाधा पर पुनः प्राप्ति संकेतों के प्रभाव दिखाने वाले प्रयोग *(Experiments showing the impact of retrieval cues on retroactive interference)*—इस सिद्धान्त के अनुसार विस्मरण का कारण उपयुक्त पुनः प्राप्ति संकेतों (retrieval cues) की अनुपस्थिति होती है। इसका मतलब यह हुआ है कि यदि उपयुक्त पुनः प्राप्ति संकेत प्रत्याह्वान के समय उपस्थिति किये जाएँ तो विस्मरण नहीं होगा या बहुत की कम होगा। इस तथ्य की जाँच टुलभिंग एवं पटोसका (Tulving & Ptoska, 1971) ने एक प्रयोग करके किया है। इन लोगों ने इस प्रयोग में पृष्ठोन्मुख बाधा (retroactive interference) उत्पन्न करने वाले डिजाइन के सहारे प्रयोग किया। इस प्रयोग में 24-24 शब्दों की कई सूचियाँ तैयार की गयी। 24 शब्द 6 विभिन्न श्रेणियों (प्रत्येक श्रेणी से चार-चार) के जैसे सैनिक के नाम, बिल्डिंग के प्रकार, धातु के नाम, कीड़े-मकोड़े के नाम आदि के थे। प्रयोज्यों के कई समूहों ने इस प्रयोग में भाग लिया। प्रत्येक समूह ने इन सूचियों को एक-एक करके सीखा। प्रत्येक सूची को तीन-तीन बार दिखलाया गया था। उसके तुरन्त बाद उनका एक तात्कालिक स्वतंत्र प्रत्याह्वान (immediate free recall) करवाया गया जिसमें सूची के देखे गये शब्दों का उन्हें क्रमरहित प्रत्याह्वान करना था। सभी 6 सूची को इस तरह से एक के बाद एक करके प्रत्येक समूह को दिखा देने और उनका तात्कालिक स्वतंत्र प्रत्याह्वान कर लेने के बाद उन सभी 6 सूचियों के सभी शब्दों का प्रत्याह्वान एक साथ करवाया गया। इसे *असंकेतिक अन्तिम प्रत्याह्वान* (noncued final recall) कहा गया। इसके बाद अन्तर्वेशित कार्य (interpolated activity) में कुछ देर तक उन्हें लगाया गया और उसके बाद एक बार पुनः सभी सूचियों के सभी शब्दों का प्रत्याह्वान करने के लिए कहा गया परन्तु इस बार उन्हें संकेत (cue) के रूप में श्रेणियों के नाम बतला दिये गये थे। इसे *संकेतिक अंतिम प्रत्याह्वान* (cued final recall) कहा गया। प्रयोग के परिणाम काफी स्पष्ट थे। परिणाम में देखा गया कि संकेतिक अंतिम प्रत्याह्वान असंकेतिक अन्तिम प्रत्याह्वान से काफी श्रेष्ठ थे। सचमुच में, संकेतिक अंतिम प्रत्याह्वान की मात्रा लगभग तात्कालिक स्वतंत्र प्रत्याह्वान (immediate free recall) के बराबर थी। प्रयोग में पृष्ठोन्मुख बाधा के भी सबूत पाये गये क्योंकि असंकेतिक प्रत्याह्वान (noncued recall) की मात्रा सूचियों की संख्या में वृद्धि के साथ-ही-साथ कमती गयी।

टुलभिंग ने उक्त परिणाम की व्याख्या संकेत-आधृत विस्मरण (cue-dependent forgetting) के इस सिद्धान्त अर्थात् उद्दीपक कूटलेखन सिद्धान्त (stimulus-encoding theory) के अनुसार किया है। व्यक्ति को सूची तीन बार उपस्थित करके उसके तुरन्त बाद उसका तात्कालिक प्रत्याह्वान लिया जाता है तो इसका पुनः प्राप्ति संदर्भ (retrieval context) लगभग उस संदर्भ के ही समान होता है जिसमें सूची का कूटलेखन (encoding) व्यक्ति प्रथम तीन प्रयासों में किये होता है। यही कारण है कि तात्कालिक प्रत्याह्वान (immediate recall) अधिक होता है। परन्तु जब सभी 6

सूचियों को दिखाने के बाद उसका समग्र प्रत्याह्वान (overall recall) करवाया जाता है, तो उस समय तक पुनः प्राप्ति संदर्भ (retrieval context) में समय बीतने तथा विभिन्न अन्तर्वेशित सूचियों के सीखने के काफी परिवर्तन आ जाता है और वह सूचियों कों सीखने के समय पाये जाने वाले कूटलेखन संदर्भ (encoding context) से काफी भिन्न हो जाते हैं। यही कारण है कि असंकेतिक समग्र प्रत्याह्वान (noncued overall recall) में कमी आ जाती है। परन्तु जब उपर्युक्त श्रेणियों के नाम उन्हें संकेत के रूप में दे दिया जाता है तो इस समय का पुनः प्राप्ति संदर्भ (retrieval context) फिर सूचियों के सीखने के समय उपस्थित कूटलेखन संदर्भ (encoding context) के समान हो जाता है। परिणामतः संकेतिक समग्र प्रत्याह्वान (cued overall recall) की मात्रा काफी श्रेष्ठ हो जाती है और लगभग यह तात्कालिक स्वतंत्र प्रत्याह्वान (immediate free recall) की मात्रा के बराबर हो जाती है। इस प्रयोग से यह स्पष्ट हो जाता है कि पुनःप्राप्ति संकेतों की उपस्थिति से पृष्ठोन्मुख बाधा अर्थात् विस्मरण में कमी आती है।

2. संदर्भ पूर्वाग्रहों के प्रभाव दिखाने वाले प्रयोग *(Experiments showing contextual biasing)*—इस सिद्धान्त का एक सीधा आशय (direct implication) यह है कि स्मृति में संचित सूचनाओं की पुनः प्राप्ति (retrieval) सूचनाओं के ग्रहण करने या सीखने के समय उपस्थित संदर्भ (context) तथा बाद में उनका पुनः प्राप्ति के समय के संदर्भ (context) के बीच सम्बन्ध (relation) पर निर्भर करता है। कई प्रयोगकर्त्ताओं जैसे स्मिथ एवं गथरी (Smith & Guthrie, 1924) तथा स्मीथ, ग्लेनवर्ग एवं बजोर्क (Smith, Glenberg & Bjork, 1978) ने अपने-अपने प्रयोगों के परिणाम में यह पाया है कि प्रत्याह्वान (recall) तथा पुनः सीखना (relearning) उस परिस्थिति में श्रेष्ठ (superior) होता है जब प्रयोज्यों को एक वैसी परिस्थिति या वातावरण में जाँच की जाती है जो सीखने के समय की परिस्थिति के समान होती है। दूसरे शब्दों में, यदि पुनः प्राप्ति का संदर्भ (context) स्वतंत्र या भिन्न न होकर सीखने के समय के संदर्भ से पूर्वाग्रहित (biased) होता है, तो प्रत्याह्वान तथा पुनः सीखना दोनों ही काफी उत्तम एवं श्रेष्ठ होते हैं। संदर्भ पूर्वाग्रह (contextual biasing) के इस प्रभाव को लाईट एवं कार्टर-सोवेल (Light & Carter-Sobell, 1970) के एक प्रयोग में स्पष्ट रूप से दिखलाया गया है। इस प्रयोग में प्रयोज्यों को प्रारंभिक सीखने (initital learning) के दौरान कुछ संज्ञा शब्दों (noun words) को एक वाक्यों के रूप में एक विशिष्ट पूर्वाग्रहित संदर्भ (biasing context) में उपस्थित किया गया। जैसे, एक वाक्य था ''एक लड़का ने परीक्षण (test) पर *उत्तम ग्रेड* (Good grade) प्राप्त किया।'' यहाँ 'ग्रेड' संज्ञा शब्द को 'उत्तम' विशेषण के संदर्भ में उपस्थित किया गया। बाद में प्रत्याभिज्ञान जाँच (recognition test) किया गया जिससे प्रत्योज्यों को विशेषण-संज्ञा युग्म (adjective-noun pairs) की एक लम्बी सूची दिखाई गयी और उनसे कहा गया कि उन्हें यह बतलाना है कि प्रत्येक संज्ञा शब्द को वे पहले देखें हैं या नहीं। कुछ युग्मों का अर्थगत व्याख्या (semantic interpretation) पहले के समान (अर्थात् उत्तम ग्रेड) के समान थे तथा कुछ युग्मों की अर्थगत व्याख्या पहले से भिन्न (जैसे, बेतुका ग्रेड) था। प्रत्याभिज्ञान परीक्षण (recognition test) के परिणाम में यह देखा गया कि प्रत्याभिज्ञान यथार्थता (recognition accuracy) उस परिस्थिति में अधिक पायी गयी जिसका अर्थगत पूर्वाग्रह (semantic bias) ठीक वैसा ही था जैसा कि प्रारम्भ में कूटलेखन (initial coding) के दौरान था। इससे संकेत-आधृत विस्मरण सिद्धान्त के उस दावे को समर्थन मिलता है जिसमें कहा गया है कि पुनः प्राप्ति की मात्रा प्रारंभिक कूटलेखन (initial coding) के संदर्भ के समान पुनः प्राप्ति का संदर्भ होने से अधिक होता है।

3. प्रत्याभिज्ञान से प्रत्याह्वान आसान होता है, को दिखाने वाले प्रयोग *(Experiments showing that recall is easier than recognition)*—टुलभिंग (Tulving, 1968), टुलभिंग तथा थॉम्पसन (Tulving & Thompson, 1971) तथा वैटकिन्स (Watkins, 1974) ने कई ऐसे प्रयोग संदर्भात्मक पूर्वाग्रहों (contextual biasing) पर किया है जिससे यह स्पष्ट हुआ है कि उचित जाँच परिस्थिति (test conditioning) में प्रत्याह्वान (recall) का निष्पादन प्रत्यभिज्ञान (recognition) के निष्पादन से श्रेष्ठ होता है। यह तथ्य इस क्षेत्र के कई मनोवैज्ञानिकों के लिए एक चौका देने वाला तथ्य है क्योंकि इन लोगों का मत था कि प्रत्याह्वान की प्रक्रिया में व्यक्ति को मन-ही-मन कुछ एकांशों के बारे में सोचना पड़ता है और बाद में वह तुलना करके निर्णय करता है कि वह मौलिक सूची में है या नहीं। प्रत्याभिज्ञान में व्यक्ति को इस तरह के एकांशों को मन में जन्म देने की जरूरत नहीं पड़ती है क्योंकि मौलिक एकांश (original items) को कुछ अन्य समान एकांशों के साथ मिलकर उनके सामने उपस्थित किया जाता है। व्यक्ति को सिर्फ यह निर्णय करना होता है कि एकांश मौलिक सूची में है कि नहीं। शायद यही कारण है कि इन परम्परागत सिद्धान्तवादियों

(traditional theories) का मत है कि प्रत्याभिज्ञान, प्रत्याह्वान से सरल होता है। टुलभिंग (Tulving, 1956) के प्रयोग से परम्परागत सिद्धान्तवादियों के इस विचार का खंडन किया गया है। इनका प्रयोग इस प्रकार है—इन्होंने प्रयोज्यों को युग्मित सहचर के पूर्वाभास विधि (anticipation method) से 48 युग्मित शब्दों (paired words) की एक सूची को सीखलाया। सूची के कुछ नमूना युग्म के उदाहरण इस प्रकार है—(Air-Port, Tooth-Ache, Home-Stead) आदि। इस विधि द्वारा तबतक सीखने की प्रक्रिया जारी रही जबतक कि प्रयोज्य सभी 48 अनुक्रिया शब्दों (response words) को दो आनुक्रमिक प्रयासों (successive trials) में उनका सही-सही पूर्वाभास नहीं कर लेता है। ध्यान रहे कि युग्मित सहचर की पूर्वाभास-विधि अपने आप में एक तरह का संकेत प्रत्याह्वान की अवस्था होती है, क्योंकि यहाँ उद्दीपक शब्द एयर (Air) को उपस्थित करने पर प्रयोज्य को अनुक्रिया शब्द पोर्ट (Port) बोलना होता था। चूँकि सीखने का एक सख्त कसौटी इस प्रयोग में अपनाया गया, अतः यह कहा जा सकता है कि सीखने के बाद संकेतिक प्रत्याह्वान (cued recall) शतप्रतिशत (अर्थात् 100 प्रतिशत) हुआ। सीखने के प्रयासों में बाद प्रत्याभिज्ञान की जाँच की गयी जिसमें 48 अनुक्रिया शब्दों जैसे Port, Ache, Stead आदि को 48 नये शब्द जिन्हें प्रयोज्य प्रयोग की सूची में नहीं देखे थे, के साथ मिलाकर उनके सामने उपस्थित किया गया। प्रयोज्यों से सिर्फ यह कहा गया है कि वे देखे गये एकांशों पर टिक का चिह्न लगाते जाएँ। परिणाम में देखा गया कि प्रयोज्यों ने औसतन 43.4 शब्दों का सही-सही प्रत्यभिज्ञान कर सके अर्थात् 4.6 एकांशों की पहचान नहीं कर पाये हालाँकि वे इसका प्रत्याह्वान कर चुके थे। इस प्रयोग के परिणाम से यह स्पष्ट हो जाता है कि प्रत्याह्वान का प्रतिशत प्रत्याभिज्ञान के प्रतिशत से अधिक था। इसका कारण बतलाते हुए टुलभिंग ने कहा है ऐसा इसलिए हुआ क्योंकि प्रत्यभिज्ञान जाँच में जितने शब्दों को उपस्थित किया गया था, उनमें से आधे शब्द तो वस्तुनिष्ठ रूप से (objectively) वही थे जो अनुक्रिया पद (response test) के थे। परन्तु इनका अर्थ दूसरी परिस्थिति में प्रयोज्य कुछ भिन्न लगाता है और जैसा कि टुलभिंग ने यह पाया है कि पुनः प्राप्ति संकेत तभी प्रभावी होता है जब इसके आधार पर ठीक वैसा ही अर्थ लगाया जा रहा हो जैसा कि सीखने के दौरान लगाया गया था। जैसे Port शब्द को ही लिया जाए। सीखने के दौरान Port शब्द Air उद्दीपक शब्द के साथ आया था (Air-port)। अतः यहाँ Port का अर्थ प्रयोज्यों ने हवाई जहाज उतरने एवं उड़ने के स्थान से लगाया होगा। परन्तु प्रत्याभिज्ञान की जाँच में वही Port का अर्थ सम्भवतः बन्दरगाह से लगाया हो जहाँ पानी वाला जहाज का ठहराव तथा प्रस्थान होता है। स्पष्टतः तब यहाँ सीखने के समय का कूट लेखन तंत्र (encoding system) के साथ प्रत्यभिज्ञान के समय का पुनः प्राप्ति तंत्र मेल नहीं खाता है इस तरह से यह स्पष्ट है कि प्रत्यभिज्ञान में भी पुनः प्राप्ति प्रक्रिया (retrieval process) सम्मिलित होती है और यह मानना कि ऐसी प्रक्रिया प्रत्याह्वान तक ही सीमित होता है उचित नहीं है। अगर ऐसा होता तो प्रत्याह्वान की मात्रा हमेशा प्रत्यभिज्ञान से कम होता है क्योंकि पुनः प्राप्ति की प्रक्रिया से स्मृति में संचित सूचना तक पहुँचने में जटिलता बढ़ जाती है।

संकेत-आधृत विस्मरण (cue-dependent forgetting) के इस सिद्धान्त की कुछ आलोचनाएँ हैं जो इस प्रकार है—

(i) मैककोरमैक (Mc Cormack, 1972) ने कहा है कि प्रत्याह्वान (recall) प्रत्यभिज्ञान (recognition) से आसान होता है या श्रेष्ठ होता है, की व्याख्या करने के लिए संकेत-आधृत विस्मरण (cue-dependent forgetting) अपने आप में अपर्याप्त है क्योंकि यह स्पष्टतः बतलाता है कि प्रत्याह्वान जब उपयुक्त संकेत की उपस्थिति में किया जाता है तो वह अधिक उत्तम होगा परन्तु जब इस तरह के संकेत की अनुपस्थिति में (जैसे प्रत्यभिज्ञान में) धारण की जाँच की जायगी तो वह तुच्छ होगा। अतः परिस्थिति कहीं भी ऐसी नहीं है जिसमें यह कहा जाय कि प्रत्यभिज्ञान में भी आवश्यक रूप से पुनः प्राप्ति प्रक्रियाएँ (retrieval processes) होती है। अतः टुलभिंग की यह मान्यता कि प्रत्यभिज्ञान में भी पुनः प्राप्ति प्रक्रियाएँ होतीं हैं, अनावश्यक एवं बेतुका लगता है।

(ii) मार्टिन (Martin, 1975) का मत है कि यदि टुलभिंग के कूटलेखन विशिष्टता नियम (encoding specificify principle) जो संक्षेप में यह बतलाता है कि सीखने या कूटलेखन (encoding) के दौरान बने साहचर्य प्रभावी पुनःप्राप्ति संकेत (effective retrieval cues) होते हैं, को गम्भीरता से लिया जाए तो ऐसी परिस्थिति में जहाँ प्रत्याह्वान (recall) प्रत्यभिज्ञान (recognition) से श्रेष्ठ होता है, कोई न तो नयी बात है और न ही कोई चौका देने वाली बात। प्रत्यभिज्ञान की जाँच के दौरान चूँकि कोई पुनः प्राप्ति संकेत (retrieval cue) नहीं होता है, अतः इसका

अर्थ व्यक्ति उस अर्थ से भिन्न लगाता है, जब वही शब्द विशेष संकेत (अर्थात् उद्दीपक शब्द) के साथ दिया गया होता है। ऐसी परिस्थिति में स्वाभाविक है कि उस शब्द को व्यक्ति या प्रयोज्य न पहचान पाये। जैसे सम्भव है कि Port शब्द का अर्थ प्रत्यभिज्ञान की जाँच के दौरान वह पानी वाला जहाज के ठहराव एवं प्रस्थान स्थान से लगाया हो जबकि वही Port शब्द जब Air शब्द संकेत के साथ सीखने के समय आया हो तो उसका अर्थ वह हवाई जहाज के उड़ने एवं उतरने के स्थान से लिया हो। अतः ऐसी परिस्थिति में बिलकुल सम्भव है कि वह Port शब्द की पहचान न कर सके। इतना स्पष्ट तथ्य की कोई विशेष व्याख्या की जरूरत नहीं है। अतः टुलभिंग का प्रयास अनावश्यक है।

इन आलोचनाओं के बावजूद यह सिद्धान्त आधुनिक प्रयोगात्मक मनोवैज्ञानिकों के बीच काफी लोकप्रिय है क्योंकि इस सिद्धान्त द्वारा एक महत्त्वपूर्ण सम्प्रत्यय का जन्म हुआ—*प्रत्याह्वान प्रत्यभिज्ञान से आसान होता है* (Recall is easier than recognition)।

विस्मरण के सिद्धान्तों के बारे में सामान्य निष्कर्ष
(General Conclusion Regarding Theories of Forgetting)

ऊपर वर्णन किये गये विस्मरण के प्रमुख सिद्धान्तों पर यदि हम ध्यानपूर्वक विचार करें तो यह स्पष्ट हो जाता है कि प्रत्येक सिद्धान्त में विस्मरण के कुछ-कुछ पहलुओं (aspects) का वर्णन किया गया है। ऐसा नहीं है कि किसी भी एक ही सिद्धान्त में विस्मरण के सभी पहलुओं (aspects) को सम्मिलित कर व्याख्या किये गये हो। इस विचार से हम इस निष्कर्ष पर पहुँचते हैं कि विस्मरण के सभी सिद्धान्त अपने आप में पूर्ण नहीं है। फलतः वे इस मूल प्रश्न का उत्तर देने मे असमर्थ है—हमलोग क्यों भूलते हैं ? आजकल चूँकि अनेक मनोवैज्ञानिक इस क्षेत्र में सक्रिय शोध एवं प्रयोग कर रहे हैं, अतः यह उम्मीद की जाती है कि उनके द्वारा शीघ्र इन विभिन्न सिद्धान्तों को मिलाकर एक काफी विस्तृत (comprehensive) एवं वैज्ञानिक सिद्धान्त बना लिया जायेगा या वे कोई दूसरे ही मॉडल (model) के रूप में नये सिद्धान्त का प्रतिपादन करने में समर्थ होंगे। जिम्बार्डो तथा रूच[1] (Zimbardo & Ruch, 1977) के शब्दो में हम इस सार्थक निष्कर्ष पर पहुँचते है, "सभी भिन्न-भिन्न सिद्धान्त विस्मरण के कुछ पहलुओं की व्याख्या तो करते हैं परन्तु उसमें से कोई भी इस प्रश्न का पूर्णरूपेण उत्तर देने के लिए पर्याप्त नहीं है कि हमलोग क्यों भूलते हैं ? भविष्य में किये जाने वाले शोध के आधार पर आशा की जाती है कि सभी वर्तमान प्राक्कल्पनाओं (hypothesis) को मिलाकर एक विस्तृत सिद्धान्त (comprehensive theory) बनाया जायेगा या मानव मस्तिष्क के कार्यों की व्याख्या के लिए किसी बिलकुल की ही नये मॉडल (model) की खोज की जायेगी।"

पश्चोन्मुख स्मृति तथा अग्रोन्मुख स्मृति
(Retrospective Memory and Prospective Memory)

पश्चोन्मुख स्मृति (retrospective memory) तथा अग्रोन्मुख स्मृति (Prospective memory) दो ऐसे स्मृति के प्रकार हैं जो एक-दूसरे के विपरीत हैं और मनोवैज्ञानिकों ने इसके स्वरूप का अध्ययन किया है। पश्चोन्मुख स्मृति से तात्पर्य वैसी क्षमता से होता है जिसके माध्यम से व्यक्ति के गत घटनाओं या सूचनाओं का स्मरण कर पाता है। जब व्यक्ति यह बतला पाता है कि वह अपना कोट कब खरीदा था, वह इस मधुर संगीत को सबसे पहली बार कब सुना था, श्री अटल बिहारी वाजपेयी प्रथम बार कब भारत के प्रधानमंत्री बने, तो ये सभी पश्चोन्मुख स्मृति (retrospective memory) के उदाहरण होंगे।

यह कोई अस्वीकार नहीं कर सकता है कि पश्चोन्मुख स्मृति का महत्त्व व्यक्ति की जिंदगी में काफी अधिक है परन्तु अग्रोन्मुख स्मृति (prospective memory) का भी महत्त्व व्यक्ति की जिंदगी में उससे कम नहीं है। अग्रोन्मुख स्मृति से तात्पर्य वैसी क्षमता से होती है जिसके सहारे व्यक्ति भविष्य के कार्यों की योजना बनाता है तथा उसे संपन्न करने के लिए याद रखता है। अगले दो वर्षों में एम॰ ए॰ कर लेना, उसके बाद एम॰ बी॰ ए॰ करके अच्छे नौकरी पाने

---

1. "All of the differnt theories seem to explain some aspects of forgetting, but no one of them is sufficient to provide an overall answer to the question, why do we forget ? Hopefully, future research will either find ways of combining the current hypothesis into a more comprehensive theory or discover a completely new model for the working of human mind."

—Zimbardo & Ruch : *Psychology and Life.* 1977 p. 176

की योजना बनाकर कार्य करना याद रखना आदि अग्रोन्मुख स्मृति के कुछ उदाहरण हैं। कुछ लोग ऐसे होते हैं जो अपने भविष्य के कार्यों को अच्छे ढंग से सुनियोजित करके संपन्न करने की याद रखते हैं जबकि कुछ ऐसे लोग होते हैं जिनमें इस ढंग की क्षमता बहुत ही कम होती है। कुछ ऐसे भी सबूत प्राप्त हैं जिनसे यह पता चलता है कि व्यक्ति का व्यक्तित्व के आधार पर यह अनुमान लगाया जा सकता है कि उसमें अग्रोन्मुख स्मृति अधिक होगी या कम। जैसे, सरलीमैन तथा गेडुसेक (Searleman & Gaydusek, 1989) ने अपने अध्ययन के आधार पर यह बतलाया है कि टाइप ए व्यक्तित्व वाले व्यक्ति में अग्रोन्मुखी स्मृति कार्य (prospective memory task) करने की क्षमता अन्य व्यक्तित्व जिसे टाईप ए की श्रेणी में नहीं रखा जा सकता है, की अपेक्षा अधिक होता है।

वर्तमान समय तक के शोधों पर यदि हम ध्यान दे, तो यह स्पष्ट होगा कि पश्चोन्मुख स्मृति की तुलना में अग्रोन्मुख स्मृति के अध्ययन पर मनोवैज्ञानिकों का ध्यान एवं प्रयास दोनों ही कम रहा है। अब प्रश्न उठता है कि ऐसा क्यों ? इसका उत्तर देते हुए इस क्षेत्र के मनोवैज्ञानिकों ने कहा है कि 1970 वाले दशक के मध्य तक अग्रोन्मुख स्मृति के अध्ययन का अवसर परिपक्व नहीं थे। परन्तु उसके बाद कुछ ऐसे परिवर्तन हुए जिनसे मनोवैज्ञानिकों का ध्यान अग्रोन्मुख स्मृति के अध्ययन की ओर गया। इस दिशा में *प्रतिदिन/प्रयुक्त स्मृति आन्दोलन* (everyday/applied memory movement) तथा *जीवन अवधि स्मृति आन्दोलन* (life-span memory movements) जिसमें विभिन्न तरह के स्मृति कार्यों (memory tasks) जिसे व्यक्ति को प्रतिदिन करने की आवश्यकता महसूस होती है, पर अधिक बल डाला गया था, का प्रयास सराहनीय है।

पश्चोन्मुख स्मृति तथा अग्रोन्मुख स्मृति में जहाँ तक अंतर का सवाल है, वह बहुत ही स्पष्ट नहीं है क्योंकि जैसा कि बैड्डेली तथा विलकिन्स (Baddeley & Wilkins, 1984) ने कहा है, ये दोनों तरह की स्मृतियाँ परस्पर आधृत हैं। उदाहरणस्वरूप, अधिकतर अग्रोन्मुख स्मृति कार्यों को करने के लिए यह आवश्यक है कि पश्चोन्मुख स्मृति की भी क्षमता व्यक्ति में पर्याप्त हो। जैसे, मान लिया जाय कि कोई व्यक्ति यह योजना बनाता है कि आज शाम में वह दूरदर्शन के किसी कार्यक्रम से अमुक संगीत को रेकार्ड करेगा। अब इस कार्य को याद रखने के अलावा (मुख्य अग्रोन्मुख कार्य) व्यक्ति को यह भी याद रखना होगा कि वह इसमें कौन-सा टेप (tape) का उपयोग करेगा तथा वह किस यंत्र को इस कार्य में लगायेगा। इन सभी कार्यों में पश्चोन्मुख स्मृति की जरूरत पड़ती है।

मनोवैज्ञानिकों ने यह आशंका जतायी है कि यदि अग्रोन्मुख स्मृति कार्य में पश्चोन्मुख स्मृति के तत्त्व सम्मिलित होते हैं, तो एक तरह के कार्य पर के निष्पादन का सम्बन्ध दूसरे तरह के कार्य पर के निष्पादन से अवश्य होगा। दूसरे शब्दों में, यदि कोई व्यक्ति पश्चोन्मुख स्मृति कार्य पर सामान्यतः अच्छा है, तो क्या इसका मतलब यह हुआ कि वह अग्रोन्मुख स्मृति के कार्यों पर भी अच्छा होगा? कई प्रयोगात्मक अध्ययनों जिसे आइन्सटीन एवं मैकडैनियल (Einstein & McDaniel, 1990), मेयलोर (Maylor, 1990) द्वारा किया गया, ने इन दोनों तरह के स्मृति कार्यों के बीच धनात्मक सम्बन्ध (positive relation) नहीं पाया है। बल्कि विलकिन्स तथा वैड्डेले (Wilkins & Baddeley, 1978) ने इन दोनों तरह के स्मृति कार्यों के बीच नकारात्मक सम्बन्ध (negative relationship) पाया है।

यद्यपि यह सही है कि अग्रोन्मुख स्मृति कार्य तथा पश्चोन्मुख स्मृति कार्य अधिव्याप्त (overlap) हैं, फिर भी मनोवैज्ञानिकों द्वारा इन दोनों तरह की स्मृतियों के बीच अंतर करने का भरसक प्रयास किया गया है। ऐसे कुछ प्रमुख अंतर निम्नांकित हैं—

(i) इन दोनों तरह की स्मृतियों में सबसे महत्त्वपूर्ण अंतर यह है कि पश्चोन्मुख स्मृति में कुछ पहले की घटनाओं या अनुभूतियों से संबद्ध सूचनाएँ होतीं हैं जबकि अग्रोन्मुख स्मृति में भविष्य के कार्यों को करने तथा उसके बारे में एक योजना बनाने से सम्बद्ध सूचनाएँ होतीं हैं।

(ii) पश्चोन्मुख स्मृति का सम्बन्ध मूलतः इस बात से होता है कि क्या (what) याद किया गया है जबकि अग्रोन्मुख स्मृति का सम्बन्ध इस बात से होता है कि कब (when) या अगर (if) कोई चीज याद किया है या नहीं।

(iii) अग्रोन्मुख स्मृति कार्य पर पश्चोन्मुख स्मृति कार्य की तुलना में बदलते हालात का प्रभाव काफी पड़ता है। सफल होने के लिए यह आवश्यक है कि अग्रोन्मुख योजना बदलते समय या हालात के अनुसार अवश्य बदलें। जैसे, यदि आप अपने दोस्त को अगले रविवार को अपने साथ खाना खाने पर बुलाने का न्योता देते हैं और यदि आपका दोस्त यह कहता है कि वह अगला रविवार को अपना गाँव जानेवाला है, तो ऐसी परिस्थिति में आपकी योजना में परिवर्तन होना आवश्यक है।

मनोवैज्ञानिकों द्वारा किये गये अध्ययनों से यह स्पष्ट हुआ है कि अग्रोन्मुख स्मृति कार्य (prospective memory tasks) कई तरह के होते हैं जिनमें *आदतन कार्य* (habitual task) तथा *प्रासंगिक कार्य* (episodic task) प्रमुख हैं। आदतन कार्य वैसे कार्यों को कहा जाता है जिसे व्यक्ति लगातार प्रतिदिन करता है। जैसे सुबह उठने पर मुँह धोना एक आदतन कार्य का उदाहरण है। प्रासंगिक कार्य से तात्पर्य वैसे कार्य से होता है जिसे व्यक्ति यदा-कदा करता है। जैसे, अपने कुत्ते की देखभाल करने के लिए किसी पशु डाक्टर को बुलाने का याद रखना, प्रासंगिक कार्य का उदाहरण है। मीकाम तथा लीमैन (Meacham & Heiman, 1990) द्वारा किये गए अध्ययनों से यह स्पष्ट हुआ है कि व्यक्ति प्रासंगिक कार्य को आदतन कार्य की तुलना में अधिक भूल जाते हैं। इसका प्रधान कारण यह है कि व्यक्ति का आदतन कार्य ऐसी क्रियाओं में सन्निहित होता है, जिसे व्यक्ति एक निश्चित क्रम में करते रहता है और यही क्रम व्यक्ति को यह संकेत देता है कि आगे क्या करना है। कुछ मनोवैज्ञानिकों द्वारा किये गए अध्ययनों से यह भी स्पष्ट हुआ है कि बाह्य संकेतों (external cues), स्मरण पत्र (reminder), अनुपालन (compliance) के उच्च अभिप्रेरण स्तर तथा सार्वजनिक वचनबद्धता (public committment) दिखलाकर अग्रोन्मुख स्मृति कार्यों को अधिक सफलतापूर्वक संपन्न किया जा सकता है (लेवी एवं लोफ्टस, 1984, मीकाम एवं सिंगर, 1997) (Levy & Loftus, 1984; Meacham & Singer, 1997)।

स्मृति को उन्नत बनाने की विधि या स्मृति-प्रशिक्षण (Measures of Improving Memory or Memory-Training)

मनोवैज्ञानिकों के सामने यह समस्या रहती है कि वे व्यक्तियों की स्मृति शक्ति को कैसे उन्नत बनाएँ ताकि उनकी स्मृति अच्छी-से-अच्छी हो सके। इस सिलसिले में मनोवैज्ञानिकों द्वारा किये गये प्रयास सराहनीय है। वुडरो (Woodrow, 1927) ने स्मृति प्रशिक्षण (memory-training) या स्मृति को उन्नत बनाने से सम्बन्धित उपायों की प्रभावशीलता दिखलाने के लिए एक प्रयोग किया। इन प्रयोग में दो समूह थे—प्रयोगात्मक समूह तथा नियंत्रित समूह। दोनों को एक समान विषय तीन घंटे तक सीखने के लिए दिया गया। इसके अलावा प्रयोगात्मक समूह को अपनी स्मरण-शक्ति में सुधार लाने के सात तरीके बताए गए तथा नियंत्रित समूह को इन तरीकों के बारे में कुछ नहीं कहा गया। इसके बाद इन दोनों समूहों की स्मृति की जाँच (test) की गई और परिणाम में पाया गया कि प्रयोगात्मक समूह की स्मृति 36% पहले से उन्नत (improved) हो गई थी जबकि नियंत्रित समूह की स्मृति मात्र 4.5% ही अच्छी हो पाई थी। वुडरो (Woodrow) द्वारा स्मृति को उन्नत बनाने के वे सात तरीके निम्नांकित हैं:—

(i) यथासम्भव पूर्ण विधि (whole method) और विराम विधि (distributed method) से सीखना चाहिए।
(ii) सीखते समय अपने-आपको जाँचते रहना चाहिए, अर्थात् अपनी धारणा की जाँच करते रहनी चाहिए।
(iii) विषय के सदृश अंशों को संगठित करके तथा उनमें सामंजस्य (rhythm) स्थापित करके सीखना चाहिए।
(iv) विषय को उसका अर्थ समझकर सीखना चाहिए।
(v) सीखते समय मानसिक सतर्कता तथा एकाग्रता बनाए रखना चाहिए।
(vi) अपनी स्मरण-शक्ति पर विश्वास करनी चाहिए।
(vii) गौण साहचर्यों (secondary association) का प्रयोग करना चाहिए।

वुडरो (Woodrow) द्वारा स्मृति-प्रशिक्षण के लिए दिए गए उपर्युक्त सात क्लासिकी सुझावों (classical suggestion) के अलावा भी आधुनिक मनोवैज्ञानिकों ने कुछ विशेष प्रविधियों (techniques) का वर्णन किया है जिनके सहारे स्मृति को उन्नत बनाया जा सकता है। इन प्रविधियों में निम्नांकित प्रमुख हैं:—

1. आधिक्य सीखना *(Over learning)*—किसी विषय या पाठ को जब पूरी तरह सीख लेने के बाद भी सीखने के लिए अभ्यास जारी रखा जाता है, तो इसे आधिक्य सीखना (overlearning) कहा जाता है। मनोवैज्ञानिक अध्ययनों से यह स्पष्ट हो गया है कि जब किसी पाठ या विषय को व्यक्ति आधिक्य सीखते (overlearnt) हैं, तो इससे उस पाठ का साहचर्य (association) काफी मजबूत हो जाता है जिससे उस पाठ का साहचर्य (association) काफी मजबूत हो जाता है और फलस्वरूप उसकी स्मृति काफी लम्बे समय तक बनी रहती है।

2. बाधा को कम करना (*Reducing interference*)—कुछ मनोवैज्ञानिक का मत है कि सीखने की परिस्थिति से बाधा (interference) उत्पन्न करनेवाले कारकों (factors) को यदि हटा दिया जाता है, तो इससे सीखे गए पाठ या विषय की स्मृति अपने आप अच्छी हो जाती है। जैसे, सीखने की विभिन्न परिस्थितियों एवं सामग्रियों (materials) के बीच समानता (similarity) को कम कर दिया जाता है, तो इससे उत्पन्न होनेवाले बाधा अपने आप दूर हो जाएगी और उस विषय या पाठ की स्मृति उन्नत हो जाएगी। उसी ढंग से क्रुगर (Krueger, 1980) ने अपने अध्ययन के आधार पर यह बताया कि यदि पाठ या विषय को अर्थपूर्ण (meaningful) बना दिया जाता है तो इससे भी स्मृति (memory) उन्नत हो जाती है।

3. स्मृति-सहायक प्रविधियाँ (*Mnemonic devices*)—मनोवैज्ञानिकों ने कुछ ऐसी स्मृति-सहायक प्रविधियों (mnemonic devices) का वर्णन किया है जिनसे भी स्मृति उन्नत होती है। तुक (rhymes), चुँकिंग (chunking), परिवर्णी शब्द (acronyms) तथा परिवर्णी पंक्ति शब्द (acrostics) आदि कुछ साधारण स्मृति सहायक प्रविधियाँ हैं जिनके उपयोग से स्मृति उन्नत हो जाती है। तुक में चूँकि दोहे की पंक्तियों का अन्तिम शब्द आवाज में मिलते-जुलते होते हैं, इसलिए उसे व्यक्ति जल्द याद कर लेता है। शायद यही कारण है कि छोटे-छोटे बालक अनेक ऐसे दोहे को तुरन्त याद कर लेते हैं भले ही वे उसका अर्थ समझे या नहीं समझे। चुंकिंग में व्यक्ति लम्बी सूचनाओं को कम करके छोटी सूचना मे बदलकर उसे याद कर लेता है। जैसे टेलीफोन नम्बर 666322 को छः लाख छियासठ हजार तीन सौ बाईस कहने के बजाय यदि व्यक्ति उसे 'तीन छह', तीन एवं दो दो (triple six, three & double two) के रूप मे संगठित कर लेता है, तो यह चुँकिग का उदाहरण होगा और इससे टेलीफोन नम्बर की स्मृति भी अधिक देर तक बनी हुई रहती है। परिवर्णी शब्द एक तरह का अक्षर संकेत (letter cues) होता है जिससे जटिल सूचनाओं को याद रखने एवं उनका प्रत्याह्वान करने में मदद मिलती है। जैसे, World Health Organization को WHO के रूप में, University Grants Commission को UGC के रूप में मस्तिष्क में रखने से उनके प्रत्याह्वान (recall) में तो सुविधा होती ही है, साथ-ही-साथ उनकी स्मृति भी अच्छी बनी रहती है। परिवर्णी पंक्तियाँ ऐसी पंक्तियाँ होतीं हैं जिसमें प्रथम कुछ अक्षर संकेत के रूप में कार्य करते है और उसे देखते ही या सुनते ही व्यक्ति शेष भागों का प्रत्याह्वान कर लेता है। जैसे 'सारे जहाँ से अच्छा हिन्दोस्ताँ हमारा' में 'सारे' को सुनकर ही बालक पूरी पंक्ति का प्रत्याह्वान कर लेते हैं। यह एक परिवर्णी पंक्ति का उदाहरण है।

उपर्युक्त स्मृति सहायक प्रविधियों (mnemonic devices) का दोष यह बताया गया है कि उन सभी से रटकर सीखने की प्रवृत्ति बालकों में तीव्र हो जाती है, परन्तु समझकर सीखने की प्रवृत्ति में कोई वृद्धि नहीं होती है। हिगबी (Higbee, 1977) ने कुछ विशेष स्मृति सहायक प्रविधियों का वर्णन किया है जो उपर्युक्त सरल स्मृति सहायक प्रविधियों से थोड़ा जटिल तो अवश्य हैं, परन्तु उससे स्मृति उन्नत (improved) होती है। इसमें योजक तंत्र (link system) तथा स्थान तंत्र (loci system) प्रधान हैं। योजक तंत्र में व्यक्ति विभिन्न एकांशों (items) की एक मानसिक प्रतिमा (mental image) बनाकर उन्हें एक-दूसरे से जोड़ता हैं जिससे उनका प्रत्याह्वान (recall) करने में सुविधा होती है तथा उनकी स्मृति भी अच्छी बनी रहती है। जैसे यदि किसी बालक को 'आटा', 'चीनी', 'दाल', 'तेल', 'नमक' लाने के लिए दूकान भेजें, तो वह इन शब्दों की मानसिक प्रतिमा बनाकर उसे आपस में अर्थपूर्ण ढंग से जोड़कर सही-सही ढंग से याद रख सकता है। स्थान तंत्र में व्यक्ति याद किए जानेवाले एकांशों का सम्बन्ध उपयुक्त स्थान (appropriate place) से जोड़कर उसे याद रखता है। बोअर (Bower, 1973) ने अपने अध्ययन में पाया कि जिन छात्रों ने स्थान तंत्र की विधि को अपनाया था उन्होंने 72% शब्दों का सही प्रत्याह्वान किया और जिन छात्रों ने इस विधि को नहीं सीखा था, मात्र 28% शब्दों का ही सही-सही प्रत्याह्वान कर सके।

4. विस्तरण एवं संकेतीकरण (*Elaboration and encoding*)—जब किसी पाठ या विषय की विस्तृत ढंग से व्याख्या की जाती है तो व्यक्ति उसे ठीक ढंग से याद करता है, क्योंकि उसमें एकांशों (items) के बीच बहुत सारे सम्बन्ध (connections) स्थापित किया जाना सम्भव हो पाता है। एकांशों के बीच बहुत सारे सम्बन्ध होने से मस्तिष्क में उनका संकेतीकरण (encoding) ठीक ढंग से होता है। फलस्वरूप, ऐसे विषय या पाठ को छात्र अधिक समय तक याद रखते हैं। जैसे यदि छात्र अखबार में 'दहेज प्रथा की बुराई' के बारे में एक लेख पढ़ता है और बाद में अपने साथियों के बीच या अपने मन में ही दहेज प्रथा से सम्बन्धित कई प्रश्नों पर विचार कर उसका विस्तरण (elaboration)

करता है तो इससे उसे विषय, अर्थात् 'दहेज प्रथा की बुराई' के अनेक पहलुओं की याद अधिक समय तक बनी रहेगी। परन्तु यदि वह उसका विस्तरण नहीं करता है, तो सम्भव है कि वह उसे कुछ ही समय में भूल जाए।

5. संदर्भ एवं पुनः प्राप्ति *(Context and retrieval)*—प्रयोगात्मक मनोवैज्ञानिकों के अनुसार संदर्भ (context) एक महत्त्वपूर्ण पुनः प्राप्ति संकेत (retrieval) होता है। अतः व्यक्ति उस संदर्भ का प्रयोग कर जिसमें सीखने की क्रिया सम्पन्न हुई हो, स्मृति को उन्नत बना सकता है। संदर्भ का प्रयोग व्यक्ति अक्सर मानसिक रूप से (mentally) करता है। जैसे कक्षा में पढ़ाए गए संस्कृत के श्लोक को यदि कोई छात्र बाद में याद करना चाहता है, तो वह सम्बन्धित शिक्षक एवं कक्षा की परिस्थिति को यदि सामने रखता है तो सम्भव है कि उसे वह श्लोक आसानी से याद आ जाए। यहाँ शिक्षक एवं कक्षा की परिस्थिति संदर्भ का उदाहरण है जो छात्र को प्रत्याह्वान (recall) करने में मदद कर रहा है, अर्थात् जो एक पुनः प्राप्ति संकेत के रूप में कार्य कर रहा है।

6. संगठन *(Organization)*—अध्ययनों से यह स्पष्ट हो गया है कि यदि व्यक्ति सीखते समय एकांशों (items) को एक खास ढंग से संगठित (organized) कर लेता है, तो इससे उसकी स्मृति अच्छी हो जाती है और वह बहुत दिनों तक उसे याद भी रहता है। इसका उपयोग दीर्घकालीन स्मृति (long-term memory) को उन्नत बनाने में काफी किया जाता है। बोअर एवं क्लार्क (Bower & Clark, 1969) ने अपने अध्ययनों में पाया कि जब छात्रों को असम्बन्धित शब्दों (unrelated words) की एक सूची को एक कहानी के रूप में संगठित कर याद करने के लिए कहा जाता है, तो वे कुल शब्दों का 90% तक प्रत्याह्वान करने में समर्थ हो गए, परन्तु जब उन सूचियों को ऐसे ही याद करने के लिए कहा गया, अर्थात् उन्हें कहानी में बिना किसी तरह के संगठन के ही याद करने के लिए कहा गया तो वह 20% का ही प्रत्याह्वान करने में समर्थ हो सका। स्पष्टतः संगठन (organization) से स्मृति उन्नत होती पाई गई।

7. प्रतिमावली *(Imagery)*—कुछ वर्षों तक मनोवैज्ञानिकों द्वारा स्मृति को उन्नत बनाने में प्रतिमावली के महत्त्व की उपेक्षा की गयी क्योंकि इसे कुछ लोगों द्वारा खाशकर व्यवहारवादियों द्वारा एक पूर्णतः आत्मनिष्ठ सम्प्रत्यय माना जाता था। परन्तु हाल में पैइभियों (Paivio, 1971, 1986) द्वारा किये गए अध्ययनों से यह स्पष्ट हुआ है कि प्रतिमावली से स्मृति उन्नत हो सकती है। इनके अनुसार स्मृति-चिह्न दो में से एक तरीका द्वारा संचित होते हैं—*शाब्दिक कूट संकेत* (verbal code) तथा *प्रतिमा कूटसंकेत* (image code)। जैसे, व्यक्ति किसी तस्वीर को उसके नाम या लेबल (label) के रूप में याद रख सकता है (शाब्दिक कूटसंकेतन) या उसकी मानसिक प्रतिमा बनाकर याद रख सकता है (प्रतिमा कूटसंकेत)। पैइभियो का मत है कि प्रतिमा कूटसंकेत जो काफी विस्तृत एवं विशिष्ट (distinctive) होता है, उससे उत्तम स्मृति होती है। इस सिलसिले में उन्होंने *द्वैय कूटसंकेत प्राक्कल्पना* (dual-code hypothesis) का प्रतिपादन भी किया है जो यह दावा करता है कि प्रतिमाओं की स्मृति उत्तम इसलिए होती है क्योंकि इस सम्प्रत्यय (या प्रतिमा) को प्रतिमा कूटसंकेत तथा शब्दिक कूटसंकेत दोनों के ही रूप में संचित करके व्यक्ति दो संभावित मार्ग खोल रखता है जिनके माध्यम से सूचनाओं की पुनःप्राप्ति की जा सकती है।

8. चुंकिंग *(Chunking)*—चुंकिंग का उपयोग लघुकालीन स्मृति (short term memory) को उन्नत बनाने के लिए किया जाता है। मिल्लर (Miller, 1956) के अनुसार चुँकिंग से तात्पर्य याद की जाने वाली छोटी-छोटी इकाइयों को एक साथ संयोजित कर बड़ा इकाई में बदलने से होता है ताकि उसे आसानी से प्रत्याह्वान किया जा सके। जैसे, 3-3-3-5-5-5 को अलग-अलग इकाईयों में न याद करके तीन-तीन, तीन पाँच के रूप में आसानी से याद रखा जा सकता है। इसे चुंकिंग कहा जाएगा।

9. PQRST विधि *(PQRST Method)*—इस विधि का प्रतिपादन थॉमस एवं रॉबिन्सन (Thomas & Robinson, 1982) के विचारों के आधार पर किया गया है। इस विधि का मूल उद्देश्य पाठ्यपुस्तक की सामग्रियों (materials) का छात्रों द्वारा अध्ययन करने तथा स्मरण करने की क्षमता (ability) को बढ़ाना है। इस विधि का नामकरण इसकी पाँच अवस्थाओं (stages) के प्रथम अक्षरों को मिला कर किया गया है:—

P = Preview (पूर्वदर्शन)

Q = Question (प्रश्न)

R = Read (पढ़ना)

S = Self-recitation (आत्म-प्रपठन)

T = Test (जाँच)

PQRST विधि स्मृति को उन्नत (improved) बनाने के लिए मूलतः तीन नियमों का सहारा लेता है—सामग्रियों को पहले संगठित करना, उनका विस्तरण (elaboration) करना तथा उसकी पुनः प्राप्ति (retrieval) का अभ्यास करना। इन पाँचों अवस्थाओं का चित्र 8.11 में दिखलाया गया है। इन पाँचों अवस्थाओं का वर्णन इस प्रकार है—

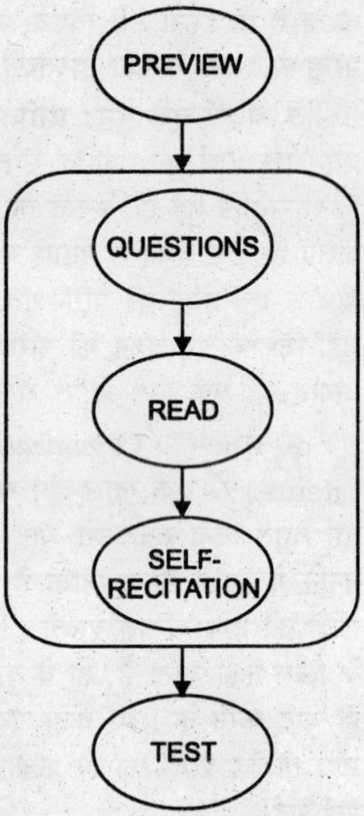

(i) पूर्वदर्शन *(Preview)*—इस अवस्था में पाठ की विषय-सूची (contents) का अवलोकन व्यक्ति करता है। फिर पाठ के मुख्य शीर्षकों एवं चित्रों को ध्यान से वह देखता है एवं अन्त में दिए गए अध्याय-सारांश को पढ़कर किसी अध्याय में सम्मिलित किए गए प्रमुख सामग्रियों के बारे में अनुमान लगाता है।

(ii) प्रश्न *(Question)*—जैसा कि चित्र 8.11 से भी संकेत मिलता है, व्यक्ति Q, R एवं S अवस्थाओं को एक साथ पाठ के एक अनुच्छेद (section) पर लागू करता है और तब उस अध्याय के दूसरे अनुच्छेद में बढ़ता है। यही कारण है कि इन तीनों अवस्थाओं को एक बड़ा आयत के भीतर दिखाया गया है। Q अवस्था में व्यक्ति अनुच्छेद के शीर्षक तथा उस अनुच्छेद के भीतर के उपशीर्षक को पढ़कर उसे प्रश्न के रूप में बदल देता है। इस अवस्था में वह शीर्षक या उपशीर्षक के भीतर की सामग्री को पढ़ना नहीं शुरू करता है। जैसे अगर शीर्षक का नाम है 'सीखना तथा परिपक्वन' तो छात्र इसे प्रश्न के रूप में बदल देता है—'सीखना तथा परिपक्वता' एक-दूसरे से कैसे सम्बन्धित हैं? आदि।

चित्र 8.11 : PQRST का चित्रण

(iii) पढ़ना *(Read)*—इस अवस्था में व्यक्ति अनुच्छेद (section) की सामग्रियों (materials) को पढ़ना प्रारम्भ कर देता है और मुख्य शब्दों एवं वाक्यों को रेखांकित (underline) भी करना प्रारम्भ कर देता है। साथ-ही-साथ वह इसके पहले की अवस्था में बनाए गए प्रश्नों का उत्तर भी ढूँढ़ने का प्रयास करने लगता है।

(iv) आत्म-प्रपठन *(Self-recitation)*—इस अवस्था में व्यक्ति अनुच्छेद को पढ़ना समाप्त कर उसके मुख्य सम्प्रत्यय एवं विचारों को मन-ही-मन सुनाना (recite) प्रारम्भ कर देते हैं। इस तरह के आत्म-प्रपठन से व्यक्ति को अपने ज्ञान (knowledge) की रिक्तियों (blanks) का तो पता चलता ही है, साथ-ही-साथ वे स्मृति को अच्छी तरह से संगठित (organize) भी आसानी से कर पाता है।

एक अनुच्छेद इस तरह पूरा करके व्यक्ति दूसरे अनुच्छेद पर Q, R एवं S की प्रक्रिया को दोहराता है और इसी तरह के आगे के अध्यायों के अनुच्छेदों पर अपना अभ्यास जारी रखता है।

(v) जाँच *(Test)*—इस अवस्था में व्यक्ति अध्याय का पढ़ना समाप्त कर उसकी जाँच एवं समीक्षा (review) करता है। इसके मूल तथ्यों का प्रत्याह्वान (recall) करता है और पुनः उन तथ्यों को याद किए गए अध्याय के तथ्यों से मिलाता है।

कुछ अध्ययन जो थॉमस एवं रॉबिन्सन (Thomas & Robinson, 1982), रीडर एवं एण्डरसन (Reader & Anderson, 1980) द्वारा किए गए हैं, उनसे स्पष्ट हो गया है कि PQRST विधि से व्यक्तियों की अध्ययन-क्षमता तथा स्मरण क्षमता दोनों ही काफी उन्नत हो जाती है। इन अध्ययनों से यह भी स्पष्ट हो गया है कि इन पाँच अवस्थाओं में आत्म-प्रपठन (self-recitation) की अवस्था सबसे अधिक प्रमुख है और व्यक्तियों को चाहिए कि वे अपने अध्ययन का 80% समय इसी अवस्था में व्यतीत करें।

10. लोकी विधि *(Method of Loci)*—यह एक ऐसी विधि है जिसमें किसी सूची के एकांशों को व्यक्ति अपने मन में तार्किक रूप से संबंद्ध जगहों की एक शृंखला बना कर रखना है ताकि उनका प्रत्याह्वान या पुनःप्राप्ति आसानी से

हो सके। ऐसी श्रृंखला बन जाने से व्यक्ति अपने लक्ष्य शब्द तक आसानी से पहुँच जाता है। वोअर (Bower, 1973) ने अपने अध्ययन में पाया है कि लोकी विधि का उपयोग करने वाले प्रयोज्य शब्दों की सूची से उन प्रयोज्यों की अपेक्षा तिगुणा अधिक प्रत्याह्वान किये जो इस विधि का उपयोग नहीं किये थे।

इस तरह हम देखते हैं कि स्मृति को उन्नत बनाने के कई तरीके हैं जिनपर मनोवैज्ञानिकों ने काफी गम्भीरता से विचार किया है। इनमें PQRST विधि, आधिक्य सीखना (overlearning), संगठन (organization) तथा स्मृति सहायक प्रविधियाँ (mnemonic devices) अधिक महत्त्वपूर्ण है।

अच्छी स्मृति के लक्षण (Symptoms of Good Memory)

मनोवैज्ञानिकों ने अच्छी स्मृति की कुछ विशेषताओं का वर्णन किया है जिनमें निम्नांकित प्रमुख हैं:—

(i) तीव्रता *(Rapidity)*—अच्छी स्मृति की एक प्रमुख विशषता यह है कि सीखी गई सामग्रियों (materials) को व्यक्ति जल्दी से प्रत्याह्वान (recall) कर लेता है।

(ii) यथार्थता *(Accuracy)*—अच्छी स्मृति के लिए यह सिर्फ आवश्यक नहीं है कि व्यक्ति अपनी गत अनुभूतियों (past experiences) का सही-सही प्रत्याह्वान कर ले, बल्कि यह भी आवश्यक है कि वह इन अनुभूतियों का सही-सही प्रत्याह्वान (correct recall) करे।

(iii) सीखे गए विषय को लम्बे समय तक धारण रखना *(Retaining the learnt materials for longer period of time)*—अच्छी स्मृति की एक विशेषता यह भी है कि व्यक्ति सीखे गए पाठ या विषय को लम्बे समय तक धारण किए हुए हो। यदि ऐसा नहीं होता है, तो उसे अच्छी स्मृति वाला व्यक्ति नहीं कहा जाएगा।

(iv) सही सामग्रियों का सही समय पर प्रत्याह्वान *(Recall of right materials at right time)*—अच्छी स्मृति की एक विशेषता यह भी है कि व्यक्ति सीखी गई सामग्रियों (materials) में से सही सामग्री का प्रत्याह्वान (recall) सही समय पर कर लेता है।

(v) किसी विषय या पाठ को सूझ द्वारा एवं समझकर सीखना *(To learn a lesson by insight and understanding)*—अच्छी स्मृति वाले व्यक्ति किसी पाठ या विषय को समझकर तथा प्रयत्न एव भूल (trial and error) द्वारा न सीखकर सूझ (insight) द्वारा सीखते हैं।

(vi) अधिक मात्रा में धारण करना *(Maximum retention)*—अच्छी स्मृति वाले व्यक्ति किसी सीखे गए पाठ या सामग्री को लम्बे समय तक धारण करके रखते ही हैं, साथ-ही-साथ उन सामग्रियों में से अधिकाधिक को धारण किए रहते हैं।

अब आप स्वयं ही बताएँ कि आपको एक उत्तम स्मृति वाला व्यक्ति कहा जा सकता है या नहीं ?

अध्याय सारांश CHAPTER SUMMARY

1. स्मृति के दो पहलू होते हैं—धनात्मक (positive) एवं ऋणात्मक (negative)। स्मृति के तीन तत्त्व होते हैं—कूटसंकेत (encoding), संचयन (storage) तथा पुनः प्राप्ति (retrieval)।
2. स्मृति के तीन प्रकार होते हैं—संवेदी स्मृति, लघुकालीन स्मृति तथा दीर्घकालीन स्मृति।
3. मनोवैज्ञानिकों ने संवेदी स्मृति के मुख्य दो प्रकार बतलाये हैं—प्रतिचित्रात्मक स्मृति (iconic memory) तथा प्रतिध्वनिक स्मृति (echoic memory)।
4. स्मृति के क्षेत्र में किये गए अध्ययनों का एक संक्षिप्त इतिहास भी प्रस्तुत किया गया। भारतीय मनोवैज्ञानिकों के योगदानों को भी उजागर किया गया है।
5. लघुकालीन समृति (STM) जिसकी अधिकतम अवधि 20-30 सेकंड होती है, के आकार (size), अवधि (duration) तथा संकेतीकरण (coding) का अलग-अलग वर्णन किया गया है। STM में रिहर्सल, पुनःप्राप्ति (retrieval) तथा उसमें उत्पन्न विस्मरण के कारणों पर भी प्रकाश डाला गया है। कारणों में स्मृति चिह्नों का ह्रास (decay), उसमें दूसरे पाठ से उत्पन्न स्मृति चिह्नों द्वारा बाधा (interference) तथा विस्थापन (displacement) प्रमुख हैं।

6. लघुकालीन स्मृति का नवीनतम मॉडल जिसे ध्वनिग्रामीय लूप मॉडल (phonological loop model) कहा जाता है, का भी विस्तृत वर्णन किया गया है।
7. दीर्घकालीन स्मृति (LTM) जिसकी अधिकतम अवधि अनिश्चित होती है, की कुछ अपनी विशेषताएँ हैं। LTM के दो प्रमुख प्रकारों अर्थात् प्रासंगिक स्मृति (episodic memory) तथा अर्थगत स्मृति (semantic memory) का सविस्तार वर्णन किया गया है तथा इन दोनों के अंतर पर यथोचित प्रकाश डाला गया है।
8. अर्थगत स्मृति के चार प्रमुख मॉडलों अर्थात् आनुक्रमिक नेटवर्क मॉडल, सेट सैद्धान्तिक मॉडल, विशेषता-तुलना मॉडल तथा विस्तरण-उत्तेजन मॉडल का सविस्तार व्याख्या किया गया है।
9. LTM पर व्यक्ति के अभिप्रेरणात्मक अवस्थाओं के पड़ने वाले प्रभावों का प्रयोगात्मक वर्णन किया गया।
10. LTM तथा STM में विभिन्नताओं के 9 बिन्दुओं पर प्रकाश डाला गया है। इन बिन्दुओं पर गौर करने से यह स्पष्ट हो जाता है कि LTM तथा STM में विभिन्नताएँ हैं हालाँकि कुछ मनोवैज्ञानिक इन दोनों की विभिन्नताओं को अधिक महत्त्व नहीं दिये हैं।
11. स्मृति के कुछ सूचना संसाधन मॉडल (information processing model) हैं जिनमें दो मुख्य मॉडलों की आलोचनात्मक व्याख्या की गयी है—वौघ-नॉरमैन मॉडल (Waugh-Norman Model), एटकिन्सन-शिफरीन प्रतिरोधक मॉडल। इसके अलावा कुछ अतिरिक्त मॉडल की भी चर्चा की है।
12. स्मृति में विकृतियाँ (distortions) होतीं हैं। इसमें संरचनात्मक तथा पुनः संरचनात्मक प्रक्रियाओं की भी भूमिका होती है। इस तथ्य का सत्यापन कई प्रयोगों से हो चुका है।
13. प्रत्यक्षदर्शी साक्ष्य (eyewitness testimony) के अध्ययन में एलिजाबेथ लोफ्टस (Elizabeth Loftus) अग्रणी है जिन्होंने इसकी यथार्थता को जानने के लिए कई प्रयोग किये हें और इसकी यथार्थता पर प्रश्न चिह्न लगाकर छोड़ दिया है जिससे कानूनी पेशेवरों को जो इस पर बहुत अधिक निर्भर होते हैं, एक बार इसकी उपयोगिता तथा वैधता पर सोचने के लिए बाध्य होना पड़ रहा है।
14. संस्मरण विस्मरण का विपरीत होता है तथा इसके दोनों प्रारूपों अर्थात् वार्ड-होभलैंड घटना एवं वैलार्ड-विलियम्स घटना का प्रयोगात्मक अध्ययन विस्तृत रूप से उपस्थित किया गया है।
15. स्मृति के कुछ स्पष्ट जैविक आधार (biological bases) होते हैं जिनकी संपुष्टि विभिन्न तरह के स्मृति विकृतियों (memory disorders) से प्राप्त तथ्यों से हुआ है। स्मृति के आणविक सिद्धान्त (molecular theory) भी इस आधार को काफी मजबूत बनाता है।
16. स्मृति का अध्ययन करने की कुछ प्रमुख विधियों यथा स्वतंत्र प्रत्याह्वान एवं प्रत्यभिज्ञान, वाक्य सत्यापन कार्य विधि, प्रिमिंग विधि तथा न्यूरोइमेजिंग (neuroimaging) आदि का वर्णन किया गया है।
17. स्मृति को मापने के लिए चार विधियों का वर्णन किया गया है। वे चार विधियाँ हैं—प्रत्याह्वान विधि, प्रत्यभिज्ञान विधि, पुनःसीखना विधि तथा पुनर्निर्माण विधि।
18. स्मृति के प्रयोगात्मक अध्ययनों से यह स्पष्ट हुआ है स्मृति के दोनों पहलुओं अर्थात् स्मरण एवं विस्मरण का स्वरूप क्या है। स्मरण का स्वरूप संरचनात्मक एवं पुनर्संरचनात्मक न कि पुनरुत्पादक (reproductive) होता पाया गया है जबकि विस्मरण का स्वरूप निष्क्रिय (passive) न होकर सक्रिय होता पाया गया है क्योंकि विस्मरण का कारण समय बीतने से स्मृति-चिह्नों का ह्रास होना नहीं होता है बल्कि मौलिक विषय के अतिरिक्त जब व्यक्ति किसी अन्य विषय को सीखता है तो उससे उत्पन्न बाधाएँ (interference) विस्मरण का कारण होती है।
19. विस्मरण के लगभग सभी प्रमुख सिद्धान्तों की आलोचनात्मक समीक्षा की गई है। इनमें ह्रास सिद्धान्तों से लेकर सन्तनन-दृढ़ीकरण सिद्धान्त व बाधक या हस्तक्षेप सिद्धान्त, द्विकारक सिद्धान्त-अभिप्रेरणात्मक सिद्धान्त एवं उद्दीपक-कूटलेखन सिद्धान्त (stimulus encoding theory) प्रमुख हैं।
20. स्मृति को उन्नत बनाने के कुछ उपायों पर भी प्रकाश डाला गया है। ऐसे सात उपायों का वर्णन किया है जिनमें स्मृति-सहायक प्रविधियाँ (mnemonic devices) तथा PQRST प्रविधि प्रमुख हैं।
21. अच्छी स्मृति के कुछ निश्चित लक्षण होते हैं। इन लक्षणों के आलोक में व्यक्ति स्वयं ही यह तय कर सकता है कि वह एक अच्छी स्मृति वाला व्यक्ति है या उसकी स्मृति कुछ विकृत है।

❑

अध्याय 9

चिन्तन, समस्या समाधान व्यवहार, निर्णय-प्रक्रिया तथा संप्रत्यय निर्माण

(THINKING, PROBLEM SOLVING BEHAVIOUR, DECISION MAKING AND CONCEPT FORMATION)

चिन्तन की परिभाषा एवं स्वरूप
(Definition and Nature of Thinking)

चिन्तन एक ऐसी मानसिक प्रक्रिया है जो सभी प्राणियों (organisms) में होती है। इसे मनोवैज्ञानिकों ने भिन्न-भिन्न ढंग से परिभाषित किया है। कुछ लोगों ने इसे वातावरण से मिलने वाली सूचनाओं (information) का मानसिक जोड़-तोड़ (mental manipulation) बतलाया है तो कुछ लोगों ने इसे एक ऐसी मध्यस्थ प्रक्रिया (mediating process) माना है जो किसी समस्या (या उद्दीपक) तथा उसके समाधान (यानी, सही अनुक्रिया) के मध्य या बीच में होती है। चिंतन चाहे जिस तरह की भी मानसिक प्रक्रिया क्यों न हो, इतना तो स्पष्ट है कि इसे सीधे देखा नहीं जा सकता है और इसके बारे में हम व्यवहारों के आधार पर परोक्ष रूप से जान पाते हैं। यही कारण कि चिंतन को एक अव्यक्त मानसिक प्रक्रिया (implicit mental process) कहा गया है।

कागन तथा हैभमैन[1] (Kagan & Haveman, 1976) ने चिन्तन की एक सर्वश्रेष्ठ एवं व्यापक परिभाषा दी है। इनके अनुसार, ''प्रतिमाओं, प्रतीकों, सम्प्रत्ययों, नियमों एवं अन्य मध्यस्थ इकाइयों के मानसिक जोड़-तोड़ को चिन्तन कहा जाता है।'' सिलभरमैन[2] (Silverman, 1978) ने भी चिन्तन की एक संक्षिप्त परन्तु सटीक परिभाषा दी है। इनके अनुसार, ''चिन्तन एक ऐसी मानसिक प्रक्रिया है जो हमलोगों को उद्दीपक तथा घटनाओं के प्रतीकात्मक प्रतिनिधित्व द्वारा किसी समस्या का समाधान करने में मदद करती है।'' बेरोन[3] (Baron, 1992) के अनुसार, ''चिन्तन में सम्प्रत्ययों, प्रतिज्ञाप्ति तथा प्रतिमाओं का मानसिक जोड़-तोड़ होता है।'' सैनट्रोक[4] (Santrock, 1995) के अनुसार, ''चिंतन में मानसिक रूप से सूचनाओं का जोड़-तोड़ सम्मिलित होता है विशेषकर जब हम सम्प्रत्यय का निर्माण करते हैं, समस्याओं का समाधान करते हैं, तर्क करते हैं तथा निर्णय लेते हैं।'' वेड एवं टैवरिस[5] (Wade & Tavris, 2000) के अनुसार, ''चिन्तन सूचनाओं का मानसिक जोड़-तोड़ होता है।'' इन परिभाषाओं का विश्लेषण करने पर हमें चिन्तन प्रक्रिया के बारे में कुछ ठोस तथ्य प्राप्त होते हैं, जो निम्नांकित हैं—

(i) चिन्तन प्राणी के मन (mind) में होता है परन्तु उसके प्रेक्षणीय व्यवहार (observable behaviour) से उसके बारे में अनुमान लगाया जाता है।

1. "Thinking can best be described as the mental manipulation of images, symbols, concepts, rules and other mediational units." —Kagan & Haveman : *Psychology : An Introduction*, 1976, p. 138
2. "Thinking is a process that enables us to find solutions to problems by using symbolic representations of stimuli and events." —Silverman : *Psychology*, 1978, p. 269
3. "Thinking involves mental manipulation of concepts, propositions and images." —Baron : *Psychology*, 1992, p. 250
4. "Thinking involves mentally manipulating information as when we form concepts, solve problems reason and make decisions." —Santrock : *Psychology*, 1995, p. 256
5. "Thinking is the mental manipulation of information." —Wade & Tavris : *Psychology*, 2006, p. 338

(ii) चिन्तन में प्रतीकों (symbols), प्रतिमाओं (images) आदि का मानसिक जोड़-तोड़ (mental manipulation) होता है। इसका स्पष्ट मतलब यह हुआ कि चिन्तन में वस्तुओं की वास्तविक उपस्थिति आवश्यक नहीं है। पूर्व ज्ञान के आधार पर हम उन वस्तुओं का कुछ प्रतीक (image) मन में बना लेते हैं और उसी के आधार पर चिन्तन की प्रक्रिया होती है। चूँकि चिन्तन में मानसिक जोड़-तोड़ (mental manipulation) होता है जिसे बाहर से देखा नहीं जा सकता है, अतः चिन्तन एक प्रकार का *अप्रकट व्यवहार* (covert behaviour) है।

(iii) चिन्तन एक मध्यस्थ प्रक्रिया (mediating process) होती है। इसका मतलब यह हुआ कि चिन्तन एक ऐसी प्रक्रिया है जो उद्दीपक (या कोई समस्या) तथा उसकें प्रति की गयी सही अनुक्रिया (अर्थात् उसके समाधान) के बीच में होने वाली प्रक्रिया होती है। इससे स्पष्ट है कि चिन्तन की प्रक्रिया में किसी-न-किसी समस्या का समाधान होता है। यही कारण है कि चिन्तन को कुछ मनोवैज्ञानिकों ने जैसे विट्टेकर (Whittaker, 1970, p. 375) ने *समस्या-समाधान व्यवहार* (problem-solving behaviour) कहा है। विटेकर ने यह भी बतलाता है कि चिन्तन में या समस्या-समाधान व्यवहार में व्यक्ति प्रायः प्रयत्न तथा भूल (trial and error) करता पाया जाता है।

ऊपर वर्णन किये गये तथ्यों (facts) से चिन्तन के स्वरूप की एक झलक तो अवश्य मिल जाती है परन्तु इसके स्वरूप के बारे में विस्तृत रूप से जानने के लिए उन निष्कर्षों (conclusions) पर भी ध्यान देना होगा जिसे हम्फ्रे (Humphrey, 1963) ने चिन्तन पर व्यक्त किये गये अनेकों मनोवैज्ञानिकों के विचारों का विश्लेषण करके बतलाया है। हम्फ्रे ने चिन्तन के स्वरूप (nature) के बारे में निम्नांकित तथ्यों को हमलोगों के सामने रखा है।

(i) चिन्तन प्रक्रिया की शुरूआत उस समय होती है, जब मनुष्य या पशु के सामने कोई ऐसी समस्या आती है जिसका समाधान वह करना चाहता है। समस्या (problem) से तात्पर्य एक ऐसी परिस्थिति या घटना से होता है जिसमें जीव (पशु या मनुष्य) को लक्ष्य (goal) पर पहुँचने का रास्ता नहीं दिखलाई पड़ता है।

(ii) चिन्तन में समस्या के भिन्न-भिन्न पहलुओं को जो समाधान के पहले अलग-अलग होते हैं, एक साथ संयोजित किया जाता है।

(iii) चिन्तन में गत अनुभूति (past experience) सम्मिलित होता है। लेकिन व्यक्ति वास्तव में गत अनुभूति का उपयोग चिन्तन में किस प्रकार करता है, इसे मनोवैज्ञानिक सही-सही ढंग से पता नहीं लगा पाए हैं।

(iv) चाहे मानव चिन्तन हो या पशु चिन्तन, चाहे जीव को (यानी मनुष्य को अथवा पशु को) अप्रकट व्यवहार (covert behaviour) करना हो या प्रकट व्यवहार (overt behaviour) चिन्तन की प्रक्रिया में प्रयत्न तथा भूल (trial and error) की प्रक्रिया होती है। प्रत्येक चिन्तन का उद्देश्य किसी समस्या को सुलझाना होता है। सामान्यतः समस्या एक ही बार के प्रयास में सुलझ नहीं जाती है। इसके लिए कुछ अभ्यास (practice) करना होता है। इसमें त्रुटियाँ (errors) होतीं हैं। दूसरे शब्दों में, जब हम किसी समस्या का समाधान करते हैं तो मन में बहुत तरह की अनुक्रियाएँ एक-एक करके आती हैं। इसमें गलत अनुक्रिया को हम छोड़ते जाते हैं तथा सही अनुक्रिया को दोहराते जाते हैं। किसी समस्या के समाधान में गलत अनुक्रियाओं को छोड़ते जाना तथा सही अनुक्रिया को दोहराते जाना प्रयत्न एवं भूल के उदाहरण हैं।

(v) चिन्तन में अभिप्रेरण (motivation) का भी विशेष महत्त्व होता है। सच्चाई यह है कि चिन्तन में व्यक्ति का व्यवहार एक निश्चित उद्देश्य की ओर होता है। यही कारण है कि विट्टेकर (Whittaker, 1970) ने कहा है, ''सभी चिन्तन लक्ष्य निर्देशित होते हैं'' (*All thinking is goal-directed*)।

(vi) चिन्तन में भाषा (language) का भी काफी महत्त्व होता है। चिन्तन करते समय मन में या कभी-कभी जोर से भी हम कुछ बोलते हैं अर्थात् भाषा का प्रयोग करते हैं। यही करण है कि कुछ मनोवैज्ञानिकों ने चिन्तन को एक प्रकार का *आंतरिक सम्भाषण* (internal speech) कहा है।

(vii) चिन्तन में भाषा (language) के अलावा प्रतीक (images) का भी उपयोग होता है। अनेक प्रयोगों से यह स्पष्ट हो गया है कि चिंतन में दृष्टि प्रतिमा (visual images) तथा श्रवण प्रतिमा (auditory images) अन्य दूसरे तरह की प्रतिमाओं की अपेक्षा अधिक होते हैं।

हम्फ्रे (Humphrey, 1963) द्वारा प्रस्तुत किये गये उपर्युक्त तथ्यों से चिन्तन के स्वरूप का प्रत्येक पहलू स्पष्ट

हो जाता है। इसके आधार पर मनोवैज्ञानिकों ने यह स्पष्ट रूप से बतलाया है कि चिन्तन एक जटिल मानसिक प्रक्रिया (complex mental process) है जिसके सहारे प्राणी किसी समस्या का समाधान करता है।

चिन्तन के प्रकार
(Types of Thinking)

मनोवैज्ञानिकों ने चिन्तन को कई भागों में बाँटकर अध्ययन किया है। जिम्बार्डो तथा रूक (Zimbardo & Ruch, 1977) ने चिन्तन को निम्नांकित दो भागों में बाँटा है—

1. स्वली चिन्तन (autistic thinking)
2. यथार्थवादी चिन्तन (realistic thinking)

इन दोनों का विवरण निम्नांकित है—

1. स्वली चिन्तन *(Autistic thinking)*—स्वली चिन्तन वैसे चिन्तन को कहा जाता है जिसमें व्यक्ति अपनी काल्पनिक विचारों एवं इच्छाओं की अभिव्यक्ति करता है। स्वप्न (dream), स्वप्न-चित्र (fantasy) तथा अभिलाषा आदि सभी स्वली चिन्तन के उदाहरण हैं। यदि कोई छात्र कल्पना करता है कि पढ़ाई खत्म करने के बाद वह एक बड़ा अधिकारी बनेगा, उसके पास एक सुन्दर बंगला होगा जिसमें एक चमचमाती कार होगी और उस कार में वह अपने सुंदर बीबी के साथ बैठकर सैर करेगा तो यह निश्चय ही स्वली चिन्तन का उदाहरण होगा। इस तरह के चिन्तन की एक खास विशेषता यह है कि इससे किसी समस्या का समाधान नहीं हो पाता है।

2. यथार्थवादी चिन्तन *(Realistic thinking)*—यथार्थवादी चिन्तन वैसे चिन्तन को कहा जाता है जिसका सम्बन्ध वास्तविकता (reality) से होता है और इसके सहारे व्यक्ति किसी समस्या का समाधान कर पाता है। उदाहरणार्थ, यदि कोई व्यक्ति कार में बैठकर सफर कर रहा है। कार अचानक रुक जाती है। ऐसी समस्या के उत्पन्न होने पर व्यक्ति तरह-तरह की बातें सोचना प्रारम्भ कर देता है। जैसे, कहीं पेट्रोल तो खत्म नहीं हो गया है, कहीं इंजन में कोई खराबी तो नहीं आ गयी है, कहीं चक्के का टायर तो नहीं फटं गया, आदि आदि। इस तरह का चिन्तन यथार्थवादी चिन्तन (realistic thinking) का उदाहरण है।

मनोवैज्ञानिकों ने यथार्थवादी चिन्तन को निम्नांकित तीन भागों में बाँटा है—

(i) अभिसारी चिन्तन (Convergent thinking)
(ii) सर्जनात्मक चिन्तन (Creative thinking)
(iii) आलोचनात्मक चिन्तन (Evaluative thinking)

इन तीनों तरह के चिन्तन का विवरण निम्नांकित हैं:—

(i) अभिसारी चिन्तन *(Convergent thinking)*—इस तरह के चिन्तन को *निगमनात्मक चिन्तन* (deductive thinking) भी कहा जाता है। अभिसारी चिन्तन में व्यक्ति दिये गये तथ्यों (facts) के आधार पर किसी सही निष्कर्ष पर पहुँचने की कोशिश करता है। उदाहरणार्थ, यदि आप से पूछा जाय कि 5 में 2 गुणा करने पर क्या उत्तर आयेगा तो इसके उत्तर देने में निहित चिन्तन अभिसारी चिन्तन (convergent thinking) का उदाहरण होगा। स्पष्ट है कि इस तरह के चिन्तन में व्यक्ति अपनी जिन्दगी के भिन्न-भिन्न क्षेत्रों में प्राप्त अनुभवों (experiences) को एक साथ मिलाकर उसके आधार पर एक समाधान खोजता है। ऐसी चितन द्वारा जिस समस्या का समाधान होता है, उसका एक निश्चित उत्तर होता है।

(ii) सर्जनात्मक चिन्तन *(Creative thinking)*—इस तरह के चिन्तन को *आगमनात्मक चिन्तन* (inductive thinking) कहा जाता है। इस तरह के चिन्तन में व्यक्ति दिये गये तथ्यों में अपनी ओर से नया तथ्य जोड़कर एक निश्चित निष्कर्ष पर पहुँचता है। जबतक व्यक्ति इन नये तथ्यों को अपनी ओर से उसमें नहीं जोड़ता है, अर्थात् इन तथ्यों का सर्जन (create) नहीं करता है, समस्या का समाधान नहीं हो पाता है। उदाहरणार्थ, यदि किसी व्यक्ति से 'कलम' का असाधारण उपयोग (unusual uses) बतलाने को कहा जाय तो वह व्यक्ति चिन्तन करके अपनी ओर से कुछ असाधारण बात कलम के उपयोग के बारे में बतलायेगा। इस तरह के चिन्तन को *सर्जनात्मक चिन्तन* (creative thinking) कहा जाता है। 'कलम' का साधारण उपयोग तो लिखने में होता है अब इसका असाधारण उपयोग क्या हो सकता है? थोड़ा सोचिए। इसी तरह का चिन्तन सर्जनात्मक चिन्तन कहलाता है। ऐसी चिंतन द्वारा जिस समस्या का समाधान होता है, उसका कोई एक निश्चित उत्तर नहीं होता है।

(iii) आलोचनात्मक चिन्तन *(Evaluative thinking)*—इस तरह के चिन्तन में व्यक्ति किसी वस्तु, घटना या तथ्य की सच्चाई को स्वीकार करने के पहले उसके गुण-दोष की परख कर लेता है। हमारे समाज में कुछ व्यक्ति तो ऐसे होते हैं जिन्हें किसी घटना या वस्तु के बारे में जो कुछ भी कहा जाता है, उसे वे सही समझकर मान लेते हैं। तब ऐसा कहा जाता है कि इस तरह के व्यक्ति में आलोचनात्मक चिन्तन की शक्ति कम है। दूसरी तरफ कुछ व्यक्ति ऐसे होते हैं जिन्हें कुछ घटना या वस्तु के बारे में कहने पर उसका गुण-दोष परखते हैं और तब उसे सही या गलत मानते हैं। व्यक्ति में इस तरह के चिन्तन को *आलोचनात्मक चिन्तन* (evaluative thinking) कहा जाता है।

इस तरह हम देखते हैं कि मनोवैज्ञानिकों ने चिन्तन के कई प्रकार बतलाये हैं। इस विभिन्न प्रकारों में अभिसारी चिन्तन (convergent thinking) तथा सर्जनात्मक चिन्तन (creative thinking) के अध्ययन पर मनोवैज्ञानिकों ने अधिक बल डाला है।

चिन्तन एवं कल्पना
(Thinking and Imagination)

चिन्तन तथा कल्पना दोनों ही उच्चतर मानसिक प्रक्रियाएँ हैं। कल्पना को परिभाषित करते हुए रेबर[1] (Reber, 1985) ने कहा है, ''गत अनुभूतियों की यादों और गत प्रतिमाओं (images) को पुनर्गठित कर एक नयी संरचना करने की प्रक्रिया को कल्पना कहा जाता है।'' इस परिभाषा से यह स्पष्ट हो जाता है कि कल्पना एक ऐसी मानसिक प्रक्रिया है जिसमें पूर्व अनुभूति (past experiences) के आधार पर व्यक्ति कुछ नये विचारों का निर्माण करता है। यह निर्माण (construction) सर्जनात्मक (creative) भी हो सकता है तथा नकल किया हुआ या अनुकृत (imitative) भी। जब व्यक्ति अपनी ओर से किसी नये विचार की रचना करता है तो इस तरह की कल्पना को सर्जनात्मक कल्पना (creative imagination) कहा जाता है और जब व्यक्ति किसी ऐसे विचार (thought) को सामने प्रस्तुत करता है जिसे वह वास्तव में दूसरे व्यक्तियों से प्राप्त किये होता है, तो इस तरह की कल्पना को *अनुकृत कल्पना* (imitative imagination) कहा जाता है।

चिन्तन भी एक ऐसी प्रक्रिया है जिसमें व्यक्ति अपने गत अनुभूतियों का सहारा लेता है और इस बिन्दु पर चिन्तन तथा कल्पना (imagination) दोनों ही प्रक्रियाएँ समान हैं। इस समानता के बावजूद भी चिन्तन (thinking) तथा कल्पना की प्रक्रिया एक-दूसरे से निम्नांकित अर्थों में भिन्न है—

(i) चिन्तन की प्रक्रिया लक्ष्य-निर्देशित (goal-directed) होता है। जब हमारे सामने कोई समस्या आती है तो हम उसके समाधान के लिए प्रयत्नशील हो जाते हैं और चिन्तन करना शुरू कर देते हैं। चिन्तन के समय व्यक्ति का सारा प्रयास (effect) एक निश्चित लक्ष्य (goal) यानी, उस समस्या के समाधान की ओर होता है। कल्पना में ऐसी बातें नहीं होती है। कल्पना करते समय हमारे सामने कोई निश्चित या अनिश्चित समस्या नहीं होती है। फलस्वरूप, हमारा प्रयास (effect) किसी खास समस्या या लक्ष्य की ओर नहीं होता है। प्रायः यही देखा गया है कि कल्पना करते समय व्यक्ति भिन्न-भिन्न वस्तुओं एवं घटनाओं से सम्बन्धित विचार अपने में यादृच्छिक रूप से (randomly) लाता है।

(ii) चिन्तन में, खासकर यथार्थवादी चिन्तन (realistic thinking) में तर्क होता है परन्तु कल्पना (imagination) में सही अर्थ में कोई तर्क नहीं होता है। चिन्तन करते समय व्यक्ति किसी विषय या घटना के पक्ष या विपक्ष में तर्क करता है। उदाहरणार्थ, कोई छात्र अपने कमरे में टेबुल लैम्प की रोशनी में पढ़ रहा है। अचानक रोशनी बुझ जाती है। अब छात्र के सामने यह समस्या उठ खड़ी होती है कि रोशनी कहाँ से आये कि पढ़ाई जारी रखी जा सके। छात्र अपने मन में कई तरह के तर्क करते हुए चिन्तन कर सकता है। वह सोच सकता है कि सम्भवतः बिजली के मीटर के बगल का फ्यूज तार (fuse wire) जल गया हो। फिर वह सोच सकता है कि चूँकि बगल के कमरे का बल्ब जल रहा है, अतः जरूर ही लैम्प का बल्ब फ्यूज कर गया होगा। अतः छात्र बल्ब की जाँच करेगा और उसके बाद यदि वह यह पाता है कि बल्ब भी ठीक है तो स्पष्टतः वह इस निष्कर्ष पर पहुँचेगा कि टेबुल लैम्प का स्विच (switch) खराब हो गया है। इस उदाहरण से स्पष्ट है कि चिन्तन में क्रमबद्ध (systematic) रूप से व्यक्ति तर्क करता है। कल्पना में ऐसी बात नहीं

1. "The process of recombining memories of past experiences and previously formed images into novel constructions is called imagination." —Reber : *The Penguin Dictionary of Psychology,* 1985, p. 345

होती है। कल्पना में कभी एक वस्तु से सम्बन्धित प्रतिमाएँ या पूर्व अनुभूतियाँ मन में आती हैं तो कभी दूसरे वस्तु से सम्बन्धित प्रतिमाएँ या पूर्व अनुभूतियाँ। इसमें कोई क्रमबद्धता तथा तर्क सम्मिलित नहीं होता है।

(iii) प्रायः चिन्तन का सम्बन्ध वास्तविकता (reality) से होता है, हालाँकि कुछ चिन्तन का सम्बन्ध वास्तविकता से न होकर काल्पनिक वस्तुओं से भी होता है। जैसे, यदि कोई छात्र गणित की समस्या का समाधान कर रहा है और साथ-ही-साथ सोच रहा है कि कल की पार्टी काफी अच्छी रही थी, तो इसमें उसके द्वारा किये गये चिन्तन का सम्बन्ध वास्तविकता एवं काल्पनिक वस्तुओं दोनों से होता है। परन्तु ऐसा कम होता है। ज्यादातर चिन्तन का सम्बन्ध वास्तविकता (reality) से ही होता है। कल्पना (imagination) का सम्बन्ध वास्तविक चीजों, वस्तुओं एवं घटनाओं से कम तथा अवास्तविक चीजों या वस्तुओं से अधिक होता है। जैसे, एक बच्चा आकाश में काले-काले बादल को उड़ते देखकर उसके साथ वह भी उड़ने की बात सोचता है, तो यह उसकी कल्पना का उदाहरण है।

(iv) चिन्तन में प्रयत्न तथा त्रुटि (trial and error) की प्रक्रिया होती है। ऐसा इसलिए होता है क्योंकि चिन्तन के सहारे व्यक्ति किसी समस्या का समाधान करता है। कल्पना में प्रयत्न तथा त्रुटि की प्रक्रिया नहीं होती है क्योंकि इसका सम्बन्ध किसी समस्या के समाधान से नहीं होता है।

(v) चिन्तन में स्पष्ट रूप से कोई-न-कोई समस्या होती है। सच्चाई यह है कि किसी समस्या के उत्पन्न होने पर ही चिन्तन की प्रक्रिया प्रारम्भ होती है। अतः चिन्तन की प्रक्रिया में स्पष्ट रूप से एक निश्चित समस्या होती है। परन्तु कल्पना के साथ ऐसी बात नहीं होती है। कल्पना का सम्बन्ध किसी निश्चित वस्तु, व्यक्ति या घटना से नहीं होता है। हम चुपचाप बैठे रहते हैं। हमारे सामने कोई समस्या नहीं होती है, फिर भी कुछ-न-कुछ हम कल्पना करते रहते हैं।

स्पष्ट हुआ कि चिंतन एवं कल्पना में अंतर है।

चिन्तन में भाषा का महत्त्व (Role of Language in Thinking)

चिन्तन (thinking) में भाषा का महत्त्व क्या है, यह एक विवादास्पद विषय है (controversial issue) है। इस सम्बन्ध में भिन्न-भिन्न मनोवैज्ञानिकों के विचार भिन्न हैं। मनोवैज्ञानिकों के इन सभी विचारों को निम्नांकित तीन भागों में बाँटा जा सकता है—

1. कुछ मनोवैज्ञानिकों का विचार है कि चिन्तन के लिए भाषा आवश्यक है। भाषा के अभाव में चिन्तन की प्रक्रिया नहीं हो सकती है। अतः चिन्तन की प्रक्रिया भाषा द्वारा प्रभावित (influenced) होती है तथा निर्धारित (determined) भी होती है। इस तरह के विचार व्यक्त करनेवाले मनोवैज्ञानिकों में सापिर (Sapir) तथा उनके शिष्य वोर्फ (Whorf, 1956), ब्रुनर (Bruner, 1964), वर्नस्टीन (Bernstein, 1958) आदि का नाम अधिक प्रसिद्ध है।

सापिर (Sapir) की प्राक्कल्पना यह थी कि भाषा (language) द्वारा चिन्तन की प्रक्रिया काफी हद तक प्रभावित होती है। इस प्राक्कल्पना का समर्थन ब्रुनर (Bruner, 1964) के प्रयोगात्मक सबूतों द्वारा होता है। इन्होंने शिशुओं (infants) तथा प्राक्-स्कूली छात्रों (pre-school children) पर प्रयोग किया और पाया कि इन बच्चों के चिन्तन की प्रक्रिया तथा संज्ञानात्मक विकास अधिक सीमित इसलिए होता है क्योंकि इनमें भाषा पूर्ण रूप से विकसित नहीं होती है। इनके अध्ययन के अनुसार 6-7 साल की उम्र में बच्चे सोचने के लिए अच्छी तरह से भाषा का उपयोग प्रारम्भ कर देते हैं। चूँकि प्राक्-स्कूली बच्चों की उम्र 6 साल से नीचे होती है और उनमें भाषा का विकास पूर्ण नहीं रहता, अतः उनका संज्ञानात्मक विकास विशेषकर चिन्तन की प्रक्रिया ठीक ढंग से नहीं हो पाती है। इस प्रयोग से स्पष्ट है कि भाषा द्वारा चिन्तन की प्रक्रिया प्रभावित होती है। बर्नस्टीन (Bernstein, 1958) ने गरीब तथा धनी परिवार के बच्चों के चिन्तन का एक तुलनात्मक अध्ययन किया। इनके अनुसार गरीब परिवार के बच्चों की भाषा सीमित एवं अविकसित होती है तथा ऐसे परिवार के बच्चों का संज्ञानात्मक विकास (cognitive development) भी अधूरा एवं अपूर्ण होते पाया। ऐसे बच्चों के चिन्तन एवं तर्क करने की क्षमता धनी परिवार के बच्चों की ऐसी क्षमता की अपेक्षा हमेशा कम होते पायी गयी।

पशुओं पर भी कुछ अध्ययन इस तरह के किये गय हैं जिनसे यह पता चलता है कि भाषा द्वारा चिन्तन (thinking) प्रभावित होता है। प्रीमैक (Premack, 1983) ने एक इस तरह का अध्ययन 'साराह' (Sarah) नामक वनमानुष पर किया। इस वनमानुष को प्लास्टिक के बने भिन्न-भिन्न आकारों (shapes) तथा रंगों के वस्तुओं के सहारे कई शब्दों (words) को सीखलाया गया। प्लास्टिक के बने प्रत्येक वस्तु का अर्थ एक खास 'शब्द' (word) होता

था। ढाई साल के इस तरह के प्रशिक्षण के बाद 'साराह' ने 100 शब्दों को सीख लिया और इन शब्दों के सहारे वह अपनी आवश्यकताओं (needs) की भी अभिव्यक्ति करना सीख लिया। बाद में प्रीमैक ने 'साराह' को अन्य वनमानुषों, जिन्हें ऐसा प्रशिक्षण नहीं दिया गया था, के साथ प्रयोगशाला में कई कठिन एवं जटिल समस्याओं (complex problem) का समाधान ढूँढ़ने के लिए दिया। इस समस्याओं के समाधान में उच्च चिन्तन (high thinking) की जरूरत थी। परिणाम में देखा गया कि 'साराह' ने अन्य वनमानुषों (chimpanzees) की अपेक्षा इन समस्याओं का समाधान जल्दी कर लिया। प्रीमैक के अनुसार ऐसा इसलिए हुआ क्योंकि 'साराह' को भाषा का प्रशिक्षण दिया गया था। इस अध्ययन से यह भी स्पष्ट हो जाता है कि भाषा द्वारा चिन्तन की प्रक्रिया प्रभावित होती है।

वोर्फ (Whorf, 1956) ने अपने गुरु सापिर (Sapir) के इस कथन को कि भाषा द्वारा चिन्तन प्रभावित होती है, और भी अधिक तीक्ष्ण (sharpen) करते हुए कहा कि भाषा द्वारा चिन्तन प्रभावित (influenced) ही नहीं बल्कि निर्धारित (determined) भी होती है। सचमुच में ओर्फ के योगदान (contribution) को मनोवैज्ञानिकों द्वारा अधिक मान्यता मिली है। वोर्फ (Whorf) की प्राक्कल्पना (hypothesis) यह थी कि भाषा का विकास चिन्तन की प्रक्रिया से पहले होता है तथा चिन्तन की प्रक्रिया का निर्धारण पूर्णरूपेण भाषा (language) द्वारा ही होता है। इसे *'भाषाई नियतिवाद'* (linguistic determinism) कहा गया तथा आम लोगों के बीच *'वोर्फ प्राक्कल्पना'* (Whorf hypothesis) के नाम से मशहूर हुआ। इस प्राक्कल्पना के अनुसार सभी उच्चस्तरीय चिन्तन भाषा द्वारा ही निर्धारण होता है *(All higher levels of thinking are determined by language)*।

वोर्फ प्राक्कल्पना (Whorf hypothesis) के समर्थन में उन अध्ययनों (studies) का उल्लेख किया जाता है जो भिन्न-भिन्न तरह के भाषा प्रयोग करने वाले व्यक्तियों के प्रत्यक्षज्ञाणात्मक (perceptual) एवं संज्ञानात्मक अन्तर (cognitive difference) से सम्बन्धित है। वोर्फ (Whorf, 1956) ने अपने एक ऐसे ही अध्ययन में ग्रीनलैंड के जाति एस्किमो (Eskimo) तथा अंग्रेजी भाषा बोलने वाले व्यक्तियों के प्रत्यक्षण (perception) एवं चिन्तन की प्रक्रियाओं का तुलनात्मक अध्ययन किया। एस्किमो की भाषा में 'बर्फ' (snow) के लिए कम-से-कम 12 शब्द और हैं जिनका अर्थ 'बर्फ' ही होता है परन्तु उसका प्रयोग भिन्न-भिन्न प्रकार के बर्फों को समझने तथा प्रत्यक्षण करने में होता है। अंग्रेजी भाषा में 'बर्फ' के लिए सिर्फ एक या दो शब्द हैं। ओर्फ (Whorf) ने अपने अध्ययन में पाया कि जितने स्पष्ट रूप से भिन्न-भिन्न प्रकार के बर्फों का प्रत्यक्षण (perception) एवं उसके बारे में चिन्तन एस्किमो (Eskimo) द्वारा किया जाता है, उतना स्पष्ट प्रत्यक्षण एवं चिन्तन अंग्रेजी बोलने वाले व्यक्तियों द्वारा नहीं किया जाता है। इस अध्ययन से स्पष्ट है कि भाषा विकसित होने पर ही प्रत्यक्षण एवं चिन्तन भी स्पष्ट होते हैं।

वोर्फ प्राक्कल्पना (Whorf hypothesis) का समर्थन उन अध्ययनों से भी होता है जिसे कुछ ऐसी जनजातियों (tribes) पर किया गया है जिसमें भिन्न-भिन्न प्रकार के रंगों के लिए अलग से कोई नाम नहीं होता है। दानी (Dani), न्यू गिनिया (New Guinea) की एक ऐसी जाति है जिससे भिन्न-भिन्न रंगों को ज्ञात करने के लिए मात्र दो 'शब्द' हैं—'मिली' (Mili) जिसका अर्थ काला (black) से होता है तथा 'मोला' (Mola) जिसका अर्थ उजला से होता है। के (Kay, 1975) एवं बर्लिन तथा के (Berline & Key, 1969) ने जब 'डानी' जनजाति के एवं अंग्रेजी भाषा बोलने वाले कुछ व्यक्तियों को (जिन्हें भिन्न-भिन्न रंगों के लिए अलग-अलग 'शब्द' प्रयोग करने की आदत है) भिन्न-भिन्न प्रकार के रंगों के अन्तर का प्रत्यक्षण तथा उसके बारे में सोचकर कुछ बताने के लिए कहा, तो दानी जनजाति के व्यक्तियों में ऐसा करने की असमर्थता पायी गयी जबकि अंग्रेजी भाषा बोलने वाले व्यक्ति ऐसा करने में समर्थ रहे। इसका कारण बतलाते हुए प्रयोगकर्त्ताओं ने कहा कि ऐसा इसलिए हुआ क्योंकि दानी के भाषा में भिन्न-भिन्न रंगों के लिए मात्र दो ही शब्द थे जबकि अंग्रेजी भाषा में भिन्न-भिन्न रंगों के लिए ग्यारह अलग-अलग शब्द हैं।

यद्यपि वोर्फ प्राक्कल्पना (Whorf hypothesis) एक काफी महत्त्वपूर्ण प्राक्कल्पना है फिर भी मनोवैज्ञानिकों ने इसकी आलोचना निम्नांकित ढंग से की है—

(i) वोर्फ प्राक्कल्पना (Whorf hypothesis) के अनुसार भाषा में विभिन्नता (differences) से चिन्तन क्षमता में भी विभिन्नता आती है। डेल[1] (Dale, 1976) ने इस प्राक्कल्पना की आलोचना करते हुए कहा है कि भाषा में

1. "...differences in language prove only that languages differ. Without an independent measure of the thought pattern themselves, no conclusions can be drawn."

—Dale : *Language Development*, 1976, p. 241

विभिन्नता से यह तो स्पष्ट रूप से पता चलता है कि भाषाएँ एक-दूसरे से भिन्न होतीं हैं परन्तु इसके आधार पर बिना किसी स्वतंत्र माप (independent measure) के यह कह देना कि इसके कारण चिन्तन क्षमता में भी अन्तर होता है, उचित नहीं है। वोर्फ प्राक्कल्पना (Whorf hypothesis) में ऐसा ही किया गया है जिसका कोई वैज्ञानिक औचित्य नहीं दीख पड़ता है।

(ii) वोर्फ प्राक्कल्पना (Whorf hypothesis) की दूसरी आलोचना इस आधार पर भी की गयी है कि भिन्न-भिन्न भाषाओं में विभिन्नता के बावजूद काफी अधिक समानता (similarities) होती हैं। जैसे, प्रत्येक भाषा में संज्ञा (noun) तथा क्रिया (verbs) होते हैं और प्रत्येक भाषा में कुछ नियम (rules) होते हैं जिनके अनुसार शब्दों के क्रम (sequence) का निर्धारण होता है। इतना ही नहीं, भाषा की किसी विशेष संरचना जैसे शब्द मिलाकर बोलना, पूरा-पूरा शुद्ध वाक्य बोलना आदि प्रत्येक भाषा बोलने वाले बच्चों में करीब-करीब एक ही समय में विकसित होती है। ब्राउन तथा कूक (Brown & Cook, 1986) के अनुसार ऐसी परिस्थिति में भिन्न-भिन्न भाषा बोलने वाले एक उम्र के सभी बच्चों की चिन्तन क्षमता (thinking ability) एक समान होनी चहिए थी। यदि ऐसा होता तो वोर्फ प्राक्कल्पना को पूर्ण समर्थन मिलता। परन्तु भाषा में इस समानता के बावजूद भी उनकी चिन्तन क्षमता समान नहीं होती।

2. मनोवैज्ञानिकों का एक दूसरा समूह ऐसा भी है जिसने उपर्युक्त विचार के ठीक विपरीत विचार व्यक्त किया है। इसमें पियाजे (Piaget, 1923) तथा क्लार्क (Clark, 1973) का नाम अधिक प्रसिद्ध है। इन मनोवैज्ञानिकों का कहना है कि चिन्तन की प्रक्रिया व्यक्ति में पहले होती है और बाद में उससे सम्बन्धित शब्दों (या भाषा) का विकास होता है। दूसरे शब्दों में, चिन्तन की प्रक्रिया के लिए भाषा आवश्यक नहीं है क्योंकि चिन्तन पहले होता है और भाषा का प्रयोग बाद में। इस तरह से चिन्तन की प्रक्रिया भाषा द्वारा प्रतिबिम्बित (reflect) होती है न कि निर्धारित (determined) होती है। पियाजे ने अपने प्रयोग में पाया कि कुछ शब्द जैसे बड़ा (bigger), छोटा (smaller), लम्बा (longer), दूर (farther) आदि का अर्थ बच्चा तबतक नहीं समझता है जबतक कि उसमें इन शब्दों से सम्बन्धित तार्किक सम्प्रत्ययों (logical concepts) का विकास नहीं होता है।

3. कुछ मनोवैज्ञानिक ऐसे भी हैं जो इन दो विपरीत विचारों के बीचों-बीच अपना विचार रखते हैं। ऐसे मनोवैज्ञानिकों का कहना है कि भाषा तथा चिन्तन दो ऐसी प्रक्रियाएँ हैं जो सिर्फ प्रारम्भ में अलग-अलग तथा स्वतंत्र रूप से विकसित होतीं हैं। किसी एक का विकास दूसरे द्वारा प्रभावित नहीं होता है। रूसी मनोवैज्ञानिक वाइगोटस्की (Vygotsky, 1962) का ऐसा ही विचार है। इनके अनुसार दो साल तक की अवस्था में चिन्तन तथा भाषा का विकास बिना एक-दूसरे को प्रभावित किये हुए होता है। परन्तु उसके बाद चिन्तन की अभिव्यक्ति शब्दों में होने लगती है तथा बच्चे शब्दों का प्रयोग भी विवेकी (rational) ढंग से करने लगते हैं।

ऊपर वर्णन किये गये तथ्यों (facts) के आधार पर हम इस निष्कर्ष पर पहुँचते हैं कि इसमें कोई संदेह नहीं है कि भाषा द्वारा चिन्तन की प्रक्रिया प्रभावित अथवा निर्धारित होती है। परन्तु इसके आधार पर यह कह देना कि सभी उच्चतर चिन्तन (higher thinking) भी निश्चित रूप से भाषा पर ही निर्भर होते हैं, उचित नहीं है।

चिन्तन के आधारभूत तत्त्व या साधन
(Fundamental Elements or Tools of Thinking)

आजकल मनोवैज्ञानिकों के बीच इस बात की सामान्य सहमति है कि जब व्यक्ति चिन्तन करता है तो उस चिन्तन में कम-से-कम *तीन* आधारभूत तत्त्व (elements) अवश्य ही शामिल होते हैं जिन्हें चिन्तन का *साधन* (tools) भी कहा गया है। वे तीन तत्त्व हैं—*मानसिक प्रतिमा* (mental imagery), सम्प्रत्यय (concept) तथा प्रतिज्ञप्ति (proposition)। इन तीनों का वर्णन इस प्रकार हैः—

(1) मानसिक प्रतिमा *(Mental images)*—मानसिक प्रतिमावली से तात्पर्य मस्तिष्क में विभिन्न तरह के संवेदी अनुभूतियों (sensory experiences) जैसे दृष्टि (visual), श्रवण (auditory), स्वाद (gustatory), पेशीय (motor), घ्राण (olfactory) तथा स्पर्श अनुभूतियों का मन में प्रतिनिधित्व से होता है। कई अध्ययनों से यह स्पष्ट हुआ है कि जब हम सोचते हैं तो उसमें मानसिक प्रतिमाओं की अहं भूमिका होती है। कोस्सिलिन तथा उनके सहयोगियों

(Kosslyn et. al., 1991) ने अपने अध्ययन के आधार पर यह बतलाया है कि मानसिक प्रतिमाओं से चिन्तन में कई तरह के कार्य सम्पन्न होते हैं। जैसे, लोग शाब्दिक निर्देश (verbal instructions) को समझने के लिए प्रतिमा का उपयोग करते हैं; शब्दों को विशेष मानसिक तस्वीर में बदलने के लिए प्रतिमा का उपयोग करते हैं; अपनी मनोदशा (mood) को उन्नत बनाने के लिए लोग प्रतिमाओं का उपयोग करते हैं तथा धनात्मक घटनाओं या दृश्यों को दृष्टिगोचर (visualise) करने के लिए भी मानसिक प्रतिमा का उपयोग लोग करते हैं। मैकक्लेर (McKellar, 1972) ने एक सर्वे 500 व्यस्कों पर किया और पाया कि चिन्तन के दौरान 97% प्रयोज्यों ने अपने में दृष्टि प्रतिमा (visual images) होते बतलाया, 93% प्रयोज्यों ने श्रवण प्रतिमा, 79% पेशीय प्रतिमा (जैसे हाथ उठाने या दौड़ने की प्रतिमा), 70% स्पर्श प्रतिमा (जैसे किसी चीज पर रगड़ने की प्रतिमा), 67% स्वाद प्रतिमा (जैसे कोई विशेष चीज की स्वाद की प्रतिमा) तथा 66% घ्राण प्रतिमा (जैसे गुलाब के गंध की प्रतिमा) आदि बतलाया। इस अध्ययन से यह स्पष्ट हो जाता है कि चिन्तन में दृष्टि प्रतिमाओं का निर्माण होना सामान्य बात है।

मानसिक प्रतिमाएँ वास्तविक अनुभूतियों की तुलना में धुँधले हो सकते हैं परन्तु उनका स्वरूप किसी स्थान, आकार तथा अन्य भौतिक पहलुओं से सम्बन्धित नहीं होता है। अध्ययनों से यह स्पष्ट हुआ है कि जब हम दृष्टि मानसिक प्रतिमा का निर्माण करते हैं, तो ऐसा सामान्यतः विश्वास किया जाता है कि हमलोग वस्तु, घटना या व्यक्ति का सम्पूर्ण प्रतिमा का एक साथ निर्माण कर लेते हैं। लेकिन कोस्सिलिन (Kosslyn, 1988) ने अपने अध्ययन के आधार पर यह बतलाया है कि ऐसा हमलोग नही करते हैं। इनका मत है कि एक समय में वस्तु/व्यक्ति या घटना के किसी एक भाग या अंश का मानसिक प्रतिमा बना पाते हैं। विभक्त-मस्तिष्क रोगियों (split-brain studies) तथा सामान्य व्यक्तियों पर किये गए अध्ययनों से यह स्पष्ट हुआ है कि दृष्टि मानसिक प्रतिमाओं के निर्माण में दो तरह की प्रक्रियाएँ सम्मिलित होतीं हैं। पहले, व्यक्ति किसी वस्तु के अंश या भाग जो संचित स्मृति (stored memory) में होता है, का प्रत्याह्वान करता है और तब मानसिक प्रक्रियाओं (mental processes) का उपयोग करके उन अंशों या भागों को एक विशेष सम्पूर्ण प्रतिमा के रूप में बदला जाता है। कोस्सलिन (Kosslyn, 1975) ने अपने अध्ययन के आधार पर यह भी बतलाया है कि व्यक्ति को बड़ा मानसिक प्रतिमा बनाने में छोटा मानसिक प्रतिमा की तुलना में अधिक समय लगता है। कुछ अध्ययनों से यह भी पता चला है कि चिन्तन में व्यक्ति किसी वस्तु के मानसिक प्रतिमाओं का सिर्फ निर्माण ही नहीं करता है बल्कि उसमें मन-ही-मन जोड़-तोड़ (manipulation) भी करता है और मानो वह हाथ में वस्तु को लिये हुए है और उसे घुमा-फिरा कर आवश्यक जोड़-तोड़ कर रहा हो। इस सिलसिले में शेपार्ड तथा मेट्जलर (Shepard & Metzler, 1971) ने एक अध्ययन किया जिसमें उन्होंने आठ प्रयोज्यों को विशेष तरह के आरेखण (drawings) का 1600 युग्मों (pairs) को देकर मन-ही-मन उन वस्तुओं को घुमाते हुए यह बतलाने के लिए कहा गया कि उनमें से कौन किसके साथ सुमेलित (match) होता है। (देखें चित्र 9.1) परिणाम में पाया गया कि कल्पना में जितना ही वस्तुओं को अधिक इधर-उधर घुमाने की जरूरत होती थी, उतना ही अधिक समय प्रयोज्यों को यह बतलाने में लगा कि वह किसके साथ सुमेलित है। चित्र 9.1 के 'a' तथा 'b' में दिखलाये गए वस्तुएँ सुमेल (match) है जबकि 'c' सुमेल नहीं है।

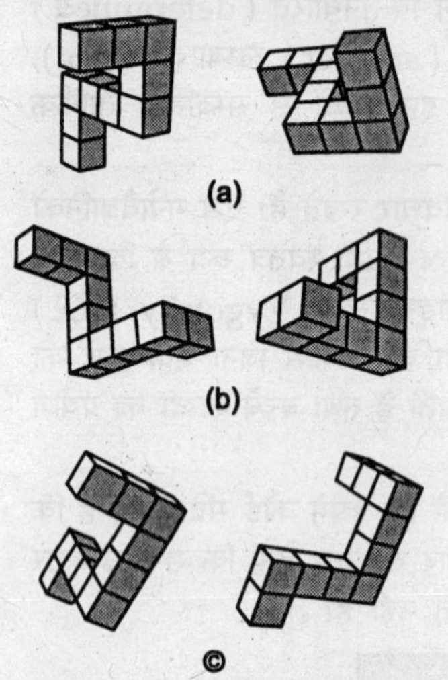

चित्र 9.1 : मानसिक चक्र अध्ययन में ज्यामितिय पैटर्न का एक नमूना

(2) सम्प्रत्यय (Concept)—चिन्तन का दूसरा महत्त्वपूर्ण तत्त्व सम्प्रत्यय (concept) है। सम्प्रत्यय से तात्पर्य एक ऐसे लेबल (label) से होता है जिससे ऐसे वस्तुओं, व्यक्तियों या घटनाओं का प्रतिनिधित्व होता है जिसमें सामान्य गुण या विशेषता होते हैं। सम्प्रत्यय के सहारे व्यक्ति वातावरण की वस्तु/घटनाओं में एक व्यवस्था या क्रम (order) उत्पन्न करता है तथा पर्याप्त यथार्थता तथा गति के साथ उसके बारे में सोचता है। जैसे पालतु पशु एक सम्प्रत्यय का

उदाहरण है और इसमें कुत्ता, गाय, भैंस, बिल्ली, मछली आदि सम्मिलित होंगे हालांकि हमारे घर में अन्य पशु जैसे तिलचट्टा, मच्छर तथा छिपकिली आदि भी हो सकते हैं, परन्तु पालतू पशु के सम्प्रत्यय में वे सम्मिलित नहीं किये जा सकते हैं।

सामान्यतः सम्प्रत्यय के दो प्रकार होते हैं—*तार्किक या औपचारिक सम्प्रत्यय* (logical or formal concept) तथा *स्वाभाविक सम्प्रत्यय* (natural concept)। तार्किक सम्प्रत्यय वैसे सम्प्रत्यय को कहा जाता है जिसे नियमों (rules) या विशेषताओं से स्पष्ट रूप से परिभाषित किया जा सकता है। जैसे, किसी आकृति को त्रिभुज तभी कहा जा सकता है जब उसमें तीन भुजा हो और तीनों के कोण का योग 180° डिग्री हो और वर्ग तभी कहा जाता है जब उसमें चार सम भुजा हों तथा प्रत्येक कोण 90° का हो। स्वाभाविक सम्प्रत्यय वैसे सम्प्रत्यय को कहा जाता है जिसके कोई निश्चित एवं परिभाष्य विशेषताएँ (defining features) नहीं होतीं हैं। जैसे, 'फल', सम्प्रत्यय एक स्वाभाविक सम्प्रत्यय का उदाहरण है क्योंकि प्रायः फल में 'सेव', 'केला', 'नारंगी', 'अंगूर' आदि को रखा जाता है परन्तु 'टमामटर', जैतून (olive) तथा नारियल के बारे में कम सोचा जाता है हालांकि वे सभी 'फल' के श्रेणी में ही हैं। स्पष्ट हुआ कि स्वाभाविक सम्प्रत्यय के परिभाष्य विशेषताएँ निश्चित नहीं होतीं हैं। स्वाभाविक सम्प्रत्यय प्रायः उत्तम एवं स्पष्ट उदाहरणों पर आधृत होते हैं और ऐसे उदाहरणों को मनोविज्ञान में 'आदि प्ररूप' (prototype) कहा जाता है। इन दोनों तरह के संप्रत्यों के माध्यम से व्यक्ति चिन्तन करता है हालांकि सच्चाई यह है कि स्वाभाविक सम्प्रत्यय का उपयोग वह अपने दिन-प्रतिदिन की घटनाओं/वस्तुओं के बारे में ज्ञान प्राप्त करने में अधिक करता है।

अब प्रश्न यह उठता है कि व्यक्ति किस तरह से सम्प्रत्यय को सीखता है तथा वह किस तरह से यह जान पाता है कि एक सम्प्रत्यय में क्या सही बैठता या नहीं बैठता है? मनोवैज्ञानिकों ने इन प्रश्नों का उत्तर इस प्रकार दिया है—

(i) व्यक्ति किसी सम्प्रत्यय को औपचारिक परिभाषा (formal definition) के आधार पर उस सम्प्रत्यय को मन में निर्माण करता है।

(ii) किसी सम्प्रत्यय की सामान्य विशेषताओं (common features) को क्रमबद्ध रूप से याद करके सम्प्रत्यय का निर्माण किया जाता है।

(iii) सम्प्रत्यय के धनात्मक (positive) तथा ऋणात्मक (negative) उदाहरणों से उत्पन्न अनुभवों के आधार पर सम्प्रत्यय का निर्माण होता है।

(iv) आदि प्ररूप (prototype) के उपयोग द्वारा सम्प्रत्यय का निर्माण होता है।

(v) उदाहरणों (examplars) के आधार पर भी सम्प्रत्यय का निर्माण व्यक्ति करता है। अपने अनुभूतियों के आधार पर किसी सम्प्रत्यय के वैयक्तिक दृष्टान्त (instance) जो स्मृति में संचित किये गए होते हैं, को उदाहरण (examplar) कहा जाता है।

(3) प्रतिज्ञप्ति *(Proposition)*—चिन्तन एक निष्क्रिय प्रक्रिया (passive process) न होकर एक सक्रिय प्रक्रिया है जिसमें व्यक्ति बाह्य वातावरण की आंतरिक छवि में जोड़-तोड़ करता है। प्रायः चिन्तन में व्यक्ति एक सम्प्रत्यय (concept) को दूसरे सम्प्रत्यय (concept) से तथा सम्प्रत्यय की एक विशेषता को पूरे सम्प्रत्यय से जोड़ता है। चूँकि व्यक्ति भाषा का धनी होता है, अतः यह सभी संज्ञानात्मक क्रियाएँ एक ऐसा वाक्य का रूप ले लेता है जिसमें एक सम्प्रत्यय दूसरे सम्प्रत्यय से सम्बन्धित तो होता ही है साथ-ही-साथ एक अलग कथन (assertion) भी बन जाता है। इसे ही मनोवैज्ञानिकों ने *प्रतिज्ञप्ति* (proposition) कहा है जिसके सहारे हमलोग चिन्तन करते हैं। जैसे, 'मोहन ने सोहन को तमाचा मारा' में दो सम्प्रत्यय के बीच एक नकारात्मक सम्बन्ध का पता चल रहा है। इस उदाहरण में 'मोहन' तथा 'सोहन' दो सम्प्रत्यय है जिनमें एक विशेष सम्बन्ध को दिखलाया गया है। उसी तरह से 'ध्रुवीय भालू के उजले रोये होते हैं' में सम्प्रत्यय (ध्रुवीय भालू) तथा उसकी विशेषताओं में एक सम्बन्ध को दिखलाया गया है। जब भी व्यक्ति ध्रुवीय भालू के बारे में सोचता है, तो उक्त कथन उसके मन में अवश्य आयेंगे। स्पष्ट हुआ कि व्यक्ति चिन्तन में प्रतिज्ञप्ति का भी उपयोग अवश्य करता है।

इस तरह से हम देखते हैं कि जब भी व्यक्ति चिन्तन करता है, तो वह इन तीन साधनों में से किसी का उपयोग अवश्य ही करता है।

चिन्तन में वृत्ति या तत्परता का महत्त्व
(Role of Set in Thinking)

मनोवैज्ञानिकों ने चिन्तन (thinking) या समस्या समाधान (problem solving) व्यवहार में मानसिक वृत्ति या तत्परता (mental set) के महत्त्व को काफी गहन रूप से अध्ययन किया है। मानसिक तत्परता या संक्षेप में तत्परता से तात्पर्य प्राणी की ऐसी मानसिक स्थिति (mental state) से होती है जिसके सहारे वह दिये गये समस्या का समाधान करने की कोशिश करता है। प्रत्येक समस्या का समाधान करने के पहले व्यक्ति एक प्रकार की मानसिक तैयारी (mental preparedness) करता है कि इसके समाधान के लिए वह किस तरह की अनुक्रिया (response) करेगा। इसे ही मानसिक तत्परता या वृत्ति (mental set) की संज्ञा दी जाती है।

मनोवैज्ञानिकों द्वारा किये गये भिन्न-भिन्न प्रयोगों से यह स्पष्ट हो गया है कि तत्परता से समस्या के समाधान में मदद (facilitation) भी मिलती है तथा बाधा (interference) भी पहुँचती है। तत्परता के इन दोनों तरह के प्रभावों को दिखलाने के लिए मनोवैज्ञानिकों ने प्रयोज्यों (subjects) के तत्परता (set) को दो तरीकों (ways) से प्रभावित कर प्रयोग किये हैं—पहला तरीका वह है जिसमें प्रयोज्यों को कुछ खास-खास शाब्दिक निर्देश (verbal instruction) देकर उसके तत्परता को प्रभावित करने की कोशिश की जाती है तथा दूसरा तरीका वह है जिसमें प्रयोज्यों (subject) की पूर्व अनुभूतियों (past experiences) को नियंत्रित करके उनकी तत्परता को प्रभावित करने की कोशिश की गयी है। पहले तरीके द्वारा अधिकतर ऐसे प्रयोग किये गये हैं जिनसे यह पता चलता है कि तत्परता से किसी समस्या के समाधान में किस तरह से मदद मिलती है। तत्परता (set) के इस प्रभाव (effect) को *गुणकारी* या *लाभकारी प्रभाव* (advantageous effect) कहा गया है। दूसरे तरीके से अधिकतर वैसे प्रयोग किये गये हैं जिनसे यह पता चलता है कि तत्परता, विशेषकर गलत तत्परता से समस्या के समाधान में किस तरह के बाधा पहुँचती है या इसका समाधान विलम्बित हो जाता है। मनोवैज्ञानिकों ने तत्परता के इस प्रभाव को *अगुणकारी प्रभाव* (disadvantageous effect) कहा है। इन दोनों तरह के प्रभावों (effects) की चर्चा अलग-अलग निम्नांकित हैः—

1. समस्या समाधान में तत्परता का लाभकारी प्रभाव (*Advantageous effect of set in problem solving*)—किसी समस्या के समाधान में तत्परता (set) का गुणकारी या लाभकारी प्रभाव होता है। दूसरे शब्दों में, जब किसी समस्या के समाधान में हम सही तत्परता विकसित करते हैं, तो इससे उस समस्या का समाधान या हल जल्द कर लेते हैं। तत्परता के इस गुणकारी या लाभकारी प्रभाव को दिखलाने के लिए कई प्रयोग भिन्न-भिन्न मनोवैज्ञानिकों द्वारा किया गया है। इसमें मायर (Maier, 1930) द्वारा किया गया प्रयोग काफी महत्त्वपूर्ण है। मायर ने तत्परता के लाभकारी प्रभाव को दिखलाने के लिए कई प्रयोग किये हैं जिनमें तीन प्रयोग प्रमुख हैं। इन तीनों प्रयोग में इन्होंने यह दिखलाया है कि तत्परता को किस तरह से शाब्दिक निर्देश (verbal instruction) द्वारा प्रभावित किया जा सकता है जो बाद में व्यक्ति को समस्या के समाधान में मदद करता है। इनके तीन प्रयोग निम्नांकित हैंः—

(i) पेण्डुलम समस्या पर प्रयोग (*Experiment on pendulum problem*)—यह प्रयोग कॉलेज के छात्रों पर किया गया। इन छात्रों को दो पेण्डुलम या दोलन (pendulum) बनाना था। इसके लिए छात्रों को एक-एक करके कमरे में बुलाया जाता था। इस कमरे में बहुत तरह की सामग्रियाँ (materials) जैसे, छोटी लग्गी (small pole), बड़ी लग्गी (large pole) बिजली का तार, शिकंजा (clamp), खडिया या चाक (chalk) आदि बिखरे थे। इन सभी सामग्रियों की जरूरत दोलन बनाने में नहीं थी, परन्तु इस बात को प्रयोज्यों (subjects) से नहीं कहा गया था। इस प्रयोग में प्रयोज्य को दो दोलक इस ढंग से बनाना था कि प्रत्येक दोलक कमरे में एक निर्धारित स्थल (designated spot) पर होकर झूले। इस समस्या के तीन अंश प्रदर्शन (part demonstrations) भी थे जिन्हें एक साथ मिला देने से समस्या का समाधान आसानी से हो जा सकता था (अंश प्रदर्शन में समस्या के समाधान के किसी एक पहलू को परोक्ष रूप से दर्शाया जाता था)। इसके अलावा मायर (Maier) प्रयोज्यों (subjects) को एक निश्चित शाब्दिक निर्देश (fixed verbal instruction) भी दिया करते थे जिसका उद्देश्य प्रयोज्यों में एक ऐसी तत्परता कायम करना था जिससे समस्या का समाधान आसानी से हो सके। इस प्रयोग में निम्नांकित पाँच समूहों ने भाग लियाः—

समूह I : इसे सिर्फ समस्या दिया गया।

समूह II : इसे समस्या के अलावा अंश प्रदर्शन (part demonstration) भी दिया गया परन्तु यह भी कह दिया गया कि इस तरह के प्रदर्शन से समस्या का समाधान नहीं होगा।

समूह III : इसे समस्या के अलावा अंश प्रदर्शन यह कहकर दिया गया कि इससे समस्या के समाधान में उसे मदद मिलेगी।

समूह IV : इसे समस्या के अलावा निश्चित शाब्दिक निर्देश भी दिया गया।

समूह V : इसे समस्या, निश्चित शाब्दिक निर्देश तथा अंश प्रदर्शन यह कहकर दिया गया कि यदि इन प्रदर्शनों को एक साथ संयोजित कर लिया जाय, तो इससे समस्या के समाधान में काफी मदद मिलेगी।

इस प्रयोग के परिणाम बड़े रोचक थे। परिणाम में देखा गया कि प्रथम चार समूह में जिसमें प्रयोज्यों की कुल संख्या 62 थी, केवल एक प्रयोज्य ने समस्या का समाधान निर्धारित समय के भीतर किया। पाँचवें समूह के 22 प्रयोज्य (subjects) में से 8 ने समस्या का समाधान किया। इस परिणाम के आधार पर मायर ने निष्कर्ष के रूप में यह बतलाया कि प्रयोज्य को समस्या के समाधान के लिए सिर्फ अंश प्रदर्शन (part demonstration) की ही जरूरत नहीं थी बल्कि एक खास प्रकार की तत्परता (set) की भी जरूरत थी जो उनके प्रयोज्य में एक निश्चित शाब्दिक निर्देश (verbal instruction) देने से उत्पन्न हुआ था। शायद यही कारण है कि पाँचवें समूह के अधिकतर प्रयोज्यों ने समस्या का सही-सही समाधान किया। जो प्रयोज्य असफल रहे, उनमें गलत तत्परता (wrong set) उत्पन्न हो गये थे।

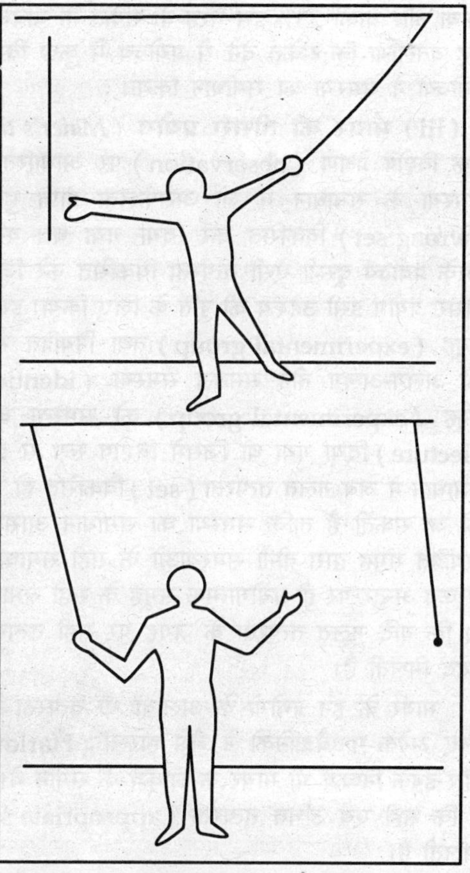

चित्र 9.2 : रस्सी बाँधने की समस्या पर प्रयोग

(ii) रस्सी बाँधने की समस्या पर प्रयोग *(Experiment on string tying)*—मायर (Maier, 1930) का यह दूसरा महत्त्वपूर्ण प्रयोग था जिसमें कॉलेज के ही छात्र प्रयोज्य थे। इस प्रयोग का उद्देश्य यह दिखलाना था कि जब प्रयोग में शाब्दिक संकेत (verbal hints) तथा अशाब्दिक संकेत (non-verbal hints) किसी समस्या का समाधान करते समय दे दिया जाता है तो इससे प्रयोज्य में विशेष तत्परता (set) उत्पन्न हो जाती है जिससे उसे समस्या का समाधान करने में मदद मिलता है। प्रयोज्यों (subjects) को बारी-बारी से एक ऐसे कमरे में लाया जाता था जिसकी छत (ceiling) से दो रस्सी लटक रही थी। रस्सी इतनी छोटी तथा उसके आपस की दूरी इतनी अधिक थी कि प्रयोज्य के लिए एक ही साथ दोनों को छूना सम्भव नहीं था। (देखें चित्र 9.2)। समस्या यह थी कि इन दोनों रस्सी को एक-दूसरे से कैसे बाँधा जा सकता है? कमरे में इस बार भी काफी सामग्रियाँ (materials) उपस्थित थीं परन्तु उन सभी की जरूरत समस्या समाधान में नहीं थी। ऐसे भी इस समस्या के कई समाधान थे परन्तु मायर (Maier) एक निश्चित समाधान ही चाहते थे। वे चाहते थे कि प्रयोज्य किसी एक रस्सी के लटकते छोर से कोई भारी चीज (जो कमरे में था) को बाँध दे ताकि वह एक दोलक (pendulum) के समान झूलने लगे। फिर इसे जोर से झूला दे और झुलते-झुलते जब दूसरे रस्सी की ओर अधिकतम दूरी पर वह पहुँच जाय, तो प्रयोज्य इसे पकड़कर दूसरे लटकती रस्सी से बाँध दे (देखें चित्र 9.2 का निचला भाग)।

प्रत्येक प्रयोज्य को समस्या के समधान के लिए मात्र 10 सेकेण्ड का समय दिया जाता था। कुछ लोगों ने तो इस समय के भीतर निर्दिष्ट समाधान (specified solution) कर लिया परन्तु कुछ लोग असफल भी रहे। असफल रहने पर मायर (Maier) ने दो तरह के संकेत (hints) दिये। परिणाम में यह देखा गया कि बिना संकेत के 39% प्रयोज्य ने समस्या का समाधान किया। संकेत (hints) देने के बाद और 38% प्रयोज्यों (subjects) ने समस्या का समाधान

किया और बाकी 23% इस तरह के संकेत के बावजूद भी असफल रहे। मायर ने इस प्रयोग के परिणाम के आधार पर यह बतलाया कि संकेत देने से प्रयोज्य में कुछ विशेष तत्परता (set) उत्पन्न हो गयी जिसके कारण 38% अतिरिक्त प्रयोज्यों ने समस्या का समाधान किया।

(iii) मायर का तीसरा प्रयोग *(Maier's third experiment)*—मायर का तीसरा प्रयोग उक्त दो प्रयोगों के एक विशेष प्रेक्षण (observation) पर आधारित था। मायर ने इन दोनों प्रयोगों में पाया कि कुछ प्रयोज्यों द्वारा समस्या के समाधान में जो असफलता प्राप्त हुई उसका प्रधान कारण यह था कि उनमें एक गलत तत्परता (wrong set) विकसित कर दिया गया था। क्या सह सम्भव नहीं है कि इस तरह के तत्परता को परिवर्तन करके प्रयोज्य दूसरी ऐसी तत्परता विकसित करे जिससे उसे समस्या के समाधान में मदद मिले? मायर (Maier) ने तीसरा प्रयोग इसी उद्देश्य की पूर्ति के लिए किया। इस प्रयोग में प्रयोज्यों (subject) के दो समूह लिए गये—-प्रयोगात्मक समूह (experimental group) तथा नियंत्रित समूह (control group)। दोनों समूह के प्रयोज्य (subject) को अलग-अलग तीन समरूप समस्या (identical problems) का समाधान करने को कहा गया। प्रयोगात्मक समूह (experimental group) को समस्या का समाधान प्रारम्भ करने के पहले 20 मिनट का एक भाषण (lecture) दिया गया था जिसमें विशेष रूप से इस बात पर बल डाला गया था कि किसी तरह किसी समस्या के समाधान में जब गलत तत्परता (set) विकसित हो जाती है, तो इसे बदलकर उसकी जगह पर दूसरी तत्परता विकसित की जा सकती है ताकि समस्या का समाधान आसानी से हो सके। परिणाम में देखा गया कि प्रयोगात्मक समूह तथा नियंत्रित समूह द्वारा तीनों समस्याओं के सही समाधान की प्रतिशतता में अधिक अन्तर तो नहीं था परन्तु निश्चित रूप से कम अन्तर पर ही प्रयोगात्मक समूह के सही समाधान का प्रतिशत अपेक्षाकृत अधिक था। अतः मायर का निष्कर्ष यह था कि यदि गलत तत्परता के जगह पर सही तत्परता विकसित हो जाती है, तो इससे समस्या के समाधान में काफी मदद मिलती है।

मायर के इन प्रयोगों के अलावा भी तत्परता के लाभकारी प्रभाव (advantageous effect) को दिखलाने के लिए अनेक मनोवैज्ञानिकों ने जैसे हारलो (Harlow, 1951), जॉनसन (Johnson, 1944) आदि ने प्रयोग किये हैं और इनके निष्कर्ष भी मायर के निष्कर्ष के समान थे। इस सभी तथ्यों को ध्यान में रखते हुए हम इस निष्कर्ष पर पहुँचते हैं कि सही एवं उचित तत्परता (appropriate set) के होने पर किसी समस्या का समाधान करने में काफी मदद मिलती है।

2. समस्या समाधान में वृत्ति या तत्परता का हानिकारक प्रभाव *(Disadvantageous effect of set in problem solving)*—तत्परता (set) से समस्या के समाधान में हमेशा मदद ही नहीं मिलती है बल्कि कभी-कभी बाधा (interference) भी पहुँचती है। मायर (Maier) के प्रयोगों से हमें इस बात का भी पूर्णरूपेण संकेत मिल ही जाता है कि अनुचित तत्परता (inappropriate set) किसी समस्या का समाधान करने में जब विकसित हो जाता है, तो इससे समस्या के समाधान में बाधा (interference) पहुँचती है। वृत्ति के सिर्फ इस हानिकारक प्रभाव को दिखलाने के लिए मनोवैज्ञानिकों ने अलग से कई प्रयोग किये हैं जिसमें प्रयोज्यों (subject) के गत अनुभूतियों (past experiences) को नियंत्रित करके तत्परता (set) के हानिकारक प्रभाव का अध्ययन किया गया है। डंकर[1] (Duncker, 1945) ने गलत तत्परता (wrong set) के इस अंध प्रभाव (blind effect) को (जिसके कारण व्यक्ति उपस्थित समस्या का समाधान नहीं कर पाता है) *'क्रियात्मक अटलता या स्थिरता'* (functional fixedness) कहा है। ऐसा इसलिए कहा गया है क्योंकि व्यक्ति नयी समस्या का समधान करने में एक तरह से क्रियात्मक रूप से स्थिर (fixed) हो जाता है, यानी बार-बार एक ही अनुक्रिया करता रहता है जिससे वर्तमान समस्या का समाधान नहीं हो पाता है। वृत्ति के हानिकारक प्रभाव को दिखलाने के लिए कई प्रयोगों में से लूचिन्स (Luchins, 1942) द्वारा किया गया प्रयोग सबसे अधिक उल्लेखनीय है। इन्होंने अनेक प्रयोग पानी-घड़ा समस्या (water-jar problems) पर किया। इसके एक विशेष प्रयोग में प्रयोज्यों को काल्पनिक रूप से (hypothetically) तीन पानी के घड़े (a, b एवं c) दिये गये। प्रत्येक घड़े में कुछ पानी था और इन्हीं तीन घड़ों के सहारे एक घड़े से दूसरे घड़े में अदल-बदल कर पानी का एक खास स्तर

1. डंकर (Duncker) के इस प्रयोग की चर्चा आगे इसी अध्याय में की गयी है।

लाना होता था। इस तरह की कुल 9 समस्याएँ थीं जिन्हें एक-एक करके प्रयोज्य को दिया गया। इस सभी समस्याओं का विस्तृत स्वरूप (प्रथम अभ्यास समस्या को छोड़कर) निम्नांकित हैं—

	Containers (घड़ा)			घड़ा में वांछित
	a	b	c	पानी का स्तर
समस्या संख्या 2	21	127	3	100
समस्या संख्या 3	14	163	25	99
समस्या संख्या 4	18	43	10	5
समस्या संख्या 5	9	42	6	21
समस्या संख्या 6	20	59	4	31
समस्या संख्या 7	23	49	3	20
समस्या संख्या 8	15	39	3	18
समस्या संख्या 9	28	76	3	25

यदि हम उपर्युक्त समस्याओं पर ध्यान दें तो समस्या संख्या 2 से 6 तक का समाधान सूत्र b—a—2c हो सकता है अर्थात् b घड़ा को पूर्णतः दिखाये गये इकाई की मात्रा में भरकर उसमें a घड़ा की क्षमता को घटा कर पानी निकाल कर फिर b घड़ा से ही c घड़ा की क्षमता के बराबर पानी दो बार निकाल लेने से सबसे बड़े घड़ा में (अर्थात् b में) निर्दिष्ट पानी की मात्रा प्राप्त हो जाएगी। इस तथ्य को चित्र 9.3 में दिखलाने की कोशिश की गयी है। समस्या संख्या 7 और 8 का समाधान भी इसी सूत्र से किया जा सकता है परन्तु इसका समाधान और भी आसानी से अर्थात् बिना b घड़ा के उपयोग के ही वांछित स्तर का पानी प्राप्त किया जा सकता है। समस्या संख्या 9 का समाधान सिर्फ एक लघु विधि (अर्थात् 28-3) से ही किया जा सकता है और किसी भी अन्य विधि से उसका समाधान नहीं किया जा सकता है। समस्या 9 के समाधान की प्रक्रिया को भी चित्र 9.3 में दिखलाया गया है।

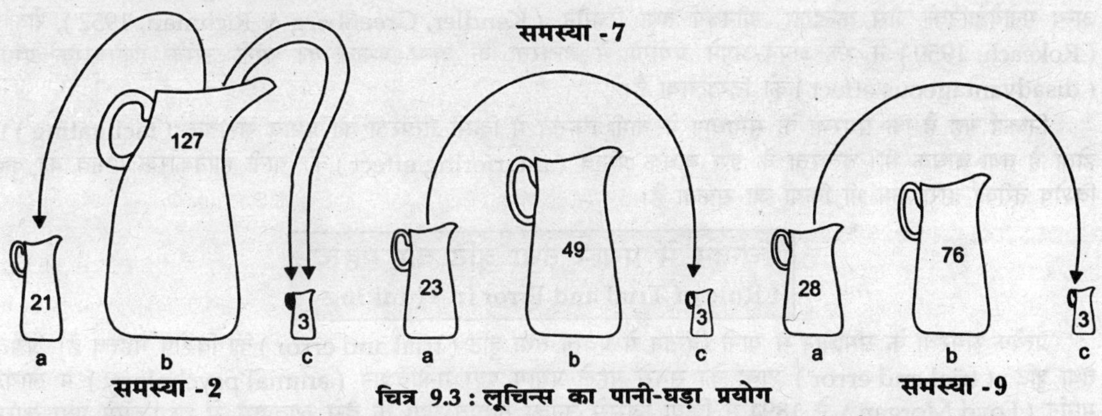

चित्र 9.3 : लूचिन्स का पानी-घड़ा प्रयोग

इस प्रयोग में प्रयोज्यों (subjects) के कई समूह (groups) थे जिन्हें मूल रूप से दो भागों में बाँटा गया था —नियंत्रित समूह (control group) तथा प्रयोगात्मक समूह (experimental group)। पहली समस्या एक तरह की अभ्यास समस्या (practice problem) थी जिसका समाधान दोनों समूहों ने किया। इसके बाद नियंत्रित समूह को हटा दिया गया और प्रयोगात्मक समूह समस्या संख्या 2 से 6 तक का समाधान किया। इसके बाद पुनः नियंत्रित समूह को भी बुला लिया गया और दोनों समूहों को अलग-अलग समस्या संख्या 7, 8 तथा 9 दिया गया। समस्या 7 और 8 कुछ ऐसा था जिसे पहले की विधि (यानी जिस विधि द्वारा समस्या संख्या 2 से 6 तक का समाधान किया गया था) से तो समाधान किया ही जा सकता था परन्तु और भी आसानी से इसे अन्य विधि जैसे '6' को पूर्णतः हटाकर भी समाधान किया जा सकता था। समस्या संख्या 9 का समाधान पहले की किसी भी विधि से सम्भव नहीं था। इसका समाधान बिलकुल ही नयी विधि से अर्थात् 9-c द्वारा हो सकता था। परिणाम में यह देखा गया कि प्रयोगात्मक समूहों के 70 से 100% प्रयोज्यों ने समस्या संख्या 7 और 8 का समाधान पुरानी विधि से किया (यानी, उस विधि से जिसके सहारे संख्या 1 से 6 तक का समाधान किया गया था।) ऐसा इसलिए

हुआ क्योंकि इन समस्याओं का समाधान करने से प्रयोज्य में एक खास तत्परता उत्पन्न हो गयी थी। नियंत्रित समूह के किसी भी प्रयोज्य ने समस्या संख्या 7 और 8 के समाधान में पुरानी विधि (जिसका अनुभव समस्या संख्या 1 के समाधान में हुआ था) का उपयोग नहीं किया। समस्या संख्या 9 के समाधान में प्रयोगात्मक समूहों के अधिकतर प्रयोज्य नियंत्रित समूहों की अपेक्षा असफल रहे हालांकि इसका समाधान कम समय में ही आसानी से किया जा सकता था। लुचिन्स के इस परिणाम से स्पष्ट है कि समस्या के समाधान करने में उत्पन्न तत्परता हमेशा बाद की समस्या के समाधान में सहायक ही नहीं होती है। शायद यही कारण है कि समस्या संख्या 9 के समाधान में प्रयोगात्मक समूह के अधिकतर सदस्य असफल रहे। इन सदस्यों में समस्या संख्या 1 से 8 तक एक ही विधि से समाधान करने की तत्परता उत्पन्न हो गयी थी जो समस्या संख्या 9 के समाधान के लिए अनुचित (inappropriate) थी।

रीस तथा इजरियल (Rees & Isreal, 1935) के प्रयोग से भी तत्परता के अन्ध प्रभाव (blind effect) का पता चलता है। समस्या समाधान में उन्होंने तत्परता के अन्ध प्रभाव को दिखलाने के लिए एनाग्राम (anagram) के सहारे प्रयोग किया (अर्थपूर्ण शब्दों के अक्षरों के क्रम को बदलने से जो अर्थहीन शब्द बनता है, उसे एनाग्राम कहा जाता है, जैसे CAMEL से ELAMC बन सकता है या और भी कोई अर्थहीन शब्द बन सकता है जिसे एनाग्राम कहा जाता है। प्रयोगकर्त्ताओं ने 30 एनाग्राम की एक सूची बनायी जिसमें से प्रथम 15 एनाग्राम को एक निश्चित नियम से समाधान करने पर अर्थपूर्ण शब्द बन जाता था अन्तिम 15 एनाग्राम में अन्य वैकल्पिक समाधान भी सम्भव था। परिणाम में देखा गया अधिकतर प्रयोज्यों ने प्रथम 15 एनाग्राम के समाधान में जिस नियम का उपयोग किया था, उसी नियम द्वारा अन्तिम 15 एनाग्राम का भी समाधान किया। दूसरे शब्दों में, प्रथम 15 एनाग्राम के समाधान में उत्पन्न तत्परता (set) प्रयोज्यों को अन्तिम 15 एनाग्राम के वैकल्पिक समाधान (alternative solutions) ढूँढ़ने में एक तरह से बाधित किया क्योंकि प्रयोज्य उस तत्परता के कारण वैकल्पिक समाधान की बात सोच ही नहीं पा रहे थे।

लूचिन्स (Luchins) तथा रीस और इजरियल (Rees & Isreal) के प्रयोगों के परिणाम से यह स्पष्ट हो जाता है कि तत्परता के अनुचित तथा गलत होने पर उससे समस्या के समाधान में काफी बाधा पहुँचती है। इसके अलावा अन्य मनोवैज्ञानिकों जैसे केन्डलर, ग्रीनवर्ग तथा रिचमैन (Kendler, Greenberg & Richman, 1952), रोकीच (Rokeach, 1950) ने भी अपने-अपने प्रयोगों में तत्परता के अन्ध प्रभाव को यानी उसके हानिकारक प्रभाव (disadvantageous effect) को दिखलाया है।

निष्कर्ष यह है कि समस्या के समाधान में यानी चिन्तन में किसी तत्परता का प्रभाव सहायक (facilitating) भी होता है तथा बाधक भी। तत्परता के इस बाधक प्रभाव (interfering effect) को यानी हानिकारक प्रभाव को कुछ विशेष तरीकों द्वारा कम भी किया जा सकता है।

चिन्तन में प्रयत्न तथा त्रुटि का महत्त्व (Role of Trial and Error in Thinking)

प्रत्येक समस्या के समाधान में यानी चिन्तन में प्रयत्न तथा त्रुटि (trial and error) का विशेष महत्त्व है। 'प्रयत्न तथा त्रुटि' (trial and error) शब्द का सबसे पहले प्रयोग पशु मनोविज्ञान (animal psychology) में लायड मार्गन (Loyd Morgan) ने 1894 में किया जिससे उनका तात्पर्य पशु के वैसे व्यवहारों से था जिसमें पशु कारण तथा परिणाम सम्बन्धों (cause-and-effect-relationship) को बिना समझे ही किसी समस्या का समाधान करने की कोशिश करता था। आज भी इस शब्द का प्रयोग इसी अर्थ में किया जाता है।

मनोवैज्ञानिकों ने पशुओं एवं मानव पर अनेक प्रयोग करके यह दिखला दिया है कि जब भी प्राणी (organism) किसी समस्या का समाधान करता है तो उसका वह अचानक समाधान नहीं कर लेता है। प्रारम्भ में वह किसी एक विधि का उपयोग करता है, असफल रहने पर फिर दूसरी विधि का उपयोग करता है। इस पर भी असफल रहने पर वह तीसरी विधि का उपयोग करता है। इस तरह से अनेकों प्रयासों (trials) में अपनी त्रुटियों (errors) को सुधारते हुए अन्त में वह उस समस्या का समाधान करने में सफल हो जाता है। इसका सबसे स्पष्ट समर्थन हमें थॉर्नडाइक (Thorndike) द्वारा एक भूखी बिल्ली को पहेली बक्स (puzzle box) में रखकर किये गये प्रयोग से मिलता है। भूखी बिल्ली के सामने समस्या यह थी कि किसी तरह वह उस बक्स का दरवाजा खोलकर बाहर आ जाय ताकि बाहर रखे गये मछली को वह खा सके। इस समस्या के समाधान में बिल्ली ने भिन्न-भिन्न प्रकार की अनुक्रियाएँ (responses) की। जैसे,

कभी वह पंजे से बक्स को नोंच-खसोट कर दरवाजा खोलना चाहती थी तो कभी मात्र उछल-कूद कर ही दरवाजा खोल लेना चाहती थी। ये सभी क्रियाएँ त्रुटिपूर्ण क्रियाएँ थीं क्योंकि इससे समस्या का समाधान नहीं हो पा रहा था। फिर बिल्ली का पंजा अचानक सिटकिनी पर पड़ जाता है और दरवाजा खुल जाता है। बाद के प्रयासों में धीरे-धीरे त्रुटिपूर्ण क्रियाएँ कमती गयीं और बिल्ली दरवाजे को खोलना अर्थात् समस्या का समाधान करना सीख गयी। इस प्रयोग में बिल्ली द्वारा भिन्न-भिन्न प्रयासों (trials) में उछल-कूद तथा नोंच-खसोट की क्रियाएँ करना प्रयत्न तथा त्रुटि के उदाहरण हैं।

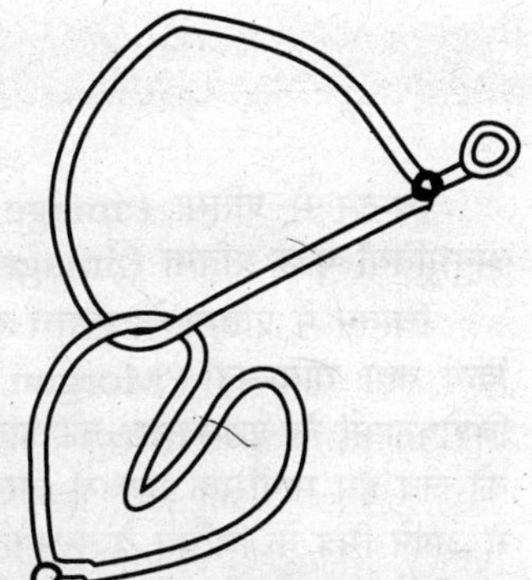
चित्र 9.4 : हृदय-एवं-धनुष पहेली

मनुष्यों पर भी कुछ प्रयोग किये गये जिनके परिणाम थॉर्नडाइक के परिणाम के समान थे। रूजर (Ruger, 1910) ने हृदय-एवं-धनुष (heart-and-bow) नामक एक पहेली (puzzle) तैयारी किया जिसे चित्र 9.4 में दिखलाया गया है। यह पहेली मानव प्रयोज्य (human subject) को दे दिया गया और उन्हें 'धनुष की आकृति' को 'हृदय की आकृति' से अलग करने को कहा गया। प्रयोज्यों द्वारा किये सभी प्रयासों (efforts) में अनुक्रियाओं (responses) को रूजर (Ruger) ठीक ढंग से लिखते गये और बाद में उनका विश्लेषण कर बतलाया कि मनुष्य भी थॉर्नडाइक की बिल्ली के समान ही समस्या के समाधान में प्रयत्न तथा त्रुटि का व्यवहार करते हैं। गेल्डार्ड[1] (Geldard, 1963) के अनुसार, ''इन सभी आँकड़ों को रूजर द्वारा विश्लेषण करने पर एक महत्त्वपूर्ण निष्कर्ष निकला—समस्या समाधान की परिस्थिति में मनुष्य वैसी अनुक्रियाएँ करता है जिसे थॉर्नडाइक की बिल्ली द्वारा की गयी अनुक्रिया से अधिक भिन्न नहीं माना जा सकता है।''

कुछ मनोवैज्ञानिकों ने उपर्युक्त प्रयोगों (experiments) की आलोचना की है। जैसे, हाब्हाऊस (Hobhouse, 1910) तथा कोहलर (Kohler, 1927) ने थॉर्नडाईक के पहेली बकस (puzzle box) समस्या की आलोचना करते हुए यह कहा है कि इस समस्या का कुछ भाग बिल्ली के सामने स्पष्ट न होकर छिपा हुआ था। ऐसी परिस्थिति में समस्या के समाधान के लिए यह स्वाभाविक ही था कि बिल्ली प्रयत्न तथा त्रुटि का सहारा लेती। अतः थॉर्नडाईक द्वारा प्रतिपादित समस्या कृत्रिम या अस्वाभाविक था। कोहलर ने 'सुलतान' नामक वनमानुष (chimpanzee) पर कई प्रयोग किये जिसमें उसे एक ऐसी परिस्थिति में रखा गया जो बिलकुल वास्तविक एवं स्वाभाविक था तथा जिसका कोई भी अंश वनमानुष से छिपा हुआ नहीं था। उन्होंने सुलतान को एक बड़े कमरे में बन्द कर दिया जिसकी छत से केला लटक रहा था। वनमानुष भूखा था। अतः उसका ध्यान तुरन्त ही केले पर गया और उछल-कूद कर उसे प्राप्त कर लेने में असमर्थ रहने के बाद कमरे के एक कोने में पड़े तीन बक्सों की ओर दौड़ पड़ा और केले के ठीक नीचे तीन बक्सों को एक-दूसरे पर रखकर उस पर चढ़ गया और केला प्राप्त कर लिया। इस समस्या में वनमानुष द्वारा किये गये व्यवहार का कोहलर ने जो विश्लेषण किया तो उससे यह स्पष्ट होता है कि सुलतान ने समस्या का समाधान करने में प्रयत्न तथा त्रुटि (trial and error) का सहारा नहीं लेकर अन्तर्दृष्टि (insight) का सहारा लिया। कोहलर के अनुसार सुलतान ने समस्या का समाधान अन्तदृष्टि के आधार पर किया जिसका सबूत यह था कि उसने अचानक (adruptly) 'केला' तथा उसके प्राप्त करने के उपायों (means) के बीच के सम्बन्ध का प्रत्यक्षण (perception) किया था।

परन्तु यदि ध्यानपूर्वक देखा जाय, तो कोहलर के 'सुलतान' द्वारा भी समस्या के समाधान में प्रत्यन तथा त्रुटि (trial and error) का सहारा लिया गया। सुलतान ने पहले केले को उछल-कूद कर प्राप्त करने की बार-बार कोशिश की थी जिससे स्पष्टतः प्रयत्न तथा त्रुटि की श्रेणी में रखा जा सकता है। हाब्हाऊस (Hobhouse, 1910) ने भी कई तरह की समस्याओं जैसे रस्सी खींचना (string pulling), रस्सी-विभेदीकरण समस्या (string discrimination) आदि पर प्रयोग किया जिसमें कुत्ता, बिल्ली, हाथी, बन्दर आदि प्रयोज्य (subject) थे और पाया कि इन पशुओं द्वारा भी समस्या के समाधान में प्रयत्न तथा त्रुटि (trial and error) का सहारा लिया जाता है।

निष्कर्ष यह है कि पशु हो या मनुष्य, किसी मनुष्य का समाधान या चिन्तन करने में प्रयत्न तथा त्रुटि (trial and error) का सहारा वह निश्चित रूप से लेता है। इतना अवश्य है कि मनुष्यों में प्रयत्न तथा त्रुटि व्यवहार पशुओं की अपेक्षा कम होती है।

---

1. "His analysis (Ruger's analysis) of all these data led to one important generality—humans in problem-solving situations adopt an attack that is not very different from that of Thorndike's cats."
—Geldard : *Fundamentals of Psychology*, 1963 p. 227

चिन्तन में प्रतिमा का महत्त्व
(Role of Images in Thinking)

चिन्तन में प्रतिमा (image) का अधिक महत्त्व है। जब भी हम किसी समस्या का समाधान करते हैं, तो गत अनुभूतियाँ कुछ प्रतिमा (image) के रूप में आकर या तो उस समाधान में मदद करती है या बाधा पहुँचाती है।

चिन्तन में प्रतिमा के महत्त्व का वर्णन करने के पहले यह बतला देना उचित होगा कि प्रतिमा किसे कहते हैं। मार्गन, किंग तथा रॉबिन्सन[1] (Morgan, King & Robinson, 1981) के अनुसार, ''सामान्यतः गत अनुभूतियों की कुछ विशेषताओं के पृथक्करण को प्रतिमा कहा जाता है।'' इससे स्पष्ट है कि अनुभूतियों की कुछ खास-खास विशेषताओं को जब हम मानसिक रूप से अलग करने में समर्थ हो जाते हैं, तो इसे ही हम प्रतिमा कहते हैं। उदाहरणार्थ, कल पार्टी में अपने मित्र के विचित्र वेश-भूषा की याद को या गुणों को मस्तिष्क में जब हम लाने में समर्थ हो पाते हैं, तो उस गुण या विशेषता को ही प्रतिमा की संज्ञा दी जाएगी।

प्रतिमा कई प्रकार के होते हैं। ज्ञानेन्द्रियों (sense organ) के आधार पर इसे पाँच भागों में बाँटा गया है—दृष्टि प्रतिमा (visual image), श्रवण प्रतिमा (auditory image), स्वाद प्रतिमा (taste image), गन्ध प्रतिमा (olfactory image) तथा स्पर्शप्रतिमा (tactual image)। इन विभिन्न प्रतिमाओं में से दृष्टि प्रतिमा तथा श्रवण प्रतिमा अधिक सामान्य (common) है। इन प्रतिमाओं के अलावा एक और प्रतिमा भी होती है जिसे समूर्त्त प्रतिमा (eidetic image) कहा जाता है। समूर्त्त प्रतिमा वैसी प्रतिमा को कहा जाता है जिसमें उस वस्तु का जिसकी वह प्रतिमा है, बिलकुल ही हू-ब-हू या वास्तविक (exact) निरूपण होता है। इस तरह की प्रतिमा बनने पर व्यक्ति को ऐसा लगता है कि वस्तु उसके सामने रखा हुआ है।

चिन्तन में प्रतिमा के महत्त्व को दिखलाने के लिए कई प्रयोग किए गए हैं। इनमें से कुछ तो ऐसे हैं जिनसे यह स्पष्ट रूप से पता चलता है कि चिन्तन में प्रतिमाओं का काफी महत्त्व है। प्रतिमा के अभाव में चिन्तन की प्रक्रिया स्पष्ट रूप से नहीं हो पाती है। दूसरी तरफ, इसके ठीक विपरीत परिणाम भी पाये गए हैं जिसमें यह दिखलाया गया है कि चिन्तन में प्रतिमा का कोई स्थान नहीं होता है। इस तरह के विचार को प्रतिमाहीन चिन्तन (imageless thought) की संज्ञा दी गयी है। इन दोनों तरह के परस्पर विरोधी विचारों का वर्णन निम्नांकित हैः—

चिन्तन में प्रतिमा (image) के महत्त्व को दिखलाने के लिए कई मनोवैज्ञानिक द्वारा प्रयोग किये गये हैं। 1900 के लगभग में अनेक मनोवैज्ञानिकों जिसमें उण्ट (Wundt) तथा टिचेनर (Titchener) का नाम मशहूर है, मनोवैज्ञानिक प्रयोगशालाओं में कई सरल प्रयोग किये जिनका उद्देश्य चिन्तन में या समस्या समाधान में प्रतिमा के महत्त्व को दिखलाना था। इन प्रयोगकर्त्ताओं की प्रयोग विधि काफी सरल थी—प्रयोज्य को एक समस्या दे दी जाती थी जिसका समाधान उन्हें करना होता था। समाधान करने के बाद प्रयोज्य को अन्तर्निरीक्षण (introspection) करके यह बतलाना होता था कि समस्या के देने तथा उसका समाधान करने के बीच किस तरह की चेतन अनुभूतियाँ (conscious experiences) उसके मन में आयी थीं। परिणाम में देखा गया कि अधिकतर प्रयोज्यों द्वारा चेतन अनुभूतियों के रूप में भिन्न-भिन्न प्रकार की मानसिक प्रतिमाओं (images) की झलक आते बतलायी गयी। इस प्रतिमाओं से उन्हें समस्या का समाधान में काफी मदद मिलती थी। प्रयोज्यों ने बतलाया कि प्रतिमाएँ भिन्न-भिन्न प्रकार की थीं—कुछ दृष्टि प्रतिमा थीं, कुछ श्रवण प्रतिमा थीं, कुछ गतिक प्रतिमा (kinesthetic image) थीं। इसमें कुछ प्रतिमाएँ काफी स्पष्ट थीं तथा कुछ तुलनात्मक रूप से कम स्पष्ट थीं। इस तरह के परिणाम के आधार पर इन मनोवैज्ञानिकों ने बतलाया कि चिन्तन में प्रतिमा (images) का काफी महत्त्व होता है। इसके अभाव में चिन्तन की प्रक्रिया स्पष्ट रूप से नहीं हो सकती है। मैककेल्लर (Mc Keller, 1972) ने 500 व्यस्कों पर एक अध्ययन कियाऔर पाया कि करीब 97% सहभागियों ने कहा कि समस्या समाधान के दौरान इनमें दृष्टि प्रतिमा बने थे, 93% ने श्रवण प्रतिमा की बात कही थी, 74% ने पेशीय प्रतिमा (motor imagery) की बात कही तथा 70% ने स्पेश प्रतिमा की बात कही। स्पष्ट हुआ कि किसी समस्या का समाधान करते समय चिंतन करते समय तरह-तरह की प्रतिमाएँ मन में बनती हैं जिनमें दृष्टि प्रतिमा की अधिकता होती है कहा जाता है कि महान मनोवैज्ञानिक अलवर्ट आईस्टीन (Albert Einstein) के अधिकतर चिंतन प्रतिमाओं के ही रूप में होते थे।

1. In general, the images are abstractions of certain features of previous experience."
—Morgan, Kind & Robinson : *Introduction to pscychology*. 1981. p. 179

संमूर्त्त प्रतिमा (eidetic images) के अध्ययनों से भी इस बात का समर्थन मिलता है कि चिन्तन में प्रतिमा का महत्त्व काफी है। जैसा कि कहा जा चुका है, इस तरह की प्रतिमा बनने पर व्यक्ति को ऐसा महसूस होता है कि वस्तु उसके सामने रखा हुआ है और वह उसका प्रत्यक्षण (perception) करके उसका वर्णन कर रहा है। दूसरे शब्दों में, संमूर्त्त प्रतिमा में मन में किसी वस्तु की बनने वाली प्रतिमा वास्तविक एवं अतिस्पष्ट होती है। मनोवैज्ञानिकों के प्रयोग से स्पष्ट हो गया है कि बच्चों के चिन्तन में इस तरह की संमूर्त्त प्रतिमाएँ अधिक बनती हैं। परन्तु जैसे-जैसे उम्र बढ़ते जाता है, इस तरह की प्रतिमाओं का बनना कमते जाता है। संमूर्त्त प्रतिमा की दो विशेषताएँ होतीं हैं—व्यक्ति इस प्रतिमा के किसी भी भाग पर अपनी इच्छानुसार अधिक या कम बल (emphasis) डाल सकता है तथा दूसरा जैसा कि आल्लपोर्ट (Allport, 1924) ने बतलाया है, संमूर्त्त चिन्तन का कम या अधिक होना वस्तु में व्यक्ति की अभिरुचि पर भी निर्भर करता है।

कुछ मनोवैज्ञानिकों जैसे जिम्बार्डो तथा रूच[1] (Zimbrado & Ruch, 1977) का कहना है कि जिन लोगों में संमूर्त्त प्रतिमा (eidetic image) बनाने की क्षमता होती है, वे पहले देखें गये घटनाओं एवं वस्तुओं को आसानी से पुनरुत्पादन (reproduce) तो कर लेते हैं परन्तु उनका प्रयोग नये ढंग से करने में असमर्थ होते हैं। इसका मतलब तब यह हुआ कि संमूर्त्त प्रतिमा से सिर्फ पुनरुत्पादन (reproduction) में मदद मिलता है। इससे व्यक्ति को अमूर्त्त चिन्तन (abastract reasoning) या सर्जनात्मक कल्पना (creative imagination) करने में कोई मदद नहीं मिलता है। इस तथ्य का प्रयोगात्मक समर्थन रूसी मनोवैज्ञानिक लूरिया (Luria, 1968) के अध्ययनों से मिलता है। अतः निष्कर्ष यह है कि समूर्त्त प्रतिमा का महत्त्व अमूर्त्त चिन्तन में गौण होता है। कुछ ऐसे और भी मनोवैज्ञानिक हैं जिन्होंने यह दिखलाया है कि चिन्तन की प्रक्रिया में प्रतिमा का कोई स्थान नहीं होता है। फ्रैन्सिस गाल्टन (Francis Galton) ने 1883 में बतलाया कि कुछ महान वैज्ञानिकों (scientists) जैसे डाक्टर व इंजीनियर आदि का चिन्तन बिना प्रतिमा (images) के ही होता है। इन लोगों के चिन्तन प्रक्रिया का विश्लेषण करने पर किसी प्रकार की कोई प्रतिमा (images) का सबूत नहीं मिलता है। ग़ाल्टन के इस विचार से प्रेरित होकर करीब-करीब 1900 के लगभग में ही कुछ मनोवैज्ञानिकों ने कई प्रयोग किये और पाये कि सचमुच में बहुत प्रयोज्यों (subjects) द्वारा समस्या के समाधान में किसी प्रकार की कोई प्रतिमा (images) नहीं होते बतलाया गया। इसके परिणामस्वरूप *'प्रतिमाहीन चिन्तन'* (imageless thought) विवाद का जन्म हुआ। इस विवाद पर सबसे अधिक अध्ययन एक विशेष सम्प्रदाय (school) के सदस्यों द्वारा किया गया। इस सम्प्रदाय (school) को *उर्जवर्ग सम्प्रदाय* (Wurzburg school) के नाम से जाना जाता है। इस सम्प्रदाय के मुख्य सदस्य कुल्पे (Kulpe), मार्वे (Marbe), वाट्ट (Watt) तथा बुहलर (Buhler) आदि है। यद्यपि कुल्पे, वुन्ट (Wundt) के शिष्य थे, फिर भी वे वुन्ट के इस विचार से सहमत नही थे कि चिन्तन में प्रतिमा का महत्त्व काफी है। उन्होंने अपने प्रयोगात्मक अध्ययन के आधार पर यह स्पष्ट रूप से बतलाया है कि चिन्तन में न तो कोई संवेदन (sensation) होता है और न ही किसी प्रकार की कोई प्रतिमा (image) ही होती है। मार्वे (Marbe) ने वजन-उठाने की प्रक्रिया (weight-lifting process) पर अध्ययन किया। इन्होंने प्रयोज्य (subjects) को दो दिये गये वजन में से कौन-सा भारी (heavier) है, बतलाने को कहा। उत्तर दे देने के बाद प्रयोज्यों से उसका उत्तर ढूँढ़ते समय में आने वाली अनुभूतियों का अन्तर्निरीक्षण (introspection) करने को कहा गया। अधिकतर प्रयोज्यों से उसका उत्तर ढूँढ़ते समय में आने वाली अनुभूतियों का अन्तर्निरीक्षण (introspection) करने को कहा गया। अधिकतर प्रयोज्यों ने यह बतलाया कि वे किस तरह से उत्तर ढूँढ़ कर निर्णय कर पाये, इसका वर्णन करना सम्भव नहीं है। उनके मन में किसी प्रकार की कोई प्रतिमा भी नहीं आयी थी। उस समय का चिन्तन बिलकुल ही प्रतिमारहित (imageless) था जिसका वर्णन अन्तर्निरीक्षण (introspection) करके करना सम्भव नहीं था। बुहलर (Buhler) तथा वाट (Watt) के भी परिणाम इसी प्रकार के थे। इन उर्जवर्गवादी मनोवैज्ञानिकों के अनुसार चिन्तन में प्रयोज्यों की मानसिक वृत्ति (attitude) अधिक महत्त्वपूर्ण होती है क्योंकि समस्या के समाधान में इसका ही काफी प्रभाव पड़ते देखा गया न कि प्रतिमाओं का।

---

1. "Individuals with eidetic imagery can reproduce what they have seen, but it is difficult for them to use this information in new ways. Thus eidetic imagery does not appear to play a role in abstract thinking or creative imagination."
—Zimbardo & Ruch : *Psychology and Life, 1977*, p. 208

निष्कर्ष यह है कि प्रतिमाएँ चिन्तन में कभी-कभी बिलकुल ही स्पष्ट होतीं हैं और समस्या के समाधान में महत्त्वपूर्ण भूमिका अवश्य निभाती है। परन्तु चिन्तन कभी-कभी बिना प्रतिमा के भी होता है।

चिन्तन के सिद्धान्त
(Theories of Thinking)

करीब-करीब सभी मनोवैज्ञानिक इस बात से सहमत है कि चिन्तन की शुरूआत उस समय होती है जब व्यक्ति के सामने समस्या (problem) उत्पन्न होती है और चिन्तन का अंत उस समय होता है जब समस्या का समाधान हो जाता है। परन्तु चिन्तन की इस पूरी प्रक्रिया में यानी, समस्या उत्पन्न होने तथा उसका समाधान होने तक कौन-कौन-सी प्रक्रियाएँ होतीं हैं तथा उसकी व्याख्या कैसे की जा सकती है, इसे लेकर मनोवैज्ञानिकों में मतभेद रहा है। इन प्रक्रियाओं की व्याख्या करने के लिए मनावैज्ञानिकों ने कुछ सिद्धान्तों का वर्णन किया है जिसमें निम्नांकित दो प्रमुख हैं—

1. केन्द्रीय सिद्धान्त (Central theory) या
2. परिधीय सिद्धान्त या गति सिद्धान्त (Peripheral theory or Motor theory)

1. केन्द्रीय सिद्धान्त *(Central theory)*—इस सिद्धान्त के अनुसार चिन्तन का आधार केन्द्रीय तंत्रिका तंत्र (central nervous system) होता है। जब व्यक्ति किसी समस्या का समाधान करता है, तो केन्द्रीय तन्त्रिका तन्त्र में विशेषकर मस्तिष्क में बहुत तरह की अंतक्रियाएँ (interactions) होतीं हैं जिसका परिणाम यह होता है कि व्यक्ति उस समस्या का समाधान कर लेता है। जबतक व्यक्ति समस्या का समाधान नहीं कर पाता है, तबतक मस्तिष्क में अन्तक्रियाएँ (interactions) चलतीं रहतीं हैं। इस आशय से यह भी स्पष्ट हो जाता है कि केन्द्रीय सिद्धान्त में शरीर की पेशीय क्रियाओं (motor activities) का महत्त्व नहीं है। दूसरे शब्दों में, चिन्तन की प्रक्रिया में या किसी समस्या के समाधान में शरीर के पेशीय अंगों (motor organs) या प्रभावक (effectors) द्वारा की गयी क्रियाओं का कोई महत्त्व नहीं होता है।

औसगुड (Osgood, 1953) के अनुसार चिन्तन के अध्ययन में दी गयी समस्या एक प्रकार का उद्दीपक (stimulus) होता है। अतः यह व्यक्ति को उत्तेजित (stimulate) करता है जिसके परिणामस्वरूप संवेदी तत्रिका (sensory neuron) द्वारा तन्त्रिका आवेग मस्तिष्क के एक खास क्षेत्र विशेषकर साहचर्य क्षेत्र (association area) में पहुँचता है। फलस्वरूप, व्यक्ति के मस्तिष्क में भिन्न-भिन्न प्रकार की प्रतिमाएँ (images) एवं विचार (ideas) उत्पन्न होने लगते हैं जिनके सहारे व्यक्ति समस्या का समाधान कर लेता है। इस सिद्धान्त की व्याख्या का समर्थन कुछ संरचनावादियों (structuralists) तथा गेस्टाल्ट मनोवैज्ञानिकों द्वारा व्यक्त किये गये विचारों से मिलता है।

केन्द्रीय सिद्धान्त की आलोचना इस प्रकार की गयी है—

(i) केन्द्रीय सिद्धान्त चिन्तन की व्याख्या का एक पुराना सिद्धान्त है जिसके समर्थन में कोई ठोस प्रयोगात्मक तथ्य (experimental facts) प्राप्त नहीं है। फलस्वरूप, मनोवैज्ञानिकों ने इस सिद्धान्त को एक कामचलाऊ सिद्धान्त कहा है जिसकी व्याख्या के आधार पर किसी प्रकार का सामान्यीकरण (generelization) नहीं किया जा सकता है। यह सिद्धान्त मात्र सामान्य बोध (common sense) का समर्थन करता है कि चिन्तन व्यक्ति के मस्तिष्क में होनेवाली एक क्रिया है।

(ii) इस सिद्धान्त में शरीर के पेशीय अंगों (motor organs) द्वारा की गयी क्रियाओं (activities) के महत्त्व को स्वीकृति नहीं दी गयी है। अनेकों सबूत (experimental evidences) आज मनोवैज्ञानिकों के सामने इस तरह के उपस्थित हैं जिनके आधार पर यह आसानी से दिखलाया गया है कि चिन्तन में पेशीय क्रियाओं (motor activities) का भी महत्त्व होता है।

2. परिधीय सिद्धान्त या गति सिद्धान्त *(Peripheral theory or motor theory)*—इस सिद्धान्त की बुनियाद वाटसन (Watson) की विचारधारा है। वाटसन, जो व्यवहारवाद (Behaviourism) के जनक (father) हैं, के अनुसार चिन्तन एक प्रकार का *उपवाचिक बातचीत* (sub-vocal talking) है। दूसरे शब्दों में, चिन्तन में हमलोग धीरे-धीरे अपने से ही बातचीत करते हैं। इस तरह से चिन्तन में वागिन्द्रियों (vocal organs) में पेशीय क्रियाएँ (muscular activites) होतीं हैं और व्यक्ति अपने आप से बातचीत करना प्रारम्भ कर देता है। बाद में वाटसन

(Watson) ने यह भी बतलाया कि सभी तरह के चिन्तन में वागिन्द्रियों की ही मांशपेशियों में क्रियाएँ नहीं होती है बल्कि अन्य अंगों जैसे हाथ एवं पैर की मांशपेशियों में भी क्रियाएँ होतीं हैं जैसे, एक बहरे एवं गूंगे व्यक्ति के चिन्तन में हाथ की अंगुलयों की मांशपेशियों में अधिक क्रियाएँ होते पायीं गयीं। इस तरह से वाटसन (1914) ने कहा, *''हमलोग पूरे शरीर के सहारे चिन्तन क्रिया करते हैं''* (*We think with our whole body*)

वाटसन के उपर्युक्त विचारों से प्रेरित होकर परिधीय सिद्धान्त (peripheral theory) या गति सिद्धान्त का प्रतिपादन किया गया। इस सिद्धान्त के अनुसार जब व्यक्ति के सामने कोई उद्दीपक (stimulus) यानी, समस्या (problem) दिया जाता है, तो उससे उत्पन्न स्नायुप्रवाह मस्तिष्क (brain) में पहुँचता है जो एक रिले स्टेशन (relay station) के समान कार्य करता है। यहाँ से स्नायु प्रवाह को तुरन्त उपयुक्त (appropriate) प्रभावक (effector) यानी माँशपेशियों में भेज दिया जाता है जिसके फलस्वरूप व्यक्ति कोई अनुक्रिया करता है। मांशपेशियों की इस अनुक्रिया से पुनः एक स्नायु प्रवाह उत्पन्न होता है जो मस्तिष्क में वापस जाता है।

इस तरह की पूरी प्रक्रिया जिसमें वापसी की प्रक्रिया भी सम्मिलित है, तब तक होते रहती है जबतक कि समस्या का समाधान नहीं हो जाता है। इस वापसी प्रक्रिया को मनोवैज्ञानियों ने पुनर्निवेशन (feedback) की संज्ञा दी है। इस व्याख्या से स्पष्ट है कि परिधीय सिद्धान्त में मस्तिष्क में होने वाली अन्तःक्रियाओं (interactions) को भी प्रधानता दी गयी है और साथ-ही-साथ परिधीय सिद्धान्त की व्याख्या केन्द्रीय सिद्धान्त से भिन्न भी है। परिधीय सिद्धान्त में पेशीय क्रियाओं (muscular activities) को अधिक महत्त्वपूर्ण माना गया है।

परिधीय सिद्धान्त या गति सिद्धान्त के समर्थन में कुछ प्रयोगात्मक सबूत (experimental evidences) मौजूद हैं। जैकोवसन (Jacobson, 1932) ने अपने प्रयोज्य (subject) को कभी बाएँ हाथ से तथा कभी दायें हाथ से 10 पौण्ड का वजन उठाने की कल्पना (चिन्तन) करने को कहा। साथ-ही-साथ जैकोवसन प्रयोज्य के बायें हाथ तथा दायें हाथ की पेशीय क्रियाओं (muscular activities) को विशेष उपकरण (apparatus) द्वारा रिकार्ड (record) करते गये। उन्होंने पाया कि जब प्रयोज्य दायें हाथ से 10 पौण्ड वजन उठाने की बात सोचता था, तो उसके दायें हाथ की पेशीय क्रियाएँ पहले से बढ़ जाती थी। इस अध्ययन से स्पष्ट हो जाता है कि चिन्तन की प्रक्रिया में पेशीय क्रियाएँ (muscular activities) होती हैं। टोट्टेन (Totten, 1935) ने उसी तरह एक अध्ययन किया जिसमें प्रयोज्य को कुछ ज्यामितीय डिजाइन (gemoetric design) के बारे में सोचने के लिए कहा गया। परिणाम में देखा गया कि ऐसा करते समय प्रयोज्य के आँख एवं पलकों की मांसपेशियों की क्रियाएँ (activities) पहले से तीव्र हो गयी। मैक्स (Max, 1937) ने गति सिद्धान्त की जाँच के लिए एक प्रयोग किया जिसमें 18 बहरे (deaf) तथा 16 सामान्य (यानी जो अच्छी तरह सुन सकते थे) प्रयोज्य थे। इन दोनों तरह के प्रयोज्यों को एक ऐसी बात सोचने को कहा गया जिसमें मानों वे अपने हाथ के सहारे कुछ भारी वजन उठा रहे हैं। ऐसा सोचते समय इन सभी प्रयोज्यों के बाँहों की माँसपेशियों (muscles) की क्रियाओं (activities) का भी रिकार्ड तैयार किया गया। परिणाम में यह देखा गया कि बहरे प्रयोज्यों के बाँह की माँसपेशियों की क्रियाएँ (activities) सामान्य प्रयोज्यों के बाँह की माँशपेशियों की क्रियाओं (activities) के लगभग बराबर थे। इस परिणाम से यह साबित होता है कि सामान्य व्यक्ति के समान बहरे व्यक्ति के चिन्तन में भी माँशपेशीय क्रियाएँ (muscular activities) होतीं हैं। अमूर्त्त चिन्तन (abstract reasoning) करते समय जैसे, मन में जोड़, घटाव, गुणा, भाग आदि की क्रियाएँ करते समय बहरों में उनके बाँह की माँशपेशीय क्रियाएँ 84% हुई जबकि इसी परिस्थिति में सामान्य व्यक्ति में ऐसी मांशपेशीय क्रियाएँ 31% हुई। इससे साबित होता है कि अमूर्त्त चिन्तन करते समय सामान्य व्यक्तियों की अपेक्षा बहरे व्यक्तियों की पेशीय क्रियाएँ और भी अधिक होती हैं।

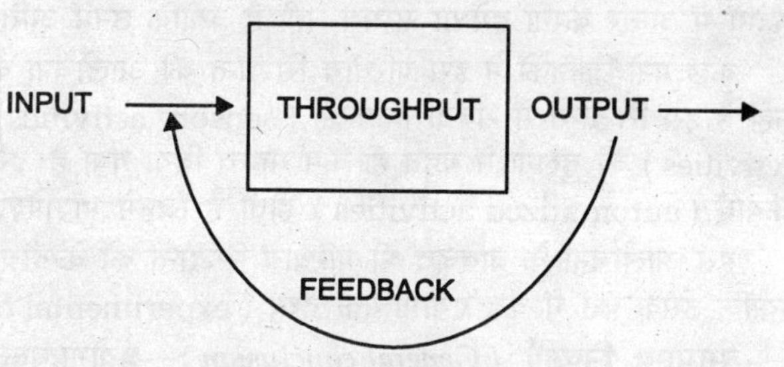

चित्र 9.5 : सर्वो मैकनिज्म

इन विभिन्न प्रयोगों से यह स्पष्ट हो जाता है कि चिन्तन करते समय व्यक्ति में माँशपेशीय क्रियाएँ (muscular activities) होतीं है। मनोवैज्ञानिकों ने यह भी दिखलाया है कि इस तरह से होनेवाले माँशपेशीय क्रियाओं का

पुनर्निवेशन (feedback) द्वारा व्यक्ति को ज्ञान होता है। यही कारण है कि चिन्तन में माँशपेशीय क्रियाओं में एक क्रम (sequence) पाया जाता है। परन्तु चूँकि इस तरह का पुनर्निवेशन (feedback) आन्तरिक (intrinsic) होता है, अतः व्यक्ति को इसका प्रत्यक्ष बोध नहीं होता है और इससे व्यक्ति सीधे अवगत नहीं हो पाता है। इस तरह के पुनर्निवेशन प्रक्रम (feedback mechanism) को जिम्बार्डो तथा रूक (Zimbardo & Ruch, 1977) ने *सर्वोमैकनिज्म* (Servo-mechanism) की संज्ञा दी जिसकी एक झलक हमें चित्र 9.5 में मिलती है। **सर्वोमैकनिज्म** के चार भाग (parts) होते हैं जिसके द्वारा चिन्तन में किये गये माँशपेशीय क्रियाओं का ज्ञान व्यक्ति को होता है और जिसके फलस्वरूप इन क्रियाओं में एक क्रमबद्धता (systematization) भी आती है। वे चार भाग निम्नांकित हैः—

(i) **संसाधक निवेश** (*Processing input*)—संसाधक निवेश से तात्पर्य वैसे उद्दीपकों (stimuli) से होता है जो व्यक्ति में आवेग (impulse) उत्पन्न करते हैं।

(ii) **थ्रुपुट** (*Throughput*)—उद्दीपक से उत्पन्न होकर आवेग (impulse) थ्रुपुट (throughput) पहुँचता है जिसे तन्त्रिका तन्त्र (nervous system) कहा जाता है। इन आवेगों को तन्त्रिका तन्त्र में संगठित (organise) किया जाता है।

(iii) **निर्गत** (*Output*)—तन्त्रिका आवेग थ्रुपुट या तन्त्रिका तंत्र में संगठित होने के बाद माँशेपशियों को उत्तेजित करते हैं जिसके फलस्वरूप व्यक्ति माँशपेशीय क्रियाओं को (muscular activities) करता है।

(iv) **पुनर्निवेशन** (*Feedback*)—किये गये मांशेपशीय क्रियाओं की क्रमबद्धता (systematization) का निर्धारण उन सूचनाओं के आधार पर होता है जिसका पुनर्निवेशन (feedback) व्यक्ति को पुनः होता है।

ये चारों प्रक्रियाएँ चिन्तन के प्रमुख चरण (steps) माने गये हैं। कुछ मनोवैज्ञानिकों का यह कहना है कि इन चारों कदमों में अन्तर करना हमेशा सम्भव नहीं है क्योंकि उनमें अतिव्याप्ति (overlapping) का गुण होता है।

कुछ मनोवैज्ञानिकों ने इस परिधीय सिद्धान्त की आलोचना की है। इसकी आलोचना करते हुए मनोवैज्ञानिकों ने यह कहा है इस सिद्धान्त में संवेदी क्रियाओं (sensory activities) एवं मस्तिष्क को माँसपेशीय क्रियाओं (muscular activities) की तुलना में बहुत ही कम महत्त्व दिया गया है। इसके अलावा कुछ ऐसी भी क्रियाएँ खासकर स्वचालित क्रियाएँ (automatized activities) होतीं हैं जिनमें माँशपेशीय क्रियाएँ करने का समय ही नहीं होता है।

इस आलोचना के बावजूद भी परिधीय सिद्धान्त को केन्द्रीय सिद्धान्त से अधिक श्रेष्ठ (superior) माना गया है क्योंकि उसके पक्ष में कई प्रयोगात्मक तथ्य (experimental facts) मौजूद है।

सामान्य निष्कर्ष (*General conclusion*)—प्रयोगात्मक अध्ययनों द्वारा उपस्थित किये गये तथ्यों के आधार पर कोई भी व्यक्ति यह निश्चित रूप से कह सकता है कि परिधीय सिद्धान्त, केन्द्रीय सिद्धान्त से श्रेष्ठ (superior) है। परन्तु इसका मतलब यह नहीं है कि केन्द्रीय सिद्धान्त बिलकुल ही अनुपयुक्त एवं गलत है तथा परिधीय सिद्धान्त बिलकुल ही सही है। अतः सबसे उपर्युक्त तथा तर्कपूर्ण निष्कर्ष, जैसा कि औसगुड (Osgood, 1953) ने कहा भी है, वह होगा जो इन दोनों सिद्धान्तों के बीच एक प्रकार का मध्यम मार्ग (compromise) तैयार करता है। औसगुड के अनुसार दोनों सिद्धान्तों की व्याख्या सही है क्योंकि चिन्तन में संवेदी क्रियाएँ तथा पेशीय क्रियाएँ दोनों ही होती है। जैसे, एक बच्चे के चिन्तन में पेशीय क्रियाएँ (motor or muscular activities) अधिक तथा संवेदी क्रियाएँ (sensory activities) या केन्द्रीय क्रियाएँ (central activities) कम होती है। परन्तु एक वयस्क के चिन्तन में ठीक इसके विपरीत संवेदी क्रियाएँ अधिक तथा पेशीय क्रियाएँ कम होती है। उसी तरह तीव्र बुद्धि के व्यक्ति के चिन्तन में संवेदी क्रियाएँ तथा मस्तिष्कीय क्रियाएँ (brain activities) अधिक होतीं हैं तथा कम बुद्धि के व्यक्ति के चिन्तन में पेशीय क्रियाएँ (motor activities) अधिक होती है। औसगुड[1] (Osgood, 1953) के शब्दों में हम इस निष्कर्ष पर पहुँचते हैं। ''शायद सबसे तर्कपूर्ण विचार एक मध्यमार्ग (compromise) है। प्रतीकात्मक प्रक्रियाओं के विकास में परिधीय मध्यस्थता की आवश्यकता पड़ सकती है जो किसी परिपक्व व्यक्ति के केन्द्रीय प्रतिनिधित्व (central representation) में घुसा होता है।''

---

1. "Perhaps the most reasonable view is a compromise : the development of symbolic process may require peripheral mediation, which becomes telescoped to a largely central representation in the mature individual."
—Osgood : *Method & Theory in Experiment Psychology, 1953. p. 655*

बच्चों के चिन्तन की व्याख्या में जीन पियाजे का प्रमुख संप्रत्यय
(Jean Piaget's Major Concepts in explaining the Devlopment of Children's Thinking)

जीन पियाजे (1896-1980) एक प्रमुख स्विस मनोवैज्ञानिक (Swiss psychologist) है जिनका प्रशिक्षण प्राणि-विज्ञान (Zoology) में हुआ था। वे अल्फ्रेड बिने (Alfred Binet) के प्रयोगशाला में बुद्धि परीक्षणों (intelligence tests) के साथ जब कार्य कर रहे थे, उसी समय बालकों के संज्ञानात्मक विकास (cognitive development) पर कार्य शुरू किये गये थे। यह अवधि 1922-23 की थी। उन्होंने 1923 और 1932 के बीच में पाँच पुस्तकें प्रकाशित की जिसमें संज्ञानात्मक विकास के सिद्धान्त का प्रतिपादन किया गया। पियाजे के संज्ञानात्मक विकास के सिद्धान्त से जो सबसे महत्त्वपूर्ण बात का पता चलता है, वह यह है कि बालकों में वास्तविकता के स्वरूप के बारे में चिन्तन करने तथा उसे खोज करने की शक्ति न तो सिर्फ बालकों के परिपक्वता स्तर (maturational level) पर और न सिर्फ उसके अनुभवों पर निर्भर करता है, बल्कि इस दोनों की अन्तःक्रिया (interaction) द्वारा निर्धारित होती है। स्पष्टतः संज्ञानात्मक विकास की व्याख्या में पियाजे ने जो विचारधारा व्यक्त किया है, वह एक अन्तःक्रियावादी विचारधारा (interactionists' viewpoints) का उदाहण है।

पियाजे के संज्ञानात्मक विकास के सिद्धान्त की पूर्णरूपेण व्याख्या करने के पहले इस सिद्धान्त के कुछ महत्त्वपूर्ण सम्प्रत्यय (important concepts) हैं, जिनकी व्याख्या करना उचित है। इन सम्प्रत्ययों (concepts) में निम्नांकित प्रमुख हैं:—

1. अनुकूलन (*Adaptation*)—पियाजे के अनुसार बालकों में वातावरण के साथ समंजन (adjustment) करने की एक जन्मजात प्रवृत्ति (innate tendency) होती है जिसे अनुकूलन कहा जाता है। उन्होंने अनुकूलन की प्रक्रिया की दो उपक्रियाएँ (subprocess) बताई हैं—*आत्मसात्करण* (assimilation) तथा *समायोजन* (accommodation)। इन दोनों उपप्रक्रियाओं में समानता यह है कि वे दोनों ही स्वयं एवं वातावरण की वस्तुओं के बारे में सूचना प्राप्त करने की मूल योजना (strategy) हैं। आत्मसात्करण एक ऐसी प्रक्रिया है जिसमें बालक समस्या के समाधान के लिए या वास्तविकता से समंजन करने के लिए पूर्व सीखी गयी योजनाओं या मानसिक प्रक्रियाओं (mental operations) का सहारा लेता है। जैसे, यदि शिशु किसी वस्तु को उठाकर अपने मुँह में रख लेता है तो यह आत्मसात्करण (assimilation) का उदाहरण होगा क्योंकि वह वस्तु को एक परिचित क्रिया अर्थात् खाने की क्रिया के साथ आत्मसात कर रहा है। कभी-कभी ऐसा होता है कि वास्तविकता से समंजन करने में पहले की परिचित योजना या मानसिक प्रक्रिया से काम नहीं चलता है। ऐसी स्थिति में बालक अपनी योजना, सम्प्रत्यय (concept) में परिवर्तन लाता है ताकि वह नए वातावरण के साथ अनुकूलन या समंजन (adjustment) कर सके। जैसे, यदि कोई बालक यह जानता है कि 'कुत्ता' क्या होता है परन्तु एक 'बिल्ली' को देखकर जब वह अपने मानसिक सम्प्रत्यय (mental concept) में परिवर्तन कर बिल्ली की अलग कुछ विशेषताओं पर गौर करता है, तो यह समायोजन का उदाहरण होगा।

2. साम्यधारण (*Equilibration*)—साम्यसाधारण का सम्प्रत्यय अनुकूलन (adaptation) के सम्प्रत्यय से मिलता-जुलता है। साम्यधारण एक ऐसी प्रक्रिया है जिसके द्वारा बालक आत्मसात्करण (assimilation) तथा समायोजन (adaptation) की प्रक्रियाओं के बीच एक सन्तुलन (balance) कायम करता है। इस तरह से साम्यधारण एक तरह के आत्म-नियन्त्रक (self-regulatory) प्रक्रिया है। पियाजे का कहना था कि जब बालक के सामने ऐसी परिस्थिति या समस्या आती है, जिसका उसे कभी अनुभव नहीं हुआ था तो इससे उसमें एक तरह का संज्ञानात्मक असंतुलन (cognitive disequilibrium) उत्पन्न होता है जिसे दूर करने के लिए या जिसमें संतुलन (balance) लाने के लिए वह आत्मसात्करण या समायोजन या दोनों ही प्रक्रियाएँ करना प्रारम्भ कर देता है।

3. संरक्षण (*Conservation*)—पियाजे के सिद्धान्त में यह महत्त्वपूर्ण सम्प्रत्यय है। संरक्षण से तात्पर्य वातावरण में परिवर्तन (change) तथा स्थिरता (constancy) दोनों को पहचाने एवं समझने की क्षमता तथा किसी वस्तु के रूप-रंग में परिवर्तन को उस वस्तु के तत्त्व (substance) में परिवर्तन से अलग करने की क्षमता से होता है। पियाजे के सिद्धान्त का यह महत्त्वपूर्ण सम्प्रत्यय है जिसपर मनोवैज्ञानिकों ने सबसे अधिक शोध किया है।

4. संज्ञानात्मक संरचना (*Cognitive structure*)—किसी बालक के मानसिक संगठन या मानसिक क्षमताओं के

सेट को संज्ञानात्मक संरचना कहा जाता है। रिल्ली, लेविस तथा टैन्नर[1] (Reilly, Lewis & Tanner, 1983) के शब्दों में, ''किसी बालक के मानसिक संगठन या क्षमताओं को ही संज्ञानात्मक संरचना कहा जाता है।'' संज्ञानात्मक संरचना के ही आधार पर (उदाहरण के रूप में) एक 7 साल के बालक को 3 साल के बालक से भिन्न समझा जाता है।

5. मानसिक संक्रिया (*Mental operations*)—जब भी बालक किसी समस्या के समाधान पर चिन्तन करता है, वह मानसिक संक्रिया (mental operation) करते समझा जाता है। अतः पियाजे के सिद्धान्त में मानसिक संक्रिया चिन्तन का एक प्रमुख साधन (tool) है। इस तरह से कहा जा सकता है कि संज्ञानात्मक संरचना (cognitive sturcture) की सक्रियता (action) ही मानसिक संक्रिया (mental operation) है।

6. स्कीम्स (*Schemes*)—व्यवहारों के संगठित पैटर्न (organized pattern) को जिसे आसानी से दोहराया जा सकता है, स्कीम्स कहा जाता है। जैसे बालक स्कूल जाने के लिए जब अपना किताब-कॉपी वर्ग रूटिन के अनुसार लेता है, स्कूल-ड्रेस पहनता है, जूता पहनता है तो व्यवहारों के ये सभी संगठित पैटर्न को स्कीम्स (schemes) कहा जाता है। स्कीम्स (schemes) का सम्बन्ध मानसिक संक्रिया (mental operation) से स्पष्ट है। स्कीम्स मानसिक संक्रिया (mental operation) का अभिव्यक्त रूप (expressed form) होता है।

7. स्कीमा (*Schema*)—स्कीमा सुनने में स्कीम्स से काफी मिलता-जुलता है, परन्तु सच्चाई यह है कि इसका अर्थ उससे भिन्न है। पियाजे (Piaget) का स्कीमा से तात्पर्य एक ऐसी मानसिक संरचना से होता है जिसका सामान्यीकरण (generalization) किया जा सके। स्कीमा इस तरह से मानसिक संक्रिया (mental operation) तथा संज्ञानात्मक संरचना (cognitive structure) से काफी सम्बन्धित सम्प्रत्यय है।

8. विकेन्द्रण (*Decentering*)—पियाजे के अनुसार विकेन्द्रण (decentering) से तात्पर्य किसी वस्तु या चीज के बारे में वस्तुनिष्ठ या वास्तविक ढंग से सोचने की क्षमता से होता है। इनका कहना था कि 3-4 महीने के उम्र के बालक में ऐसी क्षमता नहीं होती है बल्कि वह किसी वस्तु या चीज के बारे में आत्मकेन्द्रित (egocentric) ढंग से सोचता है। परन्तु कुछ उम्र बीतने पर जैसे जब वह 23-24 महीने का हो जाता है, तो उसमें वस्तु या चीज के बारे में वास्तविक ढंग से या वस्तुनिष्ठ ढंग से सोचने की क्षमता विकसित हो जाती है।

पियाजे का सिद्धान्त
(Piaget's Theory)

जीन पियाजे (Jean Piaget) ने बालकों के चिन्तन या संज्ञानात्मक विकास (cognitive development) की व्याख्या करने के लिए चार-अवस्था (four stage) सिद्धान्त का प्रतिपादन किया है। इस सिद्धान्त में पियाजे ने संज्ञानात्मक विकास की व्याख्या चार प्रमुख अवस्थाओं में बाँटकर किया है। वे अवस्थाएँ निम्नांकित हैं:—

1. संवेदी-पेशीय अवस्था (Sensory-motor stage)
2. प्राक्संक्रियात्मक अवस्था (Preoperational stage)
3. ठोस संक्रिया की अवस्था (Stage of concrete operation)
4. औपचारिक संक्रिया की अवस्था (Stage of formal operation)

इन अवस्थाओं का वर्णन करने के पहले यह आवश्यक है कि इस सिद्धान्त की प्रमुख पूर्वकल्पनाओं (assumptions) पर विचार कर लिया जाए। इस सिद्धान्त की निम्नांकित चार प्रमुख पूर्वकल्पनाएँ हैं:—

(i) मानव शिशु जन्म से ही वातावरण की अनिश्चितता (uncertainty) को दूर करने के लिए अनुकूलन (adaptation) करता है तथा सम्बन्धित एवं समन्वित (coordinated) ढंग से इस क्षमता को विकसित करने की कोशिश करता है।

(ii) जब बालकों के सामने कोई ऐसी घटना घटती है जिसे उसका पहले कभी अनुभव नहीं हुआ है तो इससे उसमें एक तरह का संज्ञानात्मक असंतुलन (cognitive disequilibrium) उत्पन्न हो जाता है जिसे वह आत्मसात्करण (assimilation) तथा समायोजन (accomodation) के माध्यम से संतुलित (equilibrate) करता है।

1. "The mental organization or abilities of any particular child are his cognitive structures."
—**Reilly, Lewis & Tanner** : *Educational Psychology*, 1983, p. 62

(iii) साम्यधारण (equilibration) की प्रक्रिया सिर्फ बालकों की गत अनुभूतियों (past experiences) पर ही निर्भर नहीं करता है बल्कि उनकी शारीरिक परिपक्वता (physical maturation) के स्तर पर भी यानी उसके स्नायुमंडल (nervous system), संवेदी अंगों (sensory organs), पेशीय अंगों (motor organs) के विकास पर भी निर्भर करता है।

(iv) साम्यधारण (equilibration) का प्रभाव यह होता है कि बालकों की संज्ञानात्मक संरचना (cognitive structures) अधिक विकसित हो जाती है जिसके कारण संज्ञानात्मक विकास (cognitive development) की चारों अवस्थाओं में उनका विकास समरेखित (smoothed) होता है।

संज्ञानात्मक विकास (cognitive development) की **चार** अवस्थाओं (stages) का वर्णन निम्नांकित है:—

1. संवेदी-पेशीय अवस्था (Sensory-Motor stage)—यह अवस्था जन्म से दो साल तक की होती है। इस अवस्था में शिशुओं में अन्य क्रियाओं के अलावा शारीरिक रूप से चीजों को इधर-उधर करना, वस्तुओं की पहचान करने की कोशिश करना, किसी चीज को पकड़ना और प्रायः उसे मुँह में डालकर उसका अध्ययन करना आदि प्रमुख हैं। पियाजे ने यह बतलाया है कि इस अवस्था में शिशुओं का बौद्धिक विकास (intellectual development) या संज्ञानात्मक विकास (cognitive development) निम्नांकित छह उप-अवस्थाओं (substages) से होकर गुजरता है—

(i) पहली अवस्था को *प्रतिवर्त क्रियाओं की अवस्था* (stage of reflex activities) कहा जाता है जो जन्म से 30 दिन तक की होती है। इस अवस्था में बालक मात्र प्रतिवर्त क्रियाएँ (reflex activities) करता है। इन प्रतिवर्त्त क्रियाओं में चूसने का प्रतिवर्त्त (sucking reflex) सबसे प्रबल होता है।

(ii) दूसरी अवस्था *प्रमुख वृत्तीय प्रतिक्रियाओं की अवस्था* (stage of primary circular reaction) है जो 1 महीने से 4 महीने की अवधि का होता है। इस अवस्था में शिशुओं की प्रतिवर्त्त क्रियाएँ (reflex activities) उनकी अनुभूतियों द्वारा कुछ हद तक परिवर्तित होतीं हैं, दोहराई जातीं हैं और एक-दूसरे के साथ अधिक समन्वित (coordinated) हो जातीं हैं। इन व्यवहारों को प्रधान (primary) इसलिए कहा जाता है क्योंकि वे उनके शरीर की प्रमुख प्रतिवर्त्त क्रियाएँ हैं एवं उन्हें वृत्तीय (circular) इसलिए कहा जाता है क्योंकि उन्हें दोहराई जातीं हैं।

(iii) तीसरी अवस्था *गौण वृत्तीय प्रतिक्रियाओं की अवस्था* (stage of secondary circular reactions) होती है जो 4 से 8 महीने तक की अवधि की होती है। इस अवस्था में शिशु वस्तुओं को उलटने-पुलटने (manipulation) तथा छूने पर अपना अधिक ध्यान देता है न कि अपने शरीर की प्रतिवर्त्त क्रियाओं पर। इसके अलावा वह जान-बूझकर कुछ ऐसी अनुक्रियाओं (responses) को दोहराता है जो उसे सुनने या करने में रोचक एवं मनोरंजक लगता है।

(iv) *गौण स्कीमैटा के समन्वय की अवस्था* (stage of coordination of secondary schemata) चौथी प्रमुख अवस्था है जो 8 महीने से 12 महीने की अवधि की होती है। इस अवधि में बालक उद्देश्य (goal) तथा उसपर पहुँचने के साधन (means) में अन्तर करना प्रारम्भ कर देता है। जैसे यदि किसी खिलौना को छिपा दिया जाता है, तो वह उसके लिए वस्तुओं को इधर-उधर हटाते हुए खोज जारी रखता है। इस अवधि में शिशु वयस्कों द्वारा किए जानेवाले कार्यों का अनुकरण (limitation) भी प्रारम्भ कर देता है। इस अवधि में शिशु जो स्कीमा (schema) सीखते हैं, उनका वे एक परिस्थिति से दूसरी परिस्थिति में सामान्यीकरण (generalize) करना भी प्रारम्भ कर देते हैं।

(v) *तृतीय वृत्तीय प्रतिक्रियाओं की अवस्थाओं* (stage of tertiary circular reactions) 12 महीने से 18 महीने की अवधि की होती है। इस अवस्था में बालक वस्तुओं के गुणों को प्रयत्न एवं त्रुटि (trial and error) विधि से सीखने की कोशिश करता है। इस अवस्था में उनकी शारीरिक क्रियाओं में अभिरुचि कम हो जाती है और वे स्वयं कुछ वस्तुओं को लेकर प्रयोग करते हैं। बालकों में उत्सुकता अभिप्रेरक (curiosity motive) अधिक प्रबल हो जाता है तथा उनमें वस्तुओं को ऊपर से नीचे गिराकर अध्ययन करने की प्रवृत्ति अधिक होती है।

(vi) *मानसिक संयोग द्वारा नए साधनों की खोज की अवस्था* (stage of the invention of new means through mental combination) यह अन्तिम अवस्था है जो 18 महीने से 24 तक की अवधि की होती है। यह वह अवस्था होती है जिसमें बालक वस्तुओं के बारे में चिन्तन प्रारम्भ कर देता है। इस अवधि में बालक उन वस्तुओं के प्रति भी अनुक्रिया करना प्रारम्भ कर देता है जो सीधे दृष्टिगोचर (observable) नहीं होती है। इस गुण को *वस्तु स्थायित्व* (object permanence) कहा जाता है। दूसरे शब्दों में, बालक 3-4 महीने की उम्र में जो यह सोचते थे कि

जब कोई वस्तु उनके सामने होती है तब उसका अस्तित्व बना होता है परन्तु जब वस्तु उनके सामने से हट जाती है तब उसका अस्तित्व भी खत्म हो जाता है, को अब वे गलत समझने लगते हैं। अब उसका चिन्तन अधिक वास्तविक हो जाता है और अब वह यह सोचता है कि जब वस्तु उसके सामने नहीं भी होता है तो उसका अस्तित्व (existence) बना होता है। इसे ही *वस्तु स्थायित्व* (object permanence) का गुण कहा जाता है।

2. प्राक्संक्रियात्मक अवस्था (*Preoperational stage*)—संज्ञानात्मक विकास (cognitive developent) की वह अवस्था 2 साल से 7 साल की होती है। दूसरे शब्दों में, यह अवस्था होती है जो प्रारम्भिक बाल्यावस्था (early childhood) की होती है। इस अवस्था को पियाजे ने दो भागों में बाँटा है—प्राक्संप्रत्यात्मक अवधि (preconceptual period) तथा अन्तर्दर्शी अवधि (intuitive period)।

(i) प्राक्सम्प्रत्ययात्मक अवधि (Preconceptual period)—यह अवधि 2 साल से 4 साल की होती है। इस अवस्था में बालक सूचकता (signifiers) विकसित कर लेते हैं। सूचकता (signifiers) से तात्पर्य इस बात से होता है कि बालक यह समझने लगते हैं कि वस्तु, शब्द, प्रतिमा तथा चिन्तन (thoughts) किसी चीज के लिए किया जाता है। उन्होंने दो तरह की सूचकता पर बल डाला है—*संकेत* (symbol) तथा *चिह्न* (sign)। किसी ठोस वस्तु के मानसिक चिन्तन (mental representation) का दूसरा नाम ही संकेत है। संकेत तथा उस ठोस वस्तु में अधिक सादृश्यता होती है। जैसे जब बालक अपनी माँ की आवाज को सुनता है, तब उसके मन में माँ की एक प्रतिमा बनती है जो संकेत का उदाहरण है। चिह्न में वस्तुओं (objects) जिनका वे मानसिक चिन्तन (mental thinking) करते हैं, इतनी अधिक सादृश्यता (representation) नहीं होती है। चिह्न में वस्तुओं या घटनाओं का एक अमूर्त्त प्रतिनिधित्व (abstract representation) होता है। शब्द या भाषा के अन्य पहलू सबसे सामान्य चिह्न के उदाहरण हैं।

पियाजे ने संकेत (symbols) तथा चिह्न (sign) को प्राक्संक्रियात्मक चिन्तन (preoperational thoughts) का महत्त्वपूर्ण साधन (tool) माना है। इस अवस्था में बालकों को इन सूचकता (signifiers) का अर्थ समझना होता है तथा साथ-ही-साथ उसे अपने चिन्तन एवं कार्य में उसका प्रयोग करना सीखना होता है। इसे पियाजे ने लाक्षणिक कार्य (semiotic function) की संज्ञा दी है। उन्होंने यह भी बतलाया है कि बालकों में लाक्षणिक कार्य मूलतः दो तरह की क्रियाओं (activities) अर्थात् अनुकरण (imitation) एवं खेल (play) द्वारा होता है। अनुकरण (imitation) की प्रक्रिया द्वारा बालक सूचकता को सीखते हैं। उदाहरणस्वरूप, बालक जब माँ द्वारा 'फूल' को फूल कहने का अनुकरण करता है, तो वह धीरे-धीरे फूल एवं उसके अर्थ को समझ जाता है। खेल के माध्यम से भी बालक सूचकता के अर्थ को समझते हैं तथा उसका सही-सही प्रयोग अपने चिन्तन एवं क्रियाओं में करना सीखते हैं।

पियाजे ने प्राक्संक्रियात्मक चिन्तन (preoperational thoughts) की दो परिसीमाएँ (limitations) भी बतलाया है जो इस प्रकार हैं—

(a) जीववाद (Animism)—जीववाद बालकों के चिन्तन में एक ऐसी परिसीमा की ओर बताता है जिसमें बालक निर्जीव वस्तुओं को सजीव समझता है। जैसे कार, पंखा, हवा, बादल सभी उसके लिए सजीव होते हैं।

(b) आत्मकेन्द्रिता (Egocentrism)—इसमें बालक अपना विचार तथा दूसरों के विचार में विभेद नहीं कर पाता है। इसमें बालक सिर्फ अपने ही विचार को सही मानता है। उसे कुछ इस तरह का विश्वास हो जाता है कि दुनिया की अधिकतर चीजें इसके इर्द-गिर्द घूमने लगती रहती हैं। जैसे वह तेजी से दौड़ता है, तो सूर्य भी तेजी से चलना प्रारम्भ कर देता है, उसकी गुड़िया वही देखती है जो वह देख रहा है आदि-आदि। पियाजे ने यह भी बताया है कि जैसे-जैसे बालकों का सम्पर्क अन्य बालकों एवं भाई-बहनों से बढ़ता जाता है, उसके चिन्तन में आत्मकेन्द्रिता की शिकायत कम होती जाती है।

(ii) अन्तर्दर्शीय अवधि (Intuitive period)—यह अवधि 4 साल से 7 साल की होती है। इस अवधि में बालकों का चिन्तन एवं तर्कणा (reasoning) पहले से अधिक परिपक्व (mature) हो जाते हैं जिसके परिणामस्वरूप वह साधारण मानसिक प्रक्रियाएँ जो जोड़, घटाव, गुणा तथा भाग (division) आदि में सम्मिलित होती हैं, कर पाता है। परन्तु इन मानसिक प्रक्रियाओं के पीछे छिपे नियमों (principles) को वह नहीं समझ पाता है। अन्तर्दर्शी चिन्तन (intuitive thinking) एक ऐसा चिन्तन होता है जिसमें कोई क्रमबद्ध तर्क (systematic logic) नहीं होता है। पियाजे ने अन्तर्दर्शी चिन्तन (intuitive thinking) का भी एक दोष (limitation) बताया है और वह यह है कि इस उम्र के बालकों के चिन्तन में पलटावी गुण (trait or reversibility) नहीं होता है। जैसे बालक यह तो समझता है $2 \times 2 = 4$ हुआ परन्तु $4 \div 2 = 2$ कैसे हुआ, यह नहीं समझ पाता है।

3. ठोस संक्रिया की अवस्था (*Stage of concrete operation*)—यह अवस्था 7 साल से प्रारम्भ होकर 12 साल तक चलती है। इस अवस्था की विशेषता यह है कि बालक ठोस वस्तुओं (concrete objects) के आधार पर आसानी से मानसिक संक्रियाएँ (mental operations) करके किसी समस्या का समाधान कर लेते हैं। परन्तु उन वस्तुओं को न देकर यदि उसके बारे में शाब्दिक कथन (verbal statement) तैयार कर समस्या उपस्थित की जाती है, तो वे ऐसी समस्याओं पर मानसिक संक्रियाएँ (mental operations) कर कोई निष्कर्ष पर पहुँचने में असमर्थ रहते हैं। जैसे यदि उन्हें तीन वस्तुएँ A, B, C दी जाएँ तो उन्हें देखकर वे यह आसानी से कह देंगे कि इनमें 'A', 'B' से बड़ा है और 'B', 'C' से बड़ा है। अतः सबसे बड़ा 'A' हुआ। परन्तु यदि उनसे यह कहा जाय कि अंजु मंजु से बड़ी है और मंजु बड़ी है रंजु से तो तीनों में सबसे बड़ी कौन हैं, तो वे इसका उत्तर देने में असमर्थ रहते हैं। इसका कारण यह है कि इस समस्या में ठोस संक्रिया (concrete operation) सम्भव नहीं है क्योंकि समस्या शाब्दिक कथन (verbal statement) के रूप में उपस्थित की गई है। इस उदाहरण से यह भी स्पष्ट है कि इस अवस्था में बालकों का चिन्तन एवं तर्कणा (reasoning) प्राक्संक्रियात्मक अवस्था (preoperational stage) की तुलना में अधिक क्रमबद्ध (systematic) एवं तर्कसंगत हो जाती है। इस अवस्था के चिन्तन की एक विशेषता यह भी है कि इसमें पलटावी गुण (trait of reversibility) आ जाता है। जैसे अब बालक यह समझने लगते हैं कि $2 \times 2 = 4$ हुआ तो $4 \div 2 = 2$ होगा।

इस अवस्था में बालकों में तीन महत्त्वपूर्ण सम्प्रत्यय (concepts) विकसित हो जाते हैं—संरक्षण (conservation), सम्बन्ध (relations) तथा वर्गीकरण (classification)। इस अवस्था में बालक तरल (liquid), लम्बाई (length), भार (weight) तथा तत्त्व (substance) के संरक्षण से सम्बन्धित समस्याओं (problems) का समाधान करते पाए जाते हैं। वे क्रमिक सम्बन्धों (ordinal relations) से सम्बन्धित समस्याओं का भी समाधान करते पाए जाते हैं। दूसरे शब्दों में, दी गई वस्तुओं को उसकी लंबाई या वजन के अनुसार घटती क्रम या बढ़ती क्रम में सजाने की क्षमता उनमें विकसित हो जाती है। इसे *पंक्तिबद्धता* (seriation) की संज्ञा दी जाती है। उसी तरह इस अवस्था में बालकों में वस्तुओं के गुण के अनुसार उसे किसी एक वर्ग या उपवर्ग में छाँटने की क्षमता भी विकसित हो जाती है।

इतना होने के बावजूद ठोस संक्रियात्मक चिन्तन (concrete operational thinking) के दो प्रमुख दोष बताए गए हैं। *पहला* दोष यह बताया गया है कि इस अवस्था में बालक मानसिक संक्रियाएँ (mental operations) तभी कर पाता है जब वस्तु ठोस (concrete) रूप में उपस्थित की गई हो। *दूसरा* दोष यह बताया गया है कि इस अवस्था में चिन्तन पूर्णतः क्रमबद्ध (systematic) नहीं होता है क्योंकि बालक दी गई समस्या के तार्किक रूप से संभावित सभी समाधानों के बारे में नहीं सोच पाता है। जैसा कि ब्राऊन तथा कूक[1] (Brown & Cook, 1986) ने कहा है, ''ठोस संक्रियात्मक चिन्तन की दूसरी परिसीमा यह है कि यह बहुत क्रमबद्ध नहीं होती है। किसी समस्या के तार्किक रूप से संभावित सभी समाधानों के बारे में बालक नहीं सोच पाता है।''

4. औपचारिक संक्रिया की अवस्था (*Stage of formal operation*)—यह अवस्था 11 साल से प्रारम्भ होकर वयस्कावस्था (adulthood) तक चलती है। इस अवस्था में किशोरों (adolescents) के चिन्तन में अधिक लचीलापन (flexible) आ जाती है। अब वे किसी समस्या का समाधान काल्पनिक रूप से (hypothetically) सोचकर एवं चिन्तन करके करने में सक्षम हो जाते हैं। इस अवस्था में समस्या के समाधान के लिए समस्या के एकांशों (items) को ठोस रूप से (in a concrete form) उसके सामने उपस्थित होना अनिवार्य नहीं है। इस तरह किशारों के चिन्तन में वस्तुनिष्ठता (objectivity) तथा वास्तविकता (reality) की भूमिका अधिक बढ़ जाती है। दूसरे शब्दों में, बालकों में विकेन्द्रण (decentering) पूर्णतः विकसित हो जाता है।

पियाजे (Piaget) का मत है कि औपचारिक संक्रिया की अवस्था (stage of formal operation) अन्य अवस्थाओं की तुलना में अधिक परिवर्त्य (variable) होती है तथा यह किशोरों के शिक्षा के स्तर (level of education) से सीधे प्रभावित होता है। जिन बालकों का शिक्षा-स्तर काफी नीचा होता है, उनमें औपचारिक संक्रियात्मक चिन्तन (formal operational thought) भी काफी कम होता है। परन्तु जिस बालक का शिक्षा-स्तर काफी ऊँचा होता है, उनमें औपचारिक संक्रियात्मक चिन्तन अधिक मात्रा में होता है।

---

1. "Another limitation associated with concrete operational thought is that it is not very systematic. A child in this stage is not likely to consider all of the logically possible solution to a problem."
—Brown & Cook : *Introductory Psychology, 1986 p.* 377

इस तरह हम देखते हैं कि पियाजे ने अपने चार-स्तरीय सिद्धान्त (four-stage theory) में इस बात पर बल डाला है कि बालकों में संज्ञानात्मक विकास चार विभिन्न अवस्थाओं में होता है।

पियाजे का यह सिद्धान्त जबकि एक प्रबल सिद्धान्त है, फिर भी मनोवैज्ञानिकों ने इसकी आलोचना अग्रलिखित कारकों के आधार पर की है—

(i) आलोचकों का मत है कि पियाजे द्वारा बालकों के व्यवहारों के प्रेक्षण (observation) की जो विधि अपनाई गई थी, वह अधिक आत्मनिष्ठ (subjective) है। इनकी विधि में कभी-कभी बालकों को ऐसी अनुक्रियाएँ करनी पड़तीं हैं, जिसे वे अपने में संज्ञानात्मक सम्पन्नता (cognitive competence) होने के बावजूद उनका उत्तर नहीं दे पाते हैं।

(ii) कुछ आलोचकों ने बालकों द्वारा दिए गए उत्तरों की व्याख्या जो पियाजे (Piaget) ने की है, उसकी आलोचना किया है। पियाजे के अनुसार जब बालक दी गई समस्या का समाधान नहीं कर पाता है, तो इसका सीधा मतलब यह लगा लिया जाता है कि उस बालक में संज्ञानात्मक सम्पन्नता (cognitive competence) की कमी है। आलोचकों ने पियाजे की इस व्याख्या की आलोचना की है। गेलमैन (Gelman, 1978) ने अपने अध्ययन के आधार पर यह बताया कि जब बालकों से पियाजे द्वारा पूछे गए संरक्षण (conservation) से सम्बन्धित समस्या को सुधार कर एवं साधारण भाषा में पूछा गया तो वे उसका सही-सही-सही समाधान करने में सफल हो गए। इससे पता चलता है कि पियाजे (Piaget) द्वारा की गई व्याख्या अधिक निर्भर योग्य नहीं थी।

(iii) पियाजे (Piaget) का ऐसा विश्वास था कि संज्ञानात्मक विकास (cognitive development) सतत (continuous) एवं असतत (discontinuous) दोनों ही होता है। उनका कहना था कि किसी एक अवस्था में संज्ञानात्मक विकास की प्रक्रिया सतत् (continuous) तथा उत्तरोत्तर बढ़ने वाली (incremental) होती है। परन्तु एक अवस्था से दूसरी अवस्था में यह विकास असतत (discontinuous) एवं गुणात्मक रूप से भिन्न (qualitatively distinct) होता है। आलोचकों का मत है कि पियाजे का यह विश्वास वैज्ञानिक नहीं था क्योंकि जो भी हम संज्ञानात्मक विकास (cognitive development) दूसरी, तीसरी या चौथी अवस्था में देखते हैं, वह ठीक पहले की अवस्था या अवस्थाओं में पूर्णतः अलग नहीं रहता है। उदाहरणस्वरूप, बालकों के चिन्तन में तीसरी अवस्था में अचानक पलटावी का गुण (trait of reversibility) नहीं आ जाता है। पहले उसमें अपलटावी का गुण (trait of irreversibility) संज्ञानात्मक विकास की दूसरी अवस्था में विकसित होता है और तब परिपक्वता एवं अनुभव में वृद्धि होने से अगली अवस्था में पलटावी का गुण विकसित होता है। अतः संज्ञानात्मक विकास की विभिन्न अवस्थाओं को एक-दूसरे से पूर्णतः स्वतन्त्र मानना उचित नहीं होगा।

(iv) हालाँकि पियाजे ने संज्ञानात्मक विकास (cognitive development) के लिए बालकों की जैविक परिपक्वता (biological maturation) तथा अनुभव (experience) दोनों को ही महत्त्वपूर्ण माना है, लेकिन वे यह नहीं बता पाए कि किसी अमुक संज्ञानात्मक संरचना (cognitive structure) के विकास में अनुभव या परिपक्वता की किस मात्रा में जरूरत पड़ती है। जैसे, उन्होंने यह नहीं बताया है कि वस्तु स्थायित्व (object permanence) की संरचना विकसित करने में दृष्टि उद्दीपक (visual stimulation) किस मात्रा में बालकों को दिया जाना चाहिए। उसी ढंग से औपचारिक संक्रियात्मक चिन्तन (formal operational thought) को संतोषजनक स्तर के लिए किशोरों को कहाँ तक शिक्षित होना चाहिए, आदि-आदि।

इन आलोचनाओं के बावजूद पियाजे के संज्ञानात्मक विकास का सिद्धान्त काफी महत्त्वपूर्ण सिद्धान्त माना गया है। इस सिद्धान्त के तथ्यों की उपयोगिता बालकों के लिए काफी अधिक बताई गयी है। क्योंकि इससे उनके बौद्धिक विकास (intellecutal development) की व्याख्या संतोषजनक ढंग से हो पाती है।

वाइगोटस्की का संज्ञानात्मक विकास सिद्धान्त
(Vygotsky's Theory of Cognitive Development)

रूसी मनोवैज्ञानिक लेभ वाइगोटस्की (Lev Vygotsky, 1978) का मत था कि पियाजे ने संज्ञानात्मक विकास के अपने सिद्धान्त में बच्चों द्वारा वातावरण को स्वतंत्र रूप से खोज-बीन (exploration) करके संज्ञानात्मक विकास करने की प्रक्रिया पर बल डाला है। इसमें पियाजे ने परिपक्वता (maturation) को भी महत्त्वपूर्ण माना था। परन्तु सामजिक-सांस्कृतिक संदर्भ (socio-cultural perspective) जिसके समर्थक लेभ वाइगोस्टकी है, ने इसे स्वीकार नहीं किया है।

इन्होंने बच्चों के संज्ञानात्मक विकास में सामाजिक कारकों (social factors) एवं भाषा (language) को महत्त्वपूर्ण बतलाया है। इसलिए वाइगोस्टकी के संज्ञानात्मक विकास के सिद्धान्त को *सामाजिक-सांस्कृतिक सिद्धान्त* (socio-cultural theory) भी कहा जाता है।

पियाजे ने यह स्पष्ट किया था कि बच्चों के संज्ञानात्मक विकास में संस्कृति (culture) तथा शिक्षा (education) की भूमिका महत्त्वपूर्ण नहीं होती है। वाइगोस्टकी ने इसे अस्वीकृत करते हुए कहा है कि हकीकत ऐसा नहीं है और बच्चे जिस उम्र में भी किसी संज्ञानात्मक कौशल को सीखते हैं, उनपर इस बात का अधिक प्रभाव पड़ता है कि क्या संस्कृति से उन्हें संगत सूचना तथा निर्देश प्राप्त हो रहा है या नहीं। वाइगोस्टकी ने यह बतलाया है कि सचमुच में संज्ञानात्मक विकास एक अन्वैयक्तिक सामाजिक परिस्थिति (interpersonal social context) में सम्पन्न होता है जिसमें बच्चों को अपने *वास्तविक विकास के स्तर* (level of actual development) (अर्थात् जहाँ तक वे बिना किसी मदद के अपने ही कोई कार्य कर सकते हैं) से अलग तथा उनके *सम्भाव्य विकास के स्तर* (level of potential level) अर्थात् जिसे वे सार्थक एवं महत्त्वपूर्ण व्यक्तियों की सहायता से प्राप्त करने में सक्षम हैं, के तरफ ले जाने की कोशिश की जाती है। इन दोनों स्तरों (levels) के बीच के अन्तर को वाइगोस्टकी ने *समीपस्थ विकास का क्षेत्र* (Zone of proximal development or ZPD) कहा है। दूसरे शब्दों में यह कहा जा सकता है कि समीपस्थ विकास का क्षेत्र से तात्पर्य बच्चों के लिए एक ऐसे कठिन कार्यों के परास (range) से होता है जिसे वह अकेले नहीं कर सकता है लेकिन अन्य व्यस्कों तथा कुशल सहयोगियों (skilled pears) की मदद से उसे करना सम्भव है। समीपस्थ विकास के क्षेत्र को एक उदाहरण द्वारा इस प्रकार समझाया जा सकता है—

मान लिया जाए कि 5 वर्ष की कविता तथा सविता पियाजे द्वारा दिये गए संरक्षण समस्याओं (conservation problems) का समाधान नहीं कर पाती है। परन्तु माता-पिता, शिक्षक या अन्य अपने से बड़े उम्र के बच्चों से निर्देशन पाकर कविता इन समस्याओं का समाधान नहीं कर पाती है जबकि सविता कर लेती है। क्या ये दोनों बच्चियाँ एक ही संज्ञानात्मक स्तर (cognitive level) पर है? वाइगोस्टकी का उत्तर होगा कदापि नहीं क्योंकि दोनों के समीपस्थ विकास का क्षेत्र (Zone of proximal development) अर्थात् बच्चे स्वतंत्र रूप से क्या कर सकते हैं तथा व्यस्कों से सहायता प्राप्त करके वे क्या और कर सकते हैं, में अंतर है।

अब प्रश्न उठता है कि वाइगोस्टकी के सिद्धान्त में समीपस्थ विकास का क्षेत्र इतना क्यों महत्त्वपूर्ण है? इसके दो कारण बतलाये गए हैं—

(i) इससे यह पहचान करने में मदद मिलती है कि बच्चे क्या जल्द ही अपने स्तर से कुछ कर सकते हैं।

(ii) इससे यह भी पता चलता है कि हमलोग बच्चों के जैविक परिपक्वता (biological maturation) के आलोक में एक सीमा या क्षेत्र (zone) के भीतर बच्चों के संज्ञानात्मक विकास को आगे बढ़ा सकते हैं। टेनेनबाम तथा लीपर (Tenenbaum & Leeper, 2003) ने अपने अध्ययन के आधार पर इस तथ्य की सम्पुष्टि करते हुए कहा है कि जो माता-पिता अपने बच्चों को वैज्ञानिक कार्य (scientific task) में उम्र के अनुरूप परन्तु संज्ञानात्मक रूप से उत्तेजित करने वाले भाषा का उपयोग करते हैं, तो इनसे उनके बच्चों का संज्ञानात्मक विकास थोड़ा मजबूत हो गया।

वाइगोस्टकी ने इस प्रश्न पर भी विचार किया है कि व्यस्कों के साथ की गयी सामाजिक अंतक्रिया (social interaction) किस तरह से मदद बच्चों के संज्ञानात्मक विकास में करता है। अध्ययनों से यह स्पष्ट हुआ है कि प्रायः यह *पारस्परिक शिक्षण* (reciprocal teaching) के प्रारूप में होता है जिसमें शिक्षक (या अन्य व्यस्क) तथा बच्चा बारी-बारी से किसी क्रिया इस ढंग से करते हैं जिसमें शिक्षक (या अन्य व्यस्क) बच्चे के लिए एक मॉडल के रूप में कार्य करते हैं। इसके अतिरिक्त इन विभिन्न अन्तक्रियाओं के दौरान व्यस्क एक तरह से पाड़ या पाइट (scaffolding) प्रदान करते हैं जिससे भी उनका संज्ञानात्मक विकास प्रभावित होता है। पाड़ या पाइट से तात्पर्य एक ऐसी मानसिक संरचना (mental structures) से होता है जिसे बच्चे नये कार्यों को करते समय या नये प्रकार का चिंतन करते समय उनका उपयोग कर सकते हैं। सचमुच में यह एक ऐसी सामाजिक अन्तःक्रिया (social interaction) है, जिसमें शिक्षण सत्र (teaching session) के दौरान दिये गए समर्थन (support) को छात्रों के निष्पादन के वर्तमान स्तर के साथ फिट करने की कोशिश की जाती है ताकि बच्चे फिर धीरे-धीरे बिना समर्थन के ही निष्पादन को उत्तम बना कर रख सके। टप्पन (Tappan, 1998) तथा जान-स्टीनर एवं माह्न (John-Steiner & Mahn, 1996) द्वारा किये गये अध्ययनों से यह स्पष्ट हुआ है कि ZPD (Zone of personnel development) में पाड़ या पाइट (scaffolding) का एक

महत्त्वपूर्ण साधन (tool) संवाद या वार्तालाप (dialogue) होता है। वाइगोटस्की का मत था कि बच्चों में उत्तम परन्तु अक्रमबद्ध (unsystematic), असंगठित (disorganized) तथा स्वतः प्रवर्तित (spontaneous) सम्प्रत्यय (concept) होते हैं। जब ऐसे बच्चों का संवाद या वार्तालाप अधिक निपुण एवं प्रवीण व्यक्तियों के साथ होता है, तो उनका सम्प्रत्यय एक क्रमबद्ध, तार्किक (logical) एवं तर्कसंगत (rational) सम्प्रत्यय में बदल जाता है।

वाइगोटस्की (Vygotsky, 1962) ने सामाजिक विकास में बच्चों की भाषा (language) एवं चिन्तन (thinking) को भी महत्त्वपूर्ण साधन बतलाया है। इनका मत है कि छोटे बच्चों द्वारा भाषा का उपयोग सिर्फ सामाजिक संचार (social communication) के लिये ही नहीं किया जाता है बल्कि इसका उपयोग वे लोग अपने व्यवहार को नियोजित एवं निदेशित करने के लिए भी करते हैं। जब आत्म-नियमन (self-regulation) के लिये भाषा का उपयोग किया जाता है, तो इसे *आंतरिक सम्भाषण* (inner speech) या *निजी सम्भाषण* (private speech) कहा जाता है। इस बिन्दु पर वाइगोटस्की का मत पियाजे (Piaget) के मत से भिन्न है। पियाजे के लिये यह निजी सम्भाषण (private speech) अपरिपक्व एवं आत्मकेन्द्रित (egocentric) होता है जबकि वाइगोस्टकी ने इसे आरम्भिक वाल्यावस्था में चिन्तन का एक महत्त्वपूर्ण साधन (tool) माना है।

वाइगोटस्की (Vygotsky) के सिद्धान्त के अनुसार प्रारम्भ में बच्चों में चिन्तन (thinking) एवं भाषा (language) दोनों ही स्वतंत्र रूप से पहले विकसित होते हैं और बाद में वे आपस में फिर मिल जाते हैं। उनका मत था कि सभी मानसिक कार्य (mental functions) के बाह्य (external) या सामाजिक उद्भव (social origin) होते हैं। अपने चिंतन पर ध्यान केन्द्रित करने के पहले बच्चों को दूसरों के साथ बातचीत करने के लिए भाषा को सीखना अनिवार्य होता है। इस तरह से बच्चों को लम्बे समय तक बाहरी दुनिया के साथ संचार स्थापित करने के लिए भाषा का उपयोग करना आवश्यक रूप से सीखना होता है और इसके बाद ही वे ठीक ढंग से बाह्य (external) से भीतरी सम्भाषण (internal speech) की ओर अंतरित हो पाते हैं। यह अंतरण सामान्यतः 3 साल से 7 साल के बीच होता है और इसमें बच्चे अपने आप से बात-चीत करना सीख लेते हैं। इसके बाद आत्म-बातचीत (self-talk) बच्चों का एक स्वभाव-सा हो जाता है और वे बिना स्पष्ट रूप से बाले ही कोई कार्य करने की क्षमता विकसित कर लेते हैं। जब ऐसा हो जाता है, तो यह कहा जाता है कि बच्चे अपने आत्मकेन्द्रित सम्भाषण (egocentric speech) को *आंतरिक सम्भाषण* (inner speech) के रूप में आंतरीकृत (internalized) कर लिये हैं जो आगे चलकर उनके चिन्तन के रूप में दिखलाई देते हैं। वाइगोटस्की का यह भी मत है कि ऐसे बच्चे जो अधिक-से-अधिक निजी सम्भाषण (*private speech*) का उपयोग करते हैं, वे सामाजिक रूप से उन बच्चों की अपेक्षा अधिक दक्ष होते हैं, जो ऐसे सम्भाषण का उपयोग नहीं करते हैं या बहुत कम करते हैं। इस तरह से उनके अनुसार निजी सम्भाषण सचमुच में सामाजिक रूप से अधिक अभिव्यक्तिशील (communicative) बनने की दिशा में बच्चों में एक उत्तम आरंभिक कदम होता है। अधिकतर शोधकर्त्ताओं ने बच्चों के विकास में निजी सम्भाषण (private speech) के इस धनात्मक भूमिका को समर्थन प्रदान किया है।

एजमिटिया (Azmitia, 1988) ने अपने अध्ययन के आधार पर यह स्पष्ट कर दिया है कि ऐसे सामाजिक अंतक्रियाओं (social interactions) से बच्चे विशिष्ट तरह के कौशलों को आसानी से सीख लेते हैं तथा उससे उनका संज्ञानात्मक विकास में मदद मिलती है। एस्टीनगटन (Astington, 1985) तथा पास्सर एवं स्मीथ (Passer & Smith, 2007) द्वारा इस क्षेत्र में किये गए अध्ययनों की समीक्षा से यह स्पष्ट हुआ है कि बच्चे अपने सहपाठियों के साथ भी अन्तःक्रिया करके बहुत कुछ सीखते हैं।

मनोविज्ञान में वाइगोस्टकी का यह सिद्धान्त धीरे-धीरे लोकप्रिय हो चला है क्योंकि जैसा कि रोवी तथा वर्टस्क (Rowe & Wertsch, 2004) ने कहा है, इसमें अन्य कुशल व्यक्तियों (skilled persons) के साथ अन्तःक्रिया के माध्यम से सहयोगात्मक अधिगम (collaborative learning) पर तुलनात्मक रूप से अधिक बल डाला गया है जो अपने आप में महत्त्वपूर्ण एवं विशेष है।

समस्या समाधान का अर्थ एवं स्वरूप
(Meaning and Nature of Problem Solving)

समस्या समाधान एक प्रमुख संज्ञानात्मक व्यवहार (cognitive behaviour) हैं। समस्या समाधान उस समय आवश्यक हो जाता है जब व्यक्ति किसी लक्ष्य (goal) पर पहुँचना चाहता है परन्तु लक्ष्य आसानी से उपलब्ध नहीं होता है। जब लक्ष्य आसानी से उपलब्ध हो जाता है, तो कोई समस्या नहीं उत्पन्न होती है और तब समस्या-समाधान का

प्रश्न ही नहीं उठता है। जैसे, यदि हम कुछ लिखना चाहते हैं, परन्तु कलम या पेंसिल उपलब्ध नहीं है, तो यह व्यक्ति के लिए समस्या होगी परन्तु यदि उसके पास कलम उपलब्ध है तो कोई समस्या नहीं होगी। इसका स्पष्ट मतलब तब यह हुआ कि समस्या समाधान (problem solving) एक ऐसी परिस्थिति होती है जिसमें लक्ष्य तक पहुँचने में कुछ चीजें बाधा उत्पन्न करती हैं। समस्या समाधान को मनोवैज्ञानिकों ने कुछ इसी संदर्भ में परिभाषित किया है।

वेरोन[1] (Baron, 2001) के अनुसार, ''समस्या समाधान में विभिन्न अनुक्रियाओं को करने या उनमें से चुनने का प्रयास सम्मिलित होता है ताकि वांछित लक्ष्यों की प्राप्ति की जा सके।''

विट्टिंग एवं विल्लियम्स[2] III (Witting & Williams III, 1984) के अनुसार, ''समस्या का समाधान का अर्थ होता है बाधाओं को दूर करने तथा लक्ष्यों की ओर पहुँचने के लिए चिन्तन प्रक्रियाओं का उपयोग करना।''

इन परिभाषाओं में सम्मिलित तथ्य पर विचार करने से यह स्पष्ट हो जाता है कि समस्या समाधान एक ऐसी प्रक्रिया है जिसमें व्यक्ति समस्या के वर्तमान अवस्था (given state) से लक्ष्य अवस्था (goal state) की ओर जाता है। समस्या से तात्पर्य एक ऐसी अवस्था से होती है जिसमें व्यक्ति कुछ (लक्ष्य) चाहता है परन्तु वह आसानी से प्राप्त नहीं होता है।

मैटलिन (Matlin, 1983) के अनुसार समस्या समाधान के तीन महत्त्वपूर्ण पहलू बतलाए गए हैं—

(i) मौलिक अवस्था (*Original state*)—मौलिक अवस्था से तात्पर्य उस अवस्था से होता है जो समस्या के सामने आने पर प्रारम्भ में उत्पन्न होती है।

(ii) लक्ष्य अवस्था (*Goal state*)—लक्ष्य अवस्था से तात्पर्य उस अवस्था से होता है जो लक्ष्य पर पहुँचने अर्थात् समस्या समाधान होने के बाद उत्पन्न होती है।

(iii) नियम (*Rules*)—नियम से तात्पर्य उन कार्य विधि (procedures) से होता है जिसे व्यक्ति समस्या की मौलिक अवस्था से लक्ष्य अवस्था तक पहुँचने में अपनाता है।

जैसे, मान लिया जाय कि आपको तीन किलोमीटर की दूरी तय करके सब्जी लाने जाना है। इस उदाहरण में समस्या की मौलिक अवस्था (original state) यह चिन्तन हो सकता है कि अभी हम तीन किलोमीटर उस स्थान से दूर हैं, जहाँ हमें अभी पहुँचना है परन्तु जाने का साधन भी कुछ नहीं है। लक्ष्य अवस्था में यह हो सकता है कि हम आखिर सब्जी बाजार पहुँच जाए। नियम में कई तरह की कार्य विधियाँ हो सकतीं हैं—जैसे पैदल चलकर आना, दूसरे की गाड़ी में लिफ्ट लेकर आना आदि, आदि।

कुछ समस्याएँ आसान होती हैं जिनका समाधान आसानी से हो जाता है। परन्तु कुछ समस्य काफी जटिल होतीं हैं जिनका समाधान आसानी से नहीं हो पाता है। फलतः इनके समाधान के लिए व्यक्ति को कुछ विशेष तरह के उपाय (strategy) ढूँढ़ना पड़ता है।

समस्या समाधान की विधियाँ या उपाय
(Methods or Strategies of Solving the Problem)

किसी समस्या का समाधान करने के लिए व्यक्ति कई तरह की विधियों या उपायों को अपनाता है। इनमें से कुछ विधि ऐसी है जिसमें समय तो अधिक लगता है परन्तु इससे समाधान निश्चित रूप से होता है। कुछ विधि ऐसी है जिसमें समय तो कम लगता है परन्तु उनसे समस्या का समाधान होना निश्चित नहीं है। इस क्षेत्र में किये गये अध्ययनों के आलोक में यह कहा जा सकता है कि समस्या समाधान के निम्नांकित दो विधियाँ हैं जो काफी महत्त्वपूर्ण हैं—

(क) यादृच्छिक अन्वेषण विधि (random search method or strategies)

(ख) स्वतः शोध अन्वेषण विधि (heuristic search method or strategies)

---

1. "Problem solving involves efforts to develop or choose among various responses in order to attain desired goals." —Baron : *Psychology*, 2001, p. 267
2. "Problem solving means the use of thought processes to overcome obstacles and work towards goals" —Witting & Williams III : *Psychology* : *An introduction, 1984, p. 239*

स्वतः शोध अन्वेषण विधि के तहत निम्नांकित तीन प्रविधियों पर सर्वाधिक डाला गया है:—

1. साधन-साध्य विश्लेषण (means-ends analysis)
2. पश्चगामी अन्वेषण (backward search)
3. योजना विधि (planning strategy or method)

इन सबों का वर्णन निम्नांकित है:—

1. यादृच्छिक अन्वेषण विधि (*Random search method or strategies*)—इस विधि में व्यक्ति समस्या के समाधान के लिए प्रयत्न एवं त्रुटि (trial and error) उपायों का सहारा लेता है। दूसरे शब्दों में, समस्या के समाधान के लिए वह एक तरह का यादृच्छिक अन्वेषण (random search) करता है जो दो प्रकार का होता है—*अक्रमबद्ध यादृच्छिक अन्वेषण* (unsystematic random search) तथा *क्रमबद्ध यादृच्छिक अन्वेषण* (systematic random search)। अक्रबद्ध यादृच्छिक अन्वेषण में व्यक्ति समस्या के समाधान के लिए सभी तरह के संभावित अनुक्रियाओं को करता है परन्तु ऐसा करने में वह कोई निश्चित क्रम (sequence) को नहीं अपनाता है और ना ही पहले किये गये प्रयासों का कोई रेकार्ड ही रखता है। क्रमबद्ध यादृच्छिक अन्वेषण में व्यक्ति समस्या के समाधान के लिए संभावित अनुक्रियाओं को एक क्रम में करता है तथा पहले किये गये अनुक्रियाओं का एक रेकार्ड भी रखता है ताकि वह पहले की गलत अनुक्रियाओं को पुनः दोहरा न सके। क्रमबद्ध यादृच्छिक अन्वेषण द्वारा समस्या के समाधान में तुलनात्मक रूप से समय अधिक लगता है परन्तु यह विधि अक्रमबद्ध यादृच्छिक अन्वेषण से अधिक प्रभावी (efficient) है। जैसे, मान लिया जाय कि व्यक्ति को NSO वर्ण विपयर्य (anagram) देकर उसके क्रम को ठीक करके सार्थक शब्द बनाने के लिए कहा जाय, तो क्रमबद्ध अन्वेषण विधि के अनुसार वह 'SNO', फिर 'ONS' और अन्त में 'SON' बना पा लेगा और इस तरह से समस्या का समाधान कर लेगा। इससे इस बात का अंदाज लग ही जाता है कि यदि कोई लम्बा वर्ण विपयर्य (anagram) जैसे सात या उससे अधिक अक्षरों का हो, तो क्रमबद्ध यादृच्छिक अन्वेषण द्वारा उसका समाधान करने में काफी समय लगेगा।

यादृच्छिक अन्वेषण चाहे क्रमबद्ध हो या अक्रमबद्ध हो, यह एल्गोरिद्म (algorithm) का उदाहरण है। एल्गोरिद्म एक ऐसी विधि है जो तुरन्त या थोड़े समय के बाद किसी समस्या का समाधान पाने की गारंटी दिलाता है। एल्गोरिद्म में समय तो थोड़ा अवश्य लगता है परन्तु समस्या का समाधान निश्चित रूप से होता है। गुणा के नियम या कोई गणितीय सूत्र एल्गोरिद्म के ही उदाहरण है जिनसे समस्या का समाधान या तो तुरन्त या कुछ समय के बाद ही होता है, परन्तु होता है अवश्य।

2. स्वतः शोध अन्वेषण युक्तियाँ या विधि (*Heuristic search strategies or methods*)—इस विधि में व्यक्ति समस्या का समाधान करने के लिए सभी विकल्पों को नहीं ढूँढ़ता है बल्कि सिर्फ उन्हीं विकल्पों का चयन करके समस्या समाधान करने की कोशिश करता है जो उन्हें संगत (relevant) प्रतीत होता है। रिटमैन (Reitman, 1964) के अनुसार ऐसा अन्वेषण विधि एक लघु नियम (short-cut rule) के समान होते हैं जिससे किसी समस्या का समाधान जल्द हो जाता है। एल्गोरिद्म की तुलना में इसमें कम समय लगता है। परन्तु जहाँ एल्गोरिद्म में समस्या समाधान की गारंटी होती है, वहाँ स्वतः शोध विधि में समाधान की गारंटी तो नहीं होती है परन्तु समाधान निकल आने की सम्भावना अधिक बनी होती है। इसे एक उदाहरण द्वारा इस प्रकार समझाया जा सकता है। मानलिया जाय कि कोई व्यक्ति को पाँच अक्षरों का एक वर्ण विपयर्य (anagram) के अक्षरों को ठीक करके शब्द बनाने के लिए कहा जाता है। थोड़े देर के लिए मान लिया जाये कि वह वर्ण विपयर्य 'LEPAP' है। यदि इसे एल्गोरिद्म से समाधान किया जाये तो काफी समय लगेगा क्योंकि इसमें अक्षरों के प्रत्येक संयोग (combination) को एक-एक करके सार्थक शब्द ढूँढ़ने का प्रयास किया जायेगा। अतः व्यक्ति किसी लघु या सरल उपाय (short-cut method) को अपनायेगा। इसमें वह उन अक्षर संयोगों पर पहले ध्यान देगा जो अंग्रेजी भाषा में अधिक प्रयोग किये जाते हैं और तब अन्य अक्षर संयोगों पर। इस तरह से वह कोशिश करके उसका समाधान अपेक्षाकृत जल्द ढूँढ लेगा—(APPLE) यह स्वतः शोध अन्वेषण (heuristic research) का उदाहरण होगा।

इसके तहत आनेवाली तीन प्रविधियों का वर्णन निम्नांकित हैं:—

(i) साधन-साध्य विश्लेषण (*Means-ends analysis*)—साधन-साध्य विश्लेषण एक लोकप्रिय उपाय या विधि है जिसका उपयोग व्यक्ति किसी समस्या के समाधान में प्रायः करता है। इस तरह की विधि में व्यक्ति समस्या को

कई छोटी-छोटी उपसमस्या (subporblems) में बाँट देता है। इनमें से प्रत्येक उपसमस्या का समाधान करके समस्या के मौलिक अववस्था (original state) तथा लक्ष्य अवस्था (goal state) के बीच के अन्तर को कम कर दिया जाता है अर्थात् समस्या एवं समाधान की दूरी को कम कर दिया जाता है। इस विधि की उपयोगिता कई क्षेत्रों जैसे शतरंज की समस्या का समाधान में, गणितीय समस्याओं के समाधान में एवं कम्प्यूटर द्वारा किसी समस्या का समाधान करने के लिए कार्यक्रम तैयार करने में सिद्ध हो चुकी है। नीवेल्ल एवं साईमन (Newell & Simon, 1972) द्वारा साधन-साध्य विश्लेषण का उपयोग कम्प्यूटर अनुरूपण (computer simulation) उपागम में काफी किया गया है।

(ii) पश्चगामी अन्वेषण (*Backward search*)—यह एक ऐसा स्वतः शोध अन्वेषण (heuristic search) है जिसमें समस्या समाधान करने के ख्याल से व्यक्ति लक्ष्य अवस्था (goal state) से अपना प्रयास प्रारम्भ करता है और पश्चगामी दिशा में कार्य करते हुए प्रारम्भिक मौलिक अवस्था तक आता है। इस तरह का अन्वेषण निम्नांकित दो परिस्थितियों में अधिक लाभप्रद साबित हुआ है—

(a) जब समस्या का स्वरूप कुछ ऐसा होता है जहाँ उसका लक्ष्य अवस्था में मौलिक अवस्था की तुलना में अधिक सूचनाएँ सम्मिलित होतीं हैं।

(b) जब समस्या का स्वरूप कुछ ऐसा होता है कि उसके समाधान के लिए प्रयास अग्रगामी (forward) तथा पश्चगामी (backward) दोनों ही दिशा में सम्भव है।

पश्चगामी अन्वेषण शैक्षिक समस्याओं एवं मनोरंजक समस्याओं के समाधानों में अक्सर किया जाता है। जैसे, मानलिया जाय कि कोई व्यक्ति मानव भूलभूलैया (human maze) में सही पथ की खोज कर रहा है। ऐसी परिस्थिति में वह लक्ष्य बिन्दु से सही पथ की ओर आगे बढ़ते हुए कुछ दूर तक आने पर वहाँ उसे छोड़कर वह फिर प्रारम्भ बिन्दु से सही पथ की ओर आगे बढ़ते हुए उस बिन्दु पर आकर रुक सकता है जहाँ वह लक्ष्य बिन्दु से आगे चलते हुए आकर रुका था। इस तरह से वह भूलभूलैया में सही पथ की खोज निकाल सकने में समर्थ हो पायेगा। यह पश्चगामी अन्वेषण का उदाहरण होगा।

(iii) योजना युक्तियाँ या विधि (*Planning strategy or method*)—इस विधि द्वारा समस्या के समाधान में व्यक्ति समस्या को मुख्य रूप से दो भागों में बाँट देता है—साधारण पहलू (simple aspect) तथा जटिल पहलू (complex aspect)। पहले व्यक्ति साधारण पहलू का समाधान करता है तथा जटिल पहलू को छोड़ देता है। उसके बाद वह जटिल पहलू की ओर अग्रसर होता है और फिर उसका समाधान करता है। योजना विधि का एक सामान्य प्रकार सादृश्यता (analogy) है। सादृश्यता में पहले की समस्या के समाधान को ही वर्तमान समस्या के समाधान में एक मदद के रूप में उपयोग किया जाता है। जैसे, मान लिया जाय कि एक शिशु ने हिन्दी के शब्द 'समर्थ' का उच्चारण करना सीखा है। यदि वह बाद में 'असमर्थ' शब्द को कहीं देखता है और उसे भी वह 'समर्थ' ही कहता है। स्पष्टतः यहाँ शिशु दूसरी समस्या के समाधान में सादृश्यता (analogy) का उपयोग कर रहा है जो एक तरह की योजना विधि है। कई मनोवैज्ञानिकों ने सादृश्यता की उपयोगिता का प्रयोगात्मक अध्ययन किया है और कहा है कि सादृश्यता की योजना कुछ विशेष अवस्था में ही सफल हो पाती है। रीड (Read, 1977) ने अपने अध्ययन के आधार पर यह बतलाया है कि सादृश्यता द्वारा किसी समस्या का समाधान होना निम्नांकित शर्तों पर आधृत होता है:—

(a) व्यक्ति को यह महसूस हो कि वर्तमान समस्या पहले की समस्या का सादृश्य है।

(b) व्यक्ति को यह याद हो कि पहले की समस्या का समाधान किस तरह किया था।

(c) व्यक्ति पहली समस्या के समाधान के कदमों (steps) को वर्तमान समस्या के समाधानं में उपयोग करने की समझ रखता है।

(d) सादृश्यता में सम्मिलित सूचना की पुनः प्राप्ति (retrieve) करने, अनुवादित (translate) करने तथा उनका उपयोग करने में लगा समय उस समय से कम हो जो उसी तरह की सूचना को प्रारम्भ से खोज करने में लगा हो।

स्पष्ट हुआ कि समस्या समाधान की कई विधियाँ हैं जिनका उपयोग करके व्यक्ति समस्या का समाधान करता है तथा समस्या की मौलिक अवस्था तथा लक्ष्य अवस्था की बीच की दूरी को कम करता है।

समस्या समाधान को प्रभावित करने वाले कारक
(Factors Influencing Problem Solving)

मनोवैज्ञानिकों द्वारा किये गये अध्ययनों से यह स्पष्ट हुआ कि कई ऐसे कारक (factors) हैं जिनका समस्या समाधान पर स्पष्ट प्रभाव पड़ता है। ऐसे कारकों में निम्नांकित प्रमुख हैं—

1. कार्यात्मक अटलता (functional fixedness)
2. मानसिक वृत्ति (mental set)
3. प्रशिक्षण (training)
4. समस्या का स्वरूप (nature of problem)
5. दुश्चिंता (anxiety)
6. अवधान विस्तार (span of attention)
7. उद्भवन (incubation)
8. विक्षिप्तिकरण (brain storming)

इन सबों का वर्णन निम्नांकित हैं:—

1. कार्यात्मक अटलता (*Functional fixedness*)—कार्यात्मक अटलता से समस्या समाधान में बाधा होती है। कार्यात्मक अटलता से तात्पर्य किसी वस्तु के एक विशेष उपयोगिता या कार्य के बारे में एक अटल विचार या चिन्तन से होता है जिसके कारण व्यक्ति उस वस्तु का उपयोग दूसरे ढंग से समस्या समाधान में नहीं कर पाता है। इसका मतलब यह हुआ कि कार्यात्मक अटलता में वस्तु का कोई विशेष उपयोग या कार्य एक अटल (fixed) प्रारूप धारण कर लेता है जिसके कारण व्यक्ति उस वस्तु का उपयोग हमेशा उसी ढंग से करता है। यदि समस्या का स्वरूप ऐसा होता है कि वहाँ उस वस्तु को नये ढंग से कार्यरूप देना है तो उसे उसमें सफलता नहीं मिल पाती है। स्पष्टतः कार्यात्मक अटलता से यह पता चलता है कि व्यक्ति का गत अनुभूति (past experience) किस तरह से किसी समस्या के समाधान में बाधक होता है। समस्या समाधान में कार्यात्मक अटलता के इस महत्त्व को डंकर (Dunker, 1945) ने अपने प्रयोग में स्पष्टतः दिखलाया है। इनके प्रयोग में दो समूह लिए गये—प्रयोगात्मक समूह (experimental group) तथा नियन्त्रित समूह (control group)। प्रयोगात्मक समूह को तीन छोटे-छोटे कार्ड बोर्ड बक्स दिये गये जिसमें एक में दियासलाई की काँटी, दूसरे में मोमबत्ती तथा तीसरे में कील (tacks) रखे गये थे (देखें चित्र 9.6)। नियन्त्रित समूह को भी तीन वैसे कार्ड बोर्ड दिये गये थे परन्तु वे खाली थे। इसके अलावा इन्हें भी दियासलाई की काँटी, मोमबत्ती तथा कुछ कील दिये गये परन्तु वे किसी बक्स में नहीं रखे हुए थे। दोनों समूह के सामने एक ही समस्या थी—मोमबत्ती को दिवाल पर इस तरह रखना था कि वह सीधे खड़ी अवस्था (vertical position) में जलता रहे। इसका समाधान यह था कि मोमबत्ती को जला लिया जाय, किसी एक कार्ड बोर्ड बक्स पर थोड़ा पिघलते मोम को गिरा दें, इस पर जलते हुए मोमबत्ती को खड़ी स्थिति में स्थिर कर लिया जाए तथा इस बक्स को दो काँटी पर रखकर उन काँटियों को दिवाल में अँटका दें या ठोक दिया जाए। परिणाम में देखा गया कि प्रयोगात्मक समूह को इस समस्या का समाधान करने में नियन्त्रित समूह की अपेक्षा अधिक कठिनाई हुई। डंकर के अनुसार ऐसा इसलिए हुआ क्योंकि विभिन्न वस्तुओं को कार्ड बोर्ड बक्सों में रखकर दिये जाने से प्रयोगात्मक समूह के प्रयोज्यों के मन से बक्सों को एक डब्बा (container)

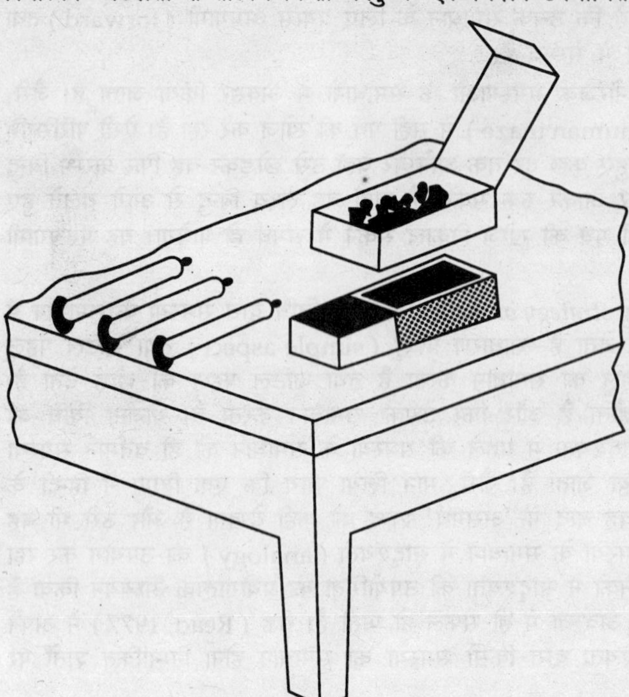

चित्र 9.6 कार्यात्मक अटलता पर किया गया प्रयोग

के रूप में होने की स्थिरता या अटलता (fixedness) उत्पन्न हो गयी। फलतः ऐसे प्रयोज्यों ने बक्सों को दूसरे रूप में व्यवहृत करने जैसे मोमबत्ती को खड़ा करने में, उसे एक समर्थन के रूप में उपयोग करने में और फिर दिवाल में कील ठोक कर उसपर रखने की बात सोच ही नहीं पाते थे। नियन्त्रित समूह के प्रयोज्यों में ऐसी बात या ऐसी कार्यात्मक अटलता (functional fixedness) नहीं थी इसलिए उन्हें समस्या का समाधान करने में आसानी हुई। ठीक इसी ढंग का एक अन्य प्रयोग ऐडमसन (Admason, 1952) द्वारा किया गया और डंकर के प्रयोग के परिणाम की सम्पुष्टि की गयी।

2. मानसिक वृत्ति (*Mental set*)—मानसिक वृत्ति का भी प्रभाव समस्या समाधान पर पड़ता है। समस्या समाधान में कार्यात्मक अटलता (functional fixedeness) जो वस्तु की एक खास विशेषता से सम्बन्धित होता है, जबकि मानसिक वृत्ति व्यक्ति की एक खास विशेषता से सम्बन्धित होता है। जब व्यक्ति किसी समस्या का समाधान करता है, तो उसमें एक खास तरह की मानसिक वृत्ति उत्पन्न हो जाती है, जो समस्या समाधानकर्त्ता (problem solver) को किसी दूसरी समस्या के समाधान में भी वही तरीका अपनाने की प्रेरणा देता है हालाँकि इस समस्या का समाधान का नया तरीका पहले से अधिक सुलभ एवं सरल रहता है। इस तरह की मानसिक वृत्ति से समस्या के समाधान में बाधा पहुँचती है। इसका प्रयोगात्मक समाधान लुचिंन्स[1] (Luchins, 1942) के द्वारा पानी-घड़ा समस्या (Water-jar problem) पर किये गये प्रयोग से होता है। इस प्रयोग से यह स्पष्ट हुआ कि जब मानसिक वृत्ति अनुपयुक्त (inappropriate) होती है, तो इससे समस्या के समाधान में बाधा पहुँचती है। परन्तु जब मानसिक वृत्ति वर्तमान समस्या के समाधान के लिए उपयुक्त होती है तो उससे समस्या के समाधान में मदद पहुँचती है।

3. प्रशिक्षण (*Training*)—प्रशिक्षण का भी प्रभाव समस्या समाधान पर पड़ता है। समस्या समाधान की उपयुक्त प्रविधियों में प्रशिक्षण देकर समस्या समाधान को आसान बनाया जा सकता है। इस सिलसिले में एक मशहूर अध्ययन डी ल्यू (De Leeuw, 1978) का है। इन्होंने स्कूली बच्चों का दो समूह लिया—एक समूह को एल्गोरिद्म युक्ति (algorithm strategy) से समस्या समाधान करने की प्रशिक्षण दी गयी जिसमें उन्हें समस्या के बारे में कुछ महत्त्वपूर्ण निर्णय पर पहुँचना सिखलाया गया। दूसरे समूह को स्वतः शोध अन्वेषण (heuritstic exploration) द्वारा प्रशिक्षण दिया गया जिसमें छात्रों ने स्वयं ही दी गयी समस्याओं के बारे निर्णय लिया। प्रशिक्षण समाप्त होने के बाद दोनों समूहों को विशेष तरह की समस्या का समाधान करने के लिए दिया गया। परिणाम में पाया गया कि एल्गोरिद्म विधि द्वारा प्रशिक्षित समूह का निष्पादन स्वतः शोध अन्वेषण द्वारा प्रशिक्षित समूह के निष्पादन से उत्तम था। परन्तु कुछ दिनों के बाद स्वतः शोध अन्वेषण वाले समूह का निष्पादन पहले तरह के समूह से अधिक श्रेष्ठ हो गया। इसका मतलब यह हुआ कि समय बीतने के साथ स्वतः शोध अन्वेषण विधि का प्रशिक्षण समस्या समाधान में अधिक गुणकारी होता है।

4. समस्या का स्वरूप (*Nature of problem*)—समस्याएँ दो प्रकार की हो सकतीं हैं— *स्पष्ट समस्याएँ* (well-defined problems) तथा *अस्पष्ट समस्याएँ* (ill-defined problems)। समस्या के इस स्वरूप का भी प्रभाव समस्या समाधान पर पड़ता है। रिटमैन (Reitman, 1964) के अनुसार स्पष्ट समस्या की कई विशेषताएँ होतीं हैं जो इन्हें अस्पष्ट समस्या से भिन्न करतीं हैं। स्पष्ट समस्या वैसे समस्या को कहा जाता है जिसमें व्यक्ति क्रमबद्ध ढंग से यह निश्चित कर पाता है कि इसका समाधान सही है; ऐसी समस्या के प्राप्त समाधान के बारे में लोगों में सहमति होती है तथा ऐसी समस्या की मौलिक अवस्था (original state), लक्ष्य अवस्था (goal state) तथा मौलिक अवस्था को लक्ष्य अवस्था में बदलने वाले नियम (rules) सभी बिलकुल ही स्पष्ट होते हैं। अस्पष्ट समस्या (ill-defined problem) में इन विशेषताओं के विपरीत गुण या विशेषता पायी जाती है। मनोवैज्ञानिकों द्वारा किये गये अध्ययनों से यह स्पष्ट हुआ है कि अस्पष्ट समस्या का समाधान स्पष्ट समस्या के समाधान की तुलना में कठिन होता है। लेकिन इसका मतलब यह नहीं है कि अस्पष्ट समस्या का समाधान व्यक्ति कर ही नहीं पाता है। सच्चाई यह है कि कुछ विशेष युक्तियों या उपायों (strategies) को अपनाकर जैसे ऐसी समस्या के मौलिक अवस्था, लक्ष्य अवस्था तथा मौलिक अवस्था को लक्ष्य अवस्था में बदलने वाले नियमों का संरचित (structured) कर बहुत हद तक उनका समाधान किया जा सकता है।

---

1. ''लूचिंन्स (Lunchins, 1942) के इस प्रयोग की चर्चा चिन्तन में वृत्ति या तत्परता का महत्त्व' के शीर्षक के तहत किया जा चुका है।

5. दुश्चिंता (*Anxiety*)—कुछ समस्याएँ ऐसी होतीं हैं जिनका लक्ष्य अवस्था (goal state) व्यक्ति में चिन्ता उत्पन्न कर देता है। जब अधिक मात्रा में व्यक्ति में चिन्ता उत्पन्न हो जाती है तो इसका असर समस्या समाधान पर बुरा पड़ता है और व्यक्ति समस्या समाधान ठीक ढंग से नहीं कर पाता है। मनोवैज्ञानिकों द्वारा किये गये अध्ययनों से यह स्पष्ट हुआ है कि किसी भी समस्या के लिए व्यक्ति में साधारण स्तर की चिन्ता आवश्यक है। इससे सचमुच में समस्या समाधान में एक तरह की मदद मिलती है क्योंकि इससे समस्या समाधान की प्रेरणा प्रबल होती है। परन्तु यदि इसका स्तर बहुत अधिक हो जाता है तो इससे समस्या समाधान में बाधा होने लगती है क्योंकि ऐसी स्थिति में व्यक्ति में संज्ञानात्मक अन्यमनस्कता (cognitive distraction) उत्पन्न होने लगता है।

6. अवधान विस्तार (*span of attention*)—समस्या समाधान व्यक्ति के अवधान विस्तार से भी प्रभावित होता है। यदि व्यक्ति एक साथ समस्या के कई पहलुओं पर अवधान देने में समर्थ हो पाता है तो इससे वह समस्या के महत्त्वपूर्ण एवं महत्त्वहीन पहलुओं के बीच अन्तर करने में सफल हो जाता है। ऐसी परिस्थिति में वह समस्या समाधान ठीक ढंग से करने में सफल हो पाता है। परन्तु यदि कुछ कारणों से वह समस्या के अधिक पहलुओं पर अवधान नहीं दे पाता है, तो इस तरह का अंतर वह नहीं कर पाता है और ऐसी परिस्थिति में उसे समस्या समाधान में अधिक सफलता नहीं मिल पाती है। ऐसे तो प्रत्येक व्यक्ति का अवधान विस्तार सीमित होता है परन्तु व्यक्ति अपने विशेष् प्रयास के द्वारा अवधान विस्तार को कुछ हद तक बढ़ा सकता है और ऐसी स्थिति में उसे समस्या समाधान में कुछ और अधिक सफलता प्राप्त हो सकती है।

7. उद्भवन (*Incubation*)—समस्या समाधान पर उद्भवन का भी प्रभाव पड़ता है। जब व्यक्ति किसी समस्या का समाधान करते समय कुछ बिन्दु पर अपने आप को असमर्थ पाता है, तो वह थोड़े समय के लिए उस बिन्दु पर से ध्यान हटाकर आराम करने लगता है। इस अवस्था को उद्भवन कहा जाता है। सचाई यह है कि व्यक्ति जब आराम की अवस्था में होता है, जहाँ वह चेतन रूप से भले ही समस्या समाधान पर से अपना ध्यान हटा लेता है, परन्तु अचेतन रूप से वह समस्या के समाधान के बारे में सोचता रहता है। परिणामतः उसे समस्या समाधान करने में विशेष मदद मिलती है। फलतः उद्भवन का प्रभाव समस्या समाधान पर अनुकूल पड़ता है।

8. विक्षिप्तिकरण (*Brainstorming*)—समस्या समाधान पर विक्षिप्तकरण का भी प्रभाव पड़ता है। विक्षिप्तिकरण से तात्पर्य एक ऐसी प्रक्रिया से होती है जिसमें व्यक्ति को एक साथ समस्या के सभी सम्भावित समाधानों के बारे में बतलाना होता है। इस तरह से एक सीमित समय के भीतर प्रयोज्य समस्या का जितना समाधान बतला सकता है, बतलाने के लिए कहा जाता है। इस तरह के विक्षिप्तिकरण का फायदा यह होता है कि व्यक्ति द्वारा बतलाये गये विभिन्न समाधानों में कुछ उत्तम समाधान निकल आते हैं और इस तरह से समस्या का समाधान हो जाता है। मनोवैज्ञानिकों का मत है कि विक्षिप्तिकरण की प्रक्रिया दो ढंग से कार्य करती है। पहला, इसमें व्यक्ति द्वारा समस्या समाधान के लिए किये गये विशेष व्यवहार या क्रिया के सम्भावित परिणाम की पहचान हो पाती है तथा दूसरा, इसमें कुछ वैसे चरण (steps) भी प्रकाश में आते हैं जिनका अनुसरण करके समाधान या लक्ष्य की प्राप्ति की जा सकती है। थाम्पसन (Thompson, 1975) ने अपने अध्ययन में पाया है कि विक्षिप्तिकरण उत्पन्न होने पर करीब 40% प्रयोज्यों ने पहले से अधिक समस्या का समाधान कर पाये।

स्पष्ट हुआ कि समस्या समाधान कई कारकों द्वारा प्रभावित होता है। इन कारकों के बारे में जान लेने से समस्या समाधान कार्य के स्वरूप को समझने में काफी मदद मिलती है।

समस्या समाधान के कदम
(Steps of Problem Solving)

समस्या समाधान में कई तरह के कदम होते हैं। मनोवैज्ञानिकों द्वारा इस बिन्दु पर व्यक्त किए गये विचारों में विभिन्नता रही है। फिर भी यदि हम उन सबों द्वारा व्यक्त किये गए तथ्यों को ध्यान में रखें तो यह स्पष्ट होगा कि समस्या समाधान में निम्नांकित पाँच स्पष्ट कदम होते हैं—

1. समस्या के स्वरूप समझना (Understanding the nature of problem)
2. समाधान के बारे सोचना (Generating solutions)

3. समस्या समाधान के विभिन्न उपायों में से उत्तम के बारे में निर्णय करना (Judging the best among the likely solutions)
4. उत्तम उपाय को कार्यान्वित करना (Carrying out the best solution)
5. कार्यान्वित समाधान का मूल्यांकन करना (Evaluation of solution carried out)

इन पाँचों कदमों का वर्णन निम्नांकित हैं—

1. समस्या के स्वरूप को समझना (*Understanding the nature of problem*)—किसी भी समस्या में सबसे पहली अवस्था समस्या के स्वरूप को समझने की होती है। यहाँ व्यक्ति यह समझने की कोशिश करता है कि समस्या सुस्पष्ट (well-defined) है या अस्पष्ट (ill-defined) है, उसका समाधान के लिए किन चीजों एवं किन-किन व्यक्तियों की जरूरत पड़ सकती है, आदि-आदि। कहने का तात्पर्य यह है कि इस अवस्था में व्यक्ति समस्या के विभिन्न पहलुओं की पहचान करता है तथा उसके स्वरूप को समझने की अक्सर कोशिश करता है ताकि वह उसके समाधान के सम्भावित तरीकों को अपना सके।

2. समाधान के बारे में सोचना (*Generating solution*)—समस्या समाधान की यह दूसरी अवस्था होती है जिसमें समस्या समाधानकर्त्ता (problem solver) समस्या के स्वरूप निश्चित कर लेने के बाद उसके सम्भावित समाधान के बारे में सोचता है। इसके लिए वह अपने गत अनुभूतियों (past experiences) का भी सहारा लेता है तथा वर्त्तमान समय में उपलब्ध स्रोतों को टटोलता है। इस तरह से वह किसी समस्या के समाधान के बारे में कई तरह के उपायों के बारे में सोच लेता है। वह प्रत्येक ऐसे समाधान की एक सूची तैयार कर लेता है। सम्भव है कि किसी समस्या के समाधान के दो तरीका या उससे भी अधिक उसके सामने उपलब्ध हों।

3. समस्या समाधान के विभिन्न उपायों में से उत्तम उपाय के बारे में निर्णय करना (*Judging the best among the likely solutions*)—समस्या समाधान की इस अवस्था में समस्या समाधान-कर्त्ता दूसरी अवस्था में तय किये गये विभिन्न उपायों में से सबसे उत्तम एवं वैज्ञानिक उपाय का चयन करता है। दूसरे शब्दों में, वह यह निश्चित करता है कि इन विभिन्न उपायों में से किस उपाय से सबसे कम समय में तथा बिना किसी तरह के त्रुटि किये ही समस्या का समाधान वह कर पायेगा। इसके लिए वह दूसरी अवस्था में चयनित प्रत्येक उपाय की उपयोगिता का तुलनात्मक अध्ययन करने के बाद इस निष्कर्ष पर पहुँचता है कि अमुक उपाय ही समस्या समाधान का सबसे प्रमुख एवं उपयुक्त उपाय है।

4. उक्त उपाय को कार्यान्वित करना (*Carrying out the best solution*)—इस अवस्था में व्यक्ति चयनित उपाय को कार्य रूप देता है। दूसरे शब्दों में, वह उससे समस्या का समाधान करता है। अगर चयनित उपाय के बहुत सारे कदम नहीं है, तथा उपाय सरल है तो समस्या का समाधान आसानी से हो जाता है। परन्तु अगर चयनित उपाय जटिल है और उसमें बहुत सारे कदम सम्मिलित हैं तो समस्या का समाधान थोड़ा कठिन हो जाता है। कभी-कभी यह भी देखा गया है कि सावधानीपूर्वक चयनित उपाय को जब कार्यरूप दिया जाता है तो भी समस्या का समाधान नहीं हो पाता है और समस्या समाधान में त्रुटियाँ होतीं रहतीं हैं। इसका कारण यह है कि सम्बन्धित उपाय या चयन करने में ही कुछ त्रुटि या गलती हो जाती है।

5. कार्यान्वित समाधान का मूल्यांकन करना (*Evaluation of solution carried out*)—इस अवस्था में व्यक्ति समस्या समाधान के परिणाम का मूल्यांकन करता है। यहाँ व्यक्ति समाधान में सम्मिलित कदमों के गुण-दोष का परख करता है तथा इन चरणों या कदमों के महत्त्वपूर्ण तथ्यों या बातों को पुनः प्राप्ति संकेतों (retrieval cues) के रूप में संचित करके रखता है ताकि उसका उपयोग वह अन्य समान समस्याओं के समाधान में भविष्य कर सके।

स्पष्ट हुआ है कि समस्या समाधान में कई कदम या चरण होते हैं। इन कदमों या चरणों की जरूरतों को यदि ठीक ढंग से व्यक्ति उपयोग करता है तो समस्या का समाधान करने में उसे काफी सफलता मिलती है।

समस्या-समाधान क्षमता में यौन विभिन्नताएँ
(Sex differences in Problem Solving Ability)

मनोवैज्ञानिकों द्वारा किये गये अध्ययनों से विशेषकर 1940 एवं 1950 वाले दशकों में किये गए अध्ययनों से यह स्पष्ट हुआ है कि समस्या-समाधान व्यवहार में यौन अन्तर होता है। मैक्कोवाई एवं जैकलिन (Maccoby & Jacklin, 1974) द्वारा इस अवधि में किये गए अध्ययनों की समीक्षा से यह स्पष्ट हुआ है कि कुछ समस्याओं जैसे पानी-घड़ा समस्या (water-jar problem) तथा द्वय-रस्सी समस्या (two-string problem) के समाधान में पुरुष, महिलाओं से श्रेष्ठ निष्पादन दिखाते हैं। इससे यह संकेत मिलता है कि पुरुष, अशाब्दिक समस्याओं (non-verbal problems) के समाधान में महिलाओं से श्रेष्ठ होते हैं। फिर बाद में मैक्कोवाई एवं जैकलिन ने 1960 एवं 1970 वाले दशकों में किये गये 10 ऐसे प्रमुख अध्ययनों की समीक्षा किया जिसमें समस्या के रूप में वर्ण विपर्यय (anagram) का उपयोग किया गया और इन्हें सहभागियों को एक निर्धारित समय के भीतर समाधान किया था। स्पष्टतः इस समस्या का स्वरूप अशाब्दिक न होकर शाब्दिक (verbal) था। इन दस अध्ययनों में से छह अध्ययनों के परिणाम में कोई यौन अन्तर (sex difference) नहीं पाया गया और चार अध्ययनों में महिलाओं का निष्पादन पुरुषों से अच्छा पाया गया। इससे स्पष्ट होता है कि जब समस्या का स्वरूप शाब्दिक होता है, तो महिलाओं का निष्पादन उत्तम होता है। बाद में केसलर, डेनी एवं ह्वाईटली (Kesler, Denny & Whitely, 1976) ने एक अध्ययन किया जिसमें बुजुर्गों को तीन तरह की समस्याओं को समाधान करने के लिए दिया गया—*लिखित समस्याएँ* (written problems), *बीस-प्रश्नीय कार्य* (twenty-questions task) तथा *एक समस्या जिसमें एक प्रभावी स्वतःशोध युक्ति* (heurisitic strategy) विकसित हो सके। इस अध्ययन के परिणाम में देखा गया कि पुरुष महिलाओं से श्रेष्ठ थें। बाद में प्रयोकर्त्ताओं ने इन्हीं प्रयोज्यों में से शिक्षा, पेशा एवं अशाब्दिक बुद्धि के आधार पर एक नया उन्नत प्रतिदर्श तैयार किया और इस बार पाया गया कि उक्त तीनों समस्याओं पर समस्या-समाधान क्षमता में महिला और पुरुष में कोई अन्तर नहीं था।

मनोवैज्ञानिकों ने विशेष तरह के समस्या-समाधान क्षमता जिसे सर्जनात्मकता (creativity) कहा जाता है, में भी यौन अन्तरों के पड़ने वाले प्रभावों का अध्ययन किया है। मैक्कोवी तथा जैकलिन (Maccoby & Jacklin, 1974) ने सर्जनात्मकता के क्षेत्र में किये गये अध्ययनों को दो प्रमुख श्रेणियों में बाँटा है—सर्जनात्मकता के शाब्दिक मापन वाले अध्ययन तथा सर्जनात्मकता के अशाब्दिक (non-verbal) मापन वाले अध्ययन। इन अध्ययनों की समीक्षा से यह पता चला है कि प्राक्-स्कूल अवस्था या आरम्भिक स्कूल अवस्था में शाब्दिक सर्जनात्मकता के क्षेत्र में कोई यौन अन्तर (sex differences) नहीं होता है। परन्तु सात साल के अवस्था के बाद लड़कियाँ, लड़कों से अधिक उत्तम सर्जनात्मकता दिखाते पायीं गयीं। किसी भी उम्र पर सर्जनात्मकता के अशाब्दिक मापनों पर कोई यौन अन्तर नहीं पाया गया। सात अध्ययनों में कोई यौन अन्तर नहीं पाया गया; आठ अध्ययनों में लड़कियाँ, लड़कें से श्रेष्ठ पाये गए तथा आठ अध्ययनों में लड़के लड़कियों से श्रेष्ठ पाये गए। अलपाघ एवं बिर्रेन (Alpough & Birren, 1975) ने वयस्कों के सर्जनात्मकता में यौन अंतरों का अध्ययन किया। इस अध्ययन में प्रयोज्यों को सात सर्जनात्मकता परीक्षण दिये गए जिनमें से छह सर्जनात्मकता परीक्षणों में पुरुष तथा महिलाओं का निष्पादन समान रहा परन्तु उस सर्जनात्मकता परीक्षण में जिसमें आरेखीय या आकृतिक क्षमता (figural ability) का मापन होता है, पुरुष महिला से श्रेष्ठ पाये गये।

उक्त तथ्यों को ध्यान में रखते हुए यह कहा जा सकता है कि सर्जनात्मकता में यौन अन्तर (sex difference) नाम मात्र का होता है परन्तु थोड़ा सबूत इस बात का अवश्य मिलता है कि शाब्दिक सर्जनात्मकता में महिलाएँ पुरुष से उत्तम होतीं हैं परन्तु आकृतिक सर्जनात्मकता की स्थिति में पुरुष का निष्पादन महिलाओं से श्रेष्ठ होता है।

संज्ञानात्मक शैली में वैयक्तिक विभिन्नता
(Individual differences in Cognitive style)

संज्ञानात्मक शैली में तात्पर्य उस सतत वैयक्तिक विभिन्नता (consistent individual differences) से होता है जिसके माध्यम से लोग सूचनाओं को संसाधित करते हैं तथा संगठित करते हैं। यहाँ इस तथ्य को विशेष रूप से उजागर करना आवश्यक है कि संज्ञानात्मक शैली, संज्ञान (cognition) या कौशल के स्तर पर बल नहीं डालता है बल्कि यह उन मनोवृत्ति, पसंद (**preferences**) तथा विभिन्न तरह के उपायों (**strategies**) की ओर इशारा करता

है जिसे व्यक्ति अपने चिन्तन में उपयोग करता है। संज्ञानात्मक शैली के विभिन्न प्रकारों का वर्णन मनोवैज्ञानिकों द्वारा किया गया है। जैसे, मेस्सिक (Messick, 1976) उन्नीस प्रकार के संज्ञानात्मक शैलियों का वर्णन किये हैं; लोगन (Logan, 1976) ने चार तरह के संज्ञानात्मक शैलियों का वर्णन किये हैं। उसी तरह से स्मीथ (Smith, 1979) ने कानून के छात्रों एवं प्रोफेसरों में कई तरह के संज्ञानात्मक शैलियों को होते पाया है। इस पुस्तक में हम यहाँ सिर्फ दो अति सामान्य संज्ञानात्मक शैलियों का वर्णन करेंगे जो इस प्रकार है—

(क) क्षेत्र निर्भरता-स्वतन्त्रता शैली (Field dependence-independence style)

(ख) विमर्श-आवेगशीलता शैली (Reflection-impulsivity style)

(क) क्षेत्र निर्भरता-स्वतन्त्रता शैली *(Field dependence-independence style)*—यह एक सबसे प्रमुख संज्ञानात्मक शैली है जिसका अध्ययन विटकिन, मूर्रे, गुडएनफ तथा कौक्स (Witkin, Moore, Goodenough & Cox, 1977) द्वारा अधिक किया गया है। विटकिन तथा इनके इन सहयोगियों ने मौलिक रूप से क्षेत्र निर्भरता-स्वतन्त्रता का उपयोग वस्तुओं के प्रत्यक्षण में होने वाले वैयक्तिक विभिन्नताओं के संदर्भ में किया है। इसका उपयोग बाद में सामाजिक अंतःक्रियाओं एवं संज्ञानात्मक कार्यों के अध्ययन में सफलतापूर्वक किया गया है। क्षेत्र-निर्भर व्यक्ति वैसे व्यक्ति को कहा जाता है जो घटनाओं का अनुभव सम्पूर्ण रूप से करते हैं तथा ऐसे लोग किसी वस्तु को उसकी पृष्ठभूमि (background) से अलग नहीं कर पाते हैं। दूसरे तरफ, क्षेत्र-स्वतन्त्र व्यक्ति अपने अनुभूतियों को नये ढंग से विश्लेषित कर सकते हैं एवं पुनर्संरचित कर सकते हैं तथा ऐसे लोग वस्तुओं को आसानी से उसकी पृष्ठभूमि से अलग कर सकते हैं।

क्षेत्र-निर्भरता के स्वरूप को अधिक स्पष्ट रूप से समझने के लिए इस बात पर भी विचार करना आवश्यक है कि उनका मापन (measurement) किस तरह से किया जाता है। सामान्यतः इनका मापन निम्नांकित दो तरह के परीक्षणों (tests) द्वारा किया जाता है जो इस प्रकार हैः—

(i) सन्निहित या अंतःस्थापित आकृति परीक्षण *(Embedded figure test)*—इस परीक्षण में व्यक्ति एक सरल आकृति को जो एक जटिल आकृति में छिपा होता है, से अलग करने की कोशिश करता है। जो व्यक्ति क्षेत्र-निर्भर (field dependent) होता है, उसे इस कार्य को पूरा करने में अधिक समय लगता है क्योंकि ऐसे लोगों को किसी वस्तु को उसकी पृष्ठभूमि से अलग करने में उसे कठिनाई का अनुभव होता है।

(ii) शलाका-एवं-फ्रेम परीक्षण *(Rod-and-frame test)*—इस परीक्षण में व्यक्ति को किसी अंधेरे कमरे में एक चमकीले शलाका (rod) जो एक झुके हुए चमकीला वर्गाकार फ्रेम के भीतर होता है, उस स्थिति में पहचान करनी होती है जब वह सीधा खड़ा की स्थिति में होती है। जब व्यक्ति क्षेत्र-आश्रित या क्षेत्र-निर्भर होता है तो वह प्रायः शलाका के उस स्थिति की पहचान करता है जब वह सीधा न होकर पृष्ठभूमि के समान होता है अर्थात् वह झुके हुए वर्गाकार फ्रेम के समान होता है। परन्तु क्षेत्र-स्वतन्त्र व्यक्ति प्रायः शलाका की पहचान उस परिस्थिति में भी कर लेता है जब वह ठीक सीधे की स्थिति में होता है।

विटकिन (Witkin, 1976) ने अपने अध्ययनों के आधार पर यह स्पष्ट किया है कि इस संज्ञानात्मक शैली का यह अर्थ कदापि नहीं लेना चाहिए कि व्यक्ति के दो अलग-अलग समूह हैं, अर्थात् व्यक्ति या तो क्षेत्र-आश्रित होगा या क्षेत्र-स्वतन्त्र होगा। बल्कि सच्चाई यह है कि इन दोनों छोरों के बीच प्राप्तांकों का एक सतत् वितरण (continuous distribution) होता है। बहुत से लोगों का प्राप्तांक लगभग बीच में होता है अर्थात् ऐसे लोग क्षेत्र-स्वतन्त्र होने के साथ ही साथ थोड़ा क्षेत्र-निर्भर भी होते हैं। इन्होंने अपने अध्ययन के आधार पर यह भी बतलाया है कि क्षेत्र निर्भरता-स्वतन्त्रता परीक्षण पर का निष्पादन कई तरह के व्यवहारों से सम्बन्धित होता है। जैसे, क्षेत्र निर्भर व्यक्तियों पर साथियों के समूहों या प्राधिकारिक (authority) व्यक्तियों का अधिक प्रभाव पड़ता है। ऐसे लोग उन व्यक्तियों के चेहरे पर अधिक देर तक देखते हैं जिनके साथ वे अंतक्रिया करते हैं। ऐसे लोगों में सामाजिक कौशल (social skills) अधिक होता है। गुडएनफ (Goodenough, 1996) ने कई तरह के संज्ञानात्मक कार्यों के निष्पादन पर क्षेत्र निर्भरता-स्वतन्त्रता को सम्बन्धित किया और कुछ महत्वपूर्ण निष्कर्ष पर इस तरह पहुँच गया हैः—

(i) क्षेत्र-निर्भर व्यक्ति सम्प्रत्यय निर्माण कार्यों के उन गुणों या विशेषताओं से अधिक प्रभावित होते हैं जो अधिक स्पष्ट होते हैं तथा क्षेत्र-स्वतन्त्र लोग कम स्पष्ट विशेषताओं से ही ज्यादा प्रभावित होते हैं। जैसे, सम्प्रत्यय

निर्माण कार्य में पहले तरह के व्यक्ति स्पष्ट गुण जैसे रंग पर आधृत करके कोई प्राक्कल्पना बना सकता है जबकि क्षेत्र स्वतन्त्र कम स्पष्ट वस्तुओं पर अर्थात् वस्तुओं के गहरे या पहले किनारों (first border) पर ध्यान देकर कोई प्राक्कल्पना तैयार कर सकता है।

(ii) सीखने की परिस्थिति में क्षेत्र-निर्भर व्यक्ति अपना दृष्टिकोण निष्क्रिय (passive) रखता है जबकि क्षेत्र-स्वतन्त्र व्यक्ति ऐसी परिस्थिति में अपना एक सक्रिय दृष्टिकोण रखते हुए उसमें मनन (meditation) आदि का भी उपयोग करता है।

(iii) क्षेत्र-स्वतन्त्र व्यक्ति की तुलना में क्षेत्र-निर्भर व्यक्ति सामाजिक रूप से संगत वस्तुओं की याद अधिक रखता है।

(iv) क्षेत्र-स्वतन्त्र व्यक्ति तथा क्षेत्र-निर्भर व्यक्ति दोनों ही तरह के लोग धनात्मक पुनर्बलन (positive reinforcement) जैसे, प्रशंसा के प्रति समान रूप से अनुक्रिया करते हैं परन्तु क्षेत्र-निर्भर व्यक्ति पर आलोचना का प्रभाव तुलनात्मक रूप से अधिक पड़ता है।

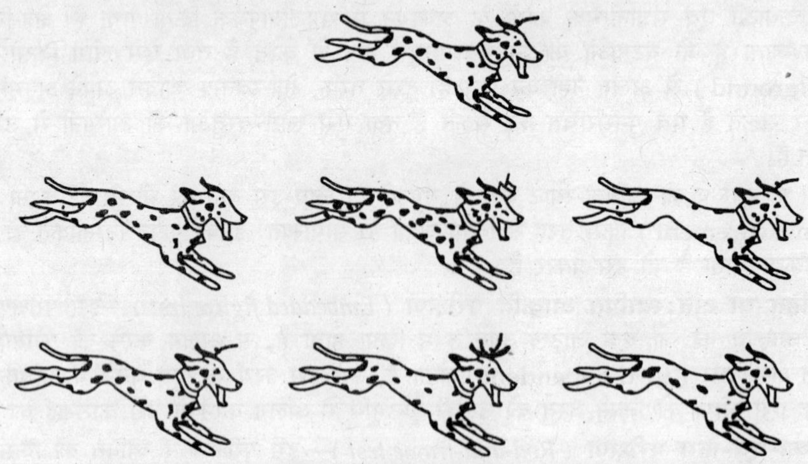

चित्र 9.7 : मिलान सुविदित आकृति परीक्षण के एकांशों का एक नमूना

(v) ऐसे शिक्षक जो क्षेत्र-निर्भर होते हैं, वर्ग में मात्र भाषण (lecture) की तुलना में विचार-विमर्श (discussion) को अधिक पसंद करते हैं जबकि ऐसे शिक्षक जो क्षेत्र-स्वतन्त्र होते हैं, वे वर्ग में भाषण को तुलनात्मक रूप से अधिक अहमियत देते हैं।

(ख) विमर्श-आवेगशीलता शैली (*Reflection-Impulsivity style*)—इस शैली से तात्पर्य समस्या समाधान में किस गति (speed) एवं यथार्थता (accuracy) से व्यक्ति विभिन्न वैकल्पिक प्राक्कल्पनाओं का उपयोग करते हैं, से होता है। मेस्सिक (Messick, 1976) इसे *सम्प्रत्यात्मक शैली* (conceptual tempo) कहा है। विमर्शी (reflective) व्यक्ति वैसा व्यक्ति होता है जो विभिन्न वैकल्पिक प्राक्कल्पनाओं पर सावधानीपूर्वक विचार-विमर्श करता है। सामान्यतः वह अनुक्रिया करने में अधिक समय लेता है तथा आवेगशील (impulsive) व्यक्ति की तुलना में अधिक सोच-समझकर अनुक्रिया करने वाला होता है। आवेगशील व्यक्ति (impulsive perosn) वैसे व्यक्ति को कहा जाता है जो बहुत तेजी से बिना अधिक सोचे-समझे अनुक्रिया करता है। फलस्वरूप, उससे त्रुटियाँ (errors) भी अधिक होतीं हैं। मेस्सर (Messer, 1976) का मत है कि विमर्श-आवेगशीलता शैली को अनुक्रिया करने में लगे समय एवं त्रुटि दोनों के आधार पर मापा जाता है। मेस्सर (Messer, 1976) के अध्ययन के अनुसार छोटे-छोटे बच्चे अधिक आवेगशील (impulsive) हुआ करते हैं। जैसे-जैसे उनकी आयु बढ़ते जाती है, वे अधिक विमर्शी (reflective) होते जाते हैं। वे अनुक्रिया करने में अधिक समय लेते हैं और वे अधिक यथार्थ (accurate) स्वरूप भी हो जाते हैं।

कागन एवं उनके सहयोगियों (Kagan et al., 1964) ने विमर्श-आवेगशीलता शैली को मापने के लिए एक विशेष परीक्षण जिसे *मिलान सुविदित आकृति परीक्षण* (matching familiar figures test) कहा जाता है, का

निर्माण किया है। इस परीक्षण में लक्ष्य चित्र (target figure) के समान मिलते-जुलते कई चित्र होते हैं जिनमें से व्यक्ति को लक्ष्य चित्र का पता लगाना होता है। जैसे, चित्र 9.7 में सबसे ऊपर के चित्र के समरूप (identical) चित्र दिये गए पाँच चित्रों में से एक है। व्यक्ति को यह पता लगाना होता है कि समरूप चित्र (identical figure) कौन-सा है।

विभिन्न संज्ञानात्मक कार्यों (cognitive tasks) पर विमर्शी एवं आवेगशील व्यक्ति का निष्पादन अलग-अलग होता है। जैसे, विमर्शी व्यक्ति सदृश्यता (analogies) से सम्बन्धित प्रश्नों का उत्तर अधिक सही-सही ढंग से करते हैं परन्तु आवेगशील व्यक्ति ऐसे प्रश्नों का चिर-परिचित एवं गलत साहचर्य बनाकर देते हैं। एकेनबैक (Achenbach, 1969) के अनुसार बीस-प्रश्नीय परीक्षण (twenty-question tests) पर विमर्शी बच्चे आवेगशील बच्चों की तुलना में अधिक समस्या-समाधान वाले उपायों (problem-solving strategies) को अपनाते हैं। कोगन (Kogan, 1976) के अनुसार आवेगशील बच्चे स्कूल में असफल अधिक होते हैं।

स्पष्ट हुआ कि संज्ञानात्मक शैली का प्रभाव काफी व्यापक होता है।

सम्प्रत्यय का स्वरूप एवं महत्त्व
(Nature and Improtance of Concept)

चिन्तन एक जटिल मानसिक प्रक्रिया है तथा इसका एक महत्त्वपूर्ण पक्ष सम्प्रत्यय या संकल्पना (concept) का विकास (formation) है। सम्प्रत्यय एक ऐसे प्रतीक को कहा जाता है जिससे वस्तुओं की सामान्य विशेषताओं का पता चलता है। अतः इसका महत्त्व सिर्फ चिन्तन (thinking) में ही नहीं है बल्कि व्यक्ति के भाषा विकास में भी काफी अधिक है।

मनोवैज्ञानिकों ने सम्प्रत्यय (concept) को चिन्तन का एक प्रमुख साधन (tool) माना है क्योंकि इससे समस्या के समाधान में यानी चिन्तन में काफी मदद मिलती है। अब प्रश्न यह उठता है कि सम्प्रत्यय को वैज्ञानिक अर्थ में कैसे परिभाषित किया जा सकता है। ऐसे तो भिन्न-भिन्न मनोवैज्ञानिकों ने सम्प्रत्यय को अपने-अपने ढंग से परिभाषित किया है परन्तु इनमें से सबसे उपयुक्त एवं विस्तृत परिभाषा हुल्स तथा उनके सहयोगियों एवं वेरोन द्वारा किया गया है। हुल्स, इगेथ एवं डीज[1] (Hulse, Egeth & Deese, 1980) के अनुसार, ''कुछ नियम द्वारा गुणों का आपस में मिलना ही सम्प्रत्यय कहलाता है। बैरोन[2] (Baron, 2005) के अनुसार, ''सम्प्रत्यय उन वस्तुओं, घटनाओं, अनुभूतियों या विचारों जो एक से अधिक अर्थ में एक-दूसरे से समान होते हैं, के लिए एक तरह का मानसिक श्रेणी होती है।''

यदि हम इन परिभाषाओं का विश्लेषण करें तो हमें निम्नांकित दो महत्त्वपूर्ण तथ्य मिलते हैं:—

(i) गुणों का समुच्चय या समूह (*Set of features*)—इस तथ्य से स्पष्ट है कि सम्प्रत्यय (concept) का निर्माण तभी हो सकता है जब वस्तु में कुछ गुण (features) या विशेषताएँ हों। इस तरह के 'गुण या विशेषता' के दो लक्षण होते हैं—पहला यह कि गुण ऐसा हो जिसका पृथक्करण (abstraction) किया जा सके तथा दूसरा यह कि गुण ऐसा हो जो विषमता (contrast) दिखलावें। अगर ये दो लक्षण नहीं है, तो उसे गुण (feature) की संज्ञा नहीं देंगे। उदाहरणार्थ, 'घास हरा होता है।' इस वाक्य में घास का 'गुण' हरापन (greennish) है जिसमें ऊपर के दोनों लक्षण पाये जाते हैं। घास के हरापन के गुण को स्पष्टतः घास के अन्य गुणों से पृथक किया जा सकता है। 'हरापन' में विषमता भी स्पष्ट रूप से है, यानी यह रंग अन्य रंगों से बिलकुल ही विषम या अलग है। थोड़ी देर के लिए मान लिया जाय कि दुनिया की हर वस्तु हरे ही रंग की हो जाती है, तो ऐसी अवस्था में इसकी विषमता (contrast) की क्षमता समाप्त हो जायेगी और तब इसे 'गुण' की श्रेणी में नहीं रखा जायेगा।

सम्प्रत्यय (concept) के निर्माण में प्रायः इसी तरह के कई गुणों का एक समूह होता है। जैसे, निम्नांकित गुणों के आधार पर आपके मन में कौन-सा सम्प्रत्यय (concept) उत्पन्न होता है—'चार पैर, एक पूँछ, भौंकना। इन गुणों को मिलाने पर आप सामान्य निष्कर्ष पर पहुँचेंगे 'कुत्ता'। यहाँ 'कुत्ता' सम्प्रत्यय का उदाहरण हुआ।

---

1. "Concept is a set of features connected by some rule."
—Hulse, Egeth & Deese : *The Psychology of Learining*, 1980, p. 214
2. "Concepts are mental categories for objects, events, experiences or ideas that are similar to one another in one or more respects."
—Baron, : *Psychology*, 2005, p. 250

(ii) नियम *(Rule)*—सम्प्रत्यय (concept) का बोध होने के लिए सिर्फ यही आवश्यक नहीं है कि व्यक्ति के सामने कई गुण (features) उपस्थित हो बल्कि यह भी आवश्यक है कि ये सभी गुण कुछ विशेष नियम (rule) द्वारा आपस में सम्बन्धित हों। मार्गन, किंग, विस्ज तथा स्कौपलर (Morgan, King, Weisz & Schopler, 1986) के अनुसार इन नियमों को दो भागों में बाँटा गया है—एल्गोरिद्म या गणितीय नियम (algorithmic rule) तथा स्वतः शोध नियम (heuristic rule)। गणितीय नियम से तात्पर्य उस नियम से होता है जिसके लागू करने से व्यक्ति को सफलता निश्चित रूप से प्राप्त होती है। जैसे, किसी अंक में शून्य (zero) से गुणा करने पर उत्तर हमेशा शून्य होगा, एक गणितीय नियम का उदाहरण होगा। स्वतःशोध नियम (heuristic rule) में व्यक्ति को सफलता की कोई गारंटी नहीं होती है। परिस्थिति के अनुसार इन दोनों नियमों में से किसी एक का प्रयोग कर व्यक्ति चिन्तन करता है तथा सम्प्रत्यय को सीखता है। ऊपर के उदाहरण में व्यक्ति तीन गुणों अर्थात् 'चार पैर', 'एक पूँछ' तथा भौंकना' को एक साथ मिलाकर एक सम्प्रत्यय यानी 'कुत्ता' होने का निर्णय लेता है जो एक तरह का समुच्चय बोधक नियम (conjunctive rule) हैं क्योंकि इसमें तीन गुणों को एक साथ बाँधा जा रहा है। परिस्थिति के अनुसार समुच्चय बोधक नियम (conjunctive rule) को हम गणितीय नियम की श्रेणी में भी रख सकते हैं या स्वतः शोध नियम (heuristic rule) के श्रेणी में रख सकते हैं। इस उदाहरण में इसे एक गणितीय नियम की श्रेणी में रखा जायेगा क्योंकि ये तीनों गुण सिर्फ एक ही जानवर, यानी 'कुत्ता' ही पाया जाता है। इसका कोई दूसरा उत्तर नहीं हो सकता है। तीन गुणों में से 'भौंकना' के जगह पर 'दो सींग' का गुण जोड़ दिया जाता है तो इस परिस्थिति का समुच्चय बोधक नियम (conjunctive rule) स्वतः शोध नियम (heuristic rule) की श्रेणी में आ जाएगा क्योंकि इसका उत्तर निश्चित नहीं है और इस नियम में व्यक्ति की अपनी इच्छा का महत्त्व अधिक हो जाता है। कोई 'गाय' का सम्प्रत्यय बना सकता है तो कोई 'भैंस' का तो कोई 'हरिण' का। इस व्याख्या से यह स्पष्ट है कि जब किसी वस्तु के कई गुण एक खास नियम द्वारा आपस में सम्बन्धित कर लिए जाते हैं, तो इससे उत्पन्न स्थिति को सम्प्रत्यय (concepts) की संज्ञा दी जाती है।

अब प्रश्न उठता है कि सम्प्रत्यय का महत्त्व क्या है? दूसरे शब्दों में सम्प्रत्यय किस तरह चिन्तन के लिए या समस्या समाधान के लिए उपयोगी एवं मददगार सिद्ध होता है। मनोवैज्ञानिकों द्वारा किये गये शोधों से यह स्पष्ट हुआ है कि निम्नांकित पाँच ऐसे कारक हैं जिनसे सम्प्रत्यय की उपयोगिता सिद्ध होती है—

(i) कुछ मनोवैज्ञानिकों जैसे जॉनसन-लायर्ड एवं वाटसन (Johnson-Laired & Watson, 1977) का मत है कि सम्प्रत्यय (concept) के बिना प्रत्येक वस्तु या घटना अनोखा होगा और उसके बारे में चिन्तन करना या किसी तरह का सामान्यीकरण (generalization) करना सम्भव नहीं हो पायेगा। चिन्तन में अक्सर व्यक्ति को विभिन्न वस्तुओं एवं घटनाओं को एक समान समझना होता है और सम्प्रत्यय व्यक्ति को विभिन्न वस्तुओं एवं घटनाओं को जो एक-दूसरे के समान होते हैं, को सम्बन्धित करने में मदद करता है। जैसे, सम्प्रत्यय के अभाव में 'आम' (mango) एक अलग एवं अनोखा वस्तु के समान होगा क्योंकि यह उन सभी वस्तुओं से असम्बन्धित होगा जिसे हम जानते हैं।

(ii) साकेल (Sakal, 1977) के अनुसार सम्प्रत्यय से स्मृति में एक तरह की मितव्ययिता (economy) उत्पन्न होती है। जब व्यक्ति विभिन्न समान वस्तुओं (similar object) को एक सम्प्रत्यय के रूप में समूहन (grouping) करता है, तो व्यक्ति सम्प्रत्यय के मात्र गुणों को ही याद करके उन सभी वस्तुओं का गुण बतला सकने में समर्थ होता है। उसे कभी वस्तुओं के अलग-अलग गुणों को स्मृति में याद नहीं रखना पड़ता है। जैसे 'पक्षी' एक सम्प्रत्यय है जिसमें सभी तरह के पक्षियों का गुण संचित हैं। अतः जब हमें किसी विशेष 'पक्षी' जैसे 'कोयल' का कभी वर्णन करना होता है, तो इसके गुणों को अलग से याद नहीं करना पड़ता है।

(iii) ब्रुनर, गुडनाऊ एवं अस्टीन (Bruner, Goodnow & Austin, 1956) का मत है कि सम्प्रत्यय का एक विशेष फायदा यह है कि इसके चलते व्यक्ति को सतत सीखना (constant learning) की आवश्यकता नहीं रह जाती है। सचमुच में सम्प्रत्यय की यह उपयोगिता पहले की उपयोगिताओं से सम्बन्धित है।

(iv) ब्रुनर, गुडनाऊ एवं अस्टीन (Bruner, Goodnow & Austin, 1956) का मत है कि सम्प्रत्यय से यह भी पता चलता है कि किसी वस्तु के प्रति किस तरह से प्रतिक्रिया किया जाए। दूसरे शब्दों में, सम्प्रत्यय के कारण व्यक्ति पहले से ही यह समझ जाता है कि उसे किस तरह से अनुक्रिया करनी चाहिए। जैसे कहीं 'आग' देखकर हम उससे दूर हटने की अनुक्रिया करते हैं क्योंकि 'आग' के सम्प्रत्यय को हम पहले से जानते हैं।

(v) ब्रुनर, गुडनाऊ एवं अस्टीन (Bruner, Goodnow & Austin, 1956) ने यह भी मत जाहिर किया है कि सम्प्रत्यय की उपयोगिता इसलिए भी है क्योंकि इससे वस्तुओं एवं घटनाओं को सम्बन्धित करने में मदद मिलती है। हम विभिन्न वस्तुओं के श्रेणियों को जानते हैं जो एक संरचित पैटर्न द्वारा एक-दूसरे से सम्बन्धित हैं। ऐसा इसलिए हो जाता है क्योंकि हमें उनका सम्प्रत्यय (concept) मालूम है। जैसे, हम जानते हैं कि 'मालदह' एक तरह का आम है जो एक 'फल' है। जैसे ही हम उसे 'मालदह' के रूप में श्रेणीकृत करते हैं तो हम इस श्रेणी से आगे जाकर उसे 'फल' के श्रेणी से आसानी से सम्बन्धित भी कर बैठते हैं।

स्पष्ट हुआ कि सम्प्रत्यय जिसका प्रयोग हम समान वस्तुओं या एकांशों को एक साथ समूहन करने में करते हैं, की कई उपयोगिताएँ हैं। इसकी सबसे बड़ी उपयोगिता यह है कि यह चिन्तन का एक प्रमुख साधन (tool) के रूप में कार्य करता है जिससे चिन्तन के स्वरूप में स्पष्टता एवं विशिष्टता आती हैं।

सम्प्रत्य के प्रकार (Types of Concept)

जैसा कि हम जानते हैं, समान वस्तुओं, घटनाओं एवं अनुभूतियों के मानसिक श्रेणी (mental category) को सम्प्रत्यय (concept) कहा जाता है। सामान्यतः सम्प्रत्यय (concept) के दो मुख्य प्रकार हैं—*कृत्रिम सम्प्रत्यय* (artificial concept) तथा *स्वाभाविक सम्प्रत्यय* (natural concept) कृत्रिम सम्प्रत्यय वैसे सम्प्रत्यय को कहा जाता है जिसे नियमों (rules) या गुणों (properties) के सेट द्वारा स्पष्टतः परिभाषित किया जाता है। जैसे, एक वर्ग (square) उस चित्र को कहा जाता है जिसके चार भुजा हों तथा जिसके चारों कोण (angles) 90° का हो। इसी तरह से त्रिभुज उसे कहा जाता है जिसके तीन भुजा हों तथा तीनों कोण का योग 180° हो। ये दोनों ही कृत्रिम सम्प्रत्यय के उदाहरण हैं जिनका गणित एवं विज्ञान के क्षेत्र में विशेष महत्त्व है। रोश (Rosch, 1973) के अनुसार स्वाभाविक सम्प्रत्यय (natural concept) वैसे सम्प्रत्यय को कहा जाता है जिसके कोई स्पष्ट परिभाषिक गुण (defining features) नहीं होते हैं, इनका कोई स्पष्ट सीमा-रेखा या किनारा नहीं होता है तथा जिनमें सम्मिलन (inclusiveness) का गुण साधारण स्तर का होता है। सम्मिलन से तात्पर्य सम्प्रत्यय में सम्मिलित किये जाने वाले सदस्यों की संख्या से होती हैं। स्वाभाविक सम्प्रत्यय को एक उदाहरण द्वारा इस प्रकार समझाया जा सकता है। क्या मुर्गी एक जानवर है? यहाँ 'जानवर' एक स्वाभाविक सम्प्रत्यय का उदाहरण है। परन्तु 'जानवर' कहलाने के लिए कौन-कौन परिभाषिक गुणों का होना अनिवार्य है, इसकी कोई निश्चित सीमा नहीं है। स्पष्ट है कि स्वाभाविक सम्प्रत्यय की सीमा रेखा (boundaries) अस्पष्ट होती है। स्वाभाविक सम्प्रत्यय (natural concept) का आधार एक आदिप्ररूप (prototype) होता है। आदिप्ररूप की उत्पत्ति का आधार व्यक्ति की अपनी गत अनुभूतियाँ (experiences) होतीं हैं और कोई भी नया एकांश (items) जो इस श्रेणी के योग्य है, की तुलना व्यक्ति उन अनुभूतियों के साथ करता है। इस तरह के एकांश के गुण अधिक संख्या में यदि आदिप्ररूप (prototype) के साथ मिलते हैं तो बहुत सम्भावना इस बात की होती है कि उसे व्यक्ति 'सम्प्रत्यय' (concept) में शामिल कर लेगा। जैसे, एक स्वाभाविक सम्प्रत्यय (natural concept) 'वस्त्र' को ही लिया जाए। इसमें अधिकतर लोग कमीज, पैजामा, पैन्ट, साड़ी आदि को रखते हैं। लेकिन ऊनी कोर्ट, स्वेटर आदि को इसमें रखे जाने की सम्भावना कम है। ऐसा इसलिए होता है क्योंकि पहली परिस्थिति में सम्मिलित किए गए एकांशों की अधिक-से-अधिक विशेषताएँ 'वस्त्र' के बारे में मौजूद आदिप्ररूप (prototype) में मिलती है परन्तु दूसरी परिस्थिति में सम्मिलित किए गए एकांशों की कम विशेषताएँ 'वस्त्र' के बारे में मौजूद आदिप्ररूप से मिलते हैं। इस उदाहरण से तब यह स्पष्ट होता है कि इस बात का तय किया जाना कि कोई भी एकांश एक दिए हुए स्वाभाविक सम्प्रत्यय (natural concept) में सम्मिलित किया जायेगा या नहीं, एक प्रसंभाव्य युक्ति (probabilistic strategy) जिसे व्यक्ति अपनाता है, पर निर्भर करता है। जब कोई भी नये एकांश (new items) की समानता किसी श्रेणी के आदिप्ररूप (prototype) से अधिक होती है, तो उस नये एकांश को एक स्वााभाविक सम्प्रत्यय (natural concept) में सम्मिलित किये जाने की सम्भावना तीव्र हो जाती है। अतः यह कहा जाता है कि कोई भी एकांश (item) कम या अधिक मात्रा में किसी श्रेणी के योग्य-समझा जाता है और इसी मात्रा पर इसे एक स्वाभाविक सम्प्रत्यय (natural concept) में सम्मिलित किये जाने की सम्भावना बनी होती है।

उपर्युक्त सामान्य प्रकार के अलावा सम्प्रत्यय (concept) के दो और विशिष्ट प्रकार हैं—*साधारण प्रकार*

(simple concept) तथा *जटिल सम्प्रत्यय* (complex concept)। साधारण सम्प्रत्यय वैसे सम्प्रत्यय को कहा जाता है जिसकी एक विशेषता (feature or property) होता है। जैसे, पीला, लाल आदि। जटिल सम्प्रत्यय वैसे सम्प्रत्यय को कहा जाता है जिसे दो या दो से अधिक विशेषताओं के रूप में परिभाषित किया जाता है। जैसे लाल गाय, हरा बल्ब आदि-आदि जटिल सम्प्रत्यय के उदाहरण हैं। इन दोनों में मनोवैज्ञानिकों का ध्यान जटिल सम्प्रत्यय (complex concept) पर अधिक गया है। जिसे उन्होंने निम्नांकित पाँच भागों में बाँटा है:—

1. समुच्चयबोधक सम्प्रत्यय *(Conjunctive concept)*—जब किसी वस्तु के दो या दो से अधिक गुणों को जोड़ने पर कोई सम्प्रत्यय (concept) बनता है, तो इसे समुच्चय बोधक सम्प्रत्यय कहा जाता है। मार्गन, किंग तथा रॉबिन्सन[1] (Morgan, King & Robinson, 1981) के अनुसार, ''जब वस्तु या घटना के दो या दो से अधिक गुणों या विशेषताओं के आधार पर किसी सम्प्रत्यय को परिभाषित किया जाय, तो इसे समुच्चयबोधक सम्प्रत्यय कहा जाता है।'' जैसे, भारतीय राष्ट्रपति के पद के उम्मीदवार को (i) भारत का नागरिक होना चाहिए (ii) उसकी उम्र 35 वर्ष से कम नहीं होना चाहिए तथा (iii) उसे किसी कानून की अदालत द्वारा सजा नहीं होनी चाहिए। यहाँ हम पाते हैं कि भारतीय राष्ट्रपति के उम्मीदवार के सम्प्रत्यय को तीन विशेषताओं से छोड़कर परिभाषित किया गया है। अतः यह समुच्चयबोधक सम्प्रत्यय का उदाहरण है। इस तरह समुच्चयबोधक सम्प्रत्यय वह सम्प्रत्यय होता है जिसे एक साथ दो या दो से अधिक सामान्य विशेषताओं के आधार पर परिभाषित किया जाता है।

2. वियोजक सम्प्रत्यय *(Disjunctive concept)*—जब वस्तुओं की कई विभिन्नताओं के बावजूद भी कोई एक विशेषता ऐसी होती है जिसके कारण उसे एक वर्ग में रखा जाता है, तो ऐसी परिस्थिति में उत्पन्न सम्प्रत्यय को वियोजक सम्प्रत्यय (disjunctive concept) कहा जाता है। मार्गन, किंग तथा रॉबिन्सन[2] (Morgan, King & Robinson, 1981) के अनुसार, ''वियोजक सम्प्रत्यय में कई विशेषताओं में से किसी एक विशेषता के कारण ही वस्तु को सम्प्रत्यय के वर्ग में रखा जाता है।'' जैसे, बाघ, चीता, सिंह, भेड़िया चार अलग पशु हैं और प्रत्येक की अलग-अलग विशेषताएँ हैं। परन्तु इस विभिन्नता के बावजूद भी उनमें एक ऐसी विशेषता है जो समान है और उसके आधार पर उन्हें एक वर्ग यानी जंगली जानवर की श्रेणी में रखते हैं। यहाँ जंगली जानवर का सम्प्रत्यय एक वियोजक सम्प्रत्यय का उदाहरण है। इन तथ्यों को ध्यान में रखकर तब यह कहा जा सकता है कि वियोजक सम्प्रत्यय वैसा सम्प्रत्यय होता है जिसे दो सामान्य विशेषताओं में से किसी एक या दोनों की उपस्थिति द्वारा उसे परिभाषित किया जाता है।

3. सम्बन्धात्मक सम्प्रत्यय *(Relational concept)*—जैसा कि नाम से ही स्पष्ट है, विशेषताओं के बीच सम्बन्धों (relationship) के आधार पर जो सम्प्रत्यय (concept) बनते हैं उसे सम्बन्धात्मक सम्प्रत्यय (relationship) कहा जाता है। मार्गन, किंग तथा रॉबिन्सन (Morgan, King & Robinson, 1981) के शब्दों में, ''सम्बन्धात्मक सम्प्रत्यय गुणों या विशेषताओं के सम्बन्धों के आधार पर बनते हैं।'' दिन प्रतिदिन की जिन्दगी में 'नजदीक', 'दूर', 'छोटा', 'बड़ा', 'भारी', 'हल्का', 'लम्बा' आदि का सम्प्रत्यय सम्बन्धात्मक सम्प्रत्यय का उदाहरण है। उदाहरणार्थ, 'प्रिन्सिपल' कॉलेज में सबसे बड़ा पद है, यहाँ 'बड़ा' एक सम्बन्धात्मक सम्प्रत्यय का उदाहरण है।

4. प्रतिबंधित सम्प्रत्यय *(Conditional concept)*—प्रतिबंधित सम्प्रत्यय से तात्पर्य वैसे सम्प्रत्यय से होता है जो ''अगर...तब'' (If ... then) जैसे वाक्य संरचनाओं से घिरे होते हैं। स्पष्टतः इसका मतलब यह हुआ कि ऐसे सम्प्रत्यय का निर्माण तब होता है जब इसमें उल्लेखित शर्त पूरा हों। जैसे, यदि कोई प्रयोगकर्ता अपने प्रयोग में यह शर्तबद्ध कथन देता है कि सम्प्रत्यय कहलाने के लिए अगर कोई वस्तु काला है तब उसे आयताकार भी होना आवश्यक है तो ऐसा सम्प्रत्यय, प्रतिबंधित सम्प्रत्यय (conditional concept) का उदाहरण होगा।

5. द्विप्रतिबंधित सम्प्रत्यय *(Biconditional concept)*—जैसा कि नाम से ही स्पष्ट है, इस तरह के सम्प्रत्यय का निर्माण दोहरे शर्त वाले वाक्य संरचनाओं से होता है। प्रायः ऐसे वाक्य की शुरूआत (If and only if) (अगर और सिर्फ अगर) से प्रारम्भ होते हैं। जैसे, यदि कोई प्रयोगकर्त्ता प्रयोग के दौरान यह दोहरा शर्त्त रखते हुए कहता है

---

1. "Conjunctive concepts are defined by a the joint presence of two or more features of objects or events."
—Morgan, King & Robinson : *Inroduction to Psychology*, 1981

2. "In a disjunctive concept, any one of the several properties puts an object in the class of an object."
—Morgan, King & Robinson : *Ibid*

कि कोई भी काला वस्तु को सम्प्रत्यय (concept) तभी कहा जाएगा जब वह वस्तु सिर्फ केवल आयताकार हो तो यह द्विप्रतिबंधित सम्प्रत्यय का उदाहरण होगा। इस उदाहरण से तब यह भी स्पष्ट हो जाता है कि सभी काले वस्तु जो वर्गाकार (square) नहीं हैं, तथा सभी वर्गाकार वस्तुएँ जो काला नहीं हैं, सम्प्रत्यय के श्रेणी से बाहर होंगे।

स्पष्ट हुआ कि सम्प्रत्यय के कई प्रकार हैं। इनमें से साधारण तथा समुच्चयबोधक सम्प्रत्यय का सीखना काफी आसान है तथा प्रतिबन्धित एवं द्विप्रतिबन्धित सम्प्रत्यय का सीखना काफी कठिन है। इस तथ्य का प्रयोगात्मक सत्यापन बोर्न (Bourne, 1974) के अध्ययन से हो चुका है।

सम्प्रत्यय को प्रभावित करने वाले कारक
(Factors Influencing Concept Formation)

जैसा कि हम जानते हैं, विशेषताओं या गुणों का किसी विशेष नियम द्वारा सम्बन्धित होने से जो संकल्पना उत्पन्न होती है उसे सम्प्रत्यय (concept) कहा जाता है। अतः सम्प्रत्यय निश्चित रूप से वस्तुओं के सामान्य गुणों या विशेषताओं का एक प्रतीकात्मक संरचना (symbolic construction) है। जैसे, चार पैर, पूँछ, तथा भौंकना गुणों से एक विशेष सम्प्रत्यय यानी कुत्ता बनता है जिसमें इस तीनों गुणों का एक प्रतीक (symbol) मिलता है।

सम्प्रत्यय के निर्माण में या इसे सीखने में मनोवैज्ञानिकों ने दो तरह की प्रक्रियाओं (processess) को महत्त्वपूर्ण बतलाया है—पृथक्करण (abstraction) तथा सामान्यीकरण (generalization)। पृथक्करण की प्रक्रिया एक तरह की विश्लेषणात्मक प्रक्रिया (analytical process) है जिसके आधार पर भिन्न-भिन्न वस्तुओं का एक ऐसे सामान्य गुण अलग कर लिया जाता है जिसके आधार पर सम्प्रत्यय (concept) विकसित हो जाता है। उदाहणार्थ, सेब, नारंगी, लीची तथा आम सभी एक ही वर्ग अर्थात् 'फल' के सदस्य हैं। अतः इन चारों वस्तुओं से एक सामान्य गुण का पृथक्करण (abstraction) करके 'फल' का सम्प्रत्यय विकसित किया गया। मनुष्यों तथा पशुओं दोनों ही द्वारा सम्प्रत्यय के सीखने में इस प्रक्रिया के सहारा लिया जाता है। सम्प्रत्यय सीखने में एक दूसरी प्रक्रिया जिसे सामान्यीकरण (generalization) की प्रक्रिया कहा जाता है, भी होता है। यह प्रक्रिया पृथक्करण की प्रक्रिया के बाद उत्पन्न होती है। इस प्रक्रिया में व्यक्ति अलग किये गये गुण या विशेषता को उन सभी वस्तुओं में होने की उम्मीद करता है, जो उस वर्ग के होते हैं। जैसे, यदि किसी बच्चे को कुत्ता काट लेता है तो बच्चा प्रत्येक कुत्ता में 'काटने' का गुण होने की उम्मीद करता है।

सम्प्रत्यय का विकास या उसके सीखने में इन दोनों प्रक्रियाओं का सक्रिय योगदान होता है। मनोवैज्ञानिकों ने अपने प्रयोगों के आधार पर इस तरह के कई कारकों (factors) को बतलाया है, जिससे सम्प्रत्यय सीखने (concept learning) की प्रक्रिया प्रभावित होती है। ऐसे कुछ कारकों का वर्णन निम्नांकित हैं:—

1. स्थानान्तर (*Transfer*)—सम्प्रत्यय विकास (concept development) पर स्थानान्तरण (transfer) का काफी प्रभाव पड़ता है। वर्तमान सम्प्रत्यय को सीखने में पहले सीखे गये सम्प्रत्यय के प्रभाव को स्थानान्तरण (transfer) कहा जाता है। इस तरह का स्थानान्तरण दो तरह का होता है—*धनात्मक स्थानान्तरण* (positive transfer) तथा *ऋणात्मक स्थानान्तरण* (negative transfer)। पहले सीखे गये सम्प्रत्यय के समान सम्प्रत्यय को यदि व्यक्ति सीख रहा है तो वैसी परिस्थिति में वर्तमान सम्प्रत्यय को सीखने में मदद मिलती है और इसे धनात्मक स्थानान्तरण कहा जाता है। जैसे, यदि व्यक्ति पहले कई वियोजक नियम (disjunctive rule) द्वारा सम्प्रत्यय सीख चुका है। (यानी, पहले वह वियोजक सम्प्रत्यय सीख चुका है) और वर्तमान सम्प्रत्यय भी उसी प्रकार का है तो उसे इसे सीखने में मदद मिलेगी। दूसरी तरफ यदि पहले सीखे गये सम्प्रत्ययों से वर्तमान सम्प्रत्यय को सीखने में बाधा पहुँचती है तो इसे ऋणात्मक स्थानान्तरण कहा जाता है। खासकर जब किसी वस्तु की विशेषताएँ पहले सीखी गयी सम्प्रत्यय की विशेषताओं के समान लगती है परन्तु वास्तव में वे आपस में किसी दूसरे नियम (rule) से सम्बन्धित होते हैं तो ऐसी परिस्थिति में व्यक्ति को नये सम्प्रत्यय सीखने में बाधा पहुँचती है।

2. विभिन्नता (*Distinctiveness*)—कुछ वस्तुएँ ऐसी होतीं हैं जिनसे किसी सामान्य विशेषता (common feature) को ढूँढ़ निकालना आसान होता है क्योंकि वे बहुत ही स्पष्ट एवं भिन्न (distinct) होते हैं। इस तरह की सामान्य विशेषता के आधार पर किसी सम्प्रत्यय को सीखना काफी आसान हो जाता है। दूसरी तरफ कुछ वस्तुएँ ऐसी होतीं हैं जिनसे किसी सामान्य विशेषता (common feature) का पृथक्करण (abstract) आसानी से नहीं किया जा

सकता है क्योंकि सामान्य विशेषता अन्य विशेषताओं के साथ इस तरह घुले-मिले होते हैं कि उन्हें अलग करना कठिन होता है। दूसरे शब्दों में, इस तरह की सामान्य विशेषता में विभिन्नता (distinctiveness) का गुण अधिक नहीं होता है। फलस्वरूप, इसके आधार पर किसी सम्प्रत्यय (concept) को सीखना कठिन हो जाता है। मार्गन, किंग तथा रॉबिन्सन[1] (Morgan, King & Robinson, 1981) ने कहा है, "कोई भी चीज जो सम्प्रत्यय की सामान्य विशेषताओं को स्पष्ट करता है, से सम्प्रत्यय सीखने में मदद मिलती है। कोई भी चीज जो इन सामान्य विशेषताओं को छिपा लेता है या असंगत विस्तृति (irrelevant details) में छिपा लिया जाता है, से सम्प्रत्यय सीखने की प्रक्रिया मंदित हो जाती है।"

3. सामग्रियों में जोड़-तोड़ करने की क्षमता *(Ability to manipulate materials)*—यदि व्यक्ति में सामान्य विशेषताओं (common features) से सम्बन्धित सामग्रियों को पहचानने तथा पुनर्व्यवस्थित करने (rearrange) की क्षमता अधिक होती है, तो इससे सम्प्रत्यय सीखने की प्रक्रिया तेजी से होती है। दूसरी तरफ यदि किसी व्यक्ति में ऐसी क्षमता नहीं होती है तो सम्प्रत्यय सीखने की प्रक्रिया मंदित हो जाती है। ब्रुनर, गुडनाऊ तथा अस्टीन (Bruner, Goodnow & Austin, 1956) ने 81 उद्दीपकों के आधार पर सम्प्रत्यय सीखने का जो प्रयोग किया है, इससे यह बिलकुल ही स्पष्ट हो जाता है। उनके जिन सहभागियों या प्रयोज्यों में उक्त क्षमता थी, वे काफी कम समय में सम्प्रत्यय को असानी से सीख गये थे। परन्तु जिन सहभागियों में ऐसी क्षमता नहीं थी, उन्होंने सम्प्रत्यय सीखने में काफी समय लिया।

4. निर्देशात्मक वृत्ति *(Instructional set)*—मनोवैज्ञानिकों ने अपने प्रयोगों के आधार पर यह साबित कर दिया है कि जब प्रयोज्य (subject) को दी गयी सामग्रियों में सामान्य तत्त्व (common element) की खोज करने का निर्देश (instruction) दिया जाता है, तो इससे सम्प्रत्यय को सीखने में काफी मदद मिलती है और व्यक्ति इसे जल्दी सीख लेता है। दूसरी तरफ जब प्रयोज्य को इस तरह का निर्देशन नहीं दिया जाता है तो सम्प्रत्यय को सीखने में काफी कठिनाई होती है और व्यक्ति बहुत धीरे-धीरे सम्प्रत्यय को सीखता है। सच्चाई यह है कि इस तरह के निर्देश देने से व्यक्ति में एक विशेष तत्परता या वृत्ति (set) उत्पन्न हो जाती है जो उसे समस्या का समाधान करने में मदद करती है।

5. संगत उपलब्ध सूचनाएँ *(Relevant available information)*—लॉघलिन (Laughlin 1973) ने अपने प्रयोगों के आधार पर बतलाया है कि सम्प्रत्यय को सीखते समय यदि सभी उचित एवं संगत सूचनाएँ (relevent information) व्यक्ति के सामने एक साथ रखी जातीं हैं, तो इससे व्यक्ति सम्प्रत्यय (concept) को जल्द सीख लेता है। परन्तु ऐसी सूचनाओं को यदि एक-एक करके व्यक्ति के सामने दिया जाता है तो वैसी परिस्थिति में सम्प्रत्यय सीखने में उसे कठिनाई होती है। उदाहरणार्थ, यदि किसी व्यक्ति को कोयल का सम्प्रत्यय सीखने के लिए संगत सूचनाएँ जैसे, 'दो पैर', 'दो डायना', 'एक चोंच', 'काला रंग', 'गाने की क्षमता' आदि को एक साथ दे दें, तो वह आसानी से इससे सम्बन्ध सम्प्रत्यय को सीख लेगा। दूसरी तरफ जब इन्हीं सूचनाओं को एक साथ न देकर बारी-बारी से दें तो स्वभावतः 'कोयल' का सम्प्रत्यय सीखने में कठिनाई होगी। सम्प्रत्यय निर्णय पर असंगत गुणों (irrelevant attribute) का भी प्रभाव पड़ता है। जब असंगत गुणों की संख्या बढ़ जाती है, तो व्यक्ति इसी पर अधिक ध्यान देने लगता है तथा संगत गुणों की उपेक्षा करने लगता है। अतः वह एक अधिक अर्थहीन प्राक्कल्पना विभूषित कर लेता है।

6. नियम का स्वरूप *(Nature of rule)*—जैसा कि हम जानते हैं, भिन्न-भिन्न विशेषताएँ जब आपस में किसी नियम द्वारा सम्बन्धित हो जातीं हैं, तो इससे सम्प्रत्यय का निर्माण होता है। मनोवैज्ञानिकों ने अपने प्रयोगों के आधार पर यह दिखलाया है कि इन विशेषताओं को आपस में सम्बन्धित करनेवाले नियम जब सरल (simple) होते हैं, तो सम्प्रत्यय को जल्द सीख लिया जाता है। दूसरी तरफ जब ऐसे नियम जटिल (complex) होते हैं, तो इससे सम्प्रत्यय का सीखना कठिन हो जाता है। निस्सर तथा वीनी (Neisser & Weene, 1962) ने अपने अध्ययन के आधार पर यह बतलाया है कि सरल सम्प्रत्यय (simple concept) का सीखना समुच्चय बोधक सम्प्रत्यय (conjunctive concept) को सीखने से इसी कारण आसान से होता है। बोर्न (Bourne, 1967) ने नियम की जटिलता के कारण ही वियोजक सम्प्रत्यय (disjunctive concept) का सीखना समुच्चयबोधक सम्प्रत्यय (conjunctive concept)

1. **"Anything that makes the common properties of the concept stand out aids concept attainment; anything that obscured these properites or embeds them in irrelevant details retards concept attainment."**

—Morgan, King & Robinson : *Introduction to Psychology*, p. 182

के सीखने से आसान माना है। अतः मनोवैज्ञानिकों का सामान्य निष्कर्ष यही रहा है कि जैसे-जैसे विशेषताओं को अर्थपूर्ण ढंग से आपस में जोड़ने वाले नियम जटिल होते चले जाते हैं वैसे-वैसे सम्प्रत्यय सीखने में कठिनाई बढ़ती जाती है।

7. शब्द भंडार (*Vocabulary*)—सम्प्रत्यय सीखने की प्रक्रिया व्यक्ति के शब्द-भण्डार द्वारा भी प्रभावित होती है। जब किसी व्यक्ति का शब्द-भण्डार बड़ा होता है, तो वह आसानी से भिन्न-भिन्न शब्दों का अर्थ समझ जाता है और इन शब्दों के आधार पर सामान्य विशेषताओं को आसानी से वह पृथक्करण (abstraction) कर लेता है। अतः जिन व्यक्तियों का शब्द-भण्डार बड़ा होता है, वह किसी सम्प्रत्यय (concept) को आसानी से सीख लेता है। दूसरी तरफ जिन व्यक्तियों में शब्द-भण्डार कम होता है, उन्हें शब्दों को समझने तथा उससे सामान्य विशेषताओं को पृथक्करण करने में काफी कठिनाई होती है। अतः ऐसे व्यक्तियों द्वारा सम्प्रत्यय सीखना मंदित गति से होता है।

8. धनात्मक एवं ऋणात्मक उदाहरण (*Positive and negative instances*)—सम्प्रत्यय निर्माण धनात्मक उदाहरण तथा ऋणात्मक उदाहरण द्वारा भी प्रभावित होता है। धनात्मक उदाहरण से तात्पर्य वैसे उदाहरण से होता है जो सीखे जाने वाले सम्प्रत्यय (concept) का एक सही उद्धरण होता है। ऋणात्मक उदाहरण से तात्पर्य वैसे उदाहरण से होता है जो सीखे जाने वाले सम्प्रत्यय का एक गलत एवं अनुपयुक्त उद्धरण होता है। स्मोक (Smoke, 1932) ने सबसे पहले एक प्रयोग कर यह दिखलाया कि सम्प्रत्यय निर्माण में ऋणात्मक उदाहरण बिलकुल ही अर्थहीन साबित होता है। प्रश्न यह उठता है कि ऋणात्मक उदाहरण सम्प्रत्यय निर्माण में इतना बेकार एवं महत्त्वपूर्ण क्यों साबित होता है। होभलैड एवं विस्स (Hovland & Weiss, 1953) का मत है कि ऐसा इसलिए होता है क्योंकि धनात्मक उदाहरण (positive examples) ऋणात्मक उदाहरण (negative examples) की तुलना में सम्प्रत्यय निर्माण में सीखने वाले व्यक्ति को अधिक संगत सूचनाएँ प्रदान करता है। होभलैड एवं विस्स (Hovland & Weiss, 1953) ने अपने प्रयोग में यह कोशिश किया कि धनात्मक एवं ऋणात्मक उदाहरणों द्वारा समान ढंग की सूचना सीखने वालों की दी जाय। इस तरह की समानता की परिस्थिति होने के बावजूद भी धनात्मक उदाहरण वाले परिस्थिति के 100% प्रयोज्यों ने सम्प्रत्यय को सीख लिया जबकि ऋणात्मक उदाहरण वाले परिस्थिति के मात्र 17% प्रयोज्यों ने ही सम्प्रत्यय को सीखा। होभलैण्ड एवं विश के अनुसार ऋणात्मक उदाहरण इसलिए कठिन होता है क्योंकि व्यक्ति ऐसी सूचनाओं का सही उपयोग नहीं कर पाते हैं। फ्रिवर्गस एवं टुलभिग (Friebergs & Tulving, 1961) ने अपने प्रयोग में पाया कि व्यक्ति नकारात्मक या ऋणात्मक उदाहरण (negative examples) से सम्प्रत्यय सीखना (concept learning) में फायदा तब उठाता है जब उसे इसमें कुछ प्रशिक्षण दिया जाता है।

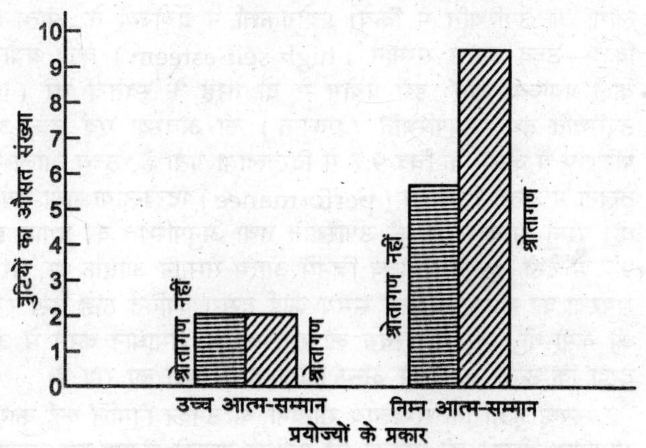

चित्र 9.8 : सम्प्रत्यय निर्माण पर पर्यावरणी चरों के प्रभाव का अध्ययन (शराऊगर पर आधृत)

9. पर्यावरणी चर (*Environmental variables*)—मनोवैज्ञानिकों द्वारा किये गये अध्ययनों से यह स्पष्ट हुआ कि सम्प्रत्यय निर्माण पर पर्यावरण चरों का भी प्रभाव पड़ता है। मनोवैज्ञानिकों ने यह प्रश्न उठाया कि जब व्यक्ति सम्प्रत्यय (concept) को अकेले में नहीं बल्कि अन्य लोगों की उपस्थिति में सीखने की कोशिश करता है तो इसका प्रभाव सम्प्रत्यय सीखने पर काफी पड़ता है। प्रायः सम्प्रत्यय सीखने के प्रयोग में प्रयोज्य को कुछ आकृति दिया जाता है और उनके प्रति वह एक अनुक्रिया करता है और प्रयोगकर्त्ता उसे यथार्थता के अनुसार 'सही' या 'गलत' कहता है। प्रायः यह एकान्त परिस्थिति होती है। परन्तु जब उसे यही कार्य अन्य व्यक्तियों के बीच में यदि करना होता है तो इसका प्रभाव सम्प्रत्यय सीखना पर क्या पड़ता है? इस सिलसिले में कुछ अध्ययन है जो इस पर प्रकाश डालते हैं। लॉघलिन तथा उनके सहयोगियों (Laughlin et al, 1972) ने एक प्रयोग किया जिसमें प्रयोज्यों के दो समूह लिए गए—प्रयोगात्मक समूह (experimental group) तथा नियन्त्रित समूह (control group)। प्रयोगात्मक समूह के प्रयोज्य जब सम्प्रत्यय सीखने की समस्या का समाधान कर रहे थे तो उनका विडियो रेकॉर्डिंग किया गया। प्रयोगकर्त्ताओं के अनुसार

ऐसी परिस्थिति प्रयोज्यों में तनाव उत्पन्न करने वाली थी क्योंकि सम्प्रत्यय सीखते समय अन्य लोगों की उपस्थिति उसमें एक तरह का विकर्षण (distraction) उत्पन्न कर रहा था। नियंत्रित परिस्थिति में प्रयोज्यों द्वारा सम्प्रत्यय सीखने से सम्बन्धित समस्या का समाधान करते समय उनका विडियो रेकार्डिंग नहीं किया गया। प्रयोगकर्त्ताओं ने प्रयोग में दो तरह के आश्रित चरों (dependent variables) का उपयोग किये थे—समाधान करने में लगे प्रयासों (trials) की संख्या तथा प्रयोज्यों द्वारा गलत प्राक्कल्पनाओं (incorrect hypothesis) का निर्माण। परिणाम में पाया गया कि यद्यपि दोनों समूह के प्रयोज्यों द्वारा सम्प्रत्यय सीखने में लगभग एक समान ही प्रयास लिए गये परन्तु प्रयोगात्मक समूह के प्रयोज्यों द्वारा नियन्त्रित समूह के प्रयोज्यों की तुलना में गलत प्राक्कल्पना अधिक संख्या में बनाये गए जिससे उनका सम्प्रत्यय विकास अधिक प्रभावित हुआ।

सम्प्रत्यय निर्माण में पर्यावरणी चरों के महत्त्व को दिखलाने के लिए शराऊगर (Sharugar, 1972) ने भी एक महत्त्वपूर्ण प्रयोग किया है। इस प्रयोग में सम्प्रत्यय निर्माण कार्य (concept formation task) दो तरह की परिस्थिति में किया गया। कुछ प्रयोज्यों ने सम्प्रत्यय निर्माण कार्य एकान्त परिस्थिति में किये तथा कुछ प्रयोज्यों ने यही कार्य अन्य लोगों की उपस्थिति में किये। प्रयोगकर्त्ता ने प्रयोज्यों के आत्म-सम्मान (self-esteem) को मापकर उनके दो श्रेणी किये—उच्च आत्म सम्मान (high self-esteem) वाले प्रयोज्य तथा निम्न आत्म-सम्मान (low self esteem) वाले प्रयोज्य। अतः इस प्रयोग में दो तरह के स्वतन्त्र चर (independent variable) थे—अन्य व्यक्तियों की उपस्थिति तथा अनुपस्थिति (एकान्त) की अवस्था एवं उच्च-आत्म सम्मान तथा निम्न-आत्म सम्मान वाले प्रयोज्य। परिणाम में जैसा कि चित्र 9.7 में दिखलाया गया है, उच्च आत्म-सम्मानी प्रयोज्यों द्वारा निम्न आत्म-सम्मानी प्रयोज्यों की तुलना में उत्तम निष्पादन (performance) दिखलाया गया क्योंकि इनके द्वारा की गयी त्रुटियों की औसत संख्या कम थी। परन्तु अन्य लोगों की उपस्थिति तथा अनुपस्थित का प्रभाव इन दोनों तरह के प्रयोज्यों पर निम्न पाया गया। (चित्र 9.7 में देखें)। ऐसे प्रयोज्य जिनमें आत्म-सम्मान अधिक था, पर इस बात का कोई प्रभाव नहीं पड़ा कि सम्प्रत्यय की समस्या का समाधान करते समय कोई दूसरा व्यक्ति उन्हें देख रहा है या नहीं। परन्तु वैसे प्रयोज्य जिनमें आत्म-सम्मान की कमी थी, द्वारा सम्प्रत्यय की समस्या का समाधान करने में अधिक त्रुटियाँ उस परिस्थिति की गयी जब उन्होंने यह देखा कि उनके कार्य को अन्य लोगों द्वारा देखा जा रहा है।

स्पष्ट हुआ कि सम्प्रत्यय सीखना या उनका निर्माण कई कारकों द्वारा प्रभावित होता है। इन कारकों पर ध्यान देकर सम्प्रत्यय सीखने की प्रक्रिया को अधिक प्रभावी बनाया जा सकता है।

सम्प्रत्यय सीखना की विधि
(Methods or Procedures of Concept Learning)

सम्प्रत्यय सीखना के क्षेत्र में किये गए प्रयोगों का अवलोकन करने से यह स्पष्ट होता है कि सम्प्रत्यय सीखना या निर्माण में मुख्यतः दो तरह की विधियों का उपयोग किया जाता है जो निम्नांकित हैं:—

1. प्राप्ति या ग्रहण विधि (Method of reception)
2. चयन विधि (Method of selection)

इन दोनों विधियों का वर्णन निम्नांकित हैः—

1. प्राप्ति या ग्रहण विधि (*Method of reception*)—इस विधि में सहभागियों या प्रयोज्यों को एक-एक करके उन सारे उद्दीपकों या वस्तुओं को दिये जाते हैं जिनके आधार पर उन्हें सीखना है। प्रत्येक बार उद्दीपक या वस्तु के देने के तुरन्त बाद प्रयोज्य को यह बतलाना होता है कि क्या वह वस्तु सम्प्रत्यय का उदाहरण है या नहीं। प्रयोज्य द्वारा किये गये निर्णय के बाद प्रयोगकर्त्ता उन्हें यह बतला देता है कि उनके द्वारा लिया गया निर्णय सही था या गलत। इस तरह से प्रयास तब तक दिये जाते हैं जबतक कि वह सही सम्प्रत्यय (correct concept) को विकसित नहीं कर लेता है। इस विधि का सफलतापूर्वक उपयोग लेभाईन (Levine, 1963) तथा कोल्थारार्ट (Coltharart, 1971) के प्रयोगों में देखने को मिलता है।

प्राप्ति या ग्रहण विधि की सबसे प्रमुख विशेषता यह है कि जो उद्दीपक या वस्तु के आधार पर सम्प्रत्यय विकसित होना है उस पर एक मात्र नियन्त्रिण सिर्फ प्रयोगकर्त्ता (experiments) का होता है। क्योंकि प्रत्येक बार वह अपनी स्वेच्छा से कोई भी उद्दीपक को व्यक्ति के सामने उपस्थित कर सकता है। उसका विशेष फायदा यह होता है कि यदि

प्रयोज्य को सीखे जाने वाले सम्प्रत्यय के बारे में पहले से मन में कोई प्राक्कलना (hyptotheses) हो, तो वह उसकी जाँच करने में असमर्थ रहता है क्योंकि संगत वस्तु या उद्दीपक (relevant object or stimulus) को उपस्थित करना तो उनके हाथ में न होकर प्रयोगकर्त्ता के हाथ में होता है।

2. चयन विधि (*Method of selection*)—इस विधि द्वारा सम्प्रत्यय निर्माण या सम्प्रत्यय सीखने में प्रयोज्यों को सारे उद्दीपक या वस्तु जिनके आधार पर सम्प्रत्यय सीखना होता है, प्रयोज्य या सहभागी को दिया जाता है और प्रयोज्य उनमें से उन वस्तुओं या उद्दीपकों का चयन करता है जिन्हें वह सम्प्रत्यय का एक संगत उदाहरण (relevant example) समझता है। प्रयोगकर्त्ता इसके बाद उन्हें यह बतला देता है कि उनके द्वारा चयनित वस्तु सही है या गलत है। इस तरह के चयन की प्रक्रिया से व्यक्ति सम्प्रत्यय को सीखता है। इस विधि का उत्तम उपयोग ब्रुनर, गुडनाऊ एवं अस्टीन (Bruner, Goodnow & Austin, 1956) द्वारा किये गया एक बहुचर्चित प्रयोग में मिलता है। इस प्रयोग में जो उद्दीपक का उपयोग किया गया था, वे आपस में चार गुणों के ख्याल से एक-दूसरे से भिन्न थे—आकार (shape), रंग (colour), वस्तुओं की संख्या (number of objects) तथा किनारा की संख्या (number of boarders) (देखें चित्र 9.9)। प्रत्येक गुण (feature) के तीन-तीन प्रकार थे। अतः इस प्रयोग में कुल उद्दीपकों की संख्या $3 \times 3 \times 3 \times 3 = 81$ थे। इस तरह से तीन आकार (shape) के वस्तुएँ थीं—वर्गाकार, वृत्तीय एवं जोड़ आकारीय। रंगों के तीन प्रकार थे—लाल, काला तथा हरा; वस्तुओं की संख्या भी तीन तरह से परिवर्तित होती थी—किसी आकृति में तीन वस्तु, किसी में दो तथा किसी में एक वस्तु होती थी; किनारा की संख्या भी तीन तरह से परिवर्तित होती थी—किस आकृति में तीन किनारा की रेखा थी, किसी में दो तथा किसी में एक। इस प्रयोग में प्रयोज्यों से यह कहा गया कि इन सभी उद्दीपकों में से विभिन्न उद्दीपकों के संयोग (combination) से मिलकर कुछ सम्प्रत्यय का निर्माण होता है। उन्हें इनमें से ऐसे उद्दीपकों का चयन करके उन सम्प्रत्ययों का पता लगाना था। इस तरह से प्रयोज्य इन सभी 81 उद्दीपकों में से अपनी समझ से ऐसे उद्दीपक को चुनता था और चयन के बाद प्रयोगकर्त्ता उनके द्वारा चयनित उद्दीपक को 'सही' या 'गलत' (जैसा भी हो) कहता था।

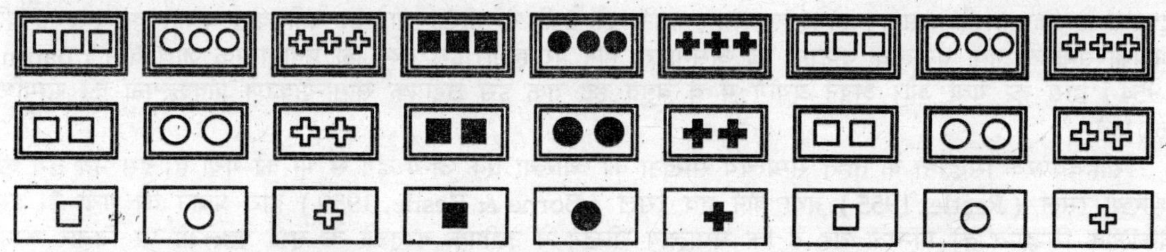

चित्र 9.9 : सम्प्रत्यय सीखना कार्य में व्यवहृत उद्दीपक (ब्रुनर, गुडनाऊ एवं अस्टीन पर आधृत)

इस विधि द्वारा सम्प्रत्यय सीखने का विशेष लाभ यह है कि इसमें प्रयोज्य अपनी समझ से वैसे वस्तुओं का चयन कर सकता है जिससे वह सम्प्रत्यय के बारे में विभिन्न प्राक्कल्पनाओं (hypotheses) की जाँच कर सकता है। इससे प्रयोगकर्त्ता को भी प्रयोज्य द्वारा चयनित उद्दीपक के आधार पर यह पता चल जाता है कि उसके (प्रयोज्य) के मन में सम्प्रत्यय के बारे में किस तरह का प्राक्कल्पना (hypotheses) विकसित हुआ है।

स्पष्ट हुआ कि सम्प्रत्यय सीखने में उक्त दो तरह की विधियों का प्रतिपादन किया गया है। इनमें से चयन विधि (method of selection) द्वारा तुलनात्मक रूप से अधिक सफल प्रयोग किये गये हैं।

सम्प्रत्यय अधिगम के सिद्धान्त
(Theories of Concept Learning)

सम्प्रत्यय सीखने की व्याख्या करने के लिए मनोवैज्ञानिकों ने कुछ सिद्धान्तों का वर्णन किया है। ऐसे सिद्धान्तों को निम्नांकित तीन प्रमुख श्रेणियों में बाँटा जा सकता है—

(क) साहचर्यपरक सिद्धान्त (Associative theories)

(ख) प्राक्कल्पना सिद्धान्त (Hypothesis theories)

(ग) मध्यवर्त्ती सिद्धान्त (Mediation theories)

(क) साहचर्यपरक सिद्धान्त (*Associative theories*)—अगर हम मनोविज्ञान के इतिहास पर एक नजर डालें, तो यह स्पष्ट होगा कि सबसे पुराना सिद्धान्त साहचर्यवादियों का ही है। जैसा कि नाम से ही स्पष्ट है, साहचर्यवादी सिद्धान्त में किसी मनोवैज्ञानिक घटना की व्याख्या दो चीजों के बीच स्थापित साहचर्य के आधार पर की जाती है। समान्यतः इन दो में से एक उद्दीपक (stimulus) होता है तथा दूसरी अनुक्रिया (response)। साहचर्य स्थापित हो जाने से जब-जब उद्दीपक व्यक्ति के सामने आता है, वह उस अनुक्रिया को कर देता है। सम्प्रत्यय अधिगम की स्थिति में जो साहचर्यपरक सिद्धान्त का विकास हुआ है, उसका आधार यही उद्दीपक-अनुक्रिया साहचर्य (stimulus-responses association) रहा है।

साहचर्यपरक सिद्धान्त में सम्प्रत्यय अधिगम को एक ऐसी प्रक्रिया समझा जाता है जो प्रत्येक धनात्मक दृष्टान्त (positive instance) या ऋणात्मक दृष्टान्त (negative instance) जिन्हें प्रयोज्यों के सामने उपस्थित किया जाता है तथा उनके श्रेणी (हाँ या नहीं) के बीच एक साहचर्य का निर्माण करता है। ऐसे साहचर्य का स्वरूप स्वतन्त्र होता है जिनका परिणाम यह होता है कि एक धनात्मक दृष्टान्त विशेष उत्तर श्रेणी से काफी अधिक साहचर्यित हो सकता है जबकि दूसरा ऐसा दृष्टान्त उससे उतना अधिक साहचर्यित नहीं हो पाता है। धनात्मक दृष्टान्तों की समानता आपस में अधिक होती है। इस समानता का परिणाम यह होता है कि उद्दीपक सामान्यीकरण (stimulus generalization) की घटना होने लगती है। जब व्यक्ति बहुत सारे उद्दीपक दृष्टान्तों के लिए सम्प्रत्यय सीख चुका होता है, तो कोई नयी उद्दीपक से भी व्यक्ति में वैसी ही अनुक्रिया उत्पन्न होती है। इसके तहत साहचर्यपरक सिद्धान्त के अनुसार तब व्याख्या यह होगी कि सभी पहले सीखे गये दृष्टान्त अपने आप में बिना किसी पूर्व पुनर्बलन के ही नया उद्दीपक के साथ साहचर्चित हो जाता है।

उद्दीपक सामान्यीकरण पर आधृत यदि उक्त विश्लेषण सही है, तो इसका सीधा अर्थ यह निकलता है कि धनात्मक दृष्टान्तों एवं ऋणात्मक दृष्टान्तों के बीच समानता की मात्रा में जोड़-तोड़ (manipulation) करके सम्प्रत्यय अधिगम के दर को नियन्त्रित किया जा सकता है। दूसरे शब्दों में धनात्मक दृष्टान्त आपस में जितना समान होंगे एवं ऋणात्मक दृष्टान्त से जितना ही असमान होंगे, सम्प्रत्यय उतना ही तेजी से सीखा जायेगा। यही बात ऋणात्मक दृष्टान्तों की आपसी समानता तथा धनात्मक दृष्टान्त की असमानता होने पर होगी। इस तथ्य की प्रयोगात्मक जाँच वॉम (Baum, 1954) द्वारा की गयी और अपने प्रयोग में वे बहुत हद तक इस उद्दीपक सामान्यीकरण प्राक्कल्पना की सम्पुष्टि कर पाये।

साहचर्यपरक सिद्धान्त के तहत सम्प्रत्यय सीखना की व्याख्या एक अन्य ढंग से भी की गयी है। इस नये ढंग की व्याख्या रेसल (Restle, 1955) तथा बोर्न एवं रेसल (Borne & Restle, 1959) द्वारा प्रदान की गयी है। इस वैकल्पिक सिद्धान्त की मान्यता यह है कि सम्प्रत्यय सीखने में उद्दीपक वस्तुओं के सभी पहलुओं पर विचार करना आवश्यक नहीं होता है। अतः इस सिद्धान्त के अनुसार उद्दीपकों के कुछ पहलुओं (जो संगत विमाओं से सम्बद्ध होते हैं) तथा अनुक्रियाओं के बीच साहचर्य के निर्माण होने से सम्प्रत्यय सीखने की प्रक्रिया सम्पन्न होती है। जैसे, अगर किसी प्रयोज्य को लाल त्रिभुज के प्रति धनात्मक अनुक्रिया करना सीखलाया जाता है तो यहाँ लाल त्रिभुज चाहे जिस संदर्भ में उपस्थित किया गया हो, एक धनात्मक दृष्टान्त (positive instance) होता है और साथ ही इसमें एक ऋणात्मक अनुक्रिया (negative response) की भी सम्पुष्टि होती है क्योंकि जब उद्दीपक लाल त्रिभुज छोड़कर कुछ दूसरा ही होता है तो उसे नकरात्मक दृष्टान्त (negative instance) माना जाएगा। ऐसी परिस्थिति में यह उम्मीद की जाती है कि प्रयोज्य उद्दीपक के केवल संगत पहलुओं (relevant aspect) के साथ साहचर्य स्थापित करके सम्प्रत्यय सीख लेगा। अतः इस वैकल्पिक सिद्धान्त की मान्यता यह है कि सभी पुनर्बलित प्रयासों (reinforced trials) में उद्दीपक के संगत पहलुओं एवं अनुक्रिया श्रेणी के बीच एक साहचर्य विकसित हो जाता है। सम्प्रत्यय सीखने के लिए प्रयोज्यों को जैसे-जैसे प्रयास (trials) दिये जाते हैं, उद्दीपक के संगत पहलुओं के सभी तत्त्वों एवं अनुक्रिया में साहचर्य स्थापित होता जाता है। जहाँ तक उद्दीपक के असंगत पहलुओं (irrelevant dimensions) के तत्त्वों का प्रश्न है, चूँकि वे धनात्मक एवं ऋणात्मक दोनों ही दृष्टान्तों में पाये जाते हैं वे किसी एक अनुक्रिया के साथ साहचर्चित नहीं हो पाते हैं। बल्कि पुनर्बलन के असंगतता (inconsistency) के कारण वे तटस्थ हो जाते हैं और प्रयोज्य उनकी उपेक्षा करना सीख लेता है। जब प्रयोज्य सम्प्रत्यय को सीख चुका होता है, उद्दीपक के सभी संगत तत्त्व (relevant elements) सही अनुक्रिया या धनात्मक अनुक्रिया के साथ साहचर्यित हो जाते हैं तथा सभी असंगत तत्त्व अप्रभावी (ineffective) हो जाते हैं।

साहचर्यपरक सिद्धान्त के साथ कठिनाई यह है कि सम्प्रत्यय के सभी धनात्मक दृष्टान्त (positive instances) एक दूसरे-से अलग होते हैं और प्रत्येक दृष्टान्त की कुछ विशेषताएँ असंगत (irrelevant) होती हैं जो एक दृष्टान्त से दूसरे दृष्टान्त में परिवर्तित होती है। ऐसी परिस्थिति में साहचर्यात्मक प्रक्रिया (associative process) ठीक ढंग से स्थापित नहीं हो पाती है और तब सम्प्रत्यय सीखना की व्याख्या उत्तम ढंग से नहीं हो पाती है।

(ख) प्राक्कल्पना सिद्धान्त (*Hypothesis theories*)—जैसा कि नाम से ही स्पष्ट है, इस सिद्धान्त के अनुसार व्यक्ति सम्प्रत्यय सीखने में विशेष प्राक्कल्पना बनाकर अनुक्रिया करता है। यदि प्राक्कल्पना के अनुसार की गयी अनुक्रिया सही हुई, तो वह बाद के प्रयासों में ऐसी ही अनुक्रिया को दोहराता है और धीरे-धीरे वह सम्प्रत्यय सीख लेता है। इसके तहत निम्नांकित तीन सिद्धान्तों की चर्चा यहाँ की जाएगी—

(i) रेसल का रणनीति-चयन सिद्धान्त (Restle's strategy-selection theory)

(ii) बॉउर-ट्रावास्सो सिद्धान्त (Bower-Trabasso theory)

(iii) लेभाईन का सिद्धान्त (Levine's theory)

इन तीनों का वर्णन निम्नांकित है—

(i) रेसल का रणनीति-चयन सिद्धान्त (*Restle's strategy-selection theory*)—रेसल (Restle, 1962) ने सम्प्रत्यय निर्माण के कई विकल्पों का वर्णन किया है जिनमें से कुछ में तो उन्होंने यह बतलाया है कि सम्प्रत्यय निर्माण के दौरान प्रयोज्य सभी सम्भावित प्राक्कल्पनाओं की जाँच एक साथ करता है और प्रत्येक प्रयास में वह गलत प्राक्कल्पनाओं का धीरे-धीरे परित्याग करते हुए समस्या के अंतिम समाधान पर पहुँचता है। दूसरे तरफ उनके कुछ मॉडल में यह कहा गया है कि एक समय में प्रयोज्य एक ही प्राक्कल्पना की जाँच करते हुए सम्प्रत्यय सीखता है। चाहे जो भी मॉडल क्यों न हो, रेसल का एक महत्त्वपूर्ण पूर्वकल्पना यह है कि प्रयोज्य अपने प्राक्कल्पना समूह (hypothesis pool) से किसी दूसरे प्राक्कल्पना का चयन सिर्फ त्रुटि प्रयासों (error trials) में ही करता है अर्थात् सिर्फ उन्हीं प्रयासों में करता है जिसमें प्राक्कल्पना या प्राक्कल्पनाएँ जिनसे उसकी अनुक्रिया निर्देशित होतीं हैं, उद्दीपक को गलत श्रेणी में श्रेणीकृत कर देता है। जब प्रयोज्य प्रत्येक प्रयास में एक ही प्राक्कल्पना बनाकर समस्या का समाधान करने की कोशिश करता है तो इसका स्पष्ट मतलब यह होता है कि वह अन्य चयनित प्राक्कल्पना को भी मन में रखता है और उसके अनुसार वह कार्य तबतक करता है जबतक कि उससे कोई अनुक्रिया त्रुटि न हो। इससे यह भी अर्थ निकलता है कि प्रयोज्य समस्या का समाधान त्रुटि प्रयास में या ठीक उसके बाद कर सकता है।

जब प्रयोज्य किसी प्रयास में एक से अधिक प्राक्कल्पनाओं को मन में रखकर समस्या का समाधान करता है या सम्प्रत्यय को सीखता है, तो सही अनुक्रिया प्रयासों (correct response trials) में कई तरह से परिवर्तन होने की उम्मीद की जाती है। अक्सर देखा गया है कि इन प्रयासों में कुछ प्राक्कल्पनाएँ ऐसी होतीं हैं जिनसे धनात्मक अनुक्रिया (positive response) होने की सम्भावना होती है तथा कुछ प्राक्कल्पनाएँ ऐसी होतीं हैं जिनसे ऋणात्मक अनुक्रिया (negative response) होने की सम्भावना होती है। ऐसी परिस्थिति में जिस तरह की प्राक्कल्पनाएँ अधिक होती हैं, उसी के अनुरूप प्रयोज्य कार्य करता पाया जाता है। अगर प्रयोज्य सही होता है, तो यह कल्पना किया जाता है कि वह उन सभी प्राक्कल्पनाओं को दर किनार कर देगा जिनसे वैकल्पिक अनुक्रिया का जन्म होता है। अगर वह गलत होता है, तो वह पूरे प्राक्कल्पना जीवसंख्या (hypothesis population) अर्थात् प्राक्कल्पनाओं का समूह में से फिर दूसरी प्राक्कल्पना का यादृच्छिक चयन कर कार्य करता है। इस यादृच्छिक चयन (random selection) की प्रक्रिया से इस मॉडल में निहित एक और पूर्वकल्पना का पता चलता है जो यह है कि प्रयोज्य सिर्फ वर्तमान प्राक्कल्पना जिसके अनुसार वह किसी प्रयास में कार्य कर रहा होता है, को ही याद रख पाता है। अगर वह त्रुटि करता है, तो वह इस वर्तमान प्राक्कल्पना को अस्वीकृत कर देता है परन्तु उसे यह याद नहीं रहता है कि पिछले प्रयासों में वह कौन-कौन प्राक्कल्पनाओं को अस्वीकृत कर दिया है। शायद यही कारण है कि असफल रहने पर वह प्राक्कल्पनाओं के जीवसंख्या से किसी दूसरे प्राक्कल्पना का यादृच्छिक चयन (random selection) करता है। गणितीय रूप से रेसल का यह विवरण अनिश्चित पुनरावृत्ति सिद्धान्त (uncertain recurrent theory) पर आधारित है जिसकी मुख्य मान्यता यह है कि त्रुटि व्यक्ति को पुनः शून्य (zero) पर ला देता है और वह उस तरह कार्य करता है मानों समस्या की शुरूआत तुरन्त ही हुई हो।

यद्यपि रेसल का यह मॉडल सम्प्रत्यय निर्माण के परिणामात्मक विशेषताओं (quantitative features) को समझने में पर्याप्त मदद करता है, कई मनोवैज्ञानिकों जिनमें लेभाईन (Levine) का नाम प्रमुख है, इस मॉडल की इस मान्यता को नहीं मानते हैं कि सम्प्रत्यय निर्माण के दौरान व्यक्ति गत प्रयासों की सूचनाओं या प्राक्कल्पनाओं को याद नहीं रखता है। लेभाईन ने तो अपने अध्ययन में यह दिखलाया है कि विशेष परिस्थिति में प्रयोज्य गत प्रयासों के करीब सभी सूचनाओं को याद रखने में सफल हो जाता है।

(ii) बॉऊर-ट्रावासो सिद्धान्त *(Bower-Trabasso theory)*—बॉऊर तथा ट्रावास्सो (Bower & Trabasso, 1968) ने सम्प्रत्यय निर्माण का एक ऐसा सिद्धान्त का प्रतिपादन किया है जिसमें रेसल के मॉडल के कुछ पूर्वकल्पनाओं को भी सम्मिलित किया गया है। इस सिद्धान्त की कई बार समीक्षा की गई ताकि सम्प्रत्यय निर्माण से सम्बद्ध किये गये प्रयोगों से प्राप्त तथ्यों का उसमें उचित स्थान दिया जाएँ। इस सिद्धान्त में निम्नांकित दो मौलिक प्रक्रियाओं पर बल डाला गया है—

(a) सम्प्रत्यय निर्माण में उद्दीपक चयन प्रक्रिया (stimulus selection process) होती है जिसके सहारे प्रयोज्य उद्दीपक के किसी एकाकी विमा (single dimension) पर ही ध्यान दे पाता है।

(b) सम्प्रत्यय निर्माण में एक अनुबन्धन की प्रक्रिया होती है जिसके सहारे उद्दीपक के किसी विशेष विमा के गुण का एक बार चयन होने के बाद प्राप्य अनुक्रिया श्रेणी के साथ साहचर्चित हो जाता है।

बॉऊर-ट्रावासो मॉडल में उद्दीपक के विमाओं (dimension) का चयन यादृच्छिक रूप से होता है तथा त्रुटि संकेतों (error signals) के आधार पर उन्हें अस्वीकृत कर दिया जाता है। अतः विमा चयन (dimension selection) को सम्प्रत्यय सीखना का एक महत्त्वपूर्ण व्यवहारपरक तत्त्व (behavioural component) माना गया है। बॉऊर-ट्रावासो मॉडल में विमाओं का यादृच्छिक चयन रेसल मॉडल में प्राक्कल्पनाओं के जीव संख्या से किसी विशेष प्राक्कल्पना का यादृच्छिक चयन (random selection) के समान है। फिर भी इन दोनों सिद्धान्तों में मुख्य अन्तर यह है कि बॉऊर-ट्रावासो मॉडल में इस तथ्य पर बल डाला जाता है कि प्रयोज्यों को गत घटनाओं का एक सीमित स्मरण होता है। इस मॉडल के अनुसार सम्प्रत्यय निर्माण के दौरान प्रत्येक प्रयास में प्रयोज्य एक 'संगतता मिलान' (consistency check) करता है जिसमें वह वर्तमान प्रयास में दी गयी सूचनाओं की तुलना ठीक पिछले प्रयास में से प्राप्त सूचनाओं से करता है। उन विमाओं को जो इस 'संगतता मिलान' की कसौटी को पास नहीं कर पाता है, अस्वीकृत कर दिया जाता है तथा उन्हें चयन प्रक्रिया में सम्मिलित नहीं किया जाता है। इस तरह वर्तमान और इसके पहले वाले प्रयास (trial) में यदि एक ही गुण को विभिन्न श्रेणियों में आरोपित किया गया है या यदि एक ही विमा के विभिन्न गुणों को आरोपित किया गया है, तो ऐसे विमा को चयन में सम्मिलित नहीं किया जाता है। इस तरह से इस सिद्धान्त में संगतता मिलान की प्रक्रिया पूरी होने में कितने प्रयास लगे तथा असंगत प्राक्कल्पना (incosistent hypothesis) को प्राक्कल्पनाओं के जीव संख्या या समूह से हटाने में कितने समय लगे दोनों को सम्प्रत्यय निर्माण का महत्त्वपूर्ण पहलू समझा जाता है।

(iii) लेभाइन सिद्धान्त *(Levine's theory)*—लेभाईन का प्राक्कल्पना सिद्धान्त ऊपर वर्णन किये गये दोनों प्राक्कल्पना सिद्धान्त से भिन्न है। लेभाईन का मत है कि सम्प्रत्यय निर्माण में प्रयोज्य दी गयी सभी सूचनाओं का सक्रिय उपयोग करता है और इसलिए वह सही अनुक्रिया प्रयासों में बहुत कुछ सीखता है। उन्होंने अपने विभिन्न अध्ययनों में यह पाया है कि किसी विशेष प्रयास में प्रयोज्य द्वारा दिया गया श्रेणी अनुक्रिया (category response) अन्य सभी गत प्रयासों के साथ संगत होते हैं। इसके आधार पर लेभाईन इस निष्कर्ष पर पहुँचे कि सम्प्रत्यय निर्माण के प्रत्येक प्रयास में प्रयोज्य दी गयी सूचनाओं अर्थात् उद्दीपक तथा पुनर्निवेशन (feedback) की तुलना प्रारम्भिक प्रयासों से जो कुछ भी उसे याद आता है, उसके साथ करता है। यही कारण है कि लेभाईन ने यह मत जाहिर किया है कि गलत अनुक्रिया प्रयासों की तुलना में सही अनुक्रिया प्रयासों में प्रयोज्य गलत प्राक्कल्पनाओं को छाँटते समय कुछ अधिक ही सीख पाते हैं।

लेभाईन ने सम्प्रत्यय निर्माण के अपने इस सिद्धान्त में यह स्पष्ट किया है कि प्रत्येक प्रयास में प्रयोज्य उद्दीपक चयन (stimulus selection) तथा उससे मिलने वाले पुनर्निवेशन (feedback) के पहले ही एक नयी प्राक्कल्पना तैयार कर लेता है। उदाहरणस्वरूप, मान लिया जाय कि प्रयोज्य को प्रत्येक प्रयास में दो उद्दीपक दिये जाते हैं और उन दोनों में से उसे धनात्मक उद्दीपक (positive stimulus) को चुनना है। पहला प्रयास में प्रयोज्य द्वारा किया गया

उद्दीपक चयन (अर्थात् दोनों में से कोई एक) पूर्णतः अनुमान पर आधारित है। परन्तु बाद में जब प्रयोगकर्त्ता यह बतला देता है कि उन दोनों में से कौन धनात्मक (positive) है, तो प्रयोज्य तुरन्त उस उद्दीपक के गुणों (attributes) के आधार पर अपना पहला संयुक्त प्राक्कल्पना (composite hypothesis) बनता है। जैसे, वह यह प्राक्कल्पना कर सकता है कि लाल बड़ा त्रिभुज ही धनात्मक दृष्टान्त (positive instances) है। आगे के प्रयासों में वह धीरे-धीरे अपनी प्राक्कल्पना को तीक्ष्ण करते जाता है क्योंकि आगे के प्रयासों में वह कुछ असंगत गुणों (irrelevant attributes) का परित्याग करते जाता है। इस तरह से प्रत्येक प्रयास में वह असंगत गुणों का परित्याग करते हुए एक नयी प्राक्कल्पना विकसित करता है जिसमें वे सारे दृष्टान्त (instances) सम्मिलित होते हैं जो पहले के प्रयासों के प्राक्कल्पनाओं में उभयनिष्ठ थे तथा जिसे धनात्मक दृष्टान्त के रूप में समझा गया था। अगर प्रयोज्य दो उद्दीपकों में से धनात्मक दृष्टान्त (positive instances) का सही चयन कर लेता है, तो वह सिर्फ नयी प्राक्कल्पना को स्वीकार करके आगे बढ़ जाता है। इस तरह से वह इस सही अनुक्रिया प्रयास में उद्दीपक के कुछ गुणों का सीधे परित्याग कर पाता है। दूसरे तरफ यदि वह किसी प्रयास में ऋणात्मक दृष्टान्त (negative instance) को चुनता है और इस तरह से उसकी अनुक्रिया गलत साबित होती है, तो वह ठीक इसके पहले के प्रयास की प्राक्कल्पना तथा उद्दीपक के उन गुणों को जिनका वह चयन नहीं किया था, के संदर्भ एक नयी प्राक्कल्पना का निर्माण करता है। लेभाईन का मत है कि चूँकि यह एक कठिन कार्य होता है, अतः अक्सर प्रयोज्य से इसमें गलती हो जाया करता है। यही कारण है कि उन्होंने यह स्पष्ट किया है कि गलत अनुक्रिया प्रयास की तुलना में सही अनुक्रिया प्रयास में प्रयोज्य ज्यादा सीख पाते हैं अर्थात् ज्यादा उत्तम ढंग से प्राक्कल्पना की समीक्षा कर पाते हैं।

स्पष्ट हुआ कि लेभाईन का इस सिद्धान्त में एक जटिल संक्रियाओं (hypothetical operation) जो सभी प्रयोज्यों में मौजूद होता है, की पूर्वकल्पना की गयी है। इनके सिद्धान्त पर यदि ध्यान दें तो यह स्पष्ट होगा कि इनका सिद्धान्त एक व्यवहारपरक विवरण (behavioural description) प्रस्तुत करता है। यह रेसल मॉडल की तुलना में कम अमूर्त्त (abstract) है तथा संगत व्यवहारपरक तथ्यों को उत्तम ढंग से सारणीबद्ध करता है। फिर भी इस सिद्धान्त में निम्नांकित तीन कठिनाइयाँ पायी गयीं हैं—

(i) लेभाईन ने अपने प्रयोग में सम्प्रत्यय निर्माण के अध्ययन के लिए जिन उद्दीपकों का उपयोग किया है, वह काफी सरल प्रकृति की थी और उनकी संख्या मात्र सोलह थी। ऐसी परिस्थिति से प्राप्त तथ्य का सामान्यीकरण स्वभावतः जटिल स्थितियों के लिए सम्भव नहीं है।

(ii) लेभाईन के प्रयोगों में प्रयोज्यों को प्रत्येक प्रयास में मात्र दो उद्दीपक उपस्थित किये जाते थे ताकि वह धनात्मक दृष्टान्तों का लाभदायक तुलना करके विशेष प्राक्कल्पना का निर्माण कर सके तथा सम्प्रत्यय सीख सके। वास्तविक परिस्थिति न तो इतनी सरल होती हैं और न ही हमेशा ऐसा होता है।

(iii) लेभाईन की कार्य विधि को भी प्रयोगात्मक दृष्टिकोण से अधिक उत्तम नहीं कहा जा सकता है। वास्तविक प्रयोग प्रारम्भ करने के पहले ही प्रयोज्यों को वे काफी विस्तार से प्रशिक्षण एवं निर्देश दे दिया करते थे। इतना ही नहीं, बहुत सारे प्रयोगात्मक समस्याओं का भी उनसे समाधान करवाते थे। इसका परिणाम यह होता था कि प्रयोगात्मक आंकड़े को संग्रह करने के पहले ही उनके प्रयोज्यों को उद्दीपक जीवसंख्या (sitmulus population) तथा उनका किस तरह का समाधान होना चाहिए का ज्ञान हो जाता था। इससे उनके प्रयोज्यों को वास्तविक प्रयोग में कुछ उस तरह का विशेष लाभ प्राप्त होता था, जो सामान्यतः अन्य प्रयोगों में प्रयोज्यों को नहीं मिलता है।

प्राक्कल्पना सिद्धान्त के बारे में सामान्य निष्कर्ष (*General conclusion regarding hypothesis theories*)— सामान्यतः यह देखा गया है कि अधिकतर मनोवैज्ञानिक सिद्धान्तों में किसी कौशल के सीखने तथा उनका बाद में अनुप्रयोग (utilisation) में अन्तर करने की कोशिश किया जाता है। प्राक्कल्पना सिद्धान्तों में ऐसी कोशिश नहीं की गयी है। प्राक्कल्पनाएँ बना ली जातीं हैं परन्तु कोई नियम या सिद्धान्त नहीं होता है जो यह बतला सके कि वे अस्तित्व में किस तरह आ पाते हैं। किसी भी सम्प्रत्यय के सीखने के दौरान यह मान लिया जाता है कि प्रयोज्य अनुक्रिया करने के पर्याप्त तरीकों को जानता होगा। समस्या के समाधान की प्रक्रिया में प्रयोज्य ज्ञात सम्भावनाओं में से उन ज्ञात तरीकों को चयनित कर लेता है। इससे तब यह अन्तिम निष्कर्ष निकलता है कि प्राक्कल्पना सिद्धान्त या तो नये कौशल/तथ्यों के सीखना को एक वास्तविक घटना नहीं मानता है या फिर सम्प्रत्ययात्मक व्यवहार (conceptual behaviour) को पूर्णतः ज्ञात कौशलों एवं तथ्यों को नये एवं अनोखे संयोगों में उपयोग करने की मात्र एक प्रक्रिया मानता है।

(ग) मध्यवर्त्ती सिद्धान्त(*Mediation theories*)—ऑसगुड(Osgood), हल्ल(Hull) आदि द्वारा किये प्रयोगों से यह स्पष्ट हुआ है कि सम्प्रत्यय निर्माण में उपस्थित किये गये उद्दीपकों की विशेषताओं का महत्त्व उनसे व्यक्ति में उत्पन्न आन्तरिक क्रियाओं के महत्त्व की तुलना में कम होता है। इसका मतलब यह हुआ कि सम्प्रत्यय निर्माण में मध्यवर्ती प्रक्रियाओं (mediational processes) का महत्त्व काफी अधिक है जो उद्दीपक (stimulus) तथा उसके प्रति की गयी स्पष्ट अनुक्रिया (overt response) के बीच में होते हैं। ऐसी प्रक्रियाएँ प्रयोज्य में आंतरिक उत्तेजना (internal stimulation) पैदा करता है जिससे उसमें कुछ ऐसी अनुक्रिया उत्पन्न होती है जो समस्या समाधान में मदद करता है। मध्यवर्ती सिद्धान्तवादियों का मत है कि उद्दीपक पैटर्न जो विशेष चिह्न (signs) के रूप में उपस्थित होते हैं, मध्यवर्त्ती अनुक्रियाओं के तन्त्र से सम्बन्धित होते हैं। जैसे, दरवाजे पर लगे घंटी की आवाज व्यक्ति के लिए कोई प्रिय, अप्रिय या तटस्थ व्यक्ति में अलग-अलग अनुमानित प्रतिक्रिया (anticipated reaction) उत्पन्न करता है जो उस चिह्न के प्रति नजदीक आने या दूर हटने की अनुक्रिया करने के लिए प्रोत्साहित करता है। इसे हल्ल (Hull) ने आदत परिवार पदानुक्रम (habit family hierarchy) कहा है और इसे मध्यवर्त्ती सिद्धान्त द्वारा सम्प्रत्यय निर्माण की प्रदत्त व्याख्या में काफी महत्त्वपूर्ण बतलाया है। यह उदाहरण एक अपसारी पदानुक्रम (divergent hierarchy) का उदाहरण है जिसमें एक उद्दीपक (घंटी की आवाज) द्वारा कई तरह के वैकल्पिक अनुक्रियाएँ उत्पन्न हो रहीं हैं। यद्यपि सम्प्रत्यय निर्माण में इसके महत्त्व को नकारा नहीं जा सकता है, फिर भी इससे अधिक महत्त्व अभिसारी पदानुक्रम (convergent hierarchy) का होता है जिसमें एक ही मध्यवर्ती अनुक्रिया से विभिन्न तरह के उद्दीपक सहाचर्यित होते हैं। जैसे, 'दही', 'चावल', 'दाल', 'सब्जी' सभी भोजन नामक सम्प्रत्यय के उद्दीपक दृष्टान्त इसलिए नहीं है क्योंकि उनके भौतिक उद्दीपक गुण में कुछ समानता है बल्कि इसलिए है कि वे (या उनके चिह्न) द्वारा सामान्य मध्यवर्ती अनुक्रिया जैसे लार स्राव की अनुक्रिया या शाब्दिक प्रकार की अनुक्रिया जैसे 'स्वादिष्ट' (tasty) उत्पन्न होता है। मध्यवर्ती सिद्धान्तवादियों के अनुसार सम्प्रत्यय सीखना में उद्दीपक (stimulus) तथा सामान्य मध्यवर्ती अनुक्रिया (common mediational response) के बीच अभिसारी पदानुक्रम (convergent hierarchy) का निर्माण होता है। इसके निर्माण में भी उद्दीपक, अनुक्रिया तथा पुनर्बलन का आवर्त्ती संसक्त (repeated contiguous) उपस्थिति महत्त्वपूर्ण होता है।

निष्कर्षतः यह कहा जा सकता है कि मध्यवर्त्ती सिद्धान्त के अनुसार सम्प्रत्यय का निर्माण मध्यवर्ती क्षमता (mediational ability) का अर्जन है। सचमुच में इस सिद्धान्त के अनुसार सम्प्रत्ययात्मक व्यवहार (conceptual behaviour) विभिन्न घटनाओं का एक विशिष्ट एवं साहचर्यात्मक शृंखला होता है जिसमें बाह्य उद्दीपक तथा स्पष्ट अनुक्रिया के बीच एक बहु अभिसारी पदानुक्रम सम्मिलित होता है तथा जो विभेदी मध्यवर्त्ती प्रक्रियाओं से गुजरकर ठोस रूप धारण करता है।

सम्प्रत्यय निर्माण का मापन
(Measurement of Concept Formation)

सम्प्रत्यय निर्माण (concept formation) की प्रक्रिया एक संज्ञानात्मक प्रक्रिया (cognitive process) है। फलतः यह प्रक्रिया व्यक्ति के मन में होती है जो स्पष्टतः छिपा होता है। मनोवैज्ञानिकों का यह प्रयास रहा है कि इस छिपी हुई प्रक्रिया को माप कर उसे बाहर लाया जाए तथा उसका वस्तुनिष्ठ अध्ययन (objective study) किया जा सके। सम्प्रत्यय निर्माण की प्रक्रिया को मापने के लिए मनोवैज्ञानिकों द्वारा जितने भी विधि का प्रतिपादन किया गया है उन्हें निम्नांकित दो श्रेणियों में बाँटा जा सकता है—

1. निष्पादन-आधृत विधि (Performance based measures)
2. योजना-आधृत विधि (Strategy-based measures)

इन दोनों का वर्णन निम्नांकित है—

1. निष्पादन-आधृत विधि (*Performance based measures*)—कई सम्प्रत्यय निर्माण अध्ययनों (concept studies) में सम्प्रत्यय निर्माण को मापने के लिए सम्प्रत्यय के सीखने में निर्धारित निष्पादन कसौटी को आधार माना गया है। समान्यतः ऐसी परिस्थिति में दो तरह के निष्पादन कसौटी का निर्धारण किया गया है—पहला, प्रयोज्य सही सम्प्रत्यय सीखने में कितना प्रयास लेता है तथा दूसरा, सही सम्प्रत्यय सीखे जाने तक प्रयोज्य कितनी त्रुटियाँ (error) करता है। यदि किसी सम्प्रत्यय को सीखने में प्रयोज्य कम प्रयास (trials) लेता है तथा कम त्रुटियाँ करता है तो इसका

मतलब यह हुआ कि व्यक्ति सम्बन्धित सम्प्रत्यय को जल्द सीख लिया है या सम्बन्धित सम्प्रत्यय निर्माण की प्रक्रिया उसके लिए आसान है। दूसरे तरफ यदि उसे सम्प्रत्यय सीखने में अधिक समय एवं त्रुटि लगा है, तो यह स्पष्टतः समझा जाता है कि सम्बन्धित सम्प्रत्यय निर्माण की प्रक्रिया कठिन है।

इन दोनों निष्पादन आधृत कसौटी के अलावा सम्प्रत्यय निर्माण में कुछ अन्य कसौटियों का भी उपयोग किया जाता है। उनमें अनुक्रिया की अन्तर्हिति (latency) तथा गलत प्राक्कल्पनाओं की संख्या (number of incorrect hypotheses) भी प्रमुख है। अन्तर्हिति (latency) से तात्पर्य उद्दीपक (stimulus) दिये जाने पर उसके प्रति अनुक्रिया करने में लगा समय से होता है। यदि वह समय कम होता है तो यह समझा जाता है कि व्यक्ति के लिए सम्प्रत्यय निर्माण (concept formation) आसान है। परन्तु यदि उसे समय अधिक लगता है तो यह संकेत मिलता है कि व्यक्ति के लिए सम्प्रत्यय निर्माण कठिन है। कभी-कभी प्रयोगकर्त्ता प्रयोज्यों से यह कहता है कि जब उन्हें महसूस हो कि इसमें सम्प्रत्यय अमुक चीज है तो वह उसे अनुमान के आधार पर बतला दें जिससे सम्प्रत्यय निर्माण के बारे में महत्त्वपूर्ण सूचना मिलती है। यदि ऐसी अनुमानित प्राक्कल्पना करना असंगत (irrelevant) हुआ तो यह अंदाज लगाया जाता है कि सम्प्रत्यय निर्माण में व्यक्ति को कठिनाई हो रही है या उनके सम्प्रत्यय निर्माण में काफी अस्पष्टता है।

2. योजना-आधृत विधि (*Strategy-based measures*)—सम्प्रत्यय निर्माण के समय व्यक्ति कई तरह के योजनाओं का गुप्त रूप से उपयोग करता है। परन्तु मनोवैज्ञानिकों के पास एक ऐसा तरीका (method) नहीं रहता है जिससे वे यह जान सकें कि उसने अमुक योजना अपनाकर सम्प्रत्यय निर्माण किया है। फिर भी मनोवैज्ञानिकों ने निम्नांकित दो ऐसी विधियों का वर्णन किया है जो हमें प्रयोज्यों द्वारा व्यवहार में लाये गये उपायों की ओर संकेत करते हैं—

(i) रिक्त प्रयास प्रविधि (blank trial procedure)

(ii) जोर से बोलकर चिन्तन करने की विधि (thinking aloud method)

इन दोनों विधियों का वर्णन निम्नांकित है:—

(i) रिक्त प्रयास प्रविधि (*Blank trial procedure*)—इस प्रविधि का प्रतिपादन लेभाईन (Levine, 1966) द्वारा सम्प्रत्यय निर्माण के प्राक्कल्पना-जाँच सिद्धान्त (hypotheses-testing theory) में किया गया। इस प्रविधि का उद्देश्य यह पता लगाना था कि सम्प्रत्यय निर्माण के दौरान प्रयोज्य क्या सोचता है। इस प्रविधि में प्रयोज्य को एक-एक करके कई प्रयास दिये जाते हैं और प्रत्येक प्रयास में उन्हें यह बतलाना होता है कि दिये गये आकृतियों में से कौन-सही है? प्रथम प्रयास में प्रयोज्य द्वारा उत्तर दिये जाने के बाद प्रयोगकर्त्ता उन्हें यह बतला देता है कि दिये गये आकृतियों में कौन सही है और इस तरह से प्रयोज्य को यह पुनर्निवेशन (feedback) प्राप्त हो जाता है कि उनके द्वारा दिये गये उत्तर सही है या नहीं। इसके बाद चार प्रयासों तक जो आकृति दिये जाते हैं, उनके प्रति प्रयोज्य द्वारा दिये गए उत्तर के बाद प्रयोगकर्त्ता कोई पुनर्निवेशन (feedback) या परिणाम ज्ञान (knowledge of results) नहीं देता है। परन्तु प्रयोगकर्त्ता इन प्रयासों में प्रयोज्य के चिन्तन के बारे में बहुत कुछ सीख पाता है। इन प्रयासों में प्रयोज्य द्वारा दिये गये अनुक्रियाओं का विश्लेषण करके वह यह अनुमान लगा पाता है कि प्रयोज्य आकृति के किस विशेषता या गुण (feature) को सही मान रहा है। इस प्रविधि का प्रदर्शन चिन्तन के अध्ययन में किये गये आकृतियों से इस प्रकार कर सकते हैं।

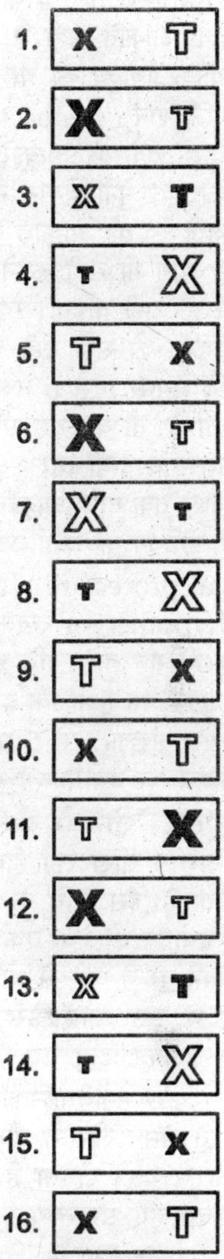

1. X T
2. X T
3. X T
4. T X
5. T X
6. X T
7. X T
8. T X
9. T X
10. X T
11. T X
12. X T
13. X T
14. T X
15. T X
16. X T

चित्र 9.10 लेभाईन का रिक्त-प्रयास प्रविधि का एक दर्शन

मान लिया जाय कि चित्र 9.10 के प्रथम युग्म के आकृति को दिखलाया जाता है जो चार गुणों (attributes) में एक-दूसरे से भिन्न है (i) काला रंग या उजला रंग (ii) बड़ा या छोटा आकार (size) (iii) X या T आकार

(shape) (iv) बायाँ या दायाँ स्थिति (position)। मानलिया जाय कि इसमें प्रयोज्य यह कहता है कि उजला रंग वाला आकृति सही है। प्रथम प्रयास में की गयी अनुक्रिया पूर्णतः एक अनुमान या अंदाज पर ही आधारित होती है क्योंकि प्रयोज्य को यह पता नहीं होता है कि उसे अपना निर्णय किस पर आधारित करना चाहिए। प्रयोगकर्त्ता द्वारा यह पुनर्निवेशन (feedback) किया जाता है कि उजला रंग वाला आकृति सचमुच में सही है। इसके बाद प्रयोज्य 2 से 5 प्रयासों तक की आकृतियों में उजले रंग वाले आकृति को ही सही कहेगा। इन चार प्रयासों में प्रयोगकर्त्ता द्वारा किसी प्रकार का पुनर्निवेशन नहीं दिया जाएगा। [रिक्त प्रयास (blank trial]। छठे प्रयास की आकृति युग्म में भी प्रयोज्य उजले रंग की आकृति को ही सही मानेगा और उस प्रयास में उसे सही का पुनर्निवेशन मिलने से उजले रंग की आकृति को आगे भी सही कहने की प्रवृत्ति मजबूत होगी। इस तरह से 7 से 10वें प्रयास वाले आकृति में उजले रंग की आकृति को ही सही कहेगा। ग्यारहवें प्रयास में अब एक नयी प्रवृत्ति से प्रयोज्य को उदासी होगी क्योंकि यहाँ उजले रंग की आकृति को सही नहीं कहा जा रहा है और आदतन प्रयोज्य इस प्रयास में भी उजले रंग की आकृति को सही कहेगा। यदि प्रयास 1 से 6 तक के सही अनुक्रियाओं का पूर्ण प्रत्याह्वान (perfect recall) करने में वह इस अवस्था में सक्षम होता है, तो वह यह सोचेगा कि अब उत्तर दायें (right) वाला आकृति हो सकता है क्योंकि इन प्रयासों में उजला के साथ-साथ दायाँ वाला आवृत्ति ही सही था (देखें चित्र 9.10)। अतः यहाँ उम्मीद की जाती है कि प्रयोज्य 12 से 15वें प्रयास तक दायें आकृति को सही कहेगा। ऐसी परिस्थिति में 16वें प्रयास में प्रयोगकर्त्ता द्वारा सही बतलाये गये आकृति पर प्रयोज्य को कोई आश्चर्य तब नहीं हेगा। अब प्रश्न यह उठता है कि लेभाईन के इस रिक्त प्रयास प्रविधि (Blank trial procedure) द्वारा यह किस तरह से पता चलता है कि प्रयोज्य अपने मन में किस तरह की प्राक्कल्पना (hypothesis) रखकर अनुक्रिया कर रहा है। इसका उत्तर जानने के लिए प्रयास संख्या 2 से 5 तक की अनुक्रियाओं पर ही गौर करें। यदि इन प्रयासों में प्रयोज्यों द्वारा उजले आकृति को ही सही अनुक्रिया कहा गया है तो इसका स्पष्ट मतलब यह हुआ कि प्रयोज्य के मन में प्राक्कल्पना यह थी कि उजले रंग की आकृति ही सही आकृति है। ध्यान रहे कि प्रयास संख्या 2 से 5 रिक्त प्रयास (blank trial) का उदाहरण है। स्पष्ट हुआ कि रिक्त प्रयासों में दिये गए उत्तरों के आधार पर प्रयोगकर्त्ता प्रयोज्य के मन में हो रहे चिन्तन या प्राक्कल्पना को कुछ हद तक जान पाता है।

(ii) जोर से बोलकर चिन्तन करने की विधि (*Thinking aloud method*)—इस विधि में जब व्यक्ति कोई सम्प्रत्यय सीख रहा होता है तो उसके मन में उत्पन्न होने वाले चिन्तन को जोर से बोलकर प्रकट करने के लिए कहा जाता है। इस विधि के सहारे एक बहुचर्चित प्रयोग डोभनोस्वकी (Dovnoswki, 1974) द्वारा किया गया। इस प्रयोग में प्रयोज्य को एक-एक करके कुछ आकृति दिखलाया गया और प्रयोज्य को यह बतलाना था कि उनमें से सही आकृति देखने पर वे जोरे से बोले कि वे क्या देख रहे हैं तथा जब उनके मन में सही उत्तर आता है, तो उस समय वे क्या सोच रहे थे, इसे बताएँ। इस तरह से प्रयोज्यों द्वारा सम्प्रत्यय निर्माण के समय किये जा रहे चिन्तन के बारे में उनके द्वारा जोर से बोलकर किये गए रिपोर्ट के आधार पर जाना जाता है।

कुछ मनोवैज्ञानिकों का मत है कि जोर-से बोलकर चिन्तन करने की विधि का दोष यह है कि व्यक्ति को चिन्तन करते समय जोर से बोलने का निर्देश देने पर वह सम्प्रत्यय निर्माण के कार्य को स्वाभाविक ढंग से न करके कुछ भिन्न ढंग से करने लगता है। उनमें सतर्कता का स्तर उस अवस्था की अपेक्षा अधिक बढ़ जाती है जिससे वह मन-ही-मन सोचते हुए सम्प्रत्यय निर्माण का कार्य करता है।

स्पष्ट हुआ कि सम्प्रत्यय निर्माण कार्य के दौरान प्रयोज्यों द्वारा अपनाये गये उपायों या सोचे जा रहे प्राक्कल्पनाओं को दो तरीकों से जानने की कोशिश मनोवैज्ञानिकों द्वारा की गयी है। सम्प्रत्यय निर्माण के मापन में निष्पादन आधृत विधियों को भी कुछ मनोवैज्ञानिकों द्वारा अधिक महत्त्व दिया गया है।

सम्प्रत्यय सीखने में योजनाएँ
(Strategies in Concept Learning)

जब व्यक्ति किसी समस्या समाधान या चिन्तन करता है या किसी सम्प्रत्यय (concept) को सीखता है, तो वह एक खास योजना (strategies) बनाकर कार्य करता है ताकि ठीक ढंग से चिन्तन करके समस्या का समाधान किया जा सके या किसी सम्प्रत्यय (concept) को आसानी से सीखा जा सके। मनोवैज्ञानिकों ने बतलाया है कि इस तरह की योजनाएँ (strategies) निम्नांकित चार प्रकार की होतीं हैं:—

1. समकालीन अवलोकन (*Simultaneous scanning*)—इस योजना में समस्या समाधान के सभी सम्भावित तरीकों को एक साथ मन में रखकर कार्य किया जाता है। ऐसा नहीं होता है कि समस्या का समाधान बिना सोचे समझे प्रारम्भ कर दिया जाता है और समाधान करते समय सम्भावित तरीकों के बारे में सोचा जाता है। व्यक्ति को अपने मस्तिष्क में सभी तरीकों को समान रूप से सजग रखना पड़ता है। इतना ही नहीं, प्रत्येक तरीका द्वारा समस्या के समाधान के लिए किये गये प्रयास (effort) के परिणाम को भी व्यक्ति को अपने मस्तिष्क में ताजा बनाये रखना होता है। इस वर्णन से स्पष्ट है कि समकालिक अवलोकन (simultaneous scanning) की योजना से व्यक्ति के मस्तिष्क की स्मृति शक्ति (memory power) पर काफी भार पड़ता है। जिन व्यक्तियों की स्मृति शक्ति कमजोर होती है, वे इस तरह की योजना द्वारा किसी समस्या का समाधान नहीं कर सकते हैं या किसी सम्प्रत्यय को सीख नहीं सकते हैं। ऐसे भी प्रयोगात्मक अध्ययनों से यह स्पष्ट हो गया है कि कम बुद्धिवाले व्यक्ति चिन्तन में समकालिक अवलोकन की योजना नहीं अपनाते हैं।

2. क्रमिक अवलोकन (*Successive scanning*)—इस योजना (strategy) में व्यक्ति समस्या के समाधान के लिए मन में कोई एक उचित प्राक्कल्पना (hypothesis) बना लेता है। अब वह इसी प्राक्कल्पना के अनुसार समस्या के समाधान के लिए आगे बढ़ता है। उनके मन में और भी दूसरी प्राक्कल्पना या विचार नहीं होता है। जब वह इस प्राक्कल्पना का उपयोग समस्या के समाधान में हर तरह से कर लेता है परन्तु फिर भी सफलता नहीं मिलती है, तब वह कोई दूसरी प्राक्कल्पना तैयार करता है और उसके अनुसार समस्या का समाधान करता है। इस तरह से एक के बाद एक करके वह कई प्राक्कल्पनाओं (hyptothesis) के अनुसार समस्या का समाधान करता है। इस विवरण से स्पष्ट है कि इस तरह की योजना में व्यक्ति के मस्तिष्क पर अधिक भार नहीं पड़ता है और न ही उसके लिए स्मृति शक्ति काफी मजबूत ही होना आवश्यक है (क्योंकि एक समय में व्यक्ति एक ही प्राक्कल्पना का उपयोग करता है।) मनोवैज्ञानिकों ने अपने प्रयोगों के आधार पर यह पाया है कि इस तरह की योजना का प्रयोग साधारण स्तर की बुद्धि वाले लोग काफी करते हैं। इस योजना का दोष यह है कि इसमें स्मस्या के समाधान में काफी समय लगता है।

3. रूढ़िवादी फोकसिंग (*Conservative focusing*)—इस योजना में जिस प्राक्कल्पना (hypothesis) या वस्तु (object) से समस्या के समाधान होने की या सही सम्प्रत्यय विकसित होने की सच्ची उम्मीद व्यक्ति में बन जाती है, वह उसी वस्तु या प्राक्कल्पना पर पूर्णरूपेण फोकस करना यानी ध्यान देना प्रारम्भ कर देता है। उदाहरणस्वरूप, मान लिया जाय कि व्यक्ति किसी समस्या के समाधान के लिए एक खास वस्तु (object) को उपर्युक्त मान लेता है। अब थोड़ी देर के लिए मान लिया जाय कि वस्तु ऐसी है जो तीन गुणों में यानी आकार (shape), रंग (colour) तथा संख्या (number) में परिवर्तित होती है। अब ऐसी अवस्था में व्यक्ति वस्तु के इन्हीं तीन गुणों पर अपना ध्यान केन्द्रित करेगा और एक-एक करके इन विभिन्न गुणों के आधार पर उचित वस्तु का चयन (selection) करते हुए समस्या का समाधान करेगा। ब्रुनर, गुडनाऊ तथा आस्टीन (Bruner, Goodnow & Austin, 1956) ने सम्प्रत्यय सीखने (concept learning) के एक प्रयोग में प्रयोज्यों (subjects) को इस योजना को सफलतापूर्वक उपयोग करते पाया है।

4. फोकस जुआ (*Focus gambling*)—ब्रुनर, गुडनाऊ तथा ऑस्टीन (Bruner, Goodnow & Austin, 1956) ने अपने प्रयोग में पाया कि कुछ प्रयोज्य अन्त में लाचार होकर फोकस जुआ (focus gambling) की योजना अपनाते हैं। इस योजना का उपयोग व्यक्ति तब करता है जब समस्या के समाधान के लिए निर्धारित समय समाप्त होने के करीब आ जाता है। इस योजना में व्यक्ति रूढ़िवादी फोकसिंग के समान किसी वस्तु या प्राक्कल्पना के एक-एक पहलुओं को बारी-बारी से समस्या के समाधान में उपयोग नहीं करके दो या दो से अधिक पहलुओं (aspects) को एक साथ परिवर्तित कर एक निश्चित निष्कर्ष पर पहुँच जाना चाहता है। इस तरह से वह समस्या के समाधान पर पहुँचने के लिए एक जुआ (gambling) खेलने के समान योजना बनाकर काम करता है। वह स्वयं भी नहीं जानता है कि इन विभिन्न पहलुओं में से किस पहलू द्वारा समस्या का समाधान होगा।

इस तरह से हम देखते हैं कि किसी समस्या के समाधान में या किसी सम्प्रत्यय के विकास में, व्यक्ति भिन्न-भिन्न तरह की योजनाओं (strategies) को अपनाता है। मनोवैज्ञानिकों ने यह बतलाया है कि कोई भी प्रयोज्य (subject) इन चारों में से किसी एक ही योजना का नहीं बल्कि कई योजनाओं (strategies) का प्रयोग करके समस्या का समाधान करता है तथा सम्प्रत्यय को सीखता है। समस्या समाधान के दौरान हुए अनुभव के आधार पर वह एक योजना को छोड़कर किसी दूसरी योजना को भी अपनाता है।

सर्जनात्मक या रचनात्मक चिन्तन
(Creative Thinking)

परिभाषा एवं स्वरूप (*Definition and Nature*)—सर्जनात्मक चिन्तन (creative thinking) चिन्तन का एक प्रमुख पहलू है। सर्जनात्मक चिन्तन को कई अर्थों में प्रयोग किया गया है। हरलॉक (Hurlock) ने सर्जनात्मक चिन्तन के क्षेत्र में किये गये शोधों (researches) एवं अध्ययनों की समीक्षा (review) करके बतलाया कि सर्जनात्मक चिन्तन को मनोवैज्ञानिकों ने आठ अर्थों में प्रयोग किया है। सर्जनात्मक चिन्तन (creative thinking) का सबसे लोकप्रिय अर्थ (popular meaning) गिलफोर्ड (Guilford, 1967) द्वारा बतलाया गया है। इन्होंने चिन्तन को दो भागों में बाँटा गया है—

अभिसारी चिन्तन (Convergent thinking) एवं अपसरण चिन्तन (Divergent thinking)

अभिसारी चिन्तन में व्यक्ति दिये गये तथ्यों के आधार पर किसी सही निष्कर्ष पर पहुँचने की कोशिश करता है। इस तरह के चिन्तन में व्यक्ति एक रूढ़िवादी तरीका (conventional path) अपना कर अर्थात् दी गयी संबंधित सूचनाओं के आधार पर उसका समाधान करता है। ऐसी चिंतन द्वारा की गयी समस्या के समाधान का प्रायः एक निश्चित उत्तर होता है। स्पष्ट हुआ कि अभिसारी चिंतन तार्किक, (logical) तथ्यात्मक (factual) रूढ़िवादी (conventional) होता है तथा इसमें व्यक्ति समस्या पर तबतक ध्यान केन्द्रित रखता है जबतक कि समस्या का समाधान न हो जाए। अपसरण चिन्तन (divergent thinking) में व्यक्ति भिन्न-भिन्न दिशाओं में चिन्तन कर समस्या का समाधान करने की कोशिश करता है। जब वह भिन्न-भिन्न दिशाओं में चिन्तन करता है तो स्वभावतः वह समस्या के कई सम्भावित उत्तरों पर सोचता है और अपनी ओर से कुछ नये एवं मूल (original) चीजों को जोड़ने की कोशिश करता है। इस तरह के चिन्तन की एक और विशेषता यह है (जो इसे अभिसारी चिन्तन से अलग करता है) कि इसमें व्यक्ति आसानी से एक पूर्व सुनिश्चित कदमों के अनुसार चिन्तन नहीं कर पाता है (क्योंकि उसे कुछ नया एवं मूल चिन्तन करना होता है)। परन्तु अभिसारी चिन्तन (convergent thinking) में व्यक्ति बहुत आसानी से एक पूर्व निश्चित क्रम (sequence) में चिन्तन कर लेता है। अपसरण चिंतन द्वारा की गयी समस्या का समाधान में व्यक्ति कोई एक निश्चित उत्तर पर नहीं पहुँच पाता है। इस तरह से अपसरण चिंतन ढीले-ढाले ढंग से संगठित, अंशतः निर्देशित तथा अरूढ़िवादी प्रकृति का होता है। अभिसारी चिंतन से भिन्न अपसरण चिंतन में प्राप्त उत्तर को व्यक्ति आत्मनिष्ठ ढंग से मूल्यांकन करता है। मनोवैज्ञानिकों ने अपसरण चिन्तन (divergent thinking) को सर्जनात्मक चिन्तन (creative thinking) के तुल्य माना है। बुचर (Butcher, 1968) के अनुसार जिन लोगों में अपसरण चिंतन करने की क्षमता अधिक होती है, उसे लोग सर्जनात्मक चिंतक (creative thinker) कहते हैं। ऐसे तो सर्जनात्मक चिन्तन को कई मनोवैज्ञानिकों ने परिभाषित किया है परन्तु अधिकतर परिभाषाएँ संक्षिप्त होने के कारण सर्जनात्मक चिन्तन की व्याख्या ठीक ढंग से नहीं कर पायी है। सर्जनात्मक चिन्तन की सबसे उचित एवं विस्तृत (comprehensive) परिभाषा ड्रेवडाल[1] (Drevdohl, 1956) ने दी है जो इस प्रकार है—

''सर्जनात्मक चिन्तन या सर्जनात्मकता व्यक्ति की उस क्षमता को कहा जाता है जिससे वह कुछ ऐसी चीजों, रचनाओं (compositions) या विचारों को पैदा करता है जो नया होता है एवं जो पहले से उसे ज्ञात नहीं होता है। यह एक काल्पनिक क्रिया या चिन्तन संश्लेषण (thought synthesis) हो सकता है... यह वैज्ञानिक, कलात्मक या साहित्यिक रचना के रूप में हो सकता है।''

इसके अतिरिक्त वेरोन[2] (Baron, 2001) ने भी सर्जनात्मकता की एक सटीक परिभाषा दिया है जो इस प्रकार है, ''मनोवैज्ञानिकों द्वारा सर्जनात्मकता को ऐसा कार्य करने की क्षमता के रूप में परिभाषित किया जाता है जो नवीन (मौलिक, अप्रत्याशित) तथा उचित (लाभदायक या कार्य अवरुद्धता को दूर करने लायक) दोनों ही होते हैं।''

---

1. "Creative thinking or creativity is the capacity of persons to produce compositions, products or ideas of any sort, which are essentially new or novel and previously unknown to the producer. It can be imaginative activity or thought synthesis... it may take the form of an artistic, literary or scientific production."
—Drevdohl : *Journal of Clinical Psychology,* 1956, p. 22
2. "Psychologists generally define creativity as involving the ability to produce work that is both novel (or final, unexpected) and appropriate (it works—it is useful or meets task constraints)."
—Baron : *Psychology,* 2001, p. 442

सर्जनात्मक चिन्तन या सर्जनात्मकता के इन परिभाषाओं का विश्लेषण करने पर हमें कुछ ऐसी विशेषताओं का पता चलता है जिससे सर्जनात्मक चिन्तन के स्वरूप (nature) पर स्पष्ट रूप से प्रकाश पड़ता है। इनमें से प्रमुख विशेषताएँ निम्नांकित हैं:—

(i) सर्जनात्मक चिन्तन एक ऐसी प्रक्रिया है जो लक्ष्य-निर्देशित (goal-directed) होता है। इसमें व्यक्ति को लक्ष्य निश्चित रूप से पता होता है और उसका प्रत्येक व्यवहार इसी लक्ष्य से सम्बन्धित होता है। व्यक्ति इस ढंग का व्यवहार अपने व्यक्तिगत या सामूहिक लाभ के लिए भी करता है।

(ii) सर्जनात्मक चिन्तन में व्यक्ति कुछ नया एवं भिन्न चीजों की रचना करता है। इसलिए यह उस व्यक्ति के लिए भी अनूठा (unique) होता है। इस तरह की अनूठी रचना शाब्दिक (verbal) या अशाब्दिक (nonverbal), मूर्त्त (concrete) या अमूर्त्त (abstract) कुछ भी हो सकता है तथा यह व्यक्ति के लिए लाभदायक भी होता है। इस विशेषता के आलोक में मैटलिन[1] (Matlin, 1983) ने सर्जनात्मकता को परिभाषित करते हुए कहा है, ''सर्जनात्मकता में एक ऐसा नया समाधान ढूँढ़ा जाता है जो असाधारण एवं लाभदायक दोनों ही होता है।''

(iii) सर्जनात्मक चिन्तन में व्यक्ति समस्या के भिन्न-भिन्न दिशाओं (divergent directions) में चिन्तन करता है। इस तरह से भिन्न-भिन्न दिशाओं में चिन्तन करने की क्षमता को अपसरण चिन्तन (divergent thinking) भी कहा जाता है। यही कारण है कि सर्जनात्मक चिन्तन में अपसरण चिन्तन सम्मिलित हुआ माना जाता है। मार्गन, किंग विस्ज तथा स्कौपलर[2] (Mogan, King, Weisz & Schopler, 1986) ने इसलिए कहा है ''सर्जनात्मक रूप से सोचते समय लोग भिन्न-भिन्न दिशाओं में सोचते हैं और इस तरह से समस्या के बारे में उनमें बहुत सारे विचार आते हैं।''

(iv) सर्जनात्मक चिन्तन, चिन्तन का एक विशेष तरीका है। यह बुद्धि (intelligence) से एक अलग सम्प्रत्यय है क्योंकि बुद्धि में सर्जनात्मक चिन्तन के अलावा भी अन्य मानसिक क्षमताएँ सम्मिलित होतीं हैं।

(v) सर्जनात्मक चिन्तन करने की क्षमता व्यक्ति द्वारा पहले से प्राप्त सार्थक ज्ञान पर निर्भर करती है। यह सार्थक ज्ञान (significant knowledge) जितना ही अधिक होगा, सर्जनात्मक चिन्तन की क्षमता उतनी ही अधिक होगी।

(vi) सर्जनात्मक चिन्तन में स्वली चिन्तन (autistic thinking) नियन्त्रित ढंग से (controlled way) सम्मिलित होती है। दूसरे शब्दों में, सर्जनात्मक रूप से सोचते समय व्यक्ति कुछ अर्थपूर्ण कल्पनाएँ करता है। इसी अर्थपूर्ण कल्पना का ही परिणाम होता है कि व्यक्ति कुछ वैज्ञानिक, कलात्मक तथा साहित्यिक रचना कर पाता है।

(vii) सर्जनात्मक चिन्तन में एक सीमा तक अभिसारी चिन्तन (convergent thinking) भी सम्मिलित होता है। अभिसारी चिन्तन करके व्यक्ति कुछ इस तरह की सूचनाएँ एवं सामग्रियों को इकट्ठा करता है जिनसे उसे रचनात्मक या सर्जनात्मक समाधान (creative solution) में मदद मिलती है। मार्गन, किंग, विस्ज तथा स्कौपलर (1988) ने कहा है, ''अन्तिम सर्जनात्मक समाधान के लिए रचनात्मक रूप से सोचनेवाला व्यक्ति अभिसारी चिन्तन द्वारा महत्त्वपूर्ण सूचनाओं (information) एवं विचारों को एकत्रित करता है।''

(viii) सर्जनात्मक चिन्तन में समस्या ढूँढ़ने (problem finding) की भी विशेषता सम्मिलित होती है। समस्या ढूँढ़ने की प्रक्रिया से तात्पर्य एक ऐसी प्रक्रिया से होती है जिसमें व्यक्ति सक्रिय होकर समस्या का समाधान करता है। सचमुच में व्यक्ति जब सर्जनात्मक रूप से सोच रहा होता है, तो उसमें कुछ नया खोज करने की एक अदभुत तमन्ना होती है। फलतः व्यक्ति कुछ अनसुलझे समस्या की ओर ध्यान करता है तथा उसका समाधान करने को ठान लेता है।

ऊपर के विवरण से स्पष्ट हो जाता है कि सर्जनात्मक चिन्तन एक जटिल प्रक्रिया है। इस तरह के चिन्तन करने की क्षमता सभी व्यक्तियों में अधिक हो ही, यह आवश्यक नहीं है।

---

1. "Creativity involves finding a solution that is both unusal and useful."
—Matlin : *Cognition,* 1983, p. 249

2. "When thinking creatively, people tend to think in a divergent manner, thus having many varied thoughts about a problem."—Morgan, King, Weisz & Schopler : *Introduction to Psychology,* 1986, p. 246

सर्जनात्मक चिन्तन की अवस्थाएँ
(Stages of Creative Thinking)

सर्जनात्मक चिन्तन का स्वरूप काफी जटिल होता है। इसमें व्यक्ति किसी समस्या के भिन्न-भिन्न पहलुओं पर भिन्न-भिन्न दिशाओं (divergent directions) में चिन्तन कर कुछ नये विचारों एवं तथ्यों की रचना या सर्जन (creation) करता है। मनोवैज्ञानिकों ने सर्जनात्मक चिन्तन तथा समस्या समाधान व्यवहार के विश्लेषण करने पर यह बतलाया है कि इसमें कुछ अवस्थाएँ (stages) सम्मिलित होतीं हैं। वाल्लास (Wallas. 1926), पैट्रीक (Patrick, 1937), विनाके (Vinacke, 1952) तथा कोफर (Cofer, 1957) कून तथा मिट्टेर्र (Coon & Mitterer, 2007) के अनुसार चाहे व्यक्ति सामान्य विधि द्वारा किसी समस्या का समाधान कर रहा हो या वह सर्जनात्मक रूप से चिन्तन कर रहा हो, उसमें निम्नांकित पाँच अवस्थाएँ (stages) होती हैं:—

1. उन्मुखता *(Orientation)*—सर्जनात्मक चिन्तन की यह प्रथम अवस्था होती है जिसमें व्यक्ति समस्या को सुस्पष्ट एवं परिभाषित करने की कोशिश करता है तथा उसकी प्रमुख विशेषताओं (characteristics) की पहचान करने की भी सफल कोशिश करता है।

2. आयोजन *(Preparation)*—सर्जनात्मक चिंतन में या किसी समस्या के समाधान में आयोजित यह दूसरी अवस्था होती है। इस अवस्था में समस्या से सम्बन्धित आवश्यक तथ्यों एवं प्रमाणों को एकत्रित करने की तैयारी या आयोजन किया जाता है। समस्या को ठीक ढंग से परिभाषित करके उसके पक्ष विपक्ष में प्रमाण एकत्रित किया जाता है। ऐसा करने में वह प्रयत्न तथा त्रुटि (trial and error) का भी सहारा लेता है। आइन्सटिन (Einstein) को यदि भौतिकी (physics) तथा गणित (mathematics) का विस्तृत ज्ञान नहीं होता तो वह सापेक्षता का सिद्धान्त (theory of relativity) का प्रतिपादन नहीं कर पाते। अपने इस विस्तृत ज्ञान के आधार पर समस्या से सम्बन्धित तथ्यों तथा प्रमाणों को उन्होंने पहले एकत्रित करने की तैयारी की। उसी तरह से राईट भाइयों (Wright brothers) द्वारा जब हवा में उड़ने की बात सोची गयी तो उन्होंने पहले भौतिक विज्ञानों (physical sciences) के ज्ञान के आधार पर इस समस्या से सम्बन्धित तथ्यों तथा प्रमाणों को एकत्रित करने का आयोजन किया। इस तरह से प्रत्येक रचनात्मक चिन्तन में व्यक्ति विभिन्न प्रकार के तथ्यों एवं प्रमाणों को एकत्रित करने का आयोजन करता है। समस्या के स्वरूप तथा व्यक्ति के ज्ञान के अनुसार यह अवस्था लम्बे या कम समय तक के लिए होता है। यदि समस्या जटिल है तथा व्यक्ति का ज्ञान सीमित है तो वह अवस्था लम्बे समय तक जारी रह सकता है। परन्तु यदि समस्या से जटिलता कम है तथा व्यक्ति का ज्ञान भंडार अधिक परिपक्व है, तो यह अवस्था कम समय तक जारी रहता है। जिम्बार्डो तथा रूच (Zimbardo & Ruch, 1977) के अनुसार इस अवस्था पर व्यक्ति की आयु तथा बुद्धि का भी प्रभाव पड़ता है।

3. उद्भवन *(Incubation)*—किसी भी सर्जनात्मक चिन्तन या समस्या समाधान व्यवहार की तीसरी अवस्था उद्भवन (incubation) की होती है। इस अवस्था में व्यक्ति में निष्क्रियता बढ़ जाती है और थोड़े समय के लिए समस्या के बारे में वह चिन्तन करना छोड़ देता है। जब कई ढंग से कोशिश करने के बाद भी किसी समस्या का समाधान नहीं हो पाता है, तो इस अवस्था की उत्पत्ति होती है। इस अवस्था में व्यक्ति समस्या के समाधान के बारे में चिन्तन करना छोड़कर या तो सो जाता है या विश्राम करने लगता है। पैट्रीक (Patrick, 1935) ने कवियों (poets) तथा कलाकारों (artists) पर अध्ययन करके इस बात की पुष्टि की है कि सर्जनात्मक चिन्तन में उद्भवन (incubation) की अवस्था होती है। मनोवैज्ञानिकों का कहना है कि इस अवस्था में यद्यपि व्यक्ति अपना ध्यान समस्या की ओर से पूर्णतः हटा लेता है, फिर भी अचेतन रूप से उसके बारे में सोचते रहता है। इस तरह से इस अवस्था में चेतन रूप से (consciously) व्यक्ति समस्या के बारे में चिन्तन करना छोड़ देता है परन्तु अचेतन रूप से (unconsciously) उसके समाधान के बारे में चिन्तन जारी रखता है।

4. प्रबोधन *(Illumination)*—इस अवस्था में अचानक व्यक्ति को समस्या का समाधान दीख पड़ता है। सिलभरमैन[1] (Silverman, 1978) के अनुसार, ''समाधान के समाधान का अकस्मात अनुभव को प्रबोधन कहा जाता है।'' यह अवस्था प्रत्येक रचनात्मक चिन्तन या सर्जनात्मक चिन्तन में पायी जाती है। उद्भवन (incubation) अवस्था

1. "The sudden realisation of a solution is known as illumination."—Silverman : *Psychology*, 1978, p. 252

में जब व्यक्ति अचेतन रूप से (unconsciously) समस्या के भिन्न-भिन्न पहलुओं (aspects) को पुनर्संगठित (reorganise) करते रहता है, तो अचानक उसे उस समस्या का समाधान नजर आ जाता है। प्रबोधन की यह घटना सूझ (insight) के समान है। मनोवैज्ञानिकों के अनुसार व्यक्ति में उद्भवन की अवस्था के बाद प्रबोधन (illumination) की अवस्था कभी भी उत्पन्न हो सकती है। यहाँ तक कि कभी-कभी व्यक्ति को स्वप्न (dream) में भी प्रबोधन का अनुभव होते पाया गया है।

5. प्रमाणीकरण या संशोधन (*Verification or Revision*)—प्रमाणीकरण या संशोधन सर्जनात्मक चिन्तन या समस्या समाधान व्यवहार की पाँचवीं अवस्था है। इस अवस्था में प्रबोधन की अवस्था से प्राप्त समाधान या निष्कर्ष की जाँच या मूल्यांकन किया जाता है। इस अवस्था में व्यक्ति यह देखने की कोशिश करता है कि उसे जो समाधान प्राप्त हुआ है वह ठीक है या नहीं। जाँच करने के बाद जब व्यक्ति इस निष्कर्ष पर पहुँचता है कि समाधान या निष्कर्ष सही नहीं था तो वह सम्पूर्ण कार्यविधि का संशोधन (revision) करता है और पुनः एक-दूसरे समाधान की खोज करता है।

ऊपर के विवरण से स्पष्ट है कि सर्जनात्मक चिन्तन की चार अवस्थाएँ हैं जो एक निश्चित क्रम (sequence) में होतीं हैं। कुछ मनोवैज्ञानिकों ने इन अवस्थाओं की आलोचना की है और कहा है कि सभी सर्जनात्मक चिन्तन में (creative thinking) ये सभी अवस्थाएँ नहीं होती है। दूसरे शब्दों में, कुछ अवस्थाओं के नहीं होने पर भी व्यक्ति में सर्जनात्मक चिन्तन होता है। मन्न, फर्नेल्ड तथा फर्नेल्ड (Munn, Fernald & Fernald, 1969) के अनुसार सर्जनात्मक चिन्तन की इन अवस्थाओं की दो प्रमुख *आलोचनाएँ* हैं, जो इस प्रकार हैंः—

(i) सभी सर्जनात्मक चिन्तन में पाँचों अवस्थाएँ मौजूद रहें, यह आवश्यक नहीं है। जैसे, सर एलेक्जेण्डर फ्लेमिंग (Sir Alexander Fleming) जिन्होंने पेनिसलिन की खोज की, के इस खोज के सर्जनात्मक चिन्तन में न तो उद्भवन (incubation) और न ही प्रबोधन (illumination) की ही कोई अवस्था पायी गयी थी।

(ii) इन पाँचों अवस्थाओं द्वारा सर्जनात्मक प्रक्रिया (creative process) का विस्तृत ज्ञान हमें नहीं हो पाता है। इन अवस्थाओं से सिर्फ यह पता चलता है कि सर्जनात्मक चिन्तन किस क्रम (sequence) में होता है। परन्तु सर्जनात्मक प्रक्रिया के अन्य पहलुओं के बारे में हमें इससे कुछ ज्ञान प्राप्त नहीं होता है।

यद्यपि सर्जनात्मक चिन्तन की इन अवस्थाओं की आलोचना की गयी है, फिर भी हमारे दिन-प्रतिदिन का अनुभव तथा अधिकतर वैज्ञानिकों, कलाकारों एवं कवियों के सर्जनात्मक चिन्तन का विश्लेषण इस बात का सबूत हैं कि इस प्रकार का चिन्तन उपर्युक्त अवस्थाओं के अनुसार ही होता है।

सर्जनात्मक विचारक के गुण
(Characteristics of Creative Thinker)

मनोवैज्ञानिकों ने सर्जनात्मक व्यक्तियों (creative individuals) के चिन्तन का विस्तृत अध्ययन किया है। केट्टनर तथा उसके सहयोगियों (Kettner et al; 1959) ने कारक विश्लेषण (factor analysis) करके सर्जनात्मक विचारकों (creative thinker) के कुछ गुणों (characteristics) का निर्धारण किया है। इसमें से कुछ प्रमुख गुण निम्नांकित हैंः—

1. बुद्धि (*Intelligence*)—सर्जनात्मकता (creativity) का बुद्धि के साथ गहरा सम्बन्ध है। मनोवैज्ञानिकों ने अपने प्रयोगों के आधार पर यह दिखलाया है कि कम बुद्धि वाले व्यक्ति में सर्जनात्मक चिन्तन नहीं के बराबर होता है। परन्तु उसका मतलब यह नहीं है कि सभी अधिक बुद्धि वाले व्यक्ति में सर्जनात्मकता (creativity) हो ही। 110-120 की बुद्धि लब्धि (intelligence quotient) तक सर्जनात्मकता (creativity) तथा बुद्धि (intelligence) में धनात्मक सहसम्बन्ध (positive correlation) पाया गया है। दूसरे शब्दों में, इस स्तर तक बुद्धि बढ़ने से सर्जनात्मकता भी बढ़ती है। परन्तु इससे ऊपर जाने पर जैसे बुद्धि लब्धि का स्तर 140 या इससे भी ऊपर होने पर व्यक्ति में सर्जनात्मकता (creativity) नहीं के बराबर होते देखा गया है। गेजेल्स तथा जैक्सन (Getzels & Jackson, 1962) ने तीव्र बुद्धि के स्कूली छात्रों में पाया कि उनमें सर्जनात्मक तथा बुद्धि के बीच सहसम्बन्ध (correlation) मात्र .11 से .49 तक ही था। बेरोन (Baron, 1961) ने भी अपने अध्ययन में पाया कि बुद्धि लब्धि के 120 से अधिक होने पर सर्जनात्मकता के साथ बुद्धि का रिश्ता समाप्त होने लगता है। इन अध्ययनों से हम इस तथ्य पर पहुँचते हैं कि सर्जनात्मक चिन्तन के लिए बुद्धि का एक साधारण स्तर (moderate level) जैसे बुद्धिलब्धि का 100-120 तक होना

अनिवार्य है। परन्तु सभी तीव्र बुद्धि वाले व्यक्ति जिनका बुद्धि स्तर 120 से भी ऊपर होता है, सर्जनात्मक चिन्तन (creative thinking) करनेवाले होंगे, जरूरी नहीं है, बल्कि अधिकतर केसेज में वे सर्जनात्मक चिन्तन नहीं ही करनेवाले होते हैं।

2. स्वतंत्रता *(Independence)*—सर्जनात्मक विचारक (creative thinker) के विचार (thought) तथा क्रियाओं में स्वतंत्रता देखी जाती है। ऐसे व्यक्ति इस बात की परवाह नहीं करते हैं कि उनके विचार या उनके द्वारा की जा रही क्रियाएँ (activities) अन्य व्यक्तियों के विचार या क्रियाओं से मिलती-जुलती है या नहीं। दूसरे शब्दों में, सर्जनात्मक विचारक व्यक्तिपरक (individualistic) होते हैं। मैकिन्नौन (Mackinnon, 1962) ने अधिक सर्जनात्मक व्यक्तियों एवं कम सर्जनात्मक व्यक्तियों के गुणों का एक तुलनात्मक अध्ययन (comparative study) किया और पाया कि अधिक सर्जनात्मक व्यक्ति अधिक आविष्कारशील (more inventive), अधिक स्वतंत्र (more independent) तथा अधिक व्यक्तिपरक (more individualistic) होते हैं जबकि कम सर्जनात्मक व्यक्ति विश्वसनीय (reliable) आश्रित (dependent) तथा सहनशील (tolerant) होते हैं।

3. हास्य भाव *(Sense of humor)*—सर्जनात्मक विचारक (creative thinker) की एक विशेषता यह भी पायी गयी है कि वे किसी घटना, चीज या वस्तु को गम्भीरतापूर्वक नहीं लेते हैं बल्कि उसकी व्याख्या हास्यकार ढंग (humorous way) से करते हैं। दूसरे शब्दों में, ऐसे व्यक्तियों में मनोविनोद एवं हास्य का अंदाज तीव्र होता है। मन्न, फर्नेल्ड तथा फर्नेल्ड (Munn, Fernald & Fernald, 1969) ने एक अध्ययन किया जिसमें अधिक सर्जनात्मक व्यक्तियों (highly creative people) तथा अधिक बुद्धिमान व्यक्तियों (highly intelligent people) को व्यक्तित्व के कई शीलगुणों को उनके अपने लिए महत्त्व (importance) के क्रम (order) में सजाने (arrange) के लिए कहा गया। परिणाम में देखा गया कि अधिक सर्जनात्मक व्यक्तियों द्वारा हास्य के शीलगुण को दूसरे कोटि (rank) में रखा गया जबकि इस शीलगुण को अधिक बुद्धिमान व्यक्ति द्वारा अन्तिम कोटि (last rank) में रखा गया। इस अध्ययन से स्पष्ट है कि सर्जनात्मक विचारक में हास्य भाव अधिक होता है परन्तु अधिक बुद्धिमान व्यक्तियों में इस तरह का भाव कम होता है।

4. नवीनता तथा जटिलता में अभिरुचि *(Interest in novelty and complexity)*—सर्जनात्मक विचारक हमेशा किसी नवीन जटिल समस्या के समाधान में अधिक अभिरुचि दिखलाते हैं। ऐसे लोगों को किसी रूढ़िवादी समाधान (conventional solution) में आनन्द नहीं आता है। वे हमेशा यह कोशिश करते हैं कि अपने चिन्तन के आधार पर किसी नयी चीज या घटना की खोज करें। इस तरह के शीलगुण (trait) को वेल्श (Welsh, 1975) ने 'मौलिकता' (origence) की संज्ञा दी है। इसका स्पष्ट मतलब यह हुआ है कि सर्जनात्मक विचारकों में मौलिकता का गुण होता है न कि रूढ़िवादी विचारों को ग्रहण करने का। बेरोन (Baron, 1961) ने अपने अध्ययन में पाया कि जब प्रयोज्यों को चित्रांकन (drawings) तथा रंगसाजी (painting) करने की पूरी स्वतंत्रता दी गयी तो प्रायः रचनात्मक या सर्जनात्मक विचारकों द्वारा एक नया बेढ़ंगा (irregular) तथा जटिल चित्रांकन किया गया जिससे सामान्य व्यक्तियों को किसी प्रकार का अर्थ निकालना सम्भव नहीं था। बाद में वे अपनी मूल रचनाओं (productions) में भी इस तरह की नवीनता एवं जटिलता का समावेश करते पाये गये।

5. स्वाग्रही तथा प्रभुत्व *(Self-assertive and dominance)*—सर्जनात्मक विचारक काफी स्वाग्रही (self-assertive) होते हैं। दूसरे शब्दों में, ऐसे व्यक्ति अपने विचारों की अभिव्यक्ति खुलकर करते हैं तथा काफी जोरदार शब्दों में उसके लिए तर्क प्रस्तुत करते हैं। वे तनिक भी इस बात की परवाह नहीं करते हैं कि उनके इस विचार का लोग हँसी भी उड़ा सकते हैं। इतना ही नहीं, इनमें प्रभुत्व (dominance) का गुण होता है। ऐसे व्यक्ति हमेशा अपने विचारों एवं व्यवहारों का प्रभुत्व दूसरों पर दिखलाते हैं क्योंकि तार्किक क्षमता (logical ability) अधिक विकसित होती हैं।

6. दमन का कम-से-कम प्रयोग *(Least use of suppression)*—जिन लोगों में सर्जनात्मक चिन्तन की क्षमता अधिक होती है, वे लोग अपनी इच्छाओं को दमन (suppression) द्वारा कम-से-कम नियंत्रित करते पाये गये हैं। जैसा कि हम जानते हैं, दमन (suppression) एक ऐसी प्रक्रिया है जिसमें जान-बुझकर व्यक्ति अपनी इच्छाओं एवं आवेगों (impulses) को अचेतन में भेजता है। इसकी विशेषता का स्पष्ट अर्थ यह हुआ कि ऐसे व्यक्ति अपनी प्रत्येक इच्छा एवं आवेग का आदर करते हैं तथा उसका एक ठोस मूर्त्त रूप (concrete form) जल्द-से-जल्द देना चाहते हैं।

बेरोन (Baron, 1961) ने अपने अध्ययन में पाया कि बुद्धिवाले व्यक्ति अपनी इच्छाओं (wishes) एवं आवेगों (inpulses) का नियंत्रण इस दमन प्रक्रिया द्वारा अधिक करते हैं जबकिं अधिक सर्जनात्मक क्षमता वाले व्यक्ति ऐसा नहीं करते हैं।

इस तरह से हम देखते हैं कि अधिक सर्जनात्मक चिन्तन करनेवाले व्यक्तियों को उनके शीलगुणों (traits) के आधार पर समझा जा सकता है। अब आप स्वयं ही निर्णय कर सकते हैं कि क्या आप भी एक सर्जनात्मक विचार (creative thinker) हैं?

सर्जनात्मकता को प्रोत्साहन देना
(Encouraging or Fostering Creativity)

सर्जनात्मकता व्यक्ति का एक प्रमुख धनात्मक गुण होता है। अतः मनोवैज्ञानिकों ने इसे प्रोत्साहित करने या बढ़ाने का भरसक प्रयास किया है। उनके प्रयासों को हम निम्नांकित ढंग से सुसज्जित कर उपस्थित कर सकते हैं।

ऑसवार्न (Osborn, 1957) ने सर्जनात्मकता को उन्नत बनाने के लिए विक्षिप्तिकरण (brainstorming) की प्रविधि को महत्वपूर्ण बतलाया है जिसे प्रायः एक समूह में किया जाता है तथा जिसमें निम्नांकित चार प्रमुख दिशा निर्देश (guideline) होते हैं—

(a) किसी विचार का मूल्यांकन थोड़े समय के लिए रोक कर रखना और इस तरह से उसे आलोचना से वर्जित रखना।

(b) जितना ही अधिक-से-अधिक नये-नये विचार आ सकते हैं, को देना।

(c) अधिक-से-अधिक संख्या में विचारों को देना।

(d) यदि चाहे तो लोग अन्य लोगों द्वारा दिये गए दो या दो से अधिक विचारों को एक साथ संयोजित कर सके।

ऑसवोर्न (Osborn) का मत है कि विक्षिप्तिकरण सूत्र को सफल बनाने के लिए यह भी आवश्यक है कि लोग अपने आप को तथा एक दूसरे को प्रोत्साहित करें। लोगों में दोस्ताना सम्बन्ध विकसित हो तथा उनका मानसिक लगाव आपस में ठीक-ठाक हो। बैरोन (Baron, 1969) ने अपनी समीक्षा के आधार पर यह बतलाया है कि कुछ अध्ययन ऐसे हुए हैं जो विक्षिप्तिकरण के महत्त्व को समर्थन नहीं देते हैं जबकि अधिक नियंत्रित अनुसंधानों (controlled investigations) से पता चला है कि विक्षिप्तिकरण से विचारों की गुणवत्ता (quality) तथा मात्रा (quantity) दोनों में ही बढ़ोतरी होती है।

सर्जनात्मकता को उन्नत बनाने के अन्य उपायों को *साइनेक्टिक्स* (Synectics) कहा जाता है। साइनेक्टिक्स विधि का प्रतिपादन गौर्डन (Gordon, 1961) द्वारा किया गया है। यह एक ऐसी प्रविधि है जिसमें सर्जनात्मक चिंतन को उन्नत बनाने के लिए सादृश्यता (analogies) का उपयोग किया जाता है। इस प्रविधि में अपरिचित (strange) चीजों को परिचित (familiar) तथा परिचित चीजों को अपरिचित करने पर अधिक बल डाला जाता है और इसके लिए निम्नांकित तरह की सादृश्यता (analogies) पर सर्वाधिक बल डाला जाता है—

(a) **व्यक्तिगत सादृश्यता** (*Personal analogy*)—इस तरह की सादृश्यता में व्यक्ति को अपने आप को प्रत्यक्ष रूप से किसी परिस्थिति में रखने के लिए प्रोत्साहित किया जाता है। जैसे, यदि आप यह चाहते हैं कि कोई खास मशीन अधिक ठीक ढंग से कार्य करें, तो आप कल्पना करें कि खुद ही आप एक मशीन हैं।

(b) **प्रत्यक्ष सादृश्यता** (*Direct analogy*)—प्रत्यक्ष सादृश्यता में व्यक्ति को कुछ ऐसी चीजें पाने या खोजने के लिए प्रोत्साहित किया जाता है जो समस्या के समाधान में मदद करता है। जैसे, एलेक्जेण्डर ग्राहम वेल (Alexander Grahem Bell) ने इस तरह के सादृश्यता का उपयोग कर दूरभाष (telephone) की खोज किया क्योंकि इन्होंने पाया कि मानव कान के कई हड्डियों (bones) में जब आसानी से एक कोमल झिल्ली (delicate membrane) से गति उत्पन्न कर प्रभावित किया जा सकता है तो उनके मन में स्टील के छोटे टुकड़े में झिल्ली द्वारा गति उत्पन्न करने का विचार मन में आया जो अन्ततः दूरभाष की खोज में मदद किया।

(c) **सांकेतिक सादृश्यता** (*Symbolic analogy*)—इस तरह की सादृश्यता में वस्तुनिष्ठ (objective), अवैयक्तिक (impersonal) या पद्यात्मक प्रतिमाओं (poetic images) का उपयोग करके सर्जनात्मकता को बढ़ाने का प्रयास किया जाता है। गौर्डन ने अपने अध्ययन में यह पाया है कि जब व्यक्तियों के एक समूह

को इस तरह की सांकेतिक सादृश्यता की अभिव्यक्ति कार्टूनों (cartoons) के माध्यम से करने का प्रशिक्षण दिया गया, तो उसका सर्जनात्मकता (creativity) में पहले की तुलना में वृद्धि हो गयी।

(d) कल्पनाचित्र सादृश्यता (*Fantasy strategy*)—यह एक ऐसी विधि है जिसमें व्यक्ति किसी घटना/वस्तु पर सामान्य सीमाओं से स्वतंत्र होकर कल्पना करता है। जैसे, इस सादृश्यता में व्यक्ति यह कल्पना कर सकता है कि उसमें पंख उग आये हैं और वह सैकड़ों मील दूर उड़कर किसी पहाड़ की चोटी पर बैठकर वहाँ से प्राकृतिक दृश्य का अवलोकन कर रहा है।

गौर्डन ने यह बतलाया है कि साइनेक्टिकस विधि का उपयोग उद्योग, व्यवसाय एवं शिक्षा में करके लोगों की सर्जनात्मकता को काफी बढ़ाया गया है।

सर्जनात्मकता को उन्नत बनाने के लिए डी बोनो (De Bono, 1970) ने पार्श्विक चिंतन (lateral thinking) को मजबूत करने की सिफारिश किया है। डि वोनो का मत है कि जब किसी वस्तु या विचार के बारे में अधिक जानना हो और इस समस्या के समाधान के लिए पारम्परिक (conventional), स्वीकृत (accepted) एवं अभिसारी (convergent) समाधान पर यदि पहुँचना हो तो इसके लिए ऊर्ध्वाधर चिंतन (vertical thinking) की आवश्यकता होती है। परन्तु यदि किसी समस्या, घटना आदि का असाधारण (unusual), अपसारी (divergent) तथा सर्जनात्मक समाधान चाहिए तो इसके लिए पार्श्विक चिंतन की आवश्यकता पड़ती है। विक्षिप्तिकरण (brainstorming) से भिन्न, डीवोनो के इस उपागम में व्यक्तियों को विशिष्ट समस्या का समाधान करने के लिए नहीं कहा जाता है बल्कि उन्हें प्रत्येक समस्या के समाधान के लिए नये-नये तरीकों को अपनाने के लिए प्रोत्साहित किया जाता है और इस तरह उसे एक पार्श्विक दृष्टिकोण (lateral viewpoint) अपनाने के लिए प्रोत्साहित किया जाता है। पार्श्विक चिंतन में व्यक्ति नये-नये तथ्यों एवं विचारों को उत्पन्न करता है तथा पुराने विचारों को चुनौती देता है।

स्पष्ट हुआ कि सर्जनात्मकता को उन्नत बनाने के कई प्रविधियाँ उपलब्ध हैं। कई क्षेत्र में व्यक्तियों के द्वारा इन प्रविधियों को अपनाकर सर्जनात्मकता को उन्नत बनाने का सफल प्रयास किया गया है।

कृत्रिम बुद्धि
(Artificial Intelligence)

1956 में जॉन मैकार्थी (John McCarthy) ने सबसे प्रथम बार कृत्रिम बुद्धि (artificial intelligence or AI) जैसे पद का उपयोग कम्प्यूटर के लिये किया जिन्हें मानव मस्तिष्क के समान सोचने के लिए कार्यक्रमित (programmed) किया जाता है। रस्सेवल तथा नोरविग (Russbel & Norvig, 2003) के अनुसार कृत्रिम बुद्धि से तात्पर्य वैसे कम्प्यूटर कार्यक्रम से होता है जो उन कार्यों को करता है जिसे मनुष्यों द्वारा किये जाने पर बुद्धि (intelligence) की जरूरत होती है। कृत्रिम बुद्धि का क्षेत्र एक अन्तरशास्त्री क्षेत्र (interdisplinary field) है जिसमें मनोवैज्ञानिक अन्य वैज्ञानिकों (scientists) के साथ मिलकर कम्प्यूटर की उस क्षमता का अध्ययन करते हैं जिसे यदि कोई एक मानव दिखलावे तो उसे हम बुद्धि कहते हैं। जब कोई व्यक्ति जटिल मानसिक प्रक्रियाओं (mental operations) को करता है, तो इसके इस गुण को हम सामान्यतः बुद्धि कहते हैं। परन्तु इसी तरह की जटिल मानसिक प्रक्रियाएँ जब कम्पयूटर (computer) द्वारा किया जाता है, तो इसे कृत्रिम बुद्धि (artificial intelligence) की संज्ञा दी जाती है। जैसे, अगर किसी कम्पयूटर को शतरंज खेलने के लिए कार्यक्रमित (programme) किया जाता है तो यह समझा जाएगा कि इसमें कम्प्यूटर की सम्मिलित मानसिक प्रक्रियाएँ कृत्रिम बुद्धि (artificial intelligence) का उदाहरण होगा। **'डीप ब्लू'** (Deep Blue) एक ऐसा ही कम्प्यूटर प्रोग्राम का नाम है जिसने संसार के शतरंज चैम्पियन गैरी कासपैरोभ (Garry Kasporov) को 1997 में हराया था। डीप ब्लू का एक दूसरा प्रारूप **'डीप जुनियर'** (Deep Junior) है। डीप ब्लू तथा डीप जुनियर में मुख्य अंतर यह है कि डीप ब्लू में वैसा ही स्वतः शोध (heuristics) तथा विर्णणन प्रक्रिया (decision-making processes) का उपयोग किया गया है जिसका उपयोग एक मानव शतरंज खेलते समय करता है जबकि डीप जुनियर में एल्गोरिद्म (algorithym) का उपयोग किया गया है जिसमें कुछ ऐसे युक्तियों (strategies) का उपयोग किया जाता है जिसे एक मनुष्य शतरंज खेलते समय कम करता है।

कृत्रिम बुद्धि का उपयोग कर भाषा को समझा जाता है, निर्णय लिया जाता है तथा समस्या का समाधान किया जाता है। आज कल AI का उपयोग दो क्षेत्रों में शोध उपकरण (research tool) के रूप में भी काफी किया जा रहा है : **कम्प्यूटर अनुरूपण** (computer simulation) तथा **एक्सपर्ट तंत्र** (Expert system)।

(i) कम्प्यूटर अनुरूपण (*Computer simulation*)—कम्प्यूटर अनुरूपण से तात्पर्य ऐसा कार्यक्रम (programme) से होता है जो मानव व्यवहार विशेषकर चिन्तनं (thinking), निर्णयन-प्रक्रिया (decision making) या समस्या समाधान का अनुरूपण या दोहराता हैा सचमुच में ऐसी परिस्थिति में कम्प्यूटर एक 'प्रयोगशाला' (laboratory) के समान कार्य करता है, जहाँ संज्ञान के मॉडल (models) की जाँच की जाती है। अगर सचमुच में कम्प्यूटर कार्यक्रम ठीक उसी ढंग से व्यवहार करने में सक्षम हो पाता है, तो यह निश्चित ढंग से कहा जाा कसता है कि संबंधित कार्यक्रम हमारे चिन्तन या व्यवहार का एक उत्तम मॉडल (model) का उदाहरण है। समस्या समाधान व्यवहार के अधिकतर कम्प्यूटर मॉडल साध्य(साध्य विश्लेषण (means-ends analysis) पर आधारित होते हैं। कम्प्यूटर कार्यक्रम में व्यवहार के वर्तमान अवस्था की तुलना वांछित अवस्था (desired state) जिसे लक्ष्य (goal) कहा जाता है, की जाती है और दोनों के अंतर को कम करने की कोशिश की जाती है। प्रत्येक चरण संपन्न होने के बाद कम्प्यूटर कार्यक्रम इस बात की जाँच करता है कि पहले की तुलना में अंतर बड़ा है या छोटा। इस क्रम या चक्र को तबतक दोहराया जाता है जबतक कि समस्या का समाधान नहीं हो जाता है। करीब-करीब सभी तरह की बौद्धिक क्षमताएँ जिसे मनुष्य कर सकता है, का कम्पयूटर कार्यक्रम (computer programme) बनाकर उसे सफलतापूर्वक कम्प्यूटर द्वारा अध्ययन किया जाने लगा है। सेलफ्रिज एवं नीसर (Selfridge & Neisser, 1960) के अनुसार, पैटर्न प्रत्यभिज्ञान (pattern recognition) का प्रयोग कम्प्यूटर कार्यक्रम द्वारा काफी उत्तम ढंग से किया गया है। विनोग्राड (Winograd, 1972) के अनुसार कुछ ऐसे कम्प्यूटर कार्यक्रम हैं जिनके द्वारा मनुष्यों में भाषा उपयोग एवं बोध (understanding) में सम्मिलित मानसिक प्रक्रियाओं का यचेष्ट अध्ययन किया गया है। इन अध्ययनों से यह स्पष्ट हुआ कि मनुष्य तथा कम्प्यूटर दोनों ही सूचना-संसाधन तंत्र (information processing system) हैं। दोनों ही द्वारा सूचनाओं को ग्रहण किया जाता है, उनमें विभिन्न ढंगों या तरीकों से जोड़-तोड़ (manipulate) किया जाता है, उन्हें संचित करके रखा जाता है तथा आवश्यकता पड़ने पर उनकी पुनः प्राप्ति (retrieval) भी किया जाता है। सचमुच में मनोवैज्ञानिकों द्वारा कृत्रिम बुद्धि को अध्ययन करने का मात्र उद्देश्य कम्प्यूटर को एक माडल मानकर मानव संज्ञान के बारे में अतिरिक्त सूझ एवं समझ विकसित करना होता है।

कम्प्यूटर का प्रयोग विभिन्न तरह के समस्या समाधान में काफी किया गया है। इसके लिए कई तरह के कार्यक्रम (programme) भी विकसित किये गये हैं जिनमें नीवेल्ल तथा साईमन (Newell & Simon, 1964) द्वारा विकसित कार्यक्रम *सामान्य समस्या साधक* (General Problem Solver or GPS) अधिक लोकप्रिय हुआ है। GPS का आधार वैसी सूचनाएँ थीं जिसे विभिन्न तरह की समस्याओं का समाधान करते समय किये गये चिन्तन से प्राप्त किये गये थे। वालड्रौप (Waldrop, 1988) के अनुसार यद्यपि GPS विभिन्न तरह की समस्याओं का समाधान करने में निश्चित रूप से सफल था, परन्तु इसकी भी कुछ स्पष्ट परिसीमाएँ थीं। GPS विभिन्न तरह की समस्याओं का समाधान के लिए एक ही तरह के सामान्य उपायों (general strategies) का उपयोग करता था। अतः इसमें लचीलापन (flexibility) का गुण कम था। GPS द्वारा उस तरह के सूझ (insight) तेजी से नहीं विकसित होता था जिसे एक मानव वैज्ञानिक विकसित करके समस्या का समाधान कर लेते हैं। इस सभी परिसीमाओं के आलोक में कम्प्यूटर के लिए *विशेषज्ञ तंत्र* (expert systems) का विकास किया गया जो कभी उस कार्य को भी आसानी से कर लेता है जिसे मानव विशेषज्ञ भी उतना ठीक ढंग से नहीं करते हैं। विशेषज्ञ तंत्र बहुत सारे अन्तर सम्बन्ध नियमों (interelated rules) जिसे अगर/तब (If/then) कथनों के रूप में तैयार किया गया है, पर आधारित है। वालड्रौप (Waldrop, 1985) के अनुसार इन नियमों के अनुसार बीमारियों की पहचान करने, मेडिकल परीक्षाओं की व्याख्या करने तथा भूगर्भ शास्त्रियों को उचित जगह पर तेल आदि के लिए जमीन खोदने के उपर्युक्त कार्यक्रम (programme) तैयार किये गए हैं। परन्तु विशेषज्ञ तंत्र की भी अपनी कुछ परिसीमाएँ (limitations) हैं। जब इस तंत्र को किसी ऐसी अवस्था का सामना करना पड़ता है जिसे कार्यक्रम (programme) में सम्मिलित नहीं किया गया है तो यह तंत्र कुछ भी काम नहीं करता है। ऐसा इसलिए होता है क्योंकि इस तंत्र को वह निर्देश नहीं दिया गया होता है कि किस तरह से मौलिक नियमों की ओर मुड़ा जा सकता है और एक सामान्य ज्ञाता (generalist) के रूप में तर्कण (reasoning) किया जा सकता है। इस समस्या को दूर करने का उपाय एक ऐसा कम्पयूटर कार्यक्रम (computer programme) विकसित करना था जो एक विशेषज्ञ (expert) तथा सामान्य ज्ञाता (generalist) दोनों के रूप में कार्य कर सके। नीवेल, लायर्ड एवं रोजेन-ब्लूम (Newell, Laird & Rosenbloom, 1976) ने एक दूसरा कार्यक्रम (programme) विकसित किया है जिसे SOAR कहा गया है। इसकी खास विशेषता यह है कि वह नयी परिस्थिति में भी ठीक ढंग से कार्य करता है। जब इसे

कोई ऐसी परिस्थिति का सामना करना पड़ता है जहाँ अगर/तब कथन सही ढंग से लागू नहीं होता है, तब यह अपने आप मौलिक नियमों की ओर मुड़ जाता है और उस गतिरोध को दूर करता है। SOAR की यह भी एक विशेषता है कि वह अपनी गत अनुभूतियों से कुछ नयी चीजों को सीखता भी है।

इन सबों के बावजूद SOAR में वह लचीलापन (flexibility) नहीं होता है जो एक मानव मस्तिष्क में होता है। SOAR की प्रत्यक्षज्ञानात्मक क्षमता भी सीमित होती है और इसमें मानसिक संवेग, अभिप्रेरण एवं आत्म-चेतन (self-awareness) जैसे गुणों की कमी होती है। इतना ही नहीं, जब सर्जनात्मकता (creativity) तथा असाधारण सूझ (unusual insight) जैसी चीजों की अचानक जरूरत पड़ जाती है, तो अभी तक कोई भी ऐसा कम्प्यूटर कार्यक्रम नहीं विकसित किया गया है जो मानव मस्तिष्क के समान लचीलापन दिखाकर ऐसी समस्याओं से निपट सके। अतः अभी भी मानव बुद्धि की श्रेष्ठता कृत्रिम बुद्धि (artificial intelligence) से अधिक है।

(ii) एक्सपर्ट तंत्र *(Expert system)*—कृत्रिम बुद्धि के क्षेत्र में नवीनतम अभिरुचि *'एक्सपर्ट तंत्र'* (expert system) का डिजाइन है। स्कस्पर्ट तंत्र एक ऐसा समस्या समाधान कम्प्यूटर कार्यक्रम है जो विशिष्ट क्षेत्र अर्थात् मेडिकल विकृतियों (medical disorders) के निदान एवं उपचार में कार्य करता है। MYCIN एक ऐसा ही कार्यक्रम है जो डाक्टरों को रक्त संबद्ध बिमारियों तथा मेनिनगाइटिस (meningitis) आदि की पहचान करने तथा उनका उपचार करने में मदद करता है। यह कार्यक्रम रोगी के उम्र एवं मेडिकल इतिहास के आलोक में दवाईयों की भी अनुशंसा करता है। यह सफलता के सांख्यिकीय प्रसम्भावनाओं तथा लिये गए निर्णय की तर्कसंगत पर भी विचार करता है। अध्ययनों में यह पाया गया है कि MYCIN मानव मेडिकल विशेषज्ञों से 72 प्रतिशत तक अपना सहमति दिखलाता है।

उपर्युक्त विवरण से यह स्पष्ट है कि कम्पयूटर तंत्र (computer system) मानव मस्तिष्क को निम्नांकित तीन तरह की क्षमताओं (abilities) में पीछे छोड़ दिया है—

(i) किसी डाटाबेस (database) से सामग्रियों (materials) को अधिक-से-अधिक मात्रा में सही-सही पुनःप्राप्ति (retieve) करने की क्षमता में।

(ii) तंत्र (system) में कार्यक्रमित नियम एवं विशिष्ट तथ्यों पर आधारित आंकड़ों (data) के बारे में निर्णय करने में।

(iii) बहुत ध्रुतगति से जटिल गणितीय प्रक्रियाओं (mathematical operations) से करने की क्षमता में।

प्रश्न यह है कि यह किस तरह से सम्भव हो पाता है? पारम्परिक कम्पयूटर (conventional computer) में एक *केन्द्रीय संसाधन इकाई* (Central Processing Unit or CPU) होता था जिसके माध्यम से एक समय में एक ही समस्या का समाधान किया जाता था। परन्तु अब समानान्तर सुपर कम्पयूटर (parallel super computer) में कई संसाधक इकाई (processer units) होते हैं। किसी भी समस्या को कई भागों में बाँटकर उनका समाधान एक साथ इन संसाधक इकाईयों के सहारे किया जा सकता है जिससे कोई कार्य बहुत ही कम समय में आसानी से संपन्न हो जाता है। मानव मस्तिष्क यह समानान्तर कम्प्यूटर (parallel computer) से बहुत कुछ मिलता है क्योंकि एह ही समय में बहुत सारे कार्यों को वह कर सकता है। अभी शोधकर्त्ताओं द्वारा ऐसा कम्पयुटर तंत्र (computer system) विकसित किया जा रहा है जो इस बात पर आधारित है कि मस्तिष्क के विशेष भाग में न्यूरोन्स (neurons) किस तरह से सम्बन्धित होते हैं और यह सम्बन्ध (connection) किस तरह से विकसित होता है। ऐसे कम्पयूटर तंत्र जो मानव मस्तिष्क का नकल करने की कोशिश करता है, उसे *तंत्रकीय नेटवर्क* (neural netwroks) की संज्ञा दी जाती है। मस्तिष्क के ही समान कम्पयूटर तंत्रकीय नेटवर्क में सम्बन्ध (connection) को अनुभूतियों (experience) के परिणामस्वरूप मजबूत या कमजोर किया जा सकता है। तंत्रकीय नेटवर्क का उपयोग करके मनोवैज्ञानिक आसानी से यह जाँच कर सकते हैं कि मस्तिष्क किस तरह से कार्य करता है तथा कम्पयूटर वैज्ञानिक इस ज्ञान का उपयोग करके तंत्र को और भी मजबूत कर सकते हैं। जैसे, मशहूर कम्यूटर वैज्ञानिक एलेक्स वाइवेल (Alex Waibel) तथा उनके सहयोगियों ने *सम्भाषण पहचान* (speech recognition) पर अपने शोध में एक *तंत्रकीय नेटवर्क* (neural network) का उपयोग किया है जो काफी लाभदायक सिद्ध हुआ है।

कम्पयूटर के माध्यम से सामाजिक अंतक्रिया (social interaction) को भी समझने की कोशिश की गयी है। अमेरीका के *मास्साशुटे इन्टीच्यूट ऑफ टेकनोलोजी* (Massachusetts Institute of Technology or MIT) को

कौग प्रोजेक्ट (Cog project) द्वारा किये गए शोध में इस क्षेत्र में काफी सफलता मिली है। इस प्रोजेक्ट द्वारा एक रोबोट (Robot) तैयार किया गया है जिसका नाम *'किसमेट'* (Kismet) है जो बहुत ही अच्छे ढंग से मनुष्यों के साथ सामाजिक अंतक्रिया करता है। ऐसी सामाजिक अंतक्रियाएँ किस तरह से विकसित होतीं हैं, को ठीक से समझने के लिए MIT के वैज्ञानिकों ने 'किसमेट' में एक अभिप्रेरणात्मक तंत्र (motivational system) को भी विकसित किया है जिसके माध्यम से उसकी अपनी क्रियाओं एवं सोच का प्रतिबिम्बन होता है। अभिप्रेरणात्मक तंत्र से समस्थिति (homeostasis) बनाकर रखी जाती है और रोबोट को वैसे व्यवहारों को सीखने के लिए अभिप्रेरित करता है जिनके माध्यम से उसकी आवश्यकताओं की तुष्टि की जाती है। किसमेट सामाजिक अंतक्रियाओं के दौरान कई तरह के आनन अभिव्यक्ति (facial expression) दिखलाने में सक्षम होता है और एक मानव के समान बहुत ज्यादा उत्तेजनों से घिर जाने पर वह अंतक्रिया बन्द कर देता है ताकि उसका *समस्थिति संतुलन* (homeostatic balance) बना रहे। ऐसा करके किसमेट अपना आँख बन्द कर लेता है और सोने चला जाता है। जब संतुलन की प्राप्ति हो जाती है, किसमेट फिर से अंतक्रिया करना प्रारम्भ कर देता है।

उक्त तथ्यों के आधार पर हम किस निष्कर्ष पर पहुँचते हैं? अधिकतर वैज्ञानिकों एवं मनोवैज्ञानिकों का मत है कि कम्प्यूटर वास्तव में मानव संज्ञान को अध्ययन करने का एक बहुत उपयोगी यंत्र है और बहुत सारी परिस्थिति में यह ऐसा निष्पादन दिखलाता है जो एक बुद्धिमान मानव द्वारा दिखलाया जाता है। कृत्रिम बुद्धि के माध्यम से कुछ ऐसे रोबोट (Robot) तैयार किये जा चुके हैं जो आवाज को पहचानता है बोलता है तथा बुद्धिमानी पूर्वक कार्य भी करता है परंतु इसके बावजूद संज्ञानात्मक मनोवैज्ञानिकों का मत है कि एक सीमा के बाहर ऐसा मशीन बुद्धि सचमुच में एक अंध व्यक्ति के समान होता है। इसकी तुलना में मानव संज्ञान अधिक लचीला (flexible) होता है। मानव बुद्धि अपवादों, विशेष संदर्भ, आदि को लेकर कोई निर्णय करने में सक्षम होता है। परंतु, कृत्रिम बुद्धि में ऐसा मानव लोच नहीं दीखता है तथा यह सूचनाओं को एक दिये हुए नियम के अनुसार ही संसाधित कर पाता है। परिणामस्वरूप कृत्रिम बुद्धि या मशीन बुद्धि द्वारा किये गए कार्य अप्रत्याशित परिस्थिति में अनर्थकारी (disastrous) हो सकता है।

तर्कणा के अर्थ एवं स्वरूप
(Meaning and Nature of Reasoning)

तर्कणा एक प्रकार का वास्तविक चिन्तन (realistic thinking) है। व्यक्ति तर्कणा के माध्यम से अपने चिन्तन को क्रमबद्ध (systematic) बनाता है तथा तर्क-वितर्क के आधार पर निष्कर्ष पर पहुँचता है। रेबर[1] (Reber, 1985) ने तर्कणा के दो अर्थ बताए हैं—सामान्य अर्थ में, तर्कणा एक प्रकार का चिन्तन है जिसकी प्रक्रिया तार्किक (logical) तथा संगत (coherent) होती है। विशिष्ट अर्थ में (specifically) तर्कणा समस्या-समाधान व्यवहार है जहाँ अच्छी तरह से निर्मित प्राक्कल्पनाओं की क्रमबद्ध रूप से जाँच की जाती है तथा समाधान तार्किक ढंग से निर्गमित (deduce) किया जाता है। रेबर के इस विचार से यह स्पष्ट हो जाता है कि तर्कणा में व्यक्ति किसी घटना या विषय के पक्ष तथा विपक्ष में तर्क करते हुए एक परिणाम पर पहुँचता है। उदाहरणार्थ, मान लिया जाए कि कोई छात्र कमरे में टेबुल लैम्प की रोशनी में पढ़ रहा है। अचानक रोशनी बुझ जाती है। अब छात्र के सामने यह समस्या उठ खड़ी होती है कि रोशनी कहाँ से आए कि पढ़ाई जारी रखी जा सके। छात्र अपने मन में कई तरह के तर्क करते हुए चिन्तन कर सकता है। यह सोच सकता है कि सम्भवतः बिजली मीटर के बगल का फ्यूज तार (fuse-wire) जल गया हो। फिर वह सोच सकता है कि चूँकि बगल के कमरे का बल्ब जल रहा है, अतः जरूर ही लैम्प का बल्ब, फ्यूज कर गया होगा। अतः छात्र बल्ब की जाँच करेगा और उसके बाद यदि वह यह पता चलता है कि बल्ब भी ठीक है तो स्पष्टतः वह इस निष्कर्ष पर पहुँचेगा कि टेबूल लैम्प का स्विच (switch) खराब हो गया है। परन्तु जब वह यह पाता है कि स्विच भी ठीक है, तो इस निष्कर्ष पर पहुँचता है कि टेबुल लैम्प का होल्डर (holder) जिसमें बल्ब लगा है, वहीं कुछ खराबी होगी। इस उदाहरण में तर्कणा की प्रक्रिया स्पष्ट रूप से झलकती है। छात्र क्रमबद्ध रूप से तर्क करते हुए एक खास परिणाम पर पहुँचता है। इसमें तर्कणा के स्वरूप (nature) के बारे में हमें निम्नांकित तथ्य प्राप्त होते हैं—

1. Reasoning, in general, refers to "thinking with the implication that the process is logical and coherent. More specifically, it is problem-solving where well-formed hypotheses are tested systematically and solutions are logically deduced."
—Reber : *Psychology*, 1985, p.617

(i) तर्कणा चिन्तन एक प्रक्रिया है।

(ii) तर्कणा में क्रमबद्धता (systematization) पाई जाती है।

(iii) तर्कणा में व्यक्ति पक्ष-विपक्ष में तर्क करते हुए एक निश्चित निष्कर्ष पर पहुँचता है।

तर्कणा के प्रकार
(Kinds of Reasoning)

मनोवैज्ञानिकों ने तर्कणा के निम्नांकित चार प्रकार बताए हैं—

(i) निगमनात्मक तर्कणा (Deductive reasoning)

(ii) आगमनात्मक तर्कणा (Inductive reasoning)

(iii) आलोचनात्मक तर्कणा (Evaluative reasoning)

(iv) सादृश्यवाची तर्कणा (Analogical reasoning)

इन सबों का वर्णन इस प्रकार है:—

(i) निगमनात्मक तर्कणा (*Deductive reasoning*)—निगमनात्मक तर्कणा वैसी तर्कणा को कहा जाता है जिसमें व्यक्ति पहले से ज्ञात नियमों एवं तथ्यों के आधार पर एक निश्चित निष्कर्ष पर पहुँचने की कोशिश करता है। इस ढंग की तर्कणा मानव एवं पशु दोनों ही द्वारा की जाती है। निगमनात्मक तर्कणा इस तरह के न्यायवाक्यों (syllogism) के आधार पर निकाले गए परिणाम से स्पष्ट रूप से सम्मिलित होते हैं—

जहाँ जहाँ धुआँ होता है, आग होती है।
पहाड़ पर धुआँ है।
∴ पहाड़ पर आग है।
सभी मनुष्य मरणशील हैं।
मोहन एक मनुष्य है।
∴ मोहन मरणशील है।

(ii) आगमनात्मक तर्कणा (*Inductive reasoning*)—आगमनात्मक तर्कणा वैसी तर्कणा को कहा जाता है जिसमें व्यक्ति दिए तथ्यों में अपनी ओर से नये तथ्य को जोड़कर एक निश्चित निष्कर्ष पर पहुँचता है। जब तक व्यक्ति इन नए तथ्यों को अपनी ओर से उसमें नहीं जोड़ता, अर्थात् इन तथ्यों का सर्जन (create) नहीं करता, समस्या का समाधान नहीं हो पाता है। रूच[1] (Ruch, 1967) ने आगमनात्मक चिन्तन को परिभाषित करते हुए कहा है, ''आगनात्मक चिन्तन में चिन्तक अपनी कल्पना के आधार पर कुछ ऐसी नयी चीजों को जोड़ता है जो प्रस्तुत आँकड़ों से सीधे ज्ञात नहीं कर लिए जा सकते थे।'' इस तरह की तर्कणा सर्जनात्मक चिन्तक (creative thinker) द्वारा अधिक प्रयोग में लाई जाती है।

(iii) आलोचनात्मक तर्कणा (*Evaluative reasoning*)—इस प्रकार की तर्कणा में व्यक्ति किसी वस्तु, घटना के बारे में सोचते समय या किसी समस्या का समाधान करते समय प्रत्येक उपाय के गुण एवं दोष की परख कर लेता है। वह प्रत्येक विचार (idea) की प्रभावशीलता (effectiveness) को ठीक ढंग से जाँच करके ही एक अन्तिम निर्णय लेता है। दूसरों द्वारा किसी तथ्य या विचार को दिए जाने पर भी उसे वह हू-ब-हू स्वीकार नहीं करता। उसके गुण-दोष की परख के बाद ही वह किसी निश्चित निष्कर्ष पर पहुँचता है।

(iv) सादृश्यवाची तर्कणा (*Analogical reasoning*)—इस तरह की तर्कणा में उपमा के आधार पर तर्क-वितर्क करते हुए चिन्तक किसी निष्कर्ष पर पहुँचता है। जैसे, मान लिया जाए कि शिक्षक छात्र से यह प्रश्न पूछते हैं कि रानी लक्ष्मीबाई राणा प्रताप के समान एक वीरांगना कैसे थी? इस समस्या के समाधान के लिए छात्र यह सोच सकता है कि

---

1. "In inductive reasoning the thinker, through imagination adds something new, something not directly derivable from the data in hand."
—Ruch : *Psychology and Life*, 1968, p. 333.

कि रानी लक्ष्मीबाई ने अँग्रेजों से हार नहीं मानी थी और ठीक उसी तरह राणा प्रताप ने भी सम्राट अकबर से हार स्वीकार करना अपने मान के खिलाफ समझा था। सचमुच राणा प्रताप, जैसे वीर पुरुष के समान ही रानी लक्ष्मीबाई भी एक मशहूर वीरांगना थी। इस तरह के चिंतन को सादृश्यवाची तर्कणा कहा जाता है।

इस तरह हम देखते हैं कि तर्कणा (reasoning) के कई प्रकार हैं। शिक्षकों को चाहिए कि वे बालकों में इस ढंग से शिक्षा दें कि उनमें उपर्युक्त तरह की तर्कणा (reasoning) का स्वस्थ विकास (health development) बाल्यावस्था में ही हो जाए।

तर्कणा में महत्त्वपूर्ण कदम या सोपान
(Important Steps in Reasoning)

तर्कणा (reasoning) की एक प्रमुख विशेषता यह बताई गयी है कि इसमें क्रमबद्धता (systematization) होती है। चिन्तक कुछ खास-खास सोपानों या चरणों से होते हुए क्रमबद्ध ढंग से किसी समस्या के समाधान के लिए चिन्तन करता है। अध्ययनों से यह पता चला है कि तर्कणा में निम्नांकित प्रमुख सोपान (steps) होते हैं—

(i) समस्या का पहचान (Recognition of a problem)
(ii) आँकड़ों पर पहुँचना (Collection of data)
(iii) अनुमान पर पहुँचना (Drawing inference)
(iv) अनुमान के अनुसार प्रयोग करना (To do experiment according to inference)
(v) निर्णय करना (Decision-making)

इस सोपानों का वर्णन उदाहरणसहित निम्नांकित हैः—

(i) समस्या की पहचान (*Recognition of a problem*)—प्रत्येक तर्कणा (reasoning) की शुरूआत तभी होती है जब व्यक्ति के सामने कोई समस्या उत्पन्न होती है। समस्या के नहीं रहने पर व्यक्ति में चिन्तन या तर्कणा का कोई प्रश्न ही नहीं उठता। अतः पहला सोपान व्यक्ति के द्वारा समस्या की पहचान का है। उदाहरणस्वरूप, मान लिया जाए कि छात्र अपने कमरे में 'उच्चतर मनोवैज्ञानिक प्रयोग एवं परीक्षण' नामक पुस्तक की खोज कर रहा है, क्योंकि आज उसे कक्षा में मनोवैज्ञानिक प्रयोग से सम्बन्धित महत्त्वपूर्ण तथ्यों को पढ़ाया जानेवाला है। अतः समस्या यहाँ यह है कि उसने अमुक किताब कहाँ रख दी है।

(ii) आँकड़ों का संग्रहण (*Collection of data*)—इस दूसरे सोपान में व्यक्ति समस्या के समाधान से सम्बन्धित तथ्यों को एकत्र करता है। तथ्यों को एकत्र करने में वह अपनी गत अनुभूतियों का सहारा लेता है। जैसे उपर्युक्त उदाहरण में इस दूसरे सोपान पर व्यक्ति यह देखने की कोशिश करेगा कि वह पुस्तक कहाँ-कहाँ रखा करता था। उसके भाई-बहन भी प्रायः उस पुस्तक को काम में लाते थे। अतः उसके मन में यह बात आएगी कि उनसे भी पूछ लेना चाहिए कि उन्होंने तो पुस्तक को कहीं रख दी नहीं हैं।

(iii) अनुमान पर पहुँचना (*Drawing inference*)—जब व्यक्ति हर तरह के संभावित आँकड़ों का संग्रह कर लेता है तब किसी-न-किसी अनुमान पर पहुँचने की कोशिश करता है। जैसे उपर्युक्त उदाहरण में छात्र इस अनुमान पर पहुँच सकता है कि लगता है कि "हम इस पुस्तक को अपने दोस्त सोहन को 10 दिन पहले दिये थे।"

(iv) अनुमान के अनुसार प्रयोग करना (*To do experiment according to inference*)—इस सोपान में व्यक्ति द्वारा लगाए गए अनुमान के अनुसार कार्य किये जाते हैं। जैसे, उपर्युक्त उदाहरण में छात्र का यह अनुमान था कि उसने पुस्तक को अपने दोस्त सोहन को 10 दिन पहले ही दे दिया था। अतः वह सोहन के घर पर आकर सोहन से उक्त किताब के बारे में पूछताछ करेगा।

(v) निर्णय करना (*Decision making*)—तर्कणा का यह अन्तिम सोपान होता है जहाँ चिन्तक (thinker) एक निश्चित निष्कर्ष पर पहुँच जाता है। उसके द्वारा लिए गए निर्णय से समस्या का समाधान हो भी सकता है या नहीं भी। यदि समस्या का समाधान नहीं होता है, तो वह पुनः दूसरे तरह का अनुमान लगाकर उस पर कार्य करना प्रारम्भ कर देता है। उक्त उदाहरण में सोहन के घर जाने से यदि अमुक किताब मिल जाती है, तब तो समस्या का समाधान हो जाता है। परन्तु, यदि सोहन यह कहता है कि उसने तो पाँच दिन पहले ही किताब उसे लौटा दी थी, तो

अब ऐसी परिस्थिति में छात्र अपने संग्रह किए गए आँकड़ों के आधार पर कोई नया अनुमान लगायेगा और उसी के अनुकूल कार्य करेगा।

इस तरह हम देखते हैं कि तर्कणा एक ऐसी मानसिक प्रक्रिया है जिसमें क्रमबद्धता (systematization) अधिक होती है तथा जिसमें तर्क-वितर्क के सहारे व्यक्ति किसी अनुमान पर और फिर उसके आधार पर अन्तिम निष्कर्ष पर पहुँचता है।

निर्णय-प्रक्रिया का स्वरूप
(Nature of Decision Making)

निर्णय प्रक्रिया (decision making) एक तरह का समस्या समाधान व्यवहार (problem solving behaviour) होता है जिसमें व्यक्ति के सामने कई विकल्प (alternatives) होते हैं जिनमें से उसे किसी एक को चुनना होता है। निर्णय प्रक्रिया की कुछ परिभाषाएँ मनोवैज्ञानिकों द्वारा इस प्रकार दी गयी हैं।

सैन्ट्रोक[1] (Santrock, 2000) के अनुसार, ''निर्णय प्रक्रिया में विकल्पों का मूल्यांकन किया जाता है और उनमें से कुछ को चुन लिया जाता है।''

मार्गन, किंग, विस्ज एवं स्कौपलर[2] (Morgan, King, Weisz & Schopler, 1986) के अनुसार, ''निर्णय प्रक्रिया एक तरह का समस्या समाधान है जिसमें हमलोगों को कई विकल्प दिये जाते हैं जिसमें से हमलोगों को चुनना होता है।''

मैटलिन[3] (Matlin, 1953) के अनुसार, ''निर्णय प्रक्रिया में अनिश्चित घटनाओं की संभावनाओं से संबद्ध पसंदगी सम्मिलित होती है। निर्णय प्रक्रिया वैसी परिस्थिति में होती है जिसमें हमलोग भविष्य के बारें में पूर्वकथन करते हैं, दो या दो से अधिक विकल्पों के बीच चुनते हैं या सीमित सबूतों के आधार पर उसकी बारंबारता के बारे में अनुमान लगाते हैं।''

इन परिभाषाओं का यदि हम विश्लेषण करें, तो हमें निर्णय प्रक्रिया के स्वरूप के बारे में नियंत्रित तथ्य सामने आते हैं—

(i) निर्णय-प्रक्रिया एक समस्या-समाधान (problem solving) प्रक्रिया है।

(ii) निर्णय प्रक्रिया में व्यक्ति के सामने कई विकल्प (alternatives) उपलब्ध होते हैं।

(iii) निर्णय प्रक्रिया में उपलब्ध सूचनाओं की अनिश्चितता (uncertainty) होती है न कि सूचनाओं का स्वरूप ऐसा होता है कि वे या तो सिर्फ सही होंगे या सिर्फ गलत। इस अनिश्चितता का मुख्य कारण यह होता है कि उपलब्ध सूचना के कई पहलू गायब होते हैं।

(iv) निर्णय प्रक्रिया में कुछ ऐसा स्पष्ट नियम नहीं होता है जो व्यक्ति को यह बता सके कि उपलब्ध सूचना से निष्कर्ष (conclusion) की ओर किस तरह से बढ़ा सकता है। इसके बावजूद व्यक्ति एक विकल्प को अंदाज से चुनकर समस्या का समाधान करता है। इस तरह का प्रसंभाव्य आकलन (probability estimate) को *आत्मगत प्रसंभाव्यता* (subjective probability) कहा जाता है।

स्पष्ट हुआ कि निर्णय प्रक्रिया एक ऐसी प्रक्रिया होती है जिसमें व्यक्ति विभिन्न विकल्पों में से किसी एक का चयन कर मौजूद समस्या का समाधान करता है। निर्णय प्रक्रिया की एक विशेषता यह है कि इसमें लोग ऐसे निर्णय लेने की कोशिश करते हैं जो *आत्मनिष्ठ रूप से प्रत्याशित उपयोगिता* (subjectively expected utility) को अधिक-से-अधिक बढ़ाता है। दूसरे शब्दों में, यह कहा जा सकता है कि इस प्रक्रिया में विभिन्न विकल्पों में से एक का चयन करके, उसकी

---

1. "Decision making involves evaluating alternatives and making choices among them."
—Santrock : *Psychology*, 2000, p. 264

2. "Decision making is a kind of problem solving in which we are presented with several alternatives among which we must choose."
—Morgan, King Weisz & Schopler : *Introduction to Psychology*, 1986, p. 237

3. "Decision making involves choices cocerning the likelihood of uncertain events. Decision making occurs in situations in which we make predictions about the future, select among two or more alternatives or make estimates about frequency on the basis of scanty evidence." —Matlin : *Cognition*, 1983, p. 289

उपयोगिता (utility) एवं आत्मनिष्ठ प्रसंभाव्यता (subjective probability) को ध्यान में रखते हैं उन्हें एक साथ गुणा (multiply) करते हैं और उस विकल्प (alternative) को स्वीकार करने का निर्णय लेते हैं जिसका उत्पाद (product)सबसे अधिक होता है। अतः यह निर्णय प्रक्रिया का एक तरह से *गणितीय मॉडल* (mathematical model) है। इस तरह का मॉडल का उपयोग पणक्रिया परिस्थितियों (betting situations) में अधिक होता है। परन्तु जिंदगी की वास्तविक परिस्थिति में निर्णय करने में स्वतः शोध प्रणाली (heuristics) का ही अधिक प्रयोग करते हैं।

तर्कणा एवं निर्णय-प्रक्रिया में अंतर
(Difference between Reasoning and Decision making)

तर्कणा (reasoning) तथा निर्णय प्रक्रिया (decision making) दोनों में समानता है क्योंकि दोनों में ही समस्या समाधान करने की कोशिश की जाती है। परन्तु दोनों में अन्तर है। तर्कणा (reasoning) में निश्चितता (certainty) अधिक होती है। आधार वाक्य (premises) या तो सच (true) होते हैं या गलत तथा निष्कर्ष ज्ञात करने के नियम बिलकुल ही स्पष्ट होते हैं। निर्णय प्रक्रिया में दूसरे तरफ सूचनाएँ अनिश्चित (uncertain) होतीं हैं न कि सच (true) या गलत (false)। इसमें बहुत सारी सूचनाएँ गायब (missing) भी होतीं हैं। इतना ही नहीं, इसमें कोई स्पष्ट नियम नहीं होता है जो व्यक्ति को यह बतला सके कि दिये गये सूचनाओं से निष्कर्ष की ओर किस तरह से बढ़ा जा सकता है। वास्तविक जिंदगी में निर्णय प्रक्रिया में सम्मिलित अनिश्चितता (uncertainty), तर्कणा में सम्मिलित निश्चितता (certainty) से अधिक सामान्य रूप से देखने को मिलता है।

निर्णय-प्रक्रिया एवं निर्णयन में अंतर
(Difference between Decision making and Judgment)

मनोवैज्ञानिकों द्वारा निर्यणन (judgement) तथा निर्णय-प्रक्रिया (decision-making) दोनों में अंतर किया जाता है हालांकि ये दोनों ही काफी सम्बन्ध प्रक्रियाएँ (related processes) हैं। निर्णयन एक ऐसी प्रक्रिया है जिसमें व्यक्ति उपलब्ध सूचनाओं के आधार पर घटनाओं एवं अन्य लोगों के बारे में मत (opinion) बनाता है, किसी निष्कर्ष पर पहुँचता है तथा उनका आलोचनात्मक मूल्यांकन (critical evaluation) करता है। दूसरे तरफ निर्णय-प्रक्रिया (decision making) एक ऐसी प्रक्रिया है जिसमें व्यक्ति विकल्पों (alternatives) के बीच अपना पसंदगी (choice) दिखलाता है तथा प्राप्य विकल्पों में से कुछ को चुनता है तथा कुछ का परित्याग कर देता है। ये दोनों प्रक्रियाओं के अंतर एवं सम्बन्ध को हम एक उदाहरण द्वारा इस प्रकार दिखला सकते हैं। मान लिया जाय कि एक जलसा में किसी व्यक्ति के साथ आपकी मुलाकात होती है और आप उनके साथ बातचीत करके तथा भोजन करने के बाद यह निर्णय (judgement) करते हैं कि व्यक्ति बुद्धिमान, ईमानदार तथा योग्य हैं। इसके बाद आप यह निर्णय (decide) कर सकते हैं कि अपने घर पर अगला होने वाला पार्टी में वे उस व्यक्ति को बुलायेंगे तो यह एक निर्णय प्रक्रिया का उदाहरण होगा।

निर्णय प्रक्रिया में प्रमुख स्वतः शोध
(Major Heuristics in Decision making)

निर्णय प्रक्रिया में स्वतः शोध उपागम (heuristic approach) की शुरूआत मूलतः दो मनोवैज्ञानिकों अर्थात् काहनीमैन एवं टभर्स्की (Kahneman & Tversky, 1982) द्वारा किया गया। स्वतः शोध से तात्पर्य वैसे काम चलाऊ उपायों (rule-of thumb strategies) से होता है जिससे सही समाधान पाने की उम्मीद तो होती है परन्तु ऐसे समाधान की कोई गारंटी नहीं होता है। काहनीमैन एवं टभर्स्की ने अपने अध्ययन के आधार पर यह बतलाया है कि निर्णय प्रक्रिया में कुछ ऐसे स्वतः शोध प्रणाली (heuristics) हैं जो व्यक्ति को दिशा निर्देश प्रदान करते हैं। ऐसे स्वतःशोध प्रणाली निम्नलिखित तीन हैं—

(क) निरूपक स्वतः शोध प्रणाली (representative heuristics)

(ख) उपलब्धता स्वतःशोध प्रणाली (availability heuristics)

(ग) स्थिरण एवं समायोजन (anchoring and adjustmaent)

इन तीनों का वर्णन निम्नांकित हैः—

(क) निरूपक स्वतःशोध प्रणाली *(Representative heuristics)*—निरूपक स्वतः शोध प्रणाली एक सामान्य एवं लाभदायक स्वतःशोध विधि हैं जिसका उपयोग व्यक्ति निर्णयन (judgement) में करता है और किसी सही निर्णय पर पहुँचने की कोशिश करता है। इस स्वतःशोध में व्यक्ति यह तय करता है कि वर्तमान परिस्थिति कहाँ तक उस परिस्थिति या घटना को निरूपित करता है जिससे व्यक्ति पहले परिचित है और तब उसी के अनुरूप वह कोई निर्णय ले पाता है। दूसरे शब्दों में, व्यक्ति यह निश्चित करने की कोशिश करता है कि वर्तमान परिस्थिति कहाँ तक उस परिस्थिति का उदाहरण या प्रतिनिधित्व कर रहा है जिसे वह पहले ही अनुभव कर चुका होता है। कहने का तात्पर्य यह है कि इस तरह के स्वतः शोध प्रणाली में व्यक्ति का निर्णय इस बात पर आधारित रहता है कि कितना अच्छा ढंग से वर्तमान सूचनाएँ एक आदिप्ररूप (prototype) जो सबसे सामान्य एवं निरूपक (representative) उदाहरण होता है, से सुमेलित होता है। जैसे मान लिया जाए कि किसी व्यक्ति को इन विशेषताओं के आधार पर यह निर्णय लेना है कि व्यक्ति पुरुष है या स्त्री : गठीले मांसपेशियाँ, पाँच फीट आठ ईंच की लम्बाई, स्कूटर से आना जाना, छोटे-छोटे बाल, गहरे रंग का वस्त्र पहनना, तथा पुलिस की नौकरी करना। इन विशेषताओं के आधार पर 90 प्रतिशत इस बात की संभावना है कि वह इस आदमी को पुरुष होने का ही निर्णय लेगा। यहाँ दिया गया वर्णन एक पुरुष के आदिप्ररूप से अधिक मिल रहा है।

(ख) उपलब्धता स्वतःशोध प्रणाली *(Availability heuristics)*—उपलब्धता (availability) एक दूसरा निर्णयन स्वतःशोध (heuristics) है जिसमें व्यक्ति आसान एवं बार-बार (frequent) होने वाले घटनाओं के आलोक में ही किसी समस्या के समाधान के बारे में निर्णय लेता हैं। वह कठिन एवं कम होने वाले घटनाओं की प्रायः उपेक्षा करता है और अधिक होने वाले घटनाओं के आलोक में कुछ निर्णय कर बैठता है। दूसरे शब्दों में यह कहा जा सकता है कि इस स्वतःशोध प्रणाली में व्यक्ति किसी घटना की प्रसंभाव्यता (probability) के बारे में उस घटना का गत समय में होने वाले बारंबारता (frequency) के आधार पर कोई निर्णय लेता है। काहनीमैन एवं टभर्स्की (Kahneman & Tversky, 1973) ने यह बतलाया है कि जब भी कोई व्यक्ति किसी घटना की प्रसंभाव्यता या बारम्बारता के बारे में यह सोचकर निर्णय लेता है कि वह कितना आसान है या आसानी से उससे सम्बन्ध तथ्यों को मन में याद किया जा सकता है, तो यहाँ उपलब्धता स्वतःशोध का उपयोग हुआ समझा जाता है। जैसे, यदि किसी मनोविज्ञान के छात्र से यह पूछा जाये कि दस मनोवैज्ञानिक और दस अर्थशास्त्री के नाम बतलावें तो 90% उम्मीद यही है कि वह छात्र 10 मनोवैज्ञानिक का नाम आसानी से तुलनात्मक रूप से बतला देगा क्योंकि मनोवैज्ञानिक का नाम उसे अर्थशास्त्रियों के नाम की तुलना में मन में आसानी से उपलब्ध है। इस उदाहरण में व्यक्ति के निर्णयन (jugdement) में उपलब्धता स्वतःशोध (availability heuristics) स्पष्ट रूप से उपयोग हो रहा है।

काहनीमैन तथा टभर्स्की (Kahneman & Tversky, 1972) ने उपलब्धता (availability) स्वतःशोध तथा निरूपक स्वतःशोध (representative heuristics) में अन्तर इस प्रकार किया है—

निरूपक स्वतःशोध में व्यक्ति के सामने विशिष्ट उदाहरण (जैसे गुणों का सेट) उपस्थित रहता है और तब उसे यह निर्णय करना होता है कि विशिष्ट उदाहरण क्या उस सामान्य प्रक्रिया के समान है जिस पर वह आधारित है। उपलब्धता स्वतःशोध (availability heuristics) में व्यक्ति को विशिष्ट उदाहरण दे दिया जाता है और व्यक्ति का निर्णय इस बात पर आधारित होता है कि दिये गये उदाहरण कितनी आसानी से मन में उपलब्ध हो जाते हैं।

(ग) स्थिरण एवं समायोजन *(Anchoring and Adjustment)*— इस तरह के स्वतःशोध प्रणाली पर आधारित निर्णयन में व्यक्ति अंदाज से पहले एक आकलन (estimate) तय कर लेता है। इस आकलन को *स्थिरण* (anchor) कहा जाता है। इसके बाद कुछ अतिरिक्त सूचनाओं के आधार पर व्यक्ति उस आकलन में कुंछ समायोजन (adjustment) अर्थात् घटाकर या बढ़ाकर अपना अंतिम निर्णय सुनाता है। इस स्वतःशोध प्रणाली का अध्ययन टभर्स्की एवं काहनीमैन (Tversky & Kahneman, 1974) द्वारा एक अध्ययन में किया गया। इस अध्ययन में प्रयोज्यों से यह पूछा गया कि संयुक्त राष्ट्र संघ (United Nation Organizations) में अफ्रिकी देशों (African countries) का प्रतिशत कितना है? इस प्रश्न का उत्तर देने के पहले प्रयोज्यों के सामने एक भाग्य चक्र (wheel of fortune) को कसकर घुमा दिया

जाता था जिसमें 0 से 100 के भीतर किसी अंक पर आकर भाग्य चक्र की सूई रुक जाती थी। प्रयोज्य रुकी सूई को देखकर फिर प्रश्न का उत्तर उस चयनित संख्या में समायोजन अर्थात् उसे घटाकर या बढ़ाकर करते थे। प्रयोगकर्त्ताओं ने इस अध्ययन में पाया कि भाग्य चक्र द्वारा यथेष्ठ रूप से (arbitrarily) से चयनित संख्या आगे के आकलन के लिए एक स्थिरण (anchor) का कार्य करता था। उदाहरणस्वरूप, अगर भाग्य चक्र का सूई 10 पर रुका, तो प्रयोज्यों ने संयुक्त राष्ट्र संघ में अफ्रिकन देशों की संख्या का आकलन 25 प्रतिशत पर किया। अगर सूई 65 पर रुकी, तो लोगों ने इसका आकलन 70 प्रतिशत पर भी किया। दूसरे शब्दों में यह कहा जा सकता है कि यथेच्छ संख्या जिसका पूछे गये प्रश्न से कोई वास्तविक सम्बन्ध नहीं था, उत्तर के लिए एक स्थिरण (anchor) के रूप में कार्य कर रहे थे। इस उदाहरण से यह स्पष्ट है कि प्रयोज्यों द्वारा कुछ अतिरिक्त सूचनाओं के आधार पर उस स्थिरण अंक से समायोजन कर अंतिम निर्णय लिया जा रहा था।

स्पष्ट हुआ कि निर्णयन (judgement) में व्यक्ति कई तरह के स्वतःशोध प्रणाली (heuristics) का उपयोग कर दी गयी समस्या का समाधान करता है तथा किसी अंतिम निर्णय पर पहुँचता है। इन विभिन्न तरह के स्वतःशोध प्रणाली में प्रथम दो का उपयोग वास्तविक परिस्थिति तथा प्रयोगात्मक परिस्थिति में भी तुलनात्मक रूप से अधिक हुआ है।

निर्णय प्रक्रिया में पूर्वाग्रह एवं त्रुटियाँ
(Biases and Errors in Decision-making)

कई शोधकर्त्ताओं एवं मनोवैज्ञानिकों द्वारा निर्णय प्रक्रिया में होनेवाले कई तरह के पूर्वाग्रहों (biases) तथा त्रुटियों का विशेष रूप से अध्ययन किया है क्योंकि इनसे निर्णयन सीधे प्रभावित होता पाया गया है। ऐसे पूर्वाग्रहों एवं सम्बद्ध त्रुटियों को निम्नांकित चार प्रमुख भागों में बाटाँ गया है—

(a) संपुष्टि पूर्वाग्रह (confirmation bias)

(b) विश्वास दृढ़ता (belief perseverance)

(c) अतिविश्वास पूर्वाग्रह (overconfidence bias)

(d) पश्चदृष्टि पूर्वाग्रह (hindsight bias)

इस सबों का वर्णन निम्नांकित हैं:—

(a) संपुष्टि पूर्वाग्रह *(Confirmation bias)*—निर्णयन में संपुष्टि पूर्वाग्रह एक समाान्य पूर्वाग्रह है जिससे तात्पर्य एक ऐसी प्रवृत्ति से होती है जिसमें व्यक्ति उन सूचनाओं की खोज करता है जो उनके विचार को समर्थन देता है तथा उनका परित्याग करता है जो उनके विचार का समर्थन नहीं करते हैं। इस तरह की संपुष्टि पूर्वाग्रह अक्सर लोग दिखलाते हैं। जैसे, राजनीतिक लोग प्रायः उन्हीं समाचारों को स्वीकार करते हैं जो उनके विचारधारा का समर्थन देता है तथा उन सबूतों या विचारों का परित्याग कर देते हैं जो उसके विचारधारा को समर्थन नहीं करते हैं। डाक्टर लोग भी इस तरह की सम्पुष्टि पूर्वाग्रह अपने निर्णयन में प्रायः दिखलाते हैं। डाक्टर प्रायः किसी रोग का गलत निदान (diagnosis) इसलिए कर बैठते हैं क्योंकि रोगी का एक या दो लक्षण उनके द्वारा पहले किये गए निदान के साथ सही बैठता है। अपने निदान की संपुष्टि करने की इच्छा से डाक्टर उन लक्षणों पर जान-बूझकर ध्यान ही नहीं देते हैं जो उनके निदान में फिट नहीं बैठता है। कुह्न तथा उनके सहयोगियों (Kuhn et al; 1994) ने एक प्रयोग किया जिसमें प्रयोज्यों को वास्तव में हुए हत्या के मुकदमा का एक टेप सुनाया गया और उनसे इसके बारे में अपना फैसला कारण सहित बतलाने के लिए कहा गया। परिणाम में देखा गया कि अधिकतर प्रयोज्यों ने फैसला लिखते समय एक ऐसी कहानी तैयार किया जिसका आधार सिर्फ वैसे सबूत थे जो उनके विचारधारा के अनुकूल थे तथा उसमें उन चीजों का उल्लेख नहीं किया गया जो उनके विचारधारा के अनुकूल नहीं थे। स्पष्टतः प्रयोज्यों द्वारा यहाँ संपुष्टि पूर्वाग्रह दिखलाया जा रहा था।

(b) विश्वास दृढ़ता *(Belief perseverance)*—विश्वास दृढ़ता एक ऐसा पूर्वाग्रह है जो संपुष्टि पूर्वाग्रह से काफी मिलता जुलता है तथा इसमें व्यक्ति परस्पर विरोधी सबूतों के बावजूद व्यक्ति अपने विश्वास पर अडिग बना रहता है। इसमें व्यक्ति जब किसी युक्ति या साधन को अपना लेते हैं, तो वे उसके प्रतिकूल सबूत के बाद भी उसका परित्याग नहीं करते हैं और उसे ही सही मानकर कोई निर्णय लेते हैं।

(c) अतिविश्वास पूर्वाग्रह *(Overconfidence bias.)*—यह एक ऐसा पूर्वाग्रह है जिसमें व्यक्ति लिए जानेवाले निर्णय में अधिक विश्वास दिखलाता है और उसका यह निर्णय सही उत्तरों के सापेक्ष बारंबारता (relative frequency) पर आधारित नहीं होता है। जैसे, व्यक्तियों में यह अतिविश्वास (overconfidence) होता है कि कोई घातक बीमारी (fatal disease) होने पर कितना दिन जीवित रह पायेंगे, या लोगों में इसका भी अतिविश्वास होता है कि कोई सा व्यवसाय कितने दिनों के बाद मंदा हो जायेगा, आदि-आदि। इस तरह के पूर्वग्रह में व्यक्ति को किसी कारण से अपने निर्णय में जरूरत से ज्यादा विश्वास उत्पन्न हो जाता है और परिणामतः वह उन पूर्वकथन या पूर्वानुमान (prediction) जो सांख्यिकीय रूप से वस्तुनिष्ठ तथ्यों पर आधारित होते हैं, की पूर्णतः उपेक्षा करता है। इस तरह का अतिविश्वास का परिणाम दूसरे व्यक्तियों की जिंदगी के लिए भी खतरनाक साबित होता है। मैटलिन (Matlin, 1998) ने इसकी पुष्टि अपने एक प्रेक्षण से किया है। इन्होंने अपने इन प्रेक्षण में बतलाया है कि 1988 में कैप्टन विल रोजर्स (Captain Will Rogers) परसियन गल्फ (Persian Gulf) में अमेरिकी जहाजी बेड़ा के कैप्टन थे। इस जहाज के रैडार ने एक ऊपर से उड़ते हुए एक अज्ञात हवाई जहाज की पहचान किया। अब रोजर्स को यह निर्णय करना था कि वह हवाई जहाज एक असैनिक हवाई जहाज था या शत्रु का हवाई जहाज था। उन्होंने अन्तोगत्वा उसे दुश्मन का हवाई जहाज मानकर उनपर दो मिसाइल दागे। परिणामतः सभी 290 यात्री मारे गये। उसके तुरन्त बाद रोजर्स को यह पता चला कि वह एक असैनिक हवाई जहाज (civilian air plane) था। निर्णय प्रक्रिया विशेषज्ञों (decision making experts) के एक पैनेल ने घटना के विश्लेषण के बाद इस निष्कर्ष पर पहुँचे कि रोजर्स अपने मौलिक निर्णय में अतिविश्वास कर रखे थे तथा परिस्थिति के क्रान्तिक कारकों (critical factors) की जाँच नहीं कर पाये थे।

(d) पश्चदृष्टि पूर्वाग्रह *(Hindsight bias)*—ऐसा देखा गया है कि निर्णयन में व्यक्ति इस बात का ही सिर्फ अतिविश्वास नहीं करते हैं कि वे जानते हैं कि भविष्य में क्या होगा (अतिविश्वास पूर्वाग्रह) बल्कि वे उन परिस्थितियों के बारे में भी अतिविश्वास दिखलाते हैं जो पहले ही हो चुका होता है पश्चदृष्टि पूर्वाग्रह से तात्पर्य ऐसी प्रवृत्ति (tendency) से होती है जिससे व्यक्ति घटना घटने के बाद गलत ढंग से यह विश्वास के साथ कहता है कि वह पहले ही इस तरह की घटना के बारे में पूर्वकथन कर चुके थे। भारतीय क्रिकेट टीम जब किसी विदेशी टीम के साथ क्रिकेट खेल कर हार जाता है (या जीत जाता है) तो कुछ लोग प्रायः यह कहते हुए पाये जाते हैं कि वह पहले ही कह चुका था कि इस क्रिकेट खेल में भारतीय टीम हार (या जीत) जायेगा।

स्पष्ट हुआ कि निर्णय-प्रक्रिया (decision making) तथा निर्णयन (judgement) में कई तरह के पूर्वाग्रह उत्पन्न होते हैं जिनसे सही निर्णय लेना सम्भव नहीं हो पाता है और लिया गया निर्णय त्रुटिपूर्ण हो जाता है।

अध्याय सारांश — CHAPTER SUMMARY

1. चिन्तन एक ऐसी मानसिक प्रक्रिया है जो सभी प्राणियों में होती है। प्रतिमाओं, प्रतीकों, सम्प्रत्ययों, नियमों एवं अन्य मध्यस्थ इकाइयों के सहारे किसी समस्या का समाधान करना ही चिन्तन कहलाता है। चिन्तन की सबसे प्रमुख विशेषता यह है कि यह प्रायः लक्ष्य-निर्देशित (goal-directed) होती है।
2. मनोवैज्ञानिकों ने चिन्तन को मुख्य रूप से दो भागों में बाँटा है—स्वली चिन्तन (autistic thinking) तथा यथार्थवादी चिन्तन (realistic thinking)। स्वली चिन्तन का सम्बन्ध वास्तविकता से नहीं होता है। मनोवैज्ञानिकों ने यथार्थवादी चिन्तन को 'विवेचन' या 'तर्कणा' (reasoning) की संज्ञा दी है। यथार्थवादी चिन्तन को भी तीन भागों में बाँटा गया है–अभिसारी चिन्तन (convergent thinking), सर्जनात्मक चिन्तन (creative thinking) तथा आलोचनात्मक चिन्तन (evaluative thinking)।
3. चिन्तन एवं कल्पना (imagination) दोनों ही एक उच्चतर मानसिक प्रक्रिया है तथा दोनों में कुछ समानता होने के बावजूद भी काफी विभिन्नता (differences) हैं।
4. मनोवैज्ञानिकों ने चिन्तन में भाषा का एक महत्त्वपूर्ण भूमिका बतलायी है। कुछ मनोवैज्ञानिकों जैसे वोर्फ (Whorf, 1956), ब्रुनर (Bruner, 1964) आदि का मत है कि भाषा के अभाव में चिन्तन की प्रक्रिया नहीं हो सकती है। अतः चिन्तन की प्रक्रिया भाषा के द्वारा प्रभावित होती है तथा साथ-ही-साथ निर्धारित भी होती है। परन्तु कुछ

मनोवैज्ञानिकों ने ठीक इसके विपरीत विचार व्यक्त किया है और कहा है कि चिन्तन की प्रक्रिया पहले होती है और बाद में उससे सम्बन्धित भाषा का विकास होता है। क्लार्क (Clark, 1973) तथा पियाजे (Piaget, 1923) के विचार इस श्रेणी के हैं। कुछ ऐसे भी मनोवैज्ञानिक हैं जो इन दो विपरीत विचारों के बीचोबीच विचार रखते हैं तथा दावा करते हैं कि भाषा तथा चिन्तन दो ऐसी प्रक्रियाएँ हैं जो आरम्भ में अलग-अलग तथा स्वतंत्र रूप से विकसित होतीं हैं।

5. मनोवैज्ञानिकों ने चिन्तन में मानसिक तत्परता (mental set) के महत्त्व को दिखलाने के लिए अनेक प्रयोग किये हैं। इनमें कुछ प्रयोगों द्वारा यह दिखलाया गया है कि तत्परता से समस्या समाधान या चिन्तन में मदद मिलती है तथा यदि तत्परता अनुचित एवं गलत हुआ तो इससे व्यक्ति को समस्या समाधान में बाधा भी पहुँचती है।
6. प्रत्येक चिन्तन में प्रयत्न एवं त्रुटि (trial and error) होते पाया गया हैं। किसी समस्या का समाधान अचानक नहीं होता है। यहाँ तक कि कोहलर (Kohler, 1917) का 'सुलतान' नामक वनमानुष भी समस्या के सभी पक्ष स्पष्ट रहने पर भी समाधान में प्रयत्न एवं त्रुटि का सहारा लेते पाया गया था।
7. मनोवैज्ञानिकों ने चिन्तन में प्रतिमा (images) को भी काफी महत्त्वपूर्ण माना है। मनोवैज्ञानिकों के प्रयोग से यह स्पष्ट हो गया है कि प्रतिमाएँ चिन्तन में कभी-कभी बिलकुल ही स्पष्ट होतीं हैं और समस्या के समाधान में काफी मदद करतीं हैं। परन्तु चिन्तन कभी-कभी बिना प्रतिमा के भी होती है।
8. मनोवैज्ञानिकों ने चिन्तन की व्याख्या करने के लिए दो प्रमुख सिद्धान्तों का वर्णन किया है—केन्द्रीय सिद्धान्त (central theory) तथा परिधीय सिद्धान्त (processes)। केन्द्रीय सिद्धान्त के अनुसार चिन्तन में केन्द्रीय प्रक्रियाओं (central processes) जैसे संवेदी प्रक्रियाओं (sensory processes) तथा मस्तिष्क प्रक्रियाओं (brain processes) का महत्त्व प्रधान होता है। परन्तु परिधीय सिद्धान्त के अनुसार चिन्तन में माँसपेशीय अनुक्रियाओं (muscular activities) का स्थान प्रधान है। चिन्तन में पियाजे की विचारधारा का भी वर्णन किया गया है।
9. समस्या समाधान (problem solving) एक संज्ञानात्मक व्यवहार (cognitive behaviour) है। समस्या समाधान में व्यक्ति बाधाओं को दूर करने तथा लक्ष्यों की ओर पहुँचने के लिए चिन्तन प्रक्रियाओं का सुनियोजित उपयोग करता है।
10. समस्या समाधान की कई सामान्य विधियों का वर्णन किया गया है। इनमें से प्रमुख हैं—यादृच्छिक अन्वेषण विधि (random search method) तथा शोध अन्वेषण विधि (heuristic search method)।
11. समस्या समाधान कई कारकों द्वारा प्रभावित होता है। इस अध्ययन में ऐसे छः कारकों को महत्त्वपूर्ण बतलाया गया है।
12. जब भी कोई व्यक्ति किसी समस्या का समाधान करता है तो वह उसमें निहित कुछ सोपानों या कदमों के अनुसार आगे बढ़ता है। मनोवैज्ञानिकों के अनुसार किसी भी समस्या समाधान में मुख्यतः पाँच कदम सम्मिलित होते हैं—समस्या के स्वरूप को समझना, समाधान के बारे में सोचना, समस्या समाधान के विभिन्न उपायों में से उत्तम उपाय के बारे में निर्णय करना, उत्तम उपाय को कार्यान्वित करना तथा कार्यान्वित समाधान का मूल्यांकन करना।
13. मनोवैज्ञानिकों द्वारा किये गये अध्ययनों से यह स्पष्ट हुआ है कि समस्या समाधान क्षमता में यौन विभिन्नताएँ होतीं हैं। दो तरह के प्रमुख संज्ञानात्मक शैली (cognitive style) पर भी बल डाला गया है।
14. मनोवैज्ञानिकों ने सम्प्रत्यय सीखना को चिन्तन का एक प्रमुख साधन माना है। सम्प्रत्यय सीखना की कुछ विशेष उपयोगिताएँ या लाभ हैं, जिनपर भी प्रकाश डाला गया है। सम्प्रत्यय के कई प्रकारों का भी वर्णन किया गया है जिनमें समुच्चय बोधक सम्प्रत्यय, वियोजन सम्प्रत्यय, सम्बन्धनात्मक सम्प्रत्यय, प्रतिबंधित सम्प्रत्यय तथा द्विप्रतिबंधित सम्प्रत्यय प्रधान है।
15. सम्प्रत्यय सीखना कई तरह के कारकों द्वारा प्रभावित होता है। ऐसे कारकों की पहचान करके उनकी पर्याप्त व्याख्या की गयी है।
16. सम्प्रत्यय सीखने की दो विधियों का वर्णन किया गया है—प्राप्ति या ग्रहण विधि (method of reception) तथा चयन विधि (method of selection)।

17. सम्प्रत्यय सीखने के कई सिद्धान्त हैं जिनमें दो तरह के सिद्धान्त का वर्णन किया गया है—साहचर्यात्मक सिद्धान्त (associaticve theories) तथा प्राक्कल्पना जाँच सिद्धान्त (hypothesis-testing theories)
18. सम्प्रत्यय निर्माण के दो विधियों का वर्णन किया गया है—निष्पादन-आधृत विधि (performance based measure) तथा योजना-आधृत विधि (strategy based measures)
19. सम्प्रत्यय सीखने में मुख्य रूप से चार तरह की योजनाओं को प्रयोज्यों द्वारा अपनाया गया है—समकालिक अवलोकन, क्रमिक अवलोकन, रूढ़िवादी फोकसिंग तथा फोकस जुआ।
20. सर्जनात्मक चिन्तन चिंतन का एक प्रमुख प्रकार है। सर्जनात्मक चिन्तन व्यक्ति की उस क्षमता को कहा जाता है जिसमें वह कुछ ऐसी नयी चीजों, रचनाओं या विचारों को पैदा करता है जो नया होने के साथ-ही-साथ असाधारण भी होता है। सर्जनात्मक चिन्तन की चार अवस्थाओं का भी वर्णन किया गया है।
21. सर्जनात्मक विचारक के कुछ गुण (attributes) होते हैं। ऐसे छः गुणों का वर्णन किया गया है।
22. कृत्रिम बुद्धि (artificial intelligence) वैसे बुद्धि को कहा जाता है जो मनुष्य की बौद्धिक क्षमताओं के समान होते हैं परन्तु वे कम्प्यूटर द्वारा दिखलाये जाते हैं। सचमुच में यह एक अन्तरशास्त्रीय क्षेत्र (interdisciplinary field) है जिसमें मनोवैज्ञानिकों द्वारा अन्य विज्ञानियों के साथ मिलकर शोध किये जा रहे हैं तथा तरह-तरह के कम्प्यूटर कार्यक्रम (computer programme) विकसित किये जा रहे हैं।
23. तर्कणा (reasoning) एक तरह का वास्तविक चिन्तन (realistic thinking) का उदाहरण है जिसमें एक निश्चित क्रमबद्धता होती है तथा व्यक्ति पक्ष विपक्ष में करते हुए एक निश्चित निष्कर्ष पर पहुँचता है। तर्कणा के चार प्रकारों का वर्णन किया गया है।
24. तर्कणा में निहित पाँच सोपान (steps) हैं—समस्या की पहचान, आँकड़ों का संग्रहण, अनुमान पहुँचना, अनुमान के अनुसार प्रयोग करना तथा निर्णय करना।
25. निर्णय प्रक्रिया में विकल्पों का मूल्यांकन किया जाता है और उनमें से कुछ को चुन लिया जाता है।
26. निर्णय प्रक्रिया में कई तरह के स्वतःशोध विधियों का उपयोग किया जाता है जिसमें निरूपक स्वतःशोध प्रणाली, उपलब्धता स्वतःशोध प्रणाली तथा स्थिरण एवं समायोजन प्रमुख है।
27. निर्णय प्रक्रिया में चार तरह के पूर्वाग्रह (biases) तथा त्रुटियाँ प्रायः होती हैं। उनमें सम्पुष्टि पूर्वाग्रह, विश्वासदृढ़ता, अतिविश्वास पूर्वाग्रह तथा पश्चदृष्टि पूर्वाग्रह प्रधान हैं।

❑

अध्याय 10

अभिप्रेरण एवं तनाव
(MOTIVATION AND STRESS)

अभिप्रेरण का अर्थ एवं स्वरूप (Meaning and Nature of Motivation)

दिन-प्रतिदिन की जिन्दगी में हमलोग अनेकों प्रकार के कार्य करते हैं। हम इन कार्यों को क्यों करते हैं ? शायद इसलिए करते हैं क्योंकि इसके पीछे कोई-न-कोई अभिप्रेरण अवश्य होता है। अब प्रश्न यह उठता है कि अभिप्रेरण किसे कहते हैं ? इसका स्वरूप क्या है ?

अभिप्रेरण (motivation) से सामान्य अर्थ वैसी अवस्था से होता है जो व्यक्ति को कार्य करने के लिए प्रेरित करता है। परन्तु मात्र इतना कह देने से इसका अर्थ काफी स्पष्ट नहीं होता है। अभिप्रेरण का सही अर्थ समझने के लिए कुछ मनोवैज्ञानिकों के विचारों को हम नीचे उपस्थित कर रहे हैं।

बेरोन, बर्न तथा कैन्टोविज[1] (Baron, Byrne & Kantowitz, 1980) के अनुसार, ''मनोविज्ञान में हमलोग अभिप्रेरण को एक काल्पनिक आन्तरिक प्रक्रिया के रूप में पारिभाषित करते हैं जो व्यवहार करने के लिए शक्ति प्रदान करता है तथा एक खास उद्देश्य की ओर व्यवहार को ले जाता है।''

मार्गन, किंग, विस्ज तथा स्कोपलर[2] (Morgan, King, Weisz & Schopler, 1986) के अनुसार, ''अभिप्रेरण से तात्पर्य एक प्रेरक (driving) तथा कर्षण (pulling) बल से होता है जो खास लक्ष्य की ओर व्यवहार को निरन्तर ले जाता है।''

कून एवं मिटेर्रेर[3] (Coon & Mitterer, 2007) के अनुसार, ''अभिप्रेरण से तात्पर्य व्यवहार की गतिकी से होता है— उन तरीकों से होता है जिसके अनुसार हमारी क्रियाएँ उत्पन्न होतीं हैं, बनी रहतीं हैं, निर्देशित होतीं हैं और समाप्त हो जातीं हैं।''

सिकारेल्ली तथा मेयर[4] (Ciccarelli & Meyer, 2006) के अनुसार, ''अभिप्रेरण एक ऐसी प्रक्रिया है जिसके द्वारा क्रियाएँ प्रारम्भ होतीं हैं, निदेशित होती हैं तथा सतत् चलती रहतीं हैं ताकि दैहिक या मनोवैज्ञानिक आवश्कयताओं या इच्छाओं को पूरा की जा सके।''

उपरोक्त मनोवैज्ञानिकों के विचारों पर यदि हम गौरपूर्वक ध्यान दें तो पायेंगे कि अभिप्रेरण व्यक्ति की एक ऐसी आन्तरिक अवस्था को कहा जाता है जो उसमें कुछ क्रियाएँ उत्पन्न करके उसके व्यवहारों को एक खास दिशा (goal) में उद्देश्य की प्राप्ति की ओर अग्रसारित करता है। इन मनोवैज्ञानिकों के विचारों का विश्लेषण करने पर हमें अभिप्रेरण के स्वरूप (nature) का पता चलता है जिसका वर्णन निम्नांकित हैः—

---

1. "In psychology we define motivation as a hypothetical internal process that provides the energy for behaviour and directs it toward specific goal." —Baron Byrne & Kantowitz : *Psychology,* 1980, p.293
2. "Motivation refers to the driving and pulling forces which result in presistent behaviour directed towards particular goals." —Morgan, King, Weisz & Schopler : *Introduction to Psychology,* 1986, p. 303
3. "Motivation refers to the dynamics of behaviour on the ways in which our actions are initiated, sustained, directed and terminated." —Coon & Mitterer : Introduction to Psychology, 2007, p. 388
4. "Motivation is the process by which activities are started, directed and continued so that physical or psychological needs or wants are fulfilled." —Ciccarelli & Meyer : *Psychology,* 2006, p. 392

1. अभिप्रेरण व्यक्ति की एक आन्तरिक अवस्था (internal state) को कहा जाता है। यह आन्तरिक अवस्था काल्पनिक होती है। अतः इसे व्यक्ति के शरीर के भीतर ठोस रूप से देखा नहीं जा सकता है।
2. अभिप्रेरण में जो आन्तरिक अवस्था होती है उससे व्यक्ति में कुछ क्रियाएँ (activities) उत्पन्न होतीं है।
3. अभिप्रेरण में उत्पन्न क्रियाएँ (activities) एक निश्चित दिशा में यानी उद्देश्य की प्राप्ति की ओर बढ़ता है। इसका मतलब यह हुआ कि प्रत्येक अभिप्रेरण में एक निश्चित लक्ष्य (fixed goal) होता है जिसकी ओर व्यक्ति का व्यवहार प्रेरित होता है।
4. अभिप्रेरित व्यवहार (motivated behaviour) उत्पन्न होने के बाद उद्देश्य की प्राप्ति तक वह जारी रहता है।

एक उदाहरण देकर अभिप्रेरण के स्वरूप (nature) की व्याख्या हम इस प्रकार से कर सकते हैं:—

मान लीजिए कि आपको भूख लगी है और आप किसी होटल में जाकर भोजन कर अपनी भूख को मिटाते हैं। यदि इस उदाहरण की विस्तृत व्याख्या की जाय, तो हमें अभिप्रेरण (motivation) के उपुर्यक्त चार गुणों का समावेश उसमें मिलेगा। यहाँ भूख व्यक्ति की आन्तरिक अवस्था (internal state) है जिसे बाहर से देखा नहीं जा सकता है (पहला कारक)। इसे मनोवैज्ञानिकों ने आवश्यकता (need) की संज्ञा दी है। यह आन्तरिक अवस्था व्यक्ति में कुछ विशेष क्रियाएँ (activities) जैसे होटल ढूँढ़ना, होटल में जाकर भोजन के बारे में पूछताछ करना आदि उत्पन्न करता है (कारक 2)। इस तनाव एवं क्रियाशीलता की अवस्था को मनोवैज्ञानिकों ने *प्रणोद* (drive) की संज्ञा दी है। व्यक्ति द्वारा किये गये ये सभी क्रियाएँ (activities) कुछ ऐसी होतीं हैं जो एक निश्चित दिशा में एक निश्चित लक्ष्य (goal) की प्राप्ति की ओर ले जाता है। (कारक 3)। इस उदाहरण में निश्चित लक्ष्य भोजन (food) की प्राप्ति है। इसे मनोवैज्ञानिकों ने *प्रोत्साहन* (incentive) की संज्ञा दी है। व्यक्ति में क्रियाशीलता की अवस्था तब तक पायी जाती है जबतक कि उसे भोजन प्राप्त नहीं हो जाता है। इस तरह से हम देखते हैं कि मनोवैज्ञानिकों ने अभिप्रेरण के स्वरूप की व्याख्या तीन मूल तत्त्वों (elements) द्वारा की है—आवश्यकता (need), प्रणोद (drive) तथा प्रोत्साहन (incentive)। इसे मनोवैज्ञानिकों ने *आवश्यकता-अन्तर्नोद-प्रोत्साहन सूत्र* (need-drive-incentive formula) भी कहा है जिसकी विस्तृत व्याख्या हम अगले अनुच्छेद में करेंगे।

मौलिक अभिप्रेरणात्मक सम्प्रत्यय
(Basic Motivational Concepts)

अभिप्रेरण (motivation) की व्याख्या अधिक स्पष्ट रूप से करने के लिए मनोवैज्ञानिकों ने अभिप्रेरणात्मक चक्र (motivational cycle) के सम्प्रत्यय (concept) का प्रतिपादन किया है। इस चक्र के मुख्य तीन तत्त्व हैं—आवश्यकता (need), प्रणोद (drive) तथा प्रोत्साहन (incentive)।

1. आवश्यकता *(Need)*—जब प्राणी के शरीर में किसी चीज की कमी (deficiency) या अति (excess) की अवस्था किसी कारण से उत्पन्न हो जाती है, तो इसे हम आवश्यकता की संज्ञा देते हैं। ऊडवर्थ तथा स्कलौसवर्ग[1] (Woodworth & Schlosberg, 1954) ने आवश्यकता को इसी अर्थ में परिभाषित करते हुए कहा है, "कमी या अति की शारीरिक अवस्था को आवश्यकता कहा जाता है।" व्यक्ति को जब प्यास (thirst) लगता है तो स्पष्ट है कि उसके शरीर की कोशिकाओं (cells) में पानी की कमी हो जाती है। अतः यहाँ प्यास की आवश्यकता पानी की कमी के कारण उत्पन्न हुई। इस तरह की आवश्यकता (need) को *ऊतक आवश्यकता* (tissue need) की संज्ञा दी जाती है। ऐसा भी होता है कि हमारे शरीर में कुछ ऐसे पदार्थ अधिक मात्रा में जमा हो जाए ताकि यदि उन्हें बाहर नहीं निकाला जाय, तो इससे प्राणी का जीवन संकट में पड़ सकता है। पेशाब, पैखाना करने की आवश्यकता कुछ ऐसे ही पदार्थों का अधिक मात्रा में एकत्रित हो जाने से उत्पन्न होती है। इस तरह की आवश्यकता को *निष्कासन आवश्यकता* (eliminative need) की संज्ञा दी जाती है। अतः आवश्यकता (need) से तात्पर्य प्राणी (व्यक्ति या पशु) के इन दोनों तरह की अवस्थाओं अर्थात् कमी (deficiency) तथा अति (excess) से होता है। मनोवैज्ञानिकों ने आवश्यकता (need) को अभिप्रेरणात्मक चक्र का पहला कदम (step) माना है क्योंकि किसी भी अभिप्रेरण (motive) की उत्पत्ति में सबसे पहले आवश्यकता ही उत्पन्न होती है।

---

1. "A need is an organic state of deficiency or excess"
—Woodworth & Schlosberg : *Experimental Psychology*, 1954, p. 657.

2. प्रणोद *(Drive)*—जब प्राणी या जीव (organism) में आवश्यकता उत्पन्न होती है, तो इससे स्वभावतः उसमें क्रियाशीलता बढ़ जाती है और वह पहले से अधिक सक्रिय (active) तथा तनावपूर्ण मालूम पड़ता है। सार्टेन[1] (Sartain, 1973) ने प्रणोद को परिभाषित करते हुए कहा है, ''प्रणोद वैसे तनाव या क्रियाशीलता की अवस्था को कहा जाता है जो किसी आवश्यकता (ऊतक या निष्कासन) द्वारा उत्पन्न होता है।'' जैसा कि हम जानते हैं, व्यक्ति में भूख, प्यास, काम (sex) आदि की आवश्यकताएँ प्रमुख आवश्यकताओं में से है। अतः इन आवश्यकताओं द्वारा प्रणोद उत्पन्न होता है। भूख की आवश्यकता से भूख प्रणोद (hunger drive), प्यास की आवश्यकता से प्यास प्रणोद (thirst drive) तथा काम की आवश्यकता से काम प्रणोद (sex drive) उत्पन्न होता है। भूख, प्यास, काम आदि शारीरिक आवश्यकताओं (physiological needs) के अलावा कुछ मनोवैज्ञानिक आवश्यकताएँ भी व्यक्ति में होते हैं। जैसे—जीवन में ऊँचा-से-ऊँचा उपलब्धि (achievement) प्राप्त करने की आवश्यकता (need), दूसरों पर आधिपत्य जमाने की आवश्यकता (dominance drive) आदि। इन मनोवैज्ञानिक आवश्यकताओं से भी मनोवैज्ञानिक प्रणोद (psychological drive) उत्पन्न होता है। जैसे—उपलब्धि की आवश्यकता (achievement) से उपलब्धि प्रणोद (achievement drive) तथा आधिपत्य जमाने की आवश्यकता से आधिपत्य प्रणोद (dominance drive) की उत्पत्ति होती है।

कभी-कभी ऐसा भी देखा गया है कि आवश्यकता (need) तथा प्रणोद (drive) को लोग एक-दूसरे के लिए प्रयोग करते हैं। परन्तु सच्चाई यह है कि ये दोनों पद (terms) समानान्तर (parallel) अवश्य है, परन्तु एक ही नहीं है। यहाँ समानान्तर से मतलब यह है कि दोनों में वृद्धि या कमी साथ-साथ होती है। ऐसा नहीं होता है कि आवश्यकता में वृद्धि (या कमी) हो गयी हो, और प्रणोद का स्तर पहले ही जैसा बना हो।

3. प्रोत्साहन या लक्ष्य *(Incentive or goal)*—अभिप्रेरणात्मक चक्र का तीसरा कदम प्रोत्साहन (incentive) या लक्ष्य (goal) का होता है। लक्ष्य (goal) या प्रोत्साहन वातावरण का वह वस्तु है जो व्यक्ति या पशु को अपनी ओर आकर्षित कर लेता है तथा जिसकी प्राप्ति से व्यक्ति की आवश्यकता की पूर्ति तथा प्रणोद (drive) में कमी हो जाती है। जैसे—प्यासे व्यक्ति के लिए पानी लक्ष्य या प्रोत्साहन होता है जो व्यक्ति को अपनी ओर आकर्षित कर लेता है तथा जिसकी प्राप्ति से प्यास समाप्त हो जाती है तथा क्रियाशीलता और तनाव की स्थिति (प्रणोद) भी कम हो जाती है। परन्तु यदि थोड़ी दूर के लिए यह मान लिया जाय कि प्यासे व्यक्ति को पानी की जगह भोजन (food) दिया जाता है, तो इससे उसकी प्यास नहीं बुझेगी और न ही प्यास प्रणोद (thirst drive) में कमी आएगी। अतः किसी वस्तु को लक्ष्य या प्रोत्साहन कहलाने के लिए यह भी आवश्यक है कि वह आवश्यकता (need) से सम्बन्धित हो।

लक्ष्य (goal) दो तरह के होते हैं—*धनात्मक* (positive) तथा *ऋणात्मक* (negative) । धनात्मक लक्ष्य (positive goal) वैसे लक्ष्य को कहा जाता है जिसे व्यक्ति प्राप्त करना चाहता है क्योंकि उसे प्राप्त करने से ही उसकी आवश्यकता (need) की पूर्ति हो सकती है। भोजन, पानी, लैंगिक क्रिया (sexual activities) आदि धनात्मक लक्ष्य के उदाहरण हैं। कुछ लक्ष्य ऐसे होते हैं जिनसे व्यक्ति दूर रहना चाहता है क्योंकि इससे दूर रहने से ही उसकी आवश्यकता की पूर्ति होती है। जैसे—दण्ड (punishment), आँखों पर सीधे पड़ने वाली तीव्र रोशनी, अत्यधिक गर्मी तथा अत्यधिक ठंढ आदि कुछ ऋणात्मक लक्ष्य के उदाहरण हैं।

ऊपर के वर्णन से स्पष्ट है कि आवश्यकता (need), प्रणोद (drive) तथा प्रोत्साहन (incentive) अभिप्रेरणात्मक चक्र (motivational cycle) के प्रमुख तीन क्रमिक कदम (successive steps) हैं। पशु हो या मानव, अभिप्रेरण (motivation) की स्थिति में सबसे पहले उसमें किसी-न-किसी आवश्यकता की उत्पत्ति होती है। आवश्यकता की उत्पत्ति से व्यक्ति में क्रियाशीलता तथा तनाव काफी बढ़ जाता है जिसे हम प्रणोद (drive) की संज्ञा देते हैं। प्रणोद की उत्पत्ति से व्यक्ति का व्यवहार उद्देश्यपूर्ण (purposeful) हो जाता है तथा किसी लक्ष्य की ओर अग्रसारित होता है। एक उदाहरण लीजिए—मान लीजिए कोई व्यक्ति काफी भूखा है। फलस्वरूप वह किसी होटल में जाता है और मनपसंद भोजन करके अपनी भूख मिटा लेता है। इस उदाहरण पर गौर कीजिए। व्यक्ति में भूख की आवश्यकता है जो इसलिए उत्पन्न हुई है कि उसने गत कई घंटों से भोजन नहीं किया है। मनोवैज्ञानिकों ने यह भी बतलाया है कि इस तरह की

---

1. "The word 'drive' refers to a state of tension and activity that is aroused by one of these needs (tissue or eliminative)." —Sartain : *Psychology*, 1973, p. 311

अवस्था में व्यक्ति के खून में चीनी की मात्रा का स्तर घट ज़ाता है। इस तरह की आवश्यकता उत्पन्न होने पर व्यक्ति में अन्तर्नोद उत्पन्न होता है अर्थात् व्यक्ति अधिक क्रियाशील हो जाता है तथा तनाव की स्थिति से गुजरने लगता है। भूख अन्तर्नोद (hunger drive) के उत्पन्न होने पर व्यक्ति उद्देश्यपूर्ण व्यवहार करने लगता है अर्थात् वह किसी होटल या किसी ऐसे स्थान की खोज करने लगता है जहाँ जाने से उसकी भूख मिट सके। होटल में जाना ऐसा ही एक उद्देश्यपूर्ण व्यवहार (purposeful behaviour) है। होटल में जाने से उसे लक्ष्य यानी भोजन की प्राप्ति होती है। अतः भोजन एक प्रोत्साहन है जिसकी प्राप्ति से भूख की आवश्यकता समाप्त हो जाती है तथा क्रियाशीलता तथा तनाव भी घट जाता है। हाँ, कुछ संमय के बाद फिर भूख की आवश्यकता उत्पन्न हो जाती है और वही प्रक्रियाएँ दोहरायी जातीं हैं। यही बात प्यास की आवश्यकता तथा काम की आवश्यकता के साथ भी है। यही कारण है कि मनोवैज्ञानिकों ने भूख, प्यास तथा काम को *चक्रीय आवश्यकता* (cyclic need) कहा है। ये सभी आवश्यकताएँ किसी एक समय में समाप्त होकर कुछ समय के बाद अपने आप एक चक्र (cycle) के रूप में उत्पन्न होते रहती हैं।

अभी हाल में *डेसी* (Deci, 1975) ने मानव अभिप्रेरण (human motivation) को अभिप्रेरणात्मक चक्र (motivational cycle) द्वारा और अधिक स्पष्ट एवं उसकी उपयुक्त (appropriate) व्याख्या करने के लिए इस चक्र में एक चौथा तत्त्व (element) भी जोड़ा है—संज्ञान (cognition)। संज्ञान एक सामान्य मानसिक प्रक्रिया है जिसमें चिन्तन (thinking), प्रत्यक्षण (perception), स्मरण (remembering), भाव (feeling), निर्णय (judgement) आदि प्रक्रियाएँ सम्मिलित होतीं हैं। मनोवैज्ञानिकों ने इस तरह के अभिप्रेरणात्मक चक्र (motivational cycle) को *संज्ञानात्मक अभिप्रेरणात्मक चक्र* (cognitive motivational cycle) की संज्ञा दी है। इस चक्र के अनुसार मानव अभिप्रेरण (human motive) की व्याख्या इस प्रकार होती है। किसी बाह्य (external stimulus) या आन्तरिक उद्दीपक (internal stimulus) (वैसे उद्दीपक को आन्तरिक उद्दीपक कहा जाता है जो शरीर के भीतर होते हैं) द्वारा जब व्यक्ति उत्तेजित (stimulate) होता है तो इससे व्यक्ति में क्रियाशीलता बढ़ जाती है और उसमें किसी लक्ष्य (goal) की ओर अग्रसर होने की प्रवृत्ति उत्पन्न हो जाती है। साथ-ही-साथ, वह इस बात से भी अवगत (aware) हो जाता है कि उसे उस लक्ष्य पर पहुँचने से कितना संतोष मिलेगा। इस तरह के अनुमान को *'भावी-संतोष-से-अवगत-की स्थिति'* (state of awareness-of-potential satisfaction) कहा जाता है। इस स्थिति के बाद व्यक्ति यह सोचता है कि किसी तरह उस लक्ष्य (goal) पर पहुँच जाए जिसके बाद उसमें एक संतोष (satisfaction) होगा जिसे वास्तविक संतोष (real satisfaction) कहा जाता है। यदि वास्तविक संतोष का स्तर 'भावी-संतोष' (potential satisfaction) के स्तर से कम हुआ, तो ऐसी परिस्थिति में अभिप्रेरण (motive) की स्थिति बनी होती है और व्यक्ति नया उपाय सोचकर वास्तविक संतुष्टि का स्तर और अधिक बढ़ाने की कोशिश करता है ताकि वह भावी संतोष (potential satifaction) के स्तर पर पहुँच जाय। इस संज्ञानात्मक अभिप्रेरणात्मक चक्र को एक उदाहरण द्वारा हम इस प्रकार समझ सकते हैं—

मान लीजिए कोई छात्र 'लता मंगेशकर नाईट' में पहले संगीत का मजा ले चुका है। इस घटना की याद बार-बार मन-ही-मन करके वह अपने आप को इतना अभिप्रेरित कर लेता है कि वह ऐसे सोचता है कि यदि वह इसी तरह के महान संगीतज्ञ के नाईट में जाय, तो फिर से उसे उतना ही संतोष एवं मजा मिलेगा। इस भावी संतोष (potential satisfaction) की प्राप्ति के लिए वह हमेशा इस ताक में रहेगा कि कब इस तरह का नाईट फिर होने जा रहा है, किस तरह से हमें प्रवेश के लिए उसमें टिकट मिलेगा, इस नाईट में कौन-कौन महान संगीतज्ञ आ रहे हैं, आदि-आदि। इस सभी संज्ञानात्मक कारकों (cognitive factors) के फलस्वरूप व्यक्ति उद्देश्यपूर्ण व्यवहार (purposeful behaviour) यानी लक्ष्य (goal) की ओर ले जाने वाला व्यवहार करना प्रारम्भ कर देता है। अन्त में एक दिन ऐसा आता है कि उसे इस तरह के नाईट में जाने का मौका मिल जाता है जहाँ यदि उसे संगीत सुनने के बाद एक खास स्तर की खुशी एवं संतोष 'भावी खुशी संतोष' के बराबर होता है, तो छात्र हर तरह से अपने आप को संतुष्ट पाता है और उसकी अभिप्रेरण (motive) भी वहीं समाप्त हो जाता है। परन्तु यदि इस नाईट में उसे 'भावी संतोष' (potential satisfaction) से कम संतोष मिलता है, तो उसमें क्रियाशीलता बनी रहेगी और वह भावी संतोष के बराबर संतोष एवं खुशी प्राप्त करने के अन्य उपायों के बारे में सोचता रहेगा।

अभिप्रेरण का उद्देश्य/कार्य
(Objectives/Functions of Motivation)

मनोवैज्ञानिकों द्वारा अभिप्रेरण सम्प्रत्यय के अध्ययन के पाँच विशिष्ट उद्देश्य (objectives) बतलाये गए हैं जो इस प्रकार हैः—

(i) व्यवहारात्मक परिवर्तनशीलता की व्याख्या करना *(Toe explain behavioural variability)*—समान परिस्थिति के बावजूद जब व्यक्तियों के निष्पादन (performance) में होने वाली विभिन्नता (variation) की संतोषजनक व्याख्या उनकी क्षमताओं, कौशलों, पुनर्बलन इतिहास (reinforcement history) के रूप में नहीं की जा सकती है, तो वहाँ हमलोग अभिप्रेरणात्मक व्याख्या करके इस तरह की परिवर्तनशीलता को समझने का प्रयास करते हैं। उदाहरणस्वरूप, क्यों कोई व्यक्ति प्रतियोगिता में अन्य लोगों से अच्छा कर पाता है, की व्याख्या व्यक्ति के अभिप्रेरण स्तर में अन्तर के रूप में प्रायः करते हैं। ठीक उसी तरह अभिप्रेरण के सहारे हम इस तथ्य की भी व्याख्या कर पाते हैं कि क्यों एक व्यक्ति का निष्पादन एक दिन अच्छा होता है तो दूसरे दिन खराब हो जाता है।

(ii) व्यवहार का सम्बन्ध जैविक आधारों से करने के लिए *(For relating behaviour with biological bases)*—प्राणी एक जैविक जीव होता है जिसमें कुछ ऐसे आंतरिक प्रक्रम (internal mechanisms) होंते हैं जो हमारे शारीरिक कार्यों को स्वतः संचालित एवं नियमित (regulate) करते हैं। वंचन (deprivation) की स्थिति से ऐसे आंतरिक प्रक्रम काफी उत्तेजित हो जाते हैं जिससे व्यक्ति अभिप्रेरित होकर अपने आंतरिक संतुलन को बनाये रखने के लिए क्रियाशील हो जाता है। जैसे, बहुत कम तापक्रम के होने पर व्यक्ति का शरीर में स्वतः कम्पन (shivering) होने लगता है ताकि उससे शरीर में गर्मी बना रहे।

(iii) बाह्य क्रियाओं के आधार पर आंतरिक अवस्थाओं के बारे में जानना *(To know about the internal states on the basis of external activities)*—किसी के व्यवहार के प्रति हम सामान्यतः दो ढंग से अनुक्रिया करते हैं—पहला तो यह कि जो ऊपर से दिखता है, उसे मान लेते हैं या फिर उसे व्यक्ति के भीतर के संवेग या अभिप्रेरण की उसे एक अभिव्यक्ति मानते है। जैसे, वह व्यक्ति जिसे आप काफी प्यार एवं स्नेह देते हैं, आपके जन्मदिन पर आपको यदि बधाई देना भूल जाता है, तो आप उसके इस भुलक्कड़पन को उपेक्षा का संकेत मान सकते हैं जबकि जब आपमें खुद ही भूलने की प्रवृत्ति यदि अधिक है, तो इसे आप जिंदगी की व्यस्तता के कारण होने वाला एक भूल मान सकते हैं।

(iv) किए गए क्रिया या व्यवहार का उत्तरदायित्व देने के लिए *(To assign responsibility for action)*—अभिप्रेरणात्मक सम्प्रत्ययों का उपयोग व्यक्तिगत उत्तरदायित्व (personal responsibility) की व्याख्या करने के लिए होता है। व्यक्तिगत उत्तरदायित्व की पूर्वकल्पना यह होती है कि व्यक्ति में आंतरिक अभिप्रेरण (inner motivation) तथा अपनी क्रियाओं को नियंत्रित करने की क्षमता है। अगर हम किसी व्यक्ति को उसके कार्य के लिए व्यक्तिगत रूप से उत्तरदायी नहीं मानते हैं, तो हम उन्हें उनकी सफलता पर उनकी प्रशंसा नहीं करेंगे तथा उनकी असफलता पर उन्हें दंडित भी नहीं कर पायेंगे। अतः किसी व्यवहार या क्रिया के लिए व्यक्ति को उत्तरदायित्व ठहराकर उसे पुरस्कृत या दंडित करने काम अभिप्रेरणात्मक व्याख्या के कारण ही हो पाता है।

(v) विपत्ति के बावजूद स्थायीत्व की व्याख्य्ा करने के लिए *(To explain perseverance despite adversity)*—अभिप्रेरणात्मक सम्प्रत्ययों के कारण यह समझ में आ पाता है कि क्यों कोई व्यक्ति विपत्ति या प्रतिकूल परिस्थिति के बावजूद भी उत्तम निष्पादन सतत् रूप से (consistently) दे पाता है। सचमुच में ऐसी परिस्थिति में अभिप्रेरण व्यक्ति को कार्य करने के लिए प्रेरित करके रखता है। यह अभिप्रेरण का ही परिणाम है कि थका होने पर भी व्यक्ति अपने कार्य को जारी रखती है।

स्पष्ट हुआ कि अभिप्रेरण द्वारा स्पष्टतः कई तरह के उद्देश्यों की प्राप्ति हो पाती है।

अभिप्रेरक के प्रकार : प्रयोगात्मक अध्ययन
(Kinds of Motives : Experimental Studies)

मनोवैज्ञानिकों ने अभिप्रेरक के मुख्य दो प्रकारों का वर्णन किया है—

(अ) जन्मजात अभिप्रेरक (inborn motive)

(ब) अर्जित अभिप्रेरक (acquired motive)

ईन दोनों अभिप्रेरकों का वर्णन हम अलग-अलग अनुच्छेद में स्वतंत्र रूप से करेंगे।

(अ) जन्मजात अभिप्रेरक *(Inborn motive)*—जन्मजात अभिप्रेरक वैसे अभिप्रेरक को कहा जाता है जो व्यक्ति में जन्म से ही मौजूद होते हैं। इन अभिप्रेरकों के अभाव में प्राणी का जीवित रहना सम्भव नहीं है। इन अभिप्रेरकों को *शारीरिक अभिप्रेरक* (physiological motive) या *जैविक अभिप्रेरक* (biological or biogenic motive) भी कहा जाता है। कुछ मनोवैज्ञानिकों ने जैसे शेरीफ एवं शेरीफ (Sherif & Sherif, 1956) ने कुछ न्यूनतम कसौटी या विशेषताओं का उल्लेख किया है जिनके होने पर किसी भी अभिप्रेरक (motive) को शारीरिक या जैविक अभिप्रेरक की श्रेणी में रखा जा सकता है। ऐसी विशेषताएँ निम्नांकित चार हैं:—

(i) अभिप्रेरक प्राणी में जैविक माँग (biological demand) अर्थात् क्षुब्ध आंतरिक संतुलन के प्रति एक प्रतिक्रिया उत्पन्न करे या करता हो।

(ii) जैविक माँग अर्थात् क्षुब्ध आन्तरिक संतुलन (disturbed internal balance) के प्रति की गई प्रतिक्रिया से प्राणी में एक उत्तेजित अवस्था उत्पन्न होता हो।

(iii) अभिप्रेरक की अभिव्यक्ति में एक ही प्रजाति के सभी सदस्यों में समरूपता हो।

(iv) अभिप्रेरक अर्जित नहीं हो।

उपर्युक्त कसौटी या विशेषताओं को ध्यान में रखकर हम इस निष्कर्ष पर पहुँचते हैं कि कई ऐसे अभिप्रेरक हैं जिन्हें जन्मजात अभिप्रेरक की श्रेणी में रखा जा सकता है—भूख, प्यास, काम या यौन, तापक्रम नियमन (temperature regulation), मल-मूत्र त्याग (elimination), नींद, दर्द परिहार (pain avoidance), श्वसन (respiration) आदि। इन सभी जन्मजात अभिप्रेरकों में से पाँच प्रमुख अभिप्रेरकों अर्थात् भूख (hunger), प्यास (thirst), काम या यौन (sex), नींद (sleep) तथा मलमूत्र त्याग का विस्तृत वर्णन हम यहाँ करेंगे।

इन सभी जन्मजात अभिप्रेरकों की एक सामान्य विशेषता यह है कि ये सभी अभिप्रेरक शरीर के भीतर एक संतुलित शारीरिक अवस्था (balanced physiological state) बनाये रखते हैं जिन्हें मनोवैज्ञानिकों ने *समस्थिति* (homeostasis) कहा है। जब किसी कारक से इस समस्थिति में क्षुब्धता या असंतुलन उत्पन्न होता है, तो इससे व्यक्ति में जैविक अभिप्रेरक (biogenic motive) की उत्पत्ति होती है। उक्त सभी पाँच प्रकारों के जैविक अभिप्रेरकों का वर्णन निम्नांकित है—

1. भूख *(Hunger)*—बीसवीं शताब्दी के प्रारम्भ में किए गए अध्ययनों से स्पष्ट हो गया था कि भूख की उत्पत्ति अमाशय (stomach) की माँसपेशियों में संकुचन (contractions) से होती है। जब अमाशय खाली होता है, तो इसमें संकुचन तेजी से होता है। फलस्वरूप व्यक्ति को पेट में दर्द महसूस होता है और इसके साथ भूख का भी अनुभव होता है। इस तरह के दर्द को भूख-दर्द (hunger pangs) भी कहा जाता है क्योंकि अमाशय में संकुचन के परिणामस्वरूप भूख-दर्द होता है। इसे मनोवैज्ञानिकों ने *भूख का स्थानीय उद्दीपक सिद्धान्त* (local stimulus theory of hunger) कहा है। कैन्नन तथा वाशवर्न (Cannon & Washburn, 1912) ने सबसे पहले एक प्रयोग किया जिसमें इस तथ्य को दिखलाया गया है। इस प्रयोग में प्रयोज्य (subject) भूखा. था और उसके पेट में बैलून (balloon) एक ट्यूब के सहारे लगा दिया गया (देखें चित्र 10.1)। फिर बैलून को हवा से धीरे-धीरे फुला दिया गया। उस ट्यूब के दूसरे छोर पर एक नोक बना था जिसके सहारे स्मॉक ड्रम (smoke drum) पर एक ग्राफ बनता था। जब अमाशय की मांसपेशियों में संकुचन होता था, प्रयोज्य को भूख यानी भूख-दर्द महसूस होता था तथा बैलून से हवा बाहर निकलने के कारण स्मॉक ड्रम के कागज पर ऊपर से नीचे की दिशा मे लकीर खींचा जाता था। इस प्रयोग के आधार पर कैन्नन तथा वाशवर्न (Cannon & Washburn) ने यह दिखलाया है कि अमाशय की मांसपेशियों में

संकुचन से व्यक्ति को भूख-दर्द यानी भूख का अनुभव होता है। परन्तु बाद में मनोवैज्ञानिकों ने भूख के इस स्थानीय उद्दीपक सिद्धान्त को गलत साबित कर दिया है। प्रायः देखा गया है कि इस तरह का भूख-दर्द प्रथम आधा घंटा तक ही होता है और उसके बाद उस तरह का दर्द समाप्त हो जाता है हालांकि व्यक्ति को भूख लगी रहती है। अभी हाल में कुछ ऐसे भी प्रेक्षण (observation) हुए हैं जिनमें अमाशय से निकलने वाली तंत्रिकाओं (nerves) को काट दिया गया है या पूरे अमाशय को ही काटकर निकाल दिया गया है, फिर भी व्यक्ति को भूख का अनुभव होते पाया गया है।

भूख में एक महत्त्वपूर्ण कारक इनसुलिन अनुक्रिया (insulin response) को माना गया है। जैसा कि हम जानते हैं, इनसुलिन (insulin) तथा ग्लूकागोन (glucagon) दो ऐसे हारमोन्स हैं जिनका स्राव पैनक्रियाज (pancreas) द्वारा होता है और इनसे रक्त में चीनी की मात्रा के साथ-ही-साथ वसा (fats), प्रोटीन तथा कार्बोहाइड्रेट (carbohydrate) का स्तर का नियंत्रण होता है। इनसुलिन से रक्त में चीनी का स्तर कम हो जाता है जबकि ग्लूकागोन से रक्त में चीनी की मात्रा बढ़ जाती है। जब व्यक्ति भोजन करना प्रारम्भ कर देता है, तो इनसुलिन सामान्यतः अधिक मात्रा में निकलता है जिससे व्यक्ति में और अधिक भूख का अनुभव होता है क्योंकि रक्त में चीनी की मात्रा में गिरावट आ जाती है। जिस भोजन में कार्बोहाइड्रेट (carbohydrate) की मात्रा अधिक होती है उनसे इनसुलिन की मात्रा और भी बढ़ जाती है क्योंकि इससे बहुत अधिक मात्रा में ग्लूकोज अर्थात् रक्त में चीनी की मात्रा उत्पन्न हो जाती है। इसका मतलब यह हुआ कि रक्त में उच्च चीनी की मात्रा से अधिक इनसुलिन निकलता है जिससे फिर रक्त में चीनी की मात्रा कम हो जाती है, भूख बढ़ जाती है तथा अधिक खाने की प्रवृत्ति मजबूत हो जाती है। इस तथ्य के समर्थकों का कहना है कि अगर व्यक्ति भोजन में कार्बोहाइड्रेट को नियंत्रित कर लेते हैं, तो वे इनसुलिन प्रतिक्रिया पर भी नियंत्रण कर लेंगे और फिर तब उनमें भूख की इच्छा भी स्वतः कम हो जाएगी।

भूख अभिप्रेरक का दूसरा शारीरिक आधार (physiological base) लेट्रल हाइपोथैलमस (Lateral hypothalamus or LH) तथा भेन्ट्रोमिडीयल हाइपोथैलमस (Ventromedial hypothalamus or VMH) है। मनोवैज्ञानिकों ने अनेक अध्ययन पशुओं पर करके यह दिखलाया है कि LH को बिजली के झटके से उत्तेजित करने से पशु में भूख अधिक लगती है और वह अधिक तेज़ी से भोजन करना प्रारम्भ कर देता है। दूसरी तरफ VMH को उत्तेजित करने पर पशु खाना बन्द कर देते हैं। परन्तु यदि LH तथा VMH क्षेत्र को बिजली के हल्के झटके से उत्तेजित न कर उसमें घाव (lesion) कर दिया जाता है, तो ऐसी अवस्था में LH तथा VMH का कार्य बदलकर पहले से विपरीत हो जाता है। टिटेलबॉम (Titelbaum, 1961) ने अपने अध्ययन में पाया कि LH में घाव कर देने पर पशु को भूख कम लगने लगती है तथा वह धीरे-धीरे खाना बन्द कर देता है परन्तु, यदि VMH में घाव कर दिया जाता है तब पशु को भूख पहले से काफी बढ़ जाती है और वह अधिक खाना प्रारम्भ कर देता है। इन्होंने अपने अध्ययन में पाया कि कुछ चूहें जिनके VMH में घाव उत्पन्न कर दिया गया था, इतना अधिक खाते थे कि वे सामान्य चूहों से दुगुना तथा तिगुना अधिक भारी हो गए। कुछ ऐसे भी प्रेक्षण (observation) हैं जिनमें मानव मस्तिष्क में ट्यूमर होने से VMH या LH पूर्णतः क्षतिग्रस्त हो गया था। VMH के क्षतिग्रस्त होने पर व्यक्ति को पहले से अधिक भूख लगती थी और वह काफी अत्यधिक खाना खाता था परन्तु LH के क्षतिग्रस्त होने पर व्यक्ति को भूख करीब-करीब नहीं के बराबर ही लगती थी।

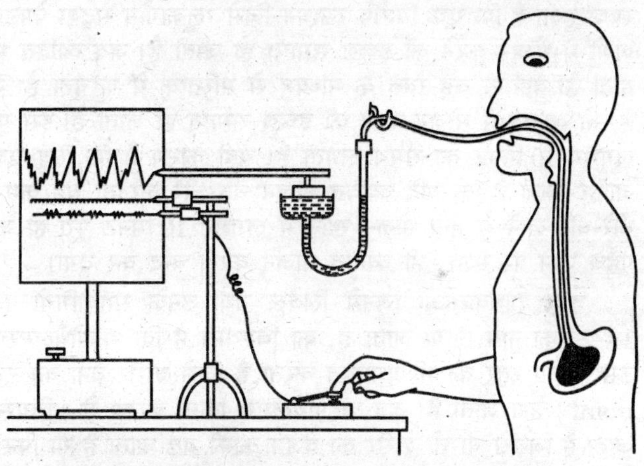

चित्र 10.1 कैन्नन तथा वाशवर्न का प्रयोग

आजकल शोधकर्त्ताओं की अभिरूचि इस बात में जागी है कि हापइपोथैलमस के जो भीतर में विशिष्ट तंत्रकीय सरकिट (neural circuit) होते हैं, द्वारा किस तरह से भोजन करने की प्रक्रिया का नियमन होता है। इसमें से बहुत सारे तंत्रकीय सरकिट में *पाराभेनटिकुलर न्यूक्लिअस* (paraventicular necleus or PVN) प्रधान हैं। PVN से

तात्पर्य न्यूरोन्स के एक ऐसे गुच्छ (cluster) से होता है जिसमें वैसे विभिन्न तरह के ट्रांसमीटर्स (transmitters) जो भूख को उत्तेजित या कम करते हैं, के लिए ग्राहकों (receptors) की संख्या काफी होती है। PVN द्वारा कई दीर्घकालीन तथा लघुकालीन संकेतों (signals) का ऐसा समन्वय होता है जो चयापचयी (metabolic) तथा पाचन प्रक्रियाओं को प्रभावित करता है। एक ऐसा ही महत्त्वपूर्ण संकेत जो एक रसायनिक ट्रांसमीटर (chemical transmitter) है, को *न्यूरोपेपटाइड वाई* (Neuropeptide Y or NPY) कहा जाता है और एक भूख उत्तेजित करने वाला संकेत है। स्टैनले तथा उनके सहयोगियों (Stanley et. al, 1986.) ने अपने अध्ययन के आधार पर यह बतलाया है कि एक प्रयोग में जब चूहों को 10 दिनों तक उनके PVN में न्यूरोपेपटाइड वाई का सूई दिया गया, तो ऐसे चूहे पहले से दुगुना भोजन करने लगे और वे काफी मोटे हो गए। डी मारजो तथा उनके सहयोगियों (Di Marzo et al, 2001) ने अपने अध्ययन में यह पाया है कि हाइपोथैलमस मैरिजुआना (marijuana) में उपस्थित एक विशेष रसायन अर्थात् मुन्किज (munchies) के प्रति अनुक्रिया करके व्यक्ति में तीव्र भूख उत्पन्न करता है।

इसके अलावा कुछ और दैहिक संकेत (physiological cue) हैं जिनसे प्राणी में भूख उत्पन्न होता है या वे भूख को कम कर देता है। जैसे कोलेसीस्टोकीनिन (Cholecystokinin or CKK) एक तरह का पेपटाइड हारमोंन (peptide hormone) है जो छोटी आँत (small intestine) द्वारा तब उत्पन्न होता है जब भोजन उदर (stomach) से उसमें पहुँचता है। जब CKK व्यक्ति के रक्त में मिलकर मस्तिष्क में पहुँचता है, और वहाँ वह कई क्षेत्रों के ग्राहकों (receptors) को उत्तेजित करके भोजन करने की इच्छा को कम कर देता है। उसी तरह से लेपटीन (leptin) एक दूसरा हारमोन है जिसकी उत्पत्ति वसा कोशिकाओं (fat cells) द्वारा होती है। अध्ययनों से यह स्पष्ट हुआ है कि रक्त में मिलकर जब यह व्यक्ति के मस्तिष्क में पहुँचता है तो इससे भूख में कमी आती है और ऊर्जा खपत में वृद्धि होती है।

नोरी (Nori, 1998) तथा टर्टन एवं उनके सहयोगियों (Turton et al. 1996) द्वारा किये गए अध्ययनों से यह स्पष्ट हुआ है कि एक विशेष रसायन जिसे ग्लूकागोन सदृश पेपटाइड I (Glucogon-like Peptide I (GLP-1) से प्राणी में भोजन करने की इच्छा समाप्त हो जाती है। जब व्यक्ति भोजन करता है तो उसके आंतों से GLP-1 का स्राव होता है। वहाँ से वह रक्त के माध्यम से मस्तिष्क में पहुँचता है। जब मस्तिष्क में GLP-1 पर्याप्त मात्रा में पहुँच जाता है, तो व्यक्ति में भोजन करने की इच्छा समाप्त हो जाती है। इस पूरी प्रक्रिया में हाइपोथैलमस को भोजन प्रारंभ करने से लगभग 10 मिनट का समय लगता है। यही कारण है कि ल्यिू एवं उनके सहयोगियों (Liu et al, 2000) ने यह मत जाहिर किया है कि यदि व्यक्ति भोजन धीरे-धीरे करे तो यह कम संभावना है कि वह ज्यादा भोजन कर लेगा क्योंकि धीरे-धीरे खानें से कम भोजन खाने में लगभग 10 मिनट पूरा हो जायेगा और फिर पर्याप्त मात्रा में GLP-1 मस्तिष्क में पहुँच जाने पर स्वतः ही व्यक्ति भोजन करना बन्द कर देगा।

कुछ शोधकर्त्ताओं जिनमें लिवेल तथा उनके सहयोगियों (Leibel et al., 1995) तथा निसवेट्ट (Nisbett, 1972) का नाम लिया जाता है, का विश्वास है कि हाइपोथैलमस सचमुच में शरीर के वजन या भार (weight) के उस विशेष स्तर को भी प्रभावित करता है जिसे शरीर बना कर रखना चाहता है। इसे *वजन सेट बिन्दु* (weight set point) कहा जाता है। जब हाइपोथैलमस किसी कारण से क्षतिग्रस्त हो जाता है तो यह सेट बिन्दु ऊपर या नीचे चला जाता है जिससे या तो शरीर का वजन काफी बढ़ जाता है या फिर काफी घट जाता है। अध्ययनों से यह भी स्पष्ट हुआ है कि व्यायाम (excersise) तथा चयापचय (metabolism) अर्थात् वह दर (rate) जिसपर शरीर प्राप्य ऊर्जा (available energy) को जलाता है, भी वजन सेट बिन्दु के निर्धारण में महत्त्वपूर्ण भूमिका अदा करता है। कुछ लोगों में जननिक रूप से (genetically) तीव्र चयापचय (faster metabolism) की उन्मुखता होती है। फलतः ऐसे लोग अधिक भोजन करके भी अपने शरीर का वजन अधिक नहीं बढ़ा पाते हैं। परन्तु कुछ लोग ठीक इसके विपरीत होते हैं अर्थात् ऐसे लोगों में धीमा चयापचय (metabolism) होता है और वे सामान्य भोजन या इससे भी कम भोजन करने पर वे अपने शरीर के वजन को बढ़ा लेते हैं या उन्हें अपने शरीर का वजन कम करना सम्भव नहीं हो पाता है। आधारीय चयापचीय दर (Basal Metabolic Rate or BMR) से भी वजन सेट बिन्दु (weight set point) प्रभावित होता है। जब व्यक्ति आराम कर रहा होता है तो उस परिस्थिति में जिस दर (rate) पर शरीर, ऊर्जा (energy) को जलाता (burn) है, को *आधारीय चयापचयी* दर (Basal Metablic Rate or BMR) कहा जाता है। अगर व्यक्ति का BMR कमता है जैसा कि व्यस्कावस्था में होता है, व्यक्ति का वजन सेट बिन्दु बढ़ता है। किशोरों

में बहुत उच्च BMR होता है इसलिए उनका वजन सेट बिन्दु नीचा होता है जिसका मतलब यह हुआ कि किशोर एक व्यस्क से ज्यादा भोजन करके भी अपने शरीर का वजन नहीं बढ़ा पाते हैं। परन्तु वही किशोर जब व्यस्क हो जाता है, तो BMR नीचे होना प्रारम्भ हो जाता है और उन्हें खाने की आदत किशोर वाला ही बना होता है, तो सम्भव है कि उसके शरीर का वजन बढ़ जाए। BMR से BMI (Body Mass Index) भी प्रभावित होता है। शारीरिक भार सूचक (Body Mass Index or BMI) से व्यक्ति के शरीर की ऊँचाई (height) तथा भार (weight) के अनुसार उसके शारीरिक वसा (body fat) का मापन होता है जिसे सूत्र के रूप में इस प्रकार व्यक्त किया गया है—

$$\text{BMI} = \frac{\text{भार (किलोग्राम)}}{\text{ऊँच्चाई}^2\ \text{(मीटर)}} \quad \text{या} \quad \frac{\text{Kg}}{\text{m}^2}$$

or,

$$\text{BMI} = \frac{\text{भार (पौंड)}}{\text{ऊँचाई (इंच)}^2} \times 703$$

यदि किसी व्यस्क व्यक्ति का BMI 18.5 से नीचे होता है, उसे कम वजन (underweight) का, 18.5 से 24.9 के बीच होने पर सामान्य वजन का, 25 – 25.9 के बीच होने पर अधिक भार (over weight) तथा 30 या उससे ज्यादा होने पर मोटा की श्रेणी में रखा जाता है। BMI के इस व्याख्या के दो अपवाद हैं। अगर किसी व्यक्ति का शारीरिक कद हट्टा-कट्टा (muscular build) है तो BMI उसके शारीरिक वसा (body fat) का अतिआकलन (overestimate) कर सकता है और यदि व्यक्ति का शारीरिक कद ऐसा है जिसमें उसकी मांसपेशियाँ सुख चुकीं हैं जैसा कि बुढ़ापे में होता है तो BMI उसके शारीरिक वसा का न्यून आकलन (underestimate) कर सकता है। BMI का प्रतिपादन 1830 से 1850 के बीच वेलजियम के विशेषज्ञ एडोल्फी क्वेटेलेट (Adolphe Quetelet) द्वारा किया गया था। अतः इसे *क्वेटेलेट सूचक* (Quetelet Index) भी कहा जाता है।

ऊपर के विवरण से स्पष्ट है कि भूख एक ऐसा अभिप्रेरक है जिसका शारीरिक आधार मस्तिष्क से सम्बन्धित कारक (brain factors) से भी है तथा साथ-ही-साथ अन्य उद्दीपक कारक (stimulus factor) जैसे खून में चीनी की मात्रा का कम जाना तथा यकृत (liver) के चयापचयी क्रियाओं (metabolic processes) में परिवर्तन आदि से भी है।

दैहिक निर्धारकों (physiological determinants) के अलावा भूख के कुछ सामाजिक निर्धारक (social determinants) भी हैं। प्रायः देखा गया है कि जब व्यक्ति में भूख नहीं भी लगा रहता है, तो वह खाना खाता है शायद इसलिए कि इसके लिए कुछ सामाजिक संकेत (social cue) उपलब्ध होते हैं। शायद यही कारण है कि एक विशेष समय होने पर व्यक्ति नाश्ता करने तथा भोजन करने की इच्छा व्यक्त करता है। वैसा समय आने पर व्यक्ति को भूख नहीं भी होने पर वह भोजन करते पाया जाता है। सचमुच में पूर्व साहचर्य (association) के कारण वह समय एक अनुबंधक उद्दीपक (conditioned stimulus) के रूप में ठीक उसी ढंग से कार्य करने लगता है जैसे पैवलव के प्रयोग में घंटी की आवाज करता है जिसे सुनकर कुत्ता में लार स्राव होने लगता है। डाल्लमैन (Dallman et. al, 2003) ने अपने अध्ययन के आधार पर यह बतलाया है कि कभी-कभी व्यक्ति किसी तनाव (tension) या प्रतिबल (stress) से निबटने के लिए भी अधिक भोजन करना प्रारम्भ कर देता है। स्टाकर्होस्ट (Stockhorst, 2000) ने अपने अध्ययन के आधार पर यह बतलाया कि जब व्यक्ति को भोजन का कोई विशेष प्रिय गन्ध (pleasant smell) लगता है, तो उससे भी व्यक्ति में खाने की इच्छा उत्पन्न हो जाती है।

भूख और खाने की आदत पर सांस्कृतिक कारकों (cultural factors), स्वाद (taste) तथा यौन (sex) का भी प्रभाव पड़ता है। हाक्स तथा उनके सहयोगियों (Hauks et. al., 2003) ने एक अध्ययन किया जिसमें अमेरीकन महिलाओं की तुलना जापानी महिलाओं से करने पर यह पाया गया है कि अमेरीकन महिलाएँ सांवेगिक कारकों विशेषकर विषाद (depression) के कारण खाना प्रारम्भ करती है जबकि जापानी महिलाएँ सामाजिक माँग (social demands) या भूख संकेतों (hunger signals) के कारण भोजन करना प्रायः प्रारम्भ करती हैं। डीकास्ट्रो (Decastro, 2002) ने अपने अध्ययन में यह पाया कि जब व्यक्ति अन्य व्यक्तियों विशेषकर अपने परिचितों के साथ बैठकर भोजन करना प्रारम्भ करता है, तो वह अकेले में भोजन करने की तुलना में सामान्यतः अधिक भोजन कर लेता है। भोजन स्वादिष्ट होने पर व्यक्ति सामान्य से कुछ ज्यादा ही खा लेता है और उसी तरह से यदि भोजन उसे स्वादिष्ट नहीं लगता

है, तो वह बहुत ही कम भोजन करता है। जैकोबसन तथा उनके सहयोगियों (Jacobsen et al, 1993) ने अपने अध्ययन में यह पाया है कि अगर भोजन से व्यक्ति बीमार पड़ जाता है या फिर उसमें मितली आती है, तो ऐसी परिस्थिति में वह स्वाद अरुचि (taste aversion) विकसित कर लेता है।

स्पष्ट हुआ कि भूख एवं भोजन करने की आदत के कुछ दैहिक आधार होने के साथ-ही-साथ सामाजिक आधार भी है।

2. प्यास *(Thirst)*—दूसरा प्रमुख जन्मजात अभिप्रेरक (inborn motive) प्यास है जिस पर मनोवैज्ञानिकों का ध्यान अधिक गया है। पिछले शताब्दी के प्रारम्भ में कुछ ऐसे प्रयोग किए गए जिनके आधार पर मनोवैज्ञानिकों ने यह बतलाया कि मुँह के भीतर गीलेपन में अत्यधिक कमी, यानी मुँह सुखने से हमें प्यास लगती है। इसे *प्यास का स्थानीय सिद्धान्त* (local theory of thirst) कहा गया जिसका प्रतिपादन कैनन (Cannon, 1932) ने किया था। परन्तु बाद में कई मनोवैज्ञानिकों ने जैसे स्टीग्गेरडा (Steggerda, 1941), ग्रीगेरसन (Gregersen, 1932) तथा मौन्टगोमेरी (Montgomery, 1931) ने अपने-अपने प्रयोगों के आधार पर यह साबित कर दिया है कि मुँह में सूखापन (dryness) प्यास का कारण नहीं बल्कि मात्र एक *प्रारम्भ कारक* (start factor) के रूप में कार्य करता है।

प्यास दो तरह के होते हैं— *बहिकोशकीय प्यास* (extracellular thirst) तथा *अंतराकोशकीय प्यास* (intracellular thirst) वहिकोशकीय प्यास की उत्पत्ति तब होती है जब शरीर की कोशिकाओं (cells) के चारों तरफ पाये जाने वाले तरल (fluids) से पानी या जल लुप्त हो जाते हैं। खून निकलना, कै होना (vomiting) पशीना निकलना, अतिसार (diarrhea) होना तथा मद्यपान करना आदि से इस तरह का प्यास उत्पन्न होता है। पेट्री (Petri, 2003) के अनुसार इन अवस्थाओं में शरीर की कोशिकाओं में पानी तथा खनिज (mineral) की कमी को दूर करने में सादा पानी के जगह पर नमकीन पानी (salty water) की भूमिका अहम होती है। इसका कारण यह है कि पानी की कमी को दूर करने के पहले इस तरह से लुप्त हुए खनिज की भरपाई शरीर पहले करना चाहता है। स्ट्रीक्लर तथा भर्वालिस (Strickler & Verbalis, 1988) द्वारा किये गए अध्ययन से यह स्पष्ट हुआ है कि प्रयोगशाला प्रयोग में वैसे पशु जिनके शरीर में लवण (salt) का स्तर कम गया था, नमकीन पानी को सादा पानी की अपेक्षा पीना अधिक पसंद किये। अंतराकोशकीय प्यास (intracellular thirst) वैसे प्यास को कहा जाता है जो व्यक्ति में तब उत्पन्न होता है जब वह कोई नमकीन चीज खाता है। ऐसी अवस्था में व्यक्ति में तरल या पानी लुप्त तो नहीं होता है, परंतु अत्यधिक लवण या नमक के खाने से कोशिकाओं से तरल बाहर आ जाता है। जैसे ही कोशिकाएँ सिकुड़ती हैं, अंतराकोशकीय प्यास महसूस होने लगता है और इस तरह की प्यास को व्यक्ति सादा पानी पीकर बुझा लेता है।

आजकल शरीरक्रिया मनोवैज्ञानिकों (physiological psychologists) ने प्यास की व्याख्या करने के लिए कई शारीरिक आधार (physiological base) बतलाये हैं। जैसे—कुछ विशेषज्ञों ने यह दिखलाया है कि हाईपोथेलमस (hypothalamus) तथा पीयूष ग्रन्थि (pituitary gland) से एक विशेष प्रकार का हारमोन्स (hormones) निकलता है जिसे एन्टीडाइरेटिक हारमोन्स (antiduretic hormones or ADH) कहा जाता है। ADH वृक्क (kidney) द्वारा पानी (water) शरीर से बाहर निकलने की प्रक्रिया पर अपना नियंत्रण रखता है। इस तरह से ADH वृक्क के कार्यवाही पर नियंत्रण रखकर शरीर में पानी के सामान्य स्तर (normal level) को बनाये रखता है।

इपस्टीन तथा उनके सहयोगियों (Epstein et al., 1973) ने प्यास की व्याख्या शारीरिक क्रियाओं (physiological processes) के रूप में करने के लिए एक विशेष सिद्धान्त (theory) का प्रतिपादन किया है जिसे *डब्ल-डिपलेसन सिद्धान्त* (Double-depletion theory) कहा गया है। इस सिद्धान्त के अनुसार प्यास दो शारीरिक क्रियाओं का परिणाम है—एक है कोशिकाओं में पानी की कमी हो जाना (cellular dehydration) तथा दूसरा है रक्त की मात्रा (volume) में कमी हो जाना (hypovolemia)। जब शरीर से अत्यधिक पानी निकल जाता है या जरूरत के अनुसार उसे पानी नहीं मिलता है, तो शरीर की कोशिकाओं (cells) का भीतरी भाग भी सूखने लगता है। ऐसी स्थिति में हाइपोथैलमस में एक विशेष प्रकार की तंत्रिका कोशिका (nerve cell) होती है जिसे 'औसमोरिस्पेटर' (osmoreceptor) कहा जाता है, उत्तेजित होकर मस्तिष्क के उच्च केन्द्रों को स्नायु प्रवाह (nerve impulse) भेजकर इस बात की सूचना देता है कि शरीर में पानी की कमी हो गयी है जिससे व्यक्ति को प्यास का अनुभव होता है। शरीर की कोशिकाओं (cells) में पानी की कमी की स्थिति को *कोशिकीय निर्जलन* (cellular dehydration) की संज्ञा दी जाती है। जब शरीर से पानी अत्यधिक मात्रा में निकल जाता है या किसी कारणवश उसे जरूरत के अनुसार पानी नहीं मिलता है तो

वैसी परिस्थिति में शरीर में खून की मात्रा (volume) में कमी आ जाती है जिससे रक्त चाप (blood pressure) में कमी आ जाती है। रक्त चाप में कमी होने से वृक्क से एक विशेष प्रकार का तरल पदार्थ जिसे रेनिन (renin) कहा जाता है, निकलता है जिसके खून में मिलने से एक विशेष पदार्थ जिसे एनगियोटेनसिन II (Angiotensin II) कहा जाता है, बनता है। एनगियोटेनसिन II के बनने से व्यक्ति में प्यास का अनुभव होता है और वह पानी पीना चाहता है। इस तरह से हम देखते हैं कि डब्ल-डिपलेसन सिद्धान्त में प्यास का दो शारीरिक आधार (physiological bases) बतलाया गया है—कोशिकीय निर्जलन (cellular dehydration) तथा हाईपोभोलोमिया (hypovolemia)। हमें प्यास का अनुभव इन दोनों कारकों (factors) के आधार पर होता है।

3. यौन या काम *(Sex)*—यौन या काम तीसरा प्रमुख जन्मजात या जैविक अभिप्रेरक (biological motive) है, फिर भी यह अभिप्रेरक अन्य जैविक अभिप्रेरकों जैसे भूख तथा प्यास से निम्नांकित तीन तरह से भिन्न है:—

(i) भूख तथा प्यास ऐसे अभिप्रेरक हैं जिनकी संतुष्टि बिना व्यक्ति का जीवित रहना सम्भव नहीं है परन्तु यौन या काम की संतुष्टि किए बिना ही व्यक्ति जिन्दा रह सकता है। अतः यौन अन्य जन्मजात अभिप्रेरक से भिन्न है।

(ii) भूख तथा प्यास में शरीर के भीतर कुछ खास तत्त्व (substance) की कमी पायी जाती है परन्तु यौन अभिप्रेरक में शरीर में किसी तत्त्व की कमी नहीं होती है।

(iii) यौन अभिप्रेरक की उत्पत्ति वातावरण में उपस्थित संवेदी उद्दीपकों (sensory stimuli) से अधिक होता है परन्तु भूख तथा प्यास अभिप्रेरक की उत्पत्ति उस तरह के उद्दीपकों से नहीं के बराबर होता है।

काम अभिप्रेरक (sex motive) की व्याख्या विशेषज्ञों ने दो तरह के शारीरिक आधारों (physiological bases) के रूप में किया है—

(क) हार्मोनल कारक (hormonal factor) तथा

(ख) मस्तिष्क सम्बन्धी कारक (brain factor)।

इन दोनों तरह के कारकों का वर्णन निम्नांकित हैं:—

(क) हार्मोनल कारक *(hormonal factor)*—स्त्री के यौन ग्रन्थि (sex gland) को डिम्बग्रन्थि (ovary) तथा पुरुष के यौन ग्रन्थि को अण्डग्रन्थि (testicle) कहते हैं। इन यौन ग्रन्थियों तथा एड्रीनल ग्रन्थि (adrenal gland) से स्त्री हार्मोन्स (female hormones) तथा पुरुष हार्मोन्स (male hormones) निकलते हैं। स्त्री हार्मोन्स में एस्ट्रोजेनस (estrogens) प्रमुख है तथा पुरुष हार्मोन्स में टेस्टोस्ट्रोन (testosterone) मुख्य है। स्त्री हारमोन्स तथा पुरुष हार्मोन्स दोनों ही में अर्थात् स्त्री में भी तथा पुरुष में भी पाये जाते हैं। अन्तर सिर्फ मात्रा (degree) का होता है। स्त्री में स्त्री हार्मोन्स पुरुष हार्मोन्स की अपेक्षा अधिक पाया जाता है। उसी तरह से पुरुष में पुरुष हार्मोन्स स्त्री हारमोन्स की अपेक्षा अधिक पाया जाता है।

जब रक्त में एस्ट्रोजन की मात्रा अत्यधिक होने लगती है तो स्त्रियों में गौण लैंगिक गुण (secondary sexual characteristics) जैसे, मासिक धर्म का प्रारम्भ होना, स्तन में वृद्धि, आवाज में परिवर्तन आदि होते पाया जाता है। मादा पशुओं के रक्त में एस्ट्रोजन बढ़ने से वे एस्ट्रस (estrus) या कामोत्तेजना (heat) की अवस्था में आते हैं और लैंगिक क्रिया (sexual activity) के लिए तैयार होकर नर पशुओं के नजदीक आने लगते हैं। मानव स्त्रियों (human females) में एस्ट्रोजन (estrogen) तथा काम अभिप्रेरक के बीच पशुओं जैसे स्पष्ट सम्बन्ध नहीं देखने को मिला है। ऐसा देखा गया है कि कुछ स्त्रियों में काम (sex) की अधिकतम इच्छा मासिक धर्म समाप्त होने के तुरन्त बाद होती है जबकि उस समय रक्त में एस्ट्रोजन की मात्रा काफी कम होती है। बैनक्रौफ्ट (Bancroft, 1978) ने अपने अध्ययन में यह दिखलाया है कि मासिक धर्म समाप्त होने के 13-14 दिन के बाद कुछ स्त्रियों में काम की इच्छा अधिक तीव्र होती है। इन दिनों एस्ट्रोजन की मात्रा भी अधिकतम होती है। सबसे आश्चर्य की बात यह है कि मासिक धर्म होने की उम्र बीत जाने के बाद भी अधिकतर स्त्रियों में काम की इच्छा तीव्र बनी रहती है। हालांकि इस उम्र में एस्ट्रोजन की मात्रा रक्त में काफी कम होती है। अतः स्त्रियों में काम की इच्छा हार्मोनल कारक (hormonal factor) के अलावा कुछ और कारकों जैसे उनकी आदत, मनोवृत्ति आदि पर भी निर्भर करती है।

पुरुष (male) प्राणी में चाहे पशु हो या मनुष्य, काम की इच्छा जागने के लिए खून में टेस्टोस्ट्रोन (testosterone) की मात्रा एक खास स्तर तक होना अनिवार्य है। परन्तु यदि टेस्टोस्ट्रोन की मात्रा उस स्तर से भी अधिक हो जाता है तो जैसा कि बर्मेन्ट तथा डेविडसन (Bermant & Davidson, 1974) ने अपने प्रयोग में दिखलाया है, काम की इच्छा

अधिक तीव्र नहीं हो जाती है। रक्त में टेस्टोस्ट्रोन की एक खास मात्रा होने पर पुरुषों में काम की इच्छा बाह्य उद्दीपक (जैसे स्त्री को लैंगिक कार्य (sexual activities) के लिए तैयार होते देखकर) द्वारा अधिक उत्पन्न होती है।

थॉम्पसन (Thomposn, 1975) ने कुछ ऐसे अध्ययनों (studies) की समीक्षा की है जिसमें पशुओं विशेषकर चूहों में यौन हारमोन्स (sex hormones) यानी एस्ट्रोजन (estrogen) तथा टेस्टोस्ट्रोन (testosterone) की सूई देकर उसके यौन व्यवहारों का अध्ययन किया गया था। अपने इस समीक्षा के बाद थॉम्पसन (Thompson) निम्नांकित निष्कर्ष पर पहुँचे—

(i) अपरिपक्व चूहों (immatured rat) में इन यौन हार्मोन्स (sex hormones) की सूई देने पर वे वयस्क चूहों (adult animals) जैसा लैंगिक व्यवहार करते थे।

(ii) वैसे मादा चूहों में जिनका डिम्बग्रन्थि (ovary) ऑपरेशन द्वारा निकाल दिया गया था या वैसे नर चूहों में जिन्हें वधिया (castrate) कर दिया गया था, यौन हार्मोन्स की सूई देने पर वे ऑपरेशन के पहले के समान लैंगिक व्यवहार करने लगते थे।

(iii) यदि पुरुष हारमोन्स (male sex hormones) की सूई किसी मादा बन्दर (female monkey) में लगातार कुछ दिनों तक दी जाती थी तो वैसी परिस्थिति में मादा बन्दर से पैदा होने वाले बंदर यदि मादा (female) होते हैं तो उसमें नर बन्दर के गुण आ जाते थे। यंग तथा उनके सहयोगियों (Young et al., 1964) ने एक अध्ययन किया जिसमें एक गर्भवती मादा बन्दर को प्रतिदिन गर्भधारण करने के 42 दिन से लेकर 122वें दिन तक लगातार टेस्टोस्ट्रोन की सूई दी गयी। बाद में मादा बन्दर ने जिस बन्दर को जन्म दिया वह उभयलिंगी (hermaphrodite) अर्थात् उसमें मादा बन्दर तथा नर बन्दर दोनों के गुण थे।

(ख) मस्तिष्क-सम्बन्धी कारक *(Brain factors)*—यौन अभिप्रेरक को कुछ लोगों ने मस्तिष्क सम्बन्धी कारकों (brain factors) के रूप में व्याख्या की है। यौन अभिप्रेरण में हाइपोथैलमस की अहं भूमिका बतलायी गयी है। हाइपोथैलमस पीयूष ग्रन्थि (pituitary gland) को नियंत्रित करता है जिससे एक विशेष तरह का हारमोन का स्राव होता है जिसे *गोनाडोट्रोपिन्स* (gonadotropins) कहा जाता है। जब यह हारमोन रक्त में मिलता है तो गोनाड्स (gonads) से अर्थात् पुरुषों के टेस्टिज (testes) तथा महिलाओं के ओभरी (ovary) से यौन हारमोन्स निकलना प्रारम्भ हो जाते हैं। एण्ड्रोजेन्स (androgens) पुरुष हारमोन है तथा एस्ट्रोजेन्स महिला यौन हारमोन है। यहाँ पर यह बतला देना उचित होगा कि पुरुष तथा महिला दोनों ही एण्ड्रोजेन्स तथा एस्ट्रोजेन्स का स्राव करते हैं। यौन हारमोन्स का कियात्मक प्रभाव (activational effects) होता है जिससे यौन इच्छा तथा व्यवहार प्रभावित होते हैं। पशुओं में विशेषकर एक परिपक्व नर पशु में यौन हारमोन्स हमेशा स्रावित होते हैं और उनमें यौन इच्छा मूलतः वातावरण में उपस्थित उद्दीपक जैसे मादा पशु की उपस्थिति से निर्देशित होती है। इसके विपरीत मादा व्यस्क पशु में हारमोन्स का स्राव एक एस्ट्रस चक्र (estrus cycle) के अनुसार होता है और वे लैंगिक रूप से क्रियाशील उस अवधि में होते हैं क्योंकि इसमें एस्ट्रोजेन का स्राव अधिकतम होता है। इस अवधि को *कामोत्तेजना की अवधि* (heat) कहा जाता है। पशुओं पर किए गए अध्ययनों से यह स्पष्ट हो गया है कि हाइपोथैलमस (hypothalamus) में घाव (lesion) उत्पन्न करने से नर पशु (male animal) तथा मादा पशु (female animal) दोनों में ही लैंगिक व्यवहार बहुत ही कम हो जाते हैं। दूसरी तरफ यदि हाइपोथैलमस को बिजली द्वारा उत्तेजित किया जाता है, तो नर पशु मादा पशु दोनों ही लैंगिक व्यवहार करने के लिए काफी तत्पर हो जाते हैं। भाऊगान तथा फिशर (Vaughan & Fisher, 1962) ने एक अध्ययन किया जिसमें एक पुरुष (मानव) के हाईपोथैलमस को बिजली द्वारा उत्तेजित करने पर ऐसा देखा गया कि उसने एक घंटे में 20 बार तक स्खलन (ejaculation) किया। ब्लूमर तथा वाकर (Blumer & Walker, 1967) के अध्ययन के अनुसार यदि लिम्बिक तंत्र (limbic system) में किसी प्रकार का घाव (lesion) या ट्यूमर (tumor) हो जाता है तो वैसी अवस्था में व्यक्ति में काम की इच्छा बिलकुल ही समाप्त होते देखी गयी है। हेथ (Heath, 1964) ने चार व्यक्तियों (जिसमें तीन पुरुष तथा एक महिला थी) के लिम्बिक तंत्र को बिजली द्वारा उत्तेजित करने पर यह पाया कि तीनों पुरुषों में काम की इच्छा काफी तीव्र हो गयी और महिला को ऐसा महसूस होने लगा कि वह लैंगिक क्रिया (sexual activity) कर रही है।

मानव यौन अभिप्रेरण को समझने के लिए 1960 के दशक में विलियम मास्टर्स तथा भरजिनिया जौनसन (William Masters & Virginia Johnson, 1966) ने एक अतिमहत्त्वपूर्ण प्रोजेक्ट सम्पन्न किया। इसमें इन लोगों

ने दोनों यौन के व्यक्तियों के वास्तविक लैंगिक क्रियाओं (actual sexual activities) का प्रत्यक्ष एवं क्रमबद्ध प्रेक्षण (systematic observation) किया और पाया कि चाहे स्त्री हो या पुरुष, वे स्पष्टतः लैंगिक व्यवहार के दौरान चार अवस्थाओं से होकर गुजरते हैं जो निम्नांकित हैं:–

(i) उत्तेजन अवस्था *(Excitement phase)*—इस अवस्था में पुरुष या स्त्री में कुछ विशेष तरह के दैहिक परिवर्तन (physiological changes) होते हैं जिससे लैंगिक उत्तेजन (sexual excitment) का पता चलता है। जैसे, पुरुषों का लिंग (penis) में तनाव उत्पन्न हो जाता है, स्त्रियों का भग-शिश्न (cliotoris) बड़ा हो जाता है। रक्त तथा अन्य तरल (fluid) टेस्टिकल्स (testicles) तथा योनि (vagina) में इकट्ठा हो जाते हैं। योनि से तरल पदार्थ निकलने लगते हैं।

(ii) पठार अवस्था *(Plateau phase)*—इस अवस्था में पुरुषों का लिंग (penis) और भी बड़ा हो जाता है और स्त्रियों के यौनि (vagina) का बाहरी तीसरी हिस्सा में रक्त की आपूर्ति बढ़ जाती है जिससे उसका परिधि (diameter) छोटा हो जाता है। इस अवस्था में उत्तेजना का अधिकतम स्तर होता है। हृदय गति, श्वसन गति, रक्त चाप, ग्रन्थीय स्राव (glandular secretion) तथा मांशपेशियों में तनाव आदि काफी बढ़ जाती है।

(iii) कामोत्ताप अवस्था *(Orgasm phase)*—इस अवस्था में यौन अंगों (genitals) के इर्द-गिर्द की माँशपेशियों में कई तरह के संकुचन (contractions) होते हैं और स्त्री या पुरुष को आनन्द की अधिकतम अनुभूति होती है। दोनों यौन के व्यक्तियों को अपने में संचित लैंगिक तनाव (cumulative sexual tension) से मुक्ति मिलती है और व्यक्ति को तीव्र आनन्द की प्राप्ति होती है। जब कामोत्ताप (orgasm) में लयात्मक लैंगिक संकुचन (rhythmic genital contraction) होता है, तो इसका अंतिम परिणाम पुरुषों में स्खलन (ejaculation) होता है तथा स्त्रियों में यौनि या भग-शिश्न में तीव्र संवेदना होती है।

(iv) विघटन अवस्था *(Resoluation phase)*—इस अवस्था में स्त्री तथा पुरुष दोनों ही धीरे-धीरे अपने सामान्य प्राक् उत्तेजन (normal pre-excitment) अवस्था में लौट जाती है। रक्तचाप तथा हृदय गति कम होकर सामान्य होने लगता है। एक कामोत्ताम (orgasm) के बाद अधिकतर पुरुष में एक उष्मसह अवस्था (refractory period) प्रारम्भ हो जाती है जिसमें वे अगले कुछ मिनट तथा घंटा तक पुनः कामोत्ताप का अनुभव नहीं कर पाते हैं। परन्तु महिलाओं में उत्तेजन बना रहने के कारण तेजी से बार-बार कामोत्ताप का अनुभव किया जा सकता है।

विलियम मार्स्टर्स तथा भरजिनिया जैनसन द्वारा मानव लैंगिक अभिप्रेरण (human sexual motivation) के बारे में निम्नांकित चार तथ्य मुख्य रूप से सामने आये हैं—

(i) चाहे लैंगिक उत्तेजन (sexual arousal) का स्रोत कुछ भी हो, पुरुष तथा महिला दोनों में ही लैंगिक अनुक्रिया करने का पैटर्न लगभग समान होता है।

(ii) यद्यपि लैंगिक अनुक्रिया चक्र (sexual response cycle) की अवस्थाओं का क्रम (sequence) दोनों ही यौन के व्यक्तियों में समान होता है, महिलाएँ अधिक परिवर्त्य (variable) होती हैं तथा लैंगिक व्यवहार के दौरान धीरे-धीरे उत्तेजित होती हैं परन्तु उत्तेजित होने पर पुरुषों की अपेक्षा अधिक लम्बे समय तक उत्तेजना बनाये रखती हैं।

(iii) बहुत महिलाएँ एक समय में कई कामोत्ताप (orgasm) का अनुभव करती हैं परन्तु पुरुषों में शायद ही उतने ही समय में एक से अधिक कामोत्ताप होता है।

(iv) लिंग (penis) के आकार (size) का लैंगिक निष्पादन (sexual performance) से कोई सम्बन्ध नहीं होता है। यह सिर्फ पुरुषों की मात्र एक सोच होती है कि लम्बे आकार के लिंग होने पर निष्पादन अधिक उत्तम होगा।

4. नींद *(Sleep)*—प्राणी के लिए नींद[1] चौथा महत्त्वपूर्ण जन्मजात अभिप्रेरक है। नींद दो प्रकार के होते हैं—

(i) तीव्र आँख गतिक नींद (Rapid eye movement sleep or REM sleep)

(ii) अतीव्र गतिक नींद (Non-rapid eye movement sleep or Non-REM sleep)

---

1. नींद का विस्तृत विवरण के लिए अध्याय 14 देखें।

तीव्र आँख गतिक नींद (REM sleep) का पहले-पहल अध्ययन एसरीनस्काई तथा क्लिटमैन (Aserinsky & Kleitman, 1953) ने किया। इसमें व्यक्ति को गहरी नींद नहीं आती है और वह प्रायः भिन्न-भिन्न प्रकार के स्वप्न देखा करता है। इस तरह की नींद में व्यक्ति आधा सोता है तथा आधा जागता है तथा उसके नेत्र गोलक (eye ball) में तीव्र गति होते पाये जाते हैं। क्लिटमैन (Kleitman, 1953) का कहना है कि सामान्य नींद का 20% नींद ऐसा ही होता है। तीव्र आँख गतिक नींद को *स्वप्न नींद* (dream sleep) भी कहा जाता है। तीव्र आँख गतिक नींद (REM sleep) की दो विशेषताएँ होतीं हैं—उम्र बीतने के साथ REM नींद का प्रतिशत व्यक्ति में घटते जाता है। बच्चों में कुल नींद समय का करीब 50% नींद REM नींद होता है, परन्तु वयस्कों में यह घटकर मात्र 20% हो जाता है। इसकी दूसरी विशेषता यह है कि REM नींद केवल स्तनपायी (mammal) प्राणियों में होता है। स्पष्टतः तब इस तरह का नींद मछलियों, रेंगनेवाले प्राणियों (reptiles), जलस्थल चर प्राणियों (amphbians) में नहीं होता है तथा शिकारी पक्षियों में थोड़ा बहुत मात्रा में पाया जाता है। अतीव्र आँख गतिक नींद (Non-REM sleep) में व्यक्ति गहरी नींद में सोता है तथा व्यक्ति में संवेदी प्रक्रियाएँ (sensory processes) बहुत कम होतीं हैं। इस तरह के नींद में श्वसन गति धीमी हो जाती है, हृदय की गति धीमी हो जाती है, तथा रक्त चाप (blood pressure) भी कम हो जाता है। तीव्र आँख गतिक नींद में ये सारी प्रक्रियाएँ उलट जाती हैं। इसमें हृदय की गति तीव्र हो जाती है, रक्तचाप बढ़कर जगे हुए अवस्था के समान हो जाता है तथा मस्तिष्क में संवेदी उत्तेजनाएँ (sensory stimulation) भी अधिक हो जातीं हैं। कुछ मनोवैज्ञानिकों ने तीव्र आँख गतिक नींद (REM sleep) की एक और विशेषता बतलायी है जो यह है कि ऐसी नींद में पुरुषों में (चाहे वे वयस्क हों या बच्चा) लिंग (penis) प्रायः खड़ा (erection) हो जाता है, हालाँकि इसका सम्बन्ध यौन-सम्बन्धी विचारों (sex-related ideas) से नहीं होता है।

मनोवैज्ञानिकों ने हाईपोथैलमस (hypothalamus), थैलमस (thalamus) तथा रेटिकुलर फारमेशन (reticular formation) को नींद का नियंत्रण कक्ष माना है। अनेक अध्ययन इस प्रकार के किए गए हैं जिनसे यह पता चला है कि मस्तिष्क के इन केन्द्रों में किसी प्रकार की क्षति या घाव (lesion) होने से व्यक्तियों की नींद में बाधा पहुँचती है। लेफ्रैनकोईस (Lefrancios, 1983) के अनुसार यदि व्यक्ति लम्बे समय तक किसी कारण से नहीं सो पाता है, तो उसमें विभ्रम (hallucination), बौद्धिक आक्षमता (intellectual inability) तथा अन्य असामान्य लक्षण (abnormal system) दिखाई पड़ने लगते हैं। मॉरिस तथा सिंगर (Morris & Singer, 1961) ने एक विशेष अध्ययन कुछ ऐसे सिपाहियों पर किया जो 40 घंटों, 65 घंटों तथा 90 घंटों से सोये नहीं थे। परिणाम में देखा गया कि जैसे-जैसे अनिद्रा की अवधि अधिक होती गयी, सिपाहियों में सांवेगिक अस्थिरता (emotional instability) तथा प्रत्यक्षण-सम्बन्धी भिन्न-भिन्न प्रकार के दोष जैसे भ्रम, विभ्रम आदि भी बढ़ते गये। अतः नींद का हमारा जिन्दगी में जैविक महत्त्व (biological importance) के अलावा मनोवैज्ञानिक महत्त्व (psychological importance) भी है।

यौन अभिप्रेरक तथा अन्य जन्मजात अभिप्रेरणों के बीच विभिन्नता एवं समानता *(Similarities and Differences between Sex motive and other Inborn motives)*

यौन अभिप्रेरण (sex motive) तथा अन्य जन्मजात अभिप्रेरकों के बीच काफी समानता तथा विषमताएँ हैं जिनसे यौन अभिप्रेरक के स्वरूप को समझने में काफी मदद मिलती है। ऐसी कुछ प्रमुख समानताएँ (similarities) निम्नांकित हैं :

(1) बाह्य उद्दीपकों की भूमिका *(Role of external stimuli)*—भूख के समान यौन अभिप्रेरक भी बाह्य उद्दीपकों से प्रभावित होता है। जिस तरह से व्यक्ति अच्छे एवं रुचिकर भोजन को देखकर उसे खाने की इच्छा (भूख अभिप्रेरण) दिखलाता है, ठीक उसी प्रकार वह लैंगिक उत्तेजन करने वाले चित या कल्पनाचित्र (fantasy) या अर्धनग्न पोशाक में किसी को देखकर यौन अभिप्रेरक का अनुभव करता है। अध्ययनों से यह स्पष्ट हुआ है कि यदि बाह्य उद्दीपकों में एकरूपता या समानता न होकर परिवर्तनशीलता होती है, तो उससे यौन अभिप्रेरण की तीव्रता में वृद्धि हो जाती है। जैसे वरमैन्ट (Bermant, 1996) ने अपने अध्ययन में पाया कि नर-भेड़ ने एक ही मादा-भेड़ के साथ लैंगिक अभिरुचि खो देने के पहले तक थोड़े-थोड़े समय पर औसतन पाँच बार लैंगिक किया करता था। परन्तु जब उसे प्रत्येक बार एक नया मादा-भेड़ इस कार्य के लिये दिया जाता था, तो उसकी लैंगिक क्रिया में पाँच गुणा वृद्धि होते पायी गयी। स्पष्ट हुआ कि यौन अभिप्रेरण में भूख अभिप्रेरण के समान ही बाह्य उद्दीपक के स्वरूप का अच्छा प्रभाव पड़ता है।

(2) हाइपोथैलमस का नियंत्रक *(Hypothalamic control)*—जिस तरह से भूख एवं प्यास का नियमन एवं नियंत्रण हाइपोथैलमस से होता है, ठीक इसी तरह से यौन अभिप्रेरण का भी नियंत्रण एवं नियमन हाइपोथैलमस से होता है। जिस तरह से हाइपोथैलमस का एक विशेष भाग भूख एवं प्यास को बढ़ाता है तथा एक अन्य भाग उन्हें घटाता है, ठीक उसी प्रकार हाइपोथैलमस का एक विशेष भाग द्वारा यौन अभिप्रेरक के स्तर में वृद्धि होती है तथा दूसरे भाग द्वारा इस अभिप्रेरक के स्तर में कमी आती है।

(3) अधिगम का महत्त्व *(Role of learning)*—जन्मजात अभिप्रेरकों को निर्धारित करने में या उसे एक विशेष प्रारूप देने में अधिगम की भूमिका अधिक होती है। जैसे एक व्यक्ति क्या, कब और कितना खायेगा यह बहुत कुछ उसके अधिगम की अनुभूतियों पर निर्भर करता है। ठीक उसी तरह यौन अभिप्रेरक भी कुछ हद तक अधिगम की अनुभूतियों पर निर्भर करता है। किसी भी समाज के सदस्यों के यौन व्यवहारों में तथा एक समाज से दूसरे समाज के सदस्यों में जो भिन्नता होती है, उसका प्रमुख कारण अधिगम की अनुभूतियाँ होतीं हैं। उदाहरणस्वरूप, कुछ समाज में जननेन्द्रिय (genital) का मुखवर्त्ती उत्तेजन (oral stimulation) एक स्वाभाविक स्नेहपूर्ण लैंगिक व्यवहार माना जाता है (जैसे अमेरिका में) परन्तु इसे अन्य कुछ संस्कृति में 'प्रकृति के विरुद्ध एक अपराध' माना जाता है। एक ही लैंगिक व्यवहार में इस भिन्नात्मक अर्थ का राज अधिगम अनुभूतियाँ ही होती हैं।

(4) संवेग की भूमिका *(Role of emotion)*—अन्य जन्मजात अभिप्रेरकों विशेषकर भूख के समान यौन अभिप्रेरण भी हमारे संवेगों द्वारा प्रभावित होते हैं। कई अध्ययनों से यह स्पष्ट हुआ है कि तनाव (stress), दुश्चिंता (anxiety) तथा विषाद (depression) जैसे संवेगों से न केवल भूख तथा प्यास अभिप्रेरक में ही कमी आती है, बल्कि यौन अभिप्रेरण भी कम हो जाता है। इस तथ्य की संपुष्टि हेरेक (Herech, 2003) के अध्ययनों से हुआ है। तनावग्रस्त एवं चिन्तित महिलाओं में भूख, प्यास के साथ यौन इच्छा में भी उन महिलाओं की भूख, प्यास तथा यौन इच्छाओं की तुलना में काफी कमी पायी गयी जो सामान्य या चिंतारहित थीं।

यौन अभिप्रेरक का अन्य जन्मजात अभिप्रेरकों के साथ इन समानताओं के बावजूद कुछ विभिन्नताएँ (dissimilarities) भी हैं, जिनकी व्याख्या इस प्रकार की जा सकती है:—

(i) वंचन का महत्त्व *(Role of deprivation)*—जिस तरह से भूख एवं प्यास का सीधा सम्बन्ध इस बात से होता है कि व्यक्ति पहले कब खाया है या पानी पीया है, ठीक उसी तरह से यौन अभिप्रेरक का भी सम्बन्ध इस बात से है कि व्यक्ति अब से कितना दिन या महीना पहले यौन क्रिया किया है। पिछले बार खाने या पीने के बाद का समय जितना ही अधिक होता है (वचन की अवधि) व्यक्ति में भूख तथा प्यास भी उतना ही अधिक लगता है। ठीक इसी तरह से गत रतिक्रिया (sexual intercourse) के बाद की अवधि जितनी ही अधिक होती है, व्यक्ति में लैंगिक अभिप्रेरक उतना ही तीव्र होता है हालांकि इस कथन की वैधता कुछ परिस्थितियों में संदेहात्मक भी लगती है। जैसे उष्मसह अवधि (refractory period) को छोड़कर व्यक्ति हमेशा उपयुक्त लैंगिक उद्दीपकों (sexual stimuli) को देखकर उत्तेजित होता है। उसी तरह से कुछ ऐसे भी व्यक्ति हैं जो बिना लैंगिक अभिव्यक्ति (sexual outlet) किये ही लम्बे समय तक बिना किसी लैंगिक इच्छा दिखलाये सामान्य ढंग से अपना जीवन व्यतीत करते पाये जाते हैं।

(ii) उत्तरजीविता मूल्य *(Survival value)*—भूख तथा प्यास कुछ ऐसे अभिप्रेरक हैं जिनकी संतुष्टि के बिना व्यक्ति को जीवित रहना सम्भव नहीं है। यौन अभिप्रेरक का महत्त्व थोड़ा इससे भिन्न है। किसी भी प्रजाति के उत्तरजीविता को बरकरार रखने के लिए ऐसे तो यौन अभिप्रेरक की संतुष्टि आवश्यक है, परन्तु इस वैयक्तिक उत्तरजीविता (individual survival) के लिये (भूख एवं प्यास के समान) आवश्यक नहीं है।

(iii) उत्तेजन में कमी एवं वृद्धि *(Increases and decreases in arousal)*—भूख तथा प्यास जैसे अभिप्रेरकों में व्यक्ति दैहिक उत्तेजनों को कम करने के लिये उत्तेजित रहता है। परन्तु यौन अभिप्रेरक में व्यक्ति लैंगिक उत्तेजन को बढ़ाने तथा कम करने दोनों के लिये ही अभिप्रेरित रहता है। व्यक्ति उचित लैंगिक उद्दीपक जैसे पुरुष के लिए महिला या महिला के लिये पुरुष) के साथ अन्तरंग व्यवहार करके पहले अपने लैंगिक उत्तेजन को बढ़ाता है तथा फिर लैंगिक क्रिया करके उसे घटता है।

(iv) ऊर्जा में ह्रास *(Decreases in energy)*—भूख तथा प्यास कुछ ऐसा जन्मजात अभिप्रेरक है जिनसे प्राणी कुछ ऐसा व्यवहार करता है जिससे व्यक्ति के शारीरिक ऊर्जा के संचयन में वृद्धि होती है जबकि लैंगिक अभिप्रेरक में कुछ ऐसा व्यवहार व्यक्ति करता है जिससे शारीरिक ऊर्जा का ह्रास होता है।

स्पष्ट हुआ कि यौन अभिप्रेरक का अन्य जन्मजात अभिप्रेरकों के साथ समानता होने के साथ ही साथ कुछ विभिन्नता भी है।

5. मल-मूत्र त्याग अभिप्रेरक *(Eliminative motive)*—मल-मूत्र त्याग अभिप्रेरक भी एक जैविक अभिप्रेरक (biological motive) है जिससे प्रेरित होकर व्यक्ति पेशाब या पैखाना करता है। जब व्यक्ति की बड़ी आँत में खाये हुए भोजन का सिट्ठी या अवशिष्ट पदार्थ (waste products) अधिक जमा हो जाता है, तो उसमें पैखाना करने का अभिप्रेरक उत्पन्न होता है। ठीक उसी तरह से जब व्यक्ति के ब्लाडर (bladder) में मूत्र अत्यधिक जमा हो जाता है, तो उसे पेशाब करने की इच्छा होती है। मल-मूत्र त्याग अभिप्रेरक एक ऐसा अभिप्रेरक है जिसे व्यक्ति अपने अनुभवों के आधार पर कुछ समय के लिए रोक भी सकता है। फ्रायड (Freud, 1915-17) प्रथम ऐसे मनोवैज्ञानिक थे जिन्होंने मल-मूत्र अभिप्रेरक (eliminative motive) के महत्त्व को व्यक्तित्व के शीलगुणों के निर्माण में काफी महत्त्वपूर्ण बतलाया है। इनका कहना था कि जिन बच्चों में मल-मूत्र को रोकने की प्रवृत्ति अधिक होती है, वैसे बच्चों में वयस्क होने पर जिद्दी (obstinacy) तथा कंजूसी (stinginess) का गुण अधिक विकसित हो जाता है तथा दूसरी तरफ जिन बच्चों में मल-मूत्र नियमित रूप से करने के लिए माता-पिता द्वारा बाध्य किया जाता है, बड़े होने पर उनमें क्रूरता (cruelty) तथा आक्रमणशीलता (aggressiveness) का शीलगुण तुलनात्मक रूप से अधिक विकसित होता है।

(ब) अर्जित अभिप्रेरक *(Acquired motive)*—अर्जित अभिप्रेरक वैसे अभिप्रेरक को कहा जाता है जो व्यक्ति में जन्म से तो मौजूद नहीं होता है परन्तु जिसे व्यक्ति अपने जीवन काल में सामाजिक रूप से (socially) अपने को श्रेष्ठ (superior) बनाए रखने के लिए सीखता है। ये अभिप्रेरक कुछ ऐसे होते हैं जिसके बिना व्यक्ति जैविक रूप से (biologically) तो जिन्दा रह सकता है परन्तु सामाजिक रूप से (socially) उसका जीवित रहना सम्भव नहीं है। अर्जित अभिप्रेरक के इस सामाजिक महत्त्व (social importance) के कारण ही इसे सामाजिक अभिप्रेरक (social motives) भी कहा जाता है। ऐसे अभिप्रेरकों को सामाजिक इसलिए कहा जाता है क्योंकि व्यक्ति उन्हें सामाजिक परिस्थितियों जैसे परिवार, पड़ोसियों, स्कूल, कॉलेज के साथियों आदि के बीच रहकर सीखता है। प्रमुख सामाजिक अभिप्रेरक निम्नांकित हैं—

1. उपलब्धि की आवश्यकता (Need for achievement)
2. सम्बन्धन की आवश्यकता (Need for affiliation)
3. सत्ता एवं स्तर की आवश्यकता (Need for power and status)
4. आक्रमणशीलता की आवश्यकता (Need for aggressiveness)
5. अनुमोदन आवश्यकता (Approval motive or need)

इन सब की व्याख्या इस प्रकार है:—

1. उपलब्धि की आवश्यकता *(Need for achievement)*—उपलब्धि की आवश्यकता या जिसे उपलब्धि अभिप्रेरक (achievement motive) भी कहा जाता है, से तात्पर्य एक ऐसे अभिप्रेरक (motive) से होता है जिससे प्रेरित होकर व्यक्ति अपने कार्य को इस ढंग से करता है कि उसे उसमें अधिक-से-अधिक सफलता मिल सके। मन्न, फर्नाल्ड व फर्नाल्ड[1] (Munn, Fernald & Fernald, 1972) ने उपलब्धि अभिप्रेरक को परिभाषित करते हुए कहा है, ''उपलब्धि अभिप्रेरक से तात्पर्य श्रेष्ठता के खास स्तर प्राप्त करने की इच्छा से होता है।'' सैन्ट्रोक[2] (Santrock, 2000) के अनुसार, ''कुछ करने की, श्रेष्ठता के मानक पर पहुँचने की तथा विशिष्टता प्राप्त करने के प्रयास की इच्छा को उपलब्धि आवश्यकता कहा जाता है।'' जिन व्यक्तियों में उपलब्धि अभिप्रेरक अधिक होता है, वे अपनी जिन्दगी में अधिक-से-अधिक उच्च स्तर की सफलता प्राप्त करने की कोशिश करते हैं। उपलब्धि अभिप्रेरक सभी व्यक्तियों में समान नहीं होता है। किसी में यह अभिप्रेरक काफी अधिक होता है तो किसी में यह अभिप्रेरक कम होता है। मनोवैज्ञानिकों ने अनेक अध्ययन कर यह दिखला दिया है कि उपलब्धि अभिप्रेरक का सम्बन्ध बचपन में माता-पिता द्वारा दिए जानेवाले

---

1. "Generally this motive (achievement motivation) is defined as a desire for attaining some specific standard of excellence." —Munn, Fernald & Femald : *Introduction to Psychology*, 1972, p. 369.
2. "Need for achievement is the desire to accomplish something, to reach a standard of excellence and to expand effort to excel." —Santrock : *Psychology*, 2000, p. 388

स्वतंत्रता प्रशिक्षण (independence training) से काफी है। इस प्रशिक्षण से तात्पर्य बच्चों में माता-पिता द्वारा स्वतंत्र रूप से भिन्न-भिन्न तरह के कार्यों को करने देने पर जोर डालने से होता है। कुछ माता-पिता ऐसे होते हैं जो अपने बच्चों को काफी बच्चा या छोटा समझकर उनके कामों को भी यथासम्भव स्वयं कर देते हैं। परन्तु कुछ माता-पिता ऐसे होते हैं जो अपने बच्चों को उनके अधिकतर काम उन्हें स्वयं करने की पूर्ण स्वतंत्रता देते हैं और उसे पूरा करने में भिन्न-भिन्न तरह का प्रोत्साहन भी देते हैं। अंतः यह कहा जा सकता है कि पहले तरह के बच्चों का स्वतंत्रता प्रशिक्षण (independence training) नहीं हो पाया जबकि दूसरे तरह के बच्चों का स्वतंत्रता प्रशिक्षण हो पाया है। जिन बच्चों को स्वतंत्रता प्रशिक्षण काफी दिया जाता है, उनमें वयस्क होने पर उपलब्धि अभिप्रेरक (achievement motive) भी अधिक होते पाया गया है।

उपलब्धि अभिप्रेरक को मैकक्लिलैण्ड तथा उनके सहयोगियों (McClelland et al., 1953) द्वारा विस्तृत रूप में अध्ययन किया गया है तथा T.A.T. (Thematic Apperception Test) द्वारा इसे मापा भी गया। बाद में एटकिन्सन (Atkinson, 1964) तथा होयेन्गा तथा होयेन्गा (Hoyenga & Hoyenga, 1984) द्वारा भी उपलब्धि आवश्यकता का अध्ययन किया गया और इनलोगों द्वारा निम्नांकित निष्कर्ष पर पहुँचा गया—

(i) ऐसे व्यक्ति जिनमें उपलब्धि अभिप्रेरक अधिक होता है, साधारण कठिनाई (moderately difficult) वाले कार्य को करना अधिक पसंद करते हैं क्योंकि इस पर सफलता निश्चित होती है।

(ii) ऐसे व्यक्ति जिनमें उपलब्धि अभिप्रेरक अधिक होता है, वैसे कार्यों को करना अधिक पसंद करते हैं जिसके आधार पर उनकी तुलना अन्य व्यक्तियों के साथ आसानी से किया जा सके।

(iii) अधिक उपलब्धि अभिप्रेरक वाले व्यक्ति वैसे कार्यों को करना अधिक पसंद करते हैं जिनके द्वारा उनके व्यक्तिगत गुणों (personal characteristics) जैसे बुद्धि आदि की अभिव्यक्ति हो।

(iv) जब अधिक उपलब्धि अभिप्रेरक वाले व्यक्ति किसी एक कार्य में सफल होते हैं तो वे अपनी इस सफलता को ध्यान में रखते हुए अपनी आकांक्षा के स्तर (level of aspiration) को धीरे-धीरे ऊँचा करते हैं।

(v) अधिक उपलब्धि अभिप्रेरक वाले व्यक्ति उन परिस्थितियों में अधिक कार्य करना पसंद करते हैं जिसके परिणाम (outcome) पर उन्हें नियंत्रण काफी होता है ताकि वे निश्चित रूप से यह सझ सके कि उन्हें सफलता मिलेगी या नहीं।

उपलब्धि अभिप्रेरक (achievement motivation) पुरुष एवं महिला में समान नहीं होते हैं। दूसरे शब्दों में, उपलब्धि अभिप्रेरक पर यौन (sex) का भी असर पड़ता है। सामान्यतः लड़कियों में लड़कों की अपेक्षा उपलब्धि अभिप्रेरण कम होता है। परन्तु कुछ ऐसे भी अध्ययन हुए हैं जिनसे यह साबित हो गया है कि लड़कियों की उपलब्धि लड़कों के बराबर होती है। जैसे—मैक्कोब़ी तथा जैक्लिन (Maccoby & Jacklin, 1974) ने एक अध्ययन कर यह दिखलाया है कि स्कूल में लड़कियों की उपलब्धि लड़कों के बराबर तथा कभी-कभी अधिक भी होती है। उपलब्धि अभिप्रेरक की व्याख्या करने के लिए मनोवैज्ञानिकों ने कुछ विशेष सिद्धान्त का वर्णन किया है जिसकी चर्चा हम अलग से अगले अनुच्छेद में करेंगे।

2. सम्बन्धन की आवश्यकता (*Need for affiliation*)—सम्बन्धन की आवश्यकता या जिसे सामुदायिकता भी कहा जाता है, दूसरा प्रमुख सामाजिक अभिप्रेरक (social motive) है। मनुष्यों एवं अधिकतर पशुओं में भी सम्बन्धन की आवश्यकता होते देखी गई है। समाज में या दूसरों के साथ रहने की प्रवृति (tendency) को सामुदायिकता (gregariousness) संज्ञा दी गयी है। विट्टेकर[1] (Whittaker, 1970) के अनुसार, ''जीवों में अपनी जातियों के साथ समूह में रहने की प्रवृत्ति को सामुदायिकता या सम्बन्धन व्यवहार की संज्ञा दी जाती है।'' स्पष्ट है कि सम्बन्धन की आवश्यकता में व्यक्ति या पशु अपने समुदाय के लोगों के साथ रहना चाहता है। इस तरह की आवश्यता की संतुष्टि होने पर प्राणी का सामजिक जीवन (social life) अधिक मजबूत हो जाता है।

अनेक मनोवैज्ञानिकों ने कई अध्ययन करके यह स्पष्ट कर दिया है कि सम्बन्धन व्यवहार (affiliative behaviour) या सामुदायिकता के उत्पन्न होने में प्राणी (organism) के शैशवावस्था की अनुभूतियाँ (experiences) काफी

1. "The tendency of some organisms to prefer their own species and to live in groups is called gregariousness or affiliative behaviour." —Whittaker : *Introduction to Psychology*, 1970, p. 169

महत्त्वपूर्ण निर्धारक के रूप में कार्य करती है। कारपेन्टर (Carpenter, 1942) ने एक अध्ययन किया जिसमें कुछ बन्दर के बच्चों को जन्म के कुछ महीनों बाद तक अन्य सभी बन्दरों से अलग रखकर पाला-पोषा गया और फिर बाद में उन्हें अन्य सभी बन्दरों के साथ रखा गया। परिणाम में देखा गया कि अलग रखे गए बन्दरों में सामुदायिकता (gregariousness) का गुण नहीं था और वे पहले के समान अकेले ही रहना पसन्द करते थे। असीदा (Ashida, 1964) ने एक दूसरा अध्ययन चूहों पर किया। इस अध्ययन में चूहों के कुछ बच्चों को जन्म के तुरन्त बाद तीन समूह में बाँटा गया। पहले समूह के सभी चूहों को अलग-अलग रखकर पाला-पोसा गया। दूसरे समूह के चूहों को जोड़े (pairs) में रखकर पाला-पोसा गया तथा तीसरे समूह के चूहों को पाँच के समूह में रखकर पाला-पोषा गया। बाद में इन तीनों तरह के चूहों में सम्बन्धन व्यवहार की माप की गयी। परिणाम में देखा गया कि पाँच के समूह में पाले-पोषे गये चूहों में दूसरे चूहों के साथ मिलने-जुलने की प्रवृत्ति सबसे अधिक देखी गयी। दूसरे शब्दों में, इन चूहों में सामुदायिकता का व्यवहार सबसे अधिक था जबकि अलग-अलग पाले-पोषे गए चूहों में इस तरह का सम्बन्धन व्यवहार नहीं के बराबर था। इन अध्ययनों से यह स्पष्ट हो जाता है कि प्राणियों में सम्बन्धन व्यवहार जीवन के प्रारम्भिक अवस्था की अनुभूतियों पर निर्भर करता है।

हिल्ल (Hill, 1987) ने अपने अध्ययनों के आधार पर यह बतलाया है कि निम्नांकित चार मनोवैज्ञानिक कारणों (psychological reasons) से व्यक्ति सम्बन्धन व्यवहार (affiliative behaviour) करता है—

(i) धनात्मक उत्तेजन (positive stimulation) को प्राप्त करने के लिए।

(ii) सांवेगिक समर्थन (emotional support) की प्राप्ति के लिए।

(iii) ध्यान प्राप्त करने के लिए।

(iv) सामाजिक तुलना (social comparison) करने के लिए। सामाजिक तुलना में व्यक्ति अपने विश्वासों, भावों (fealings) तथा व्यवहारों (behaviours) की तुलना अन्य लोगों के साथ करता है। इससे व्यक्ति यह समझ पाता है कि उसका व्यवहार कहाँ तक 'सामान्य' (normal) है।

सम्बन्धन व्यवहार (affiliative behaviour) किसी व्यक्ति में एक समान रूप से हमेशा बना हुआ नहीं होता। वातावरण की घटनाओं में परिवर्तन होने के साथ-साथ सम्बन्धन व्यवहार में भी परिवर्तन आता है। जैसे—जब व्यक्ति के लिए वातावरण अधिक दुश्िंचता (anxiety) उत्पन्न करने वाला हो जाता है, तो वैसी परिस्थिति में उस व्यक्ति में सम्बन्धन व्यवहार अधिक बढ़ जाता है। स्कैक्टर (Schachter, 1956) ने इस तथ्य की जाँच एक प्रयोग करके की है। इस प्रयोग में कॉलेज के कुछ छात्राओं के एक समूह को मनोवैज्ञानिक प्रयोगशाला में लाकर उन्हें एक बड़ी इलेक्ट्रॉनिक मशीन दिखलायी गयी और उनसे कहा गया कि अभी जो प्रयोग होने जा रहा है उसमें इसी मशीन का उपयोग किया जाएगा। इसके चलाने में सम्भव है कि उन्हें बिजली का आघात (shock) भी लग जाय। दूसरे समूह के छात्राओं को सिर्फ उस मशीन को दिखलाया गया और उसे चलाने की विधि समझा दी गयी। इसके बाद इन दोनों समूह के छात्राओं को इंतजार करने के लिए कहा गया जहाँ उन्हें इस बात की छूट थी कि वे चाहे तो अकेले भी इंतजार कर सकती है या समह में रहकर भी इंतजार कर सकती है। परिणाम में देखा गया कि पहले समूह की अधिकतर छात्राएँ समूह में इंतजार करना पसंद की जबकि दूसरे समूह की छात्राओं में इस तरह की प्रवृत्ति नहीं देखी गयी। स्कैक्टर (Schachter) के अनुसार पहले समूह की छात्राओं में सामुदायिकता का अभिप्रेरक इसलिए अधिक पाया गया क्योंकि उन सबों को बिजली के झटका या आघात लगने का डर (fear) था जिससे वे सभी काफी चिन्तित थीं। ऐसे परिस्थिति में लोगों में सामुदायिकता या सम्बन्धन व्यवहार इसलिए बढ़ जाता है क्योंकि अन्य लोगों की समान दशा देखकर तथा उनके साथ होने से अपने आप ही व्यक्ति में दुश्चिन्ता की मात्रा कुछ कम हो जाता है। स्कैक्टर (·Schachter) ने अपने अध्ययन के आधार पर यह भी बतलाया है कि एकलौता संतान (only child) तथा प्रथम जन्मक्रम वाले व्यक्तियों में बीच के जन्मक्रम या अन्तिम जन्मक्रम वाले व्यक्तियों की अपेक्षा सम्बन्धन व्यवहार (affiliative behaviour) ज्यादा होता है। डारले तथा एरोन्सन (Darley & Aronson, 1966) ने स्कैक्टर के परिणाम की पुष्टि अपने प्रयोग के आधार पर किया है।

3. सत्ता की आवश्यकता *(Need of power)*—सत्ता की आवश्यकता भी व्यक्ति की एक प्रमुख सामाजिक आवश्यकता (social need) है जिसके द्वारा व्यक्ति अन्य व्यक्तियों पर अपना प्रभुत्व बनाए रखते हैं। ऐसे व्यक्ति अन्य व्यक्तियों को धमकी देकर या प्रार्थना करके अपनी इच्छानुसार कार्य करवाने में समर्थ हो जाते हैं। विन्टर[1] (Winter, 1973) के अनुसार, ''दूसरों के संवेग या व्यवहार पर चेतन या अचेतन रूप से इच्छित प्रभाव उत्पन्न करने की क्षमता को सामाजिक सत्ता (social power) की संज्ञा दी जाती है।'' फैल्डमैन[2] (Feldman, 1985) ने उसी तरह कहा है, ''दूसरे के व्यवहार को नियंत्रित करने तथा उसे अपने ढंग से मोड़ने की क्षमता को सामाजिक सत्ता कहा जाता है।''

सत्ता की आवश्यकता (need for power) सभी व्यक्तियों में एक समान नहीं होती है, कुछ व्यक्तियों में अधिक होती है तो कुछ व्यक्तियों में कम होती है। सामान्यतः स्त्रियों में पुरुषों की अपेक्षा सत्ता की आवश्यकता कम होती है। कोई भी व्यक्ति सत्ता अभिप्रेरक (power motivation) की अभिव्यक्ति (expression) कैसे करेगा, यह कई बातों पर निर्भर करता है। इस सिलसिले में कई मनोवैज्ञानिकों ने प्रयोग करके यह दिखलाया है कि सत्ता अभिप्रेरक की अभिव्यक्ति व्यक्ति के यौन (sex), सामाजिक-आर्थिक स्तर (socio-economic status), परिपक्वता का स्तर (level of maturity), सत्ता अभिप्रेरक व्यक्त करने में उत्पन्न डर (fear) आदि पर निर्भर करता है। होयेन्गा तथा होयेन्गा (Hoyenga & Hoyenga, 1984) ने अपने कई अध्ययनों के आधार पर यह बतलाया है कि वैसे लोग जिसमें सत्ता अभिप्रेरक अधिक होता है, इस अभिप्रेरक की अभिव्यक्ति (expression) निम्नांकित ढंग से करते हैं:—

(i) ऐसे लोग भिन्न-भिन्न प्रकार के प्रतियोगिता खेलकूद (competitive games) जैसे फुटबॉल, क्रिकेट आदि में अधिक भाग लेते हैं और अपने विरोधी दल को हराने का हर सम्भव प्रयास करते हैं।

(ii) निम्न सामाजिक स्तर के लोगों के प्रति ऐसे लोग अधिक आवेगशील तथा आक्रमणशील (aggressive) व्यवहार दिखलाते हैं।

(iii) ऐसे लोग किसी संस्थान में ऐसा पद ग्रहण करना चाहते हैं जहाँ से वे आसानी से दूसरों पर नियंत्रण रख सके।

(iv) ऐसे लोग घर में अनेक प्रकार की सामग्रियों (materials) को इकट्ठा करते हैं ताकि दूसरे लोग जब उनके घर में आये तो उन सभी समानों को देखकर उसे अधिक धनी होने का अंदाज आसानी से कर सके।

(v) ऐसे लोग कुछ खास पेशा (occupation) जैसे शिक्षण (teaching), व्यापार (business) आदि में अधिक जाना पसंद करते हैं ताकि उन्हें बहुत से लोगों पर नियंत्रण करने का मौका मिल सके।

(vi) ऐसे लोग विशेषकर महिलाएँ (women) अपने शरीर को काफी आकर्षक तथा अनुशासित (disciplined) करके रखतीं हैं ताकि दूसरों पर अपना आधिपत्य जमाने में सुविधा हो।

(vii) ऐसे लोग उन लोगों से सम्बन्ध अधिक रखते है जो लोकप्रिय (popular) कम होते हैं क्योंकि ऐसे लोग को नियंत्रित करना काफी आसान होता है।

आजकल के समाज में कुछ ऐसे लोग भी हैं जो अपने सत्ता अभिप्रेरक (power motivation) की अभिव्यक्ति ऊपर बताये गए किसी विधि से नहीं करके एक नयी विधि (method) से करते हैं। ऐसे लोग अपने सत्ता अभिप्रेरक की अभिव्यक्ति दूसरे लोगों को धोखा देकर तथा चालबाज (unscruplous) तरीका अपनाकर करते हैं। अतः ऐसे लोग बहुत बड़े छली-कपटी (manipulator) होते हैं। क्रिस्टी तथा गिस (Christie & Geis, 1970) ने सत्ता अभिप्रेरक की इस तरह की अभिव्यक्ति (expression) के लिए एक खास पद (term) का प्रतिपादन किया है जिसे *'मैकाईभेलियनिज्म'* (Machiavellianism) कहा जाता है।

4. आक्रमणशीलता की आवश्यकता *(Need for aggressiveness)*—आक्रमणशीलता एक प्रमुख सामाजिक अभिप्रेरक (social motive) है जिसमें एक व्यक्ति दूसरे व्यक्ति को शाब्दिक रूप से (verbally) या शारीरिक रूप से (physically) चोट पहुँचाने की कोशिश करता है। एटकिन्सन, एटकिन्सन तथा हिलगार्ड[3] (Atkinson, Atkinson

---

1. Social power is, "the ability or capacity of a person to produce (consciously or unconsciously) intended effects on the behaviour or emotions of another person." —Winter : *The power motive*, 1973, p. 05
2. "Social power refers to person's ability to control and shape another's behaviour." —Feldman : *Social Psychology*, 1985, p.352
3. "Aggression is usually defined as the behaviour that is intended to injure another person (physically or verbally) or to destroy property." —Atkinson, Atkinson, Smith & Hilgard : *Introduction to Psychology*, 1987, p.369

& Hilgard, 1983) ने आक्रमण अभिप्रेरक (aggression motive) को परिभाषित करते हुए कहा है, ''यह वैसा व्यवहार है जिसका उद्देश्य दूसरों को शारीरिक रूप से (physically) या शाब्दिक रूप से (verbally) चोट (injure) पहुँचाना या दूसरों की सम्पत्ति (property) को बर्बाद करना होता है।''

आक्रमणशील व्यवहार (aggressive behaviour) के कई रूप हो सकते हैं। जैसे—बस्स (Buss, 1961) के अनुसार यह शारीरिक (physical) या शाब्दिक (verbal) हो सकता है; सक्रिय (active) या निष्क्रिय (passive) हो सकता है। करीब-करीब मानव के सभी जातियों में आक्रमणशील व्यवहार का कोई-न-कोई रूप अवश्य पाया जाता है। अतः आक्रमणशीलता एक तरह का सर्वव्यापक अभिप्रेरक (universal motive) है। इसी सर्वव्यापकता के कारण कुछ लोगों ने आक्रमणशीलता को एक जन्मजात (inborn) अभिप्रेरक माना है। फ्रायड (Freud) ने आक्रमणशीलता को एक जन्मजात अभिप्रेरक की श्रेणी में रखा है तथा उनका विचार था कि इसके द्वारा व्यक्ति में किसी चीज को बर्बाद करने या किसी व्यक्ति को चोट पहुँचाने की प्रवृत्ति की अभिव्यक्ति होती है। फ्रायड ने इस प्रवृत्ति को मृत्यु मूलप्रवृत्ति (death instinct) कहा है। परन्तु आजकल के मनोवैज्ञानिकों ने फ्रायड के इस विचार की आलोचना की है और कई प्रयोग करके यह दिखलाया है कि आम्रमणशीलता एक ऐसा अभिप्रेरक है जो व्यक्ति के वातावरण में उपस्थित कारकों (factors) द्वारा काफी प्रभावित होता है।

डोलार्ड तथा उनके सहयोगियों (Dollard et al., 1939) ने अपने प्रयोग के आधार पर यह बतलाया है कि आक्रमशीलता जन्मजात नहीं बल्कि कुण्ठा (frustration) से उत्पन्न होती है। व्यक्ति जब अपने लक्ष्य (goal) की प्राप्ति किसी कारण से नहीं कर पाता है, तो इससे उसमें एक विशेष प्रकार की कुण्ठा (frustration) उत्पन्न होती है जिसकी अभिव्यक्ति विभिन्न तरह के आक्रमणशील क्रियाओं (aggressive activities) द्वारा होती है। अतः व्यक्ति में आक्रमणशील क्रियाओं की उत्पत्ति कुण्ठा द्वारा होती है हालांकि सभी तरह की कुण्ठा से आक्रमणशीलता उत्पन्न नहीं होती है। इस प्राक्कल्पना को *कुण्ठा-आक्रमकता प्राक्कल्पना* (frustration-aggression hypothesis) की संज्ञा दी जाती है। इस प्राक्कल्पना के अनुसार सभी तरह की कुण्ठा द्वारा आक्रमणशीलता (aggressiveness) उत्पन्न नहीं होती है। आक्रमणशीलता उत्पन्न करने के लिए कुण्ठा में दो गुणों का होना अनिवार्य है:—

(i) कुण्ठा की मात्रा (amount) तीव्र (intense) हो।

(ii) कुण्ठा अनुचित (unjustified) हो।

कुण्ठा के अलावा भी वातावरण में कुछ ऐसे कारक होते हैं जिनसे व्यक्ति में आक्रमणशीलता उत्पन्न होती है। ऐसे प्रमुख कारक निम्नांकित हैं:—

(i) जब किसी व्यक्ति को कोई दूसरा व्यक्ति अपमान (insult) करता है, तो इससे आक्रमणशीलता उत्पन्न होती है।

(ii) जब किसी व्यक्ति को ऐसे व्यक्ति की आज्ञा का पालन करना होता है जो उसे किसी अन्य व्यक्ति के प्रति आक्रमणशीलता दिखाने के लिए कह रहा है।

(iii) बेरोन (Baron, 1977) के अध्ययन के अनुसार वातावरण में उपस्थिति अत्यधिक तापक्रम (high temperature), डौन्नरस्टीन तथा विलसन (Donnerstien & Wilson, 1976) के अध्ययन के अनुसार तीव्र आवाज (loud noise) तथा फ्रीडमैन (Freedman, 1975) के अध्ययन के अनुसार भीड़-भाड़ (crowding) से भी व्यक्ति में आक्रामक अभिप्रेरक (aggression motive) का जन्म होता है।

(iv) कुछ सामाजिक सीखना मनोवैज्ञानिकों (social learning psychologists) का विचार है कि व्यक्ति आक्रमणशीलता को अन्य व्यक्ति से देखकर सीखता है। गीन (Geen, 1983) ने कई अध्ययन ऐसे किए हैं जिनमें बच्चों को दूरदर्शन (television) तथा फिल्मों में आक्रमणशीलता दृश्य (aggressive scene) दिखलाया गया जिसके बाद देखा गया कि उनमें आक्रमणशीलता की मात्रा बढ़ गयी। इतना ही नहीं, इन बच्चों द्वारा आक्रमणशीलता की अभिव्यक्ति (expression) ठीक उसी ढंग से की जाती थी जैसा कि टेलिविजन या फिल्मों में दिखलाया गया था।

5. अनुमोदन आवश्यकता *(Approval motive or need)*—अनुमोदन की आवश्यकता या अनुमोदन अभिप्रेरक के तात्पर्य व्यक्ति द्वारा दूसरों से (जिन्हें वह अधिक महत्त्वपूर्ण समझता है) धनात्मक मूल्यांकन (positive evaluation) यानी, प्रतिष्ठा, प्रशंसा आदि पाने की उम्मीद से होता है। इस तरह का अभिप्रेरक बच्चों तथा किशोरों (adolescents) में अधिक होता है। वयस्क लोगों (adult people) में भी इस तरह का अभिप्रेरक पाया जाता है परन्तु वे लोग कुछ

हद तक इसे छिपा लेते हैं। क्राउनी तथा मारलो (Crowne & Marlow, 1964) ने इस तरह के अभिप्रेरक का विशेष रूप से अध्ययन किया है। इन लोगों ने अनुमोदन अभिप्रेरक (approval motive) का अध्ययन करने के लिए एक मापनी (scale) बनाया जिसे अनुमोदन की आवश्यकता की मापनी (need for approval scale) की संज्ञा दी गयी है। इस मापनी में 33 कथन हैं और प्रत्येक कथन का उत्तर प्रयोज्य को 'सही' (true) तथा 'गलत' (false) में देना होता है। यदि प्रयोज्य अधिकतर कथनों (statements) का उत्तर 'सही' के रूप में देता है, तो इसका मतलब यह समझ जाता है कि उसमें अनुमोदन अभिप्रेरक (approval motive) अधिक तीव्र है। क्राउनी तथा मारलों (Crowne & Marlow) ने अपने भिन्न-भिन्न अध्ययनों के आधार पर अनुमोदन अभिप्रेरक के बारे में निम्नांकित तथ्य (fact) बतलाएँ हैं—

(i) ऐसे लोग जिनमें अनुमोदन अभिप्रेरक अधिक होता है, वे समूह के नियमों एवं आदर्शों के समरूप व्यवहार अधिक करते हैं।

(ii) अधिक तीव्र अनुमादेन अभिप्रेरक की उत्पत्ति अपने अन्दर के आत्म-सम्मान (self-esteem) के निम्न स्तर को ऊँचा करने की इच्छा के फलस्वरूप होता है। ऐसे लोग जिनमें आत्म-सम्मान का स्तर नीचा होता है, अपनी कमजोरियों को स्वीकार नहीं करते हैं। इतना ही नहीं, ऐसे लोग स्वतंत्र रूप से न तो कुछ निर्णय लेते हैं और न ही कोई कार्य करते हैं क्योकि इन्हें दूसरे लोगों से अनुमोदन (approval) नहीं मिलने का डर रहता है।

इस तरह से हम देखते हैं कि मनोवैज्ञानिकों ने अभिप्रेरकों (motives) को मूलतः दो भाग में बाँट कर अध्ययन किया है। जैविक अभिप्रेरक (biological motive) व्यक्ति के अस्तित्व (existence) बनाए रखने में मदद करता है जबकि सामाजिक अभिप्रेरक (social motive) व्यक्ति को सामाजिक रूप से जीवित रखता है। इन अभिप्रेरकों के सहारे वह समाज में आदर तथा प्रतिष्ठा पाता है तथा समाज में कुछ महत्त्वपूर्ण परिवर्तन लाता है। ऊपर वर्णन किए गए सामाजिक अभिप्रेरकों (social motive) के अलावा भी कुछ और सामाजिक अभिप्रेरक जैसे—संग्रहणशीलता (acquisitiveness), खेलने की आवश्यकता (need for play) आदि भी है, परन्तु उतना महत्त्वपूर्ा नहीं है। अतः इसकी चर्चा हम यहाँ उचित नहीं समझते।

उपलब्धि अभिप्रेरण का सिद्धान्त (Theories of Achievement Motivation)

उपलब्धि अभिप्रेरण की व्याख्या करने के लिए मनोवैज्ञानिकों ने कुछ सिद्धान्तों का प्रतिपादन किया है जिनमें निम्नांकित दो प्रमुख हैं—

(क) एटकिन्सन का सिद्धान्त (Atkinson's theory)

(ख) गुणारोपण सिद्धान्त (Attribution theory)

इन दोनों सिद्धान्तों का वर्णन इस प्रकार है:—

(क) एटकिन्सन का सिद्धान्त (*Atkinson's theory*)—उपलब्धि अभिप्रेरण के एक बहुत ही महत्त्वपूर्ण सिद्धान्त का प्रतिपादन एटकिन्सन (Atkinson, 1964) तथा एटकिन्सन तथा ब्रिक (Atkinson & Birch, 1978) द्वारा किया गया। इस सिद्धान्त का सारतत्त्व यह है कि सफलता प्राप्त करने की प्रवृत्ति (tendency to work toward success) दो अलग-अलग अभिप्रेरकों (motives) पर आधारित होता है—*सफलता की ओर बढ़ने की प्रवृत्ति* (tendency to approach success or Ts) तथा *असफलता से दूर हटने की प्रवृत्ति* (tendency to avoid failure or T_{AF})। ये दोनों प्रवृत्तियाँ उस समय सबसे अधिक होतीं हैं जहाँ सफलता की सम्भावना 0.5 होती है। सिद्धान्त के इस व्याख्या से यह स्पष्ट है कि इस सिद्धान्त के मुख्य तीन पहलू हैं जो इस प्रकार है—

(i) सफलता प्राप्त करने का अभिप्रेरक (motive to seek success)

(ii) असफलता से दूर रहने का अभिप्रेरक (motive to avoid failure)

(iii) उपलब्धि अभिप्रेरण (achievement motivation)

इन तीनों का वर्णन निम्नांकित हैं:—

(i) सफलता प्राप्त करने का अभिप्रेरक (*Motive to seek success*)—इस सिद्धान्त की पहली मान्यता यह है

कि सफलता प्राप्त करने की प्रवृत्ति तीन तरह के कारकों अर्थात् उपलब्ध प्राप्ति के लिए टिकाऊ अभिप्रेरण (enduring motive for success), कार्य पर सफलता प्राप्त करने की व्यक्ति की अपनी प्रसम्भाव्यता (probability) तथा लक्ष्य का प्रोत्साहन मूल्य (incentive value) का प्रतिफल होता है। इसे सूत्र के रूप में इस प्रकार व्यक्त कर सकते हैं—

$$T_S = M_S \times P_S \times I_S$$

यहाँ,

T_S = सफलता प्राप्त करने की प्रवृत्ति (tendency to seek success)

M_S = उपलब्धि के लिए टिकाऊ अभिप्रेरणा (enduring motive for achievement) जैसा कि मर्रे के TAT द्वारा इसे मापा जाता है।

P_S = सफलता प्राप्ति के लिए आत्मनिष्ठ प्रत्याशा (subjective expectation of success)

I_S = प्रोत्साहन (incentive)

एटकिन्स के इस सिद्धान्त में M_S उपलब्धि अभिप्रेरक है जिसे TAT द्वारा मापा जा सकता है। प्रोत्साहन की तुलना आत्माभिमान (pride) से की जाती है। किसी कार्य में सफलता की उम्मीद जैसे-जैसे कमती है, उस कार्य में सफलता मिलने पर आत्माभिमान वैसे-वैसे बढ़ता है। इसका मतलब यह हुआ कि सफलता की प्रसंभाव्यता तथा प्रोत्साहन (incentive) में विपरीत सम्बन्ध (inverse relationship) है जिसे इस प्रकार लिखा जा सकता है—

$$I_S = 1 - P_S$$

यदि कार्य का स्वरूप कुछ ऐसा है कि उसमें सफलता प्राप्त करने की संभावना काफी अधिक है, तो ऐसे कार्य में सफलता मिलने से आत्मभिमान (pride) कम होगा (शायद इसलिए कि कार्य आसान होता है)। दूसरे तरफ यदि कार्य का स्वरूप कुछ ऐसा होता है कि सफलता प्राप्त करने की संभावना कम होती है, परन्तु सफलता उसे किसी तरह मिल जाती है, तो उसे आत्माभिमान अधिक होता है। इन तथ्यों को ध्यान में रखते हुए उक्त सूत्र को इस प्रकार परिमार्जित किया जा सकता है—

$$T_S = M_S \times P_S \times (1 - P_S)$$

इस सूत्र पर ध्यान देने से निम्नांकित तथ्य सामने आते हैं—

(a) इस सूत्र में I_S को $1 - I_S$ के रूप में दिखलाया गया है जो इस बात का संकेत देता है कि सफलता प्राप्त करने की संभावना (probability of success) तथा उस सफलता की उपलब्धि में आत्माभिमान में विपरीत (inverse) सम्बन्ध होता है।

(b) चूँकि M_S व्यक्ति की एक टिकाऊ विशेषता (enduring characteristics) होती है, मात्र कारक जो एक परिस्थिति से दूसरी परिस्थिति तक परिवर्तित होता है, वह है—P_S

तब उक्त सूत्र समग्र रूप से इस आशय की ओर संकेत करता है कि किसी भी कार्य में सफलता प्राप्त करने की प्रवृत्ति व्यक्ति की उपलब्धि आवश्यकता, कार्य पर सफलता पाप्त करने की संभावना तथा उस कार्य पर सफलता मिलने से उत्पन्न आत्माभिमान का प्रतिफल (product) है। चूँकि इन तीनों कारकों में गुणात्मक सम्बन्ध (multiplicative relationship) है, इसलिएं किसी एक कारक को शून्य होने पर T_S शून्य हो जाएगा। सूत्र के गणितीय विशेषताओं के कारण जब $P_S = .5$ होता है, तो व्यक्ति में सम्बन्धित कार्य को करने की प्रवृत्ति अधिकतम होती है। जब कार्य कठिन होता है (निम्न P_S) तो व्यक्ति उस कार्य को करना ही नहीं चाहता है। यद्यपि ऐसे कार्य का प्रोत्साहन मूल्य अधिक होता है, लक्ष्य को प्राप्त की सम्भावना काफी निम्न होती है। दूसरे तरफ यदि कार्य आसान होता है (उच्च P_S) तो व्यक्ति ऐसे कार्य को नहीं करना चाहता क्योंकि इस कार्य में प्राप्त उपलब्धि से उत्पन्न आत्माभिमान (pride) कम होता है। स्पष्ट हुआ कि T_S उच्च P_S तथा निम्न P_S दोनों में ही कम होता है। परन्तु P_S अर्थात् कार्य पर सफलता प्राप्त करने की उम्मीद जब न बहुत अधिक होता है और न बहुत कम होता है (यानी $P_S = .5$) तो ऐसी परिस्थिति में व्यक्ति में उस कार्य को करने की प्रवृत्ति (T_S) अधिक होती है।

(ii) असफलता से दूर रहने का अभिप्रेरक *(Motive to avoid failure)*—एटकिन्सन के सिद्धान्त का दूसरा प्रमुख पहलू असफलता से दूर रहने का अभिप्रेरक (motive to avoid failure) है। जब भी व्यक्ति किसी ऐसी परिस्थिति में होता है जहाँ वह कार्य पर उपलब्धि नहीं प्राप्त कर सकता है, तो उसमें असफलता से दूर रहने की

अभिप्रेरण उत्पन्न होती है। इस अभिप्रेरण को 'परीक्षण चिन्ता प्रश्नावली' (Test Anxiety Questionnaire or TAQ) द्वारा मापा जाता है। इस प्रश्नावली पर अधिक प्राप्तांक आने से यह समझा जाता है कि व्यक्ति में असफलता का डर (fear of failure) अधिक है। असफलता का डर से व्यक्ति में उस कार्य को न करने की प्रवृत्ति का पता चलता है। सफलता प्राप्त करने की प्रवृत्ति के समान ही असफलता से दूर रहने की प्रवृत्ति या अभिप्रेरण तीन कारकों अर्थात् असफलता से दूर रहने का अभिप्रेरक (motive to avoid failure), असफलता प्राप्त करने की संभावना (probability of failing) तथा असफलता से संबंद्ध शर्म (shame) का प्रतिफल (product) है। इसे सूत्र के रूप में प्रकार व्यक्त किया जा सकता है—

$T_F = M_{AF} \times P_F \times I_F$

T_F = असफलता से दूर रहने की प्रवृत्ति (tendency to avoid failure)

M_{AF} = असफलता का डर (fear of failure)

P_F = असफलता की संभावना (probability of failing)

I_F = असफलता से उत्पन्न शर्म (shame)

इस सूत्र में शर्म का ठीक वही स्थान है जो ऊपर के सूत्र में आत्माभिमान का था। शर्म असफलता की संभावना (probability of failure) से नकारात्मक रूप से सम्बन्धित होता है। दूसरे शब्दों में, यदि असफलता की संभावना अधिक होती है, तो शर्म की मात्रा कम होती है। अतः $I_F = (1 - P_F)$ के रूप में लिखा जा सकता है। व्यक्ति को उस कार्य में असफल होने पर भी शर्म नहीं लगता है जिसमें सफलता की संभावना कम होती है अर्थात् जिसमें कार्य कठिन होता है। ठीक इसके विपरीत व्यक्ति उस परिस्थिति में असफल होने पर अधिक शर्म का अनुभव करता है जहाँ कार्य आसान होता है अर्थात् असफल होने की संभावना कम होती है। अतः एटकिन्सन के इस असफलता के डर (fear of failure) सूत्र को इस प्रकार लिखा जा सकता है—

$$T_F = M_{AF} \times P_F \times (1 - P_F)$$

यहाँ ध्यान देने वाली बात यह है कि इस सूत्र में I_F को $1 - P_F$ के रूप में शर्म तथा असफलता की संभावना (probability of failure) के बीच विपरीत सम्बन्ध को दिखाने के लिए लिखा गया है। शोधों से यह स्पष्ट हुआ है कि जिस तरह से सफलता की प्राप्ति का अभिप्रेरक उस परिस्थिति में सर्वाधिक होता है जहाँ सफलता की संभावना .5 होती है, ठीक उसी तरह असफलता के डर से असफलता से दूर रहने का अभिप्रेरक उस परिस्थिति में अधिक होता है जब P_F का मान (value) लगभग बीचोबीच का होता है।

(iii) उपलब्धि अभिप्रेरक *(Achievement motivation)*—एटकिन्सन के सिद्धान्त का तीसरा पहलू का सम्बन्ध उपलब्धि अभिप्रेरक की व्याख्या से है। उपलब्धि-उन्मुखी व्यवहार (achievement-oriented behaviour or T_A) में लिप्त होने की प्रवृत्ति T_S में से T_F को घटा लेने के बाद बचे मान (value) पर आधारित होता है। इसे सूत्र के रूप में इस प्रकार लिखा जा सकता है—

$$T_A = T_S - T_F$$

इस सूत्र में के पूर्व पदों (previous terms) के रूप में प्रतिस्थापित करने पर T_A के सूत्र को इस प्रकार लिखा जा सकता है—

$$T_A = [M_S - M_{AF}]\,[P_S \times (1 - P_S)]$$

इस सूत्र से निम्नांकित निष्कर्ष निकलता है—

(a) सभी व्यक्ति सफलता प्राप्त करने तथा असफलता से दूर रहने की प्रवृत्ति से अभिप्रेरित होते हैं।

(b) प्रत्येक उपलब्धि-उन्मुखी परिस्थिति द्वारा उक्त दोनों तरह के अभिप्रेरण की उत्पत्ति होती है।

(c) कोई भी व्यक्ति उपलब्धि-संबद्ध क्रियाओं में सचमुच में अपने आपको लिप्त करेगा या नहीं, यह दो कारकों पर आधारित होता है—परिणामी उपलब्धि अभिप्रेरण (resultant achievement motivation) अर्थात् $(M_S - M_{AF})$ तथा कार्य की कठिनाई $[P_S \times (1 - P_S)]$

एटकिन्सन सिद्धान्त या मॉडल का व्यापक समर्थन कई प्रयोगात्मक अध्ययनों एवं शोधों में किया गया है। इस सिलसिले में एटकिन्सन एवं लिटविन (Atkinson & Litwin, 1960) द्वारा किया गया अध्ययन विशेष रूप से उल्लेखनीय है।

इस अध्ययन में 13-13 प्रयोज्यों का दो समूह तैयार किया गया। एक समूह में ऐसे व्यक्ति थे जिनमें उपलब्धि अभिप्रेरक की मात्रा असफलता से होने वाले डर की मात्रा से अधिक था तथा दूसरे समूह में ऐसे प्रयोज्य थे जिनमें उपलब्धि अभिप्रेरक की मात्रा असफलता से होने वाले डर की मात्रा से कम थी। कहने का तात्पर्य यह है कि प्रयोज्यों के M_S तथा M_{AF} की जाँच कर उन्हें दो समूहों में बाँटा गया था—उच्च उपलब्धि अभिप्रेरक समूह तथा निम्न उपलब्धि अभिप्रेरक समूह। प्रयोज्यों को अपनी पसंद की दूरी से एक खूँटी में वलय (ring) फेंककर पहनाना था। इस अध्ययन मे दो प्राक्कल्पनाएँ (hypotheses) थीं—पहली प्राक्कल्पना यह थी कि जब कार्य की कठिनाई बहुत अधिक या बहुत कम होगी तो अधिक उपलब्धि वाला समह वलय को न अधिक और न कम बल्कि बीच की दूरी से खूँटी पर वलय फेंकना पसंद करेगा। दूसरी प्राक्कल्पना यह थी कि निम्न उपलब्धि वाला समूह वलय फेंकने में बीच की दूरी को पसंद न करके बहुत कम दूरी (आसान कार्य) या बहुत अधिक दूरी (कठिन कार्य) से फेंकना पसंद करेगा। परिणाम में यह देखा गया कि पहली प्राक्कल्पना पूरी तरह तथा दूसरी प्राक्कल्पना भी बहुत हद तक संपुष्ट हुई। उच्च अभिप्रेरण वाला समूह द्वारा 8 से 11 फीट की दूरी से वलय को फेंकना अधिक पसंद किया गया था। निम्न अभिप्रेरण वाला समूह के प्रयोज्यों में से बहुत कम ही प्रयोज्यों द्वारा 8 से 11 फीट की दूरी को पसंद किया गया बल्कि अधिकतर प्रयोज्यों द्वारा 2 से 4 या फिर 13 से 15 फीट की दूरी से वलय को फेंकना पसंद किया गया। स्पष्टतः इस प्रयोग से एटकिन्सन मॉडल को पूर्ण समर्थन मिलता है। दिन प्रतिदिन की वास्तविक परिस्थिति में भी जैसे जीवन वृत्ति के चयन में भी एटकिन्सन सिद्धान्त की जाँच की गई। इस अध्ययन में प्रयोज्यों को दो समूह में बाँटा गया—*सफलता-उन्मुखी समूह* (success-oriented group) तथा *असफलता-के-डर वाला समूह* (fear-of-failure group)। इन दोनों समूह के प्रयोज्यों को अपने व्यवसायिक लक्ष्यों (occupational goals) के बारे में बतलाने के लिए कहा गया। परिणाम में देखा गया कि सफलता-उन्मुखी समूह में वास्तविक व्यवसायिक लक्ष्यों को चुनने वाले प्रयोज्यों का प्रतिशत अधिक था परन्तु असफलता-के-डर वाले समूह में ऐसे प्रयोज्यों का प्रतिशत कम था। इस परिणाम से भी एटकिन्सन मॉडल को समर्थन मिलता है। बाद में जानमैन (Janman, 1987) द्वारा भी अपने प्रयोग के आधार एटकिन्सन मॉडल को समर्थन प्रदान किया गया।

यद्यपि एटकिन्सन मॉडल का प्रयोगात्मक समर्थन प्राप्त है, फिर भी इस सिद्धान्त या मॉडल की कुछ *परिसीमाएँ* (limitations) हैं जिनमें निम्नाकित प्रमुख हैं:—

(i) एटकिन्स के सिद्धान्त में TAT प्राप्तांकों को जितना विश्वसनीय समझा गया है, वास्तविकता इससे भिन्न है। इसका स्पष्ट मतलब तब यह हुआ कि व्यक्ति का M_S प्राप्तांक जो व्यक्ति के टिकाऊ शीलगुण (enduring trait) को मापता है, एक परिस्थिति से दूरी परिस्थिति में संगत (consistent) नहीं होती है।

(ii) जैक्सन, अहमद तथा हिपी (Jackson, Ahmed & Heapy, 1976) ने अपने अध्ययन के आधार पर यह बतलाया है कि M_S द्वारा एकांकी अभिप्रेरक का नहीं बल्कि अन्य विभिन्न उपलब्धि अभिप्रेरकों जैसे अपने साथियों के बीच विशेष स्थान प्राप्त करने का अभिप्रेरक, प्रतियोगिता में सफल होने का अभिप्रेरक, उत्कृष्ठता प्राप्त करने का अभिप्रेरक आदि भी सम्मिलित होते हैं। ये सभी अभिप्रेरक आपस में भिन्न हैं जिन्हें TAT के उपयोग द्वारा एकाकी उपलब्धि अभिप्रेरक के रूप में मापना गलत होगा।

(iii) तीसरी समस्या एटकिन्सन के उस दाबे (claim) से सम्बंद्ध है जिसमें उन्होंने आत्माभिमान (pride) को $1–P_s$ के तुल्य माना है। पारसोन्स तथा गौफ्फ (Parsons & Goff, 1980) ने अपने अध्ययन के आधार पर यह बतलाया है कि समाज में यौन भूमिका समाजीकरण (sex role socialization) के कारण महिलाओं के लक्ष्य पुरुषों के लक्ष्य से भिन्न हुआ करते हैं। चूँकि एटकिन्सन मॉडल में I_s का सम्बन्ध उन वैयक्तिक लक्ष्यों की प्राप्ति से उत्पन्न आत्माभिमान से है जो पुरुषों के लिए महिलाओं की तुलना में अधिक उपयुक्त हैं, अतः उनका सिद्धान्त महिलाओं के लिए उतना सार्थक नहीं दीखता है।

(iv) कुछ मनोवैज्ञानिकों का मत है कि व्यक्ति के उपलब्धि प्रवृत्तियों पर वैसे कारकों का भी प्रभाव पड़ता है जिसकी कल्पना एटकिन्सन मॉडल (Atkinson's model) में नहीं की गयी है। जैसे—रेनर (Raynor, 1969, 1970) ने अपने अध्ययन के आधार पर यह बतलाया है कि व्यक्ति में उच्च M_S प्राप्तांक नहीं होने पर भी उसका दीर्घकालीन लक्ष्य (जैसे मेडिकल पेशा में जाना) से उसका उपलब्धि व्यवहार (achievement behaviour) प्रभावित हो सकता है। ऐसे कारकों को एटकिन्सन द्वारा अपने मॉडल या सिद्धान्त में सम्मिलित नहीं किया गया है।

इन परिसीमाओं के बावजूद एटकिन्सन मॉडल या सिद्धान्त को एक महत्त्वपूर्ण सिद्धान्त इसलिए माना गया है कि इसके द्वारा उन कारकों पर पर्याप्त बल डाला गया है जो उपलब्धि व्यवहार के होने में महत्त्वपूर्ण भूमिका निभाते हैं।

(ख) गुणारोपण सिद्धान्त (*Attribution theory*)—उपलब्धि अभिप्रेरक की व्याख्या का यह सिद्धान्त वाईनर (Wiener, 1974, 1985) के शोधों पर आधृत है। इस सिद्धान्त की मान्यता यह है कि लोग अपने व्यवहार को समझने या उसकी व्याख्या करने के लिए प्रेरित होते हैं। वे ऐसा अंशतः विभिन्न कारकों के रूप में गुणारोपण करके करते हैं। जैसे—किसी कार्य में सफलता मिलने पर व्यक्ति इसका मुख्य कारण अपनी योग्यता तथा क्षमता समझता है।

वाईनर (Wiener, 985) का मत है कि जिन कारकों के रूप में व्यक्ति अपने उपलब्धि व्यवहार का गुणारोपण करता है, उनके दो मुख्य आयाम या *विमा* (dimensions) होते हैं, जो इस प्रकार हैं—

(i) पहला आयाम का सम्बन्ध संभावित कारण के स्रोत (source) होता है जो बाह्य (external) या आंतरिक (internal) हो सकता है। आंतरिक स्रोत में सामान्यतः व्यक्ति अपनी योग्यता, क्षमता या प्रयास (effort) को रखता है तथा बाह्य कारक में व्यक्ति कार्य की कठिनाई (difficulty) तथा भाग्य (luck) आदि को रखता है। वाईनर तथा उनके सहयोगियों (Weiner et al., 1972) के अनुसार यह आयाम उपलब्धि-सम्बद्ध परिणाम (achievement related outcomes) के लिए अधिक संगत माना गया है। इन लोगों के शोधों से यह स्पष्ट हुआ है कि जो व्यक्ति उपलब्धि अभिप्रेरण में अधिक उच्च होता है (जैसा कि TAT के मापन से स्पष्ट होता है) वे अपनी सफलता का गुणारोपण आंतरिक कारणों के रूप में करते हैं तथा असफलता का गुणारोपण बाह्य कारकों के रूप में करते हैं। दूसरे तरफ जो व्यक्ति उपलब्धि अभिप्रेरण में निम्न होते हैं, वे अपनी सफलता का कारण बाह्य कारक मानते हैं तथा असफलता का कारण आंतरिक कारक मानते हैं। ऐसे व्यक्ति प्रायः कहते हैं, ''मैं भाग्यशाली हूँ। इसलिए मैं सफल हुआ।''

(ii) दूसरा आयाम का सम्बन्ध कारण की स्थिरता (stability of cause) से है। दूसरे शब्दों में, इस आयाम का सम्बन्ध उन कारकों के सापेक्ष स्थायित्व (relative permanence) से है जिनसे परिणाम (outcome) प्रभावित होता है। उदाहरणस्वरूप, आंतरिक क्षमता (internal ability) तथा कार्य की कठिनाई (task difficulty) स्थायी कारण (stable cause) हैं जो व्यक्ति के साथ सतत बने होते हैं। ऐसे व्यक्ति प्रायः यह कहते पाये जाते हैं, ''मैं अक्सर ऐसे कार्यों में असफल रहता हूँ।'' या ''ऐसे कार्य हमारे लिए हमेशा कठिन लगता है'' आदि-आदि। आंतरिक प्रयास (internal effort) तथा बाह्य भाग्य (external luck) स्थायी कारण न होकर परिवर्त्य कारण (variable cause) माने गए हैं क्योंकि वे एक परिस्थिति से दूसरी परिस्थिति में सतत् न होकर परिवर्त्य (variable) होते हैं। ऐसे व्यक्ति प्रायः यह कहते हैं, ''इस बार मैंने बहुत उत्तम ढंग से कोशिश नहीं किया था'' या ''इस बार हमें भाग्य साथ नहीं दिया'' आदि।

गुणारोपण मॉडल के लिए कुछ प्रयोगात्मक सबूत (experimental evidence) भी उपलब्ध हैं। वाईनर तथा साइरेड (Weiner & Sierad, 1975) ने इस सिलिसिले में एक अति महत्त्वपूर्ण अध्ययन किया। इस अध्ययन में TAT प्राप्तांकों के आधार पर प्रयोज्यों को चार समूह में बाँटा गया—दो समूह उच्च उपलब्धि अभिप्रेरक वाले थे तथा दो समूह निम्न उपलब्धि अभिप्रेरक वाले थे। एक उच्च उपलब्धि अभिप्रेरक समूह तथा एक निम्न उपलब्धि अभिप्रेरक समह को किसी तरह का प्रभाव न उत्पन्न करने वाला चीनी की गोली (sugar pills) खाने के लिए इस निर्देश से दिया गया कि यह एक ऐसा औषध है जिससे उनका निष्पादन थोड़ा मंदित हो जाएगा। बाकी बचे दो समूहों को ऐसी गोली खाने के लिए नहीं दिया गया। इस तरह से इस अध्ययन में चार समूह हो गए—बिना औषध वाले उच्च उपलब्धि आवश्यकता वाला समूह (high incentive achievement-no drug), औषध वाले उच्च उपलब्धि आवश्यकता वाला समूह (high incentive achievement-drug), बिना औषध वाले निम्न उपलब्धि आवश्यकता वाला समूह (low incentive achievement-no drug) तथा औषध वाले निम्न उपलब्धि आवश्यकता वाला समूह (low incentive achievement-drug)। प्रयोज्यों को अंक-संकेत परीक्षण (digit-symbol test) पर चार प्रयास दिए गए जिसमें उन्हें एक रुचि के प्रत्येक अंक को काटकर उसके जगह पर एक विशेष संकेत (symbol) लिखना था। इस कार्य के लिए जान-बूझकर बहुत कम समय दिया गया था ताकि किसी भी प्रयोज्य को सफलता हासिल न हो सके। सभी चार प्रयासों में दिए गए समय में अंकों को काटकर लिखे गए सही

संकेत की कुल संख्या के आधार पर सफलता की माप की गयी। इस अध्ययन में प्रयोगकर्त्ता द्वारा निम्नांकित चार पूर्वकथन (prediction) किए गए:—

(i) औषध लेने वाले उच्च उपलब्धि आवश्यकता समूह (high incentive achievement-drug group) जो सामान्यतः अपने खराब निष्पादन का कारण प्रयास की कमी बताकर आने वाले आनुक्रमिक प्रयासों में अधिक कोशिश करेंगे, इस परिस्थिति में अपने खराब निष्पादन का कारण औषध को बतलाकर आनुक्रमिक प्रयासों में अधिक कोशिश नहीं करेंगे।

(ii) बिना औषध वाले उच्च उपलब्धि आवश्यकता समूह (high incentive achievement-no drug group) जो औषध के प्रभाव के रूप में अपने खराब निष्पादन का गुणारोपण करने में असमर्थ हैं, अपने खराब निष्पादन का कारण प्रयास की कमी बतलायेंगे और आनुक्रमिक प्रयासों में अधिक-से-अधिक कोशिश करेंगे।

(iii) औषध लेनेवाले निम्न उपलब्धि आवश्यकता (low incentive achievement-drug group) जो सामान्यतः अपने खराब निष्पादन का कारण अपनी क्षमता की कमी बतलाते हैं, ऐसी परिस्थिति में अपने खराब निष्पादन का कारण औषध लेना बतलायेंगे तथा असफलता से होने वाले शर्म का भी अनुभव वे नहीं करेंगे। अतः इनका निष्पादन तुलनात्मक रूप से अधिक होना चाहिए।

(iv) बिना औषध वाले निम्न उपलब्धि वाले समूह (low incentive achievement-no drug group) अपने खराब निष्पादन का कारण अपनी क्षमता की कमी, हतोत्साहित होना तथा घटिया निष्पादन का सतत बना होना आदि बतलायेंगे।

परिणाम में देखा गया कि उक्त पूर्वकथनों का पूर्ण समर्थन हो पाया। बिना औषध वाले उच्च उपलब्धि समूह (high incentive achievement-no drug group) का निष्पादन सबसे उत्तम रहा, औषध वाले उच्च उपलब्धि समूह (high incentive achievement-drug group) तथा बिना औषध वाले निम्न उपलब्धि समूह (low incentive achievement-no drug group) का निष्पादन सबसे खराब हुआ। परन्तु औषध वाले निम्न उपलब्धि वाला समूह (low incentive achievement-drug group) का निष्पादन बीचोबीच के स्तर का पाया गया।

इस अध्ययन को मनोवैज्ञानिकों द्वारा इसलिए अधिक महत्त्व दिया गया क्योंकि इसमें व्यक्ति के व्यवहार पर उपलब्धि अभिप्रेरण का कोई निश्चित प्रभाव नहीं होते पाया गया। जैसे, उच्च उपलब्धि आवश्यकता वाले समूह के सदस्यों में अधिक उपलब्धि उन्मुखता होने के बावजूद भी उनका निष्पादन स्तरीय नहीं था बल्कि उनका निष्पादन इस विश्वास पर निर्भर करता था कि वे अपनी असफलता का कारण क्या मानते हैं ?

सिद्धान्त का प्रमुख गुण यह है कि इसमें उपलब्धि अभिप्रेरक की व्याख्या कुछ कारकों के रूप में गुणारोपण करके किया जाता है। फिर भी सिद्धान्त का दोष यह बतलाया गया है कि इसमें बतलाये गए सभी कारकों को (जिसके रूप में गुणारोपण किया जाता है) वस्तुनिष्ठ ढंग से मापना सम्भव नहीं है। अतः सिद्धान्त की व्यवहारिकता पर थोड़ी आँच आती है।

व्यक्ति एवं समाज पर उपलब्धि अभिप्रेरक का प्रभाव
(Effect of Achievement Motivation upon Individuals and Societies)

मनोवैज्ञानिकों द्वारा किये गए अध्ययनों से यह स्पष्ट हुआ है कि उपलब्धि अभिप्रेरक का प्रभाव व्यक्ति (individual) तथा समाज (society) दोनों पर ही सार्थक रूप से पड़ता है। अतः हम उपलब्धि अभिप्रेरण के इन दोनों ही प्रभावों का वर्णन अलग-अलग करेंगे।

(क) उपलब्धि अभिप्रेरक का व्यक्ति पर प्रभाव *(Effect of achievement motivation on individuals)*— मनोवैज्ञानिकों द्वारा किये गए अध्ययनों से यह स्पष्ट हुआ है कि उपलब्धि अभिप्रेरण का व्यक्ति के व्यवहार पर काफी सार्थक प्रभाव पड़ता है। स्पष्टतः उच्च एवं निम्न उपलब्धि अभिप्रेरक वाले व्यक्तियों की जीवन अनुभूति (life experiences) अलग-अलग होती है। कुछ ऐसे ही तथ्यों को हम इस प्रकार दिखला सकते हैं—

(i) जिन व्यक्तियों में उपलब्धि आवश्यकता अधिक होती है, वे निम्न उपलब्धि आवश्यकता वाले व्यक्तियों की अपेक्षा स्कूल में उच्च ग्रेड (higher grade) पाते हैं, अधिक तेजी से प्रोन्नति पाते हैं तथा अपने व्यवसाय में भी अधिक सफलता प्राप्त करते हैं। रेयनोर (Raynor, 1970)।

(ii) उच्च उपलब्धि आवश्यकता वाले व्यक्ति निम्न उपलब्धि आवश्यकता वाले व्यक्ति की तुलना में साधारण कठिनाई (moderately difficult) वाले कार्य को करना अधिक पसंद करते हैं क्योंकि इसपर सफलता निश्चित होती है।

(iii) जिन व्यक्तियों में उच्च उपलब्धि आवश्यकता होती है, उनमें निम्न उपलब्धि आवश्यकता वाले व्यक्तियों की तुलना में अपने निष्पादन के बारे में पुर्निनिवेश या प्रतिपुष्टि (feedback) पाने की इच्छा काफी तीव्र होती है। वे यह जानना चाहते हैं कि वे कितना अच्छा या बुरा निष्पादन कर रहे हैं ताकि वे अपने आप को लक्ष्य (goal) के साथ ठीक ढंग से समायोजन कर सके।

(iv) मैक्क्लीलैंड (Mc Clelland, 1995) के अध्ययन के अनुसार जिन व्यक्तियों में उच्च उपलब्धि आवश्यकता होती है, वे उन परिस्थितियों में अच्छा करते हैं जिनमें उनका उपलब्धि अभिप्रेरक काफी उत्तेजित (activated) होता है या जिसमें उन्हें उत्तम निष्पादन दिखलाने की प्रेरणा मिलती है।

(v) उच्च उपलब्धि आवश्यकता वाले लोग किसी एक कार्य में सफल होने पर वे अपनी इस सफलता को ध्यान में रखते हुए अपनी आकांक्षा के स्तर (level of aspiration) को धीरे-धीरे ऊँचा करते हैं।

उपलब्धि आवश्यकता में यौन (sex) के ख्याल से भी वैयक्तिक विभिन्नता (individual difference) होती है। सामान्यतः लड़कियों में लड़कों की अपेक्षा उपलब्धि अभिप्रेरक कम होता है परन्तु कुछ ऐसे भी अध्ययन हुए हैं जिनसे यह साबित हुआ है कि लड़कियों की उपलब्धि अभिप्रेरण लड़कों की उपलब्धि अभिप्रेरक के बराबर होती है। मैक्कोबी तथा जैक्लिन (Maccoby & Jacklin, 1974) ने अपने अध्ययन के आधार पर इस तथ्य की सम्पुष्टि किया है।

(ख) उपलब्धि अभिप्रेरण का समाज पर प्रभाव : उपलब्धि अभिप्रेरण तथा आर्थिक वर्द्धन *(Effect of achievement motivation on society : Achievement Motivation and Economic growth)*—यद्यपि यह सही है कि उपलब्धि अभिप्रेरण एक वैयक्तिक प्रक्रिया (individual process) है, फिर भी उपलब्धि अभिप्रेरक का औसत स्तर एक समाज से दूसरे समाज में भिन्न होता है। कई मनोवैज्ञानिकों जिनमें मैक्क्लीलैंड (Mc Clelland) का नाम मशहूर है, का यह दावा है कि उपलब्धि आवश्यकता समाज के आर्थिक (economic) तथा व्यवसायिक वर्द्धन (business) से सम्बन्धित (related) है। जब समाज में बहुत लोग ऐसे होते हैं जिनकी उपलब्धि आवश्यकता (achievement need) अधिक ऊँची होती है, तो उसमें आर्थिक एवं व्यवसायिक वर्द्धन या विकास भी अधिक होता है। अतः यदि किसी समाज में यदि शोधकर्त्ता तीव्र एवं उच्च उपलब्धि अभिप्रेरण का सबूत पाते हैं, तो वे सीधे इस निष्कर्ष पर पहुँचते हैं कि उस समाज का आर्थिक वर्द्धन भी उत्तम होगा।

उपर्युक्त तथ्य की प्रयोगात्मक संपुष्टि के लिए कई तरह के सबूत उपलब्ध हैं। ब्रेडवर्न तथा वर्लीऊ (Bradburn & Berlew, 1961) ने इस सिलसिले में एक अध्ययन किया है जो इस प्रकार है—इस अध्ययन में इंगलैंड में उपलब्धि आवश्यकता तथा आर्थिक वर्द्धन (economic growth) का एक सूचक (index) जैसे—कोयला का आयात (coal imports) जो 1550 से 1850 तक प्रत्येक 50-50 साल पर प्राप्त किया गया, में इन दोनों चरों (variables) अर्थात् उपलब्धि आवश्यकता तथा कोयला का आयात (coal import) में सहसम्बन्ध ज्ञात किया गया और पाया गया कि प्रत्येक 50 साल पर जैसे-जैसे लोगों में उपलब्धि अभिप्रेरण में वृद्धि होती गयी, वैसे-वैसे लोगों की आर्थिक क्रियाएँ (अर्थात् कोयला का आयात) भी बढ़ती गयीं। बाद में मैकक्लीलैंड (Mc Clelland, 1985) ने एक अन्य प्रयोग किया जिसमें उपलब्धि आवश्यकता तथा आर्थिक वर्द्धन में सहसम्बन्ध की पुष्टि होती है। इन्होंने 22 विभिन्न संस्कृतियों से लिये गए बच्चों के ऐसे कहानियों को जो उपलब्धि आवश्यकता से सम्बन्धित थे, विश्लेषण किया। इसके बाद वे उपलब्धि अभिप्रेरण के इन स्तरों को आर्थिक विकास के दो सूचकांकों (indices) के साथ सम्बन्धित किया। वे दो सूचकांक (index) थे—*प्रत्येक समाज में प्रति व्यक्ति औसत आय तथा प्रति व्यक्ति वैद्युतीय उत्पादन (elcetrical production)। परिणाम में देखा गया कि उपलब्धि अभिप्रेरक प्राप्तांक आर्थिकवर्द्धन* (economic growth) *से अधिक सम्बन्धित थे।* दूसरे शब्दों में, जिन देशों में बच्चों की कहानियों में उपलब्धि आवश्यकता पर जितना ही अधिक बल डाला गया था, उन देशों में आर्थिक विकास काफी तेजी से होता देखा गया था।

मैकक्लीलैंड के उक्त प्रयोगात्मक परिणाम की पुष्टि फर्नहाम, किर्ककाल्डी एवं लिन्न (Furnham, Krikcaldy & Lynn, 1994) द्वारा एक काफी गहन एवं विस्तृत अध्ययन में किया गया। इसमें 41 विभिन्न देशों से 12,000 से भी अधिक व्यक्तियों ने भाग लिया जिसमें उपलब्धि अभिप्रेरण से संबंद्ध मनोवृत्तियों एवं आर्थिक वर्द्धन (economic growth) के दो सूचकांकों (indices) के बीच सहसम्बन्ध ज्ञात किया। ये दो सूचकांक थे—कुल घरेलू उत्पाद (gross domestic product) तथा वर्द्धन दर (growth rate) अर्थात् एक साल से दूसरे साल में आर्थिक उत्पादन में वृद्धि का प्रतिशत। परिणाम में उपलब्धि अभिप्रेरण से सम्बद्ध मनोवृत्ति तथा आर्थिक वर्द्धन (economic growth) में सार्थक सम्बन्ध पाया गया। उदाहरणस्वरूप, इन सभी 22 देशों में प्रतियोगिता से संबद्ध मनोवृत्ति आर्थिक वर्द्धन का एक सार्थक पूर्वानुभेदक (predictor) पाये गए। ऐसी मनोवृत्तियाँ जितनी ही मजबूत थीं, उपलब्धि अभिप्रेरण भी उतनी ही तीव्र थी तथा फिर आर्थिक वर्द्धन का दर भी उतना ही अधिक तीव्र पाया गया।

कुछ और भी अध्ययन ऐसे किये गए हैं जिनमें उपलब्धि अभिप्रेरक तथा आर्थिक एवं व्यवसायिक सूचकांकों में सार्थक सम्बन्ध पाया गया। जैसे, मार्गन (Morgan, 1964) ने आत्म-नियोजित व्यवसायियों (self-employed businessmen) के एक समूह के उपलब्धि प्रातांकों का विश्लेषण किया और पाया कि जिन व्यवसायियों का उपलब्धि प्राप्तांक अधिक था, उनकी आय उन व्यवसायियों जिनका उपलब्धि प्राप्तांक कम था, की तुलना में 73 प्रतिशत अधिक था। वेनर तथा रूविन (Wainer & Rubin, 1969) ने एक अन्य अध्ययन में उपलब्धि प्राप्तांक तथा कम्पनी के निष्पादन (company performance) में सार्थक सम्बन्ध पाया। करीब ऐसा ही एक प्रयोगात्मक परिणाम मार्रिस एवं फारघेर (Morris & Fargher, 1974) ने अस्ट्रेलिया में पाया।

उपलब्धि आवश्यकता तथा आर्थिक क्रिया (economic activity) के बीच सम्बन्ध विकासशील देशों में भी सही पाया गया है। जैसे स्वर्गीय डी॰ सिन्हा एवं एन॰ पी॰ चौबे (Late D. Sinha & N.P. Chaubey, 1972) ने इलाहाबाद के पास के चार गाँवों के उपलब्धि अभिप्रेरण के स्तरों का तुलनात्मक अध्ययन किया। इन चार गाँवों में से दो गाँव कृषि, स्वास्थ्य तथा आवास आदि के ख्याल से अधिक विकसित थे तथा दो गाँव इन दृष्टिकोणों से पिछड़े हुए थे। परिणाम में पाया गया कि विकसित गाँवों के युवकों का उपलब्धि अभिप्रेरक विकासशील गाँवों के युवकों के उपलब्धि अभिप्रेरक से दुगुना अधिक था। पी॰ एस॰ हुडंल (P.S. Hundal, 1971) ने पंजाब में उद्यमियों (enterpreneurs) के उपलब्धि अभिप्रेरण का गहन रूप से अध्ययन किया। इनका शोधकार्य लघु होजियरी एवं धातु उद्योगों के उद्यमियों पर आधारित था। इस अध्ययन के परिणाम में यह स्पष्ट रूप से पाया गया कि उद्यमियों के उपलब्धि अभिप्रेरण तथा उनके आर्थिक वर्द्धन (economic growth) काफी सम्बन्धित थे। इन सभी तरह के अध्ययनों के आधार पर हम इस मजबूत निष्कर्ष पर पहुँचते हैं कि उपलब्धि अभिप्रेरण तथा आर्थिक प्रगति (economic advance) में सम्बन्ध है।

उपर्युक्त सभी अध्ययनों से मैकक्लिलैंड के इस मौलिक निष्कर्ष का समर्थन मिलता है कि राष्ट्र का आर्थिक प्रगति अंशतः वहाँ के नागरिकों के उपलब्धि अभिप्रेरण से सम्बन्ध होता है। परन्तु चूँकि इस तरह का शोध सहसम्बन्धात्मक (correlational) है, इसलिए यह निश्चित रूप से नहीं कहा जा सकता है कि विभिन्न देश की संस्कृतियों में उपलब्धि अभिप्रेरण के अंतर से ही देश के आर्थिक वर्द्धन में अंतर होता है। फिर भी यह तथ्य कि उपलब्धि अभिप्रेरण वैयक्तिक निष्पादन एवं सफलता को प्रभावित करता है, से यह अवश्य पता चलता है कि इस अभिप्रेरण के संदर्भ में जो सांस्कृतिक अंतर है, वह स्पष्टतः इस ओर इशारा करता है कि क्यों कुछ देश अचानक आर्थिक सम्पन्नता हासिल कर लेता है जबकि कुछ देश क्यों इसमें पीछे रह जाते हैं।

उपगमन अभिप्रेरण तथा परिहार अभिप्रेरण : वास एवं विस
(Approach Motivation and Avoidance Motivation : BAS and BIS)

अभिप्रेरण (motivation) व्यक्ति को कुछ लक्ष्य या चीज की ओर ले जाता है तथा कुछ लक्ष्य या चीज से दूर भी हटने के लिए प्राणी को उत्तेजित करता है। जैसे, हमलोग आनन्द की प्राप्ति करना चाहते हैं तथा दुःख से दूर रहना चाहते हैं। पुरस्कार की ओर आकर्षित होते हैं तथा दंड (punishment) एवं वंचन (deprivation) से अलग हटना चाहते हैं। मनोवैज्ञानिकों एवं अन्य विशेषज्ञों द्वारा किये गए अध्ययनों से यह स्पष्ट हुआ है कि ये दोनों सार्वत्रिक (universal) व्यवहारात्मक प्रवृत्तियाँ (behavioural tendencies) मस्तिष्क में दो भिन्न तंत्रकीय तंत्र (neural system) की क्रियाओं को प्रतिबिम्बित करती हैं। जेफ्रे ग्रे (Jeffrey Gray, 1991) के अनुसार ये दो तंत्रकीय तंत्र हैं—*व्यवहारात्मक संक्रियण तंत्र* (Behavioural Activation System or BAS) तथा *व्यवहारात्मक अवरोध तंत्र* (Behavioural Inhibition System or BIS)। BAS एक ऐसा तंत्र है जो संभावित पुरस्कार तथा धनात्मक आवश्यकता तुष्टि (positive need satiscfation) के संकेतों से उत्तेजित है जबकि BIS एक ऐसा तंत्र है जो उन उद्दीपकों के प्रति अनुक्रिया करता है जो सम्भावित दर्द, अपुनर्बलन (nonreinforcement) तथा दंड (punishment)

की ओर इशारा करता है। BAS में होने वाली क्रियाओं (activities) से व्यक्ति में आनन्द की प्राप्ति की उम्मीद में धनात्मक लक्ष्यों (positive goals) की ओर अग्रसर होने की प्रवृत्ति बढ़ जाती है। इससे व्यक्ति में आशा (hope) उल्लास (elation) तथा खुशी (pleasure) के संवेग उत्पन्न होते हैं। BIS की सक्रियता होने पर व्यक्ति में डर, भाग जाना, परिहार्य व्यवहार (avoidance behaviour) आदि उत्पन्न होता है। स्पष्ट हुआ कि BAS द्वारा उपगमन अभिप्रेरण (approach motivation) तथा BIS द्वारा परिहार्य अभिप्रेरण (avoidance motivation) का नियमन होता है। ये दोनों तंत्रों द्वारा उपगमन अभिप्रेरण तथा परिहार्य अभिप्रेरण का सम्बन्ध क्रमशः धनात्मक (positive) तथा प्रतिकूल संवेगों (aversive emotion) से भी जोड़ा जाता है।

कुछ शोधकर्त्ताओं द्वारा BAS तथा BIS द्वारा नियमित एवं नियंत्रित होने वाली दो परस्पर विरोधी क्रियाओं के लिए विशिष्ट मस्तिष्कीय प्रक्रम (specific brain mechanism) होने की खोज की जा रही है। कोएन तथा ऐलेन (Coan & Allen, 2003) एवं ग्रे तथा वर्गेस्स (Gray & Burgess, 2004) द्वारा किये गए अध्ययनों से यह स्पष्ट हुआ है कि बायाँ गोलार्द्ध (left hemisphere) के प्राक्अग्र क्षेत्र (prefrontal area) जो लक्ष्य-निदेशित योजना (goal-directed planning) एवं आत्म-नियमन (self-regulation) के लिए उत्तरदायी होता है, सचमुच में BAS का हिस्सा होता है। दूसरे तरफ सुट्टोन (Sutton, 2002) ने अपने अध्ययन के आधार पर यह बतलाया है कि दायाँ अग्रपालि (right frontal lobe) तथा लिम्बिक तंत्र की कई संरचनाएँ (structures) BIS में सम्मिलित होतीं हैं।

BAS तथा BIS पर आजकल मनोवैज्ञानिकों द्वारा कई कारणों से अधिक बल दिया जाता है जिसमें निम्नांकित प्रमुख हैं—

(i) BAS तथा BIS न केवल उपगमन (approach) अभिप्रेरण तथा परिहार्य (avoidance) अभिप्रेरण में अंतर करता है, बल्कि वे आनन्द की प्राप्ति तथा दुःख (pain) को दूर हटाने में संज्ञानात्मक (cognitive), दैहिक (physiological) तथा व्यवहारपरक (behavioural) प्रक्रियाओं को संगठित भी करता है।

(ii) BAS तथा BIS अभिप्रेरण संवेग को एक साथ जोड़ता भी है क्योंकि BAS उपगमन अभिप्रेरण तथा वांछित प्रोत्साहन (desired incentives) को धनात्मक संवेगों (positive emotions) के साथ जोड़ता है तथा BIS परिहार्य अभिप्रेरण (avoidance motivation) को नकारात्मक संवेग (negative emotions) जैसे डर (fear), विषाद (depression) तथा दोष-भाव (guilt-feeling) आदि से सम्बन्धित करता है।

स्पष्ट हुआ कि BAS तथा BIS पर किये गए अध्ययनों से अभिप्रेरण के साथ ही संवेग को भी समझने में मदद मिलती है,

अभिप्रेरित व्यवहार की कसौटी
(Criteria of Motivated Behaviour)

मनोवैज्ञानिकों ने इस बात पर भी गम्भीरतापूर्वक विचार किया है कि हम किस तरह के व्यवहार को अभिप्रेरित (motivated) व्यवहार कहेंगे तथा वे कौन-कौन कसौटियाँ (criteria) हैं जिनके आधार पर हम यह कह सकते है कि अमुक व्यवहार अभिप्रेरित व्यवहार है। विट्टेकर (Whittaker, 1970) तथा लिंडजे, हाल्ल तथा थॉम्पसन (Lindzey, Hall & Thompson, 1978) ने अभिप्रेरित व्यवहार के निम्नांकित चार कसौटियाँ (criteria) बतलाया है जिसके आधार पर हम अभिप्रेरक व्यवहार (motivated behaviour) की पहचान आसानी से कर सकते हैं—

1. अभिप्रेरित व्यवहार चक्रीय (cyclical) होता है। दूसरे शब्दों में, यह कहा जा सकता है कि किसी व्यवहार को अभिप्रेरित व्यवहार कहलाने के लिए चक्रीय (cyclical) होना अनिवार्य है। इस चक्र (cycle) के अनुसार व्यक्ति में पहले एक खास आवश्यकता (need) तथा प्रणोद (drive) उत्पन्न होता है। इससे व्यक्ति में क्रियाशीलता बढ़ जाती है और वह लक्ष्य की ओर अग्रसर होने लगता है। अन्त में लक्ष्य की प्राप्ति में आवश्यकता की पूर्ति हो जाती है तथा प्रणोद कम हो जाता है। अतः अभिप्रेरित व्यवहार से व्यक्ति का व्यवहार एक क्रम (sequence) से आगे बढ़ता है और पुनः दूसरी बार उत्पन्न होने पर वही क्रम बना रहता है। इस तरह से यह कहा जाता है कि अभिप्रेरित व्यवहार चक्रीय (cyclical) होता है।

2. किसी व्यवहार को अभिप्रेरित व्यवहार कहलाने के लिए यह भी आवश्यक है कि वह चयनात्मक (selective) हो। दूसरे शब्दों में यह कहा जा सकता है कि अभिप्रेरित व्यवहार चयनात्मक होते हैं। उदाहरणस्वरूप, यदि कोई व्यक्ति

प्यासा है परन्तु भूखा नहीं है तो वह हमेशा पानी पीना चाहेगा भोजन नहीं। उसका व्यवहार पानी पीने की ओर अग्रसर होगा दूसरी ओर नहीं।

3. अभिप्रेरित व्यवहार तुलनात्मक रूप से सक्रिय (active) तथा सतत (persistent) होता है। प्रयोगात्मक अध्ययनों से यह स्पष्ट हो गया है कि जैसे-जैसे बंचन (deprivation) की अवधि (period) बढ़ती है, एक खास सीमा तक व्यक्ति में क्रियाशीलता भी बढ़ती जाती है। अतः अभिप्रेरित व्यवहार सक्रिय (active) होता है। इतना ही नहीं, एक अभिप्रेरक व्यक्ति (motivated person) का व्यवहार तुरन्त ही समाप्त नहीं हो जाता है। लक्ष्य (goal) तक पहुँचने में चाहे उसे जितनी भी कठिनाई क्यों न हो, वह अपना कोशिश जारी रखता है। अतः अभिप्रेरित व्यवहार में क्रियाशीलता (activity) के अलावा सातत्य (persistence) का भी गुण होता है।

4. अभिप्रेरित व्यवहार में समस्थिति (homeostasis) होती है। शरीर के भीतर आंतरिक सन्तुलन (internal balance) की स्थिति को समस्थिति की संज्ञा दी जाती है। उदाहरणस्वरूप, जब व्यक्ति को भूख लगती है, तो इनसे उसके भीतर में एक तनाव उत्पन्न होता है जिसके फलस्वरूप व्यक्ति भोजन की खोज करता है और भोजन मिलने पर फिर तनाव कम हो जाता है। तनाव उत्पन्न होने से समस्थिति में असंतुलन हो जाता है और तनाव समाप्त होने पर पुनः समस्थिति कायम हो जाती है। अतः किसी व्यवहार को अभिप्रेरित व्यवहार कहलाने के लिए यह भी आवश्यक है कि उसमें समस्थिति को क्षुब्ध करने का गुण है।

5. अधिकतर अभिप्रेरित व्यवहार से अधिगम (learning) के दर में वृद्धि हो जाती है। प्राणी का निष्पादन उच्च स्तर पर होता है।

6. अभिप्रेरित व्यवहार का विलोपन (extinction) देरी से होता है। दूसरे शब्दों में, ऐसे व्यवहार विलोपित देरी से होता है।

यदि कोई व्यवहार ऊपर बताये गये छह कसौटियों पर सही उतरता है, तो उसे हम निश्चित रूप से अभिप्रेरित व्यवहार (motivated behaviour) की संज्ञा देंगे।

पशु प्रणोद की माप
(Measurement of Animal Drive)

पशुओं में जैविक अभिप्रेरक (biological motive) का महत्त्व सामाजिक अभिप्रेरक (social motive) की अपेक्षा काफी अधिक होता है। मनोवैज्ञानिकों ने विभिन्न प्रकार के जैविक अभिप्रेरकों में तीन अभिप्रेरक जो पशु और मनुष्य दोनों के लिए ही करीब-करीब समान रूप से महत्त्वपूर्ण है, पर अधिक बल डाला है। वे हैं—भूख (hunger), प्यास (thirst) तथा काम (sex)। इनलोगों द्वारा पशुओं के इन अभिप्रेरकों की माप के लिए कुछ विशेष विधियों का वर्णन किया है जो निम्नांकित है—

1. क्रिया चक्र विधि *(Activity wheel method)*—इस विधि में पशुओं का प्रणोद (drive) मापने के लिए एक विशेष चक्र (wheel) की तरह पिंजड़ा (cage) बना होता है। पिंजड़े का आकार एक चक्र (wheel) के समान होता है। अभिप्रेरित पशु (motivated animal) को इसमें रखने से वह भिन्न-भिन्न प्रकार की प्रक्रियाएँ (activities) जैसे—उछलना, कूदना, पिंजड़े के भीतरी दीवाल पर चलना आदि प्रारम्भ कर देता है। पिंजड़े के भीतर जितनी ही अधिक क्रियाएँ (activities) पशु करता है, पिंजड़ा उतना ही घुमता है। (देखें चित्र 10.2) पिंजड़े के घुमने की बारंबारता (frequency) को प्रयोगकर्त्ता (experimenter) बाहर लगे मीटर (meter) के सहारे माप कर लिखते जाता है। प्रायः इस विधि द्वारा चूहों की प्रणोद (drive) या आवश्यकता (need) को काफी आसानी से मापा जाता है। एक भूखे या प्यासे चूहे को यदि एक पिंजड़े (wheel maze) में छोड़ दिया जाता है, तो स्वभावतः उसमें क्रियाशीलता होती है और वह पिंजड़े में इधर-उधर घुमने लगता है जिसके परिणामस्वरूप चक्र पिंजड़े (wheel maze) में घूर्णन गति (rotation movement) होती है। अगर चूहे में भूख अधिक तीव्र है या प्यास अधिक तीव्र है तो वैसी अवस्था में पिंजड़े में घूर्णन गति काफी अधिक होगी यानी इस तरह की गति की बारंबारता अधिक होगी।

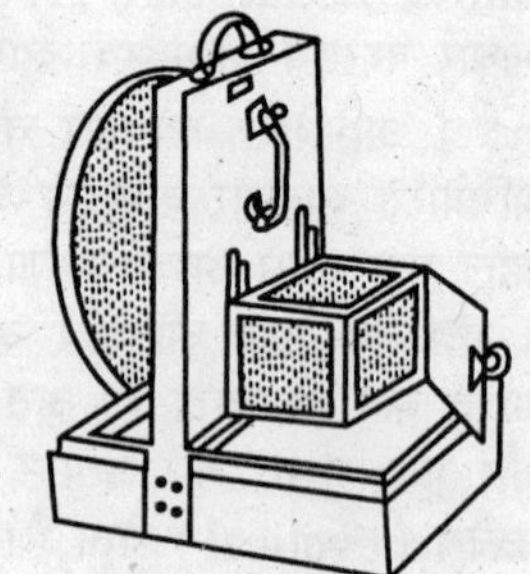

चित्र 10.2 : क्रिया चक्र भूलभुलैया

इस विधि का सबसे प्रमुख दोष यह है कि इसके द्वारा चूहों तथा खरगोश के अलावा अन्य बड़े पशुओं की आवश्यकता (need) या प्रणोद (drive) को मापा नहीं जा सकता है क्योंकि क्रिया चक्र में उन्हें रखा ही नहीं जा सकता है। इतना ही नहीं, चूहों तथा खरगोश के सिर्फ भूख तथा प्यास की आवश्यकता को ही मापा जा सकता है अन्य आवश्यकताओं जैसे—काम (sex) आदि का मापन भी नहीं हो सकता है।

2. अवरोध विधि *(Obstruction method)*—पशुओं के प्रणोद (drive) मापने की यह दूसरी विधि है। इस विधि द्वारा आवश्यकता (need) या प्रणोद को मापने के लिए एक विशेष बॉक्स जिसे अवरोध बॉक्स (obstruction box) कहा जाता है, का उपयोग किया जाता है। (चित्र 10.3 देखें)। इस बॉक्स का निर्माण वार्डन तथा उनके सहयोगियों तथा जेनकिन एवं उनके सहयोगियों (Warden et al., 1931 Jenkin et al., 1926) द्वारा किया गया। जैसा कि चित्र 10.3 से स्पष्ट है, इस बॉक्स में दो डिब्बे (compartment) होते हैं। एक को प्रवेश डिब्बा (enterance compartment) कहते हैं तथा दूसरे को लक्ष्य डिब्बा (goal compartment) कहा जाता है। प्रवेश डिब्बा 'A' तथा लक्ष्य डिब्बा 'B' है। प्रवेश डिब्बा में एक दरवाजा (door) होता है जिसके सहारे पशु 'A' डिब्बा मं आता है। चित्र 10.3 में यह दरवाजा 'D' है। A और B डिब्बे को जोड़ने वाला 'C' है जो लोहे की जाली का बना एक रास्ता (path) होता है। जब पशु लक्ष्य बॉक्स यानी 'B' में रखे गये प्रोत्साहन (incentive) को प्राप्त करने 'C' होकर जाता है, तो लोहे की जाली से उसे हलके बिजली की आघात दिया जाता है। इस बिजली की आघात से वह जाली से होकर जाना नहीं चाहता है। फलस्वरूप, उसे लक्ष्य बॉक्स में रखे प्रोत्साहन तक पहुँचने में एक अवरोध (obstruction) उत्पन्न होता है। अगर पशु में उत्पन्न आवश्यकता (need) या प्रणोद (drive) की प्रबलता (strength) अधिक होती है, तो वैसी अवस्था में वह उस अवरोध को अधिक बार पार (cross) करना चाहेगा। वार्डेन (Warden, 1931) ने प्रति 20 मिनट में पशु कितनी बार बिजली से उत्पन्न अवरोध को पार करता है, इसके आधार पर पशु की आवश्यकता की प्रबलता (strength) को मापा जाता है। पार करने की संख्या प्रति 20 मिनट जितनी ही अधिक होगी, पशु में प्रोत्साहन (incentive) से सम्बन्धित आवश्यकता (need) उतनी ही अधिक मजबूत (stronger) होगी।

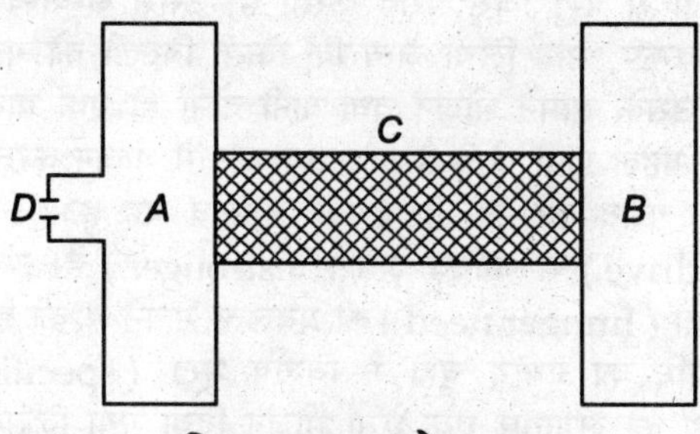

चित्र 10.3 : अवरोध बक्स
(Obstruction box)

वार्डेन (Warden, 1931) ने एक प्रयोग किया जिसमें चूहों में भूख आवश्यकता (hunger need) के शक्ति (strength) की माप अवरोध विधि से किया। इस प्रयोग में भूखे चूहे को प्रवेश डिब्बे (enterance box) में तथा लक्ष्य डिब्बे में भोजन रखा गया। पथ 'C' में बिजली की हल्की धारा प्रवाहित कर दी गयी जिससे प्रवेश डिब्बा से लक्ष्य डिब्बा में जाने की कोशिश करने पर चूहे को बिजली का आघात पहुँच सके। परिणाम में देखा गया कि जैसे-जैसे भोजन करने के बाद का समय बढ़ता गया, वैसे-वैसे अवरोध को पार (cross) करने की संख्या भी बढ़ती गयी। पार करने की सबसे उच्चतम संख्या 2 दिनों के भोजन वंचन (food deprivation) पर होता पाया गया। उसी तरह से वार्डेन (Warden, 1931) ने ही नर चूहों की काम आवश्यकता (sex need) का मापन इस विधि द्वारा की है। मादा चूहे (female rat) को लक्ष्य डिब्बा (goal compartment) में रख दिया गया तथा नर चूहे को प्रवेश डिब्बा (enterance compartment) में रखा गया। परिणाम में यह देखा गया कि पिछले संभोग (mating) के बाद का समय जैसे-जैसे बढ़ता गया, वैसे-वैसे पथ 'C' को जिसमें विद्युत की धारा प्रवाहित हो रही थी, पार (cross) करने की संख्या भी बढ़ती गयी।

इसी तरह से अवरोध विधि का उपयोग पशुओं में प्यास प्रणोद (thirst drive) एवं काम प्रणोद को मापने के लिए भी किया गया है। लिण्डजे, हाल्ल तथा थॅम्पसन (Lindsey, Hall & Thompson, 1978) ने एक प्रयोग किया जिसमें पाया कि चूहों को पिछले कई घंटों से पानी न दिये जाने पर लक्ष्य डिब्बा (goal compartment) में रखे पानी को पीने के लिए पथ 'C' (जिसमें विद्युत धारा थी) को पार करने की संख्या अधिक बढ़ जाती है।

ऊपर के प्रयोगों से स्पष्ट है कि अवरोध विधि द्वारा पशुओं के कई जैविक अभिप्रेरकों (biological motives) की माप हो जाती है। सच्चाई यह है कि अवरोध विधि में अभिप्रेरक के माप के लिए जो निहित सिद्धान्त (principle)

है उसका उपयोग मनुष्यों के अभिप्रेरकों की माप में भी सम्भव है। यदि हम किसी लक्ष्य की प्राप्ति के लिए काफी अभिप्रेरित (motivated) होते हैं, तो रास्ते मे कितनी भी बाधाएँ (obstruction) क्यों न आये, हम उन सभी को पार करते हुए लक्ष्य पर पहुँच जाते हैं।

3. पसंद विधि *(Preference method)*—यह विधि भी पशुओं की आवश्यकता (need) को मापने की एक लोकप्रिय विधि (popular method) है। इस विधि में पशुओं में एक ही साथ दो आवश्यकताएँ (need) उत्पन्न कर दी जाती हैं और पशुओं को इन दोनों आवश्यकताओं को संतुष्ट करनेवाला उपयुक्त (appropriate) प्रोत्साहन (incentive) भी रख दिया जाता है। इन दोनों तरह के प्रोत्साहन में से पशु जिसे पसंद करता है, उससे सम्बन्धित आवश्यकता को अधिक प्रबल (strong) माना जाता है। उदाहरणस्वरूप, मान लिया जाय कि किसी बिल्ली को गत 30 घंटों से भूखा तथा 35 घंटों से प्यासा रखा जाता है। इसके बाद उसके सामने भोजन तथा पानी दोनों ही एक साथ उपस्थित किये जाते हैं। थोड़ी देर के लिए मान लिया जाय कि बिल्ली पहले पानी पीती है और तब बाद में भोजन करती है। दूसरे शब्दों में, यहाँ बिल्ली पानी को भोजन की अपेक्षा अधिक पसंद कर रही है। इसका मतलब यह हुआ कि बिल्ली में प्यास प्रणोद (thirst drive) भूख प्रणोद (hunger drive) से अधिक प्रबल (stronger) है। यंग (Young, 1947) ने इस विधि का उपयोग चूहों की भूख आवश्यकता (hunger need) की प्रबलता मापने में की है। हैरिस तथा उनके सहयोगियों (Harris et al., 1933) ने इस विधि का प्रयोग चूहों में विशेष भूख (specific hunger) की प्रबलक्रम को मापने में की है। इस प्रयोग में कुछ चूहों को लगातार एक ऐसा भोजन दिया गया जिसमें विटामिन B नहीं था। फलस्वरूप चूहों में विटामिन B की विशेष आवश्यकता (specific need) उत्पन्न हो गयी। बाद में इन चूहों को दो तरह का भोजन दिया गया—एक विटामिन 'B' से युक्त भोजन तथा दूसरा विटामिनहीन भोजन। परिणाम में दखा गया कि चूहों ने विटामिन 'B' से युक्त भोजन को विटामिन 'B' हीन भोजन की अपेक्षा अधिक पसंद किया। इसका मतलब यह हुआ कि विटामिन 'B' से सम्बन्धित विशेष भूख (specific hunger) अधिक प्रबल (stronger) थी।

कुछ मनोवैज्ञानिकों ने पसंद विधि का एक परिवर्तित रूप (modified form) का उपयोग करके पशुओं का विशेषकर चूहों का प्रणोद (drive) का माप किया है। इस परिवर्तित रूप में चूहों को एक साथ दो प्रोत्साहन नहीं बल्कि एक ही प्रोत्साहन परन्तु उसका स्वरूप प्रतिदिन बदल-बदल कर दिया जाता है। प्रतिदिन चूहों द्वारा उपयोग किये गये प्रोत्साहन की मात्रा के आधार पर आवश्यकता की प्रबलता (strength) की माप की जाती है। इस परिवर्तित विधि के सहारे बीबी-सेन्टर, ब्लैक, हॉफ्फमैन तथा वेड (Beebe-Center, Black, Hoffman & Wade, 1948) ने एक प्रयोग किया जिसमें 11 चूहों में से प्रत्येक को अलग-अलग चैम्बर, (chamber) में रखा गया। प्रत्येक चैम्बर जो एक तरह का पिंजड़ा था, में एक-एक बोतल रखा था। चूहे प्यासे थे। किसी-किसी दिन बोतल में मीठा पानी भरा जाता था तो किसी-किसी दिन साधारण पानी भरा रहता था। प्रत्येक दिन चूहों द्वारा उपयोग किये गये पानी की मात्रा को माप कर एक साथ जोड़ा गया और परिणाम में यह पाया गया कि चूहों द्वारा मीठा पानी साधारण पानी की अपेक्षा अधिक पसंद किया गया। परन्तु जब यदि चीनी की मात्रा अत्यधिक बढ़ा दी जाती थी, तो वैसी परिस्थिति में चूहों द्वारा पुनः साधारण पानी को ही अधिक पसंद किया जाता था। इसी विधि से वाईनर तथा स्टैल्लर (Weiner & Stellar, 1951) ने एक प्रयोग किया जिसमें चूहों में साधारण पानी तथा नमकीन पानी की पसंदगी की तुलना की गयी। चूहों द्वारा नमकीन पानी की मात्रा साधारण पानी की मात्रा की अपेक्षा अधिक ली गयी परन्तु पानी में नमक की मात्रा ज्यादा हो जाने पर चूहों द्वारा पुनः साधारण पानी को अधिक मात्रा में उपभोग किया जाता था। इन प्रयोगों से स्पष्ट है कि पसंद विधि के इस परिवर्तित रूप (modified form) द्वारा भी चूहों में आवश्यकता की प्रबलता (strength) को उसके पसंदगी के आधार पर मापा जा सकता है।

4. सीखना विधि *(Learning method)*—सीखना विधि के सहारे भी आवश्यकता (need) की प्रबलता (strength) को मापा जाता है। इस विधि में किसी दिए गए कार्य या पाठ (task) को पशुओं द्वारा सीखने के लिए दिखलायी गयी तत्परता (readiness) के आधार पर आवश्यकता की प्रबलता (strength) को मापा जाता है। यदि पशु द्वारा सीखने के लिए अधिक तत्परता होती है, तो ऐसा समझा जाता है कि उसमें आवश्यता की प्रबलता अधिक है क्योंकि अभिप्रेरक (motivation) के अभाव में सीखने का कार्य अधिक तत्परता से सम्भव नहीं है। मैककिनटोश (Mackintosh, 1974) ने एक प्रयोग करके इस तथ्य की पुष्टि किया है। इस प्रयोग में चूहों के तीन समूह थे—पहला

समूह अत्यधिक भूखा तथा अत्यधिक प्यासा (very hungry & very thirsty) था, दूसरा समूह बहुत भूखा था परन्तु थोड़ा ही प्यासा था (very hungry but only slightly thirsty) तथा तीसरा समूह बहुत प्यासा परन्तु थोड़ा ही भूखा था (very thirsty but only slightly hungry)। इस प्रयोग मं तीनों समूह को एक ही भूलभुलैया (maze) में बारी-बारी से रखकर दौड़ना सिखलाया गया। प्रयोग 18 दिन तक किया गया। इसमें से प्रथम 9 दिन में तीनों समूह के चूहों को सिर्फ ठोस आहार दिया गया और अन्तिम 9 दिन में सिर्फ पानी दिया गया। इस प्रयोग के परिणाम बड़े रोचक थे। प्रथम 9 दिनों में पहला समूह जो काफी भूखा भी था तथा प्यासा भी, अन्य दो समूहों की अपेक्षा अधिक तेजी से सीखा। परन्तु इन अंतिम दोनों समूहों का आपस में सीखने की दर (rate) में कोई खास अन्तर नहीं था। इस प्रथम भाग के परिणाम से यह स्पष्ट हो जाता है कि दो आवश्यकताएँ (भूख तथा प्यास) मात्र एक आवश्यकता से अधिक प्रबल होतीं हैं और ऐसी परिस्थिति में सीखने की क्रिया भी तेजी से होती है। प्रयोग के दूसरे भाग में जब ठोस आहार के जगह पर चूहों को पानी दिया गया तो प्रारम्भ में पहले समूह के निष्पादन (performance) में अन्य दो समूहों के निष्पादन की अपेक्षा थोड़ी कमी अवश्य आयी परन्तु फिर तुरन्त ही इसके सीखने की दर अन्य दो समूहों की दर से अधिक हो गई। अन्य दो समूहों, जिनमें सीखने की दर प्रयोग के प्रथम भाग में समान थी, के निष्पादन में भी अन्तर आया। पानी दिए जाने पर तीसरे समूह में (जो अधिक प्यासा था परन्तु थोड़ा ही भूखा था) दूसरे समूह की अपेक्षा सीखने की प्रक्रिया तेजी से हुई। मैकिनटोश (Mackintosh) ने अपने प्रयोग के इस परिणाम के आधार पर बतलाया कि पशुओं में जब आवश्यकता अधिक प्रबल (stronger) होती है तो सीखने की प्रक्रिया तेजी से होती है। इतना ही नहीं, जब प्रोत्साहन (incentive) द्वारा पशु के उपयुक्त आवश्यकता (appropriate need) की सन्तुष्टि होती है, तो इससे भी सीखने की क्रिया तेजी से होती है।

इस प्रकार हम देखते हैं कि पशुओं की आवश्यकताओं को मापने की कई विधियाँ हैं। इन विधियों में से अन्तिम तीन अपेक्षाकृत अधिक लोकप्रिय हो पायी हैं।

मानव अभिप्रेरक की माप
(Measurement of Human Motive)

मनोवैज्ञानिकों ने मानव अभिप्रेरकों (human motives) को भी मापने का प्रयास किया है। मानव अभिप्रेरकों में विशेषतः सामाजिक अभिप्रेरकों (social motives) को मापने का प्रयास किया गया है क्योंकि जहाँ तक जैविक अभिप्रेरक (biological motive) का प्रश्न है, इसे मापने के लिए कोई प्रविधि (technique) की जरूरत नही होती है क्योंकि इसे सीधे व्यक्ति से पूछ लिया जा सकता है। मनुष्य एक सामाजिक प्राणी है। फलतः इसका सामाजिक अभिप्रेरक अधिक महत्त्वपूर्ण है। सामाजिक अभिप्रेरक का स्वरूप (nature) भी कुछ जटिल (complex) होता है जिसके परिणामस्वरूप मनोवैज्ञानिकों ने इसका मापन (measurement) करने के लिए विशेष प्रविधि का वर्णन किया है जो निम्नांकित हैः—

1. प्रेक्षण प्रविधियाँ *(Projective techniques)*—प्रक्षेपण विधि वह विधि है जहाँ व्यक्ति को कुछ अस्पष्ट (vague) तथा असंगठित सामग्रियाँ (unstructured materials) दी जातीं है और व्यक्ति को उनका वर्णन करना होता है जिसमें वे प्रायः अपने सामाजिक अभिप्रेरकों (social motives) की अभिव्यक्ति अचेतन रूप से (unconsciously) करते हैं। इस विधि को प्रक्षेण विधि इसलिए कहा जाता है क्योंकि व्यक्ति अपनी इच्छा, अभिप्रेरक (motive), अभिप्रेरकों का संघर्ष (conflict of motives) आदि का प्रक्षेण (projection) अस्पष्ट एवं असंगठित सामग्रियों के वर्णन करने में परोक्ष रूप से करता है। प्रक्षेण परीक्षण (projective test) तो ऐसे कई हैं परन्तु कथानक संप्रत्यक्षण परीक्षण (Thematic Apperception Test or TAT) सबसे प्रमुख है जिसके द्वारा सामाजिक अभिप्रेरकों की माप की जाती है। इस परीक्षण में कुछ मानक कार्ड होते हैं जिसमें कुछ अस्पष्ट चित्र बने होते हैं और इन चित्रों के आधार पर व्यक्ति को एक कथा (story) लिखनी होती है जिसका विश्लेषण करने के बाद उस व्यक्ति के प्रमुख अभिप्रेरकों (social motives) के बारे में पता चलता है। इस परीक्षण का प्रतिपादन मर्रे (Murray, 1938) द्वारा किया था और उनके अनुसार उपलब्धि आवश्यकता (achievement need), सम्बन्धन आवश्यकता (affiliation need), प्रभुत्व आवश्यकता (dominance need), स्वतंत्रता आवश्यकता (autonomy need), अनादर आवश्यकता (abasement need) आदि का मापन इस परीक्षण द्वारा बहुत ही आसानी से होता है।

इस विधि का सबसे प्रमुख दोष यह है कि इसका प्राप्तांक-लेखन (scoring) बहुत विश्वसनीय (reliable) नहीं होता है। इतना ही नहीं, उसमें वस्तुनिष्ठता (objectivity) की भी कमी होती है क्योंकि एक ही कहानी का विश्लेषण अलग-अलग विशेषज्ञ (expert) अलग-अलग ढंग से करते हैं। परिणाम यह होता है कि प्रेक्षण विधि द्वारा सामाजिक अभिप्रेरक (social motive) का सही-सही मापन नहीं होता है।

2. प्रश्नावली विधि *(Questionnaire method)*—सामाजिक अभिप्रेरक का मापन (measurement) प्रश्नावली विधि द्वारा भी किया जाता है। इस विधि को आविष्कारिका (inventory) विधि भी कहा जाता है। इन्वेन्ट्री या प्रश्नावली में बहुत सारे प्रश्न होते हैं जो व्यक्ति के भिन्न-भिन्न सामाजिक अभिप्रेरक (social motive) से सम्बन्धित होते हैं। व्यक्ति इन प्रश्नों को पढ़ते जाता है तथा उसका उत्तर 'हाँ', 'नहीं' या 'सही-गलत' में से किसी एक को अपने लिए उपयुक्त (appropriate) समझकर बतलाया है। एडवर्ड्स (Edwards) ने एक इस तरह की प्रश्नावली या इन्वेन्ट्री तैयार किया है जिसके सहारे 17 भिन्न-भिन्न प्रकार के सामाजिक अभिप्रेरकों (social motives) का मापन होता है। इस इन्वेन्ट्री का नाम *'एडवडर्ड्स पर्सनल प्रेफेन्स सिडुल'* (Edwards Personal Preference Schedule) है। इस परीक्षण द्वारा उपलब्धि आवश्यकता (achievement need), सम्बन्धन आवश्यकता (affiliation need), अनादर आवश्यकता (absement need), प्रदर्शन आवश्यकता (exhibition need) आदि की माप प्रमुख रूप से होती है।

इस विधि का सबसे प्रमुख दोष यह है कि इसमें व्यक्ति प्रश्नों का वास्तविक उत्तर प्रायः छिपा लेता है। फलस्वरूप, प्रश्नावली विधि की निर्भरता कम हो जाती है। इसी दोष को हठाने के उद्देश्य से एडवर्डस (Edwards) ने अपने उपयुक्त सिडुल के प्रश्न का उत्तर बाधित वरण (forced choice) के रूप में तैयार किया है। एक प्रश्न के तीन समान (similar) उत्तर या तीन असमान (dissimilar) उत्तर दिये जाते हैं जिसमें से एक सही उत्तर व्यक्ति को चुनना होता है। एडवर्ड्स का ऐसा विचार है कि बाधित वरण उत्तरों (forced-chice answered) से प्रश्नावली विधि में सन्निहित ऊपर बताया गया दोष अपने आप दूर हो जाता है।

3. परिस्थितिजन्य परीक्षण *(Situational tests)*—सामाजिक अभिप्रेरकों को मापने का तीसरा प्रमुख तरीका परिस्थितिजन्य परीक्षण (situational test) है। इस परीक्षण में एक खास परिस्थिति (situation) उत्पन्न किया जाता है जिसमें व्यक्ति को कुछ करना होता है और उनकी क्रियाओं (activities) के आधार पर व्यक्ति के सामाजिक अभिप्रेरक का मापन किया जाता है। उदाहरणस्वरूप, यदि किसी व्यक्ति के सम्बन्धन आवश्यकता (affiliation need) का मापन करना है तो उसके सामने पहले हम एक विशेष परिस्थिति जैसे चाहे तो वह अपने मित्र का इंतजार एक ऐसे कमरे में बैठकर कर सकता है जहाँ वह अकेला होगा या फिर एक ऐसे कमरे में बैठकर कर सकता है जहाँ पहले से 20 आदमी बैठे हैं—उत्पन्न कर देंगे। यदि व्यक्ति में सम्बन्धन आवश्यकता अधिक मजबूत होगी, तो व्यक्ति 20 व्यक्तियों वाले कमरे में इंतजार करना पसंद करेगा। उसी तरह से अगर किसी व्यक्ति में आक्रमणशीलता (aggressiveness) का मापन करना है, तो उसे एक विशेष परिस्थिति (जैसे कुछ ऐसे लोगों के बीच लाकर जो उस व्यक्ति को अपमानित करे) में रखकर किया जा सकता है। यदि वह व्यक्ति अपने अपमान का बदला दूसरे लोगों के प्रति आक्रमणशीलता (aggressiveness) दिखलाकर करता है, तो इसका स्पष्ट मतलब यह हुआ कि व्यक्ति में यह अभिप्रेरक तीव्र है।

परिस्थितिजन्य परीक्षण (situational test) का दोष यह है कि जब कभी भी व्यक्ति को यह पता चल जाता है कि उसके व्यवहार का निरीक्षण (observation) किया जा रहा है, तो वैसी परिस्थिति में व्यक्ति अपने वास्तविक एवं स्वाभाविक व्यवहार में परिवर्तन ला देता है। जैसे—यदि व्यक्ति को यह पता चल जाता है कि उसे निरादर इसलिए किया जा रहा है क्योंकि उसकी आक्रमणशीलता को मापा जाएगा, तो सम्भव है कि अपमानित होने के बावजूद भी वह आक्रमणशीलता न दिखलाए।

4. ऐतिहासिक घटनाओं का विश्लेषण *(Analysis of historical events)*—सामाजिक अभिप्रेरकों की माप ऐतिहासिक घटनाओं का विश्लेषण करके भी किया जा सकता है। इस विधि द्वारा समाज के व्यक्तियों की सामूहिक (collective) सामाजिक अभिप्रेरक की माप ज्यादा बेहतर होती है। किसी समाज के अधिकतर व्यक्तियों की आवश्यकता उस समय के समाचार पत्रों एवं घटनाओं द्वारा आसानी से अभिव्यक्त किया जाता है। यदि इन पत्रों में छपें खबरों एवं घटनाओं का वस्तुनिष्ठ विश्लेषण (objective analysis) किया जाय, तो हम इस निष्कर्ष पर आसानी से

पहुँच सकेंगे कि अधिकतर लोगों का सामाजिक अभिप्रेरक (social motive) क्या है ? उदाहरणस्वरूप, यदि भारतीय समाचार पत्रों में 70 वर्ष पहले छपी खबरों एवं उनकी ऐतिहासिक पृष्ठभूमि का विश्लेषण करें तो पायेंगे कि उस समय स्त्री शिक्षा की आवश्यकता (need for woman education) नहीं के बराबर था। परन्तु आजकल परिस्थिति ठीक इसके विपरीत है और गत 10 साल की सामाजिक घटनाओं एवं समाचार पत्रों के खबरों का विश्लेषण करें तो हम पायेंगे कि स्त्री शिक्षा की आवश्यकता काफी महसूस की जा रही है।

इस तरह से हम देखते हैं कि सामाजिक अभिप्रेरक (social motive) मापने की कई विधियाँ हैं।

अभिप्रेरक के मुख्य उपागम या सिद्धान्त
(Major Approaches or Theories of Motivation)

मनोवैज्ञानिकों ने अभिप्रेरक (motive) की व्याख्या करने के लिए कई सिद्धन्तों का प्रतिपादन किया है। इन सिद्धान्तों में निम्नांकित नौ प्रमुख हैं—

1. मूलप्रवृत्ति सिद्धान्त (Instinct theory)
2. प्रणोद सिद्धान्त (Drive theory)
3. प्रोत्साहन सिद्धान्त (Incentive theory)
4. विरोधी-प्रक्रिया सिद्धान्त (Opponent-process theory)
5. आदर्श-स्तर सिद्धान्त (Optimal-level theory)
6. आवश्यकता-पदानुक्रम सिद्धान्त (Need-hierarchies theory)
7. वेक्टर-कर्षण-शक्ति सिद्धान्त (Vector-Valence theory)
8. लक्ष्य-निर्धारण सिद्धान्त (Goal-Setting theory)
9. आत्म या स्व निर्धारण सिद्धान्त (Self-determination theory)
10. आचारशास्त्रीय सिद्धान्त (Ethological theory)

इन सबकी व्याख्या हम इस प्रकार कर सकते हैः—

1. मूलप्रवृत्ति सिद्धान्त *(Intinct theory)*—बीसवीं शताब्दी के प्रारम्भिक वर्षों में अभिप्रेरण के मूलप्रवृत्ति सिद्धान्त का प्रादुर्भाव हुआ और उसका प्रभाव आज भी हम किसी-न-किसी रूप में अनुभव कर रहे हैं। मूलप्रवृत्ति से तात्पर्य प्राणी को उत्तेजित किये जाने पर एक खास ढंग से अनुक्रिया करने की जन्मजात प्रवृत्ति से होता है। 1890 के मशहूर मनोवैज्ञानिक विलियम जेम्स (William James) ने यह मत जाहिर किया था कि मनुष्य अपने व्यवहारों के नियंत्रण एवं निर्देशन में पशुओं की तुलना में मूलप्रवृत्तियों का अधिक सहारा लेता है। पशुओं के कई तरह के जैविक मूलप्रवृत्तियों का भी उल्लेख किया है जिसमें सहानुभूति (sympathy), सामाजिकता, प्यास एवं शालीनता (modesty) प्रधान बतलाया गया है। विलियम जेम्स के लिए पशु मूलप्रवृत्ति मानव मूलप्रवृत्ति दोनों ही उद्देश्यपूर्ण (purposive) होते हैं जो व्यक्ति को पर्यावरण के साथ समायोजन करने में मदद करता है।

बाद में विलियम मैकडुगाल्ल (William McDougall, 1908) ने इस सिद्धान्त को थोड़ा और आगे बढ़ाया और उन्होंने मूलप्रवृत्ति को एक ऐसा जन्मजात प्रवृत्ति के रूप में परिभाषित किया जिसमें तीन तत्त्व प्रधान होते हैं—*सामान्य उत्तेजन पहलू* (general enegizing aspect), *क्रिया पहलू* (action aspect) तथा *लक्ष्य-निर्देशन पहलू* (goal-directedness aspect)। परन्तु उन्होंने यह भी स्वीकार किया कि मानव स्वभाव मूलतः अनैतिक (immoral) एवं अहंकारी (egoistic) होता है। अतः समाज द्वारा उसे नैतिकता का पाठ पढ़ाकर सामाजिक नियंत्रण में लाया जा सकता है। मैकडुगल ने मनुष्यों के लिए 18 मूलप्रवृत्ति की पहचान किया जिसे बाद में मनोवैज्ञानिकों ने इसकी संख्या बढ़ाकर हजार में कर दिया। बर्नार्ड (Bernard, 1924) के अनुसार मानव मूलप्रवृत्तियों की संख्या दस हजार के लगभग पायी गयी।

सिगमंड फ्रायड (Sigmund Freud) ने मूलप्रवृत्ति को थोड़ा भिन्न ढंग से व्याख्या किया है। इनके अनुसार मूल-प्रवृत्ति के चार मुख्य विशेषताएँ होतीं हैं—*स्रोत* (resource), *उद्देश्य* (aim), *वस्तु* (object) तथा *प्रेरक शक्ति*

(impetus)। व्यक्ति के पूरे जीवन काल में मूलप्रवृत्ति का स्रोत शारीरिक आवश्यकताएँ होतीं हैं तथा उसका उद्देश्य उन आवश्यकताओं को पूरा करना होता है। स्रोत तथा उद्देश्य दोनों ही पूरे जीवनकाल में लगभग एक समान बने होते हैं। मूलप्रवृत्ति का वस्तु (object) वैसा चीज होता है जिनसे मूलप्रवृत्ति की तुष्टि होती है। जैसे, भूख मूलप्रवृत्ति के लिए भोजन वस्तु (object) है। प्रेरक शक्ति (impetus) से तात्पर्य मूलप्रवृत्ति की शक्ति या बल से होता है। फ्रायड ने दो तरह के मूलप्रवृत्तियों का जिक्र किया है और कहा है कि व्यक्ति का व्यवहार इन दोनों तरह के मूलप्रवृत्तियों से अभिप्रेरित (motivated) होता है। वे दो मूलप्रवृत्तियाँ हैं—*जीवन मूलप्रवृत्ति या इरोस* (life instinct or eros) तथा *मृत्यु मूलप्रवृत्ति या थैनाटोस* (death instinct or thanatos)। जीवन मूलप्रवृत्ति से तात्पर्य उन प्रवृत्तियों से होता है जिसके सहारे, व्यक्ति अपने जीवन के महत्त्वपूर्ण प्रक्रियाओं को करने के लिए अभिप्रेरित होता है। सचमुच में सभी तरह के संरचनात्मक कार्यों को करने का अभिप्रेरण यही जीवन मूलप्रवृत्ति देता है। फ्रायड ने यौन मूलप्रवृत्ति को जीवन मूलप्रवृत्ति का सबसे उत्तम उदाहरण माना है। मृत्यु मूलप्रवृत्ति व्यक्ति को सभी तरह के विनाशात्मक एवं ध्वंसात्मक व्यवहार को करने की प्रेरणा देता है। आत्महत्या, दूसरों के प्रति आक्रमक व्यवहार, दूसरों को जान से मार देना जैसा व्यवहार की प्रेरणशक्ति यही मृत्यु मूलप्रवृत्ति ही होती है। फ्रायड का मत है कि इन दोनों तरह की मूलप्रवृत्तियाँ एक साथ मिलकर व्यक्ति के व्यवहार को अभिप्रेरित कर सकती है, या वे एक-दूसरे को तटस्थ कर सकती हैं या वे एक-दूसरे का विरोध कर सकती हैं या कभी-कभी मृत्यु मूलप्रवृत्ति जीवन मूलप्रवृत्ति से अधिक ऊपर उठकर भी व्यक्ति के व्यवहार को अभिप्रेरित करने लगती है। जैसे, भोजन करने के व्यवहार में ये दोनों मूलप्रवृत्तियाँ एक-दूसरे के साथ मिलकर कार्य करती हैं। भोजन करने से व्यक्ति का अस्तित्व बना रहता है (जीवन मूलप्रवृत्ति) तथा भोजन करने में व्यक्ति भोजन वस्तु को मुँह में रखकर दाँत से काटता है, फिर चबाता है तथा निगलता है (मृत्यु मूलप्रवृत्ति)। जब व्यक्ति एक ही वस्तु या व्यक्ति को कभी पसंद करता है और कभी घृणा करता है, तो ऐसी परिस्थिति में ये दोनों मूलप्रवृत्तियाँ एक-दूसरे के विरोध में कार्य करती पायी जाती हैं। कभी-कभी व्यक्ति अपने प्रिय वस्तु को नष्ट कर देता है या अपने प्रियजनों की हत्या कर देता है। ऐसा व्यवहार में निश्चित रूप से मृत्यु मूलप्रवृत्ति का हाथ जीवन मूलप्रवृत्ति से ऊपर हो जाता है। फ्रायड का यह भी मत था कि अधिकतर मूलप्रवृत्तियाँ अचेतन स्तर पर कार्य करती हैं और व्यक्ति के चेतन विचार एवं व्यवहार को अभिप्रेरित करती हैं तथा उसे प्रभावित करती हैं।

मूलप्रवृत्तियों से पशुओं एवं अमानव (non-human) के अभिप्रेरित व्यवहार (motivated behaviour) की व्याख्या होती है। जैसे, मधुमक्खियाँ विशेष व्यवहार करके अन्य मधुमक्खियों को यह बतला देती हैं कि भोजन कहाँ है, चिड़िया घोंसला बनाती है तथा मकड़ा ठीक अपने माता-पिता के समान ही जटिल जाल बना लेते हैं। उसी तरह सालमोन (Salmon) नामक मछली विशेष व्यवहार करके अपने अस्तित्व को बनाये रखती है। ये सभी अमानव (nonhumans) संबद्ध व्यवहार इसलिए कर पाते हैं क्योंकि उनमें इन व्यवहारों को करने की एक विशेष मूल प्रवृत्ति पायी जाती है।

मूलप्रवृत्ति सिद्धान्त की कुछ आलोचनाएँ की गयी हैं। इन आलोचनाओं में निम्नलिखित प्रमुख हैं:—

(i) मूलप्रवृत्ति का स्वरूप चूँकि जन्मजात होता है, अतः यहाँ पूर्वकल्पना यह होती है कि सार्वत्रिक अभिप्रेरण (universal motive) ही प्राणी के व्यवहार को नियंत्रित करते हैं। परन्तु सच्चाई ऐसी नहीं है। रूथ वेनेडिक्ट (Ruth Benedict, 1959) तथा मार्गेरेट मीड (Margaret Mead, 1939) ने यह साफ-साफ बतला दिया है कि एक संस्कृति से दूसरे संस्कृति में व्यक्ति के व्यवहारों एवं मूलप्रवृत्तियों में काफी भिन्नता पायी जाती है जिससे मूलप्रवृत्ति के स्वरूप को जन्मजात तथा सार्वत्रिक कहना उचित नहीं होगा।

(ii) वर्नार्ड (Bernard, 1924) द्वारा किये गए अध्ययनों के आधार पर करीब 10,000 मानव मूलप्रवृत्तियों का पता चला है जिनसे व्यवहार प्रेरित होते पाये गए हैं। परन्तु बाद में किये गए अध्ययनों से स्पष्ट हुआ है कि ये मूलप्रवृत्तियाँ सचमुच में व्यवहार की व्याख्या नहीं करतीं हैं बल्कि वे अस्पष्ट क्रिया पैटर्न (unexplained action pattern) के लिए मात्र एक नया नाम देते हैं।

(iii) व्यवहारवादियों ने विशेषकर अधिगम मनोवैज्ञानिकों (learning psychologists) ने यह दिखलाया है कि प्रत्येक व्यवहार अर्जित होता है न कि जन्मजात। इस प्रेक्षण से सम्पूर्ण मूलप्रवृत्ति सिद्धान्त के दावे पर पानी फिर जाता है।

इन आलोचनाओं के कारण अभिप्रेरण का मूलप्रवृत्ति सिद्धान्त 1930 तथा 1940 वाले दशक में एक अन्य सिद्धान्त जिसे प्रणोद सिद्धान्त (drive theory) कहा जाता है, द्वारा प्रतिस्थापित हो गया।

2. प्रणोद सिद्धान्त (*Drive theory*)—एक ऐसे आंतरिक प्रणोद (drive) के रूप में अभिप्रेरण (motivation) के सम्प्रत्यय जिससे व्यवहार का निर्धारण होता है, को सबसे पहलें-पहल राबर्ट बुडवर्थ (Robert Woodworth, 1918) में प्रतिपादित किया गया। वुडवर्थ ने प्रणोद को जैविक रूप से (biologically) परिभाषित करते हुए कहा कि यह जीव में ऊर्जा मुक्ति (energy release) से होता है। सचमुच में यह एक अविशिष्ट ऊर्जा (nonspecific energy) होता है जिसकी कोई निश्चित दिशा नहीं होती है अर्थात् कई दिशा में प्राणी के व्यवहार को ले जा सकती है। उनके अनुसार प्रणोद क्रिया (action) का इन्धन (fuel) होता है और यह कोई उद्दीपक से उत्पन्न होता है और लक्ष्य-निर्देशित क्रिया (goal-directed activites) के रूप में अभिव्यक्त होता है। इस सिद्धान्त के अनुसार अभिप्रेरण (motivation) में व्यक्ति या पशु में एक विशेष अवस्था अर्थात प्रणोद की अवस्था पायी जाती है। प्राणी में इस अवस्था की उत्पत्ति उसके शारीरिक आवश्यकता (bodily need) या फिर बाह्य उद्दीपक (external stimuli) से उत्पन्न होता है। इस अवस्था की विशेषता यह है कि व्यक्ति यहाँ काफी क्रियाशील (active) हो जाता है और उसका व्यवहार उद्देश्यपूर्ण (goal-directed) हो जाता है। वह एक निश्चित लक्ष्य की ओर पहुँचने के लिए अग्रसर होने लगता है। इस तरह से प्रणोद (drive) व्यक्ति को एक खास लक्ष्य की ओर ढकेलता (push) है। इसलिए कुछ मनोवैज्ञानिकों ने इसे *दाब या धक्का सिद्धान्त* (push theory) भी कहा है। जब व्यक्ति को लक्ष्य (goal) की प्राप्ति हो जाती है तो उससे प्रणोद की तीव्रता (intensity) कम हो जाता है और व्यक्ति में तनाव की स्थिति करीब-करीब समाप्त हो जाती है। हाँ, कुछ समय के बाद व्यक्ति में पुनः प्रणोद की स्थिति उत्पन्न होती है जिसके परिणामस्वरूप उसका व्यवहार पुनः लक्ष्य की ओर अग्रसर होने लगता है। इस तरह से हम देखते हैं कि प्रणोद सिद्धान्त (drive theories) में अभिप्रेरक की व्याख्या एक खास क्रम (sequence) में होता है। इस क्रम में चार कदम (four steps) होते हैं—(i) एक प्रणोद की अवस्था होती है जो शारीरिक आवश्यकता (bodily need) या बाह्य उद्दीपक (external stimuli) से उत्पन्न होती है। (ii) प्रणोद अवस्था से व्यक्ति क्रियाशील हो जाता है उसका व्यवहार लक्ष्य की ओर निर्देशित (directed) होता है। (iii) लक्ष्य-निर्देशित व्यवहार (goal-directed behaviour) के परिणामस्वरूप, व्यक्ति को उपयुक्त लक्ष्य की प्राप्ति होती है। (iv) उपयुक्त लक्ष्य की प्राप्ति से व्यक्ति में प्रणोद की कमी तथा उसे सन्तुष्टि (satisfaction) होती है। कुछ समय के बाद प्राणी में फिर से पहली अवस्था उत्पन्न होती है और बाकी तीनों अवस्थाओं की पुनरावृत्ति होती है।

प्रणोद सिद्धान्त को पूर्णरूपेण विकास क्लार्क हल्ल (Clark Hull, 1942, 1952) द्वारा किया गया। हल का मत था कि अधिगम (learning) के लिए अभिप्रेरण आवश्यक है और अधिगम वातावरण के साथ ठीक ढंग से अनुकूलन के लिए आवश्यक है। फ्रायड के समान ही हल ने भी अभिप्रेरण में तनाव (tension) के महत्त्व पर बल डाला है और उनका मत था कि तनाव में कमी होना अपने आप में पुनर्बलन (reinforcement) का काम करता है। उनके अनुसार प्राथमिक प्रणोद (primary drive) जैसे भूख, प्यास आदि जैविक रूप से आधारित होते हैं और उनकी उत्पति तब होती है जब प्राणी कुछ समय के लिए वंचन (deprivation) की स्थिति में होता है। ऐसे प्रणोद प्राणी को उत्तेजित (activiate) कर देते हैं और जब उनकी संतुष्टि हो जाती है या जब वे कम हो जाते हैं तो प्राणी क्रिया करना बन्द कर देता है। जैसे जब प्राणी को कुछ देर तक भोजन से वंचित रखा जाता है तो उसमें भूख प्रणोद उत्पन्न होता है जो तनाव का एक जैविक अवस्था होता है। भोजन कर लेने से प्राणी में तनाव कम हो जाता है या उसमें ह्रास हो जाता है। अतः भूखा प्राणी कोई भी ऐसा व्यवहार करना सीख लेता है जिसके करने के बाद पुनर्बलन के रूप में भोजन दिया जाता है।

प्रणोद-ह्रास सिद्धान्त में समस्थिति (homeostasis) की भूमिका अहं होती है क्योंकि सिद्धान्त में यह पूर्वकल्पना की जाती है कि प्राणी समस्थिति बनाने के लिए बाध्य हो जाता है। समस्थिति से तात्पर्य एक ऐसी स्थिति से होता है जिसमें शरीर के विभिन्न तंत्र (system) तथा प्रक्रियाएँ (processes) आपस में मिलकर एक भीतरी संतुलन बना कर रखते हैं। जब व्यक्ति में प्राथमिक प्रणोद आवश्यकता (primary drive need) उत्पन्न होती है, शरीर में असंतुलन (imbalance) उत्पन्न हो जाता है। यह विशेष व्यवहार को उत्तेजित करता है जो शरीर को पुनः एक संतुलन की स्थिति में ले आता है। यही संतुलित अवस्था *को समस्थिति* (homeostasis) कहा जाता है। अतः प्रणोद सिद्धान्त के अनुसार जब समस्थिति में दैहिक क्षुब्धता (physiological disruption) होता है, तो इससे व्यक्ति में प्रणोद उत्पन्न होता है।

प्रणोद-ह्रास सिद्धान्त 1950 तक काफी प्रभावी सिद्धान्त बना रहा। परन्तु 1950 वाले दशक में मनोवैज्ञानिकों द्वारा कुछ ऐसे तथ्य सामने रखे गये जिनसे इस सिद्धान्त की परिसीमाएँ सामने आयीं और लोग इसे अस्वीकृत कर दिये। इस सिद्धान्त की प्रमुख आलोचनाएँ इस प्रकार थीं—

(i) मनुष्य तथा पशु दोनों ही प्रायः किसी तरह के वंचन (deprivation), प्रणोद (drives) तथा प्रणोद-ह्रास (drive reduction) के बिना भी कुछ व्यवहार करते हैं ताकि उनमें उत्तेजन (stimulation) घटने के बजाए बढ़ता रहे। जैसे, किसी भी नये वातावरण में व्यक्ति द्वारा अन्वेषण व्यवहार (exploration behaviour) का किया जाना। यह व्यवहार की उत्पत्ति किसी तरह के प्रणोद-ह्रास के लिए नहीं की जाती है बल्कि और अपना उत्तेजन एवं उत्सुकता को बढ़ाने के लिए किया जाता है। सिद्धान्त के अनुसार तो प्राणी कोई व्यवहार अपने प्रणोद को सिर्फ कम करने के लिए करता है परन्तु यहाँ बात उल्टी हो जाती है।

(ii) इस सिद्धान्त द्वारा सभी तरह के अभिप्रेरणों (motivation) की व्याख्या नहीं हो पाती है। जैसे, इस सिद्धान्त द्वारा जैविक अभिप्रेरकों की व्याख्या तो कुछ हद तक हो जाती है परन्तु अर्जित अभिप्रेरकों (acquired motivation) की व्याख्या उतना संतोषजनक ढंग से स्पष्ट रूप से नहीं हो पाती है।

इन आलोचनाओं के कारण इस सिद्धान्त की उपयोगिता काफी कम हो गयी और इसके जगह पर अन्य सिद्धान्त का प्रतिपादन किया गया।

3. प्रोत्साहन सिद्धान्त *(Incentive theory)*—प्रोत्साहन सिद्धान्त के अनुसार अभिप्रेरित व्यवहार (motivated behaviour) की उत्पत्ति में व्यक्ति की अवस्था यानी प्रणोद (drive) उतना महत्त्वपूर्ण नहीं होता है जितना कि स्वयं लक्ष्य (goal) या प्रोत्साहन (incentive)। इस सिद्धान्त में अभिप्रेरित व्यवहार की व्याख्या बाह्य उद्दीपकों (external stimulus) तथा उनके पुरस्कार प्रदत्त गुणों के रूप में होती है। प्रोत्साहन या लक्ष्य के कुछ खास-खास गुण होते हैं जिसके द्वारा व्यक्ति या पशु में अभिप्रेरक की उत्पत्ति होती है। यहाँ व्यक्ति का व्यवहार इस प्रत्याशा (expectation) से निर्देशित होता है कि वह अमुक व्यवहार करके वांछित परिणाम (desired effect) या प्रोत्साहन को प्राप्त कर सकता है। इसलिए इसे *प्रत्याशा सिद्धान्त* (expectancy theory) भी कहा जाता है। इसे एक उदाहरण द्वारा इस प्रकार समझया जा सकता है। मानलिया कि दो ऐसे बिल्लियों के समूह के अभिप्रेरित व्यवहार (motivated behaviour) की तुलना करना है जिसमें भूख प्रणोद (hunger drive) समान (equivalent) है। भूख प्रणोद समान होने का मतलब यह है कि इन दोनों समूहों को (मान लिया जाय कि) 4-4 घंटों से भूखा रखा गया है। बाद में एक समूह को काफी अच्छा तथा स्वादिष्ट (tasty) भोजन दिया जाता है और दूसरे समूह को काफी साधारण एवं स्वादहीन भोजन दिया जाता है। अधिक उम्मीद इस बात की है कि पहले समूह की बिल्लियों द्वारा दूसरे समूह की अपेक्षा अधिक भोजन किया जाएगा। यहाँ स्पष्ट हो जाता है कि प्रोत्साहन या लक्ष्य के कुछ ऐसे गुण (characteristics) होते हैं जिनसे प्राणी में अभिप्रेरित व्यवहार होता है। दूसरे शब्दों में, प्रोत्साहन में कुछ ऐसे गुण या शक्तियाँ होतीं हैं जो व्यक्ति के व्यवहार को अपनी ओर खींच लेती है। यही कारण है कि इस सिद्धान्त को *खिंचाव सिद्धान्त* (pull theory) भी कहा जाता है।

बॉल्स (Bolles, 1975) तथा फाफ्फामैन (Pfaffaman, 1982) के अनुसार प्रोत्साहन दो तरह के होते हैं—*धनात्मक* (positive) तथा *ऋणात्मक* (negative)। भोजन तथा पानी धनात्मक प्रोत्साहन के उदाहरण हैं तथा दण्ड (punishment) तथा बिजली का शॉक (shock) ऋणात्मक प्रोत्साहन के उदाहरण हैं। व्यक्ति को धनात्मक प्रोत्साहन की ओर बढ़ने तथा ऋणात्मक प्रोत्साहन (negative incentive) से दूर हटने में खुशी होती है।

प्रत्याशा-मूल्य सिद्धान्त (expectancy value theory) जो टॉलमैन (Tolman) तथा अन्य लोगों के कार्यों पर आधृत होता है, प्रोत्साहन सिद्धान्त का उत्तम उदहारण है। सामान्य रूप से इन सिद्धान्तों की मान्यता यह है कि मनुष्यों के व्यवहारों को पूर्णतः नहीं समझा जा सकता है या उसके बारे में पूर्वानुमान तबतक नहीं लगाया जा सकता है जबतक कि व्यक्ति के मूल्यों (values) तथा विश्वास (belief) को नहीं समझा जाता है तथा व्यक्ति द्वारा इन मूल्यों एवं विश्वासों को कितना महत्त्व देता है। टॉलमैन ने अपने प्रयोगों के आधार पर यह साबित कर दिया है कि अपने संज्ञानात्मक प्रत्याशाओं (cognitive expectancies) के अनुसार पशु यह बतलाने में सक्षम होता है कि बीते समय में क्या हुआ है, भविष्य में क्या होने वाला है तथा अपने व्यवहार में उन प्रत्याशाओं के अनुकूल किस तरह से समयोजन किया जा सकता है। कर्ट लेविन (Kurt Lewin, 1936) ने इन सम्प्रत्ययों को मनुष्यों पर अपने क्षेत्र सिद्धान्त (field theory) में व्यक्त किया। जुलियन रौट्टर (Julian Rotter, 1954) ने सामाजिक-अधिगम सिद्धान्त (social learning theory) में प्रत्याशा (expectancy) को तीन कारकों में से एक महत्त्वपूर्ण कारक के रूप में व्यक्ति के व्यवहार के बारे में पूर्वानुमान लगाने के लिए किया।

मनोवैज्ञानिकों ने इस सिद्धान्त की आलोचना करते हुए कहा है कि यह सिद्धान्त अभिप्रेरक व्यवहार (motivated behaviour) की उत्पत्ति में सिर्फ बाह्य कारकों (external factors) पर बल डालता है परन्तु आन्तरिक कारकों (internal factor) पर कोई बल नहीं डालता है। दूसरे शब्दों में, यह कहा जा सकता है कि यह सिद्धान्त सिर्फ प्रोत्साहन या लक्ष्य उद्दीपक (goal stimulus) के गुणों पर अधिक बल डालता है और व्यक्ति के भीतरी अवस्थाओं (internal states) जैसे प्रणोद की अवस्था को महत्त्वहीन समझता है। परन्तु सच्चाई यह है कि अगर वातावरण में प्रोत्साहन (incentive) स्पष्ट रूप से मौजूद है, परन्तु व्यक्ति में सम्बन्धित प्रणोद नहीं है तो सिर्फ प्रोत्साहन से अभिप्रेरित व्यवहार उत्पन्न नहीं हो पाएगा। उदाहरणार्थ, मान लीजिए कि एक बड़े गिलास में ठंडा पानी आपके सामने रखा जाता है। परन्तु आप में प्यास (प्रणोद) बिलकुल ही नहीं है क्योंकि 2 मिनट पहले आप कई गिलास पानी पीकर प्यास बुझा चुके हैं। ऐसी अवस्था में आप पानी नहीं पीयेंगे। अतः अभिप्रेरित व्यवहार के लिए मात्र प्रोत्साहन का ही होना अनिवार्य नहीं है बल्कि प्रणोद (drive) का भी होना अनिवार्य है। सच पूछा जाय तो अभिप्रेरित व्यवहार की उत्पत्ति में प्रणोद तथा प्रोत्साहन दोनों ही एक-दूसरे के पूरक हैं। जिस तरह से प्रणोद के अभाव से प्रोत्साहन अर्थहीन (meaningless) है ठीक उसी प्रकार प्रोत्साहन के अभाव में सिर्फ प्रणोद अर्थहीन (meaningless) होता है।

4. विरोधी-प्रक्रिया सिद्धान्त *(Opponent-process theory)*—इस सिद्धान्त का प्रतिपादन सोलोमैन तथा कौरविट (Soloman & Corbit, 1974) द्वारा किया गया। बाद में सोलोमैन (1980) ने इस सिद्धान्त में महत्त्वपूर्ण परिवर्तन किया है। यह सिद्धान्त अभिप्रेरक की व्याख्या सुखवादी नियमों (hedonistic principles) के आधार पर करता है। इस सिद्धान्त के अनुसार सुख देने वाले लक्ष्यों (goals) को प्राप्त करने के लिए हमलोग अभिप्रेरित (motivated) रहते हैं तथा इससे हमें अच्छी सांवेगिक अनुभूति (emotional experience) या सुख की अनुभूति होती है तथा वैसे लक्ष्यों को जिनसे हमे अप्रसन्नता (displeasure) होती है, हम दूर रहना चाहते हैं। चूँकि यह सिद्धान्त अभिप्रेरित व्यवहार से उत्पन्न प्रसन्नता (pleasure) या अप्रसन्नता पर बल डालता है, अतः इस सिद्धान्त को *संवेग का भी सिद्धान्त* (theory of emotion) माना गया है।

इस सिद्धान्त का मूल तत्त्व यह है कि अधिकतर संवेग तथा अभिप्रेरक (motive) उत्पन्न करने वाले उद्दीपक द्वारा दो विपरीत तथा विरोधी (opponent) अवस्थाएँ (states) उत्पन्न होतीं हैं—A अवस्था तथा B अवस्था। जब कोई सांवेगिक अभिप्रेरणात्मक (emotional motivational) उद्दीपक व्यक्ति को उत्तेजित करता है, तो इससे एक विशेष अवस्था चाहे प्रसन्नता (pleasure) का या अप्रसन्नता (displeasure) का हो, उत्पन्न होता है (A अवस्था)। यदि उद्दीपक कुछ समय के लिए लगातार व्यक्ति के सामने उपस्थित रहता है, तो व्यक्ति उस उद्दीपक के साथ अपने आप को अनुकूलित (adapt) कर लेता है जिसके परिणामस्वरूप उससे उत्पन्न प्रसन्नता या अप्रसन्नता की स्तर काफी कम हो जाती है। जब इस उद्दीपक (stimulus) को व्यक्ति के सामने से हटा दिया जाता है, तो इससे एक विशेष सांवेगिक अभिप्रेरणात्मक अवस्था (emotional motivational state) उत्पन्न होती है जिसे 'B' अवस्था कहा जाता है जो 'A' अवस्था के ठीक विपरीत होता है। फिर B अवस्था में उत्पन्न सांवेगिक अभिप्रेरणात्मक अनुभूति की तीव्रता धीरे-धीरे घटती जाती है और पुनः व्यक्ति अपने सामान्य अवस्था (normal state) में आ जाता है। उदाहरणस्वरूप, मान लीजिए आपके घर के बगल में आटा-चक्की की मशीन है। जब मशीन चलता है, तो आपको काफी व्याकुलता (disturbance) होती है और अप्रसन्नता (displeasure) भी (अवस्था A)। कुछ मिनट के बाद मशीन मे उत्पन्न आवाज (noise) के साथ आप अपने आप को अनुकूलित (adapt) कर लेते हैं। फलस्वरूप अप्रसन्नता की अवस्था में धीरे-धीरे कमी आ जाती है। कुछ घंटों के बाद जब मशीन चलना बन्द होता है, तो फिर आप में एक विशेष सांवेगिक-अभिप्रेरणात्मक अवस्था उत्पन्न होती है। (अवस्था B) जो अवस्था 'A' के ठीक विपरीत होती है। दूसरे शब्दों में, मशीन रुकने से अचानक अत्यधिक प्रसन्नता, खुशी तथा शांति के स्तर में कमी होने लगती है और व्यक्ति एक सामान्य अवस्था (न अधिक प्रसन्नता और न अधिक अप्रसन्नता) में आ जाता है।

थोड़े देर के लिए मान लिया जाय कि आपके घर के बगल में ही दो आटा चक्की का मशीन बैठा दिया जाता है ताकि चौबीस घंटा आपको लगातार मशीन की आवाज सुनाई देती है (क्योंकि हमेशा कोई-न-कोई मशीन चलता ही रहता है) ऐसी परिस्थिति में आप में आवाज तीव्रता के प्रति अनुकूलन (adaptation) होगा। फलस्वरूप अप्रसन्नता की अनुभूति में थोड़ी कमी आएगी (अवस्था A में कमी) और जब किसी कारण से मशीन बन्द हो जाती है तो उससे उत्पन्न खुशी तथा प्रसन्नता की स्तर काफी अत्यधिक (मात्र एक मशीन चलने वाला उदाहरण में प्राप्त खुश तथा प्रसन्नता की अपेक्षा) बढ़ जाती है।

इस तरह से हम देखते हैं कि विरोधी-प्रक्रिया सिद्धान्त अभिप्रेरक की व्याख्या सांवेगिक स्थिति (emotional state) के रूप में करता है। किसी भी सांवेगिक-अभिप्रेरणात्मक उद्दीपक से दो तरह की स्थिति (state) उत्पन्न होती है—A अवस्था तथा B अवस्था। अगर A अवस्था प्रसन्नता (pleasure) का होता है तो B अवस्था अप्रसन्नता (displeasure) का और अगर A अवस्था अप्रसन्नता का होता है तो B अवस्था प्रसन्नता का। इन दोनों अवस्थाओं से अभिप्रेरक की व्याख्या इस प्रकार की जाती है—मान लीजिए कि कोई व्यक्ति अफीम (opium) खाना प्रारम्भ करता है। पहली बार में अफीम खाने से जो अनुभूति होगी (मान लीजिए), वह खुशी या प्रसन्नता की होती है। इस अवस्था को A अवस्था कहा जाएगा। दूसरी बारी, तीसरी बारी तथा इसी तरह से अन्य आगे आने वाले प्रयासों में उस व्यक्ति को अफीम खाने से उत्पन्न प्रसन्नता में कमी आती जाएगी क्योंकि वह धीरे-धीरे अफीम के साथ अभ्यस्त या अनुकूलित हो जाएगा। A अवस्था के समानान्तर एक दूसरी अवस्था भी होगी जिसे B अवस्था कहा जाएगा। अफीम के लिए उत्पन्न लालसा (cravings) तथा थोड़ी देर के लिए भी अफीम न मिलने पर उत्पन्न क्षोभण (irritation) B अवस्था के मुख्य अंग होंगे। जब व्यक्ति प्रतिदिन अफीम खाना प्रारम्भ कर देता है, A अवस्था A' में बदल जाता है जिसमें अपेक्षाकृत उसे कम प्रसन्नता मिलती है। धीरे-धीरे B अवस्था भी B' में बदल जाता है जहाँ व्यक्ति में अफीम की अति तीव्र लालसा (unpleasant craving) तथा थोड़ी देर के लिए भी न मिलने पर असहनीय (unbearable) घोर व्यथा (agony) उत्पन्न होती है। B' की अवस्था एक ऐसी अवस्था होती है जिससे वह तुरन्त छुटकारा पाना चाहता है। फलतः B' की अवस्था व्यक्ति को इस ढंग से अभिप्रेरित (motivate) करता है कि वह जल्द ही पहले से अधिक मात्रा में अफीम खाना प्रारम्भ कर देता है ताकि उसे मात्र A की अवस्था का अनुभव हो A' की नहीं।

विरोधी-प्रक्रिया सिद्धान्त द्वारा व्यक्ति के सामाजिक अभिप्रेरकों (social motives) की व्याख्या आसानी से की जाती है। उदाहरणस्वरूप, यदि किसी व्यक्ति को कोई विशेष सत्ता (power) या उपलब्धि (achievement) प्राप्त होता है, तो इससे A अवस्था (प्रसन्नता की अवस्था) उत्पन्न होती है। बार-बार सफलता प्राप्त होने से A अवस्था A' में (अर्थात् कम प्रसन्नता की अवस्था) तथा B अवस्था B' में (अर्थात् तीव्र अप्रसन्नता की अवस्था) में परिवर्तित हो जाता है। फिर B' की अवस्था (जो तीव्र अप्रसन्नता की अवस्था होती है) व्यक्ति को और ऊँचा उपलब्धि प्राप्त करने तथा सत्ता-सम्बन्धी व्यवहार (power-related behaviour) करने के लिए अभिप्रेरित करता है जिससे पुनः A' की अवस्था आ जाती है। यदि उपलब्धि काफी अत्यधिक हुई हो तो सीधे A अवस्था फिर से आ जाती है। अतः सामाजिक अभिप्रेरकों (social motives) की व्याख्या भी इस सिद्धान्त द्वारा ठीक ढंग से हो जाती है।

कुछ मनोवैज्ञानिकों का विचार है कि इस सिद्धान्त द्वारा जैविक अभिप्रेरकों (biological motives) की व्याख्या नहीं होती है। कुछ विशेषज्ञों का यह भी मत है कि सभी तरह के सांवेगिक उद्दीपकों (stimuli) से दो तरह की अवस्थाएँ जो आपस में एक-दूसरे के विरोधी हो, उत्पन्न हो ही, आवश्यक नहीं है।

5. आदर्श-स्तर सिद्धान्त या उत्तेजन सिद्धान्त *(Optimal-level theory or Arousal theory)*—यह सिद्धान्त अभिप्रेरण की व्याख्या उत्तेजन (arousal) के रूप में करता है। उत्तेजन प्राणी के मस्तिष्क स्तंभ (brain stem) के रेटिकुलर फारमेसन (reticular formation) की क्रियाशीलता के प्रति सामान्य अनुक्रिया की माप होती है। अगर हम गौर से ध्यान दें, तो यह स्पष्ट होगा कि अभिप्रेरण का यह सिद्धान्त कई मिलते-जुलते श्रोतों से हुई है। एक स्रोत तो तनावपूर्ण परिस्थितियों के प्रति आपातकालीन प्रतिक्रिया (emergency reaction) के सम्प्रत्यय का प्रादुर्भाव होना बतलाया गया है। इस क्षेत्र में किये गए अध्ययनों से यह स्पष्ट हो गया कि कुछ संवेग जैसे डर तथा क्रोध (rage) प्राणी को जब वे किसी खतरनाक परिस्थिति से सामना होता है, तो उसे क्रिया करने के लिए उत्तेजित करता है। ऐसी उत्तेजित प्रतिक्रियाओं (arousal reactions) के साथ-साथ मापनीय शारीरिक परिवर्तन (measurable bodily changes) भी होते हैं। दूसरा स्रोत में उन शोधों को रखा गया है जिसमें मस्तिष्कीय संरचना की क्रियाओं का EEG माप मनोवैज्ञानिकों को इस बात पर ध्यान देने के लिए प्रेरित करता है कि मस्तिष्क का उत्तेजन किस तरह से व्यक्ति को उद्दीपकों के प्रति अनुक्रिया करने के लिए प्रेरित करता है। तीसरे श्रोत में वैसे कई अध्ययन हैं जिनमें निष्पादन को अभिप्रेरण स्तर से सम्बन्धित किया गया है। यह सिद्धान्त भी विरोधी-प्रक्रिया सिद्धान्त (opponent-process theory) के समान सुखवादी नियमों (hedonistic principles) पर आधारित है। इस सिद्धान्त, जैसा कि फिस्क एवं माड्डी (Fiske & Maddi, 1961), बर्लिन (Berlyne, 1971), डुफ्फी (Duffy, 1957) गीन, वीट्टी तथा अर्किन (Geen, Beatty & Arkin, 1984) तथा हेब्ब (Hebb, 1955) ने कहा है, के अनुसार प्रत्येक व्यक्ति के सामने क्रियाशीलता

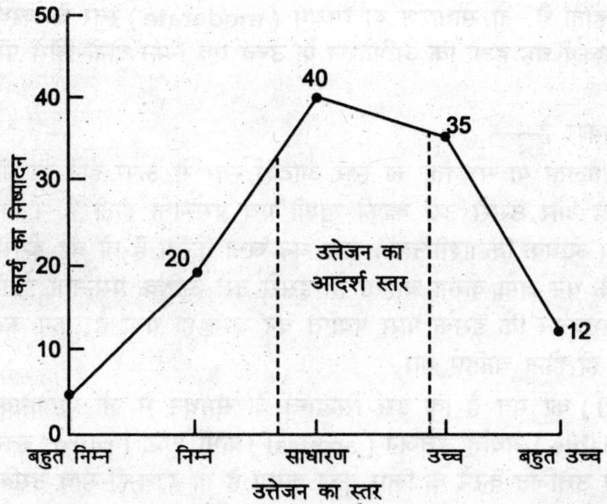

चित्र 10.4 : कार्य निष्पादन एवं उत्तेजन स्तर में संबंध

या सचेतता (arousal) का एक ऐसा निश्चित स्तर होता है जिसे *आदर्श स्तर* (optimal level) कहा जाता है और इस स्तर पर यदि व्यक्ति का व्यवहार होता है, तो इससे उसे काफी प्रसन्नता तथा खुशी होती है। कभी ऐसा होता है कि व्यक्ति का व्यवहार उस आदर्श स्तर से नीचे होता है तो कभी ऐसा भी होता है कि व्यक्ति का व्यवहार उस आदर्श स्तर से काफी ऊपर होता है। इन दोनों परिस्थितियों में उसे अपने व्यवहार से उतनी प्रसन्नता तथा खुशी नहीं मिल पाती है जितना मिलना चाहिए। अतः यदि उसका व्यवहार आदर्श स्तर (optimal level) से अत्यधिक है, तो वह उसे कमकर आदर्श स्तर पर लाने के लिए अभिप्रेरित रहता है। दूसरी तरफ यदि, उसका व्यवहार आदर्श स्तर से नीचे हैं तो वह उसे ऊँचा उठाकर आदर्श स्तर तक लाने के लिए अभिप्रेरित रहता है। इसे अभिप्रेरण का उत्तेजन सिद्धान्त (arousal theory) भी कहा जाता है। एक उदाहरण लिया जाय—मान लीजिए, किसी दिन लगातार आपके पास कई लोग मिलने के लिए बिना किसी पूर्व सूचना के आने लगते हैं। ऐसी परिस्थिति में आपकी क्रियाशीलता या सचेतता (arousal) का स्तर आदर्श स्तर से काफी ऊँचा होगा क्योंकि इन लोगों का काम करने के अलावा आपके पास अपना पूर्व निश्चित कार्य भी होगा जिसे आप करना चाहेंगे। ऐसी अवस्था में आप अपनी सचेतता का स्तर कम करना चाहेंगे। फलतः आप अपने नौकर या घर के अन्य व्यक्तियों को कह देंगे कि किसी के आने पर कह देना कि वे घर पर नहीं है। यदि आपके पास टेलिफोन है, तो उसका रिसिवर (receiver) उचित जगह से अलग हटाकर रख देंगे आदि-आदि। ऐसा करने से स्वभावतः सचेतता या क्रियाशीलता का स्तर कम होकर आदर्श स्तर (optimal level) पर आ जाएगा। दूसरी तरफ कोई-कोई दिन ऐसा भी हो सकता है कि आप अपने को अकेले पाकर ऊब (bore) रहे हों। आपके सामने कोई स्पष्ट कार्यक्रम नहीं होता है। अतः आपकी सचेतता या क्रियाशीलता का स्तर आदर्श स्तर से कम होता है जहाँ आपको अप्रसन्नता होती है। फलस्वरूप, आप किसी दोस्त को अपने यहाँ बुला लेते हैं या स्वयं ही किसी दोस्त के यहाँ चले जाते हैं। यदि आप इससे भी संतुष्ट न होते हैं तो सिनेमा चले जा सकते हैं आदि-आदि। इस तरह से व्यक्ति अपनी क्रियाशीलता के स्तर को बढ़ाकर आदर्श स्तर पर ले जाता है ताकि उसे प्रसन्नता तथा खुशी हो।

अभिप्रेरण के उत्तेजन सिद्धान्त (arousal theory) को कई अध्ययनों से अप्रत्यक्ष समर्थन (indirect support) प्राप्त है। एण्डरसन का मत है कि उत्तेजन सिद्धान्त के उक्त मौलिक दावा को कई प्रयोगों में जिसमें उत्तेजन (arousal) तथा निष्पादन (performance) के बीच के सम्बन्ध का अध्ययन किया गया है, सही ठहराया गया है। इन अध्ययनों में यह पाया गया है कि उत्तेजन का साधरण स्तर होने पर व्यक्ति का कार्य निष्पादन (work performance) उत्तम होता है जबकि बहुत अधिक या बहुत कम उत्तेजन के स्तर होने पर निष्पादन में ह्रास (decrement) होता है। विनर (Wiener, 1989) ने भी एक अध्ययन कर इस तथ्य की सम्पुष्टि किया है। इनके अध्ययन में यह पाया गया है कि जब उत्तेजन का स्तर साधारण (moderate) था जिसे आदर्श स्तर (optimal level) कहा जाता है तो कार्य निष्पादन (task performance) लगभग 40% था परन्तु जब उत्तेजन स्तर बहुत अधिक हो गया तो कार्य निष्पादन घटकर मात्र 12% हो गया तथा जब उत्तेजन का स्तर बहुत कम हो गया तो कार्य निष्पादन का स्तर घटकर 5% से 10% हो गया। इस तथ्य को चित्र 10.4 में दिखलाया गया है। 1908 में सबसे पहली बार यर्क्स (Yerkes) तथा डोडसन (Dodson) ने उत्तेजन स्तर तथा निष्पादन में इस तरह के सम्बन्ध अर्थात् उल्टे U-आकारीय (inverted U-shaped) सम्बन्ध की चर्चा की थी। इसलिए इस तरह के सम्बन्ध को आज *यर्क्स-डोडसन नियम* (Yerkes-Dodson law) भी कहा जाता है। इस नियम के अनुसार जैसे-जैसे उत्तेजन (अभिप्रेरण) का स्तर बढ़ता है, कठिन कार्य पर का निष्पादन घटता है जबकि आसान कार्यों पर का निष्पादन बढ़ता है। परन्तु जब

उत्तेजन या अभिप्रेरण का स्तर साधारण (moderate) होता है, तो साधारण या मध्यम (moderate) स्तर के कार्य पर निष्पादन उत्तम होता है। इस नियम के अनुसार तब निष्कर्ष यह हुआ कि अभिप्रेरण के उच्च एवं निम्न दोनों छोरों पर निष्पादन खराब होता है।

इस सिद्धान्त की कुछ आलोचनाएँ भी हैं जो इस प्रकार हैं—

(i) कभी-कभी परिस्थिति ऐसी होती है जहाँ क्रियाशीलता या सचेतता का स्तर आदर्श स्तर से ऊपर होने पर भी व्यक्ति उसे नीचे लाने के बजाय और ऊपर ले जाता है और उससे उसे काफ़ी खुशी एवं प्रसन्नता होती है न कि अप्रसन्नता। जैसे—यदि कोई व्यक्ति काफी मेहनत करके (अधिक क्रियाशीलता) कुछ धन जमा करता है तो वह इससे प्रेरित होकर और भी अधिक मेहनत करता है और अधिक धन जमा करना चाहता है। इससे उसे अधिक प्रसन्नता होती है। ऐसा नहीं होता है कि वह अपनी क्रियाशीलता यह सोचकर कि इसके पास पर्याप्त धन जमा हो गया है, कम कर देता है। अभिप्रेरण के उत्तेजन सिद्धान्त के अनुसार ऐसा ही होना चाहिए था।

(ii) कुछ मनोवैज्ञानिकों जैसे—नीस (Nies, 1990) का मत है कि इस सिद्धान्त के समर्थन में जो प्रायोगिक अध्ययन हुए हैं उनके स्वतंत्र चर (independent variable) अर्थात् उत्तेजन (arousal) कभी शुद्ध (pure) स्तर पर चर नहीं रहा है। प्रयोगकर्त्ता व्यक्ति को दैहिक रूप से उत्तेजित करने के लिए कुछ करता है तो साथ-ही-साथ उसके संवेग एवं संज्ञान (cognition) दोनों में ही परिवर्तन लाता है। ऐसी परिस्थिति में यह कैसे कहा जा सकता है कि निष्पादन के स्तर में होने वाला परिवर्तन का कारण मात्र उत्तेजन (arousal) है।

(iii) कुछ मनोवैज्ञानिकों ने इस बात की आशंका जतायी है कि प्रायः यह पहले से तय नहीं किया जा सकता है कि अमुक कार्य या परिस्थिति के लिए उत्तेजन का आदर्श स्तर (optimum level) क्या होगा ? ऐसी परिस्थिति में सिद्धान्त के आधार पर कुछ भी पूर्वकथन करना सम्भव नहीं है।

(iv) कुछ मनोवैज्ञानिकों ने यह भी बतलाया है कि किसी विशेष उत्तेजन को आदर्श मानने या न मानने में काफी वैयक्तिक विभिन्नता (individual difference) भी होता पाया गया है। जुकरमैन (Zukerman, 1984) के अनुसार कुछ लोग ऐसे होते हैं जो उच्च उत्तेजन स्तर को आदर्श समझते है क्योंकि इन्हें उत्कृष्ट संवेदन प्राप्त करने में आनन्द आता है। दूसरे तरफ कुछ लोग ऐसे होते हैं जो उत्तेजन के निम्न स्तर को ही आदर्श मानते हैं। इसका परिणाम यह होता है कि उत्तेजन स्तर सिद्धान्त द्वारा व्यक्ति के अभिप्रेरक व्यवहार के बारे में कुछ भी संगत पूर्वकल्पना (consistent prediction) करना एक टेढ़ी खीर है।

निष्कर्षतः यह कहा जा सकता है कि यद्यपि उत्तेजन स्तर सिद्धान्त की परिसीमाएँ (limitation) अवश्य है, फिर भी यह सिद्धान्त अभिप्रेरित व्यवहार की उत्पत्ति के स्वरूप पर बहुत हद तक प्रकाश डालने में समर्थ हैं।

6. आवश्यकता-पदानुक्रम सिद्धान्त *(Need-hierarchy theories)*—मैसलो (Maslow, 1954) प्रथम ऐसे मनोवैज्ञानिक हैं जिन्होंने आत्मसिद्धि (self-actualization) को एक महत्त्वपूर्ण अभिप्रेरक बतलाया तथा इसका वैज्ञानिक अध्ययन कर एक सिद्धान्त (theory) का प्रतिपादन किया जिसे *आवश्यकता-पदानुक्रम सिद्धान्त* (need-hierarchy theory) कहा जाता है। मैसलो द्वारा प्रतिपादित मानव अभिप्रेरण के इस सिद्धान्त द्वारा तनाव-ह्रास (tension reducing) तथा तनाव-वृद्धि (tension-incresing) क्रियाओं की ही तरह की क्रियाओं की व्याख्या होती है। मैसलो *कमी अभिप्रेरण* (deficiency motivation) जिसमें व्यक्ति दैहिक या मनोवैज्ञानिक संतुलन (psychological equilibrium) को बनाकर रखना चाहता है, की तुलना वर्द्धन अभिप्रेरण (growth motivation) से किया है जिसमें व्यक्ति जो पूर्व में कर चुका होता है, उससे आगे जाकर कुछ करने के लिए प्रेरित होता है। अभिप्रेरित व्यक्ति (motivated people) अनिश्चितता, तनाव और यहाँ तक कि दुःख-दर्द को भी पसंद करता है ताकि वह यह समझने लगता है कि इसके माध्यम से उसे निर्धारित लक्ष्य पर पहुँचने में सफलता मिलेगी।

मैसलो (Maslow, 1954) ने बतलाया कि मानव आवश्यकताओं (human needs) या मानव अभिप्रेरकों (human motives) की व्याख्या एक अनुक्रम (hierarchy) या पीढ़ी (ladder) के रूप में की जा सकती है। मैसलो (Maslow) के अनुसार मानव आवश्यकताएँ प्रमुख रूप से पाँच हैं जिन्हें हम एक अनुक्रम (hierarchy) या सीढ़ी (ladder) के रूप में चित्र 10.5 में दिखला सकते हैं।

जैसा कि चित्र 10.5 में दिखलाया गया है, मैसलो ने मानव आवश्यकताओं (human needs) के निम्नांकित पाँच प्रकार बतलाएँ हैं जो अनुक्रमानुसार (hierarchical order) निम्नांकित हैं:—

(i) शारीरिक आवश्यकता *(Physiological need)*—मनुष्य की शारीरिक आवश्यकताएँ (physiological needs) मैसलो के अनुक्रम (hierarchy) में सबसे नीचे आता है (जैसा कि चित्र 10.5 से स्पष्ट है।) शारीरिक आवश्यकताओं (physiological needs) में भूख (hunger), प्यास (thirst), काम (sex) तथा अन्य शारीरिक आवश्यकताएँ (needs) सम्मिलित होती हैं जिनके अभाव में व्यक्ति को जिंदा रहना सम्भव नहीं है। अतः मैसलो का कहना है कि व्यक्ति सबसे पहले अपने शारीरिक आवश्यकताओं की संतुष्टि चाहता है। इसके बाद ही वह अपने अन्य सामाजिक आवश्यकताओं (social needs) के बारे में सोचता है।

(ii) सुरक्षा की आवश्यकता *(Safety need)*—जब व्यक्ति की शारीरिक आवश्यकताएँ पूरी हो जातीं हैं तो उसके सामने दूसरी महत्त्वपूर्ण आवश्यकता सुरक्षा की आवश्यकता (safety need) होती है। सुरक्षा की आवश्यकता में शारीरिक (physical) तथा सांवेगिक दुर्घटनाओं से अपने आप को बचाने की आवश्यकता सम्मिलित होती है। इस तरह की आवश्यकता में व्यक्ति विभिन्न प्रकार के डर (fear) तथा असुरक्षा (insecurity) से बचने की कोशिश करता है।

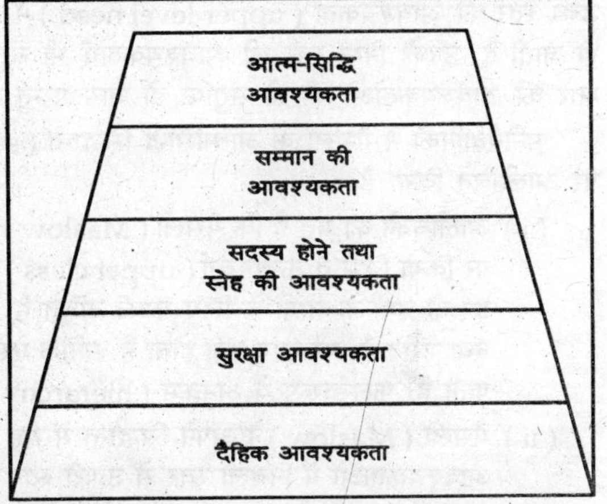

चित्र 10.5 : मैसलों का आवश्यकता-पदानुक्रम सिद्धान्त (Maslow's Need-hierarchy theory)

(iii) सदस्य होने तथा स्नेह पाने या देने की आवश्यकता *(Need to belong and to love)*—मैसलों (Maslow) के सिद्धान्त में यह तीसरी प्रमुख आवश्यकता है जो ऊपर बताये गये दोनों आवश्यकताओं की सन्तुष्टि के बाद उत्पन्न होती है। इस तरह की आवश्यकता के कारण व्यक्ति परिवार, स्कूल, धर्म (religion), प्रजाति (race) राजनैतिक पार्टी (political party) आदि के साथ तादात्म्य (identification) स्थापित करता है। व्यक्ति को ऐसा अनुभव होता है कि हम भी अपने समूह के प्रमुख सदस्य हैं। इतना ही नहीं, व्यक्ति अपने समूह के अन्य सदस्यों के प्रति स्नेह (affection) दिखलाता है तथा उनसे स्नेह पाने की कोशिश करता है। इस तरह से व्यक्ति समूह के अन्य सदस्यों के साथ मित्रता स्थापित करता है।

(iv) सम्मान की आवश्यकता *(Esteem need)*—जब ऊपर बताये गये प्रथम तीनों आवश्यकता की संतुष्टि हो जाती है, तो वैसी परिस्थिति में व्यक्ति में सम्मान पाने की आवश्यकता (esteem need) की उत्पत्ति होती है। इस आवश्यकता में आन्तरिक सम्मान कारक (internal esteem factor) जैसे आत्म-सम्मान (self-respact), उपलब्धि (achievement), स्वायत्तता (autonomy) तथा बाह्य सम्मान कारक (external esteem factor), जैसे पद (status), कदरदानी (recognition) आदि सम्मिलित होते हैं।

(v) आत्मसिद्धि की आवश्यकता *(Need for self-actualization)*—मैसलो (Maslow) के सिद्धान्त में आत्मसिद्धि (self-actualization) सबसे ऊपरी स्तर की आवश्यकता है जहाँ पर सभी लोग नहीं पहुँच पाते हैं। आत्मसिद्धि (self actualization) एक जटिल सम्प्रत्यय (complex concept) है जिसे परिभाषित करना थोड़ा कठिन है। फिर भी आत्मसिद्धि में मनोवैज्ञानिकों का तात्पर्य अपने अन्दर छिपे क्षमताओं (potentialities) की पहचान करना तथा उसे ठीक ढंग से विकसित (develop) करने की आवश्यकतां से होता है। मार्गन, किंग, विस्ज तथा स्कोपलर[1] (Morgan, King, Weisz & Schopler, 1986) के अनुसार, ''व्यक्ति की अपनी क्षमताओं को विकसित करने की आवश्यकता को आत्मसिद्धि कहा जाता है। दूसरे शब्दों में, अपनी क्षमताओं के अनुसार कुछ कर सकना ही

1. "Self-actualization refers to an individual's need to develop his or her potentialities, in other words, to do what he or she is capable of doing."

—Morgan, King, Weisz & Schopler : *Introduction to Psychology*, 1986, p. 298.

आत्मसिद्धि है।'' कभी-कभी कुछ व्यक्तियों के जिन्दगी में ऐसी परिस्थितियाँ आती हैं जिसके कारण व्यक्ति में आत्मसिद्धि की आवश्यकता उत्पन्न नहीं हो पाती है और वह हमेशा इससे नीचे स्तर की आवश्यकताओं (needs) की ही संतुष्टि करने में लगा रहता है। जिन व्यक्तियों में आत्मसिद्धि पूर्ण होती है उन्हें अपने व्यक्तिगत विकास (personal growth) से काफी संतुष्टि होती है। चूँकि ऐसे व्यक्तियों में डर (fear), दुश्चिंता (anxiety) आदि नहीं के बराबर होता है अतः ऐसे व्यक्तियों में परिस्थितियों का प्रत्यक्षण (perception) सही-सही होता है।

मैसलो (Maslow, 1954) ने इन पाँच आवश्यकताओं को फिर दो मूल श्रेणी (category) में विभाजित किया है—निम्न स्तर की आवश्यकता (lower level need) तथा उच्च स्तर की आवश्यकता (upper level need)। शारीरिक आवश्यकताओं (physiologcal needs) तथा सुरक्षा की आवश्यकता (safety need) को मैसलो (Maslow) ने निम्न स्तर की आवश्यकता (lower level need) में रखा है तथा बाकी तीनों आवश्यकताओं को उच्च स्तर की आवश्यकता (upper level need) में रखा है। जिन व्यक्तियों में उच्च स्तर की आवश्यकताएँ संतुष्ट हो जातीं हैं, उनकी निम्न स्तर की आवश्यकताएँ भी संतुष्ट हो जाती है। परन्तु ऐसा हो सकता है कि व्यक्ति की निम्न स्तर की आवश्यकताओं की तो संतुष्टि हो जाय परन्तु उच्च स्तर की आवश्यकताओं की संतुष्टि न हो।

मनोवैज्ञानिकों ने मैसलों के आत्मसिद्धि सिद्धान्त (self-actualization theory) को निम्नांकित कारकों के आधार पर आलोचित किया है:—

(i) आलोचकों का मत है कि मैसलो (Maslow) ने अपने सिद्धान्त का प्रतिपादन वैसे आँकड़ों (data) के आधार पर किया जिसे वे ऊपरी वर्ग (upper class) तथा मध्यम वर्ग के लोगों से प्राप्त किया था। अतः उनका सिद्धान्त इन दो वर्गों के लोगों के लिए काफी उचित है। परन्तु निम्न वर्ग के लोगों या वैसे लोगों पर जो कम विकसित है तथा गरीब हैं, पर लागू नहीं होता है क्योंकि ऐसे लोगों की शारीरिक आवश्यकताएँ कभी पूर्णतः सन्तुष्ट नहीं हो पाती है। फलस्वरूप वे अनुक्रम (hierarchy) के आगे की आवश्यकताओं के बारे में सोच भी नहीं पाते हैं।

(ii) मैसलो (Maslow) ने अपने सिद्धान्त में यह पूर्वकल्पना किया है कि सभी मनुष्य उनके द्वारा बताये गये पाँच आवश्यकताओं में निचली स्तर से ऊपरी स्तर की ओर आगे बढ़ते हैं। आलोचकों का मत है कि मैसलो अपनी इस पूर्वकल्पना (assumption) को प्रयोगात्मक रूप से जाँच कर नहीं दिखला सके। इतना ही नहीं, मैसलो ने यह भी पूर्वकल्पना (assumption) किया था कि व्यक्ति अनुक्रम (hierarchy) के अगला स्तर (next level) पर तभी पहुँचता है जब वह उसके ठीक पिछला स्तर पर की आवश्यकता की संतुष्टि कर लेता है। आलोचकों ने बतलाया है कि हमेशा ऐसा ही हो यह आवश्यक नहीं है। ऐसा भी हो सकता है कि सबसे निम्न स्तर की आवश्यकताओं की संतुष्टि करने के बाद उसमें तीसरे स्तर की आवश्यकता न उत्पन्न होकर चौथे स्तर की आवश्यकता उत्पन्न हो जाय। इस तथ्य की संतुष्टि विलियम्स एवं पेज (Williams & Page, 1989) के प्रयोगात्मक अध्ययन से हो चुका है।

(iii) मैसलो (Maslow) ने जिन मानवीय आवश्यकताओं (human needs) का वर्णन किया है उनके दैहिक या शारीरिक (physiological) तथा मनोवैज्ञानिक (psychological) आधारों (bases) को नहीं बतलाया गया है। उदाहरणस्वरूप, भूख की आवश्यकता को ही ले लीजिए। व्यक्ति में भूख की आवश्यकता होती है परन्तु किन-किन शारीरिक परिवर्तनों (physiological changes) से यह उत्पन्न होता है, इसका वर्णन उन्होंने नहीं किया है।

(iv) मैसलो (Maslow) ने अपने सिद्धान्त के समर्थन में व्यक्तियों के मात्र केस इतिहास (case history) को प्रस्तुत किया है। उन्होंने इसके लिए कोई प्रयोगात्मक सबूत (experimental evidence) नहीं दिया है। फलतः उनकी सिद्धान्त की मान्यता थोड़ी कम हो जाती है।

इन आलोचनाओं के बावजूद भी मैसलो का आवश्यकता-पदानुक्रम सिद्धान्त एक महत्त्वपूर्ण सिद्धान्त माना गया है क्योंकि उनका सिद्धान्त एक ऐसा सिद्धान्त है जो अभिप्रेरण (motivation) की व्याख्या करने में जैविक (biological), सामाजिक (social), व्यवहारपरक (behavioural) प्रभावों (impacts) को सम्मिलित करता है। इसे कुछ मनोवैज्ञानिकों जैसे—बेरोन (Baron, 1992) ने मानव अभिप्रेरणों के बीच के सम्बन्धों की व्याख्या करने का न कि यह पूर्वकथन करने का कि अमुक समय में कौन-सा अभिप्रेरक अधिक प्रबल होगा, एक असाधरण सिद्धान्त माना है।

7. वेक्टर-कर्षण सिद्धान्त *(Vector-Valence theory)*—मानव अभिप्रेरण के अध्ययन में कर्टलेविन (Kurt Lewin) का योगदान सबसे प्रमुख रहता है। वे पहले ऐसे मनोवैज्ञानिक हैं जिन्होंने प्राकृतिक विज्ञानों जैसे—भौतिकी, गणित एवं रसायनशास्त्र से कुछ सम्प्रत्ययों (concepts) को लेकर व्यक्ति के व्यवहार की व्याख्या करने का भरसक प्रयास किया है। उनका वेक्टर-कर्षणशक्ति उपागम एक ऐसा ही उपागम है जिसमें मानव-व्यवहार विशेषकर अभिप्रेरित व्यवहार (motivated behaviour) की एक वैज्ञानिक व्याख्या करने की कोशिश की गयी है।

वेक्टर कर्षणशक्ति उपागम में अभिप्रेरित व्यवहार की उत्पत्ति कर्षणशक्ति (valence) तथा वेक्टर (vector) पर आधारित होता है। कर्षणशक्ति (valence) से तात्पर्य लक्ष्य वस्तु (goal object) का व्यक्ति के लिए महत्त्व (value) से होता है। कर्षणशक्ति (valence) धनात्मक (positive) एवं ऋणात्मक (negative) कुछ भी हो सकता है। धनात्मक कर्षणशक्ति उत्पन्न करने वाले लक्ष्य वस्तु में व्यक्ति का तनाव (tension) कमता है तथा ऋणात्मक कर्षणशक्ति उत्पन्न करने वाले लक्ष्य वस्तु से व्यक्ति का तनाव बढ़ता है। जैसे—एक भूखे व्यक्ति के लिए (लक्ष्य वस्तु) में धनात्मक कर्षणशक्ति (positive valence) होता है। फलस्वरूप, वह भोजन करने की ओर अभिप्रेरित होता है। भोजन कर लेने के बाद उनका तनाव कमता है। दूसरे तरफ मान लिया जाए कि कोई व्यक्ति कुत्ता से डरता है तो ऐसी स्थिति मे कुत्ता इसके लिए एक ऐसा लक्ष्य वस्तु (goal object) होगा जिससे उसमें तनाव (tension) उत्पन्न होगा। फलस्वरूप, वह ऐसे वस्तु से दूर हटने की अनुक्रिया करेगा।

इस उपागम में कर्षणशक्ति (valence) तथा आवश्यकता (need) में गहरा सम्बन्ध बतलाया गया है। सचमुच में कर्षणशक्ति का निर्धारण व्यक्ति की आवश्यकता (need) से होता है। जैसे—किसी व्यक्ति के लिए भोजन (food) की कर्षणशक्ति (valence) इस बात पर निर्भर करती है कि उसे भूख लगी है या नहीं। यदि भूख की आवश्यकता उसमें नहीं है, तो भोजन में व्यक्ति के लिए कर्षणशक्ति (valence) भी नहीं होगी। परन्तु इसका मतलब यह नहीं हुआ कि कर्षणशक्ति सिर्फ व्यक्ति की आवश्यकता द्वारा ही निर्धारित होता है। सच्चाई यह है कि कर्षणशक्ति अन्य कारकों द्वारा भी निर्धारित होता है। जैसे—एक भूखा व्यक्ति के लिए भोजन में धनात्मक कर्षणशक्ति (positive valence) न होकर ऋणात्मक कर्षणशक्ति भी हो सकता है यदि उस भोजन में कुछ ऐसी चीज मिली हो जिसे वह नहीं पसंद करता हो। शायद यही कारण है कि एक शुद्ध शाकाहारी भोजन करने वाला व्यक्ति के लिए मांसाहारी भोजन में ऋणात्मक कर्षणशक्ति (negative valence) होता है। फलतः वह उसके प्रति आकर्षित नहीं होता है।

वेक्टर से तात्पर्य एक ऐसे बल (force) से होता है जो व्यक्ति पर प्रभाव डालता है और उसे एक निश्चित दिशा (direction) में व्यवहार करने के लिए प्रेरित करता है। वेक्टर की दिशा (direction) तथा शक्ति (strength) लक्ष्य वस्तु (goal object) के कर्षणशक्ति (valence) पर निर्भर करता है। यदि लक्ष्य वस्तु में व्यक्ति के लिए धनात्मक कर्षणशक्ति (positive valence) है, तो इससे उत्पन्न बल (force) अर्थात् वेक्टर की शक्ति (strength) अधिक होगी और उसकी दिशा (direction) उस लक्ष्य वस्तु की ओर होगी। दूसरे तरफ यदि लक्ष्य वस्तु में व्यक्ति के लिए ऋणात्मक कर्षणशक्ति हो तो इससे दूसरी शक्तिशाली बल की उत्पत्ति होगी और इसकी दिशा लक्ष्य वस्तु से विपरीत दिशा में होगी। जब व्यक्ति में एक ही साथ कई तरह से वेक्टर उत्पन्न होते हैं, तो इससे एक मानसिक संघर्ष की स्थिति उत्पन्न होती है।

इस उपागम की दो मुख्य मान्यताएँ हैं जो निम्नांकित हैं:—

(i) लेविन ने यह भी बतलाया कि जब व्यक्ति तथा लक्ष्य वस्तु के बीच दूरी बढ़ती है, कर्षणशक्ति की आकर्षकता (attractiveness) या धनात्मक कर्षणशक्ति का प्रभाव कमता जाता है। इस तथ्य का प्रायोगिक समर्थन हमें फाजान्स (Fajans, 1933) के एक प्रयोग से मिलता है। इन्होंने एक से छः साल के बच्चों का एक समूह लिया। वे बच्चों के 5 से 100 सेंटीमीटर की दूरी पर कुछ आकर्षक खिलौना रख दिए। परिणाम में देखा गया कि बच्चों से जैसे-जैसे आकर्षक खिलौनों की दूरी बढ़ती गयी, बच्चों का उनके प्रति आकर्षकता भी कमती गयी। प्रयोग के परिणाम से वेक्टर-कर्षणशक्ति उपागम के इस मान्यता को समर्थन मिलता है।

(ii) इस उपागम की दूसरी मान्यता यह है कि जब लक्ष्य वस्तु को प्राप्त करने में व्यक्ति के सामने बाधा या रुकावट उत्पन्न हो जाता है, इससे उस व्यक्ति में लक्ष्य वस्तु के प्रति धनात्मक कर्षणशक्ति (positive valence) में वृद्धि हो जाती है। यह मान्यता बहुत कुछ उस लोकोक्ति के समान है जिसमें यह कहा गया है कि नदी के दूसरे किनारे का घास अधिक हरा दिखाई देता है। वाईट (Weight, 1943) ने इसे भी एक प्रयोग करके समर्थन प्रदान किया है।

उन्होंने एक दिवाल से दो धागा लटका दिए और दोनों के छोर में एक-एक चाकलेट बाँध दिया गया। इन दोनों में से एक धागे की ऊँचाई अधिक थी जिसके परिणामस्वरूप उसे आसानी से प्राप्त नहीं किया जा सकता था। दूसरे धागे की लम्बाई अधिक थी जो काफी नीचे तक लटक रही थी। परिणामस्वरूप उसे प्राप्त करना आसान था। परिणाम में देखा गया कि बच्चों में अधिक ऊँचाई पर लटके धागे के चाकलेट को उछलकर प्राप्त करने की प्रवृत्ति अधिक मजबूत देखी गयी।

वेक्टर-कर्षणशक्ति उपागम की मुख्य परिसीमा यह है कि इसके सम्प्रत्यय जैसे वेक्टर एवं कर्षणशक्ति का वस्तुनिष्ठ मापन एवं व्याख्या अभी भी संदेह के घेरे में है। अतः इस उपागम के सामान्यीकरण पर अधिक भरोसा नहीं किया जा सकता है।

8. लक्ष्य निर्धारण सिद्धान्त *(Goal-Setting theory)*—अभिप्रेरण का इस सिद्धान्त का प्रतिपादन लॉके एवं लाथम (Locke & Latham, 1990) के शोधों पर आधृत है। इस सिद्धान्त में अभिप्रेरण में संज्ञानात्मक कारकों (cognitive factors) न कि उत्तेजन (arousal) या प्रणोद (drive) को महत्त्वपूर्ण बतलाया गया है। लक्ष्य निर्धारण सिद्धान्त प्रारम्भिक अवस्था में एक सिद्धान्त न होकर व्यवहार में लाया जाने वाले एक प्रविधि था। परन्तु बाद में लॉके ने इसके स्वरूप को सैद्धान्तिक बनाया।

इस सिद्धान्त का केन्द्र बिन्दु यह है कि अभिप्रेरण लक्ष्य (goal) के स्वरूप (nature) द्वारा प्रभावित होता है। वुड एवं लॉके (Wood & Locke, 1990) के अनुसार विभिन्न तरह के कार्य होने पर व्यक्ति का निष्पादन (performance) उस समय उत्तम होता है जब लक्ष्य विशिष्ट (specific) होता है। परन्तु यदि लक्ष्य सामान्य (general) है या उसमें विशिष्टता नहीं है, तो व्यक्ति का निष्पादन घटिया (poor) हो जाता है क्योंकि ऐसी परिस्थिति में व्यक्ति में अभिप्रेरण का स्तर कम होता है। लॉके तथा हेन्नी (Locke & Henne, 1986) ने लक्ष्य निर्धारण के निम्नांकित नौ मुख्य तथ्य बतलाये हैं, जो निम्नांकित हैं:—

(i) आसान लक्ष्य (easy goal) की तुलना में कठिन लक्ष्य (difficult goal) के होने पर कार्य निष्पादन (performance) अधिक होता है। साधारण लक्ष्य (normal goal) जो कठिन लक्ष्य तथा आसान लक्ष्य के बीच होता है, निष्पादन स्तर भी इन दोनों के बीच में ही होता है।

(ii) विशिष्ट कठिन लक्ष्य (specific difficult goal) होने पर अस्पष्ट लक्ष्य या लक्ष्यहीनता की तुलना में निष्पादन काफी उच्च होता है।

(iii) कुछ प्रक्रमों (mechanisms) द्वारा लक्ष्य, निष्पादन को प्रभावित होता है।

इन प्रक्रमों में निम्नांकित प्रमुख हैं—

(a) ध्यान देना तथा सम्बद्ध क्रियाएँ करना (directing attention and action)

(b) प्रयास करना (mobilizing effort)

(c) दृढ़ता (persistence) को बढ़ाना (increasing persistence)

(d) उपयुक्त निष्पादन उपायों के खोज को अभिप्रेरित करना।

(iv) लक्ष्य निर्धारण की प्रक्रिया को सफलीभूत होने के लिए पुनर्निवेश या प्रतिपुष्टि (feedback) आवश्यक है क्योंकि इससे व्यक्ति निष्पादन को लक्ष्य से तुलना कर पाता है।

(v) निष्पादन को लक्ष्य से प्रभावित होने के लिए यह आवश्यक है कि व्यक्ति में लक्ष्य वचनबद्धता (goal committment) हो।

(vi) लक्ष्य वचनबद्धता इस बात से तो नहीं प्रभावित होता है कि व्यक्ति किस हद तक अपने लक्ष्य के निर्धारण में भाग लेता है परन्तु सफलता की प्रत्याशा (expectation) तथा सफलता की मात्रा (degree) से प्रभावित होता है।

(vii) अगर लक्ष्य किसी अन्य व्यक्ति द्वारा निर्धारित होता है और जिन लोगों द्वारा इस लक्ष्य को प्राप्त करने की उम्मीद की जाती है, वे इसे प्राप्त करने में वचनबद्धता नहीं दिखलाते है, तो लक्ष्य निर्धारण पूर्णतः अप्रभावी (ineffective) सिद्ध होता है। परन्तु जब वांछित परिस्थिति ठीक-ठाक होती है, तो वैसी परिस्थिति में लक्ष्य निर्धारण, अभिप्रेरण तथा निष्पादन बढ़ाने का सबसे उत्तम तरीका माना जाता है।

(viii) मुद्रा(money)तथा पुरस्कार(rewards)से स्वतः लक्ष्य निर्धारण(spontaneous goal setting)व्यवहार प्रोत्साहित होता है, इससे उच्च लक्ष्य भी निर्धारित होता है तथा उससे उच्च लक्ष्य वचनबद्धता भी उत्पन्न होती है।

(ix) कुछ कारकों जैसे व्यक्तित्व तथा शिक्षा में वैयक्तिक विभिन्नता से लक्ष्य निर्धारण प्रभावशीलता सामान्यतः प्रभावित नहीं होती है।

उपर्युक्त नौ तथ्यों में से प्रथम दो को काफी महत्त्वपूर्ण माना गया है। इन दोनों में लक्ष्य की कठिनता तथा विशिष्टता का सम्बन्ध व्यक्ति के निष्पादन (performance) तथा अभिप्रेरक से बतलाया गया है। इसलिए चित्र 10.6 में दिखलाया गया है।

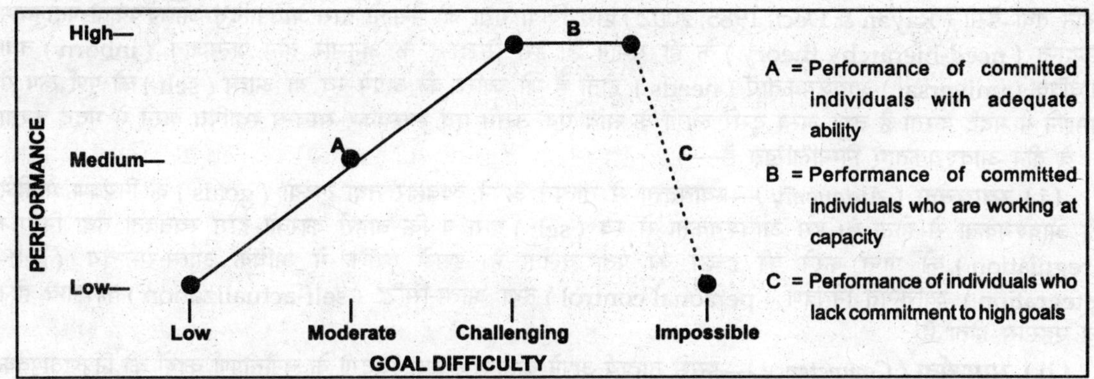

चित्र 10.6 : लक्ष्य कठिनता का अभिप्रेरण तथा निष्पादन के साथ सम्बन्ध

लक्ष्य निर्धारण सिद्धान्त की एक मुख्य विशेषता यह है कि लक्ष्य निर्धारण अपने आप में एक ऐसा कारक है जो अभिप्रेरण तथा निष्पादन (performance) से काफी नजदीक है। अतः यह अभिप्रेरण तथा निष्पादन का एक उत्तम पूर्वानुमेयक (predictor) माना गया है।

लॉके तथा उनके सहयोगियों (Locke et. al., 1981), मेन्टो, स्टील तथा कैर्रेन (Mento, Steel & Karren, 1987) तथा टब्बस (Tubbs, 1986) द्वारा किये गए अध्ययनों से यह स्पष्ट हुआ है कि लक्ष्य निर्धारण (goal setting) से व्यक्ति का निष्पादन 90 प्रतिशत बढ़ जाता है।

लक्ष्य निर्धारण सिद्धान्त के बारे में कुछ महत्त्वपूर्ण प्रश्न उठाये गये हैं जिनका उत्तर अभी संतोषजनक ढंग से नहीं मिल पा रहा है। इन प्रश्नों में निम्नांकित प्रमुख हैं—

एक महत्त्वपूर्ण प्रश्न जिसका अभी भी संतोषजनक ढंग से उत्तर नहीं मिल पाया है, यह है कि क्या लक्ष्य निर्धारण की प्रक्रिया कुछ खास लोगों के साथ ही उत्तम ढंग से हो पाती है। क्या कुछ लोग अन्य दूसरे व्यक्तियों की तुलना में कठिन लक्ष्य को निर्धारित कर पाते हैं, विशिष्ट लक्ष्य को परिभाषित कर पाते हैं तथा आवश्यक पुनर्निवेशन (feedback) ले पाते हैं?

इन प्रश्नों का उत्तर इस सिद्धान्त की व्याख्या के रूप में तो नहीं परन्तु मैकक्लीलैंड का उपलब्धि अभिप्रेरक सिद्धान्त तथा अन्य चर जैसे आत्म-सम्मान (self-esteem) के रूप में देने की कोशिश की गयी है। हाल्लैनबेक तथा क्लिन (Hollenbeck & Klin, 1989) के अध्ययन के अनुसार जिन व्यक्तियों में उपलब्धि अभिप्रेरण अधिक तीव्र होती है, वे निष्पादन-सम्बद्ध कार्यों के कुछ हिस्सों में लक्ष्य-निर्धारण के प्रति अधिक अनुक्रियाशील (responsive) होते हैं। हाल्लैनबेक तथा ब्रिफ (Hollenbeck & Brief, 1987) के अनुसार लक्ष्य निर्धारण उन व्यक्तियों में अधिक प्रभावी (effective) होता है जिनमें आत्म-सम्मान (sefl-esteem) का गुण अधिक मजबूत होता है। बुड, मेन्टो एवं लॉके (Wood, Mento & Locke, 1987) ने अपने अध्ययन में यह पाया है कि जब किया जाने वाला कार्य अधिक जटिल नहीं है तो कठिन एवं विशिष्ट लक्ष्य के निर्धारण से अभिप्रेरण एवं निष्पादन उत्तम होता है।

एक अन्य महत्त्वपूर्ण समस्या जो यह बतलाता है कि विशिष्ट एवं चुनौतीपूर्ण लक्ष्य जो अभिप्रेरण एवं निष्पादन में अंतर कर देता है, को वरिष्ठ व्यक्तियों द्वारा निर्धारित किया जाता है। इसके बारे में कोई विवाद नहीं है कि लोग अपने वरिष्ठों से निर्धारित लक्ष्य को स्वीकार करते हैं तथा ऐसे लक्ष्यों से निष्पादन में मजबूती आती है परन्तु जैसा कि लाथम, इरेज तथा लॉके (Latham, Erez & Locke, 1988) ने कहा है, स्वयं व्यक्ति द्वारा निर्धारित लक्ष्य भी व्यक्ति को

ठीक ढंग से अभिप्रेरित करता है तथा निष्पादन को बढ़ाता है। चूँकि अपने से निर्धारित लक्ष्य में लक्ष्य को व्यक्ति शत-प्रतिशत स्वीकृति प्रदान करता है, अतः इसमें अभिप्रेरण उत्पन्न करने की शक्ति अधिक होती है।

स्पष्ट हुआ कि लक्ष्य निर्धारण सिद्धान्त भी अभिप्रेरण का एक प्रमुख सिद्धान्त है जिससे व्यक्ति में निष्पादन (performance) तथा अभिप्रेरण दोनों ही काफी अधिक बढ़ती है।

9. आत्म या स्व निर्धारण सिद्धान्त *(Self-Determination Theory or SDT)*—इस सिद्धान्त का प्रतिपादन रेयान तथा डेसी (Rayan & Deci, 1985, 2002) द्वारा किया गया जो मैसलो द्वारा प्रतिपादित आवश्यकता-पदानुक्रम सिद्धान्त (need-hierarchy theory) के ही समान है। इस सिद्धान्त के अनुसार तीन जन्मजात (inborn) तथा सार्वत्रिक (universal) आवश्यकताएँ (needs) होतीं हैं जो व्यक्ति को अपने स्व या आत्म (self) को पूर्ण रूप से समझने में मदद करता है तथा अन्य दूसरे लोगों के साथ एक उत्तम एवं स्वस्थकर सम्बन्ध स्थापित करने में मदद करता है। वे तीन आवश्यकताएँ निम्नलिखित हैं—

(i) स्वायत्तता *(Autonomy)*—स्वायतत्ता से तात्पर्य अपने व्यवहार तथा लक्ष्यों (goals) के नियंत्रण में होने की आवश्यकता से होता है। इस आवश्यकता से स्व (self) द्वारा न कि बाहरी कारकों द्वारा स्वतंत्रता तथा नियमन (regulation) को प्राप्त करने की इच्छा का पता चलता है। इससे व्यक्ति में अधिक आत्म-समन्वय (self-integration), व्यक्तिगत नियंत्रण (personal control) तथा आत्म-सिद्धि (self-actualization) का भाव होने का एहसास होता है।

(ii) सामर्थ्यता *(Competence)*—इससे तात्पर्य अपने वातावरण तथा जिंदगी के चुनौतीपूर्ण कार्यों को निपुणतापूर्वक करने की आवश्यकता से होती है। इस आवश्यकता द्वारा व्यक्ति में नयी चुनौतियों पर महारथ हासिल करना तथा अपने कौशलों (skills) को उन्नत करने की कोशिश करना प्रतिबिम्बित होता है। इस आवश्यकता द्वारा अन्वेषणात्मक (exploratory) तथा वर्द्धन-उत्पन्न करने वाला व्यवहार (growth-inducing behaviour) अभिप्रेरित होता है। शुद्ध रूप में, यहाँ व्यवहार अपने आप में एक पुरस्कार हो जाता है ताकि यह आंतरिक रूप से अभिप्रेरित (intrinsically rewarded) होता है न कि किसी बाह्य पुरस्कार के लिए किया जाने वाला व्यवहार होता है।

(iii) सम्बन्धता *(Relatedness)*—इससे तात्पर्य दूसरों के साथ स्थापित सम्बन्ध में घनिष्ठता (intimacy), सुरक्षा (security) तथा उनसे वहाँ होने का भाव से होता है। प्रथम दृष्टि में सम्बन्धता की आवश्यकता, स्वायतत्ता की आवश्यकता का विरोधी लगता है परन्तु वास्तव में ये दोनों एक-दूसरे के पूरक हैं। जैसे, एक किशोर जब यह समझता है कि उसकी स्वायत्तता को माता-पिता द्वारा पसंद किया जा रहा है, तो वह अपने माता-पिता के साथ अधिक सम्बधता का भाव विकसित कर लेता है।

इसमें से दूसरों से बँधे होने की आवश्यकता (need for belonginess) मैसलो के सिद्धान्त में एक प्रमुख आवश्यकता है तथा स्वायत्तता एवं सामर्थ्यता (competency) इरिक्सन द्वारा प्रतिपादित मनोसामाजिक विकास (Psychological development) सिद्धान्त का एक अहमियत पहलू है। रेयान, डेसी तथा उनके सहयोगियों (Ryan, Deci et al., 2000) का मत है कि अगर किसी व्यक्ति को एक ऐसा समर्थनयोग्य वातावरण (supportive environment) मिलता है जिसमें वह लक्ष्यों एवं अन्य लोगों के साथ सम्बन्ध को उत्तम ढंग से विकसित कर सके, तो वह उक्त तीनों तरह की आवश्यकताओं (needs) की पूर्ति ठीक ढंग से कर सकता है। इससे व्यक्ति में संतुष्टि होगी और इस संतुष्टि से व्यक्ति में एक स्वस्थकर मनोवैज्ञानिक वर्द्धन तो होगी साथ-ही-साथ उसमें अन्तस्थ या आंतरिक अभिप्रेरण (intrinsic motivation) भी मजबूत होगा। डीचार्म्स (Decharms, 1968) तथा डेसी एवं रेयान (Deci & Ryan, 1985) द्वारा किये गए अध्ययनों से यह स्पष्ट हुआ है कि जब व्यक्ति किसी चुनौतीपूर्ण कार्य को करने में सार्मथ्यता (competence) का अनुभव करने के साथ-ही-साथ स्वायत्तता (autonomy) का अनुभव करते हुए यह भी महशुश करता है कि उसका व्यवहार दूसरों से नियंत्रित न होकर आत्म-निर्धारित (self-determined) होता है, तो उनमें अन्तरस्थ अभिप्रेरण (intrinsic motivation) मजबूत हो जाता है या बढ़ जाता है। अबतक किये गए अधिकतर अध्ययनों से यह स्पष्ट हुआ है कि जब व्यक्ति को किसी कार्य करने के लिए बाह्य पुरस्कार (external reward) दिया जाता है तो उससे उसके अन्तरस्थ अभिप्रेरण कम हो जाता है। लेकिन कैमरन तथा उनके सहयोगियों (Cameron et al. 2001) कुछ अन्य अध्ययनों के विश्लेषण करने के बाद इस निष्कर्ष पर पहुँचे कि बाह्य पुरस्कार अर्थात् बाह्य अभिप्रेरण (extrinsic motivation) का प्रभाव अन्तरस्थ अभिप्रेरण (intrinsic motivation) पर

तभी नकारात्मक पड़ता है जब व्यक्ति का उस कार्य में अभिरूचि नहीं होता है। जब व्यक्ति के लिए कार्य रूचिकर होता है, तो बाह्य पुरस्कार देने से भी अन्तरस्थ अभिप्रेरण में कमी नहीं आती है।

सच्चाई यह है कि व्यक्ति द्वारा किये जाने वाले अधिकतर कार्यों में अन्तरस्थ अभिप्रेरण (intrinsic motivation) तथा बाह्य अभिप्रेरण (extrinsic motivation) दोनों ही सम्मिलित होते हैं। स्व या आत्म-निर्धारण सिद्धान्त यह स्पष्ट रूप से इस बात पर बल डालता है कि उक्त तीनों तरह की आवश्यकताओं का प्रत्यक्ष सम्बन्ध व्यक्ति के अन्तरस्थ अभिप्रेरण (intrinsic motivation) से होता है और जब ये तीनों आवश्यकताएँ संतुष्ट होती हैं, तो व्यक्ति की अन्तरस्थ अभिप्रेरण मजबूत हो जाती है। ये तीनों तरह की आवश्यकताएँ कई तरह के धनात्मक परिणाम (positive outcomes) जैसे मनोवैज्ञानिक कल्याण (psychological well-being), खुशी (happiness), कार्यकर्त्ताओं का निष्पादन (worker's performance) एवं संतुष्टि, धनात्मक सामाजिक सम्बन्ध तथा जिंदगी में अर्थपूर्णता (meaningfulness) का भाव आदि पर स्वतंत्र एवं महत्त्वपूर्ण प्रभाव डालता है।

इस सिद्धान्त की आलोचना करते हुए यह कहा गया है कि सिद्धान्त में मात्र तीन तरह की आवश्यकताओं के माध्यम से अभिप्रेरित व्यवहार की व्याख्या करने की कोशिश की गयी है जो अपने-आप में एक आंशिक या अपूर्ण प्रयास दिखता है।

10. आचारशास्त्रीय सिद्धान्त *(Ethological theory)*—आचार-शास्त्र (Ethology) प्राणीशास्त्र (Zoology) का एक शाखा है जिसमें पशुओं के व्यवहार का अध्ययन किया जाता है। सचमुच में अभिप्रेरण के आचारशास्त्रीय उपागम (ethological approach) की बुनियाद मूलप्रवृत्ति सिद्धान्त (instinct theory) है। बीसवीं शताब्दी के प्रारम्भ में अभिप्रेरण के मूलप्रवृत्ति सिद्धान्त का प्रतिपादन हुआ था तथा 1930 तथा 1940 वाले दशक में इस सिद्धान्त को पूर्णतः अस्वीकृत कर दिया गया। परन्तु 1950 वाले दशक में फिर वैज्ञानिकों की विशेषकर यूरोपियन प्राणिशास्त्रियों (European Zoologists) की अभिरुचि इसके अध्ययन में जागी और इन लोगों ने अपने आपको आचारशास्त्री (ethologists) कहा जिनका उद्देश्य पशु व्यवहार के समायोजी महत्त्व (adaptive significance) का पता लगाना था। इस ख्याल से वे एक विशेष तरह का व्यवहार जिसे *प्रजाति-विशिष्ट व्यवहार* (species-specific behaviour) कहा जाता है, की पहचान किये। उनका कहना है कि प्रत्येक प्रजाति के पशु द्वारा एक विशेष तरह का व्यवहार किया जाता है जिससे वह अपने अस्तित्व की रक्षा करने के लिए प्रेरित होता है। जैसे, विशेष पक्षी द्वारा विशेष तरह का गायन करना प्रजाति-विशिष्ट व्यवहार का उदाहरण है।

अचारशास्त्री विचारधारा के अनुसार प्रजाति-विशिष्ट व्यवहार की दो अवस्थाएँ होतीं हैं—

(i) प्रणोद की अवस्था (stage of drive)

(ii) निश्चित क्रिया पैटर्न की अवस्था (stage of fixed action pattern)

प्रणोद की अवस्था पशु को निश्चिंत व्यवहार करने के लिए प्रेरित करता है। निश्चित व्यवहार पैटर्न से तात्पर्य व्यवहार के वैसे अनार्जित पैटर्न (unlearned pattern) से होता है जो पहचानने योग्य उद्दीपकों से उत्पन्न होता है। आचारशास्त्री किसी दिये हुए समय में पशु व्यवहार तथा प्रजातियों के प्राकृतिक निवास-स्थान का अध्ययन काफी विस्तृत रूप से करते हैं। प्रयोगात्मक मनोवैज्ञानिक उन मस्तिष्कीय प्रक्रम (brain mechanism) की पहचान करने की कोशिश करते हैं जो पर्यावरणी संकेतों (environmental cues) के साथ मिलकर ऐसे जन्मजात व्यवहार को करने में मदद करते हैं। निश्चित व्यवहार पैटर्न पशु के साधनात्मक क्रियाओं (instrumental acts) के तुल्य होते हैं। अंतर सिर्फ इतना होता है कि साधनात्मक क्रियाएँ शायद ही कभी मूलप्रवृत्तिक (instinctual) होती हैं जबकि निश्चित क्रिया पैटर्न हमेशा ही मूलप्रवृत्तिक होती है। लोरज तथा टिनवरगेन (Lorenz & Tinbergen, 1938) ने निश्चित क्रिया पैटर्न का अध्ययन एक विशेष तरह के बत्तख (goose) में किया है। इस प्रयोग में बत्तख अपने उस अंडा की खोज करता है जो घोंसला से बाहर लुढ़क गया है। बत्तख पहले अपना गर्दन आगे की ओर खींचता या फैलाता है जो एक तरह का ऐसा उद्दीपक प्रदान करता है जिससे मूलप्रवृत्तिक व्यवहार (instinctual behaviour) उत्पन्न होता है अर्थात् गर्दन एवं चोंच का फैलाना जो अंडे को पुनः घोंसले की ओर लुढ़काने में समर्थ होता है। लोरेन्ज ने यह भी बतलाया है कि निश्चित क्रिया पैटर्न पशुओं में मूलप्रवृत्तिक ऊर्जा (instinctual energy) उत्पन्न करता है। अगर यह ऊर्जा व्यवहार द्वारा अभिव्यक्ति किसी कारण से नहीं हो पाता है, तो यह धीरे-धीरे संचित होते जाता है और एक ऐसा बिन्दु आता है जहाँ निश्चित क्रिया पैटर्न अपने आप बिना किसी उद्दीपक के ही प्रस्फुटित हो जाता है।

लोंरेन्ज तथा उनके कुछ सहयोगियों द्वारा इस सम्प्रत्यय का उपयोग मनुष्यों के आक्रमकता की व्याख्या में भी सफलतापूर्वक किया है।

अभिप्रेरण के आचारशास्त्रीय उपागम की व्याख्या एक काफी सीमित या प्रतिवंधक व्याख्या है तथा इसकी प्रत्यक्ष प्रासंगिकता (direct relevance) सिर्फ नीचे स्तर के पशुओं के लिए है न कि मनुष्यों के लिए। जब प्रणोद (drive) तथा उससे उत्पन्न होने वाले निश्चित-क्रिया पैटर्न एक प्रजाति के सभी सदस्यों के लिए एक समान होता है, तो जो वे व्यवहार करते हैं, वे निश्चित रूप से मूलप्रवृत्तिक (instinctive) ही होता है। जैसे, जब एक दिये हुए प्रजाति के सभी पक्षी एक ही तरह के घोंसला बनाते हैं, तो उसका यह व्यवहार निश्चित रूप से मूलप्रवृत्तिक (instinctive) ही होता है। अतः अभिप्रेरण के आचारशास्त्रीय व्याख्या फिर से उसी में विलीन हो जाती है जिससे यह निकली थी। दूसरे शब्दों में, पशु अभिप्रेरण व्यवहार की यह व्याख्या जो मूलप्रवृत्ति (instinct) से निकली थी, पुनः मूलप्रवृत्तिक व्याख्या में ही विलीन हो जाती है।

कुण्ठा तथा प्रेरकों का संघर्ष
(Frustration and Conflict of Motives)

कुण्ठा तथा प्रेरकों के संघर्ष दो महत्वपूर्ण सम्प्रत्यय (concepts) हैं जिनका अध्ययन अभिप्रेरण (motivation) शीर्षक के अन्तर्गत विस्तृत रूप से किया गया है। जैसा कि हम जानते हैं, प्रत्येक अभिप्रेरित व्यवहार (motivated behaviour) में एक निश्चित लक्ष्य (goal) होता है। जब व्यक्ति किसी कारण से अपने निश्चित लक्ष्य पर नहीं पहुँच जाता है, तो इससे एक विशेष स्थिति उत्पन्न होती है जिसे कुण्ठा (frustration) कहा जाता है। उदाहरणस्वरूप, यदि कोई छात्र सिनेमा जाने का निश्चय करता है परन्तु सवारी न मिलने के कारण वह सिनेमा हॉल तक नहीं पहुँच पाता है तो इससे एक विशेष स्थिति पैदा होती है जिसे कुण्ठा (frustration) की संज्ञा दी जाती है। कुण्ठा उत्पन्न होने से व्यक्ति में विषाद (depression), दुश्चिंता (anxiety), डर (fear), क्रोध (anger) आदि उत्पन्न हो जाता है।

कुण्ठा (frustration) के कई कारण हो सकते हैं जिनमें तीन प्रधान हैं—*पर्यावरण कारक* (environmental factors), *व्यक्तिगत कारक* (personal factor) तथा *अभिप्रेरकों के बीच संघर्ष* (conflict of motives)। इन तीनों कारकों को ध्यान में रखते हुए मनोवैज्ञानिकों ने कुण्ठा के निम्नांकित तीन प्रकार (kinds) बतलाएँ हैं:—

1. पर्यावरणी कुण्ठा (*environmental frustration*)—जब व्यक्ति अपने पर्यावरणी अड़चन (environmental obstacle) के कारण अपने निश्चित लक्ष्य (fixed goal) तक नहीं पहुँच पाता है तो इससे उत्पन्न कुण्ठा को पर्यावरणी कुण्ठा (environmental frustration) कहा जाता है। पर्यावरणी अड़चन के कुछ उदाहरण है—सड़क पर यातयात की भीड़ (traffic jam), बन्द दरवाजा (locked door), पैसा कम हो जाना, अत्यधिक आवाज (intense noise), सुखाड़ (drought) जिससे फसल बर्बाद हो जाते हैं, बाढ़ आदि। स्वभावतः ये सब अड़चने कुछ ऐसे हैं जिनके आ जाने पर व्यक्ति को अपना लक्ष्य पर पहुँचना कठिन हो जाता है। ये सभी अड़चनें भौतिक वातावरण (physical environment) के हैं। इसके अलावा कुछ अड़चनें सामाजिक वातावरण (social environment) के भी होते हैं। जैसे—माता-पिता की नकारात्मक मनोवृत्ति (negative attitude), वर्ग की सख्त अनुशासन (strict discipline) आदि।

2. व्यक्तिगत कुण्ठा (*personal frustration*)—कुछ कुण्ठा व्यक्ति में उनके व्यक्तिगत कारकों (personal factors) से उत्पन्न होते हैं। शारीरिक विकलांगता (physical handicaps), कुछ विशिष्ट क्षमताओं की कमी (lack of specific abilities) तथा अपर्याप्त आत्म-नियंत्रण (inadequate self-control) आदि कुछ ऐसे व्यक्तिगत कारक हैं जिनमें व्यक्ति में कुण्ठा उत्पन्न होता है। जैसे—यदि कोई व्यक्ति एक अच्छा संगीतज्ञ (musician) बनना चाहता है परन्तु उसमें गाने की क्षमता (ability) न के बराबर है, तो इससे उसमें व्यक्तिगत कुंठा उत्पन्न होगा। ठीक उसी तरह यदि कोई बिलकुल ही साधारण छात्र आई॰ए॰एस॰ की परीक्षा पास करना चाहता है तो इसमें भी उसमें व्यक्तिगत कुण्ठा उत्पन्न होगा क्योंकि लक्ष्य उसके क्षमता से काफी ऊपर हैं।

3. संघर्ष-उत्पन्न कुण्ठा (*conflict-produced frustration*)—जब दो अभिप्रेरक (motives) अपनी संतुष्टि एक ही समय में चाहते हैं परन्तु व्यक्ति इसमें से किसी एक अभिप्रेरक की ही संतुष्टि कर सकता है, तो ऐसी परिस्थिति में अभिप्रेरकों के बीच संघर्ष (conflict of motives) होता है जिससे कुण्ठा उत्पन्न होता है। इसे *संघर्ष-उत्पन्न कुण्ठा*

(conflict-produced frustration) की संज्ञा दी जाती है जैसे—यदि कोई छात्र सिनेमा भी देखता चाहता है परन्तु इस तरह के कार्य में पैसा भी नहीं खर्च करना चाहता है, तो ऐसी स्थिति में उससे जो कुण्ठा उत्पन्न होगा, उसे संघर्ष-उत्पन्न कुण्ठा (conflict-produced frustration) की संज्ञा दी जाएगी। चूँकि इस तरह का कुंठा अभिप्रेरकों के संघर्ष के परिणामस्वरूप उत्पन्न होता है, अतः इसे अभिप्रेरणात्मक कुण्ठा (motivational frustration) की संज्ञा दी जाती है।

इस तरह से हम देखते हैं कि कुण्ठा तीन तरह का होता है। इन तीन प्रकार में से अन्तिम प्रकार को मनोवैज्ञानिकों ने काफी महत्त्वपूर्ण बतलाया है क्योंकि अधिकतर व्यक्तियों में प्रायः इसी तरह का कुण्ठा उत्पन्न होता है। अतः इसकी चर्चा यहाँ विशेष रूप से हम करेंगे।

कुण्ठा (frustration) उत्पन्न होने का सीधा स्रोत (source) अभिप्रेरकों का संघर्ष (conflict of motives) हैं। एक ही समय में कई अभिप्रेरक उत्पन्न होकर जब अपना-अपना संतुष्टि चाहते हैं तो ऐसी परिस्थिति में अभिप्रेरकों के बीच द्वन्द्व या संघर्ष (confilict) की स्थिति उत्पन्न हो जाती है। जैसे—कोई छात्र एक तरफ 12 बजे से 3 बजे का सिनेमा का शो देखना चाहता है तथा दूसरे तरफ वह यह भी सोचता है कि आज कॉलेज में अच्छे-अच्छे शिक्षकों का भाषण (lecture) की घंटी है जो न छूटे। ऐसी परिस्थिति में उसमें मानसिक संघर्ष की स्थिति उत्पन्न होती है क्योंकि दोनों अभिप्रेरक एक ही समय में अपना संतुष्टि चाह रहे हैं। ऐसा नहीं हो सकता है कि छात्र 12 से 3 बजे का शो भी देखे तथा साथ-ही-साथ कॉलेज में शिक्षकों का भाषण भी सुने। अभिप्रेरकों का संघर्ष (conflict of motives) को परिभाषित करते हुए रूच[1] (Ruch, 1967) ने कहा है, ''जब व्यक्ति के दो लक्ष्यों में से किसी एक को चुनना होता है या एक ही लक्ष्य के प्रति व्यक्ति में धनात्मक तथा ऋणात्मक दोनों ही भाव उत्पन्न होता है, तो इससे संघर्ष उत्पन्न होता है।''

प्रसिद्ध समाज मनोवैज्ञानिक (social psychologist) कर्ट लेविन (Kurt Lewin, 1972) ने अभिप्रेरकों के संघर्ष (conflict of motives) को निम्नांकित चार भागों में बाँटा है—

1. उपागम-उपागम संघर्ष (approach-approach conflict)
2. परिहार-परिहार संघर्ष (avoidance-avoidance conflict)
3. उपागम-परिहार संघर्ष (approach-avoidance conflict)
4. बहु उपागम-परिसर संघर्ष (multiple approach-avoidance conflict)

इनमें से प्रत्येक का संक्षिप्त विवरण निम्नांकित हैः—

1. उपागम-उपागम संघर्ष (*approach-approach conflict*)—जब व्यक्ति के सामने दो धनात्मक लक्ष्य (positive goal) होते हैं और वह इन दोनों की प्राप्ति एक साथ ही कर देना चाहता है तो इससे उस व्यक्ति में एक विशेष संघर्ष उत्पन्न होता है जिसे उपागम-उपागम संघर्ष (approach-approach conflict) कहा जाता है। उदाहरणस्वरूप, यदि कोई छात्र रात में (करीब 8 बजे) अपने मित्र का बारात में शामिल होना चाहता है तथा साथ-ही-साथ उसी समय अपने पिता के साथ कुछ आवश्यक समान खरीदने भी जाना चाहता है, तो ऐसी स्थिति में जो संघर्ष उत्पन्न होगा, उसे उपागम-उपागम संघर्ष की संज्ञा दी जाती है। प्रायः इस तरह के सघर्षों का समाधान आसानी से व्यक्ति कर लेता है क्योंकि इन दोनों में से महत्त्वपूर्ण लक्ष्य को पहले प्राप्त कर लेने का निश्चय वह कर लेता है और फिर बाद में दूसरे लक्ष्य को प्राप्त करने की कोशिश करता है। जैसे—वह मित्र का बारात में पहले शामिल हो जाएगा तथा बाद में समान खरीदने का निश्चय करेगा। इस तरह के संघर्ष से किसी तरह के सांवेगिक व्यवहार (emotional behaviour) की उत्पत्ति नहीं होती है।

2. परिहार-परिहार संघर्ष (*Avoidance-avoidance Conflict*)—इस तरह के संघर्ष में व्यक्ति के सामने दो ऋणात्मक लक्ष्य (negative goal) होते हैं और उसे इन दोनों लक्ष्यों में से किसी एक को स्वीकार करना ही होता है। सच्चाई यह है कि व्यक्ति इन दोनों को ठुकराना चाहता है परन्तु न चाहते हुए भी उसे किसी एक को स्वीकार करना पड़ता है। जैसे—यदि कोई छात्र पढ़ना भी नहीं चाहता हो तथा साथ-ही-साथ परीक्षा में असफल भी नहीं होना चाहता है,

1. "When an individual must choose one or the other of two goals or has positive and negative feelings about a particular goal, he faces conflict..." —Ruch : *Psychology and Life*, 1967, p.462

तो ऐसी परिस्थिति में उसमें परिहार-परिहार संघर्ष (avoidance-avoidance conflict) उत्पन्न होता है। इस तरह के संघर्ष से बहुत ही तीव्र सांवेगिक व्यवहार (intense emotional behaviour) उत्पन्न हो जाता है जिससे व्यक्ति की समायोजन अभिक्षमता (adjustment capacity) कम हो जाती है। इतना ही नहीं, इससे व्यक्ति में अनिर्णायकता (indecision) की स्थिति भी उत्पन्न हो जाती है। व्यक्ति सोचता कुछ है और करता कुछ और ही है। इस तरह से उसके व्यवहार (behaviour) तथा चिन्तन (thinking) में उतार-चढ़ाव (vacillation) अधिक होने लगता है। वेटसन, जैकसन, हाले तथा वीकलैण्ड (Bateson, Jackson, Haley & Weakland, 1956) के अनुसार इस तरह का संघर्ष से यदि व्यक्ति अधिक समय तक घिरा रहता है तो उससे मानसिक रोग जैसे स्क्रिजोफ्रेनिया (schizophrenia) उत्पन्न हो सकता है। प्रायः इस तरह के संघर्ष का समाधान करने के लिए व्यक्ति दोनों ऋणात्मक लक्ष्यों (negative goals) को छोड़कर हट जाता है।

3. उपागम-परिहार संघर्ष (*Approach-avoidance conflict*)—जब व्यक्ति किसी लक्ष्य को प्राप्त करना चाहता है परन्तु उसी लक्ष्य के कुछ ऐसे भी पहलू होते हैं जिनसे वह दूर रहना चाहता है, तो इससे उसके मन में एक विशेष संघर्ष उत्पन्न होता है जिसे उपागम-परिहार संघर्ष (approach-avoidance conflict) की संज्ञा दी जाती है। जैसे—कोई लड़की एक अच्छी तथा लोकप्रिय नायिका बनना चाहती है परन्तु उसे स्टेज पर लोगों के सामने काम करने में डर भी लगता है। ऐसी स्थिति में भी उसमें उपागम-परिहार संघर्ष (approach-avoidance conflict) उत्पन्न होगा।

नील मिल्लर (Neal Miller, 1959) ने इस तरह के संघर्ष की व्याख्या करने के लिए एक विशेष सम्प्रत्यय (concept) का प्रतिपादन किया है जिसे लक्ष्य प्रवणता (goal gradient) की संज्ञा दी गयी है। लक्ष्य प्रवणता से तात्पर्य किसी लक्ष्य (goal) की दूरी (distance) के संदर्भ में व्यक्ति में उस लक्ष्य को प्राप्त करने (approach) या उससे दूर रहने की शक्ति (strength) से होता है। जैसा कि हम जानते हैं, इस तरह के लक्ष्य में धनात्मक (positive) तथा ऋणात्मक (negative) दोनों पक्ष होते हैं। जब व्यक्ति लक्ष्य के नजदीक होता है, तो वैसी अवस्था में लक्ष्य से दूर रहने की प्रवृत्ति (avoidance gradient) लक्ष्य के नजदीक आने की प्रवृत्ति (approach gradient) की अपेक्षा तेजी से बढ़ती है। परन्तु जब व्यक्ति लक्ष्य से दूर होता है, तो उसमें लक्ष्य के नजदीक आने की प्रवृत्ति (approach gradient) लक्ष्य से दूर रहने की प्रवृत्ति (avoidance gradient) की अपेक्षा अधिक मजबूत होती है। जैसे-जैसे व्यक्ति लक्ष्य के नजदीक पहुँचता है परिहार प्रणवता (avoidance gradient) की शक्ति (strength) बढ़ती जाती है। फलस्वरूप व्यक्ति लक्ष्य से पीछे ही हटना चाहता है क्योंकि वहाँ पहुँचने से वह डरता है। इसके बाद एक ऐसी बिन्दु (point) आती है जहाँ उपागम प्रणवता (approach gradient) तथा परिहार प्रणवता (avoidance gradient) की मात्रा या शक्ति बिलकुल बराबर-बराबर हो जाती है। ग्राफ पर इन दोनों तरह के प्रवणता (gradients) की रेखाएँ ऐसी परिस्थिति में एक-दूसरे को काटती हैं। इस काट बिन्दु (crossing point) को अनिश्चय बिन्दु (vacillation point) कहा जाता है। इस बिन्दु पर होने से व्यक्ति यह निश्चय नहीं कर पाता है कि वह लक्ष्य की ओर बढ़े या लक्ष्य से दूर हटे। अब ऊपर का ही उदाहरण ले लीजिए जिसमें लड़की एक अच्छी नायिका बनना चाहती है परन्तु स्टेज पर सबों के सामने उसे नाटक करने में डर लगता है। मान लीजिए कि नाटक रविवार के शाम में रवीन्द्र भवन में किया जाने वाला है। शनिवार की रात में इसका उपागम प्रवणता (approach gradient) काफी अधिक होगा और वह अच्छे-से-अच्छे ढंग से नाटक करने को सोचेगी। रविवार की सुबह होने पर अब धीरे-धीरे परिहार प्रवणता (avoidance gradient) की मात्रा या शक्ति बढ़ने लगेगी (क्योंकि लक्ष्य अब नजदीक आते जा रहा है)। लड़की यह सोच-सोच कर परेशान होगी कि कैसे वह भरी महफिल में नाटक करेगी, किस तरह की भाव-भंगिमा वह देगी आदि-आदि। इतना होने पर भी, उसमें उपागम प्रवणता बना रहेगा ओर वह सोचती रहेगी कि स्टेज पर कुछ-न-कुछ तो करना ही होगा। ऐसी अवस्था में अब लड़की अनिश्चय बिन्दु (vacillation point) के नजदीक आ गयी है। जब स्टेज पर जाने का समय करीब आ जाता है तो फिर एक बार परिहार प्रवणता अचानक काफी अधिक हो जाएगी और लड़की यह निश्चय कर सकती है कि आज वह निर्देशक (director) से कह दे कि उसके जगह पर दूसरे को ले लें और इसके बदले में कभी बाद में वह नाटक में भाग ले लेगी।

हमारे समाज में उपागम-परिहार संघर्ष (approach-avoidance conflict) सबसे अधिक होता है और मनोवैज्ञानिकों के अनुसार इस तरह के संघर्ष का समाधान काफी कठिन होता है। उपागम-परिहार संघर्ष (approach-avoidance conflict) मूलतः निम्नांकित अभिप्रेरकों (motives) के बीच अधिक होता पाया गया है—

(i) स्वतंत्रता बनाम निर्भरता अभिप्रेरक (*independence versus dependence motive*)—जब व्यक्ति में तनाव तथा अनिर्णायकता (indecision) की स्थिति तीव्र होती है तो वह दसरों के मार्गदर्शन पर बुरी तरह निर्भर (बच्चों की तरह) होना चाहता है। परन्तु हमलोगों को बचपन से यह शिक्षण दिया जाता है कि हमें आत्म निर्भर (self-dependent) होना चाहिए। फलस्वरूप व्यक्ति में उपागम-परिहार संघर्ष (approach-avoidance conflict) उत्पन्न होता है।

(ii) घनिष्ठता बनाम अलगाव (*intimacy versus isolation*)—जब हम किसी से अत्यधिक घनिष्ठ सम्बन्ध स्थापित करने की इच्छा रखते हैं तो साथ-ही-साथ यह भी डर बन जाता है कि वह व्यक्ति हमारी कमजोरियों (weaknesses) को जान जाएगा और तब हो सकता है कि वह हमसे अलग रहना पसंद करें। ऐसी अवस्था में उपागम-परिहार संघर्ष होगा।

(iii) सहयोग बनाम प्रतिस्पर्धा (*cooperation versus competition*)—बचपन से ही हमलोगों में प्रतिस्पर्धा की भावना मजबूत रहती है। भाई-बहनों के बीच प्रतिस्पर्धा तथा स्कूल कॉलेज में प्रतिस्पर्धा होते रहते हैं। परन्तु साथ-साथ हमलोगों को यह भी सीखलाया जाता है कि हमें एक-दूसरे को मदद करनी चाहिए तथा एक-दूसरे के साथ सहयोग करना चाहिए। इस तरह की परिस्थिति में उपागम-परिहार संघर्ष उत्पन्न होता है।

(iv) आवेगों की अभिव्यक्ति बनाम नैतिक मान (*impulse expression versus moral standards*)—अपने अन्दर उत्पन्न आवेगों की अभिव्यक्ति हमलोग प्रायः करते हैं। यौन (sex) तथा आक्रमणशीलता (aggressiveness) दो ऐसे क्षेत्र हैं जहाँ आवेगों की स्पष्ट अभिव्यक्ति (open expression) होने से उनका टकराव नैतिक मान (moral standard) से होता है। फलस्वरूप, उपागम-परिहार संघर्ष उत्पन्न होता है।

4. बहुउपागम-परिहार संघर्ष (*Multiple approach-avoidance conflict*)—इस तरह के संघर्ष में दो या दो से अधिक धनात्मक (positive) तथा ऋणात्मक लक्ष्य (goal) होते हैं जिसकी प्राप्ति व्यक्ति एक ही समय में करना चाहता है। जीवन की अधिकांश परिस्थितियाँ सचमुच में ऐसी होतीं है जहाँ व्यक्ति को अनेकों धनात्मक तथा ऋणात्मक लक्ष्यों का सामना एक साथ करना पड़ता है। इस तरह की परिस्थिति में उत्पन्न संघर्ष को उपागम-परिहार संघर्ष कहा जाता है। उदारहणस्वरूप, मान लीजिए कि एक नौकरी करती लड़की है जिसकी शादी उसके मनपंसद युवक से होने वाली है। शादी एक धनात्मक लक्ष्य (positive goal) हैं, मनपंसद युवक दूसरा धनात्मक लक्ष्य है तथा तीसरा धनात्मक लक्ष्य नौकरी है। दूसरी तरफ यदि शादी होती है तो लड़की को उस शहर को छोड़ना पड़ेगा जहाँ वह नौकरी कर रही है और जिस नया शहर में उसे रहना होगा वहाँ चूँकि मकान का किराया बहुत अधिक है और चूँकि उसका होने वाला पति अभी स्वयं नौकरी या कोई धंधा नहीं करता है, अतः उसे बहुत तंगी से रहना होगा। यहाँ एक ऋणात्मक लक्ष्य शादी के बाद नौकरी छोड़ना, दूसरा ऋणात्मक लक्ष्य अपना शहर छोड़कर दूसरे शहर में जाना तथा तीसरा ऋणात्मक लक्ष्य होने वाला पति की बेरोजगारी (unemployment) है। इस तरह के कई धनात्मक लक्ष्य हैं तथा साथ-ही-साथ कई ऋणात्मक लक्ष्य हैं जो उस महिला को अपनी-अपनी दिशा में सोचने के लिए बाध्य करेगा। फलतः महिला में सघर्ष उत्पन्न होगा जिसे बहुउपागम-परिहार संघर्ष (multi-approach-avoidance conflict) की संज्ञा दी जाएगी।

अभिप्रेरकों के संघर्ष का समाधान
(Resolution of Conflict of Motives)

जब किसी व्यक्ति में या दो से अधिक परस्परविरोधी अभिप्रेरकों के बीच संघर्ष होने लगता है तो वह अपने आप में तनाव महसूस करता है और शीघ्र ही अपने आप को वह उस तनाव से छुटकारा दिलाना चाहता है। फलस्वरूप वह इन संघर्षों का समाधान जल्द-से-जल्द चाहता है। सामान्यतः अभिपेरकों के संघर्ष का समाधान निम्नांकित दो ढंग से

किया जाता है—

1. संघर्षों का चेतन समाधान (conscious resolution of conflicts)
2. संघर्षों का अचेतन समाधान (unconscious resolution of conflicts)

इन दोनों का वर्णन निम्नांकित हैः—

1. संघर्षों का चेतन समाधान (*Conscious resolution of conflicts*)—अभिप्रेरकों का संघर्ष साधारण (simple) तथा जटिल (complex) दोनों प्रकार का होता है। ज़ब अभिप्रेरकों का संघर्ष साधारण होता है तो व्यक्ति सोच-समझकर एक विशेष निर्णय ले लेता है और उससे संघर्ष का समाधान हो जाता है। इस तरह के संघर्ष के समाधान को चेतन समाधान (conscious resolution) कहा जाता है। एक उदारहण लीजिए—कोई छात्र कलम के दूकान पर जाता है और कई तरह के कलमों को देखकर उसके मन में संघर्ष होने लगता है कि किस कलम को खरीदें। थोड़ी देर तक सोचने समझने के बाद छात्र किसी एक कलम को उसके रंग, उपयोगिता तथा मूल्य को देखते हुए खरीद लेता है। इस तरह का समाधान संघर्षों का चेतन समाधान का उदाहरण है। इस तरह के चेतन समाधान में मूल रूप से निम्नांकित तीन कदम सम्मिलित होते हैं—

(i) परस्पर विरोधी अभिप्रेरकों के गुण-दोष पर विचार-विमर्श (deliberation over the merit and limitation of conflicting motives)
(ii) किसी निर्णय पर पहुँचना (arriving at a decision)
(iii) दृढ़ निश्चय करना (resolution)

इन तीनों कदम का वर्णन निम्नांकित हैः—

(i) परस्पर विरोधी अभिप्रेरकों के गुण-दोष पर विचार-विमर्श (*Deliberation over the merit and limitation of conflicting motives*)—जब दो या दो से अधिक परस्पर विरोधी अभिप्रेरक व्यक्ति के मन में संघर्ष उत्पन्न करते हैं, तो व्यक्ति तुरन्त ही उसका समाधान करने के लिए तत्पर हो जाता है। वह प्रत्येक अभिप्रेरक के गुण-दोष पर सोचना प्रारम्भ कर देता है। इस सब की तुलना वह करता है और इस निष्कर्ष पर पहुँचने की कोशिश करता है कि उसमें से कौन-सा अभिप्रेरक सबसे अधिक महत्त्वपूर्ण है। ऊपर के उदाहरण में (अर्थात् बहु-उपागम परिहार संघर्ष में) लड़की शादी करने तथा नौकरी छोड़ने के पक्ष विपक्ष में तर्क करेगी, क्या अभी उसके लिए शादी आवश्यक है या रुपया-पैसा कमाना आवश्यक है, क्या रुपया-पैसा के अभाव में शादी-सुदा जीवन व्यतीत करने में कठिनाई होगी, क्या ऐसा नहीं हो सकता है कि शादी के बाद पति को ही अपने घर पर रहने के लिए कहा जाय, आदि-आदि। इस तरह से इस अवस्था में भिन्न-भिन्न अभिप्रेरकों के गुण-दोषों पर विचार-विमर्श प्रारम्भ होता है।

(ii) किसी निर्णय पर पहुँचना (*To arrive at a decision*)—प्रत्येक परस्पर विरोधी अभिप्रेरक के गुण-दोष अच्छाई-बुराई पर विचार-विमर्श कर लेने के बाद व्यक्ति किसी निर्णय पर पहुँचता है। वह किसी विशेष अभिप्रेरकों के पक्ष में निर्णय लेकर संघर्ष का समाधान कर लेता है। कभी-कभी इस अवस्था में निर्णय करना कठिन भी हो जाता है। चाहे निर्णय करना कठिन हो या आसान, व्यक्ति को एक निश्चित निर्णय पर पहुँच कर अपने संघर्षों तथा तनाव को कम करना ही रहता है। उदारहणंस्वरूप, लड़की अन्त में यह निर्णय कर सकती है कि उसे शादी कर लेनी चाहिए क्योंकि इससे उसमें स्थिरता (stability) आयेगी तथा साथ-ही-साथ उसे संरक्षण (protection) भी मिलेगा।

(iii) दृढ़ निश्चय करना (*Resolution*)—मात्र किसी निर्णय पर पहुँच जाने से ही अभिप्रेरकों के संघर्ष का समाधान नहीं हो जाता है बल्कि निर्णय करने के बाद व्यक्ति पुनः इस बात पर भी विचार करता है कि कहीं उसके द्वारा लिया गया निर्णय गलत तो नहीं हैं। एक बार पुनः सोच-विचार कर लेने से उसके द्वारा लिए गए निर्णय में पूर्ण आस्था या विश्वास उत्पन्न हो जाता है। फलतः वह उसी के अनुसार कार्य करने के लिए तत्पर हो जाता है। इस पूरी प्रक्रिया को दृढ़ निश्चय करना (resolution) की संज्ञा दी जाती है। ऊपर के उदौहरण में लड़की एक बार पुनः अपने आप से पूछेगी कि क्या शादी ही करना सचमुच में ठीक है न? कुछ गड़बड़ तो नहीं होगा? इस प्रश्नों का उपर्युक्त उत्तर मिलते ही वह शादी की तैयारी शुरू कर देगी।

2. संघर्षों का अचेतन समाधान (*Unconscious resolution conflicts*)—अभिप्रेरकों के बीच विभिन्न प्रकार के हुए संघर्षों का अचेतन समाधान (unconscious resolution) भी होता है। खास कर जब संघर्ष काफी जटिल (complex) होता है तो व्यक्ति उसका चेतन समाधान तो नहीं कर पाता है अर्थात् व्यक्ति के लिए भिन्न-भिन्न

अभिप्रेरकों पर विचार-विमर्श करते हुए उसके लिए किसी निर्णय पर पहुँचना मुश्किल हो जाता है। ऐसी परिस्थिति में वह अभिप्रेरकों के संघर्ष का अचेतन समाधान करता है। इस तरह के समाधान पर मनोविश्लेषकों (psychoanalysts) विशेषकर फ्रायड (Freud) ने अधिक बल डाला है। अचेतन समाधान से तात्पर्य अभिप्रेरकों के संघर्ष का ऐसा समाधान से होता है जो अपने आप ही अचेतन मन द्वारा हो जाता है। इसके लिए व्यक्ति को अपनी ओर से सचेत होकर प्रयास नहीं करना पड़ता है। अभिप्रेरकों के संघर्ष का अचेतन समाधान के कुछ प्रमुख तरीके निम्नांकित हैं—

(i) प्रक्षेपण *(Projection)*—प्रक्षेपण एक ऐसा अचेतन मानसिक प्रक्रिया है जिसमें व्यक्ति अपने दोष को दूसरों पर थोप कर अपना मानसिक संघर्ष को कम करता है। प्रायः देखा गया है कि जो छात्र परीक्षा में खराब अंक लाता है वह उसका दोष अपने शिक्षक या माता-पिता पर लगाता है। अक्सर वह यही कहता है कि शिक्षक ठीक ढंग से नहीं पढ़ाये थे या माता-पिता उचित समय पर किताब खरीदने के लिए पैसे नहीं दिए थे। ऐसा सोचने से संघर्ष का अचेतन समाधान हो जाता है।

(ii) दमन *(Repression)*—फ्रायड के अनुसार दमन एक महत्त्वपूर्ण अचेतन मानसिक प्रक्रिया है। इस प्रक्रिया में व्यक्ति दो अभिप्रेरकों के बीच हुए संघर्ष का समाधान उसमें से किसी एक अभिप्रेरक को अज्ञात रूप से हटाकर करता है। जब एक अभिप्रेरक अचेतन मन में चला जाता है, तो व्यक्ति को स्वभावतः उसका ज्ञान नहीं रह जाता है और संघर्ष का समाधान हो जाता है। उदाहरणस्वरूप मान लीजिए कि कोई व्यक्ति ऐसा है जिसकी साली उसके पत्नी से अधिक सुंदर है। सुंदरता को देखकर उस व्यक्ति में साली के प्रति काम (sex) की भावना जगती है। परन्तु नैतिकता (morality) का ख्याल आ जाने से उसके मन में संघर्ष उत्पन्न हो जाता है। इस संघर्ष का समाधान अचेतन रूप से वह अपनी कामुक इच्छाओं का दमन करके करता है। साली के प्रति धीरे-धीरे काम-भावना अचेतन मन में चला जाता है और व्यक्ति उसके बारे में सोचना बन्द कर देता है। इस तरह से उसके अभिप्रेरकों के संघर्ष का समाधान हो जाता है।

(iii) क्षतिपूर्ति *(Compensation)*—जब किसी क्षेत्र में व्यक्ति असफल रहता है तो इससे उसमें हीनता की भाव उत्पन्न हो जाता है। वह अपने आप को कमजोर तथा हीन समझने लगता है। फलस्वरूप, उसमें मानसिक संघर्ष उत्पन्न होता है जिसका समाधान वह किसी दूसरे क्षेत्र में अच्छा करके करना चाहता है। इस तरह से किसी एक क्षेत्र में हुए हानि की पूर्ति वह दूसरे क्षेत्र में अच्छा करके करता है। उदाहरणस्वरूप, जो छात्र वर्ग में पढ़ने में कमजोर होता है, खेल के मैदान में लगन से खेल-खेलकर यदि एक अच्छा रिकार्ड (record) कायम करता है तो उसमें हीनता का भाव से उत्पन्न संघर्ष अपने आप ही समाप्त हो जाते हैं। प्रायः ऐसा देखने को मिला है कि नेत्रहीन छात्र पढ़ने में तेज हुआ करते हैं। नेत्रहीनता के कारण उत्पन्न हीनता के भाव को छुपाने के क्रम में वह एक तेज विद्यार्थी बन जाता है।

(iv) यौक्तिकीकरण *(Rationalisation)*—यौक्तिकीकरण एक ऐसी अचेतन प्रक्रिया है जिसमें अयुक्तिसंगत अभिप्रेरकों (irrational motives) से उत्पन्न मानसिक संघर्ष का समाधान उन अभिप्रेरकों को युक्तिसंगत (rational) बनाकर किया जाता है। अतः यह कहा जा सकता है कि यौक्तिकीकरण की क्रिया मशहूर कहावत 'अंगूर खट्टे हैं' पर आधारित होता है। उदाहरणस्वरूप, यदि एक लड़का किसी ऐसी लड़की से प्रेम करना चाहता है जो उसे कुछ छुट (lift) नहीं देती है, तो अक्सर लड़का यही कहता है "चलो, वह कोई खास सुन्दर तो नहीं थी।" इस तरह सोचने से उसका मानसिक संघर्ष कम हो जाता है। अतः यौक्तिकीकरण में व्यक्ति अयुक्तिसंगत अभिप्रेरकों को एक युक्तिसंगत रूप दे देता है और तब उससे उत्पन्न संघर्ष का समाधान अपने आप हो जाता है।

(v) प्रतिक्रिया निर्माण *(Reaction formation)*—इस प्रक्रिया में जो अवांछनीय अभिप्रेरक (unacceptable impulses) होता है उसका पहले दमन (repression) हो जाता है और फिर उसका उल्टा व्यक्ति चेतन रूप से व्यक्त करता है। उदाहरणस्वरूप, मान लीजिए भाई को अपने बहन से किसी कारण वश काफी घृणा हो जाती है। चूँकि यह अनैतिक है, अतः उसके मन में संघर्ष उत्पन्न होगा जिसका समाधान प्रतिक्रिया निर्माण द्वारा इस प्रकार होगा—पहले इस अवांछनीय अभिप्रेरक का दमन (repression) होगा और फिर इसके ठीक विपरीत बात भाई बहन के प्रति बोलना प्रारम्भ कर देगा और वह यह कि हम नहीं बल्कि वही मुझसे घृणा करती है। इस तरह से भाई के मन में हुए अभिप्रेरकों के संघर्ष का समाधान हो जायेगा।

(vi) रूपान्तर *(Conversion)*—जब अभिप्रेरकों के संघर्ष का समाधान व्यक्ति उन्हें कुछ शारीरिक लक्षणों (physical symptoms) में बदल कर करता है, तो इस प्रक्रिया को रूपान्तर की संज्ञा दी जाती है। जैसे—एक छात्र था जिसे हस्तमैथुन करने की बुरी आदत पड़ गयी थी। अनैतिक कार्य होने के कारण उसके मन में संघर्ष (conflict)

होता था क्योंकि वह सोचता था कि इसे नहीं करना चाहिए परन्तु आदत के कारण वह इसे अक्सर करता था। अन्त में, उसके हाथ में लकवा (paralysis) का रोग अपने आप हो गया और इससे संघर्ष का समाधान भी हो गया और इससे संघर्ष का समाधान भी हो गया क्योंकि हाथ गतिहीन हो जाने से अब वह हस्तमैथुन नहीं कर सकता था। अनेकों और भी उदाहरण हैं जिनमें व्यक्ति अपना संघर्ष का समाधान कोई-न-कोई शारीरिक लक्षण (physical symptom) के सहारे करता है।

(vii) विस्थापन (*Displacement*)—विस्थापन में व्यक्ति अभिप्रेरकों के संघर्ष का समाधान अपने से मजबूत खतरनाक तथा डराने वाले वस्तुओं एवं व्यक्तियों की ओर से ध्यान हटाकर कम खतरनाक तथा अपने से कमजोर वस्तुओं एवं व्यक्तियों की ओर देकर करता है। जैसे—किसी छात्र को वर्ग में जब शिक्षक द्वारा डाँट पड़ती है तो इससे उसके मन में उत्पन्न संघर्ष का समाधान उस समय होता है जब वही छात्र घर पहुँच कर अपना व्योछार अपने नौकर तथा छोटे भाई-बहनों पर निकालता है। ऐसा करने से उसका मन हल्का हो जाता है तथा साथ-ही-साथ संघर्ष का भी समाधान हो जाता है।

(viii) उदत्तीकरण (*Sublimation*)—कभी-कभी अभिप्रेरकों से उत्पन्न संघर्ष का समाधान व्यक्ति अपनी इच्छाओं में एक ऐसा मोड़ लाकर करता है जिसे समाज काफी प्रशंसा करता है। जैसे—मान लीजिए कि एक लड़का किसी लड़की से प्यार करता है परन्तु लड़की नहीं करती है। फलतः लड़का अपनी इच्छाओं की पूर्ति नहीं कर पाता है। सम्भव है कि वह लड़का उस लड़की के अंग-प्रत्यंग का चित्र बारीकी से बनाना शुरू कर दे और अंशतः अपनी इच्छाओं की पूर्ति कर ले। धीरे-धीरे ऐसा भी सम्भव है कि वह लड़का एक अच्छा चित्रकार बन जाय और समाज में उसे चित्रकार होने के नाते काफी प्रतिष्ठा भी मिले। इस उदाहरण में संघर्ष का समाधान उदात्तीकरण द्वारा हुआ दिखलाया गया है।

इस तरह से हम देखते हें कि व्यक्ति अभिप्रेरकों के संघर्ष का समाधान चेतन तथा अचेतन दोनों प्रक्रियाओं से करता है। जब संघर्ष साधारण होता है तो इसका समाधान चेतन प्रक्रियाओं द्वारा होता है तथा जब संघर्ष जटिल होता है, तो समाधान अचेतन प्रक्रियाओं द्वारा होता है।

उद्दीपक अभिप्रेरक
(Stimulus Motive)

उद्दीपक अभिप्रेरक (stimulus motive) भी अभिप्रेरकों का एक प्रमुख प्रकार है। जन्मजात अभिप्रेरक (inborn motive) जैसे भूख, प्यास, काम आदि के समान ऐसे अभिप्रेरक भी जन्मजात होते हैं परन्तु ऐसे अभिप्रेरक सभी प्राणियों में वातावरण के उद्दीपकों पर तुलनात्मक रूप से अधिक निर्भर रहते हैं। शायद यही कारण है कि इन्हें उद्दीपक अभिप्रेरक भी किया जाता है। जन्मजात अभिप्रेरकों का सम्बन्ध प्राणी के अस्तित्व को बनाये रखने से अधिक होता है जबकि ऐसे उद्दीपक अभिप्रेरकों का सम्बन्ध वातावरण के बारे में अधिक-से-अधिक सूचना प्राप्त करने से होता है। उद्दीपक अभिप्रेरकों का जैविक आधार उतना स्पष्ट नहीं होता है जितना कि जन्मजात अभिप्रेरकों का होता है। प्रमुख उद्दीपक अभिप्रेरक हैं—

(i) अन्वेषण अभिप्रेरक एवं उत्सुकता (Exploration motive and curiosity)
(ii) परिचालन (Manipulation)
(iii) सम्पर्क (Contact)
(iv) कार्यान्वयन आवश्यकता (Effectance motive)

इन सबों का वर्णन इस प्रकार है—

(i) अन्वेषण अभिप्रेरक एवं उत्सुकता (*Exploration motive and curiosity*)—प्रायः देखा गया है कि हमलोग नयी-नयी वस्तुएँ, नये-नये जगह तथा नये-नये बिल्डिंग पर अधिक ध्यान देते हैं। परन्तु कुछ दिनों के बाद ये सारी नयी चीजें पुरानी हो जाती है और फिर हम कुछ और नयी चीजों की ताक में रहते हैं। अन्वेषण अभिप्रेरक (exploration motive) एक ऐसा ही अभिप्रेरक या आवश्यकता (need) है जिसके सहारे व्यक्ति नयी चीजों या घटनाओं इत्यादि पर ध्यान देता है तथा उसके बारे में विस्तृत रूप से जानना चाहता है। इस आवश्यकता की उत्पत्ति उत्सुकता-अभिप्रेरक व्यवहार (curiosity-motivated behaviour) है जिससे तात्पर्य एक ऐसे व्यवहार से होता है

जिसका कोई स्पष्ट लक्ष्य नहीं होता है और प्राणी को अपने क्रियाओं, अनुभूतियों एवं अनुसंधानों से जो कुछ भी प्राप्त होता है, उसको वह अपना उद्देश्य मान लेता है। अतः उत्सुकता से तात्पर्य ऐसे व्यवहार से होता है जिसका मुख्य प्रेरणा स्वयं क्रियाएँ (activities) ही होतीं हैं न कि कुछ अलग से विशेष लक्ष्य को प्राप्त करना। इस तरह का अभिप्रेरक मनुष्यों तथा पशुओं दोनों में देखने को मिलता है। हारलो (Harlow, 1953) ने एक अध्ययन किया जिसमें कुछ बन्दरों (monkeys) को एक यांत्रिक पहेली (mechanical puzzle) दिया गया जिसका समाधान उन्हें करना था। बन्दर के लिए पहेली एक तरह का नया तथा असामान्य (unusual) उद्दीपक (stimulus) था। अतः बन्दर उसके प्रति काफी उत्सुकता दिखलाया और उसके प्रत्येक पहलू (aspect) को अपने हाथ से इधर-उधर घुमाने की कोशिश की। इस उत्सुकता अभिप्रेरक का परिणाम यह हुआ कि वह इस पहेली का समाधान करना आसानी से सीख गया। बटलर (Butler, 1953) ने भी इस तरह का दूसरा प्रयोग (experiment) करके यह दिखला दिया है कि जब बन्दर को मात्र एक ऐसे कमरे में जहाँ भिन्न-भिन्न प्रकार के चीज (things) रखे गये थे, एक खिड़की से कुछ समय तक कई दिनों तक देखने दिया जाता है तो वैसी परिस्थिति में उसका अनुभव (experience) काफी मजबूत हो जाता है और वे उससे सम्बन्धित प्रक्रिया (process) को सही-सही करना जल्द सीख जाते हैं। इस प्रयोग में बन्दर को एक बड़ा बन्द बक्सा में रखा गया। इस बक्स के एक दिवाल (wall) में दो दरवाजा था। एक दरवाजा पर 'A' लिखा था तथा दूसरे दरवाजा पर 'B' लिखा था। अगर बन्दर 'A' दरवाजा पर हल्का धक्का (push) देता था, तो वह खुल जाता था जिसके सहारे वह कुछ सेकेण्ड के लिए एक कमरा में देख सकता था जहाँ भिन्न-भिन्न प्रकार के वस्तुएँ पड़ीं थीं। परन्तु यदि वह दरवाजा 'B' को धक्का देता था तो वह खुलता नहीं था और फलस्वरूप, वह बाहर देख भी नहीं सकता था। परिणाम में यह देखा गया कि बन्दर बहुत जल्द ही दरवाजा 'A' तथा 'B' के बीच विभेद करना सीख गया। बटलर (Butler) ने इस परिणाम की व्याख्या करते हुए यह बतलाया कि ऐसा इसलिए हुआ क्योंकि एक परिस्थिति में बन्दर के अन्वेषण अभिप्रेरक (exploration motive) की संतुष्टि हो रही थी। कुछ और भी ऐसे अध्ययन हुए हैं जिनसे यह स्पष्ट हो जाता है कि अन्वेषण आवश्यकता की संतुष्टि के लिए पशु अनेकों कार्य करना सीख जाते हैं। मॉन्टगोमेरी (Montogomery, 1953) ने अपने अध्ययन के आधार पर यह बतलाया है कि चूहों को जब दो ऐसे पथ (path) जिसमें से एक नया भूलभुलैया में ले जाता था तथा दूसरा पुराना भूलभूलैया में, के बीच चुनना होता था, तो वे प्रायः उसी पथ या रास्ता को चुनते थे जो हमेशा नया भूलभुलैया में ले जाता था। उसी तरह से माइल्स (Miles, 1958) ने अपने अध्ययन में पाया कि जब बिल्ली के बच्चों की अन्वेषण आवश्यकता (need to explore) की संतुष्टि होती थी, तो वे आसानी से दिए हुए कार्य (task) को सीख लेते थे।

मनोवैज्ञानिकों ने मनुष्यों में अन्वेषणात्मक व्यवहार (exploratory behaviour) को और भी अधिक महत्त्वपूर्ण बतलाया है। बरलिन (Berlyne, 1960) का मत है कि अन्वेषणात्मक व्यवहार मुख्यतः बाह्य उत्तेजनों (external stimulation) न कि भूख एवं प्यास अभिप्रेरकों के समान व्यक्ति के आन्तरिक उत्तेजनों (internal stimulation) से उत्पन्न होता है। कुछ मनुष्य उत्तेजन पसंद करने वाले अधिक होते हैं और इन्हें जुकरमैन (Zukerman, 1978) ने *संवेदन जिज्ञासु* (sensation seeker) कहा है और ऐसे व्यक्तियों में उत्तेजनापूर्ण परिस्थितियों एवं उद्दीपकों के बारे में खोज-बीन करने की उन्मुखता अधिक होती है। बरलिन (Berlyne, 1971) के सिद्धान्त के अनुसार वातावरण के उद्दीपक (stimulus) से व्यक्ति में उत्तेजन उत्पन्न होता है और प्रत्येक व्यक्ति का उत्तेजन का एक आदर्श स्तर (optimal level) होता है। इस आदर्श स्तर पर या इसके नजदीक होने पर व्यक्ति में आनन्द का अनुभव होता है तथा उस स्तर से अधिक ऊँचा या नीचा स्तर होने पर व्यक्ति में अप्रसन्नता उत्पन्न होती है। जो उद्दीपक नया एवं जटिल होता है, उससे उत्पन्न उत्तेजन स्तर अधिक आनन्दायक एवं आदर्श होता है क्योंकि इस तरह के उद्दीपक के प्रति अन्वेषणात्मक एवं उत्सुकतापूर्ण व्यवहार व्यक्ति अधिक करता है। इस तथ्य की सन्तुष्टि बरलिन (Berlyne, 1958) द्वारा एक प्रयोग में किया गया है। इस प्रयोग में कॉलेज छात्रों को 10 सेकेंड के लिए उद्दीपक चित्रों (stimulus figures) के कई युग्म दिखलाये गये। प्रत्येक युग्म का एक आकृति सरल तथा दूसरी आकृति जटिल था। प्रयोज्य द्वारा दोनों आकृतियों पर कितने समय तक देखा गया एक रिकार्ड रखा गया और उसका विश्लेषण किया गया। प्राक्कल्पना (hypothesis) यह थी कि प्रयोज्य जटिल आकृति को सरल आकृति की तुलना में अधिक देर तक देखेगा तथा उसका अन्वेषण करेगा। प्रयोग के परिणाम से इस तथ्य की संपुष्टि हो गयी। इस परिणाम के दो मुख्य आशय (implication) थे—पहला तो यह है कि व्यक्ति में उत्सुकता अभिप्रेरणा (curiosity motive) होता है जिसके

कारण व्यक्ति उत्सुकता अन्वेषण एवं जोड़-तोड़ (manipulation) करने सम्बन्धी व्यवहार करता है। इस प्रयोग के परिणाम का दूसरा आशय यह है कि कुछ ऐसे चर होते हैं जिनसे अन्वेषणात्मक व्यवहार तेजी से व्यक्ति में उत्पन्न होता है। इसमें असंगतता (incongruity), अनियमितता (irregularity), विभिन्नता (varieties) आदि प्रधान हैं क्योंकि इन सब के रहने से उद्दीपक में जटिलता (complexity) बढ़ती है। बाद में एक अध्ययन में बरलिन (Berlyne,1960) कई ऐसे उद्दीपक चरों का पहचान कर सकने में सफल हुए जिनसे उत्सुकता अभिप्रेरित व्यवहार (curiosity motivated behaviour) प्रभावित होता है। इसमें उद्दीपक की नवीनता, जटिलता, तीव्रता एवं परिवर्तन आदि प्रमुख हैं। प्रायः व्यक्ति पर्यावरण (environment) के उन पहलुओं का अधिक अन्वेषण करता है जो अधिक अस्पष्ट, अधिक जटिल तथा अधिक नवीन होते हैं। इसके अलावा, बरलिन (Berlyne) ने अन्य तथ्यों का संग्रहण करके उत्सुकता के सिद्धान्त को विस्तारित किया और कहा है कि उत्सुकता से ज्ञान अर्जन में भी मदद मिलती है। इस सिद्धान्त के अनुसार उत्सुकता सिर्फ प्रत्यक्षज्ञाणात्मक अन्वेषण (perceptual exploration) के रूप में ही अभिव्यक्ति नहीं होती है बल्कि उसकी अभिव्यक्त संज्ञानात्मक अनवेषण (cognitive exploration) के रूप में भी होती हैं।

(ii) परिचालन *(Manipulation)*—अन्वेषण तथा उत्सुकता से भिन्न, परिचालन अभिप्रेरक में प्राणी का व्यवहार विशेष वस्तु की ओर अग्रसित होता है जिसे स्पर्श किया जा सकता है, हाथ से इधर-उधर किया जा सकता है, खेला जा सकता है तथा तब तक अनुभव किया जा सकता है जबतक कि संतुष्टि न हो जाए। परिचालन एक ऐसा अभिप्रेरक है जो नरवानर (primate) जिनके हाथ एवं पैर की अंगुलियाँ काफी फूर्तिला होतीं हैं, द्वारा अधिक तेजी से सम्पन्न किया जाता है। परिचालन अभिप्रेरक का सम्बन्ध दो चीजों से होता है—स्पर्शी स्तर (tactile level) पर किसी चीज के बारे में जानने की आवश्यकता तथा संतुष्ट (soothed) होने की आवश्यकता। बच्चों में परिचालन अभिप्रेरक अधिक होता है। शायद यही कारण है कि वे अपने इर्द-गिर्द के वस्तुओं को स्पर्श करते हुए उन्हें परिचालित करते हैं।

(iii) सम्पर्क *(Contact)*—व्यक्ति दूसरे व्यक्ति को स्पर्श करना चाहते हैं ताकि उन्हें कुछ विशेष संवेदन प्राप्त हो सके। सम्पर्क की आवश्यकता परिचालन की आवश्यकता की तुलना में अधिक विस्तृत एवं व्यापक (universal) है। सम्पर्क अभिप्रेरक की सीमा सिर्फ अँगुली से र्स्पश तक ही नहीं सीमित होती है बल्कि सम्पर्क पूरे शरीर से भी हो सकता है। परिचालन आवश्यकता एक सक्रिय आवश्यकता की श्रेणी की होती है, वहीं सम्पर्क आवश्यकता एक निष्क्रिय आवश्यकता की श्रेणी की होती है। हारलो (Harlow, 1958) तथा हारलो एवं जिम्मरमैन (Harlow & Zimmerman, 1959) ने अनेकों प्रयोग करके सम्पर्क आवश्यकता (contact need) के महत्त्व को दिखला दिया है। इन अध्ययनों में नये जन्में बंदर के बच्चों को अपने माँ से अलग कर दिया गया और उन्हें दो तरह के 'प्रतिनियुक्त माँ' (surrogate mothers) से सम्पर्क कराया गया। एक 'प्रतिनियुक्त माँ' लोहे के पतले तारों से बनायी गयी थी और दूसरी 'प्रतिनियुक्त माँ' मुलायम रबर जिस पर मुलायम कपड़ा लगा हुआ था, से बनी थी। दोनों तरह के माँ का आकार लगभग एक समान था। तार से बने माँ में दूध के बोतल लगे हुए थे जिससे वे दूध पीते थे परन्तु रबर से बने माँ में ऐसा कोई बोतल नहीं था। दोनों 'माँ' से बंदर के बच्चें को पर्याप्त गरमाहट (warmth) मिलती थी क्योंकि दोनों ऐसे मॉडल के भीतर बिजली का बल्ब जलते रहता था। इस प्रयोगात्मक परिस्थिति में तार से बने, माँ के मॉडल द्वारा दो तरह की आवश्यकताओं की पूर्ति होती थी—भोजन की आवश्यकता और गरमाहट की आवश्यकता। परन्तु रबर से बने माँ की मॉडल से सम्पर्क होने पर मात्र गरमाहट की आवश्यकता की ही पूर्ति होती थी। परिणाम में देखा गया कि बंदर के बच्चे अधिकतर बारी में रबर के माँ के मॉडल से ही सम्पर्क करते थे। जब उनमें डर का संवेग उत्पन्न किया जाता था, तो वे रबर के माँ की माँडल से ही अधिक चिपकते थे। इस प्रयोग से यह पता चलता है कि सम्पर्क आवश्यकता की पूर्ति करके प्राणी उससे अन्य सम्बन्धित आवश्यकताओं जैसे स्नेह की आवश्यकता, नजदीक होने की आवश्यकता आदि की भी पूर्ति करता है। अभी हाल में सम्पर्क आवश्यकता का महत्त्व अपरिपक्व बच्चों (premature infants) के विकास में भी बतलाया गया है। जैसे, फिल्ड्स (Fields, 1986) ने एक अध्ययन किया जिसमें जन्म के समय औसत से कम वजन वाले बच्चों को जब अच्छा से हाथ से मालिश किया जाता था, तो उनका शारीरिक वजन उन बच्चों की तुलना में अधिक तेजी से बढ़ा जिन्हें कम-से-कम र्स्पश किया जाता था।

(iv) कार्यान्वयन अभिप्रेरक *(Effectance motive)*—रॉबर्ट ह्वाइट (Robert White, 1959) पहले ऐसे मनोवैज्ञानिक हैं जिन्होंने यह बतलाया कि मनुष्य एवं उच्चतर पशु (higher animal) अपने इर्द-गिर्द के वातावरण के वस्तुओं (objects) एवं व्यक्तियों के साथ समायोजित रूप से व्यवहार करने की कोशिश करता है क्योंकि उसका उद्देश्य एक

तरह से इन वस्तुओं एवं व्यक्तियों पर पूर्ण नियंत्रण एवं सक्षमता (competency) प्राप्त करना होता है। इस तरह के लक्ष्य (goal) के पीछे एक विशेष अभिप्रेरक (motive) होता है जिसमें कार्यान्वयन अभिप्रेरक (effectance motive) की संज्ञा दी जाती. है। मार्गन, किंग, विस्ज तथा स्कॉपलर[1] (Morgan, King, Weisz & Schopler, 1986) ने कहा है, ''वातावरण के साथ अन्तःक्रिया करते समय सक्षम रूप से (competently) तथा प्रभावकारी ढंग से (effectively) कार्य करने के पीछे छिपे अभिप्रेरक (motivation) को कार्यान्वयन अभिप्रेरक (effectance motive) की संज्ञा दी जाती है।''

कार्यान्वयन अभिप्रेरक का महत्त्व प्राणी के व्यवहारों के लिए काफी है। जब हमलोग एक ऐसे वातावरण में अपने आप को पाते हैं जो बिलकुल ही नया होता है तो वैसी परिस्थिति में व्यक्ति में कार्यान्वयन अभिप्रेरक (effectance motive) की उत्पत्ति होती है। यह भी देखा गया है कि लक्ष्य की प्राप्ति के बाद भी कार्यान्वयन अभिप्रेरक (effectance motive) की संतुष्टि पूर्णतः नहीं होती है और व्यक्ति में नयी सक्षमता (competencies) को विकसित करने में यह प्रमुख भूमिका निभाते रहता है। कार्यान्वयन अभिप्रेरक (effectance motivation) के कारण ही व्यक्ति भिन्न-भिन्न प्रकार के अनुसंधान, नये-नये खेल (play), नयी-नयी किताब, नये प्रकार के मकान आदि बनाकर समाज के सामने उपस्थित करता है। यही कारण है कि कार्यान्वयन अभिप्रेरक का महत्त्व हमारे सामाजिक जिन्दगी (social life) में काफी हैं।

इस तरह हम देखते हैं कि व्यक्ति के लिए ऊपर बताये गये चार तरह की आवश्यकता अर्थात् अन्वेषण आवश्यकता (exploration need), उत्सुकता, परिचालन, सम्पर्क तथा कार्यान्वयन आवश्यकला (effectance need) काफी महत्त्वपूर्ण हैं। अन्वेषण आवश्यकता का सम्बन्ध कार्यान्वयन आवश्यकता से सीधा है क्योंकि कार्यान्वयन आवश्यकता के कारण व्यक्ति में अन्वेषण आवश्यकता की उत्पत्ति होती है।

आन्तरिक अभिप्रेरण तथा बाह्य अभिप्रेरण (Intrinsic Motivation and Extrinsic Motivation)

आन्तरिक अभिप्रेरण (intrinsic motivation) तथा बाह्य अभिप्रेरण (extrinsic motivation) दो ऐसे महत्त्वपूर्ण अभिप्रेरण हैं जिस पर मनोवैज्ञानिकों ने हाल के वर्षों में अधिक बल डाला है। आन्तरिक अभिप्रेरण से मोटे तौर पर तात्पर्य स्वतः अभिरुचि (spontaneous interest) से होता है। जब व्यक्ति किसी कार्य को इसलिए करता है क्योंकि उसमें उसकी अभिरूचि है तथा उस कार्य को करने में खुशी (pleasure) मिलती है, तो ऐसा कहा जाता है कि व्यक्ति में आन्तरिक अभिप्रेरण (intrinsic motivation) है। स्पष्ट है कि इस तरह का अभिप्रेरण तब कुछ वैसे कारकों (factors) पर निर्भर करता है जो व्यक्ति में पाये जाते हैं तथा जिन्हें बाहर से प्रत्यक्ष रूप से देखना सम्भव नहीं है। डेसी[2] (Deci, 1975) ने आन्तरिक अभिप्रेरण को परिभाषित करते हुए कहा है, ''वातावरण के साथ समायोजन (deal) करने में व्यक्ति में उत्पन्न आत्म-निर्धारी (self-determining) तथा सक्षमता की भाव की आवश्यकता को आन्तरिक अभिप्रेरणा कहा जाता है।'' रेबर[3] (Reber, 1982) के अनुसार, ''आन्तरिक अभिप्रेरक प्रायः कार्य को पूरा करने तथा संतोष की भाव (feeling) से न कि बाह्य पुरस्कार (external reward) से उत्पन्न होता है।'' इन परिभाषाओं से स्पष्ट है कि आन्तरिक अभिप्रेरण व्यक्ति के भीतर होता है और यह किसी कार्य के करने में उत्पन्न संतोष, खुशी (pleasure) आदि से उत्पन्न होता है।

बाह्य अभिप्रेरण (extrinsic motivation) आन्तरिक अभिप्रेरण से भिन्न होता है। बाह्य अभिप्रेरण व्यक्ति के भीतर न होकर बाह्य होता है तथा इसका सम्बन्ध पुरस्कार (reward), वेतन (pay), श्रेणी (grade) आदि से होता है। यदि किसी व्यक्ति को. किसी काम करने के लिए 10 रुपया मिलता है तो 10 रुपया यहाँ बाह्य अभिप्रेरण (extrinsic

1. "A general motive to act competently and effectively when interacting with the environment is called effectance motive." —Morgan, king, Weisz & Schopler : *An Introduction to Psychology*, 1986, p. 297.
2. "A person's need for feeling competent and self-determining in dealing with his environment" is called intrinsic motivation. —Deci : *Intrinsic Motivation*, 1975.
3. "Intrinsic motivation usually derives from feelings of satisfaction and fulfillment and not from external reward." —Reber : *The Penguin Dictionary of Psychology*, 1985, p. 377.

motivation) का उदाहरण होगा। परन्तु उस काम को पूरा करने से उसमें कुछ संतोष खुशी आदि भी होता हे। इन आन्तरिक अनुभूतियों (experiences) को आन्तरिक अभिप्रेरण (intrinsic motivation) की संज्ञा दी जाएगी।

मनोवैज्ञानिकों ने कई ऐसे प्रयोग (experiments) किए हैं जिनसे यह स्पष्ट हो गया है कि जब व्यक्ति में किसी कार्य को करने का आन्तरिक अभिप्रेरण (intrinsic motivation) होता है परन्तु जब उसी कार्य को करने के लिए उसे कुछ बाह्य अभिप्रेरण (extrinsic motivation) भी दिया जाने लगता है, तो वैसी परिस्थिति में व्यक्ति में मौजूद आन्तरिक अभिप्रेरण (intrinsic motivation) की स्तर में कमी आ जाती है (क्योंकि व्यक्ति ऐसी परिस्थिति में पुरस्कार पाने के लिए कार्य करने लगता है न कि अपनी अभिरुचि के कारण और न ही संतोष तथा खुशी प्राप्त करने के लिए)। पिटचार्ड, कैम्पबेल तथा कैम्पबेल (Pitchard, Campbell & Campbell, 1977) ने इस तथ्य की पुष्टि अपने एक प्रयोग में किया गया है। इस प्रयोग में कुछ छात्रों एवं छात्राओं को शतरंज के खेल से सम्बन्धित कुछ समस्याओं का समाधान करने को कहा गया। इन छात्र-छात्राओं का शतरंज के खेल में पहले से ही काफी अभिरुचि थी। अतः वे शतरंज के खेल से काफी खुश भी होते थे। इन छात्र-छात्राओं का शतरंज से संबंधित गत अनुभव (past experience) को जानने के ख्याल से उन्हें एक प्रश्नावली (questionnaire) भरने के लिए दिया गया। इसके बाद 10 मिनट के लिए इन लोगों को कमरा में अकेले छोड़ दिया गया। कमरा के मेज पर शतरंज की गोटियाँ इस ढंग से रखी गयी थी मानों दो आदमी खेल बीच में ही छोड़कर कहीं चल गये हों। प्रयोज्य (subject) के व्यवहार को प्रयोगकर्त्ता एक-तरफा शीशा (one-way mirror) द्वारा देख रहे थे। ऐसा देखा गया कि अधिकतर प्रयोज्य 10 मिनट के समय को शतरंज के अधूरे खेल को पूरा करने में बिताये। इसके बाद प्रयोगकर्त्ता पुनः कमरा में प्रवेश कर सभी प्रयोज्यों (subjects) को दो समूह में बाँट दिये। एक समूह को कहा गया कि शतरंज के खेल की कुछ समस्याओं का सही-सही समाधान करने पर 5 डॉलर (Dollar) (अमेरिकन रुपया) तक का ईनाम उन्हें दिया जायेगा। इस तरह से इस समूह में बाह्य अभिप्रेरण (extrinsic motivation) दिया गया। प्रयोज्यों के दूसरे समूह को कोई इस तरह का बाह्य अभिप्रेरण नहीं दिया गया और उन्हें शतरंज की समस्याओं का समाधान करने के लिए कहा गया। परिणाम में देखा गया कि जिस समूह को बाह्य अभिप्रेरण (extrinsic motivation) दिया गया था, उनमें आन्तरिक अभिप्रेरणा का स्तर पहले से कम हो गया और प्रयोज्य डॉलर कमाने के उद्देश्य से ही समस्या का समाधान करने लगे न कि अपनी स्वतः अभिरूचि (spontaneous interest) तथा संतोष और खुशी के लिए। दूसरा समूह जिसमें इस तरह का बाह्य अभिप्रेरण की घोषणा नहीं की गयी थी, के प्रयोज्यों की आन्तरिक अभिप्रेरण पहले के समान अधिक ऊँचा बना रहा तथा वे शतरंज की समस्याओं का समाधान अपनी अभिरुचि, संतोष तथा खुशी के लिए ही अधिक किया करते थे। अतः निष्कर्ष यह है कि बाह्य अभिप्रेरण देने से आन्तरिक अभिप्रेरण में कमी आ जाती है। करीब-करीब इस ढंग का परिणाम लेप्पर, ग्रीनी तथा निस्वेट्ट (Lepper, Greene & Nisbett, 1973) द्वारा छोटे बच्चों पर किये गए अध्ययनों में भी पाया गया।

सौभाग्यवश अन्य कुछ अध्ययनों से जो तथ्य पता चला है, उससे यह स्पष्ट रूप से झलकता है कि हमेशा ऐसा नहीं होता है तथा आन्तरिक अभिप्रेरण तथा बाह्य अभिप्रेरण को हमेशा एक दूसरे का विरोधी नहीं मानना चाहिए। रोजेनफेल्ड, फोलगर तथा एडेलमैन (Rosenfeld, Folger & Adelman, 1980) द्वारा किये गये अध्ययन से यह स्पष्ट हुआ है कि अगर व्यक्ति बाह्य अभिप्रेरण को अपनी पहचान न कि घूस (bribe) का प्रतीक मानता है और अगर दिया गया बाह्य पुरस्कार बड़ा एवं संतोषजनक है, तो आंतरिक अभिप्रेरण घटने के बजाय बढ़ता है। इस प्रयोगात्मक तथ्य का समर्थन लेप्पर तथा कारडोवा (Lepper & Cardova, 1992) तथा रेयान (Ryan, 1982) के प्रयोगों से भी होता है। इसके अतिरिक्त, शोध परिणामों से यह भी पता चला है कि व्यक्ति आन्तरिक अभिप्रेरण में कमी को रोकने के लिए कुछ विशेष उपाय (strategy) जिसे आत्म-प्रतिबंध (self-handicapping) कहा जाता है, को अपनाता है। इस उपाय में व्यक्ति अपने घटिया निष्पादन (poor performance) के लिए एक विशेष व्याख्या उपलब्ध कराता है और यह व्याख्या प्रायः वह कार्य आरम्भ करने के पहले ही लोगों के सामने रखता है। जैसे, यदि कोई व्यक्ति किसी समस्या के समाधान पर बोलने के प्रारम्भ में यह कहता है कि ''हम रात में ठीक से सोये नहीं है'' या ''हम आज अच्छा अनुभव नहीं कर रहे हैं'' तो इसे आत्म-प्रतिबन्ध उपाय (self-handicapping strategy) का एक उदाहरण माना जायेगा। डेप्पे एवं हारैकिविक्ज (Deppe & Harackiewicz, 1996) के अनुसार, इस तरह के उपाय का मात्र उद्देश्य घटिया निष्पादन की व्याख्या करना होता है जो सचमुच में आंतरिक अभिप्रेरण में होने वाले ह्रास को कम करता है। स्पष्ट हुआ है कि व्यक्ति आत्म-प्रतिबन्ध उपाय को अपनाकर अपने आंतरिक अभिप्रेरण को कम होने से बचा लेता है।

बाह्य अभिप्रेरण (extrinsic motivation) मूलतः बाह्य वातावरण से आता है—प्रशंसा, अपग्रेड तथा किसी खास व्यवहार के लिए रुपया-पैसा (money) आदि बाह्य अभिप्रेरण के कुछ उदाहरण हैं। इस तरह के पुरस्कार से व्यक्ति का व्यवहार मजबूत हो जाता है, अपने उच्च निष्पादन की व्याख्या व्यक्ति करता है तथा इससे व्यक्ति में आत्म-योग्यता तथा सामर्थ्यता (competence) आदि बढ़ जाता है। एडरसन, मानूगियन तथा रेजनिक (Anderson, Manoogian & Reznick, 1976) ने अपने अध्ययन में पाया है कि शाब्दिक बाह्य पुरस्कार (verbal extrinsic rewards) जैसे प्रशंसा (praise) एवं ठोस पुरस्कार (tangible reward) अर्थात् रूपया-पैसा (money) की तुलना में आंतरिक अभिप्रेरण को कम प्रभावित करता है।

आंतरिक रूप से अभिप्रेरित व्यवहार (intrinsically motivated behaviour) पर बाह्य पुरस्कार के पड़ने वाले प्रभावों के अध्ययन का प्रयास मनोवैज्ञानिकों द्वारा जारी हैं। वाऊमीस्टर तथा टाइस (Baumeister & Tice, 1985) ने अपने अध्ययन के आधार पर यह देखा है कि जिन व्यक्तियों में आत्म-सम्मान (self-esteem) ज्यादा होता है उन्हें उनके आंतरिक रूप से अभिप्रेरित व्यवहार के लिए पुरस्कार देने से वे निष्पादन को और भी अधिक श्रेष्ठ एवं उच्च बनाने का भरसक प्रयास करते हैं। परन्तु जिन व्यक्तियों में आत्म-सम्मान में कमी होती है, उन्हें उनके आंतरिक रूप से अभिप्रेरित व्यवहार के लिए पुरस्कृत करने पर भी वे अपने निष्पादन को मात्र किसी ढंग से संतोषजनक बनाये रखने की भरसक कोशिश करते हैं। अतः तब यह निश्चित रूप से कहा जाता है कि आंतरिक अभिप्रेरण अंशतः कुछ हद तक व्यक्ति के गत अनुभूतियों एवं आत्म-सम्मान के वर्तमान स्तर से जुड़ा हुआ है। अन्य चर जैसे व्यक्ति द्वारा किया जानेवाला कार्य तथा व्यक्ति द्वारा प्राप्त किया जाने वाला पुरस्कार का प्रकार से भी आंतरिक अभिप्रेरण का स्तर प्रभावित होता है। [लेफ्टन (Lefton, 1970)]। इसका तब मतलब यह हुआ कि व्यक्ति का आंतरिक अभिप्रेरण, बाह्य पुरस्कार, आत्म-सम्मान तथा नये एवं प्रतियोगी आवश्यकताएँ (competitive needs) सभी एक साथ मिलकर व्यक्ति के दिन-प्रतिदिन के व्यवहार को प्रभावित करते हैं।

दिन-प्रतिदिन की अधिकतर परिस्थितियाँ इस प्रकार की होतीं हैं जहाँ सिर्फ आन्तरिक अभिप्रेरण से काम नहीं चलता है तथा व्यक्ति को बाह्य अभिप्रेरण देना ही पड़ता है। उदाहरणस्वरूप कितने ऐसे छात्र होते हैं जो अपना गृह कार्य (home task) इसलिए करते हैं कि क्योंकि वे कुछ सीखना चाहते हैं? कितने शिक्षक ऐसे हैं जो इस उद्देश्य से पढ़ाते हैं कि इससे छात्रों का ज्ञान भंडार विकसित हो सके तथा उन्हें आत्म संतोष हो सके? शायद बहुत कम। अतः यह आवश्यक हो जाता है कि इनके कार्यों के लिए कुछ बाह्य अभिप्रेरण (extrinsic motivation) दिया जाय। सच्चाई यह है कि किसी भी परिस्थिति में यदि किसी कार्य करने के लिए व्यक्ति को ठीक ढंग से प्रेरित करना है तो आन्तरिक अभिप्रेरक तथा बाह्य अभिप्रेरक दोनों को एक साथ देना होगा। यही कारण है कि आजकल अधिकतर फैक्ट्री में कर्मचारियों (employees) को अधिक अभिप्रेरित करने के लिए आन्तरिक अभिप्रेरक तथा बाह्य अभिप्रेररक दोनों ही दिए जाते हैं।

जैगारनिक प्रभाव
(Zeigarnik Effect)

मानव अभिप्रेरण (human motivation) के अध्ययन के क्षेत्र में जिन मनोवैज्ञानिकों का नाम आता है, उनमें कर्ट लेविन (Kurt Lewin) का नाम सबसे अधिक मशहूर हैं। इन्होंने बर्लिन (Berlin) विश्वविद्यालय के प्रयोगशाला में बहुत सारे प्रयोग किये और मानव अभिप्रेरण (human motivation) के सम्बन्ध में कुछ महत्त्वपूर्ण बातें बतलाएँ। इनका कहना था कि जब व्यक्ति में किसी काम को करने की आवश्यकता (need) उत्पन्न होती है, तो इसके साथ ही उनमें एक तनाव (tension) उत्पन्न हो जाता है। जब व्यक्ति अपने लक्ष्य (goal) पर पहुँच जाता है यानी उस कार्य को पूरा कर लेता है तो उसमें तनाव भी खत्म हो जाता है और धीरे-धीरे व्यक्ति में उस काम से सम्बन्धित स्मृति-चिह्न (memory traces) भी समाप्त होने लगते हैं। फलतः व्यक्ति उसे भूल जाता है। दूसरे तरफ जब व्यक्ति किसी कारणवश उस कार्य को पूरा नहीं कर पाता है, अर्थात् वह कार्य अधूरा ही रह जाता है, तो व्यक्ति में तनाव बना का बना रह जाता है और उसमें उस कार्य से सम्बन्धित स्मृति-चिह्न भी क्षीण होने के बजाय ताजा बने रहते हैं। फलतः व्यक्ति उस कार्य को भूलता नहीं है। लेविन के इस विचारधारा को *आवश्यकता-तनाव सिद्धान्त* (need-tension theory) कहा जाता है।

बर्लिन विश्वविद्यालय के मनोविज्ञान विभाग के प्रयोगशाला में लेविन के आवश्यकता-तनाव सिद्धान्त की जाँच करने के लिए अनेकों मनोवैंज्ञानिकों ने कई प्रयोग किये। इन मनोवैज्ञानिकों में सबसे अधिक ख्याति लेविन की शिष्या ब्लूमा जैगारनिक (Bluma Zeigarnik, 1927) को मिली। वह अपने प्रयोज्यों (Subjects N = 32) को 20 भिन्न-भिन्न प्रकार के कार्य करने को दी। इसमें 10 कार्य को पूरा होने दिया गया तथा बाकी 10 कार्य को बीच में ही रोक दिया गया। अर्थात् प्रयोज्य इस 10 कार्य को पूर्णरूपेण समाप्त (complete) नहीं कर पाये। इसके बाद प्रयोज्यों से इस 20 कार्य में जितना का पुनःस्मरण (recall) कर सकते हैं, करने को कहा गया। परिणाम में देखा गया कि प्रयोज्यों द्वारा औसत रूप से आधा कार्यों का ही प्रत्यह्वान (recall) हो पाया। इस प्रत्याह्वान में से 68% प्रत्याह्वान अधूरा कार्यों (uncomplete tasks) से था तथा मात्र 43% प्रत्याह्वान पूरा किये गये कार्यों से था। इस तरह के प्रयोग के परिणाम से स्पष्ट था कि अधूरा कार्य का प्रत्याह्वान (recall) पूरा किये गये कार्य का प्रत्यह्वान की अपेक्षा अधिक श्रेष्ठ था। *(Uncompleted tasks were better recalled than completed tasks.)*। जैगारनिक ने इस तरह के प्रभाव (effect) को जैगारनिक प्रभाव (Zeigarnik effect) की संज्ञा दी। जैगारनिक ने अपने प्रयोग में यह भी देखा कि U/C अनुपात (uncomplete/complete ratio) प्रत्येक प्रयोज्य के लिए 68/43 नहीं था। कुछ ऐसे भी प्रयोज्य थे जिनमें अधूरा कार्य (uncomplete task) का प्रत्याह्वान का प्रतिशत 68 से कम था। फिर भी अधिकतर प्रयोज्य ऐसे ही थे जिनमें U का प्रतिशत C के प्रतिशत से अधिक था।

जैगारनिक प्रभाव से कर्ट लेविन के आवश्यकता-तनाव सिद्धान्त (need-tension theory) को स्पष्ट समर्थन मिलता है। प्रयोज्य अधूरा कार्य का प्रत्यह्वान अधिक इसलिए कर पाता है कि क्योंकि कार्य अधूरा रह जाने से व्यक्ति में तनाव बना का बना रहता है। फलस्वरूप, व्यक्ति में उस कार्य से सम्बन्धित स्मृति-चिह्न (memory traces) क्षीण न होकर तरो-ताजा बने रहते हैं।

जैगारनिक प्रभाव (Zeigarnik effect) की सत्यता की जाँच करने के लिए बहुत से मनोवैज्ञानिकों ने जैसे औभसियानकिना (Ovsiankina, 1928), कारस्टेन (Karsten, 1928), लेस्सनर (Lessner, 1933), मैरो (Marrow, 1938) ने कई प्रयोग किये और इन लोगों ने जैगारनिक प्रभाव को सही ठहराया। परन्तु इन लोगों ने कुछ वैसे कारकों (factors) का भी वर्णन किया जिनसे जैगारनिक अनुपात (Zeigarnik ratio) प्रभावित होता है। कुछ वैसे कारक निम्नांकित हैं:—

1. प्रत्येक कार्य ऐसा होना चाहिए कि उसका लक्ष्य (goal) प्रयोज्य (subject) के लिए स्पष्ट हो ताकि प्रयोगकर्त्ता द्वारा बीच में रुकने के लिए कहने से वह स्पष्ट रूप से समझ जाय कि अभी वह लक्ष्य पर पहुँचा नहीं था। उदाहरणस्वरूप यदि O, D, G, H से शब्द बनाने का कार्य प्रयोज्य को दिया गया है तो प्रयोगकर्त्ता द्वारा यह स्पष्ट कर देना चाहिए कि इन अक्षरों से उसे तीन या चार शब्द ही (यानी निश्चित संख्या में) बनाना है।
2. प्रत्येक कार्य को समाप्त करने की समय सीमा करीब-करीब बराबर होनी चाहिए अन्यथा जिस कार्य के लिए अधिक समय दिया जाएगा, स्वभावतः उसका प्रत्याह्वान (recall) अधिक अच्छा होगा।
3. कार्य की संख्या ऐसी होनी चाहिए कि उसमें से प्रयोज्य करीब-करीब आधे का प्रत्याह्वान अवश्य कर सके। इसका मतलब यह हुआ कि कार्य की संख्या बहुत कम या बहुत अधिक नहीं होना चाहिए। बहुत कम होने से सम्भव है कि प्रयोज्य उन सभी का प्रत्याह्वान कर ले और बहुत अधिक होने से सम्भवतः वह उसके आधे का भी प्रत्याह्वान न कर पाये। हाल, लिण्डजे तथा थॉम्पसन (Hall, Lindzey & Thompson, 1978) ने यह बतलाया कि जैगारनिक प्रभाव स्पष्ट रूप से होने के लिए कार्यों की संख्या 20-30 के बीच होनी चाहिए।
4. प्रयोज्य को पहले से यह पता नहीं होना चाहिए कि उसे इन कार्यों का आगे चलकर प्रत्याह्वान (recall) करना है, नहीं तो वे मन-ही-मन उसे दोहराते रहेंगे और जैगारनिक प्रभाव ब्रहुत स्पष्ट नहीं हो पायेगा।
5. यदि सामूहिक प्रयोग (group experiment) किया जा रहा हो, तो वैसे कार्य जिसे आधे प्रयोज्यों (half of the subject) ने पूरा कर लिया है, बाकी आधे प्रयोज्यों द्वारा उन्हीं कार्यों को अधूरा (uncomplete) रखा जाना चाहिए। ऐसा नहीं करने से सम्भव है कि आसान कार्य (easier task) कुछ प्रयोज्य को करने को मिल जाय तथा कुछ प्रयोज्य को कठिन कार्य करने को मिल जाय। ऐसी अवस्था में जैगारनिक प्रभाव स्पष्ट नहीं होगा।

6. प्रयोज्य द्वारा कार्य समाप्त होने पर उसका प्रत्याह्वान 24 घंटा के भीतर किया जाना चाहिए। ऐसा नहीं करने से अधूरा कार्य द्वारा उत्पन्न तनाव धीरे-धीरे कम होना प्रारम्भ हो जाता है और ऐसा सम्भव है कि फिर जैगारनिक प्रभाव (Zeigarnik effect) स्पष्ट रूप से देखने को न मिले।
7. जैगारनिक प्रभाव पर प्रयोज्य का अहम् उलझन (ego-involvement) का भी प्रभाव पड़ता है। अहम्-उलझन से तात्पर्य उस परिस्थिति से होता है जिसमें व्यक्ति का अहम् (ego) किसी कारणवश अधिक उत्तेजित एवं चिंतित हो उठता है। अहम् उलझन से व्यक्ति में डर भी उत्पन्न हो सकता है और खुशी तथा उम्मीद भी। यदि अहम् उलझन से खुशी तथा अच्छी उम्मीद बन रही है, तो वैसी परिस्थिति में व्यक्ति अधूरा कार्य (uncomplete taste) को अधिक-से-अधिक प्रत्याह्वान करना चाहता है। फलस्वरूप, जैगारनिक अनुपात अधिक स्पष्ट होगा। परन्तु अधूरा कार्य से व्यक्ति में डर उत्पन्न हो गया है, तो वह स्वभावतः इसका प्रत्याह्वान नहीं करेगा और तब जैगारनिक अनुपात अस्पष्ट होगा। गिलक्समैन (Glixman, 1948, 1949) ने अपने प्रयोगों के आधार पर यह बतलाया है कि अधिक डर तथा दुश्चिंता (anxiety) उत्पन्न होने से जैगारनिक प्रभाव अस्पष्ट हो जाता है।

इस तरह से हम देखते हैं कि जैगारनिक प्रभाव (Zeigarnik effect) एक महत्त्वपूर्ण सम्प्रत्यय (concept) है जिसके सहारे सिर्फ हम आवश्यकता-तनाव सिद्धान्त (need-tension theory) का समर्थन ही नहीं करते हैं बल्कि अधूरा कार्यों की तीक्ष्ण स्मृति (sharp memory) की घटना की भी व्याख्या करते हैं। जैगारनिक प्रभाव पर कुछ भारतीय मनोवैज्ञानिकों द्वारा भी महत्त्वपूर्ण अध्ययन किये गए हैं। भी० मोहन तथा एस० जसपाल (V. Mohan & S. Jaspal, 1975) ने एक महत्त्वपूर्ण अध्ययन किये जिसमें उन्होंने 80 प्रयोज्यों को आइजेन्क व्यक्तित्व आविष्कारिका (Eysenck personality Inventory) के प्राप्तांकों के आधार पर चार समूहों में बाँटा—तंत्रिकातापी बहिर्मुखी (neurotic extroverts), तंत्रिकातापी अन्तर्मुखी (neurotic introvert), स्थिर वहिर्मुखी (stable extrovert) तथा स्थिर अन्तर्मुखी (stable introvert)। इनमें पुरूष तथा महिला दोनों श्रेणी के वैसे प्रयोज्यों का चयन किया गया था जिनका प्राप्तांक प्रोग्रेसिव मैट्रिसेज पर PR_{60} से ऊपर था। इन प्रयोज्यों को 18 तरह के कार्य दिये गए जिनमें 6 शाब्दिक कार्य, 6 क्रियात्मक (performance) कार्य तथा 6 समस्या समाधान कार्य (problem solving task) थे। परिणाम में देखा गया कि महिलाओं में जैगारनिक प्रभाव पुरुषों की अपेक्षा अधिक थे। व्यस्कों में जैगारनिक प्रभाव नहीं पाया गया तथा विलम्बित प्रत्याह्वान (delayed recall) में जैगारनिक प्रभाव बढ़ता पाया गया। उसी तरह से तंत्रिकातापी अन्तर्मुखी में सर्वाधिक उच्च जैगारनिक प्रभाव तथा स्थिर अन्तर्मुखी में निम्नतम जैगारनिक प्रभाव देखा गया। यू० पी० सिंह तथा एल० वी० सिंह (U. P. Singh & L. B. Singh, 1980) ने भी जैगारनिक प्रभाव की वैधता को अपने अध्ययन से सही ठहराया है।

आकांक्षा स्तर
(Level of Aspiration)

आकांक्षा स्तर (level of aspiration) व्यक्ति का एक व्यक्तिगत अभिप्रेरण (Personal motive) हैं। आकांक्षा स्तर से तात्पर्य एक निष्पादन स्तर (performance level) से होता है जिसकी उम्मीद व्यक्ति करता है। एक सामान्य व्यक्ति अपनी आकांक्षा स्तर पर अपने गत उपलब्धि स्तर (past achievement level) के आलोक में तय करता है। सामान्यतः वह अपनी आकांक्षा स्तर उपलब्धि स्तर से थोड़ा ऊपर रखता है। यदि उसकी प्राप्ति उसे हो जाती है, तो अगले बार अपनी आकांक्षा स्तर उससे और थोड़ा ऊपर रखता है। इस तरह से धीरे-धीरे वह अपनी आकांक्षा स्तर को अपने गत उपलब्धि स्तर के आलोक में बढ़ाता है। कहने का तात्पर्य यह है कि एक सामान्य व्यक्ति के आकांक्षा स्तर तथा उपलब्धि स्तर (level of achievement) में एक तरह का सामंजस्य होता है।

कई प्रयोग ऐसे किये हैं जिसमें आकांक्षा स्तर से सम्बन्धित कारकों की पहचान करने की कोशिश की गयी है। इन प्रयोगों में प्रयोज्यों (subjects) को कुछ सरल कार्य जैसे एक दिये गए समय में अंकों को जोड़ने का कार्य दिया जाता है। उसे यह अंदाज करने के लिए कहा जाता है कि पहले प्रयास में वे कितना प्राप्तांक (score) पा सकने की उम्मीद रखते हैं। इसके बाद प्रयोज्य के प्रत्याशित निष्पादन (expected performance) तथा वास्तविक निष्पादन (actual performance) के बीच का अन्तर ज्ञात किया जाता है। इस तरह के कई प्रयोगों के बाद इन अंतरों का एक औसत अन्तर प्राप्तांक (average difference score or D core) ज्ञात किया जाता है। इस औसत अन्तर प्राप्तांक से यह

पता चलता है कि कुछ प्रयोज्य तो ऐसे होते हैं जो अपने भविष्य के निष्पादन (performance) को लगातार अति आकलन (overestimate) करते हैं, कुछ प्रयोज्य ऐसे होते हैं जो अपने भविष्य के निष्पादन को लगातार न्यून आकलन (underestimate) करते हैं तथा कुछ प्रयोज्य ऐसे होते हैं जो अपने भविष्य के निष्पादन के आकलन को इस तरह समायोजित करते हैं कि उनका गत निष्पादन (past performance) से ताल-मेल बना रहे।

जो लोग अपने भविष्य के निष्पादन के आकलन में गत वास्तविक निष्पादन (past actual performance) से ताल-मेल बनाये रखते हैं, इनके केसेज से यह तो स्पष्ट रूप से पता चलता है कि व्यक्ति के आकांक्षा स्तर पर गत अनुभूति (past experience) का प्रभाव पड़ता है। जैसे एक छात्र जो मेडिकल डाक्टर बनना चाहता है, कई बार मेडिकल प्रवेश परीक्षण में फेल कर जाने पर अपने आकांक्षा स्तर में कमी पैदा कर देता है। लेकिन सभी छात्र ऐसा नहीं करते हैं। कुछ छात्र ऐसे होते हैं जो लगातार असफलता के बावजूद भी अपना इरादा पक्का रखते हैं और अन्त में सफलता प्राप्त कर लेते हैं। कुछ ऐसे अध्ययन हुए हैं जिनसे यह पता चलता है कि समूह का भी प्रभाव आकांक्षा स्तर (level of aspiration) पर पड़ता है। जैसे फेस्टिंगर (Festinger, 1942) ने एक प्रयोग किया जिसमें कॉलेज छात्रों को कुछ साधारण कार्य करने के लिए दिया गया। इसके बाद कुछ ऐसे छात्रों को यह कहा गया कि उनका कार्य निष्पादन उच्च विद्यालय के छात्र के बराबर था, कुछ छात्रों से यह कहा गया कि उनका कार्य निष्पादन स्नातक (graduate) पास छात्र के निष्पादन के बराबर था। इस तरह की सूचना देने के बाद इन प्रयोज्यों को पुनः कार्य करने का अवसर दिया गया। परिणाम में देखा गया कि वैसे छात्र जिन्हें यह कहा गया कि उनका निष्पादन स्कूल के छात्रों के निष्पादन के बराबर था, उन लोगों ने अपने निष्पादन में काफी बढ़ोत्तरी कर ली। वैसे छात्र जिन्हें यह कहा गया था कि उनका निष्पादन स्नातक पास छात्रों के बराबर है, तो उनके निष्पादन में काफी गिरावट आयी। इस प्रयोग के परिणाम से यह स्पष्ट हो जाता है कि आकांक्षा स्तर पर समूह जिससे तुलना की जाती है, का भी प्रभाव पड़ता है।

उपर्युक्त तथ्यों के बावजूद कुछ ऐसे उदारहण हैं जिनमें यह देखा गया है कि व्यक्ति का आकांक्षा स्तर व्यक्ति के वास्तविक निष्पादन या सामाजिक कारकों द्वारा प्रभावित नहीं होता है। जैसे—कुछ छात्र ऐसे होते हैं जो लगातार असफलता प्राप्त करने पर भी अपना आकांक्षा स्तर घटाने के बजाय बढ़ाये जाते हैं तथा दूसरे तरफ कुछ ऐसे छात्र हैं जो सफलता मिलने पर अपने आकांक्षा स्तर में उस अनुपात में वृद्धि नहीं करते हैं। इस तथ्य ने मनोवैज्ञानिकों को कुछ व्यक्तित्व कारकों (personality factors) के अध्ययन की ओर प्रेरित किया है जिसके कारण इस तरह का अन्तर सम्भवतः होता है।

तनाव या प्रतिबल का अर्थ एवं विशेषताएँ
(Meaning and Characteristics of Stress)

तनाव या प्रतिबल (stress) आधुनिक समाज की एक बड़ी समस्या है। आधुनिक शोधों से यह पता चलता है कि करीब 75% रोगों का कारण यही तनाव होता है। यहाँ तक हृदय रोग एवं कैंसर जैसे जानलेवा रोग में भी तनाव की भूमिका स्थापित हो चुकी है। प्रश्न यह उठता है कि तनाव का क्या अर्थ होता है? मनोवैज्ञानिकों ने तनाव को परिभाषित करने में भिन्न-भिन्न दृष्टिकोणों को अपनाया है जो इस प्रकार हैं—

(i) कुछ मनोवैज्ञानिकों ने तनाव को उद्दीपक (stimulus) कारकों के रूप में समझने की कोशिश किया है और कहा है कि कोई भी घटना (event) या परिस्थिति जो व्यक्ति को असाधारण अनुक्रिया करने के लिए बाध्य करता है, तनाव कहलाता है। घटनाएँ जैसे भूकम्प, अगजनी, नौकरी छूट जाना, व्यवसाय का खत्म हो जाना, प्रियजनों की मृत्यु कुछ प्रमुख घटना है जो व्यक्ति में तनाव उत्पन्न करता है। ऐसे भौतिक, सामाजिक तथा पर्यावरणी कारकों को जो तनाव उत्पन्न करते हैं, *आसेधक* (stressor) कहा जाता है।

(ii) कुछ मनोवैज्ञानिकों ने तनाव को अनुक्रिया (response) को रूप में परिभाषित करने की कोशिश की है। यहाँ मनोवैज्ञानिकों द्वारा कठिन परिस्थितियों में व्यक्ति द्वारा किए गए मनोवैज्ञानिक एवं दैहिक अनुक्रियाओं पर बल डाला गया है। जब व्यक्ति इस विशेष तरह की मनोवैज्ञानिक अनुक्रियाएँ जैसे चिन्ता, क्रोध, आक्रमकता आदि एवं दैहिक अनुक्रियाएँ जैसे पेट की गड़बड़ी, नींद न आना, रक्त चाप में वृद्धि आदि दिखलाता है तो हम कहते हैं कि व्यक्ति में

तनाव उत्पन्न हो गया है। इस क्षेत्र के प्रसिद्ध मनोवैज्ञानिक हंस सेली[1] (Hans Selye, 1979) ने तनाव को एक अनुक्रिया के रूप में ही परिभाषित करते हुए कहा है ''तनाव से तात्पर्य शरीर द्वारा आवश्यकतानुसार किए गए अविशिष्ट अनुक्रिया से होता है।'' इस परिभाषा की एक विशेषता यह है कि इसमें तनाव को एक अविशिष्ट अनुक्रिया (nonspecific response) कहा गया है जिससे सेली का तात्पर्य यह था कि ऐसी अनुक्रियाएँ किसी खास तरह के आसेधक या तनाव उत्पन्न करने वाले उद्दीपक से सम्बन्धित नहीं होते हैं बल्कि एक ही तरह की अनुक्रियाएँ तनाव उत्पन्न करनेवाले कोई भी उद्दीपक द्वारा उत्पन्न की जातीं हैं।

(iii) मनोवैज्ञानिकों का तीसरा समूह वह है जो उपर्युक्त दोनों ही दृष्टिकोणों के अनुसार तनाव को न तो सिर्फ उद्दीपक और न ही सिर्फ अनुक्रिया बल्कि इन दोनों के सम्बन्ध (relationship) के आधार पर परिभाषित करने की कोशिश की है। इस उपागम को *सम्बन्धात्मक उपागम* (transactional approach) भी कहा जाता है। इसे *अन्तःक्रियात्मक मॉडल* (interactional model) भी कहा जाता है। ऐसे मनोवैज्ञानिकों का मत है कि कुछ परिस्थिति या घटनाएँ निश्चित रूप से ऐसी होतीं हैं जो सभी व्यक्तियों के लिए तनावपूर्ण होतीं हैं। कई ऐसी भी घटनाएँ या परिस्थिति होतीं हैं जो कुछ व्यक्ति में तनाव उत्पन्न कर सकता है। अतः तनाव को उद्दीपक के रूप में सार्थक ढंग से परिभाषित नहीं किया जा सकता है। उसी तरह से तनावपूर्ण घटनाओं के प्रति की जाने वाली अनुक्रियाओं यहाँ तक कि दैहिक अनुक्रियाओं को मनोवैज्ञानिक कारकों द्वारा आसानी से प्रभावित किया जा सकता है। अतः मात्र अनुक्रिया के रूप में भी तनाव को ठीक ढंग से समझा नहीं जा सकता है। सम्बन्धात्मक उपागम के अनुसार तनाव को समझने के लिए यह जानना आवश्यक है कि व्यक्ति परिस्थिति या घटना का मूल्यांकन अपनी आवश्यकताओं या अभिप्रेरकों तथा वैसी परिस्थिति से निबटने के मौजूद साधन के रूप में किस तरह से करता है। दूसरे शब्दों में, इस उपागम के अनुसार तनाव व्यक्ति तथा वातावरण (जिससे व्यक्ति को खतरा महसूस होता है तथा उनके साधनों को चुनौती मिलती है) के बीच एक खास सम्बन्ध को प्रतिबिम्बित करता है। इस उपागम के प्रमुख समर्थक लेजारस एवं फोल्कमैन (Lazarus & Folkman, 1984) एवं टेलर (Taylor, 1991) रहे हैं।

लेजारस एवं फोल्कमैन (Lazarus & Folkman), टेलर (Taylor) आदि के विचारों को संचित करते हुए मार्गन, किंग, विस्ज एवं स्कौपलर[2] (Morgan, King, Weisz & Schopler, 1986) ने तनाव का एक उत्तम परिभाषा इस प्रकार दिया है—''हमलोग तनाव को एक आन्तरिक अवस्था के रूप में परिभाषित करते हैं जो शरीर के दैहिक माँगों (बीमारी की अवस्थाएँ, व्यायाम, अत्यधिक तापक्रम आदि) या वैसे पर्यावरणी एवं सामाजिक परिस्थितियाँ जिसे सचमुच में हानिकारक, अनियंत्रण योग्य तथा निबटने (coping) के मौजूद साधनों को चुनौती देने वाला के रूप में मूल्यांकित किया जाता है, से उत्पन्न होता है।''

इसी तरह से वुड एवं वुड[3] (Wood & Wood,1999) ने तनाव को इस प्रकार परिभाषित किया है, ''अधिकतर मनोवैज्ञानिकों ने एक ऐसी अवस्था के प्रति दैहिक तथा मनोवैज्ञानिक अनुक्रिया को तनाव कहा है जो व्यक्ति को चुनौती देता है या धमकी देता है तथा जिसमें अनुकूलन या समायोजन के कुछ प्रारूप की जरूरत होती है।''

बेरोन[4] (Baron, 2005) ने भी तनाव (stress) को कुछ इसी अर्थ में परिभाषित किया है, ''तनाव एक ऐसी बहुआयामी प्रक्रिया है जो हमलोगों में वैसी घटनाओं के प्रति अनुक्रिया के रूप में उत्पन्न होती है जो हमारे दैहिक एवं मनोवैज्ञानिक कार्यों को विघटित करता है या विघटित करने की धमकी देता है।''

---

1. "Stress refers to nonspecific response of the body to any demand made upon it."
—Hans Selye : *The stress of life*, 1979, p. 40
2. "We will define stress as an internal state which can be caused by physical demands on the body (diseased conditions, exercise, extremes of temperature and the like) or by environmental and social situations, which are evaluated as potentially harmful, uncontrollable or exceeding our resources for coping." —Morgan, King, Weisz & Schopler: *Introduction to Psychology*, 1986, p. 321.
3. "Most psychologists define stress as the physiological and psychological response to a condition that threatens or challenges the individual and requires some form of adaptation or adjustment."
– Wood & Wood : *The World of Psychology*, 1999, p. 469.
4. "Stress is many-faceted process that occurs in us in response to events that disrupt or threaten to disrupt our physical or psychological functioning." —Baron : *Psychology*, 2005, p. 494

यदि हम प्रस्तुत दोनों विस्तृत परिभाषाओं का विश्लेषण करें तो तनाव के स्वरूप के बारे में निम्नांकित विशेषताएँ प्रकाश में आएँगी।

1. तनाव एक बहुआयामीय प्रक्रिया (multi-faceted process) है जो आसेधकों (stressors) के मूल्यांकन के बाद उसके प्रति की गयी एक तरह की अनुक्रिया है।
2. सामान्यतः यह समझा जाता है कि तनाव जीवन के नकारात्मक घटनाओं (negative events) या दुर्भाग्यपूर्ण घटनाओं से होता है। परन्तु सच्चाई यह है कि तनाव स्वीकारात्मक घटनाओं (positive events) से भी व्यक्ति में उत्पन्न होता है। जैसे—किसी उच्च कुल में शादी होना, अच्छे पद पर प्रोन्नति होना, बहुत बड़ा पुरस्कार या इनाम पाना आदि कुछ घटनाएँ ऐसी हैं जिनसें भी व्यक्ति में तनाव उत्पन्न होता है। मशहूर कैनाडियन शरीरशास्त्री (physiologist) हंस सेली (Hans Selye) ने यही कारण है कि तनाव या प्रतिबल को दो भागों में बाँटा है—*स्वीकारात्मक तनाव* (positive stress) तथा *नकारात्मक तनाव* (negative stress)। स्वीकारात्मक तनाव को *यूस्ट्रेस* (eustress) तथा नकारात्मक तनाव को *डिसस्ट्रेस* (distress) की संज्ञा उन्होंने दिया है। इन कारणों से तनाव को एक बहुआयामीय प्रक्रिया कहा गया है।
3. तनाव में जो घटनाएँ, परिस्थितियाँ आदि होतीं हैं (जिनसे तनाव उत्पन्न होता है), वे व्यक्ति के नियंत्रण के बाहर होतीं हैं। यदि किसी विशेष कारण से परिस्थिति व्यक्ति के नियंत्रण में हो जाती है तो तनाव कम हो जाता है।
4. तनाव में मनोवैज्ञानिक (psychological) तथा दैहिक (physiological) दोनों तरक की अनुक्रियाएँ होतीं हैं। दूसरे शब्दों में, तनाव में व्यक्ति मानसिक रूप से तथा शारीरिक रूप से क्षुब्धता (disturbance) का अनुभव करता है।
5. तनाव थोड़े समय के बाद समाप्त भी हो सकता है या लम्बे समय तक चल भी सकता है। तनाव कम समय तक चलेगा या लम्बे समय तक चलेगा, यह बहुत कुछ तनाव उत्पन्न करने वाली घटनाओं या परिस्थितियों के स्वरूप पर निर्भर करता है।

निष्कर्षतः यह कहा जा सकता है कि तनाव परिस्थिति या घटना का मूल्यांकन करने के बाद उसके प्रति की गयी एक विशेष अनुक्रिया होती है जिसमें व्यक्ति अपने मानसिक एवं दैहिक कार्यों को विघटित होते पाया हैं।

तनाव की प्रतिक्रियाएँ
(Reactions to Stress)

जब व्यक्ति तनाव (stress) में होता है, तो वह उसे अनुभव करता है तथा उसके प्रति प्रतिक्रिया (react) करता है। इस तरह की प्रतिक्रियाओं को पूर्णरूपेण समझने के लिए निम्नलिखित दो बिन्दुओं को ध्यान में रखना आवश्यक है:—

(i) व्यक्ति तनाव के प्रति सम्पूर्ण रूप से (as a whole) प्रतिक्रिया करता है। इसका मतलब यह हुआ कि तनाव मनोवैज्ञानिक (psychological) तथा दैहिक (physiological) दोनों तरह की प्रतिक्रियाएँ (reactions) न कि कोई एक तरह की प्रतिक्रिया व्यक्ति में पैदा करता है। तनाव व्यक्ति के तंत्रिकातंत्र के कई भागों यथा हाइपोथैलमस तथा स्वायत्त तंत्रिका तंत्र (autonomic nervous system) को प्रभावित करता है जो शरीर के मनोवैज्ञानिक प्रकार्यों (psychological functioning) अर्थात् संवेग एवं अभिप्रेरकों को तथा शारीरिक प्रकार्य जिसमें अन्तःस्रावी ग्रन्थियों के कार्य भी सम्मिलित होते हैं, को नियंत्रित करता है। इस तरह से तनाव व्यक्ति के दैहिक तथा मनोवैज्ञानिक दोनों तरह के कार्यों को प्रभावित करता है।

(ii) चाहे तनाव दैहिक हो या मनोवैज्ञानिक, तनाव के प्रति व्यक्ति के मन (mind) तथा शरीर (body) की प्रतिक्रियाएँ (reactions) काफी समान होती हैं। हालाँकि तनाव का प्रत्येक श्रोत विशिष्ट तरह की समंजन प्रतिक्रिया (coping reaction) उत्पन्न करता है, सभी तनावों के प्रति व्यक्ति में एक सामान्य प्रतिक्रिया (general reaction) भी उत्पन्न होता है जो हाइपोथैलमस, एड्रीनल ग्रन्थि तथा स्वायत्त तंत्रिका तंत्र के अनुकम्पी तंत्र (sympathetic system) के अंतर्संबंध अनुक्रियाओं पर आधृत होता है।

तनाव में व्यक्ति दो तरह की अनुक्रियाएँ या प्रतिक्रियाएँ करता है जो निम्नांकित हैं—

(क) मनोवैज्ञानिक प्रतिक्रियाएँ (Psychological reactions)

(ख) दैहिक प्रतिक्रियाएँ (Physiological reactions)

इन दोनों तरह की प्रतिक्रियाएँ का वर्णन निम्नांकित हैः—

(क) मनोवैज्ञानिक प्रतिक्रियाएँ *(Psychological reactions)*—तनाव में कई तरह के मनोवैज्ञानिक या मानसिक प्रतिक्रियाएँ होतीं हैं। दूसरे शब्दों में, तनाव में व्यक्ति की मानसिक कार्यों में एक तरह का विघटन (disruption) या क्षुब्धता पाया जाता है। इन सभी तरह के मानसिक विघटनों को निम्नांकित दो मुख्य भागों में बाँटा जा सकता हैः—

1. संज्ञानात्मक विकृति *(Cognitive impairment)*—तनाव में स्पष्ट रूप से संज्ञानात्मक विकृति (cognitive impairment) पाया जाता है। व्यक्ति में एकाग्रता (concentration) की क्षमता कम जाती है तथा वह अपने चिन्तन को तार्किक रूप से संगठित नहीं कर पाता है। चिन्तन में चिंता की भूमिका बढ़ जाती है और व्यक्ति परिस्थिति के विभिन्न पहलुओं को ठीक ढंग से प्रत्यक्षण नहीं कर पाता है। अवधान विस्तार कम हो जाता है तथा ध्यान या अवधान में क्षणभंगुरता बढ़ जाती है। स्मृति शक्ति भी इसमें कमजोर पड़ जाती है। दूसरे शब्दों में, तनाव में व्यक्ति के संज्ञानात्मक कार्य (cognitive functioning) में एक तरह की असामान्यता आ जाती है। मनोवैज्ञानिकों द्वारा किए गए शोधों से यह भी स्पष्ट हुआ है कि तनाव की परिस्थिति में व्यक्ति कुछ वैसा व्यवहारात्मक पैटर्न दिखलाता है जिसे वह गत समय में कर चुका होता है। जैसे—जिन व्यक्तियों में सतर्क एवं चौकना करने की प्रवृत्ति पहले से अधिक होती है, वे तनाव की स्थिति में और भी अधिक सर्तक एवं चौकना हो जाते हैं तथा जो आक्रमक प्रकृति के होते हैं, उनमें तनाव होने पर पहले से आक्रमकता और भी बढ़ जाती है और उनके सभी व्यवहारों में आक्रमकता के स्पष्ट सबूत मिलते हैं। इसका कारण बतलाया गया है कि तनाव से व्यक्ति में इस तरह का संज्ञानात्मक विकृति उत्पन्न हो जाती है कि व्यक्ति समस्या के समाधान के वैकल्पिक साधनों (alternative means) का प्रत्यक्षण नहीं कर पाता है तथा अपने व्यवहार में दृढ़ता (rigidity) दिखाता है।

2. सांवेगिक अनुक्रियाएँ *(Emotional responses)*—तनाव (Stress) में व्यक्ति तरह-तरह की सांवेगिक अनुक्रियाएँ विशेषकर ऋणात्मक सांवेगिक अनुक्रियाएँ (negative emotional responses) करता है। ऐसी सांवेगिक अनुक्रियाओं में निम्नांकित प्रमुख हैंः—

(i) चिन्ता *(Anxiety)*—जब व्यक्ति तनावपूर्ण परिस्थिति में घिर जाता है तो उसमें सबसे पहले सांवेगिक अनुक्रिया जो होती है वह चिन्ता (anxiety) की होती है। चिन्ता एक ऐसा अप्रिय सांवेगिक अवस्था है जिसमें व्यक्ति में डर, अशांकाएँ, परेशानी आदि की प्रधानता होती है। चिन्ता मुख्य रूप से दो प्रकार के होते हैं—सामान्य (normal) तथा स्नायुविकृत (neurotic)। सामान्य चिन्ता का स्वरूप समायोजी (adaptive) होता है और इस तरह की चिन्ता तनाव उत्पन्न करने वाली परिस्थिति के साथ समायोजन करने में व्यक्ति को मदद करता है। स्नायुविकृत चिन्ता (neurotic anxiety) में व्यक्ति तनाव उत्पन्न करने वाली परिस्थिति से इतना अधिक डर जाता है या आशंकित हो जाता है कि इसके कारण वैसी परिस्थिति के साथ उसके निबटने की क्षमता लगभग समाप्त हो जाती है और वह अपने आप को बेसहारा महसूस करता है। फ्रायड (Freud) के अनुसार चिन्ता का कारण *अचेतन का संघर्ष* (unconscious conflict) होता है।

(ii) क्रोध एवं आक्रमकता *(Anger and Aggression)*—तनाव उत्पन्न करने वाली परिस्थितियों के प्रति एक अन्य संवेगात्मक अनुक्रिया (anger) भी होती है जिससे बाद में व्यक्ति आक्रमक व्यवहार (aggressive behaviour) करने लगता है। मनुष्यों तथा पशुओं पर किए गए अध्ययनों से यह स्पष्ट होता है कि तनाव उत्पन्न करने वाले उद्दीपक या परिस्थिति के प्रति प्राणी में पहले क्रोध उत्पन्न होता है और यदि ऐसे उद्दीपक प्राणी के सामने अधिक समय तक बने रहे तो वह उनके प्रति आक्रमकतापूर्ण व्यवहार भी करने लगता है। बच्चों पर किए गए अध्ययनों से यह स्पष्ट हुआ है कि जब उन्हें लक्ष्य वस्तु (goal object) तक पहुँचने से रोक दिया जाता है तो उनमें एक तरह की कुण्ठा (frustration) उत्पन्न होता है और उस कुण्ठा से फिर उनमें आक्रमक व्यवहार का जन्म होता है और वे लक्ष्य वस्तु की ओर आक्रमकता दिखलाने लगते हैं। कभी-कभी लक्ष्य वस्तु या स्रोत (sources) जो व्यक्ति में कुंठा उत्पन्न करता है, अस्पष्ट होता है। ऐसी परिस्थिति में व्यक्ति यह नहीं जानता कि उसे किस वस्तु पर आक्रमण करना चाहिए परन्तु

उसमें क्रोध (anger) तो रहता है। ऐसी परिस्थिति में वह अपनी आक्रमकता को दिखाने के लिए उपयुक्त वस्तु की खोज करता है। कभी-कभी ऐसा भी होता है कि कुंठा उत्पन्न करने वाले स्रोत अधिक शक्तिशाली होता है, जिसके कारण उसके प्रति व्यक्ति आक्रमकता नहीं दिखा पाता है। इन सारी परिस्थितियों में व्यक्ति की आक्रमकता किसी विशेष व्यक्ति या वस्तु की ओर न कि वास्तविक वस्तु या व्यक्ति की ओर विस्थापित हो जाती है। इस तरह के आक्रमकता को *विस्थापित आक्रमकता* (displaced aggression) कहा जाता है।

(iii) भावशून्यता तथा विषाद *(Apathy and depression)*—तनाव उत्पन्न करने वाली परिस्थिति के प्रति कुछ लोगों में क्रोध एवं आक्रमकता का व्यवहार न होकर ठीक उसके विपरीत भावशून्यता तथा विषाद का भाव विकसित हो जाता है। सामान्यतः यह देखा गया है कि अगर तनावपूर्ण परिस्थिति व्यक्ति के सामने बनी होती है और व्यक्ति उसके साथ निबटने में सफल नहीं होता है, तो वह उनके प्रति भावशून्यता या उदासीनता विकसित कर लेता है जो बाद में व्यक्ति में विषादी प्रवृत्ति (depressive tendency) उत्पन्न कर देता है। मनोवैज्ञानिक अध्ययनों से यह स्पष्ट हुआ है कि कुंठा उत्पन्न करने वाले उद्दीपक के प्रति की गयी प्रतिक्रिया (reaction) को व्यक्ति अन्य व्यवहारों के समान सीखता है। जैसे–जो व्यक्ति तनाव उत्पन्न करने वाली परिस्थिति के प्रति आक्रमकता दिखाकर कभी सफलता प्राप्त नहीं कर पाता है, तो वह उसके प्रति उदासीन रहने की अनुक्रिया करना सीख लेता है और इससे धीरे-धीरे फिर उसमें दिखाई गयी प्रवृत्ति मजबूत हो जाती है। पशुओं तथा मनुष्यों पर किए गए अध्ययनों से यह भी स्पष्ट हुआ है कि प्राणी जब तनावृपूर्ण परिस्थिति में अपने आप को घिरा हुआ पाता है तो वह अपने आप को निस्सहाय (helpless) पाता है। इन अध्ययनों से ही मनोविज्ञान में *अर्जित निस्सहायता* (learned helplessness) के सम्प्रत्यय का विकास हुआ है जिसमें सैलिगमैन (Seligman) का योगदान सबसे महत्त्वपूर्ण है।

(ख) दैहिक प्रतिक्रियाएँ *(Physiological reaction)*—तनाव उत्पन्न करनेवाली परिस्थिति या उद्दीपक के प्रति व्यक्ति दैहिक प्रतिक्रियाएँ (physiological reactions) भी करता है। अक्सर देखा गया है कि तनावपूर्ण परिस्थिति से घिर जाने पर व्यक्ति में पेट की गड़बड़ी, हृदय गति का असामान्य होना, श्वसन गति में परिवर्तन आदि होते हैं। ये सभी दैहिक प्रतिक्रियाओं (physiological reactions) के उदाहरण हैं। ऐसी दैहिक प्रतिक्रियाओं (physiological reactions) को निम्नांकित दो शीर्षकों के तहत बाँटकर अध्ययन किया गया है—

1. आपातकालीन अनुक्रियाएँ *(Emergency responses)*—तनाव उत्पन्न करने वाले उद्दीपक के प्रति व्यक्ति के शरीर में कुछ ऐसी अनुक्रियाएँ होती है जिसे *आपातकालीन अनुक्रियाएँ* (emergency responses) कहा जाता है। ऐसी अनुक्रियाओं के माध्यम से शरीर में यकृत (liver) अतिरिक्त मात्रा में चीनी की उत्सर्जन करता है ताकि शरीर की मांसपेशियों को अधिक-से-अधिक शक्ति मिल पाये। शरीर में कुछ ऐसे हारमोन्स (hormones) निकलने लगते हैं जो चर्बी तथा प्रोटीन को चीनी में बदल देता है जिससे भी शारीरिक कार्य के लिए पर्याप्त ऊर्जा व्यक्ति को मिलने लगते हैं। व्यक्ति के हृदय, रक्त चाप तथा श्वसन गति में वृद्धि हो जाती है तथा मांसपेशियों में तनाव भी काफी बढ़ जाता है। लार तथा श्लेष्मा (mucus) की मात्रा में काफी कमी आ जाती है ताकि फेफड़ा में अधिक-से-अधिक वायु प्रवेश करने के रास्ते में कही कोई रुकावट नहीं आए। शायद यही कारण है कि तनावपूर्ण परिस्थिति में व्यक्ति को मुँह सूखा होने का अनुभव होता है। इन्डोरफिन्स (endorphins) जो एक तरह का स्वभाविक दर्दनाशक है, की मात्रा में वृद्धि हो जाती है तथा शरीर के सतही क्षेत्रों में पाये जाने वाले रक्त नलिकाएँ थोड़ी संकुचित हो जातीं हैं जिसके परिणामस्वरूप तनावपूर्ण परिस्थिति से निबटने में यदि शरीर में कहीं कुछ कट-फट भी जाता है, तो कम मात्रा में रक्त व्यक्ति के शरीर से निकलता है। शरीर का प्लीहा (spleen) अधिक मात्रा में रक्त लाल कण का उत्सर्जन करते हैं ताकि अधिक-से-अधिक ऑक्सीजन शरीर के अंगों को मिल सके। इतना ही नहीं हड्डी मज्जा (bone marrow) से अधिक श्वेत रक्त कण का उत्सर्जन होने लगता है ताकि शरीर किसी प्रकार के सम्भावित संक्रामण (infection) से ठीक ढंग से निबट सके।

उक्त सभी तरह के आपातकालीन अनुक्रियाओं का उद्देश्य मात्र एक ही होता है—तनाव उत्पन्न करनेवाली परिस्थिति के साथ ठीक ढंग से निबटना तथा उसके साथ उपयुक्त समायोजन (adjustment) करना। ये सभी दैहिक अनुक्रियाएँ स्वायत तंत्रिका तंत्र (antononic nervous system) तथा अन्तस्रावी ग्रन्थि (endocrine gland) खासकर एड्रीनल ग्रन्थि तथा पीयूष ग्रन्थि (pituitary gland) की मदद से नियमित एवं नियंत्रित होती है। प्रायः ऐसी परिस्थिति में स्वायत तंत्रिका तंत्र अपना कार्य हाइपोथैलेमस (hypothalamus) के नियंत्रण में करता है। इस तरह के

दैहिक अनुक्रियाओं के पैटर्न जो जटिल होने के साथ-ही-साथ, जन्मजात भी होते हैं, को कैन्नन (Cannon, 1920) ने *'भिड़ो या भागो अनुक्रिया'* (fight or flight response) कहा है क्योंकि ऐसी अनुक्रियाएँ व्यक्ति को परिस्थिति से भिड़ जाने या उससे भाग जाने के लिए तैयार करता है। उसे सेली (Seyle, 1979) ने चेतावनी प्रतिक्रिया (alarm response) कहा है क्योंकि ऐसी अनुक्रियाएँ व्यक्ति को परिस्थिति से भिड़ जाने या उससे भाग जाने के लिए तैयार करता है।

2. सामान्य अनुकूलन संलक्षण (*General Adaptiation Syndrome or GAS*)—GAS के सम्प्रत्यय का प्रतिपादन सेली (Selye, 1979) द्वारा किया गया। इस मॉडल का आधार सेली द्वारा तनावपूर्ण परिस्थिति में होने पर पशुओं विशेषकर चूहों द्वारा दिखलाये जाने वाले दैहिक परिवर्तनों (physiological changes) का वर्णन किया है। यद्यपि ऐसे परिवर्तन पशुओं में होते पाये गए हैं फिर भी सेली का मत है कि इस तरह का शारीरिक परिवर्तन मनुष्यों में भी होता है अगर उन्हें आसेधकों (stressors) या तनाव उत्पन्न करने वाले उद्दीपकों से लगातार लम्बे समय तक घिरा रहना पड़ता है। GAS में होनेवाले शारीरिक परिवर्तनों की व्याख्या तीन अवस्थाओं (stages) में बाँटकर की गयी हैं जो निम्नांकित हैं—

(i) चेतावनी प्रतिक्रिया की अवस्था (Stage of alarm reaction)
(ii) प्रतिरोध की अवस्था (Stage of resistance)
(iii) समापन की अवस्था (Stage of exhaustion)

इन तीनों अवस्थाओं का वर्णन इस प्रकार है:—

(i) चेतावनी प्रतिक्रिया की अवस्था (*Stage of alarm reaction*)—जब व्यक्ति तनाव उत्पन्न करने वाली परिस्थिति या घटना जिसे आसेधक (stressor) कहा जाता है, से घिर जाता है और उससे प्रभावित होता है तो उसमें सबसे पहले जो शारीरिक परिवर्तन होते हैं, उसे चेतावनी प्रतिक्रिया (alarm reaction) की संज्ञा दी जाती है। इस अवस्था में व्यक्ति का शरीर अपने आप को आसेधक के प्रति तात्कालिक अनुक्रिया (immediate response) करने के लिए तत्पर करता है। अनुकम्पी तंत्रिका तंत्र (sympathetic nervous system) उत्तेजित हो जाता है और व्यक्ति आसेधक की चुनौती या धमकी से निबटने के लिए तैयार होता है। इस अवस्था की दो उपअवस्थाएँ (substages) होतीं हैं—*आघात अवस्था* (shock phase) तथा *प्रतिआघात अवस्था* (countershock phase)। आघात अवस्था में अवरोधक से पहली बार सामना होने से एक तरह का शारीरिक आघात व्यक्ति को लगता है जिसमें शारीरिक तापक्रम तथा रक्तचाप गिर जाता है, हृदय गति कम हो जाता है तथा मांसपेशियाँ सुस्त हो जातीं हैं। इस अवस्था के तुरन्त बाद प्रतिआघात अवस्था उत्पन्न होतीं हैं जिसमें शरीर अपने रक्षा प्रक्रमों को बढ़ा देता है और सभी तरह की आपातकालीन अनुक्रियाएँ जैसे हृदय गति, रक्त चाप एवं श्वसन आदि में तीव्रता आ जाती है। इसका परिणाम यह होता है कि आसेधक से निबटने की प्रतिशोध क्षमता (resistance capacity) बढ़ने लगती है जैसा कि चित्र 10.7 में ऊपरी वक्र (curve) जो मौलिक आसेधक (original stressor) के हैं, से पता चलता है। चित्र से स्पष्ट है कि प्रतिआघात अवस्था में वक्र ऊपर की ओर बढ़ने लगता है।

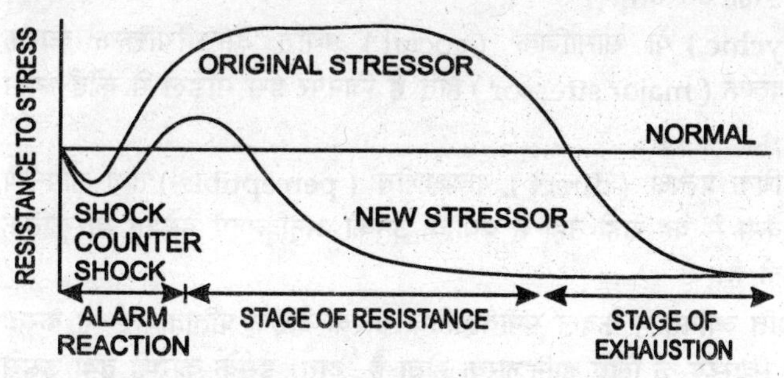

चित्र 10.7 : सामान्य अनुकूल संलक्षण (GAS)

(ii) प्रतिरोध की अवस्था (*Stage of resistance*)—अगर व्यक्ति के सामने आसेधक (stressor) की मौजूदगी जारी रहता है, तो GAS की दूसरी अवस्था अर्थात् प्रतिरोध की अवस्था का प्रारम्भ होता है जहाँ शरीर आसेधक की निरंतर मौजूदगी से उत्पन्न प्रभाव को अवरुद्ध करता है। इस अवस्था में शरीर में कुछ हारमोन्स (hormones) निकलते हैं जिनसे प्रतिरोध की मात्रा में वृद्धि हो जाती है अर्थात् इस हारमोन्स के सहारे शरीर अपने मुख्य प्रक्रमों को मजबूत

कर आसेधक के प्रभावों से अपने आप को बचाता है। पीयूष ग्रन्थि (pituitary gland) के कुछ कोशिकाओं (cells) द्वारा शरीर के रक्तधारा में एक विशेष हारमोन्स जिसमें एड्रोनोकोरटिकोट्रोपिक (adrenocorticotropic ACTH) प्रधान हैं, विशेष रूप से उत्सर्जित किया जाता है। (ACTH का स्राव अंशतः एक दूसरे तरह के रासायनिक पदार्थ जिसे कौरटिकोट्रोपीन रिलीजिंग फैक्टर (corticotropin-releasing factor या CRF) कहा जाता है तथा जो हाईपोथैलमस (hypothalamus) द्वारा उत्सर्जित होता है, द्वारा नियंत्रित होता है। आसेधक (stressor) से हाईपोथेलेमस उत्तेजित हो जाता है जिसके फलस्वरूप CRF अधिक मात्रा में पीयूष ग्रन्थि (pituitary gland) भेजे जाते हैं जो ACTH की मात्रा को रक्त में बढ़ा देता है। ACTH की मात्रा रक्त में अधिक होने से आसेधक के प्रभावों को शरीर पर पड़ने से रोका जाता है। इस तरह से प्रतिरोध स्तर (resistance level) बढ़ जाता है। इतना ही नहीं, ACTH एड्रीनल ग्रन्थि के कार्टेक्स (cortex) को भी उत्तेजित करता है जिससे कोर्टिसल (cortisol) नामक हारमोन्स शरीर के रक्त में मिलता है और इससे भी आसेधकों के प्रभावों से लड़ने की क्षमता शरीर में बढ़ती है। परन्तु इस हारमोन्स का अधिकतम स्तर का बना रहना शरीर के लिए हानिकारक होता है।

अगर इसी अवस्था में व्यक्ति के सामने कोई नया आसेधक (stressor) आ जाता है तो इस नये आसेधक के प्रति व्यक्ति की प्रतिरोध शक्ति काफी कम हो जाती है। जैसा कि चित्र में नया आसेधक (new stressor) द्वारा निर्मित निचले वक्र में दिखलाया गया है।

(iii) परिश्रांति की अवस्था (*Stage of exhaustion*)—GAS की तीसरी अवस्था परिश्रांति की अवस्था (stage of exhaustion) है जिसमें मौलिक आसेधक (original stressors) तथा नया आसेधक (new stressor) दोनों के ही प्रति अनुक्रिया करने की क्षमता में काफी कमी आ जाती है और प्राणी में शिथिलन बढ़ जाती है। वह निष्क्रिय-सा हो जाता है तथा बीमार पड़ जाता है। व्यक्ति के शरीर की आरक्षित शक्तियाँ समाप्त हो जातीं हैं और व्यक्ति इसके बाद प्रतिबलक या आसेधक का प्रतिरोध करने की स्थिति में नहीं होता है। यह भी देखा गया है कि आसेधक-उत्पन्न हारमोन्स (stressor-induced hormones) का स्तर अधिक समय तक बना रहने से व्यक्ति में आँत का घाव (stomach ulcer), दम्मा, उच्च रक्त चाप, कैंसर के होने की सम्भावना एवं मधुमेह (diabetes) आदि रोग उत्पन्न हो जाते हैं और व्यक्ति की मृत्यु की सम्भावना काफी बढ़ जाती है।

GAS मॉडल में चार प्रमुख त्रुटियाँ (error) हैं जिनके चलते इस मॉडल पर निर्भरता थोड़ी कमी है—

(i) यह मॉडल इन्फ्रा-मानव प्रयोज्यों (infra-human subjects) पर किये गए शोधों पर आधारित है। ऐसे प्रयोगों में आसेधक (stressor) प्रायः भौतिक या पर्यावरणी (environmental) होते हैं जबकि मनुष्य हमेशा ऐसे प्रतिबलकों का सामना नहीं करते हैं और उनमें प्रतिबल कुछ और कारकों से भी उत्पन्न होता है।

(ii) सेली का शोध कार्य अविशिष्ट दैहिक अनुक्रिया (nonspecific physiological response) पर आधृत होता है। परन्तु कुछ शोधकर्त्ताओं द्वारा यह पाया गया है कि कुछ उद्दीपक जैसे कसरत (exercise), उपवास (fasting) तथा गर्मी (heat) ऐसे होते हैं जिनसे भी अविशिष्ट अनुक्रिया उत्पन्न होती है और सामान्य अनुकूलन संलक्षण तब कसौटी पर सही नहीं उतरता।

(iii) मनुष्यों में अंतरामानसिक (intrapsychic) या सामाजिक (social) अर्थात् अन्तर्वैयक्तिक कारक (interpersonal factor) प्रमुख प्रतिबलक (major stressor) होते हैं जिनपर इस मॉडल में कोई ध्यान नहीं दिया गया है।

(iv) इन्फ्रा-मानव प्रयोज्यों की अनुक्रियाएँ अधिक प्रत्यक्ष (direct), प्रत्यक्षणीय (perceptible) तथा मापनीय (measureable) होती हैं। मनुष्यों के केस में यह सही नहीं है क्योंकि उनकी अनुक्रियाएँ हमेशा सांस्कृतिक एवं सामाजिक कारकों द्वारा प्रभावित होती हैं।

स्पष्ट हुआ कि आसेधकों (stressors) के प्रति व्यक्ति न केवल मनोवैज्ञानिक बल्कि दैहिक प्रतिक्रियाएँ भी करता है। चूँकि इन आसेधकों से उत्पन्न तनाव व्यक्ति के स्वास्थ्य के लिए हानिकारक होता है, अतः इसके कारणों तथा उससे निबटने के उपायों पर प्रकाश डालना आवश्यक है।

तनाव के प्रति की गई प्रतिक्रियाओं को प्रभावित करने वाले कारक
(Factors Influencing Reactions to Stress)

जैसा कि हम जानते हैं, तनाव के प्रति सभी व्यक्ति एक ही तरह की प्रतिक्रिया न करके भिन्न-भिन्न तरह की प्रतिक्रियाएँ करता है। दूसरे शब्दों में, तनाव के प्रति की गयी प्रतिक्रियाओं में वैयक्तिक विभिन्नता होती है। मनोवैज्ञानिकों द्वारा इस वैयक्तिक विभिन्नता के कारणों को समझने की कोशिश की गयी है। इन लोगों के शोधों के अनुसार निम्नांकित कुछ ऐसे कारक हैं जिनसे ऐसी प्रतिक्रियाएँ प्रभावित होतीं हैं:—

(1) पूर्व अनुभूति *(Prior experience)*—जब व्यक्ति को तनावपूर्ण घटना का सामना करने की पूर्व अनुभूति होती है, तो सामान्यतः यह देखा गया है कि तनाव के प्रति की गई उसकी प्रतिक्रियाएँ कम गम्भीर होतीं हैं। जैसे, किसी उग्रवादी क्षेत्र में यदि कोई पुलिस आफिसर का चौथी बार स्थापन्न (posting) होता है, तो वह वैसे पुलिस आफिसर के तुलना में कम तनावपूर्ण प्रतिक्रियाएँ करेगा जिसे पहली बार वैसे क्षेत्र में भेजा जा रहा है।

(2) सामाजिक समर्थन *(Social support)*—जिन व्यक्तियों को अपने परिवार, दोस्त, पास-पड़ोस आदि से अधिक सामाजिक समर्थन प्राप्त होता है, तनावपूर्ण परिस्थिति या आसेधकों (stressors) के प्रति उनकी प्रतिक्रियाएँ कम गंभीर होतीं हैं। सामाजिक समर्थन के होने से इन प्रतिक्रियाओं की गम्भीरता में किस तरह से कमी आती है, यह तो स्पष्ट नहीं है परन्तु हेल्लर, स्विन्डल तथा डुसेनवरी (Heller, Swindle & Dusenbury, 1986) ने यह द्रावा किया है कि जब व्यक्ति अपने तनाव के बारे में दूसरों से बातचीत करता है, उनसे राय प्राप्त करता है, और उनसे उनका साथ होने का वादा मिलता है, तो इनसे स्वभावतः तनाव के प्रति की गयी प्रतिक्रियाएँ की गम्भीरता कम हो जातीं हैं।

जिन व्यक्तियों को सामाजिक समर्थन पर्याप्त मिलता है, वे जीवन की नकारात्मक घटनाओं के प्रति जो प्रतिक्रियाएँ करते हैं, उनमें तुलनात्मक रूप से चिंता, विषाद (depression) तथा स्वास्थ्य समस्याएँ (health problems) कम होतीं हैं। जैसे, डीऊ, रैगनी तथा निमोरविक्ज (Dew, Ragni & Nimorwicz, 1990) ने अपने अध्ययन में पाया कि एड्स (AIDS) रोग से ग्रसित व्यक्ति में इसके जानलेवा स्वरूप के कारण उत्पन्न तनाव चिंता, निराशा तथा विषाद की मात्रा उस परिस्थिति में काफी कम दिखी जब उन्हें पर्याप्त सामाजिक समर्थन दिया गया। उसी तरह से केण्डाल्ल-टैकेट्ट (Kendall-Tackett, 1993) ने अपने अध्ययन में पाया है कि लैंगिक रूप से दुरुपयोगित बच्चों में तुलनात्मक रूप से उस परिस्थिति में तनाव की प्रतिक्रियाएँ कम गम्भीर हुई जब उन्हें ऐसी परिस्थिति में अपने माँ का समर्थन प्राप्त था। सामाजिक समर्थन का यह पहलू कि जब व्यक्ति तनाव से उत्पन्न अनुभूतियों को दूसरों से कह देता है, तो उसका मन का बोझ कम हो जाता है, का प्रयोगात्मक अध्ययन गहन रूप से किया गया है। इस तथ्य की सम्पुष्टि पेन्नबेकर तथा वील्ल (Pennebaker & Beall, 1986) ने अपने बहुचर्चित अध्ययन में किया है। यह अध्ययन कॉलेज छात्रों पर किया गया था। छात्रों का दो समूह था। छात्रों के एक समूह को चार लगातार रात में प्रत्येक दिन के आघातजन्य घटनाओं (traumatic events) को लगातार 15 मिनट तक लिखकर बतलाना था जिनमें उन्हें घटनाओं का वर्णन करने के साथ ही साथ उनके द्वारा उत्पन्न भावों (feelings) का भी उल्लेख करना था। तुलना के लिये छात्रों का एक अन्य समूह था जिसे प्रयोगकर्त्ता के द्वारा दिये गए कुछ महत्त्वहीन विषयों के बारे में उन्हें लिखना था। ऐसा देखा गया कि जब छात्र अपने जीवन के आघातजन्य घटनाओं को विशेषकर परिवार में किसी के मृत्यु के बारे में लिख रहे थे, तो उनमें उदासी एवं विषादी प्रवृत्तियाँ तीव्र हो गयीं तथा रक्तचाप भी थोड़ा बढ़ गया। फिर 6 महीने के बाद यह पाया गया कि जिन छात्रों ने अपने ऋणात्मक भावों (negative feelings) को अन्य छात्रों से कह दिया था, वे अब न केवल कम तनाव का अनुभव कर रहे थे बल्कि तनाव के प्रति उनकी प्रतिक्रियाएँ भी काफी कम गंभीर थीं। स्पष्ट हुआ कि सामाजिक समर्थन से तनाव के प्रति की गयी प्रतिक्रियाएँ कम गंभीर हो जाती हैं।

(3) भविष्यसूचकता तथा नियंत्रण *(Predictability and control)*—तनाव के प्रति व्यक्ति की प्रतिक्रिया की गम्भीरता बहुत हद तक तनाव के भविष्य सूचकता तथा उसपर नियंत्रण की क्षमता द्वारा प्रभावित होता है। यदि परिस्थिति ऐसी है जिसमें तनाव उत्पन्न करने वाली परिस्थिति के बारे में पहले से ही पूर्वकथन किया जा सकता है तो इससे तनाव के प्रति की जानेवाली प्रतिक्रिया की गम्भीरता कम हो जाती है। उसी तरह से जब व्यक्ति यह पाता है कि तनाव की परिस्थिति पर वह अपना नियंत्रण रख सकता है, तो इससे भी तनाव के प्रति की गई प्रतिक्रियाओं की गम्भीरता कम हो जाती है। इपस्टीन तथा रोऊपेनियन (Epstein & Roupenian, 1970) ने एक अध्ययन किया जिसमें प्रयोज्यों के तीन

समूह ने भाग लिया। तीनों समूह को ध्यानपूर्वक एक विशेष तरह के आवाज उत्पन्न होने की बारम्बारता को गिनना था। दस-दस बार की गिनती पूरा होने पर प्रयोज्यों के एक समूह को 95% समय में वैद्युतीय आघात (electric shock) दिया गया था, दूसरे समूह को 50% समय में वैद्युतीय आघात दिया गया तथा तीसरे समूह को मात्र 5% समय में ही वैद्युतीय आघात दिये गए। स्पष्टतः तीसरे समूह के लिए वैद्युतीय आघात की भविष्यसूचकता सबसे कम थी क्योंकि इसमें अनिश्चितता (uncertainty) कम थी जबकि पहले समूह में आघात की भविष्यसूचकता सबसे अधिक थी। परिणाम में देखा गया कि यद्यपि तीसरे समूह को बहुत ही कम आघात दिया गया था, फिर भी इस समूह में मौजूद अनिश्चितता के कारण अन्य दोनों समूहों की तुलना में अनुकम्पी स्वायत्त उत्तेजन (sympathetic automonic arousal) काफी अधिक हुआ अर्थात् तनाव की प्रति की गई प्रतिक्रियाओं का स्वरूप अधिक गम्भीर था। एब्बोट्ट, स्कोयेन तथा बाडिया (Abbott, Schoen & Badia, 1986) ने इस अध्ययन के परिणाम का गहन विश्लेषण करके यह भी स्पष्ट कर दिया है कि अगर तनाव लम्बे समय तक जारी रहता है, तो भविष्यवाची तनाव (predictable tension) अभविष्यवाची तनाव (unpredictable tension) की तुलना में अधिक तनावपूर्ण साबित होता है।

(4) संज्ञानात्मक कारक *(Cognitive factor)*—तनाव के प्रति की गई प्रतिक्रियाओं में वैयक्तिक विभिन्नता का एक कारण यह है कि व्यक्ति इस तनावपूर्ण परिस्थिति या घटना के बारे में किस तरह से सोचता है। इस तथ्य के प्रबल समर्थक लेजारस (Lazarus, 1982) हैं। कुछ लोग ऐसी घटनाओं या उद्दीपकों की व्याख्या तनाव उत्तेजक ढंग से करते हैं जिससे इनके प्रति की जाने वाली प्रतिक्रियाएँ अधिक गम्भीर हो जातीं हैं। दूसरे तरफ कुछ लोग ऐसी घटनाओं या उद्दीपकों की व्याख्या उन्हें कम महत्त्व देते हुए करते हैं जिनसे इनके प्रति की जाने वाली प्रतिक्रियाएँ कम गम्भीर हो जाती हैं। रौथ एवं कोहेन (Roth & Cohen, 1986) ने आसेधकों (stressors) के प्रति सूचनाओं को संसाधित करने की दो तरह की शैलियों (styles) की पहचान किया है—*सुग्राहक* (sensitizers) तथा *दमनकारक* (repressors)। सुग्राहक वैसे व्यक्ति होते हैं जो सूचनाओं को सक्रिय होकर ग्रहण करते हैं तथा तनावपूर्ण घटनाओं के बारे में सोचते हैं। दमनकारक वैसे व्यक्ति होते हैं जो तनावपूर्ण घटनाओं के बारे में नहीं सोचते हैं और उनसे प्राप्त होनेवाली सूचनाओं से अपने आप को दूर रखते हैं। दमनकारक लोग कम ही समय में तनाव से प्रभावी ढंग से निपट तो लेते हैं परन्तु दीर्घकालीन समंजन (long-term coping) की क्षमता बहुत हद तक वे खो देते हैं। मिल्लर तथा मार्गन (Miller & Morgan, 1983) ने अपने अध्ययन के आधार पर यह बतलाया है कि जब आसेधकों के बारे में पर्याप्त महत्त्वपूर्ण सूचना उपलब्ध नहीं होतीं हैं तो वैसी परिस्थिति में दमनकारी शैली (repressive style) हानिकारक नहीं होतीं हैं परन्तु ऐसी ही परिस्थिति में सुग्राही शैली लाभदायक होता है। जैसे, इन्होंने अपने अध्ययन में पाया कि वैसे रोगी जिनका डाक्टरों द्वारा आपरेशन किया जाने वाला था तथा जो सुग्राही (sensitizers) थे, को जब होने वाले सर्जरी के बारे में अधिक सूचना दे दी गयी, तो वे कम तनाव का अनुभव किये परन्तु दमनकारकों को कम मात्रा में तनाव का अनुभव तब हुआ जब उन्हें ऐसी सूचनाएँ कम मात्रा में दी गयीं।

(5) टाइप ए व्यक्तित्व *(Type A Personality)*—टाइप ए व्यक्तित्व प्रकार से भी तनाव के प्रति की गई प्रतिक्रिया में अंतर होती है। टाइप ए व्यक्तित्व की कुछ अपनी विशेषताएँ होतीं हैं जिनसे तनाव के प्रति की गई प्रतिक्रियाएँ निर्धारित होतीं हैं। फ्रिडमैन तथा रोजेनमैन (Friedman & Rosenman, 1574), डायमंड (Diamond, 1982) तथा मैथेऊज (Mathews, 1982) के अनुसार टाइप ए व्यक्तित्व के कुछ प्रमुख विशेषताएँ इस प्रकार हैं:—

(i) उच्च प्रतियोगिता की भावना, कार्य, खेलकूद आदि में उच्च महत्त्वाकांक्षा एवं अधिक उर्जस्विता (driving) दिखलाना।

(ii) तेजी से किसी कार्य को करना, समय-अत्यावश्यकता (time urgency) पर बल डालना तथा प्रायः दो कार्य एक ही समय में करने की तीव्र प्रवृत्ति दिखलाना।

(iii) वर्कएहोलिक (Workaholic), तथा आराम के लिये कम समय लेना।

(iv) जोर-जोर से बोलना

(v) आवेगशीलता (impulsivity), डाह (hostile), तथा दूसरों के प्रति प्रायः आक्रमकपूर्ण व्यवहार करना।

इन विशेषताओं का जिनमें अनुपस्थिति होती है, उसे *टाइप बी व्यक्तित्व* (Type B Personality) कहा जाता है। अध्ययनों से यह स्पष्ट हुआ है कि टाइप ए व्यक्तित्व वाले व्यक्तियों में चक्रीय-हृदय रोग (Coronary Heart

Disease or CHD) होने की सम्भावना प्रबल होती है। सच्चाई यह है कि टाइप ए व्यक्तित्व परोक्ष रूप से दो प्रमुख जोखिम कारकों (risk factors) के कारण CHD से जुड़े होते हैं—*उच्च रक्तचाप* (high blood pressure) तथा *कोलेस्ट्रोल का उच्च स्तर* (high level of Cholesterol)। एक सिद्धान्त के अनुसार-टाइप ए व्यक्ति तनाव के प्रति अन्य व्यक्तियों की अपेक्षा दैहिक रूप से अधिक प्रतिक्रिया करते हैं। हेनेस तथा उनके सहयोगियों (Haynes et. al., 1980) तथा मैथेऊज (Matthews, 1982) ने अपने-अपने अध्ययनों से इस तथ्य की सम्पुष्ट किया है कि टाइप ए व्यक्ति तनाव के प्रति प्रतिक्रियां उच्च रक्तचाप दिखाकर करते हैं। ठीक उसी तरह से विलियम्स तथा उनके सहयोगियों (Williams et. al; 1992) ने अपने अध्ययन में पाया है कि टाइप ए व्यक्तित्व के द्वारा तनाव के प्रति प्रतिक्रिया किये जाने पर रक्त में इपाइनफ्राइन (epinephrine) तथा नोरइपाइनफ्राइन (norepinephrine) की मात्रा में तथा ककांली माँसपेशियों में रक्त प्रवाह तुलनात्मक रूप से अधिक बढ़ जाती है। इन परिवर्तनों का सीधा सम्बन्ध कोलेस्ट्रोल प्लेक[1] (cholesterol plaque) से होता है जो हृदय की धमनियों में कड़ापन उत्पन्न कर CHD के उत्पन्न होने की सम्भावना को मजबूत कर देता है।

स्पष्ट हुआ कि तनाव के प्रति व्यक्ति जो प्रतिक्रियाएँ करता है उनमें विभिन्नता के कई कारण होते हैं।

तनाव का मापन
(Measurement of Stress)

शोधकर्त्ताओं ने तनाव को मापने का सफल प्रयास किया है और इसके लिए वे निम्नांकित तीन प्रमुख प्रविधियों का वर्णन किया है—

(1) आत्म-रिपोर्ट विधि (*Self-report method*)—यह एक ऐसी विधि है जिसमें तनाव से प्रभावित व्यक्ति सांवेगिक तकलीफ, उससे जीवन में होने वाले परिवर्तन तथा तनाव की गम्भीरता (severity) आदि के बारे में बतलाता है। उसके द्वारा बतलाये गए सूचकांकों (indices) के आधार पर तनाव के बारे में मापन किया जाता है। होल्मस तथा राहे (Holmes & Rahe, 1967) द्वारा निर्मित सामाजिक पुनर्समायोजन रेटिंग मापनी (Social Redjustment Rating Scale), नूतन अनुभूतियों की अनुसूचि (schedule of recent experiences) तथा कैन्नर एवं उनके सहयोगियों (Kanner et al; 1981) द्वारा निर्मित 'हास्सेल' मापनी (Hassles scales) जैसे प्रश्नावलियों का उपयोग आत्म-रिपोर्ट विधि के अन्तर्गत किया जाता है।

(2) व्यवहारपरक विधियाँ (*Behavioural methods*)—इस विधि में तनाव का मापन इस परिस्थिति में किये गए कार्यों के निष्पादन के आधार पर किया जाता है। यदि निष्पादन में ऐसी परिस्थिति में तेजी से गिरावट आती है, तो समझा जाता है कि तनाव की गम्भीरता व्यक्ति के लिए काफी है।

(3) दैहिक सूचकांक विधि (*Physiological indices method*)—इसमें तनाव का मापन व्यक्ति के शरीर में हुए कुछ रसायनिक परिवर्तनों जैसे केटकोलामाइन्स तथा 17-हाईड्रोक्सीकार्टीकासटराइस (17-hydroxycorticosteriods) का रक्त स्तर में तथा मूत्रीय स्तर (urinary level) में होने वाले परिवर्तनों के आधार पर तनाव का मापन होता है।

इनमें से प्रत्येक विधि के कुछ दोष हैं जिनके चलते उनका उपयोग काफी सोच-समझकर किया जाता है। ऐसे अवगुणों का उल्लेख यहाँ आवश्यक है जो इस प्रकार है—

(i) पहली विधि जो आत्म-रिपोर्ट पर आधारित है, पर इसलिए पूर्ण विश्वास नहीं किया जाता है क्योंकि व्यक्ति प्रायः अपने आप को उत्तम ढंग से उपस्थित करने की कोशिश करता है और इस कोशिश में वह तनाव का एक सही तस्वीर नहीं प्रस्तुत करता है।

(ii) व्यवहारपरक विधि को इसलिए दोषपूर्ण माना जाता है क्योंकि इसमें कार्य निष्पादन की व्याख्या विभिन्न ढंग से की जा सकती है। जैसे, किसी कार्य परिस्थिति में निष्पादन में ह्रास का कारण तनाव न होकर व्यक्ति के अभिप्रेरण में कमी, संज्ञानात्मक दाब (cognitive strain) तथा थकान भी होता है।

(iii) तनाव को दैहिक सूचकांकों द्वारा मापन करने के लिए यह आवश्यक है कि कुछ सम्बद्ध कीमती उपकरण खरीदे जाय और ऐसा करना सचमुच में अपने आप में एक तनावपूर्ण अनुभूति होगा।

1. धमनियों के भीतर कोलेस्ट्रोल के जमे हुए थक्के को प्लेक (Plaque) कहा जाता है।

(iv) जैव-रसायनिक परिवर्तनों के आधार पर तनाव को मापना बहुत विश्वसनीय नहीं रह जाता है क्योंकि शरीर में इस ढंग का परिवर्तन अन्य कारणों से भी होता है। जैसे, केटकोलामाइन स्राव (catecolamine secretion) में वृद्धि न केवल तनाव में बल्कि अन्य परिस्थितियों में भी होता है। अतः इस वृद्धि का कारण मात्र तनाव को मानना ठीक नहीं है।

स्पष्ट हुआ कि तनाव मापने की कई विधियाँ हैं। यद्यपि प्रत्येक विधि में कुछ खामियाँ (limitations) हैं, फिर भी उनका उपयोग परिस्थिति के अनुसार किया जाता है। वॉम (Baum, 1982) के अनुसार तनाव का सही मापन के लिए यह आवश्यक है कि इन विभिन्न मापकों का उपयोग एक साथ किया जाय ताकि उसके प्राप्त परिणाम अधिक विश्वसनीय हो सके।

तनाव के कारण या स्रोत
(Sources or Causes of Stress)

व्यक्ति में किन कारणों से तनाव उत्पन्न होता है, इसका गहन अध्ययन मनोवैज्ञानिकों द्वारा किया गया है और कई कारकों की एक सूची तैयार की गयी है जिनसे व्यक्ति में तनाव उत्पन्न होता है। ऐसे कारकों में निम्नांकित प्रमुख हैं—

1. तनावपूर्ण जीवन की घटनाएँ (stressful life events)
2. प्रेरकों का संघर्ष (conflict of motives)
3. दिन प्रतिदिन का उलझन (daily hassles)
4. कार्य उत्पन्न तनाव (work-related sources)
5. पर्यावरणी स्रोत (environmental sources)

इन सबों का वर्णन निम्नांकित हैः—

1. तनावपूर्ण जीवन की घटनाएँ (*Stressful life events*)—व्यक्ति की जिन्दगी में तरह-तरह की घटनाएँ घटती रहतीं हैं। कुछ सुखद होतीं हैं तथा कुछ दुखद होतीं हैं। इस दोनों तरह की घटनाओं की प्रमुख जरूरत यह होती है कि व्यक्ति उनके साथ पुनर्समायोजन (readjustment) करें। मनोवैज्ञानिकों द्वारा किये गए अध्ययनों से स्पष्ट हुआ है कि ऐसी घटनाओं के प्रति जब व्यक्ति ठीक ढंग से समायोजन नहीं कर पाता है तो वे तनाव (stress) उत्पन्न करती है और व्यक्ति में दैहिक एवं सांवेगिक विकृतियाँ (emotional disorders) उत्पन्न कर देती है। इस सिलसिले में होलम्स एवं राहे (Holmes & Rahe, 1967) का अध्ययन काफी महत्त्वपूर्ण रहा है। इन लोगों ने जीवन के तनावपूर्ण घटनाओं के महत्त्व को मापने के लिए एक विशेष मापनी (scale) अर्थात् मात्रा उत्पादन (magnitude production) की विधि द्वारा विकसित किया है जिसे *सामाजिक पुर्नसमायोजन रेटिंग मापनी* (Social Readjustment Rating Scale or SRRS) कहा गया है। इस मापनी में विभिन्न तरह की 43 घटनाओं जैसे पति या पत्नी की मृत्यु, तलाक, वैवाहिक अलगाव (marital separation), शादी, परिवार के किसी सदस्य की बीमारी, अवकाशप्राप्ति, किसी गहरे दोस्त की मृत्यु, परिवार में किसी नये सदस्य की प्राप्ति, गर्भ ठहरना, घर के किसी सदस्य का गुम हो जाना, ससुराल वालों से झगड़ा, घर बदलना, खाने की आदत में परिवर्तन, हल्का फुल्का कानूनी उल्लंघन आदि को सम्मिलित किया गया है तथा सबसे अधिक तनावपूर्ण से सबसे कम तनावपूर्ण होने की दिशा में श्रेणीबद्ध (ranking) किया गया है। इन विभिन्न घटनाओं का जीवन परिवर्तन इकाई मूल्य (life change unit value) जो 100 से 1 के बीच होता है, भी निर्धारित किया गया। जीवन परिवर्तन इकाई मूल्य से यह पता चलता है कि ऐसी घटनाओं के होने पर कितना पुनर्समायोजन (readjustment) की जरूरत व्यक्ति को पड़ती है। जैसे—इस मापनी में सबसे अधिक तनावपूर्ण जीवन घटना पति या पत्नी की मृत्यु बतलाया गया है जिसका इकाई मूल्य 100 है। उसी तरह से अवकाश प्राप्ति (retirement) का इकाई मूल्य 45 बतलाया गया है तथा सबसे अंतिम श्रेणी में अर्थात् 43rd श्रेणी में मामूली कानूनी उल्लंघन (minor violation of law) को रखा गया है जिसका इकाई मूल्य 1 बतलाया गया है। यह पता लगाने के लिए कि व्यक्ति एक खास अवधि जैसे पिछले एक या दो साल में कितना तनाव (stress) का अनुभव किया है, उसे मापनी पर के 43 एकांशों में से उन एकांशों पर चिह्न लगाने के लिए कहा जाता है, जो उक्त अवधि में उनके लिए सही पाये गए। इसके बाद एकांशों के सम्बन्धित इकाई मूल्यों को जोड़ दिया जाता है जिसे कुल तनाव प्राप्तांक (total stress score) कहा जाता है। यह प्राप्तांक जितना ही अधिक होता है, उनमें तनाव उतना ही अधिक होता समझा जाता है और उनका सांवेगिक एवं दैहिक स्वास्थ्य खराब होने की सम्भावना उतनी ही अधिक होती है। सामान्यतः जब इस मापनी पर किसी व्यक्ति का 250 या उससे अधिक प्राप्तांक मात्र एक साल की अवधि के जीवन घटना परिवर्तनों के आधार पर आता है तो उसका जीवन तनावपूर्ण समझा जाता है और अगले साल के भीतर उसे सांवेगिक एवं दैहिक रूप से बीमार पड़ने की संभावना बढ़ जाती है। सामान्यतः 150 या उससे कम कुल प्राप्तांक वाले व्यक्ति को सामान्य, 150 से 199 के बीच प्राप्तांक लाने वाले का हल्का तनाव (mild stress), 200 से 299 प्राप्तांक लाने वाले को साधारण तनाव (moderate stress) तथा 300 से ऊपर प्राप्तांक लाने वाले व्यक्ति को जीवन के बड़े तनावपूर्ण घटना से ग्रस्त समझा जाता है। होलम्स एवं मासूदा (Holmes & Masuda, 1974) ने भी एक अध्ययन करके यह दिखलाया है कि वैसे व्यक्ति जिनका कुल प्राप्तांक उक्त जीवन घटना परिवर्तन मापनी पर 300 या उससे ऊपर आया, वे अगले 9 महीनों में उन व्यक्तियों की तुलना में भयंकर रूप से बीमार पड़े जिनका कुल तनाव प्राप्तांक 200 या उससे नीचे था। इन अध्ययनों से यह स्पष्ट हो जाता है कि जितना ही अधिक तनावपूर्ण घटनाएँ किसी व्यक्ति की जिन्दगी में घटती हैं उसमें तनाव की मात्रा उतनी ही अधिक होती है तथा उसके स्वास्थ्य पर उतना ही अधिक बुरा प्रभाव पड़ता है। भारतीय लोगों के तनावपूर्ण जिंदगी की घटनाओं से उत्पन्न प्रक्रिया को मापने के लिए सिंह, कौर एवं कौर (Singh, Kaur and Kaur) ने एक मापनी बनाया है जिसे *प्रिस्मटिव स्ट्रेसफूल लाइफ इभेन्ट स्केल* (Presemptive Stressful Life Event Scale) की संज्ञा दी गयी है। फिर ए॰ के॰ सिंह (लेखक) ने भी ऐसा ही मापनी विकसित किया है जिसे *सिंह परसनल स्ट्रेस सोर्स इन्वेन्ट्री* (Singh Personal Stress Source Inventory) कहा गया है।

यद्यपि जीवन की महत्त्वपूर्ण घटना परिवर्तनों को तनाव (stress) का एक प्रमुख कारण बतलाया गया है फिर भी निम्नांकित कुछ ऐसे तथ्य हैं जिनसे उक्त सम्बन्ध पर आशंकाएँ उत्पन्न होतीं हैं—

(i) तनाव (stress) के प्रभावों को कुछ सामान्य स्वास्थ्य आदत (health habit) जैसे—विशेष तरह का भोजन करने की आदत, सिगरेट पीने की आदत, शराब पीने की आदत से उत्पन्न प्रभावों से अलग करना कठिन है। व्यक्ति अपने जीवन की घटनाओं में हुए प्रमुख परिवर्तनों के साथ समायोजन करने में सम्भव है कि वह और अधिक शराब पीना शुरू कर दे या सिगरेट पीना प्रारम्भ कर दे। ऐसी परिस्थिति में उसमें उत्पन्न बीमारी या सांवेगिक एवं दैहिक अवस्थाओं के कारण स्वास्थ्य आदत अधिक खराब हो जायेगी तथा जीवन की प्रमुख घटनाएँ कम होंगी।

(ii) अगर जीवन की परिवर्तित घटना ही सिर्फ तनाव का कारण होती तो कोई भी घटना समान ढंग से सभी व्यक्तियों में तनाव उत्पन्न करता है। परन्तु ऐसा नहीं होता है। ऐसा देखा गया है कि कुछ घटनाएँ कुछ व्यक्ति में अधिक तनाव उत्पन्न करती हैं परन्तु वही घटनाएँ दूसरे व्यक्ति में तनाव उत्पन्न नहीं कर पाती। इतना ही नहीं, यह भी देखा गया है कि साधारण-सी घटना कुछ व्यक्ति में अधिक सांवेगिक एवं दैहिक क्षति उत्पन्न करता है परन्तु कभी-कभी अधिक तनावपूर्ण घटना भी कुछ व्यक्ति में अधिक सांवेगिक एवं दैहिक क्षति उत्पन्न नहीं कर पाता है। ऐसे वैयक्तिक विभिन्नताओं से इस ओर संकेत मिलता है कि तनाव का कारण सिर्फ घटना विशेष को मानना पूर्णतः तर्क संगत नहीं लगता है।

(iii) जीवन घटना मापनी (life scale event) के कुछ एकांश ऐसे हैं जिन्हें सांवेगिक एवं दैहिक अस्वस्थता का परिणाम (result) न कि कारण माना जा सकता है। जैसे—किसी व्यक्ति का खराब सांवेगिक या दैहिक स्वास्थ्य के कारण उसमें वैवाहिक एवं आर्थिक कठिनाइयाँ उत्पन्न हो सकतीं हैं जो तनाव का कारण बन सकता है।

(iv) जीवन घटना मापनी का एक महत्त्वपूर्ण पूर्वकल्पना यह है कि परिवर्तन अपने आप में तनावपूर्ण (stressful) होता है। परन्तु बाद में किए गए शोधों से यह स्पष्ट हुआ है कि धनात्मक परिवर्तनों का सम्बन्ध खराब स्वास्थ्य से नहीं होता है और कभी-कभी तो ऐसा होता है कि परिवर्तन न होने से ही व्यक्ति में तनाव होता है। इससे यह पता चलता हे कि कोई भी जीवन घटना तनावपूर्ण होगा या नहीं, यह बहुत कुछ व्यक्ति के व्यक्तिगत इतिहास एवं वर्तमान जीवन परिस्थिति पर निर्भर करता है।

इन परिस्थितियों के बावजूद जीवन घटना में होने वाले परिवर्तन को तनाव का एक मुख्य कारण बतलाया गया है।

2. प्रेरकों का संघर्ष (*Conflict of motives*)—जब अभिप्रेरकों के बीच संघर्ष होता है, तो इससे व्यक्ति में तनाव (stress) उत्पन्न होता है। ऐसी परिस्थिति में जिस अभिप्रेरक की तुष्टि नहीं होती है, उससे व्यक्ति में कुण्ठा उत्पन्न होता है जो तनाव का एक प्रमुख स्रोत होता है। जैसे—एक छात्र जो वर्ग में उत्तम अंक नहीं प्राप्त कर सकता है, खेल के मैदान में ख्याति पाकर अपने मानसिक संघर्ष को दूर तो करता है, परन्तु फिर भी उसमें तनाव यह सोचकर अवश्य होगा कि इसका निष्पादन वर्ग में उत्तम नहीं है। व्यक्ति के जीवन में कई ऐसे मानसिक संघर्ष होते हैं जो तनाव उत्पन्न करते हैं। इनमें सहयोग बनाम प्रतियोगिता, स्वतंत्रता बनाम निर्भरता (independence vs dependence), घनिष्ठता बनाम पृथकता (intimacy vs isolation) तथा आवेग अभिव्यक्ति बनाम नैतिक मानक (impulse expression vs moral standard) आदि प्रमुख हैं। हमारे समाज में प्रतियोगिता तथा सफलता पर अधिक बल डाला जाता है परन्तु साथ-ही-साथ समाज सहयोगिता के दृष्टिकोण को भी महत्त्वपूर्ण मानता है। परिणामस्वरूप मानसिक संघर्ष होता है और तनाव उत्पन्न होता है। उसी तरह से व्यक्ति में दूसरों के साथ रहने तथा दूसरों के सुख-दुख में हाथ बँटाने की इच्छा का टकराव इस बात से हो सकता है कि यदि ऐसा अधिक करते हैं तो इससे हमें परिवार के लोग तिष्कृत कर देंगे और हम अकेला हो जाएँगे। यह स्थिति भी व्यक्ति में तनाव (stress) उत्पन्न कर सकता है। उसी तरह से कभी-कभी व्यक्ति दूसरों पर अधिक निर्भरता दिखाता है परन्तु साथ-ही-साथ वह यह भी सोचता है कि वयस्क होकर दूसरों पर निर्भर रहना अच्छी बात नहीं हैं। इससे भी व्यक्ति में तनाव उत्पन्न होता है। कुछ क्षेत्र में जैसे यौन एवं आक्रमकता ऐसे होते हैं जिसमें व्यक्ति की अपनी इच्छाएँ नैतिक तनाव मानकों (normal standards) से टकराती है और यदि व्यक्ति इन मानकों की अवहेलना करता है तो इससे उसमें दोष भाव (guilt feeling) उत्पन्न होता है जो तनाव का एक स्रोत बन जाता है।

स्पष्ट हुआ कि विरोधी अभिप्रेरकों के बीच समझौता का प्रयास अपने आप में तनाव (stress) की उत्पत्ति करता है।

1930 में कर्टलेविन (Kurt Lewin) ने दो विरोधी झुकावों के रूप में संघर्ष का वर्णन किया है—उपागम (approach) तथा परिहार (avoidance)। जब व्यक्ति को दो वांछनीय विकल्पों के बीच चुनना आवश्यक हो जाता है, तो इसे उपागम-उपागम संघर्ष (approach-approach conflict) कहा जाता है। परिहार-परिहार संघर्ष (avoidance-avoidance conflict) में व्यक्ति को दो आवांछनीय विकल्पों के बीच किसी एक को चुनने के लिए बाध्य किया जाता है। तीसरे तरह के संघर्ष को उपागम-परिहार संघर्ष (approach-avoidance conflict) कहा जाता है जहाँ व्यक्ति को एक ही पसंद (choice) में वांछनीय एवं अवांछनीय दोनों ही अभिप्रेरकों का सामना करना पड़ता है। अध्ययनों से यह पता चला है कि इन तीनों में उपागम-परिहार संघर्ष तनाव या प्रतिबल का सबसे मजबूत स्रोत हैं।

3. दिन-प्रतिदिन का उलझन (*Daily hassles*)—जिन्दगी की बड़ी एवं महत्त्वपूर्ण घटना तो निश्चित रूप से तनाव के स्रोत हैं परन्तु दिन-प्रतिदिन की छोटी-मोटी उलझनों से भी तनाव उत्पन्न होता पाया गया है। ऐसे उलझनें चूँकि व्यक्ति की जिन्दगी में लगभग अक्सर होती है, इसलिए तनाव उत्पन्न करने में इनका महत्त्व कम नहीं है। इस तथ्य की संपुष्टि लेजारस तथा उनके सहयोगियों (Lazarus et al., 1985) एवं कैन्नर तथा उनके सहयोगियों (Kanner et al., 1981) द्वारा किये गए अध्ययनों से होती है। दिन प्रतिदिन की उलझन (hassles) जिनसे अक्सर व्यक्ति में तनाव उत्पन्न होते देखा गया है, उन्हें निम्नांकित छः भागों में बाँटा जा सकता है:—

(i) पर्यावरणी उलझन (*environmental hassles*)—इसमें आवाज, शोरगुल, अपराध, पास-पड़ोस से होने वाले बक-झक आदि को रखा गया है।

(ii) घरेलू उलझन (*household hassles*)—इसमें भोजन बनाना, बर्त्तन धोना, घर की सफाई, कपड़ा या अन्य सामान को खरीदना आदि से सम्बन्ध कारकों को रखा गया है।

(iii) आन्तरिक भाव से सम्बद्ध उलझन (*inner concern hassles*)—इसमें अकेले होने का भाव, किसी से मनमुटाव या झगड़ा हो जाने का भाव आदि कारकों को रखा गया है।

(iv) समयाभाव से उत्पन्न उलझन (*hassles due to time*)—इसमें बहुत सारे चीजों को एक दिए गए समय के भीतर पूरा कर लेने तथा एक ही साथ बहुत सारे उत्तरदायित्वों को निभाने आदि कारकों को रखा गया है।

(v) आर्थिक उत्तरदायित्व से उत्पन्न उलझन (*hassles arising due to financial responsibility*)—इसमें

धन बचाने तथा कमाने से सम्बन्ध कारकों तथा उनकी आर्थिक जवाबदेही स्वीकार करना आदि सम्मिलित होता है, जिनका भार सामाजिक एवं क़ानूनी रूप से सचमुच में उन पर नहीं पड़ना चाहिए था।

(vi) कार्य उलझन (*work hassles*)—कार्य (job) से असंतुष्टि, पदोन्नति के अवसर का न होना तथा किसी भी समय कार्य से हटाये जाने की संभावना आदि को रखा गया है।

लेजारस एवं उनके सहयोगियों (Lazarus et al., 1985) एवं कैन्नर तथा उनके सहयोगियों (Kanner et al 1981) ने अपने शोधों के आधार पर उक्त उलझनों को मापने के लिए एक *उलझन मापनी* (Hassles scale) विकसित किया है। इस मापनी पर व्यक्ति उन घटनाओं के बारे में बतलाता है जिनसे वह गत महीना में उलझन में पड़ा हुआ था। इस अध्ययन पर आये प्राप्तांकों तथा व्यक्ति द्वारा दिखलाये गये मानसिक लक्षणों के बीच धनात्मक सम्बन्ध (positive correlation) पाए गए। अतः यह स्पष्ट हो जाता है कि दिन-प्रतिदिन के उलझनों से भी व्यक्ति में तनाव उत्पन्न होता है और इससे उसमें सांवेगिक एवं दैहिक अस्वस्थता उत्पन्न होती है।

4. कार्य से उत्पन्न तनाव (*Stress produced by work*)—व्यक्ति जिस कार्य को करता है, उससे सम्बन्धित कुछ कारक हैं जो उसमें तनाव (stress) उत्पन्न करता है। जैसे—किसी कर्मचारी को बहुत कम समय में बहुत सारे कार्य यदि करने के लिए कहा जाता हैं, तो इससे स्वभावतः उसमें तनाव उत्पन्न हो जाता है। इससे ऊब (boredom) का भाव भी विकसित होता है जो बाद में तनाव उत्पन्न करता है। इतना ही नहीं, यदि कर्मचारी (employee) यह अनुभव करता है कि काम करने का मौलिक वातावरण (physical environment) ठीक नहीं है, अर्थात् उसमें रोशनी, हवा, आवाज, नियंत्रण आदि का ठीक प्रबंध नहीं है, तो भी उसमें कार्य असंतुष्टि (job dissatisfaction) होता है जिससे फिर व्यक्ति में तनाव उत्पन्न होता है। उसी तरह से कार्य (job) से सम्बद्ध कुछ अन्य कारण भी हैं जिनसे व्यक्ति में तनाव उत्पन्न होता है। इनमें भूमिका संघर्ष (role conflict) तथा निष्पादन मूल्यांकन (performance appraisal) प्रधान है। भूमिका संघर्ष की स्थिति में किसी कार्य-पालक (executive) या मैनेजर से कर्मचारियों के विभिन्न समूहों द्वारा भिन्न-भिन्न प्रत्याशाएँ विकसित होतीं हैं जिसे पूरा करना व्यवस्थापक के लिए सम्भव नहीं हो पाता है जिसके परिणामस्वरूप उसमें तनाव उत्पन्न होता है। उदाहरण के रूप में विश्वविद्यालय में कुलपति के पद को ही ले लें। कर्मचारी उनसे अच्छी सेवा शर्तें की माँग करता है, शिक्षकगण उत्तम शैक्षिक माहौल बनाये रखने पर बल डालते हैं, छात्रगण उनसे नियमित पढ़ाई कराने की उम्मीद रखते हैं तथा सरकार उन्हें अपने साधनों (resources) की पहचान करते हुए कार्य करने पर बल डालता है। इस तरह की विरोधी प्रत्याशाओं के कारण जिनका पूरा करना उनके लिए कठिन होता है, भूमिका संघर्ष उत्पन्न होता है जो उनमें तनाव उत्पन्न करता है। उसी तरह से यदि कर्मचारी के निष्पादन का मूल्यांकन करने का तरीका कुछ ऐसा है जिसे कर्मचारी उचित समझते हैं, तो इससे उनमें तनाव उत्पन्न नहीं होता है। परन्तु यदि वे यह समझते हैं कि तरीका अनुचित है तो इससे स्वभावतः उनमें तनाव उत्पन्न होगा।

जब कार्य पर तनाव अत्यधिक तीव्र होता है और व्यक्ति उससे अपने आप को छुटकारा नहीं दिला पाता है, तो इससे उसमें एक विशेष अवस्था जिसे 'वर्नआउट' (Burnout) कहा जाता है, उत्पन्न होता है। इसमें कर्मचारी काफी निराश, असंतुष्ट, कार्य पर अक्षमता तथा मनोवैज्ञानिक रूप से कमजोर दिखते हैं। वर्नआउट के अंतिम चरण में व्यक्ति कार्य करने में असमर्थ रहता है। राईस (Rice, 1987) के अनुसार कार्य वर्नआउट कार्य तनाव का लक्षण नहीं है बल्कि अप्रबंधित कार्य तनाव (unmanaged work stress) का परिणाम हैं।

5. पर्यावरणी स्रोत (*Environmental sources*)—तनाव उत्पन्न होने का कारण पर्यावरण (environment) भी होता हैं। कुछ पर्यावरणी कारक ऐसे हैं जो स्वभाविक होता है और व्यक्ति में तनाव उत्पन्न करते हैं। जैसे—भूकम्प, अगजनी, तीव्र आँधी, तूफान आदि कुछ ऐसे ही कारक हैं जो व्यक्ति में तनाव (stress) उत्पन्न करते हैं। कास्ल (Kasl, 1990) के अनुसार ऐसे स्वभाविक पर्यावरणी कारकों का अध्ययन तो उस समय नहीं किया जा सकता है जिस समय इनकी प्रबलता होती है परन्तु बाद में व्यक्तियों की अनुभूति के आधार पर यह अंदाज लगाया जाता है कि ऐसी स्वाभाविक घटनाएँ व्यक्ति में काफी तनाव उत्पन्न करतीं हैं। इन स्वाभाविक कारकों के अलावा कुछ पर्यावरणी कारक ऐसे हैं जो मनुष्यों द्वारा निर्मित हैं और व्यक्ति में तनाव उत्पन्न करतीं हैं। जैसे—शोरगुल प्रदूषण (noise pollution), अणु परीक्षण (nuclear test) से उत्पन्न स्थिति कुछ ऐसे कारकों के उदाहरण हैं जिनसे व्यक्ति में तनाव उत्पन्न होता है। वाम तथा उनके सहयोगियों (Baum et al., 1983) ने अपने अध्ययन में पाया कि अणु परीक्षण के स्थान से नजदीक में रहने वाले व्यक्ति में उन व्यक्तियों की तुलना में अधिक तनाव उत्पन्न हुआ जो उस स्थान से दूर रहते हैं।

इसी तरह से कोहेन तथा उनके सहयोगियों (Cohen et al., 1986) ने एक अध्ययन किया जिसका उद्देश्य शोरगुल का तनाव पर पड़ने वाले प्रभावों का अध्ययन करना था। इस प्रयोग में एक व्यस्त हवाई अड्डा (busy aerodrome) के नजदीक के स्कूली बच्चों की तुलना उन स्कूली बच्चों से की गयी जिनका स्कूल ऐसे जगह पर अवस्थित था जो एकान्त एवं सुनसान जगह पर था जहाँ काफी शांति बनी रहती थी। परिणाम में देखा गया कि पहले तरह के स्कूली बच्चों में दूसरे तरह के स्कूली बच्चों की तुलना में तनाव अधिक होता था जिसकी अभिव्यक्ति उनके बढ़े हुए रक्त चाप तथा मानकीकृत परीक्षणों (standardized tests) पर खराब निष्पादन से पता चलता है।

निष्कर्षतः यह कहा जा सकता है कि व्यक्ति में तनाव (stress) कई कारणों से उत्पन्न होता है। यदि हम तनाव को कम करने के उपाय पर सोचते हैं तो हमें इन कारकों को भी ध्यान में रखना होगा।

तनाव कम करने के उपाय
(Strategies for Coping Stress)

तनाव का कारण चाहे जो भी हो, यह व्यक्ति के सांवेगिक एवं दैहिक स्वास्थ्य पर खराब असर डालता है। अतः इसे कम करने के उपायों पर मनोवैज्ञानिकों ने गम्भीरता से सोचा है। तनाव को कम करने से सम्बद्ध व्यवहार को समायोजी व्यवहार (coping behaviour) कहा जाता है। समायोजी व्यवहार को मनोवैज्ञानिकों ने अपने-अपने ढंग से परिभाषित किया है। जैसे, गुडस्टीन एवं लेनियोन[1] (Goodstein & Lanyon, 1975) ने समायोजी व्यवहार को इस प्रकार परिभाषित किया हैं—

''समायोजी व्यवहार से तात्पर्य उस सीमा से होता है जहाँ तक व्यक्ति कम-से-कम तीन तरह के चुनौतियों से निबटने में सक्षम होता है—(1) भौतिक वातावरण से मिलने वाले प्रत्यक्ष चुनौतियाँ (2) अपनी दैहिक सीमाओं से मिलने वाली चुनौतियाँ (3) अन्तरवैंयक्तिक चुनौतियाँ।''

लेजारस तथा लाउनियर[1] (Lazarus & Launier, 1978) ने भी समायोजी व्यवहार को इस ढंग से परिभाषित करते हुए कहा है, ''पर्यावरणी एवं आंतरिक मांगों तथा उनके बीच के संघर्षों को नियंत्रण करने (अर्थात् उसे वश में करने, सहने, या कम करने) के क्रिया-उन्मुख एवं अंतःमानसिक दोनों तरह के प्रयासों को समायोजी व्यवहार कहा जाता है।''

वुड एवं वुड[2] (Wood & Wood, 1989) के अनुसार, ''समायोजी व्यवहार से तात्पर्य विचारण एवं क्रिया के माध्यम से किया गया व्यक्ति के उस प्रयास से होता है जिसके द्वारा वह भार डालने वाला या अपने ऊपर हावी होने वाला समझे जाने वाले मांगों के साथ निपटता है।''

उक्त परिभाषाओं का विश्लेषण करने पर हमें समायोजी व्यवहार (coping behaviour) के कई विशेषताओं पर प्रकाश पड़ता है जो निम्नांकित हैः—

(i) समायोजी व्यवहार व्यक्ति तथा पर्यावरण के माँगों के बीच किया गया कोई एक समय की क्रिया व्यवहार नहीं होता है बल्कि इन दोनों के अपने-अपने प्रसाधनों, मूल्यों एवं माँगों के बीच एक विशेष समय तक लगातार चलने वाला अन्तःक्रिया है। अतः यह एक प्रक्रिया (process) या उपाय (strategy) हैं।

(ii) समायोजी व्यवहार में तनावयुक्त उद्दीपकों या परिस्थितियों के प्रति कई तरह की क्रियाएँ एवं प्रतिक्रियाएँ की जाती है।

(iii) इस तरह से समायोजी व्यवहार (coping behaviour) में पर्यावरण की माँग, शारीरिक सीमाओं एवं

---

1. "By coping we mean the degree to which individuals are able to meet and master atleast three kinds of challenges to their existence: (1) direct challenges from the physical environment (2) challenges steming from their physical limitations (3) interpersonal challenges."
—Goodstein & Lanyon : *Adjustment, Behaviour and Personality* : 1975, p.14-15

1. "Coping consists of efforts, both action-oriented and intrapsychic, to manage (that is, master, tolerate, reduce, minimize) environmental and internal demands and conflicts among them."
—Lazarus & Launier : *Internal and External determinants of behaviour*, 1978, p. 311

2. "Coping refers to a person efforts through acton and thought to deal with demands perceived as taxing or overwhelming." —Wood & Wood : *The World of Psychology*, 1999, p. 478

अंतरवैयक्तिक चुनौतियाँ तीनों तरह के कारकों को व्यक्ति अपने मूल्यों, प्रसाधनों आदि के साथ इस ढंग से व्यवस्थित करता है कि उनका कम-से-कम प्रभाव स्वयं व्यक्ति पर पड़ सके।

(iv) समायोजी व्यवहार प्रयासयुक्त (effortful) होता है, यह अपने आप नहीं होता है।

(v) समायोजी व्यवहार एक सीखा गया व्यवहार होता है।

लैजारस एवं फौल्कमैन (Lazarus & Folkman, 1984) के अनुसार इस सभी उपायों को निम्नांकित दो भागों में बाँटा गया है:—

1. समस्या-केन्द्रित समायोजी उपाय (*Problem-focused coping strategies*)—इस तरह के उपाय में व्यक्ति तनावपूर्ण परिस्थिति या समस्या का मूल्यांकन करता है और कुछ ऐसा उपाय करता है जिसमें वह उसे परिवर्तन कर सकने में या उससे दूर रहने में सफल हो सके। इन उपायों का उपयोग व्यक्ति तब करता है जब वह यह देखता है कि समस्या जो तनाव उत्पन्न कर रहा है, अधिक गम्भीर नहीं है तथा वह उस समस्या के स्वरूप में कुछ परिवर्तन ला सकता है। इस उपाय में समस्या जो तनाव उत्पन्न कर रहा है, व्यक्ति उसे स्पष्ट करता तथा परिभाषित करता है, फिर उसका वैकल्पिक समाधान (alternative solution) ढूँढ़ता हैं। उन सभी वैकल्पिक समाधानों के सम्भावित लाभ एवं हानियों के रूप में उनका मूल्यांकन करता है। उसमें से सही विकल्प को चुनकर फिर उसे कार्य रूप देता है। व्यक्ति इन क्रमिक उपायों को कितना सही-सही और मुस्तैदी से कार्य रूप देता है, यह उसके गत अनुभूतियों, बौद्धिक क्षमता तथा आत्म-नियंत्रण की क्षमता आदि पर निर्भर करता है। इस तरह से व्यक्ति समस्या के स्वरूप को परिवर्तित करके तनाव को कम करने कोशिश करता है। यहाँ विशेष रूप से निम्नांकित उपाय (strategies) अधिक लाभकारी सिद्ध हुए हैं:—

(i) आमने-सामने का समायोजी व्यवहार (Conforntational coping)—इस तरह के समायोजी उपाय (coping stretegy) में व्यक्ति समस्या के आमने-सामने खड़ा होकर उसका मुकाबला करता है तथा उससे निबटने की कोशिश करता है। जैसे, यदि कोई पदाधिकारी अपने अधीनस्थ से काफी खफा है और उसे निलम्बन की धमकी देता है, तो वह अपने इस पदाधिकारी के सामने खड़ा होकर यह जानना चाहेगा कि उसकी गलती क्या है तथा अपने पदाधिकारी को यह विश्वास दिलाने की कोशिश करेगा कि वे अपना विचार बदल दें। होलाहान एवं मूस (Holaham & Moos, 1987) ने अपने अध्ययन के आधार पर यह बतलाया है कि मुकाबला (conforntation) की प्रविधि परिहार (avoidance) की तुलना में अधिक लाभकारी सिद्ध हुआ है। जो व्यक्ति समस्या के साथ स्वयं निबटने की कोशिश करतीं हैं, वह न केवल समस्या का ठीक ढंग से समाधान ही करता है बल्कि भविष्य के तनावपूर्ण परिस्थिति के साथ सांवेगिक ढंग से निबटने की क्षमता भी विकसित कर लेता है। फेल्टन (Felton, 1984) द्वारा किये गये शोधों से यह स्पष्ट हुआ है कि जिन लोगों द्वारा तनावपूर्ण परिस्थिति से निबटने के लिए परिहार प्रविधि का उपयोग अधिक किया जाता है, उनमें अतिरिक्त तनाव उत्पन्न होने का जोखिम अधिक रहता है तथा साथ-ही-साथ स्वास्थ्य समस्याएँ (health problem) भी अधिक उत्पन्न होते हैं। परन्तु समायोजी उपाय के रूप में परिहार हमेशा एक बुरी प्रविधि नहीं हैं। जब व्यक्ति के सामने लघु एवं कोई साधारण तरह का तनाव आता है, तो उससे परिहार प्रविधि अपनाकर आसानी से तनाव को कम किया जा सकता है। इस प्रविधि में व्यक्ति अपने आप को उस तनावपूर्ण परिस्थिति से अलग कर लेता है।

(ii) सामाजिक समर्थन (Social support)—व्यक्ति तनावपूर्ण परिस्थिति से किस तरह से निबटता है, यह न केवल आंतरिक स्रोत (internal source) बल्कि बाह्य स्रोत (external source) अर्थात् उसके सामाजिक समर्थन पर निर्भर करता है। कोब्ब (Cobb, 1976) ने सामाजिक समर्थन की परिस्थिति को परिभाषित करते हुए कहा है कि इससे तात्पर्य उस विशेष सूचना से होती है कि व्यक्ति को अन्य व्यक्तियों द्वारा पसंद किया जाता है, सम्मान दिया जाता है, महत्त्व दिया जाता है तथा उसका उचित देखभाल किया जाता है। जब किसी व्यक्ति को अन्य लोगों का सामाजिक समर्थन का एहसास होता है, तो वह तनावपूर्ण परिस्थिति से काफी ठीक ढंग से निबटता है तथा उसे स्वास्थ्य सम्बद्ध समस्याएँ भी काफी कम हो जातीं हैं। सामाजिक समर्थन का स्रोत दोस्त, पति या पत्नी, बच्चे, परिवार के अन्य महत्त्वपूर्ण सदस्य जैसे चाचा, चाची, मामा, मामी, कोई संगठन जैसे क्लब या राजनैतिक पार्टी कुछ भी हो सकता है।

हाऊस (House, 1981), स्केफर तथा उनके सहयोगियों (Schaefer et al, 1981) द्वारा किये गये शोधों से यह स्पष्ट हुआ है कि सामाजिक समर्थन के विभिन्न प्रारूपों को मुख्यतः तीन श्रेणियों में वाँटा जा सकता है—*ठोस मदद*

(tangible assistance) *सूचना* (information) तथा *सांवेगिक समर्थन* (emotional support)। ठोस मदद में व्यक्ति को अन्य व्यक्तियों द्वारा सामाजिक समर्थन के रूप में धन, भोजन या अन्य सम्बद्ध चीजें दी जाती है ताकि वह तनावपूर्ण परिस्थिति से निबट सकें। सूचना में व्यक्ति को अन्य व्यक्तियों द्वारा कुछ इस ढंग के विचार प्रदान किये जाते हैं जिनके माध्यम से वह आसानी से तनावपूर्ण परिस्थिति के साथ निबट सके। सांवेगिक समर्थन जो सामाजिक समर्थन के रूप में तनावपूर्ण परिस्थिति से निबटने का सबसे महत्त्वपूर्ण संयंत्र है, में परिवार, दोस्त या पास-पड़ोस के लोगों द्वारा इस ढंग से व्यवहार किया जाता है मानों वे भी समस्यात्मक परिस्थिति से निबटने में उनके साथ है।

कोहेन तथा विल्लस (Cohen & Wills, 1985) द्वारा किये गये अध्ययनों से यह स्पष्ट हुआ है कि सामाजिक समर्थन तनाव के परिस्थिति में उत्पन्न दुःख को काफी कम करने में सहायक होता है। कुलिक एवं माहेलर (Kulik & Mahler, 1989) ने अपने अध्ययन के आधार पर यह बतलाया है कि समाजिक समर्थन से व्यक्ति में कोई बीमारी होने की सम्भावना में कमी हो जाती है, व्यक्ति किसी बीमारी से जल्दी चंगा होता है तथा गम्भीर बीमारियों से मृत्यु होने की सम्भावना भी कम हो जाती है। बर्कमैन तथा सीमी (Berkman & Syme, 1979) ने एक अध्ययन में 7,000 वयस्क जो कैलिफोर्निया में रह रहे थे, से अपने सामाजिक एवं सामुदायिक सम्बन्धों के बारे में बतलाने के लिए कहा और तब गत सात सालों में अपने परिवार के मृत्यु दर (mortality rate) के बारें में भी बतलाने के लिये कहा गया। परिणाम में देखा गया कि जिन वयस्कों के सामाजिक एवं सामुदायिक समर्थन तथा सम्बन्ध काफी अच्छे थे, उनकी मृत्यु दर इस अवधि में उन वयस्कों की मृत्यु दर की अपेक्षा जिनके सामाजिक एवं सामुदायिक सम्बन्ध अच्छे नहीं थे, काफी कम पाये गए। इतना ही नहीं, यह भी पाया गया कि अन्य व्यक्तियों से मिलने वाला सामाजिक समर्थन से व्यक्ति में उत्तम आदतें भी विकसित होतीं हैं।

(iii) योजनाबद्ध समस्या समाधान (Planful problem solving)—इस तरह के समायोजी उपाय (coping strategy) में व्यक्ति तनाव उत्पन्न करने वाली समस्या से निबटने के लिए एक योजना (plan) बनाता है और उसी के अनुरूप व्यवहार करके समस्या का समाधान करता है। जैसे, एक बेरोजगार युवक बेरोजगारी से उत्पन्न तनाव को कम करने के लिए रोजगार समाचार में अपने योग्यता के अनुरूप छपे विज्ञापनों को पढ़कर अपने वायो-डाटा को नियोजकों (employers) के पास भेजकर अपनी समस्या का समाधान कर तनाव को कम कर लेता है।

समस्या-केन्द्रित उपाय (problem-focused strategy)) के तहत कुछ उपाय कभी-कभी ऐसे भी होते हैं जिनमें व्यक्ति का ध्यान समस्या के स्वरूप को परिवर्तित करने की ओर न जाकर स्वयं अपनी ओर जाता है और वह अपने आप में कुछ परिवर्तन लाकर समस्या का समाधान करता है। इसमें व्यक्ति अपनी आकांक्षा स्तर (level of aspiration) में परिवर्तन लाने की कोशिश करता है, वह संतुष्टि के वैकल्पिक माध्यमों (alternative sources) की खोज कर लेता है तथा नये-नये कौशलों को सीख लेता है। इन आन्तरिक उपायों से भी तनाव उत्पन्न करने वाली समस्या के साथ उत्तम ढंग से निबटा जाता है।

2. संवेग केन्द्रित समायोजी उपाय *(Emotion-focused coping strategies)*—इस तरह के उपाय में व्यक्ति समस्या से उत्पन्न सांवेगिक अनुक्रिया पर ध्यान केन्द्रित करता है। व्यक्ति समस्या के स्वरूप को परिवर्तित करने की कोशिश नहीं करता है परन्तु समस्या से उत्पन्न चिंता को कम करने का उपाय करता है। इन उपायों का उपयोग वहाँ किया जता है जहाँ व्यक्ति को यह महसूस होने लगता है कि तनाव उत्पन्न करने वाली समस्या इतनी गंभीर है कि उसे बदला नहीं जा सकता है तथा व्यक्ति में तनाव अधिक मात्रा में उत्पन्न हो रहा है। इसके तहत निम्नांकित दो तरह के उपायों का वर्णन किया गया है—

(i) व्यवहारात्मक उपाय (Behavioural strategy)—इस उपाय में कुछ खास-खास तरह के व्यवहार करके व्यक्ति अपना तनाव को दूर करने का प्रयास करता है। जैसे—वह समस्या से ध्यान हटाकर किसी दूसरी चीज में ध्यान लगाता है, शराब तथा सिगरेट अधिक मात्रा में पीने लगता है तथा समय प्रबंधन (time management) करके व्यवहार करता है। समय प्रबंधन में प्रत्येक दिन किये जाने वाले कार्यों की एक क्रमबद्ध सूची बनाकर उसी के अनुरूप कार्य करता है। इसका फायदा यह होता है कि व्यक्ति को ऐसे कार्यों से बाधा नहीं उत्पन्न होता है जो उसके मुख्य लक्ष्ण में बाधक हो सकता है।

(ii) संज्ञानात्मक उपाय (Cognitive strategy)—इस उपाय में व्यक्ति तनावपूर्ण परिस्थिति के अर्थ में परिवर्तन लाकर तनाव को कम करने की कोशिश करता है। इस तरह से व्यक्ति यहाँ तनावपूर्ण परिस्थिति का पुनर्मूल्यांकन

(reappraisal) करता है। यह पुनर्मूल्यांकन वास्तविक होता है जहाँ व्यक्ति गंभीरता से सोचने पर इस निष्कर्ष पर पहुँचता है कि समस्या सचमुच में उतनी गम्भीर नहीं थी। इस प्रक्रिया को मिकेनवाँम (Meichambaunm, 1977) ने संज्ञानात्मक पुर्नसंरचना (cognitive restructuring) कहा है। परन्तु कभी-कभी ऐसा करने में हमलोग वास्तविकता को विकृत (distort) कर देते हैं तथा अपने आप को एक तरह से धोखा देते हैं। ऐसे संज्ञानात्मक उपायों को फ्रायड (Freud) ने *रक्षा प्रक्रम* (defense mechanism) कहा है जिनमें निम्नांकित सात प्रमुख हैं—

(a) दमन (repression)—इसमें तनावपूर्ण समस्या से उत्पन्न चिन्ताओं, यादों आदि व्यक्ति के चेतन से निकलकर अचेतन में चले जाते हैं क्योंकि वे मानसिक रूप से कष्टकारी होती हैं। इसे दमन (repression) की प्रक्रिया कहा जाता है जो दलन (suppression) से भिन्न होता है जहाँ व्यक्ति चिन्ता उत्पन्न करने वाले इच्छाओं एवं यादों को जान-बुझकर चेतन से हटाये रखता है ताकि वह किसी दूसरे तथ्य पर ध्यान दे सके। अतः दमन में व्यक्ति अपनी इच्छाओं एवं यादों से अवगत नहीं होता है जबकि दलन में व्यक्ति को यह पता होता है कि कौन-कौन इच्छाओं एवं यादों को चेतन से अलग किया है।

(b) प्रतिक्रिया निर्माण (reaction formation)—इसमें व्यक्ति तनाव उत्पन्न करने वाले इच्छा या विचार के ठीक विपरीत इच्छा या विचार विकसित करके तनाव को कम करता है। भ्रष्टाचार से चिन्तित एवं तनावग्रस्त एक नेता प्रायः भ्रष्टाचार के खिलाफ में भाषण देकर अपना मानसिक बोझ एवं उलझन कम कर लेता है।

(c) यौक्तिकीकरण (rationalization)—इसमें व्यक्ति अपने अयुक्तिसंगत व्यवहारों को एक युक्तिसंगत एवं तर्कसंगत व्यवहार के रूप में परिणत कर अपने आप को संतुष्ट कर अपना मानसिक तनाव दूर करता है। इस तरह से यौक्तिकीकरण दो उद्देश्यों की पूर्ति होती है—पहला तो यह कि जब व्यक्ति लक्ष्य पर पहुँचने में असमर्थ रहता है, तो इससे उत्पन्न कुंठा की गम्भीरता को यौक्तिकीकरण कम कर देता है तथा दूसरा यह कि वह व्यक्ति द्वारा किए गए व्यवहार के लिए एक स्वीकार्य अभिप्रेरक (acceptable motive) प्रदान करता है। जैसे—एक छात्र समय पर परीक्षा भवन में नहीं पहुँचने पर यह यौक्तिकीकरण कर सकता है कि उसके कमरे के सहयोगी (room-mate) ने उसे ठीक समय पर सुबह नहीं उठाया। यहाँ छात्र परीक्षा भवन में सही समय पर नहीं पहुँचने से उत्पन्न तनाव को एक युक्तिसंगत व्ययवहार के माध्यम से दूर करना चाहता है। सम्भव है कि उसके दोस्त ने सचमुच में उसे ठीक समय पर नहीं उठाया हो परन्तु परीक्षा भवन में समय पर पहुँचने की जवाबदेही स्वयं उस पर है न कि उसके दोस्त पर।

(d) प्रेक्षपण (projection)—इस तरह के रक्षा प्रक्रम में व्यक्ति अपना तनाव दूर करने के लिए अपनी गलतियों, असफलताओं आदि का आरोपण दूसरों पर करता है और इस तरह से अपने आप को दोषमुक्त समझता है जिससे उसमें शांति एवं आत्म-संतोष उत्पन्न होता है। सचमुच में प्रक्षेपण एक तरह का यौक्तिकीकरण ही है परन्तु इसका महत्त्व अलग से इसलिए है क्योंकि यह हमारे समाज में अधिक व्यापक तौर पर उपयोग किया जाता है। परीक्षा में असफलता प्राप्त करने पर छात्र अपना तनाव प्रायः यह कहते हुए कम करता है कि शिक्षक ठीक ढंग से पढ़ाये नहीं थे या उसे माता-पिता द्वारा घरेलू कार्यों में परीक्षा की अवधि में काफी व्यस्त रखा गया था। ऐसा सोचने से स्वभावतः वह अपने को दोषी नहीं पाता है और तब उसका तनाव कम हो जाता है।

(e) विस्थापन (displacement)—विस्थापन भी एक महत्त्वपूर्ण संज्ञानात्मक रक्षा प्रक्रम (cognitive defense mechanism) है जिसके माध्यम से व्यक्ति अपना तनाव कम करता है। इसमें कष्टकर अभिप्रेरकों एवं संघर्षों से उत्पन्न तनाव को मौलिक वस्तु जो ऐसे कष्टकर अभिप्रेरकों एवं संघर्षों की उत्पत्ति करता है, से असम्बद्ध वस्तुओं या परिस्थितियों के प्रति स्थानान्तर करके कम करता है। जैसे—माता-पिता द्वारा डाँट पड़ने पर यदि कोई बालक अपने छोटे भाई को पीटकर अपना तनाव दूर करता है तो यह विस्थापन का उदाहरण होगा। स्पष्ट है कि विस्थापन में व्यक्ति अपना तनाव उस वस्तु या व्यक्ति के प्रति प्रतिक्रिया करके करता है, जो उसे कम खतरनाक या भय उत्पन्न करने वाला दीखता है।

(f) अस्वीकरण (denial)—जब बाहरी वास्तविकता (external reality) इतना अधिक कष्टकर या दुखदायी हो जाता है कि व्यक्ति उसका सहन नहीं कर सकता है, तो ऐसी परिस्थिति में उस वास्तविकता के अस्तित्व को मानने से इनकार करके वह अपना तनाव दूर करता है। जैसे—घातक रूप से बीमार शिशु के माता-पिता अपना तनाव यह सोचकर कम कर लेते हैं कि शिशु को कुछ भी ऐसा घातक बीमारी नहीं हुआ है हालाँकि बीमारी के परिणाम (outcome) को भी वह अच्छी तरह से समझते हैं।

(g) बौद्धिकीकरण (intellectualization)—बौद्धिकीकरण एक ऐसा रक्षा प्रक्रम है जिसमें व्यक्ति तनावपूर्ण परिस्थिति से उसके बारे में अमूर्त (abstract) ढंग से सोचकर एक तरह का निर्लिप्तता या अलगाव (detatchment) विकसित कर लेता है जिसके परिणामस्वरूप वह अपना तनाव कुछ कम कर पाता है। जैसे—एक डाक्टर जिन्हें लगातार रोगी के जिन्दगी-मौत से जुझना पड़ता है, में उनकी अवस्थाओं को देखकर उनमें तनाव उत्पन्न होता है। परन्तु जब वह इन रोगियों के प्रति सांवेगिक रूप से आवेष्टन (involvement) न दिखाकर एक तरह का अलगाव विकसित कर लेता है जिससे उसका तनाव कम हो जाता है और वह रोगी का ठीक ढंग से उपचार करने में सफल हो पाता है।

स्पष्ट हुआ कि तनाव की गम्भीरता को कम करने के कई उपायों का वर्णन किया गया है। फिर भी ये सारे उपाय अपने उद्देश्य में अधिक सफल नहीं हो पाये हैं क्योंकि समाज के अधिकतर व्यक्तियों में तनाव की गम्भीरता इस बुरी तरह से छायी हुई है कि उनका सांवेगिक एवं दैहिक स्वास्थ्य दिनों-दिन खराब होता जा रहा है। अतः इस सिलसिले में अभी बहुत कुछ करना बाकी है जिसे मनोवैज्ञानिकों ने एक चुनौती के रूप में लिया है।

नवीनतम शोधों से यह स्पष्ट हुआ है कि समायोजी व्यवहार (coping behaviour) के सामयिक पहलू (temporal aspect) भी होते हैं। व्यक्ति तनाव के साथ समायोजन, तनाव उत्पन्न होने के बाद भी कर सकता है। बीह एवं मैकग्राथ (Beehr & McGrath, 1996) ने निम्नांकित पाँच ऐसी परिस्थितियों का वर्णन किया है जो विशेष सामयिक संदर्भ (temporal context) उत्पन्न करते हैं तथा जिसमें व्यक्ति समायोजी व्यवहार करता है—

(a) निरोधक समायोजी *(Preventive coping)*—यह एक ऐसा समायोजी व्यवहार है जिसे व्यक्ति तनाव उत्पन्न करने वाली घटना से बहुत पहले ही करना प्रारम्भ कर देता है। जैसे, धुमपान करने वाला व्यक्ति फेफड़े का कैंसर उत्पन्न होने की जोखिम से दूर रहने के ख्याल से धुमपान करना जब छोड़ देता है, तो इसे एक निरोधक समायोजी व्यवहार का उदाहरण माना जाएगा।

(b) प्रत्याशी समायोजी *(anticipatory coping)*—जब व्यक्ति यह अनुमान लगाकर समायोजी व्यवहार करता है कि तनाव उत्पन्न करने वाला घटना अब तुरन्त होने वाला है, तो इस तरह के समायोजी व्यवहार को प्रत्याशी समायोजी कहा जाता है। जैसे, यदि तुरन्त सर्जिकल आपरेशन होने के अनुमान के फलस्वरूप व्यक्ति प्रशांतक (tranquilizer) लेता है, तो इस तरह के समायोजी व्यवहार को प्रत्याशी समायोजी व्यवहार कहा जाता है।

(c) गत्यात्मक समायोजी *(dynamic coping)*—इस तरह का समायोजी व्यवहार व्यक्ति तब करता है जब तनावपूर्ण परिस्थिति से गुजर रहा होता है। जैसे, जब व्यक्ति चिरकालिक दर्द को कम करने के ख्याल से अपना ध्यान उससे हटाकर किसी अन्य वस्तु पर करता है, तो इसे गत्यात्मक समायोजी व्यवहार की संज्ञा दी जाती है।

(d) प्रतिक्रियात्मक समायोजी *(reactive coping)*—इस तरह का समायोजी व्यवहार तनाव उत्पन्न करने वाली घटना घटने के बाद व्यक्ति अपनाता है। जैसे, एक पैर काट दिये जाने पर जब व्यक्ति अपने जीवनशैली में परिवर्तन लाकर उसके साथ समायोजन करता है, तो इसे प्रतिक्रियात्मक समायोजी व्यवहार कहा जाता है।

(e) अवशिष्ट समायोजी *(residual coping)*—यह एक ऐसा समायोजी व्यवहार है जिसमें व्यक्ति तनाव उत्पन्न होने के बहुत बाद उसके गहरे प्रभावों से निबटने के लिए व्यवहार करता है। जैसे, कोई आघातीय घटना (traumatic event) होने के बहुत बाद जब व्यक्ति उसके बारे में अपने भयावह चिंतन को नियंत्रित करके उसके साथ समायोजन करता है, तो उसे अवशिष्ट समायोजी व्यवहार कहा जाता है।

स्पष्ट हुआ कि समायोजी व्यवहार के सामयिक पहलू भी होते हैं जो काफी सार्थक हैं। अभी नवीनतम अध्ययनों से यह भी पता चला है कि पुरुष एवं महिलाएँ उपर्युक्त समायोजी उपायों (coping strategies) के चयन में एक-दूसरे से भिन्नता दिखलाते हैं। अध्ययनों से यह स्पष्ट हुआ है कि पुरुषों द्वारा समस्या-केन्द्रित समायोजी उपाय (problem-focused coping strategies) का अधिक उपयोग किया जाता है जबकि महिलाओं द्वारा संवेग-केन्द्रित उपाय (emotion focused strategy) जिसमें अन्य लोगों से सामाजिक समर्थन हासिल करने की कोशिश की जाती है, अधिक उपयोग किया जाता है। प्टेक, स्मीथ तथा डोज (Ptacke, Smith & Dodge, 1994) द्वारा किये गए अध्ययनों के आलोक में इसके कारण पर विचार करते हुए यह कहा गया है कि जिंदगी के आरम्भ से ही पुरुषों एवं महिलाओं को तनाव के साथ निबटने के लिए अलग-अलग रास्तों पर चलने के लिए सीखलाया जाता है। परन्तु पोर्टर तथा स्टोन (Porter & Stone, 1995) द्वारा किये गए अध्ययन से यह निष्कर्ष शक के घेरे में आ जाता है, क्योंकि

इनके अध्ययनों में यह पाया गया कि महिला एवं पुरुष अनुभव किए गए तनाव की मात्रा के ख्याल से आपस में एक-दूसरे से कम भिन्न होते हैं या फिर उस तनाव से निबटने के लिए जिन उपायों (strategies) का सहारा लेते हैं उनमें भी आपस में कम अन्तर होता है। परन्तु इन दोनों में अपनी-अपनी समस्याओं के अंतर्वस्तु (content) के ख्याल से अवश्य अन्तर होता है। पुरुषों द्वारा कार्य-सम्बद्ध समस्याओं के बारे में अधिक बतलाया जाता है जबकि महिलाओं द्वारा अपने से सम्बद्ध समस्याओं, मातृत्व-पितृत्व से सम्बद्ध समस्या तथा अन्य लोगों के साथ अंतक्रियाओं से सम्बद्ध समस्याओं पर अधिक बल डाला जाता है।

कुछ अध्ययनों से यह भी पता चला है कि समायोजी उपायों (coping strategies) पर संस्कृति (culture) का भी प्रभाव पड़ता है। चांग (Chang, 1996) ने एक अध्ययन किया जिसमें विशेष रूप से इस तथ्य पर विचार किया गया कि एशियन छात्रों तथा यूरोपियन छात्रों में आशावादी, निराशावादी तथा समायोजी उपायों (coping strategies) के ख्याल से कोई अंतर होता है या नहीं। परिणाम में यह देखा गया है कि एशियन छात्र तुलनात्मक रूप से अधिक आशावादी थे तथा समस्या परिहार (problem avoidance) तथा सामाजिक प्रत्याहार (social withdrawal) को समायोजी उपाय के रूप में अधिक उपयोग करते थे।

प्रतिबल या तनाव का प्रबंधन
(Management of Stress)

जैसा कि हम जानते हैं, व्यक्ति दिन प्रतिदिन की जिंदगीं में होने वाले तनावों को दूर करने के लिए तरह-तरह के उपायों को अपनाता है। परन्तु ऐसे उपाय हमेशा कारगर साबित कई कारणों से नहीं हो पाता है। इन कारणों में सबसे प्रमुख कारण प्रतिबल या तनाव की गम्भीरता है या उसकी नवीनता है।-ऐसी परिस्थितियों से निबटने के लिए स्वास्थ्य मनोवैज्ञानिकों (health psychologists) ने प्रतिबल प्रबंधन (stress management) के कुछ प्रविधियों की ओर ध्यान दिया है। उन प्रविधियों पर विचार करने के पहले हम यहाँ बता देना उचित समझते हैं कि प्रतिबल प्रबंधन क्या है? प्रतिबल प्रबंधन से तात्पर्य एक ऐसे कार्यक्रम से होता है जिसमें लोगों को तनाव के स्रोतों से अवगत कराते हुए उनसे निबटने के आधुनिक एवं वैज्ञानिक तरीकों के बारे में शिक्षा दी जाती है। इतना ही नहीं, ऐसे कार्यक्रम में तनाव को कम करने के कौशलों का अभ्यास भी करवाया जाता है।

तनाव प्रबंधन के कई तरीकें हैं जिनमें मूलतः तीन अवस्थाएँ सम्मिलित होतीं हैं—

(a) पहली अवस्था में तनाव प्रबंधन में सम्मिलित होने वाले व्यक्ति यह सीखते हैं कि तनाव क्या होता है?

(b) दूसरी अवस्था में वे तनाव को दूर करने या कम करने के कौशलों को सीखते हैं तथा उनका इस कार्य में अभ्यास भी कराया जाता है।

(c) अंतिम अवस्था में लक्षित तनावपूर्ण परिस्थितियों (targeted stressful stiuations) में वे तनाव प्रबंधन प्रविधियों का अभ्यास करते हैं तथा उनके प्रभावशीलता को मॉनीटर करते हैं।

उक्त तीनों अवस्थाओं पर आधारित अमेरिका में एक अति महत्त्वपूर्ण तनाव प्रबंधन कार्यक्रम (stress management programme) विकसित किया गया है जिसे 'कामवैट स्ट्रेस नाऊ' (Combat Stress Now or CSN) कहा जाता है जिसका सफलतापूर्वक उपयोग उन कॉलेज छात्रों के लिए किया गया जो शैक्षिक जीवन के तनावों से निबटने में कठिनाई अनुभव करते हैं।

लेहरेर एवं उल्लफोल्क (Lehrer & Wollfolk, 1993) के अनुसार तनाव प्रबंधन की कई प्रविधियाँ (techniques) हैं जिन्हें मोटे तौर पर दो मुख्य भागों में बाँटा गया है—

(क) वैयक्तिक उपागम (Individual approach)

(ख) पर्यावरणी परिवर्तन उपागम (Environmental change approach)

इन दोनों उपागमों के तहत आने वाले प्रविधियों का वर्णन निम्नांकित हैः—

(क) वैयक्तिक उपागम (*Individual approach*)—इसके तहत तनाव प्रबंधन के लिए मुख्यतः व्यक्ति विशेष पर कार्य किया जाता है जिसमें निम्नांकित प्रविधियों को रखा गया है—

(i) उत्तेजन की कमी (*arousal reduction*)—इस प्रविधि में व्यक्ति को माँशपेशियों के शिथिलीकरण

(relaxation) का प्रशिक्षण दिया जाता है और इस कार्य में कभी-कभी वायोफिडवैक (biofeedback) का भी सहारा लिया जाता है। ऐसा देखा गया कि इस तरह से व्यक्ति को प्रशिक्षित करने से वह इस कौशल का उपयोग फिर धीरे-धीरे अपने वास्तविक जिंदगी के तनावों को कम करने के लिए सफलतापूर्वक करने लगता है। डेभिसन एवं थॉम्पसन (Davison & Thompson, 1988) ने इस क्षेत्र में किये गए अध्ययनों की समीक्षा करने के बाद यह बतलाया है कि इस तरह के प्रशिक्षण का स्थायी लाभ तभी मिलता है जब इस तरह के शिथिलीकरण का अभ्यास लगातार व्यक्ति करता है।

(ii) संज्ञानात्मक पुनर्संरचना (*Cognitive restructuring*)—इस प्रविधि के मुख्य प्रवर्त्तक मिकेनवॉम (Meichambaunm, 1977), इल्लिस (Ellis, 1962) तथा वेक (Beck) है। यह एक ऐसी प्रविधि है जिसमें व्यक्ति के विश्वास तंत्रों (belief systems) में परिवर्तन लाने की कोशिश किया जाता है ताकि वह अपने जिंदगीं की अनुभूतियों का एक उचित एवं सही व्याख्या प्रस्तुत कर सके एवं अपने संवेगों एवं स्पष्ट व्यवहार में वांछित परिवर्तन ला सके। इल्लिस एवं बेक का मत है कि व्यक्ति में तनावग्रस्त अनुभूतियों के उत्पन्न होने के कारण अयौक्तिक विश्वास (irrational belief) होता है। ऐसे विश्वास के कारण व्यक्ति दूसरों से और यहाँ तक कि स्वयं से अधिक अपेक्षाएँ करने लगता है और तनावग्रस्त हो जाता है। संज्ञानात्मक पुनर्संरचना की प्रविधि में ऐसे विश्वासों को दूर करके उनके जगह पर यौक्तिक विश्वास (rational belief) उत्पन्न किया जाता है जिससे वे अपने दिन-प्रतिदिन की जिंदगी से तनाव को दूर रखने में समर्थ हो सके। फोल्कमैन तथा लेजारस (Folkman & Lazarus, 1984) ने अपने अध्ययन के आधार पर इस तथ्य का समर्थन किया है।

(iii) व्यवहारात्मक कौशल प्रशिक्षण (*Behavioural skills training*)—तनाव प्रबंधन की यह एक ऐसी प्रविधि है जिसमें व्यक्ति को कुछ व्यवहार से सम्बद्ध कुछ ऐसे कौशलों (skills) को सीखलाया जाता है जिनका उपयोग करके वह अपने तनाव को कम कर सकता है। जैसे समय प्रबंधन (time management) एक ऐसा ही कौशल है जिसे सीखला कर व्यक्ति अपने दिन-प्रतिदिन की जिंदगी के तनाव को कम कर सकता है। अक्सर देखा गया है कि व्यक्ति को कम समय में जरूरत से ज्यादा काम कभी-कभी करना होता है जो स्पष्टतः तनाव का एक कारण बनता है। समय प्रबंधन में व्यक्ति को इस बात का प्रशिक्षण दिया जाता है कि वह ऐसी परिस्थिति से किस तरह निबटेगा। स्पष्ट हुआ कि इस प्रविधि में व्यक्ति को कुछ विशेष व्यवहारात्मक कौशल (behavioural skill) सीखलाया जाता है ताकि वह अपने दिन-प्रतिदिन की घटनाओं से होने वाले तनावों पर नियंत्रण रख सके।

(iv) वायोफिडवैक (*Biofeedback*)—1970 वाले दशक में तनाव (stress) को कम करने के लिए एक नयी प्रविधि की लोकप्रियता बढ़ी जिसे वायोफिडवैक (biofeedback) कहा गया। वायोफिडवैक एक ऐसी विशिष्ट प्रविधि है जिसके माध्यम से तनाव के दैहिक पहलुओं (physiological aspects) को मॉनीटर एवं नियंत्रित किया जाता है। इसमें व्यक्ति को किसी विशेष आंतरिक अंग के कार्यों के बारे में पुनर्निवेशन (feedback) दिया जाता है जो सामान्यतः व्यक्ति के चेतन नियंत्रण से बाहर होता है और व्यक्ति को उसे पहचान करके नियंत्रित करना पड़ता है। जैसे, रोगी का सम्बन्ध किसी एक ऐसे मशीन से स्थापित कर दिया जा सकता है जो हृदय गति को आवाज (tone) में बदल देता हो ताकि व्यक्ति यह समझ सके कि हृदय कितना तेजी या मंद गति से धड़क रहा है। प्रयास एवं त्रुटि की प्रक्रिया से व्यक्ति धीरे-धीरे इस स्वायत अनुक्रिया (autonomic response) को नियंत्रण करना सीख लेता है। अब व्यक्ति यह महसूस कर सकता है कि इन आवाजों पर ध्यान न देकर यदि सांस की गति पर ध्यान केन्द्रित किया जाय, तो इससे उसके हृदय गति को आसानी से कम किया जा सकता है।

वायोफिडवैक का उपयोग न केवल सामान्य तनाव को कम करने में बल्कि उच्च रक्त चाप, चिरकालिक दर्द, मांसपेशीय संकुचन सिरदर्द (muscle-contraction headaches) आदि के उपचार में भी किया जाता है। परन्तु यह प्रविधि कीमती (costly) होने के कारण अधिक लोकप्रिय नहीं हो पाया। इसकी लोकप्रियता कमने का एक कारण यह भी था कि इससे अधिक उत्तम परिणाम अन्य प्रविधि से मिलने लगे।

(v) विश्रांति या तनाव मुक्ति प्रविधि (*Relaxation techniques*)—कई तरह की विश्रांति या तनावमुक्ति प्रविधि (relaxation technique) ऐसे उपलब्ध हैं जिनसे व्यक्ति तनाव कम करने में सफलतापूर्वक उपयोग करता है। जब व्यक्ति विश्रांति की अवस्था में होता है, तो व्यक्ति के शरीर में उत्तेजना (arousal) कम होता है जिसका मतलब यह हुआ कि व्यक्ति तनाव के प्रति प्रतिक्रिया करने के प्रति कम उन्मुखता दिखलाता है। इस तरह से विश्राति प्रविधि में

व्यक्ति अपने शरीर को निम्न उत्तेजना के सुखद अवस्था में ले जाना सीखता है तथा तनाव से साहचर्चित असमान्य तनाव की अवस्था को कम करना भी सीख लेता है। विश्रांति प्रविधियाँ जिनका उपयोग व्यक्ति तनाव को कम करने में करता है, कई हैं। इनमें निम्नांकित प्रमुख हैं—

(a) ऐभरली (Everly, 1989) के अनुसार विश्राति प्रविधि का एक प्रारूप वह है जिसमें शरीर के विभिन्न मांसपेशियाँ समूहों का प्रगतिशील विश्रांति (progressive relexation) होती हैं। यहाँ पूर्वकल्पना यह होती है कि चूँकि तनाव एवं चिंता का सम्बन्ध माँसपेशीय तनाव (muscle tension) से होता हैं, अतः मांसपेशीय तनाव को कम करके भी तनाव एवं चिंता के भाव को कम किया जा सकता है। प्रगतिशील विश्रांति में व्यक्ति क्रमबद्ध रूप से शरीर के कुछ माँसपेशियों को विशेषकर शरीर के निचली हिस्से के माँसपेशीयों से प्रारम्भ होकर चेहरे की मांसपेशियों (facial muscles) को शिथिल (relax) तब तक करता है जब तक कि पूर्ण शरीर विश्रांति की अवस्था में न आ जाए। इस ढंग का सतत अभ्यास से व्यक्ति में शांति का भाव उत्पन्न होता है तथा फिर वह एक कम तानवपूर्ण मनोवृत्ति विकसित कर लेता है।

(b) विश्रांति प्रविधि का दूसरा प्रारूप *नियंत्रित श्वसन* (controlled breathing) है। चूँकि विश्रांति की अवस्था गहरे एवं लम्बे श्वसन (breaths) से सम्बद्ध होता है, इसलिए इस ढंग का श्वसन पैटर्न उत्पन्न करके हम व्यक्ति में जान-बूझकर विश्रांति उत्पन्न कर सकते हैं। पहले, व्यक्ति एक लम्बी गहरी साँस लेता है जिसमें मुँह के माध्यम से व्यक्ति के फेफड़े में हवा भर जाती है। इस तरह से गहरी सॉस जो कम-से-कम 10 सेकंड तक का होता है, के बाद व्यक्ति फिर छोटा साँस लेता है। इस प्रक्रिया को बार-बार दोहराने से तनाव-उत्पन्न दर्द काफी कम हो जाता है। इस तथ्य की पुष्टि तर्क एवं उनके सहयोगियों (Turk et al., 1977) तथा विसेनवर्ग (Weisenberg, 1977) के अध्ययनों से हुआ है।

कुछ अध्ययनों से इस तथ्य का समर्थन मिला है कि विश्रांति प्रविधियों को लगातार अभ्यास में रखने से असंक्रामक तंत्र (immune system) को उन्नत बनाने में काफी मदद मिलती है। काईकोल्ट-ग्लेजर एवं उनके सहयोगियों (Kiecolt-Glaser et al; 1984) ने एक अध्ययन किया जिसमें प्रथम वर्ष के कुछ मेडिकल छात्रों को यादृच्छिक ढंग से दो समूहों में बाटाँ गया—विश्रांति समूह (relaxation group) तथा नियंत्रित या तुलनात्मक समूह (comparison group)। विश्रांति समूह के छात्रों को परीक्षा प्रारम्भ होने के पहले वाले महीना में 5 से 10 विश्रांति सत्र (relaxation session) में अभ्यास दिया गया परन्तु तुलनात्मक समूह को कोई ऐसा प्रशिक्षण नहीं दिया गया। परीक्षा के समय दोनों समूहों के असंक्राम्य तंत्र (immune system) के कार्यों में कमी होते देखी गयी (अर्थात् टी-कोशिकाओं (T-cells) का प्रतिशत कम हो गया) परन्तु विश्रांति समूह के सदस्यों द्वारा चिन्ता कम महसूस की गयी तथा इस समूह के वैसे सदस्य जो अधिक बार विश्रांति सत्र में अभ्यास किये थे, उनमें उन सदस्यों की तुलना में जो कम बार विश्रांति सत्र में अभ्यास किये थे, टी-कोशिकाओं का प्रतिशत अधिक होते पाया गया। इस अध्ययन से यह स्पष्ट हो जाता है कि विश्रांति से तनाव एवं सम्बद्ध चिन्ता में कमी आती हैं। काईकोल्ट-ग्लेजर एवं उनके सहयोगियों (Kiecolt-Glaser et al., 1985) ने एक अन्य अध्ययन किया जिसमें 45 वृद्ध लोगों को तीन समूहों में बाँटा गया—एक समूह को विश्रांति प्रशिक्षण (relaxation training) दिया गया, दूसरे समूह को पर्याप्त सामाजिक सम्पर्क (social contact) प्रदान किया गया तथा तीसरे समुह को नियंत्रित समूह (control group) के रूप में रखा गया है। प्रथम दो समूहों के सदस्यों को एक महीने तक सप्ताह में तीन बार प्रशिक्षण दिया गया। महीना समाप्त होने पर यह देखा गया कि विश्रांति समूह के असंक्राम्य तंत्र के कार्यों में काफी उन्नति (improvement) देखी गयी। परन्तु उसके एक महीना बीत जाने के बाद यह देखा गया कि विश्रांति का यह उन्नत प्रभाव लगभग समाप्त हो गया जो अपने आप में यह बतलाता है कि विश्रांति का अभ्यास सतत बना रहने से ही उसका प्रभाव स्पष्ट दीखता है।

(ख) पर्यावरणी परिवर्तन उपागम (*Environmental changes approach*)—वैयक्तिक उपागम में उन प्रविधियों पर बल डाला जाता है जो व्यक्ति को विशेष तरह के वातावरण (environment) के साथ समंजन स्थापित करने के लिए तैयार करता है। परन्तु पर्यावरणी परिवर्तन उपागम में वातावरण को ही एक समस्या मानकर तथा उसमें परिवर्तन करके तनाव को कम करने का कौशल सीखलाया है। इसमें सामाजिक समर्थन (social support) की भूमिका को काफी महत्त्वपूर्ण बतलाया गया है। कोहेन तथा विल्लस (Cohen & Wills, 1985) ने सामाजिक समर्थन के दो प्रकार बतलाये हैं—*संरचनात्मक सामाजिक समर्थन* (structural social support) तथा *कार्यात्मक सामाजिक समर्थन*

(functional social support)। संरचनात्मक सामाजिक समर्थन से तात्पर्य व्यक्ति के सामाजिक सम्बन्धों के नेटवर्क जैसे उसके वैवाहिक स्तर तथा दोस्तों की संख्या आदि से होता है। कार्यात्मक सामाजिक समर्थन से तात्पर्य व्यक्ति के सम्बन्धों के गुणवत्ता (quality) से है। जैसे, क्या व्यक्ति को यह विश्वास है कि संकट की घड़ी में वह अपने सम्बन्धियों को अपने पास बुला सकता है? यदि हाँ, तो यह समझा जायेगा कि व्यक्ति को कार्यात्मक सामाजिक समर्थन भी प्राप्त है। गुडनाऊ एवं ग्रेडी (Goodnow & Grady, 1990), सीमैन तथा सीमी (Seeman & Syme, 1990) द्वारा किये गए अध्ययनों से यह स्पष्ट हुआ कि निम्न सामाजिक समर्थन से व्यक्ति में तनाव होता है और फिर कई तरह के शारीरिक एवं मानसिक रोग भी उत्पन्न हो जाते हैं। अतः इस उपागम में कुछ इस तरह का प्रशिक्षण व्यक्ति को दिया जाता है जिसके सहारे वह अपने सामाजिक समर्थन के स्तर को मजबूत करके अपने इर्द-गिर्द के वातावरण को इस तरह से परिवर्तित कर देता है कि उसमें तनाव न के बराबर होता है। इस क्षेत्र में सामुदायिक मनोविज्ञानियों (community psychologists) द्वारा किया गया योगदान भी काफी सराहनीय है।

निष्कर्षतः यह कहा जा सकता है कि तनाव या प्रतिबल प्रबंधन के कई प्रविधियाँ हैं। इन प्रविधियों का संयुक्त रूप से उपयोग करके व्यक्ति तनावमुक्त जिंदगी व्यतीत कर सकता है।

तनाव या प्रतिबल के सिद्धान्त
(Theories of Stress)

तनाव के कई सिद्धान्तों का प्रतिपादन किया गया है जिसमें मूलतः इस बात की व्याख्या करने की कोशिश की गयी है कि क्यों वैसी घटनाएँ या उद्दीपक को जिन्हें व्यक्ति तनावग्रस्त समझता है, उसके दैहिक, संज्ञानात्मक, सांवेगिक तथा व्यवहारपरक कार्यों पर नकारात्मक प्रभाव डालते हैं? ऐसे सिद्धान्तों में निम्नांकित पाँच को काफी महत्त्वपूर्ण बतलाया गया है—

1. संज्ञानात्मक लागत की सिद्धान्त (Theories of cognitive cost)
2. दैहिक उत्तेजन का सिद्धान्त (Theories of physiological arousal)
3. सांवेगिक कार्यों का सिद्धान्त (Theories of emotional functioning)
4. लेजारस का संज्ञानात्मक सिद्धान्त (Lazarus's cognitive theory of stress)
5. निस्सहायता का सिद्धान्त (Theories of helplessness)

इन सिद्धान्तों का वर्णन निम्नांकित हैं:—

1. संज्ञानात्मक लागत का सिद्धान्त (*Theories of cognitive costs*)—जैसा कि नाम से ही स्पष्ट है, इस सिद्धान्त के अनुसार जब भी व्यक्ति किसी तनावग्रस्त घटना का शिकार होता है, तो उससे निबटने के लिए उसे अधिक संज्ञानात्मक संसाधनों (cognitive resources) का उपयोग (या खर्च या लागत) करना पड़ता है। यहाँ व्यक्ति को विशेष रूप से यह ध्यान देना होता है कि तनावपूर्ण घटना का स्वरूप क्या है, इसका प्रभाव कितना बुरा होने जा रहा है, क्या यह स्थायी प्रकृति का है या थोड़े समय के लिए है, आदि आदि। इस तरह के संज्ञानात्मक प्रयासों का दो तरफा प्रभाव व्यक्ति पर पड़ता है। पहला तो यह है कि इससे व्यक्ति के संज्ञानात्मक क्षमताओं पर जरूरत से ज्यादा भार पड़ता है तथा दूसरे तरफ उसे उन्य कार्यों को करने के लिए संज्ञानात्मक साधनों की कमी हो जाती है जिससे उसका निष्पादन (performance) अन्य कार्यों पर कम हो जाता है। इसे *संज्ञानात्मक लागत प्राक्कल्पना* (cognitive-cost hypothesis) कहा जाता है जिसका प्रतिपादन ग्लास एवं सिंगर (Glass & Singer, 1972) द्वारा किया गया। स्पष्ट हुआ कि तनाव ग्रस्त उद्दीपक या घटना के होने पर व्यक्ति के संज्ञानात्मक प्रक्रियाओं एवं संसाधनों को काफी कीमत चुकानी पड़ती है जिससे तनाव का तीव्र अनुभव होता है।

टेलर (Taylor, 1999) ने उक्त सिद्धान्त का समर्थन यह कहते हुए प्रदान किया है कि अपूर्वकथनीय (unpredictable) या अनियंत्रणीय (uncontrollable) घटनाएँ पूर्वकथनीय एवं नियंत्रणीय घटनाओं की तुलना में अधिक तनाव उत्पन्न करने वाले होती हैं। इसका कारण यह है जब घटनाएँ पूर्वकथनीय एवं नियंत्रणीय होता है, तो व्यक्ति को कम संज्ञानात्मक भार या कीमत चुकानी पड़ती है। इस तरह से टेलर ने अपने इस प्रेक्षण से संज्ञानात्मक कीमत के सिद्धान्त को समर्थन प्रदान किया है।

2. दैहिक उत्तेजन का सिद्धान्त (*Theories of physiological arousal*)—इस सिद्धान्त के अनुसार व्यक्ति को तनाव का नकारात्मक प्रभाव के अनुभव होने का कारण उसका दैहिक उत्तेजन (physiological arousal) होता है। जब व्यक्ति किसी तनावपूर्ण घटना या उद्दीपक का सामना करता है, तो उसमें तरह-तरह के दैहिक उत्तेजन होते हैं। इन दैहिक उत्तेजनों में हृदय गति में वृद्धि, श्वसन गति में वृद्धि, त्वक् संचालकता (skin conductivity) में परिवर्तन, रक्तचाप में परिवर्तन आदि मुख्य है। इन्हीं परिवर्तनों का परिणाम होता है कि व्यक्ति तनाव के नकारात्मक प्रभावों को अनुभव करता है।

कुछ मनोवैज्ञानिकों ने सिद्धान्त की व्याख्या से असहमति जताते हुए यह कहा है कि सिद्धान्त में दैहिक उत्तेजन के जो विभिन्न सूचक बतलाये गए हैं, वे आपस में ठीक ढंग से सम्बन्धित नहीं होते हैं तथा उत्तेजन के सही सूचकांक नहीं होते हैं। जैसे, व्यक्ति के हृदय गति तथा रक्त चाप में वृद्धि तो तेजी से सीढ़ी चढ़ने से या व्यायाम करने से भी हो सकता है। अतः उत्तेजन सिद्धान्त की व्याख्या बहुत उपयुक्त नहीं दीख पड़ता है।

3. सांवेगिक कार्यों का सिद्धान्त (*Theories of emotional functioning*)—इस सिद्धान्त के अनुसार व्यक्ति को तनाव के नकारात्मक प्रभाव का अनुभव इसलिए होता है क्योंकि इसमें व्यक्ति को कुछ सांवेगिक अनुक्रियाएँ (emotional responses) करना होता है। तनावपूर्ण घटना व्यक्ति में कुंठा (frustration) उत्पन्न करता है जिससे व्यक्ति में क्रोध एवं चिड़चिड़ापन उत्पन्न होता है। इस तरह के मनस्थिति में परिवर्तन (mood changes) से अन्य कार्यों पर व्यक्ति का निष्पादन में कमी आ जाती है तथा साथ-ही-साथ उसकी अभिरुचि में भी कमी हो जाती हो। डोलार्ड एवं मिल्लर (Dollard & Miller, 1950) के अनुसार शायद यही कारण है कि तनाव की अवस्था में व्यक्ति दूसरों की मदद करता है तथा अन्य धनात्मक सामाजिक व्यवहार भी कम करता है।

आलोचकों का मत है कि उक्त सिद्धान्त की व्याख्या सही तो हैं परन्तु वह कुछ ही तरह के तनावों (stress) के लिए उपयुक्त (appropriate) जान पड़ता है। इसके पक्ष में निम्नांकित दो बातें कहीं जाती हैं—

(a) सभी तरह के तनाव नकारात्मक मनस्थिति (negative mood) उत्पन्न नहीं करता है परन्तु फिर भी उसमें अभिप्रेरण तथा निष्पादन (performance) में कमी देखी जाती है।

(b) तनाव (stress) से हमेशा खीझ या क्रोध (annoyance) उत्पन्न नहीं होता है। इससे डर, विषाद (depression) तथा अन्य मनस्थिति (mood) उत्पन्न हो सकता है जिससे यह कोई आवश्यक नहीं है कि व्यक्ति में अभिप्रेरक की कमी हो या उसके निष्पादन में कमी हो जाय।

उक्त तथ्यों के आलोक में यह कहा जा सकता है कि सिद्धान्त की व्याख्या मात्र आंशिक (partial) ही हैं।

4. लेजारस का तनाव का संज्ञानात्मक सिद्धान्त (*Lazarus's Cognitive theory of stress*)—इस सिद्धान्त का प्रतिपादन लेजारस (Lazarus, 1961) द्वारा किया गया। लेजारस (Lazarus, 1966), लेजारस तथा फाल्कमैन (Lazarus & Folkman, 1984) ने अपने-अपने अध्ययनों के आधार पर यह बतलाया है कि प्रतिबलक या आसेधक (stressors) या तनाव उत्पन्न करने वाला उद्दीपक अपने आप में व्यक्ति में तनाव उत्पन्न नहीं करता है बल्कि तनाव का उत्पन्न होना इस बात पर आधृत होता है कि व्यक्ति उस उद्दीपक या आसेधक (stressor) को किस तरह से प्रत्यक्षण (perception) एवं उसका मूल्यांकन (appraisal) करता है। उद्दीपकों के इस प्रत्यक्षण एवं मूल्यांकन के कारण ही इसे तनाव का संज्ञानात्मक सिद्धान्त कहा जाता है। लेजारस (Lazarus, 1983) ने यह बतलाया है कि तनाव प्रक्रिया में निम्नलिखित चार प्रमुख अवस्थाएँ (stages) सम्मिलित होते हैंः—

(i) सबसे पहले एक करणत्व एजेन्ट (causal agent) होता है जिसका स्वरूप बाह्य (external) या आंतरिक (internal) कुछ भी हो सकता है तथा जिसे सामान्यतः आसेधक (stressor) कहा जाता है।

(ii) दूसरी अवस्था में व्यक्ति का मन या शरीर उस आसेधक को धमकीपूर्ण या हितैषी समझता है।

(iii) मन या शरीर इस तीसरी अवस्था में आसेधक से निपटने के लिए कुछ विशेष समायोजी प्रक्रियाओं (coping processes) को अपनाता है।

(iv) अन्त में, तनाव प्रतिक्रिया उत्पन्न होती है जिसमें व्यक्ति में मन तथा शरीर पर प्रभाव की एक जटिल पैटर्न देखा जाता है।

लेजारस ने यह भी स्पष्ट किया है कि दैहिक तनाव (physiological stress) तथा मनोवैज्ञानिक तनाव (psychological stress) का विश्लेषण अलग-अलग किया जाना चाहिए। सेली के मॉडल द्वारा सिर्फ दैहिक तनाव का विश्लेषण होता है जबकि लेजारस ने अपने सिद्धान्त में मनोवैज्ञानिक तनाव के विश्लेषण पर बल डाला है।

लेजारस का मत है कि जब व्यक्ति को किसी तनावपूर्ण या धमकी भरा उद्दीपक या परिस्थिति का सामना करना पड़ता है, तो वह संज्ञानात्मक प्रक्रियाएँ (cognitive process) करने लगता है जिसमें अन्य बातों के अलावा दो मुख्य तरह के मूल्यांकन (appraisal) सम्मिलित होते हैं—*प्राथमिक मूल्यांकन* (primary appraisal) तथा *गौण मूल्यांकन* (secondary appraisal) प्राथमिक मूल्यांकन से तात्पर्य ऐसे मूल्यांकन से होता है जिसमें व्यक्ति तनावपूर्ण परिस्थिति के अर्थ एवं महत्त्व का मूल्यांकन करता है अर्थात् वह यह समझने की कोशिश करता है कि परिस्थिति का प्रभाव उस पर धनात्मक या ऋणात्मक (negative) पड़ेगा या परिस्थिति का प्रभाव उसके लिए अर्थहीन हैं। कोई भी उद्दीपक या परिस्थिति जिसे व्यक्ति तनावपूर्ण या तनाव उत्पन्न करने वाला समझता है, में निम्नांकित तीन चीजें अवश्य होतीं हैं—

(a) हानि या क्षति (harm or loss)

(b) धमकी (threat) अर्थात् उसमें हानि या क्षति उत्पन्न करने की अन्तःशक्ति (potential)

(c) चुनौती (challenge) अर्थात् आगे बढ़ने या लाभ प्राप्त करने का अवसर

हानि या क्षति, धमकी आदि का अनुभव व्यक्ति उन सारे चीजों के संदर्भ में करता है जिसे व्यक्ति महत्त्वपूर्ण समझता है। जब व्यवित किसी घटना या परिस्थिति को तनावपूर्ण समझता है, तो वह फिर इसका गौण मूल्याकंन (secondary appraisal) भी करता है। इस गौण मूल्याकंन के दौरान यदि वह परिस्थिति को अपने नियंत्रण के भीतर समझता है, तो वह अपने पास उपलब्ध समायोजी स्रोतों (coping resources) का मूल्याकंन करता है। ऐसे समायोजी स्रोत सामाजिक (social) (अर्थात् सामाजिक समर्थन), दैहिक (अर्थात् स्वास्थ्य, ऊर्जा, शक्ति आदि) मनोवैज्ञानिक (psychological) (अर्थात्, कौशल, मनोबल आत्म-सम्मान आदि), भौतिक अर्थात् (रुपया-पैसा, औजार तथा उपकरण आदि) तथा समय (time) कुछ भी हो सकता है। इसके बाद में इन विकल्पों में से कुछ खास का चयन करते हैं तथा तब वह यह निर्णय करता है कि प्रतिशोधक (stressor) के साथ किस तरह से निपटा जाय। व्यक्ति में तनाव की गंभीरता का उत्पन्न होना इस बात पर निर्भर करता है कि व्यक्ति के सामयोजी स्रोत (coping sourcess) कितने पर्याप्त (adequate) हैं तथा वे श्रोत उस तनावपूर्ण परिस्थिति से निपटने में कितना सक्षम हैं।

चित्र 10.8 में लेजारस तथा फाल्कमैन द्वारा प्रतिपादित तनाव मॉडल को दिखलाया गया है। इस चित्र से यह स्पष्ट हैं कि व्यक्ति जब किसी तनावपूर्ण घटना का प्रत्यक्षण करता है तो उसमें संज्ञानात्मक मूल्यांकन (cognitive apparisal) होता है जिसमें प्राथमिक मूल्यांकन के बाद गौण मूल्यांकन होता है और तब फिर उसके बाद व्यक्ति परिस्थिति के प्रति तनाव अनुक्रिया (stress response) करता है। कुछ अध्ययनों से लेजारस के मॉडल के इस दावे को समर्थन मिला है कि आसेधकों के प्रति दैहिक, सांवेगिक तथा व्यवहारपरक प्रतिक्रियाएँ अशंतः इस बात पर निर्भर करती है कि आसेधकों को व्यक्ति कितना चुनौतीपूर्ण (challenging) समझता है। टोमाका एवं उनके सहयोगियों (Tomaka et al; 1993) ने अपने अध्ययनों के आधार पर यह पाया है कि ऐसे आसेधकों के साथ सक्रिय समायोजनशीलता (active coping) जिसे व्यक्ति चुनौतीपूर्ण समझता है, से हृदय गति में वृद्धि, उत्तम निष्पादन तथा धनात्मक संवेग उत्पन्न होते हैं। दूसरे तरफ वैसे आसेधकों के साथ सक्रिय समायोजनशीलता जिसे व्यक्ति धमकीपूर्ण समझता है, से व्यक्ति में रक्त चाप में वृद्धि, घटिया निष्पादन तथा नकारात्मक संवेग उत्पन्न होते हैं।

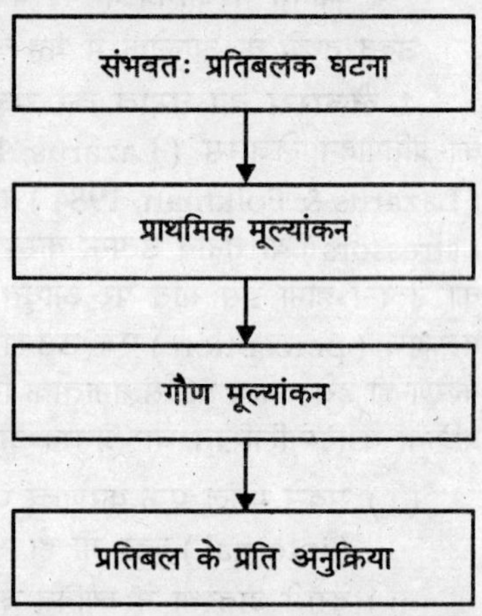

चित्र 10.8 : लेजारस तथा फाल्कमैन द्वारा प्रतिपादित तनाव मॉडल

5. निस्सहायता का सिद्धान्त (*Theory of helplessness*)—इस सिद्धान्त का प्रतिपादन का आधार मार्टिन सेलिगमैन (Martin Seligman, 1975) द्वारा प्रतिपादित अर्जित निस्सहायता का सिद्धान्त (Theory of learned helplessness) है। इस सिद्धान्त का सार तत्व यह है कि तनाव व्यक्ति में निस्सहायता (helplessness) का भाव उत्पन्न करता है। जब व्यक्ति किसी तनावग्रस्त उद्दीपक या घटना का सामना करता है, तो उसके साथ निबटने के लिये वह विशेष व्यवहार करता है। परन्तु जब उस व्यवहार से उसे सफलता नहीं मिलती है, और ऐसा कई बार हो चुका होता है, तो वह अपने आप को निस्सहाय (helpless) महसूस करता है। इसका मतलब हुआ कि तनाव उत्पन्न करनेवाली परिस्थिति पर नियंत्रण न करने का अनुभव बार-बार होने से व्यक्ति अपने आप को निस्सहाय रखना सीख लेता है। इस तथ्य की संपुष्टि हिरोटों एवं सेलिगमैन (Hiroto & Seligman, 1975) ने अपने प्रयोग के आधार पर किया है। इस तरह के अर्जित निस्सहायता से तीन तरह की कमियाँ (deficits) उत्पन्न होतीं हैं—*अभिप्रेरणात्मक कमी* (motivational deficit), संज्ञानात्मक कमी (cognitive deficit) तथा *सांवेगिक कमी* (emotional deficit)। निस्सहाय व्यक्ति कोई ऐसा प्रयास नहीं करता है जिससे उसके परिणाम में परिवर्तन हो सके। यह अभिप्रेरणात्मक कमी का उदाहरण है। निस्सहाय व्यक्ति उन नयी अनुक्रियाओं को नहीं सीख पाता है जिससे वह तनावपूर्ण उद्दीपकों से अपने आपको छुड़ाकर दिला सके। यह संज्ञानात्मक कमी का उदाहरण है। अर्जित निस्साहयता व्यक्ति में हल्का या तीव्र विषाद (depression) भी उत्पन्न कर सकता है। यह सांवेगिक कमी का उदाहरण है। स्पष्टतः तब इस सिद्धान्त के अनुसार तनाव के नकारात्मक प्रभाव (negative effect) की व्याख्या व्यक्ति में उसमें उत्पन्न निस्सहायता (helplessness) के माध्यम से की गयी है।

निष्कर्षतः यह कहा जा सकता है कि तनाव के नकारात्मक प्रभाव की व्याख्या करने के लिए कई सिद्धान्तों का प्रतिपादन किया गया है। ये सभी सिद्धान्त अपने आप में पूर्ण न होकर अधूरा है क्योंकि उससे तनावग्रस्त उद्दीपक या घटना से उत्पन्न तनाव का मात्र एक अंश की ही व्याख्या होती है। अतः मनोवैज्ञानिकों से यह उम्मीद की जाती है कि वे कुछ और भी नये सिद्धान्तों का प्रतिपादन करेंगे ताकि तनाव की एक सैद्धान्तिक परन्तु वैज्ञानिक व्याख्या हो सके।

तनाव के कुछ मुख्य परिणाम
(Some Major Outcomes of Stress)

जैसा कि हम जानते हैं तनाव कई कारणों से व्यक्ति में उत्पन्न होते हैं। जब व्यक्ति मे तनाव उत्पन्न होते हैं, तो उसका स्पष्ट प्रभाव व्यक्ति के कई पहलुओं जैसे दैहिक, मनोवैज्ञानिक तथा उसके कार्य निष्पादन (work performance) पर पड़ता है। हम यहाँ तनाव के कुछ ऐसे ही प्रभावों या परिणामों पर विचार करेंगे जो इस प्रकार हैः—

(1) तनाव तथा हृदय रोग (*Stress and heart disease*)—चक्रीय हृदय रोग (Coronary Heart Disease CHD) की उत्पत्ति में तनाव एक महत्त्वपूर्ण कारक माना गया है। इस तथ्य की सम्पुष्टि कई अध्ययनों में हुई है। क्रिंगलेन (Kringlen, 1981) ने अपने अध्ययन में पाया है कि एकाकी जुडुवाँ (identical twins) व्यक्तियों में भी CHD का उत्पन्न होना बहुत हद तक कार्य के प्रति मनोवृत्ति, घरेलू समस्याएँ, मनोरंजन के लिए उपलब्ध समय आदि द्वारा बहुत हद तक प्रभावित होता है। फॉक्स एवं एडेलस्टीन (Fox & Adelstein, 1978) ने अपने अध्ययन में यह पाया है कि लदंन के वस चालकों जिन्हें भीड़-भाड़ में वस चलाने से काफी तनाव उत्पन्न होता है, में CHD के होने की संभावना वस कंडक्टरों (Bus conductors) जिन्हें मात्र बस में टिकट देना काम होता है तथा जिन्हें तुलनात्मक रूप से तनाव कम होता है, दुगुनी अधिक होती है।

कुछ अध्ययनों से यह पता चला है कि टाईप ए व्यवहार (Type A behaviour) दिखलाने वाले व्यक्तियों में CHD का रोग अधिक होता है। टाईप ए व्यवहार वैसे व्यवहार को कहा जाता है जिसमें व्यक्ति जीवन की घटनाओं के प्रति अधैर्यपूर्ण, ईर्ष्या, प्रतियोगात्मक रूख एवं सतत प्रयासशील होकर अनुक्रिया करता है। इसका मतलब यह हुआ कि ऐसे व्यक्तियों में जीवन की घटनाओं के प्रति अनुक्रिया करने में समग्र तनाव अधिक होता है। दूसरे तरफ टाईप बी व्यवहार (Type B hehaviour) जिनमें उपर्युक्त शैली का अभाव होता है, CHD के होने की सम्भावना काफी कम होती है। लिनेस्स (Lyness, 1993) ने एक अध्ययन किया जिसमें यह देखा गया कि जब टाईप ए व्यक्ति का मूल्यांकन किया जा रहा था, उनके सामने उनकी आलोचना की जा रही थी या उन्हें परेशान किया जा रहा था, तो उनका हृदय गति तथा रक्त चाप दोनों ही वैसी ही परिस्थिति में टाईप बी व्यवहार वाले व्यक्तियों की अपेक्षा काफी अधिक था। हृदय गति तथा रक्त चाप का अधिक होने का सम्बन्ध CHD से प्रत्यक्ष है।

(2) तनाव एवं असंक्राम्य तंत्र (*Stress and Immune system*)—तनाव का प्रभाव असंक्राम्य तंत्र (immune system) पर भी पड़ता है। असंक्राम्य तन्त्र का मुख्य कार्य शरीर को विभिन्न प्रकार के तत्त्वों जो शरीर में प्रवेश कर जाते हैं, से बचाना होता है। इन तत्त्वों में वैकटिरीया (bacteria) वायरस (virus) तथा अन्य सूक्ष्म जीव प्रधान हैं जिन्हें संयुक्त रूप से ऐटीजेन्स (antigens) कहा जाता है। असंक्राम्य तंत्र स्वतंत्र रूप से कार्य नहीं करते हैं बल्कि यह हारमोन्स (hormones) तथा मस्तिष्क से मिलने वाले संकेत जो यह बतलाता है कि क्या करना है, पर निर्भर करता है। अतः तनाव एवं असंक्राम्य तंत्र की अन्तःक्रिया (interaction) में तंत्रिका तंत्र (nervous system) एवं अंतस्रावी तंत्र (endocrine system) दोनों ही सम्मिलित होते हैं। मनोविज्ञान की एक नयी शाखा जिसे साइकोन्यूरोइन्यूनोलॉजी (Psycho-neuroimmunology) कहा जाता है, में तनाव तथा असंक्राम्य (immune), अंतरवाही (endocrine) तथा तंत्रिका तंत्र क्रियाओं (nervous system activity) के बीच में होने वाले अन्तःक्रियाओं का अध्ययन किया जाता है।

जब शरीर में एंटीजेन्स का प्रवेश होता है, तो असंक्राम्य तंत्र सक्रिय हो जाता है जिसका परिणाम यह होता है कि कुछ श्वेत रक्त कोशिकाओं जिन्हें लिम्फोसाइट्स (lymphocytes) कहा जाता है, की संख्या में वृद्धि हो जाती है। लिम्फोसाइट्स एंटीजेन्स (antigens) पर आक्रमण करते हैं और उन्हें समाप्त कर शरीर पर उनके पड़नें वाले प्रभावों को समाप्त कर देते हैं। लिम्फोसाइट्स के अलावा कुछ ऐसे भी श्वेत रक्त कण होते हैं जो एन्टीजेंस के साथ मिलकर उनके प्रभाव को तटस्थ (neutralise) कर देते हैं। जब असंक्राम्य तंत्र सामान्य रूप से कार्य करता है, तो प्रतिदिन यह व्यक्ति के स्वास्थ्य से सम्बद्ध बहुत से सम्भावित खतरों से उसे बचाता है, परन्तु जब असंक्राम्य तंत्र ठीक ढंग से कार्य नहीं करते हैं, तो स्वास्थ्य पर इसके कई तरह के स्पष्ट कुप्रभाव देखने को मिलते हैं। उसके दुष्क्रिया का एक तरफ तो यह प्रभाव दीखता है कि व्यक्ति में अतिसंवदेनशीलता (hypersensitivity) या एलर्जी (allergy) उत्पन्न हो जाता है जिसमें असंक्राम्य तंत्र इतना अतिसंवेदनशील हो जाता है कि यह उन चीजों के प्रति भी अनुक्रिया करने लगता है जो स्वास्थ्य के लिए सामान्यतः हानिकारक नहीं होते हैं। दूसरे तरफ इस असंक्राम्य तंत्र के दुष्क्रिया का परिणाम *एक्वार्ड एमियून डिफिसियेन्सी सिन्ड्रोम* (Acquired Immune Deficiency Syndrome or AIDS) होता है जो एक ऐसा रोग जिसकी उत्पत्ति ह्यूमन एमियूनोडिफियोन्सी सिन्ड्रोम (Human Immunodeficiency Virus or HIV) से होता है जिसमें शरीर का असंक्राम्य तंत्र (immune system) निपंगु हो जाता है तथा शरीर अपने आप को एटीजेन्स से बचाने में पूर्णतः असमर्थ हो जाता है।

मनोवैज्ञानिकों द्वारा किये गए अध्ययनों से यह स्पष्ट हुआ है कि तनाव, असंक्राम्य तंत्र के कार्यों को जिस सीमा तक क्षतिग्रस्त कर देता है, उससे व्यक्ति का स्वास्थ्य उतना ही अधिक खराब हो जाता है। लियरी (Leary, 1980) तथा ओल्टमान्नस एवं इमरी (Oltamanns & Emery, 1994) द्वारा किये गए अध्ययनों से यह स्पष्ट हुआ है कि कॉलेज की परीक्षाओं से सम्बद्ध तनाव जिसमें विषाद (depression) भी सम्मिलित होता है, से असंक्राम्य तंत्र का कार्य अनियमित हो जाता है। चिरकालिक तनाव (chronic stress) जैसे वृद्ध माता-पिता की लम्बे देख-रेख से उत्पन्न तनाव तथा गरीबी से उत्पन्न तनाव से भी शरीर का असंक्राम्य तंत्र का सामान्य कार्य प्रभावित होता है।

लम्बे तनाव से व्यक्ति में कैंसर (cancer) उत्पन्न होता है। सच्चाई यह है कि तनाव से कैंसर उत्पन्न नहीं होता है परन्तु स्पष्टतः यह असंक्राम्य तंत्र को इतना अधिक क्षतिग्रस्त कर देता है कि कैंसर वाले कोशिकाएँ शरीर में अपने आप को ठीक ढंग से स्थापित करके फिर पूरे शरीर में फैल जातीं हैं। इस तथ्य का सत्यापन पशु एवं मनुष्य दोनों पर किये गए शोधों से हुआ है। एण्डरसन (Anderson, 1983) ने चूहों पर अध्ययन करके तथा लियरी (Leary, 1990) ने मनुष्यों पर अध्ययन करके उक्त दोनों चरों अर्थात् तनाव एवं कैंसर के सम्बन्ध को सही ठहाराया है। कोहेन तथा उनके सहयोगियों (Cohen et al; 1992) तथा मिल्लर एवं उनके सहयोगियों (Miller et al; 1999) द्वारा किये गए शोधों जिनमें पशु एवं मनुष्यों पर तनाव के पड़ने वाले प्रभावों का अध्ययन किया गया था, यह पाया गया कि कई तरह के आसेधक (stressors) जिसमें अन्तर वैयक्तिक सम्बन्धों का खराब होना, अकेलापन, शैक्षिक दबाव (academic pressure), दिन-प्रतिदिन की कठिनाइयाँ तथा सामाजिक समर्थन की कमी से जीव का असंक्राम्य तंत्र काफी प्रभावित हो जाता है और इस तंत्र के कार्य में काफी बाधा पहुँचती है। काईकॉल्ट-ग्लेजर तथा उनके सहयोगियों (Kiecolt-Glaser et al; 1987,1988) ने अपने अध्ययनों में पाया है कि जिन व्यक्तियों का विवाह-विच्छेद (divorced) हो जाता है या पति-पत्नी का अलगाव हो जाता है, उनमें असंक्राम्य तंत्र के कुछ पहलुओं का कार्य भी कुप्रभावित हो जाता है। ऐसा इसलिए होता है क्योंकि ऐसे व्यक्तियों में तनाव अधिक होता है।

स्पष्ट हुआ कि तनाव का प्राणी के असंक्राम्य तंत्र पर काफी गहरा प्रभाव पड़ता है।

(3) तनाव एवं कार्य निष्पादन (*Stress and Task performance*)—एक समय में मनोवैज्ञानिकों का ऐसा विश्वास था कि तनाव से कार्य निष्पादन उन्नत होता है। अतः इन लोगों के अनुसार तनाव एवं कार्य निष्पादन का सम्बन्ध अंग्रेजी के यू (U) अक्षर के उल्टे आकार अर्थात् $\cap$ के सामान होता है जिसमें तनाव बढ़ने से निष्पादन पहले बढ़ता है शायद इसलिए कि तनाव से व्यक्ति में उत्तेजन (arousal) या शक्ति बढ़ता है। परन्तु एक सीमा के बाद भी यदि तनाव बढ़ता ही जाता है, तो इससे निष्पादन में ह्रास (drop) होता है। यद्यपि यह सम्बन्ध कुछ परिस्थितियों में सही हो सकता है, आधुनिक समय में प्राप्त तथ्यों से यह स्पष्ट हुआ है कि साधारण या निम्न स्तर का तनाव से भी कार्य निष्पादन में बाधा पहुँचती है। यह प्रयोगात्मक तथ्य स्टीयर्स (Steers, 1984) के प्रयोग से स्पष्ट रूप से प्राप्त हुआ है। इसके कई कारण बतलाये गए हैं जिनमें निम्नांकित प्रमुख हैं:—

(a) हल्का साधारण तनाव भी व्यक्ति का ध्यान विकर्षित (distract) करता है। जिन व्यक्तियों में ऐसा साधारण तनाव अनुभव किया जाता है, वे इनसे उत्पन्न दुःखद भाव एवं संवेगों पर न कि अपने कार्य पर अधिक ध्यान देते हैं। परिणामतः व्यक्ति का निष्पादन खराब हो जाता है।

(b) तनाव के साधारण स्तर का लम्बे एवं आवर्तीय (repetitive) स्वरूप होने के कारण भी उसका प्रभाव स्वास्थ्य पर बुरा पड़ता है तथा इन स्वास्थ्य समस्याओं से कार्य निष्पादन पर बुरा प्रभाव पड़ता है।

(c) बर्लिन (Berlyne, 1967) का दावा है कि अधिकतर शोधों से यही पता चला है कि जैसे-जैसे उत्तेजन (arousal) बढ़ता है कार्य निष्पादन पहले तो बढ़ता है परन्तु एक बिन्दु के बाद कार्य निष्पादन गिरने लगता है। यह बिन्दु कहाँ होगा, इसका निर्धारण थोड़ा मुश्किल होता है परन्तु सामान्यतः यह कार्य निष्पादन की जटिलता (complexity) पर निर्भर करता है। यह जटिलता जितनी ही अधिक होगी, उत्तेजन के निम्न स्तर पर ही निष्पादन में गिरावट की वह बिन्दु आ जाती है। अतः बहुत से मनोवैज्ञानिकों का ऐसा विश्वास है कि आजकल लोगों द्वारा किया गया कार्य चूँकि पहले की अपेक्षा अधिक जटिल (complex) होता है, अतः तनाव का निम्न स्तर भी कार्य निष्पादन में पर्याप्त बाधा पहुँचाता है।

ये तीनों कारक आपस में मिलकर इस बात की व्याख्या करते हैं कि तनाव का साधारण स्तर से भी बहुत तरह के कार्य निष्पादन क्यों खराब हो जाता है। परन्तु तनाव से हमेशा कार्य निष्पादन पर कुप्रभाव नहीं पड़ता है। उदाहरणस्वरूप, जब तनाव तीव्र होता है तो कुछ लोग वैसी परिस्थिति में बहुत ही उत्तम निष्पादन करते हैं। अतः ऐसी परिस्थिति में सबसे उत्तम निष्कर्ष यह होगा कि हालांकि तनाव से बहुत सी परिस्थिति में कार्य निष्पादन खराब हो जाता है, इसका उपर्युक्त प्रभाव विभिन्न कारकों अर्थात् किये जा रहे कार्य की जटिलता तथा व्यक्तियों के व्यक्तिगत विशेषताओं पर निर्भर करता है। इन व्यक्तिगत विशेषताओं में आशावादी-निराशावादी प्रवृति प्रधान है। स्क्यिर तथा कारभर (Scheier & Carver, 1988) ने अपने अध्ययन के आधार पर यह बतलाया है कि आशावादी प्रकृति वाले लोगों में तनाव प्रतिरोध शक्ति (stress-resistant capacity) तुलनात्मक रूप से अधिक होती है। अतः ऐसे लोगों में निराशावादी प्रवृत्ति के व्यक्तियों की तुलना में तनावग्रस्त परिस्थिति में भी कार्य निष्पादन अधिक खराब नहीं होता है।

अध्याय सारांश — CHAPTER SUMMARY

1. अभिप्रेरण व्यक्ति की ऐसी आन्तरिक अवस्था को कहा जाता है जो उसमें कुछ क्रियाएँ उत्पन्न करके उसके व्यवहारों को एक खास दिशा (goal) में उद्देश्य की प्राप्ति की ओर ले जाता है।

2. मनोवैज्ञानिकों ने अभिप्रेरण की व्याख्या करने के लिए एक विशेष सम्प्रत्यय (concept) का प्रतिपादन किया है जिसे अभिप्रेरणात्मक चक्र (motivational cycle) कहा जाता है। इस चक्र के मुख्य तीन तत्त्व हैं—आवश्यकता (need), प्रणोद (drive) तथा प्रोत्साहन (incentive)। प्राणी में पहले आवश्यकता उत्पन्न होती है जिससे प्रणोद (drive) उत्पन्न होता है जो व्यक्ति के व्यवहार को लक्ष्य यानी प्रोत्साहन की ओर अग्रसित करता है। डेसी (Deci, 1975) ने मानव अभिप्रेरण की पूर्ण व्याख्या करने के लिए इस चक्र का नाम संज्ञानात्मक अभिप्रेरणात्मक चक्र (cognitive motivational cycle) रखा है।

3. मनोवैज्ञानिकों ने अभिप्रेरक (motive) के दो प्रकार बतलाये हैं—जन्मजात अभिप्रेरक (inborn motive) तथा अर्जित अभिप्रेरक (acquired motive)। जन्मजात अभिप्रेरक वैसे अभिप्रेरक को कहा जाता है जो व्यक्ति में जन्म से ही मौजूद होते हैं तथा जिनके अभाव में व्यक्ति का जिन्दा रहना सम्भव नही है। भूख, प्यास, काम (sex) नींद तथा मल-मूत्र त्याग प्रमुख जन्मजात अभिप्रेरक हैं। इन अभिप्रेरकों को जैविक अभिप्रेरक (biological motive) भी कहा जाता है।
4. अर्जित अभिप्रेरक वैसे अभिप्रेरकों को कहा जाता है जो व्यक्ति में जन्म से तो मौजूद नहीं होता है परन्तु जिसे व्यक्ति अपने जीवन काल में सामाजिक रूप से अपने के श्रेष्ठ (superior) बनाये रखने के लिए सीखता है। प्रमुख सामाजिक अभिप्रेरक हैं—उपलब्धि की आवश्यकता (need for achievement), सम्बन्धन की आवश्यकता, सत्ता की आवश्यकता (need for power), आक्रमणशीलता की आवश्यकता (need for aggressiveness) तथा अनुमोदन आवश्यकता (approval motive)।
5. उपलब्धि अभिप्रेरक के दो सिद्धान्तों अर्थात् एटकिन्सन का सिद्धान्त तथा गुणारोपण सिद्धान्त का वर्णन किया गया है। उपलब्धि अभिप्रेरक का व्यक्ति तथा समाज दोनों पर प्रभाव पड़ते देखा गया है।
6. मनोवैज्ञानिकों ने पशुओं की आवश्यकताओं (needs) को मापने का प्रयत्न किया है। इसके लिए इन लोगों ने कई विधियों का प्रतिपादन किया है जिसमें क्रिया चक्र विधि (activity wheel method), अवरोध विधि (obstruction method) पंसद विधि (preference method) तथा सीखना विधि (learning method) प्रमुख हैं
7. मानव आवश्यकताओं (human method) को मापने के लिए भी मनोवैज्ञानिकों ने कई विधियों (method) का प्रतिपादन किया है जिसमें प्रेक्षण विधियाँ (projective method), प्रश्नावली विधि (questionnaire method), परिस्थितिजन्य परीक्षण (situational test) तथा ऐतिहासिक घटनाओं का विश्लेषण (analysis of historical events) आदि प्रमुख हैं।
8. अभिप्रेरण की व्याख्या करने के लिए मनोवैज्ञानिकों ने कई सिद्धान्त का प्रतिपादन किया है जिसमें चार प्रमुख हैं—प्रणोद सिद्धान्त (drive theory), प्रोत्साहन सिद्धान्त (incentive theory), विरोधी-प्रक्रिया सिद्धान्त (opponent-process theory) तथा आदर्श-स्तर सिद्धान्त (optimal level theories) आवश्यकता-पदानुक्रम सिद्धान्त, वेक्टर-कर्षण-शक्ति-सिद्धान्त, लक्ष्य-निर्धारण सिद्धान्त तथा आचारशास्त्रीय सिद्धान्त (ethological theory)।
9. कुण्ठा (frustration) एक महत्त्वपूर्ण सम्प्रत्यय (concept) है जिसका अध्ययन मनोवैज्ञानिकों ने किया है। जब व्यक्ति किसी कारण से अपने निश्चित लक्ष्य पर नहीं पहुँच पाता है तो इससे एक विशेष परिस्थिति उत्पन्न होती है जिसे कुण्ठा (frustration) कहा जाता है। कुण्ठा तीन प्रकार के होते हैं—पर्यावरणी कुण्ठा (environmental frustration), व्यक्तिगत कुण्ठा (personal frustration) तथा संघर्ष-उत्पन्न कुण्ठा (conflict-produced frustration)।
10. जब एक ही समय में कई अभिप्रेरक उत्पन्न होकर अपना-अपना संतुष्टि चाहते हैं तो ऐसी परिस्थिति में अभिप्रेरकों के बीच द्वन्द्व या संघर्ष (conflict) की स्थिति उत्पन्न हो जाती है। इसे अभिप्रेरकों का संघर्ष (conflict of motives) की संज्ञा दी जाती है। लेविन के अनुसार अभिप्रेरकों का संघर्ष चार प्रकार के होते हैं—उपागम-उपागम संघर्ष (approach-approach conflict), परिहार-परिहार संघर्ष (avoidance-avoidance conflict), उपागम-परिहार संघर्ष (approach-avoidance conflict) तथा बहुउपागम-परिहार संघर्ष (multiple approach conflict)।
11. अभिप्रेरकों के संघर्ष का समाधान दो तरीकों से किया जाता है—चेतन समाधान (conscious resolution) तथा अचेतन समाधान। चेतन समाधान के तीन चरण (step) होते हैं—परस्परविरोधी अभिप्रेरकों के गुण-दोष पर विचार-विमर्श करना, किसी निर्णय पर पहुँचना तथा दृढ़ निश्चय करना। अचेतन समाधान (unconscious resolution) कुछ खास-खास प्रविधियों जैसे प्रक्षेपण (projection), दमन (repression), क्षतिपूर्ति (compensation), यौक्तिकीकरण (rationalisation), प्रतिक्रिया निर्माण (reaction formation), रूपान्तर (conversion) तथा विस्थापन (displacement) आदि द्वारा होता हैं।

12. मनोवैज्ञानिकों ने कुछ विशेष अभिप्रेरकों का विस्तृत रूप से अध्ययन किया है जिसमें तीन प्रमुख हैं—अन्वेषण अभिप्रेरक (exploration motive), आत्म-सिद्धि अभिप्रेरक (self-actualization) तथा कार्यान्वयन अभिप्रेरक (effectance motive)। मैसलो (Maslow, 1954) ने आत्मसिद्धि अभिप्रेरक (self-actualization) का विशेष रूप से अध्ययन किया है जिसके आधार पर उन्होंने एक विशेष सिद्धान्त यानी आत्मसिद्धि सिद्धान्त (self-actualization) का प्रतिपादन किया है।
13. मनोवैज्ञानिकों ने आन्तरिक अभिप्रेरण (intrinsic motivation) तथा बाह्य अभिप्रेरक (extrinsic motivation) के बीच अन्तर किया है। आन्तरिक अभिप्रेरक से तात्पर्य किसी कार्य में स्वतः उत्पन्न अभिरुचि, सन्तोष तथा खुशी से होता है जबकि बाह्य अभिप्रेरक से तात्पर्य पुरस्कार (reward) वेतन (pay) आदि से होता है। मनोवैज्ञानिकों ने अपने प्रयोग के आधार पर यह दिखला दिया है कि यदि व्यक्ति कोई कार्य आन्तरिक अभिप्रेरक के कारण कर रहा है और यदि उसके लिए उसे बाह्य अभिप्रेरक दिया जाता है तो वैसी परिस्थिति में व्यक्ति का आन्तरिक अभिप्रेरण कम हो जाता है।
14. मानव अभिप्रेरण (human motivation) के अध्ययन में जैगारनिक (Zeigarnik) का नाम काफी मशहूर है। इन्होंने बतलाया कि अधूरा कार्य (incomplete task) के प्रत्याह्वान का प्रतिशत पूर्ण कार्य के प्रत्याह्वान के प्रतिशत से अधिक था। इसे जैगारनिक प्रभाव (Zeigarnik effect) की संज्ञा दी गयी जो कई कारकों से प्रभावित होता पाया गया।
15. आकांक्षा स्तर (level of aspiration) एक महत्त्वपूर्ण व्यक्तिगत अभिप्रेरक (personal motive) है जिसमें व्यक्ति भविष्य में एक विशेष निष्पादन प्राप्त करने की आकांक्षा निर्धारित करता है। सामान्यतः वह अपना गत उपलब्धि स्तर के आलोक में ही आकांक्षा स्तर का निर्धारण करता है।
16. तनाव एक बहु-आयामीय प्रक्रिया है जो व्यक्ति में वैसी घटनाओं के प्रति अनुक्रिया के रूप में उत्पन्न होती है जो हमारे दैहिक एवं मानसिक कार्यों को विघटित करता है या विघटित करने का धमकी देता है।
17. तनाव के प्रति मनोवैज्ञानिक प्रतिक्रियाएँ (psychological reactions) तथा दैहिक प्रतिक्रियाएँ दोनों ही होती हैं। सामान्य अनुकूलन संलक्षण (general adaptation syndrome) एक मुख्य दैहिक प्रतिक्रिया है।
18. तनाव को मापने की कई विधियों का प्रतिपादन किया गया है जिनमें आत्म-रिर्पोट विधि, व्यवहारपरक विधि तथा दैहिक सूचकांक विधि प्रमुख हैं।
19. तनाव के कई कारण या स्रोत हैं जिनमें तनावपूर्ण जीवन की घटनाएँ, दिन-प्रतिदिन का उलझन, कार्य उत्पन्न तनाव, पर्यावरणी स्रोत आदि प्रमुख हैं।
20. तनाव कम करने के कई उपाय (strategies) हैं जिनमें समस्या केन्द्रित उपाय (problem-focused coping strategies) तथा संवेग केन्द्रित समायोजी उपाय (emotion-focused coping strategies) प्रधान हैं।
21. तनाव की व्याख्या करने के पाँच सिद्धान्तों का उल्लेख किया गया है।
22. तनाव प्रबंधन (stress management) के कई प्रविधियों का वर्णन किया गया है जिसमें उत्तेजना की कमी, संज्ञानात्मक पुनर्संरचना, व्यवहारात्मक कौशल परीक्षण आदि प्रमुख हैं।
23. तनाव के कई प्रभाव जिनमें हृदय रोग, असंक्राम्य तंत्र एवं कार्य निष्पादन पर पड़ने वाला प्रभाव महत्त्वपूर्ण है।

❑

अध्याय 11

संवेग

(EMOTION)

संवेग का अर्थ

(Meaning of Emotion)

मनोविज्ञान के क्षेत्रों का पौराणिक विभाजन में संवेग एक है। मनोविज्ञान के तीन पौराणिक क्षेत्र हैं—*संज्ञान* (cognition), *संकल्प शक्ति* (conation) तथा *संवेग* (emotion)। इनमें से संवेग को क्रिया का मुख्य स्रोत माना गया है। फिर भी बहुत समय तक संवेग मनोविज्ञान का एक मुख्य अध्ययन क्षेत्र नहीं था। परन्तु 1960 के बाद से मनोविज्ञानिकों की रुचि इसके अध्ययन में पुनः उत्पन्न हो गयी। लम्बे समय तक संवेग जैसे क्षेत्र की उपेक्षा का मुख्य कारण व्यवहारवादियों द्वारा संवेग जैसे आत्मनिष्ठ अनुभूति की ओर ध्यान न देना तथा संवेग का एक सर्वमान्य परिभाषा का न होना माना गया है।

संवेग (emotion) एक ऐसा पद (term) है जिसका अर्थ हम सभी समझते हैं। क्रोध (angry), भय (डर), खुशी (happiness) हमारे जीवन के प्रमुख संवेग में से है। मनोवैज्ञानिकों ने संवेग को परिभाषित करने की कोशिश तो अवश्य की है परन्तु चूँकि यह अवस्था एक जटिल अवस्था (complex state) होती है, अतः मनोवैज्ञानिकों के बीच भी इसकी परिभाषा के बारे में पूर्ण सहमति नहीं है। क्लिगिन्ना एवं क्लिगिन्ना (Kelinginna & Kelinginna, 1981) ने बतलाया है कि अब तक संवेग की 92 परिभाषाएँ दी गयी और इन परिभाषाओं में संवेग के भिन्न-भिन्न पहलुओं पर बल डाला गया है। शायद यही कारण है कि इन परिभाषाओं में आपस में अधिक सहमति नहीं है।

'संवेग' पद का अंग्रेजी रूपान्तर 'Emotion' है जो लैटिन शब्द 'Emovere' से बना है और जिसका अर्थ उत्तेजित करना (to excite) होता है। इस शाब्दिक अर्थ को ध्यान में रखते हुए तब यह कहा जा सकता है कि संवेग व्यक्ति की उत्तेजित अवस्था का दूसरा नाम है। इसी अर्थ में गेल्डार्ड[1] (Geldard, 1963) ने कहा है, ''संवेग क्रियाओं का उत्तेजक है।'' लेकिन संवेग में सिर्फ उत्तेजित अवस्था ही नहीं होती है बल्कि कुछ और प्रतिक्रियाएँ भी होतीं हैं। इंगलिश तथा इंगलिश[2] (English & English, 1958) के अनुसार, ''संवेग एक जटिल भाव की अवस्था होती है जिसमें कुछ खास-खास शारीरिक एवं ग्रन्थीय क्रियाएँ होतीं हैं।''

बेरोन, बर्न तथा कैन्टोविज[3] (Baron, Byrne & Kantowitz, 1980) के अनुसार, ''संवेग से तात्पर्य एक ऐसे आत्मनिष्ठ भाव की अवस्था से होता है जिसमें कुछ शारीरिक उत्तेजन पैदा होता है और फिर जिसमें कुछ खास-खास व्यवहार होते हैं।''

सैन्ट्रोक[4] (Santrock, 2000) के अनुसार, ''हमलोग संवेग को भाव जिसमें दैहिक उत्तेजन, चेतन अनुभूति तथा व्यवहारात्मक अभिव्यक्ति सम्मिलित होते हैं, के रूप में परिभाषित करते हैं।''

---

1. "Emotions are inciters to action." —Geldard : *Fundamentals of Psycology, 1963, p, 33*
2. "Emotion is a complex feeling state accompained by characteristic motor or gandular activities." —English & English : *A Comprehensive dictionary of Psychological and Psychoanalytic term,* 1958, p. 176
3. "By emotion we mean a subjective feeling state involving physiological arousal, accompained by characteristic behaviours." —Baron, Byrne & Kantowitz : *Psychology*, 1980, p. 293
4. "We will define emotion as feeling or affect, that can involve physiological arousal, conscious experience and behavioural expression." —Santrock : *Psychology*, 2000, p. 393

इन परिभाषाओं को यदि गौरपूर्वक हम देखें तो पाते हैं कि संवेग एक जटिल अवस्था है जिसमें कुछ आंगिक प्रक्रियाएँ (bodily reactions), अभिव्यंजक व्यवहार (expressive movement) तथा कुछ आत्मनिष्ठ भाव (subjective feeling) आदि सम्मिलित होते हैं। इस तरह संवेग के कई पहलू होते हैं। संवेग का अर्थ सही-सही समझने के लिए यह आवश्यक है कि उन पहलुओं के बारे में हम परिचित हों। ऐसी ही कुछ पहलुओं का वर्णन निम्नांकित है:—

(i) संवेग एक जटिल अवस्था होती है *(emotion is a complex state)*—संवेग की अवस्था एक जटिल अवस्था होती है क्योंकि इसमें बहुत तरह के शारीरिक परिवर्तन, भाव (feeling) आदि सम्मिलित होते हैं। इसमें व्यक्ति की उत्तेजनशीलता का स्तर काफी बढ़ जाती है तथा प्राणी अपने पूरे शरीर में एक उपद्रव (disturbance) महसूस करता है।

(ii) संवेग का दूसरा महत्त्वपूर्ण पहलू उसमें होने वाली आंगिक प्रतिक्रियाएँ (bodily reaction) होतीं हैं। प्रत्येक संवेग में कुछ भीतरी या आंगिक प्रतिक्रियाएँ होतीं हैं। इस अवस्था में शरीर के भीतरी अंगों जैसे हृदय, आंत, फेफड़ा, ग्रन्थियाँ (glands) आदि में कुछ विशेष प्रतिक्रियाएँ (reactions) होतीं हैं। जैसे, क्रोध संवेग में प्रायः रक्तचाप (blood pressure) बढ़ जाता है, भूख-प्यास कम हो जाती है, साँस की गति तेजी हो जाती है आदि-आदि। भिन्न-भिन्न संवेग में शरीर के भीतर अंगों में भिन्न-भिन्न तरह के परिवर्तन हुआ करते हैं फिर भी इन परिवर्तनों को मूलतः दो श्रेणियों में रखा गया है—रक्त प्रवाह परिवर्तन (circulatory changes), श्वसन परिवर्तन (respiratory changes)। हृदय की गति में परिवर्तन, श्वसन परिवर्तन (respiratory changes) के उदाहरण हैं जबकि रक्तचाप में परिवर्तन रक्त प्रवाह परिवर्तन के उदाहरण हैं।

(iii) संवेग में कुछ अभिव्यंजक व्यवहार भी होते हैं *(emotion involves expressive movements)*—संवेग की अवस्था में शरीर के भीतर अंगों के कार्यों में ही सिर्फ परिवर्तन नहीं होता है बल्कि शरीर के बाहरी अंगों जैसे हाथ, पैर, आँख चेहरे आदि में भी कुछ परिवर्तन होते हैं जिन्हें देखकर हम समझ जाते है कि व्यक्ति संवेग की स्थिति में हैं। इससे स्पष्ट है कि अपने शरीर के बाहरी अंगों में परिवर्तन लाकर व्यक्ति संवेग की अभिव्यक्ति करता है। यही कारण है कि हम प्रायः देखते हैं कि क्रोध की अवस्था में व्यक्ति का चेहरा लाल, भौं चढ़ा हुआ, होंठ काँपता हुआ तथा भुजाएँ फड़कती हुई दिखलाई देतीं हैं। इन अभिव्यंजक व्यवहार (expressive movements) को देखकर हम आसानी से यह समझ लेते हैं कि व्यक्ति क्रोध की अवस्था में हैं।

(iv) संवेग में किसी-न-किसी तरह आत्मनिष्ठ भाव अवश्य भी होता है *(emotion necessarily involves some varieties of subjective feeling)*—प्रत्येक संवेग में किसी न किसी प्रकार का भाव अवश्य छिपा होता है। सामान्यतः संवेग में सुखद (pleasantness) या दुःखद (unpleasantness) भाव की अनुभूति पायी जाती है। भय (fear) में दुःखद भाव की अनुभूति तथा खुशी में सुखद भाव की अनुभूति होती है। यही बात अन्य संवेगों की स्थिति में भी पायी जाती है। कोई भी संवेग ऐसा नहीं होता है कि एक ही साथ एक ही व्यक्ति में एक ही समय में सुखद तथा दुःखद भाव की अनुभूति को जन्म दें। अतः कोई भी संवेग बिना भाव (feeling) का नहीं हो सकता है और यदि कोई स्थिति (state) ऐसी होगी भी तो उसे संवेग नहीं कहा जायेगा। जैसे, कसरत या व्यायाम (exercise) करने की स्थिति संवेग की स्थिति नहीं कहलाती हैं क्योंकि इसमें किसी प्रकार का भाव नहीं होता है हालाँकि कसरत करते समय संवेग के समान ही आंगिक परिवर्तन (organic changes) तथा अभिव्यंजक व्यवहार (expressive movement) होते हैं। कसरत करते समय हृदय की गति बढ़ जाती है। रक्तचाप (blood pressure) भी बढ़ जाता है, सामान्यतः चेहरा लाल हो जाता है, श्वसन की गति तीव्र हो जाती है। फिर भी यह संवेग नहीं होता क्योंकि इसमें कोई सुखद या दुःखद भाव (feeling) नहीं होता है। इस तरह से हम देखते हैं कि संवेग एक ऐसी जटिल अवस्था है जहाँ मूल रूप से तीन तत्त्व (elements) महत्त्वपूर्ण होते हैं—आंगिक प्रतिक्रियाएँ (organic reactions), अभिव्यंजक व्यवहार (expressive movements) तथा सुखद या दुःखद भाव (feeling)। इन तीनों में तो ऐसे तीनों ही महत्त्वपूर्ण हैं परन्तु संवेग के स्वरूप को ध्यान में रखते हुए सुखद या दुःखद भाव का होना सबसे अधिक महत्त्वपूर्ण माना गया है क्योंकि इसके अभाव में संवेग, संवेग नहीं रह जाता है।

संवेग के तत्त्व
(Components of Emotion)

मनोवैज्ञानिकों द्वारा किये गये अध्ययनों से यह स्पष्ट हुआ है कि संवेग में तीन तरह के तत्त्व (components) सम्मिलित होते हैं—दैहिक तत्त्व (physical component), संज्ञानात्मक तत्त्व (cognitive compoment) तथा व्यवहारपरक तत्त्व (behavioural component)। इन तीनों की व्याख्या निम्नांकित हैः—

(i) दैहिक तत्त्व *(Physical component)*—इससे तात्पर्य संवेग में उत्पन्न होने वाले आंतरिक दैहिक अवस्थाओं से होता है। बिना इन दैहिक परिवर्तनों के व्यक्ति में संवेग की तीव्रता नहीं उत्पन्न होगी। सचमुच में व्यक्ति जिसे संवेग के रूप में महसूस करता है, वह इन्हीं दैहिक परिवर्तनों का परिणाम होता है। हृदय की गति, नाड़ी की गति, श्वसन गति, रक्त चाप, आदि में परिवर्तन संवेग में होने वाले कुछ प्रमुख दैहिक परिवर्तनों के उदाहरण हैं।

(ii) संज्ञानात्मक तत्त्व *(Cognitive component)*—संज्ञानात्मक तत्त्व से तात्पर्य इस बात से होता है कि व्यक्ति किस उद्दीपक (stimulus) या परिस्थिति को किस ढंग से प्रत्यक्षण करता है, उसकी व्याख्या करता है तथा उसे समझता है क्योंकि इन सभी संज्ञानात्मक प्रक्रियाओं के अनुकूल ही वह किसी संवेग की अनुभूति करता है। जैसे, यदि आप रात में घर पर अकेले हैं, और किसी तेज हवा से खिड़की या दरवाजा दिवाल से टकराकर आवाज करना शुरू कर दे, तो आप यह सोचकर डर जाते हैं कि लगता है कि कोई चोर दरवाजा तोड़कर घर में प्रवेश करने की कोशिश कर रहा है। यहाँ डर संवेग की उत्पत्ति का कारण परिस्थिति की एक विशेष संज्ञानात्मक व्याख्या है।

(iii) व्यावहारपरक तत्त्व *(Behavioural component)*—संवेग के व्यवहारपरक तत्त्व से तात्पर्य संवेग की बाह्य अभिव्यक्ति (external expression) से है। इसमें आनन अभिव्यक्ति (facial expression), हाव-भाव, शारीरिक मुद्रा (bodily posture), आवाज का उतार-चढ़ाव कुछ ऐसे तत्त्व हैं जिनके माध्यम से व्यक्ति अपने संवेगों की अभिव्यक्ति करता है। अध्ययनों से यह स्पष्ट हुआ है कि आनन अभिव्यक्ति (facial expression) संवेग की अभिव्यक्ति का एक सबसे प्रमुख तत्त्व है तथा इन अध्ययनों से यह भी पता चला है कि कुछ आनन अभिव्यक्ति ऐसे होते हैं जो सभी संस्कृतियों में लगभग एक समान होते हैं। अतः मनोवैज्ञानिकों ने ऐसे आनन अभिव्यक्तियों को जन्मजात (inborn) कहा है। परन्तु कुछ आनन अभिव्यक्ति ऐसे होते हैं जिनपर अधिगम तथा संस्कृति का पर्याप्त प्रभाव पड़ता है।

संवेग के स्वरूप को ठीक ढंग से समझने के लिए संवेग के इन तीनों तत्त्वों को समन्वित ढंग से देखने की जरूरत होती है। काकिप्पो एवं गार्डनर (Cacioppo & Gardner, 1999) का मत है कि मनोवैज्ञानिकों के बीच इस बिन्दु पर अभी भी मतभेद बना हुआ है कि इन तीनों तत्त्व में सबसे अधिक महत्त्व किसे दिया जाय तथा वे आपस में किस तरह से मिश्रित होकर संवेग की अनुभूति पैदा करते हैं।

संवेग की विशेषताएँ
(Characteristics of Emotion)

संवेग का सही-सही अर्थ समझकर उसका विशेष रूप से अध्ययन करना कई कारकों (factors) के कारण थोड़ा कठिन माना गया है। संवेग की अभिव्यक्ति (expression) को छिपाया जा सकता है। प्रायः ऐसे लोग मिल जाते हैं जो ऊपर से तो संवेग नहीं दिखलाते हैं परन्तु भीतर से उनमें तीव्र संवेग होता है। जैसे, ऊपर से ऐसे व्यक्ति हँसकर बोलते हैं परन्तु भीतर से क्रोधित हो सकते हैं। इन कठिनाइयों को ध्यान में रखते हुए मनोवैज्ञानिकों ने संवेग के कुछ ऐसे गुणों (characteristics) का वर्णन किया है जिसके आधार पर करीब-करीब सभी तरह के संवेगों को ठीक ढंग से समझा जा सकता है तथा उसका अध्ययन भी किया जा सकता है। सिल्भरमैन (Silverman, 1978) के अनुसार संवेग की ऐसी निम्नांकित चार विशेषताएँ हैंः—

(i) संवेग विकीर्ण होता है *(Emotion is diffused)*—संवेग में विकीर्णता से मतलब इस बात से होता है कि सांवेगिक उद्दीपक (emotional stimulus) पूरे शरीर की क्रियाओं में एक तरह का परिवर्तन या तनाव लाता है। दूसरे शब्दों में, यह कहा जाता है कि संवेग में शरीर के किसी एक भाग में नहीं बल्कि पूरे शरीर में एक तरह का तनाव फैल जाता है। ऐसा इसलिए होता है क्योंकि संवेग की स्थिति में शरीर के भीतरी अंगों की क्रियाओं में थोड़ी देर के लिए

परिवर्तन हो जाता है जिसका प्रभाव स्वभावतः पूरे शरीर में होता है। संवेग कई तरह के होते हैं और प्रत्येक संवेग में इस तरह के तनाव की विकीर्णता (diffuseness or spread) का स्वरूप अलग-अलग होता है। यहाँ तक कि एक ही संवेग में भिन्न-भिन्न व्यक्तियों में तनाव की विकीर्णता (diffuseness or spread) का स्वरूप अलग-अलग होता है। जैसे, कोई व्यक्ति क्रोधित होने पर काफी उत्तेजित हो जाता है, उसके होंठ, पैर, हाथ आदि काँपने लगते हैं जबकि कुछ व्यक्ति ऐसे होते हैं जो क्रोध की अवस्था में सिर्फ आवाज ऊँचा कर बोलते हैं और उनमें दूसरे तरह का शारीरिक परिवर्तन देखने को मिलता है। अन्य संवेगों जैसे भय, खुशी आदि में भी तनाव की विकीर्णता या फैलाव पूरे शरीर में होता है। अतः सभी संवेगों में विकीर्णता (diffuseness) पायी जाती है।

(ii) संवेग सतत् होता है (*Emotion is persistent*)—संवेग में सातत्य (persistence) या निरन्तरता (continuity) का गुण होता है। जब भी कोई संवेग उत्पन्न होता है, उद्दीपक (जिससे संवेग उत्पन्न हुआ है) के हट जाने के बाद भी कुछ देर तक व्यक्ति में संवेग बना होता है। उदाहरणस्वरूप मान लीजिए कि कोई व्यक्ति के सामने अचानक साँप आ जाता है जिसे देखकर स्वभावतः उसमें डर का संवेग उत्पन्न हो जायेगा। साँप उस व्यक्ति को देखकर कहीं छिप जाता है या कुछ दूर चला जाता है। ऐसी परिस्थिति में जब कि साँप व्यक्ति के सामने से हट गया है, फिर भी डर का संवेग व्यक्ति में कुछ समय तक बना रहेगा। ऐसा नहीं होता है कि साँप उधर आँख से ओझल हुआ और इधर व्यक्ति से भय का संवेग भी समाप्त हो गया। अतः संवेग में उद्दीपक के हट जाने के बावजूद भी कुछ समय तक निरन्तरता बनी होती है। यह बात सिर्फ भय संवेग में ही नहीं बल्कि प्रत्येक संवेग में होती है। संवेग में निरन्तरता बने रहने का मूल कारण शरीर के भीतरी अंगों की चिकनी माँसपेशियाँ तथा उसका कार्य (function) है। इन माँसपेशियों की बनावट ही कुछ ऐसी होतीं हैं कि वे जल्दी किसी उद्दीपक की बनावट द्वारा उत्तेजित नहीं होती है और यदि उत्तेजित हो गयी तो फिर सामान्य अवस्था में आने में कुछ समय लगता है। यह समय जितना अधिक होगा, संवेग में निरन्तरता उतनी ही अधिक होगी।

(iii) संवेग संचयी होता है (*Emotion is cumulative*)—संवेग में संचयी का गुण होता है। इसका मतलब यह हुआ है कि कोई संवेग जब एक बार उत्पन्न हो जाता है तो थोड़ी देर के लिए उत्तरोत्तर वह अपने आप ही बढ़ते ही चला जाता है। ऐसा इसलिए होता है कि संवेग व्यक्ति में एक खास प्रकार की मानसिक तत्परता (mental preparedness) उत्पन्न कर देता है जिससे व्यक्ति उसी दिशा में प्रतिक्रिया और भी अधिक करना चाहता है।

(iv) प्रायः संवेग का स्वरूप अभिप्रेरणात्मक होता है (*Often emotions are motivational in nature*)—संवेग की इस विशेषता पर विट्टेकर (Whittaker, 1970) एवं मार्गन, किंग तथा रॉबिन्सन (Morgan, King & Robinson, 1981) ने भी अधिक बल डाला है। प्रायः देखा गया है कि जब व्यक्ति में तीव्र संवेग उत्पन्न होता है तो उसका व्यवहार किसी खास लक्ष्य की ओर तेजी से अग्रसित होता है। जैसे, यदि कोई व्यक्ति किसी परिस्थिति में काफी डर गया है तो वैसी हालत में वह या तो वहाँ से भाग जायेगा या अपने आप को कहीं ऐसी जगह छुपा लेगा कि डर उत्पन्न करने वाला उद्दीपक उसे दिखलाई ही नहीं पड़ेगा। दूसरे शब्दों में यह कहा जा सकता है कि संवेग में व्यक्ति कोई-न-कोई व्यवहार अवश्य ही ऐसा करता है जो किसी खास लक्ष्य की ओर निदेशित होता है।

ऊपर के वर्णन से स्पष्ट हो जाता है कि संवेग के कुछ सामान्य विशेषताएँ (general characterisitcs) होतीं हैं जिनके आधार पर उन्हें ठीक-ठीक समझा जा सकता है तथा उसका अध्ययन भी सही-सही ढंग से किया जा सकता है।

संवेग के कार्य (Functions of Emotion)

विभिन्न मनोवैज्ञानिकों का मत है कि संवेग से कई तरह के कार्य सम्पन्न होते हैं। इनमें से कुछ महत्त्वपूर्ण कार्य निम्नांकित हैं:—

(i) संवेग व्यक्ति को उत्तेजित (arouse) करके उसे अभिप्रेरित करता है जिसके कारण व्यक्ति किसी लक्ष्य की ओर व्यवहार कर पाता है। इसका मतलब यह हुआ कि संवेग व्यक्ति को निदेशित (direct) करके उसके व्यवहार को विशिष्ट लक्ष्यों (goals) की ओर ले जाता है जिससे उसे फायदा होता है। यही कारण है कि व्यक्ति धनात्मक उत्तेजनाओं के प्रति

पहुँचने की अनुक्रिया तथा ऋणात्मक उत्तेजनों से दूर हट जाने की अनुक्रिया करता है। जब व्यक्ति अपने अभिप्रेरणों के अनुसार संगत (consistent) व्यवहार करता है, तो उससे धनात्मक संवेग (positive emotion) उत्पन्न होता है और जब व्यक्ति अभिप्रेरण के असंगत (inconsistent) व्यवहार करता है, तो ऋणात्मक संवेग (negative emotion) उत्पन्न होता है। यही कारण है कि जब व्यक्ति को अपनी इच्छानुसार व्यवहार नहीं करने दिया जाता है या धनात्मक लक्ष्य पर पहुँचने की दिशा में अवरूद्धता खड़ा कर दिया जाता है, तो उसमें ऋणात्मक संवेग जैसे दुःख, घृणा आदि की उत्पत्ति होने लगती है।

(ii) बोअर (Bower, 1981) का मत है कि संवेग व्यक्ति की अनुभूतियों को संगठित (organize) करता है क्योंकि इससे व्यक्ति किस तरह से किसी वस्तु पर ध्यान देता है, किस तरह से वह अपने को तथा दूसरों को प्रत्यक्षित (perceive) करता है और किस तरह से व्यक्ति जिंदगी के विभिन्न परिस्थितियों की व्याख्या करता है, आदि प्रभावित होता है।

(iii) टाम्पकिन्स (Tompkins, 1981) के अनुसार संवेग से यह भी पता चलता है कि अनुक्रिया काफी सार्थक है या परिस्थिति व्यक्ति के लिए काफी महत्त्वपूर्ण है। परीक्षा भवन में किसी छात्र को घबड़ाए हुए एवं डरे हुए देखकर यह आसानी से अनुमान लगाया जाता है कि छात्र परीक्षा को काफी अहमियत देता है।

(iv) युंग (Jung, 1981) के अनुसार संवेग द्वारा व्यक्ति को अपनी आंतरिक द्वन्द्वों (inner conflicts) का पता चलता है। जब व्यक्ति यह पाता है कि संवेग के आवेग में वह कितना आक्रमक व्यवहार कर रहा था या अनुचित ढंग से या पक्षपातपूर्ण ढंग से व्यवहार कर रहा था, तो निश्चित रूप से उसे अपने भीतर के द्वन्द्वात्मक स्थिति का भी पता चलने लगता है।

(v) संवेग व्यक्ति के सामाजिक अंतक्रियाओं (social interactions) को विनियमित (regulate) करता है। एभेरिल्ल (Averill, 1980) का मत है कि एक धनात्मक सामाजिक कारक के रूप में संवेग एक व्यक्ति को अन्य व्यक्तियों के साथ के सम्बन्ध को मजबूत करता है तथा एक ऋणात्मक सामाजिक के रूप में संवेग अन्य व्यक्तियों से दूर रहने की प्रेरणा देता है। डी रिभेरा (De Rivera, 1984) ने तो यहाँ तक कहा है कि पूर्णरूपेण अनुभवजन्य मानव सम्बन्ध (fully experiencing human relationship) को समझने के लिए संवेग बहुत ही महत्त्वपूर्ण है।

(vi) इसेन (Isen, 1984) तथा हॉफ्मैन (Hoffman, 1986) ने अपने अध्ययनों के आधार पर यह बतलाया है कि संवेग प्रसामाजिक व्यवहार (prosocial behaviour) को बढ़ावा देता है। इन लोगों का मत है कि जब प्रयोज्यों में धनात्मक संवेग (positive emotion) उत्पन्न किया जाता है, तो वे कई तरह के सहायतापरक व्यवहार (prosocial behaviour) करते देखे हैं। उसी ढंग से कार्लस्मीथ तथा ग्रौस (Carlsmith & Gross, 1969) ने अपने अध्ययन के आधार पर यह बतलाया है कि जब प्रयोज्यों को किये गए कार्यों के लिए दोष भाव (guilt feeling) महशुश करना पड़ता है तो वे अपने इस भाव को कम करने के लिए भविष्य में सहायता प्रदान करने वाला व्यवहार करने की ओर उन्मुखता अधिक दिखलाते पाये गए।

(vii) संवेग द्वारा संचार सम्बद्ध कार्य (communication function) भी किया जाता है। जब व्यक्ति में नकारात्मक संवेग (negative emotion) जैसे क्रोध आदि होता है, तो उसकी अभिव्यक्ति होते ही हम ऐसे व्यक्ति से विशेष ढंग से निपटने की कोशिश करते हैं। दूसरे तरफ जब व्यक्ति अपने धनात्मक भाव या संवेग की अभिव्यक्ति करता है, तो उसके नजदीक आकर उत्तम मुद्रा में व्यवहार करते हैं। वक (Buck, 1984) तथा मेहराबियन (Mehrabian, 1971) ने अपने शोधों के आधार पर यह बतलाया है कि अधिकतर मानव संचार संवेग के दौरान होने वाले अशाब्दिक शारीरिक संकेतों (nonverbal bodily cues) द्वारा ही सम्पन्न होते हैं।

संवेग का विकास
(Development of Emotion)

मनुष्य भिन्न-भिन्न तरह का संवेग जैसे डर, क्रोध, व्यथा (distress), प्यार आदि दिखलाता है। ये सभी संवेग उसमें जन्म से ही मौजूद नहीं होते हैं। व्यक्ति इन संवेगों को कैसे विकसित (develop) करता है, यह मनोवैज्ञानिकों के लिए प्रारम्भ से ही एक रुचिकर विषय रहा है। पहले के मनोवैज्ञानिकों को ऐसा विश्वास था कि जन्म के समय बच्चा में कुछ खास संवेग मौजूद रहते हैं। इस सम्बन्ध में सबसे पहला अध्ययन वाटसन (Watson, 1924) ने किया था।

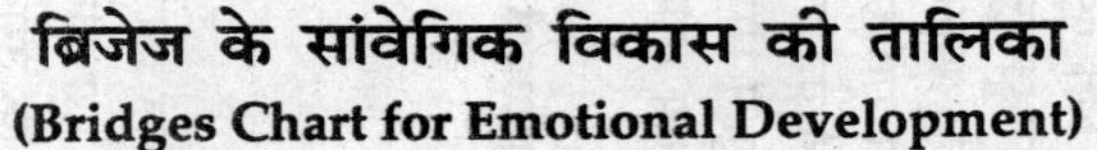

ब्रिजेज के सांवेगिक विकास की तालिका

(Bridges Chart for Emotional Development)

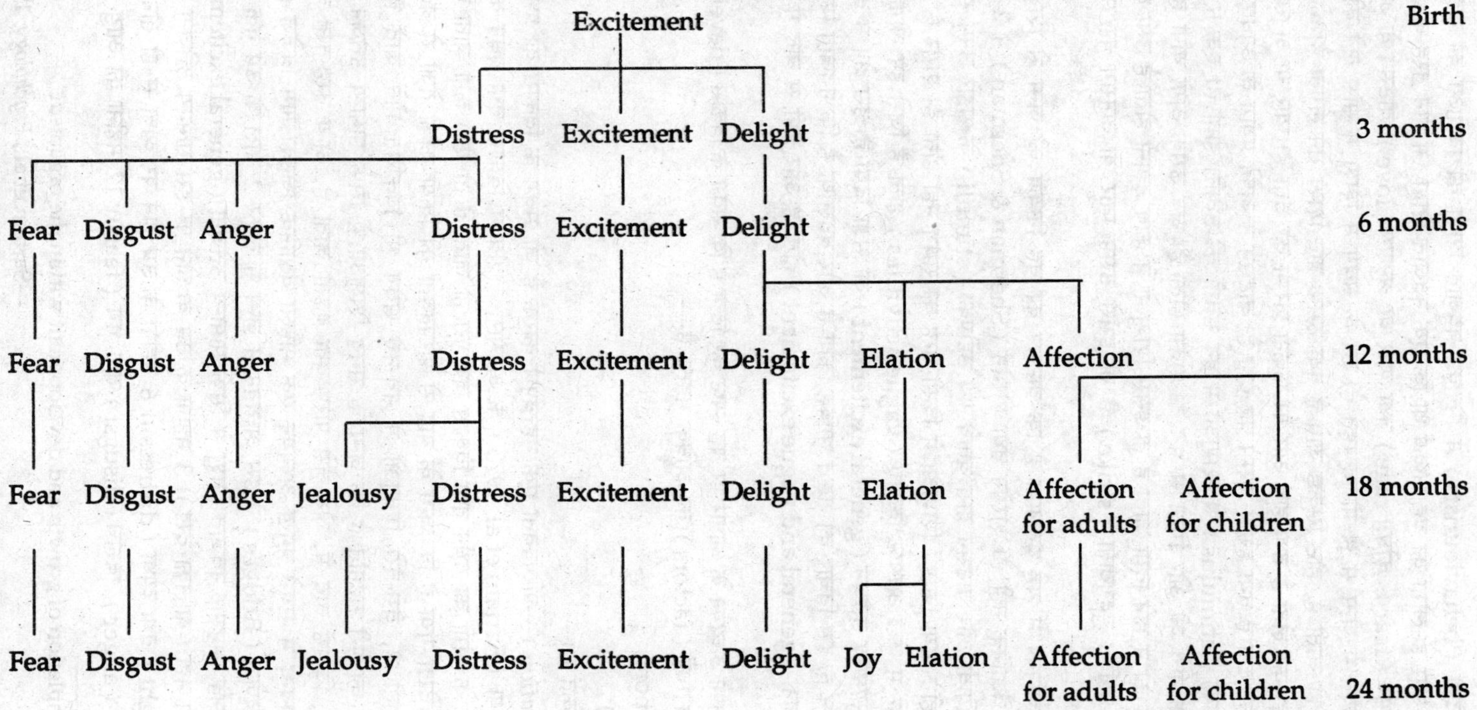

Age	Emotions
Birth	Excitement
3 months	Distress, Excitement, Delight
6 months	Fear, Disgust, Anger, Distress, Excitement, Delight
12 months	Fear, Disgust, Anger, Distress, Excitement, Delight, Elation, Affection
18 months	Fear, Disgust, Anger, Jealousy, Distress, Excitement, Delight, Elation, Affection for adults, Affection for children
24 months	Fear, Disgust, Anger, Jealousy, Distress, Excitement, Delight, Joy, Elation, Affection for adults, Affection for children

Excitement—आवेश, Distress—दुःख या व्यथा, Delight—आनन्द, Fear—भय, Disgust—घृणा, Anger—क्रोध, Elation—उल्लास, Affection—अनुराग, Joy—हर्ष, Jealousy—डाह।

वाटसन तथा अन्य व्यवहारिवादियों (behaviourists) ने मिलकर नवजात शिशु की क्रियाओं को कई दिनों तक प्रेक्षण (observation) किया और इनलोगों का यह निष्कर्ष था कि एक नवजात शिशु में तीन तरह का संवेग स्पष्ट रूप से देखने को मिलता है—*भय* (fear), *क्रोध* (rage) तथा *प्यार या अनुराग* (love)। वाटसन के अनुसार भय, क्रोध तथा प्यार या अनुराग व्यक्ति में जन्म से ही मौजूद रहते हैं। डर के संवेग में शिशु में साँस लेने की क्रिया थम जाती है, आँख की पलक बन्द हो जाती है, होठ सिकुड़ जाते हैं तथा उसके बाद शिशु रोने लगता है। क्रोध के संवेग में शिशु अपना शरीर थोड़ा कड़ा कर लेता है तथा हाथ और पैर फेंकना प्रारम्भ कर देता है। प्यार या अनुराग (love) में रोता हुआ शिशु रोना बन्द कर देता है तथा हँसना प्रारम्भं कर देता है। वाटसन ने अपने प्रयोग के आधार पर यह भी बतलाया है कि किन-किन उद्दीपकों (stimulus) से शिशुओं में इन संवेगों की उत्पत्ति होती है। एक शुिशु में तीव्र आवाज तथा ऊँचाई से अचानक नीचे की ओर गिरने से भय का संवेग होता है। जब उसके अंगों यानी हाथ, पैर को पकड़कर उसके स्वतन्त्र क्रियाओं को न होने दिया जाता है तो इससे शिशुओं में क्रोध उत्पन्न होता है उसी तरह से जब शिशु के किसी अंग पर कोई व्यक्ति गुदगुदाता (strike) है तो इससे उसमें प्यार या अनुराग का संवेग उत्पन्न होता है।

परन्तु बाद में कुछ मनोवैज्ञानिकों ने यह बतलाया है कि वाटसन का यह निष्कर्ष की जन्म से शिशु में संवेग उपस्थित रहता है, उचित तथा वैज्ञानिक नहीं है। शेरमैन तथा शेरमेन (Sherman & Sherman) ने 2-3 दिन तक नवजात शिशुओं का अध्ययन किया और वाटसन द्वारा बताये गये उद्दीपकों (stimuli) के सहारे उनमें संवेग उत्पन्न करने की कोशिश की परन्तु इन्होंने पाया कि इन शिशुओं में किसी तरह का संवेग नहीं होता है। शरीर के कुछ खास-खास अंगों में जैसे हाथ और पैर में कुछ अस्पष्ट क्रियाएँ (vague activitites) होती हैं जिसे इन लोगों ने सामान्य क्रिया (mass activity) या *सामान्य उत्तेजन* (general excitement) की संज्ञा दिया है। इस क्षेत्र में कार्य कर रहे अन्य मनोवैज्ञानिकों ने भी वाटसन के इस विचार को गलत साबित किया है और बतलाया है कि नवजात शिशु में सिर्फ एक सामान्य तथा अस्पष्ट उत्तेजना (general and vague excitement) होता है और इसी से बाद में अन्य संवेग विकसित होते हैं।

आजकल मनोवैज्ञानिकों ने अपने अध्ययन के आधार पर यह स्पष्ट कर दिया है कि संवेग के विकास (development) में मूल रूप से निम्नांकित दो कारकों (factors) का अधिक महत्त्व है—

1. परिपक्वता (Maturation)
2. सीखना (Learning)

इन दोनों का वर्णन निम्नांकित है:—

1. परिपक्वता (*Maturation*)—परिपक्वता एक महत्त्वपूर्ण कारक है जो संवेग के विकास को प्रभावित करता है। सार्टेन[1] तथा उनके सहयोगियों (Sartain et al, 1973) के अनुसार, "जीव में विकास तथा वर्धन का पूरा होना परिपक्वता कहलाता है।" प्राणी के अंगों का वर्धन तथा विकास जब पूरा हो जाता है तो ऐसा कहा जाता है कि उसके अंग परिपक्व हो गये हैं। ऐसा देखा गया है कि जन्म के बाद से परिपक्वता की क्रिया काफी तेजी से बढ़ती है और जैसे-जैसे परिपक्वता बढ़ते जाती हैं, वैसे-वैसे शिशुओं में नये-नये संवेग भी विकसित होते जाते हैं। आधुनिक मनोवैज्ञानिकों के बीच इस बात की पूरी सहमति है कि जन्म के समय शिशुओं में सिर्फ सामान्य उत्तेजन (general excitement) पाया जाता है, जिससे बाद में, जैसे-जैसे परिपक्वता बढ़ती जाती है, अन्य तरह-तरह के संवेग भी विकसित होते जाते हैं। इस सम्बन्ध में सबसे प्रमुख अध्ययन एक महिला वैज्ञानिक जिनका नाम ब्रिजेज (Bridges, 1932) है, द्वारा किया गया। ब्रिजेज (Bridges) ने इस अध्ययन में जन्म से लेकर 2 साल के उम्र तक के शिशुओं में संवेग का अध्ययन किया। इनके अनुसार नवजात शिशु में सिर्फ सामान्य उत्तेजना (general excitement) पाया जाता है, किसी प्रकार का संवेग नहीं (तालिका देखें)। 3 महीना के उम्र के होने पर इस सामान्य उत्तेजना से दो संवेग विकसित होते हैं—हर्ष (delight) तथा व्यथा (distress)। 6 महीना के उम्र होने पर व्यथा से ही तीन और संवेग विकसित होते हैं। वे हैं—क्रोध (anger), विरुचि (disugst) तथा भय (fear)। 12 महीना की आयु होने पर हर्ष

1. "Maturation is the completion of growth and development within the organism"
—Sartain et al., *Psychology*, 1973, p. 149

से ही दो और संवेग विकसित (develop) होते हैं—उल्लास (elation) तथा अनुराग (affection)। 18 महीना की आयु होते-होते शिुशओं में ईर्ष्या (jealousy) तथा अन्य व्यक्तियों एवं बच्चों के प्रति अनुराग (affection) का भी विकास हो जाता है। 24 महीना के होते-होते शिशुओं में आनन्द या खुशी (joy) का भी संवेग विकसित हो जाता है। इस तरह से जन्म से लेकर 24 महीना के भीतर तक शिशुओं में परिपक्वता बढ़ने के साथ-ही-साथ करीब-करीब सभी प्रमुख संवेग का विकास हो जाता है। ब्रिजेज ने अपने अध्ययन के आधार पर यह भी बतलाया है कि प्रथम दो वर्ष में जो संवेग के विकास का क्रम (sequence) होता है, वह करीब-करीब प्रत्येक शिशुओं में एक समान होता है। परन्तु, सभी शिशु एक ही उम्र में संवेग के विकास का एक खास स्तर पर पहुँचे, जरूरी नहीं है। कुछ शिशुओं में परिपक्वता तेजी से होती है। फलस्वरूप सम्भव है कि 12 महीना की आयु में ही उसमें उन संवेगों का भी विकास हो जाय जो 18 महीना की आयु होने पर एक सामान्य शिशु में होता है।

संवेग के विकास में परिपक्वता के महत्त्व को दिखलाने के लिए मनोवैज्ञानिकों ने जन्म से बहरे तथा अंधे शिशुओं के संवेग का अध्ययन किया है। गुडएनफ (Goodenough, 1932) द्वारा इस सिलसिले में किया गया अध्ययन काफी महत्त्वपूर्ण है। गुडएनफ का विचार था कि चूँकि ऐसे शिशु जन्म से ही अंधे तथा बहरे होते हैं, अतः उन्हें दूसरों में संवेग की अभिव्यक्ति न तो देखने को मिलता है और न दूसरों से इसके बारे में कुछ सुनने का ही मौका मिलता है। इसके बावजूद भी यदि इन शिशुओं द्वारा एक सामान्य बच्चा के तरह संवेग की अभिव्यक्ति की जाती है तो हम निश्चित रूप से इस निष्कर्ष पर पहुँच सकते हैं कि संवेग का विकास परिपक्वता पर आधारित है, सीखना पर नहीं। गुडएनफ ने अपने अध्ययन में एक 10 साल की लड़की जो जन्म से अंधी तथा बहरी थी, के संवेग का अध्ययन किया और पाया कि यह लड़की अपने आनन अभिव्यक्त (facial expression) तथा हाव-भाव (gesture and posture) द्वारा क्रोध (anger), डर (fear) तथा खुशी (pleasure) आदि संवेग को आसानी से दिखा सकने में सफल हुई।

ब्रिजेज (Bridges) तथा गुडएनफ (Goodenough) के अध्ययनों को ध्यान में रखते हुए यह कहा जा सकता है कि संवेग के विकास (development) में परिपक्वता (maturation) का विशेष ध्यान है। विट्टेकर[1] (Whittaker, 1970) के शब्दों में, ''हमलोग इस निष्कर्ष पर पहुँचते हैं कि संवेग का खास-खास प्रकार और बहुत-सा हाव-भाव (gesture and posture) जिसके द्वारा इन संवेगों को हम दिखलाते हैं, जीवन के प्रारम्भिक समय में परिपक्वता द्वारा विकसित होते हैं।''

2. सीखना *(Learning)*—शिशु जैसे-जैसे बड़ा होते जाता है, उसे भिन्न-भिन्न प्रकार के व्यवहारों को सीखने का अवसर मिलता है। फलतः वह नये-नये संवेगों की अभिव्यक्ति (expression) करना, उस पर पर्याप्त नियन्त्रण करना, सही-सही अर्थ लगाना आदि भी सीख लेता है। मनोवैज्ञानिकों ने अपने प्रयोग के आधार पर यह दिखलाया है कि बड़ा होने पर व्यक्ति में जो संवेग का विकास होता है, उसमें सीखना का हाथ अधिक तथा परिपक्वता (maturaion) का हाथ कम होता है। वाटसन तथा रेनोर (Watson & Raynor 1920) ने एक बच्चा पर प्रयोग कर यह दिखलाया है कि किस तरह बच्चा में अनुबन्धन (conditioning) द्वारा भय के संवेग का विकास होता है। उनका एक प्रयोग अलबर्ट (Albert) नाम का एक बच्चा पर किया गया था। प्रयोग के समय अलबर्ट का उम्र 11 महीना का था और वह जानवरों से विशेषकर उजला चूहा (White rat) से डरता नहीं था। यहाँ तक कि वह घंटों उजला चूहा के साथ खेलता रहता था। प्रयोग में उजला चूहा को अलबर्ट के सामने उपस्थित किया जाता था और जैसे ही वह उसके साथ खेलने के लिए हाथ बढ़ाता था, धमाके की आवाज कर दी जाती थी। इस प्रक्रिया को बार-बार दुहरायी गयी। एक सप्ताह के बाद उजला चूहा से वह डरना सीख गया। जैसे ही चूहा उसके सामने लाया जाता था (बिना धमाके के आवाज के ही) वह डर से रो उठता था। यहाँ तक कि बाद में जब उसकी माँ उजला रोयेदार कोट पहनकर उसे गोद लेती थी, तो वह डर से रोने लगता था। इस प्रयोग से स्पष्ट हो जाता है कि बड़ा बच्चा में संवेग का विकास सीखने की प्रक्रिया द्वारा भी होता है।

संवेग में सीखने की प्रक्रिया का महत्त्व भिन्न-भिन्न संस्कृति (culture) में किये गये अध्ययनों से भी पता चलता

1. "We may conclude that characteristic forms of emotion and many of the gestures and postures that indicate emotion to us develop early in life through maturation"

—Whittaker : *Introduction to Psychology*, 1970

है। भिन्न-भिन्न संस्कृति व्यक्तियों को संवेग की अभिव्यक्ति भिन्न-भिन्न ढंग से करना सीखलाता है। उदाहरणस्वरूप, हमलोग अपनी खुशी की अभिव्यक्ति तालियाँ बजाकर करते हैं परन्तु चीनी लोग काफी चिन्तित तथा दुखी होने पर उसकी अभिव्यक्ति तालियाँ बजाकर करते हैं। संस्कृति हमें संवेग की अभिव्यक्ति पर नियन्त्रण करना भी सीखलाता है। जैसे, बच्चे प्रायः अपनी आक्रमणशीलता (aggressiveness) की अभिव्यक्ति खुलकर करते हैं। परन्तु हमलोगों की संस्कृति में एक वयस्क (adult) ऐसा नहीं करता है! क्यों? ऐसा इसलिए कि संस्कृति एक वयस्क को सीखला देता है कि आक्रमणशीलता की खुली अभिव्यक्ति अच्छा नहीं समझा जाता है। अतः वह इस तरह के संवेग की अभिव्यक्ति परोक्ष रूप से करें।

निष्कर्ष यह है कि संवेग विकास (development) में परिपक्वता (maturation) तथा सीखना (learning) दोनों का हाथ है। चूँकि ये दोनों प्रक्रियाएँ एक-दूसरे पर निर्भर करतीं हैं तथा परस्पर सम्बन्धी हैं, अतः यह निश्चित रूप से कहना कठिन है कि संवेग के विकास में कितना हाथ परिपक्वता का है तथा कितना हाथ सीखने का है। अतः संवेग के विकास में परिपक्वता (maturation) तथा सीखना (learning) दोनों का महत्त्व है। जीवन के प्रारम्भिक समय में परिपक्वता का महत्त्व अधिक होता है परन्तु कुछ वर्षों बाद संवेग के विकास में सीखना का महत्त्व अधिक हो जाता है।

संवेग का वर्गीकरण
(Classification of Emotion)

संवेग को मनोवैज्ञानिकों ने कई भागों में बाँटा है। यदि उनके द्वारा किये गये सभी प्रकारों (types) की व्याख्या हम अलग-अलग करें तो इससे मात्र संभ्रान्ति (confusion) ही उत्पन्न होगा। अतः उन सभी प्रकारों का अलग-अलग वर्णन न करके नीचे सिर्फ उस वर्गीकरण (classification) का वर्णन किया जा रहा है जिसे बहुत मनोवैज्ञानिकों ने काफी व्यापक (comprehensive) माना है। इस तथ्य को देखते हुए लिण्डजे, हाल तथा थॉम्पसन (Lindzey, Hall & Thompson, 1978) ने संवेग को निम्नांकित प्रमुख भागों में बाँटा है:—

1. प्रेम *(Love or affection)*—प्रेम एक धनात्मक संवेग (positive emotion) है। जब व्यक्ति में किसी दूसरे व्यक्ति, पशु, स्थान के प्रति पसंदगी (liking) तथा आकर्षण (attraction) विकसित हो जाता है, तो इस संवेगात्मक स्थिति को प्रेम (love or affection) की संज्ञा दी जाती है। गैर्रिसन (Garrison, 1959) का कहना है कि प्रेम एक ऐसा संवेग है जिसकी शुरूआत बचपन में ही होता है तथा यह उन व्यक्तियों में अच्छी तरह से विकसित होता है जिन्हें अन्य व्यक्तियों से प्रेम मिला है तथा स्वयं दूसरों को देने का मौका मिला है। घर में बच्चे माँ के प्रति पिता की अपेक्षा सामान्य तौर पर अधिक प्रेम दिखलाते हैं क्योंकि माँ के साथ उनके अन्तःक्रियाओं (interaction) की घनिष्ठता अधिक होती है। टुलकिन (Tulkin, 1973) ने अपने प्रयोग के आधार पर यह दिखलाया है कि बच्चे वैसे भाई-बहनों (siblings) के प्रति भी अधिक प्यार दिखलाते हैं जो उनकी आलोचना नहीं करते हैं या तंग नहीं करते हैं। एक वयस्क में भी इसी तरह की प्रवृत्ति देखने को मिलती है। एक वयस्क उस व्यक्ति के प्रति अधिक प्यार दिखलाता है जो इसके प्रति अधिक हमदर्द होता है। एक बच्चा का दूसरे का बच्चा के प्रति प्रेम, बच्चा का माता-पिता के प्रति प्रेम या माता-पिता का बच्चा के प्रति प्रेम, एक व्यक्ति का पशु (जैसे, कुत्ता, बिल्ली, खरगोश, गाय आदि) के प्रति प्रेम, छात्र का शिक्षक के प्रति प्रेम आदि सभी अकामुक प्रेम (nonsexual love) के उदाहरण हैं। वयस्क व्यक्तियों में इसके अलावा कामुक प्रेम (sexual love) भी होता है। इस तरह का प्रेम व्यक्ति अपने विपरीत लिंग (opposite sex) के व्यक्ति से करता है। पति-पत्नी तथा प्रेम-प्रेमिका का प्रेम कामुक प्रेम का उदाहरण है। इस तरह के प्रेम की एक विशेषता यह भी है कि इसमें दोनों पक्ष एक-दूसरे क प्रति आकर्षण (attraction) का अनुभव करते हैं। बच्चों का प्रेम तथा वयस्कों का प्रेम में प्रधान अन्तर यह है कि बच्चों का प्रेम हमेशा अकामुक होता है जबकि वयस्कों का प्रेम कामुक (sexual) तथा अकामुक दोनों ही होता है।

2. आनन्द तथा उल्लास *(Joy and elation)*—आनन्द एक तरह का धनात्मक संवेग (positive emotion) है। जब आनन्द की तीव्रता कम होती है तो इसे खुशी (pleasure or happiness) कहा जाता है परन्तु जब इसकी तीव्रता अधिक होती है तो इसे उल्लास (elation) कहा जाता है। जहाँ तक बच्चों में आनन्द संवेग का प्रश्न है, यह उम्र बढ़ने के साथ-साथ पूर्वकथनीय (predictable) होता है। छोटे-छोटे शिशुओं में आनन्द शारीरिक क्रियाओं जैसे

खड़ा होना, धीरे-धीरे चलना, दौड़ना आदि से होता है। प्राक्कस्कूली छात्रों (preschool children) में आनन्द मूलतः उन क्रियाओं से होता है जिसमें वे अपने साथियों (peers) को बुरी तरह फँसे हुए पाते हैं। जैसे, यदि कोई बच्चा कमीज पहनते समय अपना हाथ पैर उसमें फँसा लेता है, तो इसे देखकर उसी उम्र के दूसरा बच्चा में आनन्द का संवेग मूलतः उस समय होता है जब वे उस लक्ष्य (goal) की प्राप्ति कर लेते हैं जिसका वे निर्धारण अपने लिये किये हैं। एक 12 साल का बच्चा यदि सुबह से ही यह सोच रखा है कि उसे आज मैटिनी शो सिनेमा जाना है और सचमुच में वह इस शो को देखने में समर्थ हो जाता है, तो इससे उसे काफी आनन्द मिलता है।

जैसे-जैसे बच्चा वयस्कता (adulthood) की ओर बढ़ता है, वे अपने आनन्द को सामाजिक रूप से व्यक्त करना सीख जाते हैं। वे अपने आनन्द की अभिव्यक्ति बच्चों जैसे जोर से हँसकर नहीं पसन्द करते हैं। रॉथवार्ट (Rothbart, 1973) के अध्ययन के अनुसार आनन्द संवेग की अभिव्यक्ति एक वयस्क (adult) मुस्कुराकर (smile) तथा कभी-कभी जोरों से हँसकर भी करता है। इस संवेग में पूरे शरीर में एक तरह की विश्रांति (relaxation) का भाव उत्पन्न होता पाया जाता है। सामान्यतः सामाजिक नियम (social norms) एक वयस्क को आनन्द या हर्ष के संवेग को नियन्त्रित कर व्यक्त करने के लिए बाध्य कर देता है ताकि उसे लोग उसके व्यवहार को बचकाना (childsih) नहीं समझे।

3. उदासीन तथा विषाद *(Sadness and depression)*—उदासीन (sadness or sorrow) एक ऐसी सांवेगिक प्रतिक्रिया (emotional reaction) है जो प्रिय (loved) वस्तु के खो जाने या प्रिय व्यक्ति के मर जाने से उत्पन्न होता है। अतः यह एक तरह का दुखद संवेग (unpleasant emotion) है। जब उदासी के संवेग. की तीव्रता (intensity) अधिक हो जाती है, तो इसे शोक या विषाद (depression) कहा जाता है। बच्चों में उदासी के संवेग की अभिव्यक्ति स्पष्ट (overt) तथा अस्पष्ट दोनों ढंग से होता है। जब बच्चा उदासी का स्पष्ट अभिव्यक्ति करता है, तो वह रोना (crying) प्रारम्भ कर देता है। जब वह इसका अस्पष्ट एवं परोक्ष रूप से अभिव्यक्ति करता है, तो उसमें भूख की कमी, नींद की कमी, खेलने की अनिच्छा व्यक्त करना, दूसरों से न बोलना क्रियाएँ करता है। वयस्कों द्वारा उदासी संवेग की अभिव्यक्ति प्रायः परोक्ष रूप से (indirect) ही होता है। लिण्डजे, हाल्ल तथा थॉम्पसन (Lindzey, Hall & Thompson, 1978) के अनुसार जब एक वयस्क (adult) में उदासी का संवेग उत्पन्न होता है, तो उसमें किसी कार्य में अभिरुचि (interest) की कमी, भूख की कमी, रक्तचाप में कमी, साँस की गति धीमी, नाड़ी की गति में कमी, सामान्य वातावरण से अपने आप को अलग रखने की प्रवृत्ति आदि देखने को मिलता है। जब हानि (loss) (जिससे व्यक्ति में उदासी का संवेग उत्पन्न हुआ है) की मात्रा काफी अधिक होती है, तो उसमें सामान्य वातावरण से अपने आपको अलग रखने की प्रवृत्ति इतनी अधिक तीव्र हो जाती है कि वह अपने जिन्दगी की आवश्यक क्रियाओं को भी नहीं करना चाहता है और न तो अपने परिवार के सदस्यों से बातचीत ही करना चाहता है। धीरे-धीरे वह अपना ध्यान हुए हानि से हटाता है और पुनः एक सामान्य जिन्दगी (normal life) की ओर लाने लगता है। फ्रायड (Freud) ने इस अवधि को 'शोक अवधि' (grief period) कहा है जो चाहे महीना का हो या कुछ दिनों का, सामान्य जीवन की शुरूआत करने के लिए निश्चित रूप से व्यक्ति को उसे समाप्त कर देना चाहिए।

जब उदासीन संवेग व्यक्ति में चिरकालिक (chronic) हो जाता है तो व्यक्ति को कुछ भी अच्छा नहीं लगता है और जिन्दगी में उसके लिए न तो कोई आशा (hope) और ना ही कोई सांत्वना (consolation) ही रह जाता है। इस तरह की सांवेगिक स्थिति को विषाद (depression) की संज्ञा दी जाती है। अगर विषाद का कारण कोई अचानक सदमा (sudden trauma) होता है या जिन्दगी में होने वाले लगातार हतोत्साहित अनुभूतियाँ (discouraging experiences) होती हैं, तो इस तरह के विषाद को प्रतिघातक विषाद (reactive depression) कहा जाता है। इस तरह के विषाद से व्यक्ति में गम्भीर मानसिक बीमारी (serious mental illness) उत्पन्न होने. का भय हो जाता है।

4. ऊब *(Boredom)*—जब व्यक्ति के सामने न तो कोई स्पष्ट लक्ष्य (goal) होता है और न तो उसे अपनी उपलब्धि (achievement) से खुशी ही होती है और उसी तरह से जब व्यक्ति के सामने ऐसा कार्य होता है जिसमें न उसकी अभिरुचि होती है और न इच्छा ही, तो ऐसी परिस्थिति में उसमें एक विशेष संवेगात्मक स्थिति (emotional state) पायी जाती है जिसे ऊब (boredom) कहा जाता है। ऊब का संवेग व्यक्ति को कुछ कार्य करने के प्रेरित करता है लेकिन वह यह नहीं समझ पाता है कि उसे क्या करना चाहिए। ऊब संवेग एक दुखद संवेग (unpleasant emotion) होता है। अतः व्यक्ति इस तरह की सांवेगिक स्थिति (emotional state) से जल्द-से-जल्द कुछ रचनात्मक कार्य (constructive work) करके छुटकारा पाना चाहता है।

व्यक्ति में ऊब संवेग सिर्फ अरुचिकर कार्यों से ही नहीं बल्कि आवृत्तीय कार्यों (repetitive works) से भी होता है। जब व्यक्ति को एक तरह का कार्य बार-बार लगातार कई दिनों तक करना होता है, तो कुछ दिनों के बाद उसमें उस कार्य से ऊब (boredom) का संवेग उत्पन्न हो जाता है। इस तरह के ऊब से व्यक्ति में ध्यान भंग (distraction of attention) होता है। फलस्वरूप, उसे काम करने में गलतियाँ काफी अधिक होतीं है। उद्योग (instustry) में कर्मचारियों (employees) को अनेकों ऐसे काम करना होता है जिसका स्वरूप आवृत्तीय (repetitive) होता है। फलस्वरूप, उससे उनमें ऊब का संवेग तेजी से उत्पन्न होता है। इससे उनका ध्यान भंग होता है तथा काम में गलतियाँ (errors) बढ़ने लगतीं हैं। अतः औद्योगिक मनोवैज्ञानिकों (industrial psychologists) का प्रयास यही होता है कि वे ऊब के संवेग को व्यक्ति में उत्पन्न न होने दें।

5. डर एवं दुश्चिंता *(Fear and Anxiety)*—डर (fear) तथा दुश्चिंता (anxiety) दोनों एक-दूसरे से काफी सम्बन्धित संवेग (related emotion) है। डर एक ऐसी संवेगात्मक स्थिति है जिसमें किसी एक ऐसे खतरनाक (dangerous) वस्तु या घटना के प्रति व्यक्ति को प्रतिक्रिया (reaction) करना होता है जिससे वह आसानी से छुटकारा नहीं पा सकता है। दुश्चिंता (anxiety) चिरकालिक डर (chronic fear) का दूसरा नाम है। दुश्चिंता में मानसिक स्थिति अस्पष्ट (vague) होती है लेकिन यह संचयी (cumulative) होता है और प्रत्येक क्षण यह एक खास समय तक बढ़ते ही जाता है।

डर संवेग शैशवावस्था से ही होता देखा गया है। प्रायः शिशु तीव्र आवाज (loud noise), अंधेरा कमरा, जानवर, एकान्त परिस्थिति आदि से डर जाते हैं। बड़े बच्चों में डर इन उद्दीपकों के अलावा, कुछ काल्पनिक बातों तथा कहानियों के काल्पनिक पात्रों (characters) से भी होता है। वाटसन (Watson, 1920) के अनुसार भय संवेग के विकास में अनुबन्धन (conditioning) का विशेष हाथ होता है। अलबर्ट (Albert) नामक एक बच्चा पर उनका इस सिलसिले में किया गया प्रयोग उल्लेखनीय है। बच्चे डर संवेग की अभिव्यक्ति दूसरे ढंग से करते हैं। प्रायः एक विशेष आनन अभिव्यक्ति (facial expression) बनाकर वे डर के संवेग को व्यक्त करते हैं।

दुश्चिंता (anxiety) की उत्पत्ति डर (fear) से होता है। जब डर चिरकालिक (chronic) हो जाता है, तो इससे व्यक्ति में दुश्चिंता की उत्पत्ति होती है। फ्रायड (Freud) ने तीन तरह की दुश्चिंता (anxiety) बतलाया है—*वस्तुनिष्ठ दुश्चिंता या वास्तविक दुश्चिंता* (objective anxiety) or real anxiety), *स्नायुविकृत दुश्चिंता* (neurotic anxiety) तथा *नैतिक दुश्चिंता* (moral anxiety)। वास्तविक दुश्चिंता में व्यक्ति को डर का कारण वास्तविक होता है। जैसे, आग से घिर जाने से उत्पन्न डर, परीक्षा नजदीक आने से उत्पन्न डर आदि इस श्रेणी के दुश्चिंता के उदाहरण हैं। स्नायुविकृतदुश्चिंता (neurotic anxiety) में व्यक्ति में डर का कारण काल्पनिक (unreal) होता है। जैसे, कोई व्यक्ति बिल्ली देखकर डरता है तो कोई मकड़ा देखकर आदि। नैतिक दुश्चिंता (moral anxiety) में डर का कारण व्यक्ति द्वारा किये गये कुछ अनैतिक कार्य जैसे चोरी करना, हत्या करना, बलात्कार करना आदि होते हैं। इन तीनों तरह की दुश्चिंता में स्नायुविकृत दुश्चिंता (neurotic anxiety) को मनोवैज्ञानिकों ने अधिक महत्त्वपूर्ण बतलाया है। इस तरह की दुश्चिंता अनियत (indefinite) तथा वस्तुहीन (objectless) होता है। फ्रायड (Freud) ने इस तरह की दुश्चिंता (anxiety) को भी दो भागों में बाँटा है—मुक्त-प्रवाह दुश्चिंता (free-floating anxiety) तथा बाधित दुश्चिंता (bound anxiety)। मुक्त-प्रवाही दुश्चिंता में व्यक्ति की दुश्चिंता का सम्बन्ध किसी विशेष परिस्थिति (situation) से नहीं होता है जबकि बाधित दुश्चिंता में व्यक्ति की दुश्चिंता किसी विशेष परिस्थिति से सम्बन्धित होता है। व्यक्ति अपने आप को दुश्चिंता से सामन्यतः दो ढंगों से बचाता है। पहला तरीका तो यह है कि व्यक्ति निष्क्रिय रूप से (passively) दुश्चिंता उत्पन्न करने वाली परिस्थिति से अपने को दूर रखता है तथा दूसरा तरीका यह है कि वह कुछ विशेष मानसिक लक्षण जैसे दुर्भीति (phobia) आदि विकसित कर लेता है और अपने आप को दुश्चिंता (anxiety) से बचाता है।

6. क्रोध *(Anger)*—क्रोध एक ऐसा संवेग है जिसकी उत्पत्ति एक ऐसा अवरोध या अड़चन (obstacle) से होता है जिसे दूर किया जा सकता है। क्रोध जब अत्यधिक (excessive) होता है तथा चिरकालिक (chronic) होता है तो इसका प्रभाव विनाशक (destructive) होता है। क्रोध भी एक ऐसा संवेग है जो शैशवावस्था से ही देखने को मिलता है। शैशवावस्था (infancy) तथा बचपनावस्था (childhood) में क्रोध की उत्पत्ति हल्के शारीरिक असुविधा (minor physical discomfort), स्नान कराने, कपड़ा पहनाने तथा उन्हें मनचाहा शारीरिक क्रियाएँ (physical activites) को न करने देने से उत्पन्न होता है। बड़े बच्चों में यानी 13-14 साल के बच्चों में क्रोध दूसरे कारणों से भी उत्पन्न होता है। जैसे, जब उनकी इच्छा सन्तुष्ट नहीं हो पाती है, तो इनमें क्रोध उत्पन्न होता है। जब उन्हें कोई चिढ़ाता (tease) है तथा जब उनके माता-पिता प्रतिकूल तुलना (unfavourable comparison) दूसरे बच्चों या व्यक्तियों से करते हैं तो इससे भी उनमें क्रोध उत्पन्न होता है।

व्यक्ति क्रोध संवेग की अभिव्यक्ति (expression) दो ढंग से करता है—*आवेगशील अनुक्रिया* (impulsive responses) के रूप में तथा *निरोधी अनुक्रिया* (inhibited responses) के रूप में। जब क्रोध की अभिव्यक्ति आवेगशीलता अनुक्रिया (impulsive responses) के रूप में होती है, तो इसे आक्रमणशीलता (aggression) की संज्ञा दी जाती है। क्रोध संवेग की अभिव्यक्ति आवेगशील अनुक्रिया के रूप में बच्चों द्वारा अधिकतर किया जाता है। वे प्रायः अन्य बच्चों या व्यक्तियों के प्रति भिन्न-भिन्न प्रकार के आवेगशील अनुक्रिया जैसे, दाँत काटकर, सिर का बाल नोचकर, कपड़ा फाड़कर, दूसरे का किताब फाड़कर, गाली देकर आदि के रूप में करते हैं। अतः अधिकतर आवेगशील अनुक्रियाएँ बच्चे दूसरे बच्चों के प्रति ही करते हैं। इस तरह की अनुक्रियाओं को बाह्य दण्डात्मक अनुक्रिया (extrapunitive responses) कहा जाता है। कुछ आवेगशील अनुक्रियाएँ ऐसी भी होतीं हैं जिन्हें बच्चा स्वयं के प्रति करता है। जैसे, कभी-कभी देखा गया है कि बच्चा क्रोध में आकर अपना ही कमीज फाड़ लेता है या अपने सिर का बाल स्वयं नोचने लगता है। इस तरह की अनुक्रिया को आत्मदंडात्मक अनुक्रिया (intrapunitive response) कहा जाता है।

क्रोध की अभिव्यक्ति कुछ निरोधी अनुक्रियाओं (inhibited responses) द्वारा भी होती है। निरोधी अनुक्रिया वैसी अनुक्रिया को कहा जाता है जिसमें क्रोध की अभिव्यक्ति नियन्त्रित रूप से (controlled way) होती है। वयस्क अपने क्रोध की अभिव्यक्ति प्रायः निरोधी क्रियाओं द्वारा ही करते हैं। प्रायः देखा गया है कि एक वयस्क व्यक्ति जब किसी दूसरे व्यक्ति से क्रोधित हो जाता है, तो उससे मिलना-जुलना कम कर देता है। इतना ही नहीं, ऐसा व्यक्ति सामान्य वातावरण (general environment) से भी अपने आप को खींच लेता है। इस तरह के निरोधी अनुक्रियाओं को अदण्डित व्यवहार (impunitive behaviour) कहा जाता है।

7. डाह या ईर्ष्या *(Jealousy)*—डाह एक तरह का जटिल संवेग (complex emotion) होता है और इसमें डर (fear) तथा क्रोध (anger) दोनों संवेग मिला होता है। जब व्यक्ति पहले से मिल रहे अनुराग (affection) में वास्तविक (actual) या काल्पनिक (supposed) कमी महसूस करता है, तो इससे उसमें डाह या ईर्ष्या (jealosuy) का संवेग उत्पन्न होता है। जिस व्यक्ति में डाह का संवेग उत्पन्न होता है, वह अपने आप को हमेशा असुरिक्षत (insecure) महसूस करता है और हमेशा उसे इस बात का डर बना होता है कि उनका स्थान दूसरा व्यक्ति लेने वाला है। जिस परिस्थिति में डाह का संवेग उत्पन्न होता है, वह मूलतः सामाजिक होता है। कुछ प्रमुख सामाजिक परिस्थितियाँ (social situation) जिसमें डाह का संवेग उत्पन्न होता है, निम्नांकित हैः—

(i) प्रायः देखा गया है कि माता-पिता अपने किसी बेटा या बेटी को अन्य बेटा-बेटियों की अपेक्षा अधिक दुलार-प्यार देते हैं। इसका परिणाम यह होता है कि अधिक दुलार-प्यार पाने पर अपने भाई या बहन के प्रति छोटे या बड़े भाई बहनों में डाह का संवेग उत्पन्न होने लगता है। इन लोगों को ऐसा महसूस होने लगता है कि उन पर माता-पिता का ध्यान बिलकुल ही नहीं है।

(ii) स्कूल में जब कोई छात्र, यह देखता है कि शिक्षक द्वारा अन्य छात्रों पर विशेष ध्यान दिया जा रहा है और उस पर नहीं, तो वैसी परिस्थिति में अन्य छात्रों के प्रति डाह का संवेग उत्पन्न हो जाता है तथा शिक्षक के प्रति उसमें क्रोध का संवेग उत्पन्न हो जाता है।

(iii) डाह संवेग की उत्पत्ति उस परिस्थिति में भी होता है जब कोई व्यक्ति यह देखता है कि जो वस्तु या सामान (goods) उसके पास होना चाहिए था, वह दूसरे व्यक्ति के पास है परन्तु उसके पास नहीं है। जैसे, मान लीजिए एक ऑफिसर (officer) का पड़ोसी उसके के दफ्तर का किरानी है। ऑफिसर के पास टेलिवीजन (televison) नहीं है परन्तु किरानी के पास है। ऐसी परिस्थिति में सम्भव है कि उस ऑफिसर में किरानी के प्रति डाह का संवेग उत्पन्न हो जाय।

(iv) डाह संवेग की उत्पत्ति कामुक इच्छाओं (sexual wishes) के कारण भी होता है। उदाहरणस्वरूप, मान लीजिए कि एक ही नवयुवक को दो नवयुवती प्यार करती है और अपनी कामुक इच्छाओं की सन्तुष्टि चाहती है। ऐसी परिस्थिति में नवयुवक यदि किसी एक युवती के साथ होता है, तो दूसरी युवती के मन में डाह उत्पन्न हाने लगता है।

डाह संवेग की अभिव्यक्ति व्यक्ति दो प्रकार से करता है—सीधी (directly) तथा परोक्ष रूप से (indirectly)। बच्चे डाह संवेग की अभिव्यक्ति प्रायः सीधे करते हैं और तब वे अपने प्रतिद्वन्द्वी (rival) को पीटते हैं, ढकेल (push) देते हैं, दाँत काटते हैं या किसी प्रतिस्पर्द्धा (competition) में उसे हराने की कोशिश करते हैं। जब बच्चे बड़े हो जाते हैं, जैसे 13-14 वर्ष के हो जाते हैं, तो वे प्रायः डाह संवेग की अभिव्यक्ति परोक्ष रूप से ही करते हैं। प्रायः ऐसे बच्चे प्रतिगामी व्यवहार (regressive behaviour) जैसे अंगूठा चूसना (thumb-sucking) तथा बिछावन पर पेशाब कर देना (bed-wetting) आदि व्यवहार करते हैं। ऐसे बच्चे तोड़-फोड़ (destructiveness) भी करना प्रारम्भ कर देते हैं। परोक्ष रूप से अपने प्रतिद्वन्द्वी पर व्यंग्य करना भी प्रारम्भ कर देते हैं। एक वयस्क व्यक्ति डाह संवेग की अभिव्यक्ति परोक्ष रूप से तथा सीधे दोनों ढंग से करता है। यदि व्यक्ति आवेगशील (impusive) है तो वैसी परिस्थिति में वह डाह की अभिव्यक्ति सीधे करेगा। परन्तु यदि व्यक्ति को अपने संवेग पर नियन्त्रण करने का आदत है, तो वैसी परिस्थिति में वह डाह संवेग की अभिव्यक्ति प्रायः परोक्ष रूप से करता है।

संवेग को वर्गीकृत करने का एक उत्तम प्रयास रोबर्ट प्लूटचिक (Robert Plutchik, 1980) द्वारा किया गया। इनका कहना था कि पशु एवं मनुष्य दोनों में ही आठ तरह के मुख्य संवेगों का अनुभव होता है जो उनमें विभिन्न तरह के समायोजी व्यवहार (adaptive behaviour) करने की प्रेरणा देता है। वे आठ संवेग हैं—डर (fear), *आश्चर्य* (surprise), *उदासी* (sadness), *घृणा* (disgust), *क्रोध* (anger), *उम्मीद* (anticipation), *खुशी* तथा *स्वीकृत* (acceptance)। इनमें से प्रत्येक संवेग प्राणी को एक खास ढंग से व्यवहार करने में मदद करता है ताकि वह वातावरण के साथ ठीक ढंग से समायोजन कर सके। प्लूटचिक (Plutchik) ने इन संवेगों के आपसी सम्बन्धों को दिखलाने के लिए एक वृत्त (circle) का निर्माण किया है जिसे चित्र 11.1 में दिखलाया गया है। इस वृत्त से यह स्पष्ट है कि वृत्त में कुछ संवेग एक दूसरे के नजदीक है, तथा कुछ एक-दूसरे के विपरीत है। ज़ैसे, उम्मीद (anticipation) तथा खुशी (joy) एक दूसरे के नजदीक है, अतः इनमें समानता है। दूसरे तरफ, खुशी के विपरीत छोर पर उदासी (sadness) है। अतः ये दोनों में बिलकुल ही समानता नहीं है। प्लूटचिक ने यह कहा है कि विभिन्न

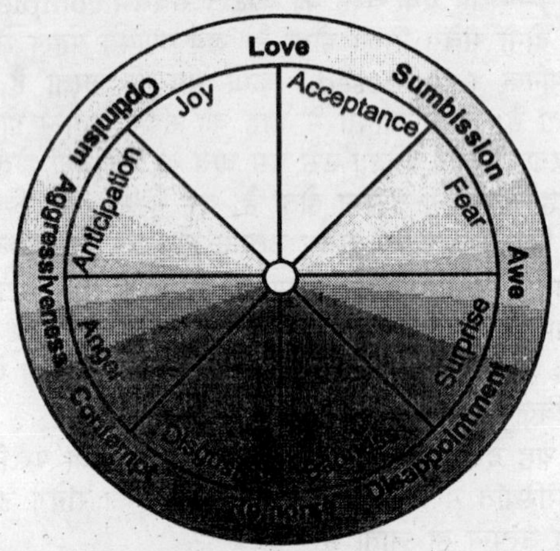

चित्र 11.1 : संवेग-वृत्त (प्लूटचिक के शोधों पर आधृत)

संवेग आपस में सयोजित होकर प्राणी में अधिक विस्तृत अनुभूति उत्पन्न करते हैं। जैसे, उम्मीद एवं खुशी आपस में मिलकर 'आशावादी' (optimism) की अनुभूति व्यक्ति में उत्पन्न करते हैं। उसी तरह खुशी तथा स्वीकृति आपस में मिलकर प्यार (love) तथा उदासी एवं आश्चर्य आपस में मिलकर निराशा (disappointment) की अनुभूति उत्पन्न करते हैं।

प्लूटचिक ने यह भी स्पष्ट किया है कि आठ प्रकारों में से किसी भी प्रकार में संवेग, तीव्रता (intensity) के ख्याल से भिन्न हो सकता है। इस तरह के सम्बन्ध को दिखलाने के लिए प्लूटचिक ने आठ मौलिक संवेगों का एक तीन विमीय मॉडल (three-dimensional model) तैयार किया है जिसे चित्र 11.2 में दिखलाया गया है। इस चित्र में

संवेग की तीव्रता को लम्बीय विमाओं (vertical dimensions) द्वारा दिखलाया गया है। चित्र 11.2 के शीर्ष (top) पर सबसे तीव्र संवेगों को दिखलाया गया है जिनमें रोष (rage) सतर्कता (vigilance) हर्षोन्माद (esctasy), गहरा प्रेम (adoration), आतंक (terror), विस्मय या आश्चर्य (amazement), दुःख (grief) तथा घृणा (loathing) आदि हैं। जैसे-जैसे हम चित्र 11.2 में नीचे की ओर उतरते हैं, संवेग की तीव्रता कम होते पायी जाती है तथा संवेगों के बीच अन्तर में स्पष्टता कम हो जाती है। उदाहरणस्वरूप, क्रोध (anger), रोष (rage) से कम तीव्र है तथा क्लेश (annoyance) क्रोध से भी कम तीव्र है। परन्तु ये संवेग अर्थात् रोष, क्रोध तथा क्लेश तीनों आपस में सम्बन्धित हैं। सामान्यतः यह देखा गया है कि जब संवेग की तीव्रता अधिक होती है तो इससे व्यक्ति का व्यवहार भी काफी अभिप्रेरित होता है।

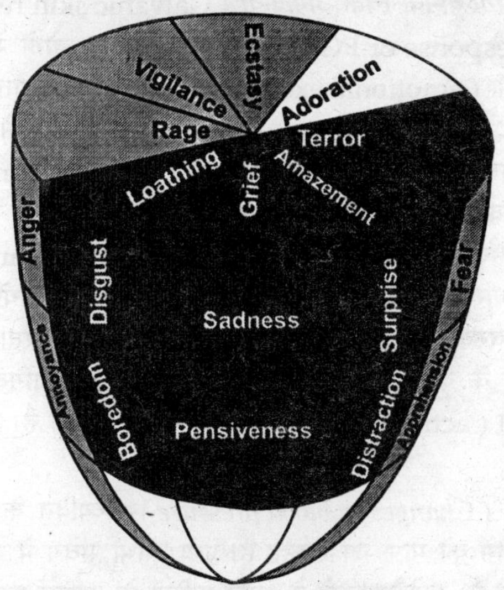

चित्र 11.2 : संवेग का त्रिविमीय मॉडल (प्लूटचिक के शोधों पर आधृत)

सांवेगिक तीव्रता में वैयक्तिक विभिन्नता (individual difference) होती है। एक छोर पर तो ऐसे लोग होते हैं जो साधारण-सी घटना पर काफी तीव्र संवेग जैसे खुशी या उदासी दिखलाते हैं जबकि दूसरे छोर पर कुछ ऐसे व्यक्ति होते हैं जो कठिन-से-कठिन परिस्थिति में शायद ही कोई संवेग दिखलाते हैं। परन्तु अधिकतर लोग इन दोनों छोरों के बीच में होते हैं। लारसन एवं डाइनर (Larsen & Diener, 1985) ने एक अध्ययन किया जिसके अनुसार सांवेगिक तीव्रता की क्षमता व्यक्ति की जिन्दगी के आरंभिक भाग में उत्पन्न हो जाता है जो वयस्कावस्था में भी लगभग समान बना रहता है। परन्तु डाइनर, सैंडविक तथा लारसन (Diena, Sandvik & Larsen, 1985) ने अपने अध्ययन में पाया कि सांवेगिक तीव्रता का शीर्ष बिन्दु उम्र बीतने के साथ परिवर्तित होता है। इनके अध्ययन में 15 से 70 साल तक की आयु के 242 व्यक्तियों में सावंगिक तीव्रता बढ़ते आयु के साथ कमी पायी गयी।

इस तरह से प्लूटचिक के अनुसार संवेग के मूलतः आठ प्रकार हैं और प्रत्येक प्रकार में चूँकि संवेग की तीव्रता में भिन्न होता है, इसलिए व्यक्ति को भिन्न-भिन्न तरह की नयी-नयी सांवेगिक अनुभूतियाँ उत्पन्न होतीं हैं। इस तरह से प्लूटचिक के मॉडल से विभिन्न संवेगों की व्याख्या तो होती ही है साथ-ही-साथ उसमें विभिन्न तरह के सम्बन्ध व्यवहारों की भी व्याख्या हो पाती है।

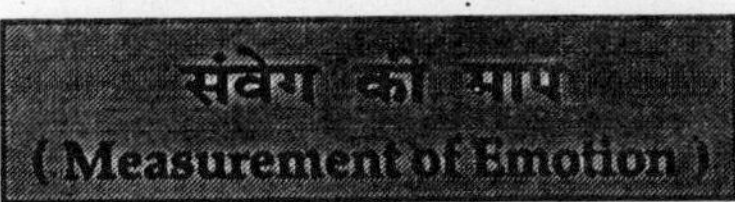

संवेग की माप (Measurement of Emotion)

संवेग का महत्त्व व्यक्ति के लिए काफी है। संवेग के अभाव में व्यक्ति का जिन्दगी रसहीन तथा उदास होगा। सच्चाई यह है कि संवेग के बिना व्यक्ति का मनोवैज्ञानिक रूप से (psychologically) जिन्दा रहना भी सम्भव नहीं

है। अतः मनोवैज्ञानिकों ने इसे मापने की कोशिश की है। इन लोगों ने संवेग को मापने के लिए निम्नांकित पाँच विधियों का प्रतिपादन किया है:—

1. गैल्वेनिक त्वक् अनुक्रिया *(Galvanic Skin Response or GSR)*—विगोरोक्स (Vigouroux) तथा फेरे (Fere) नामक फ्रेन्च मनोवैज्ञानिक ने सबसे पहले-पहल 1888 में यह बतलाया कि व्यक्ति के त्वचा में कुछ वैद्युत संचरण (electrical conductance) का गुण होता है जिसे उन लोगों ने विशेष रूप से मापने की कोशिश की। वैद्युत संचरण की यह प्रक्रिया मूल रूप से पसीना ग्रन्थि (sweat gland) के कार्यों द्वारा निर्धारित होता है। त्वचा के वैद्युत संचरण की इस प्रक्रिया को *गैल्वेनिक त्वक अनुक्रिया* (Galvanic skin response or GSR) या *मनौल्वेनिक अनुक्रिया* (Psychogalvanic response or PGR) कहा जाता है। इन लोगों ने अपने अध्ययन के आधार पर यह बतलाया कि संवेगात्मक उत्तेजनाओं (emotional excitement) के दौरान वैद्युत संचारण में घट-बढ़ (variation) की प्रक्रिया तेज हो जाती है। बाद में यंग (Young) तथा उनके सहयोगियों ने अपने अध्ययन के आधार पर यह बतलाया है कि GSR का सीधा सम्बन्ध दमित सांवेगिक अनुभवों (repressed emotional experiences) से होता है। अतः GSR की मात्रा को माप कर हम आसानी से संवेग की स्थिति का अंदाज लगा सकते हैं। लेकिन अभी तक गत कई वर्षों में अनेक ऐसे अध्ययन हुए हैं जिनके आधार पर लेफ्रानकोईस (Lefrancois, 1983) ने यह स्पष्ट रूप से दिखला दिया है कि GSR के आधार पर संवेग को मापना बहुत उचित नहीं है क्योंकि GSR सिर्फ संवेग में नहीं बल्कि भिन्न-भिन्न प्रकार की मानसिक अवस्थाओं (mental states) में भी हुआ करता है। आजकल कुछ मनोवैज्ञानिकों ने यह भी दिखला दिया है कि त्वचा के वैद्युत संचरण द्वारा व्यक्ति के सिर्फ सांवेगिक स्थिति (emotional state) की ही नहीं बल्कि उसकी क्रियाशीलता (activation) के स्तर का भी माप होता है। अतः GSR के आधार पर संवेग को मापना अधिक अर्थपूर्ण नहीं है।

2. रक्त चाप में परिवर्तन *(Changes in blood pressure)*—व्यक्ति के रक्तचाप (blood pressure) में हुए परिवर्तन के आधार पर भी संवेग को मापा जा सकता है। प्रायः सभी संवेग में रक्तचाप में परिवर्तन होता है, अर्थात् रक्तचाप में वृद्धि या कमी हो जाती है। मनोवैज्ञानिकों ने अपने प्रयोगों के आधार पर यह दिखलाया है कि क्रोध तथा हर्ष की स्थिति में व्यक्ति का रक्तचाप बढ़ जाता है परन्तु भय की स्थिति में रक्तचाप में हल्का कमी हो जाती है। विषाद (depression) के संवेग में भी रक्तचाप में कमी हो जाती है। अतः रक्तचाप में वृद्धि या कमी द्वारा संवेग की स्थिति समझी जाती है। मनोवैज्ञानिकों ने झूठ बोलने के दौरान उत्पन्न सांवेगिक स्थिति की माप भी रक्तचाप (blood pressure) में हुए परिवर्तनों के आधार पर किया है। जब व्यक्ति सच न बोलकर झूठ बोलता है तो उसमें एक विशेष संवेगात्मक स्थिति (emotional state) उत्पन्न होती है जिससे उसका रक्तचाप (blood pressure) बढ़ जाता है जो एक विशेष यन्त्र जिसे झूठ संसूचक (lie detector) या पोलिग्राफ (polygraph) कहा जाता है, द्वारा रेकार्ड (record) किया जाता है। कुछ झूठ संसूचक (lie detector) ऐसे भी होते हैं जो GSR तथा श्वसन (respiration) की गति में हुए परिवर्तन के आधार पर भी झूठ बोलने के दौरान हुए सांवेगिक स्थिति (emotional state) का मापन होता है। यद्यपि रक्तचाप (blood pressure) में हुए परिवर्तन को संवेग के मापन का एक बहुत ही संवदेनशील (sensitive) तथा उपयुक्त (appropriate) तरीका बताया गया है, फिर भी इसके द्वारा वैसे व्यक्तियों के संवेग को नहीं मापा जा सकता है जो उच्च रक्तचाप (hypertension) के रोगी हैं, क्योंकि इन व्यक्तियों का रक्तचाप बिना संवेग का ही अधिक ऊँचा होता है।

3. रेटिंग मापनी *(Rating scales)*—ऊपर वर्णन किये गये दोनों विधियों (methods) जिनके सहारे संवेग की माप होती है, का आधार शारीरिक (physiological) है और इन दोनों विधियों की कुछ अपनी-अपनी कठिनाइयाँ भी हैं। अतः मनोवैज्ञानिकों ने संवेग को मापने के कुछ मनोवैज्ञानिक विधियों का भी प्रतिपादन किया है। रेटिंग मापनी (rating scale) एक ऐसा ही मापनी है। इस विधि में किसी व्यक्ति के संवेग को उसके दोस्तों या परिचितों द्वारा दिये हुए मापनी (scale) पर रेट कराया जाता है। उदाहरण के तौर पर रेटिंग मापनी के कुछ एकांशों (items) को इस

प्रकार बतलाया जा सकता है—

	3	2	1
क्रोध (Anger)	अधिक	साधारण	कम
भय (Fear)	अधिक	साधारण	कम
प्यार (Love)	अधिक	साधारण	कम
डाह (Jealousy)	अधिक	साधारण	कम

ऊपर प्रस्तुत किये गये एकांशों (items) के समान ही अनेक एकांश होते हैं जिसपर व्यक्ति के किसी दोस्त या परिचित व्यक्ति जो उनके सांवेगिक स्थिति से पूर्वपरिचित रहता है, द्वारा रेटिंग कराया जाता है। बाद में उस रेटिंग से प्राप्त आँकड़ों (data) का सांख्यिकीय विश्लेषण (statistical analysis) किया जाता है। इस विश्लेषण के आधार पर उसके संवेग का पता चलता है।

4. प्रेक्षणमूलक तथा मनोवैश्लेषिक प्रविधियाँ *(Observation and Psychoanlytic techniques)*—प्रेक्षणमूलक प्रविधि (observational method) में कोई कुशल प्रेक्षक (skilled observer) दूसरे व्यक्तियों के व्यवहारों को सूक्ष्म रूप से (minutely) भिन्न-भिन्न प्रकार की परिस्थितियों में प्रेक्षण (observation) करता है और संवेग दिखलाने वाले प्रत्येक व्यवहार को सावधानीपूर्वक लिखते जाता है। बाद में, ऐसे व्यवहारों का विश्लेषण करके प्रेक्षक व्यक्ति के संवेग के बारे में एक निश्चित निष्कर्ष पर पहुँचता है। प्रायः इस विधि द्वारा बच्चों के संवेग को आसानी से मापा जाता है। ऐसे बच्चों को (या किसी एक बच्चा को) जिनका संवेग का अध्ययन करना है, को एक विशेष परिस्थिति में रखा जाता है जहाँ उन्हें एक-दूसरे के प्रति भिन्न-भिन्न तरह के संवेग जैसे क्रोध, भय, प्यार आदि दिखलाने का मौका काफी होता है। प्रायः प्रेक्षक छिपकर बच्चों के व्यवहारों को सावधानीपूर्वक लिखते जाता है जिससे किसी-न-किसी प्रकार के संवेग की अभिव्यक्ति होती है। ऐसे ही व्यवहारों का विश्लेषण करके प्रेक्षक यह स्पष्ट रूप से पूर्वकथन (prediction) करता है कि अमुक बच्चा में किस तरह का संवेग अधिक प्रधान है तथा अमुक परिस्थिति में वह किस तरह का संवेगात्मक व्यवहार करेगा। परन्तु कभी-कभी देखा गया है कि प्रेक्षणमूलक विधि के आधार पर किया गया पूर्वकथन सही नहीं होता है। एक ही बच्चा में भिन्न-भिन्न समय में समान परिस्थिति होने के बावजूद भी अलग-अलग संवेग उत्पन्न होते हैं। अतः प्रेक्षणमूलक विधि का दोष यह है कि इसमें विश्वसनीयता (reliability) नहीं हैं।

मनोवैश्लेषिक विधि (psychoanalytic method) का प्रयोग मूलतः वयस्कों के संवेग के मापन में होता है। इस विधि का प्रतिपादन फ्रायड (Freud) ने किया था। इस विधि में व्यक्ति को स्वतंत्र रूप से किसी भी चीज के बारे में (बिना किसी हिचकिचाहट के) बातचीत करने के लिए कहा जाता है। ऐसा देखा गया है कि इस बात चीत के दौरान व्यक्ति अपनी सांवेगिक स्थिति के बारे में धीरे-धीरे बातचीत करना प्रारंभ कर देता है। मनोविश्लेषक इस बातचीत के आधार पर उसके संवेग के बारे में अंदाज लगाता है। प्रायः देखा गया है कि इस विधि में व्यक्ति एक खास सीमा तक तो खुलकर बातचीत कर लेता है परन्तु उसके बाद अपने संवेगात्मक स्थिति के बारे में वह कुछ नहीं कहना चाहता है और यदि कहता भी है तो सच्ची बात को तोड़-मरोड़ कर। ऐसी परिस्थिति में मनोविश्लेषण के आधार पर किसी व्यक्ति की संवेगात्मक स्थिति के बारे में किसी निश्चित निष्कर्ष पर पहुँचना आसान नहीं रह जाता है।

5. प्रश्नावली विधि *(Questionnaire method)*—इस विधि में व्यक्ति के सांवेगिक स्थिति से सम्बन्धित बहुत से प्रश्न होते हैं जिसे पढ़कर उन्हें स्वयं ही समझना एवं उसका उत्तर देना होता है। उनके द्वारा दिये गये उत्तरों के आधार पर व्यक्ति के संवेग के बारे में जाना जाता है। प्रेसी X–O परीक्षण, फार्म 'ब' (Pressey X–O test,Form B) एक ऐसा ही प्रश्नावली है जिसके सहारे व्यक्ति के संवेग को मापा जाता है। इस प्रश्नावली में शब्दों की तीन अलग-अलग सूचियाँ (lists) होतीं हैं। पहली सूची के शब्दों में से उन सभी शब्दों को उसे क्रॉस (cross) करना होता है, जिसे वे अपने लिए गलत समझते हैं। दूसरे सूची के शब्दों में से प्रत्येक वैसे शब्दों को क्रॉस करने के लिए कहा जाता है जिसके बारे में वह कभी चिन्तित हुआ था तथा तीसरी सूची में उसे वैसे शब्दों को क्रॉस करने के लिए कहा जाता है जिन्हें वह काफी पसंद करता है या जिसमें उसकी रूचि काफी है। इन तीनों सूचियों में व्यक्ति द्वारा क्रॉस किये गये शब्दों की संख्या जितनी ही अधिक होती है, व्यक्ति को उतना ही अधिक संवेगशील (emotional) माना जाता है। तीनों सूचियों में क्रॉस किये गये शब्दों की कुल संख्या ही संवेगशीलता का प्राप्तांक (score of emotionality) होता है।

इस तरह से हम देखते हैं कि संवेग की माप भिन्न-भिन्न विधियों द्वारा की जाती है। इसमें से कुछ विधियाँ जैसे रेटिंग मापनी (rating scale), प्रेक्षणमूलक तथा मनोवैश्लेषिक विधि (observational and psychoanalytic method) तथा प्रश्नावली विधि (Questionnaire method) मनोवैज्ञानिक विधियाँ (psychological method) है तथा रक्तचाप (blood pressure) में परिवर्तन एवं GSR या PGR का अध्ययन विधि दैहिक विधि (physiological method) है। सच्चाई यह है कि यदि संवेग का मापन दैहिक विधियाँ तथा मनोवैज्ञानिक विधियाँ दोनों के आधार पर की जाती है, तो इसमें परिशुद्धता अधिक होती है।

गैल्वेनिक त्वक् अनुक्रिया का अर्थ
(Meaning of Galvanic Skin Response)

व्यक्ति के त्वचा में एक विशेष प्रकार की वैद्युत चालकता (electrical conductivity) का गुण होता है जो अपनी सामान्य अवस्था में हमेशा बना होता है। जब व्यक्ति किसी सांवेगिक अवस्था (emotional state) में आता है या किसी कारणवश उत्तेजित (excited) हो जाता है तो ऐसी परिस्थिति में वैद्युत संचार की सामान्य स्तर में परिवर्तन हो जाता है। इस तरह के हुए परिवर्तन को *गैल्वेनिक त्वक् अनुक्रिया* (Galvanic Skin Response या GSR) या *मनोग्लवैनिक त्वक् अनुक्रिया* (Psychogalvanic Skin Response या PGR) कहा जाता है। इसे अन्य नामों जैसे *वैद्युतत्वक् अनुक्रिया* (Electrodermal Response या EDR), *वैद्युतीयचर्म अनुक्रिया* (Electrical Skin Response) *फेरे घटना* (Fere Phenomenon), *टार्कनोफ घटना* (Tarchanoff Phenomenon) से भी पुकारा जाता है। जब व्यक्ति उत्तेजित हो जाता है, तो उसके त्वचा के अन्दर की पसीना ग्रान्थियाँ (sweat glands) काफी सक्रिय (active) हो जातीं हैं फलस्वरूप, त्वचा गीला हो जाता है और त्वचा की वैद्युतीय चालकता (electircal conductivity) का स्तर बढ़ जाता है यानी त्वचा में त्वक् विरोध (skin resistance) का स्तर कम हो जाता है। इस परिवर्तन को ही हम PGR या GSR की संज्ञा देते हैं। ध्यान रहे कि पसीना की अनुक्रिया (response of sweat) से त्वचा की चालकता (conductance) में परिवर्तन होता है न कि स्वयं पसीना (sweat) से। स्वयं पसीना तो मात्र त्वचा को गीला कर त्वचा का सम्पर्क PGR मापने के लिए त्वचा पर रखे गये एल्क्ट्रोड (electrode) के साथ होने में सुविधा प्रदान करता है। सामान्य अवस्था में व्यक्ति की पसीना ग्रन्थियाँ (sweat glands) निष्क्रिय (passive) होतीं हैं। फलस्वरूप त्वचा सूखा होता है। अतः उसमें त्वक् विरोध (skin resistance) का स्तर अधिक होता है या इसके ठीक विपरीत यह भी कहा जा सकता है कि त्वक् चालकता (skin conductivity) का स्तर कम होता है। ऊपर के विवरण से यह भी स्पष्ट है कि PGR या GSR की व्याख्या पसीना ग्रन्थि के स्राव (secretion) के रूप में किया जाता है। इस विचारधारा को PGR का *स्राव सिद्धान्त* (secretory theory) कहा जाता है।

ऊपर के विवरण से सबसे मुख्य बात जो स्पष्ट होता है, वह यह है कि PGR व्यक्ति की उत्तेजनशीलता (activation) की एक सीधा माप (direct measure) हैं। परन्तु कुछ आधुनिक प्रयोगों से स्पष्ट हो चुका है कि बात ऐसी नहीं हैं। डैरों (Darrow, 1937) ने अपने प्रयोग के आधार पर यह दिखलाया है कि जब व्यक्ति में उत्तेजनशीलता (activation) का स्तर अधिक ऊँचा (high) होता है तो उसमें ऐड्रिनल ग्रन्थि (adrenal gland) से स्राव (secretion) जिसे एड्रीनिन (adrenin) कहा जाता है, अत्यधिक मात्रा में निकलकर खून में मिलता है। एड्रीनिन से PGR या GSR के उत्पन्न होने में अवरोध (inhibition) पैदा होता है। अतः इसे अत्यधिक उत्तेजनशीलता का सूचक मानना बहुत उचित दीख नहीं पड़ता है। एक दूसरा भी कारण जिसके चलते PGR को उत्तेजनशीलता का महत्त्वपूर्ण सूचक नहीं माना जा सकता है। जैसा कि हम जानते हैं PGR का सम्बन्ध पसीना ग्रन्थियों (sweat gland) से सीधा है तथा पसीना ग्रन्थियों के कार्य तथा ताप (temperature) के बीच भी एक सीधा सम्बन्ध है। प्रायः PGR की माप हथेली (palm) पर एल्क्ट्रोड (electrode) रखकर किया जाता है क्योंकि हथेली (palm) के अन्दर की पसीना ग्रन्थियाँ (sweat glands) सामान्य तापक्रम से उत्तेजित नहीं होतीं हैं। परन्तु ऐसा देखा गया है कि जब किसी दिन तापक्रम (temperature) अधिक बढ़ा हुआ होता है, तो हथेली से पसीना निकलने लगता है। फलस्वरूप, व्यक्ति में किसी प्रकार की कोई उत्तेजनशीलता (activation) नहीं होने के बावजूद भी हथेली पर लगा एल्क्ट्रोड (electrode) यह बतलाने लगता है कि त्वचा का विरोध (resistance) कम हो रहा है (क्योंकि वहाँ का त्वचा पसीना से गीला हो

जाता है) यानी PGR उत्पन्न हो रहा है। सच्चाई यह है कि ऐसी अवस्था में जब कि व्यक्ति में किसी प्रकार की कोई उत्तेजनशीलता नहीं होती है, PGR नहीं होना चाहिए था। इतना ही नहीं, कुछ व्यक्ति ऐसे भी होते हैं जिनके हथेली की त्वचा तथा शरीर के अन्य भागों की त्वचा में समान रूप से पसीना सामान्य तापक्रम (normal temperature) पर निकलता रहता है। दूसरे शब्दों में हथेली की त्वचा भी पसीना के निकलने की प्रक्रिया (sweating process) में सामान्य रूप से भाग लेता है। अतः सभी व्यक्तियों में PGR को उत्तेजनशीलता (activation) का सूचक नहीं माना जा सकता है।

इन अवगुणों (limitation) के बावजूद भी (PGR) को मनोवैज्ञानिकों ने एक काफी संवेदनशील सूचक (sensitive index) माना है तथा इसका अध्ययन काफी किया गया है।

PGR की माप
(Measurement of PGR)

मनोवैज्ञानिकों ने PGR को मापने के लिए मूलतः निम्नांकित दो विधियों का प्रतिपादन किया है—फेरे विधि (Fere method) तथा टारकैनोफ विधि (Tarchanoff method)। इन दोनों विधियों का वर्णन निम्नांकित हैः—

1. फेरे विधि *(Fere method)*—इस विधि का प्रतिपादन फेरे (Fere) ने 1888 में किया था। इस विधि द्वारा PGR मापने के लिए एक गैल्वैनोमीटर (Galvanometer) तथा त्वचा पर बाहर से बिजली सटाने की जरूरत पड़ती है। चूँकि इसमें त्वचा पर बाहर से बिजली सटाकर PGR की माप की जाती हैं, अतः इसे *एक्सोसोमेटिक विधि* (exosomatic method) भी कहा जाता है। स्वयं फेरे ने अपने प्रयोज्य (subject) का PGR मापने के लिए उसके ललाट (forearm) पर दो एल्कट्रोड (electrode) रखा जिसमें से एक का सम्बन्ध गल्वैनौमीटर (galvanometer) से था तथा दूसरे द्वारा बिजली (electricity) का हल्का आघात दिया जाता था। जब-जब प्रयोज्य के सामने कोई उद्दीपक जैसे विशेष गन्ध या कोई रंगीन शीशा लाया जाता था, गल्वैनोमीटर का सूई (needle) केन्द्र से विचलित (deflect) होने लगता था जिससे स्पष्ट पता चल जाता था कि PGR प्रयोज्य में कितनी मात्रा (magnitude) में उत्पन्न हो रहा था।

2. टारकैनोफ विधि *(Tarchanoff method)*—इस विधि का प्रतिपादन टारकैनोफ (Tarchanoff) द्वारा 1890) में किया गया। इस विधि द्वारा PGR के मापने में बिजली अलग से देने की कोई आवश्यकता नहीं पड़ती है। इस तरह से यह विधि फेरे विधि (Fere method) से भिन्न हैं जिसमें अलग से बिजली सटाकर PGR की माप की जाती थी। टारकैनोफ ने बतलाया कि शरीर के किसी दो जगहों पर यदि एल्कट्रोड (electrode) लगाकर उसका सम्बन्ध गल्वैनोमीटर (galvanometer) से कर दिया जाता है, तो उसके सूई में विचलन (deflection) प्रारम्भ हो जाता है और थोड़े देर के बाद यदि प्रयोज्य (subject) के सामने कोई विशेष उद्दीपक (stimulus) जैसे कोई खास गन्ध तथा रंगीन शीशा आदि लाया जाता है तो पुनः गल्वैनोमीटर (galvanometer) की सूई में विचलन (deflection) होना प्रारंभ हो जाता है हालाँकि इस तरह के विचलन का कारण दो जगहों के त्वचाओं का अन्तर्निहित अन्तर (potential difference) होता है या त्वचा चालकता (skin conductivity), यह कहना निश्चित रूप से सम्भव नहीं है। टारकैनोफ विधि में फेरे विधि की अपेक्षा सरलता (simplicity), अधिक हैं क्योंकि उसके द्वारा PGR का मापन करने में मात्र-गल्वैनोमीटर (galvanometer) तथा एक जोड़ा एल्कट्रोड की जरूरत होती है।

फेरे विधि तथा टारकैनोफ विधि में समानता यह है कि ये दोनों विधियाँ एक ही तरह की मूल दैहिक प्रक्रियाओं (physiological processes) पर आधारित है। फिर भी इन दोनों में फेरे विधि का प्रयोग टारकैनोफ विधि की अपेक्षा अधिक हुआ है।

PGR के निर्धारक
(Determinants of PGR)

जैसे कि हम जानते हैं, PGR व्यक्ति की उत्तेजनशीलता (activation) का एक बहुत ही महत्त्वपूर्ण स्वायत्त सूचक (autonomic index) है। मनोवैज्ञानिकों ने यह प्रयोग कर दिखला दिया है कि PGR बहुत ही संवेदनशील

होता है तथा भिन्न-भिन्न कारकों द्वारा प्रभावित होता है। इसके प्रमुख निर्धारकों (determiners) को मूलतः निम्नांकित दो भागों में बाँटा जा सकता है—

(अ) दैहिक निर्धारक (Physiological determinants)

(ब) मनोवैज्ञानिक निर्धारक (Psychological determinants)

इन दोनों की व्याख्या इस प्रकार है:—

(अ) दैहिक निर्धारक *(Physiological determinants)*—कुछ विशेषज्ञों का मत है कि PGR कुछ दैहिक कारकों (physiological factors) द्वारा निर्धारित होता है। वैसे दैहिक कारक तीन हैं—*पहला कारक* या निर्धारक PGR की व्याख्या पेशीय संकुचन या क्रियाओं (muscular contractions of activities) से उत्पन्न वैद्युतीय ऊर्जा (electrical energy) के रूप में करता है। इस निर्धारक के अनुसार शरीर के किसी भाग के त्वचा पर रखे गये एल्कट्रोड (electrode) के भीतर की मांसपेशियों द्वारा उत्पन्न वैद्युत ऊर्जा के कारण ही गल्वैनोमीटर की सूई में विचलन (defelctions) होता है जिससे यह पता चलता है कि PGR उत्पन्न हो रहा है। फेरे प्रभाव (Fere effect) तथा टारकैनोफ प्रभाव (Tarchanoff effect) की व्याख्या इसी निर्धारक के रूप में की जा सकती है। इस निर्धारक द्वारा पेशीय सिद्धान्त की सत्यता की जाँच करने के लिए कुछ लोगों ने उस त्वचा को छिद्रित (punctured)कर दिया जहाँ पर एल्कट्रोड रखा गया था, ताकि एल्कट्रोड का सम्बन्ध त्वचा विरोध (skin resistance) से समाप्त हो जाय। ऐसा करने के बावजूद भी प्रयोज्य में त्वचा विरोध (skin resistance) में परिवर्तन हुआ। स्पष्ट है कि तब PGR का निर्धारण माँसपेशीय क्रियाओं (muscular activities) द्वारा नहीं होता है।

PGR का *दूसरा दैहिक* निर्धारक रक्त संचालन (blood circulation) में हुई अधिकता या कमी हैं। उत्तेजनशीलता के दौरान त्वचा के अन्दर छोटी रक्त नलिकाओं (blood vessels) में फैलाव (dilation) तथा सिकुड़न (contraction) होता है, जिससे रक्त संचालन में क्रमशः कमी तथा वृद्धि होती है। इस फैलाव तथा सिकुड़न से ही PGR उत्पन्न होता है। इसे *परिसंचारी सिद्धान्त* (circulatory theory) की संज्ञा दी जाती है। डैरों (Darrow, 1927) ने इस सिद्धान्त की सत्यता की जाँच करने के लिए PGR तथा वह त्वचा जहाँ एल्कट्रोड रखा जाता है, के भीतर की रक्त नलिकाओं (blood vessels) में खून की मात्रा (volume) का सहसम्बन्ध (correlation) ज्ञात किया और बतलाया कि PGR का इन नलिकाओं में खून की मात्रा में हुए घट-बढ़ से कोई विशेष सम्बन्ध नहीं है। अतः PGR का परिसंचारी सिद्धान्त भी सत्य (valid) नहीं दीख पड़ता है।

PGR का *तीसरा दैहिक* निर्धारक पसीना ग्रन्थियों (sweat glands) की क्रियाएँ (activities) हैं। इस विचारधारा को *स्रावी सिद्धान्त* (secretory theory) की संज्ञा दी गयी है। इस सिद्धान्त के अनुसार जब व्यक्ति में उत्तेजनशीलता (activation) उत्पन्न होती है, तो त्वचा जिस पर PGR मापने के लिए एल्कट्रोड (electrode) रखा होता है, के भीतर की पसीना ग्रन्थियाँ (sweat glands) उत्तेजित हो जातीं हैं और पसीना निकलना प्रारंभ हो जाता है। डैरों (Darrow, 1927) ने अपने प्रयोग में त्वचा के वैद्युत चालकत्व (electrical conductance) में हुए परिवर्तनों तथा पसीना की वास्तविक मात्रा (actual amount) में अच्छा सहसम्बन्ध (correlation) पाया जिससे स्पष्ट हो जाता है कि PGR का निर्धारण पसीना ग्रन्थियों (sweat glands) की क्रियाओं द्वारा ही होता है। लेकिन यहाँ यह स्पष्ट कर देना उचित है कि पसीना की अनुक्रिया (response of sweating) न कि स्वयं पसीना ही त्वचा की चालकत्व (conductance) में परिवर्तन (यानी PGR) लाता है। स्वयं पसीना तो त्वचा को गीला कर उस पर एल्कट्रोड (electrode) के साथ मात्र अच्छा सम्पर्क (contact) बनाता है जिससे चालकत्व (conductance) आसानी से हो सके।

PGR के इन तीनों सिद्धान्तों अर्थात् पेशीय सिद्धान्त (muscular theory), परिसंचारी सिद्धान्त (circulatory theory) तथा स्रावी सिद्धान्त (secretory theory) को *स्थानीय निर्धारक* (local determinants) भी कहा गया है।

(ब) मनोवैज्ञानिक निर्धारक *(Psychological determinants)*—PGR कुछ मनोवैज्ञानिक कारकों (psychological factors) द्वारा भी प्रभावित होता है। प्रमुख मनोवैज्ञानिक कारक (psycholgical factors) निम्नांकित हैं:—

1. सतर्कता एवं विभिन्न क्रियाएँ *(Alertness and various activities)*—ऐसा देखा गया है कि जब व्यक्ति अधिक सक्रिय (active) एवं सर्तक होता है, तो वैसी परिस्थिति में उसके त्वचा की चालकत्व (conductance) में परिवर्तन हो जाता है। फारमर तथा चैम्बर्स (Farmer & Chambers, 1925) ने अपने एक अध्ययन में प्रयोज्य के हथेली (palm) की चालकत्व (conductance) की माप नींद तथा जागृत अवस्था (awakening state) में किया। परिणाम में यह देखा गया कि जब प्रयोज्य नींद की अवस्था में होता था, तो हथेली की त्वचा की चालकत्व (conductance)में कमी हो जाती है। परन्तु जब व्यक्ति जागृत अवस्था में होता है तो चालकता में वृद्धि हो जाती है। लैण्डिस तथा फारविस (Landis & Forbes, 1933) ने भी अपने प्रयोग में इस परिणाम की पुष्टि की है।

PGR व्यक्ति की क्रियाओं (activities) द्वारा भी प्रभावित होता है। वाल्लर (Waller, 1919) तथा वेक्सलर (Wechsler,1925)ने अपने अध्ययनों में सुबह से रात तक प्रयोज्य की हथेली की चालकत्व (conductance) में होने वाले परिवर्तनों को उसके जागृत अवस्था में मापा। इन्होंने अपने परिणाम में पाया कि हथेली की चालकत्व सुबह में कम, दोपहर में सबसे अधिक तथा शाम में पुनः कम हो जाता है। इसका कारण यह है कि सुबह में व्यक्ति की क्रियाएँ (activities) सीमित होतीं हैं, दोपहर होते-होते उनकी क्रियाएँ चोटी (peak) पर होतीं हैं और पुनः शाम होते-होते उनकी क्रियाएँ कमने लगतीं हैं। जब व्यक्ति अधिक क्रियाएँ करता है तो, उसके शरीर के तापक्रम (temperature) में भी थोड़ी वृद्धि होती हैं तथा जब उसकी क्रियाएँ कमने लगती है तो उसके शरीर के तापक्रम (temperature) में कमी हो जाती है। इस तरह से किल्टमैन (Kleitman, 1950) ने हथेली की चालकत्व (conductance) का सम्बन्ध परोक्ष रूप से दिन में भिन्न-भिन्न क्रियाओं को करते समय शरीर के तापक्रम में हुए परिवर्तनों के साथ भी जोड़ा हैं। दूसरे शब्दों में हथेली की चालकता शरीर के तापक्रम में हुए परिवर्तनों द्वारा भी प्रभावित होता हैं।

2. उद्दीपक का स्वरूप *(Nature of stimuli)*—PGR उद्दीपक के स्वरूप (nature) द्वारा भी प्रभावित होता है। उद्दीपक का स्वरूप व्यक्ति के लिए सुखद (pleasant) भी हो सकता है तथा दुखद (unpleasant) भी। सुखद भाव उत्पन्न करने के लिए मनोवैज्ञानिकों ने सुखद गन्ध (pleasant odor) से युक्त चीजों का प्रयोग किया तथा दुःखद भाव उत्पन्न करने के लिए मनोवैज्ञानिकों के अप्रिय गन्ध से युक्त चीजों का उपयोग किया। शॉक तथा कूम्बस (Shock & Coombs, 1937) ने एक अध्ययन किया जिसमें 40 लड़कों तथा 40 लड़कियों में PGR 16 भिन्न-भिन्न प्रकार के गन्धों (orders) के प्रति मापा गया। इन प्रयोज्यों (subjects) द्वारा इन 16 गन्धों में से प्रत्येक गन्ध को 5 बिन्दु मापनी (5-point scale) पर रेट करवाया गया। इस मापनी का एक छोर (extreme) पर 'बहुत सुखद' (very pleasant) के श्रेणी था तथा दूसरे छोर पर 'बहुत दुखद' (very unpleasant) के श्रेणी था। परिणाम में दो मुख्य बातें पायी गयी। पहला तो यह कि लड़कियों में लड़कों की अपेक्षा दोनों तरह के गन्धों (odour) की अधिकतम सीमा (सबसे सुखद गन्ध) तथा न्यूनतम सीमा (सबसे दुखद गन्ध) के प्रति सबसे अधिक GSR उत्पन्न हुआ। लड़कों द्वारा 'बहुत सुखद गन्ध' के प्रति भी GSR की मात्रा मात्र औसत थी (अर्थात् न अधिक थी और न कम)। इस परिणाम में जो दूसरी बात अपने आप में स्पष्ट है, वह यह है कि विभिन्न प्रकार के गन्धों के प्रति जो PGR उत्पन्न होता है, उसमें यौन अन्तर (sex difference) भी पाया जाता है।

3. अनुबन्धक उद्दीपक *(Conditional stimuli)*—PGR तो वास्तविक उद्दीपक (actual stimuli) से प्रभावित होता है। परन्तु मनोवैज्ञानिकों ने कुछ प्रयोग कर यह भी दिखला दिया है कि यदि ऐसे उद्दीपक वस्तुतः व्यक्ति के सामने उपस्थित नहीं भी किये जाय परन्तु अगर उसके बारे में मात्र कह दिया जाय कि अब वह उद्दीपक उपस्थित किया जायेगा, तो इससे भी PGR काफी प्रभावित होता है। मनोवैज्ञानिकों ने अपने प्रयोग में यह दिखला दिया है कि जब प्रयोज्य को मात्र इतना ही कहा जाता है कि अब उन्हें बिजली का आघात दिया जायेगा, तो इससे त्वक् विरोध (skin resistance) कम हो जाता है, यानी त्वक् चालकत्व (skin conductance) में वृद्धि हो जाती है। कभी-कभी तो ऐसा भी देखा गया है कि मात्र इस चेतावनी (warning) से कि उन्हें बिजली का आघात दिया जायेगा, त्वक् विरोध (skin resistance) में कभी वास्तविक रूप से बिजली का आघात देने से त्वक् विरोध (skin resistance) में उत्पन्न कमी से भी अधिक होता है। डैरों तथा हेथ (Darrow & Heath, 1932) ने एक प्रयोग किया जिसमें इन्होंने 'खटखट' ध्वनि (click sound) उपस्थित करने के तुरन्त बाद प्रयोज्य को हल्का बिजली का शॉक दिया और प्रयोज्य के त्वचा से उत्पन्न PGR को मापा गया। इस दूसरी प्रक्रिया को कई बार दुहराया गया। अन्त में प्रयोज्य में मात्र 'खटखट' (click) की आवाज सुनते ही PGR उत्पन्न होने लगा। इस प्रयोग से यह साबित हो जाता है PGR व्यक्ति में किसी

अनुबंधित उद्दीपक (conditioned stimulus) से भी उत्पन्न हो सकता है। अतः हम यह कह सकते हैं कि PGR का निर्धारण सिर्फ स्वाभाविक उद्दीपक (natural stimulus)जैसे बिजली का आघात (electric shock), तीव्र ध्वनि (intense noise) आदि से नहीं होता है, बल्कि वैसे उद्दीपक से भी उत्पन्न होता है जो बार-बार इस तरह के स्वाभाविक उद्दीपक (natural stimulus) के साथ प्रयोज्य को दिये जाते हैं। इस तरह के उद्दीपक को अनुबंधित उद्दीपक (natural stimulus) के साथ प्रयोज्य को दिये जाते हैं। इस तरह के उद्दीपक को अनुबंधित उद्दीपक (conditional stimulus) कहा जाता है।

4. मानसिक कार्य *(Mental work)*—मनोवैज्ञानिकों ने अपने प्रयोगों के आधार पर यह दिखला दिया है कि PGR व्यक्ति के उत्तेजनशीलता (activation) तथा संवेगशीलता (emotionality) की अवस्थाओं द्वारा ही सिर्फ प्रभावित नहीं होता है बल्कि भिन्न-भिन्न तरह के मानसिक कार्य करने से भी प्रभावित होता है। जब व्यक्ति अंकगणित की समस्या का समाधान करता है या अर्थहीन पदों (nonsense syllables) को याद करता है तो इससे उसमें उत्पन्न PGR की मात्रा में कुछ विभिन्नता (variations) पायी जाती है। सियर्स (Sears,1933) ने इस सिलसिले में एक उल्लेखनीय प्रयोग किया जिसमे 24 कॉलेज की छात्राओं को कुछ मानसिक अंकगणित (mental arithmetic) की समस्याओं को समाधान करने के लिए दिया गया। इस अध्ययन में छात्राओं को तीन तरह की समस्याएँ (problems) दी गयीं—

(i) आसान समस्याएँ जिनके समाधान के लिए निश्चित समय नहीं था।
(ii) आसान समस्याएँ (easy problems) जिनका समाधान एक निश्चित समय के भीतर करना था तथा
(iii) कठिन समस्याएँ (difficult problems)

जब छात्राएँ इन भिन्न तरह की मानसिक समस्याओं का समाधान कर रही थीं तो उनके PGR का भी मापन किया जा रहा था। परिणाम में देखा गया कि जब सभी 20 मानसिक समस्याएँ आसान थीं जिनमें समाधान के लिए कोई निश्चित समय सीमा भी नहीं थीं तो PGR में क्रमिक ह्रास (gradual decline) हुआ। जब प्रथम 10 समस्याएँ आसान होती थीं और अन्तिम 10 समस्याएँ कठिन होती थीं, तो वैसी अवस्था में कठिन समस्या का समाधान प्रारंभ होते ही PGR की मात्रा भी बढ़ने लगती थी। इस तरह से जब सभी 20 समस्याएँ आसान (easy) थीं और जब प्रथम 10 समस्याओं का समाधान बिना किसी समय सीमा के तथा अन्तिम 10 समस्याओं का समाधान समय सीमा के भीतर करना होता था, तो वैसी अवस्था में दूसरे तरह के समस्या का समाधान प्रारंभ होते ही PGR की मात्रा बढ़ने लगती थी। इस प्रयोग से यह साबित हो जाता है कि भिन्न-भिन्न तरह के मानसिक कार्य (mental work) करने से PGR की मात्रा प्रभावित होती हैं।

5.शारीरिक गतियाँ *(bodily movements)*—PGR शरीर की भिन्न-भिन्न गतियों (movements) द्वारा भी प्रभावित होता है। मनोवैज्ञानिकों ने भिन्न-भिन्न प्रयोग करके यह दिखला दिया है कि शरीर के भिन्न-भिन्न गतियाँ (movement) जैसे—खाँसना, हँसना, गला साफ करने की कोशिश करना, जम्हाई लेना (yawning),आह भरना (sighing) आदि द्वारा भी PGR प्रभावित होता है। सामान्य रूप से साँस लेने में PGR की उत्पत्ति नहीं होते देखा जाता है। परन्तु यदि जोर-जोर से साँस लिया जाता है, तो इससे PGR तीव्रता से उत्पन्न होता देखा गया। जब व्यक्ति किसी वस्तु विशेष पर गौरपूर्वक ध्यान देता है, तो ऐसी अवस्था में PGR काफी उत्पन्न होता है। उसी तरह जब व्यक्ति कोई ऐसा कार्य करता है जिसमें पेशीय ऊर्जा (muscular energy) काफी खर्च होता है, तो ऐसी अवस्था में भी PGR तीव्रता से उत्पन्न होता है।

ऊपर वर्णन किये गये तथ्यों को ध्यान में रखते हुए हम इस निष्कर्ष पर पहुँचते हैं कि PGR एक ऐसा सूचक (index) हैं जो भिन्न-भिन्न कारकों द्वारा प्रभावित होता है। इस सूचक द्वारा हमें व्यक्ति की क्रियाशीलता (activation) तथा संवेगशीलता (emotionality) के स्तर का पता चलता है।

अभिप्रेरण तथा संवेग सम्बन्ध
(Relation between Motivation and Emotion)

अभिप्रेरण (motivation) तथा संवेग दोनों ही मानसिक अवस्थाओं में व्यक्ति सक्रिय (active) रहता है और करीब-करीब मिलता-जुलता व्यवहार करता हैं क्योंकि इन दोनों अवस्थाओं में व्यक्ति का व्यवहार किसी लक्ष्य (goal)

की ओर निर्देशित (directed) होता है। इन समानता (similarity) के बावजूद भी संवेग तथा अभिप्रेरण एक दूसरा से अलग हैं—

(i) संवेग (emotion) की स्थिति में व्यक्ति अपने उत्पन्न भाव (feeling) पर अधिक जोर डालता है तथा लक्ष्य (goal) की ओर पहुँचने पर कम बल डालता है। दूसरे शब्दों में, संवेग में भाव पक्ष अधिक महत्त्वपूर्ण होता है तथा लक्ष्य (goal) की प्राप्ति की ओर वाला व्यवहार उतना अधिक महत्त्वपूर्ण नहीं होता है। परन्तु अभिप्रेरण (motivation) में ठीक उल्टा होता है। इसमें भाव (feeling) पक्ष गौण होता है तथा लक्ष्य पर पहुँचने से सम्बन्धित व्यवहार प्रधान होता है क्योंकि व्यक्ति ऐसे व्यवहार को ही अधिक महत्त्वपूर्ण समझता है जैसे—यदि कोई भूखा है (अभिप्रेरण) तो वह जल्द-से-जल्द भोजन (लक्ष्य) की ओर पहुँचने की कोशिश करेगा न कि उससे उत्पन्न भाव (दुःखद) पर ध्यान देगा।

(ii) संवेग में बाह्य उद्दीपक (external stimulus) महत्त्वपूर्ण होता है जबकि अभिप्रेरण में आन्तरिक उद्दीपक (internal stimulus) होता है। प्रायः संवेग किसी-न-किसी बाह्य उद्दीपक की उपस्थिति में होता है। यदि ऐसा उद्दीपक उपस्थित नहीं है व्यक्ति में सामान्यतः संवेग उत्पन्न नहीं होता है। उदरहणस्वरूप, जब व्यक्ति साँप देखता है तो डर जाता है तथा अपने मित्र को देखता है तो खुश होता है। अगर साँप नहीं होता,यानी बाह्य उद्दीपक नहीं होता, तो व्यक्ति में डर (संवेग) नहीं उत्पन्न होता। उसी तरह से यदि व्यक्ति अपने मित्र को नहीं देखता, तो खुश (संवेग) नहीं होता। अभिप्रेरण (motivation) के लिए किसी बाह्य उद्दीपक (external stimulus) नहीं बल्कि शरीर के भीतंर हुए कुछ परिवर्तन जिन्हें आन्तरिक उद्दीपक (internal stimulus) कहा जाता है, ही अधिक महत्त्वपूर्ण होता है। जैसे—जब व्यक्ति के शरीर की कोशिकाओं (cells) में पानी की कमी हो जाती है, तो इससे प्यास लगती है (न कि बाहर में जल देखकर उसे प्यास लगती है)। ठीक उसी तरह से जब व्यक्ति के रक्त में चीनी की मात्रा का स्तर कम हो जाता है, तो इससे उसे भूख लगती है (न कि भोजन देखकर उसे भूख लगती है)। इन उदाहरणों से यह स्पष्ट होता है कि संवेग में बाह्य उद्दीपक (external stimulus) अधिक महत्त्वपूर्ण होता है जबकि अभिप्रेरण में आन्तरिक उद्दीपक अधिक महत्त्वपूर्ण होता है।

(iii) संवेग में स्पष्ट शारीरिक परिवर्तन होते हैं जिन्हें देखकर कोई भी व्यक्ति यह आसानी से समझ सकता है कि व्यक्ति क्रोध में है या डरा हुआ है या उसमें संवेग हो रहा है। परन्तु अभिप्रेरण में शारीरिक परिवर्तन तो होता अवश्य है परन्तु वह इतना स्पष्ट नहीं होता है कि उसके आधार पर हम कह सकते है कि व्यक्ति में अमुक अभिप्रेरक है। एक भूखा व्यक्ति बाहर से कोई ऐसा व्यवहार नहीं करता है जिसे देखकर यह कहा जा सकता है कि वह भूखा है परन्तु एक क्रोधित व्यक्ति के व्यवहार को देखकर आसानी से यह समझा जा सकता है कि व्यक्ति क्रोध (संवेग) में है।

इस तरह से संवेग और अभिप्रेरण में समानता होते हुए भी कुछ विभिन्नताएँ (dissimilarities) हैं।

संवेग का दैहिक सहसम्बद्धता
(Physiological Correlates of Emotion)

संवेग की अवस्था में व्यक्ति में महत्त्वपूर्ण शारीरिक सहसम्बद्धता या परिवर्तन होते हैं। इस तरह के शारीरिक परिवर्तन को हम मूलतः दो भागों में बाँट कर अध्ययन कर सकते हैं—

(अ) बाह्य शारीरिक परिवर्तन (External bodily changes)

(ब) आन्तरिक शारीरिक परिवर्तन (Internal bodily changes)

इन दोनों का वर्णन निम्नांकित हैः—

(अ) बाह्य शारीरिक परिवर्तन (*External bodily changes*)—संवेग में होने वाले बाह्य शारीरिक परिवर्तन से तात्पर्य वैसे परिवर्तनों से है जो स्पष्ट रूप से व्यक्ति द्वारा अभिव्यक्त किया जाता है तथा जिसे हम अपनी आँखों से (बिना किसी उपकरण की सहायता से) देख सकते हैं। जैसे—क्रोध की अवस्था में व्यक्ति का चेहरा लाल हो जाता है, होंठ काँपने लगता है, आँखें बड़ा-बड़ा कर वह बोलता है, आदि आदि। भय के संवेग की अवस्था में व्यक्ति का चेहरा सूखा नजर आता है तथा वह परिस्थिति से भाग खड़ा होता है। चूँकि ये सभी शारीरिक परिवर्तन ऐसे होते हैं जिन्हें कोई

भी व्यक्ति आसानी से देख सकता है, अतः इस तरह के शारीरिक परिवर्तनों को बाह्य शारीरिक परिवर्तन (external bodily changes) कहा जाता है। मनोवैज्ञानिकों ने इस तरह के बाह्य शारीरिक परिवर्तनों को तीन भाग में बाँटकर अध्ययन किया है:—

1. आनन अभिव्यक्ति में परिवर्तन (changes in facial expression)
2. शारीरिक मुद्रा में परिवर्तन (changes in bodily postures)
3. स्वर अभिव्यक्ति में परिवर्तन (changes in vocal expression)

इन परिवर्तनों की व्याख्या निम्नांकित हैं:—

1. आनन अभिव्यक्ति में परिवर्तन *(Changes in facial expression)*—संवेग में व्यक्ति के चेहरे या मुखाकृति (face)में महत्त्वपूर्ण परिवर्तन होते हैं जिसके आधार पर उक्त संवेग का ज्ञान होता है। मनोवैज्ञानिकों के अनुसार चेहरे में बहुत संवेदनशील (sensitive) एवं छोटी-छोटी पेशियाँ (muscles) होतीं हैं जो संवेग के उत्पन्न होने पर फैलना सिकुड़ना प्रारम्भ कर देती है। अतः चेहरे में संवेग की स्थिति में बहुत जल्द परिवर्तन आता है। इजार्ड (Izard, 1977, 1990) के अनुसार आनन अभिव्यक्ति द्वारा छः प्रमुख संवेगों की स्पष्ट अभिव्यक्ति होती है—खुशी (happiness),उदासी (sadness), आश्चर्य (surprise), डर (fear), क्रोध (anger) एवं घृणा (disgust)। इस सिलसिले में कुछ प्रयोगात्मक अध्ययन अग्रांकित है—

सबसे महत्त्वपूर्ण अध्ययन इस दिशा में लैन्डिस (Landis, 1924) द्वारा किया गया। उन्होंने अपने प्रयोज्यों को भिन्न-भिन्न प्रकार के संवेग उत्पन्न करने वाले कार्य करने के लिए कहा। जब वे इन कार्यों को कर रहे थे, तो उनके आनन अभिव्यक्ति का तस्वीर लिया गया। उन्होंने अपने अध्ययन में पाया कि भिन्न-भिन्न प्रयोज्य एक ही तरह के संवेग उत्पन्न करने वाले कार्य के करने पर अलग-अलग आनन अभिव्यक्ति (facial expression) करते हैं। उसी तरह से कोलमैन (Coleman, 1949) ने गतिशील तस्वीरों (motion pictures) के आनन अभिव्यक्ति के आधार पर भी इसी तरह का परिणाम पाया। इन अध्ययनों से स्पष्ट हो जाता है कि सिर्फ आनन अभिव्यक्ति के आधार पर संवेग का निर्णय करना एक कठिन कार्य है। कुछ मनोवैज्ञानिकों ने आनन अभिव्यक्ति के आधार पर संवेग का अध्ययन दूसरे ढंग से किया है। जैसे—फेलेकी (Feleky, 1922) ने कुछ लोगों को आनन अभिव्यक्ति (facial expression) इस ढंग का बनाने को कहा जिससे कि खास-खास संवेग दिखलाई दें। कुछ प्रयोज्यों (subjects) से इन आनन अभिव्यक्तियों को गौरपूर्वक देखकर यह बतलाने को कहा गया कि उससे किस तरह का संवेग उत्पन्न हो रहा है। फलेकी (Feleky) ने अपने अध्ययन के आधार पर यह बतलाया कि प्रयोज्यों के बीच इस तरह के आनन अभिव्यक्ति के आधार पर संवेग का निर्णय करने में आपस में काफी सहमति (agreement) थी। अतः वास्तविक अवस्था का आनन तस्वीर (facial picture) (जिसका प्रयोग लैन्डिस और कोलमैन ने किया था) की अपेक्षा खास संवेग के लिए बनाये गये आनन तस्वीर (posed facial picutres) के आधार पर संवेग का निर्णय अधिक सही तथा आसान होता है। बाद में सेकिम, कुर तथा साऊसी (Sackeim, Gur & Saucy, 1978) ने एक अध्ययन आनन अभिव्यक्ति के बारे में करके एक काफी महत्त्वपूर्ण बात बतलाया है। इन लोगों के अध्ययन के अनुसार किसी संवेग की अभिव्यक्ति (expression) में चेहरे के दाये भाग का योगदान बायें भाग की अपेक्षा अधिक होता है जिसका प्रधान कारण यह है कि दायें भाग का नियंत्रण मस्तिष्क के बायें गोलार्द्ध (left hemisphere) द्वारा होता है।

आनन अभिव्यक्ति द्वारा संवेग का अध्ययन करने के लिए जो प्रयोग किये गये हैं उसके आधार पर स्क्लोसवर्ग (Schlosberg, 1952) ने यह बतलाया है कि संवेग में आनन अभिव्यक्ति के तीन पहलू (dimension) ऐसे होते हैं जिसका स्पष्ट प्रत्यक्षण (perception) होता है। वे हैं—सुखद-दुःखद (pleasantness-unpleasantness), अवधान-तिरस्कार (attention-rejection) तथा नींद-तनाव (sleep-tension)। सुखद संवेग में व्यक्ति का दोनों होंठ खुला होता है तथा नाक की छेद का फैलाव अधिक हो जाता है। दुःख संवेग में दोनों होठ बन्द होते हैं तथा उसका पूरा चेहरा सूखा नजर आता है। अवधान की स्थिति में व्यक्ति का आँख पूरा खुला होता है तथा एक निश्चित दिशा में होता है। उसके नाक का छिद्र फैला होता है और मुँह खुला होता है। तिरस्कार की स्थिति में आँख आधी बन्द, दोनों होठ सटे हुए तथा नाक का छिद्र सिकुड़ जाता है। नींद की अवस्था में प्रायः आँख बन्द होते हैं तथा व्यक्ति के गाल तथा होंठ में हल्का फैलाव नजर आता है। तनाव की स्थिति में व्यक्ति के ललाट पर समानान्तर (horizontal) लकीरें दिखलाई देती हैं तथा होंठ प्रायः बन्द होते हैं।

कुछ मनोवैज्ञानिकों ने अपने अध्ययन के आधार पर यह बतलाया है कि कुछ प्रमुख संवेग जैसे—क्रोध, भय, आदि की जो आनन अभिव्यक्ति होती है वह एक जन्मजात प्रक्रिया (inborn process) हैं क्योंकि सभी संस्कृति के लोग ऐसा करने में सफल होते हैं। बेरोन (Baron,1992) ने आनन अभिव्यक्ति को संवेग का एक सार्विक भाषा (universal language) माना है। इजार्ड (Izard, 1971) ने एक अध्ययन किया जिसमें 8 चेहरे के चित्रों (जिसके द्वारा भिन्न-भिन्न प्रकार के संवेग दिखलाये जा रहे थे) को भिन्न-भिन्न संस्कृति (culture) से लिए गए प्रयोज्यों को दिया है। इन लोगों को यह बतलाना था कि इन चेहरों से किस-किस प्रकार का संवेग व्यक्त हो रहा है। परिणाम में यह देखा गया कि अधिकतर व्यक्तियों ने इन चेहरों के चित्रों के आधार पर सही-सही संवेगों का निर्णय दिया। एकमैन (Ekman, 1982) ने अपने प्रयोग में इसी तरह का निष्कर्ष पाया है। इस अध्ययन में न्यूगिनिया (New Guinea) के लोगों को जिन्हें पश्चिमी संस्कृति (Western cultures) से काफी कम सम्पर्क होता है, प्रयोज्य (subject) बनाया गया। इन लोगों को अमेरिकन लोगों के आनन तस्वीरों (facial pictures) को दिया गया और इनके व्यक्त संवेग को बतलाना था। उसी तरह से अमेरिकन छात्रों को न्यूगिनिया वासी के आनन तस्वीरों को दिया गया और उसके द्वारा व्यक्त संवेग को बतलाने के लिए कहा गया। परिणाम में यह देखा गया कि अमेरिकन छात्र न्यूगिनिया वासी के आनन चित्रों (facial pictures) द्वारा बतलाये गये संवेग का सही-सही निर्णय करने में समर्थ रहे और उसी तरह से न्यूगिनियावासी अमेरिकन व्यक्तियों के आनन चित्रों (facial pictures) द्वारा बतलाये गये संवेगों को भी सही-सही बतलाने में समर्थ हुए। इन अध्ययनों के आधार पर मनोवैज्ञानिकों द्वारा इस निष्कर्ष पर पहुँच गया कि आनन अभिव्यक्ति द्वारा संवेग की अभिव्यक्ति किया जाना एक जन्मजात प्रक्रिया है और इस तरह से 19वीं शताब्दी में चार्ल्स डार्विन (Charles Darwin) द्वारा कही गयी बात कि आनन अभिव्यक्ति (facial pictures) संवेग की एक जन्मजात अभिव्यक्ति है, को लोगों ने सही ठहराया।

आनन अभिव्यक्ति (facial expression) द्वारा संवेग का सही-सही अध्ययन तीन कारकों द्वारा अवरूद्ध हो जाता है। *पहला*, प्रायः लोग संवेग को छिपाना सीख लेते हैं। इसका नतीजा यह होता है कि संवेग की अभिव्यक्ति ऐसे लोग चेहरे द्वारा नहीं कर पाते हैं या संवेग कुछ और होता है और आनन अभिव्यक्ति कुछ और का। अक्सर समाज में ऐसे व्यक्ति होते हैं जो क्रोध की अवस्था में भी जिस व्यक्ति से वे क्रोधित रहते हैं, हँसकर तथा मीठी-मीठी बातें करते हैं जिनके आनन अभिव्यक्ति (facial expression) के आधार पर कभी पता नहीं चलता है कि वे क्रोधित हैं। *दूसरा*, व्यक्ति कभी-कभी कई संवेग एक ही साथ दिखलाता है। ऐसी अवस्था में आनन अभिव्यक्ति इतना अस्पष्ट (vague) तथा मिश्रित हो जाता है कि उससे निश्चित रूप से किसी खास संवेग के बारे में अंदाज करना काफी कठिन हो जाता है। *तीसरा*, सिर्फ चेहरे की अभिव्यक्ति देखकर संवेग विशेष का निर्णय देना उचित नहीं है क्योंकि जबतक उस परिस्थिति (situation or context) का ज्ञान नहीं होता जिसमें व्यक्ति ने चेहरे की अमुक अभिव्यक्ति किया है, संवेग का सही-सही निर्णय करना कठिन हो जाता है।

2. शारीरिक मुद्रा में परिवर्तन *(Changes in bodily posture)*—प्रत्येक संवेग में शरीर की एक खास मुद्रा (posture) होती है। अतः संवेग से व्यक्ति के शारीरिक मुद्रा में भी परिवर्तन होता है। प्रायः दुःख के संवेग में व्यक्ति का शरीर कुछ झुका हुआ तथा क्रोध में उसका शरीर कुछ अकड़ा हुआ एवं तना हुआ दिखलाई पड़ता है। मनोवैज्ञानिकों ने कुछ प्रयोग के आधार पर यह बतलाया है कि प्रत्येक संवेग में व्यक्ति का हाथ, पैर सिर आदि की विशेष मुद्रा होती है। यह मुद्रा ऐसी होती है कि इसके आधार पर हम यह कह सकते हैं कि व्यक्ति में विभिन्न संवेगों में से कौन-सा संवेग हो रहा है। शायद यही कारण है कि मूक भूमिका जिसमें नायक या नायिका मात्र अंगों का संचालन करते हैं, को देखकर हम समझ जाते हैं कि उसमें अमुक संवेग हो रहा है। लौन्डिस तथा हंट (Landis & Hunt, 1937) ने एक अध्ययन किया जिसमें बन्दूक के अचानक आवाज होने से उत्पन्न आश्चर्य (surpirse) तथा चौकाने (startle) के संवेग में होने वाली शारीरिक मुद्रा (bodily posture) का विश्लेषण किया गया और बतलाया गया कि इस तरह का संवेग सामान्यतः उसे 15 सेकेण्ड तक का होता है। इस संवेग में सम्मिलित शारीरिक मुद्राओं का विश्लेषण करने पर इन लोगों ने बतलाया कि व्यक्ति की आँख आवाज के 40 मिलिसेकेण्ड बाद बन्द हो जाती है। 100 मिलिसेकंड बाद उसका चेहरा विकृत हो जाता है, 140 मिलिसेकेण्ड बाद सिर कुछ आगे झुक जाता है तथा कंधा भी आगे की ओर झुक जाता है। 345 मिलिसेकेण्ड के बाद पेट में हल्का सिकुड़न (contraction) आ जाता है तथा ठेहुना थोड़ा मुड़ जाता है। परन्तु 1.5 सेकेण्ड के भीतर ये सभी शारीरिक मुद्राएँ (bodily postures) समाप्त हो जातीं हैं और व्यक्ति पुनः सामान्य

अवस्था में आ जाता है। अतः इसका अंदाज किसी भी व्यक्ति को नहीं हो पाता है। इसी तरह से प्रत्येक संवेग में व्यक्ति शारीरिक मुद्राओं (bodily postures) जैसे—सिर का बाल नोंचना, व्याकुलता दिखाना आदि करता जिससे तो स्पष्ट रूप से यह अर्थ निकल जाता है कि इसमें कोई तीव्र उत्तेजन या चिन्ता उत्पन्न हो रहा है। कुछ विशेष तरह की शारीरिक गति जैसे—हाथ के अंगुठा एवं तर्जनी (index finger) के सहारे अपने नाक को पकड़ते हुए बोलना कई संस्कृतियों में घृणा (displeasure or disgust) का चिह्न माना जाता है। यद्यपि शारीरिक प्रदर्शन में एक संस्कृति से दूसरे संस्कृति में कुछ विभिन्नता पायी जाती है फिर भी सभी संस्कृति या समाज के लोगों में कुछ खास-खास संवेगात्मक क्रियाओं जैसे—दूसरों को शुभकामना देने, अलविदा करने, अपमान करने आदि के कुछ सामान्य शारीरिक तरीके होते हैं जिनके माध्यम से व्यक्ति के संवेगों के बारे में अंदाज किया जाता है।

कुछ मनोवैज्ञानिकों जैसे—बेरोन, बर्न तथा कैनटोविज (Baron, Byrne & Kantowitz, 1980) के अनुसार सिर्फ शारीरिक मुद्रा के आधार पर संवेग पहचानने में कठिनाई इसलिए होती है क्योंकि प्रत्येक संवेग की शारीरिक मुद्रा एक-दूसरे से पूर्णतः भिन्न नहीं होती है अर्थात् शारीरिक मुद्रा के कुछ अंश एक से अधिक संवेग में सामान्य रूप से पाये जाते हैं। फलतः शारीरिक मुद्रा को ही मात्र देखकर अभिव्यक्त संवेग को हमेशा ठीक ढंग से समझा नहीं जा सकता है।

3. स्वर अभिव्यक्ति में परिवर्तन *(Changes in vocal expression)*—संवेग की स्थिति में व्यक्ति की आवाज में भी परिवर्तन आ जाता है जिसे सुनकर हम आसानी से व्यक्त संवेग का अंदाज लगा लेते हैं। जैसे—यदि कोई व्यक्ति थोड़ी दूर पर जोर-जोर से बोलता हुआ सुना जाता है तो प्रायः हम अंदाज लगा लेते हैं कि व्यक्ति क्रोधित है। व्यक्ति के आवाज की तीव्रता, बोलने का ढंग, स्वर विराम (stop) तथा स्वर आरम्भ (start) आदि के आधार पर हम अभिव्यक्त संवेग का अंदाज लगाते हैं। इस सिलसिले में भी कुछ प्रयोगात्मक सबूतें (experimental evidences) हैं जिनके आधार पर हम इस निष्कर्ष पहुँचते हैं कि स्वर अभिव्यक्ति (vocal expression) द्वारा भी संवेग का अंदाज हमें मिलता है। डुसेनबेरी तथा नोरर (Dusenbery & Knowrer, 1939) ने इस संदर्भ में एक महत्त्वपूर्ण प्रयोग किया। इस प्रयोग में A से K तक के अक्षरों को भिन्न-भिन्न संवेगात्मक आवाज (emotional tone) में किसी व्यक्ति द्वारा पढ़वाया गया और उसका टेपरिकार्डिंग किया गया। बाद में इस टेपरिकार्डिंग को कुछ प्रयोज्यों को परोक्ष रूप से सुनवाया गया और उन्हें इन अक्षरों से व्यक्ति होने वाले संवेग को बतलाने के लिए कहा गया। परिणाम में देखा गया कि अधिकतम प्रयोज्य इन अक्षरों द्वारा व्यक्ति संवेग की पहचान करने में सफल हुए। बाद में नोरर (Knowrer, 1941) ने इसी टेप को उल्टी दिशा (backward direction) में बजाया और प्रयोज्यों को व्यक्त संवेग की पहचान करने के लिए कहा गया। ऐसी परिस्थिति में भी प्रयोज्यों ने व्यक्त संवेग की पहचान काफी सफलतापूर्वक किया। बाद में फैयरबैंक्स तथा प्रोनोभोस्ट (Fairbanks & Pronovost, 1939) तथा फैयरबैंक्स तथा होगलिन (Fairbanks & Hoaglin, 1941) ने भी इस तरह का प्रयोग किया और बतलाया कि स्वर अभिव्यक्ति के आधार पर संवेग की पहचान सम्भव है हालाँकि जब स्वर अभिव्यक्ति जटिल (complex) होती हैं, तो वैसी परिस्थिति में पहचान थोड़ी कठिन हो जाती है।

(ब) आन्तरिक शारीरिक परिवर्तन *(Internal bodily changes)*—संवेग की स्थिति में बाह्य शारीरिक परिवर्तन (external bodily changes) के अलावा व्यक्ति के शरीर के भीतर भी कुछ परिवर्तन होते हैं। इन परिवर्तनों का स्वरूप कुछ ऐसा होता है जिसे हम अपनी आँखों से देख नहीं सकते हैं परन्तु विशेष यंत्र (instrument) के सहारे हम उसका अध्ययन कर सकते हैं। प्रमुख आन्तरिक परिवर्तन जिस पर मनोवैज्ञानिकों ने अधिक बल डाला है, निम्नांकित हैः—

1. रक्तचाप में परिवर्तन *(Changes in blood pressure)*—संवेग की अवस्था में सामान्य रक्तचाप के स्तर में परिवर्तन यानी कमी या वृद्धि हो जाती है जिसका मापन एक विशेष यंत्र अर्थात् स्फिग्मोमैनोमीटर (sphygmomanometer) द्वारा किया जाता है। कुछ संवेग ऐसे होते हैं जिसमें व्यक्ति के रक्तचाप में स्पष्ट रूप से वृद्धि हो जाती है तथा कुछ संवेग ऐसे होते हैं जिसमें रक्तचाप में स्पष्ट रूप से कमी हो जाती है। सामान्यतः क्रोध, भय तथा हर्ष में रक्तचाप में वृद्धि हो जाती है तथा शोक और दुःख में रक्तचाप में कमी होते देखी गयी है। एक्स (Ax,1953) ने एक अध्ययन कॉलेज के छात्रों पर किया और पाया कि क्रोध की अवस्था में रक्तचाप (blood pressure) में वृद्धि हो जाती है। टाइगरस्टेड (Tigerstedt, 1926)के अध्ययन में 13 छात्रों के रक्तचाप (blood pressure) का मापन 6 घंटे की

होनेवाली एक परीक्षा के पहले और बाद में किया गया। उन्होंने पाया कि परीक्षा आरम्भ होने के पहले प्रत्येक छात्र का रक्तचाप काफी अधिक था। परन्तु परीक्षा के बाद रक्तचाप में थोड़ी कमी आ गयी। उल्फ तथा उल्फ (Wolf & Wolf, 1943) ने अपने प्रयोग के आधार पर बतलाया है कि क्रोध में स्त्री तथा पुरुष दोनों में ही रक्तचाप बढ़ जाता है परन्तु डर के संवेग में इन दोनों में रक्तचाप में कमी आ जाती है।

2. रक्त में रासायनिक परिवर्तन (*Chemical changes in blood*)—संवेग की अवस्था में रक्त के रासायनिक तत्त्वों में भी परिवर्तन होते पाये जाते हैं। संवेगावस्था में रक्त में एड्रिनिन (adrenin) जो ऐड्रिनल ग्रन्थि (adrenal gland) का स्राव (secretion) होता है, की मात्रा अधिक हो जाती है जिसके परिणामस्वरूप व्यक्ति अपने आप में अधिक फुर्तीलापन (energetic) तथा सक्रियता (activities) महसूस करता है। सामान्यतः खून में चीनी की मात्रा बढ़ जाती है जिससे व्यक्ति को अतिरिक्त ऊर्जा (energy) मिलती है। फलस्वरूप, वह किसी भी सांवेगिक परिस्थिति के साथ ठीक ढंग से समायोजन (adjustment) कर लेता है। ऐसा भी देखा गया है कि रक्त में लाल कणों की संख्या भी बढ़ जाती है। किसी प्रकार के चोट आदि लगने से रक्त निकलने पर उसमें तीव्रता से जम जाने की प्रवृत्ति होती है। रक्त में स्पिैथिन (sympathin) नामक रासायनिक तत्त्व की मात्रा भी संवेगावस्था में बढ़ जाती है जिसका परिणाम यह होता है कि सांवेगिक उद्दीपक (emotional stimulus) के हटने के कुछ समय बाद भी व्यक्ति में उत्तेजित अवस्था बनी रहती है। इस तरह से हम देखते हैं कि संवेगावस्था में व्यक्ति के रक्त के रासायनिक तत्त्वों (chemical elements) में भी काफी परिवर्तन हो जाता है।

3. साँस की गति में परिवर्तन (*Changes in the rate of respiration*)—संवेग की अवस्था में साँस की गति में भी परिवर्तन होता पाया जाता है। कुछ संवेग तो ऐसे होते हैं जिसमें साँस की गति तीव्र हो जाती है तथा कुछ संवेग ऐसे होते हैं जिसमें साँस की गति धीमी हो जाती है। साँस लेने तथा छोड़ने के बीच जितना ही कम समय होगा, साँस की गति तीव्र होती है तथा जितना ही अधिक समय होता है, साँस की गति धीमी होती है। साँस की गति में हुए परिवर्तन को विशेष उपकरण (apparatus) जैसे *न्यूमोग्राफ* (pneumograph), *गैसोमीटर* (gasometer) तथा बॉडी *प्लेथीसमोग्राफ* (body plethysmograph) आदि द्वारा मापा जाता है। अनेक मनोवैज्ञानिकों ने भिन्न-भिन्न सांवेगिक स्थितियों में से साँस गति का मापन किया है। स्कैग्स (Skaggs, 1930) के अध्ययन के अनुसार, मानसिक कार्य करते समय साँस की गति तेज हो जाती है। आश्चर्य की स्थिति में साँस की गति तेज परन्तु अनियमित होती है। दुःख (grief), मंदता (depression) और मानसिक संघर्ष की स्थिति में कुछ लोगों ने जैसे—गिल्फोर्ड (Guilford, 1952) तथा सिलभरमैन (Silverman, 1978) ने साँस की गति धीमी होती पायी है।

4. हृदय की गति तथा नाड़ी की गति में परिवर्तन (*Changes in heart beat and pulse beat*)—हृदय चिकनी माँसपेशियों का बना एक खोखला चैम्बर (hollow chamber) होता है जिसका प्रधान कार्य शरीर में खून का दौरा बनाये रखना है। हृदय में दो तरह की गति (movement) होती है—सिकुड़ना (contraction) तथा फैलना (relaxation)। हृदय के सिकुड़ने से धमनी (artery) होते हुए शुद्ध खून पूरे शरीर में दौड़ जाता है तथा जब हृदय फैलता है, तो शरीर के भिन्न-भिन्न हिस्सों से आ रहे अशुद्ध खून नस (vein) द्वारा इसमें आ जाता है। सिकुड़ने की क्रिया को सिस्टोल गति (systole movement) तथा फैलने की क्रिया को डाइस्टोल गति (dystole movement) कहा जाता है। हृदय के सिकुड़ने तथा फैलने की क्रिया को एक साथ मिलाकर हृदय गति (heart beat)। जब हृदय सिकुड़ता है तो इसका प्रभाव धमनी से स्पष्ट रूप से मालूम हो जाती है जिसे नाड़ी की गति (pulse rate) कहते हैं जिसकी गिनती हम अक्सर कलाई के पास हाथ रखकर भी कर सकते हैं।

संवेग की अवस्था में हृदय की गति तथा नाड़ी की गति दोनों में ही परिवर्तन हो जाता है। ऊपर के विवरण से यह भी स्पष्ट हो जाता है कि नाड़ी की गति हृदय की गति पर भी निर्भर करती है। इसका मतलब यह हुआ कि इन दोनों में एक ही तरह का परिवर्तन होता है। इसका मतलब यह हुआ कि इन दोनों में एक ही तरह का परिवर्तन होता है। अगर बढ़ेगा तो दोनों तथा घटेगा तो दोनों। कुछ संवेग ऐसे होते हैं जिनमें हृदय की गति बढ़ जाती है। फलस्वरूप, नाड़ी की गति भी बढ़ जाती है। कुछ संवेग में ये दोनों ही गतियाँ कम हो जाती है। लेफ्रानकोईस (Lefrancois, 1983) के अनुसार क्रोध (angry) तथा प्यार (love) की अवस्था में हृदय की गति बढ़ जाती है। एकमैन (Ekman, 1973) ने भी अपने प्रयोग में इसी तरह का परिणाम पाया है। शेपार्ड (Shepard, 1962) के अध्ययन के अनुसार चिन्ता की स्थिति में भी हृदय की गति तीव्र हो जाती है।

5. पाचन क्रिया में परिवर्तन *(Changes in gastrointestional activities)*—संवेग की अवस्था में प्राणी (organism)के पाचन क्रिया में भी परिवर्तन हो जाता है। मनोवैज्ञानिकों ने यह स्पष्ट रूप से दिखला दिया है कि तीव्र संवेग जैसे—भय, क्रोध, चिन्ता में पाचन क्रिया बहुत धीमी हो जाती है। कैन्नन (Cannon, 1915) ने अपने अध्ययन के आधार पर यह बतलाया है कि जब बिल्ली के सामने कुत्ते को लाया जाता था तो बिल्ली में तीव्र भय का संवेग उत्पन्न होता था जिससे उसकी पाचन क्रिया काफी धीमी पड़ जाती थी। गिल्फोर्ड (Guilford, 1952) के अनुसार संवेगात्मक उत्तेजना (emotional excitement) में मलाशय (rectum) तथा बृहदान्त्र (colon) के कार्यों में भी काफी परिवर्तन आता है। इन अंगों की क्रियाएँ (activities) या तो काफी बढ़ जाती है या काफी घट जाती है। संवेग की तीव्रता के आधार पर व्यक्ति में या तो कब्जियत (constipation) हो सकता है या पतला पैखाना (loose motion) हो सकता है। यही कारण है कि प्रायः देखा गया है कि परीक्षा के समय चूँकि छात्रों में संवेगात्मक उत्तेजना (emotional excitement) अधिक हो जाती है, उनमें अतिसार (diarrhoea) की शिकायत प्रायः अधिक देखी जाती है।

6. ग्रन्थीय स्राव में परिवर्तन *(Changes in glandular secretions)*—जैसा कि हम जानते हैं, शरीर के भीतर भिन्न-भिन्न प्रकार की ग्रन्थियाँ (glands) होतीं हैं। संवेग में अन्य ग्रन्थियों के अलावा दो ग्रन्थियों से निकलने वाले स्रावों (secretions) में महत्त्वपूर्ण परिवर्तन आते हैं—लार ग्रन्थि (salivary gland) तथा ऐड्रिनल ग्रन्थि (adrenal gland)। लार ग्रन्थि एक तरह का वहिस्रावी ग्रन्थि (exocrine gland) है तथा ऐड्रिनल ग्रन्थि एक अन्तःस्रावी ग्रन्थि (endocrine gland) हैं। वेन्गर तथा इल्लिंगटन (Wenger & Ellington, 1943) ने अपने अध्ययन के आधार पर यह बतलाया है कि तीव्र संवेग की स्थिति में व्यक्ति की लार ग्रन्थि (salivary gland) से स्राव (secretion) कम मिलता है। फलतः उसे मुँह के भीतर सूखा-सूखा अनुभव होता है। यही कारण है कि एक डरे हुए वक्ता (frieghtened speaker) का मुँह तुरन्त ही सूखने लगता है तथा उसे महसूस होता है कि उसकी जीभ (tongue) लकड़ी का एक छोटा एवं भारी कुंदा है। संवेग की अवस्था में ऐड्रिनल ग्रन्थि (adrenal gland) से ऐड्रिनिन (adrenin) काफी निकलता है जो रक्त में मिलकर व्यक्ति में महत्त्वपूर्ण परिवर्तन लाता है। कुछ ऐसे प्रमुख शारीरिक परिवर्तन (bodily changes) निम्नांकित हैः—

(i) ऐड्रिनिन के खून में मिलने से शरीर की ऐच्छिक मांसपेशियों (voluntary muscles) में कम्पन बढ़ जाता है तथा अनैच्छिक माँसपेशियाँ (involuntary muscles) आराम की स्थिति में आ जाती है।

(ii) जब ऐड्रिनिन खून में मिलता है, तो व्यक्ति में थकान कम तथा देरी से महसूस होता है।

(iii) ऐड्रिनिन खून में मिलने पर शरीर में खून का वितरण (distribution) परिवर्तित हो जाता है। दूसरे शब्दों में, ऐच्छिक माँसपेशियों में खून की आपूर्ति (supply) अधिक तथा पाचन संस्थानों (digestive tract) में खून की आपूर्ति कम हो जाती है।

(iv) ऐड्रिनिन के खून में मिलने से रक्तचाप (blood pressure) में वृद्धि तथा रक्त में चीनी के स्तर में भी वृद्धि हो जाती है। ऐसी परिस्थिति में लाल रक्त कणों (red corpuscles) की संख्या में वृद्धि हो जाती है।

(v) खून में एड्रिनिन की मात्रा अधिक होने से शरीर के बाहर रक्त निकलने पर रक्त में जमने की प्रवृत्ति अधिक बढ़ जाती है।

(vi) ऐड्रिनिन के खून में मिलने से फेफड़े में ऑक्सीजन ग्रहण करने वाली कोशिकाएँ अधिक सक्रिय हो जाती है।

7. गैल्वेनिक त्वक् अनुक्रिया में परिवर्तन *(Changes in galvanic skin reaction)*—संवेग की अवस्था में गैल्वेनिक त्वक् अनुक्रिया[1] (Galvanic Skin Reaction या GSR) में परिवर्तन हो जाता है। हमारी त्वचा में एक प्रकार का वैद्युत चालकत्व (electrical conductance) की क्षमता होती है जो संवेग की अवस्था में कम या अधिक हो जाती है। मनोवैज्ञानिकों का विचार है कि इस तरह का चालकत्व (conductance) त्वचा के भीतर पसीना ग्रन्थियों (sweat gland) के कार्यों पर निर्भर करता है तथा जिस उपकरण (apparatus) के सहारे मापा जाता है उसे गैल्वानोमीटर (Galvanometer) की संज्ञा दी जाती है। प्रायः ऐसा देखा गया है संवेगात्मक उत्तेजना (emotional

---

1. इसे मनोगैल्वेनिक अनुक्रिया (Psychogalvanic Reaction or PGR) भी कहा जाता है

excitment) में त्वचा में चालकत्व (conductance) तीव्र हो जाता है। फलस्वरूप, त्वचा में निरोध (resistance) कम हो जाता है और वह एक अच्छे चालक (good conductor) के रूप में कार्य करता है। एक्स (Ax, 1953) के अनुसार क्रोध (angry) में GSR में कमी हो जाती है। शॉक तथा कूम्बस (Shock & Coombs, 1937) के अनुसार काफी सुखद तथा काफी दुःखद संवेग में GSR लड़कियों में लड़कों की अपेक्षा अधिक होती है। डाइसिंगर (Dysinger, 1931) ने भी अपने प्रयोग के आधार पर शॉक तथा कूम्बस के परिणाम की पुष्टि की है। इन्होंने अपने प्रयोग में पाया कि तटस्थ शब्दों (neutral words) को सुनने से जो संवेग प्रयोज्य में उत्पन्न होता था, उससे GSR (या PGR) कम होता है। परन्तु अधिक दुःखद शब्दों (very unpleasant words) तथा अधिक सुखद शब्दों को सुनने से उत्पन्न संवेग, GSR की अपेक्षा अधिक होता है। अनेकों मनोवैज्ञानिकों ने अपने प्रयोग से इस तरह के परिणाम की पुष्टि की है।

8. आँख की पुतली की अनुक्रिया में परिवर्तन *(Changes in pupillary responses)*—आँख की परितारिका (iris) स्वायत्त तंत्रिका तंत्र (autonomic nervous system) के नियंत्रण में होता है। मनोवैज्ञानिकों ने यह प्रयोग करके दिखलाया है कि संवेग की अवस्था में आँख की पुतली तथा परितारिका के कार्यों में कुछ परिवर्तन आता है। वेन्डर (Bender, 1933) के अनुसार तीव्र संवेग में आँख की परितारिका में फैलाव (dilation) आता है। एक्स (Ax, 1953) के अध्ययन के अनुसार दुःख तथा विरक्ति (disgust) के संवेग में आँख की परितारिका में सिकुड़न को यद्यपि मापना कठिन है, फिर भी इस ढंग का परिवर्तन होता पाया जाता है।

9. मस्तिष्क तरंगों में परिवर्तन *(Changes in brain waves)*—शरीरक्रिया मनोवेज्ञानिकों का विचार है कि संवेग की अभिव्यक्ति (expression) मस्तिष्क तरंगों में हुए परिवर्तनों (changes) द्वारा भी होता है। संवेग की अवस्था में व्यक्ति के मस्तिष्क तरंगों में काफी परिवर्तन होते पाया जाता है। लिंडस्ले (Lindsley, 1951, 1957) ने ऐसे प्रयोग किये हैं जिसमें इस बात की पुष्टि की गयी है। मस्तिष्क तरंग (brain wave) का मापन (measurement) एक विशेष उपकरण (apparatus) से होता है जिसे *इलेक्ट्रोनिसफैलोग्राम* (electroecnephalogram) या EEG कहा जाता है। उन्होंने अपने अध्ययन के आधार पर यह बतलाया है कि जब व्यक्ति सामान्य अवस्था (normal state) में होता है तो उसके मस्तिष्क में एक खास ढंग का तरंग बनता है जिसे *अल्फा तरंग* (alpha wave) कहा जाता है। अल्फा तरंग अधिक उँचाई (high amplitude) वाला तरंग होता है जिसकी बारंबारता प्रति सेकण्ड 8 से 12 होती है। अल्फा तरंग द्वारा यह सूचित होता है कि व्यक्ति आराम की अवस्था में है और उसमें किसी भी तरह की संवेगात्मक उत्तेजन (emotional excitment) नहीं हो रहा है। EEG रिकार्डिंग से यह भी पता चलता है कि जब व्यक्ति संवेगात्मक उत्तेजन की स्थिति में होता है तो एक-दूसरे प्रकार का मस्तिष्क तरंग (brain wave) बनता है जिसे *बीटा तरंग* (beta wave) कहा जाता है। बीटा तरंग कम ऊँचाई (short amplitude) वाला तरंग होता है जिसकी बारंबारता प्रति सेकेण्ड 18 से 30 होती है। स्पष्ट है कि बीटा तरंग अल्फा तरंग की अपेक्षा एक तरह का तीव्र बनने वाला तरंग (fast making wave) होता है। जब व्यक्ति अधिक उत्तेजित हो जाता है, तो अल्फा तरंग के जगह पर बीटा तरंग (beta waves) बनाना प्रारम्भ हो जाता है और शरीरक्रिया मनोवैज्ञानिक आसानी से समझ जाते हैं कि व्यक्ति संवेगावस्थाा में आ गये हैं। लिंडस्ले (Lindsley, 1951) ने इन मस्तिष्क तरंगों (brain waves) का गहन अध्ययन करके एक विशेष सिद्धान्त का भी प्रतिपादन किया है जिसे संवेग का *क्रियाशीलता सिद्धान्त* (activation theory of emotion) कहा जाता है। इस सिद्धान्त की विस्तृत चर्चा बाद के अनुच्छेद में की जायेगी।

ऊपर के विवरण से स्पष्ट है कि संवेग की सूचना (indication) व्यक्ति में भिन्न-भिन्न प्रकार के शारीरिक परिवर्तनों के रूप में होता है। सच्चाई यह है कि इन दोनों तरह के शारीरिक परिवर्तनों को एक साथ मिलाकर अध्ययन करने पर ही संवेग की सही पहचान एवं उसका सही अर्थ समझा जा सकता है।

संवेग का जैविक आधार
(Biological basis of Emotion)

मनोवैज्ञानिकों ने संवेग की उत्पत्ति में अन्य बातों के अलावा जैविक कारकों के महत्त्व पर भी काफी बल डाला है। इन लोगों ने इस महत्त्व को निम्नांकित दो भागों में बाँटकर अध्ययन किया है—

1. संवेग में स्वायत्त तंत्रिका तंत्र का महत्त्व (Role of autonomic nervous system in emotion)
2. संवेग में मस्तिष्क कारकों का महत्त्व (Role of brain factors in emotion)

इन दोनों तरह के महत्त्व का वर्णन अलग-अलग ढंग से हम इस प्रकार कर सकते हैंः—

1. संवेग में स्वायत्त तंत्रिका का महत्त्व (*Role of autonomic nervous system in emotion*)—जैसा कि हम जानते हैं कि हमारे शरीर की क्रियाओं (activities) का नियंत्रण तंत्रिका तंत्र (nervous system) द्वारा होता है। तंत्रिका तंत्र को मूलतः दो भागों में बाँटा जा सकता है—केन्द्रीय तंत्रिका तंत्र (central nervous system) तथा स्वायत्त तंत्रिका तंत्र (autonomic nervous system)। इसमें से जहाँ तक स्वायत्त तंत्रिका तंत्र का सम्बन्ध है, इसका प्रमुख कार्य शरीर के भीतरी अंगों जैसे—हृदय, फेफड़ा, अन्तःस्रावी ग्रन्थियाँ (endocrine glands), वृक्क (kindneys) आदि के कार्यों को संचालित करने में सुचारु रूप से मदद करना होता है। इन अंगों द्वारा संवेग की उत्पत्ति में सीधा योगदान होता है। अतः यह कहा जा सकता है कि संवेग में स्वायत्त तंत्रिका तंत्र का योगदान काफी अधिक होता है।

स्वायत्त तंत्रिका तंत्र (autonomic nervous system) के दो भाग हैं—अनुकम्पी तंत्रिका तंत्र (sympathetic nervous system) तथा उपअनुकम्पी तंत्रिका तंत्र (parasympathetic nervous system)। सामान्यतः अनुकम्पी तंत्रिका तंत्र (sympathetic mervous system) के क्रियाशील (activate) होने से व्यक्ति के शरीर की ऊर्जा (energy) इस तरह से उत्तेजित हो जाती है कि व्यक्ति संवेगशील एवं संकटकालीन परिस्थितियों में अपने आप को समायोजित कर लेता है। इस तरह से तंत्र के क्रियाशील होने से व्यक्ति के भीतरी अंगों के कार्यों में इस तरह का परिवर्तन होने लगता है कि वह आसानी से उत्पन्न सांवेगिक अवस्था के साथ अपने आप को समायोजित कर लेता है। उपअनुकम्पी तन्त्रिका तन्त्र (parasympathetic nervous system) के क्रियाशील होने से व्यक्ति शान्त हो जाता है और उसमें संवेग की मात्रा कमने लगती है। इस तरह से हम देखते हैं कि अनुकम्पी तंत्रिका तंत्र एक-दूसरे के विपरीत कार्य करते हैं। कुछ प्रयोग के आधार पर यह दिखला दिया है कि उपअनुकम्पी तन्त्रिका तन्त्र (parasympathetic system) हमेशा तो नहीं परन्तु अक्सर परस्पर विरोधी कार्य करते हैं।

इन दोनों तंत्रों (systems) में से अनुकम्पी तंत्रिका तंत्र (sympathetic nervous system) का महत्त्व संवेग में काफी अधिक है। विशेषकर तीव्र संवेग (intense emotion) में अनुकम्पी तत्रिका तंत्र का महत्त्व काफी अधिक बतलाया गया है। तीव्र संवेग में मूत्रीय तंत्रों (urinary tracts) तथा अतड़ियों के कार्यों में काफी परिवर्तन आ जाता है। मुँह से लार की मात्रा निकलना भी कम हो जाता है। यही कारण है कि जब व्यक्ति तीव्र डर के संवेग में होता है तो वह अपने मुँह में सुखापन (dryness) का अनुभव अधिक करता है। अमाशय-रस (gastric juice) निकलना भी बन्द हो जाता है। इन सबका परिणाम यह होता है कि पाचन क्रिया धीमी हो जाती है। वृहदान्त्र (colon) से मल सामान्य अवस्था के समान जल्दी बाहर नहीं निकलता है। फलस्वरूप, व्यक्ति में क़ब्जियत (constipation) भी हो जाता है। हिलगार्ड, एटकिन्सन तथा एटकिन्सन (Hilgard, Atkinson & Atkinson, 1983) के अनुसार तीव्र संवेग की स्थिति में अनुकम्पी तन्त्र (sympathetic system) का महत्त्व इसलिए अधिक बढ़ जाता है क्योंकि इस तन्त्र द्वारा इतना शारीरिक परिवर्तन तीव्र होता है कि व्यक्ति स्वयं उस सांवेगिक परिस्थिति के साथ अपने आप को समायोजित (adjustment) करने की तीव्र आवश्यकता महशुश करने लगता है। इन परिवर्तनों में महत्त्वपूर्ण परिवर्तन निम्नांकित हैः—

(i) शरीर में रक्तचाप (blood pressure) तथा हृदय की गति बढ़ जाती है।

(ii) साँस की गति तीव्र हो जाती है।

(iii) आँख की पुतली फैल जाती है।

(iv) पसीना ग्रन्थि (sweat gland) की क्रिया तीव्र हो जाती है। फलस्वरूप, स्वेदन (perspiration) तीव्र हो जाती है।

(v) लार ग्रन्थि (salivary gland) की क्रियाशीलता कम हो जाती है। फलस्वरूप, लार (salivation) कम निकलता है। ऐसी अवस्था में बलगम (muscus) भी कम निकलता है।

(vi) रक्त में चीनी का स्तर बढ़ जाता है। फलस्वरूप, व्यक्ति को अतिरिक्त ऊर्जा (energy) प्राप्त होती है।

(vii) अतड़ियों तथा पेट में खून की आपूर्ति (supply) कम हो जाती है। फलस्वरूप, खून की आपूर्ति इन अंगों में कम तथा मस्तिष्क (brain) एवं मांसपेशियों में विशेषकर धारीदार माँसपेशियों (striped muscles) में भी अधिक हो जाता है।

(viii) त्वचा पर के बाल खड़े (erect) हो जाते हैं।

ऊपर के वर्णन से स्पष्ट है कि अनुकम्पी तंत्र (sympathetic system) का संवेग में काफी महत्त्वपूर्ण स्थान हैं। इसके महत्त्व को हम इस प्रकार से भी समझ सकते हैं—यदि थोड़ी देर के लिए मान लिया जाय कि व्यक्ति सांवेगिक स्थिति में हैं परन्तु ऊपर वर्णन किये गये शारीरिक परिवर्तन उसमें नहीं हो रहा है क्योंकि अनुकम्पी तंत्र अपना कार्य नहीं कर रहा है। ऐसी सांवेगिक अवस्था को सचमुच में क्या सांवेगिक अवस्था कहा जायेगा? कदापि नहीं, क्योंकि ऐसी अवस्था में संवेग का कोई भी लक्षण नहीं दीख पड़ेगा। अतः अनुकम्पी तंत्र (sympathetic system) के कार्यों की अनुपस्थिति में संवेग की कल्पना ही नहीं की जा सकती है।

स्वायत्त तंत्रिका तंत्र (autonomic nervous system) का दूसरा महत्त्वपूर्ण तंत्र उपअनुकम्पी तंत्रिका तंत्र (parasympathetic system) है जिसकी क्रियाशील होने पर व्यक्ति सामान्य अवस्था (normal state) में लौट जाता है। उपअनुकम्पी तंत्र क्रियाशील होने पर व्यक्ति सामान्य अवस्था (normal state) में लौट जाता है। उपअनुकम्पी तन्त्र क्रियाशील होने पर व्यक्ति के हृदय की गति धीमी पड़ जाती है, रक्त चाप (blood pressure) सामान्य हो जाता है तथा साथ ही मांसपेशियों में खून की आपूर्ति कम होकर पाचन तंत्रों (degestive tracts) में खून की आपूर्ति (supply) बढ़ जाती है। इस तरह से हम देखते हैं कि उपअनुकम्पी तंत्रिका तंत्र हर सम्भव परिवर्तन करके व्यक्ति को संवेगावस्था से पुनः सामान्य अवस्था में ला देता है। अतः हम कह सकते हें कि उपअनुकम्पी तंत्रिका तंत्र एक अनुरक्षण तंत्र (maintenance system) के रूप में कार्य करता है जबकि हम देख चुके हैं कि अनुकम्पी तंत्रिका तंत्र एक उर्जा-व्ययक तंत्र (energy-spending system) के रूप में कार्य करता है। लेकिन इसका अर्थ यह नहीं हैं कि उपअनुकम्पी तंत्र संवेग की उत्पत्ति में भाग नहीं लेता है। सच्चाई यह है कि कुछ ऐसे संवेग भी होते हैं जिनमें अनुकम्पी तन्त्र तथा उपअनुकम्पी तन्त्र दोनों साथ-साथ मिलकर कार्य करते हैं। उदाहरणस्वरूप, कामोत्तेजना (sexual excitement) की स्थिति में कामेन्द्रियाँ (sexual organs) में खून की अधिक आपूर्ति इसी उपअनुकम्पी तंत्र के क्रियाशील होने से होता है। रतिक्रिया (sexual intercourse) में पुरूष जननेंद्रिय (male sex organ) में उत्थान (erection) तथा स्त्री जनर्नेद्रिय में सिकुड़न होने में उपअनुकम्पी तंत्रिका तंत्र एक महत्त्वपूर्ण भूमिका निभाता है। इस संवेग में अनुकम्पी तंत्रिका तंत्र (sympathetic nervous system) के समान उपअनुकम्पी तंत्रिका तंत्र व्यक्ति को उत्तेजित तथा संवेगशील होने में मदद करता है। इस उदाहरण से यह भी स्पष्ट हो जाता है कि संवेग में अनुकम्पी तंत्रिका तंत्र (sympathetic nervous system) तथा उपअनुकम्पी तंत्रिका तंत्र (parasympathetic nervous system) दोनों हमेशा एक-दूसरे के विपरीत नहीं बल्कि कभी-कभी एक-दूसरे के साथ मिलकर भी कार्य करते हैं।

2. संवेग में मस्तिष्क कारकों का महत्त्व *(Role of brain factors in emotion)*—संवेग में सिर्फ स्वायत तंत्रिका तंत्र ही नहीं बल्कि केन्द्रीय तंत्रिका तंत्र (central nervous system) भी क्रियाशील होता है और महत्त्वपूर्ण कार्य करता है। शरीरक्रिया मनोवैज्ञानिकों (physiological psychologists) ने केन्द्रीय तंत्रिका तंत्र में विशेषकर मस्तिष्क (brain) का महत्त्व इसमें काफी बतलाया है। लगभग 100 वर्ष पहले वैज्ञानिकों को यह पता था कि संवेग मूलतः निम्न मस्तिष्कीय केन्द्रों (lower brain centers) के क्रियाशील होने पर उत्पन्न होता है। कुछ अध्ययनों में यह देखा गया है कि कुत्तों के कार्टेक्स को काटकर निकाल देने से क्रोध अनुक्रिया घटने के बजाय बढ़ ही गया परन्तु जब थैलमस को काटा गया तो क्रोध अनुक्रिया के कमी आ गयी। फिर बाद में यह पता चला कि हाइपोथैलमस न कि थैलेमस की भूमिका संवेगात्मक व्यवहार में होती है। फिर बाद में क्लूभर तथा बुसी (Kluver & Bucy, 1937) ने अपने अध्ययन के आधार पर यह दिखलाया है कि यदि बिल्ली के मस्तिष्क के शंख पालि (temporal lobe) को क्षतिग्रस्त कर दिया जाता है, तो उससे संवेगात्मक संवेदनशीलता में काफी कमी आ जाती है। मैकलीन (Mac Lean, 1990) ने इस संदर्भ में किये गए विभिन्न शोधों के आधार पर एक *त्रियेक मस्तिष्क प्राक्कल्पना* (Triune brain hypothesis) का प्रतिपादन किया जिसके अनुसार *रेपटिलियन मस्तिष्क* (reptilian brain) अर्थात् मस्तिष्क स्तंभ (brain steem) का हिस्सा द्वारा मौलिक जैविक कार्य (biological functions) जैसे भोजन क़रना, यौन क्रियाएँ आदि सम्पन्न होते हैं, पेलियोमैमालियन मस्तिष्क (Paleomammalian brain) या जिसे लिम्बिक तंत्र (lymbic system) कहा जाता है, से संवेग एवं सामाजिक भाव (social feeling) का नियंत्रण होता है तथा *न्योमैमालियन मस्तिष्क* (neomammalian brain) या जिसे नया मस्तिष्कीय कार्टेक्स (newer cerebral cortex) कहा जाता है, द्वारा मात्र वैसे संवेग की उत्पत्ति होती है जिससे कुछ दिशा निर्देश (guidance) या नियंत्रण की प्रक्रियाएँ व्यक्ति कर पाता है। मस्तिष्क का यह त्रियेक विभाजन (tripartite partition) को अभी पूर्ण मान्यता नहीं मिला है परन्तु यह निश्चित रूप से संवेग में

मस्तिष्कीय कारकों की भूमिका पर किये जाने वाले शोधों का एक अग्रणी स्रोत हैं। हैरिंगटन (Harrington, 1995) द्वारा किये गए अध्ययनों से यह स्पष्ट हुआ है कि दायाँ प्रमस्तिष्कीय गोलार्द्ध (right cerebral hemisphere) की भूमिका सांवेगिक अनुभूतियों में काफी होता है। यह गोलार्द्ध सांवेगिक सूचनाओं को संसाधित करने में विशिष्टता दिखलाती पायी गयी है। हेल्लर (Heller, 1997), हेल्लर, निटस्की तथा मिल्लर (Heller, Nitschke & Miller, 1998) के अध्ययनों में यह पाया गया कि जिन व्यक्तियों का दायाँ गोलार्द्ध क्षतिग्रस्त हो जाता है, उन्हें दूसरे व्यक्ति के सांवेगिक आवाज (emotional tone) के अर्थ को समझने में दिक्कत होती है या फिर किसी सांवेगिक दृश्य की व्याख्या करने में वे असमर्थता महशुश करते हैं। बोरोड (Borod, 1993) ने अपने अध्ययन में पाया कि दायाँ गोलार्द्ध क्षतिग्रस्त वाले व्यक्ति अपने आवाज के माध्यम से अपने संवेगों की अभिव्यक्ति करने में असमर्थ पाते हैं। लादाभास, ऊमिल्टा एवं रिक्की-विट्टी (Ladavas, Umilta & Ricci-Bitti, 1980) ने अपने अध्ययन में पाया कि मानसिक रूप से स्वस्थ्य व्यक्ति जिनका गोलार्द्ध (दायाँ या बायाँ-गोलार्द्ध) क्षतिग्रस्त नहीं था, जब सूचनाओं को दायाँ गोलार्द्ध न कि बायाँ गोलार्द्ध के तरफ उपस्थित किया जाता था, तो वे दूसरों के संवेगों की पहचान उत्तम ढंग से कर पाते थे। इतना ही नहीं मस्तिष्क के दायाँ और बायाँ गोलार्द्ध में संवेग के दो पहलुओं अर्थात् *कर्षण-शक्ति* (valence) तथा *उत्तेजन* (arousal) में भी अंतर होता है। हेल्लर, निटस्की तथा मिल्लर (Heller, Nitschke & Miller, 1998) ने अपने अध्ययन में पाया कि बायाँ गोलार्द्ध को उत्तेजित करने पर धनात्मक भाव (positive feeling) अर्थात् सुखाभास व्यक्ति में उत्पन्न होता है जबकि दायाँ गोलार्द्ध को उत्तेजित करने पर व्यक्ति में नकारात्मक भाव (negative affect) विमुखता (aversion) उत्पन्न करने वाले उद्दीपकों से अलगाव आदि अनुक्रियाएँ होतीं हैं। गोलार्द्धों के अग्रवर्ती क्षेत्रों (anterior regions) का सम्बन्ध मूलतः संवेग के कर्षण-शक्ति (valence) अर्थात् सुखद-दुःखद विमा से जबकि उत्तरकालीन क्षेत्र का सम्बन्ध उत्तेजन (arousal) अर्थात् संवेग की तीव्रता से होता है। मस्तिष्क के खास-खास हिस्सों (parts) के महत्त्व को संवेग में मनोवैज्ञानिकों द्वारा काफी बल डाला गया है। इन विभिन्न हिस्सों (part) के महत्त्व का वर्णन हम इस प्रकार से कर सकते हैं:—

(i) हाइपोथैलमस *(Hypothalamus)*—हाइपोथैलमस का महत्त्व संवेग में काफी अत्यधिक हैं। इस अत्यधिक महत्त्व का मुख्य कारण यह है कि सचमुच में यह अनुकम्पी तंत्र (sympathetic system) तथा उपअनुकम्पी तंत्र (parasympathetic system) दोनों पर कुछ हद तक अपना नियंत्रण बनाये रखता है। मनोवैज्ञानिकों ने संवेग में हाइपोथैलमस के महत्त्व को दिखलाने के लिए निम्नांकित तीन तरह के प्रयोगात्मक सबूतों (experimental evidences) को प्रदान किया है:—

(a) बार्ड (Bard, 1928) ने एक ऐसा प्रयोग किया जिसमें कुछ कुत्ते तथा बिल्लियों के हाइपोथैलमस (hypothalamus) को ऑपरेशन द्वारा काटकर निकाल दिया गया परन्तु प्रमस्तिष्क वल्क (cerebral cortex) को ज्यों-का-त्यों छोड़ दिया गया। दूसरी तरफ कुछ कुत्तों तथा बिल्लियों में प्रमस्तिष्क वल्क (cerebral cortex) को ऑपरेशन द्वारा काटकर निकाल दिया गया तथा हाइपोथैलमस को ज्यों-का-त्यों छोड़ दिया गया। परिणाम में देखा गया कि पहली श्रेणी के पशु (जिसका हाइपोथैलमस निकाल दिया गया था) में कोई संवेग नहीं हुआ जबकि दूसरी श्रेणी के पशु में सांवेगिक अनुक्रियाएँ (emotional reaction) होते पायीं गयीं। इससे स्पष्ट रूप से यह साबित हो जाता है कि हाइपोथैलमस का महत्त्व संवेग में काफी है।

(b) अगर हाइपोथैलमस सचमुच में संवेग का मुख्य केन्द्र है तो इसे उत्तेजित करने पर जीव (organism) में भिन्न-भिन्न तरह का संवेग होना चाहिए। यासुकोची (Yasukochi, 1960), हेस्स (Hess, 1954) तथा ब्रेडी (Brady, 1960) ने कई ऐसे प्रयोग किये हैं जिनमें बिल्लियों एवं कुत्तों के हाइपोथैलमस को इलेक्ट्रोड (electrode) द्वारा हल्का बिजली प्रवाह (electric current) देकर उत्तेजित किया गया और परिणाम में पाया गया कि इन पशुओं में भिन्न-भिन्न प्रकार के संवेग जैसे—क्रोध, डर, चिड़चिड़ापन (irritation), आक्रमणशीलता (attack) आदि होते देखे गये। इससे साबित हो जाता है कि हाइपोथैलमस का महत्त्व संवेग में काफी हैं।

(c) कुछ मनोवैज्ञानिकों ने हाइपोथैलमस के महत्त्व को परोक्ष रूप से दिखलाया है। इन लोगों द्वारा हाइपोथैलमस में छोटा घाव (lesion) पैदा करके जीव के सांवेगात्मक व्यवहार (emotional behaviour) पर पड़नेवाले प्रभावों को अध्ययन किया है। अगर हाइपोथैलमस द्वारा संवेग नियंत्रित होता है तो ऐसी अवस्था में यानी हाइपोथैलमस में घाव उत्पन्न कर देने पर, जीव में संवेग नहीं होना चाहिए। रेनसन (Ranson, 1939) तथा ह्वीटलियू (Wheatleu, 1944)

ने कुत्तों तथा बिल्लियों पर कुछ प्रयोग करके यह दिखला दिया है कि यदि इनके हाइपोथैलेमस में किसी प्रकार का घाव उत्पन्न कर दिया जाता है तो ऐसी परिस्थिति में पशुओं में कोई निश्चित संवेगात्मक पैटर्न (emotional pattern) नहीं देखने को मिलता है। इससे साबित हो जाता है कि हाइपोथैलमस का महत्त्व संवेग में काफी हैं।

ऊपर वर्णन किये गये तीनों प्रयोगात्मक सबूतों के आधार पर हम इस निष्कर्ष पर पहुँचते हैं कि संवेग में हाइपोथैलमस का योगदान काफी अधिक है।

(ii) प्रमस्तिष्कीय वल्क *(Cerebral cortex)*—कुछ ऐसे प्रयोग किये हैं जिनमें पशुओं के प्रमस्तिष्कीय वल्क (cerebral cortex) को अंशतः ऑपरेशन द्वारा काटकर निकाल दिया गया और संवेग पर पड़ने वाले प्रभावों का अध्ययन किया गया है। परिणाम में देखा गया है कि ऐसे पशुओं के संवेगात्मक व्यवहार (emotional behaviour) सामान्य पशुओं के संवेगात्मक व्यवहार से काफी भिन्न थे। बार्ड तथा मांऊटकाशल (Bard & Mountcastle,1947) ने कई प्रयोग पशुओं (कुत्तों तथा बिल्लियों) पर किये और परिणाम में पाये कि प्रमस्तिष्कबल्क रहित पशुओं के संवेग के तीन पहलुओं (aspects) में महत्त्वपूर्ण परिवर्तन हुए। वे तीन पहलू हैं—सीमान्त (threshold), दिशा (direction) तथा सांवेगिक व्यवहार का समय (timing of emotional behaviours)। सांवेगिक व्यवहार की सीमान्त (threshold) काफी कम (lower) थी। इसका मतलब यह हुआ कि एक सांवेगिक उद्दीपक (emotional stimulus) देने पर पशु में इतना अत्यधिक संवेग उत्पन्न हो जाता था जितना कि उसी उद्दीपक द्वारा किसी सामान्य पशु (जिसके प्रमस्तिष्क वल्क का ऑपरेशन नहीं हुआ था) में संवेग उत्पन्न नहीं होता था। इसका मतलब यह हुआ कि प्रमस्तिष्क वल्क संवेग की तीव्रता पर नियंत्रण रखता है। रूक (Ruch, 1967) ने मनुष्य पर एक प्रयोग किया जिसमें उसके प्रमस्तिष्कीय वल्क (cerebral cortex) का अलकोहल द्वारा काफी प्रभावित कर दिया। परिणाम में देखा गया कि इस व्यक्ति को संवेग की तीव्रता पर कोई नियंत्रण नहीं रह गया। प्रायः वह उतना संवेग दिखलाता था जितना कि उस परिस्थिति में उसे देखाना नहीं चाहिए था।

प्रमस्तिष्कीय वल्करहित पशुओं (decorticated animals) के संवेग की दिशा (direction) में भी अन्तर पाया गया। बार्ड तथा मांउटकाशल (Bard & Mountcastle, 1947) जब इस तरह के कुत्ते की पूँछ को कसकर दबाते थे तो कुत्ते में क्रोध उत्पन्न होता था और वह आगे की ओर आक्रमण करना चाहता था न कि पीछे की ओर, जिधर से उसकी पूँछ दबाया जा रहा है। इससे यह पता चलता है कि इस तरह के पशुओं में संवेगात्मक व्यवहार के अभिव्यक्ति की उचित दिशा का अभाव हो जाता है।

प्रमस्तिष्क वल्करहित पशुओं के संवेगात्मक व्यवहार (emotional behaviour) की निरंतरता (continuity) में भी अन्तर होता है। इस तरह के पशुओं में संवेगात्मक व्यवहार उत्पन्न होकर तुरन्त समाप्त हो जाता है जबकि सामान्य पशुओं में एक बार यदि कोई संवेग उत्पन्न हो गया तो वह कुछ समय तक बना होता है। जैसे, इस तरह के एक कुत्ते में क्रोध का संवेग उत्पन्न करने के एक मिनट के बाद वार्ड (Bard) ने उस कुत्ता के मुँह में अँगुली डाला और कुत्ता बिल्कुल शांत खड़ा रहा। इससे साबित होता है कि प्रमस्तिष्कीय वल्क (cerebral cortex) संवेग निरंतरता कुछ समय तक बनाये रखता हैं।

ऊपर किये गये वर्णन के आधार पर यह स्पष्ट हो जाता है कि प्रमस्तिष्कीय वल्क (cerebral cortex) का महत्त्व संवेग में काफी अत्यधिक हैं।

(iii) लिम्बिक तंत्र *(Limbic system)*—संवेग में लिम्बिक तंत्र की भूमिका काफी महत्त्वपूर्ण बतलायी गयी है। अग्रमस्तिष्क के विभिन्न भागों जैसे हिपोकैम्पस, (hippocampus),ऐमिंगडाला (amygdala), सेप्टम (septum), हाइपोथैलेमस (hypothalamus), मैम्मिलियरी वॉडिज (mammilliary bodies) तथा फोन्निक्स (Fonnix) आदि को मोटे तौर पर मिलाकर लिम्बिक तंत्र (limbic system) कहा जाता है। हाइपोथैलमस के महत्त्व की चर्चा अलग से पहले की जा चुकी हैं। हाल में किये गये अध्ययनों से यह स्पष्ट हुआ है कि लिम्बिक तंत्र के अन्य क्षेत्रों का भी संवेग में महत्त्वपूर्ण स्थान हैं।

इन क्षेत्रों को उत्तेजित करके या फिर उनमें घाव (lesion) उत्पन्न करके संवेगात्मक व्यवहार तथा अनुभूति में आने वाले परिवर्तनों का अध्ययन करके इन क्षेत्रों की भूमिका को समझने की कोशिश की गयी है। जैसे, फ्रिड (Fried, 1972) ने अपने अध्ययन में पाया कि सेप्टम (septum) का सम्बन्ध क्रोध संवेग को कम करने में सार्थक रूप से होता

है। ब्रेडी तथा नाऊटा (Brady & Nauta, 1955) ने कई अध्ययन बिल्लियों पर किये जिसमें बिल्लियों के सेप्टम में घाव (lesion) उत्पन्न कर दिया गया और फिर संवेगात्मक व्यवहार पर पड़ने वाले प्रभावों का अध्ययन किया गया। इन बिल्लियों के प्राक् (pre) तथा उत्तर आपरेटिव (postoperative) व्यवहारों की तुलना पाँच बिन्दुओं पर की गयी। प्राक् आपरेटिव अवस्था की तुलना में उत्तर आपरेटिव अवस्था में इनमें क्रोध संवेग में तेजी आयी तथा मांसपेशीय तनाव, पेशाब-पैखाना करना आदि व्यवहारों में भी पर्याप्त तेजी आयी।

एमिगडाला (amygdala) एक दूसरा महत्त्वपूर्ण क्षेत्र है जिसका सम्बन्ध संवेग से बतलाया गया है। अर्सीन तथा काडा (Ursin & Kaada, 1960) के अध्ययन के अनुसार एमिगडाला को उत्तेजित करने से प्रयोज्यों में क्रोध संवेग की प्रबलता देखी गयी। ठीक इसके विपरीत एग्लेटन तथा पासींघम (Aggleton & Passingham, 1981) ने अपने अध्ययन में पाये कि जब पशुओं के एमिंगडाला को उत्तेजित न करके क्षतिग्रस्त कर दिया जाता है, तो ऐसे पशु सांवेगिक रूप से शांत एवं अत्यधिक आज्ञाधीन (docile) हो जाते हैं। आज्ञाधीनता की इस अवस्था को *कुल्भर-वुसी संलक्षण* (Kluver-Bucy syndrome) की संज्ञा दी गयी क्योंकि इस तरह की अवस्था को सर्वप्रथम कुल्भर एवं वुसी (Kluver & Bucy, 1937) ने बिल्लियों पर प्रयोग करके देखा था। कुछ विशेषज्ञों के अनुसार सांवेगिक अनुक्रिया की कमी का प्रधान कारण यह होता है कि जब एमिगडाला को क्षतिग्रस्त कर दिया जाता है तो इससे हाइपोथैलमस एवं कार्टेक्स से आने वाले संवेदीसूचनाओं को संगठित (integrate) करना सम्भव नहीं हो पाता है और तब इन पशुओं के लिए संवेग उत्पन्न करने वाले उद्दीपक अपना स्वाभाविक महत्त्व खो देते हैं।

कुछ अध्ययनों में सुखद संवेग के जैविक आधारों का पता लगाने के लिए पशुओं पर अध्ययन किया गया है। जैसे, ओल्डस (Olds, 1962) तथा ओल्डस एवं ओल्डस (Olds & Olds, 1963) द्वारा किये गए अध्ययनों से यह स्पष्ट हुआ है कि लिम्बिक तंत्र के कुछ क्षेत्र जैसे हाइपोथैलमस, एमिगडाला, हिप्पोकैम्पस (hippocampus) तथा स्पेटम (septum) का सम्बन्ध ऐसे सुखद संवेगों की उत्पत्ति से प्रत्यक्ष ढंग से होता है। इन अध्ययनों से यह भी पता चलता है कि सबसे प्रबल सुखद केन्द्र (predominant pleasure centre) *मेडियल अग्रमस्तिष्क वंडल* (medial forebrain bundle) है जो हाइपोथैलमस के पिछले भाग में अवस्थित होता है। मनुष्यों में भी सामान्तर सुखद संवेग का केन्द्र का पता चला है। कुछ रोगियों खास कर मिरगी के रोगियों के उपचार के दौरान यह पता चला है कि सेप्टम के पिछले भाग को उत्तेजित करने से ऐसे रोगियों में सुखद संवेग उत्पन्न होते हैं। उन्हें इतना अधिक सुखाभास अनुभव होता है कि वे इस भाग को स्वयं ही उत्तेजित करने के लिए तैयार हो जाते थे (विशोप, एल्डर तथा हेथ) (Bioshop, Elder & Heath, 1963)।

निष्कर्ष यह है कि संवेग का एक स्पष्ट जैविक आधार होता है क्योंकि संवेग में मस्तिष्क (brain) के भिन्न-भिन्न अंगों जैसे *स्वायत्त तंत्रिक तंत्र* तथा हाइपोथैलमस, प्रमस्तिष्कीय बल्क (cerebral cortex) तथा लिम्बिक तंत्र (limbic system) आदि का काफी महत्त्व है। इसमें हाइपोथैलमस का महत्त्व मनोवैज्ञानिकों की नजर में काफी अत्यधिक है। शायद यही कारण भी है कि इन लोगों ने संवेग की विशिष्ट व्याख्या करने के लिए एक विशेष सिद्धान्त का प्रतिपादन किया है जिसे संवेग का *हाइपोथैलमिक सिद्धान्त* (hypothalamic theory) कहा जाता है।

संवेग का सिद्धान्त
(Theories of Emotion)

संवेग की व्याख्या करने के लिए मनोवैज्ञानिकों ने भिन्न-भिन्न सिद्धान्तों का वर्णन किया है जिसमें निम्नांकित प्रमुख हैं—

1. जेम्स-लांजे सिद्धान्त (James-Lange Theory)
2. कैनन-वार्ड सिद्धान्त (Cannon-Bard Theory)
3. स्कैकटर-सिंगर सिद्धान्त (Schachter-Singer Theory),
4. संज्ञानात्मक-मूल्यांकन सिद्धान्त (Cognitive-appraisal Theory)
5. लिंडस्ले सक्रियण सिद्धान्त (Lindsley activation theory)
6. विरोधी-प्रक्रिया सिद्धान्त (Opponent process theory)

इनमें से प्रथम दो जैविक (Biological) या दैहिक सिद्धान्त (Physiological theory) है तथा तीसरा एवं चौथा नम्बर के सिद्धान्त को संज्ञानात्मक सिद्धान्त (Cognitive theory) भी कहा जाता है।

इन सभी सिद्धान्तों की सविस्तार व्याख्या अलग-अलग अनुच्छेदों में की जाएगी।

जेम्स-लांजे सिद्धान्त
(James-Lange Theory)

इस सिद्धान्त की प्रतिपादन दो वैज्ञानिकों अर्थात् विलियम जेम्स (William James) जो अमेरीकन मनोवैज्ञानिक थे तथा कार्ल लान्जे (Carl Lange) जो डेनिस शरीरक्रिया वैज्ञानिक (Danish physiologist) थे, द्वारा स्वतंत्र रूप से 1880 में किया गया। चूँकि इन दोनों वैज्ञानिकों का विचार संवेग के बारे में एक-दूसरे से मिलते-जुलते थे, अतः इस सिद्धान्त का नाम दोनों के नाम पर रखा गया जो आज जेम्स-लांजे सिद्धान्त के रूप में मशहूर है। यह संवेग का एक जैविक (biological) या दैहिक (physiological) सिद्धान्त हैं।

इस सिद्धान्त द्वारा संवेग की व्याख्या सामान्य बोध (common sense) की व्याख्या से ठीक विपरीत है। सामान्यतः जब हम कोई सांवेगिक उद्दीपक जैसे बाघ या भालू देखते हैं तो डर जाते हैं इसलिए भाग जाते हैं। इसका मतलब यह हुआ कि पहले संवेगात्मक अनुभूति (emotional experience) होती है (डर) और उसके बाद में होता है संवेगात्मक व्यवहार (emotional behaviour) (भागना)। दूसरे शब्दों में, डर की अनुभूति पहले होती है और भाग जाने की क्रिया बाद में होती है। जेम्स-लान्जे सिद्धान्त द्वारा ऐसा नहीं होता है। इस सिद्धान्त के अनुसार व्यक्ति बाघ या भालू देखता है, भाग जाता है, इसलिए डर जाता है। हम दुश्मन को देखते है, उसकी तरफ से मुँह फेर लेते हैं इसलिए घृणा हो जाता है। इन उदाहरणों से स्पष्ट है कि जेम्स-लांजे सिद्धान्त के अनुसार पहले संवेगात्मक व्यवहार होता है और तब संवेगात्मक अनुभूति होती है। यदि सवंगात्मक व्यवहार नहीं होगा, तो संवेगात्मक अनुभूति भी नहीं होगा। दूसरे शब्दों में, यदि व्यक्ति बाघ या भालू को देखकर नहीं भागता, तो उसमें डर की अनुभूति भी नहीं होती है।

उपर्युक्त व्याख्या से यह स्पष्ट है कि जेम्स-लान्जे सिद्धान्त संवेग की व्याख्या निम्नांकित तीन चरणों (steps) में करता है—

(i) सबसे पहले व्यक्ति किसी उद्दीपक (stimulus) जो संवेग उत्पन्न कर सकता है, उसका प्रत्यक्षण (perception) करता है। दूसरे शब्दों में, संवेग की प्रक्रिया प्रत्यक्षण पर निर्भर करती है। जब किसी उद्दीपक (stimulus) द्वारा ग्राहक यानी ज्ञानेन्द्रिय (sense organ) या ग्राहक (receptor) में तंत्रिका आवेग (nerve impulse) उत्पन्न होता है, तो वह पथ (संख्या 1) होता हुआ मस्तिष्क में पहुँचता है जिससे व्यक्ति को उद्दीपक का प्रत्यक्षण होता है (चित्र 11.3 देखें)। उदाहरणार्थ, यहाँ व्यक्ति भालू या बाघ को अपने सामने होने का प्रत्यक्षण करता है।

(ii) किसी उद्दीपक (बाघ या भालू) का प्रत्यक्षण होने से शरीर के भीतरी अंगों एवं बाह्य अंगों में परिवर्तन हो जाता है जिसके फलस्वरूप व्यक्ति संवेगात्मक व्यवहार (emotional behaviour) करता है। चित्र 11.3 में ध्यानपूर्ण देखने से यह स्पष्ट हो जाता है कि पथ-2 द्वारा तंत्रिका आवेग (nerve impulse) मस्तिष्क से निकलकर शरीर के अन्तरावयव (visceral organs) तथा भीतरी अंगों जैसे हृदय, फेफड़ा, ऐड्रिनल ग्रन्थि, वृक्क (kidney) आदि को उत्तेजित करता है तथा साथ-ही-साथ शरीर के बाहरी अंगों यानी हाथ-पैर की मांसपेशियों को क्रियाशील कर देता है। उदाहरणार्थ, बाघ या भालू देखने के बाद व्यक्ति के हृदय की गति तीव्र हो जाती है, साँस तेजी से चलने लगता है तथा ऐड्रिनल ग्रन्थि से ऐड्रिनालिन निकलकर खून में मिलना प्रारम्भ हो जाता है आदि-आदि। इन सबका परिणाम यह होता है कि व्यक्ति में तीव्र शारीरिक परिवर्तन (bodily changes) होता है। फलतः वह बाघ या भालू देखकर भाग जाता है यानी संवेगात्मक व्यवहार करता हैं।

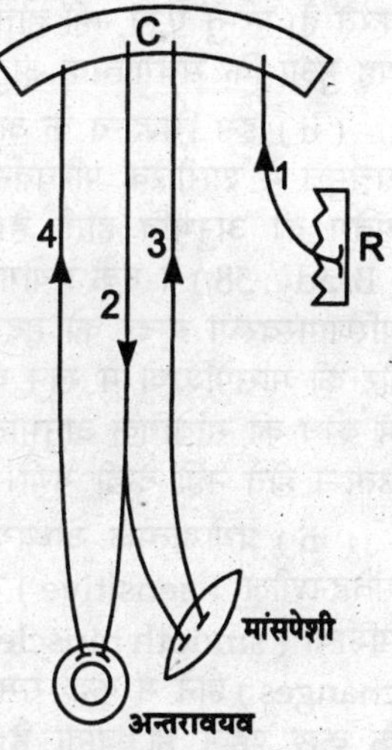

चित्र 11.3 : जेम्स-लांजे द्वारा प्रतिपादित संवेगी की व्याख्या

(iii) संवेगात्मक व्यवहार के बाद मस्तिष्क को यह सूचना मिलती है कि अमुक व्यवहार किया गया है। शरीर के भीतर अंगों से (चित्र 11.3 का पथ 4 देखें) तथा शरीर के बाहरी अंगों से (पथ—3 देखें) मस्तिष्क को अमुक सांवेगिक व्यवहार से सम्बन्धित परिवर्तनों की सूचना मिलती है। इस तरह की व्याख्या से दो बातें स्पष्ट हो जातीं हैं—पहला तो यह कि संवेगात्मक व्यवहार पहले होता है तथा संवेगात्मक अनुभूति (emotional experience) बाद में। दूसरा यह है कि संवेगात्मक अनुभूति का होना संवेगात्मक व्यवहार पर निर्भर करता है। यदि संवेगात्मक व्यवहार नहीं होगा तो संवेगात्मक अनुभूति भी नहीं होगी। बाघ या भालू को देखकर हम भाग जाते हैं (संवेगात्मक व्यवहार होता है) और इस भागने,की सूचना मस्तिष्क को मिलती है जिसके फलस्वरूप हम में संवेगात्मक अनुभूति (emotional experience) होती है अर्थात् हम डर जाते हैं।

जेम्स-लांजे सिद्धान्त का समर्थन कुछ वैसे अध्ययनों से होता है जो *आनन पुनर्निवेशन प्राक्कल्पना* (facial feedback hypothesis) के क्षेत्र में लायर्ड (Laird, 1984) तथा मैटसुमोटो (Matsumato,1987) द्वारा किये गए हैं। यह प्राक्कल्पना बतलाता है कि आनन अभिव्यक्ति (facial expression) संवेगात्मक अवस्थाओं को प्रभावित करता है तथा साथ-ही-साथ उन्हें प्रतिबिम्बित (reflect) भी करता है। दूसरे शब्दों में, यह प्राक्कल्पना बतलाता है कि आनन अभिव्यक्तियों (facial expression) में होने वाले परिवर्तनों से कभी-कभी हमारे सांवेगिक अनुभूति में परिवर्तन हो जाता है न कि इन अभिव्यक्तियों द्वारा उन अनुभूतियों की सिर्फ अभिव्यक्ति ही होती है। जैसे, हमलोग हँसते हैं, तो खुशी का अनुभव करते हैं तथा जब तेवर दिखाते हैं या भौं चढ़ाते हैं, तो हमें दुख का अनुभव होता है। इजार्ड (Izard, 1990) का मत है कि यद्यपि यह सही है कि इस प्राक्कल्पना की जाँच में काफी जटिलताएँ सम्मिलित हैं, फिर भी कई मनोवैज्ञानिकों जैसे मैककेन एवं एण्डरसन (Mc Cenne & Anderson, 1987) एवं एकमैन, डेविडसन एवं फ्रिसेन (Ekman, Davidson & Frison, 1990) द्वारा किये गये अध्ययनों से जेम्स-लांजे सिद्धान्त को काफी समर्थन मिला है। अतः जायंस एवं उनके सहयोगियों (Zajonc et al., 1989) ने यह ठीक ही निष्कर्ष दिया है कि जेम्स-लांजे सिद्धान्त में कुछ निश्चित रूप से सच्चाई है।

मनोवैज्ञानिकों ने जेम्स-लान्जे सिद्धान्त की *आलोचना* इस प्रकार की हैः—

(i) इस सिद्धान्त के अनुसार संवेगात्मक अनुभूति, संवेगात्मक व्यवहार पर निर्भर करती है। परन्तु सच्चाई ऐसी नहीं है। करीब-करीब सभी संवेग में तो एक ही तरह के संवेगात्मक व्यवहार जैसे हृदय की गति में वृद्धि, रक्तचाप में वृद्धि, साँस की गति में वृद्धि एवं इसकी अनियमितता आदि देखने को मिलती है। यदि सचमुच में संवेगात्मक अनुभूति संवेगात्मक व्यवहार पर निर्भर करती है तो वैसी परिस्थिति में व्यक्ति को हमेशा एक ही संवेगात्मक अनुभूति होती क्योंकि करीब-करीब एक ही तरह का संवेगात्मक व्यवहार विशेषकर आन्तरिक शारीरिक परिवर्तन सभी संवेग में हुआ करते हैं। परन्तु ऐसा नहीं होता है। कभी हमें क्रोध का संवेग होता है, तो कभी डर का, तो कभी डाह का। इसका मतलब यह हुआ कि संवेगात्मक अनुभूति, संवेगात्मक व्यवहार पर निर्भर नहीं करती है।

(ii) इस सिद्धान्त के अनुसार संवेगात्मक अनुभूति शारीरिक परिवर्तनों पर निर्भर करती है। यदि संवेगात्मक अनुभूति सचमुच में शारीरिक परिवर्तनों पर निर्भर करती तो जब-जब शारीरिक परिवर्तन व्यक्ति में उत्पन्न होता तब-तब उसमें संवेग की अनुभूति होती है। परन्तु प्रयोगात्मक अध्ययनों से यह साबित हो गया है कि ऐसा नहीं होता है। ब्रेडी (Brady, 58) ने एक प्रयोग किया जिससे एक बन्दर को एपाइनफ्राईरिन (epinephrine) का सूई दिया गया जिसके परिणामस्वरूप बन्दर को हृदय की गति तीव्र हो गयी, रक्तचाप बढ़ गया, साँस की गति तीव्र हो गयी तथा हाथ और पैर की मांसपेशियों में खून की आपूर्ति (supply) अधिक हो गयी। इन सभी शारीरिक परिवर्तन के आधार पर बन्दर में क्रोध की सांवेगिक अनुभूति (emotional experience) होनी चाहिए थी परन्तु उसमें कोई ऐसी सांवेगिक अनुभूति उत्पन्न होते नहीं देखी गयी।

(iii) प्रयोगात्मक अध्ययनों से यह स्पष्ट हो गया है कि शरीर के भीतरी अंग (visceral organ) अधिक संवेदनशील (sensitive) नहीं होते हैं, क्योंकि इनमें तंत्रिका (nerves) की संख्या कम होती है तथा ये चिकनी पेशियों (smooth muscles) से बने होते हैं। इसका परिणाम यह होता है कि उसमें आन्तरिक परिवर्तन (internal changes) होने में कुछ समय लगता है। सच्चाई यह है कि व्यक्ति को संवेगात्मक अनुभूति इन अंगों में परिवर्तन होने के कुछ पहले हो जाता है। इसका तब स्पष्ट मतलब यह हुआ कि संवेगात्मक अनुभूति पहले हो जातीं हैं तथा संवेगात्मक परिवर्तन बाद में होते हैं। ऐसी परिस्थिति में जेम्स-लान्जे का यह विचार कि संवेगात्मक अनुभूति संवेगात्मक परिवर्तन द्वारा ही उत्पन्न होती है, सही नहीं दीख पड़ता है।

(iv) जेम्स-लान्जे सिद्धान्त के अनुसार यदि शारीरिक परिवर्तन की सूचना मस्तिष्क को न मिले तो संवेगात्मक अनुभूति नहीं होगी यानी व्यक्ति में किसी प्रकार का संवेग नहीं होगा। परन्तु शेरिंगटन (Sherrington, 1906) ने कुत्ता पर एक प्रयोग कर यह दिखला दिया है कि यह बात गलत है। इस कुत्ते का अन्तरांग (visceral organs) तथा मस्तिष्क के मिलाने वाली सभी तंत्रिकाओं (nerves) को काट दिया गया। ऐसी अवस्था में स्वभावतः शरीर के अन्तरांग में हुए परिवर्तन का अनुभव कुत्ते के मस्तिष्क को नहीं होना चाहिए। जब उसके सामने एक बिल्ली को लाया गया, तो कुत्ते में क्रोध का संवेग होते पाया गया जिससे स्पष्ट हो जाता है कि जेम्स-लान्जे का विचार सही नहीं है।

निष्कर्ष के रूप में यह कहा जाता है कि शारीरिक परिवर्तन या सांवेगिक व्यवहार पर ही संवेगात्मक अनुभूति निर्भर नहीं करती है। अतः जेम्स-लान्जे का सिद्धान्त मात्र एक-पक्षीय प्राक्कल्पना (one-sided hypothesis) हैं जिसका कोई विशेष प्रयोगात्मक आधार नहीं है।

कैन्नन बार्ड सिद्धान्त
(Cannon-Bard Theory)

इस सिद्धान्त का प्रतिपादन मूलतः बाल्टर कैन्नन (Walter Cannon, 1927) द्वारा किया गया। बाद में उनके शिष्य फिलिप बार्ड (Phillip Bard, 1934) ने इसका अपने अध्ययनों एवं शोध (research) के आधार पर समर्थन किया। अतः इस सिद्धान्त का नाम दोनों मनोवैज्ञानिकों के नाम पर रखा गया जो कैन्नन बार्ड सिद्धान्त (Cannon-Bard theory) के नाम से मशहूर है। यह सिद्धान्त भी संवेग का एक जैविक सिद्धान्त है।

इस सिद्धान्त के अनुसार संवेग का कारण हाइपोथैलमस (hypothalamus) है जिसका स्थान केन्द्रीय तंत्रिका तंत्र (central nervous system) के भाग में (यानी मस्तिष्क में) प्रमस्तिष्क (cerebrum) तथा थैलमस (thalamus) के नीचे हैं। संवेग में हाइपोथैलमस तथा थैलमस के इस महत्त्व के कारण ही इस सिद्धान्त का नाम हाइपोथैलमिक सिद्धान्त (hypothalamic theory) या थैलमिक सिद्धान्त (thalamic theory) भी रखा गया है। इसे केन्द्रीय सिद्धान्त भी कहा जाता है क्योंकि इसमें केन्द्रीय तंत्रिका तंत्र (central nervous system) का अधिक महत्त्व होता है।

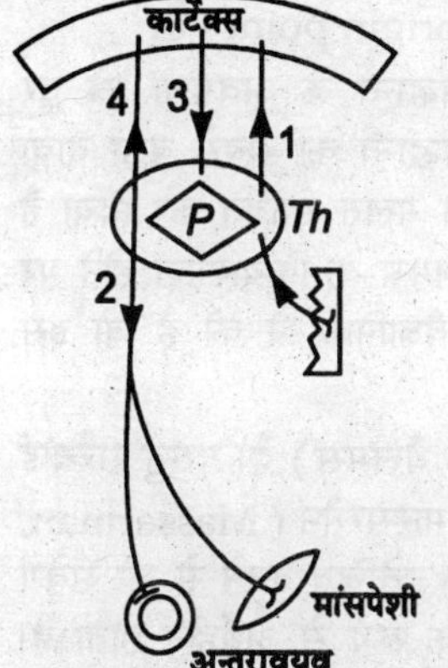

चित्र 11.4 : कैनन-वार्ड द्वारा प्रतिपादित संवेग की व्याख्या

इस सिद्धान्त के अनुसार संवेग उत्पन्न करने वाले उद्दीपक (stimulus) द्वारा ज्ञानेन्द्रियों या ग्राहक (receptor) के उत्तेजित होने के बाद उसमें तंत्रिका आवेग उत्पन्न होता है जो प्रमस्तिष्क (cerebrum) में पथ-1 (चित्र 11.4 देखें) द्वारा पहुँचता है।

प्रमस्तिष्क में आने के पहले संवेदी तंत्रिका आवेग (sensory nerve impulse) थैलमस तथा हाइपोथैलमस होकर गुजरते हैं। इससे हाइपोथैलमस में अभी क्रियाएँ पूर्णतः उत्पन्न नहीं होती है क्योंकि इसके ऊपर प्रमस्तिष्क वल्क (cerebral cortex) का नियंत्रण होता है। जब तंत्रिका आवेग पथ-1 से प्रमस्तिष्क वल्क में पहुँचकर हाइपोथैलमस की क्रियाओं पर से वल्क के अवरोध (inhibition) को हटाने के लिये पथ-3 से तंत्रिका आवेग भेजता है, तो थैलमस या हाइपोथैलम पूर्ण रूप से क्रियाशील हो जाता है और एक साथ दो दिशाओं में तंत्रिका आवेग (nerve impulse) चलता है। कुछ खास-खास परिस्थिति में पथ-3 द्वारा प्रमस्तिष्क वल्क (cerebral cortex) में अपने-आप उत्पन्न होने वाले तंत्रिका आवेग भी हाइपोथैलमस या थैलमस में आते हैं जिनसे वह और भी अधिक तेजी से क्रियाशील हो जाता है। जैसे, जब कोई पहले की संवेगपूर्ण विचार (emotion-laden idea) अचानक व्यक्ति के प्रमस्तिष्क वल्क में आ जाता है तब तंत्रिका आवेग के रूप में यह विचार हाइपोथैलमस में पहुँचता है जिससे वह और भी तेजी से क्रियाशील हो जाता है। एक दिशा में पथ-2 द्वारा तंत्रिका आवेग आन्तरांग में तथा हाथ-पैर की मांसपेशियों में पहुँचता है तो दूसरी दिशा वह है जिसमें ऊपर की ओर तन्त्रिका आवेग हाइपोथैथलमस से पथ-4 द्वारा प्रमस्तिष्क वल्क (cerebral cortex) में पहुँचता है। जब तंत्रिका आवेग आन्तरांग तथा हाथ-पैर की मांशपेशियों में पहुँचता है तो इससे सांवेगिक व्यवहार उत्पन्न होते हैं। दूसरी तरफ जब तंत्रिका आवेग प्रमस्तिष्क वल्क में पहुँचता है तो इसमें

व्यक्तियों को सांवेगिक अनुभूति (emotional experience) होती है। इस विवरण से यह स्पष्ट है कि सांवेगिक व्यवहार तथा सांवेगिक अनुभूति दोनों एक साथ ही (simultaneously) होते हैं न कि सांवेगिक परिवर्तन या सांवेगिक व्यवहार पर सांवेगिक अनुभूति निर्भर करती है जैसा जेम्स-लान्जे सिद्धान्त में कहा गया है। मार्गन, किंग, विस्ज तथा स्कौपलर[1] (Morgan. King, Weisz & Schopler, 1986) ने इस सिद्धान्त पर टिप्पणी करते हुए कहा है, ''कैन्नन-बार्ड सिद्धान्त यह कहता है कि संवेग में होने वाली शारीरिक प्रतिक्रियाएँ एवं अनुभव किया गया संवेग दोनों एक-दूसरे से स्वतंत्र होते हैं और दोनों की उत्पत्ति एक साथ होती है। ''कैन्नन-बार्ड सिद्धान्त पर यदि हम ध्यानपूर्वक विचार करें तो यह स्पष्ट हो जायेगा कि इस सिद्धान्त के अनुसार संवेग उत्पन्न होने में निम्नांकित कदम (steps) होते हैं:—

(i) संवेग उत्पन्न करने के लिए किसी उद्दीपक (stimulus) द्वारा ज्ञानेन्द्रिय (sense organ) को उत्तेजित होना अनिवार्य है।

(ii) ज्ञानेन्द्रिय से तंत्रिका आवेग हाइपोथैलमस (या थैलमस) होता हुआ प्रमस्तिष्क वल्क (cerebral cortex) में पहुँचता है।

(iii) प्रमस्तिष्क वल्क हाइपोथैलमस पर से अपना नियंत्रण कम कर देता है तथा कुछ विशेष परिस्थिति में ऐसे तंत्रिका आवेग को भी हाइपोथैलमस में भेजता है जिसकी उत्पत्ति विकल्प में हुई होती है।

(iv) इसके परिणामस्वरूप (हाइपोथैलमस) पूर्णरूपेण क्रियाशील हो जाता है।

(v) हाइपोथैलमस के क्रियाशील होने पर तंत्रिका आवेग दो दिशा में यानी ऊपर की दिशा में अर्थात् प्रमस्तिष्क वल्क की ओर तथा नीचे की दिशा में अर्थात् अन्तरांग (visceral organs) तथा बाह्य शारीरिक अंगों की माँसपेशियों की ओर एक साथ जाते हैं। तंत्रिका आवेग को वल्क में पहुँचने पर संवेग का अनुभव होता है तथा अन्तरांग एवं माँसपेशियों में तंत्रिका आवेग के पहुँचने पर संवेगात्मक व्यवहार या शारीरिक परिवर्तन होता है।

कैन्नन (Cannon, 1927) तथा बार्ड (Bard, 1934) ने कई प्रयोग बिल्ली तथा कुत्ते पर किये हैं जिनमें इन पशुओं के हाइपोथैलमस को काटकर निकाल दिया गया या उसमें एक छोटा घाव (lesion) कर दिया गया। ऐसा होने के बाद पशुओं में किसी प्रकार का संवेग होते नहीं पाया गया। यहाँ तक कि जब एक कुत्ते के हाइपोथैलमस को ऑपरेशन द्वारा निकालकर उसके सामने बिल्ली लायी गयी तो कुत्ता शांत भाव से बिना क्रोध दिखलाये चुपचाप रहा। इस तरह के प्रयोग से यह स्पष्ट हो जाता है कि हाइपोथैलमस संवेग का उद्‌गम स्थान (origin point) है।

इस तरह से हम देखते हैं कि कैन्नन-बार्ड सिद्धान्त बहुत हद तक जेम्स—लांजे सिद्धान्त के अवगुणों को दूर कर देता है और संवेग की एक अधिक वैज्ञानिक व्याख्या प्रस्तुत करता है। जेम्स-लान्जे सिद्धान्त का सबसे बड़ा दावा कि संवेगात्मक अनुभूति संवेगात्मक व्यवहार पर निर्भर करती है, को कैन्नन-बार्ड सिद्धान्त ने गलत साबित कर दिया है और यह दिखलाया है कि ये दोनों तरह की प्रक्रियाएँ स्वंतत्र हैं और एक ही साथ हाइपोथैलमस के क्रियाशील होने पर निर्भर करती है। लेकिन इस विशेष गुण के बावजूद भी इस सिद्धान्त की आलोचना मनोवैज्ञानिकों ने की है जो इस प्रकार है:—

(i) कैन्नन-बार्ड सिद्धान्त के अनुसार संवेग का स्थान (seat) सिर्फ हाइपोथैलमस (या थैलमस) है। परन्तु सच्चाई यह है कि संवेग की उत्पत्ति में हाइपोथैलमस का महत्त्व विकीर्ण (diffuse) है, स्पष्ट नहीं। मास्सरमैन (Masserman, 1943) ने कई प्रयोग करके यह साबित कर दिया है कि सिर्फ हाइपोथैलमस तथा थैलमस के उत्तेजित करने से जो संवेग उत्पन्न होता है, वह अस्पष्ट, विकीर्ण (diffuse), यांत्रिक (mechanical) तथा सांवेगिक रूप से अर्थहीन होता है। उनका एक प्रयोग जो बिल्ली पर किया गया है, काफी उल्लेखनीय है। इस प्रयोग में बिल्ली के हाइपोथैलमस में बिजली का हल्का वोल्टेज देकर धीरे-धीरे उत्तेजित किया गया। जब हाइपोथैलमस पूरा उत्तेजित हो गया तो उसके शरीर के बाल खड़े हो गये मानो वह क्रोधित हो गयी है। परन्तु सचमुच में उसमें क्रोध या अन्य कोई संवेग होने का निश्चित लक्षण नहीं था जिसका स्पष्ट सबूत यह था कि बिल्ली सामान्य अवस्था के समान ही भोजन कर रही थी। अगर वह निश्चित

1. "The Cannon-Bard theory says that felt emotion and the bodily reaction in emotion are independent of each other, both are triggered simultaneously"
—Morgan, King, Weisz & *Schopler: Introduction* to Psychology, 1986. p.330

रूप से किसी संवेगावस्था में होती है तो भोजन नहीं करती। इस प्रयोग से स्पष्ट हो जाता है कि संवेग की उत्पत्ति में हाइपोथैलमस का योगदान विकीर्ण (diffuse) होता है अर्थात् इसमें संवेग जैसी अवस्था तो उत्पन्न हो जाती है परन्तु उसमें वास्तविक संवेग नहीं होता है। मास्सरमैन[1] (Masserman, 1943) के शब्दों में इस प्रकार कहा जा सकता है।

''हाइपोथैलमिक उत्तेजन (hypothalmic stimulation) से उत्पन्न क्रियाएँ यांत्रिक (mechanical), विकीर्ण (diffuse), रूढ़िवद्ध (stereotyped), उद्दीपक-बंधित (stimulus-bound) होते हैं तथा इसका कोई सांवेगिक अर्थ नहीं मालूम पड़ता है.....।''

(ii) मास्सरमैन (Masserman, 1943) की उपर्युक्त आलोचना से यह भी परोक्ष रूप से स्पष्ट है कि संवेग में मस्तिष्क के अन्य भाग भी योगदान करते हैं। ऐसा कहने का आधार यह है कि प्रायः हमें संवेग की अनुभूति स्पष्ट रूप से होती है। यदि सिर्फ हाइपोथैलमस द्वारा ही संवेग की उत्पत्ति होती, तो वह अस्पष्ट होता है। किंग तथा मेयर (King & Meyer, 1958) एवं ब्रेडी (Brady, 1960) ने एक प्रयोग कर दिखला दिया है कि मस्तिष्क के अन्य भाग जैसे लिम्बिक तंत्र (limbic system), ऐमिगडाला (amygdala) तथा सेपटल क्षेत्र (septal area) आदि को उत्तेजित करने पर व्यक्ति में संवेग होते पाया गया है और इन हिस्सों को घायल कर देने से संवेग में कमी आ जाती है।

इन आलोचनाओं के बावजूद भी कैनन बार्ड का सिद्धान्त आज एक प्रमुख सिद्धान्त के अनुसार हाइपोथैलमस तथा थैलमस संवेग का उद्‌गम बिन्दु है जो अधिकतर मनोवैज्ञानिकों को मान्य हैं।

जेम्स-लान्जे सिद्धान्त तथा कैनन-बार्ड सिद्धान्त का एक तुलनात्मक अध्ययन
(A Comparative Study of James-Lange Theory and Cannon-Bard theory)

जेम्स-लान्जे तथा कैनन-बार्ड सिद्धान्त संवेग के दो महत्त्वपूर्ण सिद्धान्त हैं जिनमें कुछ समानताएँ (similarities) तथा कुछ विषमताएँ (dissimilarities) हैं। इन दोनों सिद्धान्तों में प्रमुख *समानताएँ* निम्नांकित हैः—

1. दोनों सिद्धान्त इस बात पर बल डालते हैं कि संवेग के लिए उद्दीपक का प्रत्यक्षण (perception) अनिवार्य है।
2. दोनों सिद्धान्त सांवेगिक अनुभूति (emotional experience) तथा सांवेगिक व्यवहार (emotional behaviour) को संवेग का दो महत्त्वपूर्ण पहलू मानता है।
3. दोनों सिद्धान्त यह मानता है कि संवेगात्मक व्यवहार अन्तरांग (visceral organs) तथा शरीर की ऐच्छिक मांसपेशियों जैसे हाथ-पाँव की मांसपेशियों में उपद्रव (disturbance) के फलस्वरूप उत्पन्न होता है।
4. दोनों सिद्धान्त यह भी मानता है कि संवेगात्मक अनुभूति (emotional experience) व्यक्ति को उस समय होता है जब संवेदी तंत्रिका (sensory nerves) द्वारा तंत्रिका आवेग (nerve impulse) प्रमस्तिष्क वल्क (cerebral cortex) में पहुँचता हैं।

इन समानताओं के बावजूद भी इन दोनों सिद्धान्तों में कुछ *विभिन्नताएँ* (dissimilarities) हैं जो इस प्रकार हैः—

1. जेम्स-लान्जे सिद्धान्त के अनुसार संवेगात्मक व्यवहार (emotional behaviour) पहले होता है और संवेगात्मक अनुभूति (emotional experience) बाद में। उदाहरणार्थ, भालू या बाघ देखकर, जेम्स-लान्जे सिद्धान्त के अनुसार, पहले व्यक्ति भाग जाता है और तब उसे अनुभव होता है कि वह डर गया है। परन्तु कैनन-बार्ड सिद्धान्त के अनुसार दोनों अर्थात् संवेगात्मक अनुभूति तथा संवेगात्मक व्यवहार एक साथ (simultaneously) होते हैं।
2. जेम्स-लान्जे सिद्धान्त के अनुसार संवेगात्मक अनुभूति (emotional experience) का होना संवेगात्मक व्यवहार पर निर्भर करता है। यदि संवेगात्मक व्यवहार नहीं हो तो संवेगात्मक अनुभूति भी नहीं होगी। यदि बाघ या भालू देखकर कोई व्यक्ति भाग नहीं जाता है, तो वह डरेगा भी नहीं। परन्तु कैनन-बार्ड सिद्धान्त में संवेगात्मक व्यवहार तथा संवेगात्मक अनुभूति दोनों एक-दूसरे से स्वतंत्र (independent) होते हैं न कि अनुभूति का कारण व्यवहार होता है।

---

1. "The activity induced by the hypothalamaic stmulation is mechanical, diffused, stereotyped, stimulus-bound and seems to carry no greater emotional connotation...."

—Masserman : *Behaviour & Neurosis*, 1943, p.102

3. कैनन-बार्ड ने अपने सिद्धान्त में हाइपोथैलमस तथा थैलमस को संवेग का मुख्य स्थान (seat) माना है जबकि जेम्स-लान्जे सिद्धान्त में मस्तिष्क के किसी भी भाग को ऐसे स्थान (seat) के रूप में मान्यता नहीं दी गयी है।
4. जेम्स-लान्जे सिद्धान्त के पक्ष में प्रयोगात्मक सबूत (experimental evidence) नहीं के बराबर है जबकि कैनन-बार्ड के सिद्धान्त के पक्ष में प्रयोगात्मक सबूत काफी है।

इन सिद्धान्तों की समानताओं एवं विशेषताओं पर यदि हम ध्यान दें तो यह स्पष्ट हो जाता है कि कैनन-बार्ड का सिद्धान्त जेम्स-लान्जे सिद्धान्त सिद्धान्त से कहीं अधिक श्रेष्ठ (superior) हैं।

स्कैकटर-सिंगर सिद्धान्त
(Schachter-Singer theory)

संवेग के इस सिद्धान्त का प्रतिपादन दो मनोवैज्ञानिकों अर्थात् स्कैकटर तथा सिंगर (Schachter & Singer, 1962) द्वारा किया गया। इस सिद्धान्त को *संज्ञानात्मक सिद्धान्त*[1] (cognitive theory) तथा *संज्ञानात्मक-शारीरिक सिद्धान्त* (cognitive physiological theory) भी कहा जाता है। एक अर्थ में यह सिद्धान्त आरम्भिक दैहिक सिद्धान्त तथा समकालीन संज्ञानात्मक सिद्धान्त के बीच एक पुल (bridge) का काम करता है। स्कैकटर तथा सिंगर ने जेम्स के इस विचार को स्वीकार किये हैं कि दैहिक उत्तेजन (physiological arousal) संवेग में महत्त्वपूर्ण भूमिका निभाता है। साथ-ही-साथ वे कैनन के इस विचार से भी सहमत हैं कि दैहिक उत्तेजन सामान्य (general) एवं विकीर्ण (diffuse) होता है।

इस सिद्धान्त के अनुसार संवेग उत्पन्न करने वाले उद्दीपक का व्यक्ति पहले प्रत्यक्षण करता है। इस प्रत्यक्षण के बाद व्यक्ति में शारीरिक परिवर्तन (bodily changes) होता है। स्कैकटर का कहना है कि प्रत्येक संवेग में करीब-करीब एक ही तरह का शारीरिक परिवर्तन होता है जो स्वभाविक रूप से अस्पष्ट (vague) होता है क्योंकि इसके आधार पर व्यक्ति यह नहीं बतला सकता है कि उसे कौन-सा संवेग हो रहा है। इसके बाद व्यक्ति अपने पूर्व अनुभूति (past experience) के संदर्भ में उन शारीरिक परिवर्तनों की व्याख्या (interpretation) करता है जो स्पष्टतः एक संज्ञानात्मक प्रक्रिया (cognitive process) है। व्याख्या के परिणामस्वरूप वह समझ पाता है कि उसे किस तरह का संवेग हो रहा है। अतः इस सिद्धान्त में संवेग का ज्ञान होना संवेगात्मक कारक (cognitive factor) तथा शारीरिक परिवर्तनों (bodily changes) की व्याख्या पर निर्भर करता है। संक्षेप में तब यह कहा जा सकता है कि इस सिद्धान्त के अनुसार संवेग के उत्पन्न होने में निम्नांकित तीन कदम (steps) बतलाये गये हैं—

(i) सबसे पहले व्यक्ति संवेग उत्पन्न करने वाले उद्दीपक का प्रत्यक्षण (perception) करता है।

(ii) इस प्रत्यक्षण का परिणाम यह होता है कि व्यक्ति में कुछ आन्तरिक शारीरिक परिवर्तन (bodily changes) होता है जो अस्पष्ट (vague) होता है, क्योंकि इसके आधार पर यह कहना कठिन हो जाता है कि किस तरह का संवेग हो रहा है। इसे दैहिक उत्तेजन कहा जाता है।

(iii) अपनी पूर्व अनुभूति (past experience) के संदर्भ में व्यक्ति उन शारीरिक परिवर्तनों की व्याख्या करता है जो स्पष्टतः एक संज्ञानात्मक मूल्यांकन की प्रक्रिया (cognitive appraisal) है। व्यक्ति में किस तरह का संवेग हो रहा है, वह इसी व्याख्या पर निर्भर करता है। व्याख्या के अनुसार व्यक्ति जिस तरह का अर्थ लगाता है, उसे वैसे ही संवेग की अनुभूति होती है।

इस सिद्धान्त के पक्ष में अनेक प्रयोगात्मक सबूत (experimental evidence) मौजूद हैं। मार्शल्ल तथा जिम्बार्डो (Marshall & Zimbardo, 1976) मैसलैक (Maslach, 1979), स्कैकटर तथा सिंगर (Schachter & Singer, 1962) ने कई प्रयोग ऐसे किये हैं जिनके परिणाम इस सिद्धान्त के पक्ष में गये हैं। उदाहरण के रूप में स्कैकटर तथा सिंगर द्वारा ही किया गया एक प्रयोग जो अधिक लोकप्रिय (popular) भी है, इस प्रकार है—

इस प्रयोग में तीन प्रयोगात्मक समूह (experimental group) थे। तीनों प्रयोगात्मक समूह को एड्रिनालिन[2]

---

1. संवेग के कई सिद्धान्त और भी ऐसे हैं जिन्हें संज्ञानात्मक सिद्धान्त (cognitive theory) की श्रेणी में रखा जाता है। अतः छात्रों को इस नाम से किसी प्रकार संभ्रान्ति (confusion) नहीं होनी चाहिए।
2. ऐड्रिनालिन की सूई देने से व्यक्ति में हृदय के गति में तीव्रता, रक्तचाप में वृद्धि, साँस की गति में अनियमितता आदि सांवेगिक लक्षण उत्पन्न हो जाते हैं।

(aderenaline) की सूई यह कहकर दी गयी कि सुप्रोक्सिन (supproxin) जो एक तरह का विटामिन है, दिया जा रहा है।

तीन प्रयोगात्मक समूह में एक सूचित समूह (informed group) था, दूसरा असूचित समूह (uninformed group) तथा तीसरा गलत सूचित समूह (misinformed group) था। सूचित समूह को तो यह स्पष्ट रूप में बतला दिया गया कि सूई देने से उसमें कुछ सांवेगिक लक्षण (emotional symptom) जैसे, हाथ में कम्पन, हृदय की गति में तीव्रता, चेहरे पर लाली आना इत्यादि उत्पन्न हो सकते हैं। असूचित समूह (uninformed group) को सूई देने से उत्पन्न प्रभाव के बारे में कुछ नहीं बतलाया गया। गलत सूचित समूह को सूई देने से उत्पन्न होने वाले प्रभाव के बारे में जान-बूझकर गलत सूचना दी गयी। जैसे, इस समूह को कहा गया कि सूई देने से खुजलाहट, सरदर्द, रोंगटे खड़ा होना आदि होंगे (जो सभी गलत थे)। सूई देने के तुरन्त बाद तीनों प्रयोगात्मक समूह के कुछ प्रयोज्यों को उल्लास की अवस्था (euphoria condition) में तथा कुछ को क्रोध उत्पन्न करने की अवस्था (anger condition) में रखा गया। उल्लास की अवस्था में प्रयोगकर्त्ता का एक सहकर्मी लोगों में हँसी पैदा करने की कोशिश करता था तथा क्रोध की अवस्था में उनका सहकर्मी इस प्रकार व्यवहार करता था कि प्रयोज्य (subject) में क्रोध उत्पन्न हो। परिणाम में देखा गया कि सूचित समूह (informed group) पर प्रयोगकर्त्ता के सहकर्मी (colleague) द्वारा किये गये व्यवहारों का कोई प्रभाव नहीं पड़ा क्योंकि यह समूह अपने भीतर उत्पन्न सांवेगिक भाव का कारण सूई देना ही समझता था न कि सहकर्मी द्वारा किया गया बाहरी व्यवहार। परन्तु असूचित समूह तथा गलत सूचित समूह के सदस्यों को उल्लास की अवस्था में खुशी हुई तथा क्रोध की अवस्था में उन लोगों में क्रोध उत्पन्न हुआ।

स्कैकटर तथा सिंगर ने इस परिणाम की व्याख्या इस प्रकार की गयी है—एड्रिनालिन की सूई देने से तीनों प्रयोगात्मक समूहों में जो शारीरिक परिवर्तन हुए, वे समान (similar) थे। परन्तु जिन्हें उल्लास की अवस्था में रखा गया उसे खुशी हुई तथा जिन्हें क्रोध की अवस्था में रखा गया उसे क्रोध इसलिए हुआ क्योंकि उनका प्रत्यक्षण (perception) उस विशेष परिस्थिति में होने वाले घटनाओं द्वारा प्रभावित हो रहा था। अतः संवेग का अनुभव मात्र शारीरिक परिवर्तन से नहीं होता है बल्कि उसके संज्ञानात्मक प्रक्रियाओं (cognitive processes) के आधार पर भी होता है। स्कैकटर-सिंगर की व्याख्या को कुछ अन्य मनोवैज्ञानिकों ने भी जैसे कैनटोर, जिल्लमान तथा ब्रान्त (Cantor, Zillmann & Bryant, 1975) ने अपने प्रयोग के आधार पर पुष्टि की है।

स्कैक्टर-सिंगर सिद्धान्त (Schachter-Singer theory) से यह स्पष्ट है कि व्यक्ति दैहिक उत्तेजन (physiological arousal) की व्याख्या करने के लिए बाह्य संकेतों (external cues) का उपयोग करता है और तब संवेगात्मक स्थिति (emotional state) का नामकरण करता है। मनोवैज्ञानिकों ने यहाँ एक महत्त्वपूर्ण प्रश्न उठाते हुए कहा है कि इस तरह के दैहिक उत्तेजन (physiological arousal) का स्रोत (source) क्या होता है? इस तरह के दैहिक उत्तेजन का एक प्रमुख स्रोत (source) जिस पर आजकल अधिक ध्यान मनोवैज्ञानिकों द्वारा दिया जा रहा है, वह है वास्तविक (actual) तथा प्रत्याशित घटनाओं (expected events) का अन्तर। इसे मनोवैज्ञानिकों ने *अन्तर मूल्यांकन प्राक्कल्पना* (discrepancy-evaluation hypothesis) कहा है। मैण्डलर (Mandler, 1990) के अनुसार, किसी भी दी गयी परिस्थिति में जो घटना वास्तव में घटित होती है और जिसका हमें उम्मीद होता है, में जितना ही अधिक अन्तर होगा उससे दैहिक उत्तेजन (physiological arousal) उतना ही अधिक होगा। इस तरह के दैहिक उत्तेजन का संज्ञानात्मक मूल्यांकन करने के बाद हमें संवेगात्मक अनुभूति का ज्ञान होता है। अन्तर-मूल्यांकन प्राक्कल्पना की वैधता की जाँच मैकडोवेल एवं मैण्डलर (MacDowell & Mandler, 1989) द्वारा किये गये प्रयोगों से हुई है। इन प्रयोगों का सार या निष्कर्ष यह रहा है कि अप्रत्याशित घटनाओं से प्रयोज्यों में दैदिक उत्तेजन अधिक मात्रा में उत्पन्न हुआ क्योंकि ऐसी परिस्थिति में वास्तविक घटना तथा अप्रत्याशित घटना में अन्तर काफी अधिक होता है। इसका साक्ष्य हमें अनेक दैनिक परिस्थितियों से मिलता है। जैसे, मान लिया जाय कि कोई छात्र यह उम्मीद करता है कि वह किसी तरह तृतीय श्रेणी में परीक्षा पास कर सकेगा परन्तु परीक्षाफल निकलने पर वह अपना नाम यदि प्रथम श्रेणी में देखता है, तो

ऐसी परिस्थिति में उसमें दैहिक उत्तेजन (physiological arousal) अधिक होगा क्योंकि वास्तविक एवं प्रत्याशित परीक्षाफल में काफी अंतर है। इसके विपरीत परिस्थिति में भी दैहिक उत्तेजन अधिक होगा क्योंकि इसमें भी वास्तविक तथा प्रत्याशित परीक्षाफल में अन्तर होगा। अन्तर-मूल्यांकन प्राक्कल्पना या सिद्धान्त अन्य बातों के अलावा निम्नांकित दो तथ्यों को भी प्रकाश में लाता है—

(i) दैहिक उत्तेजन का स्तर से संवेगात्मक अनुभूति की तीव्रता का निर्धारण होता है। दैहिक उत्तेजन का स्तर जितना ही अधिक होगा, संवेगात्मक अनुभूति की तीव्रता उतनी ही अधिक होगी।

(ii) संज्ञानात्मक मूल्यांकन (cognitive appraisal) से संवेगात्मक अनुभूति के विशिष्ट गुण या प्रकार का निर्धारण होता है।

स्कैटर-सिंगर सिद्धान्त की आलोचना कुछ मनोवैज्ञानिकों द्वारा की गयी है। कुछ का कहना है कि इस सिद्धान्त का यह दावा है कि संवेग सिर्फ संज्ञानात्मक कारकों (cognitive factors) द्वारा प्रभावित होता है, सही नहीं है। टामकिन्स (Tomkins, 1981) ने अपने प्रयोग के आधार पर यह दिखलाया है कुछ प्राथमिक संवेग (primary emotion) जैसे डर, क्रोध तथा आश्चर्य (surprise) ऐसे होते हैं जो एक निश्चित शारीरिक परिवर्तन (bodily change) व्यक्ति में उत्पन्न करते हैं तथा जिनकी आनन अभिव्यक्ति (facial expression) भी निश्चित होती है। ऐसी अवस्था में तब स्वभावतः संज्ञानात्मक कारक (cognitive factor) का कोई महत्त्व नहीं रह जाता है क्योंकि व्यक्ति को उस निश्चित शारीरिक परिवर्तन तथा आनन अभिव्यक्ति (facial expression) के आधार पर सम्बन्धित संवेग का ज्ञान हो ही जाता है। कुछ और भी प्रयोगों में जो सबूत पाये गये हैं, वे स्कैकटर तथा सिंगर सिद्धान्त के विरुद्ध में गये हैं। जैसे, मैसलैक (Maslach, 1979) ने अपने अध्ययन में पाया है कि जब प्रयोज्यों को उल्लास उत्पन्न करने वाली परिस्थिति में रखा जाता था तो, वैसी अवस्था में भी दुःखद संवेग (unpleasant emotion) हुआ करते थे, हालांकि स्कैकटर-सिंगर सिद्धान्त के अनुसार उसमें सिर्फ सुखद संवेग होना चाहिए था। उसी तरह से मार्शल तथा जिम्बार्डो (Marshal & Zimbardo, 1982) ने अपने प्रयोग में पाया कि जब दोनों तरह के प्रयोज्यों को, अर्थात् वैसे प्रयोज्यों को जिन्हें एड्रिनालिन (adrenaline) की सूई दी गयी थी तथा जिन्हें इस तरह की सुई न देकर एक निष्क्रिय द्रव (inactive substance) (जिसका कोई प्रभाव नहीं होता था।) दिया गया था, उल्लास पैदा करने वाले परिस्थिति में रखा गया, तो इन दोनों तरह के प्रयोज्यों (subjects) के संवेग में कोई अन्तर नहीं पाया गया जबकि स्कैकटर सिंगर सिद्धान्त के अनुसार अन्तर होना चाहिए।

यद्यपि स्कैकटर-सिंगर सिद्धान्त की व्याख्या के प्रतिकूल कुछ प्रयोगात्मक सबूत हैं, फिर भी इसका महत्त्व काफी है और इसकी मान्यता संवेग के संज्ञानात्मक सिद्धान्तों (cognitive theories) में सबसे अधिक हैं।

संज्ञानात्मक मूल्यांकन सिद्धान्त
(Cognitive-appraisal Theory)

यह भी एक तरह का संज्ञानात्मक सिद्धान्त है जिसका प्रतिपादन लेजारस (Lazarus,1970,1984) द्वारा किया गया है। इस सिद्धान्त के अनुसार वातावरण के भिन्न-भिन्न वस्तुओं (objects) तथा शरीर के भीतर से मिलने वाली सूचनाओं का जब व्यक्ति सही-सही मूल्यांकन (appraisal) करता है, तो उसे एक संवेग की अनुभूति होती है। चूँकि इस मूल्यांकन में संज्ञान सम्मिलित होता है, इसलिए उसे *संज्ञानात्मक सिद्धान्त* (cognitive theory) कहा जाता है। उसी संदर्भ में लेजारस[1] (Lazarus, 1990) ने संवेग को पहले इस ढंग से परिभाषित किया है। ''संवेग पर्यावरण के साथ बनते सम्बन्धों के प्रति अच्छे खबर तथा बुरे खबर के प्रति संगठित मनोदैहिक प्रतिक्रिया है।''

व्यक्ति हमेशा पर्यावरण में किये जाने वाले अनुक्रियाओं के लिए एक अर्थ (meaning) ढूंढ़ता है। हमलोग सिर्फ यह नहीं जानना चाहते हैं कि हमें कैसे व्यवहार करना चाहिए बल्कि यह भी जानना चाहते हैं कि कैसे अनुभव करते हैं (स्मिथ एवं एल्सवर्थ, 1985)। व्यक्ति में संवेग तब उत्पन्न होता है जब वह यह निर्णय करता है कि परिस्थिति या

1. "Emotions are organized psychophysiological reactions to good news and bad news about ongoing relationship with the environment." —Lazarus : Psychological and Biological approach to emotion. Hillsadele.

किया गया व्यवहार का एक व्यक्तिगत अर्थ होता है तथा यह हमारे वर्त्तमान अच्छाइयों एवं दीर्घ-कालीन लक्ष्यों के लिए लाभदायक या हानिकारक हो सकता है। इस प्रक्रिया को मूल्यांकन (appraisal) कहा जाता है जिसमें न केवल सूचनाओं को एकत्रित किया जाता है बल्कि इसमें इस बात का भी निर्णय लिया जाता है कि व्यक्ति के लिए उन सूचनाओं का अर्थ क्या है। हमारे संवेग किसी वस्तुनिष्ठ परिस्थिति जिसमें व्यक्ति अंतःक्रिया करता है, का परिणाम नहीं होता है बल्कि उस परिस्थिति का अपनी आवश्यकताओं, इच्छाओं एवं साधनों (resources) के संदर्भ में किया गया मूल्यांकन का परिणाम होता है। लेजारस के अनुसार मूल्यांकन दो तरह के होते हैं—

(i) प्राथमिक मूल्यांकन (Primary appraisal)

(ii) गौण मूल्यांकन (Secondary appraisal)।

प्रथमिक मूल्यांकन में व्यक्ति परिस्थिति या घटना की गंभीरता का मूल्यांकन करता है। यहाँ वह इस बात का मूल्यांकन करता है कि परिस्थिति में जो घटना घट रही है, उससे वह कहाँ तक प्रभावित हो रहा है। जब प्राथमिक मूल्यांकन की प्रकिया सम्पन्न हो जाती है, तो उसके बाद गौण मूल्याकंन (secondary appraisal) की प्रक्रिया प्रारम्भ होती है जिसमें व्यक्ति उस घटना या परिस्थिति से निपटने की अपनी क्षमताओं एवं साधनों का मूल्यांकन करता है।

व्यक्ति में अनुभव किया गया संवेग प्राथमिक मूल्यांकन तथा गौण मूल्यांकन के बीच सन्तुलन का परिणाम होता है। जब व्यक्ति यह मूल्यांकन करता है कि परिस्थिति की गम्भीरता अधिक है (प्राथमिक मूल्यांकन) तथा उससे निपटने के अपने साधन तथा क्षमता कम है, तो इससे संवेग की तीव्रता अधिक होती है। परन्तु इसके विपरीत परिस्थिति में संवेग की तीव्रता कम होती है।

स्मीथ तथा एल्सवर्थ (Smith & Ellsworth, 1985) ने अपने अध्ययनों के आधार पर यह बतलाया है कि व्यक्ति परिस्थिति तथा घटनाओं का मूल्यांकन कुछ विशिष्ट विमाओं के रूप में करता है। इन विमाओं में निम्नांकित आठ प्रमुख हैं—

(i) **अवधान** (*Attention*)—क्या यह परिस्थिति ध्यान देने लायक है या इसकी उपेक्षा करते हुए आगे बढ़ा जा सकता है?

(ii) **नवीनता** (*Novelty*)—क्या घटना या परिस्थिति प्रत्याशाओं (expectations) को पूरा करते हैं या नहीं? क्या इसकी व्याख्या विस्तृत ढंग से करने की जरूरत है या इससे हट जाना चाहिए?

(iii) **निश्चितता** (*Certainty*)—क्या मुझे मालूम है कि निश्चित रूप से क्या होने वाला है या परिणाम अनिश्चित है?

(iv) **नियंत्रण** (*Control*)—क्या परिस्थिति अपने नियंत्रण में है या इसका नियंत्रण कुछ दूसरे ताकतों या कारकों द्वारा हो रहा है?

(v) **सुखाभास** (*Pleasantness*)—क्या परिस्थिति धनात्मक लक्ष्यों की प्राप्ति तथा ऋणात्मक लक्ष्यों को त्यागने में मदद करेगा?

(vi) **प्रत्याक्षित बाधाएँ** (*Perceived obstacles*)—क्या कोई अन्य कारक या व्यक्ति हमारे रास्ते में बाधक हैं?

(vii) **उत्तरदायित्व तथा वैधता** (*Responsibility and legitmacy*)—किसने इस घटना की शुरूआत किया है? क्या परिणाम की वैधता या तर्कसंगतता है या नहीं?

(viii) **प्रत्याशित प्रयास** (*Anticipated effort*)—क्या घटना या परिस्थिति ऐसी है कि कुछ विशेष कार्य किया जा सकता है या इससे अपने आप को हटा लिया जा सकता है?

इन विमाओं के रूप में जब संवेगों का विश्लेषण किया जाता है तो इससे मनोवैज्ञानिक को विभिन्न संवेगों को न सिर्फ समझने में बल्कि उनके बीच के सम्बन्धों को समझने में भी काफी मदद मिलती है। जैसे, जब व्यक्ति यह मूल्यांकन करता है कि कोई अन्य व्यक्ति जान-बूझकर इस तरह का दुःखद परिस्थिति उत्पन्न किया है, तो इससे व्यक्ति में क्रोध उत्पन्न होता है। जब व्यक्ति यह मूल्यांकन करता है कि इस तरह के दुःखद परिस्थिति उत्पन्न होने के लिये वह स्वयं उत्तरदायी है, तो इससे दोष-भाव (guilt feeling) उत्पन्न होता है तथा जब व्यक्ति यह मूल्यांकन करता है कि इस तरह की दुखद परिस्थिति के लिये किसी को भी दोषी नहीं ठहराया जा सकता है, तो इससे उदासी (sadness) के संवेग की उत्पत्ति होती है।

ऊपर के विवरण से यह स्पष्ट है कि इस सिद्धान्त में अनुभव किये गए संवेग का मुख्य आधार भिन्न-भिन्न तरह की सूचनाओं का मूल्यांकन (appraisal) है। संवेग की उत्पत्ति में विभिन्न तरह की सूचनाओं का मूल्यांकन के महत्त्व

को सिखलाने के लिए लेजारस, एभेरिल्ल तथा अपटन (Lazarus, Averill & Option, 1970) ने एक प्रयोग किया है जिसका उल्लेख यहाँ आवश्यक है। इस प्रयोग में तीन प्रयोगात्मक समूह (experimental group) थे जिन्हें अलग-अलग क्रम में रखकर एक ही फिल्म को दिखलाया गया। फिल्म आस्ट्रेलिया की एक जनजाति (tribe) से सम्बन्धित थी जिसमें छोटे-छोटे बच्चों के यौन अंगों का असभ्य ढंग से चीर-फाड़ (operation) करते दिखलाया गया था। तीनों प्रयोगात्मक समूह को एक ही फिल्म तीन अलग-अलग पृष्ठभूमि ध्वनि (background sound) देखकर दिखलायी गयी। पहले प्रयोगात्मक समूह की पृष्ठभूमि ध्वनि में चीर-फाड़ (operation) के हानिकारक प्रभावों पर बल डाला गया था। दूसरे प्रयोगात्मक समूह की पृष्ठभूमि ध्वनि में इस बात पर बल डाला गया था कि चीर-फाड़ वास्तविक नहीं था बल्कि मात्र एक दिखावा था। तीसरे प्रयोगात्मक समूह की पृष्ठभूमि ध्वनि में इस बात पर बल डाला गया था कि उस जनजाति के सामाजिक रीतियों के अनुसार बच्चे को एक नागरिक बनने के लिए उस ढंग का चीर-फाड़ आवश्यक था। परिणाम में यह देखा गया कि पहले प्रयोगात्मक समूह के प्रयोज्यों में सांवेगिक उपद्रव (emotional disturbances) जैसे रक्त-चाप में वृद्धि संकेत, हृदय गति में वृद्धि, साँस की गति में अनियमितता आदि अन्य दोनों प्रयोगात्मक समूहों में हुए ऐसे सांवेगिक उपद्रव की अपेक्षा अधिक हुए। इस प्रयोग के परिणाम से संज्ञानात्मक मूल्यांकन सिद्धान्त को पूर्ण समर्थन मिलता है। तीनों प्रयोगात्मक समूह के सामने उद्दीपक एक ही था। यानी एक ही फिल्म को दिखलाया गया था। परन्तु भिन्न-भिन्न पृष्ठभूमि ध्वनि के कारण प्रयोज्यों ने एक ही फिल्म का मूल्यांकन भिन्न-भिन्न ढंग से किया। शायद यही कारण है कि पहले प्रयोगात्मक समूह के प्रयोज्यों में अन्य दो प्रयोगात्मक समूह के प्रयोज्यों की अपेक्षा अधिक संवेग उत्पन्न हुए।

संज्ञानात्मक मूल्यांकन सिद्धान्त के अनुसार संवेग का स्वरूप कार्यात्मक (functional) होता है। विशिष्ट मूल्यांकनों से विशिष्ट संवेग उत्पन्न होता है जो फिर व्यक्ति को उपर्युक्त व्यवहार करने के लिए प्रोत्साहित करता है। इस तरह से क्रोध संवेग व्यक्ति को उन उद्दीपकों को हटाने की प्रेरणा देता है जिससे चिड़चिड़ाहट (irritation) उत्पन्न होता है, दोष भाव व्यक्ति को व्यक्तिगत तथा सामाजिक मानकों के अनुरूप व्यवहार करने के लिए प्रोत्साहित करता है। इसके अतिरिक्त प्रत्येक संवेग के दैहिक उत्तेजन (physiological arousal) का एक विशिष्ट पैटर्न उत्पन्न होता है जो सम्भवतः व्यक्ति को समस्या से निबटने में मदद करता है तथा एक ही परिचय योग्य आनन अभिव्यक्ति के माध्यम से अपने अभिप्रेरण एवं इच्छाओं को दूसरे तक संचारित करने में मदद करती है। (स्मिथ, 1985)।

स्पष्ट हुआ कि संज्ञानात्मक मूल्यांकन सिद्धान्त की अपनी विशिष्टताएँ हैं। फिर भी आज मनोवैज्ञानिकों के बीच यह प्रश्न एक महत्त्वपूर्ण समस्या बनकर खड़ा ही है—क्या संज्ञान संवेग के लिए आवश्यक है? आगे आने वाले समय में किये जाने वाले शोधों से ही इस प्रश्न का सही उत्तर मिल पायेगा।

लिंडस्ले का सक्रियण सिद्धान्त (Lindsley's Activation theory)

संवेग के सक्रियण सिद्धान्त (activation theory) की व्याख्या लिंडस्ले (Lindsley, 1951) ने किया। इस सिद्धान्त के अनुसार संवेग प्रमस्तिष्क वल्क (cerebral cortex) के सक्रियण स्तर पर निर्भर करता है। लिंडस्ले के अनुसार सक्रियण स्तर (level of activation) चार तरह के होते हैं—शून्य स्तर (zero-level), निम्न स्तर (low level), उच्च स्तर (high level) तथा साधारण या मध्य स्तर (moderate level)। सक्रियण का शून्य स्तर (zero level) मृत्यु के बाद होता है। अतः इसके अध्ययन का कोई प्रश्न ही नहीं उठता है। निम्न स्तर (low level) नींद (sleep) के दौरान होते पाया जाता है। क्रोध, डर आदि तीव्र संवेगों में व्यक्ति का सक्रियण स्तर (high) होता है। सामान्य क्रियाओं जैसे पढ़ने-लिखने, खाने-पीने आदि के दौरान व्यक्ति का

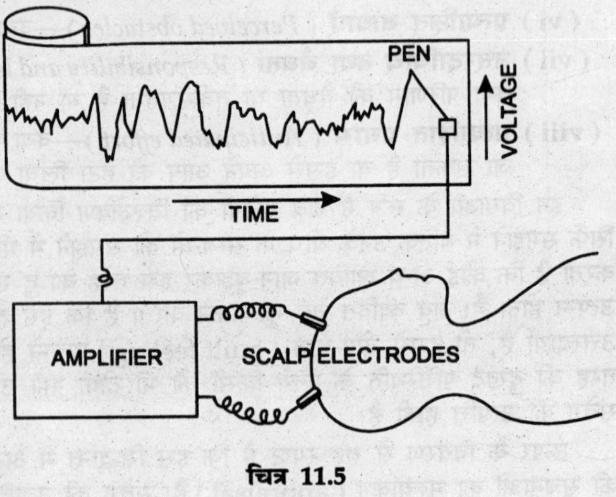

चित्र 11.5

सक्रियण स्तर साधारण (moderate) होंता है। इस तरह से स्पष्ट है कि व्यक्ति जब नींद की अवस्था में होता है तो उस समय सक्रियण का स्तर सबसे कम होता है और जब व्यक्ति तीव्र संवेग जैसे, क्रोध तथा भय आदि में होता है तो उस समय सक्रियण का स्तर काफी अधिक होता है। नींद के दौरान सक्रियण का स्तर निम्न होने के कारण यह है कि प्रमस्तिष्क वल्क (cerebral cortex) उस समय कम सक्रियण के स्तर पर होता है और क्रोध तथा भय आदि संवेग में सक्रियण का स्तर अधिक ऊँचा इसलिए होता है क्योंकि उस समय प्रमस्तिष्क वल्क अधिक सक्रिय होता है। लिंडस्ले ने अपने संवेग के सिद्धान्त में सक्रियण (activation) के इन दोनों छोरों (extremes) की व्याख्या काफी संतोषजनक रूप से की है।

लिंडस्ले का यह सिद्धान्त उन प्रयोगों एवं शोधकायों (researches) पर आधारित है जो एलेक्ट्रोएन्सीफैलेग्राम (Electroncephalogram या संक्षेप में EEG) से सम्बन्धित है। एलेक्ट्रोएन्सीफैलेग्राम से सम्बन्धित कुछ अध्ययन तो उन्होंने स्वयं किया तथा कुछ अध्ययन दूसरे मनोवैज्ञानिकों तथा विशेषज्ञों द्वारा किये गये थे। इन अध्ययनों से यह स्पष्ट हो गया कि प्रमस्तिष्क वल्क (cerebral cortex) के सक्रिय अवस्था में होने से उसमें कुछ विद्युतस्पन्दन (electrical beat) पैदा होता रहता है जिसे हम सामान्यतः मस्तिष्क तरंग (brain wave) कहते हैं। इस तरंग को जिस यंत्र द्वारा मापा जाता है, उसे *एलेक्ट्रोएन्सीफैलेग्राफ* (electroencephalograph या EEG) कहा जाता है जिसे चित्र 11.5 में दिखलाया गया है। सक्रियता (activation) के स्तर को ध्यान में रखते हुए यह कहा जाता है कि EEG में दो तरह के मस्तिष्क तरंगें (brain waves) बनते हैं—

(i) अल्फा मस्तिष्क तरंग (Alpha brain wave)

(ii) बीटा मस्तिष्क तरंग (Beta brain wave)

जब व्यक्ति आराम की अवस्था में होता है अर्थात् व्यक्ति का प्रमस्तिष्क वल्क (cerebral cortex) बहुत अधिक सक्रिय नहीं होता है, तो उस समय EEG द्वारा जो मस्तिष्क तरंग रेकार्ड किये जाते हैं, उसे अल्फा रंग (alpha waves) कहा जाता है, जिसकी ऊँचाई (amplitude) अधिक एवं नियमित (regular) होती है और जो प्रति सेकेण्ड 8 से 12 चक्र (cycle) की दर से उत्पन्न होता है। जब व्यक्ति में सक्रियण का स्तर बढ़ता है, तो अल्फा तरंग का बनना बन्द हो जाता है और उसकी जगह पर छोटी ऊँचाई की तरंगें जो प्रति सेकेण्ड 18 से 30 चक्र तक की होती है, बनना प्रारंभ हो जाता है। ऐसी तरंगें काफी तीव्रता से बनती है तथा अनियमित भी होती है। अल्फा तरंग (alpha wave) तथा बीटा तरंग (beta wave) को चित्र संख्या 11.6 में दिखलाया गया है।

लिंडस्ले का संवेग सिद्धान्त काफी विस्तृत (comprehensive) है और इसके अनुसार संवेग की उत्पत्ति एवं उसके अनुभव में मस्तिष्क के कई भागों जैसे रेटिकुलर फॉरमेशन (reticular formation), थैलमस, हाइपोथैलमस तथा कॉर्टेक्स या वल्क (cortex) का संयुक्त रूप से योगदान होता है। लिंडस्ले (Lindsley) द्वारा संवेग की व्याख्या काफी सरल है, जो इस प्रकार है—जब किसी संवेग उत्पन्न करने वाले उद्दीपक (stimuli) का व्यक्ति प्रत्यक्षण (perceive) करता है, तो इससे सुषुम्ना होते हुए स्नायु प्रवाह (nerve impulse) रेटिकुलर फॉरमेशन में पहुँचता है जिससे वह उत्तेजित हो जाता है। इसके परिणमस्वरूप रेटिकुलर फॉरमेशन स्नायु प्रवाह को थैलमस तथा हाइपोथैलमस में भेजता है जिससे फिर से दोनों उत्तेजित हो जाते हैं और वे स्नायु प्रवाह (nerve impulse) को कॉर्टेक्स या वल्क (cortex) में भेज देते हैं।

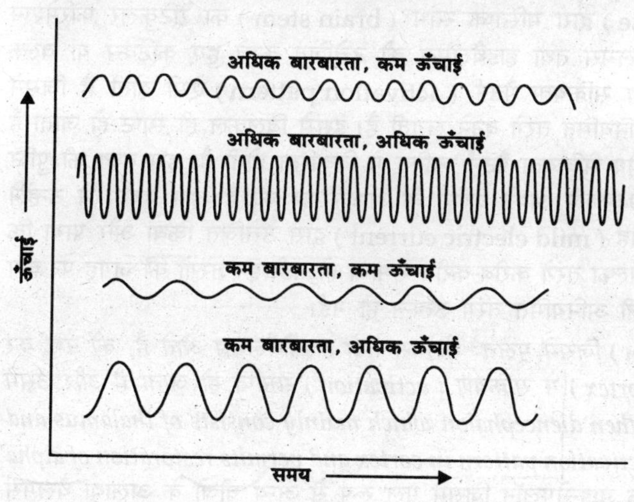

चित्र 11.6

कार्टेक्स में स्नायु प्रवाह के पहुँचने के बाद व्यक्ति को सांवेगिक् उत्तेजना (emotional excitement) का अनुभव होता है। इस सरलतम व्याख्या से यह स्पष्ट है कि लिंडस्ले ने संवेग तथा उससे सम्बन्धित सक्रियता (activation) का आधार रेटिकुलर फॉरमेशन (reticular formation) को माना है। यदि रेटिकुलर फॉरमेशन किसी कारण से उत्तेजित नहीं होता है, तो व्यक्ति में न तो संवेग ही होगा और न किसी प्रकार की क्रियाशीलता ही होते पायी जाएगी। दूसरे शब्दों में, इसके उत्तेजित होने पर ही व्यक्ति में क्रियाशीलता बढ़ती है और संवेग भी उत्पन्न होता है। इसके उत्तेजित होने पर व्यक्ति के मस्तिष्क से बीटा तरंगें (beta waves) अधिक निकलता है। लिंडस्ले (Lindsley, 1957) ने कुछ ऐसे प्रयोग किये हैं जिनमें पशु के रेटिकुलर फॉरमेशन को काटकर निकाल देने पर या पूर्णतः घायल कर देने पर वह सोया ही रह गया और अन्त में पशु नींद में मर भी गया। अतः रेटिकुलर फॉरमेशन का उत्तेजित होना ही लिंडस्ले सिद्धान्त के अनुसार संवेग की उत्पत्ति का कारण हैं। लिंडस्ले (Lindsley, 1957) अपने सिद्धान्त की व्याख्या निम्नांकित पाँच प्रमुख प्राक्कल्पनाओं (hypothesis) के रूप में किये हैं।

1. *संवेग में EEG एक विशेष सक्रियता पैटर्न (activation pattern) को बतलाता है जिसमें अल्फा तरंगें समाप्त होकर उसकी जगह पर कम ऊँचाई (low amplitude) की तेज तरंगें (fast waves) बनती हैं (EEG in emotion presents an activation pattern that is characterised by abolition of alpha waves and induction of low amplitude fast waves)*—लिंडस्ले का यह विचार था कि जब प्राणी में संवेग उत्पन्न होता है, तो उसमें एक खास प्रकार की सक्रियता पैटर्न (activation pattern) उत्पन्न होती है। इस पैटर्न के दौरान मस्तिष्क से EEG द्वारा रेकार्ड किए गए तरंग की एक खास विशेषता होती है। मस्तिष्क तरंगें अल्फा तरंगों के समान न होकर बीटा तरंगों यानी कम ऊँचाई की तेज तरंग के समान होता है। बर्गर (Berger, 1933) ने अपने प्रयोग के आधार पर इस तथ्य की पुष्टि की है। इन्होंने अपने अध्ययन में पाया है कि डर तथा चिन्ता के संवेग में अल्फा तरंगों का बनना समाप्त हो जाता है और उसकी जगह पर कम ऊँचाई वाली तीव्र तरंगें (बीटा तरंगें) बनना प्रारम्भ हो जाती है। जोस्ट (Jost, 1941) ने अपने अध्ययन में पाया कि कुण्ठा (frustration) की स्थिति में बच्चों में अल्फा तरंगे कम हो गयीं। इन अध्ययनों से स्पष्ट हो जाता है कि तीव्र संवेग में व्यक्ति में एक खास सक्रियता पैटर्न होती है जिसमें अल्फा तरंगें कम या खत्म होती पायी जाती है और इसके जगह पर वीटा तरंगें बनने लगतीं हैं।

2. *EEG में संवेग में होनेवाले सक्रियता पैटर्न को मस्तिष्क स्तंभ (brain stem) के रेटिकुलर फॉरमेशन (reticular formation) को उत्तेजित करके प्राप्त किया जा सकता है (The activiation pattern in EEG during an emotion can be reproduced by electrical stimulation of reticular formation)*—संवेगात्मक उत्तेजन (emotional stimulation) में स्नायु प्रवाह (nerve impulse) द्वारा मस्तिष्क स्तंभ (brain stem) का रेटिकुलर फॉरमेशन उत्तेजित हो जाता है। फिर, यहाँ से स्नायुप्रवाह थैलमस तथा हाइथैलमस को उत्तेजित करते हुए कॉर्टेक्स या वल्क (cortex) में पहुँचता है जिससे उत्पन्न होने वाला सक्रियता पैटर्न (activation pattern) ऐसी होती है जिसमें अल्फा तरंगें समाप्त होकर उसकी जगह पर तीव्र अनियमित तरंगें बनने लगतीं हैं। इससे बिलकुल ही स्पष्ट हो जाता है कि रेटिकुलर फॉरमेशन के उत्तेजित होने से ही विशेष सक्रियता पैटर्न व्यक्ति में विकसित होती है। इस तथ्य की पुष्टि मॉरोजी तथा मेगॉन (Moruzzi & Magoun, 1949) ने अपने प्रयोग के आधार पर की है। इस प्रयोग में उन्होंने बिल्ली के रेटिकुलर फारमेशन को हल्के विद्युत प्रवाह (mild electric current) द्वारा उत्तेजित किया और पाया कि बिल्ली में सक्रियता स्तर बढ़ गई और कार्टेक्स में अल्फा तरंगें करीब-करीब समाप्त हो गई। इन तरंगों की जगह पर कम ऊँचाई वाली एवं तेज और अधिक चक्र बनाने वाली अनियमित तरंगें उत्पन्न हो गई।

3. *जब प्राणी के डाइन्सेफलॉन (diencephalon) जिसमें मूलतः थैलमस तथा हाइपोथैलमस आते हैं, को नष्ट कर दिया जाता है, तो प्रमस्तिष्कीय वल्क (cerebal cortex) में सक्रियण (activation) समाप्त हो जाता है और उसमें अल्फा तरंगें पुनः बनना प्रारम्भ हो जाती है। (When diencephalon which mainly consists of thalamus and hypothalamus is destroyed, it abolishes the activation pattern in cortex and permits restoration of alpha waves)*—उपर्युक्त प्राक्कल्पना के अनुसार प्राणी के डाइन्सेफ्लॉन जिसमें मूल रूप से अन्य चीजों के अलावा थैलमस तथा हाइपोथैलमस प्रधान हैं, की सक्रियता (activation) व्यक्ति के संवेग में महत्त्वपूर्ण योगदान करते हैं। जैसा कि

ऊपर कहा गया है, रेटिकुलर फॉरमेशन तंत्रिका आवेग को थैलमस तथा हाइपोथैलमस में भेजता है जहाँ से फिर तंत्रिका आवेग प्रमस्तिष्कीय वल्क (cerebral cortex) में पहुँचता है और तब व्यक्ति को संवेगात्मक अनुभूति होती है। लिंडस्ले, बोडेन तथा मेगॉन (Lindsley, Bowden & Magoun, 1949) ने इस तथ्य की पुष्टि कुछ प्रयोगात्मक सबूतों (experimental evidences) को देकर किया है। इन लोगों ने अपने अध्ययन में पशु के डाइन्सेफलॉन को नष्ट कर दिया तो देखा कि पशु निष्क्रिय हो गए। उसके मस्तिष्क से अल्फा तरंगें (alpha waves) अधिक निकलने लगी और बीटा तरंगें समाप्त हों गयीं। इस तरह से पशु में डाइन्सेफलॉन को नष्ट कर देने से सक्रियण पैटर्न (activation pattern) समाप्त हो गयी तथा संवेगात्मक अनुभूति भी खत्म हो गई।

4. *प्राणी के हाइपोथैलमस तथा थैलमस को नष्ट कर देने पर जो सांवेगिक व्यवहार उत्पन्न होते हैं वे हाइपोथैलमस तथा थैलमस को उत्तेजित करने से उत्पन्न सांवेगिक व्यवहार के ठीक विपरीत होते हैं (The emotional behaviours assoicated with destruction of hypothalamus and thalamus are antithesis of emotional behaviours assoicated with stimulation of intact thalamus and hypothalamus)*—जब प्राणी का हाइपोथैलमस तथा थैलमस रोगग्रसित होने से या घायल होने से या अन्य किसी कारण से यदि कार्य नहीं करता, तो वैसी हालत में व्यक्ति में संवेगात्मक उदासीनता पाई जाती है और उसमें कुछ वैसे व्यवहार या लक्षण पाए जाते हैं जो ठीक संवेगात्मक स्थिति में उत्पन्न व्यवहार के विपरीत होते हैं। मनोवैज्ञानिक प्रयोग से यह स्पष्ट हो गया है कि ऐसी स्थिति में प्राणी में सुस्ती, निद्रालुता (somnolence), उदासीनता (apathy), स्तब्धि (catalepsy) आदि तीव्र हो जाते हैं।

5. *डाइन्सेफलॉन तथा निम्नमस्तिष्क स्तंभ (lower brain stem) के रेटिकुलर फॉरमेशन के प्रक्रम (mechanism) EEG के सक्रियता प्रक्रम (activation mechanism) के या तो समरूप (identical) होते हैं या परस्पर व्यापी (overlapping) होते हैं। (The mechanism of diencephalon and lower brain stem reticular formation is either identical with or overlaps the EEG activating mechanism)*—इस तथ्य के अनुसार डाइन्सेफलाँन (diencephalon) को विशेषकर हाइपोथैलमस तथा रेटिकुलर फॉरमेशन को यदि बिजली-प्रवाह (electric current) द्वारा उत्तेजित किया जाता है, तो इससे उत्पन्न सक्रियता-प्रक्रम (activation mechanism,) ठीक वैसा ही होता है जैसा EEG द्वारा प्राप्त सक्रियता-प्रक्रम होती है। रेनसन तथा मेगाऊन (Ranson & Magaun, 1939) ने इस तथ्य की पुष्टि अपने प्रयोगात्मक सबूत के आधार पर की है। इन्होंने यह भी बतलाया है कि डाइन्सेफलाँन को, विशेषकर हाइपोथैलमस को बिजली प्रवाह द्वारा उत्तेजित करने पर उसमें उत्पन्न उन्मोचन (discharge) एक ही साथ दो दिशाओं में जाता है। कुछ उन्मोचन ऊपर दिशा में जाते हैं और कार्टेक्स (cortex) में पहुँचते हैं जिससे व्यक्ति को संवेगात्मक अनुभूति (emotional experience) होती है। कुछ उन्मोचन निचली दिशा में चले जाते हैं जो मस्तिष्क स्तंभ (brain stem) तथा सुषुम्ना (spinal cord) होते हुए शरीर की भिन्न-भिन्न मांसपेशियों में चली जाती है। इससे व्यक्ति में संवेगात्मक व्यवहार एवं उससे सम्बन्धित भिन्न-भिन्न क्रियाएँ होतीं हैं। इस तरह के प्रयोगात्मक तथ्य से कैनन-बार्ड के सिद्धान्त की भी पुष्टि होती है क्योंकि उसमें भी हाइपोथैलमस से उत्पन्न उन्मोचन (discharge) की व्याख्या इस प्रकार की गयी है।

लिंडस्ले (Lindsley, 1957) द्वारा प्रतिपादित संवेग का यह सिद्धान्त मनोवैज्ञानिकों के बीच काफी चर्चित है। फलस्वरूप, लोगों ने इस सिद्धान्त के कुछ गुण-दोष बतलाये हैं। लिंडस्ले के सक्रियण सिद्धान्त के तीन प्रमुख *गुण* हैं, जो निम्नांकित हैं:—

(i) इस सिद्धान्त का सबसे महत्त्वपूर्ण गुण जैसा कि क्लीग्स (Kliggs, 1975) ने बतलाया है, यह है कि इसके द्वारा तीव्र तथा मंद संवेग दोनों की व्याख्या संतोषजनक रूप से ही जाती है। जैसा कि ऊपर किए गए वर्णन से स्पष्ट है, इस सिद्धान्त में संवेग की तीव्रता या मंदता सक्रियण-स्तर (activiation level) पर निर्भर करती है। यदि संवेगात्मक परिस्थिति में व्यक्ति में सक्रियण-स्तर कम होता है तो वैसी परिस्थिति में व्यक्ति में मंद संवेग उत्पन्न होता है परन्तु यदि किसी परिस्थिति में सक्रियण-स्तर अधिक होता है, तो व्यक्ति में तीव्र संवेग होता है। तीव्र क्रोध की अवस्था में सक्रियण-स्तर मंद क्रोध की अवस्था की अपेक्षा अधिक ऊँचा होता है।

(ii) इस सिद्धान्त में लिंडस्ले ने संवेगात्मक व्यवहार तथा असंवेगात्मक व्यवहार में गुण (quality) की नहीं

बल्कि मात्रा (quantity) का अंतर माना है। उनका कहना है कि संवेगात्मक व्यवहार असंवेगात्मक व्यवहार के विशेष गुण के ख्याल से भिन्न नहीं होता है। अन्तर सिर्फ इतना ही नहीं है कि जब उस संवेग से सम्बन्धित सक्रियण-स्तर (activation level) कम होता है तो वह व्यवहार असंवेगात्मक व्यवहार होता है परन्तु जब वही सक्रियण स्तर अधिक ऊँचा हो जाता है, तो वह व्यवहार संवेगात्मक व्यवहार होता है। अतः संवेगात्मक तथा असंवेगात्मक व्यवहार में सिर्फ सक्रियण-स्तर की मात्रा (अधिक या कम) का अन्तर होता है किसी प्रकार के गुण का नहीं। जब व्यक्ति में सक्रियण-स्तर अधिक ऊँचा होता है तो व्यक्ति को तीव्र संवेग का अनुभव होता है जिसमें उसका व्यवहार भी कुछ हद तक असंगठित हो जाता है। यही कारण है कि व्यक्ति तीव्र संवेग में (जैसे तीव्र क्रोध में) पागल-सा व्यवहार करने लगता है। दूसरी तरफ जब व्यक्ति में सक्रियण-स्तर कम होता है, तो व्यक्ति में हल्के संवेग का अनुभव होता है और उसका व्यवहार संगठित रहता है।

(iii) यह सिद्धान्त कैनन-बार्ड सिद्धान्त की अपेक्षा अधिक व्यापक तथा महत्त्वपूर्ण है क्योंकि संवेग की उत्पत्ति में हाइपोथैलमस के अलावा मस्तिष्क (brain stem) के अन्य हिस्सों तथा प्रमस्तिष्कीय कॉर्टेक्स (cerebral cortex) के महत्त्व को भी स्वीकार किया गया है।

इन गुणों के बावजूद भी इस सिद्धान्त में कुछ लोगों ने निम्नांकित *अवगुण* (demerit) बतलाये हैः—

(i) इस सिद्धान्त द्वारा तीव्र संवेग तथा मद संवेग की व्याख्या तो हो जाती है। परन्तु इन दोनों संवेगों के बीच का संवेग यानी साधारण संवेग (moderate emotion) की व्याख्या नहीं होती है। जैसा कि स्टीभेन्स[1] (Stevens,1951) ने कहा है कि, ''संक्षेप में सक्रियण सिद्धान्त छोर के (extreme) संवेगों की व्याख्या तो करता है, परन्तु बीच के तथा मिश्रित संवेगों को तुलनात्मक रूप से बिना व्याख्या किये ही छोड़ देता है।''

(ii) यदि लिंडस्ले के सिद्धान्त पर गौरपूर्वक ध्यान दें तो यह स्पष्ट हो जाता है कि इस सिद्धान्त में संवेग की व्याख्या कम तथा सक्रियण स्तर (activation level) की व्याख्या अधिक की गयी है। इस तरह की असंतुलित व्याख्या को ध्यान में रखते हुए कुछ मनोवैज्ञानिकों जैसे ओलमैन (Wolman, 1973) ने यहाँ तक टिप्पणी किया है कि लिंडस्ले के सिद्धान्त को संवेग का एक सामान्य सिद्धान्त कहने की अपेक्षा इसे सक्रियण (activation) का सिद्धान्त कहना अधिक युक्तिसंगत होगा।

(iii) लिंडस्ले (Lindsley) के सिद्धान्त में जब सक्रियण का स्तर अधिक होता है तो संवेग तीव्र होता है तथा जब सक्रियण का स्तर कम होता है तो संवेग हल्का होता है। कुछ मनोवैज्ञानिकों ने यह बतलाया है कि सक्रियण का स्तर घटने-बढ़ने से व्यक्ति में सिर्फ संवेग ही नहीं बल्कि अभिप्रेरण (motivation) का भी स्तर घटता बढ़ता है। अतः इन लोगों ने यह आपत्ति उठायी है कि लिंडस्ले के सिद्धान्त में संवेग तथा अभिप्रेरण के अन्तर को स्पष्ट नहीं किया गया है। किस तरह के सक्रियण स्तर (activation level) संवेग एवं अभिप्रेरण (motivation) से भिन्न है, इसे कहीं नहीं समझाया गया है।

(iv) लिंडस्ले के सिद्धान्त में कहीं भी संज्ञानात्मक कारकों (cognitive factors) जैसे पूर्व अनुभूति (past experience), प्रत्यक्षण (perception) आदि के महत्त्व को संवेग में नहीं दिखलाया गया। सच्चाई यह है कि स्कैकटर तथा सिंगर (Schachter & Singer, 1962), लेजारस (Lazarus, 1984) मैन्डलर (Mandler, 1980) ने अपने-अपने संवेग के सिद्धान्तों में यह दिखला दिया है कि संवेग की उत्पत्ति में सिर्फ शारीरिक परिवर्तनों (bodily changes) का नहीं बल्कि संज्ञानात्मक कारकों का भी महत्त्वपूर्ण हाथ होता है। लिंडस्ले ने अपने सिद्धान्त में ऐसे कारकों की चर्चा तक भी कहीं नहीं की है।

इन आलोचनाओं के बावजूद लिंडस्ले का सक्रियण सिद्धान्त (activation theory) एक महत्त्वपूर्ण सिद्धान्त है। मनोवैज्ञानिकों के बीच इस सिद्धान्त की मान्यता काफी अधिक है।

---

1. "In short, the activation theory appears to account for the extremes but leaves intermediate and mixed states relatively unexplained as yet"—Stevens (Ed.) *Handbook of experimental Psychology*, 1951, p.509.

विरोधी प्रक्रिया सिद्धान्त
(Opponent-Process Theory)

मनोवैज्ञानिक अध्ययनों से यह स्पष्ट हुआ है कि संवेग स्थिर (static) नहीं होते हैं। समय बीतने के साथ वे परिवर्तित होते हैं, वे एक दूसरे के साथ मिश्रित हो जाते हैं जिससे व्यक्ति में एक जटिल भाव (complex feeling) उत्पन्न हो जाता है। अभी हाल में मनोवैज्ञानिकों द्वारा एक ऐसा सिद्धान्त विकसित किया गया है जो संवेग के इस गत्यात्मक गुणों (dynamic qualities) को अपने में सम्मिलित कर व्याख्या करता है। संवेगात्मक गत्यात्मकता (emotional dynamics) के इस सिद्धान्त को विरोधी-प्रक्रिया सिद्धान्त (opponent process theory) की संज्ञा दी गयी है।

सोलोमोन (Solomon, 1980) तथा सोलोमोन तथा कारविट (Solomon & Corbit, 1974) ने इस सिद्धान्त की व्याख्या प्रस्तुत करते हुए कहा है कि प्रत्येक संवेग उत्पन्न करने वाला उद्दीपक एक ही साथ दो तरह की प्रतिक्रियाएँ (reactions) व्यक्ति में पैदा करती है—पहले को प्राथमिक प्रक्रिया (primary process) तथा दूसरे को विरोधी प्रक्रिया (opponent process) कहा जाता है। *प्राथमिक प्रक्रिया* संवेग उत्पन्न करने वाले उद्दीपक के प्रति एक अनार्जित (unlearnt) एवं स्वतः (automatic) प्रतिक्रिया होती है। प्राथमिक अवस्था सुखद या विरुचिकर (aversion) कुछ भी हो सकती है। उदाहरणस्वरूप, यदि उद्दीपक कुछ ऐसा है जिससे व्यक्ति को आघात पहुँचता है, तो इससे डर (fear) या विरुचि (aversion) की प्राथमिक अवस्था (primary state) उत्पन्न होगी। दूसरे तरफ, अगर उद्दीपक सुखद (pleasent) है, तो प्राथमिक अवस्था आनन्द (pleasure) या उल्लास (euphoria) की होगी। प्राथमिक अवस्था की मुख्य विशेषता यह है कि यह बहुत जल्द ही अधिकतम तीव्रता की बिन्दु पर पहुँच जाती है तथा उद्दीपक के हटते ही तुरन्त ही इसकी तीव्रता बहुत कम हो जाती है।

संवेग उत्पन्न करने वाले उद्दीपक से एक दूसरी प्रक्रिया जो पहली प्रक्रिया के विपरीत होती है, उत्पन्न होती है। इसे *विरोधी प्रक्रिया* (opponent process) कहा जाता है। इससे प्राथमिक अवस्था के विपरीत सांवेगिक अवस्था व्यक्ति में उत्पन्न होती है। अतः जब किसी उद्दीपक द्वारा उत्पन्न प्राथमिक अवस्था डर या विरुचि का होता है, तो उसकी विरोधी प्रक्रिया सुख या उल्लास (euphoria) का होगा। ठीक इसके विपरीत, यदि प्राथमिक अवस्था सुख का होगा, तो विरोधी प्रक्रिया डर या विरुचि का होगा। इस विरोधी प्रक्रिया की एक मुख्य विशेषता जो उसे प्राथमिक प्रक्रिया से भिन्न करती है, यह है कि उसकी शुरूआत धीरे होती है तथा ह्रास (decline) भी धीरे-धीरे होती है। इसका मतलब यह हुआ कि तो विरोधी प्रक्रिया (opponent process) प्राथमिक प्रक्रिया से कम तीव्र होता है। परन्तु जब व्यक्ति के सामने उस उद्दीपक को बार-बार उपस्थित किया जाता है, तो फिर विरोधी प्रक्रिया की तीव्रता धीरे-धीरे बढ़ने लगती है।

विरोधी प्रक्रिया सिद्धान्त के अनुसार व्यक्ति द्वारा अनुभव किया गया संवेग प्राथमिक प्रक्रिया तथा विरोधी प्रक्रिया का बीजगणितीय योग (algebraic summation) होता है। कुछ हद तक विरोधी प्रक्रिया प्राथमिक प्रक्रिया की तीव्रता को कम करता है। इसे चित्र 11.7 में दिखलाया गया है। इस चित्र के 'अ' भाग में प्राथमिक अवस्था खुशी या आनन्द (joy) का है। इस चित्र के 'ब' भाग में प्राथमिक अवस्था डर या विरुचि का है। चित्र का छायित अंश (shaded area) द्वारा महसूस किया गया संवेग को दिखलाया गया है अर्थात् प्राथमिक प्रक्रिया तथा विरोधी प्रक्रिया के योग को दिखलाया गया है। जब संवेग उत्पन्न करने वाला उद्दीपक पहली बार व्यक्ति के सामने आता है, तो प्राथमिक अवस्था की प्रबलता अधिक होती है क्योंकि यह बहुत तेजी से अपने तीव्रता के अधिकतम बिन्दु पर पहुँच जाता है। जैसे-जैसे समय बीतता जाता है, विरोधी प्रक्रिया तीव्रता के अधिकतम बिन्दु पर पहुँचने लगता है तथा अनुभव किया गया संवेग की तीव्रता घटने लगती है क्योंकि कुल प्रभाव (net effect) अर्थात् प्राथमिक तथा विरोधी प्रक्रिया का संयुक्त प्रभाव धीरे-धीरे घटने लगता है।

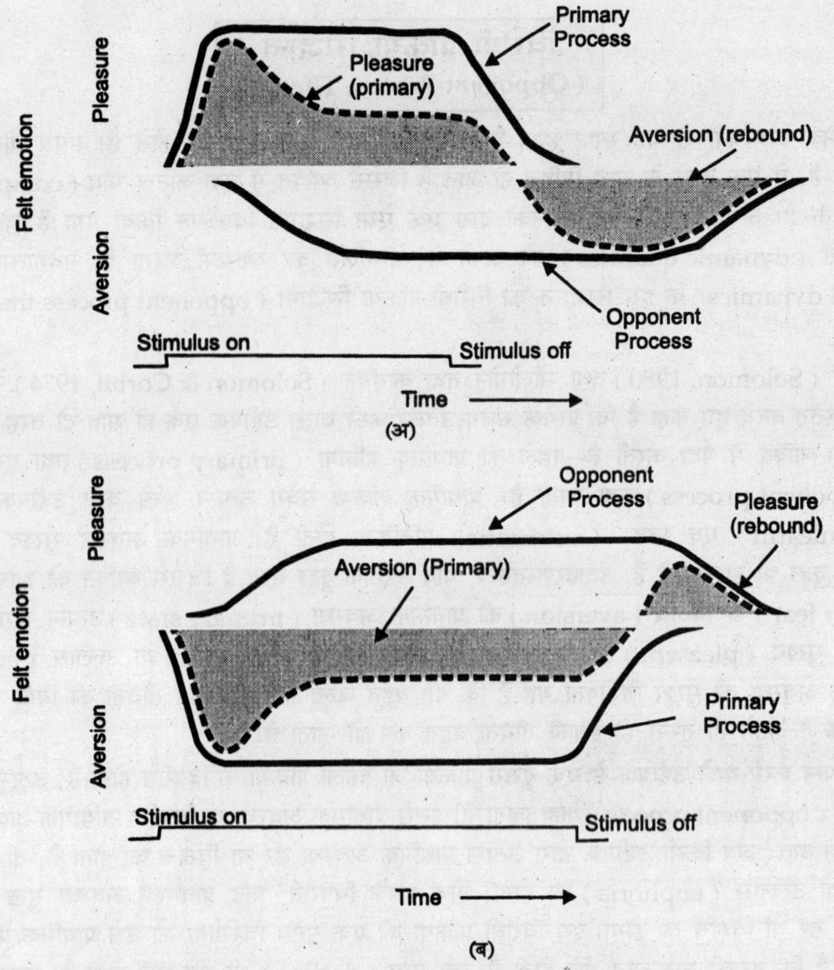

चित्र 11.7 : संवेग में प्राथमिक एवं विरोधी प्रक्रिया

ऐसा भी सम्भव कभी-कभी होता है कि उद्दीपक अचानक व्यक्ति के समाने से हटा दिया जाता है या हट जाता है, तो वैसी अवस्था में प्राथमिक अवस्था तुरन्त शून्य बिन्दु पर आ जाता है परन्तु विरोधी प्रक्रिया की तीव्रता काफी धीरे-धीरे घटती है। ऐसी परिस्थिति में प्राथमिक अवस्था अनुपस्थित होने पर भी विरोधी अवस्था सक्रिय होती है तथा अनुभव किया गया संवेग (दोनों अवस्थाओं का बीजगणितीय योग) मूलतः विरोधी अवस्था का ही होता है। इसे *प्रतिक्रिया प्रभाव* (rebound effect) कहा जाता है।

संवेग के इस सिद्धान्त का उपयोग विभिन्न परिस्थितियों में जैसे पाराशुटिस्ट (parachutists), औषध व्यसनी (drug addict) तथा रक्तदाता (blood donor) के संवेगात्मक अनुभूतियों की व्याख्या करने में सफलतापूर्वक किया गया है। इस तथ्य का खुलासा इपस्टीन (Epstein, 1967), सोलोमोन (Solomon, 1967) कैल्लेरियो एवं इभान्स (Callero & Evans, 1992) के अध्ययनों से हुआ है। जैसे, एक नया पाराशुटिस्ट का ही उदाहरण लिया जाय। ऐसे पाराशुटिस्ट में जैसे-जैसे पहली बार कूदने का समय नजदीक आता जाता है, डर (fear) बढ़ता जाता है। यह प्राथमिक प्रक्रिया (primary process) का उदाहरण है। जैसे ही व्यक्ति द्वारा कूदने की अनुक्रिया कर ली जाती है, प्राथमिक प्रक्रिया समाप्त होकर शून्य पर आ जाती है और चूंकि उसका विरोधी प्रकिय्रा (खुशी) कुछ समय के लिए जारी रहती है, पाराशुटिस्ट में एक प्रतिक्रिया प्रभाव (rebound effect) अनुभव होता है। प्रथम कुछ बार कुदने पर प्रतिक्रिया प्रभाव तीव्र नहीं होती है क्योंकि इस परिस्थिति के आनन अभिव्यक्ति तथा मनोदशा प्रश्नावली (mood questionnaire)

से मिलने वाले तथ्यों से यह पता चलता है कि वे खुश न होकर हक्का-बक्का या भौचक ही रहता है। परन्तु कई बार कूदने के बाद, कूदने के पहले अनुभव किया जाने वाला डर (संवेग) की मात्रा कम हो जाती है (क्योंकि विरोधी अवस्था का भी प्रभाव हो जाती है)। परन्तु कूदने के बाद अनुभव किया गया संवेग अत्यन्त ही उल्लास (euphoria) का ही होता है। संक्षेप में, इस तरह कहा जा सकता है कि विरोधी-प्रक्रिया सिद्धान्त यह बतलाया है कि भौतिकी का यह नियम कि प्रत्येक क्रिया की एक प्रतिक्रिया होती है, संवेग पर भी लागू होता है। प्रत्येक संवेगात्मक क्रिया से एक प्रतिक्रिया उत्पन्न होती है और यह क्रम (cycle) का हमारे व्यवहार पर काफी सार्थक प्रभाव पड़ता है।

मनोवैज्ञानिकों ने इस सिद्धान्त पर टिप्पणी करते हुए कहा है कि संवेग में विरोधी प्रक्रिया (opponent process) क्यों होती है, इनका उत्तर हमें संतोषजनक ढंग से नहीं मिलती है।

झूठ संसूचन
(Lie Detection)

कई मनोवैज्ञानिकों द्वारा यह दिखाने की कोशिश की गयी है कि प्रत्येक संवेग में एक निश्चित तरह का दैहिक परिवर्तन या प्रतिक्रियाएँ (physiological changes or reactions) होतीं है। कहने का तात्पर्य यह है कि संवेग को दैहिक प्रतिक्रियाओं (physiological reaction) के रूप में विभेदित किया जा सकता है। दैहिक प्रतिक्रियाओं के बारे में जानकारी हम संवेगात्मक व्यवहार के आधार पर आसानी से लगा सकते हैं। इसी पूर्वकल्पना (assumption) से प्रभावित होकर मनोवैज्ञानिकों ने यह प्रश्न उठता है क्या इन दैहिक प्रतिक्रियाओं (physiological reaction) के आधार पर हम यह समझ सकते हैं कि व्यक्ति झूठ बोल रहा है या कुछ छिपा कर धोखा दे रहा है? मनोवैज्ञानिकों ने इस प्रश्न के पीछे छिपी हुई पूर्वकल्पना (assumption) यह है कि झूठ बोलने से संवेगात्मक उत्तेजन (emotional excitement) व्यक्ति में उत्पन्न होता है और जब संवेग को दैहिक परितर्वनों के अधार पर जाना जा सकता है, तो झूठ बोलने के संवेगात्मक व्यवहार को भी इन दैहिक परिवर्तनों के आधार पर जाना जा सकता है। अगर कोई व्यक्ति से ऐसे प्रश्न पूछे जाने पर अधिक उत्तेजन दिखाता है जिसके बारे में झूठ बोलने की सम्भावना है परन्तु वैसे प्रश्न पूछे जाने पर उत्तेजन न के बराबर दिखाता है, जिसके बारे में झूठ बोलने की सम्भव नहीं है तो निश्चित रूप से इस दैहिक उत्तेजन के आधार पर झूठ बोलने की पहचान की जा सकती है। मनोवैज्ञानिकों ने जिस उपकरण द्वारा दैहिक उत्तेजन के आधार पर झूठ बोलने की पहचान करने की कोशिश की है, उसे *पॉलिग्राफ* (polygraph) या *झूठ संसूचक* (lie detector) कहा गया है। पॉलिग्राफ एक ऐसा उपकरण है जिसके सहारे एक ही साथ कई तरह की दैहिक अनुक्रियाएँ जो स्वायत्त तंत्रिका तंत्र के उत्तेजित होने के फलस्वरूप होतीं हैं, मापा जाता है। कुछ प्रमुख दैहिक परिवर्तन जो इस उपकरण द्वारा एक साथ मापे जाते हैं, इस प्रकार हैं—हृदय गति में परिवर्तन, रक्तचाप में परिवर्तन, श्वसन गति (respiration rate) में परिवर्तन तथा GSR (Galvanic skin response) में परिवर्तन।

पॉलिग्राफ द्वारा झूठ बोलने के व्यवहार के बारे में पता लगाने की मानक प्रविधि (standard technique) इस प्रकार है—

प्रयोज्य (subject) को बैठाकर उसके छाती, बाँह एवं हाथ की अंगुलियों पर एल्क्ट्रोड लगा दिया जाता है जिनका सम्बन्ध पॉलिग्राफ (Polyghaph) से होता है। सबसे पहला रेकॉर्डिंग तब किया जाता है जब वह आराम परिस्थिति में या शांत अवस्था में होता है। इस रेकार्डिंग का उद्देश्य एक तरह का आधार रेखा (baseline) प्राप्त करना होता है ताकि बाद के अनुक्रियाओं की तुलना इससे करके किसी निश्चित निष्कर्ष पर पहुँचा जा सके। इसके बाद प्रयोगकर्त्ता प्रयोज्य से सावधानीपूर्वक तैयार किये गये प्रश्नों को पूछता है जिनका उत्तर उन्हें 'हाँ' या 'नहीं' में देना होता है। ऐसे प्रश्न तीन तरह के होते हैं— *संकटपूर्ण* (critical), *नियंत्रित* (control) तथा *तटस्थ* (neutral)। संकटपूर्ण प्रश्न वैसे प्रश्न होते है जिनके उत्तर देने में दोषी व्यक्ति निश्चित रूप से झूठ बोलेगा (जैसे, किसी व्यक्ति से यदि यह प्रश्न किया जाय कि क्या आपने कभी डकैती की है?) नियंत्रित प्रश्न वैसे प्रश्नं को कहा जाता है जिसमें निर्दोष व्यक्ति को भी झूठ बोलने की संभावना होती है। (क्या आपने कभी ऐसे चीजों को अपने पॉकिट में रख लिया है जो आपके नहीं हैं?) तटस्थ प्रश्न वैसे प्रश्न को कहा जाता है जिसका उत्तर देने में कोई भी व्यक्ति झूठ बोल सकता है (जैसे, क्या आप शहर में रहते हैं?) नियंत्रित प्रश्नों तथा तटस्थ प्रश्नों के बीच-बीच में संकटपूर्ण प्रश्न पूछे जाते हैं। ऐसे प्रश्न में सबसे अधिक दैहिक उत्तेजन (physiological arousal) सिर्फ संकटपूर्ण प्रश्नों के उत्तर देने में उन्हीं व्यक्तियों में पाया जाता है जो दोषी (guilty) होते हैं।

परन्तु पॉलीग्राफ के परिणाम को मनोवैज्ञानिकों ने पूर्णतः वैध मानने से इनकार कर दिया है। कुछ मनोवैज्ञानिकों ने कई प्रयोगों के आधार पर यह स्पष्टतः दिखा सकने में सफल हो पाये कि पॉलीग्राफ या झूठ संसूचक (lie detector) द्वारा सिर्फ शारीरिक उत्तेजन (physiological arousal) को मापा जाता है न कि इस बात का कि व्यक्ति कहाँ तक सच बोल रहा है। लाईक्केन (Lykken, 1985) ने अपने अध्ययन के आधार पर यह स्पष्टतः दिखलाया है कि कई तरीकों से व्यक्ति अपनी दैहिक प्रतिक्रियाओं (physiological reaction) को प्रभावित कर सकता है। जैसे, कोई व्यक्ति अपनी माँसपेशियों को कड़ा कर सकता है, श्वसन गति को थोड़े समय के लिए इच्छानुसार परिवर्तित कर सकता है। इन सब का परिणाम यह होगा कि पॉलिग्राफ के रेकार्डिंग में पर्याप्त परिवर्तन हो जाएँगे। इन सबों के बावजूद उनके द्वारा दिये गये उत्तरों का सम्बन्ध सच्चाई से नहीं भी हो सकता है। एक निर्दोष व्यक्ति उपकरण की मात्र प्रारम्भिक तैयारी के डर कर घबड़ा जा सकता है और तब उसमें दैहिक उत्तेजन के स्तर में वृद्धि हो जा सकता है। इस तरह से एक दोषी व्यक्ति एवं ऐसी परिस्थिति से अभ्यस्त व्यक्ति इस तरह की परिस्थिति में तनिक भी नहीं घबड़ा सकता है। फलस्वरूप, उसमें दैहिक उत्तेजन तनिक भी नहीं होगा। इन कठिनाइयों के आलोक में मनोवैज्ञानिकों का सामान्य मत यह रहा है कि पॉलिग्राफ या झूठ संसूचक पर अधिक भरोसा नहीं किया जा सकता है और झूठ की पहचान करने में मात्र यह एक भ्रामक सूचक (misleading index) ही है।

इन कठिनाइयों के कारण मनोवैज्ञानिकों ने झूठ संसूचक (lie detector) के रूप में एक दूसरी प्रविधि का उपयोग किया है जिसे *आवाज-तनाव विश्लेषक* (voice-stress analyzer) कहा जाता है। इस प्रविधि में संवेगात्मक स्थिति में व्यक्ति की आवाज (voice) में होनेवाले विशेष परिवर्तनों को जिन्हें मानव कान सामान्यतः ग्रहण नहीं कर पाता है, को मापा जाता है। वाक्तन्तु (vocal cords) की मांसपेशियों तथा अन्य सभी माँसपेशियों में हल्का कम्पन होता है। जब व्यक्ति किसी तरह के दबाव में होता है तो इन सभी कम्पनों (tremors) को स्वायत्त तंत्रिका तंत्र (autononic nervous system) के कार्य द्वारा दबा दिया जाता है। ऐसे कम्पनों को टेपरेकार्डिंग किया जाता है। आवाज तनाव विश्लेषक (voice-stress analyzer) के माध्यम से टेप को बजाया जाता है और उस आवाज की दृष्टि प्रतिलिपिक आलेख पर बनना प्रारम्भ हो जाता है। एक शांत एवं तनावरहित वक्ता के आवाज में वाक्तन्तु (vocal cord) का कम्पन एक अशांत एवं संवेगात्मक रूप से तनावग्रस्त वक्ता के आवाज में वाक्तन्तु का कम्पन से भिन्न होता है। इन कम्पनों से बनने वाले आलेख को देखकर यह आसानी से अंदाज लगाया जा सकता है कि वक्ता (speaker) में संवेगात्मक परिवर्तन हो रहा है या नहीं। झूठ बोलने पर व्यक्ति में संवेगात्मक परिवर्तन होंगे और उनका आलेख एक विशिष्ट प्रकार अर्थात् कुछ दबा हुआ (supressed) दीखता है जैसा कि चित्र 11.8 के दायें हाथ तरफ के आलेख में दिखलाया गया है। शांत एवं तनावरहित वक्ता के वाक्तन्तु के कम्पन का रिकार्डिंग चित्र 11.8 में बायें हाथ तरफ के आलेख के समान होता है।

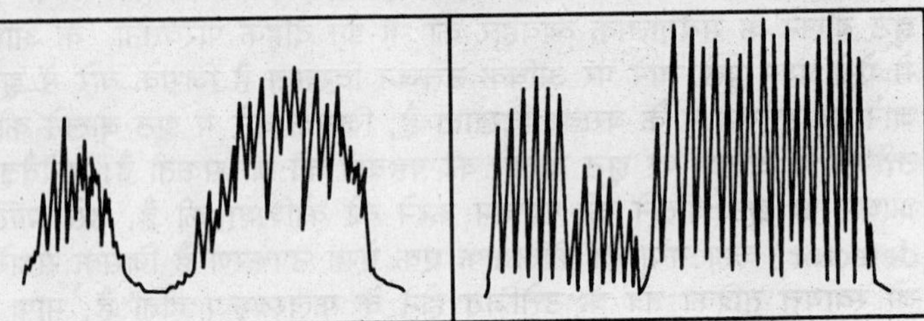

चित्र 11.8 : आवाज तनाव विश्लेषक द्वारा किया गया आवाज आलेख

आवाज-तनाव विश्लेषण के अलावा दीपोलो, स्टोन एवं लास्सिटर (Depaulo, Stone & Lassiter, 1985) ने दिन प्रतिदिन की जिन्दगी में उपयोग होनेवाले कुछ अशब्दिक संकेतों (nonverbal cues) के महत्त्व पर प्रकाश डाला है जिसके आधार पर हम यह निश्चित कर सकते हैं कि व्यक्ति सच बोल रहा है या झूठ बोल रहा है। ऐसे *अशाब्दिक संकेतों* (nonverbal cues) में निम्नांकित चार प्रमुख हैं:—

(i) पहले श्रेणी में कुछ ऐसे अशाब्दिक संकेत हैं जो संवेग या विशेष तरह के भाव (feeling) दिखाने वाले व्यक्ति के चेहरे पर अल्पावधि अर्थात् लगभग 100 मिलीसेकंड के लिये दिखाई देते हैं। ऐसे संकेतों को माइक्रो अभिव्यक्ति (micro expression) कहा जाता है। एकमैन एवं फ्रिसेन (Ekman & Freiesen, 1975) के अनुसार इस तरह की अभिव्यक्ति से व्यक्ति के संवेग के बारे में एक सफल अंदाज लगाया जा सकता है।

(ii) दूसरे श्रेणी में उन संकेतों को रखा गया है जो आवाज (voice) से सम्बन्धित होते हैं। जुकरमैन तथा उनके सहयोगियों (Zuckerman et al; 1981) का मत है कि जब व्यक्ति झूठ बोलता है, तो उसके आवाज का तारत्व (pitch) थोड़ा बढ़ जाता है। इसके बाद व्यक्ति जब किसी वाक्य को बोलना प्रारम्भ करता है, फिर रूक जाता है और फिर उसे प्रारंभ करता है, तो उससे इसकी और भी पुष्टि होती है कि वह

कुछ छिपा कर धोखा देना चाह रहा है। इस तरह के अशाब्दिक संकेत (nonverbal cue) को आवाज तारत्व (voice pitch) की संज्ञा दी गयी है।

(iii) तीसरे श्रेणी के अशाब्दिक संकेत को *नेत्र सम्पर्क* (eye contact) कहा गया है। क्लिनकी (Klienke, 1986) के अनुसार नेत्र सम्पर्क पर भी ध्यान देने से यह पता चल जाता है कि व्यक्ति झूठ बोल रहा है या धोखा देने की कोशिश कर रहा है। जब व्यक्ति सीधे दूसरे से नेत्र सम्पर्क करने से भागता है या अपना पलक मटमटाता है, तो यह समझ जाता है कि व्यक्ति कुछ झूठ बोल रहा है।

(iv) चौथे श्रेणी में जिस अशब्दिक संकेत को रखा गया है उसे अनुकूलक (adaptors) कहा गया है। अनुकूलक से तात्पर्य हाथ के वैसे गतियों (movements) से होता है जिसमें वे कुछ बोलते समय शरीर के भिन्न-भिन्न भागों को छूते हैं। जेब्रोविज (Zebrowitz, 1991) के अध्ययन के अनुसार जब व्यक्ति अधिक संख्या में बार-बार अनुकूलक व्यवहार दिखाता है तो यह समझा जाता है कि वह झूठ बोल रहा है या कुछ छिपाकर धोखा देने की कोशिश कर रहा है।

स्पष्ट हुआ कि झूठ संसूचक (lie detection) कार्य में आजकल पॉलिग्राफ (polygraph) की अहं भूमिका नहीं रह गयी है। इसके जगह पर आवाज-तनाव विश्लेषण (voice stress analyzer) तथा कुछ अशाब्दिक संकेतों (nonverbal) का ही उपयोग अधिक होने लगा है।

संवेग एवं संज्ञान
(Emotion and Cognition)

मनोवैज्ञानिकों ने संवेग (emotion) तथा संज्ञान (cognition) के सम्बन्ध के बारे में जानना चाहा है। वे जानना चाहें हैं कि क्या संवेगात्मक अनुभूतियों जैसे क्रोध, डर, प्रेम आदि से हमारा चिन्तन, प्रत्यक्षण, स्मृति आदि प्रभावित होता है? क्या जब हम क्रोधित होते हैं, तो उस समय का प्रत्यक्षण, चिन्तन आदि सामान्य अवस्था से भिन्न होता है? क्या हमलोग खुश रहते हैं तो अच्छी-अच्छी बातें सोचते हैं? उसी तरह क्या संज्ञानात्मक प्रक्रियाओं का भी प्रभाव संवेग पर पड़ता है? क्या जब हम अच्छी-अच्छी बातें सोचते है, याद करते है तो उस समय हमें अधिक खुशी होती है? क्या हमलोग कोई अनुचित एवं अनैतिक बात सोचते हैं, तो हमें कुछ दुःख का संवेग होता है। जहाँ तक दिन-प्रतिदिन के अनुभव का सवाल है, हम अनौपचारिक रूप से यह कह सकते हैं, कि संवेग तथा संज्ञान (cognition) के बीच दो तरफा सम्बन्ध है अर्थात् संवेग संज्ञान भी संवेग को प्रभावित करता है। इन अनौपचारिक सबूतों के अलावा मनोवैज्ञानिकों द्वारा इन दोनों के बीच के सम्बन्ध पर प्रकाश डालने के लिए बहुत सारे प्रयोगिक सबूत इकट्ठा किए गए हैं। अतः हम यहाँ इन प्रायोगिक सबूतों पर अलग-अलग विचार करेंगे।

1. संज्ञान पर संवेग का प्रभाव (*Impact of emotion upon cognition*)—दिन-प्रतिदिन की अनुभूतियाँ तो यह साक्ष्य देतीं ही है कि व्यक्ति का वर्तमान सांवेगिक एवं भावनात्मक स्थिति उसके चिंतन एवं प्रत्यक्षण को प्रभावित करता है। कुछ मनोवैज्ञानिक अध्ययन भी ऐसे हैं जिनसे इस तथ्य की संपुष्टि होती है। इसेन एवं शल्कर (Isen & Shalker, 1982) ने एक अध्ययन किया जिसमें यह पाया गया कि जब व्यक्तियों में धनात्मक भाव (positive feeling) होते हैं, तो वे अस्पष्ट उद्दीपकों (ambiguous stimuli) का प्रत्यक्षण एवं उसका मूल्यांकन अधिक अनुकूल ढंग से करते हैं। परन्तु जब उसमें ऋणात्मक भाव होते हैं, वे इन उद्दीपकों का प्रत्यक्षण एवं मूल्यांकन प्रतिकूल ढंग से करते हैं। बेरोन (Baron, 1987) के अनुसार, धनात्मक मनोदशा की स्थिति में होने पर प्रयोज्यों ने उन आवेदकों को साक्षात्कार में अधिक अनुकूल रेटिंग किये जिनकी योग्यता (qualification) कुछ अस्पष्ट थीं परन्तु ऋणात्मक मनोदशा (negative mode) में होने पर वे इन आवेदकों को साक्षात्कार में उतना अधिक अनुकूल रेटिंग नहीं किये।

व्यक्ति के भावनात्मक मनोदशा का प्रभाव सिर्फ प्रत्यक्षण एवं मूल्यांकन करने की क्षमता पर ही नहीं बल्कि अन्य पहलुओं जैसे स्मृति (memory), सर्जनात्मकता (creativity) तथा जोखिम उठाने का व्यवहार (risk-taking behaviour) पर भी पड़ता है। इसेन (Isen, 1987) ने यह स्पष्ट रूप से बतलाया है कि धनात्मक अवस्था तथा भावात्मक अवस्था का प्रभाव व्यक्ति के स्मृति पर स्पष्ट रूप से पड़ता है। जो सूचनाएँ व्यक्ति के वर्तमान भावात्मक अवस्था के अनुकूल होते हैं, उसे व्यक्ति अधिक दिनों तक याद किये रहता है तथा जो सूचनाएँ व्यक्ति के वर्तमान भावात्मक अवस्था के प्रतिकूल होते हैं, उसे व्यक्ति अधिक दिनों तक याद नहीं रख पाता है। जब व्यक्ति की मनोदशा

(mood) उत्तम होती है, तो प्रायः व्यक्ति दूसरी घटनाओं या व्यक्तियों के बारे में अच्छी-अच्छी बातों को याद कर सकने में सफल होता है। इस तथ्य का आशय उन व्यवस्थापकों या कार्यापालकों के लिए अधिक है जिन्हें अपने कर्मचारियों का निष्पादन मूल्यांकन (performance appraisal) करना पड़ता है। जब व्यवस्थापक या कार्यपालक उत्तम मनोदशा में होते हैं, तो वे अपने तहत कार्यरत कर्मचारियों के बारे में अधिक-से अधिक धनात्मक सूचना को याद कर पाने में सफल हो पाते हैं और उनका धनात्मक रेटिंग करते हैं। दूसरी तरफ जब उनकी मनोदशा खराब होती है, तो वे उन कर्मचारियों के बारे में ऐसा करने में सफल नहीं हो पाते हैं और उनका धनात्मक रेटिंग करते हैं। दूसरी तरफ जब उनकी मनोदशा खराब होती है, तो वे उन कर्मचारियों के बारे में ऐसा करने में सफल नहीं हो पाते हैं और सम्भव है कि वे ऐसी मनोदशा के कारण उनका कुछ ऋणात्मक रेटिंग भी कर दे। इसेन तथा उनके सहयोगियों (Isen et al., 1987) ने अपने अध्ययन के आधार पर यह भी बतलाया है कि जब व्यक्ति की मनोदशा उत्तम होती है तो वे सर्जनात्मक समस्या समाधान (creative problem solving) अधिक करते हैं परन्तु जब वे तटस्थ मनोदशा में होते हैं, तो वे इस तरह का समाधान अधिक नहीं कर पाते हैं। एस्ट्राडा, इसेन एवं यंग (Estrada, Isen & Young, 1995) ने अपने अध्ययन के आधार पर यह बतलाया है कि जब व्यक्ति खुशी की मनोदशा में होता है, तो उसमें अच्छे-अच्छे एवं नये विचार-काफी आते हैं जिनसे उनमें सर्जनात्मकता (creativity) में वृद्धि हो जाती है।

धनात्मक मनोदशा तथा ऋणात्मक मनोदशा का प्रभाव व्यक्ति द्वारा जोखिम उठाने के व्यवहार पर भी पड़ता है। सामान्यतः यह समझा जाता है कि उत्तम मनोदशा होने पर व्यक्ति जोखिम उठाने का व्यवहार अधिक करेगा परन्तु खराब मनोदशा होने पर वह ऐसा व्यवहार कम करेगा। परन्तु वास्तविकता इतनी सरल न होकर जटिल (complex) है। सचमुच में, व्यक्ति की मनोदश्याा जब उत्तम एवं सुखदायी (pleasant) होती है, तो वह ऐसे व्यवहार के बारे में तथा उसमें सम्मिलित सम्भावित हानियों (potential losses) के बारे में अधिक सोचता है जो उत्तम मनोदशा में एक तरह से बाधक होता है। अतः उत्तम मनोदशा में रहने पर व्यक्ति जोखिम उठाने वाला व्यवहार उस परिस्थिति की तुलना में कम करेगा जब उसकी मनोदशा उसके विपरीत होगी। इस क्षेत्र में किए गए शोधों से दोनों तरह के व्यवहारात्मक पैटर्न के होने का पता चला है। अर्क्स, हेर्रेन एवं इसेन (Arkes, Herren & Isen, 1988) के अनुसार जब व्यक्ति उत्तम मनोदशा में होता है और यह देखता है कि जोखिम उठाने के व्यवहार करने में सम्भावित हानि कम है या कम हो सकता है, तो वह जोखिम उठाने का व्यवहार अधिक करता है। परन्तु जब वह यह देखता है कि इस तरह के व्यवहार में उसे सम्भावित हानि अधिक हैं या अधिक हो सकता है तो वह जोखिम उठाने का व्यवहार नहीं करेगा।

ऊपर वर्णन किए गए तथ्यों के आलोक में हम इस निष्कर्ष पर पहुँचते हैं कि व्यक्ति के संवेगात्मक या भावात्मक अवस्था का प्रभाव उसके संज्ञानात्मक प्रतिक्रियाओं (cognitive processes) पर पड़ता है।

2. संज्ञानात्मक प्रक्रियाओं का संवेग पर प्रभाव (*Impact of cognitive processes upon emotion*)—संज्ञानात्मक प्रक्रियाओं का प्रभाव भी संवेग पर पड़ता है। सच्चाई यह है कि संज्ञान के माध्यम से व्यक्ति संवेग उत्पन्न करने वाली घटनाओं या उद्दीपकों की व्याख्या भिन्न-भिन्न ढंग से कर पाता है और इससे संवेग प्रभावित होता है। जैसे—मान लिया जाय कि आप किसी व्यक्ति से दूरभाष (telephone) से बातचीत कर रहे हैं। अचानक दूरभाष का यह संचार सम्बन्ध कट जाता है। अगर आप यह समझते है कि वह व्यक्ति ने जान-बूझकर सम्बन्ध विच्छेद किया है तो आप में निश्चित रूप से क्रोध का संवेग उत्पन्न होगा। परन्तु यदि आप यह समझते हैं कि किसी यांत्रिक गड़बड़ी के कारण सम्बन्धविच्छेद हुआ है, तो आप में इस तरह का संवेग उत्पन्न नहीं होगा। व्यक्ति के संज्ञान का प्रभाव संवेग पर किस तरह से पड़ता है, इसका सबूत हमें संवेग के स्कैटर-सिंगर सिद्धान्त (Shachter-Singer theory) से भी मिलता है क्योंकि इस सिद्धान्त में स्पष्टतः यह बतलाया गया है कि शारीरिक उत्तेजन का जैसा संज्ञानात्मक मूल्यांकन (cognitive apprisal) व्यक्ति करता है, उसमें वैसा ही संवेग उत्पन्न होता है। कुछ प्रयोगात्मक अध्ययन ऐसे हुए हैं जिनसे यह पता चला है कि किसी घटना या वस्तु के बारे में जो प्रत्यक्षण (expectation) व्यक्ति के मन में होता है उसका भी प्रभाव व्यक्ति के संवेग (emotion) पर पड़ता है। जब व्यक्ति किसी घटना को सुखदायी या मनोहर होने की उम्मीद करता है, तो वह उसकी एक मनोहर व्याख्या करता है परन्तु यदि वह किसी घटना को दुःखदायी या उबाऊ (boring) होने की उम्मीद करता है, तो वह उसके प्रति अरुचिकर प्रतिक्रिया या व्याख्या करता है। विल्सन एवं उनके सहयोगियों (Wilson et al., 1989) द्वारा किए गए अध्ययन से इस तथ्य की सम्पुष्टि होती है। इन्होंने अपने अध्ययन में कुछ प्रयोज्यों को यह विश्वास दिलाया गया कि उन्हें दिखाये जाने वाले कार्टून में कुछ अजूबापन दिखलाई देगा तथा कुछ प्रयोज्यों को यह विश्वास दिलाया कि इन्हें कुछ अजूबा कार्टून में कोई अनोखापन या अजूबापन नहीं

होगा। परिणाम में देखा गया कि जिन प्रयोज्यों को यह धनात्मक प्रत्याशा (positive expectation) दिलाया गया कि कार्टून अजूबा होंगे, इन्होंने उसे अजूबा होने का रेटिंग किया तथा जिन्हें ऐसी प्रत्याशा नहीं दिलायी गयी थी, उन्होंने ऐसा रेटिंग भी नहीं किया। निष्कर्ष इस बात का संकेत देता है कि संज्ञान का प्रभाव व्यक्ति के भाव तथा संवेग पर पड़ता है।

निष्कर्षतः यह कहा जा सकता है कि संज्ञान (cognition) तथा संवेग (emotion) के बीच पारस्परिक सम्बन्ध (mutual relation) हैं। संज्ञान संवेग को प्रभावित करता है तथा फिर उससे प्रभावित भी होता है।

आनन पुनर्निवेश प्राक्कल्पना
(Facial Feedback Hypothesis)

संवेग का एक महत्त्वपूर्ण सिद्धान्त जेम्स-लान्जे सिद्धान्त (James-Lange theory) है। इस सिद्धान्त के प्रतिपादन के कई साल बाद तक इसकी वैधता बरकरार रही तथा उसके प्रतिकूल में कुछ भी नहीं सोचा गया। परन्तु 1960 तथा 1970 वाले दशक में जब शोधकर्त्ताओं द्वारा डार्विन (Darwin) द्वारा प्रतिपादित संवेग के आनन अभिव्यक्ति के व्यापकता का सिद्धान्त (Theory of Universality of Facial expression of emotion) की जाँच की जा रही थी, तो कुछ ऐसे तथ्यों का पता चला जिसकी पहले उपेक्षा की गयी थी। डार्विन (Darwin, 1872) ने यह स्पष्ट रूप से कहा था कि किसी संवेग के बाह्य चिह्नों (outward signs) के मुक्त अभिव्यक्ति (free expression) से संवेग की तीव्रता बढ़ती है तथा दूसरे तरफ जब ऐसे चिह्नों का दमन कर दिया है, तो इससे संवेग की तीव्रता कम हो जाती है। ठीक इसके 18 वर्ष बाद अर्थात् 1890 में अमेरिकी मनोवैज्ञानिक विलियम जेम्स (William James) ने समान प्रेक्षण करते हुए कहा है कि जब हम किसी मनोभाव (passion) को दबा देते हैं, तो यह धीरे-धीरे समाप्त हो जाता है। इसका मतलब यह हुआ कि डार्विन तथा जेम्स दोनों का एक समान विचार यह था कि चेहरा (face) के संवेदी पुनर्निवेश (sensory feedback) से संवेग उत्तेजित भी हो सकता है। इस मौलिक तथ्य पर पुनर्ध्यान डालते हुए टामकिन्स (Tomkins, 1962, 1963) ने इस तथ्य को उजागर किया है कि अपने आप में आनन अभिव्यक्ति अर्थात् चेहरे की माँसपेशियों की गति से उत्पन्न अभिव्यक्ति से व्यक्ति में संवेग की चेतन अनुभूति तथा दैहिक उत्तेजन (physiological arousal) दोनों ही निर्धारित होते हैं। इसे इजार्ड (Izard, 1990) तथा स्टार्क (Stark, 1988) ने **आनन पुनर्निवेश प्राक्कल्पना** (facial feedback hypothesis) की संज्ञा दिया है। यह प्राक्कल्पना बतलाता है कि आनन अभिव्यक्ति में सम्मिलित पेशीय गति (muscular movement) से सम्बद्ध संवेग उत्पन्न होते हैं। दूसरे शब्दों में, यह कहा जा सकता है कि आनन पुनर्निवेश प्राक्कल्पना से यह पता चलता है कि आनन अभिव्यक्ति संवेग की अनुभूति को परिवर्तित करने में एक महत्त्वपूर्ण भूमिका निभाता है। इस विचारधारा के अनुसार आनन अभिव्यक्ति द्वारा संवेग की सिर्फ अभिव्यक्ति ही नहीं होती है बल्कि इससे विशिष्ट संवेग की उत्पत्ति में भी मदद मिलती है।

आनन पुनर्निवेश प्राक्कल्पना (facial feedback hypothesis) की वैधता की जाँच के लिए बहुत सारे शोध किये गए हैं। इन शोधों की समीक्षा एडेलमान एवं जायंस (Adelman & Zajonce, 1989) द्वारा किया गया जिसमें इन प्राक्कल्पनाओं के लिए पर्याप्त सबूत पाये गए। दूसरे शब्दों में, इन लोगों ने संवेग के आत्मनिष्ठ अनुभूति (subjective experience) तथा आनन अभिव्यक्ति (facial expression) में पर्याप्त साहचर्य पाया। इतना ही नहीं, इन लोगों ने इस बात के भी पक्के सबूत पाये कि मात्र एक विशेष तरह की आनन अभिव्यक्ति (facial expression) बनाने से ही व्यक्ति में संवेग के आत्मनिष्ठ भाव की उत्पत्ति होती है।

आनन पुनर्निवेश प्राक्कल्पना की प्रयोगात्मक जाँच स्ट्रैक तथा उनके सहयोगियों (Strack et al., 1988) द्वारा एक प्रयोग में किया गया। इस प्रयोग में प्रयोज्यों से यह कहा गया कि वे लोग एक ऐसे प्रशिक्षण में भागं ले रहे हैं जिसमें व्यक्ति असाधारण कार्यों को करने में अपने शरीर के विभिन्न भागों का उपयोग करता है। कुछ प्रयोज्यों से अपने मुँह में दाँत से दबाकर एक कलम को रखने के लिए कहा गया जैसा कि चित्र 11.9 के दायीं तस्वीर में दिखलाया गया है तथा कुछ प्रयोज्यों को कलम अपने मुँह में होठ से दबाकर रखने के लिए कहा गया जैसा कि चित्र के बायीं तस्वीर में दिखलाया गया है। दाँत से कलम दबाकर रखने में चेहरे की मांसपेशियाँ पीछे की ओर कुछ इस ढंग से सिकुड़ती हैं जैसा कि हँसते समय हम करते हैं। परन्तु कलम को होंठ से दबाकर रखने में चेहरे की माँसपेशियाँ कुछ इस ढंग से ढीला या शिथिल पड़ जाती है जो हमें गम्भीर अवस्था में होने (या जिससे हँसी रुकती हो) के वक्त होती है। जब प्रयोज्य अपने मुँह में कलम रखे हुए थे, तो उन्हें 0 से 9 बिन्दु मापनी पर एक कार्टून को रेट करना था। 9 अंक सबसे

ज्यादा विचित्र (very funny) तथा 'O' बिल्कुल ही विचित्र नहीं' के द्योतक थे तथा बीच के अंक इन दोनों छोरों के विभिन्न मात्राओं को दिखलाते थे। प्रयोग के परिणाम में आंनन पुनर्निवेश प्राक्कल्पना को पर्याप्त समर्थन मिला क्योंकि यह देखा गया कि जो प्रयोज्य कलम को दाँत से दबाये हुए थे (अर्थात् जिनके चेहरे की माँसपेशियाँ हँसने की अनुक्रिया करते समय की मांसपेशियों के समान थी), कार्टून को अधिक विचित्र होने का रेटिंग किया परन्तु जो प्रयोज्य कलम को होंठ से दबाये हुए थे (अर्थात् जिनके चेहरे की मांसपेशियों की स्थिति वैसी थी जब व्यक्ति हँसता न होकर गम्भीर होता है), वे कार्टून को कम विचित्र होने का रेटिंग किये। अन्य अध्ययनों से भी आनन पुनर्निवेश प्राक्कल्पना (facial feedback hypothesis) को पर्याप्त समर्थन मिला है तथा तब अंतिम रूप से इस निष्कर्ष पर पहुँच गया है—हँसना या अप्रसन्नता (frowning) जैसी साधारण क्रिया से भी व्यक्ति के आत्मनिष्ठ सांवेगिक अनुभूति में बदलाव आ जाती है।

चित्र 11.9 : आनन पुनर्निवेशन अभिव्यक्ति

अब प्रश्न यह उठता है कि आनन पुनर्निवेशन प्राक्कल्पना किस तरह से कार्य करती है? इजार्ड (Izard, 1971) तथा टामकिन्स (Tamkins, 1962) ने यह विचार व्यक्त किया है कि त्वचा तथा आनन माँसपेशियों (facial muscles) से मिलने वाले संवेदी पुनर्निवेश (sensory feedback) का प्रत्यक्ष प्रभाव उन मस्तिष्कीय केन्द्रों पर पड़ता है जो व्यक्ति में संवेग उत्पन्न करने के लिए उत्तरदायी होते हैं। कुछ अन्य लोगों का कहना है कि आनन पुनर्वेशन एक तरह का आत्म-प्रत्यक्षण (self-perception) हैः—जब हमलोग अपने दाँत को एक-दूसरे पर चढ़ाते हैं (या पीसते हैं) तो हमलोग यह मान लेते हैं कि हम क्रोधित हैं। इसका समर्थन बक (Buck, 1985) तथा लायर्ड (Laird, 1984) द्वारा किया गया। कुछ अन्य मनोवैज्ञानिकों का मत है कि आनन पुनर्निवेशन, क्लासिक अनुबंधन (classical conditioning) का परिणाम होता है। यहाँ विशिष्ट आनन अभिव्यक्ति बार-बार विशिष्ट संवेगों के साथ युग्मित हो चुका होता है। ऐसा विचार काकिओप्पो तथा उनके सहयोगियों (Cacioppo et al., 1986) का है। जायंस तथा उनके सहयोगियों (Zajonce et al., 1989) ने एक नयी व्याख्या उपस्थित करते हुए कहा है कि जब विशेष आनन माँसपेशियों (facial muscles) को कडा किया जाता है या शिथिल (relax) किया जाता है, तो वे मस्तिष्क से प्रवाहित होने वाले रक्त के तापक्रम को बढ़ाते हैं या फिर घटा देते हैं। इससे मस्तिष्कीय केन्द्रों की क्रियाएँ प्रभावित होतीं है जिनसे संवेग उत्पन्न होता है। हँसना (smiles) से रक्त का तापक्रम ठंडा हो जाता है तथा व्यक्ति को आनन्द की अनुभूति होती है। अप्रसन्नता से रक्त का तापक्रम बढ़ जाता है और व्यक्ति में दुःखद भाव (unpleasant feeling) उत्पन्न होता है।

उक्त सभी व्याख्याओं का प्रयोगात्मक जाँच अभी बाकी है। अतः अन्तिम रूप से किसी एक की वैधता के बारे में किसी निष्कर्ष पर नहीं पहुँचा जा सकता है। इसका सही उत्तर आगे आने वाले समय में ही मिल सकता है।

अध्याय सारांश — CHAPTER SUMMARY

1. संवेग एक जटिल अवस्था होता है जिसमें व्यक्ति के पूरे शरीर में एक उपद्रव (disturbance) की स्थिति होती है। इसमें व्यक्ति कुछ आंगिक प्रतिक्रियाएँ (bodily reaction) तथा अभिव्यंजक व्यवहार (expressive movements) करता है एवं इसमें कुछ आत्मनिष्ठ भाव होते हैं।

2. संवेग की कुछ विशेषताएँ (characteristics) होतीं हैं। जैसे—संवेग विकीर्ण होता है, संवेग सतत होता है, संवेग संचयी होता है तथा संवेग अभिप्रेरणात्मक भी होता है।

3. संवेग के विकास में परिपक्वता (maturation) तथा सीखना (learning) दोनों कारकों के महत्त्व पर प्रकाश डाला गया है। इसमें ब्रिजेज के योगदानों को विशेष रूप से उल्लेख किया गया है।

4. संवेग के प्रकारों का भी वर्णन किया गया है। संवेग के प्रमुख प्रकार जैसे प्रेम, आनन्द एवं उल्लास, उदासी एवं मदन, डर एवं दुश्चिंता (fear and anxiety), क्रोध, डाह या ईर्ष्या आदि का विस्तृत वर्णन किया गया है।

5. संवेग के माप की कई विधियों का वर्णन किया गया है जिनमें गैल्वेनिक त्वक् अनुक्रिया (Galvanic Skin Reaction), रक्तचाप में परिवर्तन, रेटिंग मापनी तथा प्रश्नावली विधि तुलनात्मक रूप से महत्त्वपूर्ण है।

6. PGR एक महत्त्वपूर्ण संवेदनशील सूचक हैं जिसके द्वारा व्यक्ति के उत्तेजनशीलता की माप होती है। PGR के मापने की दोनों विधियों अर्थात् फेरे विधि (Fere method) तथा टारकैनोफ विधि का उदाहरण सहित वर्णन किया गया है।

7. PGR के निर्धारक दो प्रकार के हैं—दैहिक निर्धारक (physiological determinant) तथा मनोवैज्ञानिक निर्धारक (psychological determinant)। मनोवैज्ञानिक निर्धारकों में पाँच महत्त्वपूर्ण कारकों का वर्णन किया गया है।

8. संवेग की सबसे महत्त्वपूर्ण अभिव्यक्ति (experssion) शारीरिक परिवर्तनों (body changes) द्वारा होती है। जिसे संवेग की दैहिक सम्बन्धता भी कहा जाता है। बाह्य शारीरिक परिवर्तन (external bodily change) तथा आन्तरिक शारीरिक परिवर्तन (internal bodily change) द्वारा भिन्न-भिन्न प्रकार के संवेगों की अभिव्यक्ति होती है।

9. संवेग में स्वायत्त तंत्रिका तंत्र (autonomic nervous system) का काफी महत्त्व है। स्वायत्त तंत्रिका तंत्र के दो भाग होते हैं—अनुकम्पी तंत्रिका तंत्र (sympathetic nervous system) तथा उपअनुकम्पी तंत्रिका तंत्र (parasympathetic nervous system)। इन दोनों तंत्रों का कार्य यद्यपि एक-दूसरे के विरोधी हैं, फिर भी इन दोनों का महत्त्व संवेग में विशेषकर आन्तरिक अंगों जैसे—हृदय, वृक्क, अन्तःस्रावी ग्रन्थियों के कार्यों का संचालन में विशेष रूप से अधिक हैं।

10. संवेग में मस्तिष्क कारकों (brain factors) का भी महत्त्व काफी होता है। मनोवैज्ञानिकों ने अपने प्रयोग के आधार पर यह दिखलाया है कि मस्तिष्क का विभिन्न भाग विशेषकर हाइपोथैलमस, प्रमस्तिष्क वल्क (cerebral cortex), एमिगडाला (amygdala), लिम्बिक तंत्र (lymbic system) आदि का महत्त्व अधिक है।

11. संवेग के कई सिद्धान्तों की आलोचनात्मक व्याख्या की गई हैं। इनमें जेम्स-लान्जे सिद्धान्त, कैनन-बार्ड सिद्धान्त, स्कैकटर-सिंगर सिद्धान्त, संज्ञानात्मक-मूल्यांकन सिद्धान्त, लिंडस्ले सिद्धान्त का मुख्य रूप से वर्णन किया गया है।

12. झूठ संसूचन (lie detection) में संवेगात्मक प्रक्रियाओं का विशेष महत्त्व है क्योंकि इनके आधार पर यह समझने में मदद मिलती है कि व्यक्ति झूठ बोल रहा है या सच। झूठ संसूचक के रूप में पॉलिग्राफ (polygraph) तथा आवाज-तनाव विशेषक (voice-stress anlyzer) का विशेष रूप से उपयोग किया गया है। इनके अलावा कुछ अशाब्दिक संकेतों (nonverbal cues) का भी उपयोग झूठ संसूचन में उपयोग किया गया है।

13. आधुनिक शोधों एवं प्रयोगों से यह स्पष्ट हुआ है कि संज्ञान तथा संवेग में दो तरफा सम्बन्ध है क्योंकि संज्ञान संवेगात्मक अनुभूतियों को प्रभावित करता है तथा संवेगात्मक अनुभूतियों से संज्ञानात्मक क्रियाएँ प्रभावित प्रभावित होती है।

14. आनन पुनर्निवेश प्राक्कल्पना (facial feedback hypothesis) से यह पता चलता है कि आनन अभिव्यक्ति में सम्मिलित पेशीय गति से संबंद्ध संवेग उत्पन्न होते हैं।

❑

अध्याय 12

मनाव क्षमताएँ : बुद्धि, अभिवृत्ति एवं सर्जनात्मकता
(HUMAN ABILITIES: INTELLIGENCE, APTITUDE AND CREATIVITY)

बुद्धि की परिभाषा एवं स्वरूप
(Definition and Nature of Intelligence)

बुद्धि एक ऐसा सामान्य शब्द है जिसका प्रयोग हम अपने दिन-प्रतिदिन के बोल-चाल की भाषा में काफी करते हैं। तेजी से सीखने तथा समझने, अच्छे स्मरण, तार्किक चिन्तन आदि गुणों के लिए हम दिन-प्रतिदिन की भाषा में 'बुद्धि' शब्द का प्रयोग करते हैं।

स्टर्नवर्ग (Sternberg, 1986) के अनुसार बुद्धि की जितनी भी प्रमुख परिभाषाएँ दी गयी हैं, उन्हें मोटे तौर पर दो भागों में विभक्त किया जा सकता है—*संक्रियात्मक परिभाषा* (operational definition) तथा *वास्तविक परिभाषा* (real definition)। संक्रियात्मक परिभाषा से तात्पर्य वैसी परिभाषा से होता है जिसमें किसी सम्प्रत्यय (concept) को उन तरीकों (ways) के रूप में परिभाषित किया जाता है, जिस ढंग से उसे मापा जाता है। जैसे वोरिंग (Boring, 1923) की परिभाषा इसी श्रेणी की है क्योंकि उन्होंने बुद्धि को परिभाषित करते हुए कहा है कि *बुद्धि वही है जो बुद्धि परीक्षण मापता है (Intelligence is what the intelligence test measures)*। परन्तु बुद्धि की संक्रियात्मक परिभाषा में दो प्रमुख खामियाँ (limitations) है जो इस प्रकार है—

(i) इस तरह की परिभाषा चक्रीय (circular) होती हैं। सचमुच में बुद्धि परीक्षण का निर्माण बुद्धि मापने के लिए न कि बुद्धि को परिभाषित करने के लिए किया गया। बुद्धि परीक्षण निर्माता का यह उद्देश्य कभी नहीं रहा कि बुद्धि परीक्षण के माध्यम से बुद्धि को परिभाषित किया जाए।

(ii) संक्रियात्मक परिभाषाएँ बुद्धि के स्वरूप को ठीक ढंग से समझने में एक तरह का अवरोध उत्पन्न करती हैं क्योंकि ऐसी परिभाषाएँ बुद्धि के सिद्धान्तों की उपयुक्तता (adequacy) पर चर्चा आगे बढ़ने से रोकती हैं।

इन खामियों के कारण कुछ मनोवैज्ञानिकों द्वारा बुद्धि की वास्तविक परिभाषा (real definition) प्रस्तावित की गयी हैं। वास्तविक परिभाषा से तात्पर्य वैसी परिभाषा से होती है जो सम्प्रत्यय के वास्तविक स्वरूप पर प्रकाश डालती हैं। विशेषज्ञों द्वारा इसे ध्यान में रखते हुए बुद्धि की कई परिभाषाएँ दी गयी हैं जिनमें कुछ प्रमुख इस प्रकार हैः—

1. वेक्सलर[1] (Wechsler, 1939) के अनुसार, ''बुद्धि एक समुच्चय या सार्वजनिक क्षमता है जिसके सहारे व्यक्ति उद्देश्यपूर्ण क्रिया करता है, विवेकशील चिन्तन करता है तथा वातावरण के साथ प्रभावकारी ढंग से समायोजन करता है।

2. रॉबिन्सन तथा रॉबिन्सन[2] (Robinson & Robinson, 1965) के अनुसार, ''बुद्धि से तात्पर्य संज्ञानात्मक व्यवहारों (cognitive behaviours) के सम्पूर्ण वर्ग से होता है जो व्यक्ति में सूझ द्वारा समस्या समाधान करने की

---

1. "Intelligence is the aggregate or global capacity of the individual to act purposefully, to think rationally, and to deal effectively with his environment." —Wechsler : *Measurement of Adult Intelligence*, 1939
2. "Intelligence refers to the whole class of cognitive behaviours which reflect an individual's capacity to solve problems with insight, to adapt himself to new situations, to think abstractly and to profit from his experiences." —Robinson & Robinson : *The mentallly retarded child*, 1965.

क्षमता, नयी परिस्थितियों के साथ समायोजन करने की क्षमता, अमूर्त्त रूप से सोचने की क्षमता तथा अनुभवों से लाभ उठाने की क्षमता को दिखलाता है।''

3. निस्सेलर तथा उनके सहयोगियों[1] (Neisser et al., 1996) जो अमेरिका मनोवैज्ञानिक संघ (American Psychological Association) के एक कार्य बल (task force) में सम्मिलित थे, ने बुद्धि को परिभाषित करते हुए कहा है कि यह व्यक्ति की, ''जटिल विचारों को समझने, पर्यावरण के साथ प्रभावी ढंग से समायोजन करने, अनुभवों से सीखने, विभिन्न तरह के तर्कणा में सम्मिलित होने और चिंतन द्वारा बाधाओं को दूर करने की क्षमता होती हैं।''

4. स्टोड्डार्ड[2] (Stoddard, 1941) के अनुसार, 'बुद्धि उन क्रियाओं को समझने की क्षमता है जिनकी विशेषताएँ— (1) कठिनता, (2) ज़टिलता, (3) अमूर्त्तता, (4) मितव्ययिता (economy), (5) किसी लक्ष्य के प्रति अनुकूलनशीलता, (6) सामाजिक मान (value) तथा (7) मौलिकता की उत्पत्ति होती है और कुछ परिस्थिति में वैसी क्रियाओं को जो शक्ति की एकाग्रता तथा सांवेगिक कारकों के प्रति प्रतिरोध (resistance) दिखलाता है, करने की प्रेरणा देती हैं।''

इन सभी परिभाषाओं की एक सामान्य विशेषता यह है कि इन परिभाषाओं में बुद्धि को कई तरह की क्षमताओं को योग माना गया है। यही कारण है कि ऐसी परिभाषाएँ काफी प्रचलित तथा लोकप्रिय (popular) है। इन परिभाषाओं का सामान्य विश्लेषण (common analysis) करने पर हम निम्नांकित तथ्य पर पहुँचते हैं—

(i) बुद्धि विभिन्न क्षमताओं का सम्पूर्ण योग (aggregate) होता है। इसका मतलब यह हुआ कि बुद्धि में किसी विशेष प्रकार की समस्या के समाधान की क्षमता नहीं होती है। इसमें कई प्रकार की क्षमताएँ होती हैं। इन क्षमताओं का पूर्ण योग ही बुद्धि कहलाता है।

(ii) बुद्धि के सहारे व्यक्ति किसी समस्या के समाधान में सूझ (insight) का सहारा लेता है। इतना ही नहीं, किसी समस्या का समाधान में गत अनुभूतियों का लाभ वह इसी बुद्धि के कारण ही उठा पाता है।

(iii) बुद्धि के सहारे व्यक्ति उद्देश्यपूर्ण क्रियाएँ (purposeful act) करता है। जो व्यक्ति जितना ही अधिक उद्देश्यपूर्ण एवं सार्थक क्रियाएँ करता है, उसे उतना ही अधिक बुद्धिमान माना जाता है। निरर्थक तथा उद्देश्यहीन क्रियाएँ करने वाले व्यक्ति को कम बुद्धि का समझा जाता है। अतः बुद्धि का स्वरूप कुछ ऐसा होता है कि इसके सहारे व्यक्ति उद्देश्यपूर्ण क्रियाएँ करता है।

(iv) बुद्धि व्यक्ति को वातावरण के साथ प्रभावकारी ढंग से समायोजन (adjustment) या अनुकूलन (adaptation) करने में मदद करता है। अधिक बुद्धि वाले व्यक्ति अपने आप को किसी भी वातावरण में ठीक ढंग से समायोजन कर लेते हैं। इन व्यक्तियों के समायोजन की क्षमता देखकर अन्य लोग भी काफी प्रभावित होते हैं। कम बुद्धि वाले व्यक्ति में इस तरह के समायोजन की क्षमता कम होती है और व्यक्ति में वातावरण से सम्बन्धित सामायोजन की कई समस्याएँ उत्पन्न हो जातीं हैं।

(v) बुद्धि से व्यक्ति में विवेकशील चिन्तन (rational thinking) तथा अमूर्त्त चिन्तन करने में मदद मिलती है। इसका मतलब यह हुआ कि जो व्यक्ति बुद्धिमान होता है, उसके सोचने एवं चिन्तन करने का तरीका विवेकपूर्ण, तर्कपूर्ण, एवं युक्तिसंगत होता है। ऐसे व्यक्तियों में अमूर्त्त चिन्तन की क्षमता भी अधिक होती है। कम बुद्धि वाले व्यक्ति का चिन्तन अविवेकपूर्ण तथा तर्कहीन होता है। ऐसे व्यक्ति में अमूर्त्त चिन्तन करने की क्षमता भी कम होती है। ऐसे व्यक्तियों में चिन्तन करने तथा कार्य करने में असंगति (inconsistency) अधिक पायी जाती है।

(vi) बुद्धिमान व्यक्ति प्रायः कठिन एवं जटिल कार्य को समझकर करते हैं। इनके कार्यों में मौलिकता अधिक होती है।

---

1. "Intelligence is the individual ability to understand complex ideas, to adapt effectively to the environment, to learn from experience, to engage in various forms of reasoning and to overcome obstacles by taking thought." —Neisser et al; *American Psychologist*, 1996. p.77.
2. "Intelligence is the ability to understand activities that are characterized by (1) difficulty (2) complexity, (3) abstractness, (4) economy (5) adaptiveness to goal (6) social value (7) the emergence of originals, and to maintain such activities under conditions that demand a concentration of energy and a resistance to emotional factors." —Stoddard: *On the meaning of intelligence*, 1941.

ऊपर किये गए वर्णन से स्पष्ट है कि बुद्धि का स्वरूप (nature) कुछ ऐसा होता है जिसे किसी एक कारक (factor) या क्षमता के आधार पर नहीं समझा जा सकता है। इसमें भिन्न-भिन्न प्रकार की क्षमताएँ होतीं हैं। थर्स्टन (Thurstone, 1938) ने अपने अध्ययन के आधार पर बतलाया है कि बुद्धि में कुल 7 ऐसी क्षमताएँ (abilities) होतीं हैं जिन्हें प्रधान मानसिक क्षमताएँ (primary mental abilities) कहा जाता है। गिलफोर्ड (Guilford, 1967) ने हाल ही में बतलाया है कि बुद्धि में कुल 180 ऐसी क्षमताएँ (abilities) होती है।

अभी हाल में वर्नन (P. E. Vernon, 1969) ने बुद्धि सम्प्रत्यय के तीन अर्थ बतलाये हैं जो लोकप्रिय होने के साथ-ही-साथ आकर्षक भी दिखता है। पहले डोनेल्ड हेब्ब (Donald Hebb) जो एक कनाडियन मनोवेज्ञानिक थे, ने बुद्धि A तथा B में अन्तर किया था। बाद में, वर्नन (Vernon) ने इसमें बुद्धि C को जोड़ा। इन तीनों में अन्तर इस प्रकार है—

(i) **जननिक क्षमता के रूप में बुद्धि** *(Intelligence as genetic capacity)*—इस अर्थ में बुद्धि पूर्णतः वंशागत (inherited) होता है। इसे हेब्ब (Hebb, 1978) ने 'बुद्धि ए' (Intelligence 'A') कहा है जो स्पष्टतः बुद्धि का एक जीनोटाइपिक (genotypic) प्रकार है तथा इसमें बुद्धि को व्यक्ति का एक आनुवंशिक गुण माना जाता है।

(ii) **प्रेक्षित व्यवहार के रूप में बुद्धि** *(Intelligence as an observed behaviour)*—इस अर्थ में बुद्धि व्यक्ति के जीन्स एवं वातावरण की अन्तःक्रिया (interaction) का परिणाम होता है तथा जिस सीमा तक व्यक्ति बुद्धिमत्तापूर्ण ढंग से व्यवहार करता हैं, उस सीमा तक उसे बुद्धिमान समझा जाता है। बुद्धि का यह अर्थ फेनोटाइपिक (phenotypic) प्रारूप का है। इसे हेब्ब (Hebb) ने बुद्धि 'बी' (Intelligence B) कहा है।

(iii) **परीक्षण प्राप्तांक के रूप में बुद्धि** *(Intelligence as a test score)*—इस अर्थ से बुद्धि का एक क्रियात्मक परिभाषा (operational definition) दी गयी। इस अर्थ में बुद्धि वही है जो बुद्धि परीक्षण मापता है। इसे हेब्ब (Hebb) ने बुद्धि 'सी' (Intelligence 'C') की संज्ञा दी है।

सैट्टलर (Sattler, 1974) के अनुसार बुद्धि 'A', 'B' तथा 'C' में से बुद्धि 'C' के साथ कई तरह की समस्याएँ सम्बन्धित होती है क्योंकि बहुत से ऐसे कारक हैं जो परीक्षार्थी (testee) के परीक्षण निष्पादन (test performance) को कम कर सकता है। इनमें परीक्षार्थी में अभिप्रेरण की कमी, परीक्षण के स्वरूप से अनभिज्ञ होना, परीक्षण के निर्देश को ठीक से न समझना, परीक्षक (examiner) के प्रति अविश्वास आदि प्रमुख हैं। जब परीक्षार्थी के परीक्षण निष्पादन में इन कारणों से कमी हो जाती है तो उसे भी बुद्धि 'C' के अर्थ के अनुसार कम बुद्धि का समझा जाएगा। जबकि सच्चाई यह है कि इन कारणों के न होने पर उसका निष्पादन अच्छा हो सकता है। A, B तथा C बुद्धि में सिर्फ C बुद्धि का ही मापन बुद्धि परीक्षण द्वारा होता है।

बुद्धि का प्रकार
(Types of Intelligence)

ई॰ एल॰ थॉर्नडाइक (E. L. Thorndike) ने बुद्धि के तीन प्रकार बतलाये हैं जो इस प्रकार है—

1. सामाजिक बुद्धि (social intelligence)
2. अमूर्त्त बुद्धि (abstract intelligence)
3. मूर्त्त बुद्धि (concrete intelligence)

इन तीनों का विवरण इस प्रकार हैः—

1. सामाजिक बुद्धि *(social intelligence)*—सामाजिक बुद्धि से तात्पर्य वैसी सामान्य मानसिक क्षमता से होता है जिसके सहारे व्यक्ति अन्य व्यक्तियों को ठीक ढंग से समझता है तथा व्यवहार कुशलता दिखलाता है। ऐसे लोगों का सामाजिक सम्बन्ध (social relationship) काफी अच्छा होता है तथा समाज में इनकी प्रतिष्ठा काफी होती है। इनमें सामाजिक कौशल (social skill) काफी होता है। यही कारण कि ऐसे व्यक्ति एक अच्छे नेता बन जाते हैं।

2. अमूर्त्त बुद्धि *(abstract intelligence)*—अमूर्त्त चिन्तन से तात्पर्य वैसी मानसिक क्षमता से होता है जिसके सहारे व्यक्ति शाब्दिक (verbal) तथा गणितीय संकेतों एवं चिह्नों के सम्बन्धों को आसानी से समझ जाता है तथा

उसकी उचित व्याख्या कर पाता है। ऐसा व्यक्ति जिसमें अमूर्त्त बुद्धि अधिक होती है, एक सफल कलाकार (artist), पेन्टर (painter) तथा गणितज्ञ आदि होता है।

3. मूर्त्त बुद्धि (*concrete intelligence*)—मूर्त्त बुद्धि से तात्पर्य वैसी मानसिक क्षमता से होता है जिसके सहारे व्यक्ति ठोस वस्तुओं के महत्त्व को समझता है तथा उसका ठीक ढंग से भिन्न-भिन्न परिस्थितियों में परिचालन करना सीखता है। इस तरह की बुद्धि की जरूरत व्यापार एवं भिन्न-भिन्न तरह के व्यवसायों में अधिकतर पड़ती है। ऐसे बुद्धि वाले व्यक्ति एक सफल व्यापारी (businessman) बन सकते हैं।

इस तरह से हम देखते हैं कि बुद्धि के मुख्य तीन प्रकार हैं। इन प्रकारों (types) के बीच कोई स्पष्ट रेखा नहीं है। ऐसा नहीं है कि जिसमें सामाजिक बुद्धि अधिक होगी, उसमें मूर्त्त बुद्धि तथा अमूर्त्त बुद्धि कम होगी और मूर्त्त बुद्धि अधिक होगी तो अमूर्त्त बुद्धि तथा सामाजिक बुद्धि कम होगी।

मानसिक आयु
(Mental Age)

मनोवैज्ञानिकों ने व्यक्ति की आयु को दो भागों में बाँटकर अध्ययन किया है।

1. तैथिक आयु (chronological age) तथा
2. मानसिक आयु (mental age)।

तैथिक आयु (chronological age) से तात्पर्य व्यक्ति के जन्म से लेकर आज तक के समय से होता है। जैसे मान लीजिए कि किसी व्यक्ति को पैदा हुए 15 वर्ष 3 महीना 7 दिन आज तक हुआ है तो उसकी तैथिक आयु 15 वर्ष 3 महीना 7 दिन की होगी। इस तरह से तैथिक आयु व्यक्ति की वास्तविक आयु होती है जिसे जन्म के दिन से प्रारम्भ माना जाता है।

मानसिक आयु (mental age या M A) एक-दूसरे तरह की आयु है जिसका प्रयोग बुद्धि मापने में मनोवैज्ञानिकों ने काफी किया है। इस सम्प्रत्यय (concept) का प्रतिपादन बिने (Binet) तथा साइमन (Simon) द्वारा किया गया था। वेड एवं टैवरिस[1] (Wade & Tavris, 2006) ने मानसिक आयु को परिभाषित करते हुए कहा है, ''किसी विशेष आयु पर औसत मानसिक क्षमता को मानसिक विकास के रूप की गयी अभिव्यक्ति की माप को मानसिक आयु कहा जाता है।'' टुकमैन[2] (Tuckman, 1975) ने मानसिक आयु को परिभाषित करते हुए कहा है कि यह एक ऐसा प्राप्तांक (score) है जिसका निर्धारण अपने ही उम्र या अपने से कम या अधिक उम्र के बच्चों के औसत निष्पादन के साथ तुलना करके किया जाता है। एक उदाहरण लीजिए—मान लिया जाय कि कोई बच्चा जिसकी तैथिक आयु या वास्तविक आयु 6 वर्ष की है, 8 वर्ष के बच्चे के लिए बने बुद्धि परीक्षण (intelligence test) पर या इस उम्र के लिए निर्धारित समस्या के समाधान में सफल हो जाता है, तो उस बच्चे की मानसिक आयु 8 वर्ष की होगी जबकि वास्तविक आयु 6 वर्ष की है। उसी तरह यह भी सम्भव है कि 6 वर्ष का बच्चा 4 वर्ष के बच्चों के लिए बने बुद्धि परीक्षण पर सफल हो परन्तु 6 वर्ष के बच्चों के लिए बने बुद्धि परीक्षण पर सफल न हो। ऐसी अवस्था में उस बच्चे की तैथिक आयु तो 6 वर्ष की अवश्य है परन्तु उसकी मानसिक उम्र 4 वर्ष की ही है। यदि 6 वर्ष का बच्चा सिर्फ अपने ही उम्र के बच्चों के लिए बने बुद्धि परीक्षण पर सफल होता है, तो ऐसा कहा जाता है कि इस बच्चे की तैथिक आयु तथा मानसिक आयु के समान है, यानी बराबर-बराबर है।

ऊपर के उदाहरण से यह स्पष्ट है कि मानसिक आयु (mental age) वास्तविक आयु या तैथिक आयु (chronological age) से कम, अधिक या बराबर हो सकता है। जब मानसिक आयु तैथिक आयु से कम होता है, तो व्यक्ति मंद बुद्धि का समझा जाता है। जब मानसिक आयु तैथिक आयु से अधिक होता है, तो व्यक्ति तीव्र बुद्धि का

---

1. Mental age is, "a measure of mental development expressed in terms of the average mental ability of a given age." —Wade & Tavris : *Psychology*, 2006, p. 322
2. "Mental age is a score that is determined by comparing a child's score with the average score of his or her age-mates and with the score obtained by younger and older children in the norming group." —Tuckman : *Measuring Educational outcomes*, 1965, p.259.

समझा जाता है और जब मानसिक आयु तथा तैथिक आयु एक-दूसरे के बराबर होता है, तो व्यक्ति को सामान्य बुद्धि (normal intelligence) का समझा जाता है। इस तरह से हम देखते हैं कि मानसिक आयु के आधार पर व्यक्ति की बुद्धि के बारे में अंदाज लगाया जा सकता है।

बुद्धि लब्धि
(Intelligence Quotient)

बुद्धि मापने के लिए सबसे पहला वैज्ञानिक बुद्धि परीक्षण बिने (Binet) तथा साईमन (Simon) ने 1905 में विकसित किया। इस परीक्षण में बुद्धि को मानसिक आयु (mental age) के रूप में मापकर अभिव्यक्ति किया गया। परन्तु इस से मनोवैज्ञानिकों को अधिक सन्तुष्टि नहीं हुई। बुद्धि लब्धि के संप्रत्यय को पहली बार जमर्न मनोवैज्ञानिक विलियम स्टर्न (William Stern) ने 1912 में प्रतिपादित किया। स्टर्न के अनुसार बुद्धि लब्धि = मानसिक आयु/ तैथिक आयु था। 1916 में बिने-साईमन परीक्षण का सबसे महत्त्वपूर्ण संशोधन टरमैन (Terman) ने स्टैनफोर्ड विश्वविद्यालय (Stanford university) में किया। इसी संशोधन में बुद्धि लब्धि (intelligence quotient या IQ) के सम्प्रत्यय को अधिक स्पष्ट एवं तीक्ष्ण बनाने के ख्याल से टरमैन ने इसमें 100 से गुणा कर उसके दशमलव भिन्न (decimal fraction) को हटाने का प्रस्ताव दिया। इसके परिणाम स्वरूप अब बुद्धि लब्धि को तैथिक आयु के प्रतिशत के रूप में व्यक्त करना संभव हो पाया।

बुद्धि लब्धि (IQ) मानसिक आयु (mental age) तथा तैथिक आयु (chronological age) का एक ऐसा अनुपात (ratio) है जिसमें 100 से गुणा कर प्राप्त किया जाता है। यही कारण है कि इस अनुपात को अनुपात बुद्धि-लब्धि (ratio IQ) भी कहा जाता था।

सूत्र के रूप में इसे इस प्रकार व्यक्त किया जा सकता है—

बुद्धि लब्धि = मानसिक आयु/ तैथिक आयु x 100

या, IQ = MA/CAx100

इसका एक उदाहरण इस प्रकार है—मान लिया जाय कि किसी बुद्धि परीक्षण द्वारा मापने पर 6 साल के बच्चे की मानसिक आयु (mental age) 5 साल की आती है और एक 4 साल के बच्चे की मानसिक आयु 5 साल की आती है तो पहले बच्चे की बुद्धि लब्धि 5/6x 100 = 83 आयेगी तथा दूसरे बच्चें की बुद्धि लब्धि 5/4 x 100 = 125 आयेगी। स्पटष्टः दूसरा बच्चा पहले बच्चे से बुद्धि में अधिक प्रखर है। इस तरह बुद्धि लब्धि द्वारा हमें प्रारम्भ के उम्रों में होनेवाले तीव्र बौद्धिक विकास (rapid intellectual growth) का स्पष्ट ज्ञान होता है। चूँकि बौद्धिक विकास कम उम्र में यानी 3-4 साल में अधिक तेजी से होती है और अधिक उम्र जैसे 15-16 साल की उम्र होने पर इसकी गति धीमी हो जाती है, अतः मानसिक आयु तथा तैथिक आयु में समान अन्तर होते हुए भी इन दो अवस्थाओं के बुद्धि लब्धि में अधिक अन्तर हो जायेगा। उदाहरणार्थ, मान लिया जाय कि एक 5 साल के बच्चे की मानसिक आयु 4 साल की है तथा एक 15 साल के बच्चे की मानसिक आयु 14 साल है। क्या इन दोनों बच्चों का बौद्धिक स्तर समान है? क्या इन दोनों की बुद्धि लब्धि समान है? कदापि नहीं। 15 साल के बच्चे की बुद्धि लब्धि 14/15 x 100 = 93 आता है जबकि 5 साल के बच्चे की बुद्धि लब्धि 4/5 - 100 = 80 आता है। स्पष्टतः मानसिक आयु तथा तैथिक आयु में समान अन्तर (अर्थात् एक-एक साल का) होने पर भी दोनों बच्चे की बुद्धि लब्धि में अन्तर हो जाता है। ऐसा क्यों? इसलिए कि कम उम्र में बौद्धिक विकास तीव्रता से होता है।

भिन्न-भिन्न बुद्धि-लब्धि का अर्थ भिन्न-भिन्न होता है। मनोवैज्ञानिकों ने बुद्धि लब्धि के भिन्न-भिन्न मान (values) के अर्थ को स्पष्ट एवं वस्तुनिष्ठ (objective) करने के लिए एक सामान्य तालिका बनायी है जिसे तालिका 12-1 में दिखलाया गया हैं—

तालिका 12-1 : बुद्धि लब्धि के मान तथा उसका अर्थ

बुद्धि लब्धि के मान (Value of (IQ)	*(Meaning)*
140 या इससे अधिक	प्रतिभाशाली (Genius)
120 से 139 तक	अतिश्रेष्ठ (Very Superior)
110 से 119	श्रेष्ठ (Superior)
90 से 109 तक	सामान्य (Normal)
80 से 89 तक	मन्द (Dull)

70 से 79 तक	सीमान्त मन्द बुद्धि (Borderline feebleminded)
60 से 69 तक	मंद बुद्धि (Moron)
20 से 59 तक	हीन बुद्धि (Imbecile)
20 का इससे कम	जड़ बुद्धि (Idiot)

इस तरह से हम देखते हैं कि बुद्धि लब्धि द्वारा हमें व्यक्ति के बौद्धिक स्तर का पता आसानी से चल जाता है।

यद्यपि बुद्धि लब्धि द्वारा व्यक्ति के बुद्धि की अभिव्यक्ति ठीक ढंग से होती हैं, फिर भी आधुनिक मनोवैज्ञानिकों ने बुद्धि लब्धि के इस अर्थ के प्रति असन्तोष व्यक्त किया है। इन लोगों का कहना है कि व्यक्ति की मानसिक आयु (mental age) सामान्यतः 18-19 साल के उम्र के बाद नहीं बढ़ती है परन्तु उसका तैथिक आयु (chronological age) में वृद्धि होती जाती है। ऐसी परिस्थिति में 19 साल के बाद के प्रत्येक उम्र के व्यक्तियों की बुद्धि लब्धि यदि उक्त सूत्र से ज्ञात किया जाए तो वह उतरोत्तर कमती जायेगी। अतः आधुनिक मनोवैज्ञानिकों ने बुद्धि लब्धि का आजकल एक नया अर्थ बतलाया है। इस नये अर्थ में बुद्धिलब्धि प्राप्तांक (IQ score) द्वारा किसी बुद्धि परीक्षण पर समान उम्र के अन्य व्यक्तियों की तुलना में व्यक्ति के निष्पादन (performance) का पता चलता है। दूसरे शब्दों में, व्यक्ति के प्राप्तांक (score) की व्याख्या उसके अपने उम्र के मानक (norms) से किया जाता है। प्रत्येक उम्र या आयु के माध्य प्राप्तांक को स्वेच्छा से 100 मान लिया जाता है और यदि किसी बुद्धि परीक्षण पर किसी व्यक्ति का प्राप्तांक अपने आयु के लिए निर्धारित माध्य अर्थात् 100 से अधिक होता है, तो उसे औसत से ऊपर बुद्धि का परन्तु यदि प्राप्तांक निर्धारित माध्य मध्य से कम आता है, तो उसे औसत से नीचे बुद्धि का समझा जाता है। दूसरे शब्दों में, किसी व्यक्ति का बुद्धि लब्धि प्राप्तांक से इस नये अर्थ में यह पता चलता है कि औसत जिसे *विचलन बुद्धि लब्धि* (deviation IQ) कहा गया है, से किसी बुद्धि परीक्षण पर व्यक्ति का निष्पादन कितना विचलित (deviate) होता है। स्पष्टतः तब बुद्धि लब्धि के नवीनतम अर्थ में मानसिक आयु (mental age) के सम्प्रत्यय को हटा दिया गया है।

अब प्रश्न उठता है कि विचलन बुद्धि लब्धि (deviation IQ) क्या है? सबसे पहले यहाँ यह बता देना उचित होगा कि विचलन बुद्धि लब्धि का सम्बन्ध बुद्धिलब्धि से कुछ नहीं होता है बल्कि यह एक मानक प्राप्तांक (standard score) है। अतः नाम अपने आप में भ्रामक (misleading) है। विचलन बुद्धि लब्धि ज्ञात करने के लिए पहले मानक प्राप्तांक (standard score) ज्ञात किया जाता है और फिर इस प्राप्तांक का एक मापनी (scale) जिसका माध्य (Mean) = 100 तथा मानक विचलन (standard deviation)=15 होता है, में बदल दिया जाता है और उसी के अनुरूप उसकी व्याख्या की जाती है। इसे एक उदाहरण से इस प्रकार समझाया जा सकता है—

मान लिया जाए कि किसी व्यक्ति को एक बुद्धि परीक्षण पर 50 अंक है। उसी परीक्षण को उस व्यक्ति के समान उम्र के व्यक्तियों पर (N = 100) पर क्रियान्वयन करने पर माध्य = 30 तथा मानक विचलन 10 प्राप्त हुआ। अतः उस व्यवित का मानक प्राप्तांक (standard score)—

$\frac{X-\overline{X}}{S} = \frac{50-30}{10} = 2.00$ यदि मानक प्राप्तांक को उस मापनी में बदल जाता है जिसका माध्य = 100 तथा मानक विचलन = 15 है, तो उस पर उस व्यक्ति का प्राप्तांक 2 मानक विचलन माध्य से ऊपर होगा, अर्थात् 130 होगा। उसी तरह से यदि किसी व्यक्ति का मानक प्राप्तांक – 1.0 है, तो इस मापनी पर उसका प्राप्तांक एक मानक विचलन माध्य से नीचे होगा अर्थात् 85 होगा। मापनी पर 100 से ऊपर प्राप्तांक आने पर उसे औसत से अधिक बुद्धि का तथा कम आने पर उसे औसत से निम्न बुद्धि का समझा जाता है। इस तरह से हम देखतें हैं कि विचलन बुद्धि लब्धि के सम्प्रत्यय में मानसिक आयु बुद्धि लब्धि (mental age IQ) के बहुत से गुणों की झलक बिना किसी तरह के दोष या कठिनाई का मिलता है। कुछ ऐसे ही गुणों को इस प्रकार सारणीकृत (summarized) किया जा सकता है:—

(i) 100 का प्राप्तांक से यह पता चलता है कि व्यक्ति औसत बुद्धि का है।

(ii) 100 से ऊपर का प्राप्तांक तथा 100 से नीचे का प्राप्तांक से क्रमशः औसत से ऊपर एवं औसत से नीचे का बुद्धि स्तर होने का पता चलता है।

(iii) औसत प्राप्तांक (अर्थात् 100) एवं व्यक्ति का बुद्धि लब्धि प्राप्तांक के बीच का अन्तर से उस व्यक्ति के प्राप्तांक का सापेक्ष स्थान (relative standing or position) का पता चलता है। बुद्धि परीक्षण प्राप्तांकों

का स्वरूप लगभग प्रसामान्य वितरण के आकार (shape) का होता है। परिणामस्वरूप, प्रसामान्य वक्र की तालिका के सहारे विचलन बुद्धि लब्धि को आसानी से शततमक (percentile) में बदला जा सकता है जिससे यह पता चलता है कि जीवसंख्या (population) के कितने प्रतिशत व्यक्तियों से उच्च या निम्न परीक्षण प्राप्तांक की उम्मीद की जा सकती है।

फ्लिन्न (Flynn, 1989) ने संसार के आठ प्रमुख देशों अर्थात् आस्ट्रेलिया, बेलजियम, कनाडा, फ्रांस, ग्रेट ब्रिट्रेन, जापान, नीदरलैंड एंव संघीय राज्य यानी अमेरिका से प्रतिदर्श लेकर एक अध्ययन किया और पाया कि हाल के दशकों में सभी उम्र के व्यक्तियों का औसत बुद्धि लब्धि प्राप्तांक में पर्याप्त वृद्धि हुई हैं जिस कारण विभिन्न बुद्धि परीक्षणों के मानकों (norms) को इसके साथ समायोजित करने की आवश्यकता है। इस तरह के प्रभाव को इन्होंने अपने नाम से जोड़कर नामकरण किया जिसे **फ्लिन्न प्रभाव** (Flynn effect) की संज्ञा दी गयी है। इसके अध्ययन के अनुसार बुद्धिलब्धि प्राप्तांक में सबसे अधिक वृद्धि फ्रांस और उसके बाद जापान तथा नीदरलैंड में हुआ है। संघीय राज्य अमेरिका में ऐसी वृद्धि तुलनात्मक रूप से कम हुई हैं। ट्रस्कौट्ट एवं फ्रैंक (Trubcott & Franke, 2001) के अनुसार बुद्धि लब्धि में वृद्धि पुरुष एवं महिलाओं तथा विभिन्न प्रजातीय समूहों में लगभग एक समान ढंग से हो रहा है। अध्ययनों से यह स्पष्ट हुआ है कि 1910 से संयुक्त राज्य अमेरिका में बुद्धि लब्धि में 28 बिन्दु (point) तथा 1942 से ब्रिटेन में करीब इसी ढंग की वृद्धि बुद्धि में हुई है। उसका मतलब यह हुआ कि पश्चिमी देशों में प्रति दशक बुद्धि लब्धि में करीब औसतन 3 बुद्धि का वृद्धि हुआ है।

फ्लिन्न प्रभाव का कारण तो स्पष्ट नहीं है। परंतु, कई तरह की संभावनाएँ इसके लिये जताए गए हैं। एक संभावित कारण यह है कि पहले की तुलना में मिलने वाला उत्तम पोषण (nutrition) से व्यक्तियों की बुद्धि लब्धि में वृद्धि हुई है। दूसरी संभावित कारण उत्तम एवं जटिल अधिगम की परिस्थितियाँ (complex learning environment) हैं जिसके साथ निबटने के लिए जटिल युक्ति (strategies) को व्यक्ति अपनाता है तथा जिससे भी उसकी मानसिक क्षमता में वृद्धि हुई है। तीसरा संभावित कारण तरह-तरह के तकनीकी प्रगति (technological advances) हैं जिनसे व्यक्ति का वैश्लेषिक एवं अमूर्त्त तर्कणा कौशल (abstract reasoning skill) में काफी वृद्धि हुई है जिसके कारण बुद्धि परीक्षणों पर व्यक्ति का बुद्धि प्राप्तांक अधिक उच्च हुआ है।

बुद्धि लब्धि की स्थिरता
(Stability of Intelligence Quotient)

मनोवैज्ञानिकों द्वारा किये गए अध्ययनों से यह स्पष्ट हुआ है कि 6 साल के उम्र के पहले की बुद्धि लब्धि प्राप्तांक (IQ Score) बहुत निर्भर योग्य एवं विश्वसनीय नहीं होते हैं। दो साल के उम्र में प्राप्त बुद्धि लब्धि प्राप्तांक 18 साल की आयु में प्राप्त बुद्धि लब्धि प्राप्तांक के साथ मात्र 0.31 तक ही सहसंबंधित पाये गए। इसका मतलब यह हुआ कि दो साल के उम्र में किसी बच्चे की आयु के बारे में जानकर हम यह सही-सही नहीं बतला सकते हैं कि उसकी बुद्धि लब्धि 16 या 18 साल की आयु में भी ऐसा ही होगा। परंतु, जैसे-जैसे बच्चे बड़े होते जाते हैं अर्थात् उनकी आयु बढ़ती जाती है, उनका बुद्धि लब्धि प्राप्तांक में स्थिरता आते जाती है। मध्य वाल्यावस्था (middle childhood) अर्थात् लगभग 10-11 साल की आयु होने पर प्राप्त बुद्धि लब्धि प्राप्तांक में परिवर्तन कम होता है। कैनिवेज एवं बैटकिन्स (Canivez & Watkins, 1998) के अध्ययन के अनुसार इस अवस्था में प्राप्त बुद्धि लब्धि प्राप्तांक में मात्र 5 बिन्दु (5 points) का परिवर्तन ऊपरी या निचली दिशा में होता है।

जैसा कि हम जानते हैं, व्यक्ति की बुद्धि-लब्धि मूलतः उसकी शिक्षा, परिपक्वता, अनुभव एवं जन्मजात बुद्धि का अंश को प्रतिबिम्बित करता है। इसका परिणाम यह होता है कि 40 साल की आुय तक बुद्धि परीक्षण के प्राप्तांकों (scores) में थोड़ा-थोड़ा करके धीरे-धीरे बढ़ोत्तरी होते जाती हैं। इस तथ्य की पुष्टि इक्रोन, हंट तथा हॉन्जिक (Eichorn, Hunt & Honzik, 1981) के अध्ययन से भी हो चुका है, परन्तु बुद्धि प्राप्तांकों में बढ़ोत्तरी का यह दर को एक औसत दर (average rate) माना गया है क्योंकि कुछ ऐसे व्यक्ति होते हैं जो अपने बुद्धि प्राप्तांक में तो अधिक वृद्धि कर लेते हैं परंतु कुछ ऐसे होते हैं जिनकी बुद्धि प्राप्तांक में काफी कमी (loss) भी हो जाती है। हॉन्जिक (Honzik, 2001) के अनुसार उन व्यक्तियों द्वारा अपनी बुद्धि लब्धि में अधिक बढ़ोत्तरी की जाती है जिनको आरंभिक व्यस्कावस्था में बौद्धिक उत्तेजन (intellectual stimulation) अधिक प्राप्त होता है, परंतु जिन व्यक्तियों की जीवन

शैली अनउत्तेजक (unstimulating) रहा होता है तथा जो चिरकालिक बीमारी के चपेट में होते हैं, उनकी बुद्धि लब्धि प्राप्तांक में काफी कमी हो जाती है।

कुछ अध्ययनों में मध्य आयु (middle age) के बाद बुद्धि लब्धि में कम गिरावट होते पाया गया है जबकि कुछ अध्ययन में इस अवस्था के बाद कोई परिवर्तन या बहुत कम परिवर्तन होते देखा गया है। मनोवैज्ञानिकां द्वारा इस परस्परविरोधी तथ्य की व्याख्या इस प्रकार की गयी है— जब बुद्धि प्राप्तांकों में हमलोगों का बल बोध (comprehension) या सामान्य ज्ञान (general knowledge) पर होता है तो 40 साल की आयु तक बुद्धि लब्धि में गिरावट न के बराबर होता है परंतु जब बुद्धि प्राप्तांकों में बल प्रत्यक्षज्ञानात्मक गति (perceptual speed) या तीव्र सूझ (rapid insight) पर होता है तो 40 साल के बाद बुद्धि लब्धि में तेजी से गिरावट आता है। विनट्राब (Weintraub, 2003) के अध्ययन के अनुसार बुद्धि में उम्र संबंधित ह्रास, स्वस्थ एवं प्रशिक्षित व्यक्तियों के लिए सामान्यतः औसतन से कम ही होता है अर्थात् ऐसे लोगों में बुद्धि लब्धि की स्थिरता पायी जाती है। सुडफेल्ड एवं पाइड्राहिटा (Suedfeld & Piedrahita, 1984) ने बुद्धि तथा बढ़ती आयु के बीच एक अदभुत संबंध के बारे में बतलाया है। इनका मानना है कि जीवन के कुछ अंतिम सालों में बुद्धि लब्धि में एक अचानक *सीमान्त ह्रास* (terminal decline) देखने को मिलता है। इसका कारण शायद यह है कि व्यक्ति को अपने संभावित मृत्यु का एहसास होने लगता है क्योंकि मस्तिष्क में कुछ सार्थक परिवर्तन हो जाते हैं। सामान्य स्वास्थ्य होने के बावजूद मृत्यु के पाँच साल पहले ही व्यक्ति की बुद्धि लब्धि में इस तरह का सीमान्त ह्रास को आसानी से मापा जा सकता है।

बुद्धि की माप
(Measurement of Intelligence)

जेन्सन[1] (1969) ने ठीक ही कहा है, 'बुद्धि बिजली के समान है, जिसे परिभाषित करने की अपेक्षा मापना आसान है।'' यद्यपि यह थोड़ा विरोधाभासी (paradoxical) दीख पड़ता है, फिर भी यह सत्य है कि पूर्णतः सन्तोषजनक परिभाषा विना दिए ही मनोवैज्ञानिकों ने बुद्धि मापने की भरपूर कोशिश की है। *नवम् मेन्टल मेजरमेन्ट इयरबुक* (The Ninth Mental Measurement Yearbook, 1985) में 77 बुद्धि परीक्षणों के निर्माण एवं सम्बद्ध साहित्य की समीक्षा की गयी है। इसमें से 61 बुद्धि परीक्षण सामान्य बुद्धि स्तर (general intellectual level) को मापते हैं तथा 16 ऐसे परीक्षण हैं जिनके माध्यम से विशिष्ट मानसिक क्षमता (specific mental ability) का मापन होता हे। 61 में से 32 बुद्धि परीक्षण ऐसे हैं जिनका क्रियान्वयन समूह में किया जाता है तथा उसे मशीन से या हाथ से प्राप्तांक लेखन (scoring) किया जा सकता है। बाकी 29 बुद्धि परीक्षण ऐसे हैं जिनका क्रियान्वयन वैयक्तिक रूप से (individually) हो सकता है तथा उनका प्राप्तांक लेखन किसी प्रशिक्षण विशेषज्ञ ही कर सकते हैं। जब किसी बुद्धि परीक्षण का उपयोग सामान्य शैक्षिक उपलब्धि (general academic achievement) के बारे में पूर्वकथन करने के लिए किया जाता है तो इसे शैक्षिक अभिवृत्ति परीक्षण (scholastic aptitude test) कहा जाता है। बुद्धि की माप बुद्धि परीक्षण (intelligence test) द्वारा की जाती है। सबसे पहला बुद्धि परीक्षण बिने (Binet) तथा साईमन (Simon) ने मिलकर 1905 में बनाया था। यह बुद्धि परीक्षण आने वाले वर्षों में मनोवैज्ञानिकों के बीच काफी लोकप्रिय (popular) हुआ। फलस्वरूप, इसका कई बार संशोधन (revision) भी किया गया। इस परीक्षण का सबसे महत्त्वपूर्ण संशोधन टरमैन (Terman) द्वारा 1916 में स्टैनफोर्ड विश्वविद्यालय (Stanford University) में किया गया। इस संशोधन में सबसे पहली बार बुद्धि लब्धि के सम्प्रत्यय को बुद्धि मापने के सूचक (index) के रूप में प्रयोग किया गया। इसके बाद अनेकों मनोवैज्ञानिकों जैसे वेक्सलर (Wechsler), अर्थर (Arthur), कैट्टेल (Cattell), रेभेन (Raven), गुडएनफ (Goodenough) आदि ने भी बुद्धि परीक्षण बनाकर बुद्धि मापन के क्षेत्र में महत्त्वपूर्ण योगदान दिये हैं। प्रथम विश्वयुद्ध के दौरान सामूहिक रूप से बुद्धि परीक्षण का कार्य करने की आवश्यकता महसूस की गयी जिसके परिणामस्वरूप अमेरिकन सेना में फौजों की बुद्धि मापने के लिए दो मशहूर बुद्धि परीक्षण का निर्माण किया जिसका नाम था—*आर्मी अल्फा परीक्षण* (Army Alpha test) तथा *आर्मी बीटा परीक्षण* (Army Beta test)। आर्मी अल्फा परीक्षण एक शाब्दिक बुद्धि परीक्षण (verbal intelligence test) था जबकि आर्मी बीटा परीक्षण एक क्रियात्मक (performance)

1. "Intelligence, like electricity, is easier to measure than to define."

—Jensen : *Educational Review*, 1969, p.5

या अभाषाई (nonlanguage) बुद्धि परीक्षण था। पहले तरह के परीक्षण द्वारा पढ़े-लिखे फौजियों की बुद्धि का तथा दूसरे तरह के परीक्षण द्वारा असाक्षर फौजियों का या नाम मात्र के पढ़े-लिखे फौजियों के बुद्धि का मापन किया जाता था। बाद में इन दोनों बुद्धि परीक्षणों को संशोधित करके *आर्मड फोर्सेज क्वालिफिकेसन टेस्ट* (Armed Forces Qualification Test or AFQT) तथा *आर्मड सर्विसेज भोकेसनल एपटिटूड बैट्री* (Armed Services Vocational Apitude Battery or ASVAB) जैसे परीक्षणों का निर्माण किया गया।

इस तरह से स्पष्ट है कि बुद्धि का मापन भिन्न-भिन्न बुद्धि परीक्षणों द्वारा किया जाता है। इनमें से कुछ बुद्धि परीक्षण ऐसे हैं जो शाब्दिक (verbal) हैं अर्थात् जिनके एकांशों (items), निर्देश (instruction) आदि में लिखित भाषा का प्रयोग किया गया है तथा कुछ ऐसे भी हैं जिनके एकांशों तथा निर्देश में लिखित भाषा का प्रयोग नहीं होता है और व्यक्ति को दिये गये वस्तुओं (objects) का परिचालन (manipulate) करके कुछ विशेष डिजाइन (design) बनाना होता है। इसके आधार पर ही व्यक्ति के बुद्धि की जाँच की जाती है। कुछ प्रमुख बुद्धि परीक्षणों का प्रयोग जिसका बुद्धि मापन में अधिकतर उपयोग किया गया है, निम्नांकित हैः—

1. बिने परीक्षण (Binet Test)
2. वेक्सलर मापनी (Wechsler Scales)
3. रैबेन प्रोग्रेसिव मैट्रीसेज (Raven's Progressive Matrices)
4. गुडएनफ ड्राँ-ए-मैन परीक्षण (Goodenough Draw-a-man Test)
5. पीवॉडी चित्र शब्दावली परीक्षण (Peabody Picture Vocabulary Test)
6. कैट्टेल संस्कृति मुक्त बुद्धि परीक्षण (Cattell's Culture-free intelligence Test)
7. बच्चों के लिए निर्मित कॉफमैन मूल्यांकन परीक्षणमाला (Kaufman Assessment Battery for Children or K-ABC)

इन परीक्षणों का वर्णन हम अलग-अलग अनुच्छेद में करेंगे।

बिने परीक्षण (Binet Test)

बुद्धि परीक्षण के इतिहास की अहमियत मनोवैज्ञानिक दृष्टिकोण से काफी अधिक बतलायी गयी है। इसका एक प्रमुख कारण यह है कि बिने परीक्षण (Binet test) ऐसा माननीकृत बुद्धि परीक्षण (standardized intelligence test) है जिसकी ओर मनोवैज्ञानिकों का ध्यान गया तथा इस परीक्षण को समय-समय पर संशोधन (revision) कर उसे और भी अधिक उत्तम बनाने का प्रयास जारी रखा गया। परीक्षण निर्माण के दो नियमों (principles) का प्रतिपादन बिने (Binet) द्वारा किया गया—*उम्र विभिन्नता* (age differentiation) तथा *सामान्य बुद्धि क्षमता* (general mental ability)। *उम्र विभिन्नता* से तात्पर्य यह होता है कि जैसे-जैसे बच्चों की आयु बढ़ती है, उनकी क्षमताएँ विकसित होते जातीं हैं। इसका मतलब यह हुआ कि अधिक उम्र के बच्चों की क्षमता कम उम्र के बच्चों की अपेक्षा अधिक होती है। बिने ने स्पीयरमैन द्वारा प्रतिपादित सामान्य मानसिक क्षमता (general mental ability) या g-कारक को महत्त्वपूर्ण माना और इस तरह से बिने बुद्धि के विभिन्न अलग-अलग तत्त्वों को समझने की आवश्यकता से अपने आप को दूर रखें।

इस परीक्षण का निर्माण फ्रेंच मनोवैज्ञानिक अल्फ्रेड बिने (Alfred Binet) द्वारा थियोडोर साइमन (Theodore Simon) जो एक मेडिकल डॉक्टर थे, की सहायता से की गयी। फ्रेंच सरकार ने मानसिक रूप से दुर्बल (mentally retarded) बच्चों की पहचान करने के लिए एक बुद्धि परीक्षण का निर्माण का भार बिने पर सौंपा था। बिने ने साइमन की मदद से एक बुद्धि परीक्षण का निर्माण 1905 में किया जिसे तब **बिने-साइमन मापनी** (Binet-Simon Scale) के नाम से पुकारा गया। इस परीक्षण में कुल 30 एकांश (items) थे जिनके द्वारा मूलतः बच्चों में भाषा का प्रयोग, चिन्तन एवं बोध (comprehension) आदि का मापन होता था। ये सभी एकांश कठिनाई के बढ़ते हुए क्रम में सुसज्जित थे। यह एक वैयक्तिक बुद्धि परीक्षण (individually administered intelligence test) है जिसका प्रथम संशोधन 1908 में किया गया। इस संशोधन की मुख्य विशेषता यह थी कि इसमें कुछ नये एकांशों को जोड़े गए

थे तथा कुछ असन्तोषजनक पुराने एकांशों को हटा दिया गया। 1908 के संशोधन के बाद इस परीक्षण में एकांशों की संख्या बढ़कर 58 हो गयी थी।

इस परीक्षण का अंग्रेजी रूपान्तर गोड्डार्ड (Goddard) द्वारा 1911 में अमेरिका में किया गया और विभिन्न मानसिक अस्पतालों एवं उपचार गृहों में इसका प्रयोग मानसिक रूप से कमजोर बच्चों की पहचान में धड़ल्ले से किया जाने लगा। अमेरिका में इसके कई संशोधन (revision) फिर बाद में हुए। जैसे—कुह्लमान्न Kuhlmann) ने इसका संशोधन 1912, 1922 तथा 1939 में किया। यर्क्स (Yerkes) ने इसका संशोधन 1915 एवं 1923 में किया तथा हेरिंग (Hering) ने इसका संशोधन 1922 में किया।

परन्तु इस परीक्षण का सबसे महत्त्वपूर्ण संशोधन एल०एम०टरमैन (L. M. Terman) द्वारा 1916 में स्टैनफोर्ड विश्वविद्यालय में किया गया। इस संशोधन ने परीक्षण में चार चाँद लगा दिये। इसकी लोकप्रियता दिन-दुनी तथा रात चौगुनी ढंग से बढ़ी। इस संशोधन को स्टैनफोर्ड-बिने (Stanford-Binet) के नाम से पुकारा गया। इस संशोधन की प्रमुख विशेषता यह थी कि इसमें बुद्धि-लब्धि (intelligence quotient or I.Q.) के सम्प्रत्यय का सबसे पहली बार समावेश किया गया। इस परीक्षण के दो तुल्य फार्म थे—L फार्म तथा M फार्म। 1937 में इस परीक्षण का पुनः संशोधन किया गया और यह संशोधन टरमैन मेरिल्ल (Terman & Merrill) द्वारा किया गया और इसे 'नया संशोधन स्टैनफोर्ड-बिने परीक्षण' या संक्षेप में 'दी 1937 बिने' (The 1937 Binet) कहा गया। इस संशोधन की खास विशेषता यह थी कि 1916 की तुलना में इसके माननीकरण को अधिक उन्नत बना दिया गया तथा इसकी वैधता (validity) को अधिक उत्तम किया गया। इसके अलावा परीक्षण के ऊपरी तथा निचली उम्र-सीमाओं का विस्तार किया गया।

स्टैनफोर्ड-बिने मापनी का तीसरा संशोधन 1960 में टरमैन तथा मेरिल द्वारा ही किया गया और इसके द्वारा 2 साल के बच्चों से लेकर 22 वर्ष 11 महीना तक के वयस्कों की बुद्धि मापने का दावा किया। इस संशोधन में परीक्षण के तुल्य फार्म (equivalent form) के स्वरूप को बनाये रखा गया। इस संशोधन में 1937 के संशोधन के उत्तम एकांशों को रखा गया तथा पुराने एवं अनुपयुक्त एकांशों को हटा दिया गया। अधिकतर चिकित्सकों का मत है कि 4 साल से 12 साल के बच्चों के लिए यह परीक्षण काफी प्रेरणात्मक है। इस परीक्षण का चौथा संशोधन 1986 में तथा पंचम संशोधन 2003 में किया गया। इस संशोधन में स्टैनफोर्ड-बिने मापनी को और भी अधिक सर्वोत्कृष्ट बना दिया।

स्टैनफोर्ड-बिने-मापनी का संशोधन वर्ष
(Revision years of Stanford-Binet Scale)

प्रथम संशोधन 1916
द्वितीय संशोधन 1937
तृतीय संशोधन 1960
चतुर्थ संशोधन 1986
पंचम संशोधन 2003

1986 के संशोधन की कई प्रमुख विशेषताएँ हैं जो निम्नांकित हैं:—

(i) इस परीक्षण में 15 अनुच्छेद (sections) हैं जिनमें से 11 अनुच्छेद में शाब्दिक परीक्षणों (verbal tests) को रखा गया है जिसके माध्यम से परिमाणात्मक चिन्तन (quantitative reasoning), लघुकालीन स्मृति (short-term memory) आदि का मापन होता है। शाब्दिक एकांशों (verbal items) पर उतना अधिक बल पहले के संशोधनों में नहीं दिया गया था।

(ii) पहली बार इस संशोधन में परीक्षण के विभिन्न अनुच्छेदों को बुद्धि के महत्त्वपूर्ण सिद्धान्तों पर आधारित किया गया। इस संशोधित परीक्षण के सैद्धान्तिक मॉडल (theoretical model) के तीन स्तर (level) बनाये गए हैं। पहले स्तर (Level I) पर स्पीयरमैन के g कारक को रखा गया है जिसे स्तर II (Level II) पर लाकर बहुत कुछ कैटेल के सिद्धान्त के अनुसार तीन भागों में बाँटा गया है—ठोस क्षमता (Crystallized abilities), तरल या विश्लेषणात्मक क्षमता (Fluid or analytical abilities) तथा लघुकालीन स्मृति (Short-term memory)। फिर तीसरे स्तर (Level III) पर ठोस क्षमता को दो भागों में बाँटा गया है—शाब्दिक चिन्तन

(Verbal reasoning) तथा परिमाणात्मक चिंतन (Quantitative thinking)। अन्त में प्रत्येक ऐसे क्षमता को मापने के लिए परीक्षण के एकांशों को एक खास ढंग से सम्बन्धित किया गया है (तालिका 12.2) देखें।

(iii) इस संशोधित परीक्षण में मानसिक आयु (mental age) के सम्प्रत्यय को हटा दिया गया है और बुद्धि लब्धि (intelligence quotient) के सम्प्रत्यय को एक नया सम्प्रत्यय (concept) यानी 'मानक आयु प्राप्तांक (Standard Age Score या SAS) द्वारा प्रतिस्थपित किया गया है। SAS का निर्धारण प्रत्येक उप-परीक्षण पर व्यक्ति के निष्पादन (performance) की तुलना में उसी आयु समूह के व्यक्तियों के निष्पादन से करके की जाती है। जैसे यदि एक आठ साल का बालक अन्य आठ साल के बालकों की तुलना में उपपरीक्षणों पर उत्तम निष्पादन (performance) प्राप्त करता है तो उसका SAS ऊँचा (high) होगा परन्तु यदि अन्य आठ साल के बालकों की तुलना में उसका निष्पादन खराब होता है, तो उसका SAS कम हो जाएगा। इससे स्पष्ट है कि SAS का अर्थ करीब-करीब वही है जो IQ का था।

(iv) इस संशोधित परीक्षण का प्रत्येक उपपरीक्षण में खुले प्रश्न (open-ended questions) या कार्य होते हैं जो सिलसिलेवार ढंग से (progressively) कठिन होते जाते हैं। इस परीक्षण के तीन उपपरीक्षण अर्थात् शब्दावली परीक्षण, बोध परीक्षण तथा नकल परीक्षण (Copying test) से दिये गए उदाहरणों से परीक्षण की इस विशेषता का स्पष्टीकरण होता है। (चित्र 12.1 देखें)।

तालिका 12.2 : स्टैनफोर्ड-बिने का सैद्धान्तिक मॉडल

(Theoretical Model of Stanford-Binet, 1986)

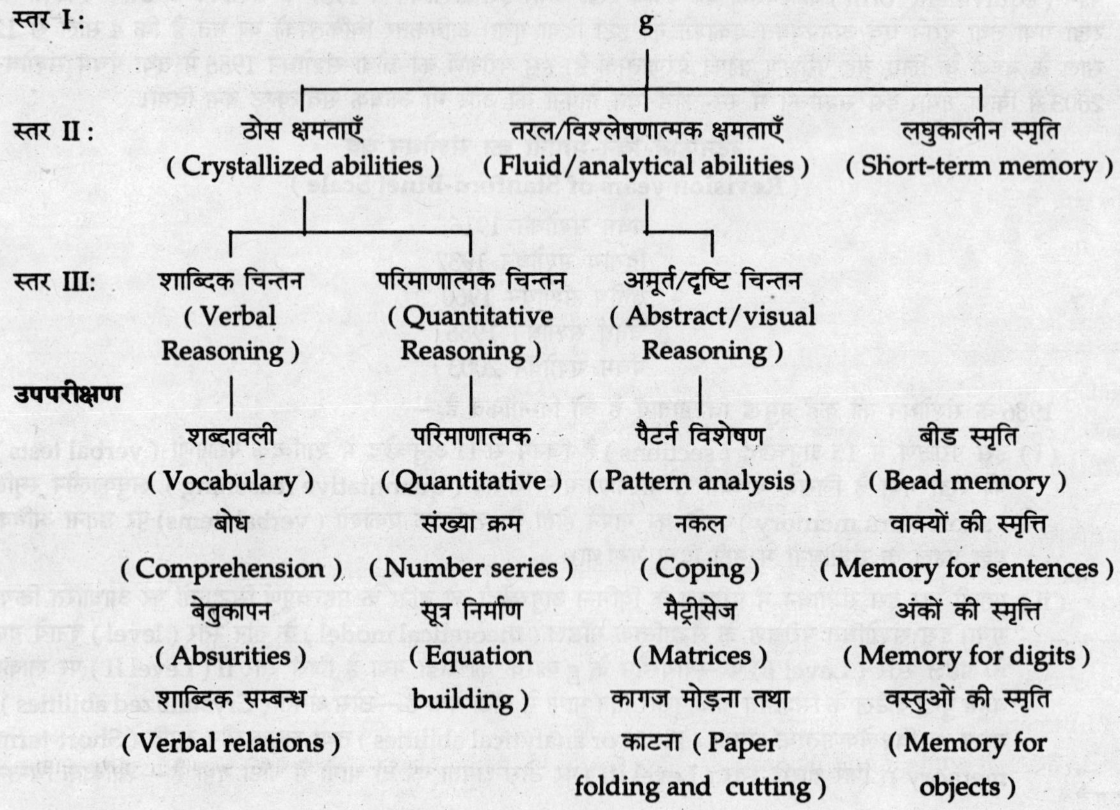

शब्दावली परीक्षण (Vocabulary Test)

निम्नलिखित को परिभाषित करें—

(अ) गेंद (ब) सिक्का (स) वाद-विवाद (द) टाल-मटोल

बोध परीक्षण (Comprehensive Test)

निम्नलिखीत प्रश्नों का उत्तर दें—

(अ) घरों में दरवाजा क्यों होते हैं? (ब) पुलिस क्यों होती है?
(स) लोग कर (tax) क्यों देते हैं? (द) राजनैतिक पार्टी से लोग क्यों सम्बन्ध रखते हैं?

नकल परीक्षण (Copying Test)

निम्नलिखित चित्रों को देखकर बनायें—

(अ) O (ब) (स) (द)

चित्र 12.1 : स्टैनफोर्ड बिने (1986) में प्रयुक्त एकांशों से मिलता-जुलता एकांश

चित्र 12.1 में दिये गए तीनों परीक्षणों में हम देखते हैं कि जैसे-जैसे 'अ' से 'द' की ओर बढ़ते हैं, व्यक्ति के लिए सिलसिलेवार ढंग से उत्तर देना आसान से कठिन होता जाता है।

स्टैनफोर्ड-बिने मापनी (Stanford-Binet Scale 1986) द्वारा 2 साल के बच्चों से लेकर 33 साल के वयस्कों तक की बुद्धि का मापन होता है। कम उम्र के बच्चों के (2 साल से 6 साल तक) लिए चार-चार महीने का अंतराल देकर मानक (norms) तैयार किये गए हैं, 6 साल से 12 साल के बच्चों के लिए 6-6 महीना का अंतराल देकर मानक तैयार किये गए हैं, 12 से 18 साल के व्यक्तियों के लिए एक-एक साल के अन्तराल देकर मानक तैयार किये गए हैं। 18 साल से 23 साल के वयस्कों के लिए 5-5 साल का अन्तराल देकर तथा 23 से 33 साल के वयस्कों के लिए 10 का अन्तराल देकर मानक तैयार किया गया है। छोटे बच्चों के लिए कम ही समय का अन्तराल देकर मानक इसलिए तैयार किये गये हैं क्योंकि इस अवस्था में संज्ञानात्मक विकास (cognitive development) तेजी से होता है। स्पष्टतः तब स्टैनफोर्ड-बिने मापनी एक आयु मापनी (age scale) है क्योंकि इसमें आयु-स्तर के अनुकूल एकांशों का समूहन (grouping) किया गया है।

सन् 2003 में स्टैण्डफोर्ड-विने परीक्षण (Stanford Binet test) का नवीनतम संशोधन प्रकाशित हुआ है। इसे संक्षेप में SB-5 कहा जाता है। इम्ब्रेटसन (Embretson, 1996) के अनुसार यह संशोधन *एकांश अनुक्रिया सिद्धान्त* (Item Response theory) पर आधृत होने के कारण बहुत ही उपयोगी है। SB-5 द्वारा बुद्धि के पाँच ऐसे कारकों की माप होती है जो केरोंल्ल (Carroll, 1993) तथा बैड्डेली (Baddeley , 1986) के आधुनिक संज्ञानात्मक सिद्धान्त से प्रतिपादित किये गये हैं। वे पाँच कारक हैं—तरल तर्कणा (fluid reasoning), ज्ञान (knowledge), परिमाणात्मक तर्कणा (quantitative reasoning), चाक्षुष-स्थानिक संसाधन (visual-spatial processing) तथा चलन स्मृति (working memory)। इनमें से प्रत्येक कारक का मापन दो तरह के क्षेत्रों (domains) द्वारा किया जाता है—शाब्दिक (verbal) तथा अशाब्दिक (nonverbal)। इन कारकों को इन दो क्षेत्रों द्वारा मापने के लिए इसमें 10 उपपरीक्षण (subtests) हैं। इस तरह से इस परीक्षण पर मापे गये व्यक्ति की बुद्धि का अंदाज 10 उपपरीक्षण प्राप्तांक (subtest scores), तीन बुद्धि लब्धि प्राप्तांक अर्थात् सम्पूर्ण मापनी बुद्धि लब्धि (full scale IQ), शाब्दिक बुद्धि लब्धि (verbal IQ), अशाब्दिक बुद्धि लब्धि (nonverbal IQ) तथा पाँच कारक पर के प्राप्तांकों के आधार पर लगाया जाता है। इस परीक्षण का उपयोग दो साल के बच्चे से लेकर 90 साल तक के व्यक्तियों की बुद्धि की माप के लिए आसानी से किया जा सकता है।

SB-5 के पाँच कारकों का संक्षिप्त विवरण निम्नांकित हैं—

1. तरल तर्कणा *(Fluid reasoning)*—इस क्षमता या कारक को निम्नांकित तरह के प्रश्नों द्वारा मापा जाता है—

(a) किस तरह से सेव एवं केला लाल शलगम से भिन्न है?

(b) भालू, चीता, बाघ एवं सिंह में क्या समानता है?

2. ज्ञान *(Knowledge)*—इस कारक द्वारा विभिन्न विषयों के बारे में व्यक्ति के ज्ञान का मापन होता है। प्रश्न कुछ इस प्रकार के होते हैं—

(a) मशीन इंजन में मोबिल का प्रयोग क्यों होता है?

(b) आकाश में तारे दिन में क्यों नजर नहीं आते हैं?

3. परिमाणात्मक तर्कणा *(Quantitative reasoning)*—इस कारक द्वारा व्यक्ति के उन क्षमताओं का मापन होता है जिसके माध्यम से वह उन समस्याओं का समाधान करता है जिनमें संख्या (numbers) होते हैं। जैसे

(a) $4 \times 5 \times 0 \times 10 \times 12 = ?$

(b) अगर किसी व्यक्ति का मासिक वेतन पहले 10 प्रतिशत बढ़ा दिया जाता है और फिर 10 प्रतिशत घटा दिया जाता है, तो अन्तोगत्वा उसे लाभ होगा या हानि?

4. चाक्षुष-स्थानिक संसाधन *(Visual-spatial processing)*—इस कारक द्वारा व्यक्ति के चाक्षुष-स्थानिक कौशल (visual-spatial skills) का मापन होता है। जिन व्यक्तियों में इस तरह का कौशल पर्याप्त होता है, वे लोग तस्वीर पहेली (picture puzzle) को एक साथ मिलाने तथा ज्यामितीय आकारों (geometrical shapes) को नकल करने में काफी सफल होते हैं। इस कौशल को मापने के लिए इस ढंग का शाब्दिक प्रश्न (verbal questions) होता है—

(a) मान लिया जाए कि आप पश्चिम दिशा में जा रहे हैं, फिर बायें घूमते है और थोड़ी दूर चलके फिर दायें घुमते हैं। अब आपका चेहरा किस दिशा में होगा?

5. चलन स्मृति *(Working memory)*—इस कारक द्वारा लघुकालीन स्मृति का मापन होता है। इसे मापने के लिए प्रश्न इस प्रकार के होते हैं—

(a) बोले जा रहे अंकों के क्रम को विपरीत दिशा में करके बोलें।

(b) इन चार वाक्यों को सुनकर प्रत्येक वाक्य के अंतिम शब्द को बतलावें।

स्टैनफोर्ड-बिने का मूल्यांकन (Evaluation of Stanford-Binet)

स्टैनफोर्ड-बिने परीक्षण के कुछ गुण (merits) तथा परिसीमाएँ (limitations) हैं जिनपर मनोवैज्ञानिकों ने बल डाला है इसके प्रमुख गुण निम्नांकित हैं:—

(i) स्टैनफोर्ड बिने परीक्षण की सबसे आमूल गुण जो अन्य बुद्धि परीक्षणों में प्रायः देखने को नहीं मिलता है, वह यह है कि परीक्षण का वर्तमान प्रारूप द्वारा मौलिक परीक्षण में प्रस्तावित बुद्धि के मूल अर्थ को परिवर्तित नहीं किया गया है। मौलिक परीक्षण के दोनों गुणों अर्थात् बुद्धि को तर्कणा (reasoning), बोध (comprehension) तथा निर्णय (judgement) के रूप में परिभाषित करना एवं बुद्धि का आयु-संदर्भीय मापन (age-referenced measurement) को स्टैनफोर्ड-बिने परीक्षण द्वारा कायम रखा गया। अन्य बुद्धि परीक्षणों के संशोधन में देखा गया है कि परीक्षण के मूल अर्थ एंव संरचना को पूर्णतः परिवर्तित कर दिये जाते हैं। ऐसी बात स्टैनफोर्ड-बिने मापनी के साथ नहीं है।

(ii) अनेकों अध्ययनों से यह स्थापित हो चुका है कि स्टैनफोर्ड-बिने परीक्षण एक विश्वसनीय (reliable) तथा वैध (valid) परीक्षण है।

(iii) SB-5 परीक्षण द्वारा बच्चों एवं वयस्कों दोनों की बुद्धि की माप होती है जो अपने आप में एक अनूठा गुण है।

उपर्युक्त गुणों के कारण मनोवैज्ञानिकों द्वारा इस परीक्षण का उपयोग काफी अधिक किया जा रहा है।

स्टैनफोर्ड-बिने की कुछ परिसीमाएँ भी हैं जिनमें निम्नलिखित प्रमुख हैं:—

(i) 2½ वर्ष से 5½ वर्ष के बच्चों की बुद्धि मापन के लिए इस परीक्षण को कुछ लोगों ने बहुत अधिक विश्वसनीय नहीं पाया है।

(ii) उसी तरह से कुछ मनोवैज्ञानिकों का मत है कि वैसे बच्चे जिनकी बुद्धिलब्धि 140 या इससे भी अधिक है, उसके लिए भी यह परीक्षण अधिक विश्वसनीय नहीं है।

इन हल्के-फुल्के परिसीमाओं के बावजूद स्टैनफोर्ड-बिने मापनी की लोकप्रियता काफी अधिक है तथा मनोवैज्ञानिकों के बीच इस परीक्षण की लोक प्रसिद्धि अधिक है। बिने-साइमन मापनी 1960) का भारतीय अनुकूलन भी एस॰ के॰ कुल श्रेष्ठ (S. K. Kulshresth) द्वारा किया गया है।

वेक्सलर बुद्धि मापनी
(Wechsler Intelligence Scales)

डेविड वेक्सलर (David Wechsler) जो अमेरिका के न्यूयार्क सिटी के बेलेभ्यू अस्पताल (Bellevue Hospital) में एक मनश्चिकित्सक (psychiatrist) थे, स्टैनफोर्ड-बिने मापनी से बहुत संतुष्ट नहीं थे। यह बात 1935-38 की है जब स्टैनफोर्ड-बिने परीक्षण अपने दूसरे संशोधित रूप में (The Binet, 1937) प्रकाशित हो गया था। उस समय के इस स्टैनफोर्ड-बिने परीक्षण का एक प्रमुख दोष यह था कि उसके द्वारा वयस्कों की बुद्धि की माप नहीं होती थी। फलस्वरूप, वेक्सलर ने वयस्कों की बुद्धि की माप करने के लिए 1939 में अलग से एक वैयक्तिक परीक्षण (individual test) का निर्माण किया जिसका नाम *वेक्सलर-बेलेभ्यु बुद्धि मापनी* (Wechsler-Bellevue intelligence scale) रखा गया। इस मापनी द्वारा वयस्क की बुद्धि की माप आसानी से की जाती थी। इस मापनी के दो भाग थे—शाब्दिक मापनी (Verbal Scale) तथा क्रियात्मक मापनी (Performance Scale)। 1955 ई॰ में इस परीक्षण का संशोधित संस्करण (revised edition) प्रकाशित किया गया जिसका नाम *वेक्सलर वयस्क बुद्धि मापनी* (Wechsler Adult Intelligence Scale या WAIS) रखा गया। इस परीक्षण को 1981 में पुनः संशोधित किया गया जिसे 'WAIS—R' कहा गया। 'WAIS-R' के भी दो भाग थे—शाब्दिक मापनी (verbal scale) तथा क्रियात्मक मापनी (Performance Scale)। WAIS-R का पुनः संशोधित प्रारूप 1997 में प्रकाशित किया गया जिसे WAIS III कहा गया। WAIS-III के शाब्दिक मापनी में 7 उप-परीक्षण (seven subtests) हैं तथा क्रियात्मक मापनी में भी 7 उप-परीक्षण (seven subtests) हैं। इस तरह से कुल मिलाकर उसमें 14 उप-परीक्षण हैं।

WAIS-III के शाब्दिक मापनी (verbal scale) के उपपरीक्षणों का वर्णन निम्नांकित हैं:—

(i) शब्दाब्ली परीक्षण (*Vocabulary test*)—इस परीक्षण में कुछ शब्द होते हैं जिन्हें परीक्षार्थी (testee) को परिभाषित करना होता है या उनका अर्थ बतलाना होता है।

(ii) समानता परीक्षण (*Similarities test*)—इस परीक्षण के प्रत्येक एकांश में दिये गये वस्तुओं के बीच परीक्षार्थी को समानता (similarities) बतलाना होता है। इसके द्वारा परीक्षार्थी दो असमान वस्तुओं के बीच समानता दिखलाने की क्षमता का मापन होता है।

(iii) अंकगणितीय परीक्षण (*Arithmetic test*)—इस परीक्षण द्वारा साधारण अंकगणितीय कौशल (arithmetical skills) का मापन होता है। सामान्यतः इस परीक्षण द्वारा एकाग्रता (concentration), अभिप्रेरण एवं स्मृति तीन तरह के क्षमताओं का मापन होता है।

(iv) अंक विस्तार परीक्षण (*Digit span test*)—इस परीक्षण में परीक्षार्थी को अग्रगामी (forward) तथा पश्चगामी (backward) दिशा में प्रति सेकेंड एक शब्द की दर से उपस्थित किये गए शब्दों को बोलकर दोहराना होता है। इसके द्वारा लघुकालीन श्रव्य स्मृति (short-term auditory memory) का मापन होता है।

(v) सूचना परीक्षण (*Information test*)—यद्यपि इस परीक्षण के माध्यम से परीक्षार्थी के सामान्य ज्ञान

(general knowledge) का मापन होता है फिर भी इसके द्वारा कुछ अबौद्धिक कारकों जैसे उत्सुकता (curiosity), तथा ज्ञान के अधिग्रहण में अभिरुचि आदि का भी मापन होता है।

(vi) बोध परीक्षण *(Comprehension test)*—इस परीक्षण द्वारा व्यवहारिक परिस्थिति में परीक्षार्थी द्वारा किया जाने वाला निर्णय की क्षमता का मापन होता है। इस परीक्षण में तीन तरह के प्रश्न होते हैं—पहले तरह के प्रश्नों के माध्यम से यह पूछा जाता है कि किसी परिस्थिति में क्या किया जाना चाहिए, दूसरे तरह के प्रश्नों द्वारा कोई घटना या नियम का तार्किक व्याख्या देने के लिए कहा जाता है तथा तीसरे तरह के प्रश्नों के माध्यम से कुछ कहावत (probverbs) को परिभाषित करने का प्रयास किया जाता है।

(vii) पत्र-संख्या अनुक्रमाण परीक्षण *(Letter-Number Sequencing test)*—वेक्सलर परीक्षण में एक नया परीक्षण है जिसमें परीक्षार्थी को दिये गए संख्याओं और अक्षरों को सही क्रम में सुसज्जित करना होता है। जैसे C, 3, B, 1, 2, A को 1, 2, 3, A, B, C के रूप में सुसज्जित किया जा सकता है। यह एक पूरक परीक्षण (supplementary test) है और शाब्दिक बुद्धि लब्धि प्राप्तांक के लिए इसकी आवश्यकता नहीं होती हैं परन्तु व्यक्ति के बौद्धिक कार्यो के बारे में अतिरिक्त सूचना प्राप्त करने के लिए फेयर्स तथा ट्रुल्ल (Phares & Trull, 2000) ने इसके उपयोग की अनुशंसा किया है। गिग्रोरो (Gregory, 1999) तथा फेयर्स एवं ट्रुल्ल (Phares & Trull, 2000) के अनुसार इस परीक्षण द्वारा चलन स्मृति (Working memory) तथा अवधान (attention) का मापन होता है।

WAIS-III के क्रियात्मक परीक्षण (performance test) के 7 उपपरीक्षणों का वर्णन इस प्रकार है—

(i) चित्र-पूर्ति परीक्षण *(Picture-completion test)*—इस परीक्षण के एकांशों में परीक्षार्थी को तस्वीर (picture) दिखलाया जाता है जिसमें कुछ तस्वीर का एक अंश गायब होता है। परीक्षार्थी को यह बतलाना होता है कि कौन-सा अंश या भाग गायब है। इसके द्वारा एकाग्रता तथा असंगतता (incongruity) की समझ की माप होती है।

(ii) अंक-प्रतीक-कूट परीक्षण *(Digit-symbol-coding test)*—इस परीक्षण के एकांशों में परीक्षार्थी को संकेतों (symbols) का कॉपी (copy) करना होता है। इसके द्वारा अपरिचित कार्य को सीखने की क्षमता, दृष्टि पेशीय हस्तकला (visual-motor dexterity) स्थायित्व (persistence) की मात्रा एवं निष्पादन की गति आदि का मापन होता है।

(iii) ब्लॉक डिजाइन परीक्षण *(Block design test)*—इस परीक्षण में कुछ ब्लॉक के सहारे दिये गये डिजाइन को बनाना होता है। इस परीक्षण द्वारा परीक्षार्थी की तर्कणा क्षमता, स्थानिक सम्बन्धों (spatial relationship) को विश्लेषित करने की क्षमता तथा पेशीय एवं दृष्टि कार्यों का समन्वित करने की क्षमता का मापन होता है। इस परीक्षण की निवेश सूचना (input imformation) अर्थात् डिजाइन का तस्वीर चाक्षुष (visual) होता है परन्तु अनुक्रिया (response) या उत्पादन पेशीय (motor) होता है। रेपापोर्ट, गिल्ल तथा स्केफर (Rapaport, Gill & Schafer, 1968) के अनुसार ब्लॉक डिजाइन परीक्षण द्वारा अशाब्दिक सम्प्रत्यय निर्माण (nonverbal concept formation) या अमूर्त्त चिंतन (abstract thinking) का मापन होता है।

(iv) मैट्रीक्स तर्कणा परीक्षण *(Matrix Reasoning test)*—इस परीक्षण के प्रत्येक एकांश में परीक्षार्थी को कुछ अशाब्दिक (nonverbal), आकृतिक उद्दीपक (figural stimuli) उपस्थित किये जाते हैं और परीक्षार्थी को उनके बीच एक पैटर्न या सम्बन्ध की खोज करना होता है। फेयर्स तथा ट्रुल्ल (Phares & Trull, 2000) के अनुसार इस परीक्षण द्वारा न केवल तरल बुद्धि (fluid intelligence) का मापन होता है बल्कि इसके द्वारा सूचना-संसाधन (information-processing) एवं अमूर्त्त तर्कणा (abstract reasoning) की क्षमता का भी मापन होता है।

(v) चित्र व्यवस्था परीक्षण *(Picture arrangement test)*—इस परीक्षण में परीक्षार्थी को कुछ तस्वीर अव्यवस्थित ढंग से उपस्थित किया जाता है जिसे देखकर उन्हें एक सुव्यवस्थित क्रम में रखना होता है ताकि उसके आधार पर एक लघु कहानी बन जाय। इस परीक्षण के द्वारा अशाब्दिक तर्कणा क्षमता (non-verbal reasoning ability) तथा सामाजिक परिस्थिति को सही-सही ढंग से व्याख्या करने की क्षमता का मापन होता है।

(vi) वस्तु सज्जीकरण परीक्षण *(Object Assembly test)*—इस परीक्षण में कुछ काटे-हुए वस्तु (cut-up object) होते हैं जिन्हें परीक्षार्थी को जितना जल्द हो सके, उसे एक साथ सार्थक ढंग से रखना होता है। इस परीक्षण

द्वारा किसी वस्तु के अंश (part) एवं सम्पूर्ण (whole) के बीच सम्बन्ध को प्रत्यक्षण करने की क्षमता का मापन होता है। वस्तु सज्जीकरण परीक्षण WAIS-III में यह एक *ऐच्छिक परीक्षण* (optional test) है।

(vii) संकेत-खोज परीक्षण (*Symbol-search test*)—WAIS-III में यह एक नया एवं ऐच्छिक परीक्षण है। इस परीक्षण में परीक्षार्थी को दो लक्ष्य ज्यामितीय आकृति (target geometric figure) के दिखलाये जाते हैं। इसके बाद उन्हें पाँच अतिरिक्त खोज आकृति (search figure) दिखलाये जाते हैं और इन्हें यह बतलाना होता है कि क्या लक्ष्य आकृति खोज आकृति में है या नहीं। साकुज्जो, जॉनसन एवं गुयरटीन (Saccuzzo, Johnson & Guertin, 1994) के अनुसार इस परीक्षण द्वारा सूचनाओं को संसाधन करने की गति (speed of information processing) की क्षमता का मापन होता है जिसे आजकल बुद्धि का एक महत्त्वपूर्ण तत्त्व माना गया है। इस परीक्षण में 60 एकांश होते हैं जिनका उत्तर मात्र 120 सेकंड में देना होता है।

इस तरह से हम देखते हैं कि WAIS-III में 7 शाब्दिक परीक्षण तथा 7 क्रियात्मक परीक्षण होते हैं। 7 शाब्दिक परीक्षणों पर व्यक्ति द्वारा प्राप्त मानक अंकों (standard scores) को तथा 7 क्रियात्मक परीक्षणों पर प्राप्त मानक अंकों को जोड़कर इन दोनों मापनियों पर अलग-अलग प्राप्तांक (score) प्राप्त किया जाता है। शाब्दिक मापनी तथा क्रियात्मक मापनी पर आये प्राप्तांकों को जोड़कर सम्पूर्ण मापनी प्राप्तांक (full scale score) प्राप्त किया जाता है। इन प्राप्तांकों को *विचलन बुद्धि लब्धि* (Deviation IQ) में बदल दिया जाता है जहाँ माध्य 100 तथा मानक विचलन 15 होता है। इस मापनी पर तीन तरह के बुद्धि लब्धि ज्ञात किया जाता है—*शाब्दिक बुद्धि लब्धि* (verbal intelligence quotient), *क्रियात्मक बुद्धि लब्धि* (performance intelligence quotient) तथा *सम्पूर्ण मापनी बुद्धि लब्धि* (full scale intelligence quotient)। कई अध्ययनों से स्पष्ट हुआ है कि WAIS-III की विश्वसनीयता (reliability) तथा वैधता (validity) का स्तर काफी संतोषजनक है। इस परीक्षण द्वारा 16 से 74 साल तक के व्यक्तियों की बुद्धि मापी जाती है।

शाब्दिक बुद्धिलब्धि, क्रियात्मक बुद्धिलब्धि तथा पूर्ण मापनी बुद्धिलब्धि (full scale intelligence quotient) के अतिरिक्त WAIS-III में चार तरह के *सूचक प्राप्तांक* (index scores) का भी परिकलन किया जाता है जो इस प्रकार है—*शाब्दिक बोध सूचक* (verbal comprehension index), *प्रत्यक्षज्ञानात्मक संगठन सूचक* (perceptual organization index), *चलन स्मृति सूचक* (working memory index) तथा *गति संसाधन* सूचक (processing speed index)। ये चारों सूचकांक कुछ ऐसे हैं जिन्हें मानव बुद्धि के बहुआयामीय प्रकृति (multidimensional nature) में भी सम्मिलित किया गया है। इन चारों सूचकांकों को चित्र 12.1 में दिखलाया गया है।

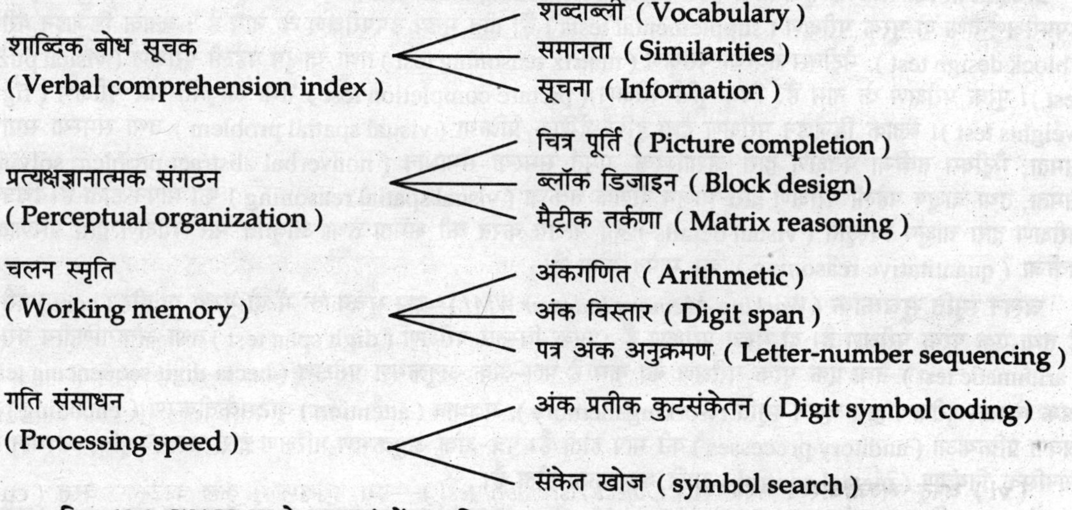

चित्र 12.1 : WAIS-III के सूचकांकों का निरूपण (Presentation of Indices of WAIS-III)

इसमें शाब्दिक बोध सूचक को ठोस बुद्धि (cyrstallized intelligence) का माप तथा प्रत्यक्षज्ञानात्मक संगठन सूचक को तरल बुद्धि (fluid intelligence) का माप बतलाया गया है।

WAIS-III में पैटर्न विश्लेषण (pattern analysis) का भी प्रावधान किया गया है। यह एक ऐसी विधि है जिसमें अध्ययनकर्त्ता विभिन्न परीक्षणों पर के मानक प्राप्तांक (standard score) या मापित प्राप्तांक (scaled score) के बीच के अंतरों का मूल्यांकन करता है। शाब्दिक परीक्षण पर के प्रत्येक उप-परीक्षण (subtest) तथा क्रियात्मक परीक्षण पर के प्रत्येक उप-परीक्षण पर के प्राप्तांकों (scores) को आपस में तुलना करने के खयाल से इन पर के मौलिक प्राप्तांकों (raw scores) को एक मानक प्राप्तांक जिसका माध्य (Mean) = 10 तथा मानक विचलन (Standard deviation) = 3 होता है, में बदल दिया जाता है। ऐसे मानक प्राप्तांकों का प्रत्यक्ष रूप से तुलना करके पैटर्न विश्लेषण किया जाता है। वेक्सलर ने पैटर्न विश्लेषण करके कई तरह की नैदानिक सूचनाएँ (diagnostic information) दिया है। जैसे, मनोविदालिता (schizophrenia) के रोगियों में क्षीण एकाग्रता (poor concentration) तथा दोषपूर्ण निर्णय (impaired judgement) होने से अंकगणित परीक्षण तथा बोधपरीक्षण पर प्राप्तांक काफी कम होते हैं।

WAIS-III का 2008 में पुनः संशोधित प्रारूप प्रकाशित किया गया जिसे WAIS-IV कहा गया। इसका प्रकाशन पियर्सन ऐस्समेन्टस् (Pearson Assessments) द्वारा किया गया। नये WAIS-IV में 10 हीर या मुख्य उपपरीक्षण (10 core subtests) हैं तथा 5 पूरक उपपरीक्षण (supplemental subtests) हैं। इन सभी 10 उपपरीक्षण के प्राप्ताकों के आधार पर सम्पूर्ण मापनी बुद्धि लब्धि (Full scale Intelligence Quotient or FSIQ) ज्ञात किया जाता है। इस मापनी में चार सूचकांक प्राप्तांक (Index Scores) द्वारा बुद्धि के चार घटकों (components) के बारे में पता चलता है। ये चार सूचकांक प्रांप्ताक इस प्रकार हैं:

शाब्दिक बोध सूचकांक (*Verbal Comprehension Index or VCI*)—इसमें तीन मुख्य (core) तथा एक पूरक उपपरीक्षण हैं। तीन मुख्य परीक्षण के नाम हैं, समानता परीक्षण (Similarities Test), शब्दावली (Vocabulary Test) तथा सूचना परीक्षण (Information Test)। पूरक परीक्षण का नाम बोध परीक्षण (Comprehension Test) है। समानता परीक्षण द्वारा अमूर्त शाब्दिक तर्कजा (abstract verbal reasoning) तथा अर्थगत ज्ञान (semantic knowledge) का मापन होता है। शब्दावली परीक्षण द्वारा इस बात की जाँच होती है कि लब्धि किस सीमा तक शब्दों को समझता है तथा उसकी अभिलब्धि करता है। सूचना परीक्षण द्वारा समाज में लब्धि द्वारा अर्जित सामान्य ज्ञान (general knowledge) का पता चलता है। बोध परीक्षण (comprehension test) लब्धि में अमूर्त सामाजिक परम्परा (abstract social convention), नियम (rules) आदि का मापन होता है।

प्रत्यक्षज्ञानात्मक तर्कजा सूचकांक (*Perceptual Reasoning Index or PRI*)—इस सूचकांक में तीन मुख्य (core) उपपरीक्षण तथा दो पूरक परीक्षण (supplemental tests) हैं। तीन मुख्य उपपरीक्षण के नाम हैं : ब्लाक डिजाइन परीक्षण (block design test), मैट्रीक्स तर्कजा परीक्षण (matrix reasoning test) तथा चाक्षुष पहेली परीक्षण (visual puzzle test)। पूरक परीक्षण के नाम हैं: चित्र पूर्त्ति परीक्षण (picture completion test) तथा आकृति भार परीक्षण (figure weights test)। ब्लाक डिजाइन परीक्षण द्वारा दृष्टि-देशिक प्रक्रिया (visual spatial problem) तथा समस्या समाधान क्षमता, मैट्रीक्स तर्कजा परीक्षण द्वारा अशाब्दिक अमूर्त समस्या समाधान (nonverbal abstract problem solving) क्षमता, तथा चाक्षुष पहेली परीक्षण द्वारा चाक्षुष देशिक तर्कजा (visual spatial reasoning) का मापन होता है। चित्रपूर्त्ति परीक्षण द्वारा चाक्षुष विस्तृति (visual details) को प्रत्क्षय करने की क्षमता तथा आकृति भार परीक्षण द्वारा परिणात्मक तर्कजा (quantitative reasoning) का मापन होता है।

चलन स्मृति सूचकांक (*Working-Memory Index or WMI*)—इस सूचकांक में दो मुख्य या हीर (core) परीक्षण है तथा एक पूरक परीक्षण हैं। दो मुख्य परीक्षण हैं : अंक विस्तार परीक्षण (digit span test) तथा अंकगणितीय परीक्षण (arithmatic test) तथा एक पूरक परीक्षण का नाम है पल-अंक अनुक्रमण परीक्षण (hecta-digit sequencing test). अंक विस्तार परीक्षण द्वारा चलन स्मृति (working memory), अवधान (attention) कूटसंकेतीकरण (encoding) तथा श्रवण प्रक्रियाओं (anditory processes) की माप होती है। पत्र-अंक अनुक्रमण परिक्षण द्वारा चलन स्मृति, अवधान तथा मानसिक नियंत्रण (mental control) आदि का मापन होता है।

संसाधन गति सूचकांक (*Processing Speed Index or PSI*)—इस सूचकांक में दो मुख्य या हीर (core) परीक्षण हैं तथा एक पूरक परीक्षण हैं। दो मुख्य परीक्षण का नाम है: संकेत-खोज परीक्षण (symbol search test) तथा

कूटसंकेतीकरण परीक्षण (coding test)। पूरक परीक्षण का नाम है : निरसन परीक्षण (concellation test) संकेत-खोज परीक्षण द्वारा संसाधन गति (processing speed) का मापन होता है तथा कूटसंकेतीकरण परीक्षण द्वारा संसाधन गति, साहचर्यात्मक स्मृति (associative memory) लेखाचित्रीय गति (graphomotor speed) आदि का मापन होता है। निरसन परीक्षण द्वारा भी संसाधन गति का मापन होता है।

WAIS-IV में इन चार सूचकाकों के अलावा एक और सूचकांक जिसे सामान्य क्षमता सूचकांक (General Ability Index or GAI) कहा गया है, भी तैयार किया जाता है। यह सूचकांक 6 उपपरीक्षणों के प्राप्तांकों के आधार पर तैयार किया जाता है। वे छह परीक्षण है समानता परीक्षण, शब्दावली परीक्षण, सूचना परीक्षण (तीनों VCI से) ब्लाक डिजाइन परीक्षण हैं: मैट्रीक्स तर्कजा परीक्षण तथा चाक्षुष पहेली परीक्षण (नीचे PRI से)। नैदानिक रूप से GAI को इसलिए महत्त्वपूर्ण माना गया है क्योंकि इसके द्वारा वैसे संज्ञानात्मक क्षमताओं (cognitive abilities) की माप होती है जिसपर चलन स्मृति तथा संसाधन (processing) में उत्पन्न ह्रास का प्रभाव नहीं पड़ता है। इस तरह से GAI के निर्धारण में VCI से तीन उपपरीक्षण तथा PRI से तीन उपपरीक्षणों की सहभागिता होती है। जहाँ तक FSIQ (Full scale Intelligence Quotient) के निर्धारण का सवाल है, इसमें VCI, PRI, WBI तथा PSI सभी की सहभागिता होती है।

WAIS-IV का क्रियान्वयन वैयक्तिक रूप से (individually) किया जाता है तथा इसमें करीब 70 मिनट का समय लगता है इस परीक्षण का क्रियान्यवन 16 साल से 90 साल तक की आयु के व्यक्तियों के लिये किया जाता है। WAIS की विश्वसनीयता गुणांक (reliability coefficient) 0.90 से 0.98 तक का है तथा संरचना वैधता (construct validity) 0.83 से 0.94 तक का है।

वैक्सलर ने बच्चों की बुद्धि मापने के लिए भी दो अलग-अलग मापनी (Scale) का निर्माण किया है जो निम्नांकित है—

(अ) Wechsler Intelligence Scale for Children (WISC) तथा

(ब) Wechsler Preschool and Primary Scale of Intelligence (WPPSI)

WISC का निर्माण 1949 में 5 साल के बच्चों की बुद्धि मापने के लिए किया गया। 1974 में WISC को संशोधित कर और अधिक उन्नत बनाया गया तथा उसे WISC-R कहा गया है जिसका पुनः संशोधन 1991 में हुआ और उसे WISC-III कहा गया।

WISC-III में भी दो तरह के मापनी हैं—शाब्दिक मापनी (Verbal Scale) तथा क्रियात्मक मापनी (Performance Scale)। शाब्दिक मापनी के 6 उपपरीक्षण (subtest) है जो निम्नांकित हैं—

1. सूचना परीक्षण (Information test)
2. समानता परीक्षण (Similarities test)
3. अंकगणितीय परीक्षण (Arithmetic test)
4. शब्दावली परीक्षण (Vocabulary test)
5. बोध परीक्षण (Comprehension test)
6. अंक विस्तार परीक्षण (Digit Span test)—यह एक वैकल्पिक परीक्षण (alternate test) है जिसका प्रयोग किसी भी एक शाब्दिक परीक्षण के बदले में किया जा सकता है।

क्रियात्मक परीक्षण (Performance Scale) के भी 7 उपपरीक्षण (subtest) हैं जो निम्नांकित हैं:—

1. चित्र-पूर्ति परीक्षण (Picture Completion test)
2. चित्र-व्यवस्था परीक्षण (Picture arrangement test)
3. ब्लॉक डिजाइन परीक्षण (Block Design test)
4. वस्तु सुज्जीकरण परीक्षण (Object Assembly test)
5. संकेतीकरण परीक्षण (Coding test)
6. भूलभुलैया परीक्षण (Maze test)—यह एक वैकल्पिक परीक्षण (alternate test) है जिसका प्रयोग संकेतीकरण परीक्षण के बदले किया जा सकता है। इसमें बच्चों को एक समय सीमा के भीतर कागज एवं पेंसिल की मदद से भूलभुलैया का समाधान करना होता है।
7. संकेत खोज परीक्षण (Symbol Search test)—यह भी एक वैकल्पिक परीक्षण है जिसमें प्रत्येक एकांश में एक लक्ष्य संकेत को खोज समूह में से ढूँढ़ना होता है।

स्पष्ट हुआ कि WISC-III के उप-परीक्षण बहुत हद तक WAIS-R के उप-परीक्षण के समान (similar) हैं और

इसमें वैसे प्रश्न तथा कार्य होते हैं जो बच्चा के लिए उपयुक्त होता है। इस पराक्षण में भी शाब्दिक परीक्षण पर के प्राप्तांक तथा क्रियात्मक परीक्षण पर के प्राप्तांक को जोड़कर सम्पूर्ण मापनी प्राप्तांक (Full Scale Score) ज्ञात किया जाता है तथा उन्हें फिर विचलन बुद्धि लब्धि (deviation I.Q.) में बदल दिया जाता है। इसकी विशेषता यह है कि इसमें शाब्दिक बुद्धि लब्धि प्राप्तांक, क्रियात्मक बुद्धि लब्धि प्राप्तांक तथा सम्पूर्ण मापनी बुद्धि लब्धि प्राप्तांक के अलावा इस परीक्षण के प्राप्तांकों को चार अन्य कारकों के रूप में भी व्याख्या की जा सकती है—शाब्दिक बोध (verbal comprehension), प्रत्यक्षज्ञानात्मक संगठन, ध्यानभंगता (distractibility) से मुक्ति तथा संसाधन गति (processing speed)। इस परीक्षण द्वारा 6 साल से लेकर 16 साल 22 महीना 30 दिन तक के बच्चों की बुद्धि की माप होती है।

WPPSI का निर्माण 1967 में वेश्लर द्वारा 4 साल से लेकर 6½ साल के बच्चों की बुद्धि को मापने के लिए किया गया। इस परीक्षण के करीब-करीब आधे एकांश (items) WISC—R से लिए गए हैं तथा इस परीक्षण में भी शाब्दिक परीक्षण (Verbal scale) तथा क्रियात्मक मापनी (performance scale) हैं। इसका संशोधन 1989 में किया गया जिसे WPPSI–R कहा गया है। इस परीक्षण के शाब्दिक परीक्षण में 6 उप-परीक्षण (subtests) हैं तथा क्रियात्मक मापनी में 5 उपपरीक्षण हैं। इस तरह से कुल मिलाकर 11 उप-परीक्षण हैं। *शाब्दिक मापनी* (Verbal Scale) के 6 उप-परीक्षण इस प्रकार हैं—

1. सूचना परीक्षण (Information test)
2. शब्दावली परीक्षण (Vocabulary test)
3. अंकगणितीय परीक्षण (Arithematic test)
4. समानता परीक्षण (Similarities test)
5. बोध परीक्षण (Comprehension test)
6. वाक्य परीक्षण (Sentence test)—यह एक वैकल्पिक परीक्षण (alternative test) है जिसका उपयोग किसी भी शाब्दिक मापनी के बदले में किया जाता है।

क्रियात्मक मापनी (Performance Scale) के पाँच उप-परीक्षण निम्नांकित हैं—

1. पशु घर परीक्षण (Animal House test)
2. चित्र-पूर्ति परीक्षण (Picture Completion test)
3. भूलभुलैया परीक्षण (Mazes test)
4. ज्यामितीय डिजाइन परीक्षण (Geometric design test)
5. ब्लॉक डिजाइन परीक्षण (Block Design test)

WPPSI में तीन परीक्षणों का छोड़कर बाकी सभी परीक्षण वही हैं जो WISC के थे। वे तीन नये परीक्षण हैं—पशु घर परीक्षण (Animal House Test), वाक्य परीक्षण (Sentence test) तथा ज्यामितीय डिजाइन परीक्षण (Geometric Design test)। वाक्य परीक्षण में बच्चों को परीक्षक (examiner) द्वारा बोले गए वाक्य को बोलकर ही दोहराना होता है। पशुघर परीक्षण में रंगीन सिलिंडर को पशुओं के चित्र से बच्चा को सुमेलित करना पड़ता है। पशुघर परीक्षण एक तरह का वैकल्पिक परीक्षण है जिसका उपयोग किसी भी क्रियात्मक परीक्षण के बदले किया जा सकता है। ज्यामितीय डिजाइन परीक्षण में बच्चा किसी तरह के ज्यामितीय डिजाइन एवं आकारों (shapes) को दिये गए कागज पर पेंसिल के सहारे बनाना होता है।

प्रत्येक उप-परीक्षण पर आये प्राप्तांक को एक मानक प्राप्तांक (Standard score) में जिसका माध्य (Mean) =10 तथा मानक विचलन (Standard deviation) = 3 होता है, में बदल दिया जाता है। फिर उसकें आधार पर शाब्दिक, क्रियात्मक एवं सम्पूर्ण मापनी प्राप्तांक ज्ञात किया जाता है और उसे विचलन बुद्धि लब्धि (deviation I.Q.) जिसका माध्य = 100 एवं मानक विचलन = 15 होता है, में बदल दिया जाता है। WAIS–III तथा WISC–III के समान WPPSI भी एक काफी विश्वसनीय (reliable) एवं वैध बुद्धि मापनी है। शाब्दिक एवं क्रियात्मक परीक्षण की औसत विश्वसनीयता .90 पाया गया है तथा वैधता गुणांक .75 से .80 तक पाया गया है।

वेक्सलर द्वारा प्रतिपादित तीनों मापनियों (WAIS—III, WISC—III तथा WPPSI) एक तरह का बिन्दु मापनी (point-scale) है जिसमें प्रत्येक विषय क्षेत्र (content area) के लिए एक अलग प्राप्तांक दिये जाते हैं।

वेक्सलर मापनियों का नैदानिक अनुप्रयोग
(Clinical or Diagnostic Uses of Wechsler Scales)

वेक्सलर द्वारा प्रतिपादित बुद्धि परीक्षण के तीनों मापनियों द्वारा नैदानिक मूल्यांकन करने में सबसे अधिक मदद नैदानिक मनोवैज्ञानिकों को मिली है। शायद यही कारण है कि इन मापनियों की नैदानिक उपयोगिताएँ सर्वाधिक बतलायी गयी है। कई नैदानिक मनोवैज्ञानिकों एवं मनश्चिकित्सकों ने वेक्सलर के तीनों बुद्धि मापनियों अर्थात् WAIS–III, WASC–III तथा WPPSI के नैदानिक उपयोगिताओं की संयुक्त समीक्षा किया है और निम्नांकित उपयोगिताओं पर अधिक बल डाला है—

1. वेक्सलर (Wechsler) ने अपने मापनियों (intelligence scales) के आधार पर मानसिक ह्रास (mental deterioration) की विशेष सूचक (index) जिसे ह्रास सूचक (Deteriotation index) कहा गया है, की पहचान की है जिसकी उपयोगिता नैदानिक मूल्यांकन में काफी बतलायी गयी है। वेक्सलर का मत था कि उनके विभिन्न उप-परीक्षणों में से कुछ उप-परीक्षण ऐसे हैं जिनके द्वारा मापी गयी क्षमता उम्र बीतने के साथ-साथ सामान्यतः कमती जाती है तथा कुछ उप-परीक्षण ऐसे हैं जिसके द्वारा मापी गयी क्षमता उम्र बीतने से किसी तरह से प्रभावित नहीं होती है और वे स्थिर (stable) बनी होती है। पहले तरह के उपपरीक्षणों को वेक्सलर (Wechsler) ने डॉन्ट होल्ड परीक्षण (Don't Hold Test) कहा है जिसमें अंक विस्तार परीक्षण (Digit Span Test), समानता परीक्षण (Similarities test), अंक-चिह्न परीक्षण (Digit-Symbol test) तथा ब्लॉक डिजाइन परीक्षण (Block Design test) को रखा गया है। दूसरे तरह के उपपरीक्षण को होल्ड परीक्षण (Hold Test) कहा गया है जिसमें शब्दावली परीक्षण (Vocabulary test), सूचना परीक्षण (Information test), वस्तु सज्जीकरण परीक्षण (Object-Assembly test) तथा चित्र पूर्ति परीक्षण (Picutre Completion test) को रखा गया है। वेक्सलर के अनुसार जब डॉन्ट होल्ड परीक्षण (Don't Hold test) पर के प्राप्तांक होल्ड परीक्षण (Hold test) पर के प्राप्तांक से काफी कम होते हैं, तो उससे व्यक्ति में विकृति-सम्बन्ध ह्रास (pathology-related deficit) होने का अंदाज लगाया जाता है। उन्होंने ह्रास सूचक (Deterioration Index या DI) को ज्ञात करने का एक सूत्र भी दिया है जो निम्नांकित है—

$$DI = \frac{\text{Hold} - \text{Don't Hold}}{\text{Hold}}$$

उदाहरणार्थ, यदि किसी व्यक्ति को होल्ड परीक्षण (Hold tests) पर कुल प्राप्तांक 50 आया और डॉन्ट होल्ड परीक्षण (Don't Hold Tests) पर कुल प्राप्तांक (total scores) 30 आया तो उसका DI उपर्युक्त सूत्र के अनुसार होगा—

$$DI = \frac{50 - 30}{50} = \frac{20}{50} = .40$$

इसका तरह का DI से नैदानिक मनोवैज्ञानिकों को रोगियों के बौद्धिक क्षमता की दुर्बलता के सम्भावित कारणों को निरूपित करने में विशेष मदद मिलती है।

2. वेक्सलर (Wechsler) ने सभी उपपरीक्षणों पर आये प्राप्तांकों की तुलना पर भी बल डाला है। इस तरह की तुलना से सभी उपपरीक्षणों के प्राप्तांकों में आपसी परिवर्तनशीलता (variation) की मात्रा का पता चलता है। इस तरह की परिवर्तनशीलता की मात्रा को फैलाव (scatter) की संज्ञा दी गयी है। अगर रोगी सभी उपपरीक्षणों पर करीब-करीब एक समान निष्पादन (performance) करता है, तो इनके प्राप्तांकों (scores) में बिखराव (scatter) कम होगा और ऐसे रोगी में विकृति (pathology) की सम्भावना कम होती है। परन्तु यदि प्राप्तांकों का फैलाव बढ़ता है अर्थात् उपपरीक्षणों के कुल प्राप्तांकों में उतार-चढ़ाव ज्यादा है तो उससे रोगी में विकृति (pathology) होने की सम्भावना तीव्र हो जाती है। नैदानिक मनोवैज्ञानिकों के लिए वेक्सलर मापनियों से मिलने वाली इस तरह की सूचना की अहमियत नैदानिक मूल्यांकन में काफी होती है। इन लोगों ने अपने अध्ययन के आधार पर यह बतलाया है कि मनोविदालिता (schizophrenia) के रोगियों में उप-परीक्षण के प्राप्तांकों में फैलाव काफी अधिक होती है। इसे फैलाव विश्लेषण (scatter analysis) या पैटर्न विश्लेषण (pattern analysis) कहा जाता है।

3. मनोवैज्ञानिकों को वेक्सलर मापनी के किसी भी एक उपपरीक्षण पर व्यक्ति द्वारा प्राप्त किये गए अंकों के स्वरूप से भी बहुत कुछ ऐसी सूचना मिलती है, जो उनके नैदानिक मूल्यांकन के लिए बहुमूल्य साबित होती है। चूँकि सभी उपपरीक्षण के एकांशों (items) को बढ़ती हुई कठिनाई स्तर में सुसज्जित करके रखा गया है, अतः यह उम्मीद की जाती है कि एकांशों की एक खास संख्या तक व्यक्ति सही-सही उत्तर दे पायेगा और वैसे एकांश जिसका सही उत्तर वह नहीं दे पाता है, उसके बाद के सभी एकांशों पर उसे असफलता ही मिलेगी क्योंकि ऐसे सभी एकांशों की कठिनता स्तर उत्तरोतर बढ़ती जाती है, तो इस अनियमितता से यह पता चलता है कि व्यक्ति किसी कारण से आशंकित हो गया है या चिन्तित हो गया है या फिर उसमें कोई गंभीर तथा स्थायी विकृति है जैसा कि मस्तिष्कीय क्षतिग्रस्त रोगियों (brain-damaged patients) में देखने को मिलतीं हैं।

4. मनोवैज्ञानिकों को वेक्सलर मापनियों के शब्दिक बुद्धि लब्धि (verbal IQ) तथा क्रियात्मक बुद्धि लब्धि (Performance IQ) में होने वाले अन्तर से भी कुछ महत्त्वपूर्ण सूचना मिलती है जिसकी अपेक्षा नैदानिक मूल्यांकन (clinical assessment) में नहीं की जा सकती है। यदि किसी व्यक्ति की शाब्दिक बुद्धि लब्धि क्रियात्मक बुद्धि लब्धि से 15 या उससे अधिक बिन्दुओं (points) से अधिक होती है, तो नैदानिक मनोवैज्ञानिक यह अनुमान लगाते हैं कि व्यक्ति में विषाद (depression) आदि की प्रबलता है। दूसरे तरफ यदि क्रियात्मक बुद्धि लब्धि शाब्दिक बुद्धि लब्धि से काफी अधिक होती है, तो समझा जाता है कि व्यक्ति में मनोविकारी प्रवृत्तियाँ (psychopathic tendencies), हिस्ट्रीकल लक्षण (hysterical symptoms) तथा स्वरूपकामुकता की प्रवृत्ति (narcissistic tendencies) की प्रबलता है।

स्पष्ट हुआ कि वेक्सलर द्वारा मनोवैज्ञानिकों को नैदानिक मूल्यांकन (clinical assessment) करने में इतनी महत्त्वपूर्ण एवं सार्थक सूचनाएँ मिलतीं हैं कि उनका नजरअंदाज कतई नहीं किया जा सकता है।

स्टैनफोर्ड-बिने तथा वेक्सलर मापनी का तुलनात्मक अध्ययन : नैदानिक दृष्टिकोण
(A Comparative Study of Stanford Binet and Wechsler Scale : A Clinical Outlook)

नैदानिक मनोवैज्ञानिकों द्वारा उपचारगृह (clinics) तथा मानसिक अस्पताल (mental hospital) में जितने तरह की बुद्धि परीक्षणों का क्रियान्वयन किया जाता है उसमें स्टैनफोर्ड-बिने परीक्षण (Stanford-Binet test) तथा वेक्सलर परीक्षण (Wechsler scales) का नाम सबसे ऊपर में आता है। नैदानिक दृष्टिकोण से इन दोनों परीक्षणों में कुछ समानताएँ (similarities) तथा विषमताएँ (dissimilarities) हैं।

ऐसी प्रमुख *समानताएँ* (similarities) निम्नांकित हैं:—

1. स्टैनफोर्ड-बिने तथा वेक्सलर मापनी दोनों ही चिकित्सकों को रोगी के व्यवहारों का एक मानक परिस्थिति (standard situation) में प्रेक्षण करने का मौका देते हैं क्योकि इन दोनों परीक्षणों के क्रियान्वयन में एक मानक निर्देश (standard instruction) का पालन किया जाता है।

2. इन दोनों तरह के बुद्धि परीक्षणों में चिकित्सक रोगी के साथ एक सौहार्द्रपूर्ण सम्बन्ध (warm relationship) अर्थात् घनिष्ठ सम्बन्ध (rapport) स्थापित करता है क्योंकि ऐसे सम्बन्धों का इन परीक्षण-कार्यों पर सर्वाधिक प्रभाव पड़ता है।

3. स्टैनफोर्ड-बिने तथा वेक्सलर-मापनी दोनों में ही कई ऐसे कार्य (tasks) होते हैं जिनसे रोगी की अभिरुचि एवं अभिप्रेरण (motivation) बनी होती है।

4. स्टैनफोर्ड-बिने तथा वेक्सलर मापनी दोनों में रोगी की बुद्धि की अभिव्यक्ति विचलन बुद्धि लब्धि (deviation intelligence quotient) के रूप में होती है। स्टैनफोर्ड-बिने में विचलन बुद्धि लब्धि का माध्य (Mean) 100 तथा मानक विचलन (Standard deviation) 16 होता है जबकि वेक्सलर मापनी में विचलन बुद्धि का माध्य 100 तथा मानक विचलन 15 होता है।

5. स्टैनफोर्ड-बिने तथा वेक्सलर मापनी दोनों को ही अधिक शक्तिशाली नैदानिक साधन (clinical tools) माना गया है जो चिकित्सक को रोगी के बौद्धिक स्तर का निर्धारण करने में मदद करते हैं।

6. इन दोनों ही बुद्धि परीक्षणों की विश्वसनीयता (reliability) अधिक है तथा उनकी वैधता (validity) का स्तर भी लगभग समान ही है। इन दोनों ही परीक्षणों के निर्माण में एक बड़ा आदर्शात्मक प्रतिदर्श (normative sample) का प्रयोग किया गया है जो बड़ा है तथा जीवसंख्या का पर्याप्त प्रतिनिधित्व (representation) करता है।

7. वेक्सलर परीक्षणों से तीन तरह की बुद्धिलब्धि अर्थात् क्रियात्मक बुद्धि लब्धि, शाब्दिक बुद्धि लब्धि तथा समग्र बुद्धि लब्धि (over all I Q) ज्ञात किया जाता है तथा अभी SB-5 में भी इसी तरह का प्रावधान कर दिया गया है जिससे इन दोनों परीक्षणों में समानता काफी बढ़ गयी है।

इन समानताओं (similarities) के बावजूद इन दोनों परीक्षणों में कुछ मौलिक *अन्तर* हैं जो निम्नांकित हैं:—

1. स्टैनफोर्ड-बिने परीक्षण एक आयु मापनी (age scale) है जबकि वेक्सलर मापनी एक बिन्दु मापनी (point scale) है। बिन्दु मापनी का मतलब यह हुआ कि इसमें प्रत्येक सही अनुक्रिया के लिए एक या दो अंक प्रदान किये जाते हैं तथा विषय क्षेत्र (content area) के अनुरूप एकांशों का समूहन (grouping) किया जा सकता है तथा उन्हें बढ़ते कठिनाई स्तर में सुसज्जित किया जा सकता है। उदारहणार्थ, अमूर्त चिन्तन (abstract thinking) से सम्बन्धित सभी एकांशों को एक साथ रखा जा सकता है तथा सामान्य ज्ञान से सम्बन्धित एकांशों को एक साथ दूसरे समूह में रखा जा सकता है। फिर प्रत्येक समूह के एकांशों को बढ़ते क्रम में सुव्यवस्थित किया जाता है। बिन्दु मापनी के कारण ही वेक्सलर प्रत्येक विषय क्षेत्र (content area) के लिए अलग-अलग परीक्षण बना सके जिसमें रोगी को अलग-अलग कुल प्राप्तांक मिलता था। आयु मापनी (age scale) में ऐसी बात नहीं होती है। इसमें प्रत्येक विषय क्षेत्र के लिए आयु के अनुरूप एकांशों (items) का समूहन (grouping) किया जाता है। जैसे, पाँच साल की आयु के लिए स्टैनफोर्ड-बिने परीक्षण में ऐसे एकांश हो सकते हैं जिनके माध्यम से निर्णय एकाग्रता (concentration) तथा शब्दावली (vocabulary) का मापन होता हो परन्तु छः साल की आयु के लिए इन विषय क्षेत्रों (content areas) से सम्बन्धित एकांश दूसरे जगह एक साथ हो सकते हैं। उसके अलावा, आयु मापनी में प्रत्येक सही अनुक्रिया के लिए व्यक्ति को कोई अंक नहीं दिये जाते हैं। व्यक्ति एक विशिष्ट उम्र पर के सभी एकांशों का जब तक सही उत्तर नहीं देता है, उसे उस उम्र के लिए निर्धारित साख नहीं मिलता है। सम्भव है कि किसी उम्र के कुल 4 एकांश हों और रोगी मात्र तीन एकांश का ही सही उत्तर दे पाये। ऐसी परिस्थिति में इन तीन सही उत्तरों के लिए उसे कोई अंक नहीं दिये जाते हैं और न ही उस उम्र के लिए निर्धारित साख (credit) का ही वह हकदार हो पायेगा।

2. स्टैनफोर्ड-बिने परीक्षण चूँकि एक आयु मापनी (age scale) हैं, अतः इसके द्वारा कुछ विशिष्ट बौद्धिक कार्यों को मापना सम्भव नहीं है। इस परीक्षण द्वारा एक ही तरह का प्रतिफल (outcome) प्राप्त होता है और वह है बुद्धि लब्धि (IQ) का जिसका सम्बन्ध रोगी के सामान्य मानसिक क्षमता (general mental ability) से होता है। परन्तु वेक्सलर मापनी में प्रत्येक रोगी को तीन तरह का प्रतिफल या प्राप्तांक मिलते हैं—शाब्दिक बुद्धि लब्धि (Verbal IQ) क्रियात्मक बुद्धि लब्धि (Performance IQ) तथा सम्पूर्ण मापनी बुद्धि लब्धि (Full scale IQ)। इसका परिणाम यह होता है कि रोगी को बौद्धिक स्तर तथा उनके विचलनों के बारे में भी अंदाज लगाने का मौका चिकित्सक को मिल पाता है।

3. वेक्सलर मापनी पर आये प्राप्तांकों का पैटर्न विश्लेषण (pattern analysis) सम्भव है जिसमें नैदानिक मनोवैज्ञानिक या चिकित्सक प्रत्येक उपपरीक्षण (subtest) पर रोगी की कमजोरियाँ एवं अच्छाइयों का मूल्यांकन करता है ताकि उसकी मूल समस्याओं के बारे में अंदाजा लगाया जा सके। जैसे, मनोविदालिता के रोगी में शब्दावली (vocabulary) तथा ज्ञान (knowledge) के सामान्य स्तर में ह्रास होने के पहले उनके निर्णय (judgment) तथा एकाग्रता (concentration) की क्षमता में ह्रास (deterioration) होता है। अतः पैटर्न विश्लेषण से यदि यह पता चलता है कि किसी रोगी की एकाग्रता तथा निर्णय करने की क्षमता मापने वाले उप-परीक्षण पर आया प्राप्तांक कम है तथा शब्दावली एवं ज्ञान-मापन सम्बन्धी उपपरीक्षण पर प्राप्तांक अधिक हैं, तो इससे उसमें मनोविदालिता रोग की पहचान की जा सकती है। इस तरह का पैटर्न विश्लेषणों की सुविधा स्टैनफोर्ड-बिने परीक्षण में स्पष्ट तौर पर नहीं हैं।

स्पष्ट हुआ कि स्टैनफोर्ड-बिने परीक्षण तथा वेक्सलर मापनी यद्यपि दोनों ही द्वारा रोगी के बौद्धिक स्तर की माप होती है, फिर भी ये दोनों ही में काफी भिन्नता है।

रैवेन प्रोग्रेसिव मैट्रीसेज
(Raven's Progressive Matrices)

इस परीक्षण का निर्माण जे॰सी॰रैवेन (J. C. Raven) द्वारा 1930 के दशाब्दी (decade) के लगभग मध्य में अर्थात् 1936 में किया गया। इस परीक्षण द्वारा स्पीयरमैन के बुद्धि सिद्धान्त के G-कारक (G-factor) का मापन होता है। यह एक तरह का अशाब्दिक (non-verbal) बुद्धि परीक्षण है तथा इसका स्वरूप भाषारहित (non-language) होने के कारण इसका उपयोग विभिन्न संस्कृतियों के व्यक्तियों के बुद्धि मापन में सफलतापूर्वक किया गया है। अतः यह एक तरह का संस्कृति-मुक्त बुद्धि परीक्षण (culture-free intelligence test) है।

रैवेन प्रोग्रेसिव मैट्रीसेज (Raven's Progressive Matrices) में बहुविकल्पी एकांश (multiple choice items) होते हैं। प्रत्येक एकांश में मैट्रीक्स (matrix) के रूप में प्रत्यक्षणात्मक अनुरूपता (perceptual analogy) का कार्य सम्पन्न होता है। सामान्यतः प्रत्येक एकांश में तीन कॉलम (column) एवं दो (row) होते हैं। मैट्रीक्स के चित्र कुछ ऐसे होते हैं कि वे प्रत्येक कॉलम एवं प्रत्येक रो के चित्रों से अर्थपूर्ण ढंग से सम्बन्धित होते हैं। प्रत्येक मेट्रीक्स का एक अंश जो नीचे दायाँ-हाथ के कोने में होता है, लुप्त (missing) होता है। व्यक्ति को कई वैकल्पिक चित्रों में से चुनकर यह बतलाना होता है कि कौन-सा चित्र मैट्रीक्स के लुप्त स्थान पर अर्थपूर्ण ढंग से बैठेगा। (चित्र 12.2 में देखें)। इस परीक्षण का मूल उद्देश्य विभिन्न अशाब्दिक सामग्रियों (non-verbal materials) जैसे ज्यामितिक चित्रों में छिपे तार्किक सम्बन्धों (logical relationship) को ढूँढ़ने की क्षमता का मापन करना होता है।

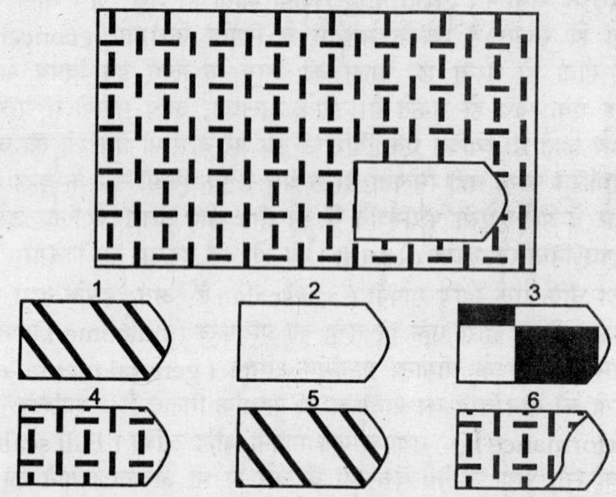

चित्र 12.2 : रैवेन प्रोग्रेसिव मैट्रीसेज के एकांशों के समान एक एकांश

रैबेन प्रोग्रेसिव (Raven's Progressive Matrices) के निम्नांकित तीन प्रारूप (form) हैं—

1. स्टैण्डर्ड प्रोग्रेसिव मैट्रीसेज (Standard Progresive Matrices या SPM)
2. रंगीन प्रोग्रेसिव मैट्रीसेज (Coloured Progressive Matrices या CPM)
3. उच्चतर प्रोग्रसिव (Advanced Progressive Matrices या APM)

इन तीनों का वर्णन निम्नांकित हैं—

स्टैण्डर्ड प्रोग्रेसिव मैट्रीसेज में कुल 60 मैट्रीसेज हैं जिन्हें 5 सेटों में बाँटा गया है। प्रत्यके सेट में 12-12 मैट्रीसेज हैं जिनके समाधान के लिए करीब-करीब एक ही तरह के नियम (principles) की जरूरत पड़ती है। इन मैट्रीसेज की कठिनाई स्तर अलग-अलग होती है। मैट्रीसेज के इन पाँच सेटों के समाधान में प्रत्यक्षज्ञानात्मक विभेद (perceptual discrimination), परिभ्रमण (rotation) तथा पैटर्नस का क्रमपरिवर्तन (permutation) आदि से सम्बन्धित क्षमताओं की जरूरत पड़ती है। SPM द्वारा 5 साल से ऊपर के बच्चों तथा वयस्कों की बुद्धि का मापन होता है।

CPM में 12-12 मैट्रीसेज के तीन सेट होते हैं। ये सभी मैट्रीसेज रंगीन होते हैं और SPM के मैट्रीसेज की तुलना में काफी आसान होते हैं। इसके द्वारा 4 साल से 10 साल के बच्चों की बुद्धि का माप होती है तथा 10 साल के ऊपर के वैसे बच्चों की बुद्धि की भी माप होती है जो मानसिक रूप से दुर्बल (mentally retarded) होते हैं।

APM का प्रयोग उन व्यक्तियों के लिए किया जाता है जो बौद्धिक रूप से थोड़ा श्रेष्ठ होते हैं और जिनके लिए SPM के मैट्रीसेज काफी आसान मालूम पड़ते हैं। APM में भी 12-12 मैट्रीसेज के तीन सेट होते हैं और इन मैट्रीसेज की कठिनता स्तर अधिक होती है जिसके समाधान के लिए सूक्ष्म प्रत्यक्षज्ञानात्मक विभेदीकरण की क्षमता की जरूरत पड़ती है।

रैवेन प्रोग्रेसिव मैट्रीसेज का उपयोग नैदानिक परिस्थिति में उतना नहीं हुआ है जितना की स्टैनफोर्ड-बिने परीक्षण (Stanford-Binet test) तथा वेक्सलर मापनियों (Wecshler Scales) का हुआ है। कुछ मनोवैज्ञानिकों का मत है कि रैवेन मैट्रीसेज खासकर के SPM तथा CPM का प्रयोग उन बच्चों की बुद्धि मापने में उपयोगी सिद्ध हुआ है जो मानसिक रूप से दुर्बल होते हैं तथा जिनमें तार्किक चिन्तन (logical thinking) की कमी होती है।

गुडएनफ ड्रा-ए-मैन परीक्षण (Goodenough Draw-a-Man Test)

मनोवैज्ञानिकों द्वारा इस परीक्षण का प्रयोग बुद्धि मापने में तब किया जाता है जब उन्हें कम समय में रोगी के बुद्धि के बारे में एक स्थूल (rough) सूचना की जरूरत पड़ती है। इसे कुछ मनोवेज्ञानिकों ने बिने-साइमन परीक्षण के सम्पूरक (supplement) के रूप में भी प्रयोग किया है। इस परीक्षण का निर्माण गुडएनफ जो एक महिला मनोवैज्ञानिक थी, द्वारा 1926 में किया गया था। व्यक्ति जिसकी बुद्धि की माप होनी है, को एक पुरूष का चित्र बनाने को कहा जाता है। इस परीक्षण द्वारा बच्चों की बुद्धि की माप की जाती है। चूँकि 'पुरुष' का चित्र एक ऐसा चित्र है, जिससे सभी बच्चे परिचित होते हैं। अतः गुडएनफ ने इसे उपयुक्त समझकर अपने परीक्षण में समावेश किया था। पुरुष का चित्र बनाने में कलात्मक कौशलों (artistic skill) को महत्त्व नहीं दिया जाता है परन्तु बच्चों के संप्रत्यात्मक चिन्तन (conceptual thinking) तथा प्रेक्षण (observation) की क्षमता पर निश्चित रूप से बल दिया जाता है और इसके लिए उसे विशेष अंक भी मिलते हैं। इसके अलावा चित्र में शरीर के अंगों को दर्शन, अंगों का अनुपात, वस्त्र आदि गुणों के लिए भी उसे साख (credit) प्रदान किया जाता है।

1963 में हैर्रिस (Harris) ने इस परीक्षण का संशोधन (revision) किया, जिसके कारण इसका नाम बदलकर *गुडएनफ-हैर्रिस ड्राइंग परीक्षण* (Goodenough-Harris Drawing Test) रखा गया। इस नये परीक्षण की विशेषता यह थी कि इसमें बच्चा जिसकी बुद्धि की माप होती थी, को तीन चित्र बनाना होता था—एक पुरुष का, एक स्त्री का और एक स्वयं अपना। इस परीक्षण के द्वारा KG से लेकर 9th वर्ग के बच्चों की बुद्धि मापी जाती थी। इस तरह से गुडएनफ-हैरिस ड्राइंग परीक्षण के तीन उपमापनी थे—*पुरुष मापनी* (Male-scale), *महिला मापनी* (Female-Scale) तथा *आत्म-मापनी* (Self-Scale)। आत्म-मापनी सचमुच में व्यक्तित्व का एक प्रक्षेपण माप (projective measure) के रूप में विकसित किया गया था हालाँकि इसके समर्थन में जो आँकड़े उपस्थित किये गए थे, वे अधिक दुरूस्त (sound) नहीं थे।

इस परीक्षण की विश्वसनीयता (reliability) तथा वैधता (validity) के सम्बन्धित अध्ययनों से स्पष्ट हुआ कि ये दोनों ही गुण काफी संतोषजनक मात्रा में उपलब्ध हैं। डन्न (Dunn, 1967) तथा हैर्रिस (Harris, 1963) के अनुसार विश्वसनीयता गुणांक .68 से .90 तक पाया गया है तथा वैधता गुणांक .50 तक पाया गया है।

गुडएनफ परीक्षण चूँकि एक संस्कृति-मुक्त परीक्षण (culture-free test) है, अतः इसका प्रयोग सभी संस्कृतियों में हुआ है। नैदानिक परिस्थतियों में भी विशेष कर उपचारगृह (clinic) में इस परीक्षण का उपयोग स्टैनफोर्ड-बिने परीक्षण तथा अन्य शाब्दिक बुद्धि मापनी (verbal intelligence scales) के संपूरक (supplement) के रूप में काफी किया गया है।

पीवॉडी चित्र शब्दावली परीक्षण
(Peabody Picture Vocabulary Test or PPVT)

इस परीक्षण का निर्माण डन्न (Dunn, 1959, 1965) द्वारा 2½ साल के बच्चों से लेकर 18 साल के वयस्कों तक की बुद्धि मापने के लिए की गयी है। इस परीक्षण में चार-चार चित्र के 150 सेट होते हैं। व्यक्ति को यह बतलाना होता है कि परीक्षक द्वारा बोले गए शब्द का चार चित्रों में से किससे सही-सही ढंग से वर्णन होता है। स्पष्टतः यह एक शाब्दिक परीक्षण (verbal test) है और उपचारगृहों (clinics) में इसका प्रयोग मात्र एक स्क्रीनिंग उद्देश्यों (screening purposes) से ही किया जाता है।

स्पष्ट हुआ कि मनोवैज्ञानिकों द्वारा कई तरह के बुद्धि परीक्षणों का उपयोग किया जाता है। इन बुद्धि परीक्षणों में स्टैनफोर्ड-बिने परीक्षण (Stanford-Binet test) तथा वेक्सलर बुद्धि मापनी (Wecshler Intelligence scale) का प्रयोग अन्य बुद्धि परीक्षणों की तुलना में अधिक किया गया है।

कैट्टेल्ल संस्कृति-मुक्त बुद्धि परीक्षण
(Cattell's Culture-Free Intelligence test)

जैसा कि नाम से ही स्पष्ट है इस तरह के बुद्धि परीक्षण का उद्देश्य सांस्कृतिक कारकों (cultural factors) के प्रभाव को नियंत्रित कर बुद्धि मापना है। इस परीक्षण के एकांश (items) कुछ ऐसे होते हैं कि उनका उत्तर देने के लिए किसी तरह के विशिष्ट सांस्कृतिक ज्ञान (specific cultural knowledge) की आवश्यकता नहीं होती है और व्यक्ति चाहे किसी भी तरह की संस्कृति में जन्मा हो या उसका पालन-पोषण किया गया हो, उनका उत्तर देने में वह सफल हो पाता है। इस परीक्षण में व्यक्ति विभिन्न वस्तुओं के बीच सम्बन्धों एवं अमूर्त चित्रों से सम्बन्धित समस्याओं का उत्तर ढूँढ़ने की कोशिश करता है। ये सभी समस्याएँ कुछ ऐसी होतीं है जो सांस्कृतिक कारकों (cultural factors) एवं पर्यावरणी प्रभावों से मुक्त होता है। इस परीक्षण द्वारा सामान्य मानसिक क्षमता कारक जिसे स्पीयरमैन (Spearman) ने 'G' कारक कहा है, का मापन होता है।

निश्चित रूप से मनोवैज्ञानिकों ने कैट्टेल्ल (Cattell, 1940) को इस बात के लिए श्रेय (credit) दिया है कि वे सबसे पहले मनोवैज्ञानिक थे जिन्होंने संस्कृति-मुक्त बुद्धि परीक्षण विकसित किया परन्तु वे लोग कैटेल्ल द्वारा प्रयुक्त इस पद के लिए उनकी आलोचना किया है। इन मनोवैज्ञानिकों का मत है कि सचमुच में कोई भी ऐसा परीक्षण नहीं हो सकता है जो संस्कृति के प्रभाव से पूर्णतः मुक्त हो। कोई भी सीखा गया व्यवहार पर संस्कृति का प्रभाव निश्चित रूप से पड़ता ही है। अतः किसी परीक्षण को पूर्णतः *संस्कृति-मुक्त* (culture free) कहना उचित नहीं हैं। बाद में कैटेल्ल ने उक्त पद में कुछ संशोधन किया और इसका नाम *संस्कृति-स्वच्छ बुद्धि परीक्षण* (Culture-Fair intelligence test) दिया। परन्तु उसमें भी लगभग वहीं दोष पाये गए। आलोचकों ने कहा कि विभिन्न संस्कृति या उपसंस्कृति के सदस्यों के लिए किसी विशिष्ट एकांश में कितनी स्वच्छता (fairness) हो सकती है, इस बारे में उनमें अर्थात् सदस्यों में कोई सहमति नहीं है। इतना ही नहीं, परीक्षण निर्माणकर्त्ता इस बात का ठीक निर्णायक (judge) नहीं भी हो सकते हैं कि वास्तव में कौन एकांश स्वच्छ है या होगा। अतः आजकल मनोवैज्ञानिकों ने संस्कृति मुक्त बुद्धि परीक्षण के जगह पर संस्कृति-ह्रास बुद्धि परीक्षण (Culture-reduced intelligence test) का उपयोग करना प्रारम्भ कर दिया है। जैनसन (Jensen, 1980) के अनुसार इस तरह के परीक्षण की कुछ मुख्य विशेषताएँ इस प्रकार हैं—

(i) ऐसे बुद्धि परीक्षण का स्वरूप क्रियात्मक (performance) होता है।

(ii) इनके एकांशों में चित्र, आकृति आदि का प्रयोग किया जाता है।

(iii) ऐसे बुद्धि परीक्षण में व्यक्ति को मौखिक अनुक्रिया (oral response) भी करना पड़ता है।

(iv) ऐसे बुद्धि परीक्षण शक्ति या क्षमता परीक्षण (power test) होते हैं।

(v) ऐसे बुद्धि परीक्षण के एकांश में अशाब्दिक एकांश (non-verbal content) होते हैं।

(vi) ऐसे बुद्धि परीक्षण में व्यक्ति नयी-नयी समस्याओं का समाधान करते हैं।

बच्चों के लिए निर्मित कॉफमैन मूल्यांकन परीक्षणमाला
(The Kaufman Assessment Battery for Children or K-ABC)

इस परीक्षण का निर्माण कॉफमैन तथा कॉफमैन (Kaufman & Kaufman, 1983) द्वारा किया गया है और यह मानसिक क्षमता (mental ability) का एक वैयक्तिक माप (individual measure) है। यह एक काफी लोकप्रिय परीक्षण,सिद्ध हुआ है। इसकी लोकप्रियता का अंदाज इसी से लगाया जा सकता है कि 1987 तक इसका उपयोग करके करीब दस लाख बच्चों की बुद्धि मापी जा चुकी थी। मनोवैज्ञानिकों ने इसकी लोकप्रियता के निम्नांकित तीन मुख्य कारण बतलाये हैं:—

(i) K-ABC, स्टैनफोर्ड-बिने परीक्षण के चौथे संस्करण के समान बुद्धि के एक वैज्ञानिक एवं उत्तम सिद्धान्त (अर्थात् कैट्टेल्ल द्वारा प्रतिपादित सिद्धान्त) पर आधृत है।

(ii) K-ABC में सांस्कृतिक पूर्वाग्रहों (cultural biases) को काफी नियंत्रित कर रखा गया है। फलतः इसके सहारे विभिन्न संस्कृति के बच्चों को बुद्धि की माप आसानी से किया जाता है।

(iii) K-ABC में ठोस बुद्धि (crystallized intelligence) तथा तरल बुद्धि (fluid intelligence) को एक-दूसरे से अलग करने की कोशिश की गयी है और साथ-ही-साथ कुछ इस तरह की नैदानिक सूचना (diagnostic information) भी प्रदान करने की कोशिश करता है जो यह निश्चित कर पाता है कि क्यों बच्चे कुछ कार्य पर खराब निष्पादन दिखाते हैं।

K-ABC का उपयोग 2½ साल से 12½ साल के बच्चों की बुद्धि मापने के लिए किया जाता है। परीक्षण के एकांशों (items) में अशाब्दिक चीजों जैसे चित्र एवं आकृतियों का अधिकतर उपयोग किया जाता है जिसके माध्यम से बच्चों को विभिन्न तरह का सूचना संसाधन कार्य (information porcessing task) करना पड़ता है। इस परीक्षण के मुख्य दो भाग हैं—मानसिक संसाधन खंड (mental processing section) तथा उपलब्धि खंड (achievement section)। *मानसिक संसाधन* खंड द्वारा तरल बुद्धि (fluid intelligence) का मापन होता है जबकि उपलब्धि खंड द्वारा ठोस बुद्धि या अर्जित बुद्धि का मापन होता है। मानसिक संसाधन मापनी (mental processing scale) को दो भागों में बाँटा गया है—*क्रमिक संसाधन* (sequential processing) तथा *समकालिक संसाधन* (simultaneous processing)। क्रमिक ससाधन में समस्याओं को एक-एक करके बच्चे समाधान करते हैं जैसा कि हम दिन-प्रतिदिन की जिन्दगी में गणितीय समस्याओं का समाधान करते हैं। समकालिक संसाधन में बच्चों को दिये गए भिन्न-भिन्न सूचनाओं को एक साथ संगठित करना पड़ता है। उपलब्धि मापनी (achievement scale) द्वारा शब्दावली (vocabulary), सामान्य ज्ञान (general knowledge), अंकगणित का ज्ञान आदि का मापन होता है।

कई प्रयोगात्मक अध्ययनों से यह स्पष्ट हो चुका है कि K-ABC एक विश्वसनीय (reliable) तथा वैध (valid) परीक्षण है। कॉफमैन तथा कैमफॉस (Kaufman & Kamphaus, 1984) ने K-ABC का कारक विश्लेषण (factor analysis) किया जिससे यह पता चलता है कि मानसिक प्रक्रिया परीक्षणों (mental processing tests) अर्थात् क्रमिक संसाधन तथा समकालिक संसाधन का मौलिक संगठन (fundamental organization) आनुभाविक रूप से (empirically) बिलकुल ही सही है। इससे परीक्षण में रचनात्मक वैधता (construct validity) होने का सबूत मिलता है।

जैसा कि ऊपर कहा जा चुका है, K-ABC का सबसे प्रमुख लाभ यह है कि इसके द्वारा तरल बुद्धि ठोस बुद्धि का मापन अलग-अलग होता है तथा तरल बुद्धि को परीक्षण में दो भागों में अर्थात् क्रमिक तथा समकालिक प्रक्रियाओं में बाँटा गया है। मर्ज (Merz, 1984) ने परीक्षण के इस दावे पर आशंका व्यक्त किया है और कहा है कि यह स्पष्ट नहीं है कि मानसिक संसाधन द्वारा वास्तव में तरल बुद्धि का ही मापन होता है। गिलफोर्ड (Guilford, 1980) ने तो यहाँ तक कह दिया है कि क्या तरल बुद्धि नाम की कोई चीज सचमुच में होती है? फिर भी K-ABC को आधुनिक समय में बुद्धि परीक्षण के क्षेत्र में एक महत्त्वपूर्ण उपलब्धि माना गया है।

कुछ प्रमुख भारतीय बुद्धि परीक्षण
(Some Important Indian Intelligence tests)

बुद्धि मापने का प्रयास भारतीय मनोवैज्ञानिकों द्वारा भी काफी अधिक किया गया है। इसके परिणामस्वरूप भारतीय मनोवैज्ञानिकों द्वारा भी कई बुद्धि परीक्षण बनाये गये हैं जिनमें प्रमुख हैं—डॉ॰ एम॰ सी॰ जोशी द्वारा निर्मित मानसिक योग्यता परीक्षण (1960), डॉ॰ प्रयाग मेहता द्वारा निर्मित सामूहिक बुद्धि परीक्षण (1962), डॉ॰ आर॰ के॰ टण्डन द्वारा सामूहिक मानसिक योग्यता परीक्षण (1961), प्रो॰ आर॰ के॰ ओझा तथा प्रो॰ राय चौधरी द्वारा निर्मित वाचिक बुद्धि परीक्षण (1971), डॉ॰ एस॰एस॰जलोटा द्वारा निर्मित मानसिक योग्यता की संशोधित सामूहिक परीक्षण (1971) तथा डॉ॰ एस॰एम॰ मुहसिन द्वारा निर्मित सामान्य बुद्धि परीक्षण (1983)। ये सभी बुद्धि परीक्षण शाब्दिक (verbal intelligence tests) हैं जिनका उपयोग सिर्फ उन्हीं व्यक्तियों की बुद्धि मापने में किया जाता है जो पढ़े-लिखे हैं तथा जिन्हें भाषा का ज्ञान है क्योंकि इनके एकांशों तथा निर्देश (instruction) हिन्दी भाषा में एक पुस्तिका के रूप में प्रकाशित हैं जिन्हें परीक्षार्थी को पढ़कर समझना होता है। इन परीक्षणों के आधार पर व्यक्ति को एक कुल प्राप्तांक (total score) प्राप्त होता है जिसके आधार पर बुद्धि लब्धि (intelligence quotient) या इसी तरह का कोई दूसरा सूचक (index) जैसे कुशाग्रता का सूचक (index of brightness) आदि ज्ञात किया जाता है जिसकी तुलना मानक तालिकाओं (norms table) से करके हम व्यक्ति की बुद्धि के बारे में एक निश्चित निष्कर्ष पर पहुँचते हैं।

प्रो॰ जे॰ पाण्डेय (J. Pandey, 1977) ने 'दी फर्स्ट मेन्टल हैंडबुक फॉर इण्डिया' (The First Mental Measurement Handbook for India) जिसे लांग एवं मेहता (Long & Mehta, 1966) द्वारा प्रकाशित किया गया था, बतलाया कि विभिन्न भारतीय भाषाओं में करीब 103 बुद्धि परीक्षणों का निर्माण किया गया। भारत में बुद्धि परीक्षण कार्य (testing) की स्थिति (status) के बारे में ए॰ के॰ श्रीवास्तव, त्रिपाठी एवं मिश्रा (A. K. Shrivastava, Tripathi & Mishra, 1996) ने एक स्थिति रिपोर्ट (status report) तैयार किया। भारत में बने विभिन्न परीक्षणों का प्रलेखन (documentation) नेशनल लाइब्रेरी ऑफ एडुकेशनल एण्ड साइकोलॉजीकल टेस्ट्स (National Library of Educational and Psychological Test or NLEPT) द्वारा राष्ट्रीय शैक्षिक शोध एवं प्रशिक्षण परिषद (National Council of Educational Research and Training or NCERT) में किया जाता है। के॰ कुमार (K. Kumar, 1991) ने भारतवर्ष में विकसित एवं निर्मित बुद्धि परीक्षणों का दशक-बार (decade-wise) विश्लेषण किया और पाया कि 1960 से 1970 वाले दशक में सबसे ज्यादा संख्या में बुद्धि परीक्षण अर्थात् लगभग 70 प्रतिशत परीक्षणों का निर्माण किया गया। परन्तु 1980 वाले दशक में इसकी संख्या में कुछ कमी आयी। इन परीक्षणों में से अधिकतर परीक्षणों का स्वरूप शाब्दिक (verbal) था। सांख्यिकी विश्लेषण से यह पता चला कि इन परीक्षणों में से 67 प्रतिशत शाब्दिक (verbal) था, 23 प्रतिशत अशाब्दिक (nonverbal) था तथा मात्र 10 प्रतिशत क्रियात्मक (performance) था। भाषा के खयाल से विश्लेषण करने पर यह देखा गया कि इसके 51 प्रतिशत परीक्षण हिन्दी भाषा में विकसित किये गए थे और ये एक तरह का समूह परीक्षण था जिसके द्वारा 13-17 साल के व्यक्तियों की बुद्धि मुख्य रूप से मापी जाती है।

इस तरह से हम देखते हैं कि व्यक्ति के बुद्धि की माप भिन्न-भिन्न तरह के परीक्षणों के आधार पर किया जाता है। परीक्षक अपनी आवश्यकताओं एवं परीक्षार्थी की उम्र तथा योग्यता के अनुसार किसी खास परीक्षण का चयन कर लेता है और उसके आधार पर व्यक्ति की बुद्धि का मापन करता है।

बुद्धि परीक्षणों का अनुप्रयोग
(Uses of Intelligence Tests)

मनोवैज्ञानिक मानसिक अस्पताल या उपचारगृहों में नैदानिक मूल्यांकन (clinical assessment) करने में तथा शोध कार्यों में प्रायः बुद्धि परीक्षणों का प्रयोग करते हैं। बुद्धि परीक्षणों में वे वैयक्तिक बुद्धि परीक्षण (individual intelligence tests) का ही अधिक प्रयोग करते हैं। स्टैनफोर्ड-बिने परीक्षण (Stanford-Binet test), वेक्सलर मापनी (Wecshler scales), गुडएनफ-हैरिस ड्राईंग परीक्षण (Goodenough-Harris Drawing test) आदि परीक्षणों का उपयोग काफी किया जाता है। प्रश्न यहाँ यह उठता है कि क्या वे इन परीक्षणों का उपयोग व्यक्ति कें बौद्धिक स्तर को मापने में सिर्फ करते हैं या इनसे उसे कुछ और भी फायदा होता है? आधुनिक मनोवैज्ञानिकों का मत

है कि नैदानिक अन्तःक्रिया (clinical interaction) बुद्धि परीक्षणों की उपयोगिता से कुछ विस्तृत हो जाती है। आधुनिक मनोवैज्ञानिकों के अनुसार बुद्धि परीक्षणों की कुछ प्रमुख *उपयोगिताएँ* निम्नांकित हैं:—

1. सामान्य बौद्धिक स्तर का आकलन (*Estimation of general intellectual level*)—बुद्धि परीक्षणों की सबसे स्पष्ट उपयोगिता व्यक्ति के सामान्य बौद्धिक स्तर (general intellectual level) का आकलन करने में है। बुद्धि परीक्षणों का उपयोग करके व्यक्ति के वर्तमान अन्तःशक्ति (current potential) का पता मनोवैज्ञानिक लगाते हैं और उसे आधार रेखा (base line) मानकर उनकी वर्तमान उपलब्धियों का मूल्यांकन करते हैं। इससे चिकित्सक को अन्तःशक्ति एवं उपलब्धियों में होने वाले अन्तर के स्तर का पता चलता है। इससे व्यक्ति की समस्याओं को समझने एवं उसके बारे में प्राक्कल्पना (hypotheses) बनाने में काफी मदद मिलती है।

2. शैक्षिक सफलता का पूर्वकथन (*Prediction of academic success*)—चाहे स्टैनफोर्ड-बिने परीक्षण हो या वेक्सलर मापनी हो या अन्य कोई बुद्धि परीक्षण हो, उसके आधार पर छात्रों की शैक्षिक सफलता के बारे में पूर्वकथन (prediction) किया जाता है। यद्यपि बुद्धि परीक्षण के प्राप्तांकों तथा स्कूल के शैक्षिक निष्पादन (academic performance) संप्रत्यात्मक रूप से (conceptually) समरूप (identical) नहीं है, फिर भी इन दोनों के बीच काफी घनिष्ठ धनात्मक सहसम्बन्ध (positive correlation) है। अतः यदि बौद्धिक क्षमता का स्तर ऊँचा है तो यह उम्मीद की जाती है कि उसके शैक्षिक निष्पादन का स्तर भी ऊँचा होगा। परन्तु कभी-कभी ऐसा देखा जाता है कि किसी छात्र की बौद्धिक क्षमता ऊँचा होने पर शैक्षिक निष्पादन का स्तर नीचा ही रहता है। इस तरह के अन्तर को मनोवैज्ञानिक समझने की कोशिश करते हैं तथा उसके सम्भावित कारणों के बारे में कुछ प्राक्कल्पना (hypotheses) बनाते हैं, फिर उसका अध्ययन करते हैं।

3. व्यक्तित्व का मूल्यांकन (*Appraisal of personality*)—आधुनिक मनोवैज्ञानिकों का मत है कि बुद्धि परीक्षणों पर के प्राप्तांकों (scores) से व्यक्ति की बुद्धि के अलावा उसके व्यक्तित्व समस्याओं का भी अंदाज लगाता है। फलतः बुद्धि परीक्षणों की एक उपयोगिता परीक्षण के एकांशों पर मिली सफलता या असफलता के बारे में जानना ही नहीं बल्कि उससे सम्बन्धित कई प्रश्नों का उत्तर जानना भी आवश्यक है। जैसे, क्या व्यक्ति को असफलता थोड़े अंकों से प्राप्त हुई या अधिक अंकों से? क्या व्यक्ति अपने खराब निष्पादन (poor performance) के लिए कोई बहाना ढूँढ़ता है? क्या वह आसान एकांशों पर असफल हो जाता है और कठिन एकांशों पर सफल हो जाता है? विभिन्न उप-परीक्षणों (subtests) पर व्यक्ति के निष्पादन का पैटर्निंग (patterning) किस तरह का है? क्या व्यक्ति शब्दावली परीक्षण (vocabulary test) पर अच्छा करता है तथा चित्र-व्यवस्था परीक्षण (picture arrangement test) एवं अंक-विस्तार परीक्षण (Digit span test) पर उसका निष्पादन खराब हो जाता है? क्या शाब्दिक बुद्धि लब्धि क्रियात्मक बुद्धि लब्धि से अधिक है? क्या व्यक्ति को परीक्षण के एकांशों का उत्तर देने के लिए बीच-बीच में प्रोत्साहन जरूरी हो जाता है? आदि-आदि। इन प्रश्नों के उत्तर से व्यक्ति के व्यक्तित्व सम्बन्धी समस्याओं के बारे में आसानी से अंदाज लगाया जा सकता है। रोब्बिन (Robbin, 1965), फ्रैंक (Frank, 1970, 1976) द्वारा किए गए अध्ययनों से ऐसे प्रश्नों के उत्तर के आधार पर मनोविदालिता (schizophrenia), विषाद (depression), मस्तिष्कीय क्षति (brain damage), मद्यव्यसनता (alcoholism) आदि प्रवृत्तियों का पता चलता है।

बुद्धि परीक्षण के प्रकार
(Types of Intelligence Test)

मनोवैज्ञानिकों ने बुद्धि की माप करने के लिए अनेकों तरह के परीक्षण का निर्माण किया है। इन सभी परीक्षणों को मूलरूप से निम्नांकित दो कसौटियों (criterion) के आधार पर वर्गीकरण किया गया है:—

1. क्रियान्वयन (*Administration*) **के तरीकों के आधार पर**—क्रियान्वयन (administration) के आधार पर बुद्धि परीक्षण दो प्रकार का होता है—एक तो वे परीक्षण है जिनका क्रियान्वयन (administration) एक समय में एक ही व्यक्ति पर किया जा सकता है। इस प्रकार के बुद्धि परीक्षण को मनोवैज्ञानिकों ने *वैयक्तिक बुद्धि परीक्षण* (individual intelligence test) की संज्ञा दी है। सबसे पहला वैयक्तिक बुद्धि परीक्षण बिने (Binet) तथा साइमन (Simon) द्वारा 1905 में विकसित किया गया है। इसे बिने-साइमन परीक्षण (Binet-Simon test) कहा जाता है। कोह ब्लॉक डिजाइन परीक्षण (Kohs Block Design test), पास अलाँग परीक्षण (Pass along test) तथा घन

रचना परीक्षण (Cube construction test) भी वैयक्तिक बुद्धि परीक्षण के उदाहरण हैं। क्रियान्वयन (administration) के आधार पर दूसरे प्रकार के बुद्धि परीक्षण वे हैं जिनको एक समय में एक से अधिक व्यक्ति यानी जिनको व्यक्तियों के समूह में दिया जा सकता है। इस प्रकार के परीक्षण को *सामूहिक बुद्धि परीक्षण* (group intelligence test) की संज्ञा दी गयी है। सबसे पहला सामूहिक बुद्धि परीक्षण विश्व युद्ध के दौरान अमेरिका में बनाया गया। युद्ध के समय कम-से-कम समय में बहुत से सैनिकों के बुद्धि की मापन करने की आवश्यकता महसूस की गयी। चूँकि वैयक्तिक बुद्धि परीक्षण से इस तरह की आवश्यकता की पूर्ति नहीं की जा सकती थी, फलतः मनोवैज्ञानिकों ने कुछ सामूहिक बुद्धि परीक्षण जैसे आर्मी अल्फा परीक्षण (Army Alpha test) तथा आर्मी वीटा परीक्षण (Army Beta test) आदि का निर्माण किया।

भारतीय मनोवैज्ञानिकों ने भी कई सामूहिक बुद्धि परीक्षण (group intelligence test) का निर्माण किया है जिसमें प्रयाग मेहता : सामूहिक बुद्धि परीक्षण 1962), आर॰ के॰ टण्डन : सामूहिक मानसिक योग्यता परीक्षण (1961), एस॰सी॰जोशी : मानसिक योग्यता परीक्षण (1960), एस एम मोहसिन का सामान्य बुद्धि परीक्षण (1946) प्रमुख हैं।

2. एकांशों *(Items)* **के स्वरूप के आधार पर**—बुद्धि परीक्षणों को एकांश (item) के स्वरूप के आधार पर निम्नांकित चार भागों में बाँटा गया है—

1. शाब्दिक बुद्धि परीक्षण (Verbal intelligence test)
2. अशाब्दिक बुद्धि परीक्षण (Non-verbal intelligence test)
3. क्रियात्मक बुद्धि परीक्षण (Performance intelligence test)
4. अभाषाई बुद्धि परीक्षण (Non-language intelligence test)

1. शाब्दिक या वाचिक बुद्धि परीक्षण *(Verbal intelligence test)*—इस तरह का बुद्धि परीक्षण उन परीक्षणों को कहा जाता है जिसमें लिखित शब्दों (words) अर्थात् लिखित भाषा का प्रयोग निर्देश (instruction) देने तथा परीक्षण के एकांशों या प्रश्नों में किया जाता है। इस तरह से यह स्पष्ट है कि इस तरह का बुद्धि परीक्षण के क्रियान्वयन (administration) के लिए व्यक्ति को पढ़ा-लिखा होना चाहिए ताकि वह पढ़कर सभी बातों को समझ जाय और फिर प्रश्नों का उत्तर लिख कर दे सके। शाब्दिक बुद्धि-परीक्षण (verbal intelligence test) को निम्नांकित दो भागों में बाँटा गया है—

(i) शाब्दिक वैयक्तिक बुद्धि परीक्षण (Verbal individual intelligence test)
(ii) शाब्दिक समूह बुद्धि परीक्षण (verbal group intelligence test)

इन दोनों परीक्षणों के स्वरूप की व्याख्या निम्नांकित हैः—

(i) शाब्दिक या वाचिक वैयक्तिक बुद्धि परीक्षण *(Verbal individual intelligence test)*—इस तरह के परीक्षण में लिखित शब्दों एवं वाक्यों का प्रयोग होता है तथा साथ-ही-साथ इसका स्वरूप कुछ ऐसा होता है कि इसे एक समय में एक से अधिक व्यक्ति पर क्रियान्वयन (administer) नहीं किया जा सकता है। दूसरे शब्दों में, इस तरह परीक्षणों द्वारा एक समय में किसी एक ही पढ़े-लिखे व्यक्ति के बुद्धि का मापन किया जा सकता है। सबसे पहला बुद्धि परीक्षण जिसका निर्माण फ्रेंच मनोवैज्ञानिक बिने (Binet) तथा साइमन (Simon) दो व्यक्तियों द्वारा किया गया था, शाब्दिक वैयक्तिक बुद्धि परीक्षण (verbal individual intelligence test) ही था। इस परीक्षण में कुल तीस एकांश (items) थे जिनके उत्तर के आधार पर स्कूल के बच्चों की बुद्धि मापी जाती थी। इसका अनुवाद अंग्रेजी में गोड्डार्ड (Goddard) ने 1911 में किया तथा मानसिक रूप से मंदित बच्चों की बुद्धि मापने में इसका काफी प्रयोग किया गया। शाब्दिक वैयक्तिक बुद्धि परीक्षणों के प्रमुख अवगुण (demerit) निम्नांकित हैंः—

1. इस परीक्षण का प्रयोग बुद्धि मापने में तभी किया जाता है जब व्यक्ति पढ़ा-लिखा हो। अनपढ़ व्यक्तियों या बहुत छोटे शिशुओं, जिनमें भाषा का विकास अधूरा रहता है, की बुद्धि की माप इस परीक्षण द्वारा नहीं किया जा सकता है।
2. ऐसे परीक्षणों द्वारा एक समय में एक ही व्यक्ति की बुद्धि मापी जा सकती है। अतः जब कई व्यक्तियों के बुद्धि की माप एक ही साथ करनी होती है, तो इस तरह के परीक्षण का प्रयोग समय के विचार से कठिन हो

जाता है क्योंकि स्वभावतः बुद्धि परीक्षक के पास इतना समय नहीं होता है कि एक-एक करके वह सभी व्यक्तियों के बुद्धि की माप कर सके।

(ii) शाब्दिक या वाचिक समूह बुद्धि परीक्षण *(Verbal group intelligence test)*—शाब्दिक समूह बुद्धि परीक्षण वैसे परीक्षण को कहा जाता है जिसमें शब्द, वाक्य, संख्या (number) आदि का प्रयोग एकांश (item) तथा निर्देश में होता है तथा जिसे एक समय में एक से अधिक व्यक्तियों पर क्रियान्वयन (administer) किया जा सकता है। दूसरे शब्दों में, इन परीक्षणों द्वारा एक समय में एक से अधिक व्यक्तियों की बुद्धि मापी जा सकती है। इस तरह से शाब्दिक समूह बुद्धि परीक्षण द्वारा शाब्दिक वैयक्तिक बुद्धि परीक्षण (verbal individual intelligence test) का एक महत्त्वपूर्ण दोष (जो इस बात से सम्बन्धित है कि इससे बुद्धि मापने में समय बहुत अधिक लगता है) समाप्त हो जाता है। इस तरह के बुद्धि परीक्षणों की जरूरत प्रथम विश्वयुद्ध के समय सैनिकों की बुद्धि मापने के लिए काफी महसूस की गयी। इसके फलस्वरूप अमेरिका में कुछ महत्त्वपूर्ण परीक्षण जैसे आर्मी अल्फा परीक्षण (Army Alpha test), आर्मी जेनरल क्लासिफिकेशन परीक्षण (Army General Classification test) आदि का निर्माण हुआ। बाद में और भी कई बुद्धि परीक्षण का निर्माण किया गया है जिसमें एम॰ सी॰ जोशी का मानसिक योग्यता परीक्षण, प्रयाग मेहता का सामूहिक बुद्धि परीक्षण, आर॰ के॰ टण्डन का सामूहिक योग्यता परीक्षण, आर॰ के॰ ओझा तथा राय चौधरी का वाचिक बुद्धि परीक्षण एस॰ एस॰ जलोटा का मानसिक योग्यता का सामूहिक परीक्षण, एस॰ एम॰ मुहसिन का सामान्य बुद्धि परीक्षण आदि प्रमुख हैं।

शाब्दिक बुद्धि परीक्षण (verbal intelligence test) चाहे वैयक्तिक (individual) हो या सामूहिक (group), इसके एकांशों (items) का उत्तर देने के लिए व्यक्ति को पेंसिल तथा पेपर (उत्तर पत्र) का प्रयोग करना पड़ता है। अतः शाब्दिक परीक्षण (verbal tests) को *पेपर-पेंसिल परीक्षण* (paper-pencil test) भी कहा जाता है।

शाब्दिक समूह बुद्धि परीक्षण (verbal group intelligence test) के प्रमुख दोष निम्नांकित हैंः—

(a) शाब्दिक सामूहिक बुद्धि परीक्षण द्वारा कई व्यक्तियों को एक साथ बैठाकर उनकी बुद्धि की जाँच की जाती है। ये एक ही कमरे में बैठकर बुद्धि परीक्षण के एकांशों (items) का उत्तर देते हैं। फलतः एक-दूसरे का नकल आसानी से कर लेते हैं जिसके परिणामस्वरूप व्यक्ति की जाँच ठीक से नहीं हो पाती है।

(b) जब कई व्यक्ति एक साथ बैठकर बुद्धि परीक्षण के एकांशों (items) का जबाव देते हैं तो परिस्थिति कुछ इस प्रकार की हो जाती है कि अकेला बुद्धि परीक्षक उसे ठीक ढंग से नियंत्रित नहीं कर पाता है। इसका प्रभाव व्यक्ति के उत्तर पर पड़ता है जिससे उसके बुद्धि की जाँच ठीक से नहीं हो पाती है।

(c) बुद्धि परीक्षक के लिए इस तरह के परीक्षण में यह सम्भव नहीं हो पाता है कि वह प्रत्येक व्यक्ति पर वैयक्तिक रूप से (individually) ध्यान दें। ऐसी परिस्थिति में यदि कोई व्यक्ति प्रश्नों को देखकर घबड़ा जाता है या किसी अन्य कारण से वह परीक्षण के प्रश्नों का उत्तर नहीं दे पाता है तो इसका सही-सही पता परीक्षक को नहीं लग पाता है। फलस्वरूप, उस व्यक्ति के बुद्धि की माप ठीक ढंग से नहीं हो पाती है।

(d) वैयक्तिक शाब्दिक बुद्धि परीक्षण (individual verbal intelligence test) के समान ही परीक्षार्थी (testee) इसमें कभी-कभी एकांशों के उत्तर अंदाज (guessing) से ठीक कर लेते हैं। खासकर जब किसी एकांश (item) की कठिनता स्तर अधिक होती है, तो इस तरह के अंदाज का उपयोग परीक्षार्थी अधिक करते हैं। ऐसी परिस्थिति में उनकी बुद्धि जाँच इस परीक्षण द्वारा सही-सही नहीं हो पाती है।

2. अशाब्दिक या वाचिक बुद्धि परीक्षण *(Non-verbal intelligence test)*—अशाब्दिक बुद्धि परीक्षण वैसे परीक्षण को कहा जाता है जिसमें भाषा (language) अर्थात् शब्दों, वाक्यों तथा संख्या (number) का प्रयोग निर्देश (instruction) में निश्चित रूप से होता है परन्तु उनके एकांशों (items) में भाषा का प्रयोग नहीं होता है और साथ-ही-साथ व्यक्ति जिसकी बुद्धि मापी जा रही है, को वस्तुओं (objects) का वास्तविक परिचालन का जोड़-तोड़ (manipulation) भी नहीं करना पड़ता है। यहाँ व्यक्तियों को वास्तविक जोड़-तोड़ इसलिए नहीं करना पड़ता है क्योंकि वास्तव में प्रत्येक एकांश (item) में कुछ वस्तुओं का चित्र बना होता है। अतः जब वस्तुएँ सचमुच में उपस्थित ही नहीं होतीं हैं, तो उनमें जोड-तोड़ (manipulation) करने का प्रश्न ही नहीं उठता है। फ्रीमैन (Freeman,1965) ने रैवेन प्रोग्रेसिव मैट्रसीज (Raven's Progressive Matrices) को अशाब्दिक बुद्धि परीक्षण (non-verbal intelligence test) का एक उत्तम उदाहरण बतलाया है।

अशाब्दिक बुद्धि परीक्षण का सबसे बड़ा गुण यह है कि चूँकि इसमें भाषा का प्रयोग एकांशों (items) में नहीं होता हे, इसलिए प्रयोग छोटे बच्चों, कम पढ़े-लिखे व्यक्तियों तथा मानसिक रूप से मंदित बच्चों के लिए आसानी से किया जा सकता है। ऐसे परीक्षणों का एक सामान्य दोष (demerits) यह है कि इसमें बुद्धि परीक्षकों को प्रशिक्षित होना आवश्यक है। साधारण व्यक्ति को या अप्रशिक्षित व्यक्ति को ऐसे परीक्षणों द्वारा बुद्धि मापने में कठिनाई हो सकती है।

3. क्रियात्मक बुद्धि परीक्षण (*Performance intelligence test*)—फ्रीमैन[1] (Freeman, 1965) के अनुसार, क्रियात्मक बुद्धि वैसी परीक्षण को कहा जाता है जिसमें भाषा का प्रयोग निर्देश (instruction) में हो भी सकता है या चित्राभिनय (pantomime) तथा हाव-भाव (gesture) द्वारा निर्देश देने पर भाषा का प्रयोग नहीं भी हो सकता है। परन्तु ऐसे परीक्षणों के एकांशों (items) में भाषा का प्रयोग बिलकुल ही नहीं होता है और परीक्षार्थी (testees) के सामने कुछ वस्तुएँ वास्तविक रूप में (न कि चित्र के रूप में) उपस्थित की जातीं हैं। जिनका परिचलन या जोड़-तोड़ (manipulation) कर परिक्षार्थी को उसे सही करना पड़ता है। परीक्षार्थी द्वारा किये गये जोड़-तोड़ में परिशुद्धता (accuracy), त्रुटियों, तथा लगे समय के आधार पर व्यक्ति के बुद्धि की माप की जाती है। ऊपर के विवरण से स्पष्ट है कि क्रियात्मक बुद्धि परीक्षण (performance intelligence test) की निम्नांकित तीन विशेषताएँ (characteristics) होती है:—

(a) इस परीक्षण के निर्देश (instruction) में भाषा या संख्या का प्रयोग कभी होता है और कभी नहीं भी होता है।

(b) इस परीक्षण के एकांश (items) में भाषा का प्रयोग बिलकुल ही नहीं होता है।

(c) इस परीक्षण में व्यक्ति के सामने वस्तुओं को वास्तविक रूप में (न कि उनका चित्र बनाकर) उपस्थित किया जाता है और उसमें उसे जोड़-तोड़ करना पड़ता है।

ऊपर की विशेषताओं से यह स्पष्ट हो जाता है कि क्रियात्मक बुद्धि परीक्षण (performance intelligence test) अशाब्दिक बुद्धि (non-verbal intelligence test) से भिन्न (different) है। अशाब्दिक बुद्धि परीक्षण (non-verbal intelligence test) में वस्तुओं (objects) को वास्तविक रूप में नहीं बल्कि उनका चित्र बनाकर व्यक्ति के सामने उपस्थित किया जाता है जबकि क्रियात्मक बुद्धि परीक्षण (performance intelligence test) में वस्तुओं को वास्तविक रूप में परीक्षार्थी के सामने उपस्थित किया जाता है। जिसमें वह जोड़-तोड़ (manipultation) करता है। चूँकि अशाब्दिक बुद्धि परीक्षण के एकांश (items) में भी भाषा का प्रयोग नहीं होता है, अतः इस कसौटी पर वह क्रियात्मक बुद्धि के समान हो जाता है।

मनोवैज्ञानिकों ने कई तरह के क्रियात्मक बुद्धि परीक्षण का निर्माण किया है। सबसे पहला क्रियात्मक बुद्धि परीक्षण सेगुइन (Saguine) ने 1866 में निर्मित किया था। इस परीक्षण का नाम सेगुइन फार्म बोर्ड (Saguine Form Board) था जिसका प्रयोग मानसिक रूप से मंदित बच्चों (mentally retarded children) की बुद्धि मापने में किया गया था। इसके बाद कई क्रियात्मक बुद्धि परीक्षणों का उपयोग मानसिक रूप से मंदित बच्चों (mentally retarded children) की बुद्धि मापने में किया गया था। इसके बाद कई क्रियात्मक बुद्धि परीक्षणों का निर्माण किया गया जिसमें निम्नांकित तीन काफी प्रसिद्ध हैं तथा जिनका प्रयोग मनोवैज्ञानिकों द्वारा काफी हुआ है।

(a) कोह ब्लॉक डिजाइन परीक्षण (*Kohs Block Design test*)—इस परीक्षण का निर्माण एस॰सी॰कोह (S. C. Kohs) द्वारा 1923 में किया गया। इस परीक्षण में लकड़ी के एक-एक वर्ग इंच के 16 ब्लॉक (blocks) होते हैं तथा 10 रंगीन डिजाइन अलग-अलग कार्ड पर छपे होते हैं। परीक्षार्थी को इन ब्लॉकों की सहायता से एक-एक करके सभी डिजाइनों को बनाना होता है। डिजाइन बनाने में लगे समय तथा त्रुटियों के आधार पर बुद्धि की माप की जाती है।

(b) पास-एलाँग परीक्षण (*Pass-Along test*)—इस परीक्षण में 9 डिजाइन अलग-अलग कार्ड पर बने होते हैं। इस परीक्षण में कुल मिलाकर और नीले रंग के आयताकार तथा वर्गाकार 13 ब्लॉक (blocks) होते हैं और चार

1. "A performance scale is one in which language is used only in the instructions or not at all when directions are given in pantomime."

—Freeman : *Theory and Practice of Psychological Testing,* 1965. p. 280

भिन्न-भिन्न आकार के छोटे-छोटे बक्स होते हैं। कार्ड पर बने डिजाइन के विपरीत डिजाइन को बनाकर बुद्धि परीक्षक परीक्षार्थी के सामने रख देता है जिसे एक निर्दिष्ट समय (specified time) में परीक्षार्थी को कार्ड पर दी गयी डिजाइन के समान बनाना होता है। डिजाइन बनाने में लगे समय तथा की गयी त्रुटियों (errors) के आधार पर बुद्धि की माप की जाती है।

(c) घन रचना परीक्षण *(Cube construction test)*—इस परीक्षण की व्याख्या सर्वप्रथम गॉ (Gaw) ने की थी। इसमें 3 मॉडल (model) होते हैं और कुल 26 घन (cube) होते हैं जो सिर्फ दो रंगों में अर्थात् उजला तथा भूरे रंग में होते हैं। दिये गये मॉडल की आकृति के अनुसार परीक्षार्थी को घनों की सहायता से आकृति बनाना पड़ता है। मॉडल बनाने में लगे समय एवं त्रुटियों के आधार पर व्यक्ति के बुद्धि की माप की जाती है।

क्रियात्मक बुद्धि परीक्षण का स्वरूप ही कुछ ऐसा होता है जिसे एक समय में एक ही व्यक्ति पर क्रियान्वयन किया जा सकता है। क्रियात्मक बुद्धि परीक्षण के प्रमुख गुण (merits) निम्नांकित हैं:—

(a) इस तरह के परीक्षण में चूँकि भाषा का प्रयोग नहीं होता है, अतः इसका प्रयोग पढ़े-लिखे व्यक्तियों के अलावा अनपढ़ गूंगे, छोटे बच्चों एवं मानसिक रूप से मंदित बच्चों की बुद्धि मापने में आसानी से किया जाता है।

(b) भाषा का प्रयोग नहीं होने से इन परीक्षणों से एक और लाभ होता है। इनके द्वारा किसी भी देश तथा संस्कृति (culture) के व्यक्तियों की बुद्धि मापी जा सकती है।

क्रियात्मक बुद्धि परीक्षण के प्रमुख अवगुण (demerits) निम्नांकित हैं:—

(a) इस तरह के परीक्षण द्वारा एक समय में एक ही व्यक्ति के बुद्धि की माप की जा सकती है। फलतः जब कई व्यक्तियों के बीच की माप करनी होती है तो समय के विचार से इस तरह के परीक्षण का प्रयोग सम्भव नहीं हो पाता है क्योंकि किसी बुद्धि परीक्षक को शायद इतना समय तथा धैर्य नहीं होता कि वह एक-एक करके कई व्यक्तियों के बुद्धि की जाँच कर सके।

(b) क्रियात्मक बुद्धि परीक्षण का निर्माण शाब्दिक बुद्धि परीक्षण (verbal intelligence test) के निर्माण से सामान्यतः अधिक कठिन हैं।

4. अभाषाई बुद्धि परीक्षण *(Non-language intelligence test)*—अभाषाई बुद्धि परीक्षण, जैसा कि नाम से ही स्पष्ट हैं, पूर्णतः भाषा के बन्धन से मुक्त होता है। अभाषाई बुद्धि परीक्षण वैसे परीक्षण को कहा जाता है जिसमें भाषा का प्रयोग न तो एकांश (items) में और न ही निर्देश (instruction) में होता है। प्रायः इस तरह के परीक्षण में निर्देश हाव-भाव (gesture), निर्देशन (demonstration) तथा चित्राभिनय (pantomime) द्वारा किया जाता है। साथ-ही-साथ इस तरह के परीक्षण में परीक्षार्थी (testee) को वस्तुओं का वास्तविक जोड़-तोड़ (manipulation) भी नहीं करना होता है। इस तरह से अभाषाई बुद्धि परीक्षण के निम्नांकित गुण (merits) है—

1. ऐसे परीक्षणों में निर्देश (instruction) हाव-भाव (gesture), चित्राभिनय (pantomime) तथा निर्देशन (demonstration) द्वारा दिया जाता है न कि किसी प्रकार की भाषा द्वारा।
2. इन परीक्षणों के एकांश में भाषा का प्रयोग बिलकुल ही नहीं होता है।
3. इन परीक्षणों में परीक्षार्थी (testees) को कुछ वस्तुएँ (objects) जैसा कि क्रियात्मक बुद्धि परीक्षण में दिया जाता है, नहीं दिया जाता है। फलतः इस तरह के परीक्षणों में परीक्षार्थी को वास्तविक जोड़-तोड़ (actual manipulation) नहीं करना पड़ता है।

ऊपर के गुणों के आधार पर यह निश्चित रूप से कहा जा सकता है कि इसके तीन गुण में प्रथम दो गुण[1] क्रियात्मक बुद्धि परीक्षण के समान है। गुडएनफ ड्रा-ए-मैन परीक्षण (Goodenough Draw-a-man test) तथा कैट्टेल्ल संस्कृति मुक्त बुद्धि परीक्षण (Cattell Culture Free intelligence test) इसके प्रमुख उदाहरण हैं। चूँकि अभाषाई बुद्धि परीक्षण बहुत हद तक क्रियात्मक बुद्धि परीक्षण से मिलता-जुलता है, अतः इसका गुण (merits) तथा दोष (demerits) दोनों ही क्रियात्मक बुद्धि परीक्षण के समान हैं।

1. हालांकि किसी-किसी क्रियात्मक बुद्धि परीक्षण के निर्देश (instruction) में भाषा का प्रयोग होता है। ऐसी परिस्थिति में अभाषाई परीक्षण का सिर्फ दूसरा ही गुण क्रियात्मक बुद्धि परीक्षण के समान होगा।

इस तरह से स्पष्ट है कि बुद्धि परीक्षण के कई प्रकार हैं जिसमें चार प्रमुख हैं—शाब्दिक बुद्धि परीक्षण, अशब्दिक बुद्धि परीक्षण, क्रियात्मक बुद्धि परीक्षण तथा अभाषाई बुद्धि परीक्षण। इन चारों परीक्षणों में कुछ समानताएँ (similarities) तथा कुछ विभिन्नताएँ (dissimilarities) है।

बुद्धि के सिद्धान्त
(Theories of Intelligence)

बुद्धि के स्वरूप (nature) की पूर्णरूपेण व्याख्या तब हो पाती है जब हम बुद्धि के सिद्धान्तों की ओर ध्यान देते हैं। सचमुच में मनोवैज्ञानिकों का प्रारम्भ से ही यह प्रयास रहा है कि बुद्धि की व्याख्या करने के लिए एक वैज्ञानिक सिद्धान्त (scientific theory) का प्रतिपादन किया जाय। इस प्रयास का परिणाम यह हुआ है कि आज हमारे सामने बुद्धि के कई सिद्धान्त प्राप्त (available) हैं। इन सभी सिद्धान्तों को मूल रूप से दो श्रेणियों में विभक्त किया जा सकता है—

(क) क्लासिकी सिद्धान्त (Classical theories)

(ख) आधुनिक सिद्धान्त (Modern theories)

इन दोनों तरह के श्रेणियों के सिद्धान्तों का वर्णन निम्नांकित है—

(क) क्लासिकी सिद्धान्त *(Modern theories)*—बुद्धि का पहला सिद्धान्त 1800A.D. ई॰ के उत्तरार्द्ध विशेषकर 1880 के बाद प्रतिपादित किया गया। सर फ्रेंसिस गाल्टन (Sir Francis Galton, 1883) तथा उनके शिष्य जे॰ मैककीन कैट्टेल्ल (J. McKeen Cattell) द्वारा बुद्धि के सिद्धान्तों का प्रतिपादन किया गया जिसमें संवेदी तीक्ष्णता (sensory acuity) पर बल डाला गया। इन लोगों का मत था कि तीक्ष्ण संवेदी क्षमताओं (keen sensory abilities) द्वारा ही बुद्धि का निर्माण होता है। इसे बुद्धि का *संवेदी तीक्ष्णता सिद्धान्त* (Sensory keenness theory) की संज्ञा दी गयी। हालांकि यह सिद्धान्त वैज्ञानिक मॉडल जाँच पर खरा नहीं उतरा परन्तु बुद्धि के आधुनिक क्रोनोमेट्रीक विश्लेषण (chronometric analysis) में इसकी साधनात्मक भूमिका अवश्य रही। जेनसन (Jensen, 1980) ने बुद्धि का सांस्कृतिक-लघुकृत अध्ययन (culture-reduced intelligence) में इस तरह का विश्लेषण करने के लिए एक प्रयोगात्मक विधि (experimental method) का प्रतिपादन किया जिसमें विशेष रूप से निर्मित प्रतिक्रिया समय-गति समय (Reaction Time-Movement Time or RT-MT) उपकरण का भी उपयोग सफलतापूर्वक किया गया। जेनसन (Jensen, 1980) ने अपने अध्ययन में पाया कि RT तथा MT के सूचक (indices) बुद्धि के मनोमितिक परीक्षणों (psychometric tests) के साथ 0.50 तक की सीमा तक सहसम्बन्धित पाये गए। भर्नन (Vernon, 1994) ने इन दोनों चरों (variables) अर्थात् RT सूचकों तथा बुद्धि के परम्परागत मापों (traditional measures) के 0.70 तक का सहसम्बन्ध पाया।

(ख) आधुनिक सिद्धान्त *(Modern theories)*—इस श्रेणी में बुद्धि के उन सिद्धान्तों को रखा गया है जो 1900 से लेकर आजतक की अवधि में विकसित किये गये हैं। आधुनिक सिद्धान्तों के भी दो सामान्य श्रेणी हैं जो निम्नांकित हैं—

(क) कारकीय सिद्धान्त (Factorial theories)

(ख) प्रक्रिया-उन्मुखी सिद्धान्त (Process-oriented theories)

इन दोनों तरह के सिद्धान्तों की व्याख्या निम्नांकित हैं—

(क) कारकीय सिद्धान्त *(Factorial theories)*—इस श्रेणी में उन मनोवैज्ञानिकों को रखा गया है जिन्होंने बुद्धि के संगठन (organisation) की व्याख्या कुछ कारकों (factors) के रूप में किया है। इन कारकों को आपस में मिलाकर व्यक्ति के बुद्धि की व्याख्या की गयी है। प्रायः इन कारकों को विशेष सांख्यिकीय विधि (statistical analysis) जिसे कारक विश्लेषण (factor analysis) कहा जाता है, के आधार पर ज्ञात किया गया है। इस श्रेणी में मनोवैज्ञानिकों के दो समूह है—एक समूह में वैसे मनोवैज्ञानिक हैं जिन्हें *पिण्डक* (lumpers) कहा जाता है तथा दूसरे श्रेणी में वैसे मनोवैज्ञानिक हैं जिन्हें *विभाजक* (spitters) कहा जाता है। पिण्डक (lumpers) की श्रेणी में वैसे मनोवैज्ञानिकों को रखा गया है जिनका मत है कि बुद्धि समस्या समाधान करने, तर्क करने तथा ज्ञान प्राप्त करने की एक

सामान्य (general) एवं संगठित क्षमता (united capacity) है। स्पीयरमैन (Spearman) इस समूह के अग्रणी मनोवैज्ञानिक हैं जिनका मत है कि किसी भी संज्ञानात्मक कार्य पर के निष्पादन का आधार प्राथमिक सामान्य कारक (primary general factor) होता है। विभाजक के समूह में उन मनोवैज्ञानिकों को रखा गया है जिनका यह मत है कि बुद्धि बहुत सारे पृथक मानसिक क्षमताओं जो करीब-करीब स्वतंत्र रूप से क्रियाशील होते हैं, का योग होता है। इसमें थर्स्टन (Thurstone), कैट्टेल्ल (Cattell), थॉर्नडाइक (Thorndike), वर्नन (Vernon), गिलफोर्ड (Guilford) तथा गार्डनर (Gardner) आदि के नाम मशहूर हैं। इस सामान्य उपागम (general approach) के बारे में एक अन्तर्दर्शी ज्ञान (intuitive knowledge) हमें गिल्टमैन (Gleitman, 1981) द्वारा प्रस्तुत सार्पिल विचारधारा (serpentine view) से होता है। इस विचारधारा में यह बतलाया गया है कि एक आदमी की कल्पना कीजिए जो किसी झील (lake) के सामने खड़ा है और पानी में जिस जीव को वह देख रहा है वह एक सर्प के समान दिखता है जिसके शरीर का कुछ हिस्सा पानी में डुबा हुआ है और कुछ दिखलाई दे रहा है जैसा कि चित्र 12.3 के A में दिखलाया गया है। यहाँ व्यक्ति कई तरह की प्राक्कल्पनाओं को अपने मन में उत्पन्न कर सकता है। जैसे, वह यह प्राक्कल्पना का निर्माण कर सकता है कि सभी दृश्य भाग (visible part) एक ही जीव के अंग है। जैसा कि चित्र 12.3 का चित्र B में दिखलाया गया है। स्पष्टतः यह विचारधारा उस पूर्वकल्पना के तुल्य है जिसमें यह बतलाया गया है कि बुद्धि एक एकाकी क्षमता (uintary ability) है। दूसरी प्राक्कल्पना यह हो सकती है कि सभी दृश्‍य भाग कई जीवों का अंग हो सकता है जैसा कि चित्र 12.3 के C में दिखलाया गया है। यह विचारधारा इस तथ्य के तुल्य है कि बुद्धि अलग-अलग मानसिक क्षमताओं (mental abilities) का योग है। तीसरी प्राक्कल्पना यह बनाया जा सकता है कि पानी में उतने अलग-अलग जीव है जितने की जीव के भाग दिखाई दे रहें हैं जैसा कि चित्र 12.3 के D में दिखलाया गया है और यह विचारधारा बुद्धि के इस प्राक्कल्पना पर आधारित है कि प्रत्येक बुद्धि परीक्षण द्वारा पूर्णतः भिन्न क्षमता का मापन होता है। अब प्रश्न यह उठता है कि वह इन विभिन्न विकल्पों में से किसे चुनेगा अगर उसे पानी के भीतर प्रत्यक्ष या अप्रत्यक्ष रूप से देखने का कोई साधन उपलब्ध नहीं है। इसका सबसे उत्तम तरीका उसके लिए यह देखना होगा कि समय बीतने के साथ सर्पिल भाग (serpentine part) किस तरह से स्थान परिवर्तन करता है। ऐसा करने से उसे पता चल जायेगा कि कौन-कौन सर्पिल भाग में एक साथ परिवर्तन हो रहे हैं। अगर वह यह देखता है कि सर्पिल जीव का पहला भाग दूसरे भाग के साथ परिवर्तित होता है और तीसरा भाग चौथे भाग के साथ परिवर्तित होता है, तो सम्भवतः वह इस निष्कर्ष पर पहुँचेगा कि दो अलग-अलग सर्पिल जीव है (जैसा कि चित्र 12.3 C में दिखलाया गया है।) अगर वह यह देखता है कि सभी भाग अलग-अलग ढंग से गति कर रहे हैं तो वह इस निष्कर्ष पर पहुँचेगा कि उतना ही सर्पिल जीव है जितना की उसे पानी के ऊपर विभिन्न भाग (parts) दिख रहे हैं। इसका मतलब यह हुआ कि व्यक्ति सर्पिल जीव के विभिन्न भागों का एक सहसम्बन्धनात्मक अध्ययन (correlational study) किया जिसके आधार पर वह पानी के भीतर अदृश्य संरचनाओं (invisible structures) के बारे में अनुमान लगाया। हम यहाँ पिण्डक (lumpers) तथा विभाजक (splitters) दोनों समूह के मनोवैज्ञानिकों के सिद्धान्तों की चर्चा स्वतंत्र रूप से करेंगे।

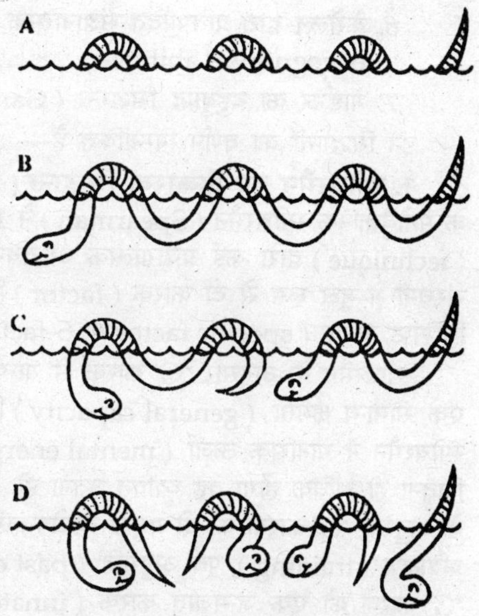

चित्र 12.3 : बुद्धि का सर्पिल विचारधारा
(Serpentine viewpoints)

1. स्पीयरमैन का द्विकारक सिद्धान्त (Spearman's two-factor theories)
2. थर्स्टन का समूह कारक सिद्धान्त (Thurstone group factor theory)
3. बहुकारक सिद्धान्त (Multi-factor theory)
4. पदानुक्रमिक सिद्धान्त (Hierarchial theory)
5. कैट्टेल्ल का सिद्धान्त (Cattell's theory of intelligence)

6. कैरॅल्ल द्वारा प्रतिपादित संज्ञानात्मक क्षमता का त्रिस्तरीय सिद्धान्त (Carroll's Three-structure theory of cognitives abilities)
7. गार्डनर का बहुबुद्धि सिद्धान्त (Gardner's theory of multiple intelligence)

इन सिद्धान्तों का वर्णन निम्नांकित हैं—

1. स्पीयरमैन का द्विकारक सिद्धान्त (*Spearman's Two factor theory*)—इस सिद्धान्त का प्रतिपादन ब्रिटेन के मनोवैज्ञानिक स्पीयरमैन (Spearman) ने 1904 में किया। इन्होंने कारक विश्लेषण (factor analysis) की प्रविधि (technique) द्वारा कई प्रयोगात्मक अध्ययनों से प्राप्त आँकड़ों का विश्लेषण किया और बतलाया कि बुद्धि की संरचना में मूल रूप से दो कारक (factor) निहित होते हैं—सामान्य कारक (general factor या G factor) तथा विशिष्ट कारक (specific factor या S-factor)।

स्पीयरमैन के अनुसार 'G' कारक से तात्पर्य यह होता है कि प्रत्येक व्यक्ति में कोई भी मानसिक कार्य करने की एक सामान्य क्षमता (general capacity) भिन्न-भिन्न मात्रा में मौजूद होती है। यही कारण है कि 'G' कारक को स्पीयरमैन ने मानसिक ऊर्जा (mental energy) की संज्ञा दी है। स्पीयरमैन के अनुसार जिस व्यक्ति में 'G' कारक जितना ही अधिक होगा वह व्यक्ति उतना ही अधिक सभी तरह के मानसिक कार्यों को करने में प्रवीण होगा। स्पीयरमैन के अनुसार 'G' कारक की दो प्रमुख विशेषताएँ हैं। पहला तो यह कि इस कारक पर सचमुच में किसी तरह के शिक्षण, प्रशिक्षण (training), पूर्व अनुभूति (past experiences) आदि का प्रभाव नहीं पड़ता है। यही कारण है कि इस 'G' कारक को एक जन्मजात कारक (innate factor) माना गया है। दूसरा प्रत्येक व्यक्ति में 'G' कारक की मात्रा निश्चित (fixed) होती है। परन्तु इसका अर्थ यह नहीं है कि सभी व्यक्तियों में इसकी मात्रा समान होती है। वास्तव में, प्रत्येक व्यक्ति में प्रत्येक मानसिक कार्य करने की जो क्षमता होती है, वह निश्चित नहीं होती है। किसी में इस क्षमता की मात्रा अधिक हो सकती है तथा किसी में इसकी मात्रा कम हो सकती है।

स्पीयरमैन (Spearman) का यह भी विचार था कि प्रत्येक मानसिक कार्य करने में कुछ विशिष्टता (specificity) की भी जरूरत पड़ती है क्योंकि प्रत्येक मानसिक कार्य एक-दूसरे से कुछ-न-कुछ भिन्न होते हैं। स्पीयरमैन ने इस कारक को 'S' कारक की संज्ञा दी है। 'S' कारक की तीन *विशेषताएँ* बतलायी गयी हैं:—

(i) 'S' कारक का स्वरूप परिवर्तनशील होता है। एक मानसिक क्रिया में एक तरह के 'S' कारक की जरूरत होती है तो दूसरे तरह की मानसिक क्रिया में दूसरे तरह के 'S' कारक की आवश्यकता होती है।

(ii) एक ही व्यक्ति में 'S' कारक की मात्रा भिन्न-भिन्न कार्यों के लिए निश्चित नहीं होती है। एक कार्य के लिए एक व्यक्ति में 'S' कारक की मात्रा अधिक हो सकती है परन्तु उसी व्यक्ति में दूसरे कार्यों के लिए 'S' कारक की मात्रा कम हो सकती है। जैसे, एक व्यक्ति में गाना गाने का 'S' कारक अधिक हो सकता है परन्तु उसी व्यक्ति में पेन्टिंग की क्रिया के लिए जिस 'S' कारक की जरूरत है, उसकी मात्रा कम हो सकती है।

(iii) 'S' कारक पर व्यक्ति के प्रशिक्षण (training), पूर्व अनुभूतियों (past experiences) आदि का काफी प्रभाव पड़ता है। प्रशिक्षण देकर हम किसी खास मानसिक कार्य के लिए आवश्यक 'S' कारक की मात्रा को बढ़ा सकते हैं। दूसरे शब्दों में, प्रशिक्षण देकर हम किसी को अच्छा 'तबला मास्टर' बना सकते हैं या अच्छा 'पेन्टर' बना सकते हैं।

स्पीयरमैन ने 'G' कारक तथा 'S' कारक के समर्थन में सहसम्बन्ध विधि (correlational method) के सहारे कुछ सबूत भी प्रदान किया है। इन्होंने भिन्न-भिन्न तरह की मानसिक क्षमता मापने वाले परीक्षणों (tests) जैसे शाब्दिक-बोध, स्मृति परीक्षण (memory test), विवेक परीक्षण (reasoning test) आदि को व्यक्तियों के एक बड़े समूह पर क्रियान्वयन (administer) किया और इन परीक्षणों के बीच सहसम्बन्ध (correlation) ज्ञात किया। परिणाम में देखा गया कि सहसम्बन्ध गुणांक (correlation coefficient) धनात्मक (positive) एवं ऊँचा (high) था जो .62 से लेकर .85 तक का था। इस तरह का उच्च धनात्मक सहसम्बन्ध से क्या पता चलता है? स्पीयरमैन के अनुसार निश्चित रूप से प्रत्येक व्यक्ति में कोई ऐसी मानसिक ऊर्जा या शक्ति होती है जो व्यक्ति को भिन्न-भिन्न परीक्षणों (tests) के निष्पादन में समान रूप से मदद करती है। इसी मानसिक शक्ति को स्पीयरमैन ने 'G' कारक कहा है। ऊपर वर्णन किये

गये सहसम्बन्ध गुणांकों (correlation coefficients) से अपने आप ही 'S' कारक का भी प्रमाण प्राप्त हो जाता है। भिन्न-भिन्न परीक्षणों (tests) को आपस में सहसम्बन्धित करने पर सहसम्बन्ध गुणांक धनात्मक तो था परन्तु पूर्ण (perfect) अर्थात् 1.00 नहीं था। ऐसा क्यों? सहसम्बन्ध पूर्ण नहीं होना अपने आप में इस बात की सूचना देता है कि प्रत्येक परीक्षण (test) द्वारा मापी गयी मानसिक क्षमता में कुछ विशिष्टता (specificity) की जरूरत होती है। यदि इन सभी परीक्षणों द्वारा मापी गयी मानसिक क्षमता (mental capacity) में सिर्फ 'G' कारक (G-factor) ही होता है तो सहसम्बन्ध पूर्ण (perfect) यानी 1.00 होता। परन्तु 1.00 से कम सहसम्बन्ध इस बात का द्योत्तक हो जाता है कि प्रत्येक मानसिक क्षमता या कार्य को करने में कुछ ऐसी विशिष्टता (specificity) की जरूरत होती है, जो अन्य मानसिक कार्य या क्षमता की विशिष्टता से भिन्न होती है।

चित्र 12.4 से स्पीयरमैन के सिद्धान्त में 'G' कारक की उत्पत्ति को दिखलाया गया है। चित्र में प्रत्येक वृत्त (circle) द्वारा एक बुद्धि परीक्षण को इंगित किया गया है। इस तरह से परीक्षण 1, परीक्षण 2, परीक्षण 3 तथा परीक्षण 4 चार विभिन्न बुद्धि परीक्षण हैं। परीक्षण 1 तथा परीक्षण 2 में सहसम्बन्ध अधिक है क्योंकि ये दोनों परीक्षण 'G' कारक पर अधिक भारित (loaded) हैं जबकि परीक्षण 3 तथा परीक्षण 4 में सहसम्बन्ध कम है क्योंकि ये दोनों परीक्षण 'G' कारक बहुत ही कम भारित हैं।

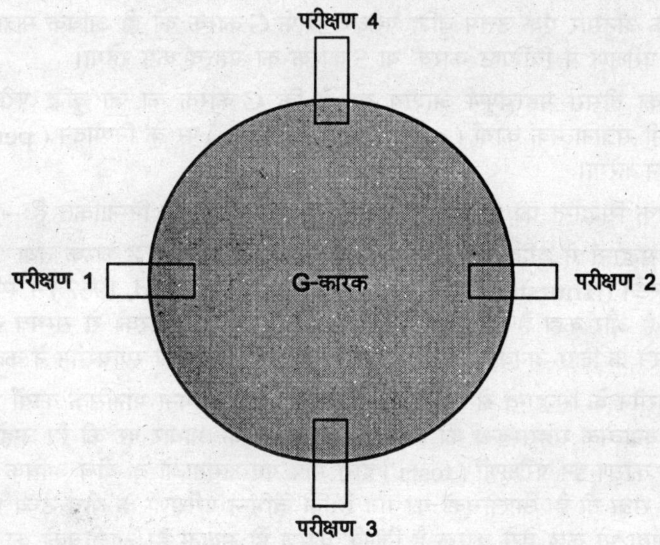

चित्र 12.4 : स्पीयरमैन के दो कारकीय सिद्धान्त

स्पीयरमैन का मत है कि व्यक्ति का बौद्धिक निष्पादन (intellectual performance) अंशतः G कारक द्वारा तथा अंशतः उस कार्य को सम्पन्न करने के लिए विशिष्ट क्षमता से निर्धारित होता है। स्पीयरमैन का यह भी दावा है कि चूँकि G कारक की जरूरत सभी तरह के कार्यों को करने के लिए होता है, अतः यह बुद्धि का निश्चित रूप से एक महत्त्वपूर्ण सार (core) है। कई अध्ययनों से यह तथ्य सामने आये हैं कि शैक्षिक (academic) तथा कार्य निष्पादन (job performance) के भविष्यसूचक (prediction) के रूप में 'G' कारक कार्य करता है। कुन्सेल तथा उनके सहयोगियों (Kuncel et al., 2004) में 127 अध्ययनों का एक मेटा विश्लेषण (meta analysis) किया जिसमें करीब 20,352 सहभागियों (participants) ने कई शैक्षिक (academic) तथा कार्य (work) परिस्थितियों में काम किये थे। परिणाम में यह देखा गया कि एक ही सामान्य मानसिक क्षमता (general mental ability) इन दोनों तरह के क्षेत्रों में सफलता के साथ सार्थक रूप से सहसम्बन्धित पाये गए। स्कमिड्ट तथा हंटर (Schmidt & Hunter, 2004) ने अपने अध्ययन के आधार पर इस निष्कर्ष पर पहुँचे कि G कारक द्वारा कार्य सफलता (job success) के

बारे में विशेष रूप से उन्हें मापने के लिए बनाये गए परीक्षणों से भी बेहतर ढंग से पूर्वकथन (prediction) करता है। बुद्धि के क्षेत्र में एक महत्त्वपूर्ण शोधकर्त्ता जिनका नाम लुविनस्की[1] (Lubinski, 2004) था, ने 'G' कारक के बारे में कुछ इस प्रकार का निष्कर्ष दिया है, ''आजतक किये गए संज्ञानात्मक क्षमताओं के अध्ययन में पाया गया G स्पष्टतः एक महत्त्वपूर्ण विमा है।''

स्पीयरमैन के द्विकारक सिद्धान्त की उपयुक्त व्याख्या से स्पष्ट है कि स्पीयरमैन के अनुसार बौद्धिक कार्य (intellectual work) में 'G' कारक तथा 'S' कारक दोनों ही सम्मिलित होते हैं। इन दोनों कारकों में 'G' कारक की महत्ता अधिक दी गयी है। 'G' कारक कम होने से व्यक्ति को किसी भी बौद्धिक कार्य करने में पूर्ण सफलता नहीं मिलेगी। इसलिए स्पीयरमैन के बुद्धि सिद्धान्त को G- कारक सिद्धान्त (G-factor theory) भी कहा गया है।

स्पीयरमैन के G कारक सिद्धान्त जिसे राजतंत्रीय सिद्धान्त (monarchic theory) भी कहा जाता है, के कई महत्त्वपूर्ण आशय (implication) हैं, जिनमें निम्नांकित प्रमुख हैं:—

(i) चूँकि विशिष्ट कारक (Specific factor or S factor) बुद्धि परीक्षण के लिए एक तरह का अनोखा कारक होता है, अतः परीक्षण निष्पादन (test performance) में जो वैयक्तिक विभिन्नता होती है, उसका मुख्य कारण सामान्य बुद्धि (general intelligence) या 'G' कारक की वैयक्तिक विभिन्नता ही है।

(ii) इस सिद्धान्त के अनुसार एक उत्तम बुद्धि परीक्षण सिर्फ G कारक को ही अधिक मात्रा में मापेगा। दूसरे शब्दों में, ऐसे बुद्धि परीक्षण में विशिष्ट कारक या S कारक का महत्त्व कम रहेगा।

(iii) इस सिद्धान्त का तीसरा महत्त्वपूर्ण आशय यह है कि G कारक का जो बुद्धि परीक्षण उत्तम ढंग से माप करेगा, वह सभी संज्ञानात्मक कार्यों (cognitive functions) पर के निष्पादन (performance) को उत्तम ढंग से पूर्वकथन करेगा।

स्पीयरमैन के द्विकारक सिद्धान्त की कुछ *आलोचनाएँ* भी की गयी है जो निम्नांकित हैं:—

(a) स्पीयरमैन के सिद्धान्त में बुद्धि की व्याख्या सिर्फ दो कारकों यानी 'G' कारक तथा 'S' कारक के आधार पर की गयी है। थर्स्टन (Thurstone, 1938) एवं गिलफोर्ड (Guilford, 1967) ने स्पीयरमैन के इस तथ्य की आलोचना की है और कहा है कि बुद्धि की व्याख्या दो तत्त्वों या कारकों से सम्भव नहीं है। सचमुच में बुद्धि की व्याख्या करने के लिए अनेक कारकों को जरूरत पड़ती है जिसकी स्पीयरमैन ने कल्पना तक भी नहीं की है।

(b) जैसा कि स्पीयरमैन के सिद्धान्त से स्पष्ट है, स्पीयरमैन ने भिन्न-भिन्न मानसिक कार्यों या क्षमताओं के परीक्षणों के बीच उच्च धनात्मक सहसम्बन्ध की व्याख्या 'G' कारक के आधार पर की है। उन्होंने बतलाया है कि उच्च सहसम्बन्ध का कारण इन परीक्षणों (tests) द्वारा मापे गए क्षमताओं के बीच अधिक समानता है जिसे उन्होंने 'G' कारक की संज्ञा दी है। आलोचकों का मत है कि विभिन्न परीक्षणों के बीच उच्च धनात्मक सहसम्बन्ध `G' कारक के अलावा भी कुछ ऐसे कारक हैं जिनके कारण हो सकता है। आलोचकों का कहना है कि 'G' कारक के आलावा कुछ समूह कारक (group-factor) भी है जिसे मनोवैज्ञानिकों ने *मध्यवर्ती कारक* (intermediate factors) कहा है, और इसके कारण भी उच्च धनात्मक सहसम्बन्ध हो सकता है। स्पीयरमैन ने अपने सिद्धान्त में इन समूह कारकों पर प्रकाश नहीं डाला है।

इन आलोचनाओं के बावजूद स्पीयरमैन का बुद्धि सिद्धान्त बहुत ही महत्त्वपूर्ण सिद्धान्त है और इसे मनोवैज्ञानिकों द्वारा बुद्धि के अन्य कारक सिद्धान्तों (factor theories) की एक नींव (foundation) के रूप में माना गया है।

2. थर्स्टन का समूह कारक सिद्धान्त (*Thurstone's group factor theory*)—इस सिद्धान्त का प्रतिपादन थर्स्टन (1938) द्वारा किया गया है जो कई वर्षों तक उनके द्वारा किये गये कारक विश्लेषण (factor analysis) से प्राप्त तथ्यों (facts) पर आधारित हैं। अतः यह बिलकुल ही स्वाभाविक है कि इस सिद्धान्त का प्रतिपादन थर्स्टन ने धीरे-धीरे किया और फिर बाद में इसमें संशोधन होता गया।

1. "*g* is clearly the most important dimension uncovered in the study of cognitive abilities to date."
Lubinski : General Intelligence objectively determined and measured *Journal of Personality and Social Psychology*, 2004, p. 100

इस सिद्धान्त के अनुसार, जैसा कि नाम से ही स्पष्ट है, बुद्धि की व्याख्या कई कारकों के आधार पर की जाती है न कि सिर्फ दो कारकों के आधार पर (जैसा कि स्पीयरमैन के सिद्धान्त में कहा गया है)। इस सिद्धान्त के अनुसार किसी बुद्धिमत्तापूर्ण कार्य (intellectual work) में अनेक छोटे-छोटे विशिष्ट कारक या तत्त्व नहीं पाये जाते हैं(जो अलग-अलग मानसिक क्षमता के द्योत्तक होते हैं) और साथ-ही-साथ किसी बुद्धिमत्तापूर्ण कार्य में 'G' कारक की भी प्रधानता (predominance) नहीं होती है (जैसा कि स्पीयरमैन ने कहा था)। इससे स्पष्ट है कि थर्स्टन ने स्पीयरमैन के 'G' कारक की मान्यता अस्वीकृत की है। थर्स्टन के सामूहिक-कारक सिद्धान्त के अनुसार मानसिक प्रक्रियाओं या क्षमताओं (mental abilities) का एक सामान्य प्रधान कारक (common primary factor) होता है जो उन सभी मानसिक प्रक्रियाओं को आपस में एक सूत्र में बाँधे रखता है तथा साथ-ही-साथ इन मानसिक क्रियाओं को अन्य मानसिक क्रियाओं से भिन्न रखता है। ऐसे सभी मानसिक प्रक्रियाएँ जिनका एक प्रधान कारक होता है, आपस में सहसम्बन्धित(correlated) होते हैं एक साथ मिलकर एक समूह का निर्माण करती हैं। इस समूह का प्रतिनिधत्मव करने वाले कारक को प्रधान क्षमता (primary ability) की संज्ञा दी जाती है। इसी तरह से दूसरे तरह की मानसिक प्रक्रियाओं को एक सूत्र में बाँधने वाला एक अन्य प्रधान कारक या क्षमता(primary factor or ability) होता है। ऐसे सभी प्रक्रियाओं का एक अन्य समूह होता है। फिर तीसरे तरह की मानसिक क्षमताओं का एक तीसरा प्रधान कारक (primary factor) होता है जो उन सभी क्षमताओं को आपस में बाँधकर रखता है। इस तरह से थर्स्टन के सिद्धान्त के अनुसार भिन्न-भिन्न मानसिक प्रक्रियाएँ अपने अलग-अलग प्रधान कारकों (primary factors) द्वारा एक सूत्र में बाँधकर अलग-अलग समूह (group) का निर्माण करती है। अतः बुद्धि में मानसिक क्षमताओं के कई समूह होते हैं जिनमें से प्रत्येक समूह का अपना अलग-अलग कारक (primary factor) होता है जो उन सभी मानसिक क्षमताओं को एक सूत्र में बाँधे रहता है। ऐसे प्रधान कारक एक-दूसरे से स्वतंत्र(independent) हुआ करते हैं अर्थात् उनमें नाम मात्र का ही सहसम्बन्ध(correlation) होता है। परन्तु किसी एक प्रधान कारक के अन्तर्गत आने वाली सभी तरह की मानसिक क्षमताएँ (mental abilities) आपस में काफी सहसम्बन्धित (correlate) होतीं हैं। इस सिद्धान्त को *अल्पतंत्रीय सिद्धान्त* (oligarchical theory) भी कहा जाता है क्योंकि इसके अनुसार बुद्धि सात प्रधान क्षमताओं का मात्र एक जमावड़ा होता है। उन सबों को एक में बाँधने वाला कोई एक सर्वभौम क्षमता (sovereign capacity) नहीं होती है।

चित्र 12.5 : स्थानिक क्षमता की जाँच

थर्स्टन ने अपने सिद्धान्त में सात प्रधान क्षमताओं (primary mental abilities) (मूलतः 6 ही क्षमताएँ थीं) का स्पष्टीकरण किया है। उन्होंने सात प्रधान क्षमताओं को मापने के लिए एक परीक्षण माला (battery) भी तैयार किया जिसे प्रधान मानसिक क्षमताओं का परीक्षण (Tests of Primary mental abilities या PMA tests) की संज्ञा दी गयी है। उन सात प्रधान मानसिक क्षमताओं का वर्णन निम्नांकित हैः—

(a) शाब्दिक अर्थ क्षमता (Verbal meaning ability or V)—शब्दों तथा वाक्यों के अर्थ समझने की क्षमता को शाब्दिक अर्थ क्षमता कहा गया है जिसे अक्षर V द्वारा सम्बोधित किया गया।

(b) शब्द-प्रवाह क्षमता (Word-fluency ability or W)—दिये हुए शब्दों से असम्बन्धित या अलग शब्दों को सोचने की क्षमता को शब्द-प्रवाह कहा गया है। इसे अक्षर W से सम्बोधित किया गया।

(c) स्थानिक क्षमता (Spatial ability or S)—किसी दिये हुए स्थान (space) में वस्तुओं के परिचालन (manipulate) करने की क्षमता, उसकी दूरी (distance) के प्रत्यक्षण करने की क्षमता तथा आकारों की पहचान करने की क्षमता को दैशिक क्षमता कहा गया। इसे अक्षर 'S' से सम्बोधित किया गया। इसे चित्र 12.5

में दिखलाया गया है। चित्र में यह बताना है कि लक्ष्य चित्र (target form) को A, B, C तथा D में से किसमें छिपा कर रखा गया है।

(d) *आंकिक क्षमता (Numerical ability or N)*—परिशुद्धता (accurately) तथा तीव्रता के साथ आंकिक परिकलन (numerical calculation) करने की क्षमता को आंकिक क्षमता (numerical ability) कहा गया और इसे अक्षर N द्वारा सम्बोधित किया गया।

(e) *तर्क क्षमता (Reasoning ability or R)*—वाक्यों के समूह या अक्षरों के समूह में छिपे नियम (principle) की खोज करने की क्षमता को तर्क क्षमता कहा गया। इसे अक्षर R द्वारा सम्बोधित किया गया।

(f) *स्मृति क्षमता (Memory ability or M)*—किसी पाठ, विषय या घटना को जल्द-से-जल्द याद कर लेने की क्षमता को स्मृति क्षमता (memory ability) कहा गया। इसे अक्षर M द्वारा सम्बोधित किया गया।

(g) *प्रत्यक्षज्ञानात्मक गति क्षमता (Perceptual speed ability or P)*—किसी घटना या वस्तु की विस्तृतता (details) को तेजी से प्रत्यक्षण करने की क्षमता को प्रत्यक्षज्ञानात्मक गति क्षमता कहा गया है। इसका सम्बोधन 'P' अक्षर द्वारा किया गया।

इस तरह से हम देखें हैं कि थर्स्टन ने अपने सिद्धान्त में सात प्रधान क्षमताओं के आधार पर बुद्धि की व्याख्या की है। ये सभी क्षमताएँ एक-दूसरे से लगभग स्वतंत्र (independent) होतीं हैं, यानी, आपस में सहसम्बन्धित नहीं के बराबर होती है जिससे साबित होता है कि बुद्धि का सचमुच में एक या अनेक द्वितीय-क्रम कारक (scond order factors) भी है। अन्त में, थर्स्टन ने भी 'g' कारक के अस्तित्व को उच्च-क्रम कारक (higher order factor) के रूप में स्वीकार किया।

एटकिन्सन, एटकिन्सन तथा हिलगार्ड (Atkinson, Atkinson & Hilgard, 1983) ने थर्स्टन के सिद्धान्त की समीक्षा की और बतलाया कि इस सिद्धान्त में कुछ दोष भी हैं, जो इस प्रकार हैं—

(a) थर्स्टन ने इस बात पर काफी बल डाला है कि उनके द्वारा प्रतिपादित सात प्रधान क्षमताएँ (seven primary mental abilities) एक-दूसरे से स्वतंत्र (independent) हैं अर्थात् उनमें सहसम्बन्ध (correlation) नहीं हैं। परन्तु कई मनोवैज्ञानिकों ने यह स्पष्ट रूप से पाया है कि ये सभी क्षमताएँ आपस में पूर्णतः स्वतंत्र नहीं है बल्कि वे बहुत हद तक सहसम्बन्धित (correlated) हैं।

(b) थर्स्टन के अनुसार चूँकि ये सभी सात क्षमताएँ आपस में स्वतंत्र होती हैं, अतः 'G' कारक के समान कोई कारक (factor) वास्तव में नहीं होता है। इसी आधार पर थर्स्टन ने स्पीयरमैन के 'G' कारक को अस्वीकृत किया था। लेकिन जब सचमुचं में ये सात क्षमताएँ स्वतंत्र न होकर आपस में सहसम्बन्धित पाये गये तो ऐसी परिस्थिति में स्पीयरमैन के 'G' कारक को ही समर्थन मिल जाता है। थर्स्टन ने भी इस आलोचना को एक तरह से स्वीकार किया है और कहा है कि वे अर्थात् सात क्षमताएँ प्रथम क्रम (first-order) के 'G' कारक नहीं हैं बल्कि द्वितीय क्रम के 'G' कारक (second-order g factor) हैं।

(c) थर्स्टन के सिद्धान्त का आधार कारक विश्लेषण (factor analysis) था। कारक विश्लेषण (factor analysis) द्वारा कितनी तरह की क्षमताएँ (abilities) की पहचान की जा सकती है, यह तो निश्चित (fixed) नहीं है। सचमुच में, यह परीक्षण (tests) के एकांशों (items) के स्वरूप (nature) पर निर्भर करता है। अतः थर्स्टन द्वारा यह निश्चित कर देना कि बुद्धि में मूलतः सात ही तरह की प्रधान मानसिक क्षमताएँ (primary mental abilities) होतीं हैं, न तो उचित है और न ही वैज्ञानिक। यही कारण है कि अन्य अनुसंधानकर्त्ताओं (investigators) जैसे गिलफोर्ड (Guilford, 1967), एकस्ट्रोम तथा सहयोगियों (Ekstrom et al; 1976) ने बुद्धि में 20 से 150 तरह की क्षमताओं (abilities) की पहचान की हैं।

इन आलोचनाओं के बावजूद भी थर्स्टन (Thurstone) का यह सिद्धान्त काफी लोकप्रिय सिद्धान्त है तथा स्पीयरमैन के सिद्धान्त से अधिक श्रेष्ठ (superior) माना गया है।

3. बहुकारक सिद्धान्त *(Multiple factor theory)*—बहुकारक सिद्धान्त में **थॉर्नडाइक** (Thorndike) तथा **गिलफोर्ड** (Guilford) के सिद्धान्तों को रखा गया है।

थॉर्नडाइक ने स्पीयरमैन के सिद्धान्त का खण्डन करते हुए कहा है कि बुद्धि सिर्फ दो कारकों (factors) या तत्त्वों के मिलने से नहीं होता है बल्कि बुद्धि की रचना बहुत से छोटे-छोटे तत्त्वों (elements) या कारकों (factors) के मिलने से होता है। प्रत्येक कारक या तत्त्व एक विशिष्ट मानसिक क्षमता (specific mental ability) का प्रतिनिधित्व करता है तथा साथ-ही-साथ एक-दूसरे से स्वतंत्रत (independent) भी होते हैं। ऐसे ही बहुत से कारकों के आपस में मिलने ,से बुद्धि की रचना होती है, ठीक वैसे ही जैसे अनेक ईंटों के मिलने से एक मकान का निर्माण होता है। जिस तरह प्रत्येक ईंटों के मिलने से एक मकान का निर्माण होता है तथा जिस तरह प्रत्येक ईंट एक-दूसरे से स्वतंत्र होते हुए भी अपना योगदान करके एक मकान का निर्माण करता है, ठीक उसी तरह से अनेक विशिष्ट मानसिक क्षमताएँ जो एक-दूसरे से स्वतंत्र होतीं हैं, मिलकर बुद्धि का निर्माण करतीं हैं। अतः थॉर्नडाइक के इस सिद्धान्त के अनुसार कोई सामान्य बुद्धि (general intelligence) नाम की चीज नहीं होती है जैसा कि स्पीयरमैन ने कहा था। बुद्धि कई विशेष मानसिक क्रियाओं या क्षमताओं का एक योग (aggregate) होता है। जैसा कि फ्रीमैन[1] (Freeman, 1965) ने कहा है, ''इस सिद्धान्त के अनुसार, तब सामान्य बुद्धि के समान कोई चीज नहीं होती हैं, सिर्फ इसमें बहुत-सी विशिष्ट क्रियाएँ (highly specific acts) होतीं हैं।''

थॉर्नडाइक के इस सिद्धान्त के अनुसार व्यक्ति के भिन्न-भिन्न मानसिक क्रियाओं (mental acts) के बीच सहसम्बन्ध (correlation) का कारण 'G' कारक नहीं होता है बल्कि उन मानसिक प्रक्रियाओं में कई उभयनिष्ठ तत्त्व (common elements) पाये जाते हैं। दिये हुए मानसिक क्रियाओं में जितने ही अधिक उभयनिष्ठ तत्त्व (common elements) होंगे, उनके बीच सहसम्बन्ध (correlation) उतना ही अधिक होगा। उदाहरणार्थ, मान लिया जाय कि मानसिक कार्य '*x*' तथा '*y*' में अलग-अलग 10-10 तत्त्वों या कारकों की जरूरत हैं। इन तत्त्वों या कारकों में से 8 ऐसे तत्त्व हैं, जो इन दोनों तरह की मानसिक क्रियाओं को पूरा करने में उभयनिष्ठ (common) हैं। ऐसी परिस्थिति में इन दोनों कार्यों के बीच उच्च धनात्मक सहसम्बन्ध होगा। दूसरी तरफ थोड़ी देर के लिए मान लिया जाय कि इन दोनों मानसिक कार्यों के बीच मात्र दो-दो ही तत्त्व ऐसे हैं जिन्हें उभयनिष्ठ (common) कहा जा सकता है। ऐसी परिस्थिति में इन दोनों कार्यों के बीच धनात्मक सम्बन्ध तो होगा, परन्तु काफी कम। इस तरह से थॉर्नडाइक ने तत्त्वों या कारकों की उभयनिष्ठता (commonness) के आधार पर स्पीयरमैन के G कारक (G-factor) की (एक तरह से) आलोचना की है।

थॉर्नडाइक का यह भी विचार था कि कुछ मानसिक कार्य ऐसे होते हैं जिनके तत्त्वों या कारकों में उभयनिष्ठता (commonness) कम होती है। ऐसा इसलिए होता है क्योंकि प्रत्येक ऐसे मानसिक कार्य का स्वरूप भिन्न-भिन्न होता है। उदाहरणार्थ, यदि कार्य 'A' तथा कार्य 'B' ऐसे हैं जिनको पूरा करने में अलग-अलग 20-20 कारकों या तत्त्वों की जरूरत पड़ती है और उसमें से 15-15 कारक ऐसे हैं जो उभयनिष्ठ न होकर अउभयनिष्ठ (uncommon) हैं, तो ऐसी परिस्थिति में इन कार्यों के बीच धनात्मक सहसम्बन्ध की मात्रा कम होगी। तत्त्वों या कारकों के बीच इस तरह की अउभयनिष्ठता के कारण ही दो मानसिक कार्यों या उनके मापने के लिए बने परीक्षणों (tests) के बीच सहसम्बन्ध पूर्ण (perfect) नहीं होता है। इस तरह की व्याख्या देकर थॉर्नडाइक ने स्पीयरमैन के 'S' कारक की भी आलोचना की है क्योंकि इस व्याख्या से स्पष्ट हो जाता है कि दो मानसिक कार्यों या उन्हें मापने के लिए बने परीक्षणों (tests) के बीच कम सहसम्बन्ध 'S' कारक के कारण नहीं होता है बल्कि इसलिए होता है क्योंकि इन दोनों मानसिक कार्यों के तत्त्वों (elements) या कारकों के बीच अउभयनिष्ठता (uncommonness) होती है।

लेकिन यदि ध्यानपूर्वक देखा जाय तो थॉर्नडाइक का सिद्धान्त स्पीयरमैन के सिद्धान्त से मौलिक रूप से भिन्न नहीं हैं। सचमुच में थॉर्नडाइक ने 'G' कारक को एक तरह से स्वीकार किया है क्योंकि स्पीयरमैन ने जिसे सामान्य कारक या तत्त्व (general factor or element) कहा है, उसे थॉर्नडाइक ने उभयनिष्ठ तत्त्व (common element) कहा है एवं जिसे स्पीयरमैन ने विशिष्ट कारक (specific factor) या 'S' कारक कहा है उसे थॉर्नडाइक ने अउभयनिष्ठ तत्त्व (uncommon element) कहा है। अगर इन दोनों सिद्धान्तों में अन्तर है तो सिर्फ इतना है कि स्पीयरमैन ने 'g'

1. "According to this theory, then, there is really no such factor as general intellingence, there are only many highly specific acts." —Freeman : *Theory and Practice of Psychological Testing,* 1965,p.160

कारक को छोटी-छोटी इकाईयों (units) या उपकारकों (subfactors) में नहीं बाँटा है जबकि थॉर्नडाइक ने इसे कई उपकारकों (subfactors) का योग (aggregate) माना है।

बहुकारक सिद्धान्त (multifactor theory) में थॉर्नडाइक का सिद्धान्त अब एक पुराना सिद्धान्त माना जाने लगा है। अतः मनोवैज्ञानिकों ने इस श्रेणी के एक-दूसरे सिद्धान्त जिसे **गिलफोर्ड** (Guilford) ने 1967 में प्रतिपादित किया है, पर अधिक ध्यान देने लगे हैं। गिलफोर्ड के इस सिद्धान्त को *त्रिविमीय सिद्धान्त* (three dimensional theory) या *बुद्धि-की-संरचना सिद्धान्त* (Structure-of-intellect theory) भी कहा जाता है। गिलफोर्ड का यह सिद्धान्त थर्स्टन, थॉर्नडाइक तथा स्पीयरमैन के सिद्धान्तों से काफी भिन्न हैं।

गिलफोर्ड का विचार था कि बुद्धि के सभी तत्त्वों (elements) को तीन विमाओं (dimensions) में सुसज्जित किया जा सकता है वे तीन विमाएँ (dimensions) निम्नांकित हैं:—

(i) संक्रिया (Operation)

(ii) विषय-वस्तु (Content)

(iii) उत्पादन (Products)

इन तीनों विमाओं का वर्णन निम्नांकित हैः—

(i) संक्रिया *(Operation)*—संक्रिया से तात्पर्य व्यक्ति द्वारा किये जाने वाले मानसिक प्रक्रिया के स्वरूप (nature) से होता है। दिये गये कार्य को करने में व्यक्ति द्वारा की गयी मानसिक क्रियाओं का स्वरूप (nature) क्या है, की व्याख्या संक्रिया में होती है। गिलफोर्ड ने संक्रिया के आधार पर मानसिक क्षमताओं (mental abilities) को छह भागों में बाँटा है—*मूल्यांकन* (Evaluation), *अभिसारी चिन्तन* (Convergent thinking), *अपसारी चिन्तन* (Divergent thinking), *स्मृति धारण* (Memory retention), *स्मृति अभिलेख* (Memory recording), तथा संज्ञान (Cognition)। (चित्र 12.6 देखें)। एक उदाहरण लें—मान लिया जाय कि किसी व्यक्ति को सहशिक्षा (co-education) के गुण दोष को बतलाये हुए एक छोटा लेख लिखने को कहा जाता है। इस उदाहरण में उपयुक्त छह मानसिक क्षमताओं में से मूल्यांकन (evaluation) की संक्रिया (operation) होते पायी जायेगी। उसी तरह से यदि किसी व्यक्ति को 'ईंट' (brick) का असाधारण प्रयोग बतलाने के लिए कहा जाय तो इसमें छह में से कौन-सी संक्रिया (operation) का उपयोग अधिकतम होगा? बतलाइए। निश्चित रूप से इस अवस्था में होने वाली संक्रिया को अपसारी चिन्तन (divergent thinking) कहा जाता है।

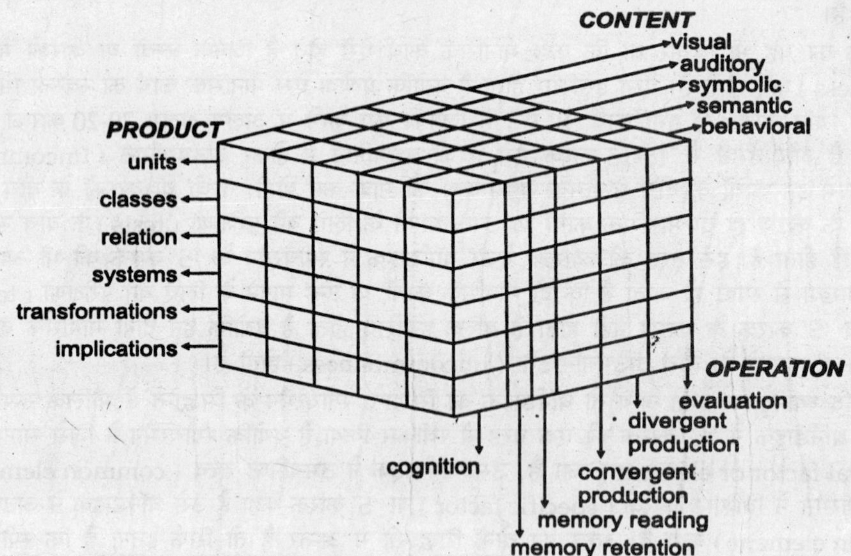

चित्र 12.6 : गिलफोर्ड का त्रिविमीय मॉडल (Guiford's tridimensional model)

(ii) विषय-वस्तु *(Content)*—इस विमा से तात्पर्य उस क्षेत्र (area) से होता है जिनके एकांशों (items) या सूचनाओं (information) के आधार पर संक्रियाएँ (operations) किये जाते हैं। गिलफोर्ड के अनुसार ऐसे एकांशों या सूचनाओं को पाँच भागों में बाँटा गया है। वे पाँच भाग हैं—*दृष्टि* (Visual), *श्रवण* (Auditory) *सांकेतिक* (Symbolic), *शाब्दिक* (Semantic) तथा *व्यवहारपरक* (Behavioural)। जैसे ऊपर के उदाहरण में जिसमें मूल्यांकन की संक्रिया तथा अपसारी चिन्तन की संक्रिया सम्मिलित थी, की विषयवस्तु स्पष्टतः शाब्दिक (Semantic) की श्रेणी का था। ऐसा भी हो सकता है कि व्यक्ति को दी गयी सूचनाओं एवं एकांशों जिनके आधार पर उसे कोई संक्रिया (operation) करना हो, शाब्दिक न होकर चित्र (figure) के रूप में हो। ऐसी परिस्थिति में विषय-वस्तु का स्वरूप आकृतिक (Figural) कहा जायेगा।

(iii) उत्पादन *(Products)*—इस विमा से तात्पर्य किसी विशेष प्रकार की विषय-वस्तु (contents) द्वारा की गयी संक्रिया (operation) के परिणाम (product) से होता है। इस तरह के परिणाम को गिलफोर्ड ने छह भागों में बाँटा है जो इस प्रकार हैं—*इकाई* (Units), *वर्ग* (Classes), *सम्बन्ध* (Relations), *पद्धतियाँ* (Systems), *रूपान्तरण* (Transformations) तथा *आशय* (Implication), ऊपर के उदहारण में 'ईंट' का असाधारण प्रयोग के रूप में बताये गये उत्तरों को 'उत्पादन' (product) की विशेष श्रेणी अर्थात् 'सम्बन्ध उत्पादन' (relation porduction) की श्रेणी में रखा जायेगा।

इस तरह से स्पष्ट है कि गिलफोर्ड ने अपने सिद्धान्त में बुद्धि की व्याख्या तीन विमाओं (dimensions) के आधार पर किया है और प्रत्येक विमा के कई कारक है। संक्रिया (operation) विमा के 6 कारक, विषय-वस्तु (contents) विमा के 5 कारक तथा उत्पादन (product) विमा के 6 कारक हैं। इस तरह गिलफोर्ड के अनुसार बुद्धि में कुल मिलाकर $6 \times 5 \times 6 = 180$ कारक (factors) होते हैं।

गिलफोर्ड के इस सिद्धान्त की आलोचना करते हुए फेयर्स (Phares, 1984) ने कहा है कि गिलफोर्ड का सिद्धान्त वास्तव में एक सिद्धान्त के रूप में नहीं लगता है बल्कि इसे बुद्धि का वर्गीकरण (classification or taxonomy) करने की एक पद्धति (system) यदि कहा जाय, तो यह अधिक उचित होगा। ब्रौडी एवं ब्रौडी (Brody & Brody, 1976) ने अपने अध्ययन में पाया कि गिलफोर्ड द्वारा बताये गये अलग-अलग कारक संरचनाएँ (factor structures) बहुत ही स्पष्ट नहीं दीख पड़ते हैं।

4. पदानुक्रमिक सिद्धान्त *(Hierarchical theory)*—ऊपर में बुद्धि के मूलतः तीन तरह के सिद्धान्तों का वर्णन किया गया है—स्पीयरमैन का G—कारक सिद्धान्त (G-factor theory), थर्स्टन का समूह कारक सिद्धान्त तथा बहुकारक सिद्धान्त (multifactor theories)। चूँकि तीनों तरह के सिद्धान्तों के पक्ष में सबूत मिलते हैं, अतः कुछ मनोवैज्ञानिकों जैसे वर्ट (Burt, 1949), वर्नन (Vernon, 1960) तथा हम्फ्रेज (Humphreys, 1962) आदि मनोवैज्ञानिकों स्पीयरमैन के G-कारक सिद्धान्त के तत्त्वों (elements), थर्स्टन के समूह कारक सिद्धान्त के तत्त्वों तथा बहुकारक सिद्धान्त (multifactor theories) के तत्त्वों को एक साथ मिलाकर बुद्धि के एक नये सिद्धान्त का प्रतिपादन किया है जिसे *पदानुक्रमिक सिद्धान्त* (hierarchical theory) की संज्ञा दी गयी है। भर्नन (Vernon, 1960) के पदानुक्रमिक सिद्धान्त सचमुच में राजतंत्रीय सिद्धान्त तथा अल्पतंत्रीय सिद्धान्त दोनों के बीच एक समझौता (compromise) हैं।

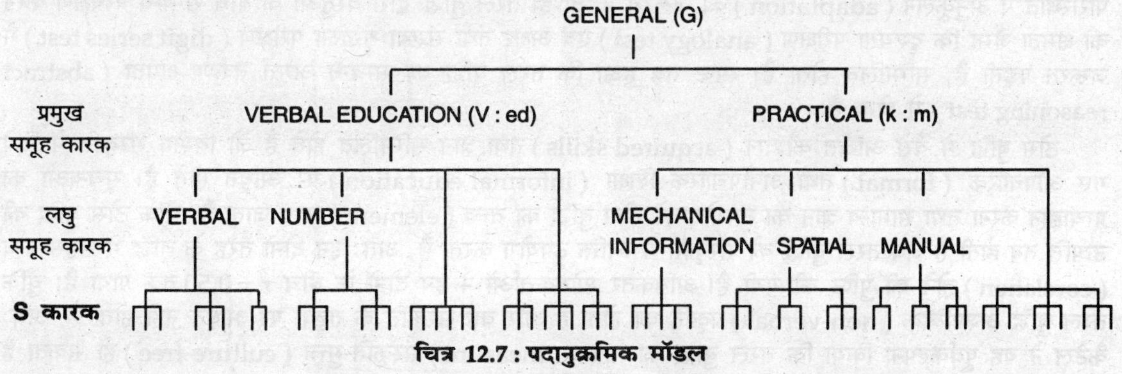

चित्र 12.7 : पदानुक्रमिक मॉडल

भर्नन द्वारा पदानुक्रमिक सिद्धान्त में बुद्धि को एक पिरामिड (pyramid) से तुलना किया गया जिसमें बुद्धि के भिन्न-भिन्न तत्त्वों या कारकों (factors) को एक पदानुक्रम (hierarchy) के रूप में व्यक्त किया गया। पिरामिड के सबसे ऊपरी भाग में यानी, पदानुक्रम के सबसे ऊपरी स्तर पर स्पीयरमैन के G-कारक (G-factor) को रखा गया जिसकी जरूरत सभी तरह के बौद्धिक या मानसिक कार्य को करने में होती है (चित्र 12.7 देखें)। पदानुक्रम (hierarchy) के दूसरे स्तर पर थर्स्टन के समूह कारक (Thurstone's group factor) के समान दो विस्तृत समूह कारक (broad group factors) होते हैं—*एक शाब्दिक-शैक्षिक कारक* (Verbal-educational factor of V : ed) तथा दूसरा *व्यवहारिक-यांत्रिक कारक* (Practical Mechanical factor or K : m)। फिर इन दो प्रमुख समूह कारकों (major group factors) को तीसरे स्तर पर अन्य छोटे-छोटे समूह कारकों (minor group factor) में बाँटा गया है जो गिलफोर्ड (Guilford) के बहुकारक (multi factors) के सामन हैं। जैसे शाब्दिक-शैक्षिक कारक को शाब्दिक कारक (verbal factor), संख्या कारक (number factor) आदि में बाँटा गया है। उसी तरह व्यवहारिक-यांत्रिक (Practical Mechanical or K : m) कारक को यांत्रिक कारक (mechanical factor), स्थानिक कारक (spatial factor), मैन्युअल कारक (manual factor) आदि में बाँटा गया है। आगे विश्लेषण करके फिर इन कारकों (factors) को भी छोटे-छोटे उपकारकों (sub-factors) में बाँटा जा सकता है। पदानुक्रम सिद्धान्त के सबसे निचले स्तर पर स्पीयरमैन का एस–कारक (S-factor) होता है जिसके द्वारा एक ऐसी क्षमता का बोध होता है जिसकी जरूरत सिर्फ एक खास मानसिक कार्य में ही होती है।

इस तरह से हम देखते हैं कि बुद्धि के पदानुक्रमिक सिद्धान्त में बुद्धि को एक ऐसा पदानुक्रम मॉडल (hierarchical model) के रूप में व्यक्त किया गया है जिसका आकार एक वंश-वृक्ष (genealogical tree) के समान होता है जहाँ g-कारक सबसे ऊपरी सतह पर तथा S कारक सबसे निचली सतह पर तथा अन्य संकीर्ण समूह कारकों (narrower group factors) को इन दोनों के बीच में रखा गया है।

5. कैट्टेल्ल का सिद्धान्त (*Cattell's Theory of Inelligence*)—रेमोन्ड कैट्टेल्ल (Raymond Cattell, 1941, 1971) ने बुद्धि का एक महत्त्वपूर्ण सिद्धान्त का प्रतिपादन किया जिसका बाद में हार्न (Horn, 1968, 1994) ने विस्तारण एवं संशोधन किया। मौलिक रूप से (originally) कैट्टेल्ल ने कारक विश्लेषण (factor analysis) का उपयोग करके बुद्धि की संरचना (structure) का पता लगाया और एक सामान्य कारक (single general factor) या दर्जनों भर कारकों के बदले में उन्होंने बुद्धि के मात्र दो मुख्य कारक होते बतलाये जिसे उन्होंने *तरल बुद्धि* (fluid intelligence or *gf*) तथा *ठोस बुद्धि* (crystallized intelligence or *gc*) कहा। यही कारण है कि कैटेल तथा हार्न के सिद्धान्त को *gf-gc* सिद्धान्त भी कहा जाता है। सचमुच में कैट्टेल्ल ने स्पीयरमैन के 'g' कारक को दो भागों अर्थात् तरल बुद्धि तथा ठोस बुद्धि में बाँटा तथा इन दोनों के बीच 0.50 का सहसम्बन्ध (correlation) भी बतलाया।

तरल बुद्धि में मूलतः अशाब्दिक (non-verbal) तथा सापेक्ष रूप से संस्कृति-मुक्त (relatively culture free) तथा विशेष तरह के निर्देशों (instruction) जैसे अंकों को याद रखना आदि से स्वतंत्र क्षमताएँ सम्मिलित होतीं हैं। इसका निर्धारण वंशानुगत कारकों (genetic factors) द्वारा होता है तथा यह केन्द्रीय तंत्रिका तंत्र के प्रभावी कार्य पर निर्भर करता है। तरल बुद्धि का उपयोग तब होता है जब कार्य का स्वरूप कुछ ऐसा होता है जिसमें नयी परिस्थिति में अनुकूलन (adaptation) की जरूरत पड़ती है। तरल बुद्धि द्वारा वस्तुओं के बीच सम्बन्ध प्रत्यक्षण करने की क्षमता जैसा कि दृश्यता परीक्षण (analogy test) एवं अक्षर तथा संख्या शृंखला परीक्षण (digit series test) में जरूरत पड़ती है, सम्मिलित होता है। स्पष्ट तब हुआ कि तरल बुद्धि का सम्बन्ध अमूर्त तर्कणा क्षमता (abstract reasoning test) से होता है।

ठोस बुद्धि में वैसे अर्जित कौशल (acquired skills) तथा ज्ञान सम्मिलित होते हैं जो विशेष संस्कृति में दिये गए औपचारिक (formal) तथा अनौपचारिक शिक्षा (informal education) पर आधृत होते हैं। सूचनाओं का प्रत्याह्वान करना तथा सामान्य ज्ञान का उपयोग को ठोस बुद्धि का तत्त्व (element) माना जाता है। चूँकि ठोस बुद्धि की उत्पत्ति तब होती है जब तरल बुद्धि को संस्कृति में व्यक्ति उपयोग करता है, अतः इन दोनों तरह के बुद्धि में सहसम्बन्ध (corelation) होने की पुष्टि की गयी है। अधिकतर शोधकर्त्ताओं ने इन दोनों के बीच **r** = 0.50 तक पाया है। चूँकि तरल बुद्धि अशाब्दिक (non-verbal) प्रकृति का होता है और वह संस्कृति के तत्त्वों पर आधृत नहीं होता है, अतः कैटेल ने यह पूर्वकल्पना किया कि तरल बुद्धि का मापक (measure) संस्कृति-मुक्त (culture-free) हो सकता है

और इसी पूर्वकल्पना को आधार मानकर उन्होंने *संस्कृति फेयर बुद्धि परीक्षण* (culture-fair intelligence test) का निर्माण भी किया जो आज भी एक बहुत ही लोकप्रिय बुद्धि परीक्षण है।

बाद में हार्न (Horn, 1982, 1994) ने कैट्टेल्ल के इस सिद्धान्त को संशोधित किया तथा उसे विस्तृत भी किया जिसे कैट्टेल्ल-हार्न सिद्धान्त (Cattell-Horn theory) भी कहा गया। इस संशोधन का परिणाम यह हुआ कि इस सिद्धान्त में कई नये कारक (factors) जोड़े गए जिनमें प्रमुख हैं—*दृष्टि संसाधन* (Visual processing or Gv), श्रवण संसाधन (Auditory processing or Ga), *परिमाणात्मक संसाधन* (Quantitative processing or Gg), *गति संसाधन* (Speed of processing or Gs) पठन एवं लेखन की सुविधा (Facility with reading and writing or Grw), *लघुकालीन स्मृति* (Short-term memory or Gsm), *दीर्घकालीन संचयन एवं पुनःप्राप्ति* (Long-term storage and retrieval or Glr)। हॉर्न (Horn, 1989) तथा हार्न एवं होफर (Horn & Hofer, 1992) का कहना है कि इनमें कुछ क्षमताओं को *असुरक्षित क्षमता* (vulnerable abilities) कहा जाता है क्योंकि उम्र बीतने के साथ उनमें ह्रास होता है और मस्तिष्कीय क्षति होने पर क्षति के पहले की स्थिति पर कभी नहीं पहुँच पाते हैं। दूसरे तरफ इनमें से कुछ क्षमताओं को *संपोषित क्षमता* (maintained abilities) कहा जाता है क्योंकि वे उम्र के साथ कमती नहीं है और मस्तिष्कीय क्षति होने पर क्षति के पहले की स्थिति पर आ जाती है।

6. कैर्रोल्ल द्वारा प्रतिपादित संज्ञानात्मक क्षमता का त्रिस्तरीय सिद्धान्त *(Carroll's Three-structure theory of cognitive abilities)*—इस सिद्धान्त का प्रतिपादन कैर्रोल्ल (Carroll, 1997) द्वारा किया गया। यह सिद्धान्त कारक-वैश्लेषिक अध्ययनों (factor-analytic studies) से मिलने वाले तथ्यों पर आधारित है। इस सिद्धान्त में कैर्रोल्ल (Carroll, 1992) ने यह बतलाया है कि बुद्धि की व्याख्या तीन स्तरों पर की गयी है। सचमुच में कैर्रोल्ल (Carroll, 1993) ने पूरे विश्व में 1935 से 1980 तक में विभिन्न शोधकर्त्ताओं द्वारा प्राप्त आँकड़ों के 460 सेट का पुनर्विश्लेषण किया जिसके परिणामस्वरूप बुद्धि का समन्वित मॉडल (integrate model) का जन्म हुआ जिसमें स्पीयरमैर, थर्स्टन तथा कैट्टेल्ल-हार्न मॉडल के तत्त्वों को सम्मिलित किया गया। इस सिद्धान्त में मानसिक क्षमता के तीन स्तर बतलाये गए हैं—*सामान्य* (general), विस्तृत (broad) तथा *सकीर्ण* (narrow) जो सभी एक पदानुक्रम (hierarchical order) में सुव्यवस्थित होते हैं। अतः यह भी बुद्धि का एक पदानुक्रमिक सिद्धान्त ही है। इसे चित्र 12.7 में देखा जा सकता है।

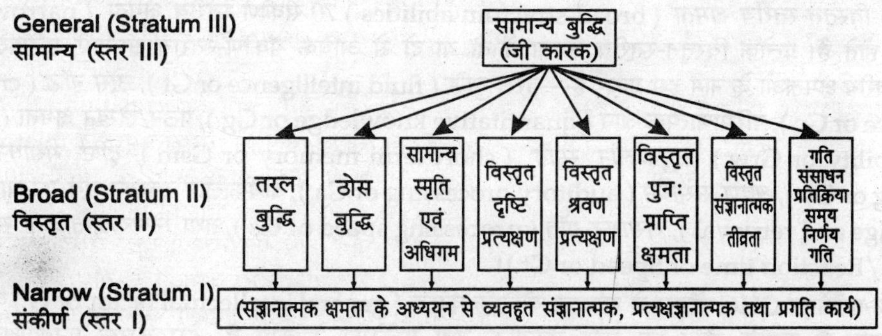

चित्र 12.7 : कैरोल का त्रिस्तरीय मॉडल

सबसे ऊपर अर्थात् तीसरे स्तर पर 'g' अर्थात् सामान्य बुद्धि (general intelligence) होता है। दूसरा स्तर पर आठ क्षमताओं (abilities) तथा प्रक्रियाओं (processes) को रखा गया है। वे आठ क्षमताएँ g कारक के साथ सम्भावित सहसम्बन्ध के क्रम (order) में इस प्रकार है—*तरल बुद्धि* (fluid intelligence or Gf), *ठोस बुद्धि* (crystallized intelligence or Ge), *सामान्य स्मृति एवं अधिगम* (general memory and learning or Y), *विस्तृत दृष्टि प्रत्यक्षण* (broad visual perception or V), *विस्तृत श्रवण प्रत्यक्षण* (broad auditory perception or U), *विस्तृत पुनःप्राप्ति क्षमता* (broad retrieval capacity or R), विस्तृत संज्ञानात्मक तीव्रता (broad cognitive speediness or S), तथा *संसाधन/निर्णय गति* (processing/decision speed or T)। मॉडल के पहले स्तर पर

दूसरे स्तर पर के प्रत्येक क्षमता से सम्बन्धित विशिष्ट स्तर कारक (level factor) तथा या 'गति कारक' (speed factor) होते हैं जिसकी संख्या लगभग 70 होती है और ये बहुत कम सम्बन्धित होते हैं परन्तु द्वितीय स्तर की क्षमता से सम्बन्धित होते हैं। जैसे, Gf से सम्बन्धित पहले स्तर पर के कारक हैं—*सामान्य तर्कणा* (general reasoning), परिमाणात्मक तर्कणा (quantiative reasoning) तथा *पियाजीयन तर्कणा* (Piagetian reasoning)। Gf से सम्बन्धित गति कारक (speed factor) है—*तर्कणा की गति* (speed of reasoning)। उसी तरह Gc से सम्बन्धित चार स्तर कारक (level factors) हैं—*भाषा विकास* (language development), *बोध* (comprehension), *हिज्जे क्षमता* (spelling ability) तथा *संचार क्षमता* (communication ability)। Gc से सम्बन्धित दो गति कारक (speed factor) है—*वाचिक प्रवाहित* (oral fluency) तथा *लेखन क्षमता* (writing ability) पहले स्तर के ये सभी लगभग 70 विशिष्ट कारक एक दूसरे से 0.30 तक सहसम्बन्धित होते हैं जो इस बात पर का सबूत प्रदान करता है कि मॉडल के सबसे ऊपर एक सामान्य 'g' कारक मौजूद है।

स्पष्ट हुआ कि त्रिस्तरीय सिद्धान्त एक तरह का पदानुक्रमिक मॉडल (hierarchical model) है जिसके अनुसार सभी स्तर पर उल्लिखित क्षमताएँ (abilities) एक बड़े स्तर (strata) का निर्माण कर उसमें सम्मिलित होते हैं।

कुछ शोधकर्त्ताओं द्वारा कैट्टेल्ल-हॉर्न सिद्धान्त तथा कैरॉल्ल के त्रिस्तरीय सिद्धान्त से कारक विश्लेषण (factor analysis) एवं अन्य सांख्यिकीय विधियों का उपयोग करके कुछ ऐसे तत्त्वों को निकालने की कोशिश किया गया है जिनसे बुद्धि का एक नया सिद्धान्त विकसित किया जा सके। सचमुच में इन लोगों द्वारा इन दोनों सिद्धान्तों को मिलाकर एक सिद्धान्त का प्रतिपादन करने की कोशिश की गयी है। हालांकि ऐसा प्रयास न तो कैट्टेल्ल या हॉर्न या कैट्टेल्ल द्वारा स्वयं किया गया फिर भी इस नये उत्पाद (product) को शोधकर्त्ताओं ने संज्ञानात्मक क्षमताओं का *कैट्टेल्ल-हॉर्न-कैरॉल्ल मॉडल* (Cattell-Horn-Carroll model of Cognitive abilities) कहा है जिसपर विचार करना यहाँ आवश्यक है।

बुद्धि का कैट्टेल्ल-हॉर्न-कैरॉल्ल मॉडल *(Cattell-Horn-Carroll or CHC model)*—कैटेल्ल-हॉर्न-कैरॉल्ल मॉडल का प्रतिपादन के भिन्न एस० मैकग्रीऊ (Kevin S. McGrew, 1997) द्वारा किया गया। फिर अतिरिक्त कारक-वैश्लेषिक कार्य एवं शोध के आधार पर मैकग्रीऊ ने फ्लैनेगन (Flanagan) के साथ मिलकर 1998 में इसे संशोधित किए। CHC के इस संशोधित प्रारूप में बुद्धि की व्याख्या दो तरह की क्षमताओं (abilities) के आधार पर की गयी है। इसमें 10 *विस्तृत-स्तरीय क्षमता* (broad-stractum abilities) 70 संकीर्ण-स्तरीय क्षमता (narrow-stratum abilities) होते हैं। प्रत्येक विस्तृत-स्तरीय क्षमता में दो या दो से अधिक संकीर्ण-स्तरीय क्षमताएँ सम्मिलित होतीं हैं। 10 विस्तृत स्तरीय क्षमताओं के नाम इस प्रकार हैं—*तरल बुद्धि* (fluid intelligence or Gf), *ठोस बुद्धि* (crystallized intelligence or Gc), परिमाणात्मक ज्ञान (quantitative knowledge or Gg), पठन/लेखन क्षमता (reading/writing ability or Grw), *लघुकालीन स्मृति* (short-term memory or Gsm), *दृष्टि संसाधन* (visual processing or Gv), *श्रवण संसाधन* (auditory processing or Ga), दीर्घकालीन संचयन एवं पुनःप्राप्ति (long-term storage and retrieval), *संसाधन गति* (processing speed or Gs), तथा *निर्णय/प्रतिक्रिया समय या गति* (Decision/Reaction time or Speed or Gt)।

मैकग्रीऊ-फ्लैनेगन CHC मॉडल में सामान्य बौद्धिक कारक (general intellectual factor or G) को सम्मिलित नहीं किया गया है क्योंकि जैसा कि स्वयं मैकग्रीऊ तथा फ्लैनेगन ने कहा है, इस कारक मनोशैक्षिक मूल्यांकन (psychoeducational evaluation) में कोई खास उपयोगिता नहीं होती है।

यदि हम गौर से ध्यान दें, तो यह स्पष्ट होगा कि मैकग्रीऊ तथा फ्लैनेगन ने कैटेल-हार्न तथा कैरोल को समन्वित करने का जो प्रयास किया है, उसका मुख्य कारण इन दोनों सिद्धान्तों के बीच समानता अधिक विषमता का कम होना है। कैटेल-हार्न सिद्धान्त में जिन कारकों को सम्मिलित किया गया है, वे लगभग सभी कैरोल के दूसरे स्तर पर के कारकों में सम्मिलित है। मैकग्रीऊ तथा फ्लैनेगन द्वारा समन्वित मॉडल (integrated model) में कैटेल-हार्न तथा कैरोल सिद्धान्त के बीच विषमता को सम्मिलित किया गया है। जैसा कि व्याख्या से स्पष्ट है, कैटेल-हार्न सिद्धान्त में 'G' कारक का कोई स्थान नहीं है परन्तु कैटोल सिद्धान्त में सबसे ऊपरी स्तर (top stratum) पर 'G' कारक को ही रखा गया है। कैटेल-हार्न मॉडल में परिमाणात्मक ज्ञान (quantitative knowledge) तथा पठन/लेखन क्षमता (reading/

writing ability) दो अलग-अलग क्षमता माना गया है परन्तु कैरोल के मॉडल में इन दोनों क्षमताओं को एक ही श्रेणी अर्थात् Gf से सम्बन्धित स्तर कारक (level factor) या गति कारक (speed factor) में ही रखा गया है।

आजकल शोधकर्त्ताओं के बीच इस बात की लगभग पूर्ण सहमति है कि मैकग्रीऊ तथा फ्लैनेगन द्वारा संशोधित बुद्धि का CHC मॉडल का स्वतःशोध मूल्य (heuristic value) है क्योंकि—

(a) यह संशोधित सिद्धान्त शोधकर्ताओं को यह सोचने के लिए मजबूर करता है कि कितने मानव क्षमताओं को मापा जा सकता है और यह दृष्टिकोण नैदानिक दृष्टिकोण से कितना विस्तृत या संकीर्ण माना जा सकता है?

(b) यह संशोधित सिद्धान्त शोधकर्त्ताओं को इस बात की ओर भी सोचने के लिए मजबूर करता है कि बुद्धि के वर्तमान सिद्धान्तों में कितने सिद्धान्तों को कारक विश्लेषण (factor analysis) या अन्य सांख्यिकीय विधियों से पुर्नसमीक्षा की जा सकती है।

7. गाडर्नर का बहुबुद्धि सिद्धान्त *(Gardner's theory of Multiple Intelligence)*—गार्डनर (Gardner, 1983, 1993) ने बहुबुद्धि सिद्धान्त का प्रतिपादन किया जो मस्तिष्क-व्यवहार सम्बन्ध (brain-behaviour relationship) पर आधारित था। इन्होंने इस सिद्धान्त का प्रतिपादन वैसे रोगियों के अध्ययन के परिणामस्वरूप किया जिनमें विभिन्न तरह के मस्तिष्कीय क्षतियाँ (brain damage) उत्पन्न हुई थीं तथा ज़िनसे कुछ तरह की बुद्धि प्रभावित हुई थी परन्तु दूसरे तरह की बुद्धि पर कोई प्रभाव नहीं पड़ा था। इतना ही नहीं, इस सिद्धान्त के प्रतिपादन में उन्होंने वैसे लोगों के रिपोर्ट को भी ध्यान में रखे जिनमें *पांडित्य संलक्षण* (savant syndrome) थे। पाडित्य संलक्षण से तात्पर्य वैसे लक्षणों से होता है जिसमें व्यक्ति में मानसिक मंदता (mental retardation) तथा कुछ विशेष असाधारण क्षमता दोनों ही साथ-साथ पाये जाते हैं। गाडर्नर ने अपने सिद्धान्त में 'G' कारक को अस्वीकृत करते हुए कहा कि बुद्धि के सात तरह के स्वतंत्र एवं समान रूप से महत्त्वपूर्ण प्रकार (form) होते हैं जो इस प्रकार है—

(i) भाषाई बुद्धि (linguistic intelligence)
(ii) तार्किक-गणितीय बुद्धि (logical-mathematical intelligence)
(iii) स्थानिक बुद्धि (spatial intelligence)
(iv) शारीरिक-गतिक बुद्धि (bodily-kinesthtic intellignece)
(v) संगीतिक बुद्धि (musical intelligence)
(vi) व्यक्तिगत स्व बुद्धि (Personal : self intelligence)
(vii) व्यक्ति अन्य बुद्धि (Personal : other intelligence)

परन्तु अभी हाल में गार्डनर (Gardner, 1998, 1999) में शोध करके तीन और तरह के बुद्धि के प्रारूपों (forms) को अपने सिद्धान्त में शामिल किया है—

(viii) प्राकृतिवादी बुद्धि (naturalistic intelligence)
(ix) आध्यात्मिक बुद्धि (spiritual intelligence)
(x) अस्तित्ववादी बुद्धि (existential intelligence)

इन सबों का संक्षिप्त विवरण इस प्रकार हैः—

(i) भाषाई बुद्धि (linguistic intelligence)—इस तरह की बुद्धि में वाक्यों या शब्दों की बोध क्षमता (comprehension ability), शब्दावली (vocabulary) शब्दों के क्रमों के बीच के सम्बन्धों को पहचानने की क्षमता आदि सम्मिलित होता है। लेखक (writer) तथा वक्ताओं (speakers) को ऐसी बुद्धि की जरूरत अधिक होती है।

(ii) तार्किक-गणितीय बुद्धि (logical mathematical intelligence)—इस बुद्धि में तर्क करने की क्षमता, गणितीय समस्याओं का समाधान करने की क्षमता, अंकों के क्रम (sequence) के पीछे छिपे सम्बन्ध को पहचानने की क्षमता, सादृश्यता क्षमता (analogical ability) आदि सम्मिलित होते हैं। वैज्ञानिकों (scientists) तथा अभियंताओं (engineers) को ऐसी क्षमताओं की जरूरत अधिक होती है।

(iii) स्थानिक बुद्धि (spatial intelligence)—इसमें स्थानिक चित्र (spatial figure) को मानसिक रूप से परिवर्तन करने की क्षमता तथा स्थानिक कल्पना शक्ति (spatial visualization) करने की क्षमता आदि सम्मिलित

होता है। हवाई जहाज चालक (pilot), कलाकार तथा अंतरिक्ष यात्री (astronaut) को ऐसी बुद्धि की जरूरत अधिक होती है।

(iv) शारीरिक-गतिक बुद्धि (body-kinesthetic intelligence)—इस तरह की बुद्धि में अपने शारीरिक गति पर नियंत्रण रखने की क्षमता तथा वस्तुओं को सावधानीपूर्वक एवं प्रवीण ढंग से (skillfully) घुमाने तथा उपयोग करने की क्षमता सम्मिलित होती है। इस तरह की बुद्धि नर्तकी में तथा व्यायामी (gymnast) में अधिक होता है जिन्हें अपने शरीर की गति पर पर्याप्त नियंत्रण रहता है। साथ-ही-साथ इस तरह की बुद्धि की आवश्यकता क्रिकेट खिलाड़ी, टेनिस खिलाड़ी, न्यूरोसर्जन तथा शिल्पकारियों (artisan) आदि में अधिक होता है क्योंकि इन्हें वस्तुओं का उपयोग प्रवीणतापूर्वक (skillfully) करना पड़ता है।

(v) संगीतिक बुद्धि (musical intelligence)—इस बुद्धि में तारत्व (pitch) तथा लय (rhythm) को प्रत्यक्षण करने की क्षमता सम्मिलित होता है एवं संगीतिक सामर्थ्यता (musical competence) एवं निपुणता विकसित करने की क्षमता होती है। इस तरह की बुद्धि संगीत देने वालों एवं गीत गाने वाले में अधिक होता है।

(vi) व्यक्तिगत : स्व बुद्धि (Personal : self intelligence)—इस तरह की बुद्धि में अपने भावों एवं संवेगों को मॉनीटर करने की क्षमता, उनमें विभेद करने की क्षमता तथा मानव व्यवहार का निर्देशित करने में उन सूचनाओं को उपयोग करने की क्षमता आदि सम्मिलित होता है। इसे अंतरावैयक्ति बुद्धि (intrapersonal intelligence) भी कहा जाता है। मनोवैज्ञानिकों (psychologists) तथा प्रबंधकों (managers) को ऐसी बुद्धि की जरूरत अधिक पड़ती है।

(vii) व्यक्तिगतः अन्य बुद्धि (Personal : others intellignece)—इस तरह की बुद्धि में दूसरे व्यक्तियों की प्रेरणाओं, इच्छाओं एवं आवश्यकताओं को समझने की क्षमता तथा उनकी मनोदशाओं (moods) एवं चितप्रकृति को मॉनीटर करके किसी नयी परिस्थिति में किस तरह से व्यवहार करेगा, के बारे में पूर्वकथन करने की क्षमता आदि सम्मिलित होता है। इस अन्तर्वैयक्तिक बुद्धि (interpersonal intelligence) भी कहा जाता है। नेताओं (leaders) तथा समाज सेवियों को इस तरह की बुद्धि की जरूरत अधिक होती है।

(viii) प्रकृतिवादी बुद्धि (Naturalistic intelligence)—इस तरह की बुद्धि से तात्पर्य प्रकृति (nature) में पाये जाने वाले पैटर्नस (patterns) को समझने की क्षमता से होती है। मशहूर वैज्ञानिक चार्ल्स डार्विन (Charles Darwin) में प्रकृतिवादी बुद्धि की अधिकता का पर्याप्त सबूत मिलता है। ऐसी बुद्धि की जरूतर किसानों (farmers), जीवविज्ञानी (biologists) तथा वनस्पति विज्ञानियों (botanist) को अधिक जरूरत होती है।

(ix) आध्यात्मिक बुद्धि (Spiritual Intelligence)—इस तरह की बुद्धि से तात्पर्य ऐसी क्षमता से होती है जिसमें व्यक्ति अपने विकास में कॉस्मिक (cosmic) तथा आध्यात्मिक समस्याओं (spiritual issues) तथा उनके समाधान के बारे में सोचता है तथा किसी निश्चित निष्कर्ष पर पहुँचता है। ऐसी बुद्धि की जरूरत साधु-सन्तों, फकीरों आदि को अधिक पड़ती है।

(x) अस्तित्ववादी बुद्धि (Existential intelligence)—इस तरह की बुद्धि में व्यक्ति अपनी जिंदगी में 'अर्थ' (meaning) की सार्थकता को ढूँढ़ता है। सचमुच में वह मानव अस्तित्व (human existence) के अंतिम सत्य, जीवन, मृत्यु आदि से सम्बन्धित तथ्यों को समझने की कोशिश करता है तथा किसी निष्कर्ष पर पहुँचने की कोशिश करता है। इस तरह की बुद्धि दार्शनिक (philosophers) तथा दार्शनिक विचारकों (philosophical thinkers) में अधिक होती है। अरस्तू (Aristotle), कनफ्यूशियस (Confucious), प्लेटो (Plato) तथा सुकरात (Socrates) में ऐसी बुद्धि अधिक थी।

गार्डनर का मत है कि प्रत्येक सामान्य व्यक्ति में उपर्युक्त तरह की बुद्धि होती है परन्तु कुछ विशेष कारणों जैसे आनुवंशिकता (heredity) या प्रशिक्षण के कारण किसी व्यक्ति में कोई बुद्धि अधिक विकसित हो जाती है। ये सभी दस तरह के बुद्धि एक-दूसरे के साथ अन्तःक्रिया (interaction) करते हैं फिर भी प्रत्येक बुद्धि एक अर्द्ध स्वायत्त तंत्र (semi-autonomous system) के रूप में कार्य करता है। मस्तिष्क में प्रत्येक बुद्धि एक संपुटित मापांक (encapsulated module) के सामान होता है जो अपने-अपने नियमों एवं कार्य विधियों द्वारा संचालित होते हैं। कुछ खास तरह के मस्तिष्कीय क्षति (brain damage) होने पर एक तरह की बुद्धि क्षतिग्रस्त हो सकती है परन्तु उसका प्रभाव दूसरे तरह की बुद्धि पर नहीं पड़ेगा।

गार्डनर के इस सिद्धान्त का एक आशय (implication) यह है कि इससे इस तथ्य की व्याख्या करने में मदद मिलती है कि क्यों कुछ लोग जिनका कॉलेज का शैक्षिक रिकार्ड काफी प्रखर था बाद की जिन्दगी में उन्हें असफलता

हाथ लगी तथा क्यों वैसे लोग जिनका कॉलेज का शैक्षिक रिकार्ड काफी मंद तथा घटिया रहा, बाद की जिन्दगी में उन्हें काफी सफलता मिल पायी। इसका स्पष्ट कारण यह है कि पहले तरह के व्यक्ति में व्यक्तिगत बुद्धि (personal intelligence) की कमी थी परन्तु दूसरे तरह के व्यक्ति में व्यक्तिगत बुद्धि की अधिकता थी।

गार्डनर के इस सिद्धान्त की कुछ *परिसीमाएँ* (limitations) हैं जो इस प्रकार है:—

1. हंट (Hunt, 2001) ने अपने शोधों के आधार पर यह बतलाया है कि गार्डनर द्वारा बतलाये गए बुद्धि का प्रारूप सचमुच में विशिष्ट प्रकार के क्षमता (ability) से आगे कुछ भी नहीं हैं और ऐसी क्षमताएँ कोई जरूरी नहीं है कि वही हो जिसे सामान्यतः बुद्धि कहा जाता है।

2. स्टर्नवर्ग (Sternberg, 1995) ने कहा है कि गार्डनर का 'बहुबुद्धि' को बुद्धि न कहकर बहु क्षमता (multiple talents) कहना अधिक सटीक एवं उपयुक्त (appropriate) लगता है। उन्होंने यह भी कहा है कि गार्डनर द्वारा बतलाये गये सभी तरह की बुद्धि शिक्षा तथा जीवन में समान महत्त्व नहीं रखते हैं।

3. गाडर्नर द्वारा बतलाये गए बुद्धि की वैधता (validity) से सम्बन्ध कम आनुभविक सबूत (empirical evidence) प्राप्त हैं।

इन आलोचनाओं के बावजूद इनका सिद्धान्त काफी महत्त्वपूर्ण है तथा कई लोग इस पर शोध कर रहे हैं।

गार्डनर के सिद्धान्त में अन्तिम तीन प्रकार के बुद्धि पर कुछ मनोवैज्ञानिक ने टीका-टिप्पणी किया है फिर भी यह सिद्धान्त से तो यह बिलकुल ही स्पष्ट हो गया है कि बुद्धि को सिर्फ शाब्दिक एवं परिमाणात्मक कौशलों (quantitative skills) के रूप में व्याख्या करना उचित नहीं है और बुद्धि के इस विस्तृत अर्थ को ध्यान में रखकर ही हम समाज के साथ न्याय कर सकते हैं।

अब कारक सिद्धान्त (factors theories) के बारे में किसी निष्कर्ष पर पहुँचने के पहले स्वभावतः मन में एक प्रश्न उठता है कि *पिण्डक-विभाजक समस्या* (lumpers-splitter issue) पर दोलन (pendulum) किस ओर हैं? उत्तर के रूप में यही कहा जा सकता है कि इस समस्या का दोलन (pendulum) बीचोबीच है। वर्तमान समय में अधिकतर मनोवैज्ञानिकों का यह मत है कि बुद्धि में दोनों तरह की क्षमताएँ अर्थात् विभिन्न तरह के संज्ञानात्मक कार्यों (cognitive task) एवं समस्याओं की ठीक ढंग से समाधान करने की एक सामान्य क्षमता (general ability) तथा अन्य कई विशिष्ट क्षमताएँ (specific abilities) सम्मिलित होती हैं।

(ख) प्रक्रिया-उन्मुखी सिद्धान्त *(Process-oriented theories)*—करीब-करीब 1960 तक बुद्धि के स्वरूप (nature) की व्याख्या कारक सिद्धान्तों (factor theories) द्वारा काफी प्रभावित रही। परन्तु इसके बाद के वर्षों में जब संज्ञानात्मक मनोविज्ञान (cognitive psychology) पर अधिक बल दिया जाने लगा, तो वैसी परिस्थिति में बुद्धि के स्वरूप की व्याख्या नये-नये सिद्धान्तों द्वारा अधिक की जाने लगी। इन सिद्धान्तों को *प्रक्रिया-उन्मुखी सिद्धान्त* (process-oriented theories) कहा गया। इस सिद्धान्त की मुख्य विशेषता यह है कि इसके द्वारा बुद्धि के स्वरूप की व्याख्या उसके भिन्न-भिन्न कारकों (factors) के रूप में न करके उन बौद्धिक प्रक्रियाओं (intellectual processes) के रूप में की गयी है जिसे व्यक्ति किसी समस्या के समाधान करने में या सोच-विचार करने में (reasoning) लगाता है। दूसरे शब्दों में यहाँ उन प्रक्रमों (mechanisms) पर बल डाला जाता है जिसके सहारे सूचनाओं को संसाधित किया जाता है अर्थात् सूचना को किस तरह से (how) संसाधित किया जाता है न कि क्या (what) संसाधित किया जाता है। इन सिद्धान्तवादियों (theroies) द्वारा बुद्धि (intelligence) के लिए संज्ञान[1] (cognition) तथा संज्ञानात्मक प्रक्रिया (cognitive processes) शब्द का प्रयोग अधिक किया गया है। इन सिद्धान्तवादियों की मूल अभिरुचि निम्नांकित दो तथ्यों की व्याख्या करने से सम्बन्धित है:—

(a) व्यक्ति किसी दिये हुए समस्या का समाधान करने में किन-किन प्रक्रियाओं (processes) का सहारा लेता है?

(b) व्यक्ति में बौद्धिक प्रक्रियाओं (intellectual processes) का विकास (development) कैसे होता है? जैसे-जैसे व्यक्ति में परिपक्वता (maturation) बढ़ते जाता है, वैसे-वैसे इन प्रक्रियाओं में किस ढंग का परिवर्तन आता है?

---

1. संज्ञान (cognition) एक ऐसा सामान्य पद (term) है जिसमें महत्त्वपूर्ण प्रक्रियाएँ जैसे, प्रत्यक्षण, समस्या सामाधान की क्षमता स्मृति, चिन्तन, ध्यान, सीखना आदि सभी सम्मिलित होते हैं।

प्रक्रिया-उन्मुखी सिद्धान्त में अनेक मनोवैज्ञानिकों के सिद्धान्तों को रखा गया है जिसमें पियाजे (Piaget, 1970), ब्रुनर (Bruner, 1973), स्टेनवर्ग (Stenberg, 1984), जूआन पासकुंएल-लियोनी (Juan Pascual-Leone, 1983), जेन्सन (Jenson, 1969, गोलमैन (Goleman, 1980) आदि के सिद्धान्त प्रमुख हैं। बुद्धि के पास मॉडल या सिद्धान्त (PASS model or theory) की चर्चा भी इसी के तहत की जाएगी। इन व्यक्तियों के सिद्धान्तों में से सिर्फ चार व्यक्तियों के सिद्धान्त की विस्तृत व्याख्या यहाँ की जायेगी क्योंकि इन चार व्यक्तियों का सिद्धान्त काफी महत्त्वपर्ण है। ये चार व्यक्ति हैं—पियाजे (Piaget), जेन्सन (Jenson), स्टेनवर्ग (Stenberg) तथा गोलमैन (Goleman)। साथ ही साथ *पास मॉडल* की भी चर्चा यहाँ की जायेगी।

1. पियाजे का सिद्धान्त *(Piaget theory)*

यद्यपि पियाजे (Piaget) ने अपने इस सिद्धान्त का प्रतिपादन 1920-30 तक कर लिया था परन्तु बुद्धि के स्वरूप की व्याख्या करने में उनके सिद्धान्त की गहरी छाप उस समय पड़ी जब उन्होंने इस सिद्धान्त को काफी विस्तृत (comprehensive) किया और उसका संशोधित रूप 1970 में प्रकाशित किया। पियाजे ने अपने सिद्धान्त का नाम *संज्ञानात्मक विकास का सिद्धान्त* (Theory of Cognitive development) रखा।

पियाजे के अनुसार बुद्धि एक प्रकार का अनुकूली प्रक्रिया (adaptive process) है जिसमें जैविक परिपक्वता (biological maturation) तथा वातावरण के साथ होने वाली अन्तःक्रियाएँ (interactions) सम्मिलित होतीं हैं। इनके अनुसार जैसे-जैसे बच्चों में संज्ञानात्मक प्रक्रियाओं का विकास होते जाता है, वैसे-वैसे उनका बौद्धिक विकास (intellectual development) भी होते जाता है। मार्गन, किंग, विस्ज तथा स्कौपलर[1] (Morgan, King, Weisz & Schopler, 1986) ने ठीक ही कहा है, ''पियाजे के विचार में बुद्धि एक ऐसी अनुकूली प्रक्रिया है जिसमें जैविक परिपक्वता का पारस्परिक प्रभाव (interplay) तथा वातावरण के साथ की गयी अन्तःक्रिया (interaction) दोनों ही सम्मिलित होते हैं। उनके अनुसार बौद्धिक विकास (intellectual development) कुछ संज्ञानात्मक प्रक्रियाओं (cognitive processes) जैसे प्रकृति के नियम को समझना, व्याकरण के नियम को समझना तथा गणितीय नियमों को समझना आदि के विकास पर निर्भर करता है।''

इस व्याख्या से स्पष्ट है कि पियाजे ने बुद्धि को संज्ञानात्मक प्रक्रियाओं के विकास का दूसरा रूप माना है। उनके अनुसार इन संज्ञानात्मक प्रक्रियाओं का विकास निम्नांकित चार अवस्थाओं में होता है:—

(i) ज्ञानात्मक-क्रियात्मक अवस्था (Sensory-motor stage)
(ii) प्राक्-प्रचलनात्मक अवस्था (Preoperational stage)
(iii) मूर्त्त प्रचलनात्मक अवस्था (Concrete operational stage)
(iv) औपचारिक प्रचलनात्मक अवस्था (Formal operational stage)

पियाजे द्वारा प्रतिपादित इन चार अवस्थाओं के तीन सामान्य *विशेषताएँ* (common characteristics) हैं जो इस प्रकार है:—

(i) ये सभी अवस्थाएँ विकास का एक सामान्य सिद्धान्त (general theory) प्रदत्त करती हैं जिसमें संज्ञान का सभी पहलु एक संगठित तरीके से परिवर्तित होती हैं।

(ii) ये सभी अवस्थाएँ अपरिवर्त्य (invariant) होते हैं। वे हमेशा एक निश्चित क्रम (fixed order) में होती है और किसी भी अवस्था को छोड़कर आगे की अवस्था पर नहीं जाया जा सकता है।

(iii) ये सभी अवस्थाएँ सार्वत्रिक (universal) होते हैं। वे संसार के सभी बच्चों पर लागू होते समझा जाता है।

इन अवस्थाओं का वर्णन निम्नांकित हैः—

(i) ज्ञानात्मक-क्रियात्मक अवस्था *(Sensory-motor stage)*—संज्ञानात्मक प्रक्रियाओं के विकास की यह पहली अवस्था है जो जन्म से लेकर 2 वर्षों तक ही होती है। इस अवस्था के अनेक विशेषताओं में से दो विशेषताएँ प्रमुख हैं।

1. "In Piaget's view, intelligence is an adaptive process that involves an interplay of biological maturation and interaction with the environment. He views intellectual development as an evolution of cognitive processes such as understanding the laws of nature, the principles of grammar and mathematical rules"
—Morgan, King, Weisz & Schopler : *Introduction to Psychology*, 1986, p.528

पहला यह कि इस अवस्था में बच्चा अपने व्यवहारों या क्रियाओं (activities) तथा उसके परिणामों (consequences) के बीच सम्बन्ध कायम करने की कोशिश करता है। उदाहरणस्वरूप, जब वह किसी छोटे बर्तन जैसे चम्मच, थाली आदि को अपने हाथ से पीटता है और उसका परिणाम यानी आवाज सुनता है तो वह इन दोनों क्रियाओं में सम्बन्ध स्थापित करता है और इस तरह से बच्चों में एक विशेष संज्ञानात्मक प्रक्रिया (cognitive process) का विकास होता है जो इस बात से सम्बन्धित होता है कि बर्तन पर हाथ पटकने से आवाज होती है। धीरे-धीरे बच्चा यह भी समझने लगता है कि उसका हाथ तथा पैर उसके शरीर के विशेष अंग हैं परन्तु हाथ में का कंगन उसके शरीर का अंग नहीं है।

दूसरी विशेषता यह है कि इस अवस्था में बच्चा अपने आप को वातावरण (environment) के वस्तुओं से अलग करने की क्षमता भी विकास कर लेता है। अपने आप को वातावरण के अन्य वस्तुओं से वह भिन्न एवं अलग समझने लगता है। कुछ खास-खास क्रियात्मक व्यवहार (motor behaviour) जैसे किसी वस्तु को पकड़ना (catching) तथा छीनना (grasping) आदि द्वारा उसे वस्तुओं का स्थानिक सम्बन्धों (spatial relationship) का भी ज्ञान हो जाता है। बच्चा उन व्यक्तियों के व्यवहारों का भी नकल करना प्रारम्भ कर देता है जो अनुपस्थित होतें हैं। इस तरह से बच्चे अपने व्यवहार में नियतता (intentionality) दिखाना प्रारम्भ कर देते हैं। इस अवस्था का सबसे मुख्य गुण यह है कि बच्चे में वस्तु-स्थायित्व (object permanence) का सम्प्रत्यय विकसित हो जाता है। वस्तु-स्थायित्व से तात्पर्य इस बात से होता है कि बच्चे यह समझते हैं कि उनकी नजर (senses) के सामने नहीं होने पर भी किसी वस्तु का अस्तित्व बना रहता है। वस्तु स्थायित्व का गुण इस अवस्था के अन्त में यानी 20-24 महीना के बीच में विकसित होता है। 20 महीना से छोटा शिशु यही समझता है कि जब कोई वस्तु उनकी नजर से ओझल हो गया तो वह वस्तु भी समाप्त हो गया। जैसे, 8 महीने का बच्चा यदि किसी खिलौना को लेने के लिए आगे बढ़ रहा है, परन्तु उस खिलौना को यदि किसी कपड़े से ढँक दिया जाय तो बच्चा यह सोचते हुए तुरन्त रुक जायेगा कि अब खिलौना नहीं है। स्पष्ट है कि इस अवस्था तक बच्चे में वस्तु स्थायित्व का गुण अभी विकसित नहीं हुआ होता है।

(ii) प्राक्-प्रचलनात्मक अवस्था *(Preoperational stage)*—2 से 7 साल की अवस्था को पियाजे (Piaget) ने प्राक्-प्रचलनात्मक अवस्था कहा है। इसे उन्होंने दो भागों में बाँटा है—*प्राक्-संप्रत्यात्मक अवधि* (preconceptual period) जो 2 से 4 साल का होता है तथा *अन्तर्दर्शी अवधि* (intuitive period) जो 4 से 7 साल का होता है। प्राक्-संप्रत्यात्मक अवधि में बच्चा भिन्न-भिन्न प्रकार के संकेत (symbol), प्रतिमाएँ (images), शब्द (word) तथा उसके अर्थों को सीखता है। इस तरह से बच्चों में भाषा का विकास प्रारम्भ होता है। इन प्रतिमाओं, संकेतों (symbols) आदि के सहारे बच्चों को उचित ढंग से चिन्तन करने में मदद भी मिलती है। इस अवधि में संज्ञानात्मक प्रक्रियाओं (cognitive processes) का विकास मूलतः अनुकरण (imitation) तथा खेल (play) द्वारा होता है। इस अवधि के संज्ञानात्मक चिन्तन (cognitive thought) के दो प्रमुख दोष पाये गये हैं—*जीववाद* (animism) तथा *अहंभाव* (egocentrism)। इस अवधि में बच्चे प्रायः निर्जीव चीज को सजीव मानने लगते हैं जो जीववाद का उदाहरण है अहंभाव (egocentrism) से तात्पर्य चिन्तन में वैसे दोष से होता है जिसमें बच्चा यह सोचता है कि वस्तुएँ उसका पीछा कर रही है क्योंकि वह एक काफी महत्त्वपूर्ण हैं। प्रायः बच्चे ऐसा कहते हैं कि चाँदी, सूर्य, बादल या हवा उनके पीछे चलते रहते हैं।

अन्तर्दर्शी अवधि (intuitive period) में बच्चे अन्तर्दर्शी चिन्तन (intuitive thinking) करते हैं जिसमें कोई क्रमबद्ध तर्क (systematic logic) नहीं होता है। इस अवधि में बच्चे प्रचालन (operation) या नियम के अर्थ को नहीं समझते हैं क्योंकि प्रत्येक प्राचलन या नियम की कुछ तार्किक विपरीतता (logical opposite) होतीं हैं, जिसे बच्चे नहीं समझ पाते हैं। जैसे, $3 \times 3 = 9$ तथा होता है। वर्ग तथा वर्गमूल में तार्किक विपरीतता (logical oppoiste) का जो सम्बन्ध है, इसे बच्चे नहीं समझते हैं। इस तथ्य का सत्यापन संरक्षण (conservation) संप्रत्यय से संबंधित कई प्रयोगों को बच्चों पर करके किया जा चुका है। संरक्षण सम्प्रत्यय (conservation concept) से सम्बन्धित प्रयोगों में संख्या (number), तत्त्व (element) भार (weight) से सम्बन्धित समस्याओं का समाधान बच्चे ढूँढ़ते हैं।

(iii) मूर्त्त प्रचलनात्मक अवस्था *(Concrete operational stage)*—यह अवस्था 7 से 11 साल की होती है और इसमें बच्चों में तार्किक चिन्तन (logical thinking), उनके विचारों में क्रमबद्धता (systematization) तथा जटिलता (complexity) आदि बढ़ जाती है। अब इनके चिन्तन में अनपटलन (irreversibility) का गुण हटकर

उसके जगह पर पलटन (reversibility) का गुण विकसित होने लगता है। बच्चा अब समझने लगता है कि 5 रुपया या उसके विपरीत 500 पैसा बराबर ही होते हैं तथा 9 का वर्गमूल 3 तथा 3 का वर्ग 9 होता है। इस अवस्था में वस्तुओं को उसके विमाओं (dimensions) यानी, ऊँचाई (height), भार (weight), आकार (shape), रंग (colour) आदि के आधार पर वर्गीकृत करने में बच्चे काफी अभिरुचि दिखलाने लगते हैं। इस तरह से इस अवस्था की मूल विशेषता यह होती है कि बच्चों की संज्ञानात्मक प्रक्रियाएँ पहले से अधिक जटिल एवं तार्किक हो जाती है।

(iv) औपचारिक प्रचलनात्मक अवस्था *(Formal operational stage)*—इस अवस्था की शुरुआत 12 साल से हो जाती है और करीब 15 साल तक बनी रहती है। इस अवस्था में बच्चों में अमूर्त्त चिन्तन (abstract thinking), अपसारी चिन्तन (divergent thinking) आदि का गुण सही अर्थों में विकसित होता है। वे अब सामान्य नियमों (general laws) का अर्थ सही अर्थों में समझने लगते हैं और उससे जो सम्भव हो सकता है, प्राक्कल्पना (hypothesis) के रूप में वे सोचकर निकाल लेते हैं। 15 वर्ष की उम्र समाप्त होते-होते वे एक वयस्क (adult) के सामान किसी समस्या के समाधान में तार्किक नियमों (logical rules) का प्रयोग करने लगते हैं।

इस तरह से हम देखते हैं कि पियाजे के संज्ञानात्मक विकास सिद्धान्त (cognitive development theory) में बुद्धि को भिन्न-भिन्न अवस्थाओं में होने वाले संज्ञानात्मक प्रक्रियाओं में हुए परिवर्तन के रूप में व्याख्या की गयी है।

मनोवैज्ञानिकों ने इस सिद्धान्त की कुछ *आलोचनाएँ* भी किए हैं जो निम्नांकित हैं:—

(i) कुछ मनोवैज्ञानिकों का कहना है कि पियाजे (Piaget) द्वारा बच्चों के व्यवहारों का अध्ययन करने की जो कार्यविधि (method) अपनायी गयी थी, वह काफी आत्मनिष्ठ (subjective) थी। इतना ही नहीं उनके द्वारा किये गये प्रयोगों में बच्चों को ऐसे कार्य या समस्या करने के लिए दिये जाते थे जिनमें उम्र के अनुसार संज्ञानात्मक क्षमता होने पर भी वे उसका ठीक ढंग से समाधान नहीं कर सकते थे। ऐसी परिस्थिति में पियाजे द्वारा प्राप्त निष्कर्षों की वैधता कहाँ तक सही हो सकती है, इसका अंदाज कोई भी व्यक्ति आसानी से लगा सकता है।

(ii) पियाजे अपने इस सिद्धान्त में यह पूर्वकल्पना (assumption) करके चलते हैं कि यदि कोई बच्चा उस कार्य को नहीं कर पाता है जिस अवस्था (stage) के लिए वह कार्य निर्धारित होता है तो इसका मतलब यह हुआ कि उस कार्य से सम्बन्धित संज्ञानात्मक क्षमता (cognitive capacity) की उसमें कमी है (Lack of response equals lack of cognitive competence)। गेलमैन (Gelman, 1978,1979) ने इस आलोचना को विशेषकर प्राक्-प्रचलनात्मक अवस्था (preoperational stage) के लिए अधिक उपयुक्त बतलाया है। इस अवस्था की एक विशेषता संरक्षण (conservation) का गुण हैं। उन्होंने अपने अध्ययन में पाया कि 3—4 साल के बच्चे प्रायः संख्या (number) से सम्बन्धित उन समस्याओं का समाधान नहीं कर पाते हैं जिनमें अधिक संख्याओं का प्रयोग किया जाता है परन्तु उन समस्याओं का समाधान अच्छी तरह कर लेते हैं, जिनमें कम संख्याओं का प्रयोग किया जाता है। इससे स्पष्ट है कि ऐसा कहना कि जो बच्चे समस्या का समाधान नहीं कर पाते है, उनमें संज्ञानात्मक क्षमता शून्य होती है, सर्वथा उचित नहीं है। कुछ मनोवैज्ञानिकों जैसे ब्राउन तथा कुक (Brown & Cook, 1986) ने कहा है कि प्राक् स्कूली छात्र (Preschool children) के चिन्तन में उतना अहंभाव (egocentricity) नहीं होता जितना कि पियाजे ने अनुमान किया था।

(iii) पियाजे (Piaget) का विचार था कि प्रत्येक अवस्था के भीतर होने वाले संज्ञानात्मक विकास (cognitive growth) में निरन्तरता (continuity) होती है परन्तु एक अवस्था से दूसरी अवस्था में होने वाले संज्ञानात्मक विकास में अनिरन्तरता (discontinuity) होती है। दूसरे शब्दों में, प्रत्येक अवस्था के भीतर होने वाले संज्ञानात्मक परिवर्तन एक-दूसरे से सम्बन्धित होते हैं तथा एक क्रम में होते हैं परन्तु एक अवस्था से दूसरी अवस्था में होने वाले परिवर्तन स्वतंत्र होते हैं और उनका कोई निश्चित क्रम भी नहीं होता है। परन्तु आलोचकों का मत है कि जिस तरह प्रत्येक अवस्था के भीतर संज्ञानात्मक विकास में होने वाले परिवर्तन क्रमिक (gradual), धीरे-धीरे तथा निरंतर होते हैं ठीक उसी प्रकार एक अवस्था से दूसरी अवस्था के बीच संज्ञानात्मक विकास में परिवर्तन क्रमिक एवं निरन्तर होता है। 2 वर्ष के बच्चे में अचानक वस्तु स्थायित्व (object permanence) का सम्प्रत्यय नहीं विकसित हो जाता है। प्राक्-प्रचलनात्मक अवस्था शुरू होते ही उसके सभी गुण अपने आप बच्चे में नही आ जाते है बल्कि इसके लिए इससे पहले की अवस्था यानी ज्ञानात्मक-क्रियात्मक अवस्था (sensory-motor stage) में बच्चों को उपयुक्त अनुभवों का होना अनिवार्य होता है।

(iv) आलोचकों का मत है कि पियाजे ने अपने सिद्धान्त में बच्चों में भिन्न-भिन्न प्रकार के सम्प्रत्यय (concept) तथा चिन्तन (reasoning) के प्रकार का मात्र वर्णन (description) किया है, उसकी व्याख्या (explanation) नहीं की हैं। यही कारण है कि उनके सिद्धान्त में कुछ प्रश्नों का जवाब हमें नहीं मिल पाता है। जैसे, वस्तु स्थायित्व (object permanence) के सम्प्रत्यय (concept) के विकास में दृष्टि उद्दीपकों (visual stimuli) से उत्पन्न अनुभवों का कितना महत्त्व होता है? औपचारिक शिक्षा (formal education) का महत्त्व मूर्त्त (concrete) तथा औपचारिक प्रचलनात्मक चिन्तन (formal operational thinking) के विकास में कितना होता है? आदि-आदि। इन प्रश्नों के उत्तर हमें पियाजे के सिद्धान्त में इसलिए नहीं मिल पाता है क्योंकि उन्होंने किसी भी ऐसे सम्प्रत्ययों (concept) की व्याख्या नहीं की है, मात्र उनका वर्णन किया है।

इन आलोचनाओं के बावजूद पियाजे का सिद्धान्त काफी महत्त्वपूर्ण एवं प्रभावकारी (influential) रहा है। पियाजे के सिद्धान्त के सम्प्रत्ययों (concept) की जाँच करने के लिए बाद में जो बहुत से प्रयोग किये गये हैं, उनमें से अधिकतर प्रयोगों में पियाजे के विचारों की पुष्टि की गयी है। जैसा कि ब्राऊन तथा कुक[1] (Brown & Cook, 1986) ने निष्कर्ष तौर पर कहा है, ''बहुत से प्रतिकृति अध्ययनों (replication studies) में जिसमें पियाजे की कार्यविधि से अधिक तीक्ष्ण कार्यविधि (rigorous method) का उपयोग किया गया है, पियाजे द्वारा प्रस्तावित विचारों का समर्थन मिलता है।''

2. स्टर्नवर्ग का त्रितन्त्र सिद्धान्त (*Sternberg's Triarchic theory*)

बुद्धि के सूचना संसाधन सिद्धान्त का दूसरा नमूना स्टर्नवर्ग (Sternberg, 1985) का सिद्धान्त है। एक संज्ञानात्मक मनोवैज्ञानिक (congitive psychologist) के रूप में स्टर्नवर्ग का यह दावा है कि बुद्धि को आलोचनात्मक ढंग से सोचने की क्षमता के रूप में समझा ज़ा सकता है। इन्होंने बुद्धि के सिद्धान्त के प्रतिपादन में इस बिन्दु पर अधिक घ्यान केन्द्रित किये हैं कि जब व्यक्ति तर्क करता है या प्रभावी ढंग से किसी सूचना को संसाधित करता है, तो उस समय उसके मन में क्या होता है? इस तथ्य का प्रेक्षण वे कई व्यक्तियों में किये और उसके बाद वे इस निष्कर्ष पर पहुँचे कि सचमुच में मानव बुद्धि (human intelligence) में कई तत्त्व सम्मिलित होते हैं—स्टर्नवर्ग (Sternberg) के इस सिद्धान्त में निम्नांकित चरणों के आलोक में व्यक्ति किसी सूचना को संसाधित करता है—

(i) **कूटसंकेतन** (*encoding*)—इस चरण में व्यक्ति अपने मस्तिष्क में संगत प्राप्य सूचनाओं (relevant available information) की पहचान करता है।

(ii) **अनुमान** (*inferring*)—प्राप्त सूचनाओं के आधार पर वह कुछ अनुमान लगाता है।

(iii) **व्यवस्था** (*mapping*)—इस चरण में गत परिस्थिति तथा वर्तमान परिस्थिति के बीच प्राणी का सम्बन्ध जोड़ता है।

(iv) **उपयोग** (*application*)—इस चरण में व्यक्ति अनुगानित सम्बन्ध का वास्तविक उपयोग करता है।

(v) **अनुक्रिया** (*response*)—इस अंतिम चरण में व्यक्ति समस्या का सम्भावित सबसे उत्तम समाधान ढूँढ़ता है।

स्टर्नवर्ग (Sternberg, 1985, 1996) का मत है कि किसी भी बुद्धिमत्तापूर्ण व्यवहार (intelligent behaviour) के लिए कुछ विशेष मानसिक प्रक्रम (mental mechanism) की जरूरत के अलावा बुद्धि में जिंदगी के वास्तविक वातावरण के साथ समायोजन (adaptation) करने की भी क्षमता सम्मिलित होती है। स्टर्नवर्ग तथा काफ्मैन(Sternberg & Kaufman, 1998) ने स्वयं ही इस बिन्दु पर टिप्पणी करते हुए कहा है, ''अपनी संस्कृति तथा समाज के लक्ष्यों तथा अपने लक्ष्यों को पूरा करने के लिए वातावरण को चयनित करना, उसे निर्धारित करना तथा उसमें समायोजन करना एक सफल बुद्धि का द्योतक है।''

स्टनर्गवर्ग के सिद्धान्त को बुद्धि का *त्रितंत्र सिद्धान्त* (triarchic theory) भी कहा जाता है, क्योंकि इसमें बुद्धि के तीन पहलुओं (aspects) पर बल डाला गया है—*घटकीय बुद्धि* (componential intelligence), *अनुभवजन्य बुद्धि* (experiential intelligence) तथा *संदर्भात्मक बुद्धि* (contextual intelligence)। स्टर्नवर्ग का यह

1. **"Many replication studies using methods rigorous than Piaget's have generally confirmed the patterns described by Piaget."** —**Brown & Cook** : *Introductory Psychology*, 1986, p.376.

सिद्धान्त अरस्तू (Aristotle) के बुद्धि सिद्धान्त के अनुरूप है क्योंकि अरस्तू के अनुसार बुद्धि में तीन तरह के कारक अर्थात् सैद्धान्तिक (theoretical) उत्पादी (productive) तथा व्यवहारिक (practical) कारक सम्मिलित होते हैं। स्टर्नवर्ग (sternberg) द्वारा बतलाये गए बुद्धि के तीन पहलुओं का वर्णन इस प्रकार है—

(क) घटकीय बुद्धि *(Componential intelligence)*—इस तरह की बुद्धि में आंतरिक मानसिक प्रक्रम (internal mental mechanism) होती है जो बौद्धिक व्यवहार (intelligent behaviour) के लिए उत्तरदायी होता है। इस तरह की बुद्धि में आलोचनात्मक तथा विश्लेषणात्मक (analytically) ढंग से सोचने की क्षमता अधिक होती है। यही कारण है कि इसे *विश्लेषणात्मक बुद्धि* (analytical intelligence) भी कहा जाता है। ऐसे बुद्धि वाले व्यक्ति परम्परागत बुद्धि परीक्षण तथा उपलब्धि परीक्षण पर उत्तम सफलता दिखला पाने में सफल होते हैं। स्टर्नवर्ग के अनुसार घटकीय बुद्धि में निम्नांकित *तीन* तरह के उपतत्त्व (subcomponents) शामिल होते हैं:—

(i) मेटाघटक *(Meta component)*—मेटाघटक से तात्पर्य उच्चस्तरीय कार्यपालक प्रक्रियाओं (executive processes) से होता है जिसे व्यक्ति किसी कार्य को करने में योजना बनाने, मॉनीटर करने तथा उसे कार्यरूप देने के लिए अंतिम निर्णय लेने में उपयोग करता है।

(ii) निष्पादन घटक *(Performance component)*—निष्पादन घटक से तात्पर्य उन प्रक्रियाओं से होता है जिसे किसी कार्य जैसे प्रत्यक्षण, सम्प्रत्यय पहचान (concept identification) आदि के करने में उपयोग किया जाता है। इस तरह से यह घटक व्यक्ति को अपने गत अनुभूति (past experience) के आधार पर क्रिया करने में सहायता देता है। *लघुकालीन स्मृति* (short-term memory) तथा *निगमनिक तर्कणा* (syllogistic reasoning) निष्पादन घटक के उत्तम उदाहरण हैं।

(iii) ज्ञान-संग्रहण घटक *(Knowledge acquistition component)*—ज्ञान-संग्रहण घटक से तात्पर्य उन प्रक्रियाओं से होता है जिसे व्यक्ति नयी सूचनाओं को सीखने में उपयोग करता है। जैसे, जब व्यक्ति पुराने विचारों को नये एवं मौलिक तरीका से संगठित करना चाहता है तो ज्ञान संग्रहण घटक का उपयोग होता पाया जाता है। शब्दकोष (vocabulary) को सीखना ज्ञान-संग्रहण घटक का उत्तम उदाहण है क्योंकि इससे विशेष संदर्भ में व्यक्ति में शब्दों को सीखने की क्षमता का पता चलता है। स्टर्नवर्ग के अनुसार ज्ञान संग्रहण घटक में तीन उपघटक अर्थात् *चयनात्मक कूटसंकेतन* (selective encoding), चयनात्मक संयोग (selective combination) तथा *चयनात्मक तुलना* (selective comparison) होते हैं।

स्पष्ट हुआ कि मेटाघटक के तीन उपतत्त्व हैं। सचमुच में स्टर्नवर्ग ने मेटाघटक को स्पीयरमैन के सिद्धान्त के 'g' कारक के तुल्य माना है।

(ख) अनुभवजन्य बुद्धि *(Experiential intelligence)*—इस तरह की बुद्धि में व्यक्ति में सूझ (insight) तथा नये-नये विचारों को सृजन करने की क्षमता सम्मिलित होती है। इस तरह की बुद्धि में व्यक्ति अपने गत अनुभूतियों (past experience) का उपयोग करते हुए समस्याओं का नया-नया समाधान ढूँढ़ने की कोशिश करता है। इसकी अभिव्यक्ति सर्जनात्मक निष्पादन (creative performance) में अधिक होती है। अनुभवजन्य बुद्धि को *सर्जनात्मक बुद्धि* (creative intelligence) भी कहा जाता है। जिन व्यक्तियों में इस तरह की बुद्धि अधिक होती है, वे अपनी भिन्न-भिन्न अनुभूतियों को इस ढंग से संगठित (organize) कर लेते हैं ताकि उनका उपयोग मौलिक ढंग से नयी खोज एवं अनुसंधान में किया जा सके। इस तरह से अनुभवजन्य बुद्धि में कम-से-कम दो तरह के तत्त्व (elements) अवश्य शामिल होते हैं—नयी परिस्थिति एवं समस्याओं से निबटने की क्षमता तथा सूचना संसाधनों को स्वचालित (automatize) करने की क्षमता। आइन्सटिन (Einstein), न्यूटन (Newton), तथा फ्रायड (Freud) में अनुभवजन्य बुद्धि काफी अधिक थी। जोहान्स गुटेनवर्ग (Johannes Gutenberg) जिन्होंने छपाई मशीन की खोज की थी, में भी अनुभवजन्य बुद्धि काफी अधिक थी।

(ग) संदर्भात्मक बुद्धि *(Contextual intelligence)*—संदर्भात्मक बुद्धि को *व्यावहारिक बुद्धि* (practical intelligence) भी कहा जाता है। जिन व्यक्तियों मे ऐसी बुद्धि अधिक होती है वे वातावरण के विभिन्न परिस्थितियों में समायोजी (adapative) होते हैं तथा उसके अनुकूल अपने आप को व्यावहारिक (practical) बना कर रखने में सक्षम होते हैं। विपरीत परिस्थिति के होने पर भी जीवन में सफल होने वाले व्यक्तियों में सम्भवत: संदर्भात्मक बुद्धि

अधिक होती है। स्टर्नवर्ग[1] (Sternberg, 1986) ने संदर्भात्मक बुद्धि (contextual intelligence) को परिभाषित करते हुए कहा है, ''अपनी जिंदगी के लिए उपयुक्त वास्तविंक वातावरण का उद्देश्यपूर्ण चयन, निर्धारण तथा अनुकूलन करने में सन्निहित मानसिक क्रिया को संदर्भात्मक बुद्धि कहा जाता है। स्पष्ट हुआ कि संदर्भात्मक बुद्धि के तीन अंश (part) होते हैं—

(i) समायोजन या अनुकूलन *(Adaptation)*—अनुकूलन या समायोजन संदर्भात्मक बुद्धि का एक महत्त्वपूर्ण अंश है। अनुकूलन से तात्पर्य विशेष वातावरण की माँग के अनुरूप कौशल (skill) विकसित करने से होता है। एक सफल अनुकूलन सही अर्थ में एक वातावरण से दूसरे वातावरण में भिन्न होगा। जैसे, एक असभ्य जनजाति में सफल अनुकूलन का अर्थ सफलतापूर्वक किसी जंगली जानवर को फँसाकर तीर से मारना हो सकता है जबकि किसी विकसित जाति में सफल अनुकूलन का अर्थ किसी नौकरी के लिए होने वाला साक्षात्कार में अपने निष्पादन को ठीक ढंग से उन्नत बनाने से हो सकता है।

(ii) चयन *(Selection)*—स्टर्नवर्ग के अनुसार यहाँ चयन से मतलब उस क्षमता (ability) से होता है जिसमें व्यक्ति अपना वातावरण (environment) को छोड़कर किसी ऐसे वातावरण का चयन करता है जो उसकी आवश्यकता(need) तथा प्रवीणता(talent) के लिए अधिक उपर्युक्त होता है। फेल्डमैन(Feldman, 1982) ने एक अध्ययन किया जिसमें यह पाया गया कि ऐसे व्यस्क जो अपने जीवन में अधिक सफल थे, वे चुने गए पेशे (occupations) को अपनी अभिरूचि, आवश्यकता तथा प्रवीणता के काफी अनुकूल पाते थे।

(iii) शेपिंग *(Shaping)*—शेपिंग एक ऐसी क्षमता होती है जिसमें व्यक्ति अपने आप तथा पर्यावरण विशेषकर वैसे चुने गए नये वातावरण के बीच जो व्यवहारिक (practical) नहीं होते हैं, में एक तालमेल बैठाता है। यहाँ व्यक्ति वातावरण में ही कुछ इस ढंग से परिवर्तन करता है कि वह उसकी आवश्यकता के अनुरूप हो सके। जैसे, एक कर्मचारी जो अपने पदाधिकारी को उनके प्रति कुछ भिन्न ढंग से व्यवहार करने के लिए सहमत कर लिया है, स्पष्टतः शेपिंग के उपयोग का एक उदाहरण प्रस्तुत कर रहा है।

स्टर्नवर्ग सिद्धान्त की कुछ परिसीमाएँ (limitations) हैं जो इस प्रकार है:—

(i) रोगौफ्फ (Rogoff, 1984) ने अपने अध्ययन के आधार पर यह बतलाया है कि स्टर्नवर्ग द्वारा बतलाये गए बुद्धि के तीनों घटक अर्थात् घटकीय बुद्धि (componential intelligence), अनुभवजन्य बुद्धि (experimental intelligence) तथा संदर्भात्मक बुद्धि (contextual intelligence) कहाँ तक आपस में सम्बन्धित है, यह कहना मुश्किल है क्योंकि ऐसे सम्बन्ध कोई ठोस सबूत नहीं मिलता है।

(ii) डेट्टरमैन (Detterman, 1984) ने अपने अध्ययन के आधार पर यह बतलाया है कि स्टर्नवर्ग द्वारा बतलाये बुद्धि अर्थात् संज्ञानात्मक तत्त्वों/घटकों के आधार पर कुछ पूर्वकथन करने के पहले उनकी वैधता की जाँच आवश्यक है।

इन आलोचनाओं/परिसीमाओं के बावजूद स्टर्नवर्ग का सिद्धान्त काफी महत्त्वपूर्ण है तथा इसका शोध मूल्य काफी है।

3. बुद्धि का पास सिद्धान्त *(PASS Theory of Intelligence)*

बुद्धि का पास सिद्धान्त (PASS theory) सूचना संसाधन ढाँचा (information processing framework) के तहत बुद्धि का एक आधुनिक सिद्धान्त (modern theory) है जिसमें न्यूरोमनोवैज्ञानिक (neuropsychological), संज्ञानात्मक (cognitive) तथा मनोमितिकी उपागमों (psychometric approaches) का एक अनोखा संगम दिखलाया गया है। बुद्धि का यह सिद्धान्त लूरिया (Luria) द्वारा घायल मस्तिष्क वाले सैनिकों के वैयक्तिक केस अध्ययनों एवं नैदानिक प्रेक्षणों (clinical observations) के आधार पर मस्तिष्क की संरचनाओं (structures) का किया गया विश्लेषण (analysis) पर आधारित है और इसके प्रतिपादन में जे॰पी॰दास (J. P. Das) तथा उनके सहयोगियों नागलिरी एवं किंवाय (Naglieri & Kirby, 1994) की भूमिका सर्वाधिक है। इस सिद्धान्त को सूचना

1. Contextual intelligence is defined as, "mental activity involved in purposive adaptation to shaping of, and selection of real world environments relavant to one's life."

—Sternberg : *Intelligence Applied*, 1984, p. 33

संसाधन सिद्धान्त (information processing theory) कहा जाता है क्योंकि इसमें उन प्रक्रमों (mechanisms) पर बल डाला जाता है जिसके माध्यम से सूचनाओं का विश्लेषण होता है। फलतः यह एक क्षमता (ability) के समान स्थिर (static) नहीं होता है।

पास मॉडल के अनुसार व्यक्ति को अपने ज्ञानेन्द्रियों द्वारा सूचनाएँ मिलतीं हैं तथा जब इन संवेदी सूचनाओं का विश्लेषण किया जाता है, तो केन्द्रीय संसाधन (central processes) की प्रक्रिया सक्रिय हो जातीं हैं। इस केन्द्रीय संसाधन प्रक्रम (mechanism) के चार तत्त्व (four components) हैं जिनके पहले अक्षरों को मिलाकर इस मॉडल को पास मॉडल की संज्ञा दी गयी है। वे चार तत्त्व निम्नांकित हैंः—

(i) योजना (Planning or P)
(ii) अवधान-उत्तेजन (Attention-Arousal or A)
(iii) समकालिक (Simultaneous or S)
(iv) आनुक्रमिक (Successive or S)

संक्षेप में बुद्धि का यह मॉडल योजना (Planning), अवधान-उत्तेजन (Attention-Arousal or A), समकालिक संज्ञानात्मक प्रक्रिया (Simultaneous cognitive processing or S) एवं अनुक्रमिक संज्ञानात्मक प्रक्रिया (Successive cognitive process) जैसे चार तत्त्वों का प्रतिफल माना गया है। लूरिया ने मानव संज्ञानात्मक प्रक्रियाओं को तीन प्रकार्यात्मक इकाइयों (functional units) के ढाँचे के भीतर वर्णन किया है। पहली इकाई का कार्य प्रमस्तिष्कीय उत्तेजन (cortical arousal) तथा अवधान (attention) हैं, दूसरी इकाई द्वारा उन सूचनाओं को संसाधित किया जाता है जिसमें समकालिक एवं अनुक्रमिक प्रक्रियाओं का उपयोग किया जाता है तथा तीसरी इकाई वह है जिसके द्वारा संज्ञानात्मक क्रियाओं का नियोजन (planning), आत्म-मॉनिटरिंग (self-monitoring) तथा उन्हें संरचित (structuring) किया जाता है। पास मॉडल के अनुसार तीनों प्रकार्यात्मक इकाइयों (functional units) के भीतर होने वाले संज्ञानात्मक प्रक्रियाओं (cognitive processes) द्वारा ही अन्य सभी प्रकार के संज्ञानात्मक कार्य किये जाते हैं।

पहला प्रकार्यात्मक इकाई जो अवधान-उत्तेजन (attention arousal) है, मस्तिष्कीय स्तंभ (brain stem) तथा रेटिकुलर फॉरमेशन तंत्र में अवस्थित होता है। इस इकाई द्वारा मस्तिष्क उचित उत्तेजन एंव चयनात्मक अवधान (selective attention) का एक खास स्तर बनाकर रख पाता है। इस संज्ञानात्मक प्रक्रिया का महत्त्व यह है कि जब तक व्यक्ति पर्याप्त ढंग से उत्तेजित नहीं होता है और ध्यान पर्याप्त ढंग से केन्द्रित नहीं कर पाता है, तो वह दूसरी तथा तीसरी इकाइयों के तहत होने वाले प्रक्रियाओं को ठीक ढंग से उपयोग नहीं कर पाता है।

लूरिया द्वारा दूसरी कार्यात्मक इकाई का वर्णन सेकेनोभ (Sechenov) के कार्य पर आधारित है। दूसरी कार्यात्मक इकाई की प्रक्रिया समकालिक (simultaneous) एवं आनुक्रमिक (successive) प्रक्रियाओं के द्वारा सूचनाओं को प्राप्त करता है तथा विश्लेषित करता है। लूरिया (Luria, 1966) के अनुसार समकालिक प्रक्रिया मस्तिष्क के दृष्टि भित्तीय क्षेत्र (occipital parietal area) से सम्बद्ध होता है तथा इसका प्रमुख कार्य सूचनाओं का एक तत्त्व से दूसरे तत्त्व के साथ के सम्बन्ध को ठीक से संसाधित करना है। आनुक्रमिक प्रक्रिया मस्तिष्क के अग्रशंखपालि क्षेत्र (fronto-temporal area) से सम्बन्द्ध है और इसमें मूलतः उद्दीपकों को एक विशिष्ट क्रमिक व्यवस्था (serial order) में सुसज्जित किया जाता है जहाँ प्रत्येक तत्त्व दूसरे तत्त्व से सम्बन्द्ध होता है। जैसे, भाषा संसाधन (language processing) में कूटानुवादन (decoding), वाक्य रचना (syntax) तथा संभाषण उच्चारण (speech articulation) आदि सभी की जरूरत पड़ती है जो आनुक्रमिक प्रक्रियाओं (successive processes) का उदाहरण हैं।

तीसरी कार्यात्मक इकाई मस्तिष्क के प्राक्अग्र (prefrontal) एवं अग्र (frontal) क्षेत्रों में अवस्थित होता है। मस्तिष्क का अग्रक्षेत्र बाह्य (external) पर्यावरण के बारे में प्राप्त सूचनाओं को संगठित करता है और एक ऐसा साधन (means) के रूप में कार्य करता है जिसके द्वारा प्राणी का व्यवहार अपने कार्यों द्वारा उत्पन्न प्रभाव के अनुरूप नियमित होता है। इस इकाई में नियोजन (planning) जैसी प्रक्रिया सम्मिलित होती है जिसमें व्यवहारों के नियमन तथा कार्यक्रम (programming) से सम्बन्द्ध पहलू पर विचार किया जाता है तथा यह कुछ प्रमुख व्यवहार जैसे प्रश्नों को पूछना, समस्या समाधान एवं आत्म-मॉनीटरिंग (self-monitoring) आदि के लिए मूलरूप से उत्तरदायी होते हैं।

इसके अतिरिक्त तीसरी इकाई में ऐच्छिक क्रियाओं (voluntary activity) का नियमन, आवेग नियंत्रण (impulse control) एवं विभिन्न तरह के भाषाई कौशल (linguistic skills) अर्थात् स्वतः वार्तालाप (spontaneous conversation) आदि भी सम्मिलित होता है। इस तरह से जे॰पी॰ दास (J. P. Das, 1980) के अनुसार तीसरी कार्यात्मक इकाई मानव व्यवहार के सबसे जटिल पहलू अर्थात् व्यक्तित्व एवं चेतना (consciousness) की व्याख्या करता है। नियोजन (planning) स्पष्टतः अग्र पालि (frontal lobe) से साहचर्यित होता है और यह क्षेत्र मस्तिष्क के अन्य भागों यथा भित्तीय (parietal) शंख (temporal) एवं दृष्टि (occipital) क्षेत्रों से सम्बन्द्ध होता है जो सूचना कूटसंकेतन (information coding) अर्थात् समकालिक एवं आनुक्रमिक संसाधन का कार्य करता है। यह क्षेत्र मस्तिष्क के उपकार्टिकल क्षेत्र (subcortical areas) से भी सम्बद्ध होता है जो गत अनुभूतियों के आधार पर विभिन्न परिस्थितियों के प्रति भावात्मक प्रतिक्रियाओं (affective reactions) एवं उत्तेजन के स्तर को निर्धारित करता है। इस पास मॉडल के अनुसार यदि व्यक्ति के लिये कोई सम्बन्ध (connection) की खोज की जाती है, तो इसका साहचर्य सम्भवतः अग्रपालि (frontal lobe) तथा लिम्बिक तंत्र (limbic system) से नजदीक होता है। बेकर-सेनट्ट एवं उनके सहयोगियों (Baker-Sennett et al., 1993) के अनुसार अग्रपालि की परिपक्वता 4 और 5 साल की आयु में पूर्ण होता है और इनका कार्य सामाजिक संस्कृतिक प्रभावों तथा वैयक्तिक अनुभूतियों से निर्धारित होता है। अतः यह निश्चित रूप से कहा जा सकता है कि नियोजन (planning) द्वारा एक तरफ अभिप्रेरण एवं व्यक्तित्व के बीच एक महत्त्वपूर्ण कड़ी जुड़ती है तो दूसरे तरफ संज्ञानात्मक क्रियाओं (cognitive activities) के बीच भी एक नयी कड़ी उत्पन्न होती है।

पास मॉडल में नियोजन को एक कार्यात्मक तंत्र (functional system) के रूप में समझा जाता है जो बहुत हद तक क्रिया (activity) के समान होता है। एक क्रिया के ही समान, नियोजन लक्ष्य निर्देशित (goal-directed) होता है। परिणामतः जब लक्ष्य में परिवर्तन होता है तो नियोजन में भी परिवर्तन होता है। एक क्रिया के रूप में नियोजन का निर्धारण स्थानीय लक्ष्यों (local goal) से होता है तथा साथ-ही-साथ इसका निर्धारण व्यक्ति के अभिप्रेरण को अतितोरित (overarching) करके भी किया जाता है।

पास मॉडल में अभी हाल में एक नया तत्त्व अर्थात् *ज्ञान आधार* (knowledge base) को भी जोड़ा गया है। सचमुच में ज्ञान आधार पास मॉडल का एक अभिन्न तत्त्व माना गया है जिसमें सभी संज्ञानात्मक प्रक्रियाएँ सम्मिलित होतीं हैं। पास मॉडल में ज्ञान आधार का उद्देश्य व्यक्ति के सांस्कृतिक एवं सामाजिक पृष्ठभूमि से उत्पन्न सभी तरह के सूचनाओं का प्रतिनिधित्व करना होता है क्योंकि इससे मानसिक क्रियाओं (mental activities) के प्रारूप का निर्धारण होता है। बच्चों द्वारा अनुभूतियों को कूटसंकेतिक करने, सामान्यीकृत करने तथा विश्लेषित करने में भाषा का उपयोग ज्ञान आधार का उत्तम उदाहरण है क्योंकि उपयुक्त सामाजिक जिंदगी (social life) से अलग हटकर मानसिक प्रक्रियाओं (mental porcesses) का विकास सम्भव नहीं है। लूरिया ने इन मानसिक प्रक्रियाओं के विकास में सामाजिक अंतःक्रियाओं (social interactions) को महत्त्वपूर्ण बतलाया है।

जहाँ तक भारतीय परिपेक्ष्य में पास मॉडल पर शोध की स्थिति का प्रश्न हैं, यह स्पष्ट हुआ है कि समकालिक प्रक्रिया (simultaneons processing) चर पियाजे (Piaget) के ठोस संक्रिया (concrete operation) से सम्बंद्धित होता है। इस तथ्य की संपुष्टि दो अध्ययनों अर्थात् यू॰एन॰ दास एवं दास (U. N Dass & Dass, 1984) तथा यू॰ एन॰दास, पुहन तथा महापात्रा (U. N. Dass, Puhan & Mahapatra, 1985) के अध्ययनों से हुआ है। पहले अध्ययन में यह पाया गया कि पास कार्य (PASS tasks) के समान ही ठोस संक्रिया (concrete operations) 4 से 12 साल की आयु तक उन्नत होते गयी। इतना ही नहीं, ठोस संक्रिया कार्य निष्पादन (concrete operational task performances) तथा समकालिक कार्य निष्पादन (simultaneous task performance) धनात्मक रूप से सम्बन्धित पाये गये। दूसरे अध्ययन में पियाजियन कार्य (Piagetian task) तो समकालिक कार्य निष्पादन से सार्थक रूप से सम्बन्धित पाये गए परन्तु आनुक्रमिक कार्य निष्पादन (successive task performance) से साहर्चित नहीं पाये गए। पास मॉडल का 'योजना' (planning) तत्त्व का भी अध्ययन कर तथा उनके सहयोगियों (Kar et al., 1993) ने किया और यह बतलाया कि बच्चों के योजना क्षमता को उन्नत बनाने में गत्यात्मक मूल्यांकन विधि (dynamic assessment procedure) काफी लाभदायक होता है। इस विधि में बच्चों को आरम्भिक परीक्षण सूत्र के बाद समस्या समाधान में अपनाये गये उपायों को शब्दों द्वारा व्यक्त करने के लिए कहा गया और उसके बाद फिर से

दूसरा परीक्षण सत्र दिया गया। जो लोग अन्य योजना कार्यों (planning tasks) में सापेक्ष रूप से अधिक उत्तम थे, वे शब्दों की इस अभिव्यक्ति से उन प्रयोज्यों की अपेक्षा जो इन कार्यों में उत्तम नहीं थे, अधिक लाभान्वित हुए।

बुद्धि के इस पास सिद्धान्त के कुछ प्रमुख लाभ इस प्रकार हैं:—

(i) इस मॉडल के आधार पर कुछ लोगों द्वारा वैसे बुद्धि परीक्षणों का निर्माण कर पाना सम्भव हो पाया है जिसमें बुद्धि को संज्ञानात्मक प्रक्रियाओं का एक सेट समझा जाता है।

(ii) इस मॉडल में स्पष्टतः इस बिन्दु पर भी विचार-विमर्श किया गया है कि बुद्धि में कौन-कौन संज्ञानात्मक प्रक्रियाएँ (cognitive processes) सम्मिलित हैं।

(iii) यह मॉडल व्यक्ति की कठिनाइयों को संसाधित करने में उपचारीय भूमिका निभाने में भी मदद करता है।

4. गोलमैन का सिद्धान्त *(Theory of Goleman)*

सांवेगिक बुद्धि (emotional intelligence) जैसे पद का प्रतिपादन यद्यपि सैलोभी तथा मेयर (Salovey & Mayer, 1970) ने किया, इसकी वैज्ञानिक एवं सैद्धान्तिक व्याख्या गोलमैन (Goleman, 1998) द्वारा की गयी है। गोलमैन ने इस सम्प्रत्यय की व्याख्या अपने बहुचर्चित पुस्तक *'इमोशनल इन्टेलिजेन्सः ह्वाई इट कैन मैटर मोर देन आई क्यू'* (Emotional Intelligence : Why It Can Matter More than IQ ?) में किया जिसमें उन्होंने स्पष्टतः यह दावा किया कि व्यक्ति की जिन्दगी में जो सफलताएँ मिलतीं हैं उनका 20 प्रतिशत ही बुद्धि लब्धि (intelligence quotient) के कारण होता है और बाकी 80% सफलता का कारण सांवेगिक बुद्धि (emotional intelligence or EQ) होता है।

गोलमैन (Goleman, 1994) के अनुसार सांवेगिक बुद्धि को परिभाषित करते हुए यह कहा है कि यह दूसरों एवं स्वयं अपने के भावों को पहचानने की क्षमता तथा अपने आप को अभिप्रेरित करने एवं अपने तथा अपने सम्बन्धों में संवेग को प्रबंधित करने की क्षमता है। इनका विचार था कि बुद्धि लब्धि द्वारा मापे गये क्षमताओं से भिन्न क्षमताओं का मापन सांवेगिक बुद्धि द्वारा अवश्य होता है परन्तु वे उसके विरोधी नहीं होकर पूरक (supplementary) होते हैं। गोलमैन ने अपने बुद्धि के सिद्धान्त में सांवेगिक क्षमताओं (emotional competencies) के सेट का भी वर्णन किया है जो व्यक्तियों को एक-दूसरे से भिन्न करता है। ऐसी सांवेगिक क्षमताओं के चार समूह हैं:—

(i) आत्म-अवगतता *(self-awareness)*—इसमें अपने संवेगों की शक्तियों (strengths) एवं कमजोरियों (weaknesses) को समझने की क्षमता सम्मिलित होती है।

(ii) आत्म-प्रबंधन *(self-management)*—इसमें अपने अभिप्रेरणों (motives) को प्रबंधित करने तथा व्यवहारों को नियमित करने की क्षमता सम्मिलित होती है।

(iii) सामाजिक चेतना *(social awareness)*—इसमें दूसरे लोग क्या कह रहे हैं या अनुभव कर रहे हैं और क्यों कह रहे हैं और वैसा अनुभव कर रहे हैं, को समझने की क्षमता सम्मिलित होती है।

(iv) सामाजिक कौशल *(social skill)*—इसमें इस ढंग से व्यवहार करने की क्षमता सम्मिलित होती है जिसके माध्यम से व्यक्ति दूसरों से वांछित परिणाम प्राप्त करने में सफल होता है और इस तरह वह व्यक्तिगत लक्ष्यों की प्राप्ति कर लेता है।

गोलमैन ने अपने सिद्धान्त में यह भी स्पष्ट किया है कि ये सांवेगिक क्षमताएँ व्यक्ति को अपनी जिंदगी के भिन्न-भिन्न क्षेत्रों में सफलता प्राप्त करने में काफी मदद करती हैं। शायद यही कारण है कि गोलमैन ने अपने सांवेगिक बुद्धि के इस मॉडल को *'निष्पादन का सिद्धान्त'* (theroy of performance) कहकर पुकारना अधिक पसंद किया है।

गोलमैन के इस सिद्धान्त की सबसे बड़ी परिसीमा (limitation) यह बतलाया गया है कि दुनिया को इन्होंने यह अब तक नहीं बतला पाये हैं कि सांवेगिक क्षमता या सामर्थ्यता (emotional competency) तथा सांवेगिक व्यक्तित्व शीलगुणों (emotional personality traits) में क्या अन्तर है? इस परिसीमा के बावजूद गोलमैन ने संसार के मनोवैज्ञानिकों से यह निश्चित रूप से प्रार्थना किया है कि सांवेगिक बुद्धि की परिभाषा का सम्प्रत्यात्मक वैधता (construct validity) ज्ञात करने के लिए मौलिक शोध (original research) करें ताकि इससे सम्बन्द्ध संभ्रांति (confusion) यदि कुछ हो, तो दूर हो जाए।

5. जेन्सन का सिद्धान्त (*Theory of Jenson*)

अर्थर जेन्सन (Arthur Jenson, 1969-70) ने बुद्धि के एक ऐसे सिद्धान्त का प्रतिपादन किया है जिसमें यह बतलाया गया है कि बुद्धि में दो तरह की क्षमताएँ (abilities) सम्मिलित होतीं हैं—*साहचर्यात्मक क्षमता* (associative abilities) तथा *संज्ञानात्मक क्षमता* (cognitive abilities) या *अमूर्त्त क्षमता* (abstract abilities)।

साहचर्यात्मक क्षमता से तात्पर्य उन क्षमताओं से होता है जो व्यक्ति को उद्दीपक (stimulus) एवं घटनाओं को सम्बन्धित करने में मदद करता है। इस तरह की क्षमता में तर्कणा (reasoning) या रूपांतरण (transformation) की जरूरत काफी कम पड़ती है। जिन प्रश्नों के माध्यम से साहचर्यात्मक क्षमताओं का मापन होता है, उनमें दिये गए अंकों के क्रम को अपने स्मृति से दोहराना, या भारत के सुप्रीम कोर्ट के प्रथम मुख्य न्यायमूर्ति के नाम को बतलाना आदि जैसा कार्य सम्मिलित होता है। साहचर्यात्मक क्षमता *वेक्सलर वयस्क बुद्धि परीक्षण* (Wechsler Adult Intelligence Scale or WAIS) के अंक विस्तार परीक्षण (disit span test) द्वारा आसानी से मापा जाता है। जेन्सन ने अपने सिद्धान्त में यह भी बतलाया है कि साहचर्यात्मक क्षमता का सम्बन्ध जैविक परिपक्वता (biological maturation) से होता है और विभिन्न सामाजिक वर्गों एवं प्रजातियों में ऐसी परिपक्वता न के बराबर भिन्न होता है। ऐसी साहचर्यात्मक क्षमता में कई तरह की क्षमताएँ यथा संकेत सीखना (signal learning), उद्दीपक-अनुक्रिया सीखना (stimulus-response learning) शृंखला (chaining) तथा शाब्दिक साहचर्य (verbal association) आदि सम्मिलित होते हैं।

संज्ञानात्मक क्षमता (cognitive ability) में उन क्षमताओं को सम्मिलित किया गया जिनका सम्बन्ध तर्कणा (reasoning) एवं समस्या समाधान (problem solving) से होता है। शब्द समस्याओं (word problems) का समाधान करना तथा नये संप्रत्ययों एवं शब्दों को परिभाषित करना संज्ञानात्मक क्षमता कार्य के कुछ उदहारण हैं। ऐसी संज्ञानात्मक क्षमताओं का मापन वेक्सलर वयस्क बुद्धि परिक्षण के बोध परीक्षण (comprehension test), अंकगणितीय परीक्षण (arithmatic test), ब्लॉक डिजाइन परीक्षण (Block Design test) तथा वस्तु सज्जीकरण परीक्षण (object assembly test) आदि द्वारा किया जाता है। संज्ञानात्मक क्षमता व्यक्ति की शिक्षा एवं संस्कृति (culture) पर आधारित होती है और सामाजिक वर्गों एवं प्रजातियों के बीच प्रेक्षित अंतर के लिए उत्तरदायी होता है।

सचमुच में जेन्सन द्वारा अभिव्यक्त विचारधारा को मनोवैज्ञानिक कोई बिलकुल ही नया विचारधारा नहीं मानते हैं, यहाँ तक कि परीक्षण आन्दोलनों (testing movement) के जो संस्थापक हैं, वे भी यह मानते हैं कि बुद्धि में विभिन्न तरह के क्षमताएँ सम्मिलित होतीं हैं। सचमुच में जेन्सन के सिद्धान्त में जो कुछ नयी बात है, वह यह है कि बुद्धि की ये दोनों तरह की क्षमताएँ अर्थात् साहचर्यात्मक क्षमता तथा संज्ञानात्मक क्षमता *जन्मजात* (inherited) होते हैं। 1969 में जेन्सन ने एक शोध पत्र (research article) प्रकाशित किया जिसमें उन्होंने यह तर्क प्रस्तुत किया था कि विभिन्न प्रजातीय समूहों (racial groups) में बुद्धि लब्धि परीक्षण प्राप्ताकों के बीच होने वाली विभिन्नताओं (variation) का 80% मात्र आनुवंशिकता (heredity) के कारण होता है। जेन्सन का यह शोध पत्र जो बुद्धि की आनुवंशिकता (heritability) तथा बुद्धि एवं प्रगति के बीच के सम्बन्ध के बारे में है, मनोवैज्ञानिकों के बीच तीव्र वाद-विवाद उत्पन्न कर दिया। अगले दो दशकों में यह वाद-विवाद थोड़ा थम गया परन्तु फिर 1994 में हेर्रेनस्टीन तथा मर्रे (Herrenstein & Murray, 1994) द्वारा जब मशहूर पुस्तक जिसका शीर्षक *'दी वेल कर्भ'* (The Bell Curve) था, का प्रकाशन हुआ तो यह विवाद फिर से जीवित हो गया क्योंकि इसमें इन लोगों ने मूलतः यह तर्क दिया था कि बुद्धि अधिकांशतः (60%) जन्मजात ही होता है और भिन्न-भिन्न लोग में बौद्धिक क्षमता के भिन्न-भिन्न स्तर जन्म से ही होते हैं तथा बुद्धि का स्तर विभिन्न प्रजाति समूहों में भिन्न-भिन्न होते हैं।

निष्कर्षतः यह कहा जा सकता है कि जेन्सन ने अपने सिद्धान्त में बुद्धि में दो तरह की क्षमताओं अर्थात् साहचर्यात्मक क्षमता (associative abilities) तथा संज्ञानात्मक क्षमता (cognitive abilities) को सम्मिलित होते कहा है। ये दोनों तरह की क्षमताओं में अनुवंशिकता (heredity) की भूमिका अहम् होती है अर्थात् बुद्धि का परीक्षण प्राप्तांकों के बीच होने वाली विभिन्नताओं का 80% मात्र आनुवंशिकता (heredity) के ही कारण होता है।

बुद्धि के सिद्धान्तों के बारे में सामान्य निष्कर्ष (General Conclusions Regarding Theories of Intelligence)

बुद्धि के विभिन्न सिद्धान्तों को ऊपर में दो श्रेणियों (categories) में बाँटकर प्रस्तुत किया गया है—कारक सिद्धान्त (Factor theories) तथा प्रक्रिया-उन्मुखी सिद्धान्त (process-oriented theories)। बुद्धि के स्वरूप की व्याख्या करने में यद्यपि इन दोनों तरह के सिद्धान्तों का आधार (base) अलग-अलग है, फिर भी मनोवैज्ञानिकों ने इन दोनों तरह के सिद्धान्तों को एक-दूसरे का विरोधी नहीं बल्कि पूरक (supplementary) माना है। कारक सिद्धान्त जैसे थर्स्टन का प्रधान मानसिक क्षमता (primary mental abilities) द्वारा बुद्धि के खास-खास क्षेत्र में व्यक्ति कितना मजबूत या कमजोर है, यह पता चल जाता है। उदाहरणस्वरूप, इन क्षमताओं के आधार पर यह आसानी से पता चल जाता है कि एक व्यक्ति शब्द-प्रवाह (word fluency) तथा शाब्दिक बोध (verbal comprehension) में बहुत मजबूत हैं परन्तु तर्क या विवेचना (reasoning) में बहुत कमजोर हैं। इतना ज्ञात हो जाने के बाद यदि कोई मनोवैज्ञानिक प्रक्रिया-उन्मुखी सिद्धान्त (process-oriented theories) का सहारा लेकर आगे उसका विश्लेषण करता है तो उसे स्पष्ट रूप से यह पता चल जायेगा कि व्यक्ति में विभिन्न घटकों (components) में से कौन-कौन से घटक (component) की कमी के कारण व्यक्ति की तर्कणा या विवेचना की शक्ति कमजोर पड़ रही है और किस-किस घटक की अधिकता के कारण उसका शाब्दिक बोध (verbal comperhension) अधिक मजबूत हो रहा है। इससे स्पष्ट हो जाता है कि कारक सिद्धान्त (Factor theories) तथा प्रक्रिया उन्मुखी सिद्धान्त (Process-oriented theories) एक-दूसरे के पूरक हैं।

बुद्धि में वैयक्तिक विभिन्नता : आनुवंशिकता-वातावरण विवाद (Individual Difference in Intelligence : Heredity-Environment Controversy)

बुद्धि में वैयक्तिक भिन्नता (individual difference) पायी जाती है। दूसरे शब्दों में, एक व्यक्ति की बुद्धि दूसरे व्यक्ति की बुद्धि से भिन्न होती है। इस भिन्नता के दो प्रमुख कारण हैं—आनुवंशिकता (heredity) तथा वातावरण। यहाँ तक तो मनोवैज्ञानिकों के बीच कोई मतभेद नहीं हैं। परन्तु जब प्रश्न यह उठाया जाता है कि इस विभिन्नता में कितनी आनुवंशिकता (heredity) का योगदान (contribution) है तथा कितना वातावरण (enviornment) का योगदान है, तो मनोवैज्ञानिकों के बीच काफी मतभेद उत्पन्न हो गया है। दोनों के पक्ष में प्रयोगात्मक सबूत हैं। पहले इस सबूतों पर विचार कर लिया जाय, तब हम अन्तिम निष्कर्ष की ओर बढ़ेंगे।

1. आनुवंशिकता के पक्ष में सबूत *(Evidences in favour fo heredity)*—बुद्धि में आनुवंशिकता (heredity) के महत्त्व को दिखलाने के लिए मनोवैज्ञानिकों ने कई तरह के सबूत प्रदान किये हैं। इन सबूतों में यह दिखलाया गया है कि बुद्धि जीन्स (genes) द्वारा ही प्रभावित होता है। इन सभी सबूतों को निम्नांकित पाँच भागों में बाँटकर प्रस्तुत किया जा सकता है—

(i) कुछ मनोवैज्ञानिकों ने भिन्न-भिन्न परिवार के बच्चों को जन्म के तुरन्त बाद से लेकर उन्हें एक ही वातावरण में रखकर पोष्य माता-पिता (foster parents) द्वारा पालन-पोषण कई वर्षों तक करवाया। इसमें बाद इन बच्चों की बुद्धि, इनके पोष्य माता-पिता (foster parents) की बुद्धि तथा वास्तविक माता-पिता (real parents) के बुद्धि की माप की गयी। परिणाम में देखा गया है कि ऐसे सभी बच्चों की बुद्धि एक-दूसरे से भिन्न (different) थी यद्यपि उन्हें समान वातावरण में रखा गया था। ऐसा इसलिए हुआ क्योंकि इन बच्चों की आनुवंशिकता अलग-अलग थी। यदि वातावरण सचमुच में अधिक प्रभावकारी होता तो इन सभी बच्चों की बुद्धि एक समान होती क्योंकि उन्हें समान वातावरण में रखा गया था। इस तरह का अध्ययन बर्ट (Burt, 1955, 1966) तथा शिल्ड्स (Shields, 1962) द्वारा किया गया। इतना ही नहीं, इन अध्ययनों से आनुवंशिकता के समर्थन में एक दूसरा तथ्य भी मिलता है। ऐसे बच्चों की बुद्धि अपने वास्तविक माता-पिता की बुद्धि से काफी समान (similar) थी। स्कार्र (Scarr, 1981) ने भी अपने अध्ययन के आधार पर इस समानता की पुष्टि की हैं। वास्तविक माता-पिता की बुद्धि तथा उनके बच्चों की बुद्धि के बीच सहसम्बन्ध गुणांक (correlation co-efficient).50 था जबकि पोष्य माता-पिता (foster parents) की बुद्धि तथा उनके द्वारा पाले-पोसे गये बच्चों की बुद्धि के बीच सहसम्बन्ध गुणांक .25 था। इससे साबित होता है कि बुद्धि पर

आनुवंशिकता का प्रभाव अधिक पड़ता है। इस तथ्य का मजबूत प्रयोगात्मक समर्थन अभी प्लोमिन तथा उनके सहयोगियों (Plomin et al; 1997) द्वारा क्रिये गये अध्ययनों से भी हुआ है। यह अध्ययन जो *कोलोराडो दत्तक ग्रहण प्रोजेक्ट* (Colorado Adoption Project) के नाम से अधिक मशहूर है, में 245 बच्चों को सम्मिलित किया गया जिनकी माताएँ जन्म के कुछ ही दिन अर्थात् 29-30 दिनों के बाद उन्हें दत्तक ग्रहण के लिए छोड़ गए थे। जब वे 1, 2, 3, 4, 7, 10, 12 एवं 16 वर्ष के हुए, तो उनकी बुद्धि की माप की गयी। इसके अतिरिक्त इन्हीं समय अंतरालों पर इनके जैविक माता-पिता एवं दत्तकी माता-पिता (adoptive parents) की बुद्धि की माप की गयी। परिणाम में यह देखा गया क्रि समय बीतने पर इन बच्चों की बुद्धि तथा इनके जैविक माता-पिता की बुद्धि में सहसम्बन्ध (correlation) बढ़ता गया और दूसरे तरफ इन बच्चों की बुद्धि तथा उनके दत्तक माता-पिता के बुद्धि के बीच सहसम्बन्ध समय बीतने पर कमता गया। इस अध्ययन के आधार पर यह स्पष्ट हो जाता है कि बुद्धि में आनुवंशिकता की भूमिका है।

(ii) बुद्धि में जननिक कारकों की भूमिका का समर्थन अभी हाल के कुछ ऐसे अध्ययनों से हुआ है जिसमें शोधकर्त्ताओं जैसे रूट्टर तथा प्लोमिन (Rutter & Plomin, 1997) एवं शेरमैन एवं उनके सहयोगियों (Sherman et al; 1997) द्वारा कुछ ऐसे जीन्स (genes) की पहचान की गयी है जो बुद्धि को प्रभावित करते हैं। इन अध्ययनों में गुणात्मक शीलगुण लोकी (Qualitative Trait Loci or QTLS) की विधि को अपनाकर इन जीन्स की पहचान करने की कोशिश की गयी है जिनके प्रभाव तो निश्चित रूप से कम होते हैं तथा जीवसंख्या (population) में कुछ गुणों के होने की सम्भावना को प्रभावित करते हैं। इस विधि पर आधृत शोध लोगों को यह दिखाने में सक्षम हुआ है कि निश्चित रूप से कुछ ऐसे जीन्स हैं जो उच्च बुद्धि के साथ साहचर्यित होते हैं। कोरनी तथा उनके सहयोगियों (Chorney et al; 1998) ने दो ऐसे समूहों की तुलना किया जिसमें एक समूह का औसत बुद्धि लब्धि 160 से ऊपर था दूसरे समूह का औसत बुद्धि लब्धि लगभग 100 था। इनलोगों द्वारा इस अध्ययन के परिणाम में पाया गया कि बहुत उच्च बुद्धि लब्धि वाले व्यक्तियों में कुछ ऐसे विशिष्ट जीन्स (specific genes) पायी गए जो औसत बुद्धि के व्यक्तियों में नही थे। उच्च बुद्धि लब्धि वाले समूह के करीब 34% व्यक्तियों में इस तरह का जीन्स पाया गया जबकि औसत बुद्धि लब्धि वाले समूह के मात्र 17% व्यक्तियों में ही इस तरह का जीन्स पाया गया। शोधकर्त्ताओं ने यहाँ स्पष्ट रूप से यह बतलाया कि ऐसे जीन्स का प्रभाव निश्चित रूप से कम था और सामान्य बुद्धि में होने वाले अन्तरों का मात्र 2% ही इसके कारण होते पाया गया। अतः इस अध्ययन के आधार पर शोधकर्त्ताओं ने यह बतलाया कि बहुत सारे भिन्न-भिन्न जीन्स एक साथ मिलकर एक निश्चित भूमिका निभाते हैं और बुद्धि स्तर का कम या अधिक होना इन सभी जीन्स के संयोजित प्रभाव (combined effect) के कारण होता है।

(iii) कुछ मनोवैज्ञानिकों ने एकांडी जुड़वाँ बच्चों (identical twin children) के बुद्धि की समानता (similarity) की तुलना भ्रात्रीय जुड़वाँ बच्चों (fraternal twin children) के बुद्धि की समानता से की है। जैसा कि हम जानते हैं कि एकांडी-जुड़वाँ बच्चों में आनुवंशिकता की समानता 100% होती है परन्तु भ्रात्रीय जुड़वाँ बच्चों में आनुवंशिकता की समानता औसत रूप से 50% होती है। अगर बुद्धि जीन्स (genes) द्वारा प्रभावित होती है तो एकांड़ी-जुड़वाँ बच्चों की बुद्धि में भ्रात्रीय जुड़वाँ बच्चों की बुद्धि से अधिक समानता (similarity) होनी चाहिए। स्कार्र (Scarr, 1981) करीब 20 ऐसे ही अध्ययनों (studies) के परिणामों का अवलोकन कर इस निष्कर्ष पर पहुँचे हैं कि सचमुच में एकांड़ी-जुड़वाँ बच्चों की बुद्धि में .90 का सहसम्बन्ध गुणांक (correlational co-efficient) देखा गया जबकि भ्रात्रीय जुड़वाँ बच्चों की बुद्धि में .55 का सहसम्बन्ध गुणांक देखा गया। इस अध्ययन से स्पष्टतः इस बात का संकेत मिलता है कि बुद्धि आनुवंशिकता (heredity) से निर्धारित होती है।

(iv) कुछ मनोवैज्ञानिकों ने आनुवंशिकता के पक्ष में तीसरे तरह का सबूत दिया है। इस लोगों ने एकांड़ी-बच्चों (identical twin children) को जन्म के तुरन्त बाद से दो अलग-अलग वातावरण में रखकर उनका पालन-पोषण किया। तुलनात्मक अध्यनन करने के विचार से इन लोगों ने कुछ भ्रात्रीय जुड़वाँ बच्चों (fraternal twin children) को एक ही वातावरण में रखकर पालन-पोषण किया। भिन्न-भिन्न मनोवैज्ञानिकों ने तीन देशों अर्थात् डेनमार्क, इंगलैंड तथा अमेरिका के जुड़वाँ बच्चों के करीब 122 युग्म (pair) पर चार अलग-अलग इस तरह के अध्ययन किये। इन चार अध्ययनों में एकांड़ी जुड़वाँ बच्चों जिन्हें अलग-अलग वातावरण में रखा गया था, की बुद्धि में काफी समानता पायी गयी। इस चार अध्ययनों में सहसम्बन्ध गुणांक (.96, 67, .77 तथा .86) पाया गया जो भ्रात्रीय जुड़वाँ बच्चों (fraternal twin children) जिन्हें एक ही वातावरण में रखकर पाला-पोषा गया था, से काफी अधिक था। इस

परिणाम से स्पष्टतः यह पता चलता है कि बुद्धि पर आनुवंशिकता का प्रभाव अधिक पड़ता है। इन्हीं चार अध्ययनों के परिणाम के आधार पर जेन्सन (Jenson, 1969, 1972) शॉकले (Shockley, 1972) इस निष्कर्ष पर पहुँचे कि आनुवंशिकता (heredity) बुद्धि के निर्धारण में महत्त्वपूर्ण भूमिका निभाती है जबकि वातावरण की भूमिका काफी सीमित है। जेन्सन (Jenson, 1969) के अनुसार बुद्धि की आनुवंशिकता गुणांक (heritability coefficient) .80 है जिसका मतलब हुआ कि करीब बौद्धिक विभिन्नता (intellectual difference) का 80% आनुवंशिकता कारकों पर निर्भर होता है। 20% वातावरण सम्बन्धी कारकों पर निर्भर होता है। इसे मनोवैज्ञानिकों ने *जेन्सन प्राक्कल्पना* (Jenson hypothesis) की संज्ञा दी है। दूसरे शब्दों में, बुद्धि के निर्धारण में आनुवंशिकता का महत्त्व वातावरण से चार गुणा अधिक होता है। शॉकले (Shockely, 1972) का भी ऐसा ही विचार था। हाल ही बोचार्ड तथा उनके सहयोगियों (Bouchard et al; 1990) ने भी एक अध्ययन कर यह दिखलाया कि एकांड़ी जुड़वाँ बच्चों को अलग-अलग वातावरण में पोषने के बावजूद उनके बुद्धिलब्धि में उच्च सहसम्बध होता है।

(v) व्यक्तियों की बुद्धि में अंतर होने का कारण आनुवंशिकता ही है, इसके समर्थन में कुछ मनोवैज्ञानिकों ने चौथे तरह का सबूत भी प्रदान किया है। बोचार्ड तथा मैग्यू (Bouchard & McGeoch, 1981) तथा एर्लेमेयर, किमरलिंग तथा जोईविस (Erlemeyer, Kimerling & Joivis, 1963) ने अध्ययन कर दिखलाया है कि जिन व्यक्तियों में संगोत्रता (kinship) या रिस्तेदारी होती है उनमें बुद्धि लब्धि (Intelligence quotients) में सहसम्बन्ध (correlation) अधिक होता है परन्तु जिनमें ऐसी कोई रिस्तेदारी नहीं होती है, उनकी बुद्धि लब्धि में अधिक समानता नहीं होती है। इन लोगों ने अपने अध्ययन में पाया कि चचेरे, फूफेरे, ममेरे भाई-बहनों के बुद्धि लब्धि सहसम्बन्ध +.15 होता है, अपने भाई-बहनों में यह सहसम्बन्ध बढ़कर +.50 हो जाता है तथा एकांड़ी जुड़वाँ बच्चों में सहसम्बन्ध + .90 तक होता पाया गया है। निसेर तथा उनके सहयोगियों (Neisser et al; 1986) ने भी अपने अध्ययन के आधार पर इस तथ्य की संपुष्टि किया है। इस तरह के परिणाम से निश्चित रूप से इस तथ्य का समर्थन मिलता है कि बुद्धि के निर्धारण में आनुवंशिकता (heredity) की भूमिका अहं होती है।

2. वातावरण के पक्ष में सबूत *(Evidences in favour of environment)*—बुद्धि के विकास में सिर्फ आनुवंशिकता (heredity) का ही हाथ नहीं होता है बल्कि वातावरण जो व्यक्ति के संज्ञानात्मक विकास (cognitive development) को उसके गर्भाधारण (conception) के दिन से ही प्रभावित करता है, निर्धारित करता है। वातावरण-सम्बन्धी कारकों या पर्यावरणी कारकों (environmental factors) को समर्थन देने वाले मनोवैज्ञानिकों का विचार है कि व्यक्ति का जीन्स (genes) तो मात्र बुद्धि की ऊपरी तथा निचली सीमा को निर्धारित करता है परन्तु इन सीमाओं के बीच व्यक्ति की बुद्धि-लब्धि (intelligence quotient) कहाँ पर होगी, इसका निर्धारण तो पर्यावरणी कारकों द्वारा ही होता है। इस विचार को मनोवैज्ञानिकों ने *प्रतिक्रिया प्रसार* (reaction range) कहा है।

मनोवैज्ञानिकों ने जिन पर्यावरणी कारकों (environmental factors) का प्रभाव बुद्धि पर अधिक पड़ते देखा है, उसमें प्रधान हैं—आहार (nutrition), स्वास्थ्य (health), उत्तेजनाओं का स्तर (level of stimulation), घर का सांवेगिक वातावरण (emotional climate), आदि। मनोवैज्ञानिकों द्वारा बुद्धि के निर्धारण में इन पर्यावरणी कारकों के महत्त्व को निम्नांकित दो तरीकों से दिखलाया गया है:—

इन मनोवैज्ञानिकों ने जुड़वाँ बच्चों (twin children) के अध्ययन, जिसके आधार पर बुद्धि के निर्धारण में आनवंशिकता (heredity) के महत्त्व को दिखलाया गया है, को उनके कार्यविधि (methodology) के आधार पर आलोचना किया और उनके निष्कर्ष को स्वीकार नहीं किया है। हिर्स्क (Hirsch, 1970), मैकक्लीलैंड (Mc-Cleland, 1972), गेग (Gage, 1972), कामिन (Kamin, 1974) ने इस बात की तीव्र आलोचना की है कि प्रमुख चार जुड़वाँ अध्ययनों, जिसमें बुद्धि के निर्धारण में जीन्स का अद्वितीय महत्त्व को दिखलाया गया है, की कार्यविधि में अनेक तरह की त्रुटियाँ (errors) थीं। जैसे, प्रत्येक अध्ययन में भिन्न-भिन्न प्रकार की बुद्धि परीक्षणों का प्रयोग किया गया। कुछ अध्ययनों में उसकी जगह शैक्षिक स्तर (educational level) का प्रयोग किया गया था तथा कुछ अध्ययनों में बुद्धि मापने के लिए जिस बुद्धि परीक्षण का प्रयोग किया गया था, वह माननीकृत (standardized) नहीं था। इन त्रुटियों (errors) के कारण कुछ मनोवैज्ञानिकों ने जुड़वाँ बच्चों के अध्ययन से प्राप्त बुद्धि में आनुवंशिकता के महत्त्व को स्वीकार नहीं किया है। फिर इन लोगों ने यह भी बताया है कि जुड़वाँ बच्चें (चाहे वे एकांड़ी (identical) हों या भ्रात्रीय (fraternal) हो) तथा साधारण भाई-बहनों को जब एक ही तरह के वातावरण में रखा गया, तो

उनमें बुद्धि में समानता वैसे जुड़वाँ बच्चों या साधारण भाई-बहन की अपेक्षा अधिक देखी गयी जिन्हें अलग-अलग वातावरण में रखा गया था। इस तरह के निष्कर्ष से यह स्पष्ट रूप से पता चलता है कि वातावरण का भी प्रभाव बुद्धि पर पड़ रहा था।

दूसरा तरीका जिसके आधार पर बुद्धि के निर्धारण में वातावरण के महत्त्व को दिखलाया गया है, उसमें वैसे अध्ययनों को सम्मिलित किया गया है जिसमें कुछ वैसे बच्चों के बुद्धि की माप की गयी है जो गरीबी तथा अनाप्रेरणात्मक वातावरण (unstimulating environment) में पाले-पोसे गये थे। तथा फिर उनकी तुलना उन बच्चों की बुद्धि से की गयी है जो प्रेरणात्मक (simulating), तथा धनी वातावरण में रखकर पाले-पोसे गये थे। रैमे तथा कैम्पबेल (Ramey & Campbell, 1979) तथा स्कील्स (Skeels, 1966) ने इसी तरह का एक अलग-अलग अध्ययन किया है और परिणाम में पाया है कि जिन बच्चों को प्रेरणात्मक तथा धनी वातावरण में रखकर पाला-पोसा गया था, उनकी बुद्धि-लब्धि उन बच्चों की बुद्धि लब्धि (जिन्हें गरीबी तथा अप्रेरणात्मक वातावरण में रखकर पाला-पोषा गया था) की तुलना में अधिक था। इससे यह स्पष्ट प्रमाण मिलता है कि व्यक्ति के बुद्धि पर वातावरण के स्वरूप का भी प्रभाव पड़ता है। अमेरिका में 1965 में राष्ट्रपति जॉनसन (Johnson) के आदेश पर गरीब घर के 2 से 5 साल के बच्चों की बुद्धि में वृद्धि करने के ख्याल से एक विशेष कार्यक्रम चलाया गया। परिणाम में देखा गया कि ऐसे परिवार के जिन बच्चों ने इन कार्यक्रम में भाग लिया था, उनकी बुद्धि-लब्धि में 10 बिन्दु (point) की वृद्धि हो गयी। इस कार्यक्रम के परिणाम से भी वातावरण का बुद्धि पर पड़ने वाला प्रभावकारी महत्त्व स्पष्ट हो जाता है। विसमैन (Weisman, 1966) तथा स्कार्र-सालापेटेक (Scarr-Salapatek, 1971) ने अपने अध्ययनों के आधार पर यह बतलाया है कि प्रतिकूल वातावरण (adverse environment) का सबसे बुरा प्रभाव औसत बुद्धि से ऊपर वाले बच्चों पर अधिक पड़ता है। पर्यावरणी वंचन (environmenntal deprivation) तथा पर्यावरणी स्मृद्धि (envorimental enrichment) से सम्बन्ध कुछ और भी तथ्य हैं जिनसे यह पता चला है कि बुद्धि पर वातावरण का प्रभाव पड़ता है। गौट्टफ्रिड (Gottfried, 1984) ने अपने अध्ययन में पाया कि यदि व्यक्ति की आरम्भिक जिंदगी में कुछ महत्त्वपूर्ण तरह के पर्यावरणी उत्तेजना (environmental stimulution) का अभाव हो जाता है, तो उससे व्यक्ति की बुद्धि में कमी आ जाती है। उसी तरह से समृद्धि (enrichment) के दृष्टिकोण से यह कहा जाता है कि यदि बच्चों को प्रतिबंधित वातावरण से हटाकर अधिक उत्तेजक (stimulating) एवं समृद्ध वातावरण में रखा जाता है, तो उससे व्यक्ति की बुद्धि में वृद्धि हो जाती है। स्कील्स (Skeels, 1938-1966) ने 13 बच्चों को जो सभी लगभग दो साल के थे, एक ऐसे अनाथालय जिसमें उसे कोई बौद्धिक उत्तेजन नहीं मिलता था तथा किसी वयस्क के साथ कोई सम्यर्क नहीं था, को उससे हटाकर ऐसे वातावरण में रखा जहाँ उन्हें पहले से अधिक उत्तेजन एवं सम्पर्क प्राप्त था। कुछ वर्षों के बाद यह देखा गया कि औसतन ऐसे बच्चों की बुद्धि लब्धि 29 बिन्दु बढ़ गया परन्तु जो बच्चे पहले ही वाली परिस्थिति में छोड़ दिये गए थे, उनकी बुद्धि लब्धि औसतन 26 बिन्दु गिर गयी थी।

हाल में भी कुछ ऐसे अध्ययन भी किये गये हैं जिनसे यह पता चलता है कि बुद्धि के निर्धारण में पर्यावरणी कारकों का महत्त्व है। वैक्स एवं ग्रुएन (Wachs & Gruen, 1982) ने अपने अध्ययन में पाया कि जब घर में शोरगुल एवं दुर्व्यवस्था (chaos) का स्तर ऊँचा होता है, तो बच्चों के बुद्धि स्तर में कमी आ जाती है। इसी तरह गौट्टफ्रिड (Gottfried, 1984) ने अपने अध्ययन में पाया कि जब व्यक्ति के जीवन के आरम्भिक समय में पर्यावरणी उत्तेजन की कमी होती है अर्थात् उन पर माता-पिता का ध्यान कम होता है, सफलता के लिए उचित पुरस्कार नहीं दिया जाता है, तथा अन्य विविध क्रियाओं की कमी होती है तो बच्चों की बुद्धि लब्धि में कमी आ जाती है। इन सबों से स्पष्टतः पर्यावरणी कारकों का महत्त्व होने का समर्थन मिलता है।

इसके अलावा कुछ और भी ऐसे सबूत हैं जिनके आधार पर यह कहा जा सकता है कि बुद्धि के निर्धारण में पर्यावरण (environment) की भूमिका होती है। आधुनिक मनोवैज्ञानिकों का मत है कि गत कुछ दशकों (decades) में पूरे संसार में बुद्धि लब्धि में वृद्धि हुई। यह वृद्धि औसतन सभी उम्र स्तरों पर लगभग प्रति दशक 3 बुद्धि लब्धि बिन्दु की हुई हैं। मनोवैज्ञानिकों का अनुमान है कि व्यक्तियों की आनुवंशिकता में तो कोई खास परिवर्तन नहीं हुआ है। फलस्वरूप इस तरह की वृद्धि का कारण पर्यावरणी ही हो सकता है। दूसरे शब्दों में, लोगों के रहन-सहन के स्तर में वृद्धि तथा शैक्षिक अवसर (educational opportunity) की पर्याप्तता को ही बुद्धि में वृद्धि का कारण माना गया है। इस तरह के तथ्य को सबसे पहले फ्लिन्न (Flynn, 1987, 1996) द्वारा अपने अध्ययन के आधार पर दिखलाया गया। अतः इसे *फ्लिन्न प्रभाव* (Flynn effect) की संज्ञा दी गयी।

पर्यावरण के पक्ष में कुछ सबूत वैसे अध्ययनों से भी मिला है जिसमें बुद्धि लाब्ध ,को बढ़ाने के लिए विशेष कार्यक्रम आयोजित किये गए थे। रायसी, डारलिंगटन एवं मर्रे (Royce, Darlington & Murray 1983) ने एक अध्ययन किया जिसमें अलाभान्वित पृष्ठभूमि से चयनित बच्चों के शैक्षिक अनुभवों को सम्वृद्ध करने पर उनके बुद्धि लब्धि प्राप्तांकों में पर्याप्त वृद्धि होते पायी गयी। हालाँकि यह वृद्धि बहुत दिनों तक बनी नहीं रही। कुछ इसी तरह का अध्ययन जिगलर एवं बेरमैन (Zigler & Berman, 1983) ने एक विशेष प्रोजेक्ट जिसे *'प्रोजेक्ट हेड स्टार्ट* (Project Head Start) कहा गया, के तहत प्रारम्भ किया। इस प्रोजेक्ट में अलाभान्वित परिवार से 5 साल के बच्चों का चयन करके उन्हें विशेष बौद्धिक एवं सामाजिक कौशल (social skills) बढ़ाने की प्रशिक्षण दिया गया। परिणाम में देखा गया कि इस तरह के प्रोजेक्ट में भाग लेने वाले बच्चों की बुद्धि लब्धि में उन बच्चों की तुलना में जिन्होंने इस अध्ययन में भाग नहीं लिया था, थोड़ी वृद्धि अवश्य हुई परन्तु फिर इस वृद्धि में कमी हो गयी। इन अध्ययनों से इस तथ्य की सम्पुष्टि होती है कि पर्यावरण को सम्वृद्ध कर देने से बच्चों की बुद्धि लब्धि पर अनुकूल प्रभाव पड़ता है। रामे एवं रामे (Ramey & Ramey, 1998) ने ऐसे प्रोजेक्ट से किये गये पर्यावरणी हस्तक्षेप (environmental intervention) से उत्पन्न होने वाले फायदों पर टिप्पणी करते हुए कहा है कि उनसे बुद्धि में जो बढ़ोत्तरी होती है, वह तभी स्पष्ट रूप से होती है जब निम्नांकित अवस्थाएँ (conditions) उसके साथ होतीं हैं:—

(i) जब इस ढंग का हस्तक्षेप व्यक्ति के आरम्भिक दिनों में हुआ हो और लम्बें समय तक चला हो।

(ii) ऐसा कार्यक्रम गहन हो जिसमें प्रति सप्ताह गृह पर जाने का प्रावधान हो।

(iii) बच्चों को विशेषज्ञों द्वारा प्रत्यक्ष रूप से सीधे अधिगम अनुभूति हो न कि परोक्ष रूप से उनके माता-पिता से उन्हें ऐसा अनुभूति प्राप्त हुआ हो।

(iv) हस्तक्षेप का स्वरूप विस्तृत हो जिसमें बच्चों के विकास के लिए बहुत सारे प्रविधियों को समावेश किया गया हो।

(v) हस्तक्षेप का स्वरूप वैयक्तिक बच्चे (individual child) से सुमेलित हो।

(vi) बच्चों को पर्यावरणी समर्थन जैसे उत्तम स्कूल में दाखिला प्राप्त हो ताकि अधिगम के प्रति बच्चों में धनात्मक मनोवृत्ति उत्पन्न हो।

स्पष्टतः इन कसौटियों के अनुसार पर्यावरणी हस्तक्षेप चलाना एक खर्चीली प्रविधि है, परन्तु तब निश्चित रूप से इनसे बच्चों की बुद्धिलब्धि में बढ़ोत्तरी होगी।

बुद्धि पर पर्यावरणी कारकों के महत्त्व को दिखलाने के लिए उन अध्ययनों से भी सबूत मिलते हैं जो जन्मक्रम (birth order) तथा बुद्धि के बीच के सम्बन्ध को दिखाने के लिए किये गये हैं। जायंस एवं मार्क्स (Zajonc & Markus, 1975) ने स्वयं अध्ययन किये तथा इस क्षेत्र में किये गए कई अध्ययन की समीक्षा भी की। अन्त में, वे इस निष्कर्ष पर पहुँचे कि प्रथम जन्मक्रम वाले बच्चों की बुद्धि दूसरे जन्म क्रम वाले बच्चों की बुद्धि लब्धि से अधिक होती है। इसी तरह से दूसरे जन्मक्रम वाले बच्चों की बुद्धि लब्धि तीसरे जन्म क्रम वाले बच्चों की बुद्धि लब्धि से अधिक होती है और फिर तीसरे की चौथे की अपेक्षा अधिक होती है। इसे चित्र 12.9 में दिखलाया गया है। जन्मक्रम तथा बुद्धि में इस तरह के सम्बन्ध की व्याख्या जायंस

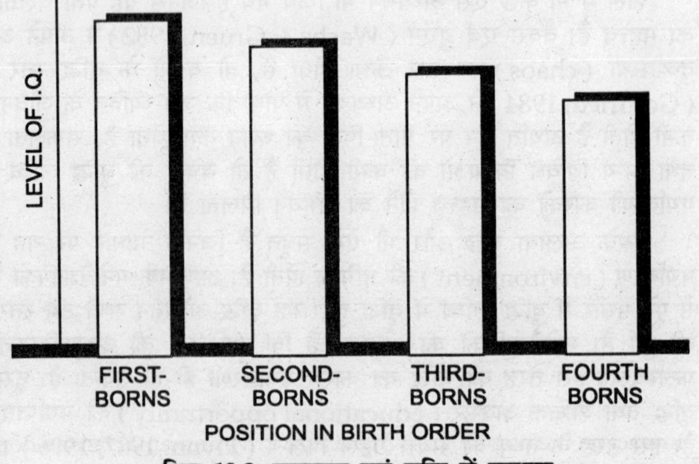

चित्र 12.9 : जन्मक्रम एवं बुद्धि में सम्बन्ध

(Zajonc, 1976, 1986) ने एक विशेष सिद्धान्त जिसे *सम्मिलिन सिद्धान्त* (confluence theory) कहा जाता है, द्वारा किया है। इस सिद्धान्त के अनुसार प्रत्येक व्यक्ति का बौद्धिक विकास काफी हद तक उस बौद्धिक वातावरण पर निर्भर करता है जिसमें वह रहता है। प्रथम जन्मक्रम वाले बच्चों को इस बात से फायदा होता है कि बहुत दिनों तक या फिर दूसरा बच्चा जब तक जन्म नहीं ले लेता है तब तक उसे माता-पिता तथा परिवार के अन्य वयस्कों द्वारा काफी अधिक प्रोत्साहनपूर्ण बौद्धिक वातावरण (stimulating intellectual environment) प्राप्त हो जाता है। दूसरे जन्मक्रम वाले बच्चें ऐसे वातावरण में रहते हैं जिनमें माता-पिता का ध्यान प्रथम जन्मक्रम तथा द्वितीय जन्मक्रम वाले बच्चों के बीच बँटा होता है। फलतः ऐसे बच्चों का बौद्धिक वातावरण पहले की अपेक्षा थोड़ा कम उत्तेजनापूर्ण होता है। उसी तरह से तीसरे और चौथे बच्चों का बौद्धिक वातावरण और भी घटिया (inferior) हो जाता है और जैसे-जैसे बच्चों की संख्या में बृद्धि होते जाती है, इनका बौद्धिक वातावरण घटिया होते चला जाता है। जायंस के उक्त अध्ययन एवं व्याख्या ने मनोवैज्ञानिकों के बीच गहरा वाद-विवाद उत्पन्न तो अवश्य किया है परन्तु इतना तो स्पष्ट है कि जन्मक्रम से बौद्धिक वातावरण (intellectual environment) प्रभावित होता है और फिर से व्यक्ति की बुद्धि का विकास भी प्रभावित हो जाता है। रोडजर्स (Rodgers, 1988) ने यह बतलाया है कि जायंस का उक्त सिद्धान्त का अभी सार्विक मान्यता (universal acceptance) नहीं मिली है और उसकी वैधता की जाँच के लिए शोध जारी है। वेले (Bayley, 1970) ने एक अध्ययन किया जिसमें उन्होंने पाया कि बुद्धि लब्धि का अन्तर उच्च सामाजिक आर्थिक स्तर तथा निम्न-सामाजिक आर्थिक स्तर के बच्चों में जन्म से स्कूल जाने की उम्र होने तक की अवधि में वृद्धि होती जाती है। उच्च सामाजिक-आर्थिक परिवार के बच्चों की बुद्धि लब्धि निम्न सामाजिक-आर्थिक स्तर के बच्चों की बुद्धि की तुलना में अधिक श्रेष्ठ होती जाती है जिसका कारण स्पष्टतः उच्च सामाजिक-आर्थिक स्तर के परिवार का उत्तम एवं प्रोत्साहनपूर्ण वातावरण (stimulating environment) का होना है।

इन अध्ययनों से स्पष्ट हो जाता है कि बुद्धि के निर्धारण में आनुवंशिकता (heredity) के समान पर्यावरणी कारकों (environmental factors) का भी महत्त्व होता है। अब ऐसी परिस्थिति में निष्कर्ष क्या होगा? निष्कर्ष तौर पर तब यह कहा जाता है कि व्यक्तित्व के शीलगुणों (traits) के ही समान बुद्धि का निर्धारण आनुवंशिकता तथा पर्यावरणी कारकों (environmental factors) की अतःक्रिया (interaction) द्वारा निर्धारित होता है। हान्जिक[1] (Honzik, 1973) ने बुद्धि में आनुवंशिकता (heredity) तथा वातावरण के तुलनात्मक महत्त्व के वाद-विवाद को देखते हुए बहुत ही उचित निष्कर्ष दिया है जो अधिकतर मनोवैज्ञानिकों को मान्य भी है। उन्होंने कहा है, ''आनुवंशिकता द्वारा सीमा (limits) का निर्धारण होता है तथा वह मानसिक परीक्षणों के निष्पादन (performance) द्वारा मापे गये बच्चों की बुद्धि के लिए महत्त्वपूर्ण भी है परन्तु इनके बीच सहसम्बन्ध (correlation) कम है जिससे यह पता चलता है कि अनुभावात्मक कारकों (experiential) का प्रभाव भी मानसिक विकास के पैटर्नस पर पड़ता है। पर्यावरणी कारकों की शुरूआत बच्चों के जन्म से नहीं बल्कि गर्भाधारण या उससे भी पहले हो जाता है।''

बुद्धि लब्धि का वंशागतिशीलता
(Heritability of Intelligence Quotient)

हम देख चुके हैं कि व्यक्तियों की बुद्धि में विभिन्नता का एक प्रमुख कारण आनुवंशिकता (heredity) है। कई अध्ययन ऐसे हुए हैं जिनसे इस तथ्य का समर्थन मिलता है कि आनुवंशिकता (heredity) से व्यक्ति की बुद्धि-लब्धि (intelligence quotient) प्रभावित होता है। इसमें सबसे महत्त्वपूर्ण अध्ययन बोचार्ड एवं मैकग्यू (Bouchard & Mc Geoch, 1981) का है जिसमें मापी गयी बुद्धि में पारिवारिक समानता (familial resemblances) को दिखाने के लिए पूरे संसार में किये गए 111 अध्ययनों की समीक्षा का एक सारांश तैयार किया गया है। इस सारांश में विभिन्न सम्बन्ध वाले व्यक्तियों के बुद्धि परीक्षण प्राप्तांकों के बीच आये सहसम्बन्ध (correlation) को दिखलाया गया है जिसे नीचे की तालिका 12-C में दिखलाया जा रहा है।

1. "Heredity sets the limits and is relevant to the child's intelligence as measured by his mental test perfor-mance but the correlations are low and suggest the effect that experiential factors may be having impact on the mental growth pattern. Environmental factors don't begin with the birth of the child but at conception or before."
—Honzik : *The Development of Intelligence*, 1973, p.649.

तालिका 12.C विभिन्न तरह के पारिवारिक सम्बन्धों वाले व्यक्तियों का बुद्धि परीक्षण पर आये प्राप्तांकों का औसत सहसम्बन्ध (average correlation)

पारिवारिक सम्बन्ध (familial relationship)	*सहसम्बन्ध (correlation)*
1. एकांकी जुड़वाँ (identical twins)	
1. एक साथ पालने-पोषने पर (identical twins)	.90
2. अलग-अलग वातावरण में पालने-पोषने पर	.72
2. भ्रात्रीय जुड़वाँ (Frateral twins)	
1. एक साथ पालने-पोषने पर	.60
3. भाई-बहन (siblings)	
1. एक साथ पालने-पोषने पर	.47
2. अलग-अलग पालने-पोषने पर	.24
4. माता-पिता और बच्चे	.40
5. पोष्य माता-पिता (foster patents) और बच्चे	.31
6. चचेरे-फुफेरे-ममेरे भाई-बहन	.15
7. बिलकुल पारिवारिक असम्बद्धता होने पर	.00

तालिका 12-C में ध्यान देने से स्पष्ट होता है कि बुद्धि का आनुवंशिकता द्वारा निर्धारण (genetic determinants) अधिक सबल (strong) है क्योंकि एकांकी जुड़वाँ बच्चों के बुद्धि प्राप्तांकों का सहसम्बन्ध .90 है। उसी तरह से अपने भाई-बहनों के बुद्धि प्राप्तांकों के बीच का सहसम्बन्ध .47 तथा माता-पिता और उनके अपने संतान के बीच यह सहसम्बन्ध .31 पाया गया। इन सबों से यह पता चलता है कि बुद्धि के निर्धारण में आनुवंशिकता निर्धारण की महत्ता काफी अधिक है। परन्तु यदि हम गौर से इसका विश्लेषण करें तो पाएँगे कि इससे पर्यावरणी कारकों को भी समर्थन मिलता है। एकांकी जुड़वाँ बच्चों को एक साथ एक ही वातावरण में पालने-पोषने पर उनका सहसम्बन्ध .90 आया। इसी तरह से भाई-बहन को एक साथ पालने-पोषने पर उत्पन्न सहसम्बन्ध उन्हें अलग-अलग रखकर पालने-पोषने से उत्पन्न सहसम्बन्ध से अधिक था। वातावरण की समानता भी एक कारक हैं जिससे उनके सहसम्बन्ध में वृद्धि हुई। वातावरण में विभिन्नता होने पर बुद्धि परीक्षण के प्राप्तांकों में सहसम्बन्ध की कमी होते पायी गयी।

मनोवैज्ञानिकों के प्रयासों के फलस्वरूप यह आकलन करना सम्भव हो पाया है कि बुद्धि परीक्षण प्राप्तांकों में अन्तर या परिवर्तनशीलता (variability) का कितना प्रतिशत आनुवंशिकता कारकों (hereditary factors) के कारण और कितना प्रतिशत पर्यावरणीय कारकों के कारण होता है। उसे पता करने का एक महत्त्वपूर्ण विधि हैं—वंशागतिशीलता अनुपात (heritability ratio) का निर्धारण करना। वंशागतिशीलता अनुपात आनुवंशिक परिवर्तनशीलता (genetic variability) तथा सम्पूर्ण परिवर्तनशीलता (total variability) का अनुपात (ratio) होता है। दूसरे शबदों में, यह कहा जा सकता है कि एक निर्दिष्ट प्रतिदर्श या जीवसंख्या (specified population) के शीलगुण में उत्पन्न परिवर्तनशीलता का वह अनुपात जिसका कारण आनुवंशिक अन्तर माना जाता है, को ही वंशागतिशीलता[1] (heritability) कहा जाता है। बुद्धि की वंशागतिशीलता अनुपात (heritability ratio) ज्ञात करने के लिए सबसे सामान्य विधि वह है जिसमें बुद्धि परीक्षण पर एकांड़ी जुड़वाँ बच्चों (identical twins) तथा भ्रात्रीय जुड़वाँ (fraternal twin) बच्चों द्वारा अर्जित प्राप्तांकों में विभिन्नता की तुलना की जाती है। इसके लिए दो चीजों का पता लगाना होता है—पर्यावरण (environment) तथा आनुवंशिकता दोनों से उत्पन्न सम्पूर्ण परिवर्तनशीलता (total variability or V_T) जिसका आकलन भ्रात्रीय जुड़वाँ बच्चों के युग्मों द्वारा अर्जित प्राप्तांकों में अन्तर के आधार पर होता है। दूसरी चीज जिसका पता लगाना होता है, वह है सिर्फ पर्यावरणी परिवर्तनशीलता (environmental variability or V_E) जिसका आकलन

1. Heritability ratio or simply heritability refers to the proportion of trait variation within a specified sample or population that can be attributed to generic differences." —Author.

एकांकी जुड़वाँ बच्चों के बुद्धि प्राप्तांकों में प्राप्त अन्तरों के आधार पर किया जाता है। V_T तथा V_E के अंतर को V_G अर्थात् आनुवंशिक कारकों (genetic factors) से उत्पन्न परिवर्तनशीलता (variability) कहा जाता है। अतः $V_T = V_E + V_G$ आनुवंशिकता अनुपात (Heretability ratio or H) को अब इस सूत्र से ज्ञात किया जा सकता है—

$$H = \frac{V_G}{V_T}$$

यहाँ, H = वंशागतिशीलता अनुपात (Heritability ratio)

V_G = आनुवंशिक कारकों से उत्पन्न अन्तर या परिवर्तनशीलता

V_T = सम्पूर्ण परिवर्तनशीलता (Total variability)

H का प्रसार (range) O से 1 का होता है। जब एकांड़ी जुड़वाँ बच्चे (identical twins) भ्रात्रीय जुड़वाँ बच्चे से बुद्धि परीक्षण पर अधिक समानता दिखाते हैं, तो H लगभग 1 के करीब होता है। परन्तु जब एकांड़ी जुड़वाँ बच्चों का बुद्धि परीक्षण पर समानता (resemblance) लगभग उतना ही होता है जितना कि भ्रात्रीय जुड़वाँ बच्चों के बुद्धि परीक्षण पर प्राप्तांकों के बीच समानता होती है, तो H लगभग शून्य (zero) के करीब होता है।

बुद्धि की वंशानुगतिशीलता आकलन (heritability estimate) का प्रसार (range) एक अध्ययन से दूसरे अध्ययन में काफी परिवर्तित होते देखा गया है। कुछ अध्ययनों में यह अनुपात .87 तक होते पाया गया है तो कुछ में यह अनुपात मात्र .10 तक ही पाया गया है। क्रौनवैक (Cronbach, 1975), जेनसन (Jenson, 1975, 1980) एवं वैण्डेनवर्ग तथा भोगलर (Vandenberg & Vogler, 1985) द्वारा किये गये अध्ययनों से यह तथ्य प्रकाश में आया है कि बुद्धि का विस्तृत वंशागतिशीलता (broad heritability) वयस्कों के लिए .3 से .4 के बीच होता है तथा बच्चों के लिए थोड़ा अधिक होता है। दूसरे शब्दों में, वंशागतिशीलता के अध्ययनों से यह पता चलता है कि जीवसंख्या के वयस्क बुद्धि (adult intelligence) की परिवर्तनशीलता (variability) का करीब 30% से 40% अंश की व्याख्या वंशानुगत कारकों (genetic factors) के रूप में की जाती है। लेकिन इसका मतलब यह नहीं कि किसी व्यक्ति के बुद्धि का 40% अंश का निर्धारण आनुवंशिकता (heredity) द्वारा होता है। सचमुच में, वंशागतिशीलता के अध्ययनों द्वारा व्यक्ति की बुद्धि के कारण का अंदाज नहीं लगाया जाता है और जब वंशागतिशीलता अधिक भी होती है, व्यक्ति की बुद्धि लब्धि के बारे में आनुवंशिक कारकों द्वारा मात्र एक स्थूल पूर्वकथन (rough prediction) ही किया जाता है। ध्यान रहे कि वंशागतिशीलता अनुपात एक खास समय, स्थान तथा जीव संख्या के लिए ही सही होता है। जैसे अगर किसी राज्य के निम्नवर्गीय परिवार के 10 साल के बच्चों का H = .65 है, तो इससे उस राज्य के उच्च वर्गीय एवं निम्नावर्गीय बच्चों के बुद्धि के बारे में कुछ नहीं कहा जा सकता है।

बुद्धि की वंशानुगतिशीलता (heritability) के आकलन में कुछ जटिलताएँ या कठिनाइयाँ भी हैं जिनमें निम्नांकित प्रमुख हैं—

(i) सहोदर भाई-बहन हों या एकांड़ी जुड़वाँ बच्चों (identical twins) हों, वे एक-दूसरे से सिर्फ आनुवंशिक रूप से (genetically) ही समान नहीं होते हैं बल्कि उनका वातावरण भी काफी समान होता है क्योंकि उनका पालन-पोषण एक ही तरह के वातावरण में रखकर किया जाता है। अतः परिवार के सदस्यों के बीच की बुद्धि लब्धि का सहसम्बन्ध का कुछ अंश तो निश्चित रूप से उनके समान वातावरण में समान अनुभूतियों के कारण होता है।

(ii) उन अध्ययनों में भी जिनमें एकांड़ी जुड़वाँ बच्चों या सहोदर भाई-बहन (siblings) को अलग-अलग रखकर पाला-पोषा जाता है, सम्भावना इस बात की बनी होती है कि उनके साथ समान ढंग से व्यवहार किया जाता हो क्योंकि मानव प्रकृति ऐसी है कि एक समान दिखने वाले व्यक्तियों के साथ समान ढंग से व्यवहार करने में उसे तुष्टि होती है। परिणामस्वरूप एकांड़ी जुड़वाँ बच्चों को उनके समान रूपरंग (identical appearence) के कारण एक समान सामाजिक वातावरण (social environment) मिलता है जबकि भ्रात्रीय जुड़वाँ बच्चों के साथ ऐसा नहीं होता है। यही बात भ्रात्रीय भाई-बहन की तुलना में सहोदर भाई-बहन के साथ होता है। उनकी बुद्धिलब्धि के उच्च सहसम्बन्ध में इस कारक का भी योगदान निश्चित रूप से होता है।

(iii) आनुवंशिक समानता (genetic similarity) का निर्धारण करना हमेशा सरल कार्य नहीं होता है। यह पूर्वकल्पना कर लेना कि सभी व्यक्ति जिनमें पारिवारिक सम्बन्ध नहीं है, आनुवंशिक रूप से (genetically) एक

समान ढंग से एक-दूसरे से भिन्न हैं, सही नहीं है। सच्चाई यह है कि ऐसे व्यक्ति भी कुछ आनुवंशिक कारकों (genetic factors) में एक-दूसरे से समान होते हैं तो कछ अन्य आनुवंशिक कारकों में वे एक-दूसरे से भिन्न होते हैं। इतना ही नहीं, इस बात से जटिलता और भी बढ़ जाती है कि कुछ जीन्स तो बुद्धि (intelligence) के लिए संगत (relevant) होते हैं परन्तु कुछ जीन्स पूर्णतः असंगत (irrelevant) होते हैं।

(iv) विभिन्न अध्ययनों में वंशागतिशीलता अनुपात (heritability ratio) में जो इतना अधिक परिवर्तनशीलता (variability) पाई गई हैं,वह अपने आप में इस बात का सबूत हैं कि इन अध्ययनों में कुछ ऐसे अनियंत्रित कारक (uncontrolled factors) अवश्य रहे होंगे जिनसे अध्ययनों के परिणाम प्रभावित हुए होगें। यहाँ यह भी कह देना उचित होगा कि वंशागतिशीलता के क्षेत्र में किए गए शोध क्षेत्र अध्ययनों (field studies) पर आधारित है न कि प्रयोगशाला प्रयोगों पर। क्षेत्र अध्ययनों के परिणाम पर हमेशा अनियंत्रित चरों (uncontrolled variables) का प्रभाव पड़ता है और उसके परिणाम पर उस समय और भी कम भरोसा किया जाता है जब विभिन्न अध्ययनों द्वारा अलग-अलग निष्कर्ष पर पहुँचा जाता है।

उपर्युक्त जटिलताओं के आलोक में यह कहा जा सकता है कि वंशानुगतिशीलता (heritability) का एक विश्वसनीय आकलन (reliable estimate) सम्भव नहीं है। निश्चित रूप से बुद्धि परीक्षण के प्राप्तांकों (scores) की परिवर्तनशीलता (variability) में आनुवंशिकता (heredity) का योगदान होता है परन्तु कितना होता है, निश्चित रूप से कुछ नहीं कहा जा सकता। परन्तु यह निश्चित रूप से कहा जा सकता है कि वह 100% नहीं होता है। अतः अन्तिम निष्कर्ष यह है कि वंशानुगतिशीलता अध्ययनों (heritability studies) द्वारा आनुवंशिक परिवर्तनशीलता (genetic variations) तथा पर्यावरणी परिवर्तनशीलता (environmental variations) दोनों का पता चलता है।

वंशागतिशीलता अनुपात के आकलन (estimation) में उपर्युक्त जटिलताओं के अतिरिक्त इसमें निहित कुछ आंतरिक परिसीमाएँ (limitations) भी हैं। इन परिसीमाओं में निम्नांकित प्रमुख हैं:—

(i) वंशानुगतिशीलता (heritability) का सम्प्रत्यय जीवसंख्या (population) पर न कि व्यक्ति (individual) पर लागू होता है। उदाहरणस्वरूप, किसी बच्चा विशेष के मानसिक मंदता (mental retardation) के कारणों को स्थापित करने में वंशागतिशीलता अनुपात का कोई अर्थ नहीं रह जाता है। वंशागतिशीलता सूचक का आकार (size) चाहे जो भी बच्चे की मानसिक मंदता का कारण दोषपूर्ण जीव (defective gene) या अन्य अनुभवजन्य वंचन (experimental deprivation) आदि कुछ भी हो सकता है।

(ii) वंशानुगतिशीलता अनुपात की यथार्थता सिर्फ उस जीवसंख्या (population) के लिए होता है जिसपर एक दिये हुए समय में उसे ज्ञात किया गया है। आनुवंशिकता (heredity) एवं पर्यावरण में कोई भी परिवर्तन होने से वंशागतिशीलता अनुपात में परिवर्तन हो सकता है। जैसे, अन्तप्रजनन (inbreeding) जो किसी पृथक या वियुक्त द्वीप (isolated island) में प्राय होता है, से आनुवंशिकता में उत्पन्न परिवर्तनशीलता (variance) कम हो जाती है। फलतः वंशागतिशीलता अनुपात में कमी हो जा सकती है। उसी तरह से यदि वातावरण में समरूपता (homogeneity) बढ़ा दी जाती है, तो उससे वंशागतिशीलता अनुपात में वृद्धि हो जाती है।

(iii) वंशागतिशीलता से शीलगुण की परिमार्जनशीलता (modifyability) की मात्रा का पता नहीं चलता है। जैसे यद्यपि किसी शीलगुण की वंशानुगतिशीलता सूचक (heritability index) किसी जीवसंख्या में 100% भी है तो इसका मतलब यह नहीं हुआ कि पर्यावरण का योगदान उस शीलगुण के लिए महत्त्वहीन (unimportant) है।

इन परिसीमाओं के आलोक में तब यह कहा जा सकता है कि यद्यपि बुद्धि की वंशागतिशीलता अनुपात की मात्रा (magnitude) की आलोचना कुछ आधारों पर की गयी है, जिससे इतना तो स्पष्ट है कि व्यक्ति की बुद्धिलब्धि निश्चित (fixed) नहीं होता है और यह पर्यावरणी हस्तक्षेपों (environment inerventions) से परिमार्जित (modify) होती हैं।

बुद्धि तथा सर्जनात्मकता में सम्बन्ध
(Relation Between Intelligence and Creativity)

बुद्धि तथा सर्जनात्मकता (creativity) दोनों दो अलग-अलग सम्प्रत्यय (concepts) हैं फिर भी इन दोनों में गहरा सम्बन्ध है। सर्जनात्मकता में व्यक्ति किसी नये एवं मौलिक तथ्य को प्राप्त करने की कोशिश करता है।

मनोवैज्ञानिकों ने अपने अध्ययनों के आधार पर यह दिखालाया है कि कम बुद्धि वाले व्यक्ति में सर्जनात्मकता (creativity) नहीं के बाराबर होती है। परन्तु इसका मतलब यह नहीं है कि सभी अधिक बुद्धि वाले व्यक्ति में सर्जनात्मकता निश्चित रूप से होती ही हैं। मनोवैज्ञानिकों ने अपने अध्ययन में यह पाया है कि 110-120 की बुद्धि लब्धि (intelligence quotient) तक सर्जनात्मकता तथा बुद्धि में धनात्मक सहसम्बन्ध (positive correlation) होता है। इसका मतलब यह हुआ कि बुद्धि-लब्धि के इस स्तर तक बुद्धि बढ़ने के साथ ही सर्जनात्मकता भी बढ़ती है और घटने पर सर्जनात्मकता भी घटती है। परन्तु जब बुद्धि लब्धि 120 से ऊपर बढ़ता है जैसे 130, 140 हो जाता है तो वैसे व्यक्तियों में सर्जनात्मकता नहीं के बराबर होती देखी गयी है। गेजेल्स तथा जैक्सज (Gestzels & Jackson, 1962) ने तीव्र बुद्धि के स्कूली छात्रों में पाया कि उनमें सर्जनात्मकता तथा बुद्धि के बीच सहसम्बन्ध (correlation) मात्र .11 से .49 तक का ही था। बेरोन (Baron, 1961) ने भी अपने अध्ययन में पाया कि बुद्धि-लब्धि 120 से अधिक होने पर सर्जनात्मकता के साथ बुद्धि का रिश्ता समाप्त होने लगता है। रिप्पल तथा में (Ripple & May, 1962) ने अधिक तीव्र बुद्धि के व्यक्तियों के बीच सर्जनात्मकता (creativity) तथा बुद्धि में सहसम्बन्ध मात्र .17 पाया परन्तु सामान्य लोगों (जिसमें सभी स्तर के बुद्धि के लोग थे) में इन दोनों के बीच सहसम्बन्ध कुछ अधिक (.60) तक पाया गया। इन अध्ययनों से निम्नांकित दो तथ्यों का पता हमें लगता है।

(i) सर्जनात्मकता (creativity) के लिए बुद्धि का एक साधारण स्तर जैसे बुद्धि का 100-120 तक होना अनिवार्य हैं क्योंकि बुद्धि लब्धि को इस सीमा से कम या अधिक होने पर सर्जनात्मक का सम्बन्ध बुद्धि से लुप्त-सा हो जाता है।

(ii) बुद्धि प्राप्तांक (intelligence score) के वितरण के ऊपरी छोर पर सर्जनात्मकता का सम्बन्ध बुद्धि से समाप्त हो जाता है। अतः ऐसी अवस्था में सर्जनात्मकता बुद्धि से स्वतंत्र हो जाती है।

इन तथ्यों को ध्यान में रखते हुए कुछ मनोवैज्ञानिकों ने सर्जनात्मकता के एक विशेष मॉडल (model) का निर्माण किया है जिसे 'देहली मॉडल' (threshold model) की संज्ञा दी गयी है। इस मॉडल के अनुसार किसी भी सर्जनात्मक कार्य (creative act) के लिए बुद्धि का एक न्यूनतम स्तर (या देहली) आवश्यक हैं। उस न्यूनतम स्तर या देहली के बाद सर्जनात्मकता, बुद्धि के अलावा अन्य कारकों (factors) जैसे विचारों की प्रवाहिता (fluency) तथा अन्य व्यक्तित्व चरों (personality variables) पर अधिक निर्भर करता है। प्रत्येक सर्जनात्मक कार्य (creativity act) के लिए बुद्धि का न्यूनतम स्तर या देहली (threshold) एक ही नहीं होता है बल्कि अलग-अलग सर्जनात्मक कार्यों के लिए बुद्धि का न्यूनतम स्तर भिन्न-भिन्न होता है।

निष्कर्ष यह है कि एक खास सीमा तक सर्जनात्मकता (creativity) तथा बुद्धि एक-दूसरे से सम्बन्धित होते हैं परन्तु उस स्तर के बाद सर्जनात्मकता बुद्धि से स्वतंत्र (independent) हो जाती है।

सांवेगिक बुद्धि
(Emotional Intelligence)

सामान्यतः यह समझा जाता है कि व्यक्ति की सफलता एवं उपलब्धियाँ (active mental) उसकी बुद्धि लब्धि (intelligence quotient or I Q) पर आधारित होता है। जिसकी बुद्धि लब्धि अधिक होती है, सामान्यतः उसके जिन्दगी की उपलब्धियाँ भी अधिक होती हैं। परन्तु आधुनिक शोधों से यह स्पष्ट हो गया है कि व्यक्ति को अपनी जिंदगी में जो भी सफलता प्राप्त होती है, उसका मात्र 20% ही बुद्धिलब्धि के कारण होता है और 80% सांवेगिक बुद्धि (emotional intelligence or EI) के कारण होता है।

अब प्रश्न यह उठता है कि सांवेगिक बुद्धि (emotional intelligence) क्या हैं? उसे किस ढंग से परिभाषित किया जाता है। दो अमेरीकन मनोवैज्ञानिक अर्थात् सैलोभी एवं मेयर (Salovey & Mayer, 1977) ने सांवेगिक बुद्धि जैसे पद का प्रतिपादन किये जिससे तात्पर्य मोटे तौर पर व्यक्ति की जिंदगी के सांवेगिक पहलू से सम्बन्ध क्षमताओं या शीलगुणों के समुच्चय (cluster) से होता है। इन लोगों ने सांवेगिक बुद्धि को मूलतः सामाजिक बुद्धि का एक प्रकार माना था। अब हम सांवेगिक बुद्धि की कुछ वैज्ञानिक परिभाषाओं पर विचार करेंगे।

मेयर एवं सैलोभी[1] (Mayer & Salovey, 1977) ने इसे परिभाषित करते हुए यह कहा है कि सांवेगिक बुद्धि ''संवेगों को प्रत्यक्षण करने की क्षमता, संवेग के प्रति पहुँच बनाने एवं उसे उत्पन्न करने की क्षमता ताकि चिंतन में मदद हो सके तथा संवेग एवं संवेगात्मक ज्ञान को समझा जा सके तथा संवेग को चिंतनशील ढंग से नियमित किया जा सके ताकि सांवेगिक एवं बौद्धिक वर्द्धन को उन्नत बनाया जा सके, से होता है।''

गोलमैन[2] (Goleman, 1998) जो रूटजर्स विश्वविद्यालय (Rutgers University) में *'कनसोर्टियम फॉर रिसर्च ऑन इमोशनल इन्टेलिजेन्स'* (Consortium for Research on Emotional Intelligence) के संस्थापक एवं चेयरमैन हैं, ने सांवेगिक बुद्धि को परिभाषित करते हुए कहा है, ''यह अपने एवं दूसरों के भावों को पहचानने की क्षमता तथा अपने आप को अभिप्रेरित करके एवं अपने एवं अपने सम्बन्धों में संवेग को प्रबंधित करने की क्षमता है। संवेगात्मक बुद्धि द्वारा उन क्षमताओं का वर्णन होता है जो शैक्षिक बुद्धि या बुद्धि लब्धि द्वारा मापे जाने वाले पूर्णतः संज्ञानात्मक क्षमताओं से भिन्न परन्तु उसके पूरक होते हैं।''

बार-औन[3] (Bar-On, 1997) ने संवेगात्मक बुद्धि को परिभाषित करते हुए कहा है, ''संवेगात्मक बुद्धि द्वारा वह क्षमता परावर्तित होती है जिसके माध्यम से दिन-प्रतिदिन के पर्यावरणी चुनौतियों के साथ निपटा जाता है और जो व्यक्ति की जिंदगी में जिसमें पेशेवर तथा व्यक्तिगत धन्धा भी सम्मिलित है, सफलता प्राप्त करने में मदद करता है।''

इन परिभाषाओं के विश्लेषण से यह स्पष्ट हो जाता है कि सांवेगिक बुद्धि व्यक्ति को अपने जिंदगी में सफलीभूत होने के लिए आवश्यक है। इन परिभाषाओं के आलोक में सांवेगिक बुद्धि के स्वरूप के बारे में निम्नांकित तथ्य मुख्य रूप से प्रशंसनीय दिखते हैं:—

(i) सांवेगिक बुद्धि सचमुच में सामाजिक बुद्धि का एक प्रकार है जिसके द्वारा व्यक्ति अपने एवं दूसरों के भाव एवं संवेगों को प्रबंधित (manage) करता है।

(ii) सांवेगिक बुद्धि द्वारा व्यक्ति अन्य व्यक्तियों के बीच विभेदन कर पाता है और इससे प्राप्त सूचनाओं के आधार पर वह अपने चिंतन एवं क्रियाओं को निदेशित करता है।

(iii) सांवेगिक बुद्धि में व्यक्ति न केवल अपने एवं दूसरों के संवेग की पहचान ही करता है, बल्कि उन संवेगों के साथ तर्कणा करता है, उन्हें समझता है तथा उनका प्रबंधन (management) भी करता है।

(iv) सांवेगिक बुद्धि व्यक्ति को अपने जिंदगी के विभिन्न क्षेत्रों में सफलता दिलाने में बुद्धि लब्धि (intelligence quotient) से अधिक महत्त्वपूर्ण होता है। गोलमैन (Goleman, 1996) के अनुसार व्यक्ति की जिंदगी की सफलता का मात्र 20% प्रतिशत ही बुद्धि लब्धि के कारण होता है और बाकी 80% का कारण यही सांवेगिक होता बुद्धि होता है।

स्पष्ट हुआ कि सांवेगिक बुद्धि का स्वरूप काफी जटिल हैं जिसमें कई तरह के तथ्यों का समावेश होता है।

---

1. "Emotional intelligence is the ability to perceive emotions, to access and generate emotions so as to assist thought, to understand emotions and emotional knowledge and to reflectively regulate emotions so as to promote emotional and intellectual growth." —Mayer & Salovey : What is emotional intelligence? In P. Salovey & D. Sluyter (Eds) : *Emotional development, Emtional literacy and Emotional intelligence, 1997.*
2. "Emotional intelligence is defined as the capacity for recognizing our own feelings and those of others, for motivating ourselves and for managing emotions well in ourselves and in our relationship's. Emotional intelligence describes abilities distinct from but complimentary to academic intelligence or the purely cognitive capacities measured by IQ" —Goleman, D...*Working with Emotional Intelligence,* 1998
3. "Emotional intelligence reflects one's ability to deal with daily environmental challenges and helps predict one's success in life, including professional and personal pursuit" —Bar-on, R. Emotional Quotient Inventory *(EQ-i) Multi-Health Systems. Technical Manual,* 1997.

सांवेगिक बुद्धि के तत्त्व
(Components of Emotional Intelligence)

सांवेगिक बुद्धि के तत्त्वों को मूलतः दो भागों में बाँटा गया है—वैयक्तिक तत्त्व (personal component) तथा अन्तर्वैयक्तिक तत्त्व (intepersonal component)। इन दोनों तत्त्वों का वर्णन निम्नांकित हैं:—

(क) वैयक्तिक तत्त्व *(Personal component)*—सांवेगिक बुद्धि का आधार (foundation) आत्म-ज्ञान (self-knowledge) होता है। इसमें व्यक्ति अपने संवेम से तो अवगत होता ही है साथ-ही-साथ इसमें वह दूसरों के संवेग को प्रबंधित (manage) भी करता है तथा इसमें आत्म-अभिप्रेरण (self-motivation) भी सम्मिलित होता है। अतः सांवेगिक बुद्धि के तीन वैयक्तिक तत्त्व बतलाये गए हैं जो इस प्रकार हैं—

(i) अपने संवेगों से अवगत होना *(Awareness of our own emotions)*—सांवेगिक बुद्धि का सबसे महत्त्वपूर्ण तत्त्व यह है कि इसमें व्यक्ति अपने संवेगों से खुद अवगत होता है। दूसरे शब्दों में, वह अपने भावों एवं संवेगों से जिस रूप में वे उत्पन्न होते हैं, अवगत होता है। इसका मतलब यह हुआ कि इसमें व्यक्ति सिर्फ अपनी मनोदशा (moods) से अवगत ही नहीं होता है बल्कि उस मनोदशा के बारे में उत्पन्न चिंतन से भी वह अवगत होता है। जो लोग इन भावों को मॉनीटर करने में सफल हो जाते हैं, वे उनके वश में नहीं होते हैं।

यह भी यहाँ बता देना उचित होगा कि बोध या जानकारी (awareness) से मतलब आत्म-तल्लीनता (self-absorption) से नहीं होता है बल्कि इससे तात्पर्य व्यक्ति के उस आन्तरिक अवस्था, संवेग एवं चिन्तन से होता है जो वह उत्पन्न करता है। जो व्यक्ति अपने भावों से अवगत होते हैं, वे सिर्फ उन भावों के आधार पर व्यवहार नहीं करते हैं बल्कि उससे उत्पन्न चिंतन पर ध्यान देकर ही व्यवहार करते हैं।

(ii) अपने संवेगों को प्रबंधित करना *(Managing one's our emotions)*—सांवेगिक बुद्धि का दूसरा तत्त्व अपने संवेगों को प्रबंधित करना होता है। संवेगों को प्रबंधित करने से तात्पर्य यह नहीं होता है कि संवेगों को दबा कर रखा जाय बल्कि इससे तात्पर्य यह होता है कि उन संवेगों को उचित ढंग से अभिव्यक्त किया जाए और उन्हें नियंत्रण से बाहर न होने दें। जिन व्यक्तियों में सांवेगिक बुद्धि अधिक होती है वे यह भी जानते हैं कि अपनी मनोदशा (moods) का नियमन कैसे किया जाए और अपने क्रोध, विषाद (depression) आदि से अपनी जिंदगी को प्रभावित नहीं होने देते हैं।

(iii) आत्म-अभिप्रेरण *(Self-motivation)*—सांवेगिक बुद्धि का एक अन्य तत्त्व आत्म-अभिप्रेरण (self-motivation) हैं। आत्म-अभिप्रेरण से तात्पर्य ऐसे सांवेगिक आत्म-नियंत्रण (emotional self- control) से होता है जो व्यक्ति को उत्तम लक्ष्यों की प्राप्ति के लिए प्रयत्नशील रखता है, कुंठित होने पर भी व्यक्ति को कार्यरत रखता है तथा तात्कालिक तुष्टि के लिए प्रलोभन (temptation) को रोकने में मदद करता है। इन सबों का सार तत्त्व यह है कि आवेगशील व्यवहार (impulsive behaviour) को रोकना या नियंत्रित करके रखना सभी तरह के सांवेगिक आत्म-नियंत्रण की जड़ (root) होता है। आत्म-अभिप्रेरण का यह तत्त्व का सम्बन्ध जीवन के विभिन्न क्षेत्र में प्राप्त होने वाले सफलता को प्रत्यक्ष रूप से प्रभावित करता है क्योंकि इसमें व्यक्ति किसी कठिन कार्य को मेहनत से करने के लिए प्रेरित रहता है, भविष्य के उत्तम फल के लिए आशान्वित होता है और तात्कालिक तुष्टि (gratification) को रोकने में भी सफल होता है। यही आत्म-अभिप्रेरण को ध्यान में रखते हुए थोमस एडिसन (Thomas Edition) जो एक मशहूर खोजकर्त्ता (inventor) थे, ने कहा है कि सफलता दो प्रतिशत अन्तःप्रेरणा (inspiration) और अन्ठानवें प्रतिशत स्वेदन (persipration) के कारण होता है। *(Success is two percent inspiration and nintey-eight percent perspiration)*। इस स्वेदन में सिर्फ कड़ी मेहनत ही नहीं बल्कि आत्म-अभिप्रेरण (self-motivation) भी सम्मिलित होता है।

(ख) अन्तर्वैयक्तिक तत्त्व *(Interpersonal components)*—सांवेगिक बुद्धि के इस तत्त्व में दूसरों के संवेगों को समझना तथा उसके प्रति संवेदनशीलता (sensitivity) दिखलाना, तथा संवेगों को उचित ढंग से संचालित करना आदि सम्मिलित होता है। इस श्रेणी के निम्नांकित दो तत्त्व प्रधान हैं—

(iv) परानुभूति : दूसरों के संवेगों की पहचान करना *(Empathy : Recognizing other's emotion)*—परानुभूति सांवेगिक बुद्धि का एक अन्य तत्त्व है जिसमें व्यक्ति दूसरों के अभिप्रेरण, एवं संवेगों को समझता है और उनकी पर्याप्त

पहचान करता है। परानुभूति का आधार आत्म-बोध (self-awareness) होता है। अगर व्यक्ति को अपने संवेगों में सूझ नहीं होता है तो बहुत उम्मीद इस बात की है कि वह दूसरों के संवेग को न तो ठीक ढंग से समझेगा और न ही उसके प्रति संवेदनशीलता विकसित करेगा। परानुभूति का सबसे प्रमुख सूचक अशाब्दिक व्यवहार को समझने एवं व्याख्या करने की क्षमता से होती है। अशाब्दिक व्यवहार में व्यक्ति का हाव-भाव (gesture), वाक् नमन (vocal inflection) दूसरों की आनन अभिव्यक्ति आदि प्रमुख हैं। अशाब्दिक व्यवहार को सचमुच में संवेग की भाषा बतलायी गयी है क्योंकि व्यक्ति अपने भावों की अभिव्यक्ति इस माध्यम से अक्सर करता है।

(v) सम्बन्धों को संचालित करना *(Handling relationship)*—दूसरों के साथ उत्तम सम्बन्ध को संचालित करना भी सांवेगिक बुद्धि का एक महत्त्वपूर्ण तत्त्व हैं। कुछ लोग ऐसे होते हैं जो दूसरों के साथ उत्तम एवं संतोषजनक सम्बन्ध बनाये रखने में सक्षम होते हैं। स्पष्टतः इनमें सांवेगिक बुद्धि का यह तत्त्व मजबूत होता है। दूसरों के साथ उत्तम सम्बन्ध बनाये रखना एवं उसे ठीक ढंग से संचालित करके रखना एक ऐसा तत्त्व है जो दो अन्य तत्त्वों अर्थात् अपने संवेगों को प्रबंधित करके रखने की क्षमता (ability to manage one's own emotion) तथा परानुभूति (empathy) का परिणाम होता है। जिन व्यक्तियों में इन दोनों तत्त्वों की प्रधानता होती है, वे लोग आसानी से दूसरों के साथ उत्तम एवं सन्तोषजनक सम्बन्ध बनाकर रखते हैं और उसका ठीक ढंग से संचालन भी करते हैं।

अभी हाल ही में किये गये शोधों से यह स्पष्ट हुआ कि सांवेगिक बुद्धि के इन पाँच तत्त्वों जिनपर सैलोभी एंव मेयर (Salovey & Mayer, 1990) ने मूलतः बल डाला था, के अलावा भी एक और कारक है जिसे सांवेगिक बुद्धि का तत्त्व माना जा सकता है और वह कारक है—आशावादिता (optimism)। जो लोग आशावादी होते हैं उन्हें यह काफी विश्वास होता हैं कि एक दिन जरूर ही सभी चीजें ठीक हो जायेगी। आशावादिता को व्यक्ति अपने जीवन काल में सीख सकता है या विकसित कर सकता है। सांवेगिक बुद्धि के परिप्रेक्ष्य में आशावादिता का सबसे महत्त्वपूर्ण पहलू यह है कि किस तरह से आशावादी लोग अपनी सफलता एवं असफलता की व्याख्या करते हैं। जब एक आशावादी व्यक्ति को असफलता हाथ लगती है, तो वह इस असफलता का कारण कुछ विशेष परिस्थिति बतलाता है जिसे परिवर्तित किया जा सकता है। फलतः उन्हें विश्वास हो जाता है कि कड़ी मेहनत करके वे अगले बार सफल हो सकते हैं। परन्तु जब एक निराशावादी व्यक्ति असफल होता है, तो वह अपने आप को ही दोषी मानने लगता है और वह इस असफलता का कारण कुछ व्यक्तिगत गुण मानने लगते हैं जिसे बदला नहीं जा सकता है।

स्पष्ट हुआ कि सांवेगिक वुद्धि के कई तत्त्व हैं जिनके स्वरूप को समझकर उसकी उत्तम व्याख्या की जा सकती है।

सांवेगिक बुद्धि की आलोचनाएँ *(Criticisms of Emotional Intelligence)*

सांवेगिक बुद्धि के कुछ आलोचनाएँ की गयी हैं जिसमें निम्नांकित प्रमुख हैंः—

(i) मैट्टथिऊज (Matthews, 2004) ने यह कहा है कि सांवेगिक बुद्धि में बुद्धि के सम्प्रत्यय को बहुत ही खींच तान कर उपयोग किया गया है जिससे इसका मौलिक अर्थ काफी विकृत हो गया है। कुछ शोधकर्त्ताओं ने तो यहाँ तक कह दिया है कि यह एक बुद्धि नहीं है क्योंकि आत्म-अवगतता (self-awareness), आत्म अभिप्रेरण (self-motiation) तथा परानुभूति (empathy) को अधिकतर लोग बुद्धि नहीं मानते हैं। इस बिन्दु पर लॉक[1] (Locke, 2005) ने कुछ इस तरह टिप्पणी किया है, ''सांवेगिक बुद्धि का सम्प्रत्यय इतना अधिक विस्तृत (broad) हो गया है तथा इसके तत्त्व इतने रंगबिरंगी हो गए हैं कि...यह अब एक बुद्धि का सम्प्रत्यय नहीं रह गया है।''

(ii) सांवेगिक बुद्धि को सही-सही मापना सम्भव नहीं है। कान्टे (Conte, 2005) ने अपने शोध के आधार पर यह बतलाया है कि सांवेगिक बुद्धि को मापने के लिए जो माप (measures) हैं, वे विविध (diverse) हैं और शोधकर्त्ताओं ने इन मापों (measures) को उतना परिशुद्ध (rigorous) नहीं बनाया है जितना कि व्यक्तित्व (personality) तथा सामान्य बुद्धि (general intelligence) के मापों को बनाया है। अतः ऐसे मापों पर स्वाभाविक रूप से निर्भरता काफी कम है। कई शोधों से यह स्पष्ट हुआ है कि सांवेगिक बुद्धि को मापने के सिलसिले में जिन विधियों का उपयोग किया जाता है, वे काफी संतोषजनक नहीं है। इतना ही नहीं वर्तमान समय में सांवेगिक बुद्धि

1. "The concept of Emotional Intelligence has now become so broad and the components so variegated that...it is no longer even an intelligble concept." —Locke : Why Emotional Intelligence is an Invalid Concept : *Journal of Organizational behaviour,* 2005, p. 425-31

के सभी पहलुओं को मापने के लिए मनोवैज्ञानिकों के पास पर्याप्त परीक्षण नहीं है। अभी तक इन शोधों से इतना तो स्पष्ट हो गया है कि संवेगात्मक प्रत्यक्षण (emotional perception) अर्थात् दूसरों के संवेग को सही-सही समझने की क्षमता ही केवल सांवेगिक बुद्धि का एक स्वतंत्र विमा है।

इन आलोचनाओं के बावजूद सांवेगिक बुद्धि का सम्प्रत्यय आजकल काफी लोकप्रिय है और किसी व्यक्तित्व के सफलता के पीछे इस सम्प्रत्यय की काफी भूमिका है।

सांवेगिक बुद्धि के मापन
(Measurement of Emotional Intelligence)

सांवेगिक बुद्धि के कई तत्त्व बतलाये गये हैं जिनके आधार पर इसके स्वरूप को समझा गया है। ऊपर में ऐसे ही पाँच-छह तत्त्वों का उल्लेख किया गया है। भारतीय परिप्रेक्ष्य में सांवेगिक बुद्धि पर कार्य किये गए हैं और पश्चिमी मनोवैज्ञानिकों ने भिन्न-भिन्न विचार व्यक्त किये गए हैं जिस पर यहाँ चर्चा आवश्यक है।

सांवेगिक बुद्धि को मापने के लिए मेयर, सालोभी तथा कारूसो (Mayer, Salovey & Caruso, 2004) ने एक परीक्षण बनाया जो काफी लोकप्रिय है। इस परीक्षण का नाम *दी मेयर-सालोभी-कारूसो सांवेगिक बुद्धि परीक्षण* (The Mayer-Salovey-Caruso Emotional Intelligence Test or MSCEIT) है जिसमें सांवेगिक बुद्धि के चार विशिष्ट शाखाओं (branches) अर्थात् *संवेगों का प्रत्यक्षण* (perceiving emotions), *चिन्तन को मदद करने में संवेगों का उपयोग* (Using emotions to facilitate throughts), *संवेगों का बोध* (understanding emotion) तथा *संवेगों के प्रबन्धन* (managing emotions) को विभिन्न तरह के विशिष्ट कार्य के माध्यम से मापने का प्रावधान है। संवेगों का प्रत्यक्षण का मापन आनन फोटोग्राफ (facial photograph) तथा विभिन्न तरह के डिजाइन एवं भूदृश्य (landscope) की पहचान करने से होता है। चिन्तन को मदद करने में संवेगों का उपयोग का मापन करने के लिए प्रयोज्यों (subjects) से वैसे संवेगों की पहचान करने के लिए कहा जाता है जिसमें विशेष तरह का चिन्तन जैसे किसी व्यथित व्यक्ति से किस तरह से व्यवहार करना चाहिए या किसी पार्टी का व्यवस्था किस तरह से करना चाहिए आदि को बढ़ावा मिलता हो। संवेगों की बोध (understanding emotion) को मापने के लिए व्यक्तियों से उन अवस्थाओं का उल्लेख करने के लिए कहा जाता है जिसमें उनका संवेग तीव्रता (intensity) या प्रकार (type) के ख्याल से परिवर्तित होता हो। उसी तरह से संवेगों का बोध मापने के लिए कुछ अन्य कार्य (task) ऐसे होते हैं जिसमें मौलिक संवेग (basic emotions) एक साथ मिलकर कुछ सूक्ष्म संवेग जैसे ईर्ष्या (envy) या डाह (jealousy) की उत्पत्ति करते हैं। अन्ततः संवेगों का प्रबन्धन (managing emotions) का मापन करने के लिए व्यक्ति से यह बतलाने के लिए कहा जाता है कि सफलता को मजबूत करने के लिए या अन्तर्वैयक्तिक सामंजस्य (interpersonal harmony) को बढ़ाने के लिए वे किस तरह से अपने या दूसरों के संवेगों में परिवर्तन ला सकते हैं?

16 अगस्त, 2002 को नई दिल्ली में *पी॰ एच॰ डी॰ चैम्बर ऑफ कामर्स एण्ड इन्डस्ट्रीज* (P. H. D Chamber of Commerce and Industries or PHDCCI) ने एक राष्ट्रीय स्तर का एक कार्य शिविर (Workship) का आयोजन किया। PHDCCI भारत का एक शीर्ष व्यवसाय चैम्बर हैं जिसकी स्थापना 1905 में की गयी थी। इसके सदस्यगण में उद्योगपति (industrialist), व्यवसायी उद्यमियों (business enterpreneurs) का एक राष्ट्रीय औद्योगिक संस्था (National Industrial Body) हैं। इस कार्यशिविर में 100 से अधिक मुख्य कार्यपालक तथा भारतीय व्यवसायिक संगठनों के प्रबंधकीय निदेशक (Managing Director) आमंत्रित थे। इसके अतिरिक्त इसमें दिल्ली विश्वविद्यालय, पंजाब विश्वविद्यालय, कुरूक्षेत्र विश्वविद्यालय आदि के मनोवैज्ञानिकों को भी आमंत्रित किया गया। इसमें दिल्ली विश्वविद्यालय के प्रो॰ एन॰के॰ चड्डा (Prof. N. K. Chadha) ने सक्रिय भूमिका निभायी। डा॰ दलीप सिंह (Dr. Dalip Singh) जो वरिष्ठ भारतीय प्रशासनिक पदाधिकारी हैं, ने भी इस शिविर में उत्तम भूमिका निभायी थी। इन्होंने दिल्ली विश्वविद्यालय से मनोविज्ञान में एम॰ए॰ की उपाधि हासिल की है। इस कार्य शिविर में जो एक सामान्य मत उभर कर आया, वह यह था कि अमेरीकन मनोवैज्ञानिकों द्वारा सांवेगिक बुद्धि की परिभाषा और उसमें सम्मिलित किये गये तत्त्व (component) भारतीय परिप्रेक्ष्य में सांस्कृतिक एवं सामाजिक पूर्वाग्रहों (biases) के कारण उचित नहीं दिखते हैं। अतः भारतीय परिपेक्ष्य में इसे अलग ढंग से न केवल परिभाषित की जानी चाहिए बल्कि उसके तत्त्वों का भी स्पष्ट उल्लेख किया जाना चाहिए और तभी हम सांवेगिक बुद्धि को सही-सही ढंग से मापने

का प्रयास कर सकते हैं। भारतीय संदर्भ में विशिष्ट सांस्कृतिक, सामाजिक, मनोवैज्ञानिक एवं व्यवहारात्मक पक्षों को ध्यान में रखते हुए सांवेगिक बुद्धि के तीन विमा (dimessions) बतलाये गए हैं—

सांवेगिक समर्थ्यता (emotional competency), *सांवेगिक परिपक्वता* (emotional maturity) तथा *सांवेगिक संवेदनशीलता* (emotional sensitivity)। इन्हीं तीन सामान्य विमाओं में कई तरह के तत्त्वों को सम्मिलित किया गया जिनमें निम्नांकित प्रमुख हैं—

(i) सांवेगिक सामर्थ्यता *(emotional competency)*—इसमें भारतीय विशेषज्ञों द्वारा कई तरह के क्षमताओं को रखा गया है जिनमें विभिन्न परिस्थितियों में उत्पन्न उद्दीपकों के प्रति उचित ढंग से सांवेगिक अनुक्रिया करने की क्षमता, उच्च आत्म-सम्मान (self-esteem) एवं आशावादिता दिखलाना, पर्याप्त सांवेगिक आत्म-नियंत्रण (emotional self-control), तनाव, वर्नआउट (burn out) आदि से उत्पन्न सांवेगिक थकान को दूर करने की क्षमता, कुंठा, संघर्ष तथा हीनता मनोग्रन्थियों से उत्पन्न सांवेगिक अस्त-व्यस्तता को कम करना आदि मुख्य रूप से सम्मिलित होते हैं।

(ii) सांवेगिक परिपक्वता *(emotional maturity)*—इसमें अन्य बातों के अलावा अपना एवं दूसरों के संवेगों का मूल्यांकन करना, भावों की पहचान करना एवं अभिव्यक्त करना, दिल एवं दिमाग के बीच सन्तुलन बनाये रखना, नम्यता (flexibility) एवं अनुकूलता (adaptability) दिखलाना, दूसरों के विचारों की प्रशंसा करना, तात्कालिक मनोवैज्ञानिक तुष्टि को विलम्बित करने की क्षमता आदि सम्मिलित होते हैं।

(iii) सांवेगिक संवेदनशीलता *(emotional sensitivity)*—इस विमा में सांवेगिक उत्तेजन (emotional arousal) की दहेली (threshold) को समझना, तात्कालिक वातावरण को प्रबंधित (manage) करना, दूसरों के साथ सौहार्दयता बनाकर रखना, तथा दूसरों को अपने साथ होने पर उनमें अच्छा भाव उत्पन्न होने देना आदि मुख्य रूप से सम्मिलित होते हैं। इसके अतिरिक्त इसमें अन्तर्वैयक्तिक सम्बन्धों में ईमानदारी बरतना तथा दूसरे लोग किस तरह से उनका मूल्यांकन करते हैं, की जानकारी रखना आदि भी सम्मिलित होते हैं।

उक्त विमाओं को ध्यान रखते हुए दलीप सिंह (Dalip Singh, 2003) ने सांवेगिक बुद्धि[1] को इस प्रकार परिभाषित किया हैं,''तात्कालिक वातावरण तथा आन्तरिक आत्मन् से उत्पन्न विभिन्न प्रकार के सांवेगिक उद्दीपकों के प्रति उचित ढंग से एवं सफलतापूर्वक अनुक्रिया करने की क्षमता को सांवेगिक बुद्धि कहा जाता है।'' इन्होंने आगे यह बतलाया है कि सांवेगिक बुद्धि के तीन मनोवैज्ञानिक विमाएँ होतीं हैं—सांवेगिक सामर्थ्यता, सांवेगिक परिपक्वता तथा सांवेगिक संवेदनशीलता, जो मानव व्यवहार के गतिकी को सच्चे ढंग से पहचान करने में, ईमानदारीपूर्वक उसकी व्याख्या करने में तथा व्यवहारिक ढंग से संचालित करने में मदद करता है।

जब सांवेगिक बुद्धि के विमाओं की पहचान कर ली गयी, तो उसे मापने के लिए महत्त्वपूर्ण कदम उठाये गये। इसमें एन के चड्डा (Prof. N. K. Chadha) एवं दलीप सिंह (Dalip Singh) ने मिलकर सांवेगिक बुद्धि के उक्त तीन विमाओं को मापने के लिए उत्तम परीक्षण का निर्माण किया है जिसे *सांवेगिक बुद्धि परीक्षण* (Emotional Intelligence test) की संज्ञा दी गयी है। इस परीक्षण में कुल 15 एकांश हैं और प्रत्येक एकांश के लिए चार उत्तर दिये गए हैं। प्रत्येक एकांश में सही उत्तर के लिए 20 तथा अनुपयुक्त उत्तर के लिए '0' दिये जाते हैं। बाकी अन्य दो उत्तरों में से कम उपयुक्त उत्तर को 15 और सबसे कम उपयुक्त उत्तर को '5' दिया जाता है। सभी एकांशों पर के प्राप्तांकों को जोड़कर कुल प्राप्तांक ज्ञात किया जाता है जो यदि 285 या उससे ऊपर होता है, तो व्यक्ति को अत्यधिक उच्च सांवेगिक बुद्धि का, 250-274 के बीच कुल प्राप्तांक होने से उच्च सांवेगिक बुद्धि का, 200-249 के बीच कुल प्राप्तांक होने से साधारण सांवेगिक बुद्धि का, 150-199 के बीच कुल प्राप्तांक होने से निम्न सांवेगिक बुद्धि का तथा 149 या इससे नीचे कुल प्राप्तांक होने से दूसरे दिन के लिए कोशिश करने' (Try some other day) का अर्थ लगाया जाता है। सांवेगिक बुद्धि मापने के लिए एक मापनी (scale) डा॰ अनुकूल हाइड, संजोन पेठे तथा उपिन्दर धर

1. "Emotional intelligence is the ability of an individual to appropriately and successfully respond to a vast variety of emotional stimuli being elicited from the inner self and immediate environment."
—Dalip Singh : *Emotional Intelligence at* work,2003, p.38-39

(Anukool Hyde, Sanjyot Pethe & Upinder Dhar) द्वारा भी विकसित किया गया। इस परीक्षण में 34 एकांश (items) हैं तथा 10 विभिन्न कारकों के माध्यम से सांवेगिक बुद्धि की माप की जाती है। वे दस कारक हैं—आत्म-चेतना (self-awareness), परानुभूति (empathy), आत्म-अभिप्रेरक (self-motivation), सांवेगिक स्थिरता (emotional stability), सम्बन्धों की प्रबंधन क्षमता (managing relation), सम्पूर्णता (integrity), आत्म-विकास (self-development), मूल्य उन्मुखता (value orientation), वचनबद्धता (commitment) तथा परोपकारी व्यवहार (altruistic behaviour)।

सांवेगिक बुद्धि को मापने के लिए पश्चिमी मनोवैज्ञानिकों द्वारा भी सक्रिय कोशिश की गयी है। गोलमैन (Goleman, 1985, 1998), मेयर, करासो तथा सैलोभी (Mayer, Caruso & Salovey, 1998), सैलोभी एवं मेयर (Salovey & Mayer, 1994), डेविड, स्टैनकोभ तथा रोबर्टस (David, Stankov & Roberts, 1998) द्वारा किये गए शोधों से यह स्पष्ट हुआ है कि सांवेगिक बुद्धि को मापने के सिलसिले में जिन विधियों का उपयोग किया जाता है वे काफी सन्तोषजनक नहीं हैं। इतना ही नहीं, वर्तमान समय में सांवेगिक बुद्धि के सभी पहलुओं को मापने के लिए मनोवैज्ञानिकों के पास पर्याप्त परीक्षण नहीं हैं। अभी तक इन शोधों से इतना तो स्पष्ट हो गया है कि *संवेगात्मक प्रत्यक्षण* (emotional peception) अर्थात् दूसरों के संवेग को सही-सही समझने की क्षमता ही केवल संवेगात्मक बुद्धि का एक स्वतंत्र विमा है।

सांवेगिक बुद्धि को मापने के लिये स्कुट्टी तथा उनके सहयोगियों (Schutte et al., 1998) ने एक मापनी (scale) बनाया जिसे सांवेगिक बुद्धि मापनी (Emotional intelligence scale) कहा गया। इस परीक्षण का अनुकूलन (adaptation) भारत में एनस थिनगुजम एवं यू॰ राम (N. S. Thingujam & U. Ram, 1998) में किया। इस मापनी में 33 एकांश है जिसमें पाँच-बिन्दु अनुक्रिया श्रेणी (response category) है : पूर्णतः सहमत (strongly agree), सहमत (agree) तटस्थ (neutral), असहमत (disagree) तथा पूर्णतः असहमत (strongly disagree)। इनका प्राप्तांक-लेखन (scoring) 5, 4, 3, 2 तथा 1 के रूप में क्रमशः किया जाता है। न्यूनतम प्राप्तांक 33 तथा अधिकतम 165 हो सकता है। उच्चतर प्राप्तांक (higher score) से उच्च सांवेगिक बुद्धि का पता चलता है। गिनासेट तथा उनके सहयोगियों (Ginacet et al., 2005) ने मापनी का कारक-विश्लेषित (factor-analyzed) किया और इसके परिणामस्वरूप अब इस मापनी के छः उपमापनी (subscales) हैं : (i) स्व में संवगों का मूल्यांकन (appraisal of emotions in the self), (ii) दूसरों में संवेग का मूल्यांकन (appraisal of emotions in others), (iii) सांवेगिक अभिव्यक्ति (emotional expression), (iv) स्व का सांवेगिक नियमन (emotional regulation of self) (v) दूसरे लोगों का सांवेगिक नियमन (emotional regulation of others) तथा (vi) समस्या समाधान में संवेगों का उपयोग (utilization of emotions in problem solving)।

बहुबुद्धि तथा कृत्रिम बुद्धि
(Multiple Intelligence and Artificial Intelligence)

बहुबुद्धि के सम्प्रत्यय का प्रतिपादन गार्डनर (Gardner) द्वारा की गयी है जिसकी व्याख्या गार्डनर द्वारा प्रतिपादित सिद्धान्त में पहले ही की जा चुकी हैं। कृत्रिम बुद्धि की व्याख्या के लिए अघ्याय-9 देखा जा सकता है।

बुद्धि का स्नायविक आधार
(Neural Basis of Intelligence)

आधुनिक नवीनतम अध्ययनों से यह स्पष्ट हुआ है कि बुद्धि का भी कुछ दैहिक आधार (physiological base) होता है। माटाराज्जो (Matarazzo, 1992) तथा वर्नन (Vernon, 1993) द्वारा किये गए अध्ययनों से यह स्पष्ट हुआ है कि तंत्रिका संवहन वेग (nerve conduction velocity) का सम्बन्ध बुद्धि के सूचकांकों एवं मापों (measures) से होता है। तंत्रिका संवहन वेग से तात्पर्य उस गति से होता है जिसके सहारे तंत्रिका आवेग दृष्टि तंत्र

(visual system) में संवाहित (conduct) होती हैं। रीड तथा जेन्सन (Reed & Jenson, 1993) ने अपने अध्ययन में पाया है कि *रैभेन प्रोग्रेसिव मैट्रीसेज परीक्षण* (Raven Progressive Matrices Test) पर के प्राप्तांकों का सहसम्बन्ध तंत्रिका संवहन वेग के साथ पाया गया। हायर तथा उनके सहयोगियों (Haier et al; 1993) ने पेट प्रविधि (PET technique) द्वारा इकट्ठा किये गये आँकड़ों के आधार पर यह बतलाया है कि संज्ञानात्मक कार्य (cognitive task) के दौरान कुछ खास तरह की चयापचयी क्रियाएँ (metabolic activities) होती हैं। जैसे, इनलोगों ने अपने अध्ययन में यह पाया है कि जो लोग अधिक बुद्धि के होते हैं, वे विभिन्न तरह के संज्ञानात्मक कार्यो को करने में कम-से-कम मानसिक ऊर्जा खर्च करते हैं अर्थात् ऐसे लोग कम-से-कम ऊर्जा खर्च करके अधिक जटिल से जटिल कार्य भी कर लेते हैं। एन्ड्रीजन तथा उनके सहयोगियों (Andreason et al; 1993) द्वारा किये गये शोधों से यह स्पष्ट हुआ है कि बुद्धि तथा मस्तिष्कीय संरचना (brain structure) के बीच एक विशेष कड़ी (link) होती हैं। इनके द्वारा किये गए अध्ययनों से यह पता चला है कि वेक्सलर वयस्क बुद्धि परीक्षण (Wechsler Adult Intelligence Scale) पर का प्राप्तांक मस्तिष्क के कुछ विशेष भाग के आकार अर्थात् बायाँ एवं दायाँ शंखपालि (temporal lobe) तथा बायाँ एवं दायाँ हिप्पोकैम्पस (hippocampus) के आकार से सम्बन्धित होता है।

परन्तु चूँकि बुद्धि के स्नायविक आधार का बिन्दु अभी बिलकुल ही नवीनतम है और इस पर इससे ज्यादा तथ्य प्राप्त अभी नहीं हैं अतः किसी निश्चित निष्कर्ष पर अभी ठोस रूप से नही पहुँचा जा सकता है।

बुद्धि में लिंग विभिन्नता
(Sex differencess in Intelligence)

बुद्धि में व्यक्ति के यौन (sex) में अंतर होने से भी अंतर होता पाया गया है हालांकि इस संदर्भ में किये गए प्रयोगों की संख्या सीमित होने के साथ-ही-साथ इन प्रयोगों के परिणाम में संगति (consistency) की कमी हैं।

कुछ अध्ययनों में यह पाया गया है कि बुद्धि के कुछ खास तत्त्व जैसे शाब्दिक क्षमताओं (verbal abilities) अर्थात् शाब्दिक प्रवाहिता (verbal fluency) तथा पर्यायवाची शब्दों को बतलाना (naming synonymous) आदि में महिलाएँ पुरुषों की अपेक्षा अधिक श्रेष्ठता दिखलातीं हैं। स्टैनले (Stanley, 1993) ने अपने अध्ययन में पाया कि साहित्य (literature), हिज्जे (spelling) एवं लेखन (writing) उपलब्धि परीक्षणों में महिलाएँ, पुरुषों से उच्च प्राप्तांक सामान्यतः लातीं हैं। हालांकि फिनगोल्ड (Feingold, 1992) ने यह भी स्पष्ट कर दिया है कि इस तरह का अंतर लघु होता है तथा धीरे-धीरे कमता जाता है।

इसके विपरीत बुद्धि के कुछ तत्त्वों में पुरुष महिलाओं की अपेक्षा अधिक श्रेष्ठता दिखलाते पाये जाते हैं। जैसे, ला, पेलेग्रिनो एवं हंट (Law, Pellegrino & Hunt, 1993) ने अपने अध्ययन में यह पाया है कि पुरुष कुछ स्थानिक कार्यों (spatial tasks) जैसे मानसिक घूर्णन (mental rotation) या किसी स्थान पर विशेष माध्यम से वस्तु को घुमाना (moving) आदि क्षमताओं में महिलाओं की तुलना में श्रेष्ठ होते हैं।

इन अध्ययनों के अतिरिक्त कुछ ऐसे अध्ययन और भी किये गए हैं जिनसे यह पता चलता है कि बुद्धि के विभिन्न पहलुओं में महिला तथा पुरुष में अन्तर होता है। सिलभरमैन एवं इलास (Silverman & Eals, 1992) ने एक बहुचर्चित अध्ययन इस सिलसिले में किया। इनलोगों ने पुरुष तथा महिला प्रयोज्यों को एक छोटे से आफिस में कई तरह के कार्य करने के लिए कहा। एक अवस्था में प्रयोज्यों को कमरे के विभिन्न वस्तुओं के स्थानीकरण (location) को याद करने के लिए कहा गया। दूसरी अवस्था में प्रयोज्यों को इस तरह का कोई.निर्देश नहीं दिया गया। इसके बाद इन प्रयोज्यों से कमरे के वस्तुओं को बारे में बतलाने के लिए कहा गया और साथ-ही-साथ यह भी बतलाने के लिए कहा गया कि वे (अर्थात्, वस्तुएँ) कमरा में कहाँ पर अवस्थित थे। इस कार्य में महिलाएँ पुरुषों की अपेक्षा दोनों ही अवस्थाओं में श्रेष्ठ उत्तम निष्पादन दिखला पायीं। अजार (Azar, 1996) के अनुसार महिला और पुरुष के बीच यह अंतर उस अवस्था में अधिक था जिसमें प्रयोज्यों से याद रखने के लिए नहीं कहा गया था।

स्पष्ट हुआ कि बुद्धि के कुछ पहलुओं में पुरुष तथा महिला में स्पष्ट अंतर होता है।

अभिवृत्ति परीक्षण
(Aptitude Test)

अभिवृत्ति (aptitude) मानव क्षमता (human ability) का एक प्रमुख अंश हैं। अभिवृत्ति से तात्पर्य किसी विशिष्ट क्षेत्र में कौशल या ज्ञान प्राप्त करने की अर्जित या जन्मजात क्षमता से होता है। फ्रीमैन[1] (Freeman, 1962) के अनुसार, अभिवृत्ति से तात्पर्य, ''गुणों या विशेषताओं के एक ऐसे संयोग से होता है जिससे विशिष्ट ज्ञान तथा संगठित अनुक्रियाओं के सेट के कौशल जैसे किसी भाषा बोलने की क्षमता, संगीतज्ञ बनने की क्षमता तथा यांत्रिक कार्य करने की क्षमता का पता चलता है।'' करीब-करीब इसी अर्थ में टुकमैन[2] (Tuckman, 1975) ने भी अभिवृत्ति को परिभाषित किया और कहा है, ''क्षमताओं या अन्य गुणों के ऐसे संयोग को जो चाहे जन्मजात हो या अर्जित, ज्ञात हो या जिससे किसी विशेष क्षेत्र में प्रवीणता विकसित करने या व्यक्ति के सीखने की क्षमता का पता चलता हो, अभिवृत्ति कहा जाता है।'' अभिवृत्ति के इन परिभाषाओं का विश्लेषण करने पर हमें निम्नांकित तथ्य प्राप्त होते हैं—

(i) अभिवृत्ति व्यक्ति में किसी विशेष क्षेत्र में निपुणता(proficiency) ज्ञात करने की एक अन्तःशक्ति(potential) से होती है। जैसे, किसी व्यक्ति में उत्तम गाना गाने की अन्तःशक्ति (potential) हो सकती है।

(ii) अभिवृत्ति में जो अन्तःशक्ति होती है, वह जनमजात भी हो सकती है या फिर अर्जित भी हो सकती है। जैसे—व्यक्ति में गाना गाने की क्षमता जन्मजात हो सकती है या उसके विशेष प्रयासों से भी उसमें विकसित हो सकती है।

(iii) अभिवृत्ति के आधार पर भविष्य में व्यक्ति के निष्पादन (performance) के बारे में एक स्थूल अंदाज लगाया जा सकता है। जैसे यदि किसी व्यक्ति में गाना गाने की अभिक्षमता है, तो यह पूर्वकथन (prediction) किया जा सकता है कि वह व्यक्ति भविष्य में इस क्षेत्र में अच्छी निपुणता विकसित कर सकता है।

अभिवृत्ति को मापने के लिए मनोवैज्ञानिकों ने कुछ परीक्षण (test) का निर्माण किया है जिसे अभिवृत्ति परीक्षण (aptitude test) कहा जाता है। किसी विशिष्ठ क्षेत्र में व्यक्ति के अन्तर्निहित क्षमता (potential ability) को मापने के लिए विकसित परीक्षण को अभिवृत्ति परीक्षण (aptitude test) कहा जाता है। अभिवृत्ति परीक्षण (aptitude test) उपलब्धि परीक्षण (achievement test) से भिन्न होता है क्योंकि उपलब्धि परीक्षण द्वारा यह मापा जाता है कि प्रशिक्षण दिये जाने के बाद व्यक्ति ने कितनी विशिष्टता या निपुणता अमुक क्षेत्र में हासिल किया है। अतः इससे बाद की स्थिति पर प्रकाश डालता है जबकि अभिवृत्ति परीक्षण प्रशिक्षण के पहले की स्थिति पर प्रकाश डाला है। सचमुच में अभिवृत्ति परीक्षण (aptitude test) एक तरह का संज्ञानात्मक परीक्षण (cognitive measure) होता है जिसके आधार पर विशिष्ट क्षेत्र में व्यक्ति के निष्पादन के बारे में पूर्वकथन किया जाता है। कई परीक्षण ऐसे हैं जिनके आधार पर पूर्वकथन (prediction) का कार्य तो किया जाता है परन्तु वे संज्ञानात्मक कौशल (cognitive skill) का मापन नहीं करते हैं। अतः उन्हें अभिवृत्ति परीक्षण (aptitude test) नहीं कहा जा सकता है। अतः कोई भी परीक्षण को पूर्वकथन करने के ख्याल से उपयोग किया जा सकता है। परन्तु उससे तभी अभिवृत्ति मापा जाना कहलोयगा जब उस परीक्षण द्वारा संज्ञानात्मक कौशल (cognitive skill) का मापन हो रहा है और जिसका उपयोग मूलतः पूर्वकथन (prediction) के लिए चयन (selection) या स्थापन (placement) से होता है। स्टैनफोर्ड-बिने बुद्धि मापनी, WAIS. WISC तथा WPPSI आदि जिनके द्वारा विभिन्न तरह के संज्ञानात्मक कौशलों (cognitive skills) का मापन किया जाता है, को यदि व्यक्ति की क्षमता का पूर्वकथन करने के ख्याल से उपयोग किया जाता है, तो उसे *सामान्य अभिवृत्ति परीक्षण* (General aptitude test) का उत्तम उदाहरण माना जा सकता है। परन्तु यदि किसी अभिवृत्ति परीक्षण द्वारा किसी विशिष्ठ क्षेत्र में ही व्यक्ति के निष्पादन के बारे में पूर्वकथन करने की कोशिश की जाती है तो इसे *विशिष्ट अभिवृत्ति परीक्षण* (Specific aptitude test) कहा जाता है।

---

1. Aptitude refers to "a combination of characteristics indicative of individual's capacity to acquire (with training) some specific knowledge, skill or set of organised responses such as ability to speak a language, to become a musician or to do machanical work."
—Freeman: *Theory and Practice of psychological testing*, 1962, p. 431

2. Aptitude refers to "a combination of abilities and other characteristics whether native or acquired, known or believed to be indicative of an individual's abilities to learn or develop proficiency in some particular area." —Tuckman : *Measuring Educational Outcomes*, 1975, p. 475

अभिवृत्ति का मापन
(Measurement of Aptitude)

अभिवृत्ति का मापन कई तरह के अभिवृत्ति परीक्षणों द्वारा किया जाता है। इन सभी अभिवृत्ति परीक्षणों को निम्नांकित दो मुख्य भागों में बाँटा गया है—

(क) बहुअभिवृत्ति परीक्षण माला (Multi-aptitude batteries)

(ख विशिष्ट अभिवृत्ति परीक्षण (Specific aptitude test)

इन दोनों तरह के परीक्षणों का वर्णन निम्नांकित हैं :—

(क) बहुअभिवृत्ति परीक्षणमाला *(Multi-aptitude batteries)*—इस तरह के परीक्षणमाला से तात्पर्य उन परीक्षणों की सूची से होता है जिसके द्वारा एक साथ कई क्षेत्रों में अन्तर्निहित क्षमताओं (potential abilities) का मापन होता है। यहाँ हम उदाहरण के रूप में निम्नांकित तीन ऐसे बहुअभिवृत्ति परीक्षणों या परीक्षणमालाओं का वर्णन करेंगे—

1. विभेदी अभिवृत्ति परीक्षण (Differential Aptitude test or DAT)
2. सामान्य अभिवृत्ति परीक्षण माला (General Aptitude Test Battery or GATB)
3. फ्लैनैगेन अभिवृत्ति वर्गीकरण परीक्षण (Flanagan Aptitude Classification Test or FACT)

इन तीनों परीक्षणों का संक्षिप्त विवरण निम्नांकित हैं :—

1. विभेदी अभिवृत्ति परीक्षण *(Differential Aptitude test or DAT)*—DAT एक अति महत्त्वपूर्ण अभिवृत्ति परीक्षण है जिसका उपयोग नियोजन परीक्षण कार्य (employment testing) में काफी किया गया है। इसका निर्माण विनेट्ट, सीशोर तथा वेसमैन (Benett, Seashore & Wesman, 1947) द्वारा किया गया और उसके बाद से इसके कई संशोधित संस्करण प्रकाशित हो चुके हैं। इस परीक्षण में आठ उपपरीक्षण (subtests) हैं जिनके द्वारा निम्नांकित अभिवृत्ति का मापन होता है—*शाब्दिक तर्कणा* (verbal reasoning), *संख्यात्मक क्षमता* (numerical ability), *अमूर्त्त तर्कणा* (abstract reasoning), *यांत्रिक तर्कणा* (mechanical reasoning), *लिपिकीय गति एवं परिशुद्धता क्षमता* (clerical speed and accuracy ability) *स्थानिक सम्बन्ध* (space relations) *हिज्जे एवं भाषा उपयोग क्षमता* (spelling and language accuracy ability)। इस परीक्षणमाला का उपयोग 8 वीं से 12 वीं कक्षा के छात्रों को शैक्षिक एवं व्यावसायिक परामर्श सहायता देने में भी किया जाता है। इस परीक्षणमाला के सभी परीक्षण के तुल्य फार्म (equivalent form) अर्थात् S फार्म तथा T फार्म उपलब्ध हैं। पूरे परीक्षणमाला को किसी व्यक्ति पर क्रियान्वयन करने में लगभग तीन घंटा समय लगता है। प्रत्येक परीक्षण पर आये प्राप्तांकों को शततमक मानक (percentile norms) में बदलकर उसकी व्याख्या की जाती है। आठ उपप्राप्तांकों (subscores) के अलावा शाब्दिक तर्कणा (verbal reasoning) तथा संख्यात्मक क्षमता (numerical ability) पर आये प्राप्तांकों को जोड़कर एक नवम् उपप्राप्तांकों (ninth subscore) तैयार किया जाता है जिसके आधार पर *सामान्य शैक्षिक अभिवृत्ति* (general scholastic aptitude) का मापन होता है। भारतीय मनोवैज्ञानिकों जैसे प्रो॰ जे॰ एम॰ ओझा द्वारा DAT का हिन्दी भाषा में अनुकूलन भी किया गया है जिससे इस परीक्षण की लोकप्रियता का अंदाज किया जा सकता है।

2. सामान्य अभिवृत्ति परीक्षण माला *(General Aptitude Test Battery or GATB)*—इस परीक्षण का विकास 1962 में अमेरिकन नियोजन सेवा (American Employment Service) द्वारा किया गया ताकि सैन्य सेवाओं (armed services) में इसका उपयोग किया जा सके। इस परीक्षणमाला में 12 उपपरीक्षण (subtests) हैं। जिनकी मदद से 9 विभिन्न कारकों (factors) का मापन होता है—*बुद्धि या सामान्य मानसिक क्षमता* (Intelligence or General mental ability G), *संख्यात्मक अभिवृत्ति* (Numerical aptitude or N), *शाब्दिक अभिवृत्ति* (Verbal aptitude or N), *स्थानिक अभिवृत्ति* (Spatial aptitude or S), *आकार प्रत्यक्षण* (Form perception or P), *लिपिकीय प्रत्यक्षण* (Clerical perception or Q), *पेशीय समन्वय* (Motor coordination K) *अंगुली दक्षता* (Finger dexterity or F) तथा *हस्तचालित दक्षता* (Manual dexterity or M)। इन नौ अभिवृत्ति को मापने के लिए जो परीक्षण विकसित किये गए हैं, उनमें से आठ शाब्दिक (verbal) हैं तथा चार परीक्षण जिनके द्वारा F तथा M का मापन होता है, अशाब्दिक परीक्षण हैं जिन्हें मापने के लिए कुछ साधारण उपकरण (apparatus) की जरूरत पड़ती है। G से Q तक का मापन करने वाले परीक्षण विकल्प प्रारूप (alternative form) में उपलब्ध हैं। GATB के इन सभी परीक्षणों पर आये प्राप्तांक का मानक प्राप्तांक (standard score) ज्ञात करके फिर से एक मापनी

जिसका माध्य (mean) = 100 तथा मानक विचलन (standard deviation) = 20 होता है, में बदलकर उसकी व्याख्या की जाती है। GATB का उपयोग नियोजन सेवाओं (employment services) में भी किया गया है। GATB की प्रमुख परिसीमा (limitation) यह है कि इसके सभी परीक्षणों में गति (speed) पर अधिक बल डाला गया है और कुछ महत्त्वपूर्ण अभिवृत्तियों (aptitudes) को इसमें सम्मिलित नहीं किया गया है। जैसे, इस परीक्षणमाला में यांत्रिक तर्कणा (mechanical reasoning) को सम्मिलित नहीं किया गया है।

3. फ्लैनेगन अभिवृत्ति परीक्षण *(Flanagan Aptitude classification Test or FACT)*—FACT एक दूसरा महत्त्वपूर्ण बहुअभिवृत्ति परीक्षणमाला हैं। इस परीक्षणमाला का उपयोग व्यावसायिक परामर्श (vocational counselling) तथा कर्मचारी चयन (employee selection) के लिए किया जाता है। इस परीक्षणमाला का निर्माण फ्लैनेगन (Flanagan) द्वारा किया गया जिसके द्वारा 21 व्यावसायिक अभिवृत्ति (vocational aptitude) का मापन होता है। इसमें से 19 व्यावसायिक अभिवृत्ति को मापने के लिए शाब्दिक परीक्षण (verbal tests) विकसित किये गए हैं तथा बाकी दो अभिवृत्तियों को मापने के लिए क्रियात्मक परीक्षण (performance test) विकसित किये गए हैं। पूरे परीक्षण-माला को तीन भागों (sections) में बाँटकर क्रियान्वयन किया जाता है और करीब 10½ घंटे का समय सम्पूर्ण क्रियान्वयन में लगता है।

(ख) विशिष्ट अभिवृत्ति परीक्षण *(Specific aptitude test)*—विशिष्ट अभिवृत्ति परीक्षण वैसे परीक्षण को कहा जाता है जिसके द्वारा किसी विशिष्ट (specific) न कि सामान्य अभिवृत्ति का मापन होता है। विशिष्ट अभिवृत्ति (specific aptitude) से तात्पर्य व्यक्ति में अन्तर्निहित किसी विशेष तरह की अन्तशक्ति (potential) जैसे गाना गाने की विशिष्टता या लिपिकीय अभिवृत्ति आदि से होती है। कुछ विशिष्ट अभिवृत्ति परीक्षण का वर्णन निम्नांकित हैं—

1. लिपिकीय अभिवृत्ति परीक्षण *(Clerical Aptitude Test)*—इस तरह की अभिवृत्ति परीक्षण द्वारा व्यक्ति की लिपिकीय अभिवृत्ति अर्थात् किसी कार्य को तेजी से शुद्ध-शुद्ध करने की क्षमता का मापन होता है। **माइनेसोटा लिपिकीय परीक्षण** (Minnesota Clerical Aptitude test) इस तरह के अभिवृत्ति परीक्षण का एक उदाहरण है। इस परीक्षण के दो भाग हैं—*संख्या तुलना* (number comparision) तथा *नाम तुलना* (name comparision)। पहले भाग में व्यक्ति दिये गए दो लम्बे संख्याओं को तुलना करता है तथा दूसरे भाग में व्यक्ति दो नामों की तुलना करता है। इन दोनों भागों में तुलना करने के बाद व्यक्ति को यह बतलाना होता है कि दोनों एक ही हैं या भिन्न हैं। प्रत्येक भाग के सभी एकांशों का उत्तर एक निश्चित समय सीमा के भीतर देना होता है और यादृच्छिक अनुक्रियाओं (random responding) को नियंत्रित करने के लिए एक विशेष सूत्र भी दिया गया है। इसी तरह के लिपिकीय अभिवृत्ति परीक्षण और भी कई हैं जिनका उपयोग मनोवैज्ञानिकों द्वारा किया गया है।

2. यांत्रिक अभिवृत्ति परीक्षण *(Mechanical aptitude test)*—इस तरह के परीक्षण द्वारा यांत्रिक अभिवृत्ति (mechanical aptitude) का मापन होता है। यांत्रिक अभिवृत्ति के कई पहलू होते हैं और प्रत्येक पहलू को मापने के लिए अलग-अलग परीक्षण का निर्माण सामान्यतः किया गया है जिनका वर्णन निम्नांकित हैं—

(i) यांत्रिक सज्जीकरण परीक्षण *(Mechanical Assembly Test)*—इस परीक्षण द्वारा मशीन के विभिन्न पार्ट-पुर्जों को एकत्रित करके उसे ठीक क्रम में सजाने (assemble) की क्षमता का मापन होता है। एक दिये हुए समय में वह जितने पार्ट-पुर्जों को सही ढंग से सजाता है, उसका प्राप्तांक (score) इस परीक्षण पर उतना ही अधिक होगा। माइनेसोटा सज्जीकरण परीक्षण (Minnesota Assembly test) एक ऐसा ही परीक्षण हैं।

(ii) सूचना परीक्षण *(Information test)*—इस परीक्षण द्वारा मशीन के पार्ट-पुर्जों एवं संचालन के बारे में व्यक्ति के मन में संचित सामान्य सूचनाओं के बारे में ज्ञान प्राप्त होता है। इस तरह की सूचना की जरूरत प्रशिक्षु यान्त्रिकों (trainee mechanics) के चयन में काफी उपयोगी बतलाया गया है। यांत्रिक सूचना परीक्षण (mechanical information test) का सबसे उत्तम नमूना *ओरोके यान्त्रिक अभिवृत्ति परीक्षण* ('O' Rouke Mechanical Aptitude test) हैं। इस परीक्षण के दो भाग हैं—पहले भाग में व्यक्ति औजार जैसे स्क्रूड्राइवर (Screwdriver) को उन वस्तुओं की आकृतियों जैसे स्क्रू (screw) से मिलाना होता है। दूसरे भाग में, कुछ बहु-विकल्प एकांश (multiple-choice) होते हैं जिनके द्वारा औजार तथा उपयोग से सम्बन्द्ध ज्ञान का मापन होता है।

(iii) यांत्रिक तर्कणा परीक्षण *(Mechanical Reasoning test)*—इस परीक्षण में यांत्रिक परिस्थितियों के बारे में चिन्तन करके किसी विशेष निष्कर्ष पर पहुँचने की क्षमता का मापन होता है। यांत्रिक तर्कणा परीक्षण का सबसे उत्तम उदाहरण *विनेट्ट यांत्रिक बोध परीक्षण* (Bennett Mechanical comprehension test or BMCT) हैं। इस परीक्षण में कुछ परिस्थिति के साथ वस्तुओं या परिस्थितियों का चित्रण रहता है जिसे देखकर व्यक्ति को दिये गए प्रश्न का उत्तर करना होता है। इस परीक्षण के एकांशों के सदृश एकांश का एक नमूना चित्र 12.10 में हैं। चित्र में कौन व्यक्ति अधिक भार ढो रहा है? इसे व्यक्ति को बतलाना होता है।

चित्र 12.10 : यांत्रिक बोध परीक्षण के एकांश का एक नमूना

(iv) दक्षता परीक्षण *(Dexterity test)*—इस परीक्षण द्वारा हाथ, अंगुली आदि को विशेष ढंग से उपयोग करने की दक्षता की माप होती है। बहुत सारे यांत्रिक पेशाएँ (mechanical occupations) ऐसे होते हैं जिनमें ऐसी दक्षता की जरूरत पड़ती हैं। ऐसे कई तरह के दक्षता परीक्षण हैं जिनका उपयोग प्रायः किया जाता है। उनमें *बिनेट हैण्डटूल दक्षता परीक्षण* (Bennett Handtool Dexterity Test) *स्ट्रोमवर्ग दक्षता परीक्षण* (Stromberg Dexterity Test) आदि प्रमुख हैं। दक्षता परीक्षण का क्रियान्वयन वैयक्तिक रूप से किया जाता है।

(v) स्थानिक सम्बन्ध परीक्षण *(Spatial relation test)*—इस परीक्षण द्वारा व्यक्ति में स्थानिक सम्बन्धों (space relation) अर्थात् वस्तुओं के सही स्थिति में होने के प्रत्यक्षण की क्षमता आदि का मापन होता है। इस तरह के गुणों की जरूरत प्रायः अभियांत्रिकी (engineering), पाण्डुनलेखंन (Drafting), कला आदि के क्षेत्र में जरूरत पड़ती है। इस तरह के परीक्षण का सबसे उत्तम उदाहरण—*माइनेसोटा पेपर फार्म बोर्ड परीक्षण* (Minnesota Paper Form Board Test) हैं। इस परीक्षण में 65 असुसज्जित ज्यामितीय आकृति (disarranged geometric figure) होते हैं। प्रत्येक आकृति एकांश के उत्तर के रूप में पाँच विशेष तरह की आकृत्ति दिये होते हैं। व्यक्ति को इनमें से सही आकृति का चयन करना होता है।

3. संगीतिक एवं कलात्मक अभिवृत्ति परीक्षण *(Musical and Artistic Aptitude test)*—सांगीतिक अभिवृत्ति परीक्षण (musical aptitude test) द्वारा व्यक्ति के सांगीतिक अभिवृत्ति (musical aptitude) का मापन होता है। सीशोर द्वारा निर्मित परीक्षण जिसका नाम *सीशोर मेजर्स ऑफ म्युजिकल टैलेन्ट* (Seashore Measures of Musical Talent) हैं, एक मशहूर सांगीतिक परीक्षण है। इस परीक्षण में श्रवण विभेदन (auditory discrimination) के छह पहलुओं का ध्वनिलेख रिकार्ड (photograph record) व्यक्ति को सुनाया जाता है और उन्हें उनमें सही विभेद करना होता है। वे छह पहलू हैं—*तारत्व* (pitch), *प्रबलता* (loudness), *समय* (time), *ध्वनिरूप* (timbre), *लय* (rhythm) तथा *ध्वनिक स्मृत्ति* (tonal memory)। विंग्स (Wings) द्वारा निर्मित *विंग्स स्टैन्डराइजिड् टेस्ट ऑफ म्यूजिकल इन्टेलिजेन्स* (Wing Standardized Test of Musical Intelligence) दूसरा प्रमुख सांगीतिक अभिवृत्ति परीक्षण है जिसका निर्माण इंगलैण्ड में किया गया है। इस परीक्षण के सात उपपरीक्षण हैं—*कौर्ड विश्लेषण* (chord analysis), *तारत्व विभेदन* (pitch discrimination), *तारत्व की स्मृति* (memory for pitch), *स्वरसंगति* (harmony), *तीव्रता* (intensity), *लय* (rhythm) तथा *फ्रेजिंग* (phrasing)। विंग परीक्षण सीशोर परीक्षण से इस अर्थ में भिन्न हैं कि इसके अंतिम चार उपपरीक्षणों द्वारा विभिन्न कौर्ड के सौंदर्य संवेदी गुणों का मूल्यांकन हो पाता है जबकि सीशोर परीक्षण में ऐसा नहीं हो पाता है।

कलात्मक अभिवृत्ति परीक्षण (Artistic aptitude test) द्वारा कलामक अभिवृत्ति (artistic aptitude) का मापन होता है जो दो प्रकार का होता है—*सौंदर्य-संवेदी निर्णय* (aesthetic judgement) तथा *सौंदर्य-संवेदी उत्पादन* (aesthetic production)। सौंदर्य-संवेदी निर्णय को मापने का सबसे उत्तम परीक्षण *मियर आर्ट निर्णय परीक्षण* (Meier Art Judgement Test) है। इस परीक्षण में काला और उजला प्लेट के 100 युग्म (pairs) होते हैं और व्यक्ति को यह बतला दिया जाता है कि युग्म के दोनों प्लेटों में क्या अन्तर है। उनका कार्य यह निर्णय करना होता है कि वे किसे पसंद करते हैं। उनमें इस पसंदगी के आधार पर कलात्मक अभिवृत्ति (aesthetic aptitude) का मापन होता है। सौंदर्य-संवेदी उत्पादन (aesthetic production) को मापने के लिए एक विशेष परीक्षण जिसे *हार्न आर्ट अभिवृत्ति आविष्कारिका* (Horn Art Aptitude Inventory) कहा जाता है, बनाया गया है। इस परीक्षण के दो भाग

हैं—*स्क्रीबल तथा डुडल भाग* (Scribble and doodle section) तथा *प्रतिमावली भाग* (imagery section)। पहले भाग में व्यक्ति को एक दिये गये समय सीमा (3 से 10 सेकेण्ड) के भीतर 20 भिन्न परन्तु परिचित वस्तु—जैसे पेड़, किताब, टेबूल आदि का रेखांकन करना होता है। प्रतिमावली भाग में बारह आयत होते हैं जिसमें कई रेखाएँ होतीं हैं और इनकी मदद से व्यक्ति को प्रतिनिधिक तस्वीर बनाना होता है।

इसके अलावा भी बहुत सारे अभिवृत्ति परीक्षण उपलब्ध हैं जिनके सहारे अभिवृत्ति का मापन होता है। उन सभी तरह के परीक्षणों का जिक्र यहाँ सम्भव नहीं है।

सर्जनात्मकता की माप
(Measurement of Creativity)

सर्जनात्मकता के स्वरूप की व्याख्या पहले की जा चुकी हैं। अतः यहाँ पर हम सिर्फ इसके मापन की प्रविधियों पर विचार करेंगे तथा साथ-ही-साथ इस क्षेत्र के कुछ प्रमुख मनोवैज्ञानिकों जैसे गिलफोर्ड, टॉरेन्स (Torrance) आदि के विचारधाराओं पर भी प्रकाश डालेंगें।

1. गिलफोर्ड प्रविधि (*Guilford technique*)—गिलफोर्ड (Guilford, 1967) ने सर्जनात्मकता के क्षेत्र में महत्त्वपूर्ण कार्य किये हैं। इनका मत हैं कि सर्जनात्मकता की माप करने के लिए जो भी परीक्षण बनाया जाता है, वह मानसिक प्रक्रिया (mental process) के एक खास पहलू का मापन करता है। इनका मत है कि सर्जनात्मकता में अपसारी चिन्तन (divergent thinking) न कि अभिसारी चिन्तन (convergent thinking) सम्मिलित होता है। अपसारी चिन्तन में व्यक्ति दी गयी सूचनाओं के आधार विभिन्न दिशाओं में चिन्तन करके किसी निष्कर्ष पर पहुँचता है। इस तरह के चिन्तन में समस्या का समाधान व्यक्ति तभी कर पाता हैं जब वह अपनी ओर से कुछ नया तत्त्व या सूचनाओं को परिस्थिति में ला पाता है। इन्होंने सर्जनात्मकता को मापने के लिए दो तरह के परीक्षणों पर अधिक बल डाला है—असाधारण उपयोग परीक्षण (Unusual uses test) तथा परिणाम परीक्षण (Consequences test)।

(i) असाधारण उपयोग परीक्षण (*Unusual uses test*)—इस तरह के परीक्षण में परीक्षार्थी (testee) को सामान्य वस्तु (common object) का उपयोग बतलाने के लिए कहा जाता है। उसे इस बात का निर्देश दिया जाता है कि वे प्रत्येक दिये गये वस्तु का जितना अधिक-से-अधिक उपयोग बतला सकते हैं, बतलावें। इसके बाद उनमें से यह तय किया जाता है कि कितना उपयोग ऐसा है जो असाधारण (unusual) हैं परन्तु उपयुक्त (appropriate) हैं। ऐसे ही उपयोग को सर्जनात्मकता का सही माप मान लिया जाता है। ऐसे उपयोगों की संख्या जितनी ही अधिक होती है, व्यक्ति में सर्जनात्मकता का गुण उतना ही अधिक समझा जाता है। जैसे, किसी परीक्षार्थी को ईंट का उपयोग बतलाने के लिए कहा जा सकता है। यहाँ कुछ सम्भावित उत्तर दिये जा रहे हैं—

(क) मकान बनाने के काम आना।
(ख) किसी को मारने के काम आना।
(ग) कुत्ता या बिल्ली को भगाने के काम आना।
(घ) काँटी ठोकने के काम आना।
(ङ) खिड़की का शीशा तोड़ने में काम आना।
(च) पेपरवेट (paperweight) के रूप में उपयोग करना।
(छ) लाल पाउडर (red powder) बनाने के काम आना।

इस तरह से दिए गए उत्तरों में असाधारण परन्तु उपयुक्त उत्तर के आधार पर सर्जनात्मकता (creativity) का माप किया जाता है।

(ii) परिणाम परीक्षण (*Consequence test*)—इस तरह के परीक्षण में परीक्षार्थी को कुछ परिवर्तन (changes) के परिणाम (consequence) के बारे में बतलाने के लिए कहा जाता है। उसे यह विशेष रूप से कहा जाता है कि बतलाए गए परिवर्तनों के अधिक-से-अधिक परिणामों के बारे में बतलावें। उन उत्तरों में से नवीन परन्तु उपयुक्त उत्तरों की पहचान विशेषज्ञों द्वारा की जाती है और ऐसे ही उत्तरों को सर्जनात्मकता (creativity) का सूचक माना जाता है। जैसे, परीक्षार्थी (testee) से यह प्रश्न पूछा जा सकता है—

क्या परिणाम होगा जब अचानक सभी लोग अपना सन्तुलन खो बैठे और सीधे अपने पैर पर खड़ा रखने में अपने आप को असमर्थ पायें?

इस प्रश्न के कुछ निम्नांकित सम्भावित उत्तर हो सकते है—

(क) जूता बिकना बन्द हो जाएगा।

(ख) हेलियम बैलून को लोगों के सिरे से बाँध दिया जाएगा ताकि वे खड़ा रहकर सन्तुलन बनाये रखें।

(ग) राजनैतिक पार्टियों में स्टैंडिंग कमेटी (standing committee) नहीं होगा।

(घ) सभी व्यक्तियों की औसत ऊँचाई लगभग 2½ फीट ही होगी।

(ङ) डाक्टरों के यहाँ रोगियों की संख्या में अधिक वृद्धि हो जाएगी।

इस तरह से दिए गए उत्तरों में से नये परन्तु उपयुक्त उत्तरों के आधार पर सर्जनात्मकता (creativity) का आकलन किया जाता है। ऐसे उत्तरों की संख्या जितनी ही अधिक होती है, व्यक्ति में सर्जनात्मकता उतनी ही अधिक समझी जाती है।

2. टॉरेन्स प्रविधि *(Torrance technique)*—सर्जनात्मकता को मापने के लिए टॉरेन्स (Torrance, 1966) ने भी एक परीक्षण का निर्माण किया है, जो काफी लोकप्रिय साबित हुआ है। इस परीक्षण के दो भाग हैं—शाब्दिक भाग (verbal section) तथा आकृतिक भाग (Figural section)। शाब्दिक भाग के तीन उपभाग हैं जिनका वर्णन इस प्रकार हैं—

(i) **पूछना और अनुमान करना** *(Ask and Guess)*—इस उपभाग में व्यक्ति को एक तस्वीर या आकृति (figure) दी जाती है और यह अनुमान लगाने के लिए कहा जाता है कि देखे गये आकृति किस तरह से या किन कारकों के कारण बना होगा तथा आगे इस तस्वीर में क्या होने वाला है।

(ii) **उत्पादन उन्नति** *(Product improvement)*—इसमें व्यक्ति को एक खिलौना दिखाया जाता है और उन्हें कुछ ऐसा सुझाव देने के लिए कहा जाता है जिससे खिलौना कुछ अजूबा दिखाई पड़े।

(iii) **असाधारण उपयोग** *(Unusual uses)*—इसमें व्यक्ति साधारण वस्तु जैसे टेबुल, कुर्सी, टीन आदि का जितना असाधारण उपयोग उसके मन में आ सकता है, बतलाने के लिए कहा जाता है।

आकृतिक भाग (Figural section) में व्यक्ति को जिसकी सर्जनात्मकता (creativity) को मापा जा रहा है, कुछ ऐसा रेखांकन (drawings) करने के लिए कहा जाता है, जिसमें किसी वस्तु का प्रतिनिधत्व हो। इसके प्रत्येक उपपरीक्षण (subject) में एक वृत्त (circle) दिया जाता है तथा उस वृत्त को केन्द्र मानकर जितना तस्वीर वह बनाना चाहे, उसे एक निर्धारित समय सीमा के भीतर बनाना होता है। शाब्दिक भाग (verbal section) तथा आकृतिक भाग (Figural section) के लिए प्रत्येक में 45-45 मिनट लगता है।

टॉरेन्स परीक्षण में सर्जनात्मकता (creativity) के तीन पहलुओं के मापन पर जोर डाला जाता है—*प्रवाहिता* (fluency), *लचीलापन* (flexibility) तथा *मौलिकता* (originality)। यह एक कसौटी-संदर्भित परीक्षण (criterion-reference test) है।

3. रिमोट एसोसियेट टेस्ट *(Remote Associate Test or RAT)*—इस परीक्षण का प्रतिपादन मेडनिक एवं मेडनिक (Mednick & Mednick, 1971) द्वारा किया गया है। इस परीक्षण में कुल 40 एकांश हैं। प्रत्येक एकांश में छात्रों को विशेषकर उच्च विद्यालय (high school) के छात्रों को तीन-तीन शब्द दिये जाते हैं और उन्हें चौथा शब्द जो इन तीनों से सम्बन्धित होता है, बतलाना होता है। ये तीनों शब्द आपस में एक तरह का दूरस्थ साहचर्यात्मक गुच्छ (remote associative cluster) का निर्माण करते हैं तथा चौथा शब्द उनमें एक तरह का मध्यस्थ सम्बन्ध (mediating link) की स्थापना करता है। उदहारण के रूप में इसके कुछ एकांशों को उद्धृत किया जा रहा है।

एकांश (Items)			उत्तर
1. Cookies	Sixteen	Heart	*Sweet*
2. Base	Snow	Dance	*Ball*
3. Rat	Blue	Cottage	*Cheese*

ऊपर दिये गए तीन उदाहरण में जो तीन-तीन शब्द दिए गए हैं, उनमें आपस में सम्बन्ध उत्तर के रूप में दिए गए शब्द से स्थापित किया गया है। सचमुच में उत्तर के रूप में दिए गए शब्द वैसे शब्द नहीं हैं जो मन में सबसे पहले आये हों। वे निश्चित रूप से असामान्य (uncommon) हैं या वे तीनों शब्दों का एक दूरस्थ साहचर्य (remote association) कायम करते हैं। पहला एकांश का सही उत्तर Sweet है जो इस तरह से अपने एकांश के तीनों शब्दों के साथ साहचर्यित होते हैं—Sweet cookies, Sweet Sixteen, Sweet Heart; उसी तरह से दूसरे एकांश का सही उत्तर 'ball' है जो इस तरह से अपने एकांश के साथ साहचर्यित होता है—Baseball, Snowball तथा Danceball।

इसकी तरह से Cheese शब्द अन्य एकांशों के तीनों शब्दों के साथ इस प्रकार सम्बन्धित है—Rat cheese, blue cheese, cottage cheese।

RAT द्वारा सर्जनात्मकता मापने के पीछे एक महत्त्वपूर्ण पूर्वकल्पना यह है कि व्यक्ति दूरस्थ तत्त्वों (distant elements) के आधार पर नये संयोग (new combination) का निर्माण करता है तथा यह बनने वाला नया संयोग निश्चित रूप से अर्थपूर्ण होता है।

4. वर्णविपर्यय परीक्षण (*Anagrams test*)—सर्जनात्मकता की माप के लिए मनोवैज्ञानिकों ने वर्णविपयर्य का निर्माण किया है। वर्णविपयर्य से तात्पर्य उस स्थिति से होता है जिसमें शब्दों के अक्षरों के सही क्रम (sequence) को उलट-पुलट दिया जाता है ताकि उससे बनने वाला शब्द अर्थहीन एंव बिलकुल ही नया हो जाता है। इस परीक्षण में व्यक्ति को एक शब्द जैसे मान लिया जाए 'ENVIRONMENT' दे दिया गया और इनमें व्यवहृत अक्षरों के आधार पर जितना अधिक-से-अधिक नया शब्द वे बना सकते हैं, उन्हें बनाने के लिए कहा जाता है। इन बनाये गए शब्दों का मूल्यांकन उनके सापेक्ष असाधारणता (relative infrequency) के रूप में की जाती है। दिये गए शब्द के अक्षरों से व्यक्ति जितनी ही अधिक असाधारण शब्द बना पाता है, उसमें सर्जनात्मकता की मात्रा उतनी ही अधिक होते समझी जाती है।

5. कुछ भारतीय परीक्षण (*Some Indian tests*)—सर्जनात्मकता को मापने के लिए भारतीय मनोवैज्ञानिकों द्वारा भी कुछ परीक्षण विकसित किये गये हैं। बॉकर मेंहदी (Baquer Mehdi) ने सर्जनात्मकता को मापने के लिए शार्ब्दिक परीक्षण (verbal test) तथा अशाब्दिक परीक्षण (non-verbal test) दोनों ही विकसित किया है। शाब्दिक परीक्षण हिन्दी तथा अंग्रेजी दोनों ही भाषाओं में उपलब्ध है। इसके द्वारा सर्जनात्मकता के तीन पहलुओं का मापन होता है—प्रवाहिता (fluency), लचीलापन (flexibility) तथा मौलिकता (originality)। बी॰ के॰ पास्सी (B. K. Passi) ने भी सर्जनात्मकता को मापने के लिए परीक्षण का निर्माण किया है। यह अंग्रेजी तथा हिन्दी दोनों भाषाओं में उपलब्ध है। इस परीक्षण के शाब्दिक उपपरीक्षण में चार भाग हैं तथा अशाब्दिक उपपरीक्षण के दो भाग हैं। वी॰ पी॰ शर्मा एवं जे॰ पी॰ शुक्ल (V. P. Verma & J. P. Shukla) ने वैज्ञानिक सर्जनात्मकता (scientific creativity) मापने के लिए एक परीक्षण का निर्माण किया है। इससे 12 एकांश (items) हैं जिसे चार उप परीक्षणों में बाँटा गया है—परिणाम (consquences), असाधारण (unusual) नया सम्बन्ध (new relationship) तथा सोचिए ऐसा क्यों? प्रत्येक एकांश को धारा प्रवाहिता (fluency), लचीलापन (flexibility) तथा मौलिकता (originality) के लिए प्राप्तांक लेखन (scoring) किया जाता है। सातवें से आठवें कक्षा के छात्रों के लिए मानक (norms) भी उपलब्ध है। के॰ एन॰ शर्मा (K. N. Sharma, 1987) ने भी सर्जनात्मक चिन्तन को मापने के लिए एक परीक्षण का निर्माण किया है। इसका नाम है—डाइवरजेन्ट प्रोडक्शन एविलिटिज टेस्ट (Divergent Production Abilities Test)। इसके द्वारा सर्जनात्मक चिन्तन का मापन चार तरह के विभिन्न विमाओं द्वारा होता है। वे चार विमा हैं—धारा प्रवाहिता (fluency), मौलिकता (originality), लचीलापन (flexibility) तथा विस्तरण (elaboration)।

सर्जनात्मकता के पहलू : परस्परविरोधी विचारधारा
(Aspects of Creativity : A Contrasting View)

सर्जनात्मकता के विभिन्न पहलुओं या तत्त्वों या विमाओं का अध्ययन गिलफोर्ड (Guilford, 1967) तथा टॉरेन्स (Torrance), मेडनिक (Mednick), वर्नन (Vernon) आदि मनोवैज्ञानिकों द्वारा काफी विस्तृत रूप से किया गया है जिनसे यह स्पष्ट हुआ है कि सर्जनात्मकता के सामान्यतः निम्नांकित प्रमुख चार पहलू हैं—

1. **धाराप्रवाहिता** (*Fluency*)—इससे तात्पर्य अनेक तरह के विचारों की खुली अभिव्यक्ति (unrestricted expression) से होता है। उक्त मनोवैज्ञानिकों के अनुसार धाराप्रवाहिता का सम्बन्ध शब्द (words) साहचर्य स्थापित करने तथा शब्दों की अभिव्यक्ति करने से सम्बन्धित होता है।
2. **लचीलापन** (*Flexibility*)—लचीलापन से तात्पर्य समस्या के समाधान के लिए विभिन्न ढंगों एवं तरीकों को अपनाये जाने की क्षमता से होता है। इससे यह पता चलता है कि व्यक्ति समस्या को कितने तरीकों से समाधान करता है। मात्रात्मक रूप से (quantatively), लचीलापन एक तरह से बहुमुखता (variety) का मापन करता है।
3. **मौलिकता** (*Originality*)—मौलिकता से तात्पर्य समस्या समाधान के लिए व्यक्ति द्वारा दी गई अनुक्रियाओं में निहित अनोखापन (uniqueness) से होता है। जब व्यक्ति समस्या के समाधान के रूप में एक बिलकुल ही नया अनूठा एंव उपयुक्त अनुक्रिया करता है तो ऐसा समझा जाता है कि उसमें मौलिकता का गुण है।

4. **विस्तारण** (*Elaboration*)—विचारों को सार्थक रूप से बढ़ा-चढ़ाकर विस्तार करने की क्षमता को विस्तारण कहा जाता है। इसमें व्यक्ति ऊँचे-ऊँचे विचारों को एक साथ संगठित कर उसका अर्थपूर्ण ढंग से विस्तार करता है और पुनः नये विचारों को जन्म देता है।

स्पष्ट हुआ कि सर्जनात्मकता के कई तत्त्व हैं। जब भी मनोवैज्ञानिकों द्वारा सर्जनात्मकता को मापने का प्रयास किया जाता है, तो इन्हीं पहलुओं पर ध्यान दिया जाता है।

अभी हाल में प्रयोगात्मक मनोवैज्ञानिकों (cognitive psychologists) ने इस प्रश्न पर विचार करते हुए कि सर्जनात्मकता की उत्पत्ति में कौन-कौन कारक सम्मिलित होते हैं यह स्पष्ट किया है कि इसमें संज्ञानात्मक चिन्तन के दौरान व्यक्ति में होने वाली प्रक्रियाएँ (process) काफी महत्त्वपूर्ण होतीं हैं। इनके द्वारा किये गए शोधों से यह स्पष्ट हुआ है कि सर्जनात्मकता की उत्पत्ति में कुछ विशेष प्रक्रियाएँ जैसे स्मृति से सूचनाओं की पुनःप्राप्ति (retrieval), साहचर्य, परिवर्तन (transformation), संश्लेषण (synthesis), मानसिक रूप से विभिन्न वस्तुओं को कुछ श्रेणियों में रखने आदि की प्रक्रिया महत्वपूर्ण भूमिका निभाता है। इन शोधों में वार्ड, स्मीथ तथा वैद्य (Ward, Smith & Vaid, 1997) द्वारा किया गया अध्ययन महत्वपूर्ण है। कुछ प्रयोगात्मक मनोवैज्ञानिकों का मत है कि सर्जनात्मकता व्यक्ति की दिन प्रतिदिन की जिंदगी का हिस्सा होता है। जब-जब व्यक्ति किसी नये शब्द को बोलता है या नया वाक्य बोलता है, वह सर्जनात्मक क्षमता का प्रदर्शन करता है। दिन-प्रतिदिन के इस तरह की सर्जनात्मकता को *सांसारिक सर्जनात्मकता* (mundane creativity) कहा जाता है जो *अपवादात्मक सर्जनात्मकता* (exceptional creativity) से भिन्न है। अपवादात्मक सर्जनात्मकता उसे तात्पर्य एक ऐसी मानसिक क्षमता से होती है जिसमें व्यक्ति अबतक से बिलकुल ही भिन्न एवं नया विचार प्रतिपादित करता है।

सांसारिक सर्जनात्मकता तथा अपवादात्मक सर्जनात्मकता में क्या अंतर है? परकिन्सन (Perkins, 1997) ने इस बिन्दु पर टिप्पणी करते हुए कहा है कि इस दोनों में मुख्य अन्तर यह है कि सांसारिक सर्जनात्मकता उन समयाओं के समाधान में प्रतिबिम्बित होता है जिसके बारे में व्यक्ति का गत ज्ञान (past knowledge) तथा अनुभूति से कुछ मदद मिलता है क्योंकि इसमें व्यक्ति को यह पता होता है कि उन्हें समाधान के लिए क्या करना चाहिए। परन्तु अपवादात्मक सर्जनात्मकता में व्यक्ति को समस्या का समाधान नाटकीय (dramatic) ढंग से करना होता है तथा इसमें चिंतन का स्वरूप नया एवं अनोखा होने के कारण उसके गत अनुभूति तथा ज्ञान से उसे कोई मदद नहीं मिलता है।

सर्जनात्मकता का यह संज्ञानात्मक उपागम निश्चित रूप में मनोविज्ञान में प्रबल रहा है परन्तु इसका मतलब यह नहीं कि अन्य उपागम निष्क्रिय रहे हैं। जैसे समाज मनोवैज्ञानिकों का दृष्टिकोण व्यक्तित्व के शीलगुणों जो व्यक्ति को सर्जनात्मक बनाता है तथा वैसे पर्यावरणी अवस्थाएँ जो सर्जनात्मकता को प्रोत्साहित करते हैं, पर बल डालता है। इस विचारधारा के प्रमुख समर्थक सिमोनटोन (Simonton, 1994) हैं। कुछ अन्य लोगों द्वारा आन्तरिक अभिप्रेरण (intrinsic motivation) को सर्जनात्मकता का एक प्रमुख कारक माना गया।

अभी हाल के वर्षों में सर्जनात्मकता का एक नया उपागम (approach) जिसे *सम्मिलित उपागम* (Confluence approach) कहा जाता है, को मनोवैज्ञानिकों द्वारा अधिक मान्यता दी जाने लगी है। ऐमावईल (Amabile, 1983) का मत है कि सर्जनात्मकता उत्पन्न होने के लिए बहुत सारे तत्वों को अभिमुखित (converge) होना अनिवार्य है। लुवार्ट (Lubart, 1994) के अनुसार सर्जनात्मकता में निम्नांकित छह तरह के कारकों को अभिमुख होना अनिवार्य है—

1. **बौद्धिक क्षमता** (*Intellectual abilities*)—इसमें कई तरह की क्षमताएँ सम्मिलित होती हैं जिनमें समस्याओं को नये ढंग से देखने की क्षमता, विभिन्न विचारों में से उत्तम विचार को स्वीकृत करने की क्षमता, नये विचारों को दूसरों द्वारा स्वीकार कराने की क्षमता आदि सम्मिलित होते हैं।
2. **ज्ञान** (*Knowledge*)—दिये गये क्षेत्र में आगे बढ़ने के लिये पर्याप्त ज्ञान भंडार का होना।
3. **विशेष तरह का चिंतन** (*Certain types of thinking*)—इसमें किसी बिन्दु या समस्या पर नये ढंग से सोचने तथा उसपर व्यापक रूप से (globally) चिन्तन करने की क्षमता सम्मिलित होती है।
4. **व्यक्तित्व शीलगुण** (*Personality traits*)—सर्जनात्मकता में कुछ विशेष तरह के व्यक्तित्व शीलगुणों का होना अनिवार्य है। इन शीलगुणों में जोखिम उठाने की इच्छा (willingness to take risk) तथा अस्पष्टता (ambiguity) को बर्दाश्त करने का शीलगुण आदि मुख्य रूप से शामिल किये गए हैं।
5. **आंतरिक कार्य-केन्द्रित अभिप्रेरण** (*Intrinsic, task-focused motivation*)—सर्जनात्मक व्यक्ति में आंतरिक अभिप्रेरण (intrinsic motivation) अधिक होता है। ऐसे व्यक्ति जिस कार्य को करते हैं, उनमें उन्हें आंतरिक अभिप्रेरण (intrinsic motivation) अधिक महशुश होता है। परिणामस्वरूप, वे ऐसे कार्य को अधिक पसंद करते हैं।

6. **पर्यावरण** (*Environment*)—सर्जनात्मकता उत्पन्न होने के लिए यह आवश्यक है कि उद्दीपक परिस्थिति ऐसी हो जिससे सर्जनात्मक विचार उत्पन्न होने में प्रोत्साहन मिले।

स्टर्नबर्ग तथा लुबार्ट (Sternberg & Lubart, 1996) का मत है कि व्यक्ति में सर्जनात्मकता की उच्च स्तर की प्राप्ति तभी हो सकती है जब उपर्युक्त सभी कारक व्यक्ति में उपस्थित हों। दूसरे शब्दों में यह कहा जा सकता है कि सचमुच में सर्जनात्मकता की उत्पत्ति के लिए बहुत से कारकों का अभिमुखित होना आवश्यक है। सर्जनात्मकता के इस सम्मिलन उपागम का समर्थन कई आधुनिक अध्ययनों से हुआ है जिसमें लुबार्ट तथा स्टर्नबर्ग (Lubart & Sternberg, 1995) द्वारा किया गया अध्ययन विशेष रूप से उल्लेखनीय है। इस अध्ययन में 18 साल से लेकर 65 वर्ष की आयु के 48 प्रयोज्यों से चार क्षेत्रों में सर्जनात्मक प्रस्तुति (creative product) तैयार करने के लिए कहा—लेखन (writing), कला (art), विज्ञापन (advertisement) तथा विज्ञान (science)। इन सभी क्षेत्रों में उनके द्वारा की गयी प्रस्तुति का रेटिंग समग्र सर्जनात्मकता (overall creativity), नवीनता (novelty) तथा प्रत्यक्षित प्रयास (perceived effort) आदि पर किया गया। इसके अतिरिक्त इन प्रयोज्यों पर दो व्यक्तित्व परीक्षणों, चिंतन शैली का परीक्षण तथा बुद्धि का परीक्षण भी क्रियान्वयन किये गए। परिणाम में निम्नांकित तीन बातें स्पष्ट रूप से पायी गयी—

(i) चारों क्षेत्र में रेटर द्वारा किये गए रेटिंग में आपस में काफी सहमति थी। वे इस बात पर सहमत थे कि कौन सा प्रस्तुति को सर्जनात्मक माना जाना चाहिए तथा कौन-सा प्रस्तुति को सर्जनात्मक नहीं माना जाना चाहिए। इससे यह पता चलता है कि सर्जनात्मकता का वैज्ञानिक अध्ययन सम्भव है।

(ii) किसी एक क्षेत्र की सर्जनात्मकता दूसरे क्षेत्र की सर्जनात्मकता से मात्र साधारण ढंग से ही सम्बन्धित थी जिससे यह पता चलता है कि व्यक्ति एक क्षेत्र में सर्जनात्मक हो सकता परन्तु दूसरे क्षेत्र में नहीं।

(iii) बौद्धिक क्षमता, चिंतन शैली तथा व्यक्तित्व शीलगुण सभी सर्जनात्मकता से सार्थक रूप से सम्बन्धित पाये गए।

सर्जनात्मकता को प्रभावित करने वाले कारक
(Factors Influencing Creativity)

सर्जनात्मकता एक ऐसी मानसिक क्षमता है जो कई कारकों से प्रभावित होकर उन्नत होती है। ऐसे कारकों का वर्णन अध्याय-9 में किया जा चुका है। अतः उनकी पुनरावृत्ति उचित नहीं होगी।

अध्याय सारांश — CHAPTER SUMMARY

1. बुद्धि कई तरह की क्षमताओं का एक सम्पूर्ण योग माना गया है जिसके सहारे व्यक्ति उद्देश्यपूर्ण क्रियाएँ करता है, विवेकशील चिन्तन करता है तथा वातावरण के साथ प्रमुख ढंग से समायोजन करता है।
2. बुद्धि के तीन मुख्य प्रकार बतलाये गए हैं—सामाजिक बुद्धि (social intelligence) अमूर्त्त बुद्धि (abstract intelligence) तथा मूर्त बुद्धि (concrete intelligence)
3. मनोवैज्ञानिकों ने बुद्धि की अभिव्यक्ति बुद्धि लब्धि (intelligence quotient) या IQ के रूप में किया है। मानसिक आयु (mental age) को तैथिक आयु (chronological age) से विभाजित करके उसमें 100 से गुणा करने के बाद जो मान (values) प्राप्त होता है, उसे बुद्धिलब्धि कहा जाता है। आधुनिक मनोवैज्ञानिकों द्वारा बुद्धि लब्धि के सम्प्रत्यय के जगह पर विचलन बुद्धिलब्धि (deviation IQ) का उपयोग किया है क्योंकि बुद्धि लब्धि के उपयोग में जो मानसिक आयु (mental age) का सम्प्रत्यय है, उसे मनोवैज्ञानिकों ने एक खास आयु सीमा तक के लिए ही उपयुक्त समझा है।
4. बुद्धि मापन के लिए भिन्न तरह के मापों (measures) अर्थात् परीक्षणों (tests) का वर्णन किया गया है जिसमें बिने-साइमन परीक्षण (Binet-Simon Test), वेक्सलर बुद्धि परीक्षण, रैवेन प्रोग्रेसिव मैट्रीसेज, कैटेल संस्कृति मुक्त परीक्षण आदि का नाम अधिक उपयुक्त है। इसके अलावा कुछ बुद्धि परीक्षणों का निर्माण भारतीय मनोवैज्ञानिकों द्वारा भी किया गया है जो भारत में काफी लोकप्रिय सिद्ध हुए हैं।
5. मनोवैज्ञानिकों ने बुद्धि के स्वरूप की व्याख्या करने के लिए दो तरह के सिद्धान्तों का वर्णन किया है—कारक सिद्धान्त (Factor theories) तथा प्रक्रिया-उन्मुखी सिद्धान्त (Process-oriented theories)। कारक सिद्धान्त

के तहत स्पीयरमैन, थॉर्नडाइक, कैट्टेल्ल, गार्डनर, गिलफोर्ड, वर्नन (Vernon) आदि के सिद्धान्तों की आलोचनात्मक व्याख्या की गयी है तथा प्रक्रिया-उन्मुखी सिद्धान्त के तहत पियाजे तथा स्टर्नवर्ग (Sternberg) के सिद्धान्तों का वर्णन किया गया है।

6. बुद्धि में वैयक्तिक विभिन्नता (individual difference) के अध्ययन के लिए उसमें आनुवंशिकता (heredity) तथा पर्यावरण (environment) के महत्त्व को दर्शाया गया है। दोनों के पक्ष में कई तरह के सबूत उपलब्ध हैं जिनपर गौर करने से यह स्पष्ट हो जाता है कि बुद्धि के निर्धारण में दोनों पक्षों की भूमिका अहं है।

7. बुद्धि की वंशगतिशीलता (heritability) पर भी प्रकाश डाला गया है। वंशागतिशीलता का प्रसार एक से शून्य तक होता है, जो आनुवंशिक परिवर्तनशीलता (genetic variability) तथा सम्पूर्ण परविर्तनशीलता (total variability) का एक अनुपात (ratio) हैं।

8. बुद्धि (intelligence) तथा सर्जनात्मकता (creativity) के बीच अन्तर है। एक सीमा तक इन दोनों के बीच सहसम्बन्ध पाया जाता है और उसके बाद इन दोनों पर अलग-अलग कारकों का प्रभाव पड़ता है।

9. अभिवृत्ति परीक्षण (aptitutde test) द्वारा व्यक्ति की अभिवृत्ति (aptitude) का मापन होता जो व्यक्ति में एक आन्तरिक अन्तःशक्ति (potential) होती है। विभिन्न तरह के अभिवृत्ति परीक्षण उपलब्ध हैं जिन्हें दो भागों में बाँटा गया है—सामान्य अभिवृत्ति परीक्षण (General Aptitude Test) तथा विशिष्ट अभिवृत्ति परीक्षण (Specific Aptitude Test)। इन दोनों के तहत कई तरह के प्ररीक्षणों का विस्तृत वर्णन किया गया है।

10. सर्जनात्मकता (creativity) को मापने के लिए कई प्रविधियों का वर्णन किया गया है जिसमें गिलॉफोर्ड प्रविधि, टॉरेन्स प्रविधि (Torrance techniques), RAT आदि प्रमुख हैं। इस संदर्भ में कुछ भारतीय परीक्षणों का भी जिक्र किया गया है।

11. सर्जनात्मकता (creativity) के कई पहलू हैं जिसमें धाराप्रवाहिता (fluency), लचीलापन (flexibility), मौलिकता (originality) तथा विस्तरण (elaboration) आदि प्रधान हैं।

❑

अध्याय 13

व्यक्तित्व
(PERSONALITY)

व्यक्तित्व की परिभाषा
(Definition of Personality)

मनोवैज्ञानिकों ने व्यक्तित्व के अध्ययन में शुरू से ही काफी अभिरुचि दिखलायी है। अतः यह बिलकुल ही स्वाभाविक है कि व्यक्तित्व की अनेकानेक परिभाषाएँ दी गई हों। आल्लपोर्ट (Allport, 1937) ने व्यक्तित्व की दी गयी सभी परिभाषाओं (definitions) को एकत्रित किया और पाया कि व्यक्तित्व की 49 परिभाषाएँ दी जा चुकी हैं। इन परिभाषाओं को उन्होंने पाँच श्रेणियों में विभाजित कर उनका विशेष अध्ययन किया। परिभाषाओं के क्रम में सबसे पुराना (यानी सबसे पहली) परिभाषा व्यक्तित्व शब्द की उत्पत्ति से सम्बन्धित सम्प्रत्यय पर आधारित है। व्यक्तित्व का अंग्रेजी अनुवाद 'personality' है जो लैटिन शब्द परसोना (persona) से बना है तथा जिसका अर्थ नकाब (mask) से होता है और जिसे नायक (actor) नाटक करते समय पहनते हैं। इस शाब्दिक अर्थ को ध्यान में रखते हुए व्यक्तित्व को बाहरी वेशभूषा तथा दिखावें (external appearance) के आधार पर परिभाषित किया गया है। जिस व्यक्ति का बाहरी दिखावा भड़कीला होता था, उसका व्यक्तित्व उतना ही अच्छा समझा जाता था तथा जिस व्यक्ति का बाहरी दिखावा साधारण होता था, उसका व्यक्तित्व उतना अच्छा नहीं समझा जाता था। परन्तु ऐसी परिभाषाओं को तुरन्त ही अवैज्ञानिक घोषित किया गया और उसके बाद धीरे-धीरे एक-एक करके विभिन्न मनोवैज्ञानिकों ने व्यक्तित्व की अनेकों परिभाषाएँ दीं। ऐसी परिभाषाओं की संख्या 49 थीं जिनका विश्लेषण करने के बाद आल्लपोर्ट (Allport, 1937) ने अपनी ओर से 50वीं परिभाषा व्यक्तित्व का दिया जो आज भी अनेकों मनोवैज्ञानिकों को मान्य है क्योंकि यह परिभाषा काफी विस्तृत (comprehensive) तथा वैज्ञानिक है।

आलपोर्ट[1] (Allport, 1937) के अनुसार, ''व्यक्तित्व व्यक्ति के भीतर उन मनोशारीरिक तंत्रों का गतिशील या गत्यात्मक संगठन है जो वातावरण में उसके अपूर्व समायोजन को निर्धारित करते हैं।''

आलपोर्ट (Allport) की इस परिभाषा में व्यक्तित्व के भीतरी गुणों (inner qualities) तथा बाहरी गुण यानी व्यवहार दोनों को सम्मिलित किया गया है, परन्तु उन्होंने व्यक्तित्व के भीतरी गुणों पर तुलनात्मक रूप से अधिक बल डाला है।

आइजेन्क[2] (Eysenck, 1952) के अनुसार, ''व्यक्तित्व व्यक्ति के चरित्र, चित्रप्रकृति, ज्ञानशक्ति तथा शरीर गठन का करीब-करीब एक स्थायी एवं टिकाऊ संगठन है जो वातावरण में उसके अपूर्ण समायोजन का निर्धारण करता है।''

इस परिभाषा तथा आलपोर्ट की परिभाषा में काफी समानता है। आइजेन्क ने आलपोर्ट के ही समान व्यक्तित्व को परिभाषित करने में व्यक्तित्व के भीतरी गुणों (inner qualities) तथा बाहरी गुण यानी व्यवहार को सम्मिलित किया

1. "Personality is the dynamic organisation within the individual of those psychophysical systems that determine his unique adjustments to his environment."
—Allport : *Personality : A Psychological Interpretation,* 1937, p. 48
2. "Personality is the more or less stable and enduring organisation of a person's character, temperament, intellect and physique that determine his unique adjustments to his environment."
—Eysenck : *The scientific study of personality,* 1952, p. 16

है परन्तु भीतरी गुणों पर अधिक बल डाला है। इस तरह से आलपोर्ट तथा आइजेन्क दोनों के ही परिभाषाओं में व्यवहार (behaviour) पक्ष पर कम बल डाला गया है। चाईल्ड (Child, 1968) तथा वाल्टर मिसकेल (Walter Mischel, 1981) ने ऐसी परिभाषा दी है जो आधुनिक मनोवैज्ञानिकों के बीच अधिक लोकप्रिय (popular) हो पायी है तथा जिसमें आलपोर्ट तथा आइजेन्क की परिभाषा की कमी भी दूर हो गयी है क्योंकि इन परिभाषाओं में व्यक्तित्व के भीतरी गुणों (inner quality) के अलावा व्यवहार पर भी समान रूप से बल डाला गया है।

चाइल्ड[1] (Child, 1968) के अनुसार, "व्यक्तित्व से तात्पर्य कमोवेश स्थायी आंतरिक कारकों से होता है जो व्यक्ति के व्यवहार को एक समय से दूसरे समय में संगत बनाता है तथा तुल्य परिस्थितियों में अन्य लोगों के व्यवहार से अलग करता है।"

वाल्टर मिसकेल[2] (Walter Mischel, 1981) के अनुसार, "प्रायः व्यक्तित्व से तात्पर्य व्यवहार के उस विशिष्ट पैटर्न (जिसमें चिन्तन एवं संवेग भी सम्मिलित है) से होता है जो प्रत्येक व्यक्ति के जिन्दगी की परिस्थितियों के साथ होने वाले समायोजन का निर्धारण करता है।"

बेरोन[3] (Baron, 1993) के अनुसार, "व्यक्तियों के संवेगों, चिन्तनों तथा व्यवहारों के अनूठे एवं सापेक्ष रूप से स्थिर पैटर्न के रूप में व्यक्तित्व को सामान्यतः परिभाषित किया जाता है (वर्गर, 1990, वर्न एवं शुल्ट, 1990)।"

ऊपर में पाँच प्रमुख मनोवैज्ञानिकों की परिभाषाओं का उल्लेख किया गया है। इसमें प्रथम तीन पहले की परिभाषा (आल्लपोर्ट, चाईल्ड एवं आइजेन्क) है तथा अन्तिम दो (मिसकेल, बेरोन) हाल ही में दी गई परिभाषा है। इन पाँचों परिभाषाओं का एक संयुक्त विश्लेषण (joint analysis) करने पर व्यक्तित्व का अर्थ अधिक स्पष्ट हो जाता है। इसका एक संयुक्त विश्लेषण इस प्रकार है:—

1. मनोशारीरिक तंत्र *(Psychophysical system)*—व्यक्तित्व एक ऐसा तंत्र (system) है जिसके मानसिक (psychological) तथा शारीरिक (physical) दोनों ही पक्ष होते हैं। यह तंत्र ऐसे तत्त्वों (elements) का एक गठन होता है जो आपस में अन्तःक्रिया (interaction) करते हैं। इस तंत्र के मुख्य तत्त्व शीलगुण (trait), संवेग (emotion), आदत (habit), ज्ञानशक्ति (intellect), चित्तप्रकृति (temperament), चरित्र (character), अभिप्रेरक (motives) आदि हैं जो सभी मानसिक गुण हैं परन्तु इन सब का आधार शारीरिक (physical) अर्थात् व्यक्ति के ग्रन्थीय प्रक्रियाएँ एवं तंत्रिकीय प्रक्रियाएँ (neural processes) हैं। इसका स्पष्ट मतलब यह हुआ कि व्यक्तित्व न तो पूर्णतः मानसिक (psychological) है और न पूर्णतः शारीरिक ही होता है। व्यक्तित्व इन दोनों तरह के पक्षों का मिश्रण है।

2. गत्यात्मक संगठन *(Dynamic organisation)*—गत्यात्मक संगठन से तात्पर्य यह होता है कि मनोशारीरिक तंत्र (psychophysical system) के भिन्न-भिन्न तत्त्व (elements) जैसे शीलगुण (trait), आदत (habits) आदि एक-दूसरे से इस तरह सम्बन्धित होकर संगठित हैं कि उन्हें एक-दूसरे से पूर्णतः अलग नहीं किया जा सकता है। इस संगठन में परिवर्तन (change) सम्भव है। यही कारण है कि इसे एक गत्यात्मक संगठन (dynamic organisation) कहा गया है। इस तरह से गत्यात्मक संगठन से स्पष्ट मतलब यह है कि व्यक्तित्व के शीलगुण या अन्य तत्त्व आपस में इस तरह से संगठित होते हैं कि उनमें परिवर्तन भी होते रहते हैं। उदाहरणस्वरूप, कोई व्यक्ति नौकरी पाने के पहले ईमानदार (honesty), उत्तरदायी (responsible) तथा समयानिष्ठ (punctual) हो सकता है परन्तु नौकरी मिलने के कुछ वर्षों बाद उसमें उत्तदायित्व (responsibility) तथा समयनिष्ठता (punctuality) का शीलगुण ज्यों-का-

1. "Personality refers to more or less stable, internal factors that make one person's behaviour consistent from one time to another, and different from the behaviour other people would manifest in comparable situations." —Child : Personality in Culture', In Borgatta & Lambert (eds.) *: Handbook of Personality Theory and Research,* 1968, p. 83
2. "Personality usually refers to the distinctive patterns of behaviour (including thoughts and emotions) that characterize each individual's adaptation to the situations of his or her life." —Walter Mischel : *Introduction to Personality,* 1981, p. 2
3. "Personality is generally defined as individual's unique and relatively stable patterns of behaviour, thoughts and emotions (Berger, 1950, Byrne & Schulte, 1990.)" —Baron : Psychology, 1993, p. 482

त्यों हो सकता है परन्तु सम्भव है कि उसमें ईमानदारी का गुण बदलकर बेईमानी का गुण विकसित हो जाय। इस उदाहरण में पहले के तीन गुणों के संगठन (organisation) में नौकरी मिलने के बाद एक परिवर्तन दिखलाया गया है। ऐसा भी सम्भव है कि इन तीनों शीलगुणों का संगठन नौकरी मिलने के बाद पूर्णतः बदल जाय (यानी, इसके तीनों शीलगुणों में परिवर्तन हो जाय)। शीलगुणों के संगठन में इस तरह का परिवर्तन गत्यात्मक संगठन (dynamic organisation) का उदाहरण है। इस तरह के संगठन में विसंगठन (disorganisation) भी सम्मिलित होता है जिसके, सहारे असामान्य व्यवहार (abnormal behaviour) की व्याख्या होती है। दूसरे शब्दों में, यदि किसी व्यक्ति के शीलगुणों (traits) के संगठन में इस ढंग का परिवर्तन आ जाता है कि उसका व्यवहार विसंगठित (disorganised) हो जाता है तथा जिसके फलस्वरूप वह असामान्य व्यवहार अधिक करने लग जाता है तो इसे भी एक गत्यात्मक संगठन की ही श्रेणी में रखेंगे।

3. संगतता *(Consistency)*—व्यक्तित्व में व्यक्ति का व्यवहार एक समय से दूसरे समय में संगत होता है। संगतता से मतलब यह होता है कि व्यक्ति का व्यवहार दो भिन्न अवसरों पर भी लगभग एक समान होता है। इस कारक पर चाईल्ड के परिभाषा में प्रत्यक्ष रूप से बल डाला गया है। व्यक्ति के व्यवहार में इसी संगतता के आधार पर उसमें अमुक शीलगुण (trait) के होने का अनुमान लगाया जाता है।

4. वातावरण में अपूर्व समायोजन का निर्धारण *(Determination of unique adjustment to environment)*—प्रत्येक व्यक्ति में मनोशारीरिक गुणों का एक ऐसा गत्यात्मक संगठन (dynamic organisation) पाया जाता है कि उसका व्यवहार वातावरण में अपने-अपने ढंग का अपूर्व (unique) होता है। वातावरण समान होने पर भी प्रत्येक व्यक्ति का व्यवहार (behaviour), विचार (thought), होने वाला संवेग (emotion) आदि अपूर्व होता है जिसके कारण उस वातावरण के साथ समायोजन (adjust) करने का ढंग भी प्रत्येक व्यक्ति में अलग-अलग होता है। आइजेन्क (Eysenck), आल्लपोर्ट (Allport), चाईल्ड (Child) तथा मिसकेल (Mischel) ने इस पक्ष पर समान रूप से अपनी-अपनी परिभाषाओं में बल डाला है। यही कारण है कि 1961 में आल्लपोर्ट (Allport) ने अपनी 1937 की परिभाषा के अन्तिम पाँच शब्द बदलकर इस प्रकार कर दिए *"unique adjustment to his environments* की जगह पर *"characteristic behaviour and thought"* को सम्मिलित किया गया। इस परिवर्तन का उद्देश्य यह बतलाना था कि व्यक्ति का व्यवहार मात्र अनुकूली (adaptive) ही नहीं होता है बल्कि कथनीय (expressive) भी होता है। इसका मतलब यह हुआ कि व्यक्ति वातावरण के साथ सिर्फ समायोजन (adjustment) या अनुकूलन (adaptation) ही नहीं करता है बल्कि उस वातावरण के साथ इस तरह का अन्तःक्रिया (interaction) करता है कि उस वातावरण को भी व्यक्ति के साथ अनुकूलन या अभियोजन योग्य होना पड़ता है।

निष्कर्ष तौर पर यह कहा जा सकता है कि व्यक्तित्व में भिन्न-भिन्न शीलगुणों (traits) का एक ऐसा गत्यात्मक संगठन (dynamic organisation) होता है जिसके कारण व्यक्ति का व्यवहार तथा विचार किसी भी वातावरण में अपने ढंग का अर्थात् अपूर्व (unique) होता है।

व्यक्तित्व के सैद्धान्तिक उपागम
(Theoretical Approaches to Personality)

व्यक्तित्व के स्वरूप की व्याख्या करने के लिए विभिन्न तरह के उपागमों (approaches) के तहत कई सिद्धान्तों का प्रतिपादन किया गया है। इस तरह के उपागमों को सैद्धान्तिक उपागम (theoretical approach) कहा गया है। ऐसे प्रमुख उपागमों का वर्णन यहाँ अपेक्षित है, जो निम्नांकित हैं:—

1. मनोविश्लेषणात्मक उपागम *(Psychoanalytic approach)*—व्यक्तित्व का अध्ययन करने का सबसे पहला उपागम मनोविश्लेषणात्मक उपागम (psychoanalytic approach) है जिसका प्रतिपादन सिगमण्ड फ्रायड (Sigmund Freud) द्वारा किया गया। इस उपागम में मानव प्रकृति (human nature) के निराशावादी (pessimistic) तथा निश्चयवादी (deterministic) छवि पर बल डाला गया है। इसमें व्यक्तित्व की व्याख्या करने के लिए अचेतन की इच्छाओं, यौन एवं आक्रमकता के जैविक आधारों, आरम्भिक वाल्यावस्था के मानसिक संघर्षों को महत्त्वपूर्ण समझा गया है और इन्हें व्यक्तित्व का प्रमुख निर्धारक माना गया है। इस उपागम के तहत हम फ्रायड द्वारा प्रतिपादित व्यक्तित्व सिद्धान्त की व्याख्या का वर्णन प्रस्तुत करेंगे।

2. नवमनोविश्लेषणात्मक उपागम *(Neopsychoanalytic approach)*—इस उपागम का विकास दो श्रेणी के मनोवैज्ञानिकों द्वारा हुआ है। एक श्रेणी में वैसे मनोवैज्ञानिक है जो कभी पहले फ्रायड के काफी नजदीक और निष्ठावान थे, परन्तु फ्रायड द्वारा व्यक्तित्व के कुछ विशेष पहलू पर अधिक जोर दिये जाने के कारण वे उनसे अलग होकर व्यक्तित्व के स्वरूप की एक स्वतंत्र व्याख्या प्रस्तुत किये। इनमें एडलर (Adler) एवं युंग (Jung) के नाम मशहूर हैं। दूसरे श्रेणी में, उन मनोवैज्ञानिकों को रखा गया है जिन्हें फ्रायड से कभी व्यक्तिगत सम्बन्ध (personal relationship) नहीं था परन्तु फिर भी वे फ्रायड के विचारों में संशोधन कर उसे उन्नत बनाने की कोशिश किये। ऐसे मनोवैज्ञानिक फ्रायड के मौलिक विचारों का स्वीकार करते हुए उन्हें उन्नत बनाने की भरपूर कोशिश किये। इसमें सुल्लीभान, कैरेन हार्नी (Karen Horney), मर्रे (Murray) तथा इरिक फ्रोम्म (Erich Fromm) का नाम मशहूर है। अतः नवमनोविश्लेषणात्मक उपागम के तहत हम छह मनोवैज्ञानिकों के विचारों को अर्थात् एडलर, युंग, हार्नी, सुल्लीभान (Sullivan), फ्रोम तथा मर्रे (Murray) के सिद्धान्तों पर विचार करेंगे। नवमनोविश्लेषणात्मक उपागम मनोविश्लेणात्मक उपागम से निम्नांकित दो बिन्दुओं पर स्पष्ट रूप से भिन्न हैः—

(i) नवमनोविश्लेषणात्मक उपागम में व्यक्तित्व के सामाजिक कारकों या प्रभावों पर तुलनात्मक रूप से अधिक बल डाला गया है जबकि मनोविश्लेषणात्मक उपागम में व्यक्तित्व के जैविक कारकों (biological factor) पर अधिक बल डाला गया है। ध्यान रहे कि नवमनोविश्लेषणात्मक उपागम में जैविक कारकों को सिर्फ गौण कारक समझा गया है न कि उसे अस्वीकृत कर दिया गया है।

(ii) नवमनोविश्लेषणात्मक उपागम में मानव प्रकृति के आशावादी छवि (optimistic image) पर अधिक बल डाला गया है और इसमें यह माना गया है कि व्यक्तित्व पर्यावरणी कारकों का प्रतिफल (product) अधिक होता है जबकि मनोविश्लेषणात्मक उपागम में मानव प्रकृति के निराशावादी छवि पर अधिक बल डाला गया है तथा व्यक्तित्व को जन्मजात दैहिक कारकों (physiological factors) का प्रतिफल अधिक माना गया है।

3. शरीरगठनात्मक उपागम *(Constitutional approach)*—इस उपागम की विशेषता यह है कि इसमें व्यक्तित्व पैटर्न तथा विकास की व्याख्या शरीर के संगठन एवं उसके आकार-प्रकार तथा उससे सम्बन्धित चितप्रकृति (temperament) के रूप में किया गया है। उसके तहत क्रेश्मर (Krestchmer) तथा शेल्डन (Sheldon) द्वारा प्रतिपादित व्यक्तित्व सिद्धान्तों को रखा जाता है।

4. जीवन-अवधि उपागम *(Life-span approach)*—इस उपागम की विशेषता यह है कि इसमें व्यक्तित्व की व्याख्या जन्म से मृत्यु तक व्यक्ति के व्यवहारों में होने वाले परिवर्तनों के आलोक में किया जाता है। व्यक्तित्व के सभी पहलुओं की व्याख्या जन्म से लेकर मृत्यु तक की आठ अवस्थाओं में से प्रत्येक अवस्था में उत्पन्न संकट (crisis) या परिवर्तन बिन्दुओं (turning point) से उत्पन्न समस्याओं के समाधान के रूप में की जाती है। इसके तहत हम इरिक इरिकसन (Erik Erikson) के सिद्धान्त की व्याख्या करेंगे।

अन्य मनोवैज्ञानिकों ने भी व्यक्तित्व विकास में जीवन की कुछ खास-खास अवधियों न कि इरिक्सन के समान सम्पूर्ण अवधि को ही महत्त्वपूर्ण माना है। जैसे—फ्रायड ने जीवन के प्रथम पाँच साल को महत्त्वपूर्ण माना है और उसके बाद फ्रायड के अनुसार व्यक्तित्व का विकास नहीं होता पाया गया है। मर्रे (Murray) का भी विचार फ्रायड के विचार के समान था। आलपोर्ट ने यह माना कि व्यक्तित्व का विकास किशोरावस्था (adolescence) तक चलता रहा है। युंग (Jung) ने यह माना कि व्यक्तित्व का विकास मध्य आयु (middle age) तक चलता रहता है तथा कैट्टेल्ल ने इरिक्सन के ही समान यह माना है कि व्यक्तित्व का विकास पूरे जीवन अवधि (life span) तक चलता रहता है। इसके बावजूद भी कैट्टेल्ल द्वारा प्रतिपादित व्यक्तित्व के सिद्धान्त को जीवन-अवधि उपागम (life span approach) के तहत इसलिए नहीं रखा जाता है क्योंकि उन्होंने व्यक्तित्व के विकास में शीलगुणों खास कर सतही (surface) एवं स्रोत (source) शीलगुणों को अधिक महत्त्वपूर्ण माना है।

5. शीलगुण उपागम *(Trait approach)*—व्यक्तित्व का यह उपागम का उपयोग बहुत दिनों से व्यक्तित्व को समझने में इसलिए किया जाता रहा है क्योंकि यह उपागम काफी सरल है तथा सामान्य बोध (common sense) पर आधृत है। जैसा कि नाम से ही स्पष्ट है, इस उपागम में व्यक्तित्व की व्याख्या व्यक्तित्व शीलगुणों (personality traits) के रूप में की जाती है। इन शीलगुणों के आधार पर इस तथ्य की व्याख्या की जाती है कि व्यक्ति अमुक व्यवहार क्यों करता है तथा उसके व्यवहार में संगति (consistency) के क्या कारण है। इसके तहत हम आलपोर्ट

(Allport) तथा कैट्टेल्ल (Cattell) द्वारा प्रतिपादित व्यक्तित्व के सिद्धान्तों की व्याख्या होती है। इस तरह से शीलगुण उपागम में व्यवहार के व्यक्तिगत निर्धारक (personal determinant) पर बल डाला जाता है। इस उपागम की प्रमुख मान्यता यह है कि शीलगुणों के ही कारण व्यक्ति विभिन्न परिस्थितियों में संगत ढंग से (consistently) व्यवहार करता है। परिस्थिति (situation) का प्रभाव व्यक्ति पर बहुत थोड़ा पड़ता है।

6. विमीय उपागम *(Dimensional approach)*—इस उपागम के तहत व्यक्ति की व्याख्या एक विमा न कि प्रकार (type) के रूप में की जाती है। चूँकि यहाँ व्यक्तित्व की व्याख्या एक विमा पर की जाती है, अतः व्यक्ति को सम्बन्ध विमा पर उच्च या निम्न के रूप में रेट किया जा सकता है। जैसे, वहिर्मुखता व्यक्तित्व की एक विमा है जिसपर कोई व्यक्ति उच्च या निम्न प्राप्तांक प्राप्त कर सकता है। इसके तहत आइजेन्क के सिद्धान्त तथा कोस्टा एवं मैकक्रे (Costa & McCrae, 1990) द्वारा प्रतिपादित पाँच-कारकीय मॉडल (five-factor model) को रखा जाता है।

7. सांवृत्तिक या मानवतावादी उपागम *(Phenomenological or Humanistic approach)*—इस उपागम द्वारा व्यक्तित्व के अध्ययन में व्यक्ति के आत्मगत अनुभूतियों (subjective exprериences) पर ध्यान डाला जाता है। दूसरे शब्दों में, अध्ययनकर्त्ता इस बात पर ध्यान देता है कि व्यक्ति वातावरण को किस तरह से प्रत्यक्षण करता है। सचमुच में देखा जाय तो व्यक्तित्व अध्ययन का यह सांवृत्तिक उपागम (phenomenological approach) मनोविश्लेषणात्मक उपागम तथा व्यवहारवादी उपागम दोनों के प्रति एक तरह की प्रतिक्रिया (reaction) है। इस उपागम में मनोविश्लेषणात्मक उपागम के इस दावे को कि मनुष्य का व्यवहार अचेतन अभिप्रेरकों (unconscious motivation) द्वारा नियंत्रित होता है, को अस्वीकृत किया गया। ठीक उसी तरह से व्यवहारवादी उपागम का यह दावा कि मानव व्यवहार सिर्फ पर्यावरणी कारकों द्वारा प्रभावित होता है, को भी सांवृत्तिक उपागम में अधिक महत्त्व नहीं दिया गया। सांवृत्तिक उपागम में मानवतावादी सम्प्रत्ययों (humanistic concepts) जिसपर मैसलो (Maslow) ने अधिक बल डाला था, तथा आत्मन् (self) सिद्धान्तों जिसपर रोजर्स (Rogers) ने अधिक बल डाला था, को सम्मिलित किया गया है। अतः सांवृत्तिक उपागम में मैसलो (Maslow) तथा रोजर्स (Rogers) द्वारा प्रतिपादित व्यक्तित्व के सिद्धान्तों की व्याख्या की जाती है।

8. संज्ञानात्मक उपागम *(Cognitive approach)*—इस उपागम द्वारा व्यक्तित्व अध्ययन में इस बात पर बल डाला गया है कि व्यक्ति किन तरीकों से अपने पर्यावरण तथा अपने आप को जानता है; वे उनका किस तरह से प्रत्यक्षण करता है, मूल्यांकन करता है, सीखता है, सोचता है, निर्णय लेता है, तथा समस्या का समाधान करता है। सच पूछा जाय तो संज्ञानात्मक उपागम व्यक्तित्व अध्ययन का सबसे तर्कसंगत या मनोवैज्ञानिक उपागम है क्योंकि इसमें सिर्फ चेतन मानसिक क्रियाओं पर ध्यान केन्द्रित किया जाता है। यद्यपि यह सही है कि व्यक्तित्व अध्ययन के अन्य उपागमों में भी संज्ञानात्मक प्रक्रियाओं का उपयोग किया जाता है परन्तु इस उपागम में सम्पूर्ण व्यक्तित्व को ही न कि उसके किसी अंश भाग को उसके संज्ञानात्मक प्रक्रियाओं के रूप में समझने की कोशिश की जाती है। इस उपागम के तहत हम केली (Kelly) द्वारा प्रतिपादित व्यक्तित्व सिद्धान्त तथा कर्ट लेविन (Kurt Lewin) द्वारा प्रतिपादित व्यक्तित्व के सिद्धान्त का वर्णन किया जाता है।

9. व्यवहारात्मक एवं अधिगम उपागम *(Behavioural and Learning approach)*—इस उपागम में व्यक्तित्व को उद्दीपकों के प्रति विशेष सीखी गई अनुक्रियाओं का एक संग्रहण तथा स्पष्ट व्यवहारों या आदत तंत्रों (habit systems) का एक सेट माना गया है। अतः इस उपागम में व्यक्तित्व से तात्पर्य सिर्फ उन तथ्यों से होता है जिसे वस्तुनिष्ठ रूप से प्रेक्षण किया जाए तथा जिसमें जोड़-तोड़ (manipulation) किया जाए। इस उपागम की दो प्रमुख मान्यताएँ (assumption) हैं—पहला तो यह कि बहुत सारे व्यवहार जिनसे मिलकर व्यक्तित्व का निर्माण होता है, सीखे गये (learnt) या अनुबंधित (conditioned) होते हैं। इसका मतलब यह हुआ कि बहुत सारे ऐसे व्यवहार व्यक्ति के बाल्यावस्था में ही उत्पन्न हो जाते हैं जहाँ से वे ऐसे व्यवहार को सीखना आरम्भ कर देते हैं। इन दोनों पूर्वकल्पनाओं के आलोक में यह कहा जा सकता है कि इस उपागम में व्यक्तित्व का अध्ययन करने के लिए लोगों के अर्जित या सीखे गये व्यवहारों को समझना जरूरी होता है और लोगों के अर्जित व्यवहार को समझने के लिए उनके अधिगम इतिहास (learning history) या उनके वर्तमान वातावरण या दोनों को ही समझना आवश्यक है। इस उपागम के तहत स्कीनर (Skinner), हल्ल (Hull) तथा मिल्लर एवं डोल्लार्ड (Miller & Dollard) द्वारा प्रतिपादित व्यक्तित्व सिद्धान्तों का वर्णन किया जाता है।

10. सामाजिक-संज्ञानात्मक उपागम (*Social-cognitive approach*)—इसे पहले सामाजिक-सीखना उपागम (social learning approach) कहा जाता था। इसमें व्यक्तित्व के अध्ययन के लिए पर्यावरण या परिस्थितिजन्य कारकों (situational factors) के महत्त्व पर बल डाला जाता है। सामाजिक-संज्ञानात्मक उपागम की प्रमुख मान्यता यह है कि व्यवहार व्यक्तिगत चरों एवं पर्यावरणी चरों के सतत अन्तःक्रिया (continuous interaction) तथा उनके संज्ञान (cognition) पर पड़ने वाले प्रभाव का परिणाम होता है। पर्यावरणी कारक सीखने या अधिगम द्वारा व्यवहार को निर्धारित करते हैं और व्यक्ति के इस व्यवहार से पर्यावरण तथा संज्ञान (cognition) में कुछ परिमार्जन (modification) होता है। व्यक्ति और परिस्थिति एक-दूसरे को परस्पर ढंग से प्रभावित करते हैं और व्यक्तित्त्व के व्यवहार तथा शीलगुणों को निर्धारित करते हैं। किसी व्यक्ति के व्यवहार के बारे में पूर्वकथन (prediction) करने के लिए हमलोगों को यह जानना आवश्यक हो जाता है कि व्यक्ति के गुण (characteristics) किस तरह से परिस्थिति के गुणों के साथ अन्तःक्रिया करते हैं। इस उपागम के तहत अलबर्ट वैन्डूरा (Albert Bandura), वाल्टर मिशकेल (Walter Mischel) तथा मार्टिन सेलिगमैन (Martin Seligman) द्वारा प्रतिपादित सिद्धान्तों की आलोचनात्मक व्याख्या की जाती है।

स्पष्ट हुआ कि व्यक्तित्व के स्वरूप को समझने तथा उसका अध्ययन करने के लिए कई तहत के उपागमों (approaches) का वर्णन किया गया है। प्रत्येक उपागम के तहत विभिन्न तरह के सिद्धान्तों का वर्णन भिन्न-भिन्न मनोवैज्ञानिकों द्वारा की गयी है। इन सभी प्रमुख उपागमों के अतिरिक्त आजकल एक नया उपागम जिसे *सीमित-क्षेत्र उपागम* (limited-domain approach) कहा जाता है, का विकास हुआ है जिसमें व्यक्तित्व के मात्र एक या दो पहलुओं पर ही विस्तृत चर्चा की जाती है न कि व्यक्तित्व के सम्पूर्ण पहलुओं पर। *उपलब्धि आवश्यकता सिद्धान्त* (achievement need theory) इस उपागम का एक अच्छा नमूना है।

भावमूलक एवं नियमान्वेषी उपागम (Idiographic and Nomothetic Approach)

व्यक्तित्व मनोवैज्ञानिकों ने व्यक्ति को अध्ययन करने के लिए कई तरह के शोध विधियों का प्रतिपादन किया है जिनमें निम्नांकित दो शोध उपागम अधिक लोकप्रिय हैं—

1. भावमूलक उपागम (*Idiographic approach*)—इस अध्ययन विधि में किसी एक व्यक्ति का विस्तृत विश्लेषण करके तथा उन विमाओं (dimensions) जो उस व्यक्ति को समझने के लिए आवश्यक होता है, का विश्लेषण करके व्यक्तित्व को समझने की कोशिश की जाती है। दूसरे शब्दों में, इस उपागम में विशिष्ट व्यक्तियों (specific individuals) के अनोखेपन या अपूर्वता (uniqueness) के अध्ययन पर बल डाला जाता है। इसमें शोधकर्त्ता उन शीलगुणों के संयोगों (combination) की पहचान करने की कोशिश करता है जो किसी विशिष्ट व्यक्ति के व्यक्तित्व की व्याख्या उचित ढंग से करता है। इस उपागम के प्रमुख समर्थक गौर्डन आलपोर्ट (Gordon Allport) हैं। इस उपागम द्वारा अध्ययन करके आलपोर्ट ने व्यक्तित्व शीलगुणों (personality traits) को तीन प्रमुख भागों में बाँटा है—कार्डिनल शीलगुण (cardinal trait), केन्द्रीय शीलगुण (central trait) तथा गौण शीलगुण (secondary trait)। इस तीनों तरह के शीलगुणों की पहचान करके आल्लपोर्ट ने व्यक्तियों के व्यक्तित्व की व्याख्या काफी संतोषजनक ढंग से किया है। इन तीनों तरह के शीलगुणों की विस्तृत व्याख्या आलपोर्ट के सिद्धान्त में किया जाएगा।

2. नियमान्वेषी उपागम (*Nomothetic approach*)—नियमान्वेषी उपागम भी व्यक्तित्व का अध्ययन करने का एक महत्त्वपूर्ण दृष्टिकोण है। इस उपागम में अध्ययन किये जाने वाले सभी व्यक्तियों की तुलना व्यक्तित्व के चुने गये खास विमाओं (dimensions) पर की जाती है। दूसरे शब्दों में, व्यक्तित्व अध्ययन के इस दृष्टिकोण में अध्ययनकर्त्ता व्यक्तियों के कुछ खास-खास विमाओं जैसे—अन्तमुर्खता (introversion), उत्तरदायित्व (responsibility) आदि का चयन कर लेता है और ऐसे प्रत्येक विमा पर उन सभी व्यक्तियों की तुलना करता है जिनका वह अध्ययन करना चाहता है। प्रत्येक विमा पर व्यक्तियों द्वारा प्राप्त माध्यों (means) की तुलना आपस में करके किसी निश्चित निष्कर्ष पर पहुँचने की कोशिश की जाती है। गोर्डन आल्लपोर्ट (Gordon Allport) द्वारा इस उपागम पर भी बल डाला गया है परन्तु इसे उतना महत्त्वपूर्ण नहीं बतलाया गया है जितना कि भावमूलक उपागम (idiographic approach) को

उन्होंने बतलाया था। आलपोर्ट का मत था कि नियमान्वेषी उपागम में व्यक्ति के भीतर होने वाले प्रक्रियाओं को नजरअंदाज किया जाता है। अतः इस उपागम को उनके द्वारा अन्य मनोवैज्ञानिकों द्वारा भी उतना प्रबल एवं महत्त्वपूर्ण नहीं बतलाया गया है जितना कि भावमूलक उपागम (idiographic approach) को।

प्रकार उपागम
(Type Approach)

प्रकार सिद्धान्त व्यक्तित्व का सबसे पुराना सिद्धान्त है। इस सिद्धान्त के अनुसार व्यक्ति को खास-खास प्रकार (type) में बाँटा जाता है और उसके आधार पर उसके शीलगुणों का वर्णन किया जाता है। मार्गन, किंग, विस्ज तथा स्कोपलर[1] (Morgan, King, Weisz and Schopler, 1986) के अनुसार व्यक्तित्व के प्रकार (type) से तात्पर्य "व्यक्तियों के एक ऐसे वर्ग (class) से होता है जिनके गुण एक-दूसरे से मिलते-जुलते हैं। जैसे—अन्तर्मुखी (introvert) एक प्रकार है और जिन व्यक्तियों को इसमें रखा जाता है उनमें कुछ सामान्य गुण जैसे—संकोचशीलता (shyness), सामाजिक कार्यों में अरुचि, लोगों से कम बोलना या मिलना-जुलना आदि पाया जाता है।

यदि व्यक्तित्व के अध्ययन के इतिहास पर ध्यान दिया जाय तो यह स्पष्ट हो जायेगा कि आज से 2400 वर्ष पहले भी इस सिद्धान्त के द्वारा व्यक्तित्व की व्याख्या की जाती थी। सबसे पहला व्यक्तित्व प्रकार सिद्धान्त थियोफ्रेस्ट्स (Theophrastus) का था जो अरस्तू (Aristotle) के शिष्य थे। ऐलेक्जेण्डर (Alexander, 356-323 BC) के समय में थियोफ्रेस्ट्स एक लोकप्रिय एवं चर्चित व्यक्ति थे। इनके द्वारा प्रतिपादित व्यक्तित्व प्रकार की लोकप्रियता उस समय काफी थी। इसमें खुशामदी प्रकार (Flatterer type) एक महत्त्वपूर्ण प्रकार था। परन्तु इनके द्वारा प्रतिपादित व्यक्तित्व प्रकार चूँकि क्रमबद्ध प्रेक्षण (systematic observation) पर आधारित नहीं था, और न ही बहुत विस्तृत था, अतः लोगों द्वारा एक नये प्रकार की आवश्यकता महसूस की गयी। इस परम्परा को आगे बढ़ाते हुए हिप्पोक्रेट्स (Hippocrates, 460-370 BC) जिन्हें ग्रीक मेडिसीन (Greek Medicine) का जनक कहा जाता है, ने इमपेडोक्लस (Empedocles) के भौतिक सिद्धान्त (Physical theory) के आधार पर यह निर्णय किया कि व्यक्ति चार तरह के द्रव्यों (humors) या शरीर द्रव्य (bodily fluid) से बने होते हैं। वे चार द्रव्य हैं—*काला पित्त* (black bile), *पीला पित्त* (yellow bile), *कफ या श्लेष्मा* (phlegm) तथा *रक्त* (blood)। यह इमपेडोक्लस के भौतिक सिद्धान्त जिसके अनुसार संसार चार तत्त्वों पृथ्वी (earth), वायु (air), अग्नि (fire) एवं जल (water) से बना होता है, पर आधृत होता है। गेलेन (Galen 130-200-BC) ने हिप्पोक्रेट्स के इस भौतिक सिद्धान्त का उपयोग करते हुए यह बतलाया कि व्यक्ति का व्यवहार द्वारा इन मौलिक द्रव्यों के प्रभाव का पता चलता है और जब वे असंतुलित हो जाते हैं, तो व्यक्ति के व्यवहार में समस्याएँ खड़ी हो जाती हैं। प्रत्येक व्यक्ति में इन चारों द्रवों में से कोई एक द्रव अधिक प्रधान होता है और व्यक्ति का स्वभाव या चित्तप्रकृति (temperament) इसी की प्रधानता से निर्धारित होता है। जिस व्यक्ति में पीले पित्त की प्रधानता होती है, उस व्यक्ति का चित्त प्रकृति या स्वभाव चिड़चिड़ा (irritable) होता है और व्यक्ति प्रायः बेचैन (restless) दीख पड़ता है। ऐसे व्यक्ति तुनकमिजाजी (hot-blooded) भी होते हैं। इस तरह के 'प्रकार' (type) को हिपोक्रेट्स ने 'गुस्सैल' (choleric) कहा है। जब व्यक्ति में काले पित्त (black bile) की प्रधानता होती है, तो वह प्रायः उदास तथा मंदित (depressed) नजर आता है। इस तरह के प्रकार को विषादी या निराशावादी (melancholic) कहा गया है। जिस व्यक्ति में अन्य द्रवों की अपेक्षा रक्त (blood) की प्रधानता होती है, वह प्रसन्न (cheerful) तथा खुशमिजाज होता है। इस तरह के व्यक्तित्व के प्रकार (type) का *'उत्साही'* या *'आशावादी'* (sanguine) कहा गया है। जिस व्यक्ति में कफ या श्लेष्मा जैसे द्रव की प्रधानता होती है, वह शांत (calm) स्वभाव का होता है तथा उसमें निष्क्रियता (inactiveness) अधिक पायी जाती है। इसमें भावशून्यता के गुण भी पाये जाते हैं। इस तरह के व्यक्तित्व के प्रकार को विरक्त कहा गया।

हिपोक्रेट्स (Hippocrates) के बाद रोसटन (Rostan, 1824) ने सबसे प्रभावकारी व्यक्तित्व प्रकार विकसित किया जिसका आधार शारीरिक डील-डॉल (physique or body build) था। इन्होंने व्यक्तित्व के चार प्रकार बतलाये:—

1. "A type is simply a class of individuals said to share a common collection of characteristics."
—Morgan, King, Weisz & Schopler : *Introduction to Psychology*, 1986, p. 569

(i) **प्रमस्तिष्कीय प्रकार** (*Cerebral type*)—ऐसे व्यक्ति दुबले-पतले तथा लम्बे डील-डॉल के होते हैं।

(ii) **पेशीय प्रकार** (*Muscular type*)—ऐसे व्यक्तियों के शरीर की माँसपेशियाँ गठी होतीं हैं तथा पुष्टकाय (athletic) होते हैं।

(iii) **आत्मसात्करणी प्रकार** (*Digestive type*)—ऐसे लोग गोल-मटोल (round) शारीरिक संरचना वाले होते हैं।

(iv) **श्वसनी प्रकार** (*Respiratory type*)—ऐसे लोग की शारीरिक कद कोई एक विशेष श्रेणी का न होकर मिला-जुला प्रकार होता है।

भायोला (Viola, 1909) ने रोसटन के उक्त श्रेणी को उन्नत बनाने की कोशिश किया है और उनके इन श्रेणियों को उन्होंने मात्र तीन श्रेणी में ही रखकर व्यक्तित्व के एक प्रकार सिद्धान्त का प्रतिपादन किया है। भायोला के अनुसार बतलाये वे तीन प्रकार है—*माइक्रोस्पालनकिक* (Microsplanchic), *नोरमोसप्लानकिक* (Normosplanchic) तथा *मैक्रोस्पलानकिक* (Macrosplanchic)। इन तीनों का व्यक्तित्व प्रकार की विशेषताएँ रोसटन द्वारा बतलाये गये क्रमशः प्रथम तीन प्रकार की विशेषताओं के समान होते हैं।

आधुनिक मनोवैज्ञानिकों द्वारा प्रकार सिद्धान्त को मूलतः दो भागों में बाँटकर व्यक्तित्व की व्याख्या की गयी है। पहले भाग में व्यक्ति के शारीरिक गुणों (bodily characteristics) एवं उसके चित्तप्रकृति या स्वभाव (temperament) के सम्बन्धों पर बल डाला गया है तथा दूसरे भाग में व्यक्ति के मनोवैज्ञानिक गुणों (psychological characteristics) के आधार पर उसे भिन्न-भिन्न प्रकारों (types) में बाँटकर अध्ययन करने की कोशिश की गयी है। इस प्रकार सिद्धान्त (type theories) के इन दोनों भागों का वर्णन निम्नांकित हैः—

1. शारीरिक गुणों (*Bodily characteristics*) **के आधार पर**—शारीरिक गुणों के आधार पर प्रतिपादित सिद्धान्त (type theory) को शरीरगठन सिद्धान्त (constitutional type) कहा गया है। शारीरिक गुणों के आधार पर रोसटन (Rostan) एवं भायोला (Viola) के बाद दो वैज्ञानिकों अर्थात् क्रेश्मर (Kretschmer) तथा शेल्डन (Sheldon) द्वारा किया गया व्यक्तित्व का वर्गीकरण काफी महत्त्वपूर्ण है।

क्रेश्मर (Kretschmer) जो एक जर्मन मनोचिकित्सक (German psychiatrist) थे, शारीरिक गुणों के आधार पर व्यक्तित्व के चार प्रकार बतलाये हैं। प्रत्येक प्रकार से सम्बन्धित कुछ खास-खास शीलगुण (traits) भी हैं जिनसे सम्बन्धित स्वभाव या चित्तप्रकृति (temperament) का पता चलता है। क्रेश्मर ने इस सिद्धान्त का प्रतिपादन दो तरह के मानसिक रोग यानी मनोविदालिता (schizophrenia) एवं उत्साह-विषाद (manic-depression) से ग्रसित व्यक्तियों के प्रेक्षण (observation) के आधार पर किया था। वे चार प्रकार निम्नांकित हैंः—

(i) **स्थूलकाय प्रकार** (*Pyknic type*)—ऐसे व्यक्ति का कद छोटा होता है तथा शरीर भारी एवं गोलाकार होता है। ऐसे लोगों की गर्दन छोटी एवं मोटी होती है। इस तरह के व्यक्ति के स्वभाव की कुछ खास-खास विशेषता होती है। जैसे—ऐसे व्यक्ति सामाजिक (social) होते हैं, खाने-पीने तथा सोने में काफी मजा लेते हैं तथा वे खुशमिजाज होते हैं। इस तरह के स्वभाव या चित्तप्रकृति (temperament) को क्रेश्मर ने *'साइक्लोआड'* (cycloid) की संज्ञा दी है। ऐसे व्यक्तियों में मानसिक रोग उत्पन्न होने पर उत्साह-विषाद (manic-depressive) मनोविकृति के लक्षण विकसित होने की संभावना अधिक होती है।

(ii) **कृशकाय प्रकार** (*Asthenic type*)—इस तरह के व्यक्ति का कद लम्बा होता है परन्तु वे दुबले-पतले शरीर के होते हैं। ऐसे व्यक्तियों के शरीर की मांसपेशियाँ विकसित नहीं होतीं हैं और शरीर का वजन उम्र के अनुसार होने वाले सामान्य वजन से कम होता है। ऐसे लोगों का स्वभाव कुछ चिड़चिड़ा होता है; सामाजिक उत्तरदायित्व से इनमें दूर रहने की प्रवृत्ति अधिक देखी जाती है, ऐसे व्यक्ति में दिवास्वप्न अधिक होता है तथा काल्पनिक दुनिया में भ्रमण करने की आदत इनमें अधिक तीव्र होती है। मानसिक रोग होने पर इनमें मनोविदालिता (schizophrenia) होने की संभावना तीव्र होती है। इस तरह के चित्तप्रकृति या स्वभाव को क्रेश्मर ने *सिजोआड* (schizoid) की संज्ञा दी है।

(iii) **पुष्टकाय प्रकार** (*Athletic type*)—इस प्रकार के व्यक्ति के शरीर की मांसपेशियाँ काफी विकसित एवं गठी होतीं हैं तथा शारीरिक कद न तो अधिक लम्बा और न ही अधिक मोटा होता है। इनका पूरा शरीर सुडौल एवं हर तरह से संतुलित दिखाई देता है। ऐसे व्यक्त्वि के स्वभाव में न तो अधिक चंचलता ओर न ही अधिक मंदन (depression) होता है। ऐसे व्यक्ति बदलती हुई परिस्थिति के साथ आसानी से समायोजन (adjustment) कर लेते हैं। अतः इन्हें सामाजिक प्रतिष्ठा (social prestige) काफी मिलती है।

(iv) विशालकाय प्रकार *(Dysplastic type)*—इस श्रेणी में उन व्यक्तियों को रखा जाता है जिनमें ऊपर के तीन प्रकारों में से किसी भी एक प्रकार का स्पष्ट गुण नहीं मिलता है बल्कि इन तीनों प्रकारों का गुण मिला-जुला होता है।

परन्तु बाद में क्रेश्मर के वर्गीकरण को कुछ वैज्ञानिकों ने जैसे—शेल्डन (Sheldon) ने अपने अध्ययन के आधार पर बहुत वैज्ञानिक नहीं पाया और इसमें विधि (methodology) से सम्बन्धित कई दोष पाये गए। इन्होंने यह भी कहा कि क्रेश्मर का यह वर्गीकरण मानसिक रोग से ग्रसित व्यक्तियों की व्याख्या करने में भले ही समर्थ हो परन्तु सामान्य व्यक्तियों की व्याख्या करने में असमर्थ है। फलस्वरूप उन्होंने एक दूसरा सिद्धान्त बनाया जिसे **सोमैटोटाईप सिद्धान्त** (Somatotype theory) कहा जाता है।

शेल्डन (Sheldon) ने 1940 में शरीरगठन (physique) के ही आधार पर एक दूसरा सिद्धान्त बनाया जिसे *सोमैटोटाईप सिद्धान्त* (Somatotype theory) कहा गया। इन्होंने शारीरिक गठन के आधार पर व्यक्तित्व का वर्गीकरण करने के लिए 4,000 कॉलेज के छात्रों की नग्न तस्वीरों (naked pictures) का विश्लेषण कर यह बतलाया है कि व्यक्तित्व को मूलतः तीन प्रकारों में बाँटा जा सकता है और प्रत्येक प्रकार (type) के कुछ खास-खास शीलगुण (traits) होते हैं जिनसे उसके स्वभाव या चित्तप्रकृति (temperament) का भी पता चलता है। प्रत्येक प्रकार तथा उससे सम्बन्धित शीलगुणों के बीच का सहसम्बन्ध (0.78) से अधिक था जो अपने आप में इस बात का सबूत है कि प्रत्येक शारीरिक प्रकार (body type) तथा उससे सम्बन्धित गुण आपस में काफी मजबूत हैं। शेल्डन द्वारा बताये गये वे तीन प्रकार तथा उससे सम्बन्धित चित्तप्रकृति के सम्बन्धित गुण निम्नांकित हैः—

(i) एण्डोमार्फी *(Endomorphy)*—इस प्रकार के व्यक्ति मोटे एवं नाटे होते हैं और इनका शरीर गोलाकार दीखता है। स्पष्ट है कि शेल्डन का यह 'प्रकार' क्रेश्मर के 'स्थूलकाय प्रकार' (pyknic type) से मिलता-जुलता है। शेल्डन ने यह बतलाया है कि इस तरह के शारीरिक गठन वाले व्यक्ति आरामपसंद, खुशमिजाज, सामाजिक तथा खाने-पीने की चीजों में अधिक अभिरुचि दिखलाने वाले होते हैं। ऐसे स्वभाव को शेल्डन ने *'भिसरोटोनिया'* (Viscerotonia) कहा है। (चित्र 13.1 देखें)।

(ii) मेसोमार्फी *(Mesomorphy)*—इस प्रकार के व्यक्ति के शरीर की हड्डियाँ एवं माँसपेशियाँ (muscles) काफी विकसित होतीं हैं तथा शारीरिक गठन काफी सुडौल होता है। ऐसे व्यक्ति के स्वभाव (temperament) को *'सोमैटोटोनिया'* (Somatotonia) कहा गया है जिसमें जोखिम (risk) तथा बहादुरी का कार्य करने की तीव्र प्रवृत्ति, दृढ़ कथन (assertion), आक्रामकता (aggressiveness) आदि का गुण पाया जाता है। ऐसे लोग अन्य लोगों को आदेश देने में अधिक आनन्द उठाते हैं। ऊपर के विवरण से स्पष्ट है कि मेसोमार्फी बहुत कुछ क्रेश्मर का पुष्टकाय प्रकार (athletic type) से मिलता-जुलता है (चित्र 13.1 देखें)।

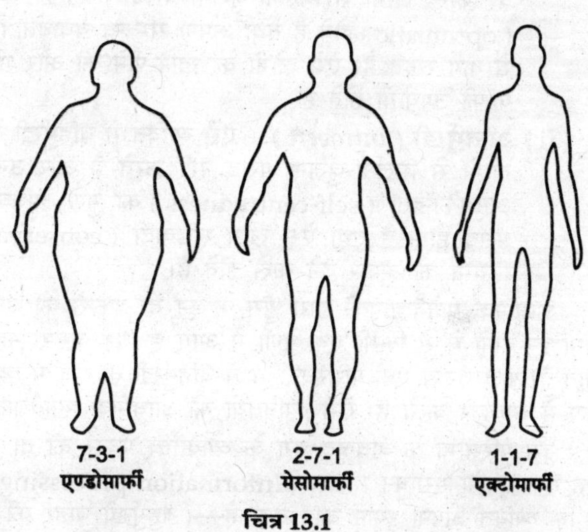

चित्र 13.1

(iii) एक्टोमार्फी *(Ectomorphy)*—इस प्रकार के व्यक्ति का कद लम्बा होता है परन्तु ऐसे व्यक्ति दुबले-पतले होते हैं। इनके शरीर की माँसपेशियाँ अविकसित होतीं हैं और इनका पूरा गठन इकहरा (slender) होता है। इस प्रकार के व्यक्ति के चित्तप्रकृति (temperament) को *'सेरीब्रोटोनया'* (Cerebrotonia) कहा जाता है। ऐसे व्यक्ति को अकेला रहना तथा लोगों से कम मिलना-जुलना अधिक पसंद आता है। ऐसे लोग संकोचशील और लजालु भी होते हैं। इनमें नींद-सम्बन्धी शिकायत भी पायी जाती है (चित्र 13.1 देखें)।

शेल्डन ने यद्यपि शारीरिक गठन को तीन प्रकारों में बाँटा है, फिर भी इसे उन्होंने एक सतत् प्रक्रिया (continuous process) माना है। इसका मतलब यह हुआ कि इन तीनों तरह के शारीरिक गठन एवं उससे सम्बन्धित शीलगुण आपस

में बिलकुल हो अलग-अलग नहीं होते हैं। फलतः उन्होंने प्रत्येक शारीरिक गठन का मापन 1 से 7 तक की श्रेणियों में बाँटकर किया। दूसरे शब्दों में, 4,000 व्यक्तियों में से प्रत्येक व्यक्ति के शारीरिक गठन की तीनों प्रकारों में (1 से 7 तक में) श्रेणीकरण (ranking) किया। यहाँ 1 श्रेणी (rank) से तात्पर्य 'सबसे कम' तथा 7 श्रेणी (rank) से तात्पर्य 'सबसे अधिक' से है। जैसे—जो व्यक्ति नाटे कद का है परन्तु काफी मोटे तथा गोलाकार गठन का है, उसे एण्डोमार्फी पर 7 तथा अन्य दोनों श्रेणियों जैसे—मेसोमर्फी तथा एक्टोमार्फी पर 1-1 की श्रेणी (rank) दी जायेगी। अतः इस तरह के व्यक्ति को शेल्डन ने 7-1-1 कहा है। उसी तरह सम्भव है किसी व्यक्ति को एक्टोमार्फी में 7 दिया जाय तो स्वभावतः तब ऐसे व्यक्ति को मेसोमार्फी तथा ऐण्डोमार्फी में 1-1 दिया जायेगा। अतः इस तरह के व्यक्ति को 1-1-7 कहा जायेगा। शेल्डन ने 7-1-1 श्रेणी प्राप्त करने वाले व्यक्ति को *प्रबल एण्डोमार्फ* (predominant endomorph) 1-7-1 वाले व्यक्ति को प्रबल मेसोमार्फ (predominant mesomorph) तथा 1-1-7 वाले व्यक्ति को प्रबल एक्टोमार्फ (predominant ectomorph) कहा है। शेल्डन ने बतलाया कि सबसे संतुलित व्यक्तित्व (balanced personality) वाला व्यक्ति उन्हें कहा जाता है जिन्हें तीन प्रकारों (types) में बीच की श्रेणी (ranking) यानी 4 प्राप्त होती है। अतः शेल्डन के अनुसार संतुलित व्यक्तित्व (balanced personality) वह है जिसका श्रेणीकरण 4-4-4 होता है।

2. मनोवैज्ञानिक गुणों के आधार पर *(On the basis of psychological characteristics)*—कुछ मनोवैज्ञानिकों ने व्यक्तित्व का वर्गीकरण मनोवैज्ञानिक गुणों के आधार पर किया है। इसमें युंग (Jung), स्प्रेंजर (Spranger) तथा हॉल्लैंड (Holland) तथा फ्रिडमैन एवं रोजेनमैन (Friedman & Rosenman) का नाम अधिक मशहूर है। युंग (Jung, 1923) ने अपने मशहूर पुस्तक 'साइकोलॉजिकस टाईप्स' (Psychological Types) में व्यक्तित्व के निम्नांकित दो प्रकार बतलाये हैं—

(i) बहिर्मुखी *(Extrovert)*—इस तरह के व्यक्ति की अभिरुचि विशेषकर समाज के कार्यों की ओर होता है। वह अन्य लोगों से मिलना-जुलना पसंद करता है तथा प्रायः खुशमिजाज होता है। ऐसे व्यक्ति आशावादी (optimistic) होते हैं तथा अपना सम्बन्ध यथार्थता (realism) से अधिक और आदर्शवाद (idealism) से कम रखते हैं। ऐसे लोगों को खाने-पीने की ओर भी अधिक अभिरुचि होती है। ऐसे लोग समाज के लिए काफी उपयोगी होते हैं।

(ii) अन्तर्मुखी *(Introvert)*—ऐसे व्यक्ति में बहिर्मुखी के विपरीत गुण पाये जाते हैं। इस तरह के व्यक्ति बहुत लोगों से मिलना-जुलना पसंद नहीं करते हैं और उनकी दोस्ती कुछ ही लोगों तक सीमित होती है। इनमें आत्मकेन्द्रिता (self-centredness) का गुण अधिक पाया जाता है। इन व्यक्तियों को अकेलापन अधिक पसंद होता है तथा ऐसे लोग रुढ़िवादी (conservative) प्रकृति के होते हैं तथा पुराने रीति-रिवाजों एवं नियमों को आदर देने वाले होते हैं।

आधुनिक मनोवैज्ञानिकों द्वारा युंग के इन दो प्रकारों को आलोचना की गयी है और इनलोगों ने कहा है कि सभी लोग इन दोनों में से किसी एक श्रेणी में आए ही यह जरूरी नहीं है। अधिकतर लोगों में इन दोनों श्रेणियों के गुण पाये जाते हैं। फलस्वरूप एक परिस्थिति में वे बहिर्मुखी के रूप में व्यवहार करते हैं तथा दूसरी परिस्थिति में वे अन्तर्मुखी के रूप में व्यवहार करते हैं। ऐसे व्यक्तियों को आधुनिक मनोवैज्ञानिकों ने *उभयमुखी* (ambivert) की संज्ञा दी है।

इस परिसीमा के बावजूद युग के व्यक्तित्व प्रकार की दो महत्त्वपूर्ण विशेषता रही है। पहली विशेषता यह है कि यह एक सूचना-संसाधन मॉडल (Information-processing model) है क्योंकि व्यक्तित्व का यह प्रकार बतलाता है कि व्यक्ति अपना ध्यान कहाँ देता है—(बहुर्मुखी बाहर की ओर या अन्तर्मुखी भीतर की ओर), वे किस तरह से सूचनाओं को ग्रहण करते हैं अर्थात्, आनुभाविक रूप से (expirically) या अन्तर्गत रूप से (intuitively) तथा वे सूचनाओं का मूल्यांकन किस तरह से करते हैं अर्थात् तार्किक रूप से (logically) उसका मूल्यांकन करते हैं या उसके व्यक्तिगत अर्थ (personal meaning) के अनुसार। युग के प्रकार सिद्धान्त की दूसरी विशेषता यह है कि यह सिद्धान्त मशहूर व्यक्तित्व इन्वेन्ट्री जिसका नाम *मायर्स-ब्रिग्स टाइप इन्डीकेटर* (Myers-Briggs Type Indicator) है, का आधार है। यह इन्वेन्ट्री पूरे संसार के शैक्षिक एवं व्यवसाय संगठनों मे प्रयोग होनेवाला एक लोकप्रिय परीक्षण है।

हाल ही में मनोवैज्ञानिकों द्वारा मायर्स-ब्रिग्स टाईप इन्डिकेटर (Myers-Briggs Type Indicator or MBTI) के प्राप्तांकों के आधार पर व्यक्तित्व के कुछ विशेष प्रकारों (types) की चर्चा की गयी है। यह आत्म-निवेदित परीक्षण (self-reported) या प्रश्नावली युंग (Jung) द्वारा बतलाये गये व्यक्तित्व के प्रकार पर आधृत है। MBTI के आधार पर प्रयोज्यों द्वारा दिखलाये गए पसंदों (Preferences) के आधार पर व्यक्तित्व के चार विमाओं (dimensions)

का मापन होता है: E or I (Extroversion-Introversion), S or N (Sensing or Neuroticism), T or F (Thinking or Feeling) and J or P (Judging or Perceiving)। इसमें से प्रथम तीन युंग द्वारा बतलाया गया प्रकार-विभेद (type distinction) है जबकि अंतिम मायर्स (Myers) द्वारा बतलाया गया प्रकार विभेद है। MBTI के अनुसार व्यक्तित्व के 16 प्रकार हैं जो इन चारों अंतरों (distinctions) पर आधृत है। MBTI के प्राप्तांकों के आधार पर व्यक्तित्व को प्रत्येक विमा के किसी एक छोर (pole) पर रखा जाता है और विमाओं के संयोग (combination) के आधार पर यह निश्चित किया जाता है कि 16 प्रकारों में से कौन प्रकार में व्यक्ति को रखा जा सकता है। MBTI के वर्गीकरण के अनुसार व्यक्तित्व के 16 प्रकार तथा उनका संक्षिप्त विवरण इस प्रकार है—

(i) ISTJ (Introversion-Sensing-Thinking-Judging) प्रकार—व्यक्तित्व का यह प्रकार अन्तर्मुखी (introversion), अनुभव (sensing), समझ (thinking) तथा आँकना (judging) के संयोग (combination) पर आधृत है। ऐसे प्रकार वाले व्यक्ति शांत, गंभीर तथा अपने मेहनत तथा ज्ञान के आधार पर सफलता प्राप्त करने वाले होते हैं। ऐसे लोगों का दृष्टिकोण व्यवहारिक (practical), वास्तविक (realistic) तथा तथ्य आधृत होता है। ऐसे लोग अपने ऊपर उत्तरदायित्व लेकर कार्य करने वाले होते हैं तथा वे स्वयं यह निर्णय करते हैं कि उन्हें क्या करना चाहिए चाहे, लोग आलोचना ही इस बिन्दु पर क्यों न करें।

(ii) ISFJ (Introversion-Sensing-Feeling-Judging)—व्यक्तित्व के इस प्रकार वाले व्यक्ति शांत, उत्तरदायी, दोस्ताना, कर्त्तव्यनिष्ठ एवं ईमानदार होते हैं। अपने उत्तरदायित्व को काफी ईमानदारी से निभाते हैं। ऐसे लोग इस बात का काफी ख्याल रखते हैं कि उनके व्यवहारों के प्रति दूसरे लोग किस ढंग का भाव रखते हैं। ऐसे लोग निष्ठावान (loyal) होते हैं। उनकी अभिरुचियाँ प्रायः तकनीकी नहीं होतीं हैं।

(iii) INFJ (Introversion-Neuroticism-Feeling-Judging)—ऐसे व्यक्तित्व वाले व्यक्ति अपनी मौलिकता एवं दृढ़प्रतिज्ञा (perserverance) के आधार पर अपनी जिन्दगी में सफलता प्राप्त करने वाले होते हैं। ऐसे लोग दूसरों का ख्याल अधिक रखते हैं तथा कर्त्तव्यनिष्ठ भी होते हैं। ऐसे लोगों को अपने दृढ़ नीति का काफी आदर करते हैं और उनकी प्रशंसा भी करते हैं। उनके स्वस्थ्य विचारों एवं नीतियों के कारण उन्हें प्रायः सम्मानित भी किया जाता है।

(iv) INTJ (Introvention-Neuroticism-Thinking-Judging)—ऐसे व्यक्तित्व वाले व्यक्तियों में मौलिक विचार एवं उद्देश्य (purpose) होते हैं। ऐसे लोगों में अपने कार्यों को संगठित करने की अदभुत क्षमता होती है और यह कार्य वे दूसरों के मदद के बिना भी सफलतापूर्वक कर लेते हैं। ऐसे लोगों में अन्य गुणों के अलावा स्वतंत्र, विवेचनात्मक (critical) तथा संशयी (skeptical) होने के गुण भी होते हैं। कभी-कभी ऐसे लोग अपनी दृष्टिकोण में जिद्दीपना भी दिखलाते हैं। ऐसे लोग महत्त्वपूर्ण चीजों को जीतने के लिए कम महत्वपूर्ण चीज बलिदान करने में तनिक भी हिचकिचाते नहीं हैं।

(v) ISTP (Introversion-Sensing-Thinking-Perceiving)—ऐसे व्यक्तित्व वाले व्यक्ति शांत तथा संयमी (reserved) होते हैं एवं जिन्दगी को मौलिक विचारों एवं निष्पक्ष भाव तथा उत्सुकता से विश्लेषित करने वाले होते हैं। ऐसे लोग तार्किक नियमों के आधार पर तथ्य को संगठित करते हैं, किसी घटना के कारण परिणाम के विश्लेषण में अधिक अभिरुचि रखते हैं तथा इस बात पर विशेष रूप से ध्यान देते हैं कि क्यों किस तरह से यांत्रिक चीजें काम करती हैं।

(vi) ISFP (Introversion-Sensing-Feeling-Perceiving)—ऐसे व्यक्तित्व प्रकार वाले व्यक्ति संवेदनशील, दोस्ताना, संकोची तथा अल्पभाषी होते हैं। इतना ही नहीं, ऐसे व्यक्तित्व वाले व्यक्ति अपनी क्षमताओं के प्रति संतुलित व्यवहार करने वाले होते हैं। ऐसे लोग पथ-प्रदर्शक कम परंतु एक उत्तम अनुयायी (follower) होते हैं। ऐसे लोग अपनी जिंदगी के प्रत्येक क्षण का भरपूर लाभ उठाते हैं तथा किसी प्रकार का हड़बड़ी या जल्दीबाजी दिखलाकर उसके मजा को बर्बाद नहीं करना चाहते हैं।

(vii) INFP (Introversion-Neuroticism-Feeling-Perceiving)—ऐसे व्यक्तित्व वाले लोग अपने विचार, भाषा, अधिगम (learning), कार्य-योजना पर काफी ध्यान देने वाले होते हैं। इनमें निष्ठा एवं उत्साह भरे होते है परन्तु इसका खुलासा वे तबतक नहीं करते हैं जबतक कि वे व्यक्ति को अच्छी तरह जान नहीं लेते हैं। ऐसे लोग कभी-कभी अपने ऊपर जरूरत से ज्यादा जवाबदेही ले लेते हैं परंतु उसका निर्वाह ठीक ढंग से करते हैं। ऐसे लोग भौतिक सुख-सुविधा के लिये बहुत लालायित नहीं होते हैं। ऐसे लोग प्रायः दोस्ताना व्यवहार दिखलाते हैं।

(viii) INTP (Introversion-Neuroticism-Thinking-Perceiving)—ऐसे व्यक्तित्व प्रकार वाले व्यक्ति शांत एवं संयमी होते हैं। ऐसे लोग सैद्धान्तिक या वैज्ञानिक खोज में अधिक अभिरुचि दिखलाने वाले होते हैं। किसी समस्या का समाधान तार्किक विश्लेषण से करने में अधिक अभिरुचि दिखलाते हैं। ऐसे लोगों की अभिरुचि किसी विचार में न कि लघु वार्त्तालाप में अधिक होता है। ऐसे लोग वैसे कार्यों को अधिक पसंद करते हैं जहाँ व्यक्ति की अभिरुचि का उपयोग लाभप्रद होता है।

(ix) ESTP (Extroversion-Sensing-Thinking-Perceiving)—ऐसे व्यक्तित्व वाले व्यक्ति किसी समस्या का तुरंत समाधान करने में अधिक विश्वास रखते हैं। ऐसे लोग चिन्ता कम करते हैं तथा जिन्दगी की प्रत्येक क्षण का आनन्द उठाने का भरपूर कोशिश करते हैं। ऐसे लोग दोस्तों के साथ-खेल-कूद तथा यांत्रिक (mechanical) चीजों को करने में अधिक पसंद करते हैं। ऐसे लोग सहनशील, समायोजी (adaptable) तथा मूल्यों में रुढ़िवादिता दिखलाते हैं। ऐसे लोग बात बनाने में नहीं विश्वास करते हैं बल्कि किसी कार्य को वास्तविक ढंग से पूरा करने में विश्वास रखते हैं।

(x) ESFP (Extroversion-Sensing-Feeling-Perceiving)—ऐसे व्यक्तित्व प्रकार वाले व्यक्ति दोस्ताना व्यवहार करने वाले, निर्गामी (outgoing), आरामतलब तथा उन सभी पलों या क्षणों से आनन्द मनाने वाले होते हैं जिनसे लोग ठठोली लगाने के लिए बाध्य होते हैं। ऐसे लोग किसी चीज पर महारथ हासिल करने की अपेक्षा संबंधित तथ्यों को याद रखने में अधिक आन्नदित होते हैं। ऐसे लोग उन परिस्थितियों में सबसे उत्तम निष्पादन देते हैं जिसमें सामान्य बोध एवं व्यवहारिक क्षमता (practical ability) की जरूरत पड़ती है।

(xi) ENFP (Extroversion-Neuroticism-Feeling-Perceiving)—ऐसे व्यक्तित्व प्रकार वाले व्यक्ति कल्पनाशील, उत्साही, तथा अधिक जोश-खरोश दिखलाने वाले होते हैं। ऐसे लोग उन सभी कार्यों को आसानी से कर लेते हैं जिनमें उनकी अभिरुचि मजबूत होती है। किसी भी समस्या का समाधान तुरंत करने में विश्वास रखते हैं। ऐसे लोग प्रायः दूसरों को बुरे दिनों में मदद करने के लिए तत्पर रहते हैं। किसी भी कार्य को करने के लिए उसका स्पष्ट कारण भी ढूँढ़ना पसंद करते हैं। ऐसे लोगों को अपने तत्कालीन समाधान की क्षमता पर अधिक विश्वास रहता है। यही कारण है कि वे पहले से कोई अग्रिम योजना बनाने में अधिक विश्वास नहीं रखते हैं।

(xii) ENTP (Extroversion-Neuroticism-Thinking-Perceiving)—ऐसे लोग कई तरह के कार्यों को करने में अधिक प्रवीण, तेज-तर्रार एवं सफल व्यक्ति होते हैं। ऐसे लोग सतर्कता बरतने वाले एवं स्पष्टवादी होते हैं। ऐसे लोगों को किसी प्रश्न के पक्ष या विपक्ष में ठठोली करने में अधिक आनन्द आता है। कोई चुनौतीपूर्ण एवं नयी समस्या का समाधान करने में ऐसे लोग काफी उपायकुशल होते हैं। ऐसा करने में वे रुटिन कार्यों का कभी-कभी अनदेखी भी कर बैठते हैं। वे जो चाहते हैं, उनमें तार्किक कारण को ढूँढ़ने में काफी निपुण होते हैं। एक अभिरुचि से दूसरी अभिरुचि में भी आसानी से वे ध्यान लगा पाते हैं।

(xiii) ESTJ (Extroversion-Sensing-Thinking-Judging)—ऐसे व्यक्तित्व प्रकार वाले व्यक्ति व्यवहारिक एवं वास्तविकतापूर्ण मनोवृत्ति दिखलाने वाले होते हैं। उन चीजों में इनकी कोई रुचि नहीं होती है जिसमें वे यह समझते हैं कि इसका कोई मतलब नहीं होता है। वे किसी कार्य को संगठित करके उसे करने में अधिक रुचि दिखलाते हैं। दूसरों के भाव एवं विचारों का ख्याल रखते हुए वे किसी कार्य को उत्तम ढंग से कार्यान्वित करते हैं।

(xiv) ESFJ (Extroversion-Sensing-Feeling-Judging)—ऐसे लोग वातूनी, लोकप्रिय, कर्त्तव्यनिष्ठ एवं कोमल-हृदय वाले होते हैं। इनमें जन्म से ही लोगों के साथ सहयोग करने की भावना उत्तम होती है। ऐसे लोग सामंजस्य (harmony) उत्पन्न करने में अधिक आनन्द उठाते हैं। ऐसे लोग हमेशा यह कोशिश करते हैं कि वे दूसरों के लिए अच्छा कर सके। प्रशंसा तथा प्रोत्साहन मिलने पर वे उत्तम कार्य कर पाते हैं। इनकी अभिरुचि उन सभी चीजों में होती है जिनके प्रत्यक्ष रूप से लोगों की जिन्दगी प्रभावित हो सकता है।

(xv) ENFJ (Extroversion-Neuroticism-Feeling-Judging)—ऐसे व्यक्तित्व वाले लोग उत्तरदायी होने के साथ-ही-साथ क्रियाशील (responsive) भी होते हैं। ऐसे लोगों को इस बात की चिन्ता भी होती है कि दूसरे लोग क्या सोचते होंगे तथा दूसरे की भावनाओं का ख्याल रखते हुए वे किसी कार्य को करना चाहते हैं। किसी समूह परिचर्चा का नेतृत्व करना इन्हें अच्छा लगता है। इन सबों के साथ-साथ ऐसे लोग सामाजिक, लोकप्रिय, सहानुभूति दिखलाने वाले तथा प्रशंसा एवं आलोचना के प्रति अनुक्रियाशील होते हैं।

(xvi) ENTJ (Extroversion-Neuroticism-Thinking-Judging)—ऐसे लोगों को किसी कार्य समूह का नेतृत्व करना अच्छा लगता है। ऐसे लोग दयालु एवं निर्णायक (decisive) होते हैं। ऐसे लोग लोक वार्त्ता (public speech) करने में काफी चतुर एवं सफल होते हैं। ऐसे लोग हर तरह से किसी घटना या कार्य के बारे में सूचना प्राप्त करने में विश्वास करते हैं। ऐसे लोग अपने व्यवहार में अधिक धनात्मक (positive) एवं आत्मविश्वासी होते हैं।

युंग के बाद स्प्रैनगर (Spranger, 1928) ने अपनी पुस्तक 'टाइप्स ऑफ मेन' (Types of Men) में व्यक्तित्व के छह आदर्श प्रकार बतलाये हैं और प्रत्येक प्रकार एक विशेष मूल्य उन्मुखता (Value orientation) से प्रभावित होता है। ये छह प्रकार निम्नांकित हैः—

(i) **सैद्धान्तिक प्रकार** (*Theoretical type*)—व्यक्तित्व का यह प्रकार सच्चाई (truth) पर अधिक बल डालता है और पूरे संसार को एक युक्तिमूलक (rational) ढंग से देखने पर अधिक बल डालता है।

(ii) **आर्थिक प्रकार** (*Economic type*)—ऐसे व्यक्तित्व प्रकार उन चीजों या व्यवहारों को अधिक महत्व देते हैं जो लाभदायक (useful) होने के साथ-साथ धन से सम्बद्ध होता है।

(iii) **सौन्दर्यबोधी प्रकार** (*Aesthetic type*)—ऐसे व्यक्तित्व प्रकार वाले व्यक्ति आकार या आकृति (form) तथा सुसंगति या सौन्दर्य (harmony) को अधिक महत्त्व देते हैं तथा अपने जिंदगी को आकर्षक (attractive) बनाने में अधिक विश्वास रखते हैं।

(iv) **सामाजिक प्रकार** (*Social type*)—ऐसे व्यक्तित्व प्रकार वाले व्यक्ति अन्य लोगों को स्नेह एवं प्यार देते हैं एवं उन्हें मदद करना चाहते हैं।

(v) **राजनैतिक प्रकार** (*Political type*)—ऐसे व्यक्तित्व प्रकार शक्ति (Power) को अधिक महत्त्व देते हैं और वैयक्तिक अधिकार एवं प्रभाव (influence) दिखाने में अधिक विश्वास रखते हैं।

(vi) **धार्मिक प्रकार** (*Religious type*)—ऐसे व्यक्तित्व प्रकार ब्रह्माण्ड (universe) के साथ एकता (unity) बनाने रखने पर अधिक बल डालते हैं तथा ब्रह्मांड के साथ अपने सम्बन्ध को समझने पर बल डालते हैं।

बाद में गॉर्डन आलपोर्ट (Gordon Allport) ने इन छह व्यक्तित्व प्रकारों को मापने के लिए एक व्यक्तित्व आविष्कारिका (personality inventory) भी विकसित किया जिसका नाम *'दी स्टडी ऑफ भैल्यू'* (The study of values) था जो 1950 एवं 1960 वाले दशक में विश्वस्तर पर काफी लोकप्रिय भी हुआ।

फ्रिडमैन तथा रोजेनमैन (Friedman & Rosenman, 1974) ने एक अध्ययन किया जिसमें उन्होंने उन मनोवैज्ञानिक चरों (psychological variables) की पहचान करने की कोशिश किया जिससे व्यक्ति में चक्रीय हृदय रोग (Coronary Heart Disease) की सम्भावना तीव्र हो जाती है। इसका परिणाम यह हुआ कि इन लोगों द्वारा एक विशेष व्यवहारपरक पैटर्न (behaviour pattern) जिसे टाईप ए व्यक्तित्व (Type A personality) कहा गया, की पहचान की गयी। टाईप बी व्यक्तित्व (Type B personality) जो लगभग टाईप-ए व्यक्तित्व का विपरीत होता है, की भी साथ में पहचान की गयी। इसके अतिरिक्त टाईप-सी, (Type C), टाईप डी (Type D) तथा टाईप एच (Type H) प्रकार की भी पहचान की गयी। इन सभी व्यक्तित्व प्रकार जो खाश तरह के व्यवहार पैटर्न पर आधृत हैं, का वर्णन इस प्रकार है—

(i) टाईप ए एवं टाईप बी व्यक्तित्व (*Type A and Type B personality*)—अध्ययनों से स्पष्ट हुआ है कि टाईप ए व्यक्तित्व वाले व्यक्तियों की प्रमुख *विशेषताएँ* इस प्रकार हैः—

(a) ऐसे व्यक्तियों में दूसरों पर प्रभुत्व दिखलाने तथा उनके आत्म-सम्मान (self-esteem) को चोट पहुँचाने की तीव्र इच्छा होती है। ऐसे व्यक्ति अपने प्रतिद्वन्द्वियों (competitors) अधिकारों एवं भावों के प्रति उदासीन होते हैं।

(b) ऐसे व्यक्तियों में मुक्त-प्रवाह ईर्ष्या (free floating hostility) काफी होती है। दूसरे शब्दों में, ऐसे व्यक्ति अपने सामने बहुत ही ऐसी चीजों को पाते हैं जिनसे वे क्षुब्ध (upset) हो जाते हैं और उनका क्रोध तब नियंत्रण के बाहर चला जाता है।

(c) ऐसे व्यक्तियों में समय अत्यावश्यकता (time urgency) काफी अधिक होती है जिसके कारण वे दो तरह के व्यवहार अधिक करते पाये जाते हैं—अपने दिन-प्रतिदिन की क्रियाओं को काफी तेजी से करते हैं तथा एक ही समय में दो तरह के कार्य तेजी से करने लगते हैं।

(d) ऐसे व्यक्ति अन्य व्यक्तियों से विशेषकर उत्तम उपलब्धि वाले व्यक्तियों से अपने को कम अच्छा समझते हैं। फलस्वरूप, उत्तम बनने की कोशिश में अपने को काफी व्यस्त रखते हैं। इसका मतलब यह हुआ कि ऐसे व्यक्तियों में अपनी पदवी (status) के प्रति असुरक्षा का भाव महशुश करते हैं।

(e) ऐसे व्यक्तियों की आकांक्षाएँ (aspirations) काफी ऊँची होतीं हैं जिसके लिए वे काफी प्रयत्नरत रहते हैं और जिन्दगी में आराम उनके लिए हराम के समान होता है।

टाईप ए व्यवहार को मापने के लिए कुछ प्रश्नावली भी बनाए गये हैं जिनमें *जेनकिन्स एकटिवीटी सर्वे* (Jenkins Activity Survey or JAS) प्रधान है। यह 52 एकांशों का बहुपसंद, आत्म-रिर्पोट प्रश्नावली (Multiple self-report questionaire) है। *टाइप अरजेन्सी एण्ड परसेचुअल एक्टिभेसन* (Time Urgency & Perceptual Activation or TUPA) एक ऐसा ही दूसरा माप है।

टाईप बी व्यक्तित्व वैसा व्यक्तित्व प्रकार होता है जिसमें टाईप ए व्यक्तितव के गुण नहीं होते हैं या बहुत कम होते हैं। टाईप बी व्यक्तितव वाले व्यक्ति में प्रतियोगिता (competition) का भाव कम होता है, वे आरामपसंद होते हैं, क्रोध कम दिखलाने वाले होते हैं तथा शांतप्रिय होते हैं। किसी भी काम को करने की अतिशीघ्रता नहीं दिखलाते हैं।

मनोवैज्ञानिकों द्वारा किये गए अध्ययनों से यह स्पष्ट हुआ है कि टाईप ए व्यक्तित्व वाले व्यक्ति में टाईप बी व्यक्तित्व वाले व्यक्ति की तुलना में चक्रीय हृदय रोग (Coronary Heart Disease or CHD) के होने की सम्भावना चार गुणा अधिक होती है। याकर तथा कास्टेली (Eaker & Castelli, 1988) द्वारा किये गए अध्ययन से यह स्पष्ट हुआ है कि CHD की सम्भावना उन कार्यकारी महिलाओं में जिनका व्यक्तित्व टाईप ए श्रेणी का है, में टाईप बी श्रेणी की कार्यकारी महिलाओं (working women) की तुलना में चार गुणा अधिक होती है। मनोवैज्ञानिकों द्वारा किये गए अध्ययनों से यह भी स्पष्ट हुआ है कि व्यक्ति 'शुद्ध टाईप ए' (Pure Type A) से 'शुद्ध टाईप बी' (Pure Type B) के सांतत्यक (Continuum) पर भिन्न-भिन्न स्थिति में होते पाये जाते हैं।

(ii) टाईप सी व्यक्तित्व *(Type C Personality)*—टाईप सी व्यक्तित्व प्रकार का प्रतिपादन दो शोधकर्त्ताओं अर्थात् टेमोशोक एवं ड्रीहर (Temoshok & Dreher, 1992) द्वारा किया गया। ऐसे व्यक्तियों में कैंसर (Cancer) होने की सम्भावना तीव्र होती है। ऐसे व्यक्ति की प्रमुख विशेषताओं में निम्नांकित प्रमुख हैं:—

(a) ऐसे व्यक्ति रमणीय (pleasant) एवं शांतप्रिय होते हैं परन्तु अपने संवेगों खाशकर नकारात्मक संवेगों (negative emotion) की अभिव्यक्ति करने में काफी कठिनाई महशुश करते हैं।

(b) ऐसे व्यक्ति अपने क्रोध को आंतरीकृत (internalise) कर लेते हैं तथा किसी प्रिय व्यक्ति के खोने या आशा के अनुरूप कुछ प्राप्ति नहीं होने पर उनमें उदासी (despair) का भाव काफी गहरा हो जाता है।

(c) ऐसे व्यक्ति प्रायः अकेले ही रहना पसंद करते हैं।

आइजेन्क (Eysenck, 1994) तथा टेमोशोक तथा ड्रीहर (Temoshok & Dreher, 1992) के अध्ययनों से यह स्पष्ट हुआ है कि ऐसे आंतरीकृत नकारात्मक संवेग (internalized negative emotion) अधिक होने से हानिकर प्रतिबल हारमोन (harmful stress hormone) का स्तर उच्च होता है, प्रतिरक्षक तंत्र (immune system) कमजोर हो जाता है तथा बीमारी से उबरने का दर भी काफी कम हो जाता है।

(iii) टाईप डी व्यक्तित्व *(Type D Personality)*—व्यथित व्यक्तित्व (distressed personality) को टाईप डी व्यक्तित्व कहा जाता है। ऐसे व्यक्तित्व की प्रमुख विशेषता यह है कि ऐसे लोग नकारात्मक संवेग (negative emotion) का अनुभव अधिक करते हैं तथा सामाजिक अंतक्रिया की परिस्थिति में अपनी आत्म-अभिव्यक्ति को रोक कर रखते हें जिनसे उनमें व्यथा का स्तर और भी तीव्र हो जाता है।

(iv) टाईप एच व्यक्तित्व *(Type H Personality)*—ऐसे व्यक्तित्व वाले व्यक्ति में साहस या तगड़ापन (hardiness) अधिक होता है। सचमुच में ऐसे व्यक्तित्व में तीन तरह के गुणों का अद्‌भुत संगम होता है। वे तीन गुण हैं—अपने जिंदगी की घटनाओं पर नियंत्रण का भाव (sense of control over one's life events), अपने व्यक्तित्व लक्ष्यों के प्रति वचनबद्धता (committment to personal goal) तथा परिवर्तन को एक चुनौती के रूप में न की धमकी के रूप में स्वीकार करना (to accept change as a challenge rather than threat)। जिन व्यक्तियों में ये तीन गुण होते हैं, उसमें तगड़ापन (hardiness) का गुण होता है और इसे तगड़ा व्यक्तित्व (hardy personality)

कहा जाता है। सुजान्ने कोबासा (Suzanne Kobasa, 1979) द्वारा इस क्षेत्र में अग्रणी शोध किये गये हैं। कोबासा के अध्ययन से यह स्पष्ट हुआ है कि ऐसे लोग उच्च तनावपूर्ण परिस्थिति में होने के बावजूद उत्तम निष्पादन तथा स्वास्थ्य का स्तर बना कर रखने में सक्षम होते हैं। रोथ एवं उनके सहयोगियों (Roth et al., 1989) का दावा है कि टाईप एच व्यक्तित्व वाले व्यक्तियों का संज्ञानात्मक शैली (cognitive style) ऐसा होता है कि कठिन एवं तनावपूर्ण जिंदगी की घटनाओं की व्याख्या वे लोग नकारात्मक ढंग से कम करते हैं। फलस्वरूप, उसका प्रभाव उनके स्वास्थ्य एवं निष्पादन पर कम पड़ता है। कोबासा (Kobasa, 1979) ने अपने अध्ययन में ऐसे 670 पुरुष कार्यपालक को सम्मिलित किया जिन्हें गत तीन सालों में जिन्दगी के तनावपूर्ण घटनाओं का काफी अनुभव हुआ था तथा जिनमें बीमारी के स्पष्ट लक्षण भी थे। इसमें से उन्होंने 200 ऐसे कार्यपालकों को प्रश्नावली क्रियान्वयन करके चुना जो तनाव या प्रतिबल (stress) तथा बीमारी (illness) होने पर उच्च कोटि (rank) प्राप्त किये हुए थे। इसके अतिरिक्त 126 ऐसे कार्यपालकों का भी चयन किया गया जो जिन्दगी की तनावपूर्ण घटनाओं को तो अनुभव किये थे परन्तु उनमें बीमारी के लक्षण कम थे। इस तरह से कार्यपालकों का दो समूह था—*उच्च तनाव/उच्च बीमारी समूह* (high stress/high illness) तथा *उच्च तनाव/निम्न बीमारी* (high stress/low illness) समूह। परिणाम में देखा गया कि उच्च तनाव/निम्न बीमारी वाले कार्यपालक उच्च तनाव/उच्च बीमारी वाले कार्यपालकों की अपेक्षा अपनी जिंदगी की घटनाओं पर अधिक नियंत्रण बनाये रखते थे तथा अपनी सामाजिक जिन्दगी तथा कार्य में अधिक अभिरूचि दिखलाते थे। इतना ही नहीं, चुनौतियों से ऐसे लोग काफी आनन्दित होते थे। इसका कारण यह था कि ऐसे कार्यपालकों का व्यक्तित्व तगड़ा (hardy) था।

युंग (Jung) तथा स्प्रैंगर (Spranger) के व्यक्तित्व प्रकारों को आधार मानकर फिर हॉलैंड (Holland, 1985) ने एक ऐसा व्यक्तित्व प्रकार बतलाया जो व्यक्ति की अभिरुचि (interest), मूल्य (values) तथा क्षमताओं (competencies) पर आधारित होता है। इन्होंने व्यक्तित्व के छह ऐसे प्रकारों का वर्णन किया है जो निम्नांकित हैः—

(i) **यथार्थवादी प्रकार** *(Realistic or R type)*—ऐसे व्यक्तित्व वाले व्यक्ति चीजों को बनाते हैं, उनका संचालन करते हैं तथा उपकरणों (equipment) का ठीक ढंग से रख-रखाव भी करते हैं। जैसे, अभियंता (engineers)।

(ii) **अनुसंधानात्मक प्रकार** *(Investigative or I type)*—ऐसे व्यक्तित्व प्रकार वाले व्यक्ति आँकड़ों का उपयोग करके समस्या का समाधान करते हैं। जैसे, वैज्ञानिक (scientist)।

(iii) **कलात्मक प्रकार** *(Artistic or A type)*—ऐसे व्यक्तित्व प्रकार वाले व्यक्ति चीजों का उत्तम डिजाइनिंग करते हैं, उन्हें सजाते हैं और लोगों का मनोरंजन करते हैं। जैसे, कलाकार (artist)।

(iv) **सामाजिक प्रकार** *(Social or S type)*—ऐसे लोग दूसरों की मदद करते हैं। जैसे, नैदानिक मनोविज्ञानी (clinical psychologist)।

(v) **उद्यमशील प्रकार** *(Enterprising or E type)*—ऐसे व्यक्तित्व प्रकार वाले व्यक्ति अन्य लोगों को अपने विचार मनवाने एवं अपनी इच्छानुसार उन्हें मोड़ने में अधिक विश्वास रखते हैं। जैसे, राजनीतिज्ञ (Politicians)।

(vi) **रूढ़िगत प्रकार** *(Conventional or C type)*—ऐसे व्यक्तित्व वाले व्यक्ति चीजों को कूटबद्ध (codify) करके उसके नियंत्रित या समंजित (regulate) करने में अधिक विश्वास रखते हैं। जैसे, लेखापाल (accountant)।

हॉलैंड के इस व्यक्तित्व प्रकार के उनके आरम्भिक अक्षरों के आधार पर R-I-A-S-E-C मॉडल भी कहा जाता है। इसे व्यक्तित्व के प्रकार का *षट्कोणीय मॉडल* (Hexagonal model) भी कहा जाता है जिसे चित्र 13.2 में दिखलाया गया है। हॉलैंड ने यह भी स्पष्ट किया है कि प्रत्येक प्रकार से सिर्फ व्यक्तित्व के प्रकार (type) का ही पता नहीं चलता है बल्कि इसके द्वारा उस वातावरण को भी बतलाया जाता है जिसमें संबद्ध व्यक्ति अपने आप को अधिक अच्छा एवं अनुकूलित महसूस करता है। इस षट्कोणीय मॉडल की खास विशेषता यह है कि समीप के व्यक्तित्व प्रकारों में सहसम्बन्ध (correlation) दूर के व्यक्तित्व प्रकारों की तुलना में अधिक होता है। जैसे, इन्होंने अपने अध्ययन में यह पाया कि व्यक्तित्व के यथार्थवादी प्रकार तथा अनुसंधानात्मक प्रकार में सहसम्बन्ध .62 था (क्योंकि मॉडल में वे एक-दूसरे से नजदीक हैं) परन्तु यथार्थवादी प्रकार तथा उद्यमशील प्रकार में यह सहसम्बन्ध .10 तथा उसी ढंग से अनुसंधानात्मक प्रकार तथा सामाजिक प्रकार में यह सहसम्बन्ध .12 का था (क्योंकि ये सभी एक-दूसरे से दूर थे।) परन्तु उद्यमशील प्रकार तथा सामाजिक प्रकार में सहसम्बन्ध .47 था क्योंकि ये दोनों एक-दूसरे से नजदीक थे।

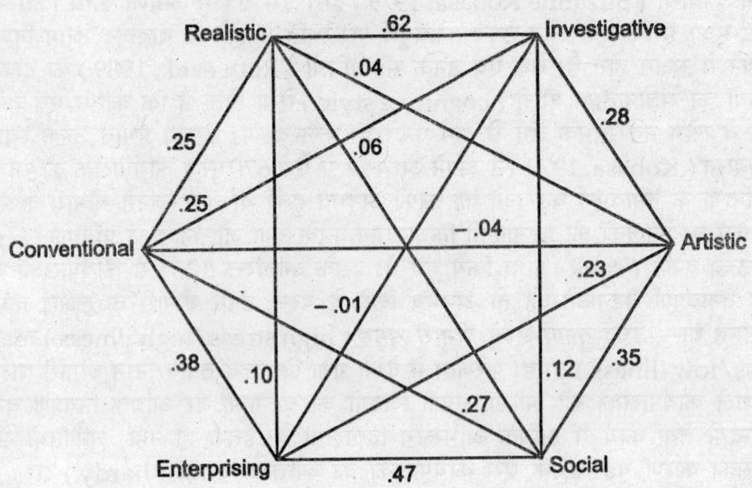

चित्र 13.2 हॉलैंड का षट्कोणीय मॉडल (Holland's Hexagonal model) पर आधृत

हॉलैंड का मॉडल व्यक्तित्व प्रकार (type theory) का अंत बिन्दु माना जाता है जो थियोफ्रेस्टस (Theophrastus) से आरम्भ हुआ था।

ऊपर के विवरण से स्पष्ट है कि व्यक्तित्व के प्रकार सिद्धान्त (type theory) में व्यक्तित्व के समान शीलगुणों को एक साथ मिलाकर एक विशेष 'प्रकार' (type) का निर्माण किया जाता है और उसी विशेष 'प्रकार' के अनुसार व्यक्तित्व की व्याख्या की जाती है। इस सिद्धान्त की सबसे बड़ी विशेषता यह रही है कि इसमें व्यक्तित्व को एक संगठित एवं समग्र (as a whole) रूप से अध्ययन करने का प्रयास किया गया है। इस गुण के बावजूद भी इस सिद्धान्त की *आलोचना* की गयी है जो निम्नांकित हैं:—

(i) प्रकार सिद्धान्त (type theory) में इस बात की पूर्वकल्पना (assumption) की गयी है कि सभी व्यक्ति किसी-न-किसी 'प्रकार' या श्रेणी में निश्चित रूप से आते हैं। परन्तु सच्चाई यह है कि एक ही व्यक्ति में व्यक्तित्व के कई प्रकारों का गुण मिलता है जिसके कारण उन्हें किसी एक 'प्रकार' में रखना सम्भव नहीं है। उदाहरणस्वरूप अधिकतर व्यक्तियों में अन्तर्मुखी (introvert) तथा बहिर्मुखी दोनों के गुण पाये जाते हैं। अतः उन्हें इन दोनों प्रकारों में से किसी एक 'प्रकार' में रखकर अध्ययन करना सर्वथा भूल होगी।

(ii) प्रकार सिद्धान्त के अनुसार जब किसी व्यक्ति को एक विशेष 'प्रकार' में रखा जाता है तो यह पूर्वकल्पना भी साथ-ही-साथ कर ली जाती है कि उसमें उस 'प्रकार' से सम्बन्धित सभी गुण होंगे। परन्तु सच्चाई इस तरह की नहीं होती है। जैसे—यदि किसी व्यक्ति को 'अन्तर्मुखी' (introvert) की श्रेणी में रखा जाता है तो यह पूर्वकल्पना की जाती है कि उसमें, अन्य गुणों के अलावा, सांवेगिक संवेदनशीलता भी होगी तथा ऐसा व्यक्ति एकान्तप्रिय (seclusive) होगा। परन्तु ये दोनों गुण एक अन्तर्मुखी व्यक्ति में हो भी सकते हैं या नहीं भी हो सकते हैं। एक सांवेगिक रूप से संवेदनशील व्यक्ति अकेले भी रहना पसंद कर सकता है तथा अन्य लोगों के समूह में भी रहना पसंद कर सकता है। अतः प्रकार सिद्धान्त की यह पूर्वकल्पना (assumption) भी बहुत सही नहीं है।

(iii) प्रकार सिद्धान्त द्वारा व्यक्तित्व के संरचना (structure) की व्याख्या तो होती है परन्तु व्यक्तित्व विकास (personality development) की व्याख्या नहीं होती है। इस सिद्धान्त में उन कारकों का उल्लेख नहीं है जिनसे व्यक्तित्व का विकास प्रभावित होता है तथा इस सिद्धान्त से विकास की अवस्थाओं का भी पता नहीं चलता है।

(iv) कुछ मनोवैज्ञानिकों का कहना है कि प्रकार सिद्धान्त (type theory) में विशेषकर शारीरिक गठनों (body builds) के आधार पर किए गए वर्गीकरण में सामाजिक (social) तथा सांस्कृतिक कारक (cultural factor) के महत्त्व को बिलकुल ही गौण रखा गया है। शेल्डन का यह दावा है कि व्यक्ति के शारीरिक संगठन तथा उसके

शीलगुणों में जो निश्चित सम्बन्ध होता है, वह व्यापक (universal) होता है तथा सभी परिस्थितियों में समान होता है, उचित नहीं है। विट्टेकर (Whittaker, 1970) के अनुसार इस तरह का सम्बन्ध सचमुच में सामाजिक एवं सांस्कृतिक कारकों (social and cultural factors) द्वारा अधिक प्रभावित होता है।

(v) शेल्डन ने अपने प्रकार सिद्धान्त में शारीरिक गठन (physique) तथा चित्तप्रकृति (temperament) से सम्बन्धित शीलगुणों के बीच उच्च सहसम्बन्ध (high correlation) यानी 0.78 से अधिक का सहसम्बन्ध पाया है। कुछ आलोचकों का मत है कि यह सहसम्बन्ध वास्तविक नहीं था। चूँकि शेल्डन ने स्वयं ही शारीरिक गठन (physique) तथा स्वभाव या चित्तप्रकृति से सम्बन्धित गुणों का रेटिंग (rating) किया था, अतः सहसम्बन्ध को तो अधिक होना ही था। हॉल्ल तथा लिण्डजे[1] (Hall & Lindzey, 1957) ने ठीक ही कहा है, ''सहसम्बन्ध की मात्रा से अन्वेषणकर्त्ता की पूर्वधारणा (preconception) की शक्ति का पता चलता है न कि शारीरिक गठन (physique) एवं चित्तप्रकृति (temperament) के बीच वास्तविक सम्बन्ध का।''

इन आलोचनाओं के बावजूद भी प्रकार सिद्धान्त की मान्यता आज भी बनी हुई है जिसका प्रमाण हमें इस बात से मिल जाता है कि इन विभिन्न प्रकारों के क्षेत्र में मनोवैज्ञानिकों द्वारा विशेष रूप से अध्ययन किया जा रहा है।

शीलगुण उपागम (Trait Approach)

शीलगुण सिद्धान्त प्रकार सिद्धान्त (type theory) से भिन्न एवं विषम (contrasting) है। शीलगुण सिद्धान्त के अनुसार व्यक्ति की संरचना (structure) भिन्न-भिन्न प्रकार के शीलगुण से ठीक वैसी बनी होती है जैसे एक मकान की संरचना छोटी-छोटी ईंट से बनी होती है। शीलगुण (trait) से सामान्य अर्थ होता है व्यक्ति के व्यवहारों का वर्णन (description of human behaviour)। जैसे—सतर्क (alert), सक्रिय (active), मंदित (depressed) आदि कुछ ऐसे शब्द हैं जिनके सहारे मानव व्यवहार का वर्णन होता है। प्रश्न उठता है कि क्या सभी शब्द जिनसे मानव व्यवहार का वर्णन होता है, शीलगुण है? कदापि नहीं। शीलगुण कहलाने के लिए यह आवश्यक है कि उसमें संगति (consistency) का गुण हो। उदाहरणस्वरूप, यदि कोई व्यक्ति हर तरह की परिस्थिति में ईमानदारी (honesty) का गुण दिखलाता है तो हम कहते हैं कि उसके व्यवहार में संगति (consistency) है तथा उसमें ईमानदारी का शीलगुण है। परन्तु जब वह कुछ परिस्थिति में ईमानदारी दिखलाता है तथा कुछ में नहीं, तो यह नहीं कहा जा सकता है कि इस व्यक्ति में ईमानदारी (honesty) का शीलगुण नहीं है। हाँ, यह थोड़ी देर के लिए कहा जा सकता है कि उसमें ईमानदारी दिखलाने की आदत (habit) है जिसे वह कभी दिखलाता है कभी नहीं। इस तरह से हम कह सकते हैं कि व्यक्ति के व्यवहारों में पूर्ण संगति (consistency) को शीलगुण तथा कम संगति (less consistency) को आदत कहा जाता है। किसी व्यवहार को शीलगुण कहलाने के लिए संगति के अलावा उसमें स्थिरता (stability) का भी गुण होना चाहिए। दूसरे शब्दों में, शीलगुण कहलाने के लिए कम-से-कम थोड़े समय के लिए स्थायित्व (relatively permanence) का गुण भी होना चाहिए। अगर व्यक्ति एक महीना तक हर परिस्थिति में ईमानदारी दिखलाता है परन्तु बाद में नहीं तो इसे शीलगुण नहीं कहा जाएगा। अतः शीलगुण एक ऐसी विशेषता होती है जिसके कारण व्यक्ति संगत ढंग से (consistent way) तथा सापेक्ष रूप से स्थायी ढंग से (relatively permanent way) एक-दूसरे से भिन्न होता है। एटकिन्सन, एटकिन्सन तथा हिलगार्ड[2] (Atkinson, Atkinson & Hilgard, 1983) ने भी शीलगुण को इसी तरह परिभाषित किया है।

शीलगुण सिद्धान्त (trait theory) के अनुसार व्यक्ति का व्यवहार व्यक्तित्व के किसी 'प्रकार' (type) द्वारा नियंत्रित नहीं होता है बल्कि भिन्न-भिन्न प्रकार के शीलगुणों (traits) द्वारा नियंत्रित होता है जो प्रत्येक व्यक्ति में मौजूद

---

1. "The magnitude of his correlations may reflect the strength of the investigator's preconception rather than an actual association between physique and temperament."
—Hall & Lindzey : *Theories of Personality*, 1957, p. 516
2. "A trait refers to any characteristics that differs from person to person in a relatively permanent and consistent way." —Atkinson, Atkinson & Hilgard : *Introduction to Psychology*, 1983, p. 389

रहता है। इस तरह शीलगुण उपागम व्यक्तित्व के मौलिक इकाई (original unit) को यानी शीलगुण को अलग करके उसके आधार पर व्यक्ति के व्यवहार की व्याख्या करता है।

शीलगुण सिद्धान्त की यदि हम ऐतिहासिक पृष्ठभूमि पर ध्यान दें, तो यह स्पष्ट होगा कि इस सिद्धान्त की शुरुआत फ्रैंज जोसेफ गॉल (1758-1828) के प्रयासों से होता है जिन्हें *कपाल विज्ञान का जनक* (Father of Phrenology) कहा जाता है। इस कपाल-विज्ञान की मान्यता यह थी कि व्यक्ति के खोपड़ी पर उभार (bumps) को देखकर मानसिक क्षमता (mental facilities) का पता लगाया जा सकता है। इन्होंने अपने अध्ययनों के आधार पर 27 ऐसे मानसिक क्षमताओं की पहचान किया और प्रत्येक का सम्बन्ध खोपड़ी पर के एक विशेष उभार से बतलाया। गॉल ने व्यक्तियों के कुछ समूहों की भी पहचान किया जिन्हें विशिष्ट शीलगुणों जैसे उदारता (generosity), सत्यवादिता (truthfulness) तथा कामुकता (lasciviousness) से जानने की कोशिश किया और बाद में इन्होंने ऐसे शीलगुणों का एक सामान्य हर (common denominator) का प्रतिपादन खोपड़ी पर उभार के आकारों के रूप में किया। परन्तु बाद के वैज्ञानिकों द्वारा कपाल विज्ञान के इस दावे को खोखला साबित कर दिया गया। इसके बावजूद गॉल ने भरसक यह कोशिश किया कि उन विमाओं (dimensions) का पता लगाया जा सके जिन पर व्यक्ति एक-दूसरे से भिन्न होते हैं और इस विभिन्नता का कारण का भी अध्ययन करने की कोशिश किये। सचमुच में गॉल जब यह बतलाने की कोशिश कर रहे थे कि लोग एक-दूसरे से किस तरह से भिन्न दीखते हैं, तो उन्होंने *शीलगुणों का सबसे पहला वर्गिकी* (first taxonomy) का प्रतिपादन भी किया।

फ्रांसिस गाल्टन (Francis Galton, 1822-1911) जो चार्ल्स डार्विन (Charles Darwin) के रिश्तेदार (cousin) थे, तथा जिन्होंने आधुनिक मनोमीतिकी (Modern Psychometrics) की संस्थापना किया, ने कुछ ऐसी विधियों का प्रतिपादन किया जिनके माध्यम से व्यक्तित्व शीलगुणों का अध्ययन किया गया हालाँकि इन्होंने मानव क्षमता (human abilities) का गहन अध्ययन किया था न कि व्यक्तित्व का।

सचमुच में व्यक्तित्व का औपचारिक अध्ययन (formal study) विलियम स्टर्न (William Stern, 1900, 1906) से प्रारंभ हुआ। स्टर्न (Stern, 1900) ने व्यक्तित्व सूचकों (Personality indicators) जिसमें तथाकथित ऐतिहासिक विधि (Historical method) भी सम्मिलित था, के एक बड़े स्पेक्ट्रम (spectrum) का पता लगाया। फिर 1906 में दो डच मनोवैज्ञानिकों अर्थात् हेममान्स तथा विर्समा (Heymans & Wiersma) ने सबसे पहला व्यक्तित्व आविष्कारिका का विकास किया। उसके बाद व्यक्तित्व शीलगुणों के मापने के लिए कई महत्त्वपूर्ण परीक्षण विकसित किये गए जिनमें *वुडवर्थ परसनल डाटा शीट* (Woodworth Personal Data Sheet, 1908), *थर्स्टन व्यक्तित्व आविष्कारिका* (Thurstone's Personality Inventory, 1929), *माइनेसोटा मल्टीफेजिक पर्सनालिटी इन्वेन्ट्री* (Minnesota Multiphasic Personality Inventory, 1943), *कैट्टेल्ल सोलह व्यक्तित्व कारक* (Cattell's Sixteen Personality factor 1970), *आइजेक व्यक्तित्व इन्वेन्ट्री* (Eysenck Personality Inventory, 1975) *गिलफोर्ड-जिम्मरमैन टेम्परामेन्ट सर्वे* (Guilford-Zimmerman Temperament survey, 1949) आदि मुख्य है। द्वितीय विश्वयुद्ध के तुरन्त बाद मनोवैज्ञानिकों ने कारक विश्लेषण (factor analysis) के सहारे यह तय करने की कोशिश किया कि सामान्य व्यक्तित्व में कितने मौलिक शीलगुण होते हैं। कैट्टेल्ल सोलह व्यक्तित्व कारक, आइजेक व्यक्तित्व इन्वेन्ट्री तथा गिलफोर्ड-जिम्मरमैन टेम्परामेन्ट सर्वे इसी प्रयास का प्रतिफल है।

1960 वाले दशक के बीच में व्यक्तित्व शीलगुण शोधों को तीन असंबंद्ध घटनाओं से तीव्र झटका लगा। वे तीन असंबंद्ध घटनाएँ निम्नांकित हैं:—

(i) पहली घटना *अनुक्रिया सेट वाद-विवाद* (response-set controversy) से उत्पन्न हुआ। अनुक्रिया सेट मॉडल के समर्थकों का तर्क यह था कि सभी वर्तमान व्यक्तित्व आविष्कारिका, शीलगुणों को मापने के बजाय अपने आप को उत्तम दिखाने की इच्छा जिसे सामाजिक वांछनीयता (social desirability) कहा जाता है, की प्रवृत्ति में पायी जाने वाली वैयक्तिक विभिन्नता (individual differences) को मापता है। इस तर्क द्वारा व्यक्तित्व शीलगुण शोध के विधि प्रणाली आधार (methodological base) को कड़ी चुनौती मिली।

(ii) दूसरी घटना व्यक्तित्व शीलगुण शोध का व्यवहारवादियों द्वारा की गयी वह तीखी आलोचना है जिसका सार-तत्त्व यह था कि किसी आँकड़ों का सावधानीपूर्वक समीक्षा से किसी सामान्य शीलगुण के अस्तित्व का कोई समर्थन नहीं मिलता है जो सचमुच में व्यक्ति के व्यवहारों को विभिन्न परिस्थितियों में निर्देशित एवं नियंत्रित करता है।

(iii) 1960 के लगभग मध्य तक कई विभिन्न तरह के व्यक्तित्व परीक्षण विकसित हो चुके थे और प्रत्येक व्यक्तित्व परीक्षण द्वारा शीलगुणों का भिन्न सैंट का मापन होता था जिसका स्पष्ट परिणाम यह हुआ कि शीलगुणों के एक पर्याप्त वर्गिकी (adequate taxonomy) विकसित करने की उम्मीद पर पानी फिर गयी।

परन्तु इन तीनों असम्बद्ध घटनाओं के कुप्रभाव को कम करने की कोशिश मनोवैज्ञानिकों ने जारी रखा। अनुक्रिया-सेट वाद-विवाद ब्लॉक (Block, 1964) के प्रयासों से लगभग समाप्त हो गया जिन्होंने यह दिखलाया कि अनुक्रिया सेट सिद्धान्त का मौलिक दावा ही गलत था। लोहलिन, विल्लरमैन तथा हार्न (Loehlin, Willerman & Horn, 1989) के शोधों से दूसरी घटना के कुप्रभाव को भी कम किया गया है। इनलोगों ने अपने शोध के आधार पर यह दिखलाया कि व्यक्तित्व शीलगुणों का स्पष्ट जननिक आधार (genetic base) होता है। सभी महत्त्वपूर्ण व्यक्तित्व प्रश्नावलियों पर के मापनियों का पर्याप्त आनुवंशिक आधार (heritability) होता है। तीसरी घटना जो वर्गिकी (taxonomy) से सम्बन्ध है, का समाधान *विग फाईव सिद्धान्त* (Big five theory) के प्रतिपादन से हुआ जिससे लगभग यह तय हो चुका कि विभिन्न परिस्थितियों में व्यक्ति के व्यवहारों का निर्धारण पाँच बड़े शीलगुणों (Five big traits) से होता है। वे पाँच शीलगुण या विमा है—*बहिमुर्खता* (Extroversion or E), *सहमतिजन्यता* (Agreeableness or A), *कर्त्तव्यनिष्ठता* (Conscientiousness or C), *स्नायुविकृति* (Neuroticism or N), *अनुभूतियों का खुलापन या संस्कृति* (Openness to experiences or Culture or 'O')। उपर्युक्त विमाओं के प्रथम अक्षरों का कूट संकेतीकरण (coding) 'OCEAN' के रूप में किया जा सकता है जिसे मापने के लिए कोस्टा एवं मैकक्रे (Costa & McGrae, 1992) ने एक विशेष प्रश्नावली भी विकसित किया है जिसे *नियो-व्यक्तित्व आविष्कारिका संशोधित* (Neo-Personality Inventory Revised or NEO-PI-R) कहा गया है। इस तरह से व्यक्तित्व शीलगुणों के वर्गिकी (taxonomy) जिसकी खोज की शुरूआत गॉल्ल (Gall) से प्रारंभ हुई थी बड़े पाँच विमाओं पर आकार समाप्त हो गया। इन पंच कारकों को मापने के लिये प्रो॰ अरूण कुमार सिंह (लेखक) ने हिन्दी भाषा में एक व्यक्तित्व आविष्कारिका विकसित किया है जिसे विंग फाईव परसनालिटी इन्वेन्ट्री (Big five Personality Inventory or BFPI) की संज्ञा दी गयी है।

इस तरह से शीलगुण उपागम में व्यक्तित्व के उन महत्त्वपूर्ण विमाओं (dimensions) की पहचान करने की कोशिश की गयी है जिनके आधार पर व्यक्ति एक-दूसरे से भिन्न समझे जाते है। इस उपागम की मान्यता यह है कि यदि एक बार यह जान लिया जाता है कि एक व्यक्ति दूसरे व्यक्ति से किस तरह से भिन्न है, फिर यह आसानी से मापा जा सकता है कि एक व्यक्ति दूसरे व्यक्ति से कितना भिन्न है और तब अध्ययनकर्त्ता उन अन्तरों को विभिन्न परिस्थितियों में व्यक्ति के व्यवहार के अन्तरों के साथ संबद्ध कर उसकी व्याख्या करता है। शीलगुण सिद्धान्त में मूल रूप से तीन मनोवैज्ञानिकों के विचारों का उल्लेख किया गया है जो निम्नांकित हैः—

1. आलपोर्ट का योगदान *(Contribution of Allport)*—आलपोर्ट का नाम शीलगुण सिद्धान्त के साथ गहरे रूप से जुड़ा हुआ है। यही कारण है कि आलपोर्ट द्वारा प्रतिपादित व्यक्तित्व के सिद्धान्त को *'आलपोर्ट का शीलगुण सिद्धान्त'* (Allport's trait theory) कहा जाता है जिसकी विस्तृत चर्चा हम आगे करेंगे। आलपोर्ट ने शीलगुण को मुख्यतः दो भागों में बाँटा है जो इस प्रकार हैं—

(i) **सामान्य शीलगुण** *(Common trait)*—सामान्य शीलगुण से तात्पर्य वैसे शीलगुणों से होता है जो किसी समाज या संस्कृति (culture) के अधिकतर लोगों में पाया जाता है। फलतः सामान्य शीलगुण ऐसा शीलगुण है जिसके आधार पर किसी समाज या संस्कृति के अधिकतर लोगों की तुलना आपस में की जा सकती है। उदाहरणार्थ, प्रभुत्व (dominance) की माप (measure) पर मोहन का शीलगुण यदि 70th शततमक (percentile) पर हैं, तो इसका मतलब हुआ कि 70% व्यक्तियों का गुण मोहन की तुलना में कम है। स्पष्टतः यहाँ प्रभुत्व के शीलगुणों के आधार पर मोहन की तुलना अन्य व्यक्तियों से की जा रही है। अतः प्रभुत्व एक सामान्य शीलगुण (common trait) का उदाहरण हुआ।

(ii) **व्यक्तिगत शीलगुण** *(Personal trait)*—आलपोर्ट (Allport) के अनुसार व्यक्तित्व शीलगुण (personal trait) एक दूसरा महत्त्वपूर्ण शीलगुण है जिसे उन्होंने *व्यक्तिगत प्रवृत्ति* (personal disposition) कहना अधिक उचित ठहराया है। उनका विचार है कि व्यक्तिगत प्रवृत्ति अधिक विवरणात्मक (descriptive) होता है तथा इससे संभ्रान्ति (confusion) भी कम होता है।

व्यक्तिगत प्रवृत्ति (personal disposition) से तात्पर्य वैसे शीलगुणों से होता है जो किसी समाज या संस्कृति के व्यक्ति विशेष तक ही सीमित होता है, अर्थात् उस समय या संस्कृति के सभी व्यक्तियों में वह नहीं पाया जाता है। यही कारण है कि इस तरह के शीलगुणों के आधार पर व्यक्तियों के बीच तुलना नहीं की जा सकती है परन्तु एक ही व्यक्ति का तुलनात्मक (active) अध्ययन भिन्न-भिन्न पहलुओं पर हो सकता है। जैसे यदि हम यह कहते हैं कि श्याम सक्रिय कम परन्तु निष्क्रिय (passive) ज्यादा है, तो यह व्यक्तिगत प्रवृत्ति का उदाहरण होगा। आलपोर्ट (Allport) ने व्यक्तिगत प्रवृत्ति (personal disposition) तथा सामान्य शीलगुण (common trait) में निम्नांकित दो अन्तर बतलाये हैः—

(i) सामान्य शीलगुण (common trait) समाज के अधिकतर व्यक्तियों में पाया जाता है जबकि व्यक्तिगत प्रवृत्ति (personal disposition) समाज के कुछ व्यक्ति विशेष में ही पायी जाती है।

(ii) सामान्य शीलगुण के आधार पर कई व्यक्तियों का तुलनात्मक अध्ययन किया जाता है जबकि व्यक्तिगत प्रवृत्ति के आधार पर एक ही व्यक्ति के भिन्न-भिन्न शीलगुणों का आपस में तुलनात्मक अध्ययन किया जाता है।

आलपोर्ट ने सामान्य शीलगुण (common traits) की अपेक्षा व्यक्तिगत प्रवृत्ति (personal disposition) के अध्ययन पर अधिक बल डाला है। उन्होंने यह भी बतलाया है कि व्यक्तिगत प्रवृत्ति की सँख्या करीब-करीब 18,000 है। उन्होंने यह भी कहा है कि कुछ व्यक्तिगत प्रवृत्ति ऐसी होती हैं जो व्यक्तित्व की परिधि (periphery) पर होती है। अतः उसे स्पष्टतः समझा जा सकता है। परन्तु कुछ व्यक्तिगत प्रवृत्ति व्यक्तित्व के भीतर यानी केन्द्र (centre) में होती हैं जिन्हें सीधे और स्पष्टतः तो समझना थोड़ा कठिन है। आलपोर्ट (Allport) ने व्यक्तिगत प्रवृत्ति को इस दृष्टिकोण से निम्नांकित तीन भागों में बाँटा है—

(i) कार्डिनल प्रवृत्ति *(Cardinal disposition)*—इस तरह की व्यक्तिगत प्रवृत्ति व्यक्तित्व का इतना प्रमुख एवं प्रबल गुण होता है कि उसे छिपाया नहीं जा सकता है और व्यक्ति के प्रत्येक व्यवहार की व्याख्या इस तरह से कार्डिनल प्रवृत्ति के रूप में आसानी से की जा सकती है। सभी व्यक्तियों में कार्डिनल प्रवृत्ति नहीं होती है परन्तु जिसमें होती है, वह व्यक्ति पूर्णरूपेण उस प्रवृत्ति या गुण से चर्चित होता है। जैसे—महात्मा गाँधी के व्यक्तित्व का कार्डिनल प्रवृत्ति (cardinal disposition) शांति एवं अहिंसा में अटूट विश्वास था और इस गुण से पूरे संसार में वे चर्चित हैं। अतः शांति एवं अहिंसा में विश्वास महात्मा गाँधी के कार्डिनल प्रवृत्ति का एक उदाहरण है। उसी तरह से हिटलर तथा नेपोलियन की कार्डिनल प्रवृत्ति क्या थी, इसे छात्र स्वयं ही सोच सकते हैं।

(ii) केन्द्रीय प्रवृत्ति *(Central disposition)*—केन्द्रीय प्रवृत्ति सभी व्यक्तियों में पायी जाती है। प्रत्येक व्यक्ति में 5 से 10 ऐसे प्रवृत्तियाँ (disposition) या गुण होते हैं जिसके भीतर उसका व्यक्तित्व अधिक सक्रिय (active) रहता है। एक तरह से यदि कहा जाय कि व्यक्तित्व इन 5 से 10 गुणों के भीतर जिंदा रहता है, तो कोई अतिश्योक्ति (exaggeration) नहीं होगी। इन गुणों या प्रवृत्तियों को केन्द्रीय प्रवृत्ति कहा जाता है। सामाजिकता (sociability), आत्मविश्वास (self-confidence), उदासी (depression) आदि कुछ केन्द्रीय प्रवृत्ति (central disposition) के उदाहरण हैं।

(iii) गौण प्रवृत्ति *(Secondary disposition)*—गौण प्रवृत्ति वैसे गुणों को कहा जाता है जो व्यक्तित्व के लिए कम महत्त्वपूर्ण, कम संगत (consistent), कम अर्थपूर्ण तथा कम स्पष्ट होते हैं। जैसे—खाने की आदत, केश शैली (hair style), पहनावा, आदि कुछ ऐसे प्रवृत्तियाँ (disposition) हैं जिनके आधार पर व्यक्तित्व को समझने में कोई खास मदद नहीं मिलती है और न ही इसके आधार पर व्यक्तित्व के बारे में कोई खास अर्थ ही लगाया जा सकता है। आल्लपोर्ट (Allport) ने यह भी स्पष्ट कर दिया है कि एक व्यक्ति के लिए एक गुण केन्द्रीय प्रवृत्ति (central disposition) हो सकता है परन्तु दूसरे के लिए वही गुण गौण प्रवृत्ति (secondary disposition) हो सकता है। उदाहरणार्थ, बहिर्मुखी (extrovert) के लिए सामाजिकता (socialibility) एक केन्द्रीय प्रवृत्ति है परन्तु अन्तर्मुखी (introvert) के लिए सामाजिकता एक गौण प्रवृत्ति है। इस तरह से हम देखते हैं कि आलपोर्ट ने व्यक्तित्व के शीलगुणों (traits) को कई भागों में बाँटकर एक यथोचित व्याख्या प्रस्तुत की है।

2. कैट्टेल्ल का योगदान *(Contribution of Cattell)*—शीलगुण सिद्धान्त में आलपोर्ट के बाद कैट्टेल्ल का नाम अधिक महत्त्वपूर्ण माना गया है। इन्होंने शीलगुण सिद्धान्त में अपना विशेष योगदान करके इस सिद्धान्त को व्यक्तित्व की व्याख्या करने में काफी प्रबल बनाया है। कैट्टेल्ल द्वारा प्रतिपादित व्यक्तित्व के सिद्धान्त की व्याख्या हम अलग से आगे करेंगे।

कैट्टेल्ल ने प्रमुख शीलगुणों की खोज की शुरूआत आल्लपोर्ट (Allport) द्वारा बतलाये गए 18,000 शीलगुणों में से 4,500 शीलगुणों को चुनकर किया। बाद में, इनमें से समानार्थक (synonym) शब्दों को एक साथ मिलाकर इसकी संख्या उन्होंने 200 कर दी और फिर बाद में विशेष सांख्यिकीय विधि (statistical method) यानी कारक विश्लेषण (factor analysis) के सहारे अन्तर सहसम्बन्ध (intercorrelation) द्वारा उसकी संख्या 35 कर दी।

कैट्टेल्ल (Cattell) ने शीलगुणों को कई ढंग से विभाजित कर अध्ययन किया है। उनका सबसे मशहूर (popular) वर्गीकरण वह है जिसमें उन्होंने व्यक्तित्व के शीलगुणों को सतही शीलगुण (surface trait) तथा मूल या स्रोत शीलगुण (source trait) के रूप में विभाजन किया है। इन दोनों का वर्णन निम्नांकित है :—

(i) सतही शीलगुण *(Surface trait)*—जैसा कि नाम से भी स्पष्ट है, इस तरह का शीलगुण व्यक्तित्व के ऊपरी सतह या परिधि पर होता है यानी, इस तरह के शीलगुण ऐसे होते हैं जो व्यक्ति के दिन-प्रतिदिन की अन्त:क्रिया (interaction) में आसानी से अभिव्यक्त हो जाते हैं। इसकी अभिव्यक्ति (expression) इतनी स्पष्ट होती है कि सम्बन्धित शीलगुण के बारे में व्यक्ति में कोई दो मत हो ही नहीं सकते हैं। जैसे—प्रसन्नता(cheerfulness), परोपकारिता (altruism), सत्यनिष्ठा (integrity) कुछ ऐसे शीलगुण हैं जो सतही शीलगुण के उदाहरण हैं जिनकी अभिव्यक्ति व्यक्ति के दिन-प्रतिदिन की अन्त:क्रिया (interaction) में स्पष्ट रूप से होती है।

(ii) स्रोत या मूल शीलगुण *(Source trait)*—कैट्टेल्ल के अनुसार मूल शीलगुण व्यक्तित्व की अधिक महत्त्वपूर्ण संरचना है तथा इसकी संख्या सतही शीलगुण की अपेक्षा कम होती है। मूल शीलगुण (source trait) सतही शीलगुण के समान, व्यक्ति के दिन-प्रतिदिन की अन्त:क्रिया (interaction) में स्पष्ट रूप से व्यक्त नहीं हो पाते हैं। अतः इसका प्रेक्षण (observation) सीधे नहीं किया जा सकता है। कैट्टेल्ल के अनुसार मूल शीलगुण (source trait) व्यक्तित्व की भीतरी संरचना होती है जिसके बारे में हमें ज्ञान तब होता है जब हम उससे सम्बन्धित सतही शीलगुण (surface trait) को एक साथ मिलाने की कोशिश करते हैं। जैसे—सामुदायिकता (gregariousness), निस्वार्थता (unselfishness) तथा हास्य (humour) तीन ऐसे सतही शीलगुण (surface trait) हैं जिनके एक साथ मिलाने से एक नया मूल शीलगुण (source trait) बनता है जिसे मित्रता (friendliness) की संज्ञा दी जाती है। इस उदाहरण से यह भी स्पष्ट है कि मूल शीलगुण की अभिव्यक्ति (expression) सतही शीलगुणों के रूप में ही होती है। इसलिए कैट्टेल्ल (Cattell) ने सतही शीलगुण को ''शीलगुण सूचक'' (trait indicator) भी कहा है। कैट्टेल्ल के अनुसार 23 मूल शीलगुण (source traits) ऐसे हैं जो सामान्य व्यक्तियों (normal individuals) में पाये जाते हैं तथा 12 ऐसे मूल शीलगुण हैं जो असामान्य व्यक्तियों (abnormal individuals) में पाये जाते हैं। इस 23 में से 16 को कैट्टेल्ल ने अत्यधिक महत्त्वपूर्ण बतलाया है और इसे मापने के लिए उन्होंने एक विशेष प्रश्नावली (questionnaire) भी तैयार की जिसे *सोलह व्यक्तित्व कारक प्रश्नावली* (Sixteen Personality Factor Questionnaire या Sixteen PF Questionnaire) की संज्ञा दी गयी है।

सामान्य रूप से मूल शीलगुण (source trait) को कैट्टेल्ल (Cattell) ने दो भागों में बाँटा है—पर्यावरण-प्रभावित शीलगुण (environmental-mould traits) तथा स्वाभाविक शीलगुण (constitutional traits)। कुछ मूल शीलगुण ऐसे होते हैं जिनके विकास में अनुवंशिकता (heredity) की अपेक्षा वातावरण-सम्बन्धी कारकों का अधिक प्रभाव पड़ता है। इन्हें *पर्यावरण-प्रभावित शीलगुण* (environmental-mould traits) कहा जाता है। कुछ ऐसे शीलगुण होते हैं जिनके विकास में वातावरण की अपेक्षा आनुवंशिकता (heredity) का प्रभाव अधिक पड़ता है। इस तरह के शीलगुण को स्वाभाविक शीलगुण (constitutional traits) कहा जाता है।

कैट्टेल्ल ने शीलगुणों (traits) का विभाजन उस व्यवहार पर भी किया है जिससे वे सम्बन्धित होते हैं। इस कसौटी के आधार पर शीलगुण के तीन प्रकार हैं—*गत्यात्मक शीलगुण* (dynamic trait), *क्षमता शीलगुण* (ability traits) तथा *चित्तप्रकृति शीलगुण* (temperament trait)। *गत्यात्मक शीलगुण* वैसे शीलगुण को कहा जाता है जिससे व्यक्ति का व्यवहार एक खास लक्ष्य की ओर अग्रसित होता है। मनोवृत्ति (attitude), अर्ग (erg) तथा मनोभाव (sentiments) गत्यात्मक शीलगुण के कुछ उदाहरण हैं। *क्षमता शीलगुण* (ability traits) से तात्पर्य कुछ वैसे शीलगुणों से होता है जो व्यक्ति को किसी लक्ष्य (goal) तक पहुँचाने में काफी प्रभावकारी (effective) सिद्ध होते हैं। *चित्तप्रकृति शीलगुण* (temperament trait) से तात्पर्य वैसे शीलगुणों से होता है जो किसी लक्ष्य पर पहुँचने के प्रयास (effort) से उत्पन्न होता है तथा जिसका सम्बन्ध व्यक्ति की संवेगात्मक स्थिति (emotional state),

अनुक्रिया करने की शक्ति (energy) तथा दर (rate) आदि से सम्बन्धित होता है। सांवेगिक स्थिरता (emotional stability), मस्तमौलापन (happy-go-luckiness) आदि चित्तप्रकृति शीलगुण (temperament trait) के कुछ उदाहरण हैं।

कैट्टेल्ल ने यह भी बतलाया है कि व्यक्तित्व के शीलगुणों का अध्ययन करने के लिए मूलतः तीन स्रोत (source) हैं—*जीवन अभिलेख* (life record), *आत्म रेटिंग* (self-rating) तथा *वस्तुनिष्ठ परीक्षण* (objective test) पहले स्रोत से प्राप्त आँकड़ों (data) को L-data, दूसरे स्रोत से प्राप्त आँकड़ों को Q-data तथा तीसरे स्रोत से प्राप्त आँकड़ों को O-T-data कहा जाता है।

3. आइजेन्क का प्रकार-शीलगुण पदानुक्रम *(Eyesenck's Type-trait Hierarchy)*—ब्रिटिश मनोवैज्ञानिक हंस आइजेन्क (Hans Eyesenck, 1990) ने यह मत व्यक्त किये हैं कि व्यक्तित्व का निर्धारण मूलतः व्यक्ति के जीन्स (genes) से होता है तथा पर्यावरण की भूमिका इसमें काफी कम होती है। उन्होंने व्यक्तित्व में शीलगुणों को काफी महत्वपूर्ण माना है। आइजेन्क का प्रकार शीलगुण विचारधारा एक पदानुक्रमिक रूप से संगठित (hierarchically organized) विचारधारा है जिसमें प्रकार (type), शीलगुण, आदत तथा अनुक्रियाएँ सम्मिलित होतीं हैं। आइजेन्क के इस पदानुक्रमिक संगठन (hierarchical organization) के सबसे निचले स्तर पर *अनुक्रियाएँ* (responses) होतीं हैं। लगातार होनेवाले विशेष तरह की अनुक्रिया से फिर *आदत* (habit) का निर्माण होता है। इन आदतों के आधार पर फिर शीलगुणों (traits) का निर्माण होता है और इन शीलगुणों का आपस में मिलने से फिर व्यक्तित्व का एक विशेष प्रकार का निर्माण होता है। इस पूरी प्रक्रिया को एक उदाहरण द्वारा इस प्रकार समझाया जा सकता है: बहिर्मुखता (extroversion) विभिन्न शीलगुणों जैसी सामाजिकता, आवेगशीलता (impulsivity), क्रिया (activity), उत्तेजनशीलता (excitability) तथा प्रफूल्लता (liveliness) आदि के बीच अंतरसहसंबंध (intercorrelation) पर आधारित होता है। इनमें से प्रत्येक शीलगुण अभ्यासजनित या अभ्यसित अनुक्रियाएँ (habitual responses) जैसे लोगों से बातचीत करना, तुरंत किसी क्लब या पार्टी में जाने को तैयार रहना आदि के बीच अन्तरसहसम्बन्ध पर आधृत होता है। स्वयं इन आदतों के बारे में अनुमान विभिन्न तरह की विशिष्ट अनुक्रियाओं जैसे वास्तव में जब व्यक्ति पार्टी या क्लब में जाकर अन्य व्यक्तियों से बातचीत किया आदि के आधार पर लगाया जाता है। व्यक्तित्व के इस प्रकार-शीलगुण पदानुक्रम (Type-trait hierarchy) को चित्र 13.3 दिखलाया गया है जिसमें SR से मतलब उद्दीपक के प्रति किये अनुक्रियाओं (Responses) से हैं।

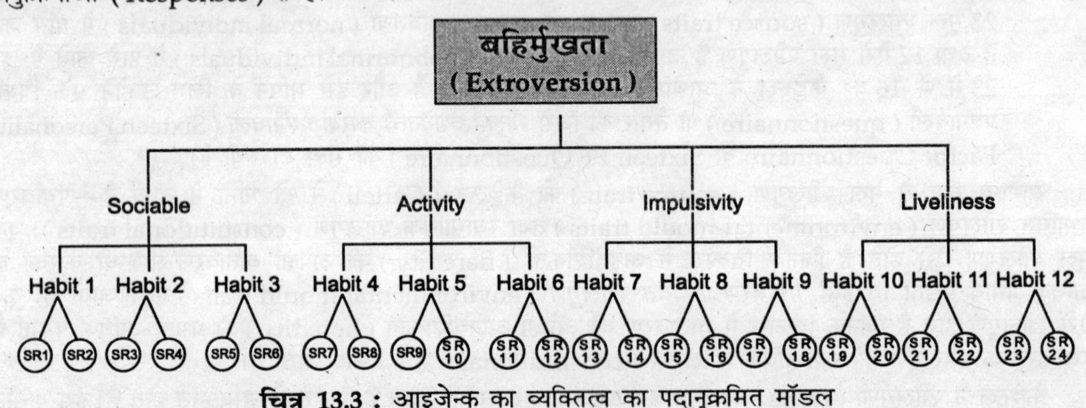

चित्र 13.3 : आइजेन्क का व्यक्तित्व का पदानुक्रमित मॉडल

आइजेन्क (Eysenck, 1947) ने व्यक्तित्व के तीन प्रकार[1] बतलाये हैं। इन प्रकारों को *सुपरफैक्टर* (superfactor) इन्होंने युंग के अन्तर्मुखी-बहिर्मुखी सिद्धान्त की सत्यता की जाँच करने के लिए 10,000 सामान्य (normal) एवं तंत्रिका रोगियों (neurotics) पर अध्ययन किया और विशेष सांख्यिकीय विश्लेषण (statistical analysis) कर यह बतलाया कि व्यक्तित्व के निम्नांकित तीन प्रकार (type) होते हैं जो द्विध्रुवीय (bipolar) हैं—

1. वस्तुतः आइजेन्क द्वारा बतलाए गए ये तीन प्रकार (type) नहीं है, बल्कि तीन विमा (dimension) हैं। ऐसा होने से आइजेन्क के अनुसार किसी व्यक्ति के व्यक्तित्व को दिए गए प्रत्येक विमा पर उसे रेट किया जा सकता है। आइजेन्क का अपना प्रेक्षण यह था कि सचमुच में कोई व्यक्तित्व ऐसा नहीं होता है जो पूर्णतः किसी एक 'प्रकार' में फिट कर जाए।

(i) अन्तर्मुखता-बहिर्मुखता *(Introversion-Extroversion)*—आइजेन्क ने युंग के अन्तर्मुखता (introversion) तथा बहिर्मुखता (extroversion) के सिद्धान्त को तो स्वीकार किया परन्तु युंग के समान उन्होंने इसे व्यक्तित्व का दो अलग-अलग प्रकार (type) नहीं माना। उनका कहना था कि चूँकि ये दोनों प्रकार एक-दूसरे के विपरीत हैं, अतः इन्हें एक साथ मिलाकर रखा जा सकता है तथा एक ही मापनी (scale) बनाकर अध्ययन किया जा सकता है। चूँकि ऐसा नहीं होता है कि ये दोनों तरह के गुण एक ही व्यक्ति में एक साथ अधिक या कम हों, अतः इसे आइजेन्क ने व्यक्ति का एक ही प्रकार (type) या विमा (dimension) माना है जो स्पष्टतः द्विध्रुवीय (bipolar) हैं। जैसे—किसी व्यक्ति में सामाजिकता अधिक है तथा वह लोगों से मिलना-जुलना अधिक पसंद करता है तो यह कहा जाता है कि व्यक्ति इस विमा के वहिर्मुखता (extroversion) पक्ष में ऊँचा है। दूसरी तरफ यदि व्यक्ति अकेले रहना पसन्द करता है, लजालु तथा संकोचशील भी है तो ऐसा कहा जाता है कि ऐसा व्यक्ति इस विमा के अन्तर्मुखता (introversion) पक्ष में अधिक ऊँचा है।

(ii) स्नायुविकृति-स्थिरता *(Neuroticism-Stability)*—आइजेन्क के अनुसार व्यक्तित्व का यह दूसरा प्रमुख प्रकार है। व्यक्तित्व के इस प्रकार के पहले छोर पर होने पर व्यक्ति में सांवेगिक नियंत्रण कम होता है तथा उनकी इच्छा शक्ति (will power) कमजोर होती है। इनके विचारों एवं क्रियाओं में मन्दता पायी जाती है। इनमें अन्य व्यक्तियों के सुझाव (suggestion) को चुपचाप स्वीकार कर लेने की प्रवृत्ति अधिक होती है तथा इनमें सामाजिकता (sociability) का अभाव पाया जाता है। ऐसे व्यक्तियों द्वारा प्रायः अपनी इच्छाओं का दमन (repression) किया जाता है। इस प्रकार के दूसरे छोर पर वाले व्यक्तित्व में स्थिरता होती है जिसकी ओर बढ़ने पर उक्त व्यवहारों या लक्षणों की मात्रा घटती जाती है ओर व्यक्ति में स्थिरता की मात्रा बढ़ती जाती है।

(iii) मनोविक्षिप्तता-पराहं की क्रियाएँ *(Psychoticism-Superego function)*—आइजेन्क (Eysenck, 1952) ने व्यक्तित्व के इस प्रकार (type) को बाद में किये गये शोध (research) के आधार पर जोड़ा है। आइजेन्क ने इस प्रकार की व्याख्या करते हुए कहा कि व्यक्तित्व का यह 'प्रकार' मानसिक रोग (mental illness) की एक विशेष श्रेणी जिसे मनोविक्षिप्ति (psychosis) कहा जाता है, के तुल्य (equivalent) नहीं है। हाँ, इतना अवश्य है कि मनोविक्षिप्ति (psychosis) रोग से पीड़ित व्यक्ति में मनोविक्षिप्तता (psychoticism) के गुण अधिक होंगे। आइजेन्क (Eysenck, 1952) के अनुसार मनोविक्षिप्तता (psychoticism) वाले व्यक्तित्व के 'प्रकार' (type) में क्षीण एकाग्रता (poor concentration), क्षीण स्मृति (poor memory) तथा क्रूरता (cruelty) का गुण अधिक होता है। इसके अलावा ऐसे व्यक्ति में असंवेदनशीलता (insensitivity), दूसरों के प्रति सौहार्दपूर्ण सम्बन्ध की कमी, किसी प्रकार के खतरे के प्रति असतर्कता, सर्जनात्मकता (creativity) की कमी आदि गुण पाये जाते हैं। इस प्रकार के दूसरे छोर पर पराहं की क्रियाएँ (super-ego functions) होती हैं। जैसे-जैसे इस छोर की ओर हम बढ़ते हैं, उक्त लक्षणों या व्यवहारों की मात्रा घटती जाती है तथा व्यक्ति में आदर्शत्व (ideality) तथा नैतिकता (morality) की मात्रा बढ़ती जाती है।

इस तरह से हम देखते हैं कि आइजेन्क के तीनों प्रकार (type) द्विध्रुवीय (bipolar) हैं। मतलब यह कदापि नहीं है कि अधिकतर व्यक्ति को दो छोरों में से किसी एक छोर पर रखा जा सकता है। सच्चाई यह है कि प्रत्येक 'प्रकार' या विमा (dimension) के बीच में ही अधिकतर व्यक्तियों को रखा जाता है।

ऊपर में आलपोर्ट तथा कैट्टेल्ल (Cattell) के योगदानों पर विचार करने पर एक प्रश्न उठकर जो सामने आता है, वह यह है कि मानव व्यक्तित्व के प्रमुख शीलगुण या कारक या विमा (dimensions) कौन-कौन हैं? सचमुच में शीलगुण उपागम (trait approach) का मुख्य उद्देश्य इसी प्रश्न का उत्तर ढूँढना है परन्तु प्रस्तुत व्याख्या से स्पष्ट है कि उपागम इस प्रश्न का उत्तर सन्तोषजनक ढंग से देने में सफल नहीं हो पाता है। गत दो दशकों में किए गए महत्त्वपूर्ण शोधों के आधार पर मनोवैज्ञानिकों में इस सिलसिले में कुछ खास विमाओं के बारे में सहमति होते नजर आती है। ऐसा प्रमुख शोधकर्त्ता हैं—गोल्डवर्ग (Goldberg, 1981), कोस्टा एवं मैकक्रे (Costa & McCrae, 1994), होगान (Hogan, 1983), मैकक्रे (McCrae, 1994) नौल्लर, ला एवं कोमरे (Noller, Law & Comrey, 1987)। इन शोधकर्त्ताओं के बीच लगभग इस बात की सहमति है कि व्यक्तित्व के निम्नांकित पाँच महत्त्वपूर्ण तथा हृस्ट-पुष्ट (robust) विमाएँ हैं जो सभी द्विध्रुवीय (bipolar) हैं:—

(i) बहिमुर्खता *(Extroversion or E)*—इस विमा द्वारा व्यक्ति में अन्तर्वैयक्तिक अंतक्रिया की तीव्रता एवं मात्रा का मापन होता है। उच्च प्राप्तांक आने पर यह समझा जाता है कि व्यक्ति सामाजिक, सक्रिय, बातूनी (talkative),

व्यक्ति-उन्मुखी (person-aviented), अवसरवादी (opportunist), मजाकिया तथा स्नेह-भाव दिखलाने वाला होगा जबकि कम प्राप्तांक आने पर यह समझा जाता है कि व्यक्ति संयमी (reserved), कार्य-उन्मुखी (task-ariented), शांत, अकेले रहने की ओर झुकाव रखनेवाला आदि होगा।

(ii) स्नायुविकृति *(Neuroticism or N)*—इस विमा द्वारा समायोजन बनाम सांवेगिक अस्थिरता (adjustment vs emotional instability) का मापन होता है। उच्च प्राप्तांक आने पर यह समझा जाता है कि व्यक्ति में चिंता, सांवेगिकता (emotionality), असुरक्षा का भाव, रोगभ्रमी विचार (hypochondrical thought) आदि अधिक होंगे, जबकि कम प्राप्तांक आने पर यह समझा जाता है कि व्यक्ति शांत, असांवेगिक, आत्म-संतुष्ट (self-satisfied), साहसी आदि होगा।

(iii) कर्त्तव्यनिष्ठता *(Conscentionsness or C)*—इस विमा द्वारा लक्ष्य-निर्देशित व्यवहार में अभिप्रेरण, दुराग्रह (persistence) तथा संगठन (organization) की मात्रा को मापा जाता है। उच्च प्राप्तांक आने पर व्यक्ति को मेहनत करने वाला, आकांक्षी (ambitious), साफ-सुथरा, संगठित, विश्वसनीय, समयनिष्ठ (punctual), आदि समझा जाता है जबकि निम्न प्राप्तांक आने पर व्यक्ति दिशाहीन, अविश्वसनीय, सुस्त, लापरवाह, कमजोर इच्छा शक्ति वाला एवं भोगी (hedonistic) प्रकृति का समझा जाता है।

(iv) अनुभूतियों का खुलापन या संस्कृति *(Openness to experiences or Culture or O)*—इस विमा द्वारा अग्रलक्षी खोज (Proactive seeking) तथा अपने लिये अनुभूतियों का मूल्यांकन के साथ ही साथ अपरिचित वस्तुओं एवं व्यक्तियों की पहचान तथा उसे सहन करने की शक्ति का भी मूल्यांकन होता है। उच्च प्राप्तांक आने पर यह समझा जाता है कि व्यक्ति में उत्सुकता, विस्तृत अभिरुचि, सर्जनात्मकता, मौलिकता, कल्पनाशीलता (imaginitive) आदि का शीलगुण है तथा निम्न प्राप्तांक आने पर यह समझा जाता है कि वह संकुचित अभिरुचि तथा पौराणिक विचारों की प्राथमिकता देने वाला व्यक्ति है। ऐसा व्यक्ति अविश्लेषणात्मक (unanalytical) तथा अकलात्मक (unartistic) स्वरूप का भी समझा जाता है।

(v) सहमतिजन्यता *(Agreableness or A)*—इस विमा द्वारा चिन्तन, भाव एवं क्रियाओं में सहानुभूति (compassion) से प्रतिरोध (antagonism) के सांतत्य (continuum) पर व्यक्ति की अन्तर्वैयक्तिक उन्मुखता (interpersonal orientation) की गुणवत्ता का मापन होता है। उच्च प्राप्तांक आने पर यह समझा जाता है कि व्यक्ति कोमल-ह्रदय, उत्तम प्रकृति, विश्वसनीय, मदद पहुँचाने वाला तथा सीधा-साधा प्रकृति का है जबकि निम्न प्राप्तांक आने पर यह समझा जाता है कि व्यक्ति असहयोगी, शंकालु, बदला लेने वाला, असभ्य (rude) प्रकृति का है।

उपर्युक्त पाँच शीलगुणों को नॉरमैन (Norman, 1963) ने *दी विग फाइव* (The Big Five) की संज्ञा दिया है जो आलपोर्ट, कैट्टेल्ल आदि द्वारा किये गए शोधों पर आधृत है।

उपर्युक्त विमाओं के प्रथम अक्षरों का कूटसंकेतीकरण (coding) 'OCEAN' के रूप में करके हम आसानी से उन्हें याद रख सकते हैं। उक्त 'विग फाइव' विमा को मापने के लिए कोस्टा एवं मैकक्रे (Costa & McCrae, 1992) ने एक विशेष प्रश्नावली भी विकसित किया है जिसे नियो-व्यक्तित्व आविष्कारिका-संशोधित (NEO-Personality Inventory Revised या NEO-PI-R) कहा गया है। गोल्डवर्ग (Goldberg, 1992) ने पाँच विमाओं को मापने के लिये 'ट्रांसपेरेन्ट द्विध्रुवीय इन्वेन्ट्री' (Transparent Bipolar Inventory) का निर्माण किया है।

4. गिलफोर्ड का शीलगुण उपागम *(Guilford's trait approach)*—गिलफोर्ड का यह मत था कि प्रत्येक व्यक्ति एक दूसरे से अपने शीलगुण के कारण भिन्न होता है। उन्होंने शीलगुण को परिभाषित करते हुए कहा है कि शीलगुण एक विशेषणीय (distinguishable) तथा सापेक्ष रूप से स्थायी तरीका है जिसमें एक व्यक्ति दूसरे व्यक्ति से भिन्न होता है। गिलफोर्ड के अनुसार शीलगुण के सात रूपात्मकता (modalities) होते हैं—*आकृतिमूलक शीलगुण* (morphological trait), *शारीरिक शीलगुण* (physiological trait), *आवश्यकता* (need), *अभिरुचि* (interest), *मनोवृत्ति* (attitudes), *अभिवृत्ति* (aptitude) तथा *चित्तप्रकृति* (temperament)। इनमें से प्रथम दो कायिक शीलगुण (somatic traits) हैं जबकि अंतिम पाँच व्यक्तित्व के व्यवहारपरक पहलु (behavioural aspects) हैं। गिलफोर्ड ने यह स्पष्ट किया है कि ये सातों रूपात्मकता व्यक्तित्व के सात अलग-अलग तत्त्व नहीं हैं बल्कि व्यक्तित्व के संगठित सम्पूर्णता (integrated whole) हैं और ये सात रूपात्मकता सिर्फ सात अलग-अलग दिशाएँ हैं जिनके माध्यम से व्यक्तित्व को देखा जाता है। व्यक्तित्व के इस स्वरूप को चित्र 13.4 में दिखलाया गया है। इन सातों शीलगुण रूपात्मकता का वर्णन निम्नांकित है—

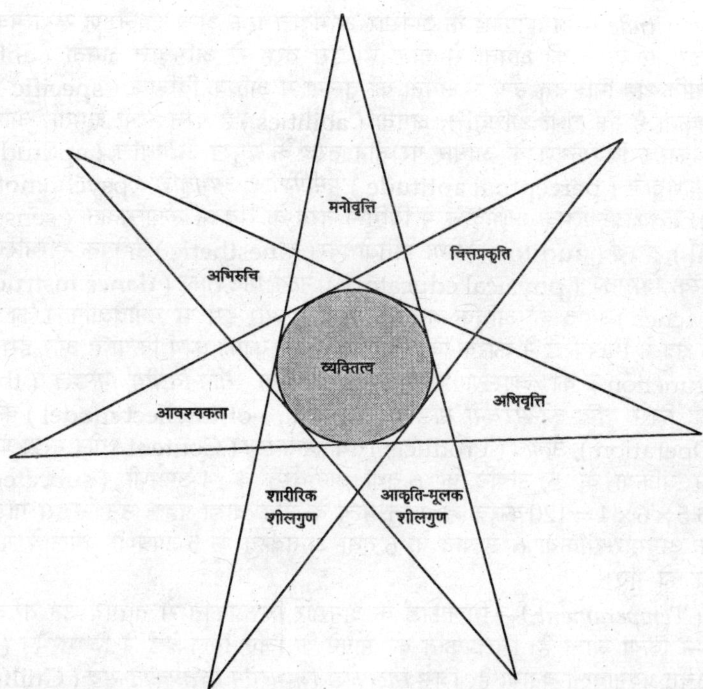

चित्र 13.4 : गिलफोर्ड द्वारा प्रतिपादित व्यक्तित्व का शीलगुण रूपात्मकता (trait modalities)

(i) शारीरिक एवं आकृतिमूलक शीलगुण (*Physiological and morphological traits*)—शारीरिक शीलगुण से तात्पर्य दैहिक कार्यों यथा मस्तिष्कीय तरंग, रक्तचाप के स्तर, रक्त शर्करा (blood sugar) के स्तर हॉर्मोन स्तर (hormone level) आदि से होता है। आकृतिमूलक शीलगुण से तात्पर्य दैहिक गुणों (physical attributes) जैसे शरीर का आकार, सिर का आकार, ललाट की लम्बाई तथा चौड़ाई, पैर की लम्बाई, मेरूदंड (spine) की झुकाव (curvature) आदि से होता है। गिलफोर्ड (Guilford, 1959) ने अपने अध्ययन में इन दोनों तरह के शीलगुणों में बहुत कम का संबंध पाया है हालांकि उनके पहले शेल्डन (Sheldon, 1942) ने चित्तप्रकृति (temperament) तथा शरीरगठन (physique) में स्पष्ट सहसंबंध पाया था।

(ii) होरमेटिक शीलगुण (*Hormetic traits*)—गिलफोर्ड ने आवश्यकता (need), अभिरुचि (interest) तथा मनोवृत्ति (attitudes) को एक साथ मिलाकर होरमेटिक शीलगुण कहा है। हारमेटिक शीलगुण वैसे शीलगुणों को कहा जाता है जिसका संबंध अभिप्रेरण (motivation) से होता है तथा जो व्यक्ति में क्रिया उत्पन्न करते हैं। हालांकि आवश्यकता, अभिरुचि तथा मनोवृत्ति तीनों ही द्वारा व्यक्ति में क्रिया की उत्पत्ति हाती है, ये तीनों व्यक्तित्व के अलग-अलग विमा हैं और उनमें अन्तर हैं।

आवश्यकता सापेक्ष रूप से स्थायी चित्तवृत्ति (disposition) है जो व्यक्ति को किसी खास अवस्था या परिस्थिति की ओर अभिप्रेरित करता है। जैसे, भोजन प्राप्त करना एक आवश्यकता है और यह भूखे व्यक्ति को पेट भर के भोजन करने के लिये प्रेरित करता है। अभिरुचि (interests) से तात्पर्य एक सामान्यीकृत व्यवहारपरक प्रवृत्ति (generalized behavioural tendency) से होता है जिसके माध्यम से व्यक्ति कुछ क्रियाओं के प्रति आकर्षित होता है। इसके अतिरिक्त, अभिरुचि में किसी क्रिया को करने की पसंदगी (liking) अभिरुचि का एक उदाहरण है। होरमेटिक शीलगुण का तीसरा विमा मनोवृत्ति है। मनोवृत्ति भी आवश्यकता तथा अभिरुचि के समान व्यक्ति में क्रिया को उत्पन्न करती है गिलफोर्ड (Guilford, 1959) के अनुसार किसी सामाजिक वस्तु या सामाजिक क्रिया (social action) के अनुकूल या प्रतिकूल चित्तवृत्ति (disposition) को मनोवृत्ति कहा जाता है। मनोवृत्ति में विश्वास (belief) तथा भाव (feeling) दोनों सम्मिलित तो होते ही हैं साथ ही साथ इसमें उद्देश्यपूर्ण क्रिया (purposive action) भी सम्मिलित होता है। जैसे, सह शिक्षा के प्रति किसी व्यक्ति का मत मनोवृत्ति का एक उदाहरण है।

(iii) आभवृत्ति *(Aptitude)*—गिलफोर्ड के अनुसार अभिवृत्ति एक अन्य शीलगुण रूपात्मकता है जिससे तात्पर्य किसी कार्य को उत्तम ढंग से करने की क्षमता से होता है। इस तरह से अभिवृत्ति क्षमता (ability) की एक विमा (dimension) है हालांकि यह निश्चित रूप से क्षमता की तुलना में अधिक विशिष्ट (specific) होता है। दूसरे शब्दों में, तब यह कहा जा सकता है कि सभी अभिवृत्ति, क्षमता (abilities) है परंतु सभी क्षमता, अभिवृत्ति (aptitude) नहीं होती। गिलफोर्ड ने कारक विश्लेषण के आधार पर तीन तरह के प्रमुख अभिवृत्ति (aptitude) की पहचान किया है— *प्रत्यक्षज्ञानात्मक अभिवृत्ति* (perceptual aptitude) *मनोपेशीय अभिवृत्ति* (psychomotor aptitude) तथा बुद्धि (intelligence)। प्रत्यक्षज्ञानात्मक अभिवृत्ति में विभिन्न तरह के संवेदन रूपात्मकता (sense modelities) होते हैं जिसमें दृष्टि (visual), श्रवण (auditory) तथा गतिबोधक (kinesthetic) उद्दीपक सम्मिलित होते हैं। मनोपेशीय अभिवृत्ति मूलतः शारीरिक शिक्षकों (physical educators), नृत्य निदेशकों (dance instructors) तथा व्यायामी शिक्षकों (athelete coaches) आदि को अधिक जरूरत पड़ती है और इस पर मनोवैज्ञानिकों का ध्यान तुलनात्मक रूप से कम गया है। बुद्धि के क्षेत्र में गिलफोर्ड ने कारक विश्लेषण के सहारे काफी कार्य किया है और इसके आधार पर बौद्धिक कार्य (intellectual function) की व्याख्या करने के लिए एक *तीन-विमीय मॉडल* (three-dimensional model) तैयार किया है जिसे *बुद्धि-की-संरचना मॉडल* (Structure-of-intellect model) की संज्ञा दिया गया है। इस मॉडल में *संक्रिया* (Operation), *उत्पाद* (Products) तथा *अन्तर्वस्तु* (Content) तीन मुख्य प्राचल (parameter) हैं। मूलतः गिलफोर्ड ने संक्रिया कें 5, उत्पाद के 6 तथा अन्तर्वस्तु के 4 उपश्रेणी (subcategories) बतलाये हैं जिसके अनुसार बुद्धि के $5 \times 6 \times 4 = 120$ कारक हैं, परंतु मृत्यु के ठीक थोड़ा पहले उन्होंने इस मॉडल में संशोधन किया है और इस संशोधन के अनुसार-संक्रिया 6, उत्पाद के 6 तथा अन्तर्वस्तु के 5 उपश्रेणी बतलाये गए हैं जिसके अनुसार $6 \times 6 \times 5 = 180$ कारक हो गए।

(iv) चित्तप्रकृति *(Temperament)*—गिलफोर्ड के अनुसार चित्तप्रकृति से तात्पर्य उन तरीकों से होता है जिसके माध्यम से व्यवहार संपन्न किया जाता है। चित्तप्रकृति को मापने के लिए गिलफोर्ड ने जिम्मरमैन (Zimmerman) के साथ मिलकर एक बहुचर्चित प्रश्नावली बनाया है, जिसे *गिलफोर्ड-जिम्मरमैन चित्तप्रकृति सर्वे* (Guilford-Zimmerman Temperament Survey) कहा जाता है जिसके माध्यम से 10 द्विध्रुवीय चित्तप्रकृति शीलगुण (bipolar temperament traits) का मापन होता है। वे 10 चित्तप्रकृति शीलगुण हैं : सामान्य क्रिया बनाम शिथिलता (General activity vs Inactivity or G), विरोध बनाम आवेगशीलता (Restraint vs Impulsivity or R), प्रभुत्व बनाम दब्बूपना (Ascendance vs Submissiveness or A), सामाजिकता बनाम शर्मीलापन (Sociability vs Shyness or S) सांवेगिक स्थिरता बनाम विषाद (Emotional stability vs Depression P or E), वस्तुनिष्ठता बनाम आत्मनिष्ठता (Objectivity vs Subjectivity or O), मित्रता बनाम विद्वेष (Friendliness vs Hostility or F), चिन्तनशीलता बनाम अचिन्तशीलता (Thoughtfulness vs Unreflectiveness or T) व्यक्तिगत संबंध बनाम आलोचनात्मकता (Personal relations vs Criticalness) तथा पुरुषत्व बनाम नारीत्व (Masculinity vs Feminity)। इन सभी 10 चित्तप्रकृति शीलगुण (temperament traits) की पहचान कारक विश्लेषण (factor analysis) द्वारा किया गया था तथा वे प्राथमिक-स्तरीय कारक (primary-level factors) का प्रतिनिधित्व करते हैं। बाद में गिलफोर्ड ने कुल प्राप्तांकों (total scores) के अंतरसहसंबंध (intercorrelation) के आधार पर कुछ द्वितीय (second) तथा तृतीय-क्रम (third-order) के कारकों का भी पहचान किये।

गिलफोर्ड (Guilford) ने इस बिन्दु पर भी विचार किया है कि क्या व्यक्तित्व को उत्तम ढंग से विशिष्ट व्यवहार (specific behaviour) या सामान्य विशेषता (general characteristics) के रूप में वर्णित किया जा सकता है? काफी सोच-विचार करने के बाद गिलफोर्ड ने इस बात पर बल डाला है कि सामान्य शीलगुण के आधार पर व्यक्तित्व को अपेक्षाकृत उत्तम ढंग से समझा जा सकता है तथा साथ ही साथ उसके बारे में उत्तम ढंग से पूर्वकथन भी किया जा सकता है। गिलफोर्ड (Guilford, 1959) ने शीलगुण सामान्यतया या व्यापकता (trait generality) के तीन स्तर बतलाया है— *हेक्सिक स्तर* (hexic level), *प्राथमिक-शीलगुण स्तर* (primary-trait level) तथा *प्रकार स्तर* (type level)। गिलफोर्ड का मत है कि व्यक्ति हेक्सिक शीलगुण को केवल विशिष्ट परिस्थिति (specific situation) में ही दिखलाता है। जैसे, सीता जो एक लजालु एवं अन्तर्मुखी शीलगुण की महिला है, यदि नाचने के वक्त काफी कामांग प्रदर्शन करने लगे, तो उसका यह व्यवहार हेक्सिक व्यवहार कहलायेगा और कामांगप्रदर्शन का शीलगुण (trait of exhibitionism) इस विशिष्ट परिस्थिति में उसके व्यवहार के आधार पर लगाया गया एक हेक्सिक शीलगुण का उदाहरण होगा। प्राथमिक शीलगुण (primary trait) को भी व्यक्ति के व्यवहार से ही अनुमान लगाया जाता है परंतु उसकी अभिव्यक्ति व्यवहारों के एक विस्तृत परास (broad range) के आधार पर किया जाता

है। जैसे, यदि मोहन में आक्रामकता का एक प्राथमिक शीलगुण है तो इसका मतलब यह हुआ कि वह अधिक-से-अधिक परिस्थिति में आक्रामकता का व्यवहार करता है। अतः यह कहा जा सकता है कि प्राथमिक शीलगुण कुछ हद तक हेक्सिक शीलगुण जिससे यह संबंधित होता है, को निर्धारित भी करता है। जब व्यक्ति का व्यवहार हमेशा किसी एक ही पूर्ववृत्ति (predisposition) के इर्द-गिर्द होता है, तो इसे व्यक्तित्व का प्रकार (type) की संज्ञा दी जाती है। गिलफोर्ड ने प्रकार पर उतना बल नहीं डाला है जितना कि आइजेन्क ने डाला था परंतु उनका विश्वास है कि एक प्रकार, जिसे *संलक्षण* (syndrome) कहा जाता है, एक लाभदायक प्रकार है। गिलफोर्ड के अनुसार संलक्षण गुणों (qualities) या विशेषताओं (attributes) का एक संयोग (combination) होता है। प्राथमिक शीलगुणों (primary traits) जिनके बीच धनात्मक अंतर सहसंबंध (positive intercorrelation) होते हैं, के आधार पर प्रकार का निर्माण होता है। जैसे-जैसे, ईर्ष्या (hostility), चिन्ता (anxiety) निम्न आत्म-सम्मान (low self-esteem) तथा अनिर्णयाकता (indecisiveness) जैसे प्राथमिक शीलगुणों के बीच उच्च सहसंबंध के आधार पर व्यक्तित्व के तंत्रिकातापी प्रकार (neurotic type) के होने का अनुमान लगाया जा सकता है।

यद्यपि शीलगुण सिद्धान्त (trait theory) 'प्रकार सिद्धान्त' से अधिक वैज्ञानिक एवं पूर्ण लगता है, फिर भी मनोवैज्ञानिकों ने भी इसकी कुछ *आलोचनाएँ* की हैं, जो निम्नांकित हैंः—

(i) शीलगुण सिद्धान्त में कारक विश्लेषण (factor analysis) कर शीलगुण सिद्धान्तवादी (trait theorist) शीलगुणों की कोई एक निश्चित संख्या निर्धारित करने में अब तक असमर्थ रहे हैं। कैट्टेल्ल के अनुसार इस तरह का शीलगुण 16 है जबकि आलपोर्ट इतनी कम संख्या से संतुष्ट नहीं हैं। नॉरमैन (Norman, 1963) के अनुसार ऐसे शीलगुणों की संख्या मात्र पाँच ही हैं। इस तरह की असहमति से व्यक्तित्व की व्याख्या सही-सही ढंग से नहीं की जा सकती है।

(ii) शीलगुण सिद्धान्तवादियों द्वारा बताये गये प्रमुख शीलगुण की संख्या के बारे में असहमति तो है ही, साथ-ही-साथ ऐसे शीलगुण एक-दूसरे से पूर्णतः स्पष्ट, भिन्न एवं स्वतंत्र नहीं हैं। दूसरे शब्दों में, कुछ प्रमुख शीलगुण दूसरे प्रमुख शीलगुण से इस तरह से जुड़े हुए तथा सम्बन्धित हैं कि लगता है एक ही बात को दो ढंग से कही जा रही है जिससे व्यक्ति के मन में संभ्रान्ति (confusion) अधिक होती है। जैसे—अन्तर्मुखता-बहिर्मुखता (introversion-extroversion) एक तरह का शीलगुण है जो अस्थिरता-स्थिरता (instability-stability) के शीलगुण से ऐसे मिलता है कि इसमें स्पष्टता कम तथा संभ्रान्ति (confusion) अधिक पैदा होती है। अन्तर्मुखता का गुण तथा अस्थिरता का गुण करीब-करीब एक ही समान है। ठीक उसी प्रकार बहिर्मुखता का गुण स्थिरता के गुण से काफी मिलता-जुलता है। इस तरह से शीलगुण सिद्धान्त में सम्भ्रान्ति (confusion) अधिक तथा स्पष्टता (clarity) कम है।

(iii) शीलगुण सिद्धान्त में व्यक्तित्व की व्याख्या अलग-अलग शीलगुणों के रूप में की जाती है। आलोचकों का मत है कि इस तरह के विश्लेषणात्मक दृष्टिकोण से व्यक्तित्व की एक सम्पूर्ण व्याख्या (whole explanation) नहीं की जा सकती है और तब व्यक्तित्व के बारे में कोई उचित सामान्यीकरण (generalization) या नियम बनाने की बात सिर्फ इस सिद्धान्त के आधार पर सही-सही नहीं की जा सकती है।

(iv) शीलगुण सिद्धान्त में परिस्थितिजन्य कारकों (situational factors) के महत्त्व को स्वीकार नहीं किया गया है। इस सिद्धान्त के अनुसार यदि किसी व्यक्ति में 'प्रभुत्व' (dominance) का शीलगुण है, तो इसका मतलब यह हुआ कि हर परिस्थिति में वह 'प्रभुत्व' दिखलायेगा और दूसरों पर आधिपत्य रखने की कोशिश करेगा। परन्तु ऐसा होता नहीं है। एक छात्र अपने साथियों के बीच काफी प्रभुत्व दिखला लेता है परन्तु अपने माता-पिता या शिक्षक के सामने वह विनम्रता से पेश आता है। स्पष्ट है कि शीलगुण सिद्धान्त से हमें यहाँ इस छात्र के व्यवहार को समझने में मदद नहीं मिल पाती है।

(v) शीलगुण उपागम का स्वरूप वर्णानात्मक (descriptive) है। इसमें व्यक्तित्व के मौलिक एवं महत्त्वपूर्ण विमाओं (dimensions) का सिर्फ वर्णन किया जाता है परन्तु इस बात की व्याख्या नहीं की जाती है कि किस तरह से विभिन्न शीलर्गुणों का विकास होता है। परिणामतः शीलगुण उपागमों द्वारा व्यक्तित्व के उतने सिद्धान्त नहीं विकसित हो पाये हैं जितना कि अन्य उपागमों द्वारा उत्पन्न हो पाये हैं।

(vi) कई दशकों (decades) तक के महत्त्वपूर्ण शोधों के बावजूद अभी तक मनोवैज्ञानिकों के बीच इस बात की सहमति नहीं है कि वे कौन-कौन से शीलगुण हैं जिन्हें व्यक्तित्व का महत्त्वपूर्ण शीलगुण माना जा सकता है तथा जिन्हें व्यक्तित्व का मौलिक विमा (dimensions) कहा जा सकता है। ऊपर में बतलाये गए व्यक्तित्व के जो पाँच हृष्ट-पुष्ट (robust) महत्त्वपूर्ण विमा बतलाये गये हैं, उसके बारे में कोई सार्वजनिक सहमति (universal acceptance) नहीं है और न ही सभी व्यक्तियों के शोधों में उसे महत्त्वपूर्ण पाया गया है। जैसे—वाल्लर एवं बेन-पारेथ (Waller &

Ben-Porath, 1987) ने अपने शोध प्रोजेक्ट में उन पाँच विमाओं को महत्त्वपूर्ण विमा के रूप में उभरत नहीं पाया है।

(vii) ब्लौक (Block, 1995) तथा मैकएडम्स (McAdams, 1992) ने शीलगुण सिद्धान्त की आलोचना करते हुए कहा है कि व्यक्तित्व में शीलगुण के अतिरिक्त बहुत कुछ है जिसकी चर्चा तक इसमें नहीं की गयी है। जैसे, व्यक्ति का संज्ञानात्मक शैली (cognitive style), उसके अचेतन अभिप्रेरण, आत्म-सम्प्रत्यय (self-concept) कुछ ऐसे ही कारक हैं जो व्यक्तित्व की व्याख्या के लिए आवश्यक है। परन्तु शीलगुण सिद्धान्त में उसका कोई उल्लेख नहीं है।

(viii) शीलगुण सिद्धान्त से इस प्रश्न का उत्तर नहीं मिलता है कि क्या व्यक्तित्व, शीलगुणों का मात्र एक बंडल होता है या यह इन शीलगुणों का एक संगठन होता है।

(ix) शीलगुण सिद्धान्त व्यक्तित्व में परिवर्तन की व्याख्या करने में भी सक्षम नहीं है। शीलगुण सिद्धान्त से यह पता नहीं चलता है कि व्यक्तित्व में परिवर्तन किस तरह आता है।

उपर्युक्त आलोचनाओं के बावजूद व्यक्तित्व का शीलगुण उपागम एक महत्त्वपूर्ण उपागम है जिसके माध्यम से व्यक्तित्व के स्वरूप को समझने की कोशिश की गयी है।

व्यक्तित्व के निर्धारक
(Determinants of Personality)

व्यक्तित्व के निर्धारक से तात्पर्य कुछ वैसे कारकों (factors) से होता है जिससे व्यक्ति का विकास प्रभावित होता है। मनोवैज्ञानिकों ने इस तरह के कारकों को दो भागों में बाँटा है। कुछ कारक ऐसे हैं जिनका सम्बन्ध व्यक्ति के आनुवंशिकता (heredity) या जैविक प्रक्रियाओं (biological processes) से होते हैं। इस तरह के कारक को *जैविक कारक* (biological determinant) कहा जाता है। कुछ कारक ऐसे हैं जिसका सम्बन्ध व्यक्ति के वातावरण (environment) से होता है। इन्हें पर्यावरणी कारक (environmental factor) कहा जाता है। जन्म के बाद व्यक्ति किसी समाज या संस्कृति के वातावरण में पाला-पोषा जाता है। अतः वातावरण से सम्बन्धित भी कुछ ऐसे कारक होते हैं जो व्यक्ति के विकास को प्रभावित करते हैं। इन दोनों तरह के कारकों की व्याख्या निम्नांकित हैं—

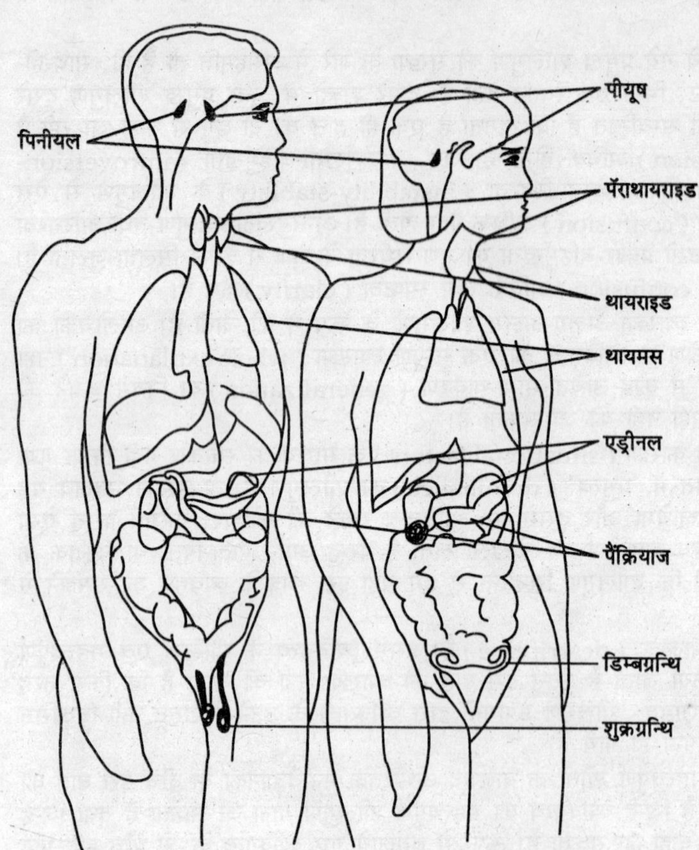

चित्र 13.5 : मानव शरीर में अन्तस्रावी ग्रन्थियों का स्थान

(क) जैविक कारक या आनुवंशिक कारक (*Biological factors or hereditary factors*)—जैविक कारक से तात्पर्य स्पष्टतः वैसे कारकों से होता है जो आनुवंशिक (hereditary) होते हैं तथा जो जन्म या जन्म के पहले ही व्यक्ति में मौजूद होते हैं और व्यक्तित्व के विकास को प्रभावित करते हैं। ऐसे प्रमुख कारक निम्नांकित हैं:—

1. शारीरिक संरचना तथा शारीरिक स्वास्थ (*Physique and physical health*)—शारीरिक संरचना (physique) से तात्पर्य प्राणी के शरीर के कद, रंग, गठन आदि से होतीं हैं। जिस व्यक्ति की शारीरिक संरचना सुडौल होती है,उसका शारीरिक स्वास्थ्य भी अच्छा होता है। व्यक्ति के शारीरिक संरचना से सम्बन्धित ये सभी शीलगुण वंशानुगत होते हैं। यही कारण है कि प्रायः देखा गया है कि लम्बे माता-पिता के बच्चे भी लम्बे होते हैं तथा नाटे माता-पिता के बच्चे भी नाटे होते हैं। गोरे माता-पिता के बच्चे प्रायः गोरे तथा साँवले माता-पिता के बच्चे प्रायः साँवले होते हैं। कभी-कभी बच्चों के शारीरिक शीलगुण (physical trait) माता-पिता के शारीरिक शीलगुणों से न मिलकर उनके पूर्वजों के शीलगुणों से मिलते हैं। ऐसी परिस्थिति में बच्चों के शारीरिक कद की लम्बाई तथा रंग आदि माता-पिता से नहीं भी मिल पाते हैं। आनुवंशिकी (Genetics) के क्षेत्र में मेण्डेल (Mendel) जैसे वैज्ञानिकों ने शोध करके यह दिखला दिया है कि बच्चों के शारीरिक शीलगुण माता-पिता के शारीरिक शीलगुणों का औसत (average) ही होता है। जैसे—पिता अधिक लम्बे हैं और माता अधिक नाटी हैं, तो बच्चों की शारीरिक लम्बाई इन दोनों के औसत लम्बाई के बराबर होने की संभावना अधिक होती है।

व्यक्तित्व के इन शारीरिक शीलगुणों (physical traits) तथा स्वास्थ्य (health) का प्रभाव मानसिक शीलगुणों (mental traits) के विकास पर भी पड़ता है। कैसे? प्रायः देखा गया है कि जिन बच्चों या व्यक्तियों का शारीरिक स्वास्थ्य तथा संरचना आकर्षक एवं सुन्दर होता है, उसके प्रति माता-पिता, पास-पड़ोस के लोग, शिक्षक, साथियों एवं अन्य लोगों का व्यवहार काफी अनुकूल (favourable) होता है। फलस्वरूप, ऐसे बच्चों में अच्छे सामाजिक शीलगुणों जैसे—श्रेष्ठता-भाव (feeling of superiority), आत्म-विश्वास (self-confidence), उत्तरदायित्व (responsibility), सामाजिकता (socibility) तथा समयनिष्ठा (punc-tuality) आदि का विकास तीव्रता से होता है। दूसरी तरफ, जिन बच्चों की शारीरिक संरचना तथा शारीरिक स्वास्थ्य खराब तथा विकर्षक (unattrative) होता है, उसके प्रति अधिकतर लोग उपेक्षा की दृष्टि से देखते हैं। फलस्वरूप, ऐसे बच्चों में हीनता का भाव (feeling of inferiority), संवेगात्मक अस्थिरता (emotional instability), संकोचशीलता आदि का गुण विकसित हो जाता है। कुछ ऐसे अध्ययन भी किये गये हैं जिसमें यह दिखलाया गया है कि जब बच्चों के शरीर में वास्तविक विकृति (actual deformity) होती है तो इससे उनमें मानसिक शीलगुणों का विकास भी प्रभावित होता है। शेफ्फर (Shaffer, 1962) ने एक अध्ययन किया जिसमें लड़कियों का दो समूह लिया गया—एक समूह सामान्य लड़कियों (normal girls) का था तथा दूसरा समूह अपंग लड़कियों (crippled girls) का था। इन दोनों समूहों के लड़कियों की उम्र समान थी। इन दोनों समूहों को सांवेगिक स्थिरता परीक्षण (emotional stability test) देकर उनके प्राप्तांकों (scores) का विश्लेषण किया गया। परिणाम में देखा गया कि अपंग लड़कियों का माध्य प्राप्तांक (mean score) इस परीक्षण पर सामान्य लड़कियों की अपेक्षा कम था जिससे यह बिलकुल ही स्पष्ट हो जाता है कि अपंग लड़कियों में सांवेगिक स्थिरता कम अर्थात् सांवेगिक अस्थिरता सामान्य लड़कियों की अपेक्षा अधिक होती है। इस अध्ययन से यह स्पष्ट है कि शारीरिक संरचना तथा स्वास्थ्य से बच्चों के मानसिक गुणों (mental traits) का भी निर्धारण होता है।

2. शरीर रसायन एवं अन्तःस्रावी ग्रन्थियाँ (*Body chemistry and the endorcirne glands*)—प्रायः ऐसा देखा जाता है कि कभी-कभी हमलोग बहुत सक्रिय हो जाते हैं तथा कभी-कभी बहुत ही निष्क्रिय (passive) और साथ-ही-साथ विषादी (depressed) भी हो जाते हैं। इसका कारण यह है कि हमारे शरीर में रासायनिक परिवर्तन (chemical change) होते हैं जिसका नियंत्रण कुछ ग्रन्थियों (glands) द्वारा की जाती है। मानव शरीर में दो तरह की ग्रन्थियाँ होती हैं— वहिःस्रावी ग्रन्थि (exocrine gland) या नलिका ग्रन्थि (duct gland) तथा अन्तःस्रावी ग्रन्थियाँ (endocrine gland) या नलिकाहीन ग्रन्थियाँ (ductless)। वहिस्रावी ग्रन्थि (exocrine gland) का महत्त्व व्यक्तित्व के निर्धारक के रूप में कुछ भी नहीं है क्योंकि इन ग्रन्थियों का स्राव एक विशेष पथ या नलिका (duct) होकर शरीर के बाहर चला आता है और उसका प्रभाव व्यक्तित्व के विकास पर नहीं पड़ता है। अश्रुग्रन्थि (tear gland) तथा लार ग्रन्थि वहिःस्रावी ग्रन्थ का एक अच्छा उदाहरण है।

अन्तःस्रावी ग्रन्थियों (endocrine gland) का महत्त्व व्यक्तित्व के निर्धारक के रूप में काफी अधिक है। इससे निकलने वाले स्राव (secretion) को *हारमोन्स* (hormones) कहा जाता है जो सीधे खून में मिल जाता है और व्यक्तित्व के विकास को प्रभावित करता है। प्रमुख अन्तस्रावी ग्रन्थियाँ जिसके स्राव से व्यक्तित्व का विकास प्रभावित होता है, निम्नांकित है—

(i) पीयूष ग्रन्थि (*Pituitary gland*)—इस ग्रन्थि का स्थान मस्तिष्क में होता है (चित्र 13.3 देखें)। इस ग्रन्थि के अग्रवर्ती (anterior) भाग से जो हारमोन्स निकलता है उसमें *सोमैटोट्रोपीन* (somatotropin) या वर्द्धन हारमोन

(growth hormones) प्रमुख है। बचपन में इस हारमोन्स के अधिक निकलने से व्यक्ति के शरीर की लम्बाई अधिक हो जाती है तथा इस हारमोन्स की कमी होने पर व्यक्ति बौना (dwarf) हो जाता है। पीयूष ग्रन्थि के परवर्ती भाग (posterior portion) से जो हारमोन्स निकलता है उसे *पिटयूट्रीन* (pituitrin) कहा जाता है जिसका कार्य शरीर में एक खास रक्तचाप (blood pressure) को बनाए रखना, चिकनी माँसपेशियों (smooth muscles) में सजगता तथा वृक्क को सामान्य ढंग से कार्य करने में मदद पहुँचाना आदि होता है।

पीयूष ग्रन्थि के अग्रवर्ती भाग (anterior portion) से सोमैटोट्रोपीन (somatotropin) के अलावा एक और हारमोन्स निकलता है जिसे *ट्रोफिक हारमोन्स* (trophic hormones) कहा जाता है। इस हारमोन्स के सहारे पीयूष ग्रन्थि अन्य अन्तःस्रावी ग्रन्थियाँ जैसे—ऐड्रीनल ग्रन्थि (adrenal gland), कण्ठ ग्रन्थि (thyroid gland) तथा यौन ग्रन्थि (sex gland) के कार्यों पर अपना नियंत्रण रखता है। इसलिए पीयूष ग्रन्थि को *'मास्टर ग्रन्थि'* (master gland) भी कहा गया है। प्रयोगात्मक अध्ययनों से यह स्पष्ट हो गया है कि यदि इन तीन ग्रन्थियों में से कोई भी ग्रन्थि अपना कार्य ठीक ढंग से नहीं कर पाता है तो वैसी हालत में पीयूष ग्रन्थि का यह अग्रवर्ती भाग उससे उत्पन्न कमी को दूर कर देता है तथा व्यक्तित्व के विकास को बहुत हद तक सामान्य बनाये रखता है।

(ii) एड्रीनल ग्रन्थि *(Adrenal gland)*—इस ग्रन्थि का स्थान वृक्क (kidney) के ऊपर होता है। इस ग्रन्थि के भी दो भाग हैं—बाहरी भाग तथा भीतरी भाग। बाहरी भाग को *एड्रीनल वल्कुट* (adrenal cortex) तथा भीतरी भाग को *एड्रीनल मेडुल्ला* (adrenal medulla) कहा जाता है। एड्रीनल वल्कुट के हारमोन्स को कार्टिन (cortin) कहा जाता है तथा इसके द्वारा कार्बोहाइड्रेट (carbohydrate), नमक (salt) एवं चयापचय (metabolism) का नियंत्रण होता है। वल्कुट द्वारा ठीक ढंग से कार्य नहीं किये जाने पर व्यक्तित्व में निष्क्रियता बढ़ जाती है। इस तरह के व्यक्ति में थकान तथा अनिद्रा (insomnia) भी तीव्र हो जाती है। कार्टिन की मात्रा में बहुत कमी हो जाने से व्यक्ति में बेहोशी की अवस्था उत्पन्न हो जाती है।

ऐड्रीनल मेडुला द्वारा दो तरह का हारमोन्स (hormones) निकलता है—*इपाईनफ्राइन* (epinephrine) या *एड्रीनलीन* (adrenaline) तथा *नॉरइपाईनफ्राइन* (norepinephrine) या *नॉरएड्रीनालीन* (noradraline)। इन दोनों तरह के हारमोन्स को एक साथ मिलाकर *केटकोल हारमोन्स* (catechol hormones) कहा जाता है। मनोवैज्ञानिकों ने अपने प्रयोगों के आधार पर यह दिखला दिया है कि दोनों हारमोन्स में से एड्रीनालीन का महत्त्व अधिक है क्योंकि इसके द्वारा ही व्यति की सांवेगिक स्थिति (emotional state) का नियंत्रण होता है। भय, क्रोध आदि संवेग में इस हरमोन्स का विशेष महत्त्व है। इस तरह से संवेगात्मक परिस्थिति में ऐड्रीनालीन खून में जब मिल जाता है, तो व्यक्ति भय, क्रोध आदि संवेग द्वारा उत्पन्न आपात स्थिति (emergency situation) में ठीक ढंग से व्यवहार करता है तथा अपने आपको इस परिस्थिति के साथ ठीक ढंग से समायोजित कर लेता है। यही कारण है कि इसे *आपातिक हारमोन्स* (emergency hormones) भी कहा जाता है। एड्रीनालीन के रक्त में मिलने से व्यक्ति में सक्रियता बढ़ जाती है। हृदय की गति तथा श्वसन क्रिया बढ़ जाती है और पाचन क्रिया स्थगित हो जाती है। खून में चीनी की मात्रा भी बढ़ जाती है। इन सभी शारीरिक परिवर्तनों का परिणाम यह होता है कि सांवेगिक रूप से सजग होकर व्यक्ति परिस्थिति का सामना करता है।

(iii) कण्ठ ग्रन्थि *(Thyroid gland)*—इसका स्थान शरीर के कण्ठ के पास होता है। इस ग्रन्थि से निकलने वाले हारमोन्स को थायराक्सीन (thyroxin) कहा जाता है जिसका प्रभाव पूरे शरीर के चयापचय प्रक्रियाओं (metabolic processes) पर पड़ता है। फलस्वरूप, शरीर का विकास (growth) इसके द्वारा काफी प्रभावित होता है। बचपन में थायरॉक्सीन की कमी होने से बच्चों में बौनापन की स्थिति का तथा सयाना होने पर इसकी कमी होने से एक विशेष शारीरिक अवस्था जिसे *माइएक्सडेमा* (myxedema) कहा जाता है, उत्पन्न होती है। इसमें चयापचय की गति मंद हो जाती है जिसके फलस्वरूप व्यक्ति के हृदय की गति, श्वसन गति, रक्तचाप, शरीर का तापक्रम सामान्य अवस्था से कम हो जाता है। कण्ठ ग्रन्थि के अधिक क्रियाशील होने पर थायरॉक्सीन अधिक मात्रा में खून में मिलता है। जिसे *हाइपरथायराडिज्म* (hyperthyroidism) की संज्ञा दी जाती है। इस अवस्था के उत्पन्न होने पर व्यक्ति अधिक जोशीला तथा सक्रिय नजर आता है। शरीर का रक्तचाप बढ़ जाता है तथा शरीर का वजन धीरे-धीरे कमता नजर आता है। व्यक्ति का स्वभाव चिड़चिड़ा हो जाता है तथा वह काफी चिन्तित नजर आता है।

(iv) उपकंठ ग्रन्थि *(Parathyroid gland)*—इस ग्रन्थि का स्थान कण्ठ ग्रन्थि के बगल में होता है और आकार

में यह बहुत ही छोटा होता है जिसका वजन .1 ग्राम के करीब होता है। इस ग्रन्थि से निकलने वाले हारमोन्स को *पारथोरमोन* (parathormone) कहा जाता है जिसके द्वारा खून में कैल्शियम तथा फॉस्फेट की मात्रा का निर्धारण होता है। खून में कैल्शियम के स्तर द्वारा तंत्रिका ऊतक (nerve tissue) में होनेवाली उत्तेजनशीलता का नियंत्रण होता है। कैल्सियम अधिक होने से तंत्रिकाओं में उत्तेजनशीलता बनी रहती है। दूसरी तरफ यदि खून में पाराथारमोन की कमी हो जाती है जिसके फलस्वरूप कैल्शियम की मात्रा में भी कमी हो जाती है, तो इससे व्यक्ति में शिथिलता बढ़ जाती है और उसके तंत्रिका ऊतक सन्तोषजनक रूप से कार्य नहीं कर पाते हैं। विट्टेकर (Whittaker, 1970) के अनुसार कुछ पशुओं के उपकंठ ग्रन्थि को ऑपरेशन करके निकाल देने पर पशुओं में शिथिलता काफी बढ़ गयी तथा पशुओं की तो मृत्यु भी हो गयी।

(v) पैंक्रियास्स *(Pancreas)*—इस ग्रन्थि का स्थान अमाशय (stomach) के नीचे होता हे। अन्तःस्रावी ग्रन्थि के रूप में इससे दो तरह के हारमोन्स इनके दो विभिन्न कोशिकाओं (cells) से निकलते हैं। बीटा कोशिकाओं (beta cells) से निकलने वाले हारमोन्स को *इन्सुलिन* (insulin) तथा अल्फा कोशिकाओं से निकलने वाले हारमोन्स को *ग्लूकागोन* (glucagon) की संज्ञा दी जाती है। इन दोनों तरह के हारमोन्स में से इन्सुलिन (insulin) का महत्त्व अधिक है। रक्त में चीनी (blood sugar) की मात्रा इन्सुलिन द्वारा नियंत्रित होती है। पैंक्रियास से उचित मात्रा में इन्सुलिन निकलने पर रक्त में चीनी की मात्रा का ऑक्सीकरण (oxidisation) हो पाता है जिससे शरीर को पर्याप्त ऊर्जा प्राप्त होती है। यदि इन्सुलिन की मात्रा कम निकलती है, तो रक्त में चीनी की मात्रा का स्तर अधिक हो जाता है (क्योंकि चीनी का ऑक्सीकरण नहीं हो पाता है) और पेशाब के सहारे चीनी की बढ़ी हुई मात्रा बाहर आने लगती है जिसे हम *मधुमेह* (diabetes) रोग कहते हैं। दूसरी तरफ जब इन्सुलिन अधिक मात्रा में उत्पन्न होती है, तो इससे रक्त में चीनी की मात्रा का ऑक्सीकरण अधिक होता है। फलस्वरूप, रक्त में चीनी की मात्रा का स्तर जरूरत से कम हो जाती है। इस अवस्था को *हाईपोग्लिसेमिया* (hypoglycemia) कहा जाता है और ऐसी अवस्था में व्यक्ति चिन्तित नजर आता है। व्यक्ति में भ्रम तथा विभ्रम (hallucination) अधिक होने लगता है। व्यक्ति बेहोशी की अवस्था में भी कभी-कभी चला जाता है।

(vi) यौन ग्रन्थि *(Sex gland)*—महिलाओं की यौन ग्रन्थि (sex gland) को *डिम्बग्रन्थि* (ovary) तथा पुरुष की यौन ग्रन्थि को *अंडग्रन्थि* (testicle) कहा जाता है। अंडग्रन्थि से निकलने वाले हारमोन्स को एण्ड्रोजेन्स (androgens) कहा जाता है जिसके मुख्य दो प्रकार हैं—*टेस्टोस्ट्रोन* (testosterone) तथा *एण्ड्रोस्ट्रोन* (androstrone)। इनसे पुरुषों में प्राथमिक तथा गौण यौन गुण (primary and secondary sex characteristics) का विकास होता है। यौवनावस्था आने पर इस हारमोन्स की मात्रा में वृद्धि हो जाती है। डिम्बग्रन्थि से निकलने वाले हारमोन्स को एस्ट्रोजेन्स (estrogens) तथा प्रोजेस्ट्रोन (progestrone) कहा जाता है। एस्ट्रोजेन्स की मात्रा खून में बढ़ने से लड़कियों में गौण यौन गुण (secondary sex characteristics) जैसे—आवाज महीन हो जाना, शरीर के खास-खास अंगों पर घने बाल उग आना, स्तन का बढ़ जाना आदि गुणों का विकास होता है। प्रोजेस्ट्रोन द्वारा गर्भाशय (uterus) को ठीक ढंग से कार्य करने में मदद मिलती है जिसके फलस्वरूप भ्रूण (fetus) का विकास ठीक ढंग से होता है। क्लार्क (Clark, 1945) ने एक प्रयोग मादा बन्दर पर किया जिसमें यौवनावस्था प्रारम्भ होने के पहले ही उसकी यौन ग्रन्थि (sex gland) को ऑपरेशन द्वारा निकाल दिया गया। परिणाम में देखा गया कि इन बन्दरों में सामान्य मादा बन्दर (जिनका ऑपरेशन नहीं किया गया था) की अपेक्षा यौन क्रियाओं में काफी कमी आ गयी थी।

ऊपर के वर्णन से स्पष्ट है कि भिन्न-भिन्न अन्तःस्रावी ग्रन्थियों का प्रभाव व्यक्तित्व के शारीरिक शीलगुणों (physical traits) तथा मानसिक शीलगुणों (mental traits) के विकास पर काफी पड़ता है। यद्यपि ये सभी अन्तःस्रावी ग्रन्थियाँ एक-दूसरे से स्वतंत्र होकर कार्य करती हैं फिर भी आपस में इन ग्रन्थियों का अन्तःक्रिया (interaction) होता है जिसका परिणाम यह होता है कि यदि किसी एक ग्रन्थि का कार्य कुछ मंद पड़ जाता है, तो उस कार्य को अंशतः दूसरी ग्रन्थि द्वारा पूरा किया जाता है।

3. स्नायु मंडल *(Nervous system)*—व्यक्तित्व के जैविक निर्धारकों में स्नायु मंडल (nervous system) का स्थान प्रमुख है। मनोवैज्ञानिकों का सामान्य विचार यह है कि जिन व्यक्तियों का स्नायु मंडल अधिक विकसित तथा जटिल (complex) होता है, उसकी बुद्धि अधिक होती है तथा उसमें परिस्थिति के साथ समायोजन (adjustment) करने की क्षमता भी अधिक होती है। ऐसी व्यक्तियों या बच्चों के प्रति समाज के अन्य लोगों की मनोवृत्ति अनुकूल

(favourable) होती है और इन लोगों द्वारा उनकी प्रशंसा अधिकतर की जाती है। इसका परिणाम यह होता है कि ऐसे व्यक्तियों या बच्चों में सामाजिक शीलगुण (social trait) जैसे—उत्तरदायित्व (responsibility), समयनिष्ठा (punctuality), सांवेगिक स्थिरता (emotional stability), आत्म-विश्वास (self-confidence), अहम्-शक्ति (ego-strength) आदि का विकास तेजी से होता है। दूसरी तरफ यदि व्यक्ति का स्नायुमंडल कम विकसित होता है, तो वैसी अवस्था में व्यक्ति कम बुद्धि का होता है तथा उसकी अभियोजन क्षमता भी काफी कम होती है। फलस्वरूप, समाज के अन्य व्यक्ति उसे उपेक्षा एवं घृणा की नजर से देखते हैं जिसका परिणाम यह होता है कि ऐसे व्यक्तियों में असामाजिक शीलगुण तथा चारित्रिक विकृति (character disorder) विकसित हो जाती है। अतः हम देखते हैं कि स्नायुमंडल (nervous system) द्वारा भी व्यक्तित्व के शीलगुणों का विकास प्रभावित होता है।

(ख) पर्यावरणी कारक *(Environmental factor)*—व्यक्तित्व का विकास सिर्फ जैविक कारकों या आनुवंशिक कारकों (hereditary factors) द्वारा ही प्रभावित नहीं होता है बल्कि वातावरण या पर्यावरण (environment) से सम्बन्धित कारकों द्वारा भी प्रभावित होता है। सचमुच में जैविक कारकों द्वारा व्यक्तित्व के विकास के लिए एक चहारदिवारी (boundary wall) कायम किया जाता है ओर उस चहारदिवारी के भीतर व्यक्तित्व का विकास पर्यावरणी कारकों द्वारा ही होता है। मनोवैज्ञानिकों ने पर्यावरणी कारकों को मुख्यतः निम्नांकित तीन भागों में बाँटा है—

1. सामाजिक कारक (Social factor)
2. सांस्कृतिक कारक (Cultural factor)
3. आर्थिक कारक (Economic factor)

इनकी व्याख्या निम्नांकित है:—

1. सामाजिक कारक *(Social factor)*—प्रत्येक व्यक्ति एक समाज में रहता है। अतः समाज की परिस्थितियाँ जैसे—सामाजिक समूह (social group), सामाजिक संस्थान, परिवार (family), पास-पड़ोस (neighbourhood) आदि का प्रभाव व्यक्तित्व के विकास पर काफी पड़ता है। मनोवैज्ञानिकों ने इन कारकों से सम्बन्धित बहुत से प्रयोगों का भी वर्णन किया है। इन सभी कारकों की व्याख्या तो यहाँ सम्भव नहीं है परन्तु उनमें से कुछ कारकों की व्याख्या निम्नांकित हैं—

(i) माता तथा पिता *(Mother and Father)*—जन्म के बाद बच्चे की पहली अन्तःक्रिया (interaction) माँ के साथ और फिर पिता के साथ होती है। माता-पिता कई प्रकार के होते हैं। कुछ माता-पिता अपने बच्चों को जरूरत से ज्यादा दुलार-प्यार करते हैं। कुछ काफी सख्ती से पेश आते हैं और कुछ समय के अभाव के कारण अपने बच्चों को उचित मात्रा में दुलार-प्यार चाहकर भी नहीं दे पाते हैं। मनोवैज्ञानिकों के प्रयोगों से यह स्पष्ट हो गया है कि अधिक दुलार-प्यार देने वाले माता-पिता के बच्चों में बड़ा होने पर असुरक्षा की भावना, घबराहट (nervousness) का शीलगुण तथा समायोजन से सम्बन्धित समस्याएँ अधिक होतीं हैं। सख्ती से पेश आने वाले माता-पिता के बच्चों में अधीनस्थता (submissiveness) का गुण अधिक विकसित हो जाता है। माता-पिता से उचित मात्रा में दुलार-प्यार न मिलने पर बच्चे लजालु तथा सांवेगिक रूप से अस्थिर हो जाते हैं।

(ii) परिवार के सदस्यों का आपसी सम्बन्ध *(Relationship among members of family)*—कुछ परिवार ऐसा होता है जिसमें माता-पिता का एक-दूसरे के प्रति स्नेह, भाई-बहनों का एक-दूसरे के प्रति स्नेह एवं अनुराग तथा परिवार के अन्य सदस्यों का भी एक-दूसरे के प्रति स्नेह काफी मजबूत होता है। इस तरह के वातावरण में पलने वाले बच्चे परिवार के अन्य सदस्यों का अनुकरण करते हैं और वैसा ही करना सीख जाते हैं। इसका परिणाम यह होता है कि उनमें श्रेष्ठता का भाव (feeling of superiority), आत्मविश्वास (self-confidence) तथा विश्वसनीयता (trustworthiness) का गुण विकसित होता है। कौनड्राई तथा साईमन (Condry & Simon, 1974) ने इस तथ्य की पुष्टि अपने प्रयोगात्मक अध्ययनों के आधार पर किया है। झगड़ालु परिवार या ऐसे परिवार जहाँ के सदस्यों का आपस में एक-दूसरे के प्रति स्नेह या अनुराग कम होता है, में पलने वाले बच्चों में हीनता का भाव, अन्तर्मुखता (introversion), सांवेगिक अस्थिरता (emotional instability) आदि का शीलगुण अधिक विकसित होते पाया जाता है।

(iii) जन्म क्रम *(Birth order)*—कुछ मनोवैज्ञानिकों का कहना है कि व्यक्तित्व विकास पर बच्चों के जन्म-क्रम (birth order) का भी प्रभाव पड़ता है। एडलर (Adler, 1931) ने जन्म-क्रम को चार भागों में बाँटकर अध्ययन किया है—*प्रथम जन्मक्रम* (first born), *मध्य जन्म-क्रम* (middle born), *अन्तिम जन्मक्रम* (youngest born) तथा *इकलौता बच्चा* (only child)। एडलर ने अपने अध्ययन के आधार पर यह बतलाया है कि प्रथम जन्मक्रम वाले

बच्चे एकान्तप्रिय एवं अन्तर्मुखी (introvert) होते हैं, सबसे अन्तिम जन्म-क्रम वाले बच्चों में हीनता का भाव (feeling of inferiority) अधिक होता है तथा आत्म-विश्वास तथा आत्म-निर्भरता की कमी देखी गयी है। इकलौते बच्चों में दूसरे पर निर्भरता (dependency) तथा आत्मकेन्द्रिता (self-centredness) आदि का शीलगुण विकसित होता है। ऐसे बच्चे स्वार्थी भी अधिक होते हैं। एडलर के अनुसार मध्य जन्मक्रम वाले बच्चों में आत्म-विश्वास तथा अहम्-शक्ति (ego-strength) अधिक होता है। रोजर्स (Rogers, 1977) के अनुसार ऐसे बच्चों में किसी भी प्रतियोगिता (competition) में सफलता प्राप्त करने की इच्छा काफी तीव्र होती है।

(iv) स्कूली प्रभाव *(School influence)*—बच्चों के व्यक्तित्व के विकास पर स्कूल के वातावरण का भी प्रभाव पड़ता है। मनोवैज्ञानिकों के प्रयोगों से यह स्पष्ट हो गया है कि बच्चों के व्यक्तित्व पर स्कूल का प्रभाव दो क्षेत्रों में पड़ता है। पहला, स्कूली प्रभाव से बच्चों में शीलगुणों का विकास होता है। दूसरा, स्कूली प्रभाव से उनमें आत्म-निर्भरता (self-concept) विकसित होता है। हरलॉक (Hurlock, 1978) के अनुसार वर्ग के सांवेगिक वातावरण (emotional climate), शिक्षक, अनुशासन (discipline), शैक्षिक उपलब्धि (academic achievement) आदि का प्रभाव बच्चों के व्यक्तित्व के विकास पर सबसे अधिक पड़ते देखा गया है। काज, कोल तथा वेरोन (Katz, Cole & Baron, 1976) ने अपने अध्ययन के आधार पर यह बतलाया है कि यदि शिक्षक स्वयं ही कुसमायोजित व्यक्तित्व (maladjusted personality) के होते हैं, तो इससे उनके शिष्यों में असुरक्षा (insecurity) एवं हीनता का भाव, अप्रसन्नता (resentment) आदि का शीलगुण विकसित होता है। जब शिक्षक का व्यक्तित्व समायोजित (adjusted) होता है तो इससे बच्चों में अच्छे-अच्छे सामाजिक शीलगुण (social trait) विकसित होते हैं तथा ऐसे बच्चों में सच्चा आत्म-सम्प्रत्यय (realistic self-concept) विकसित होता है। जिन बच्चों की शैक्षिक उपलब्धि (academic achievement) की प्रशंसा शिक्षकों द्वारा की जाती है, उन बच्चों में आत्मविश्वास, उच्च अहम्-शक्ति (high ego-strength) तथा सच्चा आत्म-सम्प्रत्यय (realistic self concept) आदि तेजी से विकसित होता है।

(v) पास-पड़ोस *(Neighbourhood)*—बच्चों के व्यक्तित्व पर पास-पड़ोस का भी प्रभाव अधिक पड़ते देखा गया है। यदि पास-पड़ोस के लोग सभ्य तथा पढ़े-लिखे होते हैं तो इससे बच्चों में अच्छे शीलगुणों का विकास होता है। ऐसी परिस्थिति में हरलॉक (Hurlock, 1978) के अनुसार, बच्चों में अनुशासन की भावना, समझदारी, उत्तरदायित्व (responsibility), आत्म-सम्मान (self-respect) आदि शीलगुणों का विकास होता है। दूसरी तरफ, यदि पास-पड़ोस में चोर, डकैत, अपराधी छवि के व्यक्ति अधिक होते हैं, तो बच्चे भी उन व्यवहारों का अनुकरण करने लगते हैं और धीरे-धीरे उनमें असामाजिक शीलगुण (anti-social trait) विकसित होने लगते हैं।

(vi) सामाजिक स्वीकृति *(Social acceptance)*—सामाजिक स्वीकृति से तात्पर्य व्यक्ति को अन्य व्यक्तियों जिन्हें वह महत्त्वपूर्ण समझता है, द्वारा प्रशंसा तथा अनुमोदन (approval) प्राप्त होने से होता है। प्रायः देखा गया है कि व्यक्ति अपने माता-पिता, शिक्षक तथा साथियों से सामाजिक स्वीकृति (social acceptance) की तीव्र इच्छा रखता है। ऐसी परिस्थिति में वह अपने व्यक्तित्व में उन शीलगुणों को विकसित करने की कोशिश करता है जिसके द्वारा वह इन महत्त्वपूर्ण व्यक्तियों को प्रसन्न रखकर उनकी स्वीकृति तथा अनुमोदन प्राप्त कर सके। ऐसे व्यक्ति जिन्हें सामाजिक समूह (social group) जिसमें माता-पिता, शिक्षक, साथी-संगी आदि प्रमुख होते हैं, द्वारा सामाजिक स्वीकृति प्राप्त होती है, उनमें आत्म-विश्वास, नेतृत्व का गुण, श्रेष्ठता का भाव (feeling of superiority) आदि शीलगुण तीव्रता से विकसित होता है। दूसरी तरफ, जिन व्यक्तियों को सामाजिक स्वीकृति प्राप्त नहीं होती है, उनमें अन्तर्मुखता (introversion), आत्महीनता, सामाजिक अभियोजन (social adjustment) की कमी आदि शीलगुण विकसित हो जाते हैं।

2. सांस्कृतिक कारक *(Cultural factors)*—व्यक्तित्व के विकास में संस्कृति (culture) का भी योगदान होता है। संस्कृति एक व्यापक शब्द है जिसका अर्थ समाज के रीति-रिवाज, आदतों, परम्पराओं (traditions), रहन-सहन, तौर-तरीके से होता है। प्रत्येक समाज की एक विशेष संस्कृति होती है और चूँकि प्रत्येक व्यक्ति किसी-न-किसी समाज में जन्म लेता है अतः उस समाज की संस्कृति का प्रभाव उसके व्यवहार एवं व्यक्तित्व पर काफी पड़ता है। एक भारतीय महिला बहुत दिनों के बाद किसी परिचित से मिलने पर दोनों हाथ जोड़कर नमस्कार कर अपनी प्रसन्नता व्यक्त करती है परन्तु एक अमेरिकन महिला ऐसे व्यक्ति से हाथ मिलाकर या चुम्बन लेकर अपनी प्रसन्नता व्यक्त करती है। ऐसा इसलिए होता है कि क्योंकि अमेरिकन संस्कृति भारतीय संस्कृति से भिन्न होती है।

व्यक्तित्व के विकास तथा शीलगुणों के निर्माण में संस्कृति के प्रभाव को दिखलाने के लिए जितने सबूत (evidences) हैं, उन्हें मनोवैज्ञानिकों ने निम्नांकित दो भागों में बाँटकर प्रस्तुत किया है:—

(i) प्रयोगात्मक सबूतें *(Experimental evidences)*—समाज मनोवैज्ञानिकों ने कई ऐसे प्रयोग किये हैं जिनसे यह स्पष्ट हो गया है कि संस्कृति के रीति-रिवाजों तथा परम्पराओं आदि का प्रभाव व्यक्तित्व पर काफी पड़ता है। गार्डीनर (Gadiner, 1969) ने एक अध्ययन किया जिसमें 2,382 बच्चों को जो चार भिन्न-भिन्न देश (अमेरिका, थाइलैंड, ताईवान तथा जर्मनी) के थे, विद्वेष (hostility) के शीलगुण पर तुलना किया गया और परिणाम में देखा गया कि थाइलैंड के बच्चों में विद्वेष का गुण सबसे अधिक एवं अमेरिकन बच्चों में विद्वेष का शीलगुण सबसे कम पाया गया। इसका स्पष्ट कारण यह है कि थाइलैंड की संस्कृति ही कुछ ऐसी है जिसमें विद्वेष (hostility) की भावना अमेरिकन संस्कृति से अधिक होती है। लाओसा, स्वार्ज तथा डियाज-गुरेरो (Laosa, Swartz & Diaz-Guerrero, 1974) ने एक अध्ययन किया जिसमें मेक्सिकन बच्चों (Mexican children) द्वारा खींचे गये रेखाचित्रों (drawings) की तुलना एंग्लो-अमेरिकन बच्चों द्वारा खींचे गए रेखाचित्रों (drawings) से की गयी। परिणाम में देखा गया कि मेक्सिकन बच्चों के रेखाचित्रों में पुरुषत्व (masculinity) तथा अन्य पौरुष गुणों का प्रभाव एंग्लो-अमेरिकन बच्चों की अपेक्षा अधिक था। एंग्लो-अमेरिकन बच्चों द्वारा खींचे गये स्त्री तथा पुरुष के रेखाचित्रों में कोई खास अन्तर नहीं था। प्रयोगकर्त्ताओं के अनुसार ऐसा इसलिए हुआ क्योंकि मेक्सिको की संस्कृति में पुरुषत्व को अधिक श्रेष्ठ माना जाता है तथा पौरुष शीलगुणों के विकास पर अधिक बल डाला जाता है।

संस्कृति का व्यक्तित्व पर प्रभाव बच्चों के पालन-पोषण की विधियों (child-rearing practices) द्वारा भी अभिव्यक्त होती है। प्रत्येक संस्कृति में बच्चों के पालन-पोषण का तरीका भिन्न-भिन्न होता है जिसका परिणाम व्यक्तित्व के विकास पर अत्यन्त गहरा पड़ता है। वेल्श (Welsh, 1974) के अनुसार, जिस संस्कृति में बच्चों के पालन-पोषण में शारीरिक दण्ड (physical punishment) का प्रयोग अधिक किया जाता है, उनके बच्चों में आगे चलकर आत्महीनता, अन्तर्मुखता (introversion), आक्रामकता (aggressiveness), विद्वेष (hostility) का शीलगुण अधिक तेजी से विकसित होता है। दूसरी तरफ, उन्होंने यह भी बतलाया है जब बच्चों के पालन-पोषण में शारीरिक दण्ड कम-से-कम तथा स्वयं माता-पिता बच्चों के साथ अधिक समय तक अन्तःक्रिया (interaction) करते हैं, तो ऐसी परिस्थिति में ऐसे बच्चों में आगे चलकर बहिमुर्खता (extroversion), उत्सुकता (curiosity), सर्जनात्मकता (creativity) आदि शीलगुणों का विकास तेजी से होता है। सियर्स (Sears, 1970) के भी परिणाम इस तरह के थे।

कुछ ऐसे भी प्रयोग किये गये हैं जिनसे यह पता चलता है कि सांस्कृतिक भिन्नता (cultural differences) के कारण व्यक्ति की बुद्धि तथा सर्जनात्मकता (creativity) के विकास में भी भिन्नता आती हैं। जेन्सन (Jensen, 1969) द्वारा इस सिलसिले में किये गये अध्ययन में अमेरिकन गोरों (American whites) के बच्चों तथा अमेरिकन निग्रो (American blacks) के बच्चों का तुलनात्मक अध्ययन किया गया और यह दिखलाया गया है कि चूँकि दोनों जातियों की संस्कृति (culture) में भिंनता होती है और सामान्यतः गोरों की संस्कृति में बुद्धि विकसित होने वाले कारकों (factors) पर अपेक्षाकृत अधिक बल डाला जाता है, इसलिए गोरों के बच्चों का बौद्धिक स्तर निग्रो के बच्चों के बौद्धिक स्तर से ऊँचा होता है। मेडनिक तथा उनके सहयोगियों (Mednick et al. 1975) एवं टॉरेन्स (Torrence, 1962) ने यह बतलाया है कि जिस संस्कृति में बच्चों को प्रारम्भ से ही ज्ञान बढ़ाने का सुअवसर, उत्तेजक वातावरण (stimulating environment), शिक्षकों एवं माता-पिता से प्रोत्साहन आदि मिलता है, उनमें सर्जनात्मकता (creativity) तेजी से विकसित होता है। परन्तु जिस संस्कृति में पलने वाले बच्चों को इस तरह का सुअवसर एवं वातावरण नहीं मिल पाता है, उनमें सर्जनात्मकता की काफी कमी हो जाती है।

(ii) मानवशास्त्रीय सबूतें *(Anthropological evidences)*—व्यक्तित्व पर संस्कृति के प्रभाव को दिखलाने के लिए मनोवैज्ञानिकों के अलावा मानवशास्त्री (anthropologist) भी काफी प्रयास किये हैं। अतः हमारे सामने कुछ मानवशास्त्रीय सबूतें भी हैं जिनके आधार पर हम यह कह सकते हैं कि संस्कृति का प्रभाव व्यक्तित्व पर काफी पड़ता है। इस सिलसिले में ऐसे तो कई मानवशास्त्री द्वारा किये गये प्रेक्षण (observation) एवं अध्ययन उपलब्ध हैं परन्तु मीड (Mead) जो एक महिला मानवशास्त्री हैं, द्वारा किया गया अध्ययन विशेषरूप से उल्लेखनीय हैं।

अपने अध्ययन के आधार पर मीड (Mead) ने यह बतलाया है कि व्यक्तित्व के शीलगुणों में जो यौन विभिन्नता (sex difference) होती है, उसका कारण संस्कृति में विभिन्नता होती है। इस अध्ययन में न्यू गिनिया (New Guinea) की तीन जनजातियों (tribes) यानी ऐरापेश (Arapesh), मुण्डुगुमोर (Mundugumor) तथा शाम्बुली (Tchambuli) के व्यक्तित्व के शीलगुणों (traits) का तुलनात्मक अध्ययन किया गया है। इस अध्ययन के अनुसार

ऐरापेश जाति के स्त्री तथा पुरुष दोनों के व्यक्तित्व में सहयोग (co-operativeness), भद्रता (gentleness) तथा विनम्रता (submissiveness) आदि का गुण अधिक होता है। संक्षेप में यह कहा जा सकता है कि इस जाति के लोगों में यौन विभिन्नता (sex difference) कम पायी जाती है तथा स्त्री एवं पुरुष दोनों में ही नारीत्व (feminity) के शीलगुणों की प्रशंसा की जाती है। फलस्वरूप, ऐरापेश जाति के व्यक्तियों में आत्म-विश्वास (self-confidence), सहयोग की भावना (sense of cooperation), शांतिप्रियता (peace-loving) आदि शीलगुण होते हैं। मुण्डुगुमोर (Mundugumor) जाति के लोगों की संस्कृति ऐरापेश की संस्कृति से ठीक विपरीत होती है। इस संस्कृति में पुरुषत्व (masculinity) से सम्बन्धित गुणों पर अधिक बल डाला जाता है। स्त्री हो या पुरुष, दोनों को ही आक्रमणशीलता (aggressive) तथा विद्रोही (violent) बनना अच्छा समझा जाता है। जो स्त्री या पुरुष ऐसा नहीं बन पाते हैं, उन्हें उपेक्षा तथा घृणा की दृष्टि से देखा जाता है। फलतः इस जाति के व्यक्तित्व का कार्डिनल शीलगुण (cardinal trait) आक्रमणशीलता या आक्रामकता (aggressiveness) तथा झगड़ालुपना (quarrelsomeness) होता है। शाम्बुली (Tchmbuli) जाति की संस्कृति कुछ विचित्र है। इस संस्कृति में पुरुष वही काम करते हैं जो हमारे समाज में स्त्रियाँ करती हैं और स्त्रियाँ वही काम करती हैं जो हमारे समाज में पुरुष करते हैं। प्रायः पुरुष को घर का काम-काज देखना होता है, वे नाचते हैं तथा क्लब में लोगों का मनोरंजन करते हैं। स्त्रियाँ शासक (ruler) होती हैं, घर के बाहर का कार्य करती हैं तथा कठिन एवं जोखिम कार्य करती हैं। इसका परिणाम यह होता है कि पुरुषों के व्यक्तित्व में नारीत्व का गुण जैसे—विनम्रता, लजालुपन, सहयोगिता आदि अधिक होता है तथा नारियों में पुरुषत्व का गुण जैसे, आक्रामकता (aggressiveness), प्रभुत्व (dominance) आदि का गुण अधिक पाया जाता है।

प्रयोगात्मक सबूतों (experimental evidences) तथा मानवशास्त्रीय सबूतों (arthropological evidences) के आधार पर यह निश्चित रूप से स्पष्ट हो जाता है कि व्यक्तित्व के शीलगुणों के विकास पर संस्कृति (culture) के रीति-रिवाजों, प्रथाओं आदि का काफी प्रभाव पड़ता है। इसे ध्यान में रखते हुए यह कहा गया है कि *'व्यक्तित्व संस्कृति का आइना है' (Personality is the mirror of culture)*।

3. आर्थिक कारक *(Economic factor)*—व्यक्तित्व के शीलगुणों के निर्माण में परिवार की सामाजिक स्थिति का ही नहीं बल्कि आर्थिक स्थिति का भी प्रभाव पड़ता है। आर्थिक स्थिति ठीक नहीं होने से व्यक्तित्व के विकास तथा शीलगुणों के निर्माण पर अच्छा प्रभाव नहीं पड़ता है। स्टैगनर (Stagner, 1935) ने एक अध्ययन किया जिसमें गरीब परिवार के छात्रों की तुलना ऐसे परिवार के छात्रों से की गयी जो न तो अधिक धनी थे और न ही अधिक गरीब। परिणाम में देखा गया कि गरीब परिवार के छात्रों में हीनता का भाव (inferiority feeling), सांवेगिक अस्थिरता (emotional instability), शर्मीलापन (shyness) तथा सामाजिक अगुआई (social initiative) की कमी आदि औसत परिवार के छात्रों की अपेक्षा अधिक देखी गयी। परन्तु हमेशा ऐसा नहीं होता है। मानव इतिहास में कुछ ऐसे भी उदाहरण हैं जिनसे यह पता चलता है कि एक गरीब परिवार में जन्म लेने तथा पाले-पोसे जाने के बावजूद भी उनके व्यक्तित्व में सामाजिक शीलगुणों जैसे—उत्तरदायित्व (responsibility), आत्म-विश्वास, नेतृत्व (leadership), उच्च अहम्-शक्ति (high ego-strength) आदि काफी विकसित थे। स्व० लाल बहादुर शास्त्री, भारत के भूतपूर्व प्रधानमंत्री इसके ज्वलंत उदाहरण हैं। फ्रैंसिस तथा फिल्लमोर (Francis & Fillmore, 1934) ने अपने अध्ययन में इस तथ्य की पुष्टि की है और बतलाया है कि उनके अध्ययन में गरीब परिवार के बच्चों एवं धनी परिवार के बच्चों में सांवेगिक अभियोजन (emotional adjustment) के शीलगुण पर कोई अन्तर नहीं था।

ऊपर दोनों कारकों की व्याख्या अलग-अलग की गयी है—जैविक कारक (biological factor) तथा पर्यावरणी कारक (environmental factor)। सच्चाई यह है कि व्यक्तित्व के निर्धारण में इन दोनों कारकों का संयुक्त प्रभाव (joint effect) पड़ता है। व्यक्तित्व जैसा भी हो, वह इन दोनों कारकों के अन्तःक्रिया (interaction) का वह परिणाम होता है। अकेले कोई एक कारक उतना महत्त्वपूर्ण नहीं होता है।

सांस्कृतिक व्यक्तित्व की चार विमाएँ
(Four Dimensions of Cultural Personality)

नवीनतम अध्ययनों से यह स्पष्ट हुआ है कि व्यक्तितव के प्रमुख शीलगुणों का 50 प्रतिशत आनुवंशिकता तथा बाकी 50 प्रतिशत का निर्धारण विभिन्न सांस्कृतिक प्रभावों द्वारा होता है। व्यक्तितव का वह भाग जिसका निर्धारण विभिन्न

सांस्कृतिक प्रभावों के कारण होता है, सामान्यतः *सांस्कृतिक व्यक्तित्व* (cultural personality) कहा जाता है। 1980 वाले दशक में गीर्ट हौफस्टीड (Geert Hofstede, 1980) तथा फिर हौफस्टीड तथा अपने अन्य सहयोगियों (Hofstede et al., 2002) ने एक अति महत्त्वपूर्ण सर्वे किया जिसमें उन्होंने संसार के 64 विभिन्न देशों से आँकड़े एकत्रित किये और उनका विश्लेषण किया। विश्लेषण करने के बाद वे इस निष्कर्ष पर पहुँचे कि व्यक्तित्व की चार ऐसी विमाएँ (dimensions) हैं जिनपर विभिन्न देशों की संस्कृति में विभिन्नता पायी जाती है। इन चार विमाओं का वर्णन इस प्रकार है:—

(i) वैयक्तिकवाद/समूहवाद *(Individualism/Collectivism)*—वैयक्तिवादी संस्कृति में व्यक्तियों की अभिरूचि अपने तथा अपने परिवार के सदस्यों तक सीमित होती है। इस तरह के संस्कृति में विभिन्न व्यक्तियों में आपस में सम्बन्ध उतना संतोषजनक नहीं होता है। ऐसी संस्कृति के सदस्यों में जो दोस्ती होती है उसका आधार परस्पर अभिरूचि तथा आवश्यकता आदि होता है। इस तरह के संस्कृति में व्यक्ति विभिन्न तरह के सामूहिक समूहों का सदस्य होता है और ऐसे समूह अपने आप में बहुत ज्यादा संगठित नहीं होते हैं। इस तरह की संस्कृति में स्वायत्तता (autonomy) अर्थात् आत्म-नियंत्रण (self-control), व्यक्ति की सुरक्षा तथा समानता (equality) का महत्त्व अधिक होता है। संयुक्त राज्य अमेरीका (United States of America) तथा ग्रेट ब्रिटेन (Great Britain) की संस्कृति वैयक्तिवादी संस्कृति के प्रमुख उदाहरण हैं।

समूहवादी संस्कृति (collectivistic culture) की विशेषताएँ कुछ भिन्न होतीं हैं। ऐसी संस्कृति में जन्म से व्यक्तियों में अन्तःसमूह (in-group) की भावना अधिक मजबूत होती है। परिवार के प्रति निष्ठा (loyality) अधिक मजबूत होती है और परिवार में सभी बड़ों अर्थात् दादा, दादी, नाना, नानी, चाचा, चाची तथा अन्य रिश्तेदारों (cousions) के प्रति सम्मान का भाव होता है। यहाँ परिवार का देख-रेख किसी व्यक्ति विशेष के देख-रेख (care) से सर्वोपरि समझा जाता है। इस तरह की संस्कृति में समूह की सदस्यता कुछ वैसे ही समूहों तक सीमित होती है जिसका प्रभाव व्यक्ति पर प्रत्यक्ष रूप से पड़ता है या पड़ सकता है। ऐसी संस्कृति में कर्त्तव्य (duty), आज्ञा (order), परम्परा (tradition), बड़ों के प्रति सम्मान, सामूहिक सुरक्षा (group security) तथा सामूहिक पदवी (group status) आदि को बहुत अधिक महत्त्व दिया जाता है। जापान, भारत, चीन, कोरिया, मेक्सिको आदि देशों की संस्कृति समूहवादी संस्कृति (collectivistic culture) का उत्तम उदाहरण है।

(ii) सत्ता दूरी *(Power distance)*—सत्ता दूरी से तात्पर्य संस्कृति के व्यक्तियों में एक ऐसी सोच एवं प्रत्याशा (expectation) से होती है जिसमें लोग यह समझते हैं कि सत्ता एक ऐसी चीज होती है जो चन्द कुछ लोगों के हाथ में होती है न कि यह आम लोगों में समान रूप से बाँटने की चीज होती है। भारत, फिलिपिन्स (Philippines), मेक्सिको (Mexico) तथा बहुत सारे अरब देशों की संस्कृति में ऐसी प्रत्याशाएँ अधिक होतीं हैं जबकि स्वीडेन, ऑस्ट्रेलिया, ऑस्ट्रीय (Austria), ग्रेट ब्रिटेन (Great Britain) तथा अमेरीका की संस्कृति में सत्ता दूरी तुलनात्मक से कम होती है।

(iii) पौरूषता/नारीत्व *(Masculinity/Feminity)*—पौरूष-प्रधान संस्कृति (Masculine culture) हठधर्मी (assertive) तथा प्रतियोगितापूर्ण (competitive) होता है जबकि नारीत्व-प्रधान संस्कृति अधिक विनयशील (modest) तथा देखभाल करने वाला (caring) होता है। नारीत्व-प्रधान संस्कृति में पुरुष तथा महिलाओं दोनों में हीं लगभग एक समान देख-देख करने वाला मूल्य (value) होता है परन्तु पौरूष-प्रधान संस्कृति में महिलाएँ उतना हठधर्मी एवं प्रतियोगितापूर्ण (competitive) नहीं हो पाती हैं जितना कि पुरुष हो पाते हैं। इसका परिणाम यह होता है कि इन दोनों यौन के व्यक्ति में काफी अंतर हो जाता है। भारत, जापान, आस्ट्रीया, वेनिजुयेला (Venezuela), इटली, स्वीटजरलैंड (Switzerland), मेक्सिको, आयरलैंड, अमेरीका, जर्मनी, ग्रेट ब्रिटेन सभी पौरूष-प्रधान संस्कृति वाले देश हैं जबकि स्वीडेन (Sweden), नार्वे, नीदरलैंड (Netherland), डेनमार्क, युगोस्लाविया (Yogoslavia), फिनलैंड (Finland), चिली (Chile), थाइलैंड (Thailand), पुर्तगाल (Portugal) आदि नारीत्व-प्रधान संस्कृति है।

(iv) अनिश्चितता परिहार *(Uncertainty avoidance)*—संसार के कुछ देश की संस्कृति ऐसी है कि वहाँ कि लोगों में अनिश्चितता (uncertainity), अस्पष्टता (vaguencess) तथा असंरचित परिस्थिति (unstructured situations) को सहने की शक्ति अधिक होती है। इस तरह की संस्कृति के लोग विभिन्न तरह के सभी विचारों एवं मतों को ध्यान में रखते हैं तथा बहुत कम ही विशेष नियम (rules) आदि होते हैं। इस तरह की संस्कृति में कई तरह के

धार्मिक विचार साथ-ही-साथ अस्तित्व में होते हैं तथा इसकी भिन्नता से उनमें किसी प्रकार की चिन्ता नहीं होती है। दूसरे तरफ कुछ देश की संस्कृति ऐसी होती है जहाँ के लोग अनिश्चितता, अस्पष्टता तथा संरचना की कमी (lack of structure) को नहीं बर्दाश्त करते हैं तथा इसमें स्पष्ट रूप से सख्त नियम एवं कानून होते हैं। कई तरह के सुरक्षा के उपाय एवं नियम होते हैं तथा किसी निश्चित दार्शनिक तथा धार्मिक विचार के प्रति वचनबद्धता होती है। अनिश्चितता अस्पष्टता आदि को बर्दाश्त करने वाले देश की संस्कृति—सिंगापुर, जमाईका (Jamaica), डेनमार्क, स्वीडेन, हाँगकाँग, आयरलैंड (Ireland), ग्रेट ब्रिटेन (Great Britain), मलेशिया, भारत, फिलिपिन्स (Philippines), अमेरीका, कनाडा, तथा इन्डानेशिया। अनिश्चितता तथा अस्पष्टता को नहीं बर्दाश्त करने वाले देश की संस्कृति है—ग्रीस, पुर्तगाल, वेल्जियम, जापान, युगोस्लाविया (Yugoslavia), पेरू आदि।

यहाँ पर यह बता देना उचित होगा कि हॉफस्टीड (Hofstede) द्वारा बतलाये गए विमाएँ *सांस्कृतिक व्यक्तित्व शीलगुण* (cultural personality traits) है जो बड़े पाँच शीलगुण (Big Five trait) से भिन्न है क्योंकि वे वैयक्तिक शीलगुण (individual traits) हैं।

व्यक्तित्व का मापन
(Measurement of Personality)

व्यक्तित्व की माप से तात्पर्य व्यक्तित्व के शीलगुणों के बारे में पता लगाकर यह निश्चित करना होता है कि कहाँ तक वे संगठित (organised) या विसंगठित (disorganised) हैं। किसी भी व्यक्ति के भिन्न-भिन्न शीलगुण जब आपस में संगठित होते हैं, तो इससे व्यक्ति का व्यवहार सामान्य होता है। परन्तु यदि उसके शीलगुण विसंगठित (disorganised) होते हैं तो व्यक्ति का व्यवहार असामान्य (abnormal) हो जाता है। व्यक्तित्व मापन (personality measurement) के सैद्धान्तिक (theoretical) तथा व्यावहारिक (practical) उद्देश्य हैं। मनोवैज्ञानिकों के अनुसार व्यक्तित्व-मापन से व्यक्तित्व के विकास तथा उसके स्वरूप (nature) से सम्बन्धित बहुत से ज्ञान प्राप्त होते हैं जिससे इस क्षेत्र में शोध करने तथा नये-नये सिद्धान्तों का प्रतिपादन करने में मदद मिलती है। इस सैद्धान्तिक उद्देश्य (theoretical purpose) के अलावा व्यक्तित्व मापन के कुछ व्यावहारिक उद्देश्य भी हैं। जैसे—व्यक्ति मापन से यह पता चलता है कि व्यक्तित्व के किस-किस शीलगुण की शक्ति (strength) कितनी है और किस शीलगुण की कमी से व्यक्ति को समायोजन (adjustment) करने में दिक्कत होती है। अतः व्यक्तित्व मापन करके वैसे व्यक्तियों जिन्हें समायोजन में व्यक्तिगत कठिनाई (personal difficulties) होती है, की कठिनाइयों को दूर करने में मदद की जाती है। व्यक्तित्व मापन का दूसरा प्रमुख अनुप्रयोग नेता का चयन तथा उत्तरदायी (responsible) पदों के लिए सही व्यक्तियों का चयन करने में हैं।

मनोवैज्ञानिकों ने व्यक्तित्व मापन की बहुत-सी विधियों (methods) या परीक्षणों (tests) का प्रतिपादन किया है। ऐसी प्रमुख विधियों या परीक्षणों को निम्नांकित तीन भागों में बाँटकर अध्ययन किया गया है—

(अ) व्यक्तित्व आविष्कारिका (Personality Inventories)
(ब) प्रक्षेपीय विधियाँ (Projective methods)
(स) प्रेक्षण विधियाँ (Observational methods)

इन तीनों तरह की विधियों का वर्णन निम्नांकित हैं:—

(अ) व्यक्तित्व आविष्कारिका *(Personality Inventories)*—व्यक्तित्व मापने की यह विधि काफी प्रचलित विधि (popular method) है। इस विधि में व्यक्तित्व के खास-खास शीलगुणों से सम्बन्धित कुछ प्रश्न बने होते हैं जिनका उत्तर प्रायः 'हाँ-नहीं, सही-गलत' आदि में दिया रहता है। व्यक्ति इन प्रश्नों को एक-एक करके पढ़ता है और उसका उत्तर इन दिए गए उत्तरों से चुनकर अर्थात् 'हाँ-नहीं' या 'सही-गलत' में से चुनकर देता है। यदि प्रश्न व्यक्ति के लिए सही होता है, तो वह 'सही' या 'हाँ' के रूप में जवाब देता है तथा यदि प्रश्न व्यक्ति के लिए गलत होता है वह 'गलत' या 'नहीं' के रूप में जवाब देता है। जैसे—

1. क्या आपको अनिद्रा की शिकायत है? —हाँ/नहीं
2. क्या आप अकारण ही प्रायः चिन्तित रहते हैं? —हाँ/नहीं
3. क्या आपको माता-पिता से उचित प्यार मिलता है? —हाँ/नहीं

एक ही प्रश्न का सही एवं उचित उत्तर अलग-अलग व्यक्तियों के लिए अलग-अलग हो सकता है। इस तरह की आविष्कारिका के प्रत्येक प्रश्न को व्यक्ति स्वयं पढ़ता है और अपने बारे में एक रिपोर्ट (report) या व्यक्तव्य देता है। इस कारण से इसे *आत्म-रिपोर्ट आविष्कारिका* (self-report inventories) भी कहा जाता है। इस तरह की आविष्कारिका को मनोमिति परीक्षण (psychometric test) भी कहा जाता है क्योंकि ऐसे परीक्षण प्रायः परीक्षण निर्माण (test construction) की सभी आवश्यकताओं को वैज्ञानिक ढंग से पूरा करते हैं। इसे कुछ मनोवैज्ञानिकों ने *पेपर-पेंसिल परीक्षण* (paper-pencil test) भी कहा है।

व्यक्तित्व आविष्कारिका का वैज्ञानिक उपयोग (scientific use) प्रथम विश्वयुद्ध के समय प्रारम्भ हुआ। इस युद्ध में वैसे सैनिकों को छाँटने की तीव्र आवश्यकता महसूस की गयी जो सांवेगिक रूप से अस्थिर (emotionally unstable) थे। इस उद्देश्य की पूर्ति करने के लिए वुडवर्थ (Woodworth) ने 1918 में एक व्यक्तित्व आविष्कारिका तैयार किया जिसका नाम *'वुडवर्थ परसनल डाटा इन्वेंट्री'* (Woodworth Personal Data Inventory) रखा गया। इस आविष्कारिका में कुल 116 प्रश्न थे जिनका उत्तर व्यक्ति को 'हाँ' तथा 'नहीं' में से किसी एक को चुनकर देना होता था। यद्यपि यह आविष्कारिका बहुत वैज्ञानिक ढंग से निर्मित नहीं थी, फिर भी इसकी सफलता से प्रेरित होकर व्यक्तित्व आविष्कारिका (personality inventory) के निर्माण में बहुत से मनोवैज्ञानिक लग गये। फलस्वरूप, आज व्यक्तित्व आविष्कारिका की संख्या हजारों में हो गयी है। इस सिलसिले में अमेरिका तथा इंगलैंड में काफी शोध (research) हुए हैं जिसके फलस्वरूप कई महत्त्वपूर्ण एवं वैज्ञानिक रूप से निर्मित व्यक्तित्व आविष्कारिका हमारे सामने उपलब्ध हैं। इन सभी की चर्चा तो यहाँ सम्भव नहीं हैं परन्तु उनमें से कुछ की चर्चा जो अत्यन्त महत्त्वपूर्ण हैं, इस प्रकार हैं—

1. माइनेसोटा मल्टीफेजीक पर्सनालिटी इन्वेंट्री-2 *(Minnesota Multiphasic Personality Inventory-2)*—MMPI का निर्माण मूलतः हाथावे एवं मैककिनले (Hathaway & Mckinley, 1940) में किया गया जिसमें 550 एकांश थे और प्रत्येक एकांश के तीन उत्तर थे—'True', 'False' तथा 'Cann't say'। इस मौलिक प्रारूप के दो प्रतिरूप हैं— *वैयक्तिक कार्ड प्रतिरूप* (individual card form) तथा *सामूहिक पुस्तिका प्रारूप* (group booklet form)। इस इनवेन्ट्री का उद्देश्य व्यक्तित्व के रोगात्मक शीलगुणों (pathological traits) को मापना है। इस मौलिक प्रारूप में 10 नैदानिक मापनी (clinical scale) हैं तथा तीन वैधता मापनी (validity scale) हैं। 10 नैदानिक मापनी द्वारा 10 रोगात्मक शीलगुणों का मापन होता है तथा वैधता मापनी पर के प्राप्तांकों द्वारा व्यक्ति द्वारा दिये गये उत्तरों की विश्वसनीयता तथा वैधता का पता चलता है।

MMPI के कई संशोधित (revised) प्रारूप तैयार किए गए हैं जिनमें सबसे नवीनतम संशोधन को MMPI-2 के नाम से जाना जाता है। यह संशोधन वुचर, डाहस्ट्रोम, ग्राहम, टेलेगन तथा केम्मर (Butcher, Dahlstrom, Grahm, Tellegen & Kaemmer, 1989) द्वारा किया गया। MMPI-2 में 10 नैदानिक मापनी हैं तथा तीन मुख्य वैधता मापनी (validity scales) हैं। MMPI-2 में कुल 567 एकांश (items) हैं। इसमें प्रथम 370 एकांश मौलिक MMPI के ही हैं तथा इनमें मात्र सम्पादकीय परिवर्तन (editorial change) किये गए हैं। इन एकांशों द्वारा 10 नैदानिक विमाओं का मापन होता है। बाकी 197 एकांशों द्वारा व्यक्तित्व के अन्य क्षेत्रों (content) का मापन हाता है। इन 197 एकांशों में से 107 बिलकुल ही नये हैं। निटजील, वर्नस्टीन तथा मिलिक (Neitzel, Bernstein & Milich, 1994) के अनुसार इन तीन वैधता मापनी के अतिरिक्त एक और वैधता मापनी है जिसे '?' (या cannot say) से संकेतिक किया जाता है तथा इसमें उन एकांशों को रखा जाता है जिसका उत्तर व्यक्ति नहीं दे पाता है। इन सभी वैधता मापनियों का सम्बन्ध आविष्कारिका के वैधता (validity) से कुछ भी नहीं है बल्कि इनके द्वारा विभिन्न तरह के वैसे मनोवृत्तियों का पता लगाना होता है जिससे परीक्षण पर की अनुक्रियाएँ विकृत हो जातीं हैं। इन सभी 10 नैदानिक मापनी एवं वैधता मापनी का वर्णन इस प्रकार है—

नैदानिक मापनी *(Clinical Scale)*

1. रोगभ्रम *(Hypochondriasis or HS)*—इस मापनी के कुल 32 एकांश हैं और इसके द्वारा उस प्रवृत्ति की माप होती है जिसमें व्यक्ति अपने शारीरिक स्वास्थ्य एवं शारीरिक कार्य के बारे में जरूरत से ज्यादा चिंता दिखलाता है।

2. विषाद *(Depression or D)*—इस मापनी में कुल 57 एकांश है और इसके द्वारा भावात्मक विकृति

(affective disorder) से सम्बन्ध प्रवृत्तियाँ जैसे उदासी, क्षमता में ह्रास, अभिरुचि एवं ऊर्जा में कमी आदि का मापन होता है।

3. रूपांतर हिस्ट्रीया *(Conversion hysteria or Hy)*—इस मापनी के 60 एकांश हैं और इसके द्वारा एक ऐसा स्नायुविकृत प्रवृति का मापन होता है जिसमें रोगी मानसिक संघर्ष एवं चिंताओं से छुटकारा पाने के लिए कोई-न-कोई शारीरिक लक्षण विकसित कर लेता है।

4. मनोविकृत विचलन *(Psychopathic deviate or Pd)*—इस मापनी में 50 एकांश हैं तथा इसके द्वारा व्यक्ति में सामाजिक एवं नैतिक मानकों को अवहेलना करने वाली प्रवृत्तियाँ तथा दंडात्मक अनुभूतियों से भी कुछ न सीखने की प्रवृत्ति का मापन होता है।

5. पुरुषत्व-नारीत्व *(Masculinity-Feminity M-f)*—इस मापनी में 56 एकांश हैं तथा इसके द्वारा व्यक्ति के सीमांतीय यौन भूमिका (extreme sex role) करने की प्रवृत्ति की माप होती है।

6. स्थिर व्यामोह *(Paranoia or Pa)*—इस मापनी में 40 एकांश हैं जिनके द्वारा व्यक्ति में असामान्य शक करने की प्रवृत्ति तथा दंडात्मक एवं उत्कृष्ठता से सम्बन्ध गलत विश्वास या भ्रान्ति (delusion) का मापन होता है।

7. मनोदौर्वल्यता *(Psychesthenia or Pt)*—इस मापनी में कुल 48 एकांश हैं जिनके द्वारा व्यक्ति में मनोग्रस्ति (obsession), बाध्यता (compulsion), असामान्य डर आदि का मापन होता है।

8. मनोविदालिता *(Schizophrenia or Sc)*—इस मापनी में 78 एकांश हैं इसके द्वारा व्यक्ति में असामान्य चिन्तन या व्यवहार करने की प्रवृत्ति का मापन होता है।

9. अल्पोन्माद *(Hypomania or Ma)*—इस मापनी में 46 एकांश हैं और इसके द्वारा व्यक्ति के सांवेगिक उत्तेजन, अतिक्रिया (overactivity) तथा विचारों का विखराब (flight of ideas) का मापन होता है।

10. सामाजिक अन्तर्मुखता *(Social introversion or SI)*—इस मापनी में 69 एकांश हैं और इसके द्वारा व्यक्ति के कुछ विशेष प्रवृत्तियाँ जैसे लजालुपना, अन्य लोगों में अभिरुचि न दिखाने की प्रवृत्ति तथा असुरक्षा आदि का मापन होता है।

वैधता मापनी *(Validity Scale)*

(Cannot Say)—इसके अंतर्गत उन एकांशों को रखा जाता है जिनका उत्तर व्यक्ति नहीं दे पाया है। जब इसमें अधिक एकांशों को रखा जाता है, तो इससे यह पता चलता है कि व्यक्ति एकांशों को नहीं समझ रहा है या परीक्षक (tester) के साथ सहयोग नहीं कर रहा है या वह रक्षात्मक मनोवृत्ति (defensive attitude) विकसित कर लिया है।

L *(Lie)*—इस मापनी के 15 एकांश हैं और इसके द्वारा व्यक्ति में झूठ बोलने या अपने आप को गलत ढंग से पेश करने की प्रवृत्ति का मापन होता है।

F *(Frequency or Infrequency)*—इस मापनी में 60 एकांश हैं। इस पर उच्च प्राप्तांक आने से यह पता चलता है कि व्यक्ति लापरवाही से परीक्षण एकांशों के प्रति अनुक्रिया किया है या वह जानबूझ करके अपने रोगात्मक लक्षणों को बढ़ा-चढ़ाकर व्यक्त किया है।

K *(Correction)*—इस मापनी के 30 एकांश हैं और इसके द्वारा व्यक्ति में अपनी समस्याओं के बारे में या तो अत्यधिक सुरक्षात्मक दृष्टिकोण (defensive outlook) या फिर उसके बारे में बहुत ज्यादा कहने की प्रवृत्ति का मापन होता है। उच्च K प्राप्तांक से यह पता चलता है कि व्यक्ति ने अपने समस्या को दबा दिया है तथा निम्न K प्राप्तांक से यह पता चलता है कि उसने अपनी समस्या को बढ़ा-चढ़ा कर उपस्थित किया है। चाहे K प्राप्तांक उच्च हो या निम्न हो, इससे इस बात का संकेत मिलता है कि नैदानिक मापनियों पर के प्राप्तांकों को संशोधित करने की जरूरत है।

इस तरह से यह स्पष्ट हुआ है कि MMPI-2 में मौलिक MMPI के सभी मापनियों को बरकरार रखते हुए उनके एकांशों को संशोधित किया गया है। MMPI-2 की फिर भी कुछ अपनी और विशेषताएँ हैं जो इस प्रकार हैं—

(i) MMPI-2 के एकांशों को समूहन[1] (grouping) करके 15 नये अन्तर्वस्तु मापनी (content scale) बनाए गए हैं जिसके द्वारा व्यक्तित्व के 15 ऐसे कारकों को मापना सम्भव हो पाया है जिसे पहले के 10 नैदानिक मापनियों द्वारा

---

1. समूहन (grouping) से तात्पर्य विभिन्न नैदानिक मापनियों से कुछ एकांशों को हु-ब-हू रूप में लेकर एक नया मापनी बनाने से होता है। ऐसे मापनी को अन्तर्वस्तु मापनी (content scale) कहा गया है।

मापना सम्भव नहीं था। चिन्तन (anxiety), डर (fear), क्रोध (anger), टाईप ए व्यक्तित्व (Type A personality), समाज-विरोधी प्रवृत्तियाँ (anti-social tendencies), सामाजिक उदासी (social discomfort), पारिवारिक समस्याएँ आदि इसके कुछ मुख्य उदाहरण हैं।

(ii) MMPI-2 में दो और नये वैधता मापनियों (validity scales) को जोड़ा गया है जिसका उपयोग उपर्युक्त चार वैधता मापनी के साथ-साथ करना होता है। ये दो वैधता मापनी हैं—भ्रिन (Variable Response Inconsistency orVRIN) तथा ट्रिन (True Response Inconsistency or TRIN)। इन दोनों मापनियों द्वारा परीक्षण एकांशों के प्रति असंगत (inconsistent) ढंग से उत्तर देने की प्रवृत्ति का मापन होता है। ट्रिन मापनी पर उच्च प्राप्तांक आने का मतलब यह होता है कि व्यक्ति अधिकतर एकांशों के उत्तर के रूप में सही (True) विकल्प को चुना है तथा निम्न प्राप्तांक का मतलब यह होता है कि व्यक्ति अधिकतर एकांशों के उत्तर के रूप में गलत (False) विकल्प को चुना है। भ्रिन मापनी पर उच्च प्राप्तांक का मतलब यह होता है कि व्यक्ति अधिकतर एकांशों पर अनुचित तर्क करते हुए असंगत ढंग से उत्तर दिया है। बेरी एवं उनके सहयोगियों (Berry et al., 1997) द्वारा इन दोनों नये वैधता मापनियों की प्रभावशीलता (effectiveness) की जाँच संतोषजनक ढंग से की गयी है।

MMPI के कुछ लाभ (advantages) तथा अलाभ (disadvantages) हैं।

इसके प्रमुख *लाभ* निम्नांकित हैं:—

(i) MMPI द्वारा परीक्षण के प्रति व्यक्ति के उत्तर देने की मनोवृत्ति (test-taking attitude) का पता लग जाता है। इससे यह पता चल जाता है कि व्यक्ति कहाँ तक उत्तर देने में लापरवाही दिखलाता है, सुरक्षात्मक दृष्टिकोण अपनाता है या अपनी समस्याओं एवं लक्ष्यों को बढ़ा-चढ़ा कर उपस्थित किया है।

(ii) MMPI द्वारा नैदानिक विशेषज्ञ कई तरह की समस्याओं के बारे में वैज्ञानिक ढंग से ज्ञान प्राप्त कर लेते हैं। ऐसी सुविधा मनोवैज्ञानिक मूल्यांकन के अन्य साधन में उपलब्ध नहीं है।

(iii) चूँकि MMPI का प्राप्तांक-लेखक (scoring) वस्तुनिष्ठ ढंग से (objectively) होता है, अतः यह व्यक्ति के बारे में नैदानिक विशेषज्ञों के आत्मनिष्ठ छवि (subjective impression) से प्रभावित नहीं होता है।

(iv) MMPI की व्याख्या वीमांकिक ढंग से (actuarial fashion) सम्भव है। दूसरे शब्दों में MMPI में ऐसा प्रावधान है कि जब व्यक्ति को एक निश्चित पैटर्न का प्राप्तांक किसी नैदानिक मापनी पर आता है तो उसमें अमुक गुण या व्यवहार होने की उम्मीद भी अधिक होगी।

इन लाभों के बावजूद MMPI के कुछ अलाभ (disadvantage) हैं जो इस प्रकार हैं:—

(i) MMPI कुछ खास तरह के असामान्य व्यवहार या कुसमायोजी व्यवहार के प्रति अधिक संवेदनशीलता नहीं दिखलाता है। जैसे, दुश्चिन्ता विकृति के कुछ प्रकार, व्यक्तित्व विकृति तथा मनःस्थिति विकृति के कुछ प्रकार ऐसे हैं जिनका मापन MMPI द्वारा नहीं होता है।

(ii) MMPI के एकांशों का स्वरूप शाब्दिक (verbal) होता है जिस कारण इसके द्वारा सभी तरह के व्यक्तित्व का मापन सम्भव नहीं है। इसमें तीक्ष्ण प्रकार के मनोविक्षिप्ति, कम पढ़े-लिखे व्यक्ति तथा बौद्धिक रूप से दोषग्रस्त व्यक्तियों के व्यक्तित्व का मापन इसके द्वारा सम्भव नहीं है।

(iii) बहुत सारे अध्ययनों में यह पाया गया है कि MMPI द्वारा निर्धारित व्यक्तित्व के कुछ प्रोफाईल टाईप ऐसे हैं जो स्थायी (stable) नहीं है। यह स्पष्ट नहीं अब तक हो पाया है कि इस तरह की अस्थिरता का कारण MMPI में विश्वसनीयता (reliability) की कमी है या व्यक्ति के समायोजन स्तर में होने वाले परिवर्तन के प्रति परीक्षण की संवेदनशीलता है।

इन अलाभों के बावजूद MMPI की उपयोगिता व्यक्तित्व मापन में सर्वाधिक है।

MMPI-2 का सबसे बड़ा दोष यह है कि इसके करीब 74 एकांशों को एक से अधिक मापनी में उपयोग किया गया है जिससे इसके सभी मापनी एक-दूसरे से स्वतंत्र न होकर सहसम्बन्धित हो गये हैं। इस खामी के बावजूद MMPI का वस्तुनिष्ठ प्राप्तांक-लेखन (scoring) होने के कारण यह एक शोध एवं नैदानिक परीक्षण के रूप में काफी लोकप्रिय साबित हुआ है। आइकेन (Aiken, 1989) के अध्ययन के अनुसार इसे करीब 90% नैदानिक मनोवैज्ञानिकों द्वारा काफी पसंद किया जाता है।

MMPI का एक प्रारूप (Form) ऐसा है जिसका निर्माण किशोरों (adolescents) के व्यक्तित्व को मापने के लिए किया गया है। इसे MMPI-A कहा गया है जिसमें मात्र 478 एकांश हैं। इसमें MMPI तथा MMPI-2 के अधिकतर विशेषताओं जिसमें 13 मौलिक मापनी भी हैं, को सम्मिलित किया गया है। इसमें किशोरों के लिए उपयुक्त समस्याओं जैसी स्कूली एवं पारिवारिक समस्याओं से सम्बन्ध एकांशों को सम्मिलित किया गया है। MMPI-A में पहले की सामान्य वैधता मापनियों के अतिरिक्त कुछ अपने वैधता अर्थात् F_1 तथा F_2 को भी सम्मिलित किया गया है।

2. कैलिफोर्निया साइकोलॉजिकल आविष्कारिका *(Calfornia Psychological Inventory or CPI)*—इस परीक्षण का मौलिक निर्माण वर्ष 1957 है, फिर 1987 में गफ (Gough, 1987) द्वारा इसे संशोधित किया गया है। इस आविष्कारिका का विकास व्यक्तित्व के सामान्य शीलगुणों (normal traits) को मापने के लिए किया गया है। इसमें 462 एकांश हैं जिनका उत्तर 'सही-गलत' के प्रारूप में देना होता है। इसमें से आधे एकांश MMPI से ही लिए गए हैं। इसके द्वारा प्रभुत्व, उत्तरदायित्व, आत्म-स्वीकृति (self-acceptance), आत्म-नियंत्रण (self-control) जैसे शीलगुणों का मापन होता है। इसमें भी तीन वैधता मापनी (validity scale) हैं और और इसके द्वारा व्यक्ति के गलत मनोवृत्तियों का पता चलता है। इसकी विश्वसनीयता तथा वैधता संतोषजनक है।

3. बेल समायोजन आविष्कारिका *(Bell adjustment inventory)*—इस आविष्कारिका का निर्माण बेल (Bell) ने 1934 में किया। इस आविष्कारिका का उद्देश्य व्यक्ति में समायोजन (adjustment) सम्बन्धी कठिनाइयों का पता लगाना होता है। इस आविष्कारिका के दो फार्म (form) हैं—विद्यार्थी फार्म (students form) तथा व्यावसायिक फार्म (occupational form)। विद्यार्थी फार्म में कुल 140 एकांश (items) हैं जो चार भिन्न-भिन्न क्षेत्रों जैसे—गृह (home), स्वास्थ्य (health), सामाजिक (social) तथा सांवेगिक (emotional) अवस्था से सम्बन्धित समायोजन समस्याओं का पता लगाता है। प्रत्येक प्रश्न का उत्तर 'हाँ', 'नहीं', एवं '?' में से किसी एक पर चिह्न खींचकर दिया जाता है। व्यावसायिक फार्म में इन 140 एकांशों में 20 एकांश (items) और जोड़ दिया गया है जिससे इस फार्म के कुल पाँच क्षेत्र हो जाते हैं जो वयस्कों के समायोजन की ओर इंगित करते हैं। इस परीक्षण का विश्वसनीयता गुणांक .75 से .89 तक है। वैधता गुणांक (validity coefficient) .58 से .89 तक पाया गया। इस आविष्कारिका का अनुकूलन (adapation) भारतीय भाषाओं में जैसे हिन्दी तथा मलयालम में भी किया गया है।

4. कैट्टेल्ल सोलह व्यक्तित्व-कारक प्रश्नावली *(Cattell's Sixteen P.F. Questionnaire)*—इस परीक्षण का निर्माण कैट्टेल्ल ने कारक विश्लेषण (factor analysis) के आधार पर किया है। इस प्रश्नावली के कई फार्म (forms) हैं जिनके द्वारा 17 वर्ष से अधिक आयु वाले व्यक्तियों के 16 शीलगुणों (traits) को मापा जाता है। कैट्टेल्ल ने इन शीलगुणों (traits) में तीन तरह के प्रमुख शीलगुणों यानी *चित्तप्रकृति शीलगुण* (temperament traits), *क्षमता शीलगुणों* (ability trait) तथा *गत्यात्मक शीलगुण* (dynamic trait) का समावेश किया है। इस प्रश्नावली में सम्मिलित किये गये सभी 16 शीलगुण द्विध्रुवी (bipolar) हैं। 16 शीलगुणों को मापने के लिए बने 16 मापनी (scales) पर उच्च प्राप्तांक (high score) तथा कम प्राप्तांक (low score) का खास मतलब होता है जिसे हम इस प्रकार बतला सकते हैं—

उच्च प्राप्तांक (High Score)	**अक्षर चिह्न** (Letter symbol)	**निम्न प्राप्तांक** (Low score)
1. Outgoing	*A*	Reserved
2. More Intelligent	*B*	Less Intelligent
3. Stable	*C*	Emotional
4. Assertive	*E*	Humble
5. Happy-Go-Lucky	*F*	Sober
6. Conspicuous	*G*	Expedient
7. Bold	*H*	Shy
8. Tenderminded	*I*	Thoughminded
9. Suspicious	*L*	Trusting
10. Imaginative	*M*	Practical

11. Shrewd	*N*	Forthright
12. Apprehensive	*O*	Placid
13. Experimenting	*Q1*	Traditional
14. Self-sufficient	*Q2*	Group-tied
15. Controlled	*Q3*	Casual
16. Tense	*Q4*	Relaxed

इन 16 कारकों (factors) को प्रथम-क्रम के कारक (first-order-factor) कहा गया है और इन्हीं कारकों के माध्य से दस ग्यारह द्वितीय-क्रम के कारकों (second-order factors) को ज्ञात किया गया है जो इस प्रकार है—चिंता (anxiety), वर्हिमुखता (extroversion), स्वतंत्रता (independence), तंत्रिकातापिता (neuroticism), नेतृत्व (leadership), वैवाहिक समायोजन (martial adjustment) तथा आत्मनिष्ठता (subjectivity) इत्यादि। इस परीक्षण का विश्वसनीयता गुणांक (reliability coefficient) .34 से .93 तक का पाया गया है तथा सम्प्रत्यय वैधता (construct validity) .85 तक की पायी गयी है।

5. मार्यस-ब्रिग्स टाइप इनडिकेटर (*Myers- Briggs Type Indicator or MBTI*)—इस व्यक्तित्व परीक्षण का निर्माण के॰ सी॰ ब्रिग्स (K.C. Briggs) तथा उनकी सुपुत्री आई॰ बी॰ मायर्स (I.B. Myers) द्वारा 1943 में किया गया। यह परीक्षण कार्ल युंग (Carl Jung) द्वारा प्रतिपादित व्यक्तित्व के मनोवैज्ञानिक प्रकार (Psychological type) पर आधारित है। इस परीक्षण द्वारा 14 साल या उससे ऊपर के व्यक्तियों के व्यक्तित्व का मापन होता है। इस परीक्षण के कई रूपान्तर (version) है। जैसे, फार्म एम (Form M), फार्म क्यू (Form Q), फार्म जी (Form G), फार्म एफ (Form F), फार्म जे (Form J), फार्म के (Form K) आदि। MBTI द्वारा 16 व्यक्तित्व प्रकारों का मापन होता है। इन व्यक्तित्व प्रकारों की चर्चा इसी अध्याय में पहले भी की जा चुकी है।

इस परीक्षण का परीक्षण-पुर्नपरिक्षण विश्वसनीयता 0.69 से 0.87 तक तथा आन्तरिक संगतता विश्वसनीयता (internal consistency relivability) 0.55 से 0.84 तक का पाया गया है। विभिन्न कसौटियों के आधार पर इस परीक्षण की वैधता (velidity) 0.39 से लेकर 0.73 तक पाया गया है।

6. एन इ ओ व्यक्तित्व आविष्कारिका (*NEO personality Inventory or NEOPI-R*)—इस व्यक्तित्व परीक्षण का निर्माण पी टी कोस्टा (P.T. Costa) एवं आर॰ आर॰ मैक क्रे (R.R. Maccrae) द्वारा किया गया। इस परीक्षण द्वारा 17 साल तथा उसकें ऊपर की आयु के सामान्य व्यक्तित्व (normal personality) का मापन होता है। इस परीक्षण द्वारा व्यक्तित्व के बड़े पाँच कारकों (Big Five Factors) का मापन होता है। वे पाँच कारक है: वहिर्मुखता (extroversion or E) स्नायुविकृति (Neuroticism or N) कर्त्तव्यनिष्ठता (conscentiousness or C), अनुभूतियों का खुलापन या संस्कृति (openness to experiences or culture or O) तथा सहमतिजन्यता (Agreeableness)। इस परीक्षण के इन पाँच कारकों में से प्रत्येक को छह-छह शीलगुणों (traits) के रूप में परिभाषित किया गया है। जैसे, स्नायुविकृति (neuroticism) के छह शीलगुण (traits) जिनके आधार पर इसे परिभाषित किया जाता है, वे है: दुश्चिंता (anxiety) क्रोध-विद्वेष (angry hostility) विषाद (depression) आत्म-चेतना (self-conciousness) आवेगशीलता (impulsiveness) तथा दोषपूर्णता (Vulnerability)। इसी तरह से अन्य पाँच व्यक्तित्व कारकों को छह-छह शीलगुणों के गुच्छ (cluster) के आधार पर परिभाषित किया गया है। इस परीक्षण में कुल 240 एकांश है तथा तीन वैधता-जाँच (validity-check) वाले एकांश है। वैधता जाँच एकांशों का उद्देश्य इस बात की करता है कि उत्तरदाता (respondent) ईमानदारी पूर्वक एवं सही-सही एकांशों का उत्तर दे रहा है कि नहीं। इस पूरे परीक्षण को क्रियान्यवन करने में 40 मिनट का समय लगता है। प्रत्येक एकांश

के लिए 5-बिन्दु मापनी (5 point scale) बने हैं जिनपर उत्तरदाता को जवाब देना होता है।

इस परीक्षण का क्रियान्यवन पेपर-एवं-पेंसिल प्रारूप में या फिर एन ई ओ साफ्टवेयर सिस्टम (NEO Software system) के माध्यम से क्रियान्यवन एवं प्राप्तांक-लेखन (scoring) किया जा सकता है। इस परीक्षण के दो सामानान्तर रूपान्तर (parallel versions) हैं। एक आत्मरेटिंग फार्म अर्थात फार्म एस (Form S) है तो दूसरा दूसरों द्वारा किये गए रेटिंग्स का फार्म जिसे फार्म आर (From R) कहा जाता है, के रूप में यह परीक्षण उपलब्ध है।

NEO-PI-R का लघुकृत रूप (shorter form) भी है जिसे NEO-FFI कहा जाता है। इसमें मात्र 60 एकांश है और उन पाँच कारकों पर प्राप्तांक (scores) देने में सक्षम हैं। NEO-PI-R की आतंरिक विश्वसनीयता गुणांक 0.86 से 0.95 तक का है। इस परीक्रम का संरचनात्मक वैधता (construct velidity) भी पर्याप्त है क्योंकि परीक्षण विभिन्न समूहों के बीच सार्थक अतंर उत्पन्न करने में सक्षम है।

इसके अलावा भी बहुत से व्यक्तित्व आविष्कारिका (personality inventories) जैसे—*Eysenck Personality Questionnaire (EPQ), Edwards Personal Preference Schedule (EPPS), Million Clinical Multiaxial Inventory (MCMI), Personality Research Form (PRF), Basic Personality Inventory, Maslow Security-Insecurity Scale NEO–Personality Inventory–Revized* आदि है जिनका प्रयोग व्यक्तित्व मापन में काफी किया गया है। इनका निर्माण क्रमशः आइजेन्क एवं आइजेन्क (Eysenck & Eysenck 1975), एडवार्डस (Edwards, 1959), मिल्लोन (Millon, 1987), जैक्सन (Jackson, 1984), जैक्सन (Jackson, 1989) मैसलो (Maslow, 1966) तथा कोस्टा एवं मैक्क्रे (Costa & McCrae, 1982) द्वारा किया गया है। भारत में भी बहुत सारे व्यक्तित्व आविष्कारिका विकसित किये गये हैं जिनमें प्रमुख हैं—ए॰ के॰ सिंह एवं ए॰ के॰ सिंह द्वारा निर्मित भेददर्शी व्यक्तित्व आविष्कारिका, एम॰ डी॰ बंगाली द्वारा निर्मित Youth Adjustment Analyzer (YAA), एच॰ एस॰ अस्थाना द्वारा निर्मित समायोजन सूची आदि।

व्यक्तित्व आविष्कारिका के कुछ गुण (merits) तथा दोष (demerits) भी हैं।

इसके प्रमुख *गुण* निम्नांकित हैं:—

(i) व्यक्तित्व आविष्कारिका द्वारा व्यक्तित्व के शीलगुणों को मापने में काफी सुविधा होती है। एक समय में ही कई व्यक्तियों के शीलगुणों का मापन आसानी से कर लिया जाता है। यही कारण है कि विट्टेकर (Whittaker, 1970) ने व्यक्तित्व आविष्कारिका को व्यक्तित्व का *शीघ्रगामी माप* (quick measure) कहा है।

(ii) व्यक्तित्व आविष्कारिका का प्रयोग नैदानिक परिस्थिति (clinical situation) तथा सामान्य परिस्थिति दोनों में ही होता है। फलस्वरूप, इस तरह की आविष्कारिका के सहारे भिन्न-भिन्न शीलगुणों (traits) के आधार पर व्यक्तियों का तुलनात्मक अध्ययन करना आसान हो जाता है।

व्यक्तित्व आविष्कारिका के प्रमुख *अवगुण* (demerits) निम्नांकित हैं:—

(i) कुछ व्यक्तित्व मनोवैज्ञानिकों (personality psychologists) का कहना है कि व्यक्तित्व आविष्कारिका (personality inventories) द्वारा व्यक्तित्व का मापना अलग-अलग शीलगुण (traits) द्वारा होता है जो वैज्ञानिक रूप से उचित नहीं है क्योंकि व्यक्तित्व की व्याख्या इस तरह से पृथक कारकों (discrete factors) के रूप में सम्भव नहीं है। फ्रीमैन (Freeman, 1962) के अनुसार चूँकि व्यक्तित्व आविष्कारिका में व्यक्तित्व का मापन सम्पूर्ण रूप से (as a whole) नहीं होता है, अतः इस विधि को बहुत वैज्ञानिक नहीं माना जा सकता है।

(ii) व्यक्तित्व आविष्कारिका (personality inventory) की वैधता (validity) अधिक नहीं होती है। इसका प्रधान कारण यह होता है कि व्यक्तित्व आविष्कारिका की वैधता ज्ञात करने में कोई मान्य कसौटी (acceptable criterion) मनोवैज्ञानिकों को नहीं मिल पाता है। फलस्वरूप, इस तरह की आविष्कारिका से प्राप्त आँकड़े से कोई सही अर्थ नहीं निकल पाता है।

(iii) व्यक्तित्व आविष्कारिका के एकांश (item) बिलकुल ही स्पष्ट एवं प्रत्यक्ष होते हैं। फलस्वरूप, इन एकांशों के सही उत्तर को व्यक्ति आसानी से छिपाकर उसकी जगह पर नकली उत्तर (faked answer) दे देता है। प्रायः

देखा गया है कि व्यक्ति इस ढंग से उत्तर देता है कि उन उत्तरों के आधार पर लोग उसमें एक अनुकूल शीलगुण (favourable trait) होने का अनुमान कर ले। ऐसी परिस्थिति में मनोवैज्ञानिकों के लिए व्यक्तित्व आविष्कारिकाओं के आँकड़े के आधार पर कोई सही अर्थ निकालना मुश्किल हो जाता है।

(iv) व्यक्तित्व आविष्कारिका का स्वरूप चूँकि शाब्दिक (verbal) होता है, अतः इसका उपयोग केवल पढ़े-लिखे व्यक्तियों के व्यक्तित्व को मापने के लिये ही किया जाता है।

इन आलोचनाओं के बावजूद भी व्यक्तित्व आविष्कारिका (personality inventories) का प्रयोग व्यक्तित्व के मापन तथा उससे सम्बन्धित शोधों (researches) में काफी किया जा रहा है।

(ब) प्रक्षेपीय विधियाँ *(Projective methods)*—प्रक्षेपीय विधि (projective method) द्वारा व्यक्तित्व की माप परोक्ष रूप से (indirect) होती है। इस परीक्षण में व्यक्ति के सामने कुछ अस्पष्ट (vague) तथा असंगठित (unstructured) उद्दीपक (stimulus) या परिस्थिति दिया जाता है। ऐसे उद्दीपकों एवं परिस्थितियों के प्रति व्यक्ति कुछ अनुक्रिया (response) करता है। इन अनुक्रियाओं (responses) के सहारे व्यक्ति अचेतन रूप से अपनी इच्छाओं, त्रुटियों (errors) एवं मानसिक संघर्षों (mental conflicts) को प्रक्षेपित (project) करता है। इस तरह से प्रक्षेपीय परीक्षण (projective test) वैसे परीक्षण को कहा जाता है जिसके एकांश (item) अस्पष्ट एवं असंगठित (unstructured) होते हैं और जिसके प्रति अनुक्रिया (response) करके व्यक्ति अपने भिन्न-भिन्न प्रकार के शीलगुणों की अभिव्यक्ति परोक्ष रूप से (indirectly) करता है। लारेन्स फ्रैंक (Lawrence Frank, 1939) को ही सामान्यतः पहला वैसा व्यक्ति माना गया है जिन्होने 'प्रक्षेपीय विधि' (projective method) जैसे पद का प्रतिपादन किया था।

यदि हम ध्यानपूर्वक देखें तो यह स्पष्ट होगा कि प्रक्षेपीय विधि का अपना एक संक्षिप्त इतिहास है। 1400 AD में लियोनार्डो डा विनसी (Leonardo da Vinci) ने उन बच्चों का चयन किया जिन्होंने कुछ अस्पष्ट प्रारूप (ambiguous forms) में विशेष आकार (shapes) तथा पैटर्न को खोजकर अपने व्यक्तित्व में सर्जनात्मकता (creativity) को दिखलाया था। फिर 1800 के उत्तरार्द्ध में बिने (Binet) ने ब्लोट्टो (Blotto) जो एक तरह का खेल है, के माध्यम से बच्चों के निष्क्रिय कल्पना (passive imagination) को मापने की कोशिश किया। इस खेल में बच्चों को कुछ स्याही के धब्बे दिए जाते थे जिन्हें देखकर उन्हें बताना होता था कि उसमें वे क्या देखते हैं। 1879 में फिर गाल्टन (Galton) ने शब्द साहचर्य परीक्षण (Word association test) का निर्माण किया। केन्ट तथा रोजानोफ्फ (Kent & Rosanoff, 1910) ने गाल्टन के इस प्रविधि का उपयोग परीक्षण-कार्यों (testing work) में काफी किया। फिर 1910 में युंग ने भी इसी तरह के परीक्षण का उपयोग नैदानिक मूल्यांकन (clinical assessment) के लिए किया। इबिंगहॉस (Ebbinghaus, 1897) ने वाक्य पूर्ति परीक्षण (Sentence completion test) का उपयोग व्यक्ति की बुद्धि मापने में किया परन्तु तुरन्त ही अन्य लोगों द्वारा यह अनुभव किया गया कि ऐसा परीक्षण व्यक्तित्व मापने के लिए उपयोगी है न कि बुद्धि मापने के लिए। ये सभी अनौपचारिक प्रक्षेपीय प्रविधियों ने अन्ततोगत्वा औपचारिक प्रक्षेपीय परीक्षण (formal projective test) का जन्म दिया जिसके एकांश (item) अधिक माननीकृत (standardized) हुए तथा जिनका क्रियान्वयन प्रत्येक व्यक्ति पर समान ढंग से किया जाना सम्भव हो सका।

लिण्डजे (Lindzey, 1961) जो इस क्षेत्र के एक महत्त्वपूर्ण शोधकर्त्ता हैं, ने प्रक्षेपीय परीक्षण के स्वरूप को ठीक ढंग से समझने के लिए निम्नांकित कसौटियों (criteria) या विशेषताओं को काफी सटीक बतलाया है—

(i) प्रक्षेपीय परीक्षण के एकांश (item) ऐसे होते हैं कि उनसे बहुत सारी अनुक्रियाएँ उत्पन्न हो पाते हैं।

(ii) प्रक्षेपीय परीक्षण द्वारा व्यक्तित्व के कई पहलुओं का मापन सम्भव होता है।

(iii) प्रक्षेपीय परीक्षण अचेतन व्यक्तित्व विमाओं को अधिक तेजी से उत्तेजित करते हैं।

(iv) ऐसे परीक्षण में व्यक्ति अपने द्वारा किए गए अनुक्रियाओं का अर्थ नहीं समझता है।

(v) ऐसे परीक्षण द्वारा अधिक मात्रा में जटिल मूल्यांकन आँकड़े (complex assessment data) उत्पन्न किए जाते हैं।

(vi) ऐसे परीक्षण में तुलनात्मक रूप से अस्पष्ट उद्दीपकों (ambiguous stimuli) का उपयोग किया जाता है।

(vii) ऐसे परीक्षण द्वारा व्यक्तित्व का एक संगठित एवं सम्पूर्ण तस्वीर उपस्थित होता है।

(viii) ऐसे परीक्षण व्यक्ति में स्वप्नचित्र (fantasy) उत्पन्न करने में सफल होते हैं।

(ix) ऐसे परीक्षण में कोई सही या गलत अनुक्रिया नहीं होता है।

(x) नैदानिक परिस्थिति (clinical setting) में प्रक्षेपीय परीक्षण का उपयोग भावमूलक ढंग से (idiographic manner) होता है।

हैकर तथा थोर्प (Hecker & Thorpe, 2005) ने भी अपने अध्ययन के आधार पर इन विशेषताओं को संगत (relevant) बतलाया है।

प्रक्षेपीय परीक्षण तथा व्यक्तित्व आविष्कारिका में अंतर (*Distinction between Projective Test and Personality Inventories*)

प्रक्षेपीय परीक्षण (projective test) तथा व्यक्तित्व आविष्कारिका (personality inventories), यद्यपि दोनों ही व्यक्तित्व का मापन करते हैं, उनमें निम्नांकित *अन्तर* हैं:—

(i) प्रक्षेपीय प्रविधि (projective technique) का व्यक्तित्व मापन के प्रति दृष्टिकोण सार्वत्रिक (global) या सम्पूर्ण (as a whole) होता है जबकि व्यक्तित्व आविष्कारिका (personality inventory) का दृष्टिकोण व्यक्तित्व मापन के प्रति परमाणविक (atomistic) होता है। दूसरे शब्दों में, कहा जा सकता है कि व्यक्तित्व आविष्कारिका में व्यक्तित्व का मापन कुछ खास-खास स्वतंत्र शीलगुणों को अलग-अलग मापकर किया जाता है जबकि प्रक्षेपण विधि में व्यक्तित्व को सम्पूर्ण रूप से (as a whole) माप कर (न कि कुछ निश्चित शीलगुणों का मापन करके) उसके बारे में अध्ययन करने की कोशिश की जाती है।

(ii) प्रक्षेपीय परीक्षण में एकांश (item) या उद्दीपक जिसके प्रति व्यक्ति अनुक्रिया करता है, अस्पष्ट (vague) तथा असंगठित (unstructured) होता है। दूसरे शब्दों में यह कहा जा सकता है कि प्रक्षेपण परीक्षण में एकांश (item) या उद्दीपक इस तरह के होते हैं कि एकांश का अर्थ भिन्न-भिन्न व्यक्ति अलग-अलग ढंग से लगाते हैं। परन्तु व्यक्तित्व आविष्कारिका (personality inventories) के एकांश (item) बहुत ही स्पष्ट तथा संगठित होते हैं जिसका अर्थ सभी व्यक्ति एक समान लगाते हैं।

(iii) चूँकि प्रक्षेपीय परीक्षण के एकांश अस्पष्ट होते हैं, अतः व्यक्ति इनके प्रति जो अनुक्रिया देता है, वह वास्तविक (real) होता है और उसमें किसी प्रकार जोड़-तोड़ (manipulation) या बनावटीपना (faking) या दिखावा नहीं होता है। परन्तु व्यक्तित्व आविष्कारिका के एकांश बिलकुल ही स्पष्ट होते हैं और उस एकांश द्वारा क्या पूछा जा रहा है, उसका अर्थ व्यक्ति सही-सही समझता है। यदि किसी एकांश का उत्तर ऐसा है कि उसे बताना समाज के नियमों या उसकी व्यक्तिगत प्रतिष्ठा (personal prestige) के प्रतिकूल हैं, तो वैसी अवस्था में वह सही उत्तर को छिपाकर उसकी जगह पर एक बनावटी उत्तर (faked answer) दे देता है।

(iv) मनोवैज्ञानिकों ने प्रक्षेपीय परीक्षण (projective test) को व्यक्तित्व का एक अप्रत्यक्ष माप (indirect measure) माना है जबकि व्यक्तित्व आविष्कारिका (personality inventory) को व्यक्तित्व का एक प्रत्यक्ष माप (direct measure) माना है।

व्यक्तित्व मापन के लिए मनोवैज्ञानिकों ने कई तरह के प्रक्षेपीय परीक्षण (projective test) का वर्णन किया है। मनोवैज्ञानिकों ने प्रक्षेपीय विधि का वर्गीकरण परीक्षण में उपयोग किए गए उद्दीपक, परीक्षण को निर्मित करने तथा क्रियान्वयन करने के तरीका तथा उनसे उत्पन्न होने वाली अनुक्रियाओं के आधार पर भिन्न-भिन्न ढंग से किया है। इसमें लिण्डजे (Lindzey, 1961) ने जो वर्गीकरण, अनुक्रिया (response) की कसौटी के आधार पर किया है, वह आज भी बहुत लोकप्रिय है। इनके अनुसार प्रक्षेपीय परीक्षण को निम्नांकित पाँच भाग में बाँटा गया है—

(क) साहचर्य परीक्षण (association test)

(ख) संरचना परीक्षण (construction test)

(ग) पूर्त्ति परीक्षण (completion test)

(घ) चयन या क्रम परीक्षण (choice or ordering test)

(ङ) अभिव्यंजक परीक्षण (expressive test)

इन सबों का वर्णन निम्नांकित है:—

(क) साहचर्य परीक्षण (*Association test*)—ऐसे परीक्षण में व्यक्ति अस्पष्ट उद्दीपकों को देखता है और यह बतलाता है कि उसमें वह क्या देख रहा है या फिर उससे वह किस चीज को साहचर्यित कर रहा है। शब्द साहचर्य परीक्षण (word association test) तथा स्याही धब्बा परीक्षण (Inkblot test) इस श्रेणी के दो प्रमुख प्रकार हैं जिनका वर्णन निम्नांकित हैं—

(1) शब्द साहचर्य परीक्षण (*Word Association test*)—इस परीक्षण में कुछ पूर्व निश्चित उद्दीपक शब्दों (stimulus words) को एक-एक करके व्यक्ति के सामने उपस्थित किया जाता है और व्यक्ति को शब्द सुनने के बाद उसके मन में जो सबसे पहला शब्द आता है, उसे बतलाना होता है।

व्यक्ति मापन के रूप में इस परीक्षण का उपयोग फ्रायड (Freud) तथा उनके सहकर्मी विशेषकर युंग (Jung) द्वारा प्रारम्भ किया गया। युंग (Jung) ने 1904 में 100 शब्दों की एक मानक सूची (standard list) तैयार की और उपयुक्त विधि द्वारा व्यक्ति की अनुक्रियाओं (responses) को प्राप्त किया। उसके बाद उसका विश्लेषण (analysis) करके विशेषकर प्रत्येक अनुक्रिया शब्द (response word) का सांकेतिक अर्थ (symbolic meaning) ज्ञात करके तथा प्रतिक्रिया समय (reaction time) के आधार पर व्यक्ति के सांवेगिक संघर्षों (emotional conflict) का पता युंग ने सफलतापूर्वक लगाया। इसकी सफलता देखकर अमेरिका में केन्ट तथा रोजेन्फ (Kent & Rosanoff) ने 1910 में तथा रैप्पापोर्ट (Rappaport) ने 1946 में अन्य शब्द साहचर्य परीक्षण का निर्माण किया जिसका प्रयोग व्यक्तित्व मापन में विशेषकर साधारण मानसिक रोग (mild mental disease) से ग्रसित व्यक्तियों के व्यक्तित्व के मापन में सुचारु रूप से किया गया।

(2) स्याही धब्बा परीक्षण (*Inkblot Test*)—इस परीक्षण में तीन तरह के परीक्षणों को रखा गया है: रोशार्क स्याही धब्बा परीक्षण (Rorschach Inkblot test), हाल्जमैन स्याही धब्बा परीक्षण (Holtzman Inkblot test) तथा कास्सेल्ल कायिक स्याही धब्बा श्रृंखलन (Cassell@s Somatic Inkblot Series) इन तीनों का वर्णन अग्रांकित हैं:—

(i) रोशार्क परीक्षण (Rorschach test):

प्रक्षेपण परीक्षण (projective test) में सबसे प्रचलित एवं प्रमुख परीक्षण रोशार्क परीक्षण (Rorschach Test) है जिसका प्रतिपादन स्विटजरलैंड के मनश्चिकित्सक (psychiartist) हरमान रोशार्क (Herman Rorschach) ने 1921 में किया। इस परीक्षण में 10 कार्ड होते हैं। जिस पर स्याही के धब्बे के समान चित्र बने होते हैं (चित्र 13.4 देखें)। इसमें 5 कार्ड पर स्याही के धब्बे जैसी आकृति पूर्णतः काला-उजला (black-white) में छिपे होते हैं और 5 कार्ड पर स्याही के धब्बे जैसी आकृति रंगों में होती हैं। प्रत्येक कार्ड एक-एक करके उस व्यक्ति को दिया जाता है जिसका व्यक्तित्व मापना होता है। कार्ड को वह जैसे चाहे घुमा-फिरा सकता है और ऐसा करके उसे बताना होता है कि उसे उस कार्ड में क्या दिखलाई दे रहा है या धब्बे का कोई अंश या पूरा भाग उसे किसी चीज के समान दिखलाई पड़ रहा है। व्यक्ति द्वारा दी गयी अनुक्रियाओं को लिख लिया जाता है और बाद में उसका विश्लेषण कुछ खास-खास अक्षर संकेतों (letter symbol) के सहारे निम्नांकित चार भागों में बाँट कर किया जाता है।

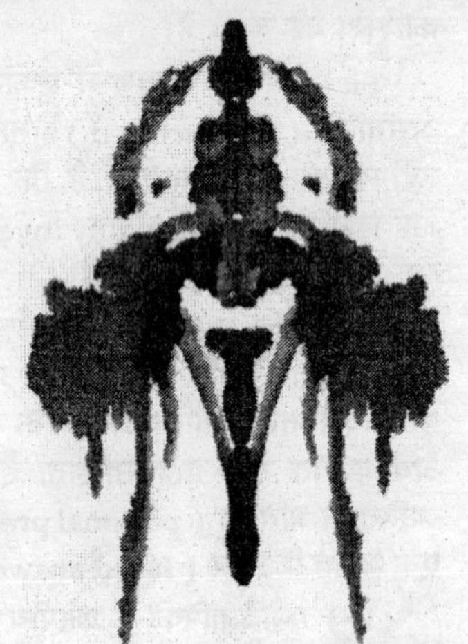

चित्र 13.6 : रोशार्क परीक्षण का एक नमूना कार्ड

(a) स्थल-निरूपण (*Location*)—इस श्रेणी में इस बात का निर्णय किया जाता है कि व्यक्ति की अनुक्रिया का सम्बन्ध स्याही के पूरे धब्बे से हैं या उसके कुछ अंश से। अगर अनुक्रिया (responses) का आधार पूरा धब्बा होता है, तो उसे एक खास अक्षर संकेत, यानी W से अंकित करते हैं। यदि अनुक्रिया का आधार धब्बे का बड़ा एवं सामान्य अंश (common detail) होता है, तो उसके लिए D तथा असामान्य एवं छोटे अंश के आधार पर अनुक्रिया होने से

उसके लिए Dd का प्रयोग किया जाता है। सिर्फ उजले स्थानों या जगहों के आधार पर अनुक्रिया देने से उसके लिए S का प्रयोग किया जाता है।

(b) निर्धारक *(Determinants)*—इस श्रेणी में इस बात का निर्णय किया जाता है कि धब्बे के किस गुण (feature) के कारण व्यक्ति ने अमुक अनुक्रिया (response) की है। जैसे—मान लिया जाय कि व्यक्ति ने किसी धब्बे में 'चमगादड़' होने की अनुक्रिया की है। इस अनुक्रिया के निर्धारक श्रेणी में इस बात का निर्णय किया जायेगा कि व्यक्ति ने धब्बे के किस गुण (features) अर्थात् आकार, रंग, गति आदि में से किसके आधार पर ऐसी अनुक्रिया की है। इस श्रेणी के लिए लगभग 24 अक्षर संकेतों (letter symbols) का प्रतिपादन किया गया जिसमें कुछ इस प्रकार हैं—आकार (form) के लिए F, रंग (colour) के लिए C, मानव गति अनुक्रिया (human movement response) के लिए M, पशु गति अनुक्रिया (animal movement response) के लिए FM तथा निर्जीव गति अनुक्रिया (inanimate movement response) के लिए m आदि।

(c) विषय-वस्तु *(Content)*—इस श्रेणी में यह देखा जाता है कि व्यक्ति द्वारा दी गयी अनुक्रिया की विषय-वस्तु क्या है। विषय-वस्तु मनुष्य होने पर उसके लिए H तथा पशु होने पर उसके लिए A के संकेत का प्रयोग किया जाता है। मानव के किसी अंग के विवरण (human details) होने पर Hd तथा पशु के किसी अंग के विवरण (animal details) के लिए Ad, आग के लिए Fi, यौन (sex) के लिए घरेलू वस्तुओं के लिए Hh का प्रयोग किया जाता है।

(d) मौलिक अनुक्रिया एवं संगठन *(Original response and Organisation)*—मौलिक अनुक्रिया (original response) से तात्पर्य उस अनुक्रिया (response) से होता है जो अनेकों व्यक्तियों द्वारा किसी कार्ड के प्रति अक्सर दिये जाते हैं। इसलिए इसे *लोकप्रिय अनुक्रिया* (popular response) भी कहा जाता है जिसका संकेत P है। जैसे, प्रथम कार्ड में पूरे धब्बे को चमगादड़ (bat) या 'तितली' (butterfly) के रूप में देखना एक लोकप्रिय अनुक्रिया (popular response) का उदाहरण है। इसी तरह से प्रत्येक कार्ड के लिए कुछ अनुक्रियाओं (response) को लोकप्रिय अनुक्रिया (popular responses) की श्रेणी में रखा गया है। कभी-कभी वह कुछ अनुक्रियाओं को एक साथ संगठित कर लेता है जिसका संकेत Z है।

रोशार्क परीक्षण पर दिये गये अनुक्रियाओं को उपर्युक्त चार भागों में विश्लेषण करने के बाद उसकी व्याख्या की जाती है। उदाहरणार्थ, यदि किसी व्यक्ति द्वारा अधिक संख्या में W की अनुक्रिया की गयी है, तो इससे तीव्र बुद्धि तथा अमूर्त चिन्तन (abstract reasoning) की क्षमता का बोध होता है। D अनुक्रियाओं से व्यक्ति में किसी वस्तु को स्पष्ट रूप से देखने तथा समझने की क्षमता का बोध होता है। Dd अनुक्रिया जो एक सामान्य (normal) वयस्क द्वारा दी गयी कुल अनुक्रियाओं का 5% से अधिक नहीं होता है, द्वारा व्यक्ति के चिन्तन में अस्पष्टता को दिखलाता है। परन्तु यदि ऐसी अनुक्रिया 5% से अधिक हो जाती है, तो इससे व्यक्ति में मनोविदालता (schizophrenia) जो एक प्रकार का मानसिक रोग है, का संकेत मिलता है। S अनुक्रिया की अधिकता से व्यक्ति में नकारात्मक प्रवृत्ति (negativistic tendency) तथा आत्म-हठधर्मी (self-assertive) होने का संकेत मिलता है। F अनुक्रिया की अधिकता से चिन्तन करते समय एकाग्रता (concentration) की क्षमता का बोध होता है। रंग-सम्बन्धी अनुक्रिया की अधिकता से व्यक्ति की संवेगशीलता (emotionality) या व्यक्तित्व के भावात्मक (affective) शीलगुणों का पता चलता है। रंग-सम्बन्धी अनुक्रिया का बहुत ही कम होना या न होने पर व्यक्ति में मनोविदालिता (schizophrenia) के लक्षण, जैसे—सामान्य वातावरण से अपने आपको अलग करके रखना, भ्रम तथा विभ्रम अधिक होना आदि गुण पाये जाते हैं। गति अनुक्रियाओं (F, FM, m) की अधिकता से व्यक्ति में काल्पनिक क्रियाओं (fanciful activities) तथा उसकी कल्पना शक्ति का बोध होता है। A तथा Ad अनुक्रियाओं को मिलाकर A% तथा H और HD अनुक्रियाओं को मिलाकर H% ज्ञात किया जाता है। A% अधिक होने से बौद्धिक संकीर्णता (intellectual constriction) तथा सांवेगिक असंतुलन (emotional disturbances) ज्ञात होता है तथा H% अधिक होने से उपयुक्त संज्ञानात्मक विकास (cognitive development) होने का संकेत मिलता है। P अनुक्रिया से रूढ़िगत चिन्तन (conventional thinking) तथा इसकी कमी से व्यक्ति में सामाजिक अनुरूपता (social conformity) के शीलगुण की कमी होने का अंदाज मिलता है। एक्सनर (Exner, 1974) के अनुसार P अनुक्रियाओं से व्यक्ति में सर्जनात्मकता (creativity)

का भी बोध होता है। Z अनुक्रियाओं से व्यक्ति में उच्च बुद्धि (high intelligence), सर्जनात्मकता (creativity), निपुणता (efficiency) आदि का बोध होता है।

रोशार्क परीक्षण का विशेष लाभ यह है कि इस परीक्षण में किसी प्रकार का सांस्कृतिक पूर्वाग्रह (cultural bias) नहीं पाया जाता है। इस परीक्षण में परीक्षार्थी मनगढ़ंत अनुक्रियाएँ (fake response) नहीं दे पाता है तथा इसका क्रियान्वयन सभी आयु के व्यक्तियों के लिए तथा अनपढ़ व्यक्तियों पर भी आसानी से किया जा सकता है। डी॰ प्रसाद (D. Prasad) तथा एस॰ सी॰ पारीख (S. C. Parekh) ने 2001 में भारत में पहली पुस्तक जिसका शीर्षक *'ए प्रैक्टिकल मैनुअल फॉर दी रोशार्क टेस्ट'* था, प्रकाशित किया।

(ii) हाल्जमैन स्याही धब्बा परीक्षण *(Holtzman Inkblot Test or HIT)*—रोशार्क स्याही धब्बा परीक्षण के समान ही एक और स्याही धब्बा परीक्षण है जिसका प्रतिपादन होल्जमैन (Holtzman) ने 1961 में किया है। इसे *हाल्जमैन स्याही धब्बा परीक्षण* (Holtzman Inkblot test) कहा गया। इस परीक्षण में दो सेट्ट (set) है—सेट 'अ' (Set A) तथा सेट 'ब' (set B)। प्रत्येक सेट में 45 कार्ड होते हैं। दोनों सेट को समानान्तर (parallel) माना गया है। प्रत्येक कार्ड के प्रति अधिक से अधिक एक अनुक्रिया व्यक्ति को करनी होती हैं। इस परीक्षण में तुलनात्मक रूप से अधिक संरचित पूछताछ (structural enquiry) की जाती है और इसके माध्यम से 22 व्यक्तित्व चरों का मापन होता है। HIT का नवीनतम् संस्करण में 'फार्म अ' से 25 कार्ड लिया गया है। इसमें प्रत्येक कार्ड के प्रति परीक्षार्थी को अनुक्रिया करना होना है। भारत में इसका अनुकूलन (adaptation) प्रो॰ टी॰ आर॰ शुक्ला (Prof. T. R. Shukla, 1974, 1976) तथा ए॰ हबीब तथा उनके सहयोगियों (A. Habib et al., 1983) द्वारा किया गया है।

(iii) कैस्सेल्ल कायिक स्याही धब्बा शृंखला *(Cassell's Somatic Inkblot Series)*—परम्परागत स्याही धब्बा परीक्षण के क्षेत्र में यह परीक्षण एक तरह का नवीनतम विकास (latest development) का एक प्रारूप है। यह परीक्षण *कायिक स्याही धब्बा शृंखला* (Somatic Inkblot Series or SIS) के नाम से अधिक मशहुर है। इस परीक्षण का निर्माण कैस्सेल्ल (Cassell, 1965, 1980) द्वारा किया गया। कैस्सेल्ल (Cassell) का मत था कि सांवेगिक कठिनाईयों (emotional difficulties) एवं द्वन्द्वों को कायिक प्रक्रियाओं (somatic processes) द्वारा उत्तम ढंग से समझा जा सकता है। इसी से प्रेरित होकर उन्होंने इस परीक्षण का निर्माण किया। यह एक संरचित प्रक्षेपीय निदानसूचक परीक्षण (structured projective diognostic test) है। इसमें कुछ चयनित स्याही के धब्बा के समरूप धब्बा होता है जिसमें कुछ विशेष (typical) तथा साधारण अनुक्रिया उत्पन्न करने की क्षमता होती है। ये सभी धब्बे अर्द्ध-अस्पष्ट (semi-ambiguous) होते हैं जो व्यक्तित्व से संबंधित अंतरा-मानसिक साहचर्य (intrapsychic associations) उत्पन्न करते हैं। इस परीक्षण अर्थात् SIS के तीन प्रारूप (form) होते हैं जो इस प्रकार है :—

(i) SIS-I : इसमें स्याही के धब्बे के समरूप 20 प्रतिमाएँ (images) होतीं हैं। प्रत्येक प्रतिमा एक अलग कार्ड पर होता है।

(ii) SIS-II : इसमें 8 पेज की पुस्तिका (booklet) होती है जिसपर 62 प्रतिमाएँ (images) छपीं होतीं हैं। प्रत्येक प्रतिमा के नीचे अनुक्रिया लिखने के लिए जगह छोड़ा रहता है।

(iii) SIS-Video : यह सचमुच में SIS-II का विडियो वर्तनी (Video version) है जिसमें कुछ उद्दीपक प्रतिमा (stimulus image) को एक-एक करके व्यक्ति को दिखलाया जाता है। प्रत्येक प्रतिमा को पर्दे पर 30 सेकेंड के लिए दिखलाया जाता है। इसका आत्म-क्रियान्वयन (self-administration) भी संभव है जहाँ परीक्षार्थी (testee) उत्तर पत्र पर उत्तरों को लिखा जाता है।

एम॰ मिश्रा एवं सी॰ वी॰ द्विवेदी (M. Mishra & C. B. Diwedi, 1997) ने अपने अध्ययन के आधार पर यह बतलाया कि SIS-II से कुछ ऐसे अतिरिक्त निदानसूचक सूचनाएँ उपलब्ध होतीं हैं जो रोशार्क परीक्षण से नहीं हो पाते हैं। इतना ही नहीं, SIS-II सामान्य व्यक्ति एवं पारानायड मनोविदालिता (Paranoid schizophrenia) में उत्तम ढंग से विभेदन उत्पन्न करता है। एम॰ पी॰ सिंह, ए॰ सिंह तथा बी॰ एल॰ दूबे (M. P. Singh, A. Singh & B. L. Dubey, 1999) ने उम्र तथा लिंग का प्रभाव SIS-II की अनुक्रियाओं पर अध्ययन किया और पाया कि वे सभी सामान्य परास (normal range) के भीतर थे। SIS-II का उपयोग करते हुए अमूल सिंह, के॰ सी॰, माँझी, बी॰ ए॰ दूबे तथा के॰ आर॰ बनर्जी (A. Singh, K. C. Manjhi, B. L. Dubey & K. R. Banerjee, 2000) ने यह पाया कि हत्यारा या खूनियों (murderers) में सामान्य व्यक्तियों की तुलना में निम्न कल्पनात्मक क्षमता (lower imaginative capacity), निम्न उत्पादकता, निम्न सांवेगिक नियंत्रण एवं घटिया अन्तर्वैयक्तिक संबंध (poor interpersonal relationship) होते हैं।

(ख) संरचना परीक्षण *(Construction test)*—इस श्रेणी में वैसे प्रक्षेपीय परीक्षणों को रखा जाता है जिसमें परीक्षण उद्दीपकों (test stimuli) के आधार पर व्यक्ति को एक कहानी या अन्य समान चीजों की संरचना करनी होती है। इस श्रेणी का सबसे प्रमुख परीक्षण *विषय-आत्मबोध*[1] *परीक्षण* (Thematic Apperception Test or TAT) है। इस परीक्षण का निर्माण मर्रे (Murray, 1935) ने हारवर्ड विश्वविद्यालय में किया। बाद में यानी, 1938 में मार्गन (Morgan) के साथ मिलकर इन्होंने इस परीक्षण का संशोधन (revision) किया। इस परीक्षण में रोशार्क परीक्षण (Rorschach test) के समान उद्दीपक (stimulus) या परिस्थिति बहुत ही अस्पष्ट तथा असंगठित नहीं होती है। इस परीक्षण का उद्दीपन या परिस्थिति तुलनात्मक रूप से अधिक स्पष्ट होती है। इस अर्थ में TAT, रोशार्क परीक्षण से भिन्न है। इस परीक्षण में कुल 31 कार्ड होते हैं जिसमें से 30 कार्ड पर चित्र बने होते हैं तथा 1 कार्ड सादा होता है। जिस व्यक्ति के व्यक्तित्व को मापना होता है, उसके यौन (sex) एवं उम्र के अनुसार इस 31 कार्ड में से 20 कार्ड का चयन (selection) कर लिया जाता है। इस 20 कार्ड में 19 कार्ड पर चित्र अंकित होते हैं और एक कार्ड सादा (blank) होता है। किसी एक व्यक्ति पर 20 कार्ड से अधिक नहीं दिया जाता है। प्रत्येक कार्ड के चित्र के आधार पर व्यक्ति जिसका व्यक्तित्व मापन किया जाता है, एक कहानी लिखता है जिसमें चित्र से सम्बन्धित घटना के भूत, वर्तमान तथा भविष्य तीनों का वर्णन होता है। इस परीक्षण का क्रियान्वयन (admistration) दो सत्रों (sessions) में होता है—पहले सत्र में 10 कार्ड और फिर दूसरे सत्र में अन्तिम 10 कार्ड व्यक्ति को देकर उसके आधार पर कहानी लिखने को कहा जाता है। सबसे अन्त में सादा कार्ड (blank card) दिया जाता है जिसपर अपने मन से किसी चित्र को मानकर उसके आधार पर कहानी लिखने के लिए कहा जाता है। मर्रे ने उपर्युक्त दो सत्रों (sessions) के बीच कम-से-कम 24 घंटों का अन्तर देने की सिफारिश की है। सभी कार्ड के आधार पर कहानी-लेखन का कार्य समाप्त होने पर एक साक्षात्कार (interview) किया जाता है जिसका उद्देश्य (purpose) यह जानना होता है कि कहानी लिखने में व्यक्ति की कल्पना-शक्ति का स्रोत (sources) मात्र चित्र या चित्र से बाहर की कोई घटना भी रही है।

कहानी-लेखन का कार्य समाप्त होने पर उसका विश्लेषण कर व्यक्तित्व के महत्त्वपूर्ण आवश्यकताओं (dominant needs) का पता लगाया जाता है। मर्रे (Murray) के अनुसार इस परीक्षण का विश्लेषण निम्नांकित प्रसंगों में किया जाता है।

(i) नायक *(Hero)*—प्रत्येक कहानी में नायक (hero) या नायिका का पता लगाया जाता है। कहानी में जिस व्यक्ति की मुख्य भूमिका होती है, उसे नायक या नायिका समझा जाता है। कभी-कभी एक ही कहानी में एक से अधिक नायक भी होते हैं। ऐसा समझा जाता है व्यक्ति इस नायक या नायिका के साथ आत्मीकरण (identification) स्थापित कर अपने व्यक्तित्व के शीलगुणों विशेषकर अपनी महत्त्वपूर्ण आवश्यकताओं (needs) को दिखलाता है।

(ii) आवश्यकता *(Need)*—प्रत्येक कहानी में नायक या नायिका की मुख्य आवश्यकताएँ (needs) क्या-क्या हैं, इसका पता लगाया जाता है। मर्रे (Murray) के अनुसार TAT द्वारा 28 मानव आवश्यकताओं (human needs) का मापन होता है। कुछ ऐसी आवश्यकताएँ हैं—*उपलब्धि आवश्यकता* (need for achievement), *सम्बन्धन आवश्यकता* (need for affiliation), *प्रभुत्व आवश्यकता* (need for dominance) आदि।

(iii) प्रेस *(Press)*—प्रेस से तात्पर्य कहानी के उस वातावरण-सम्बन्धी बलों (forces) से होता है जिनसे कहानी के नायक की आवश्यकता (need) या तो पूरी होती है या पूरी होने से वंचित रह जाती है। मर्रे (Murray) के अनुसार इस तरह के वातावरण-सम्बन्धी बल (environment forces) 30 से भी अधिक है। आक्रामकता या आक्रमण (aggression) तथा शारीरिक खतरा (physical danger) दो महत्त्वपूर्ण प्रेस (press) हैं जिनका वर्णन अधिकांश कहानियों में मिलता है।

(iv) थीमा *(Thema)*—प्रत्येक कहानी में थीमा (thema) का निर्धारण किया जाता है। थीमा से तात्पर्य नायक की आवश्यकता (need) तथा प्रेस अर्थात् वातावरण-सम्बन्धी बल (environmental forces) में हुई अन्तः क्रियां (interaction) से उत्पन्न घटना से होता है। थीमा द्वारा व्यक्तित्व में निरन्तरता (continuity) का ज्ञान होता है।

---

1. आत्मबोध (apperception) पद का प्रतिपादन जर्मन गणितज्ञ (mathematician) एवं दार्शनिक गौट्टफ्रिड लिविनिज (Gottfried Leibnitz) ने किया और यह पद 19वीं शताब्दी के मनोवैज्ञानिकों जिनमें विलियम ऊंट (Willihelm Wundt) भी शामिल है, के बीच काफी लोकप्रिय था। लिस्साऊर (Liasauer, 1861-1891) ने इस पद का उपयोग सबसे पहले पहल उच्च-क्रम प्रत्यक्षण (higher-order perception) के लिए किया जिससे तात्पर्य तुलनात्मक रूप से स्पष्ट प्रत्यक्षण से होता है।

(v) परिणाम *(Outcome)*—परिणाम से तात्पर्य इस बात से होता है कि कहानी को किस तरह से समाप्त किया गया है। कहानी का निष्कर्ष निश्चित है या अनिश्चित हैं। निश्चित एवं स्पष्ट निष्कर्ष होने से व्यक्ति में परिपक्वता (maturity) तथा वास्तविकता (reality) का ज्ञान होने का बोध होता है।

TAT का हिन्दी अनुकूलन कलकत्ता के प्रो० उमा चौधरी ने 1960 में किया है जिसका उपयोग भारतीय संदर्भ में अधिक किया जा रहा है। इस परीक्षण में 14 कार्ड होते हैं जिसपर भारतीय मानकों के अनुरूप पर्यावर्णी विस्तृति (environmental details) तथा मानवीय आकृतियों (human figures) में दिखलाया गया है। 14 कार्ड में से कुछ कार्ड का उपयोग केवल पुरुषों के लिए, कुछ कार्ड का उपयोग महिलाओं के लिए तथा कुछ का उपयोग दोनों ही यौन के व्यक्तियों के लिये किया जाता है।

चित्र 13.7 TAT के सदृश एक कार्ड

इस श्रेणी में TAT के समान अन्य कुछ परीक्षणों का भी निर्माण किया गया है जिसका संक्षिप्त वर्णन यहाँ अपेक्षित है जो इस प्रकार हैं—

(a) बाल आत्मबोधन परीक्षण *(Children's Apperception Test or CAT)*—इस परीक्षण का विकास बेल्लाक (Bellak, 1954) द्वारा किया गया है तथा इसके कार्ड में पशु पात्र है न कि मानव पात्र। TAT के समान ही इसमें बच्चों के व्यक्तित्व की आवश्यकता का मापन प्रत्येक कार्ड के आधार पर लिखी गयी कहानी के माध्यम से होता है।

(b) रोजेनविग तस्वीर-कुंठा अध्ययन *(Rosenzweig Picture-Frustration Study)*—इस परीक्षण का निर्माण रोजनविग (Rosenzweig, 1949) द्वारा किया। इसमें 24 कार्टून होते हैं जिसमें एक व्यक्ति को दूसरे व्यक्ति के साथ इस ढंग से व्यवहार करते दिखलाया जाता है कि दूसरा व्यक्ति में उसके व्यवहार से निश्चित रूप से कुंठा उत्पन्न हो। यहाँ व्यक्ति को प्रत्येक कार्टून देखकर यह बतलाना होता है कि ऐसी परिस्थिति में कुंठित व्यक्ति की अनुक्रिया क्या होगी।

(c) रोवर्टस आत्मबोधन परीक्षण : बच्चों के लिए *(Roberts' Apperception Test for Children or RATC)*—इस परीक्षण का निर्माण मैकअर्थर तथा रोवर्टस (McArthur & Roberts, 1982) द्वारा किया गया। इसमें 27 कार्ड होते हैं और प्रत्येक कार्ड में कुछ बच्चों को अन्य बच्चों या कारकों के साथ अन्तःक्रिया करते हुए दिखलाया जाता है। बच्चों को प्रत्येक कार्ड के आधार पर यह बतलाना होता है कि उसमें दिखाए गए पात्र क्या कर रहे हैं और क्या करेंगे।

(ग) पूर्त्ति परीक्षण *(Completion test)*—इस श्रेणी के प्रक्षेपीय परीक्षण में व्यति को उद्दीपक (प्रायः एक वाक्य) का एक हिस्सा दिखलाया जाता है और दूसरा हिस्सा खाली (blank) होता है जिसकी पूर्त्ति व्यक्ति अपनी इच्छानुसार करता है। यहाँ पूर्वकल्पना यह होती है कि जिस तरह से व्यक्ति वाक्य को पूरा करेगा, उससे उसके व्यक्तित्व के महत्त्वपूर्ण विमाओं को पता चलेगा। इस तरह के परीक्षण को वाक्य-पूर्त्ति परीक्षण (Sentence completion test) कहा जाता है। 1940 में रोहडे तथा हाइड्रोथ (Rohde & Hidreth) ने एक ऐसा परीक्षण बनाया जिसका प्रयोग व्यक्तित्व मापन में काफी किया गया है। रौट्टर (Rotter, 1950) ने एक व्यक्ति पूर्त्ति परीक्षण विकसित किया जिसमें 40 अधूरे वाक्य होते हैं और व्यक्ति उन्हें अपनी ओर से पूरा करता है। भारत में स्वर्गीय प्रोफेसर विश्वनाथ मुखर्जी (Biswanath Mukherjee) ने भी इस तरह के परीक्षण का निर्माण किया है। वाक्य पूर्ति परीक्षण (Sentence Completion Test) के एकांश (items) के कुछ उदाहरण इस प्रकार हैं—

मैं प्रायः सोचता रहता हूँ कि ....

मेरे माता-पिता मुझसे अक्सर ....

मेरी इच्छा है कि ....

व्यक्ति द्वारा दिये गये उत्तरों का विश्लेषण कर व्यक्तित्व के शीलगुणों के बारे में अंदाज लगाया जाता है।

रौट्टर मापनी (Rotter scale) का भारतीय अनुकूलन एस॰ के॰ वर्मा, वी॰ सी॰ खन्ना तथा एन॰ एन॰ विग (N. N. Wig) ने 1985 में किया है जिसका नाम *पी जी आई वाक्य पूर्ति मापनी* (PGI Sentence Completion Test) रखा गया है। यह मापनी हिन्दी भाषा में तैयार किया गया है और इसके तीन मानकीकृत फार्म (Standardized forms) हैं— *फार्म जी* (Form G), *फार्म एस* (Form S) तथा *फार्म एम* (Form M)। फार्म जी सामान्य उपयोग (general use) के लिए है तथा इसमें 35 एकांश हैं। फार्म एम विवाहित व्यक्तियों (married people) के लिए है तथा इसमें 25 एकांश हैं तथा फार्म एस छात्रों (students) के लिए है तथा इसमें 20 एकांश हैं। इन तीनों फार्म के एकांश अधूरे (incomple) होते हैं और वे सभी अंतरवैयक्तिक द्वन्द्व (interpersonal conflict) तथा अंतरावैयक्तिक द्वन्द्व (intrapersonal conflict) के क्षेत्र से संबंधित होते हैं। परीक्षार्थी (testee) को इन अधूरे एकांशों को अपनी ओर से पूरा करना होता है जिसका विश्लेषण करके परीक्षार्थी के व्यक्तित्व के बारे में एक आकलन किया जाता है।

(घ) चयन या क्रम परीक्षण *(Choice or Ordering test)*—इस श्रेणी के परीक्षण में व्यक्ति परीक्षण उद्दीपकों को एक विशेष क्रम में सुव्यवस्थित करता है या अपनी पसंद या आकर्षकता या अन्य कोई विमा के आधार पर दिए गए परीक्षण उद्दीपकों (test stimuli) में से कुछ को चुनना होता है। पूर्वकल्पना यहाँ यह होती है कि व्यक्ति द्वारा चुने गए उद्दीपकों या उनके एक खास व्यवस्थित क्रम से उसके व्यक्तित्व के शीलगुणों का अंदाज होता है। जोन्डी परीक्षण (Szondi Test) जिसका निर्माण जोन्डी (Szondi, 1947) द्वारा किया गया था, इस श्रेणी का एक प्रमुख परीक्षण है। इस परीक्षण में व्यक्ति को कई फोटोग्राफ के छह समूहों को एक-एक करके दिखलाया जाता है जिसमें से उसे दो ऐसे तस्वीर को चुनना होता है जिसे वह अधिक पसंद करता है तथा दो ऐसे तस्वीर को भी चुनना होता है जिसे वह सबसे अधिक नापसंद करता है। ऐसे चयन से व्यक्तित्व के शीलगुणों के बारे में अनुमान लगाया जाता है।

इस श्रेणी का दूसरा महत्त्वपूर्ण परीक्षण *'काहन टेस्ट ऑफ सिम्बोल ऐरेंजमेन्ट* (Kahn Test of Symbol Arrangement) है जिसका निर्माण काहन (Kahn, 1955) द्वारा किया गया। इसमें व्यक्ति को प्लास्टिक के बने 16 विभिन्न आकारीय वस्तुओं जैसे, पशु, तारा, क्रास आदि को दिखलाया जाता है और उन्हें विभिन्न श्रेणियों जैसे 'घृणा', 'प्यार', 'बुरा', 'अच्छा', 'जीवित', 'मृत' आदि में छाँटना होता है। इसके बाद व्यक्ति को प्रत्येक वस्तु को देखकर मन में आए साहचर्यों को बिना हिचक के बताना होता है ताकि उसके सांकेतिक अर्थ को समझा जा सके। इसके बाद छाँटे गए वस्तुओं की व्याख्या प्रत्येक संकेत के अर्थ के संदर्भ में लगाया जाता है और उसके आधार पर व्यक्ति के अचेतन प्रक्रियाओं के बारे में अनुमान लगा पाना सम्भव हो पाता है।

(ङ) अभिव्यंजक परीक्षण *(Expressive Test)*—इस श्रेणी के प्रक्षेपीय परीक्षण में व्यक्ति को अपने आप को अभिव्यक्त करने का मौका दिया जाता है। प्रायः यह अभिव्यक्ति उसे एक तस्वीर का आरेखण (drawing) करके करना होता है। किए गए आरेखण के विश्लेषण के आधार पर व्यक्ति के व्यक्तित्व के शीलगुणों का अनुमान लगाया जाता है। इस श्रेणी के मुख्य दो परीक्षण हैं—*ड्रा-ए-परसन परीक्षण* (Draw-a-Person Test or DAP) तथा *घर-पेड़-व्यक्ति परीक्षण* (House-Tree-Person Test or H-T-P)। DAP का निर्माण मैकोवर (Machover, 1949) द्वारा किया गया जिसमें व्यक्ति को एक व्यक्ति के चित्र का आरेखण करना होता है। कभी-कभी इसके बाद उसके विपरीत लिंग के व्यक्ति, आत्मन (self), माँ, परिवार के चित्र का भी आरेखण करने के लिए कहा जाता है। मैकोवर का मत है कि शरीर के प्रत्येक अंग के आरेखण में दिखाए गए अंतर्वेशन (inclusion), बहिष्करण (exclusion), आकार, संगठन, सममिति (symmetry) आदि से व्यक्ति की आत्म-प्रतिमा (self-image), मानसिक संघर्ष, प्रत्यक्षण, चिंतन आदि के बारे में एक स्पष्ट अंदाज लगाना सम्भव हो पाता है।

घर-पेड़-व्यक्ति परीक्षण (H-T-P test) का निर्माण बक (Buck, 1948) द्वारा किया गया। व्यक्ति को इससे एक पेड़ तथा एक व्यक्ति के चित्र का आरेखण करना होता है और फिर उसकी विवेचना एक साक्षात्कार में करनी होती है। इस विवेचन के आधार पर उस व्यक्ति के व्यक्तित्व के बारे में महत्त्वपूर्ण सूचनाएँ मिलतीं हैं।

इन दो प्रमुख परीक्षणों के अतिरिक्त वेण्डर-गेस्टाल्ट परीक्षण (Bender-Gestalt Test) को भी इस श्रेणी का ही एक प्रक्षेपीय विधि कुछ लोगों द्वारा माना गया है। इस परीक्षण द्वारा व्यक्ति के बौद्धिक ह्रास (intellectual deterioration) की मात्रा का पता चलता है। इस परीक्षण का निर्माण लिऊरेटा वेण्डर (Lauretta Bender, 1938) द्वारा किया गया। इस परीक्षण में 9 अति साधारण चित्र होते हैं जिसे देखकर पहले व्यक्ति उसका नकल उतारता है, उसके बाद उसके सामने से डिजाइन हटा लिया जाता है और उसे स्मृति से ही उस डिजाइन का आरेखण करना होता है। इस आरेखण में वह

कई तरह के त्रुटियाँ करता है जिसमें चित्र घूर्णन (figured rotation), पुनरावृत्ति (repetition) तथा समन्वय में कमी आदि प्रधान हैं। इन त्रुटियों की गंभीरता एवं बारंबारता के आधार पर व्यक्ति के व्यक्तित्व का अंदाज लगाया जाता है।

यद्यपि प्रक्षेपीय परीक्षण (projective test) व्यक्तित्व को मापने की एक महत्त्वपूर्ण विधि है, फिर भी मनोवैज्ञानिकों ने इसकी आलोचना की है। आइजेन्क (Eysenck, 1959) द्वारा प्रक्षेपण परीक्षण की प्रमुख *आलोचनाएँ* (criticisms) इस प्रकार की गयी हैं:—

(i) प्रक्षेपीय परीक्षण का आधार कोई अर्थपूर्ण तथा जाँचनीय (testable) सिद्धान्त नहीं है। फलतः इसके द्वारा किये गये व्यक्तित्व मापन से कोई ठोस निष्कर्ष नहीं निकलता है।

(ii) प्रक्षेपीय परीक्षणों का प्राप्तांक-लेखन (scoring) तथा व्याख्या (interpretation) काफी आत्मनिष्ठ (subjective) है। यह आलोचना विशेषकर RT यानी रोशार्क परीक्षण तथा TAT के लिए और भी ज्यादा सही है। इसका परिणाम यह होता है कि एक ही व्यक्तित्व का मापन करके भिन्न-भिन्न लोग भिन्न-भिन्न तरह के निष्कर्ष पर पहुँचते हैं जो सर्वथा अर्थहीन ही होता है।

(iii) प्रक्षेपीय परीक्षण की वैधता (validity) अधिक नहीं होती है। प्रायः इस परीक्षण की वैधता व्यक्ति का केस इतिहास (case history) के आधार पर तैयार किया जाता है जिसे मनोवैज्ञानिकों ने एक वैज्ञानिक कसौटी (scientific criteria) नहीं माना है। फलतः इन परीक्षणों की वैधता पर अधिक विश्वास नहीं किया जाता है।

(iv) अधिकतर मनश्चिकित्सकों (psychiatrists) का ऐसा विश्वास है कि प्रक्षेपीय परीक्षण के सूचकों (indicators) तथा शीलगुणों (traits) के बीच प्रत्याशित सम्बन्ध (expected relationship) होने का कोई वैज्ञानिक सबूत (scientific evidence) नहीं है।

इन आलोचनाओं के बावजूद भी प्रक्षेपीय परीक्षण (projective test) का प्रयोग व्यक्तित्व मापन में काफी होता है और मनोचिकित्सा (psychotherapy) में तो इस परीक्षण को एक अभिन्न अंग माना गया है।

अभी हाल के वर्षों में मनोवैज्ञानिकों द्वारा व्यक्तित्व आविष्कारिका (Personality inventory) तथा प्रक्षेपीय विधि दोनों को मिलाकर व्यक्तित्व मापन का एक सैद्धान्तिक मॉडल (theoretical model) विकसित किया गया है जिसे *प्रक्षेपीय आविष्कारिका* (Projective inventory) की संज्ञा दी गयी है। जैसे, वी॰ एन॰ पुहन (B. N. Puhan, 1982) ने एक ऐसी ही विधि का विकास किया है जिसमें आत्म-रिपोर्ट आविष्कारिका (self-report inventory) तथा प्रक्षेपीय परीक्षण (projective test) के धनात्मक मनोमितिक गुणों (positive psychometric properties) को एक साथ समन्वित किया गया है ताकि परीक्षण की विश्वसनीयता, वैधता तथा प्राप्तांक-लेखन (scoring) प्रविधि काफी संतोषजनक स्तर का हो सके। प्रक्षेपीय आविष्कारिका में वास्तविक जिंदगी की घटनाओं (real-life episodes) को एक संरचित प्रक्षेपीय परिस्थिति (structured projective situation) के रूप में उपस्थित किया जाता है जिसमें आपस में अंतक्रिया करते हुए तीन से चार पात्र (character) होते हैं जिन्हें परीक्षार्थी (testee) मापे जाने वाले शीलगुण के सांतत्य (continuum) के विभिन्न बिन्दुओं पर रख सकते हैं। प्रत्येक घटना के बाद बहुत सारे कथन (statements) जो पात्रों के क्रियाओं या व्यवहारों से संबंधित होते हैं, दिये जाते हैं। इन कथनों में पूछे गये तथ्यों का उत्तर परीक्षार्थी को देना होता है। दिये गये उत्तरों का प्राप्तांक-लेखन पहले से एकांश विश्लेषण के आधार पर तैयार किया गया प्राप्तांक-लेखन कुंजी (scoring key) के अनुरूप किया जाता है।

व्यक्तित्व मापन के इस प्रक्षेपीय आविष्कारिका विधि का उपयोग सामाजिक उत्तरदायित्व (social responsibility), आक्रामकता (aggression) निर्माता-प्रवणता (dependent proneness) आदि के लिए मापनी (scale) बनाने में सफलतापूर्वक एस॰ मिश्रा (S. Mishra, 1993) द्वारा किया गया है। नेतृत्व शैली (leadership style) के लिए मापनी विकसित करने में इस विधि का उपयोग एस नन्दा (S. Nanda, 1994) द्वारा किया गया है। जी॰ पटनायक (G. Patnaik, 1988) तथा एस पटनायक एवं वी॰ एन॰ पुहन (S. Patnaik and B. N. Puhan 1990) ने अपने अध्ययन के आधार पर यह बतलाया है कि प्रक्षेपीय आविष्कारिका (Projective inventory) के प्राप्तांकों (scores) पर सामाजिक वांछनीयता (social desirability) का प्रभाव न के बराबर पड़ता है।

(स) प्रेक्षणात्मक विधियाँ (*Observational methods*)—प्रेक्षण विधि वह विधि है जहाँ एक प्रेक्षक (observer) व्यक्तियों की क्रियाओं (activities) का ध्यानपूर्वक प्रेक्षण एक नियंत्रित परिस्थिति या एक वास्तविक परिस्थिति (natural situation) में करता है तथा फिर उनकी क्रियाओं के लेखा-जोखा का विश्लेषण कर उसके व्यक्तित्व के

बारे में एक निश्चित निष्कर्ष पर पहुँचता है। एटकिन्सन, एटकिन्सन, हिलगार्ड तथा स्मिथ (Akinson, Atkinson, Hilgard & Smith, 1987) के अनुसार प्रेक्षण विधि में मूलतः दो तरह की उपविधियाँ सम्मिलित होती हैं—*रेटिंग मापनी* (rating scales) तथा *साक्षात्कार* (interview)। इन दोनों विधियों का वर्णन निम्नांकित हैं:—

(a) रेटिंग मापनी *(Rating Scale)*—रेटिंग मापनी एक ऐसा मापनी (scale) है जिसके सहारे व्यक्तित्व के शीलगुणों (traits) के बारे में लिए गये निर्णय (judgement) को कुछ श्रेणियों में रेकार्ड (record) किया जाता है। इस मापनी में कुछ संख्यात्मक श्रेणियाँ (जैसे—+3, +2, +1, 0, 1, –2, –3) बनी होतीं हैं या फिर कुछ आलेखीय श्रेणियाँ (graphic categories) बनी होती हैं। इन श्रेणियों का खास-खास अर्थ होता है और प्रेक्षक (observer) या रेटर व्यक्तित्व मापे जाने वाले व्यक्तियों के शीलगुणों के बारे में निर्णय कर अपनी प्रतिक्रिया इन श्रेणियों के माध्यम से व्यक्त करता है। बाद में ऐसे किये गये निर्णयों का सांख्यिकीय विश्लेषण किया जाता है तथा फिर व्यक्तित्व के बारे में एक निश्चित निष्कर्ष पर पहुँचा जाता है। व्यक्तित्व मापने में रेटिंग मापनी की सफलता निम्नांकित बातों पर निर्भर करती है।

(i) रेटिंग मापनी एक विश्वस्त (sound) मापनी हो, जिसे रेटर (rater) भली-भाँति समझता हो तथा जिसमें सम्मिलित किया गया प्रत्येक श्रेणी अच्छी तरह से परिभाषित हो।

(ii) रेटर उन व्यक्तियों से भली-भाँति परिचित हो जिनके व्यवहारों या शीलगुणों का रेटिंग किया जाने वाला है।

(iii) रेटर (Rater) अपने आप को खोखले प्रभाव (halo effect) से दूर रखे। खोखले प्रभाव से तात्पर्य एक प्रकार का ऐसा पक्षपात (bias) या पूर्वग्रह से होता है जो रेटर को एक खास दिशा में (धनात्मक या ऋणात्मक) रेटिंग करने के लिए बाध्य कर देता है। इस ढंग के प्रभाव से रेटिंग की यथार्थता खत्म हो जाती है।

गिलफोर्ड (Guilford, 1959) तथा फ्रीमैन (Freeman, 1962) आदि मनोवैज्ञानिकों ने कई तरह के रेटिंग मापनी का निर्माण व्यक्तित्व मापने के लिए किया है। इन मापनियों का प्रयोग आज भी मनोवैज्ञानिकों द्वारा व्यक्तित्व मापन में सफलतापूर्वक किया जा रहा है।

(b) साक्षात्कार *(Interview)*—व्यक्तित्व मापन में साक्षात्कार का प्रयोग सर्वाधिक होता है। साक्षात्कार में भेंटकर्त्ता (interviewer) व्यक्ति से आमने-सामने की परिस्थिति (face-to-face situation) में कुछ प्रश्नों को पूछकर उनके द्वारा की गयी प्रतिक्रियाओं (reactions) का प्रेक्षण (observation) करता है और इसके आधार पर व्यक्तित्व के बारे में आकलन करता है। साक्षात्कार मूलतः दो तरह के होते हैं—*असंगठित साक्षात्कार* (unstructured interview) तथा *संगठित साक्षात्कार* (structured interview)। *संगठित साक्षात्कार* में भेंट्रकर्ता पूछे जाने वाले प्रश्नों की एक निश्चित सूची तैयार करता है जिसे वह प्रत्येक व्यक्ति से जिनके व्यक्तित्व का मापन करता है, एक निश्चित क्रम में पूछता है। इस तरह से संगठित साक्षात्कार में एक मानक पैटर्न (standard pattern) को अपनाते हुए भेंटकर्ता (interviewer) साक्षात्कार करता है। व्यक्तियों द्वारा दिये गये उत्तरों के विश्लेषण के आधार पर व्यक्तित्व की माप की जाती है। *असंगठित साक्षात्कार* (unstructured) में भेंटकर्त्ता (interviewer) प्रश्नों की एक निश्चित सूची अपने पास पहले से नहीं रखता है और व्यक्तित्व मापने के लिए अपनी इच्छानुसार प्रश्न करते जाता है।

संगठित साक्षात्कार (structured interview) का सबसे महत्त्वपूर्ण लाभ यह है कि चूँकि इसमें प्रश्नों की एक निश्चित सूची एवं क्रम होता है जिसे सभी व्यक्तियों से पूछा जाता है, अतः इसके द्वारा कई व्यक्तियों के व्यक्तित्व मापन की तुलना सम्भव है। इसका प्रमुख दोष यह बतलाया गया है कि इसमें भेंटकर्त्ता को व्यक्तित्व मापने से सम्बन्धित प्रश्नों को गहन रूप से पूछने की स्वतंत्रता नहीं होती है क्योंकि वह पहले से ही निश्चित क्रम के अनुसार प्रश्न पूछने के लिए बाध्य रहता है। असंगठित साक्षात्कार का प्रमुख गुण यह है कि इसके द्वारा व्यक्तित्व का मापन गहन रूप से हो पाता है क्योंकि भेंटकर्त्ता प्रश्नों को अपनी इच्छानुसार तोड़-मरोड़कर पूछ पाता है। इसका मुख्य दोष यह बतलाया गया है कि इस तरह का साक्षात्कार एक व्यक्ति से दूसरे व्यक्ति तक इतना परिवर्तनशील होता है कि इन व्यक्तियों के बीच तुलना सम्भव नहीं है। इतना ही नहीं, इस तरह के साक्षात्कार में भेंटकर्ता को पूर्वाग्रह (prejudice) या पक्षपात दिखलाने का भी मौका काफी मिलता है जिससे उसके द्वारा किये गये व्यक्तित्व मापन की निर्भरता कम हो जाती है।

व्यक्तित्व मापन के बारे में सामान्य निष्कर्ष *(General conclusion regarding measurement of personality)*—व्यक्तित्व मापने में व्यक्तित्व आविष्कारिका (personality inventories) तथा प्रक्षेपण परीक्षण (projective tests) का प्रयोग अन्य विधियों की अपेक्षा अधिक होता है। इन विभिन्न परीक्षणों में नैदानिक उद्देश्य (clinical purposes) की पूर्ति के लिए प्रक्षेपण परीक्षणों (projective tests) का प्रयोग अधिक किया जाता है। अन्य

अवस्थाओं में व्यक्तित्व मापने के लिए व्यक्तित्व आविष्कारिका का प्रयोग तथा प्रक्षेपण विधि का प्रयोग अधिक किया जाता है। व्यक्तित्व मापन के क्षेत्र के शोधों (researches) में व्यक्तित्व आविष्कारिका का प्रयोग प्रक्षेपण परीक्षण तथा प्रेक्षण विधि की अपेक्षा अधिक होता है। व्यक्तित्व मापन को अर्थपूर्ण होने के लिए यह आवश्यक है कि इन विभिन्न तरह के परीक्षणों का प्रयोग एक साथ किया जाय।

व्यक्तित्व सिद्धान्त के स्वरूप
(Nature of Personality Theories)

व्यक्तित्व से तात्पर्य व्यक्ति के उन सभी शीलगुणों (traits), प्रवृत्तियों या विशेषताओं से होता है जिनसे व्यक्ति के व्यवहार में संगति (consistency) आती है। व्यक्तित्व की संरचना (structure) एवं गतिकी (dynamic) की व्याख्या करने के लिए व्यक्तित्व के कई सिद्धान्त (theories) विकसित किये गए हैं जिनका वर्णन करने के पहले उनके स्वरूप (nature) पर ध्यान देना आवश्यक है।

व्यक्तित्व सिद्धान्त (personality theory) से क्या तात्पर्य होता है? व्यक्तित्व सिद्धान्त[1] से तात्पर्य सम्बन्धित पूर्वकल्पनाओं (related assumptions) के एक ऐसे समूह से होता है जिनसे तार्किक निगमनात्मक विवेचन (logical deductive reasoning) द्वारा जाँचनीय प्राक्कल्पना (testable hypothesis) बनाया जा सकता है तथा जिनसे प्रेक्षणों (observations) को एक संगठित रूप मिलता है, शोध की उत्पत्ति होती है, व्यवहारों का मार्गदर्शन होता है एवं मानव व्यवहार में संगति (consistency) की व्याख्या होती है।

अगर सचमुच में मानव व्यवहार को पूर्णतः समझ लिया जाता, तो वैसी हालत में व्यक्तित्व सिद्धान्त की जरूरत नहीं होती। परन्तु सच्चाई ऐसी नहीं है और व्यक्तित्व सिद्धान्तों में हमें यह पता चलता है कि लोग क्यों किसी खास तरह से व्यवहार करते हैं। इसके पीछे क्या कारण हो सकता है? व्यक्तित्व सिद्धान्त द्वारा दो तरह के कार्य (function) सम्पन्न होते हैं—

(i) वर्णनात्मक कार्य (descriptive function)
(ii) पूर्वकथनात्मक कार्य (predictive function)

इन दोनों का वर्णन निम्नांकित हैं:—

(i) वर्णनात्मक कार्य (*Descriptive function*)—व्यक्तित्व सिद्धान्त को इस अर्थ में वर्णनात्मक (descripitive) समझा जाता है कि इसके द्वारा व्यक्ति के व्यवहारों को क्रमबद्ध (systematically) रूप से इतना अधिक संगठित कर दिया जाता है कि उसे आसानी से समझा जा सके। दूसरे शब्दों में, घटनाओं के सम्बन्धित सेटों के बारे में जो कुछ भी ज्ञात होता है, उसे समन्वित करने तथा सरलीकरण करने के लिए व्यक्तित्व सिद्धान्त एक अर्थपूर्ण ढाँचा (framework) प्रदान करना है। जैसे बिना किसी व्यक्तित्व सिद्धान्त के यह नहीं समझा जा सकता है कि एक पाँच साल का छोटा लड़का क्यों अपनी माँ से अधिक धनात्मक लगाव रखता है तथा अपने पिता से ईर्ष्या करता है। परन्तु जब हम एक व्यक्तित्व का सहारा लेते हैं तो यह पता चलता है कि व्यक्तित्व सिद्धान्त (personality development) के एक खास अवस्था में इस तरह का संवेग (emotion) का होना एक सार्वजनिक घटना होती है। फलतः हमें उस लड़का के उक्त व्यवहारों को समझने में मदद मिलती है। स्पष्ट हुआ कि उत्तम व्यक्तित्व सिद्धान्त अर्थपूर्ण संदर्भ प्रदान करता है जिसके भीतर मानव व्यवहार की व्याख्या संगत ढंग से (consistently) की जाती है।

(ii) पूर्वकथनात्मक कार्य (*Predictive function*)—व्यक्कित्व सिद्धान्त न केवल भूत एवं वर्तमान घटनाओं को समझने में मदद करता है बल्कि भविष्य के बारे में भी पूर्वकथन (prediction) करने में मदद करता है। अतः व्यक्कित्व सिद्धान्त का दूसरा प्रमुख कार्य एक ऐसा आधार (base) प्रदान करना होता है, जिनके द्वारा कुछ वैसी घटनाओं एवं प्रतिफलों (outcomes) के बारे में जानना सम्भव हो पाता है जो अबतक नहीं हुए हैं। व्यक्कित्व सिद्धान्त का यह कार्य तभी सम्पन्न होता है जब उसके सम्प्रत्यय (concept) जाँचनीय (testable) हो तथा उसे सम्पुष्ट (confirmed) या

1. "A personality theory is a set of related assumptions from which by a logical deductive reasoning, testable hypotheses can be drawn and it gives organization to observations, generates research, serves as guide to action and is reasonably consistent." —Author

असम्पुष्ट (disconfirm) किया जाना सम्भव हो। जैसे—यदि एक 5 साल का बालक अपनी माँ के प्रति धनात्मक संवेगात्मक लगाव (emotional attachment) को प्रोत्साहित करती है, तो क्या होगा? दूसरी तरफ यदि उसके पिता उसे मारने-पीटने की धमकी देते हैं तो क्या होगा? व्यक्तित्व सिद्धान्त द्वारा इस तरह के पूर्वकथन (prediction) करना सम्भव हो पाता है। इतना ही नहीं, व्यक्तित्व सिद्धान्त द्वारा सम्बन्धित सम्प्रत्ययों (concepts) का आनुभाविक जाँच (empirical testing) भी सम्भव हो पाता है।

स्पष्ट हुआ कि व्यक्तित्व सिद्धान्त का स्वरूप कुछ खास ऐसा होता है जिसके माध्यम से कई तरह के वैज्ञानिक कार्य सम्पन्न हो पाते हैं जिनसे व्यक्ति के व्यवहार में संगठन (organization) एवं संगति (consistency) की व्याख्या करना सभव हो पाता है।

व्यक्तित्व सिद्धान्त की ऐतिहासिक पृष्ठभूमि
(Historical Background of Personality Theories)

व्यक्तित्व सिद्धान्त का इतिहास पुराना है और इसकी उत्पत्ति पौराणिक ग्रीक विद्वानों (classical scholars) जैसे—हिपोक्रेट्स (Hippocrates), प्लेटो (Plato) तथा अरस्तू (Aristotle) द्वारा मानव स्वभाव एवं व्यवहार के बारे में व्यक्त किये गए विचारों से हुई है। आधुनिक व्यक्तित्व सिद्धान्त में इन महान पौराणिक सिद्धान्तों का एवं आधुनिक मनोवैज्ञानिकों के विचारों का प्रतिबिम्ब मिलता है।

आधुनिक व्यक्तित्व सिद्धान्तों का विकास निम्नांकित चार तरह के स्रोतों (sources) से सबसे अधिक प्रभावित हुआ है—

1. नैदानिक प्रेक्षण *(Clinical observation)*—इसकी शुरुआत शार्को (Charcot) एवं फ्रायड तथा उनके शिष्यों एवं न्यूफ्रयडियन (neo-Freudian) आदि द्वारा किये गए नैदानिक प्रेक्षणों (clinical observation) से हुई है। व्यक्तित्व सिद्धान्त के विकास में इन स्रोतों की अहमियत काफी रही है।

2. गेस्टाल्ट परम्परा *(Gestalt tradition)*—इनके समर्थकों का मत था कि मानव व्यवहार (human behaviour) का अध्ययन एक इकाई (unit) के रूप में किया जा सकता है न कि छोटे-छोटे तत्त्वों का एक संग्रह के रूप में। इस विचारधारा से व्यक्तित्व सिद्धान्त काफी प्रभावित हुआ और इसी विचारधारा से प्रभावित होकर लेविन (Lewin), केल्ली (Kelley), विन्सवैनगर एवं बौस्स (Binaswanger & Boss), अल्फ्रेड एडलर (Alfred Adler), मैसलो (Maslow) एवं रोजर्स (Rogers) के विचार उत्पन्न हुए हैं।

3. प्रयोगात्मक मनोविज्ञान *(Experimental Psychology)*—व्यक्तित्व सिद्धान्त पर प्रयोगात्मक मनोविज्ञान विशेषकर सीखने के सिद्धान्तों एवं सामाजिक सीखने (social learning) के सिद्धान्तों का अति महत्त्वपूर्ण प्रभाव पड़ा है। इसमें स्कीन्नर (Skinner), मिल्लर एवं डोल्लार्ड (Miller & Dollard) तथा बैण्डुरा (Bandura) के विचारधाराओं का विशेष रूप से उल्लेख आता है। इन लोगों ने पर्यावरणी कारकों (environmental factors) पर बल डालकर व्यक्तित्व के सिद्धान्तों की उत्पत्ति में विशेष योगदान किया है।

4. मनोमितिकी परम्परा *(Psychometric tradition)*—इस परम्परा के तहत वैयक्तिक विभिन्नता (individual differences) पर बल डाला गया है और व्यवहारों के मापने एवं आँकड़ों का विश्लेषण करके मानव व्यवहार को समझने पर अधिक बल डाला जाता है। इस विचारधारा से प्रभावित होनवाले व्यक्तित्व सिद्धान्तों में कैट्टेल्ल (Cattell), आइजेन्क (Eysenck), मर्रे (Murray), आल्लपोर्ट (Allport) तथा शेल्डन (Sheldon) के सिद्धान्त प्रमुख हैं।

स्पष्ट हुआ कि आधुनिक व्यक्तित्व सिद्धान्त की उत्पत्ति में कई तरह के स्रोतों (sources) का योगदान (contribution) हुआ है।

व्यक्तित्व सिद्धान्त के मूल्यांकन करने की कसौटियाँ
(Criteria of Evaluating Personality Theories)

ऊपर के वर्णन से यह स्पष्ट हो गया है कि व्यक्तित्व की संरचना (structure), गतिकी (dynamics) एवं विकास की व्याख्या करने के लिए कई तरह के सिद्धान्तों का प्रतिपादन किया गया है। मनोवैज्ञानिकों ने कुछ ऐसी

कसौटियों (criteria) का भी उल्लेख किया है जिनके आधार पर व्यक्तित्व सिद्धान्तों का मूल्यांकन (evaluation) किया जाता है। दूसरे शब्दों में, इन लोगों द्वारा कुछ ऐसी कसौटियों का निर्माण किया गया है जिनके आधार पर किसी भी सिद्धान्त की पहचान एक उत्तम सिद्धान्त के रूप में की जा सकती है। इन कसौटियों में निम्नांकित प्रमुख हैं—

1. जाँचनीयता (verifyability)
2. अन्वेषणात्मक मूल्य (heuristic value)
3. आन्तरिक संगति (internal consistency)
4. मितव्ययिता (parsimony)
5. धारणशीलता (comprehensiveness)
6. कार्यात्मक महत्त्व (functional significance)

इन कसौटियों का वर्णन निम्नांकित है:—

1. जाँचनीयता *(Verifyability)*—जाँचनीयता से तात्पर्य इस तथ्य से होता है कि कहाँ तक व्यक्तित्व सिद्धान्त के सम्प्रत्यय स्वतंत्र अनुसंधानकर्त्ताओं (independent investigators) द्वारा सही-सही ढंग से जाँच करने के योग्य हैं। यदि किसी सिद्धान्त के अधिकतम सम्प्रत्यय इस योग्य हैं, तो इस सिद्धान्त को एक उत्तम सिद्धान्त माना जाता है। इस कसौटी पर सही उतरने के लिए यह आवश्यक है कि सिद्धान्त के सम्प्रत्यय स्पष्टतः परिभाषित हों तथा एक-दूसरे से तार्किक रूप से (logically) सम्बन्धित हों। ऐसा होने से सिद्धान्त का आनुभविक परिणामों (empirical consequences) को तार्किक रूप से जाँच किया जा सकता है तथा सिद्धान्त द्वारा जो भी प्राक्कल्पनाओं (hypothesis) को जनित किया जाता है, उसका आनुभविक ढंग से (empirically) परख की जा सकती है।

2. अन्वेषणात्मक मूल्य *(Heuristic value)*—अन्वेषणात्मक मूल्य से तात्पर्य यह होता है कि व्यक्तित्व सिद्धान्त कहाँ तक शोध (research) को उत्तेजित करने में सफल हो पाता है। एक उत्तम व्यक्तित्व सिद्धान्त दो तरह के शोध उत्पन्न करते हैं—*वर्णनात्मक शोध* (descriptive research) एवं *प्राक्कल्पना-जाँच-शोध* (hypotheses-testing research)। वर्णनात्मक शोध वैसे शोध को कहा जाता है जिसका उद्देश्य वर्तमान सिद्धान्त को विस्तृत करना होता है। इस तरह के शोध का सिद्धान्त के साथ सहजीवी सम्बन्ध (symbiotic relationship) होता है और यह व्यक्तित्व सिद्धान्त के लिए एक तरह का निर्माण ब्लॉक (building block) तैयार करता है। *प्राक्कल्पना-जाँच-शोध* से तो सिद्धान्त में कोई नयी इकाई का निर्माण नहीं होता है परन्तु इससे सिद्धान्त की उपयोगिता की जाँच होती है। कोई भी उपयोगी व्यक्तित्व सिद्धान्त से कई तरह की प्राक्कल्पनाएँ (hypotheses) निकाली जातीं हैं जिसकी जाँच होने पर मानव व्यक्तित्व के बारे में महत्त्वपूर्ण सूचनाएँ मिलतीं हैं।

जब किसी व्यक्तित्व सिद्धान्त के सम्प्रत्ययों को संक्रियात्मक ढंग से (operationally) परिभाषित नहीं किया जा सकता है, तो उस सिद्धान्त का अन्वेषणात्मक मूल्य (heuristic value) समाप्त हो जाता है। फलतः उस व्यक्तित्व सिद्धान्त को एक उत्तम सिद्धान्त नहीं माना जाता है।

3. आन्तरिक संगतता *(Internal consistency)*—इस कसौटी का अर्थ यह है कि उत्तम व्यक्तित्व सिद्धान्त के सम्प्रत्ययों का स्वरूप इस प्रकार होना चाहिए कि वे एक-दूसरे का विरोध (contradict) नहीं करें अर्थात् वे आन्तरिक रूप से संगत (internally consistent) हों। आन्तरिक रूप से संगत सिद्धान्त से एक ही प्रश्न के परस्पर विरोधी उत्तर नहीं मिलते हैं। अतः किसी व्यक्तित्व सिद्धान्त को उत्तम कहलाने के लिए यह आवश्यक है कि उस सिद्धान्त में आन्तरिक संगतता (internal consistency) हो।

4. मितव्ययिता *(Parsimony)*—व्यक्तित्व सिद्धान्त की गुणवत्ता की परख इस कसौटी पर भी की जाती है कि किसी सिद्धान्त में मानव व्यवहार के किसी भी पहलू की व्याख्या करने में कितने तरह के सम्प्रत्यय (concept) की जरूरत पड़ती है। मितव्ययिता की कसौटी के अनुसार उस सिद्धान्त को उत्तम समझा जाएगा जिसमें मानव व्यवहार के किसी भी पहलू की व्याख्या करने में कम-से-कम सम्प्रत्ययों (concepts) का प्रयोग होता है। अगर कोई व्यक्तित्व सिद्धान्त ऐसा है जिसमें मानव व्यवहार के प्रत्येक पहलू की व्याख्या करने के लिए एक अलग सम्प्रत्यय (concept) की जरूरत होती है, तो उस सिद्धान्त को मितव्ययिता की कसौटी पर उत्तम नहीं माना जाएगा। इस कसौटी के साथ थोड़ी कठिनाई यह है कि कोई ऐसा ठोस नियम नहीं है जिसके सहारे मितव्ययिता (parismoniousness) की परख

की जाए। फिर भी दो समान क्षमता के सिद्धान्त में से उस सिद्धान्त को उत्तम माना जाएगा जिसमें मितव्ययिता का गुण होता है।

5. धारणशीलता *(Comprehensiveness)*—धारणशीलता का अर्थ होता है कि किसी सिद्धान्त में कितनी तरह की घटनाओं की विभिन्नताओं (diversity) एवं प्रसार (range) को उसमें सम्मिलित किया जा रहा है। इन विभिन्नताओं एवं प्रसार की सीमा जितनी ही अधिक होगी, धारणशीलता का गुण भी उतना ही अधिक होगा। अन्य बातें सामान्य रहने पर एक धारणशील व्यक्तित्व सिद्धान्त (comprehensive personality theory) को अन्य सिद्धान्त जो तुलनात्मक रूप से संकीर्ण (narrow) है, अधिक उत्तम माना जाता है। धारणशीलता की कसौटी पर सही उतरनेवाले व्यक्तित्व सिद्धान्तों में जैविक (biological), सांवेगिक (emotional), संज्ञानात्मक (cognitive), सामाजिक (social) एवं सांस्कृतिक (cultural) कारकों पर अधिक बल डाला जाता है। इससे सिद्धान्त में सम्पूर्णता (wholeness) एवं विशिष्टता (speciality) आती है।

6. कार्यात्मक महत्त्व *(Functional significance)*—किसी भी व्यक्तित्व सिद्धान्त की परख उसके कार्यात्मक मूल्यों (functional values) के आधार पर भी की जाती है। दूसरे शब्दों में, किसी व्यक्तित्व सिद्धान्त का मूल्यांकन इस कसौटी पर भी होता है कि वह सिद्धान्त मानव व्यवहार को समझने के लिए कितना अधिक उपयोगी है। एक उत्तम व्यक्तित्व सिद्धान्त व्यवहार के विभिन्न पहलुओं से सम्बन्धित प्रश्नों का उत्तर सही-सही ढंग से देने में समर्थ होता है। इसे मनोवैज्ञानिकों को खासकर के नैदानिक मनोवैज्ञानिकों (clinical psychologists) को रोगी के व्यवहारों को समझने में विशेष मदद मिलती है। एक उत्तम सिद्धान्त के अभाव में रोगी के व्यवहार की व्याख्या वे ठीक ढंग से नहीं कर पाते हैं। जैसे—यदि व्यक्तित्व सिद्धान्त यह बतलाता है कि मनःस्नायुविकृति (psychoneurosis) का कारण बाल्यावस्था (childhood) के लैंगिक संघर्ष (sexual conflict) है, तो नैदानिक मनोवैज्ञानिक इस प्रश्न का उत्तर आसानी से दे पाते हैं कि रोगी के मनःस्नायुविकृति (neurosis) के क्या कारण हो सकते हैं?

स्पष्ट हुआ कि व्यक्तित्व सिद्धान्त की गुणवत्ता की परख करने की कई कसौटियाँ (criteria) हैं। इन कसौटियों में से अधिक-से-अधिक कसौटियों पर खरा उतरने वाले सिद्धान्त को व्यक्तित्व का एक उत्तम सिद्धान्त माना जाता है।

मूल पूर्वकल्पनाएँ जिन पर व्यक्तित्व सिद्धान्तों में विभिन्नता पायी जाती है
(Basic Assumptions Over which Personality Theories Differ)

व्यक्तित्व सिद्धान्त का एक प्रमुख उद्देश्य मानव स्वभाव (human nature) के बारे में वर्णन करना तथा पूर्वकथन (prediction) करना है। व्यक्तित्व मनोवैज्ञानिकों ने मानव स्वभाव के प्रति कुछ मूल पूर्वकल्पना (basic assumption) कर रखे हैं और इन पूर्वकल्पनाओं की व्याख्या विभिन्न व्यक्तित्व सिद्धान्त अलग-अलग ढंग से करते हैं। *जेली एवं जिगलर* (Hjelle & Zeigler, 1981) ने इन पूर्वकल्पनाओं (assumptions) को निम्नांकित 9 द्विध्रुवीय भागों (bipolar dimensions) में बाँटा है—

1. स्वतंत्रता-निर्धायता (Freedom-Determinism)
2. विवेकपूर्णता-अविवेकपूर्णता (Rationality-Irrationality)
3. पूर्णतावाद-अधिभूतवाद (Holism-Elementalism)
4. शरीरगठनात्मक-पर्यावरणीयता (Constitutionalism-Environmentalism)
5. परिवर्तनशीलता-अपरिवर्तनशीलता (Changeability-Unchangeability)
6. आत्मनिष्ठता-वस्तुनिष्ठता (Subjectivity-Objectivity)
7. समस्थिति-विषमस्थिति (Homeostasis-Heterostasis)
8. अग्रलक्षणता-प्रतिक्रियाशीलता (Proactivity-Reactivity)
9. ज्ञेयता-अज्ञेयता (Knowability-Unknowability)

उपर्युक्त सभी पूर्वकल्पनाएँ सापेक्ष रूप से सतत (relatively continuous) एवं द्विध्रुवीय विमा (bipolar dimensions) हैं और किसी भी व्यक्तित्व सिद्धान्त को सम्बन्धित पूर्वकल्पना के इस सतत द्विध्रुवीय विमा के किसी भी बिन्दु पर रखा जा सकता है। इन सभी द्विध्रुवीय विमाओं (bipolar dimensions) का वर्णन निम्नांकित है—

1. स्वतंत्रता-निर्धायता (*Freedom-Determinism*)—इस द्विध्रुवीय विमा (bipolar dimension) का सम्बन्ध कुछ इन प्रश्नों का उत्तर ढूँढना है—अपने दिन-प्रतिदिन के व्यवहारों को निर्देशित एवं नियंत्रित करने में व्यक्ति को कितनी आन्तरिक स्वतंत्रता (internal freedom) रहती है? किसी निर्णय प्रक्रिया में व्यक्ति द्वारा अनुभव किये गए आन्तरिक स्वतंत्रता कहाँ तक वैध (valid) होते हैं? किस सीमा तक व्यक्ति का व्यवहार उन कारकों द्वारा निर्धारित होता है जो अंशतः या पूर्णतः व्यक्ति के चेतन प्रत्यभिज्ञान (conscious recognition) के क्षेत्र से बाहर होता है? इन प्रश्नों पर गम्भीरतापूर्वक विचार विभिन्न व्यक्तित्व सिद्धान्तों में किया गया है। कुछ सिद्धान्तों में इस बात पर बल डाला गया है कि मानव अपने दिन-प्रतिदिन का व्यवहार करने में पूर्णतः स्वतंत्र होता है। वह अपने आत्म-बलों (self-forces) द्वारा नियंत्रित होता है तथा व्यक्ति अपनी जिन्दगी में अपने विशेष व्यवहारों से विशेष अर्थ स्वयं ही उत्पन्न कर लेता है। व्यक्ति का आत्मन् एक संगठित बल (unifying force) के रूप में कार्य करता है। मानव स्वभाव के इस विचारधारा का समर्थन हमें कार्ल रोजर्स (Carl Rogers) के व्यक्तित्व सिद्धान्त से मिलता है। दूसरी तरफ, कुछ व्यक्तित्व सिद्धान्तों में मानव व्यवहार को अचेतन प्रेरणाओं (unconscious motives), बाह्य पुनर्बलन (external reinforcement), प्रारंभिक अनुभूतियाँ (early experiences), शारीरिक प्रक्रियाओं (physiological processes) एवं सांस्कृतिक कारकों द्वारा निर्धारित होते माना गया है। इस विचारधारा का समर्थन *स्कीनर* (Skinner), फ्रायड (Freud) एवं *न्यूफ्रायडियन* (neo-Freudian) के व्यक्तित्व सिद्धान्तों से मिलता है।

2. विवेकपूर्णता-अविवेकपूर्णता (*Rationality-Irrationality*)—विवेकी-अविवेकी विमा के तहत मूल तथ्य यह है कि किस सीमा तक व्यक्ति की तर्कणा शक्ति (reasoning power) दिन-प्रतिदिन के व्यवहारों को प्रभावित करने में सक्षम है। क्या मानव एक विवेकी प्राणी है जो अपने व्यवहार का नियंत्रण तर्कणा (reason) के आधार पर करता है या क्या हमलोगों का व्यवहार केवल अविवेकी बलों (irrational forces) द्वारा नियंत्रित होता है? इस मुद्दे पर भी व्यक्तित्व सिद्धान्तों में अन्तर है। केल्ली (Kelley, 1963) का मत है कि मानव व्यवहार विवेकी बलों (rational forces) द्वारा नियंत्रित होता है। केल्ली के अनुसार प्रत्येक व्यक्ति एक वैज्ञानिक (scientist) होता है जिनकी बौद्धिक प्रक्रियाएँ (intellectual processes) एवं विवेकी शक्तियाँ (rational forces) काफी महत्त्वपूर्ण होती हैं जिनसे उनका दिन-प्रतिदिन का व्यवहार नियंत्रित होता है। जिन व्यक्तित्व सिद्धान्तों में विवेकी बलों (rational forces) पर प्रकाश डाला जाता है उनमें मानव व्यवहार को संज्ञानात्मक प्रक्रियाओं (cognitive processes) द्वारा नियंत्रित होता माना गया है। दूसरे तरफ कुछ ऐसे भी सिद्धान्त हैं जिनमें मानव व्यवहार अविवेकी बलों (irrational forces) द्वारा नियंत्रित होते हैं। ऐसे अविवेकी बल अचेतन (unconscious) में होते हैं। फ्रायड द्वारा प्रतिपादित व्यक्तित्व का मनोवैश्लेषिक सिद्धान्त (psychoanalytic theory) एक इसी तरह का सिद्धान्त है जिसमें अचेतन के अविवेकी बलों (irrational forces) को अधिक महत्त्वपूर्ण समझा जाता है।

3. पूर्णतावाद-अधिभूतवाद (*Holism-Elementalism*)—पूर्णतावाद (holism) की पूर्वकल्पना (assumption) यह बतलाता है कि मानव स्वभाव कुछ ऐसा है कि मानव व्यवहार की व्याख्या के लिए व्यक्ति को सम्पूर्ण रूप से (as a whole) समझना आवश्यक है। इस तरह की पूर्वकल्पना की यह मान्यता है कि व्यक्ति या जीव (organism) के व्यवहार को अधिक छोटे-छोटे तत्त्वों या अंशों में बाँटकर अध्ययन करना युक्तिसंगत नहीं है। ऐसा करने से व्यक्ति के बारे में न समझकर उसके अमूर्त पहलुओं (abstract dimensions) के बारे में ही समझा जा सकता है। इसके विपरीत, अधिभूतवाद (elementalism) का दावा है कि मानव व्यवहार का एक क्रमबद्ध अध्ययन तभी सम्भव है जब इसके अंगीभूत तत्त्वों (constituent elements) का विस्तृत विश्लेषण किया जाए। इस पूर्वकल्पना का यह भी दावा है कि जो उक्ति या कथन एक सामान्य व्यवहारात्मक स्तर (general behavioural level) पर अस्पष्ट एवं अजाँचनीय (untestable) होता है, उन्हें अधिभूत स्तर (elemental level) पर आसानी से जाँचा जा सकता है। संक्षेप में यह कहा जा सकता है कि अधिभूतवाद की पूर्वकल्पना इस बात पर बल डालता है कि व्यक्तित्व के प्रति एक सच्चा वैज्ञानिक उपागम तभी निर्मित किया जा सकता है जब विशिष्ट एवं मूल अधिभूती (elementalistic) सम्प्रत्ययों का प्रतिपादन किया जाए क्योंकि केवल ऐसे ही सम्प्रत्ययों की आनुभाविक जाँच (empirical test) सम्भव है।

4. शरीरगठनात्मक-पर्यावरणीयता (*Constitutional-Environmentalism*)—इस पूर्वकल्पना का सम्बन्ध इस मूल प्रश्न से है—व्यक्ति के मूलप्रवृत्ति का कितना अंश शारीरिक कारकों द्वारा और कितना अंश पर्यावरणी कारकों (environmental influences) द्वारा निर्धारित होता है? हिपोक्रेट्स (Hippocrates), क्रेश्चमर (Kretschmer,

1936) तथा शेल्डन (Sheldon, 1944) द्वारा विकसित किये गए व्यक्तित्व के सिद्धान्तों से यह स्पष्ट हुआ है कि मानव प्रकृति या स्वभाव (human nature) का निर्धारण शारीरिक गठनों या शारीरिक आकार-प्रकार (physical make-up) द्वारा होता है। इसके विपरीत मनोविज्ञान का एक अति प्रबलकारी स्कूल अर्थात् व्यवहारवाद (Behaviourism) का मत है कि मानव प्रकृति मूलतः पर्यावरणी कारकों (environmental factors) द्वारा निर्धारित होती है। व्यक्तित्व का व्यवहारवादी-सीखना सिद्धान्त जिसका प्रतिपादन स्कीन्नर (Skinner) ने किया तथा सामाजिक सीखना सिद्धान्त (Social learning theory) जिसका प्रतिपादन बैण्डुरा (Bandura) ने किया था, में मानव व्यवहार को मूलतः पर्यावरणी कारकों जैसे—बाह्य पुनर्बलन (external reinforcement), उद्दीपक (stimulus) आदि द्वारा निर्धारित होते समझा जाता है।

आधुनिक समय में अधिकतर व्यक्तित्व मनोवैज्ञानिक इन दोनों के बीच की स्थिति को अधिक महत्त्व देने लगे हैं। इन लोगों का मत है कि मानव व्यवहार शरीरगठनात्मक कारकों (constitutional factors) तथा पर्यावरणी कारकों (environmental factors) दोनों के अन्तःक्रिया (interaction) का परिणाम है। इसे अन्तःक्रियावाद (interactionalism) कहा गया है।

5. परिवर्तनशीलता-अपरिवर्तनशीलता *(Changeability-Unchangeability)*—इस पूर्वकल्पना (assumption) का सम्बन्ध कुछ इन महत्त्वपूर्ण प्रश्नों से है—क्या व्यक्ति के मूल व्यक्तित्व में समय बीतने के साथ परिवर्तन होता है या क्या व्यक्तित्व में समय बीतने से मात्र सतही परिवर्तन (superficial change) होते हैं और उनका मूल व्यक्तित्व बिलकुल ही अपरिवर्तनशील बना होता है? *इरिक्सन* (Erikson) द्वारा प्रतिपादित व्यक्तित्व का सिद्धान्त एक ऐसा सिद्धान्त है जिसमें परिवर्तनशीलता (changeability) की अहमियत काफी बतलायी गयी है। *इरिक्सन* का मत है कि मानव जीवन सतत् परिवर्तनशील है। उनके अनुसार व्यक्ति हमेशा विभिन्न विकासात्मक अवस्थाओं (developmental stages) से होकर गुजरता है और प्रत्येक विकासात्मक अवस्था में एक विशेष संकट की स्थिति (crisis) उत्पन्न होती है जिसे *मनोसामाजिक संकट* (psychosocial crisis) कहा जाता है। इन संकटों को व्यक्ति कैसे समाप्त करता है, इस पर बहुत हद तक व्यक्तित्व विकास (personality development) निर्भर करता है। *इरिक्सन* के इस विचार के विपरीत फ्रायड (Freud) का विचार है जिसकी अभिव्यक्ति उनके *मनोवैश्लेषिक सिद्धान्त* (psychoanalytical theory) में मिलती है। फ्रायड का मत है कि व्यक्ति की मूल संरचना (basic structure) बाल्यावस्था की प्रारम्भिक अनुभूतियों (early experiences) द्वारा निश्चित (fixed) हो जाती है। बाद के जीवनकाल में जबकि सतही व्यवहारात्मक परिवर्तन (superficial behavioural change) होते रहते हैं, उनकी मूल संरचना (basic structures) में कोई परिवर्तन नहीं होता है।

6. आत्मनिष्ठता-वस्तुनिष्ठता *(Subjectivity-Objectivity)*—यह भी व्यक्तित्व का एक महत्त्वपूर्ण पूर्वकल्पना है जिसकी व्याख्या करने में व्यक्तित्व सिद्धान्तों में विभिन्नताएँ हैं। इस पूर्वकल्पना का सम्बन्ध इस मूल प्रश्न से है—क्या व्यक्ति सिर्फ व्यक्तिगत एवं आत्मनिष्ठ अनुभूतियों से प्रभावित होता है या उसका व्यवहार मूलतः बाह्य एवं वस्तुनिष्ठ कारकों से भी प्रभावित होता है। *कार्ल रोजर्स* (Carl Rogers) ने अपने व्यक्तित्व सिद्धान्त में इस बात पर बल डाला है कि व्यक्ति की आन्तरिक अनुभूतियाँ उसके व्यवहार पर सबसे महत्त्वपूर्ण प्रभाव डालती हैं और उसके प्रेक्षणीय व्यवहार (observable behaviour) को इन आन्तरिक अनुभूतियों के संदर्भ के बिना समझना कठिन है। रोजर्स[1] (Rogers, 1964) के शब्दों में, ''व्यक्ति की आन्तरिक दुनिया बाह्य पर्यावरणी उद्दीपकों की तुलना में उसके व्यवहार पर अधिक सार्थक प्रभाव डालती है।'' वस्तुनिष्ठता की पूर्वकल्पना इसके ठीक विपरीत है। इस पूर्वकल्पना का समर्थन *स्कीन्नर* (Skinner) द्वारा प्रतिपादित व्यक्तित्व के सिद्धान्त में मिलता है। स्कीन्नर के अनुसार मानव मूलतः बाह्य एवं वस्तुनिष्ठ कारकों से प्रभावित होता है। इन कारकों के अभाव में मानव व्यवहार को सही-सही ढंग से समझना सम्भव नहीं है।

7. समस्थिति-विषमस्थिति *(Homeostasis-Heterostasis)*—इस विमा का सीधा सम्बन्ध मानव प्रेरणा (human motivation) से है। यहाँ कुछ महत्त्वपूर्ण प्रश्न इस प्रकार से हैं—क्या व्यक्ति मूलतः तनाव कम करने तथा एक आंतरिक सन्तुलन की अवस्था बनाये रखने के लिए ही प्रेरित रहता है (समस्थिति) या वह मूल प्रेरणा (basic

---

1. "The inner world of the individual appears to have more significant influence upon his behaviour than does the external environmental stimulus."—Rogers : *Towards a science of the Person*, 1964, p. 124

motivation), वर्द्धन (growth), उद्दीपक-अन्वेषण (stimulus-seeking) तथा आत्म-यथार्थता (self-actualization) की प्राप्ति की ओर निर्देशित होता है? कुछ व्यक्तित्व सिद्धान्तों में समस्थिति (homeostasis) की पूर्वकल्पना को महत्त्व दिया गया है। डोल्लार्ड एवं मिल्लर (Dollard & Miller, 1950) ने अपने व्यक्तित्व सिद्धान्त में समस्थितिक स्तर (homeostatic position) को महत्त्वपूर्ण बतलाया है और कहा है कि व्यक्तित्व शीलगुण मूलतः सीखने की प्रक्रिया द्वारा ही अर्जित (acquired) की जाती है और ऐसे शीलगुण हमेशा प्रणोद (drive) तथा पुनर्बलन (reinforcement) के बीच एक खास तरह के सम्बन्ध का परिणाम होता है। पुनर्बलन से प्रणोद में कमी आ जाती है और परिणामस्वरूप व्यक्ति का तनाव कम हो जाता है। कोई भी व्यक्ति अमुक व्यवहार इसलिए करता है क्योंकि वह अमुक तरह की विशेषताओं को अर्जित कर रखा है जिससे उसके प्रणोद (drive) में कमी होती ही है और एक आन्तरिक सन्तुलन (internal equilibrium) बना रहता है। *डोलार्ड तथा मिलर* (Dollard & Miller) के अनुसार एक समस्थितिक प्रेरणात्मक आधार के अभाव में व्यक्तित्व विकास (personality development) सम्भव नहीं है।

दूसरी तरफ कुछ ऐसे भी मनोवैज्ञानिक हैं जो अपने व्यक्तित्व सिद्धान्त में समस्थिति के विपरीत अर्थात् विषमस्थिति (heterostasis) का समर्थन किये हैं। इन मनोवैज्ञानिकों में *मैसलो* (Maslow, 1954) तथा रोजर्स (Rogers, 1951) के नाम उल्लेखनीय हैं। इन लोगों का मत है कि मानव व्यवहार वर्धन (growth) एवं आत्म-यथार्थता (self-actualization) की सतत् खोज से प्रभावित होता है। अपने व्यवहार के तनाव में कमी करने की ओर निर्देशित करने के बजाय व्यक्ति नये-नये उद्दीपकों का अन्वेषण करने, आत्म-सिद्धि (self-actualization) के विकास के लिए चुनौतीपूर्ण अवसर को ढूँढने आदि की ओर अपना व्यवहार निर्देशित करता है। इन्हीं मूलप्रवृत्तियों के कारण ही व्यक्तित्व का विकास सम्भव हो पाया है।

8. अप्रलक्षता-प्रतिक्रियाशीलता *(Proactivity-Reactivity)*—इस पूर्वकल्पना का सम्बन्ध मानव व्यवहार के कारणों की व्याख्या से है। यहाँ इस बात पर बल डाला जाता है कि मानव व्यवहार के वास्तविक कारण कहाँ पर अवस्थित (located) हैं? क्या व्यक्ति किसी व्यवहार को आन्तरिक रूप से स्वयं ही जन्म देता है या उनका व्यवहार बाह्य उद्दीपकों के प्रति मात्र एक प्रतिक्रिया (reaction) है? अप्रलक्षता (practivity) की पूर्वकल्पना इस बात पर बल डालता है कि मानव व्यवहार का कारण व्यक्ति के भीतर होता है। व्यक्ति अपने भविष्य का निर्माता स्वयं होता है। वह प्रत्येक व्यवहार अपनी भीतरी प्रेरणाओं से प्रेरित होकर करता है। *मैसलो* (Maslow) के व्यक्तित्व सिद्धान्त में इस तरह के बल की स्पष्ट झलक मिलती है। प्रतिक्रियाशीलता (reactivity) की पूर्वकल्पना ठीक इसके विपरीत है। इस पूर्वकल्पना में मानव व्यवहार को बाह्य वातावरण के उद्दीपकों के प्रति एक प्रतिक्रिया (reaction) माना जाता है। मानव व्यवहार का वास्तविक कारण व्यक्ति की बाहरी दुनिया के उद्दीपक (stimuli) होते हैं। *किम्बल* (Kimbal, 1953) द्वारा प्रतिपादित व्यक्ति के सिद्धान्त में प्रतिक्रियाशीलता के विमा (dimension) पर अधिक बल डाला गया है।

9. ज्ञेयता-अज्ञेयता *(Knowability-Unknowability)*—इस पूर्वकल्पना का सम्बन्ध एक महत्त्वपूर्ण प्रश्न से है—क्या मानव स्वभाव ऐसा है जिसे वैज्ञानिक पदों में पूर्णतः जाना जा सकता है या उसमें सिर्फ कुछ तत्त्व हैं जिनके बारे में जानना सम्भव नहीं है? इस प्रश्न के उत्तर पर भी व्यक्तित्व मनोवैज्ञानिकों (personality psychologists) के बीच काफी मतभेद है। कुछ मनोवैज्ञानिकों जिन्होंने निर्धारकता (determinism) तथा वस्तुनिष्ठता (objectivity) पर अधिक बल डाला है, ज्ञेयता पूर्वकल्पना पर बल डालते हैं और उनका दावा है कि मानव प्रकृति को पूर्णतः समझा जा सकता है तथा उसके बारे में जाना जा सकता है। वाटसन (Watson) तथा *स्कीन्नर* के व्यक्तित्व सिद्धान्तों में ज्ञेयता पहलू (knowability aspect) पर बल डाला गया है। इन लोगों का मत है कि क्रमबद्ध प्रेक्षण (systematic observation) तथा प्रयोगों (experiments) के माध्यम से मानव व्यवहार को पूर्णतः समझा जाना सम्भव है। इसके विपरीत विचारधारा रखने वाले मनोवैज्ञानिक *रोजर्स* (Rogers) हैं जिनका मत है कि प्रत्येक व्यक्ति सतत परिवर्तनशील अनुभूतियों की दुनिया में रहता है। उसकी व्यक्तिगत अनुभूतियों की दुनिया पूर्णतः गोपनीय (private) होती है जिसके बारे में सिर्फ वही व्यक्ति जान सकता है, दूसरा नहीं। कहने का तात्पर्य यह है कि मानव प्रकृति ऐसी होती है जिसे वैज्ञानिक पदों (scientific terms) में जाना नहीं जा सकता है।

स्पष्ट हुआ कि मानव प्रकृति या स्वभाव (human nature) के बारे में 9 तरह की द्विध्रुवीय पूर्वकल्पनाएँ (bipolar assumptions) हैं जिनकी व्याख्या करने में व्यक्तित्व सिद्धान्तों के बीच मतभेद है।

सिगमण्ड फ्रायड : व्यक्तित्व का मनोवैश्लेषिक सिद्धान्त
(Sigmund Freud : Psychoanalytic Theory of Personality)

सिगमण्ड फ्रायड (1856-1939) ने करीब-करीब 40 साल के अपने नैदानिक अनुभवों (clinical experiences) के बाद व्यक्तित्व के जिस सिद्धान्त का प्रतिपादन किया है, उसे व्यक्तित्व का *मनोवैश्लेषिक सिद्धान्त* (psychoanalytic theory) कहा जाता है। व्यक्तित्व को समझने एवं उसकी व्याख्या करने में इस सिद्धान्त की भूमिका उस समय भी काफी थी और आधुनिक मनोवैज्ञानिकों के बीच भी पर्याप्त है।

मनोवैश्लेषिक सिद्धान्त मानव प्रकृति या स्वभाव (human nature) के बारे में कुछ मूल पूर्वकल्पनाओं (basic assumptions) पर आधारित हैं। इन पूर्वकल्पनाओं में निम्नांकित प्रमुख हैं—

(i) मानव व्यवहार बाह्य कारकों (external factors) द्वारा निर्धारित होता है तथा ऐसे व्यवहार अविवेकपूर्ण (irrational), अपरिवर्तनशील (unchangeable), समस्थितिक (homeostatic) तथा ज्ञेय (knowable) होते हैं।

(ii) मानव प्रकृति (human nature) पूर्णता (holism), शरीरगठनी (constitutionalism) तथा अप्रलक्षता (proactivity) जैसी पूर्वकल्पनाओं से हल्के-फुल्के ढंग से प्रभावित होती है।

(iii) मानव प्रकृति (human nature) आत्मनिष्ठ (subjectivity) की पूर्वकल्पना से बहुत कम प्रभावित होती है।

इन पूर्वकल्पनाओं (assumptions) पर आधारित मनोवैश्लेषिक- सिद्धान्त (psychoanalytic theory) की व्याख्या निम्नांकित चार मुख्य भागों में बाँट कर की जाती है—

(क) व्यक्तित्व का संगठन (Organization of personality)
(ख) व्यक्तित्व की संरचना (Structure of personality)
(ग) व्यक्तित्व की गतिकी (Dynamics of personality)
(घ) व्यक्तित्व का विकास (Development of personality)

इन सबों का वर्णन निम्नांकित है:—

(क) व्यक्तितत्व का संगठन (*Organization of Personality*)—फ्रायड ने व्यक्तित्व का संगठन (organiztation) की व्याख्या करने के लिए चेतन (consciousness) के तीन स्तर (levels) का प्रतिपादन किया है जिसका वर्णन निम्नांकित है:—

(i) चेतन (*Conscious*)—चेतन से तात्पर्य मन के वैसे भाग से होता है जिसमें वे सभी अनुभूतियाँ एवं संवेदनाएँ होतीं हैं जिनका सम्बन्ध वर्तमान से होता है। दूसरे शब्दों में, चेतन क्रियाओं का सम्बन्ध तात्कालिक अनुभवों से होता है। फलतः चेतन व्यक्तित्व का लघु एवं सीमित पहलू का प्रतिनिधित्व करता है। (देखें चित्र-13.8) किसी भी क्षण में व्यक्ति के मन में आ रही अनुभूतियों (experiences) का सम्बन्ध उसके चेतन (conscious) से ही होता है।

(ii) अर्द्धचेतन (*Subconcious or Preconscious*)—अर्द्धचेतन से तात्पर्य वैसे मानसिक स्तर से होता है जो सचमुच में न तो पूर्णतः चेतन (conscious) होता है और न ही पूर्णतः अचेतन (unconscious)। इसमें वैसी इच्छाएँ, विचार, भाव आदि होते हैं जो हमारे वर्तमान चेतन या अनुभव में नहीं होते हैं परन्तु प्रयास करने पर वे हमारे चेतन मन (conscious mind) में आ जाते हैं। अर्द्धचेतन को अन्य नामों जैसे—अवचेतन (preconscious or foreconscious)

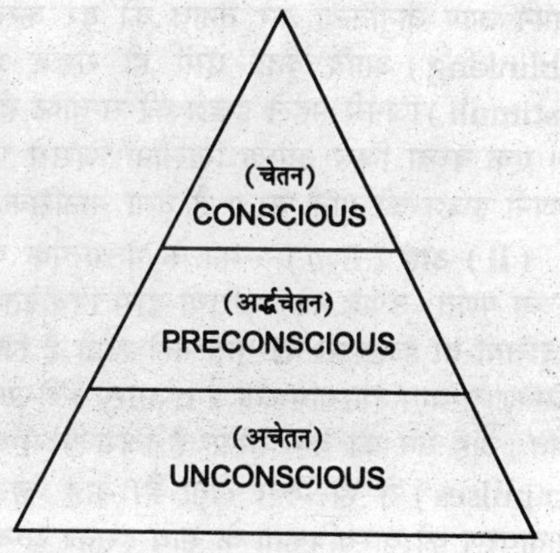

चित्र 13.8 : चेतन, अर्द्धचेतन एवं अचेतन का आकारीय चित्र

या सुलभ स्मृति (available memory) से भी जाना जाता है। आलमारी में हम अमुक किताब को नहीं पाते हैं और थोड़ी देर के लिए परेशान हो जाते हैं। फिर कुछ सोचने पर याद आती है कि उस किताब को तो हमने अपने मित्र को दे दिया था। यह अर्द्धचेतन मन का उदाहरण होगा। फ्रायड के अनुसार अर्द्धचेतन (subconscious) चेतन क्षेत्र एवं अचेतन क्षेत्र के बीच का एक पुल (bridge) का काम करता है।

(iii) अचेतन *(Unconscious)*—अचेतन का शाब्दिक अर्थ है जो चेतन या चेतना से परे हो। हमारे कुछ अनुभव इस प्रकार के होते हैं जो न तो हमारी चेतन (consciousness) में होते हैं और न ही अर्द्धचेतन (subconscious) में। ऐसे अनुभव अचेतन में होते हैं। अचेतन मन में रहने वाले विचार एवं इच्छाओं का स्वरूप कामुक (sexual), असामाजिक (antisocial), अनैतिक (immoral) तथा घृणित (hateful) होता है। चूँकि ऐसी इच्छाएँ एवं विचारों को दिन-प्रतिदिन की जिन्दगी में पूरा करना सम्भव नहीं हो पाता है, अतः उसको चेतन से हटाकर अचेतन में दमित (repress) कर दिया जाता है, जहाँ जाकर ऐसी इच्छाएँ समाप्त नहीं हो जातीं हैं। हाँ, थोड़ी देर के लिए निष्क्रिय अवश्य हो जातीं हैं और चेतन में आने का भरसक प्रयास भी करते रहतीं हैं।

फ्रायड के अनुसार, अचेतन अनुभूतियों एवं विचारों का प्रभाव हमारे व्यवहार पर चेतन एवं अर्द्धचेतन की अनुभूतियों एवं विचारों से अधिक होता है। यही कारण है कि फ्रायड (Freud) ने अपने सिद्धान्त में अचेतन को चेतन एवं अर्द्धचेतन की तुलना में अधिक महत्त्वपूर्ण एवं बड़ा (large) आकार का बतलाया है। (चित्र 13.8 देखें)।

(ख) व्यक्तित्व की संरचना *(Structure of personality)*—फ्रायड के अनुसार मन के संरचनात्मक मॉडल से तात्पर्य उन साधनों (means) से होता है जिनके द्वारा मूलप्रवृत्तियों (instincts) से उत्पन्न मानसिक संघर्षों (mental conflicts) का समाधान होता है। ऐसे साधन या प्रतिनिधि (agents) तीन हैं— *उपाहं* (id), *अहं* (ego) तथा *पराहं* (super ego)। इन तीनों का वर्णन निम्नांकित है—

(i) उपाहं *(Id)*—उपाहं व्यक्तित्व का जैविक तत्त्व (biological component) है जिनमें उन प्रवृत्तियों की भरमार होतीं है जो जन्मजात होती हैं तथा जो असंगठित, कामुक (sexual), आक्रामकतापूर्ण तथा नियम आदि को मानने वाली नहीं होती हैं। एक नवजात शिशु में मूलतः उपाहं की प्रवृत्तियों की ही भरमार होती है। उपाहं की प्रवृत्तियाँ "आनन्द सिद्धान्त" (pleasure principle) द्वारा निर्धारित होतीं हैं क्योंकि ऐसी प्रवृत्तियों का मुख्य उद्देश्य आनन्द देनेवाली प्रेरणाओं की संतुष्टि करना होता है। इसे उचित-अनुचित, विवेक-अविवेक, समय, स्थान आदि से कोई मतलब नहीं होता है। उपाहं चूँकि पूर्णतः अचेतन (unconscious) होता है। अतः इसका सम्बन्ध वास्तविकता (reality) से नहीं होता है।

उपाहं (id) मूलतः दो तरह के प्रक्रम (mechanism) को अपनाता है—*सहज प्रक्रिया* (reflex action) तथा *प्राथमिक प्रक्रिया* (primary process)। सहज प्रक्रिया में उपाहं तनाव उत्पन्न करने वाले स्रोत (source) के प्रति अपने आप अनुक्रिया कर तनाव को दूर करता है। खांसना (coughing), छींकना (sneezing), आँख मिचकाना (blinking) आदि कुछ ऐसी ही सहज प्रक्रियाओं के उदाहरण हैं। प्राथमिक प्रक्रिया में व्यक्ति वैसे उद्दीपकों (stimuli) जिनसे पहले इच्छा की सन्तुष्टि होती थी, के बारे में मात्र एक कल्पना कर अपना संघर्ष या तनाव दूर करता है। एक बच्चा जिसे अमुक खिलौना जिससे पहले वह खेलता था, नहीं देने पर उस खिलौने का मात्र कल्पना कर ही अपनी इच्छा की पूर्ति करता है तथा मानसिक तनाव को दूर करता है।

(ii) अहं *(Ego)*—मन के गत्यात्मक पहलू का दूसरा प्रमुख भाग *अहं* (ego) है। जन्म के कुछ दिन बाद तक बच्चा पूर्णतः उपाहं की प्रवृत्तियों द्वारा नियंत्रित होता है। परन्तु सामाजिक नियमों एवं नैतिक मूल्यों के कारण उनकी ऐसी प्रवृत्तियों या इच्छाओं की पूर्ति नहीं होती है जिसके फलस्वरूप उसमें निराशा (frustration) का अनुभव होता है और उसका सम्बन्ध वास्तविकता (reality) से स्थापित होता है। इस प्रक्रिया में उसमें अहं (ego) का विकास होता है। अतः अहं मन का वह हिस्सा है जिसका सम्बन्ध वास्तविकता से होता है तथा जो बचपन में उपाहं की प्रवृत्तियों (id impulses) से ही जन्म लेता है। अहं *वास्तविकता सिद्धान्त* (reality principle) द्वारा नियन्त्रित होता है तथा वातावरण की वास्तविकता के साथ इसका सम्बन्ध सीधा होता है। अहं को व्यक्तित्व का निर्णय लेने वाला या कार्यपालक शाखा (executive branch) माना गया है। चूँकि अहं अंशतः चेतन (conscious), अंशतः अर्द्धचेतन तथा अंशतः अचेतन (unconscious) होता है, इसलिए अहं द्वारा इन तीनों स्तर पर ही निर्णय लिया जाता है।

(iii) पराहं *(Super ego)*—पराहं को *अहं-से-ऊँचा* (above-I) भी कहा गया है। जैसे-जैसे बच्चा बड़ा होते जाता है, वह अपना तादात्म्य (identification) माता-पिता के साथ स्थापित करते जाता है जिसके परिणामस्वरूप वह यह सीख लेता है कि क्या उचित है तथा क्या अनुचित है। इस तरह के सीखना से पराहं (super ego) के विकास की शुरुआत होती है। पराहं को व्यक्तित्व का *नैतिक शाखा* (moral or ethical branch) माना गया है जो व्यक्ति को यह बतलाता है कि कौन कार्य अनैतिक है। यह *आदर्शवादी सिद्धान्त* (idealistic principle) द्वारा निर्देशित एवं नियंत्रित होता है। इस तरह से बचपन में समाजीकरण (socialization) के दौरान बच्चा माता-पिता द्वारा दिए गए उपदेशों को अपने अहं (ego) में आत्मसात कर लेता और यही बाद में पराहं (super ego) का रूप ले लेता है। पराहं (super ego) विकसित होकर एक तरफ उपाहं (id) की कामुक (sexual), आक्रामक एवं अनैतिक प्रवृत्तियों पर रोक लगाता है तो दूसरी ओर अहं (ego) को वास्तविक एवं यथार्थ लक्ष्यों (real goals) से हटाकर नैतिक लक्ष्यों (moral goals) की ओर ले जाता है। एक पूर्णतः विकसित पराहं (well-developed super ego) व्यक्ति के कामुक एवं आक्रामक प्रवृत्तियों पर नियंत्रण दमन (repression) के माध्यम से करता है। हालाँकि वह दमन का प्रयोग स्वयं नहीं करता है, फिर भी वह अहं को दमन का प्रयोग का आदेश देकर ऐसी इच्छाओं पर नियंत्रण रखता है। यदि अहं (ego) इस आदेश का पालन नहीं करता है, तो इससे व्यक्ति में दोष-भाव (guilt-feeling) उत्पन्न हो जाता है। उपाहं (id) के ही समान पराहं (super ego) को भी अवास्तविक (unrealistic) कहा गया है क्योंकि पराहं इस बात का ख्याल नहीं करता कि उसके नैतिक आदेशों (moral or ethical order) को पूरा करने में वातावरण में उपस्थित किन-किन कठिनाइयों का सामना अहं (ego) को करना होता है। वह आँख मूँदकर अपने नैतिक आदेशों की पूर्णता (perfection) की लक्ष्य की ओर अहं को खींचने की भरपूर कोशिश करता है। अहं (ego) के समान पराहं (super ego), चेतन (conscious), अर्द्धचेतन (subconscious) एवं अचेतन (unconscious) तीनों ही होता है।

(ग) व्यक्तित्व की गतिकी *(Dynamics of Personality)*—फ्रायड के अनुसार मानव जीव (**human organism**) एक जटिल तंत्र (complex system) है जिसमें शारीरिक ऊर्जा (**physiological energy**) **तथा** मानसिक ऊर्जा (mental energy) दोनों ही होते हैं। शारीरिक ऊर्जा से व्यक्ति शारीरिक क्रियाएँ जैसे—दौड़ना, लिखना, साँस लेना आदि करता है तथा मानसिक ऊर्जा से व्यक्ति मानसिक कार्य जैसे—स्मरण, प्रत्यक्षय चिन्तन आदि करता है। फ्रायड के अनुसार इन दोनों तरह की ऊर्जाओं का स्पर्श बिन्दु (contact point) उपाहं (id) होता है। फ्रायड ने इन ऊर्जाओं से सम्बन्धित कुछ ऐसे सम्प्रत्यय (concept) का विकास किया है जिनसे व्यक्तित्व की गत्यात्मक पहलुओं (dynamic aspects) जैसे—मूलप्रवृत्ति (instinct), चिन्ता (anxiety) तथा मनोरचनाओं (mental mechanism) का वर्णन होता है। इनका विस्तृत वर्णन निम्नांकित है:—

1. मूलप्रवृत्ति *(Instinct)*—मूलप्रवृत्ति से फ्रायड का तात्पर्य वैसे जन्मजात शारीरिक उत्तेजना (innate bodily excitation) से होता है जिसके द्वारा व्यक्ति के सभी तरह के व्यवहार निर्धारित किये जाते हैं। फ्रायड ने मूलप्रवृत्तियों को मूलतः दो भागों में बाँटा है—*जीवन मूलप्रवृत्ति* (life instinct) तथा *मृत्यु मूलप्रवृत्ति* (death instinct)। जीवन मूलप्रवृत्ति को *इरोस* (Eros) तथा मृत्यु मूलप्रवृत्ति को *थैनाटोस* (Thanatos) भी कहा जाता है। जीवन मूलप्रवृत्तियों द्वारा व्यक्ति के सभी तरह के रचनात्मक कार्यों (constructive works) जिसमें मानव वर्ग या जाति का प्रजनन (propagation) भी शामिल है, नियंत्रित होता है। अपने विशेष अहमियत के कारण फ्रायड ने जीवन मूलप्रवृत्ति (life instinct) से यौन मूलप्रवृत्ति (sex instinct) को अलग करके इस पर अपने सिद्धान्त में अधिक बल डाला है क्योंकि इसे व्यक्तित्व विकास के लिए वे काफी महत्त्वपूर्ण माने हैं। यौन मूलप्रवृत्ति के ऊर्जा बल (energy force) को *लिविडो* (libido) कहा गया है जिसकी अभिव्यक्ति (expression) सिर्फ लैंगिक क्रियाओं (sexual activities) के रूप में होती है। मृत्यु मूलप्रवृत्ति या थैनाटोस द्वारा व्यक्ति सभी तरह के ध्वंसात्मक कार्यों तथा आक्रामककारी व्यवहारी (aggressive behaviour) का निर्धारण होता है।

सामान्य व्यक्तित्व (normal personality) में इन दोनों तरह की मूलप्रवृत्तियों (instincts) में एक सन्तुलन (balance) पाया जाता है। इस सन्तुलन में प्रायः इरोस की सक्रियता थैनाटोस की सक्रियता से अधिक होती है।

2. चिन्ता *(Anxiety)*—फ्रायड के अनुसार चिन्ता एक ऐसी भावात्मक (affective) एवं दुखद (unpleasant) अवस्था होती है जो अहं (ego) को आलम्बित खतरा (impending danger) से सतर्क करता है ताकि व्यक्ति

वातावरण के साथ अनुकूली ढंग (adaptive way) से व्यवहार कर सके। फ्रायड ने चिन्ता (anxiety) के तीन प्रकार बतलाये हैं—

(i) वास्तविक चिन्ता (realistic anxiety)

(ii) तंत्रिकातापी चिन्ता (neurotic anxiety)

(iii) नैतिक चिन्ता (moral anxiety)

इन तीनों का वर्णन निम्नांकित है:—

(i) वास्तविक चिन्ता *(Realistic anxiety)*—बाह्य वातावरण में व्याप्त वास्तविक खतरा (real danger) के प्रति की गयी सांवेगिक अनुक्रिया (emotional response) को वास्तविक चिन्ता (realistic anxiety) कहा जाता है। जैसे—आग, साँप, भूकंप, आंधी-तूफान से डर कर चिन्तित होना वास्तविक चिन्ता का उदाहरण है। स्पष्ट हुआ कि इस तरह की चिन्ता की उत्पत्ति बाह्य वातावरण पर अहं की निर्भरता (dependence) से उत्पन्न होती है।

(ii) तंत्रिकातापी चिन्ता *(Neurotic anxiety)*—इस तरह की चिन्ता की उत्पत्ति उपाहं (id) की इच्छाओं पर अहं की निर्भरता (dependence) से होती है। इसमें व्यक्ति को यह आशंका उठती है कि अहं (ego), उपाहं (id) की इच्छाओं को खासकर यौन इच्छाओं (sex desires) तथा आक्रामक इच्छाओं (aggressive impulses) को नियंत्रित करने में समर्थ रहेगा।

(iii) नैतिक चिन्ता *(Moral anxiety)*—जब अहं को पराहं (super ego) से दण्ड दिये जाने की धमकी मिलती है, तो इससे व्यक्ति में नैतिक चिन्ता उत्पन्न होती है। दूसरे शब्दों में, नैतिक चिन्ता की उत्पत्ति का कारण पराहं (super ego) पर अहं (ego) की निर्भरता (dependence) है। जब व्यक्ति उपाहं (id) की अनैतिक विचारों एवं आवेगों को कार्यरूप दे देता है, तो ऐसी परिस्थिति में अहं (ego) को पराहं (super ego) दण्ड देता है और उसके परिणामस्वरूप व्यक्ति में दोष-भाव (guilt-feeling) शर्म एवं आत्म-दोष (self-condemnation) की भावना उत्पन्न हो जाती है।

ये तीनों तरह की चिन्ताएँ आपस में शायद ही कभी एक-दूसरे से पूर्णतः भिन्न रह पातीं हैं। सच्चाई यह है कि एक तरह की चिन्ता किसी दूसरे प्रकार की चिन्ता को जन्म देती है।

3. अहं रक्षात्मक प्रक्रम *(Ego defense mechanism)*—अहं रक्षात्मक प्रक्रम के विचार का प्रतिपादन तो सिगमण्ड फ्रायड (Sigmund Freud) ने किया परन्तु इसकी सूची को उनकी पुत्री अन्ना फ्रायड (Anna Freud) तथा अन्य नव-फ्रायडियन (neo-Freudian) द्वारा पूरा किया गया। अहं रक्षात्मक प्रक्रम अहं को चिन्ताओं से बचा पाता है। रक्षात्मक प्रक्रमों का प्रयोग सभी व्यक्ति करते हैं परन्तु इसका प्रयोग अधिक करने पर व्यक्ति के व्यवहार में बाध्यता (compulsion) एवं स्नायुविकृति (neuroticism) का गुण विकसित हो जाता है। सभी रक्षात्मक प्रक्रमों (defence mechanism) में कम-से-कम निम्नांकित दो गुण अवश्य पाये जाते हैं—

(i) सभी रक्षात्मक प्रक्रम अचेतन स्तर पर कार्य करते हैं। अतः वे आत्म-भ्रामक (self-deceptive) होते हैं।

(ii) ऐसे रक्षात्मक प्रक्रम वास्तविकता के प्रत्यक्षण (perception of reality) को विकृत कर देते हैं। फलस्वरूप, व्यक्ति के लिए चिन्ता का स्वरूप कम धमकीपूर्ण हो जाता है।

प्रमुख रक्षात्मक प्रक्रम निम्नांकित है:—

(i) दमन *(Repression)*—दमन एक ऐसा रक्षात्मक प्रक्रम है जिसके द्वारा चिन्ता, तनाव, मानसिक संघर्ष उत्पन्न करनेवाली असामाजिक एवं असैनिक इच्छाओं को चेतना से हटाकर व्यक्ति अचेतन में कर देता है। दमन को कभी-कभी *चयनात्मक विस्मरण* की घटना (phenomenon of selective forgetting) भी कहा जाता है।

(ii) यौक्तिकीकरण *(Rotionalization)*—यह रक्षात्मक प्रक्रम ''अंगूर खट्टे हैं'' जैसी कहावत को चरितार्थ करता है। इसमें अयुक्तिसंगत (irrational) अभिप्रेरकों एवं इच्छाओं से उत्पन्न मानसिक संघर्ष या तनाव का समाधान उन अभिप्रेरकों एवं इच्छाओं को युक्तिसंगत बनाकर अर्थात् तर्कपूर्ण एवं विवेकपूर्ण व्याख्या किया जाता है। इस तरह से यौक्तिकीकरण में व्यक्ति अपने अयुक्तिसंगत व्यवहारों को एक युक्तिसंगत एवं तर्कसंगत व्यवहार के रूप में परिणत

कर अपने आप एवं दूसरों को सन्तुष्ट कर अपना मानसिक संघर्ष दूर करने की कोशिश करता है। कोई व्यक्ति अपनी आर्थिक तंगी से उत्पन्न चिन्ता को दूर करने के लिए यदि यह सोचता है कि अपने घर की सूखी रोटी भी दूसरों के घर के मिठाई एवं हलवे से अधिक स्वादिष्ट होती है, तो यह यौक्तिकीकरण का उदाहरण होगा।

(iii) प्रतिक्रिया निर्माण *(Reaction formation)*—यह रक्षात्मक प्रक्रम प्रसिद्ध कहावत ''सौ-सौ चूहे खाकर बिल्ली हज को चली'' या 'मुँह में राम बगल में छूरी' से मेल खाता है। इस रक्षात्मक प्रक्रम में व्यक्ति अपने अहं (ego) को किसी कष्टकर या अप्रिय इच्छा तथा प्रेरणा से ठीक उस इच्छा एवं प्रेरणा के विपरीत इच्छा या प्रेरणा विकसित कर बचाता है। एक रक्षात्मक प्रक्रिया के रूप में प्रतिक्रिया निर्माण (reaction formation) के विकास में दो चरण (steps) सम्मिलित होते हैं। पहले चरण में व्यक्ति अपने अप्रिय एवं कष्टकर विचारों और इच्छाओं को अचेतन में दमन कर देता है तथा दूसरे चरण में वह इन दमित इच्छाओं एवं विचारों के ठीक विपरीत इच्छा चेतन स्तर पर व्यक्त कर अपने तनाव को दूर करता है। भ्रष्ट नेता द्वारा भ्रष्टाचार के विरोध में भाषण देना तथा प्रेम में असफल हो जाने पर अपनी प्रेमिका या प्रेमी से घृणा करना प्रतिक्रिया निर्माण के उदाहरण हैं।

(iv) प्रतिगमन *(Regression)*—प्रतिगमन का शाब्दिक अर्थ पीछे की ओर हो जाना होता है। यह एक ऐसा रक्षात्मक प्रक्रम है जिसमें तनाव या संघर्ष के समाधान के लिए व्यक्ति में बाल्यावस्था के व्यवहारों की ओर पलटने की प्रवृत्ति होती है। इसके कई उदाहरण हमें दिन-प्रतिदिन की जिन्दगी में मिलते हैं। किसी मानसिक तनाव या संघर्ष के उत्पन्न हो जाने पर वयस्क व्यक्ति भी कभी-कभी बच्चों की तरह फूट-फूट कर रोने लगता है या क्रोधित हो उठता है। एक शादी-शुदा लड़की जब सलवार कुरता या बेबी शैली में स्कर्ट ब्लॉज पहनती है, तो यह भी प्रतिगमन का एक अच्छा उदाहरण बनता है।

(v) प्रक्षेपण *(Projection)*—दूसरे लोगों या वातावरण के प्रति अपनी अमान्य प्रस्तुतियों, मनोवृत्तियों एवं व्यवहारों को अचेतन रूप से आरोपित करने की प्रक्रिया को प्रक्षेपण कहा जाता है। प्रायः देखा गया है कि परीक्षा में फेल हो जाने पर छात्र इसका दोष स्वयं पर न लेकर कठिन प्रश्न के पूछे जाने, शिक्षक द्वारा कुछ अध्यायों को नहीं पढ़ाया जाना, परीक्षा के समय माता-पिता द्वारा उन्हें घरेलू कार्यों में व्यस्त रखना आदि बतलाकर फेल हो जाने से उत्पन्न चिन्ता को दूर करता है।

(vi) विस्थापन *(Displacement)*—इस रक्षात्मक प्रक्रम में व्यक्ति अपने संवेग या प्रेरणा (motivation) को किसी वस्तु विशेष या व्यक्ति से अचेतन रूप से हटाकर दूसरे व्यक्ति या वस्तु से सम्बन्धित कर लेता है। स्पष्ट है कि इसमें व्यक्ति अपने मानसिक संघर्ष या चिन्ता को कम करने के लिए सांवेगिक प्रक्रियाओं को मौलिक या सम्बन्धित वस्तु से हटाकर किसी दूसरे तटस्थ व्यक्ति या वस्तु पर स्थानान्तरित कर देता है। जैसे—पिता या माता द्वारा पिटाई होने पर बालक द्वारा अपने छोटे भाई या बहन को पीटना, अपने आप को दफ्तर में अपमानित होने पर घर में आकर पत्नी तथा बच्चों पर गुस्सा दिखलाना, संतानहीन औरतों द्वारा दूसरे के बच्चे के प्रति अधिक प्रेम दिखलाना आदि विस्थापन के कुछ उदाहरण हैं।

उपर्युक्त किये गए रक्षात्मक प्रक्रमों (defense mechanisms) से व्यति अपने आप को बाह्य एवं आन्तरिक तनावों से बचाता है। प्रत्येक रक्षात्मक प्रक्रम के उपयोग में मनोवैज्ञानिक ऊर्जा (psychological energy) खर्च होती है और इसका प्रयोग सभी स्वस्थ व्यक्तियों (healthy individuals) द्वारा किया जाता है।

(घ) व्यक्तित्व का विकास *(Development of personality)*—फ्रायड ने व्यक्तित्व विकास की व्याख्या दो दृष्टिकोण से किया है। पहला दृष्टिकोण इस बात पर बल डालता है कि वयस्क व्यक्तित्व (adult personality) बाल्यावस्था के भिन्न-भिन्न तरह की अनुभूतियों (experiences) द्वारा नियंत्रित होती है तथा दूसरे दृष्टिकोण के अनुसार जन्म के समय लैंगिक ऊर्जा (sexual energy) बच्चों में मौजूद होती है जो विभिन्न मनोलैंगिक अवस्थाओं (psychosexual stages) से होकर विकसित होती है। फ्रायड के इस दूसरे दृष्टिकोण को मनोलैंगिक विकास का सिद्धान्त (theory of psychosexual development) कहा जाता है। इस सिद्धान्त की दो प्रमुख विशेषताएँ हैं:—

(i) मनोलैंगिक विकास की पाँच अवस्थाएँ होतीं हैं और इनमें से प्रथम तीन तथा अंतिम अवस्था में एक स्वतंत्र कामुकता क्षेत्र (erogenous zone) उत्पन्न होता है।

(ii) मनोलैंगिक सिद्धान्त के अनुसार मानव विकास (human development) का मुख्य बल (force) लैंगिक मूलप्रवृत्ति (sexual instinct) होता है जो प्रारम्भिक विकासात्मक वर्षों में कामुकता क्षेत्र (erogenous zones) से होकर विकसित होता है।

फ्रायड द्वारा प्रतिपादित मनोलैंगिक विकास के सिद्धान्त की पाँच अवस्थाएँ क्रम में निम्नांकित हैं—

(i) मुखावस्था (Oral stage)

(ii) गुदावस्था (Anal stage)

(iii) लिंग प्रधानावस्था (Phallic stage)

(iv) अव्यक्तावस्था (Latency stage)

(v) जनेन्द्रियावस्था (Genital stage)

इस सबका वर्णन निम्नांकित है:—

(i) मुखावस्था *(Oral stage)*—मुखावस्था मनोलैंगिक विकास की पहली अवस्था है जो जन्म से लेकर करीब-करीब 1 साल की उम्र तक का होता है। इस अवस्था का कामुकता क्षेत्र (erogeneous zone) मुँह होता है। फलस्वरूप बच्चा मुँह द्वारा की जानेवाली सभी क्रियाओं जैसे—चूसना (sucking), निगलना (swallowing), जबड़ा (jaw) से कोई चीज दबाना या जबड़ा में दाँत निकल आने पर दाँत से दबाना आदि लैंगिक सुख प्राप्त करता है। फ्रायड के अनुसार इस अवस्था पर अधिक या कम मात्रा में मुखवर्ती उत्तेजन (oral stimulation) होने से वयस्कावस्था (adulthood) में दो तरह के व्यक्तित्व विकसित होते हैं— *मुखवर्ती-निष्क्रिय व्यक्तित्व* (oral-passive personality) तथा *अनुवर्ती-आक्रामक व्यक्तित्व* (oral-aggressive personality)। मुखवर्ती उत्तेजन अधिक होने पर निष्क्रिय व्यक्तित्व तथा कम होने पर आक्रमक व्यक्तित्व विकसित होता है। मुखवर्ती-निष्क्रिय व्यक्तित्व वाले व्यक्ति आशावादी होते हैं तथा उन्हें दूसरे व्यक्तियों पर विश्वास अधिक होता है। इनमें निष्क्रियता तथा दूसरों पर अत्यधिक निर्भरता का शीलगुण पाया जाता है। मुखवर्ती-आक्रामक व्यक्तित्व वाले व्यक्ति अपनी आवश्यकताओं के लिए दूसरों पर अधिक प्रभुत्व दिखलाते हैं तथा उनका बुरी तरह से शोषण भी करते हैं। ऐसे व्यक्तियों को परपीड़न कार्यों (sadistic activities) में अधिक अभिरुचि होती है। ऐसे व्यक्ति निराशावादी प्रवृत्ति के होते हैं।

(ii) गुदावस्था *(Anal stage)*—यह अवस्था जीवन का पहला साल समाप्त होने पर प्रारंभ होता है तथा दूसरे साल की अवधि समाप्त होने तक बनी रहती है। दूसरे शब्दों में, यह अवस्था 2 से 3 साल के आयु के बीच होती है। इस अवस्था में कामुकता क्षेत्र (erogeneous zone) मुँह से हटकर शरीर के गुदा क्षेत्र (anal region) में आ जाता है। फलस्वरूप, बच्चे मल-मूत्र त्यागने से सम्बन्धित क्रियाओं से आनन्द उठाते हैं। इस अवस्था पर अधिक या कम उत्तेजना होने से वयस्कावस्था में दो तरह के व्यक्तित्व विकसित होते हैं—*गुदा-आक्रामक व्यक्तित्व* (anal-aggressive personality) तथा गुदा-धारणात्मक व्यक्तित्व (anal-retentive personality)। गुदा-आक्रमकता व्यक्तित्व में क्रूरता (cruelty), विनाशिता (destructiveness), विद्वेष (hostility), क्रमहीनता (disorderliness) आदि शीलगुणों की प्रधानता होती है तथा गुदा-धारणात्मक व्यक्तित्व (anal-retentive personality) में हठ, कंजूसी, क्रमबद्धता (orderliness) तथा समयनिष्ठा आदि के गुणों की प्रधानता होती है।

(iii) लिंग प्रधानावस्था *(Phallic stage)*—मनोलैंगिक विकास की यह तीसरी अवस्था होती है जो जीवन के चौथे से पाँचवें साल के दौरान की अवस्था है। इस अवस्था का कामुकता क्षेत्र जनेन्द्रिय (genital) होता है। लड़कियों की जनेन्द्रियों को योनि (vagina) तथा लड़कों के जनेन्द्रिय को शिशन (penis) कहा जाता है। फ्रायड का कहना था कि इस अवस्था में प्रत्येक लड़का में मातृ-मनोग्रन्थि (oedipus complex) तथा प्रत्येक लड़की में पितृ-मनोग्रन्थि (electra complex) विकसित होता है। अतः ये दोनों ही ग्रन्थियाँ सर्वसार्विक (universal) होतीं हैं। मातृ मनोग्रन्थि (oedipus complex) में लड़का अचेतन रूप से (unconsciouly) अपनी माता से लैंगिक प्रेम तथा रतिक्रिया (sexual intercourse) की इच्छा करता है तथा पिता से घृणा करता है। बालक चूँकि यह समझता है कि यह पिता को मान्य नहीं होगा, अतः वह पिता से डरता है और सोचता है कि पिता उसके लिंग (penis) को ही काट देंगे या कटवा देंगे। इस तरह के चिंता को *बंधियाकरण चिन्ता* (castration anxiety) की संज्ञा दी गयी है जिससे वयस्कावस्था में तंत्रिकातापी चिन्ता (neurotic anxiety) उत्पन्न होती है। पितृ-मनोग्रन्थि में अचेतन रूप से लड़की पिता से लैंगिक सुख चाहती है तथा माता से घृणा करती है। लड़कियों में माँ के प्रति घृणा का एक कारण यह होता है कि वह यह सोचती है कि उसके पास पिता या अपने भाई के समान लिंग नहीं है जो होना चाहिए था। उसकी माँ ही उसे लिंग से वंचित कर दी है। इसे फ्रायड ने लिंग-ईर्ष्या (penis envy) कहा है जो लड़कों में पाये जानेवाले बंधियाकरण

चिन्ता (castration anxiety) के तुल्य है। इन मनोग्रन्थियों का सफलतापूर्वक समाधान होने से लड़का तथा लड़की में नैतिकता (morality) विकसित होता है। परन्तु ठीक ढंग से समाधान नहीं होने पर उसका कुप्रभाव वयस्क व्यक्तित्व पर सीधा पड़ता है। फ्रायड के अनुसार जो लड़का शैश्नावस्था (phallic stage) पर आबद्ध (fixated) होते हैं, उनमें वयस्क होने पर व्यक्तित्व के अन्य शीलगुणों में उतावलापन, शेखीबाजी (boastfulness), उच्चाकांक्षा (high ambition) आदि शीलगुणों की प्रधानता होती है। जो लड़की शैश्नावस्था पर आबद्ध (fixated) होती है, उनमें वयस्क होने पर व्यक्तित्व के अन्य शीलगुणों में इश्कबाजी (flirtatiousness), सम्मोहकता (seductiveness) तथा स्वच्छन्द सम्भोगिता (promiscuity) आदि शीलगुणों की प्रधानता होती है।

(iv) अव्यक्तावस्था *(Latency stage)*—मनोलैंगिक विकास की यह चौथी अवस्था है जो लिंग प्रधानावस्था (phallic stage) के बाद प्रारम्भ होती है। यह अवस्था 6 या 7 साल के उम्र से प्रारम्भ होकर लगभग 12 वर्ष की आयु तक रहती है। इस अवस्था में बच्चों में कोई नया कामुकता क्षेत्र विकसित नहीं होता है तथा साथ-ही-साथ लैंगिक इच्छाएँ (sexual wishes) भी सुसुप्त (dormant) हो जातीं हैं। सही अर्थ में इस अवस्था में लैंगिक इच्छाओं (sexual energy) का उदात्तीकरण (sublimation) होता पाया जाता है अर्थात् लैंगिक इच्छाओं की अभिव्यक्ति भिन्न-भिन्न प्रकार के अलैंगिक क्रियाओं (non-sexual activities) जैसे—शिक्षा, चित्रकारी, खेल-कूद आदि के रूप में होती है। तकनीकी रूप से (technically) इस अवस्था को मनोलैंगिक विकास की एक अवस्था नहीं मानी गयी है क्योंकि इसमें कोई नया कामुकता क्षेत्र (erogenous zone) तो विकसित होता नहीं है।

(v) जननेन्द्रियावस्था *(Genital stage)*—मनोलैंगिक विकास की यह अन्तिम अवस्था है जो 13 वर्ष की आयु से प्रारम्भ होकर निरन्तर चलती रहती है। इस अवस्था में किशोरावस्था (adolescence) तथा प्रौढ़ावास्था (adulthood) दोनों ही सम्मिलित होते हैं। इस अवस्था में किशोर एवं किशोरियों में अनेक तरह के शारीरिक परिवर्तन होते हैं तथा ग्रन्थीय विकास (glandular development) परिपक्व हो जाते हैं। इस अवस्था के प्रारम्भ के कुछ वर्ष जो किशोरावस्था के वर्ष होते हैं, में व्यक्तियों में अपने ही लिंग के व्यक्तियों के साथ रहने, उठने-बैठने एवं बातचीत करने की प्रवृत्ति अधिक तीव्र होती है। इसे फ्रायड ने *समलिंगकामुकता* (homosexuality) कहा है। फ्रायड का दावा है कि प्रारम्भिक किशोरावस्था में सभी व्यक्तियों में समलिंगकामुकता की प्रवृत्ति होती है। परन्तु धीरे-धीरे जैसे-जैसे व्यक्ति प्रारम्भिक किशोरावस्था से निकलकर वयस्कावस्था (adulthood) में प्रवेश करता है, तो उसकी समलिंगकामुकता प्रवृत्ति कमने लगती है और व्यक्ति में समलिंगकामुकता (homosexuality) की जगह पर विषमलिंगकामुकता (heterosexuality) विकसित होने लगता है। इस अवस्था में व्यक्ति का व्यक्तित्व शारीरिक, मानसिक एवं सामाजिक रूप से परिपक्व हो जाता है और वह सामाजिक रूप से अनुमोदित लैंगिक सम्बन्ध स्थापित कर एक सन्तोषजनक जिन्दगी की ओर अग्रसर होता है।

स्पष्ट हुआ कि मनोलैंगिक अवस्थाओं (psychosexual stages) से होकर व्यक्ति की लैंगिक ऊर्जा (sexual energy) का धीरे-धीरे विकास होता जाता है जिससे व्यक्ति बाल्यावस्था के निष्क्रियता (passivity) को त्याग कर वयस्कावस्था में सामाजिक रूप से उपयोगी एवं सुखमय जीवन जीता है।

फ्रायड के सिद्धान्त का मूल्यांकन *(Evaluation of Freud's theory)*—फ्रायड (Freud) के सिद्धान्त के कुछ गुण (merits) एवं परिसीमाएँ (limitations) हैं। इसके कुछ गुण निम्नांकित हैं:—

(i) फ्रायड का यह सिद्धान्त काफी विस्तृत (comprehensive) एवं चुनौतीपूर्ण है। इसके द्वारा व्यक्तित्व विकास की व्याख्या बोधगम्य (understandable) भाषा में की गयी है।

(ii) फ्रायड के सिद्धान्त के अधिकांश सम्प्रत्यय ऐसे हैं जो आधुनिक व्यक्तित्व मनोवैज्ञानिकों के लिए इस क्षेत्र में वर्णनात्मक शोध (descriptive research) करने के लिए एक महत्त्वपूर्ण साधन (tool) साबित हुए हैं।

(iii) फ्रायड के सिद्धान्त का स्वरूप ही कुछ ऐसा है कि इसके माध्यम से मानव व्यवहार के बारे में ज्ञात तथ्यों को तार्किक रूप से मनोवैश्लेषिक ढाँचे में आसानी से ढाला जा सकता है।

इन गुणों के बावजूद मनोवैश्लेषिक सिद्धान्त (psychoanalytic theory) की कुछ *खामियाँ* हैं जिनमें निम्नांकित प्रमुख हैं:—

(i) फ्रायड के मनोवैश्लेषिक सिद्धान्त की विधि वैज्ञानिक नहीं है। चूँकि उन्होंने अपने शोधों को क्रमबद्ध रूप से (systematically) वर्णन नहीं किया है, अतः उससे सही-सही प्राक्कल्पना (hypothesis) तैयार करना सम्भव नहीं हो पाया है।

(ii) फ्रायड के सिद्धान्त के बहुत सारे सम्प्रत्यय अस्पष्ट शब्दों में वर्णित हैं तथा उनकी आनुभविक जाँच (empirical test) भी सम्भव नहीं है और उन्हें मात्र अजाँचनीय सैद्धान्तिक सम्प्रत्यय (theoretical concept) के रूप में किसी तरह से लोगों द्वारा स्वीकार किया गया है। लुंडिन (Lundin, 1985) के अनुसार पराहं (super ego) तथा मानसिक ऊर्जा (psychic energy) दो ऐसे सम्प्रत्यय (concept) के उदाहरण हैं जिनके अस्तित्व को न तो अब तक साबित किया जा सकता है और न उन्हें खंडित ही किया गया है।

(iii) आधुनिक मनोवैज्ञानिकों का मत है कि फ्रायड ने अपने सिद्धान्त को व्यक्तिगत प्रेक्षण (personal observation) पर आधारित किया है जिसके अधिकतम अंश उनके अपने व्यवहार के विश्लेषण से प्राप्त हुए थे तथा कुछ अंश उनके उपचार-गृह (clinic) में आये मानसिक रोगियों (mental patients) द्वारा बतलाये गये अनुभूतियों पर आधारित थे। इन आधुनिक मनोवैज्ञानिकों ने यह आशंका व्यक्त की है कि ऐसी सीमित अनुभूतियों के आधार पर (और वह भी रोगियों की अनुभूतियों के आधार पर) सामान्य व्यक्ति के व्यक्तित्व के सिद्धान्त का प्रतिपादन करना युक्तिसंगत नहीं है।

(iv) फ्रायड ने अपने व्यक्तिगत सिद्धान्त में लैंगिक ऊर्जा (sexual energy) पर जरूरत से ज्यादा बल डाला है। उनका यह कहना कि जन्म के समय ही बच्चा में लैंगिक ऊर्जा मौजूद रहती है तथा जिसका विकास धीरे-धीरे बाल्यावस्था के मनोलैंगिक अवस्थाओं के माध्यम से होता है, आधुनिक मनोवैज्ञानिकों को मान्य नहीं है।

(v) कुछ मनोवैज्ञानिकों का मत है कि फ्रायड के सिद्धान्त के कुछ सम्प्रत्यय (concept) जरूरत से ज्यादा पौराणिक एवं काल्पनिक कथाओं पर आधारित हैं जिनकी वास्तविकता विश्वास की सीमा से बाहर मालूम पड़ती है। मातृ-मनोग्रन्थि (oedipus complex) एक ऐसा ही सम्प्रत्यय है। लुंडिन (Lundin, 1985) के अनुसार यह कहना कि एक अपरिपक्व बालक अपने अचेतन में अपने माता या पिता से यौन सम्बन्ध चाहता है, बिलकुल ही एक बेतुका बात लगता है। इतना ही नहीं, फ्रायड ने इस ग्रन्थि को एक सार्वजनिक घटना (universal phenomenon) कहा है जो सभी प्रजाति (race) के बच्चों में पाया जाता है। परन्तु ऐसे अनेक संस्कृति (culture) हैं जहाँ पिता एवं पुत्र में विद्वेष (rivalry) का कारण परिवार में पिता का प्रबल एवं शक्तिशाली स्थान होता है न कि किसी तरह की लैंगिक ईर्ष्या (sexual jealousy)।

इन आलोचनाओं के बावजूद फ्रायड द्वारा प्रतिपादित व्यक्तित्व का सिद्धान्त आधुनिक व्यक्तित्व मनोवैज्ञानिकों के लिए महत्त्वपूर्ण प्रेरणा का स्रोत रहा है। इसमें कोई शक नहीं है कि व्यक्ति के दिन-प्रतिदिन के व्यवहार पर फ्रायड के सिद्धान्त का काफी प्रभाव पड़ा है। हाल्ल[1] तथा उनके सहयोगियों (Hall et al., 1985) ने बहुत ही सटीक शब्दों में टिप्पणी करते हुए कहा है, ''सही या गलत, सिगमण्ड फ्रायड ने व्यक्तित्व मनोविज्ञान को जाँच के एक सही रास्ते पर ला रखा है और उसके लिए हम सभी लोग उनके आभारी हैं।''

मनोवैश्लेषिक सिद्धान्त का अनुप्रयोग
(Application of Psychoanalytic Theory)

सिगमण्ड फ्रायड एक ऐसे व्यक्ति थे जिनका अधिकतर समय मानसिक रोगियों की चिकित्सा में व्यतीत हुआ। इसका उद्देश्य रोगियों का सिर्फ उपचार करना नहीं था बल्कि मानव व्यक्तित्व को समझने में पर्याप्त सूझ भी विकसित करना था। शायद यही कारण है कि ऐसा कहा जाता है कि उनके सिद्धान्त तथा चिकित्सकीय अभ्यास (clinical practice) में एक चक्रवर्ती सम्बन्ध (circular relation) है। नैदानिक दृष्टिकोण (clinical viewpoint) से फ्रायड द्वारा प्रतिपादित व्यक्तित्व के मनोविश्लेषणात्मक सिद्धान्त (psychoanalytic theory) के तीन प्रमुख अनुप्रयोग (application) हैं जो निम्नांकित हैं—

1. "Right or wrong, Sigmund Freud certainly set personality psychology on fruitful paths of inquiry, and for that alone we must be very greateful."

—Hall et al., : *Introduction to Theories of Personality*, 1985, p. 63

1. स्वप्न विश्लेषण (Dream analysis)
2. पाराप्रेक्सेज (Parapraxes) या दैनिक जीवन की मनोविकृतियाँ (Psychopathologies of everyday life)
3. मनोचिकित्सा (Psychotherapy)

इन सबका वर्णन निम्नांकित है:—

1. स्वप्न विश्लेषण *(Dream analysis)*—फ्रायड के अनुसार करीब-करीब सभी स्वप्न इच्छा-पूरक (wish-fulfiller) होते हैं क्योंकि स्वप्न में व्यक्ति अपने अचेतन की इच्छाओं की पूर्ति होते पाता है। ऐसी अचेतन की इच्छाएँ प्रायः बाल्यावस्था की होतीं हैं परन्तु कभी-कभी ऐसी इच्छाओं का सम्बन्ध हाल के गत अनुभूतियों से भी होता है। फ्रायड के अनुसार स्वप्न का निर्माण अचेतन में होता है और स्वप्न के माध्यम से ये अचेतन की इच्छाएँ चेतन में अपनी अभिव्यक्ति चाहती हैं। इन अचेतन इच्छाओं को फ्रायड ने *अव्यक्त विषय* (latent content) कहा है तथा स्वप्नद्रष्टा द्वारा स्वप्न की सामग्रियों का किया गया चेतन वर्णन (conscious description) को *व्यक्त विषय* (manifest content) कहा गया। नींद के दौरान भी चेतन के प्रतिबन्धकों (censorship) के कारण अचेतन की इच्छाओं को छद्मरूप धारण कर लेना पड़ जाता है। इस तरह का छद्म रूप कई तरह के प्रक्रमों (mechanism) के सहारे ग्रहण किये जाते हैं। इन्हें *स्वप्न-कार्य* (dream-work) या *स्वप्न प्रक्रम* (dream mechanism) कहा जाता है। स्वप्न प्रक्रम के कई प्रकार हैं जिनमें सबसे अधिक महत्त्वपूर्ण प्रकार संक्षेपण (condensation) तथा विस्थापन (displacement) है। संक्षेपण में अचेतन की इच्छाएँ या सामग्रियाँ व्यक्त विषय (manifest content) में आने के लिए संक्षिप्त रूप धारण कर लेती हैं। विस्थाप्रन में व्यक्ति की अचेतन की इच्छाएँ सम्बन्धित व्यक्ति या वस्तु के प्रति प्रकट न होकर स्वप्न में किसी दूसरे व्यक्ति के प्रति प्रकट हो जाती है या कभी-कभी अचेतन के महत्त्वपूर्ण व्यक्ति या वस्तु के बदले स्वप्न में किसी महत्त्वहीन व्यक्ति या वस्तु के प्रति प्रकट हो जाती है।

स्वप्न के विश्लेषण में फ्रायड सामान्यतः निम्नांकित दो विधियों का प्रयोग करते थे—साहचर्य (association) तथा प्रतीक (symbols)। *साहचर्य विधि* में स्वप्नद्रष्टा (dreamer) से अपने स्वप्न का सम्बन्ध वस्तुओं, घटनाओं या व्यक्तियों से ढूँढने के लिए कहा जाता है। ऐसे साहचर्य तार्किक हो या अतार्किक हो, स्वप्नद्रष्टा को बतलाने के लिए प्रोत्साहित किया जाता है। अगर कोई स्वप्नद्रष्टा अपने मन का साहचर्य बतलाने में असमर्थ रहता है, तो दूसरी विधि, यानी स्वप्न प्रतीक (dream symbol) की विधि अपनायी जाती है जिसमें स्वप्न के व्यक्त विषय (manifest content) के पीछे छिपे अचेतन तत्त्वों (unconscious elements) को प्रतीक के सहारे समझने की कोशिश की जाती है। फ्रायड के इन दोनों ही विधियों द्वारा अचेतन के स्वरूप को समझने में काफी मदद मिलती है। यही कारण है कि फ्रायड ने स्वप्न को अचेतन की ओर जाने का एक 'प्रशासकीय मार्ग' (royal road) कहा है।

फ्रायड ने स्वप्न विश्लेषण से प्राप्त तथ्यों का उपयोग व्यक्तियों के व्यक्तित्व को समझने तथा उसके व्यवहारों के कारणों को समझने में काफी किया है। इन तथ्यों से उनके मनोवैश्लेषिक सिद्धान्त में चार चाँद लग गए हैं।

2. पाराप्रेक्सेज *(Parapraxes)*—पाराप्रेक्सेज एक ऐसा सामान्य पद है जिसका प्रयोग फ्रायड ने उन भूलों या मनोविकृत्तियों (psychopathologies) के लिए किया है जिसे व्यक्ति अपने दिन-प्रतिदिन की जिन्दगी में प्रायः करता है। इन भूलों में बोलने की भूल (slip of tongue), लिखने की भूल (slip of pen), पहचाने की भूल, छपाई की भूलें, वस्तुओं को गलत स्थान पर रखना आदि प्रमुख हैं। सामान्य व्यक्तियों के लिए पाराप्रेक्सेज का कोई अर्थ नहीं होता है। परन्तु फ्रायड (Freud) ने यह स्पष्ट किया कि वे अर्थहीन नहीं होते हैं और उनसे व्यक्ति की अचेतन की इच्छाओं का पता चलता है। इस तरह से पाराप्रेक्सेज फ्रायड के लिए कोई अर्थहीन नहीं बल्कि एक गम्भीर मानसिक क्रिया है तथा उनकी उत्पत्ति समवर्ती क्रियाओं (concurrent actions) से होता है या परस्पर विरोधी विचारों से होता है। इन परस्पर विरोधी विचारों में से एक का स्रोत अचेतन होता है और दूसरे का स्रोत अर्द्धचेतन (subsconscious) होता है। परन्तु इनमें से अचेतन की इच्छाएँ तुलनात्मक रूप से अधिक प्रबल (dominant) होतीं हैं। सचमुच में अचेतन की इच्छाएँ अपनी प्रबलता के कारण अर्द्धचेतन की इच्छाओं का स्थान ग्रहण कर लेतीं हैं।

अतः पाराप्रेक्सेज के अध्ययन से भी फ्रायड यह साबित करने की कोशिश किये हैं कि दिन-प्रतिदिन का मानव व्यवहार जो ऊपर से अर्थहीन लगता है, सचमुच में अर्थहीन नहीं होता है और उनसे भी व्यक्ति के अचेतन को समझने में काफी मदद मिलती है।

3. मनोचिकित्सा *(Psychotherapy)*—मनोवैश्लेषिक व्यक्तित्व सिद्धान्त का एक महत्त्वपूर्ण अनुप्रयोग फ्रायडियन मनोचिकित्सा (Freudian psychotherapy) में है। फ्रायडियन चिकित्सा जिसे मनोवैश्लेषिक चिकित्सा (psychoanalytic therapy) भी कहा जाता है, का उद्देश्य अचेतन की इच्छाओं को चेतन में लाकर उसके अर्थ एवं महत्त्व को समझना, रोगी के अहं (ego) को मजबूत करना तथा उसके अहं को पराहं (super ego) के प्रभाव से मुक्त करना तथा व्यक्ति के प्रत्यक्षण (perception) को वास्तविक (realistic) बनाना है। फ्रायड ने रोगी के अचेतन की इच्छाओं को चेतन में लाने के लिए दो प्रविधियों (techniques) का प्रयोग किया है—स्वतंत्र साहचर्य (free association) तथा स्वप्न विश्लेषण (dream analysis)। *स्वतंत्र साहचर्य* (free association) में रोगी के किसी चेतन विचार (conscious idea) को प्रारम्भ बिन्दु मानकर उस पर उसे स्वतंत्र होकर बोलने या उससे सम्बन्धित संगत (relevant) या असंगत (irrelevant) बातों को बतलाने के लिए कहा जाता है। *स्वतंत्र साहचर्य* की प्रक्रिया आसान नहीं है और कई रोगी इसे सही अर्थ में करने में असफल हो जाते हैं। फलतः फ्रायड ने ऐसे रोगियों के लिए स्वप्न विश्लेषण (dream analysis) पर बल डाला है। यहाँ रोगी अपने स्वप्नों को उपचार के दौरान बतलाते हैं।

युंग का विश्लेषणात्मक सिद्धान्त
(Jung's Analytical Theory)

युंग (Jung, 1875-1961) सिगमण्ड फ्रायड के एक प्रमुख सहयोगी थे परन्तु कुछ बिन्दुओं पर उनके विचारों से विभिन्नता हो जाने के कारण वे फ्रायड से अलग होकर व्यक्तित्व का एक स्वतंत्र सिद्धान्त के निर्माण की घोषणा की जिसे व्यक्तित्व का विश्लेषणात्मक सिद्धान्त (analytical theory) कहा गया। इस सिद्धान्त में व्यक्तित्व के स्वरूप को समझने के लिए कई तरह के पहलुओं पर बल डाला गया है जिन्हें निम्नांकित प्रमुख भागों में बाँटा जा सकता है—

1. व्यक्तित्व की परिभाषा (Definition of personality)
2. व्यक्तित्व का तंत्र या संरचना (System or Structure of personality)
3. व्यक्तित्व की गतिकी (Dynamics of personality)
4. व्यक्तित्व का विकास (Development of personality)
5. युंग की अध्ययन विधियाँ (Jung's Method of studies)

इन सबों का वर्णन हम अलग-अलग अनुच्छेद में करेंगे।

1. व्यक्तित्व की परिभाषा *(Definition of personality)*—युंग के व्यक्तित्व सिद्धान्त में व्यक्तित्व को कुछ नपे-तुले शब्दों में परिभाषित करने की कोशिश की गयी है। युंग के अनुसार व्यक्तित्व (personality) या जिसके लिए उन्होंने 'मन' (psyche) पद का भी उपयोग किया है, एक ऐसी सम्पूर्णता (wholeness or unity) है जिसमें सभी तरह के चिन्तन, भाव, व्यवहार, चेतन एवं अचेतन की प्रक्रियाएँ सम्मिलित होतीं हैं। सचमुच में व्यक्तित्व हमें सामाजिक एवं भौतिक पर्यावरण के साथ अनुकूलन या समायोजन करने में मदद करता है। व्यक्ति के जीवन का अन्तिम लक्ष्य व्यक्ति के उक्त सम्पूर्णता का एक आदर्श विकास से होता है। व्यक्ति हर तरह से यह कोशिश करता है कि वह इस मौलिक सम्पूर्णता (fundamental unity) को विस्तृत करे तथा साथ-ही-साथ इसके सभी आवश्यक तत्त्वों के बीच सामंजस्यता (harmony) को भी बनाये रखें।

2. व्यक्तित्व का तंत्र या संरचना *(System or Structure of personality)*—युंग के अनुसार व्यक्तित्व के कई तंत्र या संरचनाएँ (structures) हैं जिनमें निम्नांकित प्रमुख हैं—

(i) चेतन एवं अहं (Conciousness and Ego)
(ii) अचेतन (Unconscious)
(iii) आदिरूप (Archetype)
(iv) मनोवृत्ति एवं प्रकार्य (Attitude and Function)
(v) मनोवैज्ञानिक प्रकार (Psychological type)

व्यक्तित्व के इन पाँचों संरचनाओं या तंत्रों का वर्णन इस प्रकार हैः—

(i) चेतन एवं अहं *(Conscious and Ego)*—फ्रायड के समान युंग ने भी व्यक्तित्व के सिद्धान्त में मन (mind or psyche) को दो भागों में बाँटा है— *चेतन* (conscious) तथा *अचेतन* (unconscious)। युंग के अनुसार चेतन एक सापेक्ष सम्प्रत्यय (relative concept) है। चेतन से युंग का तात्पर्य मन के उस भाग से होता है जिनका सम्बन्ध प्रत्यक्षण, चिन्तन, भाव तथा स्मरण से होता है। सचमुच में चेतन एक ऐसा ज्ञान या अभिज्ञा (awareness) है जो अपने दिन-प्रतिदिन के सामान्य क्रियाओं (normal activities) को सम्पन्न करता है। चेतन का सम्बन्ध अहं (ego) से प्रत्यक्ष होता है और इसी सम्बन्ध के आधार पर चेतन तथा अचेतन में अन्तर भी किया जाता है। कोई भी मानसिक सामग्री (psychic material) जिसका ज्ञान अहं (ego) द्वारा हो पाता है, चेतन (conscious) कहलाता है तथा जिस मानसिक सामग्री का ज्ञान अहं द्वारा नहीं हो पाता है उसे अचेतन (unconscious) कहा जाता है। इसका मतलब यह हुआ कि अहं (ego) चेतना का केन्द्र (centre) होता है और युंग के सिद्धान्त में इसका सम्बन्ध केवल चेतन मन (conscious psyche) से होता है।

(ii) अचेतन *(Unconscious)*—युंग के अनुसार मन का दूसरा महत्त्वपूर्ण भाग अचेतन (unconscious) है जिससे तात्पर्य उन सभी मानसिक प्रक्रियाओं (psychic processes) से होता है जो अहं (ego) से सम्बन्धित नहीं होते हैं। अचेतन में दो तरह की सामग्रियाँ संचित होतीं हैं। पहले श्रेणी में उन सामग्रियों को रखा जाता है जो कभी चेतन में थीं परन्तु बाद में उनका दमन चेतन से अचेतन में कर दिया गया था या वे चेतन के देहली (threshold) से नीचे चले गये थे। इसके अतिरिक्त दूसरी श्रेणी में उन मानसिक तत्त्वों या सामग्रियों को रखा जाता है जो कभी भी चेतन में नहीं थे। इसमें से कुछ तत्त्व तो ऐसे होते हैं जिनके आधार पर भविष्य के अचेतन का निर्माण होता है तथा कुछ तत्त्व ऐसे होते हैं जो कभी चेतन में आने योग्य नहीं होते हैं। इन दूसरे तरह के तत्त्वों से बने अचेतन को *साइकोआड अचेतन* (Psychoid unconscious) कहा जाता है जिनके अस्तित्व को साबित करना मुश्किल है।

युंग ने अचेतन को दो भागों में बाँटा है—

(क) व्यक्तिगत अचेतन (Personal unconscious)

(ख) सामूहिक अचेतन (Collective unconscious)

इन दोनों तरह के अचेतन का वर्णन निम्नांकित हैः—

(क) व्यक्तिगत अचेतन *(Personal unconscious)*—युंग के अनुसार अचेतन का सबसे ऊपरी एवं सतही स्तर को व्यक्तिगत अचेतन कहा जाता है जिसमें सभी तरह की दमित इच्छाएँ, भूली-बिसरी यादें तथा व्यक्ति में अचेतन रूप से (subliminally) प्राप्त अनुभूतियाँ आदि संचित होतीं हैं। इसमें शैशव की दमित इच्छाएँ एवं यादें आदि भी सम्मिलित होतीं हैं। इसे व्यक्तिगत अचेतन इसलिए कहा जाता है क्योंकि यह प्रत्येक व्यक्ति में अपने ढंग का अर्थात् अपूर्व (unique) होता है। व्यक्तिगत अंचेतन की कुछ अनुभूतियाँ ऐसी होतीं हैं जिनका प्रत्यक्षण आसानी से किया जा सकता है; कुछ ऐसी होतीं हैं जिनके प्रत्याह्वान में कुछ कठिनाई होती हैं तथा कुछ ऐसे होते हैं जिन्हें चेतन में लाना सम्भव नहीं हो पाता है। व्यक्तिगत अचेतन के अन्तर्वस्तु (content) को *मनोग्रन्थि* (complex) कहा जाता है जिसका पता युंग ने शब्द साहचर्य परीक्षण (words association test) द्वारा किया। मनोग्रन्थि से तात्पर्य संवेगों, स्मृतियों, प्रत्यक्षणों एवं इच्छाओं जिनका एक सामान्य सार (common theme) होता है, का एक केन्द्रीय भाग (core) या पैटर्न (pattern) से होता है। जैसे—किसी व्यक्ति में सत्ता मनोग्रन्थि (power complex) हो सकता है और तब ऐसी परिस्थिति में उसके मन में सिर्फ सत्ता प्राप्ति सम्बद्ध बातें आयेंगी और उसका प्रत्येक व्यवहार इसी सत्ता प्राप्ति से निर्धारित होगा। इस तरह से भिन्न-भिन्न ढंग से सत्ता मनोग्रन्थि यह निर्धारित करेगा कि व्यक्ति पर्यावरण को किस तरह से प्रत्यक्षण करता है। युंग[1] ने इस पर टिप्पणी करते हुए कहा है, ''व्यक्ति में मनोग्रन्थि नहीं होता है बल्कि मनोग्रन्थि में वह होता है।'' जब एक बार व्यक्ति में मनोग्रन्थि का निर्माण हो जाता है तो वह चेतन (conscious) के अधीन नहीं होता है बल्कि वह चेतन के साथ बीच-बीच में रोक-टोक (interference) भी करने लगता है। मनोग्रन्थियाँ अंशतः चेतन (conscious) होती हैं और वे व्यक्तिगत तथा सामूहिक दोनों तरह के अचेतनों से भी उत्पन्न हो सकतीं हैं।

(ख) सामूहिक या पारवैयक्तिक अचेतन *(Collective or transpersonal unconscious)*—सामूहिक अचेतन युंग का सबसे महत्त्वपूर्ण परन्तु विवादास्पद सम्प्रत्यय (concept) है। यह मन का सबसे गहरा एवं अप्रवेश्य

1. **"A person does not have a complex, the complex has him." —Jung**

(inaccessible) भाग है। जिस तरह से व्यक्तिगत अचेतन (personal unconscious) में व्यक्ति की अपनी व्यक्तिगत अनुभूतियाँ संचित होतीं हैं, उसी तरह से सामूहिक अचेतन में पूरे मानव जाति की अनुभूतियाँ जो हमलोग में से प्रत्येक को अपने पूर्वजों से प्राप्त होता है, संचित होतीं हैं। इसमें संचित अनुभूतियाँ प्रत्येक पीढ़ी के प्रत्येक व्यक्ति के मस्तिष्क में दोहरायी जातीं हैं। जैसे हमलोगों के पूर्वजों में ईश्वर, माँ, सूर्य, पानी, पृथ्वी आदि के बारे में कुछ निश्चित विचारधाराएँ थीं जिसे हमें विभिन्न पीढ़ियों से होते हुए आज प्राप्त हुआ हैं। सूर्य को देवता मानकर पूजा करने का विचार हमें अपने पूर्वजों से ही प्राप्त हुआ है जो सामूहिक अचेतन का एक उदाहरण है।

सामूहिक अचेतन के तत्त्व (contents), सुषुप्त (dormant) एवं निष्क्रिय नहीं होते हैं बल्कि सक्रिय होते हैं और व्यक्ति के संवेग, चिन्तन एवं क्रियाओं को प्रभावित करते हैं। ऐसे तत्त्वों को व्यक्ति अपनी क्रियाओं के माध्यम से स्पष्टीकरण करता है। व्यक्तियों में तरह-तरह के धार्मिक विश्वासों, पुराणकथाओं (myths) तथा दन्तकथाओं (legends) आदि का स्रोत यही सामूहिक अचेतन ही होता है। युंग ने भी यह कहा है कि सामूहिक अचेतन के कारण व्यक्ति कभी-कभी कुछ स्वप्न भी देखता है जिसका अर्थ स्वयं स्वप्नकर्त्ता नहीं समझता है तथा जिसमें वह कुछ ऐसे तत्त्वों को देखता है जो पूरे मानव जाति के लिए महत्त्वपूर्ण होता है। ऐसे स्वप्न को युंग ने *'बड़ा स्वप्न'* (big dream) कहा है।

सामूहिक अचेतन में संचित पौराणिक अनुभूतियों (ancient experiences) की अभिव्यक्ति कुछ प्रतिमाओं (images) के रूप में होती है जिन्हें *आदिरूप* (archetype) कहा जाता है। इसे युंग ने अन्य कई नामों जैसे—सामूहिक संकेत (collective symbols), आदिकालीन संकेत (premordial images), पौराणिक संकेत (mythological image) आदि से भी पुकारा है। आदिरूप (archetype) इस अर्थ में मनोग्रन्थि (complex) के समान होता है कि इसमें भी सम्बन्धित प्रतिमाओं (associated images) का सांवेगिक रूप से रंजित संग्रहण पाया जाता है। परन्तु फिर भी आदिरूप का स्वरूप मनोग्रन्थि से भिन्न होता है क्योंकि मनोग्रन्थि वैयक्तिक (individualizaed) होता है तथा वह व्यक्तिगत अचेतन का तत्त्व होता है जबकि आदिरूप (archetype), सामान्यीकृत (generalized) होता है तथा सामूहिक अचेतन का तत्त्व (contents) होता है।

आदिरूप की अभिव्यक्ति व्यक्तियों के स्वप्न एवं कल्पनाचिन्तन (fantasies) में होता है। युंग ने कई तरह के आदिरूपों की चर्चा किया है जिसमें से प्रमुख निम्नांकित हैं—

(a) परसोना (Persona)

(b) एनीमा तथा एनीमस (Anima and Animus)

(c) छाया (Shadow)

(d) आत्मन् (Self)

इन सबों का वर्णन निम्नांकित हैः—

(a) परसोना *(Persona)*—मूलतः 'परसोना' पद से तात्पर्य एक 'नकाब' (mask) से होता है जिसे नाटक करनेवाले व्यक्ति अपने मुँह पर इसलिए लगाते हैं कि वे लोगों के सामने विभिन्न भूमिकाओं में अपने आप को पेश कर सके। युंग द्वारा परसोना आदिरूप (persona archetype) को लगभग इसी अर्थ में उपयोग किया गया है। युंग के अनुसार परसोना से तात्पर्य व्यक्ति के उस रूप या भूमिका से होता है जो उसके वास्तविक रूप या भूमिका से सर्वथा भिन्न होता है। युंग का मत था कि परसोना आदिरूप का महत्त्व इसलिए है कि व्यक्ति को अपने दिन-प्रतिदिन की जिन्दगी में विभिन्न तरह की भूमिका (roles) करना पड़ता है और उसमें सफलता प्राप्त करने के लिए यह आवश्यक है कि व्यक्ति भिन्न-भिन्न तरह की भूमिका करे।

यद्यपि परसोना एक काफी उपयोगी सम्प्रत्यय (concept) है फिर भी इसके कुछ हानिकारक प्रभाव होते हैं। जैसे—कोई व्यक्ति यह समझने की भूल कर सकता है कि परसोना ही व्यक्ति का वास्तविक रूप है। इसमें व्यक्तित्व के वास्तविक स्वरूप को समझने में कठिनाई हो सकती है। दूसरा, परसोना से सम्बद्ध भूमिका करने में व्यक्ति का हर प्रयास उस भूमिका को सफल बनाने में ही होता है। उसके व्यक्तित्व के अन्य पहलुओं का इस तरह से विकास नहीं हो पाता है। पहले प्रभाव में व्यक्ति एक तरह से दूसरों को धोखा देता है तथा दूसरे प्रभाव में व्यक्ति अपने आपको धोखा देता है।

(b) एनीमा तथा एनीमस *(Anima and Animus)*—युंग का यह मत था कि मनुष्य एक उभयलिंगी या द्विलिंगी (bisexual) प्राणी होता है। जैविक स्तर पर दोनों यौन (sex) के व्यक्ति अपने लिंग के उपयुक्त हारमोन्स के

अलावा विपरीत लिंग के हारमोन्स का स्राव करते हैं। मनोवैज्ञानिक स्तर पर प्रत्येक यौन (sex) अर्थात् स्त्री एवं पुरुष दोनों ही अपने यौन के अलावा विपरीत यौन के गुणों एवं चित्तप्रकृति (temperament) की भी अभिव्यक्ति करते हैं क्योंकि सदियों से ये दोनों ही साथ-साथ रहते आये हैं। महिलाओं में पौरुष तत्त्वों (masculine elements) के रूप को *एनीमस* तथा पुरुषों में स्त्रैण तत्त्वों (feminine elements) के रूप को *एनीमा* (anima) कहा जाता है। ये दोनों आदिरूप से मनुष्यों के समायोजन को समझने तथा मानवता को जीवित रखने में काफी मदद मिलती है। ऐसे आदिरूप विपरीत यौन की कुछ विशेषताओं (characteristics) को पसंद करने में तथा उनके प्रति व्यवहार करने में काफी मदद करते हैं।

युंग ने इस बात पर अधिक बल डाला है कि एनीमा तथा एनीमस दो ऐसे आदि रूप हैं जिनकी अभिव्यक्ति अनिवार्य है। दूसरे शब्दों में, पुरुषों द्वारा पौरुष गुणों के समान स्त्रैण गुणों की भी अभिव्यक्ति होनी चाहिए तथा स्त्रियों द्वारा स्त्रैण गुणों के समान पौरुष गुणों की भी अभिव्यक्ति होनी चाहिए। अगर ऐसा नहीं होता है तो व्यक्तित्व का विकास एकतरफा रहेगा और कुछ आवश्यक शीलगुणों का विकास नहीं हो पायेगा। ऐसी परिस्थिति में व्यक्ति पूर्णतः मानवोचित (humane) नहीं होगा क्योंकि उसकी प्रकृति का एक पहलू दमित हो गया है।

(c) छाया *(Shadow)*—छाया एक ऐसा आदिरूप (archetype) है जिसमें वैसी इच्छाएँ होतीं हैं जिसे समाज आपत्तिजनक, अनैतिक, बुरा आदि समझता है। यह व्यक्तित्व का अंधेरा पक्ष (dark side) होता है। इसमें निहित गुणों को व्यक्ति स्वीकार नहीं करना चाहता है तथा उसे व्यक्ति दूसरों से और यहाँ तक कि अपने आप से छिपाता है। अतः यह व्यक्तित्व का तुच्छ या पाशविक पक्ष (animal side) होता है ओर बहुत कुछ यह फ्रायड द्वारा प्रतिपादित सम्प्रत्यय उपाहं (id) से मिलता-जुलता है। युंग ने यह भी स्पष्ट किया है कि छाया में सिर्फ आपत्तिजनक एवं अनैतिक इच्छाएँ ही नहीं होती हैं बल्कि यह सर्जनात्मकता (creativity), शक्ति (vitality), स्वाभाविकता (spontaneity) का भी प्रमुख स्रोत होता है। अगर छाया आदिरूप (shadow archetype) को किसी वजह से पूर्णतः दमित (repressed) कर दिया जाता है, तो वैसी परिस्थिति में व्यक्तित्व नीरस (dull) एवं जीवनरहित (lifeless) हो जाता है। युंग का मत है कि यह अहं (ego) का कार्य है कि वह छाया आदिरूप के बलों (forces) को इस तरह से दिशा निर्देश दे कि वह उसके पाशविक मूलप्रवृत्ति (animal instinct) को दमित करे तथा उन मूलप्रवृत्तियों (instincts) की अभिव्यक्ति करे जो सर्जनात्मकता तथा शक्ति प्रदान करता है। युंग ने यह भी मत व्यक्त किया है यदि छाया आदिरूप को पूर्णतः दमित कर दिया जाता है, तो सम्भव है कि व्यक्तित्व का यह अंधेरा पक्ष (dark side) द्वारा विद्रोह उत्पन्न कर दिया जाए। सच्चाई यह है कि इस आदिरूप की इन अनैतिक इच्छाओं को जब दमित कर दिया जाता है तो वे थोड़ा सुषुप्त (dormant) एवं निष्क्रिय अवश्य हो जाते हैं। परन्तु पूर्णतः समाप्त नहीं हो जाते हैं। मौका मिलते ही या अहं को कमजोर पाकर वे उसपर हावी हो जाते हैं और उसपर पुनः अपना नियंत्रण कायम करने की भूरपूर कोशिश कर देते हैं। ऐसी परिस्थिति में व्यक्ति पूर्णतः अचेतन के नियंत्रण में हो जाता है जो स्पष्टतः एक अस्वस्थकर चिह्न (unhealthy sign) है।

(d) आत्मन् *(Self)*—युंग के सिद्धान्त में सबसे महत्त्वपूर्ण आदिरूप 'आत्मन्' (self) है जिसके द्वारा सम्पूर्ण व्यक्तित्व की एकात्मकता (unity), सम्पूर्णता तथा समन्वय (integration) आदि का प्रतिनिधित्व होता है या इस तरह की सम्पूर्णता के प्रति एक महत्त्वपूर्ण प्रयास (striving) जो जिन्दगी का अन्तिम लक्ष्य होता है, का प्रतिनिधित्व होता है। आत्मन् के आदिरूप (archetype) में व्यक्तित्व के सभी भागों को एक साथ मिलाकर उसे सन्तुलित करने का प्रयास किया जाता है। सचमुच में, आत्मन् (self) व्यक्तित्व का एक मध्य बिन्दु (midpoint) होता है जिसके इर्द-गिर्द सभी अन्य तंत्र गुच्छित होते हैं। सचमुच में, आत्मन् द्वारा वैयक्तिकीकरण (individuation) की प्रक्रिया का निर्देशन होता है जिसके सहारे व्यक्ति के लाभदायक एवं सर्जनात्मक (creative) पहलू को चेतन में लाया जाता है तथा उसे उत्पादक कार्यों (productive activity) में लगाया जाता है।

यद्यपि आत्मन् आदिरूप (self archetype) व्यक्ति में जन्म से ही उपस्थित होता है, परन्तु इसकी वास्तविक अभिव्यक्ति मध्यावस्था (middle age) के सालों में होती है जो युंग के विचार में पारगमन (transition) का सबसे महत्त्वपूर्ण अवधि होती है। आत्मन् की पूर्ण अनुभूति (full realization) तब तक सम्भव नहीं है जबतक कि आत्मन् का ज्ञान पूरा नहीं हो।

उपयुक्त प्रमुख आदिरूप (archetype) के अलावा युंग ने अन्य दूसरे तरह के आदिरूपों (archetypes) का भी वर्णन किया है जिनमें नायक (hero), माँ (mother), मृत्यु (death), तारा (stars), बच्चा (child) आदि प्रमुख हैं जिनका वर्णन यहाँ उतना महत्त्व नहीं रखता है।

(iv) मनोवृत्ति एवं प्रकार्य *(Attitude and Functions)* युंग के अनुसार मन (psyche) के दो महत्त्वपूर्ण मनोवृत्ति (attitude) तथा चार महत्त्वपूर्ण कार्य (functions) होते हैं। ये दो मनोवृत्तियाँ हैं—अन्तर्मुखता (introversion) तथा बहिर्मुखता (extroversion)। सचमुच में युंग पहले मनोवैज्ञानिक हैं जिन्होंने इन दो पक्षों का उपयोग मनोविज्ञान में किया है। अन्तर्मुखता एक मनोवृत्ति है जिसमें व्यक्ति के मानसिक ऊर्जा (psychic energy) का प्रवाह स्वयं अपनी ही ओर होता है और वह अपने आंतरिक दुनिया (inner world) का प्रत्यक्षण आत्मनिष्ठ (subjective) भाव से करता है तथा उसकी व्याख्या करता है। बहिर्मुखता (extroversion) की मनोवृत्ति अन्तर्मुखता की मनोवृत्ति के ठीक विपरीत होता है जिसमें व्यक्ति के मानसिक ऊर्जा (psychic energy) का प्रवाह स्वयं अपनी ओर न होकर बाहर की वस्तुओं एवं घटनाओं की ओर होता है। ऐसे लोगों की मनोवृत्ति में वस्तुनिष्ठता अधिक होती है तथा आत्मनिष्ठता (subjectivity) दबी हुई होती है। उपर्युक्त दोनों पदों का लोकप्रिय अर्थ उपर्युक्त अर्थ से भिन्न है। अधिकतर लोगों ने बहिर्मुखता तथा अन्तर्मुखता को स्वतंत्र प्रकार (type) माना है। परन्तु युंग का ऐसा मत कभी नहीं था। उन्होंने स्पष्टतः अपने सिद्धान्त में यह बतलाया है कि ये दो व्यक्तित्व के प्रकार नहीं है बल्कि ये दो मनोवृत्तियाँ हैं जो एक-दूसरे के विरोधी हैं परन्तु प्रत्येक व्यक्ति. में पाये जाते हैं। अगर बहिर्मुखता चेतन (conscious) होता है तो अन्तर्मुखता अचेतन (uncouscious) होता है और यदि अन्तर्मुखता चेतन होता है तो बहिर्मुखता अचेतन होता है। इस तरह से युंग के विश्लेषणात्मक मनोविज्ञान (analytical psychology) में बहिर्मुखता तथा अन्तर्मुखता एक-दूसरे के विपरीत होते हुए भी एक-दूसरे के साथ परिपूरक सम्बन्ध (compensatory relationship) में बंधे होते हैं जिसे यांगयिन वृत्त[1] (Yang-and-Yin motif or circle) से चित्र 13.9 में दिखलाया गया है।

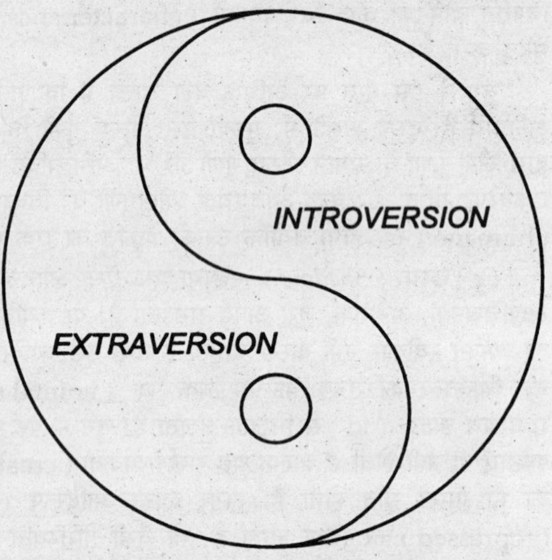

चित्र 13.9: यांग-एवं-यिन वृत्त

युंग ने अपने सिद्धान्त में चार तरह के मुख्य कार्यों (functions) का वर्णन किया है। युंग का कार्य से तात्पर्य उन विभिन्न तरीकों से था जिसके सहारे व्यक्ति बाह्य दुनिया की वास्तविकता तथा आन्तरिक दुनिया की आत्मनिष्ठता (subjectivity) को समझता है तथा उसका प्रत्यक्षण करता है। युंग के अनुसार मन (psyche) के चार प्रमुख कार्य है—

(a) संवेदन *(Sensation)*—इससे यह पता चलता है कि अमुक उद्दीपक या वस्तु क्या है।

(b) चिन्तन *(Thinking)*—इसके द्वारा हम वस्तु या उद्दीपक का अर्थ की पहचान कर पाते हैं।

(c) भाव *(Feeling)*—इस कार्य द्वारा व्यक्ति संवेगात्मक अनुक्रियाएँ जैसे मुझे यह जानकर दुःख हुआ या 'मुझे आपसे मिलकर खुशी हुई', आदि की अभिव्यक्ति कर पाता है।

(d) अन्तर्ज्ञान *(Intuition)*—इसके द्वारा व्यक्ति अपने इर्द-गिर्द देखकर उसके बारे में एक ज्ञान प्राप्त करता है परन्तु वह यह नहीं समझ पाता है कि उसे ऐसा ज्ञान किस तरह हो पाया है।

उपर्युक्त चार कार्यों में से चिन्तन एवं भाव को *तर्कसंगत कार्य* (rational function) कहा गया है क्योंकि इसमें तर्क एवं निर्णय की सख्त जरूरत होती है। बाकी दोनों कार्यों अर्थात् संवेदन एवं अन्तर्ज्ञान को *अतर्कसंगत कार्य*

---

1. युंग ने अपने सिद्धान्त में परस्पर विरोधी तत्त्वों को यांग (Yang) तथा यिन (Yin) कहा है।

(irrational function) कहा गया है क्योंकि इन दोनों में व्यक्ति वस्तुओं का तात्कालिक प्रत्यक्षण करता है परन्तु उनमें किसी तरह की तर्कणा (reasoning) तथा निर्णय (judgement) सम्मिलित नहीं होता है।

युंग ने अपने सिद्धान्त में यह बतलाया है कि उपर्युक्त दो तरह मनोवृत्ति एवं चार तरह के कार्य (function) के सहारे कुल आठ तरह के मनोवैज्ञानिक प्रकार (psychological type) हो सकते हैं जिनकी चर्चा हम अगले अनुच्छेद में करेंगे।

(v) मनोवैज्ञानिक प्रकार *(Psychological types)*—युंग ने अपने व्यक्तित्व सिद्धान्त में निम्नांकित आठ तरह के व्यक्तित्व प्रकारों का वर्णन किया है—

(a) बर्हिमुखी चिन्तन प्रकार *(Extroverted thinking type)*—ऐसे व्यक्ति अपने जीवन के आदर्शों एवं नियमों क़ा सख्ती से पालन करते हैं। वे अपने भावों एवं संवेगों को दमित करते हैं और अपनी जिन्दगी में वस्तुनिष्ठता अधिक पसंद करते हैं।

(b) बर्हिमुखी भाव प्रकार *(Extroverted feeling type)*—ऐसे लोग अपने चिन्तन का दमन करने वाले होते हैं तथा इनका प्रकृति अधिक सांवेगिक स्वरूप का होता है। उन्हें जो सामाजिक मूल्यों, मानकों एवं आदर्शों की शिक्षा दी गयी होती है, उस पर वे अडिग होते हैं। ऐसे लोग दूसरों के विचारों, मतों एवं प्रत्याशाओं के प्रति अधिक संवेदनशील होते हैं।

(c) बहिर्मुखी संवेदी प्रकार *(Extroverted sensing type)*—इस तरह के व्यक्तित्व प्रकार वाले व्यक्ति खुशमिजाज होते हैं और हमेशा नयी-नयी अनुभूतियों एवं संवेदनों को प्राप्त करने में उन्हें अत्यधिक उल्लास एवं हर्ष का अनुभव होता है। ऐसे व्यक्तियों में सच्चाई के प्रति उन्मुखता अधिक होती है और विभिन्न परिस्थितियों में लोगों के साथ आसानी से समायोजन स्थापित कर लेने वाले होते हैं।

(d) बहिर्मुखी अन्तर्ज्ञानी प्रकार *(Extroverted intuiting type)*—इस तरह के व्यक्तित्व प्रकार वाले व्यक्ति उचित अवसर की पहचान कर उसका सही उपयोग करने की क्षमता रखते हैं। अतः ऐसे लोग व्यवसाय एवं राजनीति में अधिक सफल होते हैं। ऐसे लोग किसी नये विचार से काफी उत्तेजित होते हैं तथा उनका स्वरूप सर्जनात्मक होता है।

(e) अन्तर्मुखी चिन्तन प्रकार *(Introverted thinking type)*—इस तरह के व्यक्तित्व वाले व्यक्ति दूसरों के साथ ठीक ढंग से समायोजन नहीं दिखला पाते हैं तथा अपने विचारों एवं मतों को ठीक ढंग से संचारित भी नहीं कर पाते हैं। ऐसे लोग अपने चिन्तन की अपेक्षा अपने भाव पर अधिक ध्यान केन्द्रित करते हैं। इनमें व्यावहारिक निर्णय (practical judgement) की क्षमता भी कम होती है।

(f) अन्तर्मुखी भाव प्रकार *(Introverted feeling type)*—इस तरह के व्यक्तित्व वाले व्यक्तियों का चिन्तन दमित (repressed) होता है। ऐसे लोगों अन्य लोगों के लिए सामान्य पहुँच से बाहर तथा रहस्यमय होते हैं। ऐसे लोग प्रायः शांत एवं विनम्र (modest) होते हैं परन्तु वे दूसरों के विचारों एवं भावों को कम प्रधानता देते हैं।

(g) अन्तर्मुखी संवेदी प्रकार *(Introverted sensing type)*—ऐसे व्यक्तित्व वाले व्यक्तियों में अन्तर्मुखता (introvertion) का गुण अधिक होता है तथा उनका स्वरूप अतार्किक (irrational) होता है। ऐसे लोग अपने पर्यावरण से अपने आप को अलग रखने की कोशिश करते हैं। ऐसे लोग भीतर से काफी संवेदनशील होते हैं, अपने संवेदनों पर अधिक ध्यान केन्द्रित करने वाले होते हैं तथा अपने अन्तर्ज्ञन को दमित करने वाले होते हैं।

(h) अन्तर्मुखी अन्तर्ज्ञानी प्रकार *(Introverted Intuiting type)*—ऐसे व्यक्तित्व वाले व्यक्ति अपने अन्तर्ज्ञान (intrusion) पर इतना अधिक ध्यान केन्द्रित किये रहते हैं कि वास्तविकता से उनका सम्पर्क बहुत कम रह जाता है। ऐसे लोग अपनी काल्पनिक दुनिया बना लेते हैं ओर उसी में विचरण करना अधिक पसंद करते हैं। ऐसे लोगों को अन्य लोग ठीक ढंग से समझ नहीं पाते हैं और प्रायः वे अन्य लोगों द्वारा सनकी या झक्की समझे जाते हैं।

3. व्यक्तित्व की गतिकी *(Dynamics of personality)*—अन्य व्यक्तित्व मनोविज्ञानियों के समान युंग ने भी व्यक्ति को एक जटिल ऊर्जा तंत्र (complex energy system) माना है। युंग का मत था कि व्यक्ति के मानसिक ऊर्जा (psychic energy) तथा दैहिक ऊर्जा (physical energy) दोनों ही अन्तबर्दल (interchangeable) स्वरूप के होते हैं क्योंकि दोनों का स्रोत एक ही है तथा दोनों द्वारा एक ही तरह के कार्य किये जाते हैं। शारीरिक या दैहिक ऊर्जा को मानसिक ऊर्जा (psychic energy) में बदला जा सकता है तथा मानसिक ऊर्जा को शारीरिक ऊर्जा

में भी बदला जा सकता है। दूसरे शब्दों में, मन शरीर को प्रभावित कर सकता है तथा शरीर मन को प्रभावित कर सकता है।

युंग ने फ्रायड द्वारा प्रतिपादित सम्प्रत्यय अर्थात् लिविडो (libido) को स्वीकार किया परन्तु फ्रायड के समान इसे मात्र एक यौन ऊर्जा (sex energy) मानने से इनकार कर दिया। इन्होंने लिविडो को दो भिन्न अर्थों में उपयोग किया है—पहले अर्थ में उन्होंने लिविडो को एक सामान्य जीवन ऊर्जा (general life energy) के रूप में स्वीकार किया है तथा दूसरे अर्थ में उन्होंने लिविडो को एक संकुचित मानसिक ऊर्जा (narrower psychic energy) के रूप में उपयोग किया है जो व्यक्तित्व द्वारा किये जा रहे कार्यों को एक तरह का ईंधन (fuel) प्रदान करता है।

युंग ने मानसिक ऊर्जा (psychic energy) के कार्यों की व्याख्या करने के लिए भौतिकी से अर्थात् थर्मोडायनेमिक्स (Thermodynamics) से मदद लेने की कोशिश किया है और वे इसके लिए निम्नांकित तीन नियमों (principles) का प्रतिपादन भी किया है जो इस प्रकार है—

(i) विलोम का नियम *(Principle of Opposite)*—जिस तरह से भौतिक ऊर्जा (physical energy) में ध्रुवता (polarities) या विलोम जैसे—ठंडा-गर्म, ऊँचाई-गहराई आदि का गुण पाया जाता है, उसी तरह मानसिक ऊर्जा में भी विलोम का गुण पाया जाता है। मनुष्य के प्रत्येक इच्छा या भाव में दो विपरीत ध्रुव होते हैं। जैसे—व्यक्ति में सुखद या दुखद का भाव हो सकता है, सामाजिक या असामाजिक इच्छा हो सकती है, आदि-आदि। अगर उनमें इस तरह का ध्रुवीकरण नहीं होगा तो व्यक्ति में उन्हें समान (equal) करने की प्रवृत्ति नहीं उत्पन्न होगी। यही समीकरण (equalization) की प्रक्रिया को ऊर्जा कहा जाता है। भाव या इच्छा के दोनों ध्रुवों के बीच जितना ही अधिक तीव्र अन्तर होगा, मानसिक ऊर्जा (psychic energy) उतनी अधिक मात्रा में उत्पन्न होगी।

(ii) तुल्यता का नियम *(Principle of Equivalence)*—इस नियम के अनुसार किसी कार्य को करने में जो ऊर्जा लगता है, वह समाप्त नहीं हो जाता है बल्कि व्यक्तित्व के दूसरे हिस्से में अंतरित (shift) हो जाती है। इसका मतलब यह हुआ कि इस नियम के अनुसार व्यक्तित्व में ऊर्जा का सतत् पुनर्वितरण (redistribution) होता रहता है। जब व्यक्ति किसी एक कार्य में अपना अभिरुचि खो देता है और किसी दूसरे कार्य में अपनी अभिरुचि लगाता है, तो पहले क्षेत्र में लगा मानसिक ऊर्जा (psychic energy) का अंतरण दूसरे क्षेत्र में हो जाता है। जैसे—यदि कोई छात्र पढ़ाई में मन न लगाकर जब क्रिकेट खेलने में मन लगाता है, तो उसकी मानसिक ऊर्जा पढ़ाई से हटकर क्रिकेट खेल में अत्यधिक हो जाता है। इस नियम का 'तुल्यता' पद इस ओर संकेत करता है कि नया क्षेत्र जिसमें ऊर्जा (energy) का अंतरण होता है उसका महत्त्व उतना ही होता है जितना कि पहले क्षेत्र का अर्थात् महत्त्व के दृष्टिकोण से उसमें तुल्यता (equivalence) होती है। अगर ऐसा नहीं है तो अतिरिक्त ऊर्जा, उस नये क्षेत्र में अंतरित न होकर व्यक्ति के अचेतन (unconscious) में अंतरित हो जाएगा।

(iii) इन्ट्रोपी का नियम *(Principle of Entropy)*—यह नियम भौतिकी के थर्मोडायनेमिक्सि के दूसरे नियम पर आधारित है। भौतिकी में इस नियम का अर्थ यह होता है कि ऊर्जा मजबूत (जैसे गर्म) से कमजोर (जैसे ठंडा) तत्त्व की ओर प्रभावित होता है। जैसे—यदि कोई गर्म वस्तु तथा ठंडे वस्तु को सटाकर रख दिया जाय,तो ताप गर्म से ठंडे वस्तु की ओर तबतक प्रभावित होते रहेगा जबतक कि दोनों वस्तुओं का तापक्रम बराबर न हो जाय। मानसिक ऊर्जा के साथ भी यही बात होती है। व्यक्तित्व में हमेशा एक संतुलन (balance) या साम्यता (equilibrium) की प्रवृत्ति पायी जाती है। जैसे—जब व्यक्ति की इच्छा की तीव्रता में अन्तर होता है, तो अधिक तीव्र इच्छा से ऊर्जा की प्रवाह कम तीव्र इच्छा की ओर तबतक जारी रहता है जबतक कि इन दोनों में एक संतुलन (balance) न स्थापित हो जाय। संतुलन स्थापित हो जाने पर इन दोनों इच्छाओं के बीच एक नयी इच्छा का जन्म होता है और व्यक्तित्व में स्थिरता (stability) उत्पन्न होती है।

4. व्यक्तित्व का विकास *(Development of personality)*—युंग ने अपने सिद्धान्त में व्यक्तित्व विकास की भी संतोषजनक व्याख्या किया है। इनका मत है कि मानव व्यक्तित्व विकास कई अवस्थाओं (stages) से होकर गुजरता है और अन्त में वैयक्तिकीकरण (individuation) की ओर उन्मुख होता है। व्यक्तित्व विकास की प्रक्रिया, जैसा कि युंग ने कहा है कि अनुक्रम (progression) के माध्यम से होता है। अनुक्रम एक ऐसी प्रक्रिया है जिसमें लिविडो का प्रवाह आगे की दिशा में होता है। अनुक्रम (progression) प्रतिगमन (regression) से भिन्न है क्योंकि इसमें लिविडो का प्रवाह पीछे की दिशा में होती है। अनुक्रम प्रायः चेतन (conscious) होता है ओर हमेशा बाह्य दुनिया के साथ समायोजन में मदद करता है।

युंग के अनुसार व्यक्तित्व विकास की चार अवस्थाएँ (stages) होतीं हैं—*बाल्यावस्था* (childhood), *आरम्भिक यौवनावस्था* (young adulthood), *मध्यावस्था* (middle age) तथा *प्रौढ़ावस्था* (old age)। इन चारों का वर्णन निम्नांकित है:—

(i) बाल्यावस्था *(Childhood)*—यह अवस्था व्यक्तित्व विकास की प्रथम अवस्था है जिसकी तुलना युंग ने उगते सूर्य से किया है। जिस तरह से उगते सूर्य में पूर्ण अन्तःशक्ति (potential) होती है परन्तु चमकीलापन (brilliance) के स्तर में कमी होती है, ठीक उसी तरह बाल्यावस्था होती है। बाल्यावस्था में पूर्ण अन्तःशक्ति छिपी होती है परन्तु चेतन (consciousness) पूर्णतः विकसित नहीं होता है। युंग ने बाल्यावस्था को तीन उपभागों (substages) में बाँटा है—*अराजक* (anarchic), राजतंत्रीय (monarchic) तथा *द्वैतवादी* (dualistic)। अराजक अवस्था (anarchic phase) में अव्यवस्थित (chaotic) तथा यत्रतत्रिक (sporadic) चेतन (consciousness) पाया जाता है। शिशुओं में एक तरह का *चेतना का द्वीप* (island of consciousness) पाया जाता है जिनमें तरह-तरह की अनुभूतियाँ (experiences) तो होतीं हैं परन्तु उनमें आपस में कोई प्रत्यक्ष सम्बन्ध नहीं होता है। इस अवस्था की अनुभूतियाँ एक-दूसरे से पूर्णतः अभिन्न होतीं हैं जिसके चलते उन्हें बाद में प्रत्याह्वान नहीं किया जा सकता है। *राजतंत्रीय अवस्था* (monarchic phase) में बच्चों में अहं (ego) का विकास होता है। इस अवस्था में बच्चों का चिन्तन अधिक तार्किक (logical) तथा शाब्दिक (verbal) हो जाता है। इस तरह से इस अवस्था में चेतन का द्वीप पहले से थोड़ा बड़ा हो जाता है जिसमें एक अस्पष्ट अहं (ego) भी निवास करने लगता है। द्वैतवादी अवस्था (dualistic phase) में अहं अधिक विशिष्ट एवं आत्मनिष्ठ हो जाता है। इस अवस्था में बच्चा अपने अस्तित्व से भली-भाँति परिचित हो जाता है और अपने आप को एक अलग व्यक्ति के रूप में प्रत्यक्षण करने लगता है।

(ii) आरम्भिक यौवनावस्था *(Young adulthood)*—तरूणावस्था (puberty) से लेकर मध्यावस्था (middle age) की अवधि को यौवनावस्था (young adulthood) कहा जाता है। इस अवस्था में व्यक्तित्व का एक निश्चित आकार एवं प्रारूप तैयार होने लगता है। इस अवस्था में व्यक्ति अपने माता-पिता से मानसिक एवं दैहिक स्वतंत्रता चाहता है तथा इस सिलसिले में वह कई तरह की समस्याओं का भी सामना करता है। वह शादी करता है, अपना परिवार बसाता है तथा दुनिया में अपना स्वतंत्र अस्तित्व बनाये रखता है। उसके चेतन के अन्तर्वस्तु (content) की संख्या में वृद्धि हो जाती है। इस तरह से इस अवस्था में व्यक्ति को कई तरह के अनुकूलन (adaptaiton) करना पड़ता है। बाल्यावस्था की कल्पनाएँ इस अवस्था में समाप्त होने लगती है क्योंकि वास्तविकता की माँग व्यक्ति के सामने होती है। अतः इस अवस्था में व्यक्ति का एक तरह से *मानसिक जन्म* (psychic birth) होता है। किशोरावस्था से लेकर यौवनावस्था (young adulthood) तक व्यक्ति भिन्न-भिन्न प्रकार के प्रारम्भिक प्रक्रियाएँ (preparatory activities) जैसे—शिक्षा पूरा करना, व्यवसाय प्रारम्भ करना, आदि क्रियाएँ करता है। अतः इस आरम्भिक यौवनावस्था में व्यक्ति का ध्यान बाह्य वस्तुओं (external objects) पर अधिक जाता है तथा उनकी मुख्य मनोवृत्ति बहिर्मुखता (extraversion) की होती है। इस अवस्था में चेतन की भूमिका महत्त्वपूर्ण होती है। अतः आरंभिक वयस्कावस्था जीवन का उत्तेजनपूर्ण एवं चुनौती पूर्ण समय होता है जिसमें नयी आशाएँ, प्रत्याशाएँ एवं उपलब्धियाँ व्यक्ति के सामने होती हैं। आरम्भिक वयस्कावस्था में जिन्दगी का दोपहर (noon) होता रहता है।

(iii) मध्यावस्था *(Middle age)*—इस अवस्था की शुरूआत करीब-करीब 35-40 साल से होती है और इसमें व्यक्ति में प्रमुख परिवर्तन (major changes) होते हैं। यह अवस्था जिन्दगी का तीसरा पहर या अपराह्न (afternoon) के समान होता है। इस अवस्था तक व्यक्ति अपने व्यवसाय को पूर्णतः स्थापित कर चुका होता है तथा वह अपना परिवार तथा समुदाय पूर्णतः बसा चुका होता है। वह इन सभी क्रियाओं में अपनी शक्ति पूर्णतः लगा चुका होता है और जीवन की चुनौती को अपने स्तर से पूरा कर चुका होता है। अगर उसमें उसके बाद भी थोड़ा बहुत कुछ ऊर्जा बच चुका होता है, तो वह उसे जीवन के अन्य क्षेत्रों में लगाने की कोशिश करता है। लेकिन इस अवस्था में व्यक्ति प्रायः अपनी जिन्दगी के उद्देश्य एवं अर्थ पर प्रश्न भी करने लगता है और उसमें निराशा एवं उदासी का भाव भी उत्पन्न होने लगता है। कभी-कभी इस अवस्था में व्यक्ति अपने आप को भीतर से खोखला भी समझने लगता है और यह सोचने लगता है कि जो कुछ उसे करना था, वह कर चुका है। अब आगे उसमें कुछ भी सम्भव नहीं है। इस तरह से युंग ने मध्यावस्था को आत्म-बोध (self-realisation) का समय बतलाया है। इस अवस्था में व्यक्ति अपने चिन्तन एवं सोच-समझ द्वारा अपनी जिन्दगी तथा उसके आंतरिक पहलुओं को ठीक ढंग से मनन करता है तथा समझता है।

(iv) वृद्धावस्था (*Old age*)—वृद्धावस्था को युंग ने जिन्दगी की शाम कहा है और जिस तरह शाम का सूर्य का चमकीलापन स्तर काफी कम हो जाता है, उसी तरह से इस अवस्था में व्यक्ति की चेतन क्रियाएँ (conscious activities) कमने लगती है और वह धीरे-धीरे अचेतन (unconscious) में डूबने लगता है और अन्त में वह उसी में लुप्त हो जाता है। इस अवस्था में व्यक्ति अपने आपको मृत्यु के करीब समझता है और वह यह समझता है कि वह किसी दिन मृत्यु की गोद में जा सकता है। युंग ने यह कहा है कि जिन्दगी का लक्ष्य मृत्यु ही होता है और जब व्यक्ति मृत्यु को इस अर्थ में लेता है तो उसके लिए जिन्दगी अर्थपूर्ण लगता है। इस अवस्था में व्यक्ति जिन्दगी की आन्तरिक अनुभूतियों (internal experience) पर अधिक बल डालता है।

उपर्युक्त विवरण से यह स्पष्ट होता है कि व्यक्ति जिन्दगी के प्रथम भाग में अर्थात् आरम्भिक वयस्कावस्था (young adulthood) तक वास्तविकता के वस्तुनिष्ठ पहलू (objective aspect) पर अधिक बल डालता है परन्तु द्वितीय भाग में व्यक्ति अपने आत्मनिष्ठ एवं आन्तरिक अनुभूतियों पर अधिक बल डालता है। इस तरह से जीवन के दूसरे भाग में व्यक्ति की मनोवृत्ति अन्तर्मुखी (introversion) से बदलकर बहिर्मुखी (extroversion) हो जाती है और पहले व्यक्ति जो चेतन अनुभूतियों पर बल डालता था, अब उसके अचेतन की अनुभूतियाँ अधिक महत्त्वपूर्ण हो जाती हैं। व्यक्ति की अभिरुचि प्रथम भाग में भौतिक एवं द्रव्यात्मक पहलू की ओर अधिक होती है जो दूसरे भाग में बदलकर अधिक दार्शनिक, अन्तर्ज्ञानी (intiuitive) तथा आध्यात्मिक (spiritual) होती है। जो व्यक्ति जिन्दगी के प्रथम भाग तथा द्वितीय भाग के बीच उचित सामंजस्य (harmony) बना पाते हं, तथा अचेतन को चेतन के साथ एवं अपनी आन्तरिक भावों के साथ समन्वित कर पाने में सफल हो पाते हैं, वे एक धनात्मक मनोवैज्ञानिक स्वास्थ्य (positive psychological health) भी स्थापित कर पाने में सफल होते हैं जिसे युंग ने वैयक्तिकीकरण (individuation) की संज्ञा दिया है। वैयक्तिकीकरण में अपनी सभी क्षमताओं एवं शक्तियों का पूर्ण बोध (realization) होता है। वैयक्तिकीकरण अर्थात् पूर्णतः समन्वित व्यक्तित्व का उद्देश्य आत्म (self) का विकास करना होता है। युंग के अनुसार वैयक्तिकीकरण की प्रवृत्ति जन्मजात (innate) होती है। फलतः यह एक अवश्यंभावी प्रक्रिया है परन्तु कुछ विशेष पर्यावरणी कारकों जैसे—व्यक्ति की शिक्षा, माता, पिता एवं बच्चों को बीच अन्तःक्रिया आदि से यह बाधित भी हो सकता है या उसमें मदद भी मिल सकती है।

5. युंग की अध्ययन विधियाँ (*Jung's method of studies*)—युंग ने व्यक्ति की संरचना, गतिकी एवं विकास आदि का अध्ययन करने के लिए शब्द साहचर्य परीक्षण (words association test), लक्षण विश्लेषण (symptom analysis) आद्रि विधियों का प्रतिपादन किया है। शब्द साहचर्य एक प्रक्षेपण विधि (projective method) है जिसमें व्यक्ति उद्दीपक शब्द (stimulus words) सुनकर जो उसके मन में सबसे पहला शब्द आता है, बतलाता है। इसके द्वारा अचेतन की मनोग्रन्थियों का सफलतापूर्वक पता लगाने में सफलता मिली। लक्षण विशेषण (symptom analysis) फ्रायड द्वारा प्रतिपादित विरेचक विधि (chathartic method) के समान है। इसमें रोगी द्वारा बतलाये गये लक्षणों पर ध्यान केन्द्रित किया जाता है तथा लक्षण के बारे में अनुमान रोगी द्वारा दिये गये स्वतंत्र साहचर्य (free association) पर आधारित होता है। स्वप्न विश्लेषण (dream analysis) में व्यक्ति द्वारा बतलाये गये स्वप्नों का विश्लेषण करके अचेतन (uncouscious) के. बारे में जानने की कोशिश की जाती है। युंग ने स्वप्न को अग्रदर्शी (prospective) बतलाया है और कहा है कि स्वप्न व्यक्ति को निकट भविष्य में होने वाले घटनाओं एवं अनुभूतियों के साथ समायोजन में मदद करता है।

युंग के सिद्धान्त का मूल्यांकन (*Evaluation*)—युंग द्वारा प्रतिपादित व्यक्तित्व के सिद्धान्त के कुछ गुण (merits) तथा अवगुण (demerits) है। इस सिद्धान्त के प्रमुख *गुण* (merits) निम्नांकित हैः—

(i) युंग ने अमने सिद्धान्त में सामूहिक अचेतन (collective unconscious) के सम्प्रत्यय का जो प्रतिपादन किया है, उसे आधुनिक मनोवैज्ञानिकों द्वारा अचेतन के स्वरूप को समझने की दिशा में एक नया कदम बतलाया गया है।

(ii) मनोग्रन्थि (complexes) तथा मनोवैज्ञानिक प्रकार (psychological type) को मनोवैज्ञानिकों ने काफी उपयोगी बतलाया है और इनका शोधपरक मूल्य (heuristic value) भी अधिक उच्च आँका गया है। बाद में विशेषकर आइजेन्क (Eysenck) ने अपने व्यक्तित्व सिद्धान्त में युंग द्वारा प्रतिपादित मनोवैज्ञानिक प्रकार को काफी लाभदायक होते पाये।

(iii) युंग द्वारा प्रतिपादित वैयक्तिकीकरण (individuation) के सम्प्रत्यय को अधिक बाद के व्यक्तित्व मनोवैज्ञानिकों खासकर मैसलो (Maslow) ने काफी लाभदायक बतलाया और कहा कि उनके आत्मसिद्धि (self-actualization) के सम्प्रत्यय का आधार युंग के वैयक्तिकीकरण (individuation) का ही सम्प्रत्यय था।

(iv) युंग पहले ऐसे मनोवैज्ञानिक थे जिन्होंने यह बतलाया था कि व्यक्ति के व्यवहार के निर्धारण में भविष्य (future) का भी हाथ होता है। उनके इस विचार से बाद के कुछ मनोवैज्ञानिकों जैसे—हेनरी मर्रे (Henry Murray) तथा अल्फ्रेड एडलर को अपने-अपने सिद्धान्तों को विकसित होने में काफी मदद मिली है।

(v) युंग द्वारा शब्द साहचर्य परीक्षण का प्रतिपादन किया जाना अपने आप में एक महत्त्वपूर्ण कदम था। उनका यह परीक्षण व्यक्तित्व मापन के लिए बाद में बनने वाले परीक्षण जैसे—रोशार्क परीक्षण तथा झूठ संसूचना प्रविधि (lie detection technique) के लिए एक महत्त्वपूर्ण प्रेरणा स्रोत साबित हुआ।

इन गुणों के बावजूद युंग के इस सिद्धान्त के कुछ अवगुण या *परिसीमाएँ* (limitations) हैं जो निम्नांकित हैं:—

(i) मनोवैज्ञानिकों ने युंग द्वारा प्रतिपादित, व्यक्तित्व सिद्धान्त को एक पूर्णतः संगत एवं समन्वित तंत्र नहीं माना है। आलोचकों का मत है कि उनके सिद्धान्त में क्रमबद्धता की कमी है तथा साथ-ही उसमें विरोध तथा असंगत तथ्यों की भरमार है जिससे यह पता नहीं चल पाता है कि समग्र रूप से उनका सिद्धान्त व्यक्तित्व के बारे में क्या कहा है।

(ii) युंग के सिद्धान्त के आलौकिक (supernatural), रहस्यवाद (mysticism), धर्म आदि से सम्बद्ध विचारों का बोल-बाला अधिक है। इसे आलोचकों ने अवैज्ञानिक तथा आत्मनिष्ठ (subjective) घोषित कर उन्हें मानने से इनकार कर दिया है।

(iii) प्रसिद्ध ब्रिटिश मनोविश्लेषक (British psychoanalyst) एडवार्ड ग्लोवर (Edward Glover, 1950) ने युंग के सिद्धांत की आलोचना करते हुए कहा है कि उनके द्वारा प्रतिपादित आदिरूप (archetype) का सम्प्रत्यय एक अर्थहीन सम्प्रत्यय है और इस तरह के चिन्तन प्रतिमाएँ (thought images) को व्यक्ति के मात्र अनुभूति (experience) के रूप में ही आसानी से समझा जा सकता है। उसके लिए उस लम्बे-चौड़े व्याख्या की जरूरत नहीं है जिसे युंग ने दिया है।

उक्त आलोचनाओं के बावजूद युंग द्वारा प्रतिपादित व्यक्तित्व का सिद्धान्त मनोवैज्ञानिकों के बीच खासकर अमेरिकन मनोवैज्ञानिकों के बीच काफी लोकप्रिय रहा है तथा उनके सम्प्रत्ययों (concepts) से सम्बद्ध कई तरह के शोध आज भी किये जा रहे हैं।

एडलर का वैयक्तिक मनोविज्ञान का सिद्धान्त
(Adler's Theory of Individual Psychology)

अल्फ्रेड एडलर (Alfred Adler 1870-1937) एक अन्य मनोविज्ञानी हैं जिन्होंने फ्रायड से अपना सम्बन्ध तोड़कर व्यक्तित्व की एक स्वतंत्र व्याख्या प्रदान किया है। उन्होंने अपने इस नये सिद्धान्त को *वैयक्तिक मनोविज्ञान का सिद्धान्त* (theory of individual psychology) कहा है क्योंकि इसमें प्रत्येक व्यक्ति के अनोखेपन (uniquencess) पर बल डाला गया है तथा जैविक अभिप्रेरण (biological motive) तथा लक्ष्य के सर्वव्यापकता (universality) को स्वीकार नहीं किया गया है। एडलर का मत है कि प्रत्येक व्यक्ति मुख्य रूप से एक सामाजिक न कि जैविक प्राणी होता है। व्यक्तित्व का निर्धारण वैयक्तिक सामाजिक वातावरण तथा उनके अन्तःक्रियाओं द्वारा न कि जैविक आवश्यकताओं द्वारा निर्धारित होता है। यौन (sex) को एडलर ने व्यक्तित्व निर्धारण का उतना महत्त्वपूर्ण कारक नहीं माना जितना कि फ्रायड ने माना था।

एडलर द्वारा प्रतिपादित व्यक्तित्व का सिद्धान्त एक मितव्ययी (parsimonious) सिद्धान्त है क्योंकि इसके कुछ प्रमुख महत्त्वपूर्ण सम्प्रत्यय हैं जिनके ही द्वारा सम्पूर्ण व्यक्तित्व की व्याख्या हो पाती है। एडलर द्वारा प्रतिपादित व्यक्तित्व सिद्धान्त के मुख्य सम्प्रत्ययों (concepts) को निम्नांकित छह भागों में बाँटकर वर्णन किया जा सकता है—

1. व्यक्तित्व की एकता (unity of personality)
2. प्रत्यक्षण की आत्मनिष्ठता (subjectivity of perception)
3. सफलता या पूर्णता की प्रयास (striving for success or perfection)

4. सामाजिक अभिरुचि (social interest)
5. जीवन शैली (style of life)
6. सर्जनात्मक शक्ति (creative power)

इन सबों का वर्णन हम अलग-अलग अनुच्छेदों में करेंगे—

1. व्यक्तित्व की एकता *(Unity of personality)*—एडलर के सिद्धान्त का एक महत्त्वपूर्ण पूर्वकल्पना यह है कि सभी मनोवैज्ञानिक घटनाएँ व्यक्ति के भीतर आत्म-संगत (self-consistent) ढंग से एकीकृत (united) होता है। इस पूर्वकल्पना के तहत उनके सिद्धान्त में व्यक्तित्व के मौलिक एकता पर पर्याप्त बल डाला गया है। इसी तरह की विभिन्नताएँ एवं विषमताएँ एक आत्म-संगत सम्पूर्णता (self-consistent totality) में संगठित हो जाती है। एडलर ने अपने सिद्धान्त में यह बतलाया है कि मन (mind) तथा शरीर (body), चेतन (conscious) तथा अचेतन (unconscious) एवं तर्क (logic) तथा संवेग (emotion) में कोई स्पष्ट अन्तर करना सम्भव नहीं है। मानव के सभी व्यवहारों को श्रेष्ठता या सफलता के अन्तिम लक्ष्य (final goal) के संदर्भ में समझा जा सकता है और यही अंतिम लक्ष्य व्यक्तित्व में एकता (unity) तथा दिशा प्रदान करता है। सचमुच में एडलर ने मन तथा शरीर को, चेतन तथा अचेतन को एवं तर्क तथा संवेग को एक ही एकीकृत तंत्र (unified system) का दो सहयोगी भाग (cooperating parts) माना है। जैसे—चेतन से एडलर का तात्पर्य वैसे विचार तथा चिन्तन से था जिसे व्यक्ति सफलता या श्रेष्ठता के प्रयास में सहायक मानता है तथा जिसे वह समझता भी है। अचेतन को एडलर ने परिभाषित करते हुए कहा है कि यह अन्तिम लक्ष्य का वह हिस्सा होता है जो स्पष्ट नहीं होता है तथा जिसे व्यक्ति पूर्णतः समझता भी नहीं है। चेतन एवं अचेतन की इन परिभाषाओं से यह स्पष्ट है कि एडलर चेतन तथा अचेतन को दो अलग तत्त्व न मानकर एक ही एकीकृत तंत्र (unified system) का दो सहयोगी भाग माना है।

2. प्रत्यक्षण की आत्मनिष्ठता *(Subjectivity of perception)*—एडलर के सिद्धान्त की दूसरी महत्त्वपूर्ण पूर्वकल्पना यह थी कि व्यक्ति का आत्मनिष्ठ विचार या मत से उसके व्यवहार तथा व्यक्तित्व का निर्धारण होता है। इस पूर्वकल्पना के अनुरूप उन्होंने यह दावा किया कि व्यक्तित्व का निर्धारण बाह्य कारकों (external causes) जैसे—आंगिक हीनता (organ inferiorites) द्वारा नहीं होता है बल्कि उसके द्वारा वास्तविकता (reality) के लिए किये गये आत्मनिष्ठ प्रत्यक्षण (subjective perception) द्वारा होता है। एडलर का मत था कि व्यक्ति का व्यवहार ब्यक्तिगत अनुभूतियों (past experiences) द्वारा नहीं बल्कि कल्पना (fiction) या भविष्य प्रत्याशाओं (future expectations) द्वारा प्रेरित होता है। इस तरह से व्यक्तित्व निर्धारण में वे आत्मनिष्ठ विचारों (subjective thoughts) को अधिक महत्त्वपूर्ण बतलाये हैं और इसके समर्थन में इन्होंने निम्नांकित तथ्यों को प्रस्तुत किया है—

(i) कल्पित लक्ष्य (fictional finalism)
(ii) हीनता भाव एवं क्षतिपूर्ति (inferiority feelings and compensaiton)
(iii) जन्म क्रम (birth order)

इन तीनों आत्मनिष्ठ कारकों का वर्णन निम्नांकित है:—

(i) कल्पित लक्ष्य *(Fictional finalism)*—कल्पित लक्ष्य के सम्प्रत्यय से एडलर का तात्पर्य इस बात से था कि कल्पित लक्ष्य (fictional goal) हमारे वर्तमान व्यवहार को निर्देशित करते हैं। व्यक्ति सिर्फ उन तथ्यों से ही प्रभावित नहीं होता है, जो सही होते हैं बल्कि उन तथ्यों से भी प्रभावित होता है जिसे वे सही समझते हैं। कल्पित लक्ष्य के सम्प्रत्यय के प्रतिपादन में एडलर मशहूर यूरोपियन, दर्शन शास्त्री हंस वाइहिंगर (Hans Vaihinger) की पुस्तक *'दी फिलोसॉफी ऑफ ऐज इफ'* ('The philosophy of As if') से काफी प्रभावित हुए। इस पुस्तक में उन्होंने यह बतलाया है कि व्यक्ति अपनी जिन्दगी में बहुत सारा ऐसा व्यवहार करता है मानों (as if) वे सत्य विचार पर आधारित हो जबकि वास्तविकता यह होती है कि उसका सम्बन्ध सत्य विचार से नहीं होता है। वाइहिंगर के इस दावा से एडलर इतना अधिक प्रभावित हुए कि वे उनके इस विचार को अपने सिद्धान्त में सम्मिलित कर लिया।

एडलर का मत है कि व्यक्ति का मुख्य लक्ष्य (अर्थात् वह लक्ष्य जिसपर वह जिन्दगी में सबसे अधिक बल डालता है।) एक कल्पित लक्ष्य (fictional goal) होता है जिसकी सत्यता की जाँच नहीं की जा सकती है। उनका व्यवहार इसी कल्पित लक्ष्य द्वारा निर्धारित एवं निर्देशित होता है। जैसे—कुछ लोग ऐसे होते हैं जिनका यह विश्वास

होता है कि यदि वे पृथ्वी पर ईमानदारी से जीवन व्यतीत करेंगे तो स्वर्ग में जाने पर भगवान उसे पुरस्कृत करेगा। यहाँ भगवान एवं स्वर्ग में जो व्यक्ति का विश्वास है, वह एक कल्पित लक्ष्य (fictional goal) है जिसकी सत्यता की जाँच सम्भव नहीं है। परन्तु फिर भी उसका व्यवहार इस लक्ष्य से प्रभावित एवं निर्देशित हो रहा है। इस तरह के कल्पित लक्ष्य के और भी कई उदाहरण दिये जा सकते हैं—पुरुष महिला से श्रेष्ठ होते हैं, अक्सर लोग स्वार्थी होते हैं, भगवान ने सभी लोगों को एक समान बनाया है, आदि-आदि। इन कल्पित लक्ष्यों की सत्यता की जाँच यद्यपि नहीं की जा सकती है, फिर भी व्यक्ति का व्यवहार इससे निर्देशित होता है। एडलर ने भी यह स्पष्ट किया है कि प्रत्येक व्यक्ति द्वारा श्रेष्ठता प्राप्ति के लिए निर्धारित कल्पित लक्ष्य का निर्माण उसके सर्जनात्म्क शक्ति (creative power) द्वारा होती है। इसलिए यह प्रत्येक व्यक्ति के लिए अनूठा (unique) होता है।

(ii) हीनता भाव एवं क्षतिपूर्ति *(Inferiority feelings and compensation)*—1907 में एडलर ने एक महत्त्वपूर्ण शोध पत्र प्रकाशित किया जिसका नाम था—*'दी स्टडी ऑफ ऑर्गन इनफेरियोटी एण्ड इट्स फिजिकल कम्पेनसेशन'* (*The study of Organ Inferiority and its physical compensation*)। इस शोध पत्र में एडलर ने यह मत व्यक्त किया कि जिन व्यक्तियों में आंगिक हीनता (organ inferiority) जैसे—दृष्टि का दोष, सुनने का दोष, बोलने का दोष आदि होता है, वे अन्य क्षेत्रों में श्रेष्ठता स्थापित करके इस कमी की क्षतिपूर्ति करने की कोशिश करते हैं। एडलर ने यहाँ बिलकुल ही यह स्पष्ट किया कि आंगिक हीनता (organ deficiencies) अपने आप में कोई महत्त्व नहीं रखता है। इसका महत्त्व इस बात से उत्पन्न होता है कि इससे व्यक्ति में हीनता का भाव उत्पन्न हाता है जो उसे दूर करने के लिए या उसका क्षतिपूर्ति करने के लिए व्यक्ति को प्रेरित करता है जिसके फलस्वरूप वह अन्य क्षेत्रों में श्रेष्ठता (superiority) प्राप्त करने की कोशिश करता है। मानव इतिहास के क्षेत्र से एडलर ने इसके कई सटीक उदाहरण पेश किये हैं। जैसे—डोभोस्थीनस (Dovosthenes) जो एक हकलाने वाले (stutter) व्यक्ति थे, एक अच्छे वक्ता बनकर आंगिक दोष (organ defect) से उत्पन्न हींनता भाव को दूर किये। उसी तरह कनिंघम (Cunningham) जिनके एक पैर में विकलांगता थी, अच्छे धावक बनकर अपनी अंगिक दोष से उत्पन्न हीनता भाव को दूर किया। भारतीय इतिहास से सूरदास का उदाहरण दिया जा सकता है जिन्होंने नेत्रहीन होकर भी एक महान कवि बनकर दिखाया।

अपनी हीनता भाव (inferiority feeling) दूर करके धनात्मक व्यक्तित्व विकास करने का प्रयास की शुरूआत बाल्यावस्था (childhood) से ही होता है। बच्चा अपने को वयस्क की तुलना में छोटा, लाचार एवं कमजोर समझता है। इसका परिणाम यह होता है कि उसमें हीनता का भाव विकसित हो जाता है। इस तरह की हीनता का भाव प्रत्येक व्यक्ति में उत्पन्न होता है परन्तु इसे जन्मजात (innate) नहीं माना जा सकता है बल्कि इसे बच्चा अपनी निःसहायता तथा निर्भरता के वातावरण के कारण विकसित करता है। इस तरह की हीनता का भाव बच्चों को श्रेष्ठता की ओर उन्मुखता उत्पन्न करने की प्रेरणा जगाता है। बच्चे इस हीनता की भाव को दूर करने के लिए अथक परिश्रम एवं अभ्यास करते हैं, और कुछ श्रेष्ठ उपलब्धि प्राप्त करके हीनता की भाव से उत्पन्न क्षति की पूर्ति करते हैं।

अब प्रश्न यह उठता है कि यदि कोई बच्चा अपनी हीनता के भाव की क्षतिपूर्ति करने में जब असफल हो जाता है तो क्या होता है? एडलर के अनुसार जब हीनता की भाव बच्चा में अधिक तीव्र मात्रा में एकत्रित हो जाता है और वह उसकी क्षतिपूर्ति करने में असफल रहता है तो इससे उसमें हीनता का मनोग्रन्थि (inferiority feeling) उत्पन्न हो जाता है। हीनता का मनोग्रन्थि से तात्पर्य अपनी जिन्दगी की समस्याओं का समाधान करने की अक्षमता से होता है। बाल्यावस्था में हीनता का मनोग्रन्थि (inferiority feeling) उत्पन्न हो जाता है। बाल्यावस्था में हीनता का भाव (inferiority feeling) बच्चे में तीन तरह से उत्पन्न होता है—आंगिक हीनता (organ inferiority) द्वारा, अधिक लाड़-प्यार (pampering) से तथा अधिक तिरस्कार (rejection) से। जब बच्चों के शरीर का कोई अंग दोषपूर्ण (defective) होता है, तो वह अन्य सामान्य बच्चों के साथ सफलतापूर्वक प्रतियोगिता नहीं कर पाता है और इस तरह से उसमें हीनता का भाव (inferiority complex) विकसित हो जाता है। माता-पिता या परिवार के अन्य सदस्यों द्वारा अधिक लाड़-प्यार मिलने से बच्चों को अपनी क्षमता में कोई विश्वास नहीं हो पाता है क्योंकि उनका काम तो हमेशा दूसरों द्वारा कर दिया गया होता है। वे अपनी दिन-प्रतिदिन की समस्याओं का समाधान करने में असफल हो जाते हैं जिससे उनमें हीनता का भाव उत्पन्न होता है। तिरस्कृत बच्चों में हीनता का भाव इसलिए विकसित होता है क्योंकि ऐसे बच्चे अपने आप को बेकार एवं अवांछित समझते हैं और उन्हें अपने जीवन की समस्याओं के समाधान में कोई अभिरुचि नहीं रह जाती है।

हीनता का भाव उत्पन्न होने का कारण जो भी हो इसकी क्षतिपूर्ति करने के लिए व्यक्ति प्रतिक्रिया करता है जिससे उसमें श्रेष्ठता का भाव (superiority feeling) विकसित हो जाता है जिसमें व्यक्ति अपनी बौद्धिक, दैहिक तथा सामाजिक कौशलों को अतिरंजित करने की प्रवृत्ति दिखलाता है।

(iii) जन्मक्रम (*Birth order*)—एडलर के व्यक्तित्व विकास पर बच्चों के जन्मक्रम के पड़ने वाले प्रभावों का भी वर्णन किया है। इन्होंने चार प्रकार के जन्मक्रम का अध्ययन किया है—*प्रथम, द्वितीय, अन्तिम तथा अकेला* (lone)। उनका मत है कि प्रथम जन्मक्रम वाले बच्चे माता-पिता का अविभाजित ध्यान (undivided attention) तथा स्नेह पाने वाले होते हैं। परन्तु बाद में उन्हें कटु अनुभूतियों का सामना करना पड़ता है क्योंकि माता-पिता का ध्यान एवं स्नेह दूसरा बच्चा के उत्पन्न होने पर उन पर चला जाता है। इससे प्रथम जन्मक्रम वाले बच्चों में अपने दूसरे भाई या बहन के प्रति अधिक घृणा एवं विद्वेष का भाव उत्पन्न हो जाता है। ध्यान रहे कि सिगमण्ड फ्रायड का जन्मक्रम पहला था जिसे एडलर ने 'विशेष ज्येष्ठ पुत्र' (typical eldest son) कहा है। एडलर ने अपने प्रेक्षण में पाया कि अधिकतर अपराधी, पथभ्रष्ट व्यक्ति (pervert) तथा तंत्रिकारोगी (neurotics) प्रथम जन्मक्रम वाले ही होते हैं।

द्वितीय जन्मक्रम वाले बच्चे प्रथम जन्मक्रम वाले बच्चे की तुलना में अपनी जिन्दगी उत्तम ढंग से व्यतीत करते हैं। ऐसे बच्चों की सामाजिक अभिरुचि (social interst) अधिक विस्तृत होती है तथा उनमें सहयोग तथा प्रतिस्पर्द्धा की भावना तीव्र होती है। एडलर के अनुसार दूसरे जन्मक्रम वाले बच्चों में उपलब्धि-उन्मुखता अधिक होती है। ध्यान रहे कि स्वयं एडलर दूसरे जन्मक्रम वाले बच्चा थे। अंतिम जन्मक्रम वाले बच्चे की स्थिति थोड़ी अनूठी होती है। ऐसे बच्चों में आत्म-निर्भरता की कमी पायी जाती है तथा उनमें हीनता का भाव अधिक होता है। हीनता का भाव दूर करने के खयाल से ऐसे बच्चों में बड़े भाई-बहनों से आगे बढ़ जाने की प्रवृत्ति होती है। अतः ऐसे बच्चों में भी उपलब्धि-उन्मुखता (achievement orientation) अधिक होता है। माता-पिता के अकेला संतान (lone child) की स्थिति थोड़ी अपूर्व होती है। चूँकि इन्हें कोई भाई-बहन नहीं होता है जिसके साथ वे प्रतियोगिता कर सके, अतः वे माता-पिता के साथ ही प्रतियोगिता प्रारम्भ कर देते हैं। ऐसे बच्चों में अतिरंजित आत्म-सम्प्रत्यय (exaggerated self-concept) होता है तथा इनमें श्रेष्ठता का भाव भी जरूरत से ज्यादा ही होता है। ऐसे बच्चे जरूरत से ज्यादा दूसरों पर निर्भर रहते हैं तथा उनमें सामाजिक अभिरुचि तथा सहयोग की भावना की पर्याप्त कमी होती है।

3. सफलता या पूर्णता या प्रयास (*Striving for success or perfection*)—1908 में एडलर ने यह बतलाया कि सभी अभिप्रेरकों (motivation) के पीछे गत्यात्मक शक्ति बल (dynamic power) होता है जिसे आक्रमकता (aggression) प्रणोद कहा जाता है। परन्तु कुछ समय बाद वे इस प्रणोद का नाम बदलकर *पुरुषोचित विरोध* (masuline protest) कर दिया जिससे उनका तात्पर्य हीनता एवं दबे हुए की भावना की क्षतिपूर्ति के लिए मजबूत तथा श्रेष्ठ बनने की कोशिश से था। 1912 में वे 'पुरुषोचित विरोध' के सम्प्रत्यय को *श्रेष्ठता की कोशिश* (striving for superiority) से प्रतिस्थापित कर दिया क्योंकि उनका मत था कि पुरुषोचित विरोध के सम्प्रत्यय से मानव अभिप्रेरण की व्याख्या ठीक ढंग से नहीं होती है। बाद में 'श्रेष्ठता की कोशिश' पद को भी एक नये पद से परिवर्तित किया गया जिसे *'सफलता या पूर्णता की कोशिश'* (striving for success or perfection) का नामकरण किया गया। सफलता या पूर्णता (perfection) की कोशिश से एडलर का तात्पर्य पूर्णता की प्राप्ति की ओर बढ़ने की मौलिक प्रेरणा से होता है। इसे एडलर ने जीवन का एक ऐसा मौलिक अभिप्रेरण या तथ्य माना है जिसके अभाव में जीवन के अस्तित्व के बारे में सोचा ही नहीं जा सकता है। 'सफलता या पूर्णता की कोशिश' की कुछ *विशेषताएँ* हैं जिनमें निम्नांकित प्रमुख हैः—

(i) 'सफलता या पूर्णता की कोशिश' एक जन्मजात प्रक्रिया होती है।

(ii) यद्यपि सफलता या पूर्णता की कोशिश एक जन्मजात प्रक्रिया होती है, फिर भी इसका विकास पर्यावरणी कारकों द्वारा होता है क्योंकि जन्म के समय मात्र यह एक अन्तःशक्ति (potentiality) न कि वास्तविकता (actuality) के रूप में होती है।

(iii) सफलता या पूर्णता की कोशिश कई अभिप्रेरकों (motives) का एक सम्मिश्रण नहीं है बल्कि यह एक अकेला अभिप्रेरक है जो अन्य कई प्रणोदों को निर्धारित भी करता है।

(iv) सफलता या पूर्णता की कोशिश एक सर्वसार्विक प्रणोद (universal drive) है जो सामान्य (normal) तथा स्नायुरोगी (neurotics) दोनों तरह के व्यक्तियों में पाया जाता है। यह बात जरूर है कि इन दोनों तरह

के व्यक्तियों द्वारा लक्ष्य पर पहुँचने के लिए जो मार्ग ग्रहण किये जाते हैं, वे अलग-अलग होते हैं। स्नायुरोगियों द्वारा वैयक्तिक श्रेष्ठता का अतिरंजित मार्ग (exaggerated path) अपनाया जाता है जबकि मानसिक रूप से स्वस्थ व्यक्ति सामाजिक अभिरुचि (social interest) का मार्ग अपनाकर श्रेष्ठता पर पहुँचने की कोशिश करते हैं।

(v) सफलता या पूर्णता की कोशिश में चूँकि व्यक्ति को लक्ष्य पर पहुँचने के लिए काफी संघर्ष करना पड़ता है, अतः इसमें तनाव स्तर (level of tension) घटने के बजाय बढ़ जाता है।

(vi) सफलता या पूर्णता की कोशिश व्यक्ति तथा समाज दोनों स्तरों पर होता है। व्यक्ति जब किसी सफलता, या पूर्णता के स्तर की प्राप्ति करना चाहता है, तो वह अपने स्तर से तो कोशिश करता ही, साथ-ही-साथ समाज के सदस्य के रूप में भी कोशिश करके संस्कृति को उन्नत बनाने की कोशिश करता है। इस तरह से इस बिन्दु पर एडलर का विचार फ्रायड से भिन्न है क्योंकि एडलर की व्याख्या से यह पता चलता है कि वे समाज तथा व्यक्ति को एक-दूसरे के विरोधी न मानकर एक सामंजस्य में कार्य करने वाले कारक माने हैं।

4. सामाजिक अभिरुचि *(Social interest)*—एडलर का मत है कि मूलतः मनुष्य एक सामाजिक प्राणी होता है। सामाजिक अभिरुचि एक ऐसी प्रवृत्ति है जिसके माध्यम से व्यक्ति अन्य व्यक्तियों के साथ व्यक्तिगत लक्ष्य (personal goal) तथा सामाजिक लक्ष्य (social goal) को प्राप्त करने के खयाल से दूसरों के साथ सहयोग करता है। सामाजिक अभिरुचि मानव प्रवृत्ति (human nature) का एक मुख्य अंश होता है। फलतः इसकी मात्रा कुछ-न-कुछ सभी व्यक्तियों में चाहे वह अपराधी हो, मनोविकृत व्यक्ति हो या फिर मानसिक रूप से अस्वस्थ हो, पायी जाती है। अतः सामाजिक अभिरुचि, सफलता या पूर्णता की कोशिश के समान ही प्रत्येक व्यक्ति में एक अन्तःशक्ति (potentiality) के रूप में विदित होती है। अतः इसे एडलर ने एक जन्मजात प्रक्रिया (innate process) कहा है। परन्तु इसका विकास बाद में एक सामाजिक वातावरण में जैसे माता-पिता के साथ अन्तःक्रियाओं द्वारा, तथा पति-पत्नी के बीच की अन्तःक्रियाओं को देखकर होता है। जिन व्यक्तियों की सामाजिक अभिरुचि जितनी ही विस्तृत, परिपक्व एवं विकसित होती है, उसका मनोवैज्ञानिक या मानसिक स्वास्थ्य उतना ही अच्छा होता है। यही कारण है कि एडलर ने सामाजिक अभिरुचि को *मनोवैज्ञानिक स्वस्थ का बैरोमीटर* (barometer of psychological health) कहा है। सामान्य या मानसिक रूप से स्वस्थ व्यक्ति वास्तविक ढंग से दूसरों के साथ सहयोग दिखाने के लिए चिंतित रहते हैं और उनकी श्रेष्ठता का लक्ष्य ही सामाजिक (social) होता है जिसमें अन्य लोगों की भलाई की उन्मुखता होती है। कुसमायोजित व्यक्तियों में सामाजिक अभिरुचि (social interest) की कमी पायी जाती है। ऐसे व्यक्ति व्यक्तिगत श्रेष्ठता को अधिक महत्त्व देते हैं तथा उनमें सामाजिक लक्ष्यों (social goal) की कमी होती है। ऐसे व्यक्तियों की जिन्दगी का अर्थ लगभग सम्पूर्णतः व्यक्तिगत (personal) होता है।

5. जीवन शैली *(Style of life)*—एडलर द्वारा प्रतिपादित व्यक्तित्व सिद्धान्त का एक सबसे महत्त्वपूर्ण भाग जीवन शैली (style of life) है। जीवन शैली से तात्पर्य शीलगुणों, व्यवहारों, आदतों के एक ऐसे अपूर्व पैटर्न (unique pattern) से होता है जिसे एक साथ मिला देने पर एक ऐसे पैटर्न का पता चलता है जिसका उपयोग करके व्यक्ति अपने जीवन लक्ष्य (life goal) पर पहुँचने की कोशिश करता है। जीवन शैली में सिर्फ व्यक्ति का जीवन लक्ष्य ही नहीं बल्कि उसके आत्म-सम्प्रत्यय (self-concept), दूसरों के प्रति भाव तथा पर्यावरण के अन्य वस्तुओं के प्रति मनोवृत्ति आदि भी सम्मिलित होता है। व्यक्ति का जीवन शैली पर्यावरण, आनुवंशिकता, सफलता के लक्ष्य, सामाजिक अभिरुचि (social interest) तथा सर्जनात्मक शक्ति (creative power) आदि का प्रतिफल होता है।

एडलर ने जीवन शैली को एक प्रमुख नियंत्रक बल (controlling force) माना है। अतः यह फ्रायड द्वारा प्रतिपादित सम्प्रत्यय अहं (ego) के तुल्य (equivalent) सम्प्रत्यय है। परन्तु एडलर ने यह स्पष्ट किया कि इसमें उपाहं (id) तथा पराहं (super ego) जैसे कारक सम्मिलित नहीं होते हैं। इससे उसके सम्पूर्ण व्यक्तित्व तथा साथ-ही-साथ अनोखे मनोवृत्ति (unique attitude) का ज्ञान होता है। जीवन शैली का निर्माण चार या पाँच साल की आयु तक हो जाता है। एक बार इसका निर्माण हो जाने पर उसमें परिवर्तन साधारणतः सम्भव नहीं होता है। बाद में व्यक्ति अपने अपूर्व जीवन शैली की अभिव्यक्ति करने के नये-नये तरीकों को सीखता रहता है परन्तु यह जीवन शैली के मौलिक संरचना (basic structure) जिसका निर्माण चार-पाँच साल की आयु तक हो चुका होता है, में एक तरह विस्तरण एवं विर्वधन (elaboration) होता है। व्यक्ति जो भी करता है, उसका निर्धारण जीवन शैली (life style)

द्वारा होता है। इसके द्वारा इस तथ्य का भी निर्धारण होता है कि व्यक्ति पर्यावरण के किस पहलू पर ध्यान देगा तथा किसकी उपेक्षा करेगा।

एडलर ने अपने सिद्धान्त में चार प्रकार के जीवन शैली मनोवृत्ति (life style attitude) का प्रतिपादन किया है। उनके इस वर्गीकरण के आधार के दो आयाम (dimension) हैं—सामाजिक अभिरुचि (social interest) तथा क्रिया की मात्रा (degree of activity)। इसे तालिका 13.1 में इस प्रकार दिखलाया जा सकता है—

तालिका 13.1 : चार प्रकार के जीवन शैली मनोवृत्ति

सामाजिक अभिरुचि का स्तर	क्रिया की मात्रा	
	निम्न	*उच्च*
उच्च	X	सामाजिक रूप से उपयोगी स्तर
निम्न	प्राप्त करनेवाले प्रकार दूर हट जानेवाले प्रकार	अधिकार दिखाने वाले प्रकार

तालिका 13.1 से स्पष्ट है कि जीवन शैली मनोवृत्ति के तीन प्रकार अर्थात् अधिकार दिखाने वाले प्रकार (ruling type), प्राप्त करने वाले प्रकार (getting type) तथा दूर हट जाने वाले प्रकार (avoiding type) में सामाजिक अभिरुचि (social interest) की कमी पायी जाती है परन्तु क्रिया का स्तर भिन्न होता है। अधिकार दिखाने वाले व्यक्ति में क्रिया की मात्रा अधिक होती है जबकि बाकी अन्य दो प्रकारों में क्रिया की मात्रा निम्न होती है। सामाजिक रूप से उपयोगी प्रकार (socially useful type) वाले व्यक्ति में सामाजिक अभिरुचि तथा क्रिया का स्तर दोनों ही काफी अधिक पाया जाता है। उपर्युक्त चार प्रकार के जीवन शैली मनोवृत्ति (life style attitude) का वर्णन निम्नांकित हैं:—

(i) अधिकार दिखाने वाले प्रकार *(Ruling type)*—ऐसे व्यक्ति दूसरों पर अधिकार दिखाने वाले तथा आक्रामक (aggressive) व्यवहार करने वाले होते हैं। ऐसे लोग अपने जीवन लक्ष्यों की प्राप्ति के लिए असामाजिक ढंग से भी पेश आने में हिचकिचाते नहीं हैं। उनमें सामाजिक अभिरुचि (social interest) की कमी पायी जाती है। अतः इनकी सक्रियता में असामाजिकता की दुर्गंध आती है।

(ii) प्राप्त करने वाले प्रकार *(Getting type)*—ऐसे लोग दूसरों से जितना हो सकता है, अधिक-से-अधिक प्राप्त करना चाहते हैं। इनमें दूसरों पर निर्भरता जरूरत से ज्यादा होता है। परिस्थिति अधिक तनावपूर्ण होने पर ऐसे व्यक्ति स्नायु रोगी (neurotics) भी हो जाते हैं। ऐसे लोगों में सामाजिक अभिरुचि की कमी पायी जाती है।

(iii) दूर हट जाने वाले प्रकार *(Avoiding type)*—ऐसे लोगों में सामान्य वातावरण तथा परिस्थिति का सामना न करके हट जाने की प्रवृत्ति तीव्र होती है। ऐसे लोग जीवन की समस्याओं को ठीक ढंग से समाधान नहीं कर पाते हैं और उनके सम्भावित असफलता का अनुमान करके पहले ही उससे दूर हट जाते हैं। ऐसे लोगों में भी सामाजिक अभिरुचि की कमी पायी जाती है।

(iv) सामाजिक रूप से उपयोगी प्रकार *(Socially useful type)*—ऐसे लोगों में सामाजिक-उन्मुखता अधिक होती है। ऐसे लोग वैसे व्यवहार अधिक करते हैं जो सामाजिक रूप से उपयोगी होते हैं। स्वभावतः ऐसे लोगों में सामाजिक अभिरुचि (social interest) अधिक होता है। ऐसे व्यक्ति अधिक सक्रिय होते हैं और उनकी सामाजिक क्रियाओं में जिन्दा दिली अधिक होती है। ऐसे लोग दोस्ती (friendship), पेशा (occupation) तथा स्नेह (love) को प्रमुख सामाजिक समस्या (social problem) के रूप में समझते हैं। ऐसे लोग सामाजिक समस्या के समाधान में आम लोगों की सहायता को अतिआवश्यक मानते हैं।

उपर्युक्त चार प्रकारों के अलावा एडलर ने तीन दोषपूर्ण जीवन शैली (faulty life type) का भी वर्णन किया है—*तुच्छ प्रकार* (inferior style), *अतिस्नेह प्रकार* (pampered style) तथा *तिरस्कृत प्रकार* (neglected type) तुच्छ प्रकार वाले व्यक्ति में तीव्र आंगिक हीनता की भावना होती है तथा वे उसका पर्याप्त क्षतिपूर्ति करने में असमर्थ रहते हैं। ऐसे

व्यक्ति परिस्थिति से समायोजन करने के लिए परिहार (avoidance) का व्यवहार दिखाता है तथा उससे दूर हटकर अपने को अधिक सन्तुष्ट पाता है। अतिस्नेहित प्रकार वाले व्यक्ति अधिक स्वार्थी एवं आत्मकेन्द्रित (self-centred) होते हैं। इनमें सामाजिक अभिरुचि की भी कमी पायी जाती है। तिरस्कृत शैली वाले व्यक्ति बहुत कुछ अतिस्नेहित प्रकार के ही समान होते हैं तथा अचेतन रूप से अपने आप को बर्बाद करने में उन्हें आनन्द आता है।

6. सर्जनात्मक शक्ति *(Creative power)*—एडलर का एक प्रमुख पूर्वकल्पना (assumption) यह है कि व्यक्ति का जीवन शैली (style of life) व्यक्ति के सर्जनात्मक शक्ति (creative power) द्वारा विकसित होती है। एडलर का तात्पर्य सर्जनात्मक शक्ति या जिसे *सर्जनात्मक आत्मन* (creative self) भी उन्होंने कहा है, से इस बात से होता है कि प्रत्येक व्यक्ति में अपने व्यक्तित्व को एक खास ढंग से विकसित करने की पूर्ण स्वतंत्रता होती है। दूसरे शब्दों में प्रत्येक व्यक्ति में अपने जीवन शैली का निर्माण करने तथा उसे विकसित करने की पूर्ण स्वतंत्रता होती है। प्रत्येक व्यक्ति आज जो है तथा वह जैसे आज व्यवहार कर रहा है, के लिए स्वयं ही उत्तरदायी है। यही सर्जनात्मक शक्ति (creative power) व्यक्ति के जिन्दगी के लक्ष्यों का निर्धारण करता है। इससे यह भी तय होता है कि वह इन लक्ष्यों पर पहुँचने के लिए कौन-कौन-सी विधि अपनायेगा तथा इससे व्यक्ति की सामाजिक अभिरुचि के विकास में भी योगदान होता है। सर्जनात्मक शक्ति द्वारा व्यक्ति का प्रत्यक्षण, स्मृति, कल्पना, स्वप्न, दिवास्वप्न आदि का भी निर्धारण होता है। सचमुच में, सर्जनात्मक बल प्रत्येक व्यक्ति को एक स्वतंत्र एवं सम्पूर्ण व्यक्ति बनाने की दिशा में उत्तम योगदान करता है।

एडलर के सिद्धान्त का मूल्यांकन *(Evaluation of Adler's theory)*—एडलर द्वारा प्रतिपादित सिद्धान्त के कुछ गुण एवं दोष है। इस सिद्धान्त के प्रमुख *गुण* निम्नांकित हैः—

(i) एडलर ने अपने सिद्धान्त में चेतन एवं तार्किक प्रक्रियाओं (rational processes) पर अधिक तथा अचेतन पर कम बल डाला है। इससे अहं मनोवैज्ञानिक (ego psychologist) खास कर इरिक्सन (Erikson) द्वारा प्रतिपादित व्यक्तित्व सिद्धान्त धनात्मक रूप से काफी प्रभावित हुआ है।

(ii) अगर हम गौर से देखें तथा घटनाक्रमों (event sequences) का विश्लेषण करें तो पायेंगे कि एडलर के सिद्धान्त से स्वयं फ्रायड का अपना सिद्धान्त भी प्रभावित हुआ। एडलर पहले ऐसे मनोवैज्ञानिक थे जिन्होंने आक्रमकता प्रणोद (aggression drive) के अस्तित्व को बतलाया था जिसे करीब बारह साल बाद फ्रायड ने अपने सिद्धान्त में एक महत्त्वपूर्ण अभिप्रेरक बल (motivating force) कहकर जोड़ा। इससे यह अनुमान लगाया जाता है कि एडलर का व्यक्तित्व सिद्धान्त इतना प्रभावी (effective) था कि उससे स्वयं फ्रायड का सिद्धान्त अछूता न रह सका।

(iii) एडलर द्वारा व्यक्तित्व के निर्धारण के रूप में सामाजिक कारकों (social forces) पर बल दिया जाना को मनोवैज्ञानिकों खासकर कैरेन हार्नी (Karen Horney) तथा इरिक फ्रोम्म (Eirch Fromm) ने उनके सिद्धान्त का एक प्रमुख गुण बतलाया है और इस कारण वे लोग फ्रायड की तुलना में एडलर द्वारा सम्पूर्ण व्यक्ति (whole person) तथा व्यक्तित्व की इकाई (unity of personality) पर बल दिया जाना भी बाद के मनोवैज्ञानिकों खासकर मैसलो (Maslow) के लिए एक महत्त्वपूर्ण प्रेरणा स्रोत थी।

(iv) एडलर के सिद्धान्त का एक अन्य गुण उनके द्वारा यह दावा किया जाना है कि व्यक्ति का सर्जनात्मक शक्ति (creative power) व्यक्ति की जिन्दगी का निर्धारण करता है तथा उनके द्वारा इस बात पर बल दिया जाना कि भविष्य का लक्ष्य गत घटनाओं (past events) से अधिक महत्त्वपूर्ण होता है। उनके सिद्धान्त के इस गुण की प्रशंसा एब्राहम मैसलो (Abraham Maslow) द्वारा काफी किया गया है। शायद यही कारण है कि मैसलो द्वारा प्रतिपादित व्यक्तित्व पर एडलर के विचारों की गहरी छाप हमें मिलती है।

(v) मनोवैज्ञानिकों ने एडलर द्वारा प्रतिपादित कुछ सम्प्रत्ययों खासकर आंगिकहीनता (organ inferiority) जिससे मनोदैहिक विकृतियों का अध्ययन काफी प्रभावित हुआ, हीनता मनोग्रन्थि (inferiority complex), क्षतिपूर्ति (compensation), जन्मक्रम (birth order) आदि को काफी महत्त्वपूर्ण बतलाया है। शायद यही कारण है कि उन्हें समाज मनोविज्ञान तथा समूह चिकित्सा(group therapy) का अग्रणी(forerunner) माना गया है।

इन गुणों के बावजूद एडलर द्वारा प्रतिपादित सिद्धान्त के कुछ *परिसीमाएँ* (limitations) या अवगुण हैं, जो निम्नांकित हैं:—

(i) फ्रायड ने एडलर द्वारा प्रतिपादित व्यक्तित्व सिद्धान्त की आलोचना करते हुए कहा है कि एडलर का सिद्धान्त जरूरत से ज्यादा सरल है और ऐसा लगता है कि यह सिद्धान्त न होकर उनका अपना सामान्य बोध (common sense) है। फ्रायड के अनुसार इसका कारण यह है कि इस सिद्धान्त में अचेतन के जटिल प्रकृति का कोई वर्णन नहीं है। इसमें कोई कठिन सम्प्रत्यय नहीं है तथा इसमें यौन (sex) जैसे महत्त्वपूर्ण अभिप्रेरण का कोई वर्णन ही नहीं है।

(ii) कुछ आलोचकों का मत है कि एडलर के सिद्धान्त में कई तरह की असंगतताएँ (inconsistencies) हैं जिनसे कई ऐसे प्रश्न उठते हैं तथा जिनका संतोषजनक उत्तर नहीं मिल पाता है। जैसे—क्या हीनता का भाव ही मात्र एक समस्या है जिससे व्यक्ति अपनी जिन्दगी में निबटना चाहता है? क्या सभी लोग सिर्फ श्रेष्ठता या पूर्णता की प्राप्ति के लिए जीवन में कोशिश करते हैं। व्यक्ति के जीवन शैली को प्रभावित करने में आनुवंशिकता (heredity) तथा पर्यावरण की भूमिका क्या होती है? आदि-आदि। चूँकि इन प्रश्नों का संतोषजनक उत्तर व्यक्ति को नहीं मिल पाता है, अतः आलोचकों ने मत जाहिर किया है कि एडलर का चिन्तन अधिक क्रमबद्ध (systematic) नहीं लगता है।

(iii) कुछ आलोचकों का यह मत है कि एडलर के सिद्धान्त में कई ऐसे सम्प्रत्यय (concept) हैं जिनका प्रयोगात्मक सत्यापन नहीं किया जा सकता है। जैसे, सर्जनात्मक शक्ति (creative power), कल्पित लक्ष्य (fictional goal or finalism) कुछ ऐसे सम्प्रत्यय के उदाहरण हैं। आलोचकों का मत है कि चूँकि इन सम्प्रत्ययों का प्रयोगात्मक सत्यापन नहीं किया जा सकता है, अतः इसके आधार पर किसी तरह का सामान्यीकरण (generalization) करना गलत होगा।

(iv) एडलर के सिद्धान्त के कुछ ऐसे भी सम्प्रत्यय हैं जिनका सही-सही संक्रियात्मक परिभाषा (operational definition) दिया जाना सम्भव नहीं है। जीवन शैली, सामाजिक अभिरुचि, श्रेष्ठता का प्रयास तथा सर्जनात्मक शक्ति (creative power) कुछ ऐसे ही सम्प्रत्यय के उदाहरण हैं। आलोचकों का यह भी मत है कि सर्जनात्मक शक्ति का सम्प्रत्यय काफी विभ्रमात्मक (illusory) है। फलस्वरूप इससे कोई अर्थपूर्ण निष्कर्ष पर पहुँचना सम्भव नहीं है।

(v) फिस्ट (Feist, 1985) का यह दावा है कि एडलर द्वारा प्रतिपादित जन्मक्रम (birth order) के सम्प्रत्यय को वैज्ञानिक रूप से अध्ययन करना सम्भव नहीं है। व्यक्ति के विभिन्न जन्मक्रमों के साथ व्यक्तित्व शीलगुणों को सहसम्बन्धित करना कठिन है। सच्चाई यह है कि जन्मक्रम तथा व्यक्तित्व शीलगुणों के बीच कोई संगत सामान्यीकरण करना सम्भव नहीं है। जैसे—द्वितीय जन्मक्रम वाले बच्चे अपने बाल्यावस्था की परिस्थितियों को प्रथम जन्मक्रम तथा अंतिम जन्मक्रम वाले बच्चे के समान ही समझ सकते हैं। ऐसी परिस्थिति में यह कैसे निश्चितपूर्वक कहा जा सकता है कि उनमें आगे चलकर अमुक-अमुक तरह का शीलगुण विकसित होगा।

उपर्युक्त कुछ परिसीमाओं या अवगुणों के बावजूद एडलर के अनुयायियों का मत है कि एडलर द्वारा प्रतिपादित व्यक्तित्व का सिद्धान्त काफी उपयोगी है और उसका प्रभाव केवल मनोविज्ञान पर ही नहीं बल्कि मनोविकृतिविज्ञान (psychiatry), शिक्षण तथा सामाजिक कार्य (social work) आदि पर भी काफी पड़ा है। इनका यह भी दावा है कि अभी हाल के वर्षों में एडलर द्वारा प्रतिपादित सम्प्रत्ययों (concepts) पर अधिक-से-अधिक शोध भी किये जा रहे हैं।

फ्रायड बनाम एडलर बनाम युंग
(Freud Versus Adler Versus Jung)

फ्रायड, एडलर तथा युंग तीनों द्वारा प्रतिपादित व्यक्तित्व के सिद्धान्तों की चर्चा की जा चुकी है। मनोविज्ञान के इतिहास में एडलर तथा युंग को फ्रायड के दो प्रमुख विद्रोही (rebels) मनोवैज्ञानिक माना गया है। अतः यह आवश्यक है कि इन दोनों की तुलना व्यक्तित्व के सिद्धान्त के दृष्टिकोण से फ्रायड से की जाए।

फ्रायड तथा युंग (*Freud and Jung*)

(i) फ्रायड के समान युंग ने मानसिक ऊर्जा (psychic energy) के सम्प्रत्यय को स्वीकार किया है। युंग के लिए मानसिक ऊर्जा की उत्पत्ति विभिन्न शारीरिक प्रक्रियाओं से होती है जो जीवन के लिए एक मौलिक प्रणोद (basic drive) बनता है। युंग के सिद्धान्त पर ध्यान देने से यह स्पष्ट हो जाता है कि उन्होंने अपने मनोविज्ञान में फ्रायड द्वारा मानसिक ऊर्जा के क्षेत्र में यौन (sex) पर दिये गये बल को स्वीकार नहीं किया है। फ्रायड के लिए मानसिक ऊर्जा की उत्पत्ति का स्रोत मूलप्रवृत्ति (instinct) विशेषकर यौन मूलप्रवृत्ति (sex instinct) है।

(ii) हालाँकि, फ्रायड एवं युंग दोनों ने ही अचेतन (unconscious) के सम्प्रत्यय की व्याख्या किया है फिर भी युंग ने इसकी व्याख्या भिन्न ढंग से की है। युंग ने अचेतन को सामूहिक, प्रजातीय (racial) तथा पुरातन (archical) माना है। फ्रायड के लिए अचेतन का स्वरूप मूलतः व्यक्तिगत (personal) होता है, न कि सामूहिक तथा प्रजातीय।

(iii) फ्रायड को मनोवैज्ञानिकों ने नियतिवादी (determinist) कहा है जिन्होंने वर्तमान व्यवहार का मुख्य निर्धारण गत अनुभूतियों (past experiences) को माना है। युंग ने मानव व्यवहार की व्याख्या में नियतिवादी (deterministic) तथा सोद्देश्यवादी (telelogistic) दोनों तरह के विचारों का समावेश किया है। दूसरे शब्दों में, भविष्य के लक्ष्यों एवं गत अनुभूतियों दोनों को वर्तमान व्यवहार का निर्धारक बतलाया गया है।

फ्रायड तथा एडलर *(Freud & Adler)*

(i) फ्रायड द्वारा प्रतिपादित व्यक्तित्व के सिद्धान्त में जैविक कारकों (biological factors) पर अधिक बल डाला गया है। मानव के प्रत्येक व्यवहार की व्याख्या जैविक कारकों पर बल देकर करने की कोशिश की गयी है। दूसरे तरफ एडलर ने मनुष्य के सामाजिक प्रकृति (social nature) पर बल डालकर व्यक्तित्व की व्याख्या किया है। एडलर ने सामाजिक कारकों को व्यवहार का मुख्य निर्धारक माना है। यही कारण है कि मनोवैज्ञानिकों ने एडलर को प्रथम *सामाजिक विश्लेषण* (social analyst) माना है।

(ii) फ्रायड ने अपने सिद्धान्त में एक नियतिवादी (determinist) का दृष्टिकोण अपनाया है क्योंकि उन्होंने वर्तमान व्यवहार के निर्धारक के रूप में गत अनुभूतियों को माना है। दूसरे तरफ एडलर एक सोद्देश्यवादी (telelogist) हैं जो भविष्य के लक्ष्यों (future goals) को वर्तमान व्यवहार का निर्धारक मानते हैं। एडलर ने अपने सिद्धान्त में प्रारम्भिक घटनाओं तथा गत अनुभूतियों को व्यवहार के निर्धारक के रूप में मान्यता नहीं दिया है। इसका मात्र एक अपवाद उनके सिद्धान्त में जन्मक्रम के कारक को माना गया है जो उनके अनुसार मानव शीलगुणों को निर्धारित करता है।

(iii) फ्रायड ने अपने सिद्धान्त में यौन एवं सम्बन्धित क्रियाओं पर जरूरत से ज्यादा बल डाला है। फ्रायड के सिद्धान्त में यौन प्रणोद को मनुष्यों का सबसे महत्त्वपूर्ण प्रणोद माना गया है। एडलर ने फ्रायड के इस स्थिति की सराहना नहीं किया है तथा अपने प्रारम्भिक लेखन में आक्रमकता (aggression) तथा शक्ति के प्रयास (striving for power) को ही मनुष्य का सबसे प्रबल प्रणोद माना है। बाद में शक्ति के प्रयास के जगह पर श्रेष्ठता की कोशिश (striving for superority) तथा अन्त में सामाजिक अभिरुचि (social interest) के सम्प्रत्यय को मानव व्यवहार का मुख्य निर्धारक माना गया।

(iv) फ्रायड के लिए अचेतन, मन (mind) का सबसे प्रमुख भाग है क्योंकि यह मानव व्यवहार का एक महत्त्वपूर्ण निर्धारक है। परन्तु एडलर ने अचेतन की अपेक्षा चेतन पर अधिक बल डाले हैं। उन्होंने यह कहा कि जो व्यक्ति के अचेतन में होता है, वह चेतन में आ जाता है और वर्तमान व्यवहार का मुख्य निर्धारक बन जाता है। इस तरह से एडलर ने अचेतन को अस्वीकृत ही नहीं किया परन्तु निश्चित रूप से उसके महत्त्व को कम कर दिया।

(v) एडलर ने अपने व्यक्तित्व सिद्धान्त में अपूर्वता (uniquencess) तथा अविभाज्यता (indivisibility) पर अधिक बल डाला है। वे समग्ररूप से व्यक्तित्व का अध्ययन करने पर बल डाले हैं। वे व्यक्तित्व को एक अपूर्व तंत्र (unique system) कहे हैं जिसे फिर उपतंत्रों में बाँटना सम्भव नहीं है। एडलर का मत है कि प्रत्येक व्यक्ति का एक अपूर्व जीवन शैली (unique style of life) होता है जो उसके द्वारा किये गये सभी तरह के व्यवहारों को समन्वित करता है। फ्रायड के सिद्धान्त में व्यक्ति पर इस तरह के बल की सर्वदा कमी पायी गयी है।

उपर्युक्त तथ्यों के आलोक में हम इस निष्कर्ष पर पहुँचते हैं कि फ्रायड तथा उनके दो विद्रोही (rebel) मनोवैज्ञानिकों द्वारा प्रतिपादित व्यक्तित्व सिद्धान्त में कई बिन्दुओं पर विभिन्नताएँ हैं।

इरिक इरिक्सन : व्यक्तित्व का मनोसामाजिक सिद्धान्त
(Erik Erikson : Psychosocial Theory of Personality)

इरिक इरिक्सन (1902-1982) उन मनोविश्लेषकों (psychoanalysts) में से एक हैं जिन्हें सामान्यतः एक अहं मनोवैज्ञानिकों (ego psychologist) के रूप में पहचान की गयी है। इन्होंने व्यक्तित्व के सिद्धान्त के प्रतिपादन में फ्रायड (Freud) द्वारा प्रस्तावित विकासात्मक अवस्थाओं को स्वीकार करते हुए उसे व्यक्ति के पूरे जीवनकाल तक विस्तृत किया और उसका अध्ययन किया। इनके सिद्धान्त में फ्रायड के विचारों से थोड़ा हटकर व्यक्तित्व को सामाजिक एवं ऐतिहासिक (historical) कारकों के रूप में भी समझने की कोशिश की गयी है। इसलिए इनके द्वारा प्रतिपादित व्यक्तित्व के सिद्धान्त को *मनोसामाजिक सिद्धान्त* (psychosocial theory) कहा गया।

इरिक्सन के व्यक्तित्व सिद्धान्त भी मानव प्रकृति (human nature) के बारे में कुछ विशेष पूर्वकल्पना (assumption) करता है। इन पूर्वकल्पनाओं (assumptions) को संक्षेप में इस प्रकार वर्णन किया जा सकता है—

(i) इरिक्सन का मनोसामाजिक सिद्धान्त मानव प्रकृति में पूर्णतावाद (holism) पर्यावरणीयता (environmentalism) तथा परिवर्तनशीलता (changeability) को सबसे अधिक महत्त्वपूर्ण बतलाया है।

(ii) मानव प्रकृत्ति के अन्य पहलुओं जैसे—निर्धार्यता (determinism), विवेकापूर्णता (rationality), वस्तुनिष्ठता (objectivity), अग्रलक्षता (proactivity),विषमस्थिति (heterostasis) तथा ज्ञेयता (knowlability) को मनोसामाजिक सिद्धान्त में तुलनात्मक रूप से कम महत्त्व दिया गया है।

इरिक्सन ने व्यक्तित्व के सिद्धान्त में अपना ध्यान अहं (ego) का विकास (development) एवं उसके कार्यों (functions) पर केन्द्रित किया है तथा उनका सम्बन्ध उपाहं (id) एवं पराहं (super ego) के विकास एवं कार्यों से न के बराबर है। इसका मतलब यह नहीं है कि उन्होंने अपने इस सिद्धान्त में अन्य कारकों जैसे—जैविक कारक, व्यवहारात्मक (behavioural) कारक, अनुभवात्मक (experiential) कारक तथा सामाजिक कारकों की भूमिका को नजरअंदाज किया है।

इरिक्सन के सिद्धान्त का केन्द्रीय बिन्दु यह है कि मानव के व्यक्तित्व का विकास कई पूर्वनिश्चित अवस्थाएँ जो सर्वजनीन (universal) होती हैं, से होकर होता है। जिस प्रक्रिया द्वारा वे अवस्थाएँ विकसित होतीं हैं, वह विशेष नियम द्वारा नियंत्रित होतीं हैं। इस नियम को *पश्चजात नियम* (epigenetic principle) कहा जाता है। अपनी प्रसिद्ध पुस्तक *'चाइल्डहूड एण्ड सोसाईटी'* (Childhood and Society, 1963) में इरिक्सन ने मनोसामाजिक अहं विकास (psychosocial ego development) की 8 अवस्थाएँ (stages) बतलाया है और पश्चजात नियम के अनुसार विकास की प्रत्येक अवस्था होने का एक आदर्श समय (optimal time) होता है और प्रत्येक अवस्था एक क्रम (sequence) में एक के बाद एक आती है और उनमें व्यक्तित्व का विकास, जैविक परिपक्वता (biological maturation) तथा सामाजिक एवं ऐतिहासिक बलों (historical forces) के अन्तःक्रिया (interaction) के फलस्वरूप होता है। इन सभी मनोसामाजिक अवस्थाओं (psychosocial stages) की कुछ खास *विशेषताएँ* होतीं हैं जिन्हें इस प्रकार समझाया जा सकता है:—

(i) प्रत्येक मनोसामाजिक अवस्था (psychosocial stage) में एक संक्रान्ति (crisis) होता है। संक्रान्ति से तात्पर्य व्यक्ति के जीवनकाल की एक ऐसी वर्तन बिन्दु (turning point) से होता है जो उस अवस्था में जैविक परिपक्वता तथा सामाजिक माँग (social demand) दोनों के अन्तःक्रिया के फलस्वरूप व्यक्ति में उत्पन्न होता है।

(ii) प्रत्येक मनोसामाजिक संक्रान्ति (psychosocial crisis) में धनात्मक तथा ऋणात्मक दोनों ही तत्त्व (component) होते हैं। प्रत्येक अवस्था में उसके जैविक परिपक्वता तथा नये-नये सामाजिक माँग के कारण संघर्ष (conflict) का होना इरिक्सन अश्वयम्भावी मानते हैं। यदि इस संघर्ष को व्यक्ति सन्तोषजनक ढंग से समाधान कर लेता है, तो इससे उसके विकसित अहं में ऋणात्मक तत्त्व (negative component) अवशोषित हो जाता है और व्यक्तित्व विकास अवरुद्ध होने की सम्भावना कम हो जाती है। एक स्वस्थ व्यकितत्व विकास के लिए धनात्मक तत्त्व का ऋणात्मक तत्त्व की तुलना में अनुकूल अनुपात (favourable ratio) का होना अनिवार्य हैं।

(iii) प्रत्येक मनोसामाजिक अवस्था के संक्रान्ति (crisis) को व्यक्ति को दूर करना होता है या उसका समाधान करना होता है। ऐसा नहीं करने से अनुकूली (adaptive) एवं उत्तम ढंग से विकास मनोसामाजिक विकास की अगली

अवस्था में नहीं हो पाता है। मनोसामाजिक विकास की प्रत्येक अवस्था में संक्रान्ति (cirsis) का समाधान कर लेने पर व्यक्ति में एक विशेष *मनोसामाजिक शक्ति* (psychosocial strength) की उत्पत्ति होती है जिसे इरिक्सन (Erikson) ने *सदाचार* (virtue) की संज्ञा दी हैं।

(iv) मनोसामाजिक विकास (psychosocial development) की प्रत्येक अवस्था में कर्मकांडता (ritualization), कर्मकांड (ritual) तथा कर्मकांडवाद (ritualism) होते हैं। इसे *'इरिक्सन तीन आर'* (Eriskon Three R's) कहा गया है। कर्मकांडता (ritualism) से तात्पर्य समाज के दूसरे व्यक्ति के साथ सांस्कृतिक रूप से स्वीकृत ढंग से अन्तःक्रिया (interaction) करने से होता है। इस तरह का व्यवहार थोड़े-थोड़े समय के बाद अर्थपूर्ण संदर्भ में दोहराये भी जाते हैं। अतः इनका अनुकूली महत्त्व होता है। कर्मकांड (ritual) से तात्पर्य वयस्क समुदाय (adult community) द्वारा आवृत्ति (recurring) स्वरूप के महत्त्वपूर्ण घटनाओं को दर्शाने के लिए किये गए कार्यों से होता है। कर्मकांडवाद (ritualism) से तात्पर्य कर्मकांडता (ritualization) में उत्पन्न विकृति (distortion) से होता है जिसमें व्यक्ति का ध्यान स्वयं अपने ऊपर ही केन्द्रित होता है।

(v) प्रत्येक मनोसामाजिक अवस्था का निर्माण उससे पहले की अवस्था में हुए विकासों से सम्बन्धित होता है।

इरिक्सन द्वारा प्रतिपादित व्यक्तित्व सिद्धान्त में मनोसामाजिक विकास (psychosocial development) की आठ अवस्थाओं तथा उनमें होने वाले प्रमुख विकासों (major developments) का वर्णन निम्नांकित हैं—

1. शैशवास्था : विश्वास बनाम अविश्वास *(Infancy: Trust versus Mistrust)*—यह अवस्था जन्म से लेकर 1 साल के उम्र तक की होती है और फ्रायड के मनोलैंगिक विकास (psychosexual development) के मुखावस्था (oral stage) से मिलती-जुलती है। इस अवस्था में सबसे पहला धनात्मक अहं गुण (positive ego quality) जो बच्चा में विकसित होता है, वह है—दूसरों तथा अपने में विश्वास या आस्था (trust) की भावना। विश्वास या आस्था की इस भावना का विकास बच्चों में उत्तम मातृक देख-रेख (maternal care) से उत्पन्न होता है। इस तरह के उत्तम देख-रेख से बच्चों में दूसरों के प्रति आस्था तो विकसित होती है साथ-ही-साथ उसमे यह भी विश्वास उत्पन्न हो जाता है कि उनके शरीर के अंग (organ) जैविक आवश्यकताओं (biological needs) को पूरा करने में सक्षम हैं। इस तरह की आस्था के विकसित होने से बच्चों में एक स्वस्थ व्यक्तित्व के निर्माण की नींव पड़ जाती है। कभी-कभी यह भी देखने को मिलता है कि कई कारणों से माताएँ अपने बच्चे को उतना उत्तम देख-रेख नहीं कर पातीं हैं या वे मात्र एक अविश्वसनीय (unreliable), अनुपयुक्त (indaequate) तथा तिरस्कृत (rejecting) ढंग से ही देख-रेख करने में समर्थ हो पातीं हैं। इससे बच्चों में *अविश्वास* (mistrust) उत्पन्न होता है जिससे वह दूसरों से डर (fear) एवं उनके प्रति संदेह (suspicion) एवं आशंकाएँ (apprehension) जैसी अनुभूतियाँ विकसित कर लेता है। इससे मनोसामाजिक विकास की अगली अवस्थाओं में चलकर एक अस्वस्थकर व्यक्तित्व (unhealthy personality) का जन्म होते देखा गया है। इस तरह के अविश्वास की भावना बच्चों में उस समय तीव्र हो जाती है जब वह देखता है कि उसकी माँ ने उसकी ओर से ध्यान हटाकर अन्य चीजों या दूसरों पर ध्यान अधिक देना प्रारम्भ कर दी है। इरिक्सन का मत है कि शिशुओं के व्यक्तित्व का स्वस्थकर विकास के लिए सिर्फ विश्वास की भावना की जरूरत नहीं होती है, बल्कि विश्वास (trust) का अविश्वास (mistrust) की तुलना में एक अनुकुल अनुपात (favourable ratio) का होना अनिवार्य है। ऐसा इसलिए आवश्यक है क्योंकि वातावरण के साथ प्रभावकारी समायोजन के लिए किसी चीज या व्यक्ति पर विश्वास न करना सीखना उतना ही जरूरी माना जाता है जितना किसी चीज या व्यक्ति पर विश्वास करना सीखना। जब बच्चा विश्वास-बनाम-अविश्वास (trust-versus-mistrust) के संघर्ष (conflict) का समाधान सफलतापूर्वक कर लेता है, तो इससे उसमें एक विशेष मनोसामजिक शक्ति (psychosocial strength) की उत्पत्ति होती है जिससे *आशा* (hope) की संज्ञा दी जाती है। आशा से तात्पर्य एक ऐसी मनोसामाजिक शक्ति से होती है जिसके सहारे शिशु अपने सांस्कृतिक वातावरण तथा अपने अस्तित्व (existence) को अर्थपूर्ण (meaningful) ढंग से समझने लगता है।

इस अवस्था में शिशु में पाये जाने वाले कर्मकांडता (ritualization) को इरिक्सन ने दिव्य (numinous) तत्त्व कहा है क्योंकि शिशु अपने सामने माँ की उपस्थिति को एक दिव्य शक्ति के रूप में समझता है। वयस्कावस्था (adulthood) में इस कर्मकांडता (ritualization) को व्यक्ति अन्य व्यक्ति के साथ एक स्नेह एवं आदर का आदान-प्रदान के कर्मकांड (ritual) के रूप में विकसित कर लेता है। इस अवस्था के कर्मकांडवाद (ritualism) को

इरिक्सन ने देवत्व प्रदान या मूर्ति पूजन (idolism) कहा है जो दिव्य कर्मकांडता (numinous ritualization) में विकृति हो जाने से उत्पन्न हो जाता है। व्यक्ति अपने आपको अधिक महत्त्व देने लग जाता है अर्थात् अपनी पूजा आप ही करता है क्योंकि उसे दूसरे पर विश्वास नहीं होता है या फिर वह दूसरों का परम भक्त बन जाता है क्योंकि उसे अपने आप पर कोई विश्वास तथा भरोसा नहीं रह जाता है।

2. प्रारम्भिक बाल्यावस्था : स्वतंत्रता बनाम लज्जाशीलता *(Early childhood: Autonomy versus Shame)*—यह अवस्था 2 साल से लगभग 3 साल आयु तक की अवस्था होती है और यह फ्रायड के मनोलैंगिक विकास (psychosexual development) के गुदा अवस्था (anal stage) से मिलती-जुलती है। जब बालक इससे पहले की मनोसामाजिक अवस्था में विश्वास या आस्था (trust) का भाव विकसित कर लेता है, तो उसमें स्वतंत्रता (autonomy) एवं आत्म-नियंत्रण (self-control) जैसे शीलगुण का विकास इस दूसरी अवस्था में होता है। इससे पहले की अवस्था में बच्चे पूर्णतः दूसरों पर निर्भर रहते हैं। परन्तु इस अवस्था में आ जाने में उनमें न्यूरोपेशीय (neuromusclar) परिपक्वता, सामाजिक विभेद (social discrimination) तथा शाब्दिक अभिव्यक्ति (verbalization) आदि की क्षमता विकसित हो जाती है और वह वातावरण को स्वतंत्रता से अन्वेषण (explore) करना प्रारम्भ कर देता है। अपने नये गति कौशलों (locomotor skills)से बच्चा स्वयं भी काफी प्रसन्न होता है तथा प्रोत्साहित होता है। परन्तु स्वतंत्रता का यहाँ यह मतलब नहीं होता है कि बच्चे को प्रत्येक कार्य करने का अप्रतिबंधित स्वतंत्रता (unrestricted freedom) दिया जाए बल्कि इसका अर्थ यह होता है कि माता-पिता अपना नियंत्रण कायम रखते हुए बच्चे को स्वतंत्र रूप से कार्यो को करने दें। जब बच्चे को माता-पिता द्वारा उन्हें एक अत्यन्त छोटा समझकर कार्य नहीं करने दिया जाता है या उसके बदले में माता-पिता स्वयं उसका कार्य कर देते हैं या माता-पिता अपने बच्चों से कुछ ऐसी उम्मीदें (expectation) रखते हैं जो बच्चे की क्षमता (ability) से बाहर है, तो इन सभी परिस्थितियों में बच्चों में *लज्जाशीलता* (shame) की भावना उत्पन्न होती है। इसमें बच्चों में अन्य मनोसामाजिक मनोवृतियाँ (psychosocial attitude) जैसे—अपने ऊपर शक (self-doubt), व्यर्थता (ineptitude) तथा शक्तिहीनता (powerlessness) आदि का विकास हो जाता है।

जब बच्चा स्वतंत्रता-बनाम-लज्जाशीलता के संघर्ष (conflict) को सफलतापूर्वक समाधान कर लेता है ताकि उसमें लज्जाशीलता की तुलना में स्वतंत्रता का एक अनुकूल अनुपात (favourable ratio) कायम हो जाए, तो इससे उसमें एक नयी मनोसामाजिक शक्ति (psychosocial strength) जिसे *'इच्छा शक्ति'* (will power) कहा जाता है, की उत्पत्ति होती है। इच्छा शक्ति से तात्पर्य एक ऐसी शक्ति से होती है जो बच्चों को स्वतंत्र होकर अपनी रुचि या पसंद के अनुसार कार्य करने तथा आत्म-संयम (self-restraint) बरतने में सक्षम बनाता है।

इरिक्सन के अनुसार इस अवस्था में बच्चों में जो कर्मकांडता (ritualization) पाया जाता है, उसे विवेक-सम्मत कर्मकांडता (judicious ritualization) कहा जाता है। दूसरे शब्दों में, इस अवस्था के बच्चे अपने इर्द-गिर्द के सही एवं गलत वस्तुओं या व्यक्तियों की पहचान प्रारम्भ कर देते हैं। यह कर्मकांडता (ritualization), वयस्कावस्था (adulthood) में जाकर न्याय विचार (courtroom trial) के कर्मकांड (ritual) में बदल जाता है, जिससे व्यक्ति के गलत कार्य एवं अज्ञानता जैसे व्यवहारों का मूल्यांकन होता है। विवेक-सम्मान कर्मकांडता (judicious ritualization) में विकृति (distrotion) उत्पन्न होने से विधिवादिता (legalism) जैसी कर्मकांडवाद (ritualism) की उत्पत्ति हो जाती है जिसमें व्यक्ति नैतिक जवाबदेही के वास्तविक ज्ञान के बिना ही नैतिक या कानूनी नियमों पर अडिग रहता है। इससे उसके व्यवहार में एक तरह की अनम्यता (rigidity) आ जाती है।

3. खेल अवस्था : पहल-शक्ति बनाम दोषिता *(Play age: Initiative versus Guilt)*—यह अवस्था लगभग 4 साल की आयु से 6 साल तक की आयु की होती है और फ्रायड के मनोलैंगिक विकास (psychosexual development) के लिंग प्रधानावस्था (phallic stage) से मिलती-जुलती है। यह बह अवस्था होती है जिसमें बच्चों की सामाजिक दुनिया (social world) उसे सक्रियता एवं पहल-शक्ति दिखलाने के लिए एक तरह की चुनौती प्रदान करता है। उन्हें दूसरों के कार्य करने में आनन्द आता है, नयी-नयी जवाबदेहियों (responsibilities) को निभाने में भी आनन्द आता है। चूँकि बच्चों में भाषा (language) एवं पेशीय कौशलों (locomotor skills) का विकास इस अवस्था तक हो जाता है, इसलिए वे घर के बाहर के वातावरण के बच्चों के साथ सामाजिक खेल-कूद (social games) में भाग लेना पसंद करने लगते है। मनोसामाजिक विकास की यह पहली अवस्था होती है जहाँ बच्चे

पहली बार यह अनुभव करते हैं कि उसकी गिनती भी एक आदमी के रूप में की जाती है और उनकी जिन्दगी का भी एक विशेष उद्देश्य (purpose) है। जब माता-पिता द्वारा बच्चों को इस अवस्था में घर से बाहर के सामाजिक कार्यों में हाथ बँटाने से रोका जाता है या जब माता-पिता द्वारा बच्चों को इस तरह की इच्छा व्यक्त करने पर शाब्दिक या शारीरिक दंड दिया जाता है, तो इससे बच्चों में दोषिता (guilt) का भाव उत्पन्न हो जाता है। ऐसे बच्चे कभी भी अपने आप को खुलकर अभिव्यक्त (express) नहीं करते हैं और उनमें किसी वास्तविक लक्ष्य (tangible goal) को प्राप्त करने में प्रत्यनशील रहने की क्षमता समाप्त हो जाती है। इरिक्सन ने यह भी कहा है कि जब बच्चों में दोषिता का भाव सतत बना रहता है, तो उनमें निष्क्रियता, लैंगिक नपुंसकता एवं अन्य मनोविकारी क्रिया करने की प्रवृतियाँ तीव्र हो जातीं हैं।

जब पहल-शक्ति-बनाम-दोषिता (initiative versus guilt) से उत्पन्न संघर्ष (conflict) को बच्चा सफलतापूर्वक समाधान (solve) कर लेता है, तो इससे उसमें जिस मनोसामाजिक शक्ति (psychosocial strength) की उत्पत्ति होती हैं, उसे *उद्देश्य* (purpose) कहा जाता है। उद्देश्य से तात्पर्य एक ऐसी मनोसामाजिक शक्ति से होती है जो बच्चों में कोई लक्ष्य निश्चित करने की क्षमता एवं उसे विश्वास के साथ बिना किसी दण्ड के भय के ही प्राप्त करने की क्षमता विकसित करने से होता है।

इस अवस्था में बच्चों में नाटकीय कर्मकांडता (drammatic ritualization) से रंगमंच (theater) तथा सम्बन्धित नाटकीय प्रारूपों जैसे कर्मकांड (ritual) का जन्म होता है तथा व्यक्ति उत्तम भूमिकाओं (roles) को करने की ओर अग्रसित होता है। खतरा इस बात का होता है कि नाटकीय कर्मकांडता (drammatic ritualization) में विकृति (distortion) हो जाने से पररूपधारण (impersonation) जैसे कर्मकांड (ritual) का विकास हो जाता है जो एक तरह का ऋणात्मक भूमिका-निर्वाह (negative role playing) है जहाँ व्यक्ति एक अपराधी (delinquent) एवं औषध-व्यसनी (drug addict) तथा अन्य समान भूमिका करने को मजबूर हो जाता है।

4. स्कूल अवस्था: परिश्रम बनाम हीनता *(School: Industry versus Inferiority)*—मनोसामाजिक विकास की यह चौथी अवस्था होती है जो 6 साल की आयु से प्रारम्भ होकर लगभग 11-12 साल की आयु तक की होती है तथा वह फ्रायड के मनोलैंगिक विकास (psychosexual development) के अव्यक्तावस्था (latency period) से मिलती-जुलती है। इस अवस्था में प्रथम बार बच्चे औपचारिक शिक्षा (formal education) के माध्यम से संस्कृति के प्रारम्भिक कौशलों को सीखता है। इस अवस्था में प्रथम बार बच्चें औपचारिक शिक्षा (formal education), आत्म-अनुशासन (self-discipline) तथा अनुमोदित नियमों के अनुरूप अपना सम्बन्ध साथियों के साथ बनाये रखने की क्षमता विकसित करते हैं। जब बच्चे स्कूल में अपनी संस्कृति के प्रारंभिक कौशलों को सफलतापूर्वक सीखते हैं, तो इससे उनमें परिश्रम (industry) का भाव विकसित होता है। इस तरह के भाव को स्कूल में शिक्षकों से तथा पास-पड़ोस के सदस्यों से अधिक प्रोत्साहन मिलता है। परन्तु अगर किसी कारण से बच्चों को अपने कौशल पर शक हो जाता है, या वे इन कौशलों को अर्जित करने में असफल हो जाते हैं, तो इससे उसमें हीनता (inferiority) या असामर्थ्यता (incompetence) की भावना विकसित होती है। बच्चों में हीनता की भावना उस समय भी विकसित होता है जब वह यह देखता है कि उसकी निपुणता की माप उसकी योग्यता एवं कौशल न होकर उसकी प्रजाति, धर्म, यौन आदि है। हीनता का भाव विकसित हो जाने से बच्चे को अपनी क्षमता में विश्वास नहीं रह जाता है।

जब बच्चा परिश्रम-बनाम-हीनता (industry versus inferiority) के संघर्ष (conflict) का समाधान सही-सही ढंग से कर लेता है, तो उसमें एक विशेष मनोसामाजिक शक्ति (psychosocial strength) विकसित होती है जिसे *सामर्थ्यता* (competency) कहा जाता है। सामार्थ्यता से तात्पर्य किसी कार्य को पूरा करने में शारीरिक (physical) एवं बौद्धिक (intellectual) क्षमताओं के उचित प्रयोग से होता है।

इस अवस्था में बच्चों में औपचारिक कर्मकांडता (formal ritualization) की उत्पत्ति होती है। किसी कार्य को उत्तम ढंग से करना सीखने सें बच्चों में गुणात्मक एवं शिल्पकलात्मक गुण विकसित होते हैं। इससे वयस्कावस्था में कार्य जैसे कर्मकांड (ritual) का जन्म होता है। फलस्वरूप, वयस्कावस्था में प्रवेश करने पर ऐसे बच्चे किसी कार्य को एक औपचारिक कार्य विधि (formal methodology) से करना अधिक-से-अधिक पसन्द करते हैं। औपचारिक कर्मकांडता (formal ritualization) में विकृति (distortion) होने से व्यक्ति में औपचारिकता (formalism) जैसे कर्मकांडवाद (ritualism) की उत्पत्ति होती है जिसमें व्यक्ति किसी कार्य को मात्र करने में न कि उस कार्य के सारतत्त्व को समझने

में विश्वास करने लगता है। औपचारिकता का एक चरम उदाहरण मनोग्रस्त ढंग से (obsessively) अर्थात् बार-बार हाथ धोने का व्यवहार है।

5. किशोरावस्था : अहं पहचान बनाम भूमिका संभ्रांति *(Adolescence: Ego identity versus Role confusion)*—मनोसामाजिक विकास की यह पाँचवीं अवस्था (fifth stage) है जिसे काफी महत्त्वपूर्ण अवस्था माना गया है। यह अवस्था 12 साल से लेकर 19 या 20 साल की आयु तक सामान्यतः होती है। इस अवस्था में किशोरों के बीच अहं पहचान (ego indentity) का भाव एक धनात्मक मनोसामाजिक पहलू (positive psychosocial aspect) तथा भूमिका संभ्रांति (role confusion) या जिसे *पहचान संक्रान्ति* (identity crisis) भी कहा जाता है, एक ऋणात्मक मनोसामाजिक पहलू (negative psychosocial aspect) के रूप में विकसित होता है। इस अवस्था में किशोर अपने बारे में जो उन्हें अब तक ज्ञान हुआ है, उसे इस तरह से संगठित करने की कोशिश करते हैं, जिनसे उनकी आत्म-पहचान बनी रहें। इसके लिए अन्य बातों के अलावा यह आवश्यक हैं कि किशोरों के आत्म-प्रत्यक्षणों (self-perception) का उनके अन्तर्वैयक्तिक अनुभूतियों (interpresonal experiences) द्वारा निश्चित रूप से संपुष्टि हो। सन्तोषजनक अहं पहचान (ego identity) के विकास के लिए यह भी आवश्यक है कि किशोरों में उपयुक्त वयस्क यौन भूमिकाओं (adult sex roles) का विकास हुआ हो। जहाँ ऐसे यौन भूमिकाओं का पर्याप्त विकास होता है, व्यक्तित्व में अहं पहचान तेजी से विकसित होता है। कुछ किशोर दुर्भाग्यपूर्ण बाल्यावस्था की अनुभूतियों या वर्तमान प्रतिकूल सामाजिक परिस्थितियों से घिर जाते हैं। फलस्वरूप, ऐसे किशोरों का आत्म-प्रत्यक्षण दोषपूर्ण हो जाता है और इससे उसमें भूमिका संभ्रांति (role confusion) या पहचान संक्रान्ति (identity crisis) उत्पन्न हो जाती है। ऐसी संभ्रान्ति के उत्पन्न हो जाने पर किशोर ठीक ढंग से अपनी जीविका (career) का मार्गदर्शन नहीं कर पाते हैं और वे आगे अपनी शिक्षा आदि को जारी रखने में असमर्थ पाने लगते हैं। ऐसे किशोरों में अन्य भावों (feelings) की अपेक्षा उद्देश्यहीनता (aimlessness), व्यक्तिगत विघटन (personal disorganization) तथा व्यर्थता (futility) की भावना प्रधान होती है। ऐसे किशोरों में कभी-कभी ऋणात्मक पहचान (negative identity) विकसित हो जाती है। यह एक ऐसी पहचान है जो उनके माता-पिता (parent) तथा साथी-संगी (peer) द्वारा बतलाये गए पहचान के विपरीत होता है। इरिक्सन (Erikson) का मत है कि इस अवस्था में कुछ किशोर ऐसे होते हैं जो अपनी पहचान संक्रान्ति (identity crisis) का समाधान नहीं करना चाहते हैं बल्कि वे यह चाहते हैं कि इस तरह की संक्रान्ति या भूमिका सम्भ्रांति (role confusion) कुछ समय तक और बना रहे। इसे इरिक्सन ने *मनोसामाजिक विलम्बन* (psychosocial moratorium) कहा है। मनोसामाजिक विलंबन की स्थिति में किशोरों द्वारा *वयस्क बचनबद्धता* (adult commitment) स्थगित हो जाती है और वे भूमिका सम्भ्रांति को ही कुछ समय तक बने रहने देते हैं।

जब किशोर अहं पहचान (ego identity) बनाम भूमिका सम्भ्रांति से उत्पन्न समस्या का सफलतापूर्वक समाधान कर लेता है, तो इससे उसमें एक विशेष मनोसामाजिक शक्ति (psychosocial strength) विकसित होती है जिसे इरिक्सन ने *कर्त्तव्यनिष्ठता* (fidelity) कहा है। कर्त्तव्यनिष्ठता (fidelity) से तात्पर्य किशोरों में समाज के विचारधाराओं, शिष्टाचारों (mores) एवं मानकों (norms) के अनुकूल व्यवहार करने की क्षमता से होता है। कर्त्तव्यनिष्ठता को इरिक्सन ने इस अवस्था में व्यक्तित्व विकास का एक सार तत्त्व माना है।

हाल ही में मारकिया (Marcia, 1994) ने पहचान निर्माण (identity formation) पर शोध करके इसके चार प्रकार बतलाए हैं जो इस प्रकार हैंः—

(a) पहचान उपलब्धि *(Identity achievement)*—ऐसे व्यक्ति उच्च मनोवैज्ञानिक स्तर पर कार्य करते हैं; इनकी चिन्तन स्वतंत्र हुआ करती है, अंतर्वैयक्तिक सम्बन्ध में घनिष्ठता होती है; इनकी नैतिक तर्कणा (moral reasoning) मजबूत होती है; ऐसे लोग समूह के प्रति अनुरूपता दिखलाने की प्रवृत्ति को रोकने में सक्षम होते हैं तथा ऐसे लोगों में आत्म-सम्मान का भाव भी होता है।

(b) पहचान विलम्बन *(Identity moratorium)*—इसमें व्यक्ति पहचान संकट (identity crisis) के बीच में होता है। यद्यपि ऐसे लोगों में उच्च मनोवैज्ञानिक स्तर पर कार्य करने की क्षमता होती है तथा उनमें पर्याप्त नैतिक तर्कणा की भी क्षमता होती है एवं दोस्ताना सम्बन्ध को पसंद करते हैं, फिर भी इनमें इस बात की कमी महसूस होती है कि वे लोग कौन हैं तथा किस लिए है, आदि।

(c) **पहचान पूर्वबंदी** (*Identity foreclosure*)—ऐसे व्यक्ति दृढ़ (rigid) होते हैं, समूह अनुरूपता अधिक दिखाते हैं तथा अपने आत्म-सम्मान के प्रति किए गए जोड़-तोड़ के प्रति संवेदनशील होते हैं। ऐसे लोग काफी रुढ़िवादी होते हैं तथा 'सही-गलत' के लिए बने मानक से कभी भी दूर हटना नहीं चाहते हैं।

(d) **पहचान प्रसार** (*Identity difusion*)—ऐसे व्यक्तियों में अपनी पहचान बनाने की इच्छा की कमी होती है। ऐसे लोगों की चिन्तन असंगठित होता है तथा इनको किन्हीं से घनिष्ठ सम्बन्ध नहीं होता है।

इस तरह से उक्त प्रकार बतलाकर मारकिया यह बतलाने की सफल कोशिश किए हैं कि व्यक्ति की पहचान विकास या निर्माण की प्रक्रियाएँ एक-दूसरे से भिन्न होतीं हैं तथा इस तरह की विभिन्नता उनके अंतरवैयक्तिक सम्बन्ध, चिन्तन प्रक्रियाएँ एवं अपने आत्मन (self) के प्रति विशिष्ठ भाव में स्पष्ट रूप से प्रतिबिम्बित होतीं हैं।

इस अवस्था में सिद्धान्तवाद (idealogy) का कर्मकांडता (ritualization) विकसित होता है। सिद्धान्तवाद से तात्पर्य किशोरों के ऐसे मूल्यों (values) एवं पूर्वकल्पनाओं (assumptions) से होता है जिससे संस्कृति के धार्मिक, वैज्ञानिक एवं राजनैतिक विचारों की अभिव्यक्ति होती है। इस तरह के सिद्धान्तवाद का उद्देश्य व्यक्तित्व में पहचान या परिचय (identity) के वैयक्तिक ज्ञान को मजबूत करना होता है। वयस्कावस्था में इस तरह के कर्मकांडता (ritualization) से कुछ विशेष कर्मकांड (ritual) विकसित होता है। ऐसे व्यक्ति द्वारा वयस्कावस्था में विशेष जीवन-शैली का ग्रहण किया जाना एक ऐसे ही कर्मकांड (ritual) का उदाहरण है। इस तरह के कर्मकांडता (ritualization) में विकृति (distortion) हो जाने से एक विशेष कर्मकांडवाद (ritualism) विकसित होता है जिसे *संपूर्णता* (totalism) की संज्ञा दी जाती है। सम्पूर्णता में व्यक्ति किसी खास विश्वास तंत्र (belief system) की पूजा आँख मूँद कर करने लग जाता हे। इससे उसमें कुछ भ्रमासक्ति (delusion) कभी-कभी विकसित हो जाता है।

6. तरुण वयस्कावस्थाः घनिष्ठ बनाम विलगन (*Early childhood: Intimacy versus Isolation*)—मनोसामाजिक विकास (psychosocial development) की यह छठी अवस्था है जो सामान्यतः 20 साल की आयु से प्रारम्भ होकर 30 साल की आयु तक की होती है। इस अवस्था में व्यक्ति शादी-विवाह कर प्रारम्भिक परिवारिक जिन्दगी (early family life) में प्रवेश करता है। यहाँ युवक किसी-न-किसी व्यवसाय में अपने को लगाकर अपना स्वंतत्र जीविकोपार्जन प्रारम्भ कर देता है। इरिकसन के अनुसार इस अवस्था में व्यक्ति सच्चे अर्थ में दूसरों के साथ सामाजिक (social) एवं लैंगिक (sexual) घनिष्ठता (intimacy) कायम करने के लिए तैयार रहता है। इस अवस्था में व्यक्ति अपने भाइयों, बहनों, माता-पिता तथा अन्य संबंधियों के साथ घनिष्ठ सम्बन्ध विकसित करता है तथा अपने पति-पत्नी के साथ घनिष्ठ लैंगिक सम्बन्ध विकसित करता है। व्यक्ति अपने आप के साथ भी घनिष्ठ सम्बन्ध विकसित कर एक स्वस्थ व्यक्तित्व का विकास करता है। इस मनोसामाजिक अवस्था (psychosocial stage) का खतरा (danger) यह है कि व्यक्ति दूसरों के साथ कुछ कारणों से सन्तोषजनक एवं घनिष्ठ वैयक्तिक सम्बन्ध नहीं विकसित कर पाता है और अपने आप में ही पूर्णतः खोया रहता है। इसे *विलगन* (isolation) की संज्ञा दी जाती है। ऐसे व्यक्ति द्वारा जो अन्तर्वैयक्ति सम्बन्ध (interpersonal relationship) कायम भी किये जाते हैं, वह भीतर से खोखला एवं सतही (superficial) होता है। ऐसे लोगों में अपना धंधा या कार्य के प्रति नीरसता एवं व्यर्थता की मनोवृत्ति होती है। जब विगलन (isolation) की मात्रा अत्यन्त अधिक हो जाती है, तो व्यक्ति में गैर-सामाजिक व्यवहार (anti-social behaviour) या मनोविकारी व्यवहार (psychopathic behaviour) की प्रबलता बढ़ जाती हैं।

जब व्यक्ति घनिष्ठता-बनाम-विलगन से उत्पन्न संघर्ष का समाधान सफलतापूर्वक कर लेता है, तो इससे उसमें विशेष मनोसामाजिक शक्ति (psychosocial strength) की उत्पत्ति होती है, जिसे *स्नेह* (love) की संज्ञा दी जाती है। इरिक्सन का स्नेह से तात्पर्य किसी सम्बन्ध को कायम रखने में पारस्परिक समर्पण (mutual devotion) की क्षमता से होती है। इस तरह के स्नेह की अभिव्यक्ति तब होती है जब व्यक्ति दूसरों के प्रति आदर, उत्तरदायित्व एवं उत्तम देखभाल की मनोवृत्ति दिखलाता है।

इस अवस्था में सम्बन्धन (affiliation) जैसी कर्मकांडता (ritualization) का विकास होता है। इससे यह पता चलता है कि जब व्यक्ति दूसरों के प्रति स्नेह दिखलाता है तथा दोस्ती रखता है, तो वह दूसरों के साथ अपनी भावनाओं की साझेदारी करता है। वयस्कावस्था में सम्बन्धन जैसी कर्मकांडता (ritualization) की अभिव्यक्ति विवाह (marriage) तथा अन्य सामाजिक क्रियाएँ जैसे—कोई खेल लगातार कई दिनों तक अपने दोस्तों के साथ खेलना

आदि के रूप में अभिव्यक्ति होती है। कर्मकांडता (ritualization) में विकृति (distortion) उत्पन्न होने से एक विशेष कर्मकांडवाद (ritualism) का जन्म होता हैं जिसे *सुशिष्टता* (elitism) की संज्ञा दी जाती है। इसमें व्यक्ति अपना एक एकांतिक या एकमात्र (exclusive) समूह विकसित कर लेता है जिसके निर्माण का आधार कोई खास तरह की अभिरुचि होती हैं।

7. मध्य व्यस्कावस्था : जननात्मकता बनाम प्रगतिरोध *(Middle adulthood: Generativity versus Stagnation)*—मनोसामाजिक विकास की यह अवस्था लगभग 30 वर्ष की आयु से 65 वर्ष की आयु तक की मानी गयी है। इस अवस्था में व्यक्ति में जननात्मकता (generativity) का भाव उत्पन्न होता है. जननात्मकता (generativity) से तात्पर्य व्यक्ति द्वारा अपने अगले पीढ़ी (generation) के लोगों के कल्याण तथा साथ-ही-साथ उस समाज के लिए जिसमें वे लोग रहेंगे, को उन्नत बनाने की चिन्ता से होता है। संक्षेप में, जननात्ममकता का अर्थ बूढ़े व्यक्तियों में उन व्यक्तियों के कल्याण के बारे में दिखलाये गये सोच-समझ एवं चिन्ता से होता है जो उनकी जगह लेने वाले होते थे। थोड़े अधिक विस्तृत अर्थ में जननात्मकता (generativity) में उत्पादकता (productivity) तथा सर्जनात्मकता (creativity) भी समिलित होता है। जब व्यक्ति में जननात्मकता (generativity) की चिन्ता उत्पन्न नहीं होती है, तो इससे प्रगतिरोध (stagnation) उत्पन्न होने का खतरा बढ़ जाता है जो एक तरह की आत्म-तल्लीनता (self-absorption) की अवस्था होती है जिसमें व्यक्ति की अपनी वैयक्तिक आवश्यकताएँ एवं सुख-सुविधा (comfort) ही सर्वोपरि होता है। ऐसे व्यक्ति को किसी दूसरे की चिन्ता तक भी नहीं होती है और सिर्फ वे अपने वैयक्तिक सुख-सुविधा के लिए ही अधिक परेशान रहते हैं।

इस अवस्था के मनोसामाजिक संक्रान्ति (psychosocial crisis) का सफलतापूर्वक समाधान होने से व्यक्ति में एक विशेष तरह की मनोसामाजिक शक्ति (psychosocial strength) की उत्पत्ति होती है जिसे इरिक्सन ने *देखभाल* (care) की संज्ञा दी है। देखभाल का गुण सचमुच में उदासीनता (apathy) के गुण का एक विपरीत गुण है। इसमें दूसरों के कल्याण की चिन्ता अधिक होती हैं।

इस अवस्था में प्रजनन (generational) नामक कर्मकांडता (ritualization) की उत्पत्ति होती है जिसमें व्यक्ति अगले पीढ़ी के मार्गदर्शन का बीड़ा उठाने को तत्पर रहता है। वयस्कावस्था में इस कर्मकांडता (ritualization) की अभिव्यक्ति व्यक्ति में दूसरों के दुःख को समझने तथा उसके कष्ट को निवारण करने की प्रवृत्ति के रूप में विकसित होती है।, यह प्रवृत्ति प्रजनन (generational) कर्मकांडता से उत्पन्न होनेवाली एक प्रमुख कर्मकांड (ritual) है। प्रजनन कर्मकांडता में विकृत्ति (distortion) होने से व्यक्ति में *प्राधिकृतता* (authoritism) उत्पन्न होती है जिसमें व्यक्ति बिना किसी औचित्य (justification) के ही प्राधिकारी (authority) होने का दिखावा करने लगता है।

8. परिपक्वता : अहं सम्पूर्णता बनाम निराशा *(Maturity: Ego intergrity versus Despair)*—इरिक्सन के मनोसामाजिक विकास (psychosocial development) की अंतिम व्यवस्था परिपक्वता (maturity) की अवस्था होती है जो लगभग 65 वर्ष तथा उससे अधिक की आयु (मृत्यु तक) तक की अवधि को अपने में सम्मिलित करती है। सभी संस्कृति में इस अवस्था को बुढ़ापा की अवस्था कहा गया है जिसके सामने कई तरह की चुनौतियाँ (challenges) होतीं हैं ज़िनमें गिरते हुए शारीरिक स्वास्थ्य एवं शक्ति के साथ उचित समायोजन, अवकाश प्राप्ति से आय में उत्पन्न कमी के साथ समायोजन, अपने दोस्त या समकालीन की मृत्यु तथा अपने उम्र समूह के साथ सम्बन्धन (affiliation) की आवश्यकता आदि प्रधान होते हैं। इस अवस्था में व्यक्ति का ध्यान भविष्य से हटकर अपने बीते दिनों पर विशेषकर उसमें प्राप्त सफलताओं या असफलताओं की ओर अधिक होता है। इरिक्सन के अनुसार इस अवस्था में कोई स्पष्ट नया मनोसामाजिक संक्रान्ति (psychosocial crisis) की उत्पत्ति नहीं होती है। व्यक्ति अपने सभी पिछले मनोसीमाजिक अवस्थाओं की घटनाओं का समन्वय एवं मूल्यांकन करता है। इससे उनमें अहं सम्पूर्णता (ego integrity) का भाव उत्पन्न होता है। इस अवस्था में व्यक्ति को मृत्यु (death) से डर नहीं लगता है क्योंकि ऐसे व्यक्ति अपने बाल-बच्चों एवं सर्जनात्मक उपलब्धियों के माध्यम से अपने अस्तित्व को जारी समझते हैं। इरिक्सन का यह भी मत है कि यह वह अवस्था है जिसमें व्यक्ति गें परिपक्वता अपने वास्तविक अर्थ में पैदा होता है तथा बुद्धिमत्ता का व्यवहारिक ज्ञान (practical sense of wisdom) व्यक्ति में उत्पन्न होता है। इस अवस्था का प्रमुख मनोसामाजिक शक्ति (psychosocial strength) *परिपक्वता* है। इस अवस्था में कोई-कोई व्यक्ति अपने बीते

मनोसामाजिक अवस्थाओं में उत्पन्न असफलताओं से चिन्तित भी रहता है और ऐसे लोग अपनी जिन्दगी को अपूरित इच्छाओं, आवश्यकताओं एवं भटके हुए निर्देशों का एक बन्डल (bundle) या ढेर मानने लगते हैं। इससे उनमें निराशा (despair) उत्पन्न होती है और अपने को असहाय एवं निर्बल समझने लगते हैं। यदि इस तरह की भावना तीव्र हुई तो उसमें मानसिक विषाद (mental depression) भी उत्पन्न हो जाता है।

इस अवस्था में व्यक्ति में समन्वय (integral) जैसे कर्मकांडता (ritualization) का विकास होता है जिसमें व्यक्ति अपनी जिन्दगी की वास्तविकताओं (realities) में अर्थ एवं बुद्धिमत्ता (wisdom) की खोज करता है। इससे जो कर्मकांड (ritual) विकसित होते हैं, उनमें अवकाशप्राप्ति (retirement), अपने पुत्र एवं पौत्रों के यहाँ जाकर कुछ समय बिताना आदि प्रमुख हैं। ऐसे बूढ़े व्यक्ति जिनमें अहं सम्पूर्णता (ego intergrity) नहीं विकसित हो पाती है, उनमें एक विशेष कर्मकांडवाद (ritualism) की उत्पत्ति का खतरा बढ़ जाता है जिसे विवेकिता (sapientism) कहा जाता है जहाँ व्यक्ति अपने आप को ज्ञानवान या विवेकी होने का ढकोसला करता है ताकि वह अपनी निराशा एवं कुंठा के भाव को छिपा सके।

इरिक्सन के सिद्धान्त का मूल्यांकन (*Evaluation of Erikson's theory*)—इरिक्सन के मनोसामाजिक सिद्धान्त के कुछ गुण (merits) एवं अवगुण (demerits) हैं। इसके प्रमुख *गुणों* में निम्नांकित उल्लेखनीय हैं:—

(i) इरिक्सन ने एक ऐसा सिद्धान्त का प्रतिपादन किया है जिसमें व्यक्तित्व के विकास एवं संगठन की व्याख्या करने के लिए समाज एवं स्वयं व्यक्ति की भूमिकाओं पर समान रूप से बल डाला गया है। इस तरह का बल हम अन्य किसी सिद्धान्त में नहीं पाते हैं।

(ii) इरिक्सन ने अपने इस सिद्धान्त में किशोरावस्था (adolescence) की अवस्था को काफी महत्त्वपूर्ण एवं संवेदनशील (sensitive) बतलाया है जिससे इनके सिद्धान्त में कुछ खास खूबी आ जाती है। फ्रायड ने अपने सिद्धान्त में तुलनात्मक रूप से इस अवस्था के महत्त्व को गौण रखा था।

(iii) इरिक्सन ने अपने व्यक्तित्व सिद्धान्त में आशावादी दृष्टिकोण अपनाया है जिसका सबूत हमें इस बात से मिल जाता है कि उन्होंने कहा है कि प्रत्येक मनोसामाजिक अवस्था में सम्भावित कमजोरियाँ (weaknesses) एवं सामर्थ्य (strength) अलग-अलग होते हैं। अतः किसी एक अवस्था में असफलता होने से दूसरी अवस्था में भी असफलता ही होगी, ऐसा नहीं कहा जा सकता है।

(iv) इरिक्सन के व्यक्तित्व-सिद्धान्त में जन्म से लेकर मृत्यु तक की मनोसामाजिक घटनाओं (psychosocial events) को व्यक्तित्व के विकास (development) एवं समन्वय (integration) की व्याख्या में सम्मिलित किया गया है जो अपने आप में विशिष्टता का पात्र हैं।

इन गुणों के बावजूद मनोसामाजिक सिद्धान्त के कुछ अवगुण (demerits) हैं जो निम्नांकित हैं:—

(i) कुछ आलोचकों का मत है कि इरिक्सन ने अपने व्यक्तित्व सिद्धान्त में जरूरत से ज्यादा आशावादी दृष्टिकोण को अपनाया है। मानव प्रकृत्ति (human nature) के बारे में इतना अधिक आशावादी दृष्टिकोण से उनके सिद्धान्त में अव्यावहारिकता की बू आती है। इरिकसन ने इस आलोचना का खंडन करते हुए कहा है कि उसने प्रत्येक मनोसामाजिक अवस्था में एक विशेष संक्रान्ति (crisis) की जो बात कहा है, उससे आलोचकों का ऐसा सोचना निराधार है। उसने प्रत्येक अवस्था में धनात्मक अहं गुण (positive ego quality) के साथ-ही-साथ ऋणात्मक अहं गुण (negative ego quality) की भी बात कही है। अविश्वास (mistrust), लज्जाशीलता (shame) कुछ ऐसे ही ऋणात्मक अहं गुण के उदाहरण हैं जो व्यक्ति में चिन्ता (anxiety) का एक सतत स्रोत (continuous sources) होता है। इससे स्पष्ट हो जाता है कि उन्होंने अपने सिद्धान्त में आशावादी दृष्टिकोण के साथ-ही-साथ वैसे दृष्टिकोण को भी अपनाया है जिससे व्यक्ति में चिन्ता आदि उत्पन्न होते हैं।

(ii) कुछ आलोचकों का मत हैं कि इरिक्सन ने अपने सिद्धान्त में फ्रायड के व्यक्तित्व सिद्धान्त को मात्र सरल करने के अलावा कुछ नहीं किया है। जैसे इरिक्सन ने अपने व्यक्तित्व सिद्धान्त में उपाहं (id) एवं अचेतन (unconscious) को हटाकर सारा बल अहं (ego) एवं चेतन मन (conscious mind) पर दिया है तथा व्यक्तित्व विकास में इन्हीं को सर्वोपरि माना है। परन्तु सचमुच में इसे इरिक्सन के सिद्धान्त की एक आलोचना नहीं माना जा सकता है। हाँ, इसे वह बिन्दु अवश्य माना जा सकता है जहाँ पर इरिक्सन का सिद्धान्त फ्रायड के सिद्धान्त से भिन्न है।

(iii) कुछ मनोवैज्ञानिकों का मत है कि इरिक्सन के सिद्धान्त में जितने तथ्यों (facts) एवं प्राक्कल्पनाओं (hypotheses) की व्याख्या की गयी हैं, उनका कोई प्रयोगात्मक समर्थन (experimental support) नहीं हैं। उनके सारे तथ्य तथा सम्प्रत्यय (concepts) उनके व्यक्तिगत प्रेक्षणों (personal observations) पर आधारित है, जो काफी आत्मनिष्ठ (subjective) हैं।

(iv) इरिक्सन का यह कहना है कि बदलते हुए सामाजिक परिस्थितियों के अनुसार समायोजन करके ही एक उत्तम एवं स्वस्थ व्यक्तित्व का निर्माण किया जा सकता है, कुछ आलोचकों को मान्य नहीं हैं। इन आलोचकों ने कहा है कि कुछ ऐसे भी व्यक्ति हैं जो समाज की परिस्थितियों से प्रभावित हुए बिना ही स्वयं समाज में महत्त्वपूर्ण परिवर्तन लाये हैं और वे एक स्वस्थ व्यक्तित्व का निर्माण करने में सम्पन्न हो पाये हैं।

(v) शुल्ज (Schultz, 1990) के अनुसार अंतिम मनोसामाजिक अवस्था की व्याख्या अधूरा एवं असन्तोषप्रद (unsatisfactory) हैं। कुछ आलोचकों ने यह आशंका व्यक्ति की है कि इस अन्तिम अवस्था में व्यक्ति में विकास उतना सन्तोषजनक नहीं होता है जितना कि इरिकसन के अहं सम्पूर्णता (ego integrity) के सम्प्रत्यय से संकेत मिलता है।

इन आलोचनाओं के बावजूद इरिक्सन द्वारा प्रतिपादित मनोसामाजिक सिद्धान्त (psychosocial theory) को अधिक महत्त्वपूर्ण माना गया है और आज बहुत सारे व्यवहारपरक (behavioural) तथा सामाजिक वैज्ञानिक (social scientist) इरिक्सन के शोध के सिद्धान्त को दृष्टिकोण को उपयोगी मानते हैं। इरिक्सन के इस सिद्धान्त को निम्नांकित तीन कारणों से आज भी काफी महत्त्वपूर्ण माना जा रहा है:—

(a) उन्होंने व्यक्तित्व के विकास के लिए मनोसामाजिक तथा साथ-ही-साथ मूलप्रवृत्तियात्मक (instinctual) दोनों ही आधारों पर बल डाला है।

(b) उन्होंने व्यक्तित्व के विकास के अवस्थाओं को इस तरह विस्तारित किया है कि सम्पूर्ण जीवन चक्र के विकास तो उसमें सम्मिलित होते हैं साथ-ही-साथ प्रत्येक अवस्था में उत्पन्न होने वाले वैज्ञानिक समस्याओं पर भी पर्याप्त प्रकाश पड़ता है।

(c) इन्होंने यह स्पष्ट किया है कि व्यक्ति भूत तथा भविष्य दोनों की घटनाओं को महत्त्वपूर्ण मानता है। वह जितना भूत की घटनाओं को महत्त्व देता है, उतना ही भविष्य की घटनाओं को महत्त्व देता है ताकि उसके व्यक्तित्व का एक सन्तुलित विकास हो सके।

फ्रायड एवं इरिक्सन के व्यक्तित्व सिद्धान्तों का एक तुलनात्मक अध्ययन (A Comparative Study of Freud and Erikson's Theories of Personality)

सिगमण्ड फ्रायड (Sigmund Freud) एवं इरिक इरिक्सन (Erik Erikson) दोनों ही मनोविश्लेषक (psychoanalyst) हैं जिन्होंने अलग-अलग व्यक्तित्व के सिद्धान्तों का प्रतिपादन किया है। दोनों के सिद्धान्तों में कुछ समानताएँ (similarities) एवं कुछ विभिन्नताएँ (dissimilarities) हैं। इन दोनों के सिद्धान्तों में प्रमुख *समानताएँ* (similarities) निम्नांकित हैं:—

(i) फ्रायड ने व्यक्तित्व के सिद्धान्त में पाँच महत्त्वपूर्ण अवस्थाओं (stages) जैसे मुखावस्था (oral stage), गुदावस्था (anal stage) आदि का वर्णन किया है। ऐसी तरह से इरिक्सन ने भी व्यक्तित्व के सिद्धान्त में आठ महत्त्वपूर्ण अवस्थाओं जैसे शैशवावस्था (infancy), प्रारम्भिक बाल्यावस्था (early childhood), आदि का वर्णन किया है। ये दोनों ही वैज्ञानिक व्यक्तित्व विकास (personality development) के इन अवस्थाओं को पूर्वनिश्चित एवं अपरिवर्त्य (inyariant) मानते हैं अर्थात् उनके क्रम में किसी प्रकार का कोई परिवर्तन नहीं किया जा सकता है, ऐसा मानते हैं।

(ii) फ्रायड के समान इरिक्सन ने भी अपने व्यक्तित्व के सिद्धान्त में जैविक (biological) एवं लैंगिक (sexual) आधारों को महत्त्व दिया है।

(iii) इरिक्सन ने फ्रायड के व्यक्तित्व सिद्धान्त (personality theory) के संरचनात्मक मॉडल (structural model) अर्थात् उपाहं (id), अहं (ego) तथा पराहं (super ego) को स्वीकार किया हालांकि यह बात जरूर है कि उन्होंने व्यक्तित्व की व्याख्या में अहं (ego) पर तुलनात्मक रूप से अधिक बल डाला है।

इन समानताओं के बावजूद इन दोनों सिद्धान्तों में कुछ महत्त्वपूर्ण *अन्तर* हैं जो निम्नांकित हैं:—

(i) मायर (Maier, 1956) का मत है कि फ्रायड ने अपने व्यक्तित्व सिद्धान्त में उपाहं (id), अहं (ego), तथा पराहं (super ego) को महत्त्वपूर्ण माना है जबकि इरिक्सन ने अपने व्यक्तित्व सिद्धान्त में अहं (ego) को सर्वोपरि माना है। दूसरे शब्दों में, फ्रायड के अनुसार मानव व्यवहार का आधार उपाहं, अहं एवं पराहं तीनों ही होता है जबकि इरिक्सन के अनुसार मानव व्यवहार का आधार सिर्फ अहं (ego) होता है। वे अहं को व्यक्तित्व का एक स्वतंत्रता संरचना (autonomous structure) मानते हैं जो एक ऐसा सामाजिक-अनुकूली विकास (social-adaptive development) का अनुसरण करता है जिसे उपाहं (id) एवं अन्य मूलप्रवृत्तियों (instincts) के विकास के अनुरूप कहा जा सकता है। फ्रायड अहं को व्यक्तित्व का एक कार्यकारिणी पहलू (executive aspect) मानते है जो उपाहं एवं वास्तविकता (reality) के बीच सन्तुलन बनाये रखता है।

(ii) फ्रायड के व्यक्तित्व सिद्धान्त में मानव को एक अविवेकी प्रकृति (irrational nature) का जीव मानकर उसके व्यवहारों की व्याख्या की गयी है जबकि इरिक्सन के व्यक्तित्व सिद्धान्त में मानव को एक विवेकी (rational) एवं तार्किक (logical) प्रकृति का जीव मानकर उसके व्यवहारों की व्याख्या की गयी है।

(iii) फ्रायड ने अपने व्यक्तित्व के सिद्धान्त में व्यक्तित्व के विकास के लिए माता-पिता के प्रभावों को सर्वोपरि माना हैं जबकि इरिक्सन ने व्यक्तित्व विकास में बच्चों का माता-पिता के साथ सम्बन्ध के अलावा उस पूरे ऐतिहासिक मैट्रीक्स (historical matrix) को महत्त्वपूर्ण माना है जिसमें परिवार अवस्थित (located) होता है। दूसरे शब्दों में, इरिक्सन ने उस पूरे मनोऐतिहासिक परिस्थिति (psychohistorical setting) को व्यक्तित्व विकास के लिए महत्त्वपूर्ण माना है जिसमें परिवार अवस्थित (located) होता है। दूसरे शब्दों में, इरिक्सन ने उस पूरे मनोऐतिहासिक परिस्थिति (psychohistorical setting) को व्यक्तित्व विकास के लिए महत्त्वपूर्ण माना है जिसमें अहं (ego) एक खास तरह से परिवर्तित एवं विकसित होता है।

(iv) इरिक्सन के व्यक्तित्व सिद्धान्त में शैशवावस्था (infancy) से लेकर वृद्धावस्था तक अर्थात् पूर्ण जीवन अवधि (life span) को ध्यान में रखकर व्यक्तित्व विकास की व्याख्या की गयी है जबकि फ्रायड (Freud) ने व्यक्तिगत विकास में मूलतः प्रारंभिक बाल्यावस्थाओं में की गयी अनुभूतियों को ही महत्त्वपूर्ण माना है और जनेन्द्रियावस्था (genital stage) के बाद यानी वयस्कावस्था के बाद की अनुभूतियों पर कोई ध्यान नहीं दिया है।

(v) फ्रायड तथा इरिक्सन के सिद्धान्तों में इस बिन्दु पर भी अन्तर है कि मनोलैंगिक संघर्ष (psychosexual conflict) का स्वरूप कैसा होता है। फ्रायड ने अपने सिद्धान्त में अचेतन के अस्तित्व को दिखलाने का प्रयास किया है और इस बात पर बल डाला है कि प्रारंभिक मानसिक आघात या सदमा लगने से अर्थात् बचपनावस्था में किसी तरह का मानसिक सदमा लगने से वयस्कावस्था में असामान्यता (abnormality) उत्पन्न हो जाती है। इसके विपरीत, इरिक्सन ने प्रत्येक मनोसामाजिक अवस्था में विकसित होने वाले संक्रान्ति (crisis) जो धनात्मक अहं गुण (positive ego quality) तथा ऋणात्मक अहं गुण (negative ego quality) में टकराव से उत्पन्न होता है, का असफल समाधान को असामान्यता की उत्पत्ति का कारण बतलाया है।

(vi) फ्रायड के व्यक्तित्व सिद्धान्त की तुलना में इरिक्सन के व्यक्तित्व सिद्धान्त का शोध मूल्य (research value) अधिक है क्योंकि इरिक्सन के सिद्धान्त के अधिकतर सम्प्रत्ययों (concepts) पर आधुनिक व्यवहारपरक (behavioural) एवं सामाजिक वैज्ञानिक (social scientist) आज अपना शोध जारी रखे हुए हैं।

(vii) फ्रायड के व्यक्तित्व सिद्धान्त में केवल जैविक एवं लैंगिक आवेगों (sexual inpluses) पर सर्वाधिक बल डाला गया है परन्तु इरिक्सन के सिद्धान्त में इन जैविक एवं लैंगिक इच्छाओं के अलावा व्यक्ति के सामाजिक एवं सांस्कृतिक परिस्थितियों पर भी बल डालते हुए व्यक्तित्व विकास की व्याख्या की गयी है।

इस तरह से स्पष्ट हुआ कि इरिक्सन का व्यक्तित्व सिद्धान्त फ्रायड के व्यक्तित्व सिद्धान्त से समानं होते हुए भी मौलिक रूप से भिन्न हैं।

हेनरी मर्रे : व्यक्तित्व का आवश्यकता सिद्धान्त
(Henry Murray : Need Theory of Personality)

व्यक्तित्व के कुछ सिद्धान्त ऐसे हैं जो यह मानते हैं कि प्रेरणा (motivation) व्यक्ति में एक गत्यात्मक (dynamic) एवं निर्देशात्मक बल (directing force) होता है जो व्यक्ति को एक निश्चित व्यवहार करने के लिए प्रेरित करता है। हेनरी मर्रे (Henry Murray, 1893-1988) द्वारा प्रतिपादित व्यक्तित्व का सिद्धान्त जिसे व्यक्तित्व का *आवश्यकता सिद्धान्त* (need theory) कहा जाता है, एक ऐसा ही सिद्धान्त हैं। विशेष ढाँचा (framework) जिसे उन्होंने परसोनोलॉजिकल तंत्र[1] (personological system) कहा है, के तहत उन्होंने व्यक्तित्व का एक सिद्धान्त विकसित किया है जिसे सारग्राही (eclectic) एवं मौलिक (original) दोनों ही कहा गया है। इनके सिद्धान्त को सारग्राही (eclectic) इसलिए कहा गया है क्योंकि इसमें हमें उन तथ्यों एवं सम्प्रत्ययों (concepts) की झलक मिलती है जिसे मर्रे ने अन्य सिद्धान्तों विशेषकर फ्रायड के व्यक्तित्व सिद्धान्त से लिया है। इस सिद्धान्त को व्यक्तित्व का एक मौलिक सिद्धान्त (original theory) इसलिए कहा गया है क्योंकि इसमें मर्रे के अपने विशेष सम्प्रत्यय (concepts) एवं विधि (method) का वर्णन मिलता है जिसने कई महत्त्वपूर्ण शोधों को आमंत्रित किया है।

मर्रे द्वारा प्रतिपादित व्यक्तित्व के आवश्यकता सिद्धान्त (need theory) में मानव व्यवहार (human behaviour) के बारे में निम्नांकित पूर्वकल्पनाएँ (assumptions) की जातीं हैं—

(i) मानव प्रकृति (human nature), निर्धार्यता (determinism), विवेकी (rationality) तथा समस्थिति (homeostasis) की पूर्वकल्पना (assumption) पर गम्भीर रूप से आधारित होता है।

(ii) मानव प्रकृति पूर्णतावाद (holism), अपरिवर्तनशीलता (unchangeability), आत्मनिष्ठता (subjectivity) तथा अग्रलक्षता (proactivity) की पूर्वकल्पनाओं से साधारण रूप से प्रभावित होता है।

आवश्यकता सिद्धान्त का वर्णन निम्नांकित उपशीर्षकों के अन्तर्गत सन्तोषजनक ढंग से की जा सकती है—

(1) व्यक्तित्व की परिभाषा (Definition of personality)
(2) व्यक्तित्व की गतिकी (Dynamics of personality)
(3) व्यक्तित्व का विकास (Development of personality)
(4) व्यक्तित्व का मापन (Measurement of personality)

इन सबका वर्णन निम्नांकित हैं:—

(a) व्यक्तित्व की परिभाषा (*Definition of Personality*)—मर्रे के परसोनोलॉजी (personology) का एक महत्त्वपूर्ण सिद्धान्त (principle) यह है कि मनोवैज्ञानिक प्रक्रियाएँ (psychological processes) शारीरिक प्रक्रियाओं पर आधारित होतीं हैं। इस सिद्धान्त को मद्देनजर रखते हुए उन्होंने कहा है कि व्यक्तित्व एक अमूर्त्त या काल्पनिक वस्तु (hypothetical entity) है न कि कोई ऐसा शारीरिक वस्तु जिसे देखा जा सके। व्यक्तित्व के इस अमूर्त्त स्वरूप के बावजूद मर्रे का मत है कि व्यक्ति में संगठनात्मक एवं नियंत्रणात्मक कार्यों के लिए कुछ केन्द्रीय प्रक्रियाएँ (central processes) होतीं हैं तथा साथ-ही-साथ कुछ ऐसी प्रक्रियाएँ भी होतीं हैं जो व्यक्ति में संघर्षात्मक बलों (conflicting forces) को समन्वित करता है, उनकी आवश्यकताओं (needs) को पूरा करता है तथा उनके लक्ष्य की प्राप्ति में मदद करता है। मर्रे के अनुसार इन सभी प्रक्रियाओं का केन्द्र मस्तिष्क (brain) होता है। इस तरह से मर्रे के सिद्धान्त में जहाँ व्यक्तित्व (personality) अपने आप में अमूर्त्त (abstract) या काल्पनिक वस्तु होता है, वह पूर्णतः मस्तिष्कीय प्रक्रियाओं (brain processes) पर आधारित होता है। व्यक्तित्व के कार्यों के पीछे छिपे

1. परसोनोलॉजी (Personology) एक ऐसा पद (term) है जिसे मर्रे (Murray) ने व्यक्तित्व (personality) की जगह पर अपने सिद्धान्त में प्रयोग किया था। ऐसे परसोनोलॉजी से उनका तात्पर्य मनोविज्ञान की एक ऐसी शाखा से था जो व्यक्ति के जीवन एवं उसे प्रभावित करने वाली घटनाओं का अध्ययन करता है।

शारीरिक (physiological) एवं मस्तिष्कीय क्रियाओं (brain activities) को उन्होंने प्रबल प्रक्रिया (regnant process) की संज्ञा दी हैं। इस संदर्भ में मर्रे[1] ने व्यक्तित्व की परिभाषा इस प्रकार दी है, ''व्यक्तित्व को जैविक रूप से शरीर का एक वरिष्ठ संस्थान (superordinate institution) या नियंत्रणात्मक (governing) अंग के रूप में परिभाषित किया जा सकता है। अतः यह मस्तिष्क में अवस्थित होता है। मस्तिष्क नहीं तो व्यक्तित्व भी नहीं।''

इस परिभाषा से यह स्पष्ट होता है कि मर्रे का व्यक्तित्व से जो तात्पर्य हैं, वह गहरे रूप से मस्तिष्क (brain) से सम्बन्धित है। प्रत्येक चीज जैसे सांवेगिक अवस्था, अचेतन स्मरण (unconscious memories), विश्वास, भय, मनोवृत्ति, एवं मूल्य आदि सभी जिस पर व्यक्तित्व निर्भर करता है, मस्तिष्क से ही नियंत्रित होते हैं।

(2) व्यक्तित्व की गतिकी *(Dynamics of Personality)*—मर्रे के अनुसार व्यक्तित्व के बारे में जो सबसे महत्त्वपूर्ण बात जानने लायक है, वह है व्यक्ति के व्यवहारों का दिशा निर्देश (directionality) । व्यक्ति क्यों अमुक व्यवहार करता है, यह जानना मर्रे के व्यक्तित्व सिद्धान्त का एक प्रमुख उद्देश्य रहा है। इस प्रश्न का उत्तर देने के लिए मर्रे ने कई तरह के प्रेरणात्मक सम्प्रत्यय (motivational concept) का प्रतिपादन किया है जिनमें निम्नांकित प्रमुख हैं—

(i) तनाव में कमी (Tension reduction)

(ii) आवश्यकता (Need)

(iii) दबाव (Press)

(iv) थीमाः आवश्यकता एवं दबाव की अन्तःक्रिया (Thema: Interaction of Need and Press)

इन चारों सम्प्रत्ययों (concepts) का वर्णन निम्नांकित हैं—

(i) तनाव की कमी *(Tension reduction)*—मर्रे का कहना है कि चाहे शारीरिक तनाव हो या मनोवैज्ञानिक तनाव हो, व्यक्ति उसे कम करने को कोशिश करता है। परन्तु मर्रे का बल इस बात पर था कि व्यक्ति कभी भी एक तनाव-मुक्त (tension-free) अवस्था में जाना नहीं चाहता है। तनाव कम करने की प्रक्रिया व्यक्ति को सन्तोष प्रदान करता है न कि तनावरहित अवस्था। मर्रे के अनुसार, व्यक्ति जब कभी भी तनावरहित (tensionless) अवस्था में आ जाता है, तो उससे उसे एक तरह की पीड़ा (distress) ही उत्पन्न होता है। मनुष्य में उत्तेजन (excitement), क्रियाशीलता एवं उन्नति (progress) करने की सतत आवश्यकता (constant need) होती है जिसका उद्देश्य व्यक्ति में तनाव को बढ़ाना होता है। जब व्यक्ति इस बढ़े तनाव को कम करने की दिशा में प्रयत्न करता है, तो इससे उसे एक तरह से सन्तोष (satisfaction) होता है। अतः मर्रे का मत है कि व्यक्ति के लिए एक आदर्श अवस्था वह होती है जिसमें उसमें एक खास स्तर का तनाव बना होता है क्योंकि इससे उसके व्यवहार में क्रियाशीलता बनी रहती है।

(ii) आवश्यकता *(Need)*—आवश्यकता (need) से मर्रे का तात्पर्य एक काल्पनिक सम्प्रत्यय से हैं जो मस्तिष्कीय क्षेत्र के एक दैहिक-रसायनिक बल (physiochemical force) को प्रतिबिम्बित करता है तथा इस तरह के बल से मनोवैज्ञानिक प्रक्रियाओं (psychological processes) को संगठित किया जाता है। आवश्यकता (need) का एक शारीरिक आधार होता है और यह व्यक्ति के सभी बौद्धिक एवं प्रत्यक्षज्ञात्मक क्षमताओं को संगठित करता है तथा उसका निर्देशन करता है। आवश्यकता (need) आन्तरिक क्रियाओं जैसे भूख या प्यास से उत्पन्न हो सकती है या पर्यावरण की घटनाओं से भी इसकी उत्पत्ति हो सकती है। आवश्यकता की उत्पत्ति का स्रोत जो भी हो, आवश्यकता से व्यक्ति में एक विशेष तनाव स्तर की उत्पत्ति होती है और उस आवश्यकता को सन्तुष्ट करके व्यक्ति उस तनाव स्तर में कमी लाने के लिए प्रयत्नशील रहता है। मर्रे ने अपने विशेष शोध (research) के आधार पर 12 दैहिजनिक आवश्यकताओं तथा 28 मनोजनिजक (psychogenic) का प्रतिपादन किया है। इन 28 मनोजनिक आवश्यकताओं में से 20 महत्त्वपूर्ण मनोजनिक आवश्यकता की एक सूची इस प्रकार है—(तालिका 13-1 देखें।)

1. "Personality is the dynamic organization within the individual of those psychophyiscal systems that determine his unique adjustments to his environment."

—Allport : *A Psychological Interpretation*, 1937, p.48.

तालिका 13-1 : मर्रे द्वारा प्रतिपादित 20 आवश्यकताओं (need) की सूची

1. Dominance (n Dom)	2. Deference (n Def)
3. Autonomy (n Auto)	4. Aggression (n Agg)
5. Abasement (n Aba)	6. Achievement (n Ach)
7. Sex (n Sex)	8. Sentience (n Sen)
9. Exhibition (n Exh)	10. Play (n Play)
11. Affiliation (n Aff)	12. Rejection (n Rej)
13. Succorance (n Suc)	14. Nurturance (n Nur)
15. Infavoidance (n Inf)	16. Defendance (n Dfd)
17. Conteraction) (n Cont)	18. Harmavoidance (n Harm)
19. Order (n Ord)	20. Understanding (n Und)

यहाँ सभी n से मतलब need (आवश्यकता) से हैं।

इन 20 आवश्यकताओं में दो आवश्यकताओं अर्थात् उपलब्धि आवश्यकता (achievement need) तथा सम्बन्धन आवश्यकता (affiliation need) पर सबसे अधिक संख्या में शोधकार्य किये गए हैं।

मर्रे ने अपने व्यक्तित्व सिद्धान्त में आवश्यकताओं को विभिन्न कसौटियों (criteria) के आधार पर कई भागों में बाँटा है। इनके द्वारा बतलाये गए कुछ प्रमुख ऐसे श्रेणी या भाग निम्नांकित हैं:—

(a) आवश्यकता के सामान्य प्रकृति की कसौटी के आधार पर *(On the basis of criterion of general nature of the need)*—इस कसौटी के आधार पर मर्रे ने दो प्रकार की आवश्यकता बतलाये हैं—दैहिजनिक आवश्यकता (viscerogenic need) तथा मनोजनिक आवश्यकता (psychogenic need)। *दैहिजनिक आवश्यकता* (viscerogenic need) से तात्पर्य वैसी शारीरिक आवश्यकतों से होता है जो मानव जीवन के जैविक जरूरतों (biological requirements) से उत्पन्न होता है। भूख की आवश्यकता, प्यास की आवश्यकता आदि इस श्रेणी की आवश्यकता है। इसे *प्राथमिक आवश्यकता* (primary need) भी कहा जाता है। इसकी कुल संख्या मर्रे ने 12 बतलाया है। *मनोजनिक आवश्यकता* (psychogenic need) वैसी आवश्यकताओं को कहा जाता है जो परोक्ष रूप से (indirectly) प्राथमिक आवश्यकता (primary need) से उत्पन्न होते हैं लेकिन शरीर के भीतर इनका कोई विशिष्ट क्षेत्र नहीं होता है। उपलब्धि की आवश्यकता (need for achievement), सम्बन्धन की आवश्यकता (need for affiliation), प्रभुत्व की आवश्यकता (need for dominance) आदि कुछ इसी श्रेणी की आवश्यकताएँ हैं। इन्हें *गौण आवश्यकता* (secondary need) भी कहा जाता है। इसे गौण इसलिए नहीं कहा जाता है कि उनका महत्त्व कम होता है बल्कि इसलिए कहा जाता है कि उनकी उत्पत्ति प्राथमिक आवश्यकता (primary need) के बाद होती है। मर्रे का मत है कि किसी-किसी परिस्थिति में तो गौण आवश्यकताओं का महत्त्व प्राथमिक आवश्यकताओं की तुलना में काफी बढ़ जाता है। मनोजनिक आवश्यकताओं की कुल संख्या 28 है।

(b) आवश्यकता की उत्पत्ति की कसौटी के आधार पर *(On the basis of criterion of origin of need)*—इस कसौटी के आधार पर आवश्यकता के दो प्रकार होते हैं—अग्रसक्रिय आवश्यकता (proactive need) तथा प्रतिक्रियात्मक आवश्यकता (reactive need)। *अग्रसक्रिय आवश्यकता* (proactive need) से तात्पर्य वैसी आवश्यकताओं से होता है जो एक तरह के स्वैच्छिक आवश्यकता (spontaneous need) है जिसकी उत्पत्ति होते ही उपयुक्त व्यवहार व्यक्ति करने के लिए तत्पर हो जाता है। इस तरह की आवश्यकता व्यक्ति के भीतर होने वाले परिवर्तनों (changes) पर निर्भर करता है। भोजन करने की आवश्यकता (need for food) एक तरह की अग्रसक्रिय आवश्यकता (proactive need) है। *प्रतिक्रियात्मक आवश्यकता* (reactive need) से तात्पर्य उन आवश्यकताओं से होता है जो वातावरण के उद्दीपकों (environmental stimuli) से उत्पन्न होते हैं। ऐसी आवश्यकताएँ कुछ उन उद्दीपकों या परिस्थितियों से उत्पन्न होतीं हैं जो अप्रत्याशित (unexpected) होतीं हैं। जैसे, अधिक ठंडक या अधिक गर्मी से बचने की आवश्यकता एक प्रतिक्रियात्मक आवश्यकता (reactive need) का उदाहरण हैं।

(c) अभिव्यक्ति के तरीकों की कसौटी के आधार पर *(On the basis of criterion of mode of expression)*— अभिव्यक्ति के तरीकों (modes) की कसौटी के आधार पर आवश्यकता के दो प्रमुख प्रकार बतलाये गए हैं— व्यक्त आवश्यकता तथा अव्यक्त आवश्यकता *व्यक्त आवश्यकता* से तात्पर्य वैसी आवश्यकताओं से होता है जिसकी अभिव्यक्ति की अनुमति समाज खुले रूप से व्यक्त आवश्यकता तथा अव्यक्त आवश्यकता देता है। उपलब्धि की आवश्यकता (need for achievement) तथा सम्बन्धन की आवश्यकता (need for affiliation) इसके उत्तम उदाहरण हैं क्योंकि इन आवश्यकताओं की अभिव्यक्ति समाज खुले रूप से देता है। *अव्यक्त आवश्यकता* (covert or latent need) से तात्पर्य वैसी आवश्यकताओं से होता है जिसकी खुले रूप से अभिव्यक्ति की अनुमति समाज नहीं देता है। यौन आवश्यकता (sex need) तथा आक्रामकता आवश्यकता (need for aggression) इस तरह की अव्यक्त आवश्यकता के उत्तम उदाहरण हैं।

(d) वस्तुओं की संख्या की कसौटी के आधार पर *(On the basis of criterion of number of objects)*—इस कसौटी के आधार पर मर्रे ने आवश्यकता के दो प्रकार बतलाये हैं—*नाभीय आवश्यकता* (focal need) तथा *विसरित आवश्यकता* (diffused need)। *नाभीय आवश्यकता* से तात्पर्य वैसी आवश्यकताओं से होता है जिनकी सन्तुष्टि किसी एक वस्तु या कुछ वस्तुओं से हो जाती है। जैसे, भूख की आवश्यकता एक नाभीय आवश्यकता है क्योंकि इसकी सन्तुष्टि भोजन करने से या फल का रस पी लेने से हो जा सकती है। *विसरित आवश्यकता* (diffused need) उन आवश्यकताओं को कहा जाता है जिसकी सन्तुष्टि किसी एक वस्तु से नहीं बल्कि कई तरह की वस्तुओं से होती है। उपलब्धि की आवश्यकता (need for achievement) एक विसरित आवश्यकता का उदाहरण है क्योंकि इसकी सन्तुष्टि कई क्षेत्र में कई तरह के वस्तुओं की उपलब्धि से होती है।

(e) लक्ष्य से सम्बद्धता की कसौटी के आधार पर *(On the basis of the criterion of relatedness to goal)*—इस कसौटी के आधार पर आवयश्यकता के दो प्रकार होते हैं—प्रभाव आवश्यकता (effect need) तथा रूपात्मक आवश्यकता (modal need)। *प्रभाव आवश्यकता* से तात्पर्य वैसी आवश्यकता से होता है जिसका एक निश्चित प्रभाव तुरन्त होता है और इसमें व्यक्ति के सामने कोई स्पष्ट लक्ष्य (tangible goal) होता है। जैसे, एम॰ ए॰ कक्षा में दाखिला प्राप्त छात्र का स्पष्ट लक्ष्य एम॰ ए॰ की परीक्षा में सफलता करना होता है। यहाँ जो आवश्यकता दर्शाया जा रहा है, अर्थात् उपलब्धि की आवश्यकता (need for achievement) एक तरह का प्रभाव आवश्यकता का उदाहरण है। *रूपात्मक आवश्यकता* (modal need) से तात्पर्य उन आवश्यकताओं से होता है जिसमें अनुभव की जाने वाली सन्तुष्टि कुछ मात्रा में पूरे कार्य के दौरान (न कि कार्य की पूर्ण समाप्ति के बाद) होते रहती हैं। जैसे, संगीत सुनने या संगीत वादन करने में जो आवश्यकता (need) सम्मिलित है, वह रूपात्मक आवश्यकता (modal need) का उदाहरण है क्योंकि इसमें अनुभव की जाने वाली सन्तुष्टि पूरे संगीत कार्यक्रम के दौरान होते रहती है न कि सम्पूर्ण संगीत खत्म होने के बाद व्यक्ति में सन्तुष्टि उत्पन्न होती है।

मर्रे (Murray) का मत है कि इन विभिन्न आवश्यकताओं (needs) के बीच सतत अन्तःक्रियाएँ (constant interaction) होते रहतीं हैं। यह अंतःक्रिया (interaction) कुछ नियमों (principles) के अनुरूप होती है जिसमें निम्नांकित प्रमुख हैं:—

(a) प्रबलता का नियम *(Principle of prepotency)*—इसमें विभिन्न आवश्यकताओं में से जो सबसे प्रबल (prepotent) होता है, वह व्यक्ति के सामने तुरन्त सन्तुष्टि के लिए आ खड़ा होता है। जैसे, शारीरिक खतरा से बचने की आवश्यकता सम्बन्धन आवश्यकता (affiliation need) से अधिक प्रबल होकर व्यक्ति से अपना सन्तुष्टि पहले चाहती है।

(b) संधि का नियम *(Principle of fusion)*—जब व्यक्ति द्वारा किये गए एक ही कार्य से दो या दो से अधिक आवश्यकताओं की सन्तुष्टि होती है, तो इसे आवश्यकताओं की संधि (fusion) कहा जाता है। जैसे, एक सरकारी सेवा में शामिल होकर व्यक्ति सम्बन्धन आवश्यकता (affiliation need) तथा उपलब्धि आवश्यकता (achievement need) दोनों की ही सन्तुष्टि एक साथ कर लेता है।

(c) पूरक नियम *(Principle of subsidiation)*—यह नियम इस बात पर बल डालता है कि व्यक्ति अपनी कुछ आवश्यकताओं (needs) की पूर्ति कम महत्त्वपूर्ण आवश्यकताओं की सन्तुष्टि करके करता है। दूसरे शब्दों में एक सहायक आवश्यकता (subsidiary need) द्वारा अन्य दूसरे तरह की आवश्यकताओं की सन्तुष्टि होती है।

जैसे, एक छात्र जो अपने शिक्षक की प्रशंसा या जी-हजूरी में अधिक लगा रहता है, वह दूसरों को सम्मान या इज्जत देने की आवश्यकता (deference need) की तो सन्तुष्टि करता ही है, साथ-ही-साथ वह इसके पीछे छिपे उपलब्धि आवश्कयता (achievement need) की भी सन्तुष्टि कर लेता है क्योंकि उनके इस व्यवहार से खुश होकर शिक्षक उन्हें परीक्षा में उत्तम अंक दे सकते हैं जिससे वह सम्भवतः प्रथम श्रेणी में परीक्षा में सफल हो सकता है।

(d) संघर्ष का नियम *(Principle of conflict)*—दो समान शक्ति की आवश्यकताएँ (needs) आपस में टकराकर या संघर्ष करके व्यक्ति में तनाव (tension) उत्पन्न करती है। मर्रे का मत है कि अधिकतर तंत्रिकातापी व्यवहार (neurotic behaviour) का कारण ऐसे ही तनाव (tension) होते हैं।

बाद में किये गए शोधों के आधार पर मर्रे (Murray) ने आवश्यकता (need) जैसे सम्प्रत्यय का प्रतिस्थापन (substitute) एक नया सम्प्रत्यय (concept) से किया जिसे *मूल्य-सदिश* (value-vector) कहा गया। सदिश से तात्पर्य व्यवहार द्वारा दिखलाये गए दिशा (direction) से तथा उस इच्छा की तीव्रता से होती है जिससे प्रेरित होकर व्यक्ति ने उस व्यवहार को किया था। मर्रे के अनुसार रचना (construction), विनाश (destruction), अभिग्रहण (acquisition), परिहार (avoidance) आदि प्रमुख सदिश (vector) के उदाहरण हैं। मूल्य (value) से तात्पर्य उन बौद्धिक (intellectual), सैद्धांतिक (ideological) तथा कलात्मक आदर्शों (ideals) से होता है जिसे व्यक्ति विकसित करता है। मर्रे ने यह सूचना इकट्ठा किया कि किसी व्यक्ति के लिए क्या अच्छा या योग्य है (मूल्य) तथा व्यक्ति उन मूल्यों के संदर्भ में किस तरह का व्यवहार करता है, तथा इन दोनों को एक मैट्रीक्स के रो (row) एवं कॉलम (column) के रूप में दर्शाया है। इस मैट्रिक्स का उद्देश्य व्यवहारों का एक वस्तुनिष्ठ व्याख्या उपस्थित करना है ताकि आवश्यकता (need) के प्रयोग से उत्पन्न अस्पष्ट सैद्धान्तिक व्याख्या को आसानी से प्रतिस्थापित किया जा सके।

(iii) दबाव *(Press)*—मर्रे का मत था कि वातावरण की वस्तुओं एवं घटनाओं का प्रभाव आवश्यकता (need) की उत्पत्ति पर काफी प्रभाव पड़ता है। इस तरह के प्रभाव (influence) को मर्रे ने दबाव (press) इसलिए कहा है क्योंकि यह व्यक्ति को एक खास ढंग से प्रभावित करता है या दबाता है। दबाव (press) से व्यक्ति की आवश्यकता (need) की संतुष्टि हो सकती है या आवश्यकता की संतुष्टि के मार्ग में बाधा भी हो सकता है। मर्रे के अनुसार दबाव (press) दो तरह के होते हैं—*अल्फा दबाव* (alpha press) तथा *बीटा दबाव* (beta press)। जब व्यक्ति वातावरण में उपस्थित गुणों (qualities) को जैसा वे वास्तव में होते हैं, प्रत्यक्षण करता है, तो इसे अल्फा दबाव (alpha press) कहा जाता है परन्तु जब उनका प्रत्यक्षण व्यक्ति उस वास्तविकता से हटकर अपने ढंग से अर्थात् आत्मनिष्ठ रूप से (subjectively) करता है, तो इसे बीटा दबाव कहा जाता है। जैसे, यदि कोई व्यक्ति यह देखता है कि उसके इर्द-गिर्द कुछ ऐसे व्यक्ति हैं जो वास्तव में उनके प्रति आक्रामक व्यवहार (aggressive behaviour) कर रहे हैं, तो यह अल्फा आक्रामकता दबाव (alpha aggression press) का उदाहरण होता है। परन्तु यदि व्यक्ति अपने इर्द-गिर्द के व्यक्तियों में विद्वेषी भावना (hostile feeling) का प्रत्यक्षण करता है, तो यह बीटा आक्रमकता दबाव (beta aggression press) का उदाहरण होगा। मर्रे के अनुसार बीटा दबाव का प्रभाव मानव व्यवहार पर अल्फा दबाव की तुलना में अधिक पड़ता है। एक सामान्य व्यक्तित्व (normal personality) में अल्फा दबाव (alpha press) तथा बीटा दबाव (beta press) में एक सन्तुलन (balance) रहता है। किसी कारण से इन दोनों में तीव्र अन्तर होने से व्यक्ति में व्यामोहात्मक चिन्तन (delusional thinking) उत्पन्न हो जाता है।

(iv) थीमा : आवश्यकता एवं दबाव की अन्तःक्रिया *(Thema: Interaction between need and press)*—व्यवहारात्मक इकाई (behavioural unit) की गतिकी (dynamics) की व्याख्या करने के लिए मर्रे (Murray) ने थीमा (Thema) जैसे सम्प्रत्यय (concept) का प्रतिपादन किया। थीमा से तात्पर्य आवश्यकता (need) तथा दबाव (press) के अन्तःक्रिया (interaction) से होता है। थीमा मूलतः अचेतन स्तर पर व्यक्ति की आवश्यकताओं (needs) तथा दबावों (press) को एक विशेष पैटर्न से सम्बन्धित करता है जिसका उद्देश्य व्यक्ति के व्यवहार में संगतता (coherence) उत्पन्न करना होता है। थीमा दो प्रकार के होतीं हैं—*क्रमिक थीमा* (serial thema) तथा *एकत्व थीमा* (unity thema)। क्रमिक थीमा (serial thema) वैसे थीमा को कहा जाता है जिसमें एक से अधिक आवश्यकता-दबाव अन्तःक्रियाएँ (need-press interactions) सम्मिलित होती है। एकत्व थीमा (unity thema) से तात्पर्य वैसे थीमा से होता है जिसमें व्यक्ति की आवश्यकता-दबाव अन्तःक्रिया (need-press interaction) का पैटर्न वैयक्तिक (individual) एवं अनोखा (unique) होता है। इसके आधार पर मर्रे वैयक्तिक विभिन्नता

(individual differences) की व्याख्या करने की कोशिश की है। मर्रे के अनुसार एकत्व थीमा व्यक्ति का मनोवैज्ञानिक सार (psychological core) होता है। इससे व्यक्तित्व में समय बीतने से उत्पन्न निरंतरता (continuity) का बोध होता है।

(3) व्यक्तित्व का विकास *(Development of Personality)*—मर्रे ने व्यक्तित्व के विकास (development) की व्याख्या करने के लिए एक अनुदैर्ध्य दृष्टिकोण (longitudinal approach) अपनाया है। इस दृष्टिकोण में व्यक्तित्व को ठीक ढंग से समझने के लिए उसके विकासात्मक इतिहास (development history) पर न कि केवल उसके वर्तमान आवश्यकताओं (needs), दबावों (press) तथा आवश्यकता-दबाव अन्तःक्रिया (need-press interactions) पर बल डालना आवश्यक होता है। इसी संदर्भ में उन्होंने कहा है, ''व्यक्तित्व का निर्माण ही स्वयं व्यक्तित्व का इतिहास हैं।''[1] फ्रायड (Freud) के समान ही उन्होंने प्रारम्भिक बाल्यावस्था (early childhood) की घटनाओं एवं अनुभूतियों (experiences) को महत्त्वपूर्ण बतलाया है। मर्रे ने बाल्यावस्था (childhood) को पाँच अवस्थाओं में बाँटा है और प्रत्येक अवस्था में कुछ सुखदायक अनुभूतियाँ (pleasurable experiences) होतीं हैं जो समाज की वास्तविकता के अनुरूप फिर परिवर्तित हो जातीं हैं। इन पाँच अवस्थाओं में से प्रत्येक अवस्था व्यक्तित्व पर अपना एक विशेष छाप (mark) मनोग्रंथि (complex) के रूप में छोड़ता है। मनोग्रन्थि से तात्पर्य व्यवहारों के वैसे पैटर्न (pattern) से होता है जो विभिन्न अवस्थाओं द्वारा छोड़े गए छापों या छाप चिह्नों (imprints) के मिलने से बनता है तथा जो अचेतन रूप से व्यक्तित्व के विकास को निर्धारित करता है। मर्रे (Murray) का मत है कि प्रत्येक व्यक्ति में उपर्युक्त पाँच अवस्थाओं से सम्बन्धित पाँच मनोग्रन्थि होते हैं क्योंकि प्रत्येक व्यकित को इन पाँच अवस्थाओं से होकर गुजरना पड़ता है। इसलिए इन मनोग्रन्थियों का होना कोई असामान्यता नहीं हैं। हाँ, जब उनकी अभिव्यक्ति अत्यन्त अधिक मात्रा में होने लगता है, तो व्यक्तित्व का विकास किसी एक अवस्था पर स्थिर हो जाता है और उसमें लचीलापन (flexibility) समाप्त हो जाता है और तब वह असामान्यता का रूप ले लेता है।

मर्रे (Murray) द्वारा प्रतिपादित बाल्यावस्था की पाँच अवस्थाएँ और सम्बन्धित मनोग्रंथियों का वर्णन निम्नांकित हैं—

(i) प्रथम अवस्था : निर्जन मनोग्रन्थियाँ *(First stage : Claustral complex)*—बाल्यावस्था की पहली अवस्था में निर्जन मनोग्रन्थि (claustral complex) होता है जो व्यक्ति के जन्मपूर्व अनुभूतियों (parental experiences) से बना होता है। निर्जन मनोग्रन्थि के तीन प्रकार बतलाये गए हैं—*साधारण निर्जन मनोग्रन्थि* (simple calustral complex), *असह्य निर्जन मनोग्रन्थि* (insupport claustral complex) तथा *निर्गति निर्जन मनोग्रन्थि* (eggression claustral complex)। साधारण निर्जन मनोग्रन्थि वाले व्यक्ति निष्क्रिय होते हैं तथा दूसरों पर आश्रित रहना इन्हें अच्छा लगता है। ये भूत (past) के पुजारी होते हैं तथा नवीनता (novelty) के विरोधी होते हैं। असह्य निर्जन मनोग्रन्थि (insupport claustral complex) में व्यक्ति में असुरक्षा (insecurity) की भावना तीव्र होती है तथा उसे अपने लाचारी पर अधिक चिंता होती है। निर्गति निर्जन मनोग्रन्थि (egression claustral complex) से प्रभावित व्यक्ति में घुमने-फिरने तथा किसी तरह की नवीनता से खुश होने का गुण अधिक होता है। ऐसे लोगों में स्वायत्तता (autonomy) के शीलगुण की प्रधानता होती है।

(ii) द्वितीय अवस्था : मुखा मनोग्रन्थि *(Second stage : Oral complex)*—बाल्यावस्था की दूसरी अवस्था में मुखा मनोग्रन्थि उत्पन्न होता है जिसका निर्माण प्रारंभिक पालन-पोषण से सम्बन्धित अनुभूतियों (early feeding experiences) से होता है। मुखा मनोग्रन्थि तीन प्रकार के होते हैं—*मुखा राहत मनोग्रन्थि* (Oral succorance complex), *मुखा आक्रामकता मनोग्रन्थि* (Oral aggression complex) तथा *मुखा तिरस्कृत मनोग्रन्थि* (oral rejection complex) मुख्य राहत मनोग्रंथि का निर्माण बच्चों के मुख से सम्बन्धित क्रियाएँ (mouth activities), निष्क्रिय प्रवृतियाँ तथा संरक्षण में रहने की प्रवृत्तियों से होता है। इस मनोग्रंथि की अभिव्यक्ति चूसने, खाने, पीने, चुम्बन लेने तथा दूसरों से स्नेह पाने आदि जैसे व्यवहारों के रूप में होता है। मुखा आक्रामकता मनोग्रंथि का निर्माण मुख दंसन (oral biting) की किग्रा का आक्रामक प्रवृत्तियों (aggressive tendencies) के मिलने से होता है तथा इसकी अभिव्यक्ति दाँत काटना, चिल्लाना तथा प्राधिकारों (authorities) के प्रति सामान्य उभयभाविता (general ambivalence) की प्रवृतियों के रूप में होता है। मुखा तिरस्कृत मनोग्रन्थि (oral rejection complex) की अभिव्यक्ति कुछ खास-खास व्यवहारों जैसे थूकना, कै करना, होंठ को कसकर दबाये रखना, हकलाना, भूख की कमी आदि के रूप में होती है।

1. "The history of personality is the personality." —Murray : *Exploration in Personality*, 1938, p.604.

(iii) तीसरी अवस्था: गुदा मनोग्रन्थि *(Third stage: Anal complex)*—बाल्यावस्था की यह तीसरी अवस्था होती है जिसमें गुदा मनोग्रन्थि पाया जाता है। इस मनोग्रन्थि के निर्माण में मर्रे का मत है कि शौच प्रशिक्षण (toilet training) तथा मल त्याग (defecation) की अनुभूतियों की भूमिका प्रधान होती है। गुदा मनोग्रन्थि (anal complex) दो तरह के होते हैं—*गुदा बहिष्करण मनोग्रंथि* (anal rejection complex) तथा *गुदा प्रतिधारण मनोग्रन्थि* (anal retention complex)। गुदा बहिष्करण मनोग्रन्थि (anal rejection complex) का निर्माण मल (feces) को रोकने या रोककर रखने से उत्पन्न अनुभूतियों से होता है। गुदा बहिष्करण मनोग्रन्थि (anal rejection complex) की अभिव्यक्ति मल त्याग से सम्बन्धित क्रियाओं एवं मल के समान वस्तुओं जैसे मिट्टी आदि में अधिक अभिरुचि दिखलाने के रूप मे होती है। इस तरह के लोग प्रायः गन्दे एवं विघटित (disorganized) प्रकृति के होते हैं। गुदा प्रतिधारण मनोग्रन्थि (anal retention complex) की अभिव्यक्ति वस्तुओं को संचय कर रखने, जिद्दी व्यवहार एवं निषेधात्मक व्यवहार (negativistic behaviour) दिखलाकर तथा अत्यंत सफाई एवं क्रम (order) पर ध्यान देने के रूप में होती है।

(iv) चौथी अवस्था: यूरीथल मनोग्रंथि *(Fourth stage: Urethral complex)*—मर्रे के सिद्धान्त में यह एक अजूबा मनोग्रन्थि है जिसे उन्होंने पहले उतना महत्त्व नहीं दिया था। परन्तु बाद में इसे एक महत्त्वपूर्ण मनोग्रन्थि बतलाया। इस मनोग्रन्थि की अभिव्यक्ति व्यक्ति द्वारा ऊँचे-ऊँचे आकांक्षाओं (aspirations) के निर्माण, आत्म-सम्मान (self-esteem) का विकृत ज्ञान (distorted sense), आत्म-स्नेह (self-love) की तीव्र भावना तथा प्रदर्शन प्रवृत्तियों (exhibitionistic tendencies) के रूप में होता है।

(v) पाँचवी अवस्था : जननेन्द्रिय या बधियाकरण मनोग्रन्थि *(Fifth stage : Genital or Castration complex)*—फ्रायड ने भी अपने सिद्धान्त में इस तरह के मनोग्रन्थि को महत्त्वपूर्ण बतलाया था और कहा था कि बधियाकरण मनोग्रन्थि बालकों में इस भाव से उत्पन्न होता है कि उसका लिंग (penis) काट दिया जायेगा और वही वयस्कावस्था के तंत्रिकातापी चिन्ता (neurotic anxiety) का आधार होता है। मर्रे फ्रायड के इस विचार से सहमत नहीं हैं। मर्रे का विचार था कि इस मनोग्रन्थि की उत्पत्ति बाल्यावस्था के हस्तमैथून (childhood masturbation) तथा उसके लिए माता-पिता से मिलने वाले दंड के भय से होता है। इस मनोग्रन्थि की अभिव्यक्ति प्रायः पुरुषत्व (masculinity) तथा ओजस्विता (virility) दिखलाकर होती है।

इन पाँच अवस्थाओं से होकर प्रत्येक व्यक्ति गुजरता है तथा उसमें मनोग्रन्थियों (complexes) का निर्माण होता है। इन मनोग्रन्थियों का समाधान करते हुए व्यक्ति वयस्क परिपक्वकता (adult maturity) की ओर अग्रसर होता है।

मर्रे ने व्यक्तित्व विकास (personality development) की व्याख्या करने में कुछ महत्त्वपूर्ण निर्धारकों (determinants) की अहमियत काफी अधिक बतलाया है। इन निर्धारकों में निम्नांकित चार प्रमुख हैं—

(i) शरीरगठनात्मक निर्धारक (constitutional determinant)
(ii) समूह सदस्यता निर्धारक (group membership determinant)
(iii) भूमिका निर्धारक (role determinant)
(iv) परिस्थितिजन्य निर्धारक (situational determinant)

इन सबका वर्णन निम्नांकित हैं:—

(i) शरीरगठनात्मक निर्धारक *(constitutional determinant)*—शरीरगठनातमक निर्धारक से तात्पर्य व्यक्ति के कुल शारीरिक बनावट से होता है। इस श्रेणी में व्यक्ति की आयु, यौन, शारीरिक प्रकार, त्वचा का रंग, शारीरिक श्क्ति (physical strength), शारीरिक अपंगता आदि को रखा जाता है। ये सभी कारक शून्य में प्रभावकारी नहीं होते हैं बल्कि वे व्यक्ति के सामाजिक वातावरण के संदर्भ में व्यक्तित्व निर्माण (personality formaton) को प्रभावित करते हैं।

(ii) समूह सदस्यता *(Group membership determinant)*—जिस सामाजिक समूह की सदस्यता व्यक्ति को प्राप्त है या व्यक्ति प्राप्त करना चाहता है, उसका भी प्रभाव व्यक्तित्व निर्माण पर पड़ता है। इस श्रेणी के कारक में परिवारिक, प्रजातीय, धार्मिक, राजनैतिक, क्षैत्रिय एवं सामाजिक-आर्थिक कारकों को रखा गया है। किसी एक या एक से अधिक ऐसे समूह के सदस्य होने से व्यक्तित्व काफी अधिक प्रभावित होता है क्योंकि इनकी सदस्यता (membership) पर उस समूह के सामाजिक वातावरण (social enviroment) एवं मूल्यतंत्र (value system) का प्रभाव काफी पड़ता है।

(iii) भूमिका निर्धारक (*role determinants*)—समाज की संस्कृति प्रत्येक व्यक्ति के लिए निश्चित भूमिका करने का सुझाव देती है। इसके साथ-साथ संस्कृति यह भी नियत करती है कि उस भूमिका का निर्वाह व्यक्ति कैसे करेगी। मर्रे के अनुसार व्यक्तित्व निर्माण (personality formation) इन भूमिकाओं तथा उसके निर्वाह करने के ढंग या विधि से काफी अधिक प्रभावित होता है।

(iv) परिस्थितिजन्य निर्धारक (*Situational determinant*)—व्यक्तित्व निर्धारक के इस श्रेणी में उन कारकों को रखा जाता है जो व्यक्ति के दिन-प्रतिदिन की अनुभूतियों में घटित होतीं हैं परन्तु उनका स्वरूप कुछ वैसा होता है कि उनके बारे में पहले से अनुमान लगाना मुश्किल है। इसमें संक्षिप्त अन्तर्वैयक्तिक सम्बन्ध (brief interpersonal contact), किसी खास व्यक्ति के साथ दोस्ती एवं सम्बन्ध-विच्छेदित माता-पिता (divorced parent) आदि को रखा जाता है।

(4) व्यक्तित्व का मापन (*Measurement of Personality*)—मर्रे द्वारा प्रतिपादित आवश्यकता सिद्धान्त का एक सबसे महत्त्वपूर्ण अनुप्रयोग (application) व्यक्तित्व मापने में हुआ है। मर्रे के सिद्धान्त से जो सबसे प्रमुख व्यक्तित्व परीक्षण विकसित किया गया है, वह है *विषय-आत्मबोधन परीक्षण* (Thematic Apperception Test or TAT)। TAT एक ऐसा प्रक्षेपण परीक्षण (projective test) है जिसे शोध मूल्य के दृष्टिकोण से रोशार्क परीक्षण (Rorschach test) के तुरन्त बाद रखा गया है। इस परीक्षण में 30 कार्ड तथा 1 सादा कार्ड अर्थात् कुल 31 कार्ड होते हैं। इनमें से 19 कार्ड तथा 1 सादा कार्ड का चयन व्यक्ति के उम्र एवं यौन (sex) के अनुरूप किया जाता है और व्यक्ति उसके चित्रों एवं दिखलाये गए दृश्यों (sense) के आधार पर कहानी लिखता है। इन कहानियों का विश्लेषण करके व्यक्ति के व्यक्तित्व के बारे में जाना जाता है। नैदानिक मनोवैज्ञानिकों द्वारा TAT का प्रयोग रोगियों के व्यक्तित्व को समझने में काफी किया गया है। TAT का प्रयोग शोध उद्देश्यों के लिए भी काफी किया गया है तथा इसका उपयोग उपलब्धि आवश्यकता (achievement need) तथा सम्बन्धन आवश्यकता (affiliation need) को मापने के लिए काफी किया गया है।

TAT के समानान्तर कई परीक्षण विकसित किये गए हैं। इनमें *चिल्ड्रेन आत्मबोध परीक्षण* (Children Appreception Test or CAT) प्रमुख हैं। इस परीक्षण का निर्माण बेलाक (Bellak, 1975, 1986) द्वारा 3 साल से 10 साल के बच्चों के व्यक्तित्व को मापने के लिए किया गया था। इस परीक्षण के विभिन्न कार्डो पर पशुओं के चित्रों का मानव परिस्थितियों (human situations) में दर्शाए गए हैं। इस परीक्षण का दूसरा प्रारूप भी है जिसका उपयोग 10 साल से ऊपर के बच्चों की बुद्धि मापने में किया जाता है। इसे CAT-H कहा गया है। इसके कार्डों में मनुष्यों के तस्वीरों को दर्शाया गया है। TAT का कुछ परिमार्जन (modification) ऐसा किया गया है जिसका प्रयोग बूढ़ों के व्यक्तित्व को मापने के लिए किया जाता है। *वृद्धा आत्मबोधन परीक्षण* (Gerontological Apperception Test or GAT) जिसे वोल्क एवं वोल्क (Wolk & Wolk, 1971) द्वारा विकसित किया गया है तथा *सीनियर आत्मबोधन प्रविधि* (Senior Apperception Technique or SAT) जिसे बेलाक (Ballak, 1975) द्वारा विकसित किया गया है, दो ऐसे ही परीक्षण है। इन दोनों परीक्षणों में बूढ़े लोगों को विभिन्न परिस्थितियों में दर्शाया गया है।

मर्रे द्वारा प्रतिपादित आवश्यकता सिद्धान्त (need theory) से तीन अन्य मापन विधि (assessment technique) विकसित किये गए हैं जिनका नाम है—*एडवार्डस परसनल प्रेफरेन्स सिड्डुल* (Edwards Personal Preference Schedule or EPPS), *जैक्सन परसनॉलिटी रिसर्च फार्म* (Jackson Personality Research Form) तथा *स्टर्न एक्टीभिटीज इन्डेक्स* (Stern Activities Index)। EPPS का निर्माण एडवार्डस (Edwards, 1953) द्वारा किया गया है तथा इसके द्वारा मर्रे की आवश्यकता सूची (list of needs) की 15 आवश्यकताओं का मापन होता है तथा इसमें कुल 210 एकांश युग्मित रूप (pair form) में हैं। जैक्सन परसनॉलिटी रिसर्च फार्म का प्रतिपादन जैक्सन (Jackson, 1976) द्वारा किया गया। इसके द्वारा 20 शीलगुणों में से अधिकतर EPPS तथा मर्रे की आवश्यकता सूची (list of needs) के हैं। स्टर्न एक्टीभिटीज इन्डेक्स (Stern Activities Index) का निर्माण स्टर्न (Stern, 1958) द्वारा किया गया और उसमें 300 एकांश (items) हैं तथा इन सभी एकांशों के माध्यम से मर्रे द्वारा प्रस्तावित सभी 20 आवश्यकताओं (needs) का मापन होता है।

जहाँ तक मर्रे का व्यक्तित्व शोध (personality research) का प्रश्न है, वह भावमूलक दृष्टिकोण (idiographic viewpoints) है न कि नियमान्वेषी दृष्टिकोण (nomothetic viewpoints)। भावमूलक दृष्टिकोण में व्यक्तियों के

एक छोटे समूह को विभिन्न मूल्यांकन विधियों (assessment techniques) द्वारा गहन रूप से अध्ययन किया जाता है। नियमान्वेषी दृष्टिकोण जो भावमूलक दृष्टिकोण के विरोधी है, में व्यक्तियों के बड़े समूहों के बीच सांख्यिकीय अन्तरों (statistical differences) का अध्ययन किया जाता है।

मर्रे के सिद्धान्त का मूल्यांकन (*Evaluation of Murray's theory*)—मर्रे के आवश्यकता सिद्धान्त के कुछ गुण (merits) एवं परिसीमाएँ (limitations) बतलाये गए हैं।

इसके प्रमुख गुण निम्नांकित हैं:—

(i) इस सिद्धान्त का सबसे प्रमुख गुण यह बतलाया गया है कि इसके द्वारा यह स्पष्ट कर दिया गया है कि मानव अभिप्रेरकों की व्याख्या दो-चार अभिप्रेरकों द्वारा जैसा कि कुछ लोगों का दावा था, करना सम्भव नहीं है। इससे इस क्षेत्र में किये जा रहे शोधों को एक नयी दिशा (direction) मिली है।

(ii) मर्रे के सिद्धान्त में मानव के सभी व्यवहारों को एक अन्तर्वैयक्तिक प्रक्रिया (interactive process) माना गया है। इसका मतलब यह हुआ कि उन्होंने मानव व्यवहार को वातावरण के अन्तःक्रिया (interaction) के रूप में व्याख्या किया है जो उनके सिद्धान्त का एक प्रमुख गुण माना गया है।

(iii) मर्रे के व्यक्तित्व सिद्धान्त में मनोवैज्ञानिक प्रक्रियाओं(psychological processes) तथा मस्तिष्कीय प्रक्रियाओं (brain processes) के बीच स्पष्ट सम्बन्ध बतलाया गया है। इससे मानव व्यवहारों के शारीरिक आधारों को समझने में मदद मिलती है। इस तरह के सम्बन्ध की चर्चा हमें अन्य किसी व्यक्तित्व सिद्धान्त में नहीं मिलती है।

(iv) मर्रे के सिद्धान्त का एक विशेष गुण, हाल एवं उनके सहयोगियों (Hall et al., 1985) के अनुसार यह है कि यह एक ऐसा सिद्धान्त है जिसमें व्यक्ति के वातावरण के महत्त्व का तो वर्णन किया ही गया है साथ-ही-साथ उसे आनुभाविक ढंग से (empirically) समझने की कोशिश की भी गयी है। उन्होंने कुछ ऐसे श्रेणियों (categories) जिसे दबाव (press) कहा गया है, के रूप में व्यक्ति के वातावरण को समझने की कोशिश किया है, जो अपने आप में अनूठा है। इस ढंग की कोशिश की झलक भी हमें अन्य सिद्धान्त में नहीं मिलती है।

इन गुणों के बावजूद मर्रे के आवश्यकता सिद्धान्त (need theory) की कुछ *परिसीमाएँ* (limitations) हैं जिनमें निम्नांकित प्रमुख हैं:—

(i) मर्रे के आवश्यकता सिद्धान्त में उन मनोवैज्ञानिकों प्रस्तावों (psychological propositions) की काफी कमी है जिससे जाँचनीय प्राक्कल्पनाओं (testable hypotheses) की उत्पत्ति हो सके। इसका मतलब यह हुआ कि इस सिद्धान्त का अन्वेषणात्मक या शोधपरक मूल्य (heuristic value) कम है।

(ii) कुछ आलोचकों का मत है कि मर्रे के सिद्धान्त में इतनी अधिक सामग्रियाँ(materials) हैं कि इनसे उसकी विशिष्टता (distinctivencess) समाप्त हो जाती हैं। इन आलोचकों का मत है कि उसे ठीक-ठीक समझना सम्भव नहीं है।

(iii) मर्रे के सिद्धान्त में आवश्यकताओं (needs) का जो विस्तृत वर्गीकरण किया गया है, उस पर भी आलोचकों ने आपत्ति उठायी है और कहा है कि इससे व्यक्ति में आवश्यक रूप से सम्भ्रान्ति (confusion) उत्पन्न हो जाता है क्योंकि जो श्रेणियाँ बतलायीं गयीं हैं, वे एक-दूसरे से स्वतंत्र नहीं हैं और एक ही आवश्यकता को दोनों ही श्रेणियों में कभी-कभी रखा जाना सम्भव हो सकता है। जैसे यौन आवश्यकता (sex need) को दो श्रेणियों में रखा जा सकता है। यौन आवश्यकता की उत्पत्ति गत लैंगिक संसर्ग (last sexual intercourse) से बीते हुए अवधि पर निर्भर कर सकता है। (अग्रसक्रिय आवश्यकता) तथा इसकी उत्पत्ति कभी-कभी वातावरण में उपस्थित लैंगिक रूप से उत्तेजनपूर्ण दृश्यों (scenes) को देखकर भी हो सकती है (प्रतिक्रियात्मक आवश्यकता)। इससे अनावश्यक रूप से व्यक्ति के मन में संभ्रान्ति (confusion) उत्पन्न हो जाता है।

(iv) अभी तक मर्रे के सिद्धान्त के कुछ खास ही अंश का प्रयोगात्मक जाँच (experimental test) हो पाया है। जैसे, उनके द्वारा प्रस्तावित आवश्यकताओं की सूची से उपलब्धि आवश्यकता (achievement need) एवं सम्बन्धन आवश्यकता (affiliation need) का प्रयोगात्मक जाँच हुआ है। परन्तु उनके सिद्धान्त के अन्य पहलुओं की ऐसी जाँच अब तक नहीं हो पायी है। फलतः उनके पूरे सिद्धान्त को प्रयोगात्मक रूप से वैध (valid) मानना युक्तिसंगत नहीं लगता है।

इन आलोचनाओं के बावजूद मर्रे के व्यक्तित्व सिद्धान्त को काफी महत्त्वपूर्ण माना गया है। उनके द्वारा बतलाये गए

आवश्यकताओं की सूची, व्यक्तित्व मापन की प्रविधियाँ आदि आधुनिक मनोवैज्ञानिकों के हाथ में महत्त्वपूर्ण साधन माने गये हैं। इन योगदानों के लिए आधुनिक मनोवैज्ञानिक मर्रे के प्रति विशेष रूप से आभार प्रकट करते हैं।

गौर्डन आल्लपोर्ट : व्यक्तित्व का शीलगुण सिद्धान्त
(Gordon Allport : Trait Theory of Personality)

गौर्डन आल्लपोर्ट (Gordon Allport, 1897-1967) का व्यक्तित्व सिद्धान्त एक ऐसा सिद्धान्त हैं जिसमें मानवतावादी (humanistic) एवं व्यक्तिवादी (personalistic) दृष्टिकोणों से मानव व्यवहार का अध्ययन करने का एक अनुपम संगम देखने को मिलता है। इनके सिद्धान्त में मानवतावादी दृष्टिकोण की परख इस बात से होती है कि इसमें मानव व्यवहार के सभी पहलुओं जिसमें वर्धन की अन्तःशक्तियाँ (potential for growth), अनुभवातीत्व (transcendence) तथा आत्म-सिद्धि (self-realization) भी सम्मिलित है, के अध्ययन पर बल डाला गया है। व्यक्तिवादी (personalistic) के रूप में आलपोर्ट को एक सार ग्रहणशील मनोवैज्ञानिक (eclectic psychologist) माना गया है क्योंकि वे इस सिद्धान्त के प्रतिपादन में विभिन्न क्षेत्रों, जैसे—दर्शनशास्त्र, समाजशास्त्र, साहित्य आदि से महत्त्वपूर्ण तथ्यों का चयन करके उसे विशेष ढंग से पिरोया है।

आल्लपोर्ट के व्यक्तित्व सिद्धान्त में मानव व्यवहार या मानव प्रकृति के बारे में कुछ महत्त्वपूर्ण पूर्वकल्पनाएँ की गयीं हैं जो निम्नांकित हैं—

(i) इस सिद्धान्त में मानव व्यवहार के कुछ पूर्वकल्पनाओं (assumptions) जैसे विवेकपूर्णता (rationality), अग्रलक्षता (proactivity) तथा विषमस्थिति (heterostasis) पर सर्वाधिक बल डाला गया है।

(ii) इस सिद्धान्त में मानव व्यवहार के कुछ पूर्वकल्पनाओं जैसे पूर्णतावाद (holism) एवं ज्ञेयता (knowability) पर साधारण बल डाला गया है तथा स्वतंत्रता (freedom) एवं आत्मनिष्ठता (subjectivity) पर नाममात्र का बल डाला गया है। यहाँ संगठनात्मक-पर्यावरणीयता (constitutionalism-environmentalism) तथा परिवर्तनशीलता-अपरिवर्तनशीलता (change-ability-unchangeability) के पूर्वकल्पनाओं पर बीचो-बीच ढंग का बल डाला गया है।

आल्लपोर्ट (Allport) के व्यक्तित्व सिद्धान्त (personality theory) को निम्नांकित प्रमुख भागों में बाँटकर अध्ययन किया जा सकता है—

(अ) व्यक्तित्व की संरचना (Structure of Personality)
(ब) व्यक्तित्व की गतिकी (Dynamics of Personality)
(स) व्यक्तित्व का वर्धन (Growth of Personality)
(द) शोध एवं मापन (Research and Assessment)

इन सबका वर्णन निम्नांकित हैं:—

(अ) व्यक्तित्व की संरचना (*Structure of Personality*)—व्यक्तित्व की संरचना की व्याख्या तीन भागों में बाँटकर की गयी है। व्यक्तित्व की परिभाषा (definition of personality), व्यक्तित्व शीलगुण (personality traits) तथा प्रोप्रियम (proprium)। इन सबका वर्णन निम्नांकित हैं:—

1. व्यक्तित्व की परिभाषा (*Meaning of Personality*)—आल्लपोर्ट (Allport, 1937) ने व्यक्तित्व की संरचना (structure) की व्याख्या करने में पहले इस क्षेत्र में दिये गए परिभाषाओं की समीक्षा किया और पाया कि उस समय तक अर्थात् 1937 तक व्यक्तित्व का तकरीबन 49 परिभाषाएँ दी जा चुकी थीं। इन्होंने इन परिभाषाओं से उत्तम तथ्यों को चुनकर उन्हें अपनी परिभाषा में शामिल किया और व्यक्तित्व को निम्नांकित ढंग से परिभाषित किया—''व्यक्तित्व व्यक्ति के भीतर उन मनोशारीरिक तंत्रों का गतिशील या गत्यात्मक संगठन हैं जो वातावरण में उसके अपूर्व समायोजन को निर्धारित करते हैं।'' (आल्लपोर्ट, 1937)[1]

---

1. "Personality may be biologically defined as the governing organ or superordinate insfitution of the body. As such, it is located in brain. No brain, no personality" —Murry: *Dialectia*, 1951,p.267

1961 में आल्लपोर्ट ने अपनी परिभाषा में थोड़ा संशोधन किया और अंतिम पाँच शब्द बदलकर इस प्रकार कर दिया—"unique adjustments to his environment" की जगह पर "characteristic behaviour and thought" को सम्मिलित किया गया। इस परिवर्तन का उद्देश्य यह बतलाना था कि व्यक्ति का व्यवहार मात्र अनुकूली (adaptive) ही नहीं होता है बल्कि कथनीय (expressive) भी होता है। इसका मतलब यह हुआ कि व्यक्ति वातावरण के साथ सिर्फ समायोजन (adjusment) या अनुकूलन ही नहीं करता है बल्कि उसके साथ इस तरह अन्तःक्रिया (interaction) करता है कि उस वातावरण को भी व्यक्ति के साथ अनुकूलन या समायोजन योग्य होना पड़ता है।

आलपोर्ट की इस परिभाषा के मुख्य बिन्दुओं की व्याख्या इस प्रकार की जा सकती है—

(i) मनोशारीरिक तंत्र *(Psychophysical System)*—व्यक्तित्व एक ऐसा तंत्र (system) है जिसके मानसिक या मनोवैज्ञानिक (psychological) तथा शारीरिक (physical) दोनों ही पक्ष होते हैं। यह तंत्र ऐसे तत्वों का एक गठन होता है जो आपस में अन्तःक्रिया करते हैं। इस तंत्र के मुख्य तत्त्व शीलगुण (trait), संवेग (emotion), चरित्र (character), अभिप्रेरक (motives) आदि हैं जो सभी मानसिक गुण हैं परन्तु इन सबका आधार शारीरिक (physical) अर्थात् व्यक्ति के ग्रन्थीय प्रक्रियाएँ एवं तंत्रिकीय प्रक्रियाएँ (neural processes) होतीं हैं। इसका स्पष्ट मतलब यह हुआ कि व्यक्तित्व न तो पूर्णतः मानसिक या मनोवैज्ञानिक प्रक्रियाएँ (psychological) होता है और न पूर्णतः शारीरिक ही। व्यकितत्व इन दोनों तरह के पक्षों का मिश्रण हैं।

(ii) गत्यात्मक संगठन *(Dynamic organization)*—गत्यात्मक संगठन से तात्पर्य यह होता है कि मनोशारीरिक तंत्र (psychophysical system) के भिन्न-भिन्न तत्त्व जैसे शीलगुण (traits), आदत (habits) आदि एक-दूसरे से इस तरह सम्बन्धित होकर संगठित होते हैं कि उन्हें एक-दूसरे से पूर्णतः अलग नहीं किया जा सकता है। इस संगठन में परिवर्तन (change) सम्भव है। यही कारण है कि इसे एक गत्यात्मक संगठन (dynamic organization) कहा गया है। इस तरह के संगठन में विसंगठन (disorganization) भी सम्मिलित होता है जिसके सहारे असामान्य व्यवहार की व्याख्या होती है। दूसरे शब्दों में, यदि किसी व्यक्ति के शीलगुणों के संगठन में इस ढंग का परिवर्तन आ जाता है कि उसका व्यवहार विसंगठित (disorganized) हो जाता है जिसके फलस्वरूप वह असामान्य व्यवहार अधिक करने लग जाता है तो इसे भी गत्यात्मक संगठन की श्रेणी में ही रखा जाता है।

(iii) निर्धारण *(Determine)*—इस परिभाषा में 'निर्धारण' (determine) का प्रयोग विशेष अर्थ में किया गया है। इससे आल्लपोर्ट का तात्पर्य यह है कि ''व्यक्तित्व कुछ है तथा कुछ करता है'' ("Personality is something and does something." Allport, 1961, p.29)। इसका मतलब यह हुआ कि व्यक्तित्व के सभी पहलू व्यक्ति के व्यवहारों एवं विचारों का उत्तेजित (activate) करते हैं तथा उसे निर्देशित (direct) करते हैं।

(iv) विशिष्ट व्यवहार एवं चिन्तन *(Characteristic behaviour and thought)*—इसका अर्थ यह हुआ कि प्रत्येक चीज जिसे व्यक्ति करता है या सोचता है, वह उस व्यक्ति की एक विशिष्टता होती है। इस तरह से प्रत्येक व्यक्ति अनूठा (unique) है तथा वह किसी दूसरे से समान (similar) नहीं होता है।

2. व्यक्तित्व शीलगुण *(Personality trait)*—जैसे फ्रायड के लिए व्यक्तित्व संरचना (personality structure) की इकाई (unit) मूलप्रवृति (instinct) है, उसी तरह आल्लपोर्ट (Allport) के लिए व्यक्तित्व संरचना की इकाई (unity) शीलगुण (trait) है। आलपोर्ट ने व्यक्तित्व की व्याख्या करने में शीलगुण पर काफी बल डाला है तथा इसका काफी विस्तृत अध्ययन किया है। उनका पी-एच॰डी॰ शोध ग्रन्थ का सम्बन्ध व्यक्तित्व शीलगुण (personality traits) पर ही आधारित था तथा अमेरिका में इससे पहले व्यक्तित्व शीलगुण पर किसी ने इतना गहन अध्ययन नहीं किया था। सुल्ज[1] (Schultz, 1990) के शब्दों में आलपोर्ट द्वारा प्रस्तावित शीलगुण को इस प्रकार परिभाषित किया है, ''आलापोर्ट ने शीलगुण को उद्दीपकों के विभिन्न प्रकारों के प्रति समान ढंग से अनुक्रिया करने का झुकाव या पूर्ववर्ती (predisposition) के रूप में परिभाषित किया है। अपने वातावरण के उद्दीपक पहलुओं की ओर संगत एवं सहनीय

1. "Allport defined traits as predispositions to respond, in the same or similar manner, to different kinds of stimuli. Traits are consistent and enduring ways of reacting to the stimulary aspects of our environment."
—Schultz : *Theories of Personality*, 1990, p. 231

(enduring) ढंग से अनुकिया करने के तरीकों को शीलगुण कहा जाता है।'' आलपोर्ट की इस परिभाषा से यह स्पष्ट है कि शीलगुण से उनका तात्पर्य व्यवहारों में संगतता (consistency) से है। आल्लपोर्ट (Allport, 1937) ने शीलगुण के कुछ विशेषताओं पर भी प्रकाश डाला है जिनमें निम्नांकित प्रमुख हैं:—

(i) व्यक्तित्व शीलगुण सिर्फ सैद्धान्तिक सम्प्रत्यय (theoretical construct) नहीं होते हैं बल्कि वे वास्तविक (real) होते हैं और व्यक्ति के भीतर पाये जाते हैं।

(ii) शीलगुण (trait) से व्यक्ति का व्यवहार निर्देशित होता है तथा उसके कारण व्यक्ति एक खास तरह का व्यवहार कर सकने में सफल होता है।

(iii) शीलगुण को आनुभाविक रूप से (enpirically) दिखलाया जा सकता है। यह बात अवश्य है कि शीलगुण को देखा तो नहीं जा सकता है परन्तु उसके अस्तित्व की जाँच की जा सकती है। ऐसा करने के लिए व्यक्ति के व्यवहारों का प्रेक्षण एक खास समय तक किया जाता है।

(iv) शीलगुण की एक विशेषता यह है कि वे एक-दूसरे से पूर्णतः अलग नहीं होते हैं बल्कि वे कुछ हद तक परस्परव्यापी (overlap) होते हैं जैसे, आक्रामकता (aggression) तथा विद्वेषिता (hostility) दो अलग-अलग शीलगुण हैं परन्तु वे सभी एक-दूसरे से काफी सम्बन्धित एवं परस्पर-व्यापी हैं।

(v) शीलगुण परिस्थिति के साथ परिवर्तित (vary) होते हैं। वे एक परिस्थिति में उत्पन्न होते हैं तो दूसरी परिस्थिति में उत्पन्न नहीं होते हैं।

आल्लपोर्ट (Allport) ने शीलगुणों को दो मुख्य भागों में बाँटा है—

(i) सामान्य शीलगुण (common trait)

(ii) वैयक्तिक शीलगुण (individual trait)

सामान्य शीलगुण से आलपोर्ट का तात्पर्य वैसे शीलगुणों से होता है जो संस्कृति (culture) के बहुत लोगों में पाया जाता है। सचमुच में सामान्य शीलगुण (common trait) एक तरह की अमूर्त्तता (abstraction) होती है जिससे सामाजिक मूल्यों (social values) तथा सामाजिक रीतिरिवाजों (social mores) की एक झलक मिलती है और इसकी उत्पत्ति एक खास तरह से व्यवहार करने के सामाजिक दबाव (social pressure) से उत्पन्न होता है। आलपोर्ट ने इन शीलगुणों को बहुत महत्त्वपूर्ण नहीं माना है क्योंकि वे मौलिक शीलगुण नहीं हैं क्योंकि इससे मात्र सतही अभिव्यक्ति (surface manifestation) की झलक मिलती है तथा व्यक्ति की वैयक्तिकता (individuality) का एहसास नहीं होता है। चिन्ता (anxiety), अनुरूपता (conformity), सामाजिक या राजनैतिक मनोवृत्ति (social or political attitude) सामान्य शीलगुण के कुछ उत्तम उदाहरण हैं। सामान्य शीलगुण को *विमीय शीलगुण* (dimensional trait) या *नियमान्वेषी शीलगुण* (nomothetic trait) भी कहा गया है।

वैयक्तिक शीलगुण (individual trait) जिसे *वैयक्तिक पूर्ववृत्ति* (personal disposition) या आकृतिक शीलगुण (morphological trait) भी कहा जाता है, से तात्पर्य वैसे शीलगुणों से होता है जो व्यकित विशेष में पाया जाता है तथा जिस पर हम किसी संस्कृति के कई व्यक्तियों की तुलना नहीं कर सकते हैं। इससे व्यक्ति की विशेष समयोजनात्मक क्रियाएँ (act of adjustment) निर्देशित एवं प्रेरित होतीं हैं। वैयक्तिक शीलगुण को आलपोर्ट ने अधिक महत्त्वपूर्ण बतलाया है क्योंकि इससे व्यक्तित्व की संरचना (structure) का विशेष एवं संगठित अध्ययन सम्भव हो पाता है।

बाद में आल्लपोर्ट ने अपने शब्दावली में परिवर्तन किया और सामान्य शीलगुण (common trait) के लिए सिर्फ शीलगुण (trait) का प्रयोग किया तथा वैयक्तिक शीलगुण (individual trait) के लिए वैयक्तिक पूर्ववृत्ति (personal disposition) का प्रयोग किया।

आल्लपोर्ट (Allport) ने वैयक्तिक पूर्ववर्ती (personal disposition) को निम्नांकित तीन भागों में बाँटा है—

(i) कार्डिनल पूर्ववृत्ति या शीलगुण (Cardinal predisposition or trait)

(ii) केन्द्रीय पूर्ववृत्ति या शीलगुण (Central predisposition or trait)

(iii) गौण पूर्ववृत्ति या शीलगुण (Secondary predisposition or trait)

इन तीनों का वर्णन निम्नांकित है:—

(i) कार्डिनल पूर्ववृत्ति या शीलगुण *(Cardinal predisposition or trait)*—कार्डिनल पूर्ववृत्ति या शीलगुण से तात्पर्य वैसे शीलगुण से होता है जो व्यक्ति में इतना अधिक व्यापक (pervasive) होता है कि वह प्रत्येक व्यवहार इसी से प्रभावित होकर करता पाया जाता है। अधिकतर लोगों में कार्डिनल शीलगुण नहीं होते हैं परन्तु जिनमें होते हैं वे उस शीलगुण के लिए विश्वविख्यात होते हैं। जैसे, शांति एवं अहिंसा का शीलगुण महात्मा गाँधी का एक कार्डिनल शीलगुण था। आक्रामकता (aggresiveness) हिटलर एवं नेपोलियन का एक कार्डिनल शीलगुण था जिससे वे विश्वविख्यात थे।

(ii) केन्द्रीय पूर्ववृत्ति या शीलगुण *(Central predisposition or trait)*—केन्द्रीय शीलगुण वैसे शीलगुणों को कहा जाता है. जो व्यापक (pervasive) तो नहीं होते हैं परन्तु महत्त्वपूर्ण जरूर होते हैं जिनपर व्यक्ति अपनी जिन्दगी में अधिक प्रकाश डालता है। ऐसे शीलगुण प्रत्येक व्यक्ति में पाया जाता है तथा इसकी संख्या 5 से 10 तक तो अवश्य ही होती है। ऐसे शीलगुणों की अभिव्यक्ति व्यक्ति के बारे में कुछ अनुशंसा (recommendation) करते समय प्रायः किया जाता है। इन शीलगुणों की अभिव्यक्ति व्यक्ति प्रायः अपने व्यवहारों में करता है। बहिर्गमन (outgoing), भावुक (sentimental), सचेत (attentive), सामाजिकता, आक्रामकता (aggression) आदि कुछ ऐसे ही शीलगुणों के उदाहरण हैं।

(iii) गौण पूर्ववृत्ति या शीलगुण *(Secondary predisposition or trait)*—इस श्रेणी में उन शीलगुणों को रखा जाता है जो कम सुस्पष्ट (less conspicuous), कम संगठित (less organized), कम संगत (less consistent) होते हैं और इसलिए व्यक्तित्व की संरचना के लिए कम महत्त्वपूर्ण होते हैं। जैसे, विशेष हेयर-स्टाइल रखना, खास प्रकार के भोजन करना, विशेष मनोवृत्ति (specific attitude) आदि गौण पूर्ववर्त्ती (secondary predisposition) के उदहारण हैं जिनके आधार पर व्यक्तित्व की संरचना (structure) के बारे में कोई ठोस निष्कर्ष पर नहीं पहुँचा जा सकता है।

3. प्रोप्रियम *(Proprium)*—आल्लपोर्ट (Allport) का मत है कि व्यक्तित्व असम्बन्धित शीलगुणों (unrelated traits) का मात्र एक बंडल नहीं होता है बल्कि इसमें शीलगुणों की एक संगति (consistency), एकता (unity) एवं समन्वय (integration) पाया जाता है। इसका मतलब यह हुआ कि व्यक्तित्व में कुछ ऐसे नियम (principle) होते हैं जो शीलगुणों, मूल्यों, अभिप्रेरकों को संगठित करता है। इस नियम को आल्लपोर्ट (Allport) ने प्रोप्रियम (proprium) कहा है। प्रोप्रियम (proprium) एक लैटिन शब्द 'proprius' से बना है जिसका अर्थ 'अपना' (own) होता है। आलपोर्ट (Allport) के लिए प्रोप्रियम आत्मन् (self) या अहं (ego) के तुल्य है परन्तु उन्होंने इन दोनों शब्दों का प्रयोग नहीं किया है। आल्लपोर्ट (Allport) के अनुसार प्रोप्रियम से तात्पर्य व्यक्तित्व के उन सभी पहलुओं (aspsects) से होता है जिससे उसमें आन्तरिक एकता (inward unity) तथा संगतता (consistency) आती है। प्रोप्रियम मानव प्रकृति के धनात्मक, सर्जनात्मक, वर्धन-उन्मुखी तथा गतिशीलता के गुणों को दर्शाता हैं। आलपोर्ट ने प्रोप्रियम के स्वरूप एवं विकास का वर्णन सात अवस्थाओं (stages) के रूप में किया है। ये सात अवस्थाएँ शैशवावस्था से किशोरावस्था तक की होती है जिससे होकर प्रोप्रियम विकसित होता है। किशोरावस्था में आकर प्रोप्रियम का विकास पूर्ण हो जाता है। प्रथम तीन अवस्था अर्थात् शारीरिक-आत्मन् (bodily self), आत्म-पहचान (self-identity) तथा आत्म-सम्मान (self-esteem) का विकास बच्चों के प्रथम तीन वर्ष की आयु में होता है। बाद की दो अवस्थाओं अर्थात् आत्म-विस्तार (self-extension) तथा आत्म-प्रतिमा (self-image) 4 साल से 6 साल की आयु में विकसित होती है तथा 'युक्तिसंगत समायोजन' (rational coping) की अवस्था का विकास 6 साल से 12 साल की आयु में होती है तथा 'उपयुक्त प्रयास' (propriate striving) की अवस्था किशोरावस्था में विकसित होती है। प्रोप्रियम में ये सभी सात पहलुओं का संगम पाया जाता है।

इन सात अवस्थाओं का वर्णन निम्नांकित हैं—

(i) शारीरिक-आत्मन् *(bodily self)*—इस अवस्था में बालक अपने अस्तित्व से अवगत होता है और अपने शरीर को वातावरण के अन्य वस्तुओं से भिन्न समझता है।

(ii) आत्म-पहचान *(self-identity)*—इस अवस्था में बच्चे यह अनुभव करने लगते है कि उनके भीतर कई तरह के परिवर्तन के बावजूद उनकी एक अलग पहचान बनी होती है।

(iii) **आत्म-सम्मान** (*self-esteem*)—इस अवस्था में बच्चे अपने उपलब्धियों पर गर्व करने लगते हैं।

(iv) **आत्म-विस्तार** (*self-extension*)—इस अवस्था में बच्चे उन वस्तुओं तथा लोगों को पहचानने लगते हैं जो उनके मतलब के होते हैं।

(v) **आत्म-प्रतिमा** (*self-image*)—यहाँ बच्चे अपने एवं अपने व्यवहार के बारे में एक वास्तविक एवं आदर्श प्रतिमा विकसित कर लेते हैं और वे अपने माता-पिता की प्रत्याशाओं (expectations) को सन्तुष्ट कर सकने में सफल होते हैं।

(vi) **युक्तिसंगत समायोजन के रूप में आत्मन्** (*self as a rational coper*)—इस अवस्था में बच्चे दिन-प्रतिदिन की समस्याओं के समाधान में तर्क एवं विवेक का प्रयोग करना सीख लेते हैं।

(vii) **उपयुक्त प्रयास** (*propriate striving*)—यह अवस्था किशोरावस्था में विकसित होती है और इसमें किशोर दीर्घकालीन योजना (long-range plan) तथा लक्ष्य (goal) का निर्माण करना प्रारंभ कर देते हैं।

(ब) व्यक्तित्व की गतिकी (*Dynamics of Personality*)—व्यक्तित्व की गतिकी (dynamics) की व्याख्या आलपोर्ट (Allport) ने कार्यात्मक स्वतंत्रता (functional autonomy) तथा चेतन (conscious) एवं अचेतन अभिप्रेरण (unconscious motivation) के तहत किया है। इन दोनों सम्प्रत्ययों की व्याख्या इस प्रकार हैं—

1. कार्यात्मक स्वायत्तता (*functional autonomy*)—कार्यात्मक स्वायत्तता या सम्प्रत्यय (concept) एक प्रेरणात्मक सम्प्रत्यय (motivational concept) हैं। कार्यात्मक स्वायत्तता का सम्प्रत्यय (concept) यह बतलाता है कि एक सामान्य एवं परिपक्व वयस्क के कुछ अभिप्रेरक (motives) अपने उन गत अनुभूतियों (past experiences) से कार्यात्मक रूप से (functionally) सम्बन्धित नहीं होते हैं जिनसे उसकी उत्पत्ति सम्भवतः हुई है। वैसे अभिप्रेरक अपने मौलिक परिस्थिति (oringinal circumstance) से पूर्णतः स्वतंत्र (independent) या स्वायत्त (autonomous) होते हैं। आल्लपोर्ट का कहना था कि गत अनुभूतियाँ बीत चुकी होतीं हैं और वर्तमान व्यवहार का सम्बन्ध उन अनुभूतियों से अब नहीं रह जाता है भले ही इस वर्तमान व्यवहार का आधार वही गत अनुभूतियाँ ही क्यों न हों। दूसरे शब्दों में, जिन साधनों (means) से पहले व्यक्ति किसी लक्ष्य (goal) की प्राप्ति करता था, वह अब स्वयं लक्ष्य (goal) हो जाता है। जैसे, किसी वृक्ष का विकास एवं वर्धन (growth) उसके उत्तम बीच के कारण होता है। परन्तु जब वृक्ष पूर्णतः परिपक्व (mature) हो जाता है या बड़ा हो जाता है, तो वह अपने विकास एवं वर्धन के लिए बीज पर आधारित नहीं होता है। वृक्ष अब आत्म-निर्धारक (self-determining) हो जाता है और अब बीज से कार्यात्मक रूप से (functionally) स्वायत्तता (autonomy) प्राप्त कर चुका होता है। उसी तरह से मान लिया जाए कि एक गरीब आदमी काफी मेहनत करता है। अपनी मेहनत के बदौलत वह 30 वर्षों में एक धनी आदमी हो जाता है। ऐसी परिस्थिति में धनी हो जाने के बाद भी व्यक्ति कड़ी मेहनत करता ही रहता है। इस तरह का व्यवहार अब वह लक्ष्य (goal) नहीं रह जाता है, जो 25-30 साल पहले था। कड़ी मेहनत करना एक समय में एक लक्ष्य (अर्थात् धन कमाना) की प्राप्ति का एक साधन (means) था जो अब अपने आप में एक लक्ष्य में परिवर्तित हो गया।

आल्लपोर्ट (Allport) ने कार्यात्मक स्वायत्तता (functional autonomy) के दो स्तर (level) बतलाये हैं—

(i) संतनन कार्यात्मक स्वायत्तता (Perseverative functional autonomy)

(ii) उपयुक्त कार्यात्मक स्वायत्ता (Propriate functional autonomy)

संतनन कार्यात्मक स्वायत्तता (perseverative functional autonomy) अधिक साधारण एवं आसान सम्प्रत्यय (concept) है जिसका सम्बन्ध कुछ व्यवहारों जैसे व्यसन (addiction) तथा पुनरावृत्ति होने वाली दैहिक क्रियाएँ जैसे बच्चों द्वारा एक ही व्यवहार को बार-बार करना तथा वयस्क द्वारा दिन-प्रतिदिन के कांर्यों को एक रुटिन (routine) बनाकर या आदत बनाकर करना आदि से होता है। आल्लपोर्ट (Allport) का मत है कि ऐसे व्यवहारों में तो कभी कोई उद्देश्य (purpose) की पूर्ति भले ही हो जाती हो लेकिन वर्तमान समय में उससे किसी प्रकार के उद्देश्य की पूर्ति नहीं हो पाती है। फलतः इन्हें व्यक्तित्व का कोई महत्त्वपूर्ण अंश नहीं माना जा सकता है।

उपयुक्त कार्यात्मक स्वायत्तता (propriate functional autonomy) को आल्लपोर्ट (Allport) ने अधिक महत्त्वपूर्ण बतलाया है और कहा है कि एक सामान्य एवं परिपक्व वयस्क की अभिप्रेरण (motivation) को समझने के लिए यह आवश्यक है क्योंकि इसका सम्बन्ध व्यक्तित्व के सार (core) से होता है। इस तरह कार्यात्मक स्वायत्तता से

तात्पर्य व्यक्ति के अर्जित अभिरुचि (acquired interest), मूल्य (value), मनोवृत्ति (attitude), उद्देश्य (intention) आदि से होता है। इस तरह की स्वायत्तता से व्यक्ति की आत्म-प्रतिमा (self-image) को संगत (congruent) बनाने तथा जीवन-शैली (life-style) को उत्तम बनाने में काफी मदद मिलती है। आल्लपोर्ट (Allport) के अनुसार उपयुक्त कार्यात्मक स्वायत्तता (propriate functional autonomy) का नियंत्रण निम्नांकित तीन नियमों (principles) द्वारा होता है—

(a) ऊर्जा स्तर को संगठित करने का नियम (Principle of organizing the energy level)
(b) दक्षता एवं निपुणता का नियम (Principle of mastery and competence)
(c) उपर्युक्त पैटर्निंग का नियम (Principle of propriate patterning)

इन तीनों का वर्णन निम्नांकित हैं—

(a) ऊर्जा स्तर को संगठित करने का नियम *(Principle of organizing the energy level)*—यद्यपि यह नियम यह नहीं बतलाता है कि एक अभिप्रेरक किस प्रकार से विकसित होता है, फिर भी यह नियम इस बात पर बल डालता है कि व्यक्ति अपने बचे हुए ऊर्जा (energy) शक्ति का प्रयोग नये-नये अच्छे व्यवहारों को करने में करता है ताकि वह इस बचे हुए शक्ति का गलत उपयोग अर्थात् ध्वंसात्मक एवं हानिकारक कार्यों में नहीं कर सके। जैसे, जब व्यक्ति नौकरी से अवकाश प्राप्त करता है तो सामान कामों को खत्म करने के बाद भी उसके पास ऊर्जा (energy) एवं समय काफी बच जाता है जिसका वह उपयोग नये अभिप्रेरकों एवं अभिरुचियों की प्राप्ति में करता है।

(b) दक्षता एवं निपुणता का नियम *(Principle of mastery and competence)*—यह नियम बतलाता है कि व्यक्ति अपने अभिप्रेरकों की संतुष्टि उच्च स्तर पर करना चाहता है। एक सामान्य वयस्क अपनी उपलब्धियों से ही संतुष्ट नहीं हो जाता है बल्कि वह अपनी दक्षता एवं निपुणता को और आगे बढ़ाने की ओर प्रेरित करता है।

(c) उपयुक्त पैटर्निंग का नियम *(Principle of propriate patterning)*—यह नियम यह बतलाता हे कि जितने भी उपयुक्त अभिप्रेरक (propriate motive) होते हैं, वे सभी एक-दूसरे से स्वतंत्र नहीं होते हैं बल्कि वे आत्मन् (self) की संरचना पर आधारित होते हैं जिससे वे ठीक ढंग से जुड़े होते हैं। व्यक्ति अपने प्रत्यक्षज्ञाणात्मक (perceptual) तथा संज्ञानात्मक प्रक्रियाओं (cognitive processes) को इसी आत्मन् (self) की ओर संगठित करता है। अतः संक्षेप मे यह कहा जा सकता है कि यह नियम व्यक्तित्व की संगतता (consistency) तथा संगठन (integration) की प्राप्ति की ओर किये जाने वाले प्रयासों पर बल डालता है।

आल्लपोर्ट (Allport) ने यह स्पष्ट किया कि सभी तरह के व्यवहार या अभिप्रेरक (motive) की व्याख्या कार्यात्मक स्वायत्तता (functional autonomy) के सिद्धान्त द्वारा नहीं की जा सकती है। उन्होंने निम्नांकित आठ ऐसे व्यवहारों की सूची प्रदान की है जिनकी व्याख्या कार्यात्मक स्वायत्तता के नियम द्वारा सम्भव नहीं हो पाता है:—

(i) जैविक अन्तोर्द (biological drive) से उत्पन्न होने वाले व्यवहार, जैसे—भोजन करना, पानी पीना, सोना, सांस लेना आदि।
(ii) सहज क्रिया (reflex action) जैसे—पलक गिराना, पाचन क्रिया, जानुक्षेप (kneejerk) आदि।
(iii) शरीरगठनात्मक तत्त्व (constitutional element) जैसे—शारीरिक बनावट का खास प्रकार।
(iv) आदत (habits)—कुछ आदतें तो कार्यात्मक रूप से स्वायत्त (autonomous) होतीं हैं परन्तु कुछ ऐसे होते हैं जिनका कोई प्रेरणात्मक मूल्य (motivational value) नहीं होता है।
(v) किसी पुनर्बलन (reinforcement) के अभाव में छोड़ दिया गया व्यवहार या नहीं किया जाने वाला व्यवहार।
(vi) वैसे व्यवहार जिसे वयस्कावस्था में भी व्यक्ति अपने बाल्यावस्था के संघर्ष (conflict) को दिखलाने के लिए करता है।
(vii) बाल्यावस्था के दमित इच्छाओं से सम्बन्धित व्यवहार।
(viii) उदात्तीकरण (sublimation) अर्थात् एक अभिप्रेरक जब दूसरे अभिप्रेरक के रूप में अभिव्यक्त होता है।

2. चेतन एवं अचेतन अभिप्रेरण *(Conscious and unconscious motivation)*—आल्लपोर्ट ने अपने व्यक्तित्व सिद्धान्त में चेतन अभिप्रेरण (conscious motivation) पर बल डालते हुए कहा है कि एक स्वस्थ वयस्क इस बात

से पूर्णतः अवगत होता है कि वह क्या कह रहा है तथा क्यों कर रहा है। परन्तु इसका मतलब यह नहीं हैं कि उन्होंने अचेतन अभिप्रेरण (unconscious motivation) के सम्प्रत्यय की उपेक्षा की है। उन्होंने फ्रायड द्वारा प्रतिपादित अचेतन मन (unconscious mind) की प्रशंसा की है। आल्लपोर्ट का मत है कि अधिकतर अभिप्रेरण जिसका सम्बन्ध चेतन मस्तिष्क (conscious mind) से होता है, वास्तव में अचेतन में छिपी इच्छाओं से प्रभावित होता है। परन्तु उन्होंने फ्रायड द्वारा दिये गए इस बल को ठुकरा दिया कि अहं (ego) को अपना कोई ऊर्जा (energy) नहीं होता है। उन्होंने फ्रायड के इस मत को अस्वीकार कर दिया कि अचेतन व्यक्तित्व को नियंत्रण करता है तथा उस पर प्रभुत्व दिखलाता है। आल्लपोर्ट के अनुसार असामान्य व्यक्तित्व भले ही अचेतन (unconscious) द्वारा नियंत्रित होता है परन्तु एक परिपक्व एवं सामान्य वयस्क का व्यक्तित्व पूर्णतः चेतन के नियंत्रण में होता है। एक परिपक्व व्यक्तित्व पूर्णरूपेण चेतन विचारों (conscious thoughts) द्वारा प्रेरित होता है। ऐसे व्यक्तियों के लिए अचेतन के विचारों का कोई महत्त्व नहीं होता है।

(स) व्यक्तित्व का वर्धन *(Growth of Personality)*—आल्लपोर्ट (Allport) का मत था कि कोई व्यक्ति एक खास व्यक्तित्व लेकर पैदा नहीं होता है बल्कि जन्म के बाद वह एक खास व्यक्तित्व को विकसित करता है। इन्होंने अपने सिद्धान्त में व्यक्तित्व विकास की व्याख्या के लिए कोई निश्चित कदम (step) का वर्णन तो नहीं किया है (प्रोप्रियम के विकास के सात कदमों या चरणों को छोड़कर) परन्तु यह स्पष्ट कर दिया है कि बाल्यावस्था के व्यक्तित्व (childhood personality) तथा वयस्कावस्था के व्यक्तित्व (adulthood personality) में कार्यात्मक निरंतरता (functional continuity) न होकर एक तरह का विभाजन (dichotomy) होता है। उन्होंने बाल्यावस्था के व्यक्तित्व को मूलतः आनन्द प्राप्त करने वाला, ध्वंसात्मक (destructive), स्वार्थपरक, आश्रित आदि बतलाया है। बच्चे हमेशा अपने अन्तोर्द (drive), तनाव एवं सहजक्रियाओं के अनुरूप इस ढंग से व्यवहार करते हैं कि उन्हें अधिक-से-अधिक आनन्द प्राप्त हो सके तथा कम-से-कम दुःख या तकलीफ हो सके। इस अवस्था की सबसे महत्त्वपूर्ण बात यह है कि बच्चा अपनी माँ से पर्याप्त सुरक्षा एवं स्नेह की प्राप्ति करना चाहता है और यदि वह ऐसा करने में सफल हो जाता है, तो उसमें धनात्मक मनोवैज्ञानिक विकास (positive psychological growth) होता है।

दूसरी तरफ यदि बच्चों को माँ से पर्याप्त स्नेह एवं सुरक्षा नहीं मिल पाता है, तो उस परिस्थिति में एक-दूसरे तरह का व्यक्तित्व विकसित हो जाता है और ऐसे बच्चों में असुरक्षा, आक्रमकता, इर्ष्या, आत्म-केन्द्रिता (self-centredness) आदि अधिक हो जाते हैं। इस तरह के व्यक्तित्व को अपरिपक्व व्यक्तित्व (immatured personality) कहा जाता है और ऐसा व्यक्तित्व सचमुच में बाल्यावस्था के व्यक्तित्व (childhood personality) का मात्र एक कार्यात्मक विस्तार (functional extension) माना जाता है। इन दोनों तरह के व्यक्तित्व में स्पष्ट विभाजन न होकर एक तरह का कार्यात्मक निरंतरता (functional continuity) बनी रहती है।

आल्लपोर्ट ने अपने सिद्धान्त में यह बतलाया है कि सामान्य विकास (normal development) के अंतिम चरण में व्यक्ति एक परिपक्व एवं मानसिक रूप से स्वस्थ (mentally healthy) व्यक्तित्व विकसित करता है। इस तरह के व्यक्तित्व के उन्होंने निम्नांकित छह कसौटियों (criteria) का वर्णन किया है जो निम्नांकित हैं:—

(i) आत्मन् (self) के ज्ञान का विस्तार (extension)।

(ii) दूसरों के साथ आत्मन् (self) का सौहार्द्रपूर्ण सम्बन्ध (warm relationship)।

(iii) संवेगात्मक सुरक्षा (emotional security)।

(iv) वास्तविक प्रत्यक्षण (realistic perception), कौशलों का विकास (development of skills) तथा कुछ कार्यों के प्रति वचनबद्धता (committment)।

(v) आत्म-वस्तुनिष्ठता (self-objectification) अर्थात् आत्मन् (self) में सूझ (insight) तथा हास्य का ज्ञान।

(vi) जिन्दगी के एक सन्तोषजनक नीति (unifying philosophy of life) जिससे भविष्य के लक्ष्यों (future goal) की ओर व्यक्ति की जिन्दगी के सभी पहलुओं को निर्देशित किया जाना सम्भव हो।

उपर्युक्त छह कसौटियों के आधार पर आल्लपोर्ट के अनुसार धनात्मक मानसिक स्वास्थ्य (positive mental health) की पहचान की जा कसती है।

(द) शोध एवं मापन *(Research and Assesment)*—आलपोर्ट के व्यक्तित्व सिद्धान्त का एक महत्त्वपूर्ण पहलू शोध (research) एवं मापन बतलाया गया है। आल्लपोर्ट ने व्यक्तित्व शोध (personality research) के लिए नियमान्वेषी दृष्टिकोण (nomothetic viewpoint) की तुलना में भावमूलक दृष्टिकोण (idiogrpahic approach) की अहमियत अधिक बतलाया है। उनका कहना था कि नियमान्वेषी दृष्टिकोण जिसमें व्यक्ति के विभिन्न समूहों के माध्यों (means) की तुलना की जाती है, व्यक्ति के भीतर होने वाली प्रक्रियाओं को नजरअंदाज करता है। सिर्फ भावमूलक दृष्टिकोण से ही वैयक्तिक व्यक्तित्व (individual personality) के बारे में अर्थपूर्ण सूचना मिल सकती है। आल्लपोर्ट ने व्यक्तित्व शोध में केस अध्ययन विधि (case study method) तथा प्रक्षेपण विधियों (projective tests) को यह कहकर ठुकरा दिया कि इन विधियों द्वारा असामान्य व्यक्तियों का व्यक्तित्व न कि सामान्य व्यक्तियों के व्यक्तित्व का मापन किया जाता है।

व्यक्तित्व के क्षेत्र में आल्लपोर्ट का सबसे महत्त्वपूर्ण शोध अभिव्यक्त व्यवहार (expressive behaviour) पर किया गया है। यह वह व्यवहार होता है जिससे व्यक्तित्व की अभिव्यक्ति होती है। ऐसा व्यवहार अधिक स्वाभाविक (spontaneous) होता है; इससे व्यक्तित्व के मूल पहलुओं की अभिव्यक्ति होती है; यह सामान्यतः परिवर्तित नहीं होता है; इसका कोई विशिष्ट उद्देश्य (specific purpose) नहीं होता है और इसे व्यक्ति बिना किसी तरह के अपनी चेतना की ही अभिव्यक्ति कर देता है। ऐसे व्यवहारों के विश्लेषण से व्यक्तित्व के शीलगुणों (traits) के बारे में कुछ महत्त्वपूर्ण सूचनाएँ मिलतीं हैं। वर्ग में शिक्षक पढ़ाते समय विषय पर सुनियोजित ढंग से व्याख्यान देने के अलावा विशेष-हाव-भाव, आनन अभिव्यक्ति (facial expression) तथा गति (movement) आदि करते हैं जो आलपोर्ट (Allport) के अनुसार अभिव्यक्त व्यवहार (expressive behaviour) के उदाहरण हैं और इसका विश्लेषण कर शिक्षक के कुछ व्यक्तित्व शीलगुणों (personality traits) के बारे में अच्छे ढंग से जाना जाता है। आलपोर्ट तथा कैनट्रील (Allport & Cantril, 1934) तथा ऐस्ट्स (Estes, 1938) ने एक अध्ययन करके प्रयोज्यों के आनन अभिव्यक्ति, बोलने का ढंग तथा हाव-भाव के आधार पर उनके कुछ शीलगुण जैसे—अन्तर्मुखता-वहिर्मुखता (introversion-extroversion) के अस्तित्व के बारे में अंदाज लगाने में सफल हो पाये हैं।

जहाँ तक व्यक्तित्व मापन (personality measurement) का प्रश्न है, आल्लपोर्ट (Allport) ने इसके लिए कई विधियों का प्रतिपादन किया है। इन विधियों में विषय विश्लेषण (content analysis), परीक्षण (tests) एवं मापनी (scale), गहन विश्लेषण (depth analysis), रेटिंग्स (ratings), व्यक्तिगत लेखन (personal document), शारीरिक एवं शरीरगठनात्मक निदान (physiological and constitutional diagnosis) आदि प्रमुख हैं। आल्लपोर्ट ने अन्य दो सहकर्मियों अर्थात् भर्नन एवं लिण्डजे (Vernon & Lindzey) के साथ मिलकर 1960 में व्यक्ति के मूल्यों (values) के मापने का भी एक परीक्षण बनाया है जिसका नाम *''आल्लपोर्ट-भर्नन-लिण्डजे स्टडी ऑफ भैल्यू''* (Allport-Vernon-Lindzey Study of Values) रखा गया है जिसके माध्यम से स्प्रैंगर (Spranger) द्वारा बतलाये गए 6 प्रमुख मानवीय मूल्यों का मापन सफलतापूर्वक होता है। वे 6 मूल्य हैं—*सैद्धान्तिक मूल्य* (theoretical value), *आर्थिक मूल्य* (economic value), *सौन्दर्यपरक मूल्य* (aesthetic value), *सामाजिक मूल्य* (social-value), *राजनैतिक मूल्य* (political value) तथा *धार्मिक मूल्य* (religious value)।

आल्लपोर्ट के सिद्धान्त का मूल्यांकन *(Evaluation of Allport's theory)*—आल्लपोर्ट के व्यक्तित्व सिद्धान्त के कुछ गुण (merits) एवं कुछ परिसीमाएँ (limitations) भी हैं। इसके प्रमुख गुण निम्नांकित हैंः—

(i) आल्लपोर्ट (Allport) ने अपना व्यक्तित्व सिद्धान्त शैक्षिक परिस्थितियों (academic setting) में न कि मनोविश्लेषणात्मक परिस्थिति (psychoanalytic setting) में विकसित किया था। अतः इस सिद्धान्त को शिक्षण मनोवैज्ञानिकों (academic psychologists) द्वारा तुलनात्मक रूप से अधिक मान्यता दी गयी है।

(ii) आल्लपोर्ट के सिद्धान्त का एक विशेष गुण यह बतलाया गया है कि इसमें व्यक्ति के वर्तमान एवं भविष्य को उसके भूत (past) की अपेक्षा महत्त्वपूर्ण समझा गया है। व्यक्ति के प्रेरणा (motivation) एवं व्यवहार को समझने के लिए आल्लपोर्ट (Allport) ने उसके वर्तमान एवं भविष्य पर जो बल डाला है, वह अपने आप में अद्वितीय हैं। इससे व्यक्तित्व की संरचना को वैज्ञानिक ढंग से समझने में काफी मदद मिलती है।

(iii) आल्लपोर्ट का व्यक्तित्व शोध (personality research) के प्रति जो भावमूलक दृष्टिकोण (idiographic approach) हैं वह काफी सराहनीय है क्योंकि इससे व्यक्ति विशेष के व्यक्तित्व का विस्तृत विश्लेषण करने तथा उसे समझने में विशेष मदद मिलती है।

(iv) आल्लपोर्ट के व्यक्तित्व सिद्धान्त में व्यक्तित्व की संरचना की व्याख्या शीलगुणों के रूप में की गयी हैं। इन्होंने शीलगुणों के विस्तृत प्रकार बतलाकर व्यक्तित्व की संरचना का जो वर्णन प्रस्तुत किया है, उसे आधुनिक मनोवैज्ञानिकों द्वारा एक महत्त्वपूर्ण योगदान माना गया है।

इन गुणों के बावजूद आल्लपोर्ट के व्यक्तित्व सिद्धान्त की कुछ *आलोचनाएँ* (criticisms) हैं जिनमें निम्नांकित प्रमुख हैं:—

(i) फिस्ट (Feist, 1985) का मत है कि आलपोर्ट का व्यक्तित्व सिद्धान्त दर्शनशास्त्रीय अनुमान (philosophical speculation) एवं सामान्य बोध (common sence) पर न कि वैज्ञानिक अनुसंधानों पर आधारित है। आलपोर्ट ने अपने सिद्धान्त के आधार पर बनाये गए प्राक्कल्पनाओं (hypotheses) की जाँच करने के लिए कोई महत्त्वपूर्ण शोध नहीं किये हैं। अतः उनके सिद्धान्त के तथ्यों एवं मान्यताओं की वैधता (validity) अधिक नहीं बतलायी गयी हैं।

(ii) मनोविश्लेषकों (psychoanalysts) ने आल्लपोर्ट के कार्यात्मक स्वायत्तता (functional autonomy) के सम्प्रत्यय पर आपत्ति जतायी है और कहा है कि इसमें व्यक्ति की गत अनुभूतियों को नजरअंदाज कर वर्तमान एवं भविष्य पर अधिक बल डाला गया है। इस तरह के वर्णन से व्यक्तित्व के स्वरूप को सही-सही समझना कठिन हैं।

(iii) कुछ आलोचकों का मत हैं कि आलपोर्ट के सिद्धान्त द्वारा मनोवैज्ञानिक रूप से स्वस्थ व्यक्ति (psychological healthy person) के कार्यात्मक स्वायत्त अभिप्रेरकों (functionally autonomous motives) का तो वर्णन हो जाता है परन्तु बच्चों, मनोविकृत (psychotic) तथा तंत्रिकातापी (neurotic) व्यक्तियों के अभिप्रेरकों (motives) की व्याख्या आल्लपोर्ट के सिद्धान्त में नहीं होती है। ऐसे व्यक्ति क्यों कोई व्यवहार करते हैं, इसका उत्तर हमें आलपोर्ट के सिद्धान्त में नहीं मिलता है।

(iv) कार्यात्मक स्वायत्तता (functional autonomy) के बारे में एक आलोचना यह भी की जाती है कि आल्लपोर्ट ने इसमें यह नहीं बतलाया है कि किस तरह से मौलिक अभिप्रेरक (original motive) एक स्वायत्त अभिप्रेरक (autonomous motive) में बदल जाता है। उदाहरणस्वरूप, किसी प्रक्रिया द्वारा धन कमाने के लिए कड़ी मेहनत करने का अभिप्रेरक बाद में जब व्यक्ति धनी हो भी जाता है, तो वह अपने आप कड़ी मेहनत करने का एक स्वतन्त्र अभिप्रेरक के रूप में किस तरह बदल जाता है? चूँकि परिवर्तन के इस प्रक्रम (mechanism) को आलपोर्ट ने नहीं बतलाया है, अतः आलोचकों का मत हैं कि यह पूर्वकथन (prediction) करना मुश्किल है कि बाल्यावस्था का कौन-सा अभिप्रेरक वयस्कावस्था में एक स्वतंत्र अभिप्रेरक (autonomous motive) के रूप में परिणत हो जाएगा?

(v) आल्लपोर्ट ने व्यक्तित्व शोध (personality research) के प्रति जो भावमूलक दृष्टिकोण (idiographic approach) अपनाया है, उसकी भी आलोचना आधुनिक मनोवैज्ञानिकों द्वारा की गयी हैं। इन मनोवैज्ञानिकों का मत है कि व्यक्तित्व के अध्ययन का सही दृष्टिकोण भावमूलक शोध न होकर नियमान्वेषी शोध (nomothetic research) है जिसमें कई व्यक्तियों को (न कि किसी एक व्यक्ति को) एक साथ अध्ययन करके उसका सांख्यिकीय विश्लेषण करके सामूहिक रूप से इसकी व्याख्या की जाती है। इस आलोचना के मुख्य समर्थक सूल्ज (Schultz, 1990) हैं।

(vi) आधुनिक मनोवैज्ञानिकों का मत हैं कि आलपोर्ट ने अपने व्यक्तित्व सिद्धान्त में सिर्फ स्वस्थ्य वयस्क (healthy adult) का अध्ययन किया है, तंत्रिकातापी (neurotic) तथा मनोविकृत व्यक्तियों को अध्ययन नहीं किया है। अतः इसकी उपयोगिता काफी सीमित हैं।

(vii) कुछ आलोचकों जैसे फिट्ट्स (Fitts, 1990) तथा फिशर (Fisher, 1989) का मत है कि आल्लपोर्ट के व्यक्तित्व सिद्धान्त के कुछ सम्प्रत्ययों (concepts) का अध्ययन प्रयोगात्मक विधि द्वारा करना सम्भव नहीं है। जैसे, आल्लपोर्ट के एक अतिमहत्त्वपूर्ण सम्प्रत्यय अर्थात् कार्यात्मक स्वायत्तता (functional autonomy) को प्रयोगशाला की परिस्थिति में किस तरह अध्ययन किया जा सकता है? इसे प्रयोगकर्त्ता प्रयोगशाला में किस तरह जोड़-तोड़ (manipulate) कर सकता है ताकि इसका प्रभाव अन्य चरों पर देखा जा सके? इन प्रश्नों का संतोषजनक उत्तर आलपोर्ट के सिद्धान्त में नहीं मिल पाता हैं।

(viii) कुछ आलोचकों जैसे सुल्ज (Schultz, 1990) ने आल्लपोर्ट के इस दावे को अस्वीकार कर दिया है कि बच्चा तथा वयस्क एवं सामान्य तथा असामान्य के व्यक्तित्व में अनिरंतरता (discontinuity) होती है। सुल्ज का मत है कि बच्चों पर तथा असामान्य व्यक्तियों पर कई ऐसे शोध किये गए हैं जिनसे क्रमशः वयस्क एवं सामान्य व्यक्तियों को समझने में काफी मदद मिली है।

(ix) आलोचकों का यह भी मत हैं कि आल्लपोर्ट सिद्धान्त में व्यक्तित्व पर सामाजिक कारकों के पड़ने वाले प्रभावों की उपेक्षा की गयी हैं।

इन आलोचनाओं के बावजूद आल्लपोर्ट का व्यक्तित्व सिद्धान्त उत्तेजनपूर्ण (stimulating) तथा व्याख्यात्मक (illuminating) दोनों ही है। इनका सिद्धान्त स्पष्ट चिन्तन एवं यथार्थता (precision) का एक ऐसा मानक (standard) प्रदान किया है जो भविष्य के मनोवैज्ञानिकों के लिए प्रेरणा का एक उत्तम स्रोत हैं।

फ्रायड एवं आल्लपोर्ट के व्यक्तित्व सिद्धान्तों का एक तुलनात्मक अध्ययन (A Comparative Study of Freud's and Allport's Theories of Personality)

फ्रायड (Freud) तथा आल्लपोर्ट (Allport) ने व्यक्तित्व की संरचना (structure) एवं गतिकी (dynamics) को समझने के लिए अलग-अलग सिद्धान्तों का प्रतिपादन किया है। इन दोनों सिद्धान्तों में मुख्य *अन्तर* निम्नांकित हैं:—

(i) फ्रायड का सिद्धान्त पूर्णतः मनोविश्लेषणात्मक ढाँचा (psychoanalytic framework) में विकसित हुआ है। इसमें मानव व्यवहार की व्याख्या करने के लिए मनोविश्लेषणात्मक उपागम (psychonanalytic approach) को मुख्य आधार बनाया गया है। दूसरे तरफ, आल्लपोर्ट (Allport) के व्यक्तित्व सिद्धान्त में मानवतावादी (humanisitc) एवं वैयक्तिकतावादी (individualistic) उपागमों का एक मिश्रण की झलक पाते हैं।

(ii) फ्रायड ने अपने सिद्धान्त में मानव व्यवहार को समझने में अचेतन (unconscious) की भूमिका को काफी महत्त्वपूर्ण बतलाया है क्योंकि इनके अनुसार व्यक्ति का अधिकांश व्यवहार इसी अचेतन से निर्धारित एवं नियंत्रित होता है। आल्लपोर्ट (Allport) को अचेतन पर फ्रायड द्वारा दिया गया इतना अधिक बल स्वीकार नहीं है। आल्लपोर्ट का मत है कि फ्रायड ने अपने सिद्धान्त में अचेतन के महत्त्व को अनावश्यक रुप से बढ़ा-चढ़ा दिया है। इनका मत है कि एक सामान्य एवं परिपक्व वयस्क के व्यक्तित्व में अचेतन (unconscious) की भूमिका इतनी अधिक महत्त्वपूर्ण नहीं होती है क्योंकि ऐसा व्यक्ति चेतन अभिप्रेरकों (conscious motivations) से अधिक प्रभावित होता है तथा उसका व्यवहार ऐसे अभिप्रेरकों से तुलनात्मक रूप से अधिक नियंत्रित होता है। आल्लपोर्ट ने यह स्पष्ट किया है कि अचेतन अभिप्रेरकों की महत्त्वपूर्ण भूमिका तंत्रिकातापी (neurotic) या मानसिक रूप से क्षुब्ध (mentally distrubed) व्यक्तियों के व्यवहारों को समझने में अधिक हो सकती है परन्तु एक सामान्य एवं परिपक्व व्यक्तित्व को समझने में नहीं।

(iii) फ्रायड ने अपने सिद्धान्त में गत अनुभूतियों (past experiences) की भूमिका को अधिक प्रधान माना है और कहा है कि एक वयस्क व्यक्तित्व (adult personality) की नींव बाल्यावस्था की अनुभूतियों, मानसिक संघर्षों (mental conflict) एवं उसके समाधान के लिए अपनाये गए तरीकों आदि में ही हो जाते हैं। आलपोर्ट ने ठीक इसके विपरीत विचार अपने सिद्धान्त में व्यक्त किये हैं। आल्लपोर्ट (Allport) के विचार के अनुसार मानव वयस्क व्यवहार बाल्यावस्था के संघर्षों एवं अनुभूतियों का कैदी (prisoner) नहीं होता है। मानव व्यवहार या अभिप्रेरक वर्तमान की अनुभूतियों एवं भविष्य के लक्ष्यों (goals) से गत अनुभूतियों (past experiences) की तुलना में अधिक प्रभावित एवं नियंत्रित होती है। आल्लपोर्ट (Allport) द्वारा दिये गए इस बल की झलक हमें स्पष्टतः उनके मशहूर सम्प्रत्यय कार्यात्मक स्वायत्तता (functional autonomy) में दीख पड़ती है।

(iv) फ्रायड ने अपने सिद्धान्त में मूलतः तंत्रिकातापी (neurotic) एवं मानसिक रूप से क्षुब्ध व्यक्तियों के अध्ययन पर बल डाला है और कहा है कि इन व्यक्तियों से मिले तथ्यों के सहारे हम सभी तरह के व्यक्तियों को अर्थात् सामान्य एवं असामान्य दोनों तरह के व्यक्तित्व की संरचना का अध्ययन कर सकते हैं। आल्लपोर्ट (Allport) ने इसका विरोध किया है और कहा है कि मानसिक रोगी के व्यक्तित्व के आधार पर सामान्य व्यक्तियों के व्यवहारों को समझना एक भ्रामक कदम होगा। सामान्य एवं असामान्य के व्यक्तित्व में कोई कार्यात्मक समानता (functional similarity) नहीं हैं। अतः सामान्य व्यक्तियों के व्यक्तित्व का अध्ययन करके ही मानव व्यवहार के बारे में वास्तविक ज्ञान प्राप्त किया जा सकता है। अन्य दूसरे तरह के लोग जैसे तंत्रिकातापी (neurotics) तथा बच्चों के व्यक्तित्व की तुलना सामान्य व्यक्तियों से करना युक्तिसंगत नहीं है।

(v) फ्रायड के लिए व्यक्तित्व की संरचना (structure) की इकाई मूलप्रवृत्ति (instinct) है जबकि आल्लपोर्ट के अनुसार व्यक्तित्व संरचना की इकाई शीलगुण (trait) है। दूसरे शब्दों में, फ्रायड ने मानव व्यवहार को समझने का

सबसे उत्तम इकाई मूलप्रवृत्ति (instinct) को माना है जबकि आल्लपोर्ट ने मानव व्यवहार को समझने का सबसे उत्तम इकाई शीलगुण (trait) को माना है।

(vi) फ्रायड के व्यक्तित्व सिद्धान्त में मानव प्रकृति (human nature) को अविवेकी (irrational) एवं अचेतन के प्रभावों से जकड़ा हुआ समझा गया है जबकि आल्लपोर्ट के सिद्धान्त में मानव प्रकृत्ति को विवेकी (rational) तथा चेतन के प्रभावों से नियंत्रित समझा गया है।

स्पष्ट हुआ कि फ्रायड आलपोर्ट के व्यक्तित्व के सिद्धान्त में कई विभिन्नताएँ (differences) हैं। इन विभिन्नताओं के बावजूद इन दोनों सिद्धान्तों में एक महत्त्वपूर्ण समानता (similarity) हैं और वह यह है कि फ्रायड तथा आल्लपोर्ट दोनों ने ही व्यक्तित्व अध्ययन के प्रति एक भावमूलक दृष्टिकोण (idiographic approach) को अपनाया है अर्थात् दोनों ने व्यक्तित्व की संरचना एवं गतिकी (dynamics) को समझने के लिए कुछ ही व्यक्तियों के गहन अध्ययन को महत्त्वपूर्ण माना है।

कर्ट लेविन : व्यक्तित्व का क्षेत्र सिद्धान्त
(Kurt Lewin : Field Theory of Personality)

क्षेत्र सिद्धान्त की उत्पत्ति प्राकृतिक विज्ञानों (natural sciences) जैसे—भौतिकी (physics), रसायनशास्त्र (chemistry) तथा गणित से हुआ है और इसे मनोविज्ञान में व्यवहार के विभिन्न पहलुओं की व्याख्या करने के लिए उपयोग किया गया है। इस सिद्धान्त की उत्पत्ति में ऐसे तो मनोवैज्ञानिकों का योगदान रहा है परन्तु सबसे अधिक महत्त्वपूर्ण योगदान कर्ट लेविन (Kurt Lewin, 1890-1947) का रहा है जिन्हें इस सिद्धान्त का प्रवर्तक भी माना गया है। इस सिद्धान्त की एक सामान्य पूर्वकल्पना यह है कि प्राणी का व्यवहार उन सभी कारकों द्वारा प्रभावित होता है जो उसके क्षेत्र (field) या वातावरण में उपस्थित होते हैं।

लेविन के व्यक्तित्व सिद्धान्त को निम्नांकित तीन प्रमुख भागों बाँटकर वर्णन किया जा सकता है—

(क) व्यक्तित्व की संरचना (Structure of Personality)

(ख) व्यक्तित्व की गतिकी (Dynamics of personality)

(ग) व्यक्ति का विकास (Development of Personality)

इन तीनों की व्याख्या इस प्रकार की जा सकती है—

(क) व्यक्तित्व की संरचना *(Structure of Personality)*—लेविन ने व्यक्तित्व की संरचना (structure) की व्याख्या करने के लिए गणित के एक विशेष शाखा जिसे संस्थिति-विज्ञान (topology) कहा जाता है, का सहारा लिया। इस विज्ञान में वस्तुओं के सम्बन्धों, उसके अंश-सम्पूर्णता सम्बन्ध (part-whole relationship) आदि का अध्ययन किया जाता है। ऐसे ही सम्बन्धों के सहारे उन्होंने मानव व्यवहारों (human behaviours) का अध्ययन किया है। इसे संस्थितिक मनोविज्ञान (topological psychology) की संज्ञा दी गयी है। इस मनोविज्ञान के तहत व्यक्तित्व की संरचना (structure) की व्याख्या निम्नांकित चार भागों में बाँटकर की गयी है—

1. व्यक्ति (Person or P)
2. मनोवैज्ञानिक वातावरण (Psychological Environment or E)
3. जीवन-समष्टि (Life space or L)
4. वास्तविकता के स्तर (Level of reality)

इन सबों का वर्णन निम्नांकित हैः—

1. व्यक्ति *(Person or P)*—लेविन का विचार था कि व्यक्ति एक ऐसा तत्त्व (entity) हैं जो अपने वातावरण से घिरे रहते हुए भी अपने आप को उस वातावरण से भिन्न रखता है। चित्र 13.9 में व्यक्ति यानी P को एक बन्द वृत्त (enclosed circle) से दिखलाया गया है। लेविन के अनुसार P की दो विशेषताएँ होतीं हैं जो निम्नांकित हैं—

(i) P अपने वातावरण (environment) से अलग (separated) होता है।

(ii) P अपने आप में विभेदित (differentiated) होता है अर्थात् P सिर्फ वातावरण से ही भिन्न नहीं होता है

बल्कि भीतर से भी कुछ भागों में बँटा होता है। लेविन ने P को दो ऐसे भागों में बाँटा है—प्रत्यक्षज्ञाणात्मक-पेशीय क्षेत्र (perceptual-motor region) तथा आन्तरिक-वैयक्तिक क्षेत्र (inner-personal region)। P के वृत्त (circle) के बाह्य सतह, (periphery) पर प्रत्यक्षज्ञाणात्मक-पेशीय क्षेत्र होता है तथा आन्तरिक-वैयक्तिक क्षेत्र (inner-personal region) वृत्त के केन्द्रीय हिस्सों (central part) में होता है। चित्र 13.10 से स्पष्ट है कि आन्तरिक-वैयक्तिक क्षेत्र (inner-personal region) पूर्णरूपेण प्रत्यक्षणात्मक-पेशीय क्षेत्र (perceptual-motor region) से घिरा हुआ होता है। आन्तरिक-वैयक्तिक क्षेत्र के कई छोटे-छोटे उपक्षेत्र (subregions) होते हैं जिन्हें कक्षिका (cells) कहा जाता है। ऐसी कक्षिकाओं की कुछ सीमा-रेखा (boundary line) मोटी है तथा कुछ की पतली हैं (चित्र 13.9 देखें)। जैसे, कक्षिका a तथा c की सीमा-रेखा मोटी तथा d एवं b की सीमा रेखा पतली है। मोटी रेखाओं से यह पता चलता है कि इस कक्षिका का प्रभाव अन्य कक्षिकाओं पर नहीं पड़ता है तथा अन्य कक्षिकाओं से यह प्रभावित भी नहीं होता है। दूसरे शब्दों में, इस तरह की सीमा-रेखा में प्रवेश्यता (permeability) नहीं हैं। दूसरी तरफ पतली सीमा-रेखा यह बतलाती है कि अमुक कक्षिका (cell) दूसरी कक्षिकाओं को प्रभावित करती है तथा उससे प्रभावित भी होती है। दूसरे शब्दों में, ऐसी सीमा-रेखा में प्रवेश्यता होती है। आंतरिक-वैयक्तिक क्षेत्र की विभिन्न कक्षिकाओं द्वारा व्यक्ति के प्रेरणात्मक कार्यों (motivational functions) का नियंत्रण होता है तथा प्रत्यक्षज्ञानात्मक-पेशीय क्षेत्र द्वारा प्रत्यक्षाज्ञाणात्मक एवं अन्य शारीरिक क्रियाएँ (bodily functions) नियंत्रण होती हैं। अतः लेविन के अनुसार व्यक्ति अर्थात् P समजातीय (homogeneous) न होकर विषमजातीय (heterogeneous) होता है।

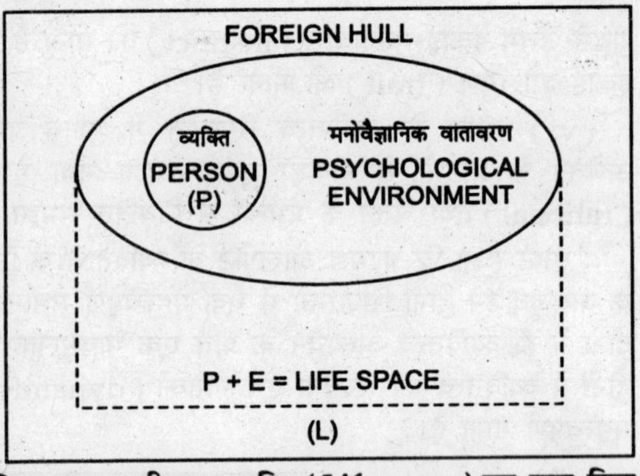

चित्र 13.10: जीवन समष्टि (Life space) का एक चित्र

2. मनोवैज्ञानिक वातावरण *(Psychological environment)*—इसे लेविन (Lewin) ने 'E' अक्षर के रूप में संक्षिप्त (abbreviate) किया है। व्यक्ति द्वारा अपने वातावरण का आत्मनिष्ठ रूप से (subjectively) अनुभव किया जाना मनोवैज्ञानिक वातावरण (psychological environment) कहलाता है। चित्र 13.10 में दीर्घवृत्त (ellipse) के भीतर का क्षेत्र परन्तु वृत्त (circle) जिससे P का प्रतिनिधित्व हो रहा है, के बाहर का क्षेत्र को मनोवैज्ञानिक वातावरण कहा गया है। P के समान ही E को लेविन ने कई क्षेत्रों (regions) में बाँटा है। इसके कुछ क्षेत्र की सीमा-रेखा में प्रवेश्यता (permeability) होती है तो कुछ की सीमा-रेखा में प्रवेश्यता नहीं होती है। प्रवेश्य सीमा-रेखा (permeable boundary) के माध्यम से व्यक्ति भौतिक वातावरण के इर्द-गिर्द की वस्तुओं एवं व्यक्तियों द्वारा प्रभावित करता है तथा उससे प्रभावित होता है। व्यक्ति के चिन्तन तथा प्रत्यक्षण का वातावरण की वस्तुओं एवं घटनाओं द्वारा प्रभावित होना तथा फिर इस चिन्तन एवं प्रत्यक्षण द्वारा घटनाओं एवं वस्तुओं का प्रभावित होना इन्हीं प्रवेश्य सीमा रेखा (permeable boundary) कें कारण ही सम्भव

a
b
c
d
INNER PERSONAL REGION
PERCEPTUAL MOTOR REGION

चित्र 13.11 : व्यक्ति (P) का आंतरिक चित्र

हो पाता है।

3. जीवन-समष्टि *(Life space)*—लेविन के व्यक्तित्व सिद्धान्त का अति महत्त्वपूर्ण सम्प्रत्यय जीवन-समष्टि (life space) हैं जिसका संकेत L रखा गया है। व्यक्ति अर्थात् P एवं उसके मनोवैज्ञानिकों वातावरण (psychological environment) अर्थात् E को एक साथ मिलता देने पर जिस सम्प्रत्यय का जन्म होता है उसे जीवन-समष्टि (life space) कहा जाता है तथा इसमें वे सभी चीजें होतीं हैं जिनसे व्यक्ति का तात्कालिक व्यवहार (immediate behaviour) प्रभावित एवं नियंत्रित होता है। अतः सूत्र (formula) के रूप में कहा जा सकता है—

$$L = P + E$$

लेविन का मत है कि मानव व्यवहार (human behaviour) P तथा E दोनों का एक प्रतिफल होता है। लेविन ने इसकी व्याख्या एक सूत्र के रूप में इस प्रकार किया है—

$$B = f(P+E)$$

या, $B = f(L)$

चित्र 13.8 से स्पष्ट है कि व्यक्ति के जीवन-समष्टि (life space) के बाहर के वातावरण को बाह्य आवरण (foreign hull) कहा जाता है। बाह्य आवरण तथा मनोवैज्ञानिक वातावरण (psychological environment) के बीच की सीमा-रेखा (boundary) प्रवेश्य (permeable) होता है और इसलिए इन दोनों के बीच दो-तरफा संचार (two-way-communication) होता है अर्थात् दोनों एक-दूसरे से प्रभावित होते हैं। इसका मतलब यह हुआ कि मनोवैज्ञानिक वातावरण के तथ्य (fact) भौतिक वातावरण में परिवर्तन लाते हैं तथा भौतिक वातावरण के तथ्य मनोवैज्ञानिक वातावरण में परिवर्तन लाते हैं।

लेविन (Lewin) ने जीवन-समष्टि (life space) को कई क्षेत्रों (regions) में बाँटा हैं और प्रत्येक क्षेत्र अपनी-अपनी सीमा रेखा (boundary line) से अलग होता है। प्रत्येक क्षेत्र में एक मनोवैज्ञानिक तथ्य (psychological fact) होता है जो एक सामाजिक घटना (social event) या बौद्धिक घटना (intellectual event) या कोई अन्य घटना जिसका मात्र अनुमान किया जा सकता है, हो सकता है। आंतरिक-वैयक्तिक क्षेत्र के तथ्य को *आवश्यकता* (need) तथा मनोवैज्ञानिक वातावरण के तथ्य को *कर्षण-शक्ति* (valence) कहा जाता है। इन दोनों का वर्णन 'व्यक्तित्व की गतिकी' के तहत आगे की जाएगी। जीवन-समष्टि के क्षेत्र (region) के कई विमाएँ (dimensions) होतीं हैं जिन्हें एक उदाहरण द्वारा हम इस प्रकार समझा सकते हैं—

मान लिया जाए कि एक छात्र ऐसा है जो आई॰ए॰एस॰ ऑफिसर बनना चाहता है। इसके लिए उसे किसी मान्यता प्राप्त विश्वविद्यालय से बैचलर की उपाधि लेनी पड़ेगी, उसके बाद उसे संघ लोकसेवा आयोग (Union Public Service Commision) द्वारा आयोजित प्रारंभिक परीक्षा (preliminary test) पहले पास करना होगा, तब मुख्य परीक्षा (main examination) पास करना होगा और अन्त में साक्षात्कार (interview) में भी सफल होना होगा। इस उदाहरण में छात्र P हैं तथा उद्देश्य (goal) आई॰ ए॰ एस॰ ऑफिसर बनना हैं। इन दोनों छोर के बीच चार क्षेत्र हैं—विश्वविद्यालय से बैंचलर की उपाधि लेना, प्रारम्भिक परीक्षा में पास करना, मुख्य परीक्षा करना तथा साक्षात्कार में सफल होना। इस उदाहरण में साक्षात्कार में सफल होना एक निकट क्षेत्र (near region) का उदाहरण है (क्योंकि यह मुख्य लक्ष्य से सबसे नजदीक हैं) तथा किसी मान्यता प्राप्त विश्वविद्यालय से बैचलर की उपाधि प्राप्त करना एक दूर क्षेत्र (remote region) का उदाहरण हैं। मुख्य परीक्षा में सफलता प्राप्त करना सबसे कठिन हैं। अतः इस क्षेत्र की सीमा-रेखा अधिक सख्त या दृढ़ (firm) कही जा सकती है परन्तु प्रारम्भिक परीक्षा में सफल होना आसान है। अतः इस क्षेत्र की सीमा-रेखा को अधिक निर्बल (weak) कहा जा सकता है।

प्रश्न यह उठता है कि जीवन-समष्टि के विभिन्न क्षेत्रों का आपस में अन्तःक्रिया (interaction) किस तरह हो पाता है? जब जीवन-समष्टि के दो क्षेत्र या कक्षिकाएँ (cells) आपस में अन्तःक्रिया करते हैं, तो इससे जिसकी उत्पत्ति होती है, उसे लेविन (Lewin) ने *घटना* (event) की संज्ञा दी है। जीवन-समष्टि के विभिन्न क्षेत्र आपस में निम्नांकित दो तरह की प्रक्रियाओं द्वारा आपस में अन्तःक्रिया करते हैं—

(i) संचार (communication) तथा

(ii) गमन (locomotion)

संचार एक ऐसी घटना (event) हैं जिसके सहारे जीवन-समष्टि (life space) का एक क्षेत्र या कक्षिका (cell)

दूसरे क्षेत्र या कक्षिका के साथ कुछ सूचित करता है। गमन (locomotion) एक ऐसी घटना है जिसमें व्यक्ति जीवन-समष्टि के एक क्षेत्र से दूसरे क्षेत्र में दैहिक (physical) या मनोवैज्ञानिक गति (psychological movement) करता है। एक क्षेत्र से दूसरे क्षेत्र में जिस पथ से होकर गमन की घटना सम्पन्न हाती है, उसे लेविन ने *होडोलॉजिकल स्पेश* (hodological space) की संज्ञा दी है। लेविन ने तीन ऐसे नियमों (principles) का प्रतिपादन किया है जिससे होकर संचार (communication) तथा गमन (locomotion) की घटनाएँ नियंत्रित होतीं हैं। वे तीन नियम निम्नांकित हैं—

(i) सम्बद्धता का नियम (Principle of relatedness)
(ii) दृढ़ता या मूर्तता का नियम (Principle of concreteness)
(iii) समकालिकता का नियम (Principle of contemporaneity)

सम्बद्धता का नियम (principle of relatedness) से यह पता चलता है कि जीवन-समष्टि में दो या दो से अधिक सम्बन्धित तथ्यों के अन्तःक्रिया से किसी घटना की उत्पत्ति होती है। *दृढ़ता या मूर्त्तता का नियम* (principle of concreteness) यह बतलाता है कि सिर्फ वही तथ्य जिसका जीवन-समष्टि में अस्तित्व होता है, व्यक्ति के व्यवहार को प्रभावित कर सकता है। *समकालिकता का नियम* (principle of contemporaneity) यह बतलाता है कि सिर्फ वर्तमान तथ्य (present fact) से वर्तमान व्यवहार की उत्पत्ति हो सकती है। इसका मतलब यह हुआ कि बाल्यावस्था से सम्बन्धित तथ्य या घटनाएँ तब तक व्यक्ति के वर्तमान व्यवहार को प्रभावित नहीं कर सकते हैं जब तक कि वे वर्तमान समय में भी किसी तरह अस्तित्व में बने न हों। लेविन ने यह भी स्पष्ट किया कि यद्यपि भूत की वास्तविक घटनाएँ तथा भविष्य में होने वाली घटनाएँ हमारे वर्तमान व्यवहार को प्रभावित नहीं करतीं हैं फिर भी उन्होंने कहा कि गत (past) एवं भविष्य के बारे में हमारे वर्तमान मनोवृत्ति, चिन्तन एवं भाव (feeling) से हमारा वर्तमान व्यवहार प्रभावित हो जाता है। इसका मतलब यह हुआ कि लेविन (Lewin, 1951) के अनुसार व्यक्ति के वर्तमान जीवन-समष्टि (life space) में मनोवैज्ञानिक भूत (psychological past) तथा मनोवैज्ञानिक भविष्य (psychological future) दोनों ही सम्मिलित होते हैं।

4. वास्तविकता के स्तर *(Level of reality)*—लेविन (Lewin, 1936) के अनुसार वास्तविकता (reality) तथा अवास्तविकता (unreality) के कुछ स्तर (levels) या मात्रा (degree) होते हैं जो व्यक्ति या P तथा मनोवैज्ञानिक वातावरण (psychological environment) या E पर लागू होते हैं। वास्तवकिता से तात्पर्य वास्तविक गमन (actual locomotion) से होता है। जैसे, कोई व्यक्ति अपने कार्य में परिवर्तन ला सकता है या वह कोई नयी राजनैतिक पार्टी (political party) में प्रवेश पा सकता है। लेविन के अनुसार इसे वास्तविकता के सम्प्रत्यय (concept of reality) में रखा जाएगा। दूसरी तरफ कोई व्यक्ति यह कल्पना कर सकता है कि यदि वह अमुक राजनैतिक पार्टी का सदस्य होता तो अच्छा होता। इसे लेविन के अनुसार अवास्तविकता (unreality) के सम्प्रत्यय में रखा जाएगा। इन दोनों छोरों (extremes) के बीच अर्थात् वास्तविकता एवं अवास्तविकता के बीच कई स्तर (levels) या मात्राएँ (degrees) होतीं हैं। लेविन का मत है कि व्यक्ति जैसे-जैसे वास्तविकता (reality) से अवास्तविकता (unreality) की ओर जाता है, गमन (locomotion) की प्रक्रिया आसान होते चली जाती है। व्यक्ति में जैसे-जैसे परिपक्वता (maturation) आते जाती है, वास्तविकता-अवास्तविकता (reality-unreality) की विमा अधिक विस्तृत होते चली जाती है और इसमें निखार एवं विशिष्टता भी पहले की अपेक्षा बढ़ जाती है।

(ख) व्यक्तित्व की गतिकी *(Dynamics of Personality)*—लेविन (Lewin) का मत है कि जीवन-समष्टि (life space) का संरचनात्मक निरूपण (structural representatioan) से तो मात्र यह पता चलता है कि किसी दिये गए समय या परिस्थिति में जीवन-समष्टि (life space) कैसा होता है। परन्तु इससे यह पता नहीं चलता है कि जब व्यक्ति कोई व्यवहार करना प्रारम्भ कर देता है, तो वह (जीवन समष्टि) कैसा होगा? इस प्रश्न का उत्तर ढूँढ़ने के लिए लेविन ने कुछ गत्यात्मक सम्प्रत्ययों (dynamic concepts) का प्रतिपादन किया है जिनसे यह स्पष्ट रूप से पता चलता है कि किसी भी दी गयी परिस्थिति में व्यक्ति किस तरह का व्यवहार करता है। ऐसे गत्यात्मक सम्प्रत्ययों (dynamic concepts) में निम्नांकित प्रमुख हैं:—

(i) ऊर्जा (energy)

(ii) तनाव (tension)
(iii) आवश्यकता (need)
(iv) कर्षण शक्ति (valence)
(v) सदिश (vector)

लेविन के इन सम्प्रत्ययों को *सदिश मनोविज्ञान* (vector psychology) कहा गया जो स्पष्टतः संरचनात्मक या संस्थितिक सम्प्रत्ययों (structural or topological concepts) से भिन्न हैं। इन अभिप्रेरणात्मक (motivational) या गत्यात्मक सम्प्रत्ययों (dynamic concepts) का वर्णन निम्नांकित हैं:—

(i) ऊर्जा *(Energy)*—लेविन ने व्यक्ति को एक जटिल ऊर्जा तंत्र (complex energy system) माना है। जिस ऊर्जा से मनोवैज्ञानिक कार्य (psychological work) होते हैं, उसे लेविन ने मनोवैज्ञानिक ऊर्जा (psychic energy) कहा है। मनोवैज्ञानिक ऊर्जा (psychic energy) की उत्पत्ति उस समय होती है जब तनाव बढ़ जाने के कारण तंत्र (system) के किसी एक भाग में अन्य भागों की अपेक्षा असंतुलन (disequilibrium) उत्पन्न हो जाता है और तंत्र संतुलन स्थापित करने की दिशा में क्रियाशील हो उठता है। जब तंत्र (system) अपने सभी भागों में तनाव को एक समान करने में सफल हो जाता है, तो ऊर्जा (energy) की उत्पत्ति रुक जाती है और तंत्र (system) सामान्य अवस्था में आ जाता है।

(ii) तनाव *(Tension)*—तनाव व्यक्ति या P की एक ऐसी अवस्था होती है जिसमें एक या एक से अधिक आन्तरिक-वैयक्तिक तंत्रों (inner-personal systems) या क्षेत्रों के बलों (forces) के बीच में असंतुलन (disequilibrium) स्थापित हो जाता है। लेविन (Lewin, 1951) के अनुसार तनाव के मुख्य दो *गुण* होते हैं:—

(a) तनाव का एक मुख्य गुण यह है कि यह संतुलन बनाने की दिशा में व्यक्ति को प्रेरित करता है। जैसे, मान लिया जाय कि आन्तरिक-वैयक्तिक तंत्र के X कक्षिका (cell) में तनाव अधिक हैं तथा Y एवं Z कक्षिकाओं में तनाव कम हैं। ऐसी अवस्था में X कक्षिका के तनाव Y एवं Z कक्षिकाओं में तब तक जाता रहेगा जबतक कि इन तीनों कक्षिकाओं में तनाव की मात्रा लगभग बराबर नहीं हो जाती है। जिस मनोवैज्ञानिक साधन (psychological means) द्वारा तनाव सभी तंत्रों में लगभग समान हो जाता है, उसे *प्रक्रिया* (process) की संज्ञा दी गयी है। चिन्तन (thinking), स्मरण (remembering), प्रत्यक्षण (perception) आदि ऐसी प्रक्रिया (process) के कुछ महत्त्वपूर्ण उदहारण हैं।

(b) तनाव का एक दूसरा प्रमुख गुण यह है कि यह आन्तरिक-वैयक्तिक तंत्र के जिस कक्षिका (cell) में उत्पन्न होता है, उस कक्षिका के सीमा-रेखा पर बल डालता है। अगर सीमा-रेखा कमजोर (weak) एवं प्रवेश्य (permeable) हुई, तो तनाव उस कक्षिका से निकलकर आसानी से दूसरी कक्षिकाओं (cells) में चला जाता है। परन्तु यदि सीमा-रेखा सख्त एवं अप्रवेश्य (impermeable) हुई तो तनाव वाली कक्षिका से दूसरी कक्षिकाओं में तनाव का बहाव बाधित हो जाता है।

कर्ट लेविन (Kurt Lewin) की एक शिष्या जिसका नाम जायगारनिक (Zeigarnik) था, ने तनाव के उपर्युक्त गुणों का प्रयोगात्मक जाँच (experimental test) किया और पाया कि अगर व्यक्ति में तनाव पूर्णतः समाप्त नहीं हो जाता है जैसा कि हम उन कार्यों में पाते हैं जिसे व्यक्ति कुछ कारणों से पूरा नहीं कर सकता होता है, तो इस तरह के तनाव से व्यक्ति ऐसे कार्यों से अधिक-से-अधिक प्रत्याह्वान (recall) कर पाता है। इस घटना को मनोविज्ञान में *जायगारनिक प्रभाव* (Zeigarnik effect) की संज्ञा दी गयी है।

(iii) आवश्यकता *(Need)*—लेविन के अनुसार आवश्यकता शारीरिक (physiological) जैसे भूख, प्यास की आवश्यकता आदि तथा मनोवैज्ञानिक (psychological) जैसे धनी आदमी बनने की इच्छा, अधिक-से-अधिक उपलब्धि प्राप्त करने की इच्छा आदि होती है। आवश्यकता से तनाव (tension) में वृद्धि या कमी होती है। लेविन ने अपने सिद्धान्त में आवश्यकता (need) तथा अर्द्ध-आवश्यकता (quasi-need) में अन्तर किया है। अर्द्ध-आवश्यकता से तात्पर्य एक तरह के विशेष अभिप्राय (intention) से होता है जो सामाजिक कारकों (social factors) द्वारा नियंत्रित होते हैं। किसी विशेष होटल में भोजन की आवश्यकता एक अर्द्ध-आवश्यकता (quasi-need) का उदाहरण होगा।

(iv) कर्षण शक्ति *(Valence)*—लेविन ने यह स्पष्ट किया है कि मनोवैज्ञानिक वातावरण (psychological environ-ment) के विभिन्न क्षेत्र (regions) होते हैं और प्रत्येक क्षेत्र का मूल्य (value) व्यक्ति के लिए या तो धनात्मक (positive) होता है या ऋणात्मक (negative) होता है। इसी मूल्य को कर्षण-शक्ति (valence) की संज्ञा

दी जाती है। स्पष्टतः तब कर्षणशक्ति (valence) भी दो प्रकार के होते हैं—धनात्मक कर्षणशक्ति (positive valence) एवं ऋणात्मक कर्षणशक्ति (negative valence)। जैसे, एक प्यासा व्यक्ति के लिए मनोवैज्ञानिक वातावरण का वह क्षेत्र जो जल से सम्बन्धित है, का कर्षणशक्ति (valence) धनात्मक (positive) होगा। ऋणात्मक कर्षणशक्ति वाला क्षेत्र वह क्षेत्र होता है जिससे व्यक्ति में तनाव (tension) बढ़ता है। जैसे, जो व्यक्ति कुत्ता से डरता है, उनके लिए वह क्षेत्र जिसमें कुत्ता होता है या कुत्तों से सम्बन्धित होता है, का कर्षणशक्ति (valence) ऋणात्मक (negative) होगा (चित्र-13.12 देखें) लेविन ने यह बतलाया है कि इन कर्षणशक्तियों (valences) का सम्बन्ध व्यक्ति की आवश्यकता (need) से सीधा है। जैसे, यदि व्यक्ति में भूख नहीं है, तो भोजन उसके लिए एक धनात्मक कर्षणशक्ति (positive valence) का उदाहरण नहीं होगा। लेविन ने अपने सिद्धान्त में यह भी बतलाया है कि जैसे-जैसे व्यक्ति तथा लक्ष्य-वस्तु (goal object) के बीच की दूरी बढ़ती जाती है, धनात्मक कर्षणशक्ति (positive valence) की आकर्षकता या प्रभावशीलता में कमी आ जाती है।

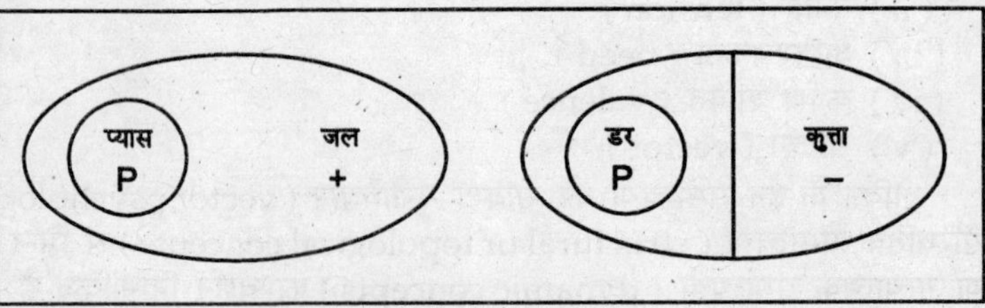

चित्र 13.12 : धनात्मक कर्षणशक्ति एवं ऋणात्मक कर्षणशक्ति का चित्र

(v) सदिश *(Vector)*—इस पद को लेविन ने भौतिकी एवं गणित से लिया था और इसका अनुप्रयोग मानव व्यवहार की व्याख्या में किया। सदिश से तात्पर्य वैसे मनोवैज्ञानिक बलों (psychological forces) से होता है जो व्यक्ति पर अपना प्रभाव डालता है और उसे किसी निश्चित दिशा में कार्य करने के लिए प्रेरित करता है। सदिश को लेविन ने तीर रेखा (arrow line) से निरूपित किया है। सदिश की शक्ति (strength) तथा दिशा (direction) मनोवैज्ञानिक वातावरण के एक या एक से अधिक क्षेत्रों में उत्पन्न धनात्मक कर्षणशक्ति (positive valence) तथा ऋणात्मक कर्षणशकित का प्रतिफल होता है। अगर मनोवैज्ञानिक वातावरण का एक क्षेत्र का कर्षणशक्ति धनात्मक (positive) है तो उस क्षेत्र की दिशा में जाने के लिए व्यकित को सदिश प्रभावित करेगा। दूसरे तरफ यदि किसी मनोवैज्ञानिक क्षेत्र का कर्षणशक्ति ऋणात्मक (negative) है, तो सदिश (vector) व्यक्ति को उस क्षेत्र से दूर हटने की दिशा में प्रेरित करेगा। जब व्यक्ति का व्यवहार एक ही समय में कई तरह के सदिश (vector) द्वारा प्रभावित होने लगता है तो इससे व्यक्ति में मनोवैज्ञानिक संघर्ष (psychological conflict) उत्पन्न होने लगता है। ऐसे संघर्ष के निम्नांकित चार प्रकार के होते हैं—

(a) उपागम-उपागम संघर्ष (approach-approach conflict)
(b) परिहार-परिहार संघर्ष (avoidance-avoidance conflict)
(c) उपागम-परिहार संघर्ष (approach-avoidance conflict)
(d) द्विउपागम-परिहार संघर्ष (double approach-avoidance conflict)

इन चारों का वर्णन निम्नांकित हैं:—

(a) उपागम-उपागम संघर्ष *(approach-approach conflict)*—जब व्यक्ति दो धनात्मक कर्षणशक्तियों (positive valence) से एक समय में प्रभावित होने लगता है, तो इससे उत्पन्न संघर्ष को उपागम-उपागम संघर्ष कहा जाता है। इस स्थिति में संघर्ष इसलिए होता है कि दोनों धनात्मक कर्षणशक्तियों से सम्बन्धित इच्छाओं की पूर्ति करना एक साथ सम्भव नहीं होता है। जैसे, कोई छात्र रात में अपने दोस्त की बारात में भी शामिल होना चाहता है और साथ-ही-साथ उसी समय में अपने माता-पिता के साथ खरीदारी करने भी जाना चाहता है, तो उससे उत्पन्न संघर्ष उपागम-उपागम संघर्ष का उदाहरण होगा।

(b) परिहार-परिहार संघर्ष *(avoidance-avoidance conflict)*—जब व्यक्ति ऋणात्मक कर्षणशक्ति (negative valences) से एक ही समय में प्रभावित होता है, तो उसमें परिहार-संघर्ष की उत्पत्ति होती है। जैसे—यदि किसी विद्यार्थी को रसायनशास्त्र तथा भौतिकी में से किसी एक को अपने अध्ययन विषय के रूप में चुनना पड़े जबकि उसे दोनों ही विषय काफी कठिन एवं अरुचिकर लगता है, तो इससे उत्पन्न संघर्ष को परिहार-परिहार संघर्ष (avoidance-avoidance conflict) कहा जाता है।

(c) उपागम-परिहार संघर्ष *(apporach-avoidance conflict)*—इस तरह की परिस्थिति में व्यक्ति के सामने

लक्ष्य-वस्तु (goal-object) तो एक ही होते हैं परन्तु उससे धनात्मक कर्षणशक्ति एवं ऋणात्मक कर्षणशक्ति दोनों उस व्यक्ति के लिए उत्पन्न होने लगता है। इससे जो संघर्ष की उत्पत्ति होती है, उसे उपागम-परिहार संघर्ष की संज्ञा दी जाती है। जैसे—यदि किसी व्यक्ति को एक ऐसी नौकरी मिल रही हो जिसे वह काफी पसन्द करता है, क्योंकि उसका वेतनमान अधिक है परन्तु वह उसमें जाना नहीं चाहता है क्योंकि उसमें दूर-दूर के ग्रामीण इलाकों में जाकर लोगों से सम्पर्क स्थापित करना आवश्यक है, तो ऐसी परिस्थिति में उत्पन्न मानसिक संघर्ष को उपागम-परिहार संघर्ष कहा जाएगा।

(d) द्विउपागम-परिहार संघर्ष *(double approach-avoidance conflict)*—इस तरह की परिस्थिति में व्यक्ति अपने आप को एक साथ दो या दो से अधिक धनात्मक एवं ऋणात्मक कर्षणशक्ति (valences) से घिरा हुआ पाता है और ये दोनों तरह की कर्षणशक्तियाँ व्यक्ति को अपनी-अपनी ओर खींचने लगतीं हैं। जीवन की अधिकांश परिस्थितियाँ इसी प्रकार की होतीं हैं।

(ग) व्यक्तित्व का विकास *(Development of Personality)*—व्यक्तित्व के विकास की व्याख्या करने में लेविन (Lewin) का स्थान अन्य मनोवैज्ञानिकों से इस अर्थ में भिन्न हैं कि इन्होंने इसकी व्याख्या करने के लिए किसी तरह का विकासात्मक अवस्थाओं (developmental stages) का वर्णन नहीं किया है। उन्होंने व्यक्तित्व के विकास की व्याख्या करने में आनुवांशिकता (heredity) तथा परिपक्वता (maturation) के महत्त्व को न तो अस्वीकार ही किया है और न ही इनके प्रभावों को तुच्छ ही समझा है। उन्होंने व्यक्तित्व के विकास की व्याख्या करने के लिए निम्नांकित दो तरह के सम्प्रत्ययों (concepts) को महत्त्वपूर्ण बतलाया है—

(a) व्यवहारात्मक परिवर्तन (behavioural change) तथा

(b) विभेदीकरण एवं एकीकरण (differentiation and intergration)

इन दोनों का वर्णन निम्नांकित हैः—

(a) व्यवहारात्मक परिवर्तन *(Behavioural change)*—लेविन (Lewin, 1951) के अनुसार जैसे-जैसे व्यक्ति का विकास होते जाता है अर्थात् उसकी आयु में वृद्धि हो जाती है, उसमें तरह-तरह के व्यवहारिक परिवर्तन होते जाते हैं। शायद यही कारण है कि प्रारंभिक बाल्यावस्था की तुलना में वयस्कावस्था (adulthood) या किशोरावस्था में प्रवेश करने पर व्यक्ति का व्यवहार अधिक संगठित, जटिल एवं वास्तविकता की ओर उन्मुख होता है। बाल्यावस्था की तुलना में किशोरावस्था या वयस्कावस्था के व्यवहार में एक और महत्त्वपूर्ण परिवर्तन आता है और वह यह है कि किशोरावस्था या वयस्कावस्था में व्यक्ति का व्यवहार इस प्रकार का हो जाता है कि कम-से-कम समय या प्रयास में अधिक-से-अधिक उत्तम परिणाम पाने की ओर झुकाव अधिक हो जाता है। लेविन के अनुसार शिशुओं के व्यवहार में पूरे शरीर से एक विसरित क्रिया (diffused action) होती है जिसे उन्होंने साधारण अन्तरनिर्भरता (simple interdependence) कहा है। लेविन ने साधारण अन्तरनिर्भरता की व्याख्या आगे करते हुए कहा है कि इसमें शिशुओं का तनाव तंत्र (tension system) अन्तरपरिवर्त्य (interchangeable) होता है अर्थात् तनाव के स्रोत चाहे जो भी हों (जैसें—भूख, प्यास आदि) वह (तनाव) समान रूप से शिशु के पूरे शरीर में उत्पन्न होकर फैल जाता है और इसी से शिशु एक विशिष्ट क्रिया न कर सामान्य क्रिया (mass activity) करता है। जैसे-जैसे शिशुओं में परिपक्वता (maturation) आते जाती है, वह स्वतंत्र एवं विशिष्ट (specific) क्रियाओं को करने की क्षमता विकसित करते जाता है और इन क्रियाओं को एक पदानुक्रम (hierarchy) में भी सुव्यवस्थित करते जाता है। इस तरह की प्रक्रिया को लेविन ने *संगठनात्मक अंतःनिर्भरता* (organizational interdependence) की संज्ञा दी हैं।

(b) विभेदीकरण एवं एकीकरण *(differentiation and integration)*—लेविन के व्यक्तित्व सिद्धान्त में विभेदीकरण (differentiation) एक महत्त्वपूर्ण सम्प्रत्यय माना गया है। लेविन ने विभेदीकरण को परिभाषित करते हुए कहा है कि इससे तात्पर्य सम्पूर्ण (whole) व्यक्ति के स्वतंत्र हिस्सों या भागों में वृद्धि से होता है। दूसरे शब्दों में, उम्र बीतने के साथ-साथ आन्तरिक-वैयक्तिक क्षेत्र (inner-personal region) के कक्षिकाओं (cells) की संख्याओं में तथा मनोवैज्ञानिक वातावरण (psychological environment) के क्षेत्रों (regions) की संख्याओं में वृद्धि होने से व्यक्ति में स्वतंत्र कार्यो को करने तथा वास्तविक एवं अवास्तविक के बीच अन्तर करने की क्षमता में वृद्धि हो जाती है। इस पूरी प्रक्रिया को लेविन ने *विभेदीकरण* (diferentiation) की संज्ञा दी है। परन्तु व्यक्तित्व का विकास सिर्फ विभेदीकरण की प्रक्रिया से अपने आप में ही अधूरा ही रह जाता है क्योंकि इससे यह स्पष्ट नहीं होता है कि उम्र बीतने के साथ व्यक्ति का व्यवहार क्यों अधिक संगठित एवं समन्वित होता चला जाता है। इस पक्ष की व्याख्या करने के लिए उन्होंने एकीकरण (integration) के सम्प्रत्यय का प्रतिपादन किया। इसके माध्यम से लेविन यह व्याख्या कर सकने में

समर्थ हो पाये हैं कि P तथा E के विभिन्न क्षेत्र एक पदानुक्रम ढंग से (hierarchical order) संगठित होकर व्यक्ति के व्यवहार को संगठित करता है। इस तरह के संगठन का स्पष्ट अभाव हमें शिशुओं के व्यवहार में मिलता है परन्तु वयस्कों में इस तरह का अभाव एकीकरण की प्रक्रिया के सम्पन्न हो जाने से नहीं मिलता है।

लेविन के सिद्धान्त का मूल्यांकन (*Evaluation of Lewin's Theroy*)—लेविन के व्यक्तित्व सिद्धान्त के कुछ गुण एवं आलोचनाएँ हैं। इसके प्रमुख *गुण* निम्नांकित बतलाये गए हैं:—

(i) लेविन द्वारा प्रतिपादित व्यक्तित्व सिद्धान्त का प्रभाव मनोविज्ञान के अन्य क्षेत्रों विशेषकर समाज मनोविज्ञान (social psychology) के क्षेत्र में अत्यधिक उत्साहवर्द्धक रहा है। समूह गतिकी (group dynamics) तथा कार्य-शोध (action research) के क्षेत्र में लेविन के व्यक्तित्व की लोकप्रियता काफी बढ़ी हैं।

(ii) लेविन के व्यक्तित्व सिद्धान्त का गहरा प्रभाव प्रेरणात्मक मनोविज्ञान (motivational psychology) पर भी पड़ा हैं। एटकिन्सन (Atkinson, 1964) का उपलब्धि अभिप्रेरण (achievement motivation) का सिद्धान्त लेविन के व्यक्तित्व सिद्धान्त का ही एक अपवृद्धि (outgrowth) माना गया है।

(iii) लेविन के सिद्धान्त में व्यक्तित्व की जो व्याख्या प्रस्तुत की गयी है, वह अन्य सिद्धान्तों की तुलना में अधिक वस्तुनिष्ठ (objective) एवं वैज्ञानिक है। यह एक ऐसा सिद्धान्त है जो बहुआयामी (multidimensional) है तथा उनके सिद्धान्त के कुछ सम्प्रत्यय जैसे जीवन समष्टि एवं मनोवैज्ञानिक वातावरण व्यक्तित्व की व्याख्या में अधिक उपयोगी सिद्ध हुआ है।

इन गुणों के बावजूद लेविन के व्यक्तित्व सिद्धान्त की कुछ *आलोचनाएँ* हैं जिनमें निम्नांकित प्रमुख हैं:—

(i) कई आलोचकों जैसे ब्रोलायर (Brolyer, 1936-37), गैरेट्ट (Garrett, 1939), लिण्डजे (Lindzey, 1952), स्पेन्स (Spence, 1944) का मत है कि लेविन द्वारा प्रतिपादित जीवन समष्टि (life space) का सम्प्रत्यय कुछ ऐसा है जो व्यक्ति के बारे में सिर्फ पहले से ज्ञात तथ्यों पर आधारित हैं। अतः उसकी पूर्वकथनीय शक्ति (predictive power) बहुत ही सीमित हैं।

(ii) वर्नस्विक (Brunswik, 1943), कार्टराइट (Cartwright, 1959), लीपर (Leeper, 1943) तथा टालमैन (Tolman, 1948) का मत है कि लेविन ने अपने व्यक्तित्व सिद्धान्त में जीवन समष्टि (life space) का सम्बन्ध बाह्य वातावरण (external environment) के साथ बताने में असमर्थ रहे हैं। इन आलोचकों का मत है कि लेविन ने अपने व्यक्तित्व सिद्धान्त में कहीं भी इस तथ्य का उल्लेख नहीं किया गया है कि किस तरह से जीवन समष्टि व्यक्ति के बाह्य वातावरण में परिवर्तन लाता है तथा बाह्य वातावरण किस तरह से व्यक्ति के जीवन समष्टि में परिवर्तन लाता है। इसका परिणाम यह होता है कि उनके द्वारा जीवन समष्टि की जो व्याख्या की गयी है, वह अधूरी एवं आत्मनिष्ठ (subjective) दीख पड़ती हैं।

(iii) कुछ आलोचकों जैसे— गैरेट्ट (Garret, 1939) तथा लीपर (Leeper, 1943) जिनके अनुसार व्यक्ति का व्यवहार आनुवंशिकता (heredity), परिपक्वता (maturation) तथा सीखने (learning) का परिणाम होता है, का कहना है कि लेविन ने व्यक्तित्व की व्याख्या करने में व्यक्ति के गत इतिहास (past history) के महत्त्व को अस्वीकार कर दिया है।

परन्तु लेविन ने इस आलोचना का खंडन करते हुए कहा है कि यह आलोचना उन लोगों द्वारा की गयी है जिन्होंने उनके समकालिकता के नियम (principle of contemporaneity) को ठीक ढ़ंग से नहीं समझा है। लेविन[1] (Lewin, 1951, p. 45) के ही शब्दों में, ''इससे और अधिक भूल कूछ नहीं हो सकती है।'' ("Nothing can be more mistaken")। सच्चाई यह है कि व्यक्ति के वर्तमान जीवन समष्टि (life space) के बारे में किसी तरह के निष्कर्ष पर पहुँचने के लिए उसके विकासात्मक समस्याओं (development problems) तथा गत इतिहास (past history) पर ध्यान देना अति आवश्यक है।

(iv) ऐसा कहा जाता है कि लेविन ने गणित (mathematics) एवं भौतिकी (physics) के सम्प्रत्ययों (concepts) जैसे—बल (force), सदिश (vector), कर्षणशक्ति (valence) सीमा-रेखा आदि को लेकर मनोविज्ञान में उसका गलत अनुप्रयोग किया है। हाल एवं लिण्डजे (Hall & Lindzey, 1978) ने इस तरह की आलोचना की है।

---

1 "Lewin, K : *Field Theory in Social Science*, 1951

लंडन (London,1944) का भी मत है कि लेविन ने संस्थिति विज्ञान (topology) से लेकर कुछ सम्प्रत्ययों (concepts) का गलत अनुप्रयोग कर मानव व्यवहार की व्याख्या का असफल प्रयास किया है।

इन आलोचनाओं के बावजूद लेविन का व्यक्तित्व सिद्धान्त एक प्रमुख सिद्धान्त है। लेविन के व्यक्तित्व सिद्धान्त में जो सम्प्रत्यय (concepts) हैं, वे व्यक्तित्व मनोविज्ञान के लिए काफी अर्थपूर्ण हैं। हाइडर[1] (Heider, 1959) के शब्दों में हम इस निष्कर्ष पर पहुँचते है, ''लेविन के मुख्य विचार में छिपे अर्थों की पर्याप्तता खत्म नहीं हुई हैं और इसलिए उनमें अतिरिक्त विकास के क्षेत्र भरे पड़े हैं।''

आर॰ बी॰ कैट्टेल्ल : व्यक्तित्व का कारक-वैश्लेषिक सिद्धान्त
(R. B. Cattell : Factor-analytic Theory of Personality)

व्यक्तित्व का कारक-वैश्लेषिक सिद्धान्त (factor analytic therory) व्यक्तित्व के शीलगुण सिद्धान्त (trait theory) का ही एक अपवृद्धि (outgrowth) है। कारक-वैश्लेषिक सिद्धान्त के मुख्य प्रवर्तक आर॰ बी॰ कैट्टेल्ल, एच॰ जे॰ आइजेन्क (H. J. Eysenck) तथा जे॰ पी॰ गिलफोर्ड (J. P. Guilford) हैं। कारक-वैश्लेषिक सिद्धान्त की दो मान्यताएँ हैं—

(i) यह सिद्धान्त व्यक्तित्व के विमाओं (dimensions) में न कि अलग-अलग शीलगुणों में विश्वास रखता है।

(ii) इस सिद्धान्त का विश्वास है कि व्यक्तित्व के चरों या विमाओं को समझने का सबसे उत्तम तरीका एक विशेष सांख्यिकीय प्रविधि (statistical technique) है, जिसे कारक विश्लेषण (factor analysis) कहा जाता है।

इन तीनों मनोवैज्ञानिकों में आर॰ बी॰ कैट्टेल्ल (R. B. Cattell, 1905) ने जो व्यक्तित्व के सिद्धान्त का प्रतिपादन किया है, काफी प्रभावकारी एवं वस्तुनिष्ठ है। अतः हम यहाँ सिर्फ इनके ही सिद्धान्त की व्याख्या विस्तृत ढंग से करेंगे।

कैट्टेल्ल के व्यक्तित्व सिद्धान्त का आधार नैदानिक ढाँचा (clinical frame of reference) नहीं हैं बल्कि उनका सिद्धान्त व्यक्ति के व्यवहारों का गहन प्रेक्षण (extensive observation) तथा उससे प्राप्त मूल्यांकन पर आधारित है। कैट्टेल्ल का मत था कि व्यक्तित्व को सही ढंग से परिभाषित करने के लिए उससे सम्बन्धित सभी सम्प्रत्यय के बारे में जानना आवश्यक है। इन सम्प्रत्ययों (concepts) के अभाव में व्यक्तित्व को ठीक ढंग से परिभाषित नहीं किया जा सकता है। इसलिए उन्होंने[2] व्यक्तित्व की एक सामान्य परिभाषा दी है जो इस प्रकार है, ''व्यक्तित्व वह है जो यह पूर्वकथन करता है कि किसी दी गई परिस्थिति में व्यक्ति क्या करेगा।'' कैट्टेल्ल का मत था कि व्यक्तित्व का सम्बन्ध स्पष्ट (overt) तथा गुप्त (covert) दोनों तरह के व्यवहार से होता है। व्यक्तित्व के अध्ययन में कैट्टेल्ल का मुख्य उद्देश्य यह निश्चित करना था कि किसी दी हुई परिस्थिति में व्यक्ति किस तरह से व्यवहार करेगा, इसके बारे में पहले से पता लगाया जा सके। इसके लिए उन्होंने व्यक्ति, परिस्थिति (situation) तथा इन दोनों की अन्तःक्रियाओं (interaction) को महत्त्वपूर्ण बतलाया है। उन्होनें इस विचार को एक गणितीय सूत्र के माध्यम से अभिव्यक्त किया है जो इस प्रकार हैं—

$R = f(P, S)$

यहाँ

R = व्यक्ति की अनुक्रिया (response of the person)

S = दी गई उद्दीपक परिस्थिति (stimulus situation)

P = व्यक्तित्व (personality)

1. "Lewin's basic notions ... have a wealth of implicit meaning which has not been exhausted, and they are therefore, full of promise for further development."
—Heider : *On Lewin's Methods and theory, Psychological issues*, 1959, p. 119

2. "Personality is that which permits a prediction of what a person will do in a given situation."
—Cattell: *Personality*, 1950 p.2

सूत्र से स्पष्ट है कि व्यक्त्वि एवं उद्दीपक परिस्थिति (stimulus situation) की अन्तःक्रिया के आधार पर यह पूर्वानुमान लगाया जा सकता है कि व्यक्ति कौन-सी अनुक्रिंया करेगा।

कैट्टेल्ल के व्यक्तित्व सिद्धान्त को निम्नांकित तीन प्रमुख भागों में बाँटकर अध्ययन किया गया है—

(क) व्यक्तित्व की संरचना एवं गतिकी (Structure and dynamics of Personality)

(ख) व्यक्ति का विकास (Development of Personality)

(ग) व्यक्तित्व का मापन तथा शोधप्रविधियाँ (Measurement of Personality & Research techniques)

इन तीनों का वर्णन निम्नांकित हैंः—

(क) व्यक्तित्व की संरचना *(Structure of Personality)*—कैट्टेल्ल ने व्यक्तित्व की संरचना की व्याख्या मूलतः शीलगुण (trait) के रूप में किया है। इस बिन्दु पर वे आल्लपोर्ट (Allport) के समान हैं। कैट्टेल्ल के अनुसार शीलगुण व्यक्तित्व का प्रमुख तत्त्व होता है। शुल्ज[1] (Schultz,1990) के शब्दों में, ''कैट्टेल्ल ने शीलगुण को व्यक्ति का एक ऐसी प्रतिक्रिया प्रवृत्ति (reaction tendency) के रूप में परिभाषित किया है जो उसके व्यक्तित्व का एक सापेक्षीय स्थायी भाग होता है।'' इस परिभाषा के आलोक में तब यह आसानी से कहा जा सकता है कि किसी व्यक्ति को पूर्णतः समझने के लिए व्यक्ति के सभी शीलगुणों के बारे में जानना आवश्यक हैं।

कैट्टेल्ल (Cattell) के लिए शीलगुण का व्यक्ति के भीतर कोई वास्तविक अस्तित्व नहीं होता है (जैसा कि आल्लपोर्ट ने कहा था) बल्कि उनका मत है कि शीलगुण व्यक्ति के व्यवहारों के विशेषकर स्पष्ट व्यवहारों (overt behaviour) के वस्तुनिष्ठ प्रेक्षण (objective observation) से अनुमानित एक काल्पनिक संरचना (hypothetical construct) होता है। इसका स्वरूप यद्यपि काल्पनिक होता है, फिर भी यह व्यक्तित्व का महत्त्वपूर्ण हिस्सा होता है। कैट्टेल्ल ने शीलगुणों (traits) का समूहन या वर्गीकरण निम्नांकित तीन ढंगों से किया हैः—

(i) आल्लपोर्ट (Allport) के ही समान कैट्टेल्ल (Cattell) ने शीलगुणों को दो साधारण भागों में बाँटा है—सामान्य शीलगुण (common trait) तथा अनन्य या अनोखा शीलगुण (unique trait)। *सामान्य शीलगुण* से तात्पर्य वैसे शीलगुण से होता है जो कम या अधिक मात्रा में व्यक्तियों में या कम-से-कम किसी एक संस्कृति के सभी व्यक्तियों में पाया जाता है। जैसे—बुद्धि एक सामान्य शीलगुण (common trait) का उदाहरण है क्योंकि यह सभी व्यक्तियों में कम या अधिक मात्रा में पाया जाता है। उसी तरह से सामुदायिकता (gregariousness) तथा अन्तर्मुखता (introversion) भी सामान्य शीलगुण के उदाहरण हैं। इन सामान्य शीलगुणों की मात्रा (degree) के रूप में एक व्यक्ति दूसरे व्यक्ति से भिन्न होते हैं।

अनन्य या अनोखा शीलगुण (unique trait) से तात्पर्य वैसे शीलगुणों से होता है जो बहुत कम व्यक्तियों में या एक व्यक्ति छोड़कर किसी भी अन्य व्यक्ति में नहीं पाया जाता है। कैट्टेल्ल (Cattell) के अनुसार इस तरह के अनन्य शीलगुण अभिरुचि (interest) तथा मनोवृत्ति (attitude) क्षेत्र में अधिक देखने को मिलता है। जैसे—किसी व्यक्ति को खुले आकाश में पक्षियों के उड़ते समूह को देखने में अभिरुचि हो सकती है तो किसी व्यक्ति के नंगे पाँव किसी सार्वजनिक स्थान में जाने के प्रति अनुकूल मनोवृत्ति हो सकती है। इस तरह की अभिरुचि एवं मनोवृत्ति कम ही लोगों में पायी जाती है। अतः यह अनन्य या अनोखा शीलगुण (unique trait) का उदाहरण हैं।

(ii) कैट्टेल्ल (Cattell) ने अपने सिद्धान्त में एक-दूसरे ढंग से व्यक्तित्व शीलगुणों (personality traits) को तीन भागों में बाँटा है—

(a) क्षमता शीलगुण (ability trait)

(b) मनोदशा या चित्तप्रकृति शीलगुण (temperament trait)

(c) गत्यात्मक शीलगुण (dynamic trait)

क्षमता शीलगुण यह बतलाता है कि किसी लक्ष्य के प्रति व्यक्ति प्रभावी ढंग से कार्य कर सकने में समर्थ हो पायेगा। बुद्धि (intelligence।) क्षमता शीलगुण का एक उत्तम उदहारण है। *मनोदशा शीलगुण* से तात्पर्य व्यक्ति के

---

1. "Cattell defines trait as a reaction tendency of a person that is relatively permanent part of his or her personality." —Schultz : *Theories of Personality* 1990, p. 256

व्यवहार के सामान्य शैली (general style) एवं गति (tempo) से होता है। दूसरे शब्दों में, मनोदशा शीलगुण से तात्पर्य वैसे शीलगुणों से होता है जो यह बतलाता है कि व्यक्ति अपने लक्ष्य की ओर किस तरह से आगे बढ़ता है। व्यक्ति के व्यवहार के रफ्तार, ऊर्जा शक्ति (energy level) एवं सांवेगिक प्रतिक्रियाशीलता (emotional reactivity) आदि इसके कुछ प्रमुख उदहारण हैं। *गत्यात्मक शीलगुण* (dynamic trait) से तात्पर्य उन अभिप्रेरकों (motivations) से होता है जो व्यक्ति के व्यवहार को लक्ष्य की ओर अग्रसरित करते हैं। व्यक्ति की अभिरुचि (interest) तथा अभिप्रेरणाओं (motivations) को इस श्रेणी में रखा गया है।

कैट्टेल्ल (Cattell) ने इन तीनों शीलगुणों में से गत्यात्मक शीलगुण को अधिक महत्त्वपूर्ण समझकर इस पर अधिक बल डाला है। इसके द्वारा उन्होंने व्यक्तित्व के गत्यात्मक पहलू dynamic aspect) की व्याख्या की हैं। उन्होंने गत्यात्मक शीलगुण (dynamic trait) को तीन भागों में बाँटा हैं—

(a) अर्ग (erg)

(b) मनोभाव (sentiment)

(c) मनोवृत्ति (attitude)

इन तीनों का वर्णन निम्नांकित हैः—

(a) अर्ग *(Erg)*—अर्ग शब्द की उत्पत्ति ग्रीक शब्द 'अर्गोन' (ergon) से हुई हैं जिसका अर्थ होता है—कार्य (work) या ऊर्जा (energy)। कैट्टेल्ल ने इस पद का प्रयोग मूलप्रवृत्ति (instinct) या प्रणोद (drive) के बदले में किया है। उनके अनुसार अर्ग (erg) सभी तरह के व्यवहार का एक ऊर्जा स्रोत (energy source) होता है। चूँकि अर्ग जन्मजात (innate) होता है, अतः यह एक तरह का शरीरगठनात्मक स्रोत शीलगुण (constitutional source trait) हैं। कैट्टेल्ल का मत हैं कि अर्ग (erg) अभिप्रेरण (motivation) की मूल इकाई (basic unit) है और विशिष्ट लक्ष्यों की ओर निर्देशित होता है। कैट्टेल्ल ने अपने कारक-वैश्लेषिक अध्ययन (factor analytic study) के आधार पर 11 प्रकार के अर्ग की एक सूची दी है जो इस प्रकार है—उत्सुकता (curiosity), यौन (sex), सामुदायिकता (gregariousness), बचाव (protection), आत्म-दृढकथन (self-assertion), सुरक्षा (security), भूख (hunger), क्रोध (anger), विरक्ति (disgust), आग्रह (appeal), आत्म-विनम्रता (self-submission)।

(b) मनोभाव *(Sentiment)*—मनोभाव एक तरह का पर्यावरणी-परिवर्तित स्रोत शीलगुण (environmental-mould source trait) है। इसका मतलब यह हुआ कि मनोभाव की उत्पत्ति बाह्य सामाजिक एवं भौतिक प्रभावों से काफी प्रभावित होती है। सचमुच में मनोभाव सीखी गयी मनोवृत्ति का एक पैटर्न (pattern) होता है जिससे व्यक्ति जिन्दगी के महत्त्वपूर्ण वस्तुओं जैसे—नौकरी, धर्म, शौक (hobby), पति-पत्नी (spouse) आदि के प्रति एक खास तरह से व्यवहार कर पाता है।

यद्यपि ऊर्जा एवं मनोभाव (sentiment) दोनों ही द्वारा व्यक्ति का व्यवहार प्रेरित होता है फिर भी इन दोनों में एक महत्त्वपूर्ण अन्तर हैं। अर्ग का आधार चूँकि शरीरगठनात्मक तत्त्व (constitutional element) होता है, अतः यह व्यक्ति का एक स्थायी संरचना (permanent structure) होता है। यह कमजोर हो सकता है या पहले से और अधिक मजबूत हो सकता है परन्तु कभी इसका अस्तित्व समाप्त नहीं हो सकता है। दूसरी तरफ मनोभाव (sentiment) जिसकी उत्पत्ति मूलतः सीखने (learning) से होती है, को समय बीतने पर व्यक्ति भूल जा सकता है। अतः यह व्यक्ति की जिन्दगी से पूर्णतः समाप्त हो जा सकता है या बिलकुल ही महत्त्वहीन हो जा सकता है।

(c) मनोवृत्ति *(Attitude)*—कैट्टेल्ल (Cattell) के अनुसार मनोवृत्ति (attitude) का अर्थ व्यक्ति द्वारा किसी क्षेत्र, वस्तु या अन्य व्यक्ति में दिखलायी गयी अभिरुचि से होता है तथा इस तरह की अभिरुचि की अभिव्यक्ति प्रायः किसी स्पष्ट व्यवहार (overt behaviour) के रूप में होती है। अतः कैट्टेल्ल का मनोवृत्ति से तात्पर्य किसी वस्तु या घटना के प्रति व्यक्ति के संवेगों एवं क्रियाओं से था।

कैट्टेल्ल (Cattell) ने अर्ग, मनोभाव (sentiment) तथा मनोवृत्ति (attitude) के सम्बन्धों पर भी प्रकाश डाला है। उन्होंने इन तीनों के सम्बन्धों का वर्णन एक विशेष प्रक्रिया द्वारा किया है जिससे उन्होंने सहायिकी (subsidiation) कहा है। सहायिकी एक ऐसी प्रक्रिया है जिसमें इन तीनों एक-दूसरे के *सहायक* के रूप में कार्य करते

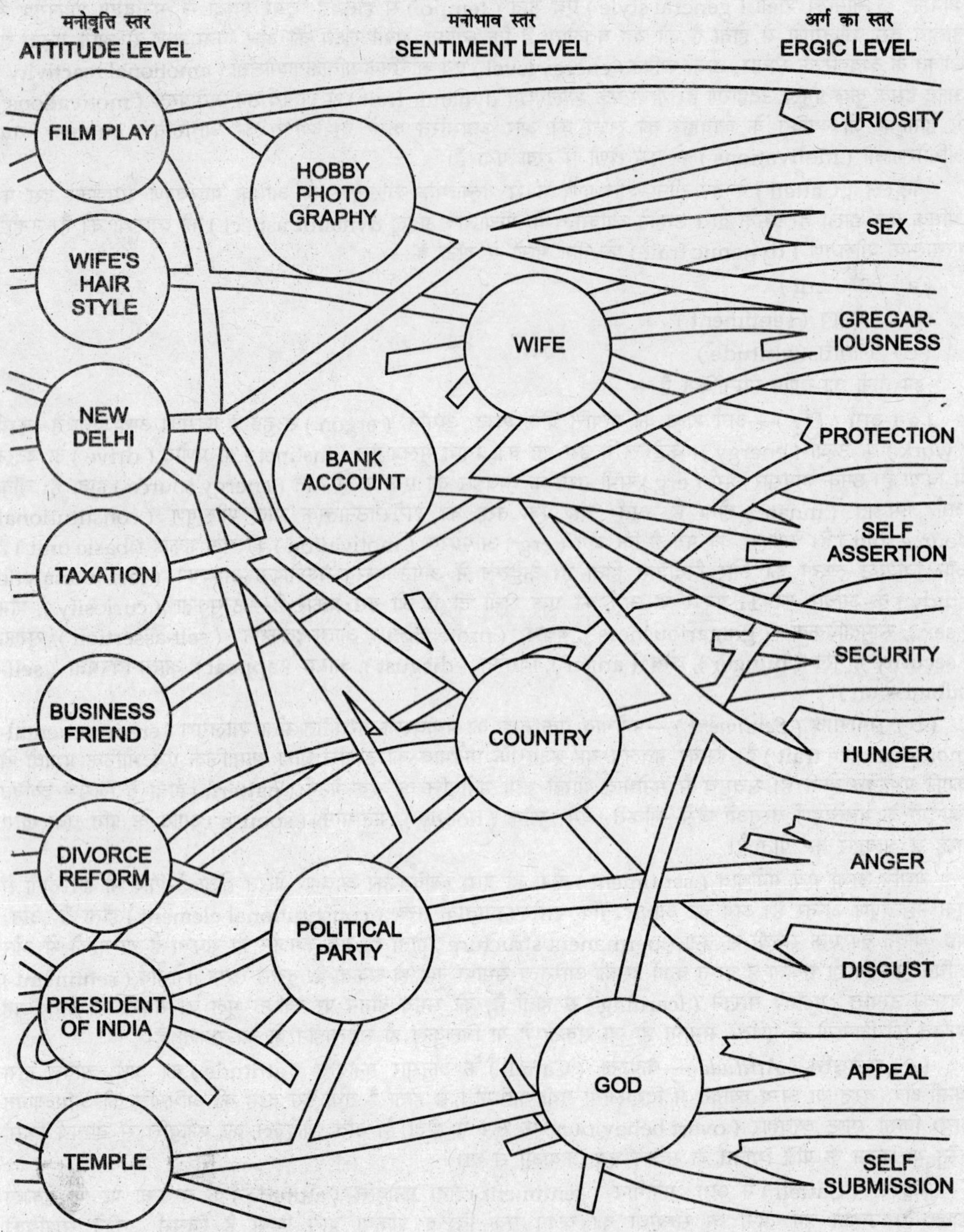

चित्र 13.13 : मनोवृत्ति मनोभाव एवं अर्ग के अन्तर संबंधों को दिखलाने वाला गत्यात्मक जाल (dynamic lattice)

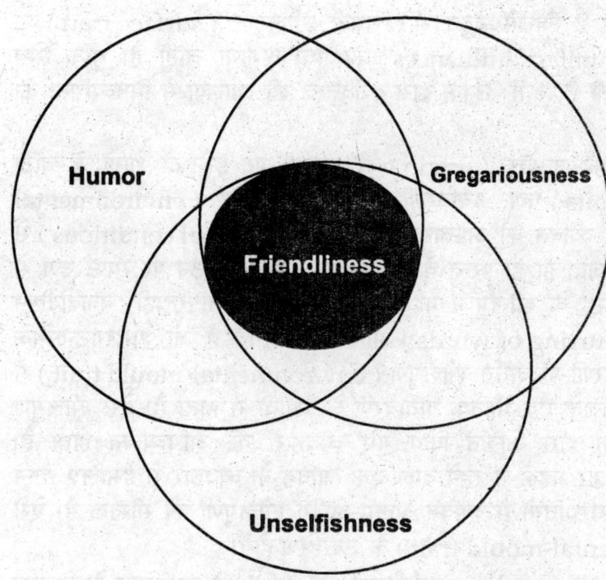

चित्र 13.13 : तीन सतही शीलगुणों द्वारा एक स्रोत शीलगुण का निर्माण

हैं अर्थात् एक-दूसरे की प्रबलता में सहायता देते हैं। जैसे—मनोवृत्ति (attitude) मनोभाव (sentiment) का सहायक (subsidiary) होता है जो पुनः अर्ग के सहायक के रूप में कार्य करता है। एक चित्र के सहारे अर्ग, मनोभाव तथा मनोवृत्ति (attitude) के आपसी सम्बन्धों को दिखलाया जाता है। इसे कैट्टेल्ल ने *गत्यात्मक जाल* (dynamic lattice) कहा है। कैट्टेल्ल द्वारा बतलाये गए एक ऐसे ही गत्यात्मक जाल को चित्र 13.13 में कुछ परिमार्जन (modification) के साथ दिखलाया गया है। चित्र 13.13 में अर्ग (erg) के दायें तरफ मनोभाव है जो एक या एक से अधिक अर्ग की उत्पत्ति में सहायता प्रदान कर रहे हैं। जैसे—बैंक लेखा (bank account) के मनोभाव की अभिव्यक्ति दो तरह के अर्ग के रूप में हो रही है—आत्म-दृढ़ता (self-assertion) तथा सुरक्षा (security)। उसी तरह पत्नी के प्रति मनोभाव की अभिव्यक्ति चार प्रमुख अर्गों के रूप में हो रही है—यौन (sex), सामुदायिकता (gregarious-ness), बचाव (protection) तथा आत्म-दृढ़ता (self-assertion)। दूसरे शब्दों में, ये चारों अर्ग पत्नी के प्रति पति के मनोभाव (sentiment) को प्रबल बनाते हैं। कैट्टेल्ल ने अपने सिद्धान्त में यह भी स्पष्ट किया है कि प्रत्येक व्यक्ति में जो मनोभावों (sentiments) का सेट पाया जाता है, वह एक विशेष *मास्टर मनोभाव* (master sentiment) से सतत् रूप से (consistently) संगठित होते रहता है। इस मास्टर मनोभाव को आत्म मनोभाव (self-sentiment) कहा है। आत्म-मनोभाव से तात्पर्य व्यक्ति का अपने बारे में बनाये गए धारणा से होता है जो उनके सभी तरह के मनोवृत्तियों (attitudes) के रूप में अभिव्यक्त होती हैं।

(iii) कैट्टेल्ल (Cattell) ने व्यक्तित्व शीलगुणों (personality traits) का एक और विभाजन किया है जिसके अनुसार उन्होंने इन शीलगुणों को दो भागों में बाँटा हैं—*सतही शीलगुण* (surface trait) तथा *स्रोत शीलगुण* (source trait)। कैट्टेल्ल के अनुसार सतही शीलगुण बहुत महत्त्वपूर्ण नहीं होते हैं और व्यक्तित्व विशेषताओं (personality characteristics) का ऐसा सेट है जो आपस में सहसम्बन्धित तो होते हैं परन्तु वे आपस में मिलकर कोई एक कारक (factor) का निर्माण नहीं कर पाते हैं क्योंकि वे कोई एक स्रोत से निर्धारक नहीं होते हैं। सतही शीलगुण का स्वरूप चूँकि कम स्थायी होता है, अतः व्यक्तित्व को समझने में उनकी अहं भूमिका नहीं होती है। व्यक्ति के व्यवहारों का प्रेक्षण करके ऐसे शीलगुणों के बारे में आसानी से जाना जा सकता है।

स्रोत शीलगुण (source trait) अधिक स्थायी स्वरूप के होते हैं। इसलिए इसके आधार पर व्यक्तित्व के स्वरूप को ठीक ढंग से समझा जाता है। स्रोत शीलगुण व्यक्तित्व के वैसे शीलगुण होते हैं जो एकात्मक कारक (unitary factor) होते हैं और जिनसे एक खास व्यवहार की उत्पत्ति होती है। सचमुच में कई सतही शीलगुणों में जिसमें आपसी सहसम्बन्ध (correlation) होता है, मिलकर एक स्रोत शीलगुण (source trait) का निर्माण करते हैं। उदाहरणस्वरूप, चिन्ता (anxiety), अनिर्णायकता (indecision) एवं असंगत डर (irrational fear) जैसे—सतही शीलगुण आपस में सहसम्बन्धित होकर स्नायुविकृति (neuroticism), के स्रोत शीलगुण का निर्माण करते है। उसी तरह, सामुदायिकता (gregariousness), मनोविनोद (humor) एवं अस्वार्थीपन (unselfishness) जैसे सतही शीलगुण (surface trait) आपस में सहसम्बन्धित होकर मित्रता (friendliness) जैसे स्रोत शीलगुण (source trait) का निर्माण करते हैं। (चित्र 13.14 देखें) स्रोत शीलगुण (source trait) की विशेषता यह है कि इसे प्रेक्षणीय व्यवहार (observable behaviour) से सीधे अनुमान नहीं लगाया जा सकता हे। इसकी पहचान सिर्फ कारक विश्लेषण

(factor analysis) की प्रविधि द्वारा की जा सकती है जिसमें बहुत सारे सतही शीलगुण (surface trait) का अन्तरसहसम्बन्ध ज्ञात कर उसके एकात्मक प्रभावों (unitary influences) का पता लगाया जाता है। चूँकि स्रोत शीलगुण की संख्या सतही शीलगुणों से काफी कम होती है, अतः उनके द्वारा व्यक्तित्व की व्याख्या में मितव्ययिता का गुण होता है।

कैट्टेल्ल ने स्रोत शीलगुणों (source traits) को उत्पत्ति (origin) के आधार पर इसे दो भागों में बाँटा है—*शरीरगठनात्मक शीलगुण* (constitutional traits) तथा *पर्यावरणी-परिवर्तित शीलगुण* (environmental mould trait)। शरीरगठनात्मक शीलगुण की उत्पत्ति व्यक्ति की आन्तरिक अवस्थाओं (internal conditions) से होती है। ऐसे शीलगुण कोई जरूरी नहीं है कि वे जन्मजात ही हों परन्तु वे व्यक्ति के शारीरिक गठन पर स्पष्ट रूप से आधारित होते हैं। जैसे अलकोहल पी लेने से कई तरह के शीलगुणों की अभिव्यक्ति जैसे—लापरवाही, बकवादीपन (talkativeness), शब्दों का अस्पष्ट उच्चारण (slurring of words) आदि होने लगते हैं जो शरीरगठनात्मक स्रोत शीलगुण (source trait) के उदाहरण हैं। पर्यावरणी-परिवर्तित शीलगुण (environmental-mould trait) से तात्पर्य वैसे शीलगुणों से होता है जिनकी उत्पत्ति सामाजिक एवं भौतिक वातावरण के प्रभावों से होता है। ऐसे शीलगुण व्यक्ति द्वारा अर्जित किये जाते हैं और इनसे उनके द्वारा अर्जित किये गए व्यवहारों की अभिव्यक्ति होती है। जैसे—झुग्गी-झोपड़ी में रहने वाला एक व्यक्ति का व्यवहार महल में रहने वाले एक व्यक्ति के व्यवहार से इसलिए भिन्न होता है क्योंकि इन दोनों की सामाजिक एवं भौतिक परिस्थितियों में व्यक्ति अलग-अलग शीलगुणों को सीखता है। ऐसे शीलगुण पर्यावरणी-परिवर्तित शीलगुण (environmental-mould trait) के उदाहरण होगें।

(ख) व्यक्तित्व का विकास *(Development of Personality)*—कैट्टेल्ल (Cattell) ने व्यक्तित्व के विकास का वर्णन छह प्रमुख विकासात्मक अवस्थाओं (developmental states) में बाँट कर किया है। इन विकासात्मक अवस्थाओं में जन्म से लेकर वृद्धावस्था की अवधि को सम्मिलित किया गया है। इन छह अवस्थाओं का वर्णन निम्नांकित हैं—

(i) शैशवावस्था *(Stage of Infancy)*—यह अवस्था कैट्टेल्ल के अनुसार जन्म से लेकर 6 साल की आयु तक की होती है। कैट्टेल्ल का मत हैं कि इस अवस्था में बच्चे अपने माता-पिता एवं भाई-बहनों के व्यवहार से काफी प्रभावित होते हैं और शौच-प्रशिक्षणों (toilet training) के उत्पन्न अनुभवों (experiences) का भी प्रभाव उनके व्यक्तित्व निर्माण पर काफी पड़ता है। इन प्रभावों के फलस्वरूप बच्चों में एक सामजिक मनोवृत्ति (social attitude) का विकास होता है तथा उनके अहं (ego) एवं पराहं (super ego) की कार्य शक्ति होती है। ऐसे विवरणों से कैट्टेल्ल का मत फ्रायड के मत के करीब आ ज़ाता है। फ्रायड के समान कैट्टेल्ल यह भी मानते हैं कि शैशवावस्था (infancy) व्यक्तित्व विकास का सबसे महत्त्वपूर्ण अवधि होता है।

(ii) बाल्यावस्था *(Stage of childhood)*—कैट्टेल्ल के अनुसार यह अवस्था 6 साल से 14 साल तक की होती है। इस अवस्था में बच्चें माता-पिता के प्रभावों से स्वतंत्र होने लगते हैं और अपने हमजोलियों (peers) के साथ घनिष्ठता बढ़ाने लगते हैं। कैट्टेल्ल ने इस अवस्था को दृढ़ीकरण (consolidation) की अवधि कहा है जिसमें शैशवावस्था में विकसित मनोवृत्तियाँ अधिक सुदृढ़ हो जातीं हैं। इस अवस्था में बच्चों में कोई विशेष समस्या नहीं उठती है जैसा कि हम अगले अवस्था यानी किशोरावस्था में पाते हैं।

(iii) किशोरावस्था *(Stage of adolescence)*—कैट्टेल्ल के अनुसार किशोरावस्था 14 साल की आयु से प्रारम्भ होकर 23 साल की आयु तक होती है। इसे कैट्टेल्ल ने व्यक्तित्व विकास का सबसे तनावपूर्ण (stressful) एवं समस्यापूर्ण (troublesome) अवस्था कहा है। इस अवस्था में स्वतंत्रता प्रणोदन (drive for independence), आत्म-दृढ़ता (self-assertion) एवं यौन (sex) आदि से सम्बन्धित मानसिक संघर्ष (mental conflict) काफी पाया जाता है और मनः स्नायुविकृतियों (psychoneuroses) एवं अपराधिक व्यवहारों (delinquent hehaviours) की प्रवृतियाँ अधिक सुस्पष्ट होतीं हैं।

(iv) परिपक्वता की अवस्था *(Stage of maturity)*—कैट्टेल्ल के अनुसार यह अवस्था 23 साल की आयु से 50 साल की आयु तक की होती है। यह अवधि अपने प्रारम्भिक अवस्था में अधिकतर लोगों के लिए सुखमय, व्यस्तपूर्ण एवं एक तरह का उत्पादक समय होता है क्योंकि इसी अवस्था में अधिकतर व्यक्ति शादी-ब्याह कर परिवार स्थापित करते हैं और एक जीवन-वृत्ति की शुरूआत करते हैं। इस परिपक्वता की अवस्था में व्यक्तित्व पहले से अधिक ठोस हो

जाता है तथा सांवेगिक स्थिरता (emotional stability) काफी बढ़ जाती है। कैट्टेल्ल का मत है कि इस अवस्था में व्यक्ति की अभिरुचियों एवं मनोवृत्तियों में कोई परिवर्तन नहीं आता है।

(v) उत्तर परिपक्वता की अवस्था (*Stage of late maturity*)—कैट्टेल्ल के अनुसार यह अवस्था 50 साल की आयु से प्रारम्भ होकर लगभग 65 साल की आयु तक की होती है। इस अवस्था में व्यक्तित्व में महत्त्वपूर्ण शारीरिक, सामाजिक एवं मनोसामाजिक परिवर्तन होते हैं। स्वास्थ्य एवं शक्ति में कमी आ जाती है और व्यक्ति यह महसूस करने लगता है कि उसकी जिन्दगी अब लगभग समाप्त हो गयी है। इस अवस्था में व्यक्ति अपनी जिन्दगी के महत्त्वपूर्ण मूल्यों (important values) का पूर्व निरीक्षण करता है तथा उस आलोक में अपने आप की परख करता है।

(vi) वृद्धावस्था की अवधि (*Stage of old age*)—यह अवस्था 65 साल की आयु से लेकर मृत्यु तक की होती है जहाँ व्यक्ति को कई तरह की परिस्थितियों के साथ समायोजन करना पड़ता है जिसमें पति या पत्नी की मृत्यु, सम्बन्धियों एवं दोस्तों की मृत्यु, नौकरी छूट जाना, सामाजिक पदवी (social status) में कमी तथा अकेलापन एवं असुरक्षा की भावना की प्रबलता आदि अधिक महत्त्वपूर्ण हैं।

इन विकासात्मक अवस्थाओं के अलावा कैट्टेल्ल ने व्यक्तित्व विकास पर आनुवंशिकता (heredity) तथा वातावरण (environment) के सम्भावित प्रभावों का भी अध्ययन किया है और इसके लिए उन्होंने एक विशेष प्रविधि का भी निर्माण किया है जिसे *'बहु अमूर्त्त प्रसरण विश्लेषण'* (Multiple Abstract Variance Analysis) या संक्षेप में MAVA कहा गया है। इस क्षेत्र में कैट्टेल्ल द्वारा किये गए शोधों का सबसे महत्त्वपूर्ण परिणाम यह था कि पर्यावरणी कारकों (environmental factors) द्वारा आनुवंशिकता (heredity) का व्यक्तित्व पर पड़नेवाले प्रभावों का एक तरह से विरोध किया जाता है। दूसरे शब्दों में, व्यक्तित्व पर पड़ने वाले प्रभावों के रूप में पर्यावरणी कारक तथा आनुवंशिकता (heredity) एक-दूसरे से धनात्मक ढंग से (positively) नहीं बल्कि नाकरात्मक ढंग से (negatively) सहसम्बन्धित (correlated) होते हैं। माता-पिता द्वारा एक संकोची प्रकृति के बालक को अधिक प्रोत्साहित करना तथा अधिक उपद्रवी बालकों को माता-पिता द्वारा दबाकर रखना इस तरह के नकारात्मक सहसम्बन्ध (negative correlation) के उदाहरण हैं। इसे कैट्टेल्ल ने *'जैविक सामाजिक माध्य के बलप्रयोग का नियम'* (law of coersion to the biosocial mean) कहा है।

(ग) व्यक्तित्व का मापन एवं शोध विधियाँ (*Measurement of Personality & Research methods*)—जिस सांख्यिकीय प्रविधि द्वारा कैट्टेल्ल व्यक्तित्व के शीलगुणों (personality traits) को मापने की कोशिश किये हैं, उसका नाम कारक विश्लेषण (factor analysis) हैं। परन्तु कारक विश्लेषण प्रारम्भ करने के पहले यह आवश्यक हैं कि व्यक्तित्व के बारे में बहुत सारे प्रयोज्यों (subjects) से आँकड़े (data) इकट्ठा कर ली जाय। कैट्टेल्ल ने इस उद्देश्य के लिए तीन तरह के मापन प्रविधियों से आँकड़ों का संग्रहण पर बल डाला गया है। वे तीन प्रविधियाँ हैं—

(i) L-आँकड़ों प्रविधि (L-data technique)
(ii) Q-आँकड़ों प्रविधि (Q-data technique)
(iii) O-T-आँकड़े प्रविधि (O-T-data technique)

इन तीनों का वर्णन निम्नांकित हैं—

(i) L-आँकड़े प्रविधि (*L-data technique*)—इस प्रविधि में व्यक्तित्व के बारे में जो आँकड़ें तैयार किये जाते हैं, वह व्यक्ति की जिन्दगी की घटनाओं के रिकार्ड (life record) पर आधारित होते हैं। इस प्रविधि द्वारा व्यक्तित्व मापन में व्यक्ति के व्यवहारों को वास्तविक परिस्थिति में प्रेक्षण किया जाता है और आँकड़ें संग्रह किये जाते हैं। इस विधि में दो बिन्दुएँ मुख्य होतीं हैं। पहला तो यह है कि इसका सम्बन्ध स्वभाविक परिस्थिति में किये गए व्यवहार से होता है तथा दूसरा यह कि स्पष्ट व्यवहारों जिनका प्रेक्षण किया जा सकता है, वे ही इस विधि के अध्ययन केन्द्र में होते हैं। L-आँकड़े प्रविधि में सम्मिलित किये जाने वाले कुछ व्यवहारों के उदहारण हैं—कार्य से अनुपस्थित रहने की आवृत्ति, स्कूल में मिलने वाले ग्रेड (grade), खेल के मैदान में दिखलाये गए सांवेगिक स्थिरता, किसी कार्य को करने में बरती गयी कार्यनिष्ठा, आदि-आदि।

(ii) Q-आँकड़े प्रविधि (*Q-data technique*)—इस प्रविधि में व्यक्तित्व को मापने के लिए प्रश्नावली (questionnaire) का प्रयोग किया जाता है। प्रश्नावली में सम्मिलित किये गए प्रश्नों के उत्तरों के आधार पर आँकड़ों का संग्रहण किया जाता है। प्रयोज्य (subject) प्रश्नावली के प्रश्नों को स्वयं पढ़ता है तथा उसका उत्तर देते जाता है।

इसमें विभिन्न तरह के मनोवृत्ति मापनी (attitude scale), अभिरुचि आविष्कारिका (interest inventory) एवं स्वयं कैट्टेल्ल द्वारा विकसित 16 व्यक्तित्व कारक प्रश्नावली (Cattell's Sixteen Personality Factor Questionnaire) आदि को रखा गया है। इसमें से 16 PF की लोकप्रियता काफी अधिक हैं जिसके द्वारा व्यक्तित्व के 16 द्विध्रुवीय स्रोत शीलगुणों (bipolar source traits) का मापन होता है। 16PF द्वारा मूलतः सामान्य व्यक्तित्व का मापन होता है हालांकि इसके द्वारा सामान्य एवं स्नायुविकृत व्यक्तित्व (neurotic personality) में आसानी से अंतर कर लिया जाता है। अभी हाल में कैटेल तथा क्लाइव (Cattell & Klive, 1977) ने 16 PF के सिर्फ क्यू कारक (Q factor) के पूरक के रूप में 7 और नये स्रोत शीलगुणों (source traits) की पहचान किया है जिन्हें D, Q, J, K, P, Q_5, Q_6 तथा Q_7 के रूप में संकेतिक किया गया है जिसके परिणामस्वरूप 16 PF में 'A' से 'Q' तक प्रारंभ होने वाले संकेतों में जो रिक्ति (gap) रह गयी थी, वह पूरी हो गयी। इसमें उत्तेजनशीलता (excitability) के लिए D, उत्साही बनाम वैयक्तिकता (zestful versus individualistic) के लिए J, अशिष्टता बनाम परिपक्व समाजीकरण (Boorishness versus mature socialization) के लिए K, प्रसन्नचित आकस्मिता (sanguine casualness) के लिए P, सामूहिक सम्पर्ण (group dedication) के लिए Q5, सामाजिक कलगी (social panache) के लिए Q6 तथा स्पष्ट आत्म अभिव्यक्ति (explicit self expression) के लिए Q7 का उपयोग किया गया। इन सात शीलगुणों में से D, J, K तथा P का आधार एल-आँकड़ा तथा क्यू-आँकड़ा दोनों ही है परन्तु Q5, Q6 तथा Q7 की उत्पत्ति सिर्फ क्यू आँकड़ों से ही हुआ है। इस तरह से अब कैट्टेल्ल ने 16 मौलिक तथा 7 नये शीलगुणों अर्थात् कुल 23 स्रोत शीलगुणों की पहचान कर रखा हैं। बाद में कैट्टेल्ल ने स्नायुविकृत (neurotics) एवं मनोविकृत (psychotics) व्यक्तित्व को मापने के लिए एक अलग से प्रश्नावली का निर्माण किया जिसे *'नैदानिक विश्लेषण प्रश्नावली'* (Clinical Analysis Questionnaire या CAQ) कहा गया है। CAQ द्वारा 28 स्रोत शीलगुण का मापन होता है जिसमें 16 शीलगुण तो 16PF से ही ले लिए गए हैं तथा अन्य 12 ऐसे स्रोत शीलगुण रखे गए हैं जिनके द्वारा असामान्य व्यक्तित्व abnormal personality) का मापन होता है। बाद में कैट्टेल्ल 16 PF से दो अन्य प्रश्नावलियों का निर्माण किया गया है—Early School Personality Questionnaire, जिससे 6 से 8 साल के बच्चों का व्यक्तित्व मापन होता है तथा High School Personality Questionnaire जिसके सहारे 12 साल से 18 साल के व्यक्तियों का मापन होता है।

कैट्टेल्ल ने Q आँकड़े प्रविधि अर्थात् प्रश्नावली प्रविधि की दो मुख्य परिसीमाएँ (limitations) का उल्लेख किया है। *पहली परिसीमा* (limitation) यह बतलायी गयी है कि कुछ प्रयोज्य (subjects) ऐसे होते हैं जो स्वयं अपने बारे में ठीक ढंग से नहीं जानते हैं। फलतः उनके द्वारा दिये गए उत्तरों से व्यक्तित्व का सही-सही मापन नहीं हो पाता है। *दूसरी परिसीमा* (limitation) यह है कि अगर अपने बारे में ठीक से वे जानते हैं, तो वह यह चाहते हैं कि दूसरे लोग उसके बारे में ठीक ढंग से नहीं जान पायें। अतः वे अपने उत्तरों को जान-बूझ कर गलत कर देते हैं।

(iii) O-T-आँकड़े प्रविधि *(O-T-data technique)*—इस प्रविधि में वस्तुनिष्ठ परीक्षणों (objective test) का प्रयोग कर ऑकड़े तैयार किये जाते हैं। सचमुच में कैट्टेल्ल ने इस प्रविधि का उपयोग Q-आँकड़े प्रविधि के दोषों को दूर करने के लिए किया है। कैट्टेल्ल के अनुसार वस्तुनिष्ठ परीक्षण (objective test) से तात्पर्य वैसे परीक्षण से होता है जिसमें ऐसी परिस्थिति होती है जहाँ प्रयोज्य को यह पता नहीं होता है कि उसके द्वारा दिये गए उत्तरों से उसके व्यक्तित्व के किस व्यवहार या शीलगुण का मापन हो रहा है। रोशार्क परीक्षण (Rorschach test), मर्रे (Murray) का TAT तथा युंग का शब्द साहचर्य परीक्षण (Words Association Test) को कैट्टेल्ल ने वस्तुनिष्ठ परीक्षण (objective test) में रखा है क्योंकि यहाँ प्रयोज्य को यह नहीं पता होता है कि उसके उत्तरों के आधार पर उसके व्यक्तित्व के किसी भाग या अंश का मापन हो रहा है और वह अपनी इच्छाओं एवं मानसिक संघर्षों का अचेतन रूप से प्रक्षेपण भी करता जाता है।

कैट्टेल्ल का व्यक्तित्व अध्ययन के प्रति जो दृष्टिकोण था, उसे नियमान्वेषी शोध ('nomothetic research) कहा जाता है क्योंकि वे अपने कारक विश्लेषण अध्ययन के लिए कई समूहों को उसमें सम्मिलित किया था। कैट्टेल्ल का यह दृष्टिकोण आलपोर्ट के दृष्टिकोण जिसे भावमूलक शोध (idiographic research) कहा जाता है, से भिन्न हैं।

कैट्टेल्ल ने चार तरह की शोध प्रविधियों (research techniques) का वर्णन किया है जिसके आधार पर व्यक्तित्व के बारे में संग्रह किये गए आँकड़ों का कारक विश्लेषण (factor analysis) किया जाता है। वे चार प्रविधियाँ निम्नांकित है—

(i) आर-प्रविधि (R-technique)
(ii) पी-प्रविधि (P-technique)
(iii) क्यू-प्रविधि (Q-technique)
(iv) विभेदी आर-प्रविधि (Differential R-technique)

इन चारों प्रविधियों का वर्णन निम्नांकित हैं—

(i) आर-प्रविधि *(R-technique)*—इस प्रविधि में कुछ चुने गये पहलुओं पर बहुत सारे व्यक्तियों का आपस में तुलना की जाती है। यहाँ शोधकर्त्ता की मुख्य अभिरुचि यह होती है कि जो व्यकित किसी एक पहलू पर अधिक प्राप्तांक (score) लाता है, उसका प्राप्तांक दूसरे पहलू पर कैसा आता है। दूसरे शब्दों में, शोधकर्त्ता का उद्देश्य यह जानना होता है कि कहाँ तक व्यक्तित्व के दो पहलू आपस में सहसम्बन्धित (correlated) हैं।

(ii) पी-प्रविधि *(P-technique)*—इस प्रविधि में विभिन्न परिस्थितियों में व्यक्ति के प्राप्तांकों (scores) की तुलना की जाती है। इसके मुख्यतः दो उद्देश्य होते हैं। पहला तो यह कि व्यक्ति का व्यवहार विभिन्न परिस्थितियों में कितना संगत (consistent) होता है और दूसरा यह कि व्यक्ति के व्यवहार के कौन-कौन से पहलू एक-दूसरे के साथ सम्बन्धित होते हैं।

(iii) क्यू-प्रविधि *(Q-technique)*—इस प्रविधि में व्यक्तित्व के विभिन्न पहलुओं पर दो व्यक्तियों के प्राप्तांकों (scores) के बीच सहसम्बन्ध ज्ञात किया जाता है। इस प्रविधि द्वारा तो व्यक्तियों के बीच में समानता (similarity) की मात्रा की माप की होती है। इस तरह का सहसम्बन्ध व्यक्तियों के कई युग्मों (pairs) के लिए ज्ञात करके शोधकर्त्ता अन्त में यह निश्चित कर पाता है कि क्या ऐसे समान युग्मों के आधार पर व्यक्तित्व के कोई प्रकार (type) का निर्माण होता है या नहीं? जैसे—यदि 200 व्यक्तियों में से 100 व्यक्तियों में सामाजिकता, अधैर्य (impatient) एवं हिम्मती (bold) का शीलगुण है तथा 100 व्यक्तियों में आत्मसंयमी (reserved), अत्यधिक सचेत एंव परिश्रमी (painstaking) का शीलगुण है तो शोधकर्त्ता इस निष्कर्ष पर पहुँच सकता है कि इस समूह में व्यक्तित्व के दो प्रकार दीख पड़ते हैं—अन्तमुर्खता (extraversion) तथा बहिर्मुखता (introversion)।

(iv) विभेदी आर-प्रविधि *(Differential R-technique)*—यह प्रविधि आर-प्रविधि का ही एक विकसित रूप है। इसमें व्यक्तियों के एक समूह पर विभिन्न परिस्थितियों या समय पर आँकड़ें इकट्ठे किये जाते हैं और उनमें होने वाले परिवर्तनों को आपस में सहसम्बन्धित किया जाता है। यह प्रविधि सिर्फ यह नहीं बतलाता है कि औसतन कुछ शीलगुण आपस में सहसम्बन्धित होते हैं बल्कि यह भी बतलाता है कि वे समय बीतने से परिवर्तित भी होते हैं।

व्यक्तित्व अध्ययन में या उससे सम्बन्धित प्रयोग करने में कैट्टेल्ल ने इन्हीं चार प्रविधियों का उपयोग सबसे अधिक किया था। इन प्रमुख प्रविधियों के अलावा भी कैट्टेल्ल ने कुछ शोध प्रविधियों का प्रतिपादन किया है जो उतने अधिक प्रभावसिद्ध (effective) नहीं हो पाये।

कैट्टेल्ल के सिद्धान्त का मूल्यांकन *(Evaluation of Cattell's theory)*—कैट्टेल्ल के व्यक्तित्व सिद्धान्त के कुछ गुण एवं परिसीमाएँ (limitations) हैं। इसके प्रमुख गुण निम्नांकित हैंः—

(i) कैट्टेल्ल का सिद्धान्त काफी प्रभावशीलता एवं महत्त्वपूर्ण माना गया है क्योंकि इस सिद्धान्त का आधार आनुभाविक आँकड़े (empirical data) हैं।

(ii) कुछ मनोवैज्ञानिकों ने कैट्टेल्ल के सिद्धान्त की प्रशंसा इसलिए भी किया है क्योंकि इन्होंने अपने सिद्धान्त में कारक विश्लेषण (factor analysis) जैसे—महत्त्वपूर्ण सांख्यिकी प्रविधि (statistical technique) का उपयोग किया है। इससे कैट्टेल्ल के सिद्धान्त में अधिक-से-अधिक वस्तुनिष्ठता (objective) आ पायी है

(iii) बेरोन (Baron, 1982) का मत है कि कैट्टेल्ल कें सिद्धान्त का शोध मूल्य (research value) काफी अधिक है। इस सिद्धान्त द्वारा प्रतिपादित स्रोत शीलगुण (source trait) के अध्ययनों ने कई तरह के शोधों का जन्म दिया है। अधिकतम ऐसे शोधों में कैट्टेल्ल के प्राक्कल्पनाओं (hypotheses) की संपुष्टि की ही गयी है।

इन गुणों के बावजूद कैट्टेल्ल के व्यक्तित्व सिद्धान्त के कुछ अवगुण (demerit) हैं जिनमें निम्नांकित प्रमुख हैंः—

(i) गौल्डवर्ग (Goldberg, 1968) ने कैट्टेल्ल के व्यक्तित्व सिद्धान्त की आलोचना करते हुए कहा है कि इन्होंने अपने सिद्धान्त में व्यक्तित्व संरचना (personality structure) के सम्पूर्ण क्षेत्र (whole domain) पर अपना ध्यान केन्द्रित करने की कोशिश की हैं। फलस्वरूप, इनके सिद्धान्त में विशिष्टता (distinctiveness) की कमी है तथा विश्वास के साथ व्यक्तित्व संरचनाओं के बारे में पूर्वानुमान नहीं लगाया जा सकता है।

(ii) हॉल एवं उनके सहयोगियों (Hall et al., 1985) का मत है कि कैट्टेल्ल के व्यक्तित्व सिद्धान्त में सिद्धान्त एवं प्रयोग (experiment) में अन्तर नहीं दीख पड़ता है। कैट्टेल्ल ने अपने सिद्धान्त के समर्थन में बहुत तरह के अध्ययन या प्रयोग किये हैं जिनमें कारक-विश्लेषण से सम्बन्धित प्रयोग (factor analysis experiment) काफी अधिक संख्या में किये गए हैं। कभी-कभी ऐसा लगता है कि उनके सिद्धान्त में प्रयोग या अध्ययन ही अधिक है, सिद्धान्त की बात कम हैं।

(iii) आल्लपोर्ट (Allport, 1937) ने कैट्टेल्ल के कारक-विश्लेषण विधि की आलोचना करते हुए कहा है कि यह एक ऐसी प्रविधि है जिससे मात्र एक औसत व्यक्तित्व (average personality) जो एक पूर्णरूपेण अमूर्त्त वस्तु है, की व्याख्या होती है किसी खास व्यक्ति का गहन रूप से इसके द्वारा अध्ययन नहीं हो पाता है। आलपोर्ट का मत है कि कारक-विश्लेषण विधि एक ऐसी प्रविधि है जिससे ऐसे तथ्यों का संग्रहण होता है जिसका किसी भी व्यक्ति के साथ वास्तविक सम्बन्ध नहीं होता है।

(iv) आल्लपोर्ट (Allport, 1937) ने कैट्टेल्ल के व्यक्तित्व सिद्धान्त की आलोचना एक-दूसरे मुद्दे के आधार पर भी किया है। कैट्टेल्ल ने अपने सिद्धान्त में यह सुझाव दिया है कि व्यक्तित्व के किसी भी पहलू की सैद्धान्तिक व्याख्या प्रदान करने का सबसे उत्तम तरीका यह है कि पहले उस पहलू के बारे में आँकड़े इकट्ठा कर लिये जाएँ और किसी आनुभाविक विधि (empirical method) द्वारा उसकी जाँच कर ली जाय और तब उसके आधार पर कोई सिद्धान्त बनाया जाय। आलपोर्ट ने इसे अस्वीकार किया है और कहा है कि आँकड़े इकट्ठा करना शुरू करने के पहले व्यक्ति को मन में एक स्पष्ट सैद्धान्तिक ढाँचा बना लेना चाहिए अन्यथा सिद्धान्त की वैधता (validity) पर आँच आ सकती है।

(v) यद्यपि कारक-विश्लेषण (factor analysis) की विधि अधिक वस्तुनिष्ठ (objective) एवं परिशुद्ध (precise) हैं, फिर भी जैसा कि कुछ मनोवैज्ञानिकों ने कहा है, इसमें आत्मनिष्ठता (subjectivity) आ ही जाती है। उदाहरणस्वरूप, कारक-विश्लेषण शोध (factor-analytic research) की कई अवस्थाओं में शोधकर्त्ता द्वारा किया गया निर्णय उनके वैयक्तिक मतों एवं पसंदों (preferences) द्वारा प्रभावित होता है। जैसे—आँकड़े इकट्ठा करने की प्रारम्भिक अवस्था को ही ले लिया जाए। इस अवस्था में मनोवैज्ञानिक को यह अपना निर्णय करना होता है कि वह कौन-सा परीक्षण (test) का उपयोग करेगा तथा व्यक्ति के कौन-सा व्यवहार का मापन करेगा। फिर दूसरे चरण में मनोवैज्ञानिक को यह निर्णय करना होता है कि कारक-विश्लेषण की कौन-सी विधि का उपयोग वह करेगा। इस बिन्दु पर मनोवैज्ञानिकों के बीच प्रायः मतभेद पाया जाता है। फलस्वरूप, कारक-विश्लेषण जैसी सांख्यिकीय विधि में भी आत्मनिष्ठता का दोष उत्पन्न हो जाता है।

इन आलोचनाओं के बावजूद कैट्टेल्ल का व्यक्तित्व सिद्धान्त एक महत्त्वपूर्ण सिद्धान्त हैं। स्वयं कैट्टेल्ल एवं उनके समर्थकों का यह विश्वास है कि एक दिन उनका सिद्धान्त अधिक परिशुद्धता के साथ मानव व्यवहार के विभिन्न पहलुओं के बारे में पूर्वकथन (prediction) करने में समर्थ हो पायेगा।

कार्ल रोजर्स : व्यक्तित्व का सांवृत्तिक सिद्धान्त
(Carl Rogers: Phenomenological Theory of Personality)

कार्ल रोजर्स (Carl Rogers, 1902-1987) ने व्यक्तित्व के जिस सिद्धान्त का प्रतिपादन किया है, वह घटना विज्ञान या संवृत्तिशास्त्र (phenomenology) के नियमों (principles) पर आधारित है। संवृत्तिशास्त्र वह शास्त्र होता है जिसमें व्यक्ति की अनुभूतियों, भावों एवं मनोवृत्तियों तथा उनके अपने बारे में या आत्मन् (self) के बारे में तथा दूसरों के बारे में व्यक्तिगत विचारों का अध्ययन विशेष रूप से किया जाता है। सचमुच में रोजर्स के सिद्धान्त को मानवतावादी आन्दोलन (humanistic movement) जिसके समर्थक मैसलो (Maslow) भी हैं, के तहत एक पूर्णतः सांवृत्तिक (phenomenological) सिद्धान्त माना गया है। रोजर्स के व्यक्तित्व सिद्धान्त को *आत्म् सिद्धान्त* (self theory) या *व्यक्ति-केन्द्रित सिद्धान्त* (person-centered theory) भी कहा जाता है।

रोजर्स (Rogers) के व्यक्तित्व सिद्धान्त में मानव प्रकृति (human nature) के बारे में जो पूर्वकल्पनाएँ (assumptions) की गयी है, वे निम्नांकित हैं:—

(i) इस सिद्धान्त में मानव प्रकृति के कुछ खास-खास पूर्वकल्पनाओं जैसे—स्वतंत्रता (freedom), विवेकपूर्णता (rationality), पूर्णतावाद (holism), परिवर्तनशीलता (changeability), आत्मनिष्ठता (subjectivity), अग्रलक्षता (proactivity), विषमस्थिति (heterostasis) तथा अज्ञेयता (unknowability) पर अधिक बल डाला गया है।

(ii) दूसरे तरफ इस सिद्धान्त में मानव प्रकृत्ति के शरीरगठनात्मक पूर्वकल्पना (constitutional assumption) पर नाम मात्र का बल डाला गया है।

रोजर्स के व्यक्तित्व सिद्धान्त का वर्णन निम्नांकित तीन प्रमुख भागों में बॉट कर किया गया है—

(क) व्यक्तित्व के स्थायी पहलुएँ (Enduring aspects of personality)

(ख) व्यक्तित्व का गतिकी (Dynamics of personality)

(ग) व्यक्तित्व का विकास (Development of personality)

इन सभी का वर्णन निम्नांकित हैंः—

(क) व्यक्तित्व के स्थायी पहलुएँ *(Enduring aspects of personality)*—रोजर्स का व्यक्तित्व सिद्धान्त उनके द्वारा प्रतिपादित क्लायंट-केन्द्रित मनोचिकित्सा (client-centered psychotherapy) से प्राप्त अनुभूतियों पर आधारित है। चूँकि उनके सिद्धान्त का मुख्य उद्देश्य व्यक्ति में होने वाले परिवर्तनों एवं वर्धनों का अध्ययन करना है, अतः इस सिद्धान्त में व्यक्तित्व संरचना (personality structure) का गहन अध्ययन उस ढंग से किया गया जिस ढंग से फ्रायड (Freud) ने अपने सिद्धान्त में किया था। फिर भी इन्होंने व्यक्तित्व के दो महत्त्वपूर्ण पहलुओं (aspects) पर बल डाला है जिससे व्यक्तिवाद के वर्धन में परिवर्तन की संतोषजनक व्याख्या हो पाती है। ये दो पहलू हैं—प्राणी (organism) तथा आत्मन् (self)। इन दोनों का वर्णन हम इस प्रकार कर सकते हैं—

1. प्राणी *(Organism)*—रोजर्स (Rogers, 1959) के अनुसार प्राणी एक ऐसा दैहिक जीव है जो शारीरिक एवं मनोवैज्ञानिक (psychological) दोनों ही तरह से कार्य करता है। इसमें प्रासंगिक क्षेत्र (phenomenal field) तथा आत्मन् (self) दोनों ही सम्मिलित होते हैं। रोजर्स का मत है कि प्राणी सभी तरह की अनुभूतियों (experiences) का केन्द्र होता है। इन अनुभूतियों में अपने दैहिक गतिविधियों से सम्बन्धित अनुभूतियाँ तथा साथ-ही-साथ बाह्य वातावरण की घटनाओं के प्रत्यक्षण की अनुभूतियाँ दोनों ही सम्मिलित होती हैं। रोजर्स के अनुसार सभी तरह की चेतन एवं अचेतन अनुभूतियों के योग से जिस क्षेत्र का निर्माण होता है, उसे प्रासंगिक क्षेत्र (phenomenal field) कहा जाता है। मानव व्यवहार के होने का कारण यही प्रासंगिक क्षेत्र (phenomenal field) होता है न कि कोई बाह्य उद्दीपक (external stimulus) जैसा कि स्कीन्नर (Skinner) ने कहा था। प्रासंगिक क्षेत्र (phenomenal field) की एक मुख्य विशेषता यह है कि इसके बारे में स्वयं व्यक्ति ही सही-सही जानता है। कोई दूसरा व्यक्ति किसी अन्य व्यक्ति के प्रासंगिक क्षेत्र के बारे में नहीं जान सकता है। हाँ, परानुभूतिक अनुमान (empathic inference) के आधार पर कभी-कभी किसी व्यक्ति के प्रासंगिक क्षेत्र (phenomenal field) के बारे में जाना जा सकता है।

2. आत्मन् *(Self)*—रोजर्स के व्यक्तित्व सिद्धान्त का यह सबसे महत्त्वपूर्ण सम्प्रत्यय (construct) है। धीरे-धीरे अनुभव के आधार पर प्रासंगिक क्षेत्र (phenomenal field) का एक भाग अधिक विशिष्ट (differentiated) हो जाता है और इस भाग को ही रोजर्स (Rogers) ने आत्मन् (self) की संज्ञा दिया है। रोजर्स के अनुसार आत्मन् (self) व्यक्तित्व का एक अलग विमा (dimension) नहीं होता है जैसा कि फ्रायड के अनुसार अहं (ego) व्यक्तित्व का एक अलग विमा होता है। रोजर्स का मत है किसी व्यक्ति में आत्मन् (self) नहीं होता है बल्कि स्वयं आत्मन् (self) का अर्थ ही सम्पूर्ण प्राणी (entire organism) से होता है।

रोजर्स के अनुसार आत्मन् का विकास शैशवावस्था (infancy) में होता है जब शिशु की अनुभूतियों (experiences) का एक अंश या भाग अधिक मूर्त्त रूप प्राप्त (personalized) करने लगता है और "मैं" या "मुझको" के रूप में धीरे-धीरे विशिष्ट होने लगता है। इसका परिणाम यह होता है कि शिशु धीरे-धीरे अपनी पहचान से अवगत होने लगता है। फलतः उसे अच्छे-बुरे का ज्ञान होने लगता है, उसे सुखद एवं दुखद अनुभूतियों में अन्तर का प्रत्यक्षण होने लगता है तथा वह किसी कसौटी पर अपनी अनुभूतियों की प्रभावशीलता की परख भी करना कर देता है। रोजर्स के अनुसार आत्मन् (self) के दो उपतंत्र (subsystem) है जो निम्नांकित हैं—

(a) आत्म-सम्प्रत्यय (self-concept) तथा

(b) आदर्श-आत्मन् (ideal self)

इन दोनों का वर्णन इस प्रकार है—

(a) आत्म-सम्प्रत्यय *(Self-concept)*—आत्म-सम्प्रत्यय से तात्पर्य व्यक्ति के उन सभी पहलुओं (aspects) एवं अनुभूतियों (experiences) से होता है जिससे व्यक्ति अवगत होता है हालांकि उसका यह प्रत्यक्षण हमेशा सही नहीं होता है। आत्म-सम्प्रत्यय (self-concept) को व्यक्ति प्रायः विशेष कथनों के रूप में व्यक्त करता है। जैसे—"मैं एक व्यक्ति हूँ जो ..."। आत्म-सम्प्रत्यय की दो विशेषताएँ हैं। *पहली विशेषता* यह है कि आत्म-सम्प्रत्यय (self-concept) का एक बार निर्माण हो जाने से उसमें सामान्यतः परिवर्तन नहीं होता है। हाँ, बहुत कोशिश करने से उसमें परिवर्तन हो सकता है। जो अनुभूतियाँ व्यक्ति के आत्म-सम्प्रत्यय (self-concept) के साथ असंगत (inconsistent) होतीं हैं, उसे व्यक्ति स्वीकार नहीं करता है और यदि स्वीकार भी करता है तो विकृत रूप (distorted forms) में। *दूसरी विशेषता* यह है कि व्यक्ति का आत्म-सम्प्रत्यय (self-concept) उसके वास्तविक या जैविक आत्मन् (biological self) से भिन्न होता है। जैविक आत्मन् (biological self) का कुछ अंश या भाग ऐसा होता है जिससे व्यक्ति अवगत नहीं होता है। अतः इसे आत्म-सम्प्रत्यय (self-concept) नहीं कहा जा सकता है। परन्तु जैसे ही व्यक्ति उस अंश या भाग से अवगत हो जाता है, वह आत्म-सम्प्रत्यय (self-concept) बन जाता है। जैसे—यकृत (liver) हमारे जैविक सम्प्रत्यय (biological concept) का एक अंश या भाग है न कि हमारे आत्म-सम्प्रत्यय का। परन्तु यदि व्यक्ति का यकृत खराब ढंग से कार्य करने लगता है, तो वह उससे अवगत हो जाता है और तब यह आत्म-सम्प्रत्यय (self-concept) का उदाहरण होगा।

(b) आदर्श आत्मन् *(Ideal self)*—आत्मन् (self) का दूसरा उपतंत्र (subsystem) आदर्श-आत्मन् (ideal-self) हैं। *आदर्श-आत्मन्* (ideal self) से तात्पर्य अपने बारे में विकसित किये गए एक ऐसे छवि से होता है जिसे वह आदर्श मानता है। दूसरे शब्दों में, आदर्श आत्मन् में वे सभी गुण (attribute) आते हैं जो प्रायः धनात्मक (positive) होते हैं तथा जिसे व्यक्ति अपने में विकसित होने की तमन्ना करता है। रोजर्स (Rogers) का मत है कि आदर्श-आत्मन् (ideal self) तथा प्रत्याक्षित आत्मन् (perceived self) में अन्तर एक सामान्य व्यक्तित्व में नहीं होता है। परन्तु जब इन दोनों में असंगतता (incongruence) विकसित हो जाती है तो इन दोनों में स्पष्ट अन्तर हो जाता है, और तब इससे एक अस्वस्थकर व्यक्तित्व (unhealthy personality) होने का संकेत (cue) मिलता है। मनोवैज्ञानिक रूप से स्वस्थ व्यक्ति, जो वे है और जो वे होना चाहते हैं, में कोई अन्तर महसूस नहीं करते हैं।

(ख) व्यक्तित्व की गतिकी *(Dynamics of personality)*—रोजर्स ने अपने व्यक्तित्व गतिकी की व्याख्या करने के लिए एक महत्त्वपूर्ण अभिप्रेरक (motive) का भी वर्णन किया है जिसे उन्होंने *वस्तुवादी प्रवृत्ति* (actualizing tendency) कहा है। रोजर्स[1] (Rogers, 1959) के शब्दों में, "वस्तुवादी प्रवृत्ति से तात्पर्य प्राणी में सभी तरह की क्षमताओं को विकसित करने की जन्मजात प्रवृत्ति से होती है जो व्यक्ति की जिन्दगी का एक ऐसा अभिप्रेरक होता है जो व्यक्ति को अपने आत्मन् (self) को उन्नत बनाने (enhance) तथा प्रोत्साहन (maintain) देने का काम करता है। रोजर्स के सैद्धान्तिक तंत्र (theoretical system) में वस्तुवादी प्रकृति (actualizing tendency) मात्र अकेला अभिप्रेरणात्मक संरचना (motivational construct) हैं। वस्तुवादी प्रवृत्ति के कुछ खास-खास *गुण* हैं जिनमें निम्नांकित प्रमुख हैं:—

(i) वस्तुवादी प्रवृत्ति (actualizing tendency) पूरे शरीर की दैहिक क्रियाओं (physiological processes) में सुदृढ़ होती है। इसका मतलब यह हुआ कि यह जैविक तथ्य (biological fact) है न कि मनोवैज्ञानिक प्रवृत्ति (psychological tendency)। आंगिक स्तर (organic level) पर वस्तुवादी प्रवृत्ति व्यक्ति की न्यून आवश्यकताओं (deficiency need) जैसे—भूख, प्यास, हवा आदि की आवश्यकता की तो पूर्ति करता ही है साथ-ही-साथ शरीर के अंगों की संरचनाओं एवं कार्यों (functions) को भी सुदृढ़ एवं मजबूत बनाता है।

(ii) वस्तुवादी प्रवृत्ति का उद्देश्य मात्र तनाव (tension) में कमी करना नहीं होता है बल्कि इससे तनाव में वृद्धि

1. "Actualizing tendency represents, "the inherent tendency of the organism to develop all its capacities in ways which serve to maintain or enhance the person.

—Rogers : *Psychology : A study of science*, 1995, p. 196

भी होती है। दूसरे शब्दों में, रोजर्स का मत था कि व्यक्ति द्वारा लक्ष्य पर पहुँचने से तनाव में जो कमी आती है उससे तो मानव व्यवहार प्रभावित होता ही है साथ-ही-साथ व्यक्ति का व्यवहार अपने आप को सतत विकसित करने एवं उन्नत बनाने के प्रयास से भी प्रभावित होता है।

(iii) रोजर्स का मत है कि वस्तुवादी प्रवृत्ति सभी तरह के प्राणियों अर्थात् मानव एवं पशुओं दोनों में ही होती है।

(iv) वस्तुवादी प्रवृत्ति (actualizing tendency) एक ऐसी कसौटी (criterion) के रूप में कार्य करता है जिस पर रखकर व्यक्ति अपनी जिन्दगी की अनुभूतियों (experiences) की परख या मूल्यांकन करता है। मूल्यांकन के इस प्रक्रिया को जैविक मूल्य निर्धारण प्रक्रिया (organism valuing process) कहा जाता है। मूल्यांकन के बाद जिन अनुभूतियों द्वारा व्यक्ति अपने आत्मन् (self) को प्रोत्साहित कर पाता है, उसे व्यक्ति स्वीकारात्मक मूल्य (positive value) देता है तथा जिन अनुभूतियों द्वारा व्यक्ति अपने आत्मन् का विरोध होते पाता है, उसे नकारात्मक मूल्य प्रदान करता है।

रोजर्स का मत है कि व्यक्तित्व की दो मुख्य आवश्यकताएँ (needs) होतीं हैं जिनसे उनका व्यवहार लक्ष्य (goal) की ओर निर्देशित होता है—

(i) अनुरक्षण आवश्यकता (maintenance need)

(ii) सम्वृद्धि आवश्यकता (enhancement need)

इन दोनों का वर्णन निम्नांकित हैं—

(i) अनुरक्षण आवश्यकता *(maintenance need)*—इस आवश्यकता के माध्यम से व्यक्ति अपने आप को ठीक ढंग से अनुरक्षित (maintain) करके रखता है। इससे व्यक्ति अपनी मूल आवश्यकताओं जैसे—भोजन की आवश्यकता, हवा की आवश्यकता तथा सुरक्षा की आवश्यकता आदि की संतुष्टि की ओर अग्रसर होता है। इससे व्यक्ति अपने आत्म-सम्प्रत्यय (self-concept) के विचारों को सुरक्षा भी प्रदान करता है। शायद यही कारण है कि व्यक्ति किसी नये विचार जो उसके आत्म-सम्प्रत्यय के विपरीत होता है, उसका विरोध करता है या व्यक्ति उन अनुभूतियों को विकृत कर देता है जिसे वह अपने आत्म-सम्प्रत्यय के अनुकूल नहीं पाता है।

(ii) सम्वृद्धि आवश्यकता *(enhancement need)*—यद्यपि व्यक्ति अपने आत्म-सम्प्रत्यय को यथावत बनाए रखता है और उसमें परिवर्तन साधारणतः नहीं चाहता है, फिर भी उसमें अपने आप को विकसित करने की तथा पहले से और भी अधिक उन्नत बनाने की भी एक प्रेरणा होती है। इसी प्रेरणा को रोजर्स (Rogers) ने सम्वृद्धि आवश्यकता (enhancement need) कहा है। इस सम्वृद्धि आवश्यकता की अभिव्यक्ति (expression) कई रूपों में होती है। जैसे—व्यक्ति द्वारा उन चीजों को सीखना जिनसे उन्हें तुरन्त पुरस्कार नहीं मिलता है, एक ऐसी ही आवश्यकता का उदाहरण है। इसके अलावा उत्सुकता (curiosity), आत्म-अन्वेषण (self- exploration) , परिपक्वता (maturation) तथा दोस्ती (friendship) आदि के रूप में भी सम्वृद्धि-आवश्यकता (enhancement need) की अभिव्यक्ति होती है।

रोजर्स (Rogers) का मत है कि ऐसे तो वस्तुवादी प्रवृत्ति (actualizing tendency) द्वारा बहुत तरह की आवश्यकताओं (needs) की उत्पत्ति होती है परन्तु इनमें दो तरह की आवश्यकताएँ प्रधान होतीं हैं—

(i) स्वीकारात्मक सम्मान (positive regard) तथा

(ii) आत्म-सम्मान (self-regard)

स्वीकारात्मक सम्मान (positive regard) से तात्पर्य दूसरों द्वारा स्वीकार किये जाने, दूसरों का स्नेह पाने एवं उनके द्वारा पसंद किये जाने की इच्छा से होती है। जैसे-जैसे बच्चों में आत्मन् (self) विकसित होते जाता है, इस तरह के स्वीकारात्मक सम्मान की आवश्यकता (need for positive regard) तीव्र होने लगती है। दूसरों से बच्चों को सम्मान मिलने पर उत्पन्न संतुष्टि तथा ऐसा सम्मान नहीं मिलने पर उत्पन्न असंतोष के रूप में इस आवश्यकता की अभिव्यक्ति होती है। इस तरह की आवश्यकता का स्वरूप पारस्परिक (reciprocal) होता है। दूसरों शब्दों में, जब कोई व्यक्ति दूसरों को स्नेह प्यार अनुराग देकर दूसरे के स्वीकारात्मक सम्मान की आवश्यकता को संतुष्ट करता है तो उससे उसे अपने में भी एक तरह की संतुष्टि होती है। रोजर्स (Rogers) के अनुसार स्वीकारात्मक सम्मान (positive regard) की आवश्यकता दो तरह की होती हैं—*शर्तपूर्ण स्वीकारात्मक सम्मान* (conditional positive regard)

तथा *शर्तरहित स्वीकारात्मक सम्मान* (unconditional positive regard)। *शर्तपूर्ण स्वीकारात्मक सम्मान* में दूसरों का स्नेह, प्यार एवं अनुराग प्राप्त करने के लिए उनके द्वारा निश्चित किये गए मानदण्डों के अनुरूप व्यक्ति को व्यवहार करना पड़ता है। रोजर्स का मत था कि बच्चों को इस तरह से शर्त रखकर उन्हें प्रेम या स्नेह देना उनके मानसिक स्वास्थ्य (mental health) के लिए हानिकारक होता है और ऐसे बच्चे एक पूर्णरूपेण सफल (fully function) व्यक्ति बनने से वंचित रह जाते हैं। *शर्तहीन स्वीकारात्मक सम्मान* (unconditional positive ragard) में दूसरों का स्नेह, प्यार एवं मान-सम्मान पाने के लिए कोई शर्त नहीं रखा जाता है माता-पिता द्वारा बच्चों को दिया गया स्नेह एवं मान-सम्मान इसी श्रेणी का सम्मान होता है। इस तरह के सम्मान पाने से बच्चे बहुत तेजी के साथ एक पूर्णरूपेण सफल व्यक्ति बनने की ओर अग्रसर होते हैं और रोजर्स ने इस पर अत्यधिक बल डाला है।

आत्म-सम्मान (self-regard) से तात्पर्य इस बात से होता है कि व्यक्ति में अपने आप को सम्मान एवं स्नेह देने की आवश्यकता होती है। यह आवश्यकता भी अर्जित (acquired) होती है और व्यक्ति में संतोषजनक आत्म-अनुभूतियों से उत्पन्न होती है। दूसरे शब्दों में, जब व्यक्ति को महत्त्वपूर्ण व्यक्तियों से मान-सम्मान मिलता है, तो इससे उसमें धनात्मक आत्म-सम्मान (positive self-regard) की भावना या प्रेरणा भी मजबूत हो जाती है। इस तरह से आत्म-सम्मान की आवश्यकता की उत्पत्ति तो स्वीकारात्मक सम्मान (positive regard) की आवश्यकता से ही उत्पन्न होती है परन्तु एक बार उत्पन्न हो जाने के बाद यह एक स्वतंत्र (autonomus) एवं आत्म-सतत् (self-perpetuating) प्रकृति का हो जाता है।

(ग) व्यक्तित्व का विकास *(Development of Personality)*—रोजर्स ने फ्रायड (Freud) एवं इरिक्सन (Erikson) के समान व्यक्तित्व का कोई अवस्था सिद्धान्त (stage theory) का प्रतिपादन नहीं किया है। दूसरे शब्दों में, रोजर्स ने व्यक्तित्व के विकास का वर्णन विभिन्न चरणों (steps) या अवस्थाओं में फ्रायड एवं इरिक्सन के समान नहीं किया है। उन्होंने व्यक्तित्व के विकास में आत्मन् (self) तथा व्यक्तित्व की अनुभूतियों (experiences) में संगतता (congruence) को महत्त्वपूर्ण बतलाया है। जब इन दोनों में अर्थात् व्यक्ति की अनुभूतियों तथा उनके आत्म-सम्प्रत्यय (self-concept) के बीच अन्तर हो जाता है तो इससे व्यक्ति में चिन्ता (anxiety) उत्पन्न होती है। असंगतता (inconsistent) के अन्तर से उत्पन्न इस चिन्ता की रोकथाम (prevention) के लिए व्यक्ति कुछ बचाव प्रक्रियाएँ (defensive reactions) प्रारंभ कर देता है। इसे *प्रतिरक्षा* (defensiveness) की संज्ञा दी गयी हैं। रोजर्स ने दो तरह के प्रतिरक्षात्मक उपायों (defensive measures) को महत्त्वपूर्ण बतलाया है—विकृति (distrotion) तथा खंडन (denial)। *विकृति* में व्यक्ति अपनी अनुभूतियों की एक अनुपयुक्त व्याख्या करता है ताकि वह आत्म-सम्प्रत्यय (self-concept) के कुछ अनुकूल दीख पड़े। यहाँ व्यक्ति अनुभूतियों का प्रत्यक्षण तो करता है परन्तु उसका वास्तविक अर्थ नहीं समझ पाता है। *खंडन* (denial) में व्यक्ति विरोधी अनुभूतियों को चेतना में लाने से इनकार कर देता है। फलतः व्यक्ति में चिन्ता की मात्रा निश्चित रूप से कम हो जाती है। इन दोनों तरह के रक्षात्मक उपायों अर्थात् खंडन एवं विकृति का अधिक प्रयोग करने से व्यक्तित्व में दृढ़ता (rigidity) का विकास हो जाता है। यौक्तिकीकारण (rationalization), क्षतिपूर्ति (compensation), स्थिर-व्यामोह (paranoia), विभ्रम (hallucination), गलत विश्वास (false belief) तथा अन्य तंत्रिकातापी व्यवहार (neurotic behaviour) इस तरह की दृढ़ता (rigidity) से उत्पन्न होते हैं।

दूसरी तरफ यदि व्यक्ति की अनुभूतियों (experiences) एवं आत्म-सम्प्रत्यय (self-concept) में कोई अन्तर नहीं होता है, अर्थात् उनमें संगति (congruence) होती है, तो इससे एक स्वस्थ व्यक्ति (healthy personality) का विकास होता है। इस तरह के स्वस्थ व्यक्तित्व को रोजर्स ने एक तकनीकी नाम अर्थात् *पूर्णरूपेण सफल व्यक्ति* (fully functioning person) कहा है। ऐसे व्यक्ति से रोजर्स का तात्पर्य उन व्यक्तियों से होता है जो अपनी क्षमताओं एवं योगयताओं का सही-सही प्रयोग करते हैं, अपनी अन्तःशक्तियों (potentials) की अच्छी पहचान करते हैं तथा अपनी अनुभूतियों एवं पूर्ण ज्ञान प्राप्त करने की दिशा में विश्वास के साथ अग्रसर होते हैं। रोजर्स (Rogers, 1961) ने एक पूर्णरूपेण सफल व्यक्ति (fully functioning person) के निम्नांकित पाँच गुण बतलाये हैं:—

(i) एक पूर्ण रूपेण सफल व्यक्ति अपनी अनुभूतियों की अभिव्यक्ति स्पष्ट शब्दों में करते हैं। ऐसे व्यक्ति अपनी अनुभूतियों की माँगों पर ध्यान देते हैं और उसके अनुरूप व्यवहार करने की कोशिश करते हैं। वे इन अनुभूतियों का दमन नहीं करते हैं। ऐसे व्यक्ति अपने धनात्मक अनुभूतियों जैसें—प्रशंसा, प्रोत्साहन आदि बचाव प्रक्रियाओं (defense reactions) का प्रयोग कम-से-कम करते हैं। ऐसे व्यक्ति की प्रकृति अधिक सांवेगिक होती है क्योंकि वे दोनों तरह की अनुभूतियों को अर्थात् धनात्मक अनुभूतियों एवं ऋणात्मक दोनों तरह की अनुभूतियों का सामना करते हैं।

(ii) एक पूर्णरूपेण सफल व्यक्ति की दूसरी विशेषता यह है कि जिन्दगी के प्रत्येक क्षण का उपयोग ऐसे व्यक्ति सही अर्थ में करते हैं तथा प्रत्येक क्षण में कैसे रहना चाहिए, उसका उन्हें पूरा-पूरा ज्ञान होता है। इस तरह की अवस्था को रोजर्स ने *'अस्तित्वात्मक रहन-सहन'* (existential living) कहा है। ऐसे व्यक्ति जिन्दगी के प्रत्येक क्षण में एक नया अनुभव प्राप्त करते हैं। फलस्वरूप प्रत्येक क्षण उनके लिए नया होता है और किसी क्षण में वे क्या करेंगे या नहीं करेंगे, इसका पहले कोई भी व्यक्ति अनुमान नहीं लगा सकता है।

(iii) एक पूर्णरूपेण सफल व्यक्ति की तीसरी विशेषता यह है कि ऐसे व्यक्ति एक निश्चित विश्वास के साथ व्यवहार करते हैं और उन्हें अपने व्यवहार की सार्थकता पर पूर्ण विश्वास होता है। ऐसे व्यक्ति व्यवहार करते समय सामाजिक कूटसंकेतों (social codes) द्वारा कम निर्देशित होते हैं तथा अपने जैविक अनुभूतियों (organismic experiences) से प्राप्त अनुभूतियों की पुकार के अनुरूप यह निश्चित करते हैं कि उन्हें क्या करना चाहिए या क्या नहीं करना चाहिए। इसे रोजर्स ने एक तकनीकी नाम (technical name) दिया है जिसे जैविक विश्वास (organismic trusting) कहा जाता है।

(iv) रोजर्स के अनुसार एक पूर्णरूपेण सफल व्यक्ति (fully functioning person) की चौथी विशेषता आनुभाविक स्वतंत्रता (experiential freedom) है। आनुभाविक स्वतंत्रता से तात्पर्य व्यक्ति के इस अनुभूति से होता है कि वह कोई भी कार्य करने के लिए पूर्णतः स्वतंत्र होता है तथा अपने प्रत्येक व्यवहार एवं उसके परिणाम के लिए वह स्वयं ही जिम्मेवार हैं।

(v) पूर्णरूपेण सफल व्यक्ति (fully functioning person) की एक विशेषता यह भी है कि इसमें सर्जनात्मकता (creativity) का गुण होता है। ऐसे व्यक्ति रचनात्मक ढंग से अपना समय व्यतीत करते हैं तथा अपनी आवश्यकताओं की पूर्ण भरपाई करने की कोशिश करते हैं। ऐसे व्यक्ति बदलती हुई परिस्थितियों के साथ रचनात्मक ढंग से समायोजन कर लेते हैं।

रोजर्स के सिद्धान्त का मूल्यांकन *(Evaluation or Rogers's theory)*—रोजर्स के व्यक्तित्व सिद्धान्त का मूल्यांकन करते हुए यह कहा जा सकता है कि इस सिद्धान्त के कुछ गुण (merits) हैं तो कुछ परिसीमाएँ (limitations) भी हैं। इसके प्रमुख गुण निम्नांकित हैं:—

(i) रोजर्स का व्यक्तित्व सिद्धान्त मनोचिकित्सा (psychotheraphy) तथा वर्ग शिक्षण (classroom learning) के लिए एक महा वरदान साबित हुआ है। विशेषकर मनोचिकित्सा के क्षेत्र में अनेकों मनोवैज्ञानिकों ने रोजर्स के व्यक्तित्व सिद्धान्त की उपयोगिताओं की सम्पुष्टि की हैं।

(ii) रोजर्स के व्यक्तित्व सिद्धान्त का अन्य महत्त्वपूर्ण गुण रोजर्स द्वारा आत्मन् (self) पर बल दिया जाना है। उन्होंने मानवतावादी आन्दोलन (humanistic movement) के तहत जो सांवृत्तिक व्याख्या (phenomenological explanation) प्रदान किया है, वह अपने आप में अनूठा है तथा इस तरह की व्याख्या जहाँ प्रत्येक व्यक्ति में अपनी अन्तःशक्तियों (potentials) को पहचानने और उसके अनुरूप व्यवहार करने की अद्भुत क्षमता होती है, हमें व्यक्तित्व के किसी और सिद्धान्त में देखने को नहीं मिलता है।

(iii) रोजर्स के व्यक्तित्व सिद्धान्त में आन्तरिक संगतता (internal consistency) अधिक हैं तथा प्रत्येक सम्प्रत्यय को ठोस शब्दों में परिभाषित करने की कोशिश की गयी हैं। इस सिद्धान्त से भविष्य के व्यक्तित्व सिद्धान्तवादी (theoreticians) अच्छा सबक (lesson) ले सकते हैं और उसी के अनुरूप व्यक्तित्व सिद्धान्त तैयार करने में सही मार्गदर्शन प्राप्त कर सकते हैं।

इन गुणों के बावजूद रोजर्स के व्यक्तित्व सिद्धान्त की दो प्रमुख *आलोचनाएँ* हैं जो निम्नांकित हैं:—

(i) रोजर्स ने अपने इस सिद्धान्त में यह स्पष्ट नहीं किया है कि संवृद्धि (enhancement) तथा वस्तुवादिता (actualization) के जन्मजात अन्तःशक्तियों (innate potentialities) से उनका क्या तात्पर्य था। सचमुच में सम्वृद्धि (enhancement) एवं वस्तुवादिता (actualization) इस सिद्धान्त के दो प्रमुख स्तंभ हैं जिनके बारे में आलोचकों ने उपयुक्त प्रश्न को उठाया है। इनसे सम्बन्धित कई प्रश्नों का उत्तर हमें रोजर्स के सिद्धान्त में नहीं मिलता

है। जैसे, क्या ऐसी अन्तःशक्तियाँ मूलतः शारीरिक (physiological) होती हैं या मूलतः मनोवैज्ञानिक (psychological) होती हैं? क्या इन अन्तःशक्तियों में वैयक्तिक विभिन्नता (individual difference) होती है अर्थात् क्या ऐसी अन्तःशक्तियाँ कुछ व्यक्तियों में अधिक तथा कुछ व्यक्तियों में कम पायी जाती है।

(ii) रोजर्स के व्यक्तित्व सिद्धान्त पर गौर करने से यह स्पष्ट हो जाता है कि उन्होंने व्यक्तित्व के अध्ययन करने का सबसे उत्तम तरीका व्यक्ति की अनुभूतियों (experiences) की परख करना बतलाया है। उन्होंने ऐसा इसलिए दावा किया है क्योंकि वे प्रायः मनोचिकित्सा (psychotherapy) करते समय रोगियों के आत्म-निवेदनों (self-reports) को सुनते थे तथा उनकी अनुभूतियों को ठीक ढंग से परख करने की कोशिश करते थें। आलोचकों का मत है कि इस तरीका को सही नहीं माना जा सकता है क्योंकि इससे उनके उन कारकों (factors) तथा बलों (forces) का पता नहीं चलता है जिससे रोगी सामान्यतः अवगत नहीं होता है अर्थात् सम्भवतः वे उसके अचेतन अवस्था में होते हैं परन्तु रोगी के व्यवहार को काफी हद तक प्रभावित करते हैं।

इन आलोचनाओं के बावजूद रोजर्स का व्यक्तित्व सिद्धान्त (personality theory) की अहमियत काफी हैं। रोजर्स का विचार मानव व्यक्तित्व के प्रति विवेकी (rational) तथा स्वीकारात्मक (positive) होने के नाते इनके द्वारा दी गयी व्याख्या को मनोवैज्ञानिकों ने काफी स्वागत किया है।

एब्राहम मैसलो : व्यक्तित्व का मानवतावादी सिद्धान्त
(Abraham Maslow : Humanistic theory of Personality)

एब्राहम मैसलो (Abraham Maslow, 1908-1970) मानवतावादी मनोविज्ञान (humanistic psychology) के *आध्यात्मिक जनक* (spiritual father) माने गए हैं। व्यक्तित्व के अध्ययन के प्रति उनका मानवतावादी दृष्टिकोण (humanistic approach) था जो सचमुच में मानवतावादी आन्दोलन (humanistic movement) का एक विशेष भाग था। इस आन्दोलन की शुरूआत 1960 वाले दशक में हुई थी। इस आन्दोलन में व्यवहारवाद (Behaviourism) तथा मनोविश्लेषण (psychoanalysis) दोनों की विचारधाराओं की आलोचना की गयी और कहा गया कि इन दोनों ने ही व्यक्तित्व का एक संक्षिप्त एवं सीमित अर्थ बतलाया है तथा इसका अध्ययन संकीर्ण दृष्टिकोण से किया है। मानवतावादी आन्दोलन के दूसरे प्रमुख समर्थक कार्ल रोजर्स (Carl Rogers) हैं जिनकी व्यक्तित्व सिद्धान्त की व्याख्या पहले ही की जा चुकी है।

मैसलों ने अपने व्यक्तित्व सिद्धान्त में प्राणी के अनूठापन का उसके मूल्यों (value) के महत्त्व पर तथा व्यक्तिगत वर्धन (personal growth) तथा आत्म-निर्देश (self-direction) की क्षमता पर सर्वाधिक बल डाला है। इस बल के कारण ही उनका मानना है कि सम्पूर्ण प्राणी का विकास उसके भीतर से संगठित ढंग से होता है। इन आन्तरिक कारकों की तुलना में बाह्य कारकों जैसे आनुवांशिकता तथा गत अनुभूतियाँ (past experineces) का महत्त्व नगण्य होता है। व्यक्तित्व विकास में आन्तरिक बलों पर इतना अधिक बल दिये जाने के कारण उनके व्यक्तित्व सिद्धान्त को व्यक्तित्व का *सम्पूर्ण-गत्यात्मक सिद्धान्त* (holistic-dynamic theory) भी कहा गया है। मैसलो के व्यक्तित्व सिद्धान्त को निम्नांकित तीन मुख्य भागों में प्रस्तुत किया जा सकता है—

(क) व्यक्तित्व एवं अभिप्रेरण का पदानुक्रमिक मॉडल (Personality and hierarchical model of motivation)
(ख) स्वस्थ व्यक्तित्व : आत्म-सिद्ध व्यक्ति का विकास (Healthy Personality : Development of self-actualizing person)
(ग) व्यक्तित्व का मापन एवं शोध (Assessment and Research in Personality)

इन सबका वर्णन निम्नांकित हैः—

(क) व्यक्तित्व एवं अभिप्रेरण का पदानुक्रमिक मॉडल *(Personality and hierarchical model of motivation)*—मैसलो के व्यक्तित्व सिद्धान्त का सबसे महत्त्वपूर्ण पहलू उसका अभिप्रेरण सिद्धान्त (motivation theory) है। इनका विश्वास था कि अधिकांश मानव व्यवहार की व्याख्या कोई-न-कोई व्यक्तिगत लक्ष्य (personal goal) पर पहुँचने की प्रवृत्ति से निर्देशित होता है। सचमुच में उनके व्यक्तित्व सिद्धान्त में यही अभिप्रेरणात्मक प्रक्रियाएँ (motivational processes) मूल सारतत्व हैं।

मैसलो का मत था कि मानव अभिप्रेरक (human motives) जन्मजात होते हैं और उन्हें प्राथमिकता (priority) या शक्ति (potency) के आरोही पदानुक्रम (ascending hierarchy) में सुव्यवस्थित किया जा सकता है। ऐसे अभिप्रेरकों को प्राथमिकता या शक्ति के आरोही क्रम (ascending order) में इस प्रकार बतलाया गया है—

1. शारीरिक या दैहिक आवश्यकता (physiological need)
2. सुरक्षा की आवश्यकता (safety need)
3. संबद्धता एवं स्नेह की आवश्यकता (belongingness and love need)
4. सम्मान की आवश्यकता (esteem need)
5. आत्म-सिद्धि की आवश्यकता (self- actualization need)

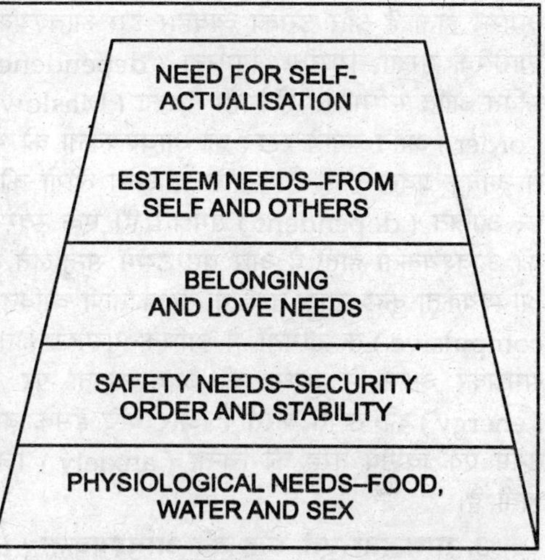

चित्र 13.15 : मैसलो का पदानुक्रमिक मॉडल

इनमें से प्रथम दो आवश्यकताओं अर्थात् शारीरिक या दैहिक आवश्यकता तथा सुरक्षा की आवश्यकता (safety need) को *निचले-स्तर की आवश्यकता* (lower-level need) तथा अन्तिम तीन आवश्यकताओं अर्थात् सम्बद्धता एवं स्नेह की आवश्यकता (belongingness and love need), सम्मान की आवश्यकता (esteem needs) तथा आत्म-सिद्धि की आवश्यकता (self-actualization needs) को एक साथ मिलाकर *उच्च-स्तरीय आवश्यकता* (higher-level need) कहा है। इस पदानुक्रम मॉडल (hierarchical model) में जो आवश्यकता जितनी ही नीचे हैं, उसकी प्राथमिकता या शक्ति उतनी ही अधिक मानी गयी है। इस तरह से व्यक्ति में सबसे प्रबल आवश्यकता शारीरिक या दैहिक आवश्यकता होती है जिसकी सन्तुष्टि तात्कालिक होना अनिवार्य है तथा सबसे कम प्रबल या कमजोर आवश्यकता आत्म-सिद्धि की आवश्यकता (self-actualization need) होती है। इस मॉडल को चित्र 13.15 में दिखलाया गया है।

इस मॉडल की एक प्रमुख बात यह है कि मॉडल के किसी भी स्तर की आवश्यकता को उत्पन्न होने के लिए यह आवश्यक हैं कि उससे नीचेवाले स्तर की आवश्यकता की सन्तुष्टि पूर्णतः नहीं तो कम-से-कम अंशतः अवश्य ही हो जाय। मैसलो ने यह भी स्पष्ट किया है कि हम इस पदानुक्रमिक मॉडल में जैसे-जैसे नीचे से ऊपर की ओर बढ़ते जाते हैं, प्रत्येक स्तर पर आवश्यकताओं की सन्तुष्टि का प्रतिशत भी धीरे-धीरे कमता जाता है। उनके अनुसार शारीरिक आवश्यकताओं की सन्तुष्टि लगभग 85%, सुरक्षा आवश्यकताओं की सन्तुष्टि लगभग 70%, संबद्धता एवं स्नेह की आवश्यकता की सन्तुष्टि लगभग 50%, सम्मान की आवश्यकता की सन्तुष्टि (esteem need) लगभग 40% तथा आत्म-सिद्धि की आवश्यकता की सन्तुष्टि लगभग 10% ही होती है।

पदानुक्रमिक मॉडल (hierarchical model) के पाँच स्तरों की आवश्यकताओं का वर्णन निम्नांकित हैः—

1. दैहिक या शारीरिक आवश्यकता (*Physiological need*)—इस श्रेणी की आवश्यकता (need) में भोजन करने की आवश्यकता, पानी पीने की आवश्यकता, सोने (sleep) की आवश्यकता, यौन की आवश्यकता तथा सीमान्त तापक्रम (extreme temperature) से बचने की आवश्यकता आदि को सम्मिलित किया गया है। ये सारे जैविक प्रणोदन (biological drives) का सीधा सम्बन्ध प्राणी के जैविक सम्पोषण (biological maintenance) से होता है। इस श्रेणी की आवश्यकता की प्राथमिकता (priority) या प्रबलता (potency) सबसे अधिक हैं। फलस्वरूप, व्यक्ति को इससे ऊपर के स्तर की आवश्यकता की ओर बढ़ने के पहले इन जैविक आवश्यकताओं (biological need) की सन्तुष्टि एक न्यूनतम स्तर पर करना अनिवार्य है। दूसरे शब्दों में, जब कोई व्यक्ति जैविक आवश्यकताओं की सन्तुष्टि नहीं कर पाता है, तो वह अन्य उच्च-स्तरीय आवश्यकताओं (higher-level need) की संतुष्टि की बात ही नहीं सोचता है। जैसे, जो व्यक्ति भूख या प्यास से तड़प रहा होता है, उसके मन में सुरक्षा, आत्म-

सम्मान (self-esteem) जैसी अन्य उच्च-स्तरीय आवश्यकता का खयाल मन में नहीं आ सकता है। बेटेलहिम (Bettlehim, 1943) के अध्ययन के अनुसार जैविक अभिप्रेरक (biological drive) इतना अधिक प्रबल होता है कि इसकी संतुष्टि करने के लिए व्यक्ति सामाजिक मूल्यों (social values) तथा सामाजिक मानकों (social norms) की भी कभी-कभी अवहेलना करने से पीछे नहीं हटता हैं।

2. सुरक्षा की आवश्यकता *(Safety or Security needs)*—जब व्यक्ति की जैविक आवश्यकताओं की संतुष्टि हो जाती है तो वह पदानुक्रम (hierarchy) के दूसरे स्तर की आवश्यकता अर्थात् सुरक्षा की आवश्यकता की ओर अग्रसर होता है और उसका व्यवहार इस आवश्यकता से काफी प्रभावित होने लगता है। इस श्रेणी की आवश्यकता में शारीरिक सुरक्षा, स्थिरता, निर्भरता (dependency), बचाव (protection) , डर, चिन्ता आदि की अनुभूतियों से मुक्ति आदि सम्मिलित होते हैं। मैसलो (Maslow, 1970) ने नियम-कानून बनाये रखने की आवश्यकता, विशेष क्रम (order) आदि बनाये रखने की आवश्यकता को भी इस श्रेणी में सम्मिलित किया है। इस तरह की आवश्यकता बच्चों में अधिक प्रबल होती है क्योंकि वे अन्य लोगों की अपेक्षा अपने आप को अधिक निःसहाय (helpless) एवं दूसरों पर आश्रित (dependent) समझते हैं। एक स्वस्थ (healthy) एवं परिपक्व वयस्क (mature adult) में सुरक्षा की आवश्यकता होती है और वह उसमें सन्तुलित ढंग से सन्तुष्ट होता है। मैसलो (Maslow) के अनुसार सुरक्षा की आवश्यकता कुछ खास तरह के तंत्रिकातापी व्यक्ति (neurotic individual) जैसे मनोग्रस्ति-बाध्यता (obsessive-compulsive) के रोगियों में अधिक सुस्पष्ट होता है। ऐसे लोग इर्द-गिर्द की हालातों को खौफनाक एवं खतरनाक समझकर अपने में सुरक्षा की आवश्यकता पर अधिक जोर डालते हैं तथा अधिक समय एवं शारीरिक ऊर्जा (energy) की खपत करते हैं और यदि इसके बावजूद भी इन्हें अपने प्रयास में सफलता नहीं मिलती है, तो इससे उनमें एक विशेष तरह की चिन्ता (anxiety) जिसे मैसलो ने *मूल चिन्ता* (basic anxiety) कहा है, की उत्पत्ति होती है।

3. सम्बद्धता एवं स्नेह की आवश्यकता *(Belongingness and love needs)*—मैसलो के पदानुक्रमिक मॉडल में यह तीसरे स्तर की आवश्यकता है। जब व्यक्ति की जैविक आवश्यकता (biological need) तथा सुरक्षा की आवश्यकता की पूर्ति बहुत हद तक हो जाती है, तो उसमें सम्बद्धता एवं स्नेह की आवश्यकता उत्पन्न हो जाती है। संबद्धता (belongingenss) की आवश्यकता से तात्पर्य अपने परिवार या समाज में एक प्रतिष्ठित स्थान पाने की इच्छा से तथा किसी संदर्भ समूह (reference group) की सदस्यता प्राप्त करने से, अच्छे पड़ोसी से सम्बन्ध बनाये रखने से होता है। स्नेह की आवश्यकता से तात्पर्य दूसरों की स्नेह देने एवं दूसरों से स्नेह पाने की आवश्यकता से होती है। सम्बद्धता की आवश्यकता तथा स्नेह की आवश्यकता चूँकि एक-दूसरे से काफी जुड़े (tied) हैं, अतः मैसलो ने इसे एक ही श्रेणी में रखा है। स्नेह की आवश्यकता (need for love) में मैसलो ने यौन (sex) को भी रखा है परन्तु इस आवश्यकता को यौन आवश्यकता (sex need) के तुल्य (equivalent) नहीं माना है। उन्होंने यह स्पष्ट किया है कि यौन (sex) स्नेह की आवश्यकता (love need) को अभिव्यक्त करने का मात्र एक तरीका है। मैसलो (Maslow, 1968) ने यह स्पष्ट किया कि स्नेह की आवश्यकता की संतुष्टि नहीं होने से व्यक्ति में कुसमायोजन (maladjustment) होता है। मैसलो[1] (Maslow, 1968) ने इस बिन्दु पर टिप्पणी करते हुए कहा है, ''स्नेह पाने की भूख एक तरह का अपर्याप्तता रोग है।''

4. सम्मान की आवश्यकता *(Esteem need)*—सम्मान की आवश्यकता पदानुक्रमिक मॉडल में चौथे स्तर की आवश्यकता है। सम्मान की आवश्यकता व्यक्ति में तब उत्पन्न होती है जब इससे नीचे की तीनों श्रेणियों की आवश्यकताएँ अर्थात् जैविक आवश्यकता, सुरक्षा की आवश्यकता तथा सम्बद्धता एवं स्नेह की आवश्यकता की पूर्ति सन्तोषजनक ढंग से हो जाती है। सम्मान की आवश्यकता में मैसलो ने दो प्रकार की आवश्यकताओं को सम्मिलित किया है—*आत्म-सम्मान की आवश्यकता* (self-esteem need) तथा *दूसरों से सम्मान पाने की आवश्यकता।* पहले प्रकार की आवश्यकता में उत्तम क्षमता (competence) प्राप्त करने की इच्छा, आत्म-विश्वास, व्यक्तिगत वर्धन (personal growth), उपयुक्तता (adequacy), उपलब्धि (achievement), स्वतंत्रता (independence) आदि की भावना सम्मिलित होती है। दूसरों से सम्मान पाने की आवश्यकता (need for esteem from others) में

1. "Love hunger is a deficiency disease." —Maslow: *Toward a Psychology of Being*, 1968, 42.

दूसरों से सम्मान, पहचान, प्रशंसा, ध्यान तथा स्वीकृति (acceptance) आदि पाने की इच्छा से होती है। आत्म-सम्मान की आवश्यकता की पूर्ति होने से व्यक्ति में आत्म-विश्वास, शक्ति (strength) पर्याप्तता (adequacy) एवं श्रेष्ठता (worth) के गुण विकसित होते हैं। इन गुणों के परिणामस्वरूप व्यक्ति सभी क्षेत्रों में अपने आपको अधिक योग्य (competent) एवं उत्पादक (productive) समझने लगता है। दूसरे तरफ यदि व्यक्ति में आत्म-सम्मान की आवश्यकता की पूर्ति नहीं होती हैं, तो व्यक्ति अपने आप को लाचार, कमजोर, हतोत्साहित (discouraged) तथा समस्याओं से निपटने की पर्याप्त क्षमता की कमी आदि गुणों से युक्त मानता है। मैसलो (Maslow) ने यह भी स्पष्ट किया है कि सही अर्थ में आत्म-सम्मान (self-esteem) व्यक्ति की योग्यताओं (competences) एवं क्षमताओं (abilities) के वास्तविक मूल्यांकन (realistic evaluation) पर तथा साथ-ही-साथ दूसरों से प्राप्त वास्तविक सम्मान पर आधारित होता है। यह आवश्यक है कि व्यक्ति को दूसरों से मिलने वाला मान-सम्मान अवास्तविक या छिछला न होकर उनके अर्जित योग्यताओं एवं क्षमताओं पर आधारित हो।

5. आत्म-सिद्धि की आवश्यकताओं *(Self-actualization need)*—मैसलो के पदानुक्रमिक मॉडल (hierarchical model) का यह सबसे अन्तिम चरण होता है जहाँ व्यक्ति तब पहुँचता है जब इसके नीचे की चारों आवश्यकताओं अर्थात् जैविक आवश्यकता (biological need), सुरक्षा की आवश्यकता (safety need), सम्बद्धता एवं स्नेह की आवश्यकता तथा सम्मान की आवश्यकता (esteem need) की पूर्ति संतोषजनक ढंग से हुई हो। आत्म-सिद्धि (self-actualization) से तात्पर्य आत्म-उन्नति (self-improvement) की एक ऐसी अवस्था से होती है जहाँ व्यक्ति अपनी योग्यताओं एवं अन्तःक्षमताओं (potentialities) से पूर्णरूपेण अवगत होता है तथा उसके अनुरूप अपने आप को विकसित करने की इच्छा करता है। संक्षेप में, आत्म-सिद्धि (self-actualization) से तात्पर्य अपनी अन्तःक्षमताओं के अनुरूप अपने आप को विकसित करना होता है।

मैसलो (Maslow, 1968) ने यह स्पष्ट किया कि आत्म-सिद्धि की आवश्यकता की अवस्था पदानुक्रमिक मॉडल के अन्य अवस्थाओं से इस अर्थ में भिन्न है कि इसके ठीक निचली अवस्था अर्थात् सम्मान की आवश्यकता (esteem need) की पूर्ति हो जाने पर व्यकित अन्य अवस्थाओं के समान स्वतः इस अवस्था में अर्थात् आत्म-सिद्धि (self-actualization) की अवस्था में नहीं आ जाता है। मैसलो द्वारा आत्म-सिद्धि व्यक्तियों (self-actualizing persons) पर किये गए शोधों से यह स्पष्ट हो गया है कि इस अंतिम अवस्था में सिर्फ वही लोग आ पाते हैं जिनमें सम्मान की आवश्यकता की पूर्ति हुई हो तथा साथ-ही-साथ जिनमें बी मूल्यों[1] (B-value) की परिपूर्णता हो। अगर व्यक्ति ऐसा है जिन्हें सम्मान की आवश्यकता की पूर्ति तो हुई हैं परन्तु बी-मूल्यों (B-value) की कमी है, तो वैसे लोग आत्म-सिद्धि (self-actualization) के इस अंतिम अवस्था में नहीं आ पाते हैं।

मैसलो ने अपने शोध के आधार पर निम्नांकित चार और अन्य ऐसे कारक बतलाये हैं जिनके चलते व्यक्ति इस अंतिम अवस्था पर पहुँचने से वंचित रह जाता है। वे चार कारण हैं—

(i) आत्म-सिद्धि की आवश्यकता एक कमजोर या सबसे कम प्रबल (potent) आवश्यकता है। फलतः यह अन्य आवश्यकताओं से आसानी से दब जाती है और व्यक्ति इस अवस्था पर पहुँचने की तमन्ना खो देता है।

(ii) जिन व्यक्तियों में अपने अन्तःक्षमताओं एवं अन्तःशक्तियों को उन्नत करने पर एक ऐसी परिस्थिति उत्पन्न होने की आशंका हो जाती है जिसके साथ उनका निपटना सम्भव नहीं हो सकता है, तो वैसे लोग भी इस अंतिम अवस्था तक पहुँचने से वंचित रह जाते हैं। इस तरह की मनोग्रंथि (complex) को मैसलो ने *जोनाह मनोग्रन्थि* (Jonah complex) कहा है।

(iii) आत्म-सिद्धि की आवश्यकता की अवस्था पर व्यक्ति इसलिए भी नहीं पहुँच पाता है क्योंकि इस अवस्था पर जाने के लिए व्यक्ति में पर्याप्त अनुशासन, प्रयास, आत्म-नियंत्रण एवं आत्म-साहस (self-courage) की आवश्यकता होती है। इन गुणों के अभाव में व्यक्ति इस अंतिम अवस्था पर पहुँचने से वंचित रह जाता है।

(iv) जिन व्यक्तियों को बाल्यावस्था में अत्यधिक स्नेह एवं स्वतंत्रता या फिर अत्यधिक तिरस्कार एवं नियंत्रण का सामना करना होता है, वे भी इस अवस्था तक नहीं पहुँच पाते हैं।

---

1. बी-मूल्यों (B-values) की चर्चा आगे की गयी है।

पदानुक्रमिक मॉडल (hierarchical model) की उपर्युक्त पाँच आवश्यकताएँ (needs) हैं जिन्हें मैसलो ने मूल आवश्यकता (basic need) कहा है। इन मूल आवश्यंकताओं (basic needs) के अलावा भी कुछ आवश्यकताएँ (needs) हैं जिनका व्यक्ति के व्यवहारों पर अधिक प्रभाव पड़ता है। ऐसी आवश्यकताओं में निम्नांकित प्रधान हैं—

(i) संज्ञानात्मक आवश्यकता (cognitive need)

(ii) तंत्रिकातापी आवश्यकता (neurotic need)

(iii) न्यूनता अभिप्रेरक (deficiency or deficit motivation)

(iv) वर्धन अभिप्रेरक (growth motivation)

इन चारों का वर्णन निम्नांकित हैः—

(i) संज्ञानात्मक आवश्यकता *(Cognitive need)*—संज्ञानात्मक आवश्यकता से तात्पर्य उन आवश्यकताओं से होता है जो सूचनात्मक (informative) होतीं हैं। इस श्रेणी में मैसलो (Maslow) ने जानने की आवश्यकता (need to know) तथा समझने की आवश्यकता (need to understand) को रखा है। इन दोनों आवश्यकताओं का एक अपना अलग पदानुक्रम (hierarchy) होता है जिसमें प्रबलता (potency) के क्रम में पहले जानने की आवश्यकता (need to know) को रखा गया है और उसके बाद समझने की आवश्यकता (need to understand) को। दूसरे शब्दों में, जानने की आवश्यकता की प्रबलता समझने की आवश्यकता (need to understand) से अधिक होती है। संज्ञानात्मक आवश्यकता (cognitive need) का महत्त्व यह है कि इन आवश्यकताओं को बाधित होने से पदानुक्रमिक मॉडल (hierarchical model) की पाँचों आवश्यकताओं की संतुष्टि होना दुर्लभ हो जाता है। जैसे, जैविक आवश्यकता की संतुष्टि होने के लिए यह आवश्यक है कि व्यक्ति यह जाने की भोजन कहाँ है? सुरक्षा आवश्यकता की संतुष्टि होने के लिए यह आवश्यक है कि व्यक्ति यह जाने की शरणस्थान का निर्माण कैसे किया जाता है? यही बात पदानुक्रमिक मॉडल की अन्य आवश्यकताओं के साथ भी है।

(ii) तंत्रिकातापी या स्नायुविकृत आवश्यकता *(neurotic need)*—मैसलो के अनुसार कुछ आवश्यकताएँ ऐसी होतीं हैं जिनकी संतुष्टि से व्यक्ति में स्वास्थ्य का वर्धन नहीं होता है बल्कि व्यक्ति में विकृति, निष्क्रियता (stagnation) आदि बनी रहती है। इसे उन्होंने तंत्रिकातापी आवश्यकता (neurotic need) कहा है। ऐसी आवश्यकताओं की उत्पत्ति तब होती है जब व्यक्ति में मूल आवश्यकताएँ (basic need) की संतुष्टि नहीं हो पाती है। जैसे, जब व्यक्ति की सम्बद्धता (belongingness) एवं स्नेह की आवश्यकता की संतुष्टि नहीं होती है तो वह दूसरों के प्रति आक्रामक (aggressive) एवं विद्वेषी (hostile) हो जाता है जो तंत्रिकातापी या स्नायुविकृत आवश्यकता (neurotic need) का एक उदाहरण बनता है।

(iii) न्यूनता अभिप्रेरक *(deficiency or deficit motivation)*—इस अभिप्रेरक को मैसलो ने डी-अभिप्रेरक (D-motivation) भी कहा है। इस तरह के अभिप्रेरक का मुख्य उद्देश्य व्यक्ति में न्यून या हीन अवस्थाओं (deficit states) जैसे—भूख, ठंढक, असुरक्षा आदि से उत्पन्न तनाव (tension) को दूर करने के लिए प्रेरित करता है। अतः डी-अभिप्रेरक मैसलो के पदानुक्रम मॉडल के निम्न-स्तरीय आवश्यकता (lower-level need) के लगभग समान हैं। मैसलो (Maslow, 1962) ने डी-अभिप्रेरक (D-motive) के निम्नांकित पाँच विशेषताओं पर प्रकाश डाला हैः—

(a) डी-अभिप्रेरक की अनुपस्थिति (absence) से व्यक्ति बीमार पड़ जाता है। जैसे, यदि व्यक्ति अपनी भूख मिटाने के लिए भोजन न करे तो वह जल्द ही बीमार पड़ जा सकता है।

(b) डी-अभिप्रेरक की उपस्थिति से व्यक्ति में रुग्नता (illness) की रोक-थाम होती है। जैसे, व्यक्ति यदि भोजन समय से खाता है तो वह बीमार पड़ने से बच सकता है।

(c) डी-अभिप्रेरक के पुनः स्थापन (restoration) से व्यक्ति चंगा हो जाता है।

(d) कुछ विशेष परिस्थिति में वंचित व्यक्ति (deprived person) द्वारा डी-अभिप्रेरक को अन्य अभिप्रेरकों की तुलना में पंसद किया जाता है। जैसे, एक भूखा व्यक्ति भोजन को यौन (sex) के अनुपात में अधिक पसंद करता है।

(e) आत्म-सिद्ध व्यक्तियों (self-actualizing person) के लिए डी-अभिप्रेरक (D-motive) बहुत महत्त्वपूर्ण नहीं होता है। ऐसे व्यक्तियों में इस तरह का अभिप्रेरक कार्यात्मक रूप (functionally) से अनुपस्थिति होते

हैं। परन्तु जो लोग आत्म-सिद्ध (self-actualizing) नहीं होते हैं उनका व्यवहार डी-अभिप्रेरक से अधिक निर्देशित होता है।

(iv) वर्धन अभिप्रेरक *(growth motivation)*—वर्द्धन अभिप्रेरक से तात्पर्य वैसे अभिप्रेरकों से होता है जो व्यक्ति को अपने अन्तःशक्ति या अन्तःक्षमताओं (potentials) की पहचान कर उसे विकसित करने के लिए प्रेरित करता है। अतः यह निश्चित रूप से एक उच्च-स्तरीय आवश्यकता (high-level need) है। इसे मैसलो ने *मेटा आवश्यकता* (meta needs) या *सत्त्व अभिप्रेरक* (Being या B-motive) भी कहा है। इस तरह की आवश्यकता या अभिप्रेरक आत्म-सिद्ध व्यक्तियों (self-actualizing person) का मुख्य अभिप्रेरक होता है। बी-अभिप्रेरक की उत्पत्ति व्यक्ति में तब होती है जब उसके डी-अभिप्रेरक की संतुष्टि हो जाती है। अभी हाल में मैसलो (Maslow, 1967) ने यह स्पष्ट किया है कि मेटा आवश्यकता डी-अभिप्रेरक के समान के साहजिक (instinctive) होता है। अतः मानसिक स्वास्थ्य (mental health) बनाये रखने के लिए तथा अधिकतम वर्धन (growth) एवं विकास के लिए ऐसे अभिप्रेरकों की संतुष्टि अनिवार्य हैं। ऐसा नहीं होने से व्यक्ति मानसिक रूप से बीमार (mentally ill) हो जाता है। अपने अन्तःशक्तियों के अधिकतम विकास (growth) की प्राप्ति में असफल रहने पर जो बीमारी उत्पन्न होती है, उसे मैसलो ने मेटारोग (metapathologies) कहा है। मैसलो ने मेटा-आवश्यकता (meta need) में 18 तरह की आवश्यकताओं (needs) को सम्मिलित किया है और उससे सम्बद्ध *मेटारोग* (metapathology) का भी वर्णन किया है। ये 18 आवश्यकताएँ हैं—सच्चाई (truth), अच्छाई (goodness), अद्वितीयता (uniqueness), पूर्णता (perfection), अनिवार्यता (necessity), सम्पूरण (completion), न्याय (justice), क्रम (order), सरलता (simplicity), विस्तृतता (comprehensiveness), प्रयासशीलता (effortfulness), विनोदशीलता (playfulness), आत्म-पर्याप्तता (self-sufficiency) तथा अर्थपूर्णता (meaningfulness)। प्रत्येक मेटा-आवश्यकता से सम्बन्धित कुछ मेटा-रोग (metapathology) होते हैं। जैसे, सच्चाई जैसी मेटा-आवश्यकता की संतुष्टि नहीं होने पर व्यक्ति में विश्वासहीनता, शक, कटुता (cynicism) आदि का विकास होता है। अच्छाई (goodness) जैसी मेटा-आवश्यकता (meta need) की संतुष्टि नहीं होने से व्यक्ति में घृणा, अरुचि, विरक्ति (disgust) आदि जैसे गुण विकसित होते हैं। उसी तरह अन्य सभी मेटा-आवश्यकता के कुंठित हो जाने के फलस्वरूप विशेष प्रकार के रोगात्मक लक्षण (pathological symptom) उत्पन्न होने पर उन्होंने प्रकाश डाला है।

मैसलो (Maslow, 1971) ने यह भी स्पष्ट किया है कि सभी मेटा-आवश्यकता (meta needs) या वर्धन अभिप्रेरक (growth motive) का मूल्य (value) लगभग समान होता है। अतः उनका कोई पदानुक्रम (hierarchy) नहीं होता है और उन्हें एक-दूसरे के लिए आसानी से प्रतिस्थापित (substitute) किया जा सकता है। जो लोग मेटा-अभिप्रेरित (metamotivated) होते हैं, वे सच्चाई, अच्छाई, नियम एवं कानून, न्याय आदि के लिए समान रूप से प्रयत्नशील होते हैं। आत्मसिद्ध (self-actualizing) व्यक्तियों का अभिप्रेरणात्मक जिन्दगी में इन मेटा-आवश्यकताओं की भूमिका अधिक होती है।

(ख) स्वस्थ व्यक्तित्व : आत्मसिद्ध व्यक्ति का विकास *(Healthy Personality : Development of self-actualizing person)*—मैसलो के व्यक्तित्व सिद्धान्त की एक मुख्य विशेषता यह है कि यह सिद्धान्त मानसिक रूप से स्वस्थ व्यक्तियों के अध्ययन पर आधारित हैं। मैसलो ने इन व्यक्तियों का अध्ययन करके आत्मसिद्ध व्यक्तियों (self-actualizing) की पहचान करने के लिए कुछ खास-खास विशेषताओं (characteristics) का वर्णन किया है। ऐसी प्रमुख विशेषताएँ निम्नांकित 16 हैं:—

(i) ऐसे व्यक्तियों का प्रत्यक्षण वास्तविक (realistic) होता है अर्थात् उसमें पूर्वाग्रह, अनियमितता आदि की बू नहीं होती हैं।

(ii) ऐसे व्यक्ति अपने आप का, दूसरों का तथा वातावरण के अन्य वस्तुओं का प्रत्यक्षण ठीक वैसी ही करते हैं जैसा कि वे होते हैं।

(iii) ऐसे लोगों में सरलता, स्वाभाविकता (naturality) तथा सहजता (spontaneity) का गुण होता है।

(iv) ऐसे लोग समस्या-केन्द्रित (problem-centered) व्यवहार करते हैं न कि आत्म-केन्द्रित (self-centered) व्यवहार करते हैं

(v) ऐसे लोगों में अनासक्ति (detachment) का भाव होता है तथा वे गोपनीयता (privacy) को पसंद करते हैं।

(vi) ऐसे लोग स्वतंत्रता तथा स्वायत्तता (autonomy) को पसंद करते हैं।

(vii) ऐसे लोगों में अन्य लोगों एवं घटनाओं को नवीनतम दृष्टिकोण से न कि घिसी-पिटी ढंग से अवलोकन करने की विशेष शक्ति होती है।

(viii) ऐसे लोगों में कुछ विशेष आलौकिक शक्ति एवं अनुभूतियाँ (experiences) होतीं हैं जिनसे व्यक्ति अपने आप को काफी आश्वस्त (confident), साहसी एवं निर्णायक (decisive) समझता है। इसे मैसलो ने *शीर्ष अनुभूति* (peak experience) कहा है।

(ix) ऐसे लोगों में मानवीयता (humanism) के भाव की प्रधानता होती है अर्थात् ऐसे लोगों में सामाजिक अभिरुचि (एडलर के शब्दों में) की प्रधानता होती है।

(x) ऐसे लोगों का संबंद्ध कुछ विशेष महत्त्वपूर्ण लोगों के साथ अधिक घनिष्ठ होता है तथा ऐसे लोगों में बहुत सारे लोगों के साथ सतही सम्बद्ध (superficial relationship) बनाये रखने की बुरी आदत नहीं होती है।

(xi) ऐसे लोग प्रजातन्त्रात्मक मूल्य (democratic value) एवं मनोवृत्ति (attitude) अधिक दिखलाते हैं।

(xii) ऐसे लोग साधन (means) एवं साध्य (ends) में स्पष्ट अन्तर रखकर उस पर पहल करते हैं।

(xiii) ऐसे लोगों के मनोविनोद (humor) का भाव विद्वेषी (hostile) न होकर दार्शनिक (philosophical) होता है।

(xiv) ऐसे लोग सर्जनात्मक (creative) प्रवृत्ति के होते हैं।

(xv) ऐसे लोग संस्कृति (culture) के प्रति अनुरूपता (conformity) नहीं दिखलाते हैं।

(xvi) ऐसे लोग अपने वातावरण के साथ सिर्फ समायोजन (adjusment) ही नहीं करते हैं बल्कि उसकी उत्कृष्टता (transcendence) को भी समझने की कोशिश करते हैं।

मैसलो (Maslow, 1971) ने अपने व्यक्तित्व सिद्धान्त में यह भी बतलाया है कि व्यक्ति में आत्म-सिद्धि (self-actualization) को किस तरह से प्रोत्साहित किया जा सकता है। इन्होंने आत्म-सिद्धि को बढ़ाने या प्रोत्साहित करने के लिए स्कूल को सबसे उत्तम स्थान बतलाया है और कहा है कि छात्रों को अपनी स्वतंत्र पहचान बनाने में रुचियुक्त व्यवसाय की खोज करने तथा उत्तम मूल्यों (values) को समझने के लिए किये गए प्रयासों से आत्म-सिद्धि (self-actualization) का विकास होता है।

(ग) व्यक्तित्व का मापन एवं शोध *(Measurement and Research in Personality)*—ऐसे तो स्वयं मैसलो ने व्यक्तित्व मापन के लिए कोई प्रविधि (technique) का प्रतिपादन नहीं किया है लेकिन एवरेट्ट शोस्ट्रोम (Everett Shostrom) ने आत्म-सिद्धि (self-actualization) को मापने के लिए एक विशेष प्रश्नावली का निर्माण किया है जिसे *परसनल ऑरियन्टेशन इन्वेन्ट्री* (Personal Orientation Inventory या POI) की संज्ञा दी गयी है। इस परीक्षण में कथनों (statements) का 150 युग्म (pairs) होते हैं और उनमें से व्यक्ति को यह बतलाना होता है कि युग्म का कौन कथन उसके लिए सबसे अधिक उपयुक्त हैं। POI में दो मुख्य मापनी (major scale) हैं—*समय सामर्थ्यता मापनी* (Time competence scale) तथा *आन्तरिक निर्देशन मापनी* (Inner-directedness scale)। समय सामर्थ्यता मापनी द्वारा इस तथ्य का मापन होता है कि व्यक्ति की गतिविधियाँ कहाँ तक अपने वर्तमान समय के अनुरूप होती हैं तथा आन्तरिक-निर्देशन मापनी (Inner-directedness scale) इस तथ्य का मापन करता है कि कहाँ तक व्यक्ति महत्त्वपूर्ण निर्णय एवं मूल्यों (values) के लिये अपने ऊपर न कि दूसरों के ऊपर निर्भर करता है। बाद में शोस्ट्रीम (Shostrom) ने POI को अधिक उन्नत बनाया और उसका नाम *परसनल ऑरयन्टेशन डाइमेन्सन* (Personal Orientation Dimension or POD) रखा। इसमें 240 एकांश हैं और POI से इसका सहसम्बन्ध धनात्मक पाया गया। जोन्स एवं क्रैण्डल्ला (Jones & Crandalla, 1986) ने आत्म-सिद्धि (self-actualization) को मापने के लिए 15 एकांश वाला एक परीक्षण (test) विकसित किया है। आत्म-सम्मान (self-esteem) के दो महत्त्वपूर्ण तत्त्व अर्थात् विश्वास तथा लोकप्रियता (popularity) को मापने के लिए लोर्र एवं ऊण्डर्लिक (Lorr & Wunderlich, 1986) ने एक आविष्कारिका विकसित किया है जिसे *आत्म-मनोवृत्ति आविष्कारिका* (Self-Attitude Inventory) कहा गया। स्वयं मैसलो ने व्यक्तित्व मापन के लिए साक्षात्कार, स्वतंत्र साहचर्य, प्रक्षेपण प्रविधियाँ एवं जीवन-सम्बन्धी सामग्रियों (biographical materials) का उपयोग करने पर अधिक बल डाला था।

स्वयं मैसलो अपने सिद्धान्त के किसी पहलू पर विशेष शोध (research) तो नहीं किये परन्तु अन्य मनोवैज्ञानिकों ने POI की मदद से कुछ शोध किये हैं। अधिकतर ऐसे शोध सहसम्बन्धात्मक (correlational) हैं जिनमें POI पर आये प्राप्तांकों (scores) को व्यक्तित्व या व्यवहार के अन्य मापकों (measures) के साथ सहसम्बन्धित (correlate) किया गया है। मैककलैन (Mc Clain, 1979) ने POI प्राप्तांक (POI scores) तथा सांवेगिक स्वास्थ्य (emotional health) के बीच, लीमे एवं डाम्म (Lemay & Damm, 1968) ने POI प्राप्तांक तथा सर्जनात्मकता (creativity) के बीच धनात्मक सहसम्बन्ध (positive correlation) पाया है। जाक्कारिया एवं विर (Zaccaria & Weir, 1967) ने POI प्राप्तांक तथा मद्यपानता (alcoholism) के बीच नकरात्मक सहसम्बन्ध (negative correlation) पाया है।

मैसलो के सिद्धान्त का मूल्यांकन (*Evaluation of Maslow's theory*)—मैसलो के व्यक्तित्व सिद्धान्त के कुछ गुण एवं परिसीमाएँ हैं इसके प्रमुख *गुण* (merits) निम्नांकित हैं:—

(i) मैसलो के व्यक्तित्व सिद्धान्त ने सबसे प्रथम बार व्यक्ति के व्यवहारों को आशावादी (optimism) एवं मानवतावदी दृष्टिकोणों से समझने की प्रेरणा प्रदान की। सचमुच में लोग व्यवहारवादी दृष्टिकोण एवं मनोविश्लेषणात्मक दृष्टिकोण से व्यक्तित्व की गई व्याख्या से ऊब गये थे। मैसलो के सिद्धान्त ने लोगों को इस ऊब से छुटकारा दिलाया।

(ii) मैसलो के व्यक्तित्व सिद्धान्त को सामाजिक (social), नैदानिक (clinical) एवं वैयक्तिक परिस्थितियों (personal situation) में काफी सफलतापूर्वक प्रयोग किया गया है। इससे इस सिद्धान्त की उपयोगिता काफी विस्तृत है। सुल्ज (Schultz, 1990) के अनुसार इस सिद्धान्त की उपयोगिता मनोचिकित्सा (psychotherapy), शिक्षा (education), चिकित्साशास्त्र (medicine) तथा संगठनात्मक व्यवस्था (organization management) आदि में काफी अधिक हैं।

(iii) मैसलो द्वारा प्रतिपादित आत्म-सिद्धि (self-actualization) का सम्प्रत्यय आधुनिक मनोवैज्ञानिकों के लिए एक वरदान-सा साबित हुआ है क्योंकि इस सम्प्रत्यय के आधार पर मानव की आन्तरिक अंतःशक्तियों (inner potentials) को समझने में काफी मदद मिली है।

इन गुणों के बावजूद मैसलो के व्यक्तित्व सिद्धान्त में कुछ *खामियाँ* (limitations) हैं जिनपर भी लोगों ने प्रकाश डाला है। इन खामियों में निम्नांकित प्रमुख हैं—

(i) मैसलो के व्यक्तित्व सिद्धान्त के विभिन्न सम्प्रत्यय (concept) एक-दूसरे पर काफी अतिच्छादित (overlap) हैं फलतः किसी एक सम्प्रत्यय (concept) का दूसरे सम्प्रत्यय से अलग कर वर्णन करना या उसपर शोध (research) करना सम्भव नहीं है। इससे इनके सिद्धान्त में अनावश्यक जटिलता (complexity) उत्पन्न हो गयी है।

(ii) सुल्ज (Schultz, 1990) के अनुसार मैसलो ने अपने सिद्धान्त के प्रतिपादन के लिए मात्र 49 प्रयोज्यों (subjects) का साक्षात्कार लिया तथा उन पर कुछ मनोवैज्ञानिकों परीक्षणों को क्रियान्वयन कर आँकड़े इकट्ठा किये। सुल्ज ने इस पर टिप्पणी करते हुए कहा है कि इतने कम प्रयोज्यों से प्राप्त आँकड़ों पर आधारित सिद्धान्त को एक वैज्ञानिक सिद्धान्त नहीं माना जा सकता है।

(iii) कुछ आलोचकों का मत है कि मैसलो ने अपने अध्ययन में आत्म-सिद्ध व्यक्तियों के बारे में जिन साधनों के माध्यम से आँकड़ों का संग्रहण किया है, वह काफी अस्पष्ट एवं अयथार्थ हैं। उन्होंने कुछ मनोवैज्ञानिक परीक्षण एवं जीवन-कथा सम्बन्धी सामग्रियों (biographical material) के सहारे आत्म-सिद्ध व्यक्तियों के बारे में सूचना इकट्ठा किया था। आलोचकों का मत है कि मैसलो ने परीक्षण एवं जीवन-कथा सम्बन्धी सामग्रियों का विश्लेषण कैसे किया था, यह कभी उन्होंने स्पष्ट नहीं किया तथा साथ-ही-साथ उन्होंने यह भी स्पष्ट नहीं किया है कि जीवित व्यक्तियों पर साक्षात्कार एंव स्वतंत्र साहचर्य से प्राप्त अनुक्रियाओं के आधार पर वे यह किस तरह से निष्कर्ष निकाल पाये कि ऐसे व्यक्ति में से कुछ व्यक्ति आत्म-सिद्ध व्यक्ति (self-actualizing person) हैं।

(iv) मैसलो ने अपने सिद्धान्त में कुछ सम्प्रत्ययों (concepts) जैसे मेटा-आवश्यकता (meta-need), मेटा-रोग (meta-pathology), आत्म-सिद्धि (self-actualization) आदि का एक वस्तुनिष्ठ एवं वैज्ञानिक व्याख्या प्रस्तुत नहीं किया है। आलोचकों ने मैसलो द्वारा इन पदों के प्रयोग में कई असंगतताएँ (inconsistencies) पाया है।

(v) मैसलो के सिद्धान्त के अनुसार एक समय में एक ही स्तर की आवश्यकता (need) व्यक्ति में क्रियाशील होती है। परन्तु आलोचकों का मत है कि एक से अधिक स्तर की आवश्यकता (need) व्यक्ति में एक ही समय में क्रियाशील हो सकती है। जैसे, एक आइ॰ ए॰ एस॰ ऑफ़िसर आत्म-सिद्धि की आवश्यकता की सन्तुष्टि की ओर अग्रसर होते हुए अपनी सुरक्षा आवश्यकता (safety need) की ओर सजग हो सकता है।

इन आलोचनाओं के बावजूद मैसलो का व्यक्तित्व सिद्धान्त एक उपयोगी सिद्धान्त साबित हुआ है। खासकर मनोचिकित्सा (psychotherapy), औद्योगिक एवं संगठनात्मक क्षेत्रों एवं चिकित्साशास्त्र (medicines) क्षेत्र में इस सिद्धान्त की सर्वाधिक उपयोगिता आज भी बनी हुई हैं।

अलबर्ट बैण्डुरा : व्यक्तित्व का सामाजिक सीखने का सिद्धान्त
(Albert Bandura : Social learning Theory of Personality)

व्यक्तित्व का सामाजिक सीखने का सिद्धान्त सचमुच में स्कीनर द्वारा प्रतिपादित व्यवहारवादी सिद्धान्त (behaviouristic theory) का ही एक विस्तरित रूप हैं। सामाजिक-सीखने का सिद्धान्त में व्यक्तित्व की व्याख्या करने में स्कीनर के ही समान स्पष्ट व्यवहारों (overt behaviour) पर अधिक बल डाला गया है। परन्तु स्कीनर से हटकर इस सिद्धान्त में आन्तरिक संज्ञानात्मक चरों (internal cognitive variables) जो उद्दीपक (stimulus) तथा अनुक्रिया (response) के बीच में मध्यस्थता (mediate) करते हैं, को भी व्यक्तित्व की व्याख्या में सम्मानीय स्थान दिया गया है। ऐसे आन्तरिक संज्ञानात्मक चर (internal cognitive variables) जैसे—आवश्यकता (need), प्रणोद (drive), इच्छा संवेग आदि को स्कीनर ने आत्मनिष्ठता के तत्त्व से ओत-प्रोत होने के कारण पूर्णतः अस्वीकृत कर दिया था। इस तरह से स्पष्ट है कि सामाजिक सीखना सिद्धान्त में सीखने के महत्त्वपूर्ण नियमों (principles) को तो महत्त्व दिया ही गया है साथ-ही-साथ व्यक्ति के संज्ञानात्मक क्षमताओं (cognitive capacities) को भी इसमें काफी महत्त्व दिया गया है। इसलिए व्यक्तित्व के सामाजिक-सीखना सिद्धान्त को *संज्ञानात्मक-सीखना सिद्धान्त* (cognitive-learning theory) की भी संज्ञा दी गयी है।

सामाजिक-सीखना सिद्धान्त में सचमुच में तीन मनोवैज्ञानिकों के सिद्धान्तों को रखा गया है—अलबर्ट वैण्डुरा (Albert Bandura), मार्टिन सेलिगमैन (Martin Seligman) तथा वाल्टर मिसकेल (Walter Mischel)। इन तीनों मं अलबर्ट वैण्डुरा के सिद्धान्त को सबसे अधिक महत्त्वपूर्ण माना गया है तथा इस सिद्धान्त ने व्यक्तित्व मनोविज्ञान के क्षेत्र में अन्य सामाजिक-सीखना सिद्धान्तों की तुलना में अधिक शोध करने के लिए मनोवैज्ञानिकों को आकर्षित किया है। अतः हम यहाँ वैण्डुरा के ही सिद्धान्त पर ही विचार करेंगें।

वैण्डुरा (Bandura, 1925) द्वारा प्रतिपादित व्यक्तित्व का सिद्धान्त अन्य सामाजिक-सीखना सिद्धान्तों के अनुरूप निम्नांकित दो मुख्य प्रस्तावनाओं (premises) पर आधारित हैं—

(i) अधिकतर मानव व्यवहार अर्जित (acquired) होते हैं, अर्थात् व्यक्ति उन्हें अपने जीवन-काल में सीखता है।

(ii) मानव व्यवहार के सम्पोषण (maintenance) एवं विकास की व्याख्या करने के लिए सीखने का नियम (learning principle) पर्याप्त (sufficient) हैं।

वैण्डुरा का सामाजिक-सीखना सिद्धान्त में मानव स्वभाव (human nature) के कुछ खास-खास पूर्वकल्पनाओं (assumptions) जैसे—विवेकपूर्ण (rationality), पर्यावरणीयता (environmentalism), परिवर्तनशीलता (changeability) तथा ज्ञेयता (knowability) आदि पर अधिक बल डाला गया है परन्तु अधिभूतवाद (elementalism) जैसी पूर्वकल्पना पर नाम मात्र का बल डाला गया है। समस्थिति-विषमस्थिति (homeostasis-heterostasis) की पूर्वकल्पना को वैण्डुरा सिद्धान्त में महत्त्व नहीं दिया गया है। वैण्डुरा के सामाजिक-सीखना के सिद्धान्त को निम्नांकित छहः प्रमुख भागों में बाँट कर प्रस्तुत किया गया है—

1. अन्योन्यनिर्धार्यता का सम्प्रत्यय (concept of reciprocal determinism)
2. आत्म-तंत्र (self-esteem)
3. प्रेरणा (motivation)
4. मॉडलिंग : प्रेक्षण द्वारा सीखना (modeling : Learning by observation)
5. प्रेक्षणात्मक सीखना की प्रक्रियाएँ (processes of observational learning)
6. मापन एवं शोध (assessment and research)

इन सबका वर्णन हम एक-एक करके इस प्रकार करेंगे—

1. अन्योन्यनिर्धार्यता का सम्प्रत्यय *(Concept of reciprocal determinism)*—वैण्डुरा के सिद्धान्त में अन्योन्यनिर्धार्यता (reciprocal determinism) का सम्प्रत्यय एक काफी महत्त्वपूर्ण सम्प्रत्यय (concept) है। इस

सम्प्रत्यय (concept) के माध्यम से वैण्डुरा यह स्पष्ट करना चाहते थे कि मानव व्यवहार संज्ञानात्मक (cognitive), व्यवहारात्मक (behavioural) तथा पर्यावरणी (environmental) निर्धारकों के बीच सतत् अन्योन्य अन्तःक्रिया (reciprocal interaction) का एक प्रतिफल (product) होता है। इस तरह के अन्योन्य अतःक्रिया की प्रक्रिया को वैण्डुरा ने अन्योन्य निर्धार्यता (reciprocal determinism) की संज्ञा दी है। इस सम्प्रत्यय के अनुसार मानव क्रिया (action) में तीन कारकों का परस्पर प्रभाव हमेशा पड़ता है। वे तीन कारक हैं—

(i) बाह्य वातावरण (External environmental or E)
(ii) संज्ञानात्मक एवं आन्तरिक घटनाएँ (Cognitive and internal events or C)
(iii) व्यवहार (Behaviour or B)

इन तीनों के अन्योन्य प्रभावों (reciprocal effects) को चित्र- 13.16 में दिखलाया गया है। चित्र—13.16 से स्पष्ट है कि तीनों कारक त्रिभुज के प्रत्येक कोना (corner) में एक-दूसरे से संबंद्ध (interlocked) एवं अन्तःनिर्भर (interdependent) दिखलाये गए हैं। चित्र से यह भी स्पष्ट है कि इन तीन तत्त्व में से कोई भी एक तत्त्व या कारक अन्य दोनों को प्रभावित कर सकता है। जैसे किसी व्यक्ति का यह विश्वास कि वह क्या कर सकता है और यदि वह अमुक कार्य करे तो उसका परिणाम होगा (संज्ञानात्मक कारक) से उसका वास्तविक व्यवहार (actual behaviour) प्रभावित होता है और फिर उसके वास्तविक व्यवहार से उसका वातावरण (environment) प्रभावित हो जाता है जो बाद में चलकर व्यक्ति के प्रत्याशा (expectation) को काफी हद तक प्रभावित कर सकता है।

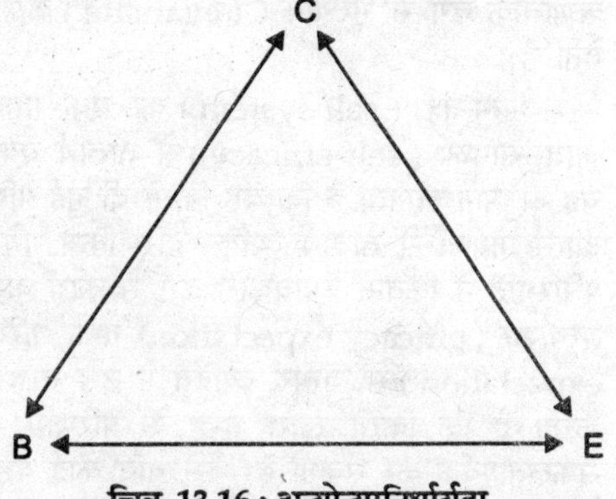

चित्र 13.16 : अन्योन्यानिर्धार्यता

अन्योन्य निर्धार्यता (reciprocal determinism) के सम्प्रत्यय को एक उदाहरण द्वारा इस प्रकार समझाया जा सकता है। इस उदाहरण के रूप में टेलीवीजन देखने के व्यवहार (television viewing behaviour) को हम ले सकते है। टेलीवीजन पर जो दिखलाया जाने वाला कार्यक्रम (televised environment) हैं वह तो सभी व्यक्तियों के लिए एक ही समान होता है। परन्तु कोई व्यक्ति विशेष के लिए यह कार्यक्रम अलग हो सकता है जो यह इस पर निर्भर करता है कि वह क्या देखना पंसद करता है। दर्शकों की पसंद (viewers' preference) से भविष्य में दिखलाये जानेवाले कार्यक्रम (programme or televised environment) प्रभावित होते हैं क्योंकि इनके पसंद के अनुरूप ही कार्यक्रम तैयार करने की आवश्यकता महसूस की जाती है। इसके अलावा कार्यक्रम को तैयार करने में लगा धन तथा अन्य जरूरतों से भी यह प्रभावित होता है कि भविष्य में दर्शकों के लिए कैसा कार्यक्रम तैयार होगा। इस तरह से दिखलाया गया कार्यक्रम (televised enviroment) अंशतः दर्शकों के पसन्द को प्रभावित करता है। इस उदाहरण में वैण्डुरा के अनुसार सभी तीन कारक दर्शक का पसंद (viewer's preferences), टेलीविजन देखने का व्यवहार तथा दिखलाया गया कार्यक्रम (televised environment) परस्पर एक-दूसरे को प्रभावित कर रहे हैं।

2. आत्म-तंत्र (*Self-System*)—अन्योन्य निर्धार्यता (reciprocal determinism) के सम्प्रत्यय से स्पष्ट है कि प्रत्येक चीज परस्पर ढंग से अन्तःक्रियात्मक (mututally interactive) होते हैं। प्रश्न यह उठता है कि क्या कोई इनका केन्द्र बिन्दु (starting point) भी होता है? वैण्डुरा ने इस प्रश्न का उत्तर 'हाँ' के रूप में दिया है और वह केन्द्र बिन्दु है—आत्म-तंत्र (self-system)।

वैण्डुरा ने यह स्पष्ट किया है कि आत्म-तंत्र (self-system) कोई मानसिक एजेन्ट (mental agent) नहीं है जिससे व्यवहारों का नियंत्रण होता है बल्कि यह एक ऐसा संज्ञानात्मक संरचनात्मक संरचना (cognitive structure) है जो व्यक्ति को एक संदर्भ प्रक्रम (reference mechanism) प्रदान तो करता ही है साथ-ही-साथ प्रत्यक्षण, मूल्यांकन एवं व्यवहारों के संचालन के लिए रास्ता प्रशस्त करता है। आत्म-तंत्र से व्यक्तित्व में संगतता (consistency) तथा एकात्मता (unity) उत्पन्न होती है। आत्म-तंत्र का सम्बन्ध चिन्तन (thinking) तथा प्रत्यक्षण (perception) से विशेष रूप से होता है। आत्म-तंत्र का एक तंत्र का एक महत्त्वपूर्ण कार्य आत्म-नियमन (self-regulation) है।

आत्म-नियमन से तात्पर्य चिन्तन द्वारा अपने वातावरण में जोड़-तोड़ (manipulation) करने तथा अपने कार्यों के परिणामों को स्पष्ट करने की क्षमता से होता है। आत्म-नियमन व्यवहार में तीन प्रक्रियाएँ होती हैं—

(a) आत्म-प्रेक्षण (self-observation)

(b) निर्णय प्रक्रिया (judgemental process)

(c) आत्म-अनुक्रिया (self-response)

आत्म-प्रेक्षण (self-observation) में व्यक्ति अपने आप को कुछ खास-खास कारकों जैसे निष्पादन के गुण (quality), मात्रा (quantity), मौलिकता (originality) आदि के रूप में प्रेक्षण करता है। निर्णयन प्रक्रिया (judgemental process) में व्यक्ति अपने व्यवहार को वैयक्तिक मानदंडों (personal standards) के रूप में तथा दूसरों के साथ तुलना करके किसी निर्णय पर पहुँचता है। आत्म-अनुक्रिया (self-response) में पहले किये गये प्रेक्षणों (observations) एवं निर्णयों (judgements) के आधार पर व्यक्ति अपने आप को धनात्मक एवं ऋणात्मक ढंग से मूल्यांकन (evaluate) करता है और उसी के संदर्भ में अपने आप को पुरस्कृत करता है या दंड देता है।

आत्म-तंत्र (self-system) का एक महत्त्वपूर्ण तत्त्व आत्म-सामर्थ्य (self-efficacy) है। वैण्डुरा के अनुसार आत्म-सामर्थ्य (self-efficacy) से तात्पर्य एक ऐसे आत्म-प्रत्यक्षण (self-perception) से होता है जिसमें व्यक्ति यह अनुमान लगाता है कि वह किसी दी हुई परिस्थिति में कितने प्रभावकारी ढंग से कार्य कर सकता है। दूसरे शब्दों में, आत्म-सामर्थ्य से तात्पर्य व्यक्ति द्वारा किये गये इस उम्मीद या प्रत्याशा (expectation) से होता है कि वह अमुक परिस्थिति में कितना प्रभावकारी ढंग से कार्य कर सकता है। ऐसे प्रत्याशा (expectation) के दो प्रकार हैं—*सामर्थ्य प्रत्याशा* (efficacy expectation) तथा *परिणाम प्रत्याशा* (outcome expectation)। *सामर्थ्य प्रत्याशा* (efficacy expectation) से तात्पर्य व्यक्ति में उस तरह के विश्वास (conviction) से होता है जिसके सहारे वह यह उम्मीद करता है कि किसी खास तरह के परिणाम की प्राप्ति के लिए जो व्यवहार या कार्य की जरूरत है, उसे वह सफलतापूर्वक कर सकता है। जैसे यदि कोई यह कह विश्वास करता है कि वर्ग में दिये गए समस्या का समाधान करने के लिए उसके पास पर्याप्त कौशल है, तो कहा जाएगा कि उसमें सामर्थ्य प्रत्याशा (efficacy expectation) अधिक हैं। *परिणाम प्रत्याशा* (outcome expectation) से तात्पर्य व्यक्ति के उस विश्वास से होता है जिसके सहारे वह यह समझता है कि अमुक व्यवहार करने से अमुक परिणाम निश्चित रूप से मिलेंगे। जैसे, यदि छात्र वर्ग में दिये गए समस्या का समाधान कर लेता है और यह उम्मीद करता है कि उसका समाधान शत-प्रतिशत सही होगा और यदि सचमुच में ऐसा होता है, तो यह कहा जाएगा कि छात्रों में परिणाम प्रत्याशा (outcome expectation) अधिक मजबूत है। यदि किसी व्यक्ति में सामर्थ्य प्रत्याशा (efficacy expectation) ऊँचा है तथा परिणाम प्रत्याशा (outcome expectation) वास्तविक (realistic) हैं, तो वह व्यक्ति कड़ी मेहनत करेगा और जब तक लक्ष्य पर पहुँच नहीं जाता है, अपना प्रयास जारी रखेगा। वैण्डुरा (Bandura, 1977) के अनुसार सामर्थ्य प्रत्याशा (efficacy expectation) समायोजनशीलता (adaptability) का एक महत्त्वपूर्ण भाग होता है।

3. प्रेरणा *(Motivation)*—वैण्डुरा (Bandura, 1977) के लिए प्रेरणा (motivation) एक संज्ञानात्मक व्याकृति (cognitive construct) है तथा इसके दो स्रोत (sources) होते हैं—*पहला स्रोत* भविष्य में मिलने वाला पुनर्बलन (future reinforcement) है। इस तरह के पुनर्बलन (reinforcement) से व्यक्ति एक खास ढंग से व्यवहार करने के लिए प्रेरित होता है। *दूसरा स्रोत* एक निश्चित लक्ष्य या निष्पादन के वांछित स्तर (desired level) को निर्धारित करके उसी के आलोक में अपने निष्पादन का मूल्यांकन करना होता है। इससे भी व्यक्ति उस वांछित स्तर (desired level) के अनुरूप निष्पादन करने के लिए प्रेरित होता है। वैण्डुरा तथा शुन्क (Bandura & Schunk, 1981) ने इस सम्बन्ध में एक प्रयोग भी किया है। इस अध्ययन के परिणाम में यह देखा गया है कि गणितीय कौशलों (mathematical skills) में कमजोर बच्चे जब अपने लिए निश्चित किये गए छोटे-छोटे लक्ष्यों की प्राप्ति के लिए प्रयास करते हैं तो उनका निष्पादन उस परिस्थिति की तुलना में काफी उन्नत हो जाता है जब उसके द्वारा निर्धारित किये गए लक्ष्य सुदूर (distant) थे तथा जिनपर पहुँचने में उसे अधिक समय लगता था। इस प्रयोग के आधार पर वैण्डुरा तथा शुन्क (Bandura& Shunk, 1981) द्वारा इस निष्कर्ष पर पहुँचा गया कि व्यक्ति जब अपने व्यवहार पर सतत मनन करता है तथा अपने व्यवहारों का मूल्यांकन (evaluation) करते रहता है, तो इससे एक तरह की आत्म-प्रेरणा मिलती है और वह पूर्वनिर्धारित लक्ष्यों के अनुरूप और अधिक कार्य करने के लिए प्रेरित होता है।

4. मॉडलिंग: प्रेक्षण द्वारा सीखना *(Modeling : Learning by observation)*—वैण्डुरा (Bandura, 1977) का मत है कि व्यक्ति दूसरों (या मॉडल) के व्यवहारों का प्रेक्षण करके तथा उसे दोहराकर (repeat) कर वैसा ही व्यवहार करना सीख लेता है। इसे ही मॉडलिंग (modeling) की संज्ञा दी जाती है। इस सिलसिले में वैण्डुरा, रॉस्स तथा रॉस्स (Bandura, Ross & Ross, 1963) ने एक लोकप्रिय प्रयोग किया है। इस प्रयोग में स्कूल के बच्चों को वयस्क द्वारा तीन से चार फीट की एक गुड़िया जिसे बौब गुड़िया (Bob doll) का नाम दिया गया था, को उछालते हुए, मारते हुए एवं उसके प्रति आक्रामकता (aggression) करते हुए दिखलाया गया। जब इन बच्चों को उसी गुड़िया के साथ अकेला छोड़ दिया गया तो देखा गया कि उनके द्वारा भी वैसा ही आक्रामक व्यवहार (aggressive behaviour) उस गुड़िया के प्रति दिखलाया गया। बाद के प्रयोगों में जब बच्चों के टेलीवीजन पर ऐसे ही आक्रामक दृश्य (aggressive scene) दिखलाये गए तो उनका व्यवहार उन बच्चों की तुलना में अधिक आक्रामक हो गए जिन्हें ऐसे दृश्य टेलीविजन (television) पर नहीं दिखलाये गए थे। वैण्डुरा (Bandura, 1977, 1986) द्वारा किये गए शोधों के आधार पर मॉडल (model) के निम्नांकित तीन कारकों (factors) को अधिक महत्त्वपूर्ण बतलाया गया है जिनसे मॉडलिंग (modeling) प्रभावित होता है—

(a) मॉडल की विशेषताएँ (characteristics of model)
(b) प्रेक्षक की विशेषताएँ (characteristics of observers)
(c) व्यवहार के पुरस्कार परिणाम (reward consequences of behaviour)

इन तीनों कारकों का वर्णन निम्नांकित हैं:—

(a) मॉडल की विशेषताएँ *(Characteristics of model)*—वैण्डुरा (Bandura, 1977) ने मॉडल के कुछ ऐसी विशेषताओं का वर्णन किया है—जिनसे मॉडलिंग (modeling) की प्रक्रिया प्रभावित होती है अर्थात् जिनसे मॉडल के व्यवहारों को अनुकरण करने की प्रक्रिया प्रभावित होती है। इन विशेषताओं में मॉडल तथा प्रयोज्य (subject) के बीच समानता (similarity), प्रयोज्य के अनुपात में मॉडल के उम्र एवं यौन, मॉडल का स्तर एवं प्रतिष्ठा (prestige) तथा मॉडल द्वारा किये गया व्यवहार आदि प्रमुख हैं। जब प्रयोज्य एवं मॉडल के बीच समानता (similarity) कमती है, तो इससे मॉडलिंग (modeling) में कमी आती है। प्रयोज्य (subjects) उन मॉडलों से ज्यादा प्रभावित होते हैं जो समान उम्र एवं यौन (sex) के होते हैं। उसी तरह से जब मॉडल के रूप में किसी प्रतिष्ठित व्यक्ति द्वारा अमुक व्यवहार करते दिखलाया जाता है, तो ऐसी परिस्थिति में प्रयोज्य उसके वयवहारों का नकल तेजी से करते हैं, अर्थात् मॉडलिंग की प्रक्रिया तीव्र हो जाती है। जब मॉडल उसी तरह से कोई जटिल व्यवहार (complex behaviour) करता पाया जाता है, तो प्रयोज्य उसका अनुकरण साधारण व्यवहार (simple behaviour) की तुलना में कम करता है।

स्पष्ट हुआ कि मॉडल की कुछ विशेषताएँ हैं जिससे मॉडलिंग की प्रतिक्रिया प्रभावित होती हैं।

(b) प्रेक्षक की विशेषताएँ *(Characteristics of observers)*—प्रेक्षक या प्रयोज्य (subject) की भी कुछ विशेषताएँ होती हैं जिनसे मॉडलिंग प्रभावित होती है। जिस प्रेक्षक या दर्शक या प्रयोज्य में आत्म-विश्वास (self-confidence) तथा आत्म-सम्मान (self-esteem) की कमी होती है, वे उन दर्शकों या व्यक्तियों की तुलना में मॉडल के व्यवहारों को अनुकरण अधिक करते हैं जिनमें आत्म-विश्वास तथा आत्म-सम्मान का भाव अधिक होता है। उसी तरह से जिन व्यक्तियों को अपने बीते दिनों में दूसरों के व्यवहारों का अनुकरण करने के लिए पुरस्कार दिया गया होता है, वे दिये गए मॉडल के व्यवहारों का अनुकरण उन व्यक्तियों की तुलना में तेजी से करते हैं जिन्हें ऐसे पुरस्कार पाने का कोई अनुभव नहीं होता है।

(c) व्यवहार का पुरस्कार परिणाम *(reward consequences of behaviour)*—मॉडलिंग की प्रक्रिया मॉडल के व्यवहारों को अनुकरण करने के बाद मिलने वाले पुरस्कार पर भी निर्भर करता है। वैण्डुरा के अनुसार यह कारक (factor) इतना अधिक प्रभावशाली है कि इसके सामने उपर्युक्त दोनों कारकों या विशेषताओं का महत्त्व गौण हो जाता है। जैसे, बैण्डुरा का मत है कि व्यक्ति निश्चित रूप से एक प्रतिष्ठित मॉडल (high-status model) के व्यवहारों का अनुकरण करता है। परन्तु यदि इस अनुकरणित व्यवहार के बाद व्यक्ति को पुरस्कार नहीं मिलता है या कोई धनात्मक लाभ (positive gain) नहीं होता है, तो प्रतिष्ठित (high-status) मॉडल (model) का भी मॉडलिंग पर कोई प्रभाव नहीं रह जाता है।

5. प्रेक्षणात्मक सीखना की प्रक्रियाएँ *(Processes of observational learning)*—वैण्डुरा ने अपने सिद्धान्त

में मॉडलिंग को प्रभावित करने वाले कारकों की सिर्फ पहचान ही नहीं की है बल्कि प्रेक्षणात्मक सीखना (observational learning) के स्वरूप का विश्लेषण भी किया है और पाया है कि इस तरह का सीखना निम्नांकित चार अन्तर्सम्बन्धित प्रक्रियाओं (interrelated processes) द्वारा नियंत्रित होतीं हैं—

(a) अवधान-सम्बन्ध प्रक्रियाएँ (attentional processes)
(b) धारणात्मक प्रक्रियाएँ (retention processes)
(c) पुनरुत्पादक प्रक्रियाएँ (reproduction processes)
(d) प्रेरणात्मक प्रक्रियाएँ (motivational processes)

(a) अवधान-सम्बन्ध प्रतिक्रियाएँ *(attentional processes)*—मॉडलिंग का सबसे पहला महत्त्वपूर्ण प्रक्रिया यह है कि प्रयोज्य मॉडल पर ठीक से ध्यान दे। मॉडल का मात्र प्रत्यक्षण कर लेने से ही इस बात की गारंटी नहीं हो जाती है कि मॉडलिंग होगा ही। सच्चाई यह है कि जब तक व्यक्ति मॉडल के संगत (relevant) तथा उपर्युक्त संकेत पर सही-सही ध्यान नहीं देगा तथा उपयुक्त उद्दीपक घटनाओं (stimulus events) का ठीक ढंग से चयन नहीं करेगा, तब तक मॉडलिंग की प्रक्रिया आरंभ नहीं होगी। व्यक्ति द्वारा मॉडल पर ध्यान दिया जाना कई बातों पर निर्भर करता है जिसमें मॉडल का उम्र, यौन (sex) प्रतिष्ठा आदि प्रधान हैं। यदि मॉडल का उम्र एवं यौन व्यक्ति के उम्र एवं यौन से समान (similar) है तथा मॉडल की प्रतिष्ठा व्यक्ति के नजर में अधिक है तो व्यक्ति सामान्यतः मॉडल पर अधिक ध्यान देता पाया जाता है।

(b) धारणात्मक प्रक्रियाएँ *(retention processes)*—प्रेक्षणात्मक सीखना की दूसरी महत्त्वपूर्ण प्रक्रिया धारणा (retention) से संबद्ध है। प्रेक्षणात्मक सीखना के लिए यह आवश्यक है कि व्यक्ति मॉडल के सभी सार्थक व्यवहारों को याद रखे या उसे धारण कर रखे। ऐसा नहीं करने से प्रेक्षणात्मक सीखना (observation learning) की प्रक्रिया भी सम्पन्न नहीं होगी। मॉडल के सार्थक व्यवहार को धारण कर रखने के लिए यह आवश्यक है कि व्यक्ति उसे कोडित (encode) करे तथा संकेत रूप में चित्रित (represent) करे। सांकेतिक चित्रण (symbol representation) के इस आन्तरिक प्रक्रिया (internal process) के दो महत्त्वपूर्ण तंत्र (system) वैण्डुरा द्वारा बतलाये गए हैं—*प्रतीकात्मक तंत्र* (imaginal system) तथा *शाब्दिक तंत्र* (verbal system)। वैण्डुरा का मत है जब व्यक्ति मॉडल पर ध्यान से देखता है, तो वह उसके महत्त्वपूर्ण पहलुओं की एक पुनःप्राप्यणीय प्रतिमा (retrievable image) मन में बना लेता है जो मॉडल के सम्बन्धित व्यवहार को बाद में याद करने में मदद करता है। शाब्दिक तंत्र (verbal system) प्रतिमा निर्माण (image formation) के समान होता है और इसमें जो कुछ भी व्यक्ति प्रेक्षण करता है, उसका एक तरह से शाब्दिक कोडिंग (verbal coding) होता है। मूल प्रेक्षण (original observation) के दौरान व्यक्ति अपने-आप से यह वर्णन करता है कि मॉडल क्या कर रहा है। ये शाब्दिक वर्णन एक तरह का कोड (code) बन जाते हैं जिसे बाद में व्यक्ति बिना स्पष्ट व्यवहार (overt behaviour) किये ही, मन-ही-मन आसानी से पूर्वभ्यास (rehearsal) कर लेता है।

(c) पुनरूत्पादक क्रियाएँ *(reproductive porcesses)*—पुनरूत्पादक क्रियाओं से वैण्डुरा का तात्पर्य सांकेतिक चित्रण (symbolic representation) को क्रिया या व्यवहार में परिणत करने से होता है। वैण्डुरा का मत है कि मॉडल के व्यवहार को ध्यान में रखने, उसका सांवेगिक चित्रण (symbolic representation) कर लेने तथा मन-ही-मन उसका पुनर्भ्यास (rehearsal) कर लेने मात्र से ही व्यक्ति उस व्यवहार को सही-सही नहीं कर पाता है। यह बात विशेषकर उस परिस्थिति में अधिक स्पष्ट हो जाती है जहाँ व्यक्ति को जटिल एवं कौशल व्यवहार सीखना होता है। इस तरह की परिस्थिति में मॉडल के व्यवहारों का क्रिया में परिणत करके पुनर्भ्यास (rehearsal) करना आवश्यक हो जाता है। उदाहरणस्वरूप, मान लिया जाए कि कोई व्यक्ति कार चलाना सीख रहा है। कार चलाने में जो मौलिक क्रियाएँ (fundamental behaviours) हैं, उसे तो व्यक्ति दूसरों को (मॉडल) कार चलते देखकर सीख सकता है तथा मॉडल के व्यवहार का सांकेतिक चित्रण (symbolic representation) को व्यक्ति मन-ही-मन कई बार दोहरा सकता है लेकिन इसका वास्तविक व्यवहार में परिणत किया जाना (अर्थात् कार चलाना) प्रारंभ में काफी फूहड़ (clumsy) एवं स्थूल (rough) होगा। इसके लिए मात्र प्रेक्षण पर्याप्त नहीं होगा। इसके लिए कार चलाने का वास्तविक अभ्यास तथा इस व्यवहार की परिशुद्धता से मिलने वाला पर्याप्त पुनर्निवेशन (feedback) अनिवार्य हैं।

(d) प्रेरणात्मक प्रक्रियाएँ *(motivational processes)*—प्रेक्षणात्मक सीखना की यह चौथी प्रक्रिया है जिसका सम्बन्ध प्रेरणात्मक प्रक्रियाओं (motivational processes) से हैं। चाहे व्यक्ति मॉडल के व्यवहार को कितना ही ध्यानपूर्वक क्यों न देखे और उसे धारण करके रखे तथा उसमें व्यवहार को करने की क्षमता चाहे कितनी भी अधिक क्यों

न हो, वह उस व्यवहार को तबतक ठीक ढंग से नहीं कर पाता है जब तक कि वह उसे करने के लिए प्रेरित न हो या उसे करने के पर्याप्त प्रोत्साहन (incentive) या पुनर्बलन (reinforcement) नहीं दिया गया हो। जब पर्याप्त पुनर्बलन दिया जाता है, तो मॉडलिंग या प्रेक्षणात्मक सीखना को व्यक्ति तुरन्त ही कार्य में परिणत कर लेता है। मनोवैज्ञानिक अध्ययनों से यह पता चला है कि उचित प्रोत्साहन (incentive) या उचित पुनर्बलन (reinforcement) से व्यवहार का केवल वास्तविक निष्पादन (actual performance) ही प्रभावित नहीं होता है बल्कि उससे अवधानात्मक (attentional) एवं धारणात्मक (retentional) प्रक्रियाएँ भी प्रभावित होतीं हैं।

वैण्डुरा (Bandura) के अनुसार ऐसे पुनर्बलन (reinforcement) दो प्रकार के होते हैं—*स्थानापन्न पुनर्बलन* (vicarious reinforcement) तथा *आत्म-पुनर्बलन* (self-reinforcement)। जब व्यक्ति यह देखता है कि मॉडल द्वारा अमुक व्यवहार करने पर उसे धनात्मक पुनर्बलन (positive reinforcement) मिलता है, तो इस तरह के पुनर्बलित व्यवहार को मात्र देखकर वह भी ऐसा व्यवहार करना सीख लेता है। इस तरह के पुनर्बलन (reinforcement) को स्थानापन्न पुनर्बलन (vicarious reinforcement) कहा जाता है। जब व्यक्ति को किसी कार्य को करने से आत्म-सन्तुष्टि (self- satisfaction) एवं गर्व (pride) महसूस होता है, तो उसे आत्म-पुनर्बलन (self-reinforcement) की संज्ञा दी जाती है। इन दोनों तरह के पुनर्बलन का महत्त्व प्रेक्षणात्मक सीखना (observational learning) में काफी अधिक बतलाया गया है।

6. मापन एवं शोध *(Measurement and Research)*—वैण्डुरा ने अपने सिद्धान्त में व्यक्तित्व मापन के लोकप्रिय प्रविधियों जैसे-स्वतंत्र साहचर्य (free association), स्वप्न विश्लेषण (dream analysis) या प्रक्षेपण प्रविधि (projective techniques) का प्रयोग नहीं किया है। उनके अनुसार व्यवहारात्मक (behavioural) तथा संज्ञानात्मक (cognitive) चरों का मापन महत्त्वपूर्ण है। संज्ञानात्मक चरों का मापन के लिए आत्म-प्रतिवेदन प्रविधियों (self-report techniques) की सिफारिश की गयी है। जैसे, आत्म-सामर्थ्यता (self-efficacy) का मापन उन्होंने कई व्यवहारात्मक परिहार्य परीक्षण (behavioural avoidance test) जिसमें 29 एकांश थे, पर रेटिंग्स करवा कर किया। छात्रों में परीक्षण दुश्चिंता (test anxiety) को मापने के लिए एक व्यक्तित्व परीक्षण का निर्माण किया था। इसके अलावा मॉडलिंग अध्ययन (modeling study) में बच्चों के व्यवहारों का अध्ययन प्रत्यक्ष प्रेक्षण (direct observation) तथा दैहिक मापों (physiological measures) के भी आधार पर किया गया।

जहाँ तक शोध (research) का प्रश्न है, वैण्डुरा ने अपने व्यक्तित्व सिद्धान्त में प्रयोगशाला प्रयोग शोध (laboratory experiment research) पर अधिक बल डाला है। उन्होंने मॉडलिंग के अध्ययन में विशेषकर टेलीविजन का आक्रामक व्यवहार की उत्पत्ति पर पड़नेवाले प्रभावों के अध्ययन में प्रयोगात्मक समूह (experimental group) तथा नियंत्रित समूह (control group) में प्रयोज्यों को बाँटकर अध्ययन करने में विशेष अभिरुचि दिखलायी है।

वैण्डुरा के सिद्धान्त के मूल्यांकन *(Evaluation of Bandura's theory)*—वैण्डुरा (Bandura) के व्यक्तित्व सिद्धान्त के कुछ गुण एवं अवगुण हैं। इसके प्रमुख *गुण* निम्नांकित हैः—

(i) सामाजिक-सीखना सिद्धान्त काफी वस्तुनिष्ठ (objective) सिद्धान्त है तथा इसे प्रयोगशाला विधि के लिए काफी उपयुक्त माना गया है। वैण्डुरा के सिद्धान्त पर कई आनुभाविक शोध (empirical research) भी किये गए हैं जिनसे इस सिद्धान्त को काफी समर्थन मिला है।

(ii) वैण्डुरा के सामाजिक-सीखना सिद्धान्त को अधिकतर शोध मनोवैज्ञानिकों एवं नैदानिक मनोवैज्ञानिकों (clinical psychologists) द्वारा बीसवीं शताब्दी का व्यक्तित्व के अध्ययन एवं उपचार में अधिक उत्तेजन पूर्ण एवं रचनात्मक क्रान्ति (innovation) माना है।

(iii) वैण्डुरा के प्रेक्षणात्मक सीखना तथा उसका व्युत्पन्न (derivative) व्यवहार परिमार्जन (behaviour modification) को प्रयोगशाला परिस्थिति (laboratory situation) से अलग करके दिन-प्रतिदिन की वास्तविक समस्याओं को सुलझाने में लोगों ने उसे काफी उपयोगी बतलाया है।

(iv) वैण्डुरा का सामाजिक-सीखना सिद्धान्त से लोगों ने कई संगत एवं महत्त्वपूर्ण मूल्यांकन प्रविधि (assessment techniques) ज्ञात करने में सफल हुए हैं। इनके सिद्धान्त से निकाली गयी मॉडल की प्रविधि एक ऐसी ही प्रविधि है जो मनोविज्ञान के लिए काफी उपयोगी सिद्ध हुई हैं।

इन गुणों के बावजूद सामाजिक सीखना सिद्धान्त के कुछ *अवगुण* (demerits) हैं जो निम्नांकित हैः—

(i) आलोचकों का मत है कि वैण्डुरा का सामाजिक-सीखना सिद्धान्त व्यक्तित्व के सिर्फ परिधीय पहलू (peripheral aspect) की व्याख्या करता है। इन आलोचकों का मत है कि इस सिद्धान्त में मात्र स्पष्ट व्यवहार (overt behaviour) पर बल डालकर मानव व्यक्तित्व के महत्त्वपूर्ण पहलुओं जैसे, चेतन (conscious) एवं अचेतन प्रेरणात्मक बलों (unconscious motivational forces) की पूर्णरूपेण उपेक्षा की गयी है। फलतः इस सिद्धान्त में जो व्यक्तित्व की व्याख्या की गयी है उसे पूर्णतः वैज्ञानिक नहीं माना जा सकता है।

(ii) आमूल व्यवहारवादियों (radical behaviourists) जैसे, स्कीन्नर (Skinner) का मत है कि वैण्डुरा ने अपने सिद्धान्त में जो संज्ञानात्मक चरों (cognitive variables) को सम्मिलित किया है, वह अनावश्यक होने के साथ-ही-साथ अस्पष्ट स्वरूप (covert nature) के भी है जिन्हें आसानी से मापा भी नहीं जा सकता है। इन चरों में चूँकि उतनी वस्तुनिष्ठता (objectivity) नहीं है जितनी कि स्पष्ट व्यवहार (overt behaviour) में है, अतः इसे अधिक संगत (relevant) नहीं माना जा सकता है।

(iii) वैण्डुरा (Bandura) ने, जैसा कि कुछ आलोचकों ने कहा है, अपने सिद्धान्त में यह स्पष्ट नहीं किया है कि संज्ञानात्मक चरों (cognitive variables) द्वारा व्यक्ति का व्यवहार किस तरह से प्रभावित होता है।

(iv) कुछ आलोचकों जिसमें शुल्ज (Schultz, 1990) प्रधान हैं, का कहना है कि वैण्डुरा ने अपने व्यक्तित्व सिद्धान्त में यह स्पष्ट नहीं किया है कि संवेग तथा संघर्ष किस तरह से मानव व्यवहार का दिशा-निर्देश करता है तथा उसे नियंत्रित करता है।

इन आलोचनाओं के बावजूद वैण्डुरा का सामाजिक-सीखना सिद्धान्त (Social learning theory) जिसमें संज्ञानात्मक चरों (cognitive variables) पर बल डाला गया है, व्यक्तित्व के अध्ययन के लिए नए द्वार खोल रखा है जिसे कई आधुनिक मनोवैज्ञानिक एक महत्त्वपूर्ण योगदान (contribution) समझते हैं।

अध्याय सारांश — CHAPTER SUMMARY

1. व्यक्तित्व की परिभाषा कई तरह से दी गयी है। इसका सर्वमान्य परिभाषा यह है कि व्यक्तित्व मनोदैहिक गुणों का एक ऐसा गत्यात्मक संगठन (dynamic organisation) है जिसके द्वारा व्यक्ति अपने वातावरण के साथ समायोजन करता है।
2. व्यक्तित्व के कई सैद्धान्तिक उपागम (theoretical approaches) हैं। ऐसे आठ उपागमों (approaches) की चर्चा की गयी है तथा प्रत्येक उपागम के तहत आने वाले मनोवैज्ञानिकों के सिद्धान्तों का संकेत भी दिया गया है।
3. उपयुक्त सैद्धान्तिक उपागम के अलावा व्यक्तित्व के दो अन्य सामान्य उपागम हैं—भावमूलक उपागम (idiographic approach) तथा नियमान्वेषी उपागम (nomethetic approach)। भावमूलक उपागम में किसी एक व्यक्ति का विस्तृत विश्लेषण करके तथा उन विमाओं जो उस व्यक्ति के व्यक्तित्व को समझने के लिए आवश्यक होता है, का विश्लेषण करके व्यक्तित्व को समझने का प्रयास किया जाता है। नियमान्वेषी उपागम में अध्ययन किये जाने वाले सभी व्यक्तियों की तुलना व्यक्तित्व के चुने गये खास विमाओं पर की जाती है। इन चुने गये विमाओं पर व्यक्तियों द्वारा प्राप्त माध्यों (means) की तुलना आपस में करके किसी निश्चित निष्कर्ष पर पहुँचने की कोशिश की जाती है।
4. व्यक्तित्व के दो उपागमों अर्थात् प्रकार उपागम (type approach) तथा शीलगुण उपागम (trait approach) का वर्णन उनके महत्त्व को ध्यान में रखकर अलग से किया गया है।
5. व्यक्तित्व के निर्धारक के रूप में जैविक कारक (biological factors) तथा पर्यावरणी कारक (environmental factor) दोनों का विस्तृत वर्णन किया गया है।
6. व्यक्तित्व के मापन के तीन विधियों पर पर्याप्त प्रकाश डाला गया है। ये तीन विधियाँ हैं—व्यक्तित्व आविष्कारिका (personality inventories), प्रेक्षेपण विधियाँ (projective methods) तथा प्रेक्षण विधियाँ (observation methods)
7. विभिन्न सैद्धान्तिक उपागमों के तहत व्यक्तित्व के कई प्रगुख सिद्धान्तों का वर्णन किया गया है। साथ ही, व्यक्तित्व सिद्धान्त के स्वरूप, उसकी ऐतिहासिक पृष्ठभूमि उनके मूल्यांकन की कसौटी (criteria) तथा मूल पूर्वकल्पनाएँ जिनपर व्यक्तित्व सिद्धान्तों में विभिन्नता पायी जाती है, का भी सविस्तार विस्तृत वर्णन किया गया है।
8. व्यक्तित्व के कुल ग्यारह व्यक्तित्व सिद्धान्तों की आलोचनात्मक व्याख्या प्रस्तुत की गयी है।

❑

अध्याय 14

नूतन या आधुनिक प्रवृत्तियाँ
(RECENT TRENDS)

चेतना का स्वरूप
(Nature of Consciousness)

चेतना एक जटिल सम्प्रत्यय (complex concept) है। मनोविज्ञान में चेतना के अध्ययन की औपचारिक शुरूआत विलियम जेम्स (William James) से हुई है जिन्होने चेतना को एक *सतत परिवर्तनशील धारा* (continuously changing stream) कहा है। साधारण अर्थ में चेतना से तात्पर्य व्यक्ति के वैसे प्रत्यक्षण, चिन्तन, भाव स्मृतियों आदि से होता है जो किसी दिये हुए क्षण में सक्रिय (active) होते हैं। लेकिन इसे चेतना का एक वैज्ञानिक अर्थ नहीं कहा जा सकता है क्योंकि इससे तो यह अर्थ निकलता है कि चेतना में वही प्रक्रियाएँ सम्मिलित होतीं हैं जिनके साथ व्यक्ति पूर्णरूपेण अवगत रहता है। परन्तु सच्चाई यह है कि चेतना में वैसी प्रक्रियाएँ भी होतीं हैं जिनके साथ व्यक्ति बहुत हल्के ढंग से अवगत होता है।

एटकिन्सन, एटकिन्सन, स्मिथ एवं हिलगार्ड[1] (Atkinson, Atkinson, Smith & Hilgard 1989) ने चेतना की एक काफी वैज्ञानिक एवं लोकप्रिय परिभाषा दिया है जो इस प्रकार हैं, ''हम लोग जब चेतना में होते हैं, तो बाह्य एवं आन्तरिक घटनाओं से अवगत होते हैं, अपने गत अनुभूतियों को प्रतिबिम्बित करते हैं, समस्या समाधान में सम्मिलित होते हैं, किसी अन्य उद्दीपकों पर ध्यान न देकर विशेष उद्दीपकों पर ही ध्यान देने में वरणशील होते हैं तथा किसी व्यक्तिगत लक्ष्य एवं पर्यावरणी अवस्थाओं के प्रति जानबूझ कर अनुक्रिया का चयन करते हैं एवं उसे कार्यान्वित करते हैं।''

सैनट्रोक[2] (Santrock) के अनुसार ''चेतन से तात्पर्य आंतरिक एक बाह्य उद्दीपक या घटनाएँ दोनों के बोध से होता है।

पास्सर एवं स्मीथ[3] (Passer & Smith, 2007) के अनुसार, ''मनोविज्ञान में चेतन को अपने वातावरण तथा अपने आप के प्रति पल-पल की अवगतता के रूप में परिभाषित किया जाता है।''

चेतना के इन परिभाषाओं का एक संयुक्त विश्लेषण करने पर हमें चेतन के निम्नांकित प्रमुख विशेषताओं (characteristics) के बारे में पता चलता है—

(i) चेतन आत्मनिष्ठ एवं व्यक्तिगत होता है *(Consciousness is subjective and private)*—इसका मतलब यह हुआ कि चेतन का स्वरूप कुछ ऐसा होता है कि दूसरे लोग किसी व्यक्ति के चेतन के बारे में सही-सही नहीं जान पाते हैं और न ही दूसरे लोग किसी व्यक्ति के चेतन में प्रवेश कर उसकी सच्चाई से अवगत हो सकते हैं।

1. "We are conscious when we are aware of external and internal events, reflect on our past experiences, engage in problem solving, are selective in attending to a particular stimulus rather than others and deliberately choose and execute an action in response to environmental condition and personal goods" —Atkinson, Atkinson, Smith & Hilgard : *Introduction to Psyhology*, 1987 p. 110
2. Conciousness is, "the awareness of both external and internal stimuli or events." —Santrock : *Psychology*, 2000, p. 150
3. In Psychology, consciousness is often defined as our moment to moment awareness of ourselves and our environment." —Passer & Smith : *Psychology*, 2007, p. 151

(ii) चेतन का स्वरूप गत्यात्मक होता है *(The nature of consciousness is dynamic)*—चेतन का स्वरूप गत्यात्मक होता है अर्थात यह रात-दिन में कई बार परिवर्तित होते रहता है। इसमें सम्मिलित मानसिक क्रियाएँ (mental activities) में लगातार परिवर्तन होते रहता है। व्यक्ति के मन में एक पल में कुछ प्रत्यक्षण, चिन्तन आदि होते हैं तो फिर दूसरे पल में उसका स्वरूप बदलकर कुछ और ही हो जाता है। शायद यही कारण है कि विलियम जेम्स (William James, 1890-1950) ने चेतन को *चिन्तन की सरिता* (Stream of thought) कहा है। विलियम जेम्स के अनुसार कोई भी मानसिक अवस्था (mental state) एक बार घट जाने पर फिर दोबारा हू-ब-हू नहीं घटित होती है। इसे जेम्स ने एक *दैहिक असंभाव्यता* (physiological impossibility) माना है। वस्तुएँ या उद्दीपक बार-बार व्यक्ति के सामने उपस्थित हो सकतीं हैं परंतु विचार या चिन्तन नहीं। इसलिए चेतन एक सतत प्रवाहित सरिता के समान होता है जो कभी तेज हो जाता है तो कभी मन्द।

(iii) चेतन आत्म-विमर्शक तथा अपने आत्मन् के लिए महत्वपूर्ण होता है *(Consciousness is self-reflective and central to our sense of self)*—चेतन को यह पता होता है कि मन में क्या हो रहा है तथा कौन-कौन-सी क्रियाएँ हो रही हैं। अतः व्यक्ति का ध्यान कहीं भी हो, उसे यह पता होता है कि मन का केन्द्र बिन्दु क्या है।

(iv) चेतन गहरे रूप से चयनात्मक अवधान से संबंधित होता है *(Consciousness is intimately connected to selective attention)*—जैसा कि हम जानते हैं, चयनात्मक अवधान में व्यक्ति मौजूद उद्दीपकों में से कुछ उद्दीपक पर ध्यान देता है तथा कुछ पर वह ध्यान नहीं देता है। चेतन का संबंध इस चयनात्मक अवधान से सर्वाधिक होता हैं क्योंकि चेतन द्वारा ध्यान में चयनित उद्दीपकों का ही एक तरह से परावर्तन (reflection) होता है। विलियम जेम्स (William James) ने भी इस तथ्य का समर्थन करते हुए कहा है कि चेतन में अवधान या ध्यान (attention) की प्रक्रिया से कुछ उद्दीपकों का चयन होता है तो कुछ का दमन (suppression)।

स्पष्ट हुआ कि चेतन भी कई विशेषताएँ हैं जिनसे उनके स्वरूप के बारे में एक स्पष्ट झलक मिलती है।

चेतना के कार्य
(Functions of Consciousness)

चेतन द्वारा निम्नांकित दो तरह के कार्य किये जाते हैं—

(i) मॉनीटरिंग का कार्य *(Monitoring function)*—व्यक्ति बाह्य एवं आन्तरिक उद्दीपकों से तरह-तरह की सूचनाएँ प्राप्त करता है। लेकिन व्यक्ति के लिए उन सभी तरह के सूचनाओं पर ध्यान सम्भव नहीं हो पाता है। व्यक्ति अपनी चेतना में उनमें से सिर्फ उन्हीं सूचनाओं को ला पाता है जिस पर वह ध्यान देता है। अन्य उद्दीपक उसके चेतना में प्रवेश नहीं कर पाते हैं। साधारणतः व्यक्ति वैसे उद्दीपकों को ही चेतना में ला पाता है जो बाह्य तथा आन्तरिक वातावरण में परिवर्तन के फलस्वरूप उत्पन्न होता है।

(ii) नियन्त्रण का कार्य *(Controlling function)*—चेतना का दूसरा प्रमुख कार्य व्यक्ति के कार्यों की योजना बनाना, उसे शुभारम्भ करना तथा उसे दिशानिर्देशित करना होता है। चाहे योजना सरल हो या जटिल, तुरन्त कार्यान्वित होने वाला हो या देरी से कार्यान्वित होने वाला हो, व्यक्ति द्वारा किये जानेवाले कार्य को चेतना दिशानिर्देश देता है तथा साथ-ही-साथ उसे समन्वित भी करता है। किसी कार्य की योजना बनाने में भविष्य में सम्भावित विकल्प को भी चेतना में रखा जाता है।

लोगन (Logan, 1988) ने अपने अध्ययन के आधार पर यह बतलाया है कि व्यक्ति अपने व्यवहार पर दो प्रकार से चेतन रूप से नियन्त्रण (conscious control) करता है—**स्वचल प्रक्रिया** (automatic processing) एवं **नियन्त्रित प्रक्रिया** (controlled processing)। स्वचल प्रक्रिया में व्यक्ति किसी कार्य को न्यूनतम चेतन जानकारी (conscious awareness) से ही उसे सम्पन्न कर लेता है। दूसरे शब्दों में, कम-से-कम चेतन अवगतता से ही उस कार्य को व्यक्ति कर लेता है। साधारणतः ऐसी अवस्था तब उत्पन्न होती है जब व्यक्ति उस कार्य पर अधिक अभ्यास कर लेता है। जैसे, यदि कोई व्यक्ति अच्छी तरह से कार चलाना सीख लेता है तो एक ही साथ कार भी चला लेता है और साथ-ही-साथ रेडियो भी सुनते रहता है। कार चलना उसके लिए अब स्वचल प्रक्रिया है जिसमें व्यक्ति की चेतना कम-से-कम मात्रा में लगती है। दूसरे तरफ **नियंत्रित प्रक्रिया** (controlled processing) में व्यक्ति किसी कार्य को सम्पन्न करने के लिए उसपर काफी ध्यान देता है तथा चेतना के उच्च स्तर को उसमें सम्मिलित करता है। इसमें व्यक्ति जो कार्य कर रहा होता है, उस पर काफी ध्यान देता है तथा अपने आप को एकाग्रचित करता है। चूँकि इस तरह के कार्य में व्यक्ति को अधिक-से-अधिक ध्यान लगाना पड़ता है, इसलिए एक समय में एक ही ऐसे कार्य किये जाते हैं।

चेतन के निम्नांकित अवस्थाएँ होतीं हैं—

(i) सामान्य अवस्था *(Ordinary state)*—चेतन के सामान्य अवस्था से तात्पर्य हमारे जागृत अवस्था की क्रियाओं से होता है। इसलिए इसे *चेतना की जागृत अवस्था* (working state of consciousness) भी कहा जाता है। जैसे, यदि हम किसी भी क्षण अपने शरीर के विभिन्न अंगों पर ध्यान दें और कुछ इस तरह का प्रश्न पूछे कि हाथ अभी क्या रहा है? पैर अभी क्या कर रहा है? हम अभी क्या रहे हैं? आदि तो पायेंगे कि मस्तिष्क में विभिन्न तरह के संवेदनों, प्रत्यक्षणों, भावों, विचारों, कल्पनाओं का एक मिश्रित स्वरूप सामने उभर कर आता है। इन सबों को हम चेतना की सामान्य अवस्था (ordinary state of consciousness) कहेंगे। इस अवस्था का अध्ययन मनोविज्ञानियों द्वारा न के बराबर किया गया है।

(ii) परिवर्तित अवस्था *(Altered state)*—चेतन की पर्रवितत अवस्था दूसरी अवस्था है जिसे मनोविज्ञानियों ने विस्तृत रूप से अध्ययन किया है। चेतन की परिवर्तित अवस्था एक ऐसी अवस्था होती है जो व्यक्ति के चेतन के सामान्य अवस्था या जागृतावस्था (mental or waking state of consciousness) से भिन्न होता है तथा इसमें व्यक्ति अपने मानसिक कार्यों में न केवल परिमाणात्मक (quantitative) बल्कि गुणात्मक (qualitative) परिवर्तन होते अनुभव करता है। इसकी विस्तृत चर्चा हम अगले अनुच्छेद में करेंगे।

चेतन की अवस्था का मापन
(Measurement of State of Consciousness)

मनोवैज्ञानिकों ने चेतन की अवस्था का मापन के लिए कुछ उपाय बतलाये हैं जिनमें प्रमुख निम्नांकित हैं—

(i) आत्म-प्रतिवेदन मापन *(Self-report measure)*—इस मापन में व्यक्ति को अपनी आंतरिक अनुभूतियों का वर्णन करने के लिये कहा जाता है। किये गए वर्णन के आधार पर व्यक्ति के चेतन के बारे में अनुमान लगाया जाता है। परंतु इस मापन विधि का दोष यह है कि व्यक्ति के आत्मगत अनुभूतियों (subjective experiences) को वस्तुनिष्ठ ढंग से जाँच नहीं किया जा सकता है। अतः इस विधि के परिणाम की वैधता पर लोगों को शक बना होता है। इसके अतिरिक्त जब व्यक्ति नींद में होता है, तो वह इस ढंग का आत्म-प्रतिवेदन प्रश्नावली (self-report questionnaire) के प्रश्नों का उत्तर नहीं दे सकता है। अतः इस अवधि या अवस्था में चेतन को इस मापन विधि द्वारा मापना संभव नहीं हो पायेगा।

(ii) व्यवहारपरक मापन *(Behavioural measures)*—इस तरह के मापन विधि में प्राणी द्वारा दिखलाये गए कुछ अमुक व्यवहार के आधार पर उसके चेतन अवस्था की मानसिक क्रियाओं के बारे में जाना जाता है। इस मापन विधि की सार्थकता को दिखलाने के लिये गौर्डन गालअप (Gorden Gallup, 1970) ने एक अध्ययन किया जिसमें वे चार वनमानुष को एक दर्पण (mirror) के सामने रखा ताकि वे अपने आप को उसमें ठीक ढंग से देख सके। इस तरह के अभ्यास के 3-4 दिन के बाद ऐसा देखा गया कि दर्पण में अपने प्रतिबिम्ब को देखकर तथा उसे दूसरा वनमानुष समझकर उसपर तरह-तरह से मुँह बिचकाना आरंभ कर दिया। इस बात की जाँच करने के लिए कि क्या वनमानुष यह समझते थे कि दर्पण में उनका अपना ही प्रतिबिम्ब है, गालअप (Gallup) ने उन्हें संवेदनहीन (anesthesized) कर दिया और उनके ललाट पर एक लाल चिन्ह लगा था। ऐसी परिस्थिति में जब उनके सामने दर्पण नहीं होता था, तो वे अपने ललाट पर लगे लाल चिन्ह को कभी नहीं स्पर्श किया। परंतु जब उन्हें दर्पण के सामने रखा गया, तो 30 मिनट में 30 बार ललाट पर लगे लाल चिन्ह को स्पर्श किया। इसका मतलब यह हुआ कि लाल चिन्ह के बारे में वनमानुष के मन में कुछ आत्म-बोध (self-awareness) था। इस ढंग का परीक्षण जब एक शिशु पर किया गया तो पाया गया क्रि करीब 18 महीना की आयु में शिशु ने अपना प्रतिबिम्ब दर्पण में देखकर नाक पर लगे लाल रंग के चिन्ह को कई बार स्पर्श किया। इन अध्ययनों से यह स्पष्ट होता है कि प्राणी के व्यवहार का प्रेक्षण करके उसके चेतन अनुभूतियों के बारे में जाना जा सकता है। इस विधि का दोष यह है कि व्यवहार के आधार पर चेतन अनुभूति के बारे में अंदाजा लगाया जाता है जिसमें त्रुटि होने की संभावना काफी है।

(iii) दैहिक मापन *(Physiological measures)*—दैहिक मापन में विशेष तंत्र के सहारे शारीरिक प्रक्रियाओं (bodily processes) तथा मानसिक अवस्थाओं (mental states) के बीच संबंध स्थापित करके चेतन की माप की जाती है। जैसे, व्यक्ति के खोपड़ी (scalp) पर इलेक्ट्रोड (electrode) लगाकर एल्क्ट्रोएनसिफेलोग्राफ

(Electroencephalograph or EEG) द्वारा मस्तिष्क तरंग (brain wave) को मापा जाता है और इसके द्वारा मस्तिष्कीय न्यूरोन्स (brain neurones) के चल रहे वैद्युतीय क्रियाएँ (electrical activities) प्रतिबिम्बत होतीं हैं। चेतन के विभिन्न अवस्थाओं जैसे जब प्राणी आराम की अवस्था में होता है या फिर सतर्कता (alertness) की अवस्था में होता है या फिर गहरी या हल्की नींद की अवस्था में होता है, अलग-अलग तरह की मस्तिष्कीय प्रतिमाएँ (brain image) बनती हैं। उसी तरह से अन्य मस्तिष्कीय प्रतिबिम्बन प्रविधियों (brain-imaging techniques) के सहारे वैज्ञानिकों द्वारा मस्तिष्क के विशिष्ट क्षेत्रों का अवलोकन किया जाता है तथा उसमें हो रहे मानसिक क्रियाओं का भी अध्ययन संभव है। दैहिक मापन विधि का दोष यह है कि इससे यह पता नहीं चलता है कि प्राणी आत्मनिष्ठ रूप से (subjectively) क्या अनुभव कर रहा है। हालांकि इन प्रविधियों से मन के आंतरिक कार्यों का अवलोकन उत्तम ढंग से होता है।

निष्कर्षतः यह कहा जा सकता है कि चेतन की अवस्था को मापने के लिये कई विधियाँ है। इन विधियों में से किसी एक विधि द्वारा किया गया मापन हमेशा दोषमुक्त नहीं हो सकता है। अतः मनोवैज्ञानिकों को चाहिए की परिस्थिति के अनुसार एक से अधिक विधि का उपयोग चेतन के मापन में सफलतापूर्वक ढंग से करें।

जैविक सामंजस्य : सरकाडियन सामंजस्य
(Biological Rhythm : Circadian Rhythm)

दैनिक जीवन में व्यक्ति तरह-तरह की क्रियाएँ एक खास समय पर अपने आप ही करने की इच्छा दिखलाता है। जैसे, वह समय पर सुबह में उठ जायेगा, रात में एक खास समय होने पर उसे नींद आने लगेगी, महिलाओं में खास अवधि बीतने पर रजोस्राव का होना और फिर एक खास उम्र पर रजोस्राव का बंद होना, आदि-आदि। मनोवैज्ञानिकों एवं अन्य वैज्ञानिकों ने इस तरह के पविर्तन को *जैविक सामंजस्य* (biological rhythm) कहा है। इस तरह से जैविक सामंजस्य से तात्पर्य हमारे शारीरिक प्रक्रियाओं एवं चेतन में कुछ ऐसे परिवर्तनों से होते हैं जो नियमित होते हैं। इसमें से कुछ परितर्वन ऐसे होते हैं जो एक ही दिन में होते हैं। इन्हें *सरकाडियन सामंजस्य* (circadian rhythm) कहा जाता है। डीमेन्ट (Dement, 1974) के अनुसार करीब 100 शारीरिक कार्य एवं व्यवहार ऐसे हैं जो सरकाडियन सामंजस्य दिखलाते हैं, अर्थात् वे 24 घंटे में उच्च से निम्न बिन्दु के बीच में घटते-बढ़ते रहते हैं। हरूशेस्की (Hrushesky, 1994) के अनुसार शरीर का रक्तचाप (blood pressure), हृदयगति, शारीरिक तापक्रम, भूख, हारमोन्स का स्राव, पाचन इनजाइम (digestive enzyme), संवेदी तीक्ष्णता, पेशाब-पैखाना करना आदि सभी सरकाडियन सामंजस्य दिखलाते हैं। जॉनसन तथा उनके सहयोगियों (Johnson et al, 1992) द्वारा किये गये शोधों से यह स्पष्ट हुआ है कि अधिगम क्षमता, विभिन्न तरह के कार्यों को करने की क्षमता तथा व्यक्ति की मनोदशा (moods) में परिवर्तन भी सरकाडियन सामंजस्य द्वारा प्रभावित होता है। अधिकतर व्यक्तियों के लिए उपर्युक्त बतलाये गये कार्य शाम एंव दोपहर बाद काफी तीव्र होता है परन्तु सुबह के आरम्भिक घंटों (hours) में धीमा होता है। इन कार्यों में बड़ी मात्रा में वैयक्तिक विभिन्नता होती है, अतः विभिन्न व्यक्तियों के लिए पैटर्न भिन्न-भिन्न होता है। इसके अतिरिक्त सरकाडियन सामंजस्य पर उम्र (age) का भी प्रभाव पड़ता है। जैसे-जैसे व्यक्ति की आयु बढ़ते जाती है, इन कार्यों की प्रबलता दिन के आरम्भ में अधिक होते पाया गया है।

शारीरिक कार्यों तथा सतर्कता के भाव में इन चक्रीय परिवर्तनों (cyclic changes) का सम्बन्ध कार्य के निष्पादन से अधिक होता है। सामान्यतः जब शारीरिक तापक्रम तथा अन्य आन्तरिक प्रक्रियाएँ अपने व्यक्तिगत चोटी (personal peak) पर या उसके नजदीक होती है तो व्यक्ति का कार्य निषापादन उत्तम होता है और यह सम्बन्ध मानसिक कार्यों की तुलना में दैहिक कार्यों के लिए अधिक सख्त होता है।

मनोवैज्ञानिकों का मत है कि यदि शारीरिक क्रियाएँ, मानसिक सतर्कता तथा कई कार्यों पर निष्पादन दिन में नियमित ढंग से परिवर्तित होते हैं, तो इसका मतलब यह हुआ कि हमारे शरीर के भीतर में कुछ आन्तरिक जैविक प्रक्रम (internal biological mechanism) है जो इन परिवर्तनों को नियमित करते हैं। दूसरे शब्दों में, हमारे शरीर के भीतर एक या एक से अधिक जैविक घड़ी (biological clock) लगे होते हैं जो विभिन्न सरकाडियन सामंजस्य को समय पर संपोषित करते हैं। यद्यपि अभी इस तरह के आन्तरिक घड़ी के स्वरूप एवं संख्या पर मनोवैज्ञाकिों के बीच कोई पूर्ण सहमति नहीं हैं, परन्तु वर्तमान सबूत एक निश्चित तथ्य की ओर इशारा करते हैं और वह यह है कि

हाइपोथैलमस में अवस्थित एक विशेष संरचना (structure) *सुपराकाइएसमेटीक न्यूक्लियस* (SupraChiasmatic Nucleus or SCN) कहा जाता है, की अहम् भूमिका इस तरह के सरकाडियन सामंजस्य को बनाये रखने में होता है। इस तथ्य का समर्थन लेवी, सैक एवं सिंगर (Lewy, Sack & Singer, 1992) तथा मूर्रे एवं कार्ड (Moore &, Card, 1985) के शोधों से स्पष्ट रूप से हुआ है। मूर्रे-इडे (Moore-Ede, 1983) ने भी अपने शोध के आधार पर यह बतलाया है कि SCN मस्तिष्क का एक ऐसा लघु संरचना है जो एक पेपर पिन के सिर से भी छोटा होता है, तथा सरकाडियन सामंजस्य के समय (timing) का नियन्त्रण करता है।

परन्तु अध्ययनों से यह भी पता चलता है कि सरकाडियन सामंजस्य में उतार-चढ़ाव की सिर्फ जैविक (biological) प्रवृत्ति नहीं होती है। पर्यावरणी संकेत (environmental cues) की भी इसमें अहम् भूमिका होती है। सबसे महत्त्वपूर्ण पर्यावरणी संकेत दिन में सूर्य रोशनी होती है। आँख में जैसे ही ऐसी रोशनी प्रवेश करती है, दोनों आँख की अक्षिपटल (retina), विशिष्ट कोशिका (specialized cell) अर्थात् फोटोग्राहक (photo receptor) उत्तेजित हो जाते हैं और इसकी सूचना SCN को दे देते हैं। SCN मस्तिष्क में एक अन्य ग्रन्थि जिसे पिनियल ग्रन्थि कहा जाता है, से सम्बद्ध होता है। यह ग्रन्थि मध्यमस्तिष्क (mid brain) के ठीक ऊपर तथा लघुमस्ष्कि (crebellum) के ठीक सामने अवस्थित है, तथा इससे जिस हारमोन का स्राव होता है, उसे *मेलाटोनिन* (melatonin) कहा जाता है। SCN से सूचना प्राप्त होते ही पिनियल ग्रन्थि सक्रिय हो जाता है और मेलाटोनिन का स्राव कम कर देता है। सचमुच में पिनियल ग्रन्थि शाम से सुबह होने तक मेलाटोनिन अधिक मात्रा में स्रावित करता है जिससे व्यक्ति में अच्छी नींद आती है। परन्तु सुबह दिन की रोशनी की सूचना SCN के माध्यम से जब पिनियल ग्रन्थि को मिलती है, तो वह मेंलाटोनिन के स्राव को कम कर देता है जिससे व्यक्ति में सक्रियता बढ़ जाती है और उसके आलस्य धीरे-धीरे कमने लगते हैं। इस तरह से SCN एक तरह का जिटगेर्बर (Zeitgeber) के रूप में कार्य करता है। जिटगेबर एक जर्मन शब्द है जिसका अर्थ होता है समय देने वाला। मेलाटोनिन से हारमोन्स का उत्पादन एवं अन्य दैहिक प्रक्रियाएँ भी प्रभावित होती हैं। मेलाटोनिन के उच्चतर स्तर से बहुत से प्राणियों में शीतनिद्रा (hibernation) उत्पन्न हो जाता है। जब दिन धीरे-धीरे बड़ा होने लगता है, तो मेलाटोनिन की मात्रा कमने लगती है और तब कई प्राणी में शीत निद्रा भंग हो जाती है और वह गर्मी या वसंत अवस्था में प्रवेश कर अधिक सक्रिय हो जाते हैं और लैंगिक व्यवहार करने के लिए अपना जोड़ी ढूढने लगते हैं।

मनोवैज्ञानिकों द्वारा किये गये अध्ययनों से यह स्पष्ट हुआ है कि कुछ कारणों से कभी-कभी प्राणी का सरकाडियन सामंजस्य (circadian rhythm) क्षुब्ध (distrub) हो जाता है। ऐसे कारणों में निम्नांकित प्रमुख हैं:—

(i) यात्रा करना (*Travel*)—अध्ययनों से यह स्पष्ट हुआ है कि जब व्यक्ति हवाई जहाज, या अन्य माध्यमों से यात्रा करके एक ऐसे क्षेत्र में चला जाता है जहाँ का समय क्षेत्र (time zone) उसके मौलिक जगह के समय क्षेत्र से भिन्न होता है, तो व्यक्ति को इस नये समय क्षेत्र के साथ अपने आन्तरिक घड़ी (internal clock) को समायोजित करने में बहुत कठिनाइयाँ होतीं हैं। इस तरह के प्रभाव को *जेट लैग* (Jet lag) कहा जाता है। जो व्यक्ति जेट लैग से प्रभावित होते हैं, वे थके-थके, सुस्त एवं अपने आप को छिन्न-भिन्न महसूस करते हैं। जेट लैग को एक उदाहरण द्वारा इस प्रकार समझाया जा सकता है। मान लिया जाये कि एक व्यक्ति शिकागो (Chicago) से लंदन की यात्रा हवाई जहाज से करता है। हवाई जहाज शिकागो समयानुसार 12.00 अर्द्धरात्रि में लंदन में उतरता है। यह समय सोने जाने का है। शिकागो में जब 12.00 बजे अर्द्धरात्रि का समय होता है तो उस समय लंदन में 6.00 बजे सुबह होता है जो उठने का समय होता है। उस समय लंदन की घड़ी, सूर्य तथा अन्य सभी चीजों यह कह रही होती है कि अब भोर हो गया है। परन्तु व्यक्ति को अभी रात्रि के 12 ही बजे होने वाले भाव का अंदाज होगा। यदि यह होता है तो यह कहा जायेगा कि उसमें जेट लैग का अनुभव हो रहा है। यहाँ समस्या इसलिए उत्पन्न होती है क्योंकि व्यक्ति को अपने ही जैविक घड़ी (biological clock) से लड़ना पड़ता है जो व्यक्ति के अपने मौलिक समय क्षेत्र न कि नये समय क्षेत्र के अनुसार कार्य करता है। सचमुच में व्यक्ति के लिए उस समय सोने की कोशिश करना काफी मुश्किल हो जाता है जब उसका अपना जैविक घड़ी कह रहा हो कि अब उठने या जागने का समय हो गया है। उसी तरह से उस समय जगा एवं सतर्क रहना और भी व्यक्ति के लिए कठिन हो जाता है जब उसकी जैविक घड़ी सोने के लिए इशारा कर रही हो।

सरकाडियन सामंजस्य पर किये गये शोधों से यह भी स्पष्ट हुआ है कि सामान्यतः अपने जैविक घड़ी को विलम्बित करके न कि उसे आगे बढ़ाकर पुनर्चलन (reset) करना आसान होता है। दूसरे शब्दों में, जब व्यक्ति किसी

ऐसे समय क्षेत्र (time zone) में चला जाता है जिसका समय जहाँ वह समान्यतः रहता है, उससे पहले (earlier) है तो वहाँ व्यक्ति को समायोजन में कम कठिनाई महसूस होंती है। परन्तु जब व्यक्ति एक ऐसे समय क्षेत्र में चला जाता है जिसका समय जहाँ वह सामान्यतः रहता है, उससे बाद में (later) है, तो उससे उसके समायोजन में अधिक कठिनाई पहुँचती है। ऐसा इसलिए होता है कि दिन की रोशनी जिटगवेर (Zeitgaber) के रूप में कार्य करता है और व्यक्ति की जैविक घड़ी को पुनर्चलन कर देता है। जैसे, शिकागो के समयानुसार 12 बजे रात्रि में हवाई जहाज पर सवार होकर लंदन में उतरते हैं जहाँ उस समय 6.00 सुबह हो रहा होता है, तो दिन की रोशनी से SCN उत्तेजित होकर जैविक घड़ी को सुबह होने का समय बताकर पुनर्चलित करता है परन्तु व्यक्ति सचमुच में रात्रि में सोया नहीं होता है इसलिए उसे जैविक घड़ी के समयानुसार अपने को समायोजित करने में कठिनाई महसूस करता है। व्यक्ति कई दिनों तक परेशान रहता है और तब धीरे-धीरे जाकर फिर वह इस नये समय क्षेत्र के जैविक घड़ी के अनुसार अपने आपको समायोजित करता है। परन्तु यदि व्यक्ति हवाई जहाज से दिन में यात्रा कर कही दूसरे क्षेत्र में दिन में ही पहुँच जाता है, तो उसे इस तरह की कठिनाई एवं परेशानी का अनुभव नहीं होता है।

(ii) पाली-कार्य *(Shift work)*—पाली-कार्य का भी प्रभाव सरकाडियन सामंजस्य पर काफी पड़ता है। पाली-कार्य वैसा अवधि में किया गया कार्य होता है जब व्यक्ति सामान्यतः सोता है। (जैसे, 11.00 PM से 6.00 AM तक की अवधि)। फियरमैन (Fierman, 1995) तथा वुड एवं वुड (Wood & Wood, 1999) के अनुसार अमेरिका तथा अन्य देशों में करीब 20% कर्मचारी ऐसे होते हैं जिन्हें पाली-कार्य में काम करना पड़ता है और अधिकतर ऐसे कर्मचारी स्वास्थ्य देख-रेख (health care), आँकड़े-संसाधन (data processing) तथा यातायात उद्योगों से कार्यरत होते हैं। ऐसे कर्मचारीगण जो पाली-कार्य में कार्यरत होते हैं, उन्हें नींद की शिकायत तथा अनिद्रालुता (sleepiness) आदि होती है। कैम्पवेल (Campbell, 1995) द्वारा किये गए अध्ययनों से यह स्पष्ट हुआ है कि पाली में कार्य करने वाले कर्मचारी ननपाली (nonshift) में कार्य करने वाले कर्मचारी की अपेक्षा 2 से 4 घंटा कम सोते हैं। लेगर (Leger, 1994) के अनुसार 75%से 90% कर्मचारी रात्रि पाली में निद्रालुता (sleepiness) की शिकायत करते हैं और अधिकतर तो इस दौरान सो भी जाते हैं। इसका निष्पादन (performance) तथा सतर्कता स्तर पर काफी गम्भीर प्रभाव पड़ते हैं। लिडेल्ल (Lidell, 1982) तथा मेजमान्न एवं उनके सहयोगियों (Meijmann et al., 1993) द्वारा किये गये अध्ययनों से यह भी स्पष्ट हुआ है कि इस तरह के प्रभाव से न केवल कार्य पर निष्पादन खराब होता है बल्कि इससे औद्योगिक एवं यातायात दुर्घटनाएँ (traffic accidents) भी अधिक होतीं हैं तथा कर्मचारियों का शारीरिक स्वास्थ्य भी खराब हो जाता है। अतः अंतिम निष्कर्ष पर हुआ कि व्यक्ति की सतर्कता में कमी, शारीरिक स्वास्थ्य का खराब होना तथा दुर्घटनाओं की संख्या में वृद्धि आदि उस समय होती है जब व्यक्तियों को आत्मनिष्ठ रात्रि[1] (subjective night) में कार्य करना पड़ता है और जैविक घड़ी उन्हें सोने के लिए इशारा कर रहा हो।

चूँकि पाली कार्य का प्रभाव नकारात्मक पड़ता है, अतः मनोवैज्ञानिकों ने इस प्रभाव को कम करने का कुछ सुझाव दिया है जिसपर भी यहाँ विचार करना आवश्यक है। ऐसे सुझावों में निम्नांकित महत्त्व हैः—

(i) कर्मचारियों के एक सेट को एक ही पाली में अधिक दिनों तक कार्य करने देना चाहिए न कि हफ्ते-हफ्ते उसकी पाली को परिवर्तित करना चाहिए। ऐसा करने से कर्मचारीगण अपने जैविक घड़ी का पुनर्सेटिंग (resetting) ठीक ढंग से कर पाते हैं।

(ii) जिन कर्मचारियों या व्यक्तियों को रात में कार्य करना हो, उन्हें सोने जाने के पहले कुछ देर तीव्र रोशनी में रखना चाहिए। इससे फायदा यह होता है कि यह उनके सरकाडियन सामंजस्य (circadian rhythm) को पुनर्सेट करने में मदद करता है और तब वे आसानी से रात्रि में जगकर कार्य कर लेते हैं।

(iii) मेलाटोनिन का भी उपयोग जेट लेग तथा पाली कार्य में परिवर्तन से उत्पन्न बुरे प्रभाव को कम करने में लाभदायक सिद्ध होता है। डीकान तथा ऐरन्ड्ट (Deacan & Arendt, 1996) ने अपने अध्ययन के आधार पर यह बतलाया है कि सोने जाने के ठीक पहले मेलाटोनिन लेने से व्यक्ति का जैविक घड़ी इस ढंग से आसानी से पुनर्सेट (reset) हो जाता है कि वह जेट लैग तथा पाली-परिवर्तन उत्पन्न बुरे प्रभाव से आसानी से निपट सकता है।

---

1. आत्मनिष्ठ रात्रि से तात्पर्य 24 घंटे की अवधि में ऐसे समय से होता है जब शरीर का तामक्रम न्यूनतम होता है और जैविक घड़ी व्यक्ति को सोने के लिए कह रहा हो।

निष्कर्षतः यह कहा जा सकता है कि सरकाडियन सामंजस्य (circadian rythm) व्यक्ति को दिन-प्रतिदिन के कार्य में समायोजन कर उसके निष्पादन को न केवल बढ़ाता है बल्कि उसे मजबूत भी करता है। इस सामंजस्य में जेट लैग तथा पाली-परिवर्तन से गड़बड़ी भी उत्पन्न हो जाती है परन्तु कुछ विशेष सुझाव को अपनाकर इस गड़बड़ी को दूर भी आसानी से किया जाता है।

चेतन की जागृत अवस्थाएँ
(Waking States of Consciousness)

प्रायः व्यक्ति एक साथ दो कार्य करते पाया जाता है। जैसे सुबह दाँत पर ब्रश भी चला रहा होता है तथा अखबार भी पढ़ रहा होता है, रेडियो भी सुन रहा होता है तथा साथ-ही-साथ उपन्यास भी पढ़ रहा होता है, आदि, आदि। प्रश्न यह उठता है कि यह सब किस तरह से होता है? इस प्रश्न का उत्तर देते हुए मनोवैज्ञानिकों ने विशेषकर फौल्क एवं रेमिंगटन (Folk & Remington, 1996) तथा लोगन (Logan, 1980) ने कहा है कि एक साथ होने वाली क्रियाओं को नियन्त्रित करने के दो विरोधी तरीकें अपनाये जाते हैं—*स्वचालित या अविवेचित संसाधन* (automatic processing) तथा *नियन्त्रित संसाधन* (controlled processing)। *स्वचालित या अविवेचित संसाधन* से तात्पर्य वैसे संसाधन से होता है जो अपने आप बिना व्यक्ति में नाम मात्र का चेतन ज्ञान (conscious awarness) का होता है। मनोवैज्ञानिक इसे स्वचालित संसाधन इसलिए कहते हैं क्योंकि यह आत्मगत रूप से स्वचालित (automatic) होता है। जैसे, कार में संगीत सुनते जाना और साथ-ही-साथ उसे चलाते जाना, एक ऐसे ही स्वतचालित प्रक्रिया (automatic processing) का उदाहरण है। ये दोनों क्रियाएँ साथ-साथ हो पातीं हैं क्योंकि दोनों में स्वतचालित संसाधन सम्मिलित होता है।

नियन्त्रित संसाधन (controlled processing) से तात्पर्य वैसे संसाधन से होता है जिसमें व्यक्ति को चिन्तन एवं व्यवहार पर अधिक प्रयासयुक्त (effortful) एवं सचेत नियन्त्रण करना पड़ता है। इसमें व्यक्ति दिये गये कार्य पर बहुत सचेत होकर ध्यान देता है तथा उसपर एकाग्रचित होकर उस पर कार्य करता है। इस तरह के संसाधन में पर्याप्त मात्रा में संज्ञानात्मक युक्तियों (cognitive resources) का उपयोग होता है। परिणामतः नियन्त्रित संसाधन की जरूरत वाले किसी एक ही कार्य को व्यक्ति एक समय में कर सकता है।

मनोवैज्ञानिकों द्वारा किये गये शोधों से यह स्पष्ट हुआ है कि स्वचालित संसाधन (automatic processing) तथा नियन्त्रित संसाधन (controlled processing) दोनों कई अर्थों में एक-दूसरे से भिन्न है जिसपर इस ढंग से प्रकाश डाला जा सकता हैः—

(i) लोगन (Logan, 1988) द्वारा किये गये शोधों से यह स्पष्ट हुआ है कि जो व्यवहार स्वचालित संसाधन के क्षेत्र में आता है, उसे व्यक्ति तेजी से और कम प्रयास में उन कार्यों की अपेक्षा कर लेता है जो नियंत्रित संसाधन (controlled processing) के क्षेत्र में आते हैं।

(ii) नॉरमैन एवं शैल्लिस (Norman & Shallice, 1995) द्वारा किये गये शोधों से यह भी पता चला है कि स्वचालित संसाधन के क्षेत्र में आने वाले व्यवहार चूँकि व्यक्ति उसे अधिक सीखे हुए और अभ्यास किये हुए रहता है, इसलिए उसे बिना सचेत उद्देश्य (conscious intention) के ही उत्पन्न किये जा सकते हैं। सचमुच में वे विशिष्ट घटना या उद्दीपक द्वारा स्वचालित ढंग से उत्पन्न किये जाते हैं। परन्तु नियन्त्रित संसाधन के क्षेत्र में आने वाले कार्यों या व्यवहारों की उत्पत्ति इस तरह से स्वचालित ढंग से न होकर काफी सचेत प्रयास के फलस्वरूप होता है।

चूँकि स्वचालित प्रक्रिया (automatic processing) में कम प्रयास की जरूरत होती है, अतः यह हमारे जिन्दगी एवं दिन-प्रतिदिन की क्रियाओं में बहुत ही सामान्य (common) होता है। लैम्ब तथा उनके सहयोगियों (Lamb et al., 1998) ने तो अपने शोध के आधार पर यहाँ तक बतला दिया है कि स्वचालित संसाधन, प्रत्यक्षण (perception) के संदर्भ में भी सही होता पाया गया है अर्थात् हमलोग अपने इर्द-गिर्द के वातावरण को किस तरह से प्रत्यक्षण करते हैं, इसमें भी स्वचालित प्रक्रिया की भूमिका काफी है। स्वचालित संसाधन से सम्बद्ध सबसे महत्त्वपूर्ण शोध का सम्बन्ध उस प्रयास से जुड़ा हुआ जिसके सहारे व्यक्ति अपनी मानसिक प्रक्रियाओं एवं अपने भौतिक क्रियाओं (physical actions) को नियन्त्रित करता है। प्रायः ऐसे प्रयासों का विपरीत परिणाम यह होता है कि इसमें व्यक्ति में ऐसे चिन्तन, भाव एवं क्रियाएँ उत्पन्न होतीं हैं जिसे व्यक्ति नहीं चाहता है। वेगनर (Wegner, 1997) ने इस तरह के प्रभाव (effects) को कई सालों तक अध्ययन किया और बतलाया कि ऐसा प्रभाव इसलिए होता है क्योंकि व्यक्ति

द्वारा अपने क्रियाओं एवं चिन्तन को नियंत्रित करने का प्रयास अर्थात् उन्हें नियंत्रित संसाधन (controlled processing) के तहत लाने में एक ऐसा तन्त्र (system) सम्मिलित होता है जिसके दो हिस्से (parts) होते हैं—

सोद्देश्य संक्रिया प्रक्रिया (Intentional operating process) तथा *व्यंग्यात्मक मॉनिटरिंग प्रक्रिया* (Ironic monitoring process)। सोद्देश्य संक्रिया प्रक्रिया में वैसे मानसिक अन्तर्वस्तु (mental contents) की खोज व्यक्ति करता है जो व्यक्ति में वांछित अवस्था (desired state) उत्पन्न करता है तथा व्यंग्यात्मक मॉनिटरिंग प्रक्रिया में वैसे मानसिक अन्तर्वस्तु की खोज व्यक्ति करता है जो वांछित अवस्था को प्राप्त करने में व्यक्ति की असफलता को दिखलाता है। सोद्देश्य संक्रिया प्रक्रिया प्रयासयुक्त एवं काफी सचेत होकर की गयी प्रक्रिया होती है। अतः इसमें नियन्त्रित संसाधन (controlled processing) की आवश्यकता होती है। व्यंग्यात्मक मॉनिटरिंग प्रक्रिया, ठीक इसके विपरीत, अचेतन रूप से कम प्रयासयुक्त प्रक्रिया होती है जिसमें स्वचालित संसाधन सम्मिलित होता है। सामान्यतः ये दोनों प्रक्रियाएँ एक साथ होतीं हैं—सोद्देश्य संक्रिया प्रक्रिया द्वारा व्यक्ति वांछित इच्छाओं को मन में रखता है तथा व्यंग्यात्मक मॉनिटरिंग प्रक्रिया द्वारा व्यक्ति अवांछित इच्छाओं को मन से या चेतना से बाहर रखता है। परन्तु यदि व्यक्ति के सूचना संसाधन क्षमता पर किसी कारण अतिरिक्त दबाव डाला जाता है, तो वैसी परिस्थिति में व्यंग्यात्मक मॉनिटरिंग प्रक्रिया अधिक प्रबल हो जाती है और तब व्यक्ति के मन में कुछ ऐसे भाव एवं इच्छाएँ आने लगतीं हैं जिसे वह सामान्यतः नहीं सोचता है। यह व्यंग्यात्मक मानिटरिंग प्रक्रिया की प्रबलता का ही परिणाम है कि व्यक्ति कभी-कभी उन चीजों पर भी ध्यान नहीं दे पाता है जिसपर वह देना चाहता है। वेगनर (Wegner, 1997) के अनुसार व्यंग्यात्मक मॉनिटरिंग प्रक्रिया व्यक्ति को अपना ध्यान का केन्द्र को ढीला कर देता है क्योंकि वह कुछ ऐसे उद्दीपकों या चिह्नों की खोज करता है जिसपर हम लोग ध्यान नहीं दे रहे होते हैं।

अब प्रश्न यह उठता है कि इन दोनों प्रक्रियाओं में किसे उत्तम कहा जायँ? स्वचालित प्रक्रिया तीव्र एवं प्रभावी (efficient) होती हैं परंतु इसमें लचीलापन (inflexibility) नहीं होता है, क्योंकि यह स्वचालित होता है। नियन्त्रित संक्रिया (controlled proessing) मंद गति से संचालित प्रक्रिया होती है परंतु यह अधिक लचीला (flexible) तथा परिवर्तनशील होता है। संक्षेप, यह कहा जा सकता है कि ये दोनों प्रक्रियाएँ वातावरण से मिलने वाले सूचनाओं के साथ निपटने में महत्त्वपूर्ण भूमिका निभाते हैं। अंत में, मनोवैज्ञानिकों ने अपना यह भी विचार व्यक्त किया है कि स्वचालित एवं नियंत्रित संसाधन कोई निश्चित पक्की (hard-and-fast) श्रेणियाँ नहीं है बल्कि वे एक सतत विमा (continuous dimension) के दो छोर हैं। किसी भी दिये हुए कार्य को करने में व्यक्ति सापेक्ष रूप से नियन्त्रित या सापेक्ष रूप से स्वचालित ढंग से कार्य कर सकता है।

चेतना की परिवर्तित अवस्था का अर्थ एवं विशेषताएँ (Meaning and Characteristics of Altered State of Consciousness)

जैसा कि नाम से ही स्पष्ट है, चेतना की परिवर्तित अवस्था चेतना की सामान्य या जागृतावस्था से भिन्न है। इसमें व्यक्ति अपने मानसिक कार्य में गुणात्मक (qualitative) तथा परिणात्मक (quantitative) दोनों तरह का परिवर्तन का अनुभव करता है। इस अवस्था में कुछ ऐसी मानसिक क्रियाएँ होतीं हैं जो चेतना की सामान्य अवस्था में नहीं होती है और इसमें व्यक्ति में जो प्रत्यक्षज्ञानात्मक विशेषताएँ होतीं हैं वे सामान्यतः नहीं होती है। अब हम लुडविग (Ludwig, 1969) द्वारा चेतना के परिवर्तित अवस्था[1] (altered state of consciousness) की परिभाषा पर विचार करेंगे जिसे मनोवैज्ञानिकों द्वारा एक उत्तम, विस्तृत एवं वैज्ञानिक परिभाषा माना गया है—

"चेतना के परिवर्तित अवस्था से तात्पर्य वैसी मानसिक अवस्था या अवस्थाओं से होता है जिसे विभिन्न दैहिक, मनोवैज्ञनिक या औषधीय परिवर्तनों या एजेंटों द्वारा उत्पन्न किया जाता है तथा जिसे स्वयं व्यक्ति (या व्यक्ति का कोई

1. "Altered states of consciousness refer to any mental state(s) induced by various physiological, psychological or, pharmacological maneuovers or agents which can be recognized subjectively by the individual himself (or by an objecitve observer of the individual) as representing a sufficient deviation in subjective experience or psychological functioning from certain general norms for that individual during alert waking consciousness."
—Ludwig : Altered state of consciousness. In C. Tart (Ed.) : *Altered States of Consciousness* 1969

वस्तुनिष्ठ प्रेक्षक) द्वारा सचेत जागृत अवस्था में कुछ निश्चित सामान्य मानकों से भिन्न आत्मनिष्ठ अनुभूति या मनोवैज्ञानिक कार्यों में पर्याप्त विचलन समझा जाता है।''

सैनट्रोक[1] (Santrock, 2000) के अनुसार, ''चेतन की परिवर्तित अवस्था उस समय उत्पन्न होती है जब व्यक्ति एक ऐसी मानसिक अवस्था में होती है जो सामान्य बोध की अवस्था से भिन्न होती है।''

यदि हम इन परिभाषाओं का विश्लेषण करे तो चेतना की परिवर्तित अवस्था में निम्नांकित महत्त्वपूर्ण तथ्य सम्मिलित पायेंगेः—

(i) चेतना की परिवर्तित अवस्था दैहिक एजेन्टों (physiological agents) जैसे बीमारी, उपवास, ग्रन्थीय असामान्यता (glandular abnormality), निद्रावंचन (sleep deprivation), मिरगी, आदि से उत्पन्न होता है।

(ii) चेतना की परिवर्तित अवस्था मनोवैज्ञानिक एजेन्टों या कारकों द्वारा भी उत्पन्न होता है। ऐसी अवस्था एकाग्रता (concentration), सीखना, सम्मोहन (hypnosis) मनन (meditation), आदि माध्यमों से अक्सर उत्पन्न होता है।

(iii) चेतन की परिवर्तित अवस्था औषधीय कारकों से भी उत्पन्न होता है। मनोसक्रिय औषध (psychoactive drug) खाने, अल्कोहल पीने, आदि से भी व्यक्ति का सामान्य चेतना की अवस्था में परिवर्तन आ जाता है।

(iv) चेतना की परिवर्तित अवस्था में अपने मानसिक कार्यों में न केवल परिमाणात्मक (quantitative) बल्कि गुणात्मक (qualitative) परिवर्तन भी होते व्यक्ति अनुभव करता है। जैसे, ऐसी अवस्था में व्यक्ति अपनी आंतरिक संवेदनों (internal sensation) या मानसिक प्रक्रियाओं (mental processes) के बारे में सामान्य से ज्यादा सोचने लगता है। उसके चिन्तन के औपचारिक विशेषताओं में परिवर्तन होने लगता है और विभिन्न मात्राओं में वास्तविकता के प्रत्यक्षण में ह्रास होने लगता है। उसे स्वयं ही यह अनुभव होने लगता है कि उसका मानसिक कार्यों का संचालन से भिन्न ढंग से हो रहा है तथा उनके प्रत्यक्षणात्मक गुण या विशेषताएँ सामान्य से भिन्न हैं।

मनोवैज्ञानिकों द्वारा किये गये शोधों एवं प्रयोगों से यह स्पष्ट हुआ है कि चेतना की परिवर्तितत अवस्था (altered state of consciousness) की कुछ विशेषताएँ (characteristics) हैं, जिनमें निम्नांकित प्रमुख हैः—

1. प्रत्यक्षणात्मक प्रक्रियाओं की विकृति *(Distortion of perceptual process)*—चेतना की परिवर्तित अवस्था का सबसे प्रमुख विशेषता यह है कि इसमें व्यक्ति के प्रत्यक्षणात्मक प्रक्रियाएँ काफी विकृत हो जाती है। इसमें व्यक्ति का दृष्टि प्रत्यक्षण, श्रवण प्रत्यक्षण समय प्रत्यक्षण तथा स्थानिक प्रत्यक्षण (space perception) काफी विकृत हो जाता है। इसमें व्यक्ति में दृष्टि एवं श्रव्य संवेदन तीक्ष्ण हो जाते हैं एवं भ्रम तथा विभ्रम बढ़ जाते हैं। व्यक्ति को प्रायः ऐसा अनुभव होता है कि वह अपने शरीर से अलग हैं या उसके शरीर का कोई अंग उसके पूरे शरीर से अलग है। उसे यह भी अनुभव होता है कि शरीर का कोई अमुक अंग भाररहित हो गया या वह अकारण ही अन्य अंगों से अलग हो गया है। समय के प्रत्यक्षण में भी काफी परिवर्तन आ जाता है। उसे एक सेकंड का समय एक घंटा के समान लगता है तथा कभी-कभी एक घंटा बीत जाने पर उसे लगता है कि चन्द सेकंड ही बीता है।

2. वस्तुनिष्ठता तथा अहं-उत्कर्ष का अनुभव *(Feeling of objectivity and ego transcendence)*—चेतना की परिवर्तित अवस्था में वस्तुनिष्ठता तथा अहं उत्कर्ष का भाव भी होते देखा गया है। व्यक्ति संसार को अधिक वस्तुनिष्ठ ढंग से देखता है। वह उन सभी चीजों को देखने का अनुभव करता है जो आम मनुष्यों के पहुँच से सामान्यतः बाहर होते हैं। व्यक्ति अपनी व्यक्तिगत आवश्यकताओं एवं इच्छाओं से ऊपर उठकर वस्तुओं एवं घटनाओं की वस्तुनिष्ठ परख करता है। ऐसी परिस्थिति में व्यक्ति को कभी-कभी यह भी अनुभव होता है कि स्वयं व्यक्ति का अपने ऊपर से नियंत्रण समाप्त हो चुका है और वह अपने नियन्त्रण से बाहर चला गया है।

3. धनात्मक सांवेगिक गुण *(Positive emotional quality)*—चेतना के परिवर्तित अवस्था में कुछ धनात्मक सांवेगिक गुण जैसे खुशी, हर्षोन्माद, श्रद्धा, शांति, अत्यधिक स्नेह एवं प्यार जैसे अनुभव प्रायः होते हैं। व्यक्ति अपनी अनुभूतियों की व्याख्या में धार्मिक या दर्शनशास्त्री दृष्टिकोण को प्राथमिकता देता है। व्यक्ति कभी-कभी उस दुनिया या संसार के सुखों का भी अनुभव प्राप्त करते हुए पाता है जो सामान्यत- अन्य व्यक्ति को उपलब्ध नहीं होते हैं।

---

1. "An altered state of conscionsness occurs when a person is in a mental state that noticeably differs from normal awareness."
—Santrock : *Pschology,* 2000, p. 151

4. सच्चाई का आत्म-सत्यापित ज्ञान *(Self-validating sense of truth)*—चेतना की परिवर्तित अवस्था में व्यक्ति में निश्चिंतता का भाव भी मजबूत होता है। व्यक्ति को यह अनुभव होता है कि उसकी अनुभूति अधिक मूल्यावान है जिसे किसी भी तरह की व्याख्या चाहे वह कितना भी अधिक तार्किक (rational) क्यों न हो, खंडित नहीं किया जा सकता है। व्यक्ति यह समझता है कि उनका ज्ञान वास्तविक है जिसे किसी भी तरह से खंडित नहीं किया जा सकता है क्योंकि वह उसके वास्तविक अनुभूतियों पर आधारित है।

5. विरोधाभास *(Paradoxicality)*—चेतना की परिवर्तित अवस्था के विवरणों को यदि तार्किक एवं संगत आधारों पर विश्लेषित किया जाय तो हम पायेंगे कि उनमें आपस में विरोधाभास हैं। प्रायः व्यक्ति रिक्तिता का अनुभव करता है जो हर तरह से पूर्ण लगता है। व्यक्ति यह अनुभव करता है कि अपनी वैयक्तिकता (individuality) खो चुका है परन्तु फिर भी वह अपने भीतर एक आत्मन (self) के होने का प्रत्यक्षण करता है। ऐसी अनुभूतियाँ स्पष्टतः एक तरह का विरोधाभास (paradox) उत्पन्न करती है।

6. एकत्व एवं संयोजन *(Unity & fusion)*—प्रायः व्यक्ति को समाजीकरण के दौरान यह सीखलाया जाता है कि वास्तविकता कल्पना से कैसे भिन्न होती है। भूत, वर्तमान एवं भविष्य अलग-अलग होते हैं, जीवित एवं अजीवित में क्या अन्तर है, आदि-आदि। चेतना की परिवर्तित अवस्था में व्यक्ति को इन सब अन्तरों का ज्ञान समाप्त हो जाता है। व्यक्ति आत्मन् (self) को अन्य वस्तुओं से अन्तर नहीं कर पाता है तथा आत्मन् और बाह्य वस्तुओं के बीच का अन्तर समाप्त हो जाता है और इस तरह आत्मन् अन्य बाह्य वस्तुओं के साथ विलीन या संयोजित हो जाता है।

7. अनिर्वचनीयता *(Ineffability)*—चेतना की परिवर्तितत अवस्था का एक गुण यह भी है कि इस अवस्था की अनुभूतियों को व्यक्ति वर्णन करने में प्रायः अपने आपको असमर्थ पाता है। इस अवस्था की अनुभूतियाँ इतनी अनोखी होतीं है कि व्यक्ति को ऐसा लगता है कि उनके पास कोई उपयुक्त शब्द नहीं है जिनके माध्यम से उनका वर्णन किया जाए। प्रायः उन अनुभूतियों में इतना विरोधाभास होता है कि उनका वर्णन करना भी उसे बेकार लगता है।

इन प्रमुख विशेषताओं के अलावा चेतना की परिवर्तित अवस्था में कभी-कभी कुछ और गुण भी देखने को मिलते हैं। इनमें तीव्र सांवेगिकता, अत्यधिक सुझाव ग्रहणशीलता, कायाकल्प का अनुभव होना आदि भी सम्मिलित होते हैं।

चेतना की परिवर्तित अवस्था के प्रकार
(Types of Altered State of Consciousness)

चेतना की परिवर्तित अवस्था के कई प्रकार हैं जिनमें निम्नांकित प्रमुख हैं—

(i) नींद या निद्रा (sleep) (ii) स्वप्न (dream)
(iii) मनन (meditation) (iv) सम्मोहन (hypnosis)
(v) संवेदी वंचन (sensory deprivation) (vi) बायोफिड बैक (biofeedback)।
(vii) औषध-उत्पन्न परिवर्तन (drug-induced changes)

चेतना की इन सभी परिवर्तित अवस्थाओं का वर्णन हम अलग-अलग अनुच्छेद में करेंगे।

नींद या निद्रा के स्वरूप
(Nature of Sleep)

नींद की अवस्था चेतना की एक प्रमुख परिवर्तित अवस्था है। डीमेन्ट (Dement, 1975) के अध्ययन के अनुसार करीब अधिकतर मनुष्य अपनी जिन्दगी का करीब एक-तिहाई भाग नींद में बिताता है। नींद की अवस्था जागृतावस्था के विपरीत अवस्था होती है। नींद की अवस्था की निम्नांकित दो विशेषताएँ होतीं हैं—

(i) नींद की अवस्था में व्यक्ति बाह्य दुनिया के प्रति अनुक्रियाशील कम रहता है।

(ii) नींद की अवस्था में शारीरिक कार्यों एवं केन्द्रीय तन्त्रिका तन्त्र (central nervous system) की क्रियाओं में परिवर्तन आ जाता है।

जब व्यक्ति नींद की अवस्था में होता है, तो उसकी दैहिक क्रियाएँ तेजी से कम जातीं हैं। व्यक्ति आँख बंद कर लेता है और व्यक्ति का मस्तिष्क यद्यपि ज्ञानेन्द्रियों से सूचनाओं को प्राप्त करते रहता है, उनका विश्लेषण नहीं कर पाता है। नींद के दौरान हृदय एवं श्वसन गति धीमी पड़ जाती है तथा उत्तेजन स्तर निम्न हो जाता है। नींद के क्षेत्र में शोधकर्त्ताओं द्वारा तीन तरह के मुख्य परिवर्तनों (changes) का अध्ययन किया गया है। इन शोधकर्त्ताओं द्वारा नींद के दौरान मस्तिष्क में होने वाले वैद्युतीय क्रियाओं (electric activities) का अध्ययन एल्क्ट्रोइनसीफेलोग्राम (Electroencephalogram or EEG) द्वारा, विभिन्न मांसपेशियों के वैद्युतीय क्रियाओं में होने वाले परिवर्तनों को एल्क्ट्रोमाइयोग्राम (Electromyogram or EMG) द्वारा तथा आँख के वैद्युतीय विभव (electrical potentials) में होने वाले परिवर्तनों को एल्क्ट्रोओकलोग्राम (Electroculogram or EOG) द्वारा माप कर अध्ययन करने की कोशिश की गयी है। अध्ययनों से यह स्पष्ट हुआ है कि जब व्यक्ति सोता है, तो इन तीनों तरह के क्षेत्रों में क्रमबद्ध परिवर्तन होते हैं और इन परिवर्तनों से नींद के स्वरूप के बारे में बहुत कुछ पता चलता है।

नींद के प्रकार
(Types of Sleep)

मनोवैज्ञानियों ने वैज्ञानिक रूप से नींद का अध्ययन करने के लिए एल्क्ट्रोएनसिफेलोग्राम (Electoencephalogram or EEG) का सहारा लिया है और EEG द्वारा प्राप्त आँकड़ों के आधार पर यह बतलाया है कि EEG द्वारा जो मस्तिष्कीय तरंग (brain wave) का रेकार्डिंग प्राप्त होता है, उसमें एक लयात्मक पैटर्न (rythmic pattern) होता है जिनसे हमें नींद के बारे में पता चलता है। सामान्यतः तीव्र बारम्बारता वाले EEG रेकार्डिंग से यह पता चलता है कि व्यक्ति उत्तेजन की अवस्था में है तथा धीमी बारंबारता वाले EEG रेकार्डिंग से यह पता चलता है कि व्यक्ति के उत्तेजन की अवस्था में ह्रास हुआ है और वह नींद की अवस्था में प्रवेश कर रहा है। इस क्षेत्र में किये गये अध्ययनों द्वारा प्राप्त तथ्यों के आधार पर यह स्पष्ट हुआ है कि नींद के निम्नांकित दो प्रकार होता है—

(i) तीव्र आँख गतिक नींद (Rapid Eye Movement or REM Sleep)

(ii) अतीव्र आँख गतिक नींद (Non-Rapid Eye Movement or Non-REM Sleep)

इन दोनों का वर्णन निम्नांकित हैं:—

(क) अतीव्र आँख गति नींद *(Non REM or NREM sleep)*—इस तरह के नींद में व्यक्ति की गहरी नींद आती है तथा व्यक्ति में संवेदी प्रक्रिया (sensory processing) काफी कम हो जाती है। इसमें नेत्रगोलक (eye balls) में गति नहीं के बराबर होती है तथा इसमें श्वसन गति एवं हृदय गति काफी धीमी हो जाती है। व्यक्ति के शरीर का रक्त चाप भी कम हो जाता हैं। यदि इस तरह के नींद की अवस्था से व्यक्ति को अचानक उठा दिया जाता है तो 7% इस बात के सम्भावना बनी होती है कि व्यक्ति यह बतलायेगा कि वह कोई-न-कोई स्वप्न देख रहा था। इस तरह के स्वप्न का स्वरूप सामान्य चिन्तन (common thinking) के समान होता है तथा उसका स्वरूप संवेगात्मक तथा अतार्किक नहीं होता है।

(i) तीव्र आँख गति नींद *(Rapid Eye Movement Sleep or REM Sleep)*—इस तरह का नींद अतीव्र आँख गतिक नींद के ठीक विपरीत होता है। इस तरह के नींद के बारे में क्लिटमैन एवं एसरीनस्काई (Kleitman & Ascrinsky, 1953) ने सबसे पहले-पहल बतलाया था। इस तरह के नींद में करीब प्रति मिनट 30 से 40 बार की दर से नेत्र-गोलक में तीव्र गति होती है। इस तरह की नींद में हृदय एवं श्वसन गति काफी तेज एवं अनियमित हो जाती है। इस तरह के नींद में व्यक्ति को गहरी नींद नहीं आती है और व्यक्ति को ऐसा महसूस होता है कि वह आधा सो रहा है और आधा जाग रहा है। क्लिटमैन के अनुसार, सामान्य नींद का करीब 20% नींद ऐसा ही होता है। दैहिक सबूतों से यह पता चला है कि इस तरह की नींद में मस्तिष्क अपने संवेदी एवं क्रियात्मक स्रोतों (motor channels) से कुछ हद तक अलग हो जाता है तथा शरीर के अन्य भागों से आनेवाले उत्तेजन मस्तिष्क में प्रवेश नहीं पाते हैं और व्यक्ति कोई क्रियात्मक अनुक्रिया (motor responses) नहीं कर पाता है। इसके बावजूद भी इस तरह के नींद में व्यक्ति का मस्तिष्क (brain) बहुत सक्रिय रहता है। यदि नींद की इस अवस्था से व्यक्ति को अचानक उठा दिया जाता है तो इस बात की सम्भावना करीब सदा बनी होती है कि वह यह बतलायेगा है कि वह कोई-न-कोई स्वप्न देख रहा था। शायद

यंही कारण है कि तीव्र आँख गतिक नींद को *स्वप्न नींद* (dream sleep) भी कहा जाता है। इस तरह के स्वप्न की विशेषता यह होती है कि वह अतार्किक (illogical) होता है तथा उनका स्वरूप सांवेगिक होता है।

ऊपर में तीव्र आँख गतिक (REM sleep) का वर्णन किया गया है जिससे यह स्पष्ट होता है कि इस तरह के नींद की कुछ निश्चित *विशेषताएँ* हैं। ऐसी विशेषताओं में निम्नांकित विशेषताओं पर मनोविज्ञानियों का ध्यान अधिक गया है:—

(i) REM नींद में ऐच्छिक पेशीय क्रियाओं का तीव्र दमन पाया जाता है। इसमें ऐसा लगता है कि शरीर में लकवा मारे हुए हैं और ऐच्छिक गति असम्भव है।

(ii) REM नींद में व्यक्ति का मस्तिष्क उत्तेजित (arousal) होता है हालाँकि व्यक्ति बिलकुल ही अचेतन होकर सोया रहता है। यही कारण है कि इसे कुछ मनोविज्ञानियों ने *विरोधाभासी नींद* (paradoxical sleep) कहा है। विरोधाभाषी नींद कहने का एक कारण यह भी है कि इस नींद में बीटा मस्तिष्कीय तरंगें (beta brain waves) होतीं हैं जो प्रायः जाग्रतावस्था या नींद की पहली अवस्था के दौरान होता है।

(iii) REM नींद में क्रमबद्ध क्रियाएँ होतीं हैं जिसमें लघु अवधि के लिए कुछ क्रियाओं का एक तरह से दैहिक विस्फोट-सा होता है। प्रायः यह देखा गया कि व्यक्ति का नेत्रगोलक सभी दिशाओं में तीव्र झटका (rapid jerk) देता दीख पड़ता है। आँख की पुतली के आकार में परिवर्तन हो जाता है, मध्यकर्ण में संकुचन (contraction) हो जाता है तथा पुरुष के लिंग में तनाव बढ़ जाता है।

(iv) REM नींद में स्वायत्त तन्त्रिका तन्त्र (autonomic nervous system) के कार्यों में अभूतपूर्व परिवर्तन आता है। श्वसन गति तथा हृदय गति में तीव्रता एवं अनियमितता आ जाती है। रक्तचाप में वृद्धि हो जाती है।

निष्कर्षतः यह कहा जा सकता है कि नींद के REM तथा NREM दो प्रकार होते हैं जो आपस में भिन्न हैं। (Dement, 1579) के अनुसार इन दोनों में प्रमुख अन्तर निम्नांकित हैं:—

(i) REM नींद में व्यक्ति का मस्तिष्क काफी उत्तेजित नजर आता है जबकि NREM नींद में व्यक्ति का मस्तिष्क शांत एवं उत्तेजित होता है।

(ii) REM नींद में व्यक्ति की संवेदी प्रक्रियाएँ होतीं हैं परन्तु NREM नींद में व्यक्ति की संवेदी प्रक्रियाएँ पूर्णतः शिथिल होतीं है।

नींद की अवस्थाएँ
(Stages of Sleep)

प्रत्येक जैविक प्राणी में नींद तथा क्रियाओं का एक जैविक लयात्मक चक्र (biological rhythmic cycle) होता है जिसे सरकाडियन लय (circadian rhythm) कहा जाता है। मनोवैज्ञानिकों ने अपने प्रेक्षण में यह पाया कि कुछ लोग तो ऐसे होते हैं जिन्हें नींद से जगाना काफी आसान होता है जबकि कुछ लोग ऐसे होते हैं जिन्हें नींद से जगाना कठिन होता है। नींद के इस तरह के प्रभावों का अध्ययन गंभीरतापूर्वक डीमेन्ट तथा किल्टमैन (Dement & Kleitman, 1957) द्वारा किया गय। इन लोगों ने नींद के दौरान मस्तिष्क में होने वाले वैद्युतीय परिवर्तनों (electrical changes) जिसे EEG (Electroncephalogram) द्वारा मस्तिष्क तरंगों (brain waves) के रूप में रेकार्ड किया जाता है, को मापने की कोशिश किया। साथ-ही-साथ इन लोगों ने नींद के दौरान नेत्रगोलक की गतियों (eye movements) को भी मापा है।

मस्तिष्क तरंगों के पैटर्न के विश्लेषण से यह स्पष्ट हुआ है कि जब व्यक्ति शांतिपूर्वक आराम कर रहा होता है और वह ध्यानभग्न नहीं होता और न तो कोई कठिन कार्य कर रहा होता है तो उसके मस्तिष्क में अल्फा तरंग (alpha wave) बनते हैं जो एक नियमित तथा मध्य आवृत्ति वाला तरंग (8 से 12 Hz) होता है। जब व्यक्ति पूर्णतः जगा हुआ एवं सतर्क (alert) होता है, तो EEG द्वारा उसके मस्तिष्क से *वीटा तरंग* (beta waves) का रिकार्ड किया जाता है जो प्रति सेकण्ड 14-30 चक्र अर्थात् उच्च आवृत्ति का होता है। इस तरह से अल्फा तरंग एवं वीटा दोनों की जाग्रतावस्था में बनने वाले मस्तिष्कीय तरंग होते हैं। इन अध्ययनों से यह भी स्पष्ट हुआ है कि नींद की पाँच अवस्थाएँ (stages) होती हैं जिनमें से प्रथम चार अवस्थाएँ NREM नींद की होती है और अंतिम अवस्था REM नींद की होती है। इन पाँचों अवस्थाओं का वर्णन निम्नांकित हैं:—

(i) पहली अवस्था *(Stage 1)*—NREM की यह पहली अवस्था है। जब व्यक्ति सोने की इच्छा से बिछावन पर लेटता है, तो उस समय वह तनावरहित एवं आराम जागृतावस्था में होता है और उस समय उसके मस्तिष्क से जो तरंग बनते हैं, उसे अल्फा तरंग (alpha wave) कहा जाता है जो प्रति सेकंड 8 से 12 चक्र की गति से नियमित ढंग से बनता है। इसके बाद जब व्यक्ति को नींद आने लगती है तो अल्फा तरंग का बनना लगभग समाप्त हो जाता है और कम ऊँचाई की मस्तिष्क तरंगें जिनकी बारंबारता (frequency) प्रति सेकंड 2 से 7 तक की होती है, बनने लगती है। उसे *थीटा तरंग* (theta wave) कहा जाता है। यही से नींद की पहली अवस्था प्रारम्भ होती है। इस अवस्था से व्यक्ति को नींद से जगा देना काफी आसान होती है। इस अवस्था में व्यक्ति स्पष्ट दृष्टि घटनाओं (vivid visual events) का अनुभव करता है जिसे *हिपनागोगिक प्रतिमा* (hypnagogic image) कहा जाता है और यही प्रतिमाएँ सम्भवतः आगे की अवस्थाओं में स्वप्न का रूप ले लेती है। नींद की यह पहली अवस्था लगभग औसतन 10 मिनट की होती है। (देखें चित्र 14.2)।

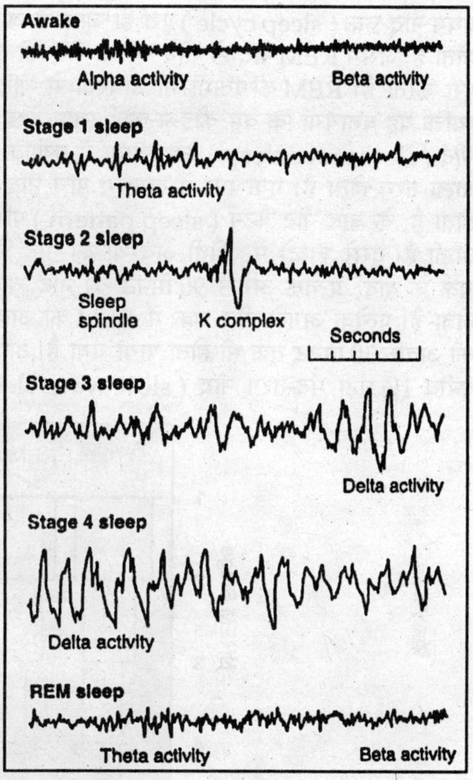

(ii) दूसरी अवस्था *(Stage 2)*—करीब 10 मिनट तक पहली अवस्था में रहने पर नींद की दूसरी अवस्था में मस्तिष्कीय तरंगों के स्वरूप में काफी परिवर्तन आता है। इस अवस्था में थीटा तरंग से अधिक तीव्र गति से अर्थात् करीब 14-16 चक्र (या बारंबारता) प्रति सेकंड की दर से मस्तिष्क तरंगें बनने लगतीं हैं जिसे मनोवैज्ञानिकों ने *तकला* (spindle) कहा है जो दो से पाँच बार प्रति मिनट होता है। इसके अलावा कभी-कभी मस्तिष्कीय तरंग की ऊँचाई (amplitude) में अचानक वृद्धि या ह्रास भी होती है। इसे चित्र 14.1 में देखा जा सकता है। इसके अतिरिक्त इसमें *के कम्पलेक्स* (K complex) भी होते हैं जो अचानक हुए तेज तरंग प्रारूप के होते हैं और प्रत्येक एक मिनट में एक बार होता है। यह अवस्था लगभग 20 मिनट की होती है।

चित्र 14.1 : नींद के विभिन्न अवस्थाओं के दौरान मस्तिष्क तरंगें

(iii) तीसरी अवस्था *(Stage 3.)*—इस अवस्था में जो मस्तिष्कीय तरंगें बनती हैं, वे काफी धीमी तरंगें (slow waves) अर्थात् प्रति सेकंड 1 से 2 चक्र बनती हैं। ऐसे तरंगों को *डेल्टा तरंग* (delta wave) कहा जाता है। इसमें 20 से 50% डेल्टा तरगें बनती पायी गयीं हैं। इसे भी चित्र 14.1 में दिखलाया गया है। रात के नींद का करीब 5% नींद इस तीसरी अवस्था का ही होता है। इस अवस्था से व्यक्ति को जगाना थोड़ा कठिन होता है। यह नींद की सबसे गहरी अवस्था होती है। शरीर में क्रिया का स्तर न्यूनतम होता है। इसी अवस्था में पीयूष ग्रन्थि से वर्द्धन हारमोन (growth hormne) निकलता है और अपने शिखर पर होता है। यह अवस्था लगभग अधिकतम 40 मिनट तक का होता है।

(iv) चौथी अवस्था *(Stage 4)*—चौथी अवस्था गहरी नींद (deep sleep) की अवस्था होती है। इसमें जितने भी मस्तिष्कीय तरंगें बनतीं हैं, उसका करीब 50% से अधिक डेल्टा तरंगें (delta waves) होतीं हैं। रात के नींद का करीब 15% नींद इसी अवस्था का होता है। तीसरी अवस्था के समान ही इस अवस्था में होने पर भी व्यक्ति को नींद सें जगाना कठिन होता है। यह अवस्था लगभग 30 मिनट से 40 मिनट का होता है।

उपर्युक्त चारों अवस्थाएँ NREM नींद की होती है और जब व्यक्ति करीब एक घंटा नींद में बिता चुका है तो दूसरे तरह की अवस्था अर्थात् REM अवस्था प्रारम्भ होती है जो नींद की पाँचवीं अवस्था होती है।

(v) REM अवस्था *(REM stage)*—REM की इस अवस्था में NREM की पहली अवस्था में पाये जाने वाले मस्तिष्कीय तरंगें पुनः बनने लगती है। दूसरे शब्दों में, इस अवस्था में पुनः ऐसी तरंगें बनने लगती हैं जिसकी ऊँचाई कम होती है तथा जो कम नियमित होती हैं। इसमें डेल्टा तरंग समाप्त हो जाता है। रात के नींद की यह पहली REM अवस्था होती है जो सबसे कम अवधि अर्थात् करीब 5 से 10 मिनट की होती है। इस REM अवधि के समाप्त होने पर

प्रथम नींद चक्र (sleep cycle) पूरा हो जाता है जो लगभग 90 मिनट का होता है। इसके बाद फिर दूसरा नींद चक्र प्रारम्भ होता है जिसमें REM नींद से सीधे व्यक्ति नींद की दूसरी अवस्था में चला जाता है और फिर उसी क्रम में नींद चक्र व्यक्ति पूरा करता है। REM की किसी भी अवस्था से यदि व्यक्ति को उठाया जाता है, तो 80% सम्भावना इस बात की है कि व्यक्ति यह बतायेगा कि वह कोई-न-कोई स्वप्न देख रहा था। NREM की तीसरी तथा चौथी अवस्था के नींद को *मंद तरंग नींद* (slow wave sleep) कहा जाता है क्योंकि इनमें डेल्टा तरंगें (delta waves) बनतीं हैं जो मंद गति से बनने वाला तरंग होता है। एक रात में लगभग पाँच नींद चक्र पूरा करता है। प्रथम दो नींद चक्र जो लगभग 90-90 मिनट का होता है, के बाद नींद पैटर्न (sleep pattern) परिवर्तित हो जाता है और व्यक्ति को चौथी अवस्था की नींद प्रायः नहीं आती है। दूसरे शब्दों में, चौथी अवस्था का नींद सिर्फ प्रथम दो नींद चक्र में ही होता है। (देखें चित्र 14.2) दूसरी नींद चक्र के बाद, प्रत्येक अगले 90 मिनट का नींद चक्र में व्यक्ति मूलतः दूसरी अवस्था तथा REM नींद के बीच में नींद लेता है। प्रत्येक अगले नींद चक्र में REM की अवधि धीरे-धीरे लम्बी होती चली जाती है। रात्रि के समाप्ति पर REM की अवधि 30 मिनट तक भी होता पाया गया है। अधिकतर लोग करीब 5 नींद चक्र (7½ से 8 घंटा) सोते हैं और औसतन करीब 1½ घंटा मंद-तरंग नींद (slow wave sleep) तथा REM नींद में 1½ घंटा व्यतीत करते हैं।

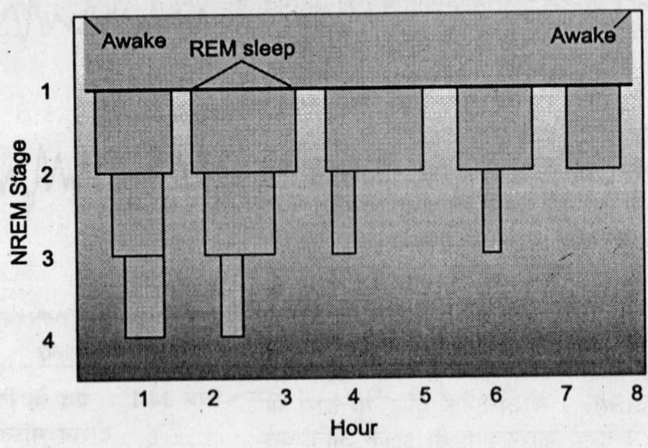

चित्र 14.2 : एक व्यस्क व्यक्ति का विशेष नींद चक्र (sleep cycle)

स्पष्ट हुआ कि नींद की पाँच अवस्था होती है जिसमें प्रथम चार अवस्थाएँ NREM की होती है और पाँचवीं अवस्था REM की होती है। पूरी रात NREM तथा REM की ये दोनों सामान्य अवस्थाएँ बारी-बारी से आती रहतीं हैं। इस दोनों का वास्तविक पैटर्न एक व्यक्ति से दूसरी व्यक्ति तक कुछ परिवर्तित होते रहता है तथा उम्र बीतने का भी प्रभाव उसपर पड़ते देखा गया है। माँ के गर्भ में शिशु 80% समय REM नींद में बीतता है। एक नवजात शिशु अपने पूरे नींद के समय का 50% समय REM नींद में बीताता है तथा पाँच साल की उम्र होते-होते यह प्रतिशत करीब 20% से 25% पर आ जाता है और यह अनुपात लगभग वृद्धावस्था तक बना रहता है जहाँ से यह आगे घटकर करीब 16% या उससे भी कम हो जाता है। सभी आयु के व्यक्तियों के लिए मध्यरात्रि के बाद नींद की तीसरी एवं चौथी अवस्था लगभग समाप्त हो जाती है क्योंकि इस अवस्था में REM नींद अधिक प्रबल हो जाता है। उम्र बीतने के साथ मंद तरंग नींद में कमी आ जाती है और 70 एवं 80 साल के उम्र में इस तरह की नींद समाप्त हो जाती है।

तीव्र आँख गति नींद का महत्त्व
(Value of REM Sleep)

तीव्र आँख गति नींद (REM sleep) व्यक्ति के लिए कई दृष्टिकोण से महत्त्वपूर्ण सिद्ध हुआ है। मनोवैज्ञानिकों एवं विशेषज्ञों का मत है कि व्यक्ति के आरंभिक जीवन में अर्थात् शैशवावस्था तथा बाल्यावस्था (childhood) में विकसित हो रहे मस्तिष्क को यह उत्तेजित कर उसे सुदृढ़ बनाता है। नवजात शिशु करीब 8 से 9 घंटा प्रतिदिन REM नींद में अपना समय व्यतीत करता है जिससे उसके विकसित मस्तिष्क को मजबूती मिलता है। व्यस्कावस्था में REM नींद, नींद के दौरान संवेदी वंचन (sensory deprivation) उत्पन्न कर सकता है और उससे फिर सांवेगिक घटनाओं

(emotional events) को संसाधित करने में मदद मिलती है। स्टीकगोल्ड एवं उनके सहयोगियों (Stickgold et al, 2001) ने अपने अध्ययन के आधार पर यह बतलाया है कि REM नींद व्यक्ति को उन स्मृतियों (memories) को संगठित करता है जिनके माध्यम से एक व्यस्क व्यक्ति कुछ समस्याओं के समाधान से संबंध युक्तियों (strategies) को मजबूत करता है। इसका परिणाम यह होता है कि व्यक्ति को REM नींद किसी समस्या के समाधान में कुछ सहायता प्रदान करता है क्योंकि यह मस्तिष्क को उत्तम सुचारू अवस्था में रखता है।

हमलोग क्यों सोते हैं?
(Why do we Sleep ?)

इस प्रश्न का सामान्य उत्तर तो यही है कि चेतन क्रियाओं (conscious activity) से उत्पन्न थकान (fatigue) को दूर करने के ख्याल से हमलोग सोते हैं। अतः नींद चेतन क्रियाओं से उत्पन्न थकान से प्रतिप्राप्ति (recovery) की प्रक्रिया है। इसे नींद का *बलबर्धक सिद्धान्त* (recuperative theory) कहा गया है। यद्यपि इन तथ्यों को सामान्य बोध (common sense) का पूर्ण समर्थन प्राप्त है, फिर भी विलियम्स तथा उनके सहयोगियों (Williams at el., 1973) ने यह स्पष्ट कहा है कि नींद का प्रयोगात्मक विश्लेषण (experimental analysis) से इस तथ्य की सम्पुष्टि नहीं होती है।

कुछ मनोवैज्ञानिकों का मत है कि हमलोग किसी तरह की कमी को पूरा करने के लिए नहीं सोते हैं बल्कि नींद एक ऐसा माध्यम है जिसके द्वारा हम अपने शरीर में उस परिस्थिति में ऊर्जा इकट्ठा करते हैं जब उसकी आवश्यकता किसी कार्य में नहीं होती है। वेब्ब (Webb, 1971) ने इसी तरह के विचारधारा का प्रतिपादन किया है। कुछ सिद्धान्तवादियों का मत है कि नींद द्वारा दो तरह के कार्य सम्पन्न होते हैं—**दैहिक पुनः स्थापन** (physical restoration) तथा **मनोवैज्ञानिक पुनः स्थापन** (psychological restoration)। दैहिक पुनः स्थापन में दैहिक ऊर्जा का तथा मनोवैज्ञानिक पुनः स्थापन में मानसिक ऊर्जा का पुनः स्थापन होता है। दैहिक पुनः स्थापन का कार्य गहरी नींद की अवस्थाओं (तीसरी और चौथी अवस्था) में जिसमें धीमी गति की मस्तिष्क तरंगें बनतीं हैं, के दौरान होता है तथा मनोवैानिक पुनः स्थापन REM नींद की अवस्था के दौरान होता है। शायद यही कारण है कि जब व्यक्ति कोई दैहिक कार्य करता है जिससे उसमें काफी अधिक शारीरिक थकान (physical fatigue) हो जाती है, तो नींद की चौथी अवस्था के दौरान व्यक्ति अधिक समय व्यतीत करता है। इसके विपरीत जिन व्यक्तियों को कुछ मानसिक या मनोवैज्ञानिक समस्याएँ होतीं हैं, उनमें REM नींद की अवधि अधिक होती है।

उपर्युक्त तथ्यों के अलावा नींद विशेषकर REM नींद के कुछ विशेष कार्य की पहचान की गयी है जिसमें भी हमें कुछ हद तक इस प्रश्न का उत्तर मिलता है कि हमलोग क्यों सोते हैं? ऐसे कुछ कार्य निम्नांकित हैं:—

(i) प्रतिदिन की जिन्दगी में मस्तिष्क में जमा हुए न्यूरोरसायनिक को REM नींद हटाता है।

(ii) नवजात शिशुओं एवं छोटे-छोटे बच्चों में REM नींद उन क्रियाओं द्वारा जिसे वह उत्पन्न करता है, के माध्यम से मस्तिष्क का विकास होता है।

(iii) REM नींद का सम्बन्ध स्वप्न से होता है जो उन तीव्र आवेगों की अभिव्यक्ति करता है जो अन्यथा दिन-प्रतिदिन की जिन्दगी में अभिव्यक्त किये जाते हैं।

(iv) REM नींद उन तन्त्रीय उत्तेजन पैटर्न को पुनर्संगठित करता है जो अन्यथा NREM नींद के दौरान विघटित होते हैं।

(v) इभान्स (Evans, 1984) के अनुसार, REM नींद में व्यक्ति सूचनाओं को उन्नत एवं नया स्वरूप देकर न कि उनका त्याग करके स्मृति को पुनर्संगठित करता है।

(vi) क्रिक एवं मिटीसन (Crick & Mitichison) के अनुसार REM नींद में व्यक्ति अपनी स्मृति से अर्थहीन या बेकार सूचनाओं को हटा देता है।

उपर्युक्त कार्यों के आलोक में हम इस निष्कर्ष पर पहुँचते है कि नींद सचमुच में व्यक्ति के लिए कई महत्त्वपूर्ण कार्यों को सम्पन्न करता है।

नींद चक्र
(Sleep Cycle)

प्रत्येक रात व्यक्ति का नींद एक पूर्वकथनीय पैटर्न (predictable pattern) का अनुसरण करता है जिसे व्यक्ति के नींद का चक्र (cycle) कहा जाता है। प्रत्येक नींद चक्र लगभग 90 मिनट होता है जिसमें एक या एक से अधिक अतीव्रगतिक नींद (NREM sleep) होता है। उन सबों के बाद फिर REM नींद होती है।

प्रथम नींद चक्र नींद की पहली अवस्था में कुछ मिनट का होता है जिसे मनोवैज्ञानिकों ने 'हल्का नींद' (light sleep) की संज्ञा भी दिया है। पहली अवस्था सचमुच में जागृतावस्था तथा नींद के बीच का एक पारगमन अवस्था (transition stage) होती है। इसके बाद व्यक्ति नींद की दूसरी अवस्था में प्रवेश करता है जिसमें व्यक्ति की नींद थोड़ी गहरी हो जाती है और उसे नींद से उठाना थोड़ा मुश्किल हो जाता है। रात्रि के नींद का करीब 50% इसी दूसरी अवस्था में बीतता है। जैसे-जैसे व्यक्ति का नींद गहरा होता जाता है, मस्तिष्कीय क्रियाएँ मंद पड़ते जातीं हैं और अधिक से अधिक डेल्टा तरंगे बनने लगतीं हैं। जब करीब 20% डेल्टा तरंग बन जाते हैं, तो व्यक्ति नींद की तीसरी अवस्था में चला जाता है जहाँ से *मंद-तरंग नींद* (slow wave sleep) या गहरी नींद की शुरुआत होती है। डेल्टा तरंग का बनना जारी रहता है और जब वह 50% से अधिक हो जाता है, तो व्यक्ति नींद की चौथी अवस्था (stage 4 sleep) में प्रवेश कर जाता है जो सबसे गहरी नींद की अवस्था होती है और नवीनतम शोधों से यह स्पष्ट हुआ है कि इस अवस्था से व्यक्ति को नींद से उठाना काफी मुश्किल होता है। कोप्पर (Copper, 1994) ने अपने अध्ययन में ऐसा ही तथ्य पाया है।

चौथी अवस्था के नींद में डेल्टा तरंग EEG पर करीब 100% तक पहुँच सकता है परन्तु इस अवस्था में करीब 40 मिनट तक रहने के बाद मस्तिष्कीय क्रियाएँ बढ़ने लगती हैं और डेल्टा तरंग का बनना बंद होने लगता है। पुनः व्यक्ति अवस्था 3 होते हुए अवस्था 2 में और पुनः पहली REM अवस्था में लौट जाता है जो करीब 10 से 15 मिनट की अवधि का होता है। REM अवधि के समाप्ति होने पर पहली नींद चक्र पूरी हो जाती है। इसके बाद पुनः दूसरी नींद चक्र की शुरूआत होती है। अगर व्यक्ति को पहली नींद चक्र पूरा होने पर उठाया नहीं जाता है, तो फिर व्यक्ति REM नींद से दूसरी अवस्था की नींद में चला जाता है और इस तरह से पहली नींद चक्र के समान ही एक प्रक्रम में फिर व्यक्ति आगे चला जाता है।

करीब प्रथम दो नींद चक्र जो प्रत्येक 90 मिनट का होता है, अर्थात् लगभग 3 घंटे के बाद, नींद का पैटर्न में परिवर्तन होता है और व्यक्ति को फिर चौथी अवस्था से अधिक का नींद नहीं आता है। इसके बाद करीब प्रत्येक 90 मिनट के नींद चक्र के दौरान, बाकी रात में व्यक्ति दूसरी अवस्था तथा REM नींद के बीच जूझता रहता है। प्रत्येक नींद चक्र के साथ REM अवधि लम्बा होता चला जाता है। रात्रि के अंत में REM अवधि 30 से 40 मिनट तक होता है। अधिकतर लोग एक रात्रि में करीब 5 नींद चक्र (7½ से 8 घंटा) बना पाते हैं जिसमें औसतन 1.5 घंटे का मंद-तरंग नींद (गहरी नींद) तथा औसतन 1.5 घंटे का REM नींद होता है।

नींद के सिद्धान्त
(Theories of Sleep)

हमलोग क्यों होते है? की सैद्धान्तिक व्याख्या करने के लिए मनोवैज्ञानिकों द्वारा दो सिद्धान्तों (theories) को विकसित किये गये हैं—*सुधार या प्रतिपूर्ति सिद्धान्त* (Repair theory) तथा *पारिस्थितिक सिद्धान्त* (Ecological theory)।

नींद का सुधार या प्रतिपूर्ति सिद्धान्त यह बतलाता है कि नींद व्यक्ति के मस्तिष्क (brain) एवं शरीर जो दिन भर की विभिन्न क्रियाओं द्वारा काफी थक चुका होता है, को आराम पहुँचाता है तथा उनकी पुनर्रचना (rebuild) करता है। सचमुच में नींद की यह व्याख्या नींद के पहले थका-मँदा होने एवं नींद के बाद तरो-ताजा अनुभव करने के विचार से फिट बैठता है। कई शताब्दी पहले अरस्तू (Aristotle) ने नींद का एक सुधार सिद्धान्त (repair theory) का प्रतिपादन किया था और आधुनिक मनोवैज्ञानिकों जैसे डीमेन्ट (Dement, 1999) हिर्स्कोविज, मूर्रे एवं मिनहोटो (Hirshkowitz, Moore & Minhoto, 1997) द्वारा आज भी इस सिद्धान्त की मौलिकता एवं वैधता को काफी सही ठहराया गया है।

नींद की व्याख्या करने का एक दूसरा सिद्धान्त भी है जिसे *पारिस्थितिक सिद्धान्त* (ecological theory) कहा जाता है और इस सिद्धान्त द्वारा दी गयी व्याख्या तुलनात्मक रूप से नयी है। इस सिद्धान्त का दावा है कि नींद का मुख्य उद्देश्य प्राणी को अपने ऊर्जा (energy) को बर्बाद करने तथा दिन या रात के उस अवधि में जिससे वे अपने आपको अनुकूलित (adapted) नहीं कर पाये हैं, से बचाना होता है। जैसे, हमारे पूर्वजों ने अंधेरे में इधर-उधर जाना तथा जंगली पशुओं के आक्रमण से लड़ने के अनुकूलित नहीं थे, फलतः वे इस अवधि में सोने के प्रति ही अपने आप को अनुकूलित करना अधिक उपयुक्त समझे। इस सिद्धान्त को *सरकाडियन सिद्धान्त* (circadian theory) भी कहा जाता है क्योंकि इस सिद्धान्त के अनुसार निद्रालुता (sleepiness) तथा सतर्कता (alertness) सचमुच में सरकाडियन सामंजस्य (circadian rhythm) के अनुरूप होते रहते हैं।

सचमुच में नींद के ये दोनों सिद्धान्तों की गुणवत्ताएँ महत्त्वपूर्ण हैं। सुधार या प्रतिपूर्ति सिद्धान्त नींद वंचन (sleep deprivation) के परिणाम की व्याख्या करता है। दूसरे शब्दों में, किसी कारण से नहीं सो पाने से हम थके-थके महसूस करते हैं और सो कर फिर अपना थकान दूर करते हैं या तरो-ताजा महसूस करते हैं। पारिस्थितिक सिद्धान्त द्वारा प्राणियों में नींद के समय तथा उसका परास (range) की व्याख्या होती है। सम्भवतः प्रारम्भ में नींद व्यक्तियों को हानि से बचाने के लिए महत्त्वपूर्ण था परन्तु अब यह व्यक्ति के उत्तम स्थिति के बनाये रखने के लिए आवश्यक माना जाता है।

नींद का स्नायविक आधार
(Neural basis of Sleep)

नींद का स्नायविक आधार (neural base) बतलाया गया है। बहुत सालों तक तो यही समझा जाता था कि संवेदी उत्तेजकों (sensory stimulation) जिससे मस्तिष्क जागरूक रहता है, के अभाव में व्यक्ति में नींद आती है। ऐसे उत्तेजनों के अभाव में मस्तिष्क अपना कार्य मंद कर देता है और व्यक्ति को धीरे-धीरे नींद आ जाती है। लेकिन बाद के शोधों से यह स्पष्ट हुआ है कि पर्यावरणी उत्तेजनों की मात्रा में बिना परिवर्तन के ही नींद का आना-जाना जारी रहता है। हाब्सन एवं मैककार्ले (Hobson & McCarley, 1977) ने अपने अध्ययन के आधार पर यह बतलाया है कि रेटिकुलर फारमेशन में व्यक्ति में आंतरिक उत्तेजन तन्त्र (activating system) होता है जो मस्तिष्क को सक्रिय रखता है या पूरे दिन जागरूक रखता है। इस सिद्धान्त के अनुसार तब इस तथाकथित उत्तेजन तन्त्र में जब थकान (fatigue) या नींद जीव-विष (sleep toxin) जमा हो जाते हैं, तो वह तन्त्र मंदित हो जाता है और व्यक्ति को नींद आने लगता है।

नवीनतम शोधों से जो तथ्य सामने आये हैं, वे निश्चित रूप से उक्त व्याख्या से भिन्न है। आधुनिक शोधों से यह स्पष्ट हुआ है कि नींद के दौरान मस्तिष्क अपना कार्य बंद नहीं करता है बल्कि कुछ जटिल प्रक्रियाएँ करते रहता है जो REM नींद तथा NREM नींद दोनों ही व्यक्ति में उत्पन्न करता है। इन शोधों से यह भी पता चला है कि कोशकीय स्तर (cellular level) पर बहुत सारे न्यूरोन्स जागृतावस्था की तुलना में नींद के दौरान तेजी से उत्तेजित होते हैं। परन्तु मात्र इतना से शोधकर्त्ताओं में सन्तुष्टि नहीं हुई। फलतः इनलोगों ने REM नींद तथा NREM नींद में होने वाले अलग-अलग मस्तिष्कीय कार्यो का अध्ययन किया। जैसे, NREM नींद में यह देखा गया है कि अग्रमस्तिष्क (forebrain) तथा मेडुल्ला (medulla) की अहम भूमिका होती है। नाऊटा (Nauta, 1946) ने अपने अध्ययन में यह पाया है कि *बेसल अग्रमस्तिष्क क्षेत्र* (basal forebrain region) जो हाइपोथैलमस के नजदीक होता है, में किसी तरह के क्षति होने से चूहों में पूर्णतः अनिद्रा (insomnia) उत्पन्न हो जाता है। मैकगिनटी एवं स्टरमैन (McGinty & Sterman, 1968) ने अपने अध्ययन में पाया कि जब बिल्ली के इस क्षेत्र में घाव (lesion) उत्पन्न कर दी गयी, तो पशु को कई दिनों तक नींद ठीक ढंग से आते रही परन्तु दो बिल्ली की हालत ऐसी थी जिसमें नींद पूर्णतः खतम हो गयी थी और दस दिन के भीतर उसकी मृत्यु हो गयी। स्जीमूसियाक एवं मैकगिनटी (Szymusiak & Mc Ginty, 1986) ने अपने अध्ययन में पाया कि अग्रमस्तिष्क क्षेत्र में कैनिक अम्ल (kainic acid) सूई द्वारा देने से न्यूरोन के कोश शरीर (cell bodies) नष्ट हो जाता है लेकिन उसके एक्सॉन को कोई क्षति नहीं पहुँचती है। ऐसी स्थिति में भी पशु में नींद की मात्रा कम हो जाती है। स्टरमैन एवं क्लेमेन्ट (Sterman & Clemente, 1962) ने एक अध्ययन किया जिसमें बिल्ली के बेसल अग्रमस्तिष्क क्षेत्र को वैद्युतीय ढंग से उत्तेजित किया गया जिसका परिणाम यह हुआ कि

बिल्ली में उनींदायन (drowsiness) उत्पन्न होने लगा। स्जीमुसियाक एवं मैकगिनटी (Szymusiak & McGinty, 1986) ने अपने अध्ययन में यह पाया कि वेसल अग्रमस्तिष्क क्षेत्र के न्यूरोन के उत्तेजन दर (firing rate) में उस समय कमी आ जाती है जब पशु सो रहा होता है।

जहाँ तक REM नींद का प्रश्न है, इसमें मस्तिष्क की क्रियाएँ तीव्र हो जातीं हैं और इसमें मस्तिष्क के कई तन्त्रों का सहयोग आवश्यक हो जाता है। मैक्वेट तथा उनके सहयोगियों (Maquet et al., 1990) द्वारा किये गये शोधों से यह स्पष्ट हुआ है कि REM नींद में प्रमस्तिष्कीय चयापचय (cerebral metabolism) जाग्रतावस्था के समान ही होता है। प्रयोगशाला में पशुओं पर किये गये अध्ययनों में यह पाया गया है कि REM नींद में पीजीओ तरंग (PGO wave or Pons Geniculate and Occipital wave) सम्मिलित होते हैं। यह तरंग लघु अवधि के लिए होता है जिसमें वैद्युतीय क्रियाओं का थोड़े-थोड़े देर पर स्फुरण होता है जो पहले मस्तिष्क के सेतु (pons) में उत्पन्न होता है, फिर लेटरल जेनिकुल्लेट (lateral genicullate) में फैलते हुए मुख्य दृष्टि क्षेत्र अर्थात् दृष्टिपालि (occipital lobe) में पहुँच जाता है। अध्ययनों से यह भी स्पष्ट हुआ है कि REM नींद का पहला चिह्न PGO तरंग होते हैं, उसके बाद EEG पैटर्न असमक्रमिक (desynchronized) हो जाता है, उसके बाद पेशीय क्रियाएँ बंद हो जातीं हैं तथा फिर तीव्र आँख गतिक (rapid eye movement) प्रारम्भ हो जाता है। नवीनतम अध्ययन से यह बिलकुल ही स्पष्ट हो गया है कि REM नींद का नियन्त्रण मस्तिष्कीय डंठल (brain stem) विशेषकर सेतु (pons) के प्रक्रम (mechanism) द्वारा होता है। इसका कार्यपालक प्रक्रम (executive mechanism) अर्थात् वैसी क्रिया जो REM नींद के विभिन्न तत्त्वों को प्रभावित करता है, वैसे न्यूरोन्स (neurons) होते हैं जिनसे ऐसीटिलकोलाइन (acetylcholine or Ach) का स्राव होता है। इसका स्पष्ट मतलब तब यह हुआ कि वैसे औषध जो एसीटिलकोलिनरजिक संधिस्थलों (acetylcholinergic synapses) को उत्तेजित करते हैं, से REM नींद की मात्रा बढ़ती है। जैसपर एवं टीस्सियर (Jasper & Tessier, 1969) ने एक अध्ययन किया जिसमें बिल्ली के प्रमस्तिष्कीय कॉर्टेक्स (cerebral cartex) में न्यूरोन्स के टरमिनल बूटोन्स (terminal buttons) द्वारा स्रावित ऐसीटिलकोलाइन के स्तर का विश्लेषण किया और पाया कि REM नींद तथा जागृतावस्था में Ach का स्तर उच्चतम था तथा मंद-तरंग नींद (slow-wave sleep) के दौरान यह न्यूनतम था। मानव प्रयोज्यों के साथ किये गये प्रयोगों में सीताराम, मुर्रे एवं गिल्लिन (Sitaram, Moore, & Gillin, 1978) ने पाया कि Ach के सहायक औषध अर्थात् ऐरीकोलाइन (arecoline) से REM नींद की अवधियों के बीच का समय अन्तराल घट जाता है तथा Ach का विरोधी औषध अर्थात् स्कोपालामाइन (scopolamine) से REM नींद के बीच की अवधि बढ़ जाती है। स्टॉयभा तथा मेटकॉफ (Stoyva & Metcalf, 1968) ने अपने अध्ययन में पाया कि जिन व्यक्तियों को आरगैनोफौस्फेट इनसेकटिसाइड (organophosphate insecticides) से अनावृत (expose) किया जाता है, उनमें REM नींद की मात्रा बढ़ जाती है। ध्यान रहे कि आरगैनोफौस्फोट इनसेकटिसाइड एक तरह का Ach का सहायक रसायन/औषध है।

स्पष्ट हुआ कि नींद चाहे उसका स्वरूप NREM हो या REM, का एक स्पष्ट स्नायविक आधार (neural base) होता है।

निद्रा रोग
(Sleep Disorders)

कुछ व्यक्तियों को अपने नींद पर उत्तम नियन्त्रण होता है। वे जब चाहे जितनी देर के लिए सो लेते हैं। दूसरे तरफ कुछ व्यक्ति ऐसे होते हैं जिन्हें अपने नींद पर उत्तम नियन्त्रण नहीं होता है और बहुत मुश्किल से वे थोड़े समय के लिए सो पाते हैं। इन दूसरे तरह के व्यक्तियों में आगे चलकर नींद से सम्बन्धित कुछ विकार या रोग उत्पन्न हो जाते हैं। ऐसे विकारों या रोगों में निम्नांकित प्रमुख हैं:—

(i) अनिद्रा रोग (*Insomnia*)—रात में सोने की अक्षमता को अनिद्रा रोग कहा जाता है। इस रोग से बहुत से लोग परेशान रहते हैं। क्रिपकी एवं गिल्लिन (Kripke & Gillin, 1985) ने कई वयस्कों का एक सर्वे किया और पाया कि पुरुषों में करीब 6% तथा महिलाओं में करीब 14% की शिकायत यह थी कि उन्हें बहुत मुश्किल से नींद आती है। अनिद्रा रोग की एक विशेषता यह है कि इसमें व्यक्ति को नींद की जितना कमी होता है इससे कहीं अधिक कमी होने का अनुमान वह लगाता है। इस तथ्य की सम्पुष्टि कारसन, मिटलर एवं डीमेन्ट (Carson, Mitler &

Dement, 1974) के एक अध्ययन में हुआ है जिसमें इन लोगों ने यह पाया कि कुल अनिद्रा रोगी में से करीब आधे ही ऐसे अनिद्रा रोगी थे जो पूरे रात्रि के दौरान मात्र 30 मिनट जगे हुए थे। डेभाईज (Devries, 1998) के अनुसार यह महिलाओं, वृद्ध लोगों, दुबले-पतले लोग, विषादी (depressed) या तनावग्रस्त व्यक्तियों, तथा गरीब लोगों में अधिक पाया जाता है। सैटिया एवं नोवेल्ल (Satia & Nowell, 2004) के अनुसार अनिद्रा से व्यक्ति के कार्य, स्वास्थ्य तथा संबंध पर काफी खराब असर पड़ता है। आजकल अनिद्रा में कमी लाने के लिए मेलाटोनिन (melatonin) जो पिनियल ग्रन्थि का स्राव है, पर बल डाला जाता है।

अनिद्रा के कई प्रकार होते हैं— *अस्थायी अनिद्रा* (temporary insomnia), *चिरकालिक अनिद्रा* (chronic insomania) तथा *औषध-आधृत अनिद्रा* (drug-dependency insomnia)। चिन्ता, तनाव एवं उत्तेजना (excitement) से अस्थायी अनिद्रा उत्पन्न होता है और एक आत्म-मारक चक्र (self-defeating cycle) आरंभ हो जाता है। जैसे, अत्यधिक मानसिक क्रिया एवं बढ़ी हुई उत्तेजनों से व्यक्ति को नींद नहीं आती है। इस तरह से नींद नहीं आने से व्यक्ति को कुंठा (frustration) एवं क्रोध (anger) उत्पन्न होता है जिससे उसमें पहले से और भी अधिक चिन्ता एवं उत्तेजन उत्पन्न हो जाता है। इससे नींद और भी नहीं आती है और इसी चक्रानुसार व्यक्ति में कुंठा उत्पन्न होकर उसका उत्तेजक स्तर को बढ़ता है और नींद को और कम कर देता है। चिरकालिक अनिद्रा (chronic insomania) की पहचान तब की जाती है जब अनिद्रा की समस्या 3 सप्ताह से अधिक तक बनी होती है। औषध-आधृत अनिद्रा (drug-dependency insomnia) की उत्पत्ति तब होती है जब व्यक्ति में अनिद्रा नींद की गोली (sleeping pills) को अचानक लेना बन्द कर देने से उत्पन्न होती है। लोबो एवं टुफिक (Lobo & Tufik, 1997) ने अपने अध्ययन के आधार पर यह बतलाया है कि यद्यपि अल्कोहल तथा शमक औषध (depressant drug) के सेवन से नींद में वृद्धि होती है परंतु नींद की गुणवत्ता (quality) में काफी कमी आती है।

अनिद्रा (insomnia) को नियंत्रित करने के लिए मनोवैज्ञानिकों द्वारा कुछ व्यवहारपरक उपायों (behavioural remedies) पर बल डाला गया। इन मनोवैज्ञानिकों का विचार है कि अनिद्रा का उपचार करने के लिए व्यक्ति के जीवन शैली (life style) एवं नींद की आदतों में परिवर्तन करना आवश्यक है। अनिद्रा को कम करने की कुछ प्रमुख विधियाँ निम्नांकित हैं—

(i) उद्दीपक नियंत्रण *(Stimulus control)*—उद्दीपक नियंत्रण में व्यक्ति विशिष्ट उद्दीपक के साथ विशिष्ट अनुक्रिया को संबंधित करने का प्रयास करता है। जैसे अनिद्रा से ग्रस्त व्यक्ति को यह सलाह दी जाती है कि सप्ताह के प्रत्येक दिन एक ही समय पर बिछावन पर सोने जाए और फिर एक ही समय पर बिछावन पर से उठे। ऐसा करने से विशेष समय के साथ व्यक्ति में नींद का आना और फिर उसका टुटना या समाप्त होना साहचर्यित हो जायेगा और अनिद्रा में कमी आ सकती है। इसके अतिरिक्त अनिद्रा से ग्रस्त व्यक्ति को जब बिछावन पर सोने के लिए जाए तो उन्हें अन्य कोई दूसरा कार्य अर्थात् किताब पढ़ना, टेलीविजन देखना, भोजन करना आदि जैसे कार्य को नहीं करने की हिदायत दी जानी चाहिए। इसका परिणाम यह होगा कि विशिष्ट समय पर बिछावन पर सोने जाने के साथ सिर्फ नींद एवं आराम (relaxation) की इच्छा ही साहचर्यित होगी अन्य कोई दूसरी अनुक्रिया नहीं। बुटजीन एवं इपस्टीन (Bootzin & Epstein, 2000) ने अपने अध्ययन के आधार पर उद्दीपक नियंत्रण को अनिद्रा कम करने का एक प्रभावी विधि बतलाया है।

(ii) नींद प्रतिबन्ध *(Sleep restriction)*—नींद प्रतिबन्ध का उद्देश्य सामान्य नींद लय (sleep rhythm) को विखंडित होने से बचाना है। सामान्यतः यह देखा गया है कि अनिद्रा की स्थिति उत्पन्न होने पर व्यक्ति अगले रात्रि में सोने के लिए बिछावन पर समय से काफी पहले लेट जाता है और सुबह देर तक लेटे रहने की कोशिश करता है। मनोवैज्ञानिकों का मत है कि ऐसा नहीं करना चाहिए क्योंकि इससे सामान्य नींद लय (sleep rhythm) क्षुब्ध हो जाता है। अतः अनिद्रा की स्थिति में व्यक्ति को अपने नींद के समय को प्रतिबन्धित करते हुए सामान्य समय पर ही सोने जाना चाहिए।

(iii) विश्राम *(Relaxation)*—अनिद्रा से ग्रस्त व्यक्तियों को चाहिए कि वे अपने उत्तेजन स्तर को विश्राम के विशेष मानसिक या शारीरिक युक्तियों (strategies) जैसे क्रमिक मांसपेशी विश्राम (Progressive muscle relaxation), मनन (meditation) तथा शांति उत्पन्न करने वाली बात या प्रतिमा को मन में लाकर कम देना चाहिए। इससे स्वभावतः अनिद्रा में कुछ कमी आ जाती है। इसके अलावा कल दिन में होने वाले संभावित घटनाओं

एवं उससे उत्पन्न चिंताओं की सूची शाम में बना लेनी चाहिए ताकि उनका निराकरण कल रात में सोने जाने के पहले कर दिया जाय। इससे भी अगले रात्रि के नींद में खलन नहीं पड़ेगी।

(iv) विरोधाभासी सोच *(Paradoxical intention)*—इस प्रविधि में अनिद्रा से ग्रस्त व्यक्ति को यह सुझाव दिया जाता है कि वे अपने आप को इस दबाव से मुक्त रखे कि उसे सोना है बल्कि लक्ष्य यह हो कि कमरे के अंधेरे में जितना देर हो सके आँख खोलकर रखे। एसपाई (Espie, 2002) द्वारा किये गए अध्ययन से यह स्पष्ट हुआ है कि इस तरह के विरोधाभासी सोच से नींद अचानक आने लगती है और नींद नहीं आने की चिंता भी समाप्त हो जाती है।

(v) व्यायाम *(Exercise)*—दिन में किये गए कठिंन व्यायाम से भी रात्रि में नींद अच्छी आती है। मास्स (Mass, 1999) का मत है कि यदि इस ढंग का व्यायाम रात्रि में सोने से 6-7 घंटा पहले किया जाए तो इससे व्यक्ति में उत्तम नींद आती है। शाम में किया गया व्यायाम से व्यक्ति की नींद में तभी वृद्धि होती है जब वह हल्के-फूल्के ढंग से किया जाता है।

(vi) भोजन करना *(Food intake)*—व्यक्ति में नींद का आना बहुत हद तक इस बात पर भी निर्भर करता है कि उसने क्या भोजन किया है। जब व्यक्ति स्टार्चयुक्त भोजन (Starchy-food) करता है तो इससे मस्तिष्क में ट्रिपटुफैन (Triptophen) जो एक तरह का ऐमिनो अम्ल (amino acid) है, की मात्रा बढ़ने लगती है। ट्रिपटुफैन की मात्रा बढ़ने से मस्तिष्क में सिरोटोनिन (Serotonin) की मात्रा में वृद्धि हो जाती है। जैसा कि हम जानते हैं, सिरोटोनिन का संबंध विश्राम (relaxation), धनात्मक मनोदशा (Positive mood) तथा निद्रा (sleepiness) से होता है। फलतः व्यक्ति की अनिद्रा में कमी आ जाती है।

(vii) उत्तेजक *(Stimulants)*—अनिद्रा से ग्रसित व्यक्ति को उत्तेजक अर्थात् कॉफी (Coffee), सिगरेट आदि का उपयोग नहीं करना चाहिए। यहाँ पर यह भी बतला देना उचित होगा कि अल्कोहल (alcohol) जो एक उत्तेजक तो नहीं है, परंतु इससे नींद की गुणवत्ता निश्चित रूप से खराब होती है।

स्पष्ट हुआ कि अनिद्रा को कम करने के कई व्यवहारपरक उपाय (behavioural remedies) मनोवैज्ञानिकों द्वारा बतलाया गया है। इनमें उद्दीपक नियंत्रण (stimulus control) तथा नींद अवरोध (sleep restriction) तुलनात्मक रूप से अधिक महत्वपूर्ण है।

(ii) नारकोलेप्सी *(Narcolepsy)*—नारकोलेप्सी में व्यक्ति को अपनी नींद के प्रारम्भ होने पर कोई नियन्त्रण नहीं रह जाता है। इस रोग से ग्रस्त व्यक्ति कभी भी सो जा सकता है। सम्भव है कार चलाते समय उसे नींद आ जाय, चिट्ठी लिखते-लिखते वह सो जाय, किसी से बाचतीच करते-करते उसे नींद आ जाए। वर्ग में यदि प्रोफेसर का भाषण चलते समय कोई छात्र को नींद आ जाती है, तो उसे नारकोलेप्सी नहीं कहा जाएगा परन्तु यदि भाषण देते समय बीच में प्रोफेसर को नीद आ जाए तो वह एक नारकोलेप्सी का निश्चित उदाहरण होगा। प्रायः नारकोलेप्सी में रोगी को बीच में जो अल्प समय के लिए नींद आ जाती है, उसमें पेशीय शिथिलता (muscular relaxation) भी उत्पन्न हो जाता है। इस तरह की नींद में व्यक्ति सिर हिलाते हुए ऊँघता है या फिर किसी चीज पर सिर रखकर सो भी जाता है। सौभाग्यवश, नारकोलेप्सी की विकृति बहुत ही कम देखने को मिलती है। चावास तथा उनके सहयोगियों (Chabas et al. 2003) ने अपने अध्ययन के आधार पर यह बतलाया है कि इसका आधार आनुवंशिक (hereditary) होता है। इस तथ्य का खुलासा नारकोलेप्सी के शिकारी कुत्तों की कई पीढ़ियों में प्रजनन (breeding) के आधार पर किया गया है। नारकोलेप्सी का कोई ज्ञात उपचार तो अब तक नहीं मिल पाया है परंतु उत्तेजकों (stimulants) के उपयोग से नारकोलेप्सी की मात्रा एवं बारंबारता को कम किया जा सकता है।

(iii) ऐपनिया *(Apnea)*—यह एक ऐसा निद्रा रोग है जिसमें नींद में 20 सेकंड से 2 मिनट तक व्यक्ति का साँस लेना रूक जाता है। इस अवस्था में साँस रोकने का कारण श्वासनली (windpipe) का बंद होना हो सकता है या मस्तिष्कीय केन्द्र जो श्वसन का नियंत्रण करते हैं, ठीक ढंग से कार्य नहीं करना हो सकता है। इस तरह का रोगं वृद्ध व्यक्तियों में अधिक होता है। एपनिया रोग से ग्रस्त व्यक्ति को रात में थोड़े-थोड़े समय के बाद उठाना आवश्यक हो जाता है ताकि वे साँस ले सके। ऐपनिया से ग्रस्त रोगी को दिन में नींद अधिक आती है (DSM IV TR 2000)। जहाँ तक इसके कारण (causes) का प्रश्न है, इसके बारे में कुछ अलग-अलग विचार रखे गए हैं। कुछ केसेज में ऐसा देखा गया है कि यह रोग इसलिए होता है क्योंकि मस्तिष्क उस तरह का संकेत देना बन्द कर देता है जो साँस की

क्रिया को संपोषित करता है। इसका कारण ऊपरी वायु मार्ग (upper air passage) का अवरुद्ध होना होता है। अध्ययनों से यह स्पष्ट हुआ है कि एपनिया से स्वास्थ्य को काफी अधिक खतरा होता है। जो व्यक्ति नींद के दौरान अधिक खर्राटा लेता है, उसे उपचार के लिए तुरंत प्रयास करना चाहिए। इसका सबसे उत्तम उपचार शारीरिक भार (bodily weight) में कमी करना, श्वसन अवरोध के लिये सर्जरी करना या फिर नींद के दौरान सीपीएपी (CPAP or Continuous Positive Airway Pressure) मुखौटा (mask) पहनना बतलाया गया है। नवीनतम अध्ययनों से यह स्पष्ट हुआ है कि नींद ऐपनिया *सडेन इनफैन्ट डेथ सिन्ड्रोम* (Sudden Infant Death Syndrome or SIDS) या जिसे *क्रिब मृत्यु* (crib death) भी कहा जाता है, से काफी संबंधित है।

(iv) विद्रावंचन के प्रभाव *(Sleep deprivation effect)*—मनोवैज्ञानिकों द्वारा किये गए अध्ययनों से यह स्पष्ट हुआ है कि जब व्यक्ति किसी भी कारण से लगातार कई रात एवं दिन तक सो नहीं पाता है, तो उसके कुछ स्पष्ट प्रभाव देखने को मिलते हैं। इनमें ऊँघना, सोने की इच्छा व्यक्त करना तथा थोड़ा भी मौका मिलने पर तुरन्त सो जाना आदि प्रमुख है। वेब्ब (Webb, 1975) के अध्ययन के अनुसार प्रयोज्यों को 50 घंटे से अधिक समय तक लगातार जगा रहने पर उनमें सम्भ्रांति (confusion), अप्रत्यक्षण (misperception) तथा क्षणिक रूप से ध्यानरहित हो जाने के लक्षण आदि विकसित हो जाते हैं। कुछ अध्ययनों में यह पाया गया है कि लम्बे समय तक नींद से वंचित हो जाने पर भी व्यक्ति में कोई खास विकृत अनुक्रियाएँ नहीं होतीं हैं। गुलेविक एवं उनके सहयोगियों (Gulevich et al., 1966) ने अपने अध्ययन में पाया कि गत ग्यारह दिन एवं रात लगातार जगे रहने के बावजूद भी व्यक्तियों के व्यवहार में किसी प्रकार की कोई विचलन (deviation) नहीं होते पाया गया है। ऐसे प्रयोज्यों की बौद्धिक क्रियाओं में भी कोई ह्रास नहीं हुआ।

(v) निद्राभ्रमण *(Sleepwalking or Somnambulism)*—यह एक ऐसा निद्रा रोग है जिसमें व्यक्ति नींद में ही बिछावन से उठकर अपने आप अधखुली आँखों के साथ टहलता है। इनके व्यवहार को देखने से ऐसा लगता है कि मानों वे कुछ खोज रहे हैं। हाल-हाल तक यह समझा जाता था कि निद्राभ्रमण एक तरह का व्यक्तित्व क्षुब्धता (personality disturbance) हैं परंतु अभी के शोधों से यह स्पष्ट हो गया है कि इस तरह का निद्रारोग NREM नींद की गड़बड़ी के कारण उत्पन्न होता है। स्वानसन (Swanson, 1970) द्वारा किये गये शोधों से यह स्पष्ट हुआ है कि नींद में चलने वाले व्यक्तियों को नींद से उठा देना चाहिए ताकि वे अपने आप को हानि न पहुँचा सके।

(vi) निद्राभाष *(Sleeptalking)*—इसमें व्यक्ति नींद में ही बात-चीत करता पाया जाता है। ऐसे व्यक्ति प्रायः गहरे नींद में होते हैं। ऐसे विकृति से कम उम्र के व्यस्क अधिक प्रभावित होते हैं परंतु इसका प्रभाव सभी उम्र के व्यक्तियों पर पड़ता है।

(vii) दुःस्वप्न *(Nightmare)*—दुःस्वप्न एक ऐसा डरावना स्वप्न होता है जो व्यक्ति में घबड़ाहट उत्पन्न कर देता है। परिणामतः वह REM नींद से उठ जाता है। ऐसे स्वप्न के विषय (content) में खतरा सम्मिलित होता है। जैसे, स्वप्नकर्त्ता को स्वप्न में कोई पीछा कर रहा होता है, उसे लूट रहा होता है, उसका बलात्कार कोई करता है तथा उसकी कोई हत्या कर रहा होता है। प्रायः व्यक्ति 6 साल की आयु में दुःस्वप्न सर्वाधिक देखता है और उसके बाद कम मात्रा में यह होता है। एक कॉलेज छात्र औसतन एक साल में 4 से 8 दुःस्वप्न तथा बूढ़े व्यक्ति साल में एक या दो बार ऐसे दुःस्वप्न देखते हैं। जब व्यक्ति के निजी जिंदगी में तनाव (stress) बढ़ता है, तो बड़े-बड़े दुःस्वप्न देखना प्रारम्भ कर देता है।

(viii) रात्रि संत्रास *(Night terror)*—रात्रि संत्रास से तात्पर्य नींद से अचानक घबड़ा कर या डर कर उठ जाने से होता है। इस तरह का संत्रास ज्यादातर बच्चों में होता पाया जाता है। ऐसे संत्रास से जगने के कुछ देंर बाद तक व्यक्ति में अन्मन्यस्कता बनी रहती है और व्यक्ति कुछ देर तक सम्भ्रांतिपूर्ण दीख पड़ता है। इसे नींद संत्रास (sleep terror) भी कहा जाता है। रात्रि संत्रास, दुःस्वप्न (nightmare) की तुलना में कम होता है तथा रात्रि संत्रास NREM के मंद गति (slow wave) के दौरान होता पाया जाता है। रात्रि संत्रास में कुछ दैहिक अनुक्रियाएँ (physiological responses) अर्थात् तीव्र हृदयगति, तीव्र श्वसन गति, काफी पसीना आना आदि मुख्य रूप से होता है।

स्पष्ट हुआ कि निद्रा रोग के कई प्रकार होते हैं। इनमें अनिद्रा रोग (insomnia) तथा रात्रि संत्रास (night terror) तुलनात्मक रूप से अधिक सामान्य है। रात्रि संत्रास तथा दुःस्वप्न के उपचार के लिए चिंता

कम करने वाली प्रविधियाँ जैसे विश्रांति (relaxation) तथा प्रतिमावली (imagery) आदि का उपयोग उत्तम माना गया है।

स्वप्न (Dream)

स्वप्न द्वारा सामान्य चेतना में महत्त्वपूर्ण परिवर्तन आता है। स्वप्न से तात्पर्य. चिन्तन, प्रक्रियाओं, भावों के क्रम से होता है जो नींद के दौरान व्यक्ति के मन में उत्पन्न होते हैं। स्वप्न का सम्बन्ध सामान्यतः REM नींद से होता है। डीमेन्ट तथा क्लीटमैन (Dement & Kleitman, 1957) के अध्ययन के अनुसार जब व्यक्ति को REM नींद से जगाया जाता है, तो 80% समय में वह यह बतलाता है कि वह स्वप्न देख रहा था परन्तु जब उसे NREM नींद से उठाया जाता है, तो मात्र 7% समय में व्यक्ति स्वप्न देखते बतलाता है।

आधुनिक मनोवैज्ञानिकों द्वारा स्वप्न का विस्तृत अध्ययन किया गया है और उसके आधार पर स्वप्न से सम्बन्धित कुछ निम्नांकित प्रश्नों का भी उत्तर देने का प्रयास किया गया है:—

(i) स्वप्न कितने समय तक बना है? *(How long do dreams last ?)*—आधुनिक शोधों से यह स्पष्ट हुआ कि व्यक्ति द्वारा देखा गया स्वप्न लगभग उतना ही समय तक चलता है जितना समय तक वास्तविक जिन्दगी में घटनाएँ घटतीं हैं। इस तथ्य की संपुष्टि डीमेन्ट तथा वोलपर्ट (Dement & Wolpert, 1958) के एक अध्ययन से होता है। इन्होंने इस अध्ययन में REM नींद से जिसमें व्यक्ति स्वप्न देख रहा था, उठाया गया और उन्हें देखे जा रहे स्वप्न के बारे में बतलाने के लिए कहा गया। परिणाम में पाया गया कि स्वप्न का चित्राभिनय (pantomime) करने में लगभग वही समय लगा जितना REM के नींद का था। इससे इस निष्कर्ष पर पहुँच गया कि स्वप्न की घटनाएँ लगभग उतने समय तक चलती रहतीं हैं जितने समय तक वे वास्तविक जिन्दगी में घटित होतीं हैं। कुछ मनोवैज्ञानिकों जैसे कोलैक (Koulack, 1989) ने इस तरह की व्याख्या पर आपत्ति जताया है और कहा है कि डीमेन्ट के प्रयोग में क्रियाविधि से सम्बन्धित दोष होने के कारण उसे वैज्ञानिक नहीं माना जा सकता है।

(ii) क्या सभी लोग स्वप्न देखते हैं? *(Does everybody dream ?)*—मनोवैज्ञानिकों द्वारा किये गये शोधों से यह स्पष्ट हुआ है कि सभी लोग स्वप्न देखते हैं। अन्तर इतना ही है कि कुछ लोग नींद से उठने के बाद स्वप्न के दृश्यों एवं प्रतिमाओं का सफल प्रत्याह्वान कर लेते हैं जबकि कुछ लोग ऐसा करने में कठिनाई महसूस करते हैं। कुछ मनोवैज्ञानिकों का यह मत है कि कुछ लोग ऐसे होते हैं जिन्हें REM नींद से उठाना काफी आसान होता है। फलस्वरूप, ऐसे लोग देखे जा रहे स्वप्नों का अधिक-से-अधिक प्रत्याह्वान करने में सफल होते हैं जबकि कुछ लोग ऐसे होते हैं जिनकी नींद गहरी होती है और उन्हें REM नींद से उठाना आसान नहीं होता है। देखे जा रहे स्वप्न का प्रत्याह्वान भी वे नहीं कर पाते हैं।

(iii) क्या लोग स्वप्न देखते समय उस प्रक्रिया से अवगत रहते हैं? *(Do people are aware of when they are dreaming ?)*—इस प्रश्न का उत्तर मनोवैज्ञानिकों ने 'हाँ' में दिया है। मनोवैज्ञानिकों का मत है कि लोगों का अपने स्वप्न की पहचान करने के लिए प्रशिक्षित किया जा सकता है और जब वे इससे अवगत हो जाते हैं कि वे स्वप्न देख रहे हैं तो इससे उनके स्वप्न के स्वतः प्रवाह पर कोई असर या प्रभाव नहीं पड़ता है। सलामी (Salamy, 1970) ने एक अध्ययन किया जिसमें यह देखा गया है कि जब प्रयोज्य स्वप्न देख रहे थे तो वैसी परिस्थिति में उन्हें एक खुला स्वीच को बन्द करने का सफल प्रशिक्षण दिया जा सका। इससे साबित होता है कि स्वप्न देखते समय व्यक्ति उससे जब अवगत भी होता है, तो उसके स्वतः प्रवाह पर कोई असर नहीं पड़ता है।

(iv) क्या लोग स्वप्न के विषय-वस्तु को नियंत्रित कर सकते हैं? *(Can people control the content of their dreams ?)*—इन प्रश्न का उत्तर मनोवैज्ञानिकों ने भी 'हाँ' में दिया है और कहा है कि स्वप्न के विषय-वस्तु (dream content) को कुछ हद तक नियंत्रित करना सम्भव है। रोफ्फवर्ग तथा उनके सहयोगियों (Roffwarg et al., 1978) ने एक अध्ययन किया जिसमें इस तथ्य को सफलतापूर्वक दिखलाया गया है। इन लोगों ने अपने प्रयोज्यों के सोने की पूर्व अवधि में एक लाल रंग का चशमा पहनने के लिए कुछ समय तक दिया और फिर स्वप्न पर उसके पड़ने वाले प्रभावों का अध्ययन किया। परिणाम में देखा गया कि अधिकतर प्रयोज्यों ने यह बतलाया कि उनके स्वप्न के अधिक दृश्य लाल रंग से रंगे थे। यहाँ प्रयोज्यों को प्रयोगकर्त्ता द्वारा कोई स्पष्ट (overt) सुझाव नहीं दिये गये हालांकि

सोचने के पूर्व कुछ समय तक उन्हें लाल रंग का चश्मा पहनाना एक तरह का गुप्त सुझाव ही था जिसे आन्तरिक प्राक्स्वप्न सुझाव (implicit predream suggestion) कहा गया। एक अन्य अध्ययन जिसे कार्टराइट (Cartwright, 1974) द्वारा किया गया, में *स्पष्ट प्राक्स्वप्न सुझाव* (overt predream suggestion) के प्रभाव का अध्ययन किया गया जिसमें स्वप्न से पहले प्रयोज्यों को यह स्पष्ट रूप से सुझाव दिया गया कि वे स्वप्न में कुछ ऐसे शीलगुणों के बारे में स्पष्ट रूप से देखने की कोशिश करेंगे जिन्हें वे उत्तम समझते हो। परिणाम में देखा गया कि अधिकतर प्रयोज्यों ने कम-से-कम एक ऐसा स्वप्न अवश्य देखा जिसमें वे उन वांछित शीलगुणों को होते पाये थे। स्वप्न के विषय-वस्तु को प्रभावित करने का तीसरा तरीका *उत्तर सम्मोहित प्राक्स्वप्न सुझाव* (posthypnotic predream suggestion) भी है। टार्ट एवं डिक (Tart & Dick, 1970) द्वारा एक अध्ययन किया गया जिसमें इस तरह के सुझाव का स्वप्न के विषय-वस्तु पर पड़ने वाले प्रभाव को दिखलाया गया है। इस विधि में सम्मोहित प्रयोज्यों को विस्तृत स्वप्न वृतान्त सुनाया गया। इस तरह के सुझाव देने के बाद उन्हें सोने दिया गया और फिर REM नींद की अवस्था में पहुँचने पर उन्हें नींद से उठा दिया गया। परिणाम में पाया गया कि कुछ प्रयोज्यों ने सुझाव के तात्विक पहलुओं (thematic aspects) को स्वप्न में अधिक देखा जबकि कुछ प्रयोज्यों ने सुझाव के विशिष्ट तत्त्वों (specific elements) को स्वप्न में अधिक देखा। इस तरह के परिणाम से यह स्पष्ट हो जाता है कि *उत्तर सम्मोहित सुझाव* (posthypontic suggestion) के द्वारा भी स्वप्न के विषय-वस्तु (contents) को बदला जा सकता है।

स्वप्न के इन विभिन्न आयामों के बारे में जान लेने के बाद उनके बारे में विभिन्न विचारधाराओं के बारे में जानना अपेक्षित है।

स्वप्न के बारे में विभिन्न विचारधाराएँ
(Different Views About Dream)

स्वप्न की सैद्धन्तिक व्याख्या करने के लिए कई तरह की विचारधाराएँ (views) उपलब्ध हैं जिनमें निम्नांकित तीन प्रमुख हैं—

1. मनोविश्लेषणात्मक विचारधारा (psychoanalytic viewpoint)
2. सूचना-संसाधन विचारधारा (information processing viewpoints)
3. संक्रियण-संश्लेषण सिद्धान्त (activation-synthesis theory)

1. मनोविश्लेषणात्मक विचारधारा *(Psychoanalytic viewpoints)*—मनोविश्लेषणात्मक विचारधारा का प्रतिपादन सिगमण्ड फ्रायड (Sigmund Freud) द्वारा किया गया है। फ्रायड का मत है कि स्वप्न अचेतन के बारे में जानने का एक महत्त्वपूर्ण तरीका है। अचेतन की इच्छाओं एवं अभिप्रेरणाओं की पूर्ति व्यक्ति स्वप्न में करता है। यही कारण है कि उन्होंने अपने स्वप्न सिद्धान्त को *इच्छापूर्ति सिद्धान्त* (wishfulfillment theory) कहा है। अचेतन में वैसी इच्छाएँ संचित होतीं हैं जो अनैतिक, लैंगिक आदि होतीं है तथा जिनका दिन-प्रतिदिन की जिन्दगी में पूरा होना सम्भव नहीं हो सकता है। ऐसी इच्छाओं की अभिव्यक्ति स्वप्न में होती है। यही कारण है कि फ्रायड ने स्वप्न को *अचेतन का राजकीय मार्ग* कहा है *(Dreams are royal road to unconscious)*।

स्पष्ट है कि मनोविश्लेषणात्मक विचारधारा के अनुसार स्वप्न में व्यक्ति जो कुछ भी देखता है, वे सभी अचेतन में दमित इच्छाओं का एक छद्म रूप (disguished form) होता है। इसका मतलब यह हुआ कि अचेतन की दमित इच्छाएँ अपना वास्तविक रूप बदलकर स्वप्न में प्रकट होतीं हैं। इस वास्तविक रूप या विषय के बारे में स्वप्न विश्लेषण के बाद पता चलता है। फ्रायड के अनुसार स्वप्न के दो विषय होते हैं—*व्यक्त विषय* (manifest content) तथा *अव्यक्त विषय* (latent content)। स्वप्न के व्यक्त विषय से तात्पर्य स्वप्न के उन विषयों, तथ्यों तथा घटनाओं से होता है जिसे व्यक्ति प्रत्यक्षतः स्वप्न में देखता है तथा नींद टूटने पर उसके बारे में वर्णन करता है। स्वप्न के अव्यक्त विषय (latent content) से तात्पर्य स्वप्न में देखे गये घटनाओं एवं तथ्यों के पीछे छिपे अर्थ में होता है जिसका पता हमें स्वप्न विश्लेषण के बाद होता है। इसका मतलब यह हुआ कि स्वप्न में अव्यक्त विषय अचेतन की दमित इच्छाएँ ही होतीं हैं जिसका स्वरूप प्रायः अनैतिक, अतार्किक एवं कामुक होता है। चेतन के प्रतिबन्धकों (censorship) के कारण ऐसी इच्छाएँ स्वप्न में सीधे अभिव्यक्त नहीं हो पातीं हैं। फलस्वरूप, वे छद्म (disguised form) रूप धारण करके स्वप्न में व्यक्त होतीं हैं। जिन प्रक्रम (mechanism) द्वारा स्वप्न के अव्यक्त विषय (latent content) स्वप्न के व्यक्त विषय (manifest content) के रूप में परिवर्तन होते हैं, उसे *स्वप्न प्रक्रम* (dream mechanism) कहा जाता है। ऐसा स्वप्न प्रक्रम निम्नांकित पाँच हैं:—

(i) **संक्षेपण** *(Condensation)*—इस स्वप्न प्रक्रम में अचेतन की अधिक-से-अधिक इच्छाएँ आपस में सहयोग कर अपना एक लघुरूप या संक्षिप्त रूप बनाकर अभिव्यक्त होती है।

(ii) **विस्थापन** *(Displacement)*—इस स्वप्न प्रक्रम में अचेतन की इच्छाएँ सम्बन्धित व्यक्ति या वस्तु के रूप में अभिव्यक्त न होकर किसी दूसरे व्यक्ति या वस्तु के रूप में अभिव्यक्त होती है।

(iii) **प्रतीकीकरण** *(Symbolization)*—इस स्वप्न प्रक्रम में अचेतन की दमित इच्छाएँ कुछ प्रतीक के रूप में स्वप्न में अभिव्यक्त होती है। जैसे, स्वप्न में छोटे-छोटे जीवन-जन्तु एवं कीड़े-मकोड़ों के द्वारा भाई-बहन (siblings) का प्रतीकीकरण होता है।

(iv) **नाटकीकरण** *(Dramatization)*—इस स्वप्न प्रक्रम में अचेतन की कामुक एवं अनैतिक इच्छाएँ दृश्यरूप में स्वप्न में प्रकट होतीं हैं। जिस तरह नाटक या चलचित्र की घटनाएँ एक-एक करके दृश्यरूप से हमारे सामने आतीं हैं ठीक उसी तरह से नाटकीकरण में स्वप्न की घटनाएँ भी बारी-बारी से एक-एक करके हमारे सामने आती जाती हैं। स्वप्न की इन घटनाओं में दृश्य (visual), श्रव्य, स्पर्श एवं गंध से सम्बन्धित घटनाएँ अधिक होतीं हैं।

(v) **गौण विस्तारण** *(Secondary elaboration)*—स्वप्न देखते समय नींद टूटने के तुरन्त बाद व्यक्ति स्वप्न में देखे जा रहे बिखरे तथ्यों, घटनाओं आदि का आपस में जोड़ना प्रारम्भ कर देता है। इस प्रक्रम को गौण विस्तारण कहा जाता है।

फ्रायड द्वारा प्रतिपादित इस विचारधारा का सबसे बड़ा दोष यह बतलाया गया है कि उनके द्वारा स्वप्न के बारे में जो कुछ भी कहा गया है, उसकी परिशुद्धता की जाँच की कोई वैधानिक विधि नहीं है। उन्होंने स्वप्न के विश्लेषण के लिए कोई स्पष्ट नियम नहीं बनाया है और न ही कोई ऐसा तरीका ही बतलाया है जिसके आधार पर यहा जाना जा सके कि इस तरह की व्याख्या यथार्थ है। यही कारण है कि आजकल बहुत मनोविज्ञानी ऐसे हैं जो मानने के लिए तैयार नहीं है कि स्वप्न द्वारा अचेतन की इच्छाओं के बारे में जाना जाता है। यहाँ तक कि युंग (Jung) जो फ्रायड के शिष्य एवं सहकर्मी थे, ने भी फ्रायड के उक्त विचारधारा को अधिक महत्त्व नहीं दिया था और यह स्पष्टतः कहा था कि स्वप्न में आवर्तीय घटनाएँ (repetitive themes) महत्त्वपूर्ण होतीं हैं, और ऐसी घटनाएँ स्वप्न द्रष्टा के सामूहिक अचेतन (collective unconscious) का हिस्सा होता है तथा आदिरूप (archetype) का प्रतिनिधित्व करते हैं। परिणामतः मनोवैज्ञानिकों ने स्वप्न के बारे में वैकल्पिक विचारधारा का प्रतिपादन किया है।

2. सूचना संसाधन विचारधारा *(Information-processing viewpoints)*—इस विचारधारा के अनुसार स्वप्न में व्यक्ति की छिपी इच्छाओं एवं आवेगों को प्रतिबिम्बित नहीं किया जाता है बल्कि स्वप्न द्वारा रात में मस्तिष्क के भीतर उपलब्ध जटिल क्रियाओं की एक झलक मिलती है। इस विचारधारा के अनुसार स्वप्न का अपने आप में कोई अर्थ नहीं होता है। व्यक्ति दिन भर कार्यों से जिन-जिन तरह के अनुभवों या सूचनाओं को प्राप्त करता है, स्वप्न में उन्हीं सूचनाओं एवं अनुभूतियों को व्यक्ति संसाधित करता है। इस विचारधारा को स्वप्न का *संज्ञानात्मक सिद्धान्त* (cognitive theory) भी कहा जाता है क्योंकि स्वप्न में सूचनाओं का संसाधन, संस्मरण तथा समस्या समाधान भी सम्मिलित होता है। इस संदर्भ में इभान्स (Evans, 1984) द्वारा व्यक्त किये गये विचार काफी महत्त्वपूर्ण है। इभान्स के सिद्धान्त के अनुसार नींद के दौरान मस्तिष्क उन सूचनाओं को संसाधित करता है जिसे व्यक्ति अपने दैनिक जीवन में प्राप्त करता है। हमलोग जिसे स्वप्न में देखते हैं, वे और कुछ भी नहीं है बल्कि मस्तिष्क में इन जारी प्रक्रियाओं का एक प्रतिबिम्ब (reflections) हैं। इभान्स के अनुसार स्वप्न दो प्रकार के होते हैं—टाइप 'ए' स्वप्न (Type A dream) तथा टाईप 'बी' स्वप्न (Type B dream)। टाइप 'ए' स्वप्न से तात्पर्य REM नींद के दौरान होने वाले उन सम्पूर्ण प्रक्रियाओं से होता है जो अपने आप होते रहता है। इन प्रक्रियाओं से व्यक्ति चेतन स्तर पर अवगत नहीं होता है। टाईप बी स्वप्न से तात्पर्य टाईप 'ए' स्वप्न के उस भाग से होता है जिनका प्रत्याह्वान व्यक्ति REM नींद से उठा देने के बाद करता है। इस स्वप्न के जरिये व्यक्ति टाइप 'ए' स्वप्न के दौरान विभिन्न तरह के सूचनाओं का मस्तिष्क द्वारा संसाधित करने की एक झलक पाता है। टाइप बी स्वप्न के दौरान मस्तिष्क चेतनावस्था में होता है और मस्तिष्क द्वारा किये जा रहे कार्यक्रम का अनूठा रूप की झलक देख पाता है। ऐसा होने पर मस्तिष्क उन सूचनाओं की व्याख्या भी करना प्रारम्भ कर देता है।

इस तरह इभान्स के अनुसार टाइप 'बी' स्वप्न द्वारा टाइप 'ए' स्वप्न के दौरान सूचनाओं का किये जा रहे संसाधन की एक सम्पूर्ण झलक प्राप्त होता है।

स्वप्न के बारे में एक अन्य सम्बन्धित विचारधारा क्रिक एवं मिचीसन (Crick & Mitchison, 1983) का है जिनका मत है कि स्वप्न का सम्बन्ध विस्मरण (forgetting) से होता है। दूसरे शब्दों में, स्वप्न व्यक्ति को दीर्घकालीन स्मृति (long-term memroy) से अवांछित सूचनाओं को हटा देने में मदद करता है। अगर व्यक्ति ऐसी सूचनाओं एवं साहचर्यों को मस्तिष्क से हटा पाने में असमर्थ रहता है, मस्तिष्क इन अवांछित एवं अनावश्यक सूचनाओं से अतिभारित हो जाता है। स्वप्न द्वारा उन तन्त्रकीय क्रियाओं (neuronal actions) के यादृच्छिक प्रतिदर्श (random sample) का प्रतिनिधित्व होता है जो मस्तिष्क में उस समय होता रहता है जब मस्तिष्क उक्त कार्य को सम्पन्न करता है। इस सिद्धान्त के अनुसार स्वप्न की घटनाओं के बारे में प्रत्याह्वान करना एक उत्तम विचार नहीं है क्योंकि ऐसा करने से उन चिन्तनों एवं विचारों का पैटर्न जिसे व्यक्ति भूला हुआ है, फिर से याद आ जायेगा और मस्तिष्क को अतिभारित कर देगा।

सूचना संसाधन के इन दोनों विचारधाराओं की अभी सम्पुष्टि नहीं हो पायी है और इसके लिए अभी हमें भविष्य में किये जाने वाले शोधों के परिणाम का इन्तजार है।

3. सक्रियण-संश्लेषण सिद्धान्त *(Activation-synthesis theory)*—स्वप्न का यह एक जैविक सिद्धान्त (biological theory) है जिससे फ्रायड के सिद्धान्त को आज सबसे कड़ी चुनौती मिल रही है। यह सिद्धान्त यह मानता है कि मस्तिष्क के भीतरी गहरी संरचनाओं से यादृच्छिक वैद्युतीय उन्मुक्ति (random electrical discharge) होती है जिनसे स्वप्न की शुरूआत होती है। ऐसे संकेत मूलतः मस्तिष्कीय स्तम्भ (brain stem) से प्रस्फूटित होते हैं और तब मस्तिष्क के कार्टेक्स के उच्चतर क्षेत्र (higher areas) उत्तेजित हो जाते हैं। इस तरह के संक्रियण (activation) में सिर्फ जैवरसायनिक ऊर्जा (biochemical charges) सम्मिलित होती हैं। इन यादृच्छिक वैद्युतीय संकेतों में न तो कोई तार्किक सम्बन्ध (logical connection) होता है और ना ही कोई उनमें संगत पैटर्न (coherant pattern) ही होता है। फ्रायड के अनुसार यह स्वप्नकर्त्ता द्वारा दुःखद (unpleasant) तथा वर्जित (taboo) कर्म को टाल-मटोल करने का एक उत्तम तरीका है। परन्तु मस्तिष्क इन यादृच्छिक घटनाओं को संगत ढंग से सम्बन्धित करने की कोशिश करता है और यह सभी ऐसे घटनाओं से कुछ अर्थ निकालने की कोशिश करता है, अस्त-व्यस्तता पर एक चादर डालने की कोशिश करता है तथा इन वैद्युतीय उत्तेजनों के अलग-अलग स्फूरण (brusts) को संश्लेषित (synthesize) करने की कोशिश करता है। अतः मस्तिष्क के न्यूरोन्स का एक सेट *संक्रियण* (activation) पैदा करता है दूसरा न्यूरोन्स का दूसरा सेट उसमें संश्लेषण उत्पन्न करता है। यही कारण है कि स्वप्न के इस सिद्धान्त के *सक्रियण-संश्लेषण सिद्धान्त* कहा जाता है।

इस सिद्धान्त के प्रवर्त्तक मैककार्ली तथा हाब्सन (Mc Carley & Hobson, 1977) है। इनका मत है कि REM नींद व्यक्ति के मस्तिष्क को बाह्य उत्तेजकों (stimulation) को रोककर आन्तरिक उत्तेजन से भर देता है जिससे मस्तिष्क का विकास एवं वर्द्धन (growth) सम्भव हो पाता है। इन्हीं यादृच्छिक उत्तेजन (random stimulation) से न कि अचेतन की इच्छाओं से स्वप्न विषय (dream content) का निर्माण होता है। जब इन अर्थहीन उत्तेजनों को संश्लेषित किया जाता है, तो स्वभावतः उससे स्वप्न परिचित एवं अर्थपूर्ण दिखने लगता है।

इस सिद्धान्त द्वारा कुछ ऐसे नींद की भी व्याख्या होती है जिसे हमलोग सामान्यतः रहस्यमय (mysterious) मानते हैं। REM नींद के दौरान मस्तिष्क में न्यूरोन्स का एक सेट ऐसा होता है जिससे एसीटिलकोलाइन (acetylcholine or Ach) का स्राव होता है जो सचमुच में स्वप्न का सामग्री (stuff) या उनके मौलिक तथ्य होते हैं। जब न्यूरोन्स का यह सेट Ach का स्राव करता होता है, तो न्यूरोन्स का दूसरा सेट जिससे *सेरोटोनिन* (serotonin) तथा *नोरइफाइनफ्राईन* (norepinephrine) निकलता है, का कार्य बंद रहता है। ये दो मस्तिष्कीय रसायन ऐसे हैं जिसकी जरूरत सूचनाओं को स्मृति में संचित करने के लिए आवश्यक माना गया है। व्यक्ति स्वप्न के अधिक-से-अधिक अंश को दो कारणों से भूल जाता है। पहला तो यह कि चूँकि सेरोटोनिन तथा नोरपाननफ्राईन का निकलना स्वप्न के दौरान बंद रहता है, अतः स्वप्न में घटी घटनाएँ स्थायी स्मृति का रूप नहीं ले पाती हैं। दूसरा, स्वप्न में घटी घटनाएँ लघुकालीन स्मृति में थोड़े ही देर के लिए संचित होते हैं, अतः उनका भूल जाना लाजिमी होता है।

स्पष्ट हुआ कि संक्रियण-संश्लेषण सिद्धान्त में स्वप्न को एक ऐसी प्रक्रिया बतलाया गया है जिसके माध्यम से व्यक्ति नींद के दौरान यादृच्छिक उत्तेजनों (random stimulations) से भी कुछ अर्थपूर्ण व्याख्या करने की कोशिश करता है।

स्वप्न पर आयु एवं यौन का प्रभाव
(Impact of Age and Sex upon Dream)

मनोवैज्ञानिकों द्वारा किये गये अध्ययनों से यह स्पष्ट हुआ है कि स्वप्न पर व्यक्ति के यौन एवं आयु का पर्याप्त प्रभाव पड़ता है। हाल्ल एवं कास्ल (Hall & Castle, 1986) ने एक अध्ययन किया जिसमें उन्होंने 100 महिलाओं तथा 100 पुरुषों के स्वप्नों का विश्लेषण किया और वे निम्नांकित निष्कर्ष पर पहुँचे:—

(i) महिलाओं द्वारा जो स्वप्न देखे जाते हैं, वे पहचाना एवं घरेलू वातावरण से सम्बन्धित होते हैं परन्तु पुरुषों का स्वप्न एक अजनबी एवं बाह्य वातावरण की घटना से अधिक सम्बन्धित होता है।

(ii) महिलाओं के स्वप्नों में जाने-पहचाने किसी व्यक्ति विशेष की अधिक प्रधानता होती है जबकि पुरुषों के स्वप्नों में किसी व्यक्ति विशेष की नहीं बल्कि व्यक्तियों के समूहों की प्रधानता होती है।

(iii) महिलाओं के स्वप्न में जो व्यक्ति या पात्र होते हैं, उसके दैहिक आकृतियों (physical appearances) के वर्णन पर अधिक बल डाला जाता है परन्तु पुरुषों के स्वप्नों में ऐसा नहीं होता है।

(iv) पुरुषों के स्वप्नों में आक्रमकता, यौन, शारीरिक उत्तेजन तथा उपलब्धि से सम्बन्ध घटनाओं की प्रधानता होती है परन्तु महिलाओं के स्वप्न में इन चीजों की कमी पायी जाती है और इनके स्वप्न में आक्रमकता, संवेग आदि का सूक्ष्म एवं परोक्ष ढंग से उपयोग होता है।

(v) वयस्कों के अधिकतर स्वप्नों में उनकी इच्छाओं की तुष्टि होते पायी जाती है जबकि बच्चों के अधिकतर स्वप्नों में आशंका (apprehension) के संवेग की प्रधानता होती है।

स्पष्ट हुआ कि स्वप्न पर व्यक्ति की आयु एवं यौन का प्रभाव पड़ता है।

मनन
(Meditation)

मनन (meditation) एक तरीका है जिसके माध्यम से चेतना की अवस्था में परिवर्तन लाया जाता है। मनन प्रविधि पर भारतीय एवं जापानी मनोविज्ञानियों एवं ऋषि-महर्षियों द्वारा तुलनात्मक रूप से अधिक बल डाला गया है।

मनन एक ऐसी प्रक्रिया है जो चेतना की एक ऐसी परिवर्तन अवस्था की प्राप्ति में सहायक होता है जिसमें व्यक्ति का बाह्य वातावरण से सम्पर्क तथा उसके प्रति चेतन में कमी आ जाती है। ऑर्नस्टीन[1] (Ornstein, 1972) के शब्दों में मनन को इस प्रकार परिभाषित किया गया है ''मनन चेतना के सक्रिय प्रारूप से अपने आप को मोड़ लेने तथा दैनिक जिन्दगी के प्रवाह से थोड़े समय के लिए अपने आप को जान बूझकर अलग करने की प्रक्रिया है ताकि शांति एवं ग्रहणशीलता के समकालीन प्रारूप में प्रवेश किया जा सके।''

इस परिणाम से यह स्पष्ट है कि मनन में निष्क्रिय (passive) तथा ग्राह्यशील (receptive) मनोवृत्ति होती है।

मनन में चेतना की जो परिवर्तित अवस्था की प्राप्ति होती है, वह कुछ विशेष अभ्यास तथा धर्मविधि (rituals) के माध्यम से प्राप्त की जाती है। इसमें व्यक्ति अपने साँस को नियन्त्रित एवं नियमित करने की कोशिश करता है, अपने ध्यान को किसी बिन्दु पर केन्द्रित करने की कोशिश करता है, बाह्य उद्दीपकों पर से ध्यान हटा लेता है, मन में किसी विशेष प्रतीक या घटना की प्रतिमा रखता है तथा विशेष यौगिक मुद्रा में शरीर को लगभग 15 मिनट तक रखता है। इन सबों का परिणाम यह होता है कि व्यक्ति में एक रहस्यात्मक अवस्था उत्पन्न होती है जिसमें व्यक्ति अत्यधिक शिथिलन

---

1. "Meditation is a deliberate atempt to separate oneself for a short period from the flow of daily life and to turn off the active mode of consciousness in order to enter the complementary mode of darkness and receptivity" —Ornstein : *The Nature of Human consciousness 1973*, p. 107

(relaxed) का अनुभव करता है तथा वह बाह्य वातावरण से अपने आप को अलग कर पाता है। व्यक्ति में आत्म-चेतना कमने लगती है तथा वह एक परिवर्तित चेतना (altered consciousness) का अनुभव करने लगता है।

मनन के दो सामान्य प्रविधियाँ (techniques) हैं—खुला मनन (opening-up meditation) तथा एकाग्रचित मनन (concentrative meditation)। *खुला मनन* में व्यक्ति नयी अनुभूतियों को प्राप्त करने के लिए अपने मस्तिष्क को उत्तेजित करने की कोशिश करता है जबकि *एकाग्रचित मनन* में व्यक्ति किसी वस्तु, विचार या शब्द पर ध्यान केन्द्रित करके अपनी चेतना को परिवर्तित करने की कोशिश करता है।

मनन की कई विधि (methods) हैं जिनमें निम्नांकित तीन प्रमुख हैः—

1. योग (Yoga) 2. जेन (Zen) एवं 3. अनुभवातीत मनन (Transcendental Meditation or TM)

इन तीनों में योग एवं जेन मनन की पौराणिक विधि है तथा अन्तर्गत मनन एक नयी विधि है। इन तीनों का संक्षिप्त वर्णन निम्नांकित हैः—

1. योग *(Yoga)*—योग मनन की ऐसी विधि है जो दैहिक मुद्राओं तथा श्वसन अभ्यासों पर आधारित होता है। योग से तात्पर्य विश्वास तथा अभ्यास के ऐसे तन्त्र से होता है जिसका लक्षण वैयक्तिक आत्मन (individual self) का सार्वजनिक आत्मन् (universal self) के साथ संयुक्ति की प्राप्ति है। योग के कई प्रकार हैं और उन सभी प्रकारों में इस संयुक्ति (union) के लक्षण पर पहुँचने की अपनी-अपनी अलग-अलग प्रक्रियाएँ (process) हैं। मनन में योग का एक प्रकार जिसे राज योग (Raja Yoga) कहा जाता है, का उपयोग अधिक किया जाता है जिसमें आठ तरह की विभिन्न प्रक्रियाओं जैसे आत्म नियन्त्रण की प्रक्रिया, विशेष दैहिक मुद्रा बनाने की प्रक्रिया, श्वसन गति की नियमित करने की प्रक्रिया, किसी वस्तु या घटना पर ध्यान केन्द्रित करने की प्रक्रिया, अपनी एकाग्रता की चेतना को किसी आत्मविस्मृति की अवस्था में पूर्णतः विलयन कर देने की प्रक्रिया (जिसे सामान्यतः समाधि कहा जाता है) आदि समिलित होते हैं।

प्रशिक्षित योगी (अर्थात् जो योग करते हैं) के व्यवहारों के प्रेक्षणों (observation) से यह स्पष्ट हुआ कि राज योग का सबसे महत्त्वपूर्ण प्रक्रिया जिसे समाधि कहा जाता है, में व्यक्ति के शरीर में महत्त्वपूर्ण शारीरिक परिवर्तन होते हैं। जैसे, इस स्थिति में यह देखा गया है कि व्यक्ति ऑक्सीजन कम मात्रा में लेता है तथा कार्बन डायक्साइड भी कम मात्रा में निकलता है। श्वसन गति धीमी पड़ जाती है तथा हृदय गति भी धीमी पड़ जाती है तथा त्वचा प्रतिरोध (skin resistance) में वृद्धि हो जाती है। आनंद, चिन्ना एवं सिंह (Anand, Chinna & Singh, 1961) ने एक अध्ययन में दो प्रशिक्षित योगी के हाथ को मनन करते समय 40 सेन्टीग्रेट के तापक्रम के पान में डुबाया गया और परिणाम में देखा गया कि इस घटना के दौरान योगियों ने दर्द (pain) या बेचैनी के भाव का प्रदर्शन नहीं किया। वास्तव में, इन योगियों के EEG (Electroencephalogram) के रिकार्ड से भी इस तथ्य की सम्पुष्टि हुई है क्योंकि इस रिकार्ड में अल्फा मस्तिष्कीय तंरग (alpha brain wave) बन रहे थे जो किसी तरह के तनाव या बेचैनी के भाव की अवस्था में सामान्यतः नहीं बनते हैं।

उपर्युक्त तथ्यों से स्पष्ट है कि योग से व्यक्ति के चेतनावस्था में परिवर्तन आता है। इसके बावजूद भी अभी नियन्त्रित शोध (controlled research) की आवश्यकता है ताकि यह सही-सही दिखलाया जा सके कि योग प्रशिक्षण एक निश्चित सीमा तक मानव चेतना को परिवर्तित कर पाता है।

2. जेन *(Zen)*—मनन की इस विधि की शुरूआत की जड़ें भारत एवं जापान में बौद्धधर्मों की मान्यताओं में तथा चीन में ताओबादी, बौद्ध धर्मों तथा कन्फ्यूसियनिज्म (Confucianism) में पायी जाती है। जेन का मौलिक अर्थ शांत मनन (quiet meditation) से था परन्तु आजकल इसका अर्थ ज्ञानोदय (enlightement) से होता है। जेन मनन में व्यक्ति पहले उन क्रियाओं को करना सीखता है जिसमें उसका ध्यान पहले अपनी आन्तरिक प्रक्रियाओं जैसे साँस लेने तथा छोड़ने की गिनती करना पर केन्द्रित किया जाता है। इसके बाद वे कोई विशेष मुद्रा बनाकर बैठते हैं और किसी ऐसे प्रश्न पर विचार करते हैं जो व्यक्ति में विशेष चिन्तन उत्पन्न करता है। जैसे, वह इस प्रश्न पर विचार कर सकता है कि दोनों हाथ से ताली बजाने में किसी एक हाथ से कितनी आवाज उत्पन्न होती होगी। इस तरह की प्रविधियों से व्यक्ति धीरे-धीरे अपने को चिन्तन के सामान्य एवं तार्किक पैटर्न से दूर कर लेता है और चेतना की एक परिवर्तित अवस्था में प्रवेश करता है। जेन मनन के माध्यम से व्यक्ति मनन की एक ऐसी अवस्था की प्राप्ति करना चाहता है जिसमें खालीपन होते हुए सतर्कता बनी हो तथा जिसमें मन एक दर्पण के समान दीखता हो ताकि उस पर बाहर से

पड़ने वाले उद्दीपकों को प्रतिबिम्बित किया जा सके।

स्पष्ट हुआ कि जेन मनन का उद्देश्य ज्ञानोदय (enlighment) या असम्प्रत्यात्मक बोध (comprehension) की प्राप्ति है। इस लक्षण की प्राप्ति निम्नांकित तीन विधियों (methods) द्वारा की जाती है:—

(i) जाजेन *(Zazen)*—इसमें विभिन्न तरह के शारीरिक व्यायामों जैसे विशेष शारीरिक मुद्रा बनाने का अभ्यास, साँस की गति को नियमित करने का अभ्यास तथा मन को नियमित करने का अभ्यास या व्यायाम सम्मिलित होता है।

(ii) कोअन *(Koan)*—इसमें व्यक्ति एक तरह से बौद्धिक व्यायाम (intellectual exercise) करता है जिसमें वह कुछ उन प्रश्नों का उत्तर ढूँढ़ने का प्रयास करता है जिसका उत्तर तर्क के आधार पर नहीं दिया जा सकता है। जैसे ताली बजने से उत्पन्न आवाज में एक हाथ द्वारा कितना आवाज उत्पन्न होता होगा, ऐसा ही एक प्रश्न का उदाहरण है। ऐसे प्रश्नों का उत्तर देने के लिए यह आवश्यक है कि तार्किक संज्ञानात्मक प्रक्रियाओं पर व्यक्ति न सोंचे। इस तरह के प्रश्नों पर एकाग्रता होने से धीरे-धीरे स्वयं प्रश्न तो मन से गायब हो जाते हैं परन्तु उसमें मन की एक ऐसी स्थिति उत्पन्न होती है जो एक दर्पण के समान काम करती है।

(iii) सांशी-मोमपो *(Sanshi-Mampo)*—यह एक तरह का परामर्श (counselling) है जिसमें जेन मनन के गुरु अपने शिष्यों को औपचारिक ढंग से प्रशिक्षण देते हैं। इसमें गुरु तरह-तरह की व्याख्याओं, विरोधाभाषों, सुझावों, बलों, प्रदर्शनों, आवाजों के माध्यम से शिष्यों को प्रशिक्षित करते हैं।

जेन मनन का उद्देश्य चूँकि असंप्रत्यात्मक बोध (nonconceptual comprehension) का होता है, अतः इसका उपयोग करने पर व्यक्ति में कम-से-कम दो बातें अवश्य पायी जानी चाहिएः—

(i) मन में सक्रिय एकाग्रता (active concentration) का स्पष्ट गुण दीख पड़ना चाहिए।

(ii) आवर्त्तीय उद्दीपकों (repetitive stimuli) के प्रति व्यक्ति में अभ्यास की असमर्थता होनी चाहिए।

यामाओका (Yamaoka, 1986) ने एक अध्ययन किया जिसमें जेन मनन के दौरान व्यक्ति के मस्तिष्क का EEG रेकार्डिंग किया। परिणाम में देखा गया कि जेन मनन के दौरान अधिक मात्रा में अल्फा तरंगें स्पष्ट रूप से बन रही थी जिसके आधार पर प्रयोगकर्त्ता इस निष्कर्ष पर पहुँचे कि जेन मनन में चेतन की एक स्पष्ट परिवर्तित अवस्था होती है जिसमें सक्रिय मानसिक एकाग्रता पायी जाती है। कासामाटसू एवं हिराय (Kasamatsu & Hirai, 1966) ने अपने अध्ययन में पाया कि जेन मनन में व्यक्ति एक ही उद्दीपक को बार-बार उपस्थिति किये जाने पर उसके साथ अभ्यसन करने में अपने आप को असमर्थ पाता है।

जेन मनन के क्षेत्र में अभी और शोध किये जाने की तीव्र आवश्यकता है ताकि इसमें चेतना में होने वाले परिवर्तित अवस्था की मात्रा का विस्तृत रूप से अध्ययन किया जा सके।

3. अनुभवातीत मनन *(Transcendental Meditation or TM)*—TM मनन का एक नवीनतम विधि है जो 1970 वाले दशक में लोकप्रिय हुआ। TM के प्रतिपादक महर्षि महेश योगी (Maharshi Mahesh Yogi, 1963) हैं। TM सचमुच में मंत्रम योग का एक प्रारूप है। TM एक ऐसी विधि है जिसमें व्यक्ति अपने चिन्तन के सूक्ष्म-से-सूक्ष्म स्तर पर तबतक ध्यान देता है जबतक कि मन चिन्तन के उस स्तर को पार कर चिन्तन के मौलिक स्रोत पर न पहुँच जाता है। TM द्वारा मनन करने में व्यक्ति विशेष शब्द या शब्दों के सेट जिसे मंत्र कहा जाता है, बार-बार दोहराता है और वह अपना ध्यान पूर्णतः इसी क्रिया मंत्र पर देता है न कि इधर-उधर की चीजों पर। अगर वह यह देखता है कि उसका चिन्तन इधर-उधर की चीजों पर जाने लगता है, तो वह अपना ध्यान पुनः उस मंत्र की ओर कर लेते हैं। इसमें व्यक्ति को संज्ञानात्मक प्रयास (cognitive effort) काफी लगता है लेकिन फिर भी TM की सफलता के लिए इसे करना आवश्यक हो जाता है। हिन्दुओं के पावन पुस्तकों (Holy books) जैसे भगवद्गीता तथा वेद में TM के विभिन्न प्रविधियों का सविस्तार वर्णन प्रस्तुत किया गया है।

महर्षि महेश योगी द्वारा प्रतिपादित TM को एक ऐसा इकलौता मनन की प्रविधि बतलाया गया है जिसपर काफी शोध हुए हैं। इसके मुख्यतः चार कारण प्रधान है।

(i) महेश योगी जो स्वयं विज्ञान (science) के छात्र थे, को अपनी प्रविधि की वैज्ञानिक जाँच (scientific scrutiny) से कोई परहेज नहीं था बल्कि उन्हें इस बात की खुशी होती थी कि लोग इस प्रविधि पर इतना ध्यान दे रहे हैं। उनका संगठन (organization) ऐसे शोधों को काफी प्रोत्साहित करता था।

(ii) TM को उपयोग में लाने वाले बहुत सारे व्यक्तिगण अपने आप में शोधकर्त्ताओं के लिए एक आकर्षण बिन्दु बने हुए थे।

(iii) TM की प्रविधि अपने आप में एक सरल प्रविधि है जिसे अभ्यास में लाना बहुत ही आसान है।

(iv) TM के संगठन में प्रशिक्षित योगियों द्वारा TM को एक समान ढंग से भिन्न-भिन्न लोगों पर कार्यान्वित किया गया है जो अपने आप में इस बात का सबूत है कि यह प्रविधि एक माननीकृत प्रविधि (standardized technique) है।

बेनसन (Benson), वाल्लेस (Wallace) के साथ मिलकर TM पर शोध करने वाले पहले व्यक्ति थे और उन्होंने स्पष्टतः यह पाया है कि TM द्वारा शरीर के चयापचयी दर (metabolic rate) को कम करने में पर्याप्त मदद मिलती है। बाद में वेनसन ने मनन (meditation) का अपनी प्रविधि विकसित किया जिसे उन्होंने *विश्रांति अनुक्रिया* (Relaxation response) कहा। यह एक निम्न-व्युत्पन्न हाइपोमेटाबोलिक अवस्था (hypometabolic state) होता है जिसमें हाइपोथैलेमिक अनुक्रियाओं (hypothalemic responses) का उपअनुकम्पी तंत्रिका तंत्र (parasympathetic nervous system) की प्रबलता एवं अनुकंम्पी तंत्रिक तंत्र (sympathetic nervous system) की क्रियाओं की स्पष्ट कमी का एक समन्वय पाया जाता है।

विश्रांति अनुक्रिया को करने के लिये किसी मंत्र (Mantra) या पूजा-पाठ से संबंधित धार्मिक कृत्य (rituals) की जरूरत नहीं पड़ती है। विश्रांति अनुक्रिया की इस प्रविधि में मननकर्त्ता (meditator) पेशीय विश्रांति अभ्यास (muscular relaxation exercises) करने के बाद एक शांत वातावरण में बैठ जाता है और निष्क्रिय ढंग से साँस की प्रक्रिया पर ध्यान देता है जिसमें वह प्रत्येक बार साँस छोड़ने या उच्छ्वसन (exhalation) की क्रिया की एक-एक करके गिनती करता है। जब मन में ध्यान भंग करने वाला विचार आता है तो मननकर्त्ता उसकी उपेक्षा करता है और गिनती जारी रखता है। वेनसन की इस प्रविधि से भी व्यक्ति में वैसा ही दैहिक परिवर्तन आता है जैसा कि TM की प्रविधि से आता है हालांकि स्वार्ज, डेविडसन तथा गोलमैन (Swartz, Davidson & Goleman, 1978) ने वेनसन के इस दावे को अपने अध्ययन से समर्थन नहीं प्रदान किया है।

कैरिंगटन (Carrigton, 1977) ने महर्षि महेश योगी के TM के कई कठिनाईयाँ की ओर ध्यान दिलाया है और उसके जगह पर नैदानिक रूप से माननीकृत मनन (Clinically Standardized Meditation or CSM) की प्रविधि का प्रतिपादन किया है। कैर्टिंगटन (Carrigton) द्वारा बतलाये गए कुछ प्रमुख कठिनाईयाँ निम्नांकित हैं—

(i) चूँकि TM का संबंध अर्द्ध-धार्मिक आन्दोलन (quasi-religious movement) से काफी अधिक है जिसके काफी मजबूत समर्थक समूह (supporting group) है, अतः यह कहना बहुत मुश्किल है कि TM का अभ्यास करने वाले व्यक्ति में जो प्रेक्षित प्रभाव होता है, उसका कारण TM है या कुछ अन्य कारक भी।

(ii) TM के अनुयायियों का मौलिक दावा है कि मनन के लिये मंत्र (mantra) बहुत ही महत्त्वपूर्ण होता है परंतु स्वयं मंत्र को ही गुप्त (secret) रखा जाता है। ऐसी परिस्थिति में TM का वैज्ञानिक अध्ययन और फिर उस मंत्र के महत्व का अध्ययन असंभव नहीं तो कठिन अवश्य है।

(iii) TM का मनन के अन्य विधियों के साथ तुलनात्मक अध्ययन करने में कुछ व्यवहारिक कठिनाईयाँ सामने आतीं हैं। इसका कारण यह है कि TM संगठनों से सहयोग प्राप्त करने के लिये यह आवश्यक है कि शोध प्रस्ताव तैयार करके उनके पास उनके अनुमोदन के लिए भेजा जाए। ऐसा देखा गया है कि वे शायद ही कभी TM की तुलना मनन की अन्य विधियों से करने की स्वीकृति देते हैं। ऐसी परिस्थिति में TM का एक तुलनात्मक अध्ययन संभव नहीं है।

TM के उक्त अलाभों (disadvantages) के कारण कैरिंगटन (Carrington) ने मनन के लिए कुछ विशेष तरह के संस्कृत के मंत्रों (mantra) का चयन किया, जिसका उपयोग CSM में किया गया। CSM बहुत कुछ TM के ही समान है परंतु TM में मंत्र से साहचर्यित प्रत्याशाएँ (expectations) एवं रहस्य (mystry) CSM में नहीं होता है। सचमुच में CSM में मननकर्त्ता को इस बात की आजादी होती है कि कैरिंगटन द्वारा संकलित संस्कृत के 16 मंत्रों में से किसी एक को चुन ले। यहाँ तक कि मननकर्त्ता को इस बात की भी स्वतंत्रता होती है कि एक सरल नियम का पालन

करते हुए अपने ढंग से अपना मंत्र भी चाहे तो वह तैयार कर ले। मननकर्त्ता CSM में किसी शांत जगह पर बैठ कर अपना आँख खोले हुए अवस्था में उस चुने गए मंत्र को जोर-जोर से बोलता है। फिर कम तीव्रता की आवाज में उस मंत्र को दोहराते जाता है और इस तरह से फिर धीरे-धीरे वह एक ऐसी अवस्था में खींचता चला जाता है जहाँ उसकी आँखें लगभग बन्द-सी होती है और जहाँ वह सिर्फ उस मंत्र को ही आंतरिक रूप से दोहराते हुए सुनते रहता है। इस पर कैरिंगटन[1] (Carrington, 1977) ने टिप्पणी करते हुए कहा है, ''मनन किसी सरिता में बिना पतवार के नाव में बहने के समान होता है क्योंकि आपको पतवार की जरूरत ही नहीं है और आप कहीं जा भी नहीं रहे होते हैं।''

इसके अतिरिक्त दो और प्रविधियाँ हैं जिनका संबंध मनन (meditation) से काफी है और जिसका उपयोग मनोवैज्ञानिक काफी करते हैं। *आत्ममूलक प्रशिक्षण* (autogenic training) एक ऐसी ही प्रविधि है जिसे शुल्ज (Schultz, 1959) द्वारा विकसित किया गया है। यह प्रशिक्षण एक ऐसी मनन प्रविधि है जो मनो-दैहिकी रूप से (psycho-physiologically) बुद्धिसंगत क्रमबद्ध योग (rationalized systematic yoga) पर आधृत होता है। एक दूसरा मनन प्रविधि जैकोवसन (Jacobson, 1938) द्वारा प्रतिपादित *क्रमिक विश्रांति विधि* (Progressive relaxation technique) है जिसमें व्यक्ति को अपनी चिंता, तनाव आदि से अवगत होते हुए विश्राम करने की प्रशिक्षण दी जाती है।

कुछ अध्ययनों में TM द्वारा उत्पन्न दैहिक परिवर्तन का सावधानीपूर्वक अध्ययन किया गया है। वाल्लेस तथा बेनसन (Wallace & Benson, 1972) ने एक अध्ययन किया जिसमें उन्होंने TM के दौरान होने वाले महत्त्वपूर्ण दैहिक परिवर्तनों का अभिलेख तैयार किया और पाया कि इसमें रक्त प्रवाह में वृद्धि हो जाती है, ऑक्सीजन उपभोग तथा कार्बनडायक्साइड निर्गमन में कमी हो जाती है, त्वचा प्रतिरोध बढ़ जाता है तथा मजबूत अल्फा मस्तिष्कीय तरंग पाये गये। होल्मस (Holmes, 1984) ने कहा है कि TM के दौरान जो उक्त दैहिक परिवर्तन होते हैं, उसे तो व्यक्ति मात्र विश्राम करके ही प्राप्त कर सकता है हालांकि कुछ अन्य मनोवैज्ञानिकों जैसे बेनसन एवं फ्रिडमैन (Benson & Fridman, 1985) का मत है कि मात्र TM से ही दैहिक अवस्थाओं में इस तरह का तीव्र एवं स्पष्ट परिवर्तन लाया जा सकता है।

TM के कुछ स्पष्ट लाभ भी बतलाये गए हैं। जैसे—मारजोट्टा, बेनसन तथा वाल्लेस (Marzetta, Benson & Wallace, 1972) ने अपने अध्ययन में पाया कि TM द्वारा मनन करने के बाद बहुत लोगों ने आसानी से कुछ खास-खास औषधों जैसे मैरीजुआना (Marijuana), एम्फीटामाइन्स (amphetamines) तथा बारबिटुरेस (Barbiturates) आदि के व्यसनी आदतों को आसानी से त्यागने में सफल हो पाये। इतना ही नहीं, कानेल्लाकोस एवं फर्ग्युसन (Kanellakos & Ferguson, 1973) तथा स्वार्ज (Schwartz, 1974) ने अपने-अपने अध्ययनों में यह भी पाया है कि TM से व्यक्ति द्वारा सीखने के निष्पादन में वृद्धि हो जाती है तथा आक्रमकता विद्वेष (hostility) तथा दुश्चिंता (anxiety) के स्तर में भी कमी हो जाती है। इसका सफलतापूर्वक उपयोग मानसिक रोगियों एवं कैदियों के मानसिक स्तरों को उन्नत बनाने में भी किया गया है।

स्पष्ट हुआ कि मनन (meditation) जिसकी कई विधियाँ हैं, द्वारा व्यक्ति के चेतनावस्था में परिवर्तन लाया जाता है। इन विधियों में TM की लोकप्रियता तुलनात्मक रूप से अन्य विधियों की तुलना में अधिक रही है।

सम्मोहन
(Hypnosis)

चेतना को परिवर्तन करने के जितने तरीके हैं, उनमें सम्मोहन सबसे अधिक लोकप्रिय परन्तु एक ऐसी विधि है जिसके बारे में लोग सबसे कम जानते हैं। सचमुच में, सम्मोहन का अपना एक लघु इतिहास है जिसपर पहले यहाँ प्रकाश डालना आवश्यक है।

18वीं शताब्दी में मेसमर (Mesmer) नाम के एक चिकित्सक ने पूरे संसार को यह दावा करके आश्चर्य में डाल दिया कि रोगी को पशु चुम्बकत्व (animal magnetism) के सहारे चंगा किया जा सकता है। इसे *मेस्मरिज्म* (mesmerism) भी कहा गया है। उनका मत था कि एक सार्वत्रिक तरल (universal fluid) होता है जिससे सभी

1. "Meditation is like drifting on a stream in a boat without oars—because you need no oars–you are not going anywhere." —Carrington : *Freedom in Meditation*, 1977, p. 79-80.

ग्रह (planets) तथा सभी जीवित प्राणी प्रभावित होते हैं। एक बीमार व्यक्ति के शरीर पर चुम्बक रखकर उसमें चंगा करने वाला चुम्बकीय तरल पदार्थ की प्रवाह को उत्पन्न किया जा सकता है जिससे व्यक्ति की बीमारी दूर हो जाती है। अपने इस विचारधारा को लोकप्रिय बनाने के लिए उन्होंने बहुत सारे ठोस वस्तुओं में चुम्बकीय गुण उत्पन्न किया और कहा कि इनसे सम्पर्क होने पर व्यक्ति के दुख-दर्द आसानी से दूर हो सकते हैं और उन्होंने बहुत सारे व्यक्तियों के दुख-दर्द को दूर करने का सफल प्रदर्शन भी किया। परन्तु बाद में बेनजामिन फ्रैंकलिन[1] (Benjamin Franklin) जो फ्रेंच एकेडेमी ऑफ साइन्स के प्रधान थे, पशु चुम्बकत्व के सम्प्रत्यय को यह कहकर अस्वीकृत कर दिया कि इसका कोई दैहिक आधार नहीं है।

बाद में पशु चुम्बकत्व के सम्प्रत्यय को सम्मोहन (hypnosis) द्वारा प्रतिस्थापित किया गया और इस नये सम्प्रत्यय की लोकप्रियता मशहूर सर्जन जेम्स ब्रेड (James Braid) के प्रयासों से काफी अधिक हुई। 1843 में उन्होंने अपने शोधों के आधार पर यह खोज किया कि मानव तन्त्रिका तन्त्र (nervous system) में कृत्रिम रूप से *'तंत्रिका निद्रा'* (nervous sleep) की अवस्था को उत्पन्न किया जा सकता है। इसी अवस्था को उन्होंने सम्मोहन (hypnosis) की संज्ञा दिया। उन्होंने यह भी बतलाया कि व्यक्ति में यह अवस्था एकाग्रचित ध्यान (concentrated attention) के माध्यम से उत्पन्न किया जाता है। दूसरे शब्दों में, सम्मोहन की अवस्था उत्पन्न करने के लिए उसे किसी एक बिन्दु या शब्द पर अपना ध्यान केंद्रित करने के लिए कहा जाता है। ऐसी अवस्था में व्यक्ति सम्मोहनकर्त्ता (hypnotist) द्वारा दिए गए शाब्दिक सुझावों के प्रति अधिक अनुक्रियाशील होता है। 1845 से 1853 में स्कॉटलैंड के एक सर्जन जिनका नाम जेम्स इसडेली (James Esdaile) था, भारत में आकर सम्मोहन के माध्यम से करीब 300 बड़ा दर्द रहित (painless) ऑपरेशन कर सकने में सफल हुए। इस तरह से उस अवधि में सम्मोहन का उपयोग आधुनिक समय में ऑपरेशन में व्यवहृत संवेदनहारी औषध (anesthesia) के जगह पर होता था। परन्तु बाद में जब संवेदनाहारी औषध की खोज हो गयी तो सर्जन ने ऑपरेशन के दौरान सम्मोहन का उपयोग बंद कर दिया।

1878 में जीन शार्को (Jean Charcot) जो जाने-माने तन्त्रिकाविज्ञानी थे, पेरिस में सम्मोहन का सफल प्रदर्शन करना प्रारम्भ किया और वे हिस्ट्रीया के रोगी का सफलतापूर्वक इलाज भी करके दिखलाये। इससे फ्रायड (Freud) तथा ब्रुअर (Breuer) काफी प्रभावित हुए और वे सम्मोहन के इस उपयोग का प्रयोग हिस्ट्रीया के रोगियों के अचेतन के बारे में जानने के लिए किया हालाँकि बाद में फ्रायड ने सम्मोहन के जगह पर स्वतन्त्र साहचर्य विधि (free association method) के उपयोग को अधिक उचित पाया।

आधुनिक समय में सम्मोहन का वैज्ञानिक अध्ययन 1930 वाले दशक से प्रारम्भ होता है और सम्मोहन पर कई मनोवैज्ञानिक प्रयोग (psychological experiments) भी किए गए। यहाँ पर हम उन मनोवैज्ञानिक प्रयोगों तथा उनके आशय का वर्णन करने के पहले यह बतला देना उचित समझते हैं कि आधुनिक मनोवैज्ञानिकों द्वारा सम्मोहन को किस तरह से परिभाषित किया गया है।

आधुनिक मनोवैज्ञानिकों में इस बात की मत्यैक्ता है कि सम्मोहन से तात्पर्य एक ऐसी अवस्था से होती है जिसमें तीव्र परामर्शग्रहणशीलता (heightened suggestibility) की अवस्था होती है जिससे व्यक्ति को जो कुछ भी सुझाव दिया जाता है, उसके अनुरूप वह कार्य करने के लिए लिए तत्पर रहता है। अब हम सम्मोहन के कुछ वैज्ञानिक परिभाषाओं पर विचार करेंगे—

किह्लस्ट्रोम[2] (Kihlstorm, 1985) के अनुसार, ''सम्मोहन को एक सामाजिक अन्त:क्रिया के रूप में परिभाषित किया जाता है जिसमें एक व्यक्ति (जिसे प्रयोज्य कहा जाता है) दूसरे व्यक्ति (जिसे सम्मोहन कर्त्ता कहा जाता है) द्वारा ऐच्छिक क्रियाओं, स्मृति तथा प्रत्यक्षण में किए जाने वाले परिवर्तनों की अनुभूतियों के लिए दिए गए सुझावों के प्रति अनुक्रिया करता है।''

---

1. सचमुच में पशु चुम्बकत्व के सम्प्रत्यय की प्रभावशीलता का राज यह था कि इसमें चिकित्सक द्वारा जो सुझाव दिए जाते थे, उसके आलोक में व्यक्ति अपने चिन्तन में परिवर्तन लाने की कोशिश करता था।
2. "Hypnosis may be defined as a social interaction which one people (designated the subject) responds to suggestions offered by another person (designated the hypnotist) for action."
—Kihlstorm : Hyponsis, *Annual Review of Psychology*, 1985, p. 385

बेरोन[1] (Baron, 1992) के अनुसार, ''सम्मोहन एक ऐसी अवस्था है जिसमें व्यक्ति दूसरों के सुझावों के प्रति अतिसंवेदनशील होता है और जिसमें वे कभी-कभी इस ढंग से व्यवहार करते हैं मानो वे स्तब्धता में हो।''

सैन्ट्रोक[2] (Santrock, 2000) के अनुसार, ''सम्मोहन परिवर्तित अवधान एवं बोध की एक मनोवैज्ञानिक अवस्था होती है जिसमें व्यक्ति सुझाव के प्रति सामान्य रूप से ग्रहणशीलता दिखलाता है।''

उपर्युक्त परिभाषाओं का विश्लेषण के बाद सम्मोहन के बारे में निम्नांकित तथ्य प्राप्त होते हैं:—

(i) सम्मोहन एक तीव्र सुझाव ग्रहणशीलता या परामर्शग्रहणशीलता की अवस्था (state of heightened suggestibility) होती है।

(ii) सम्मोहन में सम्मोहनकर्त्ता (hypnotist) दूसरे व्यक्ति को जिसे सम्मोहित किया जाना है, कुछ शाब्दिक सुझाव (verbal suggestion) देता है।

(iii) शाब्दिक सुझाव का उद्देश्य व्यक्ति के प्रत्यक्षण, स्मृति तथा उनके द्वारा किये जाने वाले ऐच्छिक क्रियाओं में परिवर्तन लाना होता है।

(iv) सम्मोहित किया जाने वाला व्यक्ति सम्मोहनकर्त्ता (hypnotist) के शाब्दिक सुझावों के प्रति काफी अनुक्रियाशील रहता है।

अब प्रश्न यह उठता है कि सम्मोहन की अवस्था व्यक्ति में किस तरह से उत्पन्न किया जाता है? मनोवैज्ञानिकों ने कई विधियों द्वारा व्यक्ति में सम्मोहन उत्पन्न करने में सफलता पाया है। पहली विधि है जिसमें व्यक्ति को मानक निर्देश (standard instruction) सुझाव के रूप में दिये जाते हैं। सम्मोहनकर्त्ता व्यक्ति को यह सुझाव देता है कि वह धीरे-धीरे शिथिलता (relaxation) का अनुभव कर रहा है, उसे हल्का नींद आ रही है, वह अपना आँख पूर्णतः खुला रखने में अपने आप को असमर्थ पा रहा है आदि-आदि। इस तरह का सुझाव हल्के आवाज में लगातार व्यक्ति को सम्मोहनकर्त्ता देता है तथा साथ-ही-साथ वह यह भी कहता है कि व्यक्ति शिथिलता (relaxation) की गहरी अवस्था में धीरे-धीरे प्रवेश कर रहा है जो नींद की अवस्था तो नहीं है परन्तु उसी के समान होती है जिसमें व्यक्ति सम्मोहनकर्ता से बिना कुछ निर्देश पाये, न कुछ कह सकता है और न सोच ही सकता है। दूसरी विधि वह जिसमें व्यक्ति को किसी एक छोटी वस्तु पर जिसमें चमक होती है तथा जिसे सम्मोहनकर्ता द्वारा घुमाया (rotate) जा सकता है, पर ध्यान केन्द्रित करने के लिए कहा जाता है और धीरे-धीरे उसमें सुझांव के सहारे स्तब्धता (trance) की अवस्था उत्पन्न कर दी जाती है।

चाहे जिस विधि से सम्मोहन की अवस्था व्यक्ति में उत्पन्न की जाती है, सम्मोहन, नींद के समान एक शिथिल अवस्था (relaxed state) होती है जिसमें व्यक्ति अपने सामान्य पर्यावरणी उद्दीपकों से सम्पर्क खो देता है। EEG के रिकार्डिंग से इस तथ्य का सबूत मिलता है कि सम्मोहन की अवस्था नींद की अवस्था से भिन्न होती है क्योंकि इसमें जो मस्तिष्कीय तरंगें (brain waves) प्राप्त होते हैं, वे अल्फा तरंग होते हैं जो नींद के किसी भी अवस्था में बनने वाले तरंग से स्पष्टतः अलग होते हैं।

कोई व्यक्ति सम्मोहनकर्त्ता के प्रयास के बाद सम्मोहन की अवस्था में प्रवेश किया या नहीं इसकी पहचान करने के लिए मनोवैज्ञानिकों ने इसकी कुछ विशेषताओं का वर्णन किया है। यदि व्यक्ति में ऐसी विशेषताएँ उत्पन्न हो जातीं हैं, तो यह समझा जाता है कि वह सम्मोहन की अवस्था में प्रवेश कर चुका है। ऐसी विशेषताओं में निम्मांकित प्रमुख हैं:—

(i) सम्मोहन की अवस्था में प्रवेश करने पर व्यक्ति अपनी ओर से कोई क्रिया नहीं करके सम्मोहनकर्त्ता के निर्देश का इन्तजार करता है।

---

1. "Hypnosis is a condition in which individuals appear to be highly susceptible to suggest on from others and in which they sometimes behave as if they are in a trance."—Baron : *Pshychology,* 1992. 149

2. "Hypnosis is a psychological state of altered attention and awareness in which the individual is usually receptive to suggestions" —Santrock : *Psychology,* 2000, p. 167

(ii) इस अवस्था में आ जाने पर व्यक्ति को सिर्फ सम्मोहनकर्त्ता की आवाज सुनाई पड़ती है अन्य किसी तरह की आवाज नहीं सुनाई पड़ती है।

(iii) इस अवस्था में प्रवेश पाने पर व्यक्ति की कल्पना शक्ति काफी मजबूत हो जाती है।

(iv) इस अवस्था में प्रवेश पाने पर व्यक्ति में वास्तविकता की जाँच करने की क्षमता कम हो जाती है तथा उसकी विकृति (distortion) को तुरन्त स्वीकार कर लिया जाता है।

(v) इस अवस्था की पहचान यह भी है कि इसमें व्यक्ति में सुझाव ग्रहणशीलता (suggestibility) काफी बढ़ जाती है।

(vi) उत्तर सम्मोहित स्मृतिलोप (posthypnotic amnesia) इस अवस्था की खास विशेषता होती है। इसमें व्यक्ति को सम्मोहनकर्त्ता सम्मोहन समाप्त होने के बाद उन सभी बातों या घटनाओं को भूल जाने का सुझाव देता है जो सम्मोहित अवस्था में हुई थी। ऐसा सुझाव देने पर वास्तव में व्यक्ति को उन सभी बातों या घटनाओं की याद बाद में नहीं रहती है।

किन लोगों को सम्मोहित किया जा सकता है ?
(Who can be Hypnotised ?)

उक्त प्रश्न के उत्तर ढूँढ़ने में भी मनोवैज्ञानिकों ने काफी दिलचस्पी है। कई तरह के प्रयोग एवं शोध करके मनोवैज्ञानिकों द्वारा कुछ सामान्य निष्कर्ष पर पहुँचने की कोशिश की गयी है:—

लिन्न एवं रूह (Lynn & Rhue, 1986) ने अपने अध्ययन के आधार पर यह बतलाया है कि करीब 15% वयस्क ऐसे होते हैं जिन्हें आसानी से सम्मोहित किया जा सकता है तथा 10% वयस्क ऐसे होते हैं जो सम्मोहन के प्रति काफी प्रतिरोध (resistance) दिखलाते हैं और बाकी 75% वयस्क ऐसे होते हैं जिन्हें इन दोनों तरह के छोरों के बीच रखा जाता है। इसके अलावा मनोवैज्ञानिकों ने कई व्यक्तित्व शीलगुणों की पहचान किया है जिनके होने से सम्मोहन प्रभावशीलता में वृद्धि हो जाती है। ऐसे शीलगुणों में निम्नांकित प्रमुख हैं—

(i) वाल्लेस (Wallace, 1930) के अध्ययनों से यह पता चला है कि जिन व्यक्तियों में दृष्टि प्रतिमाएँ बनाने की क्षमता अधिक होतीं हैं अर्थात् जिनमें कल्पनाचित्र (fantasy) अधिक स्पष्ट बनते हैं, वे उन व्यक्तियों की अपेक्षा जिनमें इस तरह की क्षमता नहीं होती है, अधिक जल्दी सम्मोहित हो जाते हैं।

(ii) क्रोफोर्ड (Crowford, 1982) के अध्ययन से यह पता चलता है कि जिन व्यक्तियों में संवेदी (sensory) तथा काल्पनिक अनुभूतियों (imaginative experiences) में लीन हो जाने या खो जाने का शीलगुण होता है वे भी उन व्यक्तियों की तुलना में जिनमें ऐसी क्षमता नहीं होती है अधिक जल्दी सम्मोहित होते हैं।

(iii) मौस्स एवं मागारो (Moss & Magaro, 1990) के अध्ययन के अनुसार जिन व्यक्तियों में दूसरों पर निर्भर रहने का शीलगुण अधिक होता है तथा जो अन्य व्यक्तियों से निर्देश तथा पुनर्बलन (reinforcement) लेने की ओर उन्मुखता दिखलाते हैं, वे उन व्यक्तियों की तुलना में जिनमें ऐसे शीलगुणों की कमी होती है, अधिक जल्दी से सम्मोहित होते हैं।

(iv) कौंसिल, किर्स तथा हैफनर (Council, Kirsch & Hafner, 1986) के अध्ययन के अनुसार जो व्यक्ति सम्मोहन के दौरान दिये जाने वाले सुझावों को काफी महत्त्वपूर्ण मानते हैं तथा यह मानते हैं कि वे काफी प्रभावी (effective) हैं, तो वे उनसे काफी प्रभावित हो जाते हैं और जल्दी सम्मोहित हो जाते हैं। अतः सम्मोहन के दौरान दिये जाने वाले सुझाव के प्रति जो प्रत्याशा (expectation) होता है, उससे भी सम्मोहित होने की क्षमता प्रभावित होती है।

निष्कर्षतः यह कहा जा सकता है कि सम्मोहित होना या न होना व्यक्ति की कई तरह विशेषताओं पर आधारित होता है।

सम्मोहन की अवस्था में चेतन में होने वाला परिवर्तन
(Alterations in Consciousness under the Stage of Hypnosis)

सम्मोहन की अवस्था में व्यक्ति के चेतना में स्पष्ट परिवर्तन आते हैं। इन परिवर्तनों में निम्नांकित प्रमुख हैः—

(i) प्रत्यक्षज्ञानात्मक विकृतियाँ (perceptual distortions)
(ii) स्मृति में परिवर्तन (alternations in memory)
(iii) उम्र प्रतिगमन (age regression)
(iv) उत्तर सम्मोहित सुझाव (posthypnotic suggestion)
(v) उत्पन्न स्वप्न (induced dream)
(vi) समय बोध में परिवर्तन (alternations in time sense)
(vii) गति नियन्त्रण (controlled movement)

इन सबों का वर्णन निम्नांकित हैं—

(i) प्रत्यक्षज्ञानात्मक विकृतियाँ *(Perceptual distortions)*—मनोवैज्ञानिकों द्वारा किये गये अध्ययनों से यह स्पष्ट हुआ है कि सम्मोहन में उपयुक्त सुझाव देकर व्यक्ति के प्रत्यक्षण में पर्याप्त परिवर्तन लाया जाता है। जैसे, उचित सुझाव देकर धनात्मक विभ्रम (positive hallucination) तथा ऋणात्मक विभ्रम (negative hallucination) दोनों ही सफलतापूर्वक व्यक्ति में उत्पन्न होते पाये गये हैं। धनात्मक विभ्रम में व्यक्ति ऐसे वस्तु को देखता है या आवाज को सुनता है जो वास्तव में उपस्थित नहीं होते हैं तथा ऋणात्मक विभ्रम में व्यक्ति उन चीजों या वस्तुओं का भी प्रत्यक्षण नहीं कर पाता है जिसे सामान्यतः प्रत्यक्षण किया जा सकता है। इरिक्सन (Erikson, 1939) ने अपने अध्ययन के आधार पर यह बतलाया है कि सम्मोहित प्रयोज्य उचित सुझाव देने पर अपने मन में सिनेमा या चलचित्र भी देखने का अनुभव करने लगते हैं। ब्रेडी तथा लेभिट्ट (Brady & Levitt, 1966) ने अपने अध्ययन में पाया कि सम्मोहित प्रयोज्यों को जब यह सुझाव दिया गया कि वे एक घुमता हुआ ढोल (rotation drum) देखेंगे, तो पाया गया उनके नेत्र गोलक (eye ball) में ठीक उसी ढंग की गति होने लगी मानों वह घूमता हुआ ढोल देख रहा हो। इन अध्ययनों से यह स्पष्ट हो जाता है कि सम्मोहन में महत्त्वपूर्ण प्रत्यक्षज्ञानात्मक विकृतियाँ होतीं हैं।

(ii) स्मृति में परिवर्तन *(Memory alternations)*—मनोवैज्ञानिकों द्वारा किये गए अध्ययनों से यह भी स्पष्ट हुआ है कि सम्मोहन के दौरान स्मृति में महत्त्वपूर्ण परिवर्तन आते हैं। ओर्नी (Orne, 1966) ने अपने अध्ययन में पाया कि जब प्रयोज्यों को सम्मोहन के दौरान यह सुझाव दिया गया कि उसके स्मृति से संख्या 3 लुप्त या गायब रहेगा, तो गिनती गिनने के लिए कहने पर वे 1, 2, 4, 5, 6 आदि के रूप में गिनती गिन पाते थे। इस तरह से गिनती गिनने पर उन्हें यह आश्चर्य भी होता था कि उनके हाथ में पाँच अंगुली न होकर छः अंगुली है। मनोवैज्ञानिक प्रयोगों से यह भी स्पष्ट हुआ है कि सम्मोहन की अवस्था में जो स्मृतिलोप (amnesia) होता है, वह वयस्कों की तुलना में बच्चों में अधिक होता है। बच्चों को वयस्क की तुलना में सम्मोहित भी आसानी से कर लिया जाता है तथा साथ-ही-साथ उनमें विस्मरण भी आसानी से सम्मोहन के दौरान उत्पन्न कर दिया जाता है। कुछ प्रयोज्यों को सम्मोहन की अवस्था में ही यह सुझाव दे दिया जाता है कि इस सत्र के दौरान उन्हें जो कुछ भी कहा जा रहा है, उसे सम्मोहन से बाहर आने के बाद भूल जाएँगे, तो उनमें ऐसा स्मृतिलोप (amnesia) स्पष्टतः उत्पन्न होते देखा जाता है।

(iii) उम्र प्रतिगमन *(Age regression)*—सम्मोहन के दौरान उम्र प्रतिगमन की घटना भी देखी जाती है। सचमुच में उम्र प्रतिगमन स्मृति विकृति (memory distortion) का एक विशेष उदाहरण है जिसमें व्यक्ति वयस्कावस्था में होने पर भी अपने पहले के उम्र की घटनाओं के बारे में बोलता है, तथा ठीक उस उम्र विशेष के तरह व्यवहार करता है। मनोवैज्ञानिकों द्वारा किए गए प्रयोगों में यह देखा गया है कि एक वयस्क जब बाल्यावस्था में प्रतिगमित होता है, तो सम्मोहन के दौरान उसका लिखावट, बोली, तौर-तरीका तथा सांवेगिक प्रदर्शन आदि बहुत कुछ उस बाल्यावस्था के अनुरूप हो जाते हैं। फ्रोम्म (Fromm, 1970) ने अपने अध्ययन में पाया कि बाल्यावस्था की भाषा जिसे व्यक्ति वयस्कावस्था में भूल चुका होता है, सम्मोहन के दौरान स्पष्ट रूप से पुनः वापस आ जाता है। इनके अध्ययन में एक अमेरिकन लड़का जिसके माता-पिता जापानी थे और जो अपने बाल्यावस्था में जापानी भाषा बोला करता था परंतु अब

पूर्णतः उसे भूल चुका था, सम्मोहन की अवस्था में पुनः जापानी भाषा में धारा प्रवाह बोलने लगा। स्पष्टतः इससे सम्मोहन में उम्र प्रतिगमन के साक्ष्य मिलते हैं।

(iv) उत्तर सम्मोहित सुझाव *(Post hypnotic suggestion)*—जब सम्मोहन के दौरान व्यक्ति को कुछ कार्य करने का निर्देश सम्मोहित अवस्था के खतम होने के बाद दिया जाता है, तो इस तरह के सुझाव को उत्तर सम्मोहित सुझाव कहा जाता है। व्यक्ति को इस तरह के सुझाव के स्रोत के बारे में भूल जाने का भी निर्देश दिया जाता है जिसका परिणाम यह होता है कि सम्मोहित अवस्था के बाद उक्त कार्य को करने की बाध्यता व्यक्ति में महसूस होती है और व्यक्ति उसका कारण भी नहीं समझ पाता है। जब व्यक्ति ऐसे उत्तर सम्मोहित सुझाव के अनुसार कार्य करने से अपने को रोकता है, तो उसे मानसिक संघर्ष (mental conflict) का सामना करना पड़ता है। किलस्ट्रोम (Kihlstorm, 1985) ने अपने अध्ययन के आधार पर यह बतलाया है कि सच्चाई यह है कि सम्मोहन थोड़े देर के लिए व्यक्ति के स्मृति के साथ बाधा अवश्य पहुँचाता है, इससे स्मृति का वास्तविक संचयन क्षमता प्रभावित नहीं होती है। बात चाहे जो भी हो, उत्तर सम्मोहित सुझाव की घटना मनोविज्ञानिकों में एक अदभुत अभिरुचि उत्पन्न किया है क्योंकि इससे व्यवहार के अचेतन नियंत्रण के मजबूत एवं ठीक सबूत मिलते हैं।

(v) उत्पन्न स्वप्न *(Induced dream)*—सम्मोहन की अवस्था में सुझाव देकर व्यक्ति में स्वप्न भी उत्पन्न किया गया है। जब सम्मोहनकर्त्ता सम्मोहन के दौरान व्यक्ति अमुक तरह का स्वप्न देखने का सुझाव देता है, तो वह उसी तरह का स्वप्न उस समय देखने लगता है। कभी-कभी सम्मोहनकर्त्ता व्यक्ति को रात में स्वप्न देखने का सुझाव देता है तो वह रात में वैसा ही स्वप्न देखने लगता है। हिलगार्ड तथा नोलिस (Hilgard & Nowlis, 1972) ने स्वाभाविक स्वप्न (natural dream) तथा सम्मोहन में सुझाव के द्वारा उत्पन्न स्वप्न का तुलनात्मक अध्ययन किया और पाया है कि सम्मोहन द्वारा उत्पन्न स्वप्न में अनिश्चितता, अस्पष्टता आदि तुलनात्मक रूप से अधिक होते हैं।

(vi) समय बोध में परिवर्तन *(Alteration in time)*—सम्मोहन के दौरान सुझाव देकर व्यक्ति के समय प्रत्यक्षण में भी परिवर्तन लाने में सफलता मिलती है। जिम्बार्डो, मार्शल एवं मैसलैक (Zimbardo, Marshall & Maslach, 1971) ने इसे दिखाने के लिए एक अध्ययन किया जिसमें उन्होंने 12 प्रशिक्षित सम्मोहित व्यक्तियों को प्रयोज्य के रूप में स्वीकार किया तथा 18 नियंत्रित प्रयोज्य थे जिन्हें सम्मोहन का प्रशिक्षण नहीं था। इन दोनों तरह के प्रयोज्यों को सम्मोहन अवस्था में यह सुझाव दिया गया कि वर्तमान समय को वे अधिक परिवर्धित (expand) होने दे तथा भूत एवं भविष्य से अपने को दूर रखे। परिणाम में देखा गया कि प्रशिक्षित प्रयोज्यों का समय प्रत्यक्षण अप्रशिक्षित सम्मोहित प्रयोज्यों से काफी परिवर्तित हो गया। चिन्तन, भाव तथा व्यवहार से सम्बद्ध समय प्रत्यक्षण में काफी बड़े परिवर्धन होते पाये गए।

(vii) गति नियंत्रण *(Control of movement)*—सम्मोहन से व्यक्ति के अंगों की गति का भी नियंत्रण होता है। जब सम्मोहन के दौरान व्यक्ति को कुछ अनैच्छिक गति करने का सुझाव दिया जाता है, तो वह वैसा ही करने लगता है। जैसे, यदि सम्मोहनकर्त्ता व्यक्ति को यह सुझाव देता है कि उसके दोनों हाथ एक-दूसरे के प्रति आकर्षित हो रहे हैं, तो व्यक्ति के दोनों हाथ में एक-दूसरे के प्रति आकर्षण की गति उत्पन्न होने लगती है और व्यक्ति यह भी कहता पाया जाता है कि आकर्षण बल को वह स्वयं उत्पन्न नहीं कर रहा है। सम्मोहन के दौरान दिये गए सुझावों से हाथों की गति में बाधा भी पहुँचायी जा सकती है। जैसे, यदि सम्मोहन के दौरान व्यक्ति को यह सुझाव दे दिया जाता है कि उसके बाँह में कड़ापन (stiffness) है और उसके बाद उसे बाँह मोड़ने के लिए यदि कहा जाता है, तो प्रयोज्य अपना बाँह मोड़ने में अपने को असमर्थ पाता है।

स्पष्ट हुआ कि सम्मोहन के दौरान दिये गए सुझावों से कई तरह के व्यवहारात्मक तथा संज्ञानात्मक परिवर्तन व्यक्ति में होते हैं।

सम्मोहन के सिद्धान्त
(Theories of Hypnosis)

सम्मोहन की व्याख्या करने के लिए मनोविज्ञानिकों ने कुछ सिद्धान्त की चर्चा किया है। इन सिद्धान्तों में निम्नांकित प्रमुख है—

1. नव विच्छेदक सिद्धान्त (Neodissociation theory)
2. भूमिका निर्वाह सिद्धान्त (Role playing theory)
3. मनोविश्लेषणात्मक सिद्धान्त (Psychoanalytic theory)
4. पैवलव का सिद्धान्त (Pavlov's theory)

इन चारों सिद्धान्तों का वर्णन निम्नांकित है—

1. नव विच्छेदक सिद्धान्त *(Neodissociation theory)*—इस सिद्धान्त का प्रतिपादन हिलगार्ड (Hilgard, 1977) द्वारा किया गया है। यह सिद्धान्त बतलाता है कि सम्मोहित व्यक्ति की चेतना की परिवर्तित अवस्था ऐसी होती है जिसमें चेतना विभाजित (divided) होता है। अतः इस सिद्धान्त की मान्यता यह है कि सम्मोहन (hypnosis) से चेतना दो या दो से अधिक भागों में विभाजन हो जाता है और प्रत्येक भाग एक-दूसरे से स्वतंत्र होता है। इस तरह से सम्मोहन व्यक्ति में विच्छेदित अवस्था उत्पन्न कर देती है जिसमें व्यक्ति चेतना में क्या हो रहा है, इससे अवगत नहीं रहता है। इस सिद्धान्त के अनुसार मन का एक पहलू सम्मोहनकर्त्ता के सुझाव ग्रहण करता है जबकि दूसरा भाग उसके क्रियाविधि (procedure) में बिना उसमें हाथ बँटाये, प्रेक्षण (observer) करता है। हिलगार्ड ने उस भाग को *'छिपा हुआ प्रेक्षक'* (hidden observer) कहा है। चेतना के एक भाग के दूसरे भाग से इस *विच्छेदन* (dissociation) को एक उदाहरण द्वारा इस प्रकार समझा जा सकता है—किसी सम्मोहित व्यक्ति को खौलता हुआ पानी में हाथ डालने को कहा जा सकता है परन्तु साथ-ही-साथ उसे यह भी सुझाव दिया जा सकता है कि उसे कोई दर्द (pain) नहीं होगा। अधिकतर सम्मोहित प्रयोज्य यही बतलाते हैं कि सचमुच में उसे ऐसा करने पर कोई दर्द नहीं हुआ। यहाँ चेतना का एक भाग सम्मोहनकर्त्ता के सुझाव के अनुसार कार्य कर रहा है जबकि दूसरा भाग मात्र उसका प्रेक्षण कर रहा है। शायद यही कारण है कि व्यक्ति को दर्द का अनुभव नहीं होता है। इस सिद्धान्त को *विशेष प्रक्रिया सिद्धान्त* (special process theory) भी कहा जाता है।

2. भूमिका निर्वाह सिद्धान्त *(Role playing theory)*—इसे *सामाजिक संज्ञानात्मक सिद्धान्त* (social cognitive theory) भी कहा जाता है। इस सिद्धान्त की मान्यता यह है कि सम्मोहन की अवस्था में जो परिवर्तन होता है, उसका मौलिक कारण यह है कि ऐसे व्यक्ति एक खास तरह की सामाजिक भूमिका अर्थात् सम्मोहित व्यक्ति की भूमिका निर्वाह (role play) करना चाहता है। अपने दिन-प्रतिदिन की जिन्दगी में व्यक्ति तरह-तरह के स्रोतों जैसे, सिनेमा, कहानी आदि पढ़कर यह जानकारी हासिल कर लेता है कि लोग सम्मोहन में किस तरह से व्यवहार करते हैं तथा सम्मोहन क्या चीज होती है, आदि-आदि। परिणामस्वरूप, उनका ऐसा विश्वास हो जाता है कि सम्मोहित होने पर उनका अपने व्यवहार पर से नियंत्रण खत्म हो जाएगा तथा सम्मोहनकर्त्ता के तीव्र सुझाव का प्रतिरोध वह नहीं कर पायेंगे। शायद यही कारण है कि जब व्यक्तियों में सम्मोहन की अवस्था उत्पन्न की जाती है, तो अधिकतर लोग अपने विश्वास के अनुरूप सामाजिक भूमिका (social role) का निर्वाह करने लगते हैं। स्पानोस तथा उनके सहयोगियों (Spanos et al., 1991) के अनुसार बहुत सम्मोहित व्यक्ति अपनी प्रत्याशा (expectation) के अनुरूप अपने प्रत्यक्षण तथा भाव में परिवर्तन होते पाते हैं। को तथा सारवीन (Coe & Sarbin, 1977) ने यह स्पष्ट किया है कि सिद्धान्त यह नहीं मानता है कि व्यक्ति सम्मोहनकर्त्ता को जान-बूझकर बेवकूफ बनाने के ख्याल से कोई विशेष तरह की भूमिका (role) करता है बल्कि सिद्धान्त यह मानता है कि व्यक्ति अपनी भूमिका में इतना अधिक लीन हो जाता है कि बिना उसके चेतन इच्छा के ही क्रियाएँ अपने आप होने लगतीं हैं।

3. मनोविश्लेषणात्मक सिद्धान्त *(Psychoanalytic theory)*—इस सिद्धान्त के अनुसार सम्मोहन एक तरह का आंशिक प्रतिगमन (partial regression) है जिसमें व्यक्ति को चेतना पर वैसा नियंत्रण नहीं रह जाता है जैसा कि सामान्य चेतन अवस्था में होती है। यही कारण हे कि व्यक्ति ऐसी अवस्था में आवगेशील ढंग से कार्य करता है तथा कल्पना चित्रों (fantasy) में खोया रहता है। इसका मतलब यह हुआ कि इस सिद्धान्त के अनुसार सम्मोहन चिन्तन प्रक्रियाओं में एक तरह का प्रतिगमन (regression) उत्पन्न कर देता है जिसमें व्यक्ति शैशवावस्था के समान व्यवहार करने लगता है। कुछ मनोविज्ञानिकों जैसे गिल्ल (Gill, 1972) तथा रॉबिन्सन (Robinson, 1975) ने अपने-अपने प्रेक्षणों के आधार पर यह बतलाया है कि सम्मोहन की अवस्था में जो कल्पनाचित्र (fantasies) तथा विभ्रम (hallucinations) पाये जाते हैं, वे अपने आप चिन्तन के एक ऐसे तरीका की ओर संकेत करते हैं जो शैशवावस्था

या बाल्यावस्था में अधिक पाये जाते हैं। निष्कर्ष यह है कि मनोविश्लेषणात्मक सिद्धान्त यह मानता है कि सम्मोहन एक तरह का प्रतिगमन की अवस्था होती है जिसमें व्यक्ति को अपने चेतना पर जागृतावस्था के अनुसार नियंत्रण नहीं रह जाता है।

4. पैवलव का सिद्धान्त *(Pavlov's Theory)*—पैवलव (Pavlov) जो मनोविज्ञान में अनुबंधित प्रतिवर्तों (conditioned reflexes) के कार्य के लिए प्रसिद्ध हैं, के अनुसार सम्मोहन एक तरह की नींद (sleep) की अवस्था होती है और जिस तरह से नींद में व्यक्ति को अपनी चेतना पर आंशिक नियंत्रण रहता है, ठीक उसी तरह से सम्मोहन में भी व्यक्ति को अपने चेतना पर आंशिक नियंत्रण रहता है। परन्तु पैवलव का यह सिद्धान्त अधिक लोकप्रिय नहीं हो सका क्योंकि EEG द्वारा जो अध्ययन किये गऐ हैं, उनसे स्पष्ट हुआ है कि नींद तथा सम्मोहन के दौरान मिलने वाले मस्तिष्कीय तरंगें एक समान न होकर भिन्न-भिन्न होतीं हैं। सम्मोहित व्यक्तियों से प्राप्त EEG रेकार्डिंग्स जाग्रतावस्था में प्राप्त EEG रेकार्डिंग्स के समान होते हैं न कि नींद के किसी भी अवस्था में प्राप्त EEG रेकार्डिंग्स के समान। अतः पैवलव के सिद्धान्त का खंडन स्पष्ट दैहिक सबूतों से हो जाता है।

स्पष्ट हुआ कि सम्मोहन के कई सिद्धान्त हैं। प्रत्येक सिद्धान्त में सम्मोहन की कुछ महत्त्वपूर्ण विशेषताओं की ओर ध्यान दिया गया है और जैसे-जैसे नये-नये आँकड़े इकट्ठे किये जा रहे हैं, इन सिद्धान्तों के बीच के अन्तर भी धीरे-धीरे घटते जा रहे हैं।

सम्मोहन की उपयोगिता
(Application of Hypnosis)

सम्मोहन एक ऐसी अवस्था होती है जिसका उपयोग कई क्षेत्रों में कियां जाता है। जैसे, इसका उपयोग मनश्चिकित्सा (psychotherapy), औषध (medicine), खेल-कूद (sports), आपराधिक अनुसंधान (criminal investigation), दंतचिकित्सा (dentistry) आदि में होता है। मनश्चिकित्सा में सम्मोहन का उपयोग मद्यपानता (alcoholism), निद्राभ्रमण (somnambulism), आत्महंतक प्रवृत्तियाँ (suicidal tendencies), धूम्रपान आदि के उपचार में किया जाता है। सम्मोहन का एक सामान्य उपयोग अधिक भोजन करने की प्रवृत्ति को कम करने तथा धूम्रपान की बुरी आदत को छुड़ाने में भी है। सम्मोहनकर्त्ता व्यक्ति को सम्मोहन में इन आदतों को कम करने का सुझाव देते हैं जिसका अनुकूल प्रभाव रोगी पर पड़ता देखा गया है। क्रैसिलनेक (Crasilneck, 1995) ने अपने शोध एवं अभ्यास के आधार पर यह बतलाया है कि सम्मोहन व्यक्ति में दर्द की अनुभूति को कम करने में भी सहायक होता है हालाँकि यह भी सत्य है कि प्रत्येक व्यक्ति में इस तरह का प्रभाव उत्पन्न नहीं किया जा सकता हे। ड्रकमैन एवं वर्जोक (Druckman & Bjork, 1994) ने अपने अध्ययन में पाया है कि पेशीय शक्ति एवं सहनशक्ति (endurance) तथा संवेदी दहेली (sensory threshold) को बढ़ाने में सम्मोहन उतना प्रभावी नहीं रहा है।

आधुनिक समय में सम्मोहन का उपयोग लोगों को अपने भूले यादों का प्रत्याह्वान करने में मदद करने में भी काफी किया जा रहा है।

संवेदी वंचन तथा संवदी अतिउत्तेजन
(Sensory Deprivation and Sensory Overload)

संवेदी वंचन (sensory deprivation) द्वारा उत्पन्न चेतना में परिवर्तन की अवस्था सचमुच में पहली ऐसी अवस्था है जिसे मनोवैज्ञानिकों ने गंभीरतापूर्वक अध्ययन किया है। संवेदी वंचन से तात्पर्य प्रत्यक्षज्ञानात्मक अलगाव (perceptual isolation) की एक ऐसी अवस्था होती है जिसमें व्यक्ति को अपने ज्ञानेन्द्रियों द्वारा उतनी सूचनाएँ नहीं प्राप्त होती हैं जितना कि सामान्य सन्तुलन बनाने के लिए आवश्यक होता है। मनोवैज्ञानिकों का मत है कि यदि व्यक्ति में संवदी वंचन क्रमबद्ध रूप से उत्पन्न किया जाता है, तो वैसी अवस्था में उस व्यक्ति के चेतना में कई तरह की क्षुब्धताएँ (disturbances) उत्पन्न हो जातीं हैं। इस सिलसिले में कई महत्त्वपूर्ण प्रयोग मनोविज्ञानियों द्वारा किए गए हैं।

संवेदी वंचन का पहला क्रमबद्ध अध्ययन हेरोन, डोएनी तथा स्कॉट्ट (Heron, Donee & Scott, 1956) द्वारा किया गया। यह अध्ययन कॉलेज छात्रों पर किया गया जिन्हें एक विशेष कमरे में रात-दिन बिछावन पर लेटे रहने के लिए कहा गया और उन्हें इस कार्य के लिए प्रतिदिन 20 डॉलर भुगतान भी किया जाता था। उनके आँख पर पारभासी धूप चश्मा (translucent goggles) लगा दिया गया था ताकि वे विसरित रोशनी देख सके लेकिन वस्तुओं का कोई स्पष्ट आकार या पैटर्न का पता न लग सके। स्पर्श संवेदन को रोकने के लिए हाथ में दस्ताना तथा कार्डबोर्ड कफ (carboard cuff) पहना दिया गया था। खाना खाने तथा मल-मूत्र त्यागने के लिए ही सिर्फ उन्हें सामान्य अवस्था में लाया जाता था। इन कार्यों में लगे समय को छोड़कर प्रयोज्य हमेशा वहीं प्रतिबंधित वातावरण (restricted environment) में ही रहता है। दो या तीन दिन तक ऐसी परिस्थिति में रहने के बाद प्रयोज्य, प्रयोज्य के रूप में आगे कार्य करने की इच्छा नहीं जाहिर की क्योंकि परिस्थिति उनके लिए असहनशील हो गयी थी। दो-तीन दिन की अवधि में ही यह देखा गया कि प्रयोज्यों में दृष्टि विभ्रम (visual hallucination) होने लगे। उन्हें समय एवं स्थान का आभास नहीं रहने लगा। वे किसी वस्तु पर एकाग्रचित होकर नहीं सोच रहे थे तथा उनके चिन्तन में अस्पष्टता आने लगी। जब उन्हें कोई समस्या का समाधान करने के लिए कहा जाता था, तो उसका निष्पादन उसपर बहुत अधिक उत्तम नहीं हो पाता था। हेरोन तथा उनके सहयोगियों का निष्कर्ष यह था कि संवेदी वंचन (sensory deprivation) से व्यक्तियों के सामान्य कार्यों में काफी बाधा पहुँचती थी और उनमें कुछ ऐसे लक्षण उत्पन्न हो रहे थे जो प्रायः मानसिक रोगियों में देखने को मिलता है।

उक्त अध्ययन के बाद मनोवैज्ञानियों द्वारा संवेदी वंचन के क्षेत्र में कई अध्ययन किये गए। जैसे, जुबेक (Zubeck, 1969) द्वारा किए गए अध्ययनों में प्रयोज्यों को कई दिनों तक गर्दन तक गर्म पानी में डुबो कर रखा गया ताकि उन्हें अन्य कोई संवेदी उत्तेजन न हो। परिणाम में देखा गया कि कुछ दिनों के बाद ऐसे प्रयोज्य बेचैन रहने लगे, चिड़-चिड़े हो गए तथा सांवेगिक रूप से उत्तेजित रहने लगे। स्पष्टतः इसका मतलब यह हुआ कि लोगों को सामान्य ढंग से रहने के लिए संवेदी उत्तेजन की जरूरत पड़ती है और उसे वैसा संवेदी उत्तेजन नहीं मिलने पर विपरीत प्रभाव पड़ता है।

जुबैक, पुश्कर, सैनसोम तथा गोअिंग (Zubeck, Pushker, Sanmsom & Gouing, 1961) ने 16 प्रयोज्यों पर एक अध्ययन किये ज़िन्हें एक विशेष ऐसे कमरे में करीब एक सप्ताह तक रखा गया जिसमें श्रवण एवं दृष्टि उत्तेजन प्रयोज्य को बिलकुल ही प्राप्त नहीं होते थे। इसमें से 11 प्रयोज्यों में दृष्टि विभ्रम होते पाये गए। इसमें प्रयोज्य को तरह-तरह के रोशनी, धीमा परन्तु चमकता रोशनी आदि दिखाई पड़ता है। ऐसे दृष्टि विभ्रम 4 से 5 सेकेंड तक प्रयोज्यों में बने रहते थे। दृष्टि विभ्रम के अलावा प्रयोज्यों में श्रवण विभ्रम (auditory hallucination) जैसे, टाइपराइटर की आवाज, घड़ी के क्लिक की आवाज, कुत्ते के भौंकने की आवाज सुनने का विभ्रम हुआ। कुछ प्रयोज्यों में स्पर्श से सम्बन्धित विभ्रम होते पाये गए। ऐसे प्रयोज्यों को संवेदी वंचन के तुरन्त बाद आने पर जब कुछ मनोवैज्ञानिक परीक्षणों का क्रियान्वयन किया गया तो पाया गया कि उनमें कोई अत्यधिक प्रत्यक्षणात्मक परिवर्तन नहीं हुए और एक दिन बीतने के बाद उनकी संवेदनशीलता में होने वाले परिवर्तन भी समाप्त हो गए।

उपर्युक्त अध्ययनों से यह स्पष्ट हुआ है कि व्यक्ति के मस्तिष्क को सुचारु रूप से कार्य करने के लिए यह आवश्यक है कि उसे सामान्य संवेदी अनुभूतियाँ हों।

कुछ अध्ययनों में संवेदी वंचन (sensory deprivation) के विपरीत संवेदी अतिउत्तेजन (sensory overload) के पड़नेवाले प्रभावों का भी अध्ययन किया गया है। संवेदी अतिउत्तेजन में व्यक्ति को जरूरत से ज्यादा संवेदी उत्तेजन, अत्यधिक पेशीय क्रियाएँ तथा तीव्र सांवेगिक उत्तेजन आदि दिये जाते हैं और देखा गया है कि इन सबों से भी व्यक्ति के चेतना में परिवर्तन आ जाते हैं। मनोवैज्ञानिकों ने अपने कई अध्ययनों में इस तथ्य की सम्पुष्टि किया है कि जब व्यक्ति को लम्बे समय तक लगातार किसी कार्य के लिए सतर्क एवं चौकसपूर्ण कार्य में लगाकर रखा जाता है, तो उसमें विभ्रम (hallucination) होने लगते हैं तथा उसका प्रत्यक्षण परिवर्तित हो जाता है। चेतना में इस तरह का परिवर्तन प्रायः संतरी का कार्य करते समय, मंदिर या मस्जिद में प्रार्थना करते समय तथा कोई ऐसा कार्य करते समय जिसमें तीव्र मानसिक सतर्कता की जरूरत होती है, की आवश्यकता पड़ती है।

आधुनिक मनोवैज्ञानिकों ने इस क्षेत्र में महत्त्वपूर्ण शोध करके यह दिखलाया है कि संवेदन जिज्ञासा (sensation seeking) क्षमता में सभी व्यक्ति एक समान नहीं होते हैं बल्कि उनमें वैयक्तिक विभिन्नता होती है। संवेदन उत्तेजन की प्राप्ति की क्षमता को मापने के लिए जुकरमैन (Zuckerman, 1979) ने एक मापनी (scale) विकसित किया है जिसे

संवेदन जिज्ञासा मापनी (Sensation Seeking Scale or SSS) कहा गया है। मनोवैज्ञानिकों का मत है कि संवेदन जिज्ञासा एक तरह का शीलगुण (trait) है जो व्यक्ति को प्रत्येक परिस्थिति में संगत ढंग से व्यवहार करने के लिए प्रेरित करता है। जिन व्यक्तियों को SSS पर उच्च प्राप्तांक आते हैं उनमें कई तरह के व्यवहारात्मक विशेषताएँ पायीं जातीं हैं। जैसे, ऐसे लोगों में जोखिम भरा कार्य करने की इच्छा अधिक होती है, ऐसे लोगों में नये-नये औषध खाने तथा यौन व्यवहार करने की इच्छा अधिक होती है, ऐसे लोग वैसी परिस्थिति में भी डरते नहीं हैं जिनसे सामान्यतः लोग डरते हैं तथा ऐसे लोग आकर्षक भोजन करने की इच्छा रखते हैं। जिन व्यक्तियों का SSS पर प्राप्तांक (score) कम आता है, उनमें उक्त व्यवहारात्मक विशेषताओं की कमी पायी जाती है।

बायोफिडबैक या जैवपुनर्निवेशन
(Biofeedback)

बायोफिडबैक या जैवपुनर्निवेशन की प्रविधि द्वारा भी व्यक्ति के चेतना को परिवर्तित किया जा सकता है। बायोफिडबैक उपकरण द्वारा व्यक्ति की दैहिक क्रियाओं जैसे हृदय गति, तापक्रम, मस्तिष्कीय तरंग (brain wave) आदि का मॉनीटर होता है और इन जैविक सूचनाओं (biological information) को विशेष रोशनी या आवाज के माध्यम से व्यक्ति को बतलाया जाता है या पुनर्निवेशित किया जाता है। बायोफिडबैक प्रशिक्षण (biofeedback training) का मुख्य उद्देश्य व्यक्ति को अपने दैहिक कार्यों के बारे में सूचना प्राप्त करके उसमें आवश्यकतानुसार परिवर्तन करना होता है।

कई मनोवैज्ञानियों ने अपने अध्ययन में पाया है कि सामान्य व्यक्तियों को यदि अपने मस्तिष्कीय तरंगों के बारे में पर्याप्त सूचना दे दी जाती है तो वे अधिक-से-अधिक अल्फा तरंगें उत्पन्न करने में सक्षम हो जाते हैं। ध्यान रहे कि अल्फा तरंग उस समय व्यक्ति में बनता है जब व्यक्ति आराम या शिथिलता (relaxation) की अवस्था में होता है। अधिकतर ऐसे लोग जो अल्फा तरंगों को अधिक बनाने में सक्षम हो पाते हैं, वे अपने आपको अधिक शिथिल एवं शांतिपूर्ण अवस्था में पाते हैं। मनन (meditation) का अभ्यास करने वाले व्यक्तियों के समान ही ऐसे व्यक्ति अपनी वैयक्तिक पहचान (individual identity) खोजने का अनुभव करते हैं तथा इनमें व्यक्तित्व लोप (depresonalization) की भाव प्रधान हो जाती है।

कई ऐसे अध्ययन किये गए हैं जिनमें यह दिखलाया गया है कि बायोफिडबैक द्वारा व्यक्ति अपनी आन्तरिक शारीरिक क्रियाओं को नियंत्रित कर सकता है। ऐसा करने के लिए व्यक्ति के शरीर के भीतर होने वाले जैविक प्रक्रियाओं के बारे में सतत पुनर्निवेशन व्यक्ति को मिलता रहता है। व्यक्ति एक लक्ष्य को अपने मन में स्थापित कर लेता है। जैसे, लक्ष्य यह हो सकता है कि किसी खास दिशा में मस्तिष्कीय तरंग को परिवर्तित करना या शरीर के तापक्रम को बढ़ाना या घटाना, रक्तचाप में वृद्धि या कमी करना आदि। कुछ अध्ययनों में यह देखा गया कि बायोफिडबैक की इस प्रविधि द्वारा प्रयोज्यों ने अपने त्वचा तापक्रम को 9F° तक परिवर्तित करने में सफल हो पाये, कुछ प्रयोज्यों ने 15 प्रतिशत तक रक्तचाप को कम करने में सफल हो पाये तथा यहाँ तक हृदय गति को भी घटाने या बढ़ाने में वे सफल हो पाये। आनंद एवं चिन्ना (Anand & Chinna, 1961) ने अपने अध्ययन में पाया कि प्रशिक्षित योग करने वाले व्यक्ति अपने हृदय गति को रोकने का दावा भी कर सकने में समर्थ हुए। सच्चाई यह थी कि साधारण स्टेथोस्कोप (stethoscope) से उनका हृदय गति को सुनना सम्भव नहीं हो पाता था परन्तु एलेक्ट्रोकार्डियोग्राम (Electrocardiogram) से यह पता चला कि सामान्य से अधिक गति में हृदय धड़क रहा था। लेभेनसन (Levenson, 1976) ने अपने अध्ययन में पाया कि बोयोफिडबैक उपकरण के माध्यम से सूक्षम पेशीय गति तथा श्वसन गति में परिवर्तन लाकर व्यक्ति के रक्तचाप तथा हृदय गति को नियंत्रित करना सम्भव है। वेल्स (Wells, 1973) ने अपने अध्ययन में पाया कि कुछ सप्ताह तक लगातार बायोफिडबैक प्रशिक्षण देने से माध्य हृदय गति प्रति मिनट 35 धड़कन तक प्रयोज्य बढ़ा सकने में समर्थ हो पाये।

स्पष्ट हुआ कि बायोफिडबैक की प्रविधि द्वारा व्यक्ति अपनी चेतना में महत्त्वपूर्ण परिवर्तन ला सकता है। हाल में कुछ ऐसे भी अध्ययन हुए हैं जिनमें बायोफिडबैक प्रविधि द्वारा कुछ खास-खास मनोदैहिक विकृतियों (psychosomatic disorders) जैसे उच्च रक्तचाप, माइग्रेन सिरदर्द, अनिद्रा तथा हृदय असंगतता (heart irregularities) आदि पर भी नियंत्रण किया जाना संभव होता दिखलाया गया है।

औषध-उत्पन्न परिवर्तन
(Drug-induced Changes)

औषध एक ऐसा रासायनिक एजेन्ट (chemical agent) होता है जो जीवित प्रोटोप्लाज्म (living protoplasm) को प्रभावित करता है। इस तरह औषध एक ऐसा यौगिक है जो अपने रसायनिक संरचना के कारण जैविक तंत्रों की संरचना तथा कार्य में परिवर्तन ला देते हैं। वाल्लेस तथा फिशर (Wallace & Fisher, 1987) के अनुसार चेतना में परिवर्तन लाने वाले औषध वैसे औषध होते हैं जो शरीर में प्रवेश करने पर व्यक्ति के चेतना, मनोस्थिति (mood) तथा व्यवहार में परिवर्तन ला देते हैं। ऐसे औषधों (drugs) को *मनोसक्रिय औषध* (psychoactive drug) भी कहा जाता है। ऐसे औषध को लोग खाकर, पीकर, सूंघकर तथा सीधे खून में सूई देकर शरीर में प्रवेश कर देते हैं। चाहे जिस रास्ते से वह शरीर में प्रवेश पाते हों, उनसे व्यक्ति के चेतना में महत्त्वपूर्ण परिवर्तन आते हैं। वाल्लेस एवं फिशर (Wallace & Fisher, 1987) के अनुसार जब व्यक्ति कोई औषध मात्र इस ख्याल से लेता है कि उससे मनोदशा (mood) में परिवर्तन आ जाए और जिसके कारण उसके व्यवहार या सामाजिक कार्यों में थोड़ा विघटन आ जाता है, तो इस स्थिति को औषध दुरुपयोग (drug abuse) कहा जाता है।

दुर्भाग्यवश जब व्यक्ति मनोसक्रिय औषध (psychoactice drug) का सेवन लगातार करता है या उसे करना पड़ जाता है तो इससे उसमें निर्भरता (dependence) विकसित हो जाती है। निर्भरता से यहाँ तात्पर्य यह होता है कि उन्हें औषध की आवश्यकता काफी महसूस होती है और वे इसके बिना कोई कार्य नहीं कर पाते हैं। इस तरह की निर्भरता दो तरह की होती है—*दैहिक निर्भरता* (physiological dependence) तथा *मनोवैज्ञानिक निर्भरता* (psychological dependence)। दैहिक निर्भरता वैसी निर्भरता को कहा जाता है जिसमें व्यक्ति शारीरिक कारणों जैसे उसके चयापचयी कारकों (metabolic factors) में परिवर्तन के कारण औषध लेने की बाध्यता महसूस करता है। ऐसी स्थिति को मनोविज्ञानियों ने *औषध व्यसन* (drug addition) भी कहा है। *मनोवैज्ञानिक निर्भरता* से तात्पर्य वैसी निर्भरता से होती है जिसमें व्यक्ति औषध लेने की तीव्र इच्छा महसूस करता है हालाँकि दैहिक रूप से देखा जाय तो उसके शरीर को उस औषध की कोई आवश्यकता नहीं होती है। प्रायः देखा गया है कि दैहिक निर्भरता तथा मनोवैज्ञानिक निर्भरता साथ-साथ होती पायी जाती है और उससे औषध पर न केवल व्यक्ति की निर्भरता बल्कि उसे ग्रहण करने की इच्छा शक्ति भी प्रभावित होकर मजबूत होती है। जब व्यक्ति किसी औषध का लगातार सेवन बहुत दिनों तक करता है तो इससे जो अवस्था उत्पन्न होती है, उसे *औषध सहनशीलता* (drug tolerance) की संज्ञा दी जाती है। औषध सहनशीलता एक ऐसी दैहिक अवस्था होती है जिसमें शरीर को अधिक-से-अधिक मात्रा में औषध की जरूरत एक साधारण स्तर की अनुभूति प्राप्त करने के लिए होती है। कभी-कभी यह भी देखा गया है कि कोई एक विशेष औषध को खाने से किसी अन्य औषध के लिए सहनशीलता में वद्धि हो जाती है और इस अवस्था को *क्रॉस-सहनशीलता* (cross tolerance) कहा जाता है।

मनोसक्रिय औषध के प्रकार एवं प्रभाव
(Types and Effects of Psychoactive Drugs)

वैसे औषध जिनके शरीर में प्रवेश से व्यक्ति की चेतना एवं व्यवहार में स्पष्ट परिवर्तन आते हैं, उन्हें मोटे तौर पर निम्नांकित चार मुख्य श्रेणियों में बाँटा गया है—

1. शमक (depressants)
2. स्वापक (opiates) या संवेदमंदक (narcotics)
3. उत्तेजक (stimulants)
4. भ्रमात्मकता (hallaucinogens) तथा साइकेडेलिक (psychedelics)

इन चार प्रमुख तरह के औषध श्रेणियाँ तथा उसके तहत आने वाले औषधों एवं उसके प्रकारों एवं पड़ने वाले प्रभावों का वर्णन निम्नांकित हैः—

1. शमक *(Depressants)*—इस श्रेणी में वैसे औषध आते हैं जिनके शरीर में प्रवेश करने से केन्द्रीय तंत्रिका तंत्र

(central nervous system) की क्रियाएँ एक तरह से दब जाती है या शिथिल पड़ जाती है। इसमें लघु प्रशान्तक (minor tranquilizer) जैसे वेलियम, मिलटाऊन (miltown) बारविटूरेट (barbiturate) या नींद की गोली (sleeping pills) तथा इथाइल अल्कोहल (ethyl alcohol) आदि सम्मिलित होते हैं।

इनमें से सबसे महत्त्वपूर्ण तथा लोकप्रिय औषध इथाइल अल्कोहल (alcohol) है जिसका उपयोग पूरे संसार में सबसे अधिक होता है। यदि व्यक्ति कम मात्रा में अल्कोहल पीता है, तो उससे उसमें अतिरिक्त शक्ति तथा उत्तेजना महसूस होता है परंतु सचमुच में यह औषध उत्तेजक श्रेणी का औषध नहीं है क्योंकि वह प्रभाव थोड़े समय के लिए होता है। अधिक मात्रा में अल्कोहल पीने से केन्द्रीय तंत्रिका तंत्र के कार्यों में अवरोध उत्पन्न होता है और व्यक्ति ठंडा, गर्म, दर्द तथा अन्य दूसरे तरह के दुखद चीजें उन्हें सचमुच में दुःखदायी नहीं मालूम पड़ते। शायद यही कारण है कि मेडिकल चीड़-फाड़ में जब प्रभावी संवेदनहरण (anesthesia) की खोज नहीं हुई थी, तो दर्दनाशक के रूप में अल्कोहल का उपयोग किया जाता था। मनोवैज्ञानिकों द्वारा किये गये अध्ययनों से यह भी स्पष्ट हुआ है कि जब व्यक्ति अल्कोहल अधिक मात्रा में पी लेता है तो इससे शरीर के ज्ञानेन्द्रियों तथा सामान्य कार्यों के समन्वय में बाधा पहुँचती है। शायद यही कारण है कि शराब पीकर ट्रक या कार चलाने वाले चालकों को अचानक दुर्घटना का सामना करना पड़ता है। अलकोहल से सूचना-संसाधन (information processing) कार्य में भी बाधा पहुँचती है तथा इससे सामाजिक अवरोध (social inhibition) में भी कमी आ जाती है। प्रायः देखा गया है कि अधिक मात्रा में अल्कोहल पी लेने के बाद व्यक्ति खतरनाक कार्य भी करने की तत्परता दिखलाता है तथा उसे अपने शब्दों एवं वाक्यों पर नियंत्रण नहीं रह जाता है। अलकोहल के साथ मनोवैज्ञानिक तथा दैहिक निर्भरता की उम्मीद अधिक बढ़ जाती है।

शमक श्रेणी का दूसरा लोकप्रिय औषध बारबिटूरेट (Barbiturates) है जो नींद की गोली में तथा अन्य शिथिलता (relaxation) उत्पन्न करने वाले औषधों में पाया जाता है। बारविटुरेट के खाने से केन्द्रिय तंत्रिका तंत्र की क्रियाएँ दब जातीं हैं तथा उत्तेजन एवं मानसिक सतर्कता के स्तर में कमी आ जाती है जिसका कारण यह बतलाया गया है कि बारविटूरेट से कई जगहों पर उत्तेजक न्यूरोट्रांसमीटर्स का उत्पन्न होना बंद हो जाता है। अगर व्यक्ति वारविटूरेट्स का प्रयोग अधिक मात्रा में करता है तो इससे व्यक्ति में कुछ खास-खास लक्षण जैसे गंभीर संभ्रांति (serious confusion), स्मृतिलोप, एकाग्रता की क्षमता में कमी, अस्पष्ट उच्चारण वाला बोली आदि पाये जाते हैं। जब बारबिटूरेट का उपयोग व्यक्ति बहुत अधिक मात्रा में करता है, तो इससे मस्तिष्क के वे सभी केन्द्र गतिहीन हो जाते हैं जो श्वसन (respiration) को नियंत्रित करता है और इससे व्यक्ति की मृत्यु हो जाती है।

2. स्वापक *(Opiates)* **या संवेदनमंदक** *(Narcotics)*—इस श्रेणी में वैसे औषधों को रखा जाता है जिनके शरीर में प्रवेश करने से व्यक्ति में दैहिक संवेदन की क्षमता समाप्त हो जाती है तथा केन्द्रीय तंत्रिका तंत्र निष्क्रियता उत्पन्न कर देता है जिसके परिणामस्वरूप व्यक्ति किसी उद्दीपक (stimulus) के प्रति अनुक्रिया कम करता है। उन्हें *संवेदनमंदक* (narotics) भी कहा जाता है। इस श्रेणी में अफीम (opium), हेरोइन (heroin), मार्फिन (morphin), मेथोडोन (methadone) तथा कोडिन (codeine) आदि आते हैं। अफीम (opium), अफीम पोस्ता (oipum poppy) से तैयार किया जाता है तथा मार्फिन (morphine) का निर्माण अफीम से होता है तथा हेरोइन को फिर उसी मार्फिन से तैयार किया जाता है। हेरोइन को सूँघकर, सूई देकर या सिगरेट के समान पीकर उपयोग किया जाता है। स्वापक समूह के औषधों का उपयोग दर्दनाशक (pain killer) के रूप में किया जाता है। दर्द कम करने में इनका दो तरह का प्रभाव व्यक्ति पर पड़ता है। पहला, तो यह कि इनके उपयोग से दर्द सीमान्त (pain threshold) ऊँचा हो जाता है जिसका परिणाम यह होता है कि व्यक्ति में दर्द सिर्फ वही उद्दीपक (stimulus) उत्पन्न कर पाते हैं जिनकी तीव्रता काफी अधिक होती है। दूसरा, वे दर्द के प्रति किये गए मनोवैज्ञानिक अनुक्रियाओं में परिवर्तन कर देते हैं। व्यक्ति को दर्द का अनुभव नहीं होता है हालांकि वह उसे अवगत रहता है। व्यक्ति में सुखाभास (euphoria) का अनुभव होता है।

वाल्लेस तथा फिशर (Wallace & Fisher, 1987) द्वारा किये गए अध्ययनों से यह स्पष्ट हुआ है कि स्वापक समूह के औषध विशेषकर हेरोइन (Heroin) का औषध लेने से व्यक्ति में स्वप्न देखने जैसा अनुभव होता है तथा एक ऐसी शिथिल अवस्था (relaxed state) की भी उत्पत्ति होती है जिसमें व्यक्ति को तीव्र सुखाभास होता है। हेरोइन तथा अन्य स्वापक औषध में दैहिक निर्भरता तेजी से विकसित होती है। परिणामतः जब व्यक्ति ऐसे औषध को लेना बंद कर देता है, तो परिस्थिति उसके लिए काफी असहनीय एवं दर्दनाशक हो जाती है। हेरोइन का प्रत्याहारी लक्षण

(withdrawal symptoms) अंतिम खुराक के मात्र 15-16 घंटे बाद ही प्रारम्भ हो जाता है और इन लक्षणों में काफी पसीना आना, शरीर में कम्पन होना, कै होना, पतला दस्त होना आदि प्रधान है। यदि व्यक्ति हेरोइन अधिक मात्रा में लेता है, तो इससे व्यक्ति की मृत्यु भी हो सकती है। मृत्यु का कारण मस्तिष्क के उस केन्द्र द्वारा कार्य करना बंद कर देने से होता है जो श्वसन गति (respiratory movement) को नियंत्रित करता है। हेरोइन लेने वाले व्यक्तियों में कुछ अन्य घातक बीमारियाँ जैसे हेपाटाइटिस (hepatitis) तथा एड्स (AIDS) आदि भी होते पाये गए हैं। इनका व्यक्तिगत तथा सामाजिक जिन्दगी भी काफी प्रभावित होता है।

3. उत्तेजक *(Stimulants)*—इस श्रेणी में वैसे औषध आते हैं जिनके प्रयोग का प्रभाव शमक (depressants) तथा स्वापक (opiates) के प्रभावों का ठीक विपरीत होता है। इस औषध को लेने से व्यक्ति में थकान का भाव कम हो जाता है तथा वह अपने भीतर अतिरिक्त शक्ति तथा उत्तेजन का अनुभव करने लगता है। इसमें व्यक्ति कठिन-से-कठिन कार्य करने पर भी जल्दी नहीं थकता है। इसके तहत आने वाले औषधों में प्रमुख हैं—एम्फिटामाइन्स (amphetamines), कोकेन (cocaine), नाइकोटाइन (nicotine) तथा कैफईन (caffeine)। इनमें सबसे अधिक लोकप्रिय एम्फिटामाइन तथा कोकेन (cocaine) हैं।

कम मात्रा में एम्फिटामाइन औषध लेने का तात्कालिक प्रभाव यह होता है कि इससे व्यक्ति में आत्म विश्वास बढ़ जाता है तथा व्यक्ति अपने आप को अधिक फुर्तीला एवं शक्तिवान महसूस करने लगता है। इससे व्यक्ति के शरीर के वजन में भी कुछ कमी आ जाती है। परंतु जैसे ही एम्फिटामाइन के उत्तेजक प्रभाव में कमी आ जाती है, व्यक्ति थका-थका महसूस करने लगता है तथा विषादी प्रवृत्तियाँ (depressive tendencies) तीव्र हो जातीं हैं। ऐसी परिस्थिति में व्यक्ति का स्वरूप कुछ चिड़चिड़ा हो जाता है। वह फिर और भी अधिक मात्रा में औषध लेने के लिए प्रेरित हो उठता है। औषध सहनशीलता (drug tolerance) तुरंत विकसित हो जाता है और व्यक्ति को पहले जैसे प्रभाव उत्पन्न करने के लिए उसे अधिक मात्रा में औषध खाना पड़ता है। यदि एम्फिटामाइन्स को अधिक मात्रा में लिया जाता है तो इसके खतरनाक प्रभाव भी होते हैं जिनमें घबड़ाहट, संभ्रांति, ह्रदय धड़कन में वृद्धि तथा अनियमितता, भूख में कमी तथा रक्तचाप में वृद्धि आदि प्रमुख हैं। मनोवैज्ञानिकों द्वारा किये गए अध्ययनों से यह स्पष्ट हुआ है कि यदि एम्फिटामाइन्स को लम्बे अरसे तक लगातार लिया जाता है तो इससे व्यक्ति के दैहिक एवं मानसिक स्वास्थ्य में तेजी से गिरावट आती है। व्यक्ति अकारण ही शक्की एवं ईर्ष्यालु हो जाता है, तरह-तरह के विभ्रम विकसित हो जाते हैं तथा स्थिर-व्यामोही विश्वास (paranoid belief) भी देखने को मिलते हैं।

कोकेन (cocaine) कोका पौधा की पत्तियों को सुखाकर तैयार किया जाता है जिसके उपयोग से व्यक्ति में आत्म विश्वास में वृद्धि हो जाती है, व्यक्ति शक्तिवान महसूस करने लगता है तथा उनमें सतर्कता जरूरत से ज्यादा बढ़ जाती है। फ्रायड (Freud) का मत था कि कोकेन के उपयोग से विभिन्न तरह की बीमारियों जैसे दमा, अनपच तथा अल्कोहल एवं मार्फिन के प्रति व्यसनी आदतों का उपचार किया जा सकता है। कोकेन का उपयोग सूंघ कर या उसे निगलकर किया जाता है। कोकेन के लगातार सेवन से व्यक्ति व्यसनी (addictive) हो जाता है। ऐसी परिस्थिति में सहनशीलता (tolerance) भी विकसित हो जाता है तथा इसका प्रत्याहारी प्रभाव (withdrawal effect) भी बहुत तेजी से विकसित होता है। यदि कोकेन का उपयोग अधिक मात्रा में किया जाता है, तो इससे भी व्यक्ति में असामान्य लक्षण (abonormal symptom) जिसमें दृष्टि विभ्रम (visual hallucination), विभ्रम तथा स्थिर व्यामोही विश्वास आदि प्रमुख हैं, विकसित हो जाता है। इसमें व्यक्ति यह भी अनुभव करने लगता है कि उसके चमड़े के अंदर कीड़े रेंग रहे हैं। कुछ अन्य सामान्य उत्तेजक जैसे कैफिन (caffeine) जो चाय, कॉफी आदि में तथा नाईकोटिन जो तम्बाकू आदि में पाये जाते हैं, का भी उपयोग होता है।

4. भ्रमात्मकता तथा साइकेडेलिक *(Hallucinogens and Psychedelics)*—साइकेडेलिक (psychedelics) तथा भ्रमात्मक (hallucinogens) दो ऐसे प्रमुख श्रेणी के औषध हैं जिनसे व्यक्ति के चेतना में परिवर्तन जल्दी आ जाती है। साइकेडेलिक औषध व्यक्ति के संवेदी प्रत्यक्षण (sensory perception) को परिवर्तित कर देता है। अतः यह मन को एक तरह विस्तृत कर देने वाला औषध होता है। सबसे प्रमुख तरह के साइकेडेलिक जिसका उपयोग पूरे संसार में सर्वाधिक हुआ है, को *मैरीजुआना* (marijuana) कहा जाता है। मैरीजुआना को व्यक्ति धूम्रपान करके या सीधे खाकर शरीर के भीतर करता है। इस औषध को हल्की मात्रा में पहले-पहल लेने से व्यक्ति के रक्तचाप तथा नाड़ी गति में वृद्धि हो जाती है, विभिन्न उद्दीपकों की तीव्रता में वृद्धि का प्रत्यक्षण करता है तथा व्यक्ति प्रायः यह महसूस

करता है कि कार्य को करने में जितना समय लगा है उससे अधिक समय वह लिया है। मिल्लर तथा उसके सहयोगियों (Miller et al, 1978) द्वारा किए गए अध्ययनों से यह भी स्पष्ट हुआ है कि मैरीजुआना से व्यक्ति दूरियों का ठीक ढंग से प्रत्यक्षण नहीं कर पाता है, व्यक्ति सामान्य अवरोधों में थोड़ा कमी महसूस करता है, उसे लैंगिक सुख का अनुभव थोड़ा अधिक होने लगता है तथा उसकी स्मृतिशक्ति थोड़ा कमजोर पड़ जाती है। कुछ ऐसे भी प्रयोग हुए हैं जिनमें मैरीजुआना को लम्बे अरसे तक उपयोग करने से उत्पन्न प्रभावों का अध्ययन किया जाता है। पेज, फलेटचर तथा टू (Page, Fletcher & True, 1988) ने एक ऐसा ही अध्ययन किया जिसमें उसके दो प्रतिकूल प्रभाव (adverse effects) देखे गए। पहला तो यह कि इससे व्यक्ति के प्रत्यक्षज्ञानात्मक क्षमता (perceptual ability) में विकृति (distortion) उत्पन्न हो जाती है। फलतः ऐसे व्यक्ति यदि कोई मोटर गाड़ी आदि चलाते हैं, तो तुरन्त ही दुर्घटना का शिकार हो जाते हैं। दूसरा, इससे व्यक्तित्व में निष्क्रियता (passivism) आदि उत्पन्न होती है और व्यक्ति में अभिप्रेरण की पर्याप्त कमी पायी जाती है।

भ्रमात्मकता (hallucinogens) ऐसा औषध है जिसके उपयोग से कुछ ऐसे संवेदी प्रत्यक्षण (sensory perception) होते हैं जिसके लिए सचमुच में कोई बाह्य उद्दीपक (external stimulus) नहीं होता है। इसका मतलब यह हुआ कि ऐसे औषध व्यक्ति में स्पष्ट रूप से विभ्रम (hallucination) उत्पन्न करते हैं तथा अन्य प्रत्यक्षज्ञानात्मक परिवर्तन भी उत्पन्न कर देते हैं। इस समूह के औषध में सबसे प्रमुख औषध LSD (Lysegic acid diethylamide) है। इसके अलावा PCP (Phencyclidine) भी इस श्रेणी का औषध है जिसकी खोज इधर की गयी हैं। LSD के उपयोग करने के बाद व्यक्ति के चेतना में महत्त्वपूर्ण परिवर्तन आते हैं। व्यक्ति को ऐसा महसूस होता है कि वातावरण के वस्तुओं का रंग तुरंत-तुरंत परिवर्तित हो रहा है। कमरे का दिवाल उसे घूमते हुए या चलते हुए नजर आता है। व्यक्ति को तरह-तरह के संवेदी अनुभूतियाँ काफी मिश्रित दीखतीं हैं जिसे *'साइनेथेसीया'* (synthesia) कहा जाता है। व्यक्ति को संगीत सुनने से तरह-तरह के दृष्टि संवेदन होते हैं तथा रंग को देखने से उसमें गर्मी या ठंड का प्रत्यक्षण होता है। परंतु LSD के प्रयोग के कुछ प्रतिकूल प्रभाव भी होते हैं। व्यक्ति को वस्तुएँ, अन्य व्यक्ति और यहाँ तक कि अपने शरीर का भी प्रत्यक्षण उसे विकृत (distorted) ढंग से होता है। ऐसे व्यक्तियों को अपने ही दोस्तों एवं संबंधियों से काफी डर का अनुभव होता है। ऐसे व्यक्तियों में वास्तविकता के प्रति उन्मुखता में कमी आ जाती है। कुछ ऐसे भी सबूत मिले हैं जिनसे यह पता चला है कि ऐसे व्यक्तियों के संतानों में कई तरह की विकृतियाँ आ जातीं हैं।

PCP (Phencylidine) इस समूह का एक दूसरा प्रमुख औषध है। PCP का सबसे पहला प्रयोग 1956 में संवेदनहीनता उत्पन्न करने के लिए किया गया था। परंतु बाद में इस औषध का उपयोग डाक्टरों द्वारा बंद कर दिया गया क्योंकि इससे व्यक्ति में मनोविदालिता (schizophrenia) जैसी स्थिति उत्पन्न होने लगी। PCP को तरल पेय पदार्थ के रूप में या गोली के रूप में खाया जा सकता है परंतु प्रायः इसका उपयोग धूम्रपान (smoking) में किया जाता है। साधारण मात्रा में इसका उपयोग करने पर व्यक्ति में संभ्रांति, अवरोध की कमी तथा मनोपेशी क्रियाओं (psychomotor activities) में समन्वय की कमी आदि लक्षण देखे जाते हैं। परंतु यदि इसका उपयोग अधिक मात्रा में किया जाता है, तो इससे व्यक्ति में स्थितिभ्रांति तथा बेहोशी जैसी अवस्था उत्पन्न हो जाती है। ऐसे व्यक्ति को अपनी इन परिवर्तित अवस्थाओं के बारे में बाद में याद नहीं रहता है।

स्पष्ट हुआ कि कई तरह के मनोसक्रिय औषध हैं जिनके उपयोग से व्यक्ति के चेतना में पर्याप्त परिवर्तन आ जाते हैं।

औषध दुरुपयोग के मनोवैज्ञानिक प्रक्रम या कारण (Psychological Mechanisms or Reasons of Drug abuse)

व्यक्ति औषध दुरुपयोग (drug abuse) का व्यवहार क्यों करता है तथा इसके क्या मनोवैज्ञानिक कारण हैं, इस पर मनोवैज्ञानिकों द्वारा विशेष ध्यान दिया गया है। इनके शोधों से यह स्पष्ट हुआ कि निम्नांकित कुछ ऐसे प्रक्रम या कारण हैं जिनसे औषध दुरुपयोग व्यवहार की सफल व्याख्या हो पायी है:—

1. लाभप्रद प्रभाव *(Rewarding effect)*—मनोवैज्ञानिकों द्वारा किये गए अध्ययनों से यह स्पष्ट हुआ है कि व्यक्ति मनोसक्रिय औषध का उपयोग इसलिए करता है कि वह इसके कुछ लाभप्रद प्रभाव की उम्मीद करता है। वाइज

एवं वोजार्थ (Wise & Bozarth, 1987) ने अपने अध्ययन के आधार पर यह बतलाया है कि लोग मनोसक्रिय औषध का उपयोग इसलिए करते हैं क्योंकि इसके खाने से उसमें सुखद भाव उत्पन्न होता है। मालाट्ट (Malatt, 1985) के अध्ययन के अनुसार लोग इस तरह के औषध का उपयोग इसलिए करते हैं क्योंकि इससे भी कुछ धनात्मक उम्मीदें जैसे अतिरिक्त शक्ति उत्तेजन, सुखाभास (euphoria) आदि का अनुभव करते हैं। टिफ्फानी (Tiffany, 1990) के अध्ययन के अनुसार कुछ लोग ऐसे औषधों का उपयोग इसलिए भी करते हैं कि वे अपने ऋणात्मक भावों (negative feelings) जैसे तनाव, थकान, दुश्चिंता तथा अन्य शारीरिक कष्ट को कम कर सकने में समर्थ हो।

2. माता-पिता का प्रभाव *(Parental influences)*—मनोसक्रिय औषध को लेने या लेने की आदत पर माता-पिता का भी प्रभाव पड़ता है। बेअर तथा कोराडो (Baer & Corrado, 1974) के अध्ययन के अनुसार जो लोग खुशहाल एवं उत्तम घरेलू वातावरण से आते हैं, वे उनके अपेक्षा जो बदहाल एवं घटिया घरेलू वातावरण से आते हैं, कम औषध दुरुपयोग का व्यवहार करते हैं। ब्लम तथा उनके सहयोगियों (Blum et al., 1972) ने अपने अध्ययन के आधार पर यह बतलाया है कि वैसे लोग जो रूढ़िवादी परिवार (conservative family) से आते हैं, जहाँ सामाजिक एवं धार्मिक मूल्यों की काफी मान्यताएँ होतीं हैं, उन लोगों की अपेक्षा जो उदार परिवारों से आते हैं, की तुलना में कम औषध का उपयोग करते हैं। स्मार्ट तथा फेजर (Smart & Fejer, 1972) ने अपने अध्ययन में पाया कि जिनके माता-पिता स्वयं औषध दुरुपयोग (drug abuse) व्यवहार करते हैं अर्थात् औषध का अनावश्यक सेवन करते हैं, उनके संतान भी वैसा करना उन्हें देखकर सीख जाते हैं।

3. सामाजिक कारक *(Social factors)*—औषध दुरुपयोग पर सामाजिक कारकों का भी प्रभाव पड़ता है। इन सामाजिक कारकों में औषध दुरुपयोग करने वाले लोगों के साथ दोस्ती करना महत्त्वपूर्ण कारक है। मान्न तथा उनके सहयोगियों (Mann et al., 1987) तथा मिटिलमार्क एवं उनके सहयोगियों (Mittlemark et al., 1987) ने अपने-अपने अध्ययनों में यह पाया है कि जब व्यक्ति अपने दोस्त को मनोसक्रिय औषध का उपयोग करते पाते हैं, तो उन्हें देखकर उनमें भी उसका उपयोग करने की इच्छा जगती है और व्यक्ति उसका उपयोग करना प्रारम्भ कर देता है और धीरे-धीरे व्यसनी हो जाता है।

4. व्यक्तित्व कारक *(Personality factors)*—मनोवैज्ञानिक शोधों से यह स्पष्ट हुआ है कि यद्यपि कोई ऐसा व्यक्तित्व प्रकार (personality type) नहीं है जिसे यह कहा जाय कि वैसे प्रकार के लोगों द्वारा औषध दुरुपयोग अधिक होता है परंतु एक शीलगुण (trait) अवश्य ही ऐसा है जो औषध दुरुपयोग से सम्बन्धित पाया गया है और वह शीलगुण सामाजिक अनुरूपता (social conformity) का है। मनोवैज्ञानिकों द्वारा किये गए अध्ययनों से यह स्पष्ट हुआ है कि जिन व्यक्तियों का प्राप्तांक सामाजिक अनुरूपता के परीक्षण पर अधिक आता है अर्थात् जिनमें सामाजिक अनुरूपता अधिक होती है वे उस व्यक्ति की तुलना में कम औषध, दुरुपयोग करते हैं जिनमें ऐसी सामाजिक अनुरूपता कम होती है। स्मिथ (Smith, 1986) के अध्ययन के अनुसार जो लोग आवेगशील, अविचारशील (inconsiderate), अविश्वासी, आकांक्षाहीन तथा खराब कार्य-आदत वाले व्यक्ति होते हैं, उनमें औषध दुरुपयोग उत्पन्न होने की सम्भावना अधिक होती है।

5. संज्ञानात्मक कारक *(Cognitive factors)*—मनोसक्रिय औषध के लेने की आदत विकसित होने का कारण संज्ञानात्मक (cognitive) भी है। टिफ्फानी (Tiffany, 1990) का मत है कि अधिकतर केसेज में औषध दुरुपयोग एक तरह का स्वचल व्यवहार (automatic behaviour) के समान होता है। जैसे-जैसे विभिन्न तरह के औषधों का उपयोग बढ़ते जाता है, संज्ञानात्मक तंत्र जिनसे ऐसा व्यवहार नियंत्रित होता है, एक स्वचल प्रक्रिया (automatic process) में बदल जाती है। इसका परिणाम यह होता है कि व्यक्ति औषध का उपयोग जल्दी-जल्दी करने लगता है तथा यह व्यवहार बिना प्रयास के ही होने लगता है। बिना किसी तरह के चेतन इच्छा के ऐसा व्यवहार अपने आप होने लगता है और जिसे रोकना सम्भव नहीं हो सकता है। टिफ्फानी ने अपने मॉडल में यह भी बतलाया है कि औषध दुरुपयोग व्यवहार के लिए किसी तीव्र इच्छा या चाह नहीं होने पर भी उपयुक्त बाह्य एवं आन्तरिक उद्दीपकों (stimuli) द्वारा इस तरह का व्यवहार उत्पन्न किया जा सकता है। चूँकि टिफ्फानी के मॉडल की वैधता की जाँच अभी नहीं हुई है और मनोविज्ञानिकों द्वारा इसकी वैधता की जाँच के लिए शोध किये जा रहे हैं, अतः अभी इस मॉडल के बारे में कुछ भी अंतिम रूप से कहना बहुत उचित नहीं होगा।

स्पष्ट हुआ कि कई ऐसे कारक हैं जिनसे औषध दुरुपयोग (drug abuse) व्यवहार की मनोवैज्ञानिक व्याख्या की गयी है।

औषध दुरुपयोग के निवारण तथा उपचार
(Prevention and Treatment of Drug Abuse)

औषध दुरुपयोग आज पूरे संसार के युवा वर्ग की एक महत्त्वपूर्ण समस्या है। फलतः इस पर पूरे संसार के मनोविज्ञानिकों का ध्यान गया है। जहाँ तक इसके निवारण (prevention) का प्रश्न है इसके लिए मनोविज्ञानिकों द्वारा निम्नांकित दो उपागमों (approaches) को महत्त्वपूर्ण बतलाया गया है:—

1. औषध दुरुपयोग के निवारण का सीधा उपाय यह है कि मनोसक्रिय औषधों (psychoactive drugs) की उपलब्धता को कठिन बना दिया जाए। इसके लिए औषध आयात सम्बन्धी नियमों एवं कानूनों को सख्ती से पालन किया जाना चाहिए तथा साथ-ही-साथ मनोसक्रिय औषधों की खुली बिक्री पर यथासम्भव रोक लगा देनी चाहिए। इससे औषध दुरुपयोग अपने आप बहुत हदतक नियंत्रित हो जाएगा। रे (Ray, 1983) ने करीब सौ साल तक औषध दुरुपयोग के क्षेत्र में हुए अध्ययनों की समीक्षा करने के बाद इस निष्कर्ष पर पहुँचे कि यदि मनोसक्रिय औषध सस्ता होता है तथा आसानी से उपलब्ध होता है, तो उसका उपयोग एवं दुरुपयोग दोनों ही बढ़ जाता है।

2. औषध दुरूपयोग के निवारण का दूसरा उपागम वह है जिसमें व्यक्ति को औषध दुरुपयोग के पड़ने वाले नकारात्मक प्रभावों के बारे में विस्तृत रूप से जानकारी देना है। लोगों को जब इसके दुष्परिणाम के बारे में ज्ञात होगा तो वे स्वतः ही इसका उपयोग तथा दुरुपयोग दोनों ही कम कर देंगे। यद्यपि अधिकतर लोग इस उपागम की प्रशंसा करते हैं, परंतु फिर भी यह एक बहुत अधिक प्रभावित कार्यक्रम नहीं साबित हो पाया है।

उपर्युक्त उपायों के अलावा औषध दुरूपयोग (drug abuse) के रोक-थाम के लिए निम्नांकित तीन तरह के निवारण कार्यक्रम (prevention programme) चलाये जाते हैं:—

(i) प्राथमिक निवारण *(Primary prevention)*—प्राथमिक निवारण से तात्पर्य वैसे निवारण (prevention) से होता है जिसमें व्यक्तियों को औषध लेने की शुरूआत करने को ही रोक करके औषध दुरूपयोग की गम्भीरता से बचाने की कोशिश की जाती है। इसका उपयोग स्कूली बच्चों के लिए काफी किया जाता है। पेन्ज (Pentz, 1993) ने अपने अध्ययन के आधार पर यह बतलाया है कि सबसे नवीनतम प्राथमिक निवारण मॉडल इस विश्वास पर आधृत है कि आरम्भिक निवारण सबसे उत्तम ढंग से उस समय कार्य करता है, जब बच्चों को एक ऐसे आदर्श मॉडल से अनावृत किया जाता है जो औषध सेवन से दूर रहने की सलाह देता है।

(ii) गौण निवारण *(Sencondary prevention)*—गौण निवारण से तात्पर्य वैसे प्रयासों से जिनके माध्यम से उच्च-जोखिम समूह (high-risk group) या ऐसा समूह जो प्रयोगात्मक रूप से औषध-सेवन प्रारम्भ कर चुका है, को उससे हुए हानियों को कम करने से होता है। इस तरह के निवारण को कभी-कभी *चयनात्मक निवारण* (selective prevention) भी कहा जाता है क्योंकि इसका उद्देश्य विशेष तरह के व्यक्तियों पर ही ध्यान देना होता है। इस तरह का निवारण हाई स्कूल के बच्चों के लिए अधिक उपयोगी होता हौ जो मद्यपानता (alcoholism) या तम्बाकू का सेवन तुरंत प्रारम्भ किये होते हैं। उन्हें इनके हानिकारक प्रभाव से अवगत कराया जाता है ताकि वे अपने आप को इससे यथाशीघ्र दूर कर लें।

(iii) तृतीयक निवारण *(Tertiary prevention)*—इस निवारण से तात्पर्य वैसे कार्यक्रम से होता है जिसमें औषध दुरूपयोग से ग्रसित व्यक्तियों का उपचार किया जाता है। तृतीयक निवारण कार्यक्रम में मेडिकल उपचार (medical treatment), आवासीय सुविधा (residential facilities) तथा पुनर्निवास (rehabilitation) आदि सम्मिलित होता है।

ड्राइफूज (Dryfoos, 1990) ने अपने शोधों के आधार पर यह बतलाया है कि औषध दुरूपयोग निवारण के दो तत्त्व काफी महत्त्वपूर्ण होते हैं जिनपर ध्यान देना आवश्यक होता है। वे दो तत्त्व हैं—*गहन वैयक्तिक ध्यान* (intensive individualized attention) तथा *समुदाय-आधृत सहयोग* (community-based collaboration) I ब्रुक (Brook; 1990) ने अपने अध्ययन के आधार पर यह बतलाया है कि जो बच्चे ऐसे परिवार में पले होते हैं जिनमें उन्हें पर्याप्त मात्रा में समर्थन, ध्यान एवं परिपोषण (nurturance) दिया जाता है, वे औषध का दुरूपयोग नहीं करते देखे गये हैं परंतु जिन बच्चों में इनकी कमी होती है, वे प्रायः औषध का दुरूपयोग करते पाये जाते हैं। समुदाय-आधृत निवारण कार्यक्रम में एक ऐसा कार्यक्रम चलाया जाता है जिसमें समुदाय में स्थानीय मीडिया (local media), सामुदायिक शिक्षा तथा माता-पिता की सहभागिता प्राप्त की जाती है और इस तरह के कार्यक्रम का उद्देश्य पूरे समुदाय के लोगों में एक ऐसी जागरूकता उत्पन्न करना होता है कि वे औषध दुरूपयोग के परिणामों से अवगत हो सके तथा अपने आप को

वें इससे दूर रख सके। सेल्स (Sales, 2003) ने एक ऐसे ही कार्यक्रम सफलतापूर्वक चलाकर एक विशेष समुदाय के लोगों में औषध दुरूपयोग के प्रति लोगों को जागरूक बनाया है।

औषध दुरूपयोग के जहाँ तक उपचार (treatment) का प्रश्न है, इसके लिए भी मनोविज्ञानियों ने कई प्रविधियों की सार्थकता पर बल डाला है। निम्नांकित दो उपचार कार्यक्रम (treatment programme) प्रमुख हैंः—

(क) जैविक उपागम *(Biological approach)*—औषध दुरूपयोग के उपचार का जैविक तरीका एक प्रमुख तरीका है जिसमें व्यक्ति को कुछ विशेष तरह के औषध देकर मनोसक्रिय औषध पर निर्भरता को कम किया जाता है। जैसे, स्वापक निर्भरता (opiate dependence) को नियंत्रित करने या उसका उपचार करने के लिए व्यक्ति को मेथाडोन (methadone) नामक औषध प्रतिदिन लगभग तीन सप्ताह तक एक निश्चित मात्रा में दी जाती है। इससे व्यक्ति में स्वापक निर्भरता धीरे-धीरे कमती चली जाती है। परंतु कुछ लोगों ने मेथाडोन संपोषन कार्यक्रम की आलोचना किया है और कहा है कि इससे फिर व्यक्ति में मेथाडोन पर निर्भरता विकसित हो जाती है जो अपने आप में काफी हानिकारक है।

उसी तरह मद्यपानता (alcoholism) के उपचार में एंटाबुज (antabuse) के उपयोग पर बल डाला गया है। एंटाबुज के लेने से व्यक्ति के शरीर में अल्कोहल को पचाने की शक्ति कम हो जाती है और एंटावुज लेकर अल्कोहल पीने से व्यक्ति में अत्यधिक तकलीफ जैसे, वमन की इच्छा, उल्टी करना, साँस लेने तथा छोड़ने की कठिनाई आदि उत्पन्न हो जाती है। परन्तु उपचार का यह दृष्टिकोण भी अधिक महत्त्वपूर्ण नहीं है क्योंकि इसके लिए एंटावुज का उपयोग प्रतिदिन होना चाहिए जिसे अल्कोहल पीने वाले व्यक्ति नहीं कर पाते हैं।

(ख) मनोवैज्ञानिक उपागम *(Psychological approach)*—इस उपागम में कई तरह के मनोवैज्ञानिक सुझाव, शिक्षण आदि देकर औषध निर्भरता को कम किया जाता है। इसमें निम्नांकित प्रमुख हैंः—

(i) इसमें व्यक्ति को अपने तनाव तथा चिन्ता को कम करने तथा दिन प्रतिदिन की समस्या का समाधान करने के लिए कोई उत्तम तरीकों के बारे में बतलाया जाता है। प्रायः यह देखा गया है कि लोग औषध का उपयोग इसलिए करना सीख लेते हैं कि उसे वे अपने दिन-प्रतिदिन की समस्या चिन्ता एवं तनाव को कम करने का एक सीधा एवं सस्ता उपाय समझते हैं। अतः मनोविज्ञानिकों का प्रयास यह रहा है कि वे उन्हें यह प्रशिक्षित करे कि इससे भी उचित प्रत्यक्ष एवं सीधा विधि है जिसके माध्यम से वे अपनी समस्या का समाधान कर सकते हैं।

(ii) व्यक्ति को अन्य दूसरे व्यक्तियों के साथ सौहार्द्रपूर्ण ढंग से व्यवहार करने एवं दोस्ताना सम्बन्ध विकसित करने पर बल डाला जाता है। इससे उनमें आत्म-सन्तोष होता है तथा औषध लेकर खुश रहने की प्रवृत्ति में कमी आती है।

(iii) व्यक्ति के प्रतिकूल जीवन परिस्थितियों पर बल डाला जाता है तथा उनमें इस तरह का सूझ विकसित की जाती है कि वे उन परिस्थितियों में भी बिना औषध का उपयोग किये समाधान उत्तम ढंग से कर लें।

स्पष्ट हुआ कि औषध दुरुपयोग उपचार कार्यक्रम के भीतर मुख्य दो उपागमों (approaches) पर बल डाला गया है—जैविक एवं मनोवैज्ञानिक। सचमुच में उपचार कार्यक्रम में इन दोनों में से कोई एक उपागम अकेले बहुत अधिक सार्थक नहीं है। यदि हम इन दोनों उपागमों को एक साथ मिला दें, तो यह कार्यक्रम कुछ अधिक प्रभावी हो सकता है। रोजेहान तथा सेलिगमैन (Rosenhan & Seligman, 1984) का मत है कि औषध निर्भरता का उपचार करने का जो कार्यक्रम है, इसकी कुछ ऐसी विशेषताएँ हैं जिनके होने पर उनकी सफलता का दावा किया जा सकता है। ऐसी विशेषताओं में निम्नांकित प्रमुख हैं—

(i) जब औषध व्यसनी को अस्पताल में भरती कराकर उनका उपचार किया जाता है तो उसमें उस परिस्थिति की तुलना में अधिक सफलता मिलती है जब उन्हें भर्ती करके उपचार करने के बजाए मात्र उन्हें ऐसा ही उपचार किया जाता है।

(ii) संचित एवं निदेशित कार्य (directive programme) द्वारा उपचार असंरचित एवं अनिदेशित कार्यक्रम द्वारा उपचार करने की अपेक्षा अधिक प्रभावशाली होता है।

(iii) उपचार का वैसा कार्यक्रम जिसमें अनुवर्ती देख-रेख (follow-up core) का प्रावधान होता है, उस उपचार कार्यक्रम से अधिक प्रभावी होता है जिसमें इस तरह का अनुवर्ती देख-रेख का प्रावधान नहीं होता है।

स्पष्ट हुआ कि औषध निर्भरता (drug dependence) के निवारण तथा उपचार के लिए कई तरह के कार्यक्रम मनोविज्ञानियों द्वारा तैयार किये गए हैं जिनकी सफलता से इस समस्या का बहुत हद तक समाधान सम्भव है तथा इसकी गंभीरता को कम किया जा सकता है।

औषध प्रभाव का मनोविज्ञान
(Psychology of Drug Effects)

जब व्यक्ति किसी औषध का उपयोग (use) या दुरुपयोग (abuse) करता है, तो उसका कुछ-न-कुछ प्रभाव (effect) अवश्य होता है। कोई भी औषध व्यक्ति पर किस तरह का प्रभाव डालेगा, वह बहुत कुछ औषध के स्वरूप पर तो निर्भर करता ही है, साथ-ही-साथ अन्य कारकों पर भी निर्भर करता है। कुछ ऐसी ही कारकों का वर्णन निम्नांकित है:—

(i) औषध का प्रभाव व्यक्ति पर किस तरह का पड़ेगा, यह बहुत कुछ उसके प्रत्याशा (expectation) पर निर्भर करता है। अगर व्यक्ति यह उम्मीद करता है कि औषध लेने से उसमें अतिरिक्त शक्ति या ऊर्जा उत्पन्न होगी, उसकी मनोदशा अच्छी होगी तथा उसके सामाजिक प्रतिरोधों में कमी आएगी, तो प्रायः ये देखा गया है कि ऐसा ही प्रभाव उत्पन्न होने लगता है। अतः किसी भी औषध का प्रभाव व्यक्ति पर किस तरह का पड़ेगा, उसका एक मनोवैज्ञानिक कारक स्वयं व्यक्ति को अपनी प्रत्याशा (expectation) है।

(ii) औषध का प्रभाव व्यक्ति के दैहिक अवस्था (physical state) पर भी निर्भर करता है। कुछ व्यक्ति में किसी औषध के प्रभाव को रोकने की क्षमता अधिक होती है तो किसी में काफी कम होती है। इससे औषध प्रभाव में भी अन्तर हो जाता है। इसके अलावा कुछ अन्य दैहिक अवस्थाएँ जैसे व्यक्ति थका हुआ है या आराम की अवस्था में है, वह अभी तुरंत भोजन किया है या उसका पेट लगभग खाली है, आदि बातों पर भी औषध का प्रभाव निर्भर करता है।

(iii) औषध का प्रभाव व्यक्ति के गत अनुभूति (past experience) पर भी निर्भर करता है। यदि व्यक्ति किसी औषध को पहली बार ले रहा है, तो उसकी प्रतिक्रिया या प्रभाव वैसे व्यक्तियों पर उसी औषध के पड़ने वाले प्रभाव या प्रतिक्रिया से भिन्न होता है जो इसका सेवन पहले से करता आ रहा है। पहली बार की प्रतिक्रिया में थोड़ी तीव्रता तथा अनोखापन अधिक होता है।

(iv) किसी भी औषध का प्रभाव इस बात पर भी निर्भर करता है कि व्यक्ति उस समय और कौन-कौन सा औषध ले रहा था। दूसरे शब्दों में, किसी भी औषध का प्रभाव औषध अन्तःक्रिया (drug interaction) पर भी निर्भर करता है। जैसे, मान लिया जाए कि कोई व्यक्ति सर्दी या एलर्जी के लक्षणों से बचने के लिए एन्टीहिस्टामाइन्स (antihistamines) खा रहा है और फिर भी उसी समय वह अल्कोहल (alcohol) भी पी लेता है। दोनों तरह के औषध व्यक्ति में निद्राल्युता (drowsiness) उत्पन्न कर सकता है और दोनों एक साथ ले लेने पर निद्राल्युता कई गुणा अधिक मात्रा में उत्पन्न हो सकता है जो स्पष्टतः व्यक्ति के लिए घातक सिद्ध हो सकता है।

निष्कर्षतः यह कहा जा सकता है कि औषध का प्रभाव कई कारकों पर निर्भर करता है न कि सिर्फ औषध के स्वरूप पर। शायद यही करण है कि कभी-कभी व्यक्ति में अमुक औषध का प्रभाव अप्रत्याशित (unexpected) होता है।

मनोसक्रिय औषध का सामाजिक आशय
(Social Implications of Psychoactive Drugs)

मनोसक्रिय औषध व्यक्ति में अत्यधिक सुखद भाव या चेतना की बिलकुल ही परिवर्तित अवस्था उत्पन्न कर देता है। कुछ मनोसक्रिय औषध तो ऐसे हैं जो इतना अधिक खतरनाक होते हैं कि उनका विशेष देख-रेख में लिया जाना आवश्यक हो जाता है। ऐसे औषधों में एम्फिटामाइन्स (amphetamines) तथा भ्रमात्मकता (hallucinogens) को रखा गया है जो व्यक्ति में मनोविकृत लक्षण (psychotic symptom) उत्पन्न कर देते हैं। इसलिए रे (Ray, 1978) मनोसक्रिय औषध के सामाजिक आशय (social implication) को महत्त्वपूर्ण बतलाया है और उसके बारे में निम्नांकित तथ्यों को मुख्य रूप से उजागर किया है:—

(i) मनोसक्रिय औषध अपने आप में अच्छा या बुरा नहीं होता है। अतः व्यक्ति किस तरीके से इसका उपयोग करता है, उस पर ध्यान देना आवश्यक हो जाता है।

(ii) मनोसक्रिय औषध के कुछ निश्चित रूप से पार्श्व प्रभाव (side effect) भी होते हैं जिस पर ध्यान देना आवश्यक है। ऐसे औषध चेतना में परिवर्तन करने के अलावा व्यक्ति के मनोदशा (mood) में भी परिवर्तन करते हैं। परंतु साथ-ही-साथ व्यक्ति में पार्श्व प्रभाविक भी उत्पन्न करते हैं जो उससे ज्यादा हानिकारक हो सकते हैं।

(iii) मनोसक्रिय औषध का प्रभाव कई बातों पर निर्भर करता है परंतु सबसे प्रमुख बात जिसपर उसका प्रभाव निर्भर करता है, वह है कि मनोसक्रिय औषध कितनी मात्रा में व्यक्ति ने खाया, पीया या धूम्रपान किया है।

(iv) मनोसक्रिय औषध का प्रभाव व्यक्ति की मानसिक अवस्था तथा चेतना पर भी निर्भर करता है। यदि व्यक्ति मनोवैज्ञानिक रूप से अधिक समायोजित (adjusted) होता है, तो ऐसी उम्मीद की जाती है कि औषध का व्यक्ति के ऊपर गलत प्रभाव कम पड़ेगा।

निष्कर्षतः यह कहा जा सकता है कि मनोसक्रिय औषध के निश्चित रूप से कुछ सामाजिक आशय (social implication) हैं जिनके आलोक में उसके प्रभावों को समझा जा सकता है।

अध्याय सारांश — CHAPTER SUMMARY

1. चेतना से तात्पर्य एक ऐसी स्थिति से होती है जिसमें व्यक्ति बाह्य या आन्तरिक घटनाओं से अवगत होता है। चेतना की दो अवस्थाएँ होतीं हैं—सामान्य अवस्था (ordinary state) तथा परिवर्तित अवस्था (altered state)।
2. चेतना की परिवर्तित अवस्था से तात्पर्य वैसी मानसिक अवस्था से होती है जिसे विभिन्न दैहिक, मनोवैज्ञानिक या औषधीय परिवर्तनों या एजेन्टों द्वारा उत्पन्न किया जाता है तथा जिसे स्वयं व्यक्ति अपनी अनुभूति या मानसिक कार्यों में एक तरह का विचलन समझता है।
3. नींद दो तरह का होता है—REM तथा NREM। नींद की पाँच अवस्थाएँ होतीं हैं जिनमें प्रथम चार NREM की होती है तथा अंतिम REM की होती है। REM नींद में व्यक्ति प्रायः तरह-तरह के स्वप्न आदि देखा करता है। व्यक्ति क्यों सोता है, इसके कई कारण भी बतलाये गए हैं।
4. निद्रारोग (sleep disorder) कई तरह के होते हैं जिनमें अनिद्रारोग, नारकोलेप्सी, एपनिया, निद्राभ्रमण आदि प्रमुख हैं।
5. स्वप्न, चेतना की दूसरी परिवर्तित अवस्था है। स्वप्न से तात्पर्य चिन्तन, प्रतिमाओं, भावों के क्रम से होता है जो नींद के दौरान व्यक्ति के मन में उत्पन्न होता है।
6. स्वप्न के बारे में तरह-तरह के विचारधाराएँ उपलब्ध हैं जिनमें मनोविश्लेषणात्मक विचारधारा, सूचना-संसाधन विचारधारा एवं संक्रियण-संश्लेषण विचारधारा काफी प्रमुख हैं। स्वप्न पर आयु तथा यौन का प्रभाव भी पड़ता देखा गया है।
7. मनन (meditation) एक अन्य तरीका है जिसके माध्यम से चेतन की अवस्था में परिवर्तन लाया जाता है। मनन में व्यक्ति का बाह्य वातावरण से सम्पर्क तथा उसके प्रति सचेतन में पर्याप्त कमी आ जाती है। मनन की कई विधियाँ जिसमें योग (Yoga), जेन (Zen) तथा अन्तर्ज्ञान मनन (TM) प्रधान है।
8. सम्मोहन द्वारा व्यक्ति के चेतना में परिवर्तन लाया जाता है। सम्मोहन एक ऐसी अवस्था है जिसमें व्यक्ति दूसरों के सुझाव के प्रति अधिक संवेदनशील होता है तथा जिसमें वे कभी-कभी इस तरह के व्यवहार करता है, मानों वह स्तब्धता (trance) में हो।
9. सम्मोहन की व्याख्या करने के लिए चार सिद्धान्तों का प्रतिपादन किया गया है—नवविच्छेदक सिद्धान्त, भूमिका-निर्वाह सिद्धान्त, मनोविश्लेषणात्मक सिद्धान्त तथा पैवलव का सिद्धान्त। इन चारों की व्याख्या अलग-अलग की गयी है।
10. संवेदी वंचन तथा संवेदी अतिउत्तेजन दोनों ही द्वारा व्यक्ति की चेतना में परिवर्तन आता है।
11. बायोफिडबैक या जैव पुनर्निवेशन एक आधुनिक प्रविधि है जिसमें व्यक्ति को अपनी आन्तरिक शारीरिक क्रियाओं के बारे में ज्ञान देकर उन्हें नियंत्रित करना सिखलाया जाता है।
12. औषध-उत्पन्न परिवर्तन (drug-induced changes) भी एक महत्त्वपूर्ण परिवर्तन है जिसपर मनोवैज्ञानिकों का ध्यान गया है। चार तरह के मनोसक्रिय औषध तथा उसके पड़ने वाले प्रभावों का विस्तृत अध्ययन किया गया है। औषध दुरुपयोग के मनोवैज्ञानिक प्रक्रम तथा उनके निवारण (prevention) तथा उपचार (treatment) की विधियों पर भी प्रकाश डाला गया है।

❑

(शब्दावली)
(GLOSSARY)

[A]

Ablation *(उच्छेदन)* —शारीरिक उत्तकों (bodily tissues) को सर्जिकल तरीकों से निकाल देने की प्रक्रिया।

Absolute threshold *(निरपेक्ष दहेली)*—कुल उपस्थित किये गये प्रयासों में 50 प्रतिशत प्रयासों या बारी में किसी उद्दीपक (stimulus) को पहचानने के लिये न्यूनतम संवेदी उत्तेजन (sensory stimulation)।

Abstract principle *(अमूर्त्त नियम)*—किसी मूर्त्त परिस्थिति तथा विशिष्ट उदाहरणों से विचारों (ideas) एवं संप्रत्ययों (concepts) को हटा देना।

Accomodation (vision) *(अनुकूलन-चाक्षुस)*—दूर तथा नजदीक की चीजों को देखते समय नेत्र के लेंस के आकार में परिवर्तन।

Accomodation (Piaget) *(अनुकूलन-पियाजे)*—पियाजे के सिद्धान्त में वर्त्तमान मानसिक पैटर्न में एक ऐसा परिवर्तन या परिमार्जन जो नये माँग में बिलकुल ही फिट बैठ जाता है। जैसे, वर्त्तमान मानसिक स्कीमा (mental schemas) में इस ढंग से परिवर्तन ला देना कि व्यक्ति नई सूचना या अनुभूतियों को समायोजित कर ले।

Acculturation stress *(संस्कृति-संक्रमण प्रतिबल या दबाव)*—एक दबाव या प्रतिबल जिसकी उत्पत्ति तब होती है जब व्यक्ति किसी विदेशी संस्कृति में कुछ समय के लिये चला जाता है जहाँ उसे कई तरह के परिवर्तनों एवं समायोजनों का सामना करना पड़ता है।

Acetylcholine *(ऐसिटलकोलाईन)*—एक ऐसा न्यूरोट्रासमीटर (neurotransmitter) जिसे न्यूरोन्स द्वारा मांसपेशियों को उत्तेजित करने के लिये निर्मुक्त (release) किया जाता है।

Action potential *(क्रिया विभव)*—तंत्रिका आवेग को क्रिया विभव कहा जाता है जिसकी उत्पत्ति तब होती है जब न्यूरोन के उत्तेजित हो जाने पर कोशिका झिल्ली (cell membrane) के भीतर का आवेश या चार्ज (charge) बाहर के चार्ज की अपेक्षा अधिक धनात्मक (positive) हो जाता है।

Activity theory *(क्रिया सिद्धान्त)*—एक ऐसा सिद्धान्त जो यह बतलाता है कि उम्र बीतने के साथ सबसे उत्तम समायोजन वह होता है जब व्यक्ति मानसिक, सामाजिक एवं शारीरिक रूप से सक्रिय रहता है।

Adaptation level *(अनुकूलन स्तर)*—एक आंतरिक या मानसिक औसत (average) या मध्यम (medium) बिन्दु जिसका उपयोग व्यक्ति द्वारा अन्य चीजों की मात्रा (amounts) के बारे में निर्णय करने के लिये किया जाता है।

Adolescence *(किशोरावस्था)*—एक ऐसी विकासात्मक अवस्था (developmental stage) जो तरुणावस्था (puberty) से प्रारम्भ होकर वयस्कावस्था (adulthood) के आरंभ के पहले तक की होती है। सामान्यतः 13 से 19 साल की आयु को इसके अन्तर्गत रखा जाता है।

Adoption method *(दत्तक-ग्रहण विधि)*—शोध की एक ऐसी विधि जिसमें शोधकर्त्ता वैसे बच्चों जिन्हें जन्म के बाद उनके जैविक माता-पिता द्वारा पालन-पोषण न करके दत्तक माता-पिता द्वारा पालन-पोषण किया जाता है, को सम्मिलित करता है, तथा जिसका उद्देश्य बच्चों के व्यवहार तथा क्षमता पर आनुवंशिकता (heredity) तथा पर्यावरण (environment) के पड़नेवाले सापेक्ष प्रभाव का अध्ययन करना होता है।

Adrenal gland *(एड्रीनल ग्रन्थि)*—अंतस्रावी ग्रन्थि (endocrine gland) का एक ऐसा जोड़ा (pairs) जो व्यक्ति को तनावग्रस्त एवं दबावपूर्ण परिस्थितियों से निपटने के लिए शरीर में हारमोन्स (hormones) निर्मुक्त करता है तथा कम मात्रा में यौन हारमोन्स (Sex hormones) का भी स्राव करता है।

Affectional need *(भावात्मक आवश्यकता)*—ऐसी सांवेगिक आवश्यकताएँ जिनका संबंध प्यार (love) एवं स्नेह (affection) से होता है।

Afterimage *(अनुबिम्ब)*—उद्दीपक (stimulus) के हटा दिये जाने के बाद भी व्यक्ति में उसका चाक्षुष संवेदन (visual sensation) का बना रहना।

Ageism *(ऐजिज्म)*—उम्र के आधार पर विभेदन (discriminate) करने की प्रवृत्ति।

Aggression *(आक्रामकता)*—किसी अन्य व्यक्ति या वस्तु को चोट पहुँचाने के ख्याल से किया गया व्यवहार।

Aggression Cue *(आक्रामकता संबद्ध संकेत)*—ऐसा उद्दीपक या संकेत जो आक्रामकता से संबंधित हो या उसे उत्पन्न करने में सहायक हो।

Agnosia *(एग्नोसिया)*—किसी उद्दीपक जैसे शब्द, वस्तु या तस्वीर के अर्थ को समझने की अक्षमता।

Alarm Stage *(अलार्म अवस्था)*—हंस सेल्ये (Hans Selye) द्वारा प्रतिपादित सामान्य अनुकूलन संलक्षण (General Adaptation Syndrome or GAS) की पहली अवस्था जहाँ व्यक्ति में सांवेगिक उत्तेजन (emotional arousal) होती है और शरीर का सुरक्षात्मक प्रक्रियाएँ (defences forces) उससे भिड़ो (fight) या भागो (flight) की अनुक्रिया के लिये तैयार रहता है।

Alcohol *(अल्कोहल या मदिरा)*—एक ऐसा तत्त्व जिससे केन्द्रीय तंत्रिका तंत्र (central nervous system) मंदित हो जाता है।

Algorithm *(अल्गोरिद्म)*—एक क्रमबद्ध (systematic) एवं चरणबद्ध (step-by-step) कार्य विधि जो एक विशेष तरह की समस्या के समाधान की गारंटी प्रदान करता है। गणितीय सूत्र (mathematical formula) अल्गोरिद्म के उत्तम उदाहरण हैं।

Alpha wave *(अल्फा तरंग)*—ऐसा मस्तिष्कीय तरंग (brain waves) जो गहरी विश्राम या विश्रांति (deep relaxation) के फलस्वरूप उत्पन्न होता है।

Altered stage of consciousness *(चेतन की परिवर्तित अवस्था)*—एक ऐसी मानसिक अवस्था जो सामान्य चेतन की अवस्था से भिन्न होती है। जैसे, नींद, मनन (meditation), सम्मोहन तथा द्रव्य-उत्पन्न अवस्था (drug-induced state) चेतन की परिवर्तित अवस्था के अन्तर्गत आते हैं।

Altruism *(परोपकारिता)*—एक ऐसा व्यवहार जिसका उद्देश्य दूसरों को बिना किसी तरह के लाभ की उम्मीद किये ही मदद करना होता है।

Alzheimer's disease *(अल्झीमर रोग)*—एक ऐसा उम्र-आधृत रोग है जिसमें उम्र बीतने के साथ ही साथ व्यक्ति में स्मृति लोप (memory loss), मानसिक संभ्रान्ति (mental confusion) आदि अधिक प्रभावी हो जाते हैं तथा बाद की अवस्था में मानसिक क्षमताओं का सम्पूर्ण ह्रास (total loss) हो जाता है।

Ambivalence *(द्वैधवृत्ति)*—एक ऐसी अवस्था जिसमें व्यक्ति को धनात्मक (positive) या ऋणात्मक (negative) दोनों तरह का भाव या एक ही साथ आकर्षण (attraction) तथा विकर्षण (repulsion) दोनों ही होते हैं।

Amygdala *(एमिगडाला)*—मस्तिष्क के भीतर में लिम्बिक तंत्र (limbic system) का एक ऐसा हिस्सा जो संवेग (emotion) विशेषकर डर (fear) का संवेग तुलनात्मक रूप से अधिक उत्पन्न होता है।

Anal stage *(गुदावस्था)*—मनोलैंगिक विकास (psychosexual stage) की दूसरी अवस्था (1 साल से 3 साल सामान्यतः) होती है जिसमें बच्चे मल (feces) त्यागने (expulsion) तथा रोकने (retention) की क्रिया से आनन्दित होते हैं।

Anal-explusive Personality *(गुदा बहिष्कार व्यक्तित्व)*—ऐसे व्यक्तित्व वाले ध्वंसात्मक (destructive), क्रूर, अस्त-व्यस्त व्यवहार दिखलाने वाले होते हैं।

Anal-retentive Personality *(गुदा धारणशील व्यक्तित्व)*—ऐसे व्यक्तित्व वाले व्यक्ति अधिक कंजूस, जिद्दी तथा अपने विचारों में अडिगता दिखलाने वाले होते हैं।

Androgen *(एण्ड्रोजेन)*—पुरुष यौन हारमोन्स (male sex hormones) जैसे टेस्टोस्ट्रोन (testosterone) को इसके अन्तर्गत रखा जाता है।

Androgyny *(एण्ड्रोगिनी)*—एक ही व्यक्ति में पुरुष तथा स्त्री दोनों के गुणों की उपस्थिति की अवस्था।

Andropause *(एण्ड्रोपाउज)*—वृद्ध पुरुषों में उम्र बीतने के साथ ही साथ धीरे-धीरे पुरुष यौन हारमोन्स विशेष टेस्टोस्ट्रोन (testosterone) की कमी होना।

Anhedonia *(एनहीडोनिया)*—सुख (pleasure) अनुभव करने की अक्षमता।

Anterograde Amnesia *(एंटीरोग्रेड स्मृतिलोप)*—किसी मस्तिष्कीय क्षति (brain injury) या मस्तिष्कीय सर्जरी (brain surgery) के **बाद** की घटनाओं की अनुभूतियों को याद न रख पाना हालांकि क्षति या सर्जरी की पहले की अनुभूतियाँ ठीक-ठाक याद रहती हैं।

Antidepressants *(विषादविरोधी)*—ऐसा औषध (drugs) जिसका उपयोग विषाद या अवसाद (depression) तथा अन्य दुश्चिंता विकृतियों (anxiety disorders) के प्रभाव को कम करना होता है।

Antipsychotic drugs *(विक्षिप्तिता विरोधी औषध)*—ऐसा औषध (drugs) जिसका उपयोग गंभीर मनोविक्षिप्ति (severe psychosis) जैसे मनोविदालिता (schizophrenia) में पाये जानेवाले विभ्रम (hallucination) तथा व्यामोह (delusion) आदि को नियंत्रित करने में किया जाता है। इसे **मुख्य प्रशांतक** (major tranquilizers) या **न्यूरोलेप्टिक** (neuroleptics) भी कहा जाता है।

Aphasia *(ऐफासिया)*—मस्तिष्कीय क्षति के कारण उत्पन्न संभाषण क्षुब्धता (speech disturbances)।

Applied Psychology *(अनुपयुक्त मनोविज्ञान)*—मनोविज्ञान की एक ऐसी शाखा जो शास्त्र (discipline) की विधि तथा ज्ञान का उपयोग व्यावहारिक (practical) एवं दिन प्रतिदिन की समस्याओं के अध्ययन में करता है।

Apparent motion *(आभासी गति)*—किसी वस्तु या व्यक्ति में कोई गति (movement) नहीं होने पर भी गति का प्रत्यक्षण करना जैसा कि फाई घटना (phi-phenomenon) में होता है।

Applied research *(अनुपयुक्त शोध)*—वैसा शोध जो किसी व्यावहारिक समस्या (applied problem) के समाधान के लिये किया गया हो।

Anima *(एनिमा)*—एक ऐसा आदिरूप (archetype) जो स्त्रैण सिद्धान्तों (female principles) को बतलाता है।

Animal model *(पशु मॉडल)*—शोध में एक ऐसा पशु जिसके व्यवहार का उपयोग कुछ ऐसे नियमों को व्युत्पन्न (derive) करने के लिये किया जाता है जिनका उपयोग मानव व्यवहार के लिये किया जा सकता है।

Animus *(एनिमस)*—एक ऐसा आदिरूप जो पौरुष गुणों (male principles) को बतलाता है।

Antecedents *(पूर्ववर्त्ती)*—ऐसी घटना जो किसी अनुक्रिया के पहले हो गयी होती है।

Anthropomorphic error *(मानवतारोपी त्रुटि)*—पशु व्यवहारों की व्याख्या करने में मानवीय चिंतनों (thoughts), भावों या अभिप्रेरणों आदि का पशुओं में गुणारोपण करना।

Approach-Approach conflict *(उपागम-उपागम द्वन्द्व)*—एक ही समय में दो धनात्मक (positive) या वांछनीय लक्ष्यों की प्राप्ति करने की कोशिश से उत्पन्न मानसिक द्वन्द्व।

Approach-Avoidance conflict *(उपागम-परिहार द्वन्द्व)*—एक ऐसी परिस्थिति से उत्पन्न मानसिक द्वन्द्व जिसमें एक ही लक्ष्य वस्तु में धनात्मक तथा ऋणात्मक दोनों ही गुण मौजूद हों। ऐसी परिस्थिति में व्यक्ति कभी लक्ष्य वस्तु में आकर्षकता तो कभी अनाकर्षकता का गुण देखता है।

Architectual Psychology *(वास्तुशिल्पीय मनोविज्ञान)*—एक ऐसा मनोविज्ञान जिसमें मकानों एवं उनकी संरचनाओं का व्यक्ति के व्यवहार एवं मनोदशा (mood) पर पड़नेवाले प्रभावों का अध्ययन किया जाता है।

Arousal theory *(उत्तेजन सिद्धान्त)*—एक ऐसा सिद्धान्त जो इस बात की पूर्वकल्पना करता है कि अभिप्रेरण (motivation) का उद्देश्य उत्तेजन (arousal) का एक आदर्श स्तर बनाकर रखना होता है।

Artificial intelligence *(कृत्रिम बुद्धि)*—कम्प्यूटर तंत्र (computer system) जो किसी समस्या के समाधान में तथा निर्णय लेने में मानव जैसा चिन्तन दिखलाता है।

Assimilation *(आत्मसात्करण)*—पियाजे के सिद्धान्त में एक ऐसी प्रक्रिया (process) जिसके द्वारा किसी नई वस्तु, घटना, अनुभूति या सूचना को वर्त्तमान स्कीमा (schema) में आत्मसात्कृत (assimilate) कर लिया जाता है।

Association cortex *(साहचर्य कार्टेक्स)*—प्रमष्तिष्कीय कार्टेक्स (cerebral cortex) के सभी क्षेत्र जिनका कार्य न तो मुख्य रूप से संवेदी (sensory) है और न ही पेशीय (motor)।

Attatchment *(आसक्ति)*—एक ऐसा स्नेहमयी संबंध (affectionate bond) जिसका निर्माण बच्चे द्वारा अपनी माता या देखरेख कर्त्ता (care giver) के साथ किया जाता है।

Authoritarian parents *(सत्तावादी माता-पिता)*—ऐसे माता-पिता जो सख्त नियम को लागू करते हैं, अपने बच्चों से प्रश्नरहित आज्ञापालन (unquestioned obedience) की उम्मीद करते हैं, अतिक्रमण (transgression) को दंडित करते हैं तथा अधिकारी (authority) के प्रति आज्ञापालन में विश्वास करते हैं।

Authoritative parents *(प्रामाणिक माता-पिता)*—ऐसे माता-पिता जो अपने बच्चों के लिये उच्च परंतु वास्तविक मानक (realistic standard) सेट करते हैं, बच्चों के साथ तर्कसंगत व्यवहार करते हैं, तथा स्वतंत्रता (independence) एवं खुला संप्रेषण (open communication) बनाकर रखते हैं।

Authoritarian personality *(सत्तावादी व्यक्तित्व)*—एक ऐसा व्यक्तित्व पैटर्न जिसमें आरोध (inhibition), दृढ़ता (rigidity), पूर्वाग्रह (prejudice), आज्ञापालन (obedience), अधिकार (authority) तथा सत्ता (power) के साथ अत्यधिक लगाव पाया जाता है।

Autonomic nervous system *(स्वायत्त तंत्रिका तंत्र)*—तंत्रिका तंत्र का एक ऐसा प्रकार जो मस्तिष्क को आंतरिक अंगों (internal organs) एवं ग्रन्थियों (glands) के साथ संबंधित करता है।

Automatic thought *(स्वचालित चिन्तन)*—ऐसा अतर्कसंगत (unreasoned) एवं प्रश्नरहित विचार (unquestioned ideas) जो व्यक्ति की जिंदगी को प्रभावित करता है तथा उसमें दुश्चिंता (anxiety) एवं अवसाद (depression) उत्पन्न करता है।

Autonomy versus shame and doubt *(स्वायत्तता बनाम लज्जा तथा शक)*—एक ऐसा द्वन्द्व (conflict) जो इरिक्सन सिद्धान्त की दूसरी अवस्था (1 साल से 3 साल) में उत्पन्न होता है तथा जिसमें बढ़ता आत्म-नियंत्रण (growing self control) या स्वायत्तता, लज्जा (shame) या शक के भाव से टकराता है। दूसरे शब्दों में, यहाँ बच्चों द्वारा स्वतंत्र रूप से किसी कार्य को करने की प्रवृत्ति के प्रति माता-पिता की प्रतिक्रिया से द्वन्द्व की उत्पत्ति होती है।

Axon *(एक्सान)*—न्यूरोन (neuron) का पूंछ-आकारीय संरचना (tailed-shaped structure) जो दूसरे न्यूरोन की शाखिका (dendrite) या कोश शरीर (cell body) को सूचना देता है।

[B]

Bait Shyness *(चारा लज्जापन)*—पशुओं द्वारा कुछ विशेष तरह के भोजन (food) को लेने की अनिच्छा या हिचकिचाहट (hesitation)।

Barnum effect *(वारनुम प्रभाव)*—वैसे व्यक्तिगत वर्णन (personal description) को सही एवं यथार्थ मानने की प्रवृत्ति जो सामान्य ढंग से उल्लिखित किया गया है।

Barbiturates *(वारविटुरेट्स)*—एक ऐसा औषध (drug) जिसके सेवन से केन्द्रीय तंत्रिका तंत्र (central nervous system) मंदित (depressed) हो जाता है। इसका उपयोग नींद की गोली (sleeping pills) तथा अन्य शामक (sedatives) के रूप में किया जाता है। अधिक मात्रा में इस तरह के औषध को लेने से व्यक्ति में बेहोशी (coma) या कभी-कभी मृत्यु भी हो जाती।

Basal Metabolic Rate or BMR *(आधारीय चयापचयी दर)*—वह दर (rate) जिसपर प्राणी का शरीर आराम करते समय अपनी ऊर्जा (energy) को खपाता या जलाता (burn) है।

Basic anxiety) *(मौलिक संवेग)*—उन संवेगों को मौलिक संवेग कहा जाता है जो विभिन्न संस्कृतियों (cultures) में पाये जाते हैं, एवं जो विभिन्न संस्कृतियों में एक ही तरह की आनन अभिव्यक्ति (facial expression) से व्यक्त होते हैं तथा बच्चों में जैविक समय सारणी (biological timetable) के अनुसार स्वतः दिखलाई पड़ते हैं। क्रोध (anger), खुशी (happiness), उदासी (sadness), दुःख (distress) घृणा (disgust) आदि मौलिक संवेग के उदाहरण हैं।

Basic research) *(मौलिक शोध)*—वैसा शोध जो ज्ञान को विस्तारित करने के लिये न कि उसका व्यावहारिक उपयोग के लिये किया गया हो, **शुद्ध शोध** (pure research) कहलाता है।

Basic need *(मौलिक आवश्यकता)*—मैसलो द्वारा प्रतिपादित आवश्यकता पदानुक्रम (need hierarchy) में प्रथम पहले चार तरह की आवश्यकताएँ।

Basic suggestion effect *(मौलिक सुझाव प्रभाव)*—सम्मोहित व्यक्ति (hypnotized person) द्वारा किसी प्रस्तावित क्रिया (suggested actions) को इस ढंग से करना मानों वे अनैच्छिक (involuntary) हो।

Basic trust vs. Basic mistrust *(मौलिक विश्वास बनाम मौलिक अविश्वास)*—इरिक्सन (Erikson) द्वारा प्रस्तावित पहली अवस्था (जन्म से 1 साल तक की अवधि) जिसमें बच्चों में माता-पिता द्वारा किये गए प्यार (love), देख-रेख (care) तथा स्नेह के आधार पर उनमें विश्वास या अविश्वास का भाव विकसित होता है।

Behaviourism *(व्यवहारवाद)*—मनोविज्ञान का एक ऐसा स्कूल जिसकी स्थापना जे॰ वी॰ वाटसन (J. B. Watson) द्वारा किया गया तथा जिसके द्वारा स्पष्ट एवं प्रक्षेणीय व्यवहार (observable behaviour) के अध्ययन पर काफी जोर दिया गया।

Behavioural Genetics *(व्यवहारपरक आनुवंशिकी)*—शोध का एक ऐसा क्षेत्र जो व्यवहार एवं क्षमता पर आनुवंशिकता (heredity) एवं पर्यावरण के पड़नेवाले सापेक्ष प्रभाव का अध्ययन करता है।

Behavioural perspective *(व्यवहारपरक संदर्भ)*—एक ऐसा संदर्भ (perspective) जो व्यवहार के निर्धारण में

पर्यावरण की महत्ता पर बल डालता है।

Beta waves *(वीटा तरंग)*—जब व्यक्ति जागृतावस्था में सचेत (alert) रहता है, तो उस समय मस्तिष्क में छोटा (small) परंतु तेजी से एक विशेष तरह का तरंग बनता है जिसे वीटा तरंग कहा जाता है।

Binocular cues *(द्विनेत्री संकेत)*—गहराई एवं दूरी के प्रत्यक्षण में ऐसा संकेत जो एक साथ ही दोनों आँखों का उपयोग करता है। अभिबिन्दुता (covergence) तथा द्विनेत्री भिन्नता (binocular disparity) द्विनेत्री संकेत के उदाहरण हैं।

Binocular disparity *(द्विनेत्री भिन्नता)*—एक द्विनेत्री गहराई संकेत (depth cue) जिसकी उत्पत्ति लगभग 20 फीट की दूरी तक के वस्तुओं द्वारा दोनों आँख के अक्षिपटलीय प्रतिमाओं (retinal images) में उत्पन्न अंतर से होता है।

Biofeedback *(बायोफिडबैक)*—एक ऐसा संवेदनशील यंत्र का उपयोग जो व्यक्ति को अपनी आंतरिक दैहिक प्रक्रियाओं (internal physiological processes) के बारे में पर्याप्त पुनर्निवेशन (feedback) देता है ताकि व्यक्ति उन पर निमंत्रण स्थापित करना यदि चाहे, तो सीख सकता है।

Biological perspective *(जैविक संदर्श)*—एक ऐसा संदर्श जो व्यवहार को समझने में आनुवंशिकता (heredity) तथा जैविक प्रक्रियाओं पर पर्याप्त बल डालता है।

Biological rhythm *(जैविक लय)*—किसी जैविक क्रिया जैसे नींद एवं जागृत चक्र (sleep and waking cycle) या शरीर के तापक्रम में परिवर्तन आदि को स्वतः दोहराया जाना।

Bisexual *(द्विलैंगिकता)*—ऐसा व्यक्ति जो पुरुष एवं स्त्री दोनों के प्रति लैंगिक आकर्षण दिखलाता है।

Blind spot *(अंध स्थान)*—अक्षिपटल (retina) का वह क्षेत्र जहाँ चाक्षुष ग्राहक (visual receptor) नहीं पाये जाते हैं।

Bottom-up processing *(आधारिक-ऊपरी प्रक्रिया)*—सूचना संसाधन की ऐसी प्रक्रिया जिसके द्वारा प्रदत्त या आँकड़ों (data) के सभी वैयक्तिक तत्वों (individual elements) को तब तक संयोजित किया जाता है जब तक पूर्ण प्रत्यक्षण हो नहीं जाता है।

Brain stem *(मस्तिष्कीय डंठल)*—मस्तिष्क की निचली संरचना जिसमें मेडुल्ला, सेतु (pons), लघुमस्तिष्क (cerebellum) तथा रेटिकुलर फारमेसन (reticular formation) आदि सम्मिलित होते हैं।

Brainstorming *(विक्षिप्तिकरण)*—सर्जनात्मक चिंतन (creative thinking) की एक ऐसी विधि जो विचारों की उत्पत्ति (production) तथा मूल्यांकन (evaluation) को अलग करता है।

Brainwashing *(मत आरोपण)*—एक तरह का ऐसी मनोवृत्ति परिवर्तन जो बहुत ही दवाब देकर उत्पन्न किया गया हो।

Brightness constancy *(दीप्ति स्थिरता)*—रोशनी के स्तर में परिवर्तन होने के बावजूद वस्तुओं के दीप्ति स्तर को एक समान प्रत्यक्षण करने की प्रवृत्ति।

Broca's Area *(ब्रोका क्षेत्र)*—अग्रपालि (frontal lobe) का वह क्षेत्र जो प्रायः बायाँ गोलार्द्ध (left hemisphere) में होता है तथा जिससे संभाषण आवाज (speech sound), व्याकरण तथा उच्चारण (pronunciation) आदि का नियंत्रण होता है।

Broca's aphasia *(ब्रोका एफाशिया)*—ब्रोका क्षेत्र में क्षति उत्पन्न होने से ब्रोका एफाशिया उत्पन्न होता है जिसमें व्यक्ति ठीक से शुद्ध-शुद्ध बोल नहीं पाता है या फिर अपने विचारों को संगठित करके अभिव्यक्त नहीं कर पाता है।

Burnout *(वर्नआऊट)*—कार्य-संबंधित एक ऐसी अवस्था जिसमें व्यक्ति मानसिक, शारीरिक एवं सांवेगिक रूप से पूर्णतः निःशक्त (exhausted) अनुभव करता है।

Bystander effect *(दर्शक प्रभाव)*—एक ऐसी घटना जिसमें आपातकालीन परिस्थिति में जितना ही अधिक व्यक्ति या दर्शक वहाँ एकत्रित हो जाते हैं, उतना ही कम संभावना इस बात की होती है कि पीड़ित (victim) को मदद मिलेगी।

[C]

कैफ्फिन *(Caffeine)*—चाय, काफी तथा अन्य पौधा-आधृत तत्त्वों (plant-based substances) में पाया जानेवाला हलका उत्तेजक (mild stimulant)।

कैफ्फिनिज्म *(Caffeinism)*—एक ऐसी स्थिति जिसमें व्यक्ति कैफ्फिन (caffeine) का उपयोग अधिक करता है जिसके कारण निर्भरता (dependence) विकसित हो जाता है और तरह-तरह के दैहिक एवं मानसिक शिकायतें व्यक्त करते पाया जाता है।

कैनन-वार्ड सिद्धांत *(Cannon-Bard theory)*—संवेग का एक ऐसा सिद्धान्त जो यह बतलाता है कि थैलमस या हापोथैलमस के स्राव से व्यक्ति में सांवेगिक अनुभूति (emotional feelings) तथा शारीरिक उत्तेजन (bodily arousal) दोनों ही एक साथ उत्पन्न होते हैं।

कार्डिनल शीलगुण *(Cardinal trait)*—आल्लपोर्ट (Allport) द्वारा बतलाया गया व्यक्ति का ऐसा शीलगुण जो इतना महत्त्वपूर्ण एवं व्यापक (pervasive) होता है कि उसकी सारी क्रियाएँ या व्यवहार उन्हीं शीलगुणों से प्रभावित होता है। सभी व्यक्तियों

में कार्डिनल शीलगुण नहीं होता है, परंतु जिनमें होता है, वे उसी शीलगुण से ही अधिक जाने जाते हैं।

केस अध्ययन (*Case study*)—एक या कुछेक (a few) व्यक्तियों का गहराई (in-depth) से किया गया विश्लेषण जिसमें सूचनाओं को प्रेक्षण (observation), साक्षात्कार (interview) तथा कभी-कभी मनोवैज्ञानिक परीक्षणों से भी संग्रहित किया जाता है।

कोशिका शरीर (*Cell body*)—न्यूरोन का एक भाग जिसमें न्यूक्लियस (neucleus) होता है तथा जो न्यूरोन का चयापचयी कार्यों (metabolic functions) को संपन्न करता है।

केन्द्रीय तंत्रिका तंत्र (*Central nervous system or CNS*)—मस्तिष्क (brain) तथा सुषुम्ना (spinal cord) को एक साथ मिलाकर केन्द्रीय तंत्रिका तंत्र कहा जाता है।

केन्द्रिता (*Centration*)—पियाजे के सिद्धान्त में प्राकसंक्रियात्मक अवस्था (pre-operational stage) के बच्चों में उद्दीपक के एक विमा पर ध्यान देने तथा उसके अन्य विमाओं पर उपेक्षा करने की प्रवृत्ति।

केन्द्रीय शीलगुण (*Central trait*)—आल्लपोर्ट (Allport) द्वारा बतलाया गया ऐसे शीलगुणों का सेट जिसे प्रायः एक व्यक्ति अनुशंसा पत्र (letter of recommendation) लिखते समय करता है। दूसरे शब्दों में, व्यक्ति का हीर शीलगुण (core traits) जिसके आधार पर किसी के व्यक्तित्व को सामान्यतः जाना जाता है।

लघु मस्तिष्क (*Cerebellum*)—मस्तिष्क की ऐसी संरचना जिसके द्वारा मृदु (smoothed) तथा प्रवीण पेशीय क्रियाओं का संचालन होता है तथा शरीर की मुद्रा (posture) तथा पेशीय सामंजस्य (muscle tone) का नियमन (regulate) होता है।

प्रमस्तिष्कीय कार्टेक्स (*Cerebral cortex*)—प्रमस्तिष्कीय गोलार्द्धों (cerebral hemispheres) को चारो तरफ से ढकने वाला धूसर (gray) तथा कुण्डलित (convoluted) चादर जो उच्चतर मानसिक प्रक्रियाओं जैसे भाषा, स्मृति एवं चिन्तन के लिए उत्तरदायी होता है।

वृहत मस्तिष्क (*Cerebrum*)—मानव मस्तिष्क का सबसे बड़ी संरचना जिसमें दोनों प्रमस्तिष्कीय गोलार्द्ध (cerebral hemispheres) जो कारपस कैलोजन (corpus callosum) से जुड़े होते हैं, अवस्थित होते हैं तथा जो प्रमस्तिष्कीय कार्टेक्स (cerebral cortex) से ढ़का होता है।

प्रमस्तिष्कीय गोलार्द्ध (*Cerebral cortex*)—कार्टेक्स का दो भाग जो मस्तिष्क के दायें भाग में तथा एक बायें भाग में होता है। दायें भाग में अवस्थित गोलार्द्ध को दायाँ गोलार्द्ध (right hemisphere) तथा बायाँ भाग में अवस्थित गोलार्द्ध को बायाँ गोलार्द्ध (left hemisphere) कहा जाता है।

गुणसूत्र (*Chromosome*)—शरीर की कोशिकाओं की केन्द्रक (nuclei) में शलाका-आकारीय संरचना (rod-shaped structure) जिसमें सभी जीन्स (genes) तथा आनुवंशिक सूचनाएँ (hereditary information) संचित होते हैं।

तैथिक आयु (*Chronological age*)—जन्म से लेकर आज तक का व्यक्ति की आयु।

सरकाडियन लय (*Circadian rhythm*)—प्रत्येक 24 घंटे में शारीरिक कार्यों एवं उसके उत्तेजन स्तरों में होनेवाला चक्रीय परिवर्तन (cyclical changes) जो एक क्रम में परिवर्तित होता हो।

क्लासिकी अनुबंधन (*Classical conditioning*)—अधिगम (learning) की एक ऐसी प्रक्रिया जिसमें एक अनुक्रिया जो सिर्फ विशिष्ट उद्दीपक के प्रति की जाती थी, अब एक ऐसे उद्दीपक के प्रति भी की जाती है जो मौलिक उद्दीपक के साथ-साथ कई बार उपस्थित किया गया होता है।

नैदानिक मनोवैज्ञानिक (*Clinical psychologist*)—एक मनोवैज्ञानिक जिन्हें सामान्यतः पी-एच॰ डी॰ की उपाधि होती है तथा जिन्हें मनोवैज्ञानिक तथा व्यवहारपरक विकारों (behavioural disorders) के शोध, उपचार तथा निदान (diagnosis) में विशिष्ट प्रशिक्षण प्राप्त होता है।

सहक्रिया प्रभाव (*Coaction effect*)—एक ही कार्य में लगे अन्य सभी व्यक्तियों की उपस्थिति से निष्पादन (performance) पर पड़ने वाला प्रभाव।

कोकेन (*Cocaine*)—उत्तेजक (stimulant) का एक ऐसा प्रकार जिससे व्यक्ति में उल्लास (euphoria) तथा खुशी उत्पन्न होता है।

कोक्लिया (*Cochlea*)—अन्तकर्ण (inner ear) में घोंघे के आकार (snail shaped) की संरचना जिसमें तरल पदार्थ भरा होता है तथा जिसमें केश-कोशिकाएँ (hair cells) मौजूद होतीं हैं। केश कोशिकाएँ ध्वनि ग्राहक (sound receptors) होती हैं।

सहसंबंध गुणांक (*Coefficient of correlation*)—एक ऐसा सांख्यिकीय सूचक (statistical index) जो –1.00 से +1.00 तक के परास (range) में होता है तथा जिससे सहसंबंध की दिशा (direction) तथा मात्रा (degree) का पता चलता है।

संज्ञानात्मक प्रक्रियाएँ (*Cognitive processes*)—मानसिक प्रक्रियाएँ जैसे चिन्तन, स्मरण, समस्या-समाधान, निर्णयन प्रक्रिया (decision making) आदि को संयुक्त रूप से संज्ञानात्मक प्रक्रियाएँ की संज्ञा दी जाती है।

संज्ञानात्मक नक्शा *(Cognitive map)*—किसी क्षेत्र का मानसिक प्रतिनिधित्व (mental representation)।

संज्ञानात्मक संदर्भ *(Cognitive perspective)*—एक ऐसा संदर्भ जो किसी व्यवहार के पीछे छिपे मानसिक प्रक्रियाओं (mental processes) की भूमिका पर बल डालता है।

संज्ञानात्मक अधिगम *(Cognitive learning)*—ऐसा उच्च-स्तरीय अधिगम जिसमें चिन्तन, बोध (understanding), अनुमान (anticipation) जानना (knowing) आदि की अहम भूमिका होती है।

सामूहिक अचेतन *(Collective unconscious)*—युंग (Jung) के सिद्धान्त में अचेतन का एक ऐसा अप्राप्य स्तर (inaccessible level) जिसमें प्रत्येक व्यक्ति में अंतरित (transmitted) मानवता का सार्वत्रिक अनुभूतियाँ (universal experiences of humankind) संयोजित होतीं है।

वर्णान्धता *(Colour blindness)*—शंकु (cones) में दोष के परिणामस्वरूप कुछ या सभी रंगों के बीच अन्तर करने की असमर्थता।

वर्ण स्थिरता *(Colour constancy)*—**रोशनी** के स्तर में बदलाव के बावजूद भी व्यक्ति द्वारा किसी वस्तु का रंग एक समान देखने की प्रवृत्ति।

संप्रत्यय *(Concept)*—एक ऐसा नाम (label) जिससे उन वस्तुओं व्यक्तियों या घटनाओं के समूह या वर्ग (class) का पता चलता है जिसकी विशेषताएँ या गुण सामान्य (common) होता है।

कम्प्यूटर अनुरूपण *(Computer simulation)*—ऐसा कम्प्यूटर कार्यक्रम (Computer programme) जो मानव चिंतन, निर्णयन प्रक्रिया (decision-making) या समस्या समाधान जैसी मानसिक प्रक्रियाओं की नकल करता है।

संप्रत्यय निर्माण *(Concept formation)*—अर्थपूर्ण श्रेणियों (meaningful categories) में सूचनाओं को वर्गीकृत करने की प्रक्रिया।

संप्रत्ययात्मक नियम *(Conceptual rule)*—एक ऐसा औपचारिक नियम (formal rule) जो यह निर्णय करता है कि कोई वस्तु या घटना किसी संप्रत्यय (concept) का उदाहरण है या नहीं।

ठोस संक्रिया अवस्था *(Concrete operations stage)*—पियाजे द्वारा प्रतिपादित संज्ञानात्मक विकास की तीसरी अवस्था (7 साल से 11 साल) जिसमें बच्चा संरक्षण (conservation) तथा पलटाव (reversibility) का संप्रत्यय विकसित करता है तथा वह ठोस वस्तुओं पर तार्किक चिन्तन (logical thinking) का उपयोग कर पाता है।

अनुबंधित प्रतिवर्त *(Conditioned reflex)*—एक अर्जित या सीखी गयी प्रतिक्रिया न कि स्वाभाविक रूप से सीखा गया प्रतिक्रिया।

अनुबंधित अनुक्रिया *(Conditioned response)*—एक ऐसी अनुक्रिया जो किसी अनुबंधित उद्दीपक (conditional stimulus) द्वारा तब उत्पन्न होता जब उसे किसी स्वाभाविक उद्दीपक (unconditioned stimulus) के साथ युग्मित करके बार-बार उपस्थित किया जाता है।

अनुबंधित उद्दीपक *(Conditioned stimulus)*—एक ऐसा तटस्थ उद्दीपक (neutral stimulus) जो किसी स्वाभाविक उद्दीपक (unconditioned stimulus) के साथ बार-बार युग्मित (paired) किये जाने पर उसके साथ साहचर्यित होकर एक अनुबंधित अनुक्रिया (conditioned response) उत्पन्न करता है।

शंकु *(Cones)*—रेटीना या अक्षिपटल में पाया जानेवाला ऐसा ग्राहक कोशिका (receptor cell) जो रोशनी में रंग तथा अन्य विस्तृति (detail) को देखने में मदद करता है परंतु धुंधला रोशनी में यह कार्य नहीं करता है।

सहयोगी *(Confederate)*—एक ऐसा व्यक्ति जो मनोवैज्ञानिक प्रयोगों में अपने आप को एक प्रयोज्य (subject) के रूप में पेश करता है परंतु सचमुच में वह प्रयोगकर्त्ता को मदद पहुँचाने के ख्याल से प्रयोग में सम्मिलित होता है।

चेतन *(Conscious)*—किसी भी क्षण में वैसा चिन्तन, भाव, संवेदन या स्मृति जिससे व्यक्ति अवगत होता है।

चेतना *(Consciousness)*—संवेदन, भाव, चिन्तन एवं प्रत्यक्षणों की सतत सरिता (continuous stream) जिससे व्यक्ति एक क्षण से दूसरे क्षण में अवगत रहता है।

अनुबंधन चैम्बर *(Conditioning chamber)*—एक ऐसा उपकरण जिसे पशुओं में क्रियाप्रसूत अनुबंधन (operant conditioning) का अध्ययन करने के लिए निर्माण किया जाता है। स्कीन्नर बक्स (skinner box) इसका उत्तम उदाहरण है।

जन्मगत समस्या *(Congenital problem)*—ऐसी समस्या या दोष जो व्यक्ति में माँ के गर्भ में ही उत्पन्न होता है।

संयोजक संप्रत्यय *(Conjunctive concept)*—वस्तुओं का ऐसा वर्ग (class) जिसमें दो या दो से अधिक विशेषताएँ (features) उभयनिष्ठ (common) होते हैं। जैसे कोई प्रयोगकर्त्ता यह कहता है कि किसी वस्तु को संप्रत्यय कहलाने के लिए वस्तु का लाल रंग का तथा उसे त्रिकोण होना जरूरी है, तो यह संयोजक संप्रत्यय का उदाहरण होगा।

गुणार्थक अर्थ *(Connotative meaning)*—किसी शब्द या संप्रत्यय का आत्मनिष्ठ (subjective), व्यक्तिगत (personal)

या सांवेगिक (emotional) अर्थ।

सुदृढ़ीकरण (*Consolidation*)—एक ऐसी प्रक्रिया जिससे स्थायी स्मृति बनती है तथा जिसमें हिप्पोकैम्पस (hippocampus) की भूमिका अहं होती है।

सतत पुनर्बलन (*Continuous reinforcement*)—एक ऐसा पुनर्बलन अनुसूची (reinforcement schedule) जिसमें प्रत्येक अनुक्रिया के बाद व्यक्ति को पुनर्बलन (reinforcement) दिया जाता है।

नियंत्रित समूह (*Control group*)—किसी प्रयोग में प्रयोज्यों का एक ऐसा समूह जिसे स्वतंत्र चर (independent variable) छोड़कर अन्य सभी प्रयोगात्मक अवस्थाओं (experimental conditions) या चरों से अवगत कराया जाता है।

रूढ़िगत नैतिक तर्कणा (*Conventinal moral reasoning*)—एक ऐसा नैतिक चिन्तन जो दूसरों को खुश करने की इच्छा या स्वीकृत नियम एवं मूल्यों (values) के अनुरूप चिन्तन करने पर बल डालता है।

अभिसारी चिन्तन (*Convergent thinking*)—ऐसा चिन्तन जिसमें व्यक्ति का चिन्तन किसी एक स्थापित सही उत्तर की खोज की ओर निर्देशित होता है।

सहसंबंधात्मक अध्ययन (*Correlational study*)—एक ऐसा अप्रयोगात्मक अध्ययन (nonexperimental study) जिसमें दो चरों या घटनाओं के बीच संबंध की मात्रा की माप की जाती है।

कार्टिकिलाइजेसन (*Corticalization*)—प्रमस्तिष्कीय कार्टेक्स के सापेक्ष आकार (relative size) में वृद्धि।

परामर्श मनोवैज्ञानिक (*Counselling psychologist*)—एक ऐसा मनोवैज्ञानिक जिसे साधारण सांवेगिक (emotional) एवं व्यवहारपरक विकारों (behavioural disorders) के उपचार में विशिष्टीकरण प्राप्त होता है।

अस्पष्ट पुनर्बलन (*Covert reinforcement*)—वांछित व्यवहार (desired behaviour) को पुनबर्लित करने के लिए धनात्मक प्रतिमाओं (positive imagery) का उपयोग करना।

अस्पष्ट संवेदीकरण (*Covert sensitization*)—किसी अवांछित अनुक्रिया के होने की प्रबलता को कम करने के लिए विमुख प्रतिमावली (aversive imagery) का उपयोग करना।

क्रैनियल तंत्रिका (*Cranial nerves*)—कुछ ऐसे प्रमुख तंत्रिकाएँ जो मस्तिष्क से निकलकर सुषुम्ना (spinal cord) से बिना गुजरे हुए ही शरीर के अन्य हिस्सों में पहुँच जाते हैं।

सर्जनात्मकता (*Creativity*)—किसी समस्या के समाधान में मौलिक (original) उचित (appropriate) तथा मूल्यवान (valuable) विचारों का प्रतिपादन करना।

क्रान्तिक अवधि (*Critical period*)—विकास (development) की एक ऐसी अवधि (period) जो इतना महत्त्वपूर्ण होता है कि अगर इस अवधि में कोई हानिकर प्रभाव (harmful effect) से यदि व्यक्ति अनावृत्त (exposure) होता है तो उसका व्यवहार या शारीरिक संरचना का विकास सामान्य नहीं हो पाता है।

क्रास-वर्गीय अध्ययन (*Cross-sectional study*)—एक ऐसा विकासात्मक अध्ययन (cross-sectional study) जिसमें शोधकर्त्ता किसी विशेष गुण पर विभिन्न उम्र के प्रयोज्यों (subjects) का तुलनात्मक अध्ययन करता है ताकि उम्र संबंधी अंतरों के बारे में जाना जा सके।

जनसंकुलन (*Crowding*)—एक ऐसा आत्मनिष्ठ प्रत्यक्षण (subjective perception) जिसमें व्यक्ति को यह अनुभव होता है कि दिये हुए जगह में जरूरत से ज्यादा लोग उपस्थित हैं।

क्रिस्टलाईजड् बुद्धि (*Crystallized intelligence*)—ऐसी बुद्धि जिसमें **शाब्दिक क्षमता** (verbal ability) तथा संकलित ज्ञान (accumulated knowledge) सम्मिलित होता है तथा जो उम्र बीतने के साथ ही साथ व्यक्ति में बढ़ता जाता है।

संकेत (*Cue*)—एक ऐसा बाह्य उद्दीपक (external stimulus) जो अनुक्रिया को निर्देशित इस बात के कारण करता है कि उससे पुनर्बलन (reinforcement) की उपस्थिति या अनुपस्थिति का पता चलता है।

सांस्कृतिक सापेक्षता (*Cultural relativity*)—एक ऐसी प्राक्कल्पना (hypothesis) या विचार जो इस बात पर बल डालता है कि किसी व्यवहार को उस संस्कृति के मूल्यों (values) के आलोक में आकलन करना चाहिए जिसमें वह घटित होता है।

संस्कृति-निष्पक्ष बुद्धि परीक्षण (*Culture-fair intelligence test*)—एक ऐसा बुद्धि परीक्षण जो सांस्कृतिक पूर्वाग्रह (culture bias) को कम करने के लिए बनाया गया होता है तथा जिसमें वैसे प्रश्नों का उपयोग किया जाता है जो उन्हें दंडित नहीं करता है जिनकी संस्कृति या भाषा भिन्न है।

विस्मरण वक्र (*Curve of forgetting*)—एक ऐसा वक्र जो यह दिखलाता है कि विभिन्न समय अंतरालों पर याद की गयी सूचनाओं में से कितना प्रत्याह्वान (recall) या पहचान की गयी है।

वक्ररेखी संबंध (*Curvilinear relationship*)—एक ऐसा संबंध जिसे आलेख (graph) पर दिखलाने से एक वक्र रेखा का रूप दिखता हो।

[D]

अन्धकारपूर्ण अनुकूलन (*Dark adaptation*)—धुँधले रोशनी में आँखों द्वारा धीरे-धीरे देखे जाने की बढ़ती क्षमता।

दिवास्वप्न (*Daydream*)—जागृतावस्था में स्पष्ट स्वप्नचित्त (fantasy)।

अपक्षय सिद्धान्त (*Decay theory*)—विस्मरण का ऐसा सिद्धान्त जो यह स्पष्ट रूप से बतलाता है कि स्मृति-चिह्न (memory traces) का यदि उपयोग नहीं किया जाता है, तो समय बीतने के साथ स्वतः वह समाप्त हो जाता है।

डेसिवेल (*Decibel*)—ध्वनि तरंग की मात्रा (amplitude) पर आधृत आवाज की तीव्रता या प्रबलता (loudness) को मापने की इकाई।

घोषणात्मक स्मृति (*Declarative memory*)—दीर्घकालीन स्मृति का वैसा हिस्सा जिसमें सूचना, तथ्य (facts) जिंदगी की व्यक्तिगत अनुभूतियाँ (personal experiences) आदि संचित होतीं हैं। इसे **स्पष्ट स्मृति** (explicit memory) भी कहा जाता है।

निगमनात्मक चिंतन (*Deductive thought*)—एक ऐसा सोच जो विशिष्ट परिस्थिति में नियमों के सामान्य सेट का अनुप्रयोग करता है।

गहरा चोट या घाव (*Deep lesioning*)—किसी इलेक्ट्रोड (electrode) के माध्यम से मस्तिष्क के भीतर के उत्तकों को क्षतिग्रस्त कर देना।

गहरी नींद (*Deep sleep*)—सामान्य नींद का गहरा स्तर जो नींद की चौथी अवस्था में पायी जाती है।

रक्षा प्रक्रम (*Defence mechanism*)—अहं (ego) द्वारा उपयोग में लाया जानेवाला अचेतन एवं अतार्किक (irrational) तरीका जिसके सहारे वह अपने आप को चिंता (anxiety) से बचाता है। इसमें आत्म-छल (self-deception) तथा वास्तविकता की विकृति (distortion of reality) सम्मिलित होता है।

डेल्टा तरंग (*Delta wave*)—बड़ा एवं मंद गति से बनने वाला मस्तिष्कीय तरंग जो गहरी नींद अर्थात् नींद की तीसरी एवं चौथी अवस्था में उत्पन्न होता है।

व्यामोह (*Delusion*)—एक गलत विश्वास जो सभी विरोधी सबूतों के बावजूद भी व्यक्ति मन में बनाये रखता है।

शाखिका (*Dendrites*)—न्यूरोन का शाखाआकारीय विस्तार (branchlike extension) जो अन्य न्यूरोन्स से सूचनाओं को ग्रहण करता है।

अस्वीकरण (*Denial*)—अपने आप को किसी ऐसी दुःखद वास्तविकता (unpleasant reality) से उसमें अस्वीकार करके या उसमें विश्वास नहीं करके अपने आप को बचा लेना।

आश्रित चर (*Dependable variable*)—प्रयोग का वह चर जो प्रयोग के अंत में मापा जाता है तथा जिसमें स्वतंत्र चर में जोड़-तोड़ के परिणामस्वरूप अंतर होने की पूर्वकल्पना की जाती है। सचमुच में आश्रित चर ही वह चर होता है जिसके बारे में प्रयोगकर्त्ता पूर्वकथन करना चाहता है।

शमक (*Depressants*)—औषध की एक ऐसी श्रेणी जो केन्द्रीय तंत्रिका तंत्र की क्रियाओं को मंदित करता है, शारीरिक कार्यों को धीमा कर देता है तथा बाह्य उत्तेजनों के प्रति संवेदनशीलता को कम कर देता है।

गहराई संकेत (*Depth cue*)—वैसी प्रत्यक्षज्ञानात्मक विशेषताएँ (perceptual features) जो दूरी (distance) तथा त्रिविमीय स्थान (three dimensional space) के बारे में व्यक्ति को ज्ञान देता है।

गहराई प्रत्यक्षण (*Depth perception*)—त्रिविमीय स्थान को देखने की क्षमता तथा दूरी का निर्णय सही-सही करने की क्षमता।

विवरणात्मक शोध विधियाँ (*Descriptive research methods*)—वैसी शोध विधियाँ जो व्यवहारों का कारणत्व व्याख्या (causal explanation) न करके मात्र उनका वर्णन करता हो।

विकासात्मक मनोविज्ञान (*Developmental psychology*)—मनोविज्ञान की एक ऐसी शाखा जिसमें पूरी जीवन अवधि (life span) में व्यक्ति किस तरह वर्द्धित (grow) होता है, विकसित होता है तथा परिवर्तित होता है, का अध्ययन किया जाता है।

विकासात्मक कार्य (*Developmental task*)—एक आदर्श विकास (optimal development) के लिए किसी कौशल को सीखना या किसी व्यक्तिगत परिवर्तन (personal change) का होना।

विचलन प्राप्तांक (*Deviation score*)—एक ऐसा परीक्षण प्राप्तांक (test score) जिसे किसी व्यक्ति के प्राप्तांक (score) को उसी के उम्र के अन्य व्यक्तियों जिसपर परीक्षण का मानक (norms) विकसित हुआ है, से तुलना करके ज्ञात किया जाता है।

विचलन बुद्धिलब्धि (*Deviation Intelligence Quotient*)—एक लब्धि जिसकी प्राप्ति किसी व्यक्ति के उसकी आयु समूह में सापेक्ष स्थान (relative position) को सांख्यिकीय रूप से ज्ञात करके की जाती है।

विभेद दहेली (*Difference threshold*)—किसी भौतिक उद्दीपक (physical stimulus) में वह न्यूनतम बढ़ोत्तरी (increase) या घटोत्तरी (decrease) जिसे संवेदन में अंतर (difference) उत्पन्न करने के लिए 50 प्रतिशत समय (time) या प्रयास (trial) में प्रत्यक्षित (perceive) किया जाता है।

अन्वेषणात्मक अधिगम (*Discovery learning*)—वैसा अधिगम जो प्राणी के सूझ (insight) तथा बोध (understanding) पर आधृत होता है।

विभेदात्मक उद्दीपक (*Discriminative stimulus*)—ऐसा उद्दीपक जो क्रियाप्रसूत अनुबंधन (operant conditioning) में पुरस्कृत या अपुरस्कृत (non-rewarded) अनुक्रियाओं के पहले दिया जाता है।

वियोजक संप्रत्यय (*Disjunctive concept*)—एक ऐसा संप्रत्यय जिसे कई संभावित विशेषताओं में से कम से कम एक की उपस्थिति द्वारा परिभाषित की जाती है।

विस्थापित आक्रामकता (*Displaced aggression*)—आक्रामकता को एक ऐसे लक्ष्य की ओर पुनर्निदिशित करना (redirect) जो मौलिक लक्ष्य जिससे आक्रामकता उत्पन्न हुई है, से भिन्न होता है।

प्रदर्शन नियम (*Displaced rule*)—ऐसा नियम जो यह बतलाता है कि संवेग को किस तरह से अभिव्यक्त करना चाहिए तथा **कब** (when) और **कहाँ** (where) उनकी अभिव्यक्ति उचित है।

अपसारी उत्पाद (*Divergent production*)—किसी समस्या का एक या ऐक से अधिक उत्तर, समाधान या उससे संबंध विचारों को देना।

प्रबल जीन (*Dominant gene*)—ऐसा जीन जिसकी अभिव्यक्ति व्यक्ति के व्यवहारों से होती है।

विभक्त ध्यान (*Divided attention*)—एक ऐसा ध्यान जिसमें व्यक्ति मानसिक प्रयास (mental efforts) को एक साथ कई वस्तुओं या एक ही वस्तु के विभिन्न पहलुओं पर देता है।

डी एन ए (*DNA or Deoxyribonueleic acid*)—एक ऐसी आणविक संरचना (molecular structure) जिसमें कूटसंकेतिक आनुवंशिक सूचना (coded genetic information) सम्मिलित होता है।

प्रबल गोलार्द्ध (*Dominant hemisphere*)—यह पद प्रायः मस्तिष्क के उस गोलार्द्ध (hemisphere) के लिये किया जाता है जिससे भाषा (language) का नियंत्रण होता है। अधिकतर व्यक्तियों में यह बायाँ गोलार्द्ध (left hemisphere) होता है।

द्वि-अंध प्रयोग (*Double-blind experiment*)—एक ऐसा प्रयोग या प्रयोगात्मक विधि जिसमें परिणाम (results) आने तक न तो प्रयोज्यों (subjects) को और न ही प्रयोगकर्त्ताओं (experimenters) को यह पता होता है कि कौन प्रयोगात्मक समूह (experimental group) में है और कौन नियंत्रित समूह (control group) में है। इस तरह की प्रविधि का उपयोग **प्रयोगात्मक पूर्वाग्रह** (experimenter bias) को नियंत्रित करने के लिये किया जाता है।

डाऊन संलक्षण (*Down syndrome*)—एक जन्मजात विकार (genetic disorder) जिसमें गुणसूत्र के 21वें जोड़े में एक अतिरिक्त गुणसूत्र मौजूद होता है। इससे मानसिक मंदता (mental retardation) उत्पन्न होता है तथा इसे **ट्रीजोमी 21** (Trisomy 21) भी कहा जाता है।

अधोगामी तुलना (*Downward comparison*)—अपने आप को एक ऐसे व्यक्ति के साथ तुलना करना जो किसी विमा पर आपसे निम्न कोटि का हो।

प्रणोद (*Drive*)—उत्तेजन (arousal) की एक ऐसी अवस्था जिसकी उत्पत्ति आवश्यकता (need) से होती है तथा जो व्यक्ति को एक ऐसा कार्य करने के लिए बाध्य करता है जिससे आवश्यकता की संतुष्टि (satisfaction) होती है तथा उत्तेजन को स्तर में कमी आ जाती है।

प्रणोद-ह्रास सिद्धान्त (*Drive reduction theory*)—अभिप्रेरण (motivation) का एक ऐसा सिद्धान्त जो यह बतलाता है कि व्यक्ति में आवश्यकता (need), उत्तेजन (arousal) या तनाव (tension) की एक दुःखद अवस्था (unpleasant state) उत्पन्न करती है जिसे प्रणोद (drive) कहा जाता है तथा यह अवस्था व्यक्ति को ऐसा व्यवहार करने के लिये प्रेरित करती है जिससे आवश्यकता (need) की तुष्टि हो जाती है तथा उत्तेजन में कमी हो जाती है।

औषध अंतर्क्रिया (*Drug interaction*)—दो औषधों का संयोजित प्रभाव (combined effect) जो किसी एक औषध के प्रभाव से अधिक होता है।

औषध सहिष्णुता (*Drug tolerance*)—किसी औषध के प्रति शरीर की अनुक्रिया में कमी।

औषध निर्भरता : दैहिक (*Drug dependence : Physical*)—औषध लेने का एक वाध्यता पैटर्न (compulsive pattern) जिसमें व्यक्ति में औषध सहिष्णुता (drug tolerance) के साथ ही साथ औषध लेना बन्द कर देने पर दुःखद प्रत्याहार लक्षण (unpleasant withdrawal symptom) विकसित हो जाते हैं।

औषध निर्भरता : मनोवैज्ञानिक *(Drug dependence : Psychological)*—औषध लेने से उत्पन्न सुखद प्रभाव को प्राप्त करने की तीव्र लालसा (craving)।

[E]

शिक्षा मनोविज्ञान *(Educational psychology)*—मनोविज्ञान की एक ऐसी शाखा जो यह अध्ययन करने की कोशिश करता है कि छात्र किस तरह से सीखता है तथा शिक्षक किस ढंग से उसके साथ अंतर्क्रिया (interaction) करते हैं।

अहं *(Ego)*—फ्रायड के सिद्धान्त में व्यक्तित्व का तर्कसंगत (rational) तथा मूलतः सचेत तंत्र (conscious system) जो वास्तविकता के नियम (reality principle) से नियंत्रित होता है।

अहं आदर्श *(Ego ideal)*—पराहं (super ego) का एक ऐसा हिस्सा जिससे आदर्श व्यवहार (ideal behaviour) का प्रतिनिधित्व होता है। जब इसके मानकों (standards) को व्यक्ति पूरा करता है, तो इससे व्यक्ति में गर्व (pride) का भाव विकसित होता है।

अहंकेन्द्रित चिंतन *(Egocentric throught)*—ऐसा चिंतन जो आत्म-केन्द्रित (self-centred) होता है तथा जो दूसरों के विचारों को नजरअंदाज करता है।

अहं सम्पूर्णता बनाम निराशा *(Ego integrity vs Despair)*—वृद्धावस्था के लिये इरिक्सन (Erickson) द्वारा प्रतिपादित एक ऐसी अवस्था जिसमें व्यक्ति अपनी गत जिंदगी (past life) को संतुष्टि (satisfaction) या फिर पश्चाताप (regret) के साथ देखता है।

स्पष्ट प्रतिमावली *(Eidetic imagery)*—किसी उद्दीपक की प्रतिमा को व्यक्ति के सामने से हटा देने के कई मिनट बाद तक उस उद्दीपक की दृष्टि प्रतिमा (visual image) का बना रहना।

विस्तारित रिहर्सल *(Elaborative rehearsal)*—ऐसा रिहर्सल जो नयी सूचनाओं को मौजूद स्मृति एवं ज्ञान से जोड़ता है।

एल्कट्रा कम्पलेक्स *(Electra complex)*—लड़कियों में पिता के प्रति लैंगिक आकर्षण (sexual attraction) तथा माँ के प्रति ईर्ष्या (rivalry) का पाया जानेवाला भाव।

इल्कट्रोकनवलसिभ आघात *(Electroconvulsive shock)*—विद्युत धारा (electric current) जिसे मस्तिष्क में सीधे प्रवाहित करके व्यक्ति में आक्षेप (convulsion) पैदा किया जाता है।

इलैक्ट्रोड *(Electrode)*—एक ऐसा उपकरण जैसे तार (wire), सूई (needle) या धातु प्लेट (metal plate) जिसका उपयोग तंत्रिका तंतु (nerve texture) को उत्तेजित करने या इसकी क्रियाओं को रेकार्ड करने के लिये किया जाता है।

एलेक्ट्रोइनसिफेलोग्राफ *(Electroencephalogram or EEG)*—एक ऐसा उपकरण जिसके माध्यम से मस्तिष्क की वैद्युतीय क्रियाओं (Electrical activity) की पहचान की जाती है, उसे प्रवर्धित (amplify) की जाती है तथा रिकार्ड की जाती है।

प्रतीक *(Emblem)*—किसी विशेष संस्कृति के भीतर पूर्णतः लोकप्रिय तथा समझा जानेवाले कृत्य (gesture)।

संवेग *(Emotion)*—भाव (feeling) की एक ऐसी अवस्था जिसमें दैहिक उत्तेजन (physiological arousal), परिस्थिति जिसने इस अवस्था को उत्पन्न किया है, का संज्ञानात्मक मूल्यांकन (cognitive appraisal) तथा उसकी बाह्य अभिव्यक्ति (outward expression) सम्मिलित होता है।

संवेगात्मक बुद्धि *(Emotional intelligence)*—ऐसी स्थिति जिसमें संवेगात्मक सामर्थ्यता (emotional competency) सम्मिलित होता है तथा जिसमें परानुभूति (empathy), आत्म-नियंत्रण (self-control), आत्म-सचेतता (self-awareness) तथा अन्य कौशल (skills) भी सम्मिलित होते हैं।

संवेग-केन्द्रित सामना या समायोजन *(Emotion-focused coping)*—ऐसी अनुक्रियाएँ जिनका उद्देश्य दबाव कारकों (stressors) के सांवेगिक प्रभाव (emotional impact) को कम करना होता है।

परानुभूतिक उत्तेजन *(Empathic arousal)*—ऐसा सांवेगिक उत्तेजन (emotional arousal) जो व्यक्ति में तब उत्पन्न होता है जब वह दूसरों को दुःख दर्द आदि को समझता है।

कूटसंकेतन *(Encoding)*—सूचनाओं को इस प्रारूप में बदल देना ताकि उसे लघुकालीन स्मृति या दीर्घकालीन स्मृति में बदला जा सके।

कूटसंकेतन असफलता *(Encoding failure)*—ऐसा विस्मरण (forgetting) जिसका कारण सामग्रियों का दीर्घकालीन स्मृति में कभी संचित नहीं किया जाना होता है।

अन्तःस्त्रावी तंत्र *(Endocrine system)*—शरीर के विभिन्न हिस्सों में पथहीन ग्रन्थियों (ductless gland) का एक ऐसा तंत्र जिनका स्राव (secretion) रक्त में सीधे मिल जाता है और शरीर के हिस्सों की कोशिकाओं (cells) को प्रभावित करता है।

अन्तर्जात विषाद या अवसाद (*Endogenous depression*)—ऐसा अवसाद या विषाद जो बाहरी घटनाओं के प्रति किये गए प्रतिक्रियाओं (reactions) के फलस्वरूप न होकर शरीर के भीतर संभवतः मस्तिष्क में रासायनिक असंतुलन (chemical imbalance) के परिणामस्वरूप उत्पन्न होता है।

अभियांत्रिकी मनोविज्ञान (*Engineering psychology*)—मनोविज्ञान की एक ऐसा शाखा जिसमें मशीन तथा कार्य वातावरण को व्यक्ति के प्रत्यक्षज्ञानात्मक (perceptual) तथा दैहिक (physical) क्षमताओं के अनुकूल करने पर बल डाला जाता है।

इनग्राम (*Engram*)—मस्तिष्क का स्मृति-चिह्न (memory trace)।

इन्ड्रोर्फिन (*Endorphin*)—मस्तिष्क विशेषकर पीयूष ग्रन्थि (Pituitary gland) द्वारा उत्सर्जित रसायन (chemicals) जिनसे दर्द कमता है तथा उत्तम मनोदशा (mood) का निर्माण होता है।

पर्यावर्णी मनोविज्ञान (*Environmental psychology*)—मनोविज्ञान की एक ऐसी शाखा जिसमें यह अध्ययन किया जाता है कि पर्यावरण जिसमें स्वाभाविक (natural) तथा निर्मित (constructed) पर्यावरण दोनों ही सम्मिलित होते हैं, किस तरह से मानव व्यवहार को प्रभावित करता है।

इपानफ्राईन (*Epinephrine*)—ऐसा हार्मोन जिससे शरीर उत्तेजित होता है। इसे ऐड्रीनालाईन (adrenaline) भी कहा जाता है।

प्रासंगिक स्मृति (*Episodic memory*)—घोषणात्मक स्मृति (declarative memory) का ऐसा हिस्सा जिसमें व्यक्ति की वैसी अनुभूतियाँ (experiences) संचित होतीं हैं जो खास समय तथा स्थान से संबंधित होते हैं।

इरोजेनस क्षेत्र (*Erogenous zone*)—शरीर का ऐसे क्षेत्र (areas) जो व्यक्ति में लैंगिक इच्छा (erotic desire) उत्पन्न करते हैं।

इरोस (*Eros*)—फ्रायड (Freud) ने प्राण मूलप्रवृत्ति (life instinct) को **इरोस** कहा है।

उन्मुक्ति अधिगम (*Escape learning*)—किसी विमुख उद्दीपक (aversive stimulus) को दूर करने या हटाने के लिये किसी अनुक्रिया को सीखना।

एस्ट्रोजेन (*Estrogen*)—स्त्री यौन हारमोन (female sex hormone) जिससे महिलाओं में गौण यौन गुण (secondary sex characteristics) का विकास होता है तथा जिससे महावारी चक्र (menstrual cycle) का नियंत्रण होता है।

एथनोसेन्ट्रीज्म (*Ethnocentrism*)—अपने समूह या प्रजाति को केन्द्र (centre) में रखना तथा अन्य सभी समूहों या प्रजाति को अस्वीकृत कर देना।

इथोलोजिस्ट (*Ethologist*)—ऐसा विज्ञानी (scientist) जो पशु के स्वाभाविक व्यवहार पैटर्नस (natural behaviour patterns) का अध्ययन करता है।

विकासवादी मनोविज्ञान (*Evolutionary psychology*)—मनोविज्ञान की ऐसी शाखा जिसमें मानव व्यवहार पैटर्नस (human behaviour patterns) की विकासवादी उत्पत्ति (evolutionery origin) का अध्ययन किया जाता है।

उत्तेजन अवस्था (*Excitement phase*)—लैंगिक अनुक्रिया (sexual response) की पहली अवस्था जिसमें लैंगिक उत्तेजना के कुछ आरम्भिक लक्षण उत्पन्न होते हैं।

उदाहरण (*Examplars*)—किसी संप्रत्यय का वैयक्तिक उदाहरण (individual examples) जिसे व्यक्ति अपनी अनुभूति के आधार पर स्मृति में संचित करता है।

परिश्रांति अवस्था (*Exhaustion phase*)—सामान्य अनुकूलन संलक्षण (General Adaptation Syndrome or GAS) की अंतिम अवस्था जो तब उत्पन्न होती है जब व्यक्ति दवाबकारकों (stressors) के प्रभाव को रोकने में असफल हो जाता है।

प्रयोगात्मक समूह (*Experimental group*)—प्रयोग (experiment) में व्यवहृत वह समूह (group) जिसे स्वतंत्रत चर (independent variable) के प्रभाव से अनावृत्त किया जाता है।

प्रयोगात्मक विधि (*Experimental method*)—ऐसी शोध विधि (research method) जिसमें शोधकर्त्ता (researchers) प्रयोज्यों को यादृच्छिक रूप से (randomly) विभिन्न समूहों में आवंटित करता है और सभी अवस्थाओं को नियंत्रित करते हुए किसी एक या एक से अधिक स्वतंत्र चरों (independent variables) में जोड़-तोड़ (manipulation) करके उनका प्रभाव आश्रित चर (dependent variable) पर अध्ययन करता है।

अनुभवजन्य बुद्धि (*Experiential intelligence*)—ऐसा विशिष्ट ज्ञान एवं कौशल (skill) जिसे व्यक्ति अपनी अनुभूति (experience) तथा अधिगम से प्राप्त करता है।

प्रयोगात्मक प्रभाव (*Experimenter effect*)—प्रयोगकर्त्ता के व्यवहारों या क्रियाओं का अविचारित प्रभाव (unintended effect) द्वारा प्रयोज्यों के व्यवहार में परिवर्तन।

स्पष्ट स्मृति (*Explicit memory*)—घोषणात्मक स्मृति (declarative memory) का एक ऐसा उपभाग जिसमें व्यक्ति इस बात से अवगत होता है कि वह किस सूचना का प्रत्याह्वान कर रहा है।

विलोपन (*Extinction*)—पुनर्बलन (reinforcement) को हटा दिये जाने के बाद अनुबंधित अनुक्रिया (conditioned response) का शनैः शनैः कमजोर होना।

बहिकोशकीय प्यास (*Extracellular thirst*)—शरीर की कोशिकाओं (cells) के बीच पाये जानेवाले तरल (fluids) की मात्रा में कमी के कारण उत्पन्न प्यास।

बहिरंग चर (*Extraneous variables*)—वैसी अवस्था या चर (variables) जो प्रयोग के परिणाम को प्रभावित कर सकने में सक्षम होता है, परंतु उसे नियंत्रित करके रखा जाता है।

असाधारण संवेदी प्रत्यक्षण (*Extrasensory perception*)—किसी वस्तु, घटना या दूसरों के विचारों से ज्ञात संवेदी चैनलों (known sensory channels) से भिन्न चैनेलों के माध्यम से उसके बारे में ज्ञान प्राप्त करना।

बहिर्मुखता (*Extroversion*)—सामाजिक, स्पष्ट एवं अनुकूलशील (adaptable) प्रवृत्ति का होना।

बाह्य अभिप्रेरण (*Extrinsic motivation*)—किसी पुरस्कार को पाने के लिये किये जानेवाले व्यवहार को करने या अवांछित परिणाम (undesirable consequences) से दूर हटने का अभिप्रेरण।

[F]

आनन एगनोसिया (*Facial agnosia*)—जाना-पहचाना चेहरा को भी पहचानने की असमर्थता।

आनन पुनर्निवेशन प्राक्कल्पना (*Facial feedback hypothesis*)—यह प्राक्कल्पना इस बात पर बल डालता है कि विशेष तरह की आनन अभिव्यक्ति (facial expression) में सम्मिलित पेशीय गति (muscular movements) से सम्बन्धित संवेग की उत्पत्ति होती है। जैसे, हँसने (smiling) से हमें खुशी के संवेग का अनुभव होता है।

धनात्मक उदाहरणों का दोष (*Fallacy of positive instances*)—उन सूचनाओं को जो व्यक्ति की प्रत्याशा (expectation) में फिट बैठता है, को प्रत्याह्वान करने तथा इन सूचनाओं को जो उनकी प्रत्याशा से भिन्न होती है, की उपेक्षा करने या भूल जाने की प्रवृत्ति।

वसा कोशिका (*Fat cells*)—ऐसी कोशिकाएँ जिनकी संख्या शरीर में 30 से 40 अरब (billion) होता है और जो द्रवित वसा (liquified fat) का भंडार होता है। व्यक्ति के शरीर के वजन में कमी होने पर उनका आकार (size) में ह्रास हो जाता है परंतु उनकी संख्या ज्यों का त्यों बनी होती है।

विशेषता संसूचक (*Feature detectors*)—मस्तिष्क में पाये जाने वाले ऐसे न्यूरोन्स (neurones) जो संवेदी उद्दीपकों (sensory stimulus) के विशिष्ट विशेषता (specific features) के प्रति अनुक्रियाशील होता है।

पुनर्निवेशन (*Feedback*)—किसी अनुक्रिया का व्यक्ति पर पड़नेवाले प्रभाव के बारे में उस व्यक्ति को सूचना देना जिसने अनुक्रिया किया था। इसे **परिणाम ज्ञान** (knowledge of results) भी कहा जाता है।

भ्रूण (*Fetus*)—माँ के गर्भ में पल रहा विकासशील मानव जीव जो 9 सप्ताह से जन्म तक की अवधि में होता है तथा जिस अवधि में शरीर के विभिन्न अंगों की संरचनाओं (structures) का तीव्र विकास होता है।

आकृति-पृष्ठभूमि संगठन (*Figure-ground organization*)—प्रत्यक्षज्ञानात्मक संगठन (perceptual organization) का ऐसा नियम (principle) जिसके अनुसार दृष्टि क्षेत्र (visual field) को व्यक्ति एक स्पष्ट वस्तु जिसे आकृति (figure) कहा जाता है, के रूप में प्रत्यक्षित करता है और यह आकृति दृष्टि क्षेत्र के कुछ अस्पष्ट भागों (vague parts) जिसे पृष्ठभूमि कहा जाता है, पर दीखता है।

प्रथम-डिग्री संबंधी (*First degree relatives*)—व्यक्ति का माता-पिता (parents), बच्चे (children) एवं भाई-बहन।

पंच कारक मॉडल या सिद्धान्त (*Five-factor model or theory*)—एक ऐसा शीलगुण सिद्धान्त जो व्यक्तित्व की व्याख्या पाँच सार्विविक आयामों (universal dimensions) के आधार पर करता है। प्रत्येक विमा व्यक्तित्व शीलगुणों (personality traits) का एक पुंज (constellation) होता है।

स्थायीकरण (*Fixation*)—समस्या समाधान (problem solving) में गलत समाधान या दोषपूर्ण तरीका को बार-बार दोहराना क्योंकि व्यक्ति किसी कारणवश वैकल्पिक समाधान की ओर से नजर हटा लेता है।

स्थायीकरण (*Fixation*)—फ्रायड द्वारा प्रतिपादित मनोलैंगिक विकास (psychosexual development) के सिद्धान्त में किसी भी अवस्था पर अवरुद्ध विकास (arrested development) जो उस अवस्था में अत्यधिक संतुष्टि (excessive satisfaction) या अत्यधिक कुंठा (excessive frustration) के परिणामस्वरूप उत्पन्न होता है।

निश्चित-अंतरण अनुसूची (*Fixed interval schedule*)—एक ऐसी अनुसूचि जिसमें सही अनुक्रिया होने के बाद पुनर्बलन तब दिया जाता है जब गत पुनर्बलित अनुक्रिया (reinforced response) से एक पूर्व निश्चित समय बीत चुका होता है। इस अवधि में किये गये अन्य सही अनुक्रिया के बाद कोई पुनर्बलन नहीं दिया जाता है।

निश्चित अनुपात अनुसूची (*Fixed ratio schedule*)—एक ऐसी अनुसूची (schedule) है जिसमें प्राणी को पुनर्बलन (reinforcement) औसतन तभी ही दिया जाता है जब उसके द्वारा सही अनुक्रिया एक निश्चित संख्या में कर दिया गया हो।

पूर्वस्मृति (*Flashback*)—व्यक्ति द्वारा औषध (drug) एल एस डी (LSD) लेने पर उसका संक्षिप्त प्रभाव अचानक व्यक्ति पर पड़ना।

क्रौंधवल्ब स्मृति (*Flashbulb memory*)—उच्च स्तरीय संवेग के समय उत्पन्न स्मृति जो बिलकुल ही स्पष्ट (vivid) होता है।

तरल बुद्धि (*Fluid intelligence*)—बुद्धि का एक ऐसा पहलू (aspect) जिसमें अमूर्त्त तर्कणा (abstract reasoning) तथा मानसिक नम्यता (mental flexibility) सम्मिलित होता है। ऐसी बुद्धि 20-25 साल की आयु में अपनी ऊपरी स्तर पर होता है तथा फिर आयु बीतने के साथ ही साथ घटते चला जाता है।

न्यायिक मनोविज्ञान (*Forensic psychology*)—मनोविज्ञान की एक ऐसी शाखा जो कानून-संबंधी (law-related) होता है तथा जिसमें मूलतः कानूनी न्याय तंत्र (legal justice system) के रूप में मनोवैज्ञानिक अपना योगदान विशेषज्ञ साक्ष्य (expert witness) की भूमिका में या फिर न्यायाधीशों (judges), पुलिस, प्रतिवादी (defendents) के परामर्शक (consultants) की भूमिका में होकर देते हैं।

औपचारिक संक्रियात्मक अवस्था (*Formal operational stage*)—पियाजे द्वारा प्रतिपादित संज्ञानात्मक विकास (cognitive development) की चौथी एवं अंतिम अवस्था जिसमें बच्चों में काल्पनिक परिस्थितियों (hypothetical situations) तथा अमूर्त्त समस्याओं (abstract problems) के समाधान में तार्किक चिन्तन (logical thinking) करने की क्षमता विकसित हो जाती है।

फोविया (*Fovea*)—अक्षिपटल (retina) के केन्द्र में अवस्थित एक ऐसा क्षेत्र जिसमें सिर्फ शंकु (cones) ही होते हैं।

फ्रेगाइल-एक्स संलक्षण (*Fragile-X syndrome*)—मानसिक मंदता (mental retardation) का एक ऐसा प्रारूप (form) जिसकी उत्पत्ति एक्स गुणसूत्र (X chromosome) में दोष के कारण होता है।

भ्रात्रीय जुड़वा (*Fraternal twin*)—ऐसा जुड़वा बच्चा जिसका जन्म अण्डोत्सर्ग (ovulation) के दौरान माँ से दो अण्डे (eggs) एक साथ निकलने और उनका पिता के दो अलग-अलग शुक्राणु (sperm) से गर्भित होने के परिणामस्वरूप होता है। इन्हें **द्वियुग्मनज जुड़वा** (dizygotic twin) भी कहा जाता है।

स्वतंत्र साहचर्य (*Free association*)—मनोविश्लेषण की एक ऐसी प्रविधि जिसमें क्लायंट या रोगी को मन में आ रहे विचारों चाहे वे तर्कसंगत हो या अतर्कसंगत हो, की अभिव्यक्ति करने के लिये कहा जाता है।

बारंबारता सिद्धान्त (*Frequency theory*)—यह सिद्धान्त यह बतलाता है कि केश कोशिका ग्राहक (hair cell receptor) उतनी ही बार कम्पित (vibrate) होती है जितनी बार आवाज (sounds) उन तक पहुँचता है और इस तरह से इस बात की व्याख्या होती है कि तारतत्व (pitch) में उत्पन्न कम्पन किस तरह मस्तिष्क में पहुँचता है।

अग्रपालि (*Frontal lobe*)—मस्तिष्क का एक ऐसा क्षेत्र या पालि (lobe) जो ऐच्छिक शारीरिक गति (voluntary bodily movement), संभाषण (speech) तथा उच्चतर मानसिक प्रक्रिया (higher mental processes) को नियंत्रित करता है।

कुंठा (*Frustration*)—किसी लक्ष्य पर पहुँचने में उत्पन्न बाधा से उत्पन्न नकारात्मक सांवेगिक स्थिति।

कुंठा-आक्रामकता सिद्धान्त (*Frustration-aggression hypothesis*)—यह प्राक्कल्पना कि सभी तरह की आक्रामकता का कारण कुंठा होता है परंतु सभी तरह की कुंठा से आक्रामकता नहीं होती है।

कार्यात्मक अटलता या आबद्धता (*Functional fixedness*)—समस्या समाधान में उत्पन्न ऐसी अनम्यता (rigidity) जिसकी उत्पत्ति परिचित वस्तुओं (familiar objects) के नये-नये उपयोगों के बारे में सोचने की अक्षमता से होती है।

प्रकार्यवाद (*Functionalism*)—मनोविज्ञान का एक आरंभिक स्कूल (early school) जो इस बात पर बल डालता है कि किस तरह से मानसिक प्रक्रियाएँ (mental processes) मनुष्य एवं पशुओं को अपने-अपने वातावरण के साथ अनुकूलित होने में मदद करता है।

मौलिक गुणारोपण त्रुटि (*Fundamental attribution error*)—दूसरों के व्यवहारों का गुणारोपण करने में भीतरी कारणों या कारकों पर अत्यधिक बल डालने तथा बाह्य कारकों या परिस्थितिजन्य कारकों (situational factors) को नजरअंदाज करने की प्रवृत्ति।

[G]

g-कारक (*g-factor*)—स्पीयरमैन (Spearman) द्वारा प्रतिपादित एक सामान्य बौद्धिक क्षमता (general intellectual ability) जो बुद्धि के विभिन्न मापकों (measures) के बीच उच्च सहसंबंध के लिए उत्तरदायी होता है।

गल्वैनिक त्वचा अनुक्रिया (*Galvanic skin response*)—पसीना (sweating) के कारण त्वचा के वैद्युतीय प्रतिरोध (electrical resistance) या इसका प्रतिलोम चालकत्व (conductance) में परिवर्तन होना।

द्वार-नियंत्रण सिद्धान्त (*Gate control theory*)—एक ऐसा सिद्धान्त जो यह बतलाता है कि मंद-उत्तेजन तंत्रिका तन्तु (slow-firing nerve fibers) द्वारा भेजे गए दर्द संकेतों (pain signals) को सुषुम्ना (spinal cord) के द्वार पर ही तीव्र-उत्तेजन तंत्रिका तन्तु (fast-firing nerve fibers) द्वारा रोक दिया जाता है बशर्ते कि तीव्र-उत्तेजन तंत्रिका तन्तु द्वारा भेजे गए संकेत उससे पहले ही पहुँच जाते हैं या यदि मस्तिष्क स्वयं ही दर्द सूचनाओं के संचरण (transmission) पर रोक लगा देता है।

जेण्डर या लिंग (*Gender*)—पुरुष या स्त्री होने के नाते मनोवैज्ञानिक (psychological) तथा सामाजिक (social) विशेषताएँ।

लिंग पूर्वाग्रह (*Gender bias*)—शोध (research) में स्त्री तथा स्त्रैण समस्याओं (female issues) का कम प्रतिनिधित्व होना।

लिंग भूमिका (*Gender role*)—पुरुष या स्त्री से संबंधित उचित व्यवहार के बारे में सांस्कृतिक प्रत्याशा (cultural expectations)।

सामान्य अनुकूलन संलक्षण (*General Adaptation Syndrome or GAS*)—विभिन्न तरह के दबावकारकों (stressors) के प्रति व्यक्ति द्वारा किया गया शारीरिक अनुक्रियाएँ (bodily responses) जो तीन क्रमबद्ध चरणों में होतीं हैं— **अलार्म की अवस्था** (stage of alarm), **प्रतिरोध की अवस्था** (stage of resistance) तथा **परिश्रांति की अवस्था** (stage of exhausation)।

सामान्यीकरण (*Generalization*)—क्लासिकी अनुबंधन (classical conditioning) में प्राणी में अनुबंधित उद्दीपक (conditioned stimulus) के समान उद्दीपक के प्रति अनुबंधित अनुक्रिया (conditioned response) करने की प्रवृत्ति तथा क्रियाप्रसूत अनुबंधन (operant conditioning) में एक ऐसे उद्दीपक (stimulus) के प्रति सीखी गयी अनुक्रिया को करने की प्रवृत्ति जो मौलिक रूप से पुनर्बलित उद्दीपक (reinforced stimulus) के समान होता है।

उत्पादकता बनाम प्रगतिरोध (*Generativity vs Stagnation*)—इरिक्सन (Erikson) द्वारा प्रतिपादित मध्य आयु (middle age) जहाँ व्यक्ति का अधिक से अधिक चिन्ता अगली पीढ़ी के लोगों को निर्देशित करने न कि उसे यथास्थिति में छोड़ देने से संबंधित होता है।

जीन्स (*Genes*)—गुणसूत्र (Chromosomes) के भीतर डी एन ए (DNA) का खंड (segment) जो वंशानुगत शीलगुणों (hereditary traits) का मौलिक इकाई (units) होता है।

जनेन्द्रिय अवस्था (*Genital stage*)—फ्रायड द्वारा प्रतिपादित मनोलैंगिक विकास (psychosexual stage) की अंतिम अवस्था जिसमें अधिकतर लोगों के लिए लैंगिक ऊर्जा (sexual energy) का केन्द्र विपरीत लिंग (opposite sex) का व्यक्ति होता है तथा जिसमें एक परिपक्व व्यस्क लैंगिकता (mature adult sexuality) पूर्णतः विकसित हो जाती है।

गेस्टाल्ट मनोविज्ञान (*Gestalt psychology*)—मनोविज्ञान का एक ऐसा जर्मन स्कूल (German school) जो इस बात पर बल डालता है कि व्यक्ति किसी वस्तु का प्रत्यक्षण एक सम्पूर्ण इकाई (whole unit) के रूप में करता है तथा प्रत्यक्षित सम्पूर्णता (perceived whole) अपने अंशों (parts) जिसके मिलने से सम्पूर्णता बनती है, के योग (sum) से भिन्न होता है।

ग्लियल कोशिका (*Glial cell*)—ऐसी कोशिकाएँ जो मस्तिष्क को कई तरह से अधिक प्रभावी (efficient) बनाती है। इन तरीकों में न्यूरोन्स को एक साथ रखना, मृत न्यूरोन (dead neuron) को हटाना, एक्सान (axon) के माइलिन परत (mylein coating) को बनाना तथा अन्य कार्य जैसे पोषण प्रदान करना, उत्पादन करना आदि प्रमुख है।

गोनाड्स (*Gonads*)—यौन ग्रन्थि (sex gland) जो पुरुषों में अण्ड-ग्रन्थि (testicle) तथा महिलाओं में डिम्बग्रन्थि (ovary) के नाम से जाना जाता है।

वर्द्धन हारमोन्स (*Growth hormones*)—पीयूष ग्रन्थि (pituitary gland) द्वारा स्रावित एक ऐसा हारमोन जो शारीरिक वर्द्धन में अहम् भूमिका निभाता है।

वर्द्धन आवश्यकता (*Growth need*)—मैसलो द्वारा प्रतिपादित आवश्यकता पदानुक्रम (need hierarchy) में वैसे उच्च स्तरीय आवश्यकताएँ जो आत्मसिद्धि (self-actualization) से संबंधित होते हैं।

निर्देशित प्रतिभावली (*Guided imagery*)—वैसी प्रतिभाओं (images) का सौद्देश्य मानसदर्शन (intentional visualization) जो शांत, आरामदेय तथा अन्य दृष्टिकोणों से लाभदायक होता है।

[H]

आदत (*Habit*)—व्यवहार का एक ऐसा पैटर्न जिसे व्यक्ति गहराई से सीखा होता है।

अभ्यास (*Habituation*)—जैसे-जैसे शिशु किसी उद्दीपक का अभ्यस्त (accustomed) होता जाता है, उसके प्रति कम ध्यान देता है या फिर उसके प्रति कम अनुक्रियाएँ करता है।

केश कोशिकाएँ (*Hair cells*)—कोकल्या (cochlea) में पाये जानेवाले संवेदी ग्राहक (sensory receptor) जो श्रवण के प्रति संवेदनशील होते हैं।

विभ्रम (*Hallucination*)—एक ऐसा काल्पनिक संवेदन (imagery sensation) जिसमें कोई उद्दीपक (stimulus) नहीं होता है।

विभ्रामक (*Hallucinogen*)—एक ऐसा तत्त्व (substance) जो संवेदी विचारों (sensory impressions) को विकृत कर देता है।

परिवेश प्रभाव (*Halo effect*)—किसी व्यक्ति के एक धनात्मक (positive) या ऋणात्मक (negative) शीलगुण (trait) के आधार पर उसके बारे में समग्र मूल्यांकन (overall evaluation) करना।

तगड़ापन (*Hardiness*)—तीन तरह के मनोवैज्ञानिक गुणों (psychological qualities) के मिलने से उत्पन्न एक विशेष तरह की व्यक्तित्व शैली (personality style) जो व्यक्ति को उच्च दबाव (high stress) की स्थिति में भी उनमें शांति एवं स्थिरता बनाकर रखती है। वे तीन मनोवैज्ञानिक गुण हैं : वचनबद्धता (committment), नियंत्रण (control) एवं चुनौती (challenge) को स्वीकार करना। इन्हें तीन सी (three C's) भी कहा जाता है।

हस्सल (*Hassle*)—दिन-प्रतिदिन के छोटे-छोटे दवाबकारक (little stressors) जो व्यक्ति में चिड़चिड़ापन तथा खीझ (annoyance) पैदा करता है। ऐसे दवाब कारकों को **सूक्ष्म दवाबकारक** (microstressors) भी कहा जाता है जो लेजारस (Lazarus) के अनुसार जीवन में बड़े परिवर्तनों की तुलना में अधिक दबाव (stress) उत्पन्न कर सकते हैं।

स्वास्थ्य मनोविज्ञान (*Health psychology*)—मनोविज्ञान की एक ऐसी शाखा जिसमें उन मनोवैज्ञानिक कारकों एवं सिद्धान्तों का अध्ययन किया जाता है जिनके माध्यम से स्वास्थ्य (health), बीमारी (illness) तथा प्रतिलाभ (recovery) के क्षेत्रों में पर्याप्त योगदान होता है।

आनुवंशिकता (*Heredity*)—इसे मनोविज्ञान में *प्रकृति* (nature) भी कहा जाता है। जीन्स (genes) के माध्यम से माता-पिता के दैहिक (physical) एवं मनोवैज्ञानिक (psychological) शीलगुणों को उनके सन्तान (offspring) में अंतरण (transmission) होना।

वंशागति (*Heritability*)—उस सीमा या मात्रा का सूचक (index) जहाँ तक कोई विशेषता (characteristic) आनुवंशिकता (heredity) से प्रभावित होता है।

हेरोइन (*Heroin*)—एक उच्च स्तरीय लत या व्यसन (addictive) जो मार्फिन (morphine) से उत्पन्न अंशतः सांश्लेषिक (synthetic) एवं नारकोटिक (narcotic) होता है।

उच्चतर क्रम अनुबंधन (*Higher order conditioning*)—क्लासिकी अनुबंधन जिसमें अनुबंधित उद्दीपक (Conditional Stimulus or CS) को आगे के अधिगम (further learning) में उपयोग किया जाता है। दूसरे शब्दों में, CS को आगे के प्रयासों में UCS (Unconditioned Stimulus) के रूप में उपयोग कर प्राणी को नयी अनुक्रिया सीखलाया जाता है।

हिप्पोकैम्पस (*Hippocampus*)—लिम्विक तंत्र (limbic system) में पाये जानेवाला एक विशेष संरचना (structure) जो संवेग में तथा सूचनाओं को लघुकालीन स्मृति (short-term memory) से दीर्घकालीन स्मृति (long-term memory) में स्थानान्तरण करने में महत्त्वपूर्ण भूमिका निभाता है।

एच आई वी (*HIV or Human Immunodeficiency virus*)—ऐसा वायरस जिससे व्यक्ति में एड्स (AIDS) का रोग उत्पन्न होता है।

समस्थिति (*Homeostatis*)—ऑक्सीजन स्तर, शरीर का तापक्रम, रक्त में चीनी का स्तर, जल स्तर आदि के संबंध में शरीर में एक संतुलित आंतरिक स्थिति बना रहना।

हारमोन (*Hormone*)—अन्तःस्रावी ग्रन्थियों (endocrine glands) से निकलने वाला स्राव (secretion) जो शारीरिक वर्द्धन (bodily growth) तथा व्यवहार को प्रभावित करता है।

मानव वर्द्धन क्रम (*Human growth sequence*)—गर्भाधारण से मृत्यु तक दैहिक विकास (physical development) का पैटर्न।

रंग *(Hue)*—रोशनी की वह विशेषता (property) जिसे सामान्यतः रंग (colour) जैसे लाल, हरा, पीला आदि कहा जाता है तथा जो सतह से प्रतिबिम्बित रोशनी के तरंगदैर्ध्य (wavelength) से निर्धारित होती है।

मानवतावादी संदर्भ *(Humanistic perspective)*—मनोविज्ञान का एक ऐसा संदर्भ जो मानव व्यवहार को समझने में व्यक्ति की आत्मनिष्ठ अनुभूतियों (subjective experiences) के महत्त्व पर बल डालता है।

मानवतावादी मनोविज्ञान *(Humanistic psychology)*—मनोविज्ञान का एक ऐसा स्कूल (school) जो मनुष्यों की अपूर्वता (uniqueness) पर बल डालते हुए उसके मनोवैज्ञानिक स्वास्थ्य (psychological health), वर्द्धन (growth) तथा चयन (choice) की क्षमता पर बल डालता है।

सम्मोहन *(Hypnosis)*—चेतना की एक ऐसी परिवर्तित अवस्था (altered state of consciousness) जिसमें व्यक्ति में सुझाव ग्रहणशीलता (suggestibility) अधिक पायी जाती है, ध्यान किसी बिन्दु या वस्तु पर केन्द्रित अधिक होता है तथा बाह्य उद्दीपकों के प्रति ह्रासित अनुक्रियाएँ (diminished response) होतीं हैं।

हाइपोथैलेमस *(Hypothalamus)*—एक छोटा परंतु बहुत ही अधिक महत्त्वपूर्ण मस्तिष्कीय संरचना जो पीयूष ग्रन्थि (pituitary gland) को नियंत्रित करता है तथा भूख, प्यास, लैंगिक व्यवहार (sexual behaviour) शारीरिक तापक्रम तथा अन्य कई तरह के सांवेगिक व्यवहारों (emotional behaviours) को नियमित करता है।

प्राक्कल्पना *(Hypothesis)*—दो या दो से अधिक चरों के बीच एक जाँचनीय संबंध (testable relationship) या विशेष संबंध के बारे में पूर्वकथन (prediction)।

[I]

आइकन *(Icon)*—एक मानसिक प्रतिमा या चाक्षुस प्रतिनिधित्व (visual representation)।

उपाहं *(Id)*—व्यक्तित्व का एक ऐसा अपरिष्कृत भाग (primitive part) जो अचेतन (unconscious) में होता है, ऊर्जा की आपूर्त्ति करता है तथा आनन्द के नियम (pleasure principle) से निर्देशित होता है।

एकांडी जुड़वाँ *(Identical twin)*—ऐसे जुड़वा बच्चे जिनके जीन्स (genes) बिल्कुल ही एक समान होते हैं और ऐसे बच्चे का जन्म एक अंडा (egg) का एक शुक्राणु (sperm) से गर्भित होने से होता है परंतु बाद में किसी कारण से युग्मनज (zygote) दो भाग में विभाजित हो जाता है।

तादात्म्य *(Identification)*—किसी व्यक्ति से सांवेगिक रूप से संबंधित महसूस करना तथा अपने आप को उन्हीं की तरह देखना।

अभिज्ञान बनाम भूमिका संभ्रान्ति *(Identity versus Role confusion)*—इरिक्सन (Erikson) द्वारा प्रतिपादित पाँचवा मनोसामाजिक अवस्था (psychosocial stage) जहाँ किशोरों में अपनी पहचान स्थापित करने की होड़ बनी रहती है तथा अपनी जिंदगी के लिये स्वयं मूल्यों (value) को निर्धारित करने में वे लगे रहते हैं। इस कार्य में असफलता मिलने से उनमें अभिज्ञान संकट (identity crisis) उत्पन्न हो सकता है।

भ्रम *(Illusion)*—वास्तविक उद्दीपकों (actual stimuli) का गलत प्रत्यक्षण (false perception)।

प्रतिमावली *(Imagery)*—संवेदी अनुभूतियों यथा दृष्टि (visual), श्रवण (auditory), पेशीय (motor), स्वादन (gustatory), घ्राण (olfactory) या स्पर्श (tactile) अनुभूतियों का मन में प्रतिनिधित्व।

अनुकरण *(Imitation)*—किसी दूसरे व्यक्ति के व्यवहार से अपने व्यवहार को मिलाने का प्रयास करना।

असंक्राम्य तंत्र *(Immune system)*—ऐसा तंत्र जो शारीरिक सुरक्षा (bodily defences) जैसे श्वेत रक्तकण (white blood cells) को कार्यप्रवृत्त (mobilize) करता है ताकि शरीर को माइक्रोब्स (microbes) तथा अन्य रोगाणुओं से बचाया जा सके।

अस्पष्ट स्मृति *(Implicit memory)*—ऐसी स्मृति जिसके बारे में व्यक्ति को यह पता नहीं होता है कि वह वास्तव में है। ऐसी स्मृति की सूचनाओं को व्यक्ति अचेतन रूप से (unconsciously) स्मरण या पुनःप्राप्त (retrieve) करता है।

इमप्रिन्टिंग *(Imprinting)*—जीवन के आरंभिक दिनों में एक सीमित अवधि में होने वाला तीव्र एवं सापेक्ष रूप से स्थायी प्रकार का अधिगम (learning)।

काल्पनिक श्रोता *(Imaginary audience)*—किशोरों का एक ऐसा विश्वास कि किसी भी सामाजिक परिस्थिति में अधिकतर लोगों का ध्यान उन्हीं पर होगा तथा अन्य लोग अपने जैसा ही उनके व्यवहारों की या तो आलोचना करेंगे या प्रशंसा करेंगे।

प्रोत्साहन *(Incentive)*—एक बाह्य उद्दीपक जैसे रुपया, इज्जत, प्रशंसा आदि जिससे व्यक्ति अभिप्रेरित होता है।

असंगत व्यक्ति *(Incongruent person)*—ऐसा व्यक्ति जिसकी आत्म-प्रतिमा (self-image) गलत होती है या जिनका आत्म-प्रतिमा आदर्श-आत्मन् (ideal self) से बहुत ही भिन्न होता है।

बर्द्धित समस्या समाधान (*Incremental problem solving*)—ऐसा चिन्तन जिससे कई छोटे-छोटे कदम होते हैं तथा जिससे मौलिक समाधान निकलता है।

स्वतंत्र चर (*Independent variable*)—एक प्रयोग (experiment) में वह कारक या अवस्था जिसमें शोधकर्त्ता जोड़-तोड़ (manipulation) करता है ताकि दूसरा चर या व्यवहार जिसे आश्रित चर (dependent variable) कहा जाता है, पर पड़ने वाले प्रभाव को निर्धारित किया जा सके।

औद्योगिक/संगठनात्मक मनोविज्ञान (*Industrial/Organizational psychology*)—मनोविज्ञान की ऐसी शाखा जो कार्य (work) का मनोविज्ञान तथा संगठन के भीतर कर्मचारियों के व्यंवहारों पर अपना ध्यान केन्द्रित करता है।

वैयक्तिक शीलगुण (*Individual trait*)—वैसा व्यक्तित्व शीलगुण (traits) जो व्यक्ति के अपूर्व वैयक्तिक गुणों (unique individual traits) को परिभाषित करता है।

वैयक्तिकतापूर्ण सूचना (*Individuating information*)—वैसी सूचना जो आदमी को एक व्यक्ति न कि समूह या समाज के सदस्य के रूप में परिभाषित करता है।

आगमनात्मक चिन्तन (*Inductive thought*)—एक ऐसा चिन्तन जिसमें विशिष्ट तरह के उदाहरणों के क्रम (series) से एक सामान्य नियम या सिद्धान्त के बारे में अनुमान लगाया जाता है।

परिश्रम बनाम हीनता (*Industry versus Inferiority*)—इरिक्सन द्वारा प्रतिपादित मनोसामाजिक विकास (psychosocial development) की चौथी अवस्था जिसमें माता-पिता तथा शिक्षकों द्वारा बच्चों के विभिन्न प्रयासों (efforts) के प्रति की गयी प्रतिक्रिया (reactions) के आधार पर उनमें परिश्रम (industry) या हीनता (inferiority) का भाव विकसित होता है।

शैशव स्मृतिलोप (*Infantile amnesia*)—बड़े बच्चों एवं वयस्कों द्वारा जीवन की आरंभिक अनुभूतियों को प्रत्याह्वान करने की असमर्थता।

अन्त:समूह (*In-group*)—एक ऐसा सामाजिक समूह (social group) जिसमें एक साथ होने या मैत्री (togetherness) का भाव होता है तथा जिससे दूसरे लोगों को अलग रखा जाता है।

पहल बनाम दोष (*Imitiative versus Guilt*)—इरिक्सन द्वारा प्रतिपादित मनोसामाजिक विकास की तीसरी अवस्था (third stage) जिसमें बच्चों द्वारा खेले जानेवाले खेल, किये जानेवाले पेशीय क्रियाओं तथा उनके द्वारा पूछे जाने वाले प्रश्नों के प्रति माता-पिता की प्रतिक्रियाओं (reactions) पर आधृत उनमें विकसित होनेवाला पहल (initiativeness) या दोष (guilt) का भाव।

सूझ (*Insight*)—किसी समस्या का अचानक मानसिक पुनर्संगठन (mental recognization) जिससे उसका समाधान स्पष्ट हो जाता है।

अनिद्रा (*Insomnia*)—नींद आने में कठिनाई की स्थिति।

मूलप्रवृत्ति (*Instinct*)—व्यवहार का एक जन्मजात (inborn), अनार्जित (unlearned) तथा आबद्ध (fixed) पैटर्न जो पूरी प्रजाति की विशेषता होती है।

मूल प्रवृत्ति सिद्धान्त (*Instinct theory*)—यह सिद्धान्त इस तथ्य पर बल डालता है कि मानव व्यवहार कुछ विशेष जन्मजात प्रवृत्तियों या मूलप्रवृत्ति जो सभी व्यक्तियों में पाया जाता है, द्वारा अभिप्रेरित होता है।

बौद्धिकीकरण (*Intellectualization*)—दुश्चिंता उत्पन्न करने वाले किसी परिस्थिति से संवेग (emission) को उसके बारे में अवैयक्तिक (impersonal) एवं बौद्धिक ढंग से सोचकर या बातचीत करके दूर करना।

बुद्धि (*Intelligence*)—एक समग्र क्षमता (overall capacity) जिसके सहारे व्यक्ति तार्किक ढंग से सोचता है, उद्देश्यपूर्ण ढंग से व्यवहार करता है तथा वातावरण के साथ प्रभावी ढंग से निबटता है।

आंतरिक प्रतिमा (*Internal images*)—मानसिक प्रतिमा या दृष्टि चित्रण (visual depiction) जिसका उपयोग स्मृति तथा चिन्तन में होता है।

अन्त:लैंगिक व्यक्ति (*Intersexual person*)—ऐसा व्यक्ति जिसका जनेन्द्रिय (genital) स्त्री और पुरुष दोनों के ही समान दिखता थे।

साक्षात्कार (*Interview*)—एक आमने-सामने की भेंट जिसका उद्देश्य व्यक्ति के वैयक्तिक इतिहास, व्यक्तित्व शीलगुण (personality traits) तथा वर्तमान मनोवैज्ञानिक अवस्था (current psychological state) आदि के बारे में सूचना एकत्रित करना होता है।

बाधा (*Interference*)—स्मृति में ऐसा ह्रास (loss) जिसका कारण एक विशेष घटना से पहले या बाद में संचित सूचना होता है।

घनिष्ठता बनाम अलगाव (*Intimacy versus Isolation*)—इरिक्सन द्वारा प्रतिपादित मनोलैंगिक विकास की छठी अवस्था जहाँ कमसिन वयस्क (young adult) को अपने संबंध में घनिष्ठता कायम करना आवश्यक होता है ताकि उसमें अलगाव या अकेलापन का भाव समाप्त हो जाए।

अंतराकोशकीय प्यास (*Intracellular thirst*)—ऐसी प्यास जिसकी उत्पत्ति तब होती है जब कोशिका (cells) के बाहर में नमक (salts) तथा मिनरल (mineral) अधिक मात्रा में इकट्ठा हो जाने के कारण कोशिका से तरल पदार्थ अधिक मात्रा में निकल जाता है।

आंतरिक अभिप्रेरण (*Intrinsic motivation*)—ऐसा अभिप्रेरण जो व्यक्ति के भीतर से न कि किसी बाह्य पुरस्कार से उत्पन्न होता है। दूसरे शब्दों में, वैसा अभिप्रेरण जिसकी उत्पत्ति व्यक्ति के किसी कार्य से हुई खुशी से होती है।

अन्तमुर्खता (*Introversion*)—अपने भीतर झाँकने की प्रवृत्ति तथा गैरसामाजिक (unsocial), चिन्तनशील (reflective) आदि की ओर तीव्र उन्मुखता दिखलाने की प्रवृत्ति।

बुद्धिलब्धि (*Intelligence Quotient or IQ*)—बुद्धि का एक ऐसा सूचक (index) जिसे व्यक्ति की मानसिक आयु (mental age) को उसके तैथिक आयु से विभाजित करके तथा उसे 100 से गुणा करके ज्ञात किया जाता है।

आविष्कारिका (*Inventory*)—एक ऐसा पेपर-एवं-पेंसिल परीक्षण जिसमें व्यक्ति के चिन्तन (thought), भाव (feelings) एवं व्यवहार (behaviours) के बारे में प्रश्न होते हैं तथा जिनके उत्तरों को एक मानक तरीके (standard procedure) द्वारा प्राप्तांक-लेखन (scoring) किया जा सकता है।

अन्तर्ज्ञानी चिन्तन (*Intuitive thought*)—ऐसा चिन्तन जिसमें तर्क (logic) तथा तर्कणा (reasoning) का उपयोग नहीं के बराबर या बहुत थोड़ा होता है।

[J]

जेम्स-लाजें सिद्धान्त (*James-Lange theory*)—संवेग का एक ऐसा सिद्धान्त जो यह बतलाता है कि सांवेगिक अनुभूतियाँ (emotional experience) सांवेगिक व्यवहार (emotional behaviour) के बाद होती हैं। दूसरे शब्दों में यह कहा जा सकता है कि जब व्यक्ति संवेग उत्पन्न करनेवाले उद्दीपकों के प्रति किये गये दैहिक व्यवहारों (physiological behaviours) से अवगत होता है, तो व्यक्ति में सांवेगिक अनुभूति होती हैं। जैसे, हमलोग भालू देखते हैं, भाग जाते हैं, (सांवेगिक व्यवहार), इसलिए डर (सांवेगिक अनुभूति) जाते हैं।

न्यूनतम ज्ञेय भेद (*Just Noticeable Difference or JND*)—उद्दीपक (stimulus) में वह न्यूनतम परिवर्तन (smallest change) जिसे व्यक्ति 50 प्रतिशत प्रयासों या समय में पहचान कर पाता है।

न्यायोचित सांसारिक विश्वास (*Just-world belief*)—एक ऐसा विश्वास कि लोग सामान्यतः संसार में उतना ही पाते हैं जितना के वे लायक होते हैं।

[K]

संकेत शब्द विधि (*Keyword method*)—स्मृति को उन्नत बनाने की एक ऐसी विधि जिसमें कोई परिचित शब्द या प्रतिमा देकर दो एकांशों (items) को जोड़ा जाता है।

काइनेसिक्स (*Kinesics*)—शारीरिक गतियों (bodily movements), आनन अभिव्यक्ति (facial expression), मुद्रा (posture), हाथ का हाव-भाव आदि के अर्थ का अध्ययन। इसे **शारीरिक भाषा** (body language) भी कहा जाता है।

गतिबोधक ज्ञान (*Kinesthetic sense*)—शारीरिक गति (body movement) तथा उसका रूख आदि का ज्ञान।

परिणाम ज्ञान (*Knowledge of results*)—किसी अनुक्रिया का पड़नेवाले प्रभाव के बारे में सूचना मिलना।

[L]

अव्यक्तता अवधि (*Latency period*)—फ्रायड द्वारा प्रतिपादित मनोलैंगिक विकास की चौथी अवस्था जिसमें लिंग मूलप्रवृत्ति (sex instinct) मूलतः दमित होता है तथा स्कूल की क्रियाओं तथा खेल (play) की क्रियाओं के रूप में उदात्तीकृत (sublimate) होता है।

अस्पष्ट अधिगम (*Latent learning*)—वैसा अधिगम (learning) जो बिना स्पष्ट पुनर्बलन (obvious reinforcement) के ही होता है तथा जो जबतक पुनर्बलन न दिया जाए छिपा रहता है।

लेटरल हाइपोथैलमस (*Lateral hypothalamus*)—हाइपोथैलेमस का एक हिस्सा जो संभवतः एक पोषक केन्द्र (feeding centre) के रूप में कार्य करता है। जब उसे उत्तेजित किया जाता है, तो वह पशुओं को भोजन करने का संकेत प्रदान करता है तथा जब उसे नष्ट कर दिया जाता है तो पशु भोजन करने से इनकार कर देता है।

पार्श्विकता *(Lateralization)*—दोनों मस्तिष्कीय गोलार्द्धों में से किसी एक को विशेष तरह के कार्य करने की विशिष्टता (specialization)। दूसरे शब्दों में, दोनों गोलार्द्धों की क्षमताओं के बीच अन्तर।

प्रभाव नियम *(Law of effect)*—थार्नडाइक (Thorndike) द्वारा प्रतिपादित अधिगम का एक ऐसा नियम जो यह बतलाता है कि उद्दीपक (stimulus) तथा अनुक्रिया (response) के बीच संबंध उस परिस्थिति में मजबूत होते हैं जब उस अनुक्रिया का परिणाम व्यक्ति में संतुष्टि उत्पन्न करता है और उस परिस्थिति में कमजोर होते हैं जब उस अनुक्रिया का परिणाम व्यक्ति में खीझ (annoyance) उत्पन्न करता है।

अर्जित नि:सहायता *(Learned helplessness)*—किसी विरूचिकर परिस्थिति (aversive condition) से बार-बार अनावृत्त (expose) होने पर उसे निष्क्रिय रूप से (positively) स्वीकृत करके उसमें रहने की प्रवृत्ति। इसमें प्राणी उस परिस्थिति को परिवर्तित करने या उससे दूर रहने की कोई इच्छा नहीं दिखलाता है।

अधिगम या सीखना *(Learning)*—व्यवहार में सापेक्ष रूप से (relatively) वैसा स्थायी परिवर्तन जो अभ्यास (practice) या अनुभूति (experience) के फलस्वरूप उत्पन्न हुआ होता है तथा ऐसे परिवर्तनों में परिपक्वता (maturation), औषध (drug), बीमारी (illness) आदि के कारण होनेवाले परिवर्तनों को सम्मिलित **नहीं** किया जाता है।

बायाँ गोलार्द्ध *(Left hemisphere)*—मस्तिष्क का वह गोलार्द्ध (hemisphere) जो शरीर के दायाँ भाग का नियंत्रण करता है, जटिल गतियों (complex movements) को समन्वित करता है तथा करीब 95 प्रतिशत लोगों में लिखित भाषा (written language) तथा संभाषण (speech) का भी नियंत्रण करता है।

लेन्स *(Lens)*—आँख में परितारिका (iris) के पीछे एक पारदर्शी संरचना (transparent structure) जो अक्षिपटल (retina) पर प्रतिमाओं (images) को फोकस करते समय अपना आकृति (shape) में परिवर्तन करता है।

संसाधन-का-स्तर मॉडल *(Level-of-processing model)*—एकल स्मृति तंत्र (single memory system) जिसमें धारण (retention) इस बात पर आधृत होता है कि कितनी गहराई से सूचनाओं को संसाधित किया गया है।

लिबिडो *(Libido)*—फ्रायड के सिद्धान्त में वैसा बल (force) जो मुख्यतः आनन्द-उन्मुख (pleasure-oriented) होता है तथा जो व्यक्तित्व को ऊर्जा प्रदान करता है।

जीवन कौशल प्रशिक्षण *(Life skill training)*—एक ऐसा कार्यक्रम (programme) जो दवाब (stress) को कम करने, आत्म-सुरक्षा, निर्णयन-प्रक्रिया (decision-making), आत्म-नियंत्रण (self-control) तथा सामाजिक कौशल (social skill) की प्रशिक्षण देता है।

जीवन-अवधि संदर्श *(Life span perspective)*—एक ऐसा परिप्रेक्ष्य जो पूरी जीवन-अवधि में व्यवहार में होने वाले परिवर्तन तथा सांत्यता (continuity) का अध्ययन करता है।

हल्का नींद *(Light sleep)*—अवस्था I की नींद जिसमें अन्य बातों के अलावा अनियमित मस्तिष्कीय तरंग (irregular brain waves) तथा कुछ अल्फा तरंग (alpha wave) सम्मिलित होते हैं।

लिम्बिक तंत्र *(Limbic system)*—मस्तिष्क में संरचनाओं (structures) का एक ऐसा समूह जिसमें एमिंगडाला (amygdala) तथा हिप्पोकैम्पस (hippocampus) आदि सम्मिलित होते हैं तथा जो सामूहिक रूप से संवेग (emotion), अभिप्रेरण (motivation) तथा स्मृति (memory) के नियंत्रण एवं नियमन के लिए उत्तरदायी होता है।

रेखीय संबंध *(Linear relationship)*—दो चरों के बीच एक ऐसा संबंध जिसे आलेख (graph) पर दशनि से एक सीधी रेखा का निर्माण होता है।

भाषाई सापेक्षता प्राक्कल्पना *(Linguistic relativity hypothesis)*—इस प्राक्कल्पना के अनुसार वह भाषा जिसका उपयोग व्यक्ति बहुत करता है, से ही उसका चिन्तन (thoughts) निर्धारित होता है।

लॉक-एण्ड-की सिद्धान्त *(Lock-and-key theory)*—यह सिद्धान्त बतालाता है कि गंध (odor) रासायनिक परमाणु (chemical molecules) की आकृति (shape) से संबंधित होता है।

नियंत्रण बिन्दु *(Locus of control)*—एक ऐसा संप्रत्यय जिसका उपयोग करके व्यक्ति अपने जीवन में होनेवाली घटनाओं की व्याख्या करता है। नियंत्रण बिन्दु दो तरह का होता है— आंतरिक (internal) एवं बाह्य (external)। आंतरिक नियंत्रण बिन्दु वाले व्यक्ति अपने प्रत्येक व्यवहार तथा उसके परिणाम पर अपना नियंत्रण बनाकर रखते हैं और बाह्य नियंत्रण बिन्दु वाले व्यक्ति यह नहीं सोचते हैं कि उनके जीवन में जो घटनाएँ घट रही हैं, उनपर उनका कोई नियंत्रण नहीं है क्योंकि उसका कारण भाग्य या संयोग (chance) है।

अनुदैर्घ्य अध्ययन (*Longitudinal study*)—एक तरह का विकासात्मक अध्ययन (developmental study) जिसमें प्रयोज्यों के एक ही समूह को विभिन्न समय अंतरालों (time intervals) जैसे, कुछ महीना या कुछ वर्ष के बाद कई बार अध्ययन किया जाता है तथा उनकी अनुक्रियाएँ प्राप्त की जातीं हैं।

दीर्घकालीन स्मृति (*Long-term memory*)—सापेक्ष रूप से एक स्थायी स्मृति जिसकी क्षमता असीमित होती है तथा जिसमें अर्थपूर्ण सूचनाओं को संचित किया जाता है।

सुबोध स्वप्न (*Lucid dream*)—एक ऐसा स्वप्न जिसमें स्वप्नद्रष्टा (dreamer) अपने को जगा हुआ पाता है तथा सामान्य चिन्तन एवं क्रियाएँ करने के योग्य होता है।

दीर्घकालीन प्रभावकारिता (*Long-term potentiation or LTP*)—संधियुग्मों (synapses) पर तंत्रकीय अंतरण (neural transmission) की प्रभावशीलता (efficiency) में लम्बे समय के लिए स्थायी वृद्धि।

एल एस डी (*LSD or Lysergic acid diethylamide*)—एक ऐसा शक्तिशाली भ्रमात्मक औषध (hallucinogen) जिसके अपूर्वकथनीय प्रभाव (unpredictable effect) जो प्रत्यक्षज्ञानात्मक परिवर्तन तथा स्पष्ट विभ्रम (vivid hallucinations) से लेकर दर्द (pain) तथा त्रास (terror) तक के परास (range) में होता है, व्यक्ति में उत्पन्न करता है।

लिम्फोसाइट्स (*Lymphocytes*)—श्वेत रक्तकण (white blood cell) जो असंक्राम्य तंत्र (immune system) का मुख्य तत्त्व जैसे वी कोशिका (B cell), टी कोशिका (T cells) मैक्रोफेजेस (macrophages) आदि में सम्मिलित होते हैं।

[M]

संपोषक रिहर्सल (*Maintenance Rehearsal*)—मन ही मन किसी सूचना को दोहराना ताकि वह लघुकालीन स्मृति (short-term memory) में तरो-ताजा बना रहे।

मैरिजुआना (*Marijuana*)—एक भ्रमात्मक औषध (hallucinogen) जिसका प्रभाव व्यक्ति में शिथिलीकरण (relaxation) तथा घुमड़ी (giddiness) से लेकर प्रत्यक्षज्ञानात्मक विकृत्ति (perceptual) एँवं विभ्रम (hallucination) की उत्पत्ति तक होती है।

लम्बित अभ्यास (*Massed practice*)—एक ऐसा लम्बा अधिगम सत्र (long learning session) जिसमें व्यक्ति दिये हुए पाठ या कार्य पर सतत अभ्यास जारी रखता है।

परिपक्वता (*Maturation*)—शरीर एवं तंत्रिका तंत्र (nervous system) का शारीरिक वर्द्धन (physical growth) तथा विकास (development)।

मिलान प्राक्कल्पना (*Matching hypothesis*)—यह प्राक्कल्पना इस बात पर बल डालता है कि व्यक्ति अपना दोस्त, पति-पत्नी, प्रेमी-प्रेमिका उसी व्यक्ति को बनाता है जो सामाजिक गुण जैसे दैहिक आकर्षकता (physical attractiveness) में लगभग समान होते हैं।

साधन-साध्य प्राक्कल्पना (*Means-ends hypothesis*)—एक स्वतः शोध समस्या समाधान युक्ति (heuristic problem solving strategy) जिसमें वर्त्तमान स्थिति (current position) की तुलना व्यक्ति वांछित लक्ष्य (desired goal) से करता है तथा इन दोनों के बीच रिक्तियों (gap) को कम करने के लिए कई चरणों का एक क्रम (series) तैयार करके क्रिया किया जाता है।

मनन (*Meditation*)—कई तरह की प्रविधियों का एक ऐसा समूह जिसमें व्यक्ति किसी एक शब्द, वस्तु (object), अपनी साँस या शारीरिक गति पर ध्यान केन्द्रित करता है ताकि सभी तरह के विकर्षण (distraction) को रोककर चेतन का एक परिवर्तित अवस्था (altered state of consciousness) की प्राप्ति की जा सके।

मेडुल्ला (*Medulla*)—मस्तिष्क स्तंभ (brain stem) का वह हिस्सा जो हृदयगति (heartbeat), रक्तचाप (blood pressure), श्वसनगति (breathing rate), खाँसना (coughing) तथा निगलना (swallowing) आदि क्रियाओं को नियंत्रित करता है।

मानसिक मंदता (*Mental retardation*)—एक अधोसामान्य बुद्धि (subnormal intelligence) जिसमें 70 से कम बुद्धिलब्धि होती है तथा व्यक्ति की समानुकूलन क्षमता (adaptative ability) उम्र के अनुसार काफी कम होता है और यह समग्र तस्वीर 16 साल के आयु के भीतर ही दृष्टिगोचर हो जाता है।

मानसिक सेट (*Mental set*)—एक विशेष तरह से अनुक्रिया करने या प्रत्यक्षण करने की पूर्ववृत्ति (predisposition)।

स्मृति संकेत (*Memory cue*)—कोई भी उद्दीपक जो विशेष स्मृति से संबंधित होता है। ऐसे संकेत प्रायः स्मृति को मजबूत कर देते हैं तथा पुनः प्राप्ति (retrieval) को उन्नत बना देते हैं।

स्मृति चिह्न (*Memory traces*)—जब व्यक्ति किसी सूचना को अपने मस्तिष्क में संचित करता है, तो उस समय मस्तिष्क की क्रियाओं या तंत्रिका कोशिकाओं (nerve cells) में होने वाले दैहिक परिवर्तन (physical changes)।

मानसिक आयु *(Mental age)*—किसी विशेष उम्र के व्यक्ति द्वारा दिखलाये गए औसत मानसिक क्षमता (average mental ability)।

सिर्फ-अनावरण प्रभाव *(Mere-exposure effect)*—जब बार-बार किसी व्यक्ति, वस्तु या उद्दीपक से व्यक्ति को अनावृत्त (expose) किया जाता है, तो उसमें उस व्यक्ति या वस्तु या उद्दीपक का एक धनात्मक मूल्यांकन करने की प्रवृत्ति विकसित हो जाना।

मेटा-विश्लेषण *(Meta analysis)*—एक ऐसा सांख्यिकीय विधि (statistical method) जिसका उपयोग करके शोधकर्त्ता एक ही विषय पर हुए बहुत सारे अध्ययनों को संयोजित करता है ताकि किसी विशेष प्राक्कल्पना (hypothesis) का समर्थन दिया जा सके।

मेटा आवश्यकता *(Meta needs)*—मैसलो द्वारा प्रतिपादित आवश्यकता पदानुक्रम (need hierarchy) में आत्म-सिद्धि (self-actualization) से संबंधित आवश्यकताएँ।

मेटासंज्ञानात्मक कौशल *(Metacognitive skill)*—अपनी चिंतन एवं समस्या समाधान प्रयासों (problem-solving efforts) को प्रबंधित करने की क्षमता।

चयापचय दर *(Metabolic rate)*—वह दर जिस पर शरीर कैलोरी (calorie) को खर्च कर ऊर्जा (energy) प्राप्त करता है।

माइक्रोएल्क्ट्रोड *(Microelectrode)*—एक सूक्ष्म वैद्युतीय तार (electrical wire) जिसका उपयोग किसी विशेष न्यूरोन (neuron) की वैद्युतीय क्रियाओं (electrical activities) को मानीटर (monitor) करने के लिये या फिर उसमें क्रिया उत्पन्न करने के लिए किया जाता है।

माइक्रोनींद *(Microsleep)*—क्षण भर के लिए चेतनावस्था (wakefulness) से नींद की अवस्था में आ जाना जो प्रायः तब होता है जब व्यक्ति कुछ दिनों से नींद से वंचित रहा हो।

मध्यकर्ण *(Middle ear)*—कान का वह भाग जिसमें ओस्सिकल्स (ossicles) होते हैं तथा जो कर्णपटल (eardrum) को अण्डाकार खिड़की (oval window) से जोड़ता है तथा ध्वनि द्वारा उत्पन्न कम्पन को बढ़ाकर भीतर अन्तःकर्ण (inner ear) में भेज देता है।

मिनेसोटा मल्टीफेज़िक परसनालिटी इन्वेन्ट्री-2 *(Minnesota Multiphasic Personality Inventory or MMPI-2)*—एक बहुत ही लोकप्रिय एवं सबसे अधिक उपयोग से आने वाला वस्तुनिष्ठ व्यक्तित्व प्रश्नावली। मनोरोग समस्याओं (psychiatric problems) की पहचान एवं निदान के लिए प्रायः इस प्रश्नावली का उपयोग किया जाता है।

नेमोनिक *(Mnemonic)*—स्मृति को उन्नत बनाने की युक्ति (strategy)।

चाँद भ्रम *(Moon illusion)*—चाँद के आकार में आभासी परिवर्तन (apparent change) जो तब होता है जब चाँद क्षितिज (horizon) (अर्थात् बड़ा चाँद) से उठकर सिर के ऊपर (अर्थात् छोटा चाँद) आ जाता है।

मॉडल *(Model)*—व्यक्ति जो कोई खास व्यवहार दिखलाता है या प्रेक्षणात्मक अधिगम (observational learning) में एक उदाहरण के रूप में कार्य करता है।

मॉडलिंग—प्रेक्षणात्मक अधिगम (observational learning) का दूसरा नाम।

एकनेत्रीय गहराई संकेत *(Monocular depth cues)*—गहराई संकेत जिसे मात्र एक आँख से ही देखा जा सकता है।

मार्फिम *(Morphemes)*—भाषा (language) में अर्थ का सबसे छोटी इकाई।

अभिप्रेरित विस्मरण *(Motivated forgetting)*—बहुत दुःखद एवं दुश्चिंता उत्पन्न करनेवाली सामग्रियों (materials) से अपने आप को बचानें के लिए दमन (repression) या प्रतिबन्ध (suppression) के माध्यम से भूलना।

अभिप्रेरण *(Motivation)*—दैहिक (physiological) या मनोवैज्ञानिक आवश्यकताओं (psychological need) को संतुष्ट करनेवाले व्यवहार को उत्पन्न करने, निर्देशित करने तथा बनाये रखने की प्रक्रिया।

अभिप्रेरण *(Motives)*—आवश्यकता या इच्छा जो व्यवहार को लक्ष्य (goal) की ओर बल प्रदान (energies) तथा निर्देशित करता है।

पेशीय कार्टेक्स *(Motor cortex)*—एक ऐसा मस्तिष्कीय-क्षेत्र जिसका संबंध गति के नियंत्रण से होता है।

पेशीय कौशल *(Motor skill)*—क्रियाओं (actions) की एक ऐसा शृंखला (series) जिसके सहारे प्रभावी (efficient) एवं अबाध (smooth) निष्पादन संभव हो।

एम आर आई स्कैन *(MRI Scan)*—एक चुम्बकीय क्षेत्र (magnetic field) के प्रति शरीर की अनुक्रियाओं पर आधृत मस्तिष्क या शरीर का कम्प्यूटर वर्द्धित त्रिविमीय (computer-enhanced three dimensional) प्रतिनिधित्व।

मूलर-लायर भ्रम *(Muller-lyer illusion)*—दो समान लम्बाई की रेखा जिसमें एक रेखा भीतर की ओर के चिह्न से तथा दूसरी रेखा बाहर की ओर होने के चिह्न से बना होता है, को व्यक्ति भिन्न लम्बाई के होने का प्रत्यक्षण करता है। सामान्यतः तीर रेखा (भीतर की ओर चिह्नवाली रेखा) को पंख रेखा (feather-headed line) से वह छोटा समझता है।

बहुसांस्कृतिकवाद *(Multiculturalism)*—विभिन्न प्रजातीय (ethnic) एवं सांस्कृतिक (cultural) समूहों को समान प्रतिष्ठा एवं स्वीकृति (acceptance) देना।

मल्टीमीडिया कम्प्यूटराइज्ड परीक्षण *(Multimedia computerized test)*—एक ऐसा परीक्षण जिसमें कम्प्यूटर का उपयोग जिन्दगी की परिस्थितियों को उपस्थित करने के लिए किया जाता है। परीक्षार्थी (testee) को इन परिस्थितियों के प्रति अपनी प्रतिक्रिया देनी होती है।

बहुबुद्धि *(Multiple intelligence)*—होवार्ड गार्डनर (Howard Gardner) का सिद्धान्त जो यह बतलाता है कि बौद्धिक क्षमता (intellecutal ability) के कई विशिष्ट प्रकार (specialized type) होते हैं।

पारस्परिक अन्तनिर्भरता *(Mutual interdependence)*—एक ऐसी स्थिति जिसमें दो या दो से अधिक व्यक्ति किसी आवश्यकता की पूर्त्ति करने के लिए निश्चित रूप से एक-दूसरे पर निर्भर करते हों।

माइलिन सीथ *(Myelin sheath)*—कुछ न्यूरोन्स के कुछ एक्सान्स (axons) को चारों तरफ से घेरे हुए उजला एवं मोटा परत (fatty coating) जो पृथक्करण (insulation) के रूप में कार्य करता है तथा तंत्रिका आवेग (nerve impulses) को अधिक तीव्र गति से आगे बढ़ने में मदद करता है।

माइयोपिया *(Myopia)*—दूर की वस्तु पर देखने में असमर्थता।

[N]

सहज या अकृत्रिम प्रयोज्य *(Naive subject)*—एक ऐसा प्रयोज्य (subject) जो प्रयोग में भाग लेने के लिए सहमत तो हो गया है परंतु उसे यह पता नहीं है प्रयोग के वास्तविक उद्देश्य को छिपाने कें लिए कुछ छल-कपट (deception) का उपयोग किया जा रहा है।

नैलोक्सोन *(Naloxane)*—एक ऐसा औषध (drug) जो इण्डोमार्फिन (endomorphin) के प्रभाव को रोक देता है।

निद्रारोग *(Narcoplepsy)*—एक गंभीर नींद विकार (sleep disorder) जिसमें व्यक्ति दिन में भी काफी सोता है और जिसमें तीव्र नेत्र गतिक नींद (rapid eye movement or REM sleep) का अचानक एवं अनियंत्रण योग्य (uncontrollable) प्रहार होता है।

नारकोटिक्स *(Narcotics)*—एक ऐसा शामक औषध (depressant drug) जो अफीम (opium) से तैयार होता है तथा जो दर्द-निवारक (pain relieving) कार्य एवं व्यक्ति में शांति उत्पन्न करता है।

स्वाभाविक प्रेक्षण *(Naturalistic observation)*—एक ऐसी शोध विधि जिसमें शोधकर्त्ता व्यवहार का प्रेक्षण एवं रिकॉर्डिंग एक स्वाभाविक परिस्थिति (natural setting) में करता है तथा जहाँ न तो वह उस व्यवहार को प्रभावित करने या फिर नियंत्रित करने का प्रयास करता है।

स्वाभाविक या प्राकृतिक चयन *(Natural selection)*—डार्विन का सिद्धान्त (Darwin's theory) जो इस बात पर बल डालता है कि क्रमविकास (evolution) वैसे पौधा (plants) एवं पशुओं (animals) का होता है जो अपनी हालातों में उत्तम ढंग से अनुकूलित होते हैं।

प्रकृति-प्रशिक्षण विवाद *(Nature-nurture controversy)*—विकास (development) बुद्धि तथा अन्य शीलगुणों (traits) पर आनुवंशिकता (heredity) (अर्थात् प्रकृति) एवं पर्यावरण (environment) (अर्थात् प्रशिक्षण) का पड़नेवाला सापेक्ष प्रभाव से संबंधित वाद-विवाद।

उपलब्धि आवश्यकता *(Need for achievement)*—अच्छा करने या उत्कृष्टता (excellance) का कोई अन्तरीकृत मानक (internalized standard) प्राप्त करने की इच्छा।

सत्ता आवश्यकता *(Need for power)*—दूसरे लोगों पर सामाजिक प्रभाव (social impact) तथा नियंत्रण रखने की इच्छा।

संबंधन की आवश्यकता *(Need for affiliation)*—अन्य लोगों या समूह से साहचर्यित होने की इच्छा।

ऋणात्मक उत्तर अन्तःशक्ति *(Negative after-potential)*—विश्राम विभव (resting potential) से नीचे वैद्युतीय निवेश (electrical charge) का चला जाना।

ऋणात्मक सहसंबंध *(Negative correlation)*—दो चरों के बीच एक ऐसा संबंध होता है जिसमें जब एक चर में वृद्धि होती है तो दूसरी चर में कमी या ह्रास (decrease) होता है।

ऋणात्मक उदाहरण (*Negative instance*)—संप्रत्यय अधिगम (concept learning) में एक ऐसा वस्तु (object) या घटना (event) जो सीखे जानेवाले संप्रत्यय (concept) की श्रेणी में नहीं आता है।

ऋणात्मक पुनर्बलन (*Negative reinforcement*)—किसी अनुक्रिया के होने के बाद दुखद (unpleasant) या विरूचिकर (aversive) उद्दीपक का हट जाना ताकि उस अनुक्रिया का भविष्य में होने की संभावना प्रबल रहे।

ऋणात्मक अंतरण (*Negative transfer*)—जब पहले सीखा गया पाठ या कार्य से बाद के सीखे जानेवाले कार्य या पाठ को सीखने में बाधा पहुँचती है, तो इसे ऋणात्मक अंतरण कहा जाता है।

नवजात शिशु (*Neonate*)—जन्म से एक महीना तक का शिशु।

तंत्रिका (*Nerve*)—न्यूरोन एक्सान (neuron axon) का बंडल।

नेटवर्क मॉडल (*Network model*)—स्मृति का ऐसा मॉडल जो स्मृति को संबंधित सूचनाओं (linked information) का एक संगठित तंत्र (organized system) मानता है।

तंत्रकीय बुद्धि (*Neural intelligence*)—किसी व्यक्ति के मस्तिष्क एवं तंत्रिका तंत्र (nervous system) की जन्मजात गति (speed) एवं कुशलता (efficiency)।

न्यूरिलेम्मा (*Neurilemma*)—कोशिकाओं (cells) की ऐसी परत जो बहुत सारे एक्सान को अपने भीतर समेटे होता है।

न्यूरोन (*Neuron*)—एक विशिष्ट कोशिका (specialized cell) जो तंत्रिका तंत्र (nervous system) में तंत्रिका आवेग (nerve impulse) को संचालित करता है तथा जिसके मुख्य तीन भाग होते हैं— **कोश शरीर** (cell body), **शाखिका** (dendrites) तथा **एक्सान** (axon)।

न्यूरोपेपटाइड (*Neuropeptides*)—ऐसा मस्तिष्कीय रसायन (brain chemicals) जो न्यूरोन्स (neurons) की क्रियाओं का नियमन (regulate) करता है।

न्यूरोट्रांसमीटर (*Neurotransmitter*)—एक ऐसा रसायन जो सूत्रयुग्मन दरार (synaptic left) पर सूचना देने वाले न्यूरोन (sending neuron) के एक्सान सिरा (axon terminals) द्वारा स्रावित होकर सूत्रयुग्मन (synapse) को पार करता है, तथा सूचना प्राप्त करनेवाले न्यूरोन (receiving neuron) की शाखिका (dendrites) या कोशिका शरीर (cell body) के उचित ग्राहक कोशिका (receptor cells) से मिलता है जिसके परिणामस्वरूप तंत्रिका या तो उत्तेजित (fire) होते हैं या फिर उत्तेजित नहीं होता है।

तटस्थ उद्दीपक (*Neutral stimulus*)—एक ऐसा उद्दीपक जो वांछित अनुक्रिया उत्पन्न नहीं करता हो।

रतौंधी (*Nightblindness*)—कम रोशनी (low illumination) की अवस्था में कुछ नहीं दीखना।

रात्रि संत्रास (*Night terror*)—तीव्र नेत्र गतिक नींद (Rapid Eye Movement or REM sleep) के दौरान संत्रास या भीषिका (panic) की अवस्था।

दुःस्वप्न (*Nightmare*)—तीव्र नेत्रगतिक नींद (REM sleep) के दौरान एक बुरा स्वप्न।

अघोषणात्मक स्मृति (*Nondeclarative memory*)—दीर्घकालीन स्मृति का एक ऐसा उपतंत्र (subsystem) जिसमें आवर्त्ती अभ्यास (repetitive practice), आदत (habit) तथा साधारण क्लासिकी अनुबंधित अनुक्रिया (classically conditioned response) के माध्यम से अर्जित किया गया कौशल (skills) संचित होता है। इसे **अस्पष्ट स्मृति** (implicit memory) भी कहा जाता है।

असमस्थितिक प्रणोद (*Nonhomeostatic drive*)—एक ऐसा प्रणोद जो दैहिक वंचन चक्र (physical deprivation cycle) या शारीरिक आवश्यकता अवस्था (bodily need stages) से सापेक्ष रूप से (relatively) स्वतंत्र होता है।

अतीव्र नेत्र गतिक नींद (*Non-Rapid Eye Movement or Non-REM sleep*)—नींद की दूसरी, तीसरी एवं चौथी अवस्था में पायी जानेवाली नींद। इसमें व्यक्ति का श्वसन धीमा एवं नियमित होता, तीव्र नेत्र गतिक (rapid eye movement) अनुपस्थिति होता है तथा व्यक्ति का रक्तचाप एवं मस्तिष्कीय क्रियाएँ (brain activities) 24 घंटा के निम्नतम स्तर पर होता है। व्यक्ति सामान्यतः नींद के गहरे स्तर पर होता है।

नोरइपाईनफ्राइन (*Norepinephrine*)—एक ऐसा न्यूरोट्रांसमीटर (neurotransmitter) जिससे व्यक्ति की नींद (sleep) एवं भोजन करने की इच्छा प्रभावित होती है। नोरइपाइनफ्राईन की कमी से व्यक्ति में अवसाद (depression) उत्पन्न होता है।

निरर्थक पद (*Nonsense syllable*)—तीन अक्षरों का एक ऐसा संयोग (combination) जिसमें पहला व्यंजन अक्षर (consonant letter), दूसरा स्वर अक्षर (vowel letter) तथा तीसरा व्यंजन अक्षर (consonant letter) होता है। इसका हिज्जे (spelling) संभव नहीं होता है तथा इसका कोई अर्थ नहीं होता है। जैसे, KVT। इसे **सी भी सी** पद (CVC syllable) भी कहा जाता है।

अतीव्र नेत्रगतिक स्वप्न (*Non Rapid Eye Movement or NREM dream*)—अतीव्र नेत्र गतिक नींद (Non REM sleep) के दौरान पायी जानेवाली मानसिक क्रियाएँ (mental activities) जो गुणवत्ता (quality) में अधिक सार्थक प्रतीत होतीं हैं।

प्रसामान्य वक्र (*Normal curve*)—एक घंटा-आकारीय वितरण (bell-shaped distribution) जिसमें अधिक से अधिक प्राप्तांक वितरण के बीच में तथा दोनों किनारों पर बहुत ही कम प्राप्तांक अवस्थित होते हैं।

[O]

वस्तु स्थायीत्व (*Object permanance*)—शैशवावस्था में सीखा गया संप्रत्यय (concept) जो इस बात पर बल डालता है कि आँखों से ओझल होने के बावजूद भी किसी वस्तु का अस्तित्व बना रहता है।

वस्तुनिष्ठ परीक्षण (*Objective test*)—एक ऐसा परीक्षण जिसका विभिन्न लोगों द्वारा प्राप्तांक-लेखन (scoring) करने पर भी एक ही प्राप्तांक (same score) आता हो।

प्रेक्षणात्मक अधिगम (*Observational learning*)—किसी दूसरे व्यक्ति के व्यवहार का अनुकरण करने से उत्पन्न सीखना।

प्रेक्षणात्मक रिकार्ड (*Observational record*)—प्रेक्षित व्यवहार (observed behaviour) का एक विस्तृत व्योरा।

प्रेक्षक पूर्वाग्रह (*Observer bias*)—प्रेक्षक की वह प्रवृत्ति जिसके कारण वह प्रेक्षण को विकृत (distort) कर देता है या फिर अपनी प्रत्याशा (expectation) के अनुरूप प्रेक्षण में परिवर्तन कर देता है।

प्रेक्षक प्रभाव (*Observer effect*)—व्यक्ति के व्यवहार में हुए वैसा परिवर्तन जो तब उत्पन्न होता है जब वह यह समझता है कि उसके व्यवहार को अन्य लोगों द्वारा प्रेक्षित (observe) किया जा रहा है।

पश्चकपाल पालि (*Occipital lobe*)—मस्तिष्क का वह पालि जिसमें मुख्य दृष्टि कार्टेक्स (visual cortex) होता है तथा जो व्यक्ति में दृष्टि प्रत्यक्षण (visual perception) के लिए उत्तरदायी होता है।

इडिपस मनोग्रन्थि (*Oedipus complex*)—यह मनोग्रन्थि फ्रायड द्वारा प्रतिपादित मनोलैंगिक विकास की तीसरी अवस्था में पायी जाती है जिसमें पुरुष बच्चा (male child) अपनी माँ से लैंगिक तुष्टि चाहता है तथा पिता से ईर्ष्या एवं विद्वेष (hostility) दिखलाता है।

घ्राण (*Olfaction*)—गंध का संवेदन।

घ्राणेन्द्रिय बल्व (*Olfactory bulb*)—नाक के छेद के ऊपर में दो विशेष तरह की लम्बी संरचनाएँ। यहाँ गन्ध संवेदन सबसे पहली बार अंकित (register) किया जाता है।

क्रियाप्रसूत अनुबंधन (*Operant conditioning*)—ऐसा अनुबंधन या सीखना (learning) जो अनुक्रिया के परिणाम पर आधृत होता है। इसे **साधनात्मक अनुबंधन** (instrumental conditioning) भी कहा जाता है।

संक्रियात्मक परिभाषा (*Operational definition*)—किसी वैज्ञानिक संप्रत्यय को उसके मापे जानेवाले विशिष्ट क्रियाएँ या विधि (procedures) के रूप में परिभाषित करना। जैसे, भूख को भोजन वंचन (food deprivation) के घंटों (hours) की संख्या के रूप में परिभाषित करना।

विरोधी-प्रक्रिया सिद्धान्त (*Opponent-process theory*)—(सांवेगिक) : सिद्धान्त यह बतलाता है कि तीव्र सांवेगिक अवस्था (strong emotional state) के बाद ठीक उसके विरोधी सांवेगिक अवस्था (opposite emotional state) उत्पन्न होती है। दोनों ही सांवेगिक अवस्थाएँ की शक्ति समय बीतने से परिवर्तित होती रहती है।

विरोधी-प्रक्रिया सिद्धान्त (*Opponent-process theory*)—(संवेदन) : सिद्धान्त यहाँ यह बतलाता है कि दृष्टि तंत्र (visual system) की विशेष कोशिकाएँ (cells) किसी एक रंग के प्रति अपना उत्तेजन बढ़ा देती हैं तथा उसी युग्म के दूसरे विरोधी रंग के प्रति अपना उत्तेजन घटा देती है। जैसे— लाल-हरा, पीला-नीला एवं श्वेत-श्याम।

चक्षु तंत्रिका (*Optic nerve*)—वह तंत्रिका जो दृष्टि सूचना को अक्षिपटल (retina) से मस्तिष्क तक ले जाता है।

मुखावस्था (*Oral stage*)—फ्रायड द्वारा प्रतिपादित मनोलैंगिक विकास (psychosexual development) की पहली अवस्था जब शिशु मुँह को ही आनन्द का स्रोत मानता है।

मुख्य-आक्रामक व्यक्तित्व (*Oral-aggressive personality*)—एक ऐसा व्यक्तित्व जो अपनी विद्वेष (hostility) की अभिव्यक्ति चिल्लाकर, दूसरों को शापित करके (cursing) तथा दाँत काटकर व्यक्त करता है। ऐसे लोग दूसरों का काफी शोषण करते हैं।

मुखा-आधृत व्यक्तित्व (*Oral dependent personality*)—एक ऐसा व्यक्तित्व जो निष्क्रिय रूप से (passively) दूसरों का ध्यान, प्यार, उपहार आदि प्राप्त करना चाहता है।

आर्गन ऑफ कोर्टी (*Organ of corti*)—कोक्लिया के बीच का हिस्सा जिसमें केश कोशिकाएँ (hair cells), झिल्ली (membranes), नलिकाएँ (canals) आदि सम्मिलित होतीं हैं।

कामोत्ताप (*Orgasm*)—लैंगिक उत्तेजन (sexual excitement) की चरम सीमा (climax) तथा उसकी मुक्ति (release)।

बाह्य-समूह (*Out-group*)—एक ऐसा समूह जिसके साथ व्यक्ति का कोई तादात्म्य (identification) नहीं होता है।

अतिसीखना (*Overlearning*)—किसी सामग्री को उस बिन्दु के बाद भी अभ्यास करना जहाँ उसे बिना त्रुटि के ही दोहराया जा सकता है।

[P]

परामनोविज्ञान (*Parapsychology*)—अतिसामान्य मनोवैज्ञानिक घटनाओं (extranormal psychological events) जैसे अतीन्द्रिय प्रत्यक्षण (extrasensory perception) का अध्ययन।

उपअनुकम्पी तंत्रिका तंत्र (*Parasympathetic nervous system*)—स्वायत्त तंत्रिका तंत्र का एक ऐसा भाग जो ऊर्जा को संरक्षित करता है तथा शरीर को शांत रखता है।

भित्तीय पालि (*Parietal lobe*)—वह पालि जिसमें कायिक संवेदी कार्टेक्स (Somatosensory cortex) तथा अन्य क्षेत्र अवस्थित होते हैं तथा जो शारीरिक चेतना (body awareness) तथा स्थानिक उन्मुखता (spatial orientation) के लिए उत्तरदायी होता है।

आंशिक पुनर्बलन (*Partial reinforcement*)—एक ऐसा पुनर्बलन पैटर्न (reinforcement pattern) जिसमें कुल अनुक्रियाओं (responses) में से कुछ ही अनुक्रियाओं को पुनर्बलित किया जाता है।

आंशिक पुनर्बलन प्रभाव (*Partial reinforcement effect*)—जिन अनुक्रियाओं को आंशिक पुनर्बलन द्वारा सीखा जाता है, वे विलोपन (extinction) के प्रति अधिक प्रतिरोध (resistant) दिखलाते हैं, अर्थात् उनका विलोपन तेजी से नहीं होता है।

प्रत्यक्षण (*Perception*)—एक ऐसी संज्ञानात्मक मानसिक प्रक्रिया जिसके सहारे संवेदी सूचनाओं (sensory information) को मस्तिष्क द्वारा संगठित एवं व्याख्या किया जाता है।

प्रत्यक्षज्ञानात्मक सुरक्षा (*Perceptual defence*)—धमकीपूर्ण उद्दीपकों या ऐसे उद्दीपक (stimulus) जो व्यक्ति को क्षुब्ध (disturb) कर देते हैं, का प्रत्यक्षण करने में प्रतिरोध (resistance)।

प्रत्यक्षज्ञानात्मक स्थिरता (*Perceptional constancy*)—वस्तुओं का अस्थिरता के बावजूद भी उसके गुणों जैसे आकार (size), चमकीलापन (brightness), रंग आदि को स्थिर प्रत्यक्षण करने की प्रवृत्ति।

प्रत्यक्षज्ञानात्मक सेट (*Perceptual set*)—तीव्र प्रत्याशा (expectation) के कारण किसी वस्तु, परिस्थिति आदि को खास ढंग से प्रत्यक्षण करने की तत्परता। इसे **प्रत्यक्षज्ञानात्मक प्रत्याशा** (perceptual expectancy) की भी संज्ञा दी जाती है।

प्रत्यक्षज्ञानात्मक अधिगम (*Perceptual learning*)—प्रत्यक्षण में वैसा परिवर्तन जिसका कारण पूर्व अनुभूति (prior experience) होता है।

पूर्व ऋणात्मक संबंध (*Perfect negative relationship*)—एक ऐसा गणितीय संबंध जिसमें दो चरों के बीच का सहसंबंध –1.00 होता है।

पूर्ण धनात्मक संबंध (*Perfect positive relationship*)—एक ऐसा गणितीय संबंध (mathematical relationship) जिसमें दो चरों के बीच का सहसंबंध +1.00 होता है।

परिधीय तंत्रिका तंत्र (*Peripheral nervous system*)—तंत्रिका तंत्र (nervous system) का सभी हिस्सा जो केन्द्रीय तंत्रिका तंत्र अर्थात् मस्तिष्क तथा सुषुम्ना (spinal cord) से बाहर होता है। दूसरे शब्दों में वे सारी तंत्रिकाएँ (nerves) जो केन्द्रीय तंत्रिका तंत्र को शरीर के बाकी अन्य भागों से ज़ोड़ता है।

व्यक्तिगत दूरी (*Personal distance*)—निकट दोस्तों (close friends) से अंतर्क्रिया करते समय एक न्यूनतम दूरी जैसे 18" इंच से 4' फीट की दूरी को बनाकर रखना।

व्यक्तिगत अचेतन (*Personal unconscious*)—युग के सिद्धान्त में अचेतन का वह स्तर जिसमें वैसे विचार एवं अनुभूतियाँ होतीं हैं जो चेतन तथा दमित स्मृति (memories) एवं आवेगों (impulses) दोनों के ही पहुँच में होता है।

व्यक्तित्व (*Personality*)—व्यवहारों एवं विशेषताओं का एक अनोखा एवं स्थिर पैटर्न (stable pattern)।

व्यक्तित्व प्रश्नावली (*Personality questionnaire*)—एक ऐसी प्रश्नावली या पेपर-एवं-पेंसिल परीक्षण जिसमें वैसे प्रश्न होते हैं जिनके द्वारा व्यक्तित्व के विभिन्न पहलुओं को मापा जाता है।

व्यक्तित्व सिद्धान्त (*Personality theory*)—नियमों (principles), विचारों (ideas) पूर्वकल्पनाओं (assumptions) एवं संप्रत्ययों (concepts) का एक ऐसा तंत्र (system) जिसके द्वारा व्यक्तित्व को समझा जाता है तथा उसकी व्याख्या की जाती है।

व्यक्तित्व प्रकार (*Personality type*)—व्यक्तित्व की एक शैली (style) जो संबंधित शीलगुणों (related traits) के समूह द्वारा परिभाषित किया जाता है।

अनुनयन *(Persuasion)*—दूसरों के व्यवहार एवं मनोवृत्ति को प्रभावित करने की सोची-समझी कोशिश।

लैंगिक अवस्था *(Phallic stage)*—फ्रायड द्वारा मनोलैंगिक विकास की तीसरी अवस्था (लगभग 3 से 6 साल की अवस्था) जहाँ बच्चा अपने जनेन्द्रियों (genitals) के साथ विचारमग्न (preoccupied) होता है।

लैंगिक व्यक्तित्व *(Phallic personality)*—एक ऐसा व्यक्ति जो संवेदनशील (sensitive), आत्ममोही (narcissistic), गर्वीला (vain) एवं प्रदर्शनोन्मादी (exhibtionistic) होता है।

फेरोमोन *(Pheromone)*—एक वायुजनित (airborne) रासायनिक संकेत (chemical signal)।

फोनिम्स *(Phonemes)*—भाषा का एक मौलिक संभाषण आवाज (basic speech sound)।

फाई घटना *(Phi-phenomenon)*—गति (movement) का एक ऐसा भ्रम (illusion) जिसकी उत्पत्ति तब होती है जब दो या दो से अधिक स्थिर रोशनी या बल्व (bulb) को एक खास क्रम में जलाया या बुझाया जाता है जिसके देखने से लगता है कि रोशनी वास्तव में एक जगह से दूसरी जगह घूम रही है। शादी-विवाह या अन्य शुभ अवसरों के मौके पर प्रायः बिजली के बल्वों से घर को ऐसे ही ढंग से सजाया जाता है।

दैहिक निर्भरता *(Physical dependence)*—दैहिक व्यसन (physical addiction) जैसा कि प्रत्याहार लक्षणों (withdrawal symptoms) एवं औषध सहिष्णुता (drug tolerance) द्वारा लक्षित होता है।

चित्रीय गहराई संकेत *(Pictorial depth cue)*—पेंटिंग, आरेखण (drawing) तथा फोटोग्राफ (photograph) आदि की विशेषताएँ जो स्थान (space), गहराई (depth) एवं दूरी (distance) की सूचना देतीं हैं।

पिनियल ग्रन्थि *(Pineal gland)*—मस्तिष्क में पायी जानेवाली ऐसी ग्रन्थि जो शरीर के लय (rhythm) एवं नींद चक्र (sleep cycle) को नियमित करती है।

पीयूष ग्रन्थि *(Pituitary gland)*—मस्तिष्क में अवस्थित ऐसा अन्तःस्रावी ग्रन्थि (endocrine gland) जिसे प्रायः **मास्टर ग्रन्थि** (Master gland) कहा जाता है तथा इससे निकलने वाला स्राव से अन्य अन्तःस्रावी ग्रन्थियाँ नियंत्रित होतीं हैं तथा जिससे वर्द्धन हारमोन (growth hormone) भी स्रावित होता है।

स्थान सिद्धान्त *(Place theory)*—श्रवण का एक ऐसा सिद्धान्त जो यह बतलाता है कि उच्च एवं निम्न आवाज से कोक्लिया (Cochlea) का विशिष्ट क्षेत्र (specific area) उत्तेजित होता है।

प्लेसबो *(Placebo)*—मनोवैज्ञानिक प्रयोग में नियंत्रित समूह (control group) को किसी औषध की जगह एक निष्क्रिय तत्त्व (inert substance) जैसे चीनी की गोली (sugar pills) या लवण घोल (saline solution) का सूई देना ताकि प्लेसबो प्रभाव (placebo effect) को नियंत्रित किया जा सके।

प्लेसबो प्रभाव *(Placebo effect)*—किसी प्रयोग में आश्रित चर (dependent variable) पर अनुक्रिया में निरूपण या विवेचन (treatment) के बारे में प्रत्याशा (expectation) के कारण न कि निरूपण या विवेचन प्रभाव (treatment effect) के कारण परिवर्तन।

सुनम्यता *(Plasticity)*—मस्तिष्कीय क्षति (brain damage) की क्षतिपूर्त्ति एवं पुर्नसंगठित (reorganize) करने की मस्तिष्क की क्षमता।

आनन्द नियम *(Pleasure principle)*—यह नियम जिसके सहारे उपाहं (Id) आनन्द की प्राप्ति करना चाहता है तथा दुःख अथवा दर्द से दूर रहता है एवं तात्कालिक संतुष्टि (immediate gratification) चाहता है।

पोलिग्राफ *(Polygraph)*—एक ऐसा उपकरण जो व्यक्ति के हृदय गति, रक्तचाप (blood pressure), श्वसन तथा गल्वैनिक त्वक् अनुक्रिया (galvanic skin response) को रिकार्ड करता है तथा जो अक्सर व्यक्ति में उस समय होता है जब वह झूठ बोलने की दुश्चिंता से ग्रसित होता है। सामान्यतः इसे **झूठ संसूचक** (Lie detector) भी कहा जाता है।

सेतु *(Pons)*—मस्तिष्क स्तंभ (brain stem) का एक ऐसा क्षेत्र जो मेडुल्ला (Medulla) एवं अन्य संरचनाओं (structures) के बीच एक पुल (bridge) का कार्य करता है।

धनात्मक सहसंबंध *(Positive correlation)*—दो चरों के बीच एक ऐसा सांख्यिकीय संबंध (statistical relationship) जिसमें एक चर पर बढ़ोत्तरी दूसरे चर पर की बढ़ोत्तरी तथा एक चर पर कमी दूसरे चर पर की कमी से साहचर्यित होता है।

धनात्मक उदाहरण *(Positive instance)*—संप्रत्यय अधिगम (concept learning) में एक ऐसा वस्तु या घटना जो संप्रत्यय वर्ग (concept class) का ही होता है।

धनात्मक मनोविज्ञान *(Positive psychology)*—मानव शक्ति (human strength), गुणों (virtues) एवं प्रभावी-कार्यवाही (effective functioning) का अध्ययन करने वाला मनोविज्ञान।

धनात्मक अंतरण (*Positive transfer*)—जब एक कार्य की स्मृति दूसरे कार्य के निष्पादन में सहायता पहुँचाती हो।

धनात्मक पुनर्बलन (*Positive reinforcement*)—किसी अनुक्रिया के बाद मिलने वाला पुरस्कार या सुखद अनुभूति जिससे भविष्य में उस अनुक्रिया के होने की संभावना बढ़ जाती है।

अवचेतन (*Preconscious*)—वैसे विचार, भाव एवं स्मृतियाँ जिनसे व्यक्ति वर्तमान में अवगत नहीं होता है परंतु चाहने पर या कोशिश करने पर वह इनसे अवगत हो सकता है।

पोस्टमार्टम अवसाद (*Postpartum depression*)—महिलाओं में साधारण से गंभीर प्रकार का विषाद या अवसाद जो सामान्यतः बच्चा जन्म देने के तीन महीने बाद उत्पन्न होता है।

प्रीमैक नियम (*Premack principle*)—यह नियम बतलाता है कि उच्च आवृत्ति वाली अनुक्रिया (high frequency response) को निम्न-आवृत्तिवाली अनुक्रिया को पुनर्बलित करने के लिए उपयोग किया जा सकता है।

प्रेजवायोपिया (*Presbyopia*)—मध्य वयस्कावस्था में पायी जानेवाली एक ऐसी अवस्था जिसमें मानव नेत्र का लेंस नजदीक की चीजों को देखने के लिये ठीक से समायोजित (accomodate) नहीं कर पाता है। इसलिए पर्याप्त दृष्टि के लिए वाइफोकल शीशा (bifocal glass) का उपयोग किया जाता है।

प्राथमिकी प्रभाव (*Primacy effect*)—अधिगम (learning) एवं स्मृति (memory) के क्षेत्र में सूची के प्रथम कुछ एकांशों को मध्य भाग के एकांशों की तुलना में अधिक प्रत्याह्वान करने की संभावना।

प्राथमिकी प्रभाव (*Primacy effect*)—सामाजिक मनोविज्ञान (Social psychology) के क्षेत्र में प्राथमिकी प्रभाव यह दर्शाता है कि किसी दूसरे व्यक्ति के बारे में एक समग्र छवि (overall impression) के निर्माण में उस व्यक्ति को जो सूचनाएँ पहले मिलती हैं, वे बाद में मिलनेवाली सूचनाओं की तुलना में अधिक कारगर साबित होतीं हैं।

प्राथमिकी मूल्यांकन (*Primary appraisal*)—इस तरह के मूल्यांकन में व्यक्ति परिस्थिति, घटना या कारक में दबाव या प्रतिबलक (stress) उत्पन्न करने की अन्तःशक्ति (potentiality) को इस बात के रूप में मूल्यांकन करता है कि इससे उसका तंदुरुस्ती या कुशल-क्षेम (well-being) कितना अधिक प्रभावित होगा अर्थात् व्यक्ति यह देखता है कि कहाँ तक इससे उसे हानि (loss) होगा या उसके लिए घटना सचमुच में अर्थहीन या असार्थक है।

मुख्य श्रवण कार्टेक्स (*Primary auditory cortex*)—शंखपालि (temporal lobe) का वह हिस्सा जहाँ प्रमस्तिष्कीय कार्टेक्स (cerebral cortex) में सुनने की प्रक्रिया को अभिलेखित किया जाता है।

प्राथमिक संवेग (*Primary emotion*)—रोबर्ट प्लूटचिक (Robert Plutchik) के अनुसार सबसे प्रमुख या प्राथमिक संवेग है : डर, आश्चर्य (surprise), उदासी (sadness), क्रोध, विरक्ति (disgust), उम्मीद (anticipation), खुशी (joy) एवं स्वीकृति (acceptance)।

प्राथमिक अभिप्रेरण (*Primary motive*)—प्राणी का जन्मजात अभिप्रेरण जो जैविक आवश्यकताओं (biological needs) पर आधृत होता है।

प्राथमिक लैंगिक विशेषताएँ (*Primary sexual characteristics*)—व्यक्ति के जननेन्द्रिय (genitals) तथा आंतरिक पुनरूत्पादक अंग (internal reproductive organs) के रूप में परिभाषित यौन (sex)।

प्रिमिंग (*Priming*)—आंतरिक स्मृति (implicit memory) से कुछ ऐसे संकेतों (cues) का उपयोग करना जिनसे छिपी हुई स्मृति उत्तेजित होतीं हैं तथा पुनःप्राप्ति (retrieval) भी उन्नत हो जाता है।

प्राथमिक मानसिक क्षमता (*Primary mental ability*)—थर्स्टन (Thurstone) के अनुसार सात तरह की विभिन्न क्षमताएँ जो अकेले या एक-दूसरे के साथ संयोजित होकर सभी तरह की बौद्धिक क्रियाओं (intellectual activities) में संयोजित होती हैं।

प्राथमिक पुनर्बलक (*Primary reinforcer*)—एक ऐसा पुनर्बलक (reinforcer) जो उत्तरजीविता (survival) के लिए मौलिक दैहिक आवश्यकताओं (basic psychological needs) की संतुष्टि करता है और यह किसी प्रकार के अधिगम (learning) पर आधृत नहीं होता है। भोजन, पानी, नींद आदि प्राथमिक पुनर्बलक के उदाहरण हैं।

प्राथमिक दृष्टि कार्टेक्स (*Primary visual cortex*)—दृष्टि पालि (occipital lobe) के पीछे का क्षेत्र जहाँ प्रमस्तिष्कीय कार्टेक्स (cerebral cortex) में दृष्टि अभिलेखित होता है।

अग्रलक्षी अवरोध (*Proactive inhibition*)—जब मौलिक विषय के प्रत्याह्वान में कमी वैसा कार्य या पाठ के कारण होता है जिसे व्यक्ति मौलिक विषय के पहले सीखा होता है, तो इस तरह की घटना को अग्रलक्षी प्रावरोध कहा जाता है।

समस्या-केन्द्रित युक्ति (*Problem-focused strategy*)—एक ऐसी अनुक्रिया जिसका उद्देश्य प्रतिबल या दबाव (stress) के स्रोत (source) को हटा देना या दूर कर देना या परिमार्जित कर देना होता है।

कार्यविधि स्मृति (*Procedural memory*)—अनुबंधित अनुक्रियाओं (conditioned responses) एवं अर्जित कौशलों (acquired skills) का दीर्घकालीन स्मृति (long-term memory)।

प्रोजेस्ट्रोन (*Progesterone*)—एक महिला यौन हार्मोन (female sex hormone) जो मासिक चक्र (menstrual cycle) के नियमन में भूमिका निभाता है तथा संभावित गर्भ (possible pregnancy) के लिये गर्भाशय (uterus) में एक दैहिक आधार तैयार करता है।

क्रमिक शिथिलीकरण (*Progressive relaxation*)—शरीर के सभी भागों में गहरा शिथिलीकरण (deep relaxation) उत्पन्न करने की विधि।

प्रक्षेपण (*Projection*)—अपनी कमियों (shortcomings), भावों एवं अस्वीकार्य आवेगों (unacceptable impulses) को दूसरों पर थोपना।

प्रक्षेपण परीक्षण (*Projective test*)—एक ऐसा व्यक्तित्व परीक्षण जिसमें व्यक्ति स्याही धब्बे (inkblots), अस्पष्ट आरेखण (vague drawings), अधूरे वाक्यों (incomplete sentences) एवं अन्य समान परिस्थितियों के प्रति अपनी भावनाओं, इच्छाओं आशंकाओं एवं द्वन्द्वों (conflicts) आदि को प्रक्षेपित करते हुए अनुक्रिया करता है।

प्रसामाजिक व्यवहार (*Prosocial behaviour*)—अन्य व्यक्तियों के प्रति किया गया ऐसा व्यवहार जो रचनात्मक हो तथा जिससे दूसरों को मदद मिलती हों।

आदिप्रारूप (*Prototype*)—किसी विशेष संप्रत्यय के मुख्य उदाहरण के रूप में व्यवहृत किया गया एक आदर्श मॉडल (ideal model)।

प्रोक्सेमिक्स (*Proxemics*)—स्थान (space) विशेषकर सामाजिक संदर्भ (social setting) के मानव उपयोग का क्रमबद्ध अध्ययन।

समीपता (*Proximity*)—भौगोलिक समीपता (geographical closeness) जो आकर्षण (attraction) या प्रत्यक्षज्ञानात्मक संगठन (perceptual organization) में महत्त्वपूर्ण भूमिका निभाता है।

मनोरोगविज्ञानी (*Psychiatrist*)—एक मेडिकल डॉक्टर जिसे मानसिक रोगों के निदान एवं उपचार में महारथ प्राप्त होता है।

मिथ्यामनोविज्ञान (*Pseudopsychology*)—व्यवहार की व्याख्या करने के लिए दिया गया विश्वासों एवं परम्पराओं का एक गलत एवं अवैज्ञानिक तंत्र (unscientific system)।

पीएसआई घटना (*PSI phenomena*)—ऐसी घटना जो स्वीकृत वैज्ञानिक नियमों (accepted scientific lens) के क्षेत्र से बाहर प्रतीत होती हो।

मनोसक्रिय औषध (*Psychoactive drug*)—एक ऐसा औषध (drug) या तत्व (substance) जो अवधान, स्मृति, निर्णय, समय का ज्ञान, आत्म-नियंत्रण, मनोदशा (mood) तथा प्रत्यक्षण (perception) में परिवर्तन करने की क्षमता रखता हो।

मनोगत्यात्मक सिद्धान्त (*Psychodynamic theory*)—व्यवहार का एक ऐसा सिद्धान्त जो आंतरिक द्वन्द्व (internal conflict), अभिप्रेरण तथा अचेतन बलों (unconscious forces) पर बल डालता है।

मनोजनिक (*Psychogenic*)—जिसका मनोवैज्ञानिक (psychological) न कि दैहिक (physical) कारण हो।

साइकोकाइनेसिस (*Psychokinesis*)—किसी वस्तु या घटना को मानसिक रूप से परिवर्तित या प्रभावित करने की आभासी क्षमता (purported ability)।

मनोवैज्ञानिक निर्भरता (*Psychological dependence*)—ऐसी औषध निर्भरता (drug dependance) जो मूलतः सांवेगिक या मनोवैज्ञानिक आवश्यकताओं पर आधृत होता है।

मनोभाषाविज्ञान (*Psycholinguistics*)—एक ऐसा अध्ययन जो यह बतलाता है कि भाषा किस तरह अर्जित की जाती है, उत्पन्न किया जाता है एवं उपयोग में लाया जाता है तथा किस तरह से भाषा की आवाज एवं संकेत (symbols) अर्थ में अनुवादित किया जाता है।

मनोविज्ञान (*Psychology*)—व्यवहार एवं संज्ञानात्मक प्रक्रियाओं (cognitive processes) का वैज्ञानिक अध्ययन।

साइकोन्यूरोईम्यूनोलोजी (*Psychoneuroimmunology*)—एक ऐसा क्षेत्र जिसमें मनोवैज्ञानिक, जीवविज्ञानी (biologists) तथा मेडिकल शोधकर्त्ताओं द्वारा प्रतिरक्षक या असंक्राम्य तंत्र (immune system) पर मनोवैज्ञानिक कारकों का पड़ने वाले प्रभावों का अध्ययन किया जाता है।

मनोलैंगिक अवस्थाएँ (*Psychosexual stages*)—फ्रायड द्वारा प्रतिपादित कई अवस्थाओं का एक शृंखला जिसके माध्यम से लैगिक मूलप्रवृत्ति (sexual intinct) विकसित होता है। प्रत्येक अवस्था में (अव्यक्तावस्था को छोड़कर) एक कामुकता क्षेत्र (erogenous zone) उत्पन्न होता है जो नये आनन्द एवं द्वन्द्व (conflict) का केन्द्र होता है।

मनोभौतिकी (*Psychophysics*)—दैहिक उद्दीपकों (physical stimuli) एवं उससे उत्पन्न होनेवाले संवेदनों (sensations) के बीच संबंध का अध्ययन।

मनोसमाजिक अवस्थाएँ (*Psychosocial stages*)—इरिक्सन (Erikson) द्वारा प्रतिपादित एक व्यक्ति की पूरी जीवन-अवधि,(life-span) की आठ विकासात्मक अवस्थाएँ। प्रत्येक अवस्था में एक द्वन्द्व (conflict) होता जिसका समाधान एक स्वस्थ व्यक्तित्व विकास (healthy personality development) के लिए अनिवार्य होता है।

मनोसामाजिक द्विविधा (*Psychosocial dilemma*)—व्यक्तिगत इच्छाओं एवं आवेगों (impulses) तथा सामाजिक वातावरण के बीच ऐसा द्वन्द्व (conflict) जो विकास (development) को प्रभावित करता है।

साइकोसर्जरी (*Psychosurgery*)—मस्तिष्क का एक ऐसा सर्जिकल बदलाव (surgical alternation) जो व्यवहार या संवेग में वांछित परिवर्तन लाता हो।

मनोचिकित्सा (*Psychotherapy*)—कोई भी मनोवैज्ञानिक प्रविधि जिसका उपयोग करके व्यक्ति के व्यक्तित्व, व्यवहार एवं समायोजन (adjustment) में धनात्मक परिवर्तन लाया जाता हो।

साईइनफो (*Psyc INFO*)—एक खोजबीन योग्य (searchable) आनलाइन डाटा बेस (online data base) जो मनोविज्ञान में वैज्ञानिक एवं विद्वत्तापूर्ण (scholarly) साहित्य का संक्षिप्त विवरण प्रदान करता हो।

यौवनारंभ (*Puberty*)—जैविक रूप से (biologically) परिभाषित अवधि जिसमें व्यक्ति लैंगिक रूप से परिपक्व हो जाता है तथा पुनरूत्पादन (reproduction) के योग्य हो जाता है।

जन दूरी (*Public distance*)—एक ऐसी दूरी जिसपर औपचारिक अंतर्क्रिया (formal interaction) जैसे संभाषण देना (giving lecture) संपन्न होता है। यह दूरी व्यक्ति से लगभग 12 फीट की होती है।

दंड (*Punishment*)—सुखद उद्दीपक (pleasant stimulus) को हटा देना या दुखद उद्दीपक को उपस्थित करना जो किसी अनुक्रिया को समर्थन देता हो।

[Q]

क्वालिटी केन्द्र (*Quality circle*)—कर्मचारियों का एक छोटा समूह जो आपस में प्रयास करके कार्य निष्पादन तथा उत्पाद (products) को उन्नत बनाने के लिए सुझाव देता है।

[R]

यादृच्छिक आवंटन (*Random assignment*)—प्रयोग (experiment) में प्रयोज्यों (subjects) को प्रयोगात्मक समूह (experimental group) तथा नियंत्रित समूह (control group) में संयोग (chance) प्रविधि का उपयोग करके आवंटित करना ताकि प्रत्येक प्रयोज्य को किसी समूह में रखे जाने की बराबर-बराबर संभावना मौजूद हो।

यादृच्छिक खोज युक्ति (*Random search strategy*)—किसी समस्या के समाधान के लिए करीब-करीब एक यादृच्छिक क्रम (random sequence) का उपयोग करना।

यादृच्छिक प्रतिदर्श (*Random sample*)—प्रयोज्यों (subjects) का एक ऐसा चयनित समूह जिसमें जीवसंख्या (population) के प्रत्येक सदस्य को समूह में सम्मिलित किये जाने की संभावना बराबर-बराबर होती है। इसका उद्देश्य एक ऐसे प्रतिदर्श का चयन करना होता है जो अपनी अभिरुचि की जीवसंख्या (population) का प्रतिनिधित्व कर सके।

यादृच्छिक चयन (*Random selection*)—एक ऐसे प्रतिदर्श (sample) को चुनना जिसमें जीवसंख्या के प्रत्येक सदस्य को प्रतिदर्श में शामिल किये जाने की संभावना बराबर-बराबर हो।

परास (*Range*)—प्राप्तांकों (scores) के समूह में न्यूनतम तथा उच्चतम प्राप्तांक के बीच अंतर।

बलात्कार भ्रम (*Rape myth*)—एक गलत विश्वास जो यह बतलाता है कि महिला जिसके साथ बलात्कार किया गया हो, वह खुद इसके लिये कही है, वह उसके योग्य है तथा उससे आनन्दित भी हुई है।

तीव्र नेत्र गति (*Rapid Eye Movement or REM*)—नींद के दौरान नेत्र-गोलक (eye ball) का तेजी से इधर-उधर होना।

रेटिंग मापनी (*Rating scale*)—व्यवहार के पहलू या व्यक्तित्व शीलगुणों की सूची जिसपर व्यक्ति का रेटिंग किया जाता है।

यौक्तिकीकरण (*Rationalization*)—किसी कार्य या व्यवहार के लिए वास्तविक कारण के जगह पर तार्किक (logical) एवं सामाजिक रूप से स्वीकार्य (socially accepted) कारणों को देना।

प्रतिक्रिया निर्माण (*Reaction formation*)—किसी अस्वीकार्य इच्छा या आवेग (unacceptable desire or impulse) जैसे किसी लैंगिक (sexual) एवं आक्रामक (aggressive) इच्छा के विपरीत इच्छा की अभिव्यक्ति।

वास्तविकता का नियम (*Reality principle*)—किसी कार्य या आनन्द को तब तक विलंबित करके रखना जबतक कि उचित अवसर न आ जाय।

प्रत्याह्वान (*Recall*)—धारण (retention) की एक ऐसी जाँच जिसमें व्यक्ति कुछ पुनःप्राप्ति संकेत (retrieval cues) की मौजूदगी या उसकी पूर्ण अनुपस्थिति में ही पाठ या कार्य के विभिन्न पहलुओं का स्मरण करता है।

ग्राहक क्षेत्र (*Receptor sites*)—न्यूरोन्स (neurones) तथा अन्य कोशिकाओं (cell) के सतह पर का क्षेत्र जो न्यूरोट्रांसमीटर (neurotransmitter) या हारमोन्स (hormones) के प्रति संवेदनशील होता है।

अप्रबल जीन्स (*Recessive genes*)—एक ऐसा जीन जिसके प्रभाव की अभिव्यक्ति तभी होती है जब वह कोई दूसरा अप्रबल जीन (recessive gene) के साथ युग्मित होता है।

अन्योन्यता अवरोध (*Reciprocal inhibition*)—एक सांवेगिक अवस्था (emotional state) जैसे खुशी (joy) द्वारा दूसरे सांवेगिक अवस्था की उत्पत्ति को अवरूद्ध हो जाना।

अन्योन्यता नियतिवाद (*Reciprocal determinism*)—वैण्डुरा द्वारा प्रतिपादित एक ऐसा संप्रत्यय (concept) जो यह बतलाता है कि व्यवहार, संज्ञानात्मक कारक (cognitive factor) तथा वातावरण (environment) सभी प्राणी को प्रभावित करने तथा एक-दूसरे से प्रभावित होते हैं जैसा कि चित्र में दिखलाया है—

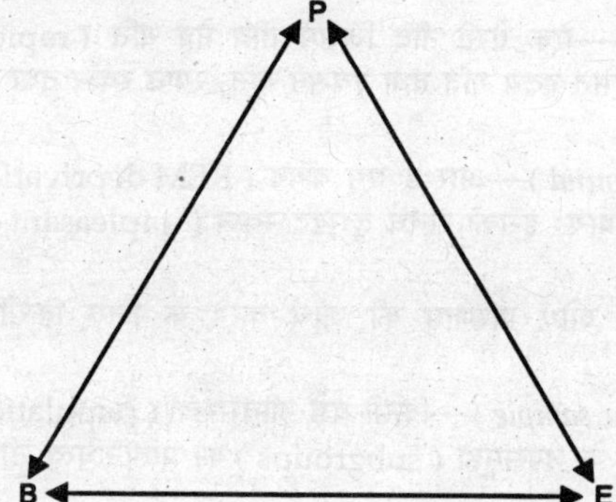

पुनर्कूटसंकेतन (*Recoding*)—स्मृति में संचयन (storage) को मजबूत करने के लिए सूचनाओं को पुनर्संगठित करना या परिमार्जित करना।

प्रत्यभिज्ञान स्मृति (*Recognition memory*)—पहले सीखे गए पाठ या सूचनाओं की सही-सही पहचान करना।

पुनर्संरचना (*Reconstruction*)—एक ऐसी स्मृति जो किसी घटना का वास्तविक प्रतिकृति (exact replica) तो नहीं होती परंतु कुछ सूचनाओं को जो सही हो सकते या नहीं भी सही हो सकते हैं, के आधार पर उसे थोड़ा-थोड़ा करके एक साथ संगठित की गयी हो।

पुनर्गठित स्मृति (*Redintegrative memory*)—ऐसी स्मृति (memory) जो किसी एक स्मृति से संरचित या विकसित होती है तथा फिर अन्य स्मृतियों की शृंखला (chain) से साहचर्यित होती चली जाती है।

संदर्भ समूह (*Reference group*)—ऐसा समूह जिसे व्यक्ति एक आदर्श (standard) के रूप में सामाजिक तुलना (social comparison) के लिए करता है।

प्रतिवर्त (*Reflex*)—किसी खास पर्यावरणीय उद्दीपक (environmental stimulus) के प्रति एक जन्मजात, अनार्जित (unlearned) एवं स्वायत्त (automatic) अनुक्रिया।

चिन्तनशील बुद्धि (*Reflective intelligence*)—अपने ही चिन्तन आदतों (thinking habits) के बारे में अवगत होने की क्षमता (ability)।

प्रतिवर्त्त वृत्तांश (*Reflex arc*)—एक सरलतम व्यवहार जिसमें उद्दीपक एक स्वायत्त अनुक्रिया (automatic response) उत्पन्न करता है।

दुर्गलनीय अवधि (*Refractory period*)—कामोत्ताप (orgasm) के बाद एक ऐसा लघु अवधि जिसके दौरान दोबारा कामोत्ताप की अवस्था में आने से व्यक्ति असफल रहता है।

प्रतिगमन (*Regression*)—विकास (development) की आरंभिक अवस्था में किये गए व्यवहार की विशेषताओं के अनुरूप व्यवहार करने लग जाना।

पुनर्बलन (*Reinforcement*)—एक घटना (event) जो अनुक्रिया के बाद होती है और अनुक्रिया की शक्ति को बढ़ा देती है या इस संभावना को बढ़ा देती है कि भविष्य में उस अनुक्रिया को दोहराया जाएगा।

पुनर्वलक (*Reinforcer*)—कोई भी चीज जो अनुक्रिया को मजबूत करती है या इस बात की संभावना को बढ़ा देती है कि वह भविष्य में फिर किया जाएगा।

संबंधात्मक संप्रत्यय (*Relational concept*)—एक ऐसा संप्रत्यय (concept) जिसे किसी वस्तु की विशेषताओं के संबंधों (relationship) या वस्तुओं एवं उनके इर्द-गिर्द की चीजों के संबंध (relationship) के रूप में परिभाषित किया जाता है।

पुनर्सीखना विधि (*Relearning method*)—पुनर्सीखना द्वारा पहले सीखे गए पाठ की स्मृति की माप की जाती है। इसमें पहले की सीखी गयी अनुभूतियों या पाठों को दोबारा सीखा जाता है। दूसरी बार सीखने में जितना अधिक समय या प्रयास की बचत होती है, उतना ही व्यक्ति मौलिक रूप से सीखे गए पाठ को धारण किये हुए समझा जाता है। इसे **बचत बिधि** (saving method) भी कहा जाता है।

विश्वसनीयता (*Reliability*)—किसी परीक्षण (test) का एक ही प्रतिदर्श (sample) पर कई बार दोहराने से उसके द्वारा एक ही तरह का प्राप्तांक (score) उत्पन्न करने की क्षमता।

आर ई एम स्वप्न (*REM dream*)—एक ऐसा स्वप्न प्रकार जो प्रत्येक आइ ई एम अवधि (REM period) में होता है तथा जिसमें तुलनात्मक रूप से अधिक स्पष्टता, अधिक सांवेगिकता (emotionality) तथा जिसका स्वरूप अधिक चाक्षुष (visual) होता है।

आर ई एम नींद (*REM sleep*)—एक ऐसी नींद जिसमें तीव्र नेत्र गति (rapid eye movement), मांसपेशियों की गतिहीनता (paralysis), तीव्र एवं अनियमित हृदय गति तथा श्वसन गति, स्पष्ट स्वप्न तथा मस्तिष्कीय तरंग की क्रियाओं में बढ़ोत्तरी आदि स्पष्ट रूप से पाये जाते हैं।

आर ई एम धमाका (*REM Rebound*)—आर ई एम वंचन (REM deprivation) के बाद आर ई एम नींद (REM sleep) का अधिक मात्रा में उत्पन्न होना। प्रायः इसका संबंध दुःखद स्वप्न (unpleasant dream) या दुःस्वप्न (nightmare) से होता है।

प्रतिकृति (*Replication*)—किसी शोध परिणाम की जाँच करने के लिए किसी अन्य शोधकर्त्ता द्वारा भिन्न प्रयोज्यों (subjects) पर उसी शोध को दोहराना।

निरूपक प्रतिदर्श (*Representative sample*)—किसी बड़े जीवसंख्या (population) से प्रयोज्यों के प्रतिदर्श को इस ढंग से चयनित करना कि जीवसंख्या के भीतर के उपसमूहों (subgroups) का प्रतिनिधित्व ठीक उसी अनुपात में हो जिस अनुपात में वे बड़े जीवसंख्या में पाये जाते हैं।

निरूपक स्वत:शोध (*Representative heuristic*)—गलत उत्तर चुनने की प्रवृत्ति क्योंकि वे पहले से पाये जाने वाले मानसिक श्रेणियों से मिलते-जुलते प्रतीत होते हैं।

दमन (*Repression*)—अचेतन की प्रक्रिया जिसके सहारे स्मृतियाँ, चिन्तन या आवेगों (impulses) को व्यक्ति चेतन से बाहर रखता है। इसे **अभिप्रेरित विस्मरण** (*motivated forgetting*) भी कहा जाता है।

अनुक्रिया (*Response*)—कोई भी पेशीय क्रिया, ग्रन्थीय क्रिया या व्यवहार का अन्य पहचानने योग्य पहलू।

अनुक्रिया लागत (*Response cost*)—किसी अनुक्रिया के होने के बाद धनात्मक पुनर्बलक (positive reinforcer) को हटा देना।

विश्राम विभव (*Resting potential*)—विश्राम (rest) की अवस्था में न्यूरोन का वैद्युतीय विभव (electrical potential) जो करीब 70 मिलिवोल्ट (Millivolt) का होता है।

रेटिकुलर फारमेशन (*Reticular formation*)—मस्तिष्कीय स्तंभ (brain stem) में पायी जाने वाली संरचना (structure) जो अवधान (attention) एवं उत्तेजन (arousal) में महत्त्वपूर्ण भूमिका निभाता है तथा मस्तिष्क में प्रवेश करने वाले संवेदी सूचनाओं का स्क्रिनिंग भी करता है।

अक्षिपटल (*Retina*)—नेत्र के पीछे की संरचना जिसमें सूचियाँ (cones) तथा शलाकाएँ (rods) दोनों ही पाये जाते हैं तथा जिनपर अक्षिपटलीय प्रतिबिम्ब (retinal image) प्रक्षेपित होती है।

रेटिकुलर एकटिवेटिंग तंत्र (*Reticular Activating System or RAS*)—रेटिकुलर फारमेशन का हिस्सा जो प्रमस्तिष्कीय कार्टेक्स (cerebral cortex) को उत्तेजित करता है।

पुन:प्राप्ति (*Retrieval*)—स्मृति के संचयन (storage) से सूचनाओं की प्राप्ति करना।

पुनःप्राप्ति संकेत (*Retrieval cue*)—कोई भी उद्दीपक या सूचना का अंश जो दीर्घकालीन स्मृति से सूचनाओं की पुनःप्राप्ति में मदद करता हो।

पूर्वलक्षी अवरोध (*Retroactive inhibition or RI*)—नयी स्मृतियों (new memories) द्वारा पहले की स्मृतियों की पुनःप्राप्ति में बाधा उत्पन्न होना।

पश्चगामी स्मृतिलोप (*Retrograde amnesia*)—मस्तिष्कीय आघात (brain trauma) जिससे व्यक्ति में चेतन (consciousness) की क्षय (loss) हुई है, से पहले हुई घटनाओं की स्मृतिलोप।

पुनर्वापसी (*Reuptake*)—एक ऐसी प्रक्रिया जिसके सहारे न्यूरोट्रांसमीटर (neurotransmitter) के अणु (molecules) को संधियुग्मन दरार (synaptic cleft) के एक्सान अन्तःस्थों (axon terminals) द्वारा भविष्य में उपयोग किये जाने के ख्याल से वापस ले लिया जाता है।

दायाँ गोलार्द्ध (*Right hemisphere*)—मस्तिष्क का वह गोलार्द्ध जो शरीर के बायें तरफ के अंगों के संचालन का नियंत्रण करता है तथा अधिकतर लोगों में दृष्टि-स्थानिक प्रत्यक्षण (visual-spatial perception) के लिए एवं अशाब्दिक व्यवहार (nonverbal behaviour) के लिये विशिष्टता प्राप्त होता है।

चिन्तन का पलटाव (*Reversibility of thought*)—इस बात से अवगत होना कि समानता के संबंध में पलटाव संभव है। जैसे अगर A = B तो B = A होगा।

रोडोप्सीन (*Rhodopsin*)—शलाकाओं (rods) में पाये जानेवाले रोशनी-संवेदनशील रंगद्रव्य (light-sensitive pigment)।

शलाका (*Rods*)—धीमी रोशनी (dim light) का दृष्टि ग्राहक (visual receptor) जिससे सिर्फ श्वेत एवं श्याम संवेदन उत्पन्न होती है।

रोशार्क स्याही धब्बा परीक्षण (*Rorschach inkblot test*)—हरमान्न रोशार्क (Hermann Rorschach) द्वारा निर्मित एक ऐसा प्रक्षेपी परीक्षण (projective test) जिसमें 10 स्याही का धब्बा जैसी आकृति होती है और उसके प्रति प्रयोज्य अपनी प्रतिक्रिया (reaction) देता है।

[S]

प्रतिदर्श (*Sample*)—अध्ययन या शोध के लिए जीवसंख्या (population) से चयनित एक छोटा भाग जिसके आधार पर पूरे जीवसंख्या के बारे में सामान्यीकरण (generalization) किया जाता है।

संतृप्ति (*Saturation*)—रंग की शुद्धता (purity) अर्थात् रोशनी तरंग (light wave) जो रंग उत्पन्न करते हैं, एक ही तरंगदैर्ध्य (wavelength) के हैं।

बचत प्राप्तांक (*Saving scores*)—किसी पाठ के मौलिक सीखना (original learning) में लगे समय या प्रयास (trials) की तुलना में दोबारा उसी पाठ को फिर से सीखने में लगे समय या प्रयास में बचत (saving)।

बलि का बकरा बनाना (*Scope goating*)—किसी ऐसे व्यक्ति या समूह पर दोष मढ़ना जो सचमुच में उसके लिए उत्तरदायी नहीं है।

स्कैक्टर-सिंगर सिद्धान्त (*Schachter Singer theory*)—संवेग का एक दो स्तरीय सिद्धान्त जो यह बतलाता है कि संवेग उत्पन्न होने के लिए (1) दैहिक उत्तेजन (physiological stimulation) तथा (2) उस उत्तेजन की संज्ञानात्मक व्याख्या (cognitive appraisal) की जरूरत होती है।

पुनर्बलन अनुसूची (*Schedule of reinforcement*)—पुनर्बलन देने का एक क्रमबद्ध कार्यक्रम (systematic programme) जिसका व्यवहार पर एक पूर्वकथनीय प्रभाव (predictable behaviour) होता है।

स्कीमा (*Schema*)—पियाजे (Piaget) ने इस पद का उपयोग एक ऐसी संज्ञानात्मक संरचना (cognitive structure) के लिए किया था जिसके माध्यम से सूचनाओं की पहचान करके उसकी व्याख्या की जाती है। सामान्यतः इस पद से तात्पर्य किसी घटना, वस्तु या व्यक्ति के बारे में ज्ञान एवं पूर्वकल्पनाओं (assumptions) का एक समन्वित ढाँचा (integrated framework) से होता है।

गौण मूल्यांकन (*Secondary appraisal*)—सामना करने या निबटने की अपनी युक्तियों (strategies) का मूल्यांकन करते हुए यह निश्चित करना कि किसी तनावपूर्ण घटना (stressful event) से किस तरह से सामना किया जा सकता है।

गौण पुनर्बलक (*Secondary reinforcer*)—एक ऐसा तटस्थ उद्दीपक (neutral stimulus) जो अन्य पुनर्बलकों (reinforcer) के साथ बार-बार युग्मित किये जाने पर अनुक्रिया को पुनबर्लित करने लगता है।

गौण यौन विशेषता (*Secondary sex characteristics*)—ऐसी दैहिक विशेषताएँ (physical characteristics) जो

पुनरुत्पादन (reproduction) में प्रत्यक्ष रूप से तो सम्मिलित नहीं होते हैं परंतु परिपक्व पुरुष (mature male) को एक परिपक्व स्त्री (mature female) से निश्चित रूप से अलग करने में सहायक होते हैं।

गौण अभिप्रेरण (*Secondary motive*)—ऐसे अभिप्रेरक (motive) जो अर्जित आवश्यकताओं, प्रणोद (drive) तथा लक्ष्य (goals) पर आधृत होते हैं।

गौण शीलगुण (*Secondary trait*)—ऐसे शीलगुण (trait) जो असंगत (inconsistent) होते हैं तथा सापेक्ष रूप से सतही (superficial) होते हैं।

चयनात्मक अवधान (*Selective attention*)—किसी विशेष संवेदी सूचना (sensory message) को जानबूझकर अधिक महत्व देना।

चयनात्मक प्रत्यक्षण (*Selective perception*)—एक बड़े संभावनाओं के बीच सिर्फ कुछ खास उद्दीपक को ही प्रत्यक्षण करना।

आत्मन् (*Self*)—अपने व्यक्तिगत पहचान (personal identify) के बारे में एक सतत विचारधारा (conception)।

चयन पूर्वाग्रह (*Selection bias*)—प्रयोगात्मक समूह (experimental group) तथा नियंत्रित समूह (control group) में प्रयोज्यों का इस ढंग से आवंटन किया जाना कि प्रयोग के प्रारम्भ में ही दोनों समूहों के बीच क्रमबद्ध अंतर (systematic difference) मौजूद हो।

आत्म-सिद्धि (*Self-actualization*)—अपने विभव या अंतःशक्ति (potential) को पूर्णतः विकसित करना। मैसलो की आवश्यकता पदानुक्रम (need hierarchy) में उच्चतम आवश्यकता (highest need)।

आत्म-क्षमता या प्रभावोत्पादकता (*Self-efficacy*)—अपनी क्षमता में एक वांछित परिणाम उत्पन्न करने का विश्वास (belief)।

आत्म-संप्रत्यय (*Self-concept*)—अपने व्यक्तित्व शीलगुणों (personality trait) के बारे में व्यक्ति का खुद का प्रत्यक्षण।

आत्म-सम्मान (*Self-esteem*)—अपने आपको एक धनात्मक मूल्यांकन या अपने आपको एक योग्य एवं सार्थक व्यक्ति मानना।

आत्म-पूरक भविष्यवाणी (*Self-fulfilling prophecy*)—एक ऐसी उम्मीद जो व्यक्ति को इस ढंग से कार्य करने के लिए प्रेरित करता है जिससे उसकी प्रत्याशा सच हो।

आत्म-पुनर्बलन (*Self-reinforcement*)—कोई विशेष अनुक्रिया करके अपने आपको पुनर्बलित करना या प्रशंसा करना।

अर्थगत स्मृति (*Semantic memory*)—घोषणात्मक स्मृति (declarative memory) का एक उपभाग जो वातावरण के बारे में अवैयक्तिक ज्ञान (impersonal knowledge) को अभिलेखित करता है।

अर्थविज्ञान (*Semantics*)—भाषा में अर्थ (meaning) के अध्ययन का विज्ञान।

संवेदन (*Sensation*)—संवेदी अंग (sensory organ) के उत्तेजन से मस्तिष्क में उत्पन्न तात्कालिक अनुक्रिया (immediate response)।

संवेदनशील अवधि (*Sensitive period*)—मानव विकास के दौरान एक ऐसी अवधि जिसमें सामान्य विकास के लिए कुछ घटनाओं का होना या घटना आवश्यक होता है।

अर्द्धचन्द्राकार नलिकाएँ (*Semi-circular canals*)—अन्तःकर्ण (inner ear) में तीन द्रव्य-भरी नलिकाकार नलिकाएँ (tubular canals) जो घुमते हुए सिर की गति (rotating head movement) के बारे में संबंधित सूचना प्रदान करती हैं।

संवेदी-पेशीय अवस्था (*Sensory-motor stage*)—पियाजे द्वारा प्रतिपादित संज्ञानात्मक विकास (cognitive development) की पहली अवस्था जो जन्म से 2 साल तक की होती है जिसमें वस्तु स्थायित्व (object permanance) जैसे गुण का विकास होता है।

संवेदी अनुकूलन (*Sensory adaptation*)—धीरे-धीरे अपरिवर्तनशील संवेदी उद्दीपक (sensory stimulus) के प्रति कम संवेदनशील होते जाना।

संवेदी विश्लेषण (*Sensory analysis*)—संवेदी सूचनाओं को महत्त्वपूर्ण तत्त्वों में विभाजित करना।

संवेदी कूटसंकेतन (*Sensory coding*)—ज्ञानेन्द्रियों (sense organs) द्वारा सूचनाओं को मस्तिष्क तक भेजने के लिए व्यवहृत कूटसंकेतन (codes)।

संवेदी वंचन (*Sensory deprivation*)—एक ऐसी अवस्था जिसमें संवेदी उत्तेजन (sensory stimulation) को न्यूनतम स्तर तक कम कर दिया जाता है या पूर्णतः उसे हटा ही दिया जाता है।

संवेदी गेटिंग (*Sensory gating*)—सुषुम्ना (spinal cord) में संवेदी सूचनाओं में बदलाव होना।

संवेदी स्मृति (*Sensory memory*)—एक ऐसी स्मृति तंत्र जिसमें ज्ञानेन्द्रियों से आनेवाली सूचनाओं को कुछ मिलिसेकेंड से कुछ सेकंड तक की अवधि के लिए संचित करके रखा जाता है।

संवेदी ग्राहक (*Sensory receptor*)—प्रत्येक ज्ञानेन्द्रिय में विशिष्ट कोशिकाएँ (specialized cells), जो विभिन्न संवेदी उद्दीपकों यथा रोशनी, आवाज, गंध आदि की पहचान करके उसके प्रति अनुक्रिया करता है तथा उत्तेजन को तंत्रकीय आवेगों (neural impulses) में बदल देता है।

अलगाव दुश्चिंता (*Separation anxiety*)—शिशुओं द्वारा उस समय दिखलाये जानेवाले डर तथा घबराहट जब माता-पिता उनसे अलग होने लगते हैं। प्रायः यह 8 से 24 महीनों में होता है तथा 12 से 18 महीनों में अपने चोटी पर होता है।

क्रमिक स्थान प्रभाव (*Serial position effect*)—एकांशों (items) की सूची की उपस्थिति पर व्यक्तियों में आरंभ (beginning) एवं अंत के एकांशों को मध्य के एकांशों की अपेक्षा स्मरण करने की प्रवृत्ति।

सिरोटोनिन (*Serotonin*)—एक न्यूरोट्रांसमीटर (neurotransmitter) जो व्यक्ति की मनोदशा (mood), नींद, आक्रामकता (aggression) एवं भूख (hunger) के नियमन में महत्त्वपूर्ण भूमिका निभाता है। इसकी कमी से व्यक्ति में दुश्चिंता, विषाद (depression) एवं आत्म-हत्या (suicide) की प्रवृत्ति तीव्र हो जाती है।

सेट बिन्दु (*Set point*)—शरीर में वसा (fat) का वह अनुपात जो भूख (hunger) एवं भोजन करने की प्रवृत्ति में हुए परिवर्तन द्वारा संपोषित (maintained) होता है।

यौन गुणसूत्र (*Sex chromosome*)—गुणसूत्र का वह युग्म (pair) जो व्यक्ति में यौन (sex) का निर्धारण करता है। महिलाओं में XX एवं पुरुषों में XY गुणसूत्र का जोड़ा।

यौन-संबंधी शीलगुण (*Sex-linked trait*)—यौन के अतिरिक्त शीलगुण जो एक्स गुणसूत्र (X chromosome) या शायद कभी Y गुणसूत्र पर के जीन्स (genes) द्वारा प्रभावित होते हैं।

लिंगवाद (*Sexism*)—किसी यौन के व्यक्ति के प्रति सिर्फ उसके यौन के होने के आधार पर दिखलाया गया पूर्वाग्रह (prejudice)।

लैंगिक उन्मुखता (*Sexual orientation*)—लैंगिक पसंदगी (sexual liking) की दिशा—विपरीत लिंग के व्यक्ति के प्रति जिसे विषमलैंगिकता (heterosexuality) कहा जाता है, अपने ही लिंग के व्यक्ति के प्रति जिसे समलैंगिकता (homosexuality) कहा जाता है तथा दोनों यौनों के व्यक्ति के प्रति जिसे उभयलैंगिकता (bisexuality) कहा जाता है।

लैंगिक अनुक्रिया चक्र (*Sexual response cycle*)—मास्टर्स एवं जोनसन (Masters & Johnson) द्वारा पाया गया मानव लैंगिक अनुक्रिया (human sexual response) जो पुरुषों एवं स्त्रियों दोनों में ही होता है, की चार अवस्थाएँ : **उत्तेजन** (excitement), **अधित्यका**, (plateau), **कामोत्ताप** (orgasm) एवं **नियताप्ति** (resolution)।

आकृति स्थिरता (*Shape constancy*)—किसी वस्तु का प्रत्यक्षित आकार (perceived shape) उस वस्तु के अक्षिपटलीय प्रतिबिम्ब (retinal image) में परिवर्तन से प्रभावित नहीं होना।

लघुकालीन स्मृति (*Short-term memory*)—ऐसी स्मृति तंत्र जिसमें बिना रिहर्सल किए सामान्यतः पाँच से नौ एकांशों को 30 सेकंड से कम समय के लिए संचित किया जाता है।

संकेत पहचान सिद्धान्त (*Signal detection theory*)—एक ऐसा सिद्धान्त जिसमें संवेदी उद्दीपक (sensory stimulus) की पहचान में पृष्ठभूमि की आवाज (sound) से उद्दीपक को भिन्न करना तथा इस बात का निर्णय करना कि वास्तव में उद्दीपक उपस्थित है, दोनों ही सम्मिलित होते हैं।

समकालिक रंग विरोधाभास (*Simultaneous color contrast*)—प्रत्यक्षित रंग (perceived hue) में परिवर्तन जो व्यक्ति को तब महसूस होता है जब एक रंगीन उद्दीपक को विभिन्न रंगों की पृष्ठभूमि पर दिखलाया जाता है।

एकाकी अंध प्रयोग (*Single-blind experiment*)—एक ऐसी अवस्था जिसमें प्रयोज्यों (subjects) को यह पता नहीं होता है कि वे प्रयोगात्मक समूह या नियंत्रित समूह के सदस्य हैं।

परिस्थितिजन्य माँग (*Situational demand*)—ऐसी अव्यक्त प्रत्याशा (unstated expectation) जो विभिन्न सामाजिक परिस्थितियों में वांछित या उचित व्यवहार को परिभाषित करती है।

परिस्थितिजन्य परीक्षण (*Situational test*)—एक ऐसा परीक्षण जिसमें वास्तविक जिन्दगी की अवस्थाएँ अनुकृत (simulate) की जातीं हैं ताकि व्यक्ति की अनुक्रियाओं को प्रत्यक्ष रूप से प्रेक्षित किया जाएँ।

आकार स्थिरता (*Size constancy*)—किसी वस्तु का प्रत्यक्षित आकार उस परिस्थिति में भी स्थिर रहता है जब उसका अक्षिपटलीय प्रतिबिम्ब (retinal image) परिवर्तित हो जाता है।

आकार-दूरी अपरिवर्तनशीलता (*Size-distance invariance*)—किसी वस्तु की व्यक्ति के नेत्र से दूरी तथा उसके प्रतिबिम्ब के आकार (size) के बीच सख्त संबंध (strict relationship)।

त्वक् ग्राहक (*Skin receptor*)—स्पर्श, दबाव (pressure), दर्द, ठंडा (cold) एवं गर्मी (warmth) के लिये ज्ञानेन्द्रिय (sense organ)।

नींद एपनिया (*Sleep apnea*)—एक ऐसी नींद विकृति (sleep disorder) जिसमें व्यक्ति के श्वसन (respiration) में नींद के दौरान पुनरावृत्त बाधा (repeated interruption) होता है। कभी-कभी व्यक्ति को नींद से उठना साँस लेने के लिए जरूरी हो जाता है। इस विकृति का मुख्य लक्षण दिन में नींद जैसी अवस्था का बना रहना तथा जोर-जोर का खर्राटा (loud snoring) मारना है।

नींद हारमोन (*Sleep hormone*)—मस्तिष्क एवं सुषुम्ना में पाये जानेवाले नींदं को बढ़ाने एवं उन्नत बनाने वाले तत्त्व।

नींद तकला (*Sleep spindle*)—मस्तिष्कीय तरंग क्रिया (brain-wave activity) का विशिष्ट लहर या प्रस्फोट (distinctive brust) जो यह बतलाता है कि व्यक्ति नींद में सोया है।

नींद की अवस्थाएँ (*Sleep stages*)—नींद का स्तर जिसे मस्तिष्कीय तरंग पैटर्न तथा व्यवहारपरक परिवर्तनों (behavioural changes) द्वारा पहचान किया जाता है।

निद्राबोली (*Sleep talking*)—अतीव्र गतिक नींद (non-rapid eye movement sleep) के दौरान व्यक्ति द्वारा कुछ-कुछ बोलना।

नींद त्रास (*Sleep terror*)—एक ऐसी निद्रा विकृति (sleep disorder) जिसमें व्यक्ति नींद की चौथी अवस्था से आंशिक रूप से (partially) संत्रस्त (panic) होकर उठकर खुली-खुली आँख से एकटक देखने लगता है। प्रायः हृदय की गति भी ऐसी अवस्था में काफी तीव्र हो जाती है।

मन्द तरंग नींद (*Slow wave sleep*)—नींद की तीसरी एवं चौथी अवस्था के दौरान उत्पन्न होनेवाले मस्तिष्कीय तरंग। इसे **गहरी नींद** (deep sleep) भी कहा जाता है।

स्कीन्नर बक्स (*Skinner box*)—'स्कीन्नर द्वारा निर्मित आवाज-नियंत्रित क्रियाप्रसूत अनुबंधन चैम्बर (sound proof operant conditioning chamber) जिसमें पशुओं को भोजन देने के लिए एक यन्त्र (device) भी लगा होता है। स्कीन्नर के शिष्यों ने इस चैम्बर का नाम बाद में अपने गुरु के सम्मान में स्कीन्नर बक्स रख दिया गया और आज इसी नाम से यह चैम्बर प्रचलित है।

सामाजिक संज्ञान (*Social cognition*)—व्यक्तियों द्वारा व्यवहृत मानसिक प्रक्रियाएँ जिसके सहारे वे अपनी सामाजिक वातावरण का प्रत्यक्षण करते हैं, उसे समझते हैं तथा उसकी व्याख्या करते हैं।

सामाजिक तुलना (*Social comparision*)—दूसरों के साथ तुलना करते हुए अपने बारे में निर्णय करना।

सामाजिक दूरी मापनी (*Social distance scale*)—एक ऐसा मापनी (scale) जो यह मापता है कि किस सीमा तक व्यक्ति दूसरे समूह के व्यक्तियों के साथ सम्पर्क रखने के लिए इच्छुक होता है।

समाजीकरण (*Socialization*)—सामाजिक रूप से स्वीकार्य व्यवहारों, मनोकृतियों एवं मूल्यों को सीखने की प्रक्रिया।

सामाजिक अधिगम सिद्धान्त (*Social learning theory*)—व्यक्तित्व की एक ऐसी सैद्धान्तिक व्याख्या जिसमें अधिगम के नियमों (learning principles), संज्ञान (cognition) एवं सामाजिक संबंधों के प्रभावों को संयोजित किया जाता है।

सामाजिक अभिप्रेरण (*Social motive*)—वैसा अर्जित अभिप्रेरक (learned motive) जिसे व्यक्ति अपनी अनुभूति एवं दूसरों के साथ अंतर्क्रिया (interaction) के फलस्वरूप अर्जित करता है।

समाज या सामाजिक मनोविज्ञान (*Social psychology*)—मनोविज्ञान की एक ऐसी शाखा जो यह अध्ययन करता है कि किस तरह से दूसरों की वास्तविक (actual) या काल्पनिक उपस्थिति से व्यक्ति का व्यवहार, चिन्तन एवं भाव आदि प्रभावित होता है।

सामाजिक पुनर्समायोजन रेटिंग मापनी (*Social Readjustment Rating Scale or SRRS*)—होलम्स तथा राहे (Holmes & Rahe) द्वारा निर्मित दबाव मापनी (Stress scale) जो जिंदगी की 43 घटनाओं को अधिक से कम दबावपूर्ण (stressful) होने की दिशा में रेटिंग करता है तथा प्रत्येक को एक बिन्दु मूल्य (point value) आवंटित करता है।

सोमा (*Soma*)—न्यूरोन या अन्य कोशिकाओं का मुख्य शरीर (main body)।

कायिक तंत्र (*Somatic system*)—तंत्रिकाओं का एक ऐसा तंत्र (system) जो सुषुम्ना (spinal cord) को शरीर एवं ज्ञानेन्द्रियों (sense organs) से जोड़ता है।

कायिक संवेदी कार्टेक्स (*Somatosensory cortex*)—भित्तीय पालि (parietal lobe) की अग्र संरचना जहाँ दबाव, स्पर्श, तापक्रम एवं दर्द आदि को अभिलेखित किया जाता है।

स्रोत शीलगुण (*Source trait*)—कैट्टेल्ल (Cattell) द्वारा प्रतिपादित एक ऐसा पद जो उन शीलगुणों को बतलाता है जो सतही शीलगुणों (surface traits) के पीछे होते हैं। इनसे मौलिक व्यक्तित्व संरचना का निर्माण होता है। प्रत्येक स्रोत शीलगुण कई सतही शीलगुणों के माध्यम से प्रतिबिम्बित होते हैं।

निद्राभ्रमण (*Somnaombulism*)—नींद के दौरान चलना जो प्रायः चौथी अवस्था के नींद से आंशिक रूप से उठने के फलस्वरूप होता है।

सुषुम्ना (*Spind cord*)—मस्तिष्क का विस्तार जो मस्तिष्क के निचली हिस्से से प्रारंभ होकर गर्दन एवं रीड़ की हड्डी (spinal column) तक होता है एवं मस्तिष्क तथा परिधीय तंत्रिका तंत्र (peripheral nervous system) के बीच सूचनाओं का संरचना करता है।

खंडित-मस्तिष्क ऑपरेशन (*Split-brain operation*)—एक मस्तिष्कीय आपरेशन जो प्रायः मिरगी रोग के उपचार में किया जाता है तथा जिसमें बायाँ गोलार्द्ध तथा दायाँ गोलार्द्ध को जोड़ने वाले तंत्रिका तंतु, जिसे कारपस केलौजम (corpus callosum) कहा जाता है, को बीच से काट दिया जाता है जिससे मिरगी रोग की गंभीरता कुछ कम हो जाती है।

स्वतः पुनर्लाभ (*Spontaneous recovery*)—विश्राम अवधि के बाद जब प्राणी के सामने मौलिक अनुबंधित उद्दीपक (original conditioned stimulus) उपस्थित किया जाता है, तो विलोपित अनुक्रिया (extinguised response) का कम मात्रा में स्वतः होने लगना।

क्रीड़ा मनोविज्ञान (*Sports psychology*)—क्रीड़ा निष्पादन (sports performance) का मनोवैज्ञानिक एवं व्यवहारपरक विमाओं (behavioural dimensions) के अध्ययन करने वाले मनोविज्ञान की शाखा।

चौथी अवस्था की नींद (*Stage 4 sleep*)—अतीव्र नेत्र गतिक नींद (Non Rapid Eye Movement sleep or NREM sleep) की सबसे गहरी अवस्था जिसमें 50 प्रतिशत से अधिक डेल्टा तरंगें (delta waves) मस्तिष्क में बनते दीखती हैं।

एस क्यू फोर आर विधि (*SQ4R method*)—एक सक्रिय अध्ययन (active study) एवं पठन प्रविधि (reading technique) जो इन कदमों पर आधृत होती है— सर्वे (Survey), प्रश्न (Question), पठन (Read), सुनाना (Recite), चिन्तन करना (Reflect) एवं समीक्षा करना (Review)।

समापन की अवस्था (*Stage of exhausation*)—हंस सेल्ये (Hans selye) द्वारा प्रतिपादित सामान्य अनुकूलन संलक्षण (General Adaptation Syndrome) की तीसरी अवस्था जिसमें शारीरिक संसाधन (bodily resources) लगभग समाप्त हो जाता है और जिसके गंभीर स्वास्थ्य परिणाम (severe health consequences) उत्पन्न हो जाते हैं।

मानकीकरण (*Standardization*)—किसी परीक्षण के लिए मानक (norms) का निर्माण करना ताकि उस परीक्षण पर आये प्राप्तांकों (scores) की तुलना मानक से करके कोई निश्चित निष्कर्ष पर पहुँचा जाए।

स्टैनफोर्ड-बिने बुद्धि मापनी (*Standford-Binet intelligence scale*)—वैयक्तिक रूप से क्रियान्वित बुद्धि परीक्षण जिसका क्रियान्वयन 2 से 23 साल के व्यक्तियों पर किया जाता था।

अवस्था-आधृत स्मृति प्रभाव (*State-dependent memory effect*)—किसी सूचना या पाठ को उस परिस्थिति में उत्तम ढंग से प्रत्याह्वान करने की प्रवृत्ति जब सूचना या पाठ को सीखते समय की मनोदशा (mood) तथा उसका प्रत्याह्वान करते समय की मनोदशा (mood) एक समान होता है।

स्टिरियोस्कोपिक दृष्टि (*Stereoscopic vision*)—स्थान एवं गहराई का प्रत्यक्षण जो मूलतः इस बात से उत्पन्न होता है कि मानव आँख भिन्न-भिन्न प्रतिमाओं को ग्रहण करता है।

उत्तेजक (*Stimulant*)—ऐसा तत्त्व या औषध (drug) जो शरीर एवं तंत्रिका तंत्र (nervous system) को उत्तेजित कर देता है।

उद्दीपक (*Stimulus*)—वातावरण का एक वस्तु या घटना जिसके प्रति प्राणी अनुक्रिया करता है।

उद्दीपक अभिप्रेरक (*Stimulus motive*)—ऐसा अभिप्रेरक जो व्यक्ति को उत्तेजित करता है तथा जो अनार्जित (unlearned) प्रतीत होता है। जैसे, उत्सुकता (curiosity) तथा वस्तुओं को इधर-उधर करने या उनका अन्वेषण करने की आवश्यकता आदि।

उद्दीपक विभेदन (*Stimulus discrimination*)—समान उद्दीपकों (learned stimuli) के प्रति भिन्न ढंग से अनुक्रिया करने की अर्जित क्षमता (learned ability)।

उद्दीपक सामान्यीकरण (*Stimulus generalization*)—उन उद्दीपकों के प्रति अनुक्रिया करने की प्रवृत्ति जो अनुबंधित उद्दीपक (conditioned stimulus) के समान होते हैं।

दबाव (*Stress*)—एक ऐसी परिस्थिति या घटना के प्रति दैहिक एवं मनोवैज्ञानिक अनुक्रिया जो व्यक्ति को चुनौती देता है या उसे धमकी देता है।

दबावकारक (*Stressors*)—कोई भी घटना या उद्दीपक जिसमें दैहिक या सांवेगिक दबाव उत्पन्न करने की क्षमता हो।

दबाव प्रबन्धन (*Stress management*)—व्यवहारपरक युक्तियों (behavioural strateges) का उपयोग करके दबाव को कम करना तथा समायोजी कौशल (coping skill) को उन्नत बनाना।

श्रेष्ठता का प्रयास (*Striving for superiority*)—एडलर (Adler) द्वारा प्रस्तावित पद जो यह बतलाता है कि व्यक्ति में एक मौलिक प्रणोदन (drive) होता है जो उसे उत्कृष्टता तथा श्रेष्ठता की ओर ले जाता है।

स्ट्रोबोस्कोपिक गति (*Stroboscopic movement*)—गति का एक ऐसा भ्रम (illusion) जिसमें व्यक्ति को देखे जानेवाले वस्तु में गति प्रतीत होता है जबकि वस्तु अपने जगह पर स्थिर रहता है।

संरचनावाद (*Structuralism*)—मनोविज्ञान का पहला औपचारिक स्कूल (formal school) जो अन्तर्निरीक्षण विधि (introspection method) का उपयोग करते हुए चेतन मानसिक अनुभूति के मूल तत्त्वों का विश्लेषण करने पर बल डालता है।

बुद्धि की संरचना मॉडल (*Structure-of-intellect model*)—गिलफोर्ड द्वारा प्रतिपादित मॉडल जिसमें 180 भिन्न बौद्धिक क्षमताएँ (intellectual abilities) होती हैं तथा जिसमें बुद्धि की तीन विमाओं (dimensions) के सभी संभावित संयोग (possible combinations) होते हैं। वे तीन विमा है : मानसिक संक्रिया (mental operation), अन्तर्वस्तु (content) तथा उत्पाद (product)।

जीवन शैली (*Style of life*)—एडलर द्वारा प्रतिपादित एक ऐसा पद जिससे व्यवहार एवं व्यक्तित्व के ऐसे पैटर्न का पता चलता है जिसे प्रत्येक व्यक्ति द्वारा अपनी जिंदगी में अपनाया जाता है।

उपकार्टेक्स (*Subcortex*)—सभी मस्तिष्कीय संरचनाएँ जो प्रमस्तिष्कीय कार्टेक्स (cerebral cortex) के नीचे होते हैं।

उदात्तीकरण (*Sublimation*)—अपूरित इच्छाओं या अस्वीकार योग्य आवेगों (unacceptable impulses) को उन क्रियाओं या व्यवहारों के रूप में पूरा करना जो रचनात्मक एवं स्वीकार्य होते हैं।

अवचेतन प्रत्यक्षण (*Subliminal perception*)—वैसे उद्दीपक का प्रत्यक्षण जिसकी तीव्रता चेतन पहचान (conscious recognition) की दहेली (threshold) से नीचे होता है।

आनुक्रमिक उपगमन (*Successive approximation*)—क्रमिक प्रशिक्षण चरणों (gradual training steps) की एक शृंखला (services) जिसमें प्रत्येक चरण अंतिम वांछित अनुक्रिया (final desired step) के समान होता चला जाता है।

पराहं (*Super ego*)—व्यक्तित्व का नैतिक तंत्र (moral system) जो अन्तकरण या विवेक (conscience) तथा अहं आदर्श (ego ideal) से बना होता है।

सतही शीलगुण (*Surface trait*)—कैट्टेल्ल ने इस पद का प्रतिपादन उन शीलगुणों के लिए किया है जिसे व्यक्ति आसानी से अंतर्क्रिया के दौरान प्रेक्षण करता है। जैसे, प्रफूल्लता (cheerfulness) एक सतही शीलगुण है।

अतिकोटि लक्ष्य (*Superordinate goal*)—एक ऐसा लक्ष्य (goal) जो अन्य लक्ष्यों को महत्त्वहीन बना देता है।

दलन (*Suppression*)—सचेत कोशिश करके कुछ बातों या विचारों को मन से अलग रखना।

सतही शीलगुण (*Surface trait*)—व्यक्तित्व का प्रेक्षणीय (observable) या दृश्य (visible) शीलगुण।

अनुकम्पी तंत्रिका तंत्र (*Sympathetic nervous system*)—स्वायत्त तंत्रिका तंत्र का वह उपभाग जो दबाव (stress), आपातकालीन परिस्थिति, भारी कार्य-भार के दौरान शारीरिक संसाधनों (bodily resources) को कार्यप्रवृत्त करके (mobilize) व्यक्ति को कार्य करने लायक बनाता है।

सूत्रयुग्मन या संधिस्थल (*Synapse*)—दो न्यूरोन के बीच का वह स्थान जहाँ सूचना देने वाला न्यूरोन के एक्सान (axon) सूचना प्राप्त करने वाला न्यूरोन की शाखिका (dendrites) को सूत्रयुग्मित दरार (synaptic left) पर कुछ संचारित करता है।

वाक्य रचना (*Syntax*)—वाक्य का निर्माण करते समय शब्दों (words) को सुव्यवस्थित क्रम में रखने संबंधित नियम।

[T]

कार्य विश्लेषण (*Task analysis*)—जटिल कौशल को उपभागों में बाँटना।

स्वाद कलियाँ (*Taste buds*)—स्वाद संवेदन का ग्राहक (receptor)।

दूरबोध (*Telepathy*)—किसी दूसरे व्यक्ति के विचारों एवं अनुभूतियों को जानने की आभासी क्षमता (purported ability)।

चित्तप्रकृति (*Temperament*)—वातावरण के प्रति व्यक्ति द्वारा अनुक्रिया करने का व्यवहारपरक या विशेष शैली (style)।

शंखपालि (*Temporal lobe*)—मस्तिष्क की वह पालि जिसमें मुख्य श्रवण कार्टेक्स (primary auditory cortex), वर्निक क्षेत्र (Wernicke's area), श्रवण सूचनाओं की व्याख्या करने के लिए साहचर्य क्षेत्र (association area) अवस्थित होता है।

टेराटोजेन (*Teratogen*)—प्रसवपूर्व वातावरण (prenatal environment) के दौरान कुछ हानिकारक कारकों जैसे विकिरण (radiation), औषध या अन्य कोई तत्त्व जो प्रसवपूर्व विकास (prenatal development) पर नकारात्मक प्रभाव डालता है तथा जिनसे जन्म संबंधी दोष (birth defects) भी उत्पन्न हो जाते हैं।

परीक्षण दुश्चिंता *(Test anxiety)*—उच्च स्तरीय चिन्ता एवं उत्तेजन (arousal) जो परीक्षण निष्पादन को गंभीर रूप से प्रभावित कर देता है।

टेस्टोस्टेरोन *(Testosterone)*—यह पुरुषों में अण्ड ग्रन्थि (testicle) तथा एड्रीनल ग्रन्थि (adrenal gland) से निकलने वाला सबसे शक्तिमान एड्रोजेन (androgen) है। यह महिलाओं में सिर्फ एड्रीनल ग्रन्थि से निकलता है। यह पुरुष यौन गुणों (male sex characteristics) को विकसित करता है तथा पुरुष आक्रामकता (male aggressiveness) से साहचर्यित होता है।

थैलेमस *(Thalamus)*—मस्तिष्क की वह संरचना जो उच्च मस्तिष्कीय केन्द्रों में सूचनाओं को भेजने के लिए एक प्रसारण केन्द्र (relay centre) के रूप में कार्य करता है।

टी एच सी *(THC or Tetrahydrocannabinol)*—मैरीजुआना (Marijuana) तथा हाशिष (hashiss) में पाया जानेवाला मुख्य मनोसक्रिय तत्त्व (psychoactive ingradient)।

थैनेटोस *(Thanatos)*—फ्रायड द्वारा पहचान की गयी मृत्यु मूलप्रवृत्ति (death instinct)।

कथानक संप्रत्यक्षण परीक्षण *(Thematic Appreception Test or TAT)*—एक ऐसा प्रक्षेपण परीक्षण (projective test) जिसमें अस्पष्ट मानव परिस्थितियों का आरेखण (drawing) होता है एवं जिसके आधार पर प्रयोज्य कहानी लिखता है। इस परीक्षण द्वारा प्रयोज्य के आंतरिक द्वन्द्व, अभिप्रेरण (motive) तथा आंतरिक भावों की अभिव्यक्ति होती है।

ध्वनिरूप *(Timbre)*—आवाज का विशिष्ट गुण (distinctive quality) जो इसे उस आवाज से भिन्न करता है जिसका तारत्व (pitch) तथा प्रबलता (loudness) एक समान होता है।

कंठ ग्रन्थि *(Thyroid gland)*—एक ऐसी अंतःस्रावी ग्रन्थि (endocrine gland) जो चयापचय (metabolism) की दर को नियमित (regulate) करता है।

जिह्वा-की-नोक-की अवस्था *(Tip-of-the-tongue state)*—व्यक्ति में उपस्थित ऐसा सोच या भाव जिसके माध्यम से वह अमुक चीज/घटना या सूचना को जानता है परंतु उसकी पुनःप्राप्ति (retrieval) करने में असमर्थ रहता है।

ऊपरी-निचली संसाधन *(Top-down processing)*—गत अनुभूतियों (previous experience) तथा संप्रत्यात्मक ज्ञान (conceptual knowledge) के आलोक में एक संवेदी सूचनाओं को एक अर्थपूर्ण प्रत्यक्षण (meaningful perception) में संगठित करना।

शीलगुण प्रोफाइल *(Trait profile)*—कई व्यक्तित्व शीलगुणों पर आये प्राप्तांकों का एक आलेख।

शीलगुण *(Trait)*—एक व्यक्तिगत विशेषता जो व्यक्ति द्वारा सतत (consistently) ढंग से दिखलाया जाता है तथा उसके आधार पर उसके व्यक्तित्व की व्याख्या की जाती है।

शीलगुण सिद्धान्त *(Trait theories)*—व्यक्तित्व का वैसा सिद्धान्त जो व्यक्तित्व को तथा व्यक्तियों के बीच भिन्नता (differenes) को शीलगुण के रूप में व्याख्या करता है।

शीलगुण-परिस्थिति अंतर्क्रिया *(Trait-situation interaction)*—बाह्य वातावरण द्वारा व्यक्तित्व के शीलगुणों की अभिव्यक्ति पर पड़नेवाला प्रभाव।

प्रशांतक *(Tranquilizer)*—ऐसा औषध जो केन्द्रीय तंत्रिका तंत्र (central nervous system) को शांत करता है।

अन्यारोपण *(Transference)*—एक तीव्र सांवेगिक परिस्थिति (emotional state) जो मनोविश्लेषण (psychoanalysis) में तब होता है जब क्लायंट या रोगी विश्लेषक (analyst) के प्रति ठीक उसी ढंग से व्यवहार करने लगता है जैसे वह अपने गत जीवन में महत्त्वपूर्ण व्यक्ति के साथ व्यवहार किया था।

संक्रान्ति काल *(Transition period)*—एक ऐसी जीवन अवधि (life span) जिसके दौरान अपने मौजूदा जीवन पैटर्न को छोड़कर एक नये पैटर्न को ग्रहण करने की ओर व्यक्ति बढ़ता है।

प्रयत्न एवं त्रुटि *(Trial and error)*—समस्या समाधान का एक ऐसा उपागम (approach) जिसमें प्राणी एक समाधान के बाद दूसरा समाधान का उपयोग किसी क्रमबद्ध क्रम में न करते हुए प्रयास तबतक जारी रखता है जबतक कि एक कार्य योग्य समाधान (workable solution) प्राप्त न हो जाए।

बुद्धि का त्रितंत्र सिद्धान्त *(Triarchic theory of intelligence)*—स्टर्नवर्ग (Sternberg) द्वारा प्रतिपादित बुद्धि का सिद्धान्त जिसमें तीन भाग होते हैं— घटक बुद्धि (componential intelligence), संदर्भात्मक बुद्धि (contextual intelligence) तथा अनुभवजन्य बुद्धि (experiential intelligence)।

त्रिवर्ण सिद्धान्त *(Trichromatic theory)*—रंग दृष्टि का सिद्धान्त जो यह बतलाता है कि शंकु (cones) के तीन प्रकार होते हैं जो लाल (red) हरा (green) एवं नीला (blue) के प्रति अधिक से अधिक संवेदनशील होते हैं तथा इन ग्राहकों (receptors) में उत्तेजन के विभिन्न स्तरों से सभी तरह के रंगों की उत्पत्ति हो सकती है।

जुड़वा अध्ययन विधि (*Twin study method*)—एकांडी जुड़वाँ (identical twin) तथा भ्रात्रीय जुड़वा (fraternal twin) बच्चों को इस ख्याल से अध्ययन करना जिसमें विभिन्न मानव गुणों पर पर्यावरण तथा आनुवंशिकता (heredity) के पड़नेवाले सापेक्ष प्रभावों का अध्ययन किया जा सके।

विश्वास बनाम अविश्वास (*Trust versus Mistrust*)—इरिक्सन के मनोसामाजिक विकास के सिद्धान्त (theory of psychosocial development) में जीवन के आरंभिक अवधि में पाया जानेवाला द्वन्द्व (conflict) जो दूसरों एवं संसार पर विश्वास करने या न करने से सम्बन्धित होता है।

टाइप ए व्यवहार पैटर्न (*Type A behaviour pattern*)—एक ऐसा व्यवहार पैटर्न जिसमें अधैर्यता, प्रतियोगिता का तीव्र भाव, ईर्ष्या, तुरंत क्रोधित हो जाना तथा समय अत्यावश्यकता (time urgency) आदि मुख्य रूप से पाये जाते हैं। ऐसे व्यक्तियों में चक्रीय हृदय रोग (Coronary Heart Disease or CHD) उत्पन्न होने की संभावना अधिक होती है।

टाईप बी व्यवहार पैटर्न (*Type B behaviour pattern*)—एक ऐसा व्यवहार पैटर्न जिसमें व्यक्ति शांत स्वभाव बनाये रखता है तथा जीवन के प्रति एक सामान्य दबावरहित दृष्टिकोण अपनाता है। ऐसे व्यवहार पैटर्न में टाईप ए व्यवहार पैटर्न में पाये जानेवाली विशेषताएँ अनुपस्थित रहती है। ऐसे व्यक्ति में CHD उत्पन्न होने की संभावना बहुत कम होती है।

[U]

शर्त्तहीन धनात्मक सम्मान (*Unconditional positive regards*)—किसी दूसरे व्यक्ति को बिना किसी शर्त्त को स्वीकार करना तथा बिना किसी प्रतिबन्ध के सम्मान देना।

स्वाभाविक अनुक्रिया (*Unconditional response*)—एक जन्मजात, अनार्जित (unlearned) अनुक्रिया जो स्वाभाविक उद्दीपक (unconditioned stimulus) द्वारा उत्पन्न होता है।

स्वाभाविक उद्दीपक (*Unconditioned stimulus*)—एक ऐसा उद्दीपक जो स्वाभाविक रूप से कोई अनुक्रिया उत्पन्न करता हो।

अचेतन (*Unconscious*)—फ्रायड (Freud) के अनुसार व्यवहार का प्रमुख अभिप्रेरक बल (primary motivating force) जिसमें दमित स्मृतियाँ (repressed memories) होती है तथा साथ ही साथ कुछ ऐसी इच्छाएँ एवं मूलप्रवृत्तियाँ (instincts) होतीं हैं जो कभी चेतन में नहीं थीं।

ऊपरी तुलना (*Upward comparison*)—अपने आप को किसी ऐसे व्यक्ति से तुलना करना जिसमें समान विमा पर अधिक गुणवत्ता हो।

[V]

वैद्यता (*Validity*)—परीक्षण (test) की वह क्षमता जिसके सहारे वह उन चीजों को सही-सही मापता है जिसे मापने के लिए उसे बनाया गया था।

वैद्यता मापनी (*Validity scale*)—वैधता मापनी से तात्पर्य वैसे मापनी (scale) से होता है जो यह बतलाता है कि कहाँ तक परीक्षण के प्राप्तांक विभिन्न तरह की अनुक्रिया पूर्वाग्रहों (response biases) जैसे झूठ बोलना, असंगतता (inconsistency) आदि से प्रभावित हुआ है।

चर (*Variable*)—कोई भी अवस्था (*condition*) जो परिवर्तित होता है या जिसमें परिवर्तन लाना संभव हो।

परिवर्त्य-अंतराल अनुसूची (*Variable interval schedule*)—एक ऐसी अनुसूची जिसमें प्रथम सही अनुक्रिया के बाद कुछ समय तक अपुनर्बलन (non-reinforcement) की स्थिति के औसत समय पर आधृत कर पुनर्बलन (reinforcement) दिया जाता है।

परिवर्त्य अनुपात अनुसूची (*Variable ratio schedule*)—एक ऐसी अनुसूची जिसमें औसत अनुपात पर आधृत भिन्न-भिन्न संख्या में किये गए अपुनर्बलित अनुक्रियाओं (nonreinforced responses) के आधार पर पुनर्बलन दिया जाता है।

शाब्दिक बुद्धि (*Verbal intelligence*)—ऐसी बुद्धि जिसे शब्दावली (vocabulary), सामान्य सूचना (general information), अंकगणित तथा अन्य भाषाई-आधृत कार्यों से सम्बद्ध प्रश्नों के दिये गए उत्तरों के आधार पर मापा जाता है।

भेन्ट्रोमेडियल हाइपोथैलमस (*Ventromedial hypothalamus or VMH*)—हाइपोथैलमस का वह हिस्सा जो एक संतुष्टि केन्द्र (satisfy centre) के रूप में कार्य करता है। जब उस क्षेत्र को उत्तेजित किया जाता है, तो पशु भोजन करना बन्द कर देता है और जब इस क्षेत्र को नष्ट कर दिया जाता है तो पशु अत्यधिक खाना खाना प्रारम्भ कर देता है।

वेस्टीब्युलर ज्ञानेन्द्रिय (*Vestibular senses*)—ऐसा ज्ञानेन्द्रिय जो गति (movement) तथा स्थान (space) में व्यक्ति की अवस्थिति (position) के बारे में सूचना अर्द्धचन्द्राकार नलिका (semicircular canal) तथा वेस्टीब्युलर पुटिकाएँ

(vestibular sacs) में स्थित संवेदी ग्राहक (sensory receptor) जो सिर की गति एवं उन्मुखता में परिवर्तन की पहचान करता है, द्वारा देता है।

दृष्टि भृगु (*Visual cliff*)—शिशुओं तथा छोटे-छोटे पशुओं में गहराई प्रत्यक्षण की जाँच करने वाला उपकरण (appratus)।

स्थानापन्न क्लासिकी अनुबंधन (*Vicarious classical conditioning*)—वैसा क्लासिकी अनुबंधन जो दूसरे व्यक्ति द्वारा किसी उद्दीपक के प्रति प्रतिक्रिया करते हुए देखने के फलस्वरूप उत्पन्न होता है।

दृष्टि तीक्ष्णता (*Visual acuity*)—दृष्टि प्रत्यक्षण की तीक्ष्णता या स्पष्टता।

[W]

जागृतावस्था की चेतन (*Waking consciousness*)—एक सामान्य एवं सतर्कतापूर्ण चेतन की अवस्था।

हथियार प्रभाव (*Weapon effect*)—यह बतलाता है कि मात्र हथियार की उपस्थिति से ही व्यक्ति में आक्रामकता का स्तर बढ़ जाता है।

वेबर नियम (*Weber's law*)—यह नियम बतलाता है कि सभी तरह के संवेदनों के लिए न्यूनतम ज्ञेय भेद (Just Noticeable Difference or JND) निश्चित मात्रा पर आधृत न होकर उद्दीपक में परिवर्तन का एक अनुपात (proportion) या प्रतिशत पर निर्भर करता है।

वेक्सलर वयस्क बुद्धि परीक्षण (*Wechsler Adult Intelligence Scale or WAIS*)—वेक्सलर (Wechsler) द्वारा विकसित वयस्कों की बुद्धि मापने के लिए एक वैयक्तिक बुद्धि परीक्षण (individual intelligence test) जो तीन तरह की बुद्धि लब्धि (intelligence quotient) प्राप्तांक देता है— शाब्दिक बुद्धिलब्धि प्राप्तांक (Verbal IQ scores), क्रियात्मक बुद्धिलब्धि प्राप्तांक (Performance IQ scores) तथा एक समग्र बुद्धिलब्धि प्राप्तांक (Overall IQ scores)।

वर्निक क्षेत्र (*Wernicke area*)—शंखपालि (temporal lobe) में पाया जाना वाला भाषा क्षेत्र (language area) जो बोले गये शब्दों को समझने में तथा लिखित भाषा तथा संभाषण (speech) में एक अर्थपूर्ण संगठन प्रदान करने के लिए उत्तरदायी होता है।

वर्निक एफासिया (*Wernick's aphasia*)—वर्निक क्षेत्र में क्षति होने से इस तरह की एफासिया उत्पन्न होती है जिसमें व्यक्ति द्वारा बोला गया शब्द, वाक्य आदि में तो प्रवाहित होती है परंतु सुनने वाला व्यक्ति उसे समझ नहीं पाता है।

प्रत्याहार लक्षण (*Withdrawal symptom*)—किसी औषध को लगातार सेवन के बाद उसे लेना बन्द कर देने से उत्पन्न दैहिक बीमारी तथा होनेवाली तकलीफ।

चलन स्मृति (*Working memory*)—ऐसी स्मृति जिसकी अवधि कुछ सेकंड की होती है तथा साथ ही साथ उसे विभिन्न सक्रिय खोज प्रक्रियाओं द्वारा संसाधित भी किया जाता है।

वर्ल्ड वाइड वेब (*World Wide Web or WWW*)—इन्टरनेट के माध्यम से सूचनाओं के साईट्स (sites) तक पहुँचने का एक तंत्र (system)।

पश्चगामी दिशा में कार्यरत होना (*Working backward*)—एक ऐसा स्वतः शोध अन्वेषण (heuristic search) जिसमें समस्या समाधान के लिए व्यक्ति लक्ष्य अवस्था (goal state) से अपनी कोशिश प्रारंभ करता है तथा पश्चगामी दिशा में कार्य करते हुए प्रारंभिक मौलिक अवस्था तक आता है।

[X]

एक्स गुणसूत्र (*X Chromosome*)—एक महिला गुणसूत्र है जो बच्ची को अपने माता से प्राप्त होता है। जब पिता का एक्स गुणसूत्र माता के एक्स गुणसूत्र से संयोजित होता है तो पुत्री का जन्म होता है और जब माता का एक्स गुणसूत्र पिता के वाई गुणसूत्र से मिलता है, तो इसमें पुत्र का जन्म होता है।

[Y]

वाई गुणसूत्र (*Y Chromosome*)—पुरुष गुणसूत्र जो पिता से प्राप्त होता है। जब वाई गुणसूत्र माता के एक्स गुणसूत्र से मिलता है, तो पुत्र का जन्म होता है।

यर्क्स-डोडसन नियम (*Yerkes-Dodson law*)—यह नियम बतलाता है कि किसी कार्य पर निष्पादन उस परिस्थिति में उत्तम होता है जब उत्तेजन स्तर कार्य की कठिनता के अनुकूल होता है। दूसरे शब्दों में सरल कार्य (simpler task) के लिए उच्चतर उत्तेजक (higher arousal), साधारण कार्य (moderate task) के लिए साधारण उत्तेजन (moderate arousal) तथा जटिल कार्य (complex task) के लिए निम्नतर उत्तेजन (lower arousal) उचित एवं अनुकूल होता है।

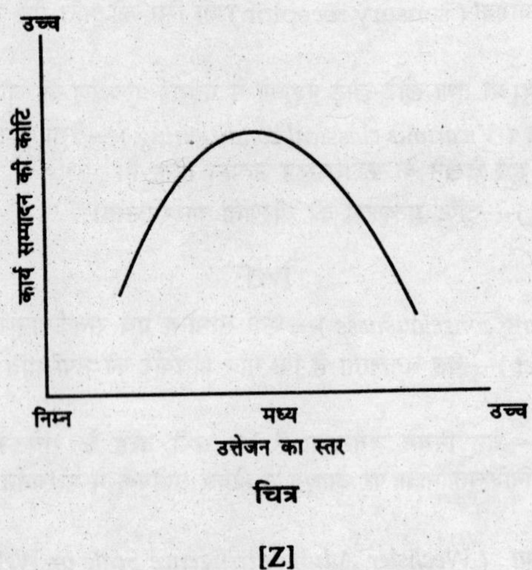

चित्र

[Z]

शून्य सहसंबंध (*Zero correlation*)—दो चरों के बीच रेखीय गणितीय संबंध (linear mathematical relationship) की कमी।

जेड प्राप्तांक (*Z-score*)—एक ऐसा व्युत्पन्न प्राप्तांक (derived score) जो यह बतलाता है कि कितना मानक विचलन (standard deviations) कोई प्राप्तांक (score) माध्य (mean) से ऊपर है या नीचे।

युग्मनज (*Zygote*)—अंडाणु (ovum) एवं शुक्राणु (sperm) के मिलने से उत्पन्न गर्भित कोशिका (fertilized cell)।

□

निबंधात्मक एवं वस्तुनिष्ठ प्रश्न
(ESSAY AND OBJECTIVE QUESTIONS)

अध्याय 1

विषय-प्रवेश
(Introduction)

निबंधात्मक या दीर्घ-उत्तरीय प्रश्न (*Essay or Long Answer Questions*)

1. मनोविज्ञान के स्वरूप एवं कार्यक्षेत्र का वर्णन करें।
   Describe the nature and scope of psychology.
2. मनोविज्ञान के उभरते क्षेत्रों का वर्णन करें।
   Describe the emerging fields of a psychology.
3. मनोवैज्ञानिक अध्ययन की मुख्य विशेषताओं का वर्णन करें।
   Describe the major characteristics of psychological study.
4. उदाहरण देते हुए मनोवैज्ञानिक मापन तथा दैहिक मापन में अन्तर करें।
   Citing examples, make distinction between psychological measurement and physical measurement.
5. प्रयोग की परिभाषा दें। प्रयोगात्मक विधि के लाभों एवं परिभाषाओं का वर्णन करें।
   Define experiment. Discuss the merits and limitations of experimental method.
6. मनोवैज्ञानिक शोधों में प्रयुक्त होने वाले विभिन्न प्रकार के प्रेक्षणों का वर्णन करें।
   Discuss the different types of observation used in psychological researches.
7. मनोविज्ञान के प्रमुख विधि-प्रणाली समस्याओं का वर्णन करें।
   Discuss the major methodological problems of psychology.
8. मापन के विभिन्न स्तरों का सोदाहरण वर्णन करें।
   Describe, with example, the different levels of measurement.
9. निम्नलिखित पर संक्षिप्त नोट लिखें—**Write short notes on the following**
   (a) अनुदैर्घ्य विधि (**Longitudinal method**)
   (b) डाक सर्वे (**Mail Survey**)
   (c) नैदानिक या केस अध्ययन विधि (**Clinical or Case study method**)
   (d) क्रॉस-सांस्कृतिक विधि (**Cross-cultural method**)
10. प्रेक्षण विधि से आप क्या समझते है? प्रेक्षण के विभिन्न प्रकारों पर प्रकाश डालते हुए प्रेक्षण विधि के गुणों एवं दोषों का वर्णन करें।
    What do you mean by observation method ? Throwing light upon the nature of the different types of observation, describe the merits and limitations of observation method.
11. मनोविज्ञान बिल्कुल ही एक सामान्य बोध नहीं है, इसके लिए क्या तर्क आप देंगे?
    What logic can you provide to prove that psychology is not a test of common sense ?
12. मनोविज्ञान में सर्वे विधि के गुण एवं अवगुण का वर्णन करें।
    Discuss the merits and limitations of Survey Method.

13. मनोविज्ञान के प्रमुख कार्य-विधि समस्याओं का वर्णन करें।
Describe the major methodological problems of Psychology.
14. मनोवैज्ञानिक अध्ययन की मुख्य विशेषताओं का वर्णन करें। सर्वे विधि मनोवैज्ञानिक अध्ययन की एक उपयुक्त विधि है। इसकी समीक्षा करें।
Describe the major characteristics of psychological study. Examine the suitability of Survey method for psychological study.
15. मनोविज्ञान की विधि संबंधी समस्याओं का वर्णन करें।
Discuss the methodological problems of Psychology.
16. मनोविज्ञान की सर्वे विधि की आलोचनात्मक समीक्षा करें।
Critically examine Survey method of Psychology.
17. मनोवैज्ञानिक अध्ययन से आप क्या समझते हैं? इसकी विशेषताओं का वर्णन करें।
What do you mean by psychological study? Explain its characteristics.

वस्तुनिष्ठ प्रश्न (*Objective Questions*)

1. मनोविज्ञान में पहला प्रयोगशाला की स्थापना किनके द्वारा की गयी?
(क) विलियम जेम्स (William James) (ख) विलियम वुण्ट (William Wundt)
(ग) विलियम मैकडुगल (William McDougall) (घ) सर फ्रैंसिस गाल्टन (Sir Francis Galton)
2. निम्नलिखित में से किसे मनोविज्ञान के विषय-वस्तु में शामिल किया जा सकता है?
(क) मनोविज्ञान के पुस्तकों का अध्ययन करना। (ख) मनोवैज्ञानिक उपकरणों का चित्र बनाना
(ग) प्राणी के व्यवहार एवं संज्ञानात्मक प्रक्रियाओं का अध्ययन करना
(घ) मनोवैज्ञानिकों से किसी विषय पर विचार-विमर्श करना।
3. निम्नांकित में से किसे मनोविज्ञान को सामान्यतः मनोवैज्ञानिकों के शैक्षिक क्षेत्र से बाहर रखा गया है?
(क) प्रयोगात्मक मनोविज्ञान (Experimental psychology)
(ख) व्यक्तित्व मनोविज्ञान (Cognitive psychology)
(ग) व्यक्तित्व मनोविज्ञान (Personality psychology)
(घ) परामर्श मनोविज्ञान (Counselling psychology)
4. निम्नांकित में से किस क्षेत्र में मनोविज्ञानियों की संख्या सबसे अधिक है?
(क) समाज मनोविज्ञान (ख) परामर्श मनोविज्ञान
(ग) नैदानिक मनोविज्ञान (घ) शिक्षा मनोविज्ञान
5. अंतर्निरीक्षण विधि (introspection method) में प्रयोज्य (subject) तथा अध्ययनकर्त्ता (investigator)
(क) दो अलग-अलग व्यक्ति होते हैं। (ख) एक ही व्यक्ति होता है।
(ग) की जरूरत नहीं होती है। (घ) में से केवल अध्ययनकर्ता की जरूरत पड़ती है।
6. निम्नांकित में से किसे अन्तर्निरीक्षण विधि के दोष में शामिल नहीं किया जा सकता है?
(क) अन्तर्निरीक्षण विधि में पशु, पक्षियों तथा शिशुओं का अध्ययन संभव नहीं है।
(ख) अन्तर्निरीक्षण विधि में वस्तुनिष्ठता अधिक होती है।
(ग) अन्तर्निरीक्षण विधि द्वारा असामान्य व्यक्तियों का अध्ययन संभव नहीं है।
(घ) अन्तर्निरीक्षण विधि द्वारा सभी तरह की अनुभूतियों का अध्ययन संभव नहीं है।
7. जिस प्रेक्षण में प्रेक्षक व्यक्ति के व्यवहारों का अध्ययन दूर से ही अर्थात उनके कार्यों में बिना हाथ बँटाये करता है, उसे कहा जाता है—
(क) स्वाभाविक प्रेक्षण (Naturalistic observation)
(ख) सहभागी प्रेक्षण (Participant observation)
(ग) असहभागी प्रेक्षण (Non-participant observation)
(घ) नियन्त्रण प्रेक्षण (Controlled observation)
8. जिस समूह में स्वतन्त्र चर (independent variable) उपस्थित रहता है, उसे कहा जाता है—
(क) वांछित समूह (desired group) (ख) नियन्त्रित समूह (control group)

(ग) प्रयोगात्मक समूह (experimental group) (घ) तुल्य समूह (equivalent group)

9. प्रयोगात्मक विधि में निम्नांकित में से किसकी कमी पायी जाती है—
(क) आन्तरिक वैधता (internal validity) (ख) वाह्य वैधता (external validity)
(ग) परीक्षण वैधता (test validity) (घ) अन्तर्वस्तु वैधता (content validity)

10. जिस सर्वे (survey) में एक ही प्रतिदर्शन (sample) पर आवश्यकतानुसार थोड़े-थोड़े समय पर कई बार अध्ययन किया जाता है, उसे कहा जाता है—
(क) साक्षात्कार सर्वे (interview survey) (ख) डाक सर्वे (mail survey)
(ग) पैनेल सर्वे (panel survey) (घ) दूरभाष सर्वे (telephone survey)

11. निम्नांकित में से कौन-सा सर्वे को कम-से-कम समय में सम्पन्न कर लिया जा सकता है—
(क) दूरभाष सर्वे (ख) साक्षात्कार सर्वे (ग) डाक सर्वे (घ) पैनेल सर्वे

12. यदि कुछ वर्षों तक व्यक्ति के व्यवहार में होने वाले परिवर्तन का क्रमबद्ध अध्ययन करने के लिए कहा जाए तो आप निम्नांकित में से किस विधि को सबसे उपर्युक्त समझेंगे?
(क) प्रेक्षण विधि (observation method)
(ख) कालानुक्रमिक या अनुदैर्ध्य विधि (longitudinal method)
(ग) प्रयोगात्मक विधि (घ) सर्वे विधि

13. प्रयोगात्मक अध्ययनों में निम्नांकित में से कौन-सी समस्याएँ सबसे अधिक जटिल एवं पेचीदा होता है?
(क) प्रयोगात्मक पूर्वाग्रह (experimental bias) तथा प्रयोज्य पूर्वाग्रह (subject bias)
(ख) प्रयोगकर्त्ता पूर्वाग्रह तथा प्रतिदर्श पूर्वाग्रह (sampling bias)
(ग) प्रतिदर्श पूर्वाग्रह तथा प्रयोज्य पूर्वाग्रह (घ) नैतिक समस्याएँ तथा सांख्यिकीय समस्याएँ

14. द्विअन्ध प्रविधि (double blind technique) क्या है?
(क) इसमें प्रयोगकर्त्ता तथा प्रयोज्य दोनों को ही यह पता नहीं होता है कि प्रयोगात्मक समूह (experimental group) कौन है।
(ख) इसमें प्रयोगकर्त्ता तथा प्रयोज्य दोनों को ही यह पता नहीं होता है कि प्रयोगात्मक समूह कौन है तथा नियंत्रित समूह कौन है।
(ग) इसमें प्रयोगात्मक समूह को यह पता नहीं होता है कि उनके प्रयोगकर्त्ता कौन है।
(घ) इसमें प्रयोगात्मक समूह तथा नियंत्रित समूह दोनों को ही यह पता नहीं होता है कि प्रयोगकर्त्ता कौन है।

15. निम्नांकित में से किसे मनोवैज्ञानिक अध्ययनों की विशेषताओं में शामिल नहीं किया जा सकता है।
(क) मनोवैज्ञानिक अध्ययन वस्तुनिष्ठ होता है।
(ख) मनोवैज्ञानिक अध्ययन में मनोवैज्ञानिक चरों (psychological variables) का मापन होता है।
(ग) मनोवैज्ञानिक अध्ययन प्रायः पुनरार्वत होते हैं।
(घ) मनोवैज्ञानिक अध्ययन का स्वरूप प्रयोगात्मक (experimental) होता है।

16. निम्नांकित में से किसे मनोवैज्ञानिक मापन की विशेषताओं में सम्मिलित नहीं किया जा सकता है?
(क) मनोवैज्ञानिक मापन में की इकाई निश्चित नहीं होती है।
(ख) मनोवैज्ञानिक मापन में एक वास्तविक शून्य बिन्दु (true zero point) होता है।
(ग) मनोवैज्ञानिक मापन में परिशुद्धता कम होती है।
(घ) मनोवैज्ञानिक मापन परोक्ष (indirect) होता है।

17. मानलिया जाए कि मोहन की बुद्धिलब्धि (intelligence quotient) 70 है तथा सोहन की बुद्धिलब्धि 140 है। इसके आधार पर हम निम्नांकित में से किस निष्कर्ष पर पहुँचेंगे?
(क) सोहन मोहन से अधिक बुद्धि का है।
(ख) सोहन की बुद्धि मोहन की बुद्धि से दो गुनी अधिक है।
(ग) सोहन एक प्रतिभाशाली (genius) व्यक्ति है।
(घ) मोहन की बुद्धि औसत से कम है जबकि सोहन की बुद्धि औसत से अधिक है।

18. व्यक्तियों को पुरुष तथा महिला में वर्गीकृत करना निम्नांकित में किस मापन का उदाहरण होगा?
   (क) नाभिक या वर्गीकृत मापनी (nominal or classificatory meaurement)
   (ख) क्रमिक मापन (ordinal measurement)
   (ग) अंतराल मापन (interval measurement)
   (घ) अनुपात मापन (ratio measurement)
19. केलैण्डर में दिखलाया गया दिन एवं फॉरेनहाइट तथा सेलसियस थर्मामीटर का मापन आदि को निम्नांकित में से किस श्रेणी में रखा जाता है?
   (क) अनुपात मापन (ratio measurement) (ख) अन्तराल मापन (interval measurement)
   (ग) नामिक मापन (nominal measurement) (घ) क्रमिक मापन (ordinal measurement)
20. रिक्त स्थानों की पूर्ति करें—
   (i) अनुपात मापन में एक..........शून्य बिन्दु होता है।
   (ii) मनोवैज्ञानिक मापन में मापन की इकाई..........नहीं होती है।
   (iii) नियन्त्रित एवं क्रमबद्ध प्रेक्षण का दूसरा नाम..........है।
   (iv) मनोविज्ञान की सबसे बड़ी शाखा..........मनोविज्ञान है।
   (v) मनोविज्ञानियों की कुल संख्या का करीब..........अकेले नैदानिक मनोविज्ञानी है।
   (vi) ....में अध्ययनकर्ता तथा प्रयोज्य एक ही व्यक्ति होता है।
   (vii) जिस समूह में स्वतन्त्र चर अनुपस्थित होता है, उसे..........समूह कहा जाता है।
   (viii) ....प्रेक्षण में प्रेक्षणकर्ता स्वयं भी व्यक्तियों के क्रियाकलापों में हाथ बँटाता है।
   (ix) व्यवहार में होने वाले क्रियात्मक परिवर्तनों को अध्ययन करने का सबसे उत्तम विधि..........है।
   (x) प्रयोग का उद्देश्य..........चर के बारे में पूर्वकथन करना होता है।

उत्तर

1. (ख) 2. (ग) 3. (घ) 4. (ग) 5. (ख) 6. (ख) 7. (ग)
8. (ग) 9. (ख) 10. (ग) 11. (क) 12. (ख) 13. (क) 14. (ख)
15. (घ) 16. (ख) 17. (घ) 18. (क) 19. (ख)
20. (i) वास्तविक (ii) निश्चित (iii) प्रयोग (iv) नैदानिक (v) 43%
(vi) अंतर्निरीक्षण (vii) नियन्त्रित (viii) सहभागी (ix) अनुदैर्ध्य (x) आश्रित

अध्याय 2

न्यूरोमनोविज्ञान : व्यवहार का दैहिक आधार
(NEUROPSYCHOLOGY : PHYSIOLOGICAL BASES OF BEHAVIOUR)

निबंधात्मक या दीर्घ-उत्तरीय प्रश्न *(Essay or Long Answer Questions)*

1. ग्राहक, प्रभावक तथा समायोजक का अर्थ बतलावें। ग्राहक के मुख्य प्रकारों का वर्णन करें।
   Give the meaning of receptor, effector and adjustor. Describe the major types of receptor.
2. प्रभावक से आप क्या समझते हैं? प्रभावक के मुख्य प्रकारों का वर्णन करें।
   What do you mean by effector? Describe the major types of effector.
3. न्यूरोन के प्रकार, संरचना तथा कार्य का वर्णन करें।
   Describe the types, structure and function of neuron.
4. तन्त्रिका आवेग से आप क्या समझते हैं? इसका संचार कैसे होता है?
   What do you mean by nerve impulse? How is it conducted?
5. निम्नलिखित मस्तिष्कीय केन्द्र की संरचना तथा कार्य का वर्णन करें—
   Describe the sturcture and function of the following brain centres:
   (a) लघुमस्तिष्क (cerebellum) (b) हाइपोथैलमस (hypothalamus) (c) अग्रमस्तिष्क (forebrain)

6. सुषुम्ना की संरचना तथा कार्य पर प्रकाश डालें।
Throw light upon the structure and function of spinal cord.
7. स्वायत्त तन्त्रिका तन्त्र क्या है? इसके द्वारा किन-किन अंगों का संचालन एवं नियन्त्रण होता है?
What is autonomic nervous system? What organs are regulated and controlled by it?
8. न्यूरोट्रांसमीटर क्या है? संधिस्थलीय संचरण में इसका क्या महत्त्व है?
What is neurotransmitter? Discuss its role in synaptic transmission.
9. प्रमस्तिष्क गोलार्द्धों की विशिष्टीकरण पर प्रकाश डालें।
Throw light upon the specialisation or laterisation of cerebral hemispheres.
10. विभक्त मस्तिष्क क्या है? विभक्त मस्तिष्क खोजों से प्रमस्तिष्क गोलार्द्धों की विशिष्टीकरण के स्वरूप के बारे में क्या पता चलता है?
What is split-brain? What light split-brain researches throw upon the specialization of cerebral hemisphere?
11. तन्त्रिका तन्त्र विशेषकर मस्तिष्क के कार्यों का अध्ययन करने की प्रमुख विधि का वर्णन करें?
Describe the major methods of studying functions of nervous system particularly the brain.
12. निम्नलिखित पर संक्षिप्त नोट लिखें— (Write short notes on the followings) :
(a) रेटिकुलर फॉरमेसन (reticular formation)
(b) साहचर्य क्षेत्र (association areas)
(c) विभक्त मस्तिष्क (split brain)
13. स्नायु आवेग से आप क्या समझते हैं? यह कैसे संचालित होता है?
What do you mean by nerve impulse? How is it conducted?
14. न्यूरोट्रांसमीटर क्या है? संधि-स्थलीय संचरण में इसका क्या महत्त्व है?
What is neurotransmitter? Discuss its role in synaptic transmition.
15. प्रमस्तिष्कीय वल्कुट की संरचना तथा प्रकार्यों का वर्णन कीजिए।
Describe the structure and function of cerebral cortex.

वस्तुनिष्ठ प्रश्न (*Objective Questions*)

1. तन्त्रिका तन्त्र की सूक्ष्मतम इकाई (smallest unit) कौन-सा है?
(क) न्यूरोन (neuron) (ख) न्यूरोट्रांसमीटर (neurotransmitter)
(ग) एक्सॉन (axon) (घ) कोश शरीर (cell body)
2. मांशपेशियाँ, कंडरा (tendon), संधि (joints) आदि में निम्नलिखित में से कौन-सा ग्राहक (receptor) पाया जाता है?
(क) अन्तर्ग्राहक (interoceptor) (ख) वाह्यग्राहक (exteroceptor)
(ग) मध्य ग्राहक (proprioceptor) (घ) नोसीग्राहक (nociceptor)
3. 'आँख' निम्नांकित में से किस तरह का ग्राहक (receptor) है?
(क) बाह्य ग्राहक (ख) अन्तर्ग्राहक (ग) मध्यग्राहक (घ) नोसीग्राहक
4. शरीर के भीतरी वातावरण (internal environment) को नियन्त्रित रखने का दायित्व निम्नांकित में से किनका सर्वाधिक है?
(क) थैलेमस (ख) अन्तःस्रावी ग्रन्थि (endocrine gland)
(ग) वहिस्रावीग्रन्थि (exocrine gland) (घ) हाइपोथैलमस
5. मनुष्य के हाथ, पैर आदि में निम्नांकित में से किस की प्रधानता होती है?
(क) चिकनी माँशपेशी (smoothed muscle) (ख) रेखित माँशपेशी (striped muscle)
(ग) हृदय माँशपेशी (cardiac muscle) (घ) ग्रन्थि (gland)
6. पैंक्रियाज (Pancreas) को निम्नांकित में से किस श्रेणी में रखा गया है?
(क) माँशपेशी (ख) वहिःस्रावी ग्रन्थि (ग) अन्तःस्रावी ग्रन्थि (घ) ग्राहक
7. तन्त्रिका आवेग (nerve impulse) की उत्पत्ति किस तरह से होती है?
(क) उद्दीपक द्वारा ग्राहक के उत्तेजित होने से।
(ख) कोश झिल्ली (cell membrane) के बाहर एवं भीतर के आयन (ion) में विनिमय (exchange) होने से।
(ग) कोश झिल्ली में तरल पदार्थ के बढ़ने से।
(घ) संधिस्थल पर न्यूरोट्रांसमीटर की उत्पत्ति से।

8. साहचर्य न्यूरोन कहाँ पाये जाते हैं?
(क) पैर में (ख) हाथ में
(ग) सुषुम्ना में (घ) सुषुम्ना तथा मस्तिष्क दोनों में
9. न्यूरोहारमोन (neurohormone) किसे कहा जाता है?
(क) वह हारमोन्स जो यौन ग्रन्थि से निकलता है।
(ख) वह हारमोन्स जिससे शारीरिक वर्द्धन (physical growth) होता है।
(ग) वह हारमोन्स जो तन्त्रिका तन्त्र (nervous system) के कार्य को प्रभावित करता है।
(घ) वह हारमोन्स जिससे इनसूलिन का स्राव करता है।
10. मनुष्यों में तन्त्रिका आवेग की अधिकतम गति (maximum speed) कितनी होती है?
(क) प्रति मिनट 100 मीटर (ख) प्रति सेकंड 100 मीटर
(ग) प्रति मिली सेकंड 100 मीटर (घ) प्रति माइक्रोमिली सेकंड 100 मीटर
11. मनुष्यों में तन्त्रिका आवेग की आवृत्ति (frequency) अधिकतम कितनी होती है?
(क) प्रति सेकंड 500 तन्त्रिका आवेग (ख) प्रति सेकंड 800 तन्त्रिका आवेग
(ग) प्रति सेकंड 1000 तन्त्रिका आवेग (घ) प्रति सेकंड 400 तन्त्रिका आवेग
12. पुनर्वापसी (reputake) किसे कहा जाता है?
(क) हृदय में गंदे खून की सफाई के लिए उसके वापसी को।
(ख) एक्सॉन की पुटिकाओं (vesciles) द्वारा न्यूरोट्रांसमीटर फिर से सोख लेने की प्रक्रिया को।
(ग) प्रभावक (effector) द्वारा किये गये कार्यों की सूचना मस्तिष्क को मिलने की प्रतिक्रिया को।
(घ) संधिस्थलीय संचरण (synaptic transmission) को।
13. भाषा (language) तथा भाषण (speech) आदि के विकास का नियन्त्रण निम्नांकित में से सामान्यतः कौन करता है?
(क) बायाँ गोलार्द्ध (left hemisphere) (ख) दायाँ गोलार्द्ध (right hemisphere)
(ग) कौरपस कैलोजम (corpus callosum) (घ) रेटिकूलर फारमेसन (reticular formation)
14. सामान्यतः नाचने गाने की क्षमता के विकास का नियन्त्रण निम्नांकित में से कौन करता है।
(क) दायाँ गोलार्द्ध (right hemisphere) (ख) मध्य मस्तिष्क (midbrain)
(ग) हाइपोथैमस (hypothalamus) (घ) लघुमस्तिष्क (cerebellum)
15. विभक्त मस्तिष्क शोधों (split-brain researches) से निम्नांकित में से किस तथ्य का पता चला है।
(क) मस्तिष्क के दोनों गोलार्द्धों का रंग हल्का पीला होता है।
(ख) मस्तिष्क के दोनों गोलार्द्धों के कार्यों की अलग-अलग विशेषता होती है।
(ग) मस्तिष्क का बायाँ गोलार्द्ध का वजन दायाँ गोलार्द्ध के वजन से अधिक होता है।
(घ) मस्तिष्क के दोनों गोलार्द्धों की संरचना बराबर-बराबर होती हैं।
16. कौरपास कैलोजम (corpus callosum) को काट देने पर निम्नांकित में से किस तरह की परिस्थिति उत्पन्न हो जाती है।
(क) हाइपोथैलमस का थैलमस सम्बन्ध विच्छेद हो जाता है।
(ख) बायाँ गोलार्द्ध का दायाँ गोलार्द्ध से सम्बन्ध विच्छेद हो जाता है।
(ग) मध्य मस्तिष्क का अग्रमस्तिष्क से सम्बन्ध विच्छेद हो जाता है।
(घ) पश्चमस्तिष्क (hind brain) का मध्यमस्तिष्क से सम्बन्ध विच्छेद हो जाता है।
17. एडरेनोजेनाइटल संलक्षण (adrenogenital syndorme) में क्या होता है?
(क) एण्ड्रोजोन्स (androgens) की मात्रा सामान्य से कम हो जाती है।
(ख) एण्ड्रोजन्स की मात्रा सामान्य से अधिक हो जाती है।
(ग) एस्ट्रोजेन्स (estrogens) की मात्रा सामान्य से कम हो जाती है।
(घ) एस्ट्रोजेन्स की मात्रा सामान्य से अधिक हो जाती है।
18. कम्प्यूटराइज्ड एक्सिएल टोमोग्राफी (computerised axial tomography) क्या है?
(क) मांशपेशियों द्वारा किये गये कार्यों को मापने का एक तरीका।
(ख) तन्त्रिका आवेग (nerve impulse) को मापने का एक तरीका।
(ग) तन्त्रिका तन्त्र (nervous system) के कार्यों का अध्ययन का एक तरीका।
(घ) ग्रन्थियों से निकलने वाले स्राव को मापने का एक तरीका।

19. हाइपोथायराडिज्म (hypothyroidism) का सम्बन्ध निम्नांकित में से किससे है?
(क) अश्रुग्रन्थि (ख) कंठ ग्रन्थि (ग) एड्रीनल ग्रन्थि (घ) पीयूष ग्रन्थि

20. रिक्त स्थानों की पूर्ति करें—
(i) तन्त्रिका आवेग को.........भी कहा जाता है।
(ii) संधिस्थल पर तन्त्रिका आवेग का संचरण.........की मदद से होता है।
(iii) ....में तन्त्रिका आवेग का उत्पन्न होना सम्भव नहीं है।
(iv) ....में केवल तीव्र उद्दीपक ही तन्त्रिका आवेग उत्पन्न करने में सक्षम होते हैं।
(v) विश्राम की अवस्था में न्यूरोन के कोश झिल्ली के ऊपर में.........आवेश होते हैं।
(vi) उत्तेजन की अवस्था में न्यूरोन के कोश झिल्ली के बाहर एवं भीतर आवेशों का.........प्रारंभ रहता है।
(vii) व्यक्ति के आंतरिक वातावरण में समस्थिति बनाने की उत्तरदायित्व.........ग्रन्थि पर होती है।
(viii) डोपामाइन (dopamine) एक तरह का.........है।
(ix) न्यूरोट्रांसमीटर से उत्तरसंधिस्थलीय न्यूरोन (postsynaptic neuron) के ग्राहक क्षेत्र में.........प्रभाव तथा अवरोधक प्रभाव उत्पन्न होते हैं।
(x) विभक्त मस्तिष्क में.........कटा हुआ होता है।

उत्तर

1. (क) 2. (ग) 3. (क) 4. (ख) 5. (ख) 6. (ग) 7. (ख)
8. (घ) 9. (ग) 10. (ख) 11. (क) 12. (ख) 13. (क) 14. (क)
15. (ख) 16. (ख) 17. (ख) 18. (ग) 19. (ख)
20. (i) स्पाईक (ii) न्यूरोट्रांसमीटर (iii) निरपेक्ष दुर्दम्य अवधि (iv) सापेक्ष दुर्दम्य अवधि (v) धनात्मक (vi) विनिमय (vii) अन्तस्रावी (viii) न्यूरोट्रांसमीटर (ix) उत्तेजन (x) कौपरस कैलोजम

अध्याय 3

मानव व्यवहार के विकास : आनुवंशिकता तथा वातावरण
(DEVELOPMENT OF HUMAN BEHAVIOUR : HEREDITY AND ENVIRONEMENT)

निबंधात्मक या दीर्घ-उत्तरीय प्रश्न *(Essay or Long Answer Questions)*

1. व्यवहार के निर्धारण में आनुवंशिकता तथा वातावरण के सापेक्ष महत्त्व का वर्णन करें।
(Describe the relative importance of heredity and environment in determination of behaviour.

2. ''एक ही माता-पिता के दो बच्चे मानसिक साधन एवं व्यवहारिक प्रतिमानों में अलग-अलग होते हैं।'' व्याख्या करें।
"Two children of the same parents happen to be different in mental equipment and behaviour patterns." Explain.

3. आनुवंशिकता तथा वातवरण के तुलनात्मक महत्त्व पर जुड़वा बच्चों के अध्ययनों से क्या प्रकाश पड़ता है? संक्षिप्त विवरण दें।
What light do twin studies throw upon the relative importance of heredity and environment in determination of behaviour. Briefly describe.

4. कुछ प्रयोगात्मक सबूतों के आधार पर भाषा विकास एवं क्रियात्मक गुणों के विकास में परिपक्वता तथा प्रशिक्षण के महत्त्व का वर्णन करें।
Citing experimental evidences, discuss the importance of maturation and training in development of language.

5. सहजुड्वा अध्ययनों से मानव व्यवहार पर पड़ने वाले प्रभावों का वर्णन करें।
Describe the influences of co-twin studies on human behaviour.

6. व्यक्तित्व के विकास में प्रारम्भिक पर्यावरण वंचन के प्रभाव की व्याख्या प्रयोगात्मक सबूत के आधार पर करें।
On the basis of experimental evidences, discuss the impact of early environmental deprivation upon development of personality.

7. पशु तथा मानव क्षमताओं एवं व्यवहारों पर संवेदी तथा पर्यावरणी वंचन के प्रभावों का मूल्यांकन करें। क्या यह प्राणी के आनुवंशिक क्षमताओं को प्रभावित करता है।
(Evaluate the effects of sensory and environmental deprivation upon the development of animal and human abilities and their behaviours. Does it affect the genetic potentialities of an organism?
8. प्रारंभिक पर्यावरणी सम्पन्नीकरण का मानव व्यवहार पर पड़ने वाले प्रभावों का वर्णन करें।
Describe the impact of early environmental enrichment upon human behaviour.
9. निम्नलिखित पर संक्षिप्त नोट लिखें—(Write short notes on the following):
(a) जाति विशिष्ट व्यवहार (species-specific behaviour)
(b) मूल आनुवंशिक सिद्धान्त (basic genetic principle)
(c) शीतनिष्क्रियता (hibernation)
10. गुणसूत्र अपसरण के कारण व्यवहारों में होने वाले असामान्यताओं पर प्रकाश डालें।
Throw light upon the abnormalities in behaviour occuring due to chromosomal aberrance.
11. मानव व्यवहार के विकास में आनुवंशिकता और पर्यावरण के महत्त्व पर प्रकाश डालें।
Throw light on the relative impact of heredity and environment on the development of human behaviour.
12. मानव व्यवहार के विकास पर आरम्भिक पर्यावरणी वंचन के प्रभावों का वर्णन करें।
Describe the impact of early environmental deprivation on the development of human behaviour.
13. मानव व्यवहार के निर्धारण में आनुवंशिकता और वातावरण के सापेक्ष महत्त्व की समीक्षा करें।
Examine the relative importance of heredity and environment on the development of human behaviour.
14. प्रारंभिक वातावरण संपन्नीकरण का मानव व्यवहार पर पड़ने वाले प्रभावों का वर्णन करें।
Describe the impact of early environmental enrichment upon human behaviour.
15. मनुष्यों पर किये गए अध्ययनों के आलोक में आनुवंशिकता तथा वातावरण की अन्तःक्रिया का मानव व्यवहार के विकास पर पड़ने वाले प्रभाव सिद्ध करें।
In light of studies conducted on human beings, prove the impact of heredity-environment interaction on the development of human behaviour.
16. मानव व्यवहार के निर्धारण में आनुवंशिकता तथा वातावरण के सापेक्ष महत्त्व का वर्णन करें।
Describe the relative importance of heredity and environment in determination of human behaviour.

वस्तुनिष्ठ प्रश्न (*Objective Questions*)

1. आनुवंशिकता से तात्पर्य निम्नांकित में से किनसे होता है?
(क) शुक्राणु तथा अंडाणु (sperm and ovum)
(घ) डी एन ए तथा आर एन ए (DNA & RNA)
(ग) गुणसूत्र तथा जीन्स (chromosomes and genes)
(घ) सूत्रीविभाजन तथा अर्धसूत्रण (mitosis and meiosis)
2. निम्नांकित में से असत्य कथन बतलावें—
(क) मानव कोश में गुणसूत्र 46 जोड़े होते हैं।
(ख) मानव जनन कोश (genetic cell) में गुणसूत्र के 46 जोड़े होते हैं।
(ग) प्रत्येक गुणसूत्र में लगभग एक हजार जीन्स होते हैं।
(घ) जीन के आर एन ए तथा डी एन ए दो प्रमुख तथ्य है।
3. गुणसूत्र के 23 जोड़ें में आकार की दृष्टि में सबसे बड़ा जोड़ा कौन-सा होता है?
(क) पाँचवाँ जोड़ा (ख) तीसरा जोड़ा
(ग) बाईसवाँ जोड़ा (घ) पहला जोड़ा

4. महिलाओं के जनन कोशों में अर्थात अंडाणु (ovum) में निम्नांकित में से कौन-सा चीज पाया जाता है।
(क) केवल Y गुणसूत्र (ख) केवल X गुणसूत्र
(ग) X तथा Y दोनों गुणसूत्र (घ) उपर्युक्त से कुछ भी नहीं
5. एकांडी जुड़वाँ बच्चों की आनुवंशिकता में समानता कितनी होती है?
(क) 50–50% (ख) 100% (ग) 80-20% (घ) 60–40%
6. आनुवंशिकता (heredity) का वास्तविक निर्धारक होते हैं—
(क) जीन्स (genes) (ख) गुणसूत्र (chromosome)
(ग) न्यूरोन्स (neuron) (घ) कोश शरीर (cell body)
7. अर्धसूत्रण या मेयोसिस (meiosis) की प्रक्रिया में
(क) गुणसूत्र की संख्या में वृद्धि होती है। (ख) गुणसूत्र की संख्या में कमी होती है।
(ग) गुणसूत्र की संख्या सतत् (constant) होती है। (ग) गुणसूत्र की संख्या जीन्स की संख्या के बराबर होती है।
8. पुरुषों में सामान्य यौन गुणसूत्र होता है।
(क) XX गुणसूत्र (ख) XY गुणसूत्र (ग) XYY गुणसूत्र (घ) XXY गुणसूत्र
9. सीता और मोहन अपने माता-पिता के जुड़वाँ संतान हैं। इन्हें रखा जायेगा—
(क) एकांडी जुड़वाँ बच्चों की श्रेणी में (ख) भ्रात्रीय जुड़वाँ बच्चों की श्रेणी में
(ग) भाई-बहन की सामान्य श्रेणी में (घ) उपर्युक्त किसी भी श्रेणी में नहीं।
10. अदृश्य (unseen) मानवीय विशेषताओं को रखा जाता है—
(क) फेनोटाइप (phenotype) में (ख) जेनाटाइप (genotype) में
(ग) सोमैटोटाइप (somatotype) (घ) उपर्युक्त में से किसी भी श्रेणी में नहीं।
11. सह-जुड़वाँ नियन्त्रण विधि (method of co-twin control) पर आधारित प्रयोगों से यह स्पष्ट हुआ है कि—
(क) विकास का दर (rate) प्रशिक्षण (training) के विभिन्न दायरे में भी लगभग एक समान होती है।
(ख) विकास का दर प्रशिक्षण से परिवर्तित होती है। (ग) विकास का दर परिपक्वता पर आधारित होती है।
(घ) पर्याप्त परिपक्वता के होने पर भी विकास का दर प्रशिक्षण के बावजूद भी धीमी होती है।
12. सह-जुड़वाँ नियन्त्रण अध्ययनों (co-twin control studies) से यह पता चला कि पेशीय कौशलों (motor skill) का विकास—
(क) परिपक्वता से अधिक प्रभावित होता है।
(ख) प्रशिक्षण से अधिक प्रभावित होता है।
(ग) परिपक्वता तथा प्रशिक्षण की अन्तःक्रिया (interaction) से प्रभावित होता है।
(घ) परिपक्वता से कम तथा प्रशिक्षण से अधिक प्रभावित होता है।
13. सह-जुड़वाँ अध्ययनों में प्रयोगात्मक प्रयोज्य (experimental subject) को कहा जाता है—
(क) T-प्रयोज्य (ख) C-प्रयोज्य
(ग) L-प्रयोज्य (घ) उपर्युक्त में से कुछ भी नहीं।
14. अधिकतर मानव शीलगुण की प्रकृति ऐसी होती है—
(क) जिसमें किसी एक जीन की अधिक प्रबलता होती है।
(ख) जिसमें गुणसूत्र की अधिक प्रबलता होती है।
(ग) जिसमें कई जीन्स की अधिक प्रबलता होती है।
(घ) जिसमें मात्र यौन गुणसूत्र की अधिक प्रबलता होती है।
15. DNA में निहित आनुवंशिक गुणों एवं आज्ञाओं का पालन किया जाता है—
(क) RNA द्वारा (ख) गुणसूत्र द्वारा (ग) साइटोसाइन द्वारा (घ) फोनोटाइप द्वारा।
16. DNA के अणु (molecule) देखने में
(क) एक घुमाऊदार सीढ़ी (twisted ladder) के समान होते हैं।
(ख) पिरामीड (pyramid) के समान होते हैं।
(ग) साधारण सीढ़ी के समान होते हैं।
(घ) त्रिकोणीय होते हैं।

17. व्यक्ति के आँख के रंग, त्वचा के रंग आदि को रखा जाता है—
(क) फेनोटाइप (phenotype) में ।
(ख) जेनोटाइप (genotype) में।
(ग) पोलिजोनिक (polygenic) में।
(घ) उपर्युक्त में से किसी भी श्रेणी में नहीं।

18. एक ऐसी प्रविधि जिसमें व्यक्ति के जन्म के पहले दिन ही उसके खून की जाँच कर यह बतलाया जा सकता है कि उसमें गुणसूत्र की असामान्यताएँ (abnormalities) हैं या नहीं, को कहा जाता है।
(a) रक्त-सीरम परीक्षण (Blood-serium test)
(b) कैटोटायपिंग (Karyotyping)
(c) गुणतंत्रीय परीक्षण (Chromosomal test)
(d) कम्पूटराइज एक्सीयल टोमोग्राफी (Computerized Axial Tomography)

19. निम्नांकित में से असत्य कथन बतलावें—
(क) पर्यावरणी वंचन से सामान्य विकास में बाधा पहुँचती है।
(ख) पर्यावरणी सम्पन्नीकरण (environmental enrichment) से सामान्य विकास की गति तीव्र होती है।
(ग) पर्यावरणी वंचन से व्यक्ति में कुछ असामान्यताएँ उत्पन्न होता है।
(घ) पर्यावरणी वंचन का कारण संस्थाकरण (institutionalisation) होता है।

20. रिक्त स्थानों की पूर्ति करें—
(i) महिला यौन कोश में केवल.............गुणसूत्र होता है।
(ii) XYY की असामान्यता केवल.............में पायी जाती है।
(iii) प्रत्येक गुणसूत्र में जीन्स की संख्या लगभग ....होती है।
(iv) ....में व्यक्ति के रक्त के आधार पर गुणसूत्र की असामान्यता का पता लगाया जाता है।
(v) मनुष्यों के जनन कोश (genetic cell) में गुणसूत्र की संख्या ....होती है।
(vi) टर्नरस संलक्षण में महिलाओं के यौन कोश में ....गुणसूत्र पाये जाते हैं।
(vii) एकांडी जुड़वाँ बच्चों की आनुवंशिकता............प्रतिशत समान होती है।
(viii) डी एन ए ....का एक प्रमुख भाग है।
(ix) ....तथा.....................मिलकर जीन (gene) का निर्माण करते हैं।
(x) डी एन ए का आकार...............होता है।

उत्तर

1. (ग) 2. (ख) 3. (घ) 4. (ख) 5. (ख) 6. (क) 7. (ख)
8. (ख) 9. (ख) 10. (ख) 11. (क) 12. (ग) 13. (क) 14. (ग)
15. (क) 16. (क) 17. (क) 18. (ख) 19. (घ)
20. (i) X (ii) पुरूषों (iii) एक हजार (iv) केरोटाइपिंग (v) तेईस (vi) XO
(vii) शत (viii) जीन (ix) डी एन ए तथा आर एन ए (x) सीढ़ीनुमा

अध्याय 4

मूल मनोभौतिकी एवं मनोभौतिकी विधियाँ
(BASIC PSYCHOPHYSICS AND PSYCHOPHYSICAL METHODS)

निबंधात्मक या दीर्घ-उत्तरीय प्रश्न (Essay or Long Answer Questions)

1. मनोभौतिकी से आप क्या समझते है? इसके प्रमुख समस्याओं का वर्णन करें।
What do you mean by psychophysics? Discuss its major problems.
2. सीमा विधि के अनुप्रयोग का एक उदाहरण लेते हुए अपने प्रयोज्य के भार संवेदन के लिए RL तथा DL ज्ञात करें।
Calculate RL and DL for weight sensitivity of your subject using method of limits.
3. सतत उद्दीपक विधि के अनुप्रयोग का एक उदाहरण देते हुए ध्वनि की तीव्रता के लिए RL तथा DL ज्ञात करें।
Calculate RL and DL for intensity of sound by using method of constant stimuli.

4. औसत त्रुटि विधि के अनुप्रयोग का एक उदाहरण देते हुए मूलर लायर भ्रम की मात्रा का निर्धारण करें।
   Determine the extent of Muller-Lyer illusion by using method of average error.
5. संकेत अभिज्ञान सिद्धान्त की संक्षिप्त व्याख्या प्रस्तुत करें। इसकी प्रमुख उपयोगिताओं का वर्णन करें।
   Explain, in brief, Signal detection theory. Describe its major applications.
6. ROC वक्र किसे कहते हैं? इसकी कुछ विशेषताओं का वर्णन करे।
   What do you mean by ROC curve? Describe its major characteristics.
7. निम्मलिखित पर संक्षिप्त नोट लिखें: (Write short notes on the followings):
   (a) उद्दीपक सीमान्त (stimulus thershold)
   (b) विभेदक सीमान्त (differential threshold)
   (c) वेबर का नियम (Weber's law)
   (d) फेकनर का नियम (Fechner's law)
   (e) स्टीभेन्स का घात नियम (Steven's power law)
   (f) सीमा विधि (Method of limits)
   (g) सतत उद्दीपक विधि (Method of Stimuli)
   (h) औसत त्रुटि विधि (Method of average error)
8. उदाहरण देते हुए मनोभौतिकी के विभिन्न विधियों की विवेचना करें।
   With examples, discuss the various methods of Psychophysics.
9. क्लासिकी मनोभौतिकी के विभिन्न समस्याओं की व्याख्या करें।
   Examine the different problems of classical psychophysics.
10. मनोभौतिकी की परिभाषा दें। संकेत अभिज्ञान सिद्धान्त की संक्षिप्त व्याख्या करें।
    Define psychophysics. Briefly explain the signal detection theory.
11. संकेत संज्ञापन सिद्धान्त क्या है? इसके सम्प्रत्ययों एवं उपयोगिता को स्पष्ट कीजिए।
    What is signal detection theory ? Explain its concepts and uses.
12. स्टीभेन्स के पावर नियम का आशय स्पष्ट कीजिए एवं उसकी प्रासंगिकता का वर्णन कीजिए।
    Point out the implication of Steven's Power law and describe its relevance.
13. मनोभौतिकी से आप क्या समझते हैं? इसके प्रमुख समस्याओं का वर्णन करें।
    What do you mean by pychophysics? Discuss its major problems.
14. मनोभौतिकी के संकेत अभिज्ञान सिद्धान्त का वर्णन करें।
    Describe signal detection theory of Psychophysics.
15. संकेत अभिज्ञान सिद्धान्त के अभिग्रहों से अपना परिचय दर्शाइए।
    Show your acquaintance with assumption of signal detection theory.
    (Ph.D. Pre Regd. test PU 2008)
16. मनोभौतिकी से आप क्या समझते हैं? इसकी प्रमुख समस्याओं का वर्णन करें।
    What do you mean by psychophysics? Describe its major problems.

वस्तुनिष्ठ प्रश्न (Objective Questions)

1. मनोभौतिकी से क्या तात्पर्य होता है?
   (क) एक ऐसा विज्ञान जिसमें सीखना तथा स्मृति का अध्ययन किया जाता है।
   (ख) एक ऐसा विज्ञान जिसमें उद्दीपक तथा उससे उत्पन्न संवेदन के संबंध का अध्ययन किया जाता है।
   (ग) एक ऐसा विज्ञान जिसमें सभी तरह के मानसिक प्रक्रियाओं का वर्णन भौतिकी के अनुसार किया जाता है।
   (घ) एक ऐसा विज्ञान जिसमें सभी तरह के दैहिक प्रक्रियाओं के विश्लेषण पर बल डाला जाता है।
2. निम्नांकित में से किसे भौतिकी की समस्याओं में सम्मिलित नहीं किया जा सकता है?
   (क) अल्पतम उद्दीपकों (minimal stimuli) की पहचान से सम्बन्धित समस्या।
   (ख) अल्पतम उद्दीपक अन्तर (minimal stimulus difference) की पहचान से सम्बन्धित समस्या।

(ग) उद्दीपकों के बीच सम्बन्धों के निर्णय से सम्बन्धित समस्या।
(घ) उद्दीपकों को सुव्यवस्थित (arrange) करने से सम्बन्धित समस्या।

3. मनुष्यों के लिए श्रवण उद्दीपकों की सीमा कितनी होती है?
(क) 100 Hz से 200 Hz ध्वनि तरंग (ख) 20 Hz से 5000 Hz ध्वनि तरंग
(ग) 20 Hz से 20,000Hz ध्वनि तरंग (घ) 40 Hz से 40,000 Hz ध्वनि तरंग

4. RL (Reiz limen) का प्रयोग निम्नांकित में से किसके लिए किया जाता है?
(क) सीमान्त (threshold) (ख) निरपेक्ष सीमान्त (absolute threshold)
(ग) विभेदिक सीमान्त (differential threshold) (घ) ऊपरी सीमान्त (upper threshold)

5. किसी उद्दीपक का वह मान या मूल्य जिसका व्यक्ति 50% प्रयासों (trials) में प्रत्यक्षण करता है तथा 50% प्रयासों में प्रत्यक्षण नहीं करता हैं, उसे कहा जाता है—
(क) निरपेक्ष सीमान्त (absolute thershold)
(ख) विभेदक सीमान्त (differential threshold)
(ग) न्यूनतम ज्ञेय भेद (just noticeable difference)
(घ) न्यूनतम अज्ञेय भेद (just not noticeable differences)

6. DL ज्ञात करने के लिए निम्नांकित में से किसका होना आवश्यक है?
(क) एक प्रयोगाशाला
(ख) मानक उद्दीपक (standard stimulus)
(ग) मानक उद्दीपक तथा तुलनात्मक उद्दीपक (comparable stimulus)
(घ) तुलनात्मक उद्दीपक

7. यदि किसी मनोभौतिकी प्रयोग में PSE (Point of Subjective Equality) तथा मानक उद्दीपक (Standard stimulus) का मान (value) बराबर-बराबर हो तो सतत त्रुटि (constant error) की मात्रा निम्नांकित में से कौन-सा होगा?
(क) 2.56 (ख) 0 (zero)
(ग) – 2.56 (घ) 3.0

8. अभ्यसन त्रुटि (error of habituation) निम्नांकित में से किस विधि में होती है?
(क) सीमा विधि (method of limits)
(ख) सतत उद्दीपक विधि (method of constant stimulus)
(ग) औसत त्रुटि विधि (method of average error)
(घ) मात्रा आकलन विधि (magnitude estimation menthod)

9. सीमा विधि में जब अवरोही शृंखला (descending series) का माध्य (mean) आरोही शृंखला (ascending series) के माध्य से अधिक होता है, तो निम्नांकित में से किसका संकेत मिलता है?
(क) स्थान त्रुटि (space error) के होने का। (ख) गति त्रुटि (movement error) के होने का।
(ग) प्रत्याशा त्रुटि (error of expectation) के होने का। (घ) अभ्यसन त्रुटि (error of habituation) के होने का।

10. निम्नांकित में से किस नियम में उद्दीपक की तीव्रता तथा उससे उत्पन्न संवेदन की तीव्रता में लघुगणकीय संबंध (logarithmic relationship) होने का दावा किया गया है?
(क) वेबर नियम (Weber's law) (ख) फेकनर नियम (Fechner law)
(ग) स्टीभेन्स नियम (Steven's law) (घ) यर्क्स-डोडसन नियम (Yerkes-Dodson law)

11. स्टीभेन्स नियम के अनुसार निम्नांकित में कौन-सा कथन असत्य है?
(क) घातांक (exponent)1 होने से उद्दीपककी मात्रा में कम तीव्रता, संवेदन की अधिक मात्रा उत्पन्न करेगा।
(ख) घातांक 1 से कम होने पर घात फलन (power function) का वक्र नीचे की दिशा में अवतल (concave downward) हो जाता है।
(ग) घातांक 1 से अधिक होने पर घात फलन का वक्र ऊपरी दिशा में अवतल (concave upward) होता है।
(घ) घातांक 1 होने से घात फलन का वक्र रेखीय (linear) होता है।

12. निम्नांकित में से किस विधि को क्रमिक खोज विधि (method of serial exploration) कहा जाता है?
   (क) सीमा विधि (method of limits)
   (ख) सतत उद्दीपक विधि (method of constant stimuli)
   (ग) औसत त्रुटि विधि (method of average error)
   (घ) मात्रा आकलन विधि (method of magnitude estimation)
13. अगर किसी कमरे में 10 मोमबत्ती जल रहा हो तथा उसमें एक और मोमबत्ती जला देने से व्यक्ति न्यूनतम ज्ञेय भेद (just noticeable difference) का प्रत्यक्षण कर लेता है तो वेबर नियम के अनुसार यदि कमरे में 50 मोमबत्ती जल रहा हो तो न्यूनतम ज्ञेय भेद उत्पन्न करने के लिए उसमें कितनी मोमबत्ती जलाना होगा?
   (क) 10 मोमबत्ती (ख) 15 मोमबत्ती (ग) 5 मोमबत्ती (घ) 3 मोमबत्ती
14. स्टीभेन्स घात नियम (Steven's power law) का आधार निम्नांकित में से कौन था?
   (क) सीमा विधि (method of limits)
   (ख) मात्रा आकलन विधि (magnitude etimation method)
   (ग) सही तथा गलत केसेज की विधि (method of right and wrong cases)
   (घ) समायोजन विधि (method of adjustment)
15. संकेत अभिज्ञान सिद्धान्त (Signal detection theory) का मुख्य उद्देश्य क्या है?
   (क) प्रयोज्य में संकेत या उद्दीपक के सही-सही पहचान करने की क्षमता को विकसित करना।
   (ख) उद्दीपक या संकेत की पहचान में संवेदी कारकों (sensory factors) के महत्त्व का असंवेदी कारकों (nonsenory factors) के महत्त्व से दूर करना।
   (ग) प्रयोज्य को सही उद्दीपकों की पहचान करने के लिए पर्याप्त संकेत उपस्थित करना।
   (घ) प्रयोज्य को सही उद्दीपकों की पहचान करने के लिए विशेष उपाय ढूँढ़ने में मदद करना।
16. ROC वक्र यदि धनुषाकार अधिक होता है तो इससे निम्नांकित में किसका संकेत मिलता है?
   (क) प्रयोज्य में संवेदनशीलता (sensitivity) अधिक है। (ख) प्रयोज्य में संवेदनशीलता बहुत ही कम है।
   (ग) प्रयोज्य एक आदर्श प्रेक्षक (ideal observer) है। (घ) प्रयोज्य में संवेदनशीलता शून्य है।
17. हेल्सन के संवेदी अनुकूलन स्तर सिद्धान्त (sensory-adaptation level theory) के अनुसार व्यक्ति द्वारा तय किया गया अनुकूलन स्तर में निम्नांकित में से किस उद्दीपक का योगदान नहीं होता है?
   (क) केन्द्रीय उद्दीपक (focal stimulus) (ख) पृष्ठिका उद्दीपक (background stimuli)
   (ग) अवशिष्ट उद्दीपक (residual stimuli) (घ) तुलनात्मक उद्दीपक (comparable stimuli)
18. हेल्सन द्वारा प्रतिपादित संवेदी अनुकूलन स्तर सिद्धान्त के समर्थन में जितने भी प्रयोग किये गए हैं, उनमें से अधिकांश प्रयोगों में निम्नांकित में से किस विधि का उपयोग किया गया है?
   (क) श्रेणी निर्णय की विधि (method of category judgement)
   (ख) समायोजन विधि (method of adjustment)
   (ग) सीमा विधि (method of limits)
   (घ) औसत त्रुटि विधि (method of average error)
19. हेल्सन द्वारा प्रतिपादित संवेदी अनुकूलन स्तर सिद्धान्त के आलोक में निम्नांकित में से कौन-सा कथन असत्य है?
   (क) अनुकूलन स्तर के निर्धारण में केन्द्रीय उद्दीपक, पृष्ठिका उद्दीपक तथा अवशिष्ट उद्दीपक तीनों का संयुक्त योगदान होता है।
   (ख) संवेदी अनुकूलन स्तर सिद्धान्त में अनुकूलन स्तर के निर्धारण की व्याख्या गुणात्मक तथा परिमाणात्मक दोनों ढंग से होती है।
   (ग) व्यक्ति अनुकूलन स्तर का निर्धारण उद्दीपकों की तीव्रता के मध्य बिन्दु से सदा ऊपर करता है।
   (घ) इस सिद्धान्त के समर्थन में किए गए प्रयोगों का आधार श्रेणी निर्णय की विधि (method of category judgement) है।
20. रिक्त स्थानों की पूर्ति करें—
   (i) ....को मनोभौतिकी का जनक कहा जाता है।
   (ii) ....नियम के अनुसार उद्दीपक की तीव्रता तथा संवेदन की मात्रा के बीच लघुगुणक सम्बन्ध (logarithimic relationship) होता है।

(iii) संवदी अनुकूलन स्तर का स्थान उद्दीपकों के मान का :...........बिन्दु होता है।

(iv) आदर्श प्रेक्षक का सम्प्रत्यय................सिद्धान्त का एक महत्त्वपूर्ण सम्प्रत्यय है।

(v) जो उद्दीपक का मान व्यक्ति में 50% प्रयासों में अनुक्रिया उत्पन्न करता है तथा बाकी 50% प्रयासों में अनुक्रिया उत्पन्न नहीं करता है, उसे ....सीमान्त कहा जाता है।

(vi) अभ्यसन त्रुटि ....विधि में होता पाया जाता है।

(vii) स्थान त्रुटि तथा गति त्रुटि की समस्या ....विधि में अक्सर उत्पन्न होती है।

(viii) न्यूनतम ज्ञेय भेद विधि (method of just noticeable difference) को ....विधि भी कहा जाता है।

(ix) सीमा विधि में जब आरोही श्रृंखला का माध्य अवरोही श्रृंखला के माध्य से अधिक होता है तो, इससे ....त्रुटि का संकेत मिलता है।

(x) सीमा विधि में जब अवरोही श्रृंखला का माध्य आरोही श्रृंखला के माध्य से अधिक होता है, तो इससे ....त्रुटि का संकेत मिलता है।

उत्तर

1. (ख) 2. (घ) 3. (ख) 4. (ख) 5. (क) 6. (ग) 7. (ख)
8. (क) 9. (ग) 10. (ख) 11. (क) 12. (क) 13. (ग) 14. (ख)
15. (ख) 16. (क) 17. (घ) 18. (क) 19. (ग)
20. (i) जी० टी० फेकनर (ii) वेबर-फेकनर (iii) माध्य (iv) संकेत पहचान सिद्धान्त (v) उद्दीपक या निरपेक्ष (vi) सीमा (vii) औसत त्रुटि (viii) सीमा (ix) अभ्यसन (x) प्रत्याशा

अध्याय 5

प्रत्यक्षण
(PERCEPTION)

निबंधात्मक या दीर्घ-उत्तरीय प्रश्न (Essay or Long Answer Questions)

1. प्रत्यक्षण एक चयनात्मक प्रक्रिया है। व्याख्या करें।
Perception is a selective process. Explain.
2. प्रत्यक्षण की परिभाषा दें। विभिन्न तरह के प्रत्यक्षणात्मक विकृतियों के बीच अन्तर करें।
Define perception. Differentiate between different types of perceptual distortions.
3. प्रत्यक्षण के दैहिक उपागम की आलोचनात्मक व्याख्या करें।
Critically examine the physiological approach to perception.
4. प्रत्यक्षण के गिब्सोनियन उपागम तथा सूचना संसाधन उपागम का वर्णन करें।
Describe the Gibsonian and Information processing approach to perception.
5. प्रत्यक्षण के गेस्टाल्टवादी सिद्धान्त की आलोचनात्मक व्याख्या करें।
(Critically examine the Gestaltistic theory of perception.
6. प्रत्यक्षण के व्यवहारवादी सिद्धान्त की आलोचनात्मक व्याख्या करें।
Critically examine the Behaviouristic theory of perception.
7. प्रत्यक्षण के निदेश-अवस्था सिद्धान्त का वर्णन करें।
Describe the Directive state theory of perception.
8. प्रत्यक्षणात्मक संगठन जन्मजात है या अर्जित ? प्रत्यक्षणात्मक संगठन के नियम की आलोचना व्याख्या करें।
Is perceptual organisation innate or acquired? Critically examine the laws of perceptual organisation.
9. आकृति-पृष्ठभूमि प्रत्यक्षण से आप क्या समझते हैं? उदाहरण देकर प्रत्यक्षणात्मक संगठन के नियमों का वर्णन करें।
What do you understand by figure-ground perception. Describe, with examples, the principles of perceptual organisation.

10. दूरी तथा गहराई के प्रत्यक्षण में एकनेत्री संकेत तथा द्विनेत्री संकेत के महत्त्व का वर्णन करें।
Describe the role of moncoular cues and binoculer cues in perception of depth and distance.
11. दृष्टि दिक् या स्थान प्रत्यक्षण में गतिविहिन एक-नेत्री संकेतों के महत्त्व का वर्णन करें।
Describe the importance of movementless moncular cues in visual space perception.
12. प्रत्यक्षज्ञानात्मक स्थिरता से आप क्या समझते हैं? इसके विभिन्न प्रकारों का वर्णन करें।
What do you mean by perceptual constancy? Describe its different types.
13. विभिन्न प्रकार के प्रत्यक्षज्ञानात्मक स्थिरता के सैद्धान्तिक प्रक्रम का वर्णन करें।
Describe the theoretical mechanism of different types of perceptual constancy.
14. स्थिरता-अस्थिरता विरोधाभास से आप क्या समझते हैं? प्रयोगात्मक अध्ययनों का वर्णन करते हुए इसका मनोवैज्ञानिक आशय बतलावें।
What do you mean by stability-instability parodox? Describing the experimental evidences, discuss its implication.
15. प्रत्यक्षज्ञानात्मक स्थिरता के प्रयोगात्मक अध्ययनों के आलोक में किये गये महत्त्वपूर्ण सामान्यीकरण का वर्णन करें।
Describe in light of expermental studies, the important generalization about perceptual constancy.
16. गहराई एवं दूरी के प्रत्यक्षण के सिद्धान्तों का वर्णन करें।
Describe the theories of perception of distance and depth.
17. प्रत्यक्षण में मानसिक वृत्ति के महत्त्व का वर्णन करें।
Describe the role of mental set in perception.
18. प्रत्यक्षण में व्यक्तिगत कारकों की भूमिका का वर्णन करें
Describe the role of personal factors in perception.
19. प्रत्यक्षण में सामाजिक एवं सांस्कृतिक कारकों के महत्त्व का वर्णन करें।
Describe the importance of social and cultural factors in perception.
20. प्रयोगात्मक सबूतों के आधार पर यह बतलावें कि क्या प्रत्यक्षज्ञानात्मक रक्षा की घटना एक प्रयोगात्मक शिल्पकृति है तथा इस घटना में सम्मिलित प्रक्रम के प्रकार को बतलावें।
On the basis of experimental evidences, discuss whether the phenomenon of perceptual defence is an epxerimental antifact and indicate the kind of mehcnaisms that the phenomenon presupposes.
21. प्रत्यक्षज्ञानात्मक निगरानी से आप क्या समझते हैं? इसके प्रयोगात्मक अध्ययनों से आपको क्या आशय मिलता है?
What do you mean by perceptual vigilance? What implication do you derive from its experimental studies.
22. अतिन्द्रिय प्रत्यक्षण से आप क्या समझते हैं? इसके विभिन्न प्रकारों का वर्णन करें।
What do you mean by extrasensory perception (ESP)? Describe its different types.
23. समय प्रत्यक्षण की व्याख्या करें। समय का प्रत्यक्षण किन-किन कारकों द्वारा प्रभावित होता है?
Explain the perception of time ? What are the factors that influence time perception.
24. गति प्रत्यक्षण कितने प्रकार के होते हैं? वास्तविक गति प्रत्यक्षण की व्याख्या मनोवैज्ञानिकों द्वारा किस प्रकार की गयी हैं?
Discuss the types of perception of movement? How do psychologists explain the perception of real movement?
25. आभासी प्रत्यक्षण के प्रमुख प्रकारों का उदाहरण सहित वर्णन करें।
(Describe, with examples, the major types of apparent motion.
26. क्या प्रत्यक्षण में सुघटता होती है? क्या ऐसी सुघट्ता अर्जित होती है?
Is perception plastic in nature? Is such plasticity acquired ?
27. ''हमलोग किसी वस्तु का प्रत्यक्षण अपने अनुसार करते हैं न कि वस्तु के अनुसार'' इस कथन की समीक्षा करें।
"We perceive objects not as they are but as we are" Critically examine the statement.
28. रंग दृष्टि के यंग-हेमहोल्ज सिद्धान्त की समीक्षा करें।
Critically examine Young-Helmholtz theory of colour vision.

29. रंग दृष्टि के हेरिंग सिद्धान्त की समीक्षा करें।
Critically examine Hering's theory of colour vision.

30. ''रंग दृष्टि की पूर्ण व्याख्या न तो यंग-हेमहोल्ज सिद्धान्त से होती है न ही हेरिंग सिद्धान्त द्वारा।'' इस कथन की समीक्षा करें।
"The complete explanation of colour vision is done neither by Young-Helmholtz theory nor by Hering theory." Examine the statement critically.

31. श्रवण प्रत्यक्षण के स्थान सिद्धान्त की आलोचनात्मक समीक्षा करें।
Critically review the place theory of auditory perception.

32. श्रवण प्रत्यक्षण की बारम्बारता सिद्धान्त की आलोचनात्मक समीक्षा करें।
Critically reveiw the frequency theory of auditory perception.

33. भ्रम तथा प्रत्यक्षण में अन्तर बतलावें । भ्रम के प्रमुख प्रकारों का वर्णन करें।
Distinguish between illusion and perception. Describe the major types of illusion.

34. भ्रम के प्रमुख सिद्धान्त का वर्णन करें।
Describe the major theories of illusion.

35. निम्नलिखित पर संक्षिप्त नोट लिखें (Write short notes on the following)
   (a) प्रत्यक्षण में सीखने की भूमिका (Role of learning in perception)
   (b) अवचेतन प्रत्यक्षण (Subliminal perception)
   (c) भ्रम तथा विभ्रम में अन्तर (Difference between illusion and hallucination)
   (d) अतीन्द्रिय प्रत्यक्षण (Extrasensory perception or ESP)

36. प्रत्यक्षण के स्वरूप का वर्णन करें। गहराई प्रत्यक्षण में एक नेत्री संकेतों के विभिन्न प्रकारों की भूमिका का वर्णन करें।
Discuss the nature of Perception. Discuss the role of various types of monocular cues in depth perception.

37. प्रत्यक्षज्ञानात्मक स्थिरता क्या है? इसके महत्त्वपूर्ण प्रकारों का वर्णन करें।
What is Perceptual Constancy? Discuss its important types.

38. प्रत्यक्षण में केन्द्रीय गतिकी के महत्त्व का वर्णन करें।
Discuss the importance of central dynamics in Perception.

39. रंग दृष्टि के यंग-हेल्मोज सिद्धान्त का आलोचनात्मक मूल्यांकन करें।
Critically examine the Young-Helmholtz theory of colour vision.

40. प्रत्यक्षज्ञानात्मक स्थिरता के विभिन्न प्रपंचों की सोदाहरण व्याख्या करें।
Explain the different phenomenon of perceptual constancy, citing illustrations.

41. श्रवण सम्बन्धी स्थान सिद्धान्त का आलोचनात्मक व्याख्या करें।
(Critically explain place theory of audition.)

42. प्रत्यक्षीकरण की परिभाषा दें। प्रत्यक्षीकरण के केन्द्रीय निर्धारकों की चर्चा करें।
Define perception. Describe the central determinants of perception.

43. प्रत्यक्षीकरण के क्षेत्र में गेस्टाल्टवादी विचारधारा की चर्चा करें।
Discuss the contributions of Gestalt viewpoints in the field of perception.

44. प्रत्यक्षीकरण के व्यवहारवाद सिद्धान्त की आलोचनात्मक व्याख्या करें।
Critically examine the Behaviourstic theory of perception.

45. प्रत्यक्षज्ञानात्मक संगठन पर एक लेख लिखें।
Write an essay on perceptual organization.

46. भ्रम के विभिन्न सिद्धान्तों की आलोचनात्मक समीक्षा करें।
Examine critically the various theories of illusion.

47. प्रत्यक्षीकरण के गेस्टाल्ट सिद्धान्त की व्याख्या करें।
Explain the Gestalt theory of Perception.

48. प्रत्यक्षण में दूरी एवं गहनता का अर्थ बतलावें। गहनता एवं दूरी के प्रत्यक्षण में चित्रित संकेतों की भूमिका बतलावें।
Give the meaning of depth and distance perception. Also examine the role of pictorial cues in perception of depth and distance.

49. प्रत्यक्षण के उपागमों का वर्णन कीजिए।
Describe the approaches to perception.

50. वाणी प्रत्यक्षण का क्या आशय है? स्पष्ट कीजिए।
What is the implication of speech perception. Explain it.

51. दूरी प्रत्यक्षण को स्पष्ट कीजिए एवं इसके निर्धारकों का विवेचना कीजिए।
Explain perception of distance and describe its determinants.

52. प्रत्यक्षण के निर्देश-अवस्था सिद्धान्त का वर्णन करें।
Describe the directive-state theory of perception.

53. प्रत्यक्षज्ञानात्मक स्थिरता से आप क्या समझते हैं? इसके विभिन्न प्रकारों की व्याख्या करें।
What do you mean by perceptual constancy? Explain its different types.

54. प्रत्यक्षण के व्यवहारवादी सिद्धान्त की आलोचनात्मक व्याख्या करें।
Critically examine the behaviouristic theory of perception.

55. गहराई और दूरी के प्रत्यक्षण के स्वरूप का वर्णन करें।
Describe the nature of perception of distance and depth.

56. गेस्टाल्ट द्वारा प्रतिपादित प्रत्यक्षण के विचारधारा का एक आलोचनात्मक आकलन करें।
Give a critical estimate of the Gestalt view of perception.

57. प्रत्यक्षण में सामाजिक एवं सांस्कृतिक कारकों की व्याख्या कीजिए।
Discuss the importance of social and cultural factors in perception.

58. ''हम जगत का प्रत्यक्षण अपने अनुसार करते हैं न कि जगत के अनुसार''। इस कथन की समीक्षा कीजिए।
"We perceive the world not as it is but as we are" Critically examine the statement.

59. प्रत्यक्षण में संस्कृति की भूमिका की चर्चा करें।
Discuss the role of culture on perception.

60. स्थिरता-अस्थिरता विरोधाभास से आप क्या समझते हैं? प्रयोगात्मक अध्ययनों के आलोक में इसका मनोवैज्ञानिक आशय बतलाएँ।
What do you mean by stability-instability paradox? Discuss its implication in the light of experimental evidences.

61. आकार तथा पृष्ठभूमि से आप क्या समझते हैं? प्रत्यक्षज्ञानात्मक संगठन के विभिन्न सिद्धान्तों का वर्णन कीजिए।
What do you mean by figure and group? Describe the different principles of perceptual organization.

वस्तुनिष्ठ प्रश्न (Objective Questions)

1. हेब (Hebb) के अनुसार प्रत्यक्षण का सबसे प्रमुख आधार क्या है?
   (क) अवस्था क्रम (phase sequence)
   (ख) कोशिका संग्रह (cell assembly)
   (ग) द्वैध चिह्न प्रक्रम (dual trace mechanism)
   (घ) संधिस्थलीय सम्बन्ध (synaptic connection)

2. प्रत्यक्षण के क्षेत्र में गिब्सन (Gibson) के योगदानों को ध्यान में रखते हुए निम्नांकित में से किस कथन को असत्य माना जा सकता है।
   (क) पर्यावरण के उद्दीपक में पर्याप्त सूचनाएँ मौजूद होतीं हैं।
   (ख) प्रत्यक्षण का निर्धारण प्रत्यक्षणकर्ता के गुणों के आधार पर होता है।

(ग) उद्दीपक की विशेषताओं के आधार पर प्रत्यक्षण को तीक्ष्ण किया जा सकता है।
(घ) प्रत्यक्षण का स्वरूप सरल एवं प्रत्यक्ष (direct) होता है।

3. प्रत्यक्षण के सूचना-संसाधन सिद्धान्त के आलोक में निम्नांकित में से कौन-सा कथन असत्य हैं?
(क) इस सिद्धान्त में प्रत्यक्षण को अन्य उच्चतर मानसिक प्रक्रियाओं से भिन्न माना गया है।
(ख) इस सिद्धान्त में प्रत्यक्षण में सूचना का संसाधन कई अवस्थाओं या स्तरों पर किया जाता है।
(ग) इस सिद्धान्त में व्यक्ति के प्रत्यक्षण क्षमता को सीमित माना जाता है।
(घ) सूचना-संसाधन सिद्धान्त का दृष्टिकोण मात्र एक वर्णनात्मक दृष्टिकोण (descriptive viewpoint) हैं।

4. प्रत्यक्षण के गेस्टाल्ट सिद्धान्त के अनुसार निम्नांकित में कौन कथन असत्य है?
(क) व्यक्ति किसी वस्तु का प्रत्यक्षण अलग-अलग न करके सम्पूर्ण रूप से (as a whole) करता है।
(ख) प्रत्यक्षण संगठन का स्वरूप अर्जित होता है।
(ग) व्यक्ति जिस वस्तु या घटना का प्रत्यक्षण करता है, उसके मस्तिष्क में सम्बन्धित क्षेत्र में भी कुछ परिवर्तन हो जाता है।
(घ) दृष्टि क्षेत्र में ससंजक बल (cohesive force) तथा अवरोधक बल (restraining force) दोनों ही मौजूद रहते हैं।

5. प्रत्यक्षण के व्यवहारवादी उपागम या सिद्धान्त के अनुसार प्रत्यक्षण का आधार निम्नांकित में से कौन-सा होता है?
(क) केवल कालिक अन्तःक्रिया (temporal interaction)
(ख) केवल स्थानिक अन्तःक्रिया (spatial interaction)
(ग) कालिक अन्तःक्रिया तथा स्थानिक अन्तःक्रिया दोनों ही।
(घ) उद्दीपक पैटर्न (stimulus pattern)

6. निम्नांकित में से किस उपागम में प्रत्यक्षण का आधार व्यक्ति की आवश्यकता, मूल्य (value) आदि को माना गया है?
(क) गिब्सोनियन उपागम (Gibsonian approach)
(ख) गेस्टाल्ट उपागम (Gestalt approach)
(ग) निदेश-अवस्था उपागम (Directive state approach)
(घ) सूचना संसाधन उपागम (Information processing approach)

7. रेखीय परिदृश्य (linear perspective) को निम्नांकित में से किस तरह का संकेत आप मानेंगे?
(क) गतिविहीन एकनेत्री संकेत (motionless monocular cue)
(ख) गतिपूर्ण एकनेत्री संकेत (monocular cue with motion)
(ग) द्विनेत्रीय संकेत (binocular cue)
(घ) गति बोधक गहराई संकेत (kinetic depth cue)

8. गिब्सन के दूरी एवं गहराई के प्रत्यक्षण में निम्नांकित में से किसे सबसे अधिक महत्त्वपूर्ण माना हैं?
(क) व्यक्ति के अनुभव एवं प्रशिक्षण को।
(ख) उद्दीपक में निहित सूचना को।
(ग) एकनेत्री संकेत (monoculer cue) को।
(ग) द्विनेत्री संकेत (binocular cue) को।

9. प्रत्यक्षज्ञानात्मक रक्षा (Perceptual defence) का प्रतिलोम क्या होता है?
(क) प्रत्यक्षज्ञानात्मक निगरानी (perceptual vigilance)
(ख) प्रत्यक्षज्ञानात्मक दहेली (perceptual thershold)
(ग) अवचेतन प्रत्यक्षण (subliminal perception)
(घ) अतिन्द्रिय प्रत्यक्षण (extrasensory perception)

10. कभी-कभी व्यक्ति को कुछ ऐसा प्रत्यक्षण होता है जो ज्ञानेन्द्रिय (sense organ) में होने वाले ज्ञात दैहिक प्रक्रियाओं से स्वतंत्र होता है। इस तरह के प्रत्यक्षण को कहा जाता है—
(क) अवचेतन प्रत्यक्षण
(ख) अतिन्द्रिय प्रत्यक्षण
(ग) प्रत्यक्षज्ञाणात्मक निगरानी
(घ) भ्रम (illusion)

11. आकाशमिता (levitation) का अर्थ क्या होता है?
(क) दूसरे के मन में उत्पन्न विचारकों को बिना उपर्युक्त संचार के ही बतला देने की क्षमता।
(ख) अपने साथ भविष्य में होने वाले घटनाओं का ज्ञान होने की क्षमता।
(ग) ऐसी वस्तुओं एवं घटनाओं का प्रत्यक्षण की क्षमता जो ज्ञानेन्द्रिय को किसी प्रकार का उद्दीपक नहीं प्रदान करता है।
(घ) अपनी मानसिक शक्ति या इच्छा से बाह्य वस्तुओं में बिना किसी तरह के शारीरिक बल का उपयोग किये परिवर्तन लाने की क्षमता।

12. एक कलम को व्यक्ति दो मीटर की दूरी से देखे या पाँच मीटर की दूरी से देखे उसका प्रत्यक्षण बिलकुल ही एक समान होता है। इसका कारण निम्नांकित में से क्या हो सकता है?
(क) प्रत्यक्षज्ञानात्मक आत्मसात्कर (perceptual assimilation)
(ख) प्रत्यक्षज्ञानात्मक स्थिरता (perceptual constancy)
(ग) प्रत्यक्षज्ञानात्मक विरोध (perceptual contrast)
(घ) प्रत्यक्षज्ञानात्मक निगरानी (perceptual vigilance)

13. जब व्यक्ति आम के फल को देखता है, तो वह उसमें पंखुड़ियों, पत्तों आदि का अलग प्रत्यक्षण न करके सबों का एक साथ प्रत्यक्षण करता है। इसे कहा जाता है—
(क) प्रत्यक्षणात्मक स्थिरता (ख) प्रत्यक्षज्ञाणात्मक रक्षा
(ग) प्रत्यक्षज्ञाणात्मक संगठन (घ) प्रत्यक्षज्ञाणात्मक निगरानी

14. अगर वर्नस्वीक अनुपात (Brunswik ratio) शून्य होता है तो इसका अर्थ क्या होता है?
(क) प्रत्यक्षज्ञानात्मक स्थिरता (ख) प्रत्यक्षज्ञानात्मक स्थिरता पूर्ण है।
(ग) प्रत्यक्षज्ञानात्मक स्थिरता बिलकुल नहीं है। (घ) प्रत्यक्षज्ञानात्मक स्थिरता जरूरत से ज्यादा हैं।

15. स्थिरता-अस्थिरता विरोधाभास (stability-instability paradox) से आप क्या समझते हैं?
(क) गतिशील उद्दीपक के होने के बावजूद उसमें स्थिरता का अनुभव करना।
(ख) परिवर्तनशीलता या अस्थिरता उद्दीपकों के प्रत्यक्षण में एक स्थिर प्रत्यक्षज्ञाणात्मक अनुभूति का होना।
(ग) स्थिर प्रत्यक्षज्ञानात्मक अनुभूति के होने के लिए उद्दीपकों का गतिशील होना।
(घ) स्थिर उद्दीपकों में गतिशीलता का अनुभव करना।

16. गैंजफेल्ड (Ganjfeld) क्या हैं?
(क) ऐसा प्रत्यक्षणज्ञानात्मक क्षेत्र जो हर तरह से व्यक्ति को समरूप दिखे।
(ख) ऐसा प्रत्यक्षज्ञानात्मक क्षेत्र जिसमें प्रत्यक्षज्ञानात्मक स्थिरता (perceptual constancy) अधिक हो।
(ग) ऐसा प्रत्यक्षज्ञानात्मक क्षेत्र जिसमें स्थिरता-अस्थिरता विरोधाभास अधिक हो।
(घ) ऐसा प्रत्यक्षज्ञानात्मक क्षेत्र जिसमें प्रत्यक्षज्ञानात्मक निगरानी (perceptual vigilance) की आवश्यकता अधिक पड़ती हो।

17. घटना-संसाधन प्राक्कल्पना (event processing hypothesis) के अनुसार निम्नांकित में से कौन कथन सत्य हैं?
(क) समय बीतने का प्रत्यक्षण का आधार जैविक होता है।
(ख) समय बीतने का प्रत्यक्षण का आधार दिये गए अवधि में कार्यों की संख्या होती है।
(ग) पूरित समय (filled timed) अपूरित समय (unfilled time) की अपेक्षा अधिक लम्बी होती है।
(घ) लघु समय अन्तराल (short-time interval) का वृहत् समय अन्तराल की तुलना में अधिप्राक्कलन (over estimation) होता है।

18. निम्नांकित में से किसमें गति प्रत्यक्षण की व्याख्या मस्तिष्क को आँख से मिलने वाली पुनर्निवेशित सूचना (feedback information) पर आधारित होता है?
(क) हेमहोल्ज का सिद्धान्त (ख) ग्रिगोरी का सिद्धान्त
(ग) शेरिंगटन का सिद्धान्त (घ) कैनन का सिद्धान्त

19. भ्रम के आभासी-दूरी सिद्धान्त (apparent distance theory) के अनुसार निम्नांकित में से कौन कथन सत्य हैं?
(क) भ्रम का कारण नेत्र गोलक (eye-movement) के गति में उत्पन्न तनाव (strain) है।
(ख) भ्रम का कारण आकृतियों के विस्तृत विश्लेषण से प्रत्यक्षणकर्ता के मन में उत्पन्न संभ्रांति (confusion) है।
(ग) भ्रम का कारण अक्षिपटलीय प्रतिमा (retinal image) के आकार में दूरी के कारण होने वाला परिवर्तन है।
(घ) आकृतियों या वस्तुओं का प्रत्यक्षणकर्ता से अधिक दूरी पर होना हैं।

20. रिक्त स्थानों की पूर्ति करें—
(i) प्रत्यक्षज्ञानात्मक स्थिरता एक तरह का प्रत्यक्षज्ञानात्मक ....है।
(ii) ध्वनि प्रत्यक्षण के स्थान सिद्धान्त के अनुसार ध्वनि का प्रत्यक्षण का आधार............होता है।
(iii) मानव कर्ण अधिक-से-अधिक..............की ध्वनि ग्रहण कर सकता है।
(iv) पड़ा-खड़ा भ्रम में खड़ी रेखा पड़ी रेखा से..........प्रतीत होती है।
(v) जब नेत्र गोलक किसी वस्तु को देखते समय नाक की ओर गति उत्पन्न करता है तो इस तरह के व्यवहार को............कहा जाता है।
(vi) ऊँचाई संकेत (height cue) एक तरह का....................संकेत हैं।

(vii) गेस्टाल्ट मनोवैज्ञानिकों के अनुसार प्रत्यक्षज्ञानात्मक संगठन का स्वरूप..................होता है।
(viii) प्रत्यक्षज्ञानात्मक निगरानी (perceptual vigilance) का प्रतिलोम..............होता है।
(ix) उपयुक्त संचार के अभाव में दूसरों के मन की बात को बतला देने के व्यवहार को ....कहा जाता है।
(x) ....में व्यक्ति उन उद्दीपकों की भी पहचान कर लेता है जिनकी तीव्रता चेतन पहचान (conscious recognition) की देहली से कम होती है।

उत्तर

1. (ख) 2. (ख) 3. (क) 4. (ख) 5. (ग) 6. (ग) 7. (क)
8. (ख) 9. (क) 10. (ख) 11. (घ) 12. (ख) 13. (ग) 14. (ग)
15. (ख) 16. (क) 17. (ख) 18. (ग) 19. (ग)
20. (i) विकृति (ii) बेसीलर झिल्ली (iii) 20,000 Hz (iv) बड़ी (v) अभिबिन्दुता
(vi) एकनेत्री (vii) जन्मजात (viii) प्रत्यक्षज्ञानात्मक रक्षा (ix) दूरबोध (x) अवेचतन प्रत्यक्षण

अध्याय 6

अवधान या ध्यान
(ATTENTION)

निबंधात्मक या दीर्घ-उत्तरीय प्रश्न (Essay or Long Answer Questions)

1. ध्यान की प्रमुख विशेषताओं का वर्णन करें।
Describe the major characteristics of attention.
2. ध्यान के प्रमुख प्रकारों का सोदाहरण वर्णन करें।
Describe, with examples, major types of attention.
3. ध्यान भंग का प्रभाव निष्पादन पर कैसा होता है? क्या ध्यान भंग को रोका जा सकता है?
How does distraction of attention influence performance? Can distraction of attention be overcomed?
4. ''उद्दीपक का गुण व्यक्ति के ध्यान अपनी ओर खींचती है।'' क्या आप इस कथन से सहमत हैं?
"The characteristics of stimulus attracts the attention of person." Do you agree with the statement.
5. ''व्यक्ति अपनी आदत एवं प्रशिक्षण के अनुसार ही उद्दीपकों पर ध्यान देता है।'' क्या यह कथन सत्य है?
"Person pays attention according to his training and habit." Is the statement true?
6. चयनात्मक अवधान से आप क्या समझते हैं? मार्गरोधी सिद्धान्तों द्वारा इसकी व्याख्या किस तरह से होती है?
What do you mean by selective attention? How do bottleneck theories explain it.
7. नॉरमैन एवं बोबरो मॉडल तथा निस्सेर मॉडल द्वारा चयनात्मक अवधान की व्याख्या किस प्रकार की जाती है? उदाहरण सहित वर्णन करें।
How do Norman and Bobrow model as well as Neisser model explain selective attention? Describe with examples.
8. उदाहरण देते हुए चयनात्मक अवधान तथा दीर्घीकृत अवधान के बीच अन्तर करें।
Citing examples, make distinction between selective attention and sustaind attention.
9. दीर्घकृत अवधान को प्रभावित करने वाले मनोदैहिक कारकों का वर्णन करें।
Describe the psychophysical determinants of sustained attention.
10. दीर्घीकृत अवधान के न्यूरोदैहिक सिद्धान्तों की आलोचनात्मक समीक्षा करें।
Make a critical review of neurophysiological theories of sustained attention.
11. दीर्घीकृत अवधान के किसी दो संज्ञानात्मक सिद्धान्तों की आलोचनात्मक समीक्षा करें।
Make a critical review of any two cognitive theories of sustained attention.
12. चयनात्मक अवधान के अलग-अलग मॉडल का आलोचनात्मक मूल्यांकन करें।
Critically examine the different models of selective attention. [M.A. (Psy) PU., 2006]

13. दीर्घीकृत अवधान से आप क्या समझते हैं? दीर्घीकृत अवधान के विभिन्न निर्धारकों का वर्णन करें।
What do you mean by sustained attention ? Describe the different determinants of sustanined attention.
14. चयनात्मक अवधान को परिभाषित करें। मार्गविरोधी सिद्धान्तों के द्वारा इसकी व्याख्या किस प्रकार की जाती है।
Define selective attention. How do Bottleneck theories explain it.
15. चयनित अवधान के प्रमुख निर्धारकों का वर्णन करें।
Describe the major determinants of selective attention.
16. दीर्घीकृत अवधान के मुख्य सिद्धान्तों की व्याख्या करें।
Explain the major theories of sustained attention.
17. दीर्घीकृत अवधान के मुख्य निर्धारकों का वर्णन करें।
Describe the major determinants of sustained attention.
18. दीर्घीकृत अवधान को परिभाषित करें। दीर्घीकृत अवधान की प्रमुख सिद्धान्तों की व्याख्या करें।
Define sustained attention. Describe the major theories of sustained attention.
19. नारमैन एवं वोबरो मॉडल तथा निस्सेर मॉडल द्वारा चयनात्मक अवधान की व्याख्या किस प्रकार की जाती है। उदाहरण सहित व्याख्या करें।
How do Norman and Bobrow model and Neisser model explain selective attention? Describe with examples.
20. उदाहरण देते हुए विवेचन करें कि समर्थता मॉडल द्वारा चयनात्मक अवधान की व्याख्या किस प्रकार की जाती है।
Citing examples discuss how selective attention is explained by capacity model.
21. दीर्घीकृत अवधान के कौन-कौन-से निर्धारक हैं? व्याख्या करें।
What are the determinants of sustained attention? Explain.
22. चयनात्मक अवधान से आप क्या समझते हैं? मार्गरोधी सिद्धान्त द्वारा इसकी व्याख्या किस तरह से होती है? स्पष्ट करें।
What do you mean by selective attention? How does bottleneck theory explain it? Explain.
23. दीर्घीकृत अवधान के किसी एक सिद्धान्त की आलोचनात्मक व्याख्या करें।
Make a critical review of any one theory of sustained attention.

वस्तुनिष्ठ प्रश्न (Objective Questions)

1. निम्नांकित में से कौन-सा गुण अवधान में नहीं पाया जाता है?
(क) अवधान में विशेष प्रकार का शारीरिक अभियोजन (bodily adjustment) होता है।
(ख) अवधान का विस्तार सीमित होता है।
(ग) अवधान में विभाजन का गुण पाया जाता है।
(घ) अवधान का स्वरूप भावात्मक (affective) होता है।
2. निस्सेर एवं बेकलेन (Neisser & Becklen) द्वारा हाथ का खेल (hand game) एवं गेंद का खेल (ball game) द्वारा निम्नांकित में से किस तथ्य का सत्यापन होता है?
(क) अवधान में विभाजन का गुण होता है।
(ख) अवधान का विस्तार (span of attention) सीमित होता है।
(ग) अवधान में अस्थिरता तथा उच्चलन का गुण पाया जाता है।
(घ) अवधान में भंगता (distraction) का गुण पाया जाता है।
3. रोगी का अवधान दवा की दुकान की ओर जाना को आप निम्नांकित में से किस श्रेणी का अवधान कहेंगे?
(क) ऐच्छिक अवधान (voluntary attention) (ख) अनैच्छिक अवधान (involuntary attention)
(ग) स्वाभाविक अवधान (habitual attention) (घ) अस्थिर अवधान (fluctuated attention)

4. अखबार के पृष्ठों पर मोटे एवं बड़े अक्षरों में छपे खबरों पर अन्य दूसरे अक्षरों में छपे खबरों की तुलना में हमारा अवधान जल्द चला जाता है। इसका कारण निम्नांकित में से कौन-सा हो सकता है?
   (क) उद्दीपक में परिवर्तन (ख) उद्दीपक का आकार
   (ग) व्यक्ति की इच्छा (घ) उद्दीपक की नवीनता
5. एक नाई (barber) का अवधान लोगों के सिर के बाल की ओर अक्सर चला जाता है। इसका कारण निम्नांकित में से कौन-सा हो सकता है।
   (क) उद्दीपक में नवीनता (ख) आदत (ग) प्रशिक्षण (घ) अभिरुचि
6. चेरी (Cherry) द्वारा चयनात्मक अवधान (selective attention) के क्षेत्र में महत्त्वपूर्ण प्रयोग किया गया। इनके प्रयोग में किस तरह के कार्य करने के लिए प्रयोज्यों को दिया गया था ?
   (क) चित्रांकन (drawing) का अर्थ (ख) द्विभाजित सुनने (diachotic listening) का कार्य
   (ग) द्विभाजित स्पर्श (diachotic touching) का कार्य
   (घ) दिये हुए कागज के टुकड़ों से विशेष आकृति बनाने का कार्य
7. छायाभासी प्रविधि (shadowing technique) क्या हैं?
   (क) एक वस्तु की छाया दूसरे वस्तु पर देकर दोनों के बीच अन्तर को अध्ययन करने की प्रविधि।
   (ख) इस प्रविधि में प्रयोज्य प्रयोगकर्ता द्वारा कहे हुए बातों को सुनकर उसे दोहराता है।
   (ग) इस प्रविधि में प्रयोज्य किसी वस्तु की छाया में दूसरे वस्तु की तस्वीर बनाता है।
   (घ) इस प्रविधि में प्रयोगकर्त्ता प्रयोज्य को अपने पीछे-पीछे चलना सीखाता है।
8. चयनात्मक अवधान के मार्गविरोधी सिद्धान्त के अनुसार निम्नांकित में से कौन-सा कथन सत्य है?
   (क) चयनात्मक अवधान (selective attention) का कारण सूचना संसाधन (information processng) के क्षेत्र में एक तरह का उत्पन्न रुकावट होता है।
   (ख) चयनात्मक अवधान का कारण साधन-सीमित कार्य (resource-limited task) होता है।
   (ग) चयनात्मक अवधान का कारण आँकड़े-सीमित कार्य (data-limited task) होता है।
   (घ) चयनात्मक अवधान का कारण व्यक्ति में सूचनाओं को संसाधित करने की एक सीमित क्षमता (limited capacity) होती है।
9. चयनात्मक अवरोध के सिद्धान्तों में सबसे पहला सिद्धान्त किनके द्वारा प्रतिपादित किया गया था?
   (क) ट्रीसमैन (Triesman) द्वारा। (ख) ब्रौडबेन्ट (Broadbent) द्वारा।
   (ग) नॉरमैन एवं बोबरो (Norman & Bobrow) द्वारा (घ) निस्सर (Neisser) द्वारा।
10. फिल्टर-तनुकरण मॉडल (Filter-attenuation model) के अनुसार निम्नांकित में से कौन कथन सत्य है?
   (क) सूचना संसाधन में अवरुद्धता प्रारंभ में उत्पन्न न होकर बाद में उत्पन्न होता है।
   (ख) सूचना संसाधन में अवरुद्धता बाद में उत्पन्न न होकरं प्रारंभ में उत्पन्न होता है।
   (ग) अवधान, प्रत्यक्षण (perception) को नियंत्रित करता है।
   (घ) किसी कार्य पर ध्यान देने के लिए मानसिक प्रयास करने की शक्ति सीमित होती है।
11. नॉरमैन एवं बोबरो मॉडल (Norman & Bobrow model) के अनुसार निम्नांकित में कौन कथन सत्य हैं?
   (क) आँकड़े-सीमित कार्य (data-limited task) पर अभ्यास का प्रभाव काफी पड़ता है।
   (ख) साधन-सीमित कार्य (resource-limited task) पर अभ्यास का प्रभाव काफी पड़ता है।
   (ग) अवधान प्रत्यक्षण को नियंत्रित करता है।
   (घ) प्रत्यक्षण अवधान को नियंत्रित करता है।
12. दीर्घीकृत अवधान (sustained attention) के क्षेत्र में किये गए प्रयोगों के आलोक में निम्नांकित में से कौन कथन सत्य है?
   (क) दीर्घीकृत अवधान एक तीव्र किया (intense activity) है जिसमें व्यक्ति को काफी मानसिक प्रयास करना पड़ता है।
   (ख) दीर्घीकृत अवधान में व्यक्ति में सर्तकता स्तर निम्न होता है।
   (ग) दीर्घीकृत अवधान एक तरह विभाजित अवधान होता है।
   (घ) दीर्घीकृत अवधान में अस्थिरता नहीं पायी जाती है।
13. मनोवैज्ञानिक अध्ययनों के आलोक में उत्तेजन स्तर तथा निष्पादन स्तर के सम्बन्ध का आलेख किस तरह दिखता है?
   (क) विलोमित यू (inverted U) के समान। (ख) एक सीधी रेखा के समान।
   (ग) भी (V) अक्षर के समान। (घ) सी (C) अक्षर के समान।
14. निम्नांकित में से किस परिस्थिति में विवेचित उद्दीपक (critical stimulus or signal) की पहचान व्यक्ति स्पष्ट रूप से कर सकता है।
   (क) जब विवेचित उद्दीपक 60 dB का हो तथा 200 मिली सेकंड के लिए उपस्थित किया गया हो।
   (ख) जब विवेचित उद्दीपक 40dB का हो तथा 200 मिली सेकंड के लिए उपस्थित किया गया हो।

(ग) जब विवेचित उद्दीपक 60dB का हो तथा 400 मिली सेकंड के लिए उपस्थित किया गया हो।

(घ) जब विवेचित उद्दीपक 70dB का हो तथा 250 मिली सेकंड के लिए उपस्थित किया गया हो।

15. मनोवैज्ञानिक अध्ययनों के आलोक में निम्नांकित में से कौन-सा कथन सत्य हैं?

(क) विवेचित संकेत (critical signal) की पहचान की प्रतिशत मंद घटना गति (slow event rate) में अधिक होती है।

(ख) विवेचित संकेत की पहचान की प्रतिशत तीव्र घटना गति (fast event rate) में अधिक होती है।

(ग) विवेचित संकेत की पहचान की प्रतिशत मंद घटना गति तथा तीव्र घटना गति में बराबर-बराबर होती है।

(घ) विवेचित संकेत की पहचान उद्दीपक की तीव्रता पर अधिक निर्भर करती है।

16. जेरीसन मॉडल के अनुसार दीर्घीकृत अवधान की व्याख्या किस तरह की गयी है?

(अ) उत्पन्न प्रेक्षण दर प्राक्कल्पना (elicited observing rate hypothesis) के रूप में।

(ब) ऐकिक एकाग्र कार्य (unitary attentive act) के रूप में।

(स) व्यक्ति के प्रत्याशा (expectancy) के रूप में।

(द) व्यक्ति के निर्णय प्रक्रियाओं (decision processes) के रूप में।

दिये गए कूटसंकेतों (codes) के आधार पर उत्तर दें।

(क) अ तथा द (ख) ब तथा स (ग) अ तथा ब (घ) अ तथा स

17. संकेत पहचान सिद्धान्त (signal detection theory) के अनुसार निम्नांकित में से कौन कथन सत्य है?

(क) निगरानी कार्य में विवेचित संकेत (critical signal) की पहचान व्यक्ति के संवेदनशीलता (sensitivity) पर निर्भर करता है।

(ख) निगरानी कार्य में विवेचित संकेत की पहचान की अनुक्रिया कसौटी -(response criterion) पर निर्भर करता है।

(ग) निगरानी कार्य में विवेचित संकेत की पहचान उद्दीपक की स्पष्टता पर निर्भर करती है।

(घ) निगरानी कार्य में विवेचित संकेत की पहचान पृष्ठभूमि घटना दर (background event rate) पर निर्भर करता है।

नीचे दिये गए कूट संकेतों (codes) के आधार पर उत्तर दें—

(क) अ तथा ब (ख) ब तथा द (ग) स तथा द (घ) अ तथा द

18. दीर्घीकृत अवधान के न्यूरोदैहिक सिद्धान्तों के अनुरूप निम्नांकित में से कौन कथन सत्य है?

(अ) RAS (Reticular activating system) की सक्रियता पर दीर्घीकृत अवधान निर्भर करता है।

(ब) कारपस कैलोजम (Corpus callosum) की उत्तेजनशीलता दीर्घीकृत अवधान को प्रभावित करता है।

(स) प्रमस्तिष्कीय अभ्यास (cortical habituation) के कारण निगरानी कार्य का निष्पादन में ह्रास होता है।

(द) प्रमस्तिष्कीय संचरण (cortical transmission) की आवेगशीलता दीर्घीकृत अवधान को प्रभावित करता है।

दिये गए कूटसंकेतों (codes) के आधार पर उत्तर दें—

(क) अ तथा द (ख) ब तथा स (ग) स तथा द (घ) अ तथा स

19. दीर्घीकृत अवधान के विभिन्न सिद्धान्तों के बारे में कुछ सामान्य कथन नीचे दिये गए हैं। निम्नांकित में से कौन कथन सत्य हैं?

(क) दीर्घीकृत अवधान के सिद्धान्तों में सैद्धान्तिक विश्लेषण नहीं है।

(ख) दीर्घीकृत अवधान के सिद्धान्तों द्वारा उत्साहपूर्ण खोज की गयी है।

(ग) दीर्घीकृत अवधान के सिद्धान्तों द्वारा विस्तृत सूचना संग्रहण (accumulation of detailed information) की गयी है।

(घ) दीर्घीकृत अवधान के सिद्धान्तों द्वारा ऐसे अवधान के स्वरूप के बारे में गहरी समझ एवं छान-बीन की जा चुकी है।

20. रिक्त स्थानों की पूर्ति करें—

(i) चयनात्मक अवधान में कुछ खास उद्दीपक पर मानसिक............अधिक होती है।

(ii) चयनात्मक अवधान के अध्ययन में प्रायः प्रयोज्यों द्वारा...............सुनने का कार्य किया जाता है।

(iii) ब्रौडबेन्ट (Broadbent) द्वारा प्रतिपादित चयनात्मक अवधान के सिद्धान्त को..........सिद्धान्त भी कहा जाता है।

(iv) फिल्टर ततुकरण मॉडल में सूचनाएँ संसाधित होने से पूर्णतः...............नहीं होती है।

(v) नॉरमैन तथा बोबरो मॉडल में..........कार्य तथा................कार्य के बीच अन्तर किया जाता है।

(vi) दीर्घीकृत अवधान का पहला प्रयोगात्मक अध्ययन.............द्वारा किया गया।

(vii) पृष्ठभूमि घटना दर दीर्घीकृत अवधान का एक.................निर्धारक हैं।
(viii) दीर्घीकृत अवधान के प्रत्यक्षण सिद्धान्त का आधार पृष्ठभूमि संबंध सूचनाओं का..............होना होता है।
(ix) दीर्घीकृत अवधान के जेरीसन मॉडल को एक..............सिद्धान्त हैं।
(x) दीर्घीकृत अवधान के अभ्यसन सिद्धान्त एक................सिद्धान्त हैं।

उत्तर

1. (घ) 2. (क) 3. (क) 4. (ख) 5. (ग) 6. (ख) 7. (ख)
8. (क) 9. (ख) 10. (क) 11. (ख) 12. (क) 13. (क) 14. (घ)
15. (क) 16. (ग) 17. (क) 18. (घ) 19. (क)
20. (i) एकाग्रता (ii) द्विभाजित (iii) फिल्टर (iv) अवरुद्ध (v) साधन सीमित, आँकड़े सीमित
(vi) मैकवर्थ (vii) मनोदैहिक (viii) एकत्रित (ix) संज्ञानात्मक (x) न्यूरोदैहिक

अध्याय 7

अधिगम या सीखना
(LEARNING)

निबंधात्मक या दीर्घ-उत्तरीय प्रश्न (Essay or Long Answer Questions)

1. ''अधिगम या सीखना की संक्रियात्मक परिभाषाएँ वैज्ञानिकों की क्रियाओं के लिए सहायक होती है।'' विवेचना कीजिए।
"Operational definitions of learning facilitate scientist's activity." Discuss.
2. सीखना का अनुबन्धित अनुक्रिया सिद्धान्त क्या है? क्लासिकी अनुबन्धन तथा क्रियाप्रसूत अनुबन्धन में अन्तर बतलायें।
What is conditioned response theory of learning? Distinguish between classical conditioning and operant conditioning.
3. प्रयोगात्मक सबूत देते हुए सीखने की प्रक्रिया में अभिप्रेरण के महत्त्व पर प्रकाश डालें।
Citing experimental evidences throw light upon the role of motivation in learning.
4. सीखने के विभिन्न विधियों का एक तुलनात्मक अध्ययन करें।
Make a comparative study of different methods of learning.
5. साधनात्मक अनुबन्धन से आप क्या समझते है ? साधनात्मक अनुबन्धन के विभिन्न प्रकारों का उदाहरण सहित वर्णन करें।
What do you mean by instrumental conditioning? Describe, with examles, the different types of instrumental conditioning.
6. परिवर्जन सीखना तथा मुक्ति सीखना में उदाहरणसहित अन्तर करें।
With examples, make distinction between avoidance learning and escape learning.
7. संज्ञानात्मक सीखना से आप क्या समझते हैं? क्लासिकी अनुबन्धन में संज्ञानात्मक कारकों की भूमिका पर प्रकाश डालें।
What do you mean by cognitive learning. Throw light upon the role of cognitive factors in classical conditioning.
8. साधनात्मक अनुबन्धन में संज्ञानात्मक कारकों की भूमिका बतलावें।
Discuss the role of cognitive factors in instrumental conditioning.
9. उदाहरण देते हुए सूझ द्वारा सीखना तथा प्रेक्षणात्मक सीखना में अन्तर बतलावें।
Citing examples, make distinctions between insightful learning and observational learning.
10. थॉर्नडाइक द्वारा प्रतिपादित सीखने के सिद्धान्त की आलोचनात्मक वर्णन करें।
Critically describe Thorndike's theory of learning.
11. 1930 के पहले तथा बाद के थॉर्नडाइक के अधिगम सिद्धान्त का तुलनात्मक अध्ययन प्रस्तुत करें।
Present a comparative study of Thorndike's theory of learning before and after 1930.
12. प्रभाव नियम तथा संक्षिप्त प्रभाव नियम के अन्तर पर प्रकाश डालें।
Throw light upon the difference between law of effect and the truncated law of effect.

13. प्रभाव प्रसार से आप क्या समझते हैं? क्या यह प्रभाव नियम को समर्थन प्रदान करता है।?
What is spread of effect? Does it extend support to the law of effect?
14. उदाहरण देकर प्रतिवादी अनुक्रिया तथा क्रियाप्रसूत अनुक्रिया में अन्तर बतलावें।
Citing examples, make distinction between respondent and operant response.
15. स्कीन्नर द्वारा प्रतिपादित सीखने के सिद्धान्त की आलोचनात्मक वर्णन करें।
Critically describe Skinner's theory of learning.
16. क्रियाप्रसूत अनुबंधन के नियमों पर प्रकाश डालें। क्रियाप्रसूत अनुक्रिया के सीखने में पुनर्बलन अनुसूची का महत्त्व बतलावें।
Throw light upon the principles of operant conditioning? Discuss the importance of schedule of reinforcement in learning of operant response.
17. मैगजिन प्रशिक्षण क्या है? अनुक्रिया के सीखने में इसकी भूमिका बतलावें।
What is magazine training? Duscuss its role in learning of operant response.
18. हल द्वारा प्रतिपादित सीखने के सिद्धान्त की आलोचनात्मक व्याख्या करें।
Critically examine Hull's theory of learning.
19. 1943 तथा 1952 में हल द्वारा प्रतिपादित अधिगम के सिद्धान्तों के अन्तर के मुख्य बिन्दुओं पर प्रकाश डालें।
Throw light upon the major points of distinction between theories of learning proposed by Hull in 1943 and in 1952.
20. उदाहरण देकर हल द्वारा प्रतिपादित सीखने के सिद्धान्त में ${}_SH_R$, ${}_SE_R$, ${}_SO_R$, एवं ${}_SL_R$ में अन्तर बतलावें
Citing examples, make distinction between ${}_SH_R$, ${}_SE_R$, ${}_SO_R$, and ${}_SL_R$. in Hull's theory of learning.
21. हल के सिद्धान्त के अनुसार पुनर्बलन के आकार में वृद्धि करने का प्रभाव अधिगम पर क्या पड़ता है? व्याख्या करें।
According to Hull's theory what effect would increasing the size of reinforcement have on learning? Explain.
22. हल के सिद्धान्त के अनुसार कौन तेजी से सीखेगा—अधिक चिंतित छात्र या कम चिंतित छात्र? व्याख्या करें।
Acoording to Hull's theory who will learn faster, high anxious student or low anxious student? Explain.
23. ${}_SE_R = {}_SH_R \times D$ बनाम ${}_SE_R = {}_SH_R \times D - (I_R + SI_R)$ का आशय बतलावें।
Discuss the implication of ${}_SE_R = {}_SH_R \times D$ versus ${}_SE_R = {}_SH_R \times D - (I_R + SI_R)$
24. टालमैन द्वारा प्रतिपादित सीखने के सिद्धान्त की आलोचनात्मक व्याख्या करें।
Present a critical explanation of theory of learning proposed by Tolman.
25. टालमैन के लिए क्या पुनर्बलन एक अधिगम चर है या निष्पादन चर? व्याख्या करें।
Is reinforcement a learning or performance variable for Tolman? Explain.
26. टालमैन द्वारा प्रतिपादित अधिगम के छः प्रकारों का वर्णन करें।
Describe the six kinds of learning proposed by Tolman.
27. आप अपने व्यक्तिगत जिन्दगी से कुछ उदाहरण दीजिए जिससे टालमैन के अधिगम सिद्धान्त को समर्थन मिल सके या उसका खंडन हो सके।
Give examples from your personal life that would either support or refute Tolman's theory of learning.
28. अव्यक्त सीखना प्रयोग का वर्णन करें और यह बतलावें कि क्यों अव्यक्त सीखना को टालमैन के अधिगम सिद्धान्त का एक समर्थन बिन्दु माना जाता है।
Describe latent learning experiment and explain why latent learning is taken as a support point for Tolman's theory of learning?
29. भूलभुलैया में क्या पशु संज्ञान को सीखते है या गति के निश्चित क्रम को ? प्रयोगात्मक सबूत देते हुए उत्तर दें।
Do animals learn cognition or fixed sequence of movement? Answer on the basis of experimental evidences.
30. टॉलमैन के अधिगम सिद्धान्त को S—R सिद्धान्त न कहकर S—S सिद्धान्त क्यों कहा जाता है? किस तरह से उनका सिद्धान्त गेस्टाल्ट मनोविज्ञान तथा व्यवहारवाद का एक सम्मिश्रण माना जाता है।
Why is Tolman's theory called as S—S theory rather than as S—R theory? How is Tolman's theory considered as a combination of the principles of both Gestalt Psychology and Behaviourism?

31. टालमैन तथा हल द्वारा प्रतिपादित अधिगम के सिद्धान्तों का एक तुलनात्मक अध्ययन करें।
Make a comparative study of theories of learning proposed by Tolman and Hull.
[NOU, M.A. Psy., 2005]
32. गथरी के अधिगम सिद्धान्त की आलोचनात्मक व्याख्या करें।
Critically examine Guthrie's theory of learning.
33. गथरी का अधिगम सिद्धान्त एक पुनर्बलन सिद्धान्त है या नहीं? अपने उत्तर की पुष्टि करें।
Whether or not Guthrie's theory of learning is a reinforcment theory. Confirm your answer.
34. एक प्रयासीय अधिगम क्या है? गति तथा क्रिया में अन्तर बतलावें।
What is one-trial learning ? Make distinction between movement and act.
35. बुरी आदत से छुटकारा पाने के लिए गथरी ने क्या सुझाव दिया है? उनमें से किसी एक सुझाव को लेकर शराब पीने की बुरी आदत को छुड़वाने का वर्णन करें।
What suggestions Guthrie offered for breaking a bad habit? Choose one of the suggestions and show how it could be used in breaking the bad habit of drinking?
36. सूझ सिद्धान्त की आलोचनात्मक व्याख्या करें।
Critically explain insight theory learning.
37. सूझ द्वारा सीखने की विशेषताओं का वर्णन करें।
Describe the characteristics of insightful learning.
38. इस कथन का अर्थ बतलावें, ''गेस्टाल्ट मनोवैज्ञानिकों के लिए अधिगम मूलतः एक प्रत्यक्षणात्मक घटना है।''
Give the meaning of statement, "For Gestalt psychologists, learning is basically a perceptual phenomenon."
39. क्रम परिवर्तन से आप क्या समझते हैं ? सूझ द्वारा सीखने में इसकी भूमिका पर प्रकाश डालें।
What do you mean by transposition ? Throw light upon its role in learning by insight.
40. रेसकोलरा तथा वैनगर द्वारा प्रतिपादित क्लासिकी अनुबन्धन के सिद्धान्त की आलोचनात्मक व्याख्या करें।
Critically examine the theory of classical conditioning proposed by Rescolra and Wanger.
41. निष्प्रभन एवं अवरुद्धता का अर्थ बतलावें। क्लासिकी अनुबन्धन में इनकी भूमिका बतलावें।
What are overshadowing and blocking ? Describe their roles in classical conditioning.
42. अध्यंकन का अर्थ बतलावें। क्या यह जन्मजात होता है अर्जित?
Give the meaning of imprinting ? Is it innate or inborn ?
43. अध्यंकन, अभ्यसन तथा संवेदीकरण में अन्तर बतलावें।
Make distinction between imprinting, habituation and sensitization.
44. क्या मिथ्या अनुबन्धन एक तरह का क्लासिकी अनुबन्धन होता है? वर्णन करें।
Is pseudoconditioning a kind of classical conditioning? Describe it.
45. विलोपन की परिभाषा दें। विलोपन को प्रभावित करने वाले कारकों का वर्णन करें।
Define extinction. Discuss the factors that afect extinction.
46. विलोपन के अनुक्रिया-अवरोध सिद्धान्त की विवेचना करें।
Elucidate the response inhibition theory of extinction.
47. विलोपन के प्रतियोगिता सिद्धान्त की व्याख्या करें। क्या प्रतियोगिता-कुंठा सिद्धान्त, प्रतियोगिता सिद्धान्त का एक विस्तरित रूप है? यदि हाँ, तो कैसे?
Explain competition theory of extinction. Is the competition-frustation theory an extension of the competition theory? If yes, how?
48. उदाहरण देते हुए अव्यक्त विलोपन तथा अव्यक्त सीखना में अंतर करें।
Citing examples, make distinction between latent extinction and latent learning.
49. धनात्मक पुनर्बलन तथा ऋणात्मक पुनर्बलन में अन्तर बतलावें।
Make distinction between positive reinforcement and negative reinforcement.

50. पुनर्बलन की परिभाषा दें। इसके विभिन्न प्राचलों का वर्णन करें
Define reinforcement. Describe its different parameters.

51. पुनर्बलन के विभिन्न सिद्धान्तों की आलोचनात्मक व्याख्या करें।
Present a critical analysis of differential theories of reinforcement.

52. प्रीमैक द्वारा प्रतिपादित पुनर्बलन के सिद्धान्तों की आलोचनात्मक व्याख्या करें।
Describe Premack's theory of reinforcement.

53. माऊर्र द्वारा प्रतिपादित परिहार अधिगमन के सिद्धान्त की आलोचनात्मक व्याख्या करें।
Present a critical explanation of theory of avoidance learning proposed by Mowrer.

54. प्रजाति विशिष्ट रक्षा प्रतिक्रिया क्या है? वौल्स ने किस तरह इसके द्वारा परिहार या परिवर्जन सीखना की व्याख्या किया है?
What is species-specific defense reaction? How has Bolles explained avoidance learning with it?

55. अर्जित निस्सहायता से आप क्या समझते हैं? मनोवैज्ञानिकों ने इस संप्रत्यय की व्याख्या किस तरह से की है?
What do you mean by learned helpnessness? How have psychologists explained this concept?

56. निम्नलिखित पर संक्षिप्त नोट लिखें (Write notes on the following)
(i) अधिगमन प्रवृत्ति (learning set)
(ii) अधिगमन वक्र (learning curve)
(iii) प्रशिक्षण या अधिगमन अंतरण (transfer of training or learning)
(iv) कार्यक्रम सीखना (programmed learning)
(v) प्रसंभाव्यता सीखना (probability learning)

57. विभेदन के लिए विभिन्न प्रकार कें अधिगमन प्रवृत्ति के आशय का वर्णन करें।
Describe the implication for different types of learning set for discrimination.

58. द्विपार्शिक अंतरण से आप क्या समझते हैं? अंतरण के विभिन्न तत्त्वों का वर्णन करें।
What do you mean by bilateral transfer? Describe the different components of transfer.

59. ऑसगुड द्वारा प्रतिपादित अंतरण सतह का आशय बतलावें।
Discuss the implication of transfer surface proposed by Osgood.

60. शाब्दिक सीखना के संगठनात्मक प्रक्रियाओं को मनोवैज्ञानिकों ने किस तरह अध्ययन किया है? उनका आशय बतलावें।
How have psychologits studied organizational processes in verbal learning. Discuss their implications.

61. उदाहरण देकर गुच्छन एवं आत्मनिष्ठ संगठन में अन्तर करें।
Citing examples make distinction between clustering and subjective organization.

62. उद्दीपक सामान्यीकरण को प्रभावित करने वाले कारकों का वर्णन करें।
Describe the factors that influence stimulus generalization.

63. मध्यवर्ती सामान्यीकरण क्या है? इसका मनोवैज्ञानिक आशय बतलावें।
What is mediated generalization? Describe its psychological implication.

64. विभेदन से आप क्या समझते है? विभेदन के अध्ययन करने की विभिन्न विधियों का वर्णन करें।
What do you mean by discrimination? Describe the different methods of studying discrimination.

65. विभेदन सीखना के सातत्य सिद्धान्त की आलोचनात्मक व्याख्या करें।
Present a critical explanation of continuity theory of discrimiantion learning.

66. विभेदन सीखना के असातत्य सिद्धान्त की तुलनात्मक व्याख्या करें।
Present a critical explanation of non-continuity theory of discrimination learning.

67. विभेदन सीखना के सातत्य एवं असातत्य सिद्धान्त का तुलनात्मक अध्ययन करें।
Make a comparative study of continuity and non-continuity theory of discrimination learning.

68. शाब्दिक अधिगम में व्यवहृत विभिन्न प्रकार की सामग्रियों की उपयोगिता का वर्णन करें।
Discuss the usefulness of different types of materials used in verbal learning.**[NOU, M.A. Psy., 2005]**

69. टालमैन के अधिगम सिद्धान्त की आलोचनात्मक व्याख्या करें।
Critically explain Tolman's theory of learning.

70. संज्ञानात्मक अधिगम क्या है? क्लासिकी तथा साधनात्मक अनुबन्धन में संज्ञानात्मक कारकों की भूमिका की व्याख्या करें।
What do you mean by cognitive learning ? Discuss the role of cognitive factors in classical and instrumental conditiong.

71. विभेदन क्या है? विभेदन अधिगम के सिद्धान्तों की चर्चा करें।
What is discrimination ? Discuss the methods of discriminative learning ?

72. विलोपन के प्रतियोगिता सिद्धान्त पर एक लेख लिखें।
Write an essay on the competition theory of extinction.

73. हल के अधिगम सिद्धान्त की मुख्य अभिधारणाओं की विवेचना करें।
Discuss the main postulates of Hull's theory of learning.

74. मौखिक अधिगम के विश्लेषण पर एक निबन्ध लिखें।
Write an essay on analysis of verbal learning.

75. विलोपन क्या है? विलोपन के अध्ययन में प्रयुक्त कुछ मौलिक परिवर्त्यों की व्याख्या करें।
What is extinction ? Explain some basic variables used in the study of extinction.

76. स्कीन्नर द्वारा प्रतिपादित सीखने के सिद्धान्त का आलोचनात्मक वर्णन करें।
Critically describe Skinner's theory of learning.

77. अनुबन्धन की परिभाषा दें। क्लासिकी अनुबन्धन एवं साधनात्मक अनुबन्धन में अंतर करें।
What is conditioning ? Distinguish between classical conditioning and instrumental conditioning ?

78. विभेदन अधिगम का सांतत्य सिद्धान्त की आलोचनात्मक समीक्षा करें।
Examine critically continuity theory of discrimination learning.

79. गथरी के अधिगम सिद्धान्त की आलोचनात्मक समीक्षा करें।
Critically examine the learning theory advanced by Guthrie.

80. प्राचीन एवं नैमेत्तिक अनुबन्धन में अंतर कीजिए। प्राचीन अनुबन्धन के प्रक्रियात्मक भेदों का वर्णन कीजिए।
Make distinction between classical conditioning and instrumental conditining. Describe the procedural distinction of classical conditioning.

81. प्रबलन के विभिन्न अनुभूतियों का वर्णन कीजिए।
Describe the different schedules of reinforcement.

82. विलोपन के प्रतियोगिता-कुंठा सिद्धान्त की व्याख्या कीजिए।
Describe the competition-frustration theory of extinction.

83. पैवलव द्वारा प्रतिपादित क्लासिकी अनुबन्धन सिद्धान्त की आलोचनात्मक वर्णन करें।
Critically describe classical conditioning theory of learning proposed by Pavlov.

84. साधनात्मक अनुबन्धन में संज्ञानात्मक कारकों की भूमिका का वर्णन करें।
Describe the role of cognitive factors in instrumental conditioning.

85. विभेदन सीखना के असातत्य सिद्धान्त की आलोचनात्मक व्याख्या करें।
Critically examine non-continuity theory of discrimination learning.

86. विलोपन के प्रतियोगिता-कुंठा सिद्धान्त की आलोचनात्मक रूप से वर्णन करें।
Critically explain competition-frustration theory of extinction.

87. हल एवं टॉलमैन द्वारा प्रतिपादित अधिगम के सिद्धान्तों का एक तुलनात्मक अध्ययन प्रस्तुत करें।
Present a comparative study of theories of learning proposed by Hull and Tolman.

88. संज्ञानात्मक अधिगम क्या है? क्लासिकी अनुबन्धन में संज्ञानात्मक कारकों की भूमिका पर प्रकाश डालें।
What is cognitive learning? Throw light upon the role of cognitive factors in classical conditioning.

89. विभेदन अधिगम के सातत्य सिद्धान्त की आलोचनात्मक व्याख्या करें।
Critically explain continuity theory of discrimination learning.

90. विलोपन की परिभाषा दें। विलोपन को प्रभावित करने वाले कारकों का वर्णन करें।
Define extinction. Describe the factors that affect extinction.

91. हल द्वारा प्रस्तावित सिद्धान्त के आलोक में अधिगम में पुनर्बलन के महत्त्व का वर्णन करें।
Discuss the role of reinforcement in learning with special reference to Hull's theory.

92. हल के अधिगम सिद्धान्त में SHR के संप्रत्यय की परख करें।
Examine the concept of SHR in Hull's theory of learning.

93. अधिगम को संक्रियात्मक रूप से परिभाषित करें। क्या स्मरण के लिए अधिगम आवश्यक है? उदाहरण प्रस्तुत करें।
Define learning operationally. Is learning essential for remembering? Give example.

94. साधनात्मक अधिगम में संज्ञानात्मक कारकों की भूमिका बतलावें।
Discuss the role of cognitive factors in instrumental learning.

95. क्लासिकी एवं नैमितक अनुबन्धन में अंतर स्पष्ट करें।
Differentiate between classical and instrumental conditioning.

96. प्रेक्षणात्मक अधिगम से आप क्या समझते हैं? प्रेक्षणात्मक अधिगम के निर्धारकों का वर्णन कीजिए।
What do you understand by observational learning? Describe the determinants of observational learning.

97. अव्यक्त अधिगम से अपनी अभिज्ञता दर्शाएँ।
Show your acquaintance with latent learning.

98. अधिगम में अभिप्रेरण की भूमिका की चर्चा संक्षेप में करें।
Discuss briefly the role of motivation in learning.

99. स्किन्नर के सीखने के सिद्धान्त का आलोचनात्मक वर्णन करें।
Describe critically skinner's theory of learning.

100. साधनात्मक अनुबंधन से संज्ञानात्मक कारकों की भूमिका का वर्णन करें।
Discuss the role of cognitive factors in instrumental conditioning.

101. विलोपन के प्रतियोगिता सिद्धान्त की व्याख्या करें। क्या प्रतियोगिता-कुंठा सिद्धान्त प्रतियोगिता सिद्धान्त का एक विस्तातिर रूप है? आप इसको स्वीकार करने का आधार बताएँ।
Explain competition theory of extinction. Is the competition-frustration theory an extention of the competition theory? Shwo reasons of your agreement.

102. विभेदन सीखना के असातत्य सिद्धान्त की आलोचनात्मक व्याख्या करें।
Present a critical explanation of non-continuity theory of discrimination being.

103. वाचिक अधिगम की विभिन्न विधियों का वर्णन कीजिए।
Describe the different methods of verbal learning.

वस्तुनिष्ठ प्रश्न (Objective Questions)

1. अनुबन्धन प्रयोगों (conditioning experiences) में अनुबंधित अनुक्रियाओं का विलोपन (extinction) किस कारण होता है?
   (क) अन्तोर्द (drive) की कमी।
   (ख) पुनर्बलन (reinforcement) की अनुपस्थिति।
   (ग) अवरोध (inhibition) में वृद्धि
   (घ) प्रत्याशा (expectancy) में कमी।

2. निम्नलिखित में किसे सीखना की श्रेणी में सम्मिलित किया जाएगा?
   (क) सिर्फ अभ्यास के कारण व्यवहार में होने वाला परिवर्तन।
   (ख) अभ्यास एवं अनुभूति दोनों के कारण व्यवहार में होने वाला परिवर्तन।
   (ग) अभ्यास, अनुभूति एवं अन्तोर्द (drive) के कारण व्यवहार में होने वाला परिवर्तन।
   (घ) उपर्युक्त में सभी तरह के परिवर्तन को।
3. शाब्दिक सीखना (verbal learning) में निम्नांकित में से किस विधि का उपयोग प्रयोज्यों को प्रेरित करने में *नहीं* किया जा सकता है?
   (क) दुश्चिंता (anxiety) (ख) भोजन एवं पानी से वंचन (deprivation)
   (ग) दंड (punishment) (घ) पुरस्कार (reward)
4. अधिकतम नकारात्मक अंतरण (negative transfer) निम्नांकित में से किस रूपावली (paradigm) में होता है।
   (क) A-B, A-C (ख) A-B, $A\text{-}B_r$ (ग) A-B, A-B' (घ) A-B, B-A
5. निम्नांकित में से कौन विभेदन सीखना (discrimination learning) में उच्च स्तरीय उपायों या प्राक्कल्पनाओं (higher level strategies or hypothesis) के उपयोग पर बल डालता है?
   (क) असातत्य सिद्धान्त (noncontinuity theory) (ख) सात्य सिद्धान्त (continuity theory)
   (ग) माऊर्र का सिद्धान्त (Mowrer's theory) (घ) बौल्स का सिद्धान्त (Bolles theory)
6. निम्नांकित में से किस रूपावली द्वारा उत्पन्न अन्तरण (transfer) की व्याख्या ऑसगुड द्वारा प्रतिपादित अंतरण सतह (transfer surface) द्वारा नहीं हो पाती है?
   (क) A-B, A-B′ (ख) A-B, C-B (ग) A-B, $A\text{-}B_r$ (घ) A-B, A-C
7. स्कीन्नर बक्स में पशु के व्यवहार का लेखा-जोखा का पता निम्नांकित में से किससे चलता हैं?
   (क) मैगजीन प्रशिक्षण (magazine training) (ख) शेपिंग (shaping)
   (ग) संचयी रेकार्डिंग (cumulative recording) (घ) लीभर दबाना (lever pressing)
8. निम्नांकित में से शेपिंग का तत्त्व कौन है?
   (क) विभेदी पुनर्बलन (differential reinforcement) तथा अनुक्रमिक उपगमन (successive approximation.)
   (ख) प्राथमिक पुनर्बलन (primary reinforcement) तथा गौण पुनर्बलन (secondary reinforcement)
   (ग) नकारात्मक पुनर्बलन (negative reinforcement) तथा धनात्मक पुनर्बलन (positive reinforcement)
   (घ) विलोपन (extinction) तथा स्वतः पुनर्लभि (spontaneous recovery)
9. सीखने की परिस्थिति में प्राणी उस अनुक्रिया को करना चाहता है जो कम प्रयास में किया जा सके तथा जिसके बाद पुनर्बलन तेजी से मिल जाय। इस तथ्य का संबंध निम्नांकित में से किससे है?
   (क) लक्ष्य प्रवणता प्राक्कल्पना (goal-gradient hypothesis)
   (ख) प्रणोद-ह्रास प्राक्कल्पना (drive reduction hypothesis)
   (ग) आदत परिवार अनुक्रम (habit family hierarchy)
   (घ) उद्दीपक तीव्रता गत्यामकता (stimulus-intensity dynanism)
10. पुनर्बलन के आकार (size) में वृद्धि होने से निष्पादन स्तर (performance level) में तेजी से परिवर्तन आता है। इस तथ्य का संबंध निम्नांकित में से किससे है।
   (क) क्रेस्पी प्रभाव (Crespi effect)
   (ख) प्रभाव नियम (law of effect)
   (ग) उद्दीपक सामान्यीकरण (stimulus generalization)
   (घ) रोजेनेथल प्रभाव (Rosenthal effect)
11. पैवलव ने अनुबन्धन सिद्धान्त (conditioning theory) में निम्नांकित में से किसे सर्वोच्च स्थान दिया?
   (क) पुनर्बलन (reinforcemet) (ख) प्रासंगिकता (contingency)
   (ग) सामीप्यता (contiguity) (घ) निष्प्रमन (overshadowing)
12. किसी भी उद्दीपक (stimulus) को एक प्रभावी CS होने के लिए यह आवश्यक है कि वह UCS के आने के बारे में सही एवं सार्थक (nonredundant) सूचना दे। इस प्रकार के कथन पर कौन अधिक बल डाले हैं?
   (क) पैवलव (Pavlov) (ख) रेकोलरा (Rescolra)
   (ग) वैगनर (Wagner) (घ) कामीन (Kamin)
13. निम्नांकित में से किस परिस्थिति में प्राणी में निष्क्रियता (passivity) सबसे अधिक पायी जाती है?
   (क) परिवर्तन सीखना (avoidance learning) (ख) मुक्ति सीखना (escape learning)

(ग) अर्जित निस्सहायता (learning helplessness) (घ) दंड प्रशिक्षण (punishment training)

14. धनात्मक अंतरण (positive transfer) का तत्त्व (component) निम्नांकित में कौन-सा है?
(क) पुरस्कार (reward) (ख) विभेदी पुनर्बलन (differential reinforcement)
(ग) सीखने का अधिगमन (learning to learn) (घ) उच्च अभिप्रेरण (high motion)

15. टालमैन के सिद्धान्त में किस तरह के व्यवहार की व्याख्या पर बल डाला गया है?
(क) चवर्ण व्यवहार (molar behaviour) (ख) आण्विक व्यवहार (molecular behaviour)
(ग) उद्देश्यपूर्ण व्यवहार (purposive behaviour) (घ) क्रियाप्रसूत व्यवहार (operant behaviour)

16. पुनर्बलन (reinforcement) से अप्रभावित होकर मात्र प्रेक्षण के आधार पर अधिगमन (learning) की प्रक्रिया होती हैं। यह दावा किनका था?
(क) पैवलव (Pavlov) (ख) टालमैन (Tolman) (ग) हल (Hull) (घ) गथरी (Guthrie)

17. टालमैन ने विलोपन (extinction) को माना हैं—
(क) एक सक्रिया प्रक्रिया (active process) (ख) एक निष्क्रिय (passive process)
(ग) एक दमनात्मक प्रक्रिया (respressive process) (घ) उपर्युक्त में से किसी भी तरह की प्रक्रिया नहीं।

18. निम्नांकित में से किनमें समानता सबसे अधिक है?
(क) आदत-परिवार अनुक्रम (habit-family hierarchy) तथा न्यूनतम प्रयास का नियम (principle of effort)
(ख) लक्ष्य सीखना तथा (goal learning) तथा लक्ष्य प्रवणता प्राक्कल्पना (goal-gradient hypothesis)
(ग) लक्ष्य सीखना तथा आदत परिवार अनुक्रम
(घ) न्यूनतम प्रयास नियम तथा लक्ष्य प्रवणता प्राक्कल्पना

19. निम्नलिखित में से अधिगमन के किनके सिद्धान्त में पुनर्बलन (reinforcemet) तथा अभ्यास (practice) दोनों को ही महत्त्वहीन माना गया है।
(क) टालमैन (Tolman) (ख) गथरी (Guthrie)
(ग) कोहलर एवं कौफ्का (Kohler & Koffka) (घ) वैण्डुरा (Bandura)

20. "सभी तरह के विस्मरण में नया सीखना निश्चित रूप से सम्मिलित होता है।" (All forgetting must involve new learning) इस कथन का संबंध निम्नांकित में से किनसे हैं?
(क) स्कीन्नर (Skinner) (ख) हल्ल (Hull)
(ग) पैवलव (Pavlov) (घ) गथरी (Guthrie)

21. रिक्त स्थानों की पूर्ति करें—
(i) माऊर्र (Mowrer) के अनुसार परिवर्जन सीखना में............अनुबन्धन तथा ....अनुबन्धन दोनों ही सम्मिलित होते हैं।
(ii) प्रेक्षणात्मक सीखना एक तरह का ....सीखना हैं।
(iii) जिस अनुबन्धन (conditioning) में UCS पहले तथा CS बाद में आता है, उसे............अनुबन्धन कहा जाता है।
(iv) अव्यक्त विलोपन (latent extinction) का संप्रत्यय अनुक्रिया-अवरोध सिद्धान्त (response inhibition theory) के ....जाता है।
(v) ....में दो या दो से अधिक अनुसूची को लगातार एक-दूसरे के बाद पूरा होने पर ही पुनर्बलन दिया जाता है।
(vi) ....में पुनर्बलन प्राणी की अनुक्रिया से स्वतंत्र होता है।
(vii) ....से तात्पर्य इस बात से होता है कि प्रत्येक प्राणी में खतरा से बचाव का एक जन्मजात तरीका होता है।
(viii) ....में प्राणी यह सीखता है कि परिस्थिति का नियंत्रण उसकी शक्ति से परे हैं।
(ix) लगातार कई समस्याओं के समाधान करने से प्राणी के ....में वृद्धि हो जाती हैं।
(x) विसकोनसीन जेनरल टेस्ट उपकरण का प्रयोग...............सीखना के प्रयोग में होता है।

उत्तर

1. (ख) 2. (ख) 3. (ख) 4. (ख) 5. (क) 6. (ग) 7. (ग)
8. (क) 9. (ग) 10. (क) 11. (ग) 12. (ख) 13. (ग) 14. (ग)
15. (क) 16. (ख) 17. (ख) 18. (क) 19. (ख) 20. (घ)

21.(i) क्लासिकी; साधनात्मक (ii) संज्ञानात्मक (iii) पश्चगामी
(iv) विरुद्ध (v) शृंखला अनुसूची (vi) स्वतः शेपिंग (autoshaping)
(vii) प्रजाति विशिष्ट रक्षा क्रिया (species-secific defense reaction)
(viii) अर्जित निस्सहायता (ix) अधिगमन प्रवृत्ति (leaning set) (x) विभेदन

अध्याय 8

स्मृति
(MEMORY)

निबंधात्मक या दीर्घ-उत्तरीय प्रश्न (Essay or Long Answer Questions)

1. स्मृति के स्वरूप पर प्रकाश डालें। स्मृति के प्रमुख तत्त्वों का वर्णन करें।
Discuss the nature of memory. Describe the major elements of memory.
2. संवेदी स्मृति क्या है? इसके प्रमुख प्रकारों का उदाहरण सहित वर्णन करें।
What is sensory memory ? Describe, with examples, its major types.
3. प्रतिमा-सम्बन्धी स्मृति तथा प्रतिध्वनिक स्मृति में अन्तर बतलावें।
Make distinction between iconic memory and echoic memory.
4. लघुकालीन स्मृति की विशेषताओं पर प्रकाश डालें। लघुकालीन स्मृति में रिहर्सल की भूमिका बतलावें।
Throw light upon the characteristics of short-term memory? Discuss the role of rehearsal in short-term memory.
5. क्या मनोवैज्ञानिकों ने मिल्लर द्वारा प्रतिपादित जादूगरी संख्या को मान्यता दी हैं? लघुकालीन स्मृति का आदर्श अवधि क्या होता है?
Have psychologists given acceptance to the magical number of Miller? What is the ideal duration of short-term memory?
6. लघुकालीन स्मृति के आकार को आप किस तरह मापेंगे।
How would you assess the size of short-term memory?
7. लघुकालीन स्मृति में ध्वनि कूटसंकेतीकरण तथा अर्थगत कूटसंकेतीकरण की भूमिका पर प्रकाश डालें।
Throw light upon the role of acoustic coding and semantic coding in short-term memory.
8. लघुकालीन स्मृति से सूचनाओं की पुनः प्राप्ति कैसे होती है? लघुकालीन स्मृति से होनेवाले विस्मरण के प्रक्रमों का वर्णन करें।
How is information retrieved from short-term memory? Describe the mechanisms of forgetting in short-term memory.
9. ध्वनिग्रामीण लूप मॉडल क्या है? इससे लघुकालीन स्मृति के स्वरूप के बारे में क्या अंदाज मिलता है?
What is phonological loop model? What estimate do you make regarding the nature of short-term memory from it?
10. दीर्घकालीन स्मृति की विशेषताओं पर प्रकाश डालें। दीर्घकालीन स्मृति से सूचनाओं की पुनः प्राप्ति किस तरह होती है?
Throw light upon the characteristics of long-term memory? How is information retrieved from long-term memory.
11. प्रासंगिक स्मृति तथा अर्थगत स्मृति का अर्थ बतलावें। इन दोनों में अन्तर के प्रमुख बिन्दुओं पर प्रकाश डालें।
Give the meaning of episodic memory and semantic ememory. Throw light upon its major distinctions.
12. अर्थगत स्मृति के स्वरूप का वर्णन करें। इसके प्रमुख सिद्धान्तों की आलोचनात्मक समीक्षा करें।
Describe the nature of semantic memory. Critically review its major theories.
13. क्या दीर्घकालीन स्मृति पर अभिप्रेरणात्मक कारकों का प्रभाव पड़ता है? प्रयोगात्मक सबूत देते हुए उत्तर दें।
Do motivational factors affect long-term memory? Answer giving experimental evidences.
14. निम्नलिखित पर संक्षिप्त नोट लिखें (Write short notes on the following):
(क) फ्लैशबल्ब स्मृति (flashbulb memory)
(ख) पोल्लियान्ना नियम (Pollyanna principle)

(ग) ध्वनिग्रामीय लूप मॉडल (phonological loop model)

15. बौध-नॉरमैन स्मृति मॉडल की आलोचनात्मक समीक्षा करें।
Present a critical review of Waugh-Norman memory model.

16. एटकिन्सन-शिफ्फरीन प्रतिरोधक स्मृति मॉडल की आलोचनात्मक समीक्षा करें।
Present a critical review of Atkinson-Shiffrin buffer memory model.

17. स्मृति में संरचनात्मक एवं पुनर्संरचनात्मक प्रक्रियाओं का प्रयोगात्मक सबूतों के साथ वर्णन प्रस्तुत करें।
Present with experimental evidences, the description of constructive and reconstructive process in memory.

18. प्रत्यक्षदर्शी साक्ष्य क्या हैं? किस हद तक इसे मनोवैज्ञानिकों ने यथार्थ माना हैं?
What is eyewitness testimony? To what extent psychologists have taken it to be accurate?

19. संस्मरण क्या हैं? संस्मरण को प्रभावित कररने वाले कारकों का वर्णन करें।
What is reminiscence? Describe the factors that affect reminiscence.

20. स्मृति के जैविक आधार के लिए प्रदत्त सबूतों का वर्णन करें।
Describe the available evidences for biological bases of memory.

21. स्मृति के मापने की विधियों का वर्णन करें।
Describe the methods of measuring memory.

22. विस्मरण के सन्तनन-दृढ़ीकरण सिद्धान्त की आलोचनात्मक व्याख्या करें।
Critically explain the preservation-consolidition theory of forgetting.

23. पृष्ठोन्मुख अवरोध के द्विकारक सिद्धान्त की आलोचनात्मक व्याख्या करें।
Critically explain the two-factor theory of retroactive inhibition.

24. विस्मरण के बाधक सिद्धान्त या हस्तक्षेप सिद्धान्त की आलोचनात्मक समीक्षा प्रस्तुत करें।
Present a ceritical review of interference theory of forgetting.

25. विस्मरण के उद्दीपक-कूटसंकेतन सिद्धान्त की आलोचनात्मक वर्णन करें।
Critically describe the stimulus-encoding theory of forgetting.

26. आप अपने स्मृति को उन्नत कैसे बनायेंगे?
How will you improve your memory?

27. निम्नलिखित पर संक्षिप्त नोट लिखें (Write short notes on the following)
(i) ब्रोडवेन्ट का सम्बोधन रजिस्टर मॉडल (Broadbent's Address Register model)
(ii) समानान्तर वितरित प्रक्रिया मॉडल (Parallel distribiuted Processing model
(iii) प्रतिदर्शन मॉडल (Sampling model)
(iv) प्रत्यक्षदर्शी साक्ष्य (Eyewitness testimony)
(v) वार्ड-होमलैण्ड घटना (Ward-Hovland Phenomenon)
(vi) स्मृति का आण्विक सिद्धान्त (Molecular theory of memory)
(vii) प्रतिस्पर्धा बनाम अनाधिगम (Competition Vs.Unlearning)

28. क्या प्रत्याह्वान प्रत्यभिज्ञान से आसान होता है? यदि हाँ, तो इसे प्रयोगातमक रूप से सिद्ध करें।
Is recall easier than recognition? If yes, prove it experimentally.

29. ''अगर अर्थगत स्मृति एक शब्दकोष के समान है तो प्रासंगिक स्मृति एक डायरी के समान हैं।'' इस कथन का अर्थ बतलावें।
"If semantic memory is like dictionary, episodic memory is like a diary." Give the meaning of their statement.

30. संगत उदाहरण देते हुए लघुकालीन स्मृति तथा दीर्घकालीन स्मृति में अंतर करें।
Citing relevant examples disinguish between STM and LTM.

31. स्मृति के द्वैध प्रक्रिया सिद्धान्त की आलोचनात्मक व्याख्या करें।
Examine critically Dual Process theory of Memory.

32. ''हमलोग समय बीतने के कारण नहीं बल्कि उस अवधि में किये गए क्रियाओं के कारण भूलते हैं।'' टिप्पणी करें।
"We forget not because of lapse of time but because of activities done in that period." Comment.

33. संवेदी स्मृति क्या है? संवेदी स्मृति के प्रकारों का वर्णन करें।
What is sensory memory ? Discuss the types of sensory memory.

34. विस्मरण के बाध सिद्धान्त की आलोचनात्मक व्याख्या करें।
Critically examine Interference theory of forgetting.

35. अल्पकालीन स्मृति तथा दीर्घकालीन स्मृति की परिभाषा दें। अल्पकालीन एवं दीर्घकालीन स्मृति में अन्तर बतलावें।
Define short-term memory and long-term memory. Distinguish between short-term memory and long-term memory.

36. स्मृति संगठन के बॉघ-नार्मन मॉडल की व्याख्या करें।
Describe the Waugh-Norman Model of memory.

37. अल्पकालीन तथा दीर्घकालीन स्मरण को प्रभावित करने वाले कारकों का वर्णन करें।
Describe the factors influencing short-term and long-term memories.

38. स्मृति के एटकिन्सन शिफर्फिन बफर मॉडल का आलोचनात्मक मूल्यांकन करें।
Present a critical estimate of the Atikinson-Shiffrin buffer model of memory.

39. लघुकालीन स्मृति में ध्वनि कूटसंकेतीकरण तथा अर्थगत कूटसंकेतीकरण की भूमिका पर प्रकाश डालें।
Throw light upon the role of acoustic coding and semantic coding in short-term memory.

40. विस्मरण के बाधक सिद्धान्त की आलोचनात्मक समीक्षा प्रस्तुत करें।
Present a critical review of interference theory of forgetting.

41. निम्नलिखित पर संक्षिप्त नोट लिखें—
Write short notes on the followings—
(a) शाब्दिक सीखना की विधि (Methods of verbal learning)
(b) पृष्ठोन्मुख अवरोध (Retroactive Inhibition)

42. अल्पकालिक एवं दीर्घकालिक स्मृति में अंतर करें।
Make distinction between short-term memory and long-term memory.

43. स्मृति के रूपरेखा पर एक संक्षिप्त नोट लिखें।
Write a short note on the outline of memory.

44. विस्मरण के संतनन-समाकलन सिद्धान्त का वर्णन कीजिए।
Describe the perseveation-consolidation theory of forgetting.

45. स्मृति के समानान्तर वितरित संसाधन उपागम का वर्णन कीजिए।
Describe Parallel Distributed process approach to memory.

46. लघुकालीन स्मृति के आकार एवं अवधि को आप किस तरह से मापेंगे।
How would you assess the size and duration of short term memory.

47. विस्मरण के सन्तन्न-दृढ़ीकरण सिद्धान्त की आलोचनात्मक व्याख्या करें।
Critically explain the preservation-consolidation theory of forgetting.

48. संवेदी स्मृति क्या है? उदाहरण के साथ संवेदी स्मृति के प्रमुख प्रकारों का वर्णन करें।
What is sensory memory? With the help of examples, describe the major types of sensory memory.

49. वॉघ-नॉरमैन स्मृति मॉडल की आलोचनात्मक समीक्षा करें।
Present a critical review of Waugh-Norman model of memory.

50. संगत अध्ययनों के संदर्भ में लघुकालीन स्मृति तथा दीर्घकालीन स्मृति के मुख्य गुणों को बतलावें।
Referring to relevant studies, indicate the main properties of short term memory and long term memory.

51. स्मृति का एक संक्षिप्त वर्गीकरण प्रस्तुत करें।
Present a brief classification of memory.

52. वॉघ-नारमैन मॉडल की समीक्षात्मक पुनर्वालोकन प्रस्तुत कीजिए।
Present a critical review of Waugh-Norman model of memory.
53. एटकिन्सन-शिफ्रिन प्रतिरोधक स्मृति मॉडल की आलोचनात्मक समीक्षा कीजिए।
Present a critical review of Atkinson-Shiffrin Buffer memory model.
54. उन सदस्यों को उद्धृत करें जो सुझाते हैं कि लघुकालीन स्मृति वास्तव में एक पृथक भण्डारण तंत्र है।
Cite evidences which suggest that short-term memory is indeed a separate storage system.
55. चाक्षुक स्मृति की विशिष्टताओं का वर्णन कीजिए।
Describe the features of iconic memory.
56. शब्दार्थ विषयी, प्रासंगिक एवं प्रक्रियात्मक स्मृति में विभेद करते हुए टुलविंग के स्मृति मॉडल की वर्तमान स्थिति का संक्षिप्त विवरण दीजिए।
Differentiating between semantic, episodic and procedural memory briefly state the present status of Tulving's model of memory.
57. स्मृति के एटकिन्सन-शिफ्फ्रीन मॉडल की चर्चा करें।
Discuss Atkinson-Shiffrin model of memory.
58. लघुकालीन स्मृति की विशेषताओं पर प्रकाश डालें। लघुकालीन स्मृति में रिर्हसल की भूमिका का वर्णन करें।
Throw light on the characteristics of short-term memory. Discuss the role of rehearsal in short-term memory.
59. लघुकालीन स्मृति तथा दीर्घकालीन स्मृति में अंतर स्पष्ट करें।
Differentiate between short-term long-term memory.

वस्तुनिष्ठ प्रश्न (Objective Questions)

1. निम्नांकित में से कौन सही क्रम में हैं?
   (क) पुनः प्राप्ति (retrieval)—संचयन (storage)—कूटसंकेतन (encoding)
   (ख) संचयन-पुनः प्राप्ति-कूटसंकेतन
   (ग) कूटसंकेतन-पुनः प्राप्ति-संचयन
   (घ) कूटसंकेतन-संचयन-पुनः प्राप्ति
2. निम्नांकित में से किसे संवेदी स्मृति (sensory memory) में रखा जा सकता है?
   (क) प्रासंगिक स्मृति (episodic memory   (ख) अर्थगत स्मृति (semantic memory)
   (ग) प्रतिध्वनि स्मृति (echoic memrory)   (घ) कार्य विधि स्मृति (procedural memory)
3. निम्नांकित में से किनकी अवधि (duration) सबसे कम होती है?
   (क) प्रतिमा सम्बन्धी स्मृति (iconic memory)   (ख) प्रतिध्वनि स्मृति (echoic memory)
   (ग) लघुकालीन स्मृति (short-term memory)   (घ) आत्मचरित स्मृति (autobiographical memory)
4. निम्नांकित में से कौन कथन असत्य (false) है?
   (क) प्रतिमा-सम्बन्धी स्मृति (iconic memory) साहचर्यात्मक (associative) होती है।
   (ख) प्रतिमा-सम्बन्धी स्मृति पर अभ्यास का प्रभाव नहीं पड़ता है।
   (ग) प्रतिमा-सम्बन्धी स्मृति की अवधि प्रतिध्वनि स्मृति (echoic memory) से छोटी होती है।
   (घ) प्रतिमा-सम्बन्धी स्मृति संवेदी स्मृति (sensory memory) का एक प्रकार है।
5. उस परिस्थिति में जहाँ व्यक्ति निश्चित रूप से यह महसूस करता है कि अमुक एकांश (item) को वह जान रहा है परन्तु उसे तुरन्त प्रत्याह्वान करने में असमर्थ पाता है, को कहा जाता है—
   (क) धारण असफलता (retention failure)   (ख) विस्मरण (forgetting)
   (ग) संकेत आधारित विस्मरण (cue-dependent forgetting)
   (घ) जिह्वा की नोंक की घटना (Tip-of-the-tongue phenomenon)
6. निम्नांकित में से किन दो को आप लघुकालीन स्मृति की श्रेणी में रखेंगे?
   (A) प्रतिध्वनिक स्मृति   (B) प्रतिमा-संबंधी स्मृति
   (C) आत्मचरित मृत   (घ) प्रक्रियात्मक स्मृति

नीचे दिये गये कूटसंकेतों (codes) के आधार पर उत्तर दें—

(क) A तथा C (ख) B तथा D (ग) D तथा C (घ) A तथा B

7. अक्सर आपके मन में वह स्मृति ताजी हो उठती हैं जो आपको यह याद दिलाती है कि आपके पिता को कैसे बेरहमी से बदमाशों ने कुछ साल पहले पीटा था। इस तरह की स्मृति को आप निम्नांकित में से किस श्रेणी में रखेंगे?

(क) प्रासंगिक स्मृति (episodic memory) (ख) अर्थगत समृति (semantic memory)
(ग) प्रक्रियात्मक स्मृति (procedural memory) (घ) फ्लैशबल्ब स्मृति (flashbulb memory)

8. क्रमिक सीखना (serial learning) में किस तरह के प्रत्याह्वान से STM के अस्तित्व का पता चलता है?

(क) प्रथम कुछ एकांशों के प्रत्याह्वान (recall) से। (ख) अन्तिम कुछ एकांशों के प्रत्याह्वान से।
(ग) बीच के कुछ एकांशों के प्रत्याह्वान से। (घ) उपर्युक्त में से सभी तरह के एकांशों के प्रत्याह्वान से।

9. पेटरसन एवं पेटरसन के अध्ययन के अनुसार STM की सही अवधि (duration) निम्नांकित में से कौन है?

(क) 6 सेकेण्ड (ख) 10 सेकेण्ड (ग) 18 सेकेण्ड (घ) 30 सेकेण्ड

10. निम्नांकित में सें किस तरह के कूटसंकेतीकरण (coding) से STM सबसे अधिक प्रभावित होता है?

(क) दृष्टि कूटसंकेतीकरण (visual coding) (ख) अर्थगत कूटसंकेतीकरण (semantic coding)
(ग) ध्वनिक कूटसंकेतीकरण (acoustic coding) (घ) उपर्युक्त में से कोई भी नहीं

11. STM से LTM में सूचनाओं के अंतरण में निम्नांकित में से किसकी भूमिका सबसे प्रधान होती हैं?

(क) सम्पोषण रिहर्सल (maintenance rehearsal) (ख) विस्तृत रिहर्सल (elaborative rehearsal)
(ग) अवधान (attention) (घ) मानसिक समीक्षा (mental review)

12. STM में किसी एक एकांश (item) को संसाधित (processing) करने में लगभग कितना समय लगता हैं?

(क) 250 मिलीसेकण्ड (ख) 500 मिलीसेकेण्ड (ग) 750. मिलीसेकेण्ड (घ) 950 मिलीसेकेण्ड

13. आधुनिक शोधों से स्पष्ट हुआ है कि STM से सूचनाओं की पुनः प्राप्ति (retrieval) एक खास प्राक्कल्पना के अनुसार होता है। वह प्राक्कल्पना निम्नांकित में से कौन-सा हैं?

(क) समानान्तर प्रक्रिया प्राक्कल्पना (parallel-process hypothesis)
(ख) मेल्टेन प्राक्कल्पना (Melton's hypothesis)
(ग) क्रमिक प्रक्रिया प्राक्कल्पना (Serial hypothesis)
(घ) स्वतंत्रता प्राक्कल्पना (Independence hypothesis)

14. सूची I को सूची II से सुमेलित करें—

सूची I	सूची II
(A) ह्रास सिद्धान्त (Decay theory)	(i) मेल्टन (Melton)
(B) द्विकारक सिद्धान्त (Two-factor theory)	(ii) इविंगहास (Ebbinghaus)
(C) स्वतंत्रता प्राक्कल्पना (Independence hypothesis	(iii) क्रेक एवं लॉकहार्ट (Craik & Lochart)
(D) संसाधन-के-स्तर विचारधारा (Level-of-Processing viewpoints)	(iv) मैकग्यू (Mc Geoch)
	(v) ब्रौडवेन्ट (Broadbent)

दिये गये कूट संकेतों (codes) के आधार पर उत्तर दें—

	A	B	C	D
(क)	I	V	IV	III
(ख)	I	II	III	IV
(ग)	II	I	IV	III
(घ)	II	III	V	IV

15. ध्वनिग्रामी लूप मॉडल (phonological loop model) का प्रतिपादन किसने किया था?

(क) ब्रौडवेन्ट (Broadbent) (ख) बैड्डेली (Baddeley)
(ग) नॉरमैन (Norman) (घ) एटकिसन (Atkinson)

16. प्रत्यक्षदर्शी साक्ष्य (eyewitness testimony) के क्षेत्र के आजकल अग्रणी मनोवैज्ञानिक किन्हें माना जा रहा है।

(क) इलिजाबेथ लेफ्टस (Elizabeth Loftus) (ख) बैड्डेली (Baddeley)
(ग) नॉरमैन (Norman) (घ) ब्रौडवेन्ट (Broadbent)

17. LTM में जो अर्थगत ज्ञान (semantic knowledge) होते हैं, वे यादृच्छिक (random) तरीकें से सुसज्जित होते हैं। इस तथ्य का संबंध निम्नांकित में से किनसे हैं?
   (क) विस्तरित उत्तेजन सिद्धान्त (spreading activation theory)
   (ख) आनुक्रमिक नेटवर्क सिद्धान्त (hierarchical network theory)
   (ग) सेट-सैद्धान्तिक मॉडल (set-theoretic model)
   (घ) विशेषता-तुलना मॉडल (feature-comparison model)
18. मनोवैज्ञानिक शोधों से यह स्पष्ट हुआ है कि अधिक सुखद एकांशों (pleasant items) का प्रत्याह्वान कम सुखद एकांशों की अपेक्षा अधिक होता है। इस तथ्य का संबंध निम्नांकित में से किससे है?
   (क) पोल्लियान्ना नियम (Pollyanna principle)
   (ख) संकेत-आधृत प्रत्याह्वान (cue-dependent recall)
   (ग) चिह्न आधृत प्रत्याह्वान (trace-dependent recall)
   (घ) वार्ड-होमलैड घटना (Ward-Hovland Phenomenon)
19. निम्नांकित में से किस मॉडल में स्मृति में संचित सूचनाओं का संसाधन चार स्तरों पर होता है?
   (क) वौघ-नॉरमैन मॉडल (Waugh-Nonrman model)
   (ख) एटकिन्सन-शिफरीन मॉडल (Atkinson-shiffrin model)
   (ग) ध्वनि ग्रामीय लूप मॉडेल (Phonological loop model)
   (घ) ब्रोडवेन्ट सम्बोधन रजिस्टर मॉडल (Broadbent Address Register Model)
20. स्मृति के स्वरूप को संरचनात्मक (constructive) तथा पुनर्सरंचनात्मक मानने में निम्नांकित में से किसकी भूमिका अधिक महत्त्वपूर्ण हैं?
   (क) स्कीमा (Schema) (ख) सांकेतिक प्रत्याह्वान (cued recall)
   (ग) प्रत्यभिज्ञान (recognition) (घ) पुनरुत्पादन (reproduction)
21. विस्मरण की प्रक्रिया में निम्नलिखित सामग्रियों का सही क्रम (order) क्या है?
   A. कविता (poem) B. निरर्थक पद (nonsense syllable)
   C. गद्यांश (passage) D. सूझ-आधृत सीखना (insight based learning)
   दिये गये कूटसंकेतों के आधार पर उत्तर दें—
   (क) B, C, A, D (ख) B, A, C, D (ग) A,C, D, B (घ) D, C, B, A
22. निम्नांकित में से किस परिस्थिति में संस्मरण (reminiscence) सबसे अधिक होगा?
   (क) जब मौलिक विषय या पाठ को 50% तक सीखा गया हो।
   (ख) जब मौलिक विषय या पाठ को 75% तक सीखा गया हो।
   (ग) जब मौलिक विषय या पाठ को 100% तक सीखा गया हो।
   (घ) जब मौलिक विषय या पाठ को 100% से भी अधिक स्तर तक सीखा गया हो।
23. रिक्त स्थानों की पूर्ति करें—
   (i) लघुकालीन स्मृति में सूचनाओं का बना रहना................रिहर्सल पर निर्भर करता है।
   (ii) LTM से विस्मरण का मुख्य कारण ....प्रक्रम है।
   (iii) ध्वनिग्रामीय लूप मॉडल में ध्वनि से संबंधित सूचना को करीब................सेकंड के लिए संचित रखा जाता है।
   (iv) उद्दीपक-कूटसंकेतन सिद्धान्त का विकास............के शोधों से हुआ है।
   (v) एटकिन्सन-शिफर्फिन प्रतिशोधक स्मृति मॉडल में STM से सबसे पहले विस्थापित होने वाली सूचना वह होती हैं जो सबसे ....होती है।
   (vi) मिल्लर (Miller) के जादुई संख्या के अनुसार STM की क्षमता..............तक सीमित होती है।
   (vii) प्रासंगिक स्मृति का दूसरा नाम.................स्मृति है।
   (viii) प्रक्रियात्मक स्मृति एक तरह का ....समृति है।
   (ix) मास्सारो (Massaro) ने जिस प्रविधि द्वारा प्रतिध्वनिक स्मृति (echoic memory) का अध्ययन किया, उसे..............कहा जाता है।
   (x) स्वतंत्रता प्राक्कल्पना का प्रतिपादन................द्वारा किया गया था।

उत्तर

1. (ख) 2. (ग) 3. (क) 4. (क) 5. (घ) 6. (घ) 7. (घ)
8. (ख) 9. (ग) 10. (ग) 11. (ख) 12. (क) 13. (ग) 14. (ग)
15. (ख) 16. (क) 17. (क) 18. (क) 19. (घ) 20. (क) 21. (क)
22. (ख)
23. (i) संपोषक (ii) बाधा (iii) दो (iv) टुलभिंग (v) पुरानी
(vi) 7± 2 (vii) आत्मचरित (viii) दीर्घकालीन (ix) पश्चगामी प्रच्छादन रुपावली (x) मैग्यू

अध्याय 9

चिन्तन, समस्या समाधान व्यवहार एवं संप्रत्यय निर्माण

(THINKING, PROBLEM SOLVING BEHAVIOUR AND CONCEPT FORMATION)

निबंधात्मक या दीर्घ-उत्तरीय प्रश्न (Essay or Long Answer Questions)

1. चिन्तन की परिभाषा दें। इसकी प्रमुख विशेषताओं का वर्णन करें।
(Define thinking. Discuss its major characteristics.
2. चिन्तन में भाषा के महत्त्व की व्याख्या करें।
Explain the importance of language in thinking.
3. चिन्तन में वृत्ति या तत्परता की भूमिका का वर्णन प्रयोगात्मक सबूतों के साथ करें।
(Discuss, with experimental evidences, the role of set in thinking.
4. चिन्तन में प्रयत्न एवं त्रुटि की प्रक्रिया का वर्णन करें।
Discuss the importance of trial and error in thinking.
5. चिन्तन में प्रतिमाओं की भूमिका पर प्रकाश डालें।
Throw light upon the role of images in thinking.
6. चिन्तन के किस सिद्धान्त को आप अधिक उपयुक्त मानते हैं? अपने उत्तर का प्रयोगात्मक समर्थन दें।
Which theory of thinking do you consider most suitable? Support your answer with experiments.
7. बच्चों के चिन्तन की व्याख्या में पियाजे के योगदानों की आलोचनात्मक व्याख्या प्रस्तुत करें।
Present a critical explanation of Piaget's contributions in explanation of thinking of children.
8. चिन्तन के विभिन्न सिद्धान्तों की आलोचनात्मक व्याख्या करें।
Present a critical explanation of different theories of thinking.
9. संप्रत्यय की परिभाषा दें। इसकी उपयोगिताओं पर प्रकाश डालें।
Define concept. Throw light upon its utilities.
10. उदाहरण देते हुए सम्प्रत्यय के प्रमुख प्रकारों का वर्णन करें।
Describe, with examples, the major types of concept.
11. संप्रत्यय सीखना को प्रभावित करने वाले कारकों का वर्णन करें। सम्प्रत्यय का मापन किस तरह से किया जाता है?
Describe the factors that influence concept learning. How is concept measured?
12. उदाहरण के साथ सम्प्रत्यय सीखना में सम्मिलित प्रमुख योजनाओं का वर्णन करें।
Describe, with examples, the strategies involved in concept learning.
13. समस्या समाधान से आप क्या समझते हैं? समस्या समाधान को प्रभावित करने वाले कारकों का वर्णन करें।
What do you mean by problem solving. Describe the factors that influence problem solving.
14. समस्या समाधान की प्रमुख विधियों का वर्णन करें।
Describe the major methods of problem solving.

15. उदाहरण देते हुए समस्या समाधान में सम्मिलित कदमों या चरणों का वर्णन करें।
Describe, with examples, the steps involved in problem solving.
16. तर्कणा क्या है? तर्कणा में सम्मिलित प्रमुख कदमों या चरणों का वर्णन करें।
What is reasoning? Describe the steps involved in reasoning.
17. निम्नलिखित पर संक्षिप्त नोट लिखें (Write short notes on the following.)
(क) सम्प्रत्यय सीखने की विधि (methods of concept learning)
(ख) प्रतिबंधित संप्रत्यय एवं द्विप्रतिबंधित संप्रत्यय (conditional concept and biconditional concept)
(ग) लेभाईन का रिक्त प्रयास विधि (Levine's blank trial porcedure)
(घ) कृत्रिम बुद्धि (artifical intelligence)
18. समस्या समाधान व्यवहार से आप क्या समझते हें? समस्या समाधान व्यवहार को प्रभावित करने वाले कारकों की चर्चा करें।
What do you mean by problem solving behaviour? Discuss the factors that influence problem solving behaviour.
19. सम्प्रत्यय शिक्षण क्या है? सम्प्रत्यय शिक्षण के विभिन्न प्रकारों की व्याख्या करें।
What is concept learning ? Discuss its different types.
20. समस्या समाधान की प्रमुख विधियों का वर्णन करें।
Describe the major methods of problem solving.
21. समस्या समाधान को परिभाषित कीजिए तथा यादृच्छिक जाँच युक्तियों को स्पष्ट कीजिए।
Define problem solving and explain random search strategies.
22. समस्या समाधान के उपागमों को स्पष्ट एवं विवेचित कीजिए।
Describe approaches to problem solving.
23. समस्या समाधान को प्रभावित करने वाले विभिन्न कारक कौन-कौन-सा है? इसकी व्याख्या करें।
What are the factors that influence problem solving. Explain it.
24. निम्नलिखित पर संक्षिप्त नोट लिखें:
Write short notes on the following:
(a) सर्जनात्मक चिन्तन की अवस्थाएँ
Stages of creative thinking.
(b) संप्रत्यय अधिगम (Concept learning)
25. निर्णय निर्माण में प्राप्यता स्वतः शोध की भूमिका का परख कीजिए।
Examine the role of availability heuristic in making decision.
26. निर्णय निर्माण को प्रभावित करने वाले मुख्य कारकों की व्याख्या करें।
Explain the main factors influencing decision-making.
27. समस्या समाधान से आप क्या समझते हैं? समस्या समाधान को प्रभावित करने वाले कारकों का वर्णन करें।
What do you mean by problem-solving? Describe the factors which influence problems solving.

वस्तुनिष्ठ प्रश्न (Objective Questions)

1. निम्नांकित में से कौन चिन्तन में हमेशा सम्मिलित नहीं होता है?
(क) भाषा (language) (ख) संप्रत्यय (concept) (ग) प्रतिमा (symbol) (घ) प्रतीक (sign)
2. स्वप्न चित्र (fantasy) को किस श्रेणी का चिन्तन माना गया है?
(क) अभिसारी चिन्तन (convergent thinking) (ख) सर्जनात्मक (creative thinking)
(ग) आलोचनात्मक चिन्तन (evaluative thinking) (घ) चिन्तन (autistic thinking)
3. वोर्फ प्राक्कल्पना (Whorf hypothesis) के संदर्भ में निम्नांकित से कौन कथन सत्य है?
(क) भाषा द्वारा चिन्तन प्रभावित होता है।
(ख) भाषा का चिन्तन पर कोई प्रभाव नहीं पड़ता हैं।
(ख) भाषा चिन्तन को प्रभावित ही नहीं बल्कि निर्धारित भी करता हैं।
(घ) चिन्तन भाषा को प्रभावित एवं निर्धारित करता है।

4. निम्नांकित में से किस ने चिन्तन या समस्या समाधान में कार्यात्मक अटलता (functional fixedness) पर अधिक बल डाला है?
   (क) डंकर (Duncker) ने। (ख) डंकर एवं लूचिन्स (Duncker & Luchins) दोनों ही
   (ग) डंकर तथा मायर ने। (घ) मायर (Maier) ने।
5. किसी समस्या समाधान कार्य में समस्या समाधानकर्ता (porblem solver) निम्नांकित विधियों का उपयोग कर सकता है—
   (a) साधन-लक्ष्य विशेष (means-end analysis) (ख) प्राक्कल्पना जाँच (hypothesis testing)
   (c) एल्गोरिथमिक (alogrithmic) (घ) स्वतः शोध या अन्वेषात्मक मुक्ति (heuristic)
   इनके उपयोग में न्यूनतम से अधिकतम कठिनाई स्तरों का सही क्रम निम्नांकित में से कौन-सा है?
   (क) b, c, d, a (ख) a, b, d, c (ग) b, a, c, d (घ) d, a, b, c
6. कार्यात्मक अटलता (functional fixedness) का संबंध निम्नांकित में से किससे होता है?
   (क) समस्या समाधान के कार्य की विशेषताओं से। (ख) समस्या समाधानकर्त्ता की विशेषताओं से।
   (ग) समस्या समाधान की प्रयोगात्मक परिस्थिति से। (घ) उपर्युक्त में से किसी से भी नहीं
7. ब्रुनर, गुडनाऊ तथा अस्टीन द्वारा संप्रत्यय सीखने पर किये गए प्रयोगों में निम्नांकित में से किस पर बल डाला गया है?
   (क) रिक्त प्रयास प्रविधि (blank trial procedure) पर।
   (ख) ग्रहण विधि (method of reception) पर।
   (ग) चयन विधि (method of selection) पर।
   (घ) फोकस जुआ (focus gambling) पर।
8. समस्या समाधान में डंकर (Duncker) के प्रयोग से क्या पता चलता है?
   (क) समस्या समाधान में व्यक्ति में एक मानसिक वृत्ति उत्पन्न हो जाती है।
   (ख) समस्या समाधान में कार्यात्मक अटलता (functional fixedness) एक महत्त्वपूर्ण तथ्य है।
   (ग) समस्या समाधान यादृच्छिक (random) न होकर एक सुनियोजित योजना के अनुसार होता है।
   (घ) समस्या समाधान में स्वली चिन्तन (autistic thinking) की भूमिका प्रधान होती है।
9. सम्प्रत्यय निर्माण (concept formation) की एक योजना (strategy) में प्रयोज्य सम्प्रत्यय (concept) के धनात्मक उदाहरण (positive example) पर ही ध्यान देता हैं परन्तु भविष्य की प्रयासों में वह इनके साथ दो या दो से अधिक गुणों में एक साथ परिवर्तन करते हुए उपस्थित आकृतियों में से किसी आकृति का चयन करता है। यह योजना निम्नांकित में से कौन-सा हैं?
   (क) समकालिक योजना (simultaneous strategy) (ख) क्रमिक अवलोकन (successive scanning)
   (ग) रुढ़िवादी फोकसिंग (conservating focusing) (घ) फोकस जुआ (focus gambling)
10. निम्नांकित कथनों पर ध्यान दें—
   (i) कुछ सम्प्रत्यय (concept) गुणों या विशेषताओं के सेट पर आधारित नहीं होते हैं।
   (ii) ऐसे सम्प्रत्ययों का कोई स्पष्ट सीमा रेखा भी नहीं होता है
   (iii) ऐसे सम्प्रत्ययों को एक आदिप्ररूप (prototype) द्वारा आसानी से परिभाषित की जा सकती हैं।
   उक्त सभी विशेषताएँ निम्नांकित में से किस में पायी जातीं हैं?
   (क) कृत्रिम सम्प्रत्यय (artifical concept) (ख) स्वाभाविक सम्प्रत्यय (natural concept)
   (ग) वियोजक सम्प्रत्यय (disjunctive concept) (घ) समुच्चयबोधक सम्प्रत्यय (conjunctive concept)
11. निम्नांकित में से सही क्रम कौन-सा हैं?
   (क) संवेदी-पेशीय अवस्था (sensory-motor stage)—प्राक्संक्रियात्मक अवस्था (pre-operational stage)—ठोस संक्रिया की अवस्था (stage of concrete operation)—औपचारिक संक्रिया की अवस्था (stage of formal operation)
   (ख) प्राक्क्रियात्मक अवस्था—ठोस संक्रिया की अवस्था—संवेदी-पेशीय अवस्था—औपचारिक संक्रिया की अवस्था।
   (ग) संवेदी-पेशीय अवस्था—ठोस संक्रिया की अवस्था—प्राक्संक्रियात्मक अवस्था—औपचारिक संक्रिया की अवस्था।
   (घ) संवेदी-पेशीय अवस्था—औपचारिक संक्रिया की अवस्था—ठोस संक्रिया की अवस्था—प्राक् संक्रियात्मक अवस्था।
12. बच्चों के चिन्तन में जीववाद (animism) तथा आत्मकेन्द्रिता (egocentrism) जैसे दोष निम्नांकित में से किस अवस्था में पाया जाता है।
   (क) संवेदी-पेशीय अवस्था (ख) प्राक्संक्रियात्मक अवस्था
   (ग) ठोस संक्रियात्मक अवस्था (घ) औपचारिक संक्रिया की अवस्था

13. पियाजे के अनुसार निम्नांकित में से किसे बच्चों के चिन्तन का एक महत्त्वपूर्ण साधन (tool) नहीं माना जाता है।
(क) संकेत (symbol) (ख) चिह्न (sign)
(ग) खेल (play) (घ) भाषा (language)

14. किस योजना (strategy) में व्यक्ति किसी समस्या का समाधान उसे छोटी-छोटी उपसमस्याओं में बाँटकर करना पसंद करता है?
(क) पश्चगामी अन्वेषण (backward search) में। (ख) साधन-साध्य विश्लेषण (means-end analysis) में।
(ग) योजना विधि (planning method) में। (घ) उपर्युक्त में से किसी में भी नहीं।

15. समस्या समाधान में व्यक्ति का उद्देश्य क्या होता है?
(क) मौलिक अवस्था (original state) को पहले से अधिक गंभीर तथा व्यापक बनाना।
(ख) लक्ष्य अवस्था (goal state) पर पहुँचने के मार्ग की बाधाओं को दूर करना।
(ग) समस्या समाधान के नियमों को उत्कृष्ट बनाना।
(घ) मौलिक अवस्था तथा लक्ष्य अवस्था के अंतर को समाप्त करना।

16. चूहों, कुत्तों एवं बन्दरों पर संप्रत्यय विकास (concept formation) के क्षेत्र में किये गये प्रयोगों से यह स्पष्ट हुआ है कि
(क) दिये गए वस्तुओं के सामान्य गुणों (common property) को अमूर्त (abstract) करना भाषा के अभाव में संभव नहीं है।
(ख) पशुओं द्वारा चिन्तन एवं संचार भाषा के माध्यम से होता है।
(ग) जातिवृत्ति मापनी (phylogenetic scale) पर ऊपर स्थित पशुओं द्वारा संप्रत्यय सीखा जा सकता है परन्तु इसी मापनी पर नीचे स्थित पशुओं द्वारा संप्रत्यय नहीं सीखा जा सकता है।
(घ) पशुओं द्वारा संप्रत्यय (concept) सीखा जा सकता है हालांकि उनमें भाषा के उपयोग की क्षमता नहीं होती है।

17. समस्या समाधान को उन्नत बनाने के ख्याल से दी गयी प्रशिक्षण (training) का उद्देश्य होता है—
(क) दी गई समस्या के विभिन्न पहलुओं को आपस में मिलाना।
(ख) वस्तुनिष्ठ समस्याओं (objective problem) का समाधान करना।
(ग) आंतरिक श्रेणीकरण (internal categorizing) करना
(घ) विचारात्मक लचीलापन (ideational flexibility) को बढ़ाना।

18. मनोवैज्ञानिकों द्वारा किये गए शोधों से यह स्पष्ट हुआ है कि विशेष प्रकार के संप्रत्यय को सीखना सबसे कठिन है। वह संप्रत्यय (concept) निम्नांकित में से कौन-सा है?
(क) समुच्चयबोधक सम्प्रत्यय (conjunctive concept) (ख) वियोजक सम्प्रत्यय (disjunctive concept)
(ग) प्रतिबंधित सम्प्रत्यय (conditional concept) (घ) द्विप्रतिबंधित सम्प्रत्यय (biconditional concept)

19. जब मनुष्यों की बौद्धिक प्रक्रियाओं की अभिव्यक्ति कम्प्यूटर (computer) द्वारा होता है, तो इसे कहा जाता है—
(क) मशीन बुद्धि (machine intelligence) (ख) स्वाभाविक बुद्धि (natural intellingence)
(ग) कृत्रिम बुद्धि (artifcial intelligence) (घ) पृथक बुद्धि (discrete intelligence)

20. सर्जनात्मक चिन्तन का सम्बन्ध सबसे अधिक निम्नांकित में सें किससे होती है?
(क) निगनात्मक तर्कणा (deductive reasoning) (ख) आगमनात्मक तर्कणा (inductive reasoning)
(ग) आलोचनात्मक तर्कणा (evaluative reasoning) (घ) सादृश्यवाची तर्कणा (analytical reasoning)

21. रिक्त स्थानों की पूर्ति करें—
(i) रिक्त प्रयास प्रविधि का प्रतिपादन..................द्वारा किया गया था।
(ii) पियाजे के अनुसार दो से सात सालों की अवधि में..................अवस्था होती है।
(iii) बच्चों के चिन्तन में पलटावी गुण का विकास..........................की अवस्था में होता है।
(iv) समस्या समाधान के अंतिम पहलू (aspect) को..........................अवस्था कहा जाता है।
(v) पश्चगामी अन्वेषण (backward search) एक तरह का..............अन्वेषण करता है।
(vi) कार्यात्मक अटलता (functional fixedness) से समस्या समाधान में ....उत्पन्न होता है।
(vii) मानसिक वृत्ति से समस्या समाधान में..............तथा..............दोनों ही होता है।
(viii) न्याय वाक्यों (syllogism) के आधार पर निकाले गये परिणाम में.............तर्कणा सम्मिलित होता है।
(ix) तर्कणा ....चिन्तन का एक विशिष्ट रूप है।
(x) उद्भवन (incubation) में समस्या समाधानकर्त्ता की भूमिका काफी.............होती है।

उत्तर

1. (ग) 2. (घ) 3. (ग) 4. (ख) 5. (क) 6. (क) 7. (ग)
8. (ख) 9. (घ) 10. (ख) 11. (क) 12. (ख) 13. (घ) 14. (ख)
15. (घ) 16. (घ) 17. (घ) 18. (घ) 19. (ग) 20. (ख)
21. (i) लेभाईन (ii) प्राक्संक्रियात्मक (iii) ठोस संक्रिया (iv) लक्ष्य अवस्था (v) स्वतः शोध
(vi) बाधा (vii) मदद, बाघा (viii) निगमनात्मक (ix) यथार्थवादी (x) निष्क्रिय

अध्याय 10

अभिप्रेरण एवं तनाव
(MOTIVATION AND STRESS)

निबंधात्मक या दीर्घ-उत्तरीय प्रश्न (Essay or Long Answer Questions)

1. आवश्यकता-प्रणोद-प्रोत्साहन सूत्र की व्याख्या करें। अभिप्रेरित व्यवहारों की मुख्य कसौटियों का वर्णन करें।
Explain need-drive-incentive formula. Discuss the major criteria of motivated behaviour.
2. जैविक अभिप्रेरकों के दैहिक आधारों का वर्णन करें।
Describe the physiological bases of biogenic motive.
3. प्रयोगात्मक सबूत के साथ व्यक्ति के प्रमुख अर्जित अभिप्रेरकों का वर्णन करें।
Describe, with experimental evidences, the important acquired motives of the person.
4. पशु प्रणोद के मापन के मुख्य विधियों का वर्णन करें।
Describe the major methods of assessing animal drive.
5. मानव प्रणोद के मापन के मुख्य विधियों का वर्णन करें।
Describe the major methods of assessing human drive.
6. अभिप्रेरक के किन्हीं दो तरह के सिद्धान्तों की आलोचनात्मक व्याख्या करें।
Present the critical explanation of any two types of theories of motivation.
7. आवश्यकता-पदानुक्रम सिद्धान्त की आलोचनात्मक व्याख्या करें।
Present a critical explanation of need-hierarchy theory of motivation.
8. कार्य निष्पादन तथा उत्तेजन स्तर के संबंध पर प्रकाश डालें।
Throw light upon the relationship between work performance and level of arousal.
9. प्रेरणाओं के संघर्ष से आप क्या समझते हैं? इसका समाधान करने के तरीकों पर प्रकाश डालें।
What do you mean by conflict of motives? Throw light upon ways of resolving the conflict.
10. प्रेरणाओं के संघर्ष का अर्थ बतलावें। प्रेरणाओं के संघर्ष के विभिन्न प्रकारों का वर्णन करें।
Give the meaning of conflict of motive. Describe the different types of conflict of motives.
11. अन्वेषण अभिप्रेरक, उत्सुकता एवं कार्यान्वयन अभिप्रेरक के क्षेत्र में किये गए अध्ययनों का मनोवैज्ञानिक आशय बतलावें।
Give the psychological implication of explorative motive, curiosity and effectance motive.
12. निम्नलिखित पर संक्षिप्त नोट लिखें (Write short notes on the following).
(i) आन्तरिक अभिप्रेरक एंव बाह्य अभिप्रेरण (Intrinsic motivation and extrinsic motivation)
(ii) यर्क्स डोज्सन नियम (Yerkes-Dodson law)
(iii) वेक्टर कर्षणशक्ति सिद्धान्त (Vector-Valence theory)
(iv) आकांक्षा स्तर (level of aspiration)
13. जायगारनिक प्रभाव से आप क्या समझते हैं? इसे प्रभावित करने वाले कारकों का वर्णन करें।
What do you mean by Zeigarnik effect? Describe the factors that influence the phenomenon of Zeigarnik effect.

14. तनाव को परिभाषित करें। तनाव के प्रति होने वाले मुख्य प्रतिक्रियाओं का वर्णन करें।
Define stress. Describe the major reactions towards stress.

15. तनाव को प्रमुख कारणों का उदाहरण सहित वर्णन करें।
Describe, with examples, the major causes of stress.

16. तनाव को कम करने के उपायों का वर्णन करें।
Describe the strategies for coping stress.

17. निम्नलिखित पर संक्षिप्त नोट लिखें।
Write short notes on the following.
(i) सामान्य अनुकूलन संलक्षण (General Adaptation syndrome)
(ii) संवेग केन्द्रित उपाय (Emotion-focused strategies)
(iii) तनाव के प्रति मनोवैज्ञानिक प्रतिक्रियाएँ (Psychological reactions to stress)

18. अभिप्रेरित व्यवहार की कौन-कौन सी कसौटियाँ हैं? अभिप्रेरण के मूलप्रवृत्ति सिद्धान्त का आलोचनात्मक व्याख्या करें।
What are the criteria of motivated behaviour ? Present a critical evaluation of instinct theory of motivation.

19. मानव व्यवहार के महत्त्वपूर्ण सामाजिक अभिप्रेरकों का वर्णन करें।
Describe the important social motives of human behaviour.

20. अभिप्रेरण को परिभाषित करें। जायगारनिक प्रभाव को प्रभावित करने वाले कारकों का वर्णन करें।
Define motivation. Describe the factors, which influence Zeigarnik effect.

21. निम्नलिखित पर टिप्पणियाँ लिखें—
Write short notes on the following :
(i) आंतरिक अभिप्रेरण (Instrinsic motivation)
(ii) बाह्य अभिप्रेरण (Extrinsic motivation)

22. आवश्यकता-प्रणोद-प्रोत्साहन सम्प्रत्यय से आप क्या समझते हैं? अभिप्रेरित व्यवहारों की मुख्य कसौटियों का वर्णन करें।
What do you understand by need-drive-incentive concept ? Discuss the major criteria of motivated behaviour.

23. प्रयोगात्मक सबूतों के साथ प्रमुख सामाजिक अभिप्रेरकों का वर्णन करें।
Criting experimental evidences, describe the important social motives.

24. तनाव में व्यक्ति किस प्रकार की प्रतिक्रिया करता है? तनाव के मुख्य कारणों की व्याख्या करें।
How does a man react to stress ? Discuss the main causes of stress.

25. तनाव के सम्प्रत्यय की व्याख्या करें। इसे कैसे मापा जा सकता है, की व्याख्या करें।
Explain the concept of stress. Discuss how can it be managed ?

26. तनाव के मुख्य कारक की विवेचना करें। तनाव के प्रति व्यक्ति किस प्रकार प्रतिक्रिया करता है?
Discuss the major causes of stress. How do people react to stress ?

27. अभिप्रेरण के मूलप्रवृत्ति सिद्धान्तों की व्याख्या करें।
Critically examine instinct theories of motivation.

28. जायगारनीक प्रभाव क्या है? इसे प्रभावित करनेवाले तत्त्वों की व्याख्या करें।
What is Zeigarnik effect? Describe the factors that influence it.

29. प्रतिबल का प्रबन्ध क्या है? प्रतिबल का प्रबन्ध के आधुनिक एवं वैज्ञानिक विधियों की विवेचना करें।
What is management of stress? Explain modern and scientific technique of management of stress.

30. अभिप्रेरण के प्रणोदन सिद्धान्त की आलोचनात्मक समीक्षा करें।
Critically examine drive theory of motivation.

31. उपयुक्त उदाहरण देते हुए सामाजिक अभिप्रेरकों की विवेचना करें।
Discuss social motives with suitable examples.
32. संवेग एवं अभिप्रेरण के बीच संबंध की विवेचना करें।
Discuss the relation between emotion and motivation.
33. प्रतिबल समायोजन के उपायों की व्याख्या कीजिए।
Explain the strategies for coping stress.
34. अभिप्रेरित व्यवहार के अधिगम-घटक की विवेचना कीजिए।
Discuss the learning component of motivated behaviour.
35. अभिप्रेरण के अन्तर-सांस्कृतिक परिप्रेक्ष्य से आप क्या समझते है?
What do you understand by the cross-cultural perspectives of motivation?

वस्तुनिष्ठ प्रश्न (Objective Questions)

1. अभिप्रेरित व्यवहार की कुछ अपनी विशेषताएँ होतीं है। निम्नांकित में से किसे इन विशेषताओं की सूची में नहीं रखा जा सकता है?
(क) अभिप्रेरित व्यवहार लक्ष्य निर्देशित होता है।
(ख) अभिप्रेरित व्यवहार चक्रीय (cyclical) होता है।
(ग) अभिप्रेरित व्यवहार में समस्थिति (homeostasis) में असंतुलन उत्पन्न हो जाता है।
(घ) अभिप्रेरित व्यवहार में रक्त चाप, हृदय गति तथा श्वसन गति तीव्र हो जाती है।
2. फ्रायड के अनुसार मूलप्रवृत्ति (instinct) के दो मुख्य प्रकार हैं जो निम्नांकित में से कौन-सा है?
(क) आक्रामकतां तथा चिन्ता (ख) अहं (ego) तथा पराहं (super ego)
(ग) ऐरोस तथा थैनाटोस (Eros and Thanatos) (घ) उपाहं (id) तथा पराहं (super ego)
3. लक्ष्य-उन्मुखी व्यवहार में खासकर जैविक अभिप्रेरकों (biogenic drive) में प्राणी में निम्नांकित परिवर्तन होते हैं—
(अ) प्रणोद (drive) (ब) आवश्यकता (need)
(स) प्रोत्साहन (incentive) (द) पुरस्कार (reward)
उपर्युक्त परिवर्तनों का सही क्रम (correct sequence) निम्नांकित में से कौन-सा है?
(क) ब, अ, स, द (ख) ब, अ, द, स
(ग) अ, ब, स, द (घ) अ, स, ब द
4. मैसलो के आवश्यकता-पदानुक्रम सिद्धान्त के सबसे निचले स्तर पर दैहिक आवश्यकता (physiological needs) को रखा गया है तथा पदानुक्रम के सबसे ऊपरी स्तर पर निम्नांकित में से किसे रखा जाता है?
(क) बचाव एवं सुरक्षा की आवश्यकताएँ (safety and security needs)
(ख) आत्म-सिद्धि की आवश्यकता (need for self-actualization)
(ग) आत्म सम्मान की आवश्यकता (self-esteem needs)
(घ) दैहिक आवश्यकता (physiological needs)
5. भारत जैसे देश में व्यक्तियों का व्यवहार निम्नांकित में से किस अभिप्रेरक से अधिक नियंत्रित होता है।
(क) आत्म-सिद्धि (self-actualization)
(ख) देहिक आवश्यकताएँ (physiological needs)
(ग) बचाव एवं सुरक्षा की आवश्कयता (safety and security needs)
(घ) आत्म-सम्मान की आवश्यकता (self-esteem needs)
6. डबल-डिप्लेसन प्राक्कल्पना (double-depletion hypothesis) के अनुसार प्यास के दो दैहिक कारण बतलाये गए हैं। नीचे दिए गए कारणों में से उसे चुनें—
(अ) कोशीय निर्जलन (cellular dehydration)। (ब) हाईपोभोलेमिया (hypovolemia)।
(स) रक्त में चीनी (sugar) की मात्रा में वृद्धि। (द) औसमोरिस्पेटर (osmoreceptor) का उत्तेजित होना।

नीचे दिये गये कूटसंकेतों (codes) के आधार पर उत्तर दें।

(क) अ तथा द (ख) ब तथा स

(ग) अ तथा ब (घ) ब तथा द

7. कोलेसीस्टोकोनिन (Cholecystokinin or CKK) एक ऐसा हारमोन्स है जिसका सूई यदि दे दिया जाय तो इससे प्राणी में—

(क) भूख अधिक बढ़ जाती है। (ख) भूख और प्यास दोनों में ही वृद्धि हो जाती है।

(ग) भूख कम हो जाती हैं। (घ) भूख और प्यास दोनों में ही कमी आ जाती है

8. भेन्ट्रोमेडियल हाइपोथैलेमस (Ventromedial hypothalamus or VMH) के नष्ट हो जाने से या क्षतिग्रस्त हो जाने पर क्या परिणाम होता हैं?

(क) प्राणी अधिक मोटा जो जाएगा क्योंकि उसकी भूख चाहे वह जितना भी खाये, की तुष्टि कभी नहीं होती हैं।

(ख) प्राणी काफी दुबला-पतला हो जाएगा क्योंकि उसे बहुत कम भूख लगेगी।

(ग) प्राणी का मुँह हमेशा सूखा रहेगा और वह प्रायः प्यास का अनुभव करेगा।

(घ) प्राणी को पानी पीने की आवश्यकता कभी नहीं महसूस होगी।

9. प्यास एक तरह का—

(क) चक्रीय आवश्यकता (cyclic need) है। (ख) अचक्रीय आवश्यकता (noncyclic need) है।

(ग) विशिष्ट आवश्यकता (specific need) है। (घ) सामान्य आवश्यकता (general need) है।

10. भूख के स्थानीय उद्दीपक सिद्धान्त (local stimulus theory) के अनुसार भूख की उत्पत्ति होती हैं—

(क) भूख दर्द (hunger pangs) से। (ख) बहुत देर से भोजन नहीं करने से।

(ग) आमाशय की मांशपेशियों में संकुचन होने से। (घ) रक्त में चीनी की मात्रा बढ़ जाने से।

11. समस्थिति (homeostasis) की अवस्था बनाये रखने में निम्नांकित में से किसकी भूमिका अधिक महत्त्वपूर्ण है?

(क) थैलेमस (thalamus) (ख) हाईपोथैलमस (hypothalamus)

(ग) लघु मस्तिष्क (cerebellum) (घ) मध्यपालि (parietal lobe)

12. समस्थिति (homeostasis) क्या है?

(क) वैसी शारीरिक प्रक्रिया जिसके सहारे व्यक्ति अन्तःस्रावी ग्रन्थियों (endocrine glands) पर नियंत्रण बनाये रखता हैं।

(ख) वैसी शारीरिक प्रक्रिया जिसके सहारे व्यक्ति बाह्य वातावरण के साथ उचित समायोजन बनाये रखता है।

(ग) वैसी शारीरिक प्रक्रिया जिसके सहारे व्यक्ति आन्तरिक वातावरण के साथ उचित समायोजन बनाये रखता हैं।

(घ) वैसी शारीरिक प्रक्रिया जिसके सहारे व्यक्ति आन्तरिक एवं बाह्य दोनों तरह के वातावरण के सांथ उचित समायोजन बनाकर रखता है।

13. उपलब्धि आवश्यकता (need for achievement) का मापन निम्नांकित में से किससे अधिक उपयुक्त ढंग से होता है।

(क) रोशार्क परीक्षण (Rorschach Test)

(ख) विषय-आत्मबोधन परीक्षण (Thematic Apperception test)

(ग) माइनेसोटा मल्टीफेजिक परसनालिटी इन्वेस्ट्री (Minnesota Multiphasic Personality Inventory)

(घ) ब्लैकी परीक्षण (Blacky Test)

14. जब बच्चों को बाल्यावस्था में अधिक स्वतंत्रता प्रशिक्षण (independence training) दी जाती है, तो इससे उनमें—

(क) संबंधन आवश्यकता अधिक होती है

(ख) उपलब्धि आवश्यकता (need for achievement) अधिक होती है।

(ग) आक्रामकता व्यवहार अधिक होती हैं।

(घ) अनुमोदन व्यवहार (approval behaviour) अधिक होती है।

15. सभी आक्रामक व्यवहार कुंठा (frustration) से उत्पन्न होता है परन्तु सभी तरह के कुंठा से आक्रामक व्यवहार उत्पन्न नहीं होता है। इस कथन का संबंध निम्नांकित में से किस प्राक्कल्पना (hypothesis) से है?

(क) कुंठा आक्रामकता प्राक्कल्पना (Frustration-aggression hypothesis) से है?

(ख) वर्कोविज प्राक्कल्पना (Berkowitz's hypothesis)

(ग) स्वतंत्रता प्राक्कल्पना (Independence hypothesis)

(घ) वर्कोविज एवं गीन प्राक्कल्पना (Berkowitz & Geen hypothesis)

16. कुछ व्यक्ति आक्रमकता इसलिए दिखाते हैं कि वह अन्य लोगों का ध्यान अपनी ओर आकृष्ट कर सके। इस तरह की आक्रमकता को निम्नांकित में से किस श्रेणी में रखा जाएगा?
   (क) वैरपूर्ण आक्रमकता (hostile aggression)
   (ख) साधनात्मक आक्रमकता (instrumental aggression)
   (ग) दमित आक्रमकता (repressed aggression)
   (घ) स्पष्ट आक्रमकता (overt aggression)
17. मैकक्लिवैंड (Mc Clelland) का योगदान निम्नांकित में से किस क्षेत्र में सबसे प्रमुख है?
   (क) संबंध की आवश्यकता (need for affiliation)
   (ख) आक्रमकता अभिप्रेरण (aggressiveness motive)
   (ग) उपलब्धि अभिप्रेरक (achievement motive)
   (घ) शक्ति अभिप्रेरक (power motive)
18. सामान्य अनुकूल संलक्षण (General Adaptation Syndrome) में निहित चरणों का सही क्रम निम्नांकित में से कौन है?
   (क) प्रतिरोध की अवस्था (stage resistance)—थकान की अवस्था (stage of exhausation), चेतावनी प्रतिक्रिया की अवस्था (stage of alarm reaction)
   (ख) चेतावनी प्रतिक्रिया की अवस्था—थकान की अवस्था—प्रतिरोध की अवस्था।
   (ग) चेतावनी प्रतिक्रिया की अवस्था—प्रतिरोध की अवस्था—थकान की अवस्था
   (घ) थकान की अवस्था—प्रतिरोध की अवस्था—चेतावनी प्रतिक्रिया की अवस्था।
19. नीचे दिये गये कथन (assertion) एवं उसके तर्क (reason) पर ध्यान दे और दिये गये उत्तर कूटसंकेतों (answer codes) में से सही उत्तर का चयन करें।

   कथन : आक्रमकता कुंठा से उत्पन्न होता है।

   तर्क : सभी तरह के कुंठा आक्रमकता का जन्म देते है।

   उत्तर कूटसंकेत (answer codes)

   (क) कथन तथा तर्क दोनों ही सही है।   (ख) कथन सही है परंतु तर्क गलत है।
   (ग) तर्क सही है परन्तु कथन गलत है।   (घ) कथन तथा तर्क दोनों ही गलत है।
20. नीचे दिये गए कथन (assertion) एवं उसके तर्क (reason) पर ध्यान दें और दिये गये उत्तर कूटसंकेतों (answer codes) में से सही उत्तर का चयन करें।

   कथन : अधूरे कार्यों की स्मृति लम्बे समय तक बनी होती है

   तर्क : आवश्यकता (need) से प्राणी में तनाव (tension) उत्पन्न होता है।

   उत्तर कूटसंकेत (answer codes)

   (क) कथन एवं तर्क दोनों ही सही है।   (ख) कथन सही है परन्तु तर्क गलत है।
   (ग) तर्क सही हैं परन्तु कथन गलत है।   (घ) कथन तथा तर्क दोनों ही गलत है।
21. रिक्त स्थानों की पूर्ति करें—
   (i) भूख एक तरह का ....आवश्यकता है।
   (ii) भूख के स्थानीय उद्दीपक सिद्धान्त का प्रतिपादन...........द्वारा किया गया है।
   (iii) एस्ट्रोजन एक ....हारमोन्स है।
   (iv) स्वतंत्रता परीक्षण अधिक होने से उपलब्धि आवश्यकता...................है।
   (v) अवरोध विधि (obstruction method) द्वारा ....आवश्यकता मापन होता है।
   (vi) सामान्य अुकूलन संलक्षण तनाव के प्रति एक ....प्रतिक्रिया उदाहरण है।
   (vii) आन्तरिक अभिप्रेरण होने पर यदि व्यक्ति को कार्य निष्पादन के लिए पुरस्कार दिया जाता है तो इससे आन्तरिक अभिप्रेरण (intrinsic motivation) की मात्रा में............आ जाती है।
   (viii) जायगारनिक प्रभाव का उद्देश्य.....................सिद्धान्त की वैधता की जाँच करना है।

(ix) अधिक तथा कम उत्तेजन (arousal) की स्थिति में निष्पादन का स्तर..............होता है।

(X) तनाव को कम करने के लिए यदि कोई व्यक्ति पहले से और अधिक शराब पीना प्रारंभ कर देता है, तो यह एक............उपाय का उदाहरण होगा।

उत्तर

1. (घ)	2. (ग)	3. (क)	4. (ख)	5. (ख)	6. (ग)	7. (ग)
8. (क)	9. (क)	10. (ग)	11. (ख)	12. (ग)	13. (ख)	14. (ख)
15. (क)	16. (ख)	17. (ग)	18. (ग)	19. (ख)	20. (क)	

21. (i) चक्रीय (ii) कैनन (iii) महिला (iv) बढ़ती (v) पशु
(vi) दैहिक (vii) कमी (viii) आवश्यकता-तनाव (ix) तुच्छ (x) व्यवहारात्मक

अध्याय 11

संवेग
(EMOTION)

निबंधात्मक या दीर्घ उत्तरीय प्रश्न (Essay of Long Answer Questions)

1. संवेग का अर्थ बतलावें। इसकी विशेषताओं का वर्णन करें।
Give the meaning of emotion. Describe its characteristics.
2. बच्चों में संवेग का विकास कैसे होता है? उदाहरण देकर बतलावें।
How does emotion develop among children? Explain with examples.
3. संवेग के विकास में सीखना का महत्त्व बतलावें।
Explain the impotance of learning in development of emotion.
4. उपर्युक्त उदाहरणों के साथ संवेग के मुख्य प्रकारों का वर्णन करें।
Describe, with examples, the major type of emotion.
5. संवेग के मापन के विभिन्न विधियों का वर्णन करें।
Describe the different methods of assessing emotion.
6. PGR का अर्थ बतलावें। इसका मापन किस तरह से किया जाता है?
Give meaning of PGR. How is it measured?
7. PGR के निर्धारकों का वर्णन उदाहरण सहित करें।
(Present, with examples, the description of determinants of PGR.
8. संवेग के बाह्य शारीरिक सहसंबंधता का वर्णन करें।
Describe the external bodily correlates of emotion.
9. संवेग के आन्तरिक शारीरिक सहसंबंधता का वर्णन करें।
Describe the internal bodily correlates of emotion.
10. संवेग में तंत्रिका तंत्र के महत्त्व का वर्णन करें।
Describe the importance of nervous system in emotion.
11. संवेग के कैनन-वार्ड सिद्धान्त की आलोचनात्मक व्याख्या प्रस्तुत करें।
Present a critical explanation of Canon-Bard theory of emotion.
12. संवेग के कैनन-वार्ड सिद्धान्त एवं जेम्स-लांजे सिद्धान्त का एक तुलनात्मक अध्ययन प्रस्तुत करें।
Make a comparative study of James-Lange theory and Cannon-Bard theory emotion.
13. स्कैक्टर-सिंगर सिद्धान्त की आलोचनात्मक व्याख्या प्रस्तुत करें।
Present a critical explanation of Schachter-Singer theory of emotion.
14. संवेग के लिडस्लेय सिद्धान्त की आलोचनात्मक व्याख्या प्रस्तुत करें।
Present a critical analysis of Lindsley activation theory of emotion.

15. निम्नलिखित पर संक्षिप्त नोट लिखें (Write short notes on the following)
 (i) संवेग तथा अभिप्रेरण में संबंध (Relation between emotion and motivation)
 (ii) झूठ संसूचन (Lie detection)
 (iii) PGR का दैहिक निर्धारक (Physiological determinants of PGR)
16. 'संवेगात्मक तथा संज्ञान के बीच दो तरफा सम्बन्ध हैं।' इस उक्ति की समीक्षा प्रयोगात्मक सबूतों के आलोक में करें।
 "The relation between emotion and cognition is two-way." Reveiw this statement in light of experimental evidences
17. कैनन वार्ड के संवेग सिद्धान्त का आलोचनात्मक मूल्यांकन करें।
 Critically evaluate the Cannon-Bard theory of evaluation.
18. संवेग की मुख्य विशेषताएँ क्या है? संवेग के मापन के मुख्य विधियों का वर्णन करें।
 What are the main characteristics of emotion ? Describe the main methods of measuring emotion.
19. संवेग के कैनन-वार्ड तथा लिंडस्ले सिद्धान्त का तुलनात्मक अध्ययन करें।
 Make a comparative study of Cannon-Bard and Lindsley theory of emotion.
20. संवेग में पी जी आर के प्रमुख निर्धारकों की व्याख्या करें।
 Explain the main determinants of PGR in emotion.
21. संवेग के स्कैक्टर सिंगर सिद्धान्त का मूल्यांकन करें।
 Evaluate Schachter-Singer theory of emotion.
22. संवेग मापन की विभिन्न विधियों का वर्णन करें।
 Discuss the different methods of measuring emotion.
23. संवेग क्या है? संवेग के कैनन-वार्ड सिद्धान्त की आलोचनात्मक समीक्षा प्रस्तुत करें।
 What is emotion? Critically examine Cannon-Bard theory of emotion.
24. पी जी आर के विभिन्न निर्धारकों का वर्णन करें।
 Explain the different determinants of PGR
25. संवेग मापन की विभिन्न विधियों का विवेचना करें।
 Discuss the various methods for measuring emotion.
26. तनाव क्या है? तनाव के प्रति विभिन्न प्रतिक्रियाओं की विवेचना करें।
 What is stress? Discuss the various reactions to stress.
27. संवेग के स्कैक्टर-सिंगर सिद्धान्त का मूल्यांकन करें।
 Evaluate Schachter-Singer theory of Emotion.
28. स्कैक्टर एवं सिंगर के संवेग के सिद्धान्त में संज्ञान की भूमिका को समझाइए।
 Explain the role of cognition in Schachter and Singer's theory of emotion.
29. संवेगों में परिधीय तंत्रिका-तंत्र की भूमिका की विवेचना कीजिए।
 Discuss the role of peripheral nervous system in emotions.
30. संवेग के कैनन-वार्ड सिद्धान्त का एक आलोचनात्मक आकलन प्रस्तुत करें।
 Present a critical estimate of Cannon-Bard theory of emotion.
31. PGR से आप क्या समझते हैं? इसका मापन किस तरह से किया जाता है? स्पष्ट करें।
 What do you mean by PGR? How is it measured? Explain.

वस्तुनिष्ठ प्रश्न (Objective Questions)

1. उत्तेजित संवेगावस्था में किसकी प्रबलता अधिक होती है?
 (क) कायिक तंत्रिका तंत्र (somatic nervous system)
 (ख) केन्द्रीय तंत्रिका तंत्र (central nervous system)
 (ग) अनुकम्पी तंत्रिका तंत्र (sympathetic nervous system)
 (घ) उपअनुकम्पी तंत्रिका तंत्र (parasympathetic nervous system)
2. संवेग की उत्पत्ति में सबसे स्पष्ट भूमिका किसकी होती है?
 (क) रेटिकुलर फॉरमेशन (reticular formation) की

(ख) थैलेमस (thalamus) की।
(ग) हाइपोथैलेमस (hypothalamus) की।
(घ) गैल्वोनिक त्वक् अनुक्रिया (Galvanic skin response) की।

3. संवेग में अनुकम्पी तंत्र (sympathetic system) के उत्तेजित होने से निम्नांकित में से किसका स्राव (secretion) अधिक होता है?
(क) इन्सुलिन (insulin) की।
(ख) इपानफ्राइन (epinephrine) तथा नाराइपानफ्राइन (norepinephrine) की।
(ग) एस्ट्रोजेन (estrogen) की। (घ) एण्ड्रोजेन (androgen) की।

4. गैल्वेनिक त्वक् अनुक्रिया (Galvanic Skin response or GSR) क्या है?
(क) एक ऐसी त्वक् अनुक्रिया जिससे यह पता चलता है कि व्यक्ति का हृदय गति तीव्र हो गया है।
(ख) एक ऐसी त्वक् अनुक्रिया जिससे यह पता चलता है कि मस्तिष्क काफी क्रियाशील एवं उत्तजित है।
(ग) हथेली की त्वचा एक ऐसी अनुक्रिया है जो यह बतलाता है कि जैसे-जैसे व्यक्ति अधिक उत्तेजित होते जाता है त्वक् संचारण (skin conductance) में वृद्धि होते जाती है।
(घ) पीठ की त्वचा की एक ऐसी अनुक्रिया जो यह बतलाता है कि व्यक्ति के अधिक उत्तेजित होने पर त्वक् संचारण में कमी हो जाती हैं।

5. विजेज (Bridges) के अनुसार बच्चे में क्रोध का संवेग प्रथम बार कब उत्पन्न होता है?
(क) 3 महीने की आयु होने पर। (ख) 6 महीने की आयु होने पर।
(ग) 9 महीने की आयु होने पर। (घ) 12 महीने की आयु होने पर।

6. निम्नांकित में से किसे संवेग का एक उचित मापक नहीं माना जा सकता है?
(क) गैल्वैनिक त्वक् अनुक्रिया (GSR) (ख) रक्त चाप में परिवर्तन
(ग) शरीर के तापक्रम में परिवर्तन (घ) प्रश्नावली विधि

7. GSR की माप निम्नांकित में से किन विधियों द्वारा होती है?
(क) फेरे विधि एवं टारकैनोफ विधि (ख) फेरे विधि एवं प्रश्नावली विधि
(ग) प्रश्नावली विधि एवं टारकैनोफ विधि (घ) प्रश्नावली विधि एवं प्रेक्षण विधि

8. निम्नांकित में से किसे GSR का दैहिक निर्धारक (physiological determinant) नहीं माना जा सकता है?
(क) पेशीय क्रियाएँ (muscular activities)
(ख) रक्त संचालन से संबंद्ध क्रियाएँ (blood circulatory activities)
(ग) पसीना ग्रन्थियों से संबंद्ध क्रियाएँ (activities of sweat glands)
(घ) मस्तिष्क की क्रियाएँ (activities of brain)

9. निम्नांकित में से किस सिद्धान्त में संवेगात्मक अनुभूति का उत्पन्न होना संवेगात्मक व्यवहार पर निर्भर करता है?
(क) कैनन-वार्ड सिद्धान्त (Cannon-Bard theory)
(ख) जेम्स-लांजे सिद्धान्त (James Lange theory)
(ग) स्कैकटर-सिंगर सिद्धान्त (Schachter-Singer theory)
(घ) लीपर सिद्धान्त (Leeper's theory)

10. **निर्देशः** नीचे 10 से 13 के प्रश्नों में संवेग से एक कथन (assertion) दिया गया है तथा उस कथन का तर्क (reason) भी दिया गया है। दिये गये उत्तर कूटसंकेतों में से सही उत्तर का चयन करें।
कथनः संवेगात्मक अनुभूति एवं संवेगात्मक व्यवहार दोनों ही एक साथ होते हैं।
तर्क : संवेग की उत्पत्ति का आधार हाइपोथैलेमस तथा थैलमस की क्रियाएँ होतीं हैं।
उत्तर संकेत (Answer codes)
(क) कथन तथा तर्क दोनों ही सही है (ख) कथन सही है परन्तु तर्क गलत है
(ग) तर्क सही है परंतु कथन गलत है (घ) कथन एवं तर्क दोनों ही गलत है

11. **कथन** : आनन्दायक मनोदशा (happy mood) में हमलोग अच्छी-अच्छी बहुत सारी बाते सोचते है।
तर्क : संज्ञान संवेग से प्रभावित नहीं होता है।
उत्तर संकेत (answer codes)
(क) कथन तथा तर्क दोनों ही सही है (ख) कथन सही है परंतु तर्क गलत है
(ग) तर्क सही है परंतु कथन गलत है (घ) कथन तथा तर्क दोनों ही गलत है

12. **कथन** : दैहिक उत्तेजन के आधार पर यह पता लगाया जा सकता है कि व्यक्ति झूठ बोल रहा है या सच।
तर्क : झूठ बोलना एक तरह का संज्ञानात्मक अनुक्रिया (cognitive response) है।
उत्तर संकेत (answer codes)
(क) कथन तथा तर्क दोनों ही सही है
(ख) कथन सही है परंतु तर्क गलत है
(ग) तर्क सही हैं परंतु कथन गलत है
(घ) कथन तथा तर्क दोनों ही गलत है

13. **कथन** : संवेग में तीव्र शारीरिक परिवर्तन होते हैं
तर्क : गत अनुभूतियों के आलोक में हम इन शारीरिक परिवर्तनों के आधार पर अमुक संवेग की पहचान करते हैं।
(क) कथन तथा तर्क दोनों ही सही है
(ख) कथन सही है परंतु तर्क गलत है
(ग) तर्क सही है परंतु कथन गलत है
(घ) कथन तथा तर्क दोनों ही गलत है

14. निम्नांकित में से किस कथन को जेम्स-लांजे सिद्धान्त की आलोचना के रूप में स्वीकार किया जा सकता है?
(क) संवेगात्मक अनुभूति का होना संवेगात्मक व्यवहार पर निर्भर करता है।
(ख) संवेगात्मक अनुभूति तथा संवेगात्मक व्यवहार पर निर्भर करता है।
(ग) संवेग में हाइपोथैलेमस की महत्त्वपूर्ण भूमिका नही होती हैं।
(घ) संवेग में अन्तरावयव तथा मांसपेशियों की सक्रियता होती है।

15. जब व्यक्ति में संवेगात्मक उत्तेजन का स्तर अधिक होता है तो मस्तिष्क में किस तरह का संवेग तरंग बनता है?
(क) अल्फा तरंग (alpha wave)
(ख) बीटा तरंग (beta wave)
(ग) गामा तरंग (gamma wave)
(घ) डेल्टा तरंग (delta wave)

16. संवेग की व्याख्या करने में निम्नांकित में से किस सिद्धान्त में एल्कट्रोएन्सीफैलोग्राम (electroencephelogram) की उपयोगिता पर सबसे अधिक बल डाला गया है।
(क) लीपर के सिद्धान्त में
(ख) स्कैक्टर एवं सिंगर के सिद्धान्त में
(ग) लेजारस के सिद्धान्त में
(घ) लिडस्लेय के सिद्धान्त में

17. निम्नांकित में से किस सिद्धान्त में संवेग की व्याख्या दैहिक उत्तेजन (physiological stimulation) तथा संज्ञानात्मक मूल्यांकन (cognitive appraisal) के आधार पर की गयी है?
(क) स्कैक्टर एवं सिंगर के सिद्धान्त में।
(ख) कैनन-बार्ड के सिद्धान्त में।
(ग) लिडस्लेय के सिद्धान्त में।
(घ) मैण्डर के सिद्धान्त में।

18. 'व्यक्ति बाघ देखता है, भाग जाता है, इसलिए डर जाता है।' इस उक्ति से किस सिद्धान्त का समर्थन होता है?
(क) कैनन-वार्ड सिद्धान्त का।
(ख) स्कैक्टर सिंगर सिद्धान्त का।
(ग) लिडस्लेय के सिद्धान्त का।
(घ) जेम्स-लांजे के सिद्धान्त का।

19. जेम्स-लांजे सिद्धान्त के आलोक में निम्नांकित में से कौन कथन सही है?
(क) संवेगात्मक अनुभूति तथा संवेगात्मक व्यवहार एक-दूसरे से स्वतंत्र होते हैं।
(ख) संवेगात्मक अनुभूति होने का कारण हाइपोथैलमस है।
(ग) संवेगात्मक व्यवहार पर संवेगात्मक अनुभूति निर्भर करता है।
(घ) संवेगात्मक अनुभूति उत्पन्न होने के कारण संवेगात्मक व्यवहार होता है।

20. जेम्स-लांजे सिद्धान्त तथा कैनन-वार्ड सिद्धान्त में व्यक्त समानताएँ से सम्बन्धित कुछ कथन नीचे दिये गये हैं। इनमें से असत्य कथन कौन-सा है?
(क) दोनों ही सिद्धान्त के अनुसार उद्दीपक (stimulus) का प्रत्यक्षण अनिवार्य है।
(ख) दोनों सिद्धान्त सांवेगिक अनुभूति तथा सांवेगिक व्यवहार को संवेग का दो महत्त्वपूर्ण पहलू मानता है।
(ग) दोनों सिद्धान्त का यह मानना है कि संवेगात्मक अनुभूति व्यक्ति को उस समय होता हैं जब पेशीय तंत्रिका आवेग प्रमस्तिष्क बल्कुट में पहुँचता है।
(घ) दोनों सिद्धान्त यह मानता है कि संवेगात्मक व्यवहार अन्तरावयव (visceral organ) तथा शरीर की ऐच्छिक मांसपेशियों में उपद्रव (disturbance) के फलस्वरूप होता है।

21. रिक्त स्थानों की पूर्ति करें—
 (i) संवेग एवं अभिप्रेरण दोनों में ही व्यक्ति................व्यवहार दिखाता है।
 (ii) स्कैक्टर-सिंगर सिद्धान्त में संवेग के ....दो प्रमुख तत्त्व होते हैं।
 (iii) कैनन-बार्ड के अनुसार संवेग का केन्द्र..................होता है।
 (iv) आवाज-तनाव विश्लेषक एक तरह का...................है।
 (v) एलक्ट्रोएनसिफैलोग्राफ द्वारा.........................का रेकार्डिंग होता है।
 (vi) जब व्यक्ति शांत अवस्था में होता है तो उसके मस्तिष्क से ....तरंग प्राप्त होते हैं।
 (vii) त्वचा के प्रतिरोध (resistance) का मापन..............द्वारा होता है।
 (viii) पोलिग्राफ (polygraph) द्वारा यह पता चलता है कि व्यक्ति के ....बोलने का व्यवहार का मापन होता है।
 (ix) माइक्रोअभिव्यक्ति (microexpression) एक तरह का...............है।
 (x) जब कोई व्यक्ति अधिक मात्रा में अनुकूलक (adaptor) दिखलाता है, तो इससे यह पता चलता है कि व्यक्ति के व्यवहार में..................अधिक है।

उत्तर

1. (ग) 2. (ग) 3. (ख) 4. (ग) 5. (ख) 6. (ग) 7. (क)
8. (घ) 9. (ख) 10. (क) 11. (ख) 12. (ख) 13. (क) 14. (ख)
15. (ख) 16. (घ) 17. (क) 18. (घ) 19. (ग) 20. (ग)

21. (i) लक्षण-निर्देशित (ii) दैहिक उत्तेजन, संज्ञानात्मक मूल्यांकन (iii) हाईपोथैलेमस (iv) झूठ संसूचक (v) मस्तिष्कीय तरंग (vi) अल्फा (vii) PGR या GSR (viii) झूठ (ix) झूठ संसूचक (x) दिखावापन

अध्याय 12

मानव क्षमताएँ: बुद्धि, अभिक्षमता एवं सर्जनात्मकता
(HUMAN ABILITIES: INTELLIGENCE, APTITUDE & CREATIVITY)

निबंधात्मक या दीर्घ-उत्तरीय प्रश्न (Essay or Long Answer Questions)

1. बुद्धि की एक परिभाषा दें। इसके प्रमुख प्रकारों का वर्णन करें।
 Define intelligence. Describe its major types.
2. अमूर्त बुद्धि तथा मूर्त बुद्धि में क्या अंतर है? बुद्धि का मापन कैसा होता है?
 What is the difference between abstract intelligence and concrete intelligence? How is intelligence measured?
3. बुद्धि लब्धि तथा विचलन बुद्धि लब्धि के अन्तर को सोदाहरण समझावें।
 With examples, make distinction between intelligence quotient and deviation intelligence quotient.
4. उदाहरण के साथ स्पीयरमैन द्वारा प्रस्तावित बुद्धि के द्विकारक सिद्धान्त की आलोचनात्मक व्याख्या करें।
 With examples, present a critical explanation of Spearman's two-factor theory of intelligence.
5. थर्सटन द्वारा प्रस्तावित बुद्धि के समूह कारक सिद्धान्त की आलोचनात्मक व्याख्या करें।
 Critically explain Thurstone's group factory of intelligence.
6. उदाहरण के साथ तरल बुद्धि तथा ठोस बुद्धि में अन्तर करें।
 With examples, make distinction between liquid intelligence and crystallized intelligence.
7. गिलफोर्ड के त्रिविमिय मॉडल की आलोचनात्मक व्याख्या करें।
 Critically explain the tridimensional model of Guilford.
8. गार्डनर द्वारा प्रस्तावित बहु-बुद्धि के सिद्धान्त की आलोचनात्मक व्याख्या करें।
 Critically explain the Multi-intelligence theory proposed by Gardner.

9. स्टर्नवर्ग द्वारा प्रस्तावित बुद्धि के सिद्धान्त की आलोचनात्मक व्याख्या करें।
Critically explain the theory of intelligence proposed by Sternberg.

10. व्यक्ति की बुद्धि में हुई विभिन्नता का कारण आप किसे मानते हैं—आनुवंशिकता या पर्यावरण? प्रयोगात्मक सबूत के साथ उत्तर दें।
Which factor do you consider responsible for difference in intelligence—heredity or environment? Answer with experimental evidences.

11. बुद्धि की वंशागतिशीलता से आप क्या समझते हैं? इसका मनोवैज्ञानिक आशय बतलावें।
What do you mean by heritability of intelligence? Present its psychological implication.

12. अभिक्षमता परीक्षण के विभिन्न प्रकारों का वर्णन करें।
Describe the different types of aptitude test.

13. सर्जनात्मकता तथा बुद्धि में अन्तर करें। सर्जनात्मकता का मापन किस तरह से किया जाता है?
Make distinctioin between creativity and intelligence. How is creativity measured?

14. निम्नांकित पर संक्षिप्त नोट लिखें (Write short notes on the following)
(i) सर्जनात्मकता के पहलू (Aspects of creativity)
(ii) बुद्धि का गिल्फोर्ड मॉडल (Guilford model of intelligence)
(iii) बुद्धि का पदानुक्रमिक मॉडल (Hierachical model of intelligence)
(iv) वंशानुगतिशीलता अनुपात (Heritability ratio)

15. स्पीयरमैन के द्विकारकीय बुद्धि सिद्धान्त पर एक लेख लिखें।
Write an essay on Spearman's two factor theory of intelligence.

16. कारक द्विकारकों के आलोक में बुद्धि के स्वरूप की विवेचना करें।
Discuss the nature of intelligence in the light of factor theories.

17. संक्षिप्त नोट लिखें—
Write short notes on the following :
(i) गाडर्नर का बुद्धि सिद्धान्त (Gardner theory of intelligence)
(ii) सर्जनात्मकता का स्वरूप (Nature of Creativity)

18. सर्जनात्मकता के स्वरूप की व्याख्या करें। सर्जनात्मकता एवं बुद्धि के बीच सम्बन्धों को बतलावें।
Explain the nature of creativity. Bring out the relationship between creativity and intelligence.

19. बुद्धि क्या है? बुद्धि मापन की प्रविधि के रूप में प्रक्षेपण विधि की उपयोगिताओं की चर्चा करें।
What is intelligence ? Evaluate the utility of projective techiques in the measurement of intelligence.

20. बुद्धि एवं सर्जनात्कता के बीच संबंध की विवेचना कीजिए।
Discuss the relationship between intelligence and creativity.

21. संवेगात्मक बुद्धि की अवधारणा को स्पष्ट करें।
Explain the concept of emotional intelligence.

22. बुद्धि का क्या अर्थ है? बुद्धि के बहुविमीय सिद्धान्तों का संक्षिप्त वर्णन कीजिए।
What is meant by intelligence? Briefly describe the multidimentional theories of intelligence.

वस्तुनिष्ठ प्रश्न (Objective Questions)

1. वेक्सलर ने बुद्धि को परिभाषित करने में किस उपागम (approach) का सहारा लिया है?
(क) आणविक उपागम (atomistic approach)
(ख) सार्वजिक उपागम (global approach)
(ग) मोलर उपागम (molar approach)
(घ) मनोमितिक उपागम (psychometric approach)

2. एक सफल पेन्टर (painter) में किस तरह की बुद्धि की प्रबलशीलता होता है?
(क) अमूर्त्त बुद्धि (abstract intelligence) की। (ख) मूर्त बुद्धि (concrete intelligence) की।
(ग) सामाजिक बुद्धि (social intellignece) की। (घ) तरल बुद्धि (liquid intelligence) की।

3. मानसिक आयु के सम्प्रत्यय को किसमें महत्त्वहीन समझा गया है?
(क) बुद्धि लब्धि (intelligence quotient) में।
(ख) विचलन बुद्धि लब्धि (deviation intelligence quotient) में।
(ग) कुशलता सूचकांक (index brightness) में।
(घ) मानक प्राप्तांक (standard score) में।

4. अगर किसी व्यक्ति का बुद्धि मानक प्राप्तांक (intelligence standard score) $+2\sigma$ हो, तो उसका विचलन बुद्धि लब्धि (deviation IQ) यदि माध्य = 100 तथा मानक विचलन =15 हो, तो कितना होगा?
(क) 85 (ख) 115 (ग) 130 (घ) 145

5. "बुद्धि का स्वरूप बिजली के समान होता है जिसे मापना आसान है परन्तु परिभाषित करना मुश्किल है।" यह उक्ति किनका है?
(क) स्पीयर मैन (Spearman) (ख) जेनसन (Jenson)
(ग) बिने (Binet) (घ) गार्डनर (Gardner)

6. सबसे पहला बुद्धि परीक्षण निम्नांकित में से कौन है?
(क) वेक्सलर बुद्धि परीक्षण (Wechsler intelligence scale)
(ख) बिने साइमन परीक्षण (Binet-Simon test)
(ग) रैवेन प्रोग्रेसिव मैट्रिसेज (Raven's Progressive Matrices)
(घ) गुडएनफ ड्रा-मैन-परीक्षण (Goodenough Draw-A-Man test)

7. वेक्सलर बुद्धि परीक्षण को आप किस तरह की श्रेणी में रखेंगे?
(क) शाब्दिक परीक्षण (verbal test)
(ख) कियात्मक परीक्षण (performance test)
(ग) अशाब्दिक परीक्षण (non-verbal test)
(घ) शाब्दिक क्रियात्मक परीक्षण (verbal performance test)

8. सही सुमेल बतलाये—

परीक्षण	*प्रकार*
(अ) रैवेन प्रोग्रेसिव मैट्रीसेज	(च) शाब्दिक परीक्षण
(ब) बिने साईमन परीक्षण	(छ) अशाब्दिक परीक्षण
(द) पास अलॉग परीक्षण	(ज) क्रियात्मक परीक्षण

दिये गए कूटसंकेतों (codes) के आधार पर उत्तर दें—
(क) अ तथा ज (ख) ब तथा छ
(ग) स तथा च (घ) अ तथा छ

निर्देश: एकांश संख्या 9 से 13 तक में एक-एक कथन (assertion) दिया गया है तथा उनका एक-एक तर्क (reasoning) भी दिया गया। प्रत्येक एकांश के दिये गए कूटसंकेतों (codes) में से सही उत्तर का चयन करें।

9. कथन (assertion)—अधिक बुद्धि वाले व्यक्ति सभी तरह की परिस्थितियों में उत्तम निष्पादन (performance) दिखाते हैं।
तर्क (reasoning)—बुद्धि के निर्धारण में g-कारक की वर्चस्व होता है।
उत्तर संकेत (Answer codes)
(क) कथन और तर्क दोनों ही सही है। (ख) कथन सही है परंतु तर्क गलत है।
(ग) तर्क सही है परन्तु कथन गलत है। (घ) कथन तथा तर्क दोनों ही गलत है।

10. कथन (assertion)—कुशाग्र बुद्धि वाले व्यक्ति सर्जनात्मक (creative) होते हैं।
तर्क (reasoning)—बुद्धि तथा सर्जनात्मकता में धनात्मक संबंध होता है।
उत्तर संकेत (Answer codes)
(क) कथन और तर्क दोनों ही सही है। (ख) कथन सही है परंतु तर्क गलत है।
(ग) तर्क सही है परंतु कथन गलत है। (घ) कथन और तर्क दोनों ही गलत है।

11. कथन (assertion)—कुशाग्र बुद्धि वाले माता-पिता के बच्चे भी तीव्र बुद्धि के होते हैं।
तर्क (reasoning)—बुद्धि का निर्धारिण आनुवंशिक (hereditary) कारकों से होता है।
उत्तर संकेत (Answer codes)
(क) कथन और तर्क दोनों ही सही है। (ख) कथन सही है परंतु तर्क गलत है।
(ग) तर्क सही है परंतु कथन गलत है। (घ) कथन और तर्क दोनों ही गलत है।

12. कथन (assertion)—प्रथम जन्म क्रम वाले बच्चे की बुद्धि बाद के जन्मक्रम वाले बच्चों की अपेक्षा प्रखर होती हैं।
तर्क (reaosning)—व्यक्ति की बुद्धि पर पर्यावरण का प्रभाव पड़ता हैं।
उत्र्तर संकेत (Answer codes)
(क) कथन और तर्क दोनों ही सही है। (ख) कथन सही है परंतु तर्क गलत है।
(ग) तर्क सही है परंतु कथन गलत है। (घ) कथन और तर्क दोनों ही गलत है।

13. कथन (assertion)—संगीतज्ञ (musician) तीव्र बुद्धि के होते हैं।
तर्क (reasoning)—व्यक्ति की बुद्धि में S कारक की प्रधानता होती है।
उत्तर संकेत (Answer codes)
(क) कथन और तर्क दोनों ही सही है। (ख) कथन सही है परंतु तर्क गलत है।
(ग) तर्क गलत हैं और परंतु कथन सही है। (घ) कथन और तर्क दोनों ही गलत है।

14. निम्नांकित में से किससे अभिवृत्ति (aptitude) की माप नहीं होती है?
(क) DAT (ख) GATB
(ग) RAT (ग) FACT

15. जेनसन (Jenson) के शोधों के आलोक में निम्नांकित में से कौन कथन सत्य है?
(क) बुद्धि में परिवर्तनशीलता का 80% कारण पर्यावरण तथा 20% कारण आनुवंशिकता (heredity) होता है।
(ख) बुद्धि में परिवर्तनशीलता (variability) का 80% कारण आनुवंशिकता तथा 20% कारण पर्यावरण होता है।
(ग) बुद्धि में परिवर्तनशीलता का निर्धारण 50% आनुवंशिक कारकों से तथा 50% पर्यावरण कारकों से होता है।
(घ) बुद्धि में परिवर्तनशीलता का निर्धारण 60% आनुवंशिक कारकों से तथा 40% पर्यावरणी कारकों से होता है।

16. सम्मिलन सिद्धान्त (confluence theory) के आलोक में निम्नांकित में से कौन कथन सत्य है?
(क) अंतिम जन्मक्रम वाले बच्चे की बुद्धि तीव्र होती है।
(ख) मध्य जन्मक्रम वाले बच्चे की बुद्धि मन्द होती है।
(ग) प्रथम जन्मक्रम वाले बच्चे की बुद्धि सबसे अधिक तीव्र होती है।
(ग) प्रथम जन्मक्रम वाले बच्चे की बुद्धि दूसरे जन्मक्रम वाले बच्चे की तुलना में तीव्र परंतु अन्तिम जन्मक्रम वाले बच्चे की बुद्धि की तुलना में मन्द होती है।

17. यदि $V_T = 4$ हो तथा $V_C = 3$ हो तो H कितना होगा?
(क) 1.25 (ख) 0.75 (ग) 1.50 (घ) 0.65

18. नर्तकी में निम्नांकित में किसकी प्रधानता अधिक होती है?
(क) सांगीतिक बुद्धि (musical intelligence) (ख) व्यक्तिगत बुद्धि (personal intelligence)
(ग) शारीरिक-गतिक बुद्धि (body-kinetic intelligence)
(घ) तरल-बुद्धि (liquid intelligence)

19. कैटेल के अनुसार निम्नांकित में से कौन कथन सत्य हैं?
(क) बुद्धि में 'g' एवं 's' दो प्रधान कारक होते है।
(ख) बुद्धि का स्वरूप तरल (liquid) एवं ठोस (crystallized) दोनों ही होता है।
(ग) बुद्धि अंशतः जनमजात तथा अंशतः अर्जित होती है।
(घ) बुद्धि सिर्फ दो प्रकार का होता है—भाषीय (linguistic) तथा स्थानिक (spatial)

20. दिये गये आकृतियों या चित्रों को मानसिक रूप से परिवर्तन करने की क्षमता को कहा जाता है—
(क) अमूर्त क्षमता (abstract ability) (ख) स्थानिक क्षमता (spatial ability)
(ग) प्रत्यक्षज्ञानात्मक गति क्षमता (perceptual speed ability)
(घ) तर्क क्षमता (reasoning ability)

21. रिक्त स्थानों की पूर्ति करें—
   (i) गिलफोर्ड मॉडल में बुद्धि के कुल...............कारक होते हैं।
   (ii) 'g' कारक एक..................है।
   (iii) ठोस बुद्धि (crystallized intelligence) का स्वरूप...............होता है।
   (iv) पदानुक्रमिक मॉडल में सबसे ऊपरी स्तर पर ....कारक को रखा गया है।
   (v) गार्डनर के अनुसार बुद्धि के ....कारक होते हैं।
   (vi) विचलन बुद्धि लब्धि में ....के संप्रत्यय का महत्त्व नहीं होता है।
   (vii) V_T में V_G का योगदान अधिक होने से H का अनुपात.................होता है।
   (viii) रैवेन प्रोग्रेसिव मैट्रिसेज एक तरह का ....बुद्धि परीक्षण है।
   (ix) एकांड़ी जुड़वाँ बच्चों की आनुवंशिकता...............प्रतिशत समरूप होती है।
   (x) RAT द्वारा ....की माप होती है।

उत्तर

1. (ख) 2. (क) 3. (ख) 4. (ग) 5. (ख) 6. (ख) 7. (घ)
8. (घ) 9. (क) 10. (ख) 11. (घ) 12. (क) 13. (घ) 14. (ग)
15. (ख) 16. (ग) 17. (ख) 18. (ग) 19. (ख) 20. (ख)
21. (i) 150 (ii) जन्मजात (iii) अर्जित (iv) g (v) छह
(vi) मानसिक आयु (vii) बड़ा (viii) अशाब्दिक (ix) शत-प्रतिशत (x) सर्जनात्मकता

अध्याय 13

व्यक्तित्व
(PERSONALITY)

निबंधात्मक या दीर्घ-उत्तरीय प्रश्न (Essay or Long Answer Questions)

1. व्यक्तित्व की परिभाषा दें तथा इसके स्वरूप पर प्रकाश डालें।
   Define personality and throw light upon its nature.
2. व्यक्तित्व के प्रकार उपागम की आलोचनात्मक व्याख्या करें।
   Present a critical explanation of type approach to personality.
3. व्यक्ति के शीलगुण उपागम की आलोचनात्मक व्याख्या करें।
   Present a critical explanation of trait approach to personality.
4. निम्नलिखित पर संक्षिप्त नोट लिखें—
   Write short notes on the following—
   (i) भावमूलक उपागम (idiographic approach)
   (ii) नियमान्वेषी उपागम (nomothetic approach)
   (iii) दी बिग फाईब का शीलगुण संप्रत्यय (trait concept of the Big five)
5. व्यक्तित्व के मापन के रूप में प्रक्षेपण विधियों का मूल्यांकन करें।
   Evaluate the projective methods as measures of personality.
6. व्यक्तित्व मापन से आत्म-निवेदन आविष्कारिकाओं के महत्त्व का मूल्यांकन करें।
   Evaluate the importance of self-report inventories in the measurement of personality.
7. व्यक्तित्व के जैविक निधारिकों का उदाहरण सहित वर्णन करें।
   Describe, with examples, the biological determinants of personality.

8. व्यक्तित्व के पर्यावरणीय निर्धारकों का उदाहरण सहित वर्णन करें।
Describe, with example, the environmental determinants of personality.
9. निम्नलिखित पर संक्षिप्त नोट लिखें (Write short notes on the following)
(अ) रोशार्क परीक्षण (Rorschach Test)
(ब) विषय आत्मबोधन परीक्षण (Thematic Apperception Test)
(स) प्रेक्षण विधि (Observation method)
10. व्यक्तित्व सिद्धान्त के स्वरूप का वर्णन करें। व्यक्तित्व सिद्धान्तों के मूल्यांकन के मुख्य कसौटी का उदाहरण सहित उल्लेख करें।
Describe the nature of personality theories. Describe, with example, the major criteria for evaluating personality theories.
11. उन महत्त्वपूर्ण पूर्वकल्पनाओं का वर्णन करें जिनपर व्यक्तित्व सिद्धान्तों में विभिन्नता पाई जाती है।
Describe those assumptions over which personality theories differ.
12. फ्रायड द्वारा प्रतिपादित व्यक्ति के मनोविश्लेषणात्मक सिद्धान्त की आलोचनात्मक व्याख्या करें।
Critically explain Psychoanalytic theory of personality as proposed by Sigmund Freud.
13. व्यक्तित्व के आकारात्मक मॉडल तथा गत्यात्मक या संरचनात्मक मॉडल का तुलनात्मक अध्ययन करें।
Make a comparative study of topographical and dynamic or structural model personality.
14. एडलर द्वारा प्रतिपादित व्यक्तित्व सिद्धान्त की आलोचनात्मक व्याख्या करें।
Present a critical explanation of theory of personality proposed by Adler.
15. युंग द्वारा प्रतिपादित व्यक्तित्व सिद्धान्त की आलोचनात्मक व्याख्या करें।
Present a critical explanation of theory of personality proposed by Jung.
16. अचेतन के मुद्दे पर फ्रायड एवं युंग के विचारों का एक तुलनात्मक अध्ययन करें।
Make a comparative study of Freud and Jung on the issue of unconscious.
17. फ्रायड, एडलर एवं युंग द्वारा प्रतिपादित व्यक्तित्व सिद्धान्तों का तुलनात्मक व्याख्या करें।
Make a comparative study of theories of personality by Freud, Adler & Jung.
18. इरिक्सन द्वारा प्रतिपादित व्यक्तित्व सिद्धान्त की आलोचनात्मक व्याख्या प्रस्तुत करें।
Present a critical explanation of theory of personality proposed by Erikson.
19. फ्रायड एवं इरिक्सन के व्यक्तित्व सिद्धान्तों का एक तुलनात्मक अध्ययन प्रस्तुत करें।
Present a comparative study of theories of personality by Erikson and Freud.
20. हार्नी मर्रे द्वारा प्रतिपादित व्यक्तित्व की आवश्यकता सिद्धान्त की आलोचनात्मक व्याख्या करें।
Present a critical explanation of theory of personality proposed by Horney Murry.
21. गौर्डन आलपोर्ट द्वारा प्रतिपादित व्यक्तित्व के शीलगुण सिद्धान्त की आलोचनात्मक व्याख्या करें।
Present a critical explanation of trait theory of personality as proposed by Gorden Allport.
22. फ्रायड एवं आलपोर्ट द्वारा प्रतिपादित व्यक्तित्व सिद्धान्तों का तुलनात्मक अध्ययन करें।
Make a comparative study of theories of personality as proposed by Freud and Allport.
23. कर्टलेविन द्वारा प्रतिपादित व्यक्तित्व के सिद्धान्त की आलोचनात्मक व्याख्या करें।
Present a critical explanation of theory of personality proposed by Kurt Lewin.
24. कैट्टेल्ल द्वारा प्रतिपादित व्यक्तित्व के सिद्धान्त की समीक्षा करें।
Review the theory of personality as proposed by Cattell.
25. कार्ल रोजर्स द्वारा प्रतिपादित व्यक्तित्व के सांवृत्तिक सिद्धान्त की आलोचनात्मक व्याख्या करें।
Present a critical explanation of phenomenological theory of personality.
26. एब्राहम मैसलो द्वारा प्रतिपादित व्यक्तित्व में मानवतावादी सिद्धान्त की आलोचनात्मक व्याख्या करें।
Present a critical explanation of humanistic theory of personality as proposed by Abraham Maslow.
27. अलबर्ट वैण्डुरा द्वारा प्रतिपादित व्यक्तित्व के संज्ञानात्मक सीखना सिद्धान्त की आलोचनात्मक व्याख्या करें।
Present a critical explanation of cognitive learning theory of personality as proposed by Albert Bandura.

28. अर्जित निस्साहयता क्या है? व्यक्तित्व के स्वरूप को समझने में इस सम्प्रत्यय की भूमिका बतलावें।
What is learned helpnessness? Explain its role in understanding the nature of personality.

29. निम्नलिखित पर संक्षिप्त नोट लिखें (Write short on the following).
(i) अर्जित निस्सहायता (learned helplessness)
(ii) विषाद (depression)
(iii) संगतता विरोधाभास (consistency paradox)
(iv) तुष्टि का विलम्ब (delay of gratification)

30. वैण्डुरा द्वारा प्रस्तावित व्यक्तित्व के सामाजिक सीखने के सिद्धान्त का व्याख्या करें।
Explain social learning theory of personality as proposed by Bandura.

31. व्यक्तित्व के प्रक्षेपी विधियों के लाभ एवं अलाभ का वर्णन करें।
Discuss the advantages and disadvantages of projective methods of measuring personality.

32. ''व्यक्तित्व का इतिहास ही व्यक्तित्व है।'' इस उक्ति की समीक्षा मर्रे द्वारा प्रतिपादित व्यक्तित्व सिद्धान्त के आलोक में करें।
"The history of personality is the Personality." Discuss the statement in light of Murray's theory of personality.

33. इरिक्सन के अनुसार, ''व्यक्तित्व का विकास मनोसामाजिक अवस्थाओं के द्वारा होता है।'' इस कथन का संक्षेप में परख कीजिए।
Erikson is of view that Personality development occurs through the psychosocial stages. Examine this statement briefly.

34. ''शीलगुण व्यक्तित्व का केन्द्रीय इकाई है।'' कैट्टेल्ल के इस कथन का परख कीजिए।
"Trait is the central unity of personality". Examine this statement of Cattell.

35. मैसलो एवं रोजर्स के व्यक्तित्व सिद्धान्तों का संदर्भ देते हुए व्यक्तित्व के मानवतावादी उपागम के प्रमुख मतों को स्पष्ट कीजिए।
Referring to Maslow and Rogers' theories of personality illucidate the main tenets of humanistic approach of personality.

36. क्या प्रक्षेपण प्रविधियों द्वारा व्यक्तित्व मूल्यांकन विश्वसनीय एवं वैद्य है? समीक्षा करें।
Whether or not assessment of personality through projective techniques is reliable and valid. Comment.

वस्तुनिष्ठ प्रश्न (Objective Questions)

1. व्यक्तित्व के जिस उपागम (approach) में व्यक्ति विशेष के व्यवहारों को समझने तथा विभिन्न परिस्थितियों में उनके होने वाले व्यवहारों का पूर्वकथन करने पर बल डाला जाता है, उसे कहा जाता है—
(क) भावमूलक उपागम (idiographic approach) (ख) नियमान्वेषी उपागम (cardinal trait)
(ग) संज्ञानात्मक उपागम (cognitive approach) (घ) शीलगुण उपागम (trait approach)

2. सिकन्दर महान के व्यक्तित्व का एक महत्त्वपूर्ण शीलगुण उच्च आकांक्षा (aspiration) था। उनके इस शीलगुण को किस श्रेणी का शीलगुण कहा जाएगा?
(क) केन्द्रीय शीलगुण (central trait) (ख) कार्डिनल शीलगुण (cardinal trait)
(ग) गौण शीलगुण (secondary trait) (घ) स्रोत शीलगुण (source trait)

3. व्यक्तित्व का एक नियम कुछ ऐसा होता है जो शीलगुणों, मूल्यों एवं अभिप्रेरणों को संगठित करते हैं। ऐसे नियम को आलपोर्ट (Allport) ने क्या कहा है?
(क) केन्द्रीय शीलगुण (central trait) (ख) कार्डिनल शीलगुण (cardinal trait)
(ग) अहं (ego) (घ) प्रोप्रियम (proprium)

4. किसी वृक्ष का विकास एवं वर्धन (growth) उनके उत्तम बीज के कारण होता है। परंतु जब वह वृक्ष पूर्णतः परिपक्व हो जाता है, या बड़ा हो जाता है तो वह अपने विकास एवं वर्धन के लिए बीज पर आधारित नहीं होता है। इससे निम्नांकित में से किस नियम (principle) पर प्रकाश पड़ता है?
   (क) प्रबलता का नियम (principle of prepotency)
   (ख) संधि का नियम (principle of fusion)
   (ग) पूरक का नियम (principle of susidiation)
   (घ) कार्यात्मक स्वायत्तता का नियम (principle of functional autonomy)
5. 'व्यक्तित्व के इतिहास ही स्वयं व्यक्तित्व होता है।' (The history of personality is the personality)। इस उक्ति से संबंध निम्नांकित में से किस सिद्धान्त से है?
   (क) फ्रायड का सिद्धान्त (ख) मर्रे का सिद्धान्त
   (ग) आलपोर्ट का सिद्धान्त (घ) इरिक्सन का सिद्धान्त
6. प्राप्य या सुलभ स्मृति (available memory) का दूसरा नाम क्या है?
   (क) चेतन (conscious) (ख) अर्द्धचेतन (subconscious)
   (ग) व्यक्तिगत अचेतन (personal unconscious) (घ) सामूहिक अचेतन (collective unconscious)
7. एक भ्रष्ट नेता द्वारा भ्रष्टाचार के विरोध में भाषण देना निम्नांकित में से किस रक्षा प्रक्रम (defence mechanism) का उदाहरण है?
   (क) यौक्तिकीकरण (rationalization) (ख) प्रतिक्रिया निर्माण (reaction formation)
   (ग) प्रतिगमन (regression) (घ) प्रक्षेपण (projection)
8. सामाजिक अभिरुचि मनोवैज्ञानिक स्वास्थ्य का बैरोमीटर होता है। यह उक्ति किनकी थी?
   (क) एडलर (Alder) (ख) फ्रोम्म (Fromm)
   (ग) युंग (Jung) (घ) हार्नी (Horney)
9. कैरेन हार्नी के अनुसार मौलिक चिन्ता (basic anxiety) के संप्रत्यय का विकास किस अवस्था में होता है?
   (क) बाल्यावस्था में। (ख) किशोरावस्था में।
   (ग) वयस्कावस्था में। (घ) वृद्धावस्था में।
10. सुलिभान के अनुसार निर्वासन (ostracism) के संप्रत्यय का विकास किस अवस्था में होता है?
   (क) प्रारम्भिक किशोरावस्था (early adolescence) (ख) प्राक् किशोरावस्था (preadolescence)
   (ग) बाल्यावस्था (childhood) (घ) तरुणावस्था (Juvenile era)
11. फ्रायड के अनुसार समलिंगकामुकता (homosexuality)—
   (क) एक सामान्य प्रक्रिया है।
   (ख) एक असामान्य प्रक्रिया है।
   (ग) एक सामान्य एवं सर्वव्यापक (universal) प्रक्रिया है।
   (घ) एक सामान्य एवं कुछ खास प्रजाति तक सीमित प्रक्रिया है।
12. 'इरिक्सन के तीन आर' (Erikson Three R'S) में निम्नांकित में से किसे शामिल नहीं किया जा सकता है।
   (क) कर्मकांडता (ritualization) (ख) कर्मकांड (ritual)
   (ग) कर्मकांडवाद (ritualism) (घ) कर्मकांडिता (rituality)
13. व्यक्ति-परिस्थिति वाद-विवाद (person-situation controversy) में आप स्कीन्नर को किस तरफ रखेंगे?
   (क) व्यक्ति पर बल डालने वाले मनोवैज्ञानिक
   (ख) परिस्थिति पर बल डालने वाले मनोवैज्ञानिक
   (ग) व्यक्ति तथा परिस्थिति के अन्तःक्रिया (interaction) पर बल डालने वाले मनोवैज्ञानिक
   (घ) उपर्युक्त तीनों में से किसी भी श्रेणी में नहीं।
14. रोजर्स (Rogers) के अनुसार आत्म-संप्रत्यय (self-concept)—
   (क) जैविक आत्मन् (organismic self) का एक भाग होता है।
   (ख) आत्म-सिद्धि (self-actualization) का एक भाग होता है।
   (ग) आदर्श-आत्मन् (ideal self) का एक भाग होता है।
   (घ) आत्म-पुनर्बलन (self-reinforcement) का एक प्रधान हिस्सा होता है।

15. अर्जित निस्सहायता (learned helplessness) को सेलिगमैन ने

(क) विषाद (depression) का एक लक्षण माना है। (ख) विषाद का एक कारण माना है।

(ग) विषाद का एक परिणाम माना है (घ) विषाद का एक भाग (part) है।

16-19 निर्देश : नीचे 16 से 19 तक के प्रश्नों में व्यक्तित्व के विभिन्न क्षेत्रों से एक-एक कथन (assertion) दिया गया है तथा उसके साथ प्रत्येक का एक-एक तर्क (reason) भी दिया गया है। दिये गये उत्तर कूटसंकेतों (codes) में से सही उत्तर का चयन करें।

16. कथन : व्यक्तित्व का विकास में बाल्यवास्था की अनुभूतियाँ महत्त्वपूर्ण होती है।

तर्क : व्यक्तित्व का इतिहास ही व्यक्तित्व होता है।

उत्तर संकेत (Answer codes)

(क) कथन तथा तर्क दोनों ही सही है। (ख) कथन सही है परंतु तर्क गलत है।

(ग) कथन गलत है परंतु तर्क सही है। (घ) कथन तथा तर्क दोनों ही गलत है

17. कथनः उत्तम मानसिक स्वास्थ्य वाले व्यक्ति की सामाजिक अभिरुचि विस्तृत होती है।

तर्क : मानसिक स्वास्थ्य विभिन्न तरह की अभिरूचि को जन्म देता है।

उत्तर संकेत (Answer codes)

(क) कथन तथा तर्क दोनों सही है। (ख) कथन सही हैं परंतु तर्क गलत है।

(ग) कथन गलत है परंतु तर्क सही है। (घ) कथन एवं तर्क दोनों ही गलत है।

18. कथनः अर्जित निस्सहायता (learned helplessness) में प्राणी को परिणाम पर नियंत्रण नहीं रहता है।

तर्क : अर्जित निस्सहायता विषाद (depression) का जोखिम कारक (risk factor) होता है।

उत्तर संकेत (Answer codes)

(क) कथन तथा तर्क दोनों ही सही है। (ख) कथन सही है परंतु तर्क गलत है।

(ग) कथन गलत है परंतु तर्क'सही है। (घ) कथन एवं तर्क दोनों ही गलत है।

19. कथनः व्यक्ति का वर्तमान अभिप्रेरक उसके व्यवहार का मुख्य निर्धारक होता है।

तर्क : वर्तमान अभिप्रेरक की उत्पत्ति गत इच्छाओं एवं अभिप्रेरकों से स्वतंत्र होता है।

उत्तर संकेत (Answer codes)

(क) कथन तथा तर्क दोनों ही सही है। (ख) कथन सही है परंतु तर्क गलत है।

(ग) कथन गलत है परंतु तर्क सही है। (घ) कथन तथा तर्क दोनों ही गलत हैं।

20. 'खाओ पीओ और मौज करो' की ओर व्यक्तित्व का कौन-सा हिस्सा आपको आकर्षित करता है?

(क) उपाह (ख) अहम्

(ग) पराह (घ) अहम् आर्दश (ego ideal)

21. रिक्त स्थानों की पूर्ति करें—

(i) व्यक्तित्व का इतिहास ही...............होता है।

(ii) ....को मनोवैज्ञानिक स्वास्थ्य का बैरोमीटर कहा जाता है।

(iii) ....वाले व्यक्ति में प्रतिस्पर्द्धता तथा उपलब्धि अभिप्रेरक प्रबल होता है।

(iv) ....को विषाद (depression) का एक जोखिम कारक कहा गया है।

(v) सामूहिक अचेतन का क्षेत्र व्यक्तिगत अचेतन से अधिक................होता है।

(vi) पीढ़ी-दर पीढ़ी से चली आ रही बातें.....................में संयोजित होती है।

(vii) हार्नी (Horney) के अनुसार सुरक्षा की आवश्यकता तुष्टि की आवश्यकता से अधिक ....होता है।

(viii) लोगों के प्रति झुकने की प्रवृत्ति से....................प्रकार के व्यक्तित्व की उत्पत्ति होती है।

(ix) व्यक्ति जितना ही स्वतंत्रता प्राप्त करने की कोशिश करता है, उसमें उतना ही...........एवं............की भावना तीव्र होती है।

(x) कार्यात्मक स्वायत्तता (functional autonomy) के संप्रत्यय का विकास...............द्वारा किया गया है।

उत्तर

1. (क) 2. (ख) 3. (घ) 4. (घ) 5. (ख) 6. (ख) 7. (ख)
8. (क) 9. (क) 10. (घ) 11. (ग) 12. (घ) 13. (ख) 14. (क)
15. (ख) 16. (क) 17. (ख) 18. (क) 19. (क) 20. (क)
21. (i) व्यक्तित्व (ii) सामाजिक अभिरुचि (iii) द्वितीय जन्मक्रम (iv) अर्जित निस्सहायता
(v) बड़ा (vi) सामूहिक चेतन (vii) प्रबल (viii) फरियादी
(ix) असुरक्षा एवं अकेलापन (x) आलपोर्ट

अध्याय 14

नूतन या आधुनिक प्रकृति
(RECENT TREND)

निबंधात्मक या दीर्घ-उत्तरीय प्रश्न (Essay or Long Answer Questions)

1. चेतन की परिवर्तित अवस्था का अर्थ बतलावें। इसकी प्रमुख विशेषताओं पर प्रकाश डालें।
Give the meaning of altered state of consciousness. Throw light upon its characteristics.
2. निद्रा के प्रमुख प्रकार बतलावें तथा नींद की आवस्थाओं का वर्णन करें।
Describe the major types of sleep and discuss its stages.
3. हमलोग क्यों सोते हैं? प्रमुख निद्रा रोगों का वर्णन करें।
Why do we sleep? Describe the major types of sleep disorders.
4. स्वप्न के बारे में विभिन्न मनोवैज्ञानिक विचारधाराओं की विवेचना करें।
Describe the different psychological viewpoints about dream.
5. निम्नलिखित पर संक्षिप्त नोट लिखें (Write short notes on the following)
(i) स्वप्न पर आयु तथा यौन का प्रभाव (Impact of age and sex upon dream)
(ii) REM नींद NREM नींद में अंतर (Distinction between REM and NREM sleep)
(iii) निद्रावंचन का प्रभाव (Effect of sleep-deprivation)
6. अनुभवातीत मनन से आप क्या समझते है? इसमें उत्पन्न परिवर्तनों तथा इसके लाभों का वर्णन करें।
What do you mean by Transcendental Meditation? Describe the physiological changes induced by it and also its advantages.
7. सम्मोहन से आप क्या समझते हैं? व्यक्ति की चेतना में सम्मोहन की अवस्था में होने वाले परिवर्तनों का वर्णन करें।
What do you mean by hypnosis? Describe the changes that do take place in the consciousness during the hypnosis.
8. किन व्यक्तियों को सम्मोहित किया जा सकता है? सम्मोहन के प्रमुख सिद्धान्तों का वर्णन करें।
Who can be hypnotized? Describe the major theories of hypnosis.
9. संवेदी वंचन तथा संवेदी अतिउत्तेजन में अंतर करें। व्यक्ति के चेतना पर संवेदी वंचन के पड़ने वाले प्रभावों का वर्णन करें।
Make distinction between sensory deprivation and sensory overload. Describe the impact of sensory deprivation upon the consciousness of the person.
10. निम्नलिखित पर संक्षिप्त नोट लिखें (Write short notes on the following) :
(क) बायोफिड बैक (biofeed back)
(ख) औषध-उत्पन्न परिवर्तन (drug-induced change)

11. मनोसक्रिय औषध के विभिन्न प्रकारों एवं व्यक्ति पर उनके पड़ने वाले प्रभावों का वर्णन करें।
Describe the different types of psychoactive drugs and their effect upon the individual.

12. औषध दुरुपयोग के प्रमुख मनोवैज्ञानिक प्रक्रमों का वर्णन करें। औषध प्रभाव के मनोविज्ञान पर प्रकाश डालें।
Describe the major psychological mechanisms of drug abuse. Throw light upon the impact of psychology of drug effect.

13. औषध दुरुपयोग के निवारण तथा उपचार की विधियों का वर्णन करें। मनोसक्रिय औषधों के सामाजिक आशय पर प्रकाश डालें।
Describe the methods of prevention and treatment of drug abuse. Throw light upon the social implications of psychoactive drugs.

वस्तुनिष्ठ प्रश्न (Objective Questions)

1. निम्नांकित में से किसे चेतना की परिवर्तन अवस्था की विशेषताओं में सम्मिलित नहीं किया जा सकता है?
(क) प्रत्यक्षणात्मक विकृति (perceptual distortions)
(ख) धनात्मक संवेगात्मक गुण (positive emotional quality)
(ग) विरोधाभास (paradoxicality)
(घ) व्यक्तित्व के शारीरिक गुणों में परिवर्तन (changes in the physical traits of personality)

2. निम्नांकित में से किनसे चेतना को परिवर्तित करना संभव नहीं है?
(क) मनन (meditation) (ख) सम्मोहन (hypnosis)
(ग) संवेदी वंचन (sensory deprivation) (घ) व्यायाम (exercise)

3. निम्नांकित में से किस अवस्था में व्यक्ति स्वप्न प्रायः देखा करता है?
(क) नींद की पहली अवस्था (ख) नींद की दूसरी अवस्था
(घ) नींद की तीसरी अवस्था (घ) उपर्युक्त में किसी भी अवस्था में नहीं।

4. विरोधाभासी नींद (paradoxical sleep) किसे कहा जाता है?
(क) REM नींद को। (ख) NREM नींद को।
(ग) दोनों को। (घ) दोनों में से किसी को भी नहीं।

5. निम्नांकित में से कौन निद्रा रोग दैहिक रूप से सबसे अधिक खतरनाक है?
(क) अनिद्र रोग (insomnia) (ख) नारको लेप्सी (narcolepsy)
(ग) ऐपनिया (apnea) (घ) टाईप डी स्वप्न

6. REM नींद के दौरान व्यक्ति के मस्तिष्क में होने वाले सम्पूर्ण प्रतीकात्मक क्रियाओं को किस श्रेणी के स्वप्न में रखा जाता है?
(क) टाईप ए स्वप्न (ख) टाईप बी स्वप्न (ग) टाईप सी स्वप्न (घ) टाईप डी स्वप्न

7. स्वप्न को किसने अचेतन की ओर जाने वाला राजकीय मार्ग कहा है?
(क) फ्रायड (Freud) ने। (ख) क्रिक एवं मिचीसन (Crick & Mitchison) ने।
(ग) हाब्सन (Hobson) ने। (घ) फोलकेस (Foulkes) ने।

8. मनन (meditation) के किस पद्धति को महर्षि महेश योगी ने सबसे अधिक लोकप्रिय किया?
(क) येन (Yen) (ख) योग (Yoga)
(ग) अनुभववातीत मनन (Transcendental Mediation) (घ) कोअन (Koan)

9. उम्र प्रतिगमन (age regression) का लक्षण निम्नांकित में से किसमें पाया जाता है?
(क) सम्मोहन (hypnosis) में। (ख) मनन (mediation) में।
(ग) संवेदी वंचन (sensory deprivation) में। (घ) वायोफिड बैक (biofeedback) में।

10. सम्मोहन एक तरह की नींद की अवस्था होती है। इस उक्ति से किनका संबंध सबसे अधिक है?
(क) फ्रायड का। (ख) मेसमर का। (ग) पैवलव का। (घ) गिल का।

11. निम्नांकित में से किससे व्यक्ति में दृष्टि विभ्रम तथा श्रवण विभ्रम सबसे अधिक होती हैं?
(क) मनन (meditation) में। (ख) सम्मोहन (hypnosis) में।
(ग) संवेदी वंचन (sensory deprivation) में। (घ) स्वप्न (dream) में।

12. निम्नांकित में से किस प्रविधि में व्यक्ति को अपनी आंतरिक शारीरिक क्रियाओं के कार्यों पर नियंत्रण रखते हुए चेतना में परिवर्तन करने के लिए प्रोत्साहित किया जाता है?
(क) सम्मोहन में।
(ख) मनन में।
(ग) संवेदी वंचन में।
(घ) जैव पुनर्निवेशन (biofeedback) में।

13. कथन (assertion): REM नींद में व्यक्ति स्वप्न अधिक देखता है।
तर्क (reason): REM नींद में व्यक्ति गहरी नींद सोता है।
उत्तर संकेत (Answer codes)
(क) कथन तथा तर्क दोनों ही सही है।
(ख) कथन तथा तर्क दोनों ही गलत है।
(ग) कथन सही है परंतु तर्क गलत है।
(घ) तर्क सही है परंतु कथन गलत है।

14. कथन (assertion): डेल्टा मस्तिष्कीय तरंग बनने की स्थिति में व्यक्ति गहरी नींद में होता है।
तर्क (reason): REM नींद में डेल्टा मस्तिष्कीय तरंगें बनती है।
(क) कथन तथा तर्क दोनों ही सही है।
(ख) कथन तथा तर्क दोनों ही गलत है।
(ग) कथन सही है परंतु तर्क गलत है।
(घ) तर्क सही है परंतु कथन गलत है।

15. कथन (assertion): स्वप्न अचेतन का प्रतिनिधित्व करता है।
तर्क (reason): अचेतन में सभी तरह की दमित इच्छाएँ संग्रहित होतीं हैं।
(क) कथन तथा तर्क दोनों ही सही है।
(ख) कथन तथा तर्क दोनों ही गलत है।
(ग) कथन सही है परंतु तर्क गलत हैं।
(घ) तर्क सही है परंतु कथन गलत हैं।

16. कथन (assertion): सम्मोहन में सुझावग्रहणशीलता का गुण में कमी हो जाती है।
तर्क (reason): सम्मोहन चेतना की एक सामान्य अवस्था है।
(क) कथन तथा तर्क दोनों ही सही है।
(ख) कथन तथा तर्क दोनों ही गलत है।
(ग) कथन सही है परंतु तर्क गलत है
(घ) तर्क सही है परंतु कथन गलत है।

17. औषध के दैहिक निर्भरता (physiological dependence) को कहा जाता है—
(क) औषध सहनशीलता (drug tolerance)
(ख) क्रॉस सहनशीलता (cross tolerance)
(ग) औषध व्यसन (drug addiction)
(घ) उत्तेजक (stimulants)

18. LSD को किस श्रेणी का औषध कहा जाता है?
(क) स्वापक (opiate)
(ख) उत्तेजक (stimulant)
(ग) भ्रमात्मकता (hallucinogen)
(घ) शमक (depressant)

19. प्रायः खेल के मैदान में अपनी शारीरिक शक्ति में वृद्धि करने के ख्याल से खिलाड़ी निम्नांकित में से किसका उपयोग करना पसंद करते है?
(क) एमफीटामाइन्स (amphetamine)
(ख) हेरोइन (Heroin)
(ग) बार विटुरेट्स (Barbiturate)
(घ) एल एस डी (LSD)

20. साइनेसथेलिया (Synesthesia) क्या है?
(क) एक तरह का दृष्टि दोष
(ख) एक तरह का श्रवण दोष
(ग) एक तरह का विभ्रम
(घ) तरह-तरह के संवेदी अनुभूतियों का मिश्रण

21. रिक्त स्थानों की पूर्ति करें।
(i) व्यक्ति के कुल नींद का 20% नींद...............नींद होता है।
(ii) ....नींद में व्यक्ति स्वप्न अधिक देखता है।
(iii) NREM नींद की पहली अवस्था प्रायः.............तरंगे बनती है।
(iv) सीढ़ी चढ़ते नींद की झपक आना एक उदाहरण...............का है।
(v) ....को अचेतन का राजकीय मार्ग कहा गया है।
(vi) टाईप 'ए' स्वप्न ....नींद का प्रतिनिधित्व करता है।
(vii) ....में व्यक्ति एक तरह से बौद्धिक व्यायाम करता है।
(viii) पैवलव ने सम्मोहन को.................के तुल्य माना है।

(ix) ....के साथ मनोवैज्ञानिक तथा दैहिक दोनों तरह की निर्भरता की उम्मीद अधिक करता है।

(x) एल एस डी (LSD) एक प्रकार का.................श्रेणी का औषध हैं।

(xi) ....के लेने से व्यक्ति की चेतना में विस्तारण (expansion) उत्पन्न हो जाती है।

उत्तर

1. (घ) 2. (घ) 3. (घ) 4. (क) 5. (ख) 6. (क) 7. (क)
8. (ग) 9. (क) 10. (ग) 11. (ग) 12. (घ) 13. (ग) 14. (ग)
15. (क) 16. (ख) 17. (ग) 18. (ग) 19. (क) 20. (घ)
21. (i) REM (ii) REM (iii) अल्फा (iv) नारकोलेप्सी (v) स्वप्न (vi) REM (vii) कोअन (viii) नींद (ix) अल्कोहल (x) भ्रमात्मकता (xi) अल्कोहल

❑